金融·投資英語辭典

林 泓 根(編)

성균관대학교
명예교수

法 文 社

Rhim's

Dictionary of Finance and Investment

by Honguine Rhim

Emeritus Professor of Law

Sung Kyun Kwan University

Bobmun Sa

Paju Bookcity, Korea

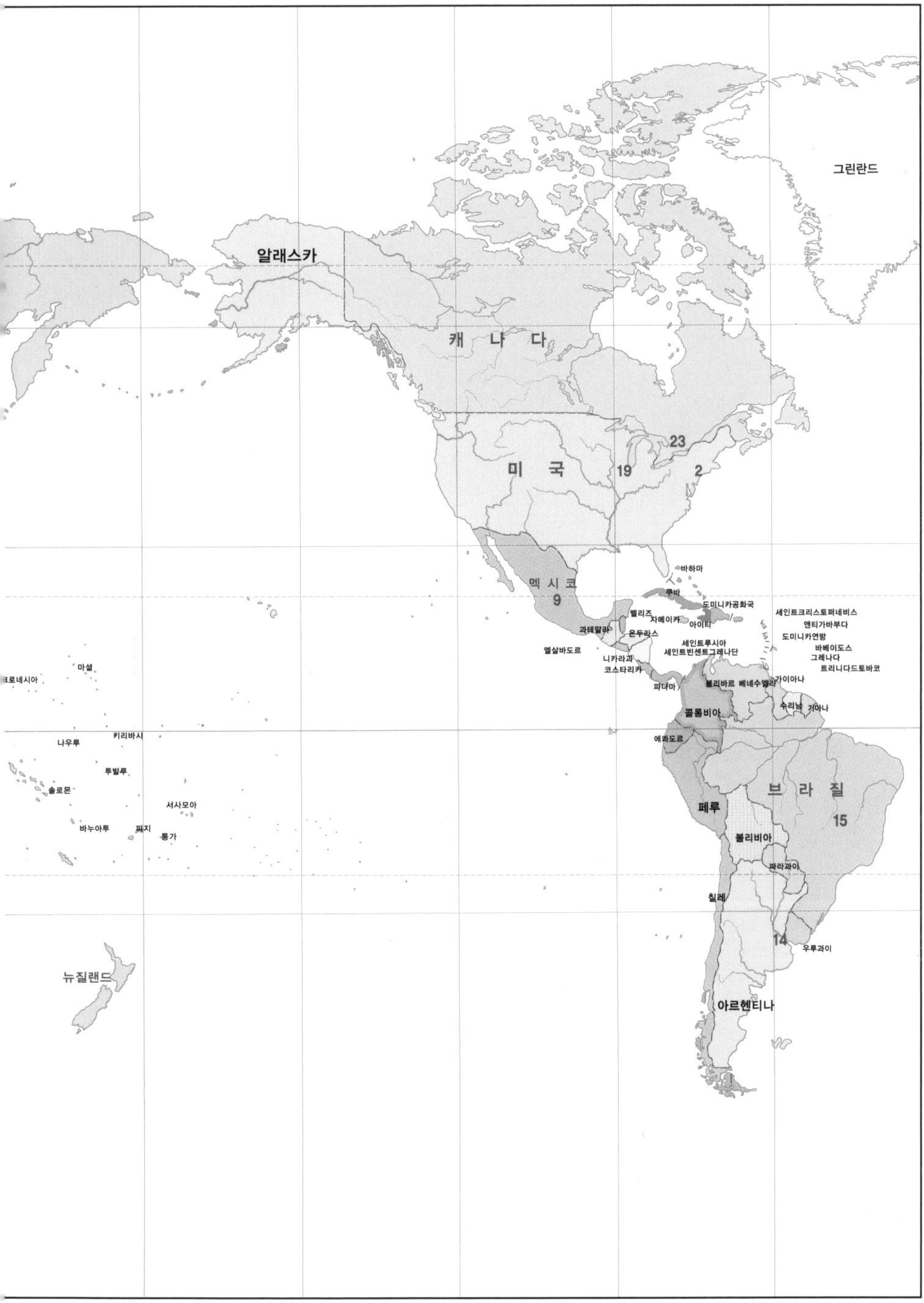

그린란드
알래스카
캐 나 다
23
미 국
19
2
멕 시 코
9
바하마
쿠바
도미니카공화국
벨리즈
자메이카
아이티
과테말라
온두라스
세인트크리스토퍼네비스
앤티가바부다
도미니카연방
바베이도스
그레나다
트리니다드토바코
세인트루시아
세인트빈센트그레나딘
엘살바도르
니카라과
코스타리카
파나마
볼리바르 베네수엘라
가이아나
수리남
기아나
콜롬비아
에콰도르
브 라 질
15
페루
볼리비아
파라과이
칠레
14
우루과이
아르헨티나
마셜
크로네시아
키리바시
나우루
투발루
솔로몬
서사모아
바누아투
피지
통가
뉴질랜드

머 리 말

금융과 투자의 국제화는 머물지 아니할 뿐만 아니라, 자유화 · 다양화 · IT화에 힘입어 많은 새로운 용어가 생겨나고 거래수단도 일진월보(日進月步)로 발전하고 있다. 그 결과 금융과 투자의 분야에서 영어용어는 팽대하여 일반영어사전에는 아직 들어가 있지 아니한 전문용어의 이해가 필요한 상황이 되고 있다. 일간신문의 경제면에서 매일 게재되고 있는 주식, 증권, 옵션 등에 관한 기사는 전문가들도 이해하기 어려운 영어가 해설과 함께 지면을 덮고 있으며, 금융과 투자의 기본영역인 경제는 물론이고, 보험, 무역, 해상, 연금, 경영, 법률 등 주변영역과의 연관성 이해도 필요할 때가 많아졌다.

이 금융 · 투자영어사전은 이러한 인식 아래에서, 금융업계 및 투자업계에 종사하는 실무자 여러분을 비롯하여 일반기업체에서 금융 · 투자의 관련 업무를 보는 분, 공인회계사, 변호사, 세무사, 장래 이 분야에 종사하고자 하는 대학생 여러분들에게 조금이나마 도움이 되도록 구성해 보았다. 글로벌화의 거센 물결 속에서 금융 · 투자거래의 방향타는 바야흐로 미국의 월가를 향하고 있으므로, 자연히 월가중심의 용어를 중심으로 하였다. 그리고 1999년 유럽통화동맹의 출범과 더불어 등장한 금융 · 투자분야에의 유로화의 도입은 유로화금융과 투자에의 이해를 절실하게 만들고 있다. 이에 영국의 롬바르드 스트리트(Lombard Street)를 중심으로 한 용어도 채용하였다. 특히 보험과 관련해서는 보험의 왕국 로이드(Lloyd's)에 관한 언급은 빼놓을 수 없다고 생각되었다. 편자는 이 사전에서 표제어 6,450여 개, 파생어 5,700여 개 용어의 원문을 실어 이를 해설하고 번역을 달았을 뿐만 아니라, 적절한 용례(用例)를 많이 수록하였다.

금융과 투자에 관한 지식이 빈약함에도 불구하고, 대학 강단에서 40여 년 전부터 이에 관한 논문을 지도하면서 조금씩 쌓은 지식과 관심을 바탕으로, 많은 분들의 자문과 조언을 들으면서 정성으로 부족함을 메워간다는 자세로 이 사전을 편찬하였다. 더욱 분발하여 알찬 내용으로 판을 거듭할 것이다. 우선 한국은행의 박종복 박사, 한국거래소의 안인근 차장, 금융감독원의 최창보 팀장과 한국예탁결제원의 유춘화 법무팀장에게 감사한다. 편자로부터 논문지도를 받은 인연으로 자료의 제공과 조언을 아끼지 않은 분들이다. 이 사전에 삽화 50여 장을 그려주어 사전을 밝게 해 주신 김회룡 화백의 수고는 오래 기억할 것이다. 이 모든 정성과 노력을 아울러서 법문사의 이재필 상무님의 지휘 아래, 김제원 편집부장님, 대경문화사의 이효일 사장님의 탁월한 편집과 치밀한 조판 솜씨는 15년째 은혜를 입고 있다.

머언 여정의 고비마다, 찬란한 고독 속에 지식의 다이아몬드를 캐고 있는 길손이어라. 한 걸음 한 걸음 사랑과 헌신으로 떠받쳐준 아내 김명자님에게 깊이 감사하고자 한다. 고마워요.

2014년의 해를 보내면서

편 자 씀

일러두기

a.	adjective(형용사)
ad.	adverb(부사)
n.	noun(명사)
v.	verb(동사)
pron.	pronoun(대명사)
prep.	preposition(전치사)
pref.	prefix(접두사)
col.	collective(집합명사)
cf.	confere(참조하라)
pl.	plural(복수)
sing.	single(단수)
(L)	Latin(라틴어)

[구]	구어체(口語體)
[국제경제]	국제경제의 용어
[금융]	금융용어
[기호]	글 속에 나타나는 부호
[독]	독일어 및 독일제도
[딜러]	딜러용어
[딜링]	딜러의 거래
[무역]	무역의 용어
[미]	미국영어
[미구]	미국영어의 구어체
[미속]	미국속어
[미·캐나다]	미국과 캐나다에 통용되는 용어
[법]	법률용어
[보험]	보험용어
[부기]	부기의 용어
[부동산]	부동산거래상의 용어
[상거래]	일반상거래의 용어
[상업]	상업의 용어
[상업문]	상업거래의 문체
[상용문]	일상생활의 문체
[속어]	일상속어
[송금]	돈을 보냄
[수표]	수표상의 용어
[수학]	수학용어
[스왑]	스왑거래의 용어
[스웨덴]	스웨덴의 용어
[스페인]	스페인의 용어
[신디케이트]	신디케이트의 용어
[아랍]	아랍용어
[약]	약어
[약칭]	생략한 명칭
[어음]	어음상의 용어
[영]	영어 및 영국제도
[영속]	영국속어
[옵션거래]	옵션상의 용어
[외채]	외화채권
[외환]	외화환어음
[외국환]	외국환용어
[유럽]	유럽의 제도 및 용어
[은행]	은행거래상의 용어
[이탈]	이탈리아의 제도
[일본]	일본용어
[자금]	자금상의 용어
[주식]	주식용어
[중량]	무게
[증권]	증권의 용어
[채권]	채권상의 용어
[컴]	컴퓨터용어
[통계]	통계용어
[투자]	투자용어
[프]	프랑스어 및 프랑스제도
[한국]	한국제도상의 용어
[해상]	해상거래용어
[해운]	해상운송용어
[화폐]	화폐와 관련된 용어
[환예약]	외국환예약
[회계]	회계용어
[회계감사]	회계감사용어
[IMF]	국제통화기금
[M&A]	기업 인수 · 합병

→	지시된 항목으로 보내라는 표시
↔	반의어(反意語)
～	앞에 나온 어휘 또는 그 중심적 부분이 같은 어구

A

A → **a**ccount [약] 계좌, 계정

A A등급 ¶ *A* is an upper-medium grade assigned to a debt obligation by a rating agency to indicate a strong capacity to pay interest and repay principal. This capacity is susceptible to impairment in the event of adverse developments. A는 등급기관이 이자를 지급하고 원금을 상환할 강력한 능력을 지적하기 위하여 채무증권(debt obligation)에 부여한 상위중급등급을 이른다. 이 능력은 역(逆)발전의 경우에는 상처입기가 쉽다.

a. → **a**nnual [약] 1년마다의, 연간 베이스의 ¶ s.a. → semi-annual 반년마다의

@ [기호] [상업] 단가 …로, 앳(at)

A1 제1급의, 최상의 ¶ A1 paper → first class paper (제1급의 페이퍼).

AA 우수 ¶ an *AA* rating 우수한 등급 ¶ *AA* is a grade assigned to a debt obligation by a rating agency to indicate a very strong capacity that pay interest and repay principal. Such a rating indicates only slightly lower quality than the top rating of AAA – Also called Aa. AA는 신용평가기관이 이자를 지급하고 원금을 변제할 매우 강력한 능력을 지적하기 위하여 채무증권(debt obligation)에 부여한 등급을 이른다. 이러한 등급은 AAA의 톱등급보다 약간 낮은 성질만을 가리킨다. 이를 또한 Aa라고도 한다.

AAA 채권(債券)의 톱등급(triple A라고도 한다.) ¶ the top rating of *AAA* 최고의 AAA등급(AAA는 Standard & Poor's의 bond rating이고, Moody's Investor Service의 경우는 Aaa이다. 이 밖에 double A, single A, triple B 등의 표기방법이 있다. 최저는 D이다.) /*AAA* is the highest grade assigned to a debt obligation by a rating agency. It indicates an unusually strong capacity to pay interest and repay principal. – Also called triple A. AAA는 신용평가기관에 의하여 채무증권에 부여한 최고등급이다. 그것은 이자를 지급하고 원금을 변제할 현저하게 강한 능력을 지적한다. 이를 또한 트리플A라고도 한다. /These bonds are rated *AAA*. 이 채권들은 최고 등급이 매겨져 있다.

AAR; a.a.r. → **a**gainst **a**ll **r**isks [약] [해상보험] 전위험담보 ¶ The *against all risks* (*AAR*) is an international business term for discounting standard business risks. 전위험담보조건은 표준적인 영업위험을 할인해 주는 국제적 영업용어이다.

A&D → **a**cquisition & **d**evelopment [약] 인수후 개발 ¶ The *acquisition & development* (*A&D*) is the conversion of the low growth company that has been acquired into the high growth through restructuring the business mechanism and renovating the company's image. 인수후 개발은 저성장업체를 인수한 후 사업구조 변경이나 이미지 쇄신을 통해 고성장업체로 바꾸는 것이다.

abandon (권리 등을) 포기하다, 철회하다, 위부하다 ¶ *abandoned* accounts (예금) 부동의 계좌 /*abandoned* goods 유기화물 /payment of *abandoned* funds 정리계좌 예금의 지급 ***abandoned option*** [영] 철회된 옵션 ¶ The *abandoned option* is an option that has not been exercised when in-the-money. See also abandonment. 철회된 옵션은 인더 머니(in-the-money)인 경우에 행사되지 않는 옵션을 말한다. abandonment[방기(放棄)]도 참조할 것.

abandonment 포기, 방기(放棄), [해상보험] 위부(委付)(피보험자가 손해를 입은 화물 등에 대해서 가지는 권리를 보험자에게 이전하여 보험금의 전액을 청구하는 것이다.) ¶*Abandonment* is voluntarily giving up all rights, title, or claims to property that rightfully belongs to the owner. An example of abandoned property would be stocks, bonds, or mutual funds held in a brokerage account for which the firm is unable to locate the listed owner over a specified period of time, usually a few year. 방기(放棄)는 소유자에게 정당하게 귀속하는 재산에 대한 모든 권리(right), 권원(title), 및 청구권(claim)을 임의로 포기하는 것이다. 방기재산의 예로서는 그 등록소유자를 어느 일정기간(통상은 수년) 특정될 수 없는 경우 증권회사의 계좌에 보관되고 있는 주권(stock), 채권(bond) 또는 뮤추얼펀드(mutual fund) 등이 그 예이다. /*abandonment* cost (고정자산의) 제각비(除却費) /*abandonment* of a claim (청구하는) 권리의 포기(抛棄) /*abandonment* of a ship 선박위부 ***abandonment and salvage*** 보험위부와 해난구조 ¶The *abandonment and salvage* is a legal status giving an insurance company all rights to an insured's property. The abandonment clause is usually found in marine insurance and not in other property insurance policies such as the homeowners insurance policy and the special multiperil insurance (SMI) policy. An insured may wish to abandon the hull of a ship if the cost of protecting it exceeds its value. The insured must notify the insurance company of its intent to abandon property but the company is under no obligation to accept the abandoned property. 보험위부와 해난구조는 피보험자의 재산에 대한 모든 권리를 보험회사에 부여하는 법적 자격을 이른다. 보험위부조항은 일반적으로 해상보험에서 볼 수 있고, 가택소유자보험증권 및 특별다수위험증권과 같은 다른 손해보험에서는 찾아 볼 수 없다. 피보험자는 선박의 선체를 지키는 비용이 그 선체 값을 초과한다는 경우 그 선체를 포기하려 할 것이다. 피보험자는 재산을 위부할 의사를 보험회사에 통지를 해야 하지만, 보험회사가 그 위부재산을 수용(受容)할 의무는 없다. ~ ***clause*** [영] 위부조항(委付條項) ¶The *abandonment clause* is a clause in an insurance policy that gives the insured the right to abandon property and make a claim for a full settlement from the insurer; the same clause also gives the insurer rights to the abandoned property. See also abandonment. 위부조항은 피보험자가 재산을 위부하고 보험자로부터 완전한 지급을 청구할 권리를 부여하는 보험증권상의 조항이다. 이 동일한 조항은 보험자에게 위부된 재산에 대한 권리를 부여한다. abandonment(방기)도 참조할 것. ~ ***option*** [영] 포기옵션 ¶In real option valuation, the *abandonment option* is the option a company has to abandon or exit an existing capital investment before the end of the project's useful life. This option can be thought of a form of put option. See also deferral option; expansion option. 실질옵션평가에 있어서, 포기옵션은 회사가 투자계획의 내용연수(useful life)가 끝나기 전에 존재하는 자본투자를 포기하거나 빠져야 하는 옵션을 말한다. 이러한 옵션은 풋옵션(put option)의 형태로 고려될 수 있다. deferral option(지급유예옵션); expansion option (확장옵션)도 참조할 것.

abasement (품위, 신용 등의) 실추, 굴욕

abate 감하다, (값을) 내리다, (세금을) 경감(輕減)하다, [법] 무효로 되다, 패소하다 ¶Demand has *abated* considerably. 수요가 상당히 감소하였다.

A

abatement 감소, 감액, 값을 깎음 ¶ *Abatement* is complete or partial cancellation of a levy imposed by a government unit. *Abatements* usually apply to a tax levies, special assessments, and service charges. 감액은 정부단위가 부과하는 과세(課稅)의 전부 또는 일부의 해제를 이른다. 감액은 통상 조세징수액, 특별평가액 및 봉사료에 적용한다. /noise *abatement* 소음방지 /equipment for pollution *abatement* 공해제거설비 /tax *abatement* 세금의 감액 /He asked for an *abatement* in rent. 그는 집세의 가격인하를 요구하였다.

ABCP → **a**sset **b**acked **c**ommercial **p**aper [약] 자산담보부 기업어음 ¶ An *asset-backed commercial paper* is a commercial paper which is issued as security such as notes and accounts receivable, corporate bonds, real estates that are difficult for securitization; it is a short-time asset-back security that generally matures in three months' time. 자산담보부 기업어음은 매출채권 · 회사채 · 부동산처럼 유동화하기 어려운 자산을 담보로 발행하는 기업어음으로, 대개 3개월 만기로 발행되는 단기 유동화증권이다.

abeyance (권리의) 중지상태, 보류 ¶ hold [keep, leave] … in *abeyance* …를 중지[미정, 일시 그대로]해 두다 /The matter was held in *abeyance* pending the decision of the Board. 그 건은 이사회의 결정을 기다려 보류해 두었다.

ability 능력 ¶ a borrower's *ability* to meet his obligation 차입자의 채무변제능력 /one's *ability* to repay debt 채무변제능력 ***ability to pay*** 지급능력, (채권의) 변제능력 ¶ An *ability to pay* is a borrower's ability to meet principal and interest payments on long-term obligations out of earnings. (채권의) 지급능력은 차입자의 소득에서 장기채무의 원금과 금리의 지급을 이행할 수 있는 능력을 말한다. ~ ***to perform*** [영] 이행능력 ¶ *Ability to perform* is a counterparty's financial capacity to perform on its contractual obligations. Strong counterparties, with high credit ratings, have a greater *ability to perform* than weak, or poorly rated, ones. *Ability to perform* is the essence of financial credit analysis and is distinguished from willingness to perform. Also known as ability to pay. 이행능력은 거래상대방의 계약을 이행할 재무능력(financial capacity)을 말한다. 높은 신용등급(credit rating)을 가지는 강력한 거래상대방은 약하거나 낮게 등급받는 거래상대방보다 더 큰 능력을 가지는 법이다. 이행능력이야말로 금융여신분석의 핵심이며, 이행할 의지와 구별된다. 또한 ability to pay(지급능력)로도 알려져 있다.

abnormal 이상(異常)한 ¶ *abnormal* costs (파손, 도난 등으로 인한) 이상원가(異常原價) /*abnormal* shrinkage (정상적인 범위를 초월한) 이상감손(異常減損)

abode 주소, 거소 ¶ the right of *abode* 거주권

abolish 폐지하다, 철폐하다 ¶ Can injustice be *abolished* from the face of earth? 이 지구상에서 부정의를 없애는 것이 가능할 것인가? /*abolish* a reserve 유보조건을 철폐하다

abolition 폐지, 폐기 ¶ *abolition* of unjust privileges 불공정한 특권의 철폐

above …보다 위에, …보다 높게 ¶ *above* and below the exchange rate 외환시세의 상하 /*above* the line items [회계] (영업이익을 발생시키는) 통상의 손익항목(세금공제 전의 수지항목, 경상계좌 등을 가리킨다.) /*above* the market 시장가격보다 높은 가격으로 매도하라는 주문(증권의 매도주문에서 시장의 매도가격보다 높은 가격으로 매도하라는 지시) ***above par (value)*** 액면 이상으로, 프리미엄으로(at a premium), 액면초과(액) ¶ The par is equal to the nominal or face value of a security. A bond selling *above par value* is set by the company issuing bond.

Although the bond has been sought above par value, the interest paid on bond is based on a bond's par value. 액면은 증권의 표면가격 또는 액면가격과 같다. 액면 이상으로 매도하는 사채는 사채를 발행하는 회사가 결정한다. 그 사채가 액면 이상으로 매도되었다고 하더라도, 사채에 대한 이자는 채권의 액면가격을 기준으로 한다. ~ *the line* [회계] 통상의 손익항목의, 일정한 범위내의, [국제수지] (금융계좌를 제외하는) 종합수지의 ¶ The term *above the line* means all income statement entries that appear above the net income entries, i.e., prior to the distribution of residual profits. Extraordinary items and exceptional items appear above the line. above the line(통상의 손익항목의)이라는 용어는 예컨대 잔여이익의 분배에 앞서 순이익기입항목에 실리는 모든 손익계산서의 기입항목을 의미한다. 특별손익항목과 예외사항도 통상의 손익항목에 실린다.

abrasion 마멸, 마모 ¶ *abrasion* of coins 화폐의 마멸

abridge 생략하다, 축소하다 ¶ The schedule will have to be ruthlessly *abridged* to fit the available time. 그 예정은 이용할 수 있는 시간에 적합하도록 인정사정 없이 단축되어야 할 것이다.

abrogation 폐기, 폐지 ¶ Further nuclear testing would require *abrogation* of the ABM treaty. 이제부터라도 핵실험을 계속하면 ABM조약의 파기가 필요하게 될 것이다.

ABS → **a**sset-**b**acked **s**ecurities [약] 자산유동화증권(기업의 부동산 등 자산을 담보로 발행된 채권. 은행대출을 받기가 어려운 기업의 입장에서는 자산유동화증권을 발행하면 자금을 보다 쉽게 확보할 수 있다.) ¶ *Asset-backed securities* (*ABS*) are bonds or notes backed by loan paper or accounts receivable originated by banks, credit card companies, or other providers of credit and often "enhanced" by a bank letter of credit or by insurance coverage provided by an institution other than the issuer. [영] 자산유동화증권이란 은행, 크레디트카드회사 등의 여신을 공여하는 회사가 실행한 대출채권(loan)이나 외상매출금에 담보된 채권을 이른다. 이러한 증권은 은행의 신용장이나 자산담보채권발행자 이외의 기관이 제공하는 부보범위(附保範圍)에 의하여 「신용력을 높이는」 경우가 많다.

ABS → **a**utomated **b**ond **s**ystem [약] 자동채권거래시스템 ¶ The *automated bond system* (*ABS*) is the New York Stock Exchange computerized system that records bids and offers for inactively traded bonds until they are cancelled or executed. Before the ABS, such limit orders were kept in steel cabinets, giving rise to the terms Cabinet Security and Cabinet Crowd. 자동채권거래시스템은 뉴욕증권거래소의 전자시스템인데, 거래의 활발치 못한 채권의 매매호가를 취소나 집행이 행해지기까지 기록해 둔다. ABS도입 이전에는, 이와 같은 지정가격주문은 철제 수납소에 보관되어 있었기 때문에, Cabinet Security나 Cabinet Crowd라는 용어가 생겨났다.

abscond 실종(失踪)하다 ¶ The cashier suddenly *absconded* from the bank. 출납계원은 홀연히 은행에서 자취를 감추었다.

absentee director 비상근이사, 비상임이사 (*cf.*) standing director, permanent director 상임이사

absolute 절대의, 절대적인 ¶ *absolute* [clear] acceptance 단순인수, 절대인수 /*absolute* conveyance 무조건양도 /*absolute* delivery 무조건인도 /*absolute* indorsement 단순배서 /*absolute* order to pay 단순지급지시 /*absolute* power 절대권력, 전권(全權) /*absolute* total loss [해상보험] 절대손실 /*absolute* value 절대치

A

absolute advantage 절대우위 (*cf.*) comparative advantage 비교우위 ¶ In international economics, *absolute advantage* is capability of one producer to produce a given goods using fewer resources than any other producer. Korea produces television sets more efficiently than most other countries and so could be said have an absolute advantage in this area. 국제경제학에서, 절대우위란 어느 제조업자가 다른 어떤 제조업자보다 재원(財源)을 덜 사용하고서도 어떤 상품을 만들 수 있는 능력을 이른다. 한국이 텔레비전 세트를 대부분의 다른 국가보다도 더 효율적으로 제조하기 때문에, 따라서 이 분야에서 절대우위를 가진다고 말할 수 있다. ~ ***auction*** 절대적 경매 ¶ The *absolute auction* is an auction in which the property is sold to the highest bidder regardless of the amount of the winning bid. 절대적 경매란 경매에 부쳐진 물건이 최고호가의 금액에 상관없이 최고금액을 지급하는 입찰자에게 매도되는 경매를 말한다. ~ ***liability*** 절대책임, 무과실책임, 결과책임 ¶ *Absolute liability* is liability without fault; also known as liability without regard to fault or strict liability. *Absolute liability* is imposed in various states when actions of an individual or business are deemed contrary to public policy, even though actions may not have been intentional or negligent. 절대책임은 무과실책임을 이른다. 이를 과실과 관련없는 책임(liability without regard to fault) 또는 엄격책임(strick liability)이라고도 한다. 절대책임은 개인이나 기업의 행위가 고의나 과실로 한 행위가 아니더라도, 공공의 정책(public policy)에 어긋날 경우에, 여러 주(州)에서 부과한다. ~ ***pricing model*** 절대적 가격모형 → equilibrium pricing model (균형가격모형). ~ ***priority rule*** [영] 절대우선의 원칙 ¶ The *absolute priority rule* is a legal concept indicating that if a public company defaults, shareholders are not entitled to recover their investments after creditors have been fully repaid. In most bankruptcy cases shareholders receive little, if any, restitution since they are subordinate to all other claimholders. Absolute priority also extends to the broad category of creditors, where secured creditors receive payment before senior unsecured creditors, who receive payment before junior and subordinate creditors. See also subordination. 절대우선의 원칙은 만약 공개회사가 디폴트에 빠지는 경우, 주주는 회사채권자가 완전히 상환을 받은 후 자신의 투자를 회수할 권리가 없다는 것을 의미한다. 대부분의 파산사건에서, 주주들은 회수받아 보았자, 다른 모든 채권보유자의 하위순위에 있기 때문에, 거의 보상을 받지 못한다는 것을 가리키는 법적 개념이다. 절대우선의 원칙은 또 광범위한 범주에 속하는 채권자에 확대되어, 담보부 채권자는 우선순위의 무담보부 채권자보다 앞서 지급을 받고, 우선순위의 무담보부 채권자는 저순위의 하위채권자보다 먼저 지급을 받는다. ~ ***rate swap*** [영] 절대금리스왑 ¶The *absolute rate swap* is an interest rate swap where the fixed leg is expressed as an outright fixed rate, rather than as an initial spread to benchmark government bond. 절대금리스왑은 고정된 레그(leg)가 정부채(債)를 벤치마크할 최초의 스프레드(initial spread)라기보다도 오히려 아웃라이트 고정금리(outright fixed rate)로 표현되는 금리스왑(interest rate swap)이다. ~ ***title*** 절대적 권원(權原), 하자없는 권리 ¶ *Absolute title* is clean title, free of liens or attachments, replacing all previous titles. Accepted as the sole document of title, it is defensible against claims by third parties. 절대적 권원은 모든 이전의 권원을 대체하는 물적 담보권이나 압류가 걸리지 아니한 하자없는 권원을 이른다. 유일한 권원증권(document of title)으로 인정되면, 그것은 제3자에 의한 청구에 대하여 방어할 수 있다.

absolve (부채, 의무 등을) 면제하다(of, from) ¶ The report will *absolve* him from all responsibility for the accident. 그 보고서로 그는 사고의 모든 책임을 면할 것이다.

A

absorb 흡수하다, (간접비를) 배분하다 ¶ In business, the *absorbed* is a cost that is treated as an expense rather than passed on to a customer. Also, a firm merged into an acquiring company. 영업에 있어서, 흡수란 고객에게 전가하지 않고 경비로서 처리되는 비용을 이른다. 매수회사에 흡수합병(merger)되는 기업의 의미도 있다. ¶ In cost accounting, indirect manufacturing costs (such as property taxes and insurance) are called *absorbed* costs. They are differentiated from variable costs (such as direct labor and materials). See also direct overhead. 원가회계에 있어서, 흡수란 고정자산세(property tax)나 보험(insurance)의 간접제조비용을 absorbed cost라고 한다. 이것은 직접노무비나 원재료비와 같은 변동비(variable costs)와는 구별된다. direct overhead(공통비용)도 참조할 것. ¶ In finance, the *absorbed* is an account that has been combined with related accounts in preparing a financial statement and has lost its separate identity. Also called absorption account or adjunct account. 금융에 있어서, 흡수란 재무제표를 작성할 때, 관련된 계정과 결합되어 독자적으로 표기되지 않는 계정항목을 이른다. absorption account 또는 adjunct account라고도 한다. ¶ In securities, the *absorbed* is an issue that an underwriter has completely sold to the public. Also, in market trading, securities are *absorbed* as long as there are corresponding order to buy and sell. the market has reached the absorption point when further assimilation is impossible without an adjustment in price. See also undigested securities. 증권에 있어서, 소화란 인수업자(underwriter)가 일반투자자(the public)에게 완전히 매도한 발행증권을 말한다. 또, 시장거래에서 매매주문이 있는 동안에는, 그 증권은 소화되고 있다(securities are absorbed)고 한다. 반대로, 가격을 조정하지 않는 한 소화가 불가능한 경우, 매매주문이 소화되지 않은 상태를「시장이 소화한계점에 도달하였다」(The market has reached the absorption point)고 한다. undigested securities[미(未)소화증권]도 참조할 것. /*absorbed* costs 배분원가 ***absorbed company*** 정리회사 ¶ An *absorbed company* is a firm merged into an acquiring company. 정리회사는 매수회사에 흡수합병(merger)되는 회사를 의미한다.

absorption 흡수, 합병 ¶ *absorption* accounts 배분계좌 /*absorption* costing (변동비 · 고정비 쌍방을 포함한) 전부원가계산 /*absorption* of deposits 예금흡수 ***absorption rate*** 흡수율 ¶ An *absorption rate* is an estimated rate at which real estate properties can be sold or leased in a particular area. 흡수율은 특정한 지역에 있어서 부동산의 예상매각률 또는 예상임대율을 이른다.

abstract 적요(摘要), 발췌, 초본, 추출, 절취, 횡령 ¶ *abstract* of family register 호적초본 /*abstract* of financial statements 요약재무제표 /*abstract* of register 초본 /*abstract* of the deed of property 부동산권리증의 초본 ***abstract of record*** 기록의 적요(摘要) ¶ An *abstract of record* is a condensed history of a case, taken from the trial court records and prepared for use by the appellate court. 기록의 적요란 사실심법원이 기록에서 추출하여 항소심법원이 이용할 수 있도록 준비된 사건의 압축된 내력을 말한다. ~ ***of title*** 권리서(權利書), (변호사가 작성하는) 권리증명서, 권리설명서, (부동산권리증서의) 권원요약서 ¶ An *abstract of title* is a summary of title to real property, listing current owners, liens, judicial proceedings, satisfaction of claims, and other information affecting title. A title abstract is a necessary step in obtaining title insurance. 권원요약서는 현재의 소유자, 리엔, 사법절차, 채권의 변제 기타 권원에 영향을 미치는 정보를 기록하고 있는 부동산에 관한 권원의 요약서이다. 권원요약서는 권원보험을 체결하는 데에 필요한 조치이다.

abstraction 불법취득(不法取得), 추상적 관념 ***abstraction of bank funds*** 은

행돈의 횡령 → defalcation (위탁금횡령); embezzlement (공금횡령).

Abu Dhabi currency 아부다비 화폐 ¶ United Arab Emirates currency dirham (AED), divided into 100 fils. 1 디르함(dirham) = 100 필스(fils).

abundance 풍요, 윤택 ¶ *abundance* of caution 충분한 주의(하에 행하는 것)

abuse 악용, 남용(濫用) ¶ *abuse* of credit 신용의 남용 /computer *abuse* 컴퓨터의 부정이용

abusive tax shelter 위법한 절세수단 ¶ A *abusive tax shelter* is any investment used to avoid taxes that is not in compliance with the law, such a limited partnership the Internal Revenue Service [IRS] deems to be claiming illegal tax deduction – typically, one that inflates the value of acquired property beyond its fair market value. If these writeoffs are denied by the IRS, investors must pay severe penalties and interest charges. 위법한 절세수단은 미국세입청(歲入廳)이 위법한 탈세를 하고 있다고 판단하고 있는 리미티드 파트너십 등에 의한 투자를 말한다. 대표적인 예가 취득자산가격을 그 공정시장가격보다 높게 계상하고 있는 경우이다. 만일 이러한 상각이 미국세입청에 의해서 인정받지 못한다면, 투자자는 중한 벌금과 체납하고 있는 조세에 대해 금리를 물어야 한다.

a/c; A/C; A.C. → account [약] 계좌, 계정

accelerate 가속하다, 변제기일을 앞당기다 ¶ *accelerated* amortization 가속상각 /the *accelerated* cost recovery system [미] 가속원가상각제도 ***accelerated depreciation*** 가속상각, 특별상각, 초과상각 ¶ *Accelerated depreciation* is depreciation method that allow faster write-offs than straight-line rates in earlier periods of the useful life of an asset. 가속상각은 정액상각법보다도 자산의 내용연수가 빠른 시기에 상각을 마치는 상각방법을 말한다.

acceleration 기한의 이익상실, 변제기일의 앞당김 ***acceleration clause*** 기한앞당김 조항, 기한의 이익상실조항, 변제독촉조항 ¶ An *acceleration clause* is a provision, normally present in an indenture agreement, mortgage, or other contract, that the unpaid balance is to become due and payable if specified events of default should occur. 기한의 이익상실조항은 채권신탁증서(indenture)나 모기지(부동산담보대출) 등의 계약에 통상 포함되는 조항으로, 특정한 채무불이행의 사태(events of default)가 발생한 경우에는, 채무잔액을 그 시점에서 전액지급하지 않으면 안 된다고 하는 규정을 말한다.

accelerator 가속물(加速物), 촉진제(促進劑), [영] 창업지원단 ¶ The *accelerator* is a firm that provides start-up ventures with initial, or seed, capital, administrative services, and business plan support. *Accelerators* often focus on start-ups that have been rejected by incubators or venture capital groups because of insufficient development work. Accelerators may be compensated through fees or pre-initial public offering equity stakes. 창업지원단은 창업벤처(start-up venture)에게 기초자본, 또는 창업자금(seed capital), 행정서비스 및 사업계획지원을 해 주는 상사(商社)이다. 창업지원단은 불충분한 개발공사(development work)를 이유로 계획을 꾸미는 사람이나 캐피탈그룹으로부터 거절당한 신규사업(start-up)에 초점으로 맞추기도 한다. 창업지원단은 수수료 또는 사전에 창업공모의 주식지분(equity stakes)으로 보수를 받을 수 있다.

accept 수락하다, (어음, 주문 등을) 인수하다 ¶ *accept* a bill 어음을 인수하다 /*accept* bills for collection [discount] 어음의 추심[할인]을 위해 떠맡다 /*accepted* drafts 인수어음 /*accept* for honor of a person 어떤 사람을 위해서 어음에 참가인수

를 하다 /time drafts drawn on and *accepted* by a bank 은행앞으로 발행되고, 은행이 인수한 기한부(期限附) 어음 /*accepted* S.P. (제3자에 의한) 참가인수(S.P.는 supraprotest(참가인수)의 약어. 참가인수란 것은 환어음의 만기전 소구(遡求)저지를 목적으로 주된 의무자 이외의 제3자가 어음의 지급을 인수하는 것이다. 그 제3자가 대신 변제에 응하게 된다.) ***accepting bank*** 인수은행, [미] 어음인수업자 ¶ The *accepting bank* is a financial institution that endorses and agrees to pay a time draft upon maturity. 어음인수업자는 만기에 일람후 정기출급환어음(time draft)을 배서하여 지급을 약속하는 금융기관을 말한다. ***~ing house*** [영] 어음인수업자 ¶ In the United Kingdom, the *accepting house* is a financial firm (i.e., bank, merchant bank) that guarantees that a bill of exchange or banker's acceptance created by a drawer will be paid to the beneficiary or bearer on the due date. The *accepting house* charges a fee in the form of a discount on the amount of the bill for assuming the drawer's credit risk. 영국에서 어음인수업자는 어음의 발행인이 발행한 환어음이나 은행인수어음이 지급일에 수익자 또는 소지인에게 지급될 것임을 보증하는 금융기관(예컨대, 은행, 머천트뱅크)을 이른다. 어음인수업자는 어음발행인의 신용상의 위험을 떠맡는 대가로 어음금액에 대한 할인의 형식으로 수수료를 매긴다.

acceptable 수락할 수 있는 ¶ a solution *acceptable* to all 전원이 받아들일 수 있는 해결책 /perfectly *acceptable* 충분히 허용될 수 있는

acceptance 승낙, 수리(受理), [영] 어음의 인수, (수량명사로서 사용하여) 인수어음 ¶ The *acceptance* is: (1) in insurance, an agreement to an offer of coverage that creates a binding contract; this is generally accomplished when an insurer issues a policy and an insured pays a premium. (2) in banking, a banker's acceptance or bill of exchange. 억셉턴스(acceptance)는 (1) 보험에서, 구속력있는 계약을 성립시키는 보험범위(coverage)를 제공한다는 합의이다. 이것은 일반적으로 보험자가 보험증권을 발행하고 피보험자가 보험료를 지급할 경우에 성립한다. (2) 은행거래에서, 은행인수어음 또는 환어음의 인수를 말한다. /absolute [clean] *acceptance* 단순인수 /an *acceptance* advice 어음인수통지서 /an *acceptance* agreement with trust receipts T/R(수입담보하물보관증)조건의 어음인수약정 /*acceptance*(s) and guarantee(s) 지급승낙 /*acceptance* bills 인수어음(acceptances) /*acceptance* by intervention 참가인수 /an *acceptance* domiciled with … …을[를] 지급장소로 지정한 인수어음 /*acceptance* financing 인수금융 /*acceptance* for honor 참가인수 /*acceptance* in blank 백지[무기명]배서 /an *acceptance* line 어음인수한도 /*acceptance* market 어음인수시장 /*acceptance* of … …의 인수 /*acceptance* of a bill [draft] (환)어음의 인수 /*acceptance* of import bills 수입어음인수/*acceptance* on security 담보부어음인수 /*acceptance* rate 인수시 적용환율 또는 금리, 수입어음결제율 /*acceptance* syndicates 인수신디케이트단(團) /*acceptance* without security 무담보어음인수 /banker's *acceptance* liabilities 지급승낙(거래) /collateral *acceptance* 담보차입인수어음 /conditional [partial, qualified] *acceptance* 조건부[일부, 한정]인수 /documentary *acceptance* 하환어음부 인수 /eligible [ineligible] *acceptance* 적격[부적격]어음 /general [special] *acceptance* 단순[특수]인수 /prime banker's *acceptance* 일류은행인수어음 /refuse [secure] *acceptance* of a bill 어음의 인수를 거절하다[확보하다] /*acceptance* supraprotest 참가인수 ***acceptance credit*** 기한부 어음인수신용장, 유전스부 신용장, 인수신용장, 억셉턴스 크레디트(기한부 환어음발행조건의 신용장) ¶ The *acceptance credit* is (1) in international trade, a common means of financing the sale of goods, where a commercial bank, merchant bank, or accepting house grants a credit line to a foreign importer; an exporter in that foreign country can then draw against this line, creating a bill of exchange in the process. The bank accepts the bill, which can then be discounted or held to maturity. (2) a form of letter of credit between buyer and seller that is paid via a time draft after a certain date. The letter of credit may be accepted by a bank, meaning the bank guarantees payment if all terms are in compliance, or it may be unaccepted, meaning the seller assumes the risk of payment directly from the buyer. 기한부 어음인수신용장은 (1) 국제거래에서 물품매매시에 상업은행, 머천트뱅크 또는 어음인수업자가 외국인 수입업자에게 신용공여한도(credit line)를 제공하는 금융지원을 위한 일반적인 수단이다. 그러면 외국에 있는 수출업자는 이 한도를 활용하여 그 과정에서 환어음을 발행한다. 그 은행은 그 환어음을 인수한 다음에 이를 할인한다든지 또는 만기까지 보유할 수 있다. (2) 일정한 기간후에 인수환어음을 통해서 지급되는 매도인과 매수인간의 일종의 신용장(letter of credit)이다. 신용장은 은행이 인수할 수 있는데, 그것은 모든 조건이 충족되는 경우, 지급을 보장한다는 뜻이거나, 또는 은행이 인수하지 않을 수 있는데, 그것은 매수인이 매도인으로부터 직접 지급의 위험을 떠맡는다는 것이다. ~ ***[accepting] house*** [영] 어음인수업자 → accepting house (어음인수업자). ***(prime) banker's*** ~ (일류) 은행인수어음 ¶A *banker's acceptance* is a time draft drawn on and accepted by a bank, the customary means of effecting payment for merchandise sold in import-export transactions and a source of financing used extensively in international trade. 은행인수어음은 은행앞으로 발행되어 은행이 인수하는 기한부어음을 이른다. 수출입거래의 결제방법으로서는 전통적인 수단이고, 국제거래에서 널리 이용되고 있는 자금조달방법이기도 하다. ~ ***supra protest (acceptance for honor)*** [영] 인수거절증서작성후(引受拒絶證書作成後)의 참가인수(參加引受) ¶The *acceptance supra protest* is the acceptance or payment of a bill of exchange, after it has been dishonored, by a person wishing to save the honor of the drawer or an endorser of the bill. 인수거절증서작성후의 참가인수는 환어음이 어음의 발행인 또는 배서인의 지급을 구제하기 바라는 사람에 의하여 지급 또는 인수를 거절한 후에 환어음의 인수 또는 지급을 말한다. ***London ~ credit*** 런던은행인수신용장 ¶The *London acceptance credit* is the credit of an exporter with a London Bank or accepting house, on which bills of exchange may be drawn (within specified limits of amount and timing). The lender may require security for such an arrangement. 런던은행인수신용장은 수출업자를 위해서 런던은행 또는 어음인수업자가 인수한 신용장인데, 이를 근거로 환어음이 (금액과 시기의 특별한 제한내에서) 발행될 수 있다. 대여자는 그런 채비에 대해서 담보를 요구할 수 있다. ***(fine) trade*** ~ (일류) 상업인수어음 ¶A *trade acceptance* is a draft that is drawn by a seller of goods ordering the buyer to pay a specified sum of money to the seller, usually at a stated time in the future. The buyer accepts the draft by signing the face of the draft, thus creating an enforceable obligation to pay the draft when it comes due. On a *trade acceptance*, the seller is both the drawer and the payee. 상업인수어음은 상품의 매도인이 매수인에게 보통 장래의 일정한 기일에 매도인에게 일정한 금액을 지급할 것을 지시하면서 발행한 환어음을 말한다. 매수인은 환어음의 권면에 서명함으로써 그 환어음을 인수하고, 그럼으로써 지급기일이 도래하면 그 환어음을 지급할 강제적 채무를 지게 된다. 상업인수어음에서는 매도인은 발행인이면서 수취인이 된다.

accepting house [영] 어음인수업자 ¶In the United Kingdom, an *accepting house* is a financial firm (i.e., bank, merchant bank) that guarantees that a bill of exchange or banker's acceptance created by a drawer will be paid to the beneficiary or bearer on the due date. The *accepting house* charges a fee in the form of a discount on the amount of the bill assuming the drawer's credit risk. 영국에서, 어음인수업자는 발행인이 작성한 환어음이나 은행인수어음을 지급기일에 수익자 또는 소지인에게 지급된다는 것을 보증하는 금융회사(예컨대, 은행, 머천트뱅크)이다. 어음인수업자는 발행인의 신용리스크를 인수한다면서 어음금액에 대해서 할인료의 형식으로 수수료를 부과한다.

acceptor 어음인수인 ¶ An *acceptor* is the person who accepts liability for a bill of exchange (by signing it on the face). 어음인수인은 (어음의 권면에 서명함으로써) 환어음상의 채무를 인수하는 자이다. /an *acceptor* for honor (어음의) 참가인수인

access ⓝ 출입, [컴] 액세스 ¶ Moving the headquarter to London would give us greater *access* to the European market. 본부를 런던으로 옮기는 것은 한층 광범하게 우리를 유럽시장에 접근하게 할 것이다.
ⓥ 입수하다, 기억장치에서 호출하다

accession 취득, 부합(附合), 상속 ¶ In some situations, a person may acquire ownership rights in another's property through *accession*. 어떤 경우에는, 사람은 부합(附合)에 의하여 타인의 재산에 대하여 소유권을 취득할 수 있다. /*accession* tax 상속세

accessory 보조적인, 부대적인 ***accessory contract*** 부수적 계약, 종(從)된 계약 ¶ The *accessory contract* is made for assuring the performance of a prior contract. 종된 계약은 주된 계약의 이행을 확보하기 위하여 체결된다. ~ ***obligation*** 부종채무(附從債務) ¶ The *accessory obligation* is an obligation which is incidental to another or principal obligation. 부종채무는 다른 채무나 주된 채무에 부수하는 채무이다.

accident 사고 ¶ an *accident* beyond control 불가항력 ***accident insurance*** 상해보험, 재해보험 ¶ The *accident insurance* is an insurance indemnifying the result of personal injuries caused by the insured's accident or by accidents. 재해보험은 피보험자의 재해나 재해로 인한 개인의 상해의 결과를 전보하는 보험을 이른다.

accidental 뜻밖의, 부대적인 ***accidental death benefit*** 재해사망보험금 ¶ The *accidental death benefit* is a value paid to the beneficiary of an accidental death insurance policy or a life insurance policy having an accidental death clause or rider, in the event the insured dies because of an accident. Such policies or clauses often provide also for bodily injury causing various forms of dismemberment, in which case the benefit is paid to the insured. 사망재해보험금은 상해사망보험계약, 혹은 상해사망조항이나 상해사망특약이 있는 생명보험계약의 수취인에 대해서 피보험자가 사고로 사망한 때에 지급되는 보험금을 말한다. 또 이런 종류의 보험은 후유장애(後遺障碍)를 초래하는 육체적 손상계약도 커버하는 경우가 많지만, 이 경우에는 보험금은 피보험자에게 지급된다.

accommodate 편의를 도모하다, 융통하다 ¶ If the irregular indorser indorses the note to *accommodate* the payee, his is not liable to the payee. 비정상적인 배서인이 수취인에게 융통을 위하여 어음에 배서한 경우에는, 동인은 수취인에 대하여 책임을 지지 않는다. ***accommodated party*** 피융통인 ¶ The key is that the *accommodated party* gets the direct benefit of the value given for the instrument. 문제는 피융통인이 증권을 위하여 지급된 대가의 직접이익을 받는 것이다.

accommodation 융통, 대출금 ¶ *accommodation* (of funds) 융자 /*accommodation* indorsement 어음보증 /an *accommodation* party 융통어음관계인 /cross *accommodation* 상호융통(어음의 상호융통) /loan *accommodation* 대출융통 /overnight *accommodation* 하룻밤만의 융통 ***accommodation bill* [*draft, note, paper*]** 융통어음, 공(空)어음, 상호융통어음 ¶ An *accommodation bill* is a bill of exchange signed by one person in order to help another to raise a loan. The signatory (accommodation party) is acting as guarantor, and normally does not expect to pay the bill when it falls due. *Accommodation bills* are known variously as kites, windbills or windmills. 융통어음은 차입(借入)을 구하는 다른 사람을 도우려는 사람이 서명한 환어음을 말한다. 서명인(융통어음관계인)은 보증인으로 행동하며, 보통 지급기일이 도래한 경우 그 어음을 지급할 것을 기대하지 않는다. 융통어음은 kite, windbill 또는 windmill 등 여러 가지로 부르기도 한다. ~ ***line*** [영] 영업상의 인수 ¶The *accommodation line* is an agreement by an insurer to underwrite a certain amount of business submitted by an insurance broker, regardless of quality. The intent is for the insurer to develop a strong relationship with the broker, to the point where high-quality business (i.e., profitable and/or low risk) can be regularly concluded. 영업상의 인수는 계약의 본질과 상관없이 보험중개인이 제출하는 사업의 일정한 금액을 인수하는 보험업자의 합의를 말한다. 그 의사는 보험업자가 중개인과 강한 인간관계를 발전시키는 것이고 고품질의 사업(예컨대, 이익이 나고 위험은 낮고)이 정기적으로 체결되는 경우에 적절하다.

accommodative monetary policy 금리완화책 ¶ The *accommodative monetary policy* is the Federal Reserve policy to increase the amount of money available for lending by banks. When the Fed implements an accommodative policy, it is known as easing the money supply. During a period of easing, interest rates fall, making it more attractive for borrowers to borrow, thereby stimulating the economy. The Fed will initiate an accommodative policy when interest rates are high, the economy is weak, and there is little fear of an outbreak of inflation. 금리완화책은 은행의 대출자금량을 증가시키는 것을 목적으로 한 미연방준비제도이사회의 정책을 말한다. 미연방준비제도이사회가 금융완화책을 실시하면, 통화공급량이 증가한다. 금융완화기에는 금리가 내려가고, 차입자가 자금을 차금하기가 쉽게 되며, 그 결과 경제를 자극하는 것이 된다. 미연방준비제도이사회가 완화책을 취하는 것은 금리가 높고, 경기가 저조하여 인플레이션이 발생할 염려가 거의 없는 경우이다.

accord 일치, 동의, 화해 ***accord and satisfaction*** [법] 대물변제(代物辨濟) ¶ The *accord and satisfaction* is an agreement for payment (or other performance) between two parties, one of whom has a right of action against the other. After the payment has been accepted or other performance has been made, the "*accord and satisfaction*" is complete and the obligation is discharged. 대물변제는 양자간에 변제계약인데, 일방은 타방에 대해서 소권(訴權)을 가지는 관계이다. 변제가 이루어지거나 대물이 이행된 후 「대물변제」는 이행된 것이고 채무는 소멸한다.

account 계좌, 계정, 계산서, 매매기록, 보고서, 단골거래서, 거래관계(「계좌, 계정」의 의미로는 여러 명사로서 사용된다. 다만 계좌과목명으로서 대문자를 사용하는 경우에는 관사를 생략하는 일이 많다.) ¶ *account* activities 계좌의 활동 /*account* activity analysis 계좌이동분석(計座移動分析) /an *account* agreement (계좌개설) 약정서 /*account* adjustment 계좌조정 /an *account* book 회계장부, 원장(元帳) /*account* closing procedures 결산절차 /*account* code 계좌코드 /*account* con-

단어 뜻이 정말 헷갈리네.

version 계좌대체 /an *account* current 상호계산, 당좌계좌 /an *account* day [주식]계좌일, 인도일(引渡日), 결제일 /the *account* department 회계과 /*accounts* due 미수금 /an *account* end [주식] 인도(引渡)당일 /an *account* executive (광고 등의) 단골거래처담당자, (증권의) 세일즈맨 /*account* for withdrawal 인출계좌, 인출구좌 /*account* form 계정형식 /*account* headings 계정과목(명) /*accounts* from individuals (and families) 개인예금 /*account* hold 계좌에의 주의설정 /*accounts* in balance 잔액합치 /an *account* in transit 미달계좌 /*account* manager (은행 등에서의) 고객담당자, 고객담당 책임자 /*account* name 계좌명의 /*account* No. encorders 계좌번호인자기(印字機) /*account* number 구좌번호, 계좌번호, 계정번호 /an *account* party 신용장의뢰인 /*account* payable 외상매입금, 미지급금 /*Account* Payee only [수표](횡선의 기재문언) 「지급인계좌에 입금전용」 /*account* receivable 외상매출금, 미수금 /*account* receivable financing [loans] 매출채권담보금융[대출] /*accounts* receivable turnovers 외상매출금회전율/*account* records 회계기록, 회계장부 /*account* rigging 분식결산 /an *account* sales 매상계산서 외상매출금회전율 /*account* system 계좌조직 /*account* tellers 예금창구텔러 /*account* titles 계정과목 /*account* to receive 수취계좌 /*account* relationship 계정관계, 계좌개설관계 /*account* transfer 계좌대체 /accrued *accounts* 미지급계좌 /amend the title of the *account* to read … 계정과목상위를 경정하다 /annual *accounts* 연차결산 /A's *account* with B bank B은행에 개설된 A 명의의 계좌 /a bank(ing) *account* 은행(거래)계좌 /book *accounts* 장부상의 대차 /a charge *account* 외상판매계좌 /checking *account* [미] 당좌예금 /a coded *account* 암호계좌 /a consolidated *account* 통합계좌 /custody *accounts* 보호예치 /dead *accounts* 수면계좌, 부동계좌 /delinquent *accounts* 연체대출 /dormant *accounts* 휴지계좌, 휴면계좌 /an expense *account* 교제비 /for *accounts* and risk of … 일체 …의 책임으로 /for [on] a person's *account* and risk 그 사람의 계산과 위험부담으로 /for one's *account* 그 사람의 계좌분으로서 /a frozen *account* 동결예금 /an interest bearing *account* 이자부계좌 /in *account* with … …와[과] 거래계좌가 있는(계산서나 장부의 최초의 문언. 거래처의 성명을 쓰는 것이 목적이다.) /interim *accounts* 중간결산 /ledger *account* 원장계좌 /a nostro *account* 당방계좌 /numbered *account* 숫자[번호]계좌 /on *account* 내금(內金)으로서 /opening and closing *accounts* 신해약(新解約) /an outstanding *account* 미결산계좌 /an overdrawing *account* 당좌차월계좌 /an over-due [a past-due] *account* 기한경과계좌 /payment on *account* 내금(內金)의 지급 /a retained *account* 보류예금, 정리계좌 /a running *account* 당좌계정, 계속계좌 /a shadow *account* 섀도 어카운트, 기장정리계좌 /a sleeping *account* 수면계좌 /subsidiary *accounts* 보조계좌 /a sundry *account* 잡(雜)계좌 /a suspense *account* 가계좌 /unsecured *account* 무담보계좌 /unsettled *account* 미결제계좌 /valuation *account* 평가계좌 /vostro *account* [a/c] 상대방계좌(their account)(다른 환거래은행이 자기 은행에 개설한 당좌예금계정) /wrap *account* 랩어카운트(고객이 맡긴 자금을 증권사가 주식 · 채권 · 펀드 등 다양한 금융상품에 투자해 수익을 얻는 금융상품) ***account analysis*** 계좌분석 ¶ The *account analysis* is a monthly statement evaluating the adequacy of compensating balances or fees paid by a corporate account for banking services, taking into a company's average daily balance, average daily float, earning credit rate on collected balances, and other factors. 계좌분석은 기업의 일차(日次)평균잔액, 일차평균자금화기간, 추심잔액에 대한 수익(收益)대출금리, 기타의 요인들을 고려하면서, 보상예금의 적정성 또는 은행업무에 대해서 기업계좌가 지급하는 수수료 등을 평가하는 월차(月次)보고서를 말한다. ~ ***balance*** 계좌잔액 ¶ *Account balance* is net of debits and credits at the end of a reporting period. Terms applies to a variety of *account* relationships, such as with banks, credit card companies, brokerage firms, and stores, and to classification of transactions in a bookkeeping system. 계좌잔액은 보고기간의 기말에 있어서 차변과 대변의 공제잔액을 이른다. 이 용어는 은행, 크레디트카드회사, 증권회사, 상점과의 여러 가지의 거래계정이나, 부기상의 계정과목에 대해서 사용된다. ~ ***history*** 계좌기록 ¶ An *account history* is a bank's summary of a deposit account's activity, including interest earned, during a particular period. 계좌기록은 특정한 기간동안에 수취이자를 비롯하여 예금계정의 활동을 은행이 요약한 것이다. ~ ***in trust*** 신탁계좌 ¶ An *account in trust* is an account managed by one party for use by another, who is named the beneficiary. A partner or guardian opening a child's savings *account* under the Uniform Gifts to Minors Act approves any withdrawals until the child reaches legal age. 신탁계좌는 수익자라고 하는 타방당사자의 사용을 위해서 일방당사자가 관리하는 계좌이다. 통일미성년자에 대한 증여법에 의해서 자녀의 저축계좌를 개설하는 관리자 또는 후견인은 자녀가 성년이 되기까지 어떤 인출금액도 승인한다. ~ ***number*** 계좌번호 ¶ An *account number* is a numeric code identifying the holder of an account. *Account numbers* are generally issued sequentially by the date an *account* is opened, have a standardized number of characters, and may contain coded information for internal security purposes. 계좌번호는 계좌의 소유자를 증명하는 숫자암호이다. 계좌번호는 계좌가 개설된 날짜의 순서대로 발부되어 표준화된 자체(字體)의 수를 가지며, 내부보안을 목적으로 암호화된 정보를 포함할 수 있다. ~ ***reconciliation*** 계좌대조, 잔액의 대조 ¶ The *account reconciliation* is the process of adjusting the balance in your checkbook to match your bank statement. Your checkbook balance, plus outstanding checks, less bank charges, plus interest (if any), should equal the balance shown on your bank statement. 잔액대조는 수표책의 잔액과 은행계정대조표(bank statement)를 맞대어 대조하는 것이다. 수표책의 잔액에 미발행수표의 금액을 플러스하고, 은행수수료를 공제하여 (수표계정의 이자수입이 있다면) 이자를 더한다면, 은행계정대조표에 나타난 잔액과 같게 된다. ~***s payable*** 지급계좌, 외상매입금(계좌), 미지급금, 미지급계좌 ¶ *Accounts payable* is amounts owing on open account to creditors for goods and services. Analysts look at the relationship of accounts payable to purchase for indications of sound day-to-day financial management. 외상매입금계좌는 미결산계좌에서 구입한 물품이나 서비스에 대해서 채권자에게 부담지우는 금액을 말한다. 애널리스트는 구입액에 대한 외상매입금의 비율을 매일 매일의 재무관리의 건전성을 나타내는 지표로서 주목하고 있다. ~***s receivable***; ~***s to receive*** 외상매출금(계좌), 미수금 ¶ *Account receivable* is money owned to a business for merchandise or services sold on open account, a key factor in analyzing a company's liquidity – its ability to meet current obligations without additional revenues. 외상매출금은 미결산계좌에서 매각한 상품이나 서비스에 대해서 수취할 대가이고, 기업의 유동성, 말하자면 추가수입이 없어도 현재의 채무를 변제할 능력의 분석한 데에 중요한 요소가 된다. accounts receivable turnover(외상매출금회전율); aging schedule(외상매출금경과기간표); collection ratio(회수율)도 참조할 것. ~***s receivable turnover***

외상매출금회전율 ¶The *accounts receivable turnover* is a ratio obtained by dividing total credit sales by accounts receivable. The ratio indicates how many times the receivable portfolio has been collected during the accounting period. See also accounts receivable; aging schedule; collection ratio. 외상매출금회전율은 외상매출금총액(total credit sale)을 외상매출금으로 나누어 얻는 비율을 말한다. 이 비율은 회계연도내에 외상매출금이 몇 번 회전하였는지를 나타낸다. accounts receivable (외상매출금); aging schedule(외상매출금경과기간표); collection ratio (매상채권회수기간)도 참조할 것. ~ ***statement*** 계좌계산서 ¶In banking, an *account statement* is summary of all checks paid, deposits recorded, and resulting balances during a defined period. 은행업무에서, 계좌계산서는 소정의 기간에서 모든 지급수표, 예금기록, 및 최종잔액을 일람한 것을 말한다. ¶In securities, an *account statement* is statement summarizing all transactions and showing the status of an account with a broker-dealer firm, including long and short positions. Such statements must be issued quarterly, but are generally provided monthly when accounts are active. 증권거래에서, 계좌계산서는 증권회사와 행한 모든 거래를 요약하고, 매입초과포지션, 매도초과포지션을 포함하여 계좌의 거래상황을 나타내는 계산서이다. 이 계산서는 4반기마다 발행되는 것으로 되어 있으나, 거래가 있으면 보통 매월 발행된다. ***current*** ~ [영] 경상수지, 당좌계정 ¶The *current account* is the sum of a country's activity in net trade (exports less imports), invisibles, receipts/remittances from abroad, international payment transfers, and gifts. 경상수지는 순수무역(수입을 뺀 수출), 무역외수지, 해외로부터의 수령/송금, 국제지급의 이체 및 증여에 있어서 국가 활동범위의 총계를 이른다. ***joint*** ~ 공동계정, (부부 등의) 공동예금계정 ¶A *joint account* is a bank account owned by two or more persons, who equally share rights and liabilities of the account. 공동계정은 2인 이상의 사람들이 소유하는 은행계정으로, 모두가 똑같이 권리와 의무를 공유하는 경우이다. ***open*** ~ 미결산계좌 ¶An *open account* is credit relationship between a buyer and a seller. 미결산계좌는 매수인과 매도인과의 신용관계를 말한다. ***profit and loss*** ~ 손익계좌 ¶A *profit and loss account* is an account summarizing the revenues, costs, and expenses of a company during an accounting period. 손익계좌는 일정한 회계기간내에 회사의 수입(收入), 비용 및 경비를 총계하는 계정을 이른다. ***savings*** ~ 저축계좌, 저축성예금 ¶A *savings account* is a deposit account at a commercial bank, savings bank, or savings and loan association that pays interest, usually from day of deposit to day of withdrawal. Savings deposits are insured up to $100,000 per account if they are on deposit at a bank insured by the Federal Deposit Insurance Corporation (FDIC) or a savings and loan insured by the Savings Association Insurance Fund (SAIF). SAIF is administered by the FDIC. 저축계좌는 보통 예금일로부터 인출일까지의 이자를 지급하는 상업은행, 저축은행 또는 저축대출조합의 예금계정을 말한다. 저축성예금은 연방예금보험공사(FDIC), 또는 저축금융기관보험기금(SAIF)이 보험을 든 저축계좌에 들어 있는 경우 계좌마다 10만 달러까지 보험의 혜택을 본다. 저축금융기관보험기금은 연방예금보험공사가 집행한다.

accountability 책임, 의무, 회계책임 ¶an *accountability* unit 회계책임단위 /lines of *accountability* for each position 각각의 지위에 관한 책임의 범위

accountable 책임이 있는 ¶be held *accountable* for … …에 대해서 책임이 있다

accountancy [영] 회계, 경리, 회계업무([미] accounting) ¶*accountancy* service 회계감사업무 /He is studying *accountancy*. 그는 회계학을 공부하고 있다.

accountant 회계사 ¶an *accountant* in charge 담당회계사 /an *accountant's* certificate 감사보고서 /*accountant's* legal liability 회계사의 법적 책임 /an *accountant's* report 감사보고서, 회계사보고서 /*accountant's* responsibility 회계사의 책임, 감사인의 책임 /a chartered *accountant* (CA) [영] (칙허(勅許)에 의한) 공인회계사, 인허(認許)회계사 ***accountant's opinion*** 회계사의 감사의견 ¶An *accountant's opinion* is a statement signed by an independent public *accountant* describing the scope of the examination of an organization's books and records. Because financial reporting involves considerable discretion, the *accountant's* opinion is an important assurance to a lender or investor. 회계사의 감사의견은 독립된 공인회계사에 의해서 서명받은 보고서로서, 기업 등의 장부나 기록에 대해서 실시한 감사범위를 나타낸다. 재무보고서는 재량에 맡겨져 있는 상당하기 때문에, 회계사의 감사의견은 대여자(貸與者)나 투자자에게는 중요한 확신자료가 된다. ***certified public (CPA)*** ~ [미] 공인회계사 ¶A *certified public accountant* (*CPA*) is an accountant who has passed certain exams, achieved a certain amount of experience, reached a certain age, and met all other statutory and licensing requirements of the U.S. state where he or she works. 공인회계사는 일정한 시험에 합격하고, 일정한 실무경험을 쌓으며, 일정한 연령에 이르러서 근무지역인 미국의 주가 정하는 기타 법률상 모든 자격요건을 갖추고 있는 회계사를 말한다.

accounting 회계학, 회계, 경리 ¶*accounting* activities 회계활동 /*accounting* books 회계장부 /an *accounting* code 경리기준 /*accounting* conventions 회계관습 /*accounting* firms 회계사무소, 회계법인 /*accounting* function 회계기능 /*accounting* procedures 회계절차, 회계처리 /*accounting* records 회계기록, 회계장부 /*accounting* reports 회계보고서, 재무제표 /*accounting* responsibility 회계책임 /*accounting* year 회계연도 /cost *accounting* 원가계산, 원가회계 /double-entry *accounting* 복식부기 /financial *accounting* 재무회계 /managerial *accounting* 관리회계 /payroll *accounting* 급여계산 ***accounting period*** 회계기간 ¶*An accounting period* is a time covered by financial statements, which can be for any length but is usually annual, quarterly, or monthly. 회계기간은 재무제표가 미치는 기간이다. 어느 일정한 기간동안으로 할 수 있지만, 1년, 4반기, 또는 월정(月定)인 것이 보통이다. ~ ***principles*** 회계원칙 ¶The *accounting principles* are rules and guidelines of accounting. They determine such matters as the measurement of assets, the timing of revenue recognition, and the accrual of expenses. 회계원칙은 회계의 규칙과 지침을 말한다. 이 회계원칙은 자산의 측정, 수익인식의 시기, 비용의 발생과 같은 사항을 결정한다. ~ ***profit*** [영] 회계상의 이익 ¶The *accounting profit* is the difference between revenues and costs (including interest, taxes, and depreciation), prepared in accordance with applicable accounting principles. Implicit costs, such as opportunity costs, are excluded from the computation. See also economic profit; economic value added. 회계상의 이익은 적용되는 회계원칙에 따라 작성된 (이자, 조세 및 감가상각을 포함하여) 수입(收入)과 비용간의 차액을 말한다. 기회비용과 같은 잠재적 비용(implicit costs)은 이익계산에서 제외된다. economic profit(경제적 이익); economic value added(경제적 부가가치)도 참조할 것. ~ ***standards*** 회계기준 ¶The *accounting standards* are conducts to be followed by accountants as formulated by an authoritative body (e.g., American Institute of Certified Public Accountants (AICPA)) or law. 회계기준은 (예컨대 미국공인회계사협회와 같은) 유권기관과 법률이 공식화한 행위준칙으로서 회계사들이 준수해야 하는 것이다.

accredit 신용하다, 신용장을 개설하다 ***accredited investor*** 적격투자자, 유자격

투자자 ¶ Under the Securities Act of 1933, a company may be exempt from registration requirements when selling its securities to *accredited investors*. Among those considered *accredited investors* under Rule 501 of Securities and Exchange Commission Regulation D are banks, insurance companies, employee benefit plans, and charitable organizations, corporations, or partnerships with assets exceeding $5 million. 1933년의 증권법에 의하여, 회사가 적격투자자에게 그의 증권을 매도하는 경우 등록요건에서 면제받을 수 있다. 증권거래위원회 규칙 501 레귤레이션 D에 의하여 적격투자자로 생각되는 자들 중에는 은행, 보험회사, 종업원 복지제도, 및 자선단체, 주식회사 또는 500만 달러 이상을 보유하는 파트너십이 있다. ***~ed party* [*buyer*]** 신용장의 수익자 ¶ The *accredited party* is an early name for the beneficiary of a letter of credit. accredited party(신용자의 수익자)는 신용장의 수익자를 의미하는 옛말이다. ***~ing party*** 신용장개설은행 ¶ The *accrediting party* is an early name for the negotiating bank. accrediting party(신용장개설은행)는 신용장의 개설은행을 의미하는 옛말이다.

accreditee 신용장의 수익자, 신용수령자 ¶ The *accreditee* is an early name for a beneficiary that is entitled to draw or demand payment under a letter of credit. accreditee(신용장의 수익자)는 신용장에 의하여 환어음을 발행하거나 지급을 청구할 수 있는 수익자(beneficiary)를 의미하는 옛말을 뜻한다.

accrete (하나로) 굳히다, 융합하다, 부착하다 ***accreting cap*** [영] 부착상한금리 ¶ The *accreting cap* is a form of interest rate cap based on an increasing notional principal amount. See also accreting swap. 부착상한금리는 증가하는 관념상의 원금금액을 기초하는 금리의 상환금리의 형식을 말한다. accreting swap(증가하는 스왑)도 참조할 것. ***~ing swap*** [영] 증가하는 스왑 ¶ The *accreting swap* is an over-the-counter swap featuring a notional principal balance that increase on a preset schedule or through the triggering of a market events (generally a breach of a defined interest rate level). *Accreting swaps* typically have a lockout period during which increases are prohibited. See also accreting cap; amortizing swap; index principal swap; reverse index principal swap; variable principal swap. 증가하는 스왑은 사전에 정한 계획표에서 또는 시장행사의 촉발을 통해서 증가하는 관념상의 원금잔액을 특징으로 하는 장외거래 스왑(over-the-counter swap)이다(일반적으로 일정한 금리수준의 위반). 증가하는 스왑은 대표적으로 증가가 금지되는 폐쇄기간(lockout period)을 가진다. accreting cap(부착상한금리); amortizing swap(약정상환부 스왑); index principal swap(지수원금스왑); reverse index principal swap[역(逆)지수원금스왑]; variable principal swap(변동원금스왑)도 참조할 것.

accretion 자산증가, 부가 ¶ *Accretion* is asset growth through internal expansion, acquisition, or such causes as aging of whisky or growth of timber. 자산증가는 내적 성장(internal expansion), 매수(acquisition) 혹은 위스키의 성숙이나 목재의 성장과 같은 요인으로 자산을 증가하는 것을 이른다. ***accretion of discount*** [영] 할인증가 ¶ The *accretion of discount* is the process of adjusting the book value of a bond purchased at a discount to reflect the effects of noncash payment of interest as maturity approaches. See also accretion; amortization; original issue discount. 할인증가는 만기가 다가오면서 비현금지급의 효과를 반영하기 위하여 할인으로 구매한 채권의 장부가를 조정하는 과정을 말한다. accretion(자산증가); original issue discount(발행시 할인)도 참조할 것.

accrual 이자(의 부가), (이익 등의) 발생, 증가, 예상액 ¶ an *accrual* method of accounting 기간대응베이스 회계처리 /*accrual* of interest 이자의 발생이자원가 ***accrual accounting*** 발생주의회계 ¶ The *accrual accounting* is a recognition of revenue when earned and expenses when incurred. They are recorded at the end of an accounting period even though cash has not been received or paid. The alternative is cash basis accounting. 발생주의회계는 수익(收益)과 지출이 발행한 시점에서 수입(收入)의 인식방법을 이른다. 그것은 수입과 지출이 없더라도 회계연도말에 기록된다. 대체방법으로는 현금주의(cash basis)회계가 있다. ~ ***basis [system]*** 발생주의 ¶ The *accrual basis* is accounting method whereby income and expense items are recognized as they are earned or incurred, even though they may not have been received or actually paid in cash. The alternative is cash basis accounting. 발생주의는 실제로 현금의 수수(授受)가 없더라도, 수입(收入)과 지출의 각 항목을 각각 발생한 시점에서 인식하는 회계방법을 말한다. 대체방법으로는 현금주의(cash basis)회계가 있다. ~ ***bonds*** 이자증가형 채권 ¶ *Accrual bonds* are bonds that do not make periodic interest payments, but instead accrue interest until the bond matures. Also known as zero-coupon bonds. 이자증가형 채권이란 정기적인 이자지급을 하지 않고, 만기까지 금리를 누적하는 채권을 말한다. 제로쿠폰채(債)라고도 한다. ~ ***note*** 이자증식 채권 → range floating rate note (가격폭 변동금리부 채권).

accrue 발생하다, 생기다, (이자가) 붙다, 이자가 생기다, 축적하다, 누가하다 ¶ *accrued* assets [liability] 예상자산[부채] /an *accrued* basis 발생주의 /*accrued* charges [costs, expenses] 미지급 비용 /*accrued* depreciation 감가상각 누적액 /*accrued* dividends 부수배당금 /*accrued* expenses 미지급비용 /*accrued* income 미지급수입 /*accrued* interest payable 미지급이자 /*accrued* interest receivable 미수이자 /*accrued* receivable 미수금 /*accrued* revenue 미수수익 /*accrued* tax 미지급세금 ***accrued benefits*** 발생급여 ¶ The *accrued benefits* are pension benefits that an employee has earned based on his or her years of service at a company. 발생급여란 회사에서의 근무연수에 근거해서, 수령권(受領權)을 이미 얻고 있는 연금급여를 이른다. ***~d interest*** 미지급이자, 경과이자, 이연이자 ¶ *Accrued interest* is interest that has accumulated between the most recent payment and the sale of a bond or other fixed-income security. At the time of sale, the buyer pays the seller the bond's price plus *accrued interest*, calculated by multiplying the coupon rate by the number of days that have elapsed since the last payment. 경과이자란 것은 채권이나 확정이자부 증권(fixed income security)의 이자로서, 바로 가까운 이자지급시점과 매각시점의 사이에 누적된 경과이자를 이른다. 채권의 매각시점에서 구입자는 매각자에게 채권가격에 덧붙여 경과이자를 지급한다. 경과이자는 표면이율(coupon rate)에 직근(直近) 이자일에서 경과한 일수(日數)를 더해서 산출된다.

acct. → account [약] 계좌, 계정

accumulate 축적하다, 누적하다 ¶ *accumulated* capital 축적자본 /*accumulated* deficits 누적적자 /*accumulated* depreciation 감가상각누적액 /*accumulated* earnings 이익잉여금 /*accumulated* income 이익잉여금 /*accumulated* preferred stock 누적적 우선주 /*accumulated* profit 유보이익, 누적잉여금 /*accumulated* surplus 적립잉여금 ***accumulated benefit obligation (ABO)*** 누적급여채무 ¶ The *accumulated benefit obligation (ABO)* is an estimated liability of a pension plan assuming immediate termination. Differs from projected benefit obligation (PBO), which makes a similar calculation assuming plan is ongoing. 누적급여채무는 바로 종료할 것을 전제로 하여 계산한 연금제도(pension plan)의 채무의 추정액

을 말한다. 계산의 방법은 유사하지만, 연금제도가 계속할 것을 전제로 하고 있다. projected benefit obligation (PBO)과는 다르다. ***~d depreciation*** 감가상각누계액 ¶ The *accumulated depreciation* is the total amount of depreciation that has been recorded for an asset since its date of acquisition. For example, a computer with a five-year estimated life that was purchased for $2,000 would have accumulated depreciation of $800 [($2,000/5)×2] and a book value of $1,200 ($2,000-$800) after two years of straight-line depreciation. 감가상각누계액이란 그 재산의 취득일로부터 기록된 감사상각의 총액을 이른다. 예를 들면, 기대수명이 5년의 컴퓨터를 2,000달러로 구입하고, 2년간의 정액법(straight-line depreciation)에 의하면, 800달러(2,000달러/5년의 기대수명×2)와 1,200달러(2,000달러-800달러)의 장부가격(帳簿價格)을 합친 감가상각누계액이 남을 것이다. → allowance for doubtful accounts (대손충당금). ***~d dividend*** 누적배당금 ¶ *Accumulated dividend* is dividend due, usually to holders of cumulative preferred stock, but not paid. It is carried on the book as a liability until paid. 누적배당금은 누적우선주(cumulative preferred)의 보유자에 대한 배당금으로, 지급기한이 도래하고 있지만 미지급된 것(dividend due but not paid)을 이른다. 미지급배당금은 실제로 지급되기까지 장부상으로는 채무(liability)로서 이월된다. ***~d profits tax*** 유보이익세 ¶ The *accumulated profits tax* is a surtax on earnings retained in a business to avoid the higher personal income taxes they would be subject to if paid out as dividends to the owners. Accumulations above the specified limit, which is set fairly high to benefit small firms, must be justified by the reasonable needs of the business or be subject to the surtax. Because determining the reasonable needs of a business involves considerable judgment, companies have been known to pay excessive dividends or even to make merger decisions out of fear of the *accumulated profits tax*. Also called accumulated earnings tax. 유보이익세는 주주에게 배당(dividend)으로서 지급되면 높은 개인소득세(personal income tax)가 부과되는 것을 회피하기 위하여 배당금을 지급하지 않는 내부유보되는 이익에 대하여 부과되는 특별부가세(surtax on earnings)이다. 소규모기업을 배려하여, 특별부가세의 대상이 되지 않는 내부유보의 한도액은 상당히 높게 설정되고 있으나, 한도액을 초과하는 누적유보액에 관하여는, 그것이 필요한 것이 정당화될 수 있어야 한다. 한도액을 초과하는 내부유보액이 사업에 정말 필요하다는 것을 결정하기 위하여는 상당한 판단을 요하기 때문에, 회사들은 초과배당(excessive dividend)을 지급한다든지, 때로는 유보이익세과세의 우려에서 합병마저 결의한다든지 하는 경우가 많다. 이를 accumulated earnings tax라고도 한다.

accumulation 내부유보, 축적, 적립금 ¶ The *accumulation* is profits that are not paid out as dividends but are instead added to the company's capital base. 내부유보는 배당금으로서 지급되지 않고, 기업의 자본계좌에 축적되는 이익을 이른다. /*accumulation* of capital 자본축적 /*accumulation* [drawdown] swap (원금이 서서히 증액하는 차입 등에 이용되는) 어큐뮤레이션 스왑 ***accumulation period*** 적립기간 ¶ The *accumulation period* is years during which a working person is making contributions to a deferred account. 적립기간이란 근로자가 과세순연계좌(順延計座)에 기부를 계속해서 행하는 연월을 이른다. ~ ***unit*** [영] 배당적립유닛 ¶ The *accumulation unit* is a unit in a unit trust or investment trust where after-tax dividends are reinvested in the same trust. 배당적립유닛은 세금공제 후 배당이 같은 신탁에 재투자되는 단위형 신탁이나 투자신탁을 말한다.

accumulative stock 누적배당형 주식 → cumulative preferred (누적배당우선주).

accusation 고발, 고소 ¶ The evidence refutes the *accusation* against me. 증거가 모두 나에 대한 고발의 잘못을 논증하고 있다.

accuse 고발하다, (잘못 등을) 나무라다 ¶ No one is bound to *accuse* himself (=nemo tenetur seipsum accusare.). 누구도 자기를 고발할 의무는 없다.

accused 고발된, 비난받은, (the ~) 피고인 ¶ The *accused's* silence may generate a reasonable inference that the *accused* believed the statement to be true. 피고인의 묵비는 그가 기소장을 사실이라고 믿는다고 하는 상당한 추론을 낳을 수 있다.

acid test (ratios) 산성시험(비율)(당좌자산과 유동부채의 비율)(acid test ratios는 liquid ratio tests라고도 하며, 미국에서는 quick asset ratios라고도 한다. 통상 1 대 1의 비율이면 충분하다고 한다.), 당좌비율 ¶ The *acid test ratio* is a company's liquid assets to current liabilities. 당좌비율이란 회사의 당좌자산에 대한 유동부채의 비율을 말한다.

acknowledge 인정하다, 승인하다 ¶ The act of *acknowledging* instruments is wholly statutory, and only such instruments need be *acknowledged* as are so required by statute. 서면의 확인행위는 전적으로 제정법에 따른 것이고, 제정법에 의하여 이것이 요구되고 있는 서면에 관하여서만 확인을 하면 충분하다.

acknowledgment 확인, 승인 ¶ *Acknowledgment* is verification that a signature on a banking or brokerage document is legitimate and has been certified by an authorized person. *Acknowledgment* is needed when transferring an account from one broker to another, for instance. In banking, an *acknowledgment* verifies that an item has been received by the paying bank and is or is not available for immediate payment. 확인이란 은행이나 증권회사의 문서상의 서명이 적법하고 권한있는 자에 의해서 인증되었음을 확증하는 것이다. 예컨대 어느 증권회사로부터 다른 증권회사로 계좌를 이관하는 경우에, 이 확인이 필요하게 된다. 은행업무에서는, 지급은행에서의 입금이 있고, 즉시 지급이 가능한지 어떤지를 확인할 때에 acknowledgment가 행해진다. ***acknowledgement of indebtedness [debt]*** 채무의 승인(채무의 인낙, 일부변제 등은 제소기간(limitation of actions, 출소기한)을 중단하고 갱신하는 효력을 가진다.) ¶ Part payment of obligation which tolls statute of limitations is a form of "*acknowledgement of debt*". 출소제한법(出訴制限法)을 울리는 채무의 일부지급은 「채무의 승인」의 형식이다.

acquired surplus (기업매수 등에 의하여 얻은) 취득잉여금, 합병차익 ¶ *Acquired surplus* is uncapitalized portion of the net worth of a successor company in a pooling of interests combination. In order words, the part of the combined net worth not classified as capital stock. In a more general sense, the surplus acquired when a company is purchased. 취득잉여금은 지분풀링방식(pooling of interests)에 의한 기업결합(combination)에서 존속회사(successor company)의 순자산(net worth) 중에서 자본금으로 편입되지 아니한 부분을 말한다. 요컨대 합산순자산 중에서 자본금(capital stock)으로 분류되지 않는 부분을 이른다. 보다 일반적으로 말하자면, 기업이 매수된 때에 얻어지는 잉여금을 가리킨다.

acquirer [영] 기업매수자 ¶ The *acquirer* is a company that seeks to purchase a target company via a hostile takeover or a friendly takeover. 기업매수자는 적대적 매수(hostile takeover) 또는 우호적 매수(friendly takeover)를 경유하여 매수대상회사를 구입하려고 하는 회사를 말한다.

acquisition 취득, 기업매수 ¶ The *acquisition* is that one company takes over controlling interest in another company. Investors are always looking out for companies that are likely to be acquired, because those who want to acquire such companies are often willing to pay more than the market price for the shares they need to complete the acquisition. 기업매수는 어느 기업이 다른 기업의 경영지배권(controlling interest)을 취득하는 경우이다. 투자자는 언제나 매수(takeover)의 표적이 될 것 같은 기업을 물색한다. 매수회사는 매수에 필요한 주식수를 취득하기 위해서, 시장가격보다 높은 가격을 적극적으로 지급하는 경우가 많기 때문이다. /the *acquisition* date (자산의) 구입일, (상속자산의) 취득일자 /*acquisition* loans 매수자금융 ***acquisition accounting*** [영] 기업매수회계 ¶ The *acquisition accounting* is the accounting policies used when one company is acquired by another company. Under this process the purchase price of the company being acquired is divided between tangible assets and intangible assets based on fair market value, and any resulting difference is reflected as an acquisition adjustment to the goodwill account. Also known as purchase acquisition accounting. See also merger accounting. 기업매수회계는 한 회사가 다른 회사에 의해서 매수되는 경우에 사용되는 회계정책을 말한다. 이 과정 하에서 지급되는 그 회사의 구매가는 공정시가(fair market value)를 기초로 하여 유형자산과 무형자산으로 구분되고, 결과로 생기는 차이는 영업권계좌(goodwill account)에 대한 매수조정으로 반영된다. 이는 purchase acquisition accounting(매수형식에 의한 합병회계)라고도 한다. merger accounting(합병회계)도 참조할 것. ~ ***costs*** 취득원가 ¶ *Acquisition cost* is price plus closing cost to buy a company, real estate or other property. 취득원가는 기업매수나 부동산 등 자산의 구입가격에다 거래에 수반되는 권한이전비용(closing cost) 등을 부가한 가격을 말한다. ~ ***line*** [영] 매수자금의 종류 ¶ The *acquisition line* is a form of syndicated loan that is drawn by the borrower to fund an acquisition. Once drawn, the loan typically become payable over the medium term, and may be structured with either regular amortization of principal and interest, or with a bullet repayment. 매수자금의 종류는 매수자금을 공급받기 위하여 차입자(borrower)가 끌어들이는 신디케이트론(loan)의 형식이다. 한번 끌어들이면, 그 론은 일반적으로 중기(medium term)를 넘어 지급되고, 원금과 이자의 정기적 분할상환이나 일괄반환(bullet repayment)으로 구조화될 수 있다.

acquisitive [positive] prescription (점유 또는 준점유에 기인하는) 취득시효 ¶ The provisions of preceding three articles shall apply mutatis mutandis to the *acquisitive prescription* of property rights other than ownership. 전 3조의 규정은 소유권 이외의 재산권의 취득시효에 준용된다.

acquittal (부채의) 면제, 채무면제, 책임해제 ¶ Her lawyer appealed against the defendant's *acquittal*. 그녀의 변호사는 피고의 채무의 면제에 불복하여 상소하였다.

acquittance (채무의) 완제, 채무면제, 책임면제, 책임해제 ¶ A receipt in full is an *acquittance*, and a receipt for a part of a demand or obligation is an *acquittance* pro tanto. 완전한 수령은 채무의 소멸이요, 청구 또는 채무의 일부분의 수령은 그 한도 내에서 소멸한다.

across-the-board 전반적인, 전면적인 ¶ The term *across the board* indicates a movement in the stock market that affects almost all stocks in the same direction. When the market moves up *across the board*, almost every stock gains in price. across the board라는 용어는 거의 모든 종목이 같은 방향으로 움직이는 것과 같은 영향을 주는 주식시장(stock market)의 동향을 가리키는 용어이다.

시장이 전반적으로(across the board) 상향하고 있는 때에는, 거의 모든 종목이 가격이 상승한다.

act 행위, 법률 ¶an *act* of God [Providence] 천재지변, 불가항력 /*acts* of bankruptcy 파산행위 /the Companies *Act* [영] 회사법([미] the Corporation Law) /*acts* similar to guarantees 보증유사행위 ***act of honor*** [어음] 참가인수(acceptance for honor) ¶The *act of honor* is an act to accept and pay an obligation of a bill when due. 참가인수란 어음의 지급기일이 도래한 때에 어음을 인수하거나 어음채무를 지급하는 행위를 이른다. ***Banking Act of 1933*** 1933년의 은행법 ([영] the Bank *Act*) ¶The *Banking Act of 1933* is a major banking reform legislation enacted by Congress as a remedy to the financial instability in the banking system during the Great Depression, creating the Federal Open Market Committee, and the Federal Deposit Insurance Corporation. The act gave effective control of monetary policy to the Federal Reserve Board of Governors. Sections 16, 20, 21, and 32 of the act, separating commercial banking from investment banking, are more commonly known as the Glass-Steagall Act. The Glass-Steagall Act enforced a legal separation of commercial and investment banking activities until these restrictions were removed by the Gramm-Leach-Bliley Act of 1999. 1933년의 은행법은 대공황(Great Depression)기간중에 은행업무시스템의 금융상의 불안정에 대한 구제책으로서, 연방공개시장위원회(Federal Open Market Committee)와 연방예금보험공사(Federal Deposit Insurance Corporation)를 창설하는 것을 내용으로 의회가 제정한 주요한 은행업무개혁입법이다. 그 법률은 연방준비제도이사회(Federal Reserve Board of Governors)에 대하여 통화정책의 유효한 감독권을 부여하였다. 동법 제16조, 제20조, 제21조 및 제32조는 상업은행업무와 투자은행업무를 분리하는 내용인데, 글래스-스티걸법(Glass-Steagall Act)으로 더 많이 알려져 있다. 글래스-스티걸법은 상업은행업무와 투자은행업무의 법적 분리를 강제하였으며, 그 뒤에 이러한 제한은 1999년의 그램-리치-블라일리법(Gramm-Leach-Bliley Act of 1999)에 의하여 폐지되었다.

acting ⓐ 대리[대행]의, 임시의 ¶*acting* chairman 임시의장, 의장대행 /*acting* partner 대표사원 /*acting* president 사장대행

ⓝ 행위, 실행 ***acting in concert*** 기업매수의 공동투자, (투자목적을 위한) 협조행동 ¶The *acting in concert* is that two or more investors work together to achieve the same investment goal – for example, all buying stock in a company they want to take over. 협조행동이란 2인 이상의 투자자가 동일한 투자목표를 달성하기 위하여 협조해서 행동하는 것이다. 예컨대 매수(takeover)하려는 기업의 주식을 전원이 구입하려고 하는 경우를 말한다.

action 행동, 행위, 소송 ¶a cause of *action* 소송원인 /civil *actions* 민사소송 /court *action* 법적 소송 /criminal *actions* 형사소송 /cross *action* 반대소송 /legal *action* 법적행위, 적법행위 /personal *action* 인적소송 /a real *action* 물적소송 ***action in personam*** 대인소송(사람에 대한 권리를 주장하는) ¶The *action in personam* is an action seeking judgment against a person involving his personal rights and based on jurisdiction of his person, as distinguished from a judgment against property. 대인소송은 인적권리와 관련하고 인적 관할권을 기초로 해서 판결을 구하는 소송이고, 재산에 대해서 판결을 구하는 것과 구별된다. ~ ***in rem*** 대물소송(물건에 대한 권리를 주장하는) ¶The *action in rem* is an action seeking against the thing. 대물소송은 물건을 구하는 소송을 이른다.

active 활발한, 왕성한 ¶*active* assets 활동자산 /an *active* bad debt account 회수

가능성이 있는 불량자산 /*active* capital 활동자본 /*active* circulation [money] 은행권유통고 /*active* investors 능동적 투자자 /an *active* market 활황(活況)을 보이고 있는 시장 /*active* money 활동화폐, 거래화폐 /*active* stocks 인기주 ***active account*** 활발한 계좌 ¶ *Active accounts* are accounts at a bank or brokerage firm in which there are many transactions. An active banking account may generate more fees for each check written or ATM transaction completed. 활발한 계좌란 거래가 활발하게 이루어지고 있는 은행이나 증권회사(brokerage firm)의 계좌를 말한다. 거래가 활발한 은행계좌에서는, 발행수표나 ATM(현금자동예금지급기)거래 1건당의 수수료가 크게 된다. ~ ***bet*** [영] 액티브 벳 ¶ The *active bet* is the difference between an investment manager's portfolio and the benchmark portfolio, reflecting individual investments or strategies that specifically deviate from those contained in the benchmark. See also active return; active risk; tracking risk. 액티브 벳은 투자매니저의 포트폴리오와 벤치마크 포트폴리오와의 차이를 말하고, 이는 벤치마크에 포함된 것에서 확실히 일탈하는 개별투자나 전략을 반영하는 것이다. active return(액티브 리턴); active risk(액티브 리스크); tracking risk(트랙킹 리스크)도 참조할 것. ~ ***box*** 액티브 박스, 담보사용가능증권 ¶ The *active box* is collateral available for securing broker's loans or customers' margin positions in the place – or box – where securities are held in safekeeping for clients of a broker-dealer or for the broker-dealer itself. 담보사용가능증권이란 브로커론(broker loan)(증권회사가 은행에서 차입하는 론)이나 고액의 신용거래의 담보(collateral)로서 이용할 수 있는 증권으로, 증권회사의 고객계정이나 증권회사의 자기계정에 보호예치되어 있는(in the place or box) 증권을 말한다. ~ ***fund*** [영] 액티브펀드 ¶ The *active fund* is a fund that seeks to outperform the market through the selection of assets based on a defined investment strategy. *Active funds* tend to feature higher costs than passive funds. See also active bet; active risk. 액티브펀드는 일정한 투자전략을 기초로 하여 자산의 선택을 통해서 시장기능을 뛰어넘으려는 펀드를 말한다. 액티브펀드는 패시브펀드보다 높은 비용을 특징으로 한다. active bet(액티브 벳); active risk(액티브 리스크)도 참조할 것. ~ ***management*** 액티브운용 ¶ The *active management* is an investment management where the portfolio manager actively makes investment decisions and initiates buying and selling of securities in an effort to maximize return. It is the opposite of passive management, where the money manager oversees a fixed portfolio structured to match the performance of the overall market or a preselected part of it, a strategy called indexing. 액티브운용이란 포트폴리오의 운용책임자(portfolio manager)가 투자수익(return)을 최대화할 것을 목적으로 하여 적극적으로(active) 투자의 의사결정을 하고, 증권의 매매를 하는 투자운용을 말한다. 액티브운용의 반대는 패시브운용(passive management)인데, 패시브운용에서는, 운용책임자가 시장 전체의 움직임, 혹은 사전에 선택한 분야의 움직임에 연동하는 것같이 구성된 포트폴리오를 관리한다. 이 방법을 인덱싱(지수연동화)(indexing)이라 한다. ~ ***market*** 활황(活況)시장, 활황장세(場勢) ¶ The *active market* is a heavy volume of trading in a particular stock, bond, or commodity. The spread between bid and asked prices is usually narrower in an active market than when trading is quiet. 활황시장은 특정한 주식, 채권, 상품이 대량으로 거래되는 경우이다. 활발한 거래의 매도호가와 매입호가의 가격폭(spread)은 불활황거래의 가격폭보다 적은 것이 정상이다. ~ ***return*** [영] 액티브 리턴 ¶ *The active return* is the results generated by an investment manager's active bets, which can be computed as the realized outperformance or underperformance on an ex-post basis. See also active risk; tracking risk. 액티브 리턴은 투자매니저의 액티브 벳

(active bet)이 일으키는 결과이며, 사후의 베이스(ex-post basis)로 실현된 우량기량이나 불량기량으로 계산될 수 있다. active risk(액티브 리스크); tracking risk(트래킹 리스크)도 참조할 것. ~ ***risk*** [영] 액티브 리스크 ¶ The *active risk* is the risk that the active bets in an investment manager's portfolio will lead to underperformance versus the benchmark portfolio. *Active risk* is most often estimated through tracking risk. 액티브 리스크는 투자매니저의 포트폴리오에 있는 액티브 벳이 불량기량 대 벤치마크 포트폴리오로 이끈다는 리스크를 말한다. 액티브 리스크는 트래킹 리스크를 통해서 종종 추측된다. ~ ***securities*** 인기있는 증권 ¶ In securities trading, *active securities* are active stocks or bonds which usually have smaller spread between the bid and ask price. 증권거래에 있어서, 인기있는 증권이란 일상적으로 매도호가와 매입호가의 가격폭(spread)이 적은 주식이나 채권을 말한다.

activity 활동, (*pl.*) (여러 가지의) 활동 ¶ *activity* accounting 활동회계 /*activity* analysis 활동분석 /*activity* ratio 활동성비율 ***activity charge*** [미] 당좌수수료 ¶ The *activity charge* is a fee resulting from servicing an account. For example, a financial institution may levy an *activity charge* on an account in which transaction exceed the maximum number permitted. Likewise, some financial institutions charge a fee for ATM withdrawals. 당좌수수료는 계좌개설에 대한 수수료이다. 예를 들면 금융기관은 거래가 허용된 최고횟수를 초과하는 경우의 계좌에 대하여 당좌수수료를 부과할 수 있다.

actual ⓐ 실제상의, 현재의 ¶ *actual* absorption costing 실제전부원가계산 /*actual* acquisition cost basis 실제취득원가주의 /the *actual* annual percentage rate 실질연리(年利) /*actual* basis accounting 실제주의회계 /*actual* benefit 실제급여 /*actual* contribution 실제부금(賦金) /*actual* costing 실질원가계산 /*actual* delivery 현물인도(선물거래에서 공매(空賣)한 자가 차금의 수수에 의하지 않고 현물의 수수로 결제하는 것이다.) /*actual* demand 실수요 /*actual* demand evidence 실수증빙 /*actual* depreciation 실제상각액 /*actual* exchange rate 직물환 /*actual* expenses 실비(實費) /*actual* financial condition 재무의 실태 /*actual* income 실제소득 /*actual* inspection 실사(實査) /*actual* interest rate 실효금리 /*actual* index price 현실지수(現實指數) /an *actual* loss [보험] 실제손해 /the *actual* money rate 실질금리 /*actual* overhead 제조간접비 /*actual* position [외환] 오버올 포지션(overall-position)에서 선물환의 제한상태, 즉 현물환의 포지션(직물외환거래에 의하여 생긴 환포지션총액을 이른다.) /*actual* price 매매성립가격 /*actual* purchase price 실제구입가격 /*actual* requirements 실수(實需) /*actual* reserve 실질충당금 /*actual* result of recent stock transactions 주식거래실적 /*actual* return 실제수익 /*actual* return on pension assets 연금자산의 실제수익 /*actual* state of business 영업상황 /*actual* stock 주식의 현물 /*actual* surplus 순잉여금 /*actual* tare 실제포장 /*actual* transfer price 실제양도가격 /*actual* useful life 실제내용연수(耐用年數) /*actual* value 실가(實價) /*actual* value assets 실가자산 /*actual* value method 실가법(實價法) /*actual* value of real estate 부동산의 시가(時價) /*actual* wages 실질임금 ***actual authority*** [영] 실제권한 ¶ *Actual authority* is powers granted by a principal to an agent to deal on its itself. *Actual authority* may be explicit or implicit, and actions taken by the agent are generally binding on the principal. Also known as express authority. 실제권한은 본인이 대리인 스스로 거래를 하도록 수여하는 권한을 말한다. 실제권한은 명시적이든 묵시적이든 할 수 있고, 대리인이 한 행위는 일반적으로 본인에게 구속력이 있다. 이를 명시권한(express authority)이라고도 한다. ~ ***cash value*** 적정가격, 시가(時價), [보험] 현금환가가격 ¶ The *actual cash* *value* is a theoretical concept of value, sometimes used as a substitute for market value. 적정가격은 가격의 이론적 개념이며, 이따금 시가(時價)라는 말 대신에 사용된다. ~ ***cost*** 실제원가, 취득가격 ¶The *actual cost* is an amount paid for an asset; not its market value, insurance value, or retail value. It generally includes freight-in and installation costs, but not interest on the debt to acquire it. 취득가격은 자산구입에 지급한 금액이며, 그 시가(時價), 보험가격 또는 소매가격이 아니다. 그것은 보통 운임 및 설치비용은 포함되지만, 그 자산을 취득하기 위한 차금의 이자는 포함되지 아니한다. ~ ***total loss*** [보험] 현실전손(現實全損) ¶In the case of *actual total loss*, property is so badly damaged it is unrepairable or unrecoverable; causes include fire, sinking, windstorm damage, and mysterious disappearance. 현실전손의 경우에는, 재산이 매우 호되게 손상을 입었기 때문에 수리 또는 복구가 불가능한 경우이다. 원인은 화재, 침몰, 폭풍우로 인한 손해 및 불가사의한 분실 등을 포함한다.

[n.] (*pl.*) 현실의 임금, 현물원주(現物原株), 액츄얼스(선물거래로 index화되지 않는) 현물상품(physical commodity), 현물 ¶*Actuals* are any physical commodity, such as gold, soybeans, or pork bellies. Trading in actuals ultimately results in delivery of the commodity to the buyer when the contract expires. This contrasts with trading in commodities of, for example, index options, where the contract is settled in cash, and no physical commodity is delivered upon expiration. 현물은 금(金), 대두(大豆), 돼지고기의 옆구리살 등의 모든 현물상품을 이른다. 현물거래에서는 계약만료시에 상품의 현물이 구매자에게 인도된다. 차감결제되고(settled in cash), 상품의 현물이 인도되지 않는「상품지수옵션거래」(commodities index option) 등과는 대조된다.

actuarial 보험통계의, 보험계리사의 ¶*actuarial* appraisal 보험계리상의 평가 /*actuarial* asset value 보험수리에 의한 자산평가 /*actuarial* assumption 보험수리상의 가정 /*actuarial* calculation 수리(數理)계산 /*actuarial* calculation factor 보험수리계상요소 /*actuarial* cost method 보험수리비용계산방식 /*actuarial* deficiency 수리상의 부족금 /*actuarial* difference 수리계산차이 /*actuarial* gains [losses] 보험수리상의 이익[손실](연금기금운용시의 견적액과 실제액과의 차액이다) /*actuarial* gains or losses 보험수리상의 손익 /the *actuarial* method 보험이율법 ***actuarial equivalent*** [영] 보험수리상의 등가물 ¶In insurance, the *actuarial equivalent* is a statistical measure based on the expectation that a loss will occur, and the benefits that will become payable as a result. By computing this measure, the insurer can vary the premium it charges insureds. See also actuarial pricing. 보험에 있어서, 보험수리상의 등가물은 손해는 발생하고, 그 결과로서 보험급여금이 지급된다고 하는 기대를 기초로 하는 통계상의 측도이다. 이 측도를 계산함으로써, 보험업자는 피보험자에게 부과하는 보험료를 변경할 수 있다. actuarial pricing(보험수리상의 가격결정)도 참조할 것. ~ ***pricing*** [영] 보험수리상의 가격결정 ¶In insurance, the *actuarial pricing* is the pricing of risk based on probabilities of loss occurrence constructed from statistical distributions. Actuarial pricing is used to develop premiums that are intended to cover losses from underwritten risks and provide future benefits payable to beneficiaries. See also actuarial equivalent. 보험에 있어서, 보험수리상의 가격결정은 통계상의 분배로부터 구성되는 손해발생의 개연성을 기초로 하는 리스크의 가격결정을 말한다. 보험수리상의 가격결정은 인수한 리스크로부터 생긴 리스크를 커버할 의도로 보험료를 개발하여 수익자에게 지급되는 장래의 보험급여금을 마련하는 데 이용된다. actuarial equivalent(보험수리상의 등가물)도 참조할 것. ~ ***science*** 보험수리학 ¶The *actuarial science* is a branch of knowledge dealing with the mathematics of insurance, including probabilities. It is used in ensuring that risks are carefully evaluated, that adequate premiums are charged for risks underwritten, and that adequate provision is made for future payments of benefits. 보험수리학은 확률(確率)을 비롯하여 보험수학을 취급하는 학문분야이다. 그것은 위험을 조심스럽게 평가하고, 인수한 위험에 대하여 적절한 보험료를 매기며, 장래의 보험금의 지급을 위한 적절한 규정을 확보하는 데에 이용된다.

actuary 보험계리[수리]인, 보험수리전문가 ¶ The *actuary* is a mathematician employed by an insurance company to calculate premiums, reserves, dividends, and insurance, pension, and annuity rates, using risk factors obtained from experience tables. 보험계리인은 과거의 실적표에서 얻어지는 리스크요인을 이용하여, 보험료(premium), 준비금(reserve), 배당(dividend) 및 보험금(insurance), 연금(pension), 연금보험(annuity)의 과학을 계산하는 수학의 전문가로서 보험회사에 고용된다.

ACUs → **A**sian **c**urrency **u**nit**s** [약] 아시아통화단위(아시아통화를 말한다.)

ad [구어] 광고(advertisement)

a.d.; a/d → after date [약] 일자후(日字後) …일 지급

ADB → **A**sian **D**evelopment **B**ank [약] 아시아개발은행

add 가하다, 가산하다 ¶ *added* value analysis 부가가치분석 /*add* one's signature 서명하다/*add* up 계상(計上)하다, 결산하다 ***added value tax (AVT)*** 부가가치세 → value-added tax (부가가치세).

addendum 추가, 부록, 보록, (*pl.*) addenda 보험증권의 추인장(追認狀)(endorsement) (*cf.*) rider, allonge ¶ The *addendum* is an addition or attachment to a book or document. For example, a contract may include an addendum with additional specifications not spelled out in the main text. 추가(追加) 또는 보록(補錄)은 책이나 문서에 보충한 것이거나 첨부하는 경우이다. 예를 들면 계약에는 본문에 쓰지 않은 추가적인 내용의 기록을 담을 수 있다.

addition 증가, 가산

additional 부가적인, 추가의 ¶ *additional* budget 추가경정예산 /*additional* clauses 부가조항 /*additional* collection 추징(追徵) /*additional* costs 추가비용 /*additional* duty 추가의 세금 /*additional* freight 할증운임 /*additional* margin 추가증거금, 추증(追證)/*additional* paid-in capital 주식납입잉여금 /*additional* payment 추가지급 /an *additional* property 추가의 자산 /*additional* security 추가담보 /*additional* taxes 가산세, 추징세 ***additional bonds test*** 추가채권발행한도액기준 ¶ The *additional bonds test* is a test limiting the amount of new bonds that can be issued. Since bonds are secured by assets or revenues of a corporate or governmental entity, the underwriters of the bond must insure that the bond issuer can meet the debt service requirements of any additional bonds. The test usually sets specific financial benchmarks, such as what portion of an issuer's revenues or cash flow can be devoted to paying interest. 추가채권발행한도액기준은 채권의 신규발행가능한도액을 정하는 기준을 이른다. 기업이나 정부의 자산(asset)이나 수입액(revenue)이 채권의 상환대책이 되기 때문에, 인수업자(underwriter)는 채권의 발행기관(issuer)이 추가발행채권의 채권상환능력을 가지고 있음을 확인해야 한다. 일반적으로는 채권발행기관의 수입이나 캐시플로(cash flow)의 어느 부분이 이자지급에 충당되는지 구체적인 재무기준을 정하고 있다. ~ ***collateral*** 추

가담보, 증가담보 → side collateral [부담보(副擔保), 첨부담보].

add-on *n.* 애드온 방식(융자) ¶ The *add-on* is privilege offered by some issuers of certificates of deposit (CDs) whereby funds can be added prior to maturity and earn the original interest rate, a benefit in periods of declining rates. 애드온 방식의 융자는 기금을 만기전에 추가하여 원금리가 생길 수 있도록 하는 융자방식인데, 일부 양도성예금증서의 발행자가 제공하는 특권이다. 금리가 떨어진 기간에 대한 보상인 셈이다.

a. 누산방식(累算方式)의, 애드온 방식의(애드온 방식이란 이자를 가산한 원리합계액을 균등분할상환하는 방식이다.) ¶ an *add-on* purchase 신구차입을 합산하여 분할상환하는 방법을 사용한 물품구입 /*add-on* loans 애드온 방식대출 ***add-on interest*** 애드온 이자 ¶ The *add-on interest* is interest that is added to the principal of a loan. The amount of interest for all years is computed on the original amount borrowed, so the stated rate is much lower than the annual percentage rate, which is required to be disclosed by federal law. 애드온 이자는 대출원금에 부가된 이자를 말한다. 전대출기간의 이자총액은 원차입금액을 근거로 계산되므로, 약정이자는 연율(年率)의 백분율보다 훨씬 낮으며, 연방법률에 의해서 공개하여야 한다.

address 주소 ¶ *address* correction 주소변경 /cable *address* 전신약호, 전신수신인 약호 ***address of record*** 등록된 주소 ¶ The *address of record* is the official location of a person, business, or organization. 등록된 주소는 개인, 회사 또는 단체의 공식적인 소재지를 이른다.

addressee (우편물 등의) 수신인, 수취인 ¶ The *addressee* must sign the receipt. 수신인은 수령에 서명하여야 한다. /We require the signature of the *addressee*. 우리는 수신인의 서명을 필요하다.

addresser; addressor 발신인

adequate 적절한 ¶ *adequate* disclosure 적절한 개시(開示) /*adequate* gold and foreign exchange reserves 적정외화준비총액

adhesion contract 부종(附從)계약 ¶ The *adhesion contract* is a one-sided agreement offered by the stronger party on a take-it-or-leave-it basis. For example, a homeowner's insurance policy may presented by a large insurance company to only 60% of a home's replacement cost. 부종계약은 일방적인 조건으로 힘있는 당사자가 제시한 일방적인 계약을 이른다. 예를 들면, 주택소유자종합보험계약은 대형보험회사가 단지 주택의 대체가격의 60%만으로 제시할 수 있다.

ad hoc (L) 특별한 목적을 위한, 임시의, 특별히 ¶ The term *ad hoc* is a Latin, meaning "for a special purpose." A company may appoint members to an *ad hoc* committee to study methods that will reduce the firm's energy costs. The *ad hoc* committee is dissolved when the charge is completed. ad hoc이라는 용어는 「특별한 목적을 위하여」라는 라틴어이다. 회사는 회사의 에너지비용을 절감하는 방법을 연구하기 위하여 특별위원회의 구성원을 임명할 수 있다. 그 특별위원회는 주어진 책무가 완료되면 해체된다. /*ad hoc* committee 특별위원회 /*ad hoc* meeting 특별회의

adjourn 연기하다, 연회(延會)로 되다 ¶ The meeting *adjourned* at four o'clock by mutual agreement. 쌍방의 합의에 의하여 회합은 4시에 산회(散會)하였다. /The inquiry was *adjourned* for a month. 조사는 한달간 연기되었다.

adjudicate 판결하다, 선고하다 ¶ The court *adjudicated* him a bankrupt. 법원은 그를 파산자로 판결하였다. /This court is not qualified to *adjudicate* on such matters. 당 법정은 이와 같은 사건에 판정을 내릴 자격이 없다.

adjudication 판결, 선고 ¶ *Adjudication* is settlement of opposing arguments by notice and trial in a court of law; also a court's ruling, such as *adjudication* of bankruptcy. 선고는 법정내에서의 공고와 재판에 의하여 반대변론을 해결하는 경우이다. 이는 파산선고와 법원의 판단이기도 하다. /an *adjudication* order 파산선고

adjust 조정하다, 정정(訂正)하다, 환산하다 ¶ *adjusted* acquisition cost (물가수준 변동 등으로 인한) 수정취득원가 /*adjusted* capital structure 실질자기자본 /*adjusted* pensions 조정연금(공적 연금제도인 후생연금보험과 사적 기업연금이나 퇴직금제도와의 조정을 꾀하기 위한 후생연기금제도이다.) ***adjusted balance method*** 잔액조정방식 ¶ The *adjusted balance method* is a formula for calculating finance charges based on account balance remaining after adjusting for payments and credits posted during the billing period. Interest charges under this method are lower than those under the average daily, previous balance, and past due balance methods. 잔액조정방식이란 청구대상기간 중에 기장된 수지를 가감한 후의 계좌잔액(account balance)에 근거해서 금융비용을 계산하는 방식을 말한다. 이 방식에서 계산된 금리비용은 일차평잔방식(日次平殘方式, average daily balance), 전월잔액방식(previous balance method), 연체잔액방식(past due balance method)에 비하여 낮게 된다. ~ ***ed basis*** 조정기초액 ¶ The *adjusted basis* is a base price from which to judge capital gains or losses upon sale of an asset like a stock or bond. The cost of commission in effect is deducted at the time of sale when net proceeds are used for tax purposes. The price must be adjusted to account for any stock split that have occurred since the initial purchase before arriving at the *adjusted basis*. 조정기초액이란 주식이나 채권의 자산매각에서 생기는 캐피탈게인(양도익, capital gain)이나 캐피탈로스[양도손(讓渡損), capital loss]을 계산할 때의 기준가격을 이른다. 과세목적에서 사용되는 순취득원금(net proceeds)을 계산할 때에는, 매각가격에서 실제로 요한 수수료(commission)를 공제한 금액을 매각액으로 한다. 조정기초가격을 산출할 때에는, 구입 이래 행한 모든 주식분할(stock split)을 계산에 넣어 가격을 조정할 필요가 있다. ***~ed (or modified) book value*** 조정순자산방식 ¶ *Adjusted* (*or modified*) *book value* is book value adjusted for market value on a balance sheet. 조정순자산방식이란 밸런스시트(balance sheet)상의 순자산(book value)을 시장가치(market value)로 조정하는 방법이다. ***~ed debit balance (ADB)*** 신용거래융자잔액 ¶ The *adjusted debit balance* (*ADB*) is a formula for determining the position of a margin account, as required under Regulation T of the Federal Reserve Board. The ADB is calculated by netting the balance owing the broker with any balance in the special miscellaneous account (SMA), and any paper profits on short accounts. Although changes made in Regulation T in 1982 diminished the significance of ADBs, the formula is still useful in determining whether withdrawals of cash or securities are permissible based on SMA entries. 신용거래융자잔액란 미연방준비제도이사회(Federal Reserve Board)의 레귤레이션 T(Regulation T)에 의하여 규정되고 있는 신용거래잔액(position of margin account)을 계산하는 방식을 말한다. 신용거래융자잔액이란 신용거래특별각서계좌(special miscellaneous account: SMA)의 잔액과 공매(空賣)에 의한 평가익(paper profits)을 증권회사에의 미지급잔액에서 공제하고 계산한다. 1982년의 레귤레이션 T의 조정으로 신용거래융자잔액의 중요성은 감소하였지만, SMA잔액에 근거해서 현금이나 증권의 인출의 가부를 결정하는 것이므로, 이 계산방식은 현재에도 유익하다. ***~ed exercise price*** 조정행사가격 ¶ The *adjusted exercise price* is a term used in put and call options on

Government National Mortgage Association (Ginnie Mae) contracts. To make sure that all contracts trade fairly, the final exercise price of the option is adjusted to take into account the coupon rates carried on all GNMA mortgages. 조정행사가격은 정부주택모기지협회(Ginnie Mae: Government National Mortgage Association)계약의 풋옵션 및 콜옵션에서 사용되는 용어이다. 모든 계약이 공정하게 거래되는 것을 보증하기 위해서, 옵션의 최종행사가격은 모든 지니메이 모기지의 쿠폰이율을 고려해서 조정된다. ***~ed gross income* (*AGI*)** 조정후 총소득 ¶ *Adjusted gross income* is income on which an individual or couple computes federal income tax. *AGI* is determined by subtracting from gross income any unreimbursed business expenses and other allowable adjustments – for example, individual retirement accounts, SEP and Keogh payments, and alimony payments. Other adjustments include forfeiting of interest penalties because of premature withdrawals from a certificate of deposit; capital loss deductions up to $3,000; rent and royalty expenses; 50% of self-employed tax liabilities; health insurance deductions for the self-employed; and net operating losses. Other adjustments include student loan interest, jury duty pay turned over to your employer; moving expenses; health savings account contributions; tuition and fees deductions; and hybrid vehicle deduction. 조정후 총소득이란 개인이나 부부의 연방소득세계산기초가 되는 소득을 이른다. 조정후 총소득(AGI)은 총소득에서 환급받지 못하는 업무상의 경비(unreimbursed business expenses)나 조정가능항목을 공제한 금액이 된다. 이 조정가능항목에는, 예컨대 개인퇴직계좌(individual retirement account), 간이종업원연금(SEP) 및 키오플랜에의 출연금이나 이혼・별거후에 지급하는 생활비 등이 있다. 기타의 조정항목으로서는, 정기예금의 만기전 인출에서 생긴 범칙금리, 3,000달러까지의 캐피탈로스(capital loss), 가임(家賃) 및 사용료, 자영업자의 납세채무액의 50%, 자영업자의 건강보험료 및 순영업손실도 있다. 그리고, 장학금론(student loan)의 금리, 공용자에 환급된 배심원보수(jury duty pay turned over to your employer), 이사비용, 의료저축계좌(health savings account)에의 출연금(contribution), 수업료공제액, 하이브리드자동차공제액도 포함된다.

adjustable 조절할 수 있는, 조정할 수 있는 ¶ *adjustable* bond 조정가능채권 ¶ *adjustable* tender securities 이율조정입찰증권 /*adjustable* rate convertible notes 변동이자부 전환사채 /*adjustable*-rate loan 변동금리대출 ***adjustable peg system*** 조정가능한 페그제도, 조절가능한 고정환율제도 ¶ The *adjustable peg system* is a system of fixed exchange rates with occasional devaluation when situations warrant. 조정가능한 페그제도는 상황이 정당화되는 한 그때그때 평가절하하는 고정환율제도를 이른다. ***~-rate mortgage* (*ARM*)** 변동금리모기지 ¶ The *adjustable rate mortgage* (*ARM*) is a mortgage agreement between a financial institution and a real estate buyer stipulating predetermined adjustments of the interest rate at specified intervals. Mortgage payments are tied to some index outside the control of the bank or savings and loan institution, such as the interest rates on U.S. Treasury bills or the average national mortgage rate. Adjustments are made regularly, usually at intervals of one, three, or five years. 변동금리모기지는 금융기관과 부동산구입자와의 사이의 부동산담보대출계약(mortgage agreement)인데, 금리가 일정기간마다 사전에 약정된 방식으로 재조정되는 것을 말한다. 지급금리는 대출을 하는 은행이나 저축대출조합(savings and loan association)이 조작할 수 없는 지표, 예컨대 재무부 단기증권(U.S. Treasury bills)이나 전국적인 주택론(loan)의 평균금리(average mortgage rate) 등에 연동한다. 금리의 재조정은 정기적으로, 보통 1년, 3년, 5년 간격으로 행해진다. ***~-rate preferred***

stock (ARPS) 변동배당률우선주 ¶ *Adjustable rate preferred stock* (*ARPS*) is preferred stock, whose dividend instead of being fixed is adjusted, usually quarterly, base on changes in the Treasury bill rate or other money market rate. The prices of adjustable rate preferreds are less volatile than fixed rate preferreds. Also called floating rate or variable rate preferred. 변동배당률우선주는 배당(dividend)률이 고정되어 있지 않고, 미국재무부 단기증권(treasury bill)이나 다른 단기시장(money market)금리에 연동하는 우선주(preferred stock)를 말하며, 4반기마다 배당이 변동하는 형식이 많다. 변동배당률우선주의 주가는 고정배당률우선주(fixed rate preferred)의 주가보다도 변동폭이 작다. floating rate preferred(변동금리) 혹은 variable rate preferred(변동배당률우선주)라고도 한다.

adjuster; adjustor [보험] 손해사정인, 해손(海損)정산인 ¶ The *adjuster* is a property and casualty insurance company employee who settles claims filed by the firm's customers. The *adjuster* must determine the validity and dollar value of claims. 손해사정인은 보험회사의 고객이 제기한 손해보험청구를 처리하는 손해보험회사의 고용인이다. 손해사정인은 손해보험청구의 타당성과 달러 가액을 결정하여야 한다. ***average adjuster*** 공동해손정산인 ¶ The *average adjuster* is an individual employed by an ocean marine insurance company to settle on its behalf ocean marine-related claims brought by its insureds. The adjuster evaluate the merits of each claim and makes recommendations to the insurance company. 공동해손정산인은 피보험자가 제기한 해상보험관련의 청구를 회사를 대리하여 처리하는 해상보험회사의 고용인이다. 정산인은 각 청구의 실체(實體)를 평가하여 보험회사에 조언을 한다.

adjustment 조정, 가감 ¶ *adjustment* inflation 조정인플레이션 /*adjustment* of claims 고충처리 /an *adjustment* of exchange parities 외환평가의 조정 /average *adjustment* 해손청산 ***adjustment bond*** 정리사채 ¶ An *adjustment bond* is a bond issued in exchange for outstanding bonds when recapitalizing a corporation that faces bankruptcy. Authorization for the exchange comes from the bondholders, who consider adjustment bonds a lesser evil. These bonds promise to pay interest only to the extent earned by the corporation. 정리사채는 도산(bankruptcy)에 직면하고 있는 기업의 자본재구성(recapitalization)을 행할 때에, 기존의 사채(bond)와 교환할 목적에서 발행되는 사채를 말한다. 정리사채의 쪽이 더 낫다고 생각하는 사채소유자(bondholder)가 정리사채와의 교환에 응한다. 정리사채에서는, 기업이 이익을 계상한 때에만 금리가 지급된다. ~ ***date*** 금리재조정일 ¶ An *adjustment date* is an effective date of rate change on an adjustable rate mortgage. 금리조정일은 변동금리모기지(adjustable rate mortgage: ARM)의 금리를 변동하는 날을 말한다. ~ ***of average*** 공동해손의 정산 ¶ The *adjustment of average* is that an adjuster settles on its behalf ocean marine-related claims brought by its insureds. 공동해손의 정산이란 공동해손정산인이 피보험자이 제기한 해상보험관련 청구를 회사를 대리하여 처리하는 것이다.

admin [구] 관리(administration)

administer 경영하다, (유산 등을) 관리하다 ¶ To *administer* is to provide the management actions of planning, directing, budgeting, and implementing necessary to achieve organizational objectives. It is the function of the personnel manager to administer the testing and placement of newly hired personnel in an organization. (조직에서) 관리하는 것은 조직의 목표를 달성하는 데에 계획을 세우고, 이를 지휘하며, 예산을 세우며 실행하는 관리행동을 하는 것이다.

그것은 조직에서 신규인원을 채용하고 배치하는 인사담당자(personnel manager)의 역할이다. ***administered price*** 관리비용(managed price) ¶ *Administered price* is price of a good that is specified by a government or some other nonmarket agency. Wage price controls and rent controls are examples of *administered prices*. 관리비용은 정부나 몇몇 특수기관이 특정하는 재화의 가격을 이른다. 임금가격규제 및 가임(家賃)규제는 관리비용의 실례이다.

administration 관리, 경리 ¶ business *administration* 기업경영, 경영학 ***administration expenses*** 유산관리비용 ¶ *Administrative expenses* imply disbursements incidental to the management of the estate which are deductible in computing estate taxes. 유산관리비용은 유산세를 산출할 때에 공제 가능한 유산관리에 부수하는 지출을 의미한다. ***letters of ~*** 유산관리증 ¶ *Letters of administration* are documents issued by a probate court appointing the administrator or administratrix of the estate of decedent. 유산관리증은 사자(死者)의 유산과 관리자를 지명하는 검인재판소가 발행한 증서이다.

administrative 관리의, 행정상의 ¶ *administrative* accounting 관리회계 /*administrative* audit 경영감사 /*administrative* budgets 관리예산 /*administrative* guidance 행정지도 ***administrative expenses [overheads]*** 일반관리비 ¶ *Administrative expenses* are divided into two categories: personal services and Miscellaneous Expenses. Personal services include compensation to the training school for services performed by training school staff, and for part-time services and related expenses. Miscellaneous Expenses may include communication costs and office supplies. 일반관리비용은 두 가지 범주로 나누어진다. 인사업무비용과 잡비가 그것이다. 인사업무비용에는 직업훈련소 직원들이 제공한 활동과 시간당 활동에 관해 직업훈련소에서의 보상비 및 관련비용이 들어간다. 잡비에는 통신비와 사무용품비가 포함될 수 있다.

administrator 관리자, 유산관리인 ¶ An *administrator* is a court-appointed individual or bank charged with carrying out the court's decisions with respect to a decedent's estate until it is fully distributed to all claimants. 유산관리인은 법원이 임명한 개인 또는 은행으로서, 고인(故人)의 재산이 청구인 모두에게 완전하게 분배되기까지 당해 재산에 관한 법원의 판결을 수행할 책임이 있는 자이다. /*administrator* in bankruptcy 파산관재인 ***administrator's deed*** 유산관리인의 날인증서 ¶ The *administrator's deed* is a legal document used by the executor of an estate to transfer assets. 유산관리인의 날인증서는 유산을 양도할 때에 사용하는 유언집행자의 법률문서이다.

administratrix 여성의 유산관리인

admission 입장허가, 시인 ¶ *admission* fee 입장료

admitted 승인된, 인가받은 ***admitted assets*** 승인적격자산 ¶ In insurance, *admitted assets* are assets that are permitted by state insurance regulators in determining whether an insurance or reinsurance company is solvent. Only *admitted assets* may be listed on an insurance company's balance sheet. 보험에 있어서, 승인적격자산은 보험회사 또는 재보험회사가 지급능력이 있는지 여부를 결정함에 있어 주보험규제당국이 허가한 자산을 이른다. 승인적격자산만이 보험회사의 대차대조표에 기재할 수 있다. ***~ insurer*** [영] 인가보험회사 ¶ The *admitted insurer* is an insurer that is authorized to write insurance business in a particular state or jurisdiction; the contracts it offers are classified as admitted insurance. Also known as authorized insurer, licensed carrier. See also nonadmitted insurer. 인가보험회사는 특정한 국가 또는 재판관할권에서 보험사업을 인수할 권한이 있는 보험회사를 말한다. 인가보험회사가 제공하는 계약은 인가보험업으로 분류된다. 이는 authorized insurer(인가받은 보험회사)로도 알려져 있다. non-admitted insurer(비인가보험회사)도 참조할 것.

admittance 입장허가, 허가 ¶ *Admittance* of the general public to the exhibition shall be by ticket. 일반인의 전시장 입장은 티켓이 있어야 합니다. /demand *admittance* 입장을 요구하다

adopt 채용하다, 가결하다 ¶ This technique has now been widely *adopted*. 이 기술은 오늘날 광범하게 채용되고 있다. /Many foreign words have been *adopted* into English. 많은 외국어의 단어가 영어에 수용되게 되었다.

adoption 채용, 표결 ¶ The timely *adoption* of a modernization plan might yet save the company. 시의적절한 근대화계획을 채용한다면 그 회사는 역시 구제될 지도 모른다. /*Adoption* of our suggestion would save you a lot of money. 우리들의 제안을 채용한다면 큰돈을 들이지 않아도 될 것이오.

ADP (ISO) code Andorra. It has no currency of its own – there are mainly Spanish pesetas in circulation. It adopts the euro/cent from 2002. ¶ ADP (국제표준기구) 약호 안도라. 안도라는 자국의 화폐가 없다. — 주로 스페인의 페세타(peseta)가 통용된다. 2002년부터 유로/센트를 채용하였다.

ADR → **A**merican **D**epositary [Depository] **R**eceipt [약] 미국예탁증서 ¶ *ADR* is traded on U.S. stock exchanges. ADR은 미국의 증권거래소에서 거래된다. /buy and sell *ADR* ADR을 매매하다 /have an *ADR* facility ADR발행의 약정이 있다

ADs → **a**utomatic **d**epositor**s** [약] 현금자동예금기

adult 성인 ¶ The *adult* is one who has attained the age of majority. 성인이란 성년에 이른 자를 말한다.

adulteration 품질저하, 조악품(粗惡品)

ad valorem (L) 가격에 따라서(according to value), 종가(從價)의 ¶ *Ad valorem* is a Latin term meaning "according to value" and referring to a way of assessing duties or taxes on goods or property. ad valorem은 「가격에 따라서」라는 의미를 가지는 라틴어이고, 상품이나 재산에 대한 과세방식의 하나임을 가리킨다. /*ad valorem* stamps 종가인지세 ***ad valorem duty* [*tariff, tax*]** 종가세 ¶ *Ad valorem duty* assessment is based on the value of the imported item rather than on its weight or quantity. 종가세의 평가는 수입품의 중량이나 수량이 아니라, 그 가치에 기초해서 행해진다.

advance *n.* 가격인상, 선급, 선대(先貸), 선대금, 대출금, 체당금(替當金) ¶ In employee benefits, *advance* is cash given to an employee before it is needed or earned. A travel *advance* is supplied so that an employee has cash to use on an upcoming business trip. A salary *advance* is provided to help the employee cover emergency expenses. 종업원에의 급여에 있어서, 선급은 필요가 있기 전이나 가득(稼得)하기 전에 종업원에게 주어지는 현금을 이른다. 선급교통비는 예정되어 있는 출장에 사용하는 현금을 미리 지급하는 경우이다. 선급급여는 긴급한 출비(出費)를 조달하는 것을 원조할 목적에서 지급된다. ¶ In securities, *advance* is increase in the price of stocks, bonds, commodities, or other assets. Often heard when referring to the movement of broad indexes, e.g., "The Dow Jones Industrial advanced 15 points today." 증권에 있어서, 가격인상은 주식, 채권, 상품 기타 자산

의 가격상승을 의미한다. 광범위한 지수(indexes)의 움직임을 가리킬 때 자주 사용된다. 예컨대, 「오늘 다우존스공업주 평균주가가 15포인트 상승하였다」("The Dow Jones Industrial advanced 15 points today"). ¶In trade, *advance* is advance payment for goods or service that will be delivered in the near future. For example, home contractors require an advance from homeowners to pay for building materials. 거래에 있어서, 선대금은 가까운 장래에 인도되는 재화나 서비스에 대한 선급을 말한다. 예컨대 주택건설업자는 건설자재비로서 시행자에게 선급을 요구한다. ¶The *advance* is an amount paid before it is earned or incurred, such as a cash advance for travel expenses. 선대금(先貸金)이란 여행경비를 위한 현금 선대(先貸)와 같이, 소득이 생기기 전이나 부채를 지기 전에 지급되는 금액을 이른다. /an *advance* (on one's salary) 전차(前借), (월급의) 가불(假拂) /*advance* accounts 대출계정 /*advance* against collateral (security) 보증담보대출 /*advance* against securities 증권담보대출 /*advance* bills [drafts] 선대(先貸)어음 /an *advance*-deposit ratio 예대율(預貸率) /*advance* exchange 추심환(推尋換) /*advance* freight 선불운임 /*advance* on promissory notes 어음대출 /*advance* payments 선지급, 선도금(先渡金) /*advance* in rates 환율의 상승 /*advance* interest 선급이자 /*advance* money 선급금, 체당금(替當金) /an *advance* order 예약 /an *advance* ratio 예대율 /*advance*(*s*) received (on contract) 가계정, 선수금(先受金) /*advance* refunding [공채(公債)] 기전차환(期前借換), 사채의 만기전 상환 /*advances* on subscription 청약증거금 /*advance* premiums 선급보험료 /*advances* to customers 고객에의 대출 /cash *advance* 현금선대(現金先貸) /export *advance* 수출선대 /gradual *advance* 시세가 조금씩 오름 /secured *advance* 담보부 대출 /unsecured *advance* 무담보부 대출 ***advance-decline* (*A-D*)** 등락레이쇼 ¶*Advance-decline* (*A-D*) is measurement of the number of stocks that have advanced and the number that have declined over a particular period. It is the ratio of one to the other and shows the general directions of the market. It is considered bullish if more stocks advance than decline on nay trading day. It is bearish if declines outnumber advances. The steepness of the *A-D* line graphically shows whether a strong bull or bear market is underway. 등락레이쇼는 일정한 기간에 가격이 상승한 주식수에 대한 가격이 하락한 주식수의 비율로, 시장의 전체적인 방향성을 나타낸다. 1거래일에 있어서 가격상승 주식수가 가격하락 주식수를 상회하는 경우, 시장을 강세(bullish)로, 반대로 가격하락 주식수 쪽이 많은 경우에는 시장을 약세(bearish)로 간주된다. 등락주식선의 경사각도는 진행중의 강세 또는 약세의 시장의 정도를 그래프

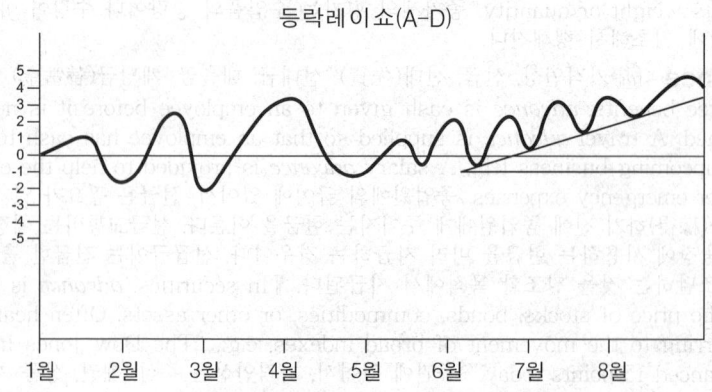

등락레이쇼(A-D)

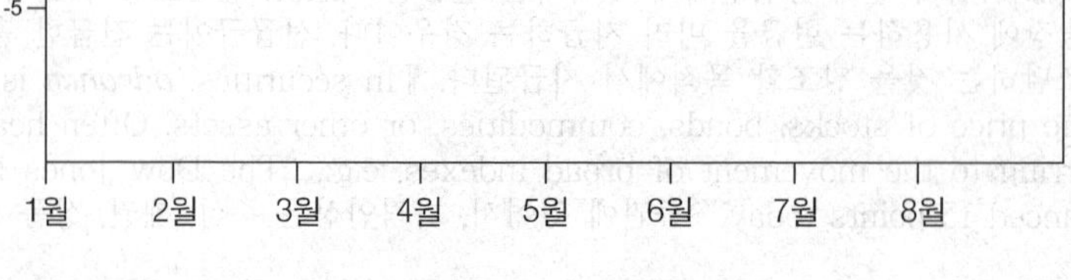

로 나타낸다. ~ ***option*** [영] 어드밴스 옵션 ¶ The *advance option* is a short-term line of credit granted by an underwriter to an issuer of securities that can be drawn if the underwriter cannot successfully place the securities. The *advance option* thus guarantees the issuer access to short-term funds regardless of the relative success of the new issue. 어드밴스 옵션이란 인수업자(underwriter)가 증권을 성공적으로 팔 수 없어도 증권의 발행자에게 수여하는 단기대출예약범위(line of credit)이다. 그러므로 어드밴스 옵션은 신규발행(new issue)의 나름대로의 성공에 관계없이 발행자에게 단기자금에 접근을 보장하는 셈이다. ~ ***premium*** [영] 보험료선납 ¶ In insurance, the *advance premium* is a premium payment by the insured to the insurer prior to the due date. 보험에 있어서, 보험료선납은 납부기일(due date) 이전에 피보험자가 보험업자에게 보험료를 지급하는 경우이다. ~ ***re-funding*** 만기전 차환(滿期前借換) ¶ In government securities, *advance refunding* is exchange of maturing government securities prior to their due date for issues with a later maturity. It is through advance refunding that the national debt is extended as an alternative to the economic disruption that would result from eliminating the debt all at once. 국채에 있어서, 만기전 차환은 상환일이 가까운 국채(government bond)의 상환일(due date) 이전에 상환일이 앞서 오게 되는 국채를 새로이 발행하여 차환하는 것을 말한다. 모든 채무를 일괄해서 상환하는 것에서 생기는 경제적인 혼란을 피하는 수단으로서, 국채의 만기전 차환이 행해진다. ¶ In municipal bonds, *advance refunding* is sale of new bonds (the refunding issue) in advance, usually by some years, of the first call date of the old bonds (the issue to be refunded). The refunding issue would normally have a lower rate that the issue to be refunded, and the proceeds would be invested, usually in government securities, until the higher-rate bonds become callable. This practice, also called prerefunding, has been curtailed by several tax acts. See also refunding escrow deposits (REDs). 지방채에 있어서, 만기전차환은 기존의 지방채(municipal bond)의 최초의 만기전 상환일(call date)에 앞서서(통상은 수년 전), 새로운 채권(차환채, refunding issue)을 매출하는 것이다. 차환채권의 이율은 고율의 상환대상채권보다 낮은 경우가 많다. 차환채권이 발행수령금(proceeds)은 기존의 채권이 만기전 상환할 수 있는 것이 되기까지 국채에 투자되는 것이 일반적이다. 이 차환방식은 prerefunding이라고도 하지만, 세법에 따라서 제한되고 있다. refunding escrow deposit(REDs)(차환에스크로예금)도 참조할 것.

[*v*] 진행하다, 선대(先貸)하다 ¶ In general, to *advance* is to proceed, move ahead. 일반적으로 진행하는 것은 앞으로 나아가는 것, 전진(前進)하는 것이다. /*advanced* [*developed*] countries [nations] 선진국 /*advanced* depreciation 압축기장 /*advanced* economy 선진경제 /*advanced* freight 선지급운임 /*advanced* redemption 만기전 상환 /*advanced* technology 선진기술 ***advanced detection system (ADS)*** 금융업규제감독기구의 감시시스템 ¶ The *advanced detection system* is an automated surveillance system, used to monitor member firms' trading and reporting in order to uncover operational irregularities that could negatively impact the quality of market information and order processing. 금융업규제기구의 감시시스템은 금융업규제기구의 자동화된 감시시스템으로, 마켓정보나 주문프로세스에 악영향을 미칠지 모르는 이상거래를 발견할 목적에서 회원증권회사의 거래나 보고서를 감시하는 데 사용된다. ~***d funded pension plan*** 사전적립연금제도 ¶ The *advanced funded pension plan* is a pension plan under which assets are set aside in amounts and at times approximately coincident with the accruing of benefit rights. In this way, funds are set aside in advance of the date of

retirement. 사전적립연금제도는 각 시점에서 발생된 급여수급권과 거의 대등한 자산을 적립하는 방식의 연금제도를 말한다. 이 방식에서는, 실제의 퇴직일 전에 자금이 적립되게 된다.

advancement 승진, 대출, 전도금(前渡金)(advance, advanced money, imprest)

advantage 유리(有利), 편의 ¶ A college education confers considerable *advantage* on a job seeker. 대학교육은 구직을 하는 사람에게 상당한 이점을 준다.

advantageous 유리한, 편의한 ¶ a financially *advantageous* undertaking 재정적으로 유리한 사업 /an immensely *advantageous* investment 굉장히 유리한 투자

adventure 모험, 투기 ¶ a big *adventure* 일대모험 /undertake a perilous *adventure* 위험한 모험을 시작하다

adverse 역(逆)의, 불리한 ¶ an *adverse* action 역(逆)의 행동(대금의 사절 등) /*adverse* balance (of payments) 국제수지의 적자, 역조(逆調) /*adverse* change (국제수지의) 역전 /an *adverse* claim (예금명의인 이외로부터의) 이의신청 /*adverse* exchange 역환(逆換), 내리막 시세 /*adverse* parity 평가이하의 시세, 역초(逆鞘) /*adverse* possession [법] 불법점유 /*adverse* trade balances 수입초과, 입초(入超) ***adverse development cover*** [영] 역(逆)개발커버 ¶ The *adverse development cover* is a finite insurance contract where the insured shifts the timing of losses that have already occurred, as well as those that have been incurred but not reported, to the insurer. In exchange for a premium the insurer assumes losses in excess of the insured's reserve, providing loss financing up to a maximum amount dictated by the policy cap. See also loss portfolio transfer; retrospective finite policy. 역(逆)개발커버는 피보험자가 이미 유발(誘發)된 것이지만 보고는 되지 않은 손실뿐만 아니라 이미 유발된 손실의 시기를 보험업자에게 이동하는 유한(有限)보험계약을 말한다. 프리미엄과 교환으로 보험업자는 피보험자의 준비금을 초과하고 손실을 인수하여 보험계약의 상한이 지시하는 최대금액까지 손실자금조달을 제공한다. loss portfolio transfer(손실의 포괄적 이전); retrospective finite policy(소급유한보험계약)도 참조할 것. ~ ***opinion*** [회계] 부적정 의견, 부정적 의견 ¶ An *adverse opinion* is an opinion expressed by a company's independent auditors that the firm's financial statements do not accurately reflect the company's current financial position or operating results. An *adverse opinion* is a far more serious finding than a qualified opinion, in which only some issues are of concern to the auditor. Investors should be extremely cautious about investing in any company with an adverse opinion from its auditors. 부정적 의견은 회사의 독립감사인(independent auditor)에 의해서 표명되는 의견으로서, 그 회사의 재무제표(financial statement)가 현상의 재무상태나 업적을 정확히 반영하고 있지 않다고 표명한 것이다. 부정적 의견은 일부의 사항만에 문제가 있다고 하는 한정부 의견(qualified opinion)보다는 훨씬 심각한 소견이라고 말할 수 있다. 투자자는 부정적 의견을 낸 기업에의 투자에는 극히 신중하게 된다. ~ ***selection*** 역선택(逆選擇) ¶ The *adverse selection* is a tendency of people with significant potential to file claims wanting to obtain insurance coverage. For example, those with severe health problems want to buy health insurance, and people going to a dangerous place such as a war zone want to buy more life insurance. 역선택이란 보험구상을 할 가능성이 극히 높은 사람이 보험의 보증을 구하기 어려운 경향을 말한다. 예컨대 몇 가지의 건강문제를 안고 있는 사람이 건강보험(health insurance)에의 가입을 바라고, 전지(戰地) 등의 위험한 장소에 가려고 하는 사람이 보다 다액의 생명보험(life insurance)에 가입하려고 하는 것 등이 그것이다.

advertise; advertize 광고하다, 공시하다 ¶ They *advertised* that the cosmetic was nonallergenic. 그 화장품은 비알레르기성이라고 선전하였다.

advertisement; advertizement 광고, 선전 ¶ The *advertisement* promises satisfaction or the return of customers' money. 이 광고는 고객이 만족하지 않으면 반납하기로 약속하고 있다.

advertising; advertizing ⓐ 광고의
ⓝ 광고 ¶ *Advertising* is paid message communicated through the various media by industry, business firms, nonprofit organization, or individuals. *Advertising* is persuasive and informational and is designed to influence the purchasing behavior and/or thought patterns of the audience. *Advertising* is a marketing tool and may be used in combination with sales promotions, personal selling tactics, or publicity. 광고는 산업계, 기업, 비영리단체 또는 개인이 여러 가지의 미디어를 통해서 전달하는 유상(有償)의 메시지이다. 광고는 설득력이 있는 정보이고 보는 사람의 구매태도와 의도된 패턴에 영향을 주도록 되어 있다. 광고는 마케팅수단으로, 판매촉진, 개인의 판매전략 또는 선전활동과 결부하여 이용될 수 있다. ***advocacy advertising*** 자기주장 광고 ¶ The *advocacy advertising* is advertisements placed by companies presenting their own opinion on one or more public issues. The advertisements reflect the opinion of the company and are meant to influence public opinions. Issues include consumer rights, education, the environment, health, and taxation. 자기주장 광고는 회사가 1 이상 공공의 문제에 대하여 자신의 의견을 개진하기 위해서 내는 광고를 이른다. 그런 광고에는 회사의 의견을 반영하고 여론에 영향을 줄 의도가 있다. 공공의 문제로서는 소비자의 권리, 교육, 환경, 보건 및 조세가 들어간다.

advice 통지, (*pl.*) 보고, 통지장, 통첩, [증권] 거래증서 ¶ an *advice* note 입금통지서 /*advice* of credit 입금[대체]통지서 /an *advice* of deposit by a third person 제3자에 의한 차입의 통지 /an *advice* of despatch 출하안내서 /*advice* of drawing 송금수표발행안내 /*advice* of payment 지급통지 /as per *advice* 통지서대로 /a cable [telegraphic] *advice* 전신통지 /a letter of *advice* 송금수표발행안내 /a telegraphic *advice* 전신통지 /credit *advice* 입금통지 ***advice of acceptance*** 인수통지 ¶ *Advice of acceptance* is statement from the collecting bank to the bank from which the collection order was received conforming the amount, amount collected, charges, disbursements, expenses, and disposal of funds. 인수통지는 추심은행으로부터 피추심은행이 받은 추심지시로서, 자금의 금액, 추심금액, 비용, 지급금, 지출액, 및 자금처분을 확인하는 진술이다. ~ ***of nonacceptance*** 인수거절의 통지 ¶ *Advice of nonacceptance* is statement sent by the collecting bank to the bank from which the collection order was received advising nonpayment or nonacceptance. 인수거절의 통지는 추심은행으로부터 피추심은행이 받은 추심지시로서 지급거절 또는 인수거절을 확인하는 진술을 이른다.

advise 권고하다, 통지하다 ¶ *Advise* and pay (…) [송금] 통지지급, (통지할 때) 지급함 /*advise* fate items 결제통지를 연락하는 조건의 추심물건 ***advised credit*** 통지된 신용장 ¶ An *advised credit* is a letter of credit for which the beneficiary has been notified of terms and conditions by the advising bank. 통지된 신용장이란 수익자가 통지은행에 의해서 신용장의 조건을 통지받은 신용장을 이른다.

adviser; advisor [미] (법률, 투자) 고문 ¶ a business *advisor* 사업고문 /a legal *advisor* 법률고문 /investment *advisor* 투자상담자

advising bank (신용장의) 통지은행 ¶ The *advising bank* is a bank, opening in the exporter's country, that handles letters of credit for a foreign bank by notifying the exporter firm that the credit has been opened it its favor. The *advising bank* fully informs the exporter of the conditions of the letter of credit without necessarily bearing responsibility. 통지은행은 신용장이 수출업자 앞으로 개설된 것을 수출업회사에 통지함으로써 외국은행에 대하여 신용장을 취급하는 수출업자의 소재국의 은행을 이른다. 통지은행은 반드시 책임을 지지 않고 수출업자에게 신용장의 조건을 충분히 통지한다.

advisory 투자의 ¶ *advisory* funds [투자] 투자일임업무에서 수임된 자금 /*advisory* service 투자고문업 ***advisory account*** 투자일임계정 ¶ The *advisory account* is a brokerage account in which the broker may make limited investment decisions without consulting the customer. Securities traded in the account are confined to those that meet the customer's investment goals. Compare discretionary account. 투자일임계좌란 브로커가 고객과 상의하지 않고도 제한된 투자결정을 할 수 있는 범위의 브로커계좌를 이른다. 그런 계좌간에서 거래되는 증권은 고객의 투자목표를 충족하는 증권에 한정된다. 매매일임계좌(discretionary account)와 비교할 것.

AED (ISO) code United Arab Emirates – currency dirham. ¶ AED (국제표준기구) 약호 아랍에미리트 연방 — 화폐 디르함(dirham).

affair 사건, 일, (*pl.*) 사무, 업무 ¶ The whole *affair* was badly mismanaged from start to finish. 사건 전체가 처음부터 끝까지 잘못 처리되었다.

affidavit [법] 선서진술서 ¶ An *affidavit* is a written statement made under oath before an authorized person, such as a notary public. 선서진술서는 공증인(notary public) 등 권한을 가지는 사람의 면전에서 선서한 후 작성한 진술서를 이른다. ¶ a lost passbook *affidavit* (통장의) 실권증서 /make an *affidavit* 선서를 하다 /swear an *affidavit* 진술서에 하자가 없음을 선서하다 ***affidavit of domicile*** 거주지의 선서진술서 ¶ An *affidavit of domicile* is an affidavit made by the executor of an estate that certifies the decedent's place of residence at the time of death. Before securities can be transferred from an estate, it must be verified that no liens exist against them in the home state of the decedent. 거주지의 선서진술서는 유언집행자(executor)에 의해서 작성되는 선서진술서이고, 고인(故人)의 사망시의 거주지를 증명하는 것이다. 증권이 유산에서 이전되기 전에, 고인의 거주지에서 그 증권에 대해서 어떤 선취특권(lien)도 설정되어 있지 않다는 것이 증명되지 않으면 안 된다.

affiliate 관계회사, 관련회사, 자회사 ¶ Two companies are affiliated when one owns less than a majority of the voting stock of the other, or when both are subsidiaries of a third company. A subsidiary is a company of which more than 50% of the voting shares are owned by another corporation, termed the parent company. A subsidiary is always, by definition, an *affiliate*, but subsidiary is the preferred term when majority control exists. In everyday use, *affiliate* is the correct word for intercompany relationship, however indirect, where the parent-subsidiary relationship does not apply. 2개의 회사 중의 1개의 회사가 더 일방의 과반수에 달하지 못한 의결권주식(less than a majority of voting stock)을 소유하고 있는 경우, 혹은 이 2개의 회사가 모두 제3자의 자회사(subsidiary)인 경우에, 이 2개의 회사를 관계회사(affiliate)라고 한다. 자회사란 것은 그 의결권주식의 50% 이상이 모회사(parent company)라고 하는 다른 회사가 소유하고 있는 회사를

의미한다. 정의상(定義上)으로 자회사는 언제나 관계회사이지만, 과반수주식지배가 있는 경우에는 자회사라고 하는 편이 적절한 방법이라고 할 수 있다. 또 간접적이기는 하지만, 모자회사관계가 아닌 기업관계를 나타내는 일상용어로서는 관계회사라고 하는 편이 올바른 사용방법이라고 할 수 있다.

affiliated 관련이 있는 ¶ *affiliated* organizations 계통기관 /*affiliated* persons 관계인 / financing to *affiliated* companies [금융] 계열융자 ***affiliated corporation*** 자회사, 계열회사, 방계회사, 관계회사 ¶ An *affiliated corporation* is a corporation that is an affiliate. 관계회사는 관련회사로 되어 있는 회사를 말한다. ~ ***person*** 특별관계인 ¶ An *affiliate person* is an individual in position to exert direct influence on the action of a corporation. Among such persons are owners of 10% or more of the voting shares, directors, and senior officers and any persons in a position to exert influence through them – such as members of their immediate family and other close associates. 특별관계인이란 기업의 활동에 직접적인 영향력을 행사하는 입장에 있는 개인을 이른다. 예컨대 의결권주식(voting stock)의 10% 이상을 소유하는 주주(stockholder), 이사(director), 상급임원(senior officer)을 말한다. 그리고 이러한 사람들의 직계가족의 일원이나 기타 긴밀한 관계자로서 간접적인 영향력을 행사할 수 있는 입장에 있는 사람도 포함된다.

affiliation 가맹, 제휴, 합병 ¶ in *affiliation* with … …와[과] 제휴관계가 있는 /business *affiliation* 계열

affinity (혼인으로 인한) 인척관계 (*cf.*) consanguinity 혈족 ***affinity card*** 인척관계카드 ¶ An *affinity card* is a card co-issued by a bank or a sponsoring organization that gets a percentage of revenue generated by use of the card. Cardholder may also get discounts or other advantages when the card is used to buy sponsor's products or services. 인척관계카드는 카드의 사용으로 수입의 1%를 획득하는 은행이나 광고회사가 공동발행한 카드를 말한다. 카드소지자는 광고회사의 제품이나 서비스를 구입하기 위해 카드를 사용하는 경우 할인 기타 편익을 받을 수도 있다.

affirm 확인하다 ¶ The judgement was *affirmed* by the Supreme Court. 판결은 대법원에 의해서 확인되었다.

affirmative 단정적인, 긍정의 ¶ *affirmative* covenants [신디케이트론] 긍정적 서약 (a pari passu clause와 같은 작위의무를 과하는 특약) ***affirmative actions*** [미] 차별철폐조치 ¶ An *affirmative actions* is a step taken to correct conditions resulting from past discrimination or from violations of a law, particularly with respect to employment. 차별철폐조치란 특히 고용과 관련해서 과거의 차별이나 법률위반행위로 인한 조건을 시정하기 위한 조치를 말한다. ~ ***obligation*** [영] 어퍼머티브 오블리게이션, 긍정적 의무 ¶ *Affirmative obligation* is one or more duties that a specialist or market maker must undertake, including taking one side of a purchase or sale order through a proprietary account when the other side cannot be immediately matched, quoting two-way markets at all times, and reporting all executed trades within a predefined time frame. Also known as positive obligation. See also interpositioning; negative obligation. 긍정적 의무란 매매의 상대방이 바로 대응할 수 없는 경우, 항시 양쪽 시장을 예시하여 사전에 정한 시간의 틀 이내에서 이미 집행된 모든 거래를 말하면서, 자기계좌(proprietary account)를 통해서 매매의 당사자의 구매 또는 매도주문을 받는 것을 포함하여 스페셜리스트(specialist) 또는 마켓메이커(market maker)가 떠맡아야 할 하나 이상의 의무를 말한다. 이를 positive obligation(포지티브 오블리게이션)이라고도 한다. interpositioning(개재); negative obligation(네거티브 오블리게이션)도 참조할 것. ~ ***relief*** 피고에게 부여되는 구제 ¶ The *affirmative relief* is relief, benefit, or compensation that may be granted to the defendant in a judgment or decree in accordance with the facts established in his favor. 피고에게 부여되는 구제란 피고에게 유리한 확증된 사실에 따라 판결로 피고에게 부여될 수 있는 구제, 이득 또는 보상을 말한다.

afflux 유입(流入) ¶ *afflux* [inflow, influx] of capital 자본의 유입

affreightment 화물운송, 용선(傭船) ***contract of affreightment*** 화물운송계약 ¶ A *contract of affreightment* is a contract by a ship owner to transport goods by sea or to put a vessel at the disposal of charterers for the purpose of chartering the ship to carry goods. 화물운송계약이란 선박소유자가 화물을 해상운송할 계약 또는 화물을 운송할 선박을 용선(傭船)할 목적으로 용선자의 처분에 위임하는 계약을 말한다.

affordability index 주택구매력지수(住宅購買力指數) ¶ *Affordability index* is standard established by the National Association of Realties (NAR) to gauge the financial ability of consumers to buy a home. A reading of 100 means a family earning the national median family income (reported by the Census Bureau) can qualify for a mortgage on a typical median-priced existing single-family home. 주택구매력지수는 소비자의 주택구매력을 측정하기 위해서 전미부동산업협회(National Association of Realties: NAR)가 설정한 지표를 말한다. 지수 100은 (국세조사국(Census Bureau)의 보고에 따른) 전국의 평균수준소득의 가정이 전형적인 평균가격의 중고 단독주택을 취득하기 위한 모기지론을 편성할 수 있음을 의미한다.

Afghanistan currency 아프가니스탄 화폐 ¶ afghani (AFN), divided into 100 pule. 1 아프가니(afghani) = 100 풀(pule).

afloat (선하[船荷]가) 해상에, (어음이) 유통하여, (채권이) 부동(浮動)하여 ¶ set a scheme *afloat* 어느 계획을 운영가능하게 하다

AFN (ISO) code Afghanistan – currency afghani. ¶ AFN (국제표준기구) 약호 아프가니스탄 — 화폐 아프가니(afghani).

after- …의 후[뒤, 다음]에 ¶ *after*-acquired property 저당권설정후 취득한 재산 /*after* closing [회계] 마감후에 /*after*-hours 근무[영업]시간후, 시간외(의) /*after*-hours dealings [trading] [주식] 장 마감후 거래(street dealings) /*after*-sales service 애프터서비스 /*after*-sight bills 기한부 환어음 /*after*-tax 세금공제후의 실수령액(before-tax에 대한) /an *after*-tax basis 세금공제후 베이스 /an *after*-tax yield 세금공제후 이율 ***after acquired clause*** 사후취득자산추가담보조항 ¶ An *after acquired clause* is a clause in a mortgage agreement providing that any additional mortgageable property acquired by the borrower after the mortgage is singed will be additional security for the obligation. 사후취득자산추가담보조항은 계약체결후에 차입자(借入者)가 취득한 담보가치가 있는 자산(mortgageable property)은 무엇이든 추가담보(additional security)가 된다고 규정하는 모기지(부동산담보대출, mortgage)계약을 말한다. ***after date*** [어음] 발행일자후(…일지급) ¶ *After date* is a phrase indicating that the date of maturity of a draft or other negotiable instrument is fixed by the date on which it was drawn a specified number of days after presentation of the draft to the drawee or payee. 발행일자후(…일지급)는 환어음이나 기타 유통증권의 만기일자가 그 어음이 지급인이나 수취

인의 제시후 일정한 일수에 확정됨을 나타내는 문언이다. ~ ***hours dealing or trading*** 장 마감후 거래, 영업시간외 거래(立會外去來) ¶ The *after-hours dealing or trading* is a trading of stocks and bonds after regular trading hours on organized exchanges. This may occur when there is a major announcement about positive or negative earnings or a takeover at a particular company. 장 마감후 거래란 조직화된 증권거래소(organized securities exchange)의 통상적인 입회시간(regular trading hours)후에 행해지는 주식(stock)이나 채권(bond)의 거래를 이른다. 특정기업의 수익의 개선이나 악화, 또는 매수(takeover) 등의 중요한 발표가 있는 경우에, 장마감후 거래가 행해지는 경우가 있다. ***after sight*** [어음] 일람후(…일지급) ¶ *After sight* is a phrase indicating that the date of maturity of a draft or other negotiable instrument is fixed by the date on which it was drawn a specified number of days after presentation of the draft to the drawee or payee. 일람후(…지급)는 환어음이나 기타 유통증권의 만기일자가 그 어음이 지급인이나 수취인의 제시후 일정한 일수에 확정됨을 나타내는 문언을 이른다.

aftermarket [주식] 유통시장, 구매후 수요, 신규공개주식의 매매 ¶ A *aftermarket* is a trading activity immediately following an initial public offering. 유통시장이란 최초의 주식공모(公募)에 바로 이어지는 거래활동을 이른다. /the *aftermarket* in Eurobonds 유로본드발행직후의 시장

afternoon 오후 ¶ *afternoon* dealings 후장(後場)거래 /*afternoon* market [session] 후장

against …을[를] 방지하여 ***against all risks (AAR; a.a.r.)*** [해상보험] 전위험담보 ¶ The goods are insured *against all risks.* 그 화물은 전위험담보조건으로 부보(附保)되어 있다. ~ ***the box*** 시세에 역행한 매도 ¶ *Against the box* implies short sale by the holder of a long position in the same stock. Box refers to the physical location of securities held in safekeeping. When a stock is sold against the box, it is sold short, but only in effect. A short sale is usually defined as one where the seller does not own the shares. 시세에 역행한 매도는 특정한 주식을 소유하고 있는(long position) 사람이 동일한 주식을 공매하는 것이다. 박스(box)란 것은 증권(security)이 보관되어 있는 물리적인 보관장소를 인용한 말이다. 특정한 주식이 시세에 역행해서 매도된다(sold against the box)면 형식적으로 공매(空賣)되는 것이 된다. 공매란 것은 소유하고 있지 아니한 주식을 매도하는 것을 의미한다.

age *n.* 연령, 성년(a full age, a legal age) ¶ an *age* group 연령층 /an *age*-life method (감가상각의) 정액법(定額法) ***age discrimination*** 연령차별 ¶ The *age discrimination* is the denial of privileges as well as other unfair treatment of employees on the basis of age, which is prohibited by federal law under the Age Discrimination Unemployment Act of 1967. This act was amended in 1978 to protect employees up to 70 years of age, and in 1986 to protect mandatory retirement. 연령차별은 연령을 근거로 해서 근로자의 다른 불공정한 대우뿐만 아니라 특권을 거부하는 것인데, 이는 1967년 미국의 연령차별실업법과 같은 연방법에 의하여 금지되고 있다. 이 법률은 1978년에 근로자를 70세까지 보호하고, 1986년에는 강제퇴직을 보호하도록 수정되었다.

v. 노후화(老朽化)하다 ***aged assets*** [영] 에이지드 애셋 ¶ *Aged assets* are assets held for resale by a bank or securities firm that have been owned for a long period of time (i.e., many months). *Aged assets* may indicate misvaluation. 에이지드 애셋은 오랫동안(예컨대 수개월) 소유해 온 것을 은행이나 증권회사가 재판매로

붙들고 있는 자산이다. 에이지드 애셋은 잘못 평가의 징후가 될 수 있다. ~ ***fail*** 에이지드 페일 ¶ The *aged fail* is a contract between two broker-dealers that is still not settled 30 days after the settlement date. At that point the open balance no longer counts as an asset, and the receiving firm must adjust its capital accordingly. 에이지드 페일은 결제일(settlement date)후 30일을 경과해도 결제되지 아니한 증권회사와 고객간(broker-dealer)의 약정을 말한다. 이 시점에서의 미결제잔액(open balance)은 자산으로 보지 않으므로, 수입(受入)회사측은 그것에 따라 자본금을 조정하지 않으면 안 된다.

agency 중개, 대리권, 대리점, 출장소, 미국정부기관증권 ¶ *Agency* is relationship between two parties, one a principal and the other an agent who represents the principal in transactions with a third party. 대리란 것은 일방의 당사자가 다른 당사자(본인)(principal)의 대리인이 되고, 본인의 대리인으로서 제3자와의 거래를 행하는 양당사자의 관계를 말한다. /*agency*-backed compounder securities 정부기관증권담보제로 쿠폰채(債) /*agency* banks (외국환전문의) 계열대리은행, (외국의 모은행의) 미국대리점은행(예대금(預貸金)업무는 인정되지 않는다.) /*agency* bills [은행] 런던지점인수어음 /*agency* contracts [agreements] 대리점계약 /*agency* loan(s) 대리대출 /*agency* notes [미] (1년물 또는 2년물의) 정부기관증권 /*agency* operation 대리업무 /a commercial [mercantile] *agency* 여신소(與信所) /through the *agency* of … …의 중개로 ***agency agreement [arrangement]*** [은행] [영] 코레스계약([미] correspondent arrangements) ¶ The *agency agreement* is a correspondent arrangement with the foreign exchange transaction of overseas banks. 코레스계약이란 해외은행과의 외환거래를 위한 약정이다. ~ ***captive*** [영] 에이전시 캡티브 ¶ The *agency captive* is a captive, owned by one or more insurance agents, which is used to write insurance cover for a large number of third party clients. See also group captive. 에이전시 캡티브는 1 이상의 보험대리점이 소유하여, 많은 수의 제3당사자 고객을 위하여 보험보장을 인수하는 데 사용되는 캡티브를 말한다. group captive(그룹 캡티브)를 참조할 것 ~ ***securities*** 정부기관증권 ¶ *Agency securities* are securities issued by U.S. government-sponsored entities (GSEs) and federally related institutions. GSEs currently issuing securities comprise eight privately owned, publicly chartered entities created to reduce borrowing costs for certain sectors of the economy, such as farmers, home owners, and students. 정부기관증권은 미합중국정부지원기관(U.S. government-sponsored entities: GSEs)이나 연방정부관련기관(federally related institutions)에 의해서 발행되는 증권을 이른다. 현재 증권을 발행하고 있는 GSEs는 8개 기관이지만, 어느 것이나 농가, 주택소유자나 학생회 등 특정부분의 사람들의 차입코스트경감을 목적으로 하여 공적으로 허가를 얻어 설립된 주식비공개회사이다.

agenda [복수형, 단수취급] 의사일정, 의제(議題) ¶ distribute the *agenda* for a meeting 회합의 의사일정을 배포하다 /Parliamentary *agenda* for this session 이번 회기의 의회의 의사일정

agent 대리인, 대리점, 보험판매인, 주선인, [신디케이트론] (신디케이트단의 대표로 되는) 사무간사은행 ¶ An *agent* is an individual authorized by another person, called the principal, to act in the latter's behalf in transactions involving a third party. Banks are frequently appointed by individuals to be their agents, and so authorize their employees to act on behalf of principals. 대리인이란 당사자 본인으로부터 대리인으로서의 권한을 부여받아 본인을 갈음하여 제3자와 거래를 행하는 자를 말한다. 은행은 개인고객의 대리인으로 지명되는 일이 많지만, 그 때에는 은행의 종업원에게 본인(개인고객)의 대리인으로서 행동할 권한을 부여한다. /act as *agent* for … …의 대리인으로 행동하다 /an acting *agent* 임시대리인 /as *agent* 대리인으로서 /a clearing *agent* 교환대리은행 /*agent* commission 대리점수수료 /*agents* [factors] of production 생산요소 /a paying *agent* 지급대리인 ***agent bank*** 에이전트은행, 대리은행, 사무간사은행 ¶ An *agent bank* is a bank forming part of a syndicate arranging a loan for a borrower that is responsible for protecting the interests of all other syndicate banks. The lead bank arranging the loan is often selected as the agent bank. (신디케이트의) 사무간사은행은 차입자에게 론을 주선하는 신디케이트의 부분을 형성하는 은행으로서 다른 모든 신디케이트은행의 이익을 보호할 책임이 있는 은행이다. 론을 주선하는 선도(先導)하는 은행이 자주 사무간사은행으로 선임되기도 한다.

agglomeration (여러 가지 잡다한) 집괴(集塊), 집단

aggravate 악화시키다 ¶ Her loneliness was greatly *aggravated* by the death of his cat. 그녀의 고독은 기른 고양이의 죽음에서 더욱 악화되었다.

aggregate ⓐ 집합적인, 총액의 ¶ an *aggregate* balance 누계잔액 /*aggregate* demand 총수요 /*aggregate* elasticity 종합탄력성 /*aggregate* funds 종합자금 /*aggregate* indebtedness 총부담액 /an *aggregate* market price (주식의) 시가총액(時價總額) /*aggregate* output 총생산액 /*aggregate* supply 총공급 /a corporation *aggregate* 사단법인 ***aggregate exercise price*** [옵션거래] 총행사가격 ¶ In stock options trading, the *aggregate exercise price* is the number of shares in a put or call contract (normally 100) multiplied by exercise price. The price of the option, called the premium, is a separate figure not included in the *aggregate exercise price*. 총행사가격은 주식옵션거래(stock option trading)에서는 풋옵션(put option)이나 콜옵션(call option)계약상의 주식수(통상은 100주)에 행사가격(exercise price)을 곱한 금액을 이른다. 프리미엄(premium)이라고 불리는 옵션료는 총행사가격에 포함되지 않는다. ~ ***stop loss insurance*** [영] 총스톱 로스보험 ¶ The *aggregate stop loss insurance* is an insurance contract that becomes effective once a company's self-insurance threshold has exceeded a predefined value. Once in effect, the coverage assumes the form of a standard insurance contract with defined terms and conditions. 총스톱 로스보험은 일단 회사의 자가보험(self-insurance)의 한계가 사전에 규정한 가격을 초과하면 유효하게 되는 보험계약을 말한다. 효력이 생긴다면, 보험범위(coverage)는 규정된 조건(terms and conditions)을 갖춘 표준보험계약의 형식을 취하게 된다 ~ ***supply*** 총공급 ¶ In macroeconomics, the *aggregate supply* is the total amount of goods and services supplied to the market at alternative price levels in a given period of time; also called total output. 미시경제학에서, 총공급은 주어진 기간내의 각 가격수준에서 시장에 공급되는 재화와 서비스의 총량을 이른다. 또 총생산액(total output)이라고도 한다.

ⓝ 누계, 총계, 총액, 총수 ¶ in the *aggregate* 총계에서(aggregately) ***monetary aggregates*** 양적 금융지표 → money supply (머니서플라이).

aggregation 집계, 집약, 집합체 ¶ In corporate finance, the *aggregation* is collecting and treating as one the investment proposals of different operating units. 기업금융에서, 집약은 회사의 다른 사업부문에서의 투자제안을 통합하여 하나의 투자로서 다루는 것을 말한다.

aggressive 공격적인, 적극적인 ¶ *aggressive* portfolio (가격인상을 목적으로 하는) 공격적 자산운용 ***aggressive growth mutual fund*** (캐피탈게인을 노리는) 급성장주(急成長株) 펀드 ¶ The *aggressive growth mutual fund* is a mutual fund holding stocks of rapidly growing companies. While these companies may be large or small, they all share histories of and prospects for above-average profit growth. Aggressive growth funds are designed solely for capital appreciation, since they produce little or no income from dividends. 급성장주 펀드는 급성장회사(growing companies)의 주식을 보유하는 뮤추얼펀드(mutual fund)를 말한다. 급성장회사의 공통점은 규모의 대소는 있더라도, 어느 것이나 이익성장률의 실적이나 전망이 평균을 상회하는 점이다. 급성장주 펀드는 투자대상의 급성장회사로부터의 배당을 거의 내지 전혀 기대할 수 없으므로, 주가의 상승으로만 수익을 올리도록 설계되어 있다.

aging 나이를 먹는 것, 성숙 ¶ *aging* of accounts 계정의 경과기간조사 /*aging* of receivables 외상대금채권의 경과기간조사 ***aging schedule*** 외상매출금경과기간표 ¶ The *aging schedule* is a classification of trade accounts receivable by date of sale. Usually prepared by a company's auditor, the aging, as the schedule is called, is a valid tool in analyzing the quality of a company's receivables investment. It is frequently required by grantor of credit. 외상매출금경과기간표는 외상매출금(accounts receivables)의 판매일별 분류표이다. 통상은 기업의 감사인에 의해서 작성되어 경과기간표(aging)이라고 불리는 이 표는 기업의 외상매출금의 질을 분석하는 데에 극히 중요한 자료이다. 채권자(creditor)는 외상매출금의 경과기간표의 제출을 빈번하게 요구한다.

agio 할증금(difference in value between currencies), 프리미엄(유럽에서 잘 사용되는 표현이다.), 환전수수료(exchange commission)

agiotage 외국환업, 환전업

agorot 아고롯 ¶ A subdivision (1/100) of the Israel shekel. 이스라엘의 1 셰켈(shekel) = 100 아고롯(agorot)[단수는 아고라(agora)].

agrarian 농지의, 토지의 ¶ *Agrarian* means of or describing an economy or society that is heavily dependent on breeding and raising livestock and growing agricultural products. *Agrarian* economies are generally associated with a relatively low standard of living. 어그레어리언(agrarian)이라는 말은 양식(養殖)과 사육(飼育)하는 가축류와 성장하는 농산물에 크게 의존하는 경제 혹은 사회를 나타내는 의미이다. 일반적으로 토지경제는 비교적 낮은 생활수준과 관련되어 있다.

agree 동의하다, 인정하다 ¶ It is a masterpiece; all the critics *agree* about that. 그것은 걸작품이고, 많은 평론가들의 의견은 그 점에 일치하고 있다.

agreeable 동의하여, 일치하여, 마음이 내키어, …에 맞는 ¶ a mutually *agreeable* solution 서로 합의할 수 있는 해결책

agreed 일치한, 협정한 ¶ an *agreed* rate (of interest) 협정요율 /*agreed* [contracted, contractual] interest rates 협정금리, 약정이율 ***agreed value policy*** [영] 협정가액보험증권 ¶ The *agreed value policy* is an insurance policy where the sum to be paid out in the event an insurable event occurs is specifically stated in the policy, e.g., life insurance. 협정가액보험증권은 보험사고가 발생하는 경우에 지급할 금액이 증권, 예컨대 생명보험증권에 명확히 기재되고 있는 보험증권을 말한다.

agreement 계약, 일치, 동의, 합의 ¶ an agency *agreement* [arrangement] [영] 코레스계약 /a letter of *agreement* 약정서 /a provisional *agreement* 가계약 /a reciprocal trade *agreement* 호혜통상협정 /subscription *agreement* 인수계약(underwriting agreement) /a sub-underwriting *agreement* [신디케이트론] 부인

수협정(副引受協定) /swap *agreement* 스왑계약 /technology inducement *agreement* 기술도입계약 /technology transfer *agreement* 기술이전계약 /wage *agreement* 임금협정 ***agreement among(st) underwriters*** [신디케이트론] 인수회사간 협정, 인수단계약 ¶ An *agreement among underwriters* is a contract between participating members of an investment banking syndicate; sometimes called syndicate contract or purchase group agreement. It is distinguished from the underwriting agreement, which is signed by the company issuing the securities and the syndicate manager, acting as agent for the underwriting group. 인수단계약은 투자은행(investment banker)으로 조성되는 신디케이트단(團)(syndicate)의 참가회원간의 계약을 말한다. 종종 syndicate contract 또는 purchase group agreement라고도 한다. 이 계약은 인수계약(underwriting agreement)과는 다르다. 인수계약은 증권발행회사(company issuing the securities)와 인수단(underwriting group)의 대리인의 역할을 다하는 신디케이트단(團) 간사(syndicate manager)와의 사이에서 조인되는 계약을 말한다. ~ ***value*** [영] 약정가액 ¶ The *agreement value* is the value that is settled between two counterparties in the event a swap is subject to early termination. 약정가액은 스왑이 기한전 해약(early termination)하여야 하는 경우에 두 거래상대방간에 결제되는 가액을 말한다.

agribusiness 농업관련산업 ¶ *Agribusiness* is commercial operations related to the production, marketing, and supply of farm products and services. 농업관련산업은 농산물의 생산, 마케팅 및 공급과 서비스와 관련된 영리적 사업을 이른다.

agricultural 농업의, 농사의 ¶ *agricultural* bank 농업은행 /*agricultural* bills 농업어음 /*agricultural* cooperative associations 농업협동조합 /*agricultural* cooperative finance 농업계통금융 /*agricultural* credit [finance, financing] 농업금융 /the *agricultural* industry 농산업, 농업 /*agricultural* production 농업생산 ***agricultural bank*** 농업은행 → land bank (토지은행).

agro-based industry 농업관련산업

aid 원조 ¶ *aid* effectiveness 원조효과 /*aid*-giving [-providing] countries [nations] 원조국 /*aid* receiving countries [nations] 피원조국 /financial *aid* 재정적 효과

AIM → Alternative Investment Market [약] [영] 대체투자시장

air 공중, 항공(기)의[에 의한] ¶ *air* carriers 항공기, 공수회사(空輸會社) /*air* consignment notes [영] 항공화물수취증 /*air* express 소하물공수 /*air* fare 항공료 /an *air* receipt 운송중개업자가 발행하는 항공화물수취증 /*air* shipment 공수(空輸) /*air* transport 공수, 수송기 /*air* waybills; *air*way bills 항공화물운송장, 항공화물수취증 ***air cargo*** 항공화물 ¶ The *air cargo* is a property of any kind that is transported by aircraft (excluding passenger baggage). 항공화물은 (승객휴대화물은 제외하고) 항공기에 의하여 운송되는 동산화물과 같은 것이다. ~ ***freight*** 화물공수, 적하(積荷) ¶ *Air freight* is use of air transportation for sending freight. It is faster and more expensive than truck, rail, or bus service. 화물공수는 화물의 발송에 항공운송을 이용하는 경우이다. 그것은 트럭, 철도 또는 버스의 운영보다 빠르고 운임이 비싸다. ~ ***pocket stock*** 급락종목 ¶ An *air pocket stock* is a stock that falls sharply, usually in the wake of such negative news as unexpected poor earnings. As shareholders rush to sell, and few buyers can be found, the price plunges dramatically, like an airplane hitting an air pocket. 급락종목은 예상외의 수익악화 등 나쁜 정보의 결과, 주가가 급락하는 종목을 말한다. 주주(shareholder)가 팔려고 쇄도하고 매수인이 거의 없게 되니, 비행기가 마치 에어

포켓(급강하기류)을 만난 것처럼 주가가 급락한다.

aircraft 항공기, (*pl.*) aircraft ¶ An *aircraft* has crash-landed. 항공기가 동체착륙하였다.

airfreighter 화물수송기

airline; air line 정기항공기, 항공회사 ¶ There is strong competition from foreign *airlines*. 외국의 항공회사로부터 격렬한 경쟁이 있다.

airmail; air-mail [n.] 항공우편 ¶ send a letter to America by *airmail* 미국에 항공우편으로 편지를 보내다

[a.] 항공편의 ¶ *airmail* charges 항공편 비용 /120 days sight *air-mail* 항공편에 의해 송부하는 일람후 120일 지급(어음) /*airmail* remittances [transfers] 우편이체, 보통송금

[ad.] 항공편으로(by airmail)

airport revenue bond 공항수입채(收入債) ¶ An *airport revenue bond* is a tax-exempt bond issued by a city, county, state, or airport authority to support the expansion and operations of an airport. The repayment of principal and interest is backed by either the general revenues of airport authority or lease payments generated by one or more airlines using the facilities. 공항수입채는 공항확장과 운영을 지원하기 위해서 시, 군, 주 또는 공항당국에 의해서 발행되는 비과세채(tax exempt bond)를 말한다. 원금(元金)상환과 이자지급은 공항당국의 일반수입이나, 그 공항시설을 이용하는 1사(社) 또는 2사 이상의 항공회사가 지급하는 리스료에 의해서 뒷받침되고 있다.

airship 비행기로 운송하다

airtight 공기가 통하지 않는, (이론 · 의논 등이) 빈틈이 없는, 완전한

airway bill 항공하물운송장, 항공하물수취증(air waybill이라고도 한다.) ¶ The *airway bill* (*AWB*) is a bill of lading (B/L) that covers both domestic and international flights transporting goods to a specified destination. Technically, it is a nonnegotiable instrument of air transport that serves as a receipt for the shipper, indicating that the carrier has accepted the goods listed therein and obligates itself to carry the consignment to the airport of destination according to specified conditions. 항공하물운송장은 일정한 목적지까지의 화물을 운송하는 국내외의 항공을 커버하는 선하증권(bill of lading)이다. 기술적으로, 그것은 운송인이 그 운송장에 기재되어 있는 화물을 인수하고 일정한 조건에 따라 목적지인 공항까지 적송물(積送物)을 운송할 책임이 있다고 하는 화주(shipper)에 대한 수령증으로서 역할을 하는 항공운송의 비유통증권이다.

ajustabonos [스페인] 아유스타보노스 ¶ *Ajustabonos* is mediem-term inflation-linked securities, issued by the Mexican government, which pay a regular fixed coupon and adjust the principal every quarter based on the movement of the Mexican consumer price index. The adjusted principal accumulates over the life of the bond and is paid to investors at maturity. 아유스타보노스는 멕시코정부가 발행한 중기의 인플레이션연계증권으로, 정기적인 고정이표(fixed coupon)를 지급하고 멕시코소비자의 물가지수의 동향에 기초하여 4반기마다 원금을 조정하는 증권이다. 조정된 원금은 채권이 유효한 동안 적립되어 만기에 투자자에게 지급된다.

a.k.a.; AKA → also known as … [약] 별명…, 일명 … ¶ *AKA and a/k/a* mean "also known as" and are used to introduce the listing of an alias. AKA 및 a/k/a

는 또 "…라고 한다"의 뜻이고 별명의 목록을 소개하는 데 사용된다.

aktiebolag (AB) [스웨덴] 주식회사 ¶ In Sweden, the *aktiebolag* (*AB*) is a joint stock company that may be either publicly traded or privately held; the term is also used in Finland to reflect a private company. In both countries minimum capital requirements must be met in order to qualify. 스웨덴에서, 악티에볼라그(aktiebolag)는 공개적으로 거래되거나 사적으로 소유할 수 있는 주식회사(joint stock company)이다. 그 용어는 핀란드에서도 사용되며, 사회사(private company)를 나타내고 있다. 양국에서 최소자본의 필요요건은 법인격을 갖추는 데 반드시 충족하여야 한다.

Aktiengesellschaft (AG) [독] 악티엔게젤샤프트 ¶ In Germany, Switzerland, and Austria, *Aktiengeselschaft* (*AG*) is a stock corporation which features both a Vorstand and an Aufsichtsrat. In all countries minimum capital requirements must be met in order to qualify. 독일, 스위스, 및 오스트리아에서 악티엔게젤샤프트(Aktiengesellschaft)는 이사회(Vorstand)와 감사회(Aufsichtsrat)의 둘을 특징으로 하는 주식회사이다. 그 모든 국가에서 최소자본요건은 주식회사의 자격을 갖추는 데에 충족하여야 한다.

alarm 경보(警報), 경보장치 ¶ A fuel leak set off an *alarm* in the cockpit. 연료가 누출되어 조종실의 경보장치가 울리기 시작하였다.

alias (L) 별명, 사칭(詐稱) ¶ An *alias* is an indication that a person is known otherwise by more than one name. 별명은 어느 사람이 하나의 성명 이상으로 다르게 알려지는 표시라 할 수 있다.

Albania currency 알바니아 화폐 ¶ Albanian lek (ALL), divided into 100 qindarka. 알바니아 1 렉(lek) = 100 킨다르카(qindarka)[단수는 qindar(킨다르)].

aleatory contract 사행(射倖)계약 ¶ The *aleatory contract* is a contract that can result in an unequal exchange of value between the contracting parties. Insurance is an aleatory contract, as the premium paid by the insured is generally larger or smaller than any settlement received from the insurer in the event of a loss and claim. 사행계약은 계약당사자간에 불균형한 가치의 교환으로 생길 수 있는 계약이다. 보험은 사행계약인 것이, 피보험자가 내는 보험료가 일반적으로 손실과 보험청구의 경우에 보험업자로부터 받는 어떤 결제보다 크거나 적거나 하기 때문이다.

Algeria currency 알제리 화폐 ¶ Algerian dinar (DZD), divided into 100 centimes. 1 디나르(dinar) = 100 상팀(centimes).

algorithm 알고리듬 ¶ The *algorithm* is sequence of instructions that tell how to solve a particular problem. An *algorithm* must be specified exactly, so there can be no doubt about what to do next, and it must have a finite number of steps. A computer program is an algorithm written in a language that a computer can understand. 알고리듬은 특정한 문제를 푸는 방법을 가르쳐 주는 연속된 지시를 이른다. 알고리듬은 정확하게 특정되어야 하며, 그래야 다음에 무엇을 할지 의문이 생길 수 없다. 컴퓨터프로그램이야말로 컴퓨터가 이해할 수 있는 언어로 기술된 알고리듬이라 할 수 있다.

algorithmic trading 알고리듬 트레이딩 ¶ An *algorithmic trading* is the use of computer-driven algorithm to execute financial transactions in the marketplace. The process is designed to be highly automated, with minimal need for manual intervention. *Algorithmic trading* is popularly used in the equity markets, but is also found in the foreign exchange and commodities markets. Also known as rules based trading. 알고리듬 트레이딩은 시장에서 금융거래를 실행하면서 컴퓨터작동의 알고리듬을 사용하는 것이다. 그 과정은 고도의 자동화로 설계되어, 수작업이 필요한 경우는 최소한에 그친다. 알고리듬 트레이딩은 주식시장에서 인기 속에 이용되지만, 또한 외환시장과 상품시장에서도 쓰인다. 이는 룰에 입각한 거래로 알려지고 있다.

alien ⓐ 외국의 ¶ *alien* banks 외국은행 /*alien* companies 외국회사 /*alien* firms 외국상사 /*alien* property 외국재산 /*alien* registration 외국인등록 ***alien corporation*** 외국법인 ¶ An *alien corporation* is a company incorporated under the law of a foreign country regardless of where it operates. "*Alien corporation*" can be used as a synonym for the term foreign corporation. 외국법인이란 사업을 행하고 있는 국가와는 상관없이, 외국의 법률에 근거해서 설립된 법인을 말한다.「외국법인」(alien corporation)은 foreign corporation의 동의어로서도 사용될 수 있다. ~ ***insurer*** [영] 외국보험회사 ¶ In the United States, the *alien insurer* is an insurer formed on the basis of the legal requirements of a country other than the United States. In order to qualify to write insurance in the United States, the *alien insurer* must adhere to relevant state insurance regulations. 미국에서, 외국보험회사는 미국 이외의 국가의 법적 요건의 근거에서 설립된 보험자이다. 미국에서 보험을 인수할 자격을 획득하기 위하여, 외국보험회사는 당해 주(州)보험법규를 준수하여야 한다.

ⓝ 외국인

alienate 이전하다, 양도하다 ¶ The rule of common law is that a man cannot attach to a grant or transfer of property, otherwise absolute, the condition that it shall not be *alienated*. 커먼로의 원칙은 사람은 양여 또는 재산의 양도에 부속될 수 없다고 하는 것인데, 달리 말하면 절대적인 것이며, 사람은 양도되지 않는다고 하는 조건인 것이다.

alienation 소외(疎外), 이전, 양도 ¶ In real property law, the *alienation* is the voluntary transfer of title and possession of real property to another person. The law recognizes the power to alienate (or transfer) property as an essential ingredient of fee-simple ownership of property and generally prohibits unreasonable restraints on alienation. 물권법에 있어서, 양도는 타인에게 부동산의 권원과 점유를 자의적으로 양도하는 것이다. 법은 토지소유권(fee-simple ownership)의 본질적인 요소로서 부동산의 양도권한을 인정하고 일반적으로 양도에 관하여 불합리한 제한을 금지한다.

alightment 배치, 구조

alimony payment 이혼수당, 부양수당 ¶ *Alimony payment* is money paid to a separated or divorced spouse as required by a divorce decree or a legal separation agreement. 이혼수당은 이혼판결(divorce decree)이나 법적 이혼동의서(legal separation agreement)를 근거로 해서, 별거중 또는 이혼한 배우자에게 지급되는 금전을 이른다.

all ⓐ 전체의 ¶ *all* buyers 온통 매수인 일색 /an against *all* risks clause 올 리스크 약관 /*all* around cost 총비용 /*all* banks 전국은행 /*all*-inclusive income 포괄적 이익 /*all* in insurance 전위험보험 /*all*-night banks 종야(終夜)야간은행 /*all*-purpose tellers 만능텔러 /*all* rights off 여러 권리락(權利落) /*all* risks insurance 전위험담보보험 /(an) *all*-round price 여러 포괄적인 가격 /*all*-savers CD's 비과세저축증서 /*all*-savers certificates 비과세저축증서 ***all in*** 총경비포함발행금리 ¶ The word *all* *in* means underwriting shorthand for all included, referring to an issuer's interest rate after giving effect to commissions and miscellaneous related expenses. all in(총경비포함발행금리)이라는 말은 인수업무(underwriting)에서 사용하는 all included를 가리키는 약칭이며, 그 의미는 수수료(commission)나 관련 제경비를 부가한 후의 발행기관(issuer)의 총발행금리(interest rate)를 이른다. **~-*in cost*** 총차입비용 ¶ The word *all-in cost* means the total expense of a financial transaction, including interest, fees, and discounts. *All-in cost* is generally stated as an annualized rate. A loan with a stated interest rate of 6% may have an *all-in cost* of 6.75%. 총차입비용(all-in cost)이란 말은 이자, 보수, 할인액을 포함하는 금융거래의 필요경비를 나타내는 말이다. 총차입비용은 일반적으로 연율(年率)로 표시된다. 공인된 6%의 대출은 총차입비용으로 6.75%가 될 수 있다. **~ *or none* (*AON*)** 일괄매매주문 ¶ *All or none* (*AON*) is an offering giving the issuer the right to cancel the whole issue if the underwriting is not fully subscribed. 전주식매매주문이란 증권의 발행에서 인수액이 전액 소화되지 않는 경우에는, 발행단체(issuer)가 발행 그 자체를 취소할 권리를 가지고 있는 경우를 말한다. **~-*or-nothing option*** 올오어나씽 옵션 → exotic option (이그조틱옵션). **~ *ordinaries index*** 종합보통주지수 ¶ *All ordinaries index* is a market capitalization weighted index. The index represents 500 of the largest companies listed on the Australian Securities Exchange (ASX), which was established in 2006 by a merger of the Australian Stock Exchange and the Sydney Futures Exchange. Market Capitalization is the only eligibility requirement of constituents, as liquidity is not considered for this index, with the exception of foreign domiciled companies. The index was established by the ASX in 1980 and supplanted as the market's leading indicator by the S&P/ASX 200 in 2000. 종합보통주지수는 시가총액(market capitalization)가중의 지수(index)이다. 이 지수는 2006년에 오스트레일리아주식거래소와 시드니선물거래소의 합병으로 설립된 오스트레일리아증권거래소(Australian Stock Exchange: ASX)의 상장주식의 시가총액 상위 500사로 구성되고 있다. 이 지수의 구성주식의 선택기준은 시가총액의 규모뿐이고, 유동성(liquidity)은 고려되지 않고 있다. 다만 외국에 주소를 둔 회사는 예외이다. 이 지수는 1980년에 ASX에 의해서 설정되어 2000년에 S&P/ASX 200에 의하여 시장의 주요한 지표로서 갈음하고 있다. **~ *risk*/~ *peril*** [보험] 전(全)위험담보조건(화물수송에 부수하는 외부적 원인으로 인하여 발생하는 일체의 우발적 사고를 담보하는 보험약관을 말한다.) ¶ *All risk/ all peril* is insurance that covers each and every loss except for those specifically excluded. It the insurance company does not specifically exclude a particular loss, it is automatically covered. 전위험담보조건은 특별히 배제하는 경우를 아니면 모든 손실을 커버하는 보험을 말한다. 보험회사가 특별히 특정손실을 배제하지 않는 경우, 화물은 자동적으로 보험커버가 된다. **~-*risk insurance*** 전위험보험 ¶ *All-risk insurance* is comprehensive insurance coverage for all perils unless a peril is specifically excluded. For example, a homeowner's insurance policy is likely to exclude losses due to damage from earthquake and flooding. 전위험보험은 위험이 특별히 제외되지 않는 한, 모든 위험에 대하여 포괄적인 보험보호를 하는 경우이다. 예를 들면, 가택소유자의 보험증권은 지진과 수해로 인한 손해를 제외할 법하다. **~ *savers certificate* (*ASC*)** 비과세저축증서 ¶ *All savers certificate* (*ASC*) is one-year federally tax-exempt certificate account, authorized by the Economic Recovery Tax Act of 1981 to attract funds to mortgage lenders, primarily thrift institutions. None have been issued after December 1982. 비과세저축증서는 주로 저축금융기관인 모기지 대출기관의 자금을 끌어내기 위하여 1981년의 경제회복세법(Economic Recovery Tax Act

of 1981)에 의해서 수권된 1년짜리 연방비과세증서계정을 말한다. 1982년 12월 이후 비과세저축증서는 발행된 적이 없었다.
[pron.] 모든 것

allied 관련된 ¶ *allied* companies 관련회사 /*allied* industries 관련산업 ***allied lines*** [영] 계열겸영보험(系列兼營保險) ¶ *Allied lines* are a property and casualty insurance policy that provides coverage for fire and associated perils, including water damage, demolition, and contamination. 계열겸영보험은 수해(水害), 파괴, 및 오염을 비롯하여 화재와 관련된 위험에 대한 보험범위(coverage)를 제공하는 손해보험을 말한다. ~ ***member*** 증권거래소 준회원 ¶ An *allied member* is a person who is not a member of the New York Stock Exchange, but who is either a general partner of a member organization, an employee who controls a member organization, or a principal executive officer or such an organization. 증권거래소 준회원은 뉴욕증권거래소(New York Stock Exchange)의 회원은 아니지만, 회원회사(member organization)의 무한책임사원(general partner), 또는 회원회사를 관리하는 사원(社員), 또는 회원회사의 최고집행임원을 말한다.

alligator spread 앨리게이터 스프레드 ¶ *Alligator spread* is spread in the options market that "eats the investor alive" with high commission costs. The term is used when a broker arranges a combination of puts and calls that generates so much commission the client is unlikely to turn a profit even if the markets move as anticipated. 앨리게이터 스프레드는 「투자자를 제물로 삼아라」("eat investor alive")고 할 정도로 높은 수수료를 포함한 옵션(option)의 가격폭(spread)을 말한다. 브로커(broker)가 풋옵션(put option)이나 콜옵션(call option)을 조합하여 시장이 예상대로 움직인다고 하더라도 투자자가 이익을 얻을 것은 아닐 정도로 대단히 높은 수수료를 취하는 경우에 사용되는 말이다.

allocable 배분가능한

allocate 할당하다, 배치하다 ¶ To *allocate* is to spread systematically a single monetary amount over a number of time periods, usually years. For example, depreciation allocates the cost of a capital asset over its useful life. 배분하는 것은 일정한 기간, 통상 수년간 단일통화량을 체계적으로 유포하는 것이다. 예를 들면, 감가상각은 자본자산의 원가를 그 내구기간 이상으로 배분하는 경우이다. ¶ To *allocate* is to distribute cost or revenue throughout a number of operations or products. For example, a business must decide how to *allocate* the costs of running its headquarters over all its operations to determine the profitability of each of those operations. 할당하는 것은 여러 번의 가동(稼動)이나 생산물을 통해서 원가 또는 수입을 할당하는 것이다. 예를 들면, 기업은 각 가동의 수익성을 결정하기 위하여 모든 가동에 관하여 그 본부를 운영경비를 어떻게 할당할 것인가를 결정하여야 한다.

allocation 배분, 할당, 할당액 ¶ *allocation* of cost 원가배분 /*allocation* of funds 자금의 할당 /*allocation* of new stocks to third party 신주의 제3자할당 /*allocation* of overheads 간접비의 배분 /asset *allocation* (투자대상에의) 자원배분 /share *allocation* 주식의 할당 ***allocation of resources*** 자원배분 → resources allocation (자원배분).

allograph 비직필(非直筆), 비자서(非自署)(의 문서), 대필 (*cf.*) autograph 자서(自署)

allonge (어음의 배서 등을 위한) 부전(附箋)(a rider), 보전(補箋)

allot 나누다, 분배하다 ¶*alloted* charges 분담금, 분담비용

allotment 할당, 배당, 몫, 할부 ¶The *allotment* is an amount of securities assigned to each of the participants in an investment banking syndicate formed to underwrite and distribute a new issue, called subscribers or allottees. The financial responsibilities of the subscribers are set forth in an allotment notice, which is prepared by the syndicate manager. 할당액은 신규발행증권(new issue)의 인수(underwriting)와 판매(distribution)를 위해서 조성되는 신디케이트단(團)의 참가은행에게 할당되는 증권의 금액을 이른다. 신디케이트단의 참가은행은 인수증권의 할당을 받는 것이므로 subscriber라든가 allottee라고 불린다. 각 참가자의 책임범위에 관하여는, 신디케이트단 간사(syndicate manager)가 작성하는 할당통지에서 규정된다. /*allotment* letter [notice] [주식] 할당통지, 주식배당서 /*allotment* of new stocks to relatives (신주의) 연고자할당 / *allotment* savings [accounts] 공제예금 /*allotment* to shareholders 주주할당, 직접모집 /an application form for *allotment* of shares 주식할당신청서 /share *allotment* 주식할당

allottee [주식] (할당)인수인, 모집인

allow 허용하다, 인정하다 ¶*allowed* cost 허용비용액

allowable 허용될 수 있는, 정당한 ¶That is not conduct that is *allowable* in the office. 그 행동은 사무실내에서 허용될 수 있는 것이 아니다.

allowance 수당, 허용, 값을 깎음, 충당금, 소득공제, 환급세(drawback) ¶An *allowance* is a deduction from the value of an invoice, permitted by a seller of goods to cover damages or shortages. 공제금액이란 상품이 손상이나 부족을 보상하기 위하여, 매도인이 허용하는 송장(送狀)상의 금액을 공제(控除)해 주는 금액을 말한다. /*allowance* for tare 포장감량 /*allowance* for uncollectible accounts 대손충당금 /tax *allowances* 과세공제 ***allowance for bad debts*** 대손(貸損)충당금 → *allowance* for doubtful accounts [debts] (대손충당금). ***allowance for doubtful accounts*** 대손(貸損)충당금 ¶The *allowance for doubtful accounts* is a balance-sheet account established to offset expected bad debts. If a firm has made a sufficient provision in its allowance for doubtful accounts, reported earnings will not be penalized by bad debts when the bad debts occur. If uncollectible accounts are larger than expected, however, the firm will have to increase the size of the account and reduce reported income. 대손충당금은 예상된 불량채권[대손(貸損)]을 상계하기 위해서 설정된 대차대조표상의 계정이다. 기업이 대손충당금에서 충분한 충당금(provision)을 마련한 경우에는, 불량채권이 발생하여도 신고소득(reported earnings)은 불량채권으로 인하여 과태료처벌을 받지 않는다. 그렇지만, 회수불가능한 채권이 예상보다 크다면, 기업은 그 채권의 규모를 증가하여 신고소득을 감소하여야 한다. ~ ***for depreciation*** 감가상각충당금 → accumulated depreciation (감가상각누계액).

alloy 합금, (금전의) 품위 ¶Electrum is a natural *alloy* of gold and silver. 일렉트럼은 금과 은의 천연합금이다.

ALM → **a**ssets and **l**iabilities **m**anagement [약] 자산부채종합관리 ¶The *asset-liabilities management* (*ALM*) is matching an individual's level of debt and amount of assets. Someone who is planning to buy a new car, for instance, would have to decide whether to pay cash, thus lowering assets, or take out a loan, thereby increasing debts (or liabilities). Such decisions should be based on interest rates, on earing power, and on the comfort level with debt. Financial institutions carry out asset-liability management when they match the maturity of their deposits with the length of their loan commitments to keep from being adversely affected by rapid changes in interest rates. 자산부채종합관리는 각 개인의 부채(debt)와 자산(asset) 총액의 수준을 조화시키는 것이다. 예컨대 신차의 구입을 계획하고 있는 경우, 자산은 감소하지만 현금으로 지급하는가, 혹은 론을 빌려서 차금(부채)을 늘리는가를 결정할 필요가 있다. 그런 결정은 금리, 소득수준, 상환가능 부채액을 근거로 행해진다. 금융기관은 급격한 금리변동에서 생기는 리스크를 회피하기 위해서 차금의 만기기간을 융자계약의 기간과 일치시키는 등의 채권채무관리를 행하고 있다.

alone offer [신디케이트론] 일행(一行)단독입찰

alongside 선측(船側) ¶The *alongside* is a phrase referring to the side of a ship. Goods to be delivered "*alongside*" are to be placed on the dock or lighter within reach of the transport ship's tackle so that they can be loaded abroad the ship. Goods are delivered to the port of embarkation, but without loading fees. 선측(船側)이란 선박의 현측(舷側)을 말하는 문언이다. 선측에 인도될 화물은 운송선박의 태클의 범위 내에서 도크나 부선(lighter)에 옮겨지기 때문에, 선박에 비껴 적재될 수 있다. 화물은 적재항구에 인도되지만, 적재료는 내지 않는다. /*alongside* B/L 선측선하증권

alpha 알파(그리스 알파벳의 첫 글자), α, 알파계수 ¶An *alpha* is (1) a coefficient measuring the portion of an investment's return arising from specific (nonmarket) risk. In other words, *alpha* is a mathematical estimate of the amount of return expected from an investment's inherent values, such as the rate of growth in earnings per share. It is distinct from the amount of return caused by volatility, which is measured by the beta coefficient. For example, an *alpha* of 1.25 indicates that a stock is projected to rise 25% in price in a year when the return on the market and the stock's beta are both zero. An investment whose price is low relative to its alpha is undervalued and considered a good selection. (2) On the London Stock Exchange, alpha stocks were the largest and most actively traded companies in a classification system that was adopted after the Big Bang in October 1986 and was replaced in January 1991 with normal market size (NMS) classification system. 알파계수는 (1) 시장과는 무관계한 특정한 리스크(risk)에서 생기는 투자수익(return)을 측정하는 계수를 이른다. 달리 말하자면, 알파계수는 1주 이익성장률(rate of growth in earnings per share) 등 투자고유의 가치에서 기대되는 수익액의 수학적 예측치를 말한다. 이것은 베타계수(beta)로 측정되는 가격변동(volatility)으로 인한 투자수익과는 다르다. 예컨대 특정한 주식의 알파계수가 1.25라고 하는 경우, 시장전체나 그 주식의 베타계수도 모두 제로라고 하더라도, 그 주가는 1년간에 25%의 상승이 예측되고 있음을 나타내고 있다. 알파계수에 대하여 주가가 낮은 투자안건은 과소 평가되고 있으므로, 좋은 선택이라고 생각된다. (2) 런던증권거래소(London Stock Exchange)에서, 알파주식(alpha stock)은 규모가 크고 또 거래가 활발한 종목을 가리키고 있었고 이 주식의 분류방식은 1986년 10월의 금융 빅뱅(Big Bang) 이후에 채택되었으나. 1991년 1월에 통상거래규모(normal market size: NMS)분류시스템으로 변경되었다.

alphabet stock 알파벳주식 ¶*Alphabet stock* is categories of common stock associated with particular subsidiaries created by acquisitions and restructuring. *Alphabet stock* differs from classified stock, which is typically designated Class A and Class B, in that classified stock implies a hierarchy of powers and privileges, whereas an *alphabet stock* simply separates differences. Also called tracking stock. 알파벳주식이란 매수(acquisition)나 기업재구축(restructuring)을 통해서 자회사(subsidiary)가 된 회사의 보통주식(common stock)을 의미한다. 알파벳주식은 일반적으로 클래스 A(Class A), 클래스 B(Class B)라고 하는 종류주식(classified stock)과는 다르다. 종류주식은 주주의 권한이나 특전의 우열관계를 의미하고 있지만, 알파벳주식은 단순히 상이한 업무부문을 나누고 있을 뿐이다. 이를 tracking stock(트랙킹스톡)이라고도 한다.

alphanumeric; alphameric(al) [컴] 영어 숫자식의(기호로서 문자와 숫자의 양쪽을 사용하는)

already-issued bond 기발행채(既發行債)

Alt-A loan [영] 알트어 론 ¶ The *Alt-A loan* is a mortgage loan to an applicant that has a good credit score but is classified between prime and subprime because of some deficiency, such as inability to make a down payment or to document steady income because of recent divorce, self-employment, commission-based income, or other factors not necessarily negative. Alternative documentation loans, as they are also called, command a higher rate. 알트어 론은 대출의 신청자(applicant)가 좋은 금융평점을 가지고 있지만, 최근의 이혼, 자가영업(self-employment), 수수료에 의존한 수입, 또는 반드시 부정적이지 않는 요인 때문에 체약금(down payment)을 지급할 수 없거나 또는 고정수입을 증명할 수 있는 능력이 없는 것과 같은 일부 결함으로 인하여 제1류(prime)와 제2류(subprime) 사이에 분류되는 경우에 주어지는 모기지론이다. 대체증명방법 론(alternative documentation loan)이라고 하는데, 고금리로 팔린다.

alter 변하다, 변경하다 ¶ *altered* checks 개변(改變)수표 /*altered* coins 변조화폐 /*altered* note 변조지폐 /an *altered* receipt 변조된 수취증 /forged or *altered* checks 위조 또는 개변된 수표

alteration 변경, 개변, 변조 ¶ *alteration* of check 수표의 변조 /a notice of seal *alteration* 개인계(改印屆)

alternate 상호(相互)의, 교체의 ¶ *alternate* account 상호계좌(각인이 단독으로 반출할 수 있는) (*cf.*) a joint account 공동계좌 /*alternate* depositors 상호계좌의 예금자 /*alternate* products 대체제품 ***alternate beneficiary*** 대체수익자 ¶ The *alternate beneficiary* is a person or organization to whom property passes through a will or trust when the primary beneficiary is unable or declines to accept the property. For example, an *alternate beneficiary* of an insurance policy receives proceeds of the policy when the primary beneficiary is deceased. 대체수익자란 유언이나 신탁을 통한 재산이 제1차 수익자가 이를 인수할 수 없거나 거부하는 경우에 이를 수혜하는 개인이나 단체를 이른다. 예를 들면, 보험계약의 대체수익자는 제1차 수익자가 사망한 경우에 그 계약의 보험금을 수취한다.

alternative ⓐ 대신하는, 양자택일의 ¶ *alternative* cost 선택적 비용, 대체비용 (*cf.*) opportunity cost 기회비용 /an *alternative* payee 대행(代行)수취인 ***alternative investments*** 대체투자 ¶ *Alternative investments* are investments other than stocks, and bonds, such as hedge funds, leveraged buy-outs (LBOs), derivatives, private equity, arbitrage, event driven, and other hedging strategies. Term sometimes refers to real estate and venture capital investments. 대체투자란 주식(stock)이나 채권(bond) 이외의 투자, 예컨대 헤지펀드(hedge fund), 레버리

지 바이아웃(leveraged buyout), 파생상품(derivatives), 프라이빗 에퀴티(private equity), 차익거래(arbitrage), 이벤트 드리븐형 투자(event driven investment), 기타 헤징거래에 투자를 하는 것이다. 부동산(real estate)이나 벤처캐피탈(venture capital)에의 투자를 포함하는 경우도 있다. ***Alternative Investment Market (AIM)*** [영] 대체투자시장 ¶ The *Alternative Investment Market* (*AIM*) is a market of the London Stock Exchange that opened in June 1995 to replace the Unlisted Securities Market, with the object of allowing small growing companies to raise capital and have their shares traded in a market, without the expenses of a full market listing. Since its formation over 600 smaller companies have traded their shares on this market and the number of institutions investing in the market is increasing. 대체투자시장은 비상장증권시장을 대신하기 위해서 1995년 6월에 개장한 런던증권거래소의 시장이고, 그 목적은 중소성장회사가 정식의 시장상장의 비용을 들이지 않고 자금을 조달하고 시장에서 그들의 주식을 거래할 수 있도록 하는 것이다. 이 시장이 형성된 이래 600여의 중소회사가 그들의 주식을 이 시장에서 거래하였으며, 이 시장에 투자하는 기관의 수는 늘어가고 있다. ***alternative minimum tax (AMT)*** 대체미니멈세(稅) ¶ The *alternative minimum tax* (*AMT*) is a federal tax aimed at ensuring that wealthy individuals, trusts, estates, and corporations pay at least some income tax. For individuals, the *AMT* is computed by adding tax preference items to taxable income and making various adjustments to a taxpayer's regular taxable income Taxpayers must calculate their tax obligations through the regular tax system and through the *AMT* system, and pay the greater of the two amounts. 대체미니멈세(稅)는 부유한 개인(wealthy individual), 신탁(trust), 유산단체(estate)나 주식회사(corporation)가 적어도 얼마의 소득세(income tax)를 확실하게 지급하는 것을 목적으로 한 연방세이다. 개인에 대한 대체미니멈세는 우선 과세소득(taxable income)에 조세우대항목(tax preference items)을 가산하여 거기서 계산한 과세소득에 여러 가지의 조정항목(adjustments)으로 조정하여 대체미니멈세 과세소득을 계산해 간다. 납세자는 지급세액의 계산을 통상의 소득세방식과 대채미니멈세 방식의 2가지 방식에서 큰 쪽을 납세액으로 하여야 한다. ~ ***order*** 양자택일주문(an either/or order) ¶ An *alternative order* is an order giving a broker a choice between two courses of action; also called an either-or order or a one cancels the other order. Such orders are either to buy or sell, never both. Execution of one course automatically makes the other course inoperative. 양자택일주문은 증권회사(증권주선업자, broker)에게 2개의 주문 중에서 하나를 선택시키는 주문을 말한다. either-or order 또는 one cancels the other one라고도 한다. 이런 종류의 주문은 팔 것이지 살 것인지의 어느 쪽의 주문이지 매매 양쪽을 말하는 것은 아니다. 일방의 주문을 실행(execution)하면 자동적으로 다른 한쪽의 주문은 실행할 수 없게 된다. ~ ***trading systems*** 대체거래시스템 → electronic communications networks (ECN) (전자증권거래네트워크).

[n.] 양자택일

aluminum coin 알루미늄 화폐

a.m.; A.M. (L) ante meridiem (before noon) 오전

amakudari [일본] 아마구다리(天降り) ¶ Literally, "descent from heaven"; a Japanese practice of appointing a senior regulator to a senior executive position within a bank or securities firm. 문자 그대로, 「하늘에서 내려온 사람」이다. 일본에는 뛰어난 조사위원을 은행이나 증권회사 내의 뛰어난 집행부 지위로 임명하는 일본식의 관행을 말한다.

amalgamate 합병하다, 합동하다 ¶ *amalgamated* companies 합병회사

amalgamation 합병, 합동 ¶ *amalgamation* condition 합병조건 /*amalgamation* on an equal basis 대등합병 /gains from *amalgamation* 합병차익 /loss from *amalgamation* 합병차손 /*amalgamation* on an equal basis 대등합병 /money delivered due to *amalgamation* 합병교부금

amass (재산을) 축적하다 ¶ To *amass* is to accumulate an item such as money, property, or goods. A company may stock up a commodity now for future sale when it believes that a sharp increase in the price of the commodity will take place at a later date. 축적하다는 것은 통화, 재물 또는 상품과 같은 품목을 집적하는 경우이다. 회사는 뒷날 그 상품의 가격이 가파르게 증가할 것이 일어난다고 믿으면 장래의 판매를 위해서 상품을 비축할 수 있다.

Ambac Financial Group, Inc. 앰바크 파이낸셜그룹 → municipal bond insurance (지방채보험).

ameliorate 개선하다, 좋아지다 ¶ We may be able to *ameliorate* the problem a little. 그 문제를 다소 개선할 수 있을지도 모른다.

amend 개선하다, 수정하다 ***amended tax return*** 수정신고 ¶ *Amended tax return* is Internal Revenue Service tax return filed on Form 1040X to correct mistakes made on the original return. Amended returns must be filed within three years of the original filing. 수정신고는 원래의 납세신고의 잘못을 고치기 위해서, 서식 1040X호(Form 1040X)를 이용하여 미국세입청(Internal Revenue Service: IRS)에 제출하는 납세신고를 이른다. 수정신고는 원래의 납세신고로부터 3년 이내에 하여야 한다.

amendment 개정, 수정, (신용장의) 조건변경 ¶ *Amendment* is addition to, or change, in a legal document. When properly signed, it has the full legal effect of the original document. 법률문서(legal document)에 대한 추가 또는 변경을 이른다. 정식으로 서명된다면 원금(元金)으로 완전한 법적 효력을 가진다.

amenity 쾌적, (이따금 *pl.*) 쾌적한 설비, 문화적 시설 ¶ The *amenity* is a feature that adds value or perceived value to something. For example, a swimming pool is an important amenity of many apartment complexes. 쾌적한 설비는 어떤 시설에 대한 유용성이나 지각할 평가를 부가하는 특징을 말한다. 예를 들면, 수영장은 많은 아파트단지에서는 중요한 쾌적한 설비이다.

American 미국의, 미합중국의 ¶ *American* parity (해외가격의) 달러등가(等價) /*American* selling price 미국국내도매가격 /*American* terms 미달러표시시세 ***American Association of Individual Investors (AAII)*** 미국개인투자자협회 ¶ The *American Association of Individual Investors* (*AAII*) is a nonprofit organization, based in Chicago, designed to educate individual investors about stocks, bonds, mutual funds, and other financial alternatives through seminars, conferences, and publications. The *AAII* also evaluates investment-oriented software in a publication called Computerized Investing. The *AAII* web site (www.aaii.org) provides extensive information on the basics of investing, as well as a reference section on a wide variety of topics such as annuities, mutual funds, dividend reinvestment plans and discount brokers. The *AAII* regularly polls its members for their outlook on the stock market, and the *AAII* Index of Bullish, Bearish and Neutral Outlook is published weekly in Barron's under Investor Sentiment Readings. 미국개인투자자협회는 주식(stock), 채권(bond), 뮤

추얼펀드(mutual fund) 기타 금융상품에 관하여, 세미나, 회의, 출판물을 통해서 개인 투자자를 교육하기 위하여 설립된 비영리단체(nonprofit organization)이고, 시카고에 본부를 둔다. 이 협회는 또 Computerized Investing이라는 출판물에서 투자관련 소프트웨어의 평가도 행하고 있다. 그 홈페이지(www.aaii.org)에서는 연금보험(annuities), 뮤추얼펀드, 주식배당금재투자제도(dividend reinvestment plan), 디스카운트 브로커(discount broker) 등에 관한 여러 가지의 참고정보에 더하여, 투자의 기본에 관한 광범한 정보를 제공하고 있다. 미국개인투자자협회는 주식시장의 전망에 관하여 회원에게 정기적으로 의견조사를 행하고 있고, 그 시황전망지수(강세, 약세, 중립)(AAII index of Bullish, Bearish and Neutral Outlook)가 배론(Barron)사의 주간지 Investor Sentiment Readings에 발표되고 있다. ***American Bankers Association* (*ABA*)** 미국은행협회 ¶The *American Bankers Association* (*ABA*) is a trade organization founded in 1875 that represents the interests of banks in the United States. The *ABA* is also responsible for assigning 9 digit ABA TRANSIT NUMBERS which uniquely identify every bank in the country, and which are used for WIRE TRANSFERS and Check routing. 미국은행협회는 미국에서 은행의 권익을 대변하는 1875년에 설립된 동업자단체이다. 미국은행협회는 국가에서 모든 은행의 신원을 밝히는 9자리숫자 통과번호(9 digit TRANSIT NUMBERS)와 전신송금 및 수표수순(WIRE TRANSFERS AND Check routing)을 지정할 책임도 지고 있다. ***American Business Conference* (*ABC*)** 미국비즈니스협의회 ¶The *American Business Conference* (*ABC*) is an organization representing the combination (in 2002), the nation's leading association of midsize businesses, and the Association of Publicly Traded Companies (APTC), the leading lobby for mid cap and small cap public companies. Both organizations were formed in the early 1980s and function as bipartisan advocates of policies to promote economic growth, tax reform, open international trade and investment, regulatory and securities litigation reform, and better corporate governance, proxy process, and accounting and capital markets standards. 미국비즈니스협의회는 미국의 중규모기업의 대표적인 단체인 전신(前身)의 미국비즈니스협의회와 중규모(mid cap)와 소규모(small cap)의 주식공개회사(publicly traded)의 로비단체인 공개기업협회(Association of Publicly Traded Companies: APTC)가 2002년에 통합하여 형성된 단체이다. 현재의 미국비즈니스협의회(ABC)의 전신인 양 단체 모두 1980년 초두에 설립되어 경제성장이나 세제개혁, 국제무역이나 국제적 투자의 개방, 규제나 증권관련소송개혁, 기업구조의 개선, 위임장절차, 회계기준, 자본시장기준 등에 관련되는 정책을 추진하기 위한 초당파적인 기능을 발휘하고 있다. ***American depositary* [*depository*] *receipt* (*ADR*)** 미국예탁증서 ¶An *American depositary receipt* (*ADR*) is a receipt for the shares of a foreign-based corporation held in the vault of a U.S. bank and entitling the shareholder to all dividends and capital gains. Instead of buying shares of foreign-based companies in overseas market, Americans can buy shares in the United States in the form of an *ADR*. 미국예탁증서란 외국회사의 주식(share)을 미국의 은행의 금고에 보관(예탁)하고, 그것을 대상으로 하여 발행하는 예탁증서를 말한다. ADR의 소유자는 당해 외국회사의 주주(shareholder)로서 배당(dividend)이나 캐피탈게인(capital gain)을 전액 받는 권리를 가진다. 해외의 시장에서 외국회사의 주식을 구입하는 대신에, 미국국민은 ADR의 형태로 외국회사의 주식을 구입할 수 있게 된다. ***American depositary receipt ratio*** 미국예탁증서비율 ¶The *American depositary receipt ratio* is a number of ordinary shares into which an American depositary deceipt (ADR) is convertible. In other words, the number of American Depositary Shares underlying an ADR. 미국예탁증서비율은

1매의 미국예탁증서(ADR)가 몇 주의 미국예탁주식(ADS)으로 전환할 수 있는가의 비율이다. 달리 말하자면, 1매의 ADR이 가지는 ADS의 수량을 의미한다. ***American depositary share (ADS)*** 미국예탁주식 ¶ The *American depositary share* is a share issued under a deposit agreement representing the underlying ordinary share which trades in the issuer's home market. The terms *ADS* and ADR tend to be used interchangeably. Technically, the *ADS* is the instrument that actually is traded, while the ADR is the certificate that represents a number of *ADSs*. 미국예탁주식은 발행회사의 본국의 시장에서 거래되는 보통주식(ordinary share)을 대상으로 하는 예탁계약(deposit agreement)에 기초해서 발행되는 주식을 한다. 미국예탁주식(ADS)이나 미국예탁증서(ADR)라는 용어는 호환적으로 사용되는 경향이 있으나, 전문적으로 말한다면 ADS는 실제로 매매되는 증권이요, ADR는 복수의 ADSs를 나타내는 증서이다. ***American Institute of Certified Public Accountants (AICPA)*** 미국공인회계사협회 ¶ The *American Institute of Certified Public Accountants* (*AICPA*) is the premier professional association for certified public accountants (CPAs) in the United States, with more than 330,000 members. Its origins go back to 1887 when the American Association of Public Accountants was formed,. After several name changes, and after absorbing in 1936 the American Society of Certified Public Accountants (a federation of state societies founded in 1921), the present name was adopted in 1957. The *AICPA* is extensively involved in various member services, education and publishing, professional ethical practices, enforcement of professional standards, research, and peer review. It also creates and grades the uniform CPA examination. Until the Financial Accounting Standards Board (FASB) was created in 1973, financial accounting and reporting standards were established by *AICPA*, first through its Committee on Accounting Procedure and then by its Accounting Principles Board, many of whose pronouncements remain in effect. Through its Rule 203, Rules of Professional Conduct, as amended in May 1973 and May 1979, the *AICPA* recognizes the FASB as the designated organization for establishing standards of financial accounting and reporting. See also Generally Accepted Accounting Principles (GAAP). 미국공인회계사협회는 미국의 공인회계사(certified public accountant: CPA)가 회원으로 되어 있는 가장 권위있는 전문직업인협회로, 330,000명을 넘는 회원을 가지고 있다. 그 기원은 1887년의 미국공공회계사협회(American Association of Public Accountants)의 창설로 소급한다. 그 후에, 몇 번의 명칭이 변경되고, 또 1936년에 미국공인회계사협회(American Society of Certified Public Accountants)(1921년에 설립된 각주의 협회의 연합체)를 흡수합체한 후, 1957년에 현재의 명칭으로 되었다. AICPA는 회원에의 여러 가지 서비스의 제공, 교육·출판사업, 전문직으로서의 윤리규정의 준수, 직업상의 기준의 제정, 조사, 공인회계사무소의 감사(peer review) 등 폭넓은 활동을 하고 있다. AICPA는 또한 공인회계사통일시험문제의 작성과 성적평가를 행하고 있다. 재무회계기준심의회(Financial Accounting Standards Board: FASB)가 1973년에 설립되기까지는 재무회계나 재무보고(financial accounting and reporting)에 관한 기준의 작성은 AICPA의 회계절차위원회(Committee on Accounting Procedure)가 그 후 똑같이 AICPA의 회계원칙심의회(Accounting Principle Board: APB)이 담당하고 있었다. AICPA가 작성한 회계원칙은 현재에도 그대로 실시되고 있는 것이 많다. AICPA는 동 협회의 전문직행동규칙의 203조(Rule 203)에서 재무회계와 재무보고에 관한 기준을 작성하는 기관은 재무회계기준심의회라고 명기하고 있다. Generally Accepted Accounting Principles (GAAP)(일반적으로 공정타당하다고 인정된 회계원칙)도 참조할 것. ***American Recovery and Reinvestment***

Act of 2009 2009년의 미국경제회복 및 재투자법 ¶The *American Recovery and Reinvestment Act of 2009* is a federal law enacted to stimulate economic recovery from the recession and financial crisis of the previous year by spending $790 billion on infrastructure, providing tax incentives, and giving money to sates and localities. 2009년의 미국경제회복 및 재투자법은 사회기반시설에 7,900억 달러를 지출하고, 조세유인책을 제공하며, 주(州)와 지방에 자금을 지원함으로써 전년도의 불황과 금융위기로부터 경제회복을 자극하기 위하여 제정된 연방법률이다. **American Stock Exchange (*AMEX*)** 아메리칸증권거래소 ¶*The American Stock Exchange* (*AMEX*) is the third largest options exchange in the United States. Located in 86 Trinity Place in lower Manhattan, the *AMEX* was known as the New York Curb Exchange until 1953. The exchange pioneered index options and trades options on 25 broad-based and sector indices. It is a leader in the development of exchange traded Funds (ETFs), and it calculates and publishes a wide variety of indices to support index-based products such as ETFs, index options, and structured products. The *AMEX* is home to about 600 small to mid-size companies and trades 20 corporate bonds. The *AMEX* was one of the pioneers in index options and trades put-and-call options on broad market, industry sector, and international indexes. Index options make it possible for investors to "trade" an entire market to seek either profit or protection from price movements in a stock market as a whole or in broad segments of a particular market. In 2008, the *AMEX* was acquired by NYSE Euronext. The *AMEX's* trading environment is largely automated, but still retains its human-based open outcry system of trading for those investors who desire it. 아메리칸증권거래소는 미국에서 3번째의 최대 옵션(option)거래소이다. 뉴욕의 로우워 맨해튼의 트리니티 플레이스 86번지에 위치한 AMEX는 1953년까지는 뉴욕 Curb Exchange로서 알려져 있었다. AMEX는 주가지수옵션(index option)의 선구자로서, 25종의 광범한 부문지수(sector indices)를 매매하고 있다. AMEX는 또한 지수연동형 상장지수펀드(exchange traded funds)의 개발에서는 리더십을 발휘하고 있고, ETF, 주가지수옵션(index options), 구조금융상품(structured products) 등의 지수를 베이스로 한 금융상품을 지원할 목적으로 폭넓은 지수를 산출하여 공표하고 있다. AMEX는 약 600여개의 소규모 내지 중규모기업의 본거지이며, 20여사의 사채를 매매하고 있다. AMEX는 또한 주가지수옵션의 선구자의 하나이고, 여러 가지의 마켓지수, 산업섹터지수(sector index), 국제지수의 콜옵션이나 풋옵션을 매매하고 있다. 주가지수옵션을 매매하는 것에서, 투자자는 주식시장전체의 가격변동 또는 특정한 분야 전체의 가격변동에서 이익을 노린다든지, 혹은 주식시장의 가격변동의 보호목적으로 거래할 수 있다. 2008년에, AMEX는 NYSE Euronext가 취득하게 되었다. AMEX의 거래환경은 대부분 자동화되고 있으나, 아직도 주식을 매수하려는 투자자를 위해 육성에 의한 호가(呼價)·주문(注文)방식을 유지하고 있다. ***American-style option*** [옵션거래] (기간 중에는 언제든지 권리행사가 가능한) 미국형 옵션 ¶The *American-style option* is put or call option exercisable anytime between the purchase date and the expiration date. See also European-style exercise. Most exchange-traded options in the United States are *American-style options*. 미국형 옵션은 옵션의 구입일로부터 행사기간만료일(expiration)까지의 기간이면 언제든지 옵션권리를 행사할 수 있는 타입의 옵션을 말한다. 이 경우에, 풋옵션(put option)과 콜옵션(call option)의 어느 것도 가능하다. European-styled exercise(유럽형 옵션행사방식)을 참조할 것. 미국에서 행해지는 주가지수옵션은 거의가 미국형 옵션이다. ***American terms*** (통화거래의) 아메리칸방식 ¶*American terms* is a commonly used quotation mechanism in the foreign exchange markets that indicates how many U.S. dollars can be exchanged for a unit of foreign currency. See also European terms; reciprocal rate. (통화거래의) 아메리칸방식은 유럽방식은 외환시장에서 얼마나 많은 미달러가 외국통화의 단위로 교환되는지를 가리키는 보통 사용되는 시세메카니즘이다. European terms(유럽방식); reciprocal rate(상호환율)도 참조할 것.

AMEX → **Am**erican **Ex**press Co. [약] 아멕스(세계최대의 여행관련서비스회사), the **Am**erican Stock **Ex**change 아메리카증권거래소(구어체에서는 the Curb Exchange라고 한다.) ***AMEX Composite Index (XAX)*** 아멕스종합지수 ¶Introduced in January 1997, *AMEX Composite Index* (*XAX*) is a market capitalization-weighted, price appreciation index with a base level of 550 as of December 29, 1995. *XAX* reflects the aggregate market value of all of its components relative to their aggregate value on December 19, 1995. The index includes common stocks, or American Depositary Receipts of all AMEX-listed companies, REITs, master limited partnerships, and closed-end investment funds. Each component's market value is determined by multiplying its price by the number of shares outstanding. The day-to-day price change in each issue is weighted by its market value at the start of the day as a percent of the total market value for all components. The level of the index is not altered by stock splits, stock dividends, trading halts, new listings, additional issuances, delistings, or suspensions. 1997년에 도입된 아멕스종합지수(이하 XAX)는 1995년 12월 29일 시점의 550종목의 기준치로 하는 시가총액가중형(market capitalization- weighted)의 주가지수이다. XAX는 1995년 12월 19일에 채용종목의 시가총액에 상당하는 통시장가액을 반영하고 있다. 그 지수는 모든 AMEX상장회사, 부동산투자신탁(Real Estate Investment Trust: REIT), 마스터 리미티드 파트너십(master limited partnership)의 보통주, 또는 미국예탁증권(Amerian Depositary Receipts: ADR), 그리고 클로즈드엔드형 투자신탁(closed-end 투자펀드)를 포함한다. 각 종목의 시가총액은 주가에 발행주식수를 곱하여 결정된다. 각 종목의 매일의 가격변동은 당일의 개시에 모든 채용종목의 시가총액의 합계에 차지하는 비율로 가중평균한다. 지수의 수준은 주식분할(stock split), 주식배당(stock dividend), 거래정지(trading halts), 신규상장(new listing), 추가발행(additional issuance), 상장폐지(delisting), 거래정지(suspension)의 영향을 받지 않는다. ***AMEX Major Market Index (XMI)*** 아멕스 메이저 마켓인덱스지수 ¶*AMEX Major Market Index* (*XMI*) is an American Stock Exchange's price-weighted average of 20 blue chip industrial stocks representative of major U.S. corporations; several of the stocks are components of the Dow Jones Industrial Average (DJIA). The index was established with a base value of 200.00 as of April 29, 1983. Futures on the XMI Index are traded on the Chicago Board of Trade. Options on the index are traded on AMEX, and are traded under license on Euonext. 아멕스 메이저 마켓인덱스지수(이하 XMI)는 주요한 미국주식회사를 대표하는 20종목의 우량공업주(blue chip industrial stocks)에 대한 아메리칸증권거래소(American Stock Exchange: AMEX)의 주가가중평균치(price-weighted average)를 이른다. 그 종목 중에는 다우존스 공업주평균(Dow Jones Industrial Average: DJIA)에도 채용되고 있다. 그 지수는 1983년 4월 29일에 시점의 채용종목의 평균치를 기준으로 설정되었다. XMI의 선물(futures contract)은 시카고상품거래소(Chicago Board of Trade)에서 거래되고 있다. 옵션은 아멕스에서 거래되고, 라이센스(license)를 받고 Euronext에서도 거래되고 있다.

amortizable 상각할 수 있는

amortization 연부상환, 할부상환, 분할상환, 감가상각 ¶*Amortization* is an accounting procedure that gradually reduces the cost value of a limited life or intangible asset through periodic charges to income. For fixed assets the term used is depreciation, and for wasting assets (natural resources) it is depletion, both terms meaning essentially the same thing as amortization. 감가상각이란 소득(income)에 정기적으로 비용을 계상하여 내용연수가 있는 무형고정자산(intangible asset)의 취득원가를 단계적으로 감액하는 회계수법을 말한다. 고정유형자산(tangible asset)에 대해서는 depreciation이라는 용어, 또 감모자산(wasting asset)(천연자원)에 대하여는 depletion이라는 용어가 사용되지만, 어느 용어도 기본적으로는 amortization과 동일한 것을 의미하고 있다. /*amortization* fund 감채기금 /an *amortization* method 상각방법 /*amortization* payments 할부금지급 /*amortization* reserves 상각준비금 /*amortization* [amortizing] swap (원금이 서서히 감액하는 차입 등에 이용되는) 어모티제이션 스왑 ***amortization schedule*** [영] 분할상환계획 ¶*The amortization schedule* is a listing of the dates and amounts related to the repayment of an amortized loan or other financial contract. See also amortization. 분할상환계획은 분할상환대출이나 다른 금융계약의 상환에 관계되는 일자 및 금액을 목록에 작성하는 것이다. amortization(감가상각)도 참조할 것.

amortize 상각하다 ¶*amortized* cost 상각비 /*amortized* losses 이연매각손해 ***amortized loan*** 분할상환대출 ¶The *amortized loan* is a loan in which periodic payments reduce principal as well as cover any periodic interest that is charged. A home mortgage that requires equal monthly payments over a specified number of years is an example of an *amortized loan*. Likewise, a car loan with equal monthly payments is an *amortized loan*. 분할상환대출이란 정기적인 지급이 부과된 정기이자를 커버할 뿐만 아니라 원금도 줄이는 대출을 이른다. 몇 년간 매달 동일금액의 지급을 요하는 주택모기지가 분할상환대출의 실례이다. 마찬가지로, 매달 일정액을 지급하는 자동차론도 분할상환대출이다. ***~ing swap*** [영] 약정상환부 스왑 ¶*The amortizing swap* is an over-the-counter swap featuring notional principal balance that amortizes, or declines, on a preset schedule or through the triggering of a market event (commonly the breaching of an interest rate level). *Amortizing swaps* typically have a lockout period during which amortization is prohibited. See also accreting swap; index principal swap; reverse index principal swap; variable principal swap. 약정상환부 스왑은 사전에 설정한 명세표 또는 시장사태(보통 금리수준의 위반)를 통해서 상환하거나 감소하는 관념상의 원금잔액(principal balance)을 특징으로 하는 장외거래상의 스왑이다. 약정상환부 스왑은 상환이 금지되는 폐쇄기간(lockout period)을 가지는 것이 일반이다. accreting swap(증가하는 스왑); index principal swap(지수원금스왑); reverse index principal swap(역(逆)지수원금스왑); variable principal swap(변액원금스왑)도 참조할 것.

amount 총액, 양(量), 금액 ¶*amount* brought forward 전기이월금액(전기에서 차기로의 이월금액) (회계관계의 표제나 과목명에서는, an amount의 an 등을 생략하는 일이 많다.) /*amount* carried forward 후기이월금액(당기에서 후기로의 이월금액) /*amount* carried over 후기이월금액 /*amounts* cleared; *amounts* of clearings 어음교환금액 /*amounts* deducted 공제액 /*Amounts* differ. (=Words and figures do not agree.) [수표] [부도사유] 금액상위 /*amount* due 당연히 지급할 금액, 미지급금액 /*amount* encoders 금액 인자기(印字機) /*amounts* in arrears 미지급금액 /*amounts* in ciphers 암호에 의한 숫자 /*amounts* in figures 숫자로 표시한 금액 /*amount* in [on] hand 현재소지금액 /*amounts* in words 문자로 쓴 금액 /the *amount* of a draft [bill] 어음금액 /*amount* outstanding; outstanding *amount* 미지급금액 /*amount* paid [received] 납입[수입]금액 /*amounts* past due 기한경과금액 /*amounts* payable 지급금 /*amounts* receivable 수취금 /*amounts* repaid 상환금액 /*amount* with interest added 원리합계액 /*amount* written off 상각액 /a broken *amount* 다 차지 않은 금액 /the face *amount* 액면금액 /In the wrong *amount* [부도사유] 금액상위 /[설명문언] The correct *amount* of this payment should have been …. 본건 지급의 정당한 금액은 …이다. /a round *amount* 개산액(概算額) ***amount financed*** 금융금액 ¶ The *amount financed* is the amount of funds that are actually advanced to a borrower. Prepaid finance charges are subtracted from the loan's principal in determining the *amount financed*. 금융금액은 차입자에게 현실로 대출되는 자금금액을 이른다. 선급의 금융비용은 금융금액을 결정하는 데에 대출의 원금에서 공제된다.

AMPS → **a**uction **m**arket **p**referred **s**tock [약] 배당률입찰방식우선주 ¶ The *auction market preferred stock* is a Merrill Lynch's answer to Salomon Brother's DARTS and First Boston's STARS. These and other proprietary products are types of Dutch Auction Preferred Stock. 배당률입찰방식우선주는 솔로몬브라더스의 DARTS나 퍼스트 보스턴의 STARS에 대항해서 메릴린치(Merrill Lynch)가 내놓은 상품을 말한다. 어느 것이나 네덜란드옥션(Dutch auction preferred stock)의 유형이다.

Amsterdam Exchange (AEX) 암스테르담거래소 ¶ The *Amsterdam Exchange* (*AEX*) is a market in derivatives and equities established in 1997 by the merger of the Amsterdam Stock Exchange and the European Options Exchange. It is a private limited company owned by its shareholders. 암스테르담거래소는 1997년에 암스테르담증권거래소와 유럽옵션거래소의 합병에 의하여 설치된 파생상품과 주식의 시장이다. 그 거래소는 주주들이 소유하는 유한사회사(有限私會社)이다.

Amsterdam Stock Exchange 암스테르담증권거래소 ¶ Claimed to be the world's oldest stock exchange, founded in 1602, the *Amsterdam Stock Exchange* adopted a screen-based trading system in 1990. In 1997 it merged with the European Options Exchange to form the Amsterdam Exchanges (AEX). 1602년에 설치된 세계의 최고(最古)의 증권거래소라고 주장되는 암스테르담증권거래소는 1990년에 스크린설치의 거래시스템을 채용하였다. 1997년에 그 거래소는 유럽옵션거래소와 합병하여 암스테르담거래소(AEX)를 설립하였다.

analog 아날로그 ¶ *Analog* means of or relating to data expressed in continuously variable physical quantities. For example, a phonograph record contains analog data that is continuous along the record's grooves. Transferring music from a record to a CD is an example of changing analog data to digital data. 아날로그는 계속 변화무쌍한 물질량에 표현된 데이터의 또는 그런 데이터에 관하여라는 것을 뜻한다. 예를 들면, 축음레코드에는 레코드 바퀴자국에 따라 이어지는 아날로그 데이터를 포함하고 있다. 레코드에서 씨디(CD)에 음악을 옮기는 것이 아날로그 데이터를 디지털 데이터로 변화시키는 실례이다. ***analog computer*** 아날로그 컴퓨터, 상사형(相似型)계산기 ¶ The *analog computer* is a computer that represents information in a form that can vary smoothly between certain limits rather than having discrete values. A slide rule is an example of an *analog computer* because it represents numbers as distances along a scale. All modern, programmable computers are digital. 아날로그 컴퓨터는 이산(離散)적인 가치가

있다기보다 오히려 일정한 범위내에서 매끈하게 변화할 수 있는 형식으로 정보를 나타낼 수 있는 컴퓨터를 말한다. 계산자는 눈금에 따른 거리로서 숫자를 나타내기 때문에 아날로그 컴퓨터의 실례가 된다. 현대의 모든 프로그램할 수 있는 컴퓨터는 디지털이라 할 수 있다.

analysis 분석, 분해 ¶ The *analysis* is an examination of the components of the entirety in an attempt to better understand the entirety and the relationships of the components. For example, a loan officer will do an *analysis* of a potential borrower's financial statements by examining income, assets and liabilities. → fundamental analysis, technical analysis. 분석이란 전체와 구성부분과의 관계를 잘 이해할 의도로써 전체의 구성부분을 검사하는 경우이다. 예를 들면 대출담당자는 차입자의 소득, 자산 및 채무를 검사함으로써 잠재적인 차입자의 재무제표의 분석하려고 할 것이다. → fundamental analysis (펀더멘탈 분석), technical analysis (테크니컬 분석). /an *analysis* history record (당좌수수료계산을 위한) 계좌분석 /*analysis* of balance sheet 재무제표분석 /an *analysis* of a profit and loss statement 손익계산서분석 /cost *analysis* 원가분석 ***financial statement analysis*** 재무제표분석 ¶ The *financial statement analysis* is a method used by interested parties such as investors, creditors, and management to evaluate the past, current, and projected conditions and performances of the firm. Ratio analysis is the common form of financial analysis. It provides relative measures of the firm's conditions and performance. 재무제표분석이란 기업의 과거, 현재 및 예정된 상황과 실적을 평가하기 위하여 투자자, 채권자, 및 회사경영진과 같은 이해당사자에 의해서 이용되는 방법이다. 비율분석은 재무분석의 일상적인 형태이다. 그것은 기업의 상황과 실적의 상대적 측정을 마련해 준다. ***qualitative* [*quantitative*]** ~ 정성(定性)[정량(定量)]분석 → qualitative [quantitative] analysis (정성(定性)[정량(定量)]분석).

analyst 분석자, 증권분석가, 애널리스트 ¶ An *analyst* is a person in a brokerage house, bank trust department, or mutual fund group who studies a number of companies and makes buy or sell recommendations on the securities of particular companies and industry groups. Most analyst specialize in a particular industry, but some investigate any company that interests them, regardless of its line of business. 애널리스트는 증권회사(brokerage house), 은행의 신탁부문(bank trust department), 뮤추얼펀드(mutual fund)그룹에 근무하는 사람인데, 다수의 회사를 조사하여 특정한 회사나 산업분야의 증권에 대해서 매매의 권유를 하는 자이다. 대부분의 애널리스트는 특정한 산업분야에 특화되어 있으나, 사업분야에 구애되지 않고, 관심을 가지고 있는 회사를 조사하는 애널리스트도 있다. /chartered financial *analyst* (CFA) 공인재무분석사 /financial *analyst* 재무분석사 /securities *analyst* 증권분석사

analytic; analytical 분석적인, 논리적 사고의 ¶ *analytic* review [회계] 분석적 검열 ***analytic process*** 분석과정 ¶ The *analytic process* is a procedures and techniques employed to perform an analysis of a situation or event. For example, an investor, in deciding whether to commit funds to a company, would engage in financial statement analysis by looking at trends in the accounts over the years (e.g., sales) and financial ratios. 분석과정은 상황이나 사건의 분석을 수행하는 데 이용되는 과정과 수법이다. 예를 들면, 투자자는 회사에 자금을 맡길지 말지를 결정하는 데에 있어서, 수년간 거래추세(예: 판매량)과 재무비율을 검토함으로써 재무제표분석에 착수하려 들 것이다.

analyze; analyse [영] 분석하다 ¶ *anaylize* an argument logically 의논을 논리적으로 분석하다

ancestor 조상, 피상속인, 직계존속 ¶ Anthropologists surmise that we all are derived from a common *ancestor*. 인류학자들은 우리들 모두는 공통의 조상에서 유래한다고 추론하고 있다.

anchor tenant 정좌(定座)임차인 ¶ The *anchor tenant* is a main tenant in a shopping center. It is often essential to have a lease commitment from an *anchor tenant* before shopping center can be financed. 정좌임차인은 쇼핑센터에 있어서 주된 임차인을 말한다. 쇼핑센터에 투자하기 전에는 정좌임차인으로부터 리스 언질을 받는 것이 중요할 때가 있다.

anchorage 정박, 정박료(碇泊料) ¶ Ships of largest class find safe *anchorage* here. 가장 대형의 선박도 여기서는 안전하게 정박할 수 있다.

ancillary 보조적인, 부수의, [법] 보조의, 부(副)의 ¶ *Ancillary* is not the most important. For example, ancillary income for a hotel may come from vending machines that dispense canned drinks. 보조적이라는 것은 가장 중요치 않다는 것이다. 예를 들면, 호텔의 부수 수입은 캔 드링크를 판매하는 자동판매기에서 생길 수 있다. /*ancillary* expenses 부수비용 /an *ancillary* receiver 보조관재인 ***ancillary attachment*** 부수적 가압류 ¶ *Ancillary attachment* is one sued out in aid of an action already brought. 부수적 가압류는 이미 제기한 소송을 돕기 위하여 행한 가압류를 말한다.

and …와(과), …이나, 및 ¶ *and* Company; *and* Co.; *&* Co. [수표] 은행도(銀行渡)(일반횡선)(and Company는 원래 「…와(과) 그 동료들」의 의미인데, 합명회사임을 나타내고 있다. 은행용어에서는 수표 2장의 횡선내에 이 문언을 써서 「은행도」인 것을 표시한다. 영국의 은행(merchant bankers)이 합명회사에서 출발한 것에서 유래한다.) ***and/or (customs valuation)*** (관세평가) 및/또는(both or either, 양쪽 모두, 또는 어느 일방이) ¶ *And/or* (*customs valuation*) is an expression that allows for the flexibility in making the necessary adjustments in valuing items for customs purposes. (관세평가) 및/또는 이라는 것은 관세목적으로 품목을 평가할 때에 필요한 조정을 함에 있어서 유연성을 허용한다는 표현을 이른다. ~ ***interest*** [증권] 경과이자부, 경과이자별 표시거래 ¶ The phrase *and interest* implies a phrase used in quoting bond prices to indicate that, in addition to the price quoted, the seller will receive accrued interest. 경과이자부라는 어구(語句)는 채권(bond)가격을 제시할 때에 사용하는 어구인데, 제시가격에 부가해서 매도인이 경과이자(accrued interest)를 수취한다는 것을 의미한다.

Andorra 안도라 공화국 ¶ It has no currency of its own – there are mainly Spanish pesetas in circulation (ADP) as well French francs. It has adopted the euro/cent from 2002. 자국의 독자적인 화폐는 없다. — 프랑스의 프랑(francs)과 함께 주로 스페인의 페세타(pesetas)가 유통되다가, 2002년부터 유로/센트(euro/cent)를 채용하였다.

ANG (ISO) code Netherlands Antilles – currency Netherlands Antilles guilder. ¶ ANG (국제표준기구) 약호 네덜란드 앤틸리스 제도 — 화폐 네덜란드 앤틸리스 제도 길더(guilder).

angel 투자적격채(投資適格債) ¶ An *angel* is an investment grade bond, as distinguished from fallen angel. 투자적격채는 투자적격(investment grade)채권을 이른다. 폴른엔젤과는 구별된다. ***angel investor*** 천사와 같은 투자자 ¶ The *angel* *investor* is a wealthy investor who provides capital for new business ventures. 천사와 같은 투자자란 새로운 벤처사업에 자본을 대는 부유한 투자자를 이른다.

Angola currency 앙골라 화폐 ¶ kwanza (AOA), divided into 100 lwei. 1 콴자(kwanza) = 100 퀘이(lwei).

ankle biter 소형주(小型株) ¶ An *ankle biter* is a stock issued having a market capitalization of less than $500 million. Generally speaking, such small-capitalization stocks are more speculative than "high-cap" issues, but their greater growth potential gives them more relative strength in recessions. 소형주란 시가총액(market capitalization)이 5억 달러 미만의 주식을 말한다. 일반적으로, 소형주는 「대형주(大型株)」(high-cap)보다도 투기성이 높지만, 커다란 잠재적 성장성을 간직하고 있으므로, 불황시에는 상대적인 힘(relative strength)을 발휘한다.

annexed 부가한, 첨부한 ¶ *annexed* documents [letters, papers] 부속서류

anniversary 기념일, …주년 ¶ The University is going to have 100th *anniversary* next year. 본(本) 대학은 내년에 100주년 기념일을 맞이합니다.

announce 알리다, 발표하다 ¶ The details were *announced* in advance. 상세한 내용은 사전에 공표되었다.

announcement 발표, 성명, 광고 ¶ *Announcement* is a brief message (typically ten seconds) that advertises a product or service or offers public service information. It is usually delivered in the interval between programs to capture the attention of the audience of both programs. 어나운스먼트는 생산물이나 서비스를 광고하거나 또는 공공사업정보를 제공하는 간단한 메시지(대략 10초)이다. 그것은 보통 두 프로그램의 청중의 주의를 빼앗는 프로그램의 사이에서 전해진다. /*announcement* effect 어나운스먼트 효과(경제정책 등이 공표되면, 기업이나 가계가 이전과 다른 행동을 취하는 경우를 이른다. 심리효과라고도 한다.)

annoyance 귀찮음, 괴로움, 성가심 ¶ *Annoyance* at the Government's indecisiveness is increasing. 정부의 우유부단에의 노여움이 높아져 가고 있다.

annual 1년의, 예년의, 1년마다의 ¶ *annual* accounts 연차재무제표 /*annual* accounting 연차결산 /an *annual* audit 연차감사 /an *annual* balance sheet 연차대차대조표 /*annual* earnings [return, yield] 연간수입 /the *annual* economic growth rate 연간경제성장률 /*annual* expenditure 세출 /*annual* financial statements 연차재무제표 /an *annual* general meeting 연차총회 /the *annual* growth rate 연간성장률 /*annual* installment 연부(年賦) /*annual* interest 연리(年利) /an *annual* return (당국에의) 연차보고서 /*annual* revenue 세입 /at an *annual* rate of 3% 연율 3%에서 /*annual* sales 연간매상금액 /*annual* statements 연차(영업)보고서 /on an *annual* basis 연간계산에서 /*annual* settlement of accounts 연차결산 ***annual basis*** 연율 베이스, 연간(年間)기준 ¶ An *annual basis* is a statistical technique whereby figures covering a period of less than a year are extended to cover 12-month period. The procedure, called annualizing, must take seasonal variations (if any) into account to be accurate. 연율 베이스는 기간이 1년 미만의 숫자를 12개월 기준의 숫자로 수정하는 통계기법을 말한다. 이 수법은 연율환산(annualizing)이라고 하고, 정확성을 기하기 위해서는 (계절변동이 있으면) 계절변동 요인을 고려에 넣을 필요가 있다. ~ ***inflation swap*** [영] 연간인플레이션 스왑 ¶ The *annual inflation swap* is an over-the-counter swap involving the exchange of floating (actual) and fixed inflation at the end of each annual evaluation period. *Annual inflation swaps*, which generally reference an inflation index of consumer prices, are often structured as long-term transactions, with maturities extending beyond 10 years. See also inflation swap; zero-coupon inflation swap. 연간인플레이션 스왑은 매년 평가기간 말에 변동(실제) 및 고정된 인플레이션의 교환을 수반하는 장외거래 스왑이다. 연간인플레이션 스왑은 일반적으로 소비자물가의 인플레이션지수를 참조하지만, 10년 넘어 연장하는 만기가 있는 장기간의 거래로 체계화될 때도 있다. inflation swap(인플레이션 스왑); zero-coupon inflation swap(제로쿠폰 인플레이션 스왑)도 참조할 것. ~ ***meeting of stockholders*** 연차주주총회 ¶ An *annual meeting of stockholders* is once-a-year meeting when the managers of a company report to stockholders on the year's result, and the board of directors stands for election for the next year. The chief executive officer usually comments on the outlook for the coming year and, with other senior officers, answers questions from stockholders. 연차주주총회는 회사의 경영진(management)이 주주(stockholders)에게 그 연도의 업적을 보고하고, 이사회(board of directors) 후보자가 익년도의 선거에 입후보하는 연 1회의 회합을 말한다. 최고경영책임자(chief executive officer: CEO)가 차년도에 대한 전망에 관하여 설명하고, 기타 상급임원(senior officers)과 함께 주주로부터의 질문에 답하는 것이 통례이다. ~ ***percentage rate*** 연이율, 연간퍼센트 ¶ An *annual percentage rate* is cost of credit that consumers pay, expressed as a simple annual percentage. 연이율은 소비자가 지급하는 차입금리로, 단리(單利)기준의 연이율(simple annual percentage)로 표시되는 금리를 말한다. ~ ***report [statement]*** 연보(年報), 연차보고서 ¶ An *annual report* is a yearly record of a corporation's financial condition that must be distributed to shareholders under Securities and Exchange Commission regulations. Included in the report is a description of the company's operations as well as its balance sheet and income statement. 연차보고서는 회사의 연간 재무상황기록인데, 미증권거래위원회(Securities and Exchange Commission: SEC)규칙에 따라 주주에게 배포되지 않으면 안 된다. 연차보고서에는 대차대조표(balance sheet), 손익계산서(income statement) 및 회사의 영업보고가 기재된다. ~ ***return*** 연간투자수익 ¶ An *annual return* is a total return per year from an investment, including dividends or interest and capital gains or losses but excluding commissions and other transactions costs and taxes. 연간투자수익은 배당(dividend), 금리(interest), 캐피탈게인(capital gain), 캐피탈로스(capital loss) 등 투자로부터의 연간 종합수익(수익률)(total return)을 말한다.

annualize 연율로 환산하다 ¶ *Annualize* is to convert to an annual basis. 연율로 환산한다는 것은 연간기준으로 환산하는 것이다. ***annualized basis*** 연율 베이스 ¶ For example, if a mutual fund earns 1% in a month, it would earn 12% on *annualized basis*, by multiplying the monthly return by 12. 예컨대 뮤추얼펀드(mutual fund)가 월 1%의 수익을 올린다고 하면, 매월의 수익(return)에 12월을 곱하여 연율환산으로 12%의 수익률이 된다.

annuitant 연금수령자 ¶ An *annuitant* is one who receives the benefit of an annuity. 연금수령자는 연금의 급여를 수령하는 자를 말한다.

annuitize 연금지급을 개시하다 ¶ To *annuitize* is to begin a series of payments from the capital that has built up in an annuity. The payments may be a fixed amount, or for a fixed period of time, or for the lifetimes of one or two annuitants, thus guaranteeing income payments that cannot be outlined. See also deferred payment annuity; fixed annuity; immediate payment annuity; variable annuity. 연금지급을 개시하다는 것은 연금보험(annuity)적립금에서 일련의 연금수령을 개시하는 것이다. 지급방법으로서는, 정액지급, 특정기간에서의 지급,

또는 1인 혹은 2인을 수령인으로 하는 종신지급이 있다. 이로써 기술할 수 없는 소득지급을 보증한다. deferred payment annuity(연지급연금); fixed annuity(정액연금보험); immediate payment annuity(일괄지급연금); variable annuity(변액연금보험)도 참조할 것.

annuity 연금(年金), 연금보험, 연금수령권 ¶ An *annuity* is a stream of equal payments that occur at predetermined intervals (that is, monthly or annually). The payments may continue for a fixed period or for a contingent period, such as for the recipient's lifetime. Although *annuities* are most often associated with insurance companies and retirement programs, the payment of interest to a bondholder is also an example of an *annuity*. 연금은 예정된 간격(즉, 매달 또는 매년)으로 생기는 균일한 지급방식이다. 그 지급방식은 일정기간 동안 혹은 수혜자의 생존기간과 같이 불확정기간에 계속될 수 있다. 연금의 지급은 자주 보험회사와 퇴직 프로그램과 관련이 있더라도, 사채권자(bondholder)에 대한 이자의 지급도 연금의 실례가 된다. /an *annuity* certain and life 보증기간부 종신연금 /*annuity* for life 종신연금 /*annuity* tables 연금생명표 /a joint and survivor *annuity* 공동생존연금 /life *annuity* insurance 종신보험 /an *annuity* insurance 연금보험 /a life *annuity* insurance 종신연금보험 /an *annuity* insurance 연금보험 /private enterprises *annuities* 기업연금 /a survivor's *annuity* 유족연금 /a survivorship *annuity* 생존연금(生存年金) ***annuity bond [certificate]*** 연금증서 → consol (콘솔). ~ ***certain*** 확정연금보험 ¶ *An annuity certain* is an annuity that pays a specified monthly level of income for a predetermined time period, frequently ten years. The annuitant is guaranteed by the insurance company to receive those payments for the agreed upon time period without exception or contingency. If the annuitant dies before the time period expires, the annuity payments are then made to the annuitant's designated beneficiaries. 확정연금보험은 사전에 결정된 기간(일반적으로는 10년간), 매월 소정의 금액을 지급하는 연금보험(annuity)을 말한다. 보험회사는 그 기간 무조건으로 연금액을 연금수령자(annuitant)에게 지급할 것을 보증한다. 수령자가 기간만료전에 사망한 경우는 수령자가 지정한 수익자(beneficiary)에게 계속 지급된다. ***life*** ~ 종신연금 ¶ *A life annuity* is an annuity that makes a guaranteed fixed payment for the rest of the life of the annuitant. After the annuitant dies, beneficiaries receive no further payments. 종신연금은 연금수령자(annuitant)에 대해서, 남은 여생기간 동안 일정한 금액의 연금을 지급할 것을 보증하는 연금을 말한다. 연금수령자의 사후(死後), 그의 수익자가 그 이상 지급은 받지 못한다.

annul 무효로 하다, 취소하다 ¶ The marriage has not yet been formally *annulled*. 그 혼인은 아직 정식으로 무효가 된 것은 아니다.

annulment 취소, 폐기 ¶ obtain the *annulment* of the ban 그 금지를 해제시키다

annum (L) 연(年) ¶ per *annum* (p.a.) 1년마다, 한 해에

anonym 가명, 위명(僞名), 익명자(an anonymous person)

anonymous 작자불명의, 익명(匿名)의 ¶ *anonymous* time deposits 무기명정기예금

another 다른, 딴, 별개의 ¶ *another* name for the individual 다른 명의

answer 대답, 답변(서), 회답 ¶ The *answer* is a defendant's principal pleading in response to the plaintiff's complaint. It must contain a denial of all the allegations the defendant wishes to dispute, as well as any affirmative defenses by the defendant and any counterclaim against the plaintiff. 답변서는 원고의 청구에 대응한 피고의 주된 소답(訴答)이다. 그것에는 피고에 의한 적극적 항변과 원고에 대한 반소(反訴)뿐만 아니라, 피고가 다투려고 하는 원고주장의 모든 것을 부정하는 내용이 담겨져 있어야 한다. /*answer*-back 응답(가입전화에서 발신가입자에게 송출되는 착신가입자의 약호. 텔렉스가 수신된 것을 확인할 수 있다.) /*answer* on a check 부도사유

antecedent 전(前)의, 선행하는 ¶ *antecedent* party [어음] 전배서인, (어음배서인의) 전자(前者) /*antecedent* rights 선유권(先有權)

antedate 실제보다 발행일자를 빠르게 하다(date back, predate), 사전일자(a prior date)로 하다[수표 등을 실제로 서명한 일자보다 오래 전의 일자로 하는 것(목적은 이전부터 유효한 것처럼 보이기 위함)이다.] ¶ To *antedate* is to assign a date to a document that is earlier that the document's actual execution. For example, a contract executed on June 25 is dated June 23. 사전일자로 하다는 것은 문서의 실제작성보다 이르게 날짜를 지정하는 경우이다. 예를 들면, 6월 25일에 작성된 계약은 6월 23일에 지정하는 경우이다. /*antedated* check 선일자수표

anti- 반(反)…, 비(非)…, 대(對)…, 항(抗)…, 불(不)… ¶ *anti*-cyclical (policy) measures (경기변동에 대하여) 반순환적인 경기정책(景氣政策) /*anti*-deflationary measures 반디플레이션정책 /*anti*-inflation measures 반인플레이션정책 /*anti*-monopoly law 독점금지법 /*anti*-pollution investment 공해방지투자 /*anti*-recession policy 불황대책 ***anti-dumping duty*** 반덤핑관세, 덤핑방지관세 ¶ An *anti-dumping duty* is a duty assessed on imported merchandise that is subject to an *anti-dumping* duty order. The *antidumping duty* is assessed on an entry-by-entry basis in an amount equal to the difference between the U.S. price of that entry and the foreign market value of such or similar merchandise at the time the merchandise was sold to the United States. 반덤핑관세는 반덤핑관세명령을 따라야 할 수입상품에 부과하는 관세를 말한다. 반덤핑관세는 입국별 기준에 따라 그 상품이 입국할 때의 미국가격과 그 상품이 미국에 판매될 당시에 그 상품 또는 유사한 상품의 해외시장가 사이의 차이가격에 상당한 금액 안에서 부과된다. ~ ***trust laws*** 독점금지법, 반(反)트러스트법 ¶ The *anti-trust laws* are federal statutes that regulate trade in order to maintain competition and prevent monopolies. Many common business practices are governed by these statutes. The Sherman Anti-Trust Act of 1890 made price-fixing (the setting of prices in cooperation with competitors) illegal. The Clayton Anti-Trust Act of 1914 outlawed price discrimination (charging different prices to different buyers), as did the Robinson-Patman Act of 1936. Under these Acts, advertising and promotional allowances are permitted only if they are offered to all dealers on equal terms. 독점금지법은 경쟁을 유지하고 독점을 방지하기 위해서 거래를 규제하는 연방제정법을 말한다. 1890년의 셔먼 반트러스트법은 가격협정(경쟁자와 협력해서 가격을 결정함)을 위법으로 만들었다. 1914년의 클레이톤 반트러스트법은 가격차별(바이어마다 상이한 가격을 매김)을 금지시켰고, 1936년의 로빈슨-패트먼법도 그러하였다. 이러한 제정법에 의하여 광고 및 판매촉진배려는 모든 거래자를 동등한 조건으로 제공하는 경우에만 허용되고 있다.

anticipate 예기하다, 예상하다 ¶ an *anticipated* acceptance 만기전 지급인수어음 /*anticipated* interest 이자포함계산, 계산한 이자 /*anticipated* payment 만기전 지급 /*anticipated* profit 예상이익 ***anticipated holding period*** 자산의 예정보유기간 ¶An *anticipated holding period* is a time during which a limited partnership expects to hold onto an asset. In the prospectus for a real estate limited partnership, for instance, a sponsor will typically say that the anticipated holding period for a particular property is five to seven years. At the end of that time the property is sold, and, usually, the capital received is returned to the limited partners in one distribution. 자산의 예정보유기간은 리미티드 파트너십(limited partnership)이 예정하는 자산의 보유기간을 말한다. 예컨대 부동산 리미티드 파트너십(real estate limited partnership)의 사업계획서(prospectus)로, 무한책임파트너(sponsor)는 다음과 같이 말한다.「특정의 자산의 예정보유기간은 5년에서 7년이다」(The anticipated holding period for a particular property is five to seven years.). 예정보류기간의 종료시점에서 당해 자산은 매각되고, 일반적으로 수취한 자본은 파트너십의 출자자에게 일괄 분배된다.

anticipation 예상, 예기, 기한전 지급[변제] ¶ *Anticipation* means paying an obligation before it falls due. 기한전 지급은 지급기일전에 부채(obligation)를 상환하는 것을 의미한다. /*anticipation* rate 기한전상환율

anticipatory 예상[예기]의 ¶ *anticipatory* demand in the distribution sector 유통부분에서의 가수요(假需要) /*anticipatory* profit 예상이익 ***anticipatory breach*** 이행기전의 계약위반 ¶ The *anticipatory breach* is a breaking a contract before the actual time of required performance. It occurs when one person repudiates his contractual obligation before it is due, by indicating that he will not or cannot perform his contractual duties. 이행기전의 계약위반은 필요한 이행의 실제기간 전에 계약을 파기하는 경우이다. 그것은 계약상의 계약을 이행할 의사가 없다거나 이행할 수 없다고 표시함으로써, 이행기 전에 계약상의 의무를 파기하는 경우에 일어난다. ~ ***hedge*** [영] 예정헤지 ¶ The *anticipatory hedge* is an ex-ante hedge that is created to reduce the variability associated with a future asset, liability, or cash inflow; the hedge may be created with derivatives or a long position or short position in the underlying reference. 예정헤지는 장래의 자산, 채무, 또는 현금의 유입과 연관되는 불안정성을 축소하기 위하여 만들어내는 사전의 헤지(ex-ante hedge)이다. 헤지는 기초대상(underlying reference)의 파생상품 또는 매수초과포지션(long position) 또는 매도초과포지션(short position)으로 안출될 수 있다.

antidilutive 반희석화(反稀釋化) ¶ The term *antidilutive* implies an effect on earnings per share assuming conversion of common stock equivalents, when the effect is to increase, rather than decrease earnings per share. For example, if a convertible bond was converted into common stock, net earnings would increase by the amount of bond interest saved, and the number of shares outstanding would increase by the conversion ratio. If the former (the numerator) divided by the latter (the denominater) resulted in increased earnings per share, the effect of the conversion would be *antidilutive*. Conservative accounting principles require that earings per share (EPS) not be inflated by *antidilutive* effects. 반희석화라는 용어는 주식전환가능증권(stock equivalents)을 보통주식(common stock)으로 전환한 때에, 1주당 이익(earnings per share: EPS)이 하락하는 것이 아니라, 오히려 상승하는 효과를 가지는 것을 말한다. 예컨대 전환사채(convertible bond)를 보통주식으로 전환한다면, 순이익은 절약된 채권의 이자만큼 증가하는 반면에, 미지급주식수가 전환비율(conversion ratio)에 따라 증가한다. 이 경우에, 만일 미지급주식수(분모)로 나눈 채권이자의 절약분(분자)이 결과적으로 증가된 1주당 이익으로 나타난다면, 전환의 효과는 반희석화가 될 것이다. 전통적인 회계원칙은 1주당 이익이 반희석화의 효과로 상승되지 아니할 것을 요구하고 있다.

Antigua currency 안티구아 화폐 ¶ East Caribbean dollar (XCD), divided into 100 cents. 1 달러(동카리브 dollar) = 100 센트(cents).

antitakeover 반(反)주식공개매수 ***antitakeover defense*** [영] 반(反)주식공개매수의 방어책 ¶ The *antitakeover defense* is a legal or structural tactic adopted by a company in order to protect it from being acquired by another company. Defenses may be used in conjunction with, or as a substitute for, antitakeover laws. Also known as porcupine provision, shark repellent. See also poison pill; scorched earth defenses; staggered board of directors. 반(反)주식공재매수의 방어책은 회사가 다른 회사로부터 매수되고 있는 것에서 보호하기 위하여 채용하는 법적 내지 구조적 방책이다. 방어책은 반(反)주식공개매수에 관한 법과 더불어, 또는 그 법의 대체수단으로 이용될 수 있다. 포큐파인 규정(porcupine provision), 기업매수방지책(shark repellent)이라고도 한다. poison pill(포이즌필); scorched earth defenses(초토방위책); staggered board of directors(이사임기의 분산화)도 참조할 것.

any-and-all bid 전주식(全株式)동일가격의 매입 ¶ *Any-and-all bid* means offer to pay an equal price for all shares tendered by a deadline; contrasts with two-tier bid. 전주식 동일가격의 매입이란 마감일까지에 응모가 있었던 전주식에 대해서 동일한 가격을 지급한다고 하는 공개매입(tender offer)을 말한다. 이중가격매입(two-tier bid)과 대조적인 용어이다.

any-interest-date call 이자지급일 만기전의 상환권 ¶ The clause *any-interest-date call* is a provision found in some municipal bond indentures that gives the issuer the right to redeem on any interest payment due date, with or without a premium (depending on the indenture). 이자지급일 만기전의 상환권은 일부 지방채(municipal bond)의 신탁증서(indenture)에 있는 규정인데, 금리지급인이면 언제든지 만기전 상환할 권리를 발행기관(issuer)에 부여하고 있는 조항을 이른다. 만기전 상환이 프리미엄을 부쳐 행해지는가 아닌가는 신탁증서의 규정에 따라 차이가 있다.

AOA (ISO) code Angola – currency kwanza. ¶ AOA (국제표준기구) 약호 앙골라 — 화폐 콴자(kwanza).

AOB → **a**ny **o**ther **b**usiness [약] (의제[議題]의) 기타

A/P → **a**dvice **and p**ay [약] [송금] 통지지급(通知支給)

apologize 사죄하다, 사과하다 ¶ My behavior was unforgivable, but I should like to *apologize* to all concerned. 나의 행동은 용서할 수 없을 것 같으나, 관계자 모든 분에게 진심으로 사과드리고자 합니다.

apology 사죄, 변명, 진사(陳謝) ¶ Under the circumstance, no *apology* is needed. 그런 상황에서는 어떤 변명도 필요없다.

apparent 외견상의, [법] 명백한, 표면상의 ¶ an *apparent* rate of interest 표면금리 /*apparent* rates 표면금리 /an *apparent* representative 표현대리인 ***apparent authority*** 외관상의 권한, 표현상의 권한, 표현적 권한 ¶ The *apparent authority* is a doctrine that a principal is responsible for the acts of his agent where the principal by his words or conducts suggests to a third person that the agent may act in the principal's behalf, and where the third person believes in the authority of the agent. 외관상의 권한이란 본인이 그의 말이나 행동으로 제3자에게 대리인이 본인을 위하여 행위할 수 있음을 제의하고, 제3자가 그 대리인의 권한을 믿는 경우에, 본인이 그의 대리인의 행위에 대하여 책임을 진다는 이론을 말한다.

appeal [v.] 간원(懇願)하다, 소송하다 ¶I *appealed* against the decision of the lower court. 나는 하급법원의 판결에 불복하여 상소했다.
[n.] 소송, 항소(抗訴) ***appeal bond*** 상소보증금증서 ¶The court in its discretion may require the appellant to file a *appeal bond* or provide other security to ensure payment of costs on appeal. 법원은 그의 재량으로 상소인에게 상소심에서 비용의 지급을 확보하기 위하여 상소보증금증서를 제출하거나 기타의 담보를 제공할 것을 요구할 수 있다.

appellant 상소인(the party who appeals a decision), 상고인

appellee 피상소인(the party prevailing in the court below), 피상고인(respondent)

append 추가하다(add), 첨부하다(attach)(to), 서명·날인을 하다 ¶*appended* footnote 첨부된 각주(脚註)

appendix 부속서류, (*pl.*) appendixes, appendices ¶add an *appendix* to a book 책에 부록을 부치다

applicability 적용가능성

applicable 적용할 수 있는, 적절한, 꼭 들어맞는 ¶That regulation is not *applicable* in this case. 그 규칙은 이 사건에는 적용되지 않는다. /*applicable* law 준거법

applicant 지원자, 신청자 ¶an *applicant* for the letter of credit 신용장개설신청인 /For the purposes of letters of credit, an *applicant* means the customer in the credit transaction. 신용장에서는, 신청인은 신용장거래의 고객을 의미한다.

application 적용, 응용, 신청, 청약 ¶the amount payable on *application* 청약증거금 /*application* blank 청약용지 /an *application*-for-loan form 차입신청용지 /*application* form 의뢰서, 청약서 /*application* forms for stocks [shares] 주식청약서 /*application* money for stock(s) 주식청약금 /*application* taking 청약접수 /a share *application* form 주식청약용지 /a time-limit for *application* 청약기한
application of funds 자금의 운용 ¶The *application of funds* is uses of the funds section of the statement of changes in financial position. Using the working capital concept of funds, the four applications are: (1) net loss; (2) increase in noncurrent assets, such as the purchase of land for cash; (3) decrease in noncurrent liabilities, such as long-term debt payments; and (4) decrease in stockholders' equity as in the case of the purchase of treasury stock. If the cash concept of funds flow is used, the two additional applications would be (5) increase in current assets other than cash; and (6) decrease in current liabilities. 자금의 운용이란 재무상태변동표에서 자금부분의 사용내역을 이른다. 자금을 운영자금개념으로 이용한다면, 4가지의 운용이 가능하다. 즉, (1) 당기순손실, (2) 토지의 현금구매와 같은 비유동성자산(고정자산)의 증가, (3) 장기채무변제와 같은 비유동성자산의 감소, (4) 자기주식(treasury stock)의 구매와 같은 주주자본의 감소이다. 자금흐름을 현금개념으로 이용하는 경우에는, 2가지의 추가적인 운용방법을 가능할 것이다. (5) 현금 이외에 유동자산의 증가와 (6) 유동부채의 감소가 그것이다. ~ ***of funds statement*** 자금운용표 → statement of cash flows (현금흐름표, 자금수지표, 자금운용표).

apply 적용하다, 신청하다, 청약하다 ¶*applied* cost 배부원가(配賦原價) ***applied overhead*** 제조간접비배부액 ¶The *applied overhead* is an amount of overhead expense that are charged in a cost accounting system to a production job or a department. 제조간접비배부액은 원가계산제도에 있어서 생산작업이나 부분에 부과되는 일반경비의 금액을 이른다. *~**ed research*** 응용연구 ¶ *Applied research* is research efforts devoted to the development of practical applications from RAM chip for use in electronic memory storage. 응용연구는 전자메모리저장을 위해서 램칩(RAM chip)에서 실제운용발전에 이바지한 연구노력을 이른다.

appoint 지명하다, 임명하다 ¶ *appointed* day 기일(期日)

appointee 피임명자(a person who is appointed)

appointment 지정, 임명 ***power of appointment*** 지명권 ¶ The lower court rejected appellant's contention that the terms of the will and the circumstances surrounding testatrix when it was executed conjoined to reflect an intention to exercise the *power of appointment*. 유언의 조건과 그 유언이 집행될 경우 여성 유언자의 주변상환이 지명권을 행사할 의사를 반영하는 데에 합쳐졌다고 하는 상소인의 주장을 하급심법원은 인정하지 아니하였다.

apportion 할당하다, 분배하다 ¶ Make sure that the money is fairly *apportioned*. 돈이 반드시 공평하게 분배되도록 해 주십시오.

apportionment 할당, 분담, 배당 ¶ The *apportionment* is the distribution of taxes amoung various states in which a multistate company has a presence. 배당은 여러 주(州)에 관련된 회사가 여러 주간에서 조세를 배당하는 경우이다. ¶ The *apportionment* is the practice of dividing an insured's claim covered under multiple insurance contracts, typically in proportion to total insurance coverage. *Apportionment* is generally written into a contract through a separate clause. See also divided cover; overlapping insurance; primacy; pro-rata. 할당은 여러 보험계약에서 일반적으로 총보험담보에 비례하여 커버되는 피보험자의 보험청구를 분할하는 실무를 말한다. 할당은 별도의 조항을 통해서 보험계약 속에 기재되는 것이 일반이다. divided cover(분할보험담보); overlapping insurance(중복보험); primacy(프라이머시); pro-rata(비례배분)도 참조할 것.

appraisal (부동산 등의) 평가, 감정 ¶ *appraisal* capital 평가익에 의한 자본(증가) /an *appraisal* fee 감정비용 /an *appraisal* method 평가법 /*appraisal* surplus 평가잉여금 ***appraisal fee*** 자산감정비용 ¶ *Appraisal fee* is fee charged by an expert to estimate, but not determine, the market value of property. An appraisal is an opinion of value, and is usually required when real property is sold, financed, condemned, taxed, insured, or partitioned. 자산감정비용은 전문가가 자산의 시장가격(market value)을 감정(결정하는 것은 아니다)할 때에 청구하는 비용을 말한다. 감정이란 자산가치에 관한 견해이고, 부동산(real property)을 매각할 때, 부동산담보로 융자를 받을 때, 부동산의 사용금지를 선언할 때, 부동산에 과세할 때, 보험을 걸 때, 부동산을 분할할 때 등에 감정이 필요하게 된다. /*appraisal* of real estate 부동산 평가 *~ **report*** 감정보고서 ¶ The *appraisal report* describes the findings of an appraisal engagement. Reports may be presented in the following formats: restricted, summary, self-contained. 감정보고서는 감정계약의 사실인정을 표기한다. 보고서는 다음과 같은 형식으로 제시될 수 있다. (감정의) 한정(restricted), 요약(summary) 및 독자적임(self-contained). *~ **rights*** (주주의) 주식매수청구권 ¶ The statutory grant of *appraisal rights* is usually a replacement for the requirement of unanimous shareholder approval of certain corporate transactions. 제정법상 매수청구권을 인정하는 것은 보통 일정한 회사의 거래에 대해 주주의 만장일치의 동의를 필요로 하는 것을 대신하는 것이다.

appraise 평가하다, 감정하다 ¶ To *appraise* is to estimate the value of property. 평가하다는 것은 재산의 가치를 평가한다는 경우이다. /*appraised* value 감정평가액

appraisement 감정, 산정

appraiser 부동산감정사, 평가인 ¶ The *appraiser* is a person qualified to estimate the value of real property. The American Society of Appraisers in Washington, D.C., is a leading professional organization for business appraisers and other disciplines, the Appraisal Institute in Chicago is a leading organization for real estate appraisers. 부동산감정사는 부동산의 가액을 평가하는 전문직업인을 말한다. 워싱턴 D.C.에 있는 미국부동산감정사회(American Society of Appraisers in Washington, D.C.)는 직업적 감정사 기타 이에 종사하는 자를 위한 대표적 전문가조직이고, 시카고에 있는 감정사연구소는 부동산감정사의 주요한 단체이다.

appreciate (가격이) 등귀하다 (*cf.*) depreciate (가격이) 내려가다

appreciation (가격의) 등귀, 상승, 평가절상(平價切上) (*cf.*) depreciation 저락(低落) ¶ *Appreciation* means increase in the value of an asset such as a stock, bond, commodity, or real estate. 가격상승이란 주식(stock), 채권(bond), 상품(commodity)이나 부동산(real estate)의 자산가치가 증가하는 것을 뜻한다. /*appreciation* of the yen 엔고(円高)

apprentice 도제(徒弟), 견습(공), 초심자 ¶ The *apprentice* is a person who is learning an occupation or trade, often as a member of a labor union. Working as an *apprentice* under supervision is often a requirement for subsequent work in an occupation. 도제란 종종 노동조합의 구성원으로서, 업무나 거래를 배우고 있는 자를 이른다. 감독을 받으면서 도제로서 일하는 것은 이따금 하나의 업무에서 차후의 업무의 요건인 경우가 있다.

appropriate Ⓐ 적절한
Ⓥ 충당하다(assign to a particular purpose or use), 횡령하다, 착복하다(wrongfully use or take the property of another)

appropriation 충당(금), …비(費) ¶ an *appropriation* account [영] 이익분배계정 /*appropriation* of earned surplus 이익잉여금의 처분 /*appropriation* of net income 순이익의 처분 /*appropriation* of profits 이익금의 처분 /*appropriation* of surplus 잉여금처분 /*appropriation* of surplus for reserves 준비금적립

approval 찬성, 승인, 인가, 허가 ¶ *approval* sales 시용판매(試用販賣) /*approved* tickets 품의승인표(稟議承認票)

approved 공인(公認)의, (방법 · 행동 등이) 승인된 ¶ *approved* and sealed 검인필(檢印畢) ***approved list*** 투자승인리스트 ¶ An *approved list* is a list of investment that a mutual fund or other financial institution is authorized to make. The approved list may be statutory where a fiduciary responsibility exists. 투자승인리스트는 뮤추얼펀드(mutual fund)나 기타 금융기관이 투자할 수 있는 투자리스트를 이른다. 수탁자책임(fiduciary responsibility)이 존재하는 경우에는, 투자승인리스트는 법적 문서로 될 수 있다.

approximate Ⓐ 대체의, 대개의, 대충의 ¶ *approximate* amount 개산액(概算額)
Ⓥ (물건 등이) …에 근사하다, 거의 상당하다(resemble), (수량 등을) 개산하다, 견적하다

approximately 대략, 대체로

approximation 추정, 개산(액) ¶ *rough* approximation 개산(概算)

APR → **a**nnual **p**ercentage **r**ate [약] 연율(年率)

APS → **a**uction **p**referred **s**tock [약] 옥션우선주 ¶ The *auction preferred stock* (*APS*) is the name of product provided by Goldman Sach's Dutch auction preferred stock. 골드먼삭스가 제공하는 네덜란드옥션우선주의 상품명이다.

A/R → **a**ll **r**isk [약] 전위험담보(全危險擔保) ¶ *All risk coverage* is: (1) type of marine insurance. It includes the broadest kind of standard coverage, but excludes damage caused by war, strike, and riots. (2) insurance provision against all risks of physical loss or damage from any external clause, excepting those losses that are self-caused. See also inherent vice. 전위험담보란 (1) 해상보험의 유형이다. 그것에는 표준보증의 가장 광범한 종류가 포함되지만, 전쟁, 파업 및 폭동으로 인한 손해는 제외된다. (2) 외부조항으로 인한 실제손실이나 손해의 모든 위험에 대한 보험조항을 말한다. 다만 자가귀책의 손실(self-caused loss)은 예외로 한다.

arbiter 중재자, 조정자 ¶ The *arbiter* is a person (other than a judicial officer) appointed by a court to decide a controversy according to the law. Unlike an arbitrator, the *arbiter* needs the court's confirmation of his decision for it to be final. 조정자는 법률에 의하여 분쟁을 판단하기 위하여 법원에 의해 임명된 (사법공무원이 아닌) 자이다. 중재자와는 달리, 조정자는 그의 판단이 최종적이기 위해서는 법원의 확인을 필요로 한다.

arbitrage 중재, (외환거래의) 재정(裁定)거래, 차액거래 ¶ An *arbitrage* is a profiting from differences in price when the same security, currency, or commodity is traded on two or more markets. For examples, an arbitrageur simultaneously buys one contract of gold in the New York market and sells one contract of gold in the Chicago market, locking in a profit because at that moment the price on the two markets is different. The arbitrageur's selling price is higher than the buying price. 차익거래란 동일한 증권(security), 통화(currency), 상품(commodities)이 2 이상의 시장에서 거래되고 있는 때에, 그 가격차에서 이익을 얻는 것을 말한다. 예컨대 차익거래업자(arbitrageur)는 뉴욕시장에서 금을 구입하고, 동시에 시카고시장에서 금을 매각하여 이익을 확정한다. 말하자면, 동일한 시기에 2개의 시장에서 매매가격에 격차가 생기고 있는 경우, 차익거래업자는 낮은 가격으로 매입하여 높은 가격을 매도한다. ¶ An *arbitrage* is an investment strategy involving the simultaneous purchase and sale of two assets in order to capitalize on small price or rate discrepancies. The intent of the strategy is to generate a profit with a minimum amount of risk; true *arbitrage* is risk-free. 차익거래는 적은 가격이나 환율의 상위를 토대로 자본화하기 위해서 두 자산을 동시에 사고 파는 것과 관련한 투자전략이다. 이 전략의 의도는 최소량의 위험을 부담하고 이익을 산출하는 데에 있다. 진정한 차익거래는 위험이 없는 것이다. /an *arbitrage* broker [firm, house] 차익중매인[점] /*arbitrage* margin calculations 차익계산 /*arbitrage* margin 차익마진(외환 · 금리의 가격상의 간격폭) /indirect [three-cornered, four-cornered] *arbitrage* 간접[3점, 4점]차익 /*arbitrage* business [dealings, operation] 외환차익거래 /*arbitrage* of exchange; exchange *arbitrage* 외환차익 /interest rate *arbitrage* 금리차익(金利差益) ***arbitrage bond*** 차익채권 ¶ *Arbitrage bonds* are bonds issued by a municipality in order to gain an interest rate advantage by refunding higher-rage bonds in advance of their call date. 차익채권은 기존의 이율이 높은 채권을 이율이 낮은 채권으로 갈아 탈 목적으로

기존채권의 기한전 상환일(call date) 이전에, 지방자치단체(municipality)가 새로이 발행하는 지방채(municipal bond)를 말한다.

arbitrager; arbitrageur 차익거래업자, 차익중매인(仲買人) ¶ An *arbitrageur* is a person or a firm engaged in arbitrage. *Arbitrageurs* attempt to profit when the same security or commodity is trading a different prices in two or more market. 차익거래업자는 차익거래에 종사하는 사람이나 기업을 가리킨다. 차익거래업자는 동일한 증권이나 상품이 2 이상의 시장에서 다른 가격을 거래되고 있는 때에 이익을 얻으려고 한다.

arbitrary [해운] 할증운임, 부가요금

arbitrate 중재하다, (외환을) 재정(裁定)하다 ¶ *arbitrated* exchange rates 재정외국환시세 /*arbitrated* interest rates 재정금리 /*arbitrated* rates 재정시세

arbitration 중재, 판정(判定), 외환재정 ¶ The *arbitration* is a dispute resolution mechanism designed to help aggrieved parties recover damages. In arbitration, an impartial person or panel hears all sides of the issues as presented by the parties, evaluates the evidence, and decides how the matter should be resolved. *Arbitration* is final and binding, and is subject to review by a court only on a very limited basis. 중재는 권리를 침해받은 당사자의 손해회복을 지원하기 위해서 설치된 분쟁해결제도이다. 중재에서, 중립된 입장에 서는 중재인 또는 중재위원회(arbitration panel)가 당사자가 제시한 문제의 모든 측면을 청취하고, 증거를 평가하며, 문제해결법을 결정한다. 중재는 구속력이 있는 최종적인 결론이어서, 법원이 그것을 바로 잡는 것은 극히 한정적인 케이스가 된다. /an *arbitration* agreement 중재계약 /an *arbitration* award 중재판정 /an *arbitration* clause 중재조항 /*arbitration* of exchange 외환재정(裁定) /a court of *arbitration* 중재법원 /*arbitration* tribunal [court] 중재법원

arbitrator 중재인, 조정인(調停人) ¶ *arbitrator's* award 중재판정(仲裁判定)

area 지역, 지방, 장소, 구역, (활동 · 영역 등의) 영역, 분야, 범위 ¶ *areas* incidental to ordinary operations 주변업무

Argentina currency 아르헨티나 화폐 ¶ peso (ARS), divided into 100 centavos. 1 페소(peso) = 100 센타보(centavos).

argument 의논, 반론, [컴] 인수(引數) ¶ *argument* of counsel 변호인의 변론 /oral *argument* 구두변론 /the quid pro quo *argument* 대상론(代償論) ¶ In a computer spreadsheet program, *argument* is values that must be specified for a given function. For example, in Excel the PMT function calculates the periodic payment for a loan based on the interest rate charged, the number of payments desired, and the principal amount. The syntax of the function is PMT (rate, nper, pv), where rate, nper, and pv are *arguments*. 컴퓨터 스프레드시트 프로그램에서 인수(引數)는 일정한 기능에 대하여 명시되어야 할 값(value)을 이른다. 예를 들면, 엑셀(Excel)에 있어서 피티엠(PTM)의 기능은 부과된 이율에 기초한 대출금에 대한 정기적인 지급, 바람직한 지급횟수 및 원금액을 산정한다. 그 기능의 신택스(syntax)는 피티엠(PTM, rate, nper, pv)이고, 이율(rate), 지급횟수(nper) 및 지급액(pv)이 인수가 된다.

ariary 아리아리 ¶ Madagascar currency unit, 1 ariary = 5 Malagasy francs. 마다가스카르 화폐단위, 1 아리아리(ariary) = 5 말라가시 프랑(Malagasy francs).

Arirang bond 아리랑본드 ¶ The *Arirang bonds* that are bonds which foreign firms issue with denomination in Korean currency in Korea. 아리랑본드는 한국내에서 외국기업이 한국내에서 원화로 발행하는 채권이다.

arithmetic ⓝ 산수, 산술(算術), 계산(능력)
ⓐ 산수의, 계산의 ***arithmetic mean [average]*** 산술평균 ¶The *arithmetic mean* is a simple average obtained by dividing the sum of two or more items by the number of items. 산술평균은 2 이상의 항목의 합계를 항목수로 나누어 얻은 단순평균을 이른다.

ARM → **a**djustable-**r**ate **m**ortgage [약] 변동금리형 모기지대출, (*pl.*) ARMs

Armenia currency 아르메니아 화폐 ¶아르메니아 드람(AMD), 1 드람(dram) = 50 루마(luma).

arm's length 일정한 거래간의, 대등한 ***at ~*** (거래 · 교섭) 독립을 유지하여 ¶ All drawings should be done *at arm's length.* 모든 거래는 대등하게 이루어져야 한다. /*arm's-length* price (적정한 시가에 근거하는) 독립기업간 거래가격 ***arm's length transaction*** (이해관계가 없는 관계에서의) 대등(對等)거래, 독립기업간거래, 시장조건에 의한 거래 ¶An *arm's length transaction* is a transaction that is conducted as though the parties were unrelated, thus avoiding any sembrance of conflict of interest. For example, under current law parents may rent real estate to their children and still claim business deductions such as depreciation as long as the parents charge their children what they would charge if someone who is not a relative were to rent the same property. 대등거래란 것은 당사자끼리 서로 관계자가 아닌 것처럼 행하는 거래인데, 외견상의 이행충돌(conflict of interest)을 피할 목적에서 행해진다. 예컨대 현행법에서는, 양친이 자녀에게 부동산을 대출하는 경우, 동일한 물건을 친족 이외의 사람에게 대출하는 경우와 동일한 임대료를 청구하는 한에서는, 감가상각(depreciation) 등의 손금산입(損金算入)을 할 수 있다.

armored 갑옷을 입힌, 장갑(裝甲)의 ¶*armored* truck 현금수송차

around [자금] 어라운드(현재의 직물시세를 기준으로 해서 '그 전후를 얼마 얼마'라는 의미인데, ten-ten around와 같이 사용한다. 선물의 프리미엄 또는 디스카운트에 대해서, 파(par)(평균)의 10포인트 상하에 있음을 의미한다. 포인트는 basis point의 줄인 말이고, 금리의 단위로 1%인 100분의 1을 말한다.)

arrange 정리하다, 준비하다 ¶*Arrange* them in order of arrival. 그것을 정확히 도착한 순서대로 정리하시오. /Everything was done as *arranged.* 만사는 정한 대로 행해졌다.

arrangement 정리, 협정, 약정(約定) ¶*agency* arrangement 대리점계약, [은행] 코레스(corres)계약 /refinancing *arrangements* 차환(借換)협정

arranger [외채] 알선인(외채발행절차의 중개를 행하는 자) ¶The *arranger* is a bank that is responsible for structuring a syndicated loan facility for a borrower, and assembling a syndicate to distribute portion of the loan to a broader group of investors. 알선인은 차입자(借入者)를 위해 신디케이트론 설비(syndicated loan facility)를 구조화하고, 광범한 투자자의 그룹에게 신디케이트를 만들어 론의 부분들을 배분할 책임이 있는 은행을 말한다.

array 정렬, 다수 ¶an *array* of … 다양한, 여러 가지의 /The supermarket offers a vast [huge] *array of* foods. 그 슈퍼마켓은 다종다양한 수입식품을 판매하고 있다. /*an array of* streetlights 횡렬로 서 있는 가로등

arrear(s) 늦음, 지체, (*pl.*) 지급잔금, 지체금 ¶*arrears* of interest 이자의 연체

/payment *arrears* 지급지체 /payable in *arrears* (이자 등의) 후지급, 후취(後取)방식 ***in arrears*** 지체하여, 연체하여 ¶ The phrase *in arrears* means at the end of a term. Interest on mortgage loans is normally paid in arrears; that is, interest is paid at the end of a month or other period. in arrears(지체하여, 연체하여)라는 문구는 기간의 말(末)을 의미한다. 모기지융자(mortgage loan)의 이자는 통상 연체하여 지급한다. 다시 말하면, 이자는 매달 말 혹은 다른 기간에 지급된다.

arrearage 지체, 연체금(延滯金), (*pl.*) 미지급금(debts) ¶ An *arrearage* is an amount of any past-due obligation. 지급기한을 경과한 모든 채무금액(past-due obligation)을 말한다.

arrival 도착 ¶ *arrival* drafts [bills] 착하후(着荷後) 일람출급어음 /*arrival* goods basis bills 어라이벌 빌(arrival drafts [bills]) /(cargo) *arrival* notices 착하통지(着荷通知), 선적서류도착통지서

ARS (ISO) code Argentina – currency peso. ¶ ARS (국제표준기구) 약호 아르헨티나 — 화폐 페소(peso)

article 조항, (*pl.*) 정관 ¶ *articles* of agreement 협약의 조항 ***articles of association*** [영] 회사의 정관, [미] (회사가 아닌) 사단의 정관 ¶ In the United Kingdom, the *articles of association* is a document defining responsibilities and rights of key stockholders, including investors, directors, and executive management. This articles can be used in the constitution of either a private company or public company. Changes may be made by special resolution at the annual general meeting (public companies) or by written resolution (private companies). Articles of association are submitted, along with the memorandum of association, as part of the company formation process. 영국에서 회사의 정관은 투자자, 이사 및 경영진을 비롯해서 주요주주들의 의무와 권리를 규정하는 문서를 말한다, 이 정관은 사회사(私會社)나 공회사(公會社)의 조직규범으로 사용될 수 있다. 이의 변경은 매년 정기총회의 특별결의(공회사의 경우) 또는 서면결의(사회사의 경우)에 의해서 할 수 있다. 회사의 정관은 회사설립과정의 일부로서 기본정관과 함께 제출된다. ***~s of incorporation*** [미] 회사의 정관, 설립정관 ¶ *Articles of incorporation* is a document filed with a U.S. state by the founders of a corporation. After approving the articles, the state issues a certificate of incorporation; the two documents together become the charter that gives the corporation its legal existence. The charter embodies such information as the corporation's name, purpose, amount of authorized shares, and number and identity of directors. 설립정관은 회사의 설립자가 미국의 주정부에 제출한 문서를 말한다. 설립정관을 승인한 후, 주정부는 회사설립증명서(certificate of incorporation)를 발행한다. 이 양문서가 일체가 되어 회사의 법적 존재를 인정하는 회사의 정관(charter)이 된다. 회사의 정관은 회사명, 사업목적, 수권주식수(authorized shares), 이사(director)의 인원수와 성명을 기재한다.

artificial 인공의, 인공적 ¶ *artificial* person 법인(a juristic person) ***artificial currency*** 인위적 통화 ¶ An *artificial currency* is a currency substitute, such as special drawing rights (SDRs) and European Currency Units (ECUs). 인위적 통화란 특별인출권이나 유로통화단위와 같은 대용(代用)통화를 이른다. ~ ***intelligence (AI)*** [컴] 인공지능 ¶ The *artificial intelligence* is a branch of computer science that deals with using computers to simulate human thinking. *Artificial intelligence* is concerned with building computer programs that can solve problems creatively, rather than simply working through the steps of a solution designed by the programmer. 인공지능이란 컴퓨터를 사용하여 인간의 사고를 흉내 내는 컴퓨터과학의 한 분야이다. 인공지능은 프로그래머들이 계획한 해결의 단계를 통해서 단순히 작업하기보다도 오히려 창의적으로 문제들을 해결할 수 있는 컴퓨터 프로그램을 만드는 것과 관계가 있다.

ASC → **a**ll **s**avers **c**ertificate [약] [CD's] 비과세저축증서 ¶*All savers certificate (ASC)* is one-year federally tax-exempt certificate account, authorized by the Economic Recovery Tax Act of 1981 to attract funds to mortgage lenders, primarily thrift institutions. None have been issued after December 1982. 비과세저축증서는 주로 저축금융기관인 모기지 대출기관의 자금을 끌어내기 위하여 1981년의 경제회복세법(Economic Recovery Tax Act of 1981)에 의해서 수권된 1년짜리 연방비과세증서계정을 말한다. 1982년 12월 이후 비과세저축증서는 발행된 적이 없었다.

ascendant [법] 직계존속(直系尊屬) ¶The Louisiana courts have held that a decedent must be legitimate in order for an *ascendant* or sibling to recover for his death. 루이지애나 법원들은 직계존속 또는 형제자매가 사자의 사망에 대해 손해배상을 청구하려면 사자가 서열상 적법하여야 한다고 판결해 왔다.

ascending 올라가는, 상승하는 ***ascending top*** [시세] 어센딩톱 ¶*Ascending top* indicates a chart pattern tracing a security's price over a period of time and showing that each peak in a security's price is higher than the preceding peak. This upward movement is considered bullish, meaning that the upward trend is likely to continue. 어센딩톱은 일정기간의 주가추이를 추적하여 주가의 최고치가 각각 직전의 최고치보다 높은 것을 나타내는 차트패턴을 가리킨다. 이 상향의 움직임은 시세가 강세(bullish)인 것으로 생각되는데, 이는 주가의 상승경향이 지속한다는 의미이다.

어센딩톱

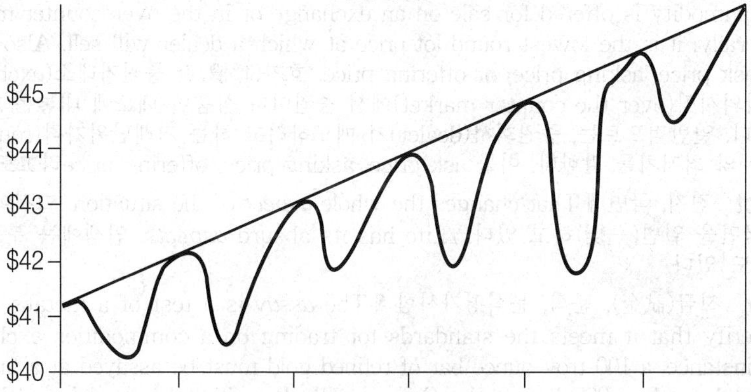

aseasonal 계절과 관계가 없는(not seasonal)

Asia 아시아 ¶*Asia* fund 아시아 펀드(아시아 주식시장을 대상으로 하는 외국투자신탁) ***Asiadollar*** 아시아 달러 ¶A U.S. dollar deposited in a bank in Singapore is an *Asiadollar*. 싱가포르의 은행에 예금되어 있는 U.S. 달러가 아시아 달러이다.

Asian 아시아의, 아시아지역의 ¶the *Asian* bond market 아시아 기채시장 /the *Asian* currency market 아시아 달러시장 /*Asian* currency units 아시아 통화단위

(아시아 달러를 말한다.) /*Asian* Development Bank 아시아개발은행 /*Asian* Dollars; *Asian*-dollars 아시아 달러(Asiadollars라고도 한다. Eurodollars에 대칭해서 쓰는 표현이다.) /*Asian*-dollars bond 아시아 달러채권(債券) /the *Asian*-dollar market 아시아 달러시장 /*Asian* monetary units 아시아결제동맹가입국의 통일결제 통화단위 ***Asian currency*** 아시아 통화 ¶ The *Asian currency* is a bank deposit in an Asian country that is denominated in the currency of another country. For example, a U.S. dollar deposited in a bank in Singapore is an Asiadollar. 아시아 통화란 다른 국가의 통화로 명칭되어 아시아 국가에 있는 은행예치금을 이른다. 예를 들면, 싱가포르에 예치되고 있는 미화 달러는 아시아 달러이다. ***Asian Development Bank*** **(*ADB*)** 아시아개발은행 ¶ The *Asian Development Bank* (*ADB*) is a multilateral Development bank created in 1966 by Asian nations to support economic and social progress and to supply long-term development finance to member countries, modeled after the International Bank for Reconstruction and Development. 아시아개발은행은 아시아국가들이 경제적·사회적 발전을 지원하고 회원국들에 장기개발금융을 공급하기 위하여 국제부흥개발은행(International Bank for Reconstruction and Development)을 모델로 하여 1966년에 창설한 다국적 개발은행이다. ***Asian option*** 아시아형 옵션 ¶ *Asian option* is option contract in which settlement is based on the average value of the underlying asset over the contract period. Also called average rate option. 아시아형 옵션이란 옵션의 결제(settlement)가 옵션계약기간에 있어서의 기초자산(underlying asset) 평균가격을 근거로 행해지는 옵션계약을 말한다. 이를 애버리지 레이트옵션(average rate option)이라고도 한다.

ask 묻다, 의뢰하다, 요구하다 ¶ bid and *asked* quotations (살 사람이) 부르는 값, 매가(買價) 호가(呼價)시세 /*asked* rate 매가(賣價), 매가시세 ***asked* [*asking*] *price*** (팔 사람이 부르는) 호가(呼價), 부르는 값 (*cf.*) a bid price 지정가(指定價), an offered price 청약가격, 호가 ¶ *An asked price* is a price which a security or commodity is offered for sale on an exchange or in the over-counter market. Generally, it is the lowest round lot price at which a dealer will sell. Also called the ask price, asking price, or offering price. 호가(呼價)란 증권거래소(exchange)나 장외시장(over the counter market)에서 증권이나 상품이 매도에 내놓은 가격을 말한다. 일반적으로는, 증권회사(dealer)가 매도하려고 하는 거래단위가격(round lot price)의 최저치를 말한다. 이를 ask price, asking price, offering price라고도 한다.

aspect 견지, 국면 ¶ That changes the whole *aspect* of the situation. 그것이 사태의 국면을 일변(一變)하고 있다. /Life has its absurd *aspects*. 인생에는 부조리한 국면도 있다.

assay 시금(試金), 분석, 분석평가시험 ¶ The *assay* is a test of a metal's purity to verify that it meets the standards for trading on a commodities exchange. For instance, a 100 troy-ounce bar of refined gold must be assayed at a fineness of not less than 995 before the Comex will allow it to be used in settlement of a gold contract. 분석평가시험은 금속의 순도가 상품거래의 거래기준을 충족하고 있음을 확인하는 검사를 이른다. 예컨대 정련(精鍊)된 100 트로이 온스의 금괴는 상품거래소(Comex: the Commodity Exchange of New York)가 그 금괴를 금계약결제에 사용허가하기 전에 995 이상의 순도임을 검사하여 확인하지 않으면 안 된다. /*assay* mark 시금낙인 /an *assay* office bar 순분검정(純分檢定)의 금막대

assemblage 집합, 합필(合筆)비용 ¶ *Assemblage* means combining of two or more parcels of land. For example, suppose someone buyer two adjoining properties of land for $10,000 each. The large unified tract is worth $25,000. The process is *assemblage*. 부동산의 합필이란 2 이상의 토지필지(筆地)를 합하는 경우이다. 예를 들면, 어느 사람이 2개의 인접하는 토지를 각각 10,000달러로 산다고 가정하자. 합쳐진 넓은 토지는 25,000달러의 값이 나간다. 그 과정이 바로 합필(assemblage)이다.

assembling 집합, 정리, 조립(組立) ¶ *assembling* of land 합필(合筆) /*assembling* parts 조립(組立)부품 /*assembling* production 조립생산

assembly 집회, 집결(集結), 조립 ***assembly line*** 일관작업 ¶ The *assembly line* is a production method requiring workers to perform a repetitive task on a product as it moves along on a conveyor belt or track. An *assembly line* has the advantage of part standardization and rationalization of work. See also assembly plant. 일관작업이란 생산물이 컨베이어 벨트나 트랙을 따라 움직이는 동안에 근로자가 생산물에 대해서 반복적인 작업을 수행할 필요가 있는 생산방식을 이른다. 일관작업은 작업을 부분적으로 표준화하고 합리화하는 이점이 있다. assembly plant(조립공장)도 참조할 것. ~ ***plant*** 조립공장 ¶ The *assembly plant* is a physical plant where an assembly line is located, where production-line assembly work occurs. See also assembly line. 조립공장은 일관작업이 소재하고, 생산라인의 일관작업이 일어나는 실제의 공장을 말한다.

assess 평가하다, 판단하다, 사정(査定)하다, 산정하다 ***assessed valuation*** 평가액, 사정가격 ¶ *Assessed valuation* is dollar value assigned to property by a municipality for purposes of assessing taxes, which are based on the number of mills per dollar of assessed valuation. 사정가격은 지방자치단체(municipality)가 과세목적으로 행하는 재산에 할당된 달러가격을 이른다. 세액은 사정가격의 달러당 밀(mill = 1/10 센트)단위로 계산된다. ~***ed value*** 과세평가액, 과세가격 ¶ The *assessed value* is the designated value of an asset for purposes of levying a tax. 과세가격이란 과세를 부과할 목적으로 하는 자산에 대한 평가액을 말한다.

assessable 산정[평가, 사정]할 수 있는 ¶ *assessable* [taxable] income 과세소득(課稅所得)

assessment 평가, 사정, 부과(賦課) ¶ *assessment* at the source 원천(분리)과세 /the *assessment* of damage 손해사정액 /*assessment* of taxes 조세의 부과 /*assessment* rate (of collateral) (담보)가치 /a basis of *assessment* 과세표준 /tax *assessment* 과세사정액 ***assessment ratio*** 과세율 ¶ The *assessment ratio* is a ratio of assessed value to market value. For example, a county requires a 40% *assessment ratio* on all property to be taxed. Property with a $10,000 market value is therefore assessed at $4,000 (40% of $10,000), and the tax rate is applied to $4,000. 과세율이란 시장가격에 대한 평가율을 말한다. 예를 들면, 지방자치단체(county)가 과세할 모든 재산에 대한 40%의 과세율을 요구한다고 하면, 그러므로 시장가가 10,000달러인 재산은 4,000달러(10,000달러의 40%)로 평가되고 세율은 4,000달러에 적용된다.

assessor 사정관 ¶ An *assessor* is an official who determines property value, generally for real estate taxes. 사정관은 일반적으로 부동산과세를 위해서 부동산가격을 결정하는 담당공무원을 말한다.

asset 자산(資産)(의 1항목), (*pl.*) 자산, 재산, 총자산 ¶ The *asset* is anything having commercial or exchange value that is owned by a business, institution, or individual. 자산이란 상업적 가치나 교환가치가 있는 것이이면 회사, 기관투자자 및

개인이 소유하는 모든 것을 말한다. ¶*asset* aquisition [M&A] 자산매수 /*asset*-backed bonds 자산담보증권(資産擔保證券) /*asset*-backed swap 채권(債券)캐시플로의 스왑 /*asset*-based loans 담보부 대출 /*asset* financing 자산담보금융 /*asset* issues 자산주(資産株) /*asset* (and) liability management 자산부채종합관리 /*asset* management accounts 자산운용계좌, 자산관리계좌 /*assets* and liabilities 자산과 부채 /*assets* income 자산소득 /*assets* in trust 신탁재산 /*assets* out of books 부외자산(簿外資産) /*assets* stocks 자산주(資産株) /*assets* structure 자산구성 /*asset* valuation 자산평가 /capital *assets* 자본적 자산 /cash *assets* 현금자산 /intangible *assets* 무형자산 /net *assets* 순자산(純資産) /out-of-book *assets* 부외자산 (nonledger *assets*) /quick *assets* 당좌자산(當座資産) /tangible *assets* 유형자산

asset allocation (투자대상의) 자산배분 ¶*Asset allocation* is apportioning of investment funds among categories of assets, such as cash equivalents, stock, fixed-income investments, and such tangible assets as real estate, precious metals, and collectible. (투자대상의) 자산배분이란 현금등가물, 주식, 확정이자부 증권이나, 부동산, 귀금속, 수집품 등의 유형자산에 투자자금을 배분하는 것이다. ~**-*backed securities* (*ABS*)** 자산유동화증권, 자산담보증권 ¶*Asset-backed securities* (*ABS*) are bonds or notes backed by loan paper or accounts receivable originated by banks, credit card companies, or other providers of credit and often "enhanced" by a bank letter of credit or by insurance coverage provided by an institution other than the issuer. 자산담보증권이란 은행, 크레디트카드회사 등의 여신을 공여하는 회사가 실행한 대출채권(loan)이나 외상매출금에 담보된 채권을 이른다. 이러한 증권은 은행의 신용장이나 자산담보채권발행자 이외의 기관이 제공하는 부보범위(附保範圍)에 의하여 신용력을 높이는 경우가 많다. ~**-*backed commercial paper*** 자산담보부 기업어음 ¶An *asset-backed commercial paper* is a commercial paper which is issued as security such as notes and accounts receivable, corporate bonds, real estates that are difficult for securitization; it is a short-time asset-back security that generally matures in three months' time. 자산담보부 기업어음은 매출채권·회사채·부동산처럼 유동화하기 어려운 자산을 담보로 발행하는 기업어음으로, 대개 3개월 만기로 발행되는 단기 유동화증권이다. ~ ***coverage*** 자산담보율(기업의 자산이 그 부채를 커버할 수 있는 비율) ¶An *asset coverage* is an extent to which a company's net assets cover a particular debt obligation, class of preferred stock, or equity position. 자산담보율은 회사의 순자산(net assets)이 특정한 채무(debt), 우선주(preferred stock), 주주자본(equtiy position)을 어느 정도로 커버하고 있는가를 나타내는 지표를 말한다. ~**-*liabilities management* (*ALM*)** 자산부채종합관리 ¶The *asset-liabilities management* (*ALM*) is matching an individual's level of debt and amount of assets. Someone who is planning to buy a new car, for instance, would have to decide whether to pay cash, thus lowering assets, or take out a loan, thereby increasing debts (or liabilities). Such decisions should be based on interest rates, on earing power, and on the comfort level with debt. Financial institutions carry out *asset-liability management* when they match the maturity of their deposits with the length of their loan commitments to keep from being adversely affected by rapid changes in interest rates. 자산부채종합관리는 각 개인의 부채(debt)와 자산(asset) 총액의 수준을 조화시키는 것이다. 예컨대 신차의 구입을 계획하고 있는 경우, 자산은 감소하지만 현금으로 지급하는가, 혹은 론을 빌려서 차금(부채)을 늘리는가를 결정할 필요가 있다. 그런 결정은 금리, 소득수준, 상환가능 부채액을 근거로 행해진다. 금융기관은 급격한 금리변동에서 생기는 리스크를 회피하기 위해서 차금의 만기기간을 융자계약의 기간과 일치시키는 등의 채권채무관리를

행하고 있다. ~ ***liquidity risk*** [영] 자산유동성 리스크 ¶ The *asset liquidity risk* is the risk of loss arising from an inability to sell or pledge assets at, or near, their carrying value when needed. A subcategory of liquidity risk. See endogenous liquidity. 자산유동성 리스크는 필요한 경우 이월가액(carrying value)으로 또는 이월가액 못 미쳐도 자산을 매도한다든지 저당에 잡힌다든지 할 수 없기 때문에 생기는 손실의 리스크를 말한다. 유동성 리스크의 하부개념이다. endogenous liquidity(내생유동성)도 참조할 것. ~ ***management account*** 자산관리종합계좌 ¶ The *asset management account* is an account at a brokerage house, bank, or savings institution that combines banking services like check writing, credit cards, and debit cards; brokerage features like buying securities and making loans on margin; automatic investment of overnight funds; and the convenience of having all financial transactions listed on one monthly statement. Such accounts are also termed central asset accounts and are known by such proprietary names as the Cash Management Account (Merrill Lynch), Active Assets Account (Morgan Stanley Dean Writer), or Schwab One Account (Charles Schwab). See also aggregation; sweep account. 자산관리종합계좌란 증권회사, 은행, 저축예금기관(savings bank)에 있는 계좌로, 수표발행(check writing), 크레디트카드(credit card)나 데빗카드(debit card) 등의 은행서비스, 유가증권(security)의 구입이나 신용거래(margin account)에 의한 차입 등의 증권서비스, 그리고 모든 금융거래기록을 하나의 월간거래명세서에 정리하는 서비스 등을 종합한 계좌이다. 이와 같은 계좌는 central asset account(자산관리종합계좌)라고도 하고, Cash Management Account(현금관리계좌)(Merrill Lynch), Active Asset Account(능동자산계좌)(Morgan Stanley Dean Writer), 또는 Schwab One Account (스왑원계좌)(Charles Schwab) 등의 상표명으로 알려져 있다. ~ ***securitization*** 자산의 증권화 ¶ *Asset securitization* is the process of repackaging assets into tradable securities for risk transfer or capital arbitrage reasons. 자산의 증권화는 위험이전이나 자본의 차익거래를 이유로 자산을 거래할 수 있는 증권으로 재포장하는 과정을 말한다. ~ ***sensitive*** [영] 자산센시티브 → positive gap (포지티브 갭). ~ ***-stripping*** (회사매수에 의한) 자산해체 ¶ *Asset- stripping* is the process of selling corporate assets acquired in a takeover or acquisition. Such disposals may occur when the value of selling assets and using the proceeds to repay debt or invest in alternative ventures is estimated to be greater than the value of preserving them on the balance sheet. (회사매수에 의한) 자산해체는 공개매수나 기업매수에서 취득한 기업의 자산을 매도하는 과정을 이른다. 자산의 해체조치는 자산을 매도하는 가액과 그 매각대금을 이용해서 채무를 상환하거나 대체사업에 투자하는 것이 대차대조표상 기업자산을 유지하는 가격보다 크다고 예상될 때에 일어날 수 있다. ~ ***swap*** 애셋스왑, 채권(債券) 캐시플로의 교환 ¶ An *asset swap* is an over-the-counter interest rate swap that exchanges bond coupons from fixed rates into floating rates, or vice versa, creating a synthetic investment that meets an investor's specifications. An asset swap can thus be viewed as a package of an interest rate swap and a risky bond, where the bondholder pays the fixed coupon from the risky bond. 애셋스왑이란 채권이표를 고정금리에서 변동금리로, 또는 그와 반대로 교체하여, 투자자의 특정사항을 맞추는 종합적인 투자를 창설하는 장외거래의 금리스왑을 이른다. 그러므로 애셋스왑은 금리스왑과 위험한 채권의 통합체로 볼 수 있으며, 이 경우에 채권소유자는 위험한 채권에서 고정이표를 지급한다. ~ ***swap spread*** [영] 애셋스왑 스프레드 ¶ The *asset swap spread* is the floating coupon paid above a floating rate benchmark in an asset, representing the credit risk of a risky bond above the interbank market rate.

See also bond swap spread; swap spread. 애셋스왑 스프레드는 자산에 있어서 변동금리기준 이상으로 지급되는 변동금리쿠폰을 말하며, 이는 은행간 시장금리 이상의 위험한 채권의 신용리스크를 나타낸다. bond swap spread(채권스왑 스프레드); swap spread(스왑스프레드)도 참조할 것. ~ ***turnover*** 자산회전율 ¶ An *asset turnover* is a measure of a company's efficiency in utilizing its assets, generally calculated as the number of times during the year the value of the company's assets is generated in revenues. 자산회전율은 회사의 자산을 유용화하는 데에 회사의 효율성의 정도를 말하고, 일반적으로 회사자산의 가치가 수입에서 생성되는 연수(年數)로서 계산된다. ~ ***value*** 자산가치 ¶ *Asset value* is net market value of a company's assets on a per-share basis as opposed to the market value of the shares. A company is undervalued by the stock market when *asset value* exceeds share value. 자산가치는 주식의 시가와는 대조적으로 1주당기준의 회사자산의 순시가(純時價)를 말한다. 자산가치가 주가를 상회하고 있는 때에는, 그 회사는 주식시장에서 과소평가되고 있다고 말할 수 있다. ***current ~s; liquid ~s*** 유동자산 ¶ *Current assets* are cash, accounts receivable, inventory, and other assets that are likely to be converted into cash, sold, exchanged, or expensed in the normal course of business, usually within a year. 유동자산이란 현금(cash), 외상매출금(계정)(accounts receivable), 재고품(inventory) 등의 자산이고, 통상 1년 이내에 현금화된다든지, 매도된다든지, 교환된다든지, 혹은 사업의 통상활동에 따라서 소비되는 전망이 있는 것이다. ***fixed ~*** 고정자산 ¶ *Fixed asset* is tangible property used in the operation of a business, but not expected to be consumed or converted into cash in the ordinary course of events. Plant, machinery and equipment, furniture and fixtures, and leasehold improvements comprise the fixed assets of most companies. They are normally represented on the balance sheet at their net depreciated value. 고정자산이란 사업활동에 쓰이는 유형자산(tangible asset)인데, 통상은 소모나 환금이 상정되지 않는 자산이다. 대부분의 기업의 경우, 공장, 기계, 설비, 비품, 부대설비가 고정자산에 해당된다. 대차대조표에 감가상각 후의 가격으로 계상되는 일이 많다.

assign 할당하다, 배정하다, 양도하다, 위탁하다 ¶ To *assign* is to sign a document transferring ownership from one party to another. Ownership can be in a number of forms, including tangible property, rights (usually arising out of contracts), or the right to transfer ownership at some later time. 양도하다는 것은 일방의 당사자로부터 타방에 소유권을 이전하는 문서에 서명하는 것이다. 소유권자에게는, 유형자산(tangible asset), 여러 권리(rights)(통상 계약에서 발생한다), 또는 장래의 어느 시점에서 소유권을 이전할 권리(right to transfer ownership at some later time) 등을 포함해서, 여러 가지의 형태가 있다. /an *assigned* account (외상대금의) 담보계좌 /*assigned* in blank (주권 등의) 백지식 양도 ***assigned risk plans*** 할당위험분담제도 ¶ The *assigned risk plans* are facilities available in all 50 states in which drivers can obtain auto insurance if they are unable to buy it in the regular or "voluntary" market. Every licensed in the state must participate in these facilities, which are also known as joint underwriting facilities. 할당위험분담제도는 자동차의 운전자가 임의자동차보험을 구입하지 않는 경우, 50주의 어디에서도 자동차보험을 구입할 수 있는 제도를 말한다. 주내(州內)에서 영업허가를 받고 있는 보험회사는 할당위험분담제도로서 알려져 있는 이 제도에 가입하지 않으면 안 된다. 이 제도는 joint underwriting facilities라고도 불리고 있다.

assignable 양도가능한 ¶ *assignable* L/C 양도가능신용장(a transferable letter of credit)

assignment 할당, 배정, 양도, (채권 · 권리 등의) 이전 ¶ *Assignment* is: (1) the sale or transfer of a financial contract, such as over-the-counter derivative or loan, from the original counterparty to a third party; an assignment is often arranged in order to reduce credit risk exposure and typically requires permission from the original party to the contract. (2) the receipt of a notice of excercise by an option seller which obliges the sale (for a call) or purchase (for a put) of the underlying. 어싸인먼트(assignment)는 (1) 장외파생상품이나 론(loan)과 같은 금융계약을 최초의 거래상대방(counterparty)으로부터 제3자에게 매도하거나 양도하는 경우이다. 어싸인먼트는 신용리스크 익스포저(exposure)를 축소하고 일반적으로 최초의 계약당사자로부터 허락을 얻기 위하여 마련되기도 한다. (2) 기초자산의 (콜의) 매도 또는 (풋의) 구매를 하게 하는 옵션 매도인에 의한 행사의 통지를 영수(receipt)하는 것이다. /*assignment* for the benefit of creditors (파산시의) 채권자에의 재산제공 /*assignment* in blank (주권 등의) 백지식 양도 /*assignment* of an insurance policy as collateral 담보로서의 보험증권의 양도 /*assignment* of an obligation 채권양도 /the *assignment* of duties 임무의 할당[배정] /*assignment* of leases [mortgages, rents] 리스[모기지, 렌트]의 양도 /*assignment* of receivables 수취계좌의 양도, 수취어음의 할인 /*assignment* order 전부명령 /lease *assignment* 리스의 위임 /mortgage *assignment* 모기지의 위임 ***assignment of letter of credit*** 신용장의 양도 ¶ The *assignment of letter of credit* is that the beneficiary of a letter of credit advises the bank of his/her desires to forward the proceeds or a portion of them to another individual (assignee). Upon receipt of these instructions, the bank promises the assignee that he/she will receive stated share of the proceeds before the bank pays the balance to the beneficiary. 신용장의 양도란 신용장의 수익자가 매상금 또는 매상금의 일부를 다른 개인(양수인)에게 전송(電送)하는 것을 자기거래은행에 대하여 통지하는 경우이다. 이런 지시를 수령한 은행은 양수인에게 자사(自社)가 수익자에게 잔액을 지급하지 전에 매상금의 지정된 몫을 수령하게 될 것임을 약속한다.

assignor 양도인 ¶ The *assignor* is a party who assigns or transfers an agreement or contract to another. Suppose Davis has an option to buy certain land. She assigns her rights to Baker, so that Baker now has the same rights. Davis is the *assignor*. Baker is the assignee. See also assign. 양도인은 타인에게 계약을 양도한 당사자이다. 데이비스가 토지를 매입할 옵션이 있다고 하자. 그녀가 그의 권리를 베이커에게 양도하면, 베이커는 현재 똑같은 옵션을 가지게 된다. 데이비스는 양도인(assignor)이고 베이커는 양수인(assignee)이다. assign(할당하다, 양도하다)도 참조할 것.

assimilation 소화(消化), 흡수 ¶ *Assimilation* means absorption of a new issue of stock by the investing public after all shares have been sold by the issue's underwriters. 소화라는 것은 인수업자(underwriter)가 인수한 신규발행주식(new issue)이 일반투자자(the investing public)에 의해서 구입된 상태를 이른다.

assisting 원조하는 ¶ *assisting* countries 원조국(aid-giving countries)

associate ⓥ 관계하다, 제휴하다 ¶ *associated* company 관계회사 ***associated bank*** 조합은행, 제휴은행 → associate bank (제휴은행). ~ ***person*** 증권회사관계인 ¶ An *associated person* is any person in the securities business who is affiliated with a NASDAQ member firm, whether or not the person is registered or exempt from registration with the Financial Industry Regulatory Authority (FINRA). 증권회사관계인은 나스닥(NASDAQ)회원회사에 소속하고 있는 증권업무

에 관여하고 있는 자를 말한다. 다만 금융업규제기구(FINRA)에 등록하고 있는지 또는 등록이 면제되어 있는지 여부를 불문한다.
n. 동료 ***associate bank*** 조합은행, 제휴은행 ¶The *associate bank* is a bank that is a member of a corporation or joint venture providing common benefits. Examples include banks that are members in a clearing house association and those affiliated with a bank card system such as Visa or MasterCard International. Typically associations have different classes of membership, depending on equity ownership, and other factors. 제휴은행은 공동이익을 제공하는 회사나 조인트벤처(joint venture)의 구성원인 은행을 이른다. 예컨대 어음교환소연합회의 구성원과 비자(Visa) 또는 마스터카드 인터내셔널(Master Card International)과 같은 은행을 포함한다. 예컨대 연합회는 지분소유 및 기타의 요인에 따라 여러 가지의 자격요건이 다르다.

association 연합, 협회, 제휴 ¶articles of *association* [영] 회사의 정관, [미] articles of incorporation /Bankers' *Association* 은행협회 /Exporters' [Importers'] *Association* 수출[수입]조합 /Manufacturers' *Association* 제조업협회 /Trade *Association* 무역협회, 거래조합 /Underwriters' *Association* 보험업협회 ***Association of South East Asian Nations (ASEAN)*** 동남아시아국가연합 ¶ The *Association of South East Asian Nations (ASEAN)* is a group, formed in 1967 and including 10 Southeast Asian nations, which consults on economic and political matters, with an overarching goal of promoting regional economic progress. The membership includes Brunei, Cambodian, Indonesia, Laos, Malaysia, Myanmar, Philippines, Singapore, Thailand, and Vietnam. 동남아시아국가연합은 동남아시아 10국을 포함하여 지역경제발달을 조장할 주요한 목표를 가지고, 경제적 · 정치적 문제를 협의하기 위하여 1967년에 설립된 국가연합이다. 회원국은 브루나이, 캄보디아, 인도네시아, 라오스, 말레이시아, 미얀마, 필리핀, 싱가포르, 타일랜드 및 베트남이다. ***memorandum (and articles) of association (of …)*** [영] (회사의) 정관 ¶In the United Kingdom, *the memorandum of association* is a document that presents essential information on a new company that seeks to be recognized as a registered company. The memorandum is filed with the Register of Companies. 영국에서, 회사의 정관은 등기회사로서 인정받으려는 신설회사에 대하여 기본적인 정보를 제공하는 문서이다. 회사의 정관은 회사등기과에 제출된다.

assumable 인수가능한 ***assumable mortgage*** [미] 인수가능모기지대출 ¶The *assumable mortgage* is a mortgage that permits the borrower to assign the balance of the loan, without penalty, to another person when the mortgaged asset is sold. Having a mortgage that is assumable can prove to be a major benefit to a borrower, especially when market rates of interest move above the level at which the assumable mortgage specifies. See also subject to mortgage. 인수가능모기지대출은 모기지의 대상이 된 자산이 매각되는 경우 차입자가 위약금을 물지 않고 타인에게 그 대출의 잔액을 양도할 수 있는 모기지를 이른다. 특히 시장의 이율이 인수가능한 모기지가 특정하는 수준 이상인 경우에, 인수가능한 모기지를 가지게 되면 차입자에게 주요한 이익이 될 수 있음을 증명할 수 있다. subject to mortgage(인수불능모기지)도 참조할 것.

assume 가정하다, 인수하다 ¶*assumed* liability 인계부채 /an *assumed* settling day 가결산일

assumed 가장의, 외관의, 인수된 ¶*assumed* name 가명, 위명(僞名) /deposit in an *assumed* [fictitious] name 가공명의예금 ***assumed bond*** 계승사채 ¶An *assumed bond* is a bond issued by one company but payable by another because the liability has been assumed. 계승사채란 어느 기업이 발행한 사채(corporate bond)지만, 그 발행회사의 부채(liability)를 인계한 다른 기업이 상환을 하는 경우를 말한다. ~ ***interest rate*** 예정이율 ¶The *assumed interest rate* is a rate of interest that an insurance company uses to determine the payout on an annuity contract. The higher the *assumed interest rate*, the higher the monthly payout will be. 예정이율이란 보험회사가 연금보험(annuity)계약에 기초로 하여 지급액을 결정하기 위해서 이용되는 금리(interest rate)를 말한다. 예정이율이 높으면 높을수록 매월의 수령액은 높게 된다.

assumption 인수, 승계 ¶An *assumption* is an act of taking on responsibility for the liabilities of another party, usually documented by an assumption agreement. In the case of a mortgage assumption, the seller remains secondarily liable unless released from the obligations by the lender. 인수란 것은 다른 사람의 채무(liability)책임을 인수하는 행위로, 통상은 인수계약서(assumption agreement)에서 문서화된다. 모기지(mortgage)를 계승하는 경우는, 대여자에 의해서 채무를 면제받는 것이 아닌 한, 매도인은 2차적 책임을 인계할 책임을 지게 된다. ***assumption of mortgage [debt, risks]*** 모기지[채무, 위험]의 인수 ¶The *assumption of mortgage* means taking upon oneself the obligation of a mortgagor toward a mortgagee, generally as part of the purchase price of a parcel of real estate. By assuming the mortgage rather than taking subject to the mortgage, the purchaser becomes personally liable on the debt. The seller is not relieved of the obligation unless the lender agrees to do so in a novation. Many lenders refuse to allow mortgage loans to be assumed unless they approve of the transaction; often they require points or increase the face rate of interest. 모기지의 인수란 모기지채권자에 대한 모기지채무자의 의무를 스스로 떠맡는 경우로서, 일반적으로 부동산의 1필지의 구매가격의 일부인 경우이다. 모기지인수불능(subject to the mortgage)보다 도리어 모기지를 인수함으로써, 구매자는 개인적으로 그 채무에 대하여 책임을 지게 된다. 매도인은 대여자(lender)가 경개(novation)에서 그러하기로 약정하지 않는 한, 그 의무에서 면제되지 아니한다. 많은 대여자들은 그 거래를 승인하지 않는 이상, 인수될 모기지대출을 허용할 것을 거부한다. 간혹 그들은 문제점을 요구하거나 이자의 액면이율을 증가하기도 한다. ~ ***reinsurance*** [영] 총괄인수재보험 ¶The *assumption reinsurance* is a reinsurance mechanism where a reinsurer assumes the ceding insurer's obligations through a wholesale transfer of hundreds, or thousands, of individual insurance policies. 총괄인수보험은 재보험자가 개별보험증서의 수백 또는 수천인의 도매급 양도를 통해서 양도하는 보험업자의 의무를 인수하는 재보험메커니즘이다.

assurance 보증, [영] 보험 ¶*assurance* company [policy] [영] 보험회사[증권] (미국에서는 assurance 대신에 insurance를 사용한다.) /life *assurance* [영] 생명보험

assure 보증하다 ¶Coming from somebody who has betrayed me before, that promise doesn't really *assure* me. 그 약속은 이전에 나를 배반한 일이 있던 사람의 약속이기 때문에, 그다지 안심할 수 없다. /My life is *assured* for £20,000. [영] 나의 사망시의 보험금지급액은 2만 파운드이다.

assured (일·물건 등이) 보증받은, 확실한(guaranteed) ***the assured*** 피보험자 ¶In the United Kingdom, *the assured* is an insured. 영국에서 피보험자(insured)를 the assured라고 한다.

assurer; assuror 보증자, [영] 보험업자 ¶In the United Kingdom, the *assurer* or *assuror* is an insurer. 영국에서 보험자를 an assurer 또는 assuror라고 한다.

asymmetric payoff [영] 비대칭수익구조 ¶The *asymmetric payoff* is a payoff profile on a derivative contract where the gain or loss differs depending on the direction and magnitude of market price changes. An option contract is characterized by an asymmetric profile, gaining or losing for a range of market prices in one direction, but capping gains or losses in the opposite direction. See also linear payoff; nonlinear payoff; symmetric payoff. 비대칭수익구조는 손익이 시장가의 변동의 방향과 진폭(振幅)에 따라 차이가 있다는 파생계약의 수익윤곽(payoff profile)이다. 옵션계약은 비대칭적 윤곽의 특색을 이루는 것이, 한 쪽 방향으로 일정한 범위의 시장가의 손익이지만, 반대 방향으로는 상한을 설정하는(capping) 손익이기 때문이다. linear payoff(선형수익); nonlinear payoff(비선형수익); symmetric payoff(대칭적 수익)도 참조할 것.

asymmetry 비대칭성(非對稱性) ¶The *asymmetry* means any absence of balance or equivalence between two things that are otherwise comparable. Example is asymmetric information, meaning some people have more information than others; asymmetric volatility, where there is more volatility in down markets than in up markets. 비대칭성이란 동등해야 할 둘 사이의 밸런스가 없다든지, 동등하지 않게 되는 상태를 이른다. 예컨대 정보의 비대칭성(asymmetric information)이란 일방이 타방에 비해 보다 많은 정보를 가지고 있는 것을 의미한다. 즉 가격변동성의 비대칭성(asymmetric volatility)은 시장이 상승하고 있는 때와 하강하고 있는 때의 가격변동성이 다른 것을 의미한다.

at … [딜러용어] …로 ¶*at* 75, 10 million dollar ○○○○원 75전으로 10백만 달러 매도함 /*at* 15, 50 million won ○○○○원 15전으로 50백만 달러 매도함 /*at* days (after) sight 일람후 …일출급 /*at* a discount [premium] 할인가격[할증가격]으로 /*at* a fixed date after date 발행일자후 정기출급 /*at* the market order 시장시세로 주문함 /*at* or better 앳오어 베터, 지정가 또는 그보다 좋은 가격으로 /*at* sight buying rate 일람출급어음매입가격으로 ***at best order*** (증권거래에서) 성립가(價) 주문(종목 · 수량만 지정하고 값은 시세에 따라 매매하도록 주문하는 경우)(sell at best와 같이 사용한다.) ¶The term *at best order* implies an order to buy or sell securities at the best price available at the time the order is placed. An at best order is a form of market order. Also known as at best. 성립가주문이라는 어구는 주문을 낼 때 유리한 최고의 가격으로 증권을 매매할 주문을 가리킨다. 성립가주문은 시가(時價)주문의 하나의 형식이다. 또 at best라고도 한다. ~ ***call*** 요구지급의 자금 ¶The term *at call* implies secured funds that have been lent by a bank or discount house on a short-term basis (often overnight) and which must be repaid immediately by the borrower upon demand. 요구지급의 자금이란 어구는 단기간 기준(간혹 익일물)으로 은행이나 할인업자가 빌려주고 요구가 있는 대로 차입자는 즉시 상환해야 하는 담보부 자금을 가리킨다. ~ ***the close* [*opening*]** 종가(終價)[전장(前場)가격](으)로 ¶The term *at the close* means an order to buy or sell a security within the final 30 seconds of trading. Brokers never guarantee that such orders will be executed. 종가(終價)로라는 문구는 최종거래의 30초 이내에 증권을 매수하거나 매도하는 주문을 말한다. 브로커는 결코 그런 주문이 집행되리라는 것을 보장하지 아니한다. ¶The term *at the opening* means a customer's order to a broker to buy or sell a security at the price that applies when an exchange opens. If the order is not executed at that time, it is automatically canceled. 전장(前場)가격으로라는 문구는 브로커에 대하여, 거래소가 개장할 때에 적용할 가격으로 증권을 매수하거나 매도한다고 하는 고객의 주문을 이른다. 만일 주문이 그 시간에 집행되지 않는 경우, 그것은 자동적으로 취소된다. ~ ***the close order*** 거래종료직전의 매매주문 ¶ The term *at the close order* implies an order to buy or sell securities at the market closing price; if the order cannot be fully executed, it is cancelled. 거래종료직전의 매매주문이라는 어구는 시장의 종가(終價)로 증권을 매매하는 주문을 가리킨다. 그 주문은 완전히 실행할 수 없는 경우, 그것은 취소된다. ~ ***limit*** 지정가(指定價)로 ¶ The term *at limit* implies an order for the purchase or sale of a security at a specific price limit. If the price is not attained the order expires unfilled or it remains open until the client instructs otherwise. 지정가로라는 어구는 특정한 가격을 한도로 증권매매의 주문을 가리킨다. 만일 그 가격을 받을 수 없는 경우, 주문은 그냥 실효하거나 고객이 달리 지시할 때까지 미해결로 남는다. ~ ***the market*** 시장가(市場價)로(sell the market와 같이 사용한다.) → market order (성립가주문). ~ ***the money (ATM)*** [옵션거래] 앳더 머니 ¶ The phrase *at the money* (*ATM*) indicates the phrase at the current price, as an option with an exercise price equal to or near the current price of the stock or underlying futures contract. 앳더 머니라는 어구(語句)는 옵션의 행사가격(exercise price)이 현상의 가격 또는 기초가 되는 선물계약(underlying futures contract)이 시가와 동등하거나, 시가에 가까운 상태를 말한다. ~ ***the opening order*** 앳더 오프닝오더(시장가격과 동시에 실행되는 조건의 매매주문(실행할 수 없었던 때에는 주문은 취소된다.) ¶ The phrase *at the opening order* implies the market or limited price order to be executed on the opening trade of the stock on the exchange. If the order, or any portion of it, is not executed in this manner, it is to be treated as canceled. 앳더 오프닝오더는 거래소에서의 거래개시시에 집행할 성립가(成立價)주문(market order), 또는 지정가(指定價)주문(limited order)을 이른다. 그 일부라고 집행되지 않은 경우에는 주문은 취소된 것으로 취급된다. ~ ***par*** 앳파, 액면가격으로 ¶ The term *at par* implies at a price equal to the face, or nominal, value of a security. 액면가격으로라는 어구는 증권의 액면, 즉 명목가격을 가리킨다. ~ ***risk*** 앳리스크(손실이 예상되는 거래) ¶ The term *at risk* implies the condition exposed to the danger of loss. Investors in a limited partnership can claim tax deductions only if they can prove that there's a chance of never realizing any profit and of losing their investment as well. Deductions will be disallowed if the limited partners are not exposed to economic risk. 앳리스크(손실이 예상되는 거래)라는 어구는 손실의 위험에 노출된 상태를 이른다. 리미티드 파트너십의 투자자는 그들이 어떤 이익도 실현할 수 없고 그들의 투자액도 상실할 기회가 있음을 증명할 수 있는 때에만 소득공제(tax deduction)를 청구할 수 있다. 유한책임사원(limited partner)이 경제적 위험에 노출되지 않는 한 소득공제는 허용되지 않을 것이다. ~ ***sight*** 일람출급으로 ¶ The term *at sight* is a term included on a bill of exchange indicating that payment is due when the bill is presented for collection. 일람출급으로라는 어구는 어음이 추심을 목적으로 제시되는 때에 지급이 치러져야 한다는 것을 가리키는 환어음에 기재된 문언을 말한다.

ATM → **a**t the **m**oney [약] [옵션거래] 앳더 머니(옵션의 대상으로 되고 있는 거래의 시장가격과 행사가격이 동일한 상태); **a**utomatic [**a**utomated] **t**ellers [**t**eller, telling] **m**achines [약] 현금자동입출금기, 현금자동지급기(cash dispenser), 자동수급기(自動受給機) ¶ The *ATM* (*automatic teller machine*) is an unmanned location where the insertion of a precoded credit or debit card and the entry of a pin number in a machine provides access to bank teller services, including cash. 현금자동수급기는 사전에 코드화된 크레디트카드 또는 데빗카드(debit card)를 집어넣고, 암호번호(pin number)를 치면 현금인출 등의 은행창구서비스를 제공하는 기계이며, 행원이 없는 장소에 설치된다.

ATP → **a**rbitrage **t**rading **p**rogram [약] 차익거래프로그램 ¶ The *arbitrage trading program* is better known as program trading. Program traders simultaneously place orders for stock index futures and the underlying stocks in an attempt top exploit price variations. The activity is often blamed for excessive volatility. 차익거래프로그램은 프로그램거래로 더 잘 알려져 있다. 프로그램거래를 하는 사람은 가격변동을 유리하게 이용하려고 하여 주가지수변동(stock index futures)과 그 선물의 기초가 되는 주식(underlying stocks)의 매매주문을 동시에 낸다. 그들의 행동은 과도한 가격불안을 초래한다고 자주 비난을 받고 있다.

ATS → **a**utomatic **t**ransfer **s**ervices [약] 자동이체서비스

attach 부치다, 압류하다(seize) ¶ *attached* accounts 피압류계좌 /*attached* documents [papers] 부속서류, 첨부서류 /*attached* [distrained] goods 압류물건

attachment (동산에 대한) 압류, 압수, [보험] 추가 · 수정조항 ¶ *attachment* of property (재산의) 압류 /an order [a warrant] for *attachment* 압류영장 /*order* of attachment 압류명령

attest 증명하다, 증언하다, …이[가] 진정함을 증명하다 ¶ *attested* wills 인증유언서 /*attested* [certified] copy 등본, 증명사본 /*attested* document 공정증서

attestation 증명, 증언, 선서, 증거(testimony), 증명서 ¶ *attestation* of a notary public 공증인의 인증

attitude (…에 대한) 태도, 자세, 사고방식, 의견, 판단(toward, to) ¶ *attitudes* toward lending 융자태도

attorney 대리인, [미] 변호사([영] barrister 법정(法廷)변호사, solicitor 사무변호사), an *attorney*-in-fact (위임장에 의한) 대리인 ¶ by *attorney* 남을 세워서(in person의 반대) ***attorney-at-law*** 변호사 ¶ The *attorney-at-law* is a person admitted to practice law in a jurisdiction, authorized to perform both civil and criminal legal functions for clients. These functions include drafting of legal documents, giving legal advice, and representing clients before courts, administrative agencies, boards, etc. 변호사는 관할권 내에서 소송업무를 할 수 있는 자로서, 고객을 위하여 민 · 형사업무를 수행할 권한이 있는 자이다. 이러한 역할은 법률문서의 작성, 법률자문의 제공 및 법정, 행정기관 행정위원회에서 고객을 대리하는 것이 포함된다. ***~-in-fact*** 대리인 ¶ The *attorney-in-fact* is one who is authorized to act for another under a power of attorney, which may be general or limited in scope. A person need not be an attorney-at-law to be an *attorney-in-fact*. 대리인은 일반적이거나 제한적인 위임장(power of attorney)에 의하여 타인을 위하여 행위할 권한이 있는 자이다. 대리인은 반드시 변호사일 필요는 없다. ***power of ~*** 위임장

attraction 흡수, 유치 ¶ *attraction* of deposits 예금흡수 /*attraction* of enterprises 기업흡수

attribute 속성 ¶ The *attribute* is a characteristic, such as a color, product type, or name, that can be used to group data with similarities. See attribute sampling. Also, in word processing programs, a font characteristic such as size, color, bold, italic, all caps, superscript, and the like. 속성이란 유사성 때문에 분류하는 데에 이용할 수 있는 색채, 제조유형 또는 이름과 같은 특성을 가리킨다. 속성표본추출(attribute sampling)을 참조할 것. 또한 워드프로세싱 프로그램에서, 크기(size), 컬러, 볼드(bold), 이탤릭(itatlic), 대문자(caps), 어깨글자(superscript) 등과 같은 것이 글자체(font)의 특성이다.

attribution 귀속, 속성 ¶ *Attribution* to a particular artist is often made on the flimsiest of grounds. 극히 박약한 근거에 입각하여 어느 작품을 어느 특정한 화가의 작품이라고 하는 일이 종종 있다.

attrition 마멸, 감소 ¶ *Attrition* is normal and uncontrollable reduction of a work force because of retirement, death, sickness, and relocation. It is one method of reducing the size of a work force without management taking any overt actions. The drawback to reduction by *attrition* is that reductions are often unpredictable and can leave gaps in an organization. 자연감소는 퇴직, 사망, 질병 및 재배치로 인하여 노동인구(work force)의 정상적으로 통제되지 않는 감소를 이른다. 그것은 어떤 공공연한 행동을 취하는 운용없이도 노동인구의 규모를 감소하는 하나의 방법이다. 자연감소에 의한 감소의 약점은 감소를 예측할 수 없어서 조직에 갭을 남길 수 있다는 데에 있다.

auction 경매, 공모입찰 ¶ The *auction* is a way of marketing property without a set price. Bids are taken verbally on the spot, by phone, by mail, by telegram, etc., and the property is sold to the highest bidder. Auctioning real estate may require both an auctioneer's license and a real estate license. See also Dutch auction. 옥션이란 고정된 가격에 의하지 않고 자산을 매매하는 방법을 이른다. 매수호가(bid)를 현장에서 구두로(verbally), 전화로, 메일로, 전화 등으로 하며, 자산은 최고의 입찰자(bidder)에게 매도된다. 부동산(real estate)을 경매하는 데에는 경매업자의 면허와 부동산업의 면허 둘을 요구할 수 있다. Dutch auction(네덜란드옥션)도 참조할 것. ***auction market*** 경쟁매매시장 ¶ An *auction market* is a system by which securities are bought and sold through brokers on the securities exchanges, as distinguished from the over-the-counter market, where traders are negotiated. Best exemplified by the New York Stock Exchange, it is a double auction system or two-sided market. That is because, unlike the conventional auction with one auctioneer and many buyers, here we have many sellers and many buyers. As in any auction, a price is established by competitive bidding between brokers acting as agents for buyers and sellers. 경쟁매매시장은 증권거래소에서 증권회사(broker)경유에서 증권에 매매되는 구조이며, 교섭베이스에서 거래가 성립하는 장외시장(over-the-counter)과는 구별된다. 뉴욕증권거래소(New York Stock Exchange)가 가장 좋은 예인데, double auction system 혹은 double-sided market라고 불리는 경쟁매매시스템에서 거래가 행해진다. 이와 같이 불리는 것은 경매인 1인에 대해서 다수의 매수인이 있다고 하는 보통의 경매와 달리, 다수의 매도인과 매수인간에서 경쟁매매가 행해지기 때문이다. 어느 경매에서나 마찬가지로, 매도인과 매수인의 대리인인 증권회사간의 경쟁입찰(competitive bidding)에서 가격이 결정된다.

AUD (ISO) code Australia – currency Australian dollar. ¶ AUD (국제표준기구) 약호 오스트레일리아 — 화폐 오스트레일리아 달러(dollar).

audit [n.] 감사, 회계감사, 회계검사 ¶ The *audit* is a professional examination and verification of a company's accounting documents and supporting data for the purpose of rendering an opinion as to their fairness, consistency, and conformity with generally accepted accounting principles. 회계감사는 공정선, 계속성이 있고, 일반적으로 공정 타당하다고 인정된 회계원칙(generally accepted accounting principles)에 따르고 있는지 여부에 관하여 의견을 부칠 목적에서 행해진다. 기업의 회계서류나 그 보완자료를 전문적으로 조사하고 검증하는 것을 말한다. ¶ "around the computer" *audit* 컴퓨터주변감사 /*Audit* Committee 감사위원회 /*audit* evidence 감사증거 /*audit* of books 장부감사 /an *audit* opinion 감사의견 /*audit* periods 감사기간 /*audit* plans 감사계획 /*audit* procedures 감사절차 /*audit* standards 감사기준 /*audit* techniques 감사기술 /*audit* through the computer 전산처리과정감사 /balance *audit* 계정잔액감사 /cash *audit* 현금감사 /a complete *audit* 완전감사 /continuous *audit* 계속감사 /a limited *audit* 한정감사 /a statement of *audit* 감사보고서 /a yearly *audit* 연차감사 ***audit certificate*** 감사증명서 ¶ Depending on the scope of an audit and the auditor's confidence in the veracity of the information, the audit opinion can be unqualified or, to some degree, qualified. Qualified opinions, though not necessarily negative, warrant investigation. The accountant's opinion is also called *audit certificate*. 감사의견은 감사(audit)의 범위와 정보의 정확성에 대한 감사인(auditor)의 확신의 정도에 따라 무한정의견(unqualified opinion) 또는 한정의견(qualified opinion)이 된다. 한정의견은 반드시 부정적인 것은 아니지만, 다시 조사를 필요로 하는 것을 의미한다. 감사의견(accountant's opinion)을 감사증명서(audit certificate)라고도 한다. ~ ***program*** 감사프로그램 ¶ The *audit program* is a detailed listing of the steps to be taken by an auditor, such as a Certified Public Accountant (CPA), when analyzing transactions to determine the acceptability of financial statements. Major accounting firms may prepare an *audit program* for each client and require the person who does the work to sign or initial each step performed. 감사프로그램이란 재무제표의 수요성을 결정하기 위하여 거래를 분석하는 경우에, 공인회계사(CPA)와 같은 감사인이 취하는 단계를 상세하게 리스트를 작성하는 것이다. 주요 회계사무소에서는 고객마다 감사프로그램을 준비하여 그 작업을 하는 사람이 수행한 단계마다 서명하거나 머리글자로 서명할 수 있다. ~ ***report*** 감사(의견)보고서 ¶ The *audit report* is a public accountant's declaration following the completion of an examination of corporate financial statements. Also called accountant's opinion. 감사보고서는 기업의 재무제표(financial statement)의 감사완료후에 내놓는 공인회계사(public accountant)의 보고서를 말한다. 감사의견(accountant's opinion)이라고도 한다. ~ ***trail*** 감사증적(監査證跡) ¶ The *audit trail* is a step-by-step record by which accounting data can be traced to their source. Questions as to the validity or accuracy of an accounting figure can be resolved by reviewing the sequence of events from which the figure resulted. 감사증적이란 회계기록을 그 출처에까지 추적할 수 있도록 한 단계적 기록을 이른다. 회계상의 숫자의 유효성이나 정확성을 확인하기 위해서는 숫자의 근거가 된 사건의 연속성을 재검증할 필요가 있다. ***external*** **[*outside*]** ~ 외부감사 ¶ An *external audit* is a form of audit performed on a company or other organization by an independent auditor. The issuance of an audit opinion requires the use of an external auditor. 외부감사는 독립된 감사인이 회사 기타 단체에 시행하는 감사의 하나의 형식이다. 감사의견서의 작성은 외부감사인의 활용을 필요로 한다. ***internal*** ~ 내부감사 ¶ An *internal audit* is a form of audit performed within a company or other organization by it own auditors. The purpose of such an audit is to verify the status of internal controls, rather than issue an audit opinion (which requires the use of an external auditor). 내부감사는 회사 기타 단체의 내부에서 자신의 감사인을 통해서 실시하는 감사의 하나의 형식을 이른다. 그러한 감사의 목적은 (외부감사인의 활용을

필요로 하는) 감사의견서를 작성하는 것보다 차라리 내부통제의 권위를 검증하는 데에 있다.

v. 회계검사를 하다, 감사하다 ¶ *audited* vouchers 감사증표(監査證票) /*auditing* electronic systems 전산조직의 감사

auditing 감사, 회계감사, 회계검사 ¶ *auditing* boards 감사법인 /*auditing* procedures 감사절차 ***auditing standards*** 감사기준 ¶ *Auditing standards* are guidelines to be followed by auditors who are examining financial statements. Appropriate guidelines to follow are established by professional organizations such as the American Institute of Certified Public Accountants. See also Generally Accepted Accounting Principles (GAAP). 미국공인회계사협회(American Institute of Certified Public Accountants) 감사기준은 재무제표를 감사하는 감사인이 지켜야 할 지침을 이른다. (감사인이) 지켜야 할 적정한 지침은 미국공인회계사협회(American Institute of Certified Public Accountants)와 같은 전문기관에 의하여 설정된 것이다. Generally Accepted Accounting Principles (GAAP) (일반적으로 공정 타당하다고 인정된 회계원칙)도 참조할 것.

auditor 회계감사인, 감사(監事) ¶ an *auditor's* certificate 감사(監事)증명서 /*auditors'* opinion 감사의견(監査意見) /a bank *auditor* 은행감사인 /external *auditors* 외부감사인 /internal *auditors* 내부감사인 ***auditor's report*** 감사인(의견)보고서 ¶ *An auditor's report* is a public accountant's declaration following the completion of an examination of corporate financial statements. Also called accountant's opinion. 감사보고서는 기업의 재무제표(financial statement)의 감사완료후에 내놓는 공인회계사(public accountant)의 보고서를 말한다. 감사의견(accountant's opinion)이라고도 한다.

Aufsichtsrat [독] 감사회(監査會) ¶ The *Aufsichtsrat* is supervisory board of a German corporation. See also Vorstand. 감사회는 독일주식회사의 감독기관이다. Vorstand(이사회)도 참조할 것.

Aunt Millie 미숙한 투자자, 투자초심자, 밀리 아주머니 ¶ The *Aunt Millie* is a derogatory term for an unsophisticated investor. Wall Street professionals may say that "This investment will interest *Aunt Millie*," meaning that it is simple to understand. It may also imply that such small investors will not be able to appreciate the amount of risk posed by the investment relative to the opportunity for profit. 밀리 아주머니(Aunt Millie)는 미숙한 투자자에 대한 경멸적인 의미란 것을 가지는 용어이다. 월스트리트(Wall Street)의 전문가들이 「이 투자는 밀리 아주머니를 흥미롭게 할 것이다」(This investment will interest Aunt Millie)라고 한다면 단순하게 이해하기 쉽다는 의미가 된다. 그와 같은 소액투자자는 수익기회에 따르는 리스크의 크기를 이해할 수 없을 것이라는 의미이기도 하다.

주식바람 났네.

austere 간소한(simple), 엄격한(strict), 긴축의 ¶ *austere* fiscal policy 긴축재정

austerity 엄격함, 긴축 ¶ We practiced various *austerities* to make do on our small income. 우리는 얼마 되지 않는 수입으로는 무엇이든 변통해야 하기 때문에

여러 면에서 내핍생활을 하였다.

Australia currency 오스트레일리아 화폐 ¶ Australian dollar (AUD), divided into 100 cents. 1 오스트레일리아 달러(dollar) = 100 센트(cents).

Australia Stock Exchange (ASX) 오스트레일리아증권거래소 ¶ The *Australia Stock Exchange* (*ASX*) is formed in 2006 from the merger of the Australia Stock Exchange and the Sydney Futures Exchange. The fully automated exchange is Australia's primary national market for equities, derivatives, and fixed-interest securities. The *ASE* demutualized in 1998; its shares trade on its own market. The Australian market, formerly dominated by mining resources, and manufacturing companies, now registers significant growth for financial services and service sectors such as telecommunications. Retail investors have grown substantially, with 55% of the adult Australian population owning shares. SEATS (Stock Exchange Automated Trading System) is an all-electronic trading system and is used to trade shares, warrants, and other securities. The market's leading indicator is the S&P/ASX 200 Index. 현재의 오스트레일리아증권거래소(ASX)는 오스트레일리아증권거래소(Australia Stock Exchange)와 시드니선물거래소(Sydney Futures Exchange)의 합병에서 2006년에 형성되었다. 완전히 자동화된 거래소는 주식(stock), 파생상품(derivatives), 확정이자부 증권(fixed-income securities)을 위한 오스트레일리아의 주요한 거래소이다. ASX는 1998년에 주식회사화되고(demutualized), 그 주식은 자신의 거래소에 상장되었다. 오스트레일리아의 주식시장(stock market)은 이전에는 광물자원과 제조관련 주식이 주류를 차지하고 있었지만, 현재는 금융서비스나 통신 등의 서비스관련주식이 눈부시게 성장하고 있다. 또 개인투자자(retail investor)가 대폭 증가하고, 오스트레일리아의 성인의 55%에 상당하는 사람이 주식을 소유하고 있다. SEATS(Stock Exchange Automated Trading System)는 ASX의 완전전자거래시스템의 하나이지만, 주식, 워런트(warrants) 등의 증권(security)의 거래에 사용되고 있다. 주식시장의 주요한 지표는 S&P/ASX 200종목 주가지수이다.

Austria currency 오스트리아 화폐 ¶ Schilling (ATS) divided into 100 Groschen. The 1999 legacy conversion rate was 13.7603 to the euro. It fully changed to the euro/cent from 2002. 1 쉴링(Schilling) = 100 그로센(Groschen). 1999년 내려오는 전환금리는 1유로에 대한 13.7603이었다. 오스트리아 화폐는 2002년부터 유로/센트(euro/cent)로 완전히 변경하였다.

Austrian School of Economics 오스트리아경제학파 ¶ The *Austrian School of Economics* is a school of economic thought founded in 1871 with the publication of Carl Menger's Principles of Economics. Considered a heterodox school from the mid-20th century forward, it has gotten renewed attention since 2007 when adherents predicted the financial crisis. The Austrian School supports the Libertarian philosophy without espousing a political position, although its rejection of the inflationary approach of Keynesian economics attracts the conservative element. It holds that efficiency is achieved through free market forces, which maximize value as sought by individuals acting consistent with marginal utility. Inefficiency and Ineffectualness, by the same token, result from government intervention, extending even to defense, police, court systems, electricity, infrastructure, and such externalities as polluters and free riders. 오스트리아경제학파는 1871년에 카알 멩거(Carl Menger)의 경제학원론(Principles of Economics)의 출간에 맞추어서 형성된 경제사상의 학파이다. 20세기

중반까지 이설의 학파로 생각되던 이 학파는 지지자들이 금융위기를 예언하자 2007년이래 새롭게 주목을 받아 왔다. 오스트리아학파는 케인즈 경제학의 인플레이션방법론을 무시하는 것이 보수적 요인을 끌어들일 때에 정치적인 입장을 채택하지 않고 자유의지론(Libertarian philosophy)을 지지한다. 이 학파는 효율성(efficiency)이란 자유시장의 힘(forces)을 통해서 달성하는 것이고, 자유시장의 힘은 한계효용(marginal utility)에 따라 행동하는 개인들이 추구하는 가치를 최대화한다고 주장한다. 비효율성(inefficiency)과 비유효성(ineffectualness)은 그 증거로서 정부의 간섭(intervention)으로부터 결과하는 것이고, 심지어 국방, 경찰, 사법제도, 전기, 인프라, 및 오염방출자(polluters)와 무임승차자(free riders)와 같은 외부요인(externalities)에까지 확대된다는 것이다.

autarky 경제적 자립정책 ¶ The *autarky* is an economic policy of self-sufficiency, wherein trade and financial transactions with external parties are forbidden despite adverse effects on the standard of living. Also called closed economy. Examples were commonplace in the 17th and 18th centuries under mercantilism, where transactions were prohibited outside sovereign boundaries. Afghanistan under the Taliban between 1996 and 2001 is a rare recent example. 경제적 자립정책은 자립자족의 경제정책인데, 이 정책에서는 생활수준에는 역효과임에도 불구하고 외부와의 통상과 금융거래는 금지된다. 이 정책을 또 폐쇄적 경제라고도 한다. 예컨대 17세기 및 18세기의 중상주의 밑에서 일상다반사였고, 그 당시 거래는 주권의 경계선 밖으로는 금지하였다. 1996년과 2001년 사이 탈레반 치하의 아프가니스탄이 근래 보기 드문 실례라 할 수 있다.

autex system 오텍스 시스템 ¶ The *autex system* is an electronic system for alerting brokers that other brokers want to buy or sell large blocks of stock. Once a match is made, the actual transaction takes place over the counter or on the floor of an exchange. 오텍스 시스템이란 거액의 주식매매를 바라고 있는 브로커(broker)가 있음을 다른 브로커에게 알리는 전자정보시스템을 말한다. 일단 거래조건의 문의가 성립하면 실제의 거래는 장외거래(over-the-counter), 또는 증권거래소(stock exchange)의 입회장(floor)에서 행해진다.

authentic 신뢰할 수 있는, 진정의 ¶ *authentic* deed [paper] 진정한 증서[정본] /an *authentic* signature 본인의 서명

authenticate 확실히 하다, 확증을 세우다, 인증하다 ¶ *authenticating* arrangements 인증약정 /*authenticated* copy 인증사본 /a certified copy duly *authenticated* 정식으로 작성된 등본

authentication 증명, 인증 ¶ *Authentication* is identification of a bond certificate as having been issued under a specific indenture, thus validating the bond. Also, legal verification of the genuineness of a document, as by the certification and seal of an authorized public official. 인증이란 채권(bond)이 특정한 신탁증서(indenture)의 토대로 발행되어 있어서, 법적으로 유효한 것임을 확인하는 것을 말한다. 서류가 진정한 것임을 권한을 가진 공무원에 의한 증명이나 증인(證印)에 의해서 법적으로 증명하는 것이기도 하다. /*authentication* [legalization] of a signature 서명의 인증[증명]

authenticity 신뢰성, 확실성, 진위(眞僞) ¶ a certificate of *authenticity* 실물증명서 /accept the *authenticity* of a signature 서명이 진정한 것을 인정하다.

authority 권위, 권한, (*pl.*) 당국 ¶ *authorities* concerned 당국 /(an) *authority* to negotiate 매입수권서(買入授權書) /*authority* to sign 서명권 /certificate of *au-*

thority to borrow 차입권한증명서 /competent *authorities* 당해관청 /delegation of *authority* 권한의 위임 /Government *authorities* 정부당국 /loan *authority* 대출권한 /written *authority* 명문화된 권한 ***authority bond*** 공영기업채(公營企業債) ¶ An *authority bond* is a bond issued by and payable from the revenue of a government agency or a corporation formed to administer a revenue producing public enterprise. One such corporation is the Port Authority of New York and New Jersey, which operates bridges and tunnels in the New York City area. Because an authority usually has no source of revenue other than charges for the facilities it operates, its bonds have the characteristics of revenue bond. 공영기업채는 수익(revenues)을 낳는 공업사업을 운영할 목적에서 설립된 정부기관이나 공영기업이 발행하여, 그 공공사업수익을 상환재원(償還財源)으로 하는 채권을 말한다. 공업기업의 일례가 뉴욕·뉴저지 항만공사(Port Authority of New York and New Jersey)이고, 동사(同社)는 뉴욕시 주변의 다리(bridge)나 터널(tunnel)을 운영하고 있다. 공영기업은 운영하는 시설사용료 이외의 수입원이 없으므로, 공영기업채는 특정한 수입채(收入債)(revenue bond)의 특질을 띤다. ~ ***to pay*** 지급수권(支給授權), 어음지급수권서 ¶ The *authority to pay* is a letter mostly used in Far Eastern trade, addressed by a bank to a seller of merchandise. The letter notifies the seller that the bank is authorized to purchase, with or without recourse, drafts up to a stated amount drawn on a certain foreign buyer to cover shipments of merchandise. 어음지급수권서는 은행이 상품의 매도인 앞으로 제출한 극동무역에서 가장 많이 이용되는 서장(書狀)을 이른다. 이 서장은 매도인에게 은행이 매입할 권한을 가지고, 상환청구권을 가지든 안 가지든 상품의 선적을 커버하기 위하여 어떤 외국매수인 앞으로 일정한 금액까지 발행하는 것을 통지한다. ~ ***to purchase [negotiate]*** 어음매입수권서, 매입수권 ¶ The *authority to purchase* is an advice used in Far East trade, authorizing a correspondent bank to purchase drafts on an importer rather than the importer's bank. Many banks add their own guarantee, giving the advice the same authority as a letter of credit. 어음매입수권서는 수입자의 은행보다 도리어 거래은행에게 수입자에게 발행된 어음을 매입할 권한을 수여한다고 하는, 극동무역에서 사용되는 하나의 통지서를 말한다. 많은 은행들은 자신의 보증을 부가하여 그 통지서에 신용장(letter of credit)과 같은 권한을 부여한다.

authorization 수권(授權), 공인, 인증, 위임 ¶ *authorization* limits 이용한도액 /*authorization* to borrow money [to charge an account, to pledge, to hypothecate] 차입[계좌인락, 입질, 담보계약]수권서 ***authorization to purchase*** 어음매입수권서 → authority to purchase (매입수권서).

authorize 권한을 가지게 하다, 인정하다 ¶ *authorized* banks 공인(公認)은행 /*authorized* capital 수권자본금 /*authorized* dealers 인가업자 /an *authorized* foreign exchange bank 외국환취급은행 /*authorized* share capital 수권자본 ***authorized capital stock*** 수권자본 ¶ The *authorized capital stock* is the number of shares of capital stock a business may legally issue. *Authorized capital stock* is stated in a firm's articles of incorporation; changes in it may occur only if approved by the stockholders. The number of shares authorized often greatly exceeds the number actually issued. In this way, management can issue more shares to raise additional funds, or it can use the shares to make an acquisition. Also called shares authorized. 수권자본이란 주식회사가 법적으로 발행할 수 있는 자본주식의 수를 말한다. 수권자본은 설립시의 정관에 기재된다. 그 변경은 주주의 동의에 의하여서만 가능하다. 수권주식이 이따금 실제발행주식의 수를

능가하기도 한다. 이와 같이 경영진은 추가적인 자금을 조달하기 위하여 더 많은 주식을 발행할 수 있거나, 기업매수를 위하여 주식을 이용할 수 있다. 이를 수권주식수(shares authorized)라고도 한다. ***~d stocks [shares]*** 수권주식 ¶ *Authorized shares* are maximum number of shares of any class a company may legally create under the terms of its articles of incorporation. Normally, a corporation provides for future increases in authorized stock by vote of the stockholders. 수권주식은 정관(articles of incorporation)의 규정에 근거해서 주식회사가 합법적으로 발행할 수 있는 어떤 종류주식의 상한수(上限數)를 이른다. 통상적으로 회사는 주주(stockholders)의 의결에 의하여 장래의 수권주식수의 증가를 대비한다.

auto-banking 자동화은행업무

auto-financing 자기금융(self-financing)

autograph 자필, 자서(自署) (*cf.*) allograph 대필(代筆) ¶ *autograph* signatures 자필서명

automate 오토메이션으로 조작하다, 자동장치를 설치하다 ¶ *Automated* Clearing-house (ACH) 자동결제기구(연방준비제도에 의해 운영되는 전자이체결제시스템) /*automated* customer account transfer service (ACAT) 고객계좌자동이체서비스 /*automated* response machine (ATM) 자동전화응답기 ***automated bond system (ABS)*** 자동채권거래시스템 ¶ The *automated bond system* (*ABS*) is the New York Stock Exchange computerized system that records bids and offers for inactivity traded bonds until they are cancelled or executed. Before the *ABS*, such limit orders were kept in steel cabinets, giving rist to the terms cabinet security and cabinet crowd (traders in inactive bonds). 자동채권거래시스템은 뉴욕증권거래소(New York Stock Exchange)의 전자시스템으로, 거래의 불활발한 채권의 매매호가(bid asked)를 취소(cancel)나 집행(execution)이 행해지기까지 기록해 둔다. ABS도입 이전에는, 이와 같은 지정가주문(limit order)은 철제수납고(steel cabinet)에 보관되어 있었으므로, cabinet security나 cabinet crowd라는 용어가 생겨났다. ***~d order entry system*** 자동주문입력시스템 ¶ The *automated order entry system* is an electronic system that expedites the execution of smaller orders by channeling them directly to the specialists on the exchange floor, bypassing the floor broker. The New York Stock Exchange calls its system DOT (Designated Order Turnaround). Other systems include Auto Ex, OSS, PACE, SOES, and SOREX. 자동주문입력시스템은 소액주문을 입회장 브로커(floor broker)를 경유하지 않고, 입회장(floor)의 담당스페셜리스트(specialist)에 직접 전달하여 주문이행을 빨리 처리하는 전자시스템을 이른다. 뉴욕증권거래소(New York Stock Exchange)는 이 시스템을 DOT(designated Order Turnaround)라고 부른다. 그 이외에, 이와 같은 시스템으로서 Auto Ex, OSS, PCE, SOES, 및 SOREX가 있다. ***~d screen trading*** [영] 자동스크린거래 ¶ The *automated screen trading* is a trading mechanism that relies entirely on electronic communications, display, and execution to support incoming bids and offers. *Automated screen trading*, which is a feature of many exchanges and form the central architecture of electronic communications networks, removes the physical element of securities and commodities trading. 자동스크린거래는 걸려오는 호가(呼價)를 지원하기 위하여 완전히 전자통신, 전시(展示), 및 집행에 의지하는 거래메커니즘이다. 자동스크린거래는 수많은 거래소의 특징이고, 전자통신네트워크의 중앙체계를 구성하며, 증권과 상품거래의 물리적 요소를 제거하는 시스템이다. ***~ed teller(s) machine (ATM)*** 현금자동입출금기, 자동수급기 ¶ The *auto-*

mated teller machine (*ATM*) is computerized terminal providing cash dispensing and deposit acceptance banking transactions. *ATM* terminals have become very popular in many parts of the United States and provide individuals with 24-hour electronic access to their banking accounts without a bank teller. See also debit card. 현금자동입출금기는 현금지급과 예금수령의 은행거래를 장치하는 컴퓨터로 처리하는 단말기이다. 현금자동입출금기는 미국의 주요 도시에서는 매우 상용화되었고, 개인들을 은행계표원이 아니고 24시간 은행계좌와 전자화된 접근을 하게 하고 있다. debit card(데빗카드)도 참조할 것.

automatic 자동의, 자동식의 ¶ *automatic* cash dispenser (CD) 현금자동지급기 /*automatic* cashier 자동금전출납기 /*automatic* depositor (ADs) 현금자동예금기 /*automatic* deduction (services) 자동인락업무 /*automatic* drawing rights 자동인출권 (*cf.*) SDR /*automatic* fund transfer 자동자금이체 /*automatic* savings plans 자동적립예금 /*automatic* transfer (systems) 자동이체(제도) /*automatic* transfer service accounts 자동이체계좌 ***automatic extension*** 자동연장 ¶ The *automatic extension* is a granting of more time for a taxpayer to file a tax return. By filing an IRS Form 4868 by the original due date of the tax return, a taxpayer can automatically extend his or her filing date by four months, though the tax payment (based on the taxpayer's best estimate) is still due on the original filing date. 자동연장이란 납세신고(tax return)기간의 연장조치를 말한다. 본래의 납세신고기일까지 미국세입청(Internal Revenue Service)에 서식 4868호(IRS Form 4868)를 제출하면, 납세자는 신고기한을 자동적으로 4개월간 연장할 수 있다. 다만, 납세는 (납세자의 최선견적액을 근거로) 본래의 신고기한까지 지급하여야 한다. ~ ***funds transfer*** 자동전자송금 ¶ The *automatic funds transfer* is a fast and accurate transfer of funds, often internationally, from one account or investment vehicle to another without direct management, using modern electronic and telecommunications technology. A broker's instant transfer of stock sale proceeds to a money market fund is one example. 자동전자송금은 자주 국제적인 송금으로 이루어지지만, 어느 계좌나 투자계좌에서 다른 계좌로 직접현금을, 사람의 손을 빌리지 않고, 최신의 전자 및 통신기술을 이용하여 신속 · 정확하게 송금하는 방법을 말한다. 증권회사(brokerage firm)가 주식판매대금을 즉석에서 머니마켓펀드(money market fund)로 이동시키는 것은 그 일례이다. ~ ***investment program*** 자동투자프로그램 ¶ The *automatic investment program* is any program in which an investor can accumulate or withdraw funds automatically. Some of the most popular automatic investment programs are mutual fund debit program, mutual fund reinvestment program, stock dividend reinvestment plans, defined contribution pension plans and savings bond payroll savings plans. 자동투자프로그램은 자동적으로 투자나 인출이 가능한 프로그램을 말한다. 가장 인기가 있는 자동투자프로그램에는 뮤추얼펀드자동적립프로그램(mutual fund debit program), 뮤추얼펀드재투자프로그램(mutual fund reinvestment program), 주식배당재투자플랜(stock dividend reinvestment plans), 확정갹출연금(defined contribution pension plans) 및 저축채권급여공제저축플랜(savings bond payroll savings plans) 등이 있다. ~ ***stabilizers*** 자동안정화장치 ¶ The *automatic stabilizers* are expenditures or receipts of the federal government that have stabilizing economic effects but increase and decrease automatically and without action by Congress or the president. Examples are income taxes and unemployment compensation. 자동안정화장치란 의회나 대통령의 조치없이 자동적으로 증감을 가져오는 연방정부의 세출(expenditure) 또는 세입(receipt)으로서 경제를 안정화시키는 효과는 있는 것을 말한

다. ~ ***[automated] teller(s) machine (ATM)*** 현금자동입출금기, 자동수급기 → automated teller machine (현금자동입출금기) ~ ***transfer service (ATS)*** 자동이체서비스 ¶ *Automatic transfer service* (*ATS*) is prearranged transfer of funds from a saving account to checking, allowing the depositor to earn interest until funds are needed to cover checks written or to maintain a minimum balance. 자동이체서비스는 저축계정(saving account)에서 당좌계정(checking account)으로 하는 미리 정한 자금의 이체를 말한다. 이로써 발행된 수표자금을 커버한다든지 또는 최소잔액을 유지하기 위하여 자금이 필요할 때까지 예탁자가 이자수입을 올릴 수 있게 한다. ~ ***withdrawal*** 자동인출 ¶ The *automatic withdrawal* is a mutual fund program that entitles shareholders to a fixed payment each month or each quarter. The payment comes from dividends, including realized capital gains and income on securities held by the fund. 자동인출은 투자자에 대해서 매월 또는 4반기마다 일정액의 지급을 행하는 뮤추얼펀드의 프로그램을 말한다. 캐피탈게인(capital gains)의 실현이익이나 펀드가 보유하는 주식에서의 소득이 지급금의 재원이 된다.

automatically 자동적으로 ¶ *automatically* renewable time deposits 자동계속정기예금

automation 자동조작, 오토메이션 ¶ *Automation* means operating a device by automatic (e.g., mechanical, electronic, or robotic) techniques. 오토메이션은 자동적(기계적, 전자화된, 또는 로봇의) 기술에 의하여 설비를 조작하는 것이다.

automobile 자동차 ¶ *automobile* insurance 자동차보험 /*automobile* [auto] loan 자동차 론(loan)

auto-teller 자동입출금기, 자동수급기(ATM)(automatic tellers라고도 한다.) (*cf.*) auto-banking, curb-tellers ¶ *auto-teller* machine 자동금전출납기, 자동입출금기

auxiliary 보조의, 부차적인 ¶ an *auxiliary* account 보조계좌 /*auxiliary* attachment 가압류 /*auxiliary* books 보조장부 /*auxiliary* coins 보조화폐 /*auxiliary* ledgers 보조원장(元帳)

avail [v.] 도움이 되다, 쓸모가 있다 ¶ Eloquence will *avail* you little or nothing in a fight. 싸움에는 웅변이 거의 도움이 되지 않는다.
[n.] (*pl.*) (어음을 할인한 후의) 실수령액, 매상금 ¶ net *avails* 실수령액, 할인대금

availability 유효성, 이용할 수 있는 것, 대출에 대한 증가가능성, 자금의 공급능력, [영] 자금인출가능성 ¶ The *availability* is the time at which point funds placed by a depositor in a bank become usable. *Availability* can range from immediate (for wire transfers) to several days (for checks written on banks in different locales). 자금인출가능성은 은행에 예금자가 맡긴 포인트자금이 사용할 수 있게 되는 시점을 말한다. 자금인출가능성은 (전신송금의) 즉시에서 (다른 지역의 은행앞으로 서명된 수표의) 수일까지 걸칠 수 있다. /*availability* dates [당좌] 타점권인도일 /*availability* period [신디케이트론] 자금인출(drawdown)가능기간 /*availability* risk 자금인출가능성 리스크(국제금융시장에서 자금조달이 곤란하게 되는 리스크)(시장에서 상시 안정적으로 거래가 이루어지지 않는 리스크를 말한다.)

available 이용할 수 있는, 도움이 되는, 유효한 ¶ an *available* balance 순예금잔액, 이용가능예금잔액 /*available* capital 이용가능한 자본 /*available* cash 이용가능현금 /*available* date 현금지급가능일 /*available* earned surplus 처분가능이익잉여금 /*available* fund 이용가능자금 ***available asset*** 이용가능자산 ¶ The *available asset* is a person's or a firm's asset that is not being used as collateral for a loan and is therefore available for general use or for sale. 이용가능자산이란 대출을 위한 담보로서 사용되고 있지 아니한 개인이나 회사의 자산이므로, 일반적인 사용이나 매입을 위하여 사용가능한 것이다. ~ ***for sale* (*AFS*) *accounting*** [영] 매매이용가능회계처리 ¶ The *available for sale* (*AFS*) *accounting* is an accounting process used by a bank where certain assets, such as securities and derivatives that are held for trading purposes, follow a mark-to-market approach to profit and loss recognition, with changes in fair value booked to the "other comprehensive income" account, which flows through the equity account of the balance sheet. 매매이용가능회계처리는 거래의 목적을 위하여 보유하는 증권과 파생상품과 같은 일정한 자산이 대차대조표(balance sheet)상의 자본계정을 통해서 계속되는 「다른 포괄이익」(other comprehensive income)계정까지 기장한 공정한 가격상의 변경과 함께 손익인식에 대한 시가평가방법(mark-to-market approach)을 따르는 경우 은행이 이용하는 회계처리를 말한다. ~ ***reserves*** [영] 이용가능준비금 ¶ *Available reserves* are the difference between a bank's excess reserve balance with the central bank and net funds borrowed through the central banking system or via discount window. 이용가능준비금은 중앙은행과의 은행의 과도한 준비금잔액와 중앙은행제도를 통해서 또는 할인창구(discount window)를 경유하여 차입한 순수한 자금과의 차액을 말한다.

availment 이용, 사용

aval 어음보증, 제3자보증부 어음(유럽에서 잘 사용되는 표현. 어음면상에 Pour aval 또는 Bon pour aval이라고 써서 보증인의 서명을 첨부하고 제시한다.) ¶ *Aval* is third-party guarantee of a debt. For example, a business debt is guaranteed by the firm's bank. 아발(aval)은 채무의 제3자 보증을 의미한다. 예컨대, 기업의 채무는 회사의 은행에 의하여 보증된다.

average [n.] 평균, [보험] 해손(海損), (*pl.*) 평균주가 ¶ The *average* is an appropriately weighted and adjusted arithmetic mean of selected securities designed to represent market behavior generally or important segments of the market. Among the most familiar averages are the Dow Jones industrial and transportation averages. 평균치(平均値)란 것은 전반적인 시장동향이나 중요한 산업부문의 동향을 나타내도록 증권(security)을 선별하여 그것을 적절한 방법으로 가중이나 수정을 행하여 산출하는 산술평균(arithmetic mean)을 말한다. 가장 친근한 것으로서, 다우존스 공업평균(Dow Jones Industrial Average)이나 다우존스 운송평균(Dow Jones Transportation Average)이 있다. /an *average* adjustor 해손청산인 /*average* of daily figures 매일의 평균(예금)잔액, 평균평잔(平殘), 매일의 주가숫자의 평균/a daily *average* 매일의 평균 /a method of moving *average* 이동평균법 /the monthly *averages* 월간평균주가 /a (three months) moving *average* (3개월간) 이동평균 /sales *average* 평균매상 /a weighted *average* [mean] 가중평균 /with (particular) *average* 단독해손담보, 분손담보조건 ~ ***of daily figures*** 매일의 평균(예금)잔액, 평균평잔(平殘), 매일의 주가숫자의 평균 ***Dow-Jones industrial average* (*DJIA*)** (공업주) 다우존스평균 ¶ The *Dow Jones Industrial Average* (*DJIA*) is a trademark for one of the oldest and most widely quoted measures of stock market price movements. The average is calculated by adding the stock prices of 30 large, seasoned firms, such as Intel, ExxonMobil, General Electric, and GM, and dividing the sum by a figure that is adjusted for such things as stock splits and substitutions. Dow Jones also publishes other averages, including one for transportation and one for utilities. 다우존스평균은 주식시장가격변동의 최고(最古)이고 가장 광범하게 인용되는 측정치의 상표이

다. 그 평균은 Intel, ExxonMobil, General Electric과 GM과 같은 30개의 오래된 대형기업의 주가를 가산하고 주식분할과 대체물과 같은 것을 위해서 조정된 숫자로 총액을 나눔으로써 계산된다. 다우존스는 또한 운송과 공익사업체(utilities)를 위한 평균치를 포함하여 다른 평균치를 출간하기도 한다. ***general*** ~ 공동해손(共同海損) ¶ *General average* means expenses and damages incurred as the result of damage to a ship and its cargo and/or of taking direct action to prevent initial or further damage to the ship and its cargo. These expenses and damages are paid by those with an interest in the ship and its cargo in proportion to their values exposed to the common danger. 공동해손은 선박과 화물 및 선박과 화물의 당초의 손해와 그 후 손해를 더 이상 방지하기 위한 직접적인 조치를 취한 결과로 초래한 비용과 손해액을 이른다. 이런 비용과 손해액은 그 선박과 화물에 이해관계를 가지는 자들간의 공동위험에 노출된 가치평가에 비례해서 부담된다. ***particular*** ~ 단독해손(單獨海損) ¶ *Particular average* means expense and damages incurred as the result of damage to a ship and its cargo, and/or of taking direct action to prevent initial or further damage to the ship and its cargo. These expenses and damages are paid by the owner of the part of the ship and cargo which actually suffers a loss. 단독해손은 선박과 화물 및 선박과 화물의 당초의 손해와 그 후 손해를 더 이상 방지하기 위한 직접적인 조치를 취한 결과로 초래한 비용과 손해액을 이른다. 이런 비용과 손해액은 실제로 손실을 입은 선박과 화물부분의 소유자가 부담한다.

[a] 평균의, 보통의 ¶ an *average* age of inventory 평균재고기간 /*average* collection period 평균회수기간 /*average* contracted [contractual, agreed] (interest) rates on bank loans [loans and discounts] 대출약정평균금리 /*average* daily figures of a month 월평균 /an *average* dividend rate 평균배당률 /*average* option 애버리지 옵션(행사가격이 일정하더라도, 결제의 대상이 되는 기초자산(基礎資産)의 가격을 일정기간의 평균치로 하는 옵션), Asian option(아시아형 옵션)이라고 부르는 경우도 있다. /an *average* propensity to consume 평균소비성향 /an *average* propensity to save 평균저축성향 /an *average* rate 평균이율 /*average* revenue 평균수입(收入) /*average* sales 평균매상액 /*average*-sized 중간크기의 /*average* yield 평균(낙찰)수익률 ***average (daily) balance*** (매일의) 평균(예금) 잔액 ¶ *An average daily balance* is a method for computing interest or finance charges on bank deposit accounts, credit cards, and charge accounts. 매일평균잔액방식이란 은행예금계정, 크레디트카드, 및 비용계정의 이자나 금융비용을 산출하는 방식을 이른다. ~ ***cost*** 평균원가, 평균취득원가 ¶ In the case of investment, the *average cost* is an *average cost* of shares of stocks or in a fund bought at different prices. 투자의 경우에, 평균취득원가는 여러 가지의 가격으로 구입된 주식(stock)이나 펀드의 평균취득가격을 말한다. ~ ***equity*** 자기자금평균잔액 ¶ An *average equity* is an average daily balance in a trading account. Brokerage firms calculate customer equity daily a part of their procedure for keeping track of gains and losses on uncompleted transactions, called mark to the market. When transactions are completed, profits and losses are booked to each customer's account together with brokerage commission. Even though daily fluctuations in equity are routine, *average equity* is a useful guide in making trading decisions and ensuring sufficient equity to meet margin requirements. 자기자금평균잔액은 증권거래계좌의 매일매일의 평균잔균잔액을 이른다. 증권회사(brokerage firm)는 미결제거래의 평가손익을 시가평가(mark to the market)하는 절차의 일부로서 고객의 잔액을 매일매일 산출한다. 거래가 결제된다면, 실현손익이 중개수수료(brokerage commission)와 함께 각 고객의 계좌에 기장된다. 매일의 자

산잔액은 언제나 변동하지만, 거래를 하느냐 마느냐, 또 충분한 증거금(margin requirements)이 있느냐 없느냐를 확인하는 데 평균잔액은 유익한 지침이 된다. ~ ***life*** (어음의) 만기일의 평균, 평균잔존기간 ¶ An *average life* is an average length of time before the principal of a debt issue is scheduled to be repaid through amortization or sinking fund payments. 평균잔존기간은 할부상환(amortization)이나 감채기금(sinking fund)지급 등을 통해서, 원금(principal)이 상환되기까지의 평균기간을 이른다. ~ ***maturity*** 평균잔존연수(平均殘存年數) ¶ The *average maturity* is an average time to maturity of bonds, instruments, and other fixed-term investments in a mutual fund portfolio. The shorter the *average maturity*, the more sensitive the portfolio is to market interest rate changes. 평균잔존연수는 뮤추얼펀드(mutual fund)가 투자하고 있는 포트폴리오(portfolio)의 채권(bond) 등 만기(maturity)가 확정하고 있는 금융상품의 만기까지의 평균잔존연수를 이른다. 이 연수가 짧으면 짧을수록 시장(market)의 금리(interest rate)변동에의 감응도가 크게 된다. ~ ***price option*** [영] 평균가격옵션 ¶ The *average price option* is a complex option that grants the buyer a payoff equal to the difference between an average price on an underlying market reference and a predefined strike price. See also Asian option; average strike option. 평균가격옵션은 매수인에게 기초시장대상의 평균가격과 사전에 정한 행사가격간의 차이와 똑같은 수익을 부여하는 복잡한 옵션이다. Asian option(아시아형 옵션); average strike option(평균행사가격옵션)도 참조할 것. ~ ***rate of return*** 평균수익률 ¶ In the investment, an *average rate of return* is an arithmetic average of the annual returns of two or more investment and in the case of corporate finance, abbreviated ARR, ratio of the average cash inflow to the amount invested. 투자에 있어서, 평균수익률은 복수의 연간투자수익(annual return)의 산술평균이고, 기업금융의 경우에는 투하자본에 대해서 캐시플로(cash flow)의 유입액의 평균치이다. ~ ***shares outstanding*** 평균유통주식수 ¶ An *average shares outstanding* is an average number common stock outstanding during a specified period of time, such as a quarter or a year. 평균유통주식수는 4반기(quarter) 또는 1년 등 특정한 기간에 있어서, 유통하고 있는(outstanding) 보통주식(common stock)수의 평균을 이른다. ~ ***strike option*** [영] 평균행사가격옵션 ¶ The *average strike option* is a complex option that grants the buyer a payoff equal to the difference between an average strike price and the terminal value of the underlying market reference. See also Asian option; average price option. 평균행사가격옵션은 평균행사가격과 기초시장대상의 최종가치(terminal value)간의 차이와 같은 수익을 매수인에게 부여하는 복합옵션이다. Asian option(아시아형 옵션); average price option(평균가격옵션)도 참조할 것.

[v.] 평균하다, 평균 …이다 ¶ *average* out (주식매매 등에서) 예측이 틀려서 손해가 난 경우, 주식을 더 사거나 또는 더 팔아서 매도·매입단가를 평균화하여 결산하다 /*averaging* up or down (주식매매 등에서) 값이 오를 때마다 팔아 매도평균단가를 올리거나 또는 값이 내릴 때마다 사들여 매입평균단가를 낮추는 일 ***average down*** 평균단가 낮게 매입하다 ¶ To *average down* is a strategy to lower the average price paid for a company's shares. An investor who wants to buy 1,000 shares, for example, could buy 400 at the current market price and three blocks of 200 each as the price fell. The average cost would then be lower than it would have been if all 1,000 shares had been bought at once. Investors also average down in order to realize tax losses. Say someone buys shares at $20, then watches them fall to $10. Instead of doing nothing, the investor can buy at $10, then sell the $20 shares at a capital loss, which can be used at tax time to offset other gains. However, the wash sale rule says that in order to claim the capital loss, the investor must not sell $20 stock until at least 30 days after buying the stock at $10. 평가단가 낮게 매입하다는 것은 주식의 평균구입가격을 낮추는 전략이다. 예를 들면 1,000주를 구입하려는 투자자가 400주를 현재의 시가(current market price)로 구입하고, 가격이 하락한 때에 200주씩 3회에 나누어 구입한다고 하자. 이 경우, 1,000주를 한번에 구입한 경우보다도, 평균가격은 낮게 된다. 세무상의 손금(損金)을 실현할 목적에서 평균단가보다 낮게 매입하는 일도 있다. 예컨대 20달러로 구입한 주식이 10달러까지 하락하였다고 하자. 이와 같은 경우에 아무것도 타결되지 않은 것이 아니라, 10달러로 새로이 매입을 늘리고, 20달러로 구입한 주식을 캐피탈로스(capital loss)를 내고 매각한다. 이 캐피탈로스는 납세신고시에 다른 수입(收入)과 상쇄할 수 있다. 다만 가장매매(wash sale)규칙에서는, 캐피탈로스를 주장하기 위해서는, 10달러로 주식을 구입한 후 적어도 30일간 20달러로 구입한 주식을 매각하지 못한다. ~ ***up*** 평균단가 높게 매입하다 ¶ To *average up* is to up on a rising market so as to lower the overall cost. Buying an equal number of shares at $50, $52, $54, and $58, for instance, will make the average cost $53.50. This is a mathematical reality, but it does not determine whether the stock is worth buying at any or all of these prices. 평균단가보다 높게 매입하다는 것은 상승시세(rising market)인 때에, 전체의 구입코스트를 내릴 목적에서 매입하는 방법을 이른다. 예를 들면 동수의 주식을 50달러, 52달러, 54달러, 58달러로 매입하면, 평균구입가격은 53.9달러가 된다. 다만, 수학적으로 그러하지만, 그 주식을 위와 같은 가격 중 어느 가격 혹은 모든 가격으로 매입해야 한다고 하는 것은 아니다.

averaging [증권] (주식매매 등에서) 값이 오를 때마다 팔아 매도평균단가를 올리거나 또는 값이 내릴 때마다 사들여 매입평균단가를 낮추는 일 ¶ an *averaging* method 매도·매입단가를 평균화하는 방법 /dollar *averaging* 정기정액매입, 달러평균법(dollar cost *averaging*)

avo 아보 ¶ A monetary unit of Macao worth one hundredth of a pataca. 마카오의 화폐단위, 1 빠따카(pataca) = 100 아보(avo).

avoidance 회피, 기피 ***avoidance of tax*** 절세, 조세회피 ¶ The *avoidance of tax* is a method by which a taxpayer legally reduces his tax liability, for example, by investing in a tax shelter. Contrast with tax evasion. 절세는 예컨대 납세회피장소에 투자를 함으로써, 납세의무자가 합법적으로 그 조세의무를 줄이는 방법을 말한다. tax evasion(탈세)과 대조할 것.

avoirdupois (av.; avdp.) (영어권에서 사용되는) 1 파운드 = 16온스로 하는 중량의 체계(보석, 귀금속, 약품 이외의 물건에 사용된다.) ¶ The *avoirdupois* is measure of weight customarily used for agricultural products and nonprecious metals. An avoirdupois ounce is lighter than a troy ounce; there are 16 ounces in an avoirdupois pound. 애버더포이즈는 농산물과 비귀중금속에 대해서 관례상 사용되는 무게의 단위를 이른다. 애버더포이즈 1 온스는 보석의 무게를 다는 형량(衡量) 1 온스보다 가볍고, 16 온스가 애버더포이즈 1 파운드가 된다.

award [v.] 수여하다, 재정(裁定)하다 ¶ The contract will be *awarded* to the company with most energy-efficient design. 에너지가 효율적인 디자인을 제출한 회사와 계약을 체결하게 된다. /The court *awarded* custody of the child to the mother. 법원은 어머니에게 자녀의 양육권을 인정하였다.

[n.] (중재)판정 ¶ the arbitrator's *award* 중재판정 /an *award* by the industrial tribunal [영] 노동심판소에 의한 재정(裁定)

away (…로부터, …에) 떨어져 ***away from the market*** [미] 어웨이 프롬더 마켓, 괴리(乖離)주문 ¶ The term *away from the market* implies an expression used when the bid on a limit order is lower or the offer price is higher than the current market price for the security. 괴리주문이란 어구(語句)는 현재의 시장가격보다 증권의 지정가격의 매입주문이 낮다든지, 매도주문이 높다든지 할 경우에 사용되는 표현이다.

AWD (ISO) code Abu Dhabi United Arab Emirates – currency dirham ¶ AWD (국제표준기구) 약호 아부다비 아랍에미리트 연방 — 화폐 디르함(dirham).

AXD (ISO) code Dubai United Arab Emirates – currency dirham. ¶ AXD (국제표준기구) 약호 두바이 아랍에미리트 연방 — 화폐 디르함(dirham).

AYD (ISO) code United Arab Emirates (others) – currency dirham. ¶ AYD (국제표준기구) 아랍에미리트 연방(기타) — 화폐 디르함(dirham).

axis 축(軸), 연합, (*pl.*) axes ¶ the horizontal *axis* 횡축(橫軸) /the vertical *axis* 종축(縱軸)

Azerbaijan currency 아제르바이잔 화폐 ¶ manat(AZN), divided into 100 gopik. 1 마나트(manat) = 100 고픽(gopik).

B

BA → **b**ank **a**cceptance(s); banker's **a**cceptance(s) [약] 은행인수어음

B&C loan B 앤드 C 대출 → subprime loan (서브프라임대출).

baby 갓난아이, 어린애 같은 사람, (the ~) 최연소자 ***baby bond*** [미] 소액채권 ¶A *baby bond* is a convertible or straight debt bond having a par value of less than $1,000, usually $500 to $25. 소액채권이란 통상 액면이 500달러에서 25달러까지의 1,000달러 미만의 전환사채 또는 보통사채를 말한다. ~ ***boomers*** 베이비 붐세대 ¶*Baby boomers* are individuals who were born during the years immediately following World War II. This group of people represents a sizable portion of the consuming public, and their spending habits and lifestyle have a powerful influence on the economy. They represent a target audience for many advertisers. 베이비 붐세대는 2차 대전 이후에 바로 몇 년간 태어난 자들이다. 이 그룹의 사람들은 소비대중의 꽤 큰 부분을 대변하고 그들의 소비습관과 생활방식이 경제에 미치는 막강한 영향력을 가지고 있다. 그들이야말로 많은 광고업자에 대해서는 광고 타깃을 의미한다.

back ⓐ (대금이) 밀린, 미지급의 ¶*back* and filling (가격이) 왔다 갔다 하는 /*back* interest [orders, pay, payment, rent, spread] 미지급이자[미처리주문, 미지급급여, 미지급지출, 지연임차료, 중앙은행과 시중은행과의 할인율의 역차이] /*back* money 연체금 /*back*-office services 후방업무 /*back* orders 이월주문 ***back load*** [영] 수수료후급(後給) ¶The *back load* is a mechanism in which commissions on a mutual fund or investment trust are charged to investors at the time of sale or exit. See also front load. 수수료후급은 수수료가 뮤추얼펀드나 투자신탁의 매도나 해약시에 투자자에게 부과되는 메커니즘을 말한다. front load(수수료선급)도 참조할 것. ~ ***office*** (직접 딜링에 참여하지 않는) 비영업부문, 사무부문 ¶The *back office* is a bank or brokerage house departments not directly involved in selling or trading. The back office sees to accounting records, compliance with government regulations, and communication between branches. 비영업부문은 은행이나 증권회사(brokerage house)에서 영업이나 트레이딩에 직접 관여하지 않고 있는 부문을 말한다. 비영업부문은 회계기록, 법령준수(compliance), 각 지점간의 정보통신을 담당한다. ~ ***pay*** 체불급여, 소급분 급여 ¶The *back pay* is salaries and wages from a prior pay period. 체불급여란 이전 급여기간의 급여 및 임금을 말한다. ~-***to***-~ ***credit*** 백투백 신용장, 동시개설신용장 ¶A *back-to-back credit* is a second letter of credit issued to a different beneficiary on the strength of a primary letter of credit. The second L/C uses the first L/C as collateral for the bank. Used in a three-parties transaction. 백투백 신용장은 원신용장의 영향력에 의해서 다른 수익자에게 개설된 제2차 신용장이다. 이 제2차 신용장은 은행에 대한 담보로서 제1차 신용장을 사용한다. 백투백 신용장거래는 3당사자거래에서 이용된다. (원신용장을 담보로 하여 개설되는 신용장이다. 수출업자가 수입국 은행에서 개설되는 신용장을 담보로 국내의 은행에서 개설해 받는 신용장을 말한다.) ~-***to***-~ ***loan*** 백투백 론 ¶The *back-to-back loan* is a two-party loan between a parent

B

company in one country and subsidiaries in another. Similar to a parallel loan, with the important difference that a *back-to-back loan* gives the lender the right to offset claims against pledged collateral if the borrower defaults, while the parallel loan does not. The two-party, or parallel loan, is less risky for the lender because the parent company is obligated to step in if a foreign subsidiary fails to pay the note. 백투백 론은 모회사와 외국에 있는 자회사간 2당사자 론이다. 백투백 론은 패러렐 론(parallel loan)과 유사하지만, 중요한 차이가 있다면, 차입자가 채무불이행에 빠진다면, 대여자(lender)에게 담보로 된 담보물에 대한 청구권을 부여한다는 점이고, 반면에 패러렐 론에는 그렇지 아니하다. 2당사자, 또는 패러렐 론은 외국의 자회사가 어음을 지급거절하는 경우에 모회사가 지급할 의무가 있기 때문에 대여자로 보아서는 덜 위험하다. ***~-to-~ swap*** [영] 백투백 스왑 ¶ The *back-to-back swap* is a swap that acts as a mirror image of an existing swap on the books of an institution, serving to neutralize the market risks. Such a swap does not, however, eliminate counterparty contingent credit risk. See also unwind. 백투백 스왑은 금융기관의 장부상의 기존스왑의 반대영상(mirror image)으로 작용하는 스왑이고, 시장리스크를 무력화하는 데 봉사한다. 그렇지만, 그러한 스왑은 거래상대방의 우발적 신용리스크를 제거하지 않는다. unwind(해결하다)도 참조할 것. ***~ testing*** 백 테스팅 ¶ The *back testing* is an applying current stock selection criteria to prior periods to create hypothetical portfolio performance history. A major limitation of *back-testing* is that it ignores the effect of an investment strategy's popularity on portfolio total returns. 백 테스팅은 현재의 주식선정기준을 과거로 소급해서 그대로 적용하여 가상의 포트폴리오(hypothetical portfolio)의 실적기록을 작성하는 것을 말한다. 백테스팅의 주된 한계는 투자전략에 대한 인기도가 포트폴리오의 총투자수익률(total return)에 미치는 영향을 무시하고 있는 점이다.

Ⓥ 후원하다, 뒷받침하다 ¶ *back* a bill 어음에 배서하다 /*back* out [미] 후퇴하다, 퇴각하다 ***back up*** 급반전(急反轉)하다 ¶ To *back up* is to turn around; to reverse a stock market trend. When prices are moving in one direction, traders would say of sudden reversal that the market *backed up*. 급반전하다는 것은 주식시장(stock market)의 기조가 역전하는 경우이다. 주가가 하나의 방향으로 움직이고 있는 때에 돌연 역전한다면, 트레이더(traders)는 시장이 급반전하였다(the market backed up)고 한다.

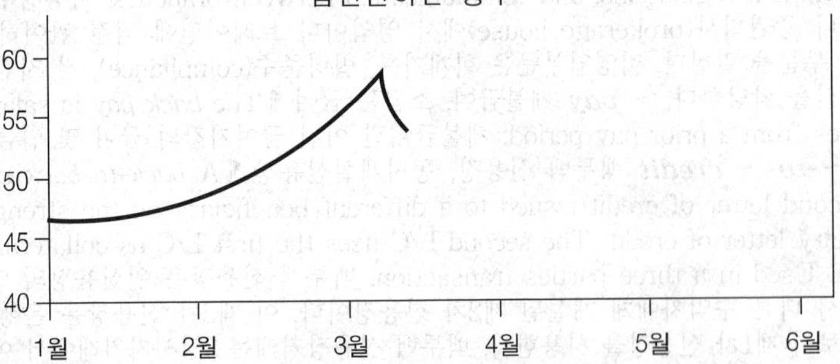

backdate (수표를) 앞의 일자로 하다, 앞의 일자에 소급하여 발효시키다 ***back-dating*** 일자소급 ¶ *Backdating* is dating any statement, document, check or other instrument earlier than the date drawn. 보고서, 서류, 수표, 기타 법적 문서(instrument)에 작성일보다 앞의 일자를 기재하는 것을 말한다.

backdoor 뒷구멍의, 내밀(內密)한 ¶ *backdoor* financing 비밀금융 /*backdoor* practice 비밀조작 (*cf.*) front-door practice 정규의 절차 ***backdoor listing*** (비상장기업이 상장기업을 매수하는) 비밀상장 ¶ *Backdoor listing* is acquisition and merger with a listed company by an unlisted company in order to gain a listing on a securities exchange. 비밀상장이란 비상장회사가 증권거래소에서 상장자격을 취득하기 위하여 상장회사를 흡수합병(acquisition and merger)하는 경우이다.

B

backed 뒷받침된, 배서가 있는 ¶ *backed* bills 담보부 어음 /*backed* bonds 담보부 채권

back-end load (투자신탁, 연금보험 등의) 해약수수료 (*cf.*) no-load fund ¶ The *back-end load* is a redemption charge an investor pays when withdrawing money from an investment. Most common in mutual funds and annuities, the *back-end load* is designed to discourage withdrawals. *Back-end loads* typically decline for each year that a shareholder remains in a fund. 해약수수료는 투자(investment)에서 자금을 인출할 때에 투자자가 지급하는 해약수수료를 말한다. 해약수수료는 뮤추얼펀드(mutual fund)나 연금보험(annuity)에서는 일반적인 수수료이지만, 이것은 해약을 단념시키기 위해서 설정된다. 투자자가 펀드의 주식을 보유하고 있는 한, 해약수수료는 해마다 체감되어 간다.

backer 후원자, 배서인 ¶ *backer* of a bill 어음의 배서인

background 배경, 경력 ***background checking*** 경력확인 ¶ *Background checking* means attempting to verify information provided by an applicant for employment. *Background checks* typically include verifying credentials, previous employment, and criminal history (or lack thereof). 경력확인이란 고용지원자가 제공한 정보를 확인하기 위해 시도하는 것이다. 경력확인에는 대표적으로 자격증명서, 이전 채용경력 및 전과기록(또는 전과없음)을 검증하는 것이 포함된다.

backhaul 귀로(歸路), 귀로화물 ¶ The *backhaul* is a shipper's movement when returning over a route previously used. 귀로란 이전에 이용한 항로로 되돌아가는 경우 화주의 이동을 이른다.

backing 배서(보증) ***backing away*** 백킹어웨이, 책임포기 ¶ The *backing away* is a broker-dealer's failure, as market maker in a given security, to make good on a bid for the minimum quantity. This practice is considered unethical under the rule of fair practice of the Financial Industry Regulatory Authority (FINAR). 백킹어웨이는 특정한 증권의 마켓메이커로 되어 있는 증권회사가 최소거래단위의 매수호가(買受呼價)를 내지 않는 행위를 이른다. 이런 행위는 금융업규제기구(FINAR)의 공정행위규칙에서 비윤리적인 행위로 취급된다.

backlog 체화(滯貨), 비축물품의 주문, 수주잔액(受注殘額) ¶ *backlog* reporting 수주잔액보고 ¶ The *backlog* is a value of unfilled orders placed with a manufacturing company. Whether the firm's backlog is rising or falling is a clue to its future sales and earnings. 수주잔액은 제조업에 발주된 주문의 미출하액(未出荷額)을 이른다. 이 수주잔액의 증감은 그 회사의 장래 매상(sale)과 수익(earnings)을 아는 단서가 된다.

backspread [영] 백스프레드 ¶ The *backspread* is an option strategy designed to take advantage of volatility. A long *backspread* is created through the sale of a smaller quantity of closer-to-the-money put options or call options and the purchase of a larger quantity of farther-from-the-money puts or calls. See also ratio vertical spread. 백스프레드는 가격변동성(volatility)을 이용하려고 하는 옵션

전략이다. 롱백스프레드(long backspread)는 소량의 자금과 가까운 풋옵션 또는 콜옵션의 매도(sale)와 대량의 자금으로부터 멀어진 풋 또는 콜의 매입(purchase)을 통해서 창출된다. ratio vertical spread(레이쇼 버티컬스프레드)도 참조할 것.

backup 예비의, 부(副)의 ¶ *backup* facility [국제증권] 백업 퍼실리티(단기증권발행 등에서 차입자의 지급능력에 대한 보증 또는 차입자에 대한 필요액의 조달을 보증하는 기능) /*backup* services 지원서비스 /*backup* systems 기계의 백업기능 ***backup line*** 백업라인(수수료를 받고 기업에 수여하는 신용공여의 범위) ¶ *A backup line* is a bank line of credit in the name of an issuer of commercial paper, covering maturity notes in the event that new notes cannot be marketed to replace them. Ideally, the unused line should always equal the commercial paper outstanding. In practice, something less than total coverage is commonplace. 백업라인은 새 어음이 기존 어음을 대신하기 위해 거래될 수 없는 경우에 만기어음을 커버하기 위해 상업어음의 발행자 명의로 된 은행의 신용공여한도이다. 이상적으로는 미사용의 신용공여한도는 상업어음의 발행잔액과 항상 일치해야 하지만, 실제의 신용공여한도는 발행총액보다도 적은 경우가 많다. ~ ***withholding*** 예비원천징수(豫備源泉徵收) ¶ The *backup withholding* is a system used by the Internal Revenue Service to ensure that taxpayers without Social Security numbers have taxes withheld on earnings. In an instance where a Form 1099 can not be filed by a payor, such as bank or brokerage, 28% of the interest of dividends is withheld and remitted to the IRS. 예비원천징수는 사회보장(social security)번호가 없는 납세자의 소득에 대해서, 원천징수를 확실히 행하기 위해서, 미국세입청(Internal Revenue Service)이 채용하고 있는 제도이다. 서식 1099(Form 1099)가 제출되지 않는 때에는, 은행이나 증권회사 등의 지급인은 이자(interest)나 배당(dividend)의 20%를 원천징수하여 미국세입청에 납부하게 된다.

backward 역(逆)의, 뒤떨어진 ¶ *backward* countries 후진국 /dating *backward* 후일자의 /*backward* economy 후진경제 /*backward* sectors (발전이) 뒤떨어진 부분 ***backward vertical integration*** 후진(後進)수직통합 ¶ The *backward vertical integration* is a process by which a firm takes ownership or increased control of its supply system. It serves to streamline the organization, to provide better cost controls, and to eliminate the middleman. Because of efficiency and lowered costs of production it is possible for the firm to become more competitive in the marketplace. 후진수직통합은 제조업기업이 원재료의 공급체계에서 소유권을 확보하거나 또는 통제를 증가하는 과정을 이른다. 그것은 유리한 가격통제를 하고, 중간상인을 배제하기 위해서 조직을 간소화하는 데 도움을 준다. 생산의 효율성과 원가의 절감 때문에, 제조업기업은 시장에서 보다 경쟁력 있게 된다는 것이다.

backwardation 실물가격과 선물가격의 역전현상(실물가격쪽이 선물가격보다 높은 상태), [영] (매매주식의) 인도유예 ¶ In a commodity or financial market, the *backwardation* is the situation where the forward or futures price is less than the spot price. It can arise because of excessive present demand, which is expected to fall later. 상품시장이나 금융시장에서 실물가격과 선물가격의 역전현상은 선물가격이 현물가격보다 낮은 경우를 말한다. 이러한 현상은 과도한 현재의 수요 때문에 일어날 수 있는데, 그런 수요는 뒤에 떨어질 것으로 기대된다. ¶ In stock markets, the *backwardation* is the situation where the highest bid price is higher than the lowest offer price, in theory enabling a purchase from the one market maker to be sold to another immediately at a profit. 주식시장에서, 실물가격과 선물가격의 역전현상은 최고의 매수호가가 최저의 매도호가보다 높은 경우의 현상인데, 이론상 어느 시장주도자로부터 구매하여 바로 이익을 붙여서 다른 시장주

도자에게 매도되는 경우에 가능하다.

bad 나쁜, 대손(貸損)의 ¶a *bad* bargain 비교적 비싼 매물(買物) /*bad* [*invalid*] checks 부도수표 /*bad* claims 관리채권(管理債權) /*bad* coin(s) [money] 악화, 위조화폐 /*bad* debt expense 대손비용 /*bad* debt provision 불량채권충당금 /*bad* debt recovered accounts 상각채권추심익계정 /*bad* debt reserve; *bad* reserve 대손준비금 /*bad* debt(s) written off 대손(금)상각 /in *bad* faith 악의로 (*cf.*) in good faith 선의로 ***bad debt(s) [loan(s)]*** 부실채권, 대손, 불량채권 ¶In the case of banks or corporations, *bad debt* is an open account balance or loan receivable that has proven uncollectible and is written off. Traditionally, companies and financial institutions have maintained a reserve for uncollectible accounts, charging the reserve for actual bad debts and making annual, tax deductible charges to income to replenish or increase the reserve. 부실채권은 회수불능으로 판명하여 상각(write-off)되는 미결제 외상매출금잔액(open account balance)이나 대출금(loan receivable)을 말한다. 기업이나 금융기관은 전통적으로 회수불능채권에 대비해서 대손(貸損)충당금(reserve)을 유지하고 실제로 발행한 불량채권에 대해서 그 충당금을 헐어 쓴다든지, 손금산입가능한 연도충당금을 보충 · 증액 계상한다. ~ ***title*** 결함있는 권원(權原) ¶The *bad title* is a title to property that does not clearly confer ownership. Most frequently applied to real estate, a bad title may prevent a homeowner from selling the property. 결함있는 권원은 자산(property)에 대한 권원(소유권)이지만, 그 권원이 명확히 부여되고 있다고는 말할 수 없는 상태를 말한다. 결함있는 권원은 부동산(real estate)에 가장 빈번하게 사용되는 표현이지만, 결함있는 권원의 주택소유자는 그 소유부동산을 매각할 수 없게 되는 경우도 있다.

bag 부대(負袋) ¶*bag* deposit 야간금고입금 /a night *bag* 야간금고입금백

Bahamas currency 바하마 화폐 ¶Bahamian dollar (BSD), divided into 100 cents. 1 (바하마) 달러 = 100 센트.

Bahrain currency 바레인 화폐 ¶Bahrain dinar (BHD), divided into 1000 fils. 1 (바레인) 디나르 = 1000 필스(fils).

Bahrain Inter-bank Offered Rate (BIBOR) 바레인은행간 자금운용(대출)금리

bail[1] ⓝ 보석(保釋), 보석금 ***bail bond*** 보석보증증서 ¶The *bail bond* is a monetary guarantee that an individual released from jail will be present in court at the appointed time. If the individual is not present in court at that time (has jumped bail), the monetary value of the bond is forfeited to the court. 보석보증증서는 교도소에서 석방되는 자는 지정시간에 법정에 출석한다고 하는 금전적 보증을 이른다. 만일 그 자가 그 시간에 법정에 출석하지 않는 경우(보석중에 행방을 감춘 경우)에는 그 증서의 금전적 가치는 법원에 몰수된다.
ⓥ 보석이 되다, (물품을) 공탁하다

bail[2] 퍼내다 ***bail out*** (궁지에서) 도망치다, (경제적 위기에서) 구하다, 일으켜 세우다 ¶To *bail out* is to sell an asset, generally at a loss, in anticipation of a further price decline. An investor who expects a major increase in market rates of interest may decide to bail out of long-term bonds. (경제적 위기에서) 기업을 구하는 것은 일반적으로 손해를 보고, 앞으로 가격하락을 예상하여 자산을 매각하는 경우이다. 시장금리가 크게 오를 것을 기대하는 투자자는 장기채권에서 손을 뗄 수 있다. ***bailing out*** 구제조치, 처분매도 ¶A *bailing out* is a selling a security or commodity quickly without regard to the price received. an investor bails out of a position if losses are mounting quickly and he or she is no longer able to sustain further losses. For example, someone who has sold a stock short may bail out by covering his or her position at a loss if the stock rises sharply. 처분매도는 매각가격에 구애됨이 없이 증권(security)이나 상품(commodities)을 신속하게 매각하는 것을 이른다. 손실이 급속하게 증가하여, 그 이상의 손실에 견딜 수 없게 되면, 투자자는 그 포지션을 처분한다(bail out a position). 예컨대 주식(stock)을 공매(selling short)하고 있는 경우, 그 주가가 급상승한다면, 손절매(損切賣)하고서라도 공매포지션을 해소하고 처분하게 된다.

bailee (타인의 재산을 잠정적으로 보유하는) 수치인, 수탁자 ¶The *bailee* is a person who has temporary custody of the personal property of another. The degree of liability for such property varies. For example, if furniture is turned over to a moving company for transportation, the moving company is the *bailee* during the time the furniture is in its hands. 수치인은 타인의 동산(personal property)을 임시로 관리하는 자이다. 예컨대, 가구가 운반을 위하여 운수회사에 인도되면, 운수회사는 그 가구가 자신의 관리하에 있는 동안에 수치인이 된다.

bailment 임치, 보석, 보석금 ¶*Bailment* is delivery of personal property to be held in trust. The term also refers to the relationship that arises where one person, the bailor, delivers property to another, the bailee, to hold, with control and possession of the property passing to the bailee. 임치는 신탁에 보관하려고 동산을 인도하는 것이다. 그 용어는 또한 임치인(bailor)인 자가 보관할 수치인인 타인에게 인도할 동산의 관리와 점유를 이전하는 것을 의미한다.

bailor; bailer 임치인(任置人) ¶The *bailor* is the party who has given custody of property to a bailee. 임치인은 수치인에게 동산의 보관을 맡기는 당사자를 이른다.

bailout 긴급원조, 비상구제, 보류 ¶The term *bailout* is used to describe the Government rescues a corporate entity in financial distress with the funds of taxpayers. 구제라는 용어는 정부가 채무초과(insolvency)에 빠질 것 같은 민간기업을 납세자의 자금을 사용하여 구제하는 것을 표현할 때 쓰는 용어이다. ¶*bailout* loan 구제금융, 긴급융자자금 ***bailout bond*** 구제채권(救濟債券) ¶A *bailout bond* is a bond issued by Resolution Funding Corporation (REFCORP) to finance the rescue or disposition of Savings and Loan Associations that were failing in the 1980s and 1990s. The principal of RESCORP securities is backed by zero-coupon Treasury bonds and the U.S. Treasury guarantees interest payments. 구제채권은 1980년대와 1990년대에 파탄한 많은 저축대출조합(Savings and Loan Association)의 구제 또는 정리를 위한 자금조달을 목적으로 하여, 정리자금조달공사(Resolution Funding Corporation: REFCORP)가 발행한 채권을 말한다. REFCORP채권의 원금(principal)은 제로쿠폰재무부장기채권(zero-coupon Treasury Bonds)으로 보증되고, 또 이자지급은 미국재무부(U.S. Treasury)가 보증하고 있다.

bait money 유혹의 돈

baiza 바이자 ¶A subdivision (1/1000) of the Omani rial. 오만의 화폐단위(1/1000 리알).

baked in the cake 시세에 반영된 ¶The term *baked in the cake* is used to describe it is already reflected in a stock's market price. Said of projected earnings or an unconfirmed news development. baked in the cake(시세에 반영된)라는 말은 주가에 이미 반영되었다는 의미로 사용된다. 예상이익 또는 진행중의 미확인 뉴스에 관하여 사용된다.

balance *n.* 평균, 균형, 차액, 공제잔액 (회계용어로서 장부나 대차대조표 등에 사용하는 경우는 관사를 생략하는 경우가 많다.) ¶ an adverse [unfavorable] *balance* of trade 수입초과 /an average daily (ledger) *balance* 매일의 평균(장부)잔액 /*Balance* (to be carried forward) 차기이월액 /*balance* at the bank 은행예금잔액 /*balance* at the term end 기말잔액 /*balance* brought over from the last account 전기이월금 /*Balance* carried forward (전기로부터의) 이월잔액 /*Balance* carried to *Balance* Sheet 대차대조표에 전기(轉記)한 잔액 /*balance* due 미지급잔액 /*balance* fund 밸런스 펀드(주식 · 전환사채 · 공사채로 분산투자하는 안정성장형의 투자신탁) /a *balance* in [on] hand 보유잔액 /a *balance* in [on] ledger 원장잔액 /*balance* inquiries 잔액조회 /a *balance* of accounts 계좌잔액 /a *balance* of capital account 자본수지 /*balance* of clearing 교환계산 /a *balance* of current account 경상수지 /*Balance* of interest to date 오늘까지의 미지급이자액 /a *balance* of international indebtedness 국제대차(일국의 대외채권 · 채무의 잔액) /*balance* of international payments 국제수지 /a *balance* of invisible trade; *balance* of invisible exports and imports 무역외수지 /a *balance* of (international) payments; a *balance* of external payments 국제수지계산 /a *balance* of long-term capital account 장기자본수지 /*balance* of payments statistics 국제수지통계 /*Balance* of previous account 이전계좌의 미지급액 /a *balance* of short-term capital account 단기자본수지 /a *balance* of (visible) trade 무역수지 /a *balance* of transfer account 이전수지 /a *balance* sheet analysis 대차대조표분석 /*balance* sheet ratios 대차대조표비율 /a *balance* transfer 잔액의 이체 /*Balance* with Home and Foreign Bankers 국내 및 외국은행예금 /a compensating [compensatory] (deposit) *balance* 보상(예금)잔액 /a credit *balance* 대변잔액 /creditor *balance*(*s*) 대변잔액, 예금잔액 /daily trial *balances* 일계표(日計表) /favorable *balance* of trade 무역수지의 흑자[수출초과] /get one's *balance* 잔액조회를 하다 /an international *balance* of payments 국제수지 / a loss *balance* 손실잔액 /a minimum *balance* 최소잔액 /a one-sided *balance* of exchange 일방외환(外換) /published *balance* sheet 공표대차대조표 /a rough *balance* (sheet) 가(假)대차대조표 /trade *balance* 무역수지 /an unfavorable *balance* of trade 수입초과, 입초(入超) ***balance of payments* (*BOP*)** 국제수지 ¶ The *balance of payments* (*BOP*) is a system of recording all of a country's economic transactions with the rest of the world during a particular time period. Double-entry bookkeeping is sued, and there can be no surplus or deficit on the overall balance of payments. The balance of payments is typically divided into tree accounts – current, capital, and gold – and these can show a surplus or deficit. The current account covers imports and exports of goods and services; the capital account covers movements of investments; and the gold account covers gold movements. The balance of payments helps a country evaluate its competitive strengths and weaknesses and forecast the strength of its currency. 국제수지는 한 나라가 다른 여러 나라와 일정한 기간 내에 행한 모든 경제거래의 기록을 말한다. 복식부기(double-entry bookkeeping)가 사용되고, 국제수지 전체로서는 흑자로도 적자로도 되지 아니한다. 국제수지는 일반적으로 경상수지(current account), 자본수지(capital account), 금수지(gold account)의 셋으로 나누어지고, 각 수지는 적자나 흑자로 되는 일이 있다. 경상수지는 상품과 서비스의 수출입을, 자본수지는 타자자본의 이동을, 금수지는 금의 이동을 나타낸다. 국제수지는 그 나라의 국제경쟁력의 강약을 평가하여, 그 나라의 통화의 강세를 예측하는 데에 도움을 준다. ~ ***of trade*** 무역수지 ¶ The *balance of trade* is a net difference over a period of time between the value of a country's imports and exports of merchandise. Movable goods such as automobiles, foodstuffs, and apparel are included in the balance of trade; payments abroad for services and for tourism are not. When a country exports more than it imports, it is said to have a favorable balance of trade; when imports predominate the balance is called unfavorable. The balance of trade should be viewed in the context of the country's entire international economic position, however. 무역수지는 한 나라의 상품의 일정기간에 있어서의 수출액과 수입액과의 순차액을 이른다. 자동차, 식품, 의료 등의 이동가능한 물품은 무역수지에 포함되지만, 서비스나 관광 등에 대한 대외지급은 포함되지 아니한다. 수출이 수입보다도 많으면 무역수지는 호조(favorable trade balance)라고 하고, 수입이 우세한 때에는 무역수지는 부조(不調)(unfavorable)라고 한다. 그러나 무역수지는 그 나라 전체의 국제경제의 상황에서 검토되지 않으면 안 된다. ~ ***sheet*** 대차대조표 ¶ A *balance sheet* is a financial report, also called statement of condition or statement of financial position, showing the status of a company's assets, liabilities, and owners' equity on a given date, usually the close of a month. One way of looking at a business enterprise is as a mass of capital (assets) arrayed against the sources of that capital (liabilities and equity). Assets are equal to liabilities and equity, and the balance sheet is a listing of the items making up the two sides of the equations. Unlike a profit and loss statement, which shows the results of operations over a period of time, a balance sheet shows the state of affairs at one point in time. 대차대조표란 기업의 어느 시점(통상은 월말)에 있어서의 자산, 부채(liability), 주주자본(owner's equity)의 상태를 나타내는 재무보고서인데, statement of condition이라든가 statement of financial position이라고도 부른다. 기업을 보는 하나의 방법은 자산총액을 그 재원(부채 및 주주자본)과 대조해서 보는 것이다. 자산은 부채 및 주주자본과 같고, 대차대조표는 이 양측의 숫자를 구성하는 항목을 일람표에 담은 것이다. 일정기간에 걸치는 사업의 결과를 나타내는 손익계산서(profit and loss statement)와는 다르며, 대차대조표는 특정한 시점에서의 상황을 나타낸다. ~ ***sheet hedge*** [영] 대차대조표 헤지 ¶ The *balance sheet hedge* is a hedge transaction that is created to protect against transaction risk. 대차대조표 헤지는 거래리스크에 대해서 보호하기 위하여 창출되는 헤지거래를 말한다.

[v.] 균형을 맞추다, 어울리다, (장부계산이) 맞다 ¶ *balance* assets against liabilities 자산과 부채의 조화를 이루다 /*balance* cash 현금을 맞추다 /a *balanced* budget 균형예산, 균형재정 /a *balanced* economy 균형경제 /*balanced* finance 균형재정 /*balance* fund portfolios 주식·채권(債券) 등에 자금을 분산한 자산운용하다 /*balance* the books 장부를 마감하다 ***balanced mutual fund*** 밸런스형 뮤추얼펀드 ¶ A *balanced mutual fund* is a fund that buys common stock, preferred stock, and bonds in an effort to obtain the highest return consistent with a low-risk strategy. A balanced mutual fund typically offers a higher yield than a pure stock fund and performs better than such a fund when stocks are falling. In a rising market, however, a balanced mutual fund usually will not keep pace with all-equity funds. 밸런스형 뮤추얼펀드는 낮은 리스크의 투자전략을 유지하면서 될 수 있으면 높은 투자수익(return)을 획득할 목적에서 보통주식(common stock), 우선주식(preferred stock), 채권(bond)을 구입하는 펀드를 말한다. 밸런스형 펀드는 일반적으로 순수한 주식펀드(stock fund)보다도 수익률(yield)이 좋고, 주가하락시의 운용성적도 좋다. 그러나 주식상승시세에서는 주식펀드에 비해서 운용성적이 떨어지는 경우가 많다.

balancing 잔액대조 ¶ *balancing* items 오차탈루(항목) ***balancing charge*** [영]

평형과세 ¶The *balancing charge* is a tax charge that may be incurred by a company when it sells assets for more than their carrying value. 평형과세는 회사가 이월가액(移越價額, carrying value) 이상으로 자산을 매각하는 경우에 유발하는 법인세부담(tax charge)을 말한다.

bale 짐짝, 포장 ¶The *bale* is a large bundle of compressed and bound goods, such as cotton. 짐짝이란 목화(cotton)와 같이, 압축하고 묶은 큰 꾸러미를 말한다. ***bale cargo*** 포장화물 ¶*Bale cargo* is bulky cargo shipped in bales, usually of burlap. 포장화물은 보통 노끈으로 묶어 짐짝으로 선적한 부피가 큰 화물을 말한다.

balloon ⓐ 최종납입금을 다액으로 한 ¶a *balloon* maturity 최종지급액이 많은 만기 /*balloon* loan 최종회 지급을 크게 한 대출 /*balloon* notes 최종잔액일괄지급방식의 약속어음 ***balloon [lump sum] payment*** [차환(借換)에 의한] 잔액기한일괄지급, 자유반환방식 ¶*Balloon payment* is final payment on a loan when that payment is greater than the preceding installment payments and pays the loan in full. For example, a debt requires interest-only payments annually for five years, at the end of which time the principal balance (a balloon payment) is due. [차환(借換)에 의한] 잔액기한일괄지급이란 대출에 대한 지급이 직전의 분할지급보다 다액이고 대출의 전액을 지급하는 경우에 대출에 대한 최종지급이 된다. 예를 들면, 채무가 5년간 매년 이자만의 지급을 요하되, 최종연도에는 원금전액(잔액기한일괄지급)을 지급하는 경우이다.

ⓝ 만기잔액일괄반환, 벌룬(balloon)반환 ¶*Balloon* is final payment on a debt that is substantially larger than the preceding payments. Loans or mortgages are structured with *balloon* payments when some projected event is expected to provide extra cash flow or when refinancing is anticipated. *Balloon* loans are sometimes called partially amortized loans. 벌룬반환방식이란 최종반환액이 직전(直前)의 반환액보다도 상당히 다액으로 되는 반환방법을 말한다. 자금흐름(cash flow)의 증가가 장래 전망되는 경우나 차환(借換)(refinancing)인 경우에, 벌룬반환방식의 론(loan)이나 부동산담보대출(mortgage)이 체계화된다. 벌룬반환방식의 대출은 간혹 partially amortized loans라고도 한다.

ballot ⓝ 투표 ¶The *ballot* is a method whereby members of a work group (bargaining unit) determine whether they shall be represented by a particular union (bargaining agent). In order for a bargaining agent to be certified, it must receive a majority of the *ballots* cast in the bargaining unit. 투표는 노동단체(단체교섭단위)가 특정한 노동조합(단체교섭대리인)에 의하여 대리될지를 결정하는 방법이다. 단체교섭대리인이 인증을 받기 위하여서는 단체교섭단위에서 과반수의 투표를 받아야 한다.

ⓥ 투표하다

Baltic Exchange 런던의 발트상업해운거래소 ¶The *Baltic Exchange* is a London-based membership organization that quotes index prices for the *Baltic Exchange* Dry Index and the *Baltic Exchange* International Tanker Route Index, which are used as reference in a variety of derivative contracts. The *Baltic Exchange's* indexes are often used as a general proxy of economic activity, with high or rising index levels representing high or rising demand and prices for shipping capacity related to commodities, and thus strong or strengthening economic activity; a low or declining index represents the reverse. The indexes are also directly and indirectly influenced by fleet supply, bunker fuel prices, port congestion and choke points, and so forth. 런던의 발트상

업해운거래소는 발트상업해운거래소 곡물지수(Baltic Exchange Dry Index)와 발트상업해운거래소 국제유조선항로지수(Baltic Exchange International Tanker Route Index)의 지수가격(index prices)을 견적하는 런던중심의 멤버십단체이고. 이러한 지수가격의 견적은 각종의 파생금융상품에 참고로서 이용되고 있다. 발트상업해운거래소의 지수(indexes)는 이따금 상품에 관한 선복량(shipping capacity)에 대한 높은 수요 또는 상승하는 수요를 나타내는 높게 상승하는 지수수준(index levels) 때문에 경제활동의 일반적인 대용물(general proxy)로 이용되고, 따라서 강력하고 강화된 경제활동을 이끌고 있다. 낮은 지수나 내리막의 지수는 그 반대를 나타낸다. 그 지수는 또한 직접 간접으로 선대(船隊, fleet)의 공급, 벙커연료가격, 항구혼잡 및 험난한 곳(choke point) 등으로 영향을 받는다.

ban ⓥ 금지하다(from doing) ¶ He was *banned* from boxing for life. 그는 일생동안 복싱이 금지되었다.
ⓝ 금지, 반대 ¶ cancel *ban* 해금(解禁)하다 /The Government placed a *ban* on its export. 정부는 그 수출을 금지하였다.

bancassurance [프] 방카슈랑스(은행을 의미하는 방크(banque)와 보험을 지칭하는 아슈랑스(assurance)의 합성어이다. 은행이 보험과 관련된 업무를 영위하는 것을 말한다.) ¶ In Europe, the *bancassurance* is a financial conglomerate that engages in a broad range of financial services, including loans, deposits, insurance, securities underwriting, investment management, and trading. *Bancassuance* groups often deal through separately incorporated and regulated entities but face no particular restriction on the scope of services they can offer. 유럽에서 방카슈랑스는 대출, 예금, 보험, 증권인수, 투자관리 및 무역에 관계하는 금융거대그룹을 말한다. 방카슈랑스 그룹은 종종 별개로 법인격을 갖추고 조정되는 법인체를 통해서 거래하지만, 그들이 제공할 수 있는 업무의 범위에 특별한 제한은 받지 않는다.

band 밴드, [외환] [영] 변동폭 ¶ The *band* is a trading range for a security or currency that is bounded by upper and lower limits. A *band* may exist informally as a technical indicator, or formally to guide currency rate or trading activity. 변동폭은 높고 낮은 한계로 약동하는 증권이나 통화의 거래범위를 말한다. 변동폭은 비공식적으로는 기술적 지표로서, 공식적으로는 외국통화표시시세(currency rate) 또는 거래활동을 인도하기 위하여 존재할 수 있다. /within a wide [narrow] *band* of … 넓은[좁은] 변동폭 중에서 /wider *band* [외환] 확대변동폭

Bangladesh currency 방글라데시 화폐 ¶ taka (BDT), divided into 100 poisha. 1 타카(taka) = 100 포이샤(poisha).

bani 바니 ¶ A subdivision (1/100) of the Romanian leu. 1 레우(루마니아 ley) = 100 바니.

bank ⓝ 은행 ¶ The *bank* is a financial institution that is permitted, through its charter, to accept deposits and extend commercial and retail loans, and perform various intermediation and fiduciary functions. Commercial *banks* specialize primarily in traditional forms of commercial lending and deposit taking, while investment *banks* and securities firms are active in corporate finance, securities underwriting, and trading. Universal *banks* and bancassurance groups engage in a broad range of activities, including traditional banking, securities underwriting, investment management, insurance, and trading. Regulators monitor the activities of *banks* to ensure that clients, particularly small depositors, are properly protected. [영] 은행은 정관을 통해서, 예금을 수리하고, 상업・소매대출을

해주며, 여러 가지 중개와 신탁기능을 수행할 수 있는 금융기관이다. 상업은행은 주로 상업적 대출과 예금수집의 전통적 방식을 전문으로 하는 데 대하여, 투자은행과 증권회사는 기업금융, 증권인수 및 무역거래에 활발하다. 유니버셜 뱅크와 방카슈랑스 그룹은 전통적인 은행거래업무, 증권의 인수, 투자관리, 보험과 무역거래를 포함하여 광범한 범위의 활동에 관여한다. 규제당국은 고객, 특히 소액예금자가 적절하게 보호받는 것을 확보하기 위하여 은행의 활동을 모니터한다. /an attachment to one *bank* 한 은행거래 /*bank* acceptance rates 은행인수할인율 /*bank* accommodations [advance] 은행융자 /a (savings) *bank* account 은행(저축)예금계좌, 은행계정 /*bank* account reconciliation 은행계정조정 /*Bank* Act [영] 은행법([미] the Banking Act) /*bank* annuity 은행연금 /*bank*-at-home 홈뱅킹 /*bank* bankruptcy 은행도산 /*bank* bills [drafts] 은행어음[은행이 제출, 인수, 또는 배서한 어음], [미] 은행권, 지폐 /*bank* bill rates 은행어음금리 /*bank* bond 금융채 /*bank* book [영] 예금통장(a passbook) /*bank* bookkeeping 은행부기 /*bank* borrowing(s) 은행차입 /*bank* burglary (and) robbery) insurance 은행강도보험 /*bank* burglary and robbery policy 은행도난보험 /*bank* by mail 우편에 의한 은행업무[예금] /*bank*-by-phone 전화은행업무 /*bank* call 은행검사당국의 보고요구 /*bank* charges 은행수수료 /*bank* charge plans 은행수수료방식 /*bank* checking 은행조회 /*bank* circulation 은행권발행금액 /*bank* clearings 어음교환금액 /*bank* crash 은행의 파산 /*bank* credit; *bank* loan; *bank* advances and discounts 은행융자 /*bank* crisis 은행공황 /*bank* data processing system 은행용 전자계산조직 /*bank* dating cancelers 은행용 일자말소기(日字抹消器) /*bank* dealers 정부발행증권 등을 취급하는 은행 /*bank* debenture 금융채 /a *bank* deduction plan 은행인락(引落)방식 /*bank* drafts 은행외국환어음, 은행어음, 송금수표 /*bank* examination 당국에 의한 은행검사 /*bank* examiners 은행검사관 /*bank* hours 은행영업시간 /*bank* insolvency 은행파산 /*bank* interest 은행이자 /*bank* liquidity 은행유동성 /*bank* loan(s) 은행융자 /*bank* loan-deposit ratios 예대율(預貸率) /*bank* loans and discounts; *bank* loans; *bank* lending; *bank* credit 은행융자 /*bank* managers 은행지배인 /*bank* money 예금통화 /*bank* money orders 은행우편환 /*bank*-note assortment 은행권의 분류 /*bank*-note issue 은행권발행 /*bank* notes of small denomination 소액은행권 /*bank* notes unfit for circulation 폐기은행권 /*bank* of account 거래은행 /a *bank* of commerce [deposit, discount] 상업[예금, 할인]은행 /*bank* of circulation [issue] 지폐발행은행 /*bank* officers 은행의 상급임직원 /*Bank* of Korea (BOK) 한국은행 /*Bank* of Korea notes 한국은행권 /*Bank* of Korea notes issued 한국은행권발행금액 /*bank* opinion [신용조사] 뱅크오피니언, 은행의 의견 /*bank* overdrafts 당좌차월(借越) /*bank* papers 은행어음 /*bank* passbooks 예금통장 /*bank* premises 은행의 건물내 /*bank* rate policies 공정금리정책 /*bank* records 은행기록 /*bank* regulations and requirements 은행규제와 요건 /*bank*-related business 은행의 관련업무 /*bank*-related organizations 은행의 관계회사 /*bank* reserves 현금준비 /*bank* returns (당국에의) 은행보고서 /*bank's* (exchange) rates for customers 대고객시세 /*bank* reconciliation 은행계정조정 /a *bank* run (은행의 지급불능을 예상하여) 다수의 예금자가 예금을 인출하려고 쇄도하는 것 /*bank* suspension 지급정지 /*bank* transfers 은행이체 /the *Bank* Wire [미] 은행간의 컴퓨터통신시스템 /big [chief, leading] *banks* 주요은행 /Canadian chartered *banks* 캐나다의 특허은행 /city *banks* 시중은행 /commercial *banks* 상업은행 /country [local] *banks* 지방은행 /a data *bank* 데이터뱅크 /discount *banks* 할인은행 /exchange *banks* 외국환은행 /investment *banks* 투자은행 /land *banks* 토지은행 /mutual savings *banks* 상호저축은행 /New York City *banks* 뉴욕소재은행 /non-European *banks* 비유럽계은행 /one *bank* policy; principle of having an account with one *bank* only [은행] 1은행거래주의

/out-of-town *banks* 시외은행 /prime *banks* 일류은행 /private *banks* 개인은행 /selection of *banks* by companies 고객에 의한 은행역선별 /United Kingdom *banks* 영국은행 /United States commercial *banks* 미국상업은행 /an uptown *bank* 주택가의 은행 /vary *bank* to *bank* 은행에 따라 다르다 ***bank acceptance (BA)*** 은행인수어음 ¶A *bank acceptance* (*BA*) is a negotiable time draft financing international trade. The draft is guaranteed by the accepting bank. By accepting the draft, the bank agrees to pay the face value of the obligation if the issuer (the drawer of the draft) fails to pay, hence the name two-name paper. By lending its name to the transaction, the accepting bank makes it easier for an importer or exporter to obtain trade financing. 은행인수어음은 국제무역에 자금을 융자하는 양도성의 기한부어음을 말한다. 이 환어음을 인수함으로써, 은행은 발행인(환어음의 발행인을 말한다.)이 지급을 하지 않는 경우 어음채무의 액면가액을 지급하기로 약정하기 때문에, 복명(複名)어음이라고 한다. 인수은행은 그 거래에 자신의 명칭을 빌려줌으로써, 수입자나 수출자가 무역금융을 얻는 데에 보다 용이하게 만든다. ~ ***account*** [영] 은행계정 ¶The *bank account* is an account opened by a customer with a bank or other financial institution that can be used for effecting payments (e.g., through a checking account or current account, via checks or direct debits) or accumulating savings (e.g., via a saving account). 은행계정은 (예컨대, 수표 또는 계정인락(direct debits)을 경유하여, 당좌계정(checking account or current account)을 통해서) 지급을 하거나 또는 (예컨대, 저축계좌를 경유하여) 저축을 축적할 수 있는 은행 또는 금융기관에 고객이 개설한 계정을 말한다. ~ ***check*** 은행수표 ¶A *bank check* is a check that a bank draws on itself, used when the payee does not wish to accept the credit of the customer as a drawer. The customer purchases the *bank check* with good funds, which gives the payee confidence that the check will be honored. 은행수표는 은행이 자신 앞으로 발행한 어음으로서 수취인이 발행인으로서의 고객의 신용을 받아들이고 싶지 않는 경우에 이용된다. 고객은 풍부한 자금으로 뒷받침되는 은행수표를 구입하는 것이 수취인에게 그 은행수표는 지급된다는 신뢰를 주기 때문이다. ~ ***deposit*** 은행예금 ¶*Bank deposit* is funds placed by an individual or institution with a bank, which is then used to finance operations. Acceptance of the deposit creates a liability for the accepting bank and requires payment of periodic interest and return of funds at maturity or on presentation. 은행예금은 개인이나 기관이 예치한 자금으로, 다음에 금융활동에 사용된다. 예금의 수입(受入)은 수입은행에게는 하나의 채무를 생기게 하고, 정기적으로 이자를 지급해야 하며 만기 또는 제시를 할 때에 자금을 반환해야 한다. ~ ***discount rate*** 은행할인금리 ¶A *bank discount rate* is a rate quoted by dealers for short-term noninterest bearing money market instruments, such as commercial paper and Treasury bills. When a bank accepts or agrees to pay a time draft, thus creating a banker's acceptance, the difference between what the bank pays and the face value of the instrument is the bank's charge (called a discount) for honoring the draft. 은행할인금리는 상업어음과 미재무부증권과 같은 단기성 무이자부 금융상품에 대해서 증권딜러들이 부르는 금리이다. 은행이 기한부 어음을 인수하거나 지급하기로 동의하여서 은행인수어음을 창설하는 경우, 은행이 지급하는 금액과 그 유가증권의 액면금액과의 차이는 그 어음을 인수하는 데 드는 은행의 수수료(할인료라 한다.)이다. ~ ***failure*** 은행파탄 ¶The *bank failure* is the closing of an insolvent bank by the chartering agency. Only a state banking commissioner, the primary regulator of a state chartered bank, or the Comptroller of the Currency, who regulates National Banks, can make the decision to close a bank. If the bank is federally insured –

by now nearly all bank deposits are covered by federal deposit insurance – the bank is placed in receivership with the Federal Deposit Insurance Corporation, which then settles any claims against the bank by its creditors, including the claims of insured depositors up to the $100,000 per account. 은행파탄은 인가기관에 의해서 파산은행을 폐쇄하는 경우이다. 국립은행을 규율하는 주금융위원장, 주인가은행의 최고감독자 또는 통화감사관만이 은행의 폐쇄결정을 내릴 수 있다. 그런 은행은 연방법상 부보(附保)되는 경우 — 현재 시점에서 은행예금 거의 전부가 연방예금보험에 의해서 커버되고 있지만 — 은행은 연방예금보험공사의 관리하에 놓이고, 연방예금보험공사는 부보된 예금자의 청구를 비롯해서 채권자의 계좌당 100,000달러까지 은행에 대한 어떤 청구도 해결해 준다. ***Bank for International Settlements* (*BIS*)** 국제결제은행 ¶ *The Bank for International Settlements* (*BIS*) is a supernational organization, often termed the "bank of the Central Banks," that was created in 1930 to coordinate First World War reparation payments and provide basic international banking services (most of which were assumed by the International Monetary Fund after the Second World War); the Bank also acted as Trustee and Clearing Agent for various supernational organizations in the postwar period. 국제결제은행은 1930년에 제1차 세계대전배상비용을 조정하고 기본적인 국제금융업무(제2차 세계대전 후에는 국제통화기금이 대부분을 인수한 것이다)를 제공하기 위해서 설립된 초국가적인 기구로서 자주 중앙은행 중의 은행이라고 한다. 그리고 그 은행은 또한 전후기간에 초국가적 기구를 위한 관재인(管財人)과 중개자로서 활동을 했다. ~ ***guarantee*** 은행보증 ¶ A *bank guarantee* is a guarantee issued by a bank in support of the undertaking of a client or project. By providing the guarantee, the creditworthiness of the underlying client or project is substituted by that of the bank. 은행보증은 고액이나 프로젝트의 착수를 지원하는 은행이 발부하는 보증을 말한다. 보증을 제공함으로써, 그 뒤에 있는 고객이나 프로젝트의 차금상환능력이 그 은행의 신용력에 의해 교체된다. ~ ***holding company*** 은행지주회사 ¶ A *bank holding company* is a corporation that owns, or has control of, one or more individual banks and/or financial subsidiaries. 은행지주회사는 1이상의 개별은행 및 금융자회사를 소유하거나 지배하는 주식회사를 말한다. ~ ***holidays*** 은행휴일 ¶ *Bank holidays* are a uniform schedule of national holidays honored by financial institutions. State holidays are not standardized, however. Under the Uniform Commercial Code, interbank payments delayed by a holiday are payable the next business day. 은행휴일은 금융기관이 인정하는 전국적인 휴일의 통일된 시간표이다. 그러나 주의 휴일은 표준화되어 있지 않다. 미통일상법전에 의하면 휴일로 인하여 지체된 은행간 지급은 다음 영업일에 행하면 된다. ***Bank Insurance Fund* (*BIF*)** 은행보험기금 ¶ The *Bank Insurance Fund* (*BIF*) is a unit of Federal Deposit Insurance Corporation (FDIC) providing deposit insurance for banks other than thrifts. *BIF* was formed as part of the 1989 savings and loan association bailout bill to keep separate the administration of the bank and thrift insurance program. There were thus two distinct insurance entities under the FDIC: *BIF* and Savings Association Insurance Fund (SAIF). In 2005, Congress passed legislation merging the SAIF and *BIF* into one insurance fund called the Deposit Insurance Fund (DIF). 은행보험기금은 저축금융기관(thrift institution) 이외의 은행에 예금보험(deposit insurance)을 제공하는 미연방예금보험공사(Federal Deposit Insurance Corporation: FDIC)의 일부문을 이른다. BIF는 1989년 저축대출조합구제법(Savings and Loan Association Bailout Bill, 1989)의 일부로서, 은행의 예금보험업무와 저축금융기관의 저축보험업무를 분리하기 위해서 설립되었다. 이 결과, 미연

방예금보험공사의 밑에, 은행보험기금(BIF)과 저축금융기관 보험기금(Savings Association Insurance Fund: SAIF)이라는 2개의 별개의 예금보험기구가 존재하게 되었다. 2005년에 미의회는 저축금융기관 보험기금(SAIF)과 은행보험기금(BIF)을 병합하여 은행보험기금이라는 하나의 예금보험기금(FDIC)이라는 입법을 통과시켰다. ~ ***investment contract (BIC)*** 은행에 의한 투자수익률보증 ¶ A *bank investment contract* (*BIC*) is a bank-guaranteed interest in a portfolio providing a specified yield over a specified period. 은행에 의한 투자수익률보증이란 특정한 기간에 특정한 수익률(yield)을 제공하는 포트폴리오(portfolio)의 수익률을 은행이 보증하는 것을 말한다. ~ ***line*** 은행의 여신범위, 크레디트라인 ¶ The *bank line* is a bank's moral commitment, as opposed to its contractual commitment, to loans to a particular borrower up to a specified maximum during a specified period, usually one year. Because a bank line – also called a line of credit – is not a legal commitment, it is not customary to charge a commitment fee. It is common, however, to require that compensating balances be kept on deposit. 은행의 여신범위는 특정한 차입자에 대해서, 특정한 기간(통상은 1년간), 일정한 한도액까지 융자한다고 하는 은행의 도의적인 약정(moral commitment)이지, 계약상의 약정(contracted commitment)은 아니다. 은행의 여신범위는 line of credit(신용공여한도)이라고도 하지만, 법적인 약정은 아니므로, 약정료(commitment fee)를 부과하지 않는 경우가 많다. 그러나 예금계정(deposit)에 양건예금(compensating balance)을 유지하도록 요구하는 것이 일반적으로 되어 있다. ~***note*** 지폐, 은행권, 은행차입어음 ¶ A *banknote* is a paper currency of a country that serves as legal tender, typically issued by a central bank or other authorized monetary authority. *Banknotes*, which are effectively a form of fiat money since they are not backed by gold are a convenient medium of exchange. 은행권은 법화(legal tender)로서 기능을 다하는 한 나라의 지폐통화이며, 일반적으로 중앙은행 또는 발권권한이 있는 통화당국이 발행한다. 은행권은 금의 뒷받침이 없기 때문에 실제로는 법화(fiat money)의 행태를 취하고 있지만, 교환의 편리한 수단이라 할 수 있다. ***Bank of Canada*** [영] 캐나다은행 ¶ The *Bank of Canada* is the central bank of Canada, established in 1934 as a private corporation before converting to a government-owned Crown Corporation in 1938. The *Bank of Canada* is responsible for issuing and enforcing regulations impacting its domestic financial markets and institutions, conducting monetary policy, issuing banknotes, and managing reserves on behalf of the Canadian government. Also known as Banque du Canada. 캐나다은행은 캐나다의 중앙은행으로서, 1938년에 정부소유의 영왕실의 주식회사로 전환하기 전에 사회사(private corporation)로서 1934년에 설립되었다. 캐나다은행은 국내의 금융시장과 금융기관에 영향을 주는 규정(規程, regulation)을 제정하고 집행하며, 통화정책을 집행하고, 은행권을 발행하며, 캐나다정부를 대신하여 준비금을 운영할 책임이 있다. 캐나다은행(Bank of Canada)을 프랑스어로 Banque du Canada라고도 한다. ***Bank of England*** [영] 잉글랜드[영란(英蘭)]은행 ¶ The *Bank of England* is the central bank of the UK. Founded in 1694, it now have various functions including the supervision of other banks, managing monetary policy, and acting as a banker's bank and lender of the last resort. It also issues banknotes in the UK. 잉글랜드은행은 영국의 중앙은행이다. 1694년에 설립된 잉글랜드은행은 오늘날 다른 은행들의 감독, 통화정책의 관리 및 은행의 은행과 최종의 대여자로서의 역할을 비롯하여 여러 가지 기능을 수행한다. 잉글랜드은행은 또한 영국의 은행권을 발행한다. ***Bank of Japan*** [영] 일본은행 ¶ The *Bank of Japan* is the Japanese central bank, founded in 1882 and reorganized in 1942, responsible for ensuring overall stability within the domestic financial system, managing monetary policy, issuing banknotes, and operating interbank settlement systems. 일본은행은 1882년에 설립되어 1942년에 재조직된 일본의 중앙은행으로서, 국내의 금융제도 내의 전반적인 안정을 확보하고, 통화정책을 유지하며, 은행권을 발권하고, 은행간의 결제제도를 운영할 책임이 있다. ***Bank of Korea* (*BOK*)** 한국은행 ¶ The *Bank of Korea* (*BOK*) is established in June 12, 1950 under the Bank of Korea Act. The primary purpose of the Bank, as prescribed by the Act, is the pursuit of price stability. The Bank sets an inflation target in consultation with the Government, and draws up and publishes an operational plan for monetary and credit policy every year. The Bank also pays attention to financial stability in carrying out its policies. To these ends, the Bank performs the typical function of a central bank: issuing banknotes and coins, formulating and implementing monetary and credit policy, maintaining financial system stability, and serving as the banker to banks and the government. In addition, the Bank undertakes operation and oversight of the nation's payment and settlement systems, and manages the nation's foreign exchange reserves. 한국은행은 한국은행법에 의하여 1950년 6월 12일에 설립되었다. 한국은행의 주된 목적은 한국은행법에서 규정하는 바와 같이, 물가안정의 추구에 있다. 한국은행은 정부와 협의하여 매년 물가안정목표제(inflation target)를 세우고, 통화신용정책을 작성하여 운영계획을 발표한다. 한국은행은 또 그러한 정책을 수행하는 데 금융안전에 주의한다. 이러한 목적을 위하여, 한국은행은 중앙은행(central bank)으로서의 주요한 기능을 이행한다. 즉, 은행권과 경화(硬貨)를 발권하고, 통화신용정책을 형식화하여 이행하며, 금융제도안정을 유지하고, 은행과 정부에 대한 거래은행(banker)으로서 역할을 한다. 또, 한국은행은 국가의 지급과 결제제도를 운영, 감시를 떠맡고, 국가의 외국환준비금을 운영한다. ~ ***rate*** 공정금리 ¶ The *bank rate* is the official rate of interest charged by the central banks as lender of the last resort, for instance by the Bank of England when lending to discount houses. The term has fallen out of use in the UK, to be replaced by minimum lending rate. 공정금리는 예컨대 잉글랜드은행이 최종의 대여자로서 할인업자에게 대출할 때에 중앙은행이 부과하는 공식적인 이자율을 말한다. bank rate(공정금리)라는 말은 영국에서 사용되지 않고, 최저대출금리(minimum lending rate)이라는 말이 대신하게 되었다. ~ ***reference*** 은행신용조회 ¶ A *bank reference* is a general statement provided by a bank to potential employers, credit rating agencies, and trade creditors regarding the credit standing of one of its customers. *Bank references* do not include specific details on balances or payment records in order to prejudice the customer. 은행신용조회는 은행고객 중의 한 사람의 신용상황에 관해서 은행이 장래의 사용자, 신용평가기관 및 거래상의 채권자에게 제공하는 일반진술서를 말한다. 은행신용조회에는 고객을 불리하게 하기 위해서 예금잔액, 또는 지급기록에 관한 특별히 상세한 내용을 담지 못한다. ~ ***run*** 뱅크런, (은행의 지급불능을 예상하여) 다수의 예금자가 예금을 인출하려고 쇄도하는 것 ¶ The *bank run* is a series of unexpected cash withdrawals, caused by a sudden decline of depositor confidence or fear that a bank will be closed by the chartering agency. Today, the silent run is much more prevalent than bank runs in the past, when customers lined up in front of tellers' windows and

한국은행이죠.

demanded their savings in cash. 뱅크런은 예금자 신뢰의 급작스런 하락 때문에 또는 은행이 인가기관에 의해서 폐쇄될 것이라는 우려로 인하여 일련의 예기치 못한 현금인출사태를 이른다. 오늘날은 고객들이 은행창구 앞에서 줄을 서서 그들의 예금을 현금으로 인출 요구하던 과거의 뱅크런과는 달리, 조용한 뱅크런이 더 일반적이다. **~ *trust department*** 은행의 신탁부문 ¶ The *bank trust department* is a part of a bank engaged in settling estates, administering trusts and guardianships, and performing agency services. As part of its personal trust and estate planning services, it manages investments for large accounts. People who cannot or do not want to make investment decisions are commonly *bank trust department* clients. Known for their conservative investment philosophy, such departments have custody over billions of dollars, making them a major factor in the movement of stock and bond prices. Among other things, the department also act as trustee for corporate bonds, administer pension and profit-sharing plans, and functions as transfer agents. 은행의 신탁부문은 유산(estate)에 관한 취급, 신탁(trust)이나 후견인(guardianship)업무, 및 대리인(agency)업무를 담당하는 은행의 업무부분을 이른다. 개인신탁업무(personal trust)나 상속계획(estate planning)의 업무의 일환으로서 거액계좌의 투자를 운용한다. 자기 자신이 투자판단을 할 수 없거나 또는 하고 싶지 아니한 사람들이 은행의 신탁부문의 고객이 된다. 은행의 신탁부문은 신중한 투자방식으로 정평이 나 있고, 수십 억 달러의 자산이 신탁부문에서 운용되고 있다. 이 때문에, 신탁부문은 주가나 채권의 가격동향에 커다란 영향을 주고 있다. 다른 업무중에서도, 사채(corporate bond)의 수탁(trustee)업무, 연금(pension plan)이나 이익분배제도(profit-sharing plan)의 관리, 증권대행(transfer agent)업무를 들 수 있다. **~ *statement*** 당좌계산서 ¶ A *bank statement* is a customer's account statement of deposits, withdrawals, transaction activity, and bank service charges, usually mailed monthly. 당좌계산서는 보통 매달 메일로 받는 고객의 예금, 인출, 거래활동 및 은행서비스비용 등의 계정계산서를 이른다. **~ *wire*** 뱅크와이어 ¶ The *bank wire* is a computerized message system owned and administered by participating banks. It provides information about loan participations, securities transactions, Federal Reserve System funds borrowings, credit history, the payment or nonpayment of "wire fate" items, and other essential matters requiring prompt communications. 뱅크와이어는 참가은행에 의해서 소유·관리되고 있는 컴퓨터통신시스템을 말한다. 뱅크와이어는 협조융자(participation loan)나 증권거래, 페더럴펀드차입(federal reserve system funds borrowing), 여신기록(credit history), 「통신불통」(wire fate)으로 인한 지급이나 불지급, 기타 신속한 전달이 필요한 중요사항에 관한 정보를 제공한다. ***central*** **~** 중앙은행 ¶ The *central bank* is a country's bank that (1) issues currency; (2) administers monetary policy, including open market operations; (3) holds deposits representing the reserves of other banks; and (4) engages in transactions designed to facilitate the conduct of business and protect the public interest. In the United States, central banking is a function of the Federal Reserve System. 중앙은행은 (1) 통화(currency)를 발행하고, (2) 공개시장조작(open market operations)을 비롯한 금융정책(monetary policy)을 관리하며, (3) 시중은행의 준비금(reserve)을 예금으로서 수탁받고, (4) 경제를 원활하게 하여 공공의 이익을 옹호할 업무를 수행한다. ***commercial*** **~** 상업은행 ¶ A *commercial bank* is a financial institution that makes loans, accepts deposits, and offers an array of related services that are likely to include issuing letters of credit, renting safe deposit boxes, and selling travelers checks, and buying and selling foreign currency. 상업은행은 융자대출, 예금인수 및 신용장의 개설, 대금고의 대여, 여행자

수표의 매도, 외국통화의 매매를 포함할 것 같은 여러 가지 관련업무를 제공하는 금융기관이다. ***Export-Import Bank (Eximbank)*** [미] 수출입은행 ¶ The *Export-Import Bank* (*Eximbank*) is a bank set up by Congress in 1934 to encourage U.S. trade with foreign countries. *Eximbank* is an independent entity that borrows from the U.S. Treasury to (1) finance exports and imports; (2) grant direct credit to non-U.S. borrowers; (3) provide export guarantee, insurance against commercial and political risk, and discount loans. 수출입은행은 1934년에 미국의회가 외국과의 무역을 촉진할 목적으로 설립한 은행이다. 수출입은행은 독립기관이고, 미국재무부에서 차입을 하여 다음과 같은 업무를 수행한다. (1) 수출입자금의 제공, (2) 미국 이외의 차입자에 대한 직접융자, (3) 수출보증, 상업적 · 정치적 리스크 보험, 대출채권의 할인 등의 제공. ***Federal Reserve Bank (FRB)*** [미] 연방준비은행 ¶ The *Federal Reserve Banks* (*FRB*) are the 12 Banks in the U.S. Federal Reserve System that are responsible for providing central bank services to member banks, lending via the discount window, monitoring the activities of banks operating within their jurisdictions, and assisting in the formulation of monetary policy via the Federal Open Market Committee. 연방준비은행은 가맹은행에 대한 중앙은행 서비스의 제공, 할인창구를 통한 융자, 관할구역 내에서 가맹은행 업무활동의 감독, 연방공개시장위원회를 통한 화폐정책의 형성에의 지원에 책임을 지는 연방준비제도내의 12개 은행을 말한다. ***merchant*** ~ [영] 머천트뱅크, 인수은행 ¶ A *merchant bank* is a bank that originally specialized in financing trade, but today offers long-term loans to companies, venture capital, management of investments and underwriting of new share issues. Merchant bank also functions as acceptance houses. 머천트뱅크는 원래 대출업이 전문은행이었으나, 오늘날에는 기업, 벤처캐피탈, 투자관리 및 신규주식발행의 인수에 장기대출을 제공한다. 머천트뱅크는 또한 어음인수기업으로서의 기능도 한다. ***national*** ~ 국립은행, [미] 내셔널뱅크, 연방법은행 ¶ A *national bank* is a commercial bank chartered by the Comptroller of the Currency, an agency of the U.S. Treasury Department. A national bank is supervised by the Comptroller and is a member bank in the Federal Reserve System. 내셔널뱅크는 미연방재무부의 대리인인 통화감사관에 의해서 인가를 받은 상업은행이다. 내셔널뱅크는 통화감사관의 감독을 받으며, 연방준비제도 내에의 가맹은행이기도 하다. ***savings*** ~ 저축은행 ¶ The *savings bank* is a type of bank, prevalent on the East Coast and in the Midwest, whose major service traditionally has been the timesavings account. The bank is usually owned by its depositors as creditors whose dividends are paid as interest on their accounts. Functions are similar to those of Savings and Loan Associations (S&Ls). 저축은행은 미국의 동부해안과 중서부지역에서 유행하는 은행의 유형이고, 그 주된 서비스는 전통적으로 시간절약의 계정에 있다. 그 은행은 통상 채권자로서(as creditors) 예금자에 의하여 소유되고, 이익배당은 예금자의 계정에 대한 이자로서 지급된다. 저축은행의 기능은 저축대출조합(Savings and Loan Associations: S&Ls)과 유사하다. ***state*** ~ 국영은행, [미] 스테이트뱅크, 주법은행 ¶ A *state bank* is a corporation chartered by a state to engage in commercial banking, and subject to supervision under banking laws in the chartering state. *State banks* differ from national banks, which are chartered and supervised by the Comptroller of the Currency. *State banks* have access to Federal Reserve services, such as check collection, currency and coin delivery, and the Federal Reserve Fed Wire, and can become member institutions in the Federal Reserve System. Only about 1,000 *state banks* have become Federal Reserve member banks. 주법은행은 주(州)에 의한 인가를 받은 상업은행업무에 관계하는 은행으로

인가받은 주에서 은행법에 의해서 감독을 받아야 한다. 주법은행은 통화감사관의 인가를 받아 그 감독을 받는 내셔널은행과는 구별된다. 주법은행은 수표추심, 통화운반과 같은 연방준비업무의 기회도 가지고, 연방은행전신결제통신망(fed wire)을 이용하며, 연방준비제도의 가맹은행으로 될 수 있다.

v. 은행에 예금하다, 은행과 거래하다, [구] 믿다 ¶ *bank* a check 수표를 은행에 입금하다

bankable 은행에서 받아들일 수 있는, 할인이 가능한 ¶ a *bankable* bill 할인가능한 어음 /*bankable* collateral 은행에 차입될 수 있는 담보 /*bankable* papers 할인가능어음

bankcard; bank card 은행카드(은행이 발행하는 크레디트카드) ¶ A *bank card* is a transaction card giving bank's customer the ability to pay for goods and services at retail merchants, and get cash at bank teller windows or at automated teller machines. A *bank card* may be a credit card, tied to a pre-approved line of credit, or a debit card, drawing funds from the holders' checking or savings account. 은행카드는 은행고객에 대해서 물품 또는 서비스대금을 지급하고, 은행창구 또는 자동지급기에서 현금을 찾을 수 있도록 하는 거래카드이다. 은행카드는 사전에 인정된 신용범위와 연결된 크레디트카드 혹은 카드소지자의 조회 내지 저축계좌에서 자금을 인출하는 데빗카드일 수 있다.

banker [영] 은행가, 은행업자, (*pl.*) 거래은행 ¶ The *banker* is a professional involved in arranging loans or other financing arrangements, structuring corporate finance deals, or managing client investment portfolios. See also financier; investment banker, private banker. 은행가는 론(loan) 또는 기타 금융협정을 주선하고, 회사금융거래의 계획을 짜며, 고객의 투자포트폴리오의 운영에 관여하는 전문가이다. financier(금융업자); investment banker(투자은행); private banker(프라이빗뱅커)도 참조할 것. /*banker's* acceptance rates 은행인수어음금리(BA레이트) /a *banker's* bill 은행어음 (*cf.*) bank bills /a *banker's* blanket bond 은행의 신원보증보험 /*banker's* [cashier's] check 은행수표(a bank check) /a *bankers's* (letter of) credit 은행신용장 /*banker's* deposits 은행예금 /*banker's* discounts 은행할인 /*banker's* duty of secrecy 은행의 비밀유지의무 /a *banker's* guaranty 은행보증장 /*banker's* opinion [신용조사] (신용조회에 대한) 은행의 의견 /a *banker's* order 정액자동송금 /*banker's* reference 은행신용조회(a bank reference) /the branch *bankers* 지점은행 /due from *bankers* 타행에의 대출 /due to *bankers* 타행에서의 차입 /eligible *banker's* bills 적격은행어음 /investment *banker* 투자은행(an investment bank) /private *bankers* 개인은행(private banks)
(prime) banker's acceptance (BA) (일류)은행인수어음 ¶ A *banker's acceptance* (*BA*) is a negotiable time draft financing international trade. The draft is guaranteed by the accepting bank. By accepting the draft, the bank agrees to pay the face value of the obligation if the issuer (the drawer of the draft) fails to pay, hence the name two-name paper. By lending its name to the transaction, the accepting bank makes it easier for an importer or exporter to obtain trade financing. 은행인수어음은 국제무역에 자금을 융자하는 양도성의 정기환어음을 말한다. 이 환어음을 인수함으로써, 은행은 발행인(환어음의 발행인을 말한다.)이 지급을 하지 않는 경우 어음채무의 액면가액을 지급하기로 약정하기 때문에, 복명(複名)어음이라고 한다. 인수은행은 그 거래에 자신의 명칭을 빌려줌으로써, 수입자나 수출자가 무역금융을 얻는 데에 보다 용이하게 만든다. ¶ A *banker's acceptance* (*BA*) is a time draft drawn on and accepted by a bank, the customary means of effecting payment for merchandise sold in import-export transactions and a source of financing used extensively in international trade. In New York

and London, the markets to sell and buy *BAs* are developing, where *BA rates* are at issue. 은행인수어음은 은행 앞으로 발행되어 은행이 인수하는 기한부어음을 이른다. 수출입거래의 결제방법으로서는 전통적인 수단이고, 국제거래에서 널리 이용되고 있는 자금조달방법이기도 하다. 뉴욕, 런던 등지에서 BA를 매매하는 BA시장이 발달하고 있는데, 거기서는 은행인수어음할인율이 문제가 된다. ***~'s bank*** 은행의 은행, 중앙은행 ¶A *banker's bank* is a depository institution, usually a commercial bank, organized and chartered to do business with other banks and owned by the banks it services. These banks do not take deposits or make loans to the public. They may be chartered as National Bank, invest in an export trading company, and may be exempted from reserve requirements. 은행의 은행은 보통은 상업은행인 예탁기관인데, 다른 은행과 거래를 하도록 조직화되어 인가를 받고 자신이 서비스를 제공한 은행들이 소유한 은행이다. 이런 은행은 예금을 받거나 대중에게 대출을 하지 않는다. 이런 은행들은 국립은행으로서 인가를 받을 수 있고, 수출기업에 투자를 하고, 은행의 준비금요건에서 면제될 수 있다. ***~'s draft*** 은행환어음 ¶The *banker's draft* is a draft bill of exchange payable on demand and drawn by or on behalf of the bank itself. It is regarded as cash and cannot be returned unpaid. 은행환어음은 은행에 제시되고 은행 자체가 발행하거나 은행을 대리하여 발행된 환어음을 이른다. 그것은 현금(cash)으로 간주되며, 지급거절로 상환되지 않는다. ***merchant ~*** [영] 머천트뱅크, 인수은행(merchant bank) ¶A *merchant banker* is a bank that originally specialized in financing trade, but today offers long-term loans to companies, venture capital, management of investment and underwriting of new share issues. Merchant bankers also function as acceptance houses. 머천트뱅크는 원래 금융거래를 전문으로 하는 은행이었지만, 오늘날에는 회사, 벤처캐피탈, 투자관리, 신주발행의 인수 등에 대해서 장기대출을 제공하는 은행을 말한다. 머천트뱅크는 또한 어음인수기업으로서의 기능도 한다.

banking ⓐ 은행의, 은행업무의 ¶a *banking* account 은행계좌 /*banking* accounts of all banks 전국은행계좌 /*banking* business [activity, operations, services] 은행업무, 금융업 /*banking* company 은행회사 /*banking* connection 은행거래관계 /a *banking* corporation 은행회사 /*banking* correspondents (은행의) 거래은행 /*banking* facilities 금융기관 /*banking* hours 은행의 영업시간 /a *banking* house [establishment] 은행(의 건물) /the *banking* industry 은행업 /a *banking* institution 은행 /*banking* machine 은행회계기 /the *banking* offices 은행의 영업소 /*banking* on-line systems 뱅킹 온라인 시스템 /*banking* [fund] operations 자금운용 /*banking* policy administration 은행행정 /*banking* practices 은행관행 /*banking* premises 은행건물내 /*banking* quarters 은행의 영업장 /the *banking* section (증권회사의 영업부분 중의) 은행부분 /*banking* secrecy [secret] 은행비밀 /*banking* service 은행업무 /*banking* supervision; *banking* administration 은행행정/a *banking* syndicate 은행융자단 /the *banking* system 은행제도, 은행조직 /a *banking* world 은행업계 /general *banking* business 일반은행업무 /general *banking* operations 일반은행업무 /outside normal [regular] *banking* hours 통상의 영업시간외에 ***Banking Act*** [미] 은행법 ([영] The Bank Act) ¶The *Banking Act* of 1933 is a major banking reform legislation enacted by Congress as a remedy to the financial instability in the banking system during the Great Depression, creating the Federal Open Market Committee, and the Federal Deposit Insurance Corporation. The Act gave effective control of monetary policy to the Federal Reserve Board of Governors. 1933년의 은행법은 대공황기간 중에 은행제도의 금융상의 불안정에 대한 구제책으로서 미의회가 제정한 주요은행업

무개혁입법으로, 연방공개시장위원회와 연방예금보험공사를 창설하였다. 그 법률은 연방준비위원회에 대해 효과적인 통화정책의 통제권을 부여하였다. ***banking book accounting*** [영] 은행장부회계 ¶ The *banking book accounting* is an accounting process used by a bank where certain assets, such as loans and hold-to-maturity investments, follows an accrual approach to profit recognition and where impairments are taken on a periodic basis. See also available for sale accounting; trading book accounting. 은행장부회계처리는 대출과 만기까지의 보유(hold-to-maturity)투자와 같은 이익인정에 발생주의를 따르고, 감손(impairment)은 기간베이스로 잡는다는 은행이 이용하는 회계과정을 말한다. available for sale accounting(매매이용가능회계처리); trading book accounting(거래장부회계처리)도 참조할 것. ~ ***directive*** 은행업무지침 ¶ In the European Union, the *banking directive* is a series of requirements to which banks must adhere, including those related to capital adequacy and solvency, money laundering, concentration risks, and cross-border licensing and marketing/distribution of investments. 유럽연합에서, 은행업무지침이란 자본의 타당성과 지급능력, 화폐세탁, 집결위험, 투자의 국제적인 라이센싱과 마케팅 내지 분배와 관련된 업무를 비롯하여 은행이 준수해야 할 일련의 필요조건들이다. ***international*** ~ 국제은행업무 ¶ The *international banking* is the process of either borrowing and lending funds to domestic firms for the purpose of financing export sales or providing credit to foreign buyers to finance purchases. 국제은행업무는 수출품판매에 자금을 제공하거나 외국바이어에게 구매품에 자금이 돌아가도록 금융을 제공할 목적으로 국내기업에게 자금을 차입하여 대여해 주는 과정이다.

n. 은행업, 은행업무 ¶ *banking* by mail 우편에 의한 예금

bankmail 뱅크메일 ¶ A *bankmail* is a bank's agreement with a company involved in a takeover not to finance another acquirer's bid. 뱅크메일은 기업매수(takeover)를 계획하고 있는 회사와 은행의 합의서를 의미하는데, 은행은 다른 매수기업(acquirer)에는 융자를 하지 않는다는 것을 약속한다.

banknote [영] 은행권(銀行券), 지폐 ¶ The *banknote* is a paper currency of a country that serves as legal tender, typically issued by a central bank or other authorized monetary authority. Banknotes, which are effectively a form of fiat money since they are not backed by gold are a convenient medium of exchange. Also known as note. 은행권은 법화(法貨)로서 소임을 하고 있는 한 나라의 지폐통화로서, 일반적으로 중앙은행(central bank) 기타 공인된 통화당국(monetary authority)이 발행한다. 은행권은 금(金)에 의해서 뒷받침되지 않기 때문에 실제상 관리통화(fiat money)의 형태를 취하며, 편리한 교환의 수단(medium of exchange)이다. 이는 지폐(note)로도 알려져 있다.

bankroll [속] 자금을 내다, 원조를 하다

bankrupt *n.* 파산자, 지급불능자 ¶ *bankrupt's* estate 파산자의 재산(an insolvent's estate) /an undischarged *bankrupt* 채무미변제한 파산자

a. 파산한, 지급능력이 없는 ¶ a *bankrupt* person 파산자 /*bankrupt* company [firm] 파산회사

bankruptcy 파산, 도산 ¶ The *bankruptcy* is a state of insolvency of an individual or an organization – in other words, an inability to pay debts. There are two kinds of legal bankruptcy under U.S. law: involuntary, when one or more creditors petition to have a debtor judged insolvent by a court, and voluntary, when the debtor brings the petition. In both cases, the objective is an orderly and equitable settlement of the obligations. 파산이란 개인, 기업, 기관이 지급불능(insolvency) — 말하자면, 부채의 상환이 불가능한(inability to pay debt) — 상태에 빠지는 것을 말한다. 미국법에서는 강제[비임의]파산(involuntary bankruptcy)과 임의파산(voluntary bankruptcy)의 2종류의 법적 파산절차가 있다. 강제[비임의]파산이란 1인 또는 복수의 채권자(creditor)가 법원에 채무자(debtor)를 파산이라고 선고하도록 신청하는 것이고, 임의파산이란 채무자가 스스로 파산을 신청하는 경우를 말한다. 어느 경우이든 채무를 질서있고 공정하게 청산하는 것을 목적으로 하고 있다. /an act of *bankruptcy* 파산행위 ¶ He committed *an act of bankruptcy*. 그는 파산행위를 했다. /adjudication of *bankruptcy* 파산선고 /a *bankruptcy* administrator 파산관리인 /*bankruptcy* of a borrower 차입자의 도산 /a *bankruptcy* petition 파산신청 /declaration of *bankruptcy* 파산선고 /discharge in *bankruptcy* (변제에 의한) 파산의 취소 /file a declaration of *bankruptcy* 파산선고를 신청하다 /file a petition for *bankruptcy* 파산선고를 신청하다 /fraudulent *bankruptcy* 위장파산 /involuntary [voluntary] *bankruptcy* 강제[임의]파산 ***Bankrutpcy Abuse Prevention and Consumer Protection Act of 2005*** 2005년의 파산남용방지 및 소비자보호법 ¶ The *Bankrutpcy Abuse Prevention and Consumer Protection Act of 2005* is a legislation reforming the bankruptcy code designed to make filing for bankruptcy more difficult for debtors. Among the major provisions of the law is: (1) means test for Chapter 7 eligibility, (2) mandatory credit counseling, (3) limit on auto lien-stripping, (4) mandatory debtor education, (5) scope of discharge, (6) serial filing, (7) homestead exemption, (8) reaffirmations, (9) limit on automatic stay, (10) duration of Chapter 13 plans, (11) dismissal for failure to file documents, (12) attorney verification, (13) debtor statement of intent, (14) eviction proceedings, and (15) nondischargeable student loans. 2005년의 파산남용방지 및 소비자보호법은 채무자(debtor)가 파산의 신청을 남용하지 못하도록 한 파산법개정법이다. 이 법의 중요한 규정은 다음과 같다. (1) 파산법 제7장을 신청하기 위한 자산조사, (2) 강제적 반환상담, (3) 자동차론(loan)의 무담보부문면제(lien-stripping)의 제한, (4) 강제적인 채무자교육, (5) 면책(discharge)의 범위, (6) 연속신청, (7) 가산압류면제, (8) 파산절차완료후의 반환에 관한 재확인서(reaffirmation), (9) 채무자의 파산의 보전(automatic stay)의 제한, (10) 파산법 제13장에 의한 반환기간, (11) 제출서류의 불비로 인한 신청의 기각, (12) 변호사에 의한 증명, (13) 채무자의 주된 취지(statement intent), (14) 퇴거절차 및 (15) 면책할 수 없는 장학금론(loan)이다. ***bankruptcy petition*** [영] 파산신청서 ¶ The *bankruptcy petition* is the document filed with the bankruptcy clerk's office to initiate the bankruptcy. It states which chapter the debtor is filing under, includes information about the debtor, its creditor, and lists assets, liabilities, and asset transfers in the last 12 months. 파산신청서는 파산절차를 시작하기 위하여 파산서기국에 제출된 서류를 말한다. 그 서류에는 채무자가 파산법 몇 장(which chapter)에 의하여 신청하고 있는지가 기재되어 있고, 채무자, 그의 채권자에 관한 정보가 들어가 있으며, 자산, 부채의 명부와 자산은 12개월이 지나서 이전되는 것으로 기재되어 있다. ~ ***proceeding*** 파산절차 ¶ The *bankruptcy proceeding* is a general term for the various types of proceedings under the Bankruptcy Code that are initiated either by an involvent individual or business (termed a voluntary bankruptcy) or by creditors (termed an involuntary bankruptcy) seeking to either have the debtor's remaining assets distributed among the creditors and to thereby discharge the debtor from any further obligation or to restructure and re-organize the insolvent's debt structure. 파산절차는 채무자의 잔여자산을 채권자에게 분배하고 그 이상의 채무로

부터 면제시켜 준다든지 아니면 지급불능자의 채무구조를 재구성, 정리하려고 지급불능의 개인이나 기업(자발적 파산이라 함) 혹은 채권자(강제적 파산이라 함)에 의해서 시작되는 파산법전상의 여러 종류의 절차에 대한 일반용어이다.

banque [프] 방크 ***banque d'affair*** [프] 방크 다페르 ¶ In France, the *banque d'affair* is a merchant bank that invests its own capital in support of corporate finance transactions and engages in securities underwriting and trading. 프랑스에서 방크 다페르는 기업금융거래를 지원하여 투자하고 증권인수와 증권거래를 관여하는 상업은행(merchant bank)을 말한다. ***Banque de France*** [프] 프랑스은행 ¶ The *Banque de France* is the French central bank, founded in 1800, nationalized in 1946, and granted independence in 1993. It is responsible for ensuring monetary stability within France and coordinating, as a member of the European Monetary Union (EMU), broader EMU monetary policy. The bank is a member of the European System of Central Banks. 프랑스은행은 1800년에 설립되고, 1946년에 국유화되었으며, 1993년에 독립을 부여받았다. 프랑스은행은 프랑스내의 통화안정성을 확보하고, 유럽통화연맹(European Monetary Union: EMU)의 회원으로서 광범한 유럽통화연맹의 통화정책에 협력할 책임이 있다. 프랑스은행은 유럽중앙은행체제(European System of Central Banks)의 일원이다. ***Banque du Canada*** 캐나다 은행 → Bank of Canada (캐나다은행).

bar 막대(棒) [딜링] 1백만 영(英)파운드(1백만 달러에 대해서 말하는 경우도 있다.) ¶ a *bar* chart 막대 그래프(bar graph), 봉형(棒型) 차트, [주식] 게이선(의 일종) /*bar* gold 막대 금 /fine *bar* 순금괴 /a gold [silver] *bar* 막대 금[은]

Barbados currency 바베이도스 화폐 ¶ dollar (BBD), divided into 100 cents. 1 달러(dollar) = 100 센트(cents).

barbell portfolio 바벨형 포트폴리오 ¶ The *barbell portfolio* is a portfolio of bonds distributed like the shape of a barbell, with most of the portfolio in short-term and long-term bond, but few bonds in intermediate maturities. This portfolio can be adjusted to emphasize short- or long-term bonds, depending on whether the investor thinks interest rates are rising or falling. 바벨형 포트폴리오는 보유채권(bond)의 대부분이 단기채권과 장기채권으로 한쪽을 치우쳐 있고, 중기채권은 거의 없는 채권포트폴리오로서, 마치 바벨의 모양으로 되어 있다고 해서 이렇게 부르고 있다. 투자자가 금리(interest rate)는 상승한다고 판단하느냐, 하락한다고 판단하느냐에 따라 단기채권과 장기채권에의 집중도를 조정한다.

bareboat charter 나용선(계약) ¶ The *bareboat charter* is a charter of a vessel where the charterer has the right to use his own master and crew on the vessel. 나용선계약은 용선계약자가 자신의 선장과 선원을 용선에 태울 수 있는 권리가 있는 선박용선계약을 말한다.

barefoot pilgrim 맨발의 순례자 ¶ A *barefoot pilgrim* is an unsophisticated investor who has lost his or her shirt and shoes in securities trading. 맨발의 순례자란 증권거래소에서 전재산을 잃은 빈털터리가 된 미숙한 투자자를 이른다.

bargain 거래 ¶ *bargain* [earnest] money; *bargain* deposits 착수금 /*bargain* purchase 바게인 구입 /*bargain* renewal option (리스자산의) 바게인 구입선택권 /*bargain* stocks 저가주(低價株) ***bargain and sale*** 거래양도증서 ¶ The *bargain and sale* is a deed in the form of a contract that conveys property and transfers title to the buyer but lacks any guarantee from the seller as to the validity of the title. It is commonly used today to convey title to real estate and in effect transfers to the new owner whatever interest the grantor had. See also quitclaim deed; warranty deed. 거래양도증서는 매수인에게 재산을 양도하고 권원(title)을 이전하지만, 그 권원의 타당성에 관하여 매도인으로부터 보장을 받지 못하는 계약방식의 증서이다. 그것은 일반적으로 부동산의 권원을 이전하고 실제로 양도인이 어떤 권익을 가지든 간에 이를 새로운 소유자에게 이전하는 데에 이용된다. quitclaim deed(권리포기형 날인증서); warranty deed(하자담보증서)를 참조할 것.

bargaining 값을 깎는 것, 교섭하는 것 ¶ *bargaining* power 교섭력 /collective *bargaining* 단체교섭 ***bargaining unit*** 교섭단위 ¶ A *bargaining unit* is a group of labor union members organized to negotiate with management. 교섭단위는 경영자측과 교섭하기 위해서 조직된 노동조합원의 그룹을 말한다.

barge 거룻배, 바지선(船)

barometer 지표(指標), 바로미터 ¶ The *barometer* is a selective compilation of economic and market data designed to represent larger trends. Consumer spending, housing starts, and interest rates are barometers used in economic forecasting. A barometer stock has a price movement pattern that reflects the market as a whole, thus serving as a market indicator. General Motors, for example, is considered a barometer stock. 지표란 광범한 동향을 나타내는 목적으로서 경제·시장데이터를 선택적으로 편집한 것이다. 소비자지출(consumer spending), 주택착공건수(housing starts)나 금리(interest rate)는 경제의 예측에 사용되는 지표이다. 지표주식(barometer stock)은 시장 전체를 반영하는 가격동향을 나타내는 것이므로 시장의 지표가 된다. 예컨대 제너럴모터스(General Motors)주식은 지표주식이라고 생각된다.

BARRA's performance analysis (PERFAN) 배러퍼포먼스분석 ¶ Devised by BARRA, Inc., a California consulting firm, *BARRA's performance analysis (PERFAN)* is a method of performance attribution analysis used by institutional investors to measure the performance of portfolio managers. 캘리포니아의 컨설팅회사인 배러(BARRA)가 고안한 배러퍼포먼스요인분석(performance attribution analysis)의 방법으로, 기관투자자가 포트폴리오매니저(portfolio manager)의 실적(performance)을 평가하기 위해 사용한다.

barren money 이자가 붙지 않는 돈 ¶ *Barren money* is cash or money earning no interest, such as cash in a safe deposit box or reserve account balances in a Federal Reserve Bank. Also called idle funds. See also idle money. 이자가 붙지 않는 돈이란 대여금고에 들어있는 현금이나 연방준비은행(Federal Reserve Bank)의 준비금계정잔액(reserve account balance)에 있는 현금처럼 이자가 생기지 않는 현금 또는 자금을 이른다. idle money(유휴자금)도 참조할 것.

barrier 장벽, 장애물, 경계, 배리어 ¶ The *barrier* is the price, yield, or index level where a barrier option becomes effective, causing an underlying European option to be created or extinguished. [영] 장애는 장애옵션이 유효하게 되는 경우에, 기초유럽형 옵션이 발생하거나 소멸되는 원인이 되는 가격(price), 이윤(yield) 또는 지수(index)수준을 말한다. /*barrier* to entry 가입장벽 /*barriers* to trade 무역장벽 /trade *barriers* 무역의 장벽 ***barrier option*** [영] 장애옵션 ¶ The *barrier option* is a complex derivative that creates or extinguishes an underlying European option as the price of the market reference moves through a specified barrier. Four versions of the *barrier option* are commonly used, including the down and in option, down and out option, up and in option, and up and out option. The fact that the underlying option may be extinguished, or may never be created, means that a *barrier option* is typically less expensive than an otherwise equivalent European option. Also known as knock-in option, knock-out option, See reverse barrier option. 장애옵션은 시장조회상의 가격이 특별한 장애를 통해서 움직이기 때문에, 기초유럽형 옵션을 발생시키거나 소멸시키는 복합적 파생상품(complex derivative)이다. 다운앤드인 옵션(down and in option), 다운앤드아웃 옵션(down and out option), 업앤드인 옵션(up and in option)과 업앤드아웃 옵션(up and out option)을 포함하여, 4개의 버전(version)이 일반적으로 이용된다. 기초옵션(underlying option)이 소멸될 수 있다거나 결코 발생될 수 없다는 사실은 장애옵션이 대략 다른 동등의 유럽형 옵션보다 비용이 싸게 든다는 것을 의미한다. 이는 녹인 옵션(knock-in option), 녹아웃 옵션(know-out option)으로도 알려지고 있다. reverse barrier option(리버스 장애옵션)도 참조할 것. ~ ***swaption*** [영] 장애 스왑션 ¶ The *barrier swaption* is a payer swaption or receiver swaption with an embedded barrier option. 장애 스왑션은 안에 품은 장애옵션을 가지는 지급인(payer) 스왑션 또는 수취인(receiver) 스왑션을 말한다. ~***s to entry*** 신규진입장벽 ¶ *Barriers to entry* are anything that makes it difficult for new competitors to enter a particular industry or type of business. Examples would include excessive capital invention, inability to achieve required economies of scale, prohibited government policies, and inadequate labor supply. 신규진입장벽은 신규진입자를 특정한 산업 또는 비즈니스에 진입하기 어려운 것으로 하는 모든 것을 의미한다. 예컨대 과대한 설비투자(capital investment)가 필요하다는 것, 규모의 경제(economies of scale)를 달성하는 것이 곤란한 것, 정부가 진입금지정책을 채용하고 있는 것, 그 분야의 인재가 부족하다는 것 등이다. ***tariff*** ~ 관세장벽 ¶ *Tariff barrier* means any tariff imposed by a country on goods being imported into the country, regardless of its legitimacy, that prohibits, restricts, or impedes the free flow of goods and services. 관세장벽은 그 합법성에도 불구하고 물품 및 서비스의 자유로운 흐름을 금지, 제한 또는 방해하는 국가에 수입되는 물품에 대해서 그 국가가 부과하는 관세를 의미한다.

barrister [영] (상급법원에서 변론할 수 있는) 법정(法廷)변호사 (*cf.*) solicitor [영] 사무변호사 ¶ The *barrister's* function is somewhat similar to that of American trial lawyer, but the barrister, unlike the American trial lawyer, does not prepare the case from the start. 배리스터의 역할은 다소 미국의 사실심변호사의 역할과 유사하지만, 미국의 사실심변호사와 다른 것이 처음부터 사건을 준비하지 않는다는 것이다.

barter 물물교환, 바터방식 ¶ *Barter* is a trade of goods or services without use of money. When money is involved, whether in such forms as wampum, checks, or bills or coins, a transaction is called a sale. Although *barter* is usually associated with underdeveloped economies, it occurs in modern complex societies. In conditions of extreme inflation, it can be a preferred mode of commerce. 바터방식은 금전을 사용하지 않고 재화나 서비스의 거래를 하는 경우이다. 조가비 염주(wampum), 수표, 지폐, 코인 등 어떤 형태이든 금전이 개입하면 그 거래는 매매(sale)가 된다. 물물교환이라고 하면 발전도상국 경제를 연상하기 싶지만, 근대적인 복잡한 사회에서 행해진다. 예컨대 극심한 인플레이션의 상황 아래에서는 바터방식의 거래형태가 바람직한 때도 있다. ***barter trade*** 구상무역(求償貿易) ¶ The *barter trade* is a trade in which merchandise is exchanged directly for other merchandise or services without use of money. 구상무역은 금전을 사용하지 않고 상품을 다른 상품 및 서비스와 직접 교환하는 형태의 무역을 말한다.

base ⓐ 기초인, 기준의, 기본의 ¶ the bank's *base* rate 은행의 대출기준금리 /a *base* coin 위조화폐 /*base* date 기준일 /*base* lending rate 기준대출금리 /*base* metal 비금속(납, 주석, 아연 등) /*base* money 기초화폐(monetary base) /*base* prices 매매기준가격 /*base* salary 기본급 /*base* stock (재고의) 기본보유분 /*base* year 기준연차(年次) ***base currency*** 기준통화(미달러, 영파운드) ¶ A *base currency* is a currency used as a basis for measuring profits or losses in an international portfolio, usually of equities. For example, if the euro is quoted at .80 euros to the U.S. dollar, the U.S. dollar is the *base currency*. 기준통화는 국제적인 포트폴리오(보통 주식의 포트폴리오가 많지만)에 있어서, 손익을 산출하기 위해서 사용되는 통화를 말한다. 예를 들면, 유로통화가 미국달러에 대비 .80유로의 값이 나간다면, 미국달러는 기준통화가 된다. ~ ***market value*** 기준시장가격 ¶ A *base market value* is an average market price of a group of securities at a given time. It is used as a basis of comparison in plotting dollar or percentage changes for purposes of market indexing. 기준시장가격이란 소정의 시기에 있어서 일군(一群)의 증권의 평균시장가격(average market price)을 말한다. 시장의 동향을 지수화(indexing)하여 달러나 변화율로 비교하는 기준으로서 사용된다. ~ ***period*** 기준기간, 기준시(基準時) ¶ A *base period* is a particular time in the past used as a yardstick when measuring economic data. A base period is usually a year or an average of years; it can also be a month or other time period. The U.S. rate of inflation is determined by measuring current prices against those of a base period. 기준기간은 경제데이터를 계측할 때에, 기준으로서 사용되는 과거의 특정한 시기를 말한다. 기준기간은 통상은 1년이라든가 복수년의 평균이지만, 1개월간 혹은 기타의 기간의 경우도 있을 수 있다. 미국의 인플레이션율은 기준기간의 가격에 대한 현재의 가격과의 비교에서 산출된다. ~ ***rate*** 기준금리, 기준대출금리 ¶ A *base rate* is an interest rate charged by banks to their best corporate customers in Great Britain. It is the British equivalent of the prime rate in the United States. 기준금리는 영국의 은행이 최량기업고객(best corporate customer)에 대해서 적용하는 대출금리를 말한다. 그것은 미국의 프라임레이트(prime rate)에 상당하는 금리이다. [n.] 기초, 근거, 플랫베이스 ¶ In technical analysis, a *base* is a chart pattern in which support level, and the resistance level come together. During a *basing* period, supply and demand are in relative equilibrium and the stock trades in a narrow range. A positive or negative breakout from a basing period can be a powerful buy or sell signal. 플랫베이스는 테크니컬분석(technical analysis)에서 사용하는 용어로, 가격하락지지선(support level)과 저항선(resistance level)이 맞버티는 차트패턴을 말한다. 플랫베이스의 기간에서는, 수요와 공급이 비교적 균형을 이루고 있으며, 주식은 좁은 박스권(圈)(narrow range)에서의 거래가 된다. 위쪽 방향이냐 아래쪽 방향으로 박스권을 빠져나가면(breakout), 매입이나 매도가 강력한 조짐으로 된다.

basic 기초의, 기본적 ¶ *basic* balance 기초수지 /*basic* financial statements 기본재무제표 /*basic* industries 기간산업 /*basic* money rate 기준금리 /the *basic* period [year] 기준기간[연도] /*basic* rate (of exchange) 기준환율(자국통화와 외국통화와의 환시세 중에서, 기초가 되는 특정한 외국통화와의 시세를 기준외국환율이라고 한다. 한국에서는 달러에 대한 원화가 이에 해당한다.) ***basic earnings per share*** 기본적[희석전] 1주당 이익, 기본1주당 이익 ¶ *Basic earnings per share* doesn't count stock options, warrants, and convertible securities. 기본적[희석전] 1주당 이익(basic earnings per share)은 스톡옵션(stock option), 워런트(warrant), 전환증권(convertibles)에 의한 잠재주식을 고려에 넣지 않고 산출된다.

basis 기초, 근거, 기준가격, (*pl.*) bases ¶ In general, a *basis* is a short for tax basis, the original cost plus out-of-pocket expenses that must be reported to the Internal Revenue Service when an investment is sold and must be used in calculating capital gains or losses. If a stock is bought for $1,000 two years ago and is sold today for $2,000, the *basis* is $1,000 plus expenses and the profit is a capital gain. 일반적으로, 기준가격은 취득가격(original cost)에 거래에 관계되는 실비(out-of-pocket expenses)를 가한 금액인데, 투자물건이 매각된 때에 미국세입청(Internal Revenue Service)에 보고되고, 캐피탈게인(capital gain)이나 로스(capital loss)를 계산할 때의 기준가격이 된다. 만약 주식을 2년 전에 1,000달러로 구입하여, 오늘 2,000달러로 매각한 경우에는, 1,000달러 플러스 실비가 기준가격이고 매각익(賣却益)이 캐피탈게인이 된다. /*basis* risk 베이시스리스크(자금의 조달・운영을 다른 단기금리체계 밑에서 행함으로써 발생하는 리스크) /*basis* swap 베이시스스왑(동일하거나 다른 통화간의 변동금리를 교환하는 통화스왑) ***basis point (b.p.)*** [금융] 베이시스포인트 ¶ A *basis point* (*b.p.*) is a smallest measure used in quoting yields on bills, notes, and bonds. One basis point is 0.1%, or one-hundredth of a percent of yield. Thus, 100 basis points equals 1%. A bond's yield that increased from 8.00% to 8.50% would be said to have risen 50 basis points. 베이시스포인트는 단기채권(bill)이나 중장기채권(note, bond)의 수익률(yield)을 나타낼 때에 사용되는 최소단위를 이른다. 1베이시스포인트는 0.01%, 즉 100분의 1%를 의미한다. 100베이시스포인트에서 1%가 된다. 수익률이 8.00%에서 8.50%로 증가하면 50베이시스포인트 상승하였다고 한다. (베이시스포인트는 1/100 퍼센트(0.01%). 100 b.p.= 1%. 예컨대 0.25%는 25 basis points. 외환・금리변동의 계산의 기준단위가 되고 있다. LIBOR + 25b.p.와 같이 표시된다.) /This is a change of six *basis points*. 이것은 6 베이시스포인트의 변화다. ~ ***price*** 기준가격, 베이시스프라이스 ¶ A *basis price* is a price an investor uses to calculate capital gains when selling a stock or bond. 기준가격은 투자자가 주식이나 채권을 매각한 때에 캐피탈게인(capital gain)의 계산에 사용하는 취득가격을 이른다. ~ ***risk*** [영] 기준리스크 ¶ The *basis risk* is a risk that is generated by two assets or indexes that track, but do not precisely replicate, one another. *Basis risk* is often assumed as a result of minimizing directional risk or volatility risk, and can rise from hedging an asset with a second asset. Also known as residual risk. See also basis; cross-asset hedge. 기준리스크는 서로 추적하지만 정확히 겹치지는 않는 2개의 자산 또는 지수에 의해서 유발되는 리스크를 말한다. 기준리스크는 방향성 리스크 또는 변동성 리스크를 최소화하는 결과로서 판단되기도 하고, 첫 번째의 자산을 두 번째의 자산을 헤지하는 것에서 나타날 수 있다. 이는 residual risk(잔여리스크)라고도 한다. basis(기준); cross- asset hedging(크로스애셋 헤징)도 참조할 것. ~ ***trading*** [투자] 베이시스트레이딩, 이율트레이딩(yield trading) ¶ The *basis trading* is an arbitrage operation in which an investor takes a long position in one type of security and a short position in a similar security in an attempt to profit from a change in the basis between the two securities. *Basis trading* is undertaken when the investor feels one security is priced too high or too low relative to the price of another security. Because of this, the profit on one side of the trade should more than cancel out the loss on the opposite side of the trade. Compare program trading. 베이시스트레이딩이란 투자자가 2종의 증권간의 기준가격의 변경에서 생기는 이익을 시도하는 경우에 1종의 증권의 매입초과포지션(long position)과 그와 유사증권의 매도초과포지션(short position)을 취하고 있는 차익거래(arbitrage)운영을 이른다. 베이스트레이딩은 투자자가 1종의 증권이 다른 종류의 증권의 가격에 비하여 너무 높거나 낮다고 느낄 때 취해진다. 이 때문에, 거래의 한편의 이익이 거래의 다른 편의 손실을 상쇄하고도 많아야 한다. program trading(프로그램트레이딩)과 대조할 것.

basket 바스켓 ¶A *basket* is a unit of 15 or more stocks used in program trading. 바스켓이란 프로그램거래(program trading)에서 사용되는 15종목 이상의 주식에서 사용되는 단위를 이른다. ¶The *basket* is program trading vehicles offered by the New York Stock Exchange (NYSE) (called Exchange Stock Portfolio or ESP) and the Chicago Board Options Exchange (CBOE)(called Market Basket) to institutional investors and index arbitrageurs. Both baskets permit the purchase in one trade of all the stocks making up the Standard & Poor's 500 Composite Index. ESP's design requires a minimum trade of approximately $5 million, and Market Basket's, around $1.7 million. 바스켓은 뉴욕증권거래소(New York Stock Exchange: NYSE)(Exchange Stock Portfolio or ESP라고 함)와 시카고옵션거래소(Chicago Board Options Exchange: CBOE)(Market Basket라고 함)가 기관투자자(institutional investors)나 지수차익업자(index arbitrageurs)에게 제공하는 프로그램매매의 수단을 이른다. 이런 바스켓거래에서는 스탠더드앤드푸어스 500종목 종합주가지수(Standard & Poor's 500 Composite Index)를 구성하는 모든 주식을 1회의 거래로 구입할 수 있다. ESP의 최소거래단위액은 약 500만 달러, Market Basket는 약 170만 달러가 되고 있다. /*basket* [lump-sum] purchase 일괄구입 ***basket credit swap*** [영] 바스켓 크레디트스왑 ¶The *basket credit swap* is a credit derivative that involves the exchange of a fixed or floating premium for a compensatory payment if one or more reference credits in a predefined basket defaults. The swap provides the receiver of premium with a credit portfolio investment and the payer of premium with a credit hedge. See also first-to-default swap. 바스켓 크레디트스왑은 사전에 규정한 바스켓 디폴트에 1이상의 레퍼런스 크레디트이면 고정적 프리미엄 또는 변동적 프리미엄을 보상적 지급(compensatory payment)으로 교환하는 것과 관련되는 신용파생상품이다. 그 스왑은 프리미엄의 수취인에게 크레디트 포트폴리오투자를 제공하고 프리미엄의 지급인에게는 크레디트헤지를 제공한다. first-to-default swap(디폴트가 첫째인 스왑)도 참조할 것. ~ ***of currencies*** 통화바스켓 ¶The *basket of currencies* is means of establishing value for a composite unit consisting of the currencies of designated nations. 통화바스켓이란 지정국가들의 통화로 구성되는 통합단위를 위한 가치를 구축하는 수단을 말한다. ~ ***option*** 바스켓옵션 ¶A *basket option* is an option that gives the owner the right to receive two or more designated foreign currencies in exchange for a base currency, either at a prearranged rate of exchange or at the prevailing spot market rate. 바스켓옵션이란 미리 설정된 가격 혹은 시장가격(market price)으로 특정한 통화를 복수의 통화로 교환할 수 있다고 하는 옵션을 말한다.

Basle 발(스위스의 도시명), 독일어로는 바젤(Basel) ***Basle Accord*** [영] 발 협정 ¶The *Basle Accord* is the original 1988 agreement between participating industrialized countries to adopt risk-based capital methods developed by the Bank for International Settlements. See also Basle II; Basle Market Risk Management. 발 협정은 국제결제은행이 개발한 리스크 베이스의 자본수법을 채용하기 위하여 참여하는 공업국간에 체결된 최초의 1988년의 협정을 말한다. Basle II (발 II); Basle Market Risk Management(발 시장리스크관리)도 참조할 것. ***Basle II*** [영] 발 II ¶The *Basle II* is a new regulatory accord, introduced in 2004, which replaces the original Basle Accord for participating Banks. Basle II is formed atop Pillar I, Pillar II, and Pillar III, which address computation of credit risk and operational risk, the control of nonstandard risks, and the disclosure of risk management methods and risk parameters. 발 II는 참가은행들의 최초의 발 협정을 대신하여 2004년에 도입된 새로운 규제협정이다. 발 II는 금융리스크의 운영리스크의 계산과 비표준 리스크의 규제와 리스크관리방법과 리스크 변수(parameter)의 개시(disclosure)를 문제로 다루는 필라 I, 필라 II, 및 필라 III 위에 결성되었다. ***Basle Market Risk Amendment*** [영] 발 시장리스크개선 ¶ The *Basle Market Risk Amendment* is a 1996 addendum to the original Basle Accord that permits banks to use internally developed value-at-risk models in computing required risk capital. See also Basle II. 발 시장리스크개선은 은행들이 필요한 리스크 캐피탈을 계산하는 데 내부적으로 개발한 밸류앳 리스크모형(value-at-risk model)을 사용할 수 있게 하는 1996년의 추가사항(addendum)이다. Basle II(발 II)도 참조할 것.

batch 한 묶음, 1회분, 한 묶음처리 ***batch processing*** [컴] (자료의) 일괄처리 ¶ The *batch processing* is a procedure whereby a user gives a computer a batch of information, referred to as a job – for example, a program and its input data on punched cards – and waits for it to be processed as a whole. *Batch processing* contrasts with interactive processing, in which the user communicates with the computer by means of a terminal while the program is running. (자료의) 일괄처리는 컴퓨터의 사용자가 컴퓨터에 대하여 작업(job) — 예를 들면 프로그램과 천공카드상의 그 입력데이터 — 으로서 일괄정보를 주고, 그 자료가 전체적으로 자료처리되는 과정을 말한다. (자료의) 일괄처리는 프로그램이 작동되는 동안에 컴퓨터의 사용자가 단말기를 통해서 다른 컴퓨터와 의사를 소통하는 대화식(쌍방향)의 일괄처리(interactive processing)와 대조된다. ~ ***trading*** 일괄거래 ¶ The *batch trading* is a trading system for securities in which orders accumulate and then, at specified times, are executed all at once. *Batch trading* in the U.S. securities markets only is used on opening transactions when orders received after the previous day's close are executed all at one time. Compare continuous trading. 일괄거래란 것은 주문이 쌓이고 나면 일정한 시기에 한꺼번에 모두 집행되는 증권의 거래제도를 말한다. 미국의 증권시장에서만 일괄거래는 전날의 마감이 한꺼번에 전부가 집행된 후 주문을 접수할 때에 영업거래에서 이용된다. continuous trading(연속적 거래)과 대조할 것.

bath 입욕(入浴), 미역감음 ¶ take a *bath* [속] 큰 손해를 보다, (회사가) 도산하다

B.B. → **b**ill **b**ought [약] 매입환

BBD (ISO) code Barbados – currency dollar. ¶ BBD (국제표준기구) 약호 바베이도스 — 화폐 달러(dollar).

BCF (ISO) code Benin – currency CFA franc. ¶ BCF (국제표준기구) 약호 베냉 — 화폐 CFA 프랑(franc).

B/C discount → **b**ills for **c**ollection **discount** [약] 추심어음할인

B/C usance → **b**ills for **c**ollection **usance** [약] B/C 유전스(은행유전스의 하나의 방식인데, 수출업자가 발행한 한국의 수입자를 지급인으로 하는 무신용장의 수출어음을 해외의 은행이 매입하여 한국에 발송해 오는 것을 말한다.)

BDR → **b**earer **d**epository **r**eceipt [약] 무기명예탁증서(유럽에서는 주식은 일반적으로 무기명이므로, ADR과 같이 소유자명을 기입하지 않기 때문에, 이와 같은 명칭이 생겼다.)

BDT (ISO) code Bangladesh – currency taka. ¶ BDT (국제표준기구) 약호 방글라데시 — 화폐 타카(taka).

BEACON → **B**oston **E**xchange **A**utomated **C**ommunication **O**rder-routing Network [약] 비이콘, 보스턴증권거래소 자동주문회송네트워크 ¶*BEACON* is acronym for the *Boston Exchange Automated Communication Order- routing Network*. This electronic system allows the automatic execution of trades based on the prevailing stock prices on the consolidated market, any of the seven U.S. securities exchanges. BEACON은 보스턴증권거래소 자동주문회송네트워크의 두문자이다. 이 전자시스템을 통해서 미국의 전시장, 말하자면 전미국 7개 증권거래소의 어디서도, 실세가격으로 자동거래를 할 수 있다.

bear ⓝ [주식] 약세의 매도측(賣渡側), 베어 (*cf.*) bull 강세측 ¶A *bear* is a person with a pessimistic market outlook. He thinks a market will fall. He may sell a stock short or buy a put option to take advantage of the anticipated drop. Contrast with bull. 베어는 시장의 전망을 비관적으로 하는 자이다. 그는 시장이 하락할 것이라고 생각한다. (따라서) 그는 예상되는 주식의 하락을 이용하기 위해서 주식을 공매(空賣)하거나 풋옵션을 매입할 수도 있다. 강세의 투자자(bull)와 대조된다. /a *bear* squeeze [panic] 매도측에 대한 추궁 /*bear* covering 환매 /*bear* [short] interests 약세방향 /*bear* position 베어포지션, 공(空)매도 ***bear bond*** 베어본드(상환시점이 채권이율이 최초로 결정된 수준보다 높으면, 상환원금이 증가하는 채권)(베어본드에 투자하는 경우는 금리상승시의 채권가격하락에 대하여 헤지할 수 있다.) ¶ A *bear bond* is a bond considered likely to increase in value in a bear market, i.e., when interest rates are rising. The typical bond pays the investor a stream of cash fixed in terms of the dollar amount and the dates paid, and will decline in price when rates increases. Certain bonds, for example, an interest-only (IO) strip, or a mortgage-backed security paying interest only, are likely to rise in value in a bear market because prepayments on the underlying mortgages slow down. This slowing in loan prepayments increases the total amount of cash the investor can expect to receive over the life of the investment. 베어본드는 말하자면, 금리가 상승하고 있는 경우, 약세시장(bear market)에서 가치가 늘어날 것으로 생각되는 본드를 이른다. 전형적인 본드는 투자자에게 달러총액과 지급날짜에 의하여 확정된 대량의 현금을 지급하고, 이율이 불어날 때에 가격상으로 하락한다. 예컨대 이자지급조건만의 스트립채(interest-only strip), 이자만을 지급하는 모기지 담보증권(mortgage-backed security)과 같은 본드는 기초가 되는 모기지에 대한 선급이 늦어지기 때문에 약세시장에서 가치상 상승할 것이다. 이처럼 대출선급에 있어서 지체 때문에 투자자가 투자의 과정에서 받기로 기대할 수 있는 현금의 총액은 늘어나게 된다. ~ ***CD*** 베어CD ¶A *bear CD* is set such that the interest rate of a certificate of deposit is placed contrary to the movement of the particular market; for example, if the market rate falls, the *bear CD* rises. 베어CD는 양도성예금(certificate of deposit)의 금리가 특정한 마켓의 움직임과는 반대로 설정되고 있는 것(예컨대 시장금리가 하락하면 베어CD는 오른다.)을 말한다. ~ ***funds*** 베어펀드 ¶*Bear funds* are specialized mutual funds or hedge funds that use selling short to make money in declining markets. Such funds are either actively managed funds that short individual stocks or inverse-index funds that short entire indexes, some positioned to double the inverse of a particular index. 베어펀드는 시장가격이 하강하고 있는 때에, 공매(空賣)(selling short)로 이익을 올리는 것에 특화한 뮤추얼펀드 또는 헤지펀드를 이른다. 이와 같은 펀드는 개개의 주식을 공매하는 액티브 운용(active management)이나 모든 지수(指數)와 반대방향을 노리는 인버스지수펀드(inverse-index fund)가 있다. ~ ***hug*** 베어허그 ¶The *bear hug* is a takeover bid so attractive in terms of price and other features that target company directors, who might be opposed for other reasons, must approve it or risk shareholders protest. 베어허그는 피매수회사(타겟회사, target company)의 이사(director)가 다른 이유로 매수에 반대한다고 하더라도, 매수제시가격이나 기타 조건이 매우 매력적인 것이므로, 동의하지 않을 수 없는 매수(takeover)의 신청을 말한다. 이사는 매수신청을 응낙하든지 주주(shareholder)로부터의 항의를 받을 각오를 해야 한다. ~ ***market*** 베어마켓, 약세시장 ¶ A *bear market* is a prolonged period of falling prices. A *bear market* in stocks is usually brought on by the anticipation of declining economic activity, and a bear market in bonds is caused by rising interest rates. 베어마켓은 장기간에 걸쳐서 가격이 하락하는 상태를 말하다. 주식의 베어마켓은 경제활동이 둔화한다는 예측에서 초래되고, 채권의 베어마켓은 금리(interest rate)가 상승하는 것에서 일어나는 경우가 많다. ~ ***raid*** (거래에서) 주식투매 ¶ A *bear raid* is an attempt by investors to manipulate the price of a stock downward by selling large numbers of shares short. The manipulators pocket the difference between the initial price and the new, lower price after this maneuver. *Bear raids* are illegal under Securities and Exchange Commission rules, which stipulate that every short sale be executed on an uptick (the last price was higher than the price before it) or a zero plus tick (the last price was unchanged but higher than the last preceding different price). 주식투매는 대량의 주식을 공매(selling short)하여 주가를 내림세로 조작하려고 하는 것이다. 주가조작자들(manipulators)은, 당초의 가격과 조작후의 하락한 새로운 가격과의 차익을 얻는다. 주식투매는 미증권거래위원회(Securities and Exchange Commission) 규칙에서 위법한 것으로 되어 있다. 증권거래위원회규칙에서는 모든 공매는 업틱(uptick: 직전의 가격이 그 전의 가격보다도 높게 되어 있는 상태), 또는 제로플러스틱(zero plus tick: 직전의 가격은 그 전의 가격과 똑같지만, 그 이전의 가격보다도 높게 되어 있는 상태)의 가격으로 행할 것을 의무로 하고 있다. ~ ***spread*** 베어스프레드 ¶ A *bear spread* is a strategy in the options market designed to take advantage of a fall in the price of a security or commodity. Someone executing a *bear spread* could buy a combination of calls and puts on the same security at different strike prices in order to profit as the security's price fell. Or the investor could buy a put of short maturity and a put of long maturity in order to profit from the difference between the two puts as prices fell. 베어스프레드는 증권(stock)이나 상품(commodities)의 가격이 하락하면 이익이 날 것 같은 옵션(option) 전략을 말한다. 베어스프레드를 실행하는 누군가는 가격이 하락할 때에 이익을 보기 위해서 같은 증권인데도 행사가격(strike price)이 다른 풋옵션과 콜옵션을 구입할 수 있다. 혹은 투자자는 기한이 짧은 풋옵션과 기한이 긴 풋옵션을 구입하여 가격하락시에 이익을 올릴 수도 있다. ~ ***trap*** 베어트랩 ¶ A *bear trap* is a situation confronting short sellers when a bear market reverses itself and turns bullish. Anticipating further decline, the bears continue to sell, and then are forced to buy at higher prices to cover. 베어트랩이란 하락시세의 흐름이 반전하여 상승시세가 된 때에, 공매(short sale)를 한 투자자(investor)가 직면한 상황을 이른다. 상승시세로 반전하더라도, 가일층의 하락을 예상하여 계속 매도한 결과, 최종적으로 높은 가격으로 매입하여 공매를 끝내는 처지가 된다.

ⓐ [주식] 내려가는 기미의, 약세의(bearish)

ⓥ (이자를) 발생하다 ¶ *bearing* no interest 무이자의

bearer 운반인, (수표의) 지참인, 소지인 ¶ a *bearer* bill [check, note, instrument, paper] 소지인출급어음[수표, 어음, 지급수단, 어음류] /*bearer* (government) bonds 무기명(정부)채(債) /*bearer* depository receipts 무기명예탁증서 /*bearer* forms 무

기명방식의 증권류 /*bearer* securities [bond] 무기명증권 /*bearer* stock certificates 무기명주권 /a check to (order of) *bearer* 소지인출급수표 /a check payable to *bearer* 소지인출급수표 /payable to *bearer* [holder], (drawn) to *bearer* 소지인출급형식으로 ***bearer security*** 무기명증권 ¶ *A bearer security* is a security that can be transferred, or redeemed by the holder, who may or may not be the beneficial owner, and for which no proof of ownership is required. Many securities are issued in bearer form, which eliminates the time and expense associated with re-registration. 무기명증권은 소유자에 의해서 양도되거나 상환될 수 있는 증권인데, 무기명증권의 소유자는 실질소유자가 될 수도 있고 안 될 수도 있지만, 그 소유권의 증명이 필요치 않은 증권이다. 많은 증권이 무기명으로 발행되고 있는 것이 재등록과 관련한 시간과 비용을 절감하기 위함이다. ~ ***check*** 소지인출급수표 ¶ A *bearer check* is any check that is not payable to a specific person, including checks payable to the bearer or to cash. 소지인출급수표란 특정인에게 지급되지 않고, 수표의 소지인이면 누구에게나 지급되거나 또는 현금에 대해서 지급되는 수표이다. ~ ***form*** 무기명식 ¶ The *bearer form* is a security not registered on the books of the issuing corporation and thus payable to the one possessing it. A bearer bond has coupons attached, which the bondholder sends it or presents on the interest date for payment, hence the alternative name coupon bonds. Bearer stock certificates are negotiable without endorsement and are transferred by delivery. 무기명식은 발행기업(issuing corporation)의 명부에 등록되어 있지 않은 증권(security)으로, 증권의 소유자에 대해서 지급된다. 무기명채권(bearer bond)에는 쿠폰(이표, coupon)이 붙어 있고, 채권의 보유자는 쿠폰을 이자지급일에 송부하든가 제시하여 이자를 수취한다. 쿠폰채(債)라고도 한다. 무기명주권(bearer stock certificate)은 배서없이도 양도할 수 있고, 주권의 인도로 소유권이 이전한다. ~ ***stocks*** 무기명주식 ¶ *Bearer stocks* are securities ownership certificates that are not registered in a name. As with other bearer securities, *bearer stock* is a negotiable certificate that can be transferred between owners without endorsement. *Bearer stock* is popular in Europe but not in the United States. 무기명주식은 기명으로 등록되지 아니하는 증권소유증서이다. 다른 무기명증권과 같이, 무기명주식은 배서없이 소유자간에서 양도할 수 있는 양도성증서이다. 무기명주식은 미국에서 인기가 없지만, 유럽에서는 인기가 있다.

bearish 약세의 (*cf.*) bullish 강세의 ¶ The word *bearish* means of or relating to the belief that a particular asset or the market as a whole is headed for a period of generally falling prices. 약세의(bearish)라는 말은 특정한 자산이나 전체로서의 시장이 일반적으로 가격이 하락하는 단계로 향하고 있다는 믿음과 관계가 있는 뜻이다. /*bearish* sentiments; *bearish* tones 약세 /*bearish* market 약세의 시장

BEARS → **B**onds **E**nabling **A**nnual **R**etirement **S**avings [약] 베어즈 ¶ Holders of *BEARS* (Bonds Enabling Annual Retirement Savings) receive the face value of bonds underlying call option but exercised by CUBS (Calls Underwritten By Swanbrook) holders. If the calls are exercised, BEARS holders receive the aggregate of the exercise prices. BEARS(연간퇴직저축이 가능한 채권)보유자는 CUBS 보유자에 의해서 행사되지 않는 한, 콜옵션(call option)의 기초가 되는 증권(underlying security)으로 되어 있는 채권의 액면(face value)을 수취한다. 만일 그 콜이 행사된다면, BEARS투자자는 행사가격총액(aggregate exercise price)을 수취하게 된다.

beat the averages 시장평균을 상회하는 실적을 올리다 ¶ To *beat the averages* is to obtain superior investment returns, generally on a risk-adjusted basis, compared with popular stock price averages such as the Dow Jones Industrial Average or the S&P 500. Professional portfolio managers are generally judged by their ability to *beat the averages*, although many studies indicate that it is virtually impossible to do so consistently on a risk-adjusted basis. 시장평균을 상회하는 실적을 올린다는 것은 일반적으로 위험조정을 근거로 하여 다우존스 공업평균주가 또는 S&P 500종목 주기지수와 같은 주가평균에 비교해서 보다 높은 투자수익률을 획득하는 것이다. 전문적인 포트폴리오 매니저는 많은 연구가 위험조정을 근거로 하여 한결같이 시장평균을 상회하는 실적을 올리는 것은 사실상 불가능하다고 지적하고 있지만, 일반적으로 시장평균을 상회하는 실적을 올리는 그 능력에 따라 평가를 받는다.

BEF (ISO) code Belgium – currency Belgian franc. The 1999 legacy conversion rate was 40.3399 to the euro. It will fully change to the euro/cent from 2002. ¶ BEF(국제표준기구) 약호 Belgium — 화폐 벨기에 프랑(Belgian franc). 1999년 내려오는 전환금리는 1유로에 대한 40.3399였다. 벨기에 화폐는 2002년부터 유로/센트화로 완전히 변경되었다.

before-tax 세금포함의(pretax) (*cf.*) after-tax ***before-tax cash flow*** 세금포함의 현금흐름 ¶ *Before-tax cash flow* is cash flow prior to deducting income tax payments or adding income tax benefits. 세금포함의 현금흐름이란 소득세지급의 공제 또는 소득세급부의 부가 이전의 현금흐름을 이른다.

begger-thy-neighbor 근린궁핍화 ¶ The *begger-thy-neighbors* are competitive international policies whereby one trading partner gains an advantage at the expense of another by devaluing its currency or erecting trade barriers. 근린궁핍화는 경쟁적인 국제무역정책에서, 일방의 무역의 파트너가 통화를 절하하든지 또는 무역장벽을 세움으로써, 타방을 희생으로 삼아 이익을 얻는 것을 말한다.

beginning 초기, 시작, 발단 ¶ *beginning* balance 기초잔액, 개시잔액 ***beginning inventory*** 기초재고 ¶ *Beginning inventory* means balance at the start of the accounting period. 기초재고는 회계기간의 개시시의 잔액을 의미한다.

behavioral finance (or investing) 행동파이낸스 ¶ The *behavioral finance (or investing)* is a new area of financial research that recognizes a psychological element in financial decision making, thus challenging traditional models that assume investors will always weigh risk/return factors rationally and act without bias. 행동파이낸스는 금융상의 의사결정에 심리학적인 요소를 고려하여, 투자자가 리스크와 수익률을 언제나 합리적으로 저울에 달아 선입관을 가지지 않고, 행동한다고 하는 전통적인 금융모형에 의문을 던지는 금융연구의 새로운 영역이다.

beige book [미] 지구(地區)연준보고서 ¶ In the United States, the *beige book* is a widely followed report on economic conditions issued by the Federal Reserve Board eight times per year. 미국에서, 미연준보고서는 1년에 8번 미연방준비제도이사회가 발행하는 경제상황에 관한 광범한 주제보고서(widely followed report)를 말한다.

Belarus currency 벨라루스 화폐 ¶ rouble, divided into 100 kopecks. also known as Belorussia, Byelorussia(벨로러시아, 벨로루시 공화국이라고도 함). 화폐 1 루블(rouble) = 100 코펙(kopecks).

Belgium currency 벨기에 화폐 ¶ Belgian franc (BEF), divided into 100 centimes. 1 프랑(Belgian franc) = 100 상팀(centimes).

Belize currency 벨리즈 화폐 ¶ dollar (BZD), divided into 100 cents. 1 달러(dollar) = 100 센트(cents).

bell 벨 ¶ A *bell* is a signal that opens and closes trading on major exchanges – sometimes actually a bell but sometimes a buzzer sound. 벨은 주요증권거래소(stock exchange)에서 거래의 개시 및 종료를 알리려 주는 신호를 이른다. 실제로 벨이 울리는 경우도 있지만, 부저가 울리는 경우도 있다.

bellwether 지도자, 선행지표, 지표종목 ¶ A *bellwether* is a security seen as an indicator of a market's direction. In stocks, 3M Company (MMM) is considered both an economic and a market bellwether because it sells to a diverse range of other producers and because so much of its stock is owned by institutional investors who have much control over supply and demand on the stock market. 지표종목은 시장의 방향성을 나타낸다고 보여지는 증권(security)을 말한다. 주식에서는, 3M회사(3M Company: MMM)의 주식은 경기와 시장과의 양쪽의 지표종목으로 생각되고 있다. 3M회사는 여러 방면에 걸치는 제조업자에게 판매하고 있고, 또 동회사의 주식의 대부분이 주식시장의 수급에 상당한 지배력을 가지는 기관투자자(institutional investor)에 의해서 소유되고 있는 까닭이다. ***bellwether security*** 지표종목증권 ¶ A *bellwether security* is one that indicates the direction of security market. 지표종목증권은 증권시장의 방향을 표시하는 증권이다.

belly of the curve [영] 곡선의 복부(腹部) ¶ The *belly of the curve* is the intermediate maturities of the yield curve, generally considered to include the 3 to 7-year sector. See also long end; short end. 곡선의 복부는 이율곡선의 중간만기, 일반적으로 3년에서 7년 부분을 포함하는 것으로 생각된다. long end(장기만기 제한); short end(단기만기 제한)도 참조할 것.

below 아래의, …이하의 ***below market*** 시장가격 이하의 ¶ The term *below market* means of, or relating to, a price that is lower than would be expected. For example, a credit card company might temporarily offer a *below-market* interest rate on transferred balances as an enticement for customers to move balances from other loans. below market(시장가격 이하의)이라는 말은 기대되는 것보다 낮은 값의, 또는 그런 값에 관하여라는 의미이다. 예를 들면, 신용카드회사는 고객이 다른 대출에서 대차관계(balances)를 옮기는 유인책으로 이전하는 대차관계에 대한 시장가격 이하의 금리를 일시적으로 제안하는 경우이다. ~ ***par*** 액면 이하의 ¶ The term *below par* means of, or relating to a security that sells at less than face value or par value. For example, a $1,000 par bond with a market price of $850 is below par. Likewise, a $100 par preferred stock with a market price of $80 is *below par*. Fixed-income securities usually trade below par because market rates of interest are higher than they were when the securities were issued. Compare above par. See also discount bond. below par(…이하의)라는 말은 액면(face value) 또는 액면가격(par value)보다 낮게 매도하는 증권의 또는 증권에 관한 경우를 의미한다. 예를 들면, 1,000달러짜리 파본드(par bond)가 시장가 850달러라면 액면 이하이다. 마찬가지로, 100달러짜리의 우선주(preferred stock)가 시장가 80달러이면 액면 이하이다. 시장금리는 증권이 발행된 때보다 높기 때문에, 확정이율부 증권은 보통 액면 이하로 거래된다. above par(액면 이상으로)를 대조할 것. discount bond(디스카운트본드)도 참조할 것. ~ ***the line*** [회계] 빌로우더 라인, 비경상적 손익항목과 이익처분항목의, [국제수지] 금융계정 등의 조정적 거래의 일정한 범위 외의 ¶ The term *below the line* means of or relating to unconventional promotions such as celebrity endorsements, packaging inserts, and newspaper stories that do not use direct advertizing. Compare above the line. 빌로우더 라인이란 직접광고를 이용하지 않는 명성보장(celebrity endorsements), 포장에 끼워넣기(packaging inserts) 및 신문기사와 같은 비재래식의 판매촉진운동의, 또는 그런 운동에 관한 것을 의미한다. above the line(일정한 범위내의)과 대조할 것.

below-cost price 출혈가격

benchmark 수준점, 기준, 기준지수, 기준종목, 지표종목 ¶ *Benchmark* is any basis of measurement, such as an interest rate, an index or peer grouping of stock or bond prices or other values, used as a reference point. For example, the Standard & Poor's 500 composite index is the most commonly used benchmark for comparing the performance of stock portfolio managers. 벤치마크는 금리(interest rate), 지수(index), 또는 동업계의 주식(stock)이나 채권(bond)의 가격이나 수치(數値) 등 평가의 기준이거나 또는 그 기준점으로 이용되고 있다. 예컨대 스탠더드앤드푸어스 종합500종목 주가지수는 주식의 포트폴리오매니저의 퍼포먼스를 비교할 때에 가장 잘 사용되는 벤치마크이다. /*benchmark* reserves [미] 저축조합 등이 보유해야 하는 기준준비금 /*benchmark* corporate lending 기준법인대출금리

beneficial 유익한, 유리한 ¶ a *beneficial* occupier (소유자가 아닌) 용익권자 ***beneficial interest*** 수익권 ¶ The *beneficial interest* is the right to use a particular asset or investment, regardless of who retains legal interest. 수익권이란 누가 법률상의 이익을 보유하는지에 구애됨이 없이 특정한 자산이나 투자재산을 사용할 권리를 말한다. ~ ***owner*** 실질소유자 ¶ A *beneficial owner* is a person who enjoys the benefits of ownership even though title is in another name. When shares of a mutual fund are held by a custodian bank or when securities are held by a broker in street name, the real owner is the *beneficial owner*, even though, for safety or convenience, the bank or broker holds title. 실질소유자는 소유권은 타인명의로 되어 있지만, 소유자로서의 이익을 실질적으로 얻고 있는 자를 말한다. 예컨대 뮤추얼펀드(mutual fund)의 주식(share)이 보관은행명의로 되어 있다든지, 증권이 증권회사명의(street name)로 보관되고 있는 것은 안전상으로나 편의상의 이유에서도, 진정한 소유자는 실질소유자(beneficial owner)이다.

beneficiary 수익자 ¶ The term *beneficiary* has various meanings: (1) a person to whom an inheritance passes as the result of being named in a will, (2) recipient of the proceeds of a life insurance policy, (3) a party in whose favor a letter of credit is issued, (4) one to whom the amount of an annuity in payable, and (5) a party for whose benefits a trust exists. 수익자라는 용어는 여러 가지 의미를 가진다. 즉, (1) 유언서(will)에서 지명된 상속재산(inheritance)의 양수인, (2) 생명보험금의 수취인, (3) 신용장(letter of credit)의 수취인, (4) 연금보험(annuity)의 수취인, 및 (5) 신탁(trust)재산의 수익자이다.

benefit 이익, 은혜 ¶ *benefit*-cost analysis 편익 · 비용분석 /death *benefit* 사망수당[보험금] /sickness *benefit* 질병수당 /unemployment *benefit* 실업급여금 ***benefit of the term*** 기한의 이익 ¶ The *benefit of the term* may be waived, but the interests of the other party shall not be prejudiced thereby. 기한의 이익은 이를 포기할 수 있다. 그러나 상대방의 이익을 해하지 못한다. ***fringe*** ~ 부가급여(본급 외의 유급휴가, 건강보험, 연금 따위) ¶ The benefit implies an entitlement that is part of an employment contract. For example, employees at a firm may receive dental and health insurance as benefits. Also called employee benefit, *fringe benefit*. 급여금은 고용계약의 일부인 사회보장(entitlement)을 의미한다. 예컨대, 기업의 근로자는 급여금으로서 치아 및 건강보험으로 혜택을 받을 수 있다. 이를

근로자급여금(employee benefit), 부가급여(fringe benefit)라고도 한다.

Benelux Economic Union (Benelux) 베네룩스경제연합 ¶ The *Benelux Economic Union* (*Benelux*) is an acronym for Belgium, the Netherlands, Luxemburg, and an economic union originally established in January 1948 and revised in January 1960. Benelux continues as an internal regional association within the European Community (EC) because the association's aims do not conflict with EC goals. 베네룩스경제연합(베네룩스)은 벨기에, 네덜란드 룩셈부르크의 약자이고, 원래 1948년 1월에 설치되어 1960년 1월에 개정된 경제연합(economic union)을 말한다. 베네룩스는 유럽공동체내의 내부지역단체로서 계속되는 것이 그 단체의 목적이 EC의 목표와 충돌하지 않기 때문이다.

benign neglect 우아한 무시, 보고도 못 본 체하는 것, 호의적[선의의] 방관

Benin currency 베냉 화폐 ¶ CFA franc (BCF); there is no subdivision. CFA 프랑(franc). 이하의 단위는 없다.

bequeath (동산을) 유증하다 ¶ To *bequeath* is to make a bequest; to transfer personal property by will. 유증하다는 것은 유증(遺贈)을 하는 행위, 유언에 의하여 동산을 양도하는 행위이다.

bequest 유증, 유산 ¶ The *bequest* is the giving of assets, such as stocks, bonds, mutual funds, real estate, and personal property, to beneficiaries through the provisions of a will. 유증이란 주식(stock), 채권(bond), 뮤추얼펀드(mutual fund), 부동산(real estate)이나 동산(personal property) 등의 자산을 유언서(will)의 조항에 근거해서 수익자(beneficiary)에게 주는 것이다.

bereave (죽음 · 질병 등이 생명 · 희망 등을) 빼앗아 가다(… of) ¶ the *bereaved* [surviving] family 유족(遺族)(family라는 말은 가족의 한 사람 한 사람을 가리킬 때는 영국에서는 복수로 다룬다.)

Bermuda currency 버뮤다 화폐 ¶ Bermudan dollar (BMD), divided into 100 cents. 1 달러(Bermudan dollar) = 100 센트(cents).

Bermudan 버뮤다의 ***Bermudan option*** [영] 버뮤다 옵션 ¶ The *Bermudan option* is an option that can only be exercised on specific dates prior to maturity (e.g., once every month, quarter, or year). Also known as a mid-Atlantic option. See also American option; European option. 버뮤다 옵션은 오직 만기 이전 특정한 날(예컨대, 한 달에 한 번씩, 4달에 한 번씩, 또는 1년에 한 번씩)에 행사될 수 있는 옵션을 말한다. 이를 영미공통의 옵션(mid-Atlantic option)이라고도 한다. American option(아메리칸형 옵션); European option(유럽형 옵션)도 참조할 것. ***Bermudan transformer*** [영] 버뮤다 변형체 ¶ The *Bermudan transformer* is a Class 3 Bermuda-registered insurer that is authorized to write and purchase insurance and reinsurance and deal in derivatives. In order to comply with regulatory restriction, certain banks use transformation to convert derivatives into insurance or reinsurance and vice versa. 버뮤다 변형체는 보험과 재보험을 인수하고 획득하여 파생상품을 거래할 권한이 있는 3급 버뮤다 등록 보험회사이다. 규제제한을 준수하기 위하여, 일정한 은행들은 파생상품을 보험 또는 재보험으로, 그리고 보험 또는 재보험을 파생상품으로 변환하는 변형체를 이용한다.

Bernanke shock 버냉키쇼크 ¶ Mr. Ben Bernanke, who had been the chairman of the Federal Reserve Board from February, 2006, whose remarks made the stock price to rise suddenly and reversely to fall down suddenly. On 19, June, the chairman Bernanke expressed that he would stop the monetary easing – the

버냉키쇼크의 주인공

central bank buys the bonds and releases the money – next year. At the announcement the stock prices of all the world declined remarkedly, and at the same time the financial markets were rolled badly, which was called "*Bernanke shock.*" 2006년 2월부터 FRB 의장은 벤 버냉키(Ben Bernanke)가 맡고 있었는데, 버냉키 의장의 발언에 따라 주가가 급등하기도 하고 반대로 급락하기도 하였다. 2013년 6월 19일 버냉키 의장이 양적완화(중앙은행이 채권을 매입하여 돈을 푸는 것)를 내년에 중단하겠다고 발표하였다. 발표 이후 전세계 주가가 크게 하락하고, 동시에 금융시장이 요동쳤는데, 이를 버냉키쇼크라고 부른다.

berth [n.] 정박지(碇泊地) ¶ The *berth* is a place beside a docking area where a ship is secured and cargo can be loaded or unloaded. 정박지는 선박이 고착되어 화물이 적재되거나 하역될 수 있는 입거(入渠)지역 옆에 있는 장소를 이른다. [v.] 정박하다

best effort [미] 베스트에포트, 최선의 노력(팔릴 수 있는 한도에서 증권발행을 행하는 방식) ¶ *Best effort* means an arrangement whereby investment bankers, acting as agents, agree to do their best to sell an issue to the public. Instead of buying the securities outright, these agents have an option to buy and authority to sell the securities. Depending on the contract, the agents exercise their option and buy enough shares to cover their sales to clients, or they cancel the incompletely sold issue altogether and forgo the fee. 베스트에포트는 증권의 공모(public offering)에 있어서, 투자은행(investment banker)이 증권판매의 대리인(agent)으로서 최선을 다할 것(do their best)을 약속한 계약을 말한다. 이 경우, 대리인은 증권을 무조건으로 매입하는 것이 아니라, 증권을 구입할 선택권과 판매할 권한을 가진다. 계약서(contract)의 내용에 따르지만, 대리인은 선택권을 행사하여 고객에게 판매할 수 있을 만큼의 주식을 구입하여도 상관없고, 혹은 완전히 팔 수 없는 경우에는 발행 자체를 취소하여 수수료를 포기할 수도 있다. ***best effort basis*** 최선노력원칙 ¶ *A best effort basis* is the ways and modes that the security companies do their best effort to sell an issue to the public, but are not responsible for the reminder not sold in the worst case. 증권회사는 최대한으로 노력해서 매각에 노력하지만, 최악의 경우에는 팔다 남은 것도 있다는 전제에서 팔다 남은 것에 대해서 책임을 부담하지 않는 판매방식을 말한다. ***best-effort selling*** 베스트에포트 셀링 ¶ A *best-effort selling* is the way of sale that the security companies do their best effort to sell an issue to the public, but do not underwrite and guarantee the remainder not sold. 베스트에포트 셀링이란 증권회사는 최선의 노력을 해서 매출하여 발행에 임하지만, 팔다 남은 증권에 관하여는 인수보증을 하지 않는 매출방식을 말한다.

best paper 우량어음

beta [증권] 베타(β) ¶ A *beta* coefficient is the covariance of a stock or portfolio in relation to the rest of the stock market. The Standard & Poor's 500 Stock Index has a beta coefficient of 1. Any stock or portfolio with a higher beta is more volatile than the market, and any with a lower beta can be expected to rise and fall more slowly than the market. A conservative investor whose main concern is preservation of capital should focus on stocks with low beta, whereas one willing to take high risks in an effort to earn high rewards should look for high-beta stocks. 베타치(値)는 특정한 주식과 주식시장 전체와의 공분산(共分散)(covariance)이다. 예컨대 스탠더드앤드푸어스 500종목 주식지수(Standard & Poor's 500 Composite Index)의 베타치는 1이다. 베타치가 높은 주식만큼 시장전체의 변동폭보다도 높은 변동폭을 나타내고, 반대로 베타치가 낮은 주식만큼 시장전체의 움직임에 비해서 완만한 가격움직임을 보인다. 투하자본의 유지가 최대한의 관심사인 신중한 투자자는 베타치가 낮은 주식으로 표적을 좁히고, 한편 고수익을 노려서 높은 리스크를 마다하지 않는 투자자는 베타치가 높은 주식을 탐색하게 된다.

betterment 개선, 개량 ¶The *betterment* is an improvement that increases the value of real property. For example, adding a deck to a home or installing solar heating to an office building. 개량이란 부동산의 가치를 늘리는 개량공사를 말한다. 예를 들면, 집건물에 납작한 지붕을 얹히는 것, 사무실빌딩에 태양열 히팅을 설치하는 경우이다.

BGN (ISO) code Bulgaria – currency Bulgarian lev. ¶BGN (국제표준기구) 약호 불가리아 — 화폐 불가리아 레프(Bulgarian lev).

BHD (ISO) code Bahrain – currency Bahrain dinar. ¶BHD (국제표준기구) 약호 바레인 — 화폐 바레인 디나르(dinar).

Bhutan currency 부탄 화폐 ¶ngultrum 눌트럼

biannual 연 2회의(semiannual) ¶*Biannual* is occurring twice a year; same as semiannual. Contrast with biennial – occurring every two years. 연 2회는 연간 2번 일어나는 경우이고, 반년마다와 같다. 2년마다 일어나는 경우 — 2년에 한번씩(biennial)과 대조할 것.

bias [영] 바이어스 ¶The *bias* is the Federal Reserve Board's view on future interest rate movements and possible policy direction at future Federal Open Markets Committee meetings; the board may express a *bias* toward tightening or easing of rates, or maintaining a neutral stance. 바이어스는 미연방공개시장위원회(Federal Open Markets Committee)의 장래 금리동향과 가능한 정책방향에 관한 미연방준비제도이사회(Federal Reserve Board)의 견해를 말한다. 준비제도이사회는 금리의 엄격화 또는 완화책, 또는 중립적 입장을 유지하는 것에 관해 바이어스를 발표할 수 있다.

bid *v.* 값을 매기다, 입찰하다
n. 매기는 값, 입찰, 응찰, 매수호가, 매입원가 (*cf.*) offer 호가(呼價)(증권매매의 매도를 offer 또는 asked라고 하지만, 이에 대해서 매수호가를 bid라고 한다. 매입가는 a bid price이다.) ¶A *bid* is an offer to buy something (e.g., shares) at a certain price. A seller may make a certain offer and a prospective buyer may make a *bid*. The *bid* cancels out the offer. More especially, a *bid* is an offer by one company to buy the shares of another – a take – over bid. 매수호가는 일정한 가격으로 (예컨대 주식을) 어떤 물건을 사려는 호가(呼價)이다. 매도인이 호가를 낼 수도 있고, 매수희망자가 호가를 낼 수도 있다. 매수호가는 호가를 보상한다. 더 특별한 것은 매수호가가 — (기업주식의) 공개매수인 경우 — 어느 회사가 다른 회사의 주식을 매수하려는 호가가 된다는 것이다. /a *bid* and [or] asked price (증권의) 호가 /*bids* and offers 호가 /the *bid*-asked spread 매매폭 /*bid* bond 입찰보증 /*bid* rate 매입환율, (자금의) 수취인이 제시하는 금리 (*cf.*) an offered rate (자금을) 제공하는 자가 제시하는 금리(외환의 매수인과 자금의 수취인이 외치는 금리, [스왑거래] 고정금리지급 · 변동금리수취의 금리) /a successful *bid* 낙찰 ***bid and asked*** 매매호가

¶A *bid* is the highest price a prospective buyer is prepared to pay at a particular time for a trading unit of a given security; *asked* is the lowest price acceptable to a prospective seller of the same security. Together, the two prices constitute a quotation; the difference between the two prices is the spread. Although the *bid and asked* dynamic is common to all securities trading, "*bid and asked*" usually refers to unlisted securities traded over the counter. 매수호가(bid)란 매수인이 특정증권의 거래단위(trading unit)에 대해서 그 시점에서 지급할 용의가 있는 최고치(最高値)를 말한다. 또 매도호가(asked)란 매도인이 매도할 용의가 있는 최저가격을 말한다. 매도호가와 매수호가를 합쳐서 시세(quotation)가 구성된다. 양자의 가격차를 스프레드(spread)라고 한다. 매수호가와 매도호가 사이에 작용하는 활력(活力)은 모든 증권거래를 통해서 공통되지만, bid and asked라는 표현은 보통 장외거래(over-the-counter)에서 비상장증권(unlisted securities)거래에서 사용되는 경우도 있다. ***~-asked spread*** 호가(呼價)스프레드 ¶The *bid-asked spread* is a difference between bid and offer prices. The term asked is usually used in over-the counter trading: offered is used in exchange trading. The bid and asked (or offered) prices together comprise a quotation (or quote). 호가(呼價)스프레드는 매수호가(bid)와 매도호가(offer)와의 차액을 말한다. asked라는 용어는 장외거래(over-the counter)에서 사용되고, offered는 증권거래소에서 사용된다. 매수호가와 매도호가를 합쳐서 시세(quotation or quote)를 구성한다. ***~-offer spread*** 호가폭 ¶The *bid-offer spread* is the difference between the buying (bid) and selling (offer) prices of any asset or security. The spread represents the profit to a dealer or market maker. In the financial transaction, it usually shows 1/8% or 1/16%. 매수호가와 매도호가와의 폭은 어느 자산이나 유가증권에 대한 매수가격과 매도가격과의 차이를 말한다. 그 폭은 딜러나 시장주도자에게는 이익에 상당한 것이다. 자금거래에서는 통상 1/8% 또는 1/16%가 된다. ***~ price*** 입찰가격, 매수호가 ¶A *bid price* is a price that a market-maker is prepared to buy at (e.g., for a currency). 매수호가는 시장조성자가 (예컨대 통화를) 매수하려는 가격을 말한다. ***~ wanted (BW)*** 비드원티드, 호가모집(呼價募集), 응찰모집 ¶The *bid wanted* is an announcement that a holder of securities wants to sell and will entertain bids. Because the final price is subject to negotiation, the bid submitted in response to a *BW* need not be specific. A *BW* is frequently seen on published market quotation sheets. 호가모집은 증권의 보유자가 매각을 희망하여 입찰을 수입(受入)할 의사가 있다고 하는 공고를 말한다. 최종가격은 교섭으로 하는 것이므로, 호가모집에 호응해서 제출하는 입찰액은 반드시 구체적이지 않아도 상관없다. 호가모집은 공표되어 있는 시장시세표에 잘 기재된다. ***takeover (TOB) ~*** [주식] (기업주식의) 공개매수 ¶A *take-over bid* (*TOB*) is an offer by one company to buy the shares of another, thereby gaining control of the target company. It is often shortened to "bid". (기업주식의) 공개매수란 어느 회사가 다른 회사의 주식을 매수하려는 호가이고 그럼으로써 대상회사의 지배권을 획득할 수 있는 것이다. 공개매수는 종종 "매입가"로 줄여 부른다.

bidder 입찰자 ¶A *bidder* is a party that is ready to buy at a specified price in a two-sided market or Dutch auction. 입찰자는 양방향시장(two-sided market) 또는 네덜란드옥션에서 특정가격으로 구입할 용의가 있는 매수인을 말한다. /the highest [lowest] *bidder* 최고[최저]입찰자 /a successful *bidder* 낙찰자

bidding 입찰, 경매 ¶*bidding* procedures 입찰절차 /*bidding* for public offering 공모입찰 ***bidding up*** 비딩업, 서로 값을 끌어올리는 경매 ¶The *bidding up* is a practice whereby the price bid for a security is successively moved higher lest an upswing in prices leaves orders unexecuted. An example would be an investor wanting to purchase a sizable quantity of shares in a rising market, using buy limit orders (orders to buy at a specified price or lower) to ensure the most favorable price. Since offer prices are moving up with the market, the investor must move him limit buy price upward to continue accumulating shares. To some extent the buyer is contributing to the upward price pressure on the stock, but most of the price rise is out of his control. 서로 값을 끌어올리는 경매는 증권가격이 상승하고 있는 때에, 매수주문을 남기는 일이 없는 것처럼, 매수호가(bid)를 계속해서 올리는 것을 말한다. 예컨대 오르는 시세에서 대량으로 주식을 구입하려는 투자자는 가장 유리한 가격을 확보해야 하고, 지정가 매수주문(buy limit order)(특정의 가격 이하로의 매수주문)을 낸다. 오르는 시세인 때에는 매도호가도 오르므로, 매수가 계속 증가하기 때문에, 지정가 매수주문의 가격도 끌어올려 가지 않으면 안 된다. 매수인의 행동이 어느 정도 주가를 활성화시키는 원인이 되기도 하지만, 가격상승의 대부분은 매수인의 영향력 이외의 원인에 근거한다.

biennial 격년의, 2년마다의(happening every two years)

BIF (ISO) code Burundi – currency Burundi franc. ¶ BIF (국제표준기구) 약호 부룬디 — 화폐 부룬디 프랑(franc).

big 큰, 커다란, 중대한 ¶ *big* bank 대은행 /*big* business 대기업, 재벌 /*big* traders 대상사(大商社) ***Big Bang*** 빅뱅(금융시장개혁) ¶ The *Big Bang* means re-organization of the London Stock Exchange on October 27, 1986 that removed several barriers to competition in the London financial market. It eliminated a system of fixed commissions on traders and introduced a graduated fee schedule. 빅뱅은 1986년 10월 27일 런던의 자본시장에서 경쟁상의 여러 장벽을 제거하는 런던주식거래소의 재편성을 의미한다. 이로써 거래자에 대한 고정적 수수료체제를 제거하고 단계적인 요금표가 도입되었다. ~ ***blue*** 빅블루 ¶ The *big blue* is a popular name for International Business Machines Corporation (IBM), taken from the color of its logotype. 빅블루는 그 로고의 색깔에서 따온 IBM회사의 통칭이다. ***Big Board*** [증권][속] 빅보드, 뉴욕증권거래소 ¶ The *Big Board* is a popular name for the new New York Stock Exchange. 빅보드는 뉴욕증권거래소의 통칭이다. ***Big Four*** 빅 포 ¶ The *Big Four* are largest U.S. accounting firms as measured by revenue. In alphabetical order they are Princewaterhouse-Coopers; Deloitte & Touche; Ernst & Young; and KPMG International. They do the accounting and auditing for most major corporations, signing the auditor's report that appears in every annual report. They also offer various consulting services. 빅 포는 수입(revenue)이 큰 미국의 회계사무소(accounting firm)를 말한다. 알파벳의 순서로, 프린스워터하우스 쿠퍼즈(Princewaterhouse-Coopers), 델로이트 앤드 터치(Deloitte & Touche), 언스트앤드영(Ernst & Young) 및 케이피엠지 인터내셔널(KPMG International)의 각사이다. 빅 포는 대부분의 대기업의 회계 및 감사(audit)를 행하고, 매년 발행되는 연차보고서(annual report) 중의 감사보고서(auditor's report)에 서명한다. 또한 여러 가지의 컨설팅서비스도 제공한다. ***Big Producer*** 빅프로듀서 ¶ The *Big Producer* is a broker who is very successful, and thereby produces a large volume of commission dollars for the brokerage firm he or she represents. Big producers typically will bring in $1 million or more per year in commissions for their firms.빅프로듀서는 소속하는 증권회사(brokerage firm)에 막대한 위탁수수료(commission)를 가져오는 솜씨가 좋은 중개인(broker)을 말한다. 빅프로듀서는 연간 100만 달러 이상의 수수료를 올리는 일이 많다. ***Big Three*** 빅 쓰리 ¶ The *Big Three* is the three large automobile companies in America, which are, alphabetically, Chrysler, Ford, and General Motors. Since the automobile business has such a major influence on the direction of the economy, the *Big Three's* fortunes are closely followed by investors, analysts, and economists. Because auto company profits rise and fall with the economy, they are considered to be cyclical stocks. 빅 쓰리는 미국의 3대 자동차회사를 가리킨다. 알파벳의 순서로 열기하면 크라이슬러(Chrysler), 포드(Ford) 및 제너럴모터스(General Motors)이다. 자동차산업은 경제의 움직임에 커다란 영향을 주는 것이므로, 투자자(investor), 애널리스트(analyst)나 이코노미스트는 빅트리의 업적에 주목하고 있다. 자동차산업의 이익은 경기동향에 연동되어 상승하고 하락하기 때문에, 자동차입자식은 경기순환주식(cyclical stock)으로 생각되고 있다. ***Big Uglies*** 빅어글리 ¶ *Big Uglies* are stocks that are not out of favor with the investing public. These usually are large industrial companies such s steel or chemical firms that are not in glamorous businesses. Because they are unpopular, *Big Uglies* typically sell at low price/earnings and price/book value ratios. 빅어글리는 투자자(investor)에게 인기가 없는 주식을 이른다. 일반적으로 철강이라든가 화학 등의 매력이 없는 산업에 속하고 있는 거대기업의 주식을 말한다. 인기가 없기 때문에, 빅어글리주식은 주가수익률(price/earnings ratio: P/E)이나 주가순자산배율(price/book ratio)은 대체로 낮다.

Big figure [딜러용어] 빅피겨(레이트를 제시할 때에 생략하는 최초의 3자릿수의 숫자. 3자릿수의 숫자만을 가리키는 경우도 있다. 예컨대 영파운드가 대미달러로 $1.55 10/20인 때에는 "10/20"라고 생략해서 말한다. '*Big figure*, please.'(빅피거는 얼마입니까)에 대해서, 대답은 원화의 경우라면 55-75 on 7(1100. 55-75)과 같이 된다. 또 생략해서 figure라고만 말하기도 한다. 예컨대 00-20라면 figure twenty라고 하여, figure (00를 말함) given과 같이 말한다. 즉, 원화의 경우는 미달러, 영파운드, 독일마르크 등의 100분의 1 정도인 것이므로 원화의 정수(整數)부분(1100원이라든가 1098원의 숫자)이 Big figure가 된다.) ¶ The *Big figure* is a reference to the main digit(s) in a foreign exchange quotation that are generally understood, and thus ignored, by traders. Quotes typically center on the last two digits of the currency rate. 빅피겨(Big figure)는 일반적으로 이해되기 때문에 업자들이 무시되는 외환시세상의 주요 자릿수를 가리킨다. 인용은 대표적으로 통화환율의 마지막 2자릿수를 중심으로 한다.

bilateral 양편의, 호혜적인, 쌍무적인 ¶ a *bilateral* payment agreement 2국간지급협정 /a *bilateral* tax agreement 양국간 조세협정 ***bilateral collateral*** 쌍무[호혜]담보 ¶ The *bilateral collateral* is a collateral agreement between two counterparites that requires either to post security, depending on the value of the portfolio of financial contracts (e.g., derivatives) and the level of unsecured credit limits that have been established. This type of arrangement is often implemented when two counterparties have approximately equal credit ratings. See also unilateral collateral. 쌍무[호혜]담보는 금융계약의 포트폴리오의 가치(예컨대, 파생상품)과 설치된 무담보여신한도(unsecured credit limits)의 수준에 따라 2 거래상대방 중의 한 거래상대방이 담보를 제공하여야 하는 경우에 2 거래상대방이 체결한 담보계약을 말한다. 이런 종류의 약정은 2 거래상대방이 신용등급에서 거의 동일한 경우에 자주 시행된다. unilateral collateral(편무[일방]담보)도 참조할 것. ~ ***contract*** 쌍무계약 ¶ The *bilateral contract* is a contract that incorporates a promise by both parties to do, or not do, something. See also unilateral contract. 쌍무계약이란 양당사자가 무엇을 하거나 하지 않거나를 정한 약속을 구체화한 계약을 말한다. unilateral contract[편무(片務)계약)]도 참조할 것. ~ ***netting*** 상대네팅 ¶

The *bilateral netting* is a form of netting between two counterparties, generally negotiated on a private basis between the involved parties, rather than through a clearinghouse or exchange. *Bilateral netting* may be documented under a standard master agreement or under a customized document. See also multilateral netting. 상대네팅은 2 거래상대방, 특히 청산기관(clearinghouse)이나 거래소(exchange)를 경유하기보다 도리어 관련당사자간에 사적인 베이스로 타결되는 하나의 네팅을 말한다. 상대네팅은 표준마스터계약 또는 고객취향의 문서에 의하여 서류작성을 할 수 있다. multilateral netting(다각적 네팅)도 참조할 것.

bill 청구서, 증서, (외환)어음, 지폐 ¶ The *bill* is: (1) an invoice requiring payment of a specified sum. (2) a short-term debt instrument, typically issued a government-related entity. See also Treasury bill. (3) See also bill of exchange. 빌(bill)이란 (1) 일정한 금액의 지급을 요하는 청구서, (2) 일반적으로 정부관련기관이 발행한 단기 채무증서(debt instrument)이다. Treasury bill(미재무부 단기증권)을 참조할 것. (3) bill of exchange(환어음)을 참조할 것. /accept [discount] a *bill* 어음을 인수하다[할인하다] /acceptance *bill* 인수어음 /accommodation *bill* 융통어음 /(prime) banker's *bill* (일류) 은행어음 /back a *bill* 어음을 보증하다 /bank *bill* 은행어음 /*bill* accepted [discounted, dishonored, rediscounted] 인수[할인, 부도, 재할인]어음 /*bill* as collateral 담보어음 /a *bill* at sight [90 days' sight, maturity] 일람출급[90일출급, 만기]어음 /a *bill* book; a *bill* diary 어음기입장, 어음원부 /*bill* bought; *bills* negotiated 매입환, 매입외환 /*bill* broker 어음중개인 /*bill* clearing(s) 교환결제, 어음교환금액 /*bill* collecting 수금(收金) /*bill* collection 대금추심 /*bill* collectors 어음추심인 /*bill* discounted; *bill* receivable discounted 할인어음 /*bill* counters 지폐계수기(計數器) /*bill* discount 어음할인 /*bill* discount deposits 은행이 어음을 할인할 때 강제적으로 시키는 예금 /*bill* discounters 어음할인업자 /*bill* dishonored 부도어음 /*bill* eligible for the Bank of Korea rediscount 한은재할인적격어음 /*bill* exchange machines; *bill* exchangers 지폐환전기 /*bill* for acceptance 인수어음 /*bill* for collection 추심어음 /*bill* for payment 지급어음 /*bill* holders 어음소지인 /*bill* (of exchange) in a set 일조(一組)어음 /a *bill* in blank 백지어음 /*bill* in foreign currency [money] 외화어음 /*bill* in home currency 방화(邦貨)어음 /a *bill* of credit [debt, sale] 지급증권[채무증서, 매도증서] /a *bill* of sale 매매증서, 매도증서 /a *bill* on demand [maturity, presentation] 청수[만기, 제시]출급어음 /*bill* outstanding 미지급어음 /(foreign) *bill* payable 지급환 /*bill* payable at a fixed period after sight 발행일자후 정기출급어음 /*bill* payable at sight after a fixed period 일람후 정기출급어음 /*bill* payable on demand 청구출급어음 /*bill* rate 할인요율, 어음금리 /*bill* receivable 수취어음 /*bill* rediscounted 재할인어음 /*bill* sold 매도환, 매도외국환 /*bill* stamps 외국환어음인지(印紙) /a *bill* to so-and-so 기명식어음 /a *bill* to so-and-so or bearer 기명식 또는 소지인출급어음 /*bill* with collateral security 담보부 어음 /bundles of *bills* 증서다발 /clean *bill* 무담보어음 /clean [foul, inland, ocean, railroad, through] *bill* of lading 무담보[담보, 국내, 해양, 철도, 통]선하증권 /commercial *bill* 상업어음 /a counterfeit *bill* 위조어음 /a demand *bill* 청구출급어음 /domestic *bill* 내국환 /a domestic *bill* of exchange 내국환어음 /domiciled *bill* 타소출급어음 /double-name(d) *bill* 복명(複名)어음 /a duplicate *bill* 외국환어음복본(複本) /exchequer *bill* [영] 재무부증권 /fictitious *bills* 공(空)어음 /finance *bill* [미] 금융어음 /first class *bill* 일류어음 /foreign *bill* 외국환어음 /home *bill* 내국환 /inland *bill* 내국어음 /interest *bill* 이자부 어음 /long(-sighted, -term) *bill* 장기어음 /negotiable *bill* 유통어음 /new *bill* 신어음 /"on board" and "received-for-shipment" *bill* of lading "선적" 및 "수취"선하증권

/an original *bill* 원(原)어음 /parties to a *bill* 어음관계인 /short(-sighted, -term) *bill* 단기어음 /single-name(d) *bill* 단명(單名)어음 /small *bill* 소액지폐 /small-value *bill* 소액지폐 /a sola *bill* 단독어음 /two-name *bill* 복명(複名)어음 /unpaid *bill* 부도어음 /value *bill* 하환어음 /discount a *bill* 어음을 할인하다 /draw a *bill* 어음을 발행하다 /foot the *bill* 계산을 하다, 합계하다 /honor a *bill* 어음을 인락(引落)하다 /pay a *bill* 어음을 지급하다 /present a *bill* 어음을 제시하다 /renew a *bill* 어음을 개서하다 ***bill future*** [영] 증서선물 ¶ The *bill future* is an interest rate futures contract, bought or sold via an exchange, which references a short-term government bill rate. See also bond future; deposit future. 증서선물은 단기국채금리로 하여 거래소를 경유해서 매수되거나 매도되는 금리선물계약을 말한다. bond future(채권선물); deposit future(예금선물)도 참조할 것. ~ ***of exchange*** 환어음 ¶ A *bill of exchange* is a payment order written by one person (the drawer) to another, directing the latter (the drawee) to pay a certain amount of money at a future date to a third party. 환어음이란 어느 사람(발행인)이 타인(지급인)에게 장래에 일정한 기일에 제3자에게 일정한 금액을 지급하도록 지시하여 작성한 지급지시를 말한다. ~ ***of lading*** 선하증권 ¶ A *bill of lading* is a receipt issued by a common carrier for transporting trade goods from one point to another. 선하증권은 상거래상의 물품을 한 곳에서 다른 곳으로 운송한다는 공공운송인이 발행한 수령증을 이른다. ~***s payable*** [영] 지급환(支給換) ¶ *Bills payable* are bills of exchange held by a company or financial institution that must be paid as they come due, classified on the balance sheet as a current liability. See also bills receivable. 지급환은 대차대조표상에 유동부채(current liabilities)로 분류되고, 만기가 다가오면 지급해야 하는 회사 또는 금융기관이 보유하는 환어음(bills of exchange)을 말한다. bills receivable[추심환(推尋換)]도 참조할 것. ~***s receivable (BR)*** [영] 추심환 ¶ *Bills receivable* (*BR*) are bills of exchange held by a company or financial institution that are due to be repaid, classified on the balance sheet as a current asset. See also bills payable. 추심환은 대차대조표상에 유동자산(current asset)으로 분류되고, 만기에 상환되는 회사 또는 금융기관이 보유하는 환어음을 말한다. bills payable(지급환)도 참조할 것. ~ ***to bearer [order]*** 소지인[지시인]출급어음 ¶ *A bill to bearer* [*order*] is a bill that is payable to the bearer of the bill. 소지인[지시인]출급어음은 그 어음의 소지인에게 지급되는 어음을 이른다. ***documentary*** ~ 화환어음 ¶ A *documentary bill* is a bill, honor of which is conditioned upon the presentation of a document or documents. 화환어음은 어음의 인수가 선적서류의 제시가 조건인 어음을 말한다. ***due*** ~ [미] 차용증서 ¶ A *due bill* is a statement of money owed, as when a bank sells a security and receives payment but has not delivered the security or equivalent asset. 차용증서는 은행이 증권을 판매하고 지급을 받았지만 그 증권이나 동 가치물을 인도하지 않은 경우와 같이, 차용금의 명세서를 말한다. ***eligible paper*** ~ 적격은행어음 ¶ The *eligible paper bill* implies notes, drafts, bankers' acceptances, and negotiable instruments that are acceptable collateral for discount window loans at a Federal Reserve Bank or sale to investors. To be acceptable for rediscount, paper must arise from a commercial transaction, have a maturity not exceeding 90 days, and bear the member bank's endorsement. The Monetary Control Act of 1980 extended discount window access to all financial institutions holding transaction accounts or business time deposits. 적격은행어음이란 어음, 환어음, 은행인수어음, 및 연방준비은행 또는 투자자에 대한 매매시에 할인창구대출을 위한 인수담보인 유통증권(negotiable instruments)을 포괄하는 개념이다. 재할인에 인수되기 위하여는, 적격은행어음은 상거래에서 발생하고, 만기가 90일을 초과해서는 안

되며, 연방준비은행의 가맹은행의 배서를 받아야 한다. 1980년의 통화규제법(Monetary Control Act of 1980)은 할인창구접근을 거래계좌 또는 기업정기예금을 보유하는 금융기관에 확대하였다. ***export*** ~ 수출어음 ¶ An *export bill* is an order for the importing party to pay the seller for the exported goods. 수출어음은 매수인이 매도인에게 수출품의 지급을 할 것을 지시하는 어음을 이른다. ***gilt-edged*** ~ 일류어음 ¶ The *gilt-edged bill* is a high-quality bill in which the chance of default or failure is quite slim. 일류어음이란 지급지체나 지급거절의 가능성이 아주 적은 최고신용의 어음을 이른다. ***import*** ~ 수입어음 ¶ The *import bill* is an order for the exporting party to pay the buyer for the imported goods. 수입어음이란 매도인이 매수인에게 수입품의 지급을 할 것을 지시하는 어음을 이른다. ***renewal*** ~ 개서(改書)어음 ¶ The *renewal bill* is a substituted bill for a new promissory note for a maturing one. If the old note is surrendered, it legally is considered a novation. Renewal of a loan is accompanied by cancellation of a maturing note and making of a new one, which is then recorded on the bank's records. A *renewal bill* may also mean an extension of the maturity of an existing loan. 개서(改書)어음이란 만기가 된 어음을 위하여 신약속어음으로 대체하는 어음을 이른다. 구(舊)어음을 내주면 그것은 법률상 경개(更改)로 간주된다. 대출의 갱신은 만기가 된 어음의 포기와 신어음의 작성을 수반하는데, 그 다음에 은행장부에 기록된다. 개서어음은 또한 기존대출의 만기를 확대하는 것은 의미할 수도 있다. ***sight*** ~ 일람출급어음 ¶ A *sight bill* is a bill payable on sight – that is, when it is presented for payment. 일람출급어음은 일람할 때, 즉 어음을 지급을 위해서 제시할 때 지급되는 어음을 말한다. ***time*** ~ 기한부어음 ¶ A *time bill* a bill that is drawn payable a certain number of days after sight or after presentation for acceptance. The number of days must be specified. In practice, a time bill drawn for any specified period of time is often referred to as a usance draft. An accepted time bill is known as a trade acceptance and is often referred to as prime paper. 기한부어음은 일람후 또는 인수를 위한 제시후 일정한 기간후에 지급되도록 발행된 어음을 말한다. 그 기간은 특정되어야 한다. 실무상 특정기간의 기한부어음은 종종 유전스 어음이라고 한다. 인수한 기한부어음을 무역인수어음이라 하고, 종종 일류어음(prime paper)이라고도 한다. ***trade*** ~ (우량)상업어음 ¶ A *trade bill* is a bill that is drawn by a seller of goods ordering the buyer to pay a specified sum of money to the seller, usually at a stated time in the future. The buyer accepts the bill by signing the face of the bill, thus creating an enforceable obligation to pay the bill when it comes due. 상업어음은 매수인이 일정한 금액을 보통 장래에 일정한 기간에 매도인에게 지급할 것을 지시하면서 매도인이 발행한 어음을 말한다. 매수인은 그 어음의 권면(券面)에 서명함으로써 그 어음을 인수하고, 그렇게 해서 지급기일이 도래할 때에 그 어음을 지급할 강제성 띤 채무를 생기게 한다. ***treasury*** ~ [미] 미재무부증권 ¶ A *treasury bill* is a security with a maximum maturity of one year, issued by the U.S. Treasury Department. 미재무부증권은 미국의 재무부가 발행한 최대 1년의 만기로 되어 있는 증권을 말한다. ***usance*** ~ 유전스어음 ¶ A *usance bill* is a time bill allowed for payment of an international obligation for a definite future time. 유전스 어음이란 장래 일정한 기간동안 국제적 채무의 지급을 허용하는 기한부어음을 말한다. ***way-*** ~ 화물운송장 ¶ The *waybill* is a document prepared by a transportation line at the point of a shipment, showing the point or origin, destination, route, consignor, consignee, description of shipment, and amount charged for the transportation service. It is forwarded with the shipment, or by direct mail, to the agent at the transfer point or waybill destination. See also airway bill; bill of lading. 화물운송장이란 선적시점에서 운송

회사가 준비하는 서류를 말한다. 그 서류에는 선적지, 또는 원산지, 목적지, 항로, 송하인(consignor), 수하인(consignee), 선적의 표시 및 운송서비스에 대해 부과하는 금액이 표기되고 있다 .그 서류는 선적과 함께 또는 다이렉트 메일(direct mail)로 운송물의 양도시점 또는 화물운송장의 목적지에서 대리인에게 전달된다. air waybill(항공화물운송장), 선하증권(bill of lading)도 참조할 것.

billing 청구서작성[발송] ***billing cycle*** 청구서작성주기(周期) ¶ The *billing cycle* is an interval between periodic billings for goods sold or services rendered, normally one month, or a system whereby bills or statements are mailed at periodic intervals in the course of a month in order to distribute the clerical workload. 청구서작성주기는 판매된 제품이나 제공된 서비스에 대한 정기적인 지급청구서 간극을 말한다. 이 간극은 통상은 1개월이지만, 사무처리의 작업량을 분산할 목적에서 청구서나 보고서를 메일(mail)로 월중(月中)에 정기적으로 제출하게 하는 경우도 있다.

billion [미] 10억(a thousand million), [영] 1조(a million million)(10억을 표시하는 데에 영국에서는 별도로 milliard라는 표현이 있다. 다만 비즈니스세계에서는, 영국에서도 a billion이 1조를 가리키지 않고, 10억의 의미로 사용되고 있다.)

bimetallic standard (금 · 은 2종류의) 복본위제도, 양본위제도 → bimetallism (복본위제도).

bimetallism 복본위제도, 양본위제도 ¶ The *bimetallism* is a monetary system that uses two metals such as gold and silver to serve as backing for country's money supply. *Bimetallism* was a system designed to provide more economic stability than a system based on only one metal. It was a system practiced in the United States and other countries with the expectation of England in the eighteenth and nineteenth centuries. 복본위제도는 1국의 화폐의 공급에 대한 지원으로 알맞은 금과 은과 같은 2개의 금속을 사용하는 화폐제도를 말한다. 복본위제도는 오직 하나의 금속에 기초를 두는 제도보다도 경제적 안정을 마련하기 위하여 계획된 제도였다. 그것은 18세기와 19세기의 영국의 예측과 더불어 미국 및 다른 여러 국가에서 실행된 제도였다.

binary [컴] 이원(二元)의, 2진법(進法)의 ¶ the *binary* digit 비트(bit) (*cf.*) byte 바이트 ¶ The *binary* system is numerical arrangement in which numbers are represented by the digits 0 and 1. For example, the decimal 12 has a binary equivalent of 1100. All input to computers is converted to binary form. 2진법은 숫자가 0의 자릿수와 1의 자릿수에 의해서 나타내는 자릿수의 순열(順列)을 이른다. 예를 들면, 10진법(進法)의 12는 2진법의 1100에 상당하다. 컴퓨터에 입력하는 모든 것은 2진법의 형식으로 변환된다. ***binary-barrier option*** [영] 바이너리 장애옵션 ¶ The *binary-barrier option* is a hybrid of the barrier option and binary option that grants the buyer a payoff equal to a fixed cash or asset amount if the price of the underlying market reference breaches the barrier. Payoff may be immediate or at expiry of the contract. Also known as an American binary option. one-touch option. 바이너리 장애옵션은 기초시장조회상의 가격이 장애를 위반하면 매수인에게 고정현금이나 자산금액과 같은 수익을 수여하는 장애옵션과 바이너리 옵션의 합성물(hybrid)이다. 수익은 계약과 바로 또는 만기에 수여할 것이다. 이는 아메리칸 바이너리 옵션(American binary option), 원터치옵션(one-touch option)으로도 알려지고 있다. ~ ***credit option*** [영] 바이너리 크레디트옵션 → credit default option (크레디트 디폴트옵션). ~ ***option*** [영] 바이너리 옵션 ¶ The *binary option* is a complex option that grants the buyer a payoff equal to a fixed cash or asset amount if the price of the underlying market reference breaches the strike price. Unlike a conventional option, the intrinsic value of the binary contract does not depend on the degree of moneyness. A binary may be structured as an American option or European option. Also known as all-or-nothing option, digital option. 바이너리 옵션은 기초시장기준의 가격이 행사가격을 위반하는 경우 확정적 현금 또는 자산총액에 상당하는 수익을 매수인에게 부여하는 복잡한 옵션을 말한다. 전통적 옵션과는 달리, 바이너리계약의 본질적 가치는 현금성의 정도에 의존하지 않는다. 바이너리계약은 아메리카형 옵션이나 유럽형 옵션으로 구조화될 수 있다. 이는 전부 아니면 포기하는 옵션(all-or-nothing option), 디지털 옵션(digital option)으로도 알려져 있다.

bind 고정시키다, 구속하다 ¶ The court *bound* him over to pay the debt. 법원은 그에게 차금의 반환을 강제하였다. /*bind* oneself by an agreement 약정을 체결하다.

binder 바인더, 부동산구입의 착수금수령서, 보험의 가인수증, 착수금(수령서), 잠정계약서 ¶ The *binder* is a sum of money paid to evidence good faith until a transaction if finalized. In insurance, the *binder* is an agreement executed by an insurer (or sometimes an agent) that puts insurance coverage into force before the contract is signed and the premium paid. 바인더(착수금)는 하나의 거래가 끝나기까지 신의의 증표로 지급되는 일정한 금액을 말한다. 보험계약에 있어서, 계약이 정식으로 체결되어 보험료(premium)가 지급되기 전에, 보험을 유효로 할 것을 보험회사(때로는 대리점)가 동의하는 서류를 바인더라고 한다.

binding 구속력 있는, 의무적인 ***binding agreement*** 구속력 있는 조약 ¶ The *binding agreement* is a formal agreement between two or more countries requiring each to comply with its terms and conditions. 구속력있는 조약이란 상호간에 조약의 내용과 조건을 준수하여야 하는 2개 이상의 국가간의 공식적의 조약을 말한다. ~ ***arbitration*** 구속력 있는 중재 ¶ The *binding arbitration* is a noncourt process for resolving a dispute in which a neutral third party (the arbitrator) has the power to impose a settlement. The parties involved in the dispute sometimes agree in advance to limits that may be imposed by the arbitrator. 구속력 있는 중재란 분쟁을 해결하기 위한 법정외의 절차로, 여기서 중립적인 제3자(중재인)가 해결을 강제하는 권한을 가진다. 분쟁에 관계되는 당사자들은 종종 중재인들이 강제할 수 있는 제한에 앞서서 합의하기도 한다.

binomial model [영] 이항(二項) 모형 ¶ The *binomal model* is an option pricing model developed by Cox, Ross, and Rubinstein that traces price movements of an asset over discrete time intervals from trade date until expiry date, making it possible to value American options. Under the parameters of the model the underlying asset can only move up or down by a specified amount in each period, meaning the process follows a binomial distribution. 이항(二項) 모형은 거래일(trade date)부터 만기일(expiry date)까지 이산시간형(離散時間型) 간격을 넘어 가격변동을 추적하는 콕스(Cox), 로쓰(Ross)와 루빈슈타인(Rubinstein)이 개발한 옵션프라이싱모형으로, 이것은 아메리칸형 옵션을 평가할 수 있게 하는 것이다. 모형의 특성에 의하여 기초자산은 각 기간에 특정한 금액으로 오직 앞으로 당기고 뒤로 물리고 할 수 있다. 이것은 과정이 이항분포(二項分布)를 따른다는 것을 의미한다.

birr 비르 ¶ The standard currency unit of Eritrea and Ethiopia, divided into 100 cents. 에리트레아와 에티오피아의 표준화폐단위. 1 비르(birr) = 100 센트(cents).

BIS → **B**ank for **I**nternational **S**ettlement [약] 국제결제은행(출자국의 대표자회의에서 국제통화, 금융상의 중요결정을 내린다. 은행의 자기자본의 비율규제는 1988년

BIS가 국제적인 통일기준(8%)을 제안하고 도입되기에 이르렀다.) ¶ The *Bank for International Settlement* (*BIS*) is an international organization, established in 1930 and based in Basel, Switzerland, that acts as a bank for central banks of major industrial countries. 국제결제은행은 1930년에 설립되고 스위스의 바젤에 본부를 둔 국제기구로서, 주요선진공업국의 중앙은행의 은행으로서 역할을 하고 있다. /*BIS* adequacy ratio BIS 비율 /*BIS* capital adequacy ratio BIS 자기자본비율(세계 각국의 금융기관의 재무건전성을 측정하기 위해서 1988년 BIS(국제결제은행)가 도입한 지표이다. 대출이나 지급보증 같은 은행의 위험자산을 은행의 자기자본으로 나눈 백분율. 통상 BIS 비율이 8%이면 우량은행으로 평가받는다.) /*BIS* Regulation BIS 규제

bit 잔돈, [미속] 12센트 반, [컴] 비트 (*cf.*) byte 바이트 ¶ two *bits* 25센트(a quarter)

B/L; B/L's; Bs/L → **b**ills of **l**ading [약] (해상)선하증권

black ⓐ 부정한, 암시세의 ¶ *black* bourse 주식암시장 /*black* economy 암시장경제 /*black* knight [M&A] 흑기사(騎士)(적대적 매수의 공세를 취한 기업사냥꾼) /*black* market financing 암시장금융 /*black* money 검은 돈, 부정소득 /in the *black* 흑자로 이익이 남아서 ***Black Friday*** 블랙프라이데이, 암흑의 금요일 ¶ The *Black Friday* is a sharp drop in a financial market. The original *Black Friday* was September 24, 1869, when a group of financiers tried to corner the gold market and precipitated a business panic followed by a depression. The panic of 1873 also began on Friday, and Black Friday now applies to any Friday when there is a debacle affecting the financial markets. 블랙프라이데이는 금융시장의 급격한 하락을 의미한다. 원래의 블랙프라이데이는 1869년 9월 24일을 의미하고 있었다. 이날, 일단의 금융업자가 금시장의 매점을 기도한 결과, 그 후의 불황을 초래하게 되는 공황을 일으켰다. 1873년의 공황도 금요일에 시작했으므로, 블랙프라이데이라는 말은 금융시장을 엄습하는 모든 폭락을 나타내게 되었다. ~ ***knight*** [속] 블랙나이트 ¶ The *black knight* is the party bidding for control of another in a hostile takeover. See also gray knight; white knight; white squire. 블랙나이트는 적대적 주식공개매수(hostile takeover)에서 다른 회사의 지배(control)를 매수하려는 당사자이다. gray knight(회색의 기사); white squire(백기사의 종자)도 참조할 것. ~ ***market*** 암시장, 블랙마켓 ¶ A *black market* is an illegal commercial market in which goods or services are in short supply and buyers seek out sellers willing to sell at price exceeding the equilibrium price or the price set by government price controls. 블랙마켓은 상품이나 서비스가 공급부족시에, 매수인들이 균형가격(equilibrium price) 혹은 정부의 통제가격을 상회하는 가격으로 매도하려는 매도인들을 찾아 나서는 불법적인 상업시장을 말한다. ***Black Monday*** 블랙먼데이, 암흑의 월요일 ¶ The *Black Monday* was October 19, 1987, when the Dow Jones Industrial Average plunged 508 points, or a record 22.6%, following sharp drops the previous week, reflecting investor anxiety about inflated stock price levels, federal budget and trade deficits, and foreign market activity. Many blamed program trading for the extreme volatility. Many blamed program trading for the extreme volatility. The greatest point loss of the Dow Jones Industrial Average was 777.68 points on September 29, 2008. 블랙먼데이는 1987년 10월 19일 월요일, 다우존스 공업주가평균(Dow Jones Industrial Average)이 전주(前週)의 급락에 뒤이어 508포인트, 또는 22.6%라는 기록적인 하락으로 떨어졌다. 이것은 너무 높은 주가수준, 연방재정적자(federal deficit)와 무역적자(trade deficit), 및 외국시장동향 등에 대한 투자가의 우려를 반영한 것이었다. 극단적인 가격변동(volatility)의 원인은 프로그램거래라고 비난하는 사람도 많다. 2008년 9월 29일의 월요일에

는, 다우 평균의 최대손실은 777.68포인트이었다. ***Black-Scholes model*** 블랙-숄즈모형 ¶ The *Black-Scholes model* is a relatively complicated mathematical formula for valuing stock options. The *Black-Scholes model* is used in options pricing to determine whether a particular option should be selling at a price other than the one at which it currently trades. 블랙-숄즈모형은 스톡옵션을 평가하는 데 이용되는 상당히 복잡한 수학공식이다. 블랙-숄즈모형은 특정한 옵션이 근래 거래되고 있는 가격과 다른 가격으로 매도되어야 할지를 결정하기 위해서 옵션가격결정에 이용된다. → derivative pricing models(파생상품가격모형)을 참조할 것. ***Black-Scholes option pricing model*** 블랙-숄즈 옵션가격결정모형 → derivative pricing models (파생상품가격모형). ~ ***Swan*** 블랙스완 ¶ The *Black Swan* is such a big unexpected accident that can shake the financial market. As it is exceptional like this, it does not seem almost possibility of occurrences. Once it happens, it would give tremendous shock and pervasive effect to economy. 블랙스완이란 금융시장을 뒤흔들 수 있는 예상치 못한 큰 사건을 말한다. 이처럼 극히 예외적이기 때문에 발생할 가능성이 거의 없어 보이지만, 일단 발생하면 경제에 엄청난 충격과 파급효과를 미친다. ~ ***Tuesday*** 블랙튜즈데이, 암흑의 화요일 ¶ The *Black Tuesday* was October 29, 1929, the day of the great crash on the New York Exchange. That event, a 30-point, 11.7% drop to 230.07 from the previous day's close, triggered bank failures and eventually led to the Great Depression of the 1930s. 블랙튜즈데이는 1929년 10월 29일에 뉴욕증권거래소(New York Stock Exchange: NYSE)에서 대폭락(GREAT Crash)이 있었던 날이다. 전일의 마지막 장에서 30포인트, 11%가 하락하여 230.07포인트로 된 그 사건은 은행의 도산을 일으키고, 결과적으로 1930년의 대공황(Great Depression)을 초래했다.
n. [the ~] 흑자이익 (*cf.*) the red 적자

black-box accounting 블랙박스회계 ¶ The *black-box accounting* is a financial statements based on accounting methodologies so complex that numbers, although accurate and legal, obfuscate rather than clarify. Restatement of revenues, inventory, and earnings, and the use of derivatives and off-the-books, partnerships are examples. 블랙박스회계는 숫자는 정확하고 합법적이라 하더라도, 대단히 복잡한 회계수법이어서 명확하지가 않고, 오히려 혼란을 초래하는 것 같은 재무제표(financial statement)를 말한다. 블랙박스회계의 예로서는, 총수입(revenue), 재고(inventory), 이익(earnings)의 결산수정(restatement), 파생상품(derivative)이나 부외(簿外)에서의 파트너십(partnership) 등이 있다.

blacklist *n.* 블랙리스트, 주의인물명부 ¶ The *blacklist* is a directory of individuals, businesses, or organizations to avoid. For example, companies that have been found to cheat on government contracts may be placed on a *blacklist* to keep them from winning additional contracts. 블랙리스트는 회피하여야 할 개인, 기업 또는 단체에 관한 주소성명명부를 이른다. 예를 들면, 정부계약에 사기한 것으로 들어난 회사는 추가계약을 확보하지 못하도록 블랙리스트에 기재될 수 있다.
v. 블랙리스트에 올리다 ¶ The company was *blacklisted* by the government. 그 회사는 정부의 블랙리스트에 올라 있었다.

blackmail *n.* 공갈, 등침
v. 공갈하다, 등치다

blank *a.* 백지식(白地式)의, 무기명의 ¶ *blank* acceptance 백지인수 /*blank* bills 무기명어음, 백지(식)어음 /*blank* bond 무기명(사)채 /a *blank* form 미기입용지 /a *blank* power of attorney 백지위임장 ***blank check*** (금액미기입의) 백지수표 ¶ A

blank check is a check drawn on a bank account and signed by the maker, but with the amount of the check to be supplied by the drawee. Term is used as a metaphor for any situation where inordinate trust is placed in another person. 백지수표는 은행의 계좌 앞으로 발행되고, 발행인(drawer, maker)의 서명은 있지만, 수표의 금액은 수신인(drawee)에게 기입시키는 수표를 말한다. 이 용어는 상대방을 크게 신용하고 있는 상황을 나타내는 비유로서 이용된다. ~ ***check offering*** 백지위임공모 ¶ The *blank check offering* is an initial public offering (IPO) by a company whose business activities have yet to be determined and which is therefore speculative. Similar to the blind pool concept of limited partnership. 백지위임공모는 회사의 사업내용이 아직 정한 것이 아니고, 투기성이 높은 기업의 신규주식공모(initial public offering: IPO)를 말한다. 리미티드 파트너십(limited partnership)에 있어서의 일임형(一任型)의 개념(blind pool concept)과 유사하다. ~ ***endorsement*** 백지(식)배서, 무기명배서 ¶ *Blank endorsement* is endorsing or signing a negotiable instruments without indicating the person or organization to which the instrument is assigned. For example, signing the back of a check made out to you is a *blank endorsement*. 백지배서는 증권이 양도되는 개인 또는 단체를 지적하지 함이 없이 유통증권을 배서하거나 서명하는 경우이다. 예를 들면, 귀하에게 작성된 수표의 배면에 서명하는 것은 백지배서이다.
[n.] 공백, 여백, [미] 서식용지([영] form)

blanket 총괄적, 포괄적 ¶ a banker's *blanket* bond 은행포괄보험 /a *blanket* agreement 총괄적 협정 /a *blanket* clause 총괄조항, 포괄조항 /a *blanket* mortgage 총괄모기지 /a *blanket* policy 포괄보험 ***blanket bond*** 포괄보험 → a blanket fidelity bond (기업포괄보장보험) ~ ***fidelity bond*** 기업포괄보장보험 ¶ A *blanket fidelity bond* is a insurance coverage against losses due to employees dishonesty. Brokerage firms are required to carry such protection in proportion to their net capital as defined by the Securities and Exchange Commission. Contingencies covered included securities loss, forgery, and fraudulent trading. Also called blanket bond. 기업포괄보장보험은 종업원의 부정행위로 인해서 생긴 손실을 보상하는 보험을 말한다. 미증권거래위원회(Securities and Exchange Commission: SEC)의 규정에 따라, 증권회사(brokerage firm)는 순자본(net capital)에 대응한 금액의 기업포괄보장보험에 가입할 것이 요구되고 있다. 보험이 적용되는 대상범위에는, 증권의 손실, 문서위조, 사기적 거래가 포함된다. ~ ***insurance*** 포괄보험 ¶ The *blanket insurance* is a single policy on the insured's property for (1) two or more different kinds of property in the same location; (2) same kind of property in two or more locations; (3) two or more different kinds of property in two or more different locations. Blanket coverage is ideal for such businesses as chain stores, all of whose property is covered with no specific limit on each particular property regardless of its location (thereby enabling the business to shift merchandise from store to store). 포괄보험은 (1) 동일한 장소에 있는 2이상의 다른 종류의 재산, (2) 2이상의 다른 장소에 있는 2이상의 다른 재산, (3) 2이상의 다른 장소에 있는 2이상의 다른 종류의 재산으로서 피보험자의 재산에 관한 단독보험증권을 말한다. 포괄보험의 범위는 체인스토아와 같은 사업에 대해서 이상적이어서, 그 재산의 모든 것이 그 소재장소에 구애됨이 없이 각 특별재산에 대한 특수한 제한없이 커버된다(그럼으로써 사업체가 상품을 이 점포에서 저 점포로 옮길 수 있다). ~ ***recommendation*** 전회사적(全會社的)인 매매추천 ¶ The *blanket recommendation* is a communication sent to all customers of a brokerage firm recommending that they buy or sell a particular stock or stocks in a particular industry regardless of investment objective or portfolio size. 전사적인 매매추천이란 증권회사(brokerage firm)의 모든 고객에게 보내는 통신문서에서 투자자의 투자목적이나 포트폴리오(portfolio)의 크기에 관계없이, 특정주식이나 특정업계의 주식(stock)의 매매추천을 하는 것을 말한다.

bleed 출혈하다, 짜내다(for) ¶ To *bleed* is to drain money or assets from an individual, company, or organization. For example, an unsuccessful business venture may *bleed* a company's cash reserves. 돈을 축내다는 것은 개인, 회사, 또는 단체로부터 돈이나 자산을 다 써버리는 경우이다. 예를 들면, 성공하지 못한 사업벤처는 회사의 현금준비금을 축낼 수 있다. ***bleeding export*** 출혈수출 ¶ The *bleeding export* is an export done while suffering a loss. 출혈수출이란 손해를 보면서 하는 수출을 말한다.

blend fund 블렌드형 펀드 ¶ *Blend fund* is mutual fund holding stocks, bonds, and money market instruments to provide diversification; differs from an asset allocation mutual fund, which may choose among classes of assets rather than be constantly diversified by asset classes. 블렌드형 펀드란 분산화(diversification)를 목적으로 하여, 주식(stock), 채권(bond), 단기금융시장(money market)의 금융상품을 보유하는 뮤추얼펀드(mutual fund)를 말한다. 그 펀드는 언제나 자산분류에 의해서 분산화되기보다 오히려 자산의 분류 속에서 선택될 수 있는 자산배분형 뮤추얼펀드(asset allocation mutual fund)와는 다르다.

blended rate 혼합금리 ¶ A *blended rate* is a mortgage financing term used when a lender, to avoid assuming an old mortgage at an obsoletely low rate, offers the incentive to refinance at a rate somewhere between the old rate and the rate on a new loan. 혼합금리는 기존의 부동산대출을 기존의 낮은 금리로 인수하는 것을 피하기 위하여, 대여자가 신규대출에 관하여 예전의 금리와 현재의 금리 사이에서 약간 유리한 금리로 리파이낸스할 유인책을 제공할 경우에 사용되는 부동산 모기지대출 용어이다.

blind 눈 먼, 맹목의, 근거가 없는, 충동적인 ***blind bid*** 블라인드비드 ¶ A *blind bid* is a large investor's bid on a basket of unidentified stocks in hopes of adding to a position without upsetting the market in the stocks desired. 블라인드비드는 구입하려고 하는 주식의 주가에 영향을 주는 것 없이 대량의 주식을 구입할 목적에서, 주식의 바스켓(basket)을 그 종목을 알리지 않고 매입하는 것을 말한다. ~ ***pool*** 블라인드풀, 일임형 파트너십, 운용일임펀드 ¶ The *blind pool* is a limited partnership that does not specify the properties the general partner plans to acquire. If, for example, a real estate partnership is offered in the form of a *blind pool*, investors can evaluate the project only by looking at the general partner's tract record. In a specified pool, on the other hand, investors can look at the prices paid for property and the amount of rental income the buildings generate, then evaluate the partnership's potential. In general, *blind pool* partnerships do not perform better or worse than specified pool partnerships. 일임형 파트너십은 무한책임파트너(general partner)가 취득하려고 하는 자산을 특정하지 않는 리미티드 파트너십(limited partnership)을 말한다. 예컨대 일임형의 부동산 파트너십의 경우, 그 파트너십에의 투자판단은 무한책임파트너의 실적(track record)만을 행하는 것이 된다. 투자자는 투하부동산가격이나 그 물건에서의 임대수입을 고려하여, 그 파트너십의 잠재수익력을 검토할 수 있다. 일반적으로 일임형 파트너십과 투자대상특정형 파트너십의 투자실적에 큰 차이는 없다. ~ ***trust*** 백지위임신탁, 블라인드 트러스트 ¶ The *blind trust* is a trust in which a fiduciary third party, such as a bank or money management firm, is given complete discretion to make investments on behalf of the trust beneficiaries. The trust is called blind because the beneficiary is not informed about the holdings of the trust. *Blind trusts* often are set up when there is a potential conflict of interest involving the beneficiary and the investments held in the trust. 블라인드 트러스트는 은행이나 자금운용회사(money management firm) 등의 수탁업무(fiduciary)를 행하는 제3자가 신탁의 수익자(beneficiary)에 갈음해서 투자에 관해서 완전한 재량권(complete discretion)을 부여받고 있는 신탁을 말한다. 이 신탁은 수익자가 신탁의 보유재산을 알 수 없는 것이므로, 백지위임이라고 부른다. 백지위임신탁은 수익자와 그 신탁이 보유하고 있는 투자물건 사이에 이해충돌(conflict of interest)의 가능성이 있는 경우에 설정되는 경우가 많다.

block[1] 단(團), 지역 ¶the dollar [sterling] *block* 달러[파운드]지역

block[2] ⓝ (주권의) 거래단위, 거액(巨額), 블록 ¶The *block* is a large quantity of stock or large dollar amount of bonds held or traded. As a general guide, 10,000 shares or more stocks and $200,000 or more worth of bonds would be described as a *block*. 거액이란 보유・매매되는 대량의 주식(stock)이나 다액의 채권(bond)을 말한다. 일반적인 목표로서, 10,000주 이상의 주식이나 200,000달러 이상의 채권을 거액이라 한다. /*block* of 10,000 shares 1만주 단위 /*block* order 대량주문 /*block* traders 기관투자자 등의 대형주문을 취급하는 증권업무 /*block* trading (통상 1만주 이상의) 대량거래 ***block deal*** 블록딜 → block trade (대량매매거래). **~ *positioner*** 대형포지셔너, 블록포지셔너, 거액(巨額) ¶A *block positioner* is a dealer who, to accommodate the seller of a block of securities, will take a position in the securities, hoping to gain from a rise in the market price. *Block positioners* must register with the Securities and Exchange Commission and the New York Stock Exchange (if member firms). Typically they engage in arbitrage, hedging, and selling short to protect their risk and liquidate their position. 대형포지셔너는 가격상승으로 인한 이익을 노려서, 거액의 증권매도에 대해서 자기계좌에서 증권의 매입포지션을 취하는(take position) 딜러(dealer)를 말한다. 대형딜러는 미증권거래위원회(Securities and Exchange Commission: SEC) 및 뉴욕증권거래소(회원기업의 경우)에 등록하여야 한다. 대형딜러는 리스크를 회피한다든지, 포지션을 해소한다든지 할 목적에서 차익(arbitrage), 헤지(hedge), 공매(selling short)거래를 행한다. **~ *trade* [*transaction*]** [증권] 대량매매거래 ¶A *block trade* is: (1) a sale or purchase of at least 10,000 shares. (2) a trade of a block of shares that is most likely to occur between two institutions because of the large amount of money involved. (1) 블록트레이드는 적어도 1만주의 주식매매를 이른다. (2) 대량매매거래는 관련자금이 거액이어서 기관투자자간에 일어날 법한 대량의 주식거래를 말한다.

ⓥ 봉쇄하다

ⓐ 일괄의 ¶*blocked* account 봉쇄계좌, 봉쇄예금 /*blocked* checks 봉쇄수표 /*blocked* currency 봉쇄화폐 /*blocked* exchange 봉쇄외환 ***blocked account*** [영] 봉쇄계좌, 봉쇄예금 ¶The *blocked account* is a bank account or securities account that cannot be accessed by the holder, generally for legal reasons. 봉쇄계좌는 일반적으로 법적 이유로 보유자가 접근할 수 없는 은행계좌 또는 증권계좌를 말한다. ***~ed currency*** [영] 봉쇄화폐 ¶The *blocked currency* is a currency that cannot be withdrawn from a country as a result of the imposition of exchange controls. 봉쇄화폐는 외국환관리의 부과의 결과 그 국가로부터 인출할 수 없는 화폐를 말한다.

blotter 메모장부, 거래메모장부, 메모, 거래기록

blow off top 블로우오프 톱 ¶ In technical analysis, a *blow off top* is a chart pattern showing a sharp rise and a sharp fall in both price and volume within a short (four days to six weeks) time period. Also called a parabolic blow off, the pattern signifies more or an exhaustion move. 테크니컬 분석에서, 블로우오프 톱은 단기간(4일에서 6주간)의 사이에 가격과 거래량의 양면에서 급격한 상승 또는 하강을 나타내는 차트패턴을 말한다. parabolic blow off라고도 하며, 이 패턴에서는 패닉상태에 빠진 매입행동 뒤에 손절(損切)의 매도(sell off)가 계속된다. 그것을 blow off move 또는 exhaustion move라고 한다.

blowout 폭발적 매진 (*cf.*) hot issues 인기 높은 신규발행채권 ¶ A *blowout* is quick sale of all shares in a new offering of securities. Corporations like to sell securities in such environment, because they get a high price for their stock. Investors are likely to have a hard time getting the number of shares they want during a *blowout*. Also called going away or hot issue. 폭발적 매진은 신규주권공모에서 모든 주권이 신속하게 매매되는 상태를 말한다. 주식발행회사는 이와 같은 상태에서 신주를 매각하는 것을 좋아한다. 다만 투자자로 보아서는, 입수하기 싫은 주식수를 얻을 수가 어렵게 된다. going away 또는 hot issue라고도 한다.

blue 푸른, 청색의, 청백의 ***blue chip*** [주식] 확실우량한 증권, 우량주 (*cf.*) gilt-edged 최상급의 ¶ A *blue-chip* is a common stock of a nationally known company that has a long record of profit growth and/or dividend payment and a reputation for quality management, products, and services. 블루칩은 이익증식(profit growth)과 배당(dividend)지급의 장기간 실적이 있고, 경영진(management), 제품, 서비스가 높은 평가를 얻고 있는 전국적으로 지명도가 높은 회사의 보통주식(common stock)을 말한다. /*blue-chip* companies 우량회사 /*blue-chip* investments 우량주투자 /*blue-chip* securities 초우량증권 ~ ***chip [gilt-edged] stocks [shares]*** 우량주, 일류주 ¶ Some examples of *blue chip stocks*: International Business Machines, General Electric, and Du Pont. Blue chip stocks typically are relatively high priced and have moderate dividend yields. 우량주의 예로서는, IBM(International Business Machines), GE(General Electric), 듀퐁(Du Pont) 등이 있다. 일반적으로 우량주의 주가는 비교적 높으며, 배당수익률(dividend yield)은 중정도이다. ~ ***sky law*** [미] 청공법(靑空法) ¶ The *blue sky law* is a law of a kind passed by various states to protect investors against securities fraud. These laws require sellers of new stock issues or mutual funds to register their offerings and provide financial details on each issue so that investors can base their judgments on relevant data. 청공법은 증권사기로부터 투자자들을 보호하기 위해서 미국의 각주에서 제정한 법률을 말한다. 이러한 법률에서는, 신주(new stock)나 뮤추얼펀드(mutual fund)를 판매할 때에는, 투자자가 적절한 정보를 근거로 투자판단을 내릴 수 있도록 매도인은 개별적인 발행을 등록(registration)하여 상세한 재무정보를 제공하도록 규정하고 있다.

BMD (ISO) code Bermuda – currency Bermudan dollar. ¶ BMD (국제표준기구) 약호 버뮤다 — 화폐 버뮤다 달러.

BMO → **B**usiness **M**odel **O**ptimization [약] 사업모형 최적화 ¶ The *Business Model Optimization* (*BMO*) is a business model by which a business derives the optimum activities structure of global business from the redistribution and movement of its assets, functions and risk by reducing the amount of taxes levied by the various countries. [영] 사업모형 최적화는 기업이 자산 · 기능 · 위험

의 재배분 및 이전을 통해서 여러 국가에서 부과되는 세금 총액을 줄이고 글로벌 기업의 최적사업구조를 도출하는 사업모형을 말한다.

BND (ISO) code Brunei – currency Brunei dollar. ¶ BND (국제표준기구) 약호 브루나이 — 화폐 브루나이 달러(dollar).

boa 보아, 확대공동플로트(변동환율제) (*cf.*) snake

board [n.] 회의, 중역회의, 주식거래소, [해운] 선측(船側) ¶ *board* minutes 이사회의 의사록 /a *board* of managing directors 상무회(常務會) /*board* orders 지정가 주문 /the foreign *board* 외국주식 /go on the *board* 상장(上場)하다 ***board broker*** 보드 브로커 ¶ A *board broker* is an employee of the Chicago Board Options Exchange who handles away from the market orders, which cannot immediately be executed. If board brokers act as agents in executing such orders, they notify the exchange members who entered the orders. 보드 브로커는 주문가격이 시장가격과 괴리하고 있기 때문에, 바로는 집행할 수 없는 괴리주문(away from the market)을 취급하는 시카고옵션거래소(Chicago Board Options Exchange)의 종업원을 말한다. 보드 브로커가 대리인(agent)으로서 괴리주문을 집행하는 경우는, 그 주문을 한 거래소의 회원에게 통지한다. ~ ***of directors*** 이사회, 임원회 ¶ The *board of directors* is a group of individuals elected, usually at an annual meeting, by the shareholders of a corporation and empowered to carry out certain tasks as spelled out in the corporation's charter. Among such powers are appointing senior management, naming members of executive and finance committees (if any), issuing additional shares, and declaring dividends. 이사회는 통상은 연차입자주총회(annual meeting)에서 주주(shareholder)에 의해서 선출된 사람들의 집단으로 회사정관(corporation's charter)에 규정된 특정한 직무를 수행하는 권한을 부여받는다. 그 권한 중에는, 상급경영진(senior management)의 임명, 집행위원회(executive committee)나 (필요하다면) 재무위원회(finance committee)의 위원의 지명, 증자(issuing additional shares), 배당선언(declaring dividends) 등이 있다. ***Board of Governors of the Federal Reserve System*** 미연방준비제도이사회 ¶ *Board of Governors of the Federal Reserve System* is a seven-member managing body of the Federal Reserve System, commonly called the Federal Reserve System Board. The board sets policies on issues relating to banking regulations as well as to the money supply. 미연방준비제도이사회는 7인의 멤버로 구성되는 연방준비제도(Federal Reserve System)의 운영조직이다. 일반적으로는 Federal Reserve System Board라고 부른다. 이사회는 통화공급량(money supply)이나 은행에 관한 각종 규칙에 대한 방침을 정한다. ~ ***lot*** [주식] 거래단위 ¶ A *board lot* is the standard unit of trading on a stock exchange. In the United States, where the synonym round lot is more commonly used, it is 100 shares on all the stock exchanges (10 shares if a stock is thinly traded). In countries where exchanges list a high proportions of low-priced shares, board lots are often higher or set at levels proportionate to price ranges. 거래단위는 주식거래소에서 행하는 거래의 표준단위를 말한다. 동의어인 round lot가 더 일반적으로 사용되고 있는 미국에서는, 그것은 모든 주식거래소에서는 100주(주식이 드믄드믄 거래되는 경우는 10주)를 의미한다. 주식거래소가 저가주식이 높은 부분을 일람표에 게재하는 나라에 있어서는, 거래단위는 종종 (100주보다도) 더 높거나 가격폭에 비례하는 수준으로 정한다. ~ ***room*** 회의실, [증권] (시세를 표시는 게시판이 있는) 매매거래소 ¶ The *board room* is a room where customers can watch an electronic board that displays stock prices and transactions. (시세를 표시는 게시판이 있는) 매매거래소는 고객이 주가나 주식거래를 표시하는 전자표시판(board)을 볼 수 있는 방을

이른다. ***free on ~ (F.O.B., f.o.b.)*** 본선도(本船渡) ¶ *Free on board* (*F.O.B., f.o.b.*) is a trade term that at a named port of export, the seller quotes the buyer a price that covers all costs up to and including delivery of goods aboard a vessel at a port. *FOB* is also a method of export valuation. 본선도(本船渡)는 지정수출항에서, 매도인이 항구에 정박해 있는 선박에 하물의 인도를 포함해서 적재하기까지의 모든 비용을 커버하는 가격을 매수인에게 물리는 거래조건(trade term)이다. FOB는 또한 수출품가격의 평가방법이기도 하다. ***on ~*** 선내에, 선적 ¶ The word *on board* is a notation on a bill of lading indicating that goods have been loaded *on board* or shipped on a named ship. In the case of received-for-shipment bills of lading, the following four parties are authorized to add this "*on board*" notation: 1) the carrier, 2) the carrier's agent, 3) the master of the ship, and 4) the master's agent. on board(선내에, 선적)이라는 말은 하물이 지정된 선박에 적재(on board) 또는 선적(shipped)되었음을 가리키는 선하증권상의 표기를 말한다. 선적선하증권에 있어서는, 다음의 네 사람이 이 「선적」의 표기를 가할 권한이 있다. 즉, 1) 운송인, 2) 운송인의 대리인, 3) 그 선박의 선장, 및 4) 선장의 대리인이다. *v.* 승선하다

boat 선박, 기선(ship) ¶ a cargo *boat* 화물선

BOB (ISO) code Bolivia – currency boliviano. ¶ BOB (국제표준기구) 약호 볼리비아 — 화폐 볼리비아노(boliviano).

Bobl [독] 보블 ¶ The *Bobl* is a abbreviated form of Bundesobligationen, sub-category of German federal government bonds (Bunds), issued in the 5-year sector with fixed coupons. Bobl(보블)은 Bundesobligationen(연방채권)의 약자로, 고정쿠폰이 딸린 5년짜리로 발행되는 독일 연방국채(國債)(분트)의 하부개념이다.

bogey 보기, 달성목표 ¶ A *bogey* is a target for purchasing or selling a security or achieving some other objective. An investor's *bogey* may be a 10% rate of return from a particular stock. Or it may be locking in an 8% yield on a bond. A money manager's *bogey* may be to beat the Standard & Poor's 500 index. 보기는 증권의 매매에 관한 목표나 기타 달성목표를 말한다. 어느 투자자의 달성목표는 특정한 주식의 수익률(rate of return)을 10%로 할지도 모르고, 채권(bond)에서 8%의 투자수익률 확보할지도 모른다. 자금운용담당자(money manager)의 보기는 스탠더드앤드푸어스 500종목 종합주가지수(Standard & Poor's 500 index)를 상회할지도 모른다.

bogus 위조의, 가짜의, 부정의 ¶ *bogus* check 위조수표 /a *bogus* company [concern] 유령회사 /*bogus* dividend 낙지배당(수익이 없는데 무리하게 배당을 행하는 것) /*bogus* money 위폐 /*bogus* shares 가짜주식

boilerplate (계약서 · 보증서 등의) 정형문구, 공통조항 ¶ A *boilerplate* is a standard legal language, often in fine print, used in most contracts, wills, indentures, prospectuses, and other legal documents. Although what the boilerplate says is import, it rarely is subject to change by the parties to the agreement, since it is the product of years of legal experiences. 정형문구는 대부분의 계약서, 유언서, 신탁증서(indenture), 사업계획서(prospectus) 등의 법률문서에 사용되고 있는 법적인 상용문(常用文)인데, 많은 경우가 인쇄되어 있다. 이러한 문장은 주요하지만, 오랜 기간의 법적 경험의 산물이기 때문에, 계약당사자가 이를 변경하는 일은 드문 일이다. /*boilerplate* legends 정해진 문구의 설명문

boiler room [shop] [속] (전화로 불안하게 주권을 매매하는) 무허가 주식중매인

의 영업소(a bucket shop), 보일러룸 ¶ A *boiler room* is a place where high-pressure salespeople use banks of telephones to call lists of potential investors (known in the trade as sucker lists) in order to peddle speculative, even fraudulent, securities. They are called boiler rooms because of the high-pressure selling. *Boiler room* methods, if not illegal, violate the Financial Industry Regulatory Authority (FINRA) rules of fair practice, particularly those requiring that recommendations be suitable to a customer's account. 보일러룸은 판매원이 투기적 혹은 사기적이기도 한 자세로 증권을 고압적으로 강매하기 위해서 투자자가 될 만한 고객(거래에서 봉이 될만한 사람으로 알려지고 있음)에게 전화를 마구 걸어대는 장소를 말한다. 그런 판매방식은 고압적인 판매이므로 (보일러가 덜커덩 덜커덩하고 돌아가는) 보일러룸이라 한다. 보일러룸방식은 비록 위법은 아니라고 하더라도, 특히 주식의 추천은 각 고객의 상황에 적합한 것임을 규정하고 있는 금융업규제기구(Financial Industry Regulatory Authority: FINRA)의 공정관습규칙(rules of fair practice)에 위반하고 있다.

bolivar 볼리바 ¶ The standard currency unit of Venezuela, divided into 100 centimos. 베네수엘라의 표준화폐단위. 1 볼리바(bolivar) = 100 센티모(centimos).

Bolivia currency 볼리비아 화폐 ¶ boliviano (BOB), divided into 100 centavos. 1 볼리비아노(boliviano) = 100 센타보(centavos).

boliviano 볼리비아노 ¶ The standard currency unit of Bolivia, divided into 100 centavos. 볼리비아의 표준화폐단위. 1 볼리비아노(boliviano) = 100 센타보(centavos).

bolsa [스페인] 증권거래소 ¶ *Bolsa* is a Spanish term for stock exchange. There are *bolsas* in Spain, Latin America, Central America, and other Spanich-speaking countries. In France, the term is bourse; in Italian, borsa. bolsa는 증권거래소(stock exchange)라는 의미를 가지는 스페인말이다. 스페인, 라틴 · 아메리카, 중앙아메리카, 기타 스페인어권의 여러 나라에서 증권거래소를 bolsa라고 한다. 프랑스어로 bourse, 이탈리아어로는 borsa라고 한다. ***Bolsa de Commercio de Santiago* (*SSE*)** 산티아고증권거래소 ¶ The *Bolsa de Commercio de Santiago* (*SSE*) is founded in 1893, Chile's dominant stock exchange trades stocks, bonds, investment funds, stock options, futures, gold and silver coins minted by the Banco Central de Chile, and U.S. dollars on Telepregon, its electronic platform; the only floor trading conducted is in the share market, concurrent with screen trading. Three stock indices are published. 산티아고증권거래소는 1893년에 설립된 칠레의 주요한 증권거래소이며, 주식(stock), 채권(bond), 투자펀드(investment fund), 칠레중앙은행이 주조(鑄造)한 금화나 은화, 미달러통화를, 동 거래소의 전자거래시스템인 Telepregon을 사용하여 매매하고 있다. 주식거래만은 전자거래와 동시에 입회장에서의 거래로 행해지고 있다. 동 증권거래소는 3개의 주식지수를 발표하고 있다. ***Bolsa de Madrid*** 마드리드증권거래소 ¶ The *Bolsa de Madrid* is a largest and most international of Spain's four regional stock exchanges in Barcelona, Bilbao, and Valencia that trade shares and convertible bonds and fixed-income securities, both government and private-sector debt. The reorganization of Spain's financial market under the national umbrella of the Spanish Stock Market includes the bolsas, the derivatives markets, and fixed-income markets. Trading is linked through the electronic Spanish Stock Market Interconnection System (SIBE), which handles more than 90% of transactions; all fixed-income assets are traded through SIBE. 마드리드증권거래소는 바르셀로나(Barcelona), 빌

바오(Bilbao), 발렌시아(Valencia)에 있는 증권거래소에 가담한 스페인의 4개의 증권거래소 중에서 규모가 가장 크고 국제적인 증권거래소이다. 주식(stock), 전환사채(convertible bond), 공사채(fixed-income securities, both government and private-sector)를 거래한다. 스페인주식시장이라는 국가의 밑에서 행해진 스페인금융시장의 재편성은 주식시장, 파생금융시장, 채권시장을 포함한다. 전체 90%를 초과하는 거래가 스페인증권시장 전자연결시스템(Spanish Stock Market Interconnection System: SIBE)을 통해서 행해지고 있다. ***Bolsa Mexicana de Valores (BMV)*** 멕시코증권거래소 ¶ The *Bolsa Mexicana de Valores* (*BMV*) is based in Mexico City. *BMV* is Mexico's only stock exchange and the second largest stock exchange in Latin America. Founded in 1859 and a public company since 2008, the exchange trades debt instruments including federal Treasury certificates (CETES), federal government development bonds (BONDES), investment unit bonds, banker's acceptances, promissory notes with yield payable at maturity, commercial paper and development bank bonds. It also trades stocks, debentures, mutual funds, shares and warrants. The *BMV* calculates 13 indices of stock prices. Each index can be used as an underlying value for derivative products listed in specialized markets. The Price and Quotation Index, or IPC (Indice de Precios y Cotizaciones), is the broadest indicator of the *BMV's* overall performance. It is made up of a balanced weighted selection of shares that are representative of all the shares listed on the exchange from various sectors across the economy, and is revised twice a year. 멕시코증권거래소는 멕시코시에 본부를 두고 있다. 멕시코증권거래소는 유일의 증권거래소이자 라틴아메리카의 두 번째로 큰 증권거래소이다. 1859년에 설립되고 2008년 이후 공개회사이고, 멕시코 연방재무부 증권(Federal Treasury Certificate: CETES), 멕시코 연방정부개발채권(federal government development bond: BONDES), 투자단위채권(investment unit bond), 은행인수어음(banker's acceptance), 만기시 지급의 약속어음(promissory notes), 커머셜페이퍼(commercial paper), 개방은행채(development bank bond)를 비롯하여 채무증권(debt instrument)을 거래한다. 그 증권거래소는 또한 주식(stock), 무담보사채(debenture), 뮤추얼펀드(mutual fund), 지분과 워런트(shares and warrants)를 거래하고 있다. BMV는 13종류의 주가지수(stock index)를 산출하고 있다. 개개의 지수는 전문시장(specialized market)에 상장되고 있는 파생금융상품(derivative products)의 기초증권(underlying security)으로서 이용되고 있다. Price and Quotation 지표(Price and Quotation Index), 약해서 IPC(Indice de Precios y Cotizaciones)는 BMV 전체의 동향을 나타내는 광범한 지표이다. IPC는 멕시코 경제의 여러 가지의 섹터(sector)에서 선택된 멕시코증권거래소의 모든 상장주식을 대표하는 주식종목으로 구성된 균형가중의 주식선택(balanced weighted selection of shares)이고, 구성종목은 1년에 두 번 바뀐다.

Bombay Stock Exchange (BSE) 봄베이증권거래소 ¶ The *Bombay Stock Exchange* (*BSE*) is founded in 1875 and the oldest stock exchange in Asia. Formerly called the Stock Exchange, Mumbai, the *BSE*, with 4,700 listed companies, has the greatest number of listed companies in the world. The exchange is a market for trading equity, debt instruments, and derivatives. In 1995, it migrated from an Open Outcry system to a fully automated computerized mode of trading called Bolt (*BSE* Online Trading). 봄베이증권거래소는 1875년에 설립되어 아시아에서는 가장 오랜 증권거래소이다. 예전에는 뭄바이 증권거래소라고 한 이 증권거래소는 회원이 4,700개 상장회사나 되어 세계에서 가장 회원

수가 많은 증권거래소이다. 이 증권거래소는 주식, 채무증서, 및 파생금융상품을 거래하는 시장이다. 1995년에, 봄베이증권거래소는 큰 소리를 지르며 하는 매매주문방식에서 Bolt(봄베이 온라인거래)라고 하는 완전히 자동화컴퓨터거래방식으로 옮겨갔다.

bona fide (L) 선의의, 진실의 (*cf.*) mala fide 악의의 ¶ *Bona fide* is a Latin for in good faith. It usually appears in reference to contracts, expecially contracts of insurance. The term is also used simply to mean honest or trustworthy. bona fide(선의의, 진실의)는 선의로(in good faith)라는 뜻을 가진 라틴어이다. 그 말은 통상 계약, 특히 보험계약과 관련해서 많이 쓰인다. 그 말은 또한 단순히 정직하다든가 신뢰할 수 있다는 의미로 사용되기도 한다. /*bona fide* third party 선의의 제3자 ***bona fide holder*** 선의의 소지인[취득자] ¶ A *bona fide holder* is a holder that has taken bills or property in good faith without knowing the defects on its title. 선의의 보유자[취득자]는 어음이나 재산상의 권원에 관한 하자를 모르고 선의로 취득한 보유자[취득자]를 이른다.

bonnanza 생각지도 못한, 뜻밖의, 굴러온, 엄청나게 많은

bond (Bd) 증서, 공채(公債), 채권(債券), 사채(社債)(미국에서는 bond는 통상 담보부이고, debenture는 무담보로 적절하게 사용한다. 영국에서는 이와 반대로 사용한다.) [미] 신원보증, 보세창고유치, 약속, 약정 (채권은 발행자가 투자자에게 미리 약정한 시점에 이자를 지급하고 만기에 원금을 상환하는 형식의 채무를 부담하는 부채성 증권이다.) ¶ The *bond* (*Bd*) is any interest-bearing or discounted government or corporate security that obligates the issuer to pay the bondholder a specified sum of money, usually a specific intervals, and to repay the principal amount of the loan at maturity. Bondholders have an IOU from the issuer, but no corporate ownership privileges, as stockholders do. 채권(債券)은 정부나 기업이 발행하는 이자부(interest-bearing) 증권 또는 할인채권(discounted bond)으로, 발행자(issuer)는 그 채권보유자(bondholder)에 대해서, 일정한 기간마다 특정한 금액을 지급하고, 만기시(maturity)에 융자의 원금(principal)의 상환의무를 진다. 채권보유자는 발행자에 대해서 채권(債權)(IOU)을 가지지만, 주주와 같은 회사출자자로서의 권리는 가지지 않는다. /active [inactive] *bond* 인기있는[인기없는] 채권 /banker's blanket *bond* 은행의 신원보증보험 /bearer *bond* 무기명채권 /*bond* appreciation 채권의 가격상승 /*bid* bond 입찰보증 /*bond* and debenture 공사채(公社債) /*bond* certificate 채권(債券) /*bond* collateral loan 공사채담보금융 /*bond* holder 채권소지인 /*bond* issue 국채의 발행 /*bond* issue market 발행시장 /*bond* issuer 채권발행자 /*bond* issuing markets; *bond* (flotation) market 기채시장, 채권시장 /*bond* market prices 채권시세 /a *bond* power 채권양도위임장 /*bond* price 채권가격 /*bond* sinking fund 감채(減債)자금 /a *bond* to bearer [order] 무기명[지시식]채권 /*bond* trader [미] 본드트레이더(채권의 매매에서 고객과의 거래를 행하는 업자 또는 그 담당자.) /*bond* trading 채권매매 /*bond* yield 채권수익률 /callable [non-callable] *bond* 수시[만기]출급채권 /corporate *bond* 사채(社債) /coupon *bond* 이표부(利票附) 채권 /exchequer *bond* [영] 국고채권 /goods (held) in *bond* 보세창고내의 화물 /government [municipal] *bond* 국[시]채 /indemnity *bond* 보상계약서 /interest [non-interest] bearing *bond* 이자[무이자]부 채권 /junior *bond* 후순위보증 /local authority *bond* 지방공공채 /mortgage *bond* 모기지부 채권 /named *bond* 기명채권 /an overlying *bond* 후순위담보 /redeemable [irredeemable] *bond* 유기[무기]상환채권 /registered *bond* 기명[등록]공채 /secured *bond* 담보부 사채 /senior *bond* 선순위보증 /surety *bond* 보증장(保證狀) /the treasury's 30-year *bond* 30년물(物) 재무성채권, 30년물 T-bond /an underlying *bond* 선순위보증 /unsecured *bond* 무담보사채 /My word is (as good as) my *bond.* 내 말은 나의 서약서이다(말한 이상

에는 약속은 지킨다. 男兒一言重千金이로다). ***bond anticipation note* (*BAN*)** 장기채권차환예정증권(長期債券借換豫定證券) ¶ The *bond anticipation note* (*BAN*) is a short-term debt instrument issued by a state or municipality that will be paid off with the proceeds of an upcoming bond issue. To the investor, *BANs* offer a safe, tax-free yield that may be higher than other tax-exempt debt instruments of the same maturity. 장기채권차환예정증권은 미국의 주 또는 지방자치단체가 발행하는 단기채무증서(short-term debt instrument)로서, 가까운 장래에 발행예정되는 채권의 실제수령액(proceeds)으로 상환되는 증권을 말한다. 투자자에 대해서, BAN은 안전성이 높을 뿐만 아니라, 같은 만기의 다른 비과세(tax-exempt)채권증권보다도 면세되는 수익률이 높다. ~ ***broker*** 채권주선업자, 공사채브로커 ¶ A *bond broker* is a broker who executes bond trades on the floor of an exchange. Also, one who trades corporate, U.S. government, or municipal debt issues over the counter, mostly for large institutional accounts. 공사채브로커는 거래소의 입회장에서 채권거래를 집행하는 주선업자(broker)를 말한다. 또한 주로 거액의 기관투자자(institutional investor)를 거래상대방으로 하여 사채(corporate bond), 국채(treasuries), 지방채(municipal bond)의 장외거래(over the counter)를 취급하는 업자를 말한다. ~ ***buyback*** 채권환매 ¶ *Bond buyback* is corporation's purchase of its own bonds at a discount in the open market. This is done in markets characterized by rapidly rising interest rates and commensurately declining bond prices. 채권환매는 공개시장(open market)에서, 기업이 자사의 채권을 할인가격으로(at a discount) 환매하는 것이다. 이것은 금리의 급속한 상승에 따라 채권가격이 하락하는 경우에 환매가 행해진다. ***Bond Buyer*** 본드바이어 ¶ The *Bond Buyer* is a daily publication containing most of the key statistics and indexes used in the fixed-income markets. 본드바이어는 채권시장에서 이용되는 주요한 통계나 지수를 대부분 망라하는 일간정보지(日刊情報紙)를 말한다. ***Bond Buyer's Municipal Bond Index*** 본드 바이어즈 지방채지수 ¶ The *Bond Buyer's Municipal Bond Index* is an index published daily by the Bond Buyer, a newspaper covering the municipal bond market. The index tracks municipal bond prices and is composed of 40 actively traded general obligation and revenue issues rated A or better with a term portion of at least $50 million ($75 million for housing issues); at least 19 years remaining to maturity; a first call date between 7 and 16 years; and at least one call at par before redemption. Starting in July, 1995, noncallable bonds became eligible for inclusion in the index. The publication also tracks the Bond Buyer 20 Bond Index, which is an index of yields of 20 general obligation municipal bonds. Investors use the publication's Bond Buyer indices to plot interest rate patterns in the mini market. Traders use the daily Bond Buyer Index to trade municipal bond index futures and futures options as the Chicago Board of Trade. 본드 바이어즈 지방채지수는 지방채시장(municipal bond market)을 망라하는 신문인 본드 바이어(Bond Buyer)지(紙)에 의하여 매일 발표되는 지수(index)를 말한다. 이 지수는 지방채의 가격을 추적하는 것인데, 활발하게 거래되고 있는 40종목의 일반재원채(general obligation bond)와 특정재원채(revenue bond)로 구성되고 있다. 같은 지수에 편입되는 지방채의 조건은 아래와 같다. 등급은 A클래스 이상, 발해잔액이 적어도 5,000만 달러(주택관련채는 7,500만 달러), 만기(maturity)까지의 잔존기간은 적어도 19년간이고, 제1회 기한전상환일(call date)이 7년에서 16년의 사이에 있으며, 더군다나 상환전(redemption) 최저 1회 액면(par)에서의 기한전 상환(call)이 있는 채권으로 되어 있다. 1995년 7월 1일부터, 기한전 상환조항(call feature)이 없는 채권도 지수의 편입 대상이 되었다. 동지(同紙)는 일반재원지방채 20종목의 이율지수인 본드 바이어 20채

권지수(Bond Buyer 20 Bond Index)도 추적하고 있다. 투자자는 지방채시장의 금리 동향을 보기 위하여 본드 바이어의 지수를 이용하고 있고, 트레이더는 매일의 본드 바이어지수를, 시카고상품거래소(Chicago Board of Trade)에서의 지방채지수선물거래(municipal bond index futures)나 선물옵션거래(futures option)에 이용하고 있다. ~ ***counsel*** 지방채고문변호사 ¶ A *bond counsel* is an attorney or a law firm that prepares the legal opinion for a municipal bond issue. 지방채고문변호사는 지방채(municipal bond)의 발행에 필요한 법적 견해(legal opinion)를 준비하는 변호사 또는 법률사무소를 이른다. ~ ***crowd*** 본드크라우드 ¶ *Bond crowd* is exchange members who transact bond orders on the floor of the exchange. The work area in which they congregate is separate from the stock traders, hence the term bond crowd. 본드크라우드는 증권거래소(exchange)의 입회장(floor)에서 채권주문을 실행하는 거래소회원을 말한다. 그들이 모여서 거래를 하는 장소가 주식 트레이드의 장소와 분리되어 있으므로, bond crowd라고 불리게 되었다. ~ ***dealer*** [영] 본드딜러 ¶ A *bond dealer* is a dealer who specializes in trading bonds, acting as principal by taking positions and filling orders through the commitment of risk capital. *Bond dealers* may specialize in government bonds or other types of bonds, such as corporate bonds, asset-backed securities, and so forth. In USA called a bond trader. 본드딜러는 자기명의로 본드를 매매하고, 위험자본의 인수를 통해서 포지션을 가지고 주문을 채우는 행위를 전문으로 하는 딜러이다. 본드딜러는 정부채, 회사채, 자산유동화증권 등과 같은 기타의 본드를 전문으로 취급할 수 있다. 미국에서는 bond traders라고 부른다. ~ ***discount*** 액면할인차액 ¶ The *bond discount* is an amount by which the market price of a bond is lower than its face value. Outstanding bonds with fixed coupons go to discounts when market interest rates rise. Discounts are also a caused when supply exceeds demand and when a bond's credit rating is reduced. When opposite conditions exist and market price is higher than face value, the difference is termed a bond premium. 액면할인차액이란 채권의 시장가격(market price)이 액명(face value)보다도 낮은 경우의 차액을 말한다. 시장의 금리(interest rate)가 상승하면, 고정이자부(fixed coupon) 채권은 액면할인이 된다. 액면할인은 공급이 수요를 상회한 때라든가, 채권의 신용등급평가(credit rating)가 내려간 때에도 발생한다. 이것과 반대의 상황에서는 시장가격이 액면보다도 높게 되지만, 이 차액은 채권프리미엄(bond premium)이라 한다. ~ ***equivalent yield*** [영] 채권환산이율 ¶ The *bond equivalent yield* is a measure that converts the yield of a fixed income discount instrument into terms of a standard coupon instrument, permitting proper comparison of investment alternatives. 채권환산이율은 채권할인증권의 수익률을 표준이표부 증권으로 환산하는 척도이고, 이는 투자대체자금의 적절한 비교를 허용하는 것이다. ~ ***future*** [영] 채권선물 ¶ A *bond future* is an interest rate futures contract, bought or sold via an exchange, which references a medium-term or long-term government bond rate. See also deposit future. 채권선물은 중기 또는 장기국채율(government rate)을 예시하여 거래소를 경유하여 매수 또는 매도된 금리선물계약을 말한다. deposit future(예탁선물)도 참조할 것. ~ ***market*** [영] 채권시장 ¶ The *bond market* is the general marketplace for issuing, buying and selling of bonds, including government bonds, municipal bonds, corporate bonds, and convertible bonds. The *bond market* is a key element of the global capital market, ensuring issuers have the ability to raise debt capital and investors have access to trading liquidity. Each segment of each individual national *bond market* has its own characteristics, procedures, and conventions, though most trading occurs on an over-the-counter basis and most variation and pricing follows standard formulae. See also commodity market; foreign exchange market; stock market. 채권시장은 국가채, 지방채, 사채(社債), 및 전환사채(convertible bond)를 포함하여, 채권의 발행, 매수 및 매도를 하는 일반시장터이다. 채권시장은 글로벌 자본시장의 핵심 분자로서, 발행자가 타인자본(debt capital)을 조달할 능력을 가지고 투자자는 거래유동성(trading liquidity)에 접근할 수 있음을 확인시켜 준다. 각국의 자국내의 채권시장 각 구획에는 자신의 특성, 절차, 관습을 가지고 있다. 그러나 대부분의 거래행위는 장외거래(over-the-counter) 베이스로 일어나고 대부분의 변동과 가격매김용 표준방식을 따른다. commodity market(상품시장); foreign exchange market(외환시장); stock market(주식시장)도 참조할 것. ~ ***mutual fund*** 채권뮤추얼펀드 ¶ *Bond mutual fund* is mutual fund holding bonds. Such funds may specialize in a particular kind of bonds, such as government, corporate, convertible, high-yield, mortgage-backed, municipal, foreign, or zero-coupon bonds. Other *bond mutual funds* will buy some or all of these kinds of bonds. Most *bond mutual funds* are designed to produce capital gains when interest rates fall and capital losses when interest rates rise. 채권뮤추얼펀드는 채권을 보유하는 뮤추얼펀드를 말한다. 채권펀드에는 국채(government), 사채(corporate), 전환사채(convertible), 고수익률채(high yield), 모기지담보채(mortgage backed), 지방채(municipal), 외국채(foreign), 제로쿠폰채(zero-coupon) 등의 특정 종류의 채권으로 특화되어 있는 펀드라든가, 모든 종류 또는 몇 가지 종류의 채권에 투자하는 펀드가 있다. 많은 채권펀드는 투자자에게 경상적으로 수입을 가져올 목적으로 하고 있다. 또 채권펀드는 금리가 내려갈 때에는 캐피탈게인(capital gain)을 초래하지만, 금리가 올라갈 때에는 캐피탈로스(capital loss)가 된다. ~ ***power*** 채권양도증서 ¶ A *bond power* is a form used in the transfer of registered bonds from one owner to another. Sometimes called assignment separate from certificate, it accomplishes the same thing as the assignment form on the back of the bond certificate, but has a safety advantage in being separate. 채권양도증서는 기명채권(registered bond)을 양도할 때에 사용되는 서식을 이른다. 종종 assignment separate from certificate라고도 하고, 그것은 채권의 배면(背面)의 양도용 기입란과 같은 작용을 하지만, 별도의 서식이므로 안전상의 이점(利點)이 있다. ~ ***rating*** 채권등급평가 ¶ The *bond rating* is a method of evaluating the possibility of default by a bond issuer. Fitch Ratings, Standard & Poor's, and Moody's Investors Service analyze the financial strength of each bond's issuer, whether a corporation or a government body. 채권등급평가란 채권발행자가 채무불이행이 일어날 가능성이 있는지 여부를 평가하는 방법이다. 피치 레이팅스, 스탠더드앤드푸어스, 및 무디스 인베스터스 서비스가 회사나 정부단체 등 각 채권발행자의 재무능력을 분석한다. ~ ***ratio*** 채권비율 ¶ The *bond ratio* is a leverage ratio measuring the percentage of a company's capitalization represented by bonds. It is calculated by dividing the total bonds due after one year by the same figure plus all equity. A *bond ratio* over 33% indicates high leverage – except in utilities, where higher *bond ratios* are normal. 채권비율은 총자본금(capital structure)에서 차지하는 채권(bond)의 비율을 가늠하는 외부차입(leverage ratio)비율을 말한다. 이 비율은 1년 이후에 만기(maturity)가 도래하는 채권총액을, 그 채권총액과 주주자본액의 합계액으로 나누어서 산출된다. 채권비율은 비교적 높은 공익사업(utility)을 제외하고, 채권비율이 33%를 초과한다면 차입비율은 높다(high leverage). ~ ***swap*** 본드스왑 ¶ The *bond swap* is simultaneous sale of one bond issue and purchase of another. 본드스왑은 어느 채권을 매각하고 동시에 다른 채권을 구입하는 것을 말한다. ~ ***swap spread*** [영] 본드스왑 스프레드 ¶ The *bond swap spread* is the incremental basis point premium a company pays over the interbank swap spread. The spread can be imputed by subtracting the basis point yield on one of its outstanding bonds from the interbank swap rate of the same maturity. 본드스왑 스프레드는 회사가 은행간 스왑스프레드를 지급하는 증분(增分)기준포인트 프리미엄을 말한다. 그 스프레드는 동일한 만기의 은행간 스왑금리에서 미지급채권의 하나에 기준포인트 이율을 공제함으로써 귀속될 수 있다. ~ ***with warrant*** 워런트(신주인수권)부 사채, 워런트채(債) ¶ A *bond with warrant* is a standard bond that is issued with attached warrants, which can often be detached and traded separately. By selling the package, the issuer lowers it effective cost of capital. The bond, which can be denominated in one of various currencies and carry a maturity ranging from 1 to 10 years, is typically issued at par value, but its ongoing value – with warrants retained – depends on the intrinsic value and time value of the warrants. While attached warrants can be issued on a range of references, they are often linked to the price of the issuer's common stock or a broad equity index. 워런트부 사채란 워런트가 첨부되어 발행된 표준화된 사채를 말하는데, 워런트는 종종 분리되어 거래될 수 있다. 사채와 워런트를 패키지로 매도함으로써, 발행자는 자본의 유효가격을 낮춘다. 사채의 표시통화는 여러 통화중에서 하나로 하고 만기의 범위는 1년에서 10년으로 할 수 있다. 일반적으로 액면가격으로 발행되지만, 워런트가 유지되는 사채의 경상적인 가치는 그 워런트의 고유가치이고 시간적 가치이다. 첨부된 워런트는 여러 가지의 참고사항을 고려해서 발행할 수 있는 반면에, 발행자의 보통주식의 가격과 연계되기도 하고, 또는 광범한 주가지수와 연계되는 수도 있다. ***debenture*** ~ 무담보사채 ¶ A *debenture bond* is a bond that is not attached with security. 무담보사채는 담보가 첨부되지 않은 사채를 이른다. ***fidelity*** ~ 성실보험, 성실보증증서 ¶ A *fidelity bond* is a coverage that guarantees that the insurance company will pay the insured business or individual for money or other property lost because of dishonest acts of its bonded employees, either named or by positions. The bond covers all dishonest acts, such as larceny, theft, embezzlement, forgery, misappropriation, wrongful abstraction, or willful misapplication, whether employees act alone or a team. 성실보험은 기명식으로나 직위로 보증된 종업원의 불성실한 행위로 인하여 피보험업자 또는 개인에게 손해본 금전 기타 재산을 보증하는 보험의 범위를 이른다. 그 성실보험은 소절도(larceny), 절도(theft), 횡령(embezzlement), 위조(forgery), 배임(misappropriation), 위법한 불법취득(wrongful abstraction) 또는 고의적인 부정사용 등과 같은 부정행위가 단독이든 여러 사람의 소행이든 그런 모든 부정행위를 커버한다. ***performance*** ~ 계약이행보증 ¶ A *performance bond* is surety bond given by one party to another, protecting the second party against loss in the event the terms of a contract are not fulfilled. The surety company is primarily liable with the principal (the contractor) for nonperformance. For example, a homeowner having a new kitchen put in may request a *performance bond* from the home improvement contractor so that the homeowner would receive cash compensation if the kitchen was not done satisfactorily within the agreed upon time. 계약이행보증이란 계약조건이 이행되지 않는 경우에, 일방의 당사자가 손실을 입지 않도록 계약의 타방당사자가 제출하는 계약이행보증을 말한다. 계약이행보증을 발행하는 보증회사는 계약당사자와 더불어 계약불이행에 대해서 주된 채무책임을 부담한다. 예컨대 자기 집 부엌을 새로 꾸밀 때에 완성예정일 내에 만족스런 형태로 꾸며지지 않는 경우에는 발주자가 위약금을 수취하도록 개장업자(改裝業者)에 계약이행보증을 요구할 수 있다. ***Treasury*** ~ [미] 미재무부채권 ¶ The *Treasury bond* is a longer-term, interest-bearing debt of the U.S. Treasury. *Treasury bonds* are quoted and traded in thirty-seconds of a point. 미재무부채권은 미재무부의

보다 장기간의 이자부 채무이다. 미재무부채권은 값을 매기고 지표(指標)의 30초 이내에 거래된다.

bonded 보세(입고)중의, 보증부의 ¶ *bonded* debts 장기부채 /*bonded* goods 보세품 /a *bonded* shed 보세창고 /a *bonded* warehouse 보세창고 /designated *bonded* areas 지정보세지역

bondholder 채권보유자 ¶ A *bondholder* is an owner of a bond. *Bondholders* may be individuals or institutions such as corporations, banks, insurance companies, or mutual funds. Bondholders are entitled to regular interest payments as due and return of principal when the bond matures. For corporate bonds, *bondholders*' claims on the assets of the issuing corporation take precedence over claims of stockholders in the event of liquidation. 채권보유자는 채권소유자이다. 채권보유자는 개인이나, 회사, 은행, 보험회사나 뮤추얼펀드(mutual fund)와 같은 기관이다. 채권보유자는 정기적으로 이자(interest)의 지급을 받고, 만기(maturity)에 원금(principal)의 상환을 받는 권리를 가진다. 회사채의 경우, 회사청산(liquidation)시에 채권발행회사의 자산에 대한 청구권은, 채권보유자가 주주(stockholder)보다 우선한다.

bondsman (날인금전채무증서의) 보증인 ¶ A *bondsman* is a surety who obtains surety bonds for others for a fee. 채무증서의 보증인은 수수료를 받고 타인을 위해 보증사채를 손에 넣는 보증인이다.

bondswoman 여성의 보증인

bonus 보너스, 특별상여(特別賞與) ¶ The *bonus* is an additional compensation that is paid as a reward for achieving specific goals or providing above-average performance. 특별상여는 특별한 목표를 달성하거나 평균이사의 실적을 제공한 것에 대한 포상으로서 지급하는 추가적인 보수를 말한다. ¶ The *bonus* is an additional good or service that is offered to potential customers in order to convince them to purchase a product. For example, an extended service contract may be offered to a company that purchase machinery. 보너스는 잠재적인 고객을 확신시켜 제품을 구매하도록 하기 위하여 고객에게 제공되는 부가적인 상품 또는 서비스를 이른다. 예를 들면, 확대된 서비스계약은 기계류를 구매하는 회사에 제공될 수 있다. /*bonus* dividends 특별배당 ***bonus issues* [*shares*]** [영] 무상주식(scrip issues) (*cf.*) [미] stock dividend 주식배당 → stock dividend (주식배당). ~ ***stock* (*or share*)** [미] (임원에의) 특별배당주 ¶ *Bonus stock* is common stock offered as an additional incentive to underwriters or buyers of a bond or preferred stock issue. 특별배당주는 증권인수업자 또는 시세 혹은 우선주발행의 매수자에게 부가적인 유인책으로 제공되는 보통주이다.

book [n.] 장부, (*pl.*) 회계장부 ¶ account *books* 회계장부 /appear in the *books* 장부에 기장(記帳)하다 /auxiliary *books* 보조장부 /bank *book* [a passbook] 은행통장 /a *book* account 장부계좌 /*books* close 주식명의개서정지일 /*book* of accounts 회계장부 /*books* of original entry 원시기입장부, 분개장(分介帳) /*book* of paying in slips 입금장부 /*books* open 주식명의개서정지해제일 /*book* profit 장부상의 이익 /a cash *book* (of expenses) 금전출납장 /check *book* 수표장(帳) /a day *book* 거래일기장(日記帳) /deposit *book* 예금통장 /keep *books* 장부에 기입하다 /main [principal] *book* 주요장부 /no *book* 통장없음(거래) ***book entry security*** [영] 이체결제증권 ¶ The *book entry security* is a debt or equity security that is issued, traded, and transferred solely through electronic means, without scrip or physical certificates. Securities are increasingly issued in dematerialized form. See also definitive security. 이체결제증권은 가증권(script) 또는 현물증서없이 오직 전자적 수단을 통해서 발행, 거래 및 양도되는 채무증서 또는 주식증권을 말한다. 증권은 점차로 증서발행을 수반하지 않는 형식(dematerialized form)으로 발행되고 있다. definitive security(정식증권)도 참조할 것. ~ ***runner*** [신디케이트론] 참가은행의 모집사무를 행하는 간사은행 → lead underwriter (주된 인수업자). ~ ***value*** 장부가격, 부가(簿價) ¶ The *book value* is a value at which an asset is carried on a balance sheet. For example, a piece of manufacturing equipment is put on the book at its cost when purchased. Its value is then reduced each year as depreciation is charged to income. Thus, its *book value* at any time is its cost minus accumulated depreciation. However, the primary purpose of accounting for depreciation is to enable a company to recover its cost, not replace the asset or reflect its declining usefulness. *Book value* may therefore vary significantly from other objectively determined values, most notably market value. 장부가격은 대차대조표(balance sheet)상에서 표시되는 자산가치를 말한다. 예컨대 어느 제조설비를 구입한다면, 장부에는 취득가격(original cost)이 기입된다. 그 후, 감가상각비(depreciation)가 매년 소득에서 인락(引落)되는 것이므로, 장부가격은 그 만큼 감소한다. 결국, 장부가격은 취득원가에서 감가상각비의 누적액을 감한 것으로 된다. 감각상각비계상의 주목적은 취득코스트의 회수에 있고, 그 자산을 환매한다든지, 그 유용성의 감소를 반영하기 때문이 아니다. 따라서 부가(簿價)는 시장가치(market value) 등 객관적으로 결정된 가치와는 크게 다를 가능성이 있다. *v.* 기장(記帳)하다, 예약하다

book-entry securities 대체(對替)결제증권 ¶ *Book-entry securities* are securities that are not represented by a certificate. Purchases and sales of some municipal bonds, for instance, are merely recorded on customers' accounts; no certificates change hands. This is increasingly popular because it cuts down on paperwork for brokers and leaves investors free from worry about their certificates. 대체결제증권은 증서(certificate)가 발행되고 있지 아니한 증권을 이른다. 예컨대 몇 개의 지방채(municipal bond)의 매매는 고객의 계정에 기록될 뿐이지, 증서의 인도(引渡)는 없다. 주선업자(broker)의 사무처리의 수고를 덜어주고, 투자자도 증서의 걱정을 하지 않아서 좋다고 하여 인기가 높아지고 있다.

book-to-bill ratio BB 레이쇼 ¶ The *book-to-bill ratio* is the ratio of orders booked for future delivery to orders being shipped immediately, and therefore billed. The *book-to-bill* ratio is released on a monthly basis for the semiconductor industry because it provides a very sensitive indicator of whether orders for chips are rising or falling and at what pace. The release of the chip *book-to-bill ratio* can have a major impact on the stock prices of semiconductor stocks in particular and technology stocks in general. Also called carrying value. BB 레이쇼는 출하(出荷), 청구 중의 주문액에 대한, 장래 출하예정의 주문액의 비율을 이른다. BB 레이쇼는 반도체 소자(素子)주문의 동향과 그 베이스를 민감하게 반영하는 지표로, 매월 발표되고 있다. 반도체 소자의 BB 레이쇼의 공표치(公表値)는 하이테크관련 전반, 특히 반도체 기업의 주가에 커다란 영향을 미친다. 이를 carrying value[부가(簿價)]라고도 한다.

booking 기장(記帳), 예약

bookkeeper 장부계(帳簿係) ¶ The *bookkeeper* is the person who records transactions and is in charge of keeping records for business. A *bookkeeper* generally operates in a support position in a medium or large company but may enjoy substantial authority in a small firm. 장부계는 거래를 기록하고 기업을 위한 기록을 보관할 책임을 지는 자이다. 장부계는 일반적으로 중소기업이나 대기업에서는 유지하는 지위에서 일하지만, 소기업에서는 실질적인 권한을 향유할 수 있다.

bookkeeping 기장(記帳), 부기(簿記) ¶ *bookkeeping* procedure 기장절차 /a *bookkeeping* system 기장조직

bookwork 장부기입

boom 호경기, 호황 ¶ a *boom*-and-bust 벼락 경기(景氣) /*boom* industry 호황산업 /*boom* shares 호황주식 /an inflation *boom* 인플레이션경기 /stock market *boom* 주식시장경기

booming 벼락 경기의, 급속하게 발전하는 ¶ *booming* stage 호황국면

boost *v.* 경기를 부양하다, 활성화시키다
n. 경기부양(景氣浮揚), 증가, 상승

booth (거래소 내의) 회원의 자리(席)

bootstrap acquisition [M&A] 자력구제매수(우호적 기업매수에 사용되는 표현) ¶ The *bootstrap acquisition* is any of several forms of buyout where a buyer finances an acquisition in part with the target corporation's excess cash or liquid assets. 자력구제매수란 매수인이 매수를 하는데 일부 표적이 된 기업의 과잉 현금이나 유동자산을 조달하는 기업매수(buyout)의 여러 가지 방식 중 하나이다.

BOP → **b**alance **o**f **p**ayments [약] 국제수지

border 경계, 국경, 변두리 ¶ The *border* is the line that separates one country from another. 국경은 한 나라와 다른 나라를 나누는 경계선이다. /*border tax* 국경세(國境稅) /*border* trade 국경무역

bordereau [프] 보르드로 ¶ The *bordereau* is a report illustrating a history of losses and premiums on a specific risk. The ceding insurer provides the report to the reinsurer so that an appropriate premium rate can be determined. 보르드로는 특별한 리스크에 관한 손해와 보험료의 전력을 설명하는 보고서이다. 양도하는 보험업자는 적절한 보험료율이 결정될 수 있도록 재보험업자에게 그 보고서를 제공한다.

borderless 국경이 없는 ¶ *borderless* economy 보덜리스 이코노미(물품이나 자금이 국경이 없는 것처럼 이동하는 경제)

borrow 빌리다, 차입하다 ¶ *borrow* against the assets of a company [M&A] 회사의 자산을 담보로 차입하다 /*borrowed* capital 타인자본, 외부자본 /*borrowed* money 차입금 /*borrowed* money from the Bank of Korea 한국은행차입금 /*borrowed* name 차명(借名) /*borrowed* stock 차입주(借入株) ***borrowed fund*** 차입펀드 ¶ The *borrowed fund* is a generic term for funds loaned to a bank, generally on a short-term basis, by another bank. It covers the following: bills payable; Eurodollars purchased and federal funds purchased; rediscounts of promissory notes and business paper at a Federal Reserve Bank; and repurchase agreements with other financial institutions and securities dealers. Also called borrowings. See also borrowed reserves; managed liabilities. 차입펀드는 은행이 다른 은행에 대하여 대출하는 자금을 총칭해서 부르는 명칭이다. 그것은 다음의 경우를 커버한다. 즉, 지급환(bills payable), 매입유로달러와 매입페더럴펀드, 연방준비은행(Federal Reserve Bank)에서의 약속어음과 기업어음의 재할인, 그리고 다른 금융기관 및 증권딜러와의 환매계약(repurchase agreement) 등이다. ***~ed reserves*** 차입준비금 ¶ *Borrowed reserves* are funds borrowed by member banks from a Federal Reserve bank for the purpose of maintaining the required reserve ratio. Actually, the proper term is net *borrowed reserves*, since it refers to the difference between *borrowed reserves* and excess or free reserves. Such borrowings, usually in the form of advances secured by government securities or eligible paper, are kept on deposit at the Federal Reserve bank in the borrower's region. 차입준비금은 필요한 지급준비율(required reserve ratio)을 유지하기 위해서, 가맹은행이 연방준비은행(federal reserve bank)으로부터 차입하는 자금을 의미한다. 엄밀하게 말한다면, net borrowed reserves(순차입준비금)이라고 하는 편이 적절하다. 요컨대, 차입준비금(borrowed reserves)과 초과준비금(excess reserves) 또는 자유준비금(free reserves)과의 차액을 의미한다. 차입할 때에는 정부증권(government securities)이나 재할인적격어음(eligible paper)을 담보로 하여 제출하는 경우가 많고, 차입금은 차입은행의 다른 지구에 있는 연방준비은행에 예금으로서 보관된다.

borrower 차입자(借入者), 채무자(debtor) ¶ The *borrower* is a person or organization obtaining funds from another, called a lender, normally repayable with interest at a future date. An extension of credit by a financial institutions, for example, a bank loan, is evidenced by a promissory note, a legally enforceable agreement to repay. A credit applicant whose ability to meet the obligation is uncertain may be asked to have a second party sign the note as coborrower or comaker. See also mortgagor. 차입자란 대여자(貸與者)라고 하는 타인으로부터 보통 장래 일정한 기일에 상환하는 자금을 얻는 개인 또는 단체를 이른다. 예를 들면, 금융기관에 의한 여신제공인 은행차입금(bank loan)은 법적으로는 강제이행의 상환약속인 약속어음에 의하여 보증된다. 여신신청자가 그 여신채무를 이행할 능력이 불확실하다면, 제2의 당사자가 공동차입자(coborrower) 또는 연대보증인(comaker)으로서 그 약속어음에 서명하도록 요청을 받을 수 있다. mortgagor(모기지설정자)도 참조할 것. /*borrower's* risk 차입자의 위험부담 /corporate *borrowers* and individual *borrowers* 법인 및 개인차입자 /prime-rate *borrowers* 프라임적용거래처

borrowing 차입, 차입금(借入金) ¶ bank(ing) *borrowing* 은행차입 /*borrowing* customers 차입객 /*borrowing* from foreign bank 외국은행차입 /*borrowing* resolution 차입결의 /long-term and intermediate-term *borrowings* 중장기차입 ~ ***power of securities*** 증권차입능력[권한] ¶ The *borrowing power of securities* is an amount of money that customers can invest in securities on margin, as listed every month on their brokerage account statements. This margin limit usually equals 50% of the value of their stocks, 30% of the value of their bonds, and the full value of their cash equivalent assets, such as money market account funds. 증권차입능력은 고객이 신용거래(margin)에서 증권에 투자할 수 있는 금액으로, 증권회사의 월차(月次)계좌보고서에 기재된다. 통상은 신용의 한도액은 주식(stock)시가의 50%, 채권(bond)의 30%, 머니마켓펀드(money market fund) 등의 현금등가(cash equivalent)자산의 100%로 된다.

Borsa [이탈] 보르사 ¶ The *Borsa* is a italian term for exchange. 보르사는 증권거래소를 나타내는 이탈리아 용어이다. ***Borsa Italiana*** 이탈리아증권거래소 ¶ The *Borsa Italiana* organizes and runs the Italiana regulated markets for equities, bonds, and derivatives. The company was founded in 1808, privatized in 1997, and acquired by the London Stock Exchange Group in 2007. It offers a full and diversified set of products and services covering the entire business system: listing, trading, the various post-trading components, and guarantee and custody operations. The *Borsa Italiana* subsidiaries are BIT System, the ICT company that provides investment banks, brokerage houses, institutional investors, Internet brokers, and companies that operate marketplace with high-quality IT consulting services. 이탈리아증권거래소는 주식(equity), 채권(bond), 파생금융상품(derivatives)에 관하여 규제된 시장을 조직, 운영한다. 이탈리아증권거래소는 1808년에 설립되어, 1997년에 민영화(privatization)되었고, 2007년에 런던주식거래소그룹에 의해서 기업매수되었다. 이탈리아증권거래소는 전체의 기업체계를 커버하는 완전하고 다양한 체제의 상품과 서비스를 제공한다. 즉 등록, 증권의 매매, 거래후의 다양한 구성부분과 보증 및 보관업무의 운영 등이 그것이다. 이탈리아증권거래소의 자회사로는 BIT체제, 투자은행(investment bank), 증권회사(brokerage house), 기관투자자(institutional investor), 인터넷브로커를 거느리는 ICT회사, 및 고품질의 IT 자문서비스로써 시장을 운영하는 회사가 있다. ***Borsa Valori*** 보르사 발로리 ¶ The *Borsa Valori* is the chief Milan Stock Exchange. 보르사 발로리는 주된 밀라노증권거래소이다.

Börse [독] 뵈제 ¶ The *Börse* is a german for stock exchange. 뵈제는 증권거래소를 나타내는 독일어이다.

Boston 보스턴(미국 Massachusetts주의 주도) ¶ *Boston* interest 1개월을 30일로 계산하는 금리 (*cf.*) New York interest ***Boston option*** [영] 보스턴 옵션 ¶ The *Boston option* is: (1) any over-the-counter option where premium is paid at maturity rather than trade date. (2) See break forward. 보스턴 옵션은 (1) 프리미엄이 거래일보다 오히려 만기에 지급되는 장외거래 옵션을 말한다. (2) break forward(브레이크 포워드)도 참조할 것. ***Boston Stock Exchange (BSE)*** 보스턴증권거래소 ¶ Established in 1834, the *Boston Stock Exchange* is the first American exchange to openits membership to foreign brokers. It is the first U.S. exchange with a foreign linkage to the Montreal Exchange (1984), and the first with an off-site, backup trading floor. The BSE trades listed equities and, through its facility, the Boston Options Exchange (BOX), began trading equity options in all-electronic format in February 2004. 1834년에 설립된 보스턴증권거래소는 미국에서 최초로 외국증권회사에 회원자격을 부여한 증권거래소이다. 미국증권거래소로서는 유일하게, 1984년에 몬트리올증권거래소(Montreal Exchange)와 링크하고, 또 장외(場外)의 백업용의 입회장(floor)을 가진 최초의 미국거래소이다. 보스턴증권거래소는 상장주식(listed equities)만을 매매하고 있으나, 2004년 2월에 자회사인 보스턴옵션거래소(Boston Option Exchange: BOX)에서 모든 전자방식에 의한 주식옵션거래를 시작했다.

BOT 보트 ¶ The term *BOT* has three meanings: (1) stockbroker shorthand for bought, the opposite of SL for sold; (2) in finance, abbreviation for balance of trade; and (3) in the mutual savings bank industry, abbreviation for board of trustees. BOT라는 말은 3가지의 의미를 가지고 있다. 즉, (1) 주식중개업자(stockbroker)가 사용하는 생략표현으로 bought(매입했다)는 의미, 반대의 sold(팔렸다)의 생략표현은 SL; (2) 금융에서 balance of trade(무역수지)의 생략어; 그리고 (3) 상호저축은행(mutual savings bank)의 업계에서 board of trustees(평의회)라는 의미.

Botswana currency 보츠와나 화폐 ¶ pula (BWP), divided into 100 thebe. 1 풀라(pula) = 100 테베(thebe).

bottleneck 애로(隘路) ¶ The *bottleneck* is a restriction on the amount of productive work that can be done or the amount of a product that can be produced. For example, a lack of available transmissions may prove to be a *bottleneck* in the production of vehicles. 보틀넥(bottleneck)이란 할 수 있는 생산

작업량이나 생산할 수 있는 생산물의 수량에 대한 제한을 이른다. 예를 들면, 유용한 전동(傳動)장치의 결여는 자동차의 생산에 보틀넥(애로)이 된다고 증명할 수 있다.

bottom *n.* 밑바닥, 밑바닥부분 ¶ The term *bottom*, in general, implies a support level for market prices of any type. When prices fall below that level and appear to be continuing downward without check, we say that the *bottom* dropped out. When prices begin to trend upward again, we say they have bottomed up. bottom(밑바닥)이라는 말은 여러 가지의 의미를 가진다. 일반적으로 그것은 모든 금융상품의 시장가격(market price)의 지지선(支持線)을 의미한다. 가격이 이 레벨을 밑돌아 저지됨이 없이 계속 아래로 향한다면 우리는 시장가격이 바닥시세라고 말한다. 시장가격이 다시 상승경향을 보인다면 우리는 바닥을 쳤다고 말한다. /*bottom* cargo 저하(底荷) /*bottom* income 최저소득 /*bottoming* out of the economy, touching the *bottom* (경기의) 밑바닥에 닿음 /*bottom* price 최저가(最低價) ***bottom fisher*** 보텀 피셔, 저가매입투자자 ¶ A *bottom fisher* is an investor who is on the lookout for stocks that have fallen to their bottom prices before turning up. In extreme cases, *bottom fishers* buy stocks and bonds of bankrupt or near-bankrupt firms. 저가매입투자자는 가격이 바닥까지 떨어져서 회복으로 전환하기 전의 주식을 찾는 투자자를 이른다. 저가매입투자자의 극단적인 경우는, 도산회사 또는 도산직전의 회사의 주식이나 채권을 구입하는 경우이다. ~ ***line*** 순손익(B/S의 최종숫자), 당기이익(當期利益) ¶ The *bottom line* is net profit or loss. It is often used as an expression when seeking the result without asking for the reasons, as in "What is the *bottom line*?" 순손익이란 순이익이냐 아니면 순손실이냐 이다. 그 말은 "순손익이 무엇인데?"라는 식으로 이유를 묻지 않고 결과만을 추구할 때에 쓰는 표현일 때가 있다.

v. 밑바닥에 닿다, (증권 등이) 바닥시세가 되다 ¶ *bottom* out 바닥에 이르다, (증권 등이) 바닥시세가 되다

bottomry 선박저당대차(船舶抵當貸借) ¶ The *bottomry* is a method of transferring pure risks that is perhaps the seed of the modern day insurance policy. Ancient Greece held to the concept that a loan on a ship was canceled if the ship failed to return to its port. This concept was adopted by Lloyd's of London in the 1600s when insuring England's merchants for goods shipped to the colonies. The formation of property and casualty insurance companies worldwide began by insuring the transport of merchandise over bodies of water. 선박저당대차란 아마도 오늘날의 보험증권의 씨앗인 단순한 위험을 이전하는 방법이다. 고대그리스 사람들은 선박에 대한 대출은 만일 그 선박이 항구에 귀항하지 않는다면 취소된다고 하는 관념에 박혀 있었다. 이러한 생각은 1600년대에 영국의 상인들이 식민지로 향한 선적화물을 위하여 보험을 들 때에 런던의 로이드에 의하여 채택되었다. 손해재해보험(property and casualty insurance)의 형성은 대부분의 바다를 건너 상품의 운송을 보험에 들게 함으로써 시작되었다.

bottom-up 밑에서부터 위로의, 기초적인 원리에서 출발하여 전체를 구성하는 방식의 ¶ *bottom-up* management 참가형 경영 ***bottom-up approach to investing*** 보틈업 투자방식 ¶ The *bottom-up approach to investing* is a search for outstanding performance of individuals stocks before considering the impact of economic trends. The companies may be identified from research reports, stock screens, or personal knowledge of the products and services. This approach assumes that individual companies can do well, even in an industry that is not performing well. 보텀업 투자방식은 경제동향의 영향을 고려하기 전에, 우수한 업적을 보이는 개개의 주식을 찾는 투자전략을 말한다. 조사레포트(research report), 주

식선별(stock screen), 제품이나 서비스에 관한 개인적인 지식 등을 이용하여 투자종목을 선별한다. 이 투자방식은 업체 전체가 침체상태를 벗어나지 못하더라도, 개개의 회사는 업적을 올릴 수 있다고 하는 전제에 기초하고 있다.

bought buy의 과거분사 ¶ *bought* and sold notes 매매보고서 /*bought* books 매입장부 ***bought deal*** [증권] 보트딜, 일괄매입인수방식(사채인수의 주간회사가 사전에 전액을 발행자로부터 매입하는 약속을 하는 방식) ¶ In securities underwriting, a *bought deal* is a firm commitment to purchase an entire issue outright from the issuing company. Differs from a stand-by commitment, wherein, with conditions, a syndicate of investment bankers agrees to purchase part of an issue if it is not fully subscribed. Also differs from a best efforts to sell the issue. Most issues in recent years have been *bought deals*. Typically, the syndicate puts up a portion of its own capital and borrows the rest from commercial banks. 증권의 인수(securities underwriting)에 있어서, 일괄매입인수방식은 발행회사(issuer)로부터 발행증권을 무조건으로 매입한다고 하는 특약(firm commitment)을 말한다. 신디케이트단(syndicate)에 참가하는 투자은행(investment banker)이 증권을 완매할 수 없다고 할 때에 잔액을 구입한다고 하는 잔액인수(stand-by commitment)방식과 다르다. 또 신디케이트단이 증권판매를 위해서 최선의 노력을 한다고 하는 베스트에포트방식(best efforts)의 코미트먼트와도 다르다. 최근에는 대부분의 증권발행이 일괄매입인수방식으로 행해진다. 매입자본의 일부는 신디케이트단의 자기자본으로, 나머지는 상업은행으로부터의 차입금으로 조달하는 경우가 많다.

bounce *v.* [속] (수표 등이) 부도가 되어 되돌아오다 ***bounced check*** [미] 부도수표 ¶ A *bounced check* is a check the payment of which is rejected by a bank due to insufficient funds. 부도수표는 은행이 자금부족을 이유로 그 지급을 거절한 수표를 말한다.

n. 부도(不渡) ¶ A *bounce* is a return of a check by a bank because it is not payable, usually due to insufficient funds. In securities, the rejection and subsequent reclamation of a security because of bad delivery. Term also refers to stock price's sudden decline and recovery. 부도란 자금부족 등의 이유로 은행에서 수표(check)가 지급되지 않고 되돌아오는 것을 말한다. 또 증권거래에서는, 불완전인도(引渡)(bad delivery)로 인한 증권의 거절과 회복(reclamation)을 의미한다. 또 주가가 돌연히 하락한 다음의 회복을 가리킬 수도 있다.

bourse [프] 주식거래소, 부어스 ¶ *Bourse* is French term for stock exchange. bourse(부어스)는 증권거래소를 의미하는 프랑스어이다. ***Bourse de Montreal, Inc. (Canadian Derivatives Exchange)*** 몬트리올거래소(캐나다의 파생상품거래소) ¶ The *Bourse de Montreal, Inc.* (*Canadian Derivatives Exchange*) is the major Canadian exchange for trading derivatives products, including options and future contracts. The exchange has a history dating to 1874, and its current specialization derives from a 1999 agreement of the four principal Canadian exchanges to restructure into three specialized exchanges. – Formerly called Montreal Stock Exchange. 몬트리올거래소(캐나다의 파생상품거래소)는 옵션(options)과 선물(future contracts)을 포함하여 파생상품의 거래를 위한 주요한 캐나다의 거래소를 이른다. 그 거래소는 1874년까지 거슬러 올라가는 역사를 가지며, 그 거래소의 현재의 전문화는 4개 주요한 캐나다의 거래소를 3개의 전문화거래소로 재편성하는 1999년의 약정에서 비롯한다. 이전에는 몬트리올주식거래소라고 하였다.

boutique [증권] (특색을 가진) 전문회사, 부티크 ¶A *boutique* is a small, specialized brokerage firm that deals with a limited clientele and offers a limited product line. A highly regarded securities analyst may form a research *boutique*, which clients use as a resource for buying and selling certain stocks. A *boutique* is the opposite of financial supermarket, which offers a wide variety of services in a wide variety of clients. 부티크는 한정된 고객을 대상으로 한정된 상품을 제공하는, 소규모지만, 전문성이 많은 증권회사를 말한다. 예컨대 높은 평가를 받고 있는 증권애널리스트(analyst)가 특정한 주식에 관한 투자정보서비스를 전문으로 하는 서비스전문회사를 만드는 것 등이다. 부티크는 광범위한 고객에 다양한 서비스를 제공하는 금융슈퍼마켓(financial supermarket)과는 정반대이다.

Bowie bonds 보위본드 ¶*Bowie bonds* are bonds representing the securitization of intellectual property. Name derives from the issuance in 1997 of bond by rock star David Bowie that raised $55 million repayable from future royalties earned from Bowie's 25-album catalog. Other Bowie bonds, also called celebrity bonds, have been issued subsequently by other artist. 보위본드란 지적재산(intellectual property)을 증권화(securitization)한 채권을 말한다. 락스타 데이비드 보위가 그의 25개교 앨범의 장래 인세(royalty)수입을 상환재원으로 하여, 5,500만 달러의 채권을 발행한 것과 관련지어 1997년에 만들어졌다. 그 후 다른 아티스트도, 똑같은 보위본드[별명 celebrity bonds(유명인 본드)라고도 불리지만]를 발행했다.

box 박스(시세의 상하가 일정한 범위내인 상태), 보관고(保管庫) ¶A *box* is a physical location of securities or other documents held in safekeeping. The term derives from the large metal tin, or tray, in which brokerage firms and banks actually place such valuables. 보관고는 증권 기타의 문서가 보관되고 있는 장소이다. 이 용어는 증권회사(brokerage firm)나 은행이 실제로 귀중품을 보관한 커다란 금속제의 용기(容器)나 정리상자에서 유래한 것이다.

BR → **b**ill **r**eceivable [약] 수취어음

bracket 계층, 서열 ***bracket creep*** 브래킷 크리프 ¶The *bracket creep* is the edging into higher tax brackets as income rises to compensate for inflation. 브래킷 크리프는 인플레이션으로 인한 명목소득의 상승으로, 보다 높은 과세구분(tax bracket)이 적용되는 것을 말한다.

brady bonds 브래디본드 ¶*Brady bonds* are public-issue, U.S. dollar-denominated bonds of developing countries, mainly in Latin America, that were exchanged in a restructuring for commercial bank loans in default. The securities, named for former Bush adminstration Treasury Secretary Nicholas Brady, are collateralized by U.S. Treasury zero-coupon bonds to ensure principal. 브래디본드는 라틴아메리카 여러 국가 등 발전도상국에 대한 상업은행 론이 채무불이행(default)으로 되었기 때문에, 그 리스트럭처링방책(restructuring)으로서 채무불이행에 빠진 은행대출과 교환할 목적으로 채무국이 발행한 미국달러표시 공모채권을 말한다. 부시 행정부의 니콜라스 브래디 재무장관(Treasury Secretary Nicholas Brady)의 이름을 딴 이 증권은 원금(principal)을 보증하기 위해서 미국무부의 제로쿠폰채권(zero-coupon bond)이 담보로 되었다.

branch 지점, 부분 ¶*branch* accounting 지점(독자적)회계 /the *branch* banking system 지점은행제도 /*branch* clearings 본・지점간 어음교환 /*Branch* General Manager 지점장(직함) /a *branch* house [office, shop] 지점 /a *branch* network 지점망 /*branch* settlement accounts 본・지점계좌 /a sub-*branch* 지점, 출장소

branch banking 지점은행제도 ¶ The *branch banking* is a multi-office banking, generally defined as accepting deposits or making loans at facilities away from a bank's since the 1980s as banks responded to a more competitive nationwide financial services market. 지점은행제도란 은행이 더 경쟁적으로 전국적인 규모의 금융서비스시장에 대응하면서, 1980년대 이후 은행으로부터 떨어진 시설에서 예금을 인수하거나 융자를 하는 것으로 일반적으로 정의를 내린 다점포은행제도를 이른다.
~ ***office manager*** 지점장 ¶ A *branch office manager* is a person in charge of a branch of a securities brokerage firm or bank. Branch office managers who oversee the activities of three or more brokers must pass tests administered by various stock exchanges. A customer who is not able to resolve a conflict with a registered representative should bring it to the attention of the branch office manager, who is responsible for resolving such differences. 지점장은 증권회사(brokerage firm) 또는 은행의 지점의 책임자이다. 3인 이상의 외무원(broker)의 활동을 감독하는 지점장은 여러 증권거래소가 실시하는 시험에 합격하지 않으면 안 된다. 고객이 등록외무원(registered representative)과의 분쟁을 해결할 수 없는 경우에는, 책임있는 입장에 있는 지점장에 호소하게 된다.

brand 등급, 상표 ¶ The *brand* is a name or symbol that identifies a good, service, or organization and differentiates it from similar offerings by competitors. See also trademark. 브랜드란 물품, 서비스 또는 단체와 동일시하고, 경쟁자가 유사한 제공물과 차이를 보이는 상품명이나 심볼을 말한다. ***brand image*** 브랜드이미지 ¶ The *brand image* is the identity of a good or service as perceived by consumers. For example, Mercedes vehicles are generally perceived as highly reliable. A brand may have multiple images of varying importance. 브랜드이미지는 소비자가 느끼는 것과 물품이나 서비스의 동일함을 말한다. 예를 들면, 메르세데스자동차는 일반적으로 매우 신뢰가 가는 것으로 느끼고 있다. 브랜드는 여러 가지의 중요성을 가지는 다각적 이미지를 가질 수 있다.

Brazil currency 브라질 화폐 ¶ real (BRL), divided into 100 centavos. 1 레알 (real) = 100 센타보(centavos).

breach 위반, 불이행 ¶ (a) *breach* of agreement [contract] 위약, 계약위반 /a *breach* [non-fulfillment] of contract 계약불이행 /*breach* of rule 규칙위반 /*breach* of promise 약속불이행

breadth 폭, 넓이, 크기 ***breadth of the market*** 시장의 규모확대 ¶ The *breadth of the market* is a percentage of stocks participating in a particular market move. Analysts say there was good breadth if two thirds of the stocks listed on an exchange rose during a trading session. A market trend with good breadth is more significant and probably more long-lasting than one with limited breadth, since more investors are participating. *Breadth-of-the-market* indexes are alternatively called advance/decline indexes. 시장의 규모확대란 특정한 시장동향에 어느 정도의 주식(stock)이 관련하고 있는가를 나타내는 비율을 말한다. 예컨대 상장주식의 3분의 2가 입회시간중에 가격이 상승한다면, 애널리스트(analyst)는 "there was good breadth." 「시장에 상당한 규모확대가 있었다」고 말한다. 규모확대가 있는 시장에는 투자자의 참가수가 많으므로 규모확대가 없는 움직임에 비해서 그 의미는 크고, 장기간 계속하는 경우가 많다. 시장의 규모확대를 나타내는 지수(指數)는 advance/decline(등락)지표라고도 한다.

break Ⓥ (화폐를) 헐다(change), (돈을) 잔돈으로 바꾸다 ***breaking the buck*** 액면 이하로 떨어짐 ¶ *Breaking the buck* is decline in the normally constant $1 net asset value (NAV) of a money market fund. This could happen if the fund suffered severe losses or if investment income fell below operating expenses. 액면 이하로 떨어진다는 것은 머니마켓펀드(money market fund)의 순자산가치(net asset value: NAV)가 1달러 이하를 하회하는 것이다. 이런 일은 펀드의 투자자산이 큰 손실을 입었거나, 투자에서의 수입이 운영경비를 하회할 때에 일어난다. ***~ing the syndicate*** 신디케이트단의 해산 ¶ *Breaking the syndicate* means terminating the investment banking group formed to underwrite a securities issue. More specifically, terminating the agreement among underwriters, thus leaving the members free to sell remaining holdings without price restrictions. The agreement among underwriters usually terminates the syndicate 30 days after the selling group, but the syndicate can be broken earlier by agreement of he participants. 신디케이트단의 해산은 발행증권을 인수할(underwrite) 목적에서 조성된 인수신디케이트단(syndicate)을 해산하는 것이다. 구체적으로는, 인수업자간 계약(agreement among underwriters)을 종료하고, 그 후는 신디케이트단의 각 참가투자은행(investment banker)은 가격제한 내지 잔여 보유증권을 자유로이 매각할 수 있게 된다. 인수업자간 계약은 판매신디케이트단(selling group)이 해체된 뒤 30일 후에 해산되는 것이 일반적이지만, 참가자의 합의가 있다면, 그보다 빨리 해산할 수도 있다. [n] 급변 ¶ In finance, the *break* is a point at which the price changes – for example, a 10% discount for ten cases, in a pricing structure providing purchasing discounts at different levels of volume. 금융에 있어서 브레이크는 각 구입량에 따라 할인을 제공하는 가격체계에서, 구입량으로 가격이 변하는 포인트를 말한다. 예컨대 10케이스 구입에서 10%의 할인을 하는 것이다.

break-even [a] 손익(損益)이 없는

[n] 손익분기점(損益分岐點) ¶ The *breakeven* is the level of output or sales necessary to cover fixed plus variable expenses. Companies in industries that have high fixed costs and, consequently, high *breakevens*, such automobile and steel manufacturing, are likely to exhibit large fluctuations in earnings. 손익분기점이란 고정비용 + 일정치 않은 비용을 커버하는 데에 필요한 생산이나 판매의 수준을 이른다. 높은 고정비용을 들어가는 산업체와 결과적으로 자동차와 강철제조와 같은 높은 손익분기점은 이득에 있어서 커다란 변동폭을 나타낼 것이다. ¶ The *break-even* is the price at which a security position can be closed out with no profit or loss. 손익분기점은 증권포지션이 이익이나 손실이 없다고 정리될 수 있는 가격을 말한다. ¶ In real estate, the *breakeven* is the occupancy level of a rental unit required to allow the owner to cover debt service and operating expense. 부동산 거래에서 손익분기점은 소유자에게 채무서비스와 운영비를 커버하는 것을 허용할 필요가 있는 렌탈단위(rental unit)의 점유수준을 이른다. ***break-even analysis*** 손익분기점분석 ¶ A break-even point is located by *break-even analysis*, which determines the volume of sales at which fixed and variable costs will be covered. Because costs and sales are so complex, *break-even analysis* has limitations as a planning tool and is being supplanted by computer based financial planning systems. 손익분기점은 고정비(fixed cost)와 변동비(variable cost)를 커버하는 데에 필요한 총매상액을 결정하고, 손익분기점분석에서 구해진다. 경비와 매상총액은 대단히 복잡하기 때문에, 손익분기점분석을 컴퓨터에 기초한 재무계획책정의 수단으로서 대신해서 이용하는 것에는 한계가 있다. ~ ***point (BEP)*** 손익분기점 (수익이 투하코스트와 동액으로 되어 손익이 없게 되는 점을 말한다.) ¶ *A break-even point* (*BEP*) determines the volume of sales at which fixed and variable costs will be covered. All sales over the *break-even point* produce

profits; any drop in sales below that point will produce losses. 손익분기점은 고정비(fixed cost)와 변동비(variable cost)를 커버하는 데에 필요한 총매상액을 결정하고, 손익분기점분석에서 구해진다. 총매상액이 손익분기점을 초과하면 초과한 부분은 전부 이익을 되지만, 총매상액이 분기점을 하회한다면 손실로 된다.

breakdown 내역(內譯) ¶ a *breakdown* by industry group 업종별 내역

breakout 브레이크아웃 ¶ A *breakout* is a rise in a security's price above a resistance level (commonly its previous high price) or a drop below a level of support (commonly the former lowest price). A *breakout* is taken to signify a continuing move in the same direction. 브레이크아웃이란 증권의 가격이 저항선 레벨(resistance level)(통상은 그 전의 높은 가격)을 넘어 오르거나 지지선 레벨(support level)(통상은 전자의 가장 낮은 가격)을 내리 빠지는 것이다. 브레이크아웃이 일어나면 시세가 같은 방향으로 계속 움직이는 것을 의미한다고 해석된다.

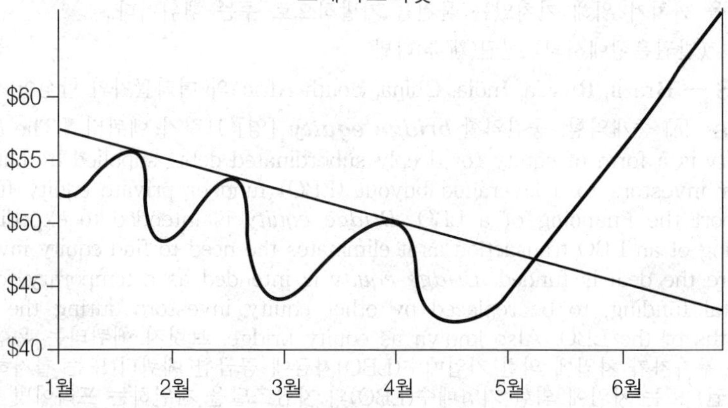

breakpoint sale 브레이크포인트 세일 ¶ In mutual funds, a *breakpoint sale* is the dollar investment required to make the fundholder eligible for a lower sales charge. 뮤추얼펀드에서 브레이크포인트 세일은 펀드보유자를 판매수수료(sales charge)의 우대를 받기 위한 적격자로 하는 데 필요로 하는 달러투자액을 말한다.

break-up value [영] 해체가격 ¶ The *break-up value* is the value of the company if operations are halted and the firm is decomposed and sold as a series of separate units. In most instances *break-up value* is less than "going-concern" value, meaning a break-up strategy is not advisable; in some cases, however, break-up opportunities exist, particularly if assets have been underutilized. Estimating *break-up value* can be complex owing to the illiquid nature of certain types of assets and the resulting uncertainty in cash values. *Break-up value* is distinct from liquidation value, and ignores goodwill. 해체가격은 회사의 운영이 중지되고 회사가 해체되어 일련의 개개의 부품으로 판매되는 경우 그 회사의 가격을 말한다. 대부분의 경우, 해체가격은 「영업중의 회사」가격보다 덜 나간다. 그것은 해체전략이 바람직하지 않다는 것을 의미한다. 그렇지만, 어떤 경우에는, 특히 자산이 충분히 활용되지 않는 경우에는 해체의 기회는 남아 있는 것이다. 해체가격을 평가한다는 것은 자산의 유형에 따라 현금화할 수 없는 성질과 결과적으로 현금가격의 불확실성 때문에 매우 복잡할 수 있다. 해체가격은 청산가격과는 별개이고 영업권(goodwill)을 무시하기 마련이다.

Bretton Woods Agreement 브레튼우즈협정 ¶ *The Bretton Woods Agreement* is an agreement which was determined at the conference held in Bretton Woods July 1944 after the World War II, for the purpose of dealing with the international monetary and financial problems, where it was decided to create the IMF and the World Bank. 브레튼우즈협정은 2차 대전 후의 국제통화·금융문제를 처리하기 위해 1944년 7월 미국 브레튼우즈에서 개최된 회의에서 결정된 협정을 말한다. 거기서 국제통화기금(IMF)과 세계은행(World Bank)의 창설이 결정되었다.

bribe *n.* 뇌물 ¶ The *bribe* is a gift, not necessarily of pecuniary value, bestowed to influence the conduct of the receiver. 뇌물은 반드시 금전상의 가치가 없더라도, 받는 사람의 행위에 영향을 주기 위해 주는 증여를 의미한다.
v. 증뢰(贈賂)하다

bribery 부정사건, 수뢰죄(收賂罪) ¶ *Bribery* is voluntary giving of something of value to influence performance of official duty. 수뢰죄는 공무상의 직무의 수행에 영향을 끼치기 위해 가치있는 물건을 자발적으로 주는 행위이다.

brick (발권은행에서의) 신권(新券)다발

BRICS → **B**razil, **R**ussia, **I**ndia, **C**hina, **S**outh Africa의 머리글자의 합성어, 브릭스

bridge *n.* 중개역할, 중간역할 ***bridge equity*** [영] 브릿지 에퀴티 ¶ The *bridge equity* is a form of equity (or deeply subordinated debt) supplied by banks or other investors to a leveraged buyout (LBO) fund or private equity fund to support the financing of a LBO. *Bridge equity* is intended to expedite the closing of an LBO transaction as it eliminates the need to find equity investors before the deal is funded. *Bridge equity* is intended as a temporary form of capital funding, to be replaced by other equity investors during the initial months of the LBO. Also known as equity bridge. 브릿지 에퀴티는 은행 또는 다른 투자자가 차입에 의한 기업매수(LBO)자금에 공급한 에퀴티(또는 철저하게 열후채권) 또는 차입에 의한 기업매수(LBO)의 자금조달을 지원하는 프라이빗 에퀴티의 형태를 말한다. 브릿지 에퀴티는 그 딜(deal)이 자금조달을 받기 전에 에퀴티 투자자를 발견할 필요성을 제거하기 때문에 차입에 의한 기업매수(LBO)거래의 종결을 진척시키려고 한다. 브릿지 에퀴티는 차입에 의한 기업매수(LBO)의 초기 몇 달동안은 자본조달(capital funding)의 임시방식으로서 다른 에퀴티 투자자에 의해서 대신하게 하도록 한다. 이는 equity bridge(에퀴티 브릿지)로도 알려져 있다. ***bridge [bridging] loan*** 브릿지론(단기차입 등을 통해 필요한 자금을 일시적으로 조달하는 대출) ¶ *Bridge loan* is short-term loan, also called a swing loan, made in anticipation of intermediate-term or long-term financing. 브릿지론은 중장기금융을 예상하여 조달되는 단기간의 대출을 말하며, 일시적 단기융자금이라고도 한다.
v. …에 중간역할을 하다, (공백·간극을) 메우다

briefing 보고, 요점의 설명

bring forward 이월(移越)하다

brisk 활발한, 위세가 좋은 ¶ a *brisk* market 활발한 시장

British clearers 영국의 클리어링뱅크 ¶ *British clearers* are the largest banks, comparable to money market banks in the United States, that accept deposits, clear checks, and engage in short-term lending in the domestic sterling market. 영국의 클리어링뱅크는 영국의 대은행으로, 미국의 머니센터뱅크(money center bank)에 상당하다. 영국내의 파운드시장에서, 예금의 수입(受入), 수표의 결제, 단기

의 융자 등의 업무를 제공하고 있다.

BRL (ISO) code Brazil – currency real. ¶ BRL (국제표준기구) 약호 브라질 — 화폐 레알(real).

broad 폭넓은, 다양한, 광범위한, 넓은, 광대한 ¶ *broad* market 호황시장 ***broad evidence rule*** [영] 광범한 근거의 원칙 ¶ The *broad evidence rule* is a rule allowing a wide scope of information to be used in determining the actual cash value of property that has been damaged or destroyed and which is subject to a claim under an insurance contract. Any evidence that is regarded as a relevant reflection of value is admissible. 다양한 근거의 법칙은 손해를 입거나 손괴되어 보험계약에 의하여 보험청구를 받아야 하는 재산의 실제현금가치를 결정하는 데에 사용되는 광범한 범위의 정보를 인정하는 원칙을 말한다. 어떤 근거라도 가치의 적절한 현상으로 간주된다면 인정된다. ~ ***money*** [영] 브로드머니 ¶ The *broad money* is the broad definition of money supply, often measured through M3. See also narrow money. 브로드머니는 자주 M3(머니서플라이 M3)를 통해서 측정되는 넓은 개념이다. narrow money(내로우머니)도 참조할 것. ~ ***tape*** [미속] 브로드테이프, 증권 · 상품거래에 관한 일반적 정보의 뉴스배신(配信) ¶ The *broad tape* is an enlargement of the Dow Jones news ticker tape, projected on a screen in the board room of a brokerage firm. It continually reports major news developments, and financial information. 브로드테이프는 다우존스 뉴스틱커(증권시세 표시기)의 확대판으로, 증권회사의 증권거래소 입회장에 설치된 스크린에 투사된다. 그것은 끊임없이 주요뉴스의 발전과정과 금융정보를 보도한다.

broke 무일푼, 파산한

broken 깨진, 불완전한 ¶ *broken* accounts 잔돈, 푼돈 /*broken* [odd] dates (외환예약) 특별기일 /*broken* money 적은 돈 /*broken* periods [외환예약] 특별기간(non-standard periods) /*broken* [odd] term [외국환] 특정기간인도(引渡)의 ***broken lot [number]*** 단주(端株)[단수(端數)] ¶ *Broken lot* is less than the standard amount in which merchandise is normally offered for sale. For example, a dining room set may be offered as a broken lot at a large discount because it includes five rather than six chairs. 단수(端數)란 상품이 정상적으로 판매를 위해 제공되는 표준분량에 못 미치는 경우이다. 예를 들면, 다이닝룸세트는 6개의 의자보다 오히려 5개를 포함하기 때문에 크게 값을 깎아 제공될 수 있다.

broker ⓝ 브로커, 중개업자, 중매업자, 주식중개인, 증권회사(증권업무에 있어서는 브로커는 위탁매매업무를 행하는 자를 말한다. 딜러는 자기매매업무를 행한다.) ¶ In securities, a *broker* is a person who acts as an intermediary between a buyer and seller, usually charging a commission. A *broker* who specializes in stocks, bonds, commodities, or options acts as agent and must be registered with the exchange where the securities are traded. Hence the term registered representative. 증권에서, 브로커는 통상은 수수료를 받고 매입인과 매도인 간의 중개자(intermediary)의 역할을 하는 자이다. 주식, 채권, 상품이나 옵션 등의 거래에 고객의 대리인(agent)으로서 전문화하고 있는 외무원은 그 증권이 거래되는 거래소(exchange)에 등록하지 않으면 안 된다. 여기서 등록외무원(registered representative)이라는 말이 나왔다. ~ ***loan rate*** 브로커론 금리, 증권담보대출금리 ¶ A *broker loan rate* is an interest rate at which brokers borrow from banks to cover the securities positions of their clients. The *broker loan rate* usually hovers a percentage point or so above such short-term interest as the federal funds rate and the Treasury bill rate. 브로커론 금리는 증권회사가 고객의 증권구

입자금에 충당할 목적으로 은행으로부터 융자를 받는 때의 금리로, 통상은 페더럴펀드 레이트금리(federal fund rate)나 미재무부 단기증권(Treasury bill)금리 등의 단기금리보다도 1% 정도가 높다. ~ ***recommendations (or opinions or ratings)*** 브로커의 추천 ¶ *Broker recommendations* (*or opinions or ratings*) are buy, sell, or hold recommendations and variations thereof, sometimes called opinions or ratings and expressed in numbers or alphanumerically, assigned by securities analysts working in broker research departments to stocks they cover. Different brokers use different variations, and research reports usually indicate what they mean. Commonly used variations include: strong buy, buy, accumulate, hold, outperform, market perform, underperform, and sell. Strong buy, buy, hold, and sell are self-explanatory. "Accumulate" is the weakest form of buy recommendations, generally implying that if you are following a constant dollar plan, you would not exclude these shares at this time. 브로커의 추천은 매입(buy), 매도(sell), 보유계속(hold)이라고 하는 추천 및 그 변형으로, 때로는 의견(opinion) 또는 등급평가(rating)라고 하고, 숫자나 알파벳으로 표시된다. 이 추천은 증권회사(broker-dealer)의 조사부문(research department)에서 일하는 증권애널리스트(securities analysts)가 담당하는 주식에 적는다. 추천의 표시방법은 증권회사마다 다르지만, 각사의 조사보고서(research report)에는 표시의 의미가 나타나고 있다. 잘 사용되는 표시방법에는 다음과 같은 것이 있다. strong buy(강한 매입추천), buy(매입추천), accumulate(염가매입의 추천), hold(보유계속추천), outperform(마켓의 업적을 상회하다), market perform(마켓과 같은 수준의 업적), underperform(마켓의 업적을 하회하다), sell(매도추천)이다. accumulate는 매입추천이지만, 가장 약한 매입추천이고, 그 의미는 달러코스트평균법(constant dollar plan)으로 주식을 사는 경우에는 그 주식의 현시점에서 매입의 리스트에서 제외할 필요는 없다는 것이 된다. [v.] 중개(주선)하다 ***brokered CD*** 증권회사취급정기예금증서 ¶ A *brokered CD* is a certificate of deposit (CD) issued by a bank or thrift institution but bought in bulk by a brokerage firm and resold to brokerage customers. *Brokered CDs* pay as much as 1% more than those issued directly by major banks, carry federal deposit insurance up to $250,000, enjoy a liquid secondary market by the broker, and do not require an investor to pay a commission. 증권회사취급정기예금증서는 은행이나 저축은행(thrift institution)에 의해서 발행되고, 증권회사(brokerage firm)가 일괄구입하여, 증권회사의 고객에게 재판매되는 양도성의 정기예금증서(certificate of deposit)를 말한다. 이 CD는 주요은행이 직접 발행하는 CD보다 1%이상이나 이율이 높고, 25만 달러까지 연방예금보험(federal deposit insurance)에서 부보되며, 또 증권회사가 참가하고 있는 유동성이 높은 유통시장(secondary market)에서 매매할 수 있고, 더구나 투자자가 구입시에 수수료를 지급할 필요가 없게 하고 있다.

brokerage 중개, 중개수수료, 구전, 위탁매매(업무) ¶ The *brokerage* is a business in which a fee is charged to bring together two or more parties in a transaction. 중개란 2인 이상의 사람을 거래에 끌어들인 것에 대해 수수료를 매기는 거래이다. ¶ The *brokerage* is the fee charged by a broker to transact business. 중개수수료는 거래를 성사시킨 경우에 브로커가 매기는 수수료이다. /*brokerage* fee 브로커수수료 /*brokerage* houses 증권회사

broking 주식중개

brought bring의 과거·과거분사형 ¶ *brought* down (다음 페이지로) 물림 /*brought* forward [over] 이월(移越) /*brought* forward losses 이월손실 ***brought over the wall*** 차이니즈월을 넘은 활동 ¶ When somebody in the research department of an investment bank is pressed into the service of the underwriting department in reference to a particular corporate client, the individual has been "*brought over the* ("*Chinese*") *wall*" that legally divides the two functions and, being thus privy to inside information, is precluded from providing opinions about the company involved. 투자은행(investment banker)의 조사부문(research department)의 담당자가 특정한 고객회사에 관하여 인수부문(underwriting department)에서의 요청에서 인수업무에 관련된 때에는, 그 사람은 법적으로 2개의 부문의 기능을 나누는 「차이니즈월을 넘은 활동」을 한 셈이 된다. 결국, 내부정보(inside information)에 관여한 것이 되기 때문에, 그 회사에 관한 조사의견을 제공할 수 없게 된다.

brown goods (갈색을 기조로 한) 가정용 집기(텔레비전, 비디오, 스테레오, 오디오 등) ¶ *Brown goods* are audiovisual and consumer electronic products such as televisions, radios, and stereo sets. Originally this merchandise was manufactured in brown wooden or simulated-wood cabinets, hence, "*brown goods*." However, with advancements in technology and changes in decorating styles, the term has come to be considered antiquated and is seldom used. 가정용 집기는 텔레비전, 라디오 및 스테레오 세트와 같은 시청각 교재(audiovisual) 및 소비자전자제품을 말한다. 원래 이런 상품들은 브라운 목재나 비슷한 목재 캐비넷으로 제조되어 (갈색을 기조로 한) 가정용 집기(brown goods)라고 하였다. 그렇지만, 기술이 발전하고 장식스타일이 변하면서, 그 용어는 구식이 된다고 생각되어 요즘은 거의 사용되지 아니한다.

Brunei currency 브루나이 화폐 ¶ Brunei dollar (BND), divided into 100 cents. 1 달러(Brunei dollar) = 100 센트(cents).

Brussels Stock Exchange 브뤼셀증권거래소 ¶The *Brussels Stock Exchange* is an exchange established in 1801 and now the centre of trading in local shares in Belgium (since the closure of the Antwerp Stock Exchange in 1997). It operates as a limited liability cooperative. 브뤼셀증권거래소는 1801년에 설립되어 현재 (1997년에 앤트워프증권거래소의 폐쇄 이후) 벨기에의 지방주식거래의 중심지가 된 증권거래소이다.

Brussels 브뤼셀(벨기에의 수도) [딜러용어] 벨기에 프랑(Belgian francs)

BSD (ISO) code Bahamas – currency Bahamian dollar. ¶ BSD (국제표준기구) 바하마 — 화폐 바하마 달러(dollar).

bubble 포말, 거품 ¶ The *bubble* is a price level that is much higher than warranted by the fundamentals. Bubbles occur when prices continue to rise simply because enough investors believe investments bought at the current price can subsequently be sold at even higher prices. They can occur in virtually any commodity, including stocks, real estate, and even tulips. 버블이란 펀더멘털이 보장하는 것보다 더 높은 가격수준을 말한다. 버블은 시가(current price)로 산 투자물이 그 후 꼭 더 높은 가격으로 팔릴 수 있다고 많은 투자자들이 믿기 때문에, 가격이 단순히 오르기만 할 때에 생긴다. 버블은 주식, 부동산 및 심지어 튤립(tulips)과 같은 실제로 어떤 상품에서 일어난다. /*bubble* economy 버블경제 ***bubble company*** 포말(泡沫)회사 ¶ Companies formed on a basis of a fictitious or exaggerated prospectus are called "*Bubble Companies*." 허위이고 과장된 사업계획의 기초 위에 설립된 회사가 「포말회사」이다. ***bubble theory*** 버블이론 ¶ The *bubble theory* is a belief that stock or real estate prices will sometimes inflate to levels well beyond reasonable valuation before "the bubble burst" and prices return to normal. The real estate bubble in the mid-2000s is a recent example. One explanation of the phenomenon is the greater fool theory. 버블이론은 주가(stock price) 또는 부동산가격(real estate price)이 합리적인 평가가격(valuation)을 훨씬 상회하는 수준까지 상승한 결과, 「버블의 붕괴」(the bubble burst)가 발생하고, 그 후 정당한 수준에 복귀하는 수가 있다고 하는 사고방식이다. 2000년대 중반의 부동산버블(real estate bubble)은 최근에 생긴 예이다. 한번 이런 현상을 설명한 것이 큰 바보이론(greater fool theory)이다.

buck ⓝ [미속] 1 달러(a dollar) [딜러용어] (B~) 1 달러 ¶ In common usage, the term *buck* is a slang for one dollar. In professional stock trader's vernacular, a slang for one million dollars. 일반적으로 버크라는 말은 1 달러를 의미하는 속어이다. 주식의 트레이더의 업계에서는, buck은 100만 달러를 의미한다.
ⓥ 도박하다, 무작정 해보다 ¶ *buck* the trend 추세에 역행하다

bucket ⓝ 버킷, 양동이 ***bucket shop*** 무허가주식매매업자(a boiler room, a boiler shop), 무허가증권업자, 버킷샵 ¶ A *bucket shop* is an illegal brokerage firm, of a kind now almost extinct, which accepts customer order but does not execute them right away as Securities and Exchange Commission regulations require. *Bucket shop* brokers confirm the price the customer asked for, but in fact make the trader at a time advantageous to the broker, whose profit is the difference between the two prices. 버킷샵은 현재는 거의 존재하고 있지 않지만, 고객의 주문을 받고서 바로 주문의 집행(execution)을 하지 않는 불법한 증권회사(brokerage firm)를 의미한다. 이런 행위는 증권거래위원회규칙에 어긋난다. 버킷샵의 브로커는 고객의 주문가격을 알지만, 사실상 증권회사에 유리한 시기에 거래를 하여 그 두 가격간의 차익금이 그의 이익이다.
ⓥ 버킷으로 긷다[운반하다], 무면허로 중매(仲買)하다 ***bucketing*** 무면허중매행위 ¶ A *bucketing* is an illegal practice in which a broker, hoping to profit from an offsetting transaction at a later time, executes a customer's order for the broker's own account instead of releasing the order to the market or open outcry system. 무면허중매행위는 증권회사(broker)가 나중에 상쇄행위로 이익을 얻으려고 하여 고객의 주문을 시장이나 공개경쟁매매방식(큰 소리를 지르며 하는 매매주문)에서 매매를 집행(execution)하는 대신에, 증권회사 자신의 계정에서 집행한다고 하는 불법행위를 이른다.

budget ⓝ 예산, 예산안 ¶ A *budget* is an estimate of revenue and expenditure for a specified period. Of the many kinds of *budgets*, a cash *budget* shows cash flow, an expense *budget* shows projected expenditures, and a capital *budget* shows anticipated capital outlays. The term refers to a preliminary financial plan. In a balanced *budget*, revenues cover expenditures. 예산은 특정한 기간의 수입(revenue)과 지출(expenditure)의 예측이다. 예산에는 여러 가지의 종류가 있다. 예컨대 현금수지예산(cash budger)은 캐시플로(cash flow)를 나타내고, 경비예산(expense budget)은 지출계획을 표시하며, 자본예산은 자본지출계획을 가리킨다. 예산(budget)이라는 말은 예비적인 자금계획을 의미한다. 지출예정액이 수입예정액을 커버하는 경우에는, 균형예산(balanced budget)이라 한다. /a balanced *budget* 균형예산 /*budget* centers 예산센터 /*budget* outlays 재정지출 /*budget* plan 할부판매(an installment loan) ***budget deficit*** 재정적자 ¶ A *budget deficit* is an excess of spending over income for a government, corporation, or individual over a particular period of time. A *budget deficit* is accumulated by the federal government of the United States must be financed by the issuance of Treasury bonds. Corporate *budget deficits* must be reduced or eliminated by increasing

sales and reducing expenditures, or the company will not survive in the long run. Similarly, individuals who consistently spend more than they earn will accumulate huge debts, which may ultimately force them to declare bankruptcy if the debt cannot be serviced. 재정적자는 정부, 기업이나 개인의 특정기간의 지출이 수입을 초과하는 경우를 말한다. 미합중국정부의 누적재정적자는 미재무부 장기채권(Treasury bond)을 발행해서 조달하지 않으면 안 된다. 기업의 재정적자는 매상증가 또는 경비삭감에 의해서 감하든가 해소하지 않으면 안 된다. 그렇지 아니하면, 그 기업은 장기적으로 존속할 수 없게 된다. 마찬가지로, 개인이 수입보다도 지출이 많은 경우는 다액의 부채를 누적시키게 되어 그 채무가 상환되지 아니하면, 최종적으로는 파산을 선언하지 않을 수 없게 된다. ~ ***surplus*** 재정흑자 ¶ A *budget surplus* is an excess of income over spending for a government, corporation, or individual over a particular period of time. A government with a *budget surplus* may choose to start new programs or cut taxes. A corporation with a surplus budget may expand the business through investment or acquisition, or may choose to buy back its own stock. An individual with a *budget surplus* may choose to pay down debt or increase spending or investment. 재정흑자는 정부, 기업이나 개인의 특정기간의 수입이 지출을 초과하는 경우를 말한다. 재정흑자의 정부는 새로운 계획을 시작하든가, 감세를 하든가의 선택이 가능하다. 흑자기업은 투자(investment)나 매수(acquisition)에 의해서 사업을 확대하든지, 자사주식의 환매(stock buyback)를 선택할 수 있다. 재정흑자의 개인은 채무(debt)를 상환하든가, 아니면 지출이나 투자를 증가하든가의 선택을 할 수 있다.
v. 예산(자금계획)을 세우다 ¶ *budgeted* cost 예산원가

budgetary 예산의 ¶ *budgetary* control 예산통제

budgeting 예산편성, 예산관리 ¶ a *budgeting* system 예산제도

buffer 완충장치 ¶ *buffer* inventory; *buffer* stocks 완충재고(緩衝在庫)

buffering 은행카드의 변조

bug [미속] 결함, [컴] 버그 ¶ The *bug* is an error in a computer program. *Bugs* can be either syntax errors, meaning that the rules of the programming language were not followed. or logic errors, meaning that the program does not do what it is supposed to do. 버그는 컴퓨터 프로그램상의 결함을 이른다. 버그는 신텍스상의 결함, 즉 프로그램상의 언어의 규칙이 수행되지 않는 것을 의미하고, 다른 하나는 논리적 결함으로, 프로그램이 하고자 하는 것을 하지 못하는 것을 의미한다.

building 건물 ¶ *building* depreciation 건물상각비 /*building* [savings] and loan association [미] 주택[저축]대출조합 /*building* society [영] 주택금융조합(저축금융기관) ***building permit*** 신축[개축]허가 ¶ *Building permit* is permission granted by a local government to build a specific structure at a particular site. The number of residential building permits will forecast the number of housing starts. 신축허가는 특정한 용지에 일정한 구조물을 신축할 것을 지방정부가 내주는 허가를 말한다. 주택신축허가건의 수는 주택착공건수(housing starts)를 예측하게 한다. ~ ***society*** [영] 건축조합 ¶ The *building society* is a financial institution in the UK that accepts deposits, on which it pays interest, and lends money, originally only in the form of mortgage to enable people to purchase residential property. Many *building societies* now issue cheque books and plastic cards, and so operate in much the same way as a bank. (영국에서) 건축조합은 원래가 사람들이 주택용 부동산을 매입할 수 있도록 모기지의 형태로만 이자를 지급하고 자금을 대여하는 예탁금을 인수한다. 따라서 많은 건축조합들은 현재 수표책과 플라스

틱카드를 발행하는 등, 은행과 같은 방식으로 운영하는 영국의 금융기관이다.

building-up of personal financial assets 개인재산의 형성

built-in stabilizer 자동안정장치 ¶ The *built-in stabilizer* is a feature of a system that tends to direct the system toward equilibrium or stability in the event of a dislocation of the system. See also automatic stabilizer. 자동안정장치란 시스템의 혼란이 있는 경우에 그 평정상태나 안정화를 향하여 시스템을 돌리려 하는 시스템의 특징을 말한다. automatic stabilizer(자동안정화장치)도 참조할 것.

BUK (ISO) code Myanmar (formerly Burma) – currency kyat. ¶ BUK (국제표준기구) 약호 미얀마(이전의 버마) — 화폐 카아트(kyat).

Bulgaria currency 불가리아 화폐 ¶ Bulgarian lev (BGN), divided into 100 stotinki. 1 레프(Bulgarian lev) = 100 스토팅키(stotinki).

bulge [구] (가격 등의) 폭등, 일시적 가격폭등 ¶ *Bulge* is quick, temporary prise rise that applies to an entire commodities or stock market, or to an individual commodity or stock. 일시적 가격폭락은 전체의 상품시장(commodities market)이나 주식시장(stock market)의 시세, 혹은 개개의 상품가격이나 주가가 급격하게 일시적으로 상승하는 것을 이른다. ***bulge bracket*** 벌지브래킷 ¶ The *bulge bracket* is the group of firms in an underwriting syndicates that share the largest participation. Tombstone ads list the participants alphabetically within grouping organized by size of participation and presented in tiers. The first and lead grouping is the "*bulge bracket.*" 벌지브래킷은 인수신디케이트단(underwriting group) 중에서 최대의 인수액으로 참가하는 투자은행(investment banker)그룹을 말한다. 묘석광고(tombstone ad)는 참가 각사를 참가규모별로 그룹화하고, 같은 그룹에서는 알파벳순으로 게재하고 있다. 이 그룹 중에서도 첫 번째의 주도적 그룹을「벌지브래킷」(bulge bracket)이라 한다.

bulk 적하(積荷), (포장을 하지 않는) 산하(散荷), 대량 ¶ *bulk* buying 대량매입 /*bulk* discount 일괄구입할인 /*bulk* shipments 대량선적 /traffic in the *bulk* commodities 벌크하물수송 ***bulk cargo*** 산하(散荷), 대량화물 ¶ *Bulk cargo* is unbound cargo as loaded and carried aboard ship. It is without mark or count, in a loose unpackaged form, and has homogeneous characteristics. 벌크화물은 선박에 선적하고 운송되는 포장하지 아니한 화물을 이른다. 그것은 마크나 총수(count)도 없고 느슨한 비포장한 상태이고, 동질적인 특성을 가진다. ~ ***carrier*** 벌크화물선 ¶ The *bulk carrier* is a vessel designed for the shipment of bulk cargo. It carries the cargoes such as raw materials and crops, in a loose unpackaged form. According to the kinds of cargo, it is divided into the ore carrier, the coal carrier, the crop carrier and so forth. 벌크화물선은 벌크화물을 선적하기 위한 화물선을 말한다. 각종 원자재나 곡물 같은 화물을 별도로 포장하지 않은 상태로 운반한다. 화물의 종류에 따라 벌크화물선은 광물운반선, 석탄운반선, 곡물운반선 등으로 나뉜다.

bulky 부피가 큰 ¶ *bulky* cargo 부피가 큰 화물

bull ⓝ [주식] 매수인(買受人)측, 오름[강세]을 예상하고 주식 등을 매입하는 사람 (*cf.*) bear 약세를 예상하고 주식 등을 매도하는 사람 ¶ A *bull* is a person who thinks prices will rise. One can be bullish on the prospects for an individual stock, bond, or commodity, an industry segment, or the market as a whole. In a more general sense, bullish means optimistic, so a person can be bullish on the economy as a whole. 불(bull)은 시세가 오르리라고 예상하고 투자하는 사람이

다. 사람은 개개의 주식(stock), 채권(bond), 상품(commodity), 산업분야(industry segment), 시장전체 등의 전망에 대해서 강세가 될 수 있다. 보다 일반적 감각에서 보면, 강세를 띤다는 것은 낙관적이어서, 전체로서의 경제에 대해서 오름세를 예상할 수 있다.
ⓐ 매수인측의, 시세강세의 ¶*bull* bonds 강세의 채권[상환시의 금리수준에 의해서 상환액의 증감이 생기는 달러채(債)] /*bull* cliques 오름[강세]을 예상하고 주식 등을 매입하는 사람 /a *bull* factor for the stock market 주식시장에 대한 강세요인 /*bull* [long] interests 오름[강세]을 예상하고 주식 등을 매입하는 사람 ***bull and bear bonds*** 강세약세의 채권(債券)(지표(指標)가 올라가면 금리가 내려가는 채권과, 반대로 올라가는 채권을 편성한 것), 불베어채권(債券) ¶*Bull and bear bonds* are securities representing bonds issued with two tranches respectively designed to benefit from upward and downward movements in a designated index or other security. 불베어채권은 2개의 트랑슈(tranches)로 나누어 발행되는 채권(bond)인데, 하나의 트랑슈는 특정한 지수(index)나 증권(security)에 연동하여 시세가 상승하면 이득이 증가(bull bond)하고, 다른 하나의 트랑슈는 시세가 하락하면 이득이 감소하는(bear bond) 구조로 되어 있다. ~ ***market [position, purchase]*** 강세시장[자세, 매입] ¶*A bull market* is a prolonged rise in the prices of stocks, bonds, or commodities. *Bull markets* usually last at least a few months and are characterized by high trading volume. 강세시장은 주식(stock), 채권(bond), 상품(commodities)의 가격이 장기간 상승하는 형세를 이른다. 강세시장은 보통 적어도 수개월간 계속하고, 거래물량이 많은 것이 특징이다. ~ ***spread*** 불스프레드(가격이 올라가면 이익이 나오도록 편성을 한 옵션) ¶A *bull spread* is an option strategy, executed with puts or calls, that will be profitable if the underlying stock rises in value. The following are three variables of *bull spread*: (1) vertical spread; simultaneous purchase and sale of options of the same class at different strike prices but with the same expiration date, (2) calendar spread; simultaneous purchase and sale of options of the same class price and at different expiration dates, and (3) diagonal spread; combination of vertical and calendar spread wherein the investor buys and sells options of the same class at different strike prices and different expiration dates. 불스프레드는 기초가 되는 주식의 주가가 올라간 때에, 풋옵션(put option) 또는 콜옵션(call option)을 행사하면 이익이 나오는 옵션전략이다. 불스프레드에는 다음과 같은 3종류가 있다. (1) 버티컬 스프레드; 행사가격(exercise price)이 상이란 다른 동일한 클래스에서 동일한 한월(限月)(expiration)의 옵션을 동시에 매매하는 것. (2) 캘린더 스프레드; 한월(限月)이 다른 동일한 클래스로 동일한 행사가격의 옵션을 동시에 매매하는 것. (3) 다이어고널 스프레드; 버티컬 스프레드와 캘린더 스프레드를 결합시켜서, 투자자가 상이한 행사가격과 상이한 한월(限月)의 동일한 클래스의 옵션을 동시에 매매하는 것.

bulldog securities 불독증권 ¶In London market, *bulldog securities* are foreign securities, generally investment grade long-term bonds, denominated in sterling. Analagous to securities trade in Yankee bond market. 런던시장에서, 불독증권은 외국(영국외의)발행자(issuer)에 의한 영파운드 표시의 외국증권(foreign securities)으로, 일반적으로 투자적격(investment grade)의 장기채(long-term bond)를 말한다. 미국시장에서 미국 외의 발행자가 미달러표시로 발행하는 양키본드(yankee bond market)와 유사한 호칭이다.

bullet [신디케이트론] 기한일괄반환, 만기일괄상환형 증권 ¶*bullet* (payment) loan 만기일괄반환방식융자 /*bullet* payment 일괄반환 ***bullet bond*** 만기일괄상환채(滿期一括償還債), 블릿본드, 탄환채권 ¶A *bullet bond* is a bond that is not callable and whose face value is repayable at maturity. 만기일괄상환채는 기일은 앞당겨 상환할 수 없고, 만기(maturity)에 액면금액(face value)으로 상환되는 채권을 이른다. ~ ***contract*** 블릿컨트랙 ¶ A *bullet contract* is a single-premium guaranteed investment contract. 블릿컨트랙은 보험료가 일회(一回) 지급의 보증투자계약을 말한다. ~ ***loan*** 블릿론 ¶ A *bullet loan* is a term loan repayable in one balloon payment. Also called balloon maturity loan, although the concept of no amortization is essential. 블릿론은 만기일괄반환(balloon payment)방식의 중·장기의 융자(term loan)를 이른다. balloon maturity loan이라고도 한다. 이 융자에서 중요한 포인트는 분할반환(amortization)이 없다고 하는 것이다.

bullion 금[은]괴, 지금(地金), 잉곳(ingot), 금막대 ¶ *Bullion* is refined gold or silver in bulk (that is, ingots) rather than in the form of coins. 금은괴는 경화(硬貨)의 형태라기보다도 포장하지 않은[즉, 잉곳(鑄塊)] 정제된 금 또는 은을 말한다. /*bullion* operation 금은조작 ***bullion coins*** 금지금형금화(金地金型金貨) ¶ *Bullion coins* are coins composed of metal such as gold, silver, platinum, or palladium. Bullion coins provide the purest play on the "up or down" price moves of the underlying metal, and are the most actively traded. These coins trade at a slight premium over their metal content, unlike numismatic coins, which trade on their rarity and artistic value. 금지금형금화는 금, 은, 플라티나, 또는 팔라듐 등의 금속으로 구성된 경화(硬貨)이다. 금지금형금화는 기초로 되고 있는 금속의 가격변동에 그대로 반영하고, 또 가장 활발하게 거래된다. 희소가치나 미술적 가치에 기초해서 거래되는 수집화폐(numismatic coins)와는 달리, 금지금형금화는 금속 함유량에 대해서 얼마 되지 않은 프리미엄이 붙은 가격으로 거래된다. ***gold*** ~ 금괴 ¶ The major gold trading centers are London and Zurich, with gold futures trading base in New York. Monetary reserves of central banks are kept mostly in *gold bullion*. 주요한 금거래의 중심지는 런던과 취리히이고, 금선물거래의 기지(基地)는 뉴욕이다. 중앙은행의 통화준비금은 대체로 금괴로 보관되고 있다.

bullionism 중금주의(重金主義)(mercantilism)

bullish 강세의 (*cf.*) bearish 약세의 ¶ The term *bullish* means of or relating to the belief that a particular asset or asset class is headed for a period of generally rising prices. bullish라는 말은 특정한 자산이나 자산부류가 일반적으로 오름세 가격의 주기(周期)로 향하고 있다는 믿음과 관계가 있다는 뜻이다.

bump-up CD 금리인상조항부 CD ¶ A *bump-up CD* is a certificate of deposit that gives its owner a one-time right to increase ist yield for the remaining term of the CD if interest rates have risen from the date of issuance. The CD's yield will not be adjusted downward if rates fall, however. If rates remain stable or decline, the CD will pay its stated rate of interest until maturity. 금리인상조항부 CD는 CD의 발행일 이후에 금리(interest rate)수준이 상승한 때에는, 1회를 한도로 해서 잔여기간에 대한 수익률(yield)을 올릴 권리를 소유자가 가지고 있는 정기예금증서(certificate of deposit: CD)를 말한다. 반대로 금리수준이 내려간 때에는, 금리의 하락수정은 행해지지 아니한다. 금리가 안정되고 있거나, 아니면 하락한 경우에는 만기(maturity)까지 당초의 약정금리(stated interest rate)가 지급된다.

bunching 번칭 ¶ *Bunching* is combining many round-lot orders for execution at the same time on the floor of an exchange. This technique can also be used with odd lot orders, when combining many small orders can save the odd-lot differential for each customer. 번칭이란 거래입회장(floor)에서 다수의 단위주식(round lot)의 주문을 동시에 정리해서 집행하는 것(execution)이다. 다수의 단주(端

株)(odd lot)주문을 정리함으로써 각 고객의 단주매매수수료(odd lot differential)를 절약할 수 있으므로, 이 수법은 단주주문에도 이용된다.

Bund [독] 분트 ¶ *Bund* is abbreviated form of Bundesanleihen, the broad category of German federal government bonds. *Bunds*, denominated in Euros, features maturies of 4 to 30 years (with 10-year securities constituting the benchmark) and pay interest coupons on an annual basis. They are issued through the federal bond syndicate, via traditional underwriting, and through dutch auction. 분트는 Bundesanleihen(독일국채)의 줄인 말로, 넓은 개념의 독일연방정부채이다. 분트는 유로(Euros)로 표시되고, 4년에서 30년의 만기가 특징이며(벤치마크하여 10년짜리 증권이 있음), 1년을 기준으로 이표(利票, interest coupon)를 지급한다. 분트는 전통적인 인수단체를 경유하여 연방채권신디케이트를 통해서 발행되고 네덜란드 옥션을 거친다.

Bundesbank [독] 독일연방은행 ¶ The *Bundesbank* is the German central bank, founded in 1957, responsible for ensuring monetary stability within Germany and coordinating, as a member of the European Monetary Union (EMU), broader EMU monetary policy. Additional functions include supervising domestic banks and operating cashless payment systems and cash operations. The bank is a member of the European System of Central Banks. Also known as BUBA, Deutsche Bundesbank. 독일연방은행(Bundesbank)은 1957년에 설립되어 독일내의 통화안정화를 확보하고, 유럽통화연맹(European Monetary Union: EMU)의 회원국으로서 유럽통화연맹의 통화정책을 조정할 책임이 있는 독일의 중앙은행을 말한다. 추가적인 기능으로서는 국내은행의 감독, 현금이 필요없는 지급체계의 운영 및 현금운영이 포함된다. 독일연방은행은 유럽중앙은행체계의 회원국이다. 이를 BUBA, Deutsche Bundesbank(독일연방은행)라고도 알려져 있다.

Bundesliquiditätsschatzwechsel [독] 연방유동성재무부증권 ¶ The *Bundesliquiditätsschatzwechsel* is a German one-year Treasury bill, introduced in 1993 to mop up excess non-banking liquidity but included here mainly because it is the longest one-word entry in the Dictionary! Understandably it is usually shortened to Bulis. 연방유동성재무부증권은 과도한 비은행권의 유동성을 정리하기 위하여 1993년에 도입되었으나 사전(辭典)에 제일 긴 한 단어기입이 되기 때문에 주로 여기서 포함되는 것은 독일의 1년짜리 재무부증권(Treasury bill)을 말한다. 이해할 수 있게 그 말은 보통 Bulis(불리스)로 단축된다.

bundle 다발, 증표의 다발 ¶ a *bundle* of paper money 지폐다발

bunker surcharge 연료류의 가격변동에 대한 할증요금

buoyant (주가가) 등귀경향에 있는 ¶ a *buoyant* market 등귀시장

burden 부담, [회계] 간접비 ¶ *burden* centers 간접부분 /*burden* rates 제조간접비 배분율(overhead rates) /*burden* share 부담, 분담 ***burden of proof*** 입증책임, 거증책임 ¶ The judge next directed the jury as to the *burden of proof* upon the issue of provocation. 판사는 다음에 배심에게 도발의 문제에 대한 입증책임을 설명하였다.

bureau 국(局), 사무소 ¶ The *bureau* of indian affairs (BIA) is a bureau of the Interior Department. 인디언사무국은 내무부의 하나의 국(局)에 불과하다.

burglar 강도, 강도질 ¶ *Burglar* broke into a house through the window. 창문을 통해 집에 강도가 침입했다.

burglarize 강도질을 하다 ¶ Her home was *burglarized.* 그녀의 집은 강도당했다.

burglary insurance 도난보험 ¶ *Burglary insurance* is insurance indemnifying the damage, which is direct or indirect, of property which is stolen, destroyed or stained by burglar or robber. 도난보험은 절도나 강도에 의해 절취, 훼손되거나 오손된 재산상의 직접 · 간접의 손해를 전보하는 보험이다.

burgle [미속] 침입강도질을 하다 ¶ Two teenagers *burgled* the home of Mr. Jone's mother. 두 십대들이 존씨의 어머니의 집을 침입강도질하였다.

Burkina Faso (formerly Upper Volta) currency 부르키나 파소(이전의 어퍼 볼타) 화폐 ¶ CFA franc (HVF); there is no subdivision. (CFA) 프랑(HVF). 그 이하의 화폐단위는 없음.

burnout 번아웃 ¶ A *burnout* is an exhaustion of a tax shelter's benefits, when an investor start to receive income from the investment. This income must be reported to the Internal Revenue Service, and taxes must be paid on it. 번아웃은 택스쉘터(절세수단, tax shelter)를 다 사용한 후에, 투자(investment)로부터의 수입을 수취하기 시작하는 것을 이른다. 이 수입은 미세입청(美歲入廳)(Internal Revenue Service)에의 신고의무가 있고, 과세대상으로 된다.

burn rate 자본연소율, 번 레이트 ¶ In venture capital financing, the *burn rate* is the rate at which a start-up company spends capital to finance overhead before generating a positive cash flow from operation. 벤처캐피탈금융에 있어서, 자본연소율은 신흥기업(start-up company)이 사업에서 캐시플로(cash flow)를 산출하기 전에, 일반간접비(overhead) 때문에 자본금(capital)을 소비하는 비율을 말한다.

Bursa Malaysia 말레이시아증권거래소 ¶ The *Bursa Malaysia* dates back to 1930 when it was set up as a formal organization dealing in securities in Malaya. Bursa Malaysia was known as the Kuala Lumpur Stock Exchange until 2004, when it was demutualized and renamed. A fully integrated exchange, its holdings include the stock exchange, a derivative exchange, an off-shore international financial exchange, equity and derivatives clearing houses, a central depositary, an information services provider, and an information technology services provider. 말레이시아증권거래소는 말라야에서 증권업무를 취급하는 공식기관으로서 설립된 때는 1930년으로 거슬러 올라간다. 말레이시아증권거래소는 2004년까지는 콸라룸푸르증권거래소로 알려지고 있었고, 그 이후 그 증권거래소는 모회사는 상장회사로서 개명했다. 완전히 통합된 거래소로서, 그 산하(傘下)에 증권거래소(stock exchange), 파생금융상품거래소(derivatives exchange), 오프쇼어 국제금융거래소(off-shore international financial exchange), 주식 및 파생금융상품 결제기관(equity and derivatives clearing houses), 증권이체결제기관(central depository), 정보서비스제공회사 및 IT서비스회사가 있다.

Burundi currency 부룬디 화폐 ¶ Burundi franc (BIF), divided into 100 centimes. 1 프랑(Burundi franc) = 100 상팀(centimes).

business 사무, 영업, 상업, 장사 ¶ a banking *business* 은행업 /a big *business* 거대기업 /*business* ability 기업운영능력 /*business* adjustment 경기조정(景氣調整) /*business* barometer 경지지표(景氣指標) /*business* behavior 기업동향 /*business* capacity 거래능력 /*business* check (계산서첨부 등의) 업무용수표 /*business* combination 기업결합 /*business* credit 기업금융 /*business* deposits 영업예금 /*business* development (and customer relations) 섭외업무 /*business* environment 사업환경 /*business* failures 기업도산(건수) /*business* finance 기업금융 /*business* fluctuation 경기변동 /*business* forecast(ing) 경기예측 /*business* funds 사업자금 /*business* [office] hours 영업시간 /*business* indicators 경기지표 /*business* insurance 사업보험 /*business* interruption 사업중단 /*business* inventories 기업재고, 영업재고 /*business* license 영업면허 /*business* liquidity 기업보유유동성 /*business* loans 사업금융, 사업대출 /a *business* manager 영업지배인 /*business* of dealers 자기매매업무 /*business* papers 상업어음(commercial papers) /*business* profit 영업이익 /*business* report 영업보고서 /*business* status (standing) 영업상태 /*business* tie-up (contract) 영업제휴 /*business* year 영업연도, 사업연도 /line of *business* 영업종목 ***business combination*** 기업결합 ¶The *business combination* is the bringing together one or more incorporated or unincorporated businesses into a single accounting entity that then carries on the activities of the separate entities. See also merger. 기업결합은 1 이상의 법인 또는 비법인인 사업체를 결합하여 단독의 회계실체로 만든 다음 별개법인의 활동을 수행하는 것이다. merger(흡수합병)도 참조할 것. ~ ***cycle*** 경기변동, 경기순환 ¶A *business cycle* is a recurrence of periods of expansion (recovery) and contraction (recession) in economic activity with effects on inflation, growth, and employment. One cycle extends from a gross domestic product (GDP) base line through one rise and one decline and back to the base line, a period typically averaging about 2½ years. 경기순환은 인플레이션, 성장, 고용에 영향을 주는 경제활동의 확대(경기회복, recovery)와 수축(불황, recession)기간의 반복을 말한다. 1회의 경기순환은 국내총생산(gross domestic product: GDP)의 기준수준에서 상승과 하강을 거쳐 기준으로 되돌아오며, 전형적인 경기순환의 기간은 평균 약 2년 반이다. ~ ***day*** 영업일(a working day) ¶A *business day* is hours when most businesses are in operation. Although individual working hours may differ, and particular firms may choose staggered schedules, the conventional *business day* is 9. a.m. to 5 p.m. 영업일은 대부분의 회사가 영업을 하고 있는 시간을 이른다. 개개인의 노동시간이 다르거나, 기업에 따라서는 시차근무제를 채용하고 있다거나 하고 있으나, 일반적인 영업일은 오전 9시부터 오후 5시까지로 되어 있다. ~ ***life insurance*** 경영자보험 ¶The *business life insurance* is also called the key man (or woman) insurance. Life insurance bought by a company, usually a small business, on the life of a key executive, with the company as beneficiary. 경영자보험은 key man (or woman) insurance라고도 한다. 생명보험은 기업(통상 소기업)에 의해서 구입되고, 주요한 간부사원이 들고 있지만, 수취인은 기업이 된다. ***Business Model Optimization (BMO)*** 기업의 사업모형 최적화 ¶The *Business Model Optimization* (*BMO*) is a business model by which a business derives the optimum activities structure of global business from the redistribution and movement of its assets, functions and risk by reducing the amount of taxes levied by the various countries. 기업의 사업모형 최적화는 기업이 자산·기능·위험의 재배분 및 이전을 통해서 여러 국가에서 부과되는 세금 총액을 줄이고 글로벌 기업의 최적사업구조를 도출하는 사업모형을 말한다. ~ ***office*** 영업소 ¶The *business office* is the location where an organization takes care of clerical and professional duties. For example, the *business office* of a college sells meal tickets, cashes personal checks, issues paychecks, and so forth. See also place of business. 영업소는 단체가 사무적이고 전문적인 직무를 처리하는 활동장소를 이른다. 예를 들면, 대학의 사무처는 점심식권을 판매하고, 개인수표를 현금으로 바꿔주며, 봉급수표를 발행하는 등 여러 업무를 처리하는 장소이다. place of business(영업장소)도 참조할 것. ~ ***plan*** 비즈니스플랜 ¶A *business plan* is comprehensive analysis of all aspects of a business enterprise relevant to its viability, including its history, management, competitive position, market, activities, products, policies, finances, and projected finances. Its purpose is usually to attract financing or investment capital. 비즈니스플랜은 기업의 역사, 경영진(management), 경쟁력, 시장환경, 기업활동, 제품, 경영방침, 재무내용, 예상재무내용 등을 포함하는 기업의 존속가능성에 관한 종합적인 분석을 말한다. ~ ***segment reporting*** 사업분야별 보고 ¶ A *business segment reporting* is a reporting the results of the divisions, subsidiaries, or other segments of a business separately so that income, sales, and assets can be compared. When not a separate part of the business structure, a segment is generally defined as any grouping of products and services comprising a significant industry, which is one representing 10% or more of total revenues, assets, or income. 사업분야별 보고는 수익(income), 총매상액(sales), 자산(assets)을 비교할 수 있도록, 사업부, 자회사(subsidiary) 등의 사업부문의 업적을 별도로 보고하는 것이다. 사업내용이 별도의 부문으로 나누어져 있지 않은 경우, 수입, 자산, 이익의 어느 부문이 전체의 10% 이상을 차지하는 제품이나 서비스를 종합해서 사업부문을 정의한다.

businessman 실업가, 실무가 ¶ The *businessman* is a person who is engaged in the conduct of business. 실업가는 영업활동에 종사하는 자이다.

businesswoman 여성실업가, 여성실무가

bust [v.] 파산시키다[하다], 강등시키다 ***busted convertibles*** 전환가치가 없는 전환사채 ¶ *Busted convertibles* are convertibles that trade like fixed income investments because the market price of the common stock they convert to has fallen so low as to render the conversion feature valueless. Also called fixed income equivalent. 전환가치가 없는 전환사채는 주식으로 전환할 수 있는 전환사채(convertible bond)지만, 전환대상인 보통주식(common stock)의 시장가격(market price)이 현저하게 하락하였기 때문에, 주식으로 전환하는 의미가 없게 되어 버린 전환사채를 말한다. 또 확정이자부 채권유사한 것(fixed income equivalent)이라고도 한다.

[a.] 깨진, 망가진, 파산한 ¶ go *bust* 파산하다(become bankrupt)

bust-up takeover 해체매수(解體買收) ¶ A *bust-up takeover* is a leveraged buyout in which takeover company assets or activities are sold off to repay the debt that financed the takeover. 해체매수란 차입금을 이용하여 기업매수를 한 채무를 상환하기 위해서 매수대상기업(타겟 기업, target company)의 자산이나 사업을 전부 매도하는 레버리지드 바이아웃을 말한다.

butterfly spread 버터플라이 스프레드(시세의 급변한 움직임이 없는 경우에 이익을 올리도록, 행사가격이 상이한 편성을 한 옵션) ¶ *A butterfly spread* is a complex option strategy that involves selling two calls and buying two calls on the same or different markets, with several maturity dates. One of the options has a higher exercise price and the other has a lower exercise price than the other two options. An investor in a *butterfly spread* will profit if the underlying security makes no dramatic movements because the premium income will be collected when the options are sold. 버터플라이 스프레드란 동일한 시장 혹은 상이한 시장에서 상이한 행사기한의 2개의 콜옵션(call option)의 매도와 2개의 콜옵션의 매수를 행하는 복잡한 옵션의 전략을 이른다. 하나의 옵션은 다른 2개의 옵션의 어느 것보다도 높은 행사가격(exercise price)을 가지고, 또 다른 하나의 옵션은 2개의 옵션의 어느 것보다도 낮은 행사가격을 가진다. 버터플라이 스프레드에서 투자자는 만일 옵션의 기초증권(underlying security)의 가격이 급격하게 변동하지 않으면, 옵션

을 매도할 때에 옵션료(premium)수입이 잡히기 때문에 수익을 얻게 될 것이다.

buy ⓥ 사다, 구입하다 ¶ *buy* and sell 매매하다 /*buy* at best 가능한 한 싸다는 조건의 형편으로 사다 /*buy* back 환매하다 /*buy* down 계약금을 많이 내고 사다 /buy in 구입하다 /*buy* forward [외환] 선물을 사다 /*buy* out (사업 등을) 매수하다 /*buy* over 매점하다 / I *buy* from you 10 million dollars at 1150.75 value 25 April. 귀행으로부터 1천만 달러를 1150.75원으로 매입합니다. 결제일은 4월 25일입니다. ~ ***-back agreement*** 환매조건부 매입 ¶ The *buy-back agreement* is a contractual obligation for the seller of an asset to repurchase the asset under specified circumstances from the new owner, generally at the original sales price. *Buy-back agreements* are most frequently applied to real estate transactions. 환매조건부 매입이란 자산의 매도인이 새로운 소유자로부터 특수한 환경에 놓인 자산을 일반적으로 원래의 매매가로 환매할 계약상의 의무를 말한다. 환매조건부 매입은 극히 번번하게 부동산거래에 적용된다. ~ ***[purchase] order*** 매수주문 ¶ In securities trading, *a buy order* is an order to a broker to purchase a specified quality of a security at the market price or at a another stipulated price. 증권거래에서, 매수주문은 브로커에게 특정종목의 증권을 시세로 혹은 달리 일정한 가격으로 매입한다고 주문하는 경우이다. (어느 가격 이상이 되면 그 시점에서 가장 싼값으로 매입하도록 지시하는 것이다.)
ⓝ 구입, 구매 ¶ *Buy* is to acquire property in return for money. *Buy* can be used as a synonym for bargain. 구입이란 금전과 상환으로 자산을 획득하는 것이다. buy는 bargain의 동의어로서도 사용된다. ¶ a *buy* and hold strategy 매입보유전략 /a *buy* and write strategy 증권구입과 동시에 콜옵션을 팔아 이익을 올리는 투자수법 /*buy*-back 재매입 /*buy*-in 환매 /*buy*-out 기업매수 ***buy and hold strategy*** 보유목적으로서의 투자전략 ¶ The *buy and hold strategy* is a strategy that calls for accumulating shares in a company over the years. This allows the investor to pay favorable long-term capital gains tax on profits and requires far less attention than a more active trading strategy. 보유목적으로서의 투자전략은 오랜 기간동안에 걸쳐 하나의 회사주식을 축적투자하는 전략을 말한다. 이 경우에, 매각익(賣却益)에 대해서 유익한 장기간의 캐피탈게인과세(long-term capital tax)의 적용을 받을 수 있을 것이고, 활발하게 매매하는 투자전략에 비해서 주의할 대목은 훨씬 적을 것이다. ~ ***and write strategy*** 바이앤드 라이트전략 ¶ The *buy and write strategy* is a conservative option strategy that entails buying stocks and then writing covered call options on them. Investors receive both the dividends from the stock and the premium income from the call options. However, the investor may have to sell the stock below the current market price if the call is exercised. 바이앤드 라이트전략은 주식의 현물을 구입하고 그것을 기초주식(underlying stock)으로 삼아 커버드 콜옵션(covered call option)을 매도한다고 하는 신중한 옵션전략을 말한다. 이 방법을 취한다면, 투자자는 주식의 배당(dividend)과 콜옵션(call option)의 옵션료(premium)의 양자를 수취할 수 있다. 그러나 콜옵션이 행사된다면, 투자자는 시장가격보다도 낮은 가격으로 주식을 매각하지 않으면 안 될 것이다. ***buy at the market*** 성립가(價)주문 ¶ The *buy at the market* is an order that only the kind and the number of stocks are designated and the price is traded according to the market price. 성립가주문은 종목·수량만 지정하고 값은 시세에 따라 매매하도록 하는 주문을 말한다. ~ ***in*** 바이인, 재구입(再購入) ¶ In options trading, *buy in* is procedure whereby the responsibility to deliver or accept stock can be terminated. In a transaction called buying-in or closing purchase, the writer buys an identical option (only the premium or price is

different). The second of these options offsets the first, and the profit or loss is the difference in premiums. 옵션거래에서, 바이인은 주식현물의 인도(引渡)의무를 끝맺을 수 있는 절차를 말한다. buying-in 또는 closing purchase라고 하는 거래에서는, 옵션의 매도인이 같은 조건의 옵션(다만 옵션료는 다르다)을 구입해서 끝맺는다. 결국 구입한 옵션에서 이전에 매각한 옵션을 상쇄한다. 옵션료(premium)의 차이가 이 거래의 손익으로 된다. ~ ***minus*** 바이마이너스주문 ¶ A *buy minus* is an order to buy a stock at a price lower than the current market price. Traders try to a *buy minus* order on a temporary dip in the stock's price. 바이마이너스주문은 현재의 시장가격(market price)보다도 낮은 가격으로 행하는 주식의 매입주문을 말한다. 트레이더(trader)는 주가가 일시적으로 하락한 때에 바이마이너스주문을 하려고 한다. ~ ***on the bad news*** 악재정보 주식매입 ¶ A *buy on the bad news* is a strategy based on the belief that, soon after a company announces bad news, the price of its stock will plummet. Those who buy at this stage assume that the price is about as low as it can go, leaving plenty of room for a rise when the news improves. If the adverse development is indeed temporary, this technique can be quite profitable. 악재정보 주식매입은 악재정보의 발표 후에, 주가가 급락할 것이라고 믿고 행하는 투자전략을 말한다. 이 단계에서 주식을 구입하는 투자자(investor)는 주가가 떨어질 때까지 떨어지고, 상황이 호전된다면 상승할 여지가 많다고 믿는다. 만일 불리한 상황의 발전이 정말로 일시적이라면, 이 수법은 상당히 이익을 올릴 수 있다. ~ ***order*** 매입주문 ¶ In securities trading, a *buy order* is an order to a broker to purchase a specified quality of a security at the market price or at another stipulated price. 증권거래에서 매입주문은 특정한 증권을 시장가격(market price), 혹은 달리 약정된 가격으로 구입한다고 하는 것을 증권회사(broker)에게 내는 주문을 말한다. ~ ***signal*** 매입시그널 ¶ In technical analysis, a *buy signal* is a chart configuration, such as a double bottom, indicating there is price support and that it is time to buy a security or position. In general, any combination of factors indicating conditions favorable for buying. Opposite of sell signal. 테크니컬 분석(technical analysis)에서, 매입시그널은 차트(과거의 주가의 추이를 나타내는 도표)가 더블보텀(double bottom)과 같은 형상을 나타내는 시기를 말한다. 이와 같은 차트는 오늘이 가격유지(price support)가 있어서 증권이나 포지션의 매입시기라는 것을 나타낸다. 이처럼 매입시그널이란 일반적으로 매입에 유리한 조건을 가리키는 요소들을 조합한 것이다. 그것은 매도시그널(sell signal)의 반대어이다. ~ ***stop order*** 가격지정매입주문(逆指定價買入注文) ¶ A *buy stop order* is a buy order marked to be held until the market price rises to the stop price, then to be entered as a market order to buy at the best available price. Sometimes called a suspended market order, because it remains suspended until a market transaction elects, activates, or triggers the stop. Such an order is not permitted in the over-the-counter market. 가격지정매입주문이란 시장가격(market price)이 역지정가(stop price)로 상승할 때까지 유보되고, 역지정가에 도달 후에는 최량의 가격으로 구입하는 성립가주문(market order)이 되는 매입주문의 하나이다. 종종 시장거래가 활발하여 가격지정에 도달하기까지는 거래집행이 유보된다는 점에서 유보된 성립가주문(suspended market order)이라고도 할 때가 있다. 이러한 주문은 장외거래(over-the-counter)에서는 허용되지 않는다. ~ ***the book*** 바이더 북 ¶ A *buy the book* is an order to a broker to buy all the shares available from the specialist in a security and from other brokers and dealers at the current offer price. The book is the notebook in which specialist kept track of buy and sell orders before computers. The most likely source of such an order is a professional trader or a large institutional buyer. 바이더 북은 현재 시장의

매도경기(賣渡景氣)에서 거래소의 스페셜리스트(specialist)나 증권회사(broker)로부터 입수가능한 주식을 전부 구입한다고 하는 매입주문을 말한다. book이란 것은 컴퓨터가 등장하기 이전에 스페셜리스트가 매매거래를 기록한 장부를 가리킨다. 이와 같은 주문의 발주처는 대부분의 경우 전문적인 트레이더(trader) 아니면 대형의 기관투자자(institutional investor)인 경우이다.

buyback 환매 ¶ A *buyback* is a purchase of a long contract to cover a short position, usually arising out of the short sale of a commodity. Also, a purchase of identical securities to cover a short sale. 환매는 통상 상품(commodity)의 공매(空賣)(selling short)에서 생긴 매도초과포지션(short position)을 커버하기 위해서 매입계약을 구입하는 것을 말한다. 또한 그것은 증권의 공매를 커버하는 목적으로 동일한 증권을 구입하는 것도 의미한다.

buyer 매수인 ¶ The *buyer* is an individual or organization that purchases a good or service. 매수인이란 물품이나 서비스를 구매하는 개인이나 단체를 말한다. /*buyer's* option 매수인의 옵션(선물예약에서 일정한 폭 중에서 매수인이 결제하는 것을 인정하는 것) /*buyer's* samples [무역] 매수인견본 ***buyer's credit*** 바이어즈 크레디트 ¶ The *buyer's credit* is a medium- and long-term financing program providing assistance to foreign buyers of goods and services. 바이어즈 크레디트란 외국의 바이어의 물품 및 서비스에 지원을 제공하는 중장기금융프로그램을 이른다. ***~'s market*** 수요자중심의 시장 ¶ The *buyer's market* is a market situation that is the opposite of a seller's market. Since there is more supply of a security or product than there is current demand, the prices tend to fall allowing buyers to set both the price and terms of the sale. It contrasts with a seller's market, characterized by excess demand, high prices, and terms suited to seller's desires. 수요자중심의 시장은 매도인시장의 반대의 시황(市況)을 말한다. 수요 이상으로 증권이나 상품의 공급이 많기 때문에 가격이 하락의 경향을 나타내고, 매수인이 매각가격이나 조건을 주도할 수 있다. 대조적으로, 공급자중심의 경우에는, 초과수요, 높은 가격, 매도인측의 요망에 부합하는 조건이라고 하는 특징을 나타낸다.

buying 매입, 매수 ¶ *buying* agents 매수대리점 /*buying* contracts [외환] 매입예약 /*buying* drives 매입출동 /*buying* exchange 매입환 /*buying* forward 선물매입 /*buying* hedge 연계(連繫)매입 /*buying* long 투기매입 /*buying* of a draft 어음의 매입 /*buying* on close 종가(終價)매입 /*buying* on dips 시세가 일시 내릴 때 매입하는 것 /*buying* on opening 동시호가(同時呼價)매수 /*buying* on scale 분할매수 /*buying* operations (under repurchase agreement) 환매조건부 매입거래 /*buying* order 매수주문 /*buying* power 구매력 /*buying* rates (of exchange) 매입환시세 /*buying* sentiments 매기(買氣) /a *buying* spree 사재기 /*buying* up 매점 /forward *buying* 선물매입 ***buying climax*** 바이잉 클라이맥스 ¶ A *buying climax* is a rapid rise in the price of a stock or commodity, setting the stage for a quick fall. Such a surge attracts most of the potential buyers of the stock, leaving them with no one to sell their stock to at higher prices. This is what causes the ensuing fall. 바이잉 클라이맥스란 급락을 대비하는 것과 같은 주식이나 상품가격의 급상승을 말한다. 가격이 급상승할 때에는, 다수의 잠재적이 투자자가 주식을 구입하게 되지만, 최종적으로는 누구도 그 이상의 고가로 주식을 팔 수 없게 된다. 이것이 그 후의 하락을 끌어내린다. ***~ on margin*** 신용매입 ¶ The *buying on margin* is buying securities with credit available through a relationship with a broker, called a margin account. Arrangements of this kind are closely regulated by the Federal Reserve Board. 신용매입은 신용거래계좌(margin account)라고 하는 증권회사의 증권거래계좌를 통해서 신용으로 증권을 구입하는 것을 말한다. 이런 종

류의 거래는 미연방준비이사회에 의해서 엄격하게 규제되고 있다. ~ ***outright*** 현물매입 ¶ In securities terminology, the *buying outright* is an opposite of buying on margin. 증권용어로, 현물매입은 신용매입(buying on margin)의 반대의 의미를 가지는 용어이다. ~ ***power*** 구매력 ¶ The *buying power* is an amount of money available to buy securities, determined by tabulating the cash held in brokerage accounts, and adding the amount that could be spent if securities were margined to the limit. The market cannot rise beyond the available buying power. 구매력은 증권구입에 이용할 수 있는 한도액을 말한다. 그것은 증권거래계좌에 있는 현금(cash)에 신용거래의 이용한도액을 가한 금액이다. 시장은 구매력한도액을 초과하여 상승하는 일은 없다.

buy-out; buyout 매수(회사의 경영권취득), 기업매수, 매점 ¶ *Buyout* is purchase of at least a controlling percentage of a company's stock to take over its assets and operations. A *buyout* can be accomplished through negotiation or through a tender offer. Leveraged *buyout* occurs when a small group borrows the money to finance the purchase of the shares. 기업매수는 어느 회사의 재산과 경영을 인수하기 위해서 적어도 회사주식의 경영지배권을 취득할 수 있는 비율까지 매수회사의 주식을 매수하는 것이다. 기업매수는 교섭이나 주식공개매수(tender off)에 의해서 달성될 수 있다. 조그만 그룹이 매수자금을 차입하여 매수를 행하는 것을 레버리지드 바이아웃(leveraged buyout)이라 한다. ***leveraged buyout* (*LBO*)** 차입(借入)에 의한 기업매수(매수대상기업의 자산을 담보로 한 융자에 의한 매수) (*LBO*) ¶ The *leveraged buyout* (*LBO*) is a takeover of a company, using borrowed funds. Most often, the target company's assets serve as security for the loans taken out by the acquiring firm, which repays the loan out of cash flow of the acquired company. Management may use this technique to retain control by converting a company from public to private. a group of investors may also borrow funds from banks, using their own assets as collateral, to take over another firm. 차입에 의한 기업매수는 차입금(borrowed funds)을 사용한 기업의 매수(takeover)이다. 거의 모든 경우에, 매수의 표적이 된 기업(target company)의 자산(asset)은 매수측 기업에 의해서 꾸려진 차입금의 담보가 되고, 매수측 기업은 매수한 기업의 캐시플로(cash flow)에서 그 차입금을 반환한다. 경영진은 경영권을 유지하기 위해서 주식공개회사(publicly held)를 비공개회사(private)로 전환할 때에, LBO의 수법을 사용하기도 한다. 투자자의 그룹은 다른 기업을 매수하기 위해서, 자신의 자산을 담보(collateral)로 은행에서 자금을 빌리는 경우도 있다. ***management* ~** 경영진에 의한 기업매수 ¶ The *management buyout* is a purchase of all of a company's publicly held shares by the existing management, which takes the company private. Usually, management will have to pay a premium over the current market price to entice public shareholders to go along with the deal. If management has to borrow heavily to finance the transaction, it is called a leveraged buyout (LBO). 경영진에 의한 기업매수는 현재의 경영진이 금고주(treasury stock)를 제외한 발행주식(publicly held shares) 전부를 구입하여 그 기업을 비공개(private)기업으로 하는 것을 이른다. 통상, 경영진은 일반주주(public shareholder)에게 주식매각을 촉구하기 위해서, 그 시점의 시장가격(market price)보다 높은 프리미엄을 부친 가격을 지급하지 않으면 안 된다. 만일 경영진이 이 매수를 하기 위한 다액의 차금을 해야 할 경우에는, 레버리지드 바이아웃(leveraged buyout)이라고 불린다.

buy-side analyst 바이사이드 애널리스트 ¶ A *buy-side analyst* is a securities analyst who works in the research department of an institutional investor, such a mutual fund, and whose research is used internally by money managers. In contrast, sell-side analysts are typically employed by brokerage firms, where their research is used as a selling tool and made available to individual investing clients. 바이사이드 애널리스트는 뮤추얼펀드 등의 기관투자자(institutional investor)의 조사부문(research department)에서 근무하는 증권애널리스트를 말한다. 그의 조사보고서는 사내의 자금담당자에 의해서 이용된다. 이와 대조적으로, 셀사이드 애널리스트(sell-side analyst)는 일반적으로 증권회사(brokerage firm)에 고용되어 있으며, 그의 조사보고서는 판매수단으로 이용되어 개인투자자라도 입수할 수 있다.

BWP (ISO) code Botswana – currency pula. ¶ BWP (국제표준기구) 약호 보츠와나 — 화폐 풀라(pula).

by-law 세칙(細則), 내규(內規) ¶ The *bylaws* are rules governing the internal management of an organization which, in the case of business corporations, are drawn up at the time of incorporation. The charter is concerned with such broad matters as the number of directors and the number of authorized shares; the bylaws, which can usually be amended by the directors themselves, cover such points as the election of directors, the appointment of executive and finance committees, the duties of officers, and how share transfers may be made. 부속정관은 조직의 내부관리규정을 정한 규칙으로, 사업회사의 경우는 회사설립시에 작성된다. 정관(charter)이 이사(director)의 인원수, 수권주식수(authorized shares) 등 광범위한 내용을 기재하고 있는 것에 대하여, 부속정관은 이사의 선임, 경영위원회(executive committee)나 재무위원회(finance committee)의 임명, 임원(officers)의 책무, 주식양도의 방법 등을 규정하고 있으며, 이사회에서 수정가능한 항목이 많다. /*by-laws* of a corporation 부속정관(附屬定款) /corporation *by-laws* 회사내규

bypass trust 바이패스신탁 ¶ A *bypass trust* is an agreement allowing parents to pass assets on to their children to reduce estate taxes. The trust must be made irrevocable, meaning that the terms can never be changed. Assets put in such a trust usually exceed the amount that the children and other heirs can receive tax-free at a parent's death. 바이패스신탁은 상속세(estate tax)의 경감목적으로 부모가 그의 자녀들에게 재산양도를 인정하는 신탁계약(trust agreement)이다. 신탁은 일단 설정되면 취소할 수 없는 것인데, 그 의미는 신탁계약의 내용을 결코 변경할 수 없다는 뜻이다. 이러한 신탁에 부쳐진 재산은 통상 자녀 또는 기타의 상속권자(heir)가 비과세로 수취할 수 있는 상속액을 초과한다.

by-product 부산물(副産物), 부(副)제품 ¶ The *by-product* is a production process output that is in addition to the main product. For example, production from a gold mine might result in low volumes of the ore of other metals. A *by-product* generally has a relatively low market value compared to the main product. 부산물이란 주된 생산물에 부가해서 나온 생산과정의 산출물이다. 예를 들면, 금광에서 나오는 생산은 낮은 분량의 여러 금속광석으로 끝날 것이다. 부산물은 일반적으로 주된 생산물에 대조해서 상대적으로 낮은 시장가로 값이 나간다.

byte [컴] 바이트 ¶ *Byte* is the amount of memory space needed to store one character, which is normally 8bit. 바이트는 하나의 문자를 기억하는 데 필요한 기억장치의 용량이며, 통상 8비트(bit)로 구성된다.

BZD (ISO) code Belize – currency dollar. ¶ BZD (국제표준기구) 약호 벨리즈 — 화폐 달러(dollar).

C

CA → **c**ertified **a**ccountant [약][영] 인허(認許)회계사, 공인회계사; **c**hartered **a**ccountant [영] 칙허(勅許)회계사, 공인회계사

cabbage [미속] 돈, 지폐, 현찰(paper money, banknotes)

cabinet (일용품을 넣는) 장, 보관고, 진열용 선반 ***cabinet crowd*** 불활발채권거래업자, 캐비닛 크라우드 ¶ The *cabinet crowd* is members of the New York Stock Exchange who trade in infrequently traded bonds. Also called inactive bond crowd or book crowd. Buy and sell limit orders for these bonds are kept in steel racks, called cabinets, at the side of the bond trading floor; hence the name *cabinet crowd*. See also automated bond system (ABS). 캐비닛 크라우드는 거래가 불활발한 채권을 취급하는 뉴욕증권거래소(New York Stock Exchange)의 회원업자를 말한다. inactive bond crowd 또는 book crowd라고도 한다. 이와 같은 채권의 지정가주문(limit order)은 채권거래의 입회장의 한쪽 구석의 캐비닛(cabinet)이라는 스틸제의 선반에 놓여 있는 것에서 cabinet crowd라는 명칭이 되었다. automated bond system(ABS)도 참조할 것. ~ ***security*** 캐비닛 시큐리티, 거래가 활발치 못한 증권 ¶ A *cabinet security* is a stock or bond listed on a major exchange but not actively traded. There are a considerable number of such bonds and a limited number of such stocks, mainly those trading in ten-share units. Cabinets are the metal storage racks that limit orders for such securities are filed in pending execution or cancellation. 거래가 활발치 못한 증권이란 주요한 거래소(exchange)에 상장되어 있으나, 그다지 활발하게 매매가 이루어지지 않는 주식이나 채권을 말한다. 이런 종류의 채권 또는 주식은 상당수가 있지만, 주식은 그 수에 한정되어 있고, 주로 10주단위로 매매되고 있다. 캐비닛이란 이와 같은 지정가주문(limit order)이 주문이 집행된다든지 파기된다든지 하는 동안에 보관되어 있는 철제의 수납선반을 말한다.

cable (해저)전신, [딜러용어] (C~) 잉글리시 파운드(Sterling pound) ¶ *cable* charges 전신료, 전신수수료 /*cable* key ciphers 전신개폐암호(開閉暗號) /*cable* remittances 전신송금 /*cable* transfers 전신환(電信換) ***cable credit*** 전신개설신용장 ¶ A credit used to be called "*cable*" *credit*, where it was communicated by cable. Today, the method used is the telex. 신용장(credit)이 케이블로 통신된 경우에, 신용장은 전신개설신용장(cable credit)이라고 불렀다. 오늘날 사용하는 방법은 텔렉스이다. ~ ***negotiation*** [영] 케이블네고 ¶ The *cable negotiation* is a method by which the negotiating bank buys the shippingdocuments after referring to the opening bank by cable, whether it can be permitted to negotiate the nonconforming documents and getting the acceptance from the bank. 케이블네고는 신용장조건불일치의 서류매입을 해도 좋은지 케이블로 개설은행에 조회하여 승낙을 얻은 다음에 매수에 응하는 방법이다.

cablegram 해외전신, 해외전보 ¶ The *cablegram* is a telegraphic message sent overseas via underwater cables. 해외전신은 해저케이블을 통해서 해외로 보낸 전신통지문이다.

cabotage 연안(沿岸)무역 ¶The *cabotage* is the natural law that requires coastal and intercoastal traffic to be carried by vessels belonging to the country owning the coast. 연안무역은 연안을 소유하는 국가에 속하는 선박에 의해서 운항할 수 있는 연안 교통 내지 국제연안교통을 요구할 자연권이다.

CAC 40 index CAC 40종목 주가지수 ¶The *CAC 40 Index* is a broad-based index of common stocks on the Paris Bourse, based on 40 of the 100 largest companies listed on the forward segment of the official (reglement mensuel); it has a base of 100. It is comparable to the Dow Jones Industrial Average. There are index futures and index options contracts based on the CAC 40 index. CAC 40종목 주자지수란 파리증권거래소(Paris Bourse)의 상장일람표(reglement mensuel)의 전면에 기재되어 있는 100대 기업 중에서 40개사로 구성되는 폭넓은 업종을 포함하는 보통 주가지수를 말한다. 그 기준치는 100이다. 다우존스 공업주 30종목 평균치(Dow Jones Average)에 상당한 것이다. 이 CAC 40종목 주가지수에 근거해서 선물지수와 옵션계약지수가 있다.

C

cache 숨겨둔 장소, 땅굴, 저장물, 은닉물 ¶The *cache* is a secret place for storage of money or valuables. 숨겨둔 장소란 현금이나 귀중품의 저장을 위한 비밀스런 장소를 이른다. ¶The *cache* is high-speed memory held in a storage device or a reserved section of an computer's main memory. A *cache* stores recently used data so that it can be accessed rapidly. 캐쉬는 컴퓨터의 메인 메모리의 기억장치(storage device)나 저장부분에 남겨 둔 초고속의 메모리를 말한다. 캐쉬는 최근에 사용한 데이터를 저장하므로 신속히 데이터에 접근할 수 있다.

cachet 봉인(封印), 명성 ¶The *cachet* is a mark of quality or distinction, individuality, or authenticity: Mercedes-Benz has a certain *cachet*. 성망이란 품질이나 특성, 개성, 또는 확실성의 표시를 말한다. 예컨대, 메르세데스벤츠는 일정한 명성을 가지고 있다.

CAD (ISO) code Canada – currency Canadian dollar. ¶CAD (국제표준기구) 약호 캐나다 — 화폐 캐나다 달러(dollar).

cadastre; cadaster 토지대장(土地臺帳) ¶The *cadastre* is a public record of land ownership, quantity, and valuation that is used for tax purposes. 토지대장은 조세목적을 위해 이용되는 토지소유권, 수량, 및 평가의 공적 기록이다.

cafeteria employee benefit plan 카페테리아플랜 ¶The *cafeteria employee benefit plan* is a plan offering employees numberous options among their employees benefits. Each employee is able to pick the benefits that are most valuable in his or her particular situation. 카페테리아플랜이란 종업원의 복리후생으로서 종업원에게 다수의 선택지(選擇肢)를 제공하는 제도를 이른다. 각 종업원은 개개의 사정에 따른 최적의 복리후생급여를 선택할 수 있다.

cage (은행)창구 ¶A *cage* is a section of a brokerage firm's back office where funds are received and disbursed. Also, the installation where a bank teller works. 출납창구란 자금의 입출금처리를 행하는 증권회사의 비영업부분 사무담당부서(back office)를 가리킨다. 또한 은행의 출납계가 작업하는 장소이기도 하다.

calculate 계산하다, 견적하다 ¶a *calculating* table 계산일람표 /interest *calculated* on interest accumulated 복리계산 /Interest is *calculated* on a daily basis. 이자는 일변(日邊)으로 계산된다. /take a *calculated* risk 예측할 수 있는 모험을 무릅쓰다.

calculating machine 계산기

calculation 계산, 추정, 산출, 산정 ¶ arbitrage *calculation* 차익계산(差益計算) /rough *calculation(s)* 개산(概算)

calendar 달력, 캘린더, 발행예정표 ¶ A *calendar* is a list of securities about to be offered for sale. Separate calendars are kept for municipal bonds, corporate bonds, government bonds, and new stock offerings. 발행예정표는 가까운 장래에 발행이 예정되어 있는 증권의 일람표이다. 지방채(municipal bond), 사채(corporate bond), 국채(government bond), 신주(new stock) 등 각각의 발행에 개별적이 캘린더(발행예정표)가 준비되어 있다. /*calendar* days 역일수(曆日數) /a *calendar* month [week, year] 역월[주, 연] (역년(曆年)이란 달력에서 정한 1년인데, 1월 1일부터 12월 31일까지를 말한다. (*cf.*) a fiscal year 회계연도) /*calendar* month delivery 연월인도 /*calendar* month delivery with option forward rates 역월제 선물시세 ***calendar spread*** (선물거래에서) 상품의 인도(引渡)기한, 한월간(限月間) 가격폭(동일한 상품의 선물이 다른 2개의 한월(限月), 예컨대 만기가 먼 옵션을 사서 만기가 가까운 옵션을 파는 거래를 행하는 것이다.) ¶ The *calendar spread* is an options strategy that entails buying two options on the same security with different maturities. If the exercise price is the same (a June 50 call and a September 50 call) it is a horizontal spread. It the exercise prices are different (a June 50 call and a September 45 call), it is a diagonal spread. Investors gain or lose as the difference in price narrows or widens. 한월간 가격폭이란 것은 동일한 증권에 대해서 2개의 상이한 만기의 옵션이 생기게 하는 옵션전략을 이른다. 옵션의 행사가격이 동일한 경우(6월 한월에 50달러콜이고 9월 한월에 50달러콜인 경우)는 수평적 가격폭이고, 행사가격이 상이한 경우(6월 한월에 50달러콜이고 9월 한월에 45달러콜인 경우)는 사각적(斜角的) 가격폭이다. 따라서 투자자는 그 가격폭이 좁으면 이익을 보고 넓으면 손해를 본다.

call [n.] 명령, 요구, 지급요구, 콜(자금) ¶ In bonds trading, a *call* is a right to redeem outstanding bonds before their scheduled maturity. The first dates when an issuer may call bonds are specified in the prospectus of every issue that has a call provisions in its indenture. 채권거래에 있어서, 콜이란 발행채권을 그 예정만기일(scheduled maturity) 전에 상환을 청구하는 권리를 이른다. 발행단체(issuer)가 채권을 예정에 앞당겨 상환할 수 있는 최초의 날짜는 그 채무증서(indenture)에 상환조항이 기재되어 있는 각 채권의 사업계획서(prospectus)에 규정되고 있다. /*call* account 미지급계좌 /*call* by sinking fund [사채] 감채기금에 의한 정기상환 /*call* cards 방문카드 /*call* credit 콜신용 /a *call* deposit; a deposit at *call* 통지예금 /a *call* feature 만기전 상환조항 /*calling*-back; *calling*-in 회수 /*calling*-in of loans 대출의 회수 /a *call* letter 지급독촉장 /*call* loan markets; *call* markets 단기시장 /money at *call*; money on *call*; *call* money 콜머니 /*call* money market; *call* market 콜시장, 단기시장 /*call* of capital 자본의 도입 /*calls* on customers and prospects 거래처 및 장래고객에의 방문 /a *call* on shares 주식납입청구 /*call* on the shareholders 주식납입청구 /*call* prices 사채의 조기상환가격 /*call* privilege [증권] 임의상환권 /*call* protection [채권] 만기전 상환이 시작하기 전의 거치기간(据置期間) /*call* receipts 납입수령증 /*call* rate 콜레이트(콜레이트는 콜자금거래에 적용되는 금리, 통상 콜자금을 내는 쪽의 레이트로 표시된다.) 은행간의 단기자금대출, 방출금리 /*call* spread 콜스프레드(상이한 한월(限月)의 옵션을 행사한 거래) /day-to-day and unconditional *call* money 익일물(翌日物) 및 무조건물의 콜머니 /deposit at *call* (and at short notice) 통지예금 /an earliest *call* date 최신만기전 상환일 /a notice of *call* 납입통지 /pay a *call* (주식 등의) 납입을 하다 /puts and *calls* [주식] 특권부 매매 ***call date*** 콜기일, 조기상환일 ¶ The *call date* is the date on which a bond may be redeemed before it reaches maturity. In the USA a bond so redeemed is said to be called away. For example, a bond may be scheduled to mature in 20 years but may have a provision that it can be called in 10 years if it is advantageous for the issuer to refinance the issue. The date 10 years from the issue date is the call date. 콜기일은 채권의 만기가 도래하기 전에 상환될 수 있는 기일을 말한다. 미국에서는 그렇게 상환된 채권을 콜드어웨이라고 한다. 예컨대 20년으로 만기가 되는 채권이라도, 발행자(issuer)에게 차환발행이 유리하게 되면, 10년으로 조기 상환할 수 있다는 조항을 설정할 수 있다. 이 경우, 발행일로부터 10년째의 날이 조기상환일이 된다. ~ ***feature*** 조기상환조항 ¶ A *call feature* is a part of the agreement a bond issuer makes with a buyer, called the indenture, describing the schedule and price of redemptions before maturity. Most corporate and municipal bonds have 10-year *call features* (termed call protection by holders); government securities usually have none. 조기상환조항이란 채권의 발행자(issuer)가 투자자와 교환하는 동의서에서 채권신탁증서(indenture)에서 만기일전의 조기상환(call)의 일정과 가격을 규정한 조항을 이른다. 대부분의 사채(corporate bond)나 지방채(municipal bond)에는 10년째의 조기상환조항(채권보유자에게는 거치기간, call protection)이 있으나, 미국정부채(government securities)에는 통상 조기상환조항은 없다. ~ ***loan*** 단기간융자, 단자(短資), 당좌대출(금), 콜론, 은행간의 단기자금대출(콜자금을 대여자(貸與者)측에서 보아 콜론이라 부른다.) ¶ A *call loan* is any loan repayable on demand, but used in a newspaper money rate tables as a synonym for broker loan or broker overnight loan. 콜론은 요구가 있는 대로 상환이 필요한 론(loan)을 말한다. 그러나 신문의 금리란(interest rate table)에서는 브로커론(broker loan)이나 브로커 오버나잇론(broker overnight loan)과 동의어로 사용된다. ~ ***money*** 당좌차입금, 콜차입금, 콜머니, 은행간의 단기자금방출 ¶ The *call money* is a type of loan made by a bank, which must be repaid on demand. It is also known as money at call. 콜머니는 은행에 의한 론의 형태이지만, 청구가 있으면 반드시 상환해야 하는 것이다. 그것은 영어로는 money at call(콜머니)라고 한다. ~ ***on a call*** 콜온어 콜 ¶ The *call on a call* is a compound option that grants the buyer the right to purchase an underlying call option from the seller of the compound. The option is generally purchased when the need for the underlying option is still uncertain. See also call on a put; put on a call; put on a put. 콜온어 콜은 복합옵션의 매도인에게서 기초콜옵션을 매수할 권리를 매수인에게 수여하는 복합옵션이다. 그런 옵션은 일반적으로 기초옵션의 필요가 아직 불확정적인 경우에 매수된다. call on a put(콜온어 풋); put on a call(풋온어 콜); put on a put(풋온어 풋)도 참조할 것. ~ ***on a put*** 콜온어 풋 ¶ *The call on a put* is a compound option that grants the buyer the right to purchase an underlying put option from the seller of the compound. The option is generally purchased when the need for the underlying option is still uncertain. See also call on a call; put on a call; put on a put. 콜온어 풋은 복합옵션의 매도인으로부터 기초풋옵션을 매수할 권리를 매수인에게 수여하는 복합옵션이다. 그런 옵션은 일반적으로 기초옵션의 필요가 아직 불확정적인 경우에 매수된다. call on a call(콜온어 콜); put on a call(풋온어 콜); put on a put(풋온어 풋)도 참조할 것. ~ ***on the maximum*** [영] 콜온더 맥시멈 ¶ The *call on the maximum* is an over-the-counter complex option that grants the buyer a payoff based on the difference between a predefined strike price and the highest price achieved by the underlying reference asset over the life the transaction. See also lookback option; option on the maximum/minimum; put on the minimum. 콜온더 맥시멈은 사전에 정한 행사가격과 거래기간을 거치면서 기초기준자산에 의해서 성취한 최고가

C

격간의 차이에 기초한 수익(payoff)을 매수인에게 부여하는 장외거래의 복합옵션을 말한다. lookback option(룩백옵션); option on the maximum/minimum(옵션온더 맥시멈/미니멈); put on the minimum(풋온더 미니멈)도 참조할 것. ~ ***option*** 주식매수선택권, 매수특권, 매입옵션, 콜옵션, [채권] 임의상환, 만기전상환 ¶ A *call option* is a right to buy 100 shares of a particular stock or stock index at a predetermined price before a preset deadline, in exchange for a premium. For buyers who think a stock will go up dramatically, *call option* permit a profit from a smaller investment than it would take to buy the stock. These options can also produce extra income for the seller, who gives up ownership of the stock if the option is exercised. 콜옵션이란 어느 특정한 주식 100주 또는 주식지수(stock index)를 옵션료(premium)와 상환으로 미리 정해진 기일까지 미리 정한 가격으로 구입할 수 있는 권리를 이른다. 어느 주식의 가격이 급격히 오른다고 생각하는 투자자(investor)는 콜옵션에 의해서 현물주를 구입하기보다도 적은 투자로 이익을 얻을 수 있다. 이와 같은 옵션은 옵션의 매도인에게도 프리미엄수입이라는 이익을 가져오지만, 옵션이 행사된다면 매도인은 보유주식을 내놓게 된다. ~ ***premium*** 콜프리미엄(콜옵션을 살 때에 지급하는 옵션료) ¶ A *call premium* is an amount that the buyer of a call option has to pay to the seller for the right to purchase a stock or stock index at a specified price by a specified date. In bonds, preferreds, and convertibles, the amount over par that an issuer has to pay to an investor for redeeming the security early. 콜프리미엄은 콜옵션의 구입자가 어느 주식(stock) 또는 주식지수를 특정한 가격으로 특정한 기일까지 구입하는 권리를 담보로 하여 매도인에게 지급하는 금액을 말한다. 채권, 우선주식, 전환사채에 있어서는 증권을 조기에 상환하기 위해서 발행자(issuer)가 투자자(investor)에게 지급하는 액면(par)을 초과한 금액을 말한다. ~ ***price*** 조기상환가격 ¶ A *call price* is a price at which a bond or preferred stock with a call provision or call feature can be redeemed by the issuer; also known as redemption price. To compensate the holder fro loss of income and ownership, the *call price* is usually higher than the par value of the security, the difference being the call premium. 조기상환가격이란 조기상환조항(call provision, call feature)이 붙어 있는 채권 또는 우선주식(preferred stock)의 발행자에 의해서 상환(redemption)되는 가격을 말한다. redemption price라고도 한다. 조기상환에 의해서 보유자수입과 소유권을 보상하기 위해서, 콜가격은 통상 액면(par)가격보다 높게 된다. 그 차액을 상환프리미엄(call premium)이라고 한다. ~ ***protection*** 거치기간(据置期間) ¶ The *call protection* is a length of time during which a security cannot be redeemed by the issuer. U.S. government securities are generally not callable, although there is an exception in certain 30-year Treasury bonds, which become callable after 25 years. Corporate and municipal issuers generally provide 10 years of *call protection*. Investors who plan to life off the income from a bond should be sure they have *call protection*, because without it the bond could be called away at any time specified in the indenture. 거치기간이란 증권의 발행자(issuer)가 상환(redemption)할 수 없는 기간을 의미한다. 미국채(Treasury)는 통상 조기 상환할 수 없지만, 어느 30년 재무부증권은 발행 후 25년을 초과하면 상환가능하다는 예외도 있다. 사채(corporate bond) 및 지방채(municipal bond)의 발행자는 일반적으로 10년의 거치기간을 설정하고 있다. 거치기간이 없으면 채권은 채권신탁증서(indenture)에 규정되어 있는 시기에 상환되어 버릴 가능성이 있으므로, 채권의 수입으로 생계를 세우고 있는 투자자는 거치기간이 있는지를 확인해 두지 않으면 안 된다. ~ ***provision*** 조기상환조항 ¶ A *call provision* is a clause in a bond's indenture that allows the issuer to redeem the bond before maturity. The *call provision* will spell out the first call date and whether the bond will be called at par or at a slight premium to par. Some preferred stock issues also have *call provisions* spelling out the conditions of a redemption. 조기상환조항이란 발행자(issuer)가 만기(maturity)전에 그 채권을 상환(redemption)하는 것을 인정하는 채권의 신탁증서(indenture) 중에 규정된 조항을 이른다. 조기상환조항은 최초의 조기상환일(call date)과 조기상환이 액면(par)으로 상환되는지, 아니면 액면에 약간의 덧붙친 가격(premium)을 붙인 가격으로 상환되는지에 대해서 명기하고 있다. 조기상환조항을 명기한 조기상환조항부 우선주(preferrred stock)도 있다. ~ ***report*** 당국 앞의 보고 ¶ The *call report* is a report kept by an advertising agency of conferences between agency representatives and current or prospective advertiser client; also called conference report, contact report. The *call report* tells when the meeting took place, who was present, and what was discussed. 당국 앞의 보고는 광고대행기관대표자와 현재 또는 장래의 광고업자의 고객간의 상당내용을 광고대행기관이 보관하는 보고서이다. 이를 상담보고서(conference report), 교섭보고서(contact report)라고도 한다. 이 당국앞의 보고는 언제 미팅이 있었고, 누가 참석하였으며, 무엇을 토론하였는지를 말해준다. ~ ***risk*** 조기상환 리스크 ¶ A *call risk* is a risk to a bondholder that a bond may be redeemed before scheduled maturity. Bondholders should read the call provisions in a bond's indenture to understand the earliest potential call date for their bond. The main risk of having a bond called before maturity is that the investor will be unable to replace the bond's yield with another similar-quality bond paying the same yield. 조기상환 리스크는 예정만기기일 이전에 채권이 상환될지도 모른다고 하는 채권보유자(bondholder)에 대한 리스크를 이른다. 채권보유자는 채권신탁증서(indenture) 중의 조기상환조항(call provision)을 잘 읽고, 그 채권이 조기상환(call)되는 가장 빠른 날짜를 알아두지 않으면 안 된다. 채권이 만기일 전에 상환됨으로써 오는 리스크는 투자자가 그 채권수익률은 같지만 신용도가 다른 채권으로 대체할 수 없다고 하는 것이다. ~ ***spread*** [영] 콜스프레드 ¶ The *call spread* is an option position created by buying and selling call options with the same expiry date but different strike prices (i.e., the purchaser of a *call spread* buys a closer-to-the money call option and sells a farther out-of-the-money call option (a bullish strategy) the seller of a *call spread* does the reverse (a bearish strategy)). The spread limits the gain or liability to an area defined by the two strikes. See also bull spread; bear spread; put spread. 콜스프레드는 동일한 만료일(expiry date)이지만 상이한 행사가격(strike prices)을 가지는 옵션을 매수 · 매도함으로서 창출된 옵션포지션을 말한다(이를테면, 콜스프레드의 매수인은 금전에 가까운 콜옵션(closer-to-the-money call option)을 매수하고 금전으로부터 먼 콜옵션(farther out-of-the-money)을 매도하고(강세전략, bullish strategy), 콜스프레드의 매도인은 그 반대의 행동을 취하는 것(약세전략, bearish strategy)이다.). 콜스프레드는 2개의 행사가격에 의해서 정해진 영역에 대한 이득과 부채를 제한한다. bull spread(불스프레드); bear spread(베어스프레드); put spread(풋스프레드)도 참조할 것.

v. 지급을 요구하다, [미] 채권의 만기전상환을 하다 ¶ *call* a meeting of creditors 채권자회의를 소집하다 /*calling* officer 외근담당역, 거래처담당계 /*call* up (자본금의) 납입을 청구하다.

callable 상환가능한, 임의상환권부의 ¶ The term *callable* is a term for the redeemable by the issuer before the scheduled maturity. The issuer must pay the holders a premium price if such a security is retired early. Bonds are usually called when interest rates fall so significantly that the issuer can save money by floating new bonds at lower rates. 상환가능한(callable)이라는 말은 발행자(issuer)가 예정만기일(scheduled maturity)보다 빨리 상환할 수 있는 것을 가리키는 말이다. 이처럼 증권을 조기에 상환하는 경우에는, 발행자가 투자자에 대해서 프리미엄(premium)을 지급하지 않으면 안 된다. 금리(interest rate)의 대폭적인 하락으로 인해서 새로이 채권을 낮은 이율로 발행함으로써 발행자가 비용을 절약할 수 있는 경우, 채권은 일반적으로 조기 상환된다. /*callable* preferred stocks 상환우선주 /*callable* securities 임의상환가능유가증권 ***callable asset swap*** [영] 상환가능자산스왑 ¶ The *callable asset swap* is a structured derivative comprised of a callable swap and an underlying bond. The seller of the structure retains a call option on the bond, allowing it to repurchase the asset at a given strike credit spread at some future time. If the spread on the asset tightens during the life of the transaction (e.g., the price of the asset rises as a result of specific or general market/credit conditions), the seller calls the bond/swap package away from the investor; the investor receives proceeds equal to the strike spread plus invested principal for the seller. Also known as remarkable asset swap. See also putable asset swap. 상환가능자산스왑은 콜러블스왑과 기초채권으로 구성되는 구조파생상품이다. 그 구조의 매도인은 채권에 대한 콜옵션을 보유하고, 어느 장래의 시기에 일정한 권리행사신용스프레드로 그 자산을 환매할 것을 허용하는 것이다. 만약 자산에 대한 스프레드가 (예컨대, 자산의 가격이 특유하거나 일반적인 시황/여신상황의 결과로 상승하는) 거래의 유효기간 동안에 팽팽할 경우에, 매도인은 투자자로부터 채권/스왑 패키지를 청구한다. 그러면 투자자는 권리행사스프레드 + 매도인에게 투자한 원금과 같은 수취금을 수령한다. 이는 remarkable asset swap(주목할 만한 자산스왑)로도 알려져 있다. putable asset swap(상환청구권부 애셋스왑)도 참조할 것. ~ ***bond*** 임의상환채권 ¶ A *callable bond* is a bond that may be called for payment before its maturity date. 임의상환채권은 그 만기일 전에 대금상환의 청구가 가능한 채권을 말한다. ~ ***common stock*** 상환가능보통주 ¶ The *callable common stock* is a form of common stock where the subsidiary of a parent company issues shares that are subject to a stock purchase call option agreement, giving the parent the right to repurchase the stock at a future time and strike price. The strike price generally steps up over time, but effectively caps the capital gains that can accrue to the investor. See also putable common stock. 상환가능보통주는 모회사(parent company)의 자회사(subsidiary)가 모회사에게 장래 주식과 행사가격(strike price)을 환매할 권리를 주는 주식매입콜옵션약정(stock purchase call option agreement)에 따라야 할 주식을 발행하는 보통주의 형태이다. 행사가격은 일반적으로 시간이 경과하면서 올라가지만, 실제상 투자자에게 귀속될 수 있는 자본이득(capital gains)은 상한제한(cap)이 있다. putable common stock(푸터블 보통주)도 참조할 것. ~ ***swap*** 콜러블스왑(당사자의 일방이 도중에서 정지할 권리를 가지는 스왑거래) ¶ The *callable swap* is an over-the-counter swap structure that gives the institution paying fixed rates the option to cancel the transaction at a future date. See also cancellable swap; putable swap. 콜러블스왑은 고정금리를 지급하는 기관에게 장래 기일에 거래를 해약(解約)할 수 있는 옵션을 주는 장외거래구조(over-the-counter structure)이다.

called away 콜드어웨이 ¶ The term *called away* is a term for a bond redeemed before maturity, or call or put option exercised against the stockholders, or a delivery required on a short sale. 콜드어웨이라는 말은 만기(maturity)전에 상환(redemption)되는 채권, 주주에 대해서 집행되는 콜옵션(call option)이나 풋옵션(put option), 혹은 공매(空賣)(short sale)에 대해서 요구되는 인도(引渡)를 가리키는 말이다.

calm (시장이) 조용[평온]한, 침착한

Calvo Doctrine 칼보의 법칙 ¶The *Calvo Doctrine* is the doctrine stated by the Argentine jurist, Carlos Calvo, that a government is not bound to indemnify aliens for losses of injuries sustained by them in consequences of domestic disturbances or civil war, where the state is not at fault, and that therefor foreign states are not justified in intervening, by force or otherwise, to secure the settlement of claims of their citizens on account of such losses or injuries. 칼보의 법칙은 국가에게 과실이 없고, 그러므로 외국국가가 군대 기타 다른 수단으로 그런 손실이나 권리침해를 이유로 자국민의 청구권해결을 확보하기 위하여 개입하는 것에 정당치 못하는 경우, 정부는 국내소요나 내전의 결과 입은 손실이나 권리침해를 보상할 의무가 없다고 아르헨티나의 법학자 카를로스 칼보가 천명한 법칙이다.

Cambodia currency 캄보디아 화폐 ¶riel (KHR), divided into 100 sen. 1 리엘(riel) = 100 센(sen).

cambrist [금융] 외환시세전문가, 외환어음매매업자, [유럽] 딜러 ¶A *cambrist* is a foreign currency expert, usually a trader. 외환시세전문가는 외국통화의 전문가인데, 통상 트레이더를 말한다.

Cameroon currency 카메룬 화폐 ¶CFA franc (CMF); there is no subdivision. 카메룬 프랑(franc). 프랑 이하의 하위단위는 없다.

CAMELS rating 캐멀스 레이팅 ¶The *CAMELS rating* is a measure of the relative soundness of a bank. *CAMELS ratings* – term stands for capital, assets, management, earnings. liquidity and sensitivity to market risk – are calculated on a 1–5 scale, and are used by bank supervisory agencies to evaluate bank conditions. A rating of 1 is given to banks with the strongest performance ratings; banks given a *CAMELS rating* of 4 or 5 are placed on the watch list of banks in need of supervisory attention. Individual *CAMELS ratings* are disclosed to bank management, though not to the general public. 캐멀스 레이팅은 은행의 상대적 건전성의 척도(尺度)를 말한다. CAMELS(캐멀스) 레이팅 — 자본(C), 자산(A), 경영진(M), 수익(E), 유동성(L) 및 시장위험에 대한 민감성(S)을 뜻하는 말이다 — 1~5의 평가기준을 산정하여 은행의 감독기관이 은행의 필수조건을 평가하는 데 이용된다. 1의 등급(rating)은 최고의 업무등급의 은행에 대해 매겨진다. 4 또는 5의 캐멀스 레이팅의 은행은 감독의 주의가 필요한 은행감시명단에 놓인 것이다. 일반인에게는 개시(開示)되지 않지만, 개별적인 캐멀스 레이팅은 은행경영진(bank management)에게 개시된다.

CAMPS → **c**umulative **a**uction **m**arket **p**referred **s**tock [약] 배당률입찰방식 누적우선주 ¶CAMPS is an acronym for cumulative auction market preferred stock, oppenheimer & company's dutch auction preferred stock product. CAMPS는 cumulative auction market preferred stock의 두자어(頭字語)로서, 오펜하이머사(Oppenheimer & Company)의 배당률입찰방식 우선주(dutch auction preferred stock)를 의미한다.

campaign 전투, 선전전, 운동 ¶an aggressive *campaign* for deposits 적극적인 예금획득공세 /a business development *campaign* 업무진전활동 /new business *campaigns* 신종업무선전 /a special savings *campaign* 특별저축캠페인

Canada currency 캐나다 화폐 ¶Canadian dollar (CAD), divided into 100 cents. 1 (캐나다) 달러(dollar) = 100 센트(cents).

C

canalization fee 운하이용료

cancel (-celed, -celing; -celled, -celling[영]) 취소하다, 말소하다, 무효로 하다, 소인(消印)하다 ¶ In general, the word *cancel* is to void a negotiable instrument by annulling or paying it; also prematurely terminate a bond or other contract. In securities trading, the word *cancel* is to void an order to buy or sell. 일반적으로 캔슬이라는 말은 유통증권(negotiable instrument)을 취소한다든지, 지급을 하여 무효로 하는 것을 뜻한다. 또한 만기전에 채권(bond)이나 기타의 계약(contract)을 종료시키는 것을 의미하기도 한다. 증권거래에서는 캔슬이라는 말은 매매의 주문을 철회하는 것을 말한다. /*cancel* a coupon 이표(利票)에 소인하다 /*canceled* notes 지급한 수표[어음] /*canceling* machines 구멍뚫는 기계(perforators) /*cancel* out 상쇄(相殺)하다 /*canceling* perforators 어음소인천공기(穿孔機) /a canceling stamp 소인 /*cancel* stamp by printing across the face 표(票) 위에 도장을 찍어 소인하다 /*cancel* with a stamp 소인하다

cancelable 해약가능한 ¶ *cancelable* lease 해약가능리스계약 ***cancelable swap*** [영] 해약가능한 스왑 ¶ The *cancelable swap* is an over-the-counter swap structure that gives either party involved in the swap the option to terminate the transaction at a future date. See also callable swap; putable swap. 해약가능한 스왑은 스왑에 관련된 당사자 누구에게나 장래 기일에 거래를 종료시킬 수 있는 옵션을 주는 장외거래스왑구조(over-the-counter swap structure)이다. callable swap(콜러블스왑): putable swap(푸터블스왑)도 참조할 것.

cancelation 취소, 해제, 파기(破棄), 중도해약(解約) ¶ a *cancelation* notice of stop payment order 지급유지의 지시취소통지 /*cancelation* of contract [agreement] 해약 /*cancelation* of register 등기취소 /*cancelation* stamps 소인(消印) ***cancelation clause*** 취소조항, 해제약관 ¶ The *cancelation clause* is a contract provision that gives the right to terminate obligations upon the occurrence of specified conditions or events. A *cancelation clause* in a lease might allow the landlord to break the lease upon the sale of a building. 해제조항은 특정한 조건이나 사항이 발생할 때 계약상의 의무를 해제할 권리를 부여하는 계약조항을 말한다. 리스계약에 들어 있는 해제조항은 건물의 매매시에 건물주가 그 리스를 해제할 수 있을 것이다.

canceller machines 어음소인천공기(消印穿孔機)

C&F → cost & freight [약] 운임포함가격조건(C. & F., c. & f., C and F라고도 표시한다. CIF조건에서 운임조항을 제외한 것이다.)

C&I → cost & insurance [약] 보험료포함가격조건(C. & I., c. & i., C and I라고도 표시한다. CIF조건에서 운임조항을 제외한 것이다.)

canvass 권유하다, 주문을 받으러 다니다

cap (장기 론이나 변동이자부 채권의) 상한금리 (*cf.*) 반대어는 a floor 최저액 ¶ In bond trading, a *cap* is a highest level interest rate that can be paid on a floating-rate debt instrument. For example, a variable-rate note might have a *cap* of 8%, meaning that the yield cannot exceed 8% even if the general level of interest rates goes much higher than 8%. 채권거래에 있어서, 상한금리는 변동금리채무증서(floating rate debt instrument)로 지급되는 최고금리를 말한다. 예컨대 어느 변동금리채(variable-rate note)의 상한금리가 8%인 경우, 비록 일반의 금리가 8%를 초과하더라고, 그 채권의 이자는 8%를 초과할 수 없음을 의미한다. ¶ In mortgages, *cap* is highest rate level that an adjustable-rate mortgage (ARM) can rise to over a particular period of time. For example, an ARM contract may specify that the rate cannot jump more than two points in any year, or a total of six points during the life of the mortgage. [영] 모기지에 있어서, 캡(cap)은 변동금리형 모기지대출(adjustable-rate mortgage: ARM)로, 모기지의 유효기간 내에 상승할 수 있는 상한금리수준을 말한다. 예를 들면, 금리를 1년간 2%를 초과하거나 또는 모기지대출 기간중에 합계 6%를 초과하여 인상할 수는 없다고 규정할 수 있다. ¶In stocks, *cap* is short for capitalization, or the total current value of a company's outstanding shares in dollars. A stock's capitalization is determined by multiplying the total number of shares outstanding by the stock's price. Analysts also refer to small-, medium-, and large-*cap* stocks as a way of distinguishing the capitalizations of companies they are interested in. Many mutual funds restrict themselves to the small-, medium-, or large-*cap* universes. See also collar. [영] 주식에 있어서, 캡(cap)은 시가총액(capitalization)의 단축형이거나, 회사의 미발행주식(outstanding shares)을 달러로 시가의 합계액을 말한다. 회사의 주식의 시가총액은 발행주식의 총수에 그 주식의 주가를 곱하여 산출된다. 애널리스트(analysts)들은 자신들이 관심이 있는 회사의 시가총액을 구별하여 소규모시가총액, 중규모시가총액, 대규모시가총액(small-cap, medium-cap, large-cap)영역이라고 한다. 많은 뮤추얼펀드(mutual fund)는 투자대상회사를 시가총액의 규모에 근거로 한정하고 있다. collar(칼라)도 참조할 것. /a life-of-loan *cap* 대출기간중에 미치는 상한금리(a ceiling) /sell a *cap* 상한금리를 팔다 ***cap and trade*** [영] 배출가스거래 ¶The *cap and trade* is an informal phrase for emissions trading, an environmental policy approach whereby the government sets a limit (cap) on the overall amount of pollutants emitted and individual companies trade assigned permits, called credits, among themselves. The overall aim is to reduce emissions. This goal is further advanced as the authorities periodically lower the overall caps and as market prices of credits are forced higher by reductions in the available supply. The United States has one national cap and trade program (Acid Rain Program). A hot button political issue currently is the U.S. Carbon *Cap and Trade* Program proposed by President Obama and passed by the U.S. House of Representatives by a narrow vote as H.R. 2452: American Clean Energy and Security Act of 2009. Its expressed aim is to create clean energy jobs, achieve energy independence, reduce global warming pollution, and transition to a clean energy economy. President Obama proposes reducing U.S. emission 14% below 2005 levels by 2020 and 83% below by 2050. cap and trade(배출가스거래)는 배출가스거래(emission trading)라는 비공식적인 용어로, 정부가 배출된 오염물질의 전면적인 총액과 개별적인 기업들간의 허용치[공제분(credits)이라 함]에 대해서 일정한 한도(캡)를 설정하는 환경정책접근방법을 말한다. 전면적인 목표는 배출가스를 줄이는 데 있다. 이러한 목표는 정부당국이 정기적으로 전면적인 상한한도(caps)를 낮추고, 공제분의 시가를 강제로 이용할 수 있는 공급분의 축소로 더 높이는 식으로 진전되고 있다. 미국은 하나의 국가적 배출가스거래 프로그램(산성비프로그램)을 가지고 있다. 복잡하게 얽혀 있는 정치적 문제가 최근에 오바마 대통령이 제안한 미국탄소가스거래 프로그램이고, 미하원 제2452호의 결의로 빠듯한 표 차이로 미하원에서 통과하였다. 즉 2009년의 미국청정에너지안전법(American Clean Energy and Security Act of 2009)이다. 그 법에서 표현된 목적은 청정에너지 직장을 창출하고, 에너지독립을 달성하며, 글로벌 난방오염(global warming pollution)을 축소하고, 청정에너지경제로 추이해 가는 데 있다. emissions trading(배출가스거래)도 참조할 것.

capability 능력, (*pl.*) 소질

capacity 용량, 재능, 자격, 영업능력 ¶ The *capacity* is an ability to repay loans, as measured by credit grantors. Creditors judge an applicant's ability to repay a loan base on assets and income. 상환능력은 여신자(與信者)가 판단하는 차입금의 상환능력을 말한다. 채권자(creditor)는 차입의뢰자의 상환능력을 자산(asset)과 수입(income)에 의거해서 심사하고, 차임한도액을 결정한다. /at full *capacity* 모든 능력을 발휘하여 /*capacity* ratios 설비가동률(稼動率) /a degree of *capacity* utilization 가동률 /an earning *capacity* 수익력(收益力) /excess [spare] *capacity* 과잉[유휴] 설비 /a manufacturing [production] *capacity* 제조[생산]능력 /storage *capacity* 저장능력 ***capacity utilization rate*** 설비가동률 ¶ A *capability utilization rate* is a percentage of production capacity in use by a particular company, an industry, or the entire economy. While in theory a business can operate at 100% of its productive capacity, in practice the maximum output is less than that, because machines need to be repaired, employees take vacations, etc. The operating rate is expressed as a percentage of the potential 100% production output. 설비가동률은 특정한 기업, 산업, 또는 경제전체에 있어서 사용중의 생산능력의 비율을 말한다. 이론상 어느 사업은 그 생산능력의 100%를 가동(稼動)할 수 있으나, 기계의 수리, 종업원의 휴가 등의 사정으로 인하여, 실제의 최대생산량은 그보다도 낮다. 설비가동률은 생산능력의 잠재적인 100%에 대한 비율로서 나타난다.

Cape Verde Islands currency 카보 베르데 화폐 ¶ Cape Verde escudo (CVE), divided into 100 centavos. 1 (카보 베르데) 에스쿠도(escudo) = 100 센타보(centavos).

capital 자본(금), 자산 (자본(금)의 의미로는 수많은 명사로서 사용되지만, 때로는 a capital로서 사용되기도 한다.) ¶ The *capital* is an imprecise term that, unqualified, generally, refers to the resources of an organization or person (such as cash, equipment or skills), as contributed by the owners (i.e. the owners' equity). More precisely it is the total value of assets less liabilities. [영] 캐피탈(capital)은 솔직하게, 일반적으로 소유자가 출연한 (예컨대, 소유자의 재산) 단체 또는 개인의 (현금, 장비 또는 기술과 같은) 재원(resources)을 의미하는 불정확한 용어이다. 더 정확히 말하면, 그것은 자산의 전체가격에서 채무(liabilities)를 뺀 것이다. /an authorized *capital* 수권자본(授權資本) /borrowed *capital* 타인자본 /a *capital* account 자본계좌 /*capital* accumulation 자본축적 /*capital* adequacy 적성(適性)자본량 /*capital* adequacy ratio 자기자본비율 /*capital* appreciation 가격인상 /*capital* assets 자본적 자산, 자본재 /*capital* asset pricing model (CAPM) 자본자산평가모형 /*capital*-asset ratio 자기자본비율 /*capital* balance 자본계좌 /a *capital* bonus 주식배당 /a *capital* budget 자본수지 /*capital* charges 자본비용 /*capital* composition; *capital* structure 자본구성 /a *capital* cost 자본비용 /*capital* decrease 감자(減資) /*capital* equipment 자본설비 /*capital* exodus; *capital* refuge; *capital* flight 자본도피 /*capital* export 자본의 수출 /*capital* formation 자본형성 /*capital* growth 자기자본의 증가 /*capital* income 자본소득 /*capital*-intensive 자본집약적인 /*capital* investment 설비투자 /*capital* issues 자본[주식·채권]발행 /a *capital* levy 자본과세 /*capital* liberalization 자본의 자유화 /*capital* [investment] markets 자본시장, 기채(起債)시장 /*capital* markets 자본시장 /*capital* movements 자본의 이동 /*capital* notes 자본차입어음(열후채권의 일종) /*capital* outflow 자본유출 /*capital* outlay 자본지출, 설비투자 /*capital* paid-up 납입자본 /*capital* participation 자본참가 /*capital* productivity 자본생산성 /*capital* profit 자본이익 /*capital* reserves 자본준비금 /*capital* risk 캐피탈 리스크(유가증권, 혹은 부동산 등의 유형고정자산의 가격변동으로 생기는 리스크) /*capital* spending 자본지출, 설비투자 /*capital* stock paid in 납입자본금 /*capital* structure 자본구성 /*capital* subscription 출자(금) /*capital* transactions 자본거래 /*capital* transfer 자본이전 /*capital* turnover 자본회전율(매상총액, 자본금) /*capital* value 자본가치 /*capital* working rates 자본의 가동률(稼動率) /circulating *capital* 유통자본 /dead *capital* 비생산적 자본 /an 7% *capital*-to-asset ratio 7%의 자기자본비율 /fixed *capital* 고정자본 /further *capital* for expansion 확장을 위한 추가자본 /idle *capital* 유휴자본 /increase in *capital* at the market price 주식의 시가발행 /issued *capital* 발행자본금 /loan *capital* 차입자본 /raise *capital* 자본을 조달하다 /return on *capital* 자본의 수익 /risk *capital* 위험자본 /share *capital* 주식자본 /a subscribed *capital* 공모자본 /surplus *capital* 잉여자본 /trading *capital* 상업자본 /unemployed *capital* 유휴자본 /yield on *capital* 자본의 수익 ***capital account*** [영] 자본계좌 ¶ The *capital account* is: (1) the national economic balance related to net direct investment (inflows less outflows), purchases/sales of foreign securities by residents and domestic securities by nonresidents, and foreign exchange reserves. See also balance of payments; current account. (2) an account that reflects the individual elements of capital issued or generated by a company (e.g., preferred stock, paid-in capital, retained earnings). (3) an account that reflects the capital contributions and goodwill attributable to individual partners in a partnership. (4) an account that reflects capital investments undertaken by a company. 자본계좌는 (1) 순수한 직접투자(유입-유출), 거주자(residents)에 의한 외국증권과 비거주자(nonresidents)에 의한 국내증권의 매수/매도, 및 외국환준비금과 관련된 국민경제수지(national economic balance)이다. balance of payments(국제수지); current account (당좌계정)도 참조할 것. (2) 회사가 발행하거나 산출한 자본의 개별적 요인을 나타내는 계좌(예컨대, 우선주, 이익잉여금)이다. (3) 파트너십에서 개인파트너에 귀속된 자본출자와 영업권(goodwill)을 나타내는 계좌이다. (4) 회사가 인수한 자본투자를 나타내는 계좌이다. ~ ***adequacy*** [영] 자본의 충실 ¶ The *capital adequacy* is a legal requirement that a financial institutions should have enough capital to meet all its obligations and fund the services it offers. 자본의 충실은 금융기관이 그 의무를 채우고 금융기관이 제공하는 서비스에 자금조달을 할 정도의 충분한 자본을 가져야 하는 법적 요건이다. ~ ***allocation*** [영] 자본의 배분 ¶ *Capital allocation* is capital used to cover the risks inherent in a transaction or line of business; funds allocated act as a buffer against unexpected losses and help ensure solvency is maintained. Capital can be allocated through both internally developed and regulatory mechanisms. See also economic capital; regulatory capital; reserves; risk-adjusted capital; risk-adjusted return on capital. 자본의 배분은 거래 또는 영업과목에 내재하는 위험을 커버하기 위하여 사용되는 자본을 말한다. 배분된 자금은 우발손실(unexpected losses)에 대한 완충장치로서 작용하고 지급능력(solvency)이 유지된다는 것을 확증하는 데 도와준다. 자본은 내부적으로 발전되고 규율을 받는 메커니즘을 통해서 배분될 수 있다. economic capital(경제적 자본); regulatory capital(규제자본); reserves(준비금)도 참조할 것. ~ ***appreciation*** 가격인상 ¶ The *capital appreciation* is an increase in the market value of an asset. 가격인상은 자산의 시장가의 증가를 말한다. ~ ***appreciation bond*** 가격인상채(債) → zero-coupon bond (제로쿠폰채). ~ ***asset*** 자본적 자산, 고정자산 ¶ A *capital asset* is a long-term asset that is not bought or sold in the normal course of business. Generally speaking, the term indicates fixed assets – land, buildings, equipment, furniture and fixture, and so on. The Internal Revenue Service definition of capital assets includes security investments. 자본적 자산이란 통상의 사업활동 중에서는 매매되지 않는 장기자산을 말한다. 일반적으로, 이 말은

토지, 건물, 설비품 등의 고정자산(fixed asset)을 포함한다. 미국세입청(Internal Revenue Service)의 자본적 자산의 정의에는 증권투자가 포함되고 있다. ~ ***asset pricing model (CAPM)*** 자본자산평가모형 ¶ The *capital asset pricing model (CAPM)* is a sophisticated model of the relationship between expected risk and expected return. The model is grounded in the theory that investors demand higher returns for higher risks. It says that the return on an asset or a security is equal to the risk-free return – such as the return on a short-term Treasury security – plus a risk premium. 자본자산평가모형은 예상되는 리스크(expected risk)와 기대수익률(expected return)과의 관계를 나타내는 정교한 모형을 말한다. 이 모형은 투자자는 높은 리스크에는 높은 수익률을 요구한다고 하는 이론에 기초하고 있다. 이 모형에서는, 어느 자산이나 증권의 수익률은 단기의 미재무부증권(Treasury security) 등의 리스크(risk-free)없는 수익률에 리스크 프리미엄(risk premium)을 더한 것과 같게 된다고 하고 있다. ~ ***budget*** 자본예산 ¶ A *capital budget* is a program for financing long-term outlays such as plant expansion, research and development, and advertising. Among methods used in arriving at a capital budget are net present value (NPV), internal rate of return (IRR), and payback period. 자본예산이란 공장의 확장, 연구개발(research and development: R & D), 광고 등의 장기지출자금의 조달계획을 말한다. 자본예산을 작성하는 방법에는, 순수한 현재가치(net present value: NPV), 내부수익률(internal rate of return: IRR), 회전기간(payback period)법 등이 있다. ~ ***builder account (CBA)*** 캐피탈빌더계좌 ¶ A *capital builder account* is a brokerage account offered by Merril Lynch that allows investors to buy and sell securities. It may be a cash or credit account that allows an investor to access the loan value of his or her eligible securities. Unlike a regular brokerage account, with a *CBA* one can choose from a money market fund or an insured money market deposit account to have one's idle cash invested or deposited on a regular basis, without losing access to the money. 캐피탈빌더계좌란 것은 메릴린치(Merrill Lynch)가 투자자의 증권매매를 위해서 제공하는 증권거래계좌(brokerage account)이다. 이 계좌는 현금거래계좌이기도 하고, 또 투자자의 증권을 담보물건으로 하여 차입이 가능한 대출계좌이기도 하다. 통상의 증권계좌와는 달리, 이 계좌에서는 투자자는 그 자금을 언제든지 인출하여, 자신의 여유자금을 머니마켓펀드(money market fund)나 예금보험(deposit insurance)이 붙은 시장금리연동예금(money market deposit account)을 선택하여 언제든지 투자하거나 예금한다든지 한다. ~ ***commitment*** [영] 자본지출약정 ¶ The *capital commitment* is: (1) a capital financing transaction, such as a new issue or loan, where the arranging/lending institution uses its own resources to fund the transaction, with a view toward subsequent distribution/syndication to other investors or lenders. See also bought deal. (2) a plan developed by a company as part of its capital budget process to enter into a specified amount and type of capital investment during the fiscal year. 자본지출약정은 (1) 자금알선기관/대출기관이 다른 투자자 또는 대여자에 대한 그 후의 배분/신디케이트단에 관한 견해를 가지고, 거래에 투자할 자신의 재원을 사용한다는, 신규발행이나 대출과 같은 자본금융거래를 말한다. bought deal(일괄매입인수방식)도 참조할 것. (2) 회계연도중에 특정한 금액과 유형의 자본투자를 착수할 자본예산과정의 일부로서 회사가 개발한 계획을 말한다. ~ ***consumption allowance*** 자본감모충당 ¶ A *capital consumption allowance* is an amount of depreciation included in the gross domestic product (GDP), normally around 11%. This amount is subtracted from GDP, on the theory that it is needed to maintain the productive capacity of the economy, to get net national product (NNP). When adjusted further for indirect taxes, NNP equals national income. 자본감모충당은 국내총생산(gross domestic product: GDP)에 포함되는 상각액(depreciation)으로, 보통은 약 11%이다. 이 금액은 경제의 생산능력을 유지하기 위하여 필요하다는 이론에 기초하여 GDP에서 공제되고, 국민순생산(net national product: NNP)이 산출된다. 다시 간접세분을 조정한다면, 국민총생산은 국민소득(national income)과 같게 된다. ~ ***expenditure*** 자본지출, 자본적 지출, 설비투자 ¶ A *capital expenditure* is an outlay of money to acquire or improve capital assets such as buildings and machinery. 설비투자란 건물이나 기계 등의 자본적 자산을 취득, 혹은 개선하기 위해서 자금을 지출하는 것이다. ~ ***flight*** 자본도피 ¶ A *capital flight* is a movement of large sum of money from one country to another to escape political or economic turmoil or to seek higher rates of return. 자본도피란 것은 정치적, 경제적 혼란을 피한다든지, 보다 높은 투자수익률을 찾아서 어느 국가에서 다른 국가로 다액의 자금을 옮기는 것이다. ~ ***formation*** 자본형성 ¶ The *capital formation* is the creation or expansion, through savings, of capital or of producer's goods – buildings, machinery, equipment that produce other goods and services, the result being economic expansion. 자본형성은 저축을 통해서 제품이나 서비스를 산출하는 자본 또는 건물, 기계, 설비 등의 생산재(producer's goods)를, 저축에 의해서 창출 또는 확대하는 것이다. ~ ***gain(s)*** 자본이득, 양도소득, 가격인상이익 ¶ A *capital gain* is a difference between an asset's adjusted purchase price and selling price when the difference is positive. A long-term *capital gain* is achieved once an asset such as a stock, bond, or mutual fund has been held for mote than 12 months. Such long-term gains are taxed at a maximum rate of 15%. Those in the 15% tax bracket pay a 5% tax on long-term *capital gains*. Selling assets for a profit after holding them for 12 months or less generates short-term *capital gain*s, which are subject to regular income tax rates. 캐피탈게인이란 특정자산의 수정후 구입가격(adjusted purchase price)과 매각가격(selling price)의 차이가 플러스(+)인 경우의 차액을 말한다. 주식(stock), 채권(bond), 뮤추얼펀드(mutual fund) 등의 자산을 최저 12개월을 넘어 보유한다면 장기캐피탈게인(long-term capital gains)이 된다. 이러한 장기의 차액에 관하여는 최고로 15%의 양도세가 부과된다. 소득세의 과세구분이 15%의 납세자에 대해서는 5%의 양도익(capital gains)과세가 된다. 12개월 이하의 보유기간에서 매각하여 이익을 낸다면, 단기캐피탈게인(short-term capital gains)이 발생한다. 이 경우에는 통상의 소득세율(income tax rate)이 적용된다. ~ ***gains tax*** 캐피탈게인세(稅), 양도익세(讓渡益稅) ¶ The *capital gains tax* is a tax on profits from the sale of capital assets, which a capital gain is taxed at a more favorable rate (recently, a maximum of 15% for individuals) than ordinary income. A long-term capital gain is achieved once a year an asset such as a stock, bond, or mutual fund is held for more than 12 months. Such long-term gains are taxed as a maximum rate of 15% for taxpayers. Those in the 15% tax bracket pay a 5% tax on long-term capital gains. Assets sold for a profit after having been held for 12 months or less generate short-term capital gains, which are subject to ordinary income tax rates. Assets purchased starting January 1, 2000 and held for more than five years qualify for a maximum *capital gains tax* rate of 8%. 양도익세는 자본자산(capital assets)의 매각익에 대한 세금을 말한다. 전통적으로, 세법에서는 최저 보유기간을 설정하고, 그 기간을 초과하면 통상의 소득세(ordinary income tax)보다도 유리한 세율(최근에는 개인에 대해서는 최고로 15%)로 과세된다. 주식(stock), 채권(bond), 뮤추얼펀드(mutual fund)와 같은 자산을 최저 12개월을 초과하여 보유하면, 장기캐피탈게인이 된다. 이와 같은 장기의 차액에 관하여는 최고로 15%의 양도세

가 과세된다. 소득세(income tax)의 세율구분이 15%의 납세자에 대하여는 5%의 양도과세가 된다. 12개월 미만의 보유기간에서 매각하여 이익이 나면, 단기자본이득(short-term capital gains)이 발생한다. 이 경우는 통상의 소득세율(ordinary income tax rate)이 적용된다. 2000년 1월 1일 이래 구입된 자산에서 5년간을 넘어 보유된 것에 대하여는 최고로 8%의 양도세율이 적용된다. ~ ***goods*** 자본재, 생산재 ¶ *Capital goods* are goods used in the production of other goods – industrial buildings, machinery, equipment – as well as highways, office buildings, government installations. In the aggregate such goods form a country's productive capacity. 자본재란 공장의 건물, 기계, 설비, 및 고속도로, 사업소의 건물, 정부의 시설 등, 다른 제품의 생산에 사용되는 재화를 말한다. 이러한 자본재의 총계가 한 나라의 생산능력을 형성한다. ~ ***inflow*** [영] 자본유입 ¶ The *capital inflow* is a change in a country's capital account that reflects an increase in the foreign assets held within the country, or decrease in the assets it holds in another country. See also capital outflow. 자본유입은 국내에서 보유하는 외국자산의 증가 또는 타국에서 보유하는 자산의 감소를 나타내는 1국의 자본계정상의 변화를 말한다. capital outflow(자본유출)도 참조할 것. ~ ***investment*** [영] 자본투자 ¶ The *capital investment* is the allocation of capital by a company to assets used in the creation of goods and services, such as property, plant and equipment, patents, copyrights, and so forth. *Capital investments* may be categorized according to their end use, and may include replacement projects, expansion projects, mandatory projects, and/or new markets projects. The evaluation of a *capital investment* may be undertaken during the capital budgeting process through a net present value calculation. Also known as capital cost; capital expenditure; capital expense. 자본투자는 회사가 부동산(property), 플랜트(plant) 및 장비(equipment), 특허권(patents), 저작권(copyrights) 등과 같은 재화와 서비스의 창조에 사용하는 자산에 자본을 배분하는 것이다. 자본투자는 그 최종용도에 따라 분류될 수 있고, 대체(代替)프로젝트, 확정프로젝트, 강제프로젝트(mandatory project), 및 신시장프로젝트가 포함될 수 있다. 자본투자의 평가는 순현재가치평가(net present value evaluation)를 통해서 자본예산을 작성하는 동안에 착수될 수 있다. 이는 capital cost(자본코스트); capital expenditure(자본지출); capital expense(자본경비)로도 알려지고 있다. ~ ***lease*** [회계] 자본리스 ¶ *Capital lease* is long-term financial transaction in the form of lease. 자본리스는 리스형태를 한 장기금융거래이다. ~ ***loss*** 캐피탈로스, 자본손실 ¶ A *capital loss* is an amount by which the proceeds from the sale of a capital asset are less than the adjusted cost of acquiring it. *Capital losses* are deducted first against capital gains, and then against up to $3,000 of other income for married couples filing jointly, and up to $1,500 for married couples filing separately. Any *capital losses* in excess of $3,000 may be carried over into future tax years. 캐피탈로스란 자본자산(capital asset)의 매각수익금(proceed)이 그 자산의 조정취득코스트(adjusted acquisition cost)보다 낮은 경우의 차액을 이른다. 캐피탈로스는 우선 캐피탈게인(capital gain)에서 공제되고, 거기서부터 세무신고를 부부합산으로 행하고 있는 경우는 기타의 수입에서 3,000달러, 부부가 각각 신고하고 있는 경우는 1,500달러를 한도로 공제된다. 3,000달러를 초과한 분의 캐피탈로스는 다음해 이후의 세무회계연도로 미룰 수 있다. ~ ***markets*** 자본시장 ¶ *Capital markets* are markets where capital funds – debt and equity – are traded. Included are private placement sources of debt and equity as well as organized markets and exchanges. 자본시장은 채권(bond)이나 주식(stock)이라는 자본자산이 거래되는 시장을 말한다. 자본시장에는 공모시장이나 거래소뿐만 아니라, 사모시장(private placement)도 포함된다. ***Capital Markets***

and Financial Investment Services Act of 2007 2007년의 자본시장과 금융투자업에 관한 법률 ¶ The *Capital Markets and Financial Investment Services Act of 2007* is an Act, the purpose of which is to contribute to the development of the national economy by enhancing the fairness, integrity, and efficiency of the capital market by promoting financial innovation and fair competition in the capital market, protecting investors, and facilitating financial investment services in sound manner. 2007년의 자본시장과 금융투자사업에 관한 법률은 자본시장에서의 금융혁신과 공정한 경쟁을 촉진하고 투자자를 보호하며 금융투자업을 건전하게 육성함으로써 자본시장의 공정성·신뢰성 및 효율성을 높여 국민경제의 발전에 이바지함을 목적으로 하는 법률이다. ~ ***market efficiency*** 자본시장의 효율성 ¶ The *capital market efficiency* is an extent to which available information is reflected in the market price of an asset, in accordance with the efficient market theory. 자본시장의 효율성은 효율적 시장가설(假說)에 의거해서, 입수가능한 정보가 자산의 시장가격(market price)에 어느 정도로 반영되는가의 정도를 말한다. ~ ***market imperfections view*** 자본시장의 불완전성을 고려한 어프로치 ¶ The *capital market imperfections view* is an approach to financial leverage decisions that recognizes that a capital structure optimal in terms of debt versus equity mathematics may not benefit shareholders equally unless it takes account of such factors as asymmetry in personal tax brackets. 자본시장의 불완전성을 고려한 어프로치는 부채(debt)와 주주자본(equity)의 비율, 다시 말하면 자본구성(capital structure)이 기업에 대해서 최적이라 하더라고, 그것이 똑같이 기업의 주주에게 이익을 가져오는 것이라고는 말할 수 없다고 하는 인식을 가진 다음에, 재무레버리지(financial leverage)를 검토해 간다고 하는 사고방식을 이른다. 기업에게 있어서 최적의 자본구성이 주주의 이익과 일치하지 않는 것은 법인세와 개인의 세율구분에 비대칭(asymmetry)이 존재하기 때문이다. ~ ***market line*** [영] 자본시장선 ¶ The *capital market line* is a relationship within the capital asset pricing model (CAPM) that relates the expected return of a portfolio to its expected risk (as measured through standard deviation). Under CAPM, all investors will choose a position on the *capital market line* by borrowing or lending at the risk-free rate, since this maximizes return for a given level of risk. See also security market line. 자본시장선(線)은 포트폴리오의 예상이익(expected return)을 (표준편차를 통해서 측정되는) 예상리스크와 관련시켜 설명하는 자본자산가격결정모형 내의 관계를 말한다. 자본자산가격결정모형(CAPM)에 의하여, 모든 투자자들은 리스크없는 비율로 차입하거나 대출함으로써 자본시장선(線)상의 포지션을 선택하기 마련이다. 왜냐하면 이것이 일정한 수준의 리스크에도 이익을 최대화하기 때문이다. security market line(증권시장선)도 참조할 것. ~ ***outflow*** 자본유출 ¶ A *capital outflow* is an exodus of capital from a country. A combination of political and economic factors may encourage domestic and foreign owners of assets to sell their holdings and move their money to other countries that offer more political stability and economic growth potential. 자본유출은 어느 국가로부터의 자본이 유출하는 것을 이른다. 정치적 및 경제적 요인이 복합해서, 국내 및 해외의 자산소유자가 소유자산을 매각하여 자금을 정치적으로 보다 안정하고 잠재적 경제성장력이 큰 타국으로 움직이는 경우가 있다. ~ ***rationing*** 자본배분 ¶ *Capital rationing* is a situation in capital budgeting in which acceptable investments (capital investment opportunities whose projected rate of return exceeds the firm's risk-adjusted cost of capital) compete for a limited amount of funds available for capital spending. The implication is that the costs of raising new capital are prohibitively high relative to expected returns. 자본배분은 자본예산을 편성할 때

에, 허용가능한 투자(기대수익률이 리스크 조정후의 자본코스트(risk-adjusted cost of capital)를 상회할 자본의 투자기회)가 설비투자에 사용하도록 한정된 자금과 경합해 버리는 상황을 이른다. 그 의미는 신규자본조달의 코스트가 기대수익률에 비해서, 이상하게 높다고 하는 것이다. ~ ***requirements*** 필요자본 ¶ *Capital requirements* are permanent financing needed for the normal operation of a business; that is, the long-term and working capital. 필요자본이란 통상의 사업활동을 위해서 필요한 항구적인 자금, 즉 장기운전자금을 말한다. ~ ***shares*** 캐피탈게인형 주식 ¶ *Capital shares* are one of the two classes of shares in a dual-purpose investment company. The *capital shares* entitle the owner to all appreciation (or depreciation) in value in the underlying portfolio in addition to all gains realized by trading in the portfolio. The other class of shares in a dual-purpose investment company are income shares, which receive all income generated by the portfolio. 캐피탈게인형 주식은 이중목적의 투자법인(회사형 투자신탁)(dual-purpose investment company)이 발행하는 2종류의 주식(투자증권)의 하나를 이른다. 캐피탈게인형 주식의 소유자는 투자법인의 포트폴리오(portfolio)의 증권의 매각으로 실현한 양도익(capital gain)을 얻을 뿐만 아니라, 포트폴리오 자체의 가격의 상승이나 하락의 영향을 받는다. 다른 하나의 주식은 인컴게인형 주식(income shares)인데, 투자법인의 포트폴리오에서 생기는 모든 수입(income)을 수취한다. ~ ***stock*** 주식자본, 자본금 ¶ A *capital stock* is a stock authorized by a company's charter and having par value, stated value, or no par value. The number and value of issued shares are normally shown, together with the number of shares authorized, in the capital accounts section of the balance sheet. 주식자본은 회사의 정관(charter)에 의해서 인정된, 액면가격(par value), 표시가격(stated value), 혹은 무액면(no par value)주식을 말한다. 발행주식(issued and outstanding)의 수와 총액은 대차대조표의 자본계정의 항에, 통상은 수권주식수(number of shares authorized)와 함께, 인정된다. ~ ***structure*** 자본구성 ¶ The *capital structure* is a corporation's financial framework, including long-term debt, preferred stock, and net worth. It is distinguished from financial structure, which includes additional sources of capital such as short-term debt, accounts payable, and other liabilities. It is synonymous with capitalization, although there is some disagreement as to whether capitalization should include long-term loans and mortgages. 자본구성이란 장기채무(long-term debt), 우선주(preferred stock), 순자산(net worth)을 포함하는 기업재무의 구조(corporation's financial framework)를 말한다. 그것은 단기채무(short-term debt), 외상매입금(account payable)이나 기타의 채무 등을 포함하는 재무구성(financial structure)과는 구별된다. 그것은 capitalization과는 동의어지만, 그러나 캐피털라이제이션에 장기채무나 모기지가 포함되는지는 의견의 대립이 있다. ~ ***surplus*** 자본잉여금 ¶ The *capital surplus* is equity – or net worth – not otherwise classifiable as capital stock or retained earnings. Here are five ways of creating surplus: **a.** from stock issued at a premium over par or stated value, **b.** from the proceeds of stock bought back and then sold again, **c.** from a reduction of par or stated value or a reclassification of capital stock, **d.** from donated stock, **e.** from the acquisition of companies that have capital surplus. 자본잉여금은 자본금(capital stock) 또는 유보이익(retained earnings)으로도 분류할 없는 주주자본(equity), 혹은 순자산(net worth)을 말한다. 자본잉여금은 다음과 같이 발생하는 요인이 다르다. a. 액면(par)이나 표시가격을 상회하는 프리미엄(premium)가격으로 발행된 주식에 의해서, b. 환매된 후 다시 매각된 주식의 차익에 의해서, c. 액면이나 표시가격의 인하, 또는 주식의 재분류에 의해서, d. 증여된 주식에 의해서, e. 자본잉여금을 가지는 기업의 매수에

의해서. ~ ***turnover*** 자본회전율 ¶ The *capital turnover* is an annual sales divided by average stockholder equity (net worth). When compared over a period, it reveals the extent to which a company is able to grow without additional capital investment. Generally, companies with high profit margins have a low *capital turnover* and vice versa. 자본회전율은 연간의 매상총액(sale)을 주주자본(stockholder equity)(순자산, net worth)의 평균으로 나눈 것이다. 이 비율은 일정기간 비교한다면, 기업이 추가자본투자없이 성장가능한 범위를 알 수 있다. 일반적으로, 이익폭이 큰 기업은 자본회전율이 낮고, 이익폭이 적은 기업은 높다. ***equity*** ~ 납입자본 ¶ The *equity capital* is stock, both common and preferred. For example, an investor may prefer investing in *equity capital* instead of in bonds. 납입자본이란 보통주와 우선주든 주식을 이른다. 예를 들면, 투자자는 채권(bonds)대신에 주식에 투자하려 할 것이다. ¶ In accounting, *equity capital* is funds contributed by stockholders through direct payment and trough retained earnings. 회계학에서, 납입자본이란 직접지급과 내부유보(retained earnings)를 통해서 주주가 출연한 자금을 말한다. ***paid in*** ~; ***paid-up*** ~ 납입자본금 ¶ The *paid-in capital* is a capital received from investors in exchange for stock, as distinguished from capital generated from earnings or donated. The *paid-in* capital account includes capital stock and contributions of stockholders credited to accounts other than capital stock, such an excess over par value. 납입자본금은 투자자로부터 주식과 상환으로 수취한 자본금을 말하며, 이는 유보이익이나 증여된 주식에서 생기는 자본금과는 구별된다. 납입자본금계좌는 액면초과발행과 같은 주주자본과는 달리, 주식자본 및 주주가 계좌에 납입한 출연금을 포함한다. ***venture*** ~ 벤처캐피탈, 위험(부담)자본 ¶ A *venture capital* is an important source of financing for start-up companies or others embarking on new or turnaround ventures that entail some investment risk but offer the potential for above-average future profit; also called risk capital. Prominent among the firms seeking *venture capital* are those classified as emerging growth or high technology companies. 벤처캐피탈은 신설기업이나 기타 신규사업이나 방향전환사업을 시작하는 기업에 대해서 금융지원하는 중요한 재원인데, 이러한 사업에는 투자위험이 수반되지만, 보통 이상의 장래이익을 위한 잠재력을 제공한다. 벤처캐피탈을 찾는 기업 중에서 두드러진 것은 성장속도를 내는 기업이나 하이테크기업으로 분류되는 기업들이다. ***working*** ~ 운전자본 ¶ The *working capital* is funds invested in a company's cash, account receivable, inventory, and other current assets (gross *working capital*). It usually refers to net working capital, that is, current assets minus current liabilities. 운전자본은 회사의 현금, 외상매출금, 재고품(在庫品) 기타 유동자산(총운전자본)에 투자된 자금이다. 그것은 보통 말하자면, 유동자산에서 유동부채를 공제한 순운전자본을 말한다.

capital- 자본의 ¶ *capital*-rich countries 자본부유국(資本富裕國) /*capital*-safe 자본을 보증하는, 원금(元金)이 완전한 /*capital*-saving industries 자본절약적 산업 /*capital*-using industries 자본사용적 산업

capital-intensive 자본집약적인 ¶ The word *capital-intensive* means requiring large investment in capital assets. Motor-vehicle and steel production are *capital-intensive* industries. To provide an acceptable return on investment, such industries must have a high margin of profit or a low cost of borrowing. Sometimes used to mean a high proportion of fixed assets to labor. 자본집약적이라는 말은 자본자산(capital asset)에 대해서 다대한 투자가 필요하게 되는 것을 의미한다. 자동차나 철강생산은 자본집약적 산업이다. 투자에 걸맞는 투자수익(return on invested capital)을 올리기 위해서는, 이러한 산업은 이익률이 높지만, 차입코스트가 낮지 않으면 안 된다. 노동에 대해서 고정자산(fixed asset)비율이 높은 것을 의미하는 경우도 있다.

capitalism 자본주의 ¶ The *capitalism* is an economic system in which (1) private ownership of property exists; (2) aggregates of property or capital provide income for the individuals or firms that accumulated it and own it; (3) individuals and firms are relatively free to compete with others for their own economic gains; (4) the profit motive is basic to economic life. 자본주의란 것은 (1) 자산의 개인소유가 인정되고, (2) 자산이나 자본이 그것을 축적하여 소유하는 개인이나 기업에 수익을 가져오며, (3) 개인이나 기업은 자신의 경제적 이익을 위해서 비교적 자유로이 타인과 경쟁하고, (4) 이익추구가 경제생활의 기반이라고 하는 경제시스템을 말한다. /the *capitalism* system 자본주의체제

capitalist 자본가 ¶ *capitalist* competition 자본주의적 경쟁

capitalistic economy 자본주의경제

capitalization 자본화, 투자, 자본금, 자본구성 → capitalize (자본화하다); capital structure (자본구성). ¶ *capitalization* issues 자본금편입발행, 무상발행 ***capitalization ratio*** 자본화율 ¶ A *capitalization ratio* is an analysis of a company's capital structure showing what percentage of the total is debt, preferred stock, common stock, and other equity. The ratio is useful in evaluating the relative risk and leverage that holders of the respective levels of security have. 자본화율은 총자본의 몇 퍼센트가 기업의 부채(debt), 우선주(preferred stock), 보통주(common stock) 등의 자본인가를 나타내는 자본구성분석을 말한다. 이 비율은 각 증권의 보유자가 안고 있는 상대적 리스크(risk)나 레버리지(부채비율)를 평가할 때에 유효하다.

capitalize 자본화하다, 자본으로서 사용하다 ¶ *capitalized* expense 자산화비용 /*capitalized* lease obligation (자산에 계상하는) 자본화리스계약 /*capitalized* value 수익환원가치 ***capitalized cost reduction*** 선급리스료 ¶ In automotive leasing, a *capitalized cost reduction* is a down payment designed to lower monthly lease payments. It does not reduce the residual value (purchase price) of the vehicle when the lease expires. 자동차리스에 있어서, 선급리스료는 매월 리스료를 내릴 것을 목적으로 한 계약금이다. 그것은 리스기한이 도래한 때의 자동차의 잔존가액(구입가격)을 내리는 것이 아니다.

capitation 인원수 할당, 인두세(人頭稅) ¶ The *capitation* is a fixed fee or payment per person. For example, a health maintenance organization pays a physician a fixed monthly fee for each patient included in the program regardless of the services provided. 머릿수 할당은 1인당 고정요금을 이른다. 예를 들면, 건강관리단체는 제공된 서비스에 상관없이 의사에게 환자당 프로그램에 포함되는 월 고정사례를 지급한다.

caplet [영] 캐플릿 ¶ *Caplet* is one of a series of interest rate caps comprising a cap. 캐플릿은 상한금리(cap)를 구성하는 일련의 금리상한금리의 하나이다.

CAPM → the **c**apital **a**sset **p**ricing **m**odel [영] 자본자산평가모형 ¶ *The capital asset pricing model* (*CAPM*) is a sophisticated model of the relationship between expected risk and expected return. The model is grounded in the theory that investors demand higher returns for higher risks. It says that the return on an asset or a security is equal to the risk-free return – such as the return on a short-term Treasury security – plus a risk premium. 자본자산평가모형은 예상되는 리스크(expected risk)와 기대수익률(expected return)과의 관계를 나타내는 정교한 모형을 말한다. 이 모형은 투자자는 높은 리스크에는 높은 수익률을 요구한다고 하는 이론에 기초하고 있다. 이 모형에서는, 어느 자산이나 증권의 수익률은 단기의 미재무부증권(Treasury security) 등의 무리스크(risk-free)의 수익률에 리스크프리미엄(risk premium)을 더한 것과 같게 된다고 하고 있다.

capped 상한금리의 ***capped floating rate note* (*FRN*)** [영] 상한변동금리부채권, 캐프(capped)부 채권 ¶ The *capped floating rate note* (*FRN*) is a floating rate note that features a coupon that is capped at an upper strike level. The investor therefore faces a maximum return on invested capital once rates moves above the strike. See also floored floating rate note. 상한변동금리부 채권은 상한행사가격수준으로 특약되는 쿠폰을 특징으로 하는 변동금리부 채권이다. 출자자는 그러므로 금리가 행사가격 이상으로 변동하면 투자한 자금에서 최대의 수익율을 직면하게 된다. floored floating rate note(하한변동금리부 채권)으로도 알려져 있다.

CAPS → **c**onvertible **a**djustable **p**referred **s**tock [약] 변동이자부 전환우선주 ¶ *CAPS* is an acronym for convertible adjustable preferred stock, whose adjustable interest rate is pegged to Treasury security rates and which can be exchanged, during the period after the announcement of each dividend rate for the next period, for common stock (or, usually, cash) with a market value equal to the par value of the *CAPS*. CAPS는 convertible adjustable preferred stock의 두자어(頭字語)인데, 이 우선주의 변동이율은 미재무부증권(Treasuries)의 금리에 연동하고 있으며, 차기배당률의 발표후의 기간동안, 그 액면가격과 동일한 시장가격으로 되는 보통주식(혹은 통상 현금)으로 전환할 수 있다.

captain's protest 해난보고서(海難報告書) ¶ A *captain's protest* is a document prepared by the captain of a vessel upon arrival in port that notes any unusual conditions encountered during the voyage; relieve the shipowner of liability. 해난보고서는 선박이 항구의 도착하였을 때 선장이 항해중에 부닥친 예사롭지 못한 역경을 적어 준비한 문서를 이른다. 이 문서로 인해서 선주의 책임이 면제된다.

caption [영] 캡션 ¶ The *caption* is an over-the-counter option on a cap, granting the buyer the right to purchase a cap at a predetermined strike price. See also floor; floortion. 캡션은 사전에 결정한 행사가격(strike price)으로 캡(cap)을 매수할 권리를 매수인에게 부여하는 장외거래옵션(over-the-counter option)을 말한다.

captive [n.] 포로, 사로잡힌 사람(to, of) ¶ The *captive* is a vehicle established as an authorized insurer or reinsurer that is used to facilitate a company's self-insurance, risk financing, or risk transfer strategies. A *captive*, which can be controlled by a single owner or multiple owners (or sponsor(s)), can write insurance/reinsurance business on behalf of one company/sponsor or many unrelated companies. *Captives* are often located in jurisdictions that have favorable insurance and tax laws, such as Bermuda, the Isle of Man, Guernsey, and Vermont. See also agency captive; group captive; protected cell company; public captive, rent-a-captive; sister captive. 캡티브는 회사의 자가보험(self-insurance), 리스크자금조달(risk financing), 또는 위험이전의 전략을 조장하는 데 이용되는 공인된 보험업자 또는 재보험업자로서 설치된 매체(媒體)를 말한다. 캡티브는 단독소유자 또는 복수의 소유자(또는 스폰서)에 의하여 콘트롤될 수 있고, 하나의 회사/스폰서(들) 또는 많은 관계가 없는 회사를 대신하여 보험/재보험사업을 인수할

수 있다. 캡티브는 버뮤다(Bermuda), 맨 섬(the Isle of Man), 건지(Guernsey, 영국 해협내의 섬)와 같은 종종 보험업과 세법에 유리한 재판관할권에 위치잡기도 한다. ⓐ 포로의, 감금된, (어느 회사의) 전속의, 자사(自社) 전용의 ¶ *captive* banks (모회사의) 전속(專屬)은행 ***captive agent*** 전속대리인, 전속에이전트 ¶ A *captive agent* is an insurance agent working exclusively for one company. Such an agent will tend to have more in-depth knowledge of that company's policies than an independent agent, who can sell policies from many companies. *Captive agents* are usually paid on a combination of salary and commissions earned from selling policies, in the first few years they sell policies. Later, they are usually paid exclusively on a commission basis. 전속대리인은 1 회사의 전속으로서 업무를 행하는 보험대리업자(insurance agent)를 말한다. 이러한 대리인은 많은 회사의 보험을 판매할 수 있는 독립된 대리인(independent agent)보다도, 그 회사의 보험에 관한 깊은 지식을 가지고 있다. 전속대리인에는 통상은 최초의 수년간 급여와 보험판매료라는 둘을 지급받는다. 그 후는 수수료만의 수입이 되는 것이 일반적이다. ~ ***finance company*** (모회사의 이름을 붙이고 있는) 메이커 등의 금융자회사 ¶ A *captive finance company* is a company, usually a wholly owned subsidiary, that exists primarily to finance consumer purchases from the parent company. Although these subsidiaries stand on their own financially, parent companies frequently make subordinated loans to add to their equity positions. This support the high leverage on which the subsidiaries operate and assure their active participation in the commercial paper and bond markets. 메이커 등의 금융자회사는 통상은 모회사 100% 출자자회사이고, 주로 소비자가 모회사로부터 상품을 구입할 자금을 소비자에게 융자하기 위한 회사이다. 이러한 자회사는 재무상으로는 독립되어 있지만, 그 자본강화를 위해서 모회사가 열후한 론(subordinated loan)을 제공하는 경우가 많다. 이로써 자회사가 높은 차입비율로 경영을 하는 것을 도와주고, 또 기업어음(commercial paper)이나 채권시장을 통해서 활발하게 자금조달이 가능하도록 백업한다.

car 자동차, 차(車) ¶ A *car* is a road vehicle, typically with four wheels, powered by an internal-combustion engine and able to carry a small number of people. 자동차는 4개의 바퀴에 내부연소기관에 의해서 동력을 얻고 소수의 사람을 태울 수 있는 도로 운송수단이다.

carat [영] 캐럿 ¶ The *carat* is: (1) a measure of the fitness (purity) of gold. Pure gold is 24 carat; 9-carat gold, for example, is 9/14 gold and 15/14 another metal (usually copper). (2) a unit of weight for gemstones equal to 200 milligrams. 캐럿은 (1) 금 순도의 척도이다. 순금은 24캐럿인데, 9캐럿 금은, 예컨대 9/14 금과 15/14 다른 금속(보통 구리)이다. (2) 200 밀리그램과 같은 보석용 원석(原石)의 중량 단위이다.

carbon dioxide equivalent [영] 이산화탄소등가물 ¶ The *carbon dioxide equivalent* is a standard metric used in emission trading, where the warming potential of greenhouses gases is converted into the base carbon dioxide reference. Those with a higher warming potential (such as methane, nitrous oxide, hydrofluorocarbons, and sulfur hexafluoride) feature higher carbon dioxide equivalent. 이산화탄소등가물은 온실가스의 온난화가능성이 기준이산화탄소대상(base carbon dioxide reference)으로 전환되는 배출가스거래(emission trading)에서 사용되는 기준미터법이다. (메탄, 산화질소, 플루오로화수소의 이산화탄소, 및 유황헥사플루오라이드와 같은) 더 많은 온난화가능성을 가진 물질은 더 많은 이산화탄소등가물을 특색으로 한다.

card 카드 ¶ banking *cards* 은행카드 /*card* holders 카드소유자 /*card* loan 카드론 /charge *cards* 외상카드 /credit *cards* 신용카드, 크레디트카드 /debit *card* 데빗카드 /identification *card* 아이디카드, 신분증명서 /membership *card* 회원카드 /name *card* 명함(business card) /a new account *card* 신계좌카드 /a plastic *card* 캐시카드, 크레디트카드 /prepaid *card* 선급카드 /resident registration *card* 주민등록증(a certificate of residence, resident card) ***cash card*** (은행 등의 현금인출용의) 캐시카드 ¶ The *cash card* is a jargon term for bank automated teller machine debit card or smart card. 캐시카드는 은행자동입출금기용 데빗카드 또는 스마트카드의 전문용어이다.

cardholder 카드홀더, 카드소유자(크레디트소유자) ***cardholder agreement*** 카드소유자약정 ¶ The *cardholder agreement* is a written statement of terms and conditions relating to a bank card, as required by Federal Reserve regulations. In credit cards, the agreement states the annual percentage rate, the monthly minimum payment, annual card fee if any, and the cardholder's rights in billing disputes. 카드소유자약정이란 미연방준비은행의 규정에서 요구하는 바와 같이, 은행카드에 관련하여 조건과 내용을 기재한 약정서이다. 크레디트카드에서, 그 약정은 매년 백분율, 매달 최소지급금액, 연 카드요금(필요한 경우) 및 청구작성분쟁에서 카드소유자의 권리를 기재하고 있다.

care 염려, 배려, 주의(注意), 보살핌 ¶ *care* marks [무역] 주의마크 /beyond the exercise of due *care* 상당한 주의를 하는 이상은 ***due care*** 상당한 주의 ¶ *Due care* is care that a reasonable person would provide under normal circumstances. For example, the AICPA(American Institute of Certified Public Accountant) Code of Professional Conduct requires that CPAs exercise due care in discharging their professional responsibilities with competence and diligence. Whether a person exercised due care is frequently an issue in legal proceedings. 상당한 주의란 합리적인 사람이 정상적인 환경에서 할 수 있는 주의를 이른다. 예를 들면, 미국공인회계사협회(AICPA)의 직업행동규범에서는 공인회계사협회가 법적 권한과 성실함을 가지고 그 책무를 행사하는 데에 상당한 주의를 행사할 것을 요구하고 있다. 상당한 주의를 행사하였는지 여부는 자주 소송절차(legal proceedings)에서 문제가 된다.

career 경력, 직업

career-long employment 종신고용

carelessness 부주의, 용의주도하지 못함

cargo 화물, 선하(船荷), (*pl.*) cargoes, cargos ¶ air *cargo* 항공화물 /bonded *cargo* 보세화물 /a *cargo* boat 화물선 /*cargo* by sea 해상운송화물 /*cargo* goods planes 화물수송기 /*cargo* handling 하역(荷役) /*cargo* in bulk 산하(散荷) /*cargo* insurance 적하보험(積荷保險), 화물보험 /*cargo* marks 하인(荷印) /*cargo* planes 화물수송기 /a *cargo* policy 적하(積荷)해상보험증권 /*cargo* receipts 카고리시트, 화물수령증 /*cargo* ships 화물선 /*cargo* to arrive; *cargo* on passage 미착(未着)화물 ***bulk cargo*** 산화(散荷), 벌크화물 ¶ *Bulk cargo* is unbound cargo as loaded and carried aboard ship. It is without mark or count, in a loose unpackaged form, and has homogeneous characteristics. 벌크화물은 선박에 선적하고 운송되는 포장하지 아니한 화물을 이른다. 그것은 마크나 총수(count)도 없고 느슨한 비포장한 상태이고, 동질적인 특성을 가진다. ~ ***insurance*** 화물보험 ¶ *Cargo insurance* is financial protection for losses resulting from transport of goods or commodities. 화물보험은 물품이나 상품의 운송에서 손해가 발생한 경우에 이에 재산상의 보호를 하는 경우이다. ***deck*** ~ 갑판적(甲板積)화물 ¶ The *deck cargo* is a cargo that is stored on the deck of a ship as contrasted with belly cargo. 갑판적화물은 선복(船腹)화물에 대조되는 것처럼 갑판 위에 적재된 화물을 말한다.

carriage 운송, 수송, 운임, 송료, 차량(車輛) ¶ *carriage* collect [미] 운임후불의 지급 /*carriage* free 운임무료 /*carriage* on goods 운임 /*carriage* prepaid [미] 운임선급 /pay for *carriage* 운임을 지급하다 ***carriage paid to*** [운송] 운임지급 ¶ The term *carriage paid to* is a pricing term indicating that carriage is paid to the named place of destination. The term applies in place of C&F or CFR (Cost and Freight), for shipment by a mode other than water. 운임지급이라는 문언은 운임이 목적지의 일정한 장소에서 지급되었음을 나타내는 값을 매기는 문구이다. 이 문구는 해상 이외의 방식에 의한 선적에 대하여, C&F 또는 CFR 대신에 적용한다.

carrier 운송인, 운송회사, [영] 보험업자 ¶ The *carrier* is an entity in the business of offering transportation of either passengers or cargo. 운송인은 여객이나 화물의 운송을 제공하는 업무에 종사하는 실재자(entity)이다. ¶ The *carrier* is an insurer that is authorized to underwrite and issue an insurance policy. [영] 캐리어는 보험증권(insurance policy)을 인수하고 발행할 권한이 있는 보험업자를 말한다. /air *carrier* 항공회사 /common [public] *carrier* 운송업자 ***carrier's lien*** 운송인의 리엔 ¶ The *carrier's lien* is the right of a common carrier to retain possession of a cargo until all freight charges have been paid. 운송인의 리엔이란 모든 운임이 지급되기까지 화물의 점유를 보유하는 운송업자의 권리를 이른다.

carrot equity [영] 추가구입특전부 주식 ¶ The *carrot equity* is a British slang for an equity investment with kicker in the form of an opportunity to buy more equity if the company meets specified financial goals. 추가구입특전부 주식이란 회사가 일정한 재무목표에 달한 경우, 주식을 추가로 구입할 수 있다고 하는 특전(kicker)부 주식투자를 나타내는 영국의 속어이다.

carry *v.* 운반하다, 전하다, 발생하다 ¶ balance *carried* forward 차기이월액(次期移越額) /The bond *carries* interest at 6% p. a. 그 채권은 연리 6%가 생긴다. /*carry* back 제자리로 되돌리다 /*carried* down (앞의 페이지에서) 이월 /*carried* forward (다음 페이지로의) 이월 /*carried* over 차기(次期)로의 이월 ***carrying charge [cost]*** 제비용(諸費用), 보관비, 선급경비, 이월이율, 금리비용 ¶ In the case of commodities, a *carrying charge* is a charge for carrying the actual commodity, including interest, storage, and insurance costs. 상품의 경우에, 유지비란 것은 현물보유에 드는 금리, 보관, 보험의 비용을 포함한 비용을 이른다.

n. 운반, 육로, 소지, [영] 캐리 ¶ The *carry* is the differential obtained after deducting interest or funding charges from the returns produced by an asset. Carry is positive if returns exceed funding, and negative if funding exceeds returns. 캐리는 자산이 낳은 수익(returns)에서 이자를 공제한다든지 비용을 차환(借換)한 후 얻은 차액(differential)이다. 캐리는 수익이 자금조달을 초과하면 흑자(positive)이고, 자금조달이 수익을 초과하면 적자(negative)이다. See also cash-and-carry arbitrage(현금지급방식의 차익거래); carry trade(캐리거래); cost of carry; long carry(롱캐리); negative carry(네거티브 캐리); positive carry(포지티브 캐리); short carry(숏캐리)도 참조할 것. ***carry trade*** 캐리거래 ¶ A *carry trade* is a transaction that is to borrow the currencies of low interest rate and invest in the currencies of high interest rate. For example, the yen *carry trade* is a transaction that is to borrow the yen currency near to the zero % and invest in the currencies other than the yen currency which are relatively higher. If the yen *carry trade* is generated on a large scale, the yen currency will be bearish as there are many people who want to sell the yen currency and buy currencies other than the yen. 캐리거래란 것은 저금리 통화를 빌려 고금리 통화에 투자하는 것을 말한다. 예컨대 엔 캐리거래는 금리가 0%에 가까운 엔화를 빌려 상대적으로 금리가 높은 엔화 이외의 통화에 투자하는 것이다. 엔 캐리거래가 대규모로 발생하면 외환시장에서 엔화를 팔고 엔화 이외의 통화를 사려는 사람들이 많아지기 때문에 엔화는 약세를 보이게 된다.

carryback (세금의) 전기이월(前期移越) ¶ The *carryback* is a business operating loss that, for tax purposes, may be deducted for a certain number of prior years, usually no more than three. A business uses a *carryback* to recover taxes paid on income earned in prior years. For example, if a firm experiences a year of large losses following a period of profitable operations, it may use the losses to cancel out profits from preceding years on which taxes have been paid. When the taxes a company paid on profits are canceled because of a *carryback*, the firm is issued a refund by the Internal Revenue Service. Also called carryover; tax loss *carryback*. (세금의) 전기이월은 조세의 목적상 보통 3년 이상 일정한 수의 전년동안 공제될 수 있는 기업운영손실(business operating loss)을 이른다. 기업은 전년에 얻은 소득에 부과된 조세를 회수하기 위하여 전년이월(前年移越)을 이용한다. 예를 들면, 기업이 이익이 있는 운영의 기간에 이어 1년간의 많은 손실을 경험하는 경우, 조세를 납부한 직전의 해의 이익을 상쇄하기 위하여 손실을 이용할 수 있다. 전기이월 때문에 기업이 이익에 대해서 납부한 세금이 취소된다면, 기업은 미세입청(Internal Revenue Service)으로부터 조세환급을 발급받는다. 이를 carry-over(이월), tax loss carryback(세무상의 손금환급)이라고도 한다.

carryforward (세금의) 이월공제 ¶ The *carryforward* is a business operating loss that, for tax purposes, may be claimed a certain number of years in the future, often up to 15 years. Thus, a loss in one year would be carried forward to a future year and used to offset profits up to the amount of the *carryforward*. *Carryforwards* are especially useful to firms operating in cyclical industries such as transportation. Also called tax loss *carryforward*. (세금의) 이월공제는 조세목적상 이따금 15년까지 장래 일정한 연수동안 청구될 수 있는 기업운영손실을 말한다. 따라서, 1년의 손실은 장래의 1년으로 이월될 것이고 이월공제의 금액에까지 이익을 상쇄할 것이다. (세금의) 이월공제는 특히 운송업과 같은 주기(周期)적인 산업에서 기업운영에 특히 유익하다. 이를 tax loss carryforward(세무상의 손금환급)라고도 한다.

carrying value 부가(簿價) ¶ *Carrying value* is also called book value. 부가(carrying value)를 또 book value(장부가격)이라고도 한다.

carry-over 잔품, 이월, 순연(順延) → tax loss carryback, carryforward(세무상의 손금환급).

CARS → certificate for automobile receivables [약] 자동차론(loan) 담보증권 ¶ A *certificate for automobile receivables* (*CARS*) is a pass-through security backed by automobile loan paper of banks and other lenders. 자동차론(loan)담보증권이란 은행이나 다른 대여자(貸與者)의 자동차론(loan)채권을 담보로 하는 패스트루증권(pass-through security)을 말한다.

cartage 하차운반, 하차운임 ¶ The *cartage* is transporting goods over a short distance. For example, a commercial carrier transports a customer's products from the factory to the airport. 하차운반은 운송물을 단거리에 운송하는 경우이다. 예를 들면, 상업운송인으로 고객의 생산물을 공장에서 공항까지 운송한다.

carte blanche [프] 백지위임, 전권위임 ¶ *Carte blanche* is full authority to take action. For example, an employee may be given *carte blanche* to enter into contracts with suppliers. The term also refers to the ability to fill in any amount on a blank check. For example, a father may sign a blank check and give it his son to fill in when the son makes a major purchase. 전권위임은 행동에 옮기는 전적인 권한을 이른다. 예컨대 종업원에게 물품공급자와 계약을 체결하도록 전권위임을 할 수 있다. 그 말은 또한 백지수표에 어떤 금액을 기입할 수 있음을 의미하기도 한다. 예컨대 아버지가 아들이 주요한 물품구입을 할 때에 백지수표를 사인해 주고 금액을 기입하게 하는 경우가 그것이다. /*carte blanche* indorsement 백지(식)배서

cartel 카르텔, 기업연합 ¶ A *cartel* is a group of businesses or nations that agree to influence prices by regulating production and marketing of a product. The most famous contemporary cartel is the Organization of Petroleum Exporting Countries [OPEC], which, notably in the 1970s, restricted oil production and sales and raised prices. A *cartel* has less control over an industry than a monopoly. A number of nations, including the United States, have laws prohibiting cartels. 카르텔은 일군(一群)의 기업이나 국가가 협력해서 제품의 생산이나 판매를 규제하여 가격을 유지하는 것을 말한다. 현대의 가장 유명한 카르텔은 석유수출국기구(Organization of Petroleum Exporting Countries: OPEC)인데, 특히 1970년대에 석유의 생산과 판매를 제한하여 가격을 끌어올렸다. 카르텔은 독점보다도 업계지배력은 약하다. 미국을 포함하는 많은 국가가 카르텔을 금지하는 법률을 시행하고 있다.

carve out 카브아웃 → equity carve out (주식카브아웃).

case 문제, 진상(眞相), 소송 ¶ *case*-by-*case* reviews 개별심사 /a *case* in point 호적례(好適例) 그 일례(로서) /*case*-of-need 어음예비지급인 /a *case* study 사례연구 /a court *case* 소송 ***case law*** 판례법 ¶ The *case law* is a legal doctrine established by previous court decisions. For example, case law indicates contingent-fee contracts are speculative future income and not includable as marital property in divorce proceedings. 판례법이란 이전의 법원의 판결들이 구축한 법의 원칙이다. 예를 들면, 판례법은 성공사례금계약이 불확실한 장래의 소득이고 이혼소송에서 배우자의 재산으로 포함되지 않는다고 지적하고 있다.

casebook 판례집(判例集) ¶ The *casebook* is a book containing extracts of important legal cases. 판례집은 중요한 법적 사건의 요약(extracts)을 싣고 있는 책이다.

cash *n.* 현금, 현금등가물, 현물, 직물(直物) ¶ *Cash* is an asset account on a balance sheet representing paper currency and coins, negotiable money orders and checks, and bank balances. Also, transactions handled in *cash*. In the financial statements of annual reports, *cash* is usually grouped with *cash* equivalents, defined as all highly liquid securities with a known market value and a maturity, when acquired, of less than three months. 현금은 대차대조표(balance sheet)상 지폐나 경화, 양도성송금환이나 수표, 및 은행예금잔액를 나타내는 자산계좌를 말한다. 또한 현금거래를 의미하기도 한다. 연차보고서의 재무제표(financial statement)에서는, 현금은 현금등가물(cash equivalent), 즉 시장가격(market price)이 명확하고 만기일(maturity)이 있으며, 취득한 후 3개월 미만의 유동성(liquidity)이 높은 모든 증권(security)으로 분류되고 있다. /*cash* accounts 현금

계좌 /*cash* advance 현금선대(先貸) /*cash* and cash items 현금 및 이에 준하는 것 /*cash* and due from banks 현금 및 타행에의 대출 /*cash* and similar items 현물 /*cash* assets 현금자산 /*cash* at bank(s) 은행예금, 당좌예금 /*cash* audit 현금감사 /*cash* balance 현금잔액 /*cash* balance books 현금출납장 /*cash* basis 현금표시조건, 현금주의 /*cash* before delivery 선금지급(先金支給) /*cash* books 현금출납부 /a *cash* box 현금상자 /a *cash* bus 현금격납버스 /*cash* buying rates 현금매입률 /*cash* collection(s) 현금추심 /*cash* credit (C.C.) 당좌대출 /a *cash* (letter of) credit 현금신용장 /*cash* currency 현금통화 /*cash* dealings 현금거래 /*cash* deposit 현금예탁 /*cash* discounts 현금할인 /*cash* discrepancies 현금과부족 /*cash* dividends 현금배당 /*cash* drawers 현금인출 /*cashed* checks 현금지급수표 /*cash* equivalents 현금등가물, 단시금융상품 /*cash* expenses 잡비 /a *cash* float 소유현금 /*cash* flow interest 현금흐름이율 /*cash* flow ratios 현금흐름비율 /*cash* flow return 현금흐름수익률 /*cash* handling 현금취급 /*cash* holding 현금잔액 /*cash*-in-bank 은행예금, 당좌예금 /*cash* inflow 수입(收入) /*cash* in hand 현금소유액 /*cash* in vault 현금재고 /*cash* items 현금항목 /*cash* journals 현금출납분개장 /*cash* keepers 현금계(現金係) /a *cash* letter 예입증, 현금송장 /*cash* L/C 캐시L/C (신용장개설은행이 수출지의 은행앞으로 사전에 지급자금을 송금해 둔다.) /*cash* management account (CMA) 어음관리계좌, 종합자산관리계좌 /*cash* margin 현금담보 /*cash* note 현금어음 /*cash* on arrival 착하지급(着荷支給) /*cash* on hand [미] 현금, 시재(時在)(cash in hand) /*cash* on hand and at [in, with] banks 현금·예금계좌 /*cash* on the line 현금상환 /a *cash* order 현금지급표 /*cash* outflow 현금유출 /*cash* outlay 현금지출액 /a *cash* over account 현금과잉계좌 /*cash* price 현물가격, 직물가격 /a cash over and short account 현금과부족계좌 /*cash* payment 현금지급 /*cash* proof 현금조회 /*cash* ratios 현금비율, 유동성비율 /a *cash* release ticket 현금지출전표 /*cash* reserve rates 현금준비율 /*cash* reserve ratios 현금준비율 /*cash* revision 현금실사 /*cash* selling rates 현찰매도율 /*cash* sending 현송(現送) /*cash* settlement 현금결제 /a *cash* short account 현금부족계좌 /a *cash* shortage 현금부족 /*cash* shorts and overs 현금과부족 /*cash* slips 출납전표 /the *cash* surrender value [생명보험] 해약환급금 /a *cash* ticket 입금부표(副票) /a *cash* till 현금정산기(精算機) /*cash* trade 현금거래 /*cash* transaction 당일(결제)거래 /*cash* transport cars 현금수송차 /draw *checks* for *cash* 수표를 발행하여 현금으로 만들다 /hard *cash* 현금 /in *cash* or solvent credits 현금 또는 유동채권으로 /liquid *cash* 유동현금 /net *cash* 순현금지급 /out of *cash* 현금부족 /ready *cash* 현금 /turn a check into *cash* 수표를 현금으로 바꾸다 /vault *cash* 현금재고 ***cash and carry arbitrage*** [영] 현금지급방식의 차익거래 ¶ The *cash and carry arbitrage* is a combination of arbitrage and a carry trade used in the commodity markets where an arbitrageur buys the commodity in the spot market, sells it forward, pays for the financing and storage costs, and is still able to generate a profit. See also reverse cash-and-carry arbitrage. 현금지급방식의 차익거래는 차익거래업자(arbitrageur)가 현물시장(spot market)에서 상품을 매입하여 그 상품을 선물매도하고 금융비용과 보관비용(storage costs)을 지급하며, 그럼에도 이익을 발생시킬 수 있는 상품시장에서 사용되는 차익거래와 캐리거래의 콤비네이션이다. reverse cash-and carry arbitrage(리버스 현금지급방식의 차익거래)도 참조할 것. ~ ***asset ratio*** 현금자산비율 ¶ A *cash asset ratio* is a balance sheet liquidity ratio representing cash (and equivalents) and marketable securities divided by current liabilities. 현금자산비율은 현금(및 현금등가물, cash equivalents)과 시장성있는 증권(marketable security)의 총액을 유동부채로 나눈 비율을 나타내는 대차대조표(balance sheet)의 유동성비율(liquidity ratio)을 말한다. ~ ***basis*** 현금주의 ¶ In accounting, the *cash* *basis* is a method that recognizes revenues when cash is received and recognizes expenses when cash is paid out. In contrast, the accrual method recognizes revenues when goods or services are sold and recognizes expenses when obligations are incurred. 회계에서, 현금주의란 것은 현금을 수취한 때에 매상으로 하고, 현금이 지급된 때에 경비로 하여 인식하는 회계방법을 말한다. 이에 대해서, 발생주의(accrual method)는 재화나 서비스가 판매된 때에 매상으로 하고, 채무가 발생한 때에 경비로 인식한다. ~ ***budget*** 현금수지예측 ¶ A *cash budget* is an estimated cash receipts and disbursements for a future period. A comprehensive *cash budget* schedules daily, weekly, or monthly expenditures together with the anticipated cash flow from collections and other operating sources. 현금수지예측은 장래의 어느 기간의 현금의 수취와 지급을 예측하는 것이다. 포괄적인 현금수지예측은 일차(日次), 주차(週次), 월차(月次)의 지급을, 회수액이나 기타의 경상수입에서 예정된 캐시플로(cash flow)와 함께 계획한다. ~ ***card*** 현금카드, CD카드(은행 등이 예금자에게 발행하는 자기(磁氣)카드) ¶ The *cash card* is a plastic card encoded with a present value. *Cash cards* are like cash; there is no built-in security and if lost or stolen can be used by anyone. Card-accepting retailers deduct the value of each purchase until the card value is used up. 현금카드는 현금가치를 부호화한 플라스틱 카드이다. 현금카드는 현금과 같다. 부호화한(built-in) 증권은 없고, 분실되거나 절취되더라도 누구나 이용할 수 있다. 카드를 받은 소매업자는 현금카드가 소진(消盡)되기까지 구입시마다 가치를 공제한다. ~ ***collateralized debt obligation (CDO)*** [영] 현금채무담보부 채무증서 ¶ The *cash collateralized debt obligation* (*CDO*) is a collateralized debt obligation that is created on a funded basis through the use of actual debt securities rather than credit derivative contracts. A *cash CDO* may be structured as a balance sheet CDO or an arbitrage CDO, and may be managed statically or dynamically. See also synthetic collateralized debt obligation. 현금채무담보부 채무증서는 신용파생상품 계약보다 오히려 실제채무증서의 사용을 통해서 기금 베이스로 만들어지는 채무담보부 채무증서이다. 현금채무담보부 채무증서는 대차대조표상의 현금채무담보부 채무증서(CDO) 또는 차익거래(arbitrage)로 체계화될 수 있고, 정적으로나 동적으로도 관리될 수 있다. synthetic collateralized debt obligation(합성채무담보부 채무증서)도 참조할 것. ~ ***commodity*** 현물상품 ¶ A *cash commodity* is a commodity that is owned as the result of a completed contract and must be accepted upon delivery. Contrasts with futures contracts, which are not completed until a specified future date. The *cash commodity* contract specifications are set by the commodity exchanges. 현물상품은 계약(contract)의 이행의 결과로서 소유하고, 인도시에 수취하지 않으면 안 되는 상품을 한다. 장래의 특정일까지 이행되지 않는 선물계약(futures contract)과는 대조적이다. 현물상품의 상세한 사항은 상품거래소에서 결정된다. ~ ***conversion cycle*** 현금화주기(週期) ¶ The *cash conversion cycle* is an elapsed time, usually expressed in days, from the outlay of cash for raw materials to the receipt of cash after the finished goods have been sold. Because a profit is built into the sales, the earnings cycle is also used. The shorter the cycle, the more working capital a business generates and the less it has to borrow. 현금화주기는 원재료구입의 현금지급에서 제품판매 후에 현금을 수령하기까지의 경과시간을 말한다. 통상은 일수(日數)로 표시된다. 이익은 매상에 포함되기 때문에, 수익사이클(earnings cycle)이라는 말도 사용된다. 이 사이클이 짧으면 짧을수록, 사업이 만들어내는 운전자본(working capital)이 크게 되고, 적으면 소액의 차입금으로 된다. ~ ***cow*** 고수익사업, 달러상자 ¶ A *cash cow* is a business that generates a continuing flow of cash. Such a business usually has well-established brand names whose familiarity stimulates repeated buying of the products. For example, a magazine company that has a high rate of subscription renewals would be considered a *cash cow*. Stocks that are *cash cows* have dependable dividends. 고수익사업은 계속적인 현금수익을 산출하는 사업을 이른다. 이와 같은 사업은 통상 높은 평판의 브랜드(brand)를 가지고, 그 지명도에 따라 제품이 계속적으로 구입된다. 예컨대 구독률이 높은 잡지사는 고수입사업이라고 생각된다, 달러상자라고 하는 주식은 배당률이 높기 때문이다. ~ ***delivery*** [영] 즉일인도(卽日引渡) ¶ Cash *delivery* is arrangement for immediate delivery of goods for cash, or vice-versa, as per the terms of any contract negotiated for cash or spot settlement. See also forward delivery. 즉일인도는 현금이나 현물결제의 협상계약의 조건에 의하여, 현금받고 제품의 즉시인도 또는 제품받고 현금의 즉시인도를 할 약정을 말한다. forward delivery[선도(先渡)]도 참조할 것. ~ ***discount*** 현금할인 ¶ A *cash discount* is a trade credit feature providing for a deduction if payment is made early. For example: trade terms of "2% 10 days net 30 days" allow a 2% *cash discount* for payment in 10 days. Term also refers to the lower price some merchants charge customers who pay in cash rather than with credit cards, in which case the merchant is passing on all or part of the merchant fee it would otherwise pay to the credit card company. 현금할인이란 것은 조기의 지급에 대해서 할인을 제공한다고 하는 기업간 신용(trade credit)의 특징을 말한다. 예컨대 "2% 10 days net 30 days"라고 하면, 30일째가 지급기일이지만, 10일 이내에 지급한다면 2%의 현금할인을 준다는 것을 의미한다. 이 말은 또한 일부의 판매업자가 현금으로 지급하는 고객에 대해서 크레디트카드의 경우보다도 저렴한 가격을 청구하는 것을 가리킨다. 이 경우, 판매업자는 크레디트카드회사에 지급할 수수료의 전액, 혹은 일부에 상당하는 금액을 고객에의 가격인하에 해당한다. ~ ***dispenser (CD)*** 현금자동지급기 ¶ The *cash dispenser* (*CD*) is a card activated banking terminal similar to an automated teller machine that dispenses currency in various denominations, but does not accept deposits. The earliest ATMs were cash dispensers only. 현금자동지급기는 여러 가지의 액면금액으로 화폐를 분배하는 현금자동입출금기(automated teller machine)와 유사한 카드주입식 은행단말기이지만, 예금은 받지 않는다. 최고로 오래된 현금자동입출금기(ATM)는 현금자동지급기뿐이었다. ~ ***dividend*** 현금배당 ¶ A *cash dividend* is a cash payment to a corporation's shareholder, distributed from current earnings or accumulated profits and taxable as income. *Cash dividends* are distinguished from stock dividends, which are payments in the form of stock. 현금배당은 당기이익 또는 누적이익에서 배분되는 주주에의 현금지급이고, 소득으로 과세된다. 현금배당은 주권의 형식으로 지급되는 주식배당(stock dividend)과는 구별된다. ~ ***earnings*** 현금수지, 현금수익 ¶ *Cash earnings* are cash revenues less cash expenses – specifically excluding noncash expenses such as depreciation. 현금수익은 현금수입(cash revenues)에서 현금지출(cash expenses)을 공제한 것을 이른다. 특히 감가상각(depreciation) 등의 비현금경비(noncash expenses)를 뺀 것이다. ~ ***equivalents*** 현금등가물 ¶ *Cash equivalents* are instruments or investments of such high liquidity and safety that they are virtually as good as cash. Examples are a money market fund and a Treasury bill. The Financial Accounting Standard Board (FASB) defines cash equivalents for financial reporting purposes as any highly liquid security with known market value and a maturity, when acquired, of less than three months. 현금등가물은 현금과 실질적으로 동일한 정도의 높은 유통성(liquidity)과 안전성을 갖춘 증권이나 투자물을 말한다. 예컨대 머니마켓펀드(money market fund: MMF)나 단기국채(Treasury bill)

등이 그 예이다. 재무회계기준위원회(Financial Accounting Standard Board: FASB)는 재무보고상, 현금등가물을 명백한 시장가격을 가지며, 취득시점에서 만기가 3개월 미만이고 유동성이 높은 증권으로 정의하고 있다. ~ ***flow*** 현금흐름, 현금수지, 현금유출입, 자금의 운용·조달 ¶ They borrow against the *cash flow* of the company. [M&A] 그들은 그 회사의 현금수지를 담보로 돈을 빌린다. ¶ In a larger financial sense, a *cash flow* is an analysis of all the changes that affect the cash account during an accounting period. The statement or cash flows included in annual reports analyzes all changes affecting cash in the categories of operations, investments, and financing. When more cash comes in than goes out, we speak of a positive *cash flow*; the opposite is a negative *cash flow*. 더 큰 재무적인 의미에서 보면, 현금흐름이란 특정한 회계기간내의 현금계정에 영향을 주는 모든 움직임을 분석하는 것이다. 연차보고서(annual reports)에 포함되는 현금흐름계산서(statement of cash flow)는 영업, 투자, 재무분야에 있어서 현금에 영향을 미치는 모든 움직임을 분석하고 있다. 나가는 것보다 들어오는 현금이 많으면 적극적인 현금흐름이라 하고, 그 반대는 소극적인 현금흐름이라 한다. ~ ***flow swap*** 캐시플로스왑 ¶ A *cash flow swap* is a swap transaction that exchanges cash flows generated from the claims and obligations. 캐시플로스왑이란 것은 채권·채무에서 발생하는 캐시플로를 교환하는 거래이다. ~ ***flow waterfall*** [영] 캐시플로 워터폴 → waterfall (워터폴). ~ ***management*** 금융자산관리, 현금관리 ¶ From the standpoint of corporate finance, *cash management* is efficient mobilization of cash into income-producing applications, using computers, telecommunications technology, innovative investment vehicles, and lock box arrangements. 기업재무관점에서 보면, 현금관리란 것은 컴퓨터, 전자통신기술, 혁신적인 투자수단, 로크박스(lock box) 등을 이용하여 수입을 낳는 대상에 자금을 효율적으로 이동하는 것이다. ~ ***management bill*** [미] (국고의 현금보전을 위해 발행하는) 초단기재무부증권 ¶ The *cash management bill* is a very short-term security (typically one having 10 to 20 days from date of issue until maturity) that is issued by the U.S. Treasury in order to manage its cash balance. A *cash management bill* is issued in minimum denominations of $1 million and is bought by institutional investors. 초단기미재무부증권은 미재무부가 그의 현금잔액을 운영하기 위하여, 발행하는 매우 단기증권(대표적으로 발행일로부터 만기까지 10일에서 20일까지의 증권)이다. 이 초단기의 미재무부증권은 최소의 액면가격 100만 달러로 발행되고 기관투자자들이 매입한다. ~ ***market*** 현물시장, 직물시장 ¶ The *cash market* is transactions in the cash or spot markets that are completed; that is, ownership of the commodity is transferred from seller to buyer and payment is given on delivery of the commodity. The *cash market* contrasts with the futures, in which contracts are completed at a specified time in the future. 현물시장은 현금이나 현물로 거래가 완결하는 시장을 말하는데, 상품이 인도시에 상품의 소유권이 매도인에서 매수인에게 이전하고, 지급이 행해진다. 현물시장은 계약이 장래에 있는 특정한 시기에 완결하는 선물시장(futures market)과는 대조를 이루고 있다. ~ ***on delivery (COD)*** 대금상환인도, 캐시온 딜리버리 ¶ The *cash on delivery* is a transaction requiring that goods be paid for in full by cash or certified check or the equivalent at the point of delivery. The collect on delivery has the same abbreviation and same meaning. If the customer refuses delivery, the seller has round-trip shipping costs to absorb or other, perhaps riskier, arrangements to make. 대금상환인도는 상품의 배달시에 현금이나 지급보증수표(certified check), 또는 현금등가물의 지급수단으로 대금금액의 지급을 필요로 하는 거래를 이른다. collect on delivery (COD)도 같은 생략형을 사용하며, 같은 의미이다. 고객이 수취를

거절한다면, 매도인은 왕복의 운송비용부담, 또는 더 큰 리스크가 따르는 방법을 취하게 될지도 모른다. ~ ***out refinancing*** 현금인출차환 ¶ *Cash out refinancing* is mortgage refinancing where the new loan exceeds the unpaid balance of the original loan because of amortization and/or appreciation, and the difference is withdrawn in cash. 현금인출차환이란 신규론(new loan)이 채무상환과 등귀 때문에 당초의 론의 미지급액을 초과하여 그 차액을 현금으로 인출하는 경우의 모기지차환을 말한다. ~ ***position*** 캐시 포지션, 총현금보유액(총외국환보유액 중에서 유동성이 높은 본지점계좌잔액, 거래처예금, 콜론잔액을 캐시 포지션(총현금보유액)이라 한다.) ¶ The *cash position* is an amount of cash or equivalent instruments held at any point in time. A commodity or securities trader or an investment company needs to monitor its *cash position* carefully to maintain adequate liquidity. 캐시 포지션이란 필요한 때는 언제든지 보유한 현금 또는 등가증권(equivalent instrument)의 총액을 이른다. 상품이나 증권의 트레이더 또는 투자회사는 적정한 유동성을 유지하기 위하여 조심스럽게 캐시 포지션을 점검할 필요가 있다. ~ ***ratio*** 현금비율, 현금준비율 ¶ A *cash ratio* is a ratio of cash and marketable securities to current liabilities; a refinement of the quick ratio. The *cash ratio* tells the extent to which liabilities could be liquidated immediately. Sometimes called liquidity ratio. 현금비율은 유동부채(current liabilities)에 대한 현금 및 시장성있는 증권(marketable security)의 비율을 말한다. 당좌비율(current ratio)을 보다 세분(細分)한 것이다. 현금비율은 부채가 어느 정도까지 바로 정산할 수 있음을 보여준다. 유동성비율(liquidity ratio)이라고도 한다. ~ ***reserve(s)*** 현금준비 ¶ *Cash reserve* is cash kept by a person or business that is beyond their immediate needs. 현금준비는 직접 필요한 경우를 넘어 개인이나 기업이 보유한 현금을 말한다. ~ ***settlement*** 현금결제 ¶ In the United States, the *cash settlement* is a settlement in cash on the trade date rather than the settlement date of a securities transaction. In the Great Britain, delivery and settlement on the first business day after the trade date. 미국에서, 현금결제는 증권거래의 통상 결제일(settlement date)이라기보다 오히려 거래일 당일(trade date)의 현금결제를 말한다. 영국에서는 거래일후의 첫째 영업일이 되는 날에 하는 인도결제이다. ~ ***surrender value*** 해약환급금 ¶ In insurance, the *cash surrender value* is the amount the insurer will return to a policyholder on cancellation of the policy. Sometimes abbreviated CSVLI (cash surrender value of life insurance), it shows up as an asset on the balance sheet of a company that has life insurance on its principals. called key man insurance. 보험에서 해약환급금은 보험계약의 해약시에 보험회사가 보험계약자(policyholder)에 환급하는 금액을 말한다. CSVLI(cash surrender value of life insurance)라고 약칭되기도 하며, 경영간부에게 경영자보험(key man insurance)이라고 하는 생명보험을 들고 있는 기업의 대차대조표상에 자산으로서 기재된다. ~ ***value insurance*** 저축성생명보험 ¶ A *cash value insurance* is a life insurance that combines a death benefit with a potential tax-deferred buildup of money (called cash value) in the policy. The three main kinds of cash value insurance are whole life insurance, variable life insurance, and universal life insurance. 저축성생명보험이란 보험계약에 있어서, 사망보험금(death benefit)과 과세순연적립금(cash value라고 불린다.)을 결합한 생명보험을 말한다. 저축성생명보험의 대표적인 3종류는 종신보험(whole life insurance), 변액생명보험(variable life insurance), 및 유니버설생명보험(universal life insurance)이다. ***petty ~ fund*** 소액현금펀드 ¶ The *petty cash fund* is a fund used to make impromptu small cash payments. A voucher or piece of paper is used for each payment. 소액현금펀드는 소액현금을 즉석에서 현금지급을 하는데 이용되는 펀드이다. 보증인이나 종이 한 장을 각 지급

을 할 때마다 사용된다.
[v.] 현금으로 바꾸다

cashbook 현금출납부 ¶A *cashbook* is an accounting book that combines cash receipts and disbursements. Its balance ties to the cash account in the general ledger on which the balance sheet is based. 현금출납부는 현금의 수취와 지급을 통합한 회계장부를 이른다. 이 잔액은 대차대조표(balance sheet)의 근거가 되는 원계좌원장(general ledger)의 현금계정과 대응하고 있다.

cashier 출납계, [미] 은행지배인 ¶a *cashier's* till 출납의 (인출중의) 현금재고 ***cashier's check*** (은행의) 자기앞수표, 은행수표 ¶A *cashier's check* is a check that draws directly on a customer's account; the bank becomes the primary obligor. Consumers requiring a cashier's check must pay the amount of the check to the bank. The bank will then issue a check to a third party named by the consumer. 은행수표란 것은 고객의 계좌에서 직접 발행되는 수표를 말한다. 은행이 직접의 채무자(obligor)가 된다. 은행수표가 필요한 고객은 은행에 대해서 그 수표의 금액을 지급하지 않으면 안 된다. 은행은 그것과 상환으로 그 고객이 지명하는 제3자 앞으로 수표를 발행한다.

cashing 환가(換價), 환금성

cashless 현금이 없는 ¶*cashless* society 현금을 사용하지 않는 (카드)사회

cashomat 현금자동지급기(cash dispensers)

cash-on-cash return 캐시온캐시 리턴 ¶The *cash-on-cash return* is a method of yield computation used for investment lacking an active secondary market, such as limited partnership. It simply divides the annual dollar income by the total dollars invested; a $10,000 investment that pays $1,000 annually thus has a 10% *cash-on-cash return*. 캐시온캐시 리턴은 리미티드 파트너십과 같은, 활발한 유통시장(secondary market)이 없는 투자의 투자수익률계산에 사용되는 산출방법을 말한다. 단순히 연간의 달러소득을 달러투자총액으로 나눈다. 연간 1,000 달러의 현금소득을 생기게 하는 10,000달러의 투자는 10%의 캐시온캐시 리턴이 있다는 것이 된다.

cashout 현금지급, 현금매상, 현금자동지급기(cash dispensers)

casual 우발의, 임시의 ¶*casual* profit 우발이익

casualty [영] 재해 ¶*Casualty* is liability or loss arising from an accident, negligence, or omissions, which can be covered through different forms of insurance (such as property and casualty insurance, commercial general liability insurance, or multiple peril insurance). 재해는 (손해보험, 사업일반배상책임보험 또는 복합위험보험과 같은) 상이한 형태의 보험을 통해서 커버할 수 있는 사고, 과실, 또는 태만으로 인하여 생기는 책임과 손실을 말한다. ***casualty-insurance*** [영] 손해보험 ¶A *casualty-insurance* is an insurance that protects a business or home-owner against property loss, damage, and related liability. 손해보험은 기업이나 주택소유자를 재산의 상실, 손해, 및 관련된 손실로부터 지키는 보험을 말한다. ~ ***loss*** [영] 재해손실 ¶A *casualty loss* is a financial loss caused by damage, destruction, or loss of property as the result of an identifiable event that is sudden, unexpected, or unusual. Casualty and theft losses are considered together for tax purposes; are covered by most casualty insurance policies; and are tax deductible provided the loss is (1) not covered by insurance or (2) if covered, a claim has been made and denied. 재해손실은 돌발적이고, 예측불능하

며, 비일상적인 사건사고의 결과 생긴 재산의 손상, 파괴, 상실로 인한 금전상의 손실을 이른다. 재해나 도난으로 인한 손실은 세무계산상 한꺼번에 합쳐서 고려되고, 대부분의 손해보험(casualty insurance)계약에서 적용대상으로 되고 있다. 또 손실이 보험의 (1) 적용 외이거나 또는 (2) 적용 내라도 보험금의 지급청구가 행해지고 거부된 경우에는, 세금이 감액된다.

CAT bond 캣 채권 → catastrophe bond (대재해연계 채권).

catastrophe 대이변, 대재해(大災害), 파국 ***catastrophe bond*** [영] 대재해연계 채권 ¶ The *catastrophe bond* is a securitization of a catastrophic hazard, such as an earthquake, hurricane, or windstorm. Repayment of principal and/or coupons is contingent on the occurrence of a defined loss-making catastrophe; if the specified loss occurs, the issuer of the bond (often an insurer) may delay or cease making payments to investors, effectively transferring the risk exposure to investors. The determination of whether payments are to be suspended under a catastrophe bond is based on one of three types of trigger: the indemnity trigger, index trigger, and parametric trigger. Also known as CAT bond. 대재해연계 채권은 지진, 허리케인, 또는 폭풍우와 같은 대재해의 위험을 금융의 증권화로 하는 경우이다. 원금과 쿠폰의 상환은 일정한 손실을 일으키는 대재해가 발생할 때에는 부수적인 것이다. 즉, 만약 특별한 손실이 발생하면, 그 채권의 발행자는 (간혹 보험자이다.) 투자자에게 지급을 지연한다든지 중지할 수 있는데, 효과적으로 투자자에게 위험노출을 이전시키는 셈이다. 그러면 대재해 하에서 투자자에 대한 지급을 보류할 수 있는지 여부의 결정은 3유형의 계기에 달려 있다. 재해보상(indemnity), 지수(index) 및 매개변수(parameter)이다. 이는 캣 채권(CAT bond)으로도 알려지고 있다. ~ ***call*** 대재해조기상환(大災害早期償還) ¶ *Catastrophe call* is premature redemption of a municipal revenue bond because a catastrophe destroyed the source of the revenue backing the bond. For example, a bond backed by toll revenues from a bridge might be called, meaning bondholders will receive their principal back, if a storm destroyed the bridge. 대재해조기상환이란 대재해로 인하여 그 채권(bond)의 배경으로 되어 있던 수익원(收益源)이 파괴됨으로 말미암아 지방특정재원채권(municipal revenue bond)을 만기전상환(premature redemption)으로 하는 경우를 말한다. 예컨대 교량(bridge)의 통행료를 배경으로 하는 채권은 폭풍우로 그 교량이 파괴된 경우에는 조기상환될 수 있다.

catastrophic 대이변의, 대재해의 ***catastrophic coverage*** 이상재해부(異常災害附) 보장범위 ¶ The *catastrophic coverage* is an insurance coverage for a catastrophic hazard (such as a hurricane or flood) that cannot or will be provided by commercial insurers and may be covered through government agency programs. 이상재해부 보장범위는 (허리케인이나 홍수와 같은) 대재난에 대해서 민간보험회사에서는 제공할 수 없거나 제공할 여지가 없고 정부기관에 의한 프로그램을 통해서만 보장할 수 있는 보험금을 말한다. ~ ***hazard*** [영] 대재난 ¶ The *catastrophic hazard* is a risk event that is characterized by high-severity and low-frequency, leading to a large difference between expected and actual aggregate losses. Common *catastrophic hazards* include natural and human-made events such as earthquakes, hurricanes, windstorms and terrorism. Although many *catastrophic hazards* can be protected via insurance, reinsurance, or insurance-linked securities some cannot, as the risk of loss may be too large or the required premium too high. See also catastrophic loss; clash loss; shock loss. 대재난은 엄청난 고통과 낮은 빈도를 특징으로 하는 위험사태로, 기대총손해와 실제총손해간의 커다란 차이를 나게 한다. 일반적인 대재난에는 지진,

허리케인, 폭풍우 및 테러리즘과 같은 자연 내지 인간이 초래하는 사변에 포함된다. 많은 대재난이 보험, 재보험, 또는 보험연계 증권(insurance-linked securities)을 경유해서 보호할 수 있더라도, 어떤 경우는 손해의 위험이 너무 막대하거나 필요한 보험료가 너무 과다하여 불가능하다. catastrophic loss(대재앙손해); clash loss(중복손해); shock loss(쇼크손해)도 참조할 것. ~ ***loss*** [영] 대재앙손해 ¶ *The catastrophic loss* is a high-sevenity, low-frequency loss event arising from a catastrophic hazard. A company often seeks to protect against catastrophic loss through insurance, reinsurance, or catastrophe bonds. *Catastrophic losses* are often challenging to quantify since they are relatively rare and may, in some instances, be uninsurable. See also clash loss; shock loss. 대재앙손해는 대재난으로 발생하는 엄청난 고통, 낮은 빈도 손해이다. 회사는 보험, 재보험, 또는 대재해연계 채권을 통해서 대재앙손해에 대해 보호하려고도 한다. 대재앙손해는 비교적 드믄 경우이고, 어떤 경우에는 보험인수가 불가능하므로 종종 그 양을 정하는 것을 꺼려하고 있다. clash loss(중복손해); shock loss(쇼크손해)도 참조할 것.

category 범주, 종류, 부류

CATS → **C**ertificates of **A**ccrual on **T**reasury **S**ecurities [약] 캣츠 ¶ *CATS* is an abbreviation of the Certificates of Accrual on Treasury Securities. It is U.S. Treasury issues, sold at a deep discount from face value, also called zero-coupon security. They pay no interest during their lifetime, but return the full value at maturity. 캣츠는 미국재무부증권에 관한 이표증서의 약어이다. 그것은 권면액에서 대폭 할인되어 판매되는 미국재무부발행의 증권이며, 제로쿠폰증서라고도 한다. 이 증서는 일정기한 중에 이자를 지급하지 않으며, 만기에 권면액 전부를 반환한다.

cats-and-dogs 투기주 ¶ *Cats-and-dogs* are speculative stocks that have short histories of sales, earnings and dividend payments. In bull markets, analysts say disparagingly that even the *cats and dogs* are going up. 투기주는 영업활동, 수익, 배당지급의 실적이 충분치 않은 투기적 주식을 이른다. 시세가 강세이면 투기주마저 가격이 오른다고 애널리스트(analyst)들은 비판적으로 말한다.

cause 원인, 이유 ¶ a *cause* of action 소송원인

caveat (L) [법] 절차정지통고, 경고 ***caveat emptor*** 매수인으로 하여금 주의하도록 하라(Let the buyer beware.), 매수인위험부담 ¶ If you buy an auction it is *caveat emptor*. 만약 경매물을 구입하는 경우 그것은 매수인위험부담이다. ~ ***emptor,*** ~ ***subscriptor*** 매수인위험부담, 매도인위험부담 ¶ *Caveat emptor, caveat subscriptor* means buyer beware, seller beware. A variation of the latter is *caveat venditor*. Good advice when markets are not adequately protected, which was true of the stock market before the watchdog Securities and Exchange Commission was established in the 1930s. 라틴어로 caveat emptor(매수인위험부담), caveat subscriptor(매도인위험부담)는 영어로는 buyer beware, seller beware라는 뜻이다. 후자는 caveat venditor라고도 한다. 투자자가 충분하게 보호받지 못하고 있는 시장에서는 중요한 충고가 된다. 1930년대에 감독기관의 미증권거래위원회(Securities and Exchange Commission)가 설치되기 전의 주식시장에서는 매수인위험부담이요, 매도인위험부담이었다.

CB → **c**onvertible **b**ond [약] 전환사채

CBO → **c**ollateralized **b**ond (or Debt) **o**bligations [약] 사채담보증권

CBOT → the **C**hicago **B**oard **o**f **T**rade [약] 시카고상품거래소

CD → **c**ash **d**ispenser [약] 현금자동지급기; negotiable **c**ertificates of **d**eposit [약] 양도가능정기예금증서

CD cards CD카드

CDO → **c**ollateralized **d**ebt **o**bligation [약] 사채담보채무증서

cedant 출재자(出再者) → insurer [영] 보험계약자

cede [영] 양도, 출재보험(出再保險) ¶ The *cede* is the process of transferring risk from one party (the insured or ceding insurer) to another party (the insurer or reinsurer) through an insurance or reinsurance contract. See also retrocede. 출재보험(出再保險)은 한 사람의 당사자(보험계약자 또는 출재보험업자)로부터 다른 당사자(보험업자 또는 재보험업자)에게 보험계약 또는 재보험계약을 통해서 위험을 양도하는 과정을 말한다. retrocede[재재양도(再再讓渡)]도 참조할 것.

CEDEL → **Ce**ntrale **de** **L**ivraison de Valeurs Mobilières [약] 세델(룩셈부르크에 있는 유로채(債)의 집중결제기구의 하나) → Clearstream (독일보관이체기관).

ceding company 출재(出再)보험회사 ¶ A *ceding company* is a company that transfers, or cede, risk to a reinsurer. 출재보험회사는 재보험업자에게 위험을 이전하거나, 또는 양도하는 보험회사를 말한다.

ceiling 천정, 최고한도 ¶ A *ceiling* is a highest level allowable in a financial transaction. For example, someone buying a stock may place a *ceiling* on the stock's price, meaning they are not willing to pay more than that amount for the shares. The issuer of a bond may place a *ceiling* on the interest rate it is willing to pay. If market interest rates rise beyond that *ceiling*, the underwriter must cancel the issue. 한도액은 금융거래(financial transaction)에 있어서 상한허용수준(a highest level allowable)을 말한다. 예컨대 주식을 매수하려는 자가 그 주식의 가격에 한도액을 설정할 때에는, 매수인이 그 주식에 대해서 그것을 상회할 금액을 지급할 의사가 없음을 의미한다. 채권의 발행자는 발행시에는 지급금리에 상한을 설정하는 경우가 있다. 시장금리가 이 상한을 초과해 버린 경우, 인수업자(underwriter)는 그 채권발행을 중지하지 않으면 안 된다. /*ceiling* on loans 대출금의 한도 /a *ceiling* price 최고한도가격 /interest rate *ceilings* 금리의 상한 /legal *ceilings* on interest rates 법정금리상한

census 국세조사, 인구조사, 조사 ¶ a *census* of commerce 상업통계 /a copy of the *census* register 호적등본

cent 1 센트(동전)(100분의 1 달러)(통상 25 c. 또는 $1.25와 같이 쓴다.)

center; centre[영] 중심, 중심지, 종합시설 ¶ the financial *center* of the world 세계금융의 중심지 /the principal *center* of banking 은행업의 주요중심지

central 중심의 ¶ *central* authorities 중앙당국 /*central* bank money 중앙은행화폐 /*central* bank notes 중앙은행권 /*Central* Cooperative Bank for Agriculture and Forestry 농림중앙협동은행 /the *central* market 중앙시장 /*central* rate 센트럴 레이트, 중심환율[① 환율의 기준율 또는 중간율(미들 레이트), ② 고정환율제에서의 각국 통화의 기준환율시세] /*central* reserve cities [미] 중앙준비시(市) (*cf.*) (미국연방준비제도의) 준비(도)시 ***central bank*** 중앙은행 ¶ The *central bank* is a country's bank that (1) issues currency; (2) administers monetary policy, including open market operations; (3) holds deposits representing the reserves of other banks; and (4) engages in transactions designed to facilitate the conduct of business and protect the public interest. In the United States, central banking is a function of the Federal Reserve System. 중앙은행은 (1) 통화(currency)를 발행하고, (2) 공개시장조작(open market operations)을 비롯한 금융정책(monetary policy)을 관리하며, (3) 시중은행의 준비금(reserve)을 예금으로서 수탁하고, (4) 경제를 원활하게 하여 공공의 이익을 옹호할 업무를 수행한다. ~ ***bank intervention*** 중앙은행의 개입 ¶The *central bank intervention* is the buying and selling of domestic or foreign currencies by a central bank in an effort to influence interest rates or currency exchange rates. For example, the Federal Reserve might intervene in the foreign exchange market in order to dampen rapid fluctuations or signal the markets that recent exchange rate movements do not indicate a fundamental trend. 중앙은행의 개입은 중앙은행이 이자율이나 외화환율(currency exchange rate)에 영향을 주려는 노력에서 국내외통화를 매매하는 경우이다. 예를 들면, 미국연방준비제도이사회는 급속한 시세의 변동의 기를 죽이거나 최근의 환율의 움직임이 펀더멘탈의 추세를 나타내지 않는다는 것을 시장에 대해서 신호를 주기 위하여 외환시장에 개입할 수 있을 것이다. ~ ***information file (CIF)*** (은행의) 집중정보파일, 시프 → customer information file (고객정보파일). ~ ***limit order book (CLOB)*** 집중지정가격주문시스템 ¶ The *central limit order book* (*CLOB*) is a proposed system to consolidate securities limit orders received from specialists and market makers and electronic trading systems. The idea has been opposed by securities exchanges fearing lost volume, but advocated by the SEC and others worried about the fragmentation of markets caused by electronic trading systems. 집중지정가격주문시스템은 스페셜리스트(specialist), 마켓메이커(market maker), 전자거래시스템(electronic trading system)으로부터 온 주식의 지정가격주문(limit order)을 집중하여 매매한다고 하는 제안된 시스템을 말한다. 이 아이디어에 대해서는 거래량의 감소를 염려하는 증권거래소는 반대하고 있으나, 전자거래시스템의 등록에 의해서 거래시장이 분열하는 것을 염려하는 증권거래위원회(SEC) 등으로부터는 지지를 받고 있다. ***Central Registration Depository (CRD)*** 중앙등기보관기관 ¶The *Central Registration Depository* (*CRD*) is also known as WebCRD, on-line registration, and licensing data bank, developed by the Financial Industry Regulatory Authority (FINRA) and the North American Securities Administrators Association (NASAA), containing information on some 500,000 registered securities employees of FINRA member, broker/dealer firms. 중앙등기보관기관은 WebCRD라고도 알려져 있는데, 금융업규제기구(Financial Industry Regulatory Authority: FINRA) 및 북미증권감독자협회(North American Securities Administrators Association: NASSA)가 개발한 온라인상의 등록자 및 라이센스 사용허가자의 데이터뱅크이다. 금융업규제기구의 회원인 증권회사(브로커/딜러회사)의 약 50만인이 등록한 종업원의 정보가 들어가 있다.

Central African Republic currency 중앙아프리카 공화국 화폐 ¶CFA franc (CFA); there is no subdivision. 프랑(franc). 그 이하의 화폐단위는 없음.

CEO → The **c**hief **e**xecutive **o**fficer [약] 경영최고책임자(대표권을 가지는 사장, 회장)

cereal production 곡물생산

certain 확실한, 확정의 ¶*certain* (interest) rate 확정이자 ***certain annuity*** [영] 확실성연금 ¶The *certain annuity* is a form of annuity that pays the annuitant a fixed amount for defined period of time, once the annuitant has reached a particular age. 확실성연금은 연금수급자가 특정한 연령에 도달한다면, 규정된 기간

동안 고정금액을 연금수급자에게 지급하는 연금의 형태를 말한다.

certificate 증서, 증명서, 면허장, 증권 ¶A *certificate* is a certificate with particular relevance to finance and investment. 증서란 것은 금융과 투자에 관련된 증서를 말한다. /a *certificate* of analysis 분석증명서 /*certificate* of authority to borrow 차입수권서(借入授權書) /a *certificate* of bank balance 은행예금잔액증명서 /a *certificate* of inspection 검사증명서 /a *certificate* of insurance 보험승인서 /a *certificate* of measurement and weight 용적중량증명서 /a *certificate* of origin 원산지증명서 /a *certificate* of a registered seal (impression) 인감증명 /a *certificate* of stock payment deposit 주식납입보관증명서 /a *certificate* of time deposit 정기예금증서 /a *certificate* of weight and measurement 중량용적증명서 /export [import] *certificates* 수출[수입]허가서 /share [stock] *certificates* 주권 ***certificate for automobile receivables* (*CARS*)** 자동차론(loan)담보증권 ¶ A *certificate for automobile receivables* (*CARS*) is a pass-through security backed by automobile loan paper of banks and other lenders. 자동차론(loan)담보증권이란 은행이나 다른 대여자(貸與者)의 자동차론(loan)채권을 담보로 하는 패스트루증권(pass-through security)을 말한다. **~ *of accrual on Treasury securities* (*CATS*)** 캣츠 ¶The *CATS* are U.S. Treasury issues, sold at a deep discount from face value. A zero-coupon security, they pay no interest during their lifetime, but return the full face value at maturity. They are appropriate for retirement or education planning. As Treasury securities, CATS cannot be called away. 캣츠는 액면가격보다도 대폭 할인하여 매출되는 미국의 재무부증권(Treasuries)이다. 그것은 일종의 제로쿠폰(zero-coupon)이기 때문에, 증권의 잔존기간중에는 이자가 지급되지 않고, 만기에 액면을 반환한다. 퇴직금적립계획이나 교육자급계획에 적합하다. 재무부증권인 것이므로, 캣츠는 도중에 상환되는 일은 없다. **~ *of deposit* (*CD*)** 정기예금증서, 양도성예금증서 ¶A *certificate of deposit* (*CD*) is a debt instrument issued by a bank that usually pays interest. Institutional *CDs* are issued in denominations of $100,000 or more, and individual *CDs* start as low as $100. Maturities range from a few weeks to several years. Interest rates are set by competitive forces in the marketplace. 양도성예금증서는 은행에 의해서 발행되는 채무증서(debit instrument)로, 통상은 금리(interest rate)가 붙는다. 기관투자자(institutional investor)용의 CD는 10만달러 또는 그 이상의 액면금액(denomination)으로 발행되며, 개인용 CD는 100달러 단위의 액면으로 발행된다. 만기(maturity)는 수주간에서 수년에 걸친다. 금리는 시장에서의 경쟁력이 결정한다. ¶*CDs* are traded on the secondary market. CD는 유통시장에서 매매된다. **~ *of incorporation*** [미] 법인설립허가증, 정관 ¶In most states *a certificate of incorporation* is the document prepared by the Secretary of State that evidences the acceptance of articles of incorporation and the commencement of the corporate existence. 대부분의 주에서 법인설립허가증은 회사설립의 정관을 인정하여 회사존립의 출발을 증명하는 주정부의 주무장관(州務長官)이 준비하는 문서이다.

certification 증명, 확인 ¶The *certification* is an act of confirming formally as true, accurate, or genuine. 증명이란 진실하고, 정확하며, 혹은 진정한 것으로 공식으로 확인하는 행위이다. /*certification* of check 수표의 지급보증 /*certification* of contents 내용증명 /*certification* of payment 지급보증

certificateless municipals 등록지방채 ¶*Certificateless municipals* are municipal bonds that have no certificates of ownership for each bondholder. Instead, one certificate is valid for the entire issue. *Certificateless municipals* save paperwork for brokers and municipalities and allow investors to trade their bonds without having to transfer certificates. 등록지방채란 소유권을 나타내는 증서(본권)가 없는 지방채(municipal bonds)를 말한다. 그 대신에, 1매의 증서가 전체의 발행채권에 대해서 유효하다. 등록지방채는 증권회사와 자치단체의 사무절차를 줄이고, 투자자는 채권증서의 이동없이 채권의 매매가 가능하게 된다.

certified 보증된, 증명된 ¶a *certified* copy of the resolution of the board of directors 이사회결의의 인증사본(認證寫本) /a *certified* extract 초본(抄本) /*certified* mail 배달증명 /*certified* minutes (회사의) 인증의사록 ***certified check*** 지급보증수표, 은행보증수표 ¶A *certified check* is a check for which a bank guarantees payment. It legally becomes an obligation of the bank, and the funds to cover it are immediately withdrawn from the depositor's account. 지급보증수표는 은행이 지급을 보증하는 수표이다. 이 수표는 법률적으로는 보증한 은행의 채무가 되고, 수표금액분의 자금은 예금자의 계좌에서 즉시 인출된다. ~ ***financial planner* (*CFP*)** 공인(公認)파이낸셜 플래너 ¶A *certified financial planner* (*CFP*) is a person who has passed examinations accredited by the Denver-based Certified Financial Planner Board of Standards, testing the ability to coordinate a client's banking, estate, insurance, investment, and tax affairs. Financial planners usually specialize in one or more of these areas and consult outside experts as needed. 공인파이낸셜 플래너는 덴버에 본부를 둔 공인파이낸셜 플래너인정협회(Certified Financial Planner Board of Standards)가 실시하는 시험에 합격한 사람을 말한다. 이 시험에서는, 고객의 은행거래, 부동산, 보험, 투자, 세무문제 등을 종합적으로 조정, 처리하는 능력을 평가받는다. 파이낸셜 플래너는 보통 이러한 분야 중에서 1이상의 전문지식을 가지고, 필요하다면 외부의 전문가와 상담하기도 한다. ~ ***financial statements*** 감사증명이 수반된 재무제표 ¶*Certified financial statements* are financial statements accompanied by an accountant's opinion. 감사증명이 수반된 재무제표는 감사의견(accountant's opinion)이 수반된 재무보고서를 이른다. ~ ***public accountant* (*CPA*)** [미] 공인회계사 ¶A *certified public accountant* (*CPA*) is an accountant who has passed certain exams, achieved a certain amount of experience, reached a certain age, and met all other statutory and licensing requirements of the U.S. state where he or she works. 공인회계사는 일정한 시험에 합격하고, 일정한 실무경험을 쌓으며, 일정한 연령에 도달하여 근무지역의 미국 주가 정하는 기타 모든 법률상 인가조건에 충족하고 있는 회계사이다. ***Chartered Certified Accountant* (*CCA*)** [영] 인허(認許)회계사, 공인회계사 ¶In the United Kingdom, the *Chartered Certified Accountant* (*CCA*) is an accountant that is a member of the Association of Chartered Certified Accountants, admitted through the passage of relevant examinations and the accumulation of industry experience, and qualified to audit a company's accounts. 영연합왕국에서 인허(認許)회계사는 관련시험의 통과와 업계경험의 축적을 인정받고, 회사의 장부를 검사할 자격이 있다고 하는 영국의 인허회계사협회의 회원을 말한다.

certifier 증인

certify 증명하다, 보증하다 ¶I hereby *certify* that ... …라는 것을 증명합니다 /I *certified* him of the fact. 그 사실임을 그에게 보증하였다. /*certify* the fact to him 그에게 그 사실임을 증명하다 /All new cars must be *certified* as meeting required standards. 모든 신차는 수요의 기준을 충족하고 있다는 증명을 받아야 한다.

cession 양도, 보험양도 ¶The *cession* is a quantity of risk transferred from one party to a second party via an insurance contract; the second party becomes responsible for providing coverage in exchange for ceded premium. 보험인도는 한 사람의 당사자로부터 제2의 당사자에게 보험계약을 경유하여 양도받은 위험의 수량을 말한다. 제2의 당사자는 양도된 프리미엄의 교환으로 보험범위(insurance coverage)를 제공할 책임을 지게 된다. /the *cession* of an obligation 채권담보차입, 채권양도

CFA (ISO) code Central African Republic – currency CFA franc. ¶ (국제표준기구) 약호 중앙아프리카 공화국 — 화폐 CFA 프랑(franc).

CFA Abbreviation of Communauté Financière Africaine – belongs to the French franc zone. [약] 아프리카경제공동체 — 프랑스 프랑지역(franc zone)에 속한다.

CFA (Chartered Financial Analyst) Institute CFA협회 ¶ The *CFA (Chartered Financial Analyst) Institute* is a global, nonprofit professional organization of more than 83,000 investment practitioners in 129 countries, formerly known as the Association for Investment Management and Research. Its membership includes the world's 64,000 CFA charter holders, as well as 135 affiliated professional societies in 56 countries and territories. CFA(공인증권애널리스트)는 129국의 83,000인 이상의 투자전문가로 구성된 지구규모의 비영리조직(nonprofit)의 전문가조직으로, 예전에는 투자운용협회(the Association for Investment Management)로서 알려져 있었다. CFA협회의 회원에는 세계의 64,000인의 CFA자격보유자뿐만 아니라, 56개국 및 지역의 135의 관련협회나 지부도 포함된다.

CFP Abbreviation of Colonies Françaises du Pacifique – belongs to the French franc zone. [약] 태평양프랑스식민지 — 프랑스 프랑지역(franc zone)에 속한다.

CFPB → **C**onsumer **F**inancial **P**rotection **B**ureau [약] [미] 소비자금융보호국

CFTC → **C**ommodity **F**utures **T**rading **C**ommission [약][미] 상품선물거래위원회 (상품선물거래를 감독, 지도하는 미정부기관)

CGF (ISO) code Congo – currency CFA franc. ¶ CGF (국제표준기구) 약호 콩고 — 화폐 CFA 프랑(franc).

Chad currency 차드 공화국 화폐 ¶ CFA franc (TDF); there is no subdivision. CFA 프랑. 그 이하의 화폐단위는 없음.

chaebol [한국] 재벌(財閥) ¶ The *chaebol* is the Korean form of conglomerate, generally comprised of a series of companies with cross-shareholdings and business relationships, but no central core company. 한국에서, 재벌은 일반적으로 주식의 상호보유와 기업관계를 가지는 일련의 회사들로 구성되는 한국식의 기업집단(conglomerate)이지만, 중심에 핵심적인 회사는 없다.

chain 쇠사슬, 연쇄 ¶ *chain* banking 체인뱅킹(여러 은행이 모여서 연쇄적으로 점포를 개설하는 형태의 은행업무) /*chain*-reaction bankruptcies 연쇄도산

chairman 의장, 회장 ***chairman of the board*** 이사회회장, 회장 ¶ The *chairman of the board* is a member of a corporation's board of directors who presides over its meetings and who is the highest ranking officer in the corporation. The chairman of the board may or may not have the most actual executive authority in a firm. The additional title of chief executive officer (CEO) is reserved for the principal executive, and depending on the particular firm, that title may be held by the chairman, the president, or even an executive vice president. 이사회

회장은 회사의 이사회(board of the directors)의 일원(一員)으로서, 이사회의 의장에 자리하고 회사의 최고의 임원이다. 이사회회장은 회사의 실제상 최고집행권자(actual executive authority)이기도 하고, 그렇지 아니한 경우도 있다. 최고경영책임자(chief executive officer: CEO)라는 특별한 직함이 최고집행자에게 유보되어 있고, 회사에 따라서는 그 타이틀은 이사회회장, 사장, 또는 심지어 집행부사장이 보유할 수 있다.

challenge 도전, 과제

chamber of commerce and industry 상공회의소(미국 등에서는 industry 라는 말을 생략하여 a chamber of commerce(상업회의소)의 형식으로 사용하고 있다.)

Chancellor of the Exchequer [영] 재무장관(미국의 재무장관(the Secretary of the Treasury)에 상당한 지위이다.)

chandler 판매인, 상인 ¶a ship *chandler* 선박용품상인

change 변화, 변경, 환전(換錢), 거스름돈, 잔돈 ¶*change* funds 거스름돈용 현금 /*change* in address 주소변경 /*change* in business inventories 기업재고의 변화 /*change* in par value 평가조정 /*change* machines 환전기 /a *change*-of-address form 주소변경신고서 /*change* of parity 평가변경 /small decimal *changes* in the exchange rate 외국환환율의 소수점 이하의 잔돈 /upward or downward *changes* in interest rate 윗부분 또는 아랫부분에의 이자율의 움직임

changeover 전환(轉換), 환전

channel 채널, 경로 ¶In the technical analysis, a *channel* is the space, representing a trading range, between two parallel trend lines, one connecting the highs, the other connecting the lows in a price series. Channels can be ascending, descending, or horizontal, but the lines should be near parallel and, respectively, represent resistance levels (top) and support levels (bottom). 채널은 테크니컬 분석의 차트에서, 높은 가격과 낮은 가격을 연결짓는 2개의 선이 평행하는 트렌드라인(trend line)으로 나타내는 가격폭(trading range)을 말한다. 채널은 상승하기도 하고, 하강하기도 하고, 또 수평으로 되기도 하지만, 2개의 선은 거의 평행하여 각각 높은 가격을 연결하는 트렌드라인은 저항선(resistance levels)을 나타내고, 낮은 가격을 연결짓는 트렌드라인은 지지선(support levels)을 나타내고 있다. ***channel of distribution*** 판매경로 ¶A *channel of distribution* is means used to transfer merchandise from the manufacturer to the end user. An intermediary

채널(channel)

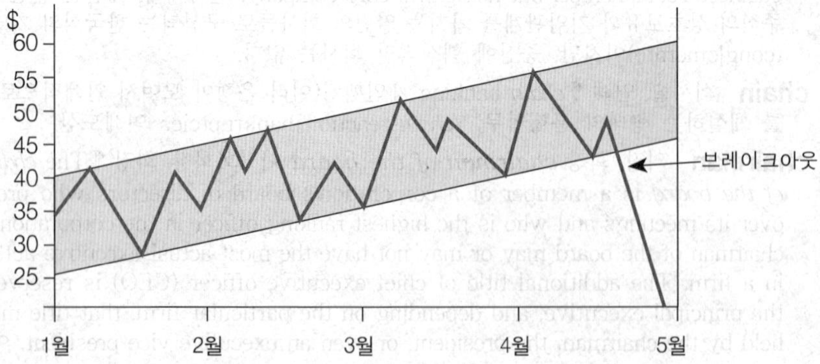

in the channel is called a middleman. Channels normally range from two-level channels without intermediaries to five-level channels with three intermediaries. For example, a caterer who prepares food and sells it directly to the customers is in two levels channel. A food manufacturer who sells to a restaurant supplier, who sells to individual restaurants, who then serve the customer, is in a four-level channel. 판매경로는 상품을 제조업자로부터 이용자에게 이동하는 데에 사용되는 수단을 이른다. 채널에서 중개자(intermediary)가 중간자(middleman)이다. 채널은 일반적으로 중개자없는 2단계 채널에서 3인의 중개자가 있는 5단계 채널로 분류한다. 예컨대 음식을 준비해서 직접 고객에게 파는 요리 만드는 사람은 2단계 채널에 있게 된다. 그러나 식료품제조업자가 레스토랑에 식료품을 공급하는 자에게 팔고, 레스토랑에 공급하는 자가 그 식료품을 받아서 개별 레스토랑에게 팔며, 그 다음에 개별 레스토랑이 요리를 만들어 고객에게 판다면 식료품에 관한 한 4단계 채널에 있게 된다.

chapter 11 [미] 챕터 일레븐 ¶ *Chapter 11* of the 1978 Bankruptcy Reform Act, dealing with reorganization of businesses, provides that, unless the court rules otherwise, the debtor remains in possession of the business and in control of its operation. Debtor and creditors are allowed considerable flexibility in working together. 1978년의 미연방개정파산법 제11장은 도산회사의 갱생절차(reorganization)를 다루는 장(章)인데, 법원이 금지하고 있지 않는 한, 채무자는 계속해서 사업을 소유하고 경영할 수 있다는 취지로 규정하고 있다. 채무자와 채권자가 회사재건을 향해서 서로 협력할 수 있도록 상당한 유연성(flexibility)이 인정되고 있다.

Chapter 7 [미] 챕터 세븐 ¶ In the U.S., the *Chapter 7* is the statute of the Bankruptcy Reform Act that relates to the liquidation proceedings of individuals, sole proprietorships, partnerships, and corporations that have entered financial distress. The courts typically appoint a trustee to operate the business while liquidation negotiations are underway in order to preserve as much asset value as possible. 미국에서, 미연방개정파산법 제7장은 재산상의 곤궁에 빠진 개인, 개인기업(sole proprietorship), 파트너십, 및 주식회사의 청산절차를 규정하는 제정법이다. 법원은 가능한 한 많은 자산가치를 보존하기 위하여 청산교섭이 진행중에 기업을 운영할 파산관재인(trustee)을 임명한다.

Chapter 9 [미] 챕터 나인 ¶ In the U.S., the *Chapter 9* is the statute of the Bankruptcy Reform Act that relates to the reorganization proceedings of municipalities. Though this clause is not commonly used, in most instances a municipal debtor continues to conduct municipal operations while concluding debt restructuring negotiations with creditors. 미국에서, 제9장은 지방자치단체의 정리절차에 관련되는 미연방개정파산법의 제정법이다. 이 조항이 보통 사용되지 않지만, 대부분의 경우에 지방자치단체인 채무자는 채권자와 채무재생(再生)교섭을 체결하고 있는 동안 지방자치업무를 계속 행한다.

chapter 10 [미] 챕터 텐 ¶ *Chapter 10* is Federal Bankruptcy law section providing for reorganization under a court-appointed independent manager (trustee in bankruptcy) rather than under existing management as in the case with Chapter 11. 제10장은 제11장에서와 같이 현집행경영진을 인정하기보다 법원이 임명하는 독립된 관리자(파산관리인)하의 갱생절차를 규정하는 미연방파산법부분을 가리킨다.

Chapter 13 [미] 챕터 써틴 ¶ In the U.S., the *Chapter 13* is the statute of the Bankruptcy Reform Act that relates to the restructuring proceedings of individuals in financial distress (as an alternative to Chapter 7). In most cases a personal debtor is permitted to keep certain types of property and establish a debt repayment schedule covering 3 to 5 years. Also known as wage earner's plan. 미국에서 제13장은 (제7장의 대안으로서) 재산상의 곤궁에 빠진 개인의 재정리절차를 규정하는 미연방개정파산법의 제정법이다. 대부분의 경우에 개인채무자는 일정한 유형의 재산을 보존하고 3년에서 5년에 걸치는 채무상환명세서를 수립할 수 있다.

character, capacity, and capital 사람 · 물품 · 자금

characteristic ⓐ 독특한
ⓝ 특성

characterization 특성표시, 특성화, 분류 ¶ the bank examiner's *characterization* of loans 은행검사관의 대금(貸金)분류 /*characterization* of loans 대금분류

character reference 인물조회처

charge ⓥ 채우다, 충족시키다, 과하다, 청구하다 ¶ *charged*-off loans [papers] 대손대금(貸損貸金) /*charge* real property by means of a mortgage 모기지에 의거하여 부동산에 권리를 설정하다
ⓝ 의무, 청구금액, 외상매입(a charged purchase), 대가(代價), 부채 ¶ acceptance *charges* [commissions] 인수수수료 /advising [confirming, notifying, opening, paying] *charges* (신용장의) 통지[확인, 통지, 개설, 지급]수수료 /bank *charges* 은행제비용 /banking *charges* 은행수수료 /*charge* account 외상거래계정 /*charge* account banking 은행할부신용업무 /*charges* collect 제비용추심 /*charges* for collection 추심수수료 /*charges* forward 제비용선급 /*charge*-giving machines 잔돈교환기 /a *charge* on real estate 부동산에 대한 권리 /*charge*-off (불량채권 등의) 상각 /*charge*-outs 회금(回金) /*charges* prepaid 제비용선급 /create an equitable *charge* in favor of the bank 은행에 에퀴티상의 권리를 생기게 하다 /export *charges* 수출제비용 /handling *charges* 취급수수료 /interest *charges* 이자비용 /less *charges* and/or disbursements and/petty *charges* 제잡비 /monthly carrying *charge* 월차계좌(月次計座)유지수수료 /on *charge* 외상으로 /or expenses where applicable 수수료, 제비용, 소요경비 등 당해분(當該分)을 공제한 다음에 /postage *charges* 우송료 /a second *charge* on the property mortgaged 모기지물건에 대한 후순위의 권리 /storage *charges* 창고료 /tariff *charges* 관세제비용 /There are no *charges* registered. 권리는 부착되어 있지 않습니다. /warehouse *charges* 창고료 ***late charge*** 지연수수료 ¶ The *last charge* is a fee charged by a grantor of credit when the borrower fails to make timely payment. 지연손해금이란 차입자(borrower)가 기한대로의 지급을 태만한 경우에 여신제공자(grantor)가 과하는 손해금을 이른다.

chargeable 부담지어야 할 ¶ *chargeable* expenses 부대(附帶)비용

charitable 자선의 ¶ a *charitable* foundation 자선재단 ***charitable remainder trust*** 잔여공익신탁 ¶ The *charitable remainder trust* is an irrevocable trust that pays income to one or more individuals until the grantor's death, at which time the balance, which is tax free, passes to a designated charity. It is a popular tax-saving alternative for individuals who have no children or who are wealthy enough to benefit both children and charity. 잔여공익신탁은 재산증여자(grantor)가 사망하기까지 1인 또는 복수의 개인에 대해서 신탁수익을 지급하는 취소불능신탁(irrevocable trust)을 말한다. 재산증여자가 사망한 시점에서, 잔여금은 비과세로 취급되고 지정된 자선단체에 이전된다. 이것은 자녀가 없거나, 혹은 자녀와 자선단체의

양쪽에 이익을 줄 정도로 여유가 있는 개인에게 인기가 있는 절세(節稅)수단의 하나이다.

chart 도표, (주식의) 괘선(罫線) ***chart of accounts*** 계좌표 ¶The *chart of accounts* is an organized list of the names and numbers of all accounts in the general ledger. 계좌표는 총계좌원장에 기재된 모든 계좌의 명칭과 수를 조직화한 리스트를 말한다.

charter ⓝ 칙허(勅許), 허가, 영업면허, 정관, 용선계약, 차터, 임대 ¶a bank *charter* 은행개설허가 /*charter* back 차터백(자사선박을 일단 외국의 선박회사에 매각하고, 바로 이를 차수(借受)하여 다시 운항사용하는 것) /*charter* hire 용선료 /*charter* [certificate, articles] of incorporation 기본정관([영] the memorandum of association) /*charter* party; *charter* hire 용선계약 /*charter* party B/L 용선계약 선하증권, 차터파티(선박의 스페이스를 전부 차용하는 것을 목적으로 하는 운송인과 용선자 간의 계약) 선하증권/(a) time *charter* 정기용선 /a steamer under *charter* 용선계약의 기선(汽船) ***bare(boat) charter*** 나용선(裸傭船) ¶A *bare charter* is a charter of a vessel where the character party has the right to use his own master and crew on the vessel. 나용선은 용선자가 용선한 선박에서 자신이 고용한 선장과 선원을 부릴 수 있는 권리가 있는 경우의 용선계약을 말한다. ~ ***party bill of lading*** 용선계약 선하증권 ¶*The charter party bill of lading* is the bill of lading that indicates that the shipper has sent the goods via a chartered vessel. 용선계약 선하증권은 송하인(送荷人)이 하물을 용선선박으로 송부하였음을 표시하는 선하증권을 말한다. ~ ***vessel*** 용선선박 ¶The *charter vessel* is the vessel that is being rented by the charter party. 용선선박은 용선계약(charter party)에 의하여 임대하고 있는 선박을 말한다.
ⓥ 면허하다, 용선계약에서 고용하다, 차용하다

charterage 용선료(傭船料) ¶The charter-party usually states the amount of hire which must be paid, in which it is called the *charterage* that the charterer has to pay the shipowner. 용선계약에는 보통 지급되어야 할 선박임대료의 총액을 기재한다. 이 경우에 용선자가 선주에게 지급할 것이 용선료라고 한다.

chartered 특허를 받은, 공인(公認)의, 대절(貸切)의 ¶a *chartered* bank 특허은행 /a *chartered* certified accountant [영] 칙허(勅許)회계사(칙허에 의한 공인회계사협회의 일원이라는 의미 (*cf.*) 공인회계사 [미] a certified public accountant) ***Chartered Financial Analyst (CFA)*** 공인증권애널리스트 ¶The *Chartered Financial Analyst* (*CFA*) is a designation awarded by the Institute of Chartered Financial Analysts (ICFA), a unit of Charlottesville, Virginia-based CFA Institute, to experienced financial analysts who pass examinations in economics, financial accounting, portfolio management, security analysis, and standards of conduct. 공인증권애널리스트는 버지니아주 샬롯트빌(Charlottesville)에 있는 CFA협회(CFA Institute)의 일부문인 공인증권애널리스트협회(Institute of Chartered Financial Analysts: ICFA)가 실시하는 경제학, 재무회계, 포트폴리오관리, 증권분석, 및 직무행위기준에 관한 시험에 합격한, 경험이 풍부한 파이낸셜 애널리스트에게 동 협회가 수여하는 칭호이다. ***Chartered Financial Consultant (ChFC)*** 공인재무컨설턴트 ¶The *Chartered Financial Consultant* (*ChFC*) is a designation awarded by American College, Bryn Mawr, PA, to a professional financial planner who completes a four-year program covering economics, insurance, taxation, realestate, and other areas related to finance and investing. 공인재무컨설턴트는 펜실베이니아주, 브린 모어에 있는 아메리칸대학이 경제학, 보험

학, 세무, 부동산학, 및 기타 금융이나 투자와 관련된 분야의 4년 과정을 수료한 전문적인 파이낸셜 플래너(financial planner)에게 수여하는 칭호이다. ***Chartered Investment Counsel* (*CIC*)** 공인투자자문사 ¶ The *Chartered Investment Counsel* (*CIC*) is a designation awarded by the Investment Counsel Association of America (ICAA), Washington, D.C., national association of Registered Investment Advisers founded in 1937, to Chartered Financial Analysts (CFA), who have had significant experience in investment counseling or portfolio management, are employed by an ICAA member firms, have provided work and character reference, endorse the ICAA's Standards of Practice, and provide professional ethical information. 공인투자자문사는 워싱톤에 소재하는 1937년에 창립된 등록투자자문사(Registered Investment Advisers)에 의한 미국전국적인 단체인 미국투자자문사협회(Investment Counsel Association of America: ICAA)가 수여하는 자격이다. 이 자격을 수여받은 사람은 CFA협회가 공인하는 증권애널리스트(Chartered Financial Analyst)의 자격보유자가 되며, 동시에 투자의 자문 또는 포트폴리오(portfolio)운용의 분야에서 현저한 경험을 하고, ICAA의 회원기업에 고용되어 업무경험과 인물에 관한 조회처를 제공하며, ICAA의 행동기준을 수락하여 프로로서의 윤리적인 정보를 제공하는 사람이다. ***Chartered Life Underwriter* (*CLU*)** 공인생명보험설계사 ¶ The *Chartered Life Underwriter* (*CLU*) is a designation granted by American College, Bryn Mawr, PA, the insurance and financial service industry's oldest and largest fully accredited institution of higher learning in the United States. Designation requires completion of ten college-level courses, three years of qualifying experience, and adherence to a strict code of ethics. All *CLUs* may join the American Society of *CLU* and ChFC, a professional association also headquartered in Bryn Mawr, for continuing education opportunities and other member services. The American Society has chapters in all 50 states. 공인생명보험설계사는 보험업 및 금융업의 분야에서 가장 역사가 깊고, 또 최대의 고등교육기관으로서 널리 신뢰를 받고 있는, 펜실베이니아주 브린 모어(Bryn Mawr) 소재의 아메리칸대학이 인정하는 칭호이다. 이 칭호취득에는 대학수준의 과정을 10과목을 수료하고, 3년의 실무경험을 쌓으며, 윤리규정의 엄수가 요구되고 있다. 공인생명보험설계사(CLU)는 전원, 미국전국공인 생명보험설계사(CLU), 공인재무컨설턴트(ChFC)협회에의 가입이 인정되고 있다. 이 협회는 브린 모어에 본부를 두는 전문가단체이고, 계속적인 교육이나 기타 회원의 서비스를 행하고 있다. 이 미국의 전국적인 협회는 50개주 전부에 지부를 가지고 있다. ~ ***ship*** 용선선박 ¶ The *chartered ship* is a ship leased by its owner for a stated time, voyage, or by demise. 용선선박은 선주로부터 일정한 기간동안에, 일정한 항해를 위하여, 또는 나용선(裸傭船)으로 임대된 선박을 말한다.

charterer 용선자 ¶ The *charterer* is a term used to refer to the individual who rents the use of the vessel or part of its freight space. 용선자는 선박의 전부 또는 그 운송공간의 일부의 사용을 임대하는 개인을 의미하는 데 사용되는 용어이다.

chartist [주식] 괘선분석의 전문가, 테크니컬 분석을 전문으로 하는 투자자, 차트분석자 ¶ A *chartist* is a technical analyst who charts the patterns of stocks, bonds, and commodities to make buy and sell recommendations to clients. *Chartists* believe recurring patterns of trading can help them forecast future price movements. 차트분석자는 주식(stock), 채권(bond), 및 상품(commodities)의 가격 움직임을 도식화(圖式化)하여, 고객에게 매매의 권장종목을 보여주는 테크니컬 애널리스트이다. 차트분석자는 거래에서 되풀이되는 패턴이 장래의 가격움직임을 예측하는 데에 도움이 된다고 믿고 있다.

chasing the market 시장추종 ¶ *Chasing the market* is to purchase a security at a higher price than intended because prices have risen sharply, or selling it a lower level when prices fall. For example, an investor may want to buy shares of a stock at $20 and place a limit order to do so. But when the shares rise above $25, and then $28, the customer decides to enter a market order and buy the stock before it goes even higher. Investor can also chase the market when selling a stock. For example, if an investor wants to sell a stock at $20 and it declines to $15 and then $12, he may decide to sell it at the market price before it declines even further. 시장추종은 시장의 가격상승이 급격하기 때문에, 당초 의도했던 가격보다도 고가로 증권을 구입한다든지, 가격하락시에 의도한 가격보다도 싼값으로 증권을 파는 것이다. 예컨대 어느 투자자가 1주당 20달러인 주식을 구입하려고 생각하고, 20달러의 지정가(limit order)주문을 내었다고 하자. 그러나 그 주가가 25달러 이상으로 등귀하여 28달러로 된 때에, 그 고객은 성립가(成立價)주문(market order)을 내고, 다시 상승하기 전에 그 주식구입을 결정한다. 투자자는 주식을 팔 때에도 시장에 추종하는 경우가 있다. 예컨대 어느 주식을 1주 20달러로 팔려고 하였으나, 주가가 15달러로 하락하고, 다시 12달러로 하락한다면, 투자자는 더 하락하기 전에 시장시세로 매각하는 것을 결정하는 경우가 있다.

chastity bonds 채스티티채권(債券) ¶ *Chastity bonds* are bonds that become redeemable at par value in the event of a takeover. 채스티티채권이란 매수(買收)(takeover)된 경우에 액면(par value)을 상환(redeemable)할 수 있게 되는 채권을 말한다.

chattel (통례 ~s) [법] 동산(personal property) ¶ *chattels* affixed to land or to a building 토지 또는 건물에 부착된 동산 /*chattels* personal (가재 · 금전 등의) 순수동산, 부동산 이외의 개인동산 /*chattels* real (임차권 등의) 부동산에 가까운 동산, 부동산에의 권리(물적 권리), 준부동산 /goods and *chattels* 일체의 동산 ***chattel mortgage*** 동산담보론(담보로서 동산의 소유권을 양도하여 의무불이행시에 그 환수권을 잃는다고 약정하는 것. 동산모기지) ¶ A *chattel mortgage* is a mortgage loan collateralized by personal property other than physical real estate, such as automobiles, inventories, furniture, or real estate leases. 동산담보론(loan)은 자동차, 재고품, 가구 또는 부동산리스 등, 부동산 이외의 개인재산담보로 한 모기지론(mortgage loan)을 말한다.

cheap ⓐ 값싼, 저리(低利)의, 비교적 싼 ¶ *cheap* government 싸게 먹히는 정부 /*cheap* money 저리자금 /a *cheap* money policy 저리금리정책

ⓝ [영속] 저가물(低價物) ¶ The *cheap* is an asset that is perceived by market participants to be inexpensive compared to alternative or proxies (i.e., the spread is too wide in the case of a bond or the price too low in the case of a common stock, currency, or commodity). Those believing the asset is cheap will seek to profit by purchasing it, directly, synthetically. or through an arbitrage trade. See also rich. 저가물은 시장참가자들이 대체물(alternative)이나 대용물(proxy)(즉, 스프레드가 채권의 경우에 너무 광범하다거나 가격이 보통주, 통화 또는 상품의 경우에 너무 낮다)에 비교하여 너무 싸다고 느껴지는 자산(asset)을 말한다. 그 자산이 너무 싸다고 믿는 사람들은 그 자산을 직접, 종합하여 또는 차익거래(arbitrage trade)를 통해서 구매함으로써 이익을 남기려고 한다. rich(고가물)도 참조할 것.

cheapest to deliver 최저가종목 ¶ The *cheapest to deliver* is a futures contract seller's term for a Treasury security with the highest implied repurchased rate, which is the most profitable issue for the seller to buy and then deliver on the settlement date. 최저가종목이란 미국재무부증권(Treasuries)의 선물거래(futures contract)에서 매도인측이 최고가격의 현물・선물레이트(repurchase rate)로 제시한 조건이다. 요컨대 매도인이 선물의 구입과 결제일(決濟日)에 인도하는 것이 가장 이익을 올리는 방법이다.

check ⓝ 저지, 대조, 점검, [미] 수표([영] cheque), [미] 전표(傳票), 계산서 ¶ A *check* is a draft drawn by a drawer ordering the drawee bank or financial institution to pay a certain amount of money to the holder on demand. 수표는 수취인 은행이나 금융기관에 대해서 소지인의 청구가 있으면 일정금액을 지급하도록 지시하면서 발행하는 환어음을 이른다. /alteration of *check* 수표의 변조 /antedated *checks* 선일자수표 /bank(er's) *checks* 은행수표 /blank *checks* 백지수표(금액이 기재되어 있지 않은 수표) /bogus *checks* 위조수표 /canceled *checks* 취소된 수표 /certified *checks* 지급보증수표 /a *check* account 당좌계좌 /*checks* and bills 수표・어음 /*checks* and bills in process of collection 추심중의 수표・어음 /a *check* book 수표책(a checkbook) /*check* certification 수표의 보증 /*check* clearing 수표교환 /*check* collection 수표의 추심 /a *check* collection system 격지결제제도 /*check* crossed generally [specially] 일반[특정]횡선수표 /*check* cyphers 전신용모두비수(電信用冒頭秘數)(test cyphers) /*check* drawees 수표수취인 /*check* drawers 수표발행인 /a *check* form 수표의 양식 /*checks* issued by other banks 타점권(他店券) /*check* mark 대조인(對照印)(√) /a *check* on a bank 은행앞으로의 수표 /*checks* only for account 수취인계좌입금전용("account payee only"라고 표시한다.) /*checks* on other banks 타행앞 수표 /*checks* on other local banks-clearing items 당소(當所)지급수표 /*checks* outstanding 미지급수표 /*check* perforators 수표천공기(穿孔機) /*check* payable to bearer [order] 소지인출급[지시인출급]수표 /*check* punches 수표숫자천공기 /*check* rate (수표매입의) 일람출급외국환환율(a demand rate) /a *check* register 수표기입장 /*check* stub 수표책에서 수표를 끊고 남은 쪽 /a *check* to (the order of) bearer 소지인출급수표 /a *check* to order 지시인출급수표 /a *check* writer 수표금액인자기(印字機) /crossed *check* 횡선수표 /customized *checks* 고객명을 인쇄한 수표 /dividend *checks* 배당수표 /a duplicate *check* 부본(副本)수표 /gift *checks* 증정용수표, 기프트 체크 /honor a *check*; pay a *check* 수표를 지급하다 /issue a *check* 수표를 발행하다 /kite *check* 공(空)수표(잔액가 없는 데로 발행된 수표) /magnetically encoded *checks* 전기잉크로 코드를 넣은 수표 /"On Us" *checks* 당지(當地)출급수표 /open *check* 보통수표 /order *check* 지시식수표 /out-of-town *checks* 시외(市外)수표 /outstanding *checks* 미제시수표 /a personal *check* book 개인수표책 /postdated *checks* 후일자(後日字)수표 /protested *checks* 부도수표 /raised *checks* 변조수표 /a salary *check* 급료수표 /a self *check*; a *check* drawn to self 자기앞수표/a stale *check* 지연수표, 기한경과수표 /tear out a *check* from the book 수표를 끊다 /uncrossed *checks* 횡선없는 수표 /unused *checks* 미사용수표 /voucher *checks* 증표식(證票式)수표 ***bearer check*** 소지인출급수표 ¶ A *bearer check* is any check that is not payable to a specific person, including check payable to the bearer. 소지인출급수표는 수표가 소지인에게 지급되는 수표를 비롯해서 특정한 사람에게 지급되지 않는 수표이다. ***bounced*** ~ 부도수표 → rubber check (부도수표). ***cashier's*** ~ 은행수표 ¶ A *cashier's check* is a check drawn by a bank on itself. 은행수표란 은행이 자신에게 발행한 수표를 말한다. ~ ***card*** 체크카드 ¶ The *check card* is a Visa or MasterCard debit card that deducts funds from a cardholder's checking account. Check cards are frequently accepted by restaurants and other merchants also accept Visa or

MasterCard credit cards as a replacement for personal checks. 체크카드는 카드소지자의 당좌예금에서 자금을 공제하는 비자(Visa) 또는 마스터카드(MasterCard)의 데빗카드이다. 체크카드는 이따금 레스토랑이 받고 있고, 기타 상인들도 비자 또는 마스터카드의 크레디트카드를 개인수표를 대신해서 이를 받고 있다. ***pay*** ~ 급료수표 ¶ The *paycheck* is a check paying an employee's wages from an organization. The net wages contained in the *paycheck* are those after deductions for social security and union dues and other benefit adjustments have been made. Paychecks are made on payday. 급료수표는 조직체로부터 근로자의 임금을 지급하는 수표를 말한다. 급료수표에 포함되는 순수임금은 사회보장제도와 노동조합비가 공제된 후의 임금을 말하고 기타 급여금의 조정도 이루어진 것이다. 급료수표는 봉급날에 교부된다. ***rubber*** ~ [구] 부도수표 ¶ The *rubber check* is a check for which insufficient funds are available. It is called a rubber check because it bounces. See also overdraft. 부도수표는 자금부족의 계좌에서 발행된 수표이다. 그것은 부도로서 되돌아온다고 해서 rubber check(고무수표)라고 한다. overdraft(당좌대월)도 참조할 것. ***traveler's*** ~ 여행자수표 ¶ The *traveler's check* is a sight draft issued through banks acting as sales agents, or sold directly to the public. The purchaser pays for the check in advance, and signs the drafts twice – once when ordering the drafts and once when cashing them. The drafts are payable by the issuing company, sold in denomination of $10 to $100 and numerous foreign currencies, and insured against loss or theft. They readily are accepted in lieu of cash by merchants, and may be cashed at bank offices in the United States and most foreign countries. *Traveler's checks* were first issued by American Express Co., which uses the spelling traveler's cheque. 여행자수표는 판매대리인으로서 행동하는 은행을 통해서 발행되거나 직접 대중에게 판매되는 일람출급환어음(sight draft)을 이른다. 구매자는 미리 그 수표대금을 치루고, 그 수표에 두 번 — 한번은 그 수표를 주문할 때, 다른 한번은 그 수표를 현금으로 바꿀 때 — 서명한다. 그 수표는 발행회사가 지급하고, 10달러에서 100달러의 액면과 여러 나라의 통화로 매매되고 분실이나 도난에 대해 보험이 들어 있다. 그 수표는 상인이 현금대신에 바로 이를 받으며, 미국과 대부분의 외국에서 은행지점에서 현금으로 바꿀 수 있다. 여행자수표는 처음에 아메리칸 익스프레스사(American Express Co.)가 발행한 것이었고, traveler's cheque(여행자수표)의 철자법으로 이용된다.

[v.] 수표를 발행하다 ¶ *checking* account 당좌계정, 당좌계좌, 수표발행계좌 /*check* out [미] (은행의 예금을) 수표발행으로 인출하다 ***checking the market*** 시장가격조사 ¶ *Checking the market* is to canvass securities market-makers by telephone or other means in search of the best bid or offer price. 시장가격조사란 것은 가장 유리한 매매가격을 구하여 전화나 기타의 방법으로 복수의 증권의 마켓·메이커(market maker)의 가격을 조사하는 것이다.

checkable deposits 수표발행가능예금 ¶ *Checkable deposits* are deposit accounts that may be drawn against by writing checks or drafts. The term includes, in addition to demand deposit accounts, any negotiable payment order, such as a NOW account – Negotiable Order of Withdrawal – or s super now account. The Monetary Control Act of 1980 placed all check-like bank deposits under the same category for the purpose of calculating Reserve Requirements. 수표발행가능예금이란 수표나 환어음을 발행하는 것에 대응할 수 있는 당좌계정을 말한다. 그 용어에는, 요구불예금계정에 추가하여, 양도가능환급지시서(NOW: Negotiable Order of Withdrawal) 또는 수퍼NOW예금계정과 같은 양도할 수 있는 지급지시도 포함된다. 1980년의 통화관리법에서는 지급준비율(Reserve Requirements)

을 계산할 목적에서 수표와 같은 은행계정을 동일한 범주에 넣었다.

checkbook [미] 수표책

checking 대조하는 것, 수표를 발행하는 것, 대조조사 ¶ *checking* account [미] 당좌예금 /a *checking* account agreement 당좌계정약정서 /*checking* audit 대조조사 /*checking* deposit 당좌입금표 /*checking* operations 대조업무 /*checking* posting 대조전기(對照轉記) /interest-bearing *checking* accounts 이자부당좌예금 ***checking account*** [미] 당좌예금계정 ¶ The *checking account* is a bank account on which a check can be drawn by the drawer in favor of a named payee. 당좌예금계정은 수표의 발행인이 지명된 수취인 앞으로 인출할 수 있는 은행계정을 말한다.

checkless society 수표없는 사회 ¶ The *checkless society* is a notion that electronic funds transfer (EFT) would someday replace check writing as the accepted way of transferring economic value. Innovations in financial services develop slowly, often taking 20 years or longer to become mature systems with broad consumer acceptance. However, financial innovation alone cannot completely reduce check writing. While newer services such as automated teller machines and internet banking appeal to many consumers, banks also continue to offer popular low-cost checking accounts and personal service. 수표없는 사회란 것은 전자자금이체제도(EFT)가 장래 경제적 가치의 이전에 있어서 수표발행을 대체하여 일반적으로 인정되는 방법이 될 것이다라는 관념을 말한다. 금융서비스의 개선은 서서히 발전하여 폭넓은 소비자의 인정을 받도록 성숙한 제도가 되기에는 간혹 20년 이상 오래 걸린다. 그러나, 금융개선만이 완전히 수표발행을 줄일 수는 없다. 현금자동입출금기(automated teller machines)와 인터넷뱅킹과 같은 새로운 서비스가 소비자에게 어필하면서, 은행도 계속해서 저비용으로 당좌예금과 개인서비스도 제공해야 할 것이다.

check-over 체크오버(외국환시장에서 직물환과 선물환의 반대매매를 동시에 동액에서 행하는 스왑거래)

checkup 점검, 정사(精査), 대조

checkwriter 수표금액인자기(印字機), 수표기입기, 어음각인기(刻印機)(어음이나 수표의 금액숫자의 개찬(改竄)을 방지하기 위해 새겨 넣는 인자(印字)를 하는 기계)

CHF (ISO) code Switzerland – currency Swiss franc. ¶ CHF (국제표준기구) 약호 스위스 — 화폐 스위스 프랑(franc).

Chicago 시카고(미국 중부의 대도시) ***Chicago Board of Trade (CBOT)*** 시카고상품거래소 ¶ The *CBOT* is the world's oldest futures and options exchange. *CBOT* volume in 2004 totaled nearly 600 million contracts, representing about 15% of the total global listed futures and options on futures trades executed during that year. With its diverse mix of more than 50 financial, equity, and commodity futures and options on futures products, the *CBOT* advances into the futures and on the strength of its market integrity and the deep, liquid, and transparent trading environment that it provides. 시카고상품거래소는 세계에서 가장 오래된 선물 및 옵션거래소이다. 시카고상품거래소의 거래량은 2004년을 시점으로 6억 계약고에 달하고 이것은 그 해에 실시된 선물거래에서 세계의 거래소에서 상장된 선물 및 옵션거래의 약 15%에 달하는 것이었다. 50 종류에 달하는 금융선물, 주식선물, 상품선물이나 선물옵션 등 폭넓은 상품군(商品群)을 바탕으로 하여, 시카고상품거래소는 공정한 시장과 유동성이나 투명성이 높은 거래환경을 강점으로 하여 다시 미래를 향해서 나아가고 있다. ***Chicago Board Options Exchange***

(CBOE) 시카고옵션거래소 ¶ The *Chicago Board Options Exchange* (*CBOE*) is the world's largest options marketplace and the creator of listed options. Options traded at *CBOE* include options on equity, index, ETFs, structured products, and interest rates. The *CBOE* traded 911 contracts when it opened on April 26, 1973, listing call options on 16 stocks. Today it lists equity options on some 1,700 stocks and American Depository Receipts (ADRs). The exchange launched index options in 1983 with the Standard & Poor's 100 index (OEX). The contract is the most actively traded index option in the world. The *CBOE* holds over 90% of the index options market, trading cash-settled index options on more than 40 indices. 시카고옵션거래소는 세계에서 최대의 옵션거래소이자, 상장옵션(listed options)을 시작한 거래소이기도 하다. 시카고옵션거래소에서 거래되는 옵션은 개별주식(equity), 지수(指數, index), (지수연동형)상장지수펀드(Exchange-Traded Funds: ETF), 구조금융상품(structured product) 및 금리(interest rate)를 대상으로 한다. CBOE를 개설한 1973년 4월 26일에는 16의 주식종목이 상장되고, 옵션계약이 911건 매매되었다. 오늘날에는 1,700건에 달하는 주식과 미국예탁증권(American Depository Receipts: ADRs)이 상장되어 있다. 1983년에는 S&P 100종목의 주가지수(Standard & Poor's 100 Index)의 지수옵션(index options)을 시작하였지만, 이 지수옵션은 현재 세계에서 가장 활발하게 거래되고 있다. CBOE는 지수옵션시장의 90%를 차지하고 있고, 40종목을 초과하는 지수를 기초로 현금결제의 지수옵션을 거래하고 있다. ***Chicago Mercantile Exchange (CME)*** 시카고상업거래소 ¶ The *Chicago Mercantile Exchange* (*CME*) is a U.S. derivative exchange founded in 1898 as the Chicago Butter and Egg Board, evolving into Chicago Mercantile Exchange in 1919. The exchange is a major global marketplace for trading futures and options on interest rates, equities, foreign exchange, commodities, and alternative investment products nearly 24 hourly a day via the *CME* Globox electronic trading platform and on its open outcry trading floors. 시카고상업거래소는 1898년에 Chicago Butter and Eggs Board로서 창설되어 1919년에 현재의 시카고상업거래소(CME)로 된 파생금융상품거래소이다. CME는 거의 하루 24시간 CME 글로벡스 전자거래플랫폼과 입회장에서 공개경쟁매매방식(open outcry)을 통하여 금리(interest rates), 주식(equity), 외국환(foreign exchange), 상품(commodity), 대체투자상품(alternative investment products)의 선물(futures contract)과 옵션(options)이 이루어지는 세계에서도 주요한 거래소이다. ***Chicago Stock Exchange (CXE)*** 시카고증권거래소 ¶ The *Chicago Stock Exchange* (*CXE*) is founded in 1882. CXE is a regional exchange complementing in and adding diversity to the National Market System. *CXE* merged with the stock exchanges in St. Louis, Minneapolis-St. Paul, and Cleveland in 1949 to form the Midwest Stock Exchange. Ten years later, the exchange in New Orleans also joined the Midwest Stock Exchange. The Midwest Stock Exchange changed it name to the Chicago Stock Exchange in 1993. 시카고증권거래소(CXE)는 1892년에 창설된 지방증권거래소였지만, 전미국시장시스템(national market system)을 보완하고 그 다양화에 공헌하고 있다. CXE는 1949년에 세인트루이스, 미네아폴리스 세인트폴, 클리블랜드의 3개의 거래소를 합병하여 중서부증권거래소(Midwest Stock Exchange)로 되었다. 10년 후에는 뉴올린즈의 증권거래소가 또 중서부증권거래소에 참가하였다. 중서부증권거래소는 1993년에 명칭을 시카고증권거래소로 개칭하였다.

chicken feed [속] 얼마 안되는 금액, 푼돈

chief 최고의, 우두머리의, 주요한 ***chief executive officer (CEO)*** [미] 최고경

영자(대표권을 가지는 사장, 회장) ¶ The *chief executive officer* (*CEO*) is an officer of a firm principally responsible for the activities of a company. *CEO* is usually an additional title held by the chairman of the board, the president, or another senior officer such a vice chairman or an executive vice president. 최고경영자는 기업활동에 대해서 주된 책임을 부담하는 회사의 임원(officer of a firm)을 말한다. 최고경영자(CEO)는 통상 이사회회장(chairman of the board), 사장(president), 또는 다른 상급임원, 예컨대 부회장(vice chairman)이라든가, 집행부사장 등이 가지는 추가적인 칭호이다. ***chief financial officer* (*CFO*)** [미] 최고재무책임자(재무담당부사장) ¶ The *chief financial officer* (*CFO*) is an executive officer who is responsible for handling funds, signing checks, keeping financial records and financial planning for a corporation. He or she typically has the title of vice president-finance or financial vice president in large corporation, that of treasurer or controller (also spelled comptroller) in smaller companies. Since many state laws require that a corporation have a treasurer, that title is often combined with one or more of the other financial titles. 최고재무책임자는 회사의 자금조달운용(handling funds), 수표의 서명(signing checks), 재무기록(financial records), 자금계획(financial planning)의 책임을 부담하는 경영간부를 말한다. 통상 대기업이면 재무담당부사장(vice president-finance or financial vice president) 혹은 컨트롤러(controller)라는 직함을 갖는다. 많은 주법(state laws)에서는 회사에 재무담당자를 두도록 규정하고 있으므로, 1인 이상의 재무담당자라는 직함은 자주 다른 재무관련 직함과 함께 같이 쓴다. ***chief operating officer* (*COO*)** [미] 최고경영집행자(사장이 맡는 경우가 많다.) ¶ The *chief operating officer* (*COO*) is an officer of a firm, usually the president or an executive vice president, responsible for day-to-day management. The *chief operating officer* reports to the chief executive officer and many or may not be on the board of directors (presidents typically serve as board members). 최고경영집행자는 통상은 사장(president), 혹은 집행부사장(executive vice president)으로, 매일매일의 경영에 책임을 지는 회사의 임원(officer)을 이른다. 최고경영집행자는 최고경영자(chief executive officer)에게 보고할 책임이 있고, 이사(director)인 경우도 그렇지 않은 경우도 있다(사장은 일반적으로 이사회의 일원으로 근무한다.)

Chile currency 칠레 화폐 ¶ Chilean peso (CLP), divided into 100 centesimos. 1 (칠레언) 페소(peso) = 100 센테시모(centesimos).

China currency 중국 화폐 ¶ yuan (CNY), 위안, 원(元).

Chinese Wall (만리장성의 의미에서) 넘기 어려운 장애, 차이니즈월, 정보장벽(인수부분과 영업부분과의 사이의 내부자거래규제의 정보장벽. 동일한 금융기관내라도, 다른 부문에 극비정보를 유출하는 것을 금지하는 것. 모회사 · 자회사부문에서의 정보장벽을 a fire wall라고 불러서 구별하는 경우가 있다.) ¶ *The Chinese Wall* is an imaginary barrier between the investment banking, corporate finance, and research departments of a brokerage house and the sales and trading departments. Since the investment banking side has sensitive knowledge of impending deals such as takeovers, new stock and bond issues, divestitures, spinoffs and the like, it would be unfair to the general investing public if the sales and trading side of the firm had advance knowledge of such transactions. So several SEC and stock exchange rules mandate that a *Chinese Wall* be erected to prevent premature leakage of this market-moving informations. 차이니즈월은 증권회사의 투자은행(investment bank)부문, 기업금융(corporate finance)부문, 및 조사부문(research department)과 증권회사의 영업부문(sales and trading department)과 사이의 가상장벽을 말한다. 투자은행부문은 기업매수(takeover), 주식이나 사채의 신규발행(new issue), 사업매각(divestiture), 사업분할(spinoff) 등 진행중의 거래에 관한 극비정보를 가지고 있으나, 그 정보가 영업·트레이딩부문에 사전에 유출되는 것은 일반투자자에게 불공평하게 된다. 따라서 미증권거래위원회(Securities and Exchange Commission: SEC) 및 몇 개의 증권거래소에서는 시장에 영향을 주는 정보의 사전누설을 방지하기 위해서, 차이니즈월(정보장벽)을 구축하도록 규칙에서 정하고 있다. /*Chinese walls* are set up to avoid insider dealing or conflict of interest. 정보장벽은 내부자거래나 이해의 충돌을 피하기 위해서 설치된다.

chip 작은 조각, (포커 등의) 칩(counter) ¶ blue *chips* (높은 점수의) 청색칩, 일류주식, 우량안정주

CHIPS → the **C**learing **H**ouse **I**nterbank **P**ayment **S**ystem [미] 어음교환소은행간지급결제시스템(뉴욕어음교환소협회가 운영하고 있다.), 칩스, 은행간어음교환지급기구

chit (대금)청구서, 각서, 영수증 ¶ a *chit* book 증인(證印)을 받아 두는 장부

choice price [영] 선택가격 ¶ The *choice price* is identical bids and offers provided by a market maker or dealer, meaning that a party can execute either side of the trade at the same price. See also locked market. 선택가격은 마켓메이커나 딜러가 제안한 동일한 호가(呼價)를 말한다. 그 의미는 당사자는 동일한 가격에서 그 거래의 어느 쪽을 집행할 수 있다는 뜻이다. locked market(록트마켓)도 참조할 것.

chooser option [영] 선택자 옵션 ¶ The *chooser option* is an over-the-counter complex option that permits the buyer to choose an underlying call option and put option with identical strike prices and maturities from trade date until a defined "choice" date. See also complex chooser option. 선택자 옵션은 매수인에게 동일한 행사가격과 개래일부터 정한 「선택(choice)」일까지의 만기를 갖춘 기초콜옵션과 풋옵션(underlying call option and put option)을 선택하도록 하는 장외거래의 복합옵션이다. complex chooser option(복합선택자 옵션)도 참조할 것.

chop 관인(官印), 허가증, 상표, 인(印) ¶ a *chop* mark [경화(硬貨)에 새긴 흔적의] 낙인

chose [법] 물건(thing), 동산 (*cf.*) chattel 동산 ***chose in action*** 무체동산(현재 점유하지 않고, 소송에 의해서 그 물건에 대한 권리를 향유할 수 있는 동산) ¶ The *chose in action* is a claim or debt upon which recovery may be made in a lawsuit. It is merely a right to sue, becoming a possessory thing only upon successful completion of a lawsuit. 소송에 의한 무체동산은 소송에서 권리회복이 가능할 수 있는 청구나 부채를 이른다. 그것은 단순히 제소할 수 있는 권리이고, 소송을 승소한 경우에만 점유할 수 있는 물건이 되는 것이다. ~ ***possession*** 유체동산(현재 점유하고 있는 동산) ¶ The *chose in possession* as opposed to chose in action, is a thing actually possessed or possessable. 유체동산은 소송에 의한 무체동산과 달리, 실제로 점유한 물건 또는 점유가능한 물건을 이른다.

chronic 만성의, 오래 끄는 ¶ *chronic* (balance of) payments deficit [surplus] 국제수지의 만성적 적자[흑자] /*chronic* depression 만성적 불황

chronological 연대순의, 일자순의

chumming 가장매매

churning [증권] (고객의 증권을 수수료수입을 위해) 과도하게 매매회전을 하는 것,

회전매매 ¶ *Churning* is an excessive trading of a client's account. *Churning* increases the broker's commission, but usually leaves the client worse off or no better off than before. *Churning* is illegal under SEC and exchange rules, but is difficult to prove. 과당거래(過當去來)란 고객계좌에서의 과도한 거래를 이른다. 과당거래는 브로커의 수수료(commission)를 증가시키지만, 통상 고객은 이익을 가져오는 일이 없이 손해만 보게 된다. 과당거래는 미국증권위원회(SEC)나 거래소의 규칙에서는 위법이라 하지만, 증명하기가 쉽지 않다.

CIF (ISO) code Ivory coast (Côte d'Ivoire) – currency CFA franc. ¶ CIF (국제표준기구) 약호 아보리 코스트(코트디부아르) — 화폐 CFA 프랑(franc).

CIF → **c**ost, **i**nsurance, and **f**reight [약] 운임 · 보험료포함 가격(조건), 시프(C.I.F., c.i.f., cif라고도 쓴다.) ¶ In a contract of sale, the cost of the goods, the insurance, and the freight to the destination are included in the contract price. Unless there is something in a *CIF* contract to indicate the contrary, the seller completes the contract when the merchandise is delivered to the shipper, the freight to the point of destination is paid, and the buyer has been forwarded the bill of lading, invoice, insurance policy, and receipt showing payment of freight. 매매계약에서, 물건의 비용, 보험료, 및 목적지까지의 운임은 계약대금에 포함된다. 시프 계약에서 그 반대의 정함을 나타내지 않는 한, 매도인은 상품이 하주(荷主)에게 인도되고, 목적지까지의 운임이 지급된 경우에 계약을 이행하게 되며, 매수인은 선하증권, 송장(invoice), 보험증권 및 운임의 지급을 증명하는 수령서(receipt)를 건네받는다.

CIF → **c**entral **i**nformation **f**ile [약] 집중정보관리; **c**ustomer **i**nformation **f**ile [약] 고객정보파일

cipher; cypher 제로(0), 암호 ¶ The *cipher* is a coded message. A businessperson who is concerned about secret information may use a *cipher* to prevent others from understanding the secret. 암호는 코드화된 메시지를 말한다. 비밀정보에 관여하는 실무자는 다른 사람들이 자기네 비밀을 이해하지 못하게 암호를 사용할 수 있다.

circa 약, 개산(概算)

circle 원(圓), 주기(週期), 서클, 증권판매가예약 ¶ A *circle* is an underwriter's way of designating potential purchases and amounts of a securities issue during the registration period, before selling is permitted. Registered representative canvass prospective buyers and report any interest to the underwriters, who then circle the names on their list. 증권판매가예약은 판매허가가 나기 전의 등록(registration)기간 중에, 증권인수업자(underwriter)가 고객이 될 사람과 구입액이 될 금액을 예측하는 방법을 이른다. 등록외무원(registered representative)은 구입할 고객을 만나 인수업자에 관한 관심의 정도를 보고한다. 인수업자는 그 보고에 기해서 그들의 고객리스트상의 성명에 동그라미를 친다. /a vicious *circle* of prices and wages 물가와 임금의 악순환

circuit 회로, 순회 ¶ *circuit* of capital 자본의 순환

circuit-breakers 차단기, 거래정지조치, (거래정지로 인한) 주가변동폭규제 ¶ *Circuit breakers* are measures instituted by the major stock and commodities exchanges to halt trading temporarily in stocks and stock index futures when market has fallen by an amount based on specified percentage declines in a specified period. For example, *circuit breakers* instituted at the New York Exchange in spring 1998 halt stock trading when Dow Jones Industrial Average falls 10%, 20%, and 30%, with the point settings revised quarterly on the fist day of January, April, July, and October. Their purpose is to prevent a market free-fall by permitting a rebalancing of buy and sell orders. 거래정지조치는 시장이 소정의 시간 내에 소정의 비율로 하락한 때에 주요한 주식거래소(stock exchange)나 상품거래소(commodities exchange)가 취한 주식이나 주가지수선물(stock index futures)의 거래의 일시적인 정지조치를 이른다. 예컨대 1998년에 봄 뉴욕증권거래소(New York Stock Exchange)가 취한 거래정지조치는 다우존스 평균주가지수(Dow Jones Industrial Average)가 10%, 20%, 그리고 30%로 하락한 때에 주식거래를 정지한다고 하는 것이었다. 그 수치(數値)의 설정은 4반기마다 1월, 4월, 7월, 및 10월 각월의 초일에 개정된다. 이 조치의 목적은 매매주문을 재평형시켜서 시장의 급속한 하락(free-fall)을 방지하는 데에 있다.

circular 원형의, 순회의, 순환적인 ¶ a *circular* flow of economic system 경제순환 ***circular letter of credit*** 순환신용장(여행자신용장과 같다.) → traveler's letter of credit (여행자신용장).

circulate 순환하다, 유통하다 ¶ *circulating* [floating, liquid] assets 유동자산 /a *circulating* medium 통화 /*circulating* [floating, liquid] capital 유동자산 /*circulating* money 유통화폐

circulation 순환, 유통, 팔리는 상태(팔림세), 통화 ¶ bank of *circulation* [issue] 지폐발행은행 /*circulation* of capital 자본의 순환 /notes in *circulation* 유통중의 지폐 /putting into *circulation* 통화발행 ***circulation expenses*** 유통경비 ¶ *Circulation expenses* are costs of establishing, maintaining, or increasing the circulation of a periodicals. 유통경비는 정기간행물의 제작, 관리 또는 증가의 비용을 말한다.

circumstance (*pl.*) 사정, 상황

circumstantial 상황적인, 사정에 따른

circus swap 서커스 스왑 ¶ A *circus swap* is a currency swap where one side is a fixed-rate currency and the other a floating U.S. dollar LIBOR payment. 서커스 스왑은 특정한 통화의 고정금리(fixed-rate)와 미달러 표시의 변동금리인 런던은행간 대출금리(LIBOR)(floating U.S. dollar LIBOR)와의 통화스왑(currency swap)을 말한다.

citizen bonds 시민채(市民債) ¶ *Citizen bonds* are a form of certificateless municipals. *Citizen bonds* may be registered on stock exchanges, in which case their prices are listed in daily newspapers, unlike other municipal bonds. 시민채는 등록지방채(certificateless municipals)의 형태를 이른다. 시민채는 주식거래소에 상장될 수도 있다. 그 경우 다른 지방채와는 다르며, 일간지에 그 가격이 표시된다.

city 시(市), 도시 ¶ *city* banks 시중은행 /*city* bills 시중어음 /a *city* book [영] 치트북(a chit book) /*city* collection items 당소(當所)추심어음 /the *City* of London; the *City* 시티(런던의 구도시, 금융업의 중심지구)

civil 시민의, 사회의, 민사(民事)의 ¶ *civil* actions 민사소송 /a *civil* suit 민사소송 ***civil liability*** 민사책임 ¶ The *civil liability* is negligent acts and/or omissions, other than breach of contract, normally independent of moral obligations for which a remedy can be provided in a court of law. For example, a person injured in someone's home can bring suit under civil liability law. 민사책임이란 통상 구제방법이 커먼로 법원에서 인정될 수 있는 도덕상의 의무에서 독립된 계약의 위반 이외에, 과실행위 및 부작위를 말한다. 예를 들면, 어느 사람의 집에서 부상을

입은 자는 민사책임법(civil liability law)에 의하여 소송(訴訟)을 제기할 수 있다. ~ ***penalty*** 민사벌(民事罰) ¶ *Civil penalty* is fine or money damages. *Civil penalties* are imposed as punishment for a certain activity and act as a criminal sanction, while civil remedies redress wrongs between private parties. 민사벌은 과료(科料)나 금전손해배상금을 이른다. 민사벌은 일정한 행위에 대한 처벌로서 과하여지고 형사제재로서 작용하는 반면에, 민사구제방법은 사적 당사자간의 위법행위를 배상하는 것이다. ~ ***recovery*** 민사상의 권리회복 ¶ The *civil recovery* is legal means by which a business may attempt to reclaim losses and costs directly from a wrongdoer without the expense of using the court system. For example, a merchant may utilize *civil recovery* in relation to a person who is caught with unpaid merchandise. The person accused of theft may make restitution or choose to have the matter tried in civil court. 민사상의 권리회복은 기업이 법원제도를 이용하는 비용을 들이지 않고 불법행위자로부터 직접 손실과 비용을 청구하려고 하는 법적 수단이다. 예를 들면, 상인은 상품대금을 지급받지 못한 사람과 관련하여 민사상의 권리회복을 활용할 수 있다. 절도죄로 고소된 자는 보상소송을 제기하거나 그 문제를 민사법원에서 재판받도록 선택할 수 있다. ~ ***wrong*** 민사상의 권리침해 ¶ *Civil wrong* is act, or omission to act, that violates a legal duty; tort. It gives the victims of the wrong the right to bring a civil action for a remedy. 민사상의 권리침해는 법적 의무를 위반하는 행위 또는 부작위, 즉 불법행위(tort)이다. 그것은 권리침해의 피해자에게 구제방법을 위한 민사소송을 제기할 권리를 부여한다.

claim 요구, 청구, 청구권, 채권(債權), 고충, [무역] 고충의 신청 ¶ The *claim* is: (1) a request for loss indemnification made by an insured to an insurer for a peril covered under an insurance contract; the party submitting the claim is known as a claimant. In order for the claim to result in a settlement, terms of the underlying contract must be to met and proof of loss must generally be presented. (2) a general right to an asset or cash flow. [영] 보험금청구(claim)는 (1) 피보험자가 보험계약에 의하여 커버되는 위험(peril)에 대하여 보험업자를 상대로 하는 손해보상의 청구를 말한다. 보험청구를 제기하는 당사자는 청구권자(claimant)라고 한다. 보험청구가 결제로 결과되기 위하여는 기초계약인 보험계약의 조건이 충족되어야 하며 손해의 증명이 일반적으로 제기되어야 한다. (2) 클레임은 자산(asset)이나 현금흐름(cash flow)에 대한 일반적 권리(general right)이다. ***claims made basis*** [영] 청구권작성주의 ¶ *Claims made basis* is determination of whether a claim is covered by an insurance contract. If the contract is written on a *claims made basis* and if a claim is made when the policy is in effect, the insurer must pay the insured up to the stated amount. See also claims occurrence basis. 청구권작성주의는 보험권청구가 보험계약에 의해서 커버되는지 여부를 결정하는 것을 말한다. 보험계약이 청구작성주의에 의해 작성되고 보험증권이 유효한 경우에 보험청구권이 행사된다면, 보험업자는 피보험자에게 약정금액을 지급해야 한다. claims occurrence basis(청구권발생주의)도 참조할 것. ~***s occurrence basis*** [영] 청구권발생주의 ¶ *Claims occurrence basis* is determination of whether a claim is covered by an insurance contract. If the contract is written on a *claims occurrence basis* and a claim arises from an event when the policy is in force, the insurer must pay the insured up to the stated amount, regardless of when the claim is actually filed (i.e., filing may occur after the policy has expired). See also claims made basis; occurrence limit. 청구권발생주의는 보험권청구가 보험계약에 의해서 커버되는지의 여부를 결정하는 것을 말한다. 보험계약이 청구권발생주의에 의해서 작성되고 보험증권이 유효한 경우에 보험청구권이 보험사고로부터 발

생한다면, 보험업자는 보험청구권이 실제로 제출될 경우와 상관없이 피보험자에게 약정금액을 지급해야 한다. claims made basis(청구권작성주의); occurrence limit (보험사고한도)도 참조할 것. ~ ***reserve*** [영] 청구권준비금 ¶ *Claims reserve* is funds set aside by an insurer for claims incurred or for claims outstanding that have not been settled. The *claims reserve* does not include accounting for losses incurred but not reported. 청구권준비금은 보험업자가 야기된 보험청구권이나 결제되지 아니한 미지급의 보험청구권에 대비하여 따로 준비한 기금(funds)을 말한다. 청구권준비금은 야기된 손해지만 보고되지 아니한 손해에 관한 회계는 포함되지 않는다. /*claim* adjustment 손해사정 /a *claim* check 보관증 /*claims* for damages 구상권(求償權) /*claim* in bankruptcy 파산채권 /a *claim* tag 보관증 /insurance *claim* 보험금청구 /a just *claim* 정당한 클레임 /legal *claim* 법적 요구 /right of *claim* 청구권

claimable assets 채권(債權)

claimant 요구자, 원고(claimer) ¶ A *claimant* is the party who asserts a right to money or property. 원고는 금전 또는 재산에 대한 권리를 주장하는 당사자이다.

claiming bank [신용장] 구상은행(求償銀行)(매입한 수출환대금을 보상은행(補償銀行)(reimbursing bank)앞으로 구상하는 은행) ¶ A *claiming bank* is a bank that pays, incurs a deferred payment undertaking, accepts drafts, or negotiates under a letter of credit and presents a reimbursement claims to the reimbursing bank. The term "*claiming bank*" includes a bank authorized to present a reimbursement claims to the reimbursing bank on behalf of the bank that pays, incurs a deferred payment undertaking, accepts drafts or negotiates. 구상은행은 신용장에 의하여 지급, 연지급보증의 부담, 환어음의 인수, 또는 매입을 하여 보상은행(reimbursing bank)에 대해서 보상청구서를 제출하는 은행을 말한다. 「구상은행」의 용어에는 지급, 연지급보증, 환어음의 인수 또는 매입을 하는 은행을 대신하여 보상은행에 대해서 보상청구서를 제출하는 은행을 포함한다.

clarification 설명, 해명

clash 중복 ***clash cover*** [영] 중복보험보호 ¶ The *clash cover* is a form of reinsurance that provides for additional coverage of risk when the cedant's coverage results in two or more loss claims under the same occurrence. 중복보험보호는 출재자(出再者, cedant)의 보험보호(coverage)가 동일한 보험사고의 발생하에서 2개 이상의 보험청구를 유래하는 경우에, 위험의 추가적인 보험보호를 제공하는 보험의 형태이다. ~ ***loss*** [영] 중복손해 ¶ The *clash loss* is a disaster scenario where various lines of insurance are simultaneously impacted by losses. The resulting claims may be particularly large and can negatively impact the financial condition of insurers and reinsurers. See also catastrophic hazard; shock loss. 중복손해는 여러 가지 종목의 보험이 손해로 인하여 동시에 영향을 받는 재해 시나리오(disaster scenario)이다. 그 결과 생기는 보험청구권은 특히 다액이고 보험업자와 재보험업자의 금융상황에 부정적으로 영향을 줄 수 있다. catastrophic hazard(대재난); shock loss(쇼크로스)도 참조할 것.

class 클래스(옵션거래에서 같은 종류의 옵션), 같은 종류의 증권 ¶ The *class* is securities having similar features. Stocks and bonds are the two main classes; they are subdivided into various *classes* – for example, mortgage bonds and debentures, issues with different rates of interest, common and preferred stock, or *Class* A and *Class* B common. The different *classes* in a company's capitalization are itemized on its balance sheet. 클래스는 같은 특징을 가지는 증권

(security)을 이른다. 주식과 채권의 2개의 주된 종류이고, 양자는 다시 여러 가지 종류로, 예컨대 담보부 채권(mortgage bond) 및 무담보사채(debenture), 금리수준별의 채권, 보통주(common stock)나 우선주(preferred stock), 클래스 A나 클래스 B의 종류주식(classified stock) 등과 같이 분류된다. 기업의 자본을 구성하고 있는 각종의 자본(capitalization)은 대차대조표(balance sheet)상 종류마다 표기된다. ***class action*** 집단소송 ¶ A *class action* is a legal complaint filed on behalf of a group of shareholders having an identical grievance. Shareholders in a *class action* are typically represented by one lawyer or group of attorneys, who like this kind of business because the wards tends to be proportionate to the number of parties in this class. 집단소송은 같은 소인(訴因)을 가지는 집단을 대표하여 제기하는 민사소송을 말한다. 집단소송의 대리인은 1인, 또는 복수의 변호사가 소송대리를 하는 경우가 많다. 집단소송에 관여하는 변호사의 보수는 집단소송에 참가하는 주주의 수에 비례하는 것이므로, 이런 종류의 업무를 좋아하는 변호사가 담당한다. ~ ***of options*** 옵션클래스 ¶ A *class of options* is options of the same type – put or call – with the same underlying security. A *class of option* having the same expiration date and exercise price is termed a series. 옵션클래스는 동일한 기초가 되는 증권(underlying securities)을 대상으로 하는 동 종류(풋 또는 콜)의 옵션(put option, call option)을 말한다. 행사가격(exercise price)과 만기일(expiration)이 동일한 동종의 옵션은 시리즈(series)라고 한다.

classification 분류, 등급(매기기), 급별(級別) ¶ *classification* by industry 업종별 분류 /*classification* of account 계좌과목분류 /a *classification* [category] of land 지목(地目)

classify 분류하다, 유별하다 ¶ *classified* loan 분류[불량]대금(貸金) ***classified stock*** 종류주식 ¶ *Classified stock* is separation of equity into more than one class of common, usually designated Class A and Class B. The distinguishing features, set forth in the corporation charter and bylaws, usually give an advantage to the Class A shares in terms of voting power, though dividend and liquidation privileges can also involved. 종류주식은 주식을 1종류의 보통주식으로 하지 않고, 2종류 이상으로 나누는 것이다. 통상은 클래스 A 및 클래스 B로 하는 경우가 많다. 각 클래스간의 상위는 회사의 정관(charter)이나 부속정관(bylaws)에 규정되어 있고, 통상 클래스 A주식에는 의결권이 우선적으로 부여되고 있으나, 배당이나 청산시의 특권을 주고 있는 경우도 있다.

clause 절(節), 개조(箇條), 약관, (*pl.*) 보험약관 ¶ an arbitration *clause* 손해재정조항, 중재조항 /a cancelation *clause* 해제조항 /an exclusion *clause* 제외조항 /a negligence *clause* 면책조항 /a penalty *clause* 위약조항 /a saving *clause* 제외예규정조항(除外例規定條項) /a termination *clause* 계약해제조항

clawback 클로백 ¶ A *clawback* is a provision in a law or contract that limits or reverses a payment or distribution for specified reasons. For example, a limited partnership agreement might have a *clawback* provision requiring that when cumulative profits are tallied at expiration, distributions received by the general partner in excess of a certain percentage will be deemed excessive and returned to limited partner. 클로백은 법률 또는 계약의 조항에서 특정한 이유로 지급 또는 분배를 제한하거나 또는 무효로 하는 것을 말한다. 예컨대 계약만료시에 누적이익이 계상되어 그것이 일정한 비율을 넘어 무한책임사원(general partner)에게 지급된 경우에는, 그것을 초과분으로 보아 유한책임사원(limited partner)에게 반환된다고 하는 클로백 규정을 담은 리미티드 파트너십(limited partnership)계약도

있을 수 있다.

clean 무유보(無留保)의, 하자없는, 완전한, 무배서의, 선적서류가 첨부되지 않은 ¶ In finance, the word *clean* means free of debt, as in a clean sheet. In banking, corporate borrowers have traditionally been required to clean up for at least 30 days each year to prove their borrowings were seasonal and not required as permanent working capital. 금융에서, 클린이라는 말은 무차금(無借金)의 밸런스시트와 같이(as in a clean sheet), 무차금(free of debt)을 의미한다. 은행거래에서는, 차입금이 계절적인 것이고 항구적인 운전자본이 아니라는 것을 증명하기 위해서 차입기업은 매년 적어도 30일간은 차입금을 전액반환(clean up)하는 것을 전통적으로 요구해 왔다. /*clean* acceptance 단순인수 (*cf.*) qualified acceptance 한정인수 /*clean* bills of lading (B/L) 무유보[무사고]선하증권, 클린B/L /a *clean* collection (서류 등이 첨부되지 않은) 클린추심 /a *clean* opinion 무한정의견, 적정의견(an unqualified opinion) /a *clean* record 하자없는 이력(履歷) ***clean bill (of exchange); clean draft*** 클린빌, 보통외국환, 선적서류가 첨부되지 않은 외국환어음 ¶ The *clean draft* is a draft to which no documents have been attached. 클린빌은 아무런 서류가 첨부되지 아니한 환어음을 이른다. ~ ***bill of lading*** 클린선하증권, 무고장(無故障)선하증권 ¶ The *clean bill of lading* is a receipt for goods issued by a carrier with an indication that the goods were received in "apparent good order and condition," without damages or other irregularities. If damaged or a shortage is noted, a *clean bill of lading* will not be issued. 클린선하증권이란 화물이 「외견상 양호한 상태와 조건」(apparent good order or condition)으로 접수한 것이라는 적요(indication)가 있고, 손해 기타 이상(irregularities)이 없이 운송인이 발행한 화물수령증(receipt for goods)을 이른다. 만일 파손이나 부족이 기재되어 있는 경우에는, 클린선하증권은 발행되지 않는다. ~ ***(letter of) credit***; ~ ***L/C*** 클린신용장, 선적서류가 첨부되지 않은 신용장 ¶ The *clean letter of credit* is a letter of credit which only requires presentation of a draft or demand for payment, or perhaps a draft and a certificate of default, and no other documents; most often used in nonsales transactions. 클린신용장이란 단지 환어음(a draft)이나 지급요구서, 또는 아마도 환어음과 지급지체증서(certificate of default), 그리고 아무런 서류도 제출을 필요로 하지 않는 신용장을 말한다. ~ ***float*** 클린 플로트, 완전한 변동환율제 (*cf.*) a dirty float 불완전한 변동환율제 ¶ The *clean float* is a system in which exchange rates are determined by market forces rather than government intervention or restriction. 클린 플로트는 환율이 정부의 간섭이나 규제라기보다도 오히려 시장의 힘에 의해서 결정된다는 제도를 말한다.

clean up 제거하다, 완제(完濟)하다

cleanup (은행융자에서) 차입잔액을 일단 제로로 하는 것 ¶ a *cleanup* period (차입이 제로인 상태의) 공백기간 /a *clean-up* provision 반환조항

clear ⓐ 명확한, (의무 · 차금 등이) 없는, 알맹이의 ¶ *clear* days (이자계산의) 실질일수(實質日數) /two *clear* days before maturity 만기까지에 실질 2일간 /*clear* profit 순이익 ***clear [good] title*** 하자 없는 권원(權原) ¶ A *clear title* is a title that is clear of all claims or disputed interests. It is necessary to have *clear title* to a piece of real estate before it can be sold by one party to another. In order to obtain a *clear title*, it is usually necessary to have a title search performed by a title company, which may find various clouds on the title such as an incomplete certificate of occupancy, outstanding building violations, claims by neighbors for piece of the property, or an inaccurate survey. Once

these objections have been resolved, the owner will have a clear and marketable title. 하자 없는 권원이란 제3자로부터의 클레임 또는 이해를 둘러싼 다툼이 전혀 없는 권원을 이른다. 일방의 당사자가 다른 당사자에게 부동산(real estate)을 매도함에는, 하자없는 권원이 필요하다. 하자 없는 권원을 취득하려면, 통상 권원조사회사에 의한 권원조사가 필요하다. 권원조사회사는 불충분한 점거증명서, 미해결의 건축기준법위반, 당해 부동산에 대한 이웃으로부터의 클레임, 혹은 부정확한 실지답사 등 그 부동산에 대한 여러 가지의 문제를 조사한다. 일단 그러한 문제가 해결된다면, 소유자는 하자 없는 양도할 수 있는 권원(marketable title)을 가지게 된다.
[v.] 청산하다, 교환 청산하다, 백지화하다, [컴] 클리어하다, (데이터를) 소거(消去)하다
[n.] 결제, 클리어 ¶ In th banking service, *clear* means collection of funds on which a check is drawn, and payment of those funds to the holder of the check. 금융업무에서, 클리어는 발행수표(check)를 회수하여 수표소유자에게 자금을 지급하는 것을 의미한다.

clearance 어음교환(금액), 교환, 통관 ¶ a *clearance* certificate 입출항허가서 /*clearance* expenses 통관비 /*clearance* of bills 어음교환 /*clearance* of checks 수표의 결제 /*custom clearance* 통관절차

clearing 청산, 어음교환, (*pl.*) 어음교환(금액) ¶ The *clearing* is: (1) all services performed after the execution of a securities trade, except settlement. (2) a process where all exchange-traded derivatives executed during a trading session are registered and reassigned to the clearinghouse. Once reassigned, the clearinghouse becomes the official trade counterparty on every transaction (which, along with a client's posting of margin, helps to mitigate the effects of counterparty credit risk). See also clearing margin; clearing member; horizontal clearing service. (3) the exchange between banks and other financial institutions of any checks, drafts, and notes, with a net sum paid or received. [영] 클리어링은 (1) 결산 외에 증권거래의 실행 후에 이행되는 모든 업무를 말한다. (2) 입회시간대에 실행되는 모든 장내파생상품이 청산기관에 등록되고 다시 할당되는 과정을 말한다. 일단 다시 할당되면, 청산기관은 (고객의 담보증거금의 공탁과 함께 거래상대방의 신용리스크의 효과를 경감하는 데 도움을 주는) 모든 거래에서 공식적 거래의 상대방이 된다. clearing margin(거래증거금); clearing member(클리어링 회원); horizontal clearing service(수평적 청산업무)도 참조할 것. (3) 은행과 기타 금융기관간에서 지급되거나 수취되는 순수총액과 더불어, 수표, 환어음과 약속어음의 교환을 말한다. /*clearing* accounts 청산계좌, 어음교환계좌 /a *clearing* agreement 청산협정, 결제계약 /*clearing* and settlement 교환결제 /*clearing* balance 어음청산잔액 /*clearing* bills 교환어음류 /*clearing* contracts 청산거래 /*clearing* for non-members 대리교환 /*clearing* [settlement] function 결제기능 /*clearing* house checks 교환결제수표 /*clearing* house funds 교환결제자금 /*Clearing* House rules and practices 교환소규칙 /*clearing* items 당소(當所)지급권, 교환소유 /*clearing* (of bills) 어음교환 /*clearing* of checks and bills 수표 · 어음의 교환 /a *clearing* work 교환작업 /local *clearing* items 지방교환어음류 ***clearing bank*** [영] 런던어음교환소가맹은행 ¶ In the United Kingdom, a *clearing bank* is a large retail or wholesale commercial bank. 영국에서, 런던어음교환소가맹은행은 대형소매(小賣) 또는 대규모상업은행을 말한다. ~ ***corporations*** 결제기구 ¶ *Clearing corporations* are organizations, such as the National Securities Clearing Corporation (NSCC), that are exchange-affiliated and facilitate the validation, delivery, and settlement of securities transactions. 결제기구란 전미(全美)증권결제기구(National Securities Clearing Corporation: NSCC)와 같은 증권거래의 인증, 인도, 결제를 행

하는 거래소관련기관을 말한다. ~ ***house funds*** 클리어링 하우스펀드 ¶ *Clearing house funds* are funds represented by checks or drafts that pass between banks through the Federal Reserve System. Unlike federal funds, which are drawn on reserve balances and are good the same day, *clearing house funds* require three days to clear. Also, funds used to settle transactions on which there is one day's float. 클리어링 하우스펀드는 미연방준비제도(Federal Reserve System)를 경유하여 은행간에서 교환되는 수표(check)나 어음(draft)에 의한 자금을 이른다. 예금준비에 대해서 인출이 가능하고, 또 즉일(卽日) 이용할 수 있는 페더럴펀드와는 달리, 클리어링 하우스펀드는 결제까지에 3일이 요한다. 또 거래결제에 사용되지만, 그것에 대해서는 1일의 결제(float)기간을 필요로 하는 자금이다. ~ ***margin*** [영] 거래증거금 ¶ *Clearing margin* is margin posted by a clearing member with an exchange on behalf of clients or proprietary accounts. See also initial margin; variation margin. 거래증거금은 고객 또는 자기계좌(proprietary account)를 대리하여 거래소의 클리어링 회원이 공탁한 증거금을 말한다. initial margin(개시증거금); variation margin(변동증거금)도 참조할 것. ~ ***members*** 클리어링 회원, 청산회원 (상품거래소의 회원이고, 청산소의 회원으로서 청산소의 거래상대가 되는 청산회원) ¶ A *clearing member* is an exchange member that is permitted to clear trades directly with clearinghouse, and which can accept trades for other *clearing members* and nonclearing members. 클리어링 회원은 어음교환소와 직접 거래를 결제할 수 있고, 다른 클리어링 회원 및 비클리어링 회원과의 거래를 수용할 수 있는 거래소회원이다.

clearinghouse 어음교환소, (선물거래의) 청산기관 ¶ In the derivatives market, a *clearinghouse* is subsidiary or division of an exchange or an independently owned entity that is responsible for clearing listed futures and options trades, computing and collecting daily margin, and arranging for settlement of financial or physical asset related to trades. The credit risk normally associated with derivatives is neutralized as participants face the *clearinghouse*, rather than each other, as their counterparty. 파생금융상품시장에서, 청산기관은 거래소의 자회사(subsidiary) 또는 지부(支部) 혹은 독립된 소유법인체로서 상장된 선물 및 옵션 거래의 결제, 매일의 증거금을 컴퓨터링 및 추심하고, 거래와 관련된 금융 및 현물자산의 결제를 조정해 준다. 통상적으로 파생금융상품과 관련된 금융상의 위험은 시장 참가자들이 서로간의 대면보다도 그들의 상대방으로 대면하기 때문에 중립적이다. ***Clearinghouse Interbank Payment System (CHIPS)*** [미] 어음교환소은행간지급결제시스템 ¶ The *Clearinghouse Interbank Payment System* (*CHIPS*) is a private sector, fully automated clearinghouse system in the United States that is used for dollar-based checks and fund transfers, as well as payments associated with securities transactions and foreign exchange trades. 어음교환소은행간지급결제시스템은 미국에서 사적 부분으로서, 완전히 자동화된 어음교환소제도(clearinghouse system)로서, 증권거래와 외국환거래와 관련된 지급뿐만 아니라, 달러를 기초로 하는 수표와 펀드이체(fund transfers)에 이용된다. /a *clearinghouse* association 어음교환소협회

Clearstream [독] 독일보관이체기관 ¶ The *Clearstream* is a pan-European organization for the clearing and settlement of Eurobonds, based in Luxembourg. It was founded (as Clearstream International) in 2000, which Deutsche Börse Clearing merged with the clearing company Centrale de Livraison de Valeurs Mobilès (Cedel International). It is now a wholly owned subsidiary of Deutsche Börse. 독일보관이체기관은 유로본드(Eurobonds)의 청산과 결제를 위하

여 룩셈부르크에 본부를 두는 범(汎)유럽기관이다. 그 기관은 (국제독일보관이체기관으로서) 2000년에 설립되었고, 결제회사인 중앙결제기구(국제세델)과 합병하였다. 그 기관은 현재 독일증권거래소(Deutsche Börse)의 완전소유 자회사(subsidiary)이다.

clerical 서기의, 사무의 ¶ *clerical* cost 사무비 /a *clerical* error [mistake] 오기(誤記) /*clerical* staff 사무직원 /*clerical* work 사무 /*clerical* work control 사무관리 /*clerical* workers 서기, 사무원 ***clerical error*** 사무상의 착오 ¶ The *clerical error* is a mistake made while copying or transmitting legal documents, as distinguished from a judgment error, which is an error made in the exercise of judgment or discretion, or a technical error, which is an error in interpreting a law, regulation, or principle. 사무상의 착오란 법률문서를 복사하거나 전송하는 동안의 이루어진 착오를 말하며, 이는 판단이나 재량의 행사할 때의 착오인 판단의 착오(judgment error), 법률, 규칙이나 원칙의 해석상의 착오인 기술적 착오와 구별된다.

clerk 서기, 사무원, [미] 점원 ¶ The *clerk* is an assistant or subordinate. A file clerk maintains papers placed in a file cabinet: a stock clerk maintains inventory. 사무원은 보조원(assistant)이나 부하(subordinate)를 이른다. 서류정리사무원은 파일캐비넷에 들어 있는 서류를 보관유지하고, 재고품관리사무원은 재고품을 관리한다. /an authorized [unauthorized] *clerk* 권한을 부여받은[무권한의] 사무원 /a bank *clerk's* work 은행사무작업 /a *clerk* of a bank 행원(行員) /an information *clerk* 안내계(案內係)

client 고객, 단골손님, 소송의뢰인 ¶ *client* countries [states] 무역상대국

clientele 고객, 단골손님 ***clientele effect*** 고객효과 ¶ The *clientele effect* is the tendency of different securities to attract different types of investors, depending on the dividend policy of the issuer. For example, certain investors are attracted to stocks (for example, electric utility stocks) with high dividend yields while other investors prefer stocks with lower dividend yields but more capital gains. 고객효과란 발행회사의 배당정책(dividend policy)에 따라, 상이한 유형의 투자자를 유혹하는 상이한 주식의 경향을 이른다. 예를 들면, 어떤 투자자들은 고배당율의 주식[예컨대, 전기공익기업주(株)]에 유혹을 받는 반면에, 다른 투자자들은 저배당이율의 주식을 선호하지만, 더 선호하는 것은 캐피탈게인(capital gains)이다.

Clifford trust 클리포드신탁 ¶ The *Clifford trust* is a trust set up for at least ten years and a day, which made it possible to turn over income-producing assets, then to reclaim the assets when the trust expired. Prior to the Tax Reform Act of 1986, such trusts were popular ways of shifting income-producing assets from parents to children, whose income was taxed at lower rates. However, the 1986 Act made monies put into *Clifford trusts* after March 1, 1986, subject to taxation at the grantor's tax rate, thus defeating their purposes. For trusts established before that date, taxes are paid at the child's lower tax rate, but only if the child is under the age of 14. Since the Tax Act was implemented, few Clifford trusts are set up. See also inter vivos trust. 클리포드신탁은 최저 10년과 1일의 기간에서 설정된 신탁으로, 수입(收入)을 가져다주는 자산을 그 신탁으로 옮기고, 그 후의 신탁만료시에 자산을 회수할 수 있는 것이다. 1986년의 세제개혁법(Tax Reform Act of 1986)전에는, 이와 같은 신탁은 수익을 생기는 자산을 양친으로부터 낮은 소득세율로 과세되는 자녀들에게 옮기는 수법으로서 인기가 있었다. 그러나, 1986년의 세제개혁법에 의하여, 1986년 3월 1일 이후에 클리포드형 신탁에 옮겨지는 자금에는 재산증여자(grantor)의 소득세율을 과세하게

되어 이 신탁의 의미가 없게 되었다. 그 날 이전에 설정된 신탁에는 14세 미만의 자녀에게만 자녀들의 소득세율(income tax)이 과세된다. 이 세법이 시행된 이래, 클리포드형 신탁은 거의 설정되고 있지 아니하다. inter vivos trust(생전신탁)도 참조할 것.

climate 기후, 경향 ¶business *climate* 상황(商況)

CLN → credit linked note [약] 신용연계증권 ¶The *credit linked note* (*CLN*) is a credit note linked with the particular event such as the firm's nonpayment. 신용연계증권은 기업의 부도와 같은 특정한 사건에 연계된 신용증권을 말한다.

clip 끊어내다, (화폐의 가장자리를) 떼어내다 ¶a *clipped* coin 손화(損貨) /*clip* coupons 이표(利票)를 끊어내다

clique 도당(徒黨), 파벌

cliquet [프] 걸쇠, 끌리케 ***cliquet option*** [영] 끌리케 옵션 ¶The *cliquet option* is an over-the-counter complex option that allows the buyer to lock in gains at prespecified evaluation intervals if the option is in-the-money at such points; gains are relinquished if the market subsequently retraces. If the option is out-of-the-money on an evaluation date the strike price resets at-the-money based on the new market level. Also known as a ratchet option. See also ladder option; shout option. 끌리케 옵션은 옵션이 그러한 시점에 인더 머니(in-the-money)인 경우에 매수인에게 사전에 명기한 평가간격으로 이득(gains)을 보존할 수 있게 하는 장외거래의 복잡한 옵션이다. 시장이 그 후 후퇴하면 이득은 철회하게 된다. 옵션이 평가일(evaluation date)에 아웃오브더 머니(out-of-the-money)인 경우 행사가격(strike price)은 새로운 시장수준에 기초로 해서 앳더 머니(at-the-money)로 초기상태로 되돌아간다. 이는 ratchet option[제동(制動) 옵션]으로도 알려져 있다. ladder option(래더옵션); shout option(샤웃옵션)도 참조할 것.

clone fund 클론펀드 ¶In a family of funds, a *clone fund* is a new fund set up to emulate a successful existing fund. 패밀리펀드(family of fund) 중에서, 클론펀드는 성공한 기존의 펀드를 모방하여 설정한 새로운 펀드를 말한다.

close ⓥ 중지[중단]하다, 결정하다 ¶*close* an account (계좌를) 해약하다, 청산하다, 거래를 중지하다 /*close* a mortgage loan 모기지대출절차를 완료하다 /*close* a subscription list 주식청약자명부를 폐쇄하다 /*close* the books [ledger] 장부를 결산하다 /*close* [pass] title 부동산(의 권리)을 양도하다 ***close a position*** 포지션을 청산하다 ¶To *close a position* is to eliminate an investment from one's portfolio. The simplest example is the outright sale of a security and its delivery to the purchaser in exchange for payment. In commercial futures and options trading, traders commonly close out positions through offsetting transactions. Closing a position terminates involvement with the investment; hedging, though similar, requires further actions. 포지션을 청산한다는 것은 포트폴리오(portfolio)에서 어느 투자(investment)를 제거하는 것이다. 가장 단순한 예는, 증권을 현금과 상환하고 즉각 매도하여 구입자에게 인도하는 경우이다. 상품의 선물(futures contract)이나 옵션거래에서는, 트레이더는 통상 반대거래에서 포지션을 청산한다. 포지션의 청산은 그 투자에의 관련을 단절하는 것이고, 헤지(hedging)는 포지션의 청산과 유사하지만, 가일층의 처리를 필요로 한다.

ⓝ 종결, 최종가격, (개인의) 소유지, 1지구, 1필(筆)의 토지 ¶The *close* is the price of the final trade of a security at the end of a trading day. 최종가격은 거래일의 종료시점에서 증권의 최종거래가격을 이른다. /as of *close* of business, …(date) ……일의 영업종료 현재로 /*close* [parcel] of land 1필의 토지 /*close* of work 종업(終

業) /*close*-out 종료, 증권의 청산거래에서 되사기, 전매(轉賣)를 마쳐 거래관계를 끝내는 것

ⓐ 정밀한, 옹색한 ¶a *close* money condition 돈의 융통이 막힘(a tight money condition 정도가 아니다.) /*close* examination 정밀조사 ***close corporation*** 동족회사 → closely held corporation (소수주주지배회사) ~ ***market*** 클로스마켓 ¶A *close market* is a market in which there is a narrow spread between bid and offer prices. Such a market is characterized by active trading and multiple competing market makers. In general, it is easier for investors to buy and sell securities and get good prices in a close market than in a wide market characterized by wide differences between bid and offer prices. 클로스마켓은 매수호가(bid)와 매도호가(offer)와의 차가 좁은 시장을 말한다. 이 종류의 시장의 특징은 거래가 활발하여 경합하는 마켓메이커(market maker)가 다수 존재한다는 것이다. 일반적으로는, 매도호가와 매수호가의 차가 큰 와이드마켓(wide market)에 비해서, 클로스마켓에서는 투자자에게 매매가 용이한데다가, 좋은 가격을 얻기 쉽다.

closed 폐쇄의, 마감의 ¶*closed* accounts 폐쇄계좌 /*closed* cargo [무역] 클로즈드 카고 (운임동맹의 계약운임제의 대상이 되는 화물) /a *closed* corporation 비상장회사, 폐쇄회사 /*closed* economy 봉쇄경제 /*closed*-end investment companies 폐쇄식 투자신탁회사 /*closed* mortgage bonds 폐쇄식 담보부사채 /*closed*-out accounts 폐쇄계좌 ***closed corporation*** 비공개회사 ¶A *closed corporation* is a corporation owned by a few people, usually management or family members. Shares have no public market. Also known as private corporation or privately held corporation. 비공개회사는 소수의 사람들, 통상은 경영자나 가족에 의해서 소유되고 있는 회사를 말한다. 이와 같은 회사의 주식은 공개되지 않는다. private corporation 또는 privately held corporation라고도 한다. ~ ***economy*** [영] 봉쇄경제 ¶The *closed economy* is an economy that is isolated and self-contained, engaging in no trade or commercial dealings with other economies. 봉쇄경제는 다른 경제와 전혀 통상이나 상거래를 하지 않고 고립되고 자족적인(self-contained) 경제이다. ~***-end fund*** [투자신탁] (일부해약이 인정되지 않는) 폐쇄형 펀드, 추가설정불능형의 투자신탁 ¶A *closed-end fund* is a type of fund that has a fixed number of shares usually listed on a major stock exchange. Unlike open-end mutual funds, *closed-end funds* do not stand ready to issue and redeem shares on a continuous basis. They tend to have specialized portfolio of stock, bonds, convertibles, or combinations thereof, and may be oriented toward income, capital gains, or a combination of these objectives. 폐쇄형 펀드는 통상 주요한 주식거래소에 상장되어 있는 발행주식수가 고정되어 있는 일종의 펀드를 말한다. 오픈엔드형 뮤추얼펀드(open-end mutual fund)와는 달리, 폐쇄형 펀드는 계속적으로 주식을 새로이 발행한다든지 환매하는 일은 없다. 폐쇄형 펀드는 주식(stock), 채권(bond), 전환증권(convertibles), 혹은 그러한 것들은 조합한 것 등 특정한 증권을 특화한 포트폴리오(portfolio)를 가지는 일이 많고, 투자목적도 수입(income), 캐피탈게인(capital gain) 또는 그 양쪽을 목표로 할 수 있다. ~***-end management company*** 클로즈드엔드형 투자회사[투자법인] ¶A *closed-end management company* is an investment company that operates a mutual fund with a limited number of shares outstanding. Unlike an open-end management company, which creates new shares to meet investor demand, a closed-end fund has a set number of shares. There are often listed on an exchange. 클로즈드엔드형 투자회사[투자법인]는 일정한 미발행주식수를 가지고 뮤추얼펀드(mutual fund)를 운용하는 투자회사(investment company)를 말한다. 투자자의 수요에 맞추어서 신주를

발행하는 오픈엔드형 투자회사(open-end management company)와는 달리, 클로즈드엔드형의 주식수는 일정하다. 이런 종류의 투자회사는 거래소에 상장되는 경우가 많다. ~-*end mortgage* 폐쇄형 모기지, 폐쇄식 담보(동일한 담보물건에 관하여, 동일한 순위의 담보권을 가지는 사채를 1회에 한하여 발행할 수 있는 방식, 또는 추가 차입이 허용되지 않는 방식의 모기지) ¶A *closed-end mortgage* is a mortgage-bond issue with an indenture that prohibits repayment before maturity and the repledging of the same collateral without the permission of the bondholders; also called closed mortgage. It is distinguished from an open-end mortgage, which id reduced by amortization and can be increased to its original amount and secured by the original mortgage. 폐쇄형 모기지는 만기(maturity)전의 상환(redemption)이 인정되지 않고, 또 채권보유자(bondholder)의 허가를 얻지 않고 동일한 담보를 다른 채권(bond)의 담보(collateral)로서 제공하는 것을 금지한 담보부 채권을 말한다. 이를 또한 closed mortgage라고도 한다. 폐쇄형 모기지는 분할상환(amortization)에 의해서 감액한다든지, 당초의 발행금액까지 증액한다든지 할 수 있는 오픈엔드 모기지(open-end mortgage)와는 다르다. ~ *fund* 클로즈드펀드 ¶A *closed fund* is a mutual fund that has become too large and is no longer issuing shares. 클로즈드펀드는 규모가 너무 거대하여, 주식의 추가발행을 하고 있지 아니한 뮤추얼펀드를 이른다. ~ *out* 거래청산마감 ¶The term *closed out* means liquidated the position of a client unable to meet a margin call or cover a short sale. 거래청산마감이란 용어는 추증(追證)(margin call)에 대응할 수 없다든지 공매(short sale)의 환매를 할 수 없는 고객의 포지션을 처분하는 것을 의미한다.

closely held corporation 소수주주지배회사 ¶A *closely held corporation* is a corporation most of whose voting stock is held by a few shareholders; differs from a closed corporation because enough stock is publicly held to provide a basis for trading. Also, the shares held by the controlling group are not considered likely to be available for purchase. 소수주주지배회사란 의결권주식(voting stock)의 대부분이 소수주주가 보유하고 있는 회사(corporation)를 이른다. 폐쇄회사(closely corporation)와는 달리, 시장에서 충분히 매매할 수 있는 정도의 주식이 일반투자자들이 소유하고 있다. 또 지배권을 가지고 있는 주주집단에게 소유되고 있는 주식은 매출에 나오는 가능성이 낮다고 생각된다.

close-out [영] 종결, 마감, 처분 ¶The *close-out* is the process of establishing an equal and opposite derivative or asset position in order to neutralize or offset the risk of an existing position. Although the close-out cancels the effects of risk, it grosses up the notional amount of the contracts, which remains outstanding until final maturity. 종결은 현존포지션의 위험을 제압하거나 상쇄하기 위하여 동등하고 반대되는 파생상품(derivative) 또는 자산포지션을 확립하는 과정을 말한다. 종결이 리스크의 효과를 무효화시키더라도, 그것은 계약의 관념상의 금액에 공제전 액수를 더하지만, 이것은 최종만기까지 미지급인 상태로 남는다. ***close-out netting*** 종결네팅 ¶The *close-out netting* is a contractual agreement where an institution and a counterparty in default agree to acceleration, termination, and netting of all financial transactions. See also payment netting, set-off. 종결네팅은 금융기관과 디폴트에 빠진 거래상대방이 기한의 이익상실(acceleration), 만료(termination)과 모든 금융거래의 네팅을 합의하는 계약상의 약정을 말한다. payment netting(지급네팅); set-off(상쇄)도 참조할 것.

closet indexing 클로셋 인덱싱 ¶*Closet indexing* is structuring a mutual fund or other managed portfolio to replicate an index and avoid the risk of underperforming it, which would reflect negatively on the manager. Closet indexers charge the regular fees for active management but deliver the same results as index funds, which are unmanaged and have much lower fees. 클로셋 인덱싱이란 지수(index)의 구성종목과 같이 재현하려고 하고, 재현이 잘 안되는 위험을 피하기 위해서 뮤추얼펀드(mutual fund) 기타 운용포트폴리오(portfolio)의 구성종목을 조직화하는 것인데, 운용결과가 지수를 하회하는 것은 운용매니저(fund manager)에게 부정적인 평가가 될 수 있기 때문이다. 지수와 같은 구성종목으로 하고 있는 인덱스펀드(index fund)에는 그 만큼 수수료도 낮지만, 클로셋 인덱싱은 인덱스펀드와 같은 액티브운용(active management)과 같은 수수료(management fee)를 청구한다.

closing *n.* 폐쇄, 종결, (거래소에서) 마지막 장, 막장 *a.* 종장(終場)의, 폐회의 ¶ *closing* account 결산, 계정마감 /a *closing* balance 마감잔액 /*closing* entries 마감분개, 결산분개 /*closing* high [low] 고가[저가]마감 /*closing* of an account [books] 결산 /*closing* of accounts for the year 연차결산 /the *closing* price in the morning session 전일종가 /*closing* quotation 종장의 시세[경기] /a *closing* session 종장에서 행하는 경쟁매매 /*closing* transactions 반대매매 ***closing costs*** [부동산] 계약비용(transaction costs), 권원이전비용 ¶ *Closing costs* are expenses involved in transferring real estate from a seller to a buyer, among them lawyer's fees, survey charges, title searches and insurance, and fees to file deeds and mortgages. (부동산의) 계약비용은 매도인으로부터 매수인에의 부동산소유권의 이전에 관련된 비용을 말한다. 변호사비용, 조사비용, 권원조사비용이나 보험료, 이전등기나 담보의 등록비용 등이 포함된다. ~ ***date*** 결산일, 납입기일, 마감일 ¶ In real estate, the *closing date* is a date on which the seller delivers the deed and the buyer pays for the property. For example, the sales contract generally establishes a *closing date*, at which time the parties will meet and settle all accounts necessary to transfer title to the property. 부동산거래에 있어서, 납입기일이란 매도인이 부동산문서를 넘기고 매수인이 그 부동산에 대해서 대금을 지급하는 날짜이다. 예를 들면, 매매계약에서는 일반적으로 납입기일을 두고 있어서, 그 시기에 당사자들은 만나 부동산에 관한 권원(title)을 양도하는 데 필요한 모든 사무를 청산한다. ~ ***price [quotation]***; ~ ***rate*** 종가(終價), 마감률 ¶ A *closing price* is a price of the last transaction completed during a day's trading session on an organized securities exchange. 종가란 증권거래소(organized securities exchange)의 입회시간(trading session)의 최후에 행해진 거래의 가격을 이른다. ~ ***purchase*** 매입에 의한 거래의 종결 ¶ A *closing purchase* is an option seller's purchase of another option having the same features as an earlier one. The two options cancel each other out and thus liquidate the seller's position. 매입에 의한 거래의 종결이란 옵션(option)의 매도인이 매각한 옵션과 동일한 조건의 옵션을 매입하는 것이다. 2개의 옵션은 서로 상쇄하는 것이므로, 매도인의 포지션을 청산한다. ~ ***quote*** 최종시세가격 ¶ A *closing quote* is a last bid and offer prices recorded by a specialist or market maker at the close of a trading day. 최종시세가격이란 스페셜리스트(특정한 종목을 취급하는 거래소의 회원)나 마켓메이커(market maker)가 1일의 거래 종료시에 제시한 매입호가(bid)와 매도호가(offer)를 말한다. ~ ***range*** 클로징 레인지 ¶ A *closing range* is a range of prices (in commodities trading) within which an order to buy or sell a commodity can be executed during one trading day. 클로징 · 레인지는 1일 거래일 중에 어느 상품의 매매주문이 집행(executed)할 수 있는 (상품거래의) 가격대(價格帶)를 말한다. ~ ***sale*** 클로징 세일(옵션의 소유분을 청산하는 거래) ¶ A *closing sale* is a sale of an option having the same features (i.e., of the same series) as an option previously purchased. The two have the effect of canceling each other out. Such a transaction demonstrates the intention to liquidate the holder's position in the underlying securities upon exercise of the buy. 클로징 세일은 이전에 매입한 옵션(option)과 동일한 조건의(즉, 동일한 시리즈의) 옵션을 매도하는 것이다. 이 2개는 서로 상쇄하는 효과가 있다. 이러한 거래는 옵션의 구입에 의해서 획득한 그 기초가 되는 증권(underlying security)의 포지션을 청산할 의도를 나타낸다. ~ ***tick*** 클로징틱, 등락종목가격차 ¶ A *closing tick* is a gauge of stock market strength that nets the number of stocks whose New York Stock Exchange closing prices were higher than their previous trades, called an uptick or plus tick, against the number that closed on a downtick or minus tick. 클로징틱은 뉴욕증권거래소(New York Stock Exchange)의 당일종가(closing price)가 각각의 직전거래가보다도 높게 끝난 주식수에서 낮게 끝난 주식수를 뺀 주식시장(stock market)의 강력함을 나타내는 지수(指數)를 이른다. 이 경우 가격이 상승한 것은 업틱(uptick)이라든가 플러스틱이라 하고, 가격이 하락한 것은 다운틱이라든가 마이너스틱이라 부른다.

closing-down sale 폐점대매출

closing-up of accounts 계좌의 마감

closure 마감, 폐쇄, 공장폐쇄

cloud 흠, 어두운 전망 ***cloud on title*** 소유권에 대한 흠[하자] ¶ A *cloud on title* is any document, claim, unreleased lien, or encumbrance that may superficially impair or injure the title to a property or make the title doubtful because of its apparent or possible validity. *Clouds on title* are usually uncovered in a title search. These clouds range from a recorded mortgage paid in full, but with no satisfaction of mortgage recorded, to a property sold without a spouse's release of interest, to an heir of a prior owner with a questionable claim to the property. 소유권에 대한 흠은 재산의 소유권에 관한 문서, 청구권(claim), 미해제의 리엔(lien)이나 저당권(encumbrance)이 명확히 유효성에 문제가 있거나, 혹은 문제가 있을 가능성이 있기 때문에, 그 재산의 소유권이 표면상 침해되거나 또는 그 소유권에 의문을 가져올 가능성을 말한다. 소유권에 대한 흠은 통상 권원조사(title search)에서 명확함이 드러난다. 이러한 흠은 기록된 모기지가 전액 지급되었음에도 완납의 기록이 없다는 것에서부터 배우자의 권익을 해제해 버리지 않은 채로 매각된 재산이라든가, 전소유자의 상속인(heir)이 주장하는 의심스런 청구권에 이르기까지 여러 가지가 있다.

CLP (ISO) code Chile – currency Chilean peso. ¶ CLP (국제표준기구) 약호 칠레 — 화폐 칠레 페소(Chilean peso).

club [savings] account (저축을 위한) 클럽예금(Christmas Club, Vacation Club, Travel Club 등), (1종의) 정액적립예금

CMA → **c**ash **m**anagement **a**ccount [약] 현금관리계좌 ¶ The *cash management account* (*CMA*) is a synthetic financial instruments for individual investors developed by the Merril Lynch, the instruments of which are designed for the temporary credit, the issuance of check, or the high-rate management of cash balance in the securities margin account. 현금관리계좌는 미국의 메릴린치사가 개발한 개인투자자용 종합금융상품으로, 유가증권신용거래계좌에 일시적 융자, 수표발행이나 현금잔액의 고리운용을 짜 넣은 상품이다.

CME → The **c**hicago **m**ercantile **e**xchange [약] 시카고상업거래소(CBT의 다음에

대형의 상품선물시장. MERC라고도 약칭되고 있다.)

CMF (ISO) code Cameroon – currency CFA franc. ¶ CMF (국제표준기구) 약호 카메룬 — 화폐 CFA 프랑(franc).

CMO → collateralized mortgage obligation [약] 모기지담보채무증서 ***CMO REIT*** 모기지담보채무증서리트 ¶ The *CMO REIT* is specialized type of Real Estate Investment Trust (REIT) that invests in the residual cash flows of collateralized mortgage obligations (CMOs). CMO cash flows represent the spread (difference) between that rates paid by holders of the underlying mortgage loans and the lower, shorter term rates paid to investors in the CMOs. 모기지담보채무증서리트는 모기지담보채무증서(collateralized mortgage obligation: CMO)의 잔존한 캐시플로(cash flow)에 대해서 투자하는 부동산투자신탁(Real Estate Investment Trust: REIT)의 특수한 형태이다. CMO의 캐시플로는 기초가 되는 모기지차입금의 보유자로부터 수취할 금리와 그 CMO의 투자자에게 지급할 낮고 단기간의 금리와의 스프레드를 나타낸다.

CMS → cash management service [약] 현금관리서비스 ¶ The *cash management service* (*CMS*) is the bank's operation that provides a client with services such as the financial information, the cash efficient management, and capital transfers by linking the bank's computer with the customer's computer or terminal via communication network. 현금관리서비스는 은행의 컴퓨터와 거래처의 컴퓨터나 단말기를 통신회로로 연결하여 거래처에의 금융거래정보의 제공, 자금의 효율관리, 자금이체 등의 서비스를 행하는 업무이다.

CNY (ISO) China – currency yuan. ¶ CNY (국제표준기구) 중국 — 화폐 위안(yuan).

coarse goods 조악품

coast [coastal, coastwise] trade 연안무역 ¶ *Coastal trade* is trade conducted between the ports of one nation. 연안무역은 1 국가의 항구간에 행해지는 무역이다.

coattail investing 추수투자(追隨投資) ¶ *Coattail investing* is to follow on the coattails of other successful investors, usually institutions, by trading the same stocks when their actions are made public. This risky strategy assumes the research that guided the investor wearing the coat is still relevant by the time the coattail investor reads about it. 추수투자란 성공하고 있는 다른 투자자(통상은 기관투자자, institutional investor)에 뒤따라, 그들의 투자내용이 공표된 때, 같은 주식을 거래하는 것을 말한다. 이와 같은 위험스런 투자전략은 투자자에게 추수투자를 안내한 조사정보를 추수투자자가 이를 읽고 있을 때까지 역시 적절하다는 것을 가정하는 것이다.

coat-tailing [영속] 코트테일링 ¶ The *coat-tailing* is the practice of replicating the investment strategies of institutional investors who are known, or believed, to have exhibited good performance. Also known as piggybacking. See also tailgating. 코트테일링은 좋은 업적을 낸 것으로 알려지거나 인정되는 기관투자자들의 투자전략을 복제하는 관행을 말한다. piggybacking(편승식 매매)으로도 알려져 있다. tailgating(테일게이팅)도 참조할 것.

cocktail swap [영] 칵테일스왑 ¶ The *cocktail swap* is the practice that heightens the possibility of meeting for the creation of swap contract by combining the one or more swaps simultaneously. 칵테일스왑은 복수의 스왑을

동시에 조합하여 스왑계약성립을 위한 만남의 가능성을 높이는 업무이다.

COD → **c**ash [collect] **o**n **d**elivery [약] [무역] 현금상환인도(조건), 하물상환인도(조건)

code 법전, 규약, 암호, 약호(略號), 암어 ¶ a *code* [coded] message 암소전보 /a *code* of behavio(u)r [practice, professional ethics] 행동기준[상업규범, 직업윤리] /a *code* [cipher] telegram 암호전보 /*code* words; *code*words 전신용 암호 /telegraphic *codes* 전신용 암호, 전신암호 ***code of conduct*** 행동준칙 ¶ The *code of conduct* is a norm of behavior considered to be acceptable by members of the international community. 행동준칙이란 국제사회의 구성원이면 받아야 드릴 수 있다고 생각되는 행동규범을 말한다.

coefficient 계수 ¶ capital *coefficient* 자본계수 /correlation *coefficient* 상관계수 /labor *coefficient* 노동계수 ***coefficient of determination*** [영] 결정계수 ¶ *The coefficient of determination* is a statistical measure that indicates the proportion of variability in a set of data observations that are accounted for by a given model, or the degree to which an observation varies from its benchmark. The coefficient is measured on a scale of 0.00 to 1.0, with a result migrating toward 1.0 indicating a greater level of explanation. Also known as r-squared. 결정계수는 일정한 모형에 의해서 설명되는 일련의 데이터 관측치의 변동성의 비율, 또는 관측이 그 척도에 따라 변화하는 정도를 가리키는 통계상의 측정치(statistical measure)를 말한다. 그 계수는 0.00에서 1.0까지의 단계에 의해서 측정되며, 더 많은 수준의 설명을 가리키는 1.0을 향해서 경감하는 결과를 낳는다. 이는 r-squared로도 알려져 있다.

COFI → **c**ost **o**f **f**unds **i**ndex [약] 자금조달비용지수 ¶ The *cost of funds index* (*COFI*) is an index which is based on what the financial institutions are paying interest cost for the use of money. This index was made on the February, 2010, upon judgment that the CD's interest did not play a good role of the interest for loan during that time. If the Korea Federation of Banks makes this index public on the 15th day of every month, it applies from the 16th day to the 15th days of the next month. 자금조달비용지수는 금융기관들이 자금조달을 할 때에 지급하는 금리비용에 근거해서 만들어지는 지수이다. 그 동안 대출금리의 기준이 되어온 CD(양도성예금증서)금리가 대출금리로서의 역할을 하지 못한다는 판단에 따라 작년 2월 만들어졌다. 은행연합회(The Korea Federation of Banks)가 매달 15일이 지수를 발표하면 이튿날(16일)부터 다음달 15일까지 적용된다.

co-finance [신디케이트론] 협조융자(co-financing), 공동융자

cohort 일단(一團), 친구

coin *v.* (화폐를) 주조(鑄造)하다 ¶ *coined* gold 금화(金貨) /*coined* money 주조화폐 *n.* 화폐, 경화(硬貨), 금전 ¶ abrasion of *coin* 경화의 마멸 /bulk *coin* deposit 대량의 경화입금 /clipped *coin* 손화(損貨) /*coin* assorters 경화선별기 /*coin* circulation 경화의 유통 /*coin* counter; *coin* counting machine 경화계산기 /*coin* images 화폐의 상(像) /*coin* of lower value 저액화폐 /*coin* wrapper 경화포장기 /*coin* wrapping 경화포장 /defaced *coins* or notes 오손(汚損)경화 또는 지폐 /forged [false, counterfeit] *coin* 위조화폐 /freshly-minted *coins* 신규주조화폐 /gold [silver, copper] *coin* 금[은, 동]화 /gold *coin* and bullion 금화 및 금은괴(金銀塊) /loose *coins* 잔돈, 푼돈 /minor *coin* 소액경화 /new *coin* 신경화 /rolled *coin* 포장된 경화 /small *coin* 잔돈, 용돈 /standard [subsidiary] *coin* 본위[보조]화폐 /subsidiary silver *coin* 보조은화 /the wear and tear on *coins* 경화의 손상

coinage 화폐주조, 화폐제도 ¶ the new British *coinage* 영국의 새로운 화폐제도 /decimal *coinage* 10진법화폐제도

coincide 부합하다, 일치하다 ¶ The rise of the Church *coincides* with the decline of the Roman Empire. 기독교의 발흥은 로마제국의 쇠퇴와 때를 같이 하고 있었다. /*coinciding* [coincident] indicators 일치지표

coincidence 일치, 부합 ¶ chance *coincidence* 우연의 일치

coincident [coinciding] indicator 경기일치지표(景氣一致指標) ¶ *Coincident indicator* is economic indicators that coincide with the current pace of economic activity. The Index of *Coincident Indicators* is published monthly by the Conference Board along with the Index of Leading Indicators and the Index of Lagging Indicators to give the public a reading on whether the economy is expanding or contracting and at what pace. 경기일치지표는 경제활동의 현황에 일치하는 경제지표를 이른다. 경기일치지표는 경제가 확대기조에 있는 것인가 수축기조에 있는 것인가 또는 그 정도에 관한 정보를 일반에게 알리기 위해서 매월 컨퍼런스 보드(Conference Board)가 선행(先行)지표(leading indicators) 및 지행(遲行)지표(lagging indicators)의 지수와 함께 공표하고 있다.

coinsurance 공동보험, 피보험자자기부담조항 ¶ The *coinsurance* is a sharing of an insurance risk, common when claims could be of such size that it would not be prudent for one company to underwrite the whole risk. Typically, the underwriter is liable up to a stated limit, and the coinsurer's liability is for amounts above that limit. 공동보험은 한 회사가 모든 리스크를 인수하는 것은 현명하지 않을 정도로 장래의 구상규모가 거액에 달할 가능성이 있는 때에 행해지는 것이 일반적인 보험리스크를 분담하는 제도이다. 전형적으로는 보험간사회사(underwriter)는 사전에 결정된 한도액까지 책임을 지고, 공동보험회사는 그 한도를 초과한 액에 대해서 책임을 부담한다.

coinsurer 공동보험자 ¶ The *coinsurer* is a party that shares in the loss under an insurance policy or policies. 공동보험자는 보험계약 하에서 손해를 공동 부담하는 당사자를 말한다.

COLA → **c**ost-**o**f-**l**iving **a**djustment [약] 생계비조달 ¶ *COLA* is an acronym for *cost-of-living adjustment*, which is an annual addition to wages or benefits to compensate employees or beneficiaries for the loss of purchasing power due to inflation. Many union contracts contain a *COLA* providing for salary increases at or above the change in the previous year's consumer price index (CPI). 콜라(COLA)는 cost-of-living adjustment(생계비조달)의 두음어(頭音語)로, 인플레이션(inflation)으로 인한 구매력저하를 보상하기 위해서, 피고용자나 급여수급자에 대해서 행하는, 임금 혹은 급여금에 대한 매년의 추가조정을 이른다. 많은 노동조합의 노동협약은 전년의 소비자물가지수(consumer price index: CPI)의 상승률과 동률, 혹은 그 이상의 급여인상을 보증하는 COLA조항을 포함하고 있다.

cold calling (미거래처에의) 불시방문에 의한 세일즈, (예고 없는) 전화를 사용한 거래권유 ¶ A *cold calling* is a practice of making unsolicited calls to potential customers by brokers. Brokers hope to interest customers in stocks, bonds, mutual funds, financial planning, or other financial products and services in their cold call. In some countries, such as Great Britain and parts of Canada, cold calling is severely restricted or even prohibited. 불시방문에 의한 세일즈는

장래의 고객에게 증권회사의 외무원(broker)이 달갑지 않은 방문을 하는 영업활동을 말한다. 외무원은 이런 종류의 달갑지 않은 방문에서 고객이 주식(stock), 공사채(bond), 뮤추얼펀드(mutual fund) 파이낸셜 플래닝, 기타 금융상품이나 서비스를 관심을 가지기를 원한다. 영국이나 캐나다의 일부지역에서는 불시방문에 의한 세일즈는 엄하게 제한되고 있거나 금지되고 있다.

collapse ⓝ 붕괴, (가격의) 하락, 폭락 ¶ *collapse* of credit 신용의 붕괴 /*collapse* of the dollar 달러의 하락 /the *collapse* of the market 시장의 붕괴 /economic *collapse* 경제적 붕괴
ⓥ 무너지다, 헛일이 되다, 못쓰게 하다, 망치다

collapsible corporation 포말(泡沫)회사 ¶ The *collapsible corporation* is a corporation dissolved before realizing a substantial portion of the taxable income to be derived from the property. The Internal Revenue Service treats gain on the sale or liquidation of a collapsible corporation as ordinary income in the stockholder. 포말회사란 회사재산에서 유래하는 과세대상소득의 본질적인 부분을 현금화하지 전에 해산된 회사를 이른다. 미세입청(Intrnal Revenue Service)은 포말회사의 매각이나 청산상의 이득을 주주의 경상소득(ordinary income)으로 취급한다.

collar [영] 칼라, 금리의 상한·하한을 조합한 옵션거래[금리의 캡(a cap, 금리의 상한계약)과 플로어(a floor, 금리의 하한계약)의 조합] ¶ The company created a *collar* round its investment. 그 회사는 투자에 캡을 설정했다. ¶ In new issue underwriting, the *collar* is the lowest rate acceptable to a buyer of bonds or the lowest price acceptable to the issuer. In an adjustable rate issue, it refers to the maximum and minimum rates payable based on par value. 신발행채권의 인수(underwriting)에서, 칼라는 채권의 매수인이 승낙할 수 있는 최저의 이율 또는 발행자(issuer)가 승낙할 수 있는 최저가격을 말한다. 조정이율부 발행에 있어서, 그것은 액면금액(par value)에 대해서 지급되는 최고이율과 최저이율을 가리킨다.

collate 대조하여 정사(精査)하다, …을[를] 대조하다

collateral ⓐ 부대(附帶)의, 보증의, 담보(물건)의 ¶ a *collateral* agreement form 담보약정서 /*collateral* bonds 담보부 사채 /*collateral* conditions 부대조건 /*collateral* documents 담보서류 /a *collateral* heir 방계상속인 /*collateral* margin 담보여력(餘力) /a *collateral* mortgage 부(副)모기지 /*collateral* notes 담보어음 /*collateral* security 보증담보 /a *collateral* surety 부보증인 /*collateral* value 담보가격
collateral loan 담보부 대출 ¶ The *collateral loan* is a loan secured by a pledge of assets. Loans secured by collateral are primarily commercial loans where the ultimate source of repayment is the borrower's assets, rather than the borrower's character or reputation in the community. The lender's financial statement lists the collateral securing the loan, and the location and condition of the collateral. When filed with a public record office, a lien is created, giving the lender priority over other creditors. 담보부 대출이란 자산의 담보로 제공된 대출을 말한다. 담보가 제공된 대출은 상환의 궁극적인 재원이 차입자(借入者)의 사회에 있어서의 성품이나 명성이라기보다도 오히려 차입자의 자산인 점에 근본적으로는 상업상의 대출인 것이다. 대여자(貸與者)의 대차대조표에는 그 대출을 보증하는 담보물, 담보물의 소재와 상황이 기록된다. 공문서보관소(public record office)에 제출된 경우에, 리엔(lien)이 성립하여, 대여자에게 다른 채권자에 대하여 우선권(priority)을 부여한다. ~ ***pool*** [영] 담보물 풀(pool) ¶ The *collateral pool* is the asset portfolio that underlies a securitization transaction. The pool is used to

both secure the asset-backed securities (ABS) issued to investors and to generate cash flows which provide principal and interest on the ABS. The pool generally comprises of single form of asset (e.g., mortgages, accounts receivable, automobile loans, and so forth), and is typically well diversified across obligors, regions, and sectors (though certain whole loan securitizations are backed by a single large asset). The pool may be static (unchanging over the expected life of the securitization) or it may be dynamic (with substitution permitted). 담보물 풀은 유동화(증권화, securitization)의 기초가 되는 자산포트폴리오이다. 풀(pool)은 투자자에게 발행되는 자산담보부 증권(ABS)을 담보하고 자산담보부 증권의 원금과 이자를 제공하는 현금흐름을 발생시키기 위하여 이용된다. 풀은 일반적으로 단일형태의 자산(예컨대, 모기지, 외상매출금, 자동차론(loan) 등)으로 구성되며, 전형적으로 채무자, 지역, 및 섹터(비록 전액론(whole loan)유동화가 단일 대형자산에 의해 담보된다고 하더라고)에 걸쳐서 잘 분산되어 있다. 풀은 (예상수명의 증권화를 넘어 변치 않지만) 정적일 수 있고, 또는 (대체가 허용되고 있지만) 동적일 수도 있다. ~ ***risk*** [영] 담보물 리스크 ¶ The *collateral risk* is the risk of loss arising from errors in the nature, quantity, pricing, or characteristics of collateral securing a transaction with credit risk. Institutions that actively accept and deliver collateral and are unable to manage the process accurately are susceptible to loss. A subcategory of operational risk. 담보물 리스크는 거래에서 신용리스크를 담보하는 담보물의 성격, 양, 가격, 또는 특성상의 오류(errors)에서 생기는 리스크를 말하다. 담보물을 활발히 수용하고 인도하는 기관이 그 과정을 정확히 관리할 수 없다면 손실이 생기기 쉽다. 운영상의 리스크(operational risk)의 하부개념이다. ~ ***trust bond*** [영] 담보물신탁채권(bond) ¶ The *collateral trust bond* is a bond secured by a portfolio of assets owned by the issuer. Unlike a pass-through security, the issuer retains sole ownership interest in the assets, which remain on the corporate balance sheet. See also mortgage-backed bond. 담보물신탁채권은 발행자가 소유하는 자산의 포트폴리오가 담보하는 채권을 말한다. 패스트루증권과는 달리, 발행자는 회사의 대차대조표상에 남아있는 자산에 단일소유권을 보유한다. mortgage-backed bond(모기지담보부 채권)도 참조할 것.

n. [미] 부차적인 저당[융자의 보증을 위해서 담보에 넣는 유가증권 기타의 자산(주된 담보에 대해서 종(從)되게 차입되는 담보)], 담보(물) ¶ The *collateral* is assets, such as cash, securities, accounts receivable, inventory, letter of credit, or physical property, taken to secure a credit risk exposure. By taking collateral, the creditor has an additional source of repayment should its counterparty be unable to perform on its obligations. See also security. 콜래터럴(담보물)은 신용리스크 익스포저를 보증하기 위해 받은 현금(cash), 외상매출금(accounts receivable), 재고(inventory), 신용장(letter of credit) 또는 물적 재산(physical property)과 같은 자산(assets)을 말한다. 담보물을 받음으로써 거래상대방이 그 채무를 이행할 수 없다고 하더라도, 채권자는 상환의 추가재원을 가지게 되는 셈이다. security(담보)도 참조할 것. /banker's *collateral* 은행의 담보물 /evaluation of *collateral* 담보평가 /marketable *collateral* 처분가능한 담보 /pledge of *collateral* 담보차입 /share *collateral* 주권담보 /the value of *collateral* 담보가격

collateralize 담보로 보증하다, 담보물건으로서 사용하다 ¶ To *collateralize* is to pledge property as security for a debt. 담보로 보증하다는 것은 채무에 대한 담보로서 부동산을 담보에 넣는 경우이다. /*collateralized* mortgage obligation 주택모기지담보채(債), 모기지담보부 채권(債券)(부동산담보부 채권으로서 발행되는 증권) ***collateralized bond (or debt) obligation (CBO or CDO)*** 사채(채무)담보채

무증서 ¶A *collateralized bond obligation* (*CBO or CDO*) is an investment-grade bond backed by a pool of variously rated bonds, including junk bonds. *CBOs* are similar in concept to collateralized mortgage obligations (CMOs), but differ in that *CBOs* represent different degrees of credit quality rather than different maturities. Underwriters of *CBOs* package a large and diversified pool of bonds, including high-risk, high-yield junk bonds, which is then separated into tiers, called tranches. 사채담보증서(CBO)란 정크본드(junk bond)를 포함하는 여러 가지 등급(rating)의 채권(bond)의 풀(pool)을 담보로 해서 발행되는 투자적격(investment grade)채권을 말한다. 사채담보증권은 개념상 모기지담보채무증서(collateralized mortgage obligations: CMOs)와 유사하지만, 상이한 만기(maturities)보다도 신용도(credit quality)가 다르다는 점에서 구별된다. CBO의 인수업자는 고수익률이지만, 리스크가 높은 정크본드를 포함하여 여러 가지 채권을 모아서 대규모의 풀을 만들어 몇 개의 트랑슈(tranches)라고 하는 티어(tier)로 분할한다. ~ ***loan obligation (CLO)*** [영] 담보대출채무증서 ¶The *collateralized loan obligation* (*CLO*) is a securitization structure that repackages credit-risky loans into tranches with unique risk and return profiles. See collateralized debt obligation. 담보대출채무증서는 신용이 위험한 대출을 독특한 위험과 수익윤곽을 가지는 트랑슈(tranches)로 재포장하는 증권화구조(securitization structure)이다. collateralized debt obligation(채무담보부채무증서)도 참조할 것. ~ ***mortgage obligation (CMO)*** 모기지담보채무증서 ¶A *collateralized mortgage obligation* (*CMO*) is a mortgage-backed bond that separates mortgage pools into different tranches based on maturity and risk. This is accomplished by applying income (payments and prepayments of principal and interest) from mortgages in the pool in the order that the *CMOs* pay out. Tranches pay different rates of interest and can mature in a few months, or as long as 20 years. 모기지담보채무증서란 부동산담보론(loan)의 풀(pool)을 트랑슈(tranches)라고 하는 만기일별의 구분으로 나눈 모기지담보(부동산담보)채무증서를 말한다. 이것은 부동산담보론(loan)의 풀에서의 수입(원금의 상환금과 기한전상환금 및 금리)을 CMO가 결정된 지급순으로 지급함으로써 이루어진다. 각 트랑슈는 금리가 다르며, 수개월 이내에 만기가 되는 것에서부터 오랜 것은 20년이나 되는 것도 있다. ~ ***loan*** 담보부 대출 → collateral loan (담보부 대출). ~ ***trust bond*** 증권담보부 신탁사채 ¶A *collateralized trust bond* is a corporate debt security backed by other securities, usually held by a bank or other trustee. Such bonds are backed by collateral trust certificates and are usually issued by parent corporations that are borrowing against the securities of wholly owned subsidiaries. 증권담보부 신탁사채란 통상 은행 등의 수탁자(trustee)가 보유하는 다른 증권을 담보로 하는 사채를 이른다. 이러한 채권은 증권담보부 신탁증서(collateral trust certificate)를 담보로 하고 있고, 통상은 전액출자한 자회사(subsidiaries)의 증권을 담보로 하여 차입하는 모회사(parent corporation)가 발행한다.

collation 조회, 대조 ¶*collation* of balance 잔액조회[대조] /*collation* of seals (날인의) 대조, 인장대조, 대조인(對照印)

collect ⓥ 수집하다, 모집하다, 추심하다 ¶*collected* funds 추심자금 /a *collecting* agent 추심대리인 /a *collecting* bank 추심은행 /*collect* on delivery (C.O.D.) 대금상환지급(조건) /freight (on) *collect* 운임도착지지급

ⓐ [미] 대금[요금], 상대방지급의 ***collecting bank*** [영] 추심은행 ¶The *collecting bank* is: (1) a bank which is presented with an order for payment (e.g., a check). Also known as remitting bank. See also payor. (2) in trade credit, a bank collecting payment from a buyer in exchange for a bill of lading; the bank then forwards the payment to the seller's bank. See also payor bank. 추심은행은 (1) 지급을 위한 지시(order)(예컨대, 수표)를 제시한 은행이다. 이를 발송은행(remitting bank)으로도 알려져 있다. payor bank(지급인은행)도 참조할 것. (2) 무역금융에서, 선하증권과 상환으로 매수인으로부터 지급을 추심하는 경우이다. 그 때에 은행은 매도인의 은행 앞으로 지급을 전송(轉送)한다.

collectible [a] 모을[징수할] 수 있는 ¶ *collectible* freight 도착지급운송비 [n] 희소수집품 ¶ A *collectible* is a rare object collected by investors. Examples: stamps, coins, oriental rugs, antiques, baseball cards, photographs. *Collectibles* typically rise sharply in value during inflationary periods, when people are trying to move their assets from paper currency as an inflation hedge, then drop in value during low inflation. 희소수집품은 투자자가 수집하는 희소품을 이른다. 예로서는, 우표, 경화(硬貨), 동양융단, 골동품, 야구카드, 사진 등이 있다. 희소수집품은 일반적으로 인플레이션대책으로서 사람들이 자산을 지폐에서 떨어지게 하려고 하는 인플레이션시대에 가격이 급상승하지만, 반대로 낮은 인플레이션 동안에는 가격이 하락한다.

collection 수집, 추심, 집금(集金) ¶ *Collection* is presentation of a negotiable instrument such as a draft or check to the place at which it is payable. The term refers not only to check clearing and payment but to such special banking services as foreign collections, coupon collection, and collection of returned items (bad checks). 추심은 어음(draft)이라든가 수표(check) 등의 양도가능증권(negotiable instrument)을 지급장소에 가져가는 것을 말한다. 이 용어는 단순히 수표의 결제나 지급에 관한 것일 뿐만 아니라, 해외추심, 이자회수, 부도수표의 대금회수 등의 은행의 특별한 업무에 관한 것이기도 하다. /bill for *collection* 추심어음 /city *collection* items 시내추심물건 /*collection* agencies 채권회수기관 /*collection* at maturity 만기추심 /a *collection* calendar 회수예정표 /*collection* charges 추심(수수)료 /*collection* charges and commissions 추심수수료 및 제수수료 /*collection* letters 추심어음송부장 /*collection* of a draft 대금추심 /a *collection* order 추심지시 /a *collection* period 회수기간, 매상채권회수기간 /*collection* services 추심업무 /a *collection* tariff 추심요금표 /country *collection* items 지방추심물건 /export *collections* 수출추심 /import *collections* 수입추심 /on a *collection* basis 추심취급 /'only for *collection*' 「추심」을 위해 (추심위임배서의 문언) /an order for *collection* 추심명령 /proceeds of the *collection* 추심대금 ***clean collection*** (선적서류를 사용하지 않는) 단순한 추심, (서류 등이 첨부되지 않는) 클린추심 ¶ The *clean collection* is a method of financing an export sale that requires the exporter to submit only the draft to the bank with instructions to collect payment from the importer. The original documents have already been forwarded in advance to the importer, and in some instances the documents are traveling with the cargo. 단순한 추심은 수출업자가 수입업자로부터 대금지급을 추심지시서와 함께 은행에 환어음만을 지급할 필요가 있는 수출매매의 금융방법을 말한다. 원금서류들은 이미 사전에 수입업자에게 회송되었고, 어떤 때에는 그 서류가 하물과 함께 여행을 하고 있는 경우도 있다. ~ ***papers*** 추심서류, 대금추심서류 ¶ *Collection papers* are all documents (invoices, bills of lading, etc.) submitted to a buyer for the purpose of receiving payments for a shipment. 대금추심서류란 선적에 대한 대금지급을 받을 목적으로 매수인에게 제출된 모든 서류(인보이스, 선하증권 등)를 이른다. ~ ***policy*** [영] 매상채권회수정책 ¶ The *collection policy* is the procedures established by a company that offers trade credit to its customers, delineating the specific actions to be taken if a customer account has become delinquent. Such actions tend to increase in terms of escalation, often culminating in the transfer of delinquent accounts receivable to a collection agency. 매상채권회수정책은 고객에게 무역금융을 제공하는 회사가 취하는 처리과정으로, 고객계정이 체납되게 될 때에 취할 특별한 조치를 묘사하는 것이다. 그러한 조치는 단계적 확대라는 점에서 증가하는 경향이 있고, 종종 체납된 외상매출금을 채권회수기관에게 이전하는 데에 정점을 이루기도 한다. ~ ***ratio*** 회수율 ¶ A *collection ratio* is a ratio of a company's accounts receivable to its average daily sales. Average daily sales are obtained by dividing sales for an accounting period by the number of days in the accounting period – annual sales divided by 365, if the accounting period is a year. That result, divided into account receivable (an average of beginning and ending account receivable is more accurate), is the collection ratio – the average number of days it takes the company to convert receivables into cash. It is also called average collection period. 회수율은 회사의 외상매출금(accounts receivable)의 일일평균매상액(日日平均賣上額)에 대한 비율이다. 일일평균매상액은 결산기간의 매상액을 그 결산기간의 일수(日數)로 나누어 얻는다. 결산기간이 1년이면, 연간매상액을 365일로 나눈다. 그 일일평균매상액에서 외상매출금[기수(期首)와 기말(期末)의 외상매출금의 평균잔액이 한층 정확하다)을 나눈 숫자가 회수율이다. 요컨대 그 회사가 외상매출금을 현금화하는 데에 요하는 평균일수를 말한다. 이를 평균회수율이라고도 한다. ***documentary*** ~ 하환어음부 추심 ¶ The *documentary collection* indicates documents used for financing exports. These documents consist of an importer's draft bill of exchange conveyed with certain commercial documents including bill of lading, shipper's invoice, irrevocable letter of credit, and related documents. The exporter can also be paid with a sight draft without documents, termed a "clean collection," whereupon the exporter receives payment upon delivery whereas the importer receives all the ownership documentation. 하환어음부 추심이란 수출금융에 사용되는 서류들을 가리킨다. 이러한 서류들은 선하증권, 화주의 인보인스(invoice), 취소불능신용장 및 관련서류를 포함하여 일정한 상업서류와 함께 양도되는 수입업자가 발행한 환어음으로 구성된다. 수출업자도 인도시에 대금지급을 수령하는 「클린추심」(clean collection)이라고 하는 부대서류(附帶書類)없는 일람출급환어음(sight draft)의 지급을 받을 수 있는 반면에, 수입업자는 소유권의 전거(典據)로서 모든 서류를 수령한다.

collective 집합적인, 집단적인 ¶ *collective* investment funds 개별펀드를 합동운용하는 형식의 펀드 /*collective* ownership 공동소유권 /*collective* self-reliance 집단적 자조(自助) ***collective bargaining*** 단체교섭 ¶ A *collective bargaining* is a process by which members of the labor force, operating through authorized union representatives, negotiate with their employees concerning wages, hours, working conditions and benefits. 단체교섭은 노동조합대표로서의 권한을 가지는 조합원이 고용자와 임금, 노동시간, 노동조건 및 복리후생에 관하여 교섭하는 과정을 말한다.

collector 추심인, 수금원(收金員) ¶ outside *collector* 외근(外勤)수금원

collusion 공모(共謀), 통모(通謀) ¶ The *collusion* is a secret agreement for a fraudulent or deceitful purpose. For example, several companies may reach a secret agreement, or collude, before bidding on a government contract. 통모란 부정하거나 사기적인 목적의 비밀약정을 말한다. 예를 들면, 몇몇 회사들이 정부계약에 입찰하기에 앞서 비밀약정에까지 이를 수 있다. /*collusion* oligopoly 공모과점(寡占)

collusive 공모상의, 짜고 하는 ¶ *collusive* agreement on price 가격공모협정

Colombia currency 콜롬비아 화폐 ¶ Colombian peso (COP), divided into 100 centavos. 1 (콜롬비아) 페소(peso) = 100 센타보(centavos).

colon 콜론 ¶ The standard currency unit of Costa Rica, divided into 100 centamos. ¶ 콜론은 코스타리카의 표준화폐단위, 1 콜론(colon) = 100 센타모(centamos)이다.

colonial 식민지의 ¶ *colonial* banks 식민지은행 /*colonial* economy 식민지경제 /*colonial* trade 식민지무역

color 외견, 구실, [법] 표현상의 권리[근거], 일응 정당하다고 추정되는 권리 ***color of title*** (권리가 있는 것처럼 겉 보이는) 외견상의 권리(외견상의 권원(權原)은 날인증서, 판결 등에 기초를 두고 있으나, 실제는 유효하지 않을 가능성이 높은 권원을 말한다. 다만, 좀더 긍정적인 의미로 사용하는 경우가 많다.) ¶ The *color of title* is sometimes an element of adverse possession. 표현적 권원은 종종 적대적 점유의 요소가 된다.

COLTS → **C**ontinuously **O**ffered **L**ong-term **S**ecurities [약] 계속발행장기증권 ¶ *COLTS* is acronym for Continuously Offered Long-term Securities, 3-year to 30-year fixed rate, variable rate, nor zero-coupon bonds offered on an ongoing basis by the International Bank for Reconstruction and Development (World Bank). Bonds finance general operations of the bank and the terms are determined by bank management at the time of each new offering. COLTS(계속발행장기증권)는 Continuously Offered Long-term Securities의 두음어로, 세계은행(International Bank for Reconstruction and Development: BRD)이 필요에 따라 계속적으로 발행하는 3년에서 30년물의 고정이자부 채권(fixed rate bond), 변동금리채(variable rate bond), 또는 제로쿠폰채(zero-coupon bond)를 말한다. 채권은 세계은행의 일반적인 활동자금을 조달하고, 그 발행조건은 신규발행 때마다, 은행의 경영진이 결정한다.

column (신문의) 난(欄), 지주 ¶ the credit *column* 대변(貸邊) /the debit *column* 차변(借邊)

co-maker 연대보증인, 공동발행인 ¶ no *co-maker* loan 연대보증인 없는 대출

co-manager [신디케이트론] 부간사행(副幹事行), 공동간사

combination 결합, (자물쇠 등을 열기 위한) 맞추는 번호, [옵션거래] 콤비네이션거래 ¶ A *combination* is an arrangement of options involving two long or two short positions with different expiration dates or strike (exercise) prices. A trader could order a combination with a long call and a long put or a short call and a short put. 콤비네이션은 기일(expiration)이 다르지만 행사가격(exercise price)이 다른 2개의 매입초과포지션(long position) 또는 2개의 매도초과포지션(short position)옵션(option)의 결합을 이른다. 트레이더(trader)는 콜옵션(call option)과 풋옵션(put option)의 매입, 또는 콜과 풋의 매도를 조합시켜 발주(發注)한다. /*combination* deals 콤비네이션거래 /*combination* locks 숫자맞춤 자물쇠 /*combination* sale 끼워 팔기(tie-in sale) /*combination* setting (금고의) 맞춤 숫자 ***combination bond*** 중복담보공채(重複擔保公債) ¶ A *combination bond* is a bond backed by the full faith and credit of the government unit issuing it as well as by revenue from the toll road, bridge, or other project financed by the bond. 중복담보공채란 발행체인 정부기관의 완전한 신뢰와 신용(full faith and credit)에 의한 담보와 그 채권발행자금으로 만들어진 유료도로, 교량, 혹은 기타 프로젝트에서의 수입으로 이중으로 보증되고 있는 공채를 말한다. ~ ***plan* [*policy*]** 결합시킨 보험[보험증권] ¶ A *combination plan* [*policy*] is a life insurance policy with elements of both term and whole life coverage. 결합시킨 보험이란 정기생명보험(term life insurance)과 종신생명보험(whole life insurance)의 양쪽의 요소들을 조합시킨 생명보험증권을 이른다.

combined 결합[연합, 합동]한 ¶ *combined* balance sheet (본지점간의) 결합대차대조표 ***combined financial statement*** (본지점간의) 결합재무제표, (자회사만의) 종합재무제표 ¶ A *combined financial statement* is a financial statement that brings together the assets, liabilities, net worth, and operating figures of two or more affiliated companies. In its most comprehensive form, called a combining statement, it includes columns showing each affiliate on an "alone" basis; a column "eliminating" offsetting intercompany transactions; and the resultant *combined financial statement*. 결합재무제표란 것은 2 이상의 관련기업의 자산(asset), 부채(liabilities), 순자산(net worth), 및 사업에 관한 숫자를 하나로 통합한 재무제표를 말한다. 가장 포괄적인 형식인 결합제표에는, 각각의 관련회사의「단독」기준과 관련기업간의 거래를 상쇄하는「공제(控除)」란, 그리고 그 관련기업간의 거래를 공제후의 결합재무제표가 기재된다. ~ ***transport* [*transportation*]** 복합운송 ¶ The *combined transport* is a consignment sent by various modes of transport. 복합운송이란 여러 운송수단에 의하여 발송되는 적송물(積送物)을 말한다. ~ ***transport document*** 복합운송서류 ¶ The *combined transport document* is a document of title (for example, bill of lading, etc.) issued to a shipper when the goods are to be transported by more than one mode of transportation, such as by rail and by sea. 복합운송서류는 화물이 육상 또는 해상과 같은 1개 이상의 운송수단에 의하여 운송되어야 할 경우 화주(shipper)에게 발행된 권원서류(document of title)(예컨대 선하증권 등)를 말한다.

COMEX → the **Com**modity **Ex**change of New York [약] 뉴욕상품거래소 ¶ The *COMEX* is a division of New York Mercantile Exchange, following its merger with the NYMEX. Formerly known as the Commodity Exchange, it is the leading U.S. market for metals futures and option trading. 뉴욕상품거래소는 뉴욕상업거래소와 합병을 하는 바람에 그의 한 부분이 되었다. 이전에는 상품거래소로 알려진 뉴욕상품거래소는 오늘날 미국에서 금속의 선물 및 옵션거래를 취급하는 주요 시장이다.

comfort 위안, (마음이) 홀가분함 ***comfort letter*; *letter of*** ~ 콤포트레터, 대여자(은행)앞의 추천장, 회계사가 주간사(主幹事) 앞으로 발행하는 발행자의 재무내용에 관한 확인서(증권의 발행 · 매출에 관련하여 공인회계사사무소가 증권인수업자의 요구에 따라 작성하는, 당해 증권발행회사의 재무상황에 관한 조사보고서이다.) ¶ A bank may seek a *comfort letter* from a parent company. 은행은 모회사에게 콤포트레터를 요구할 수 있다. ¶ A *comfort letter* is an independent auditor's letter, required in securities underwriting agreements, to assure that information in the registration statement and prospectus is correctly prepared and that no material changes have occurred since its preparation. It is sometimes called cold *comfort letter* – cold because the accountants do not state positively that the information is correct, only that nothing has come to their attention to indicate it is not correct. 콤포트레터란 등록신고서(registration statement) 및 사업계획서(prospectus)의 정보가 정확하게 준비되고, 또 그 작성이래 중요한 변화가 일어나고 있지 않는 것을 보증하기 위해서 증권인수계약(underwriting agreement)을 할 때에

요구되는 단독감사인(independent auditor)의 서신이다. 그것은 때로는 임시변통의 각서(覺書)(cold comfort letter)라고도 한다. 임시변통이라고 하는 이유는 감사인들이 「정보는 정확하다」(the information is correct)고 적극적으로 쓰지 않고, 단순히 「그 정보가 정확하지 않다고 시사할 만큼 그들의 관심을 끈 것은 하나도 없었다」(nothing has come to their attention to indicate it is not correct)고 쓸 뿐이기 때문이다.

command v. 명령하다, 의사대로 하다
n. 명령, 지휘 ¶ *Command* is order by a superior to carry out an action. An individual can be commanded to do something. The word has a militaristic connotation in that *commands* given to those lower in rank must be obeyed. When one is commanded to do something, one is compelled. 명령이란 윗사람이 어떤 행동을 시행하라는 지시를 이른다. 개인은 무엇을 할 것을 명령받을 수 있다. 그 말은 계급이 낮은 자에게 한 명령은 반드시 지켜야 한다는 점에서 군국주의적 함의(含意)가 있다. 따라서 무엇을 하도록 명령을 받는 경우에는 강제를 당하게 된다. ***command economy*** 계획경제 ¶ *Command economy* is economy in which supply and price are regulated or imposed by a central nonmarket authority. Prime examples are genuine communist economies. See also planned economies. 계획경제란 공급과 가격이 시장이 아닌 중앙권력에 의하여 규제되거나 강제되는 경제를 말한다. 가장 좋은 실례는 진정한 공산주의의 경제이다. planned economies(계획경제)를 참조할 것.

commence 개시하다, 시작하다

commend 권하다, 추천하다, 위탁하다

comment n. 비평, 해설 ***comment letter*** 코멘트 레터 ¶ A *comment letter* is an independent auditor's letter to a securities underwriters satisfying a due diligence requirement. 코멘트 레터는 상당한 주의(due diligence)로 요건을 충족하고 있는 증권인수업자(security underwriter)에게 쓴 독립된 회계감사인(independent auditor)의 문서를 이른다.
v. 비평하다

commerce 상업, 통상, 교역 ¶ a chamber of *commerce* and industry 상공회의소 /domestic [internal] *commerce* 국내통상 /foreign [international, overseas] *commerce* 외국무역

commercial 상업상의, 상사(商事)의, 통상의 ¶ *commercial* accounts 당좌예금 /a *commercial* [mercantile] agency 상업흥신소 /*commercial* and industrial loans 상공융자 /*commercial* bank discounts and loans 시중대출(市中貸出) /*commercial* bills eligible for rediscounting 재할인적격(상업)어음 /*commercial* capital 상업자본 /the *commercial* code [law] 상법 /*commercial* companies 상사회사 /*commercial* credit 상업금융, 상업신용장 /*commercial* letters of credit 상업신용장 /*commercial* deposits 기업예금 /*commercial* failures 도산(倒產) /*commercial* finance 상업금융 /*commercial* inquiry offices 상업흥신소 /the *commercial* law 상법 /*commercial* loans 상업대출, 단기은행융자 /*commercial* paper houses 어음업자 /*commercial* register; *commercial* registration 상업등기 /*commercial* risk 기업위험, 신용위험 /*commercial* treaties 통상조약 ***commercial bank*** 상업은행, 도시은행, 시은(市銀) ¶ A *commercial bank* is a financial institution that is permitted through regulatory approval and corporate charter to accept retail and interbank deposits, extend commercial and retail loans, and perform various intermediation and fiduciary duties. In some national systems commercial banks focus strictly on traditional banking services, while in others they have a broader scope, engaging in activities commonly associated with investment banks or securities firms, such as underwriting and trading of securities. 상업은행이란 감독기관의 허가 및 회사의 정관에 의해서 소매 및 은행간의 예금을 수취하고, 상업 및 소매대출을 제공하며, 여러 가지의 중개자 및 수탁자의 의무를 수행할 수 있는 금융기관을 말한다. 일부 국가제도에서는 상업은행은 전통적인 은행업무에 엄격하게 초점을 맞추고 있음에 대하여, 어떤 국가의 제도에서는 증권의 인수 및 거래와 같이, 일반적으로 투자은행 및 증권회사에 관련된 영업활동에 관여하면서, 광범한 범위에 걸쳐서 영업을 하는 경우가 있다. ~ **[*trade*] *bill*** 상업어음 ¶A financial institution accepting a bill creates a bank bill or banker's acceptance. Also known as *commercial bill*. 어음을 인수하는 금융기관이 은행어음 또는 은행인수어음을 발행한다. 이를 또한 상업어음이라고도 한다. ~ ***general liabiltiy policy*** [영] 상업일반배상책임보험 ¶The *commercial general liability policy* is an insurance contract used by a firm seeking to cover risk exposures to several liabilities simultaneously, such as those arising from premises, products, contracts, contingencies, environmental damage, and fiduciary breaches. See also commercial umbrella policy; multiline policy; multiple peril policy. 상업일반배상책임보험은 부지(敷地, premises), 제조물, 계약, 우발사업(contingencies), 환경손해, 및 신임위반(fiduciary breach)에서 생기는 것과 같은 여러 배상책임에 대한 리스크 익스포저를 커버하려고 하는 보험회사가 사용하는 보험계약을 말한다. commercial umbrella policy(상업포괄배상책임보험); multiline policy(다종목보험계약); multiple peril insurance(복합재해보험)도 참조할 것. ~ ***hedgers*** 실수목적(實需目的)의 헤지를 하는 자 ¶*Commercial hedgers* are companies that take positions in commodities markets in order to lock in prices at which they buy raw materials or sell their products. For instance, Alcoa might hedge its holdings of aluminum with contracts in aluminum futures, or Eastman Kodak, which must buy great quantities of silver for making film, might hedge its holdings in the silver futures market. 실수목적의 헤지를 하는 자란 원재료의 구입가격이나 제품판매가격을 확정짓기 위해서, 상품시장에서 매입초과포지션을 하고 있는 회사를 말한다. 예를 들면, 앨코어(Alcoa)가 알루미늄의 포지션을 선물계약(futures contract)으로 헤지한다든지, 또는 필름제조용으로 대량의 은(銀)을 구입하지 않으면 안 되는 이스트먼 코닥(Eastman Kodak)이 은의 선물시장에서 은의 포지션을 헤지하는 것과 같은 경우가 그것이다. ~ ***invoice*** 상업송장 ¶A *commercial bill* is a bill for the goods from the seller to the buyer. These invoices are often used by governments to determine the true value of goods for the assessment of customs duties and are also used to prepare consular documentation. Governments using the commercial invoice to control import often specify its form, content, number of copies, language to be used, and other characteristics. 상업송장은 물품의 매도인이 매수인에게 작성한 청구서이다. 이런 송장은 종종 세관의 평가를 위한 진짜 물품가격을 결정하기 위해서 정부가 사용하기도 하고, 또한 영사에게 제출할 서류작성에도 사용된다. 상업송장을 이용하여 수입을 규제하는 정부는 이따금 송장의 형식, 내용, 사본(寫本)의 수, 사용언어, 및 기타 특성을 특화하기도 한다. ~ ***letter of credit*** 상업신용장 ¶A *commercial letter of credit* is a documentary letter of credit in which the specified documents relate to the sale of goods. 상업신용장은 특정한 서류가 물품의 매매에 관계가 있는 하환신용장(荷換信用狀)을 이른다. ~ ***loan*** 상업론(loan) ¶*Commercial loan* is short-term (typically 90-day) renewable loan to finance the seasonal working capital needs of a business, such as purchase of inventory or production and distribution of goods.

Commercial loan – shown on the balance sheet as notes payable – rank second only to trade credit in importance as a source of short-term financing. Interest is based on the prime rate. 상업론은 사업에 필요한 계절적인 운전자금(working capital)수요, 예를 들면 재고품의 구입, 혹은 상품생산이나 판매의 자금수요에 대처하는 갱신할 수 있는 단기(통상은 90일)차입을 말한다. 대차대조표상에 지급어음(notes payable)으로서 표시되는 상업론은 단기자금조달의 재원(財源)으로서 기업간 신용(trade credit)에 뒤이어 중요하다. 이율은 프라임레이트(최우량금리, prime rate)에 의거해서 설정된다. ~ ***paper*** **(*CP*)** 일류기업발행의 채무증서, 커머셜페이퍼(commercial paper와 a나 s를 붙이지 않고 집합적으로 사용된다.) ¶ *Commercial paper* (*CP*) is short-term obligations with maturities ranging from 2 to 270 days issued by banks, corporations, and other borrowers to investors with temporarily idle cash. Such instruments are unsecured and usually discounted, although some are interest-bearing. They can be issued directly – direct issuers do it that way – or through brokers equipped to handle the enormous clerical volume involved. 기업어음은 은행, 기업, 및 기타의 차입자(借入者)가 일시적인 여유자금이 있는 투자자 앞으로 발행하고, 만기가 2일에서 270일까지 걸치는 단기채무(short-term obligation)를 말한다. 그러한 종류의 증권은 무담보(unsecured)이고, 통상은 할인발행(discounted)되지만, 일부에는 이자부(interest-bearing)의 것도 있다. 이런 증권은 직접 발행된다든지 — 직접발행자는 그런 식으로 발행한다 — 광범한 사무처리를 할 수 있는 증권회사를 통해서 발행되기도 한다. ~ ***property*** 상업용 부동산 ¶ *Commercial property* is real estate that includes income-producing property, such as buildings, restaurants, shopping centers, hotels, industrial parks, warehouse, and factories. *Commercial property* usually must be zoned for business purposes. It is possible to invest in commercial property directly, or through real estate investment trusts or real estate limited partnerships. Investors receive income from rents and capital appreciation if the property is sold at a profit. 상업용 부동산이란 것은 예컨대 사무소용 빌딩, 레스토랑, 쇼핑센터, 호텔, 공업단지, 창고나 공장 등의 수입을 가져오는 재산을 포함하는 부동산(real estate)을 말한다. 사무용 부동산은 통상은 사업목적구획 내가 아니면 안 된다. 상업용 재산에 직접 투자할 수도 있고, 또 부동산투자신탁(real estate investment trust: REIT)이나 부동산 리미티드 파트너십(real estate limited partnership)을 통해서 투자할 수도 있다. 투자자는 임대료수입(rent)이나 만약 재산의 매각익이 나오면 캐피탈 게인(capital gain)을 얻는다. ~ ***set*** 주요선적서류 ¶ A *commercial set* is primary documents required to ship goods; usually includes an invoice, bill of lading, bill of exchange, and insurance certificate. 주요선적서류란 물품을 선적하는데 필요한 주요한 서류를 이른다. 일반적으로 인보이스, 선하증권, 외국환어음 및 보험증권을 포함한다. ~ ***umbrella policy*** [영] 상업포괄배상책임보험 ¶ The *commercial umbrella policy* is an insurance contract that provides protection for very large exposure amounts (well in excess of those that might be obtained through a standard property and casualty insurance policy). The umbrella policy covers a broad range of insurance risks, but serves as a excess layer facility rather than a first loss cover. See also multiple peril policy. 상업포괄배상책임보험은 (표준손해보험계약을 통해서 획득할 수 있을지 모르는 것을 상당히 초과하여) 상당히 큰 익스포저 금액에 대한 보호를 제공하는 보험계약을 말한다. 포괄배상책임보험은 광범한 보험리스크를 커버하지만, 제1차 손해보상(first loss cover)보다 도리어 보험금초과액 쌓기제도(excess layer facility)로서 편익이 있다. multiple peril insurance(복합재해보험)도 참조할 것. ~ ***wells*** 채산성있는 유정(油井) ¶ *Commercial wells* are oil and gas drilling sites that are productive enough to be commercially viable. A limited partnership usually syndicates a share in a commercial well. 채산성있는 유정은 상업적으로 성립하기에 충분한 산출량이 있는 석유나 가스의 채굴지를 이른다. 리미티드 파트너십(limited partnership)이 채산성있는 유정의 권리를 조직화하는 경우가 많다. ~ **[*business*] *year*** 영업연도 ¶ A *commercial year* is 12 months time 30 days. 영업연도는 1개월을 30일로 계산한 12개월을 말한다.

commercialism 영리주의

commercialization 상품화, 상업화

commingled (investment) fund 합동운용형 펀드 ¶ The *commingled fund* is an investment fund that consists of assets of several individual accounts. A *commingled fund* is established to reduce the cost and effect required to manage accounts separately. 합동운용형 펀드는 수인의 개인계좌에 들어있는 자산으로 구성되는 투자펀드를 말한다. 합동운용형 펀드는 계좌를 따로따로 관리하는 데에 필요한 비용과 효과를 줄이기 위하여 설정된 것이다.

commingling 혼장(混藏) ¶ In securities, *commingling* is mixing customer-owned securities with those owned by a firm in its proprietary accounts. Rehypothecation – the use of customers' collateral to secure brokers' loans – is permissible with customer consent, but certain securities and collateral must by law be kept separate. 증권에 있어서, 혼장은 고객소유의 증권과 증권회사의 자기계정증권과를 혼합하는 경우이다. 재담보(再擔保, rehypothecation) — 고객으로부터의 담보를 증권회사에 의한 차입담보로 하는 것 — 는 고객의 동의가 있다면 허용되지만, 특정한 증권이나 담보는 법적으로 분리관리가 의무로 되고 있다. ***commingling of funds*** 자금의 혼장(混藏) ¶ The *commingling of funds* is an act of a fiduciary or trustee, mixing his or her own funds with those belonging to a client or customer. The practice is generally prohibited by law. It is sometimes legal when the fiduciary maintains an exact accounting of the client's funds and how they have been used. 자금의 혼장이란 수탁자나 관재인의 자금과 의뢰인이나 고객의 자금을 혼합하는 수탁자나 관재인의 행위를 말한다. 이러한 행위는 일반적으로 법으로 금지되고 있다. 그러나 수탁자가 의뢰인의 자금의 정확한 회계와 그 자금이 어떻게 사용되었는지를 관리하는 경우에는 적법하다.

commission 위임, 위원회, 대리, 위탁수수료, 수수료 ¶ In securities, *commission* is fee paid to a broker for executing a trade based on the number of shares traded or the amount of the trade. 증권에서, 수수료란 거래의 실행에 있어서 증권회사(broker)에 지급되는 비용으로, 거래주식수 또는 거래금액에 기인해서 계산된다. /an acceptance *commission* 인수수수료 /an additional *commission* 추가수수료 /bank [banker's] *commission* 은행수수료 /brokerage [broker's] *commission* 중개수수료 /*commission* brokers 커미션브로커(주로 대고객거래를 하고, 매매위탁수수료를 받는다.) /*commission* merchants 중매인(仲買人) /*commission* on underwriting 인수수수료 /*commission* rates 수수료율 /confirmation and payment *commissions* [신용장] 확인 · 지급수수료 /*commission* systems 수수료제도 /a maximum [minimum] *commission* 최고[최저]수수료 /negotiation or acceptance *commission* 매입 또는 인수수료 ***commission broker*** 커미션브로커 ¶ A *commission broker* is a broker, usually a floor broker, who executes trades of stocks, bonds, or commodities for a commission. 커미션브로커는 통상적으로 수수료를 받고 주식(stock), 채권(bond)이나 상품(commodities)의 거래를 집행하는 입회장의 브로커를 가리킨다.

commissioned bank (사채의) 수탁은행

commissioner of banking [미] 주(州)은행국의 감독관(a superintendent of banking) → state banking department [스테이트금융과(課)].

commitment 위임, 언질, 공약, 채무 ¶acceptance *commitment* 인수채무 /a *commitment* clause 융자약정 ***commitment fee*** [신디케이트론] 커미트먼트수수료(미인출부분에 대해 지급하는 약정), 약정료 ¶A *commitment fee* is a lender's charge for contracting to hold credit available. Fee may be replaced by interest when money is borrowed or both fees and interest may be charged, as with a revolving credit. 약정료는 신용범위를 확보해 두는 계약에 대해서 대여자(貸與者)가 청구하는 수수료를 말한다. 수수료는 차입이 실제로 발생할 때에 금리로 대체되는 일도 있는가 하면, 리볼빙 크레디트(revolving credit)와 같이, 수수료와 금리 양쪽이 부과되는 일도 있다.

committee 위원회, (집합적으로) 위원(전원), 후견인, 보좌인 ¶a *committee* for incompetent 무능력자의 후견인 ***Committee on Foreign Investment in the United States (CFIUS)*** 미국외국투자위원회 ¶The *Committee on Foreign Investment in the United States* (*CFIUS*) is a committee comprising representatives from nine U.S. government agencies and chaired by the secretary of the Treasury that reviews the national security implications of foreign investment in the United States. *CFIUS*, pronounced "sifius," was instrumental in thwarting the attempted acquisition of UNOCAL by the state-owned China National Offshore Oil Corporation in 2005 and the Dubai Ports World's planned acquisition of P&O, the U.S. ports operator, in 2006. See also sovereign wealth fund. 미국외국투자위원회는 9개의 미연방정부기관의 대표자로 구성하는 위원회이고 의장은 미국에서 외국투자와 관련있는 국내투자를 심사하는 미연방정부 재무부장관이 맡는다. 「싸이피어스」(sifius)라고 발음되는 CFIUS는 2005년에 주(州)가 소유하는 China National Offshore Oil Corporation이 UNOCAL의 매수(買收)를 기도한 것과 2006년에 두바이 항만업계(Dubai Port World)가 미국항만운영자(U.S. ports operator)인 P&O의 매수를 계획한 것을 반대하는 데에 유효하였다. sovereign wealth fund(국부펀드)를 참조할 것. ***Committee on Uniform Securities Identification Procedures (CUSIP)*** 통일증권식별절차위원회 ¶The *Committee on Uniform Securities Identification Procedures* (*CUSIP*) is a committee that assigns identifying numbers and codes for all securities. These *CUSIP* numbers and symbols are used when recording all buy or sell orders. For International Business Machines the CUSIP symbol is IBM and the *CUISP* number is 45920010. 통일증권식별절차위원회는 모든 증권에 식별번호와 코드를 배정하는 위원회를 이른다. 이 큐십 번호(CUSIP number)와 기호는 모든 매매주문을 기록할 때에는 사용된다. 아이비엠(International Business Machines)에 대한 CUSIP 번호는 IBM이고, 번호는 45920010이다. ***loan committee*** 대출위원회 ¶The *loan committee* is a management committee that evaluates and approves or declines loan applications exceeding the lending authority of an individual loan officer. This committee first examines loan documentation and the borrower's financial statements to assure that a pending loan meets the bank's loan policy standards and regulatory guidelines. Then the lender makes a binding commitment to fund the loan and disburse the loan proceeds to the borrower. The loan committee also carries out the lender's periodic credit review of maturing loans, and decides what collection efforts should be take to restore past-due loans and other nonperforming loans. 대출위원회는 대출신청을 평가, 승인하거나 대출담장자의 개인의 대출권한을 초과하는 대출신청을 거절하는

관리위원회이다. 이 위원회는 신청중의 대출이 은행의 대출정책기준과 규제가이드라인에 적합한지를 확인하기 위하여 먼저 대출서류와 차입자(借入者)의 재무제표를 심사한다. 그 다음에 대여자(貸與者)는 대출자금을 주기로 구속력 있는 약속을 하고 대출수령액(loan proceeds)을 차입자에게 지급한다. 대출위원회는 만기가 된 대출에 대한 대여자의 기간별 신용심사를 실행하기도 하고, 어떤 추심노력을 하여야만 기한이 지난 대출과 이자미지급의 대출을 반환할 수 있을지를 결정할 때도 있다.

commodity 필수품, 상품, 시황상품 ¶ *Commodities* are bulk goods such as grains, metal, and foods traded on a commodities exchange or on the spot market. 상품이란 상품거래소나 현물시장(spot exchange)에서 거래되는 곡물, 금속, 식료품 등의 산하적(散荷積)물품이다. /*commodity*-backed bonds 상품가격에 링크하여 원리금지급이 행하여지는 사채 /a *commodity* fund 상품펀드 /a *commodity* futures market 상품선물시장 /*commodities* investment trust 상품투자신탁 /*commodity* loan 상품대차의 형식을 취하는 금융 /*commodity* market 상품시장 /*commodity* papers 상품어음 /*commodity* prices 물가 /*commodity* traders 상품중매업자 /a *commodity* transactions 상품거래 ***commodity-backed bond*** [영] 상품가격연동채(債) ¶ A *commodity-backed bond* is a bond tied to the price of an underlying commodity. An investor whose bond is tied to the price of silver or gold receive interest pegged to the metal's current price, rather than a fixed dollar amount. Such a bond is meant to be a hedge against inflation, which drives up the prices of most commodities. 상품가격연동채란 것은 채권의 기초가 되는 상품(underlying commodity)의 가격과 연동하고 있는 채권을 이른다. 은(銀) 또는 금(金)의 가격과 연동하고 있는 채권에 투자하고 있는 투자자는 달러표시 고정금리(fixed rate)가 아니라 그 금속의 현재가격에 연동된 금리를 수취한다. 인플레이션이 되면 대부분의 상품가격이 상승하기 때문에, 이런 종류의 채권에는 인플레이션 헤지효과가 있다. ~ ***broker*** [영] 상품브로커 ¶ The *commodity broker* is a broker that deals exclusively with clients in the commodity markets, often specializing in a specific segment of the market (e.g., softs, energy complex, metals complex). *Commodity brokers* are permitted to disclosed their principals in certain markets, but not in all markets. See also foreign exchange broker; inter-dealer broker. 상품브로커는 간혹 시장의 특정한 구획에 특화(specializing)한 상품시장에서[예컨대, 비금속상품(softs), 에너지단지, 금속단지], 주로 고객과 거래하는 브로커이다. 상품브로커는 자신의 주인(principal)을 나타내는 것이 허용되지만, 모든 시장에서는 아니다. foreign exchange broker(외환브로커); inter-dealer broker(딜러간(間) 브로커)도 참조할 것. ~ ***derivative*** [영] 상품파생상품 ¶ The *commodity derivative* is an exchange-traded derivative or over-the-counter derivative with an underlying reference based on nonfinancial commodities including chemicals, energy, base and precious metals, livestock, grains, and softs. A *commodity derivative* can be structured as a commodity future, commodity forward, commodity option, or commodity swap. See also credit derivative, currency derivative, equity derivative, interest rate derivative. 상품파생상품은 화확제품, 비(卑)·귀(貴)금속, 가축류 및 농산물(softs)을 포함하여 비금융상품에 기반을 둔 기초자산을 가지는 장내파생상품(exchage-traded derivative) 또는 장외거래(over-the-counter) 파생상품을 말한다. 상품파생상품은 상품선물, 상품선도, 상품옵션 또는 상품스왑으로 구조화될 수 있다. credit derivative(신용파생상품), currency derivative(통화파생상품), equity derivative(주식파생상품), interest rate derivative(주식파생상품)도 참조할 것. ~***ies exchange*** 상품거래소 ¶ A *commodities exchange* is a facility for the organized trading of commodities contracts. The New York Mercantile Exchange is a commodities exchange that specializes in trading futures contracts for metals and energy products. 상품거래소는 상품계약의 조직화된 거래를 위한 실비시설을 말한다. 뉴욕상업거래소는 금속 및 에너지제품의 선물계약의 거래를 전문으로 하는 상품거래소이다. ***~ies exchange center*** 상품거래센터 ¶ The *commodities exchange center* is a former home of New York commodity exchanges at the former World Trade Center. 상품거래센터는 이전의 세계무역센터에 있던 뉴욕상품거래소의 이전 근거지를 말한다. ***~ exchange-traded fund*** [영] 상품장내펀드 ¶ The *commodity exchange-traded fund* is an exchange-traded fund (ETF) that invests in physical commodities or in a recognized commodity index. *Commodity ETFs* that gain exposure through derivative contracts introduce a degree of leverage into their operation. 상품장내펀드는 유형상품에 투자하거나 인정받는 상품인덱스(recognized commodity index)에 투자하는 장내펀드이다. 파생상품계약을 통해서 노출하는 장내펀드는 어느 정도의 레버리지(leverage)를 그 운영에 끌어들인다. ***~ futures*** 상품선물거래 ¶ *Commodity futures* are contracts in which sellers promise to deliver a given commodity by a certain date at a predetermined price. Price is agreed to by open outcry on the floor of the commodity exchange. The contract specifies the item, the price, the expiration date, and a standardized unit to be traded (e.g., 50,000 pounds). Commodity contracts may run up to one year. 상품선물거래는 매도인이 일정한 상품을 미리 정한 가격으로 일정한 기일까지 인도하기로 약속하는 계약을 말한다. 가격은 상품거래소의 입회장에서 공개경쟁매매방식(큰 소리를 지르며 하는 매매주문)으로 약정된다. 그 계약에서는 품목, 가격, 만기일, 및 (예: 5만 파운드와 같이) 표준화된 거래단위를 특기한다. ***~ futures contract*** 상품선물계약 ¶ A *commodity futures contract* is a futures contract tied to the movement of a particular commodity. This enables contract buyers to buy a specific amount of a commodity at a specified price on a particular date in the future. The price of the contract is determined using the open outcry system on the floor of a commodity exchange such as the Chicago Board of Trade or the Commodity Exchange in New York. 상품선물계약은 특정한 상품의 움직임에 연동하고 있는 선물계약(futures contract)을 말한다. 선물계약의 매수인은 특정한 상품을 특정한 양, 특정한 가격으로 장래의 특정일에 구입할 수 있다. 선물계약은 시카고상품거래소나 뉴욕상품거래소 등의 상품거래소의 입회장에서 공개경쟁매매방식(큰 소리를 지르며 하는 매매주문)(open outcry system)으로 결정된다. ***Commodity Futures Trading Commission (CFTC)*** 상품선물거래위원회 ¶ The *Commodity Futures Trading Commission* (*CFTC*) is an independent agency created by Congress in 1974 responsible for regulating the U.S. commodity futures and option markets. The *CFTC* is responsible for insuring market integrity and protecting market participants against manipulation, abusive trade practices, and fraud. 상품선물거래위원회는 1974년에 미연방의회에 의해서 설립된 미국의 상품선물(commodity futures)이나 옵션(option)시장을 관리할 책임을 지는 독립된 기관을 말한다. 이 상품선물거래위원회는 시장의 신뢰성을 확보하고, 시장조작(manipulation), 부정거래(abusive trade practice)나 사기(fraud)로부터 거래참가자를 보호할 책임이 있다. ***~ indices*** 상품지수 ¶ *Commodity indices* are indices that measure either the price or performance of physical commodities, or the price of commodities as represented by the price of futures contracts that are listed on commodity exchanges. Due to the complexities of holding physical commodities, investors tend to focus on futures indices that are liquid baskets of commodities. Institutional investors prohibited from investing directly in the futures market can include commodities in their portfolio through these indices. 상품지수는 현물상품의 가격, 혹은 상품거래소에 상장되어 있는 선물계약(futures contract)의 가격의 움직임이 나타내는 지수(index)를 말한다. 현물상품을 보유하는 것은 번잡하기 때문에, 투자자(investor)는 유동성이 높은 상품이 편입되고 있는 선물지수(futures index)에 주목하는 경향이 있다. 기관투자자(institutional investor)는 직접 상품선물거래를 하는 것이 금지되어 있으므로, 상품지수를 통해서 상품선물투자를 포트폴리오(portfolio)에 포함시킬 수 있다. ~ ***market*** [영] 상품시장 ¶ The *commodity market* is the general marketplace for buying and selling of commodities. The *commodity market* allows commodity producers to sell their inventories, and user (including consumers, hedgers, and speculators) to access the same commodities in physical, financial, or derivative form. Each national *commodity market* has its own characteristics, procedures, and conventions, and trading may occur either via an exchange (electronic or physical) or over-the-counter. See also bond market; foreign exchange market; stock market. 상품시장은 상품을 매수하고 매도하는 일반시장터이다. 상품시장에서는 상품제조업자에게 그들의 재고품을 팔게 하고, (소비자, 헤저, 및 투기자를 포함하여) 이용자(user)에게 유형적 형식, 금융방식, 파생상품식으로 같은 상품에 접근하게 한다. 각 자국내의 상품시장에는 자신의 특성, 절차, 및 관례(convention)를 가지며, 거래행위는 교환(전자식 또는 육체적)을 거쳐 또는 장외거래(over-the-counter)에서 일어날 수 있다. bond market(채권시장); foreign exchange market(외환시장); stock market(주식시장)도 참조할 것. ~ ***option*** [영] 상품옵션 ¶ The *commodity option* is an exchange-traded or over-the-counter option involving a commodity. Vanilla and complex options can be bought and sold on a variety of commodities, and may be contracted for physical settlement or cash settlement, See also currency option; equity option; index option; interest rate option. 상품옵션은 상품을 수반하는 장내거래옵션(exchange-traded option) 또는 장외거래 옵션(over-the-counter option)을 말한다. 바닐라 옵션과 복잡한 옵션은 여러 종류의 상품을 매수하고 매도할 수 있고, 실제결제(physical settlement) 또는 현금결제로 계약될 수 있다. currency option(통화옵션); equity option(주식옵션); index option(지수옵션); interest rate option(금리옵션)도 참조할 것. ~ ***papers*** 상품증권 ¶ *Commodity papers* are inventory loans or advances secured by commodities. If the commodities are in transit, a bill of lading is executed by a common carrier. If they are in storage, a trust receipt acknowledges that they are held and that proceeds from their sale will be transmitted to the lender; a warehouse receipt lists the goods. 상품증권이란 상품으로 담보된 재고융자(inventory loans) 또는 선급(advances)을 말한다. 만약 상품이 적송(積送)중인 때에는, 운송업자가 선하증권(bill of lading)을 발행한다. 만약 상품이 창고에 있으면, 그러한 판매대금은 대여자(貸與者)에게 지급할 것을 증명한다. 창고증권(warehouse receipt)은 상품의 명세를 기재하고 있다. ***Commodity Trading Advisor (CTA)*** 상품거래 어드바이저 ¶ The *Commodity Trading Advisor* (*CTA*) is an individual or an organization that directly or indirectly advises others as to the value or advisability of buying or selling futures contracts or options. Indirect advice includes exercising trading authority over a customer's account. Registered *CTAs* are registered with the Commodities Futures Trading Commission (CFTC) and are generally required to be members of the National Futures Association (NFA). 상품거래 어드바이저는 선물거래(futures contract) 또는 옵션(option)의 매매에 관하여, 타인에게 그 가치 또는 타당성을 직접 또는 간접으로 어드바이스하는 개인 또는 단체를 이른다. 간접적인 어드바이스에는, 고객의 계정에서의 거래의 지시가 포함된

다. 등록한 CTA는 상품선물거래위원회(Commodities Futures Trading Commission: CFTC)에 등록되어 전미선물협회(National Futures Association: NFA)의 멤버로 될 것을 요구하는 것이 일반적이다.

common 공통의, 공공의, 보통의 ¶ *common* coins 국내통화 /*common* collateral 공통담보 /*common* dividends 보통배당 /a *common* market 공동시장 /a *common* name 통칭(通稱) /*common* ownership 공유(共有) /*common* seal (of a company) 공인(公印)[사인(社印)] /a *common* year 평년 (*cf.*) a leap year 윤년(閏年) ***Common Market*** 공동시장 ¶ The *Common Market* is an international market organization having a common external tariff (as opposed to a free-trade area), which may allow for labor mobility and common economic policies among the participating nations. The European Community is the most notable example of a common market. 공동시장은 (자유무역지역과 대치되는) 공통된 대외적인 관세제도를 가지는 국제시장기구를 말하며, 참가국간에서는 노동의 이동과 공동경제정책을 고려한다. 유럽공동체가 공동시장의 가장 괄목한 만한 실례이다. ~ ***size statement*** 백분율 재무제표 ¶ The *common size statement* is a presentation showing balance sheet and profit and loss statement as percentages of total assets and sales, respectively, rather than (or in addition to) dollars. Common size analysis, which is also called vertical analysis, facilitates the comparison of one period to another and helps identify trends. Also called one hundred percent statement. 백분율 재무제표란 대차대조표(balance sheet)나 손익계산서(profit and loss statement)를 표시할 때에, 달러표시가 아니라(또는 달러표시에 더하여) 자산(asset)이나 매상(sales)의 전부를 백분율(%)로 표시하는 방법을 이른다. vertical analysis(수직재무분석)이라고도 하는 백분율 재무분석은 다른 동 기간과의 업적비교를 한다든지, 업적의 동향을 지켜보는 데에 유익하다. 이를 또한 one hundred percent statement(1백분율 재무제표)이라고도 한다. ~ ***stock*** 보통주(capital stock) (*cf.*) preferred stocks 우선주 ¶ The *common stock* is units of ownership of a public corporation. Owners typically are entitled to vote on the selection of directors and other important matters as well as to receive dividends on their holdings. In the event that a corporation is liquidated, the claims of secured and unsecured creditors and owners of bonds and preferred stock take precedence over the claims of those who own common stock. 보통주는 공개된 주식회사(public corporation)의 소유권(ownership)의 단위를 가리킨다. 이 소유자는 통상 이사(directors)의 선출이나 다른 중요사항에 대한 의결권(voting right)이나 지분에 대한 배당(dividend)을 수취할 권리가 있다. 회사의 청산에 있어서는, 유담보채권자(secured creditors), 무담보채권자(unsecured creditors), 사채권자(owner of bonds)나 우선주주(owners of preferred stock)의 청구권(claims)이 보통주주의 청구권보다 우선(precedence)한다. ~ ***stock equivalent*** 준(準)보통주식 ¶ A *common stock equivalent* is a preferred stock or bond convertible into common stock, or warrant to purchase common stock at a specified price or discount from market price. *Common stock equivalents* represent potential dilution of existing common shareholder's equity, and their conversion or exercise is assumed in calculating fully diluted earnings per share. 준보통주식은 보통주식(common stock)으로 전환할 수 있는 우선주(preferred stock)나 채권(bond), 혹은 특정한 가격 또는 시장가격(market price)보다 낮은 가격으로 보통주식을 구입할 수 있는 워런트(warrant)를 말한다. 준보통주식은 기존의 보통주식주주의 주주지분을 희석화(dilution)할 가능성이 있으므로, 완전히 희석화한 1주당 이익(fully diluted earnings per share)을 산출하는 경우에는, 준보통주식의 전환권이나 구입권

이 행사된 것으로 상정하여 계산을 한다. ~ ***stock fund*** 보통주펀드 ¶ *Common stock fund* is mutual fund that invests only in common stocks, 보통주펀드란 보통주만을 투자대상으로 하는 뮤추얼펀드(mutual fund)를 말한다. ~ ***stock ratio*** 보통주식비율 ¶ The *common stock ratio* is a percentage of total capitalization represented by common stock. From a creditor's standpoint a high ratio represents a margin of safety in the event of liquidation. From an investor's standpoint, however, a high rato can mean a lack of leverage. What the ratio should be depends largely on the stability of earnings. Electric utilities can operate with low ratios because their earnings are stable. 보통주식비율은 자본총액(total capitalization)에 대한 보통주식의 비율을 말한다. 채권자의 입장에서 보면, 이 비율이 높다는 것은 회사청산시에 안전성이 높다는 것을 나타내고 있다. 그렇지만 투자자(investor)의 입장에서 본다면, 높은 보통주식비율은 레버리지(leverage)가 결여하고 있음을 의미한다. 이 비율을 어떤 수준으로 할 것인가는 주로 이익의 안정성에 달려 있다. 전력회사는 수익이 안정되어 있으므로, 저율로도 경영할 수 있다.

communicate 전달하다, 전하다

communication 통신, 보도, 공표, 정보, 교신, 통신물 ***communication channels*** [영] 통신경로 ¶ *Communication channels* are various sources used by marketers to send marketing messages to potential consumers. *Communication channels* may be by personal, involving two or more persons communicating directly with each other, such as a customer/salesperson relationship, or impersonal such as billboard or outdoor advertising or any other form of mass communication where there is no personal contact. See also marketing channels. 통신경로는 마케팅 담당자가 마케팅 메시지를 잠재적인 소비자에게 보내는 데에 사용하는 여러 가지의 자료(sources)를 말한다. 통신경로는 혼자서도 할 수 있고, 고객과 세일즈맨의 관계와 같이 서로 직접 통신하는 2사람 이상을 포함하여, 대형광고간판이나 옥외광고 기타 개인적인 접촉이 없는 매스컴의 형식과 같이 일반적인(impersonal) 통신형식으로도 할 수 있다. ~***s network*** 통신네트워크 ¶ The *communications network* is a well-defined pattern of communications that emerge when a small number of people link themselves together to exchange information, whether to solve a problem or to spread rumors. 통신네트워크는 소수의 사람들이 문제를 해결하거나 소문을 퍼뜨릴지를 두고 서로 정보를 교환하도록 연계할 때 드러나는 명확한 통신패턴을 이른다.

communism 공산주의 ¶ In theory, the *communism* is an anticapitalist proposals of Karl Marx and his followers that communal ownership of the means of production is preferable; in practice, economic systems in which production facilities are state-owned and production decisions are made by official policy and not directed by market action. 이론상, 공산주의는 생산수단의 공동소유가 더 낫다는 칼 막스와 그의 추종자들의 반자본주의적 제안이다. 실제로, 그것은 생산설비는 국가소유이고 생산결정은 공식적인 정책에 의해 이루어지며, 시장의 활동에 의해서 지시되지 아니한다는 경제체제이다.

community 단체, 공동체, 사회 ¶ *community* property [미] 부부공유재산 /*community* relations 지역사회관계 /*community* reinvestment 지역재투자 /a local [business] *community* 지역[사업]사회 ***community bank*** 커뮤니티뱅크(지역사회와 밀접한 은행의 영업활동. 각종의 자동이체 등 커뮤니티뱅크의 발전을 배경으로 하고 있다.) → independent bank (지역은행). ~ ***property*** 부부공유재산 ¶ *Community property* is property and income accumulated by married couple and belonging to them jointly. The two have equal rights to the income from stocks, bonds, and real estate, as well as to the appreciated value of those assets. 부부공유재산이란 혼인한 부부가 저축하고, 공유하는 재산과 수입을 이른다. 두 사람은 주식(stock), 채권(bond), 부동산(real estate)에서 나오는 수입뿐만 아니라, 이러한 자산의 가격상승으로 인한 이익에 대해서 평등한 권리를 가진다. ***Community Reinvestment Act of 1977*** 1977년 지역재투자법 ¶ The *Community Reinvestment Act of 1977* is a law passed in 1977 and implemented by Federal Reserve Board Regulation BB, revised in 1995, encouraging depository institutions to help meet the credit needs of communities in which they operate, including low- and moderate-income neighborhoods. The Act requires federal agencies responsible for supervising such institutions to evaluate their compliance periodically and to take their records into account in considering applications for deposit facilities. 1977년 지역재투자법은 1977년에 의회를 통과하여 미연방준비제도 이사회(Federal Reserve Board)의 레귤레이션 BB에 의해서 시행되고, 1995년에 개정된 법률이다. 예금취급금융기관(depository institution)이 스스로 영업하고 있는 지역(중저소득자가 살고 있는 근린지구를 포함한다.)에 있어서의 차입의 수요에 맞출 것을 촉구할 목적이 있다. 이 법률에 의하면, 미연방정부기관(federal agencies)은 정기적으로 이러한 금융기관의 법률준수상황을 평가하여, 그 평가를 지점개설의 신청에 대한 판단재료로 하는 등, 이러한 금융기관을 감독할 의무가 있다.

Companies Acts [영] 회사법 (*cf.*) [미] the Corporation Law 회사법 ¶ *Companies Acts* are legislation governing the activities of companies. In the UK, the first Companies Act was passed in 1844. More recently, the *Companies Act* 1985 contained comprehensive legislation and the *Companies Act* 1989 incorporated various EC directives into UK law. A new *Companies Act*, which will replace almost all the previous legislation, received the Royal Assent in 2006; its provisions will not be fully implemented until October 2009. 회사법은 회사의 영업활동을 규율하는 법제이다. 영국에서, 첫 번째 회사법은 1844년에 제정되었다. 더 최근에 내려오면, 1985년의 회사법은 포괄적인 규제를 담았고 1989년의 회사법은 여러 가지의 EC 지침을 영국법률에 편입하였다. 이전의 거의 모든 법제를 대체할 신회사법은 2006년에 국왕의 재가를 받았다. 즉 신법의 규정들은 2009년 10월까지 완전히 시행되고 있지 않은 상태이다.

companion bonds 컴패니언본드 ¶ *Companion bonds* are one class of a collateralized mortgage obligation (CMO) which is paid off when the underlying mortgages prepaid as interest rates fall. When interest rates rise and there fewer prepayments, the principal on companion bonds will be prepaid more slowly. Companion bonds therefore absorb most of the prepayment risk inherent in a CMO, and are therefore more volatile. 컴패니언본드는 모기지담보채무증서(collateralized mortgage obligation: CMO)의 기초가 되는 모기지채권(underlying mortgage)이 금리하락 때문에 기한전에 상환되는 경우에, 최초에 상환되는 CMO의 하나의 종류를 이른다. 금리가 상승하여 기초가 되는 모기지의 기한전상환이 거의 행해지지 아니한 때에는, 컴패니언본드의 원금(元金)은 기한전에 상환되는 속도를 늦추게 된다. 그러므로 컴패니언본드는 CMO에 내재하는 대부분의 기한전상환리스크를 흡수하므로 다른 종류의 CMO보다도 가격변동이 격심하다.

company 교제, 일단(一團), 회사 ¶ A *company* is an organization engaged in business as proprietorship, partnership, corporation, or other form of enterprise. Originally, a firm made up of a group of people as distinguished from a sole proprietorship. However, since few proprietorships owe their existence exclusively to one person, the term now applies to proprietorship as well. 회사란 개인기업, 파트너십(partnership), 주식회사(corporation), 또는 기타의 사업형태로 사업에 종사하는 조직을 말한다. 원래는 회사는 일군(一群)의 사람들로 구성된 조직을 말하고, 개인사업자와는 구별하고 있었다. 그렇지만 그 존재를 1인만에 의존하고 있는 개인사업은 거의 없으므로, 회사라는 용어는 오늘날에는 개인사업에도 적용된다. /an affiliated *company* 관계회사 /an associate(d) *company* 관련회사 /banking *company* 은행회사 /a bogus *company* 유령회사 /a *company* check 회사수표 /a *company* customer 회사거래처 /a *company* limited by shares; a joint-stock *company* 주식회사 /*company* liquidation 회사정리 /*company* seal 회사인(印), 사인(社印) /a *company* union 어용(御用)조합 /a family *company* 가족회사 /a finance *company* 금융회사 /a guarantee *company* 보증회사 /*companies* incorporated abroad 현지법인 /an insurance *company* 보험회사 /a *company* law 회사법 /a parent *company* 모회사 /a public *company* [영] 공개주식회사 /a registered *company* 법인회사 /a securities *company* 증권회사 /a sister *company* 자매회사 /a subsidiary *company* 자회사 /a trading *company* 상사(商社) /a trust *company* 신탁회사 /an unlimited *company* 무한책임회사 ***company doctor*** 재건도급인 ¶ A *company doctor* is an executive, usually recruited from the outside, specialized in corporate turnarounds. 재건도급인은 경영자인데, 통상은 기업재건에 전문으로 하며, 외부에서 채용된다. ***holding*** ~ 지주회사 ¶ The *holding company* is a corporation organized for the purpose of owning stock in and managing one or more corporations. *Holding companies* traditionally own many corporations in widely different business areas. 지주회사는 1개 이상의 회사의 주식을 소유하여 그런 회사를 관리할 목적으로 설립된 회사를 말한다. 지주회사는 전통적으로 광범하게 상이한 분야의 많은 회사를 소유한다. ***joint-stock*** ~ 조인트스톡 컴퍼니 ¶ A *joint stock company* is a form of business organization that combines features of a corporation and a partnership. Under U.S law, joint stock companies are recognized as corporations with unlimited liability for their stockholders. As in a conventional corporation, investors in joint stock companies receive shares of stock they are free to sell at will without ending the corporation; they also elect directors. Unlike in a limited liability corporation, however, each shareholders in a *joint stock company* is legally liable for all debts of the company. 조인트스톡 컴퍼니는 주식회사(corporation)와 파트너십(partnership)의 특징을 합쳐 놓은 사업조직의 형태를 이른다. 미국법에서는, 주주(stockholder)가 무한책임(unlimited liability)을 지는 주식회사로서 설립된다. 통상의 주식회사의 경우와 마찬가지로, 조인트스톡 컴퍼니에 투자한 사람들은 그 기업을 해산하지 않고 자유로이 판매할 수 있는 주식(share)을 수취하고, 또 이사를 선출한다. 그렇지만, 유한책임회사(limited liability corporation)의 경우와는 달리, 각 주주는 그 기업의 모든 채무(all debts)에 대해서 법적 책임이 있다. ***limited (liability)*** ~ [영] 유한책임회사(회사명 뒤에 Ltd.를 부기한다. 미국에서는 Inc., incorporated에 해당한다.) ¶ The *limited company* is a form of business most common in Britain, where registration under the Companies Act is comparable to incorporation under state law in the United States. It is abbreviated Ltd. or PLC. 유한책임회사는 영국에서 가장 일반적인 회사형태이다. 영국의 회사법에 근거해서 등록하고, 미국의 주법에 기초하는 회사설립과 동일하다. 생략해서 Ltd. 또는 PLC.라고 표현된다. ***listed*** ~ 상장회사 ¶ A *listed company* is a company that is listed and traded on a Stock Exchange. 상장회사는 주식거래소에 상장되어 거래하는 회사를 말한다.

comparable 비교할 수 있는, 필적하는 ¶ Electric cars are more expensive than *comparable* gasoline cars. 전기자동차는 그것에 상당하는 [같은 정도의] 휘발유차보다도 더 비싸다. ***comparable transaction analysis*** [영] 비교거래분석 → relative valuation (상대평가).

comparative 비교의 ¶ *comparative* advantage 비교우위 /*comparative* analysis 비교분석 /a *comparative* balance sheet 비교대차대조표 /comparative negligence 과실상계 /*comparative* profit and loss statement 비교손익계산서 ***comparative statements*** 비교재무제표 ¶ *Comparative statements* are financial statements covering different dates but prepared consistently and therefore lending themselves to comparative analysis, as accounting convention requires. Comparative figures reveal trends in a company's financial development and permit insight into the dynamics behind static balance sheet figures. 비교재무제표란 것은 대상기간이 다른 재무제표(financial statement)를 일관되게 작성을 하여 회계관행에 따른 비교분석이 적합하게 되는 재무제표를 말한다. 비교되는 계산은 회사의 회계상의 진전상황을 나타내고, 대차대조표상의 정적인 숫자의 배후에 있는 어떤 상호관계에 대한 통찰을 가능하게 한다.

compare 비교하다 ¶ *compared* with the same month a year ago 전년 동월비교

comparison 비교, 대조, 유사, 조회 ¶ The *comparison* is short for comparison ticket, a memorandum exchanged prior to settlement by two brokers in order to confirm the details of a transaction to which they were parties. Also called comparison sheet. comparison(대조표)은 comparison ticket의 약칭인데, 매매결제에 앞서서 그 거래를 집행한 매도인측, 매수인측의 증권회사(broker)가 당사자가 되어 거래의 상세함을 확인하기 위해서 교환하는 기록을 이른다. comparison sheet라고도 한다. /by *comparison* of endorsement with signatures on file 배서등록의 서명과 대비함으로써 /*comparison* of hand 필적의 비교 /in a year-to-year *comparison* 전년비교 /*comparison* shopping 경쟁점 상품조사 /international *comparison* 국제비교

compatible 양립할 수 있는, 호환성이 있는

compensate 보상(補償)하다, 보충하다, 상계하다 ¶ *compensating* deals 구상(求償)무역 ***compensating balance*** 양건(兩建)예금, 보상예금, 구속성예금, 꺾기(compensatory deposit) ¶ The *compensating balance* is average balance required by a bank for holding credit available The more or less standard requirement for a bank line of credit, for example, is 10%of the line plus an additional 10% of the borrowings. *Compensating balances* increase the effective rate of interest on borrowings. 보상예금은 대출범위를 확보하기 위해서 은행이 요구하는 평균예금잔액을 말한다. 예컨대, 은행의 크레디트라인(line of credit)에 대해서 여신범위의 10%에 실제의 차입액의 10%를 추가한 액이다. 보상예금은 차입의 실효금리(effective rate)를 인상하게 만든다.

compensation 보상, 보상금, 변상, 급여 ¶ *compensation* for damages 손해배상액에 대한 보상 ***compensation balance*** 보상예금 → compensating balance (보상예금).

compensatory 보충의, 보상의, 상계의 ¶ a *compensatory* deposit 보상예금, 양건예금 /a *compensatory* error [부기] 상계오차 /a *compensatory* tariff 상계관세 ***compensatory balance*** 보상예금 → compensating balance (보상예금). ~ ***trade*** 구상무역 ¶ *Compensatory trade* is a number of alternative methods of trade whereby goods and services are traded for each other. *Compensatory trade* is used primarily when dealing with firms being unable to access hard or convertible currency. See also barter trade. 구상무역이란 물품과 서비스가 상호 거래되는 무역의 많은 양자택일적인 방식이다. 구상무역은 국제금융상의 통화(hard currency)나 태환통화(convertible currency)에 접근할 수 없는 기업과 거래할 경우에 주로 이용된다. barter trade(구상무역)도 참조할 것.

compete 경쟁하다, 필적하다 ¶ *compete* with the company [each other] for the top share of the beer market 맥주의 톱시장쉐어를 둘러싸고 그 회사와 [서로] 경쟁하다

competence 권한, 적격성 ¶ In law, capacity is frequently used in the sense of 'legal *competency* or qualification.' 법에서, 능력은 자주 「법적 능력 혹은 법적 자격」의 의미로 사용된다.

competent authorities 관할관청

competition 경쟁, 경기(競技) ¶ *competition* for deposits; *competition* for securing deposits; *competition* in the collection of deposits 예금획득경쟁 /excessive *competition*; undue *competition* 과도경쟁

competitive 경쟁의, 경쟁에 이기는 ¶ *competitive* abilities in the international market 국제경쟁력 /*competitive* advantage [edge] 경쟁상의 우위성 /*competitive* prices 경쟁가격 /*competitive* bidding 경쟁입찰 /*competitive* power in the international market 국제경쟁력 ***competitive bid*** 경쟁입찰 ¶ *Competitive bid* is sealed bid, containing price and terms, submitted by a prospective underwriter to an issuer, who awards the contract to the bidder with the best price and terms. Many municipalities and virtually all railroads and public utilities use this bid system. Industrial corporations generally prefer negotiated underwriting on stock issues but do sometimes resort to competitive bidding in selecting underwriters for bond issues. 경쟁입찰은 봉함입찰(封緘入札), 말하자면 인수후보업자(prospective underwriter)가 입찰시행자(issuer)에 제시하는 가격, 조건을 기재한 문서를 봉함하여 입찰하는 것이다. 시행자는 제일 유리한 가격과 조건을 제시한 입찰자에게 계약권을 준다. 많은 자치단체(municipalities)나 대부분의 철도회사 외 공익기업(public utilities)이 이 입찰제도(bid system)를 이용하고 있다. 사업회사는 주식발행(stock issues)시에는 일반적으로 협의인수(negotiated underwriting)를 좋아하지만, 사채발행(bond issues)의 인수업자를 선정할 때에는 경쟁입찰을 채용하는 경우가 있다. ~ ***trader*** 컴페터티브 트레이더 → registered competitive trader (등록컴페터티브 트레이더).

competitiveness 경합, 경쟁력 ¶ *competitiveness* in export 수출경쟁력

competitor 경쟁상대, 경쟁기업 ¶ The *competitor* is a rival that offers a competitive product or service in a firm's marketing area. 경쟁기업은 어느 기업의 마케팅 지역에서 경쟁상품이나 경쟁서비스를 제공하는 라이벌을 말한다.

complain 불평을 호소하다, 고충을 말하다 ¶ *complain* of chest pain 가슴의 통증을 호소하다

complaint 불평, 고충 ¶ a *complaint* book 고충처리장 /a *complaint* box 투서함 /customer *complaint* 고객의 고충 /*complaint* department 고충처리계(係)

complement *n.* 보족물(補足物) ¶ A careful diet is an important *complement* to any medicinal therapy. 주의 깊은 식사요법은 모든 약물요법을 보충하는 중요한

것이다.

ⓥ 보충하다

complemental 보완의, 보충의

complementary 보완적인 ***complementary goods*** 보완재(補完財) ¶ *Complementary goods* are goods that usually are consumed together; demand for one falls when the other's price rises; demand for one increases when the price of the other decreases. VCRs(video cassette recorders) and videotapes are *complementary goods*; if VCRs become cheaper, people will buy more of them, and, consequently, demand for videotapes will increase. 보완재란 통상 서로 소비되는 물품이다. 한쪽에 대한 수요는 다른 쪽의 가격이 올라가면 내려가고, 한쪽의 수요는 다른 쪽의 가격이 내려가면 증가한다. 비디오카세트 레코더(VCRs)와 비디오테이프는 보완재이다. 즉, 비디오카세트 레코더가 값이 싸게 되면, 사람들은 그것들을 많이 살 것이고, 결과적으로 비디오테이프에 대한 수요가 증가할 것이다.

complete ⓥ 완료하다 ***completed contract method*** 공사완성기준방식 ¶ A *completed contract method* is an accounting method whereby revenues and expenses (and therefore taxes) on long-term contracts, such as government defense contracts, are recognized in the year the contract is concluded, except that losses are recognized in the year they are forecast. This method differs from the percentage-of-completion method, where sales and costs are recognized each year based on the value of the work performed. 공사완성기준방식이란 정부의 방위관계계약과 같이 장기계약의 수입(收入) 및 지출(그러므로 세금도)을, 그 계약이 완료한 연도에 계상하는 회계방식을 말한다. 다만 손실이 발생하지 않고, 손실이 예측되는 해에 계상한다. 이 회계방식은 매상이나 경비가 작업의 완성정도에 따라 매년 계상되는 공사진행기준(percentage-of-completion)과는 다르다.

ⓐ 전부의, 완전한 ***complete audit*** 완전한 감사 ¶ The *complete audit* is usually the same as an unqualified audit, because it is so thoroughly executed that the auditor's only reservations have to do with unobtainable facts. A complete audit examines the system of internal control and the details of the books of account, including subsidiary records and supporting documents. This is done with an eye to locality, mathematical accuracy, accountability, and the application of accepted accounting principles. 완전한 감사는 일반적으로 무제한의 감사(unqualified audit)와 동등한 감사를 말하며, 충분한 감사가 이루어졌으므로 감사인(auditor)에게는 유일한 유보사항은 입수할 수 없는 사실관계뿐이라는 경우를 가리킨다. 충분한 감사란 것은 내부감사시스템이나 자회사(subsidiary)와 기록이나 관계서류를 포함하는 회계장부를 상세하게 감사하는 것을 말한다. 이 감사는 지역성, 숫자상의 정확성, 설명책임(accountability)이나 일반적으로 인정되고 있는 회계원칙의 관점에서 행해진다.

completion 완성, 완료, 만기 ¶ *completion* guarantee (공사의) 완성보증 /*completion* of a contract 계약의 성립 /*completion* of work 일[공사]의 완성 ***completion program*** 완수프로그램 ¶ The *completion program* is an oil and gas limited partnership that takes over drilling when oil is known to exist in commercial quantities. a *completion program* is a conservative way to profit from oil and gas drilling, but without the capital gains potential of exploratory wildcat drilling programs. 완수프로그램이란 원유가 상업적 채굴에 충분한 매장량이 있는 것이 판명되고 있는 채굴권을 매수(買收)하는 원유·가스 리미티드 파트너십(oil and gas limited partnership)을 말한다. 이것은 시굴정(試掘井)사업과 같은 캐피

탈게인(capital gain)을 얻을 가능성은 없지만, 원유 및 가스채굴에서 확실히 이익을 얻을 수 있다.

complex ⓐ 복합의, 복잡한 ***complex capital structure*** 복잡한 자본구조 ¶ The *complex capital structure* is a corporate capital structure that contains financing other than straight debt and stock. Thus, a firm that has securities outstanding, such as convertible bonds, convertible preferred stocks, options, rights, or warrants, is said to have a *complex capital structure*. Potential dilution of earnings resulting from a *complex capital structure* occurs in firms that report earnings per share on a primary and a fully diluted basis. 복잡한 자본구조란 사채(社債)와 주식 이외의 금융을 포함하는 회사의 자본구조를 이른다. 따라서, 전환사채(convertible bonds), 전환우선주(convertible preferred stocks), 옵션(options), 신주인수권(rights or warrants)과 같은 미결산의 증권을 가지는 기업은 복잡한 자본구조를 가진다고 한다. 복잡한 자본구조 때문에 결과하는 수입(收入)의 잠재적 희석화(potential dilution)는 최초로 완전하게 희석화를 근거로 주당순이익(earnings per share)을 보고하는 기업에서 일어난다. ~ ***chooser option*** [영] 복잡한 선택자 옵션 ¶ The *complex chooser option* is an over-the-counter complex option that permits the buyer to choose between an underlying call option (with certain strike price and maturity) and an underlying put option (with a different strike and maturity) between trade date and choice date. See also chooser option. 복잡한 선택자 옵션은 매수자가 거래일과 선택일 사이에 (일정한 행사가격과 만기를 갖춘) 기초콜옵션(underlying call option)과 (상이한 행사가격과 만기를 갖춘) 기초풋옵션(underlying put option)을 선택하도록 하는 장외거래의 복잡한 옵션을 말한다. chooser option(선택자옵션)도 참조할 것. ~ ***option*** [영] 복잡한 옵션 ¶ The *complex option* is a conventional option that is modified with respect to time, price, and/or payoff to produce unique risk management, investment, or speculative results. Certain complex options have risky payoffs/liabilities and demand considerable technical resources to ensure proper pricing and management. Also known as exotic option. See also complex structured product; complex swap; path-dependent option; path-independent option. 복잡한 옵션은 독특한 리스크관리, 투자 또는 투기적 결과를 만드는 시간, 가격, 및 수익(payoff)과 관련해서 수정되는 전통적인 옵션이다. 일정한 복잡한 옵션은 위태로운 수익/채무를 가지고, 적절한 가격과 관리를 확보하기 위하여 상당한 기술적 자원을 요구한다. 이는 exotic option(이그조틱옵션)이라고도 한다. complex structured product(복잡한 구조제품); complex swap(복잡한 스왑); path-dependent option(경로의존형 옵션); path-independent option(경로독립형 옵션)도 참조할 것. ~ ***structured product*** [영] 복잡한 구조제품 ¶ The *complex structured product* is a capital markets instrument, such as a bond or note, that contains embedded complex options or complex swaps that alter risk and return characteristics in unique ways. Since complex structured products are highly customized they are often issued on a private placement basis and tend to feature very limited liquidity. See also structured note. 복잡한 구조제품은 채권 또는 중기증권(note)과 같이, 독특한 방법으로 리스크와 수익률특징을 변경하는 복잡한 옵션 또는 복잡한 스왑을 포함하는 자본시장상품(capital market instrument)이다. 복잡한 구조제품은 매우 고객취향이기 때문에, 사모발행방식(private placement basis)으로 발행되기도 하고 대단히 한정된 유동성의 특징을 이루는 경향이 있다. structured note[구조채(債)]도 참조할 것. ~ ***swap*** [영] 복잡한 스왑 ¶ The *complex swap* is an over-the-counter swap that is modified with respect to time, price, notional principal,

and/or payoff to produce unique risk management, investment, or speculative results. Certain *complex swaps* have risky payoffs/liabilities and demand considerable technical resources to ensure proper pricing and management. Also known as exotic swap. See also complex option; complex structured product. 복잡한 스왑은 독특한 리스크관리, 투자, 또는 투기적 결과를 만드는 시간, 가격, 관념상의 원금(notional principal), 및 수익(payoff)과 관련해서 수정되는 장외 거래의 스왑이다. 일정한 복잡한 스왑은 위태로운 수익/채무를 가지고, 적절한 가격과 관리를 확보하기 위하여 상당한 기술적 자원을 요구한다. 이는 exotic swap(이그조틱 스왑)이라고도 한다. complex option(복잡한 옵션); complex structured product(복잡한 구조제품)도 참조할 것.
[n.] 복합체, 집합체

compliance 응낙, 추종, 준법준수 ¶ The *compliance* is a the processes used by banks and other financial institutions to ensure adherence to the legal and regulatory rules governing their business. 준법준수는 은행 기타 금융기관이 그들의 업무를 규제하는 법규범에의 준수를 확보하기 위하여 사용하는 작용을 말한다. /*compliance* deviation 준수의무위반 /the negotiating bank's usual letter of *compliance* 매입은행의 통례의 신용장조건합치확인서 ***compliance department*** 업무감사부, 컴플러이언스부문 ¶ The *compliance department* is a department set up by brokers and all organized stock exchanges to oversee market activity and make sure that trading and other activities comply with Securities and Exchange Commission and exchange regulations. A company that does not adhere to the rules can be delisted, and a trader or brokerage firm that violates the rules can be barred from trading. 업무감사부는 모든 조직화된 증권거래소(organized stock exchange)에 설치되고 있는 부문이다. 시장활동을 감시하고, 거래가 미증권거래위원회(Securities and Exchange Commission)나 거래소의 규칙을 준수하고 있음을 확인한다. 규칙을 엄수하고 있지 아니한 기업은 상장폐지로 된다든지, 규칙을 위반한 트레이더나 증권회사(brokerage firm)는 거래정지처분을 받는 경우도 있다.

comply 응하다, 따르다 ¶ *comply* with the law 법률을 따르다

component 성분, 부품, 구성요소 ¶ an important *component* of the weight-loss program 그 감량프로그램의 중요한 구성요소 ***component depreciation*** 부품감가상각 ¶ *Component depreciation* is depreciation of the individual components of an asset rather than depreciation of the asset as a whole. *Component depreciation* recognizes that an asset has individual parts, that each has a different useful life compared to the whole asset. For example, a building shell might have useful life of 40 years, while plumbing, wiring, and elevators are assigned a life of 15 years. 부품감가상각이란 전체로서의 자산(asset)이라기보다도 1개 자산의 개개의 구성부분을 감가상각하는 경우이다. 부품감가상각은 1개의 자산은 개별적인 부품을 가지고, 각 부품은 전체자산과 비교하면 상이한 내용연수를 가진다는 것을 인정한다. 예를 들면, 빌딩의 뼈대는 내용연수가 40년인 것에 반하여, 배관(plumbing), 배선(wiring), 및 엘리베이터는 15년의 수명으로 한다.

composite 합성한 것, 복수품목을 수집한 지수(指數), 평균치(平均値) ¶ In financial analysis, the *composite* is a balance sheet and/or profit and loss statement representing averages of the accounts of a number of companies in the same industry. The accounts of a particular company can thus be compared with a composite to identify abnormalities. 재무분석에 있어서, 평균치란 같은 산업에 속

하는 수많은 회사의 계정을 평균하여 나타내는 대차대조표(balance sheet) 및 손익계산서(profit and loss statement)를 이른다. 따라서 특정한 회사의 계정은 재무내용이 이상한지 어떤지를 가늠하는 평균치와 비교될 수 있다. /the American stock exchange *composite* 미국증권거래소품목평균 /a *composite* index 복합지표, 종합지수

composition 화해, (채무의) 일부반환금, 일부지급, 일부변제, 화해를 붙이는 말 ¶ a *composition* deed 화해증서 /make a *composition* with a creditor 채권자와의 화해로 부채의 일부를 지급하다 ***composition of creditors*** 채권자들의 화해(和解) ¶ The *composition of creditors* is an alternative to bankruptcy, in which creditors agree to accept partial payment in full settlement of their claims. Most often seen in failures of small, unincorporated businesses, whose creditors reason that they will benefit more in profits on future sales to a going concern than they would be on liquidation. 채권자들의 화해는 파산에 대한 대안(alternative)으로, 채권자들이 그들의 청구금액 전액 중에서 일부의 지급을 받기로 합의하는 것이다. 자주 소규모 비법인기업의 지급정지(failures)에서 볼 수 있는 것은 그런 기업의 채권자들이 청산(liquidation)에 들어가기보다 계속기업(going concern)에 대한 장래의 판매로 더 많은 이익을 본다고 판단한다는 것이다.

compound ⓐ 복합의, 복식(複式)의 ¶ *compound* annual rate 복리기준의 연율, 복합연율 ***compound annual return*** 연복리수익률 ¶ *Compound annual return* is investment return, discounted retroactively from a cumulative figure, at which money, compounded annually, would reach the cumulative total. Also called internal rate of return. 연복리수익률은 누적수익률을 소급해서 할인함으로써 산출되는 투자수익률을 말하다. 이 투자수익률에서, 자금을 연복리로 계산해 가면, 그 누적총액에 도달한다. 이를 또한 내부수익률(internal rate of return)이라고도 한다. ~ ***growth rate*** 복리성장률 ¶ A *compound growth rate* is a rate of growth of a number, compounded over several years. Securities analysis check a company's *compound growth rate* of profits for five years to see the long-term trend. 복리성장률은 수년간을 걸쳐서 복리베이스로 계산된 성장률을 이른다. 증권애널리스트는 기업의 장기적 경향을 보기 위해서, 그 기업의 5년간의 이익의 복리성장률을 조사한다. ~ ***[compounded] interest*** 복리(複利) (*cf.*) simple interest 단리(單利) ¶ The *compound interest* is an interest earned on principal plus interest that was earned earlier. If $100 is deposited in a bank account at 10%, the depositor will be credited with $110 at the end of the first year and $121 at the end of the second year. That exists $1, which was earned on the $10 interest from the first year, is the compound interest. This example involves interest compounded annually: interest can also be compounded on a daily, quarterly, half-yearly, or other basis. 복리란 것은 원금(principal)과 그 원금의 이자의 합계액에 붙는 이자를 말한다. 만약 100달러를 은행예금계정에 10%의 금리로 예금한다면, 2년째의 마지막 날에는 121달러가 된다. 이 추가된 1달러는 초년도의 10달러의 이자에 붙은 것이고, 이것이 복리다. 이것은 연복리의 예이지만, 그 밖에도 일일복리(daily), 4계절복리(quarterly), 반년복리(half-yearly) 등의 기간복리가 있다. ~ ***option*** 복합옵션(옵션 온 옵션이라도 부른다.) ¶ A *compound option* is an option on an option. 복합옵션은 옵션을 매매하는 옵션을 말한다.

ⓝ 복식계산으로 하다, (부채 등을) 화해로 처리하다 ¶ Interest is *compounded* quarterly. 이자는 연 4회[4반기마다] 복리계산된다. /*compound* a debt 차금을 화해로 처리하다 /*compound* with a creditor 채권자와 (채권을) 화해로 처리하다

comprador (중국인의) 매판(買辦)(중국에 있는 외국상사 · 영사관 등에 고용되어

거래의 중개를 하던 중국인)

comprehensive 포괄적인 ¶ *comprehensive* policies 종합보험증권 ***comprehensive insurance*** 종합자동차보험, 포괄보험 ¶ A *comprehensive insurance* is an automobile insurance covering losses due to damage or theft, but not covering collision. 종합자동차보험은 자동차의 손상 또는 도난으로 인한 손실을 보상하지만, 충돌로 인한 손실은 보상하지 않는 자동차보험을 말한다.

compromise *n.* 타협, 화해, 화해 ¶ make a *compromise* (with …) 서로 양보하여 이견의 접근을 보다

v. 타협하다 ¶ *compromise* with creditors 채권자와 화해하고자 하다

comptroller 회계감사관, 검사관(controller) ¶ a bank *comptroller* 은행회계감사관 /a *comptroller's* call 당국앞으로의 보고요구 ***Comptroller of the Currency*** [미] 통화감독관 ¶ The *Comptroller of the Currency* is a federal official, appointed by the President and confirmed by the Senate, who is responsible for chartering, examining, supervising, and liquidating all national banks. In response to the comptroller's call, national banks are required to submit call reports of their financial activities at least four times a year and to publish them in local newspapers. 통화감독관은 대통령이 임명하고, 상원의 인준을 받는 연방공무원으로서, 모든 연방법은행에 대해서 인가, 심사, 감독, 정리해산에 관한 책임을 진다. 통화감독관의 요청에 따라, 적어도 연 4회 연방법은행은 재무상황에 관한 업무보고서(call report)를 제출하고, 그것을 지방신문에 게재하는 것이 의무화되어 있다.

compulsory 강제적인 ¶ a *compulsory* deposit as a condition for a loan 보상예금, 양건(兩建)예금, 꺾기 /*compulsory* execution 강제집행 /*compulsory* liquidation 강제청산 /*compulsory* settlement 강제화해 ***compulsory insurance*** 강제보험 ¶ *Compulsory insurance* is insurance coverage required by law. For example, most states require auto liability insurance before a vehicle can be registered for legal operation. The minimum required coverage is generally low, and there is doubt about the effectiveness of the laws in reducing the number of uninsured drivers. 강제보험이란 법이 요구하는 보험범위를 이른다. 예를 들면, 대부분의 주에서는 자동차를 법적 적용을 위해서 등록할 수 있기 전에 자동차책임보험(auto liability insurance)을 요구하고 있다. 최소한도로 요구하는 보험범위는 일반적으로 낮고, 비보험가입의 운전자의 수를 줄이는 데에 얼마나 법률의 효과가 있는지에 관하여 의문이 있다.

computation 계산, 평가 ¶ *computation* of interest [yield] 이자[이율]의 계산 /the day of deposit to the day of withdrawal *computation* 예입일(預入日)로부터 인출일(引出日)까지의 계산 /interest *computation* method 이자계산방법 /the low balance *computation* of interest 기간중의 잔액이 낮은 것을 기준으로 한 이자계산방법

compute 계산하다, 견적하다 ¶ *compute* the elapsed number of days 경과일수를 계산하다 /*computing* elapsed time in days 일수(日數)로 경과기간을 계산하여 /interest *computed* on a 360-day year 1년 360일로 계산한 이자 /Interest will be *computed* at 5% per annum. 이자는 연리 5%로 계산한다.

computer 계산기, 전산기, 컴퓨터 ¶ an account in the *computer* 컴퓨터 중의 1계좌 /auditing around [through, with] the *computer* 컴퓨터의 주변의[을 통과한, 을 사용한] 감사 /central *computer* system 중앙컴퓨터시스템 /*computer* abuse 컴퓨터의 부정이용 /*computer* banking 컴퓨터뱅킹(컴퓨터시스템을 이용한 은행의 영업

활동) /*computer* (service) bureaus 컴퓨터처리회사 /*computer* center 컴퓨터센터 /*computer* clearing 컴퓨터에 의한 어음교환테이프결제 /*computer* crimes 컴퓨터범죄 /*computer* errors 컴퓨터미스 /a *computer* file 컴퓨터정보의 파일 /*computer* fraud 컴퓨터사기 /*computer* inputs 컴퓨터입력데이터 /*computer* outputs 컴퓨터출력테이터 /*computer* peripheral 컴퓨터주변기기(機器) /*computer* security 컴퓨터보호 /*computer* terminals 컴퓨터터미널(단말기)

computerize 컴퓨터로 처리하다 ***computerized market timing system*** 시장동향추적컴퓨터시스템 ¶ The *computerized market timing system* is a system of picking buy and sell signals that puts together voluminous trading data in search of patterns and trends Often, changes in the direction of moving average lines form basis for buy and sell recommendations. These systems, commonly used by commodity funds and by services that switch between mutual funds, tend to work well when markets are moving steadily up or down, but not in trendless markets. 시장동향추적컴퓨터시스템은 시장동향의 패턴이나 트렌드를 구해서, 팽대한 정보를 집약하고, 매매의 징후를 잡는 시스템을 이른다. 자주 이동평균선(moving average)의 방향의 변화가 매매의 권장의 근거가 된다. 상품펀드(commodity fund)나 뮤추얼펀드(mutual fund)간의 스위치서비스에 일반적으로 사용되고 있지만, 시장이 계속적으로 상승하거나 하락하고 있는 때에는 잘 나가는 경향에 있는 한편, 방향성이 없는 시장에서는 잘 기능하지 않는다.

con ⓥ 신용하게 한 다음에 속이다
ⓝ 신용사기 ¶ a *con* man 금품갈취폭력배

conceal 감추다, 은닉하다 ¶ *conceal* a thing about one's person 신변에 물건을 숨기다

concealment 은닉, 은폐, 묵비 ¶ *Concealment* is intentional withholding of a fact or circumstance. For example, it is illegal to conceal assets from an officer of the court during a bankruptcy proceeding. 은폐는 어떤 사실이나 사건(circumstance)을 의도적으로 감추는 경우이다. 예를 들면, 파산소송중에 법원의 공무원으로부터 자산을 은닉하는 경우는 위법한 것이다. /*concealment* of assets 자산의 은닉

concentrate 집중하다 ***concentrated industry*** 집중산업 ¶ The *concentrated industry* is an industry in which a large percentage of market sales is controlled by either a single firm or a small number of firms. 집중산업은 시장판매의 많은 부분이 단독기업이나 소수의 기업에 의해 컨트롤되고 있는 산업이다.

concentration 집중, 집중도 ¶ *concentration* accounts 집중계좌 /*concentration* of enterprises 기업집중 ***concentration ratio (CR)*** 집중도비율 ¶ The *concentration ratio* (*CR*) is the share of business in a market that is controlled by a limited number of firms. For example, two supermarkets may command 85% of a community's grocery business. A high concentration ratio is generally positively correlated to the price consumers pay (few firms result in high prices) and is a consideration of the Federal Trade Commission in deciding whether to challenge merger proposals. 집중도비율이란 제한된 수의 기업에 의해 컨트롤되고 있는 시장에서의 기업비율을 이른다. 예를 들면, 2개의 슈퍼마켓이 지역사회의 식료품업의 85%를 지배할 수 있다고 하자. 고도의 집중도비율은 일반적으로 말해서 소비자가 지급하는 가격(높은 가격에 귀착하는 기업은 몇 개 안 된다)과 적극적으로 서로 관련되어 합병제의를 신청할지 여부를 결정함은 연방통상위원회의 고려사항이다.

concern ⓥ 관계하다, 심려를 끼치다 ¶ To whom it may *concern* 관계자 각위(各位)
ⓝ 이해관계, 심려, 사업, 회사 ¶ the predecessor *concern* (당사의) 전신(前身)인 회사 ***going concern*** (순조롭게) 영업중인 회사 ¶ The *going concern* is a business expected to continue to operate in the foreseeable future. A *going concern* is valued differently from a firm for which liquidation is expected. (순조롭게) 영업중인 회사는 예측할 수 있는 장래에 계속 영업을 할 것으로 기대되는 회사를 이른다. 영업 중인 회사는 청산이 기대되고 있는 기업과는 다르게 평가를 받는다.

concerned 심려하는 것 같은, 관계하고 있는 ¶ the authorities *concerned* 당국(當局) /the parties *concerned* 관계자, 관계당사자

concert party [구] [M&A] (주식의) 협조매점그룹, 공동행위자 ¶ A *concert party* is a person acting in concert. 공동행위자는 기업매수(takeover)나 기타의 투자목적으로 공동행위(acting in concert)를 하는 자이다.

concession 양보, 보수, 판매수수료 ¶ A *concession* is selling group's per share or per-bond compensation in a corporate underwriting. 판매수수료는 신주발행의 인수(underwriting)나 채권의 발행업무에서 판매그룹(selling group)에 지급되는 1주당 혹은 1채권당의 판매수수료이다.

concessional 양보적인, 우대(優待)의

conciliation 화해, 조정(調停) ¶ In labor disputes, *conciliation* is attempt to persuade management and labor to meet and discuss their differences. The purpose of *conciliation* is to reconcile disputing parties, and its effectiveness results from the likelihood that if the parties can be persuaded to meet, they might find a resolution of their dispute. 노동분쟁에서, 조정이란 노사(勞使)를 설득해서 만나서 그들간의 차이점을 논의하려는 시도이다. 조정의 목적은 분쟁당사자들을 화해하는 것이고, 그 유효함은 당사자들이 설득을 당하여 만날 수 있으면, 그들은 그들의 분쟁을 해결할 수 있을 것이라는 가능성에서 나온다. /*conciliation* and arbitration 조정중재 /*conciliation* procedure 조정절차 /international *conciliation* 국제적 조정

concord 합의, (의견 · 이해 등의) 일치 ¶ carry out the Potsdam *Concord* 포츠담 협정을 실행하다

concurrent negligence 경합과실 ¶ The *concurrent negligence* is the wrongful acts or omissions of two or more persons acting independently but causing the same injury. 경합과실이란 복수인의 위법한 작위 또는 부작위가 각각 독립되어 있으나, 동일한 불법행위의 원인이 되는 경우이다.

condemnation [미] 수용(收用), 공용징수 ¶ The *condemnation* is a legal seizure of private property by a public authority for public use. Using the powers and legal procedures of eminent domain, a state, city, town may condemn a property owner's home to make way for a highway, school, park, hospital, public housing project, parking facility, or other public project. The homeowners must give up the property even if they do not want to, and in return they must be compensated at fair market value by the public authority. 공용징수는 공공의 목적에 제공하기 위해서 공적기관이 사유재산을 법적으로 수용하는 것이다. 수용권(eminent domain)이나 법적 절차를 사용하여 주(州)나 시(市), 마을이 고속도로, 학교, 공원, 병원, 공영주택사업, 주차장시설이나 기타 공공사업의 목적을 위해서 개인의 가옥을 수용할 수 있다. 그 주택소유자는 본의는 아니더라도, 그 주택을 포기해야 하

지만, 그 대상(代償)으로서 공적기관은 공정한 시장가격(fair market value)으로 보상하지 않으면 안 된다.

condensed 응축한, 요약한 ¶ *condensed* balance sheet 요약대차대조표 /*condensed* income statement 요약손익계산서

condition 상태, 지위, (*pl.*) 사정, 조건, 보험조건 ¶ adverse trading *conditions* 불리한 상황(商況) /*conditions* collateral 부대조건 /*conditions* concurrent 동시이행조건 /*conditions* governing an account 계좌에 적용되는 조건 /*conditions* of insurance 보험조건 /*conditions* of issue 발행조건 /*conditions* precedent 정지조건, 선행조건 /*conditions* subsequent 해제조건 /*conditions* suspensory [precedent] 정지조건 /employment *conditions* 고용조건 /an express *condition* 명시조건 /If conditions in the money market should become easier, … 금융시장의 상태가 완화된다고 하면, … /an implied *condition* 묵시조건 /market *conditions* 시황(市況) /published statement of *condition* 영업보고서 /terms and *conditions* 거래조건 /working *conditions* 노동조건 ***business [trade] conditions*** 경기(景氣), 상황(商況) ¶ *Business conditions* are general climate of the economy and/or the political situation as they relate to the profitability and prosperity of business. 경기(景氣)란 업계의 수익성과 번영에 관계가 있으므로, 경제적 및 정치적 정세의 일반적 경향을 말한다. ***financial*** ~ 재정[자산]상태 → financial position (재무상황).

conditional 조건부의, … 여하로 결정되는 ¶ a *conditional* clause 단서(但書) /a *conditional* endorsement 조건부 배서 /a *conditional* loan 조건부 융자 /*conditional* sale 조건부 매매 ***conditional call options*** 조건부 기한전상환 ¶ *Conditional call options* are a form of call protection available to holders of some high-yield bonds. In the event the bond is called, the issuing corporation is obligated to substitute a non-callable bond having the same life and terms as the bond that is called. 조건부 기한전상환이란 일부의 고수익률채권(high-yield bonds)의 보유자에게 주어지는 거치기간(call protection)의 하나의 형태를 이른다. 그 채권이 기한 전 상환되는 경우, 발행기업은 기한 전 상환되는 채권과 동년한(同年限)이고 동일한 조건의 기한 전 상환될 수 없는 채권과 교환으로 인도할 의무가 있다. ~ ***order*** 조건부 주문 ¶ A *conditional order* is an order to buy or sell stock that, unlike as market order, has specified conditions. Examples are limit orders and stop orders, which have different variations. 조건부 주문이란 시세주문(market order)과는 달리, 조건을 특정한 주식의 매매주문을 말한다. 지정가주문(limit order)과 가격지정주문(stop order)이 그 예인데, 각각 여러 가지로 변형된 것이 있다. ~ ***rating*** 조건부 등급 ¶ A *conditional rating* is a bond rating conditional on the completion of a specified circumstance. 조건부 등급이란 어느 특정한 상황이 종료하는 것을 조건으로 하는 채권(bond)의 등급(rating)을 말한다. ~ ***sales contract (or agreement)*** 조건부 매매계약 ¶ A *sales contract (or agreement)* is sales (as opposed to lease) contract where the buyer takes possession but ownership is not transferred until the terms of payment have been met. 조건부 매매계약이란 구입자가 소유하지만, 소유권은 지급조건이 충족되기까지 이전하지 아니한다고 하는 매매계약이고 리스계약(lease)은 아니다.

conditionality (IMF자금인출의) 조건

condominium 분양맨션, 공동주택, 콘도미니엄 ¶ The *condominium* is a form of real estate ownership in which individual residents hold a deed and title to their houses or apartments and pay a maintenance fee to a management company for the upkeep of common property such as grounds, lobbies, and elevators as well as for other amenities. Condominium owners pay real estate taxes on their units and can sublet or sell as they wish. 콘도미니엄은 각 주거자가 각각의 집이나 아파트(공동주택)의 소유권을 보유하고, 관리회사에 마당, 로비(lobbies), 엘리베이터 등의 공동시설의 유지비를 지급하는 부동산소유의 형태를 말한다. 콘도미니엄의 소유자는 그들이 소유하는 구획에 대한 고정재산세를 지급하고, 자유로이 전대(sublet)한다든지 매각할 수 있다.

condor 콘도르 ¶ *Condor* is options spread using four contract, either puts or calls, with the same underlying security and the same expiration dates, two of which are long legs and have consecutive exercise prices, the other two being short legs prices immediately higher and lower respectively than the first two. The image of a long position surrounded by two shorts suggests condor's body and wings. 콘도르는 기초가 되는 증권(underlying security)도 행사기간만료일(expiration dates)도 같은 4개의 풋옵션(put option) 또는 콜옵션(call option)을 조합시킨 옵션스프레드(option spread)를 이른다. 그 중에서 2개는 롱레그(long leg)이고 연속한 행사가격(exercise price)을 가지며, 나머지 2개는 숏레그(short leg)이고 각각의 2개의 롱레그보다 높고 낮은 가격이 부쳐진다. 2개의 숏레그에 둘러싸인 롱레그의 이미지는 콘도르의 동체(胴體)와 날개에 흡사하기 때문에 붙여진 호칭이다. ***condor spread*** [영] 콘도르 스프레드 ¶ The *condor spread* is a compound option strategy designed to take advantage of volatility. Condors are created with the same ratio of put options or call options (i.e., one low strike price, one middle low strike, one middle high strike, one high strike) that expire at the same time. Short condors, similar to long strangles without the extreme upside, consist of short low and high strike options and long middle low and high strike options. Long condors, similar to short strangles without the extreme downside, consist of long low and high strike options and short middle low and high strike options. 콘도르 스프레드는 가격변동성(volatility)을 이용하려고 하는 복합옵션전략을 말한다. 콘도르는 동일한 시기에 소멸하는 풋옵션(put option) 또는 콜옵션(call option)(즉, 낮은 권리행사가격, 중간 낮은 권리행사가격, 중간 높은 권리행사가격, 높은 권리행사가격)의 같은 비율로 만들어진다. 숏콘도르(short condor)는 극단의 오름세가 없는 롱스트랭글(long strangle)과 유사하게, 숏(short) 낮고 높은 행사가격옵션과 롱(long) 중간 낮고 높은 행사가격옵션으로 구성된다. 롱콘드르(long condor)는 극단의 내림세 없는 숏스트랭글(short strangle)과 유사하게, 롱 낮고 높은 행사가격옵션과 숏(short) 중간 낮고 높은 행사가격옵션으로 구성된다.

conduct *n.* 행위, 행동, 지도 ¶ the *conduct* of your account 귀하 계좌의 상태 *v.* 지휘하다, 안내하다, 처리하다 ¶ He *conducted* his account in a proper manner. 그는 자신의 계좌를 적절한 방식으로 처리하고 있었다. /*conduct* a business 사업을 경영하다 /*conduct* a lawsuit 소송을 행하다 /*conduct* negotiations 교섭을 행하다

conduit 도관(導管), 수로(水路) ¶ The *conduit* is a special purpose entity or trust that is used to acquire assets forming part of a securitization or asset-backed commercial paper (ABCP) program. The *conduit* may be associated with (if not owned) by a private firm (e.g., a bank or securities firm as sponsor), or it may be associated with a governmental or sovereign agency. The sponsor sells or conveys earmarked assets to the *conduit*, which accumulates them until the full asset portfolio is created. Once complete, the *conduit* issues notes or ABCP to investors under the terms of the securitization, or it sells the portfolio to a separate note-issuing vehicle. *Conduits* may accept assets from one seller or multiple sellers, and may be fully or partly supported by a third party guarantee or letter of credit to minimize liquidity risk and/or credit risk. [영] 콘두잇은 유동화(securitization) 또는 자산담보부(asset-backed) 상업어음프로그램의 일부를 구성하는 자산을 취득하려고 이용하는 특별목적법인체(special purpose entity) 또는 특별목적신탁(special purpose trust)을 말한다. 콘두잇은 (소유되지는 않더라도) 민간기업(private firm)(예컨대, 스폰서로서 은행 또는 증권회사)과 연관될 수 있고, 정부기관 또는 국가기관과 연관될 수 있다. 스폰서는 전부 자산포트폴리오가 창설되기까지 그것들을 축적하는 콘두잇에 책정된 자산을 매도하거나 전달한다. 일단 완성되면, 콘두잇은 유동화(securitization)의 조건하에 투자자에게 어음을 발행한다든지 자산담보부 상업어음을 발행한다. 또는 그것은 별도의 어음발행매체(note-issuing vehicle)에 대해서 포트폴리오를 매도한다. 콘두잇은 1인 또는 다수의 매도인으로부터 자산을 수용하고 유동성위기 또는 여신리스크를 최소화하기 위하여 전부 또는 일부분 제3자 보증장(third party guarantee) 또는 신용장(L/C)에 의해서 보장될 수 있다. ***conduit theory*** 도관이론(導管理論), 콘두잇이론 ¶ The *conduit theory* is a theory regulating investment companies such as real estate investment trust and mutual funds holding that since such companies are pure conduits for all capital gains, dividends, and interest to be passed through to shareholders, the investment company should not be taxed at the corporate level. As long as the investment company adheres to certain regulations, shareholders are therefore taxed only once – at the individual level – on income and capital gains. In contrast, shareholders of corporations are taxed twice once at the corporate level in the form of corporate income taxes and once at the individual level in the form of individual income taxes on all dividends paid by the corporation. 도관이론이란 부동산투자신탁(real estate investment trusts: REIT)이나 뮤추얼펀드와 같은 투자회사(investment company)를 규정하는 이론인데, 이러한 투자회사는 모든 캐피탈게인(capital gain), 배당(dividend)이나 금리(interest)를 투자자에게 그대로 인도할 단순한 도관(導管)역을 다하고 있음에 불과하므로, 투자회사의 단계에서 과세되어서는 안 된다고 하는 이론이다. 이 때문에, 투자회사가 어느 일정한 규칙을 준수하는 한, 금리수입이나 캐피탈게인은 투자회사에 투자하고 있는 개인의 단계에서만 과세된다. 이에 대하여, 일반의 회사의 주주는 2번 과세되고 있다. 요컨대 한번은 법인세의 형식으로 회사의 단계에서 과세되고, 두 번째는 그 회사가 지급한 배당금에 대한 개인소득세의 형식으로 과세된다.

conference 상담, 회의, 해운동맹 ¶ The *conference* is an agreements between international ocean shipping companies or lines on freight rates and the development of international sailing schedules. The net effect of a conference is to establish a cartel of shipping companies carrying certain types of cargo between certain destinations. 해운동맹은 운임율과 국제배선표(配船表)의 개발에 관한 국제해양선박회사 또는 운수회사간의 협약을 말한다. 해운동맹의 순수한 효과는 일정한 목적지 사이에 일정한 종류의 화물을 운송하는 선박회사의 카르텔(cartel)을 형성하는 것이다. ***Conference Board*** 전미산업심의회 ¶ *The Conference board* is a New York City-based, not-for-profit, membership and research organization that sponsors economic surveys and publishes such useful statistical information as the monthly consumer confidence index and the Help-Wanted Index, which is based on the number of help-wanted ads in 51 newspapers in major employment areas nationwide. 전미산업심의회는 뉴욕에 있는 비영리회원제이자 조사단체이며, 경제적 조사를 하고, 월차(月次)의 소비자신뢰감지수(Consumer Confidence Index)나 구인광고지수(求人廣告指數, Help-Wanted Index)와 같은 유

익한 통계정보를 발행하고 있다. 구인광고지수는 전미의 주요한 고용권(雇傭圈, employment areas)의 51의 신문의 구인광고의 수에 기초를 두고 있다.

confession 자백, 자인 ¶ *confession* of judgment 채무승인

confidence 신임, 신뢰, 자신, 비밀 ¶ a *confidence* game [미] 신용사기([영] a confidence trick) /public *confidence* in a bank 은행에 대한 대중의 신뢰 /in *confidence* 내밀하게 /in strict *confidence* 극비(極秘)로 /in the strictest *confidence* 최고의 극비로 취급하여 ***confidence index (or indicator)*** 신뢰감지수 ¶ The *confidence index* is any of several indicators that measure consumers' or investors' optimism or pessimism with respect to the economy or the stock market. High consumer/investor confidence is generally bullish for the economy and the market, although technical analysis practitioners may see it differently, pointing out that contractions follow expansions and vice versa. 신뢰감지수는 경제 또는 주식시장(stock market)에 관하여 소비자 또는 투자자(investor)가 낙관적인가, 비관적인가를 측정하는 지표로, 몇 개의 신뢰지수(지표)가 있다. 이 신뢰지수(지표)가 높으면, 일반적으로 소비자나 투자자가 경제나 주식시장에 대해서 강세(bullish)인 것을 의미한다. 그러나 테크니컬 분석(technical analysis)의 전문가들은 경제의 축소 후에는 확대가 오지만, 역으로 확대 후에는 축소가 온다고 지적하여, 신뢰감지수(지표)에 대해서 다른 견해를 취하는 경우도 있다. ~ ***level*** 신뢰수준 ¶ In risk analysis, *confidence level* is a statistical calculation measuring the validity of a correlation or the certainty of a forecast. For investors in a start-up, for example, the confidence level is a measure of the likelihood that goals described in the business plan will be met. 리스크분석에 있어서, 신뢰수준은 상관관계의 타당성 또는 예측의 확실성을 측정하는 통계적 계산을 말한다. 예컨대, 사업을 막 시작하는 단계의 투자자에게는 신뢰수준은 사업계획서에 기재된 목표가 어느 정도 달성되는가는 측정하는 것이다.

confidential 신임이 두터운, 기밀의, 신뢰할 수 있는 ¶ be considered strictly *confidential* 내밀한 사항으로 생각되다

confirm 확증하다, 확인하다 ¶ *confirm* a letter [a telegram, a telephone message, a telex] 서신[전보, 전화메시지, 텔렉스]의 내용을 확인하다 /*confirm* a letter of credit [은행] 신용장을 확인하다 /*confirm* an agreement [a booking, a contract, the information, an offer, an order, a transaction] 합의[예약, 계약, 정보, 오퍼, 주문, 거래]를 확인하다 /a *confirming* house 확인상사(商社) ***confirming bank*** (신용장의) 확인은행(신용장의 신용도를 높이기 위해서 현지은행 등의 지급확인을 받는 경우가 있다. 이 확인을 한 은행을 확인은행이라 한다.) ¶ A *confirming bank* is a nominated bank which undertakes, at the request or with the consent of the issuing bank, to honor a presentation under a letter of credit issued by another. (신용장의) 확인은행은 개설은행의 의뢰 또는 승낙을 받고 타은행이 개설한 신용장의 조건대로 부속서류의 제시에 대해서 신용장상의 대금을 지급하기로 인수하는 지정은행을 말한다. ~***ing loans*** 담보적격융자 ¶ *Confirming loans* are mortgage loans that meet the qualifications of Freddie Mac or Fannie Mae, which buy them from lenders and then issue pass-through securities. 담보적격융자란 프레디 맥(Freddie Mac, 연방주택금융모기지공사)이나 패니메이(Fannie Mae, 연방주택모기지협회)의 담보조건에 적합하는 부동산모기지론(mortgage loans)을 말한다. 프레디맥이나 패니메이는 대여자(貸與者)로부터 매입한 모기지론을 풀(pool)로 해서 패스트루증권(pass-through securities)을 발행한다.

confirmation 확정, 확인(서), 신용장의 확인, 거래확인통지 ¶ The *confirmation* is a formal memorandum from a broker to a client giving details of a securities transaction. When a broker acts as a dealer, the confirmation must disclose that fact to the customer. 확인서는 증권회사로부터 고객에 인도되는 유가증권거래의 명세를 기재한 정식문서를 이른다. /central office *confirmation* 본점의 확인 /*confirmation* and payment commissions [신용장] 확인 및 지급수수료 /a *confirmation* letter [note] 확인장[서] /*confirmation* of acceptance [balance, a booking, contract, order, purchase, sale(s)] 인수[잔액, 예약, 계약, 주문, 구입, 매매]의 확인

confirmatory 확인의

confirmed 확인받은, 확립된 ¶ *confirmed* irrevocable credit 취소불능확인신용장 ***confirmed copy*** 증명부 사본(寫本) ¶ A *confirmed copy* is a copy of an original document with the essential legal features, such as the signature and seal, being typed or indicated in writing. 증명부 사본이란 서명이나 날인 등의 법적으로 필요 불가결한 조건이 타이프되어 있다든지, 수기(手記)되어 있는 원금(original document)의 사본을 말한다. ~ ***letter of credit*** 확인신용장 ¶ A *confirmed letter of credit* is a letter of credit, issued by the importer's bank, whose validity has been confirmed by a bank in the exporter's country. An exporter is assured of payment even if the foreign buyer or the foreign bank defaults. From the seller's viewpoint, foreign political risk is eliminated and replaces the commercial risk of the buyer's bank with that of a confirmed letter of credit. As soon as the documents are presented to the bank, the seller receives payment. 확인신용장은 수입자의 은행이 개설한 신용장의 유효성을 수출자가 소재하는 국가의 은행이 확인한 신용장을 말한다. 수출자는 외국의 수입자 또는 은행이 채무불능에 빠진다고 해도, 지급의 확보를 받는다. 매도인의 입장에서 보면, 외국의 정치적 위기로 받는 피해는 감소되고 매수인의 은행이 상업적인 위험을 확인신용장으로 대체하는 것이다. 부속서류(documents)가 제시되면 즉시 매도인은 지급을 받는다.

confiscation 몰수, 압수 ¶ The *confiscation* is a government's taking of privately owned business or personal property without a public purpose or an award of just compensation. 몰수는 공공의 목적이나 정당한 보상의 판정없이 정부가 개인이 소유하는 사업이나 개인재산을 취득하는 경우이다.

conflict 다툼, 충돌, 모순 ¶ *conflict* of laws 법의 저촉 ***conflict of interest*** 이해의 충돌[저촉](동일한 개인의 활동, 이익 등이 상호 충돌하여 일치하지 않는 경우이다.) ¶ The term "*conflict of interest*" refers to as clash between public interest and the private pecuniary interest of the individual concerned. 「이해의 충돌」이라는 용어는 공익과 관련된 개인의 사사로운 금전상의 이익이 충돌하는 것을 말한다.

conform 따르게 하다, 일치하다 ¶ a *conformed* copy 정식사본 /*conform* to the letter of credit 신용장조건에 합치하다

conformity 일치, 협조 ¶ *conformity* with his views 그와 의견의 일치

confrere [프] 동지, 동료, 동업자

confusion 혼란, 곤혹 ***confusion of debts*** 채무의 혼동 ¶ The *confusion of debts* may occur, where the creditor becomes the heir of the debtor, or the debtor the heir of the creditor. 채무의 혼동은 채권자가 채무자의 상속인이 된다든지, 혹은 채무자가 채권자의 상속인이 되는 경우에 일어날 수 있다. ~ ***of goods*** 물품의 혼합 ¶ The *confusion of goods* is the mixing together or goods belonging to two or more owners so that separately owned goods cannot be identified. 물품의 혼합은 2 이상의 소유자의 물품이 혼합하여 개별적인 소유부분이 식별될 수 없는 경우를 말

한다. ~ ***of right and obligation*** 권리의무의 혼동 ¶ *Confusion of right and obligation* means to a union of the status of creditor and debtor in the same person. 권리의무의 혼동이란 채권자와 채무자의 지위가 결합하는 경우를 말한다.

conglomerate (거대)복합기업, 콩글로머리트 ¶ The *conglomerate* is a corporation composed of companies in a variety of businesses. *Conglomerates* were popular in the 1960s, when they were thought to provide better management and sounder financial backing, and therefore to generate more profit, than small independent companies. However, some *conglomerates* became no complex that they were difficult to manage. In the 1980s and 1990s, many *conglomerates* sold off divisions and concentrated on a few core businesses. Analysts generally consider stocks of *conglomerates* difficult to evaluate because they are involved in so many unrelated businesses. 콩글로머리트는 여러 가지의 사업분야에서 주식회사로 구성되는 기업을 말한다. 이것은 1960년대에는 인기가 있어서, 그 당시 콩글로머리트는 소규모의 독립기업보다도 더 우수한 경영과 더 건전한 재무적 뒷받침이 있으므로 높은 수익을 올릴 수 있다고 생각하고 있었다. 그렇지만, 일부의 콩글로머리트는 너무 복잡한 결과, 경영관리가 어렵게 되었다. 1980년대, 1990년대에는 많은 콩글로머리트가 여러 가지의 부문을 매각하고, 몇 개의 핵심적 사업에 집중하였다. 애널리스트들은 콩글로머리트가 상호 관련이 없으면서 다수의 사업에 관여하고 있기 때문에, 주가평가를 하는 것은 일반적으로 어렵다고 생각하고 있다. /*conglomerate* companies 복합기업 /*conglomerate* integration 다각적 통합

Congo currency 콩고 화폐 ¶ CFA franc (CDF); there is no subdivision. CFA 프랑 (CDF). 그 이하의 화폐단위는 없음.

conjectural 추측적인, 확정이지 못한

conjointly 결합하여, 공동으로, 연대해서

conjuncture 결합, 상황, 위기

connect 관계하다 ¶ A transaction is a group of facts so *connected* together as to be referred to as a legal name, as a crime, as a contract, a wrong, or nay other subject of inquiry. 거래란 것은 법적 명칭, 범죄, 계약, 불법행위 혹은 기타 어떤 심문주체로서 인용될 수 있는 것과 관련되는 일단(一團)의 사실을 말한다.

connection, connexion[영] 관계, 관련, 거래처 ¶ banking *connection* 은행거래관계 /their Korean *connections* 그들의 한국의 거래처 /trade *connections* 통상관계

consanguinity 혈족, 동족, (*cf.*) affinity 인척(姻戚)관계 ¶ Degrees of *consanguinity* sometimes control inheritance. 혈연관계의 정도는 이따금 상속을 지배한다.

consecutive 계속적, 연속적 ¶ for three *consecutive* days 3일간 연속으로

consensus 합의, 콘센서스 ***consensus forecast*** 콘센서스예측 ¶ The *consensus forecast* is earnings per share prediction representing the collective judgment of securities analysts following a stock, who are canvassed by research services such as First Call and Zacks Estimate System. 콘센서스예측은 주가를 추적조사하고 있는 복수의 증권애널리스트(securities analysts)들의 종합적인 1주당 이익(earnings per share)의 예측을 말한다. 애널리스들은 퍼스트 콜사(社)(First Call) 및 잭스예측시스템회사(Zacks Estimate System)와 같은 조사서비스를 기초로 해서 작성하고 있다.

consent 동의, 승낙 ¶ *consent* to pledge 입질승낙서 /the written *consent* of the beneficiary 수익자의 서면에 의한 승낙

consequence 결과 ¶ Every man is presumed to intend the natural and probable *consequences* of his own voluntary acts. 모든 사람은 자기의 행위의 자연적·개연적 결과를 의도하는 것으로 추정된다.

consequent 결과로서 일어나는(on) ¶ This increase of the unemployed is *consequent* on the business depression. 실업자의 이러한 증가는 불경기의 당연한 결과이다.

consequential damages 결과손해, 간접적 손해 ¶ Under the U.C.C., in order for a buyer to recover *consequential damages* resulting from a seller's breach, the damages must not have been avoidable by cover. U.C.C.(미국통일상법전)에 의하면, 매수인이 매도인의 계약위반으로 인한 간접적 손해를 배상받기 위해서는, 그 손해액은 담보책임으로부터 피할 수 없었어야 한다.

consequential loss 간접손해 ¶ *Consequential loss* is losses not directly caused by damage, but rather arising from results of such damage. 간접손해란 손해의 직접 원인인 손해가 아니라, 오히려 그런 손해의 결과로 생긴 손해를 말한다. /*consequential loss* insurance 간접손해보험

conservative 보수적인, 소극적인 ¶ The local press is predominantly *conservative*. 지방신문잡지는 압도적으로 보수적이다.

conservator 후견인, 재산관리인, 관재인 ¶ A *conservator* is an individual appointed by a court to manage the property of a person who lacks the capacity to manage his own property. A *conservator* may be charged with liquidating the assets of a business in bankruptcy, or may have to take control of the personal finance of an incompetent individual who needs to be protected by the court. 재산관리인은 스스로 재산을 관리할 능력이 결여되어 있는 사람의 재산을 관리하기 위해서 법원에 의하여 임명된 자이다. 재산관리인은 파산한 기업의 자산을 정리한다든지, 법원의 보호가 필요한 금치산자의 개인자산을 관리하는 경우도 있다.

consider 고려하다, 숙고하다 ¶ Requests for permission will be *considered* on application to this office. 허가원(許可願)은 당사무국에의 신청에 의해 고려의 대상이 된다.

considerable 상당한, 적지 않은, 중요한 ¶ He is possessed of *considerable* means. 그는 적지 않은 자산을 가지고 있다.

consideration 보수, 대가, 고려, [법] 약인(約因) ¶ A *consideration* is something of value that one party gives to another in exchange for a promise or act. In law, a requirement of valid contracts. A *consideration* can be in the form of money, commodities, or personal services; in many industries the forms have become standardized. 대가(對價)는 어느 약속이나 작위와 교환해서 일방의 당사자가 타방에게 주는 가치있는 물건이다. 법률상으로는 그것은 계약의 유효성의 필수조건이다. 대가는 금전, 상품 혹은 개인적 서비스의 형식으로 이루어진다. 대부분의 업계에서는 그 대가의 형태는 표준화되고 있다.

consign 맡기다, 위탁하다 ¶ The vessel is to be *consigned* to our agents. 그 선박을 우리 대리점에 인도하기로 되어 있다.

consignee 수탁자[수탁인], 수하인(受荷人) ¶ A *consignee* is one to whom goods are delivered on consignment. 수하인은 물품운송의 위탁시에 물품의 인도를 받는 자이다.

consignment 위탁(판매), 위탁화물, 적송품(積送品) ¶ *Consignment* is bailment for care or sale. It is a delivery of goods, without sale, to a dealer, who must try to sell the goods and remit the price to the person making delivery. If the goods are not sold, the dealer must return them to the owner. 위탁은 보호를 위하거나 판매를 위한 임치를 이른다. 그것은 매매없이 딜러에게 물품을 인도하는 것이고, 딜러는 그 물품을 매도하여 그 대금을 인도한 자에게 송금하려고 하여야 한다. 그 물품이 팔리지 않는 경우, 딜러는 소유자에게 그 물품을 돌려주어야 한다. /*consignment* deal 위탁판매무역 /*consignment* fees 위탁수수료 /*consignment* sale 위탁판매 /*consignment* shipment (위탁판매에 의한) 적송품 /on *consignment* 위탁판매로

consignor 위탁자, 송하인(送荷人), 하주(荷主) ¶A *consignor* is one who consigns goods to another. 위탁자는 물품을 타인에게 위탁하는 자이다.

consistent 수미일관의, 모순되지 아니하는, (품질이) 변하지 아니하는, 안정된, 계속적인(성장 · 발달 등) ¶*consistent* indicator 일치지표(一致指標)

consol 콘솔 ¶The *consol* is a British term for a perpetual bond. 콘솔은 영국에서 영구채권(perpetual bond)을 의미한다. ¶The *consol* is a debt instrument having no scheduled return of principal, and therefore perpetual interest payments and no maturity. *Consols* fluctuate widely in price with changes in long-term interest rates. They have never been popular in the United States. Also called annuity bonds; perpetual bond. 콘솔은 원금상환의 예정이 없으므로 영구이자지급이며, 만기가 없는 채무증서를 이른다. 콘솔은 장기간의 이율의 변화로 인하여 가격면에서 변동폭이 심하다. 콘솔은 미국에서는 결코 인기가 없다. 이를 연금증서(annuity bonds), 영구채권(perpetual bond)이라고도 한다.

consolation 위로, 위안 ¶*consolation* money 위문금(慰問金), 위자료 /a letter of *consolation* 위문편지

console [컴] 콘솔(컴퓨터를 제어 · 감시하기 위한 장치) ¶The *console* is the main keyboard and screen of a multi-user computer. 콘솔은 다중 사용자용 컴퓨터의 주된 키보드와 스크린을 말한다.

consolidate 합병하다, 통합하다, 강화하다 ¶*consolidate* debts 부채를 통합하다

consolidated 합병조정한, 통합된 ¶*consolidated* account 종합계좌 /*consolidated* accounting 연결결산 /*consolidated* and blanket mortgages 포괄모기지증권, 포괄저당증권 /*consolidated* annuities [영] 정리공채(整理公債)(영구공채의 1종) /*consolidated* debts 정리부채, 정리공채 /a *consolidated* income statement 연결손익계산서 /*consolidated* mortgages 정리모기지 /*consolidated* performance 연결기준업적 /*consolidated* subsidiaries 연결자회사 /*consolidated* tax 종합세금 /*consolidated* taxation 종합과세 ***consolidated balance sheet*** 연결대차대조표 ¶The *consolidated balance sheet* is one that shows the financial position of an affiliated group of companies as though they constituted a single economic unit. The effect of intercompany relationships and the results of intercompany transactions will have been eliminated in the consolidation process. 연결대차대조표는 계열그룹회사가 마치 단독의 경제단위를 이루고 있는 것처럼 그 재무상황을 나타내는 대차대조표를 말한다. 회사간의 관계의 효과와 회사간 거래의 결과는 통합과정에서 무시된다. ~ ***financial statement*** 연결재무제표 ¶A *consolidated financial statement* is a financial statement that brings together all assets, liabilities, and operating accounts of a parent company and its subsidiaries. 연결재무제표는 모회사(parent company)와 자회사(subsidiaries)의 모든 자산(asset), 부

채(liabilities), 및 영업계정과목을 하나로 통합한 재무제표를 이른다. ~ ***mortgage bond*** 종합모기지부 채권 ¶ A *consolidated mortgage bond* is a bond issue that covers several units of property and may refinance separate mortgages on these properties. The consolidated mortgage with a single coupons rate is a traditional form of financing for railroads because it is economical to combine many properties in one agreement. 종합모기지부 채권이란 복수의 재산을 담보로 하는 채권인데, 개개의 담보채권을 차환(借換)하기 위해서 발행되는 경우도 있다. 다수의 재산을 하나의 계약으로 통합하는 것은 경제적이기 때문에, 철도회사는 전통적으로 단 하나의 쿠폰금리(coupon rate)로 종합모기지부 채권을 발행해 왔다. ***Consolidated Omnibus Budget Reconciliation Act (COBRA)*** 통합포괄예산조정법 ¶ The *Consolidated Omnibus Budget Reconciliation Act* (*COBRA*) is a federal legislation under which group health plans sponsored by employers with 20 or more employees must offer continuation of coverage to employees who leave their jobs, voluntarily or otherwise, and their dependents. The employee must pay the entire premium up to 102% of the cost of coverage extended by *COBRA*. Depending on circumstances, *COBRA* permits employees to extend their coverage for up to 18 months and that of surviving dependents for up to 36 months. *COBRA* was designed to help former employees maintain health insurance coverage at group rates which may otherwise be unobtainable or unaffordable. 통합포괄예산조정법은 20인 이상의 종업원을 가지고 있는 고용주가 제공하는 단체건강보험은 종업원이 자기사정 혹은 기타의 사정으로 퇴직한 경우에도 종업원과 그 부양가족에 대하여 그 보험을 계속 제공해야 한다고 하는 연방정부의 법률이다. 그 종업원은 이 법률(COBRA)에 의하여 연장된 기간의 보험료로서, 본래의 보험료의 102%를 한도로 하여 지급해야 한다. 상황에 따라서, 이 법률은 종업원에 대하여는 최장 18개월까지, 또 부양받고 있던 유족에게는 최장 36개월까지 보험기간을 연장하는 것을 인정하고 있다. 이 법률은 단체보험료와 같은 요금으로 수용할 수 없다든지, 경제적으로 다른 수단에 의해서는 취득할 수 없는 건강보험을 원래의 종업원이 계속해서 취할 수 있도록 하는 것을 목적으로 하고 있다. ***Consolidated Quotation System (CQS)*** 종합강세치표시(綜合强勢值表示)시스템 ¶ The *Consolidated Quotation System* (*CQS*) is electronic service providing quotations on issues traded on the New York Stock Exchange, the American Stock Exchange, regional stock exchanges, and the NASDAQ stock market. NASDAQ reprocesses the information and provides it to subscribers to its Composite Quotation System, also known by the initials CQS. 종합강세치표시시스템은 뉴욕증권거래소(New York Stock Exchange: NYSE), 아메리칸증권거래소(American Stock Exchange: AMEX), 지방증권거래소에서 거래되는 증권 및 나스닥(NASDAQ: National Association of Securities Dealers Automated Quotation) 주식시장에서 거래되는 증권의 강세치를 제공하는 전자서비스를 이른다. 나스닥이 그 정보를 가공하여 그것을 종합시세표시시스템(composite quotation system)의 계약자에게 제공하고 있다. 이 시스템은 이니셜을 따서 CQS로서도 알려져 있다. ~ ***tape*** 콘솔리데이티드 테이프 ¶ The *consolidated tape* is combined tapes of the New York Stock Exchange and the American Stock Exchange. It became operative in June 1975. Network A covers NYSE-listed securities and identifies the originating market. Network B does the same for Amex-listed securities and also reports on securities listed on regional exchanges. 콘솔리데이티드 테이프란 뉴욕증권거래소(New York Stock Exchange)와 아메리칸증권거래소(American Stock Exchange)의 증권상장표시테이프를 통합한 것이다. 1975년 6월에 가동하였다. 네트워크 A는 뉴욕증권거래소의 상장증권과 그 원래의 시장을 나타내고 있다.

네트워크 B는 아메리칸증권거래 자체의 상장증권과 각 지방증권거래소의 상장증권을 표시하고 있다. ~ ***tax return*** 연결납세신고서 ¶ The *consolidated tax return* is a return combining the reports of the companies in what the tax law defines as an affiliated group. A firm is part of an affiliated group if it is at least 80% owned by a parent or other inclusive corporation. "Owned" refers to voting stock. (Before the Tax Reform Act of 1986 it also included nonvoting stock.) 연결납세신고서는 세법상 관련그룹(affiliated group)으로 정의되는 복수회사의 보고서를 통합한 납세신고서이다. 모회사나 그 관련회사에 적어도 80%가 소유되고 있는 회사는 관련그룹의 일부이다. 이 경우「소유한다」(owned)는 것은 의결권주식(voting stock)의 소유를 표시한다. [1986년 세제개혁법(Tax Reform Act of 1986) 이전에는, 무의결권(nonvoting stock)도 포함하고 있었다.]

consolidation 조정, 강화, 합동, 합병, 채무보류 ¶ a *consolidation* of bills 차입어음의 통합 ***consolidation loan*** (몇 개의 차입을 집약한) 합병융자 ¶ A *consolidation loan* is a loan that combines and refinances other loans or debt. It is normally an installment loan designed to reduce the dollar amount of an individual's monthly payment. 합병융자란 다른 차입이나 채무를 통합하는 차환(借換)목적의 차입을 이른다. 이것은 통상 개인의 매월 지급액감액을 의도한 할부상환차입이다.

consol [영] 정리공채(整理公債), 콘솔채(債)(영구공채의 1종) ¶ In the United Kingdom, *consol* is abbreviated form of Consolidated Fund Annuities, representing perpetual debt issued by the government as part of its gilt program. *Consols*, which form part of the government's tax revenue account at the Bank of England, are redeemable at par value at the government's discretion, but in practice are never redeemed. 영국에서, 콘솔(consols)은 영국정부의 우량증권프로그램(gilt program)의 일환으로서 정부가 발행한 영구공채(perpetual debt)의 일례(一例)인 Consolidated Fund Annuities(통합펀드연금)의 약자이다. 영국은행의 정부의 조세수입계정의 일부를 구성하는 콘솔은 정부의 재량에 의해서 액면가로 교환될 수 있는 공채이나 실제로는 결코 교환되지 않고 있다.

consortium 공동기업체, 콘소시엄, 조합, 국제금융단, 채권국회의, (*pl.*) consortia ¶ A *consortium* is a group of companies formed to promote a common objective or engage in a project of benefit to all the members. The relationship normally entails cooperation and a sharing of resources, sometimes even common ownership. 콘소시엄은 공동기업체는 공동목적을 추진한다든지 혹은 전회원 기업에게 이익을 가져올 사업을 행하기 위해서 형성된 기업집단을 이른다. 일반적으로 그 관계는 협력이나 경영자원의 공유를 필요로 하지만, 때로는 공동소유의 형태를 취하기도 한다. /a *consortium* bid [신디케이트론] 공동입찰 /international banking *consortia* 국제은행차관단(借款團) ***consortium bank*** 국제투자은행, 다국적은행 ¶ A *consortium bank* is an European Merchant Bank owned by banks from different countries, and engaged primarily in international banking. 국제투자은행은 여러 국가의 은행들이 소유하고 있는 유럽상업은행으로, 주로 국제뱅킹에 종사하고 있다.

constant 부단(不斷)의, 일정한 ¶ a *constant* payment 정액지급 /a *constant* ratio plan 정률투자법(定率投資法) ***constant dollar plan*** [증권] 달러코스트평균법 ¶ The *constant dollar plan* is a method of accumulating assets by investing a fixed amount of dollars in securities as set intervals. The investor buys more shares when the price is low and fewer shares when the price is high; the overall cost is lower than it would be if a constant number of shares were bought at set intervals. Also called dollar cost averaging. 달러코스트평균법은 정기적으로 일정액의 달러를 증권에 투자하여 자산을 축적하는 방법을 말한다. 투자자는 가격이 저렴할 때에는 보다 많은 주식을 매입하고, 가격이 높은 때에는 보다 적은 주식을 매입하므로, 일정한 간격으로 일정한 수의 주식을 매입하기보다도 전체의 원가는 낮게 된다. 이를 dollar cost averaging라고도 한다. ~ ***dollars*** 기준년(基準年)달러 ¶ The *constant dollars* are dollars of a base year, used as a gauge in adjusting the dollars of other years in order to ascertain actual purchasing power. Denoted as C$ by the Financial Accounting Standards Board (FASB), which defines constant dollars as hypothetical units of general purchasing power. 기준년달러는 구매력(purchasing power)을 측정하기 위해서, 다른 연도의 달러를 조정하는 데 척도로서 사용되는 기준년의 달러를 이른다. 재무회계기준심의회(Financial Accounting Standards Board: FASB)는 기준년달러를 C$로 표시하여 종합적 구매력의 가상단위라고 정의하고 있다. ~ ***ratio plan*** 정률(定率)투자법 ¶ The *constant ration plan* is a type of formula investing whereby a predetermined ratio is maintained between stock and fixed income investments through periodic adjustments. For example, an investor with $200,000 and a 50-50 formula might start out with $100,000 in stock and $100,000 in bonds. If the stock increased in value to $150,000 and the bonds remained unchanged over a given adjustment period, the investor would restore the ratio of $125,000-$125,000 by selling $25,000 of stock and buying $25,000 of bonds. 정률투자법은 미리 정한 주식(stock)과 채권(확정이자부 증권)의 투자비율을 정기적으로 조정함으로써 유지하는 정형투자의 방식이다. 예컨대 투자자가 20만 달러를 50-50의 비율로 시작하는 경우에는 당초 10만 달러씩을 주식과 채권에 투자한다고 치자. 일정한 조정기간이 경과한 후에, 주가가 150,000달러로 상승하고 채권의 가격은 변함이 없다고 한다면, 25,000달러분의 주식을 매도하고 25,000달러분의 채권을 매입하여 주식과 채권의 당초의 50-50의 비율, 125,000달러 대 125,000달러로 돌아가는 것이다. ~ ***yield method*** 정률수익법 ¶ The *constant yield method* is a method of allocating annual interest on a zero-coupon security for income tax purposes. 정률수익법은 소득세(income tax)의 계산상, 제로쿠폰채(zero-coupon security)의 이자를 매년의 이자로 배분하는 방법을 말한다.

constitution 구조, 성질, 헌법 ¶ The *constitution* is fundamental principles of law by which a government is created and a country is administered. In Western democratic theory, a mandate from the people in their sovereign capacity, concerning how they shall be governed. Distinguished from a statute, which is a rule decided by legislative representatives and is subject to limitations of the constitution. 헌법은 정부가 구성되어 한 나라가 통치되는 법의 기본원리를 이른다. 서구의 민주주의이론에 있어서는, 헌법은 주권자로서의 국민의 위임(mandate)으로, 국민이 어떻게 지배를 받을 것인가를 정한다고 한다. 입법의원에 의하여 결정된 제정법(statute)은 헌법의 제한에 따라야 한다.

constraint 강제, 압박 ¶ balance of payments *constraint* 국제수지의 핍박

construction 건설 ¶ *construction* suspense account 건설가계좌 ***construction loan*** 건설융자, 건설차입금 ¶ A *construction loan* is a short-term estate loan to finance building costs. The funds are disbursed as needed or in accordance with ta prearranged plan, and the money is repaid on completion of the project, usually from the proceeds of a mortgage loan. The rate is normally higher than prime, and there is usually an origination fee. The effective yield on these loans tends to be high, and the lender has a security interest in the real property. 건설융자는 건축비용을 융자하는 단기의 부동산대출을 말한다. 대출금은 필요에 따라 혹은 사전에 결정된 계획에 따라 실행된다. 이 융자는 건축의 완성시에 통상은 모기지론(mortgage loan)의 차입금으로 상환된다. 이율은 우대대출금리(프라임레이트, prime rate)보다 높고, 당초 수수료가 드는 경우가 많다. 건설융자의 실효적 수익률(effective yield)은 대체로 높은 편이고, 대여자(貸與者)는 대출부동산에 대해서 담보권(security interest)을 가진다. ~ ***loan note*** **(*CLN*)** 건설지방채 ¶ A *construction loan note* is a note issued by a municipality to finance the construction of multi-family housing projects. The notes, which typically mature in three years or less, are normally repaid out of the proceeds of a long-term bond issue. 건설지방채는 공동주택(multi-family housing)건설사업융자를 위해서 자치단체가 발행하는 중기채권(中期債券, note)이다. 이러한 채권은 일반적으로 3년 이내의 만기로 되어 있고, 통상은 장기채의 발행수익금으로 상환된다.

constructive 건설적인, 구조상의, 해석상의 ***constructive dividend*** 건설배당 ¶ The *constructive dividend* is corporate payment to a stockholder that is characterized by the Internal Revenue Service as a dividend distribution even though the corporation calls it something else. For example, a small firm may pay an employee who is also a stockholder an excessive salary so that the payment can be used as a tax-deductible expense rather than as an aftertax dividend payment. The IRS may determine that part of the payment is a *constructive dividend* and disallow it as a tax-deductible expense. 건설배당은 회사가 이를 달리 무엇이라 부르든지 미국세입청(IRS)이 배당분배로 특징짓는 것으로 회사의 주주에 대한 지급을 말한다. 예를 들면, 소규모회사는 주주이기도 한 근로자에게 과도한 봉급을 지급할 수 있으므로 그 지급은 공제항목인 배당금지급이라기보다도 오히려 공제항목비용으로 사용할 수 있다. 미국세입청은 지급의 일부분이 건설배당이고 공제항목비용으로서는 이를 허용하지 않는다고 정할 수 있다. ~ ***notice*** 의제통지 ¶ The *constructive notice* is the notice by which is presumed by law to have been acquired. 의제통지는 법률상 수령하였다고 추정하는 통지를 말한다.

consular 영사(관)의 ¶ a *consular* invoice 영사송장[인보이스]

consulting 상담업무 ¶ *consulting* corporation 컨설팅회사

consumable ⓐ 소비할 수 있는 ¶ *consumable* goods [supplies] 소모품 ⓝ (*pl.*) 소모품

consumer 소비자 ¶ The *consumer* is an individual or organization that purchases goods and services for personal use rather than for resale or manufacturing. 소비자란 전매(轉賣)나 제조의 목적이라기보다도 개인용으로 물품 및 서비스를 구매하는 개인이나 단체를 이른다. /*consumer* credit protection 소비자신용보호 /*consumer* durables 내구소비재 /a *consumer* finance company 소비자금융회사 /*consumer* goods 소비재 /*consumer* lending; *consumer* credit 소비자금융 /*consumer* loans 소비자금융 /a *consumer* reporting agency 소비자조사기관 /*consumer* service 소비자개인업무 /*consumer* spending 소비자지출개인소비 ***consumer confidence index*** 소비자신뢰지수 ¶ The *consumer confidence index* is an indicator published monthly by the Conference Board, of consumers' attitudes and buying intentions. It surveys 5,000 U.S. households, using 1985 as a base year with an index of 100. Subsequent periods are recorded as a percentage change. 소비자신뢰지수는 전미산업심의회(Conference Board)가 매월 발행하는, 소비자태도와 구매의욕에 관한 지표이다. 미국의 5,000가계를 기준년인

1985년을 100으로 삼고 조사한다. 그 이후의 기간에 대해서는 100분율 표시로 기록되고 있다. ~ ***credit***; ~***'s credit*** **[*loans*]** 소비자금융 ¶ The *consumer credit* is a debt assumed by consumers for purposes other than home mortgages. Interest on consumer loans had been 100% deductible until the Tax Reform Act of 1986 mandated that the deduction be phased out by 1991. Consumers can borrow through credit cards, lines of credit, loans against insurance policies, and many other methods. 소비자금융은 주택모기지(home mortgage) 이외의 목적으로 소비자가가 부담하는 채무를 이른다. 소비자금융에 대한 이자는 1986년 세제개혁법(Tax Reform Act of 1986)에 의해서 전액 소득공제(deductible) 받을 수 있으나, 1991년까지 소득공제는 단계적으로 인하되도록 되었다. 소비자는 크레디트카드(credit card), 보험증권에 의한 차입 등 많은 방법으로 차입을 할 수 있다. ***Consumer Credit Protection Act of 1968*** 1968년의 소비자금융보호법 ¶ The *Consumer Credit Protection Act of 1968* is a landmark federal legislation establishing rules of disclosure that lenders must observe in dealings with borrowers. The act stipulates that customers be told annual percentage rates, potential total cost, and any special loan terms. The act, enforced by the Federal Reserve Bank, is also known as the Truth in Lending Act. 1968년 소비자금융보호법은 금융기관이 차입자(借入者)와 거래할 때에 준수해야 할 개시(開示)의 원칙을 제정한 획기적인 법률이다. 그 법률은 고객이 연율, 잠정적인 전체비용 및 특별대출기간을 고시받도록 규정하고 있다. 연방준비은행이 집행하는 이 법률은 또한 대출진실법(Truth Lending Act)이라고도 한다. ~ ***debenture*** 개인투자자용 채권 ¶ A *consumer debenture* is an investment note issued by a financial institution and marketed directly to the public. Consumer debentures were a popular menas of raising lendable funds for banks during tight money periods prior to deregulation, since these instruments, unlike certificates of deposit, could compete freely with other money-marked investments in a high-rate market. 개인투자자용 채권은 금융기관에 의해서 발행되고 일반투자자(the public)에게 직접 판매되는 채권을 말한다. 개인투자자용 채권은 금융규제가 완화되기 이전에는 금융핍박(tight money)기에 은행이 대출자금을 수집하는 일반적 방법이었다. 정기예금증서와는 달리, 이러한 채권은 고금리시장에서도 다른 단기금융상품과 자유로이 경쟁할 수 있었기 때문이다. ~ ***durables*** 내구소비재 ¶ *Consumer durables* are products bought by consumers that are expected to last three years or more. These include automobiles, appliances, boats, and furniture. Economists look at the trend in comsumer expenditure on durables as an importance indicator of the strength of the economy, since consumers need confidence to make such large and expensive purchases. 내구소비재는 3년 이상의 내구성이 있다고 볼 수 있는 소비자구매품을 말한다. 자동차, 가정용전기용품, 레저용 보트, 가구 등이 그 예이다. 이코노미스트들은 내구소비재에 대한 소비자의 지출동향이 경기동향을 나타내는 중요한 지표로 보고 있다. 소비자가 이와 같은 대형 고액상품을 매입할 때에는 경지전망에 대한 자신을 가지고 있기 때문이다. ~ ***goods*** 소비재 ¶ *Consumer goods* are goods bought for personal or household use, as distinguished from capital goods or producer's goods, which are used to produce other goods. The general economic meaning of consumer goods encompasses consumer services. Thus the market basket on which the consumer price index is based includes clothing, food, and other goods as well as utilities, entertainment, and other services. 소비재는 개인이나 가정용으로 구입하는 제품이고, 이는 다른 제품을 생산하기 위해서 사용되는 자본재(capital goods)나 생산재(producers' goods)와는 구별된다. 소비재에 대한 일반경제적 의미로는 소비자서비스를 포함한다. 따라서 소비자

물가지수(consumer price index)의 산출기준이 되는 시장바스켓(market basket)에는 의류, 식품, 기타의 상품뿐만 아니라, 공익요금 및 오락 등 기타의 서비스도 포함된다. ~ ***interest*** 소비자론(loan) 금리 ¶ A *consumer interest* is an interest paid on consumer loans. *Consumer interest* is paid on credit cards, bank lines of credit, retail purchase, car and boat loans, and educational loans. 소비자론(loan) 금리는 소비자론(loan)에 지급하는 금리이다. 소비자론금리는 크레디트카드(credit card), 은행에서의 차입, 상점에서의 구매, 자동차와 보트 등의 구입론(loan), 교육론(loan) 등에 지급되는 금리를 말한다. ~ ***price index*** **(*CPI*)** 소비자물가지수 ¶ The *consumer price index* (*CPI*) measures the average monthly change for a market basket of goods and services bought by a typical consumer, including food, transportation, shelter, utilities, clothing, medical care, and entertainment. The *CPI*, published by the Bureau of Labor Statistics in the Department of Labor, uses the years 1982-1984 as a reference base. 소비자물가지수는 일반적인 소비자가 구입하는 식료품, 교통비, 주거비, 공공요금, 의료비, 의료비(醫療費), 오락비 등 미리 결정된 구성품목으로 이루어지는 바스켓의 가격에서 산출되는 지수(index)를 이른다. 소비자물가지수는 노동부의 노동통계국에 의해서 발표되고, 1982년-1984년을 참고기준으로 사용하고 있다. ~ ***protection*** 소비자보호 ¶ The *consumer protection* is laws designed to aid retail consumers of goods and services that have been improperly manufactured, delivered, performed, handled, or described. Such laws provide the retail consumer with additional protection and remedies not generally provided to merchants and others who engage in business transactions. 소비자보호란 부적절하게 제조, 인도, 이행, 취급 또는 표시된 물품과 서비스의 소매소비자(retail consumer)를 도와주려는 법률체계를 말한다. 그러한 법률들은 소매소비자에게 추가적인 보호와 상인과 기업거래에 관여하는 다른 사람에게 일반적으로 제공되지 않는 구제방법을 제공한다.

consumerism 소비자우선주의, 소비자운동 ¶ The *consumerism* is a public concern over the rights of consumers, the quality of consumer goods, and the honesty of advertising. The ideology came into full focus in the 1960s after President John F. Kennedy introduced the Consumer Bill of Rights, which states that the consuming public has a right to be safe, to be informed, to choose, and to be heard. The primary concern of this force is to fulfill and protect the rights of consumers articulated by President Kennedy more than three decades ago. 소비자운동은 소비자의 권리, 소비자물품의 품질 및 광고의 정직에 관한 일반국민의 관심을 말한다. 그 이데올로기(ideology)는 존 F. 케네디 대통령 이후 1960년대에 충분히 명확해졌다. 케네디 대통령은 소비자권리장전(Consumer Bill of Rights)을 제출하면서, 소비자 대중은 안전한 권리, 정보를 받는 권리, 선택할 권리 및 청취의 권리를 가진다고 선언하였다. 이러한 힘의 주된 관심은 30년전 케네디 대통령에 의해서 명확히 표현된 소비자의 권리를 이행하고 보호하는 데에 있다.

소비자권리장전을 선포한 대통령

consumption 소비(액) ¶ *consumption* goods 소비재 /home [domestic] *consumption* 국내소비 ***consumption tax*** 소비세 ¶ The *consumption tax* is a tax on what people spend instead of what they earn, such a sales tax, a value-added tax (VAT), or a consumption tax system that, similar to an individual retirement account (IRA), excludes from taxation all income that is saved, then taxes withdrawals from savings. 소비세란 사람들이 생활비를 버는 것에 대한 과세가 아니라, 매상세(sale tax), 부가가치세(value-added tax: VAT), 또는 소비세체제와 같이 소비하는 것에 대해 과세하는 조세이다. 소비세체제는 개인퇴직연금계정(IRA)과 유사하게 저축된 모든 수입을 과세에서 제외하고 그런 다음에 저축에서 인출된 것에 과세하는 것이다.

consumptive 소비의, 소모성의 ¶ *consumptive* demand 실수요, 소비수요

contact 접촉, 접근, 연락 ¶ *contact* employee 단골고객담당

contagion 전파 ¶ The *contagion* is the spreading of an economic crisis from one geographical area to another. For example, the "Asian contagion" in the late 1990s spread from the Pacific Rim to parts of South America. Contagion can also refer to a higher than normal correlation among returns from different market investments in the areas affected by economic crisis. 전파란 것은 한 곳의 지리적 지역에서 경제적 위기가 다른 지리적 지역으로 전파하는 것을 의미한다. 예를 들면, 1990년대 후반에 발생한 「아시아의 경제위기」는 환태평양지역에서 남아메리카의 일부지역까지 넓혀갔다. 전파는 또한 경제위기의 영향을 받은 다른 지역에의 상이한 투자수익간에도 보다 높은 상관관계가 있다는 것도 의미한다.

contain 포함하다, 함유하다 ¶ The library *contains* 500,000 books. 그 도서관은 50만권의 책을 소장하고 있다. /Only foods that come from animals *contain* cholesterol. 동물성의 음식만이 콜레스테롤을 포함하고 있다. /The movie *contains* 234 acts of violence. 그 영화에는 234번의 폭력신(scene)이 있다.

container 용기, (화물용의) 컨테이너, 컨테이너선(船) ¶ a *container* berth [liner, port, ship, terminal, yard] 컨테이너 정박장소[정기선, 항(港), 선(船), 터미널, 장치장] /*container* ships; *containers* 컨테이너선(船) /less than *container* load cargo LCL화물(표준컨테이너를 만재함에는 불충분한 소량화물) ***container B/L*** 컨테이너 B/L ¶ A *container B/L* is a bill of lading issued on the containerized transportation. 컨테이너 B/L은 컨테이너운송에 근거해서 발행되는 B/L(선하증권)을 이른다. ~ ***ship*** 컨테이너선박(船舶) ¶ The *container ship* is a ship used for carrying cargo that has been packaged in large, standardized containers. 컨테이너선박은 표준화된 대형컨테이너에 적재된 화물을 운송하는 데 사용되는 선박을 말한다.

containerize (화물을) 컨테이너로 운송하다, 컨테이너에 싣다 ¶ *containerized* transportation 컨테이너운송

contango [영] 콘탱고, (주식 등) 인수유예금, 이월일변(日邊)(런던주식거래소의 지연이자나 선물가격쪽이 직물가격보다도 높은 상태를 두고 말할 경우도 있다.) ¶ a *contango* day [영] 결산이월일 ¶ The *contango* is a pricing situation in which futures prices get progressively higher as maturities get progressively longer, creating negative spreads as contracts go farther out. The increases reflect carrying costs, including storage, financing, and insurance. The reverse condition, an inverted market, is termed backwardation. 콘탱고란 것은 선물거래(futures contract)에서 선물기일이 길면 길수록 선물가격이 점점 높게 되고, 선물계약기간이 길게 됨에 따라 마이너스의 스프레드를 가져오는 가격상황을 가리킨다. 이 가격의 상승은 보관료, 금리 및 보험료 등의 재고비용(在庫費用)을 반영하고 있다. 역마진시장(inverted market, 실물가격쪽이 선물가격보다 높은 상태)인 반대상황은 백워데이션(backwardation, 실물가격과 선물가격의 역전현상)이라고 한다.

content (*pl.*) 실속, 내용, 취지 ¶ *content*-certified mail(s) 내용증명우편

contention 논점, 논쟁, 주장, 의견 ¶ There seem to be a lot of people to support these *contentions*. 이러한 주장을 주장하는 사람들이 많이 있는 것 같다. /I dislike the tobacco industry's *contention* that cigarettes are not addictive. 담배는 중독성이 없다고 하는 담배산업의 주장은 혐오감이 든다.

continental 대륙의, 유럽대륙의 ¶ *continental* depositary receipts (CDR) 유럽예탁증권(유럽에서 유통되는 무기명식의 예탁증권)

contingency 우연성, 우발사건, 불의의 사고 ¶ a *contingency* fund 위험준비금 /a *contingency* plan 불측의 사태에 대한 준비 ***contingency loan*** [영] 우발적 대출 ¶ The *contingency loan* is a line of credit that a company arranges in advance of a loss and invokes when one or more trigger events occurs; unlike a traditional bank line of credit, the *contingency loan* can only be drawn to cover losses arising from a defined event. See also contingent capital. 우발적 대출은 회사가 손실에 앞서서 마련하고 하나 이상의 해약사유가 발생할 경우에 실시하는 대출예약범위(line of credit)를 말한다. 전통적인 은행의 대출예약범위와 달리, 우발적 대출은 일정한 사고(event)에서 생기는 손실을 커버하기 위해서만 인출할 수 있다. contingent capital(우발자본)도 참조할 것. ~ ***reserve*** 위험준비금 ¶ A *contingency reserve* is a reserve, established by insurers as a percentage of total retained surplus, which is used to cover unexpected losses and any shortfall in a previously declared dividend. 위험준비금은 보험업자가 예상외의 손실과 이전에 이익배당금으로 선언된 것 중에서 부족액을 커버하는 데에 사용하기 위해서 전체 유보잉여금의 일부분으로 설정한 준비금을 말한다.

contingent 부수적인, …을[를] 조건으로 하는, 우발적인 ¶ *contingent* annuitant 계속연금수취인 /*contingent* annuity 조건부연금 /*contingent* assets 우발자산 /*contingent* benefit 조건부 급여 /*contingent* charge 우발비용 /*contingent* claims 파생상품 /*contingent* commission 이익수수료 /*contingent* consideration 조건부대가 /*contingent* credit swap 우발신용스왑 /*contingent* debt 우발채무 /*contingent* estate 불확정재산권 /*contingent* fee 조건부 수수료 /*contingent* fund 우발자금 /*contingent* interest 우발적 지분, 부정(不定)이자 /*contingent* lease payments 변동리스료(料) /*contingent* liabilities in respect of acceptances, etc. 인수 기타에 관한 우발채무 /*contingent* liabilities on account of endorsements on bills discounted 할인어음의 배서에 의해 생기는 우발채무 /*contingent* liability 우발채무 /*contingent* liability on bill endorsed 배서의무 /*contingent* life insurance trust 조건부 생명보험신탁 /*contingent* loss 우발손실 /*contingent* on 조건으로 되는 /*contingent* on future events 장래의 사실을 조건으로 하는 /*contingent* order 지정가격주문 /*contingent* outlay 임시비용 /*contingent* payment 조건부 지급 /*contingent* profit 우발이익 /*contingent* settlement provisions 조건부 결제조항 /*contingent* transaction 우발거래 /*contingent* use 조건부 사용 /*contingent* vesting 불확정연금수급권부여 /*contingent* warrant 우발성워런트 ***contingent beneficiary*** 우발수익자, 차순위보험금수취인 ¶ A *contingent beneficiary* is a person named in an insurance policy to receive the policy benefits if the primary beneficiary dies before the benefits become payable. 차순위보험금수취인은 제1순위 보험금수취인(primary beneficiary)이 보험급여의 지급을 받기 전에 사망한 경우, 그 보험금의 수취인으로서 보험증서에 명기되어 있는 사람을 말한다. ~ ***capital*** [영] 불확정적 자본 ¶ The *contingent capital* is a contractually agreed pre-loss financing facility that a company accesses in the aftermath of loss event. Funding may take the form of contingent debt (i.e., contingency loans, contingent surplus notes), or contingent equity (e.g., put protected equity). 불확정적 자본은 회사가 손실사고의 직후에 접근하는 계약으로 합의한 손실전 자금조달제도(pre-loss finaning facility)를 말한다. 자금조달은 우발채무(예컨대, 우발적 융자, 우발적 잉여채권), 또는 우발자본지수(예컨대 특정일까지 보호받는 보통주)의 형태를 취할 수 있다. ~ ***credit risk*** [영] 우발적 신용리스크 ¶ The *contingent credit risk* is the risk of loss arising from a potential credit risk exposure that may appear in the future, such as draw down on a revolving credit facility or payment under a guarantee or letter of credit. A subcategory of credit risk. See also contingent liability; correlated credit risk; direct credit risk; settlement risk; sovereign risk; trading credit risk. 우발적 신용리스크는 리볼빙 크레디트(revolving credit)범위내의 축소 또는 보증장(guarantee)이나 신용장(letter of credit)의 지급금액과 같이, 장래에 나타날 수 있는 잠재적인 신용리스크의 노출에서 발생하는 손실의 위험을 말한다. 신용리스크의 하위개념이다. contingent liability(우발채무); correlated credit risk(상관신용리스크); direct credit risk(직접신용리스크); settlement risk(결제 리스크); sovereign risk (국가 리스크); trading credit risk(거래신용리스크)도 참조할 것. ~ ***deferred sales load*** 후지급판매수수료 ¶ The *contingent deferred sales load* is a sales charge levied by a mutual fund if a customer sells fund shares within a specified number of years. Instead of charging a traditional front end load of 5%, for example, a brokerage firm may offer the same fund with a contingent deferred sales load. 후지급판매수수료는 특정한 연수가 경과하기 전에 뮤추얼펀드(mutual fund)를 매각한 경우에 부과되는 판매수수료(sales charge)를 말한다. 전통적인 뮤추얼펀드에서는, 먼저 판매수수료(예컨대 5%)를 청구하지만, 후지급방식에서는 펀드를 해약한 때에 수수료가 청구된다. ~ ***equity*** [영] 불확정적 주식지분 ¶ The *contingent equity* is a form of equity financing that becomes effective once a defined trigger has been breached; the class includes loss equity puts and put protected equity. See also contingent capital. 불확정적 주식지분은 일단 일정한 트리거가 위반된다면, 유효하게 되는 주식에 의한 자금조달(equity financing)의 형태를 말한다. 그런 종류에는 loss equity puts(손해보통주 풋옵션)와 put protected equity(특정일까지 보호받는 보통주)가 포함된다. contingent capital(우발자본)도 참조할 것. ~ ***immunization*** 콘틴전트 이뮤니제이션전략 ¶ The *contingent immunization* is a portfolio management policy requiring that active management be replaced by an immunization strategy when returns decline to a specified level. Immunization occurs when the durations of the assets and liabilities of a portfolio are the same. 콘틴전트 이뮤니제이션전략은 액티브운용(active management)이지만, 그 운용수익(return)이 일정한 수준까지 내려간 때에, 액티브운용에서 이뮤니제이션[면역화]전략(immunization strategy)으로 바꾼다고 하는 포트폴리오(portfolio)의 운용전략을 말한다. 이뮤니제이션이란 포트폴리오의 자산(asset)과 부채(liabilities)의 듀레이션(duration)을 같이하는 경우에 생긴다. ~ ***liabilities*** 우발채무 ¶ In banking services, *contingent liabilities* are potential obligation of a guarantor or accommodation endorser; or the position of a customer who opens a letter of credit and whose account will be charged if a draft is presented. The bank's own ultimate responsibility for letters of credit and other commitments, individually and collectively, is its *contingent liability*. 은행실무에서, 우발채무란 보증인(guarantor)이나 어음배서인(endorser)의 잠재적 채무를 말한다. 혹은 개설한 신용장(letter of credit)에 의거한 환어음(draft)이 제시되면 지급을 할 입장에 있는 자의 채무를 의미하기도 한다. 은행이 행한 신용장이나 기타의 커미트먼트(commitment)도 단독이든 공동이든 은행이 최종적인 책임을 지지 않으면 안될 우발채무이다. ~ ***order*** 조건부 주문 ¶ A *contingent order* is a securities order whose execution depends on the execution of another order; for example, a sell order and a buy order with prices stipulated. Where the purpose is to effect a swap, a price difference might be stipulated as a condition of the order's execution. Generally, brokers discouraged these orders, favoring firm instructions. 조건부 주문은 주문의 실행이 다른 주문의 실행에 의존하는 경우의 증권주문을 이른다. 예를 들면, 가격을 지정한 매도주문과 매수주문이 약정되어 있는 경우이다. 그 약정이 교환거래(swap)를 목적으로 하는 경우에는, 매매가격차가 주문실행의 조건으로서 지정될 것이다. 일반적으로 말해서, 증권회사는 이와 같은 주문형태를 꺼려하고, 확정주문을 편애한다. ~ ***pension liability*** 우발연금채무 ¶ The *contingent pension liability* is the liability of a firm to its pension plan participants. The Employee Retirement Income Security Act (ERISA) limits this liability to 39% of the firm's net worth. 우발연금채무란 연금제도의 참가자에 대한 기업의 채무를 이른다. 종업원퇴직소득보장법(Employee Retirement Income Security Act: ERISA)에서는 이 채무를 기업의 순자산(net worth)의 39%로 한정하고 있다. ~ ***premium option*** [영] 우발프리미엄옵션 ¶ The *contingent premium option* is an over-the-counter complex option where the buyer is only obliged to pay the seller premium if the contract ends in-the-money. If the option ends in-the-money but the intrinsic value is less than the premium due to the seller, the purchaser is still obliged to exercise the option and pay the premium. Also known as pay later option, when-in-the-money option. 우발프리미엄옵션은 계약이 인더 머니(in-the-money)로 종료하는 경우 매수인은 매도인에게 오직 프리미엄을 지급할 의무를 지는 장외거래의 복합옵션을 말한다. 옵션이 인더 머니(in-the-money)로 종료하지만 본질적 가치(intrinsic value)가 매도인에게 지급할 프리미엄보다 적으면, 매수인은 역시 옵션을 행사하여 프리미엄을 지급할 의무가 있다. 이는 pay later option(페이레이터 옵션), when-in-the-money option(웬인더 머니옵션)로도 알려져 있다. ~ ***reserve*** 우발손실준비금 ¶ The *contingent reserve* is funds set aside from net earnings to cover unexpected needs, such as unanticipated loan losses, future taxes, and interest expense. 우발손실준비금은 예상치 못한 대손(貸損), 장래의 세금 및 이자비용과 같은 돌연한 필요를 커버하기 위하여 순수익에서 따로 간직한 기금을 말한다. ~ ***surplus note*** [영] 우발적 잉여채권 ¶ The *contingent surplus note* is a form of pre-loss financing where an insurer or reinsurer issues notes to investors via a trust if a predefined loss-making trigger event occurs. The issuance provides funding to compensate for losses sustained. See also contingent capital. 우발적 잉여채권은 사전에 정하는 손해발생의 해약사유가 생긴다면 보험업자 또는 재보험업자는 신탁을 경유하여 투자자에게 채권(notes)을 발행하는 손실전 자금조달의 형태이다. 채권의 발행은 손해를 입은 것에 대해서 보상하는 자금조달을 제공한다. contingent capital(불확정자본)도 참조할 것.

continuation 계속, 존속, 연장

continue 계속하다 ¶ The road *continues* to the pier. 그 도로는 잔교(棧橋)까지 계속되어 있다. /*continue* one's research [training] 연구[훈련]를 계속하다 /The program will be *continued* after these commercial messages. 상업적 광고 후에도 그 프로그램을 계속한다.

continuing 계속적인, 영구의 ¶ a *continuing* agreement [contract] 계속계약 /*continuing* guaranty 계속보증 ***continuing education program*** 계속적 교육프로그램 ¶ The *continuing education program* is any formal educational program designed to keep professionals abreast of new developments and that, in some cases, may be required to maintain certificates. The Financial Industry

Regulatory Authority (FINRA) has a continuing education program for securities professionals that has two elements: the regulatory element requires ongoing periodic training in applicable rules and laws; the firm element, in job- and product-related areas. 계속적 교육프로그램은 프로페셔널(전문직)이 업계나 상품 등의 새로운 진전에 뒤떨어지지 않게 할 것을 목적으로 한 정식의 교육프로그램 전반을 의미하고, 어느 경우에는 면허의 갱신이 필요하게 되는 경우도 있다. 금융업규제기구(Financial Industry Regulatory Authority: FINRA)는 증권업의 프로페셔널에 대해서 2개의 측면에서 계속적 교육프로그램을 가지고 있다. 규제적 측면의 프로그램은 관련법이나 규칙에 관한 정기적인 교육이요 다른 하나는 회사의 측면에서 사업이나 상품에 관한 영역의 교육이다.

continuous 연속[계속]적인, 부단한, 연속의 ***continuous commodity index (CCI)*** 계속상품지수 ¶ The *continuous commodity index* (*CCI*) is made up of 17 commodities whose futures trade on U.S. exchanges. The index is a broad measure of overall commodity price trends. Equal weighting is used for both arithmetic averaging of individual commodity months and for geometric averaging of individual of the 17 commodity averages. 계속상품지수는 미국의 거래소에서 선물거래가 행해지고 있는 17종목의 상품(commodities)으로 구성되어 있고, 상품가격의 전반적인 동향을 측정하는 지수로 되어 있다. 계속상품지수의 산출방법은 개개의 상품의 달마다의 산술평균과 17종목의 상품의 평균치를 기하평균(geometric average)으로 한 것에 균등하게 무게를 두는 것이다. ~ ***compounding*** 연속복리계산 ¶ *Continuos compounding* is compounding of interest using the shortest possible interval of time. Although continuos compounding sounds impressive, in practice it results in virtually the same effective yield as daily compounding. 연속복리계산이란 가능한 최단시간의 간극을 이용하는 이자의 복리계산을 이른다. 연속복리계산이 인상적으로 생각될지 모르지만, 실제로 그것은 매일매일의 복리계산과 같은 동일한 효과적인 이율로 끝난다. ~ ***discounting*** [영] 연속할인 ¶ The *continuous discounting* is the process of discounting a cash flow on an instantaneous, rather than periodic, basis. The general factor for *continuous discounting* for a 1-year period is derived from the base of the natural logarithm e, and is given as e^{-r} where r is the cost of capital. See also continuous compounding; present value. 연속할인은 기간을 근거로 하기보다 오히려 순간을 근거로 현금흐름을 할인하는 과정을 말한다. 1년기간에 대한 연속할인의 일반요인은 자연대수(自然對數, natural logarithm) e의 기준에서 유래하고 r이 자본비용인 경우 e^{-r}로 주어진다. continuous compounding(연속복리계산); present value(현재가치)도 참조할 것. ~ ***net settlement (CNS)*** 계속차액청산방식 ¶ The *continuous net settlement* (*CNS*) is a method of securities clearing and settlement that eliminates multiple fails in the same securities. This is accomplished by using a clearing house, such as the National Securities Clearing Corporation, and a depository, such as Depository Trust Company, to match transactions to securities available in the firm's position, resulting to one net receive or deliver position a the end of the day. By including the previous day's fail position in the next day's selling trades, the firm's position is always up-to-date and money settlement or withdrawals can be made at any time with clearing house. The alternative to *CNS* is window settlement, where the seller delivers securities to the buyer's cashier and receives payment. 계속차액청산방식이란 동일한 증권에서 중복해서 인도(引渡)미스를 제거할 목적으로 행해지는 증권결제방법을 이른다. 이 방법은 미국증권결제기구(National Securities Clearing Corporation) 등의 결제기관이나 예탁신탁회사(depository trust company: DTC) 등의 보관기관을 이용하여 각사의 거래와 보유증권을 대조하고, 그 날의 거래종료시점에서 1일의 거래를 일괄하여 차액결제를 한다. 전날의 미결제잔액을 다음날의 거래분에 포함함으로써, 결제잔액은 언제든지 갱신되고, 결제기관에서 청산된다. 계속차액청산 방식에 갈음하는 것은 창구결제인데, 매도인이 매수인의 출납창구에 증권을 제출하고 지급을 받는다. ~ ***trading*** 연속적 거래 ¶ The *continuous trading* is a trading system for securities in which transactions take place whenever a sell limit order equals or is less than a buy order, or a buy limit order equals or is more than a sell order. Essentially, *continuous trading* occurs when dealers and brokers attempt execute orders as soon as they have been received. Except for opening transactions, *continuous trading* is the way securities are bought and sold in the United States. Compare batch trading. 연속적 거래란 매도지정자주문(sell limit order)이 매수주문과 같거나 낮을 때, 또는 매수지정가주문(buy limit order)이 매도주문과 같거나 높을 때마다 거래가 일어나는 증권의 거래시스템을 말한다. 기본적으로, 연속적 거래는 딜러와 브로커가 주문을 받자마자 주문을 집행하려 할 때에 일어난다. 영업거래를 제외하고, 연속적 거래는 미국에서 증권이 매수되고 매도되는 방법인 것이다. batch trading(일괄거래)과 대조할 것. ~ ***session*** 접속매매 ¶ *Continuous* session is opening times of a day between the quotation simultaneous with the opening of exchange and the quotation simultaneous with the closing; the period of market hours between the opening and closing of the exchange. 접속매매란 개장 동시호가와 폐장 동시호가 사이의 하루중의 개장(開場)시간(증권거래소의 개장과 퇴장간의 개장시간대)이다. ¶ *Continuos session* is ask and bid that is continuously done or the price that is put on the dealing during session hours 접속매매란 입회시간중, 계속적으로 행해지는 매매, 그 매매에서 부쳐진 가격이다.

Continuously Offered Longer-term Securities (COLTS) [영] 장기증권의 계속적 제공 ¶ *Continuously Offered Longer-term Securities* (*COLTS*) are variable rate zero-coupon bonds with a fixed 3-to 30 years term offered on a continuous basis by the World Bank (International Bank for Reconstruction and Development). 장기증권의 계속적 제공은 세계은행(국제부흥개발은행)에 의한 계속적 기반 위에 제공되는 3 내지 30년의 고정기간의 변동금리부 제로쿠폰채권이다.

contra [부기] 반대측, 상계기장 ¶ *contra* credit [debit] 대변[차변]에 대해서 /a *contra* entry 상대기입 /a *contra* party 상대방 /(as) per *contra* 반대측기입대로 ***contra account*** 상대계정, 대조계정 ¶ In accounting, the *contra account* is a balance sheet account with a balance that is opposite normal accounts. For example, allowance for doubtful accounts is a *contra account*. The new value of accounts receivable is equal to accounts receivable less allowance for doubtful accounts. 회계학에서, 상대계정이란 정반대의 정상계정인 잔액이 있는 대차대조표상의 계정을 말한다. 예를 들면, 대손충당금(allowance for doubtful accounts)이 상대계정이다. 외상매출금의 새로운 가치는 대손충당금에서 외상매출금을 뺀 것과 같다. ~ ***broker*** 상대방브로커 ¶ A *contra broker* is a broker on the opposite side – the buyer side of a sell order or a buy order. 상대방브로커는 거래상대방측의 주선업자(broker)이다. 매도주문에 대해서 매수인측, 매수주문에 대해서 매도인측의 브로커를 말한다. ~***-trading*** [영] 상대거래 ¶ The *contra-trading* is the practice of buying and selling shares within the same settlement period so that no payment need be made. *Contra-trading* is typically found in day trading, where a speculator purchases shares during the day and closes out the position before the close of business; since both transactions settle on the same day (e.g., T + 3), the speculator has no gross cash outflow 상대거래는 동일한 결제기간 이내에 주식을 사고파는 행위이므로 지급행위는 할 필요가 없다. 상대거래는 일반적으로 초단기거래(day trading)에서 존재하고, 거기서는 투기자(speculator)가 초단기거래에서 주식을 매수하고 거래마감 전에 거래관계를 끝낸다. 매수거래와 매도거래가 동일한 날에 결제하므로(예컨대 T + 3), 투기자는 아무런 현금총유출도 없다.

contraband *n.* 밀수(품)
a. 금지의, 금제(禁制)의 ¶ *contraband* goods 밀수품 /*contraband* trade 밀무역(密貿易), 밀수(密輸)

contract *n.* 계약, 계약서, 약정, 도급 ¶ In general, a *contract* is an agreement by which rights or acts are exchanged for lawful consideration. To be valid, it must be entered into by competent parties, must cover a legal and moral transaction, must possess mutuality, and must represent a meeting of minds. Countless transactions in finance and investments are covered by *contracts*. 일반적으로, 계약이란 권리나 행위가 법적인 대가로 교환되는 약정을 말한다. 계약이 유효하려면, 자격있는 당사자에 의해서 체결되어야 하고, 법적·도의적 거래를 취급하며, 상호성을 가지고, 당사자의 의사가 일치하여야 한다. 금융이나 투자에 있어서의 무수한 거래는 계약에 의해서 다루어진다. /a "buy"["sell"] *contract* 매수[매도]계약 /*conditions* of *contract* 계약조건 /*contract* balance 계약잔액 /*contract* bond 계약보증 /a *contract* by deed [seal] 정식[날인]계약 /*contract* charge 계약수수료 /*contract* conclusion 계약체결 /*contract* conditions 계약조건 /*contract* curve 계약곡선 /*contract* date 계약체결일 /a *contract* document 계약서 /*contract* deposit received 계약선수금 /*contract* disclosure 계약의 개시(開示) /*contract* embodied in 화체표창(化體表彰)되는 계약 /*contract* entered into by mutual consent 낙성계약 /*contract* for current account services 당좌계정거래계약 /*contract* for the rendering of services 용역계약 /a *contract* form 계약서식 /*contract* formulation 계약체결 /*contract* holder 계약가입자 /*contract* in bulk 일괄계약 /*contracts* in foreign currency 외화매매계약 /*contract* in kind 요물계약 /*contract* index price 약정지수 /*contract* interest rate 약정이자율 /*contract* law 계약법 /*contract* money 계약보증금 /*contract* month 한월(限月) /*contract* not fulfilled [부도문언] 계약불이행 /*contract* notice 약정통지 /*contract* of adhesion 부합계약 /*contract* of commission 위임계약 /*contract* of guaranty 보증계약 /a *contract* of indemnity 손해전보계약 /a *contract* of insurance 보험계약 /*contract* of merger 합병계약서 /*contract* note 매매계약서, 거래확인서, 예약표(exchange) /*contract* position 계약포지션 /*contract* price 약정가격 /*contract* price of purchase 매수(買收)의 약정가격 /*contract* price of sale 매도의 약정가격 /*contract* rate 계약료율 /*contract* rate system 계약운임제 /*contract* ratio 계약률 /*contract* sheets 매매계약기록 /*contract* size 계약규모 /*contract* slip 매매확인서, 외국환예약체결확인서 /*contract* term 계약기간 /*contract* terms 계약조건 /*contract* type 계약유형 /*contract* type accumulative investment plan 계약형계속투자플랜 /*contract* type investment trust 계약형투자신탁 /*contract* value 계약금액, 약정가격 /*contract* work 도급계약 /*contract* work account receivable 도급공사미수금 /*contract* work system 도급제도 /*contract* worker 계약사원 /*contract* works with the condition of deferred payment attached 연지급조건부 도급 /*contract* year 계약연도 /forward exchange *contract* slips [scrips] 선물외국환예약표 ***contract market*** 계약시장 ¶ A *contract market* is a market in which option and futures contracts are traded. 계약

시장이란 옵션(option)과 선물(futures contract)이 거래되는 시장을 이른다. ~ ***month*** [외국환] 실행월(實行月), 한월(限月)(선물거래에 있어서 인도기한(引渡期限)을 말한다.) ¶ The *contract month* is the month in which a futures contract requires delivery of the commodity. Most contracts are offset or closed before this time, so that no delivery is necessary. 실행월(實行月)이란 선물계약(future contract)이 상품의 인도를 필요로 하는 달(月)을 말한다. 대부분의 선물계약은 이 시기 전에 상쇄되거나 폐쇄되므로, 인도란 것이 필요치 않다. ***forward* [*spot*]** ~ 선도[현물]계약 ¶ The *forward contract* is an agreement between two parties to the sale and purchase of a particular commodity at a specific future time. Although *forward contracts* are similar to futures, they are not liquid because they are not easily transferred or canceled. 선도계약이란 2당사자간에서 특정한 장래의 시기에 특정한 상품의 매매(sale and purchase)를 하는 계약을 말한다. 선도계약은 파생상품과 유사하더라도, 그것은 쉽게 양도된다든지 취소된다든지 하는 것이 아니므로 쉽게 현금화할 수 있는 것이 아니다.

[v.] 계약하다 ¶ *contract* a loan 융자를 도급하다 /*contract* in [영] (계약에) 부가하다, 참가계약하다 /*contracting* out 적용제외계약 /*contract* out [영] (계약에 의해) (협약 등을) 탈퇴하다

contracted 단축된, 계약[협정]된 ¶ *contracted* benefit 약정급여금 /*contracted* calculation 생략계산 /*contracted* in arrangement 잔류협정 /*contracted* interest rate 약정금리 /*contracted* out 적용제외 /*contracted*-out benefit 적용제외급여 /*contracted*-out personal pension 적용제외개인연금 /*contracted* price 약정가격 /*contracted* rates (of interest) 약정이율

contractual 계약상의 ¶ *contractual* interest rates 약정금리 ***contractual* (*accumulation*) *plan*** 계약형 정기정액투자신탁 ¶ The *contractual plan* is a plan by which fixed dollar amounts of mutual fund shares are accumulated through periodic investments for 10 or 15 years. The legal vehicle for such investments is the plan company or participating unit investment trust, a selling organization operating on behalf of the fund's underwriter. 계약형 정기정액투자신탁은 10년 또는 15년간의 정기적 투자에 의하여 일정한 달러총액의 뮤추얼펀드의 지분이 축적되어 간다고 하는 금융상품이다. 이와 같은 투자방법을 제공하는 법적 수단은 계획투자회사(plan company) 또는 참가형 유닛투자신탁회사이고, 이런 종류의 펀드 인수인을 대리하여 활동하고 있는 판매경영진이다.

contrarian [증권] 역발상(逆發想)으로 투자하는 전문투자자 ¶ A *contrarian* is an investor who does the opposing of what most investors are doing at any particular time. According to *contrarian* opinion, if every one is certain that something is about to happen, it won't. This is because most people who say the market is going up are fully invested and have no additional purchasing power, which means the market is at its peak. 역발상의 전문투자자는 대부분의 투자자들이 특정한 시점에 행하는 것과는 반대로 행하는 투자자를 말한다. 역발상의 전문투자자의 의견에 의하면, 어느 사태가 일어난다고 모든 사람들이 예측하고 있는 때에는, 그것은 일어나지 않는다. 그 이유는 시장이 가격이 오르리라고 말하는 투자자의 태반은 이미 충분히 투자하고 있어서 추가구입의 여력이 가지고 있지 않기 때문이다. 결국 시장은 최고치(peak)에 있다는 것을 의미한다.

contribute 기증하다, 공헌하다 ***contributed capital*** 납입자본(paid-in capital) ¶ The *contributed capital* is payments made in cash or property to a corporation by its stockholders either to buy capital stock, to pay an assessment on the capital stock, or as a gift. Also called paid-in capital. The *contributed* or paid-in *capital* of a corporation is made up of capital stock and capital (or contributed) surplus, which *contributed* (or paid-in) *capital* in excess of par value or stated value. Donated capital and donated surplus are freely given forms of *contributed* (paid-in) *capital*, but donated stock refers to fully paid (previously issued) capital stock that is given as a gift to the issuing corporation. 납입자본은 주주에 의해서 주식구입이나 주식자본의 납입, 또는 증여로서 회사에 대해서 행해진 현금 또는 재산에 의한 지급을 말한다. paid-in capital이라도 한다. 회사의 납입자본은 자본금과 자본잉여금으로 구성되고, 자본잉여금은 액면(par or stated value)액을 상회하는 납입금을 말한다. 증여자본금(donated capital)과 증여잉여금(donated surplus)이라는 것은 납입자본금 중에서 무상으로 증여받은 것을 말한다. 그러나 증여주(donated stock)는 발행회사에 대한 증여로서 주어진 전액납입의 발행주식을 의미한다.

contribution 출자, 거출(據出), 기부 ¶ *contribution* and donations 기부

contributory (사고·문제 등의) 요인이 되는, (연금·보험 등이) 노사에 의해 분담되는, 거출제(據出制)의 ¶ *contributory* pension 출연연금

control *n.* 지배, 관리, 억제 ¶ any cause beyond its *control* 불가항력 /*control* document [전신감(電信鑑), 서명감(署名鑑) 등] 외국환거래의 확인문서 /a *control* person 지배권을 행사할 수 있는 인물 /*control* stock 지배주 /credit *control* 여신관리, 신용관리 /dual *control* 이중통제 /selective credit *controls* 선택적 신용통제 ***control stock*** 지배주식 ¶ The *control stock* is shares owned by holders who have a controlling interest. 지배주식은 지배적 주식지분(controlling interest)을 가지는 주주가 소유하는 주식을 이른다. ***exchange ~*** 외국환관리 ¶ The *exchange control* is a government policy limiting the ability of its citizens and/or foreigners to exchange the country's currency for that of other countries and vice versa. 외국환관리란 국민과 외국인의 국가의 통화를 다른 국가의 통화로 또는 그 반대의 상황에서 교환할 수 있는 능력을 제한하고 있는 정부정책을 말한다.

v. 지배하다, 통제하다, 단속하다 ***controlled commodities*** 규제상품 ¶ *Controlled commodities* are commodities regulated by the Commodities Exchange Act of 1936, which set up trading rules for futures in commodities markets in order to prevent fraud and manipulation. 규제상품은 사기(fraud)나 가격조작(manipulation)을 방지하기 위해서 상품시장의 선물(futures)에 관한 거래규칙을 정한 1936년의 상품거래법의 규제를 받는 상품을 말한다. ***~led foreign corporation*** 재외자회사 ¶ A *controlled foreign corporation* is an alien corporation whose voting stock is more than 50% owned by U.S. shareholders, each of which owns at least 10% of the voting power. 제외자회사는 미국의 주주가 의결권의 50%를 초과하여 소유하고, 각각의 주주가 적어도 10%의 의결권을 가지는 외국기업을 말한다. ***~led wildcat drilling*** 한정와일드캣탐광(探鑛) ¶ *Controlled wildcat drilling* is drilling for oil and gas in an area adjacent to but outside the limit of a proven field. Also known as a field extension. Limited partnerships drilling in this area take greater risk than those drilling in areas of proven energy reserves, but the rewards can be considerable if oil is found. 한정와일드캣탐광이란 매장의 존재가 증명되고 있는 지역과 가깝지만, 그 지역외에서 행하는 원유, 가스의 시굴(試掘)을 이른다. 탐굴지역확대(field extension)라고 한다. 이 지역에서의 시굴 리미디트 파트너십(limited partnership)은 에너지매장이 확실한 지역에서의 시굴보다도 리스크는 크지만, 원유가 발견된 경우의 이익은 상당하다. ***~ling interest*** 지배적 주식지분 ¶ *Controlling interest* is ownership of more than 50%

of a corporation's voting shares. A much smaller interest, owned individually or by a group in combination, can be controlling if the other shares are widely dispersed and not actively voted. 지배적 주식지분이란 회사의 의결권주식(voting stock)의 50%를 초과하는 소유지분을 말한다. 만약 다른 주식이 광범하게 분산되어 있어서 적극적인 의결권이 행사되지 않는다면, 이보다도 상당히 적은 지분주식의 비율로도 그것이 개별소유이든 집단소유이든 지배적 지분으로 될 수 있다.

controllable 제어할 수 있는, 통제할 수 있는 ***controllable costs*** 제어할 수 있는 비용 ¶ *Controllable costs* are costs that can be influenced by the department involved, unlike other fixed costs such as rent, which is contracted by lease in advance. 제어할 수 있는 비용이란 사전에 리스에 의해서 약정되는 렌트(rent)와 같은 기타 고정비용(fixed costs)과는 다르게, 관련아파트에 의해 영향을 받을 수 있는 비용을 말한다.

controller; comptroller 관리인, 검사역, 감사역, 경리부장(comptroller) ¶ The *controller* is a chief accountant of a company. In small companies the *controller* may also serve as treasurer. In a brokerage firm, the *controller* prepares financial reports, supervises internal audits, and is responsible for compliance with Securities and Exchange Commission regulations. 회계책임자는 회사의 최고회계담당관이다. 적은 회사에서는 동시에 재무책임자이기도 하다. 증권회사에서는, 재무보고서를 준비하고, 내부감사를 감독하며 미증권거래위원회(SEC)의 규제준수의 책임자이기도 하다.

convenience 형편이 좋음, 편의, (*pl.*) 의식주의 편함 ¶ public advantage and *convenience* 공공의 이익과 편의 ***flag of convenience*** 편의취적선 ¶ The *flag of convenience* is a reference to a ship registered under the flag of a nation that offers conveniences in the area of taxes, crew, and safety requirements. Some shipowners conveniently register their ships to the nation such as Liberia, Panama, Honduras and Hong Kong. 편의취적선이란 조세, 선원 및 안전의 요건의 분야에서 편의를 제공하는 국가의 기치(旗幟)하에 등록된 선박을 가리킨다. 리베리아, 파나마, 온두라스, 홍콩 등에 편의적으로 선적을 두는 경우가 많다. ~ ***yield*** [영] 편의이율 ¶ The *convenience yield* is the nonmonetary return that is derived from holding an asset, such as not facing a shortfall in the event of excess demand. The existence of a *convenience yield* creates an incremental return that is included in forward price computations related to futures or forwards. 편의이율은 초과수요의 경우에 부족액을 직면하지 않는 것 같은 자산을 보유하는 것에서 유래하는 비화폐성 이익률(return)을 말한다. 편의이율이 존재하게 되면 선물(futures) 또는 선도물(forwards)과 관련되는 선도가격(forward price)의 계산에 포함되는 증가수익(incremental return)이 창조된다.

convenient 형편이 좋은, 편리한 ¶ a *convenient* payment account 할부지급약정

conventional 협정의, 관례상의, 통상(通常)의 ¶ a *conventional* date of settling 통상의 결산일 /*conventional* interest 협정이자 /a *conventional* loan 담보부 대출 /*conventional* money [interest] rates 협정금리 /a *conventional* rate of interest 협정금리 ***conventional mortgage*** 무보증부동산담보주택론(loan), 보통모기지대출(공적인 보증이나 보험을 들지 않는 경우) ¶ A *conventional mortgage* is a residential mortgage loan, usually from a bank or savings and loan association, with a fixed rate and term. It is repayable in fixed monthly payments over a period usually 30 years or less, secured by real property, and not insured by the Federal Housing Administration or guaranteed by the Veteran Administration. 무보증부동산담보주택론(loan)은 통상은 은행 또는 저축대출조합에 의한 고정금리(fixed rate)로 기간의 정함이 있는 주택론(loan)을 말한다. 그것은 기간이 30년 이하로 매월 정액상환되고, 부동산이 담보로 되어 있으며, 미연방주택국(Federal Housing Administration)의 보증이나 퇴역군인처(Veteran Administration)에 의한 보증은 붙어있지 않다. ~ ***option*** 구방식 옵션 ¶ *Conventional option* is put or call contract arranged off the trading floor of a listed exchange and not traded regularly. It was commonplace when options were banned on certain exchanges, but a now rate. 구방식 옵션이란 거래소의 입회장 밖에서(off the trading floor) 거래되고, 정기적으로 거래되지 않는 풋옵션(put option) 또는 콜옵션(call option)계약을 말한다. 거래소에서의 옵션거래가 금지되고 있던 시대는 일반적으로 행해지고 있었으나, 현재는 거의 행해지고 있지 아니하다. ~ ***pass-through*** 일반적 패스트루증권 ¶ A *conventional pass-through* is a pass-through security that, unlike an agency pass-through, is backed by mortgages not guaranteed by U.S. government agencies. Also called private label pass-through. 일반적 패스트루증권이란 기관패스트루증권(agency pass-through)과는 달리, 미국정부기관이 보증하지 않는 부동산담보(mortgage)로 뒷받침된 패스트루증권을 이른다. private label pass-through(사적수준 패스트루증권)라고도 한다.

convergence 집합, 수속(收束), 수렴(收斂)(선물거래 등에서 만기에 가까운 것으로 선물과 현물의 가격차가 접근하는 경우이다.) ¶ The *convergence* is a movement of the price of a futures contract toward the price of the underlying cash commodity. At the start of the contract price is higher because of the time value. But as the contract nears expiration the futures price and the cash price converge. 수렴이란 선물거래계약(futures contract)의 가격이 그 상품의 현물(cash commodity)가격 쪽으로 움직이는 것을 말한다. 계약의 당초는 타임밸류 때문에 선물계약의 가격쪽이 높다. 그러나 계약이 행사기한(expiration)에 가까워지면 선물가격과 현물가격은 수렴되어 간다.

conversion 전환, 변환, 교환, 갱신, 환산, (예금의) 횡령 ¶ *Conversion* is exchange of a convertible security such as a bond into a fixed number of shares of the issuing corporation's common stock. 전환이란 채권 등의 전환증권(convertible security)을 발행회사의 일정한 수의 보통주식(common stock)으로 전환하는 것을 말한다. /*conversion* agent [외채] 전환대리인 /*conversion* factor 변환율(變換率), 교환비율, 변환계수 [채권(債券)선물거래에서 인도적격품목(引渡適格品目)의 장래가치의 표준물(잔존기간이 10년의 국채)의 장래가치에 대한 비율 /*conversion* into cash 환금 /*conversion* issue 차환(借換)발행 /*conversion* of a loan 차환 /a *conversion* parity 전환비율 /a *conversion* period 전환청구기간 /a *conversion* price 전환가격 /a *conversion* ratio 전환비율 /a *conversion* table 외국환환산표(換算表) /*conversion* to gold 금태환성(金兌換性) /*conversion* value 전환가격치(價格値)]
conversion factor [영] 전환요인 ¶ The *conversion factor* is a multiplicative factor that is applied to a deliverable asset under an exchange-traded derivative contract to determine the precise amount that needs to be delivered. Since different types and grades are often deliverable, the seller of the contract must use a *conversion factor* to make the appropriate adjustment. See also cheapest-to-deliver. 전환요인은 인도할 필요가 있는 정확한 금액을 결정하는 상장지수파생상품계약에서 인도적격자산에 적용되는 승수(乘數)요인을 말한다. 서로 다른 유형과 규격은 종종 인도되기 때문에, 계약의 매도인은 적절한 조정을 하기 위하여 전환요인을 사용하여야 한다. cheapest-to-deliver(최저가종목)도 참조할 것. ~ ***feature*** 전환조항 ¶ A *conversion feature* is a right to convert a particular holding to another

form of holding, such as the switching within a mutual fund family, the right to convert certain preferred stock or bonds to common stock, or the right to switch from one type of insurance policy to another. 전환조항은 어느 특정한 지분을 다른 형태의 지분으로 전환하는 권리를 말한다. 예컨대 뮤추얼펀드(mutual fund)의 펀드패밀리 중에서 스위칭(switching), 우선주 또는 채권에서 보통주로 전환하는 권리, 혹은 어느 종류의 보험증권을 다른 보험증권으로 바꾸는 권리 등을 말한다. ~ ***parity*** 전환패리티 ¶ *Conversion parity* is common-stock price at which a convertible security can become exchangeable for common shares of equal value. 전환패리티는 전환증권(convertible security)이 동일한 가격의 보통주식(common stock)으로 교환할 수 있는 그 보통주식의 가격을 말한다. ~ ***premium*** 전환프리미엄(전환사채의 시장가격이 보통사채가격 또는 전환후의 주식가치를 상회하고 있는 부분) ¶ The *conversion premium* is an amount by which the price of a convertible tops the market price of the underlying stock. If a stock is trading at $50 and the bond convertible at $45 is trading at $50, the premium is $5. It the premium is high the bond trades like any fixed income bond. If the premium is low the bond trades like a stock. 전환프리미엄은 그 당해 주식의 시장가격을 상회하는 차액을 말한다. 예컨대 어느 주식이 45달러로 거래되고, 45달러로 전환할 수 있는 전환사채가 50달러로 거래되고 있다면, 프리미엄은 5달러이다. 프리미엄이 높으면 그 채권은 확정이자부 채권(fixed income bond)과 같이 거래된다. 프리미엄이 낮으면 그 채권은 주식과 같이 거래된다. ~ ***price*** 전환가격 ¶ The *conversion price* is the dollar price at which convertible bonds, debentures, or preferred stock can be converted into common stock, as announced when the convertible is issued. 전환가격이란 전환사채(convertible bond)나 우선주(preferred stock)를 보통주식(common stock)으로 전환할 수 있는 가격을 말한다. 전환가격은 전환권부(轉換權附) 증권(convertibles)이 발행될 때에 발표된다. ~ ***ratio*** 전환비율 ¶ A *conversion ratio* is a relationship that determines how many shares of common stock will be received in exchange for each convertible bond or preferred share when the conversion take place. It is determined at the time of issue and is expressed either as a ratio or as a conversion price from which the ratio can be figured by dividing the par value of the convertible by the conversion price. 전환비율은 전환이 이루어질 때, 전환사채(convertible bond)나 우선주(preferred stock)와 교환으로 수취할 수 있는 보통주의 교환비율을 말한다. 전환비율은 발행시점에서 결정되며, 비율 또는 전환가격의 형식으로 명기된다. 전환가격이 명기되고 있는 경우는 전환사채액면(par value)을 전환가격으로 나눔으로써 전환비율을 산출할 수 있다. ~ ***value*** 전환가치 ¶ In general, *convertible value* is value created by changing from one to another. For example, converting rental property to condominiums adds to the value of the property. 일반적으로, 전환가치란 하나의 형태에서 다른 형태로 변함으로써 산출되는 가치를 이른다. 예컨대 임대물건을 분양맨션으로 전환하는 것은 그 재산가치를 부가하는 것이다.

convert 변환하다, 환산(換算)하다 ¶ *convert* a loan 차환(借換)하다 /*convert* dollars into [to] won 달러를 원으로 환전하다

convertibility 전환가능성, 태환성(兌換性), 교환성 ¶ The *convertibility* is the right to exchange one currency for another. Resident and nonresident holders can exchange a fully convertible currency at will, without seeking permission from government authorities; a nonconvertible currency requires permission prior to exchange. Some currencies have restricted *convertibility*, where non-residents may be able to exchange freely but residents may need to gain prior approval, or holders may be able to convert freely for current account purpose such as trade, but not for capital account purposes such as loans or asset acquisition. 태환성(兌換性)이란 한 나라의 통화를 다른 나라의 통화로 교환하는 권리이다. 거주자(resident)와 비거주자(nonresident)인 소지자는 마음대로, 정부당국에 허가를 구하지 않고 완전히 교환가능통화를 교환할 수 있다. 교환불가능한 통화는 교환하기 전에 허가를 필요로 한다. 어떤 통화는 태환성을 제한한 적도 있었는데, 그 경우에 비거주자는 자유롭게 교환할 수 있으나, 거주자는 사전의 승인을 얻어야 할 필요가 있다. 또는 소지자는 무역(trade)과 같이 현금계좌목적으로 자유롭게 교환할 수 있으나, 대출(loan)이나 자산취득과 같은 자본계좌목적으로는 교환할 수 없다. ***convertibility risk*** [영] 태환성 위험 ¶The *convertibility risk* is the risk of loss arising from an inability to convert local currency into a fully convertible currency and/or to repatriate convertible currency back to a home country as a result of exchange controls. A subcategory of sovereign risk. 태환성 위험은 현지통화를 완전히 태환가능통화로 전환할 수 없고 외국환관리(exchange control)의 결과로 태환가능통화를 본국에 송금할 수 없는 데에서 생기는 손해의 리스크를 말한다. 국가 리스크(sovereign risk)의 하위개념이다.

convertible 바꿀 수 있는, 태환가능한 ¶*convertible* adjustable preferred stocks 전환조정가능우선주 /*convertible* bank notes 태환은행권 /*convertible* bonds with put option 풋옵션부 전환사채 /*convertible* money 태환화폐 /*convertible* preferred stocks 전환우선주 /*convertible* reserves 태환준비금 /*convertible* securities 전환증권 /*convertible* stocks 전환주식 ***convertible bonds [debentures, notes] (CB)*** 전환사채 ¶The *convertible bond* (*CB*) is a hybrid debt/equity security that consists of a coupon-bearing bond and an embedded equity option that allows the investor to convert into a specified number of shares of common stock once the conversion price is reached. *Convertible bonds* are generally issued at par with conversion premiums of 15% to 25% and final maturities of 10 to 15 years. 전환사채는 전환가격이 합당하면, 쿠폰부 채권(coupon-bearing bond)과 투자자가 특정한 수의 보통주식의 몫으로 전환할 수 있는 숨은 에쿼티옵션으로 구성되는 하이브리드부채/자기자본증권이다. 전환사채는 일반적으로 15%에서 25%의 전환프리미엄과 10년에서 15년의 최종의 만기로 액면가격으로 발행된다. ~ ***currency*** 교환가능통화 ¶A *convertible currency* is a currency that can be readily exchanged for other currencies. 교환가능통화란 간단히 다른 통화로 교환가능한 통화를 이른다. ~ ***Eurobond*** 전환유로채(債) ¶A *convertible Eurobond* is Eurobond convertible into common stock or another corporate asset, usually by exercising an attached subscription warrant. 전환유로채란 보통 첨부되어 있는 신주인수권증서(subscription warrant)를 사용하여 전환함으로써, 보통주(common stock) 또는 다른 자산으로 전환할 수 있는 유로채(債)를 말한다. ~ ***preferred stock*** [영] 전환우선주 ¶The *convertible preferred stock* is a class of preferred stock that allows the investor to convert into a specified number of shares of common stock once a conversion price is reached. Convertible preferreds pay dividends rather than interest, often on a cumulative basis, and are generally perpetual. In certain cases issues are floated with mandatory conversion features, requiring conversion into new common stock by a specific date if a minimum price target is reached. 전환우선주는 전환가격이 맞으면 투자자가 특정한 수의 보통주로 전환할 것을 허용하는 우선주의 종류이다. 전환우선주는 이자보다 오히려 배당금을 이따금 누적적 베이스로 지급하며, 일반적으로 영구적이다. 어떤 경우에는, 신주발행이 강제적인 전환의 성질을 띠고 유통되는데, 이것은 최소가격목표

(minimum price target)가 달성된다면 특정일까지 신보통주로 전환할 필요가 있기 때문이다. ~ ***100*** 컨버터블 100 ¶ The *convertible 100* is 100 index compiled by Goldman Sachs comprising the 100 *convertible* securities most popular with institutional investors. 컨버터블 100이란 기관투자자들에게 인기가 있는 100개의 전환사채로 구성되고 있는 골드만삭스(Goldman Sachs)가 작성한 지수를 말한다. ~***s*** 전환증권 ¶ The *convertibles* are corporate securities (usually preferred shares or bonds) that are exchangeable for a set number of another form (usually common shares) at a prestated price. *Convertibles* are appropriate for investors who want higher income than is available from common stock, together with greater appreciation potential than regular bonds offer. From the issuer's standpoint, the convertible feature is usually designed as a sweetener, to enhance the marketability of the stock or preferred. 전환증권이란 미리 결정된 가격으로 결정된 수의 이종(異種)증권 (통상은 보통주식, common stock)으로 교환할 수 있는 회사발행의 증권(우선주, preferred stock나 사채, bond의 형식이 많다)을 말한다. 보통주식보다도 높은 수입(income)이나 보통사채보다도 커다란 가치상승(appreciation)을 기대하는 투자자에게, 전환증권(convertibles)은 제격이다. 발행자의 입장에서 보면, 전환권(convertible feature)은 주식이나 우선주의 시장성(marketability)을 높이기 위한 감미료(甘味料, sweetener)로서 이용된다. ~ ***term life insurance*** 전환가능정기생명보험 ¶ A *convertible term life insurance* is a term life insurance that can be converted into whole life insurance without a physical examination and regardless of health. 전환가능정기생명보험이란 건강진단을 받지 않고 건강상태에 구애됨이 없이 종신생명보험(whole life insurance)으로 전환할 수 있는 정기생명보험(term life insurance)을 말한다.

convexity 콘벡시티 ¶ *Convexity* is mathematical concept that measures sensitivity of the market price of an interest-bearing bond to changes in interest rate levels. 콘벡시티란 이자부 채권(interest-bearing bond)의 금리(interest rate) 변동에 대한 시장가격(market price)의 감응성(sensitivity)을 측정하는 수학적인 콘세프트를 말한다. ¶ The *convexity* is a mathematical measure that quantifies the sensitivity of an asset to large changes in price or yield. In option contracts *convexity* (commonly termed gamma) measures the change in delta for a change in the price of the underlying; in fixed income products it measures the change in duration for a change in yield or interest rates. Mathematically, the *convexity* is the first derivative of a change in value with respect to duration/delta, or the second derivative of a change in value with respect to yield/underlying. [영] 콘벡시티는 가격이나 수익률(yield)의 큰 변동에 대한 자산의 민감도(sensivity)를 계량하는 수학적 측정치(測定値)를 말한다. 옵션계약에서 콘벡시티(보통 감마(gamma)치(値)라고 한다)는 기초자산(underlying)의 가격상의 변동에 대해서 델타치(delta)의 변동을 측정한다. 확정이자부 제품(fixed income products)에서 그것은 수익률(yield)이나 금리의 변동에 대한 내용(耐用, duration)의 변화를 측정한다. 수학적으로 콘벡시티는 내용/델타치(値)에 관하여 변화의 첫 번째의 파생상품이거나 또는 수익률/기초자산에 관하여는 변화의 두 번째 파생상품이다.

convey 운반하다, 양도하다 ¶ In real property law, to *convey* is to transfer property from one to another by means of a written instrument and other formalities. 부동산법에서, 양도하다는 것은 문서작성과 형식적 절차에 의하여 부동산을 다른 사람에게 양도하는 경우이다.

conveyance 운송기관, 양도(증서) ¶ The *conveyance* is a transfer of the title of real estate from one to another. The term can also refer to the means or medium by which the title of real estate is transferred. 양도란 다른 사람에게 부동산의 권원(title)을 양도하는 경우이다. 그 용어는 또한 부동산의 권원이 양도되는 수단 또는 방법을 의미할 수도 있다.

cook the books 분식기장하다, 장부개찬(帳簿改竄)하다 ¶ The phrase *cook the books* is to falsify the financial statements of a company intentionally. A firm in financial trouble may want to *cook the books* to prevent investors from pushing down the company's stock price. Whatever the reason, it is natural to be illegal. cook the books(분식기장하다)란 어구는 회사의 재무제표(financial statement)를 의도적으로 위조한다는 뜻이다. 재무상의 곤란에 처해 있는 회사는 투자자가 회사의 주가를 내려뜨리게 하는 것을 방지하기 위해서 재무제표를 분식하려고 할 것이다. 이유야 어떻든 간에, 그것이 위법인 것은 말할 필요도 없다.

cooling 냉각의 ¶ a *cooling* period (계약을 해제할 수 있는) 냉각기간 ***cooling-off period*** 냉각기간 ¶ A *cooling-off period* is an interval (usually two months) between the filing of a preliminary prospectus with the Financial Services Commission and the offer of the securities to the public. 냉각기간이란 금융위원회(Financial Services Commission: FSC)에의 임시사업계획서의 신고에서 증권의 공모(public offering)까지의 기간(통상 2개월)을 이른다.

cooperation; co-operation 협력, 협동 ¶ in *cooperaton* with … …와 협력[협동]하여

cooperative 협동조합 ¶ A *cooperative* is an organization owned by its members. 협동조합은 조합원이 소유하는 조직체이다. /*cooperative* society 협동조합 ***cooperative bank*** 협동조합은행 ¶ The *cooperative bank* is a member-owned organization, similar to a mutual savings and loan association, that makes loans and pays interest on pooled deposits. Cooperatives in the United States are credit unions, Federal Intermediate Credit Banks, and Banks for Cooperatives in the farm credit system, and state chartered savings associations in several New England states. 협동조합은행은 대출을 하고 공동의 예금액에서 이자를 지급하는 상호저축대출조합(mutual savings and loan association)과 유사한 회원소유의 단체이다. 미국에서의 협동조합은 농업신용제도에 있어서 신용조합(credit union), 연방중간신용은행(Federal Intermediate Credit Banks), 협동조합을 위한 은행, 여러 뉴잉글랜드주에서의 주설립의 저축조합 등이다.

coordinate …의 활동을 잘 조정하다, 동조하여 움직이다 ¶ *coordinated* intervention [외국환] 협조개입

coordination 조정, 협동작업 ¶ in *coordination* with … …와 조정하여, 조화하여

co-ownership [영] 노사공동경영

COP (ISO) code Colombia – currency Colombian peso. ¶ COP (국제표준기구) 약호 콜롬비아 — 화폐 콜롬비아 페소(peso).

co-partnership [영] 노사공동경영

copper 동화(銅貨)(penny 등), (*pl.*) 잔돈

copy 사본(寫本), 복사, 일부, 원고, 등본 ¶ a *copy* of the original 등본 /a *copy* of a register 등기부등본 /a facsimile *copy* 부본(副本) /a hard *copy* (종이에 출력한) 하드 코피 /negotiable *copies* of … (B/L 등의) 유통부본(副本) /non-negotiable *copy* 양도불능[비유통]사본 /unsigned *copies* of B/L B/L의 서명이 없는 사본

copyright 저작권 ¶ The *copyright* is a legal protection given to authors of literary, musical, and artistic works and similar intellectual property. A *copyright* conveys the exclusive right to print, reprint, and copy the work; to sell, assign, and distribute copies; and to perform the work. the Legal life of a *copyright* is the life of the author plus 50 years. 저작권은 문학, 음악, 미술작품 및 유사한 지적재산(intellectual property)의 제작자에게 부여되는 법적인 보호를 말한다. 저작권은 이하의 사항에 관하여 배타적인 권리를 가진다. 작품의 인쇄, 증쇄, 카피(print, reprint and copy), 작품의 카피의 매각, 양도, 유통(sell, assign, and distribute), 공중에 실연하는 것(perform the work). 저작권의 법정연수는 저작권자의 생애연수에 50년을 가한 연수로 되어 있다.

core 핵심, 중앙, 중심적인 것 ¶ The *core* is a Central Processing Unit referred to the head of computer or Smart-phone. The more the cores, the more it can process various operations at the same time. 코어(core)는 스마트폰이나 컴퓨터의 두뇌에 해당하는 프로세서 내부의 핵심연산장치. 코어 개수가 많아질수록 동시에 여러 작업을 빨리 처리할 수 있다. ***core capital*** 기본적 자본항목, 자기자본의 기본적 항목 ¶ The *core capital* is a thrift institution's bedrock capital, which must be at least 2% of assets to meet proposed rules of the Federal Home Loan Bank. It comprises capital stock and surplus accounts, including perpetual preferred stock, plus minority interests in consolidated subsidiaries. 기본적 자본항목이란 저축금융기관(thrift institution)의 기본적 자본을 이른다. 이 기본적 자본항목의 금액은 미연방주택대출은행(Federal Home Loan Bank)의 규칙에서는 자산의 적어도 2%를 유지하지 않으면 안 된다. 기본적 자본항목은 영구우선주(perpetual preferred stock) 및 연결자회사(consolidated subsidiaries)의 소수주주지분(minority interest)을 포함하는 자본금 및 자본잉여금으로 구성되고 있다. ~ ***competency*** 코어콤피턴시 ¶ A *core competency* is a company's basic business and area of greatest expertise. A core competency can take many forms, including subject matter know-how, a reliable process, or close relationships with customers and suppliers. 코어콤피턴시란 회사의 기본으로 되어 있는 비즈니스이고, 그 회사가 최상의 전문성을 발휘할 수 있는 분야이다. 코어콤피턴시는 소재(素材) 노하우, 신뢰할 수 있는 과정, 또는 고객과 공급자와의 친밀한 관계 등 여러 가지의 형식을 취할 수 있다. ~ ***deposits*** 코어 디포짓 ¶ *Core deposits* are deposits acquired in a bank's natural market area, counted as a stable source of funds for lending. These deposits have a predictable cost, imply a degree of customer loyalty, and are less interest rate sensitive than short-term certificates of deposit and money market deposit accounts. Included are small denomination time deposits and checking accounts. 코어 디포짓은 대출을 위한 안정적인 자금출처로 간주되는 은행의 자연적 시장영역에서 얻은 예금을 말한다. 이런 예금은 예상할 수 있는 경비(cost)를 얻는 것이고, 고객의 충성도를 수반하며, 단기예탁증서(short-term certificate of deposit)와 시장금리연동형 보통예금(money market deposit accounts)보다 금리에 덜 민감하다. 소액정기예금과 당좌예금이 포함된다. ~ ***holding*** 코어홀딩 ¶ A *core holding* is a security owned as part of a portfolio's primary, permanent holdings. 코어홀딩은 포트폴리오(portfolio) 중에서 장기 보유하는 주요한 증권(security)을 말한다. ~ ***inflation*** 코어 인플레이션 ¶ The *core inflation* increases in the producer price index (PPI) likely to spill over into consumer prices and become the basis of a long-term inflationary trend. Food and energy prices, which tend to be volatile and to cause temporary price shocks, are usually excluded from *core inflation* calculation. Other measures of *core inflation* use the consumer price index (CPI), excluding food, energy, and other products where price changes reflect volatility rather than trends. 코어 인플레이션은 생산자물가지수(producer price index: PPI)의 상승은 소비자물가지수(consumer price index: CPI)에 파급하여 장기의 인플레이션경향의 요인이 된다. 식료와 에너지가격은 변동하기 쉽고, 일시적인 가격의 쇼크를 일으키기 쉬우므로, 코어 인플레이션을 계산할 때에는, 소비자물가지수에서 식료와 에너지가격을 제외한다. 코어 인플레이션의 다른 산출방식은 가격변화가 가격경향보다도 변동성에 영향을 주는 경우에 식료, 에너지 및 기타의 제품을 제외하고 소비자물가지수(CPI)를 사용하는 것이다.

Corn Exchange 곡물거래소 ¶ The *Corn Exchange* is a London commodity exchange that deals in such commodities as cereals and animal foodstuffs. 곡물거래소는 곡물(cereals)과 동물사료를 취급하는 런던상품거래소를 말한다.

corner [n.] 매점(買占), 궁지 ¶ *corners* and manipulations 매점과 시세의 조작 /establish [make] a *corner* in … …을 매점하다
[v.] 매점하다, 궁지로 몰다 ¶ *corner* the market (in …) (…의) 시장을 매점하다

cornering of the market 시장의 매점 ¶ *Cornering of the market* is purchasing a security or commodity in such volume that control over its price is achieved. A cornered market in a security would be unhappy news for a short seller, who would have to pay an inflated price to cover. Cornering has been illegal for some years. 시장의 매점은 가격을 지배할 정도의 규모로 증권이나 상품(commodities)을 매점하는 것이다. 증권의 매점은 높은 가격으로 환매하지 않으면 안 되는 공매(空賣)를 한 사람에게는 나쁜 뉴스인 것이 매점은 상당한 기간동안 위법으로 되어 있기 때문이다.

corporate 법인조직의, 단체의, 집합적인 ¶ *corporate* activities 기업활동 /*corporate* and government securities [bonds] 공사채 /*corporate* borrowers 법인차입자 /*corporate* capitalism 주식회사자본주의 /*corporate* citizen 기업시민, 법인시민 /*corporate* deposits 법인예금 /*corporate* earnings 기업수익 /*corporate* finance 회사금융 /*corporate* debentures 사채 /*corporate* identity 기업주체성의 확립 /a *corporate* image 기업이미지 /*corporate* income 법인소득 /*corporate* name 법인명의, 회사의 상호 /*corporate* pension 기업연금 /*corporate* profits 기업수익 /*corporate* profits after [before] taxes 조세공제 후[전]의 회사이익 /*corporate* raider 기업사냥꾼 /*corporate* records 회사등기 /a *corporate* reorganization 기업갱생 /*corporate* resolution 회사의 결의 /a *corporate* [*corporation*] seal 사인(社印) /*corporate* trust 법인신탁 ***corporate bond*** 사채 ¶ A *corporate bond* is a debt instrument issued by a private corporation, as distinct from one issued by a government agency or a municipality. Corporates typically have four distinguishing features; (1) they are taxable; (2) they have a par value of $1,000; (3) they have a fixed maturity; (4) they are traded on major exchanges, with prices published in newspapers. 사채란 일반회사에 의해서 발행되는 채무증권(debt instrument)으로, 정부기관이나 지방자치단체에 의해서 발행되는 채권과는 구별된다. 사채에는 일반적으로 4개의 현저한 특색이 있다. (1) 과세대상이고, (2) 액면이 1,000달러이다. (3) 일정한 만기(maturity)가 있다. (4) 주요한 증권거래소에서 거래되고, 가격은 신문지상에 발표된다. ~ ***control market*** [영] 기업지배시장 ¶ The *corporate control market* is the broad marketplace for transactions that are designed to change the ownership, structure, and/or control of a company. Common corporate control transactions include mergers, friendly or hostile takeovers, leveraged buyouts, management buyouts, and recapitalizations. In some national system the *corporate control market* also serves as a monitoring mechanism for governance purposes. 기업지배시장은 기업의 소유, 구조, 및 지배를 변경하려고 하는 광범한 기업의 시장터이다. 일반적인 기업지배거래에는 합병(merger), 우호적 또는 적대적 주식공개매수(friendly or hostile takeover), 차입에 의한 기업매수(leveraged buyout), 경영진에 의한 자사매수(management buyout)와 자본재구성(recapitalization)이 포함된다. 일부 국가제도에서는 기업지배시장이 또 기업지배(governance)의 목적을 위하여 감시메커니즘의 역할을 하기도 한다. ~ ***equivalent yield*** 사채상당수익률 ¶ The *corporate equivalent yield* is a comparison that dealers in government bonds include in their offering sheets to show the after-tax yield of government bonds selling at a discount and corporate bonds selling at par. 사채상당수익률은 할인(discount)판매되는 국채의 세액공제 후 수익률을 액면(par)으로 판매되는 사채와 비교하기 위해서, 국채를 취급하는 딜러가 채권판매일람표에 기재하는 비교수치(數値)를 말한다. ~ ***ethics*** [영] 기업윤리 ¶ The *corporate ethics* are the broad area dealing with the way in which a company behaves toward, and conducts business with, its internal and external stakeholders, including employees, investors, creditors, customers, and regulators. In certain national systems minimum standards are required or recommended in order to eliminate potential conflicts of interest or client/employee mistreatment. 기업윤리는 피용자, 투자자, 채권자, 고객과 감독자를 포함하여 기업내외의 이해관계자(stakeholders)에 대해서 행동을 하고 그들과 거래를 하는 방법을 다루는 넓은 분야를 말한다. 어떤 국가제도에서는 잠재적인 이해갈등과 고객과 피용자의 학대를 제거하기 위하여 최소한의 규범이 필요로 하고 권고를 받고 있다. ~ ***finance*** 코포릿파이낸스, 기업금융 ¶ *Corporate finance* is also called corporation finance, one of the three main divisions of finance, the others being personal finance and public finance. *Corporate finance* deals with the promotion, organization, capitalization, financing, investing, and financial administration of the corporation from the firm's point of view. Capital budgeting is an important function of corporate finance. 기업금융은 또한 회사금융(corporation finance)이라고도 하며, 금융의 3개의 주요분야의 하나이다. 다른 2개는 개인금융(personal finance)과 공적 금융(public finance)이다. 기업금융이란 것은 기업의 관점에서 행하는 기업금융의 추진(promotion), 조직(organization), 자본구성(capitalization), 자금조달(financing), 투자(investment), 재무관리(financial administration)를 취급한다. 자본예산작성(capital budgeting)은 기업금융의 중요한 기능이다. ~ ***governance*** 코포릿거버넌스, 기업지배의 구조 ¶ In general, *corporate governance* is management of a corporation for the benefit of its shareholders in compliance with laws and ethical standards. 일반적으로, 코포릿거버넌스는 법과 윤리기준에 따른 주주를 위한 회사경영을 이른다. → governance (거버넌스). ~ ***income fund (CIF)*** 코포릿 인컴펀드 ¶ The *corporate income fund* (*CIF*) is a unit investment trust with a fixed portfolio made up of high-grade securities and instruments, similar to a money market fund. Most *CIFs* pay out investment income monthly. 코포릿 인컴펀드는 높은 등급의 채권이나 증권으로 구성되는 고정된 포트폴리오(portfolio)의 단위형 투자신탁(unit investment trust)을 이른다. 머니마켓(money market)과 유사하다. 대부분의 이 유형의 투자신탁은 투자수익을 월차(月次)베이스로 지급한다. ~ ***securities (limited) representative*** 회사발행증권(한정)증권외무원 ¶ The *corporate securities* (*limited*) *representative* is a person who has passed the Corporate Securities Limited Representative (Series 62) examination administered by the Financial Industry Regulatory Authority (FINRA) and is licensed to trade corporate securities, including common and preferred stocks, corporate bonds, rights, warrants, closed-end investment companies, money market mutual funds, privately issued mortgage-backed securities, other asset-backed securities, and real estate investment trusts, but not municipal securities, direct participation program, other securities registered under the Investment Company Act of 1940, variable contracts, or options. Other limited representatives are licensed by FINRA (see Series 6 registered). To trade all securities (except commodities futures), brokers must pass the General Securities Representative Examination (Series 7) and, in some cases, Series 63 state examinations. 회사발행증권(한정)증권외무원은 금융업규제기구(Financial Industry Regulatory Authority: FINRA)가 관리하는 회사발행증권한정증권외무원(시리즈 62)시험에 합격한 사람으로, 회사가 발행하는 증권을 취급할 수 있다. 회사가 발행하는 증권 중에는, 보통주(common stock), 우선주(preferred stock), 사채(corporate bond), 신주인수권(right), 워런트(warrant), 클로즈드엔드형 투자회사(closed-end investment company), 머니마켓펀드(money market fund), 민간회사가 발행한 모기지담보증권(mortgage-backed security: MBS), 기타 자산담보증권(asset-backed security: ABS), 부동산투자신탁(real estate investment trust: REIT)이 포함된다. 다만, 지방자치단체가 발행한 증권(municipal securities), 직접참가형 투자프로그램(direct participation program), 1940년의 투자회사법(Investment Company Act of 1940)에 의하여 등록된 기타의 증권, 변액계약(variable contract), 옵션(option)에 대해서는 취급하지 못한다. 그밖에 증권외무원(시리즈 6)이 FINRA가 인정하는 한정증권외무원의 자격도 있다. 상품(commodities)거래를 제외한 모든 증권을 취급하기 위하여는, 일반증권외무원시험(시리즈 7)(General Securities Representative Examination, Series 7)에 합격할 필요가 있다 주가 실시하는 시리즈 63의 시험에 할 것을 요구하는 경우도 있다. ~ ***social responsibility* (*CSR*)** [영] 기업의 사회적 책임 ¶ The *corporate social responsibility* (*CSR*) means that a corporation should actively perform the wide responsibility for the various stakeholders, such as the environment, human rights, consumers, and workers, as well as the economic and legal responsibility. In the year end of 1990s the concept was first advocated in Europe, and in the U.S. it has been generalized, taking the opportunity of the affair of the Enron's account unfair practice in 2001. 기업의 사회적 책임이란 기업의 경제적 책임이나 법적 책임뿐만 아니라, 환경 · 인권 · 소비자 · 근로자와 같은 다양한 이해관계자들을 위해 폭넓은 책임을 수행해야 한다는 원리이다. 이 개념은 1990년대 후반 유럽에서 처음으로 주창되었으며, 2001년 미국의 Enron사(社)의 회계부정사건을 계기고 일반화되었다.

corporation 법인, 회사, 사업단, [미] 주식회사 ¶ The *corporation* is a legal entity, chartered by a U.S. state or by the federal government, and separate and distinct from the persons who own it, giving rise to a jurist's remark that it has "neither a soul to damn nor body to kick." Nonetheless, it is regarded by the courts as an artificial person; it may own property, incur debts, sue, or be sued. It has three chief distinguishing features: (1) limited liability; owners can lose only what they invest. (2) easy transfer of ownership through the sale of shares of stock. (3) continuity of existence. 주식회사는 미국의 주 또는 연방정부로부터 설립허가를 받아 그 소유자로부터 독립하고, 또 명확하게 구별되는 법적 실체(법인)를 말한다. 이것은 「주식회사는 비난받을 만한 영혼도 없는가 하면, 내차버릴 몸체도 없다」고 말한 어느 법학자의 말을 떠올리게 한다. 그럼에도 불구하고 법원은 주식회사를 법적인 인격자(artificial person)로 본다. 즉, 주식회사는 자신의 재산을 소유하고, 채무를 지며, 소송을 제기하고 소송을 제기당할 수 있다. 주식회사에는 3개의 주요한 특징이 있다. (1) 유한책임, 즉 주주는 투자한 것만큼 손해

를 본다. (2) 주식의 매각에 의해서 소유권의 이동이 용이하다. (3) 존재의 계속성이다. /an acceptance *corporation* 어음인수회사 /*corporation* account 법인계좌 /*corporation* deposits 법인예금 /*corporation* finance 회사금융 /*corporation* income tax 법인세 /*Corporation* Law [미] 회사법([영] the *Companies* Act) /*corporation* [common] seal 법인인(印), 사인(社印) /the *corporation* sector 기업부문 /*corporation* tax 법인세 /a finance *corporation* 금융회사 /well-run, blue-chip *corporation* 잘 운영되는 일류기업

corporeal 유형의, 물질적인, 유체의 ¶ *corporeal* property 유형자산, 유체재산

corpus (L) 신체, 원금, 증권의 원금(元金), 자본 ¶ In trust banking, *the corpus* is the property in a trust – real estate, securities and other personal property, cash in bank accounts, and any other items included by the donor. 신탁은행업무에서는, 신탁재산은 신탁에 들어오고 있는 재산을 이른다. 즉, 부동산(real estate), 증권(securities), 기타의 동산(personal property), 은행계좌의 현금, 기타 위탁자가 신탁재산에 포함시키는 모든 것을 말한다.

correct ⓐ 올바른, 정확한
ⓥ 정정(訂正)하다, 바로잡다 ¶ *correct* a child for disobedience 말 안듣는다고 어린 아이를 꾸짖다

correction 갱정, 조정, 시세의 수정 ¶ *Correction* is reverse movement, usually downward and exceeding 10%, in the price of an individual stock, bond, commodity, or index. If prices have been rising on the market as a whole, then fall dramatically, this is known as a correction within an upward trend. 조정은 개개의 주식, 채권, 상품가격이나 지수가 통상은 상승국면인데, 10%를 초과하여 아래로 반전하는 움직임을 이른다. 만약 가격이 시장에서 전반적으로 계속 상승한 다음, 극적으로 하락한 때에는 이것을 상승기조에 있어서의 조정(correction within an upward trend)이라고 한다. /*corrections* of the prior year's earnings 전년도손익수정 /The market is having a *correction*. [주식] 시장(지나치게 값이 오른 것)은 조정국면에 있다.

조정(correction)

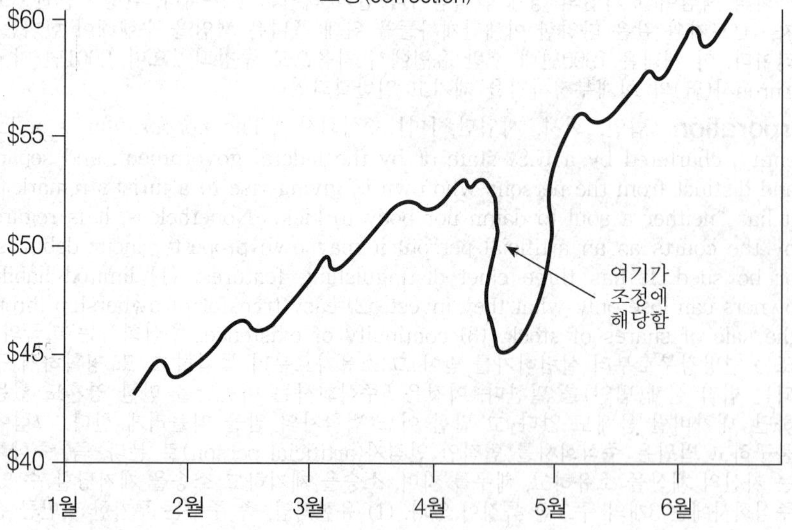

corrective 조정적인, 수정적인 ¶ a *corrective* market 조정시장

correlate 서로 관련시키다, 관련시키다 ***correlated credit risk*** [영] 상관신용리스크 ¶ The *correlated credit risk* is the risk of loss arising from credit exposure that increases precisely as a counterparty's ability to perform declines, or when collateral taken as security deteriorates in tandem with a counterparty's ability to pay. A subcategory of credit risk. See also contingent credit risk; direct credit risk; settlement risk; sovereign risk; trading credit risk. 상관신용리스크는 거래상대방의 감소를 행하는 능력으로서 또는 거래상대방의 지급능력과 협력하여 보증이라고 생각되는 담보가 저하하는 경우에 정확하게 증가하는 여신리스크(credit exposure)로부터 발생하는 손실의 리스크를 말한다. 신용리스크의 하위개념이다. contingent credit risk(우발적 신용리스크); direct credit risk(직접신용리스크); settlement risk(결제 리스크); sovereign risk(국가 리스크); trading credit risk(거래상의 신용리스크)도 참조할 것.

correlation 상관관계 ¶ The *correlation* is a statistical measure that indicates the extent to which two or more variables (such as financial asset prices) moves in the same directions, or different directions. *Correlation* is often used to price and manage complex derivatives (e.g., multi-index options), quantify portfolio risk exposures, and determine appropriate hedge ratios. See also correlation coefficient; correlation risk. [영] 상관관계는 (금융자산가격과 같은) 2 이상의 변수(variables)가 같은 방향으로 움직이거나 다른 방향으로 움직이는 범위를 가리키는 통계측정치(値)이다. 상관관계는 일정한 복잡한 파생상품을 가격을 매기고 관리하며, 포트폴리오리스크 익스포저의 양을 표시하고, 적정한 헤지비율(hedge ratio)을 결정하는 데에 이용되기도 한다. correlation coefficient(상관계수); correlation risk(상관리스크)도 참조할 것. /*correlation* analysis 상관분석 ***correlation coefficient*** 상관계수 ¶ A *correlation coefficient* is a statistical measure of the degree to which the movement of two variables are related. 상관계수란 2개의 변수의 움직임이 연동(連動)하는 정도를 나타내는 통계학상의 수치를 말한다. ~ ***risk*** [영] 상관리스크 ¶ The *correlation risk* is the risk of loss arising from a change in the historical relationships, or correlations, between assets. *Correlation risk* can be found in certain complex options and complex swaps and may also impact hedge ratios, credit portfolio models, and value-at-risk models. A subcategory of market risk. 상관리스크는 자산간의 과거의 관계 또는 상관관계의 변화에서 생기는 손실의 리스크를 말한다. 상관리스크는 어떤 복잡옵션과 복잡스왑에서 존재할 수 있고 또 헤지비율(hedge ratios), 신용포트폴리오모형(credit portfolio models)과 밸류앳 리스크 모형(value-at-risk model)에 영향을 줄 수도 있다. 상관리스크는 시장리스크의 하위개념이다. ~ ***trading*** [영] 상관거래행위 ¶ The *correlation trading* is an investment strategy that involves going long of one stock and short of a second stock in expectation of capturing the spread movements, between the two over some time horizon, based on deviations in the historical correlations between the stock prices. *Correlation trading* is often done within a specific industry sector, e.g., one automobile stock versus a second one. See also pairs trading. 상관거래행위는 2종의 주식가격간의 과거의 상관관계상의 편차(deviation)에 기초를 두고, 일부 거래기간(time horizon)을 거치면서 2종의 주식간에서 스프레드의 움직임을 잡을 것을 예상하고 1종의 주식의 예상매수(going long)와 타종의 주식의 예상매도(going short)를 수반하는 투자전략이다. 상관거래행위는 예컨대 1종의 자동차입자식 대(對) 타종의 자동차입자식과 같이 특수한 산업부분 내에서 행해지기도 한다. pair trading(페어트레이딩)도 참조할 것.

corres 코레스(correspondent)(은행업계의 업계용어(jargon)로서, correspondent에서 온 말) ¶ *corres* A/C 타점계좌(他店計座)

correspond 일치하다, 문통(文通)하다 ¶ His words and actions do not *correspond.* 그의 언행은 일치하지 않는다.

correspondence 일치, 편지, 서신 ¶ commercial *correspondence* 상업통신문

correspondent 코레스(코레스폰던트), 거래처은행(널리 거래처은행을 말하지만, 보통 해외의 거래처은행, 특히 외국환거래를 위한 약정을 체결하고 있는 은행을 의미한다.) ¶ A *correspondent* is a financial organization that regularly performs services for another in a market inaccessible to the other. In banking there is usually a depository relationship that compensates for expenses and facilities transactions. 코레스은행이란 그 시장에서 거래할 수 없는 금융기관을 대신해서 일상적으로 업무를 행하는 금융기관을 말한다. 은행업무에서는, 코레스은행이 은행이 지급하는 경비나 거래비용을 결제하기 위한 결제계정을 설치하고 있다. /a *correspondent* (bank) 코레스처 /*correspondent* accounts 코레스계좌 /*correspondent* arrangement [미] 코레스계약([영] an agency agreement [arrangement])(해외[외국]은행과의 외국환거래를 위한 약정) ***correspondent bank*** 코레스은행 ¶ A *correspondent bank* is a bank that, in its own country, handles the business of a foreign bank. 코레스은행이란 자국에서 외국은행의 업무를 처리하는 은행을 말한다. ¶ In general, a *correspondent bank* is a bank that maintains an account relationship or exchanges services (such as check collection) with another bank. In particular with respect to letter of credit transactions, a *correspondent bank* means a bank in which the issuing bank usually maintains one or more accounts and in one or more currencies for use in reimbursing the correspondent for the payment of drafts drawn under letter of credit, and at which the beneficiary of a letter of credit may present drafts drawn under the credit. 일반적으로 코레스은행이란 다른 은행과 거래관계(account relationship)나 (수표추심과 같은) 환서비스를 유지하는 은행을 이른다. 특히 신용장거래와 관련하여, 코레스은행은 개설은행이 1개 이상의 계좌를 유지하여 신용장에 의거하여 발행된 환어음(draft)의 지급에 대해서 코레스은행에 상환할 때에 사용하는 여러 나라의 통화를 가지며, 신용자의 수익자(beneficiary)가 신용장에 의거하여 발행된 환어음을 제시할 수 있는 은행을 말한다.

corresponding 일치하는, 대응하는 ¶ as compared with the *corresponding* period of the previous year 전년도 동기(同期)비교 /the last *corresponding* term [month]; the last *corresponding* period [month] of the previous year 동년도 동기[동월]

corset [영] (영국정부가 행하는) 금융긴축방책

co-sign ⓥ 연서(連署)하다
ⓝ 연서(連署) ¶ The *cosign* is the act of signing a document (such as note promising to pay another in return for a loan or other benefit) jointly with another person and thereby assuming liability for performing what was promised in the document. 연서란 (다른 사람에게 대출 기타 급여금에 대한 반환으로 지급할 것을 약속하는 약속어음과 같은) 증서에 다른 사람과 공동으로 서명함으로써 증서에 약속한 것을 이행할 책임을 지는 행위를 말한다.

cosigner 연대보증인 ¶ A *cosigner* is a party, also called co-maker, who accepts joint responsibility for a debt obligation. 연대보증인은 co-maker라고 하며, 채무계

약(debt obligation)의 연대책임을 지는 당사자를 말한다.

cost 대가, 가격, 비용, 원가 ¶ *cost* analysis 원가분석 /*cost*-benefit analysis 비용편익분석 /*cost* and insurance (C&I) 보험료포함가격(조건) /*cost* basis 원가기준 /*cost* calculations 가격[원가]계산 /*cost* centers 원가부문 /*cost* control; *cost* management 원가관리 /*cost*-cutting 비용절감 /*cost*-effective 비용효율이 높은, 비용효과적인, 경제적인 /the *cost* method 원가법 /*cost* of deposits 예금코스트 /*cost* of living adjustment (COLA) [미] 생계비조달, 임금물가슬라이드제(制) /the *cost*-of-living index 생계비지수 /*cost* of manufacture [production] 제조원가 /*cost* of money [funds] 자금코스트 /*cost* of sales 매상원가 /a "*cost* or market whichever is lower" basis; a "*cost* or market" method 저가법(低價法) /*cost*-plus 코스트플러스방식의(원가에 소정의 이익을 가산한 것) /a *cost*-price spiral 원가·물가의 악순환 /the *cost* principle 원가기준 /high *cost* of production 고비용생산 /high production *costs* 고비용생산 /interest *costs* 금리비용 /operating *costs* 영업비용 /running *costs* 운전비용 ***cost accounting*** [영] 원가회계(계산) ¶ The *cost accounting* is an element of management accounting focused on budgeted and actual costs within a company, including analysis of variances, in order to provide management with information on its ability to achieve specific targets. *Cost accounting* need not necessarily follow Generally Accepted Accounting Principles as the results are used strictly for internal purposes. See also financial accounting. 원가회계는 특유한 목표를 성취할 수 있는 회사의 능력에 관한 정보를 경영진에게 제공하기 위하여 여러 가지의 변수의 분석을 포함하여 회사내의 예산배정과 실제비용에 초점을 맞춘 관리회계의 요소이다. 원가회계는 그 결과가 내부목적을 위하여 엄격하게 이용되기 때문에, 반드시 일반적으로 공정 타당하다고 인정된 회계원칙(GAAP)에 따를 필요는 없다. financial accounting(재무회계)도 참조할 것. ~ ***and freight (C&F)*** 운임포함가격(조건) ¶ The *cost and freight* (*C&F*) term is a seller's price quote for goods to a named overseas port of import that includes the cost of transportation to the named point of debarkation. The cost of insurance is left to the buyer's account. (Typically used for ocean shipments only, CPT, or carriage paid to, is a term used for shipment by modes other than water). 운임포함가격조건(C&F)은 양륙지점까지의 운임을 포함하여 지정해외수입항까지 매도인의 상품가격을 의미한다. 보험료는 매수인의 계정에 남겨둔 것이다. (일반적으로 이 거래조건은 해양선적에만 이용된다. 또는 운임선급조건(carriage paid to: CPT)은 해상 이외의 운송에 이용되는 조건이다.) ~ ***basis*** 원가기준, 원가주의 ¶ The *cost basis* is an original price of an asset, used in determining capital gains. It usually is the purchase price, but in the case of an inheritance it is the appraised value of the asset at the time of the donor's death. 원가기준이란 캐피탈게인(양도익, capital gain)을 확정하기 위해서 사용되는 자산의 원래의 가격을 이른다. 그것은 통상 구입가격이지만, 유산상속(inheritance)의 경우, 유산증여자(donor)의 사망시의 평가액(appraised value)이 된다. ~***-benefit analysis*** 비용편익분석 ¶ The *cost-benefit analysis* is a method of measuring the benefits expected from a decision, calculating the cost of the decision, then determining whether the benefits outweigh the costs. Corporations use this method in deciding whether to buy a piece of equipment, and the government uses it in determining whether federal programs are achieving their goals. 비용편익분석이란 어느 결정이 가져오는 예측편익과 비용을 산출하여, 편익이 비용을 상회하는가 어떤가를 판단하는 평가방법을 말한다. 기업은 설비투자결정을 할 적에 이 방법을 사용하고, 정부는 그 정책이 그 목표를 달성할 수 있는 여부를 결정할 경우에 사용한

다. ~-***benefit ratio*** 비용편익률 ¶ The *cost-benefit ratio* is the relationship considered in a cost-benefit analysis. In capital budgeting, it is the net present value (NPV) of an investment divided by its initial cost. 비용편익률은 비용편익분석(cost-benefit analysis)에 있어서 고려되는 관련성을 이른다. 자본예산(capital budgeting)을 작성할 때에는, 초기비용(initial cost)에 의해서 나눈 투자의 순수한 현재가치(net present value)가 비용편익률이 된다. ~ ***inflation*** 코스트 인플레이션 ¶ *Cost inflation* is inflation that results from increased costs of production, including raw materials and labor. Higher production costs are priced into goods and service, leading labor to demand higher wages to meet the higher prices; the resulting rise in labor costs is also priced into the final goods and services, raising the overall rate of inflation. 코스트 인플레이션이란 원재료와 노동을 포함하여 생산비용이 증가하여 결과되는 인플레이션을 말한다. 더 높은 생산비용은 상품과 서비스 속에 값이 정해져서 노동이 더 높은 임금을 요구하도록 유도하여 더 높은 가격을 지급한다. 그 결과로 이어지는 노동비용의 상승은 최종의 상품과 서비스 속에 값이 정해지고, 전면적인 인플레션의 비율을 상승시킨다. ~***, insurance and freight (CIF)*** 운임보험료포함가격(조건) ¶ The *cost, insurance and freight (CIF) term* is a seller's price quote for goods to a named overseas port of import. Typically used only for ocean shipments, a *CIF* quote is comprehensive including all insurance, transportation, and miscellaneous charges to the point of debarkation for the vessel. 운임보험료포함가격조건은 지정해외수입항까지 매도인의 상품가격을 의미한다. 일반적으로 해양운송에만 이용되는 CIF조건은 선박의 양륙지점까지의 보험료, 운임 및 기타의 비용을 포함하여 포괄적이다. ~ ***of capital*** 자본코스트, 자본비용 ¶ *Cost of capital* is a rate of return that a business could earn if it chose another investment with equivalent risk – in other words, the opportunity cost of the funds employed as the result of an investment decision. *Cost of capital* is also calculated using a weighed average of a firm's costs of debt and classes of equity. This is also called the composite *cost of capital*. 자본비용이란 동등한 리스크의 다른 투자를 선택한다고 가정한 경우에, 기업이 벌어들일 수 있는 투자수익률(rate of return)을 말한다. 다시 말한다면, 특정한 투자결정의 결과로서 사용되는 자금의 기회비용(opportunity cost)을 말한다. 자본비용은 또 기업의 차입(debt)코스트나 각종의 주주자본(equity)코스트의 가중평균치(weighed average)를 사용하여서 계산된다. 이것은 또한 합성자본비용(composite cost of capital)이라고도 한다. ~ ***of carry*** [영] 자산소유비용 ¶ The *cost of carry* is the future value of costs and benefits associated with holding an asset, which typically includes the cost of financing, insurance, transportation and/or storage, less benefits derived from lending the asset and any convenience yield. *Cost of carry* is used to determine theoretical futures prices and arbitrage opportunities. 자본소유비용은 자산보유와 관련되는 비용과 편의의 장래가치를 말하며, 이에는 일반적으로 자금조달, 보험, 운송, 및 저장의 비용, 자산을 대여(lending)하면서 파생되는 적은 급여와 편의수익률(convenience yield)이 포함된다. 자산소유비율은 이론상 장래의 가격과 차익(差益)기회를 결정하는 데 이용된다. ~ ***of funds*** 자금조달원가 ¶ The *cost of funds* is interest cost paid by a financial institution for the use of money. Brokerage firms' *cost of funds* are comprised of the total interest expense to carry an inventory of stocks, and bonds. In the banking and savings and loan industry, the *cost of funds* is the amount of interest the bank must pay on money market accounts, passbooks, CDs, and other liabilities. 자금조달원가는 금융기관(financial institution)이 자금조달을 할 때에 지급하는 금리비용(interest cost)을 말한다. 증권회사의 자금비용은 주식이나 채권의 재고를 안는 금리

비용이다. 은행, 저축기관의 자금비용은 시장금리연동계좌, 보통예금, 정기예금증서(CD) 등의 채무에 대해서 지급하는 금리총액을 의미한다. ***~-of-funds index (COFI)*** 자금코스트지수(指數) ¶ The *cost-of-funds index* (*COFI*) is an index used by mortgage lender on adjustable rate mortgage loans. Borrower's mortgage payments rise or fall based on the widely published *COFI*, which is based on what financial institutions are paying on money market accounts, passbooks, CDs, and other liabilities. 자금코스트지수란 변동금리모기지담보론(loan)(adjustable rate mortgagee)의 대여자(貸與者)가 이용하는 지수이다. 론의 차입자의 지급액은 널리 공표되고 있는 COFI에 연동하여 증감하지만, COFI는 머니마켓계좌(money market accounts), 보통예금(passbook account), 양도성예금증서(certificate of deposit: CD) 등의 채무에 대해서 금융기관이 지급하는 금리에 근거를 두는 지수(index)인 것이다. ***~ of goods sold*** 매상원가 ¶ *Cost of goods sold* is a figure representing the cost of buying raw materials and producing finished goods. Depreciation is considered a part of this cost but is usually listed separately. Included in the direct costs are clear-cut factors such as direct factory labor as well as others that are less clear-cut, such as overhead. 매상원가는 원재료(raw materials)의 구입과 제품의 제조에 들어간 비용을 나타내는 수치(數値)를 말한다. 감가상각비(depreciation)는 이 비용의 일부라고 생각되지만, 통상은 분리해서 기재된다. 직접원가(direct cost)에는 직접노무비(direct factory labor)와 같이 명확하게 원가에 포함되는 것과, 간접비(overhead) 등 그 정도로 명확하지 않은 비용이 포함된다. ***~-of-living adjustment (COLA)*** 생계비조정 ¶ The *cost-of-living adjustment* (*COLA*) is the adjustment of wages designed to offset changes in the cost of living, usually as measured by the consumer price index. *COLAs* are key bargaining issues in labor contracts and are politically sensitive elements of Social Security payments and federal pensions because they affect millions of people. 생계비조정은 통상 소비자물가지수(consumer price index)에 의해서 산출되는 생계비의 변동을 상쇄할 목적으로 하는 임금조정을 말한다. 생계비조정은 노동협약에서는 중요한 교섭쟁점이고, 또 다수인에게 영향을 주기 때문에 사회보험(social security)의 지급이나 연방연금에서 정치적으로 신중한 대응이 요구되는 사항이다. ***~ of living rider*** 물가슬라이드특약 ¶ The *cost of living rider* is a feature of a life insurance policy that adjusts the face value, typically with term insurance, to keep up with changes in the consumer price index (CPI). Also found in some disability income insurance. 물가슬라이드특약이란 소비자물가지수(consumer price index: CPI)에 연동하도록 액면(face value)을 조정하는 보험계약(insurance policy)의 특징이고, 통상 정기생명보험(term life insurance)에 많다. 소득보상보험(disablity income insurance)에 포함되는 경우도 있다. ***~-plus contract*** 원가가산계약, 코스트 플러스방식계약 ¶ The *cost-plus contract* is a contract basing the selling price of a product on the total cost incurred in making it plus a stated percentage or a fixed fee – called a cost-plus-fixed-fee contract. *Cost-plus contracts* are common when there is no historical basis for estimating costs and the producer would run a risk of loss – defense contracts involving sophisticated technology, for example. The alternative is a fixed price contract. 원가가산계약이란 생산비용에 일정한 수수료나 고정비용을 가산하여 제품의 판매원가를 결정하는 계약방법을 말한다. 이를 원가가산고정비용계약(cost-plus-fixed-fee contract)이라고 한다. 원가가산계약은 예컨대 고도의 기술을 필요로 하는 군수품계약 등, 비용을 견적하기 위한 선례가 되는 기준이 없고, 생산자가 손실을 입는 리스크가 있는 경우에 많이 이용된다. 이와 다른 계약방법은 판매원가가 미리 정해지고 있는 계약인 고정가격계약이라 한다. ***~-plus inflation*** 코스트

플러스 인플레이션 (*cf.*) cost of inflation ¶ The *cost-plus inflation* is an inflation caused by rising prices, which follow on the heels of rising costs. This is the sequence: When the demand for raw materials exceeds the supply, prices go up. As manufacturers pay more for these raw materials they raise the prices they charge merchants for the finished products, and the merchants in turn raise the prices they charge consumers. 코스트플러스 인플레이션은 원가상승에 기인하여 바로 가격상승으로 말미암아 초래되는 인플레이션(inflation)을 이른다. 이것이 그 일련의 연속상황을 벌어지게 한다. 즉, 원재료(raw materials)의 수요가 공급을 초과하면, 가격은 상승한다. 제조업자가 원재료의 구입에 더 많은 지급을 하기 때문에, 판매상인에게 청구할 완제품(finished product)의 가격을 올린다. 이 때문에 판매상인은 소비자에 대한 가격을 올린다. **~-*push inflation*** 코스트푸시 인플레이션 ¶ The *cost-push inflation* is an inflation caused by rising prices, which follow on the heels of rising costs. This is the sequence: When the demand for raw materials exceeds the supply, prices go up. As manufacturers pay more for these raw materials they raise the prices they charge merchants for the finished products, and the merchants in turn raise the prices they charge consumers. See also demand-pull inflation; inflation. 코스트푸시 인플레이션은 원가상승에 기인하는 물가상승으로 인하여 초래되는 인플레이션이다. 이것은 다음과 같이 일어난다. 원재료(raw materials)의 수요가 공급을 초과하면, 가격은 상승한다. 생산자의 원재료비지급이 증가하기 때문에 판매업자에 청구하는 최종제품(finished products)의 가격을 올린다. 이 때문에 판매업자는 소비자에 대한 가격을 인상하게 된다. demand-pull inflation(디맨드풀 인플레이션); inflation(인플레이션)도 참조할 것. ~ ***records*** 원가기록 ¶ In finance, *cost records* are anything that can substantiate the costs incurred in producing goods, providing services, or supporting an activity designed to be productive. Ledgers, schedules, vouchers, and invoices are *cost records*. 재무상으로, 원가기록은 상품의 생산, 서비스의 제공, 또는 이익에 도움이 되는 활동 때문에 발생한 비용이라고 실증할 수 있는 자료를 말한다. 원장(ledger), 명세표(schedule), 전표(voucher)나 청구서(invoice)가 원가의 기록이다. ***fixed*** ~ 고정비용 ¶ *Fixed cost* is cost that remains constant regardless of sales volume. *Fixed costs* include salaries of executives, interest expense, rent, depreciation, and insurance expense. They contrast with variable costs (direct labor, materials costs) and semivariable costs, which vary, but not necessarily in direct relation to sales. 고정비용은 판매량에 불구하고 일정한 비용을 말한다. 고정비용에는 임원들의 봉급, 이자비용, 집세(rent), 감가상각(depreciation) 및 보험비용이 포함된다. 고정비용은 변동비용(직접노동, 재료비용)과 반변동비용(semi-variable costs)과 대조를 이루지만, 반드시 판매와 직접관계가 있는 것이 아니다. ***variable*** ~ 변동비용 ¶ *Variable cost* is cost that changes directly with the amount of production – for example, direct materials or direct labor needed to complete a product. 변동비용은 생산량과 직접 연동하여 변동하는 비용을 말한다. 예를 들면, 제품을 완성시키기 위해서 필요한 직접재료비나 직접노무비와 같은 것이다.

Costa Rica currency 코스타리카 화폐 ¶ colon (CRC), divided into 100 centimos. 1 콜론(colon) = 100 센티모(centimos).

costing [영] 원가계산

co-surety 공동보증인, 공동보증 ¶ A *cosurety* is one who assumes liability jointly with another surety for the payment of an obligation. 공동보증인은 채무의 지급에 대해 다른 보증인과 공동으로 채무를 부담하는 자이다.

Côte d'Ivoire (formerly Ivory Coast) currency 코트디부아르(이전의 아이보리코스트) 화폐 ¶ CFA franc (CIF); there is no subdivision. CFA 프랑(franc) (CIF). 그 이하의 화폐단위는 없다.

cottage industry 가내공업, 소규모 비즈니스 ¶ The *cottage industry* is a home-based, rather than factory-based, industry. Often implies a new industry serendipitously created as an off-spring of a larger activity. 가내공업은 공장이 아니라 가정에서 행해지는 공업을 이른다. 이 용어는 많은 활동의 결과로서 생각지도 않게 산출된 새로운 비즈니스를 의미하기도 한다.

co-trustee 공동수탁자

council 회의, 평의회 ***Council of Economic Advisers*** 경제자문위원회 ¶ *The Council of Economic Advisers* is a group of economists appointed by the President of the United States to provide counsel on economic policy. The council helps to prepare the President's budget message to Congress, and its chairman frequently speaks for the administration's economic policy. 경제자문위원회는 경제정책에 관한 자문을 하기 위해서 미합중국 대통령에 의해서 임명된 이코노미스트의 그룹이다. 경제자문위원회는 의회에 제출할 대통령의 예산교서의 작성을 지원하고, 당 위원회의 의장은 자주 정부의 경제정책에 대해서 설명을 한다. ***Council of Institutional Investors*** 미국기관투자자협의회 ¶ The *Council of Institutional Investors* is an Washington, D.C., based organization founded in 1985 and comprising more than 140 public, union, and corporate pension funds with more than $3 trillion of total assets. The Council advocates regulatory issues affecting its members and provides research, educational, and legal services. 미국기관투자자협의회는 1985년에 설립된 워싱톤(Washington, D.C.) 소재의 조직체로서, 총자산 3조달러 이상을 가지는 140개의 공적기관(public), 조합(union) 및 기업(corporate)의 연금기금(pension funds)으로 구성된다. 협의회는 회원에게 영향을 미치는 규제를 제기하고, 또 조사, 교육, 법률에 관한 서비스를 제공한다.

count [v.] 셈하다, 기산(起算)하다 ¶ *count* up 계상하다, 단속[감독]하다
[n.] 계산, 총계 ¶ exact *count* 정확한 계좌 /lose *count* 수가 불명하게 되다

counter [n.] 창구(窓口), 카운터, 계산기 ¶ bank *counter* 은행의 창구 /*counter* business hours 창구영업시간 /*counter* cash 카운터현금, 텔러의 보유현금 /*counter* check (은행의) 점용수표, 카운터 체크, 예금인출표 /the deposit *counter* (예금의) 예입창구 /*counter* items 카운터에서 접수(接受)된 물건(수표, 어음 등) /*counter* staff 카운터계(係) /the foreign exchange *counter* 외국환창구 /*counter* shares 장외주(場外株)
[a.] 반대의, 일방의 ¶ *counter* guarantee 각서 /the *counter* party 카운터 파티(거래의 상대방이 되는 당사자)

counterbalance 균형을 맞추다, (효과를) 상계하다

counterbid 대항적 매입주문(경매시장 등에서 상대방보다 높은 가격으로 주문하는 경우), 역매수호가(逆買受呼價)

countercheck [n.] 대항[방지]수단, 저지, 방해, 재대조(再對照)
[v.] 저지[방해]하다, 재대조하다

counterclaim 반소(反訴) ¶ A *counterclaim* is a claim made by a defendant in a civil lawsuit that in effect sues the plaintiff. 반소란 민사소송에서 피고가 실제로 원고를 제소하는 청구를 말한다.

counter-cyclical 경제의 순환에 대항하는 ¶ *counter-cyclical* (policy) measures 경기대책 ***counter-cyclical stocks*** 경기순환비연동주(非連動株) ¶ *Counter-cyclical stocks* are stocks that tend to rise in value when the economy is turning down or is in recession. Traditionally, companies in industries with stable demand, such as drugs, food, and tobacco, are considered counter-cyclical. 경기순환비연동주는 경제가 정체 또는 불경기인 때에 주가가 상승하는 경향이 있는 주식을 말한다. 전통적으로, 약품이나 식료품, 담배와 같은 안정된 수요가 있는 업계의 기업들의 주식은 경기순환비연동주라고 볼 수 있다.

counterfeit 위조, 가짜, 위작(僞作) ¶ *Counterfeit* is security, currency, or bank card made to appear genuine, with the intention of defrauding an unsuspecting person. Counterfeiting U.S. currency and bank cards is a felony under federal law, punishable by fines and prison terms. The U.S. Secret Service, a bureau of the Treasury Department, has responsibility for detecting and arresting counterfeiters. 위작이란 의심하지 않는 사람을 사취할 의도로써 진짜처럼 보이게 한 증권, 통화 또는 은행카드를 말한다. 미국의 통화와 은행카드를 위작하는 것은 연방법에 의해서는 중죄(felony)이고, 벌금과 징역형으로 처벌받는다. 미국의 재무부의 한 국(局)인 비밀기관(Secret Service)은 위조범을 탐지하고 체포할 책임을 가지고 있다. /*counterfeit* (bank) notes 위조지폐 /*counterfeit* cards 위조카드 /*counterfeit* coins 위조화폐, 위조지폐 /*counterfeit* money [bills] 위조화폐[지폐] /a *counterfeit* seal 위조인(僞造印) /a *counterfeit* signatures 위조의 서명

counterfoil (수표의) 부본

counteroffer [무역] 반대오퍼[청약] ¶ A *counter-offer* is an offeree's response to an offer in which the offeree rejects the original offer and at the same time makes a new offer. 반대청약은 본래의 청약을 반대하면서 동시에 새로운 청약을 하는 피청약자의 응답이다.

counterpart 1통 부본, 대조물(對照物) ¶ *counterpart* funds 보증[담보]자금

counterparty [영] 거래상대방 ¶ The *counterparty* is an institution that is a party to a financial transaction with credit risk, such as a loan, derivative, or financing. 거래상대방은 론(loan), 파생상품(derivative) 또는 자금거래와 같은 금융리스크가 있는 금융거래의 당사자인 기관(institution)을 말한다.

counterpurchase (무역거래에서의) 반대구입, 보증수입, 바터거래

counterpurchasing [무역] 상호매입

countersign ⓝ 부서(副署, 연서(連署)
ⓥ (공문서에) 부서하다, 확인하다 ¶ To *countersign* is to sign in addition to the signature of another in order to attest the authenticity. 공문서에 부서하는 것은 그 진정성을 실증하기 위하여 타인의 서명에 부가하여 서명하는 경우이다.

countersignature 연서(連署), 부서(副署) → countersign [부서(副署)하다].

countertrade 대상(代償)무역 ¶ The *countertrade* is an umbrella term for several sorts of trade in which the seller is required to accept goods, services, or other instruments or trade, in partial or whole payment for its products. Forms include barter, buy-back or compensation, offset requirements, swap, switch or triangular trade, and evidence or bilateral clearing agreements. Some include offset deals as a form of *countertrade*; others make a distinction based on the view that *countertrade* is reciprocal exchange of goods and services used to alleviate foreign exchange shortages of importers and that offsets are used as a means for advancing industrial development objectives and may include equity investments. 대상무역이란 매도인이 그 제품에 대한 일부분 또는 전부의 지급을 받고 물품, 서비스 기타 증권이나 물물교환(trade)을 인수하여야 하는 여러 종류의 거래를 위한 포괄적 용어(umbrella term)이다. 형식에는 바터, 환매(buy-back)나 배상(compensation), 상계요건, 스왑(swap), 스위치 무역이나 삼각무역 및 증거 또는 쌍무적 청산협정을 포함한다. 어떤 경우는 대상(代償)무역의 형태로서 상계거래(offset deals)를 포함하고, 다른 경우는 대상무역이 수입업자의 외환부족을 경감시키는 데 사용되는 상품 및 서비스의 상호교환이고, 상계는 공업발달의 목표를 추진하기 위한 수단으로 이용되어 주식투자(equity investment)를 포함할 수 있다는 관점에 입각하여 구별을 하고 있다.

countervail 상계하다, 무효로 하다 ***countervailing credit*** [영] 카운터베일링 크레디트 ¶The *countervailing credit* is a mechanism of granting credit in a commercial transaction without disclosing the name of one of the two parties. The financial institution standing between seller and buyer of goods on credit issues documentation to the buyer in its own name, so disguising the identity of the seller. 카운터베일링 크레디트는 2 당사자 중의 한 당사자의 이름을 밝히지 않고 상거래에서 신용대출(credit)을 해 주는 메카니즘을 말한다. 매도인과 신용대출로 물품을 사는 매수인간에 위치하는 금융기관은 매수인에게 자산의 명의로 계약서를 발행하고, 매도인의 신분을 숨긴다. ***~ing duty* [*tariff*] (*CVD*)** 상계관세 ¶The *countervailing duty* (*CVD*) is an extra charge that a country place on imported goods to counter the subsidies or bounties granted to the exporters of the goods by their home governments. The duty is allowed by the antidumping/*countervailing duty* system negotiated at the Tokyo Round, if the importing country can prove that the subsidy would cause injury to domestic industry. U.S. *countervailing duties* can be imposed only after the International Trade Commission has determined that the imports are causing or threatening to cause material injury to a U.S. industry. 상계관세는 어느 국가가 자국정부에 의해 물품의 수출업자에게 수요하는 보조금(subsidy)이나 장려금에 대응하기 위하여 수입물품에 부과하는 할증요금(extra charge)을 말한다. 만일 수입국이 보조금이 자국의 산업에 피해를 줄 것이라는 것을 증명할 수 있는 경우에, 그 관세는 도쿄라운드(Tokyo Round)에서 타협을 본 반덤핑/상계관세제도에 의해서 허용된다. 미국의 상계관세는 국제통상위원회(International Trade Commission)가 수입이 미국의 산업에 중대한 피해를 끼치는 데에 원인이 되거나 위협을 주고 있다고 결정한 후에 비로소 부과할 수 있다.

country 지방, 국토, 본국, 나라, 향리(鄕里), 교외 ¶*country* collections 타소(他所) 추심어음 /*country* collection items 지방추심물건 /*country* rating 국별(國別) 신용평가 /creditor *countries* 채권국 /debtor *countries* 채무국 /deficit *countries* 적자국(赤字國) /developed *countries* 선진국 /developing *countries* 개발[발전]도상국 /industrial *countries* 공업국 ***country basket*** 컨트리 바스켓 ¶The *country basket* is the general term for exchange-traded funds, such as ishares, that enable investors to own portfolio of stocks in specific countries with a single security at regular transaction costs. 컨트리 바스켓이란 투자자가 정상적인 거래코스트(regular transaction costs)로 단일의 증권을 가지고 특정한 국가의 복수의 주식(stocks)의 포트폴리오(portfolio)를 소유할 수 있는 i셰어즈(ishares) 등의 지수연동형 상장지수펀드(exchange-traded funds)를 의미하는 일반용어이다. ***~ of origin*** 원산지국 ¶The *country of origin* is the country where an article was wholly grown, manufactured, or produced, or, if not wholly grown, cultivated or produced in one country, the last country in which the article underwent a substantial transformation. Duty rates vary according to the *country of origin.* 원산지국이란 하나의 품목이 전부 성장, 제조, 또는 생산된 국가, 또는 하나의 국가에서 전부가 성장, 경작, 또는 생산되지 않는 경우에는, 그 품목이 실질적이 변형을 입는 최종의 국가를 말한다. 관세율은 원산지국에 따라 다르다. ~ ***risk*** 컨트리리스크, 국별 신용도 ¶ The *country risk* is a financial risk of a transaction that relates to the political, economic, or social instability of a country. For example, lack of currency reserves (foreign exchange) will cause delays in loan payments to creditor banks, exchange controls by monetary authorities, or even repudiation of debt. 컨트리 리스크는 한 나라의 정치적, 경제적 또는 사회적 불안정성과 관련되는 거래의 금융상의 위험을 이른다. 예를 들면, 통화준비금(외국환)의 부족이 채권자 은행에 대한 대출지급금의 연체를 유발시키고, 통화당국에 의한 외국환관리(exchange control), 심지어 채무의 지급거절까지 일으킨다.

coupling 커플링, 연합, 결합, (각국금리의) 연동성(連動性)

coupon 이표(利票), 쿠폰, 표면이율, 이자표(利子票) ¶ A *coupon* is an interest rate on a debt security the issuer promises to pay to the holder until maturity, expressed as an annual percentage of face value. For example, a bond with 10% coupon will pay $10 per $100 of the face amount per year, usually in installments paid every six months. The term derives from the small detachable segment of a bond certificate which, when presented to the bond's issuer, entitles the holder to the interest due on that date. 쿠폰이란 발행자(issuer)가 채무증서(debt security)의 보유자에게 만기(maturity)시까지 지급할 것을 약속하고 있는 금리를 말한다. 이것은 채무증서의 액면(face value)에 대한 연간의 이율로 나타난다. 예를 들면, 10%의 쿠폰에 관한 채권은 액면 100달러에 대해서 연간 10달러의 금리가 지급되고, 통상은 반년마다의 분할지급이 된다. 이 말은 채권이 분리가능한 소액의 채무증서(bond certificate)라는 데에서 나온 것이고, 이 채무증서는 발행자에게 제시되면 보유자가 그 시점에서 지급할 금리를 수취할 수 있다. /*coupon* and bond paying agents 채권상환대리인 /*coupon* off; ex *coupon* 이자락(落) /*coupon* on; cum *coupon* 이표부 /*coupon* payment 이표지급 /*coupon* rollover dates (변동이자부 채권의) 이율변경일 /*coupon* swap 쿠폰스왑, 통화스왑에서 금리부분만을 교환하는 것 /interest *coupon* 이표 /unmatured *coupons* 만기미도래의 이표 ***coupon bond*** 이표부 채권(債券) ¶ A *coupon bond* is a bond issued with detachable coupons that must be presented to a paying agent or the issuer for semiannual interest payment. These are bearer bonds, so whoever presents the coupon is entitled to the interest. 이표부 채권은 반년마다 이자지급시에 지급대리인이나 채권발행자에게 제출하는 분리가능한 이표부로 발행되는 채권을 이른다. 이것은 무기명채권이므로, 이표를 제시한 자는 누구든지 금리를 수취할 수 있다. ~ ***pass*** 쿠폰패스 ¶ The *coupon pass* is an canvassing by the desk of the Federal Reserve's Open Market Committee of primary dealers to determine the inventory and maturities of their Treasury securities. Desk then decides whether to buy or sell specific issues (coupons) to add or withdraw reserves. 쿠폰패스는 미재무부증권(Treasuries)의 총보유액과 상환일을 결정하기 위해서 미연방준비제도위원회(Federal Reserve Board)의 공개시장위원회(Open Market Committee)의 데스크가 정부공인딜러(primary dealers)에게 조사를 행하게 한다. 데스크는 그 다음에 준비금을 늘리거나 또는 인출하기 위해서 특정한 증권(이표)을 구입할 것인지 또는 매각할 것인지를 결정한다. ~ ***rate*** 표면이율 ¶ The *coupon rate* is a nominal annual rate of interest the issuer of a note or bond promises to pay the holder during the period the securities are outstanding. In mortgage banking, it refers to the contract rate of interest on mortgage backed securities. 표면이율이란 약속어음 또는 채권의 발행자가 증권이 미지급인 기간 중에 소지자에게 지급하기로 약속하는 액면상의 연이율(annual rate of interest)을 말한다. 모기지뱅킹에 있어서, 그것은 모기지담보증권(mortgage backed securities)에 대한 약정이율(contract rate of interest)을 의미한다.

courier 급사(急使), 여행안내인

course 일련(一連), [주식] 시세의 움직임 ¶ a *course* of exchange 외국환시세(표)

court 법정(法廷), 법원 ¶ a *court* case 재판사례 /an out-of-*court* settlement 은밀히 처리하는 사건

covariance 공분산(共分散) ¶ The *covariance* is a statistical term for the correlation between two variables multiplied by the standard deviation for each of the variables. 공분산(共分散)이란 각각의 변수(變數)의 표준편차(standard deviation)를 곱한 2 변수간의 상관관계를 나타내는 통계용어를 이른다.

covenant 커비넌트(채무자가 계약의 유효기간 중에 준수할 것을 서약한 사항), 서약조항, 날인증서, 날인계약, [외채] (새로운 차입이나 보증을 하지 않는 것 등을 서약한) 재무제한조항, 특약조항, 약관 ¶ The *covenant* is a promise in trust indenture or other formal debt agreement that certain acts will be performed and others refrained from. Designed to protect the lender's interest, covenants cover such matters as working capital, debt-equity ratios, and divided payments. 커비넌트란 채권신탁증서(indenture)나 다른 정식의 채무계약서에 있어서, 어떤 행위를 이행하고 다른 행위는 금지한다는 서약조항을 이른다. 대여자(貸與者)의 이익을 보호할 것을 목적으로 하고 있는 이 조항들은 운전자본(working capital), 부채비율(debt-equity ratio), 배당금(dividend)지급 등에 관한 약속사항을 규정한다. /*covenant* of the borrower 차입자의 서약

cover *n.* 봉투, 담보물, 보증금, 외국환자금 ¶ In corporate finance, the *cover* is to meet fixed annual charges on bonds, leases, and other obligations, out of earnings. 기업재무에서 지급능력(cover)이란 채무(bond), 리스(lease) 및 기타 채무(obligations)에 대해서 걸려 있는 연간 고정비용을 수익에서 지급하는 것이다. /*cover* cost 커버코스트(외국환시세의 변동리스크를 피하기 위해 예약을 하는 코스트) /*cover* for a loan 융자에 대한 담보 /a *cover* letter 첨부서 /*covered* expenses [보험] 대상비용 /a *covering* letter 첨부서 /*covering* shorts 채권이나 외국환거래에서 매도초과포지션을 상쇄하기 위해 채권이나 외국환을 매입하는 것 /insurance *cover* 보험의 부보(附保) /under *cover* 동봉하여, 봉서(封書)로 만들어 ***cover note*** 커버노트(예정보험의 보험증권에 갈음하는 것), (화재보험의) 가(假)계약서, 보험승인서 ¶ The *cover note* is a statement made by agent or broker in written form attesting to the insured that the insurance policy is in effect. This statement is prepared by the agent or broker, unlike the binder, which is prepared by the insurance company (insurer). 커버노트는 보험대리인이나 보험브로커가 피보험자에 대하여 서면형식에서 이 보험계약은 발효하고 있음을 확인하는 보험승인서(statement)를 말한다. 이 보험승인서는 보험회사(보험자)가 준비하는 보험가계약서(binder)와는 달리, 보험대리인이나 보험브로커가 준비하는 것이다.

v. 보호하다, 자금준비를 하다 ¶ *cover* oversold [overbought] amounts 커버거래를 하다 /*cover* a risk 위험을 대비하다 /*cover* in the forward market 선물시장에서 커버를 취하다 /*covered* warrant 커버드워런트(기발행의 워런트채(債)를 시장에서

매집하여 이 현물을 뒷받침한 예탁증권에 의하여 새로이 워런트채를 발행, 판매하는 것.) ***covered bond*** 커버드본드 ¶ A *covered bond* is a corporate bond, typically issued by a bank, that is backed by cash flows from a pool of assets, typically mortgages, but that differs from asset-backed securities in the important respect that the bond remains on the issuers's books. The investor, in the event of default, has recourse both to the pool and to the issuer. 커버드본드는 일반적으로 은행이 발행한 회사채(corporate bond)이다. 그것은 자산의 공동기금(a pool of assets), 일반적으로 모기지(mortgage)상의 현금흐름에 의해 뒷받침되고 있으나, 본드는 발행자의 장부상에 남아 있다는 중요한 관점에서 자산담보증권(asset-backed securities)과는 다르다. 디폴트(default)의 경우에 투자자는 자산의 공동기금과 발행자를 상대로 양쪽으로 상환청구권을 행사한다. ***~ed call*** [영] 커버드콜 ¶ The *covered call* is an option position where the seller of a call option owns the underlying asset deliverable if the buyer exercises the option. Selling *covered calls* is a relatively low risk way of generating premium income since the cost of the underlying is already known. See also covered option; covered put; naked call. 커버드콜은 콜옵션의 매수인이 옵션을 행사한다면 매도인이 인도할 기초자산을 소유하고 있는 경우의 옵션포지션을 말한다. 커버드콜을 매도하는 행위는 기초자산의 가격이 이미 알려지고 있기 때문에 프리미엄소득을 생기게 하는 비교적 낮은 리스크의 방법이다. covered option(커버드옵션); covered put(커버드풋); naked call(네이키드콜)도 참조할 것. ***~ed interest arbitrage*** 커버부 금리차익거래 ¶ The *covered interest arbitrage* is an arbitrage that exploits and thereby eliminates differences between spot exchange rates, forward exchange rates, and interest rates on deposits, thus creating interest parity. When this occurs, arbitrageurs can create an arbitrage position to generate profits until the relationships return to equilibrium. This may be done by buying one currency in the spot market and simultaneously selling it in the forward market and using the spot proceeds to invest in an asset denominated in the spot currency; when the asset matures, the proceeds are used to fulfill the forward contract and the arbitrage transaction concludes with a risk-free profits. Also known as interest arbitrage. 커버부 금리차익거래는 직물환율(spot exchange rate), 선물환율(forward exchange rate), 및 예금금리(interest rate on deposit)의 차이를 이용하여, 그 차이가 없게 되기까지 차익(arbitrage)을 행하는 것이다. 그 결과 금리평가(interest rate parity)가 산출하게 된다. 커버부 차익거래가 일어날 경우에, 차익거래업자는 거래관계가 균형으로 돌아갈 때까지 이익이 생기게 하는 차익거래포지션을 발생시킬 수 있다. 이것은 현물시장(spot market)에서 한 나라의 화폐를 매수함으로써 이루어질 수 있는 동시에, 그것을 선도시장(forward market)에서 매도하고 현장화폐 표시의 자산에 투자할 현장수익금을 사용함으로써 이루어질 수 있다. 자산이 만기가 되는 경우, 수익금은 선물계약을 이행하는 데 사용되고 차익거래는 리스크없는 이익과 함께 종결된다. 이는 interest arbitrage(금리차익거래)로도 알려져 있다. ***~ed option [writing]*** 커버드옵션(현물보유의 리스크를 커버하기 위해서 현물을 보유하면서 옵션을 매도하는 것) ¶ A *covered option* is an option contract backed by the shares underlying the option. For instance, someone who owns 300 shares of X and sell three X call options is in a *covered option* position. If the X stock price goes up and the option is exercised, the investor has the stock to deliver to the buyer. Selling a call brings a premium from the buyer. 커버드옵션이란 옵션(option)의 기초가 되는 주식(underlying stock)을 소유하고 행하는 옵션계약을 말한다. 예를 들면, X사의 주식을 300주 소유하고 있는 사람이 X사의 3단위의 X사의 콜옵션을 매각하는 경우, 그 사람은 옵션을 커버하고 있는 것이 된다. X사의 주가가 상승하고 옵션이

행사된다고 하더라도, 그 투자자는 구입자에게 인도할 주식을 가지고 있다. 콜옵션을 매각하게 되면 매수인으로부터 옵션료(premium)를 수취하게 된다. ***~ed position*** [영] 커버드포지션 ¶The *covered position* is an outright long position or short position that is protected by an offsetting hedge. Depending on the nature of the hedge, a *covered position* may have only negligent market risk and credit risk exposure. See also naked position. 커버드포지션은 상계하는 헤지에 의해서 보호를 받는 완전한 매입초과포지션 또는 매도초과포지션이다. 헤지의 성질에 의존하여, 커버드포지션은 단지 사소한 시장리스크와 금융리스크의 부담을 가질 수 있다. naked position(네이키드포지션)도 참조할 것. ***~ed put*** [영] 커버드풋 ¶The *covered put* is an option position where the seller of a put option already has sufficient cash on hand to purchase the underlying asset if the buyer exercises the option. Selling *covered puts* is a relatively low risk way of generating premium income since the cash is available to cover the exercise. See also covered call; covered option; naked put. 커버드풋은 매수인이 옵션을 행사하는 경우에 풋옵션의 매도인이 기초자산을 구매할 만한 충분한 현금을 수중에 이미 가지고 있는 경우의 옵션포지션이다. 그 현금이 옵션의 행사를 커버하기 위하여 이용되기 때문에, 커버드풋을 매도하는 행위는 프리미엄소득을 발생시키는 비교적 낮은 리스크 방법이다. covered call(커버드콜); covered option(커버드옵션); naked put(네이키드풋)도 참조할 것. ***~ed warrant*** [영] 커버드워런트 ¶The *covered warrant* is a long-dated equity option (i.e., 3 to 5 years) issued by a financial intermediary on a company's common stock, which can be exercised by the holder into shares already outstanding in the market (making the transaction nondilutive). The *covered warrant* is not sponsored by the company and need not have the company's approval, since no new equity results. See equity warrant; warrant. 커버드워런트는 금융중개기관이 회사의 보통주를 두고 발행하는 장기주권옵션(long-dated equity option)(즉, 3년에서 5년)을 말하며, 워런트의 보유자가 이를 행사하면 시장에서 아직 납부되지 아니한 주식으로 된다(거래를 희석화시키지 아니한다). 커버드워런트는 신주(new equity)가 발행되는 것이 아니므로, 회사가 보증하지 않으며 회사의 동의를 받을 필요가 없다. equity warrant(주식워런트); warrant(워런트)도 참조할 것. ***~ed writer*** 커버드라이터 ¶A *covered writer* is a seller of covered options – in other words, an owner of stock who sells options against it to collect premium income. For example, when writing a call option, if a stock price stays stable or drops, the seller will be able to hold onto the stock. If the price rises sharply enough, it will have to be given up to the option buyer. 커버드라이터는 커버드옵션의 매도인을 말한다. 다시 말하면, 옵션료(프리미엄, premium)수입을 얻기 위해서 보유하는 주식에 대해서 옵션(option)을 매출(賣出)하는 주주이다. 콜옵션(call option)을 매각하더라도, 주가가 변하지 않거나 하락하는 경우는 매도인은 그 주식을 계속 보유할 수 있다. 주가가 가파르게 오른다면, 옵션매수인에게 주식을 양도해야 할 것이다.

coverage 적용범위, 부보범위, 부담능력, 정화(正貨)준비 ***coverage initiated*** 주식조사의 착수 ¶The *coverage initiated* is an indication by a research department that its analysts have just begun to follow a particular stock, usually a favorable development for holders of that company's shares. See also neglected firm effect. 주식조사의 착수란 그의 애널리스트들이 특정한 주식에 주목하기 시작했다는 리서치부문(research department)의 지적이고, 통상 이러한 경향은 그 기업의 주식보유자에게는 유리한 발전상황이다. neglected firm effect(니글렉티드 효과)를 참조할 것. ~ ***test*** [영] 부담능력기준 ¶The *coverage test* is a financial test that is performed in a collateralized debt obligation to ensure that sufficient collateral and interest coverage exists. Successful passing of each coverage test allows cash flow from the underlying reference pool to flow to the tranches with increasing levels of subordination. See also interest *coverage test*; overcollateralization test; waterfall. 부담능력기준은 충분한 담보와 이자담보범위(interest coverage)를 확보하기 위하여 채무담보채무증서(collateralized debt obligation)에서 이행되는 금융기준(financial test)을 말한다. 각 부담능력기준을 성공적으로 통과하게 되면 기초자산집합체(underlying reference pool)에서 나오는 캐시플로가 점차 하위수준의 자리매김(subordination)의 트랑슈(tranches)로 흘러갈 수 있다. interest coverage test(금리부담능력기준); overcollateralization test(과도부담능력기준); waterfall(워터폴)도 참조할 것.

Coverdell education savings account 커버델교육저축계좌 ¶ The *Coverdell education savings account* is an account created by the Economic Growth and Tax Relief Reconciliation Act of 2001 to encourage parents to save for their children's education. The ESA, formerly called the Education IRA, was named after Georgia Senator Paul Coverdell, who championed the idea. Parents can contribute up to $2,000 annually per child into an account held at a bank, mutual fund, insurance company, or brokerage firm, which can be invested in stocks, bonds, mutual funds, CDs, money market accounts, and other securities. When the money is withdrawn for use by a designated beneficiary for a qualified education expense at a public, private, or religious school, it is distributed tax-free. 커버델교육저축계좌는 부모에게 자녀의 교육을 위한 저축을 장려하기 위하여, 2001년의 경제성장과 감세조정법(Economic Growth and Tax Relief Reconciliation Act of 2001)에 의하여 창설된 계좌이다. 커버델교육저축계좌는 이전에 교육IRA(education IRA)라고 불렀으나, 이 법안을 지지한 조지아주의 상원의원 폴 커버델의 이름을 따서 붙인 용어이다. 부모는 매년 자녀 1인당 최대 2,000달러까지, 은행, 뮤추얼펀드(mutual fund), 보험회사(insurance company), 증권회사(brokerage firm)에 설정된 교육저축계좌에 출연할 수 있고, 이 계좌에 출연한 자금은 주식, 채권, 뮤추얼펀드, 양도성예금(CD), 머니마켓계좌(money market account), 기타의 증권(security)에 투자할 수 있다. 지정한 수혜자가 이 계좌의 자금에서의 인출하는 것이 공사립 및 종교학교에서 적격한 교육비용을 위한 것이면, 과세되지 않는다.

covering 덮는, 예(例)의, 관련되는 ¶ a *covering* letter [note] 첨부서, 증명서 /a *covering* schedule 송부장(送付狀)

CP → commercial paper [약] 일류기업발행의 채무증서, 커머셜페이퍼 ¶ *Commercial paper* (*CP*) is short-term obligations with maturities ranging from 2 to 270 days issued by banks, corporations, and other borrowers to investors with temporarily idle cash. Such instruments are unsecured and usually discounted, although some are interest-bearing. They can be issued directly – direct issuers do it that way – or through brokers equipped to handle the enormous clerical volume involved. 커머셜페이퍼는 은행, 기업, 및 기타의 차입자(借入者)가 일시적인 여유자금이 있는 투자자 앞으로 발행하고, 만기가 2일에서 270일까지 걸치는 단기채무(short-term obligation)를 말한다. 그러한 종류의 증권은 무담보이고(unsecured), 통상은 할인발행(discounted)되지만, 일부에는 이자부(interest-bearing)의 것도 있다. 이런 증권은 직접 발행된다든지 — 직접발행자는 그런 식으로 발행한다 — 광범한 사무처리를 할 수 있는 증권회사를 통해서 발행되기도 한다.

CPA → certified public accountants [약][미] 공인회계사 ¶ A *certified public* *accountant* (*CPA*) is an accountant who has passed certain exams, achieved a certain amount of experience, reached a certain age, and met all other statutory and licensing requirements of the U.S. state where he or she works. 공인회계사는 일정한 시험에 합격하고, 일정한 실무경험을 쌓으며, 일정한 연령에 도달하여 근무지역의 미국 주가 정하는 기타 모든 법률상 인가조건에 충족하고 있는 회계사이다.

CPI → consumer price index [약] 소비자물가지수

CR → concentration ratio [약] 집중도비율 ¶ The *concentration ratio* (*CR*) is the share of business in a market that is controlled by a limited number of firms. For example, two supermarkets may command 85% of a community's grocery business. A high *concentration ratio* is generally positively correlated to the price consumers pay (few firms result in high prices) and is a consideration of the Federal Trade Commission in deciding whether to challenge merger proposals. 집중도비율이란 제한된 수의 기업에 의해 컨트롤되고 있는 시장에서의 기업비율을 이른다. 예를 들면, 2개의 슈퍼마켓이 지역사회의 식료품업의 85%를 지배할 수 있다고 하자. 고도의 집중도비율은 일반적으로 말해서 소비자가 지급하는 가격(높은 가격에 귀착하는 기업은 몇 개 아니된다)과 적극적으로 서로 관련되어 합병제의를 신청할지 여부를 결정함은 연방통상위원회의 고려사항이다.

CR.; Cr.; cr. → credit; creditor [약][부기] (수취계정) 지급 또는 결제의 기입, (계정기입의 우측을 나타내는) 대변 (*cf.*) Dr. 차변

crack spread [영] 크랙스프레드 ¶ The *crack spread* is a spread in the energy market reflecting the price differential between crude oil and a refined product, generally gasoline or heating oil; the spread can be traded through a single future or option on certain exchanges. A hedger or speculator can buy the *crack spread* (e.g., purchase crude and sell heating oil or gas) to take advantage of positive margins in refining, and sell the spread (e.g., sell crude and purchase heating oil or gas) to profit from negative margins See also crush spread; spark spread. 크랙스프레드는 원유(原油, crude oil)와 정제유(精製油, refined product), 일반적으로 개솔린 또는 연료유(heating oil)간의 가격차를 나타내는 에너지시장에서의 스프레드를 말한다. 그 스프레드는 일정한 거래소에서 단일의 선물계약 또는 옵션을 통해서 정제(精製)시에 적극적 마진을 활용하기 위하여 크랙스프레드(예컨대, 원유를 구매하고 연료유 또는 가스를 매도한다.)를 매수하고, 소극적 마진에서 이익을 내기 위하여 스프레드(예컨대, 원유를 매도하고 연료유 또는 가스를 구매한다.)를 매도할 수 있다. crush spread(크러시스프레드); spark spread(스파크스프레드)도 참조할 것.

cram-down 크램다운 ¶ The *cram-down* is a feature of the bankruptcy law that allows a debtor to force confirmation of a plan over the objections of dissenting classes if certain tests are met. When junior classes impose a *cram-down* on a senior class, the "cram-up" is used. More recently *cram-down* is used to describe a measure that would allow bankruptcy judges to modify mortgage loans and reduce payments for homeowners facing foreclosure. 크램다운은 일정한 기준에 맞으면 채무자(debtor)가 이의를 신청할 수 있는 채권자에게 재건계획의 확인을 요구할 수 있는 파산법의 특색을 이른다. 열후채권자(junior classes)가 우선권자(senior classes)에게 크램다운을 강제할 때에는 「크램업(cram-up)」이라는 말이 사용된다. 가장 최근에는 크램다운은 파산사건담당 판사가 모기지론(mortgage loan)을 변경하고 모기지유실(流失)에 직면하고 있는 주택소유자에 대한 지급액을 경감하

도록 하는 조치를 표현할 때에 사용된다. ***cram-down deal*** 강제합병 ¶ The *cram-down deal* is a merger or leveraged buyout slang for situation in which stockholders are forced, for lack of attractive alternatives, to accept undesirable terms, such junk bonds instead of cash or equity. 강제합병이란 기업합병(merger)이나 피매수회사의 자산을 담보로 기업매수(leveraged buyout)에서 사용되는 속어로서, 매력적인 선택지(選擇肢)가 없기 때문에, 현금이나 주식이 아니라, 정크본드(junk bond)를 수취할 것 등, 바람직하지 않은 조건을 주주가 수용할 수밖에 없는 상황을 가리키는 표현이다.

crash 파멸, 추락, 파괴, 폭락 ¶ The *crash* implies a precipitate drop in stock prices and economic activity, as in the *crash* of 1929 or Black Monday in 1987. *Crashes* are usually brought on by a loss in investor confidence following periods of highly inflated stock prices. 폭락은 1929년의 폭락이나 1987년의 블랙먼데이(Black Monday)와 같은 주가나 경제활동의 폭락을 가리킨다. 폭락은 통상 대폭적인 주가의 급등 이후, 투자자가 자신을 잃었을 때에 비롯되었다.

crate 나무상자

crawling peg [외환] 크롤링 페그(소폭의 평가변경방식) ***crawling peg system*** 단계적인 소폭의 평가변동제도 ¶ The *crawling peg system* is a procedure in which a currency exchange rate(s) is altered frequently (multiple times a year), generally to adjust for rapid inflation. Between changes, the exchange rate(s) for the currency remains fixed. Instead of the whole amount of a revaluation or devaluation taking place at once, it is spread in small percentages over a number of months. 단계적인 소폭의 평가변동제도는 통화환율이 일반적으로 급속한 인플레이션을 조절하기 위하여 자주(1년에 여러 번) 변경되는 방법을 말한다. 변경 사이에, 통화에 대한 환율은 고정된다. 즉시 일어나는 평가절상(revaluation) 또는 평가절하(devaluation)의 전체 총량을 대신하여, 환율은 수개월을 걸쳐서 소량의 비율로 확대된다.

CRC (ISO) code Costa Rica – currency colon. ¶ CRC (국제표준기구) 약호 코스타리카 — 화폐 콜론(colon).

create 창조하다, 산출하다, 개발하다, 일으키다 ¶ God *creates* the heaven and the earth. 신은 천지를 창조하셨다. /All men are *created* equal. 모든 사람은 평등하게 창조되어 있다.

creation 창조, 창작, 개발, 창립, 창설, 창조물 ¶ *creation* of money 화폐의 창조/the *creation* of new products 새로운 제품의 창작[개발] /employment [job] *creation* 고용[직업]을 만드는 것

creative 창조적인, 독창적인, 상상력이 풍부한 ***creative destruction*** 창조적 파괴 ¶ The *creative destruction* is a free market concept popularized by economist Joseph Schumpeter holding that economic progress results from entrepreneurial innovation, a necessary consequence of which is the destruction of established businesses that then become obsolete. Example: the invention of the automobile destroyed the buggy whip industry but created a vital new industry contributing to growth and progress. 창조적 파괴는 경제발전이 기업가의 혁신에서 결과된다고 주장한 요셉 슘페터가 보급시킨 자유시장개념이다. 즉, 기업가의 혁신의 필연적인 귀결은 다음에는 쓸모가 없는 기존사업의 파괴이다. 예컨대, 자동차의 발명이 자동차안테나산업을 파괴하였으나 성장과 발전에 기여하는 지극히 중요한 신산업을 산출하였다는 것이다.

credential 신용증명, (*pl.*) 신임장(信任狀) ¶ The new ambassador from Egypt presented his *credentials* 신임 이집트 대사가 그의 신임장을 봉정하였다.

credibility 신뢰성, 신빙성, 확실성 ¶ achieve *credibility* 신용을 얻다 /His previous record adds *credibility* to his future plans. 이제까지의 실적이 그의 장래의 계획에 확실성을 보태고 있다. /take desperate measures to restore *credibility* 신용의 회복을 위한 필사적인 조치를 강구하다

credit 신용, 평판, 신용도, 외상(판매), 신용대출, 대변 [약] Cr. 대월계정, 예금, 신용장(a letter of *credit*) ¶ In general, *credit* is loans, bonds, charge-account obligations, and open-account balances with commercial firms. Also, available but unused bank letters of credit and other standby commitments as well as a variety of consumer credit facilities. 일반적으로, 크레디트는 차입(loans), 채권(bonds), 외상값채무(charge-account obligation), 또는 이용할 수 있는 미사용의 은행신용장(bank letters of credit)이나 기타 긴급한 여신범위나 각종의 소비자여신범위를 이른다. /an advice of *credit*; a *credit* note 입금통지 /*credit* advice 입금[이체]통지서 /*credit* agency [영] 흥신소 /bank *credit* 은행신용 /a cash (letter of) *credit* 현금신용장 /a clean (letter of) *credit* 클린신용장 /a confirmed (letter of) *credit* 확인신용장 /*credit* accommodation [extension] 신용공여 /*credit* administration 여신심사 /*credit* accounts 대변계좌 /*credit* accident 신용상해 /*credit* agreements 여신계약서 /*credit* associations; *credit* banks 신용금고 /*credit* associations; *credit* unions; *credit* cooperatives 신용조합 /*credit* authority 대출권한 /*credit* availability 미사용차입범위 /a *credit* bank 대출은행 /*credit* (extending) business 여신업무 /a *credit* ceiling (system) 대출한도액(제도) /*credit* checking 신용조사 /the *credit* column 대변란(欄) /*credit* condition 신용상태 /*credit* creation 신용창조 /a *credit* crisis 금융공황 /the *credit* crunch; a [the] *credit* squeeze 신용규제 /*credit* department 여신부문, 심사부문 /a *credit* entry 대변기입 /*credit* exchange 교환부족분부담어음 /*credit* extending policy 융자방침 /*credit* facilities 크레디트퍼실리티, 신용의 편의공여 /*credit* files 자료파일; 크레디트파일 /a [the] *credit* freeze 신용규제 /*credit* guarantee 신용보증 /*credit* information 신용정보 /a *credit* inquiry [check] 신용조사 /*credit* instruments 신용수단 /*credit* insurance 신용보험 /*credit* investigation [analysis] 신용조사 /a *credit* letter 입금의뢰서 /*credit* limits 여신한도 /*credit* loan 신용대출 /*credit* losses 융자대손(貸損) /*Credit* Manager 여신(관리)부장 /a *credit* market 신용시장, 금리시장 /a *credit* memo 입금전표 /*credit* money 신용통화 /a *credit* note 대변표(票) /the *credit* officer 융자오피서 /*credit* performance 차입의 성적 /a *credit* rating; *credit* appraisal 신용도평가, 신용등급 /*credit* records 여신기록 /*credit* regulation 신용규제 /a *credit* reporting agency 흥신소 /*credit* risk 신용위험도, 대손리스크, 크레디드 리스크 /credit sale 신용판매 /*credit* scoring (system) 개인신용평가(제도) /the *credit* [creditor] side 대변 /a *credit* slip 입금표(a paying-in slip) /*credit* spread 신용스프레드(동종의 옵션의 대변잔액) /a [the] *credit* squeeze 신용긴축 /a *credit* system 신용제도 /*credit* terms 신용기간, 외상판매조건 /a *credit* ticket 입금표, 대변전표 /a *credit* to a current account 당좌이체 /*credit* unions 신용조합 /the *credit* worthiness of the subject 본인의 신용도 /deferred *credit* 연지급 /a documentary (letter of) *credit* 하환신용장 /entries to the *credit* side 대변기입 /extended *credit* 장기대출 /intermediate *credit* 중기(中期)신용 /an irrevocable (letter of) *credit* 취소불능신용장 /long *credit* 장기대출 /long term *credit* 장기신용 /mail *credit* 메일 크레디트(우편일수간의 융통) /medium term *credit* 중기신용 /on *credit* 외상으로 /one's *credit* record 어느 인물의 차입성적기

록 /open *credit* 신용대출 /a reimbursement (letter of) *credit* 리임버스먼트 크레디트(어음발행상환청구방식의 신용장) /a revocable (letter of) *credit* 취소가능신용장 /a revolving (letter of) *credit* 순환신용장 /short *credit* 단기대출 /short term *credit* 단기신용 /a sight (letter of) *credit* 사이트크레디트(일람출급환어음발행의 신용장) /an unconfirmed *credit* 무확인신용장 ***acceptance credit*** 기한부 외국환어음취결신용장 → acceptance credit(기한부 어음인수신용장). ~ ***analyst*** 크레디트애널리스트 ¶ A *credit analyst* is a person who (1) analyzes the record and financial affairs of an individual or a corporation to ascertain creditworthiness or (2) determines the credit ratings of corporate and municipal bonds by studying the financial condition and trends of the issuers. 크레디트애널리스트는 (1) 신용력을 평가할 목적으로 개인이나 기업의 기록이나 재무상황을 분석하거나, (2) 발행자의 재무상황이나 동향을 조사하여 사채(corporate bonds)나 지방채(municipal bonds)의 등급을 내리는 자이다. ~ ***balance*** 예금잔액, 대변잔액, 신용잔액 ¶ In cash accounts with brokers, *credit balance* is money deposited and remaining after purchases have been paid for, plus the uninvested proceeds from securities sold. In margins accounts, it is (1) proceeds from short sales, held in escrow for the securities borrowed for these sales, (2) free credit balances, or net balances, which can be withdrawn at will. 증권회사의 현금계정에서, 신용잔액은 예탁금이나 증권구입자금의 지급후의 잔액에, 매각증권의 수익금(收益金, proceeds)으로 투자하지 않고 남기고 있는 금액을 합친 것이다 신용거래계좌에서는 (1) 공매를 위해서 차입한 증권의 에스크로(escrow)계정에 예탁되어 있는 공매(short sales)의 수익금, 혹은 (2) 자유로이 인출할 수 있는 잔액(free credit balance), 또는 마음대로 인출할 수 있는 순잔액(net balance)을 말한다. ~ ***bureau*** [미] 신용조사기관, 개인신용정보센터 ¶ *A credit bureau* is an agency that gathers information about the credit history of consumers and relays it to credit grantors for a fee. Credit bureaus maintain files on millions of consumers detailing which lines of credit they have applied for and received, and whether they pay their bills in a timely fashion. Bureaus receive this information from credit grantors such as credit card issuers, retail stores, gasoline companies, and others. 신용조사기관은 소비자의 신용기록을 수집하여 여신자에게 유료로 그 정보를 전하는 기관이다. 신용조사기관은 소비자가 신청하고 수신한 신용의 범위는 어느 정도이고, 적기(適期)에 지급청구를 지급하고 있는지 여부에 관한 수많은 소비자의 상세한 기록의 파일을 정비하고 있다. 조사기관은 이런 정보를 신용카드발행업체, 소매점, 석유회사 등으로부터 받고 있다. ~ ***card*** 크레디트카드 ¶ The *credit card* is a plastic card issued by a bank, savings and loan, retail store, oil company, or other credit grantor giving consumers the right to charge purchases and pay for them later. Most *credit cards* offer a grace period of about 25 days, during which interest charges do not accrue. After that, consumers pay nondeductible consumer interest on the remaining balance until it is paid off. Some credit cards start charging interest from the day the purchase is registered. 크레디트카드는 은행, 저축금융기관, 소매점, 석유회사, 또는 기타의 여신자가 발행하는 플라스틱의 카드이며, 소비자에게 상품을 외상으로 사서, 후에 지급할 권리를 부여하는 것이다. 대부분의 크레디트카드는 약 25일간의 지급유예기간을 두고 있어서, 그 기간 내에서는 금리가 발생하지 않는다. 그 후에 소비자는 지급을 완제하기까지 미지급잔액에 대해서 소득공제가 안 되는 소비자금리를 문다. 어떤 카드는 구입이 기록된 날로부터 금리를 부과하기 시작하는 경우도 있다. ~ ***control*** 신용통제 ¶ The *credit control* is frequently used powers of the Federal Reserve Board in carrying out monetary policy. The Federal Reserve's authority to assess surcharges on bank reserves and impose reserve requirements on nonbank financial companies expired in 1982. 신용통제는 통화정책을 실행하는 데에 미국연방준비제도 이사회가 자주 사용하는 권한이다. 미국연방준비제도 이사회의 은행준비금에 대한 추징금을 사정(査定)하여 비은행의 금융회사에 대한 준비금요건을 부과하는 권한은 1982년에 실효하였다. ~ ***crisis*** [영] 신용위기 ¶ The *credit crisis* is a severe form of financial crisis, in which a national banking system ceases to function normally, making impossible the proper allocation of credit. A *credit crisis* may be created through a consistent underpricing of risk relative to return during the growth phase of an economic cycle. Once a catalyst is triggered (e.g., a market crisis, bursting of a speculative bubble, rapid deleveraging), financial institutions sustain losses and may ration credit to corporate and individual clients. In extreme situations, the lack of credit leads to growing defaults, further losses in the banking sector, and so forth, in a self-fulfilling cycle. Also known as banking crisis. See also currency crisis; debt crisis. 신용위기는 국내은행체계가 정상적인 기능을 중지하는 금융위기의 가혹한 형태이며, 이것은 신용의 적절한 배분을 불가능하게 만든다. 신용위기는 경기순환(economic cycle)의 성장단계(growth phase)동안 이익률(return)과 관계가 있는 리스크를 계속적인 저평가하는 데에서 생겨날 수 있다. 일단 기폭제(catalyst)가 촉발된다면(예컨대, 시장위기, 투기적 거품의 파열, 급속한 디레버리징), 금융기관들은 손실을 입게 되고 기업과 개인인 고객에 대해서 신용의 공급을 제한할 수 있다. 극심한 상황에서, 신용의 부족은 은행업무분야 등에서 예상할 수 있는 주기(周期, cycle)로 디폴트가 늘어나고, 더 많은 손해를 야기한다. 이는 banking crisis(은행업무의 위기)로도 알려져 있다. currency crisis(통화위기); debt crisis(부채위기)도 참조할 것. ~ ***default model*** [영] 크레디트 디폴트 모형 ¶ The *credit default model* is an analytic model that is used to determine credit losses based on the probability a counterparty will default at a future time. See also credit default risk; credit mark-to-mark model; intensity model; structural model. 크레디트 디폴트모형은 거래상대방이 장래의 시기에 디폴트가 될 개연성을 기초로 하는 대손(貸損)을 결정하는 데 이용되는 분석적 모형이다. credit default risk(크레디트 디폴트리스크); credit mark-to-mark model(신용시세평가모형); intensity model(집약도 모형); structural model(구조적 모형)도 참조할 것. ~ ***default option*** [영] 크레디트 디폴트옵션 ¶ The *credit default option* is an over-the-counter binary option that grants the buyer a payoff if the reference credit defaults on its debt; the strike price of the option is typically set equal to the par value of the reference obligation, and the contract only becomes exercisable in the event of a default. Also known as binary credit option; default option. See also credit default swap; credit derivative; credit spread option. 크레디트 디폴트옵션은 레퍼런스 크레디트가 부채로 디폴트가 되면 매수인에게 수익(payoff)을 주는 장외거래(over-the-counter)의 바이너리 옵션이다. 옵션의 행사가격은 일반적으로 기준채무(reference obligation)의 액면가(par value)와 같게 설정되고, 계약은 오직 디폴트의 사유에 행사할 수 있게 된다. binary credit option(바이너리 크레디트옵션); default option(디폴트옵션)이라고도 한다. credit default swap(크레디트 디폴트스왑); credit derivative(크레디트 파생상품); credit spread option(크레디트 스프레드옵션)도 참조할 것. ~ ***default risk*** [영] 크레디트 디폴트리스크 ¶ The *credit default risk* is the risk of loss arising from a counterparty's failure to perform on its contractual obligations, including derivatives, loans, bonds, and other credit-sensitive instruments. Also known as default risk. See also credit inventory risk; credit risk, credit spread risk. 크레디트 디폴트리스크는 파생상품, 대출, 채권 및 다른 신용에 민감한 증권을 포함하여 계약상대방이 계약상의

의무를 이행하지 않는 바람에 생기는 손실의 위험을 말한다. 이는 default risk(디폴트리스크)로도 알려져 있다. credit inventory risk(크레디트 인벤토리리스크); credit risk(신용위험), credit spread risk(크레디트 스프레드리스크)도 참조할 것. ~ ***default swap (CDS)*** 크레디트 디폴트스왑 ¶ In its most basic form, the *credit default swap* (*CDS*) is a contract whereby one party, called a protection buyer, periodically makes fixed payments to another party, the protection seller, in exchange for an agreement to pay an amount of money in the event of default by a third party, called the reference entity. The reference entity is typically a loan or bond but can also be a company in some sort of duress. What makes the *CDS* different from an insurance contract is that the buyer need not have any interest whatsoever in the reference entity or its debt and doesn't even need to have a loss if the entity defaults. Like other financial derivatives, *CDSs* are traded over-the-counter, although with varying degrees of liquidity. 가장 기본적인 형태에 있어서, 크레디트 디폴트스왑은 보호할 매수인(protection buyer)인 어느 당사자가 신용실체(reference entity)인 제3당사자에 의한 채무불이행의 경우에 일정한 금액을 지급할 약정과의 교환으로 보호할 매도인(protection seller)인 다른 당사자에게 정기적으로 일정한 지급을 하기로 하는 계약을 이른다. 신용실체는 일반적으로 대출(loan) 또는 채권(bond)이지만, 어떤 궁지에 몰린 기업일 수도 있다. 크레디트 디폴트스왑을 보험계약과 다르게 하는 것은 매수인이 신용실체 또는 그 채무에 대해서 조금도 관심을 가질 필요가 없고 신용실체가 채무불이행이 되더라고 손실을 입을 필요조차 없다는 것이다. 크레디트 디폴트스왑은 유동성의 다양한 정도가 있지마는 장외거래(over-the-counter)에서 거래된다. ~ ***default swap index*** [영] 크레디트 디폴트스왑인덱스 ¶ The *credit default swap index* is a pool of credits that is used as a reference in a credit default swap transaction or an index tranche structure. Itraxx indexes have emerged as the industry standard for liquid trading, though bespoke credit indexes also exist. 크레디트 디폴트 스왑인덱스는 크레디트 디폴트스왑거래 또는 인덱스 트랑슈구조에서 조회(reference)로서 이용되는 크레디트의 풀(pool)이다. 아이트랙스 인덱스(itraxx index)는 맞춘 크레디트 인덱스가 또 존재하더라도, 유동성거래를 위한 산업표준으로 나타났다. ~ ***derivative*** [영] 크레디트 파생상품, 신용파생상품 ¶ The *credit derivative* is an over-the-counter derivative with an underlying reference that is based on the credit performance of a reference credit. *Credit derivatives* are available in various forms, including the basket swap, credit spread option, first-to-default swap, nth-to-default swap and total return swap. See also commodity derivative; currency derivative; equity derivative; interest rate derivative; reference entity; reference obligation; synthetic collateralized debt obligation. 신용파생상품은 레퍼런스 크레디트(reference credit)의 신용운용실적에 기초를 둔 기초대상자산(underlying reference)을 가지는 장외거래 파생상품이다. 신용파생상품은 바스켓스왑(basket swap), 크레디트 스프레드옵션(credit spread option), 디폴트가 첫째인 스왑(first-to-default swap), n번째의 디폴트스왑(nth-to-default swap)과 토털리턴스왑(total return swap)을 포함하여 여러 가지 형태로 이용할 수 있다. commodity derivative(상품파생상품), currency derivative(통화파생상품); equity derivative(주식파생상품); interest rate derivative(금리파생상품); reference entity (신용실체); reference obligation(참조채무); synthetic collateralized debt obligation(합성채무담보채무증서)도 참조할 것. ~ ***enhancement*** 신용보완 ¶ The *credit enhancement* is techniques used by debt issuers to raise the credit rating of their offering, and thereby lower their interest costs. A municipality may have their bond insured by one of the large insurance companies such as Municipal Bond

Investor's Assurance (MBIA) or American Municipal Bond Assurance Corporation (AMBAC), thereby raising the bond's credit rating to AAA. 신용보완은 채권(bond)의 발행자(issuer)가 발행채권의 금리코스트를 인하할 목적으로 공모(公募)의 신용등급을 인상하는 방법을 이른다. 지방자치단체는 지방투자자보증회사(Municipal Bond Investor's Assurance: MBIA)나 미국지방채보증회사(American Muncipal Bond Assurance Corporation: AMBAC) 등의 대형보험회사로부터 보증을 받아 채권의 등급을 트리플A(AAA)로 올리는 경우가 있다. ~ ***event*** [영] 크레디트 이벤트 ¶ The *credit event* is a trigger event used in the credit derivative market under International Swaps and Derivatives Association (ISDA) documentation, which leads to the exchange of payments under any outstanding contracts related to the relevant reference entity or reference obligation. The events include bankruptcy, failure to pay, restructuring, acceleration, and repudiation/moratorium. 크레디트 이벤트는 국제스왑파생상품협회(ISDA: International Swaps and Derivatives Association)의 서류작성에 의하여 신용파생상품 시장에서 사용되는 해약사유(trigger event)를 말하며, 이는 관련된 신용실체(reference entity) 또는 기준채무(reference obligation)와 관계되는 미지급계약 하에서 지급의 교환(exchange of payments)을 이끈다. 해약사유에는 파산, 지급불능(failure to pay), 리스트럭처링(restructuring), 기한의 이익상실(acceleration), 및 지급거절/모라토리엄(repudiation/moratorium)이 포함된다. ~ ***forward*** [영] 크레디트 포워드 ¶ The *credit forward* is a single period over-the-counter forward contract that generates a payoff based on the difference between an agreed credit spread (or price) and the terminal credit spread (price) of a reference credit. See also credit derivative. 크레디트 포워드는 레퍼런스 크레디트(reference credit)의 합의된 크레디트 스프레드(또는 가격)와 최종크레디트 스프레드 (또는 가격)간의 차이에 기초로 하는 수익(payoff)을 발생시키는 일시기간 장외거래의 선도계약을 말한다. credit derivative(신용파생상품)도 참조할 것. ~ ***history*** (고객의) 신용이용의 역사 ¶ The *credit history* is an individual's past behavior regarding the taking out and repayment of loans and the use of revolving credit, such as credit card. *Credit histories* are recorded by national credit reporting companies (credit bureau) that issue credit reports. These reports are used by lenders to assess an applicants creditworthiness. (고객의) 신용이용의 역사란 개인이 대출의 인출과 상환 및 크레디트카드와 같은 회전신용장(revolving credit)의 이용에 관하여 과거 어떤 행태를 보였는가를 기록한 것이다. 신용이용의 역사는 신용리포트(credit reports)를 발간하는 전국신용공표회사[금융국(金融局)]에서 기록된다. 이러한 기록공표는 대출신청자의 신용력(creditworthiness)을 평가하는 데에 대여자(貸與者)가 이용한다. ~ ***insurance*** 신용보험 ¶ The *credit insurance* is protection against abnormal losses from unpaid accounts receivable, often a requirement of banks lending against accounts receivable. In consumer credit, life or accident coverage protecting the creditor against loss in the event of death or disability of a borrower in the amount of the outstanding balance of the loan. 신용보험은 외상매출금(accounts receivable)이 회수될 수 없기 때문에 생기는 손실은 커버하는 보험으로, 외상매출금을 담보로 융자를 하고 있는 은행이 이 보험을 요구하는 경우가 많다. 소비자금융(consumer credit)에서는, 채무자의 사망이나 상해 등에서 생기는 손실로부터 채권자를 보호하기 위한 생명보험이나 사고보험에서 통상 론(loan)잔액에 대한 비율로 보상액이 표시된다. ~ ***inventory risk*** [영] 크레디트 인벤토리리스크 ¶ The *credit inventory risk* is the risk of loss arising from a borrower's financial deterioration (reflected in a widening of its credit spread) and/or its failure to perform on a loan or bond obligation (reflected in default). See also credit default risk; credit spread risk. 크레디트 인벤토리리스크는 (차입자의 크레디트스프레드의 확대에서 나타나는) 차입자의 금융악화(financial deterioration)와 (디폴트에서 나타나는) 대출(loan)이나 채권채무(bond obligation)의 차입자의 이행불능에서 생기는 손실의 위험을 말한다. credit default risk(크레디트 디폴트리스크); credit spread risk(크레디트 스프레드리스크)도 참조할 것. ~ ***(or creditor) life insurance*** 신용생명보험 ¶ The *credit (creditor) life insurance* is an individual or group life insurance payable to a lender upon the death of a borrower in the amount of the outstanding balance of the loan. 신용생명보험은 론(loan)의 차입자(借入者)가 전액 상환하기 전에 사망한 경우에, 대여자(貸與者)에 대해서 론의 미지급액이 지급되는 개인 또는 그룹의 생명보험이다. ~ ***limit*** 신용공여한도액, 여신한도액 ¶ The *credit limit* is a credit term, meaning the maximum balance allowed for a particular customer. 신용공여한도액은 크레디트카드의 용어로서, 특정한 고객에 대해서 허용할 수 있는 여신한도액을 의미한다. ~ ***line***; ~ ***ceiling*** 크레디트라인, 대출한도, 신용공여한도 → bank line (은행의 여신범위). ~ ***mark-to-market model*** [영] 신용시세평가모형 ¶ The *credit mark-to-market model* is an analytic model that is used to determine credit losses based on the probability of a counterparty's financial deterioration at various points in time. The *mark-to-market model* considers losses due to both credit spread widening and default (which is a single specific and unique state in the model). See also credit default model; intensity model; structural model. 신용시세평가모형은 때맞춰 여러 가지 관점에서 거래상대방의 금융악화의 개연성을 이유로 하는 신용손실을 결정하는 데 이용되는 분석모형이다. 시세평가모형은 손실이 신용스프레드의 확대와 디폴트에 기인하는 것으로 생각한다(이것은 모형의 유일무이한 독특한 상태이다.). credit default model(크레디트디폴트 모형); intensity model(집약도 모형); structural model(구조적 모형)도 참조할 것. ~ ***credit multiplier (or deposit multiplier)*** 신용승수 (또는 예금승수) ¶ The *credit multiplier* (or *deposit multiplier)* multiplies small changes in bank deposits into changes in the amount of outstanding credit and the money supply. For example, a bank receives a deposit of $100,000, and the reserve requirement is 20%. The bank is thus required to keep $20,000 in the form of reserves. The remaining $80,000 becomes a loan, which is deposited in the borrower's bank. When the borrower's bank sets aside the $16,000 required reserve out of the $80,000, $64,000 is available for another loan and another deposit, and so on. Carried out to its theoretical limit, the original deposit of $100,000 could expand into a total of $500,000 in deposit and $400,000 in credit. 신용승수 (또는 예금승수)란 예금량의 조그만 변화가 융자잔액과 머니서플라이(money supply)의 커다란 변화를 가져오는 것이다. 예컨대, 은행이 100,000달러의 예금을 수취하여 예금준비율(reserve requirement)이 20%이면, 그 은행은 20,000달러를 준비금의 형식으로 보유한다. 나머지 80,000달러가 대출금이 되어 차입자의 은행에 예금된다. 차입자측의 은행은 그 중의 16,000달러를 소요준비금으로 하고, 나머지 64,000달러를 별도의 대출금이나 은행예금으로 돌린다. 이와 같이 해서, 이론상의 한도까지 계속한다면, 최초의 100,000달러는 총계 500,000달러의 머니서플라이와 400,000달러의 융자금액을 창조하게 된다. ~ ***portfolio model*** [영] 신용포트폴리오 모형 ¶ The *credit portfolio model* is a general model that estimates credit losses arising from deterioration and default in credit-risky portfolios. Since the model examines portfolio losses, the analytics rely on default correlation estimates between counterparties in the portfolio. A *credit portfolio model* can be used as a tool for risk management, business management, portfolio optimization, and capital allocation. 신용포트폴

리오 모형은 신용리스크 모형(credit-risky model)에서 악화(deterioration)와 디폴트에서 생기는 대손(貸損, credit loss)를 예측하는 일반모형이다. 그 모형은 포트폴리오 로스(portfolio loss)를 심사하기 때문에, 분석(analytics)은 포트폴리오에서 거래상대방간의 디폴트상관(相關)예측에 의존한다. 신용포트폴리오 모형은 위기관리(risk management), 사업관리(business management) 포트폴리오 최적화(portfolio optimization), 자본분배(capital allocation)를 위한 방편으로 이용될 수 있다. ~ ***rating*** 신용등급 ¶The *credit rating* is the formal evaluation of an individual or company's credit history and capability of repaying obligations. Any number of firms investigate, analyze, and maintain records on the credit responsibility of individuals and businesses – Experian (individuals) and Dun & Bradstreet (commercial firms), for example. The bond ratings assigned by Standard & Poor's, Fitch Ratings, and Moody's are also a form of credit rating. 신용등급은 개인 혹은 기업의 신용실적(credit history) 및 상환능력(ability to pay)에 관한 공식적인 평가(formal evaluation)를 이른다. 많은 기업이 개인이나 기업의 신용정보를 조사하고 분석하고, 기록으로서 보관하고 있다. 예컨대 개인정보에 대해서는 익스페리언(Experian), 영리기업정보에 관해서는 던 앤드 브래드스트리트 등이 있다. 스탠더드앤드푸어스(Standard & Poor's), 피치레이팅스(Fitch Ratings) 및 무디스(Moody's)가 부여하는 채권의 등급도 신용등급의 1종이다. ***Credit Rating Agency Reform Act of 2006*** 2006년의 신용등급기관개혁법 ¶The *Credit Rating Agency Reform Act of 2006* is a federal law enacted September 29, 2006, to encourage competition among firms engaged in credit rating of government and business obligations. It defined "nationally recognized statistical rating organization" (NRSRO) and required they register with the Securities and Exchange Commission (SEC) and comply with oversight rules. The financial crisis that broke soon after the Act was passed revealed glaring deficiencies in the ways credit rating agencies performed and has spurred ongoing discussion of new proposals that would improve transparency, tighten oversight, and reduce reliance on credit agencies. A central issue is the conflict of interest inherent in the way agencies are compensated. Currently they earn their revenues from the issuers they rate, not from their subscribers as was once the case. 2006년의 신용등급기관개혁법은 정부와 기업의무의 신용등급에 관여하는 기업간의 경쟁을 장려하기 위하여 2006년 9월 29일에 제정된 연방법률이다. 그 법률은 신용등급기관을 「전국적으로 인정받는 통계적인 등급기관」(nationally recognized statistical rating organization: NRSRO)이라고 정의를 내리고, 그 기관들은 연방증권거래위원회(SEC)에 등록하고 감독규정을 준수하여야 한다고 규정한다. 이 법률이 통과되자마자 바로 터지고만 금융위기는 신용등급기관들이 수행해 온 방식에 명확한 결점을 드러내어 등급의 투명성을 개선하고, 감독을 엄격히 하며, 신용등급기관에 신뢰를 축소하자는 새로운 제안의 토론을 진행한다는 데에 박차를 가했다. 중심적인 문제점은 등급기관들이 보상받는 방식에 내재하는 이익충돌이다. 현재는 신용등급기관들은 한번 심사를 받은 주식청약자로부터가 아니라, 그들이 등급을 매긴 주식발행자로부터 수입(收入)을 얻고 있다. ~ ***reference*** 신용조회 ¶The *credit reference* is a previous borrowing history offered as demonstration of creditworthiness in a credit application. *Credit references* are a source of supporting documentation in applying for bank. 신용조회란 금융신청시에 신용력의 표명으로 제공되는 이전의 차입역사를 이른다. 신용조회는 은행에 신청할 때에는 서류작성을 지원하는 자료가 된다. ~ ***report*** 신용보고서 ¶The *credit report* is a report furnished by a credit bureau when requested by a lender or the individual named in a report. A *credit report* lists available credit and a borrower's payment history including on-time payments, late payments, and the number of times a loan payment was missed. It also may include judgment liens to collect a debt, bankruptcy petitions, and tax liens. *Credit reports* retain adverse credit information for seven years, and bankruptcy petitions for a ten-year period. Federal law requires credit bureaus to give consumers the right to inspect their credit report and write comments if they disagree with it. 신용보고서는 보고서에서 기명된 대여자나 개인의 청구가 있으면 신용정보센터(credit bureau)가 제공하는 보고서이다. 신용보고서에서는 이용가능한 여신과 정기납입(on-time payment), 납입지체(late payment) 및 대금출납입이 지체된 회수를 비롯하여 차입자의 납입이력이 목록으로 작성되고 있다. 거기에는 채무, 파산신청 및 조세리엔(tax lien)을 추심하기 위한 판결리엔(judgment lien)을 포함할 수도 있다. 신용보고서에서는 7년간의 역(逆)신용정보와 10년간의 파산신청을 보유한다. 연방법에서는 소비자가 이 보고서에 동의하지 않는 경우에 신용정보센터가 작성한 보고서를 검사하여 코멘트를 작성할 권리를 주어야 한다고 규정하고 있다. ~ ***reserve*** [영] 여신준비금 ¶ The *credit reserve* is a contra-account that is used to fund expected credit losses. Reserves are established by deducting required amounts from operating revenues or current income, and are used when a counterparty ceases to perform on a contractual obligation, such as a loan, bond, payable, or derivative. See also loan loss reserve. 여신준비금은 예상대손(貸損)에 자금을 공급하는 데 사용되는 대조계좌(對照計座)를 말한다. 충당금은 영업수익(operating revenues) 또는 당기이익(current income)에서 필요한 금액을 공제하여 설치되고, 거래상대방이 론(loan), 본드(bond), 외상매입금(payable), 또는 파생상품(derivative)과 같은 계약상의 채무를 이행하지 않는 경우에 사용된다. loan loss reserve(대손준비금)도 참조할 것. ~ ***risk*** 신용리스크, 여신리스크 ¶ A *credit risk* is a financial and moral risk that an obligation will not be paid and a loss will result. 신용리스크는 채무(obligation)가 지급되지 않아서 그 결과 손실이 발생하는 금융 및 도덕상(financial and moral)의 리스크를 말한다. ~ ***scoring*** 신용평가, 크레디트 스코어링 ¶ *Credit scoring* is an objective methodology used by credit grantors to determine how much, if any, credit to grant to an applicant. *Credit scoring* is devised by three different methods: by a third-party firm, by the credit grantor, or by the credit bureau in cooperation with credit grantor. Some of the most common factors in scoring are income, assets, length of employment, length of living in one place, and past record of using credit. 신용평가는 융자신청자에 대해서 융자를 한다고 한 경우, 어느 정도의 여신을 인정할 것인가를 결정하기 위해서 여신자가 이용하는 객관적인 방법을 말한다. 신용평가는 3개의 상이한 수법으로 행해진다. 즉, 제3자기관(third-party firm), 여신자(credit grantor) 및 여신자에게 협력하는 신용정보센터(credit bureau)에 의한 수법이다. 신용평가를 할 적의 가장 일반적인 요소는 수입(income), 자산(assets), 취업기간(length of employment), 1개소에서의 정주기간 및 과거의 신용이력(past record of using credit)이다. ~ ***spread*** 신용스프레드, 크레디트 스프레드 ¶ *Credit spread* is differences in the value of to options, when the value of the one sold exceeds the value of the one bought. The opposite of debt spread. 크레디트 스프레드는 매각한 옵션(option)의 가격이 구입한 다른 옵션의 가격을 상회하는 경우에 2개의 옵션의 가격차를 이른다. 데빗스프레드(debit spread)는 이 반대의 경우이다. ~ ***spread option*** [영] 크레디트 스프레드옵션 ¶ The *credit spread option* is an over-the-counter option that generates a payoff based on the difference between a credit spread (or price) and a predefined strike price. In standard form credit spreads generate a continuum of payoffs based on credit appreciation or depreciation; a credit option structured in binary form (as a default option) generates a payoff based solely on default by the reference credit. See also credit derivative. 크레디트 스프레드옵션은 크레디트 스프레드(또는 가격)와 사전에 정한 행사가격간의 차금에 기초를 둔 수익(payoff)에서 생기는 장외거래의 옵션이다. 표준적인 형태에서 크레디트 스프레드는 크레디트의 등귀(appreciation)나 저락(depreciation)을 기초로 하여 연속적인 수익(payoff)을 발생시킨다. (디폴트옵션으로서) 2진법의 형식(in binary form)으로 구조화된 크레디트 옵션은 레퍼런스 크레디트(reference credit)에 의하여 오직 디폴트에 기초한 수익(payoff)을 발생시킨다. credit derivative(신용파생상품)도 참조할 것. ~ ***spread risk*** [영] 크레디트 스프레드리스크 ¶ The *credit spread risk* is the risk of loss arising from a deterioration in an entity's creditworthiness, generally reflected by a widening in the credit spread. See also credit default risk; credit inventory risk; credit risk. 크레디트 스프레드리스크는 일반적으로 크레디트 스프레드의 확대에 의하여 나타나는 법인체의 신용력(creditworthiness)의 악화에서 생기는 손실의 위험을 말한다. credit default risk(크레디트 디폴트리스크); credit inventory risk(크레디트 인벤토리리스크); credit risk(크레디트리스크)도 참조할 것. ~ ***standing*** 신용상태 ¶ *Credit standing* is reputation one earns for paying debts. Credit rating tends to be more quantitative than credit standing. 신용상태는 채무상환을 하는 데 쟁취한 명성을 말한다. 신용등급은 신용상태보다도 더 물량적인 경향이 있다. ~ ***union*** 신용조합 ¶ The *credit union* is a not-for-profit financial institution typically formed by employees of a company, a labor union, or a religious group and operated as a cooperative. *Credit unions* may offer a full range of financial services and pay higher rates on deposits and charge lower rates on loans than commercial banks. 신용조합은 기업의 종업원, 노동조합, 종교단체에 의해서 일반적으로 결성되어 협동조합으로서 운영되고 있는 비영리목적(not-for-profit)의 금융기관이다. 신용조합은 전반에 걸친 금융서비스를 제공하며, 예금에는 상업은행보다 높은 금리를 지급하고, 융자에서는 낮은 금리를 부과한다. ~ ***watch*** 크레디트워치 ¶ The term *credit watch* is used by bond rating agencies to indicate that a company's credit is under review and its rating subject to change. The implication is that if the rating is changed, it will be lowered, usually because of some event that affects the income statement or balance sheet adversely. 크레디트워치라는 말은 어느 기업의 신용등급(credit rating)을 조사중인 경우에 그 등급이 변동할 가능성이 있다는 것을 나타내기 위해서 채권등급회사(bond rating agencies)가 사용하는 표현이다. 크레디트워치가 된 경우, 손익계산서(income statement)나 대차대조표(balance sheet)에 불리한 영향을 줄 여지가 있기 때문에, 등급이 내려가는 것을 시사하고 있다. ***line of*** ~ 신용공여한도 ¶ A *line of credit* is an agreement whereby a financial institution promises to lend up to a certain amount of without the need to file another application. The borrower is expected to reduce the debt after having reached the full amount of credit. 신용공여한도는 금융기관이 또 다른 신청을 제출할 필요없이 일정한 금액까지 대출을 늘려주기로 약속하는 약정을 말한다. 차입자는 신용의 전액에 도달한 다음에 채무감소가 기대되고 있다. ***negotiation letter of*** ~ 매입신용장(어음매입을 특정한 은행으로 한정하지 않는 신용장) ¶ The *negotiation letter of credit* is a letter of credit in which the engagement of the issuer is extended to drawers, indorsers, and bona fide holders of drafts drawn on or demands for payment made under the credit by the beneficiary. This engagement is usually made by including in the credit a phrase similar to the following: "We hereby engage with the drawers, indorsers, and bona fide holders of drafts/documents drawn under and in compliance with the terms and conditions of this credit that such drafts/

documents will be duly honored on due presentation ...” 매입신용장이란 신용장의 개설자의 약속이 신용장에 의거하여 발행된 환어음 또는 지급요구서(demand for payment)의 발행인, 배서인 및 선의의 소지인에게 미치는 신용장을 말한다. 이런 약속이 통상 신용장 속에 포함된 다음과 유사한 문구에 의해 이루어진다. 즉 “당사는 이 신용장에 의거하여 발행된 환어음/선적서류의 발행인, 배서인 및 선의의 소지인에게 그런 환어음/선적서류가 지급기일에 제시된 때 지체없이 인수, 지급됨을 약속합니다.…” ***straight letter of*** ~ 스트레이트 신용장(어음지급을 특정한 은행으로 지정하는 신용장) ¶ The *straight letter of credit* is a letter of credit containing a commitment by the issuer to honor a draft or demand for payment by the beneficiary upon the beneficiary's performance of the terms and conditions of the credit, usually at the offices of the issuer. Such a credit contains no commitment to any person other than the named beneficiary. This engagement is usually made by including in the credit a phrase similar to the following: “We engage with the beneficiary that all drafts drawn under and/or documents presented hereunder will be duly honored by us provided that the terms and conditions of the credit are complied with and that presentation is made at this office ...” 스트레이트 신용장이란 신용장의 조건을 수익자가 이행할 때 수익자에 의한 환어음 또는 지급요구서를 신용장개설자가 이를 인수, 지급할 약속(통상 신용장개설자의 사무소에서 이루어짐)이 들어있는 신용장을 말한다. 그런 신용장에는 지명된 수익자 이외에 어떤 사람에 대한 약속이 들어 있지 아니한다. 이 약속은 통상 다음과 유사한 문구가 신용장에 들어 있는 경우가 보통이다. 즉, “당사는 이 신용장에 의거하여 발행된 모든 환어음과 이에 제시된 선적서류는 신용장의 조건이 준수되고 그 제시가 이 사무소에 이루어진 경우에 지체없이 인수, 지급됨을 약속합니다.…”

creditor (Cr.) 채권자, 대여자(貸與者), 대변 ¶ A *creditor* (*Cr.*) is a person to whom a debt is owed by another person (the debtor). 채권자는 타인(채무자)이 채무를 지고 있는 자이다. ¶ A *creditor* is a party that extends credit, such as a trade supplier, a bank lender, or a bondholder. 채권자란 거래상의 물품공급자, 융자은행 또는 채권(債券)보유자와 같이, 여신(與信)을 제공하는 자이다. /*creditor* account 대월계좌 /a *creditor* balance 대변잔액 /*creditors'* equity 타인자본, 부채 /*creditors'* equity to total assets 부채비율 /a *creditors'* meeting 채권자회의 /*creditor* nation [country] 채권국 /the *creditor* side 대변 /large *creditors* 거액의 채권자 /a meeting of *creditors* 채권자회의 ***creditor's committee*** 채권자위원회 ¶ The *creditor's committee* is a group representing firms that have claims on a company in financial difficulty or bankruptcy; sometimes used as an alternative to legal bankruptcy, especially by smaller firms. 채권자위원회는 자금융통이 곤란하거나 도산(倒産, bankruptcy)한 회사에 대해서 채권이 있는 기업을 대표하는 그룹을 말한다. 때로는 법적 파산절차를 갈음하는 자로서 특히 소규모의 기업에서 사용된다.

creditworthiness 신용력, 신용도 ¶ The *creditworthiness* is the general eligibility of a person or company to borrow money. 신용력이란 개인이나 기업의 일반적인 자금차입적격성(資金借入適格性)을 이른다.

creditworthy 신용력이 있는 ¶ The word *creditworthy* means of or relating to a person or organization that enjoys an acceptable credit rating. creditworthy라는 말은 받아 받아들일 수 있는 신용평가를 누리는 개인이나 단체의, 또는 이와 관련된 것을 의미한다.

creeping 살며시 다가오는, 서서히 진행되는 ***creeping inflation*** 소폭으로 진행

되는 인플레이션 ¶ The *creeping inflation* is a slow but inexorable continuing inflation that, though it seems tolerable in the short run, nonetheless leads to significant long-run price increases. A sustained inflation of 2% per year will cause prices to increase over fivefold in a century. 소폭으로 진행되는 인플레이션은 단기간으로는 견딜 수 있을 것 같지만, 그럼에도 상당히 장기간 물가인상을 이끄는, 느리지만 꾸준히 지속적인 인플레이션이다. 연 2퍼센트의 지속적인 인플레이션은 물가를 1세기 안에 5배 이상으로 증가시키는 원인이 된다. ~ ***tender offer*** 신고하지 않은 주식매점 ¶ The *creeping tender offer* is a strategy whereby individuals acting in concert circumvent Williams Act provisions by gradually acquiring target company shares from arbitrageurs and other sellers in the open market. 신고하지 않은 주식매점은 협조행동(acting in concert)을 취하는 사람들이 매점대상회사(target company)의 주식을 공개시장(open market)에서 차익거래업자(arbitrageurs)나 다른 매도인으로부터 서서히 매수하여 윌리엄법(William Act)의 규정을 회피하려고 하는 전략을 말한다.

CREST [영] 크레스트 ¶ The *CREST* is an electronic (and therefore paperless) system introduced to the London Stock Exchange in 1996 for processing shares for the securities market. It replaced TALISMAN and includes registration, purchase, sales and payment of dividends as they become due. 크레스트는 증권시장을 위한 주식을 조사 분류하는 데에 1996년에 런던증권거래소에 도입된 전자 (및 그러므로 종이를 쓰지 않는) 제도이다. 그 제도는 탤리스먼(TALISMAN)을 대체하였고, 지급일이 되면 등록, 구입, 매도 및 배당금의 지급을 포함한다.

crime 범죄 ¶ A *crime* is a wrong against society proclaimed in a statute that, if committed, punishable by society through fines and/or imprisonment – and, in some cases, death. 범죄는 제정법에서 규정되고 있는 사회에 의해 위법행위로, 이를 범한 경우에는 벌금 및 징역 — 어떤 경우에는 사형으로 사회에 의해 처벌될 수 있다.

criminal 범죄의 ¶ a *criminal* action 형사사건 /*criminal* proceedings 형사소송 /*criminal* prosecution 형사소추

crisis 위기, 중대국면, 공황, (*pl.*) crises ¶ banking *crisis* 은행공황 /*crisis* management 위기관리 /a dollar *crisis* 달러위기 /financial *crisis* 재정위기

critical 결정적인, 중대한 ***critical path method* (*CPM*)** 최장경로방식, 최장시간경로방식 ¶ The *critical path method* (*CPM*) is a planning and control technique that optimizes the order of steps in a process given the costs associated with each step. Manufacturing industry uses *CPM* to plan and control the complete process of material deliveries, paperwork, inspections, and production. 최장경로방식이란 각 단계마다 관련된 비용을 지급하는 과정에서 단계의 순서를 최적화하는 계획 및 통제기술을 말한다. 제조업에서는 자재인도, 페이퍼워크, 감독 및 생산의 완전한 과정을 계획하고 통제하는 데에 최장경로방식을 이용한다. ~ ***mass*** 크리티컬 매스 ¶ The *critical mass* is the size or scale at which a business activity acquires self-sustaining viability. 크리티컬 매스란 비즈니스활동을 자립해서 행하는 것이 가능할 정도의 크기 또는 규모를 이른다.

Croatia (Hrvatska) currency 크로아티아 (헤르바츠카) 화폐 ¶ kuna(쿠나)

crony capitalism 연고(緣故)자본주의 ¶ The *crony capitalism* is the favoritism that develops in free market economies because of close personal relationships between government officials and industry leaders or other powers, such as labor unions or, in some societies, ethnic, religious, or racial interests. Theories vary as to where the blame belongs. Capitalists blame latent socialism, arguing that socialist governments reward business operators for their cooperation. Socialists blame capitalists for cultivating government officials that might otherwise threaten their power. Others argue that since capitalism is all about benefiting friends and associates anyway, the word "crony" is superfluous. 연고자본주의란 정부관리와 산업계지도자, 또는 노동조합, 어떤 사회에서는 민족적, 종교적 및 인종적 이해집단과 같은 기타 유력인사들 간의 밀접한 인간관계 때문에 자유시장경제에서 발전하는 정실주의를 말한다. 연고자본주의에 관한 이론은 책임이 어디에 기인하는 것에 따라 다르다. 자본주의자들은 사회주의정부가 그들의 협력에 대해서 기업운영자를 보상한다고 주장하면서, 잠복하고 있는 사회주의에 책임을 돌린다. 사회주의자들은 자본주의자들이 달리 방법이 없으면 그들의 권력으로 위협할 지도 모르는 정부관리를 양성하고 있는 것에 책임을 돌린다. 다른 이론가들은 자본주의가 좌우간 친구 및 동료에게 도움을 주고 있으므로 「연고」라는 말은 피상적인 것에 불과하다고 주장한다.

crop (*pl.*) 작물(作物), 수확물

crore 크로어 ¶ 1 크로어 = 10 million Indian rupees[천만 루피(Indian rupees)].

cross ⓐ 가로의, 반대의 ¶ *cross* arbitrage 크로스차익(差益)(크로스시세를 사용하여 간접적으로 자국통화와 제3국통화 간의 환시세를 결정하는 방법) /*cross*-border lending 국경을 넘은[외국에의] 융자 /*cross* currency interest rate swap 이종통화간의 금리스왑 /*cross*-default clause 크로스디폴트(연쇄불이행)조항(복수의 채무 중의 하나가 불이행으로 된 경우에 다른 채무에 대해서도 불이행으로 보는 것) /*cross* drawing 융통어음발행 /*cross* entry 이체기입 /*cross*-firing 공(空)어음의 발행 /*cross*-shareholding 주식의 상호보유 /*cross* slips 이체전표 /*cross* trading 선물의 상대매매 ***cross currency swap*** 이종통화스왑 → currency swap (통화스왑). **~ *border*** 크로스보더 ¶ *Cross border* is country to country. 크로스보더는 국가간을 의미한다. **~*-asset hedge*** [영] 크로스애셋 헤지 ¶ The *cross-asset hedge* is a proxy or substitute hedging that is used when an exact replicating hedge is not available, generally by identifying a reference (e.g., a derivative) that has a high degree of correlation with the underlying risk exposure requiring protection. Although a highly correlated cross-asset hedge introduces elements of basis risk, it reduces or eliminates first-order market risks, including directional risk or volatility risk. Also known as cross hedge. 크로스애셋 헤지란 정확한 복제헤지가 이용할 수 없는 경우에, 일반적으로 보호를 요하는 기초리스크 익스포저(underlying risk exposure)와 고도의 상관관계를 가지는 대상(예컨대, 파생상품)을 식별함으로써 이용되는 대용(代用, proxy)헤지 또는 대체(代替, substitute) 헤지이다. 대단한 상관관계가 있는 크로스애셋 헤지가 기준리스크의 요소를 끌어드리더라도, 그것은 방향성 리스크(directional risk) 또는 불안정성 리스크(volatility risk)를 포함하여 제일 중요한 시장리스크를 축소하거나 또는 제거한다. 이는 크로스헤지(cross hedge)라고도 한다. **~ *collateral agreement*** [영] 교차담보약정 ¶ The *cross collateral agreement* is a single collateral agreement that covers multiple loans or credit facilities. Also known as dragnet clause. See also pooled portfolio collateral; transaction-specific collateral. 교차담보약정은 복수의 대출이나 여신퍼실리티(credit facilities)를 커버하는 단일담보약정을 말한다. 이는 dragnet clause(드래그넷조항)으로도 알려져 있다. pooled portfolio collateral(합동포트폴리오담보); transaction-specific collateral(거래특유의 담보)도 참조할 것. **~*-default clause*** [영] 크로스 디폴트조항 ¶ The *cross-default clause* is a clause in a loan, bond, or derivative agreement indicating that a technical default on one obligation triggers a technical default in all other obligations. *Cross-default clauses* are commonly used in credit agreements and master agreements. 크로스 디폴트조항은 하나의 의무에서 테크니컬 디폴트는 다른 모든 의무의 테크니컬 디폴트를 유발하는 것을 가리키는 론(loan), 채권(bond) 또는 파생상품(derivative)의 계약상의 조항(clause)을 말한다. 크로스 디폴트조항은 여신계약서(credit agreement)와 표준계약서(master agreement)에서 일반적으로 사용된다. ~ ***guarantee*** [영] 크로스개런티 ¶ The *cross guarantee* is a guarantee provided by one company to another company that is often related, such as a subsidiary or joint venture, and a reciprocal guarantee provided in the opposite direction. *Cross guarantees* have a high correlation, meaning the financial performance of one guarantor can improve or deteriorate at the same time as that of the second guarantor; this can magnify any associated credit risk exposures. Also known as pig on pork; See also financial guarantee. 크로스개런티는 한 회사가 자회사(subsidiary) 또는 합작회사(joint venture)와 같은 관계가 있기도 한 다른 회사에 대해서 제공하는 개런티(guarantee)와 반대방향으로 제공하는 상호보증을 말한다. 크로스개런티는 높은 상관관계를 가지는데, 이는 한 보증인(guarantor)의 재무업적(financial performance)이 동시에 다른 보증인의 재무업적으로 증가하거나 악화시킬 수 있음을 의미한다. 이것은 관련된 여신위험의 익스포저를 확대하는 셈이다. 이는 pig on pork (피그온 포크)로도 알려져 있다. financial guarantee(금융보증)도 참조할 것. ~ ***-hedging*** 크로스 헤징(채권선물시장에 상장되어 있는 채권과 다른 채권을 헤지하는 것) ¶ *Cross-hedging* is hedging a cash (spot) commodity or security with a futures contract where the underlying commodity is similar but not identical to the commodity or security being hedged. *Cross-hedging* is used when no future is available on the commodity being hedged and a future with a high degree of price can be substituted. 크로스 헤징은 선물계약의 기초가 된 상품(underlying commodity)이 헤징되는 상품 또는 증권과 유사한 것이지만, 전혀 동일한 것은 아닌 경우에 상품현물(spot commodity) 또는 증권(security)을 선물계약(futures contract)에서 헤징하는 것이다. ~ ***holdings*** 주식의 상호보유 ¶ *Cross-holdings* are one corporation's holdings of another corporation's stock. *Cross-holdings* must be eliminated to avoid double-counting when consolidating or combining capital accounts. 주식의 상호보유란 어느 회사가 다른 회사의 주식을 소유하는 것이다. 주식의 상호보유는 기업의 합동・통합시에 상호보유의 주식에 의한 이중회계를 피하기 위해서 제거되어야 한다. ~***-margin agreement*** [영] 크로스마진약정 ¶ The *cross-margin agreement* is an agrement between two or more exchanges that permits margin requirements to be computed on a net, rather than gross, basis. Such an agreement avoids "double counting" of margins for long positions and short positions, allowing clients to use their assets more efficiently. 크로스마진약정은 총액기준(gross basis)이라기보다 오히려 순액기준(純額基準, net basis)으로 마진요건을 평가되게 하도록 하는 2 이상의 거래소간의 약정을 말한다. 그러한 약정은 매입초과포지션(long position)과 매도초과포지션(short position)을 위한 마진의 「이중계산」(double counting)을 피하는데, 이는 고객으로 하여금 자기들 자산을 더 유효하게 사용하도록 하는 것이다. ~ ***rates (of exchange)*** 크로스레이트, 제3국 환시세, (일반적으로) 영미 환시세(달러 파운드 크로스)[크로스시세란 것은 예컨대 미국달러와 한국의 원화의 환시세가 기준시세인 것에 대해서, 이 기준시세와 동시점의 기준시세인 상대국통화와 제3국통화(예컨대 미국달러와 독일의 마르크) 간의 환시세가 크로스시세이다.] ¶ In foreign exchange, *cross rates* are to determine the exchange rate between a domestic currency and a foreign currency by comparing the exchange rates of each with another foreign currency. 외국환에 있어서, 크로스레이트란 자국통화와 외국통화의 교환비율(exchange rate)을 결정할 때에, 각각의 통화와 다른 어떤 국가의 통화와의 교환비율을 비교함으로써 이루어진다.

n. 크로스매매(cross-trade)(브로커가 파는 쪽과 사는 쪽의 양쪽의 입장을 동시에 취함) ¶ The *cross* is a securities transaction in which the same broker acts as agent in both sides of the trade. The practice – called crossing – is legal only if the broker first offers the securities publicly at a price higher than the bid. 크로스 매매는 동일한 증권회사(broker)가 동일한 거래의 매도인과 매수인의 양쪽의 대리인(agent)으로 되는 증권거래를 말한다. 크로스매매(crossing)라고 불리는 이런 영업행위는 증권회사가 매수호가(bid)보다도 높은 매도호가(offer)로 우선 그 증권을 매출한 때에 한하여 합법이 된다.

v. 교차시키다, (수표를) 횡선으로 하다 ¶ *crossed* checks 횡선수표 /*cross* the check 수표에 횡선을 긋다 /a check *crossed* generally 일반횡선수표 /a check *crossed* specially to the X bank X은행을 지정한 특정횡선수표 /*crossed* '& Co.' [& Co.](은행도로 횡선되어 있는 ***crossed market*** 역전경기(逆轉景氣) ¶ The *crossed market* is a situation in which one broker's bid is higher than another broker's lowest offer, or vice versa. Financial Industry Regulatory Authority (FINRA) rules prohibits from crossing the market deliberately. 역전경기는 어느 증권회사(broker)의 매수호가(bid)가 다른 증권회사의 최저매도호가(offer)보다도 높은 상황, 혹은 그 반대의 상황을 이른다. 금융업규제기구(Financial Industry Regulatory Authority: FINRA)의 규제에서는 의도적으로 역전경기를 만드는 것을 금지하고 있다. ***~ed trade*** 교차매매 ¶ A *crossed trade* is a manipulative practice prohibited on major exchange whereby buy and sell orders are offset without recording the trade on the exchange, thus perhaps depriving the investor of the chance to trade at a more favorable price. Also called crossed sale. 교차매매란 매수와 매도의 주문(buy and sell orders)을 거래소(exchange)의 거래기록을 남기지 않고 상쇄시켜서 아마도 투자자가 유리한 가격으로 거래할 기회를 빼앗을 수 있으므로 주요거래소에서 금지하는 주가조작행위이다. 또한 교차매각(crossed sale)이라고도 한다.

crossing (수표 등의) 횡선, [영] 크로싱 ¶ The *crossing* is: (1) the process of executing buy and sale trade that have been matched. (2) In the United Kingdom, the *crossing* is a process where a broker or dealer buy and then sells the same securities, without exposing them first to the market. See also wash sale. 크로싱이란 (1) 매치된 사고 파는 거래(buy and sale trade)를 집행하는 과정을 말한다. (2) 영국에서, 크로싱은 브로커나 딜러가 시장에 처음으로 증권을 드러내지 않고, 같은 증권을 사고 다음에 파는 과정을 말한다. wash sale(가장매매)도 참조할 것. /general *crossing* 일반횡선 /a check not bearing a *crossing* 횡선없는 수표 /special *crossing* 특별횡선 ***crossing network*** [영] 크로싱 네트워크 ¶ The *crossing network* is an electronic venue that matches stock orders, primarily large blocks from institutional investors, on a continuous or predefiend time schedule. The base price used to cross trades is generally the midpoint of the bid and offer on an exchange, meaning that the platform does not attempt to generate any price discovery. A *crossing network*, which is a form of alternative trading system, attempts to minimize costs and market impact while preserving client anonymity. See also dark pool. 크로싱 네트워크는 계속적이거나 사전에 짜여진 시간표에 따라 주식주문(stock orders), 주로 기관투자자들로부터 대

형거래(large block)를 경쟁시키는 전자방식에 의한 행위지(electronic venue)를 말한다. 교차시키는 거래에서 사용되는 기준가격(base price)은 일반적으로 거래소에서 매수호가(bid)와 매도호가(offer)의 중간가격(midpoint price)이 되며, 이는 플랫폼(platform)은 어떤 가격발견(price discovery)을 발생하지 않는다는 것을 의미한다. 크로싱 네트워크는 대체거래제도의 한 형태이지만, 고객의 익명성(anonymity)을 유지하면서 비용과 시장영향력을 최소화한다는 것이다. dark pool(다크풀)도 참조할 것.

crossover 양쪽에 걸친, 엇갈린, 갈림길의 ***crossover fund*** 크로스오버 펀드 ¶ A *crossover fund* is a mutual fund that invests in equity shares of both publicly held and privately held companies. 크로스오버 펀드란 공개주식회사(publicly held company)와 비공개주식회사(privately held companies) 양쪽의 주식에 투자하는 뮤추얼펀드(mutual fund)를 말한다. ~ ***investor*** 겹치기 투자자 ¶ The *crossover investor* is an investor that invests in a company before it goes public, and continues to do so during the initial public offering stage and once it is probably listed company. 겹치기 투자자는 공개회사가 되기 전과 신규주식공모(initial public offering)단계에 있는 동안 투자를 하고, 일단 아마도 상장회사가 되어도 계속 투자하는 투자자를 말한다.

crowd 크라우드, 특정회원집단 ¶ The *crowd* is a group of exchange members with a defined area of function tending to congregate around a trading post pending execution of orders. These are specialists, floor traders, odd-lot dealers, and other brokers as well as smaller groups with specialized functions – the inactive bond *crowd*, for example. 특정회원집단은 주문의 집행(execution)을 기다리는 동안 거래포스트(trading post)의 주위에 모여있는 경향이 있는 특정한 업무분야를 담당하는 회원집단을 이른다. 이들은 스페셜리스트라든지, 입회장 트레이더, 단주(端株)전문업자(odd-lot dealer), 기타 증권업자이든지 또는 전문기능을 가지는 소집단, 예컨대 거래가 활발치 못한 채권 트레이더의 그룹(inactive bond crowd)인 때도 있다.

crowding out [금융] 크라우딩 아웃, 구축효과 ¶ Heavy federal borrowing arises at a time when businesses and consumers also want to borrow money. Because the government can pay any interest rate it has to and individuals and businesses can't, the latter are crowed out of credit markets by high interest rates. *Crowing out* can thus cause economic activity to slow. 기업이나 소비자가 자금차입수요가 있는 때에 연방정부의 팽대한 차입이 생긴다. 정부는 어떤 고금리를 지급하더라도 지급할 수 있지만, 개인이나 기업은 그럴 수 없으므로, 개인이나 기업은 고금리로 인해서 금융시장에서 떠밀리고 만다. 크라우딩 아웃은 경제활동을 둔화시키는 원인이 될 수 있다. ¶ a *crowding out* effect 크라우딩 아웃효과, 구축효과

crown 왕관, 국왕의 지배, 절정, 극치 ***crown corporation*** 크라운코퍼레이션, 국영기업 ¶ A *crown corporation* is a corporation that is organized and owned by a sovereign government, that serves a public purpose, and is administered by a government-appointed board of directors allowed to operate in a businesslike way with minimal government supervision. 크라운코퍼레이션이란 통치권을 가지는 정부(sovereign government)가 조직하고 소유하는 회사를 이른다. 이 회사는 공공의 목적으로 본사하고 정부가 임명한 이사회(board of directors)에 의해서 관리되지만, 통상의 기업과 같이 운영하는 것이 허용되고, 정부의 감독은 최소한에 그치게 한다. ~ ***jewels*** [M&A] 회사의 주력부문(회사의 가장 중요부문), 최우량자산부문 ¶ The *crown jewels* are the most desirable entities within a diversified corporation as measured by asset value, earning power and business prospects.

The *crown jewels* usually figure prominently in takeover attempts; they typically are the main objective of the acquirer and may be sold by a takeover target to make the rest of the company less attractive. 최우량자산부문이란 다각경영기업 중에서 자산가치, 수익력(收益力), 사업전망의 점에서 가장 매력적인 사업부문을 말한다. 최우량자산부문은 매수자(買收者)에게는 극히 중요한 존재이자 주요한 매수목적이 되고 있는 경우가 많다. 이 때문에 매수의 타겟이 되고 있는 기업은 매수방어책으로서 기업의 잔여자산에는 관심을 덜 갖도록 최우량자산부문을 매각하기도 한다. ~ ***jewel tactic*** 회사의 주력부문매각작전 ¶ The *crown jewel tactic* is a strategy undertaken by a company that is threatened by take-over, in which it sells, or offer to sell, the best part of its business to somebody other than the raider (e.g., a white knight), in order to make the target seem less desirable. 회사의 주력부문매각작전은 주식의 공개매수의 위협을 받고 있는 회사가 대상기업이 그다지 바람직한 회사가 아니 것처럼 보이기 위해서 그 기업의 가장 주요한 부문을 적대적 매수자(예컨대 백기사)가 아닌 다른 사람에게 매각하거나 매각을 제의하는 전략을 말한다.

crude 가공하지 않은, 천연 그대로의, 조제(粗製)의 ¶ *crude* oil [petroleum] 원유

crunch 경제적 위기, 재정상의 핍박 ¶ the credit *crunch* 신용규제

cruise ship 크루즈선(船) ¶ The *cruise ship* is a ship which takes over a minimum 1000 passengers and navigates, so called 'the hotel on the sea.' It offers good services to all passengers in proportion to the hotels such as dwelling, entertainments, sports, recreation, and eating, as it carries them on the sea over more than one night. A *cruise ship* generally costs more than a trillion won per ship, which is considered a ship of super added value. 크루즈선은 최소 1,000명 이상의 승객을 태우고 운항하는 이른바 '바다 위의 호텔'이다. 하룻밤 이상을 바다 위에서 운항하기 때문에 호텔에 준하는 서비스(거주 · 유흥 · 운동 · 오락 · 식사 등)를 모두 승객들에게 제공한다. 보통 크루즈선은 척당 가격이 1조원을 넘나드는 초부가가치 선박이다.

crush spread [영] 크러시스프레드 ¶ The *crush spread* is a spread in the grains market reflecting the price differential between soybeans (as feedstock) and soybean oil or soybean meal (the two main by-products); the spread can be traded through a single future or option on certain exchanges. A hedger or speculator can buy the *crush spread* (e.g., purchase soybeans and sell oil or meal) to take advantage of positive margins, and sell the spread (e.g., sell soybeans and purchase oil or meal) to profit from the negative margins. See also crack spread; spark spread. 크러시스프레드는 콩(大豆, soybean)과 콩기름 또는 콩가루(2개의 주요부산물)간의 가격차를 나타내는 곡물시장에서의 스프레드를 말한다. 그 스프레드는 일정한 거래소에서 단일의 선물 또는 옵션을 통해서 거래될 수 있다. 헤저(hedger) 또는 투기자(speculator)는 적극적 마진을 활용하기 위하여 크러시스프레드(예컨대, 콩을 구매하고 콩기름이나 콩가루를 매도한다.)를 매수하고 소극적 마진에서 이익을 내기 위하여 스프레드(예컨대, 콩을 매도하고 콩기름 또는 콩가루를 구매한다.)를 매도할 수 있다. crack spread(크랙스프레드); spark spread (스파크스프레드)도 참조할 것.

cruzeiro real 크루제이로 레알 ¶ The standard currency unit of Brazil (also called simply the real), divided into 100 centavos. 브라질(또한 간단히 레알이라고 한다.)의 본위화폐단위. 1 레알(real) = 100 센타보(centavos).

CSR → corporate social responsibility [약] 기업의 사회적 책임(기업이 생산 및 영

업활동을 하는 과정에서 사회 전체에 이익이 되는 방향으로 이를 추구하여야 하고 그에 따라 의사결정 및 활동을 해야 한다는 이론.) ¶ *CSR* is an acronym for the corporate social responsibility, meaning a principle that a corporation should actively perform the wide responsibility for the various stakeholders, such as the environment, human rights, consumers, and workers, as well as the economic and legal responsibility. In the year end of 1990s the concept was first advocated in Europe, and in the U.S. it has been generalized, taking the opportunity of the affair of the Enron's account unfair practice in 2001. CSR은 corporate social responsibility의 두문자(頭文字)이고, 그 의미는 기업의 사회적 책임이란 기업의 경제적 책임이나 법적 책임뿐만 아니라, 환경 · 인권 · 소비자 · 근로자와 같은 다양한 이해관계자들을 위해 폭넓은 책임을 수행해야 한다는 원리이다. 이 개념은 1990년대 후반 유럽에서 처음으로 주창되었으며, 2001년 미국의 Enron사(社)의 회계부정사건을 계기로 일반화되었다.

CSV → **C**reating **S**hared **V**alue [약] 공유가치경영 ¶ The *Creating Shared Value* (*CSV*) is to tie the economic value (value of enterprise) which was a conventional object of business activity to social value (public interest). It is emphasized that business may not attach itself to the maximization of the interests attributed to the stockholders, but should concern itself about the interests shared together with the various stakeholders around the employees, coworkers, the community, and the nation. The *Creating Shared Value* recognizes the social contributions as the long-term development and advancement of competition. It is to understand that social issues such as the drain of resources, environmental pollution, labor conditions, and so on are factors to increase the business expenses in the long run, and it is progressive for the whole company to alleviate the expenses of business positively. 공유가치경영은 공유가치란 전통적인 기업활동의 목적이었던 경제적 가치(기업의 이익)를 사회적 가치(공공의 이익)와 결부시킨 것이다. 즉 기업이 주주에게 돌아갈 이익을 극대화하는 데만 매달리지 말고, 종업원과 협력업체, 지역사회, 국가 등 기업을 둘러싼 다양한 이해관계(stakeholder)들의 이익까지 신경을 써야 한다는 것이다. 공유가치경영은 사회공헌을 기업의 장기적인 발전과 경쟁력 향상을 위한 투자로 인식한다. 자원의 고갈, 공해, 근로조건 등 사회적 이슈들을 장기적으로 기업의 비용을 증가시키는 원가상승요인으로 파악하고, 회사 전체 차원에서 이를 줄이는 데에 적극 나서자는 것이다.

Cuba currency 쿠바 화폐 ¶ Cuban peso (CUP), divided into 100 centavos. 1 (cuban) 페소(peso) = 100 센타보(centavos).

cum (L) …에 관하여 (*cf.*) ex …락(落) ¶ *cum* all 제권리에 관하여 /*cum* interest 이자부 /*cum* new 신주부(附), 권리부 /*cum* rights 권리부 ***cum coupon*** 이표부 ¶ The word *cum coupon* describes a security that is passed from one holder to another with coupon (enabling the holder to claim interest payments) attached. See also ex dividend. cum coupon(이표부)라는 말은 쿠폰을 붙여서 (coupon attached)(쿠폰의 보유자를 이자지급을 청구할 수 있게 함) 한 사람의 손에서 다른 손으로 옮겨지는 증권을 말한다. ex-dividend(배당락)도 참조할 것. ~ ***dividend*** 배당부 ¶ *Cum dividend* means with dividend; said of a stock whose buyer is eligible to receive a declared dividend. Stocks are usually *cum dividend* for trade made on or before the fifth day preceding the record date, when the register of eligible holders is closed for that dividend period. Trades after the fifth day go ex-dividend. cum dividend는 배당부(配當附)라는 의미이다. 주식과

관련시켜 보면 주식의 매수인은 배당선언된 배당을 수취할 자격이 있다는 뜻이다. 주식은 배당받을 자격이 있는 주주명부의 등록이 배당기간동안에 폐쇄되는 경우에 배당기준일(record date)의 5일 전까지 거래된다면 통상 배당부(cum dividend)로 된다. 5일전 이후의 거래는 배당락(ex-dividend)이 된다. ~ ***new*** 신주부(新株附) ¶ The word *cum new* describes shares that are sold with the right to claim participation in any outstanding scrip or rights issue. See also ex new. cum new(新株附)는 미납입주권 또는 (주주에 대한) 할당권(rights issue)에의 참여청구권을 붙여 매도된 주식을 표현하는 말이다. ex new(신주락)도 참조할 것. ~ ***rights*** 권리부 ¶ *Cum rights* mean with rights; said of stocks that entitle the purchaser to buy a specified amount of stock that is yet to be issued. The cut-off date when the stocks go from *cum rights* to ex-rights (without rights) is stipulated in the prospectus accompanying the rights distribution. cum rights는 권리부(權利附)라는 의미이다. 주식과 관련시켜 보면 구입자에게 언젠가 발행될 일정한 양의 주식을 매수할 권리를 가지는 주식을 이른다. 주식이 권리부에서 권리락(ex-rights)이 되는 마감일(磨勘日, cut-off date)은 신수인수권판매에 관한 사업계획서(prospectus)에 기재되어 있다. ~ ***warrants*** 워런트부, 쿰워런트(워런트채(債)로서, 워런트부문과 채권부분이 분리되고 있지 않는 경우의 채권부분을 말한다.) → cum dividend (배당부).

cumulative 누적하는, 누가(累加)하는 ¶ *cumulative* currency translation adjustments 누적외화환산조정액 /*cumulative* deficits 누적적자 /*cumulative* deposit accounts 적립예금 /*cumulative* dividends 누적배당 /*cumulative* interest 누가(累加)이자 /*cumulative* preference shares [영] 누적적 우선주 /*cumulative* preferred stock [미] 누적적 우선주 /*cumulative* voting 누적투표 ***cumulative preferred*** 누적배당우선주 ¶ A *cumulative preferred* is a preferred stock whose dividends if omitted because of insufficient earnings or any other reason accumulate until paid out. The have precedence over common dividends, which cannot be paid as long as a *cumulative preferred* obligation exists. Most preferred stock issued today is cumulative. 누적배당우선주는 이익이 불충분하다든지, 기타 어떤 이유로 인해서 배당(dividend)이 지급되지 않은 경우, 그 배당이 지급되기까지 누적해 가는 우선주(preferred stock)를 말한다. 누적우선주의 배당금(dividend)은 보통주식(common stock)의 배당보다 우선되고, 누적우선주의 배당채무가 있는 한 보통주식의 배당은 지급되지 않는다. 현행 발행되고 있는 우선주의 대부분은 누적배당우선주이다. ~ ***voting*** 누적투표 ¶ The *cumulative voting* is a voting method that improves minority share-holders' chances of naming representatives on the board of directors. In regular or statutory voting, stockholders must apportion their votes equally among candidates for director, *Cumulative voting* allows shareholders to cast all their votes for one candidate, Assuming one vote for share, 100 shares owned, and six directors to be elected, the regular method lets the shareholder cast 100 votes for each of the candidates for director, a total of 600 votes. The cumulative method lets the same 600 votes be cast for one candidate or split as the shareholder wishes. 누적투표는 소수주주(minority shareholders)가 이사회(board of directors)의 멤버를 지명하는 기회를 늘리는 투표방법을 이른다. 통상의 법정투표제도에서는, 주주는 이사후보에 대해서 1인 1표씩 분배해 가지 않으면 안되지만, 누적투표제도에서는, 주주가 가진 모든 투표를 1인의 후보자에게 던질 수 있다. 1인 1표로 100표를 가지고 있는 주주가 6인의 이사를 선출한다고 상정한 경우에, 통상의 투표방식에서는 6인의 이사후보자에게 각 100씩, 합계 600표를 투표하게 된다. 누적투표제도에서는 주주의 마음먹은 대로 그 600표를 1인의

후보자에게 일괄 투표하더라도, 혹은 분할 투표하여도 상관없다.

CUP (ISO) code Cuba – currency Cuban peso. ¶CUP (국제표준기구) 약호 쿠바 — 화폐 쿠바 페소(peso).

curator (미성년자, 심신상실자 등의) 후견인

curb 재갈, 억제, [미] (증권의) 장외시장(비상장증권의 거래), 장외사장 중개인들 ¶ *curb* [curbstone] market 장외거래시장 ***curbs in*** 증권거래의 제한 ¶ *Curbs in* means indication that circuit breakers have been activated because of abnormal price movements on exchanges. "*Curbs in*" is perhaps most familiar as a bug on the TV screen during financial news broadcasts, such as on CNBC. When trading is a single stock has been halted, the term trading curb is used. 증권거래의 제한이란 증권거래소에서 이상한 가격의 움직임이 있었던 때에 거래정지조치(circuit breaker)가 작동하는 것을 말한다. curbs in라는 용어는 CNBC와 같은 텔레비전의 금융뉴스의 방송중에 화면 밑에 등장하는 것이어서 잘 알고 있는지도 모른다. 단일의 주식의 거래가 정지된 때에는 trading curb라는 용어가 사용되고 있다. ***Curb Exchange*** [구] 커브거래소(the American Stock Exchange) ¶The AMEX was known until 1921 as *the Curb Exchange*, and it is still occasionally referred as to as the Curb today. 미국증권거래소(AMEX)는 1921년까지 커브거래소로 알려졌으며, 미국증권거래소는 오늘날도 여전히 종종 커브거래소라고 한다.

currency 통화(通貨), 유통화폐, 통용 ¶ *currency* adjustment factor [해상운송] 외환변동으로 인한 추가요금 /*currency* appreciation 통화등귀 /the *currency* basket system [IMF] 표준바스켓방식(SDR의 가치결정방식) /*currency* bloc 통화블록 /*currency* boxes 휴대용금고 /*currency* circulation 유통현금통화(notes in circulation: notes issued) /*currency* clause [option] 통화조항(통화리스크를 피하는 연계조치로 통화를 매매하는 선택권을 가지는 것) /*currency* conversion 통화의 환산[전환] /*currency* conversion bond 통화전환채(債)(일정한 시점에서 발행시와는 다른 통화로 전환되는 채권) /*currency* deflation [inflation] 통화수축[팽창] /*currency* depreciation 통화저락(低落) /*currency* devaluation 통화절하(切下) /*currency* disturbance [instability] 통화불안 /*currency* exchange 통화의 매매 /*currency* exposure 통화의 가격변동으로 인한 리스크부담 /*currency* fluctuations 통화의 등락 /*currency* indemnity 통화보상(補償) /*currency* management 통화관리 /the *currency* market 통화시장 /*currency* or coin shipment 통화의 적송(積送) /a *currency* of settlement 결제통화 /*currency* rates [영] 외국통화표시시세, 통화의 환산율 /*currency* (and coin) shipments 통화의 적송 /*currency* stabilization 통화안정 /*currency* standards 통화본위 /*currency* surcharge [해상운송] 외환변동으로 인한 추가요금(the *currency* adjustment factor) /*currency* swap bonds 통화스왑채(債)(통화스왑계약이 붙인 외화표시사채(社債) /the *currency* units 통화단위 /a foreign *currency* 외국통화 /foreign *currency* reserves 외화준비 /gold-standard *currencies* 금본위통화 /a hard *currency* 경화(硬貨), 강한 통화 /in English *currency* 영국통화(파운드)로 /legal *currency* [tender] 법화(法貨), 법정통화 /local

화폐의 종류

currency 현지통화 /a national *currency* 국가의 통화 /soft *currency* 연화(軟貨), 약한 통화 /the value of the *currency* 외국통화가치 ***convertible currency*** 교환가능통화 ¶ The *convertible currency* is a currency for which there are no barriers or restrictions in the foreign exchange market. 교환가능통화란 외국환시장에서 어떤 장벽이나 제한이 없는 통화를 이른다. ~ ***basket*** [영] 통화바스켓 ¶ The *currency basket* is a group of currencies that may collectively be used as a reference value for another currency. Certain managed currencies in the emerging markets use *currency baskets* in this fashion. 통화바스켓이란 다른 통화에 대한 참조치(値)로서(as a reference value) 집단적으로 사용될 수 있는 통화그룹을 말한다. 신흥시장에서의 어떤 관리통화는 이런 식으로 통화바스켓을 사용한다. ~ ***crisis*** [영] 통화위기 ¶ The *currency crisis* is a form of financial crisis based on a fundamental and significant devaluation in a country's national currency as a result of inconsistencies between its exchange rate regime and its macroeconomic policies. The dislocation relates to a change in currency parity, dissolution of a peg, or migration from fixed to pure floating rates, leading to a very large devaluation that can destabilize other aspects of the national or regional economic system. See also credit crisis; debt crisis. 통화위기는 환율체계와 그 매크로경제정책과의 불일치의 결과로서 자국통화의 기초적이고 중요한 평가절하(devaluation)를 원인으로 하는 금융위기의 한 형태이다. 혼란(dislocation)은 통화패리티(currency parity), 설정수준(peg)의 해체, 또는 고정금리에서 변동금리로의 이동의 변화와 관계가 있고, 국가적 내지 지역적 경제체제의 다른 측면을 불안전하게 만들 수 있는 대단히 큰 평가절하로 선도한다. credit crisis(신용위기); debt crisis(부채위기)도 참조할 것. ~ ***derivative*** [영] 통화파생상품 ¶ The *currency derivative* is an exchange-traded derivative or over-the-counter derivative with an underlying reference based on foreign exchange rates. A *currency derivative* can be structured as a currency option, currency forward, currency future, currency swap, or currency warrant. See also commodity derivative, credit derivative, equity derivative, interest rate derivative. 통화파생상품은 외환율에 기반을 두는 기초대상자산을 가지는 장내파생상품(exchange- traded derivative) 또는 장외파생상품(over-the-counter derivative)을 말한다. 통화파생상품은 통화옵션(currency option), 통화선도(currency forward), 통화선물, 통화스왑(currency swap) 또는 통화 워런트로 구조화될 수 있다. commodity derivative(상품파생상품), credit derivative(신용파생상품); equity derivative(주식파생상품); interest rate derivative(금리파생상품)도 참조할 것. ~ ***futures*** 통화선물거래(금융선물거래 중, 통화를 대상으로 한 선물거래) ¶ *Currency futures* are contracts in the futures markets that are for delivery in a major currency such as U.S. dollar, British pounds, Euros, German marks, Swiss francs, or Japanese yen. Corporations that sell products around the world can hedge their currency risk with these futures. 통화선물거래란 미국 달러, 영국 파운드, 유로(Euro), 스위스 프랑, 일본의 엔화 등의 주요통화를 장래 인도(引渡)할 선물시장계약(futures contract)을 말한다. 세계에서 제품을 판매하는 기업은 통화리스크를 이러한 통화선물을 이용하여 회피(hedge)할 수 있다. ~ ***in circulation*** 유통화폐 ¶ The *currency in circulation* is a paper money and coins circulating in the economy, counted as part of the total money in circulation, which includes demand deposits in banks. 유통화폐는 유통되고 있는 지폐(paper money) 및 화폐(coins)로서, 은행의 요구불예금(demand deposit)도 포함하는 모든 유통화폐의 일부이다. ~ ***notes*** 정부통화 → bank notes (은행권). ~ ***option*** [영] 통화옵션 ¶ The *currency option* is an exchange-traded or over-the-counter option involving two currencies. Vanilla and complex options can be bought and sold on convertible currencies and exotic currencies and may be traded concurrently with the delta-equivalent spot currency as a hedge. See also commodity option; equity option; index option; interest rate option. 통화옵션은 2개의 통화를 수반하는 장내거래옵션 또는 장외거래옵션을 말한다. 바닐라옵션과 복잡옵션은 태환통화(convertible currency)와 외래통화(exotic currency)로 사고 팔 수 있고 헤지(hedge)로서 델차치(値)의 등가물인 현금(spot currency)과 함께 거래될 수 있다. commodity option(상품옵션); equity option(주권옵션); index option(주가지수옵션); interest rate option(금리옵션)도 참조할 것. ~ ***overlay*** [영] 커런시 오버레이 ¶ The *currency overlay* is an investment technique related to the active management of currency exposures inherent in a portfolio of multicurrency assets, where the currency risks of the portfolio are managed separately from the remaining market risks of the portfolio. The *currency overlay* is implemented by creating a currency neutral position for the investor, and then permitting tactical flexibility that allows the portfolio manager to deviate from the base position in order to generate currency-based alpha. The overlay may be based on carry, momentum, and/or quantitative approaches. 커런시 오버레이는 다통화자산의 포트폴리오에 내재하는 커런시 익스포저(currency exposure)의 액티브운용과 관계가 있는 투자테크닉을 말하며, 거기서 포트폴리오의 커런시 리스크는 포트폴리오의 잔존시장리스크와 분리해서 관리된다. 커런시 오버레이는 통화에 기초하는 알파(alpha)를 산출하기 위하여, 투자자를 위해서 통화중립포지션을 만들고 다음에 포트폴리오의 매니저로 하여금 기준포지션에서 이탈하도록 허용함으로써 실행될 수 있다. 오버레이는 캐리(carry), 모멘텀(탄력, momentum), 및 양적 방법론을 기초로 할 수 있다. ~ ***risk*** 통화위기 ¶ *Currency risk* is risk associated with uncertain exchange rates. 통화위기는 불확정한 환율과 관련된 위험을 이른다. ~ ***swap*** 통화스왑 (달러와 원화 등 다른 통화표시의 채무를 교환하는 금융거래) ¶ A *currency swap* is an exchange of currencies between two financial entities that is reversed at a specific rate and time in the future. 통화스왑은 역전(逆轉)이 된 2 경제적 실체간에 일정한 비율로 장래의 어느 시점에서 통화를 교환하는 것이다. ~ ***war*** 환율전쟁 ¶ *Currency war* is for each country to artificially intervene in the foreign exchange market and to keep its currency bearish if possible, for the purpose of maintaining its competitive power in exports 환율전쟁이란 각국이 자국의 수출경쟁력을 유지할 목적으로 외환시장에 인위적으로 개입하여 자국의 통화를 가급적으로 약세를 유지하기 위해서 경쟁하는 것을 말한다. ~ ***warrant*** 통화 워런트 ¶ The *currency warrant* is a long-dated currency option (i.e., 3 to 5 years) that is typically attached to a bond (as a bond with warrants). The warrant, which can be detached and traded separately, is generally denominated in a currency that is different from the currency of underlying bond issue and is included to give the issuer a lower overall cost of funding. 통화 워런트는 일반적으로 (워런트부 채권으로서) 채권장기통화옵션(예컨대, 3년에서 5년)이다. 분리되어 개별적으로 거래될 수 있는 워런트는 일반적으로 기초채권발행의 통화와 다른 통화로 표시되며, 발행자에게 자금조달(funding)의 낮은 비용총액을 부여하는 것이 포함된다. ***key ~ies*** 기축통화 ¶ *Key currencies* are major currencies in the global economy. *Key currencies* include the U.S. dollar, the euro, the British pound sterling, the Swiss franc, the Japanese yen, and the Canadian dollar. 기축통화란 세계경제에서 중심적인 위치를 차지하는 통화이다. 기축통화에는 미국의 달러, 유로, 영국의 파운드, 스위스의 프랑, 일본의 엔화, 그리고 캐나다의 달러가 포함된다.

currenex 커리넥스 ¶ The *currenex* is an independent multibank on-line global currency exchange used by corporate and institutional foreign exchange traders. 커리넥스란 기업이나 기관투자자의 외국환 트레이더(foreign exchange traders)가 사용하는 복수의 은행을 연결한 온라인에 의해서 세계통화교환(foreign exchange)서비스를 제공하고 있는 독립된 다국적은행(independent multibank)을 이른다.

current 현행의, 통용하는 ¶ *current* account 당좌계정 /*current* account balance 경상수지 /*current* account check 당좌수표 /*current* account deficit 정상수지적자, 경상적자 /*current* account service 당좌예금서비스 /*current* account surplus 경상흑자, 대외수지의 흑자 /*current* assets to *current* debts; a *current* ratio 유동비율 /*current* cost 시가(時價) /*current* accounting 커런트 코스트회계(특정한 자산의 개별적인 가격변동을 재무제표에 반영시키려고 하는 것) /*current* acquisition cost 현재취득가액 /*current* adjustment 경상적인 조정 /*current* cost basis 시가주의(時價主義) /*current* coupon 커런트 쿠폰(유통가격이 파와 같은 채권의 최종이율) /the *current* day 당일 /*current* deposits; *current* accounts 당좌예금 /*current* deposit and other accounts 당좌예금 및 기타 계정 /*current* deposit credit slips 당좌계정입금표 /*current* expenditure 경상지출 /*current* expenses 경상비, 경상비용 /*current* funds 유동자금 /*current* market prices 현행시장가격 /*current* money 통화, 유통화폐 /*current* net profit 당기순이익 /*current* portion of long-term debt 1년 이내에 기한이 도래하는 장기차입채무 /the *current* [market] price (for …) 시세, 시세표, 시가 /*current* profit and loss 경상손익 /*current* profit to sales ratio 매출액경상이익률 /the *current* rate of exchange (at …) 현재의 외국환시세 /*current* ratio 유동비율 /*current* replacement cost 재조달가격 /the *current* term 당기(當期) /*current* term settlement 당기결산 /*current* transaction 경상거래 /*current* value 시가(時價) ***current account*** 당좌계정, 경상수지 ¶ The *current account* is the sum of a country's activity in net trade (exports less imports), invisibles, receipts/remittances from abroad, international payment transfers, and gifts. 경상수지는 순수무역(수입을 뺀 수출), 무형외수지, 해외로부터의 수령/송금, 국제지급의 이체 및 증여에 있어서 국가 활동범위의 총계를 이른다. ~ **[*liquid, floating*] *assets*** 유동자산 ¶ *Current assets* are cash, accounts receivable, inventory, and other assets that are likely to be converted into cash, sold, exchanged, or expensed in the normal course of business, usually within a year. 유동자산은 통상 1년 이내에 현금화된다든지, 매도된다든지, 교환된다든지 혹은 사업의 통상적인 활동에 의해서 소비될 전망이 있는 현금, 외상매출금, 재고품 등의 자산이다. ~ ***coupon bond*** 커런트 쿠폰본드 ¶ A *current coupon bond* is a corporate, federal, or municipal bond with a coupon within half a percentage point of current market rates. These bonds are less volatile than similarly rated bonds with lower coupons because the interest they pay is competitive with current market instruments. 커런트 쿠폰본드는 표면이율(coupon)이 시장실세금리로부터 0.5% 이내의 수준에 있는 사채(corporate bond), 미재무부 증권(Treasuries), 및 지방채(municipal bond)를 이른다. 이러한 채권은 표면이율이 현재의 시장금리에 대해서 경쟁력이 있으므로, 표면이율이 보다 낮은 동등등급의 채권보다도 가격이 안정되어 있다. ~ ***exposure method*** [영] 커런트 익스포저메소드 ¶ The *current exposure method* is a regulatory method of computing credit risk on a swap under the Bank for International Settlements' original 1988 Capital Accord based on the sum of fractional exposure (i.e., the current or mark-to-market value of the transaction). See also internal ratings-based approach; original exposure method. 커

런트 익스포저메소드는 부분적 익스포저의 합계액(the sum of fractional exposure)(즉, 거래의 현재가치 또는 시세평가가격)을 기초로 한 국제결제은행(Bank for International Settlement)의 초기 1988년 자본협정(Capital Accord) 하에서 스왑에 관한 신용리스크를 계산하는 규제방법을 말한다. internal ratings-based approach(내부등급에 기초한 방법); original exposure method(오리지널 익스포저메소드)도 참조할 것. ~ ***income*** 당기수입(當期收入) ¶ *Current income* is money that is received on an ongoing basis from investments in the form of dividends, interest, rents, or other income sources. 당기수입은 투자의 배당(dividend), 금리(interest), 임대료(rent), 또는 기타 수입원(收入源)에서 수시로 당기에 수취되는 수입을 말한다. ~ ***liability*** 유동부채, 단기부채 ¶ *Current liability* is debt or other obligation coming due within a year. 유동부채는 1년 이내에 지급기한이 도래하는 부채 또는 기타 채무를 말한다. ~ ***market value*** 시가(時價), 시장가격 ¶ *Current market value* is present worth of a client's portfolio at today's market price, as listed in a brokerage statement every month – or more often if stocks are bought on margin or sold short. For listed stocks and bonds, the *current market value* is determined by closing prices; for over-the-counter securities the bid price is used. 시가(時價)는 매월 혹은 신용거래(신용매입 · 공매도)에서는 보다 빈번하게 증권회사가 발행하는 거래명세서에 기재되어 있는 고객의 투자 포트폴리오의 시가를 이른다. 상장주식이나 상장채권의 시가는 종가(終價)가 적용되고, 장외거래증권의 경우는 매수호가 이용된다. ~ ***maturity*** 잔존기간 ¶ The *current maturity* is an interval between the present time and the maturity date of a bond issue, as distinguished from original maturity, which is the time difference between the issue date and the maturity date. For example, in 2009 a bond in 2007 to mature in 2027 would have an original maturity of 20 years and a *current maturity* of 18 years. 잔존기간은 현재시점(present time)과 채권의 만기일(maturity)과의 사이의 기간을 이른다. 이것은 발행일(issue date)과 만기일과의 사이의 기간차인 발행시 만기(original maturity)와는 구별된다. 예컨대 2009년 시점에서는 2007년에 발행된 2027년 만기의 채권의 발행시 만기는 20년, 잔존기간은 18년이다. ~ ***ratio*** (금융기관의) 유동(성)비율 ¶ *Current ratio* is current assets divided by current liabilities. The ratio shows a company's ability to pay its current obligations from current assets. (금융기관의) 유동성비율은 유동자산을 유동부채로 나눈 것을 이른다. 이 비율은 기업이 유동자산에서 유동부채를 지급할 능력을 나타낸다. ~ ***yield*** 경상수익률, 직접수익률 ¶ A *current yield* is an annual interest on a bond divided by the market price. It is the actual income rate of return as opposed to the coupon rate (the two would be equal if the bond were bought at par) or the yield to maturity. 직접수익률은 채권의 연간금리를 시장가격으로 나눈 것이다. 표면금리(coupon rate) 또는 만기수익률(yield to maturity)(이 둘은 채권이 액면으로 구입된 경우는 동일하게 된다.)과는 대비되는 실제의 금리수익률(income rate of return)이라고 하는 것이다.

curtailment 절감, 단축 ¶ *curtailment* of expenditures 경비절감 /*curtailment* of operation 조업단축

curve 곡선 ¶ the demand *curve* 수요곡선 /an downward *curve* 하강곡선 /the supply *curve* 공급곡선 /an upward *curve* 상승곡선

cushion 완화책, 대책, 거치기간 ¶ *Cushion* is an interval between the time a bond is issued and the time it can be called. Also termed call protection. 거치기간(据置期間)이란 채권이 발행될 때부터 기한전 상환(call)되기까지의 기간을 말한다. 이를 call protection이라고도 한다. ***cushion bond*** (가격이 하락하기 어려운 높은)

쿠션본드 ¶A *cushion bond* is a callable bond with a coupon above current market interest rates that is selling for a premium. 쿠션본드는 시장실세금리보다 도 높은 쿠폰이 붙어있는 임의상환채권을 말한다. ~ ***theory*** 공매잔액이론(空賣殘額理論) ¶The *cushion theory* is a theory that s stock's price must rise if many investors are taking short positions in it, because those positions must be covered by purchases of the stock. 공매잔액이론은 많은 투자자가 특정한 주식을 공매한 경우, 어느 주식을 구입하여 그 포지션을 해소하게 되기 때문에, 주가는 상승한다고 하는 이론이다.

CUSIP International Number (CIN) 커십 인터내셔널넘버 ¶The *CUSIP International Number* (*CIN*) is the Committee on Uniform Securities Identification Procedures' nine-digit identification code used for non-U.S. and non-Canadian Securities. 커십 인터내셔널넘버는 비미국 및 비캐나다의 증권에 사용되는 통일증권인식절차의 9자리 숫자 인식규약에 관한 위원회(Committee on Uniform Securities Identification Procedures' nine-digit identification code)를 말한다.

custodial account (관재인에 의해 감독되는 미성년자의) 미성년자계좌 ¶A *custodial account* is an account that is created for a minor, usually at a bank, brokerage firm, or mutual fund. 미성년자계좌란 통상 은행, 증권회사 또는 뮤추얼 펀드에 미성년자를 위해서 설치된 계좌를 말한다.

custodian 보호자, 관리인, (ADR의) 부(副)수탁은행, 증권보관기관, 보관자 ¶A *custodian* is a bank or other financial institution that keeps custody of stock certificates and other assets of a mutual fund, individual, or corporate client. 증권보관기관이란 뮤추얼펀드, 개인, 혹은 회사의 주권 및 기타의 자산을 관리하는 은행 기타의 금융기관을 이른다. /*custodian* account 미성년자의 후견인계정 /*Custodian* Agreement [예탁증권] 부수탁계약 /securities *custodians* 증권보관자

custodianship 보관자의 임무

custody 보호, 보호예치, 관리, 구류, 유치 ¶The *custody* is legal responsibility for someone else's assets or for a child. Term implies management as well as safekeeping. 보호예치란 제3자의 자산 또는 어린아이의 자산에 대한 법적 책임이다. 보호예치란 말은 보관뿐만 아니라 관리를 의미한다. /*custody* account 보호예치계정 /a *custody* agreement 보관계약 /*custody* service 증권대행업무 /dual *custody* 이중관리 /place a thing in *custody* of … 물건을 …에 예치하다.

custom 애호, (*pl.*) 관세, 세관 ¶*customs* and excise 관세 및 간접세 /*customs* brokers 세관화물취급인 /*custom* charges [fees] 세관제비용[수수료] /*customs* clearance statistics 통관통계 /*customs* clearing procedures for exports 수출통관절차 /*customs* declaration 세관신고 /*customs* duties 관세 /*customs* entry 통관신고 /a *customs* examination 세관검사 /*customs* formalities 통관절차 /*customs* release 통관허가 /a *customs* tariff 세율표 /a *customs* wall 관세장벽 ***customs* [*tariff*] *barrier*** 관세장벽 ¶A *customs* [*tariff*] *barrier* is any tariff imposed by a country on goods being imported into the country, regardless of its legitimacy, that prohibits, restricts, or impedes the free flow of goods and services. 관세장벽이란 물품수입의 정당성에도 불구하고, 물품과 서비스의 자유로운 흐름을 금지, 제한 또는 저지하는 국가에 수입되는 물품에 대해서 국가가 부과하는 관세를 이른다. ~**(*s*) *clearance*** 통관절차 ¶*Customs clearance* is completion of customs entry requirements that results in the release of goods to the importer. 통관절차란 수입자에게 화물의 통관허가를 하게 되는 통관신고절차를 이행하는 것이다. ~***s invoice*** 세관송장(送狀) ¶*A customs invoice* is an invoice generally prepared by the seller of goods on a form provided by the government of the importing country and used in clearing the goods through customs. 세관송장은 세관에서 화물을 수입통관을 거칠 때에 수입국의 정부가 제공하는 형식으로 사용되는 일반적으로 화물의 매도인이 작성한 송장을 말한다. ***~s union*** 관세동맹 ¶A *customs union* is an agreement between two or more countries to remove trade barriers with each other and to establish common tariff and nontariff policies with respect to import from countries outside of the agreement. The European Community is the best-known example. 관세동맹은 2국 이상의 국가 간에서 서로 통상장벽을 제거하고 관세동맹 외의 국가로부터의 수입에 관해서는 공통의 관세 · 비관세정책을 수립하도록 하는 협약을 말한다. 유럽공동체가 가장 좋은 실례이다.

customer 고객, 거래처, 단골손님 ¶a borrowing *customer* 차입고객 /*customer* call 거래처방문 /*customer's* liabilities for acceptance and guarantee 지급승낙보증 /*customer* oriented; *customer* orientation 고객지향 /*customer* rates; *customer's* rates [외국환] 대고객시세 /*customer* relations 고객관계 /the *customer* selling [buying] rate 고객매도[매입]시세 /*customers'* men 단골고객담당 /customer service 고객에의 봉사 /*customer* statements 고객계산서 ***customer information file*** (***CIF***) 고객정보파일 ¶The *customer information file* (*CIF*) is a computerized accounting system that maintains a record of a bank's customers including such information as deposit accounts owned, credit relationships, trust accounts, joint ownership of accounts, and so on. The *CIF* is a bank's customer control file, allowing the bank to look at its customers by total relationship, rather than single accounts (checking, savings). It is updated periodically, frequently daily, to reflect changes as new accounts are opened, checks written, and loan payments made. When used in product marketing, a *CIF* can help identify cross-sell opportunities as the new accounts desk, produce customers lists for direct mail marketing, and analyze the profitability of customer relationships. 고객정보파일은 보유한 예금계좌, 신용관계, 신탁계좌, 회계의 공동소유 등과 같은 정보를 포함하여 은행고객의 기록을 보존하는 컴퓨터화한 회계제도를 말한다. 고객정보파일은 은행의 고객관리파일로, 단독의 계좌(수표발행, 예금)이라기보다 오히려 전체적인 관계에서 은행의 고객을 바라볼 수 있게 하는 것이다. 신계좌가 개설되고, 수표가 작성되며, 대출지급이 이루어질 때마다 변화를 나타내는 것은 정기적으로, 간간히 매일 새롭기 짝이 없다. 제조물마케팅에 이용될 때, 고객정보파일은 끼워팔기(cross-sell)기회를 신계좌데스크로 확인하고, 직접 메일마케팅을 위한 고객리스트를 작성하며, 고객관계의 수익성을 분석하는 데에 있어서 도움을 줄 수 있다. ***customers' loan consent*** 고객의 융자승낙 ¶*Customer's loan consent* is an agreement signed by a margin customer permitting a broker to borrow margined securities to the limit of the customer's debit balance for the purpose of covering other customers' short positions and certain failures to complete delivery. 고객의 융자승낙은 다른 고객의 공매(short position)나 인도(引渡)불능의 사태(fail to deliver)에 대비해서 신용거래객(margin customer)의 차변잔액을 한도로 하여 증권회사가 신용거래의 증권(margined securities)을 차용하는 것을 인정하는 신용거래계정(margin account)의 고객과 증권회사의 사이의 계약이다. ***~ margin*** [영] 고객마진 ¶*Customer margin* is margin posted by a futures commission merchant or client with a clearing member to cover the requirements of trades that have been executed and temporarily covered by the member's own clearing margin. 고객마진은 청산회원(clearing member)의 거래증거금(clearing margin)에 의해서 집행되고 임시로 커버된 거래의 요건을 커버하기 위하여

청산회원과 더불어 선물중매인(futures commission merchant) 또는 고객이 붙인 마진을 말한다.

cut ⓝ 절단, 값을 깎음, 할인 ¶ *cut* in interest rates 금리인하 /a *cut* in its prime (자행의) 프라임 레이트의 인하

ⓥ 깎다, 절단하다 ¶ a *cutting* date 마감일 ***cutting the melon*** [영속] 특별이익분배 ¶ *Cutting the melon* is the process of granting current shareholders of a company's common stock a special dividend (in shares or cash). The process is particularly used as a means of returning excess capital to investors. 특별이익분배는 회사의 현재 주주에게 (주식 또는 현금으로) 특별배당을 주는 과정을 말한다. 그 과정은 특히 투자자에게 과도한 자금을 되돌려 주는 방편으로 이용된다.

cut-off; cutoff ⓝ 일시중단, 중지 ¶ a *cut off* date 마감일, 결산일 ***cutoff point*** 최저투자자본이익률 ¶ In capital budgeting, the *cutoff point* is the minimum rate of return acceptable on investments. 투자계획을 책정할 때에, 최저투자자본이익률은 투하자본(investment)에 대해서 요구되는 최저투자수익률(minimum rate of return)을 말한다.

ⓥ 단절하다, 도려내다 ¶ *cut off* a fraction (단수를) 절사(切捨)하다

cutthroat competition 격한 경쟁

CV → convertibles [약] 전환사채(convertible bond), 전환증권 ¶ The *convertibles* (*CV*) are corporate securities (usually preferred shares or bonds) that are exchangeable for a set number of another form (usually common shares) at a prestated price. *Convertibles* are appropriate for investors who want higher income than is available from common stock, together with greater appreciation potential than regular bonds offer. From the issuer's standpoint, the convertible feature is usually designed as a sweetener, to enhance the marketability of the stock or preferred. 전환증권이란 미리 결정된 가격으로 결정된 수의 이종(異種)증권(통상은 보통주식, common stock)으로 교환할 수 있는 회사발행의 증권(우선주, preferred stock나 사채, bond의 형식이 많다)을 말한다. 보통주식보다도 높은 수입(income)이나 보통사채보다도 커다란 가치상승(appreciation)을 기대하는 투자자에게, 전환증권(convertibles)은 제격이다. 발행자의 입장에서 보면, 전환권(convertible feature)은 주식이나 우선주의 시장성(marketability)을 높이기 위한 감미료(甘味料, sweetener)로서 이용된다.

CVE (ISO) code Cape Verde Islands – currency Cape Verde escudo. ¶ CVE (국제표준기구) 약호 카보베르데 — 화폐 카보베르데 에스쿠도(escudo).

cyber-investing 사이버투자 ¶ *Cyber-investing* is to use the computer as a tool to acquire, analyze, and screen information relevant to an investment decision, and to execute trades and keep records. 사이버투자는 투자결정에 관한 정보를 취득, 분석, 스크린한다든지, 거래를 집행한다(execute)든지, 거래의 기록을 만든다든지 하는 수단으로서 컴퓨터를 활용하는 것이다.

cybernetics 인공두뇌학

cycle 순환, (시세의) 주기(週期) ¶ an economic *cycle* 경제의 주기 /Interest rates are subject to short *cycles*. 금리는 짧은 주기에 따른다. ***business [trade] cycle*** 경기순환, 경기변동 ¶ A *business cycle* is a recurrence of periods of expansion (recovery) and contraction (recession) in economic activity with effects on inflation, growth, and employment. One cycle extends from a gross domestic product (GDP) base line through one rise and one decline and back to the base line, a period typically averaging about 2 1/2 years. 경기순환은 인플레이션, 성장, 고용에 영향을 주는 경제활동의 확대(경기회복, recovery)와 수축(불황, recession)기간의 반복을 말한다. 1회의 경기순환은 국내총생산(gross domestic product: GDP)의 기준수준에서 상승과 하강을 거쳐 기준으로 되돌아오며, 전형적인 경기순환의 기간은 평균 약 2년 반이다.

cyclical 순환적인, 경기변동과 관련된 ¶ *cyclical* factors 순환적 요인 /*cyclical* fluctuation 경기변동 ***cyclical industry*** 시황(市況)산업 ¶ A *cyclical industry* is directly affected by economic changes. 시황산업은 경기변동에 직접 영향을 받는 산업이다. ~ ***stock*** 경기순환주 ¶ A *cyclical stock* is a stock that tends to rise quickly when the economy turns up and to fall quickly when the economy turns down. Examples are housing, automobiles, and paper. Stocks of noncyclical industry – such as foods, insurance, drugs – are not a directly affected by economic changes. 경기순환주는 경기가 좋게 되면 재빨리 가격이 오르고, 경기가 악화되면 재빨리 가격이 내려가는 경향이 있는 주식종목을 이른다. 예를 들면 주택, 자동차와 지류(紙類) 등이 있다. 식료품, 보험, 약품이라는 비시황산업(非市況産業)의 주식은 경기변동에 그 정도로 직접적으로 영향을 받지 않는다.

CYP (ISO) code Cyprus – currency Cypriot pound. ¶ CYP (국제표준기구) 약호 키프로스 — 화폐 키프로스 파운드(pound).

Cyprus currency 키프로스 화폐 ¶ Cypriot pound (CYP), dividend into 100 cents. 1 파운드(Cypriot pound) = 100 센트(cents).

Czech Republic currency 체코 공화국 화폐 ¶ koruna (CZK), divided into 100 haleru. 1 코루나(koruna) = 100 할레슈(haleru)

CZK (ISO) code Czech Republic – currency koruna. ¶ CZK (국제표준기구) 약호 체코 공화국 — 화폐 코루나(koruna).

D

D/A → **d**ays after **a**cceptance [약] 인수후 …출급; **d**ocuments against **a**cceptance 어음인수서류인도(조건); **d**ocumentary bills for **a**cceptance 하환인수어음

daily 매일의 ¶ an average *daily* balance 월중평균잔액(매일의 잔액을 1개월로 파악한 것) /a *daily* average of bank deposits 매일의 예금평균잔액 /*daily* compounding 매일의 복리 /*daily* installment savings 일부(日賦)적립저금 /a *daily* journal 일계표(日計表) /*daily* rate sheet 시세기록표 /a *daily* statement 매일의 계좌잔액서 /the *daily* statement of condition 매일의 밸런스시트 /a *daily* trial balance; a *daily* account [journal] 일계표 /the outstanding *daily* balance 매일의 미결제잔액 ***daily interest*** 일변(日邊) ¶ The *daly interest* is an interest earned from date of deposit to date of which withdrawal. Also, deposit account interest compounded daily and credited to the depositor's account monthly, quarterly, or at other intervals. For example, $100 deposited for a year (365 days) earns $.84 in daily compound interest at 30 days, $2.53 at 90 days, $5.13 at 180 days, and $10.67 after a full year. 일변이란 예금일부터 인출일(引出日)까지에 받는 이자를 말한다. 또, 예금계정(deposit account)은 매일 복리계산되고 예금자의 계정에는 매달, 분기별, 또는 다른 기간별로 대변에 기입된다. 예를 들면, 1년간(365일) 100달러가 예금된 경우 매일의 복리로 30일간의 이자는 0.84달러이고, 90일은 2.53달러, 180일이면 5.13달러, 만 1년후에는 10.67달러의 이자가 붙는다. ~ ***trading limit*** 일간(日間)가격폭제한 ¶ The *daily trading limit* is a maximum that many commodities and option market are allowed to rise or fall in one day. When a market reaches its limit early and stays there all day, it is said to be having an up-limit or dow-limit days. 일간가격폭제한이란 많은 상품과 옵션시장이 1일간 가격이 등락할 수 있도록 허용되는 한도액을 말한다. 시세가 한도액에 일찍이 도달하여 하루 종일 한도액에 머무르게 되면, 상한가(上限價) 또는 하한가(下限價)에 이르렀다고 한다.

daimyo bond [일본] 다이묘본드, 대명채(大名債) ¶ The *daimyo bond* is a bearer bond that the World Bank issues on the eurobond market and on the Japanese markets. 다이묘본드는 세계은행(World Bank)이 유로본드시장과 일본시장에 발행하는 무기명 채권(債券)이다.

daisy 데이지, 이탈리아 국화 ***daisy chain*** 데이지 화환, 시세조종 ¶ The *daisy chain* is a trading between market manipulators to create the appearance of active volume as a lure for legitimate investors. When these traders drive the price up, the manipulators unload their holdings, leaving the unwary investors without buyers to trade with in turn. 시세조종이란 활발한 매매가 있는 것처럼 보여서 합리적인 투자자(investor)를 불러내기 위해서 시세조정자 사이에서 거래하는 것이다. 이러한 트레이더들이 가격을 끌어올리면, 시세조종자들은 그들의 보유주식을 풀어서 이번에는 방심한 투자자들이 매수인 없이도 거래하게 만든다.

dalasi 달라시 ¶ The standard currency unit of Gambia, divided into 100 bututs. 감비아의 본위화폐단위로, 1 달라시(dalasi) = 100 부투트(bututs)이다.

damage *n.* 손해, (*pl.*) 손해액, 손해배상(액) ¶ *damage* by sea water 염수(鹽水)로 인한 손해 /a *damage* claim 손해청구 /*damage* survey 손해감정 /*damage* in transit 운송중의 손해 /fire *damage* 화재손해 /sea *damage* 해손(海損) /storm *damage* 폭풍으로 인한 손해

v. 손해를 입히다 ¶ *damaged* bank notes 손상권(損傷券) /*damaged* coins 손상화폐 /*damaged* money 손상화폐 /*damaged* [mutilated] notes 손상권 /goods *damaged* to transit 운송중의 손상된 상품

damages [법] 손해배상금, 손해배상액 ¶ The *damages* are the financial compensation awarded by the courts to a plaintiff for losses, breach of contract, or infringement of protected rights. The compensation may equal the amount of financial loss sustained, or it may be set as some multiple of that amount. See also liquidated damages; statutory damages; unliquidated damages. 손해배상금은 법원이 손해, 계약의 위반, 또는 보호받는 권리의 침해에 대해서 원고에게 판정한 금전배상(financial compensation)을 말한다. 금전배상은 입은 금전상의 손해와 같을 수 있거나 그 입은 손해의 몇 배가 될 수 있다. liquidated damages(확정배상액); statutory damages(법정배상액); unliquidated damages(불확정배상액)도 참조할 것.

danger 위험 ¶ *danger* money 위험수당(dangerous money) /run into *danger* 위험에 빠지다 /be exposed to *danger* 위험에 노출되다

dangerous 위험한, 위태로운 ¶ a *dangerous* drug 마약 /*dangerous* cargo 위험화물 /*dangerous* money 위험수당 ***dangerous goods*** 위험물 ¶ *Dangerous goods* are items capable of presenting a risk to the health and safety of individuals or property normally requiring special attention when shipped. 위험물은 선적할 경우에 통상 특별한 주의를 요하는 개개인의 건강이나 안전 또는 재물에 대해서 위험을 줄 수 있는 품목을 말한다.

dark 어두운, 비밀의, 모호한 ¶ *dark* exchange market 암외환시장 ***dark pool*** [영] 다크풀(호가정보를 공개하지 않음에 따라 대량호가로 인한 가격급등을 방지하면서 기관투자자들이 대량 매매할 수 있도록 해 주는 별도의 매매체결시스템이다.) ¶ The *dark pool* is an electronic venue or mechanism that accumulates nondisplayed liquidity and provides matches and crosses of bids and offers generally based on a midpoint price obtained from an exchange (meaning that the platform does not attempt to generate any price discovery). A dark pool can take the form of an alternative trading system, internalized order flow, or exchange hidden orders and reserve orders, and is designed to minimize costs and market impact while preserving client anonymity. See also crossing network. 다크풀은 게시되지 않은 유동성을 축적하여 (플랫폼이 어떤 가격발견을 유발하려고 하지 않는다는 것을 의미하는) 거래소에서 얻은 중간가격(midpoint price)에 일반적으로 기초한 매수호가(bids)와 매도호가(offers)의 조화와 교차를 제공하는 전자회장(會場) 또는 전자장치를 이른다. 다크풀은 별도의 거래제도, 증권회사에서의 주문의 흐름, 거래소의 숨겨진 주문 및 예비주문의 형태를 취할 수 있고, 고객의 익명을 유지하면서 가격과 시장영향을 최소화하려고 하는 데에 뜻을 두고 있다. crossing network(크로싱네트워크)도 참조할 것.

data 자료, 데이터, 정보, 사실, (*sing.* datum) ¶ a *data* bank 데이터뱅크 /*data* processing systems 전자계산조직 /*data* transmission 데이터전송 /economic *data* 경제데이터 /financial *data* 금융데이터 ***data communication*** 데이터통신 ¶ The *data communication* is the transfer of information from one computer to another. In order for communication to take place, several aspects of the com-

D

munication process must be standardized. 데이터통신은 어느 컴퓨터에서 다른 컴퓨터로 정보를 이전하는 것이다. 정보통신이 일어나기 위해서는 통신처리의 여러 단계가 표준화되어야 한다. ~ ***mining*** 데이터마이닝 ¶ The *data mining* is to sift historical data for evidence that appears to support a premise. Implication is that only favorable data are selected, making the conclusion dubious. 데이터 마이닝은 어느 가설을 지지하는 것처럼 보이는 증거를 구하여 과거의 데이터를 선별하는 것이다. 도움이 될만한 자료만을 선택하여 얻어진 결론이 의심스럽다고 하는 언외(言外)의 의미도 포함되고 있다. ~ ***processing*** 데이터처리 ¶ The *data processing* is the processing of information by computers. This term dates back to the 1960s and often describes the part of a business organization that handles repetitive computerized tasks such as billing and payroll. 데이터처리는 컴퓨터로 정보를 처리하는 것이다. 이 용어는 1960년대로 거슬러 돌아가서 청구서발송과 사원급여 장부와 같은 반복적으로 컴퓨터작업을 처리하는 기업조직의 한 부분을 묘사하기도 한다.

D

database 데이터베이스 ¶ *Database* is store of information that is sorted, indexed, and summarized and accessible to people with computers. *Databases* containing market and stock histories are available from a number of commercial sources. 데이터베이스는 컴퓨터를 이용하는 사람에게는 검색이나 일람 및 요약의 접근이 가능한 정보의 저장을 말한다. 시황이나 주가추이가 들어있는 데이터베이스는 수많은 상업적 자료로서 이용될 수 있다.

date *n.* 일자(日字), 연월일, 기일(期日), [상업문] 당일(當日) ¶ the approximate [probable] *date* 예상[상정]일자 /at 3 months's *date* 3개월후의 일자 /the *date* of acceptance 인수의 일자 /a *date* of declaration 배당발표일 /a *date* of delivery 인도일(引渡日) /the *date* of a draft 어음의 일자 /the *date* of issue (어음의) 발행일 /the *date* of maturity 만기일 /the *date* of record (배당 등의) 기준일, 배당수령확정일 /the *date* of shipment 선적일 /a *date* of payment 지급일, 배당일 /the exact *date* of …… …의 확정기일 /the expiry *date* 만료일 /out of *date* 기일마감 /to *date* 현재까지(till now) /up to *date* 오늘까지 ***date draft*** 확정일출급환어음 ¶ A *date draft* is a draft drawn on a drawee (such as a bank) that orders the drawee to pay a certain sum of money at a definite date. 확정일출급환어음이란 (은행과 같은) 지시인에게 확정일에 일정한 금액을 지급하도록 지시하는 환어음을 이른다. ~ ***of issue*** 발행일, 발효일 ¶ In bonds, the *date of issue* is a date on which a bond is issued and effective. Interest accrues to bondholders from this date. 채권에 있어서, 발행일은 채권이 발행되어 효력이 발생하는 날이다. 이 날로부터 채권보유자에게는 이자가 발생한다. ~ ***of record*** 배당기준일, 등록일, 권리확정일 ¶ The *date of record* is a date on which a shareholder must officially own shares in order to be entitled to a dividend. For example, the board of directors of a corporation might declare a dividend on November 1 payable on December 1 to stockholders of record on November 15. After the date of record the stock is said to be ex-dividend. Also called record date. 배당기준일이란 배당(dividend)을 받는 권리를 얻기 위해서, 정식으로 주주로서 주주명부에 등록되어야 하는 날이다. 예를 들면 11월 1일에 이사회(board of directors)에서 11월 15일을 기점으로 등록되어 있는 주주에게 12월 1일에 배당을 지급한다고 발표하였다고 하자. 배당기준일 이후의 주식을 배당락(配當落)(ex-dividend)이라고 한다. 이를 record date(기준일)이라고도 한다. ***due*** ~ 기일, 상환기일 ¶ The *due date* is a date on which a debt-related obligation is required to be paid. 상환기일은 부채관련 채무가 상환되어야 할 날짜를 이른다. ***maturity*** ~ 만기일, 상환일 ¶ A *maturity date* is a date on which the principal amount of a note, draft, acceptance bond, or other debt instrument

becomes due and payable. Also termination or due date on which an installment loan must be paid in full. 만기일은 약속어음(note), 환어음(draft), 인수어음(acceptance bond), 기타 채무증서(debt instrument)의 원금(principal)의 기한이고 지급되어야 할 날을 말한다. 또한 할부대출(installment loan)이 완납되는 대출종료일 또는 기한의 날이기도 하다.
㉢ 일자를 붙이다, 소급하다 ¶ *dated* ahead 선일자의 /*dated* securities 상환기일이 결정되고 있는 채권 /long-*dated* bills 장기(長期)어음 /a post-*dated* check 사후일자수표 /short-*dated* bills 단기어음 ***dated date*** [채권] 이자발생일, 이자기산일 ¶ A *dated date* is a date from which accrued interest is calculated on new bonds and other debt instruments. The buyer pays the issuer an amount equal to the interest accrued from the dated date to the issue's settlement date. With the first interest payment on the bond, the buyer is reimbursed. 이자기산일은 신규발행채권(new bond) 등의 금리가 발생하는 날이다. 신규발행채권의 매수자는 발행자에게 이자기산일로부터 상환일(settlement date)까지의 금리에 상당하는 금액을 지급한다. 첫 번째 채권의 이자지급일에 매수자는 지급을 받는다. ~ ***security*** 상환기일이 결정된 증권 ¶ A *dated security* is a bill of exchange, bond or other security that carries a specified payment or redemption date. 상환기일이 결정된 증권은 특정한 지급이나 상환기일이 정하고 있는 환어음, 채권 기타 증권을 말한다.

dateless 일자가 없는, 기한이 없는, 오래 되어 연대를 모르는

dating 일자의 기입, 지급유예기간연장 ¶ In commercial transactions, *dating* is an extension of credit beyond the supplier's customary terms – for example, 90 days instead of 30 days. In industries marked by high seasonality and long lead time, dating, combined with accounts receivable financing, makes it possible for manufacturers with lean capital to continue producing goods. Also called seasonal dating, special dating. 상거래에서, 지급유예기간연장은 공급자의 통상적인 지급기한을 통상보다 연장하는 것이다. 예를 들면 보통 30일로 되어 있는 것을 90일로 해 주는 것과 같다. 계절변동(seasonality)이 크다든지 회수기간이 길다든지 하는 업계에서는 자금이 결핍한 메이커는 지급유예기간의 연장과 외상매출금담보금융(account receivable financing)의 덕택에 생산이 계속되고 있다. 또한 seasonal dating, special dating라고도 한다. /*dating* ahead [forward] 선일자, 사전일자 /*dating* backward 후일자 /*dating* machines [perforators] 일자기(日字機), 일자천공기(穿孔機)

daughter company 파생회사, 자회사

dawn raid 새벽의 급습, [영] [주식] 돈레이드, 새벽의 급습(거래소의 매매개시의 직후에 특정한 회사의 주식을 대량매입하는 것) ¶ The *dawn raid* is the British term for a practice whereby a raider instructs brokers to buy all the available shares of another company at the opening of the market, thus giving the acquirer a significant holding before the target company gets wise to the undertaking. In London-based markets, the practice is restricted by the City Code on Takeovers and Mergers. 돈레이드는 시장이 개장됨과 동시에 어느 기업의 취득할 수 있는 주식(stock)을 매점하도록 브로커(broker)에게 지시하여 매수대상기업(target company)에게 알리기 전에 주식을 대량으로 취득하는 기업사냥꾼의 행동을 의미하는 영국식의 표현이다. 런던시장에서는 매수합병에 관한 시티규약(City Code on Takeover and Mergers)에서 금지되고 있다.

DAX 100 닥스 100종목 주가지수 ¶ The *DAX 100* is price-weighted index of the 100 most widely traded stocks on the DAX Index, the German market index.

닥스 100종목 주가지수는 독일의 증권거래소에서 상장되고 있는 주식 중에서 가장 광범위하게 거래되고 있는 100종목의 증권으로 구성되고 있는 주가가중지수(price-weighted index)를 말한다.

day 1일, 낮, (*pl.*) 시대 ¶ acceptances up to 90 *days* 90일까지의 인수어음 /an account *day* 계산일 /artificial [civil] *days* 상용일(常用日), 역일(밤중에서 익일의 밤중까지) /both end *days* included (이자계산에서) 첫날과 끝날 포함의 일수(日數) /current (running) *days* [휴일, 제일(祭日) 포함의] 연속일수 /a *day* book; a *day*-book 거래일기장(記帳), [영] 당좌기장 /*day* count 일수계산(방법) /a *day's* high 당일 최고치 /the *day* of delivery [maturity] 교부[만기]일 /*day*-to-*day* accommodation 당좌대출 /*day* to day money 당일대출, 당좌대출 /*day*-to-*day* repos 단기환매 /*days* to run 할인일수 /exclusive of *days* of grace 지급기간을 제외하고 /the previous *days* 전일(前日) /a settlement *day* 결제일, 계산일 /three clear *days* 3영업일, 만 3일간 /within 120 *days* from the date of shipment 선적일부터 120일 이내에 ***day count convention*** [영] 일수계산약정 ¶ The *day count convention* is a mechanism for computing coupon payments/receipts on a fixed income security. Day count conventions, which vary by instrument, market, and country, are based on the period between coupon payments, the number of days in the month, and number of the days in the year. The most common conventions include: 일수계산약정은 확정소득증권(fixed income security)의 이자지급/수령(coupon payment/receipt)을 계산하는 메카니즘을 말한다. 일수계산약정은 증권, 시장, 및 국가에 따라 다르지만, 이자지급(coupon payment)간의 기간, 월(月)의 날수(number of days) 및 연(年)의 날수를 기초로 하고 있다. 가장 일반적인 약정에는 다음과 같은 내용을 담고 있다.

- ▸ Actual/360, which computes the actual number of days between two coupon dates and assumes the year has 360 days. 2이자지급일간의 실제 날수를 계산하고, 1년을 360일로 가정하는, 실제 날수/360일.
- ▸ Actual/365 days, which computes the actual number of days between two coupon dates and assumes the year has 365 days. 2개의 이자지급일간의 실제 날수를 계산하는 실제 날수를 계산하고, 1년을 365일로 가정하는, 실제 날수/365일.
- ▸ Actual/actual, which computes the actual number of days between two coupon dates and assumes the year has 365 days or 366 days (depending on leap year). 2개의 이자지급일간의 실제 날수를 계산하고, 1년을 365일 또는 (윤년이면) 366일로 계산하는 실제 날수/실제 날수.
- ▸ 30/360, which assumes that each month has 30 days and the year has 360 days (a European version of this modifies the end-of-month computation). 매달을 30일, 1년을 360일로 가정하는 30일/360일.

~ ***count note*** [영] 일할채권(日割債券) → range floating rate note (가격폭 변동 금리부 채권). ~***s of grace*** 은혜일(어음지급유예기간, 영국의 어음법에서는 3일간, 미국에서는 상관습으로서 1~ 5일의 은혜일이 인정되고 있다.) → grace period (지급유예기간). ~ ***loan*** [증권] 당일용 대출, 1일용 급전 ¶ A *day loan* is a loan from a bank to a broker for the purchase of securities pending delivery through the afternoon clearing. Once delivered the securities are pledged as collateral and the loan becomes a regular broker's call loan. 당일용 대출이란 오후의 청산에서 인도받은 증권의 구입자금으로서 은행이 브로커에게 행하는 대출을 말한다. 일단 수인도된다면 증권은 담보로서 입질되고 대출은 통상의 브로커의 콜론(call loan)으로 된다. ~ ***of deposit to day of withdrawal account*** 예금기간계정 ¶ The *day of deposit to day of withdrawal account* is a bank account that pays interest based on the actual number of days that money is on deposit. Also called actual balance method 예금기간계정은 실제의 예금일수에 따라 금리를 지급하는 은행계정을 이른다. 또 actual balance method라고도 한다. ~ ***order*** 당일유효주문 ¶ A *day order* is an order to buy or sell securities that expires unless executed or canceled the day it is placed. All orders are *day orders* unless otherwise specified. The main exception is a good-till-canceled order, though even it can be executed the same day if conditions are right. 당일유효주문이란 주식의 매수주문이나 매도주문이 성립한다든지 취소된다든지 하지 않는 한, 주문은 당일에 한해서 유효하다는 것이다. 달리 지정이 없는 한 모든 주문이란 것은 당일에 유효한 주문이다. 중요한 예외는 굿틸캔슬드 주문(good-till-canceled order)인데, 이것도 조건을 충족하면 당일중에 집행될 수 있다. ~ ***trade*** 초단기거래, 초단기주식매매 ¶ *Day trade* is purchase and sale a position during the same day. 초단기거래는 증권의 매매를 당일에 행하는 경우를 이른다. ~ ***trader*** 초단기거래자, 단기투자자(day-to-day trader) ¶ The *day trader* is a person who buys and sells within a short time, generally minutes or hours, most frequently within the day, though some may hold a position for 2 to 3 days. 초단기거래자는 단시간에 증권을 매매하는 자로서, 일반적으로 분 또는 시간내로 거래하고 어떤 초단기거래자는 2, 3일간 포지션을 보유하지만, 아주 빈번하게 당일치기로 거래하는 일도 있다.

daylight 낮, 낮 동안 ¶ *daylight* exposure [외환] 일중노출잔액 /*daylight* (exposure) limits 일중(日中)한도 /*daylight* trading 당일거래, 당일치기매매 ***daylight overdraft*** 일중잔액부족, 일중당좌대월 ¶ The *daylight overdraft* is an intraday loan that occurs when a bank transfers funds in excess of its reserve account. *Daylight overdrafts* are caused when banks transfer funds in excess of reserve account balances at a Federal Bank. Since 1994 Federal Reserve Banks have charged banks a processing fee for *daylight overdrafts*. 일중잔액부족이란 은행이 준비지급금계좌 이상으로 자금을 양도하는 경우에 일어나는 하루내의 대출을 말한다. 일중잔액부족은 연방준비은행에서 준비지급금계좌잔액 이상으로 자금을 양도하는 경우에 원인이 된다. 1994년 이래 연방준비은행은 일중잔액부족을 이유로 은행에 절차비용을 부과해 왔다. ~ ***risk*** [영] 일중리스크 ¶ The *daylight risk* is the risk of loss arising from failure by a party to a contract to receive, within the same business day, cash or assets after it has already delivered assets or cash to another party. Also known as daylight exposure. See also settlement risk. 일중리스크는 동일한 거래일 내에 이미 자산이나 현금을 다른 당사자에게 이전한 다음에 현금이나 자산을 수령할 계약의 당사자의 실수로 발생한 손실의 리스크를 말한다. settlement risk(결제 리스크)도 참조할 것.

day-to-day 나날의, 하루살이의, [상거래] 당좌의 ***day-to-day loan*** [영] 초단기론(loan), 단기론(loan) ¶ The *day-to-day* loan is also called an overnight loan, money that is borrowed particularly by a financial institution that is temporarily illiquid. It is lent to companies wishing to be paid interest on money earned in the previous day's trading. Interest rates on *day-to-day loans* are high and variable. 초단기 론(loan)은 익일상환대출금(overnight loan)이라고도 하며, 일시적으로 현금이 부족한 특히 금융기관이 빌리는 자금을 말한다. 그것은 전날의 거래에서 수익을 본 자금에 이자가 지급되기를 바라는 회사에 대출된다. 초단기 론의 금리는 높고 일정치가 않다. ~ ***money*** 초단기 자금 ¶ The *day-to-day money* is a type of loan made usually to a financial institution that must be repaid on demand. It is also known as money at call. 초단기 자금은 보통 금융기관에 행하는 대출의 형태인데, 금융기관은 요구가 있으면 상환하여야 한다. 그것은 또 콜자금(money at call)이라고도 한다.

d.b.a.; D/B/A → **d**oing **b**usiness **a**s … [약] …의 명의[사명(社名), 별명]로, 가명 거래로

D/D; D.D. → **d**emand **d**raft [약] 요구출급환어음 ¶ The *demand draft* is a written order directing that payment be made, on sight, to the third party. The person writing the draft is called the drawee; the bank making the payment is the drawer, or the payor bank. The beneficiary of a demand draft, the person receiving the payment, is the payee. Drafts may be payable at some future date (time drafts) or on sight (*demand drafts*). *Demand drafts* drawn on banks are known as checks. 요구출급환어음이란 보이면 바로 지급이 제3자에게 이루어지도록 지시하는 지급지시서이다. 이런 환어음을 작성하는 자가 수취인(drawee)이라고 하며, 지급을 하는 은행이 발행인 또는 지급은행(payor bank)이 된다. 지급을 받는 요구출급환어음의 수익자(beneficiary)는 수령인(payee)이 된다. 어음은 일정한 장래의 기일(정기어음)이나 바로 즉시(on sight) (요구출급어음: demand drafts) 지급될 수 있다. 은행 앞으로 발행된 요구출급환어음을 수표(checks)라고 한다.

d/d → **d**ays after **d**ate [약] 일자후 …일출급(日出給)

DDos [컴] 분산서비스거부(Distributed Denial of Service) ¶ The *DDos* is a denial-of-service attack conducted through a large set of attackers at widely distributed locations. This is often done by distributing a computer virus that will turn its victims into zombies that carry out the attack. 디도스는 대규모의 해커들이 광범한 지역에 일으킨 서비스의 거부공격이다. 이것은 컴퓨터를 공격을 수행하는 좀비(zombie)로 만드는 컴퓨터 바이러스를 분포함으로써 이루어지기도 한다.

dead 생기가 없는, 활발하지 못한, 이익이 생기지 않는 ¶ *dead* account 수면계좌 /*dead* assets 휴지자산 /*dead* checks 발행인사망수표 /*dead* letters 배당불능우편(물) /*dead* loan 회수불능 대출금, 부실대출 /a *dead* loss [보험] 전손(全損), 순손(純損) /*dead* security 무가치담보 /*dead* stock 팔다 남은 물건, 불량재고 ***dead cat bounce*** 데드캣 바운스 ¶ A *dead cat bounce* is a sharp rise in stock prices after a severe decline. The saying refers to the fact that a dead cat dropped from a high place will bounce. Often, the bounce is the result of short-sellers covering their positions at a profit. 데드캣 바운스는 주가가 폭락한 후 급등하는 경우를 이른다. 데드캣 바운스라는 말은 죽은 고양이도 높은 곳에서 떨어지면 반동으로 튄다는 사실을 나타낸다. 이따금, 주가반등은 공매(空賣)의 결과 그 포지션을 커버하려 할 때에 일어난다. ~ ***security*** 무가치한 증권 ¶ The *dead security* is a security that is backed by an exhaustible industry (such as mining), which is thus a poor risk for a long-term investment or loan. 무가치한 증권은 [채광(採鑛)과 같은] 전망이 없는 산업에 의해 뒷받침되고 있는 증권이고, 따라서 장기투자나 대출에 빈약한 위험거리가 된다.

deadbeat 게으름뱅이, 빚을 떼어먹는 녀석 ¶ The *deadbeat* is one who does not pay his bills. In contrast to a freeloader or deadhead, who doesn't pay the (train) fare but doesn't necessarily add cost to the service provider, the *deadbeat* runs up a bill for goods and services that he uses individually, without payment. 대금을 떼어먹는 녀석이란 지급청구서(bill)를 물지 않는 자이다. 공짜로 술을 마시는 자(freeloader)나 (기차) 요금을 물지 않는 것이 아니라, 서비스제공자에게 반드시 추가요금을 물지 않는 무임승차인(deadhead)과 대조해서, 대금을 떼어먹는 자(deadbeat)는 돈을 내지 않고 개인적으로 이용하는 재화나 서비스에 관한 지급청구서를 미루는 자이다. /*deadbeat* card-holder 이름난 악질 카드사용자

deadline 마감시간, 최종기한 ¶meet [miss] a *deadline* 기한에 대다[늦다]

deadlock ⓝ (교섭 등의) 꽉 막힘, 막 다름
ⓥ 꽉 막히다, 정돈상태에 빠지다

deadweight 자중(自重), 중하(重荷) ¶*deadweight* cargo 중량화물 /*deadweight* tonnage 중량톤

deal ⓝ 약정, 거래, 자기계산으로 하는 매매 ¶cash *deal* 현금거래 /exchange *deals* 외국환거래 /package *deal* 일괄구입, 포괄안(包括案) ***deal flow*** 딜플로우 ¶A *deal flow* is a rate of new deals being referred to the investment banking division of a brokerage firm. This might refer to proposals for new stock and bond issues, as well as mergers, acquisitions, and takeovers. 딜플로우는 증권회사의 투자은행업무부문이 조회를 받는 신규거래의 평가를 이른다. 조회내용은 합병(merger), 매수(acquisition), 기업인수(takeover)뿐만 아니라, 주식(stock)이나 채권(bond)의 발행제안 등이다. ~ ***stock*** 매수관련종목 ¶The *deal stock* is a stock that may be rumored to be a takeover target or the party to some other major transaction such as a merger or leveraged buyout. The stock may be subject to a rumor of a prospective deal, or a deal may have been announced that attracts additional bidders and the company is said to be in play. Arbitrageurs and other speculators will attempt to buy *deal stocks* before the deal is finalized or profit when the stock price rises. Of course, if there is no deal, these speculators may lose money if the stock falls back to its pre-rumor price. 매수관련종목이란 매수(takeover)나 합병(merger), 레버리지드 바이아웃(leveraged buyout) 등의 커다란 거래의 당사자라로 소문난 기업의 주식을 이른다. 그런 매수관련주식은 장래 거래될 것이라는 소문에 영향을 받을 수 있고, 또 추가로 입찰자를 끌어당기는 거래가 있으며, 매수기업은 현재 거래가 진행중이라는 발표도 있을 수 있다. 차익거래업자(arbitrageur) 기타 투기업자(speculators)는 매수가 완료하기 전에 그 매수관련종목을 구입한다든지, 그 주가의 상승에서 이익을 얻으려고 한다. 물론, 매수가 행해지지 않고 주가가 소문전의 수준으로 하락하여 손실을 입는 경우도 있다.
ⓥ 처리하다, 거래하다 ¶*deal* in futures [options] 선물거래[선택권부 거래]를 행하다 /*deal* on the market 시장에서 거래하다

dealer 매매업자, 딜러 (*cf.*) dealing(증권업무에 있어서, 브로커가 위탁매매업무를 행하는 자를 가리키고, 매매업을 하는 딜러와 구별한다. 딜링담당자를 영국이나 일본에서는 딜러, 미국에서는 트레이더(trader)라고 부른다.) ¶The *dealer* is an individual or firm as a principal in a securities transaction. Principals trade for their own account and risk. When buying from a broker acting as a *dealer*, a customer receives securities from the firm's inventory; the confirmation must disclose this. When specialists trade for maintaining an orderly market, they act as *dealers*. Since most brokerage firms operate both as brokers and as principals, the term broker-*dealer* is commonly used. 딜러는 증권거래에서 거래의 당사자(principal)로서 리스크를 부담하고 행동하는 개인이나 기업을 이른다. 딜러로서 행동하는 브로커(broker)로부터 투자자가 증권을 구입하는 경우는 브로커의 재고에서 증권을 수취한다. 확인서에는 그 뜻을 밝혀야 한다. 스페셜리스트(specialist)는 공정한 시장을 유지할 책임을 지기 때문에 자기계좌에서 거래할 때에는 딜러로서 행동한다. 증권회사의 태반은 브로커와 딜러 양쪽의 입장에서 행동하므로 브로커-딜러(broker-dealer)라고 부르는 경우가 많다. /*dealer* financing 딜러금융 /*dealer* helps [aids] 판매점원조 /a *dealers'* level 유통단계 /*dealer* paper 전문딜러경유로 발행하는 커머셜페이퍼 /*dealer* stocks 유통재고 /*dealer's* turn 대고객외국환시세의

D

매매폭(시세의 간격) /foreign exchange *dealer* 외국환딜러 /the professional *dealers* in the bank 은행의 전문딜러 /retail *dealers* 소매상 /wholesale *dealers* 도매상 ***dealer bank*** (정부채, 정부보증채시장에 참가하고 있는) 딜러은행 ¶The *dealer bank* is a commercial bank that underwrites and makes markets in securities of the U.S. government and federal agencies, municipal general obligation bonds, and other debt securities. Banks that deal in municipal securities are registered dealers with the Municipal Securities Rulemaking Board. 딜러은행은 미국연방정부 및 연방기관의 증권, 지방일반보증채(municipal general obligation bonds) 기타 채무증권(debt securities)에서 이를 인수하고 시장을 만드는 상업은행을 이른다. 지방채(municipal securities)를 다루는 은행들은 지방채규칙제정위원회(Municipal Securities Rulemaking Board)에 등록된 딜러들(dealers)이다. ~ ***loan*** 딜러론(딜러에 대한 오버나이트 딜러의 담보부 융자), 증권재고금융 ¶The *dealer loan* is a short-term, secured bank loan to a security dealer for the purpose of financing inventory. 딜러론은 금융목록을 목적으로 증권딜러에 대한 단기간의 담보부 은행론(short-term, secured bank loan)을 말한다. ~ ***market*** 딜러시장 ¶The *dealer market* is a securities market in which transactions are between principals acting as dealers for their own accounts rather than between brokers acting as agents for buyers and sellers. Municipal and U.S. government securities are largely traded in dealer markets. 딜러시장이란 매수인이나 매도인의 대리인으로서 행동하는 브로커(broker)간의 거래가 아니라, 자기계좌로 당사자로서 매매하는 딜러(dealer)간에서 거래가 행해지는 증권시장을 이른다. 지방채(municipal securities)나 미국채(U.S. Government securities)는 대출분이 딜러시장에서 거래된다. ~ ***market electronic communications network (ECN)*** [영] 딜러마켓전자통신네트워크 ¶The *dealer market electronic communications network* (*ECN*) is an electronic communications network where clients face a sponsor, rather than other clients, as price-maker and counterparty. Dealer market ECNs can be regarded as an electronic mechanism of dealing with a single institution. See also hybrid electronic communications network; regulated electronic communications network. 딜러마켓전자통신네트워크는 고객이 다른 고객보다 오히려 프라이스메이커와 거래상대방으로서 스폰서(sponsor)를 대면(對面)하는 전자통신네트워크를 말한다. 딜러마켓전자통신네트워크는 단일의 기관과 거래하는 전자거래메커니즘으로 간주될 수 있다. hybrid electronic communications network(하이브리드전자통신네트워크); regulated electronic communications network(규제전자통신네트워크)도 참조할 것. ~***'s spread*** 딜러스프레드 → markdown (인하가격); underwriting spread (인수스프레드).

dealership 상품판매자격[권], 판매점

dealing (통상 *pl.*) 교섭, 거래, 매매거래, 딜링(증권회사 또는 금융기관과 증권거래에 있어서 자기의 계산과 계정으로 매매를 성립시키는 업무를 말한다.) ¶business [commercial] *dealings* 상거래 /*dealing* business 자기매매업무 /*dealing* in the foreign exchange market 외국환시장에서의 딜링 /*dealing* in futures 정기거래, 선물거래 /fair *dealing* 공정한 거래 /foreign exchange *dealings* 외국환거래 /forward *dealing* 선도거래 /insider *dealing* 내부자(부정)거래

dear 고가의 ¶*dear* money policy 고금리정책 ***dear money*** 고금리자금 (*cf.*) cheap money 저리자금 ¶*Dear money* is British equivalent of tight money. dear money(디어머니)는 tight money(금융긴축)를 가리키는 영국식의 표현이다.

death 죽음, 사망 ¶a *death* duty [tax] 상속세(an inheritance tax) /*death* of drawer [부도사유] 발행인 등의 사망 ***death-backed bonds*** 생명보험담보채권 ¶ *Death-backed bonds* are bonds backed by policyholder loans against life insurance policies. The loans will be repaid either by the policyholder while he or she is alive or from the proceeds of the insurance policy if the policyholder dies. Also call policyholder loan bonds. 생명보험담보채권은 생명보험증권(life insurance policy)을 담보로 한 보험계약자(policyholder)의 대출을 뒷받침하는 채권을 이른다. 그 대출금은 보험계약자가 생존중에 반환하든가, 사망시에는 보험금으로 상환된다. 또한 보험계약자대출채권(policyholder loan bonds)이라고도 한다. ~ ***benefit*** 사망보험금 ¶ A *death benefit* is an amount of money to be paid to beneficiaries when a policyholder dies. The *death benefit* is the face value of the policy less any unpaid policy loans or other insurance company claims against the policy. 사망보험금은 보험계약자(policyholder)가 사망한 때에 수취인(beneficiary)에게 지급되는 보험금을 말한다. 사망보험금은 보험을 담보로 한 차입의 미상환액 또는 다른 보험회사가 보험계약자에게 청구하는 금액을 공제한 금액이 된다. ~ ***play*** 데쓰 플레이 ¶ The *death play* is a stock bought or sold short on the expectation that a key executive will die and a profit on the shares will be made as a result. For example, there might be reason to believe that upon the imminent death of a CEO, a company will be broken up and that the shares will be worth more at their private market value. 데쓰 플레이는 중요경영진이 사망하여 주가가 상승할 것을 기대하고 매수되거나 공매(空賣)되는 주식을 말한다. 예를 들면, 최고경영자(CEO)의 사망이 임박할 때에, 회사가 해체되어 주식은 사설시장가격보다 더 유리해질 것이라는 믿는 이유가 있을 것이다. ~ ***spiral*** 데쓰 스파이럴 ¶ A *death spiral* is a type of convertible (to common stock) bond or preferred stock issued by a distressed company where the conversion ratio increases as the market price of the common stock drops. As the common drops because of potential and actual dilution, deteriorating finances, and short selling, original common holders progressively lose control. 데쓰 스파이럴은 발행회사의 보통주식의 사장가격이 하락하면서 전환율(conversion ratio)이 상승해 가는 경우에 업적이 나쁜 회사가 발행하는 일종의 보통주식(common stock)에의 전환사채(convertible) 혹은 우선주(preferred stock)를 말한다. 발행회사의 주식의 희석화(dilution)가 전망되어 실제로 일어난다든지, 발행회사의 재무내용이 악화되거나, 그리고 공매(short selling)로 인하여 주가가 하락하기 때문에 원래의 보통주주의 지배권은 점진적으로 상실하게 된다. ~ ***tax*** 상속세 ¶ A *death tax* is a synonym for estate tax favored by those who would reduce or eliminate it. death tax란 절세(節稅)하거나 납세를 하지 않으려는 사람들이 즐겨 쓰는 estate tax(상속세)의 동의어이다. ***Death Valley Curve*** 데쓰 밸리커브 ¶ The *Death Valley Curve* is a venture capital term that describes a start-up company's rapid use of capital. When a company begins operations, it uses a great deal of its equity capital to set up its offices, hire personnel, and do research and development. It may be several months or even years before the company has products or services to sell, creating a stream of revenues. The *Death Valley Curve* is the time period before revenues begin, when it is difficult for the company to raise more equity or issue debt to help it through its cash-flow difficulties. 데쓰 밸리커브는 창업회사의 급격하게 자본을 사용하는 것을 표현하는 벤처캐피탈(venture capital)의 용어이다. 회사가 사업을 시작할 때에, 사무소의 개설, 종업원의 채용, 연구개발에서 막대한 자기자본을 사용한다. 제품이나 서비스를 판매할 수 있게 되어 수입원이 만들어지기까지는 수개월 또는 수년이 걸리는 경우도 있다. 데쓰 밸리커브는 수입을 올리기 전에 자금융통을 증자나 사채로 극복하는 것이 곤란한 시기를 가리킨다.

debar 제외하다(from doing), 금지하다 ¶ He was consistently *barred* from attending the meetings. 그는 계속 모임에 참석할 수 없었다.

debase (화폐를) 변조하다 ¶ *debased* coins 변조화폐

debasement (인품 · 품질 · 가치 등의) 저하, 타락, 변조, 화폐가치의 인하

debate [n] 의논, 논쟁
[v] 의논하다, 토론(논쟁)하다

debenture [영] (담보부) 사채, 사채권, [미] 무담보사채(미국에서는 무담보로 만기가 15년 넘는 장기사채를 가리키는 경우가 많고, 영국에서는 회사자산에 대한 우선권을 가지는 사채를 특히 디벤처라고 부르는 일이 많다. bond의 항을 참조.) ¶ The *debenture* is a general debt obligation backed only by the integrity of the borrower and documented by an agreement called an indenture. An unsecured bond is a *debenture*. 무담보사채는 채무자의 신용만이 담보가 되고 신탁증서(indenture)라는 하는 계약서에서 규정되는 채무(obligation)이다. 무담보채권(unsecured bond)도 일종의 무담보사채이다. /convertible *debenture* 전환사채 /*debenture* [unsecured] bonds 무담보채권 /*debenture* capital 차입자본금 /*debenture* certificates 채권(債券) /*debenture* issue 사채발행 /*debenture* redemption 사채의 상환 /*debenture* stock 사채권, 확정이자부 주식 /defaulted *debentures* 무상환권 /mortgage *debentures* 담보부 사채 /short-term *debentures* 단기사채 ***debenture stock*** 확정이자부 주식, 무기한사채 ¶ A *debenture stock* is a stock issued under a contract providing for fixed payments at scheduled intervals and more like preferred stock than a debenture, since their status in liquidation is equity and not debt. 확정이자부 주식은 일정한 기간마다 일정한 금액을 지급한다는 계약하에 발행되고 청산시의 상환은 채무(debt)가 아니라 주식(equity)이기 때문에 무담보사채(debenture)보다 우선주식(preferred stock)에 가깝다.

debit [n] 차변, 부채 ¶ The *debit* is an accounting entry that leads to an increase in assets or a decrease in liabilities or capital. A *debit* balance also represents assets or expenses. See also credit. [영] 차변은 자산의 증가 또는 부채나 자본의 감소를 이끄는 회계기입을 말한다. 차변잔액(debit balance)은 또 자산이나 비용을 나타내기도 한다. credit(대변)도 참조할 것. /a *debit* advice 차기(借記)통지서 /*debit* authorization 차기수권서 /*debit* business 수신업무 /the *debit* column 차변란(欄) /a *debit* entry 차변기입 /*debit* exchanges 교환지참어음 /*debit* interest 인락(引落)이자 /a *debit* memo [note, slip, ticket] 차변전표, 대금청구서 /the *debit* side 차변과목 ***debit balance*** 차변잔액 ¶ A *debit balance* is an account balance representing money owed to the lender or seller. 차변잔액은 대여자(貸與者)나 매도인(seller)에 대한 채무금액을 나타내는 잔액(殘額)이다. ~ ***card*** 데빗카드 ¶ A *debit card* is a card issued by a bank to allow customers access to their funds electronically. *Debit cards* could replace checks as a method of payment for goods and services, and are more convenient because they are more widely accepted than checks. *Debit cards* can also be used to withdraw cash from automatic teller machines. 데빗카드는 고객이 컴퓨터를 통해서 자신의 예금자금에 접근할 있도록 은행이 발행하는 카드이다. 데빗카드는 상품이나 서비스의 대금지급의 수단으로서 수표대신에 사용하며, 수표보다 광범하게 사용할 수 있으므로 편리하다. 데빗카드는 현금자동지급기에서 현금을 인출하는 데 사용될 수도 있다. ~ ***spread*** 데빗스프레드 ¶ *Debit spread* is difference in the value of two options, when the value of the one bought exceeds the value of the one sold. The opposite of a credit spread. 데빗스프레드는 옵션(option)의 구입가격이 매각가격을 상회할 때의

차액을 이른다. 신용스프레드의 반대이다. ***direct*** ~ 직접인락, 자동인락 ¶ The *direct debit* is a method of collecting loan or mortgage payments by deducting the amounts owed from the borrower's checking account on the date payment is due. 직접인락(直接引落)은 지급이 도래한 날짜에 차입자(借入者)의 당좌계정에서 차금한 금액을 공제함으로써 론이나 모기지의 지급을 추심하는 방법이다.
[v.] 차변에 기입하다 ¶ *debit* an account 계좌를 차기[인락]하다

debt 부채, 채무 ¶ *Debt* is money, goods, or services that one party is obligated to pay to another in accordance with an expressed or implied agreement. *Debt* may or may not be secured. 채무란 명시되거나 묵시적인 합의에 따라 일방의 당사자가 타방의 당사자에게 지급해야 할 금전, 물건 또는 서비스를 이른다. 채무는 담보가 있을 수도 없을 수도 있다. ¶ *Debt* is money owed by one party to another party. *Debt* can take many forms, including accounts payable, bill of exchange, bonds, deposits, drafts, loans, notes, and repurchase agreements, and is generally governed by a contractual agreement that reflects the borrowing party's liability and the specific obligations that must be met in order to discharge the liability. [영] 부채는 당사자가 다른 당사자에게 갚아야 할 돈이다. 부채는 외상매입금계좌(account payables), 환어음, 채권(債券), 예탁금, 어음(draft), 론(loan), 채무증서(note) 및 환매조건부거래(repurchase agreement)를 비롯하여 많은 형태를 취할 수 있고, 그 채무를 이행하기 위하여 차입당사자의 채무와 충족하여야 할 특수한 채무를 나타내는 계약상의 합의에 의해서 일반적으로 지배된다. /a bad *debt* 부실채권, 불량채권, 대손(貸損) /*debt* accumulation 누적채무 /*debt* and credit 대차(貸借) /*debts* and credits 채권채무 /*debt* assumption 채무인수, 채무이행인수, 채무인수계약 /*debt* ceiling 채무부담한도, 차입한도 /*debt* finance 은행차입이나 보통사채발행에 의한 자금조달 /*debt* financing 타인자본의 조달 /*debt*-for-equity swap [개도국채권] 부채의 출자전환 /*debt* instruments 채무증서, 채권(債券) /*debt* investment 채권투자 /*debt* leverage 채무 레버리지 /a *debt* limit 채무한도 /a *debt* load 차금액 /a *debt* of honor 무증서차금, 신용차입 /*debts* payable 차입금 /a *debt* ratio for total assets 차입금의존도 /*debt* retirement 채무의 상환 /*debt* securities 채무증서 /*debt* service 이자지급, 원리금상환 /*debt* service ratio 대외채무상환비율(대외채무의 부담도를 표시하는 척도) /a *debt*-to-equity ratio 부채 · 자기자본비율 /funded *debts* 이자부 장기채무 /national *debts* 국채(國債) /secured *debts* 담보부채무 /unsecured *debts* 무담보채무 ***debt bomb*** 채무폭탄 ¶ A *debt bomb* is a situation in which a major financial institution defaults on its obligations, causing major disruption to the financial system of the institution's home country. If a major multinational bank were to run into such trouble, it could have a major negative impact on the global financial system. 채무폭탄은 대형금융기관이 채무불이행(default)에 빠져서, 자국의 금융기관에 커다란 혼란을 가져오는 상황을 가리킨다. 만약 대형다국적 은행이 채무불이행에 빠진다면, 세계의 금융제도에 부정적인 영향을 미칠 가능성이 있다. ~ ***burden*** 채무부담 ¶ The *debt burden* is the cost (such as interest) of servicing a debt. 채무부담은 채무의 이자를 치루는 (이자와 같은) 비용을 이른다. ~ ***buy-back*** 채무의 환매 ¶ In international trading, the *debt buy-back* is an arrangement whereby a debtor nation buys back its debt at a discount for cash. 국제거래에 있어서, 채무의 환매는 채무국이 현금할인으로 국가의 채무를 환매하는 약정을 말한다. ~ ***collecting*** 채권회수 ¶ The *debt collecting* is the business of a company or organization that collects debts on behalf of other companies or individuals. See also factoring. 채권회수는 다른 회사나 개인을 대신해서 채권을 추심하는 회사 또는 단체의 사무를 말한다.

factoring(팩토링)도 참조할 것. ~ ***crisis*** [영] 부채위기 ¶ The *debt crisis* is a form of financial crisis based on a country's inability to support its debt obligations. Failure to service principal and interest associated with local and foreign currency bonds and loans may require a rescheduling or restructuring with creditors, and may have a negative impact on the country's financial and asset markets. See also credit crisis; currency crisis. 부채위기는 국가가 국가의 채무증권(debt obligation)을 지원할 수 없는 것에 기인하는 금융위기의 형태를 말한다. 자국통화채권과 외국통화채권과 관련되는 원금과 이자를 지급할 수 없으면 채권자와 채무상환계획을 변경한다든지(rescheduling) 대출조건을 완화하든지 할 필요가 있고, 국가의 금융 및 자산시장에 소극적 영향을 미치게 될 것이다. credit crisis(신용위기); currency crisis(통화위기)도 참조할 것. ~ ***equity swap*** [누적채무] 부채의 출자전환, 채무의 주식화(그 국가의 외화표시대외채무를 주식으로 전환하는 것) ¶ *Debt equity swap* is to change the debt into the equity based on the agreement of creditor and debtor. It is a method of reorganization of the company, in which it is characteristic that it is more attractive for the creditor to get the stock from the company than to give up the claim to the debtor, while the debtor tries to rebuild up the company. 부채의 출자전환이란 채권자와 채무자의 합의에 기초해서 채무를 주식으로 변경하는 것이다. 이것은 회사의 재건(再建)에 대해서 취하는 방법의 하나이지만, 채권자에 대하여 단순한 채무포기를 행하는 경우에 비하여 매력을 주면서, 채무자의 사업의 재건을 꾀려고 하는 것이라는 점에 특징이 있다. ~ ***forgiveness*** [영] 채무면제 ¶ *Debt forgiveness* is the process of cancelling a debtor's outstanding debts, leading to a write-off on the accounts of creditors. *Debt forgiveness* is most commonly associated with debt cancellation of distressed sovereign borrowers. See also overhang; rescheduling; restructuring. 채무면제는 채무자의 미납채무를 취소하는 과정이고, 채권자의 계좌에서 상각(write-off)으로 이끄는 경우이다. 채무면제는 불황을 겪고 있는 주권국의 채무자의 채무취소와 가장 일반적으로 연관되는 것이다. overhang(유가증권 등의 공급과잉); rescheduling(채무상환기간의 완화); restructuring(리스트럭처링)도 참조할 것. ~ ***instrument*** 채무증서 ¶ A *debt instrument* is a written promise to repay a debt; for instance, a bill, note, bond, banker's acceptance, certificate of deposit, or commercial paper. 채무증서는 채무상환을 약속하는 문서를 이른다. 예를 들면, 단기증권(bill), 중기증권(note), 장기증권(bond), 은행인수어음(banker's acceptance), 양도성예금증서(certificate of deposit) 또는 커머셜페이퍼(commercial paper) 등이 그것이다. ~ ***limit*** 채무한도, 채권발행한도액 ¶ A *debt limit* is a maximum amount of debt that a municipality can incur. If a municipality wants to issue bonds for an amount greater than its debt limit, it usually requires approval from the voters. 채무한도는 어느 자치단체가 부담할 수 있는 부채의 한도액을 이른다. 만약 자치단체가 그 한도를 초과할 정도의 채권(bond)을 발행하려고 하는 경우에는, 통상적으로 유권자의 승낙을 필요로 한다. ~ ***retirement*** 채무상환 ¶ *Debt retirement* means repayment of debt. The most common method of retiring corporate debt is to set aside money each year in a sinking fund. 채무상환은 부채의 반환을 의미한다. 사채의 상환에서 가장 일반적인 것은 매년 감채기금(sinking fund)을 적립하는 방법이다. ~ ***restructuring*** 채무조정 → restructuring (리스트럭처링). ~ ***security*** 채무증권 ¶ A *debt security* is a security representing money borrowed that must be repaid and having a fixed amount, a specific maturity or maturities, and usually a specific rate of interest or an original purchase discount. For example, a bill, bond, commercial paper, or a note. 채무증권은 반환해야 하는 차입금액을 표창하는 증권으로, 금액과 만기(maturity)가 결정되어 있고, 통

상은 일정한 금리(interest)가 붙거나 원래의 구입가를 할인해서 발행한다. 예컨대, 단기증권(bill), 장기증권(bond), 커머셜페이퍼(commercial paper), 중기증권(note)이 그 예이다. ~ ***service*** 채무원리금지급 ¶ *Debt service* is cash required in a given period, usually one year, for payments of interest and current maturities of principal on outstanding debt. In corporate bond issues, the annual interest plus sinking fund payments; in government bonds, the annual payments into the debt service fund. 채무원리금지급은 미지급부채에 대한 일정한 기간(통상 1년)의 이자지급과 원금상환에 필요한 금액을 이른다. 사채(corporate bond)에서는 1년분의 이자에 감채기금(sinking fund)에의 적립금을 가한 금액이고, 국채(government bond)에서는 차입반환기금(debt service fund)에의 1년분의 적립금이다. ~ ***service coverage*** 채무상환의 확실성, 데트서비스 커버리지 ¶ In corporate finance, *debt service coverage* is an amount, usually expressed as a ratio, of cash flow available to meet annual interest and principal payments on debt, including sinking fund payment. 기업재무에서, 채무상환의 확실성은 감채기금(sinking fund)의 지급을 포함해서 채무에 대한 연간 원리금지급에 충당하는 캐시플로(cash flow)의 금액을 이른다. 통상은 비율로 표시된다. ~ ***swap*** 채무스왑 ¶ *Debt swap* is exchange, between banks, of a loan, usually to a third world country in local currency. 채무스왑은 주로 제3세계에 대한 현지통화표시융자를 은행간에서 교환하는 것이다. ~***-to-equity ratio*** 부채 · 자기자본비율, 부채비율 ¶ A *debt-to-equity ratio* is: (1) total liabilities divided by total shareholders' equity. This shows to what extent owner's equity can cushion creditors claims in the event of liquidation. Usually called debt ratio. (2) total long-term debt divided by total shareholders' equity. This is a measure of leverage – the use of borrowed money to enhance the return on owners' equity. (3) long-term debt and preferred stock divided by common stock equity. This relates securities with fixed charges to those without fixed charge. 부채 · 자기자본비율은 (1) 채무(liabilities)잔액을 자기자본(shareholder's equity)으로 나눈 부채를 이른다. 이것은 사업청산(liquidation)시에 자기자본으로 채무를 어느 정도 반환할 수 있는가를 나타낸다. 통상 부채비율이라고 한다. (2) 장기채무잔액을 자기자본(shareholders' equity)으로 나눈 것을 말한다. 이것은 레버리지(leverage)의 지표이고, 차입금을 사용하여 자기자본이익률을 높이는 것을 레버리지라고 한다. (3) 장기채무와 우선주(preferred stock)를 보통주(common stock)로 나눈 것이다. 고정비용(fixed cost)이 들어가는 증권에 대한 고정비용이 들어가지 않는 증권의 비율을 이른다. ~ ***to income (DTI)*** 총부채상환비율 ¶ The *debt to income* (*DTI*) is abbreviated as debt to income, meaning a rate that the principal and the total amount of interest which a borrower has to repay for one year is divided by his yearly income. 총부채상환비율(DTI)이란 돈을 빌린 사람이 1년간 갚아야 할 원금과 이자의 총액을 연소득으로 나눈 비율을 이른다. ~ ***warrant*** 부채 워런트 ¶ The *debt warrant* is a security that allows the holder to buy additional bonds from the issuer at the same price and yield as the initial bond. 부채 워런트는 그 보유자가 발행자로부터 최초의 채권과 동일한 가격과 이윤으로 추가적 채권을 매입할 것을 허용하는 증권을 말한다.

debtor (Dr.; dr.) 차입자, 채무자, 차변 ¶ A *debtor* (*Dr.; dr.*) is any individual or company that owes money. If debt is in the form of a loan from a financial institution, you might use borrower. If indebtedness is in the form of securities, such as bonds, you would refer to the issuer. 채무자란 채무를 지고 있는 개인이나 기업을 말한다. 만약 채무가 금융기관으로부터의 차입의 형태인 경우, 차입자라는 말은 하게 되고, 채무가 채권(債券)과 같은 증권의 형식을 취한다면 발행자를 의미하게

된다. /a *debtor* nation [country] 채무국, 적자국 /the *debtor* side 차변란(欄) ***debtor in possession (DIP)*** 점유계속채무자 ¶ A *debtor in possession* (*DIP*) is a debtor in a Chapter 11 Bankruptcy Reorganization, who keeps control of the business and performs the duties of a trustee. 점유계속채무자란 회사경영의 수탁자로서 계속해서 회사를 경영해 가는 미연방파산법 제11장(Chapter 11 Bankruptcy)의 회사갱생(Reorganization)상의 채무자를 이른다.

debug [컴] 프로그램을 고치다 ¶ To *debug* is to remove errors (bugs) from a computer program. 디버그(debug)는 컴퓨터 프로그램에서 에러를 제거하는 것이다. ¶ To *debug* is to run a computer program one step while monitoring the values of variables, in an attempt to diagnose errors. 디버그(debug)는 에러를 규명할 작정으로 변수(變數)의 가격을 모니터하면서, 컴퓨터의 프로그램을 한 단계 처리하는 것이다.

decease [n.] 사망
[v.] 사망하다 ¶ He *deceased* without issues 그는 후사(後嗣)없이 사망했다.

deceased [a.] 사망한, 고(故)… ¶ a *deceased* account 사망자계좌 /a *deceased* depositor 사망한 예금자(의 계정)
[n.] 고인(故人)

decedent [미] 고인(故人), 피상속인, 유증자(遺贈子) ¶ The *decedent* is a person who has died. The term is used in connection with wills, estates, and inheritances. A person leaving a valid will is a testator; if there is no will, the *decedent* is said to have died intestate. 사자(死者)는 죽은 자이다. 그 용어는 유언(wills), 유산(estates) 및 상속(inheritances)과 연관지어 사용된다. 적법한 유언을 남긴 자는 유언자(testator)가 되고, 유언이 없다면, 사자는 유언없는 사망자(intestate)가 된다. ***decedent's estate*** 유산(遺產), 상속재산 ¶ *Decedent's estate* is property, both real and personal, which person possesses at the time of his death and descends immediately to his heirs upon his death. 유산은 사람이 죽을 때에 소유하고 그의 죽음과 동시에 바로 그의 상속인에게 전하는 부동산과 동산의 재산이다.

deceit 사기 ¶ *Deceit* is the tort of fraudulent representation. 사기는 부정한 표시의 불법행위이다.

deceive 속이다, 기만하다 ¶ He is not *deceived* who knows himself to be *deceived.* 사기에 걸려 있는 것을 알고 있는 자는 사기에 걸린 것이 아니다.

decelerate 감속하다, 늦추다 (*cf.*) accelerate

decentralization 분권화 ¶ He seems set against the idea of increased *decentralization* and greater powers for regional authority. 그는 증대된 분권화와 지방정부에 대해 더 큰 권한을 부여하자는 의견에 반대하는 것 같다.

decentralize (권한을) 분산시키다 ¶ *decentralized* management 분권적 관리

deception 사기(詐欺), 거짓말, 속임수 ¶ a piece of *deception* 사기행위 /share the *deception* 남과 같이 사기를 당하다 /detect the *deception* 사기수단을 간파하다

decimal 십진법(十進法)의 ¶ *decimal* coinage 십진법화폐제도 /be correct to three places of *decimals* 소수점 이하 3자릿수까지 맞다 /a *decimal* currency 십진법통화 /*decimal* fraction 소수(小數) /*decimal* place [point] 소수점 /a *decimal* system of money 십진법 /a *decimal* [a base, an arithmetic, a radix] point 소수점 ***decimal trading*** 주가의 소수표시 ¶ The *decimal trading* is a quotation of stock prices in decimals. American markets changed from traditional dollars and fractions to dollars and cents (from 50 1/2 to 50.50, for example) in 2001, having already changed the minimum increment in stock prices from 1/8 to 1/16 in 1999. *Decimal trading* saves investors money by narrowing the spread between bid and asked prices, and by making stock prices easier to understand. 주가의 소수표시는 소수에 의한 주가표시를 이른다. 미국의 시장에서는 1999년의 주가의 최소변동단위가 1/8에서 1/16으로 변동되고 있었으나, 2001년에는 달러와 분수에 의한 표시에서 달러와 센트에 의한 소수표시(예컨대 50 1/2에서 50.50)로 이행하였다. 주가의 소수표시는 매매호가(bid and asked prices)의 스프레드(spread)를 좁혀서 투자자의 부담을 덜어 주며, 주가를 알기 쉽게 해 주는 효과가 있다.

decimalization 십진법

decipher (암호를) 해독하다(decode)

decision 결정, 결심 ¶ a business-risk *decision* 업무상의 리스크의 결정 /a credit *decision* 대출결정 /*decision* making 의사결정 /the *decision* tree 의결결정이론의 나무, 의사결정계통도

deck 갑판, 데크 ***deck cargo* [*good*]** 데크카고, 갑판적화물 ¶ A *deck cargo* is a cargo that is stored on the deck of a ship as contrasted with belly cargo. 갑판적화물은 선내(船內)화물과 달리 선박의 갑판에 적재되는 화물을 말한다.

declaration 선언, 신고 ¶ *declaration* for export 수출신고 /*declaration* for import 수입신고 /*declaration* of intention 의사표시 ***customs declaration*** 세관신고 ¶ *Customs declaration* is a form included in all the imported packages used to describe the contents and value of the package. 세관신고는 포장물의 내용과 가격을 표시하기 위해서 사용되는 모든 수입포장물에 포함되는 하나의 형식을 이른다. ~ ***date*** 배당발표일 ¶ A *declaration date* is a date on which a company announces the amount and date of its next dividend payment. There is normally an interim period of a few days between the *declaration date* and the ex-stock dividend date which allows people to buy shares and still becomes an obligation of the issuing corporations. 배당발표일은 회사가 다음의 배당(dividend)지급일과 금액을 발표하는 날이다. 통상은 발표일과 배당락기일(配當落期日, ex-dividend date) 사이에는 여러 날의 중간기일이 있고, 그 사이에 주식을 구입하면 배당금을 받는 데에 시간이 맞는다. ~ ***of bankruptcy*** 파산선고 ¶ The *declaration of bankruptcy* is a declaration in which the financial status of a firm has been legally judged either to have debts that exceed assets or to be unable to pay its bills. Formal bankruptcy may result in reorganization and continued operation of the firm, or it may require liquidation and distribution of the proceeds. In either case, most security owners, especially shareholders, are likely to suffer losses. 파산선고는 기업의 재산상의 지위가 자산을 초과하는 채무를 가진다든지 혹은 그 기업 앞으로 온 청구서를 지급불능이라고 법률상 판단한 선고이다. 공식적인 파산은 기업의 갱생 및 계속적인 업무수행을 결과하든지, 혹은 잔여재산의 청산과 분배를 필요로 할 수 있다. 어느 경우이든 대부분의 증권소유자, 특히 주주는 심한 손실을 입을 것 같다.

declarations [영] 확정통지 ¶ *Declarations* are statements the insured makes to the insurer regarding salient facts needed to arrange an insurance contract. Since the insurer relies on the declarations to underwrite the risk of the policy, the information must be accurate in order for the policy to be accepted and remain valid and enforceable. See also misrepresentation; uberrimae fidei. 확정통지는 보험계약을 준비하는 데 필요한 현저한 사실에 관하여 피보험자가 보험업자에

게 행하는 진술(statements)을 말한다. 보험업자는 보험계약의 위험을 인수할 확정통지에 의거하기 때문에, 그 정보는 보험계약을 인수하고 유효하여 강제이행할 수 있게 하기 위하여 정확하여야 한다. misrepresentation(부실표시); uberrimae fidei(최고신의)도 참조할 것.

declare 선언하다, 단언하다 ¶ The word *declare* is to authorize the payment of a dividend on a specified date, an act of the board of directors of a corporation. Once declared, a dividend becomes an obligation of the issuing corporation. 선언한다는 말은 회사의 이사회의 행위인 특정한 날에 배당금(dividend)의 지급을 공적으로 확인하는 것이다. 일단 선언된다면 배당은 주식발행의 회사의 의무가 된다. /*declare* a dividend of 10% 10%의 배당을 발표하다 /*declared* value 신고가격 /We *declare* your loan matured. 귀하의 대금기일이 도달하고 있음을 말씀드립니다(대금지체시 — 기한의 이익상실). /*declared* prices [value] 신고가격, 표시가격

decline ⓥ 하락하다 ¶ *declining* balance (차입에 대한) 내입(內入)에 의한 잔액점감(殘額漸減)방식 /the *declining* balance calculation method 원금균등지급방식 /*declining* balance depreciation (감가상각의) 정률법 /*declining* industries 사양산업(斜陽產業) /*declining* marginal efficiency of capital 자본의 한계효율체감 ***declining balance method*** 정률법(定率法) ¶ The *declining balance method* is a system for calculating depreciation in which a constant percentage is applied to the undepreciated (book) value of an asset. For example, an asset with a life of five years is depreciated at a rate of 20% (one fifth) of the undepreciated value each year. 정률법이란 일정한 백분율이 자산의 비감가상각(장부)비용에 적용하는 감가상각(depreciation)계산체계를 이른다. 예를 들면, 내수연한이 5년인 자산은 매년 비감가상각비용의 20%의 비율로 감가상각된다.
ⓝ 하락 ¶ a *decline* in price 가격의 하락

decode 암호를 풀다[해독하다]

decoding (암호의) 해독, [컴] 디코딩(코드화(化)된 데이터나 명령을 처리할 수 있도록 해독하는 일)

decomposition 분해(작용), 해체 ¶ *decomposition* analysis (손익계산서의) 분해분석법

decontrol ⓥ 관리를 철폐하다
ⓝ 관리해제 ¶ *decontrol* of domestic oil prices 국내 석유가격의 통제 해제 /*decontrol* policy 규제철폐정책

decrease ⓥ 감소하다, 저하하다 ¶ *decreasing* costs 비용체감(遞減) /*decreasing* marginal efficiency 한계효용체감 /*decreasing* returns 체감수익 ***decreasing term life insurance*** 체감정기보험 ¶ The *decreasing term life insurance* is a form of life insurance coverage in which premiums remain constant for the life of the policy while the death benefit declines. Term insurance premiums usually increase ever year as the policyholder ages, and the policy is renewed. 체감정기보험은 보험기간을 통해서 보험료(premium)는 일정한 반면에, 사망보험금(death benefit)은 서서히 감소해 가는 생명보험(life insurance)을 말한다. 정기보험료는 통상 보험계약자(policyholder)의 연령에 맞게 매년 올라가고, 계약은 갱신된다.
ⓝ 감소, 축소

decrement 감소, 감소잔액

decremental 감소의, 감량의

dedicated …전용(專用)의 ***dedicated capital (or value)*** 출자액 ¶The *dedicated capital* (*or value*) is the par (assigned) value of a company's shares multiplied by the number of shares issued (shares outstanding plus shares held in treasury). 출자액은 주식의 액면가액(par value)에 발행된 주식수(shares issued), 말하자면 금고주(treasury)를 제외한 발행할 주식(outstanding shares)과 금고주의 합계수를 곱한 금액을 이른다.

deduct *v.* (세금을) 공제하다 ¶*deduct* 10% from the salary 급료에서 1할을 공제하다 /tax *deducted* at source 원천징수세
n. 차감(差減), 공제

deductible *a.* 공제가능한, 조세공제를 할 수 있는 ¶*deductible* expenses 조세공제가 가능한 비용 /tax-*deductible* 조세공제가 가능한
n. 면책금액, 공제액 ¶In insurance, the *deductible* is an amount of money that the policyholders must pay out of their pockets before reimbursements from the insurance company begin. The *deductible* is usually set as a fixed dollar amount, though in some cases it can also be a percentage of the premium paid or some other formula. Some group health insurance plans set the *deductible* as a set percentage of the employee's salary, for example. In general, the higher a *deductible* a policyholder will accept, the lower insurance premiums will be. The insurance company is willing to lower its premiums because the company is no longer liable for small claims. 보험에 있어서, 면책금액은 보험회사에서 지급이 시작하기 전에 보험계약자가 자신의 포켓에서 지급하여야 하는 금액을 이른다. 면책금액은 보통 고정된 달러금액으로 정해지지만, 어떤 경우에는 지급한 보험료의 몇 퍼센트 또는 기타 어떤 산출방식에 의한 경우도 있다. 예컨대 어떤 단체의료보험제도에서는 직원의 급여 중의 일정한 비율로 면책금액을 정한다. 일반적으로 보험계약자가 높은 면책금액을 수용할수록, 보험료는 싸질 것이다. 보험회사는 소액청구에 더 이상 책임을 지지 않으므로 보험료를 더 낮추는 것을 좋아한다.

deduction 차감, 공제 ¶*Deduction* is money that is legally deducted from wages and salaries at source and allotted to pay taxes. Payments for a contributory pension are also legal deduction. 공제(控除)는 재원으로 임금과 급료에서 법적으로 공제되고 세금에 할당되는 금전이다. 출연연금(contributory pension)에 납입하는 지급금액은 법적으로 공제금액이기도 하다. /*deductions* from income 소득공제 /*deductions* from salary [pay] 급료에서 차감[공제] /salary *deduction* 급료에서 공제 /tax *deduction* 세금공제

deductive 추리의, 연역적인 ¶*deductive* method 연역법(演繹法) ***deductive reasoning*** 연역적인 추리 ¶The *deductive reasoning* is a logical way of reaching a conclusion based on deducting from facts what to do. An example is a manager who considers the competition, customer demand, company financial status, and economic conditions in formulating a business policy. 연역적인 추리란 무엇을 한 사실로부터 추리한 것을 키초로 한 결론에 도달하는 논리적인 방법을 말한다. 하나의 실례는 회사의 정책을 공식화하는 데에는 경쟁관계, 고객의 수요, 회사의 재정상태 및 경제적 상황을 고려하는 매니저를 들 수 있다.

deed 증서, 날인증서, 부동산양도증서 ¶A *deed* is a written instrument containing some transfer, bargain, or contract relating to property – most commonly, conveying the legal title to real estate from one party to another. 증서란 재산의 양도(transfer), 거래(bargain), 계약이 기재되고 있는 문서를 이른다. 가장 일반적인 것은 부동산의 소유권을 어느 당사자에서 제3당사자로 이전하는 경우이다.

/an authentic *deed* [paper] 공정증서 /*deed* bills 증권유가증권 /a *deed* of arrangement 채무정리증서 /a *deed* of assignment 재산인수증서 /a *deed* of cession 양도증서 /a *deed* of contract 계약서 /a *deed* of covenant 날인증서 /*deed* of conveyance 양도증서 /a *deed* of hypothecation 날인계약증 /a *deed* of release /*deed* of title 부동산권리증서 /a *deed* of transfer 양도증서 /a *deed* of trust (저당에 갈음하는) 신탁증서 /a *deed* to secure credit 채무보증서 /draw up a *deed* 증서를 작성하다 /loan on *deed* 증서대출 /mortgaged *deed* 양도모기지증서 /an original *deed* 증서원본 /a quitclaim *deed* 권리포기증서 /recall a *deed* 증서를 취소하다 /title *deeds* 부동산권리증서 /a transfer *deed* 주식매매증서 /a trust *deed* 신탁증서

deemed risk 간주위험 → fractional exposure (부분적 노출).

deep 깊은, 정도가 심한 ¶*deep* bid [offer] [딜러용어] 대량거래용가격 /*deep*-sea fishery [fishing] 원양어업 ***deep discount bond*** 딥 디스카운트본드, 고율할인채(債)(deep discounted bonds라고도 한다.) ¶A *deep discount bond* is a bond selling for a discount of more than about 20% from its face value. Unlike a current coupon bond, which has a higher interest rate, a *deep discount bond* will appreciate faster as interest rates fall and drop faster as rates rise. Unlike original issue discount bond, deep discounts were issued at a par value of $1,000. 딥 디스카운트본드는 액면(face value)보다 20%이상 할인하여 발행되는 채권(bond)을 말한다. 높은 금리가 따르는 커런트 쿠폰본드와는 달리, 딥 디스카운트본드는 금리가 떨어지면 상승하기 쉽고, 금리가 올라가면 가격이 내려가기 쉽다. 발행시 할인채(original issue discount bond)와는 달리, 딥 디스카운트본드는 액면 1,000달러로 발행되었다. ~ ***in/out of the money*** [옵션거래] 딥 인[아웃오브]더 머니, 옵션을 행사하면 큰 이익[손실]이 생기는 상태 ¶A *deep in/out of the money* is a call option whose exercise price is well below the market price of the underlying stock (deep *in* the money) or well above the market price (*deep out of the money*). The situation would be exactly the opposite for a put option. The premium for buying a *deep-in-the money* option is high, since the holder has the right to purchase the stock as a striking price considerably below the current price of the stock. The premium for buying a *deep-out-of-the money* option is very small, on the other hand, since the option may never be profitable. 딥 인[아웃오브]더 머니란 콜옵션(call option)의 권리행사가격(exercise price)이 기초가 되어 있는 주식의 시장가격(market price)보다 대폭 하회하고 있는 경우를 딥 인더 머니(deep in the money), 대폭 상회하고 있는 경우를 딥 아웃오브더 머니(deep out of the money)라고 한다. 상황은 풋옵션(put option)에서는 정확히 그 반대이다. 딥 인더 머니의 옵션은 시가를 크게 하회하는 행사가격으로 주식을 구입하기 때문에, 가격이 높다. 한편, 딥 아웃오브더 머니의 옵션은 이익을 낳을 가능성이 전혀 없으므로 대단히 싸다.

deface (외관을) 손상하다, 마손(摩損)하다 ¶*deface* a bond 채권(債券)을 더럽히다 /*defaced* coin 손상화폐

de facto (L) 사실상(의), 실제로 ¶*de facto* devaluation 사실상의 평가절하 /*de facto* upvaluation 사실상의 평가절상

defalcation 위탁금횡령, 공금착복 (*cf.*) embezzlement 횡령, misappropriation 착복 ¶*Defalcation* is wrongful diversion of funds held in trust by a fiduciary. Usually said of public officials or officers of corporation. See also embezzlement. 위탁금횡령은 수탁자(fiduciary)가 위탁받은 자금을 위법적으로 유용하는 경우이다. 통상적으로 공무원이나 회사의 임원을 두고 하는 경우가 많다. embezzlement

(공금횡령)도 참조할 것.

default ⓥ 의무를 태만하다, 채무를 이행하지 아니하다 ¶ *defaulted* bond 무상환채권 /*defaulted* papers 지급불이행어음 /a *defaulting* debtor 채무불이행자 ***defaulted interest*** 연체[체납]이자 ¶ The *defaulted interest* is an interest that has not been paid on time. The fact that a debtor has failed to make timely payments of interest and principal as they come due does not transform the unpaid interest into principal for determining the tax consequences of later payments. 연체이자는 제날짜에 지급되지 않은 이자이다. 채무자가 이자와 원금의 지급기일이 도래하는 데도 적기에 이자와 원금(元金)의 지급을 하지 않았다는 사실은 나중에 지급을 하는 것에 대한 세금결과를 결과를 결정짓는 데 지급되지 않은 이자를 원금으로 변형시키지 않는다.
ⓝ 태만, 채무불이행, 디폴트(채무자의 일방적 지급정지) ¶ The *default* is a failure of a debtor to make timely payments of interest and principal as they come due or to meet some other provision of a bond indenture In the event of default, bondholders may make claims against the assets of the issuer in order to recoup their principal. 디폴트는 지급기일(due date)에 채무자(debtor)가 원금(principal)이나 이자(interest)를 지급하지 않았다든지, 채권신탁증서(bond indenture)의 조항을 이행하지 않았다든지 하는 경우이다. 채권의 보유자(bondholder)는 원금을 회수하기 위해서 채무자의 자산(asset)을 청구할 수 있다. /*default* in payment 지급의 불이행 /*default* of obligation 채무불이행 /*default* risk (공사채가) 채무불이행에 빠지는 위험성 /in *default* 채무를 이행하지 아니하고 /in the event of *default* by the borrower 만일 차입자가 채무불이행을 하는 경우에는 /upon event of *default* 채무불이행시에는 ***default option*** 디폴트옵션 → credit default option (크레디트 디폴트옵션). ~ ***rate*** 디폴트율 ¶ The *default rate* is the probability that a company will enter into default, generally expressed as a percentage per annum. Investment grade companies have lower *default rates* than high yield companies. Also known as probability of default. See also default loss rate; loss-given default. 디폴트율은 디폴트가 되어 1년마다 백분비율로 표시되는 확률(probability)을 말한다. 투자적격회사(investment grade company)는 높은 이율의 회사보다 낮은 디폴트를 가진다. 이는 디폴트의 확률(probability of default)로도 알려져 있다. default loss rate(디폴트손실률); loss-given default(디폴트가 주는 손해)도 참조할 것. ~ ***risk*** 채무불이행리스크, 디폴트리스크 ¶ A *default risk* is a risk that a debtholder will not receive interest and principal when due. One way to gauge *default risk* is the ratings issued by credit rating agencies such as Fitch Investors Service, Moody's, and Standard & Poor's. The higher the rating (AAA or Aaa is highest), the less risk of default. 디폴트리스크는 채권자(debtholder)가 지급기일에 원금이나 이자를 수취하지 않는 리스크를 이른다. 디폴트의 리스크를 측정하는 하나의 방법으로서, 피치 인베스터스서비스(Fitch Investors Service), 무디스(Moody's), 스탠더드앤드푸어스(Standard & Poor's)와 같은 신용등급기관(credit rating agencies)이 발행하는 신용등급(credit rating)이 있다. 신용등급이 높을수록(AAA 또는 Aaa가 최고) 디폴트의 위험성은 적다.

defaulter 채무불이행자, 의무위반자

defeasance 무효화, 파기, 채무계약해소, (발행사채의) 이월상환, 권리소멸조항, 채무의 실질적인 상환 ¶ In corporate finance, *defeasance* is short for in-substance *defeasance*, a technique whereby a corporation discharges old, low-rate debt without repaying it prior to maturity. The corporation uses newly purchased securities with a lower face value but paying higher interest or having a higher market value. The objective is a cleaner (more debt free) balance sheet and increased earnings in the amount by which the face amount of the old debt exceeds the cost of the new securities. 기업재무에 있어서, 채무의 실질적인 상환이란 채무의 실질적인 상환이라는 in-substance defeasance의 약칭으로서, 기업이 오래된 저금리의 채무(debt)를 기한 전에 상환하지 않고 처리하는 수법이다. 기업은 액면이 낮지만, 높은 금리를 지급하거나 시장가격이 높은 증권을 새로이 구입하는 방법을 취한다. 그 목적은 오래된 채무의 액면이 새로운 증권의 액면을 상회하는 금액으로 (더 채무가 적은) 균형이 맞는 대차대조표와 증가된 수익이다.

defect 부족, 결점 ¶ a *defect* in (a) title 권리의 결함, 권리의 하자

defective 불완전한, 불비의 ¶ *defective* checks 부정수표, 불완전수표 /*defective* goods 결함있는 물품 ***defective product*** 결함상품 ¶ A product is "defective" if it is not fit for the ordinary purposes for which such articles are sold and used. 상품이 매도되어 사용되는 통상의 목적에 적합하지 않는 경우 「결함이 있다」. ~ ***title*** 하자있는 권원(權原) ¶ *Defective title* is one which is unmarketable. 하자있는 권원이란 시장성이 없는 권원이다.

defend 방어하다, 변호하다 ¶ *defend* the Constitution 헌법을 수호하다 /*defend* a lawsuit 소송에 대하여 변호하다 ***defended takeover*** 방어적 기업매수 ¶ The *defended takeover* is a takeover that is opposed by the directors of the target company. 방어적 기업매수는 매수대상회사의 이사들이 반대하는 기업매수를 말한다.

defendant 피고, 피고인 ¶ A *defendant* is one whom a lawsuit is brought; the accused person in a criminal proceeding. 민사소송을 제기당한 자가 피고이고, 형사소송절차에서 기소된 자가 피고인이다.

defense; defence[영] 방위, 수비, 항변(抗辯) ¶ the *defense* of [for] the dollar 달러방위 /*defense* expenditure 방위비 /the *defense* industry 방위산업 /*defense* spending 방위비[국방비]지출

defensive 방어적, 방위적 ¶ *defensive* investment 방위적 투자 /*defensive* merger 방어적 합병 /*defensive* stock 방위책 ***defensive interval ratio*** 방어구간비율 ¶ A *defensive interval ratio* is a ratio showing how long a company can operate on its current liquid assets without having to rely on additional revenue. The ratio divides cash and equivalents, marketable securities, and accounts receivable (defensive assets) by projected daily operating expenses less noncash charges. 방어구간비율이란 기업이 추가적인 수입에 의존하지 않고, 어느 정도 오랫동안 현재의 유동자산(liquid asset)만으로 조업하는 것이 가능한지를 나타내는 비율을 이른다. 그 비율은 현금(cash)과 현금등가물(cash equivalent), 시장성있는 유가증권(marketable securities), 외상매출금(account receivable)의 총액(이를 방어적 자산, defensive assets)이라 한다)을 현금의 지출을 수반하지 않는 비용(noncash charges)을 제외한 매일의 예상경비로 나눈다. ~ ***securities*** 가격안정성이 높은 증권 ¶ *Defensive securities* are stocks and bonds more stable than average and providing a relatively safe return on an investor's funds. When the stock market is weak, *defensive securities* tend to decline less than the overall market. 가격안정성이 높은 증권이란 평균적인 주식이나 채권보다 더 안정적인 주식이나 채권으로, 투자자의 자금에 상당히 안정적인 수익을 제공한다. 주식시장이 허약한 경우에, 가격안전성이 높은 증권은 일반적인 시가보다도 덜 떨어지는 경향이 있다.

defer 연장시키다, 연기하다 ¶ To *defer* does not mean to abolish. 연기하는 것은 폐지하는 것을 의미하지 않는다.

deferment 연기, 이연(移延), 순연(順延), 거치(据置) ¶ *deferment* of investment 투자이연 /*deferment* of payment 지급의 이연, 연납(延納) /a term of *deferment* 거치기간

deferral 연기, 거치(据置), 지급유예 ¶ a *deferral* method 연납방식 ***deferral of taxes*** 세금이연(稅金移延) ¶ *Deferral of taxes* is postponement of tax payments from this year to a later year. For instance, an individual retirement account (IRA) defers taxes until the money is withdrawn. 세금이연이란 금년도에서 익연도 이후로 납세를 연기하는 것이다. 예컨대 개인퇴직계좌(individual retirement account: IRA)는 연금이 인출되기까지 과세가 이연된다. ~ ***option*** [영] 지급유예옵션 ¶ In real option valuation, the *deferral option* is the option a company has to defer or adjust the timing of investment until some future period, after which the capital investment project may become positive. Also known as timing option. See also abandonment option; expansion option. 실질옵션평가에 있어서, 지급유예옵션은 회사가 일부 장래의 기간까지 투자의 적기(timing)를 연기하거나 조정하여야 하는 옵션이고, 그 일부 장래의 기간 후에 자본투자계획은 적극적인 것이 된다. 타이밍옵션(timing option)이라고도 한다. abandonment option(포기옵션); expansion option(확장옵션)도 참조할 것.

deferred 연기된, 거치(据置)의 ¶ a *deferred* and accrued accounts 경과계정 /*deferred* annuity 거치형연금 /*deferred* assets 이연자산 /*deferred* cost 이연원가 /*deferred* coupon bonds 금리이연채(債) /*deferred* credit 거치신용, 이연신용 /*deferred* creditors 후지급채권자 /*deferred* debit 이연채무 /*deferred* dividends 미지급배당금 /*deferred* expense accounts 이연비용 /*deferred* income 선수수익(先受收益), 이연수익 /*deferred* income taxes 이연법인세 /*deferred* items 이연항목 /*deferred* interest bonds 선수이자채(債) /*deferred* liabilities 이연부채 /*deferred* payment credit 연지급신용 /*deferred* payment notes 연지급채권 /*deferred* posting 이연기장(記帳) /*deferred* profits 이연이익 /*deferred* revenue 이연수익 /*deferred* tax 이연세금 ***deferred account*** 이연계좌 ¶ A *deferred account* is an account that postpones taxes until a later date. Some example: annuity, individual retirement account, Keogh plan accounts, profit-sharing plan, salary reduction plan, simplified employee pension (SEP) plan. 이연계좌란 과세가 장래로 연기되는 계좌이다. 연금(annuity), 개인퇴직계좌(individual retirement account: IRA), 키오플랜계좌(Keogh plan account), 이익분배제도(profit-sharing plan), 급여공제제도(salary reduction plan), 간이종업원연금제도(simplified employee pension plan) 등이 그 예이다. ~ ***annuity*** [영] 거치형(据置型) 연금 ¶ The *deferred annuity* is an annuity funded with single or multiple payments that entitles the annuitant or beneficiary to benefits at a future date. 거치형 연금은 장래의 어느 날짜에 연금수급자 또는 수익자가 연금을 타도록 일괄지급(single payment) 또는 다수지급(multiple payment)을 하는 연금을 말한다. ~ ***charge*** 이연비용 ¶ A *deferred charge* is an expenditure carried forward as an asset until it becomes relevant, such as an advance rent payment or insurance premium. The opposite is deferred income, such as advance rent received. 이연비용이란 임대료(rent)나 보험료(insurance premium)의 선급 등, 어느 시기까지 자산으로서 이연될 비용이다. 그 역은 선급임대료와 같은 이연이익(deferred income)이다. ~ ***compensation*** 이연보수 ¶ *Deferred compensation* is currently earned compensation that, under the terms of a profit-sharing, pension, or stock option plan, is not actually paid until a later date and therefore not taxable until that date. 이연보수란 이익분배(profit-sharing), 연금(pension plan), 스톡옵션(stock option) 등, 이미 확정되어 있으나, 실제로 지급은 후일에 행해지기 때문에, 그 때까지 과세되지 않는 수입을 이른다. ~ ***equity*** 보통주전환증권 ¶ *Deferred equity* is securities convertible into common stock. 보통주전환증권이란 보통주식(common stock)으로 전환할 수 있는 증권(security)을 말한다. ~ ***interest bond*** 이자이연채권 ¶ A *deferred interest bond* is a bond that pays interest at a later date. A zero coupon bond, which pays interest and repays principal in one lump sum at maturity, is in this category. In effect, such bonds automatically reinvest the interest at a fixed rate. Prices are more volatile for a deferred interest bond than for a current coupon bond. 이자이연채권이란 후일에 이자를 지급하는 채권을 이른다. 만기(maturity)에 이자와 원금(principal)을 일괄해서 지급하는 제로쿠폰채(債)(zero coupon bond)는 이런 종류의 것이다. 실제로 이러한 채권은 이자가 일정한 이율로 자동적으로 재투자되게 된다. 커런트 쿠폰본드(current coupon bond)보다도 가격변동이 심하다. ~ ***payment American option*** [영] 연지급아메리칸형 옵션 ¶ The *deferred payment American option* is an over-the-counter American option that permits the seller to utilize option proceeds from the time the buyer exercise the contract, until the original maturity of the option. In exchange for relinquishing use of proceeds until maturity, the buyer pays the seller a lower premium. 연지급아메리칸형 옵션은 매수인이 계약을 행사하는 때부터, 옵션의 최초의 만기시까지 매도인이 옵션수취금(option proceeds)을 활용할 수 있게 하는 장외거래의 아메리칸형 옵션을 말한다. 만기시까지 옵션수취금을 사용하는 것을 내버려두는 대신에, 매수인은 매도인에게 더 낮은 프리미엄을 지급한다. ~ ***payment annuity*** 연지급연금 ¶ The *deferred payment annuity* is an annuity whose contract provides that payment to the annuitant be postponed until a number of periods have elapsed – for example, when the annuitant attains a certain age. Also called a deferred annuity. 연지급연금이란 수급자(annuitant)가 일정한 연령에 달하기까지 지급을 일정기간 거치해 두는 계약의 연금(annuity)을 이른다. 또 거치형연금(deferred annuity)이라고도 한다. ~ ***share [stock]*** 열후주(劣後株), 후배(後配)주식 ¶ The *deferred share* [*stock*] is rarely issued by American corporations, though it is not uncommon in England. This kind of share is distinguished by the fact that the payment of dividends upon it is expressly postponed until some other class of share has received a dividend, or until some certain liability or obligation of the corporation is discharged. 열후주는 미국의 회사들이 발행하는 일은 드물지만, 영국에서는 특별한 것이 아니다. 이 종류의 주식은 다른 종류의 주식이 이익배당을 수령할 때까지, 회사의 어떤 일정한 책임이나 채무가 해소되기까지 그 이익배당의 지급이 명시적으로 연기된다는 사실에 의해 구별된다. ~ ***strike option*** [영] 이연권리행사옵션 ¶ The *deferred strike option* is an over-the-counter complex option with a strike price that is set at a future time period, often as a specific function of the spot value of the underlying reference at the time. Once the strike is established, the contract assumes the form of a standard American option or European option. 이연권리행사옵션은 종종 그 당시 기초자산의 현물가격(spot value)의 특수한 기능으로서, 장래의 기간에 정해진 행사가격(strike price)을 가지는 장외거래의 복잡한 옵션을 말한다. 일단 행사가 확립되면, 계약을 표준적인 아메리칸형 옵션(American option) 또는 유럽형 옵션(European option)의 형식을 취한다.

deficiency 부족, 하자, 불비(不備) ***deficiency letter*** 불비지적서(不備指摘書) ¶ The *deficiency letter* is a written notice from the Securities and Exchange Commission to a prospective issuer of securities that the preliminary prospectus needs revision or expansion. *Deficiency letters* require prompt action; otherwise, the registration period may be prolonged. 불비지적서는 미증권거래위원회(Securities and Exchange Commission)가 증권발행예정자(prospective issuer)에게 임시사업계획서(preliminary prospectus)의 수정이나 추가작성을 요구하는 문서이다. 불비지적서는 신속한 조치를 요구하는 문서이다. 그렇지 않으면 등록(registration)이 연기될 수도 있다.

deficit 결손, 부족, 적자, 채무초과 (*cf.*) surplus 잉여금 ¶ *Deficit* means excess of liabilities and debts over income and assets. *Deficits* usually are corrected by borrowing or by selling assets. 적자란 부채(liabilities, debt)가 수입(income)이나 자산(asset)을 초과하는 경우이다. 통상은 차입이나 자산의 매각으로 보충할 수가 있다. /*deficit* countries 적자국, 입초국 (*cf.*) surplus countries 출초국 /*deficit*-covering bond; *deficit* bond 적자국채 /*deficit*-covering finance 적자금융 /*deficit*-covering loans; *deficit* financing 적자융자 /*deficit* finance 적자금융, 적자재정 /*deficit* financing 적자재정 /balance-payments *deficit* 국제수지의 적자 /government *deficit*; fiscal *deficit* 세입부족 ***deficit financing*** 재정적자보충 ¶ *Deficit financing* is borrowing by a government agency to make up for a revenue shortfall. *Deficit financing* stimulates the economy for a time but eventually can become a drag on the economy by pushing up interest rates. 재정적자보충이란 세입부족을 보전하기 위해서 정부기관이 행하는 차입을 말한다. 재정적자보충은 일시적으로 경제를 자극하지만 곧 금리를 끌어올려서 경제에 악영향을 줄 가능성이 있다. ~ ***net worth*** 부(負)의 순자산 ¶ *Deficit net worth* is excess of liabilities over assets and capital stock, perhaps as a result of operating losses. Also called negative net worth. 부(負)의 순자산이란 아마도 영업손실(operating loss)의 결과로서 채무(liability)가 자산과 자본금(capital stock)을 초과하는 경우를 말한다. negative net worth(네거티브 순자산)라고 한다. ~ ***spending*** 재정적자 ¶ The *deficit spending* is the excess of government expenditures over government revenues, creating a shortfall that must be financed through borrowing. 재정적자는 정부의 지출이 수입을 초과하여 세입부족(shortfall)이 되는 경우를 이르며, 차입으로 부족을 보충해야 한다. ***trade*** ~ 무역수지의 적자 ¶ *Trade deficit* is national trade imbalance that occurs when merchandise imports exceed exports. 무역수지의 적자는 상품수입이 수출을 초과할 경우에 발생하는 국가통상의 불균형을 이른다.

defile 더럽히다, 오손하다 ¶ *defiled* bank note 오손(汚損)은행권

define 규정짓다, 한정하다 ***defined benefit pension plan*** 확정급여연금제도 ¶ The *defined benefit pension plan* is a plan that promises to pay a specified amount to each person who retires after a set number of years of service. Such plans pay no taxes on their investments. Employees contribute to them in some cases; in others, all contributions are made by the employer. 확정급여연금제도란 일정한 기간을 근무한 다음 퇴직한 종업원에게 일정한 금액을 지급하는 제도이다. 이 제도에서의 운용익(運用益)은 과세되지 않는다. 종업원이 출연하는 경우도 있으나, 고용주가 전액을 출연하는 경우도 있다. ***~d contribution pension plan*** 확정출연연금제도 ¶ The *defined contribution pension plan* is a pension plan in which the level of contributions is fixed at a certain level, while benefits vary depending on the return from the investments. *Defined contribution pension plans*, unlike defined benefit pension plans, give the employee options of where to invest the account, usually among stock, bond and money market accounts. 확정출연연금제도는 급여가 투자상의 수익에 따라 변동하는 데에 반하여, 출연수준이 일정한 수준으로 고정된 연금제도이다. 확정출연연금제도는, 확정급여연금제도와는

달리, 통상적으로 주식, 채권 및 금융시장계좌 중에서 어느 계좌에 투자할 것인지 종업원에게 옵션을 주는 것이다.

definitive 결정적인, 한정적인, 일정한, 명확한 ¶ *definitive* bonds [securities] [가권(假券)면에 대한] 정식본권(本券), 증권증서 ***definitive security*** [영] 정식증권 ¶ The *definitive security* is a debt or equity security that is issued in the form of a physical certificate rather than as a dematerialized, electronic computer entry. See also book entry security; scrip. 정식증권은 증서발행을 수반하지 않는(dematerialized) 전자컴퓨터기입으로서라기보다 오히려 실물증권의 형식으로 발행된 채무증서(debt security) 또는 출자증권(equity security)을 말한다. book entry security(이체결제증권); scrip(가증권)도 참조할 것.

deflate (자신, 희망을) 꺾다, 통화를 수축시키다

deflation 수축, 통화수축, 디플레이션 ¶ *Deflation* is decline in the prices of goods and services. *Deflation* is the reverse of inflation. It should not be confused with disinflation, which is a slowing down in the rate of price increases. 디플레이션은 물품과 서비스의 가격이 하락하는 현상을 이른다. 디플레이션은 인플레이션의 반대의 현상이다. 그것은 가격증가율이 서서히 내려가는 디스인플레이션(disinflation)과 혼동해서는 안 된다. /*deflation* from the won's appreciation 원고(高)디플레이션 /*deflation* policies 디플레이션정책

deflationary 통화수축의, 디플레이션의 ¶ a *deflationary* effect 디플레이션의 효과 / *deflationary* policies 디플레이션정책 /a *deflationary* spiral 디플레이션의 악순환 ***deflationary gap*** 디플레이션갭(공급이 수요를 상회하고 있는 경우의 그 초과액) ¶ The *deflationary gap* is the amount by which a recession causes the gross domestic product (GDP) to shrink from its full employment level. 디플레이션갭은 불황이 국내총생산(GDP)을 완전고용에서 주춤하게 만드는 금액이다.

deflator (물가변동을 수정하기 위한) 가격수정인자(因子)[명목수치를 실질수치로 전환할 때에 사용되는 조정치(調整値)] ¶ The *deflator* is statistical factor used to convert current economic activity into inflation-adjusted activity – in effect, a measure of prices. 가격수정인자란 현재 경제활동을 인플레이션조정후의 실질수치로 전환하기 위해 이용되는 통계인자인데, 실질상으로는 물가지수와 같은 것이다.

deflection 기울어짐, 편향 ***deflection of tax liability*** 납세의무의 전가 ¶ *Deflection of tax liability* is legal shift of one person's tax burden to someone else through such methods as the Clifford trust, Custodial accounts, and spousal remainder trusts. 납세의무의 전가란 클리포드형 신탁(Clifford trust), 미성년자계좌(custodial account), 배우자잔여권신탁(spousal remainder trust)과 같은 방법을 통해서 어느 사람의 조세부담을 제3자에게 법적으로 전가하는 것이다.

defraud 사취하다, 횡령하다 ¶ They deftly *defrauded* the Internal Revenue Service tax office of millions of dollars every year. 그들은 매년 미세입청(Internal Revenue Service)의 세무사무소를 속여서 교묘히 수백만 달러를 탈세하고 있다.

defray 지급하다, 지출하다

defrayment; defrayal 지급, 지출, 비용부담

defunct 죽은, 폐지가 된, 소멸된 ¶ a *defunct* person 고인(故人) ***defunct company*** [영] 휴면회사, 말소회사 ¶ A *defunct company* means a company which never commenced business or which is not carrying on business and has either no assets or has such assets shall not be sufficient to meet the cost of liquidation. 휴면회사란 사업을 결코 시작하지 않거나 현재 사업을 경영하고 있지 않아서 아무런 자산을 가지고 있지 않거나 청산비용을 감당할 만큼의 그런 자산을 가지고 있지 않는 회사를 말한다.

degearing [영] 디기어링(차입을 삭감하여 자기자본비율을 증가하는 것) ¶ *Degearing* means lowering the proportion of long-term debt to equity. 디기어링이란 자기자본에 대한 장기간의 채무의 비율을 낮추는 경우이다.

degree 정도, 등급 ¶ a *degree* of consanguinity 촌수(寸數) /a *degree* of dependence on exports 수출의존도 /a *degree* of dependence on imports 수입의존도 /a *degree* of dependence upon foreign trade 무역의존도

degressive 체감적인 ¶ *degressive* cost 체감비 /*degressive* tax 누퇴세(累退稅)

deindustrialization 산업공동화(產業空洞化) ¶ *Deindustrialization* is collapse or flight of industry previously operating in an area as a result of technological and economic factors. The United States has experienced substantial *deindustrialization* as foreign competition has threatened the U.S. steel, automotives, and electronic industries. 산업공동화는 기술적 · 경제적인 요인의 결과 어느 지역에서 이전에 가동(稼動)하던 산업이 붕괴되거나 날아가 버리는(flight) 경우이다. 미국은 외국의 경쟁기업들이 미국의 강철, 자동차 및 전자산업에 위협을 하였기 때문에 실질적인 산업공동화를 경험했다.

de jure (L) 법률상의, 권리상의, 정당한 ***de jure corporation*** 법률상의 회사 ¶ The *de jure corporation* is a corporation lawfully chartered by a state government. Generally, the term *de jure* connotes "as a matter of law," as distinguished from de facto, which connotes "as matter of practice not founded on law." 법률상의 회사는 주정부(州政府)에 의해서 법적으로 인가를 받은 회사이다. 일반적으로 de jure라는 말은 「법률상의」이라는 의미이고, 법률에 기초하지 않은 「사실상의」이라는 의미의 de facto와는 다르다.

delay [v.] 늦추다, 연기하다 ¶ *delayed* capped floating rate notes 딜레이드 캡채(債)(통상의 변동이자부 채권과 캡부 채권을 조합시킨 것) /*delayed* damages 지연손해금 /*delayed* interest 지연이자, 연체이자 ***delayed delivery*** 특약일인도(引渡) ¶ The *delayed delivery* is the delivery of securities later than the scheduled date, which is ordinarily three businesses days after the trade date. A contract calling for *delayed delivery*, known as a seller's option, is usually agreed to by both parties to a trade. 특약일인도란 통상 인도거래의 인도일[보통은 약정일(trade date)로부터 기산하여 3영업일후) 이후에 증권을 인도하는 것이다. 특약일거래가 행해지는 거래는 특약일거래(seller's option)라고 하고, 거래의 양당사자의 합의에 따른다. ***~ed opening*** 거래개시연기 ¶ *Delayed opening* is postponement of the start of trading in a stock until a gross imbalance in buy and sell orders is overcome. Such an imbalance is likely to follow on the heels of a significant event such as a takeover offer. 거래개시연기는 매도주문과 매수주문이 커다란 불균형이 해소되기까지 그 주식의 거래개시를 연기하는 것이다. 그러한 불균형은 매수제안 같은 중대한 이벤트의 직후에 발생하기 쉽다.

[n.] 지체, 유예 ¶ (a) *delay* in [of] payment 지급지연

del credere (L) 매수인[판매선] 지급(능력) 보증의 ***del credere agent*** 지급보증대리인 ¶ A *del credere agent* is an agent who receives a higher rate of commission than that which is usual, in return for a guarantee that his principal will receive due payment for goods sold. del credere agent(지급보증대리인)는

본인은 판매된 물품에 대한 적정한 대금을 수취할 것이라는 보증에 대한 대가로 통상의 경우보다 고율의 수수료를 수취하는 에이전트이다.

delegate [v.] 대표자로 임명하다, 위임하다
[n.] 대리인, 대표자 ¶ A *delegate* cannot delegate (=delegatus non potest delegare). 권한을 수임받은 자는 이를 타인에게 위임할 수 없다.

delegation 위임 ¶ *delegation* of authority [power] 권한위임

delete [v.] 삭제하다, 없애다
[n.] [컴] 삭제, 말소 ¶ The *delete* is a command used to remove unwanted characters or objects from a document or data from a storage medium. Deleted files are not actually erased, but reference to them is removed from the "table of contents" that tells the computer where they are, and the space they occupy is designated as available for reuse. Until they are actually overwritten by new data, however, they can often be retrieved. 딜리트(delete)는 기억장치(storage medium)에서 서류나 데이터에서 원치 않은 문자(characters)나 객체(objects)를 제거하는 데 사용되는 명령을 말한다. 딜리트 파일은 실제로 지워지지 않지만, 그것들에 대한 참조(reference)는 컴퓨터에게 그런 문자나 객체가 어디에 있는지 알려주는 「목차」(table of contents)에서 제거되고, 그것들이 차지하는 공간은 재사용을 위해 이용할 수 있는 것으로 표시된다. 그렇지만, 제거된 문자나 객체가 실제로 새로운 데이터에 의해서 겹쳐지기까지, 간혹 검색(retrieved)될 수 있다.

deleverage 디레버리지 ¶ *Deleverage* is to become less reliant on debt. Traditionally, the term usually referred to financial leverage in corporation. Since the 2007 credit crisis, usage has broadened to include any entity that suffers from too much debt, including the American government, economic sectors such as real estate, and individuals. 디레버리지는 채무에 대해 덜 신뢰하게 되는 경우이다. 전통적으로, 그 용어는 통상 회사의 재무레버리지와 관련이 있었다. 2007년 금융위기 이후에 그 용어의 사용법은 미국의 정부, 개인들과 같은 경제분야를 포함하여 많은 채무로부터 고통을 받는 실체(entity)를 포함하도록 넓혀 왔다.

deleveraging 디레버리징 → recapitalization (자본재구성).

deliberately 고의로, 일부러

delinquency 태만, 과실, 불이행, 연체 ¶ *Delinquency* is failure to make a payment on an obligation when due. In finance company parlance, the amount of past due balance, determined either on a contractual or recency-of-payment basis. 연체는 지급기일에 채무이행(obligation)을 다하지 못한 경우이다. 금융업계의 용어로는, 계약베이스, 또는 최근(最近)지급베이스로 결정된 과거의 연체금액을 가리킨다. /*delinquency* in payment 지급불이행

delinquent 태만스런, 체납의 ¶ The word *delinquent* means payable but overdue and unpaid. delinquent(체납의)라는 말은 지급할 수 있으나 기한을 넘겨 지급을 하지 않는 경우를 이른다. /*delinquent* account 연체계좌 /*delinquent* tax 연납세금
delinquent return 지체된 소득신고 ¶ The *delinquent return* is a tax return not filed within the time prescribed by the Internal Revenue Code (due date). A *delinquent return* may be subject to a flat penalty or penalties based on any unpaid tax liability. 지체된 소득신고는 미국세입법(Internal Revenue Code)(만기일)에서 정한 기한내에 제출하지 않는 소득신고를 말한다. 지체된 소득신고는 납세채무(tax liability)에 근거하여 단순한 벌금을 물을 수 있다.

delisting 상장폐지 ¶ *Delisting* is removal of a company's security from an exchange because the firm did not abide by some regulation or the stock does not meet certain financial ratios or sales levels. 상장폐지는 어떤 규칙에 따르지 않거나 주식이 소정의 재무비율이나 매매수준을 충족하지 하지 않았다는 이유로 기업의 주식을 거래소의 거래종목에서 제외시키는 경우이다.

deliver 배달하다, 수교(手交)하다 ¶ *delivered* at frontier 국경인도 /*delivered* prices 인도가격 /*Deliver* documents against payment 서류는「지급」과 상환하여 인도할 것. /*Deliver* to the order of ABC Company (수하인에의 양도의 배서문언) ABC회사의 지시에 따라 교부할 것.

deliverable [영] 인도적격자산 → deliverable asset (인도적격자산). ***deliverable asset*** [영] 인도적격자산(引渡適格資產) ¶ The *deliverable asset* is the specific type and quality of a financial or physical asset that can be delivered under the terms of an exchange-traded derivative. Many contracts provide the selling party with the ability to select from a range of *deliverable assets*. Also known as deliverable; deliverable grade. See also cheapest-to-deliver; conversion factor. 인도적격자산은 장내파생상품의 조건 하에서 인도(引渡)될 수 있는 특수유형 또는 성질의 금융 또는 실물자산을 말한다. 많은 계약에서는 매도인측 당사자에게 인도적격자산군(群)에서 선택할 기능을 제공한다. 이는 deliverable(인도적격자산); deliverable grade(인도적격자산)으로도 알려져 있다. cheapest-to-deliver(최저가종목); conversion factor(전환요인)도 참조할 것. ~ ***grade*** [영] 인도적격자산 → deliverable asset (인도적격자산).

delivery 배달, 인도, 환예약의 실행 ¶ August *delivery* 8월 인도 /*delivery* cars 배송차 /a *delivery* certificate 배달증명 /a *delivery* date 인도일, 결제일 /*delivery* expenses 운임 /a *delivery* note 화물인도통지 /*delivery* on a calendar month basis 한월(限月)인도 /*delivery* risk 자금의 인도(引渡)에 따라 발생하는 리스크 /*delivery* with option [환예약] 옵션인도 /express *delivery* [영] 속달편 /forward [future] *delivery* 선도(先渡) /recorded *delivery* 배달증명우편 /special *delivery* [미] 속달편, 별도배달(By special delivery) /spot *delivery* 현물인도, 현장인도 ***cash on delivery (COD)*** 대금상환인도, 현금결제인도 ¶ The *cash on delivery* (*COD*) is to describe a trade term in which payment in full, either by cash or certified check, is required at the point of delivery. 현금결제인도란 인도시점에서 현금이나 지급보증수표로 전액의 지급이 필요한 거래를 표현하는 거래조건이다. ~ ***against payment (D/P)*** [채권] 지급인도 ¶ The *delivery against payment* (*D/P*) is to describe a trade term in which the bonds are delivered in exchange for its payments. 지급인도란 채권의 매입대금의 지급과 상환으로 채권이 인도되는 거래를 나타내는 거래조건이다. ~ ***date*** 인도일 ¶ *Delivery date* is first day of the month in which delivery is to be made under a futures contract. Since sales are on a seller's option basis, delivery can be on any day of the month, as long as proper notice is given. 인도일은 선물계약(futures contract)에서 인도하기로 되어 있는 달의 초일(初日)을 이른다. 매도가 특약일거래(seller's option)에 기인하는 베이스이기 때문에, 적절하게 통지하는 한, 인도는 그 달의 어느 날이어도 상관없다. ~ ***factor*** [영] 인도요인(引渡要因) ¶ The *delivery factor* is an adjustment that is applied to the price of a bond that is deliverable under a futures contract. The factor adjustment is required since bond futures contracts typically allow for a number of different securities to be delivered. 인도요인은 선물계약(futures contract) 하에서 인도(引渡)되는 채권(債券, bond)의 가격에 적용되는 조정(adjustment)을 말한다. 요인조정은 채권선물계약이 일반적으로 다양한 상이한 증권을 위해서 인도되도록 허용한다. ~ ***month*** [환예약] 결제월(決濟月), 한월(限月) ¶ The *delivery month* is a contract month in the futures contract, usually each three months of 3, 6, 9 or 12 months 한월(限月)은 선물거래에 있어서 인도기한(the contract month)을 말한다. 3, 6, 9, 12월의 3개월씩이 보통이다. ~ ***notice*** 인도통지, 납품서 ¶ *Delivery notice* is notification from the seller to the buyer of futures contract indicating the date when the actual commodity is to be delivered. 인도통지는 선물계약의 매도인이 매수인에게 현물을 인도할 날을 전하는 문서이다. ~ ***options*** [영] 인도옵션 ¶ *Delivery options* are a series of selections that the seller of a futures contract on a U.S. Government bond can make that can increase the value of the contract. The *delivery options* include the quality option (ability to select a specific bond for delivery), the wildcard option (ability to delay announcement of intent to deliver for a period of up to several hours), the accrued interest option (ability to deliver a security with a particular amount of accrued interest), and the end-of-month option (ability to use closing futures prices 7 days before month end and deliver the bond at month end). 인도옵션은 미국정부채(債)(U.S. Government bond)에 관한 선물계약의 매도인이 행할 수 있고 계약의 가격을 증가할 수 있는 일련의 선택을 말한다. 인도옵션에는 (인도를 위하여 특수한 채권을 선택할 수 있는 기능인) 품질옵션(quality option), 여러 시간까지의 일정한 기간동안 인도의사의 공표를 지체할 수 있는 기능인) 와일드카드 옵션(wildcard option), (미수이자의 특정금액을 가지고 증권을 인도할 수 있는 기능인) 미수이자옵션(accrued interest option)과 (월말전 7일에 결산선물가격을 이용하여 월말에 채권(bond)을 인도할 수 있는 기능인) 월말옵션(end-of-month option)이 들어간다. ~ ***order (D/O)*** 하물인도지시서 ¶ A *delivery order* (*D/O*) is a document from the consignee, shipper, or owner of freight ordering the delivery of freight to another party. 하물인도지시서는 하물의 인도를 다른 당사자에게 지시하는 하물의 수하인(consignee), 송하인(shipper) 또는 하주가 작성한 서류를 가리킨다. ~ ***point*** [영] 인도(引渡)지점 ¶ The *delivery point* is the specific location where a physical asset referenced through an exchange-traded derivative can be accepted for delivery or storage. Each contract is governed by specific dealing locations, including warehouse storage facility, port, or pipeline. 인도지점은 장내파생상품을 통해서 인용되는 실물자산은 인도 또는 저장을 위하여 수용될 수 있는 특수한 장소를 말한다. 각 계약은 창고저장설비, 항구 또는 파이프라인을 포함하여 특수거래장소에 의해서 결정된다. ~ ***versus payment*** 대금상환인도, 지급인도 ¶ The *delivery versus payment* is a securities industry procedure, common with institutional accounts, whereby delivery of securities sold is made to the buying customer's bank in exchange for payment, usually in the form of cash. (Institutions are required by law to require "assets of equal value" in exchange for delivery.) Also called cash on delivery, delivery against payment, delivery against cash, or, from the sell side, receive versus payment. 대금상환인도란 통상 현금에 의한 지급과 상환으로 매각한 증권(security)을 매수인의 은행에 인도가 이루어지는 결제방법으로, 기관투자자(institutional investors)의 계좌간에서 행해지는 증권업계의 절차이다. (일반투자자는 「등가자산(assets of equal value」과 상환으로 인도를 한다고 법률에서 정하고 있다.) 현금결제인도(cash on delivery), 지급인도(delivery against payment), 현금상환인도(delivery against cash), 또는 매도인측 인도(from the sell side), 현금결제조건매각(receive versus payment)이라고도 한다.

delta 델타치(値)(옵션거래의 지수) ¶ The *delta* is a measure of the relationship between an option price and the underlying futures contract or stock price. For a call option, a delta of 0.50 means a half-point rise in premium for every dollar that the stock goes up. For a put option contract, the premium rises as stock prices fall. As options near expiration, in-the-money contracts approach a delta of 1. 델타치(値)는 옵션가격(option price)과 그 대상인 기초가 되는 선물계약(underlying futures contract)이나 기초가 되는 주식(underlying stock)의 가격과의 관계를 나타내는 척도이다. 콜옵션(call option)에서는, 0.5델타치는 주가가 1달러 상승하면 옵션가격이 0.5포인트 상승함을 나타낸다. 풋옵션(put option)에서는 주가가 하락하면 옵션가격은 상승한다. 옵션의 행사기한마감(expiration)이 가까이 오면 인 더 머니(in-the-money)의 경우에 델타치가 1에 다가온다. ***delta hedging*** 델타헤징 ¶ The *delta hedging* is a hedging method used to option trading and based on the change in premium (option price) caused by a change in the price of the underlying instrument. The change in the premium for each one-point change in the underlying security is called delta and the relationship between the two price movements is called the hedge ratio. The delta of a put option, conversely, has a negative value. The value of delta is usually good the first one-point move in the underlying security over a short time period. When an option has a high hedge ratio, it is usually more profitable to buy the option than to be a writer because the greater percentage movement vis-à-vis the underlying security's price and the relatively little time value erosion allow the purchase greater leverage. 델타헤징은 옵션(option)의 기초증권(underlying instrument)의 가격변동이 가져오는 프리미엄(옵션가격, option price)의 변동을 이용한 옵션거래에서 사용되는 헤징(hedging)의 방법을 이른다. 기초자산의 가격이 1포인트 변화한 때의 프리미엄의 변동을 델타(delta)라고 하고, 이 둘의 가격변동의 관계를 헤지비율(hedge ratio)이라 한다. 예컨대 콜옵션(call option)의 헤지비율이 40인 경우, 주가가 하락한다면 콜가격은 기초자산의 변동폭의 40% 상승한다. 반대로 풋옵션(put option)의 델타는 부(負)의 가치가 된다. 델타는 통상 단기간에 기초자산의 최초 1포인트의 움직임에는 유효하다. 옵션의 헤지비율이 높다면, 옵션의 매도인(writer)이 되기보다도 매수인이 되는 편이 수익이 큰 경우가 많다. 이것은 기초자산의 가치의 움직임에 비해서 변동이 크고, 시간가치(time value)의 하락이 적으며, 매수인의 레버리지(leverage)효과가 높기 때문이다.

demand *n.* 요구, 수요, 판로(販路) ¶ *demand* and supply; supply and *demand* 수요공급, 수급 /*demand* bill [draft, note] 요구출급어음 /*demand* curve 수요곡선 /*demand* for consumption 실수(實需) /*demand* for funds 자금수요 /*demand* for investible funds 자금수요 /*demand* for money 화폐수요 /*demand* from wholesalers and retailers 도매 · 소매수요 /*demand*(-pull) inflation 수요인플레이션 /*demand* loans 당좌대출(call loans), 단기융자, 요구출급대출 /*demand* notes 요구출급약속어음 /*demand*-pull inflation 수요견인[디맨드풀] 인플레이션 /*demand* rate (수표매입의) 일람출급환어음시세(a check rate) /*demand*-supply gaps 수급갭 /effective *demand* 유효수요 /on *demand* 일람출급, 도착외환 /On *demand* please pay …. 요구가 있는 대로 금액 …을 지급해 주십시오. ***demand deposit*** 요구출급예금 ¶ A *demand deposit* is an account balance which, without prior notice to the bank, can be drawn on by check, cash withdrawal from an automatic teller machine, or by transfer to other accounts using the telephone or home computer. Demand deposits are the largest component of the U.S. money supply, and the principal medium through which the Federal Reserve implements monetary policy. 요구출급예금이란 은행에 사전에 통지하지 않고 수표(check)로 인출한다든지, 현금자동예금기에서 현금을 인출한다든지, 전화나 가정의 컴퓨터를 이용하여 다른 계좌에 이체한다든지 해서 송금할 수 있는 계좌잔액(account balance)을

말한다. 요구출급예금은 미국에서 머니서플라이(money supply)에 차지하는 비율이 가장 크고, 연방준비제도이사회(Federal Reserve Board)가 금융정책을 준수하는 중요한 수단이 된다. ~ ***draft*** 요구출급환어음, 요구출급어음, 송금수표(remittance checks) ¶ The *demand draft* is a written order directing that payment be made, on sight, to the third party. The person writing the draft is called the drawee; the bank making the payment is the drawer, or the payor bank. The beneficiary of a demand draft, the person receiving the payment, is the payee. Drafts may be payable at some future date (time drafts) or on sight (*demand drafts*). *Demand drafts* drawn on banks are known as checks. 요구출급환어음이란 보이면 바로 지급이 제3자에게 이루어지도록 지시하는 지급지시서이다. 이런 환어음을 작성하는 자가 수취인(drawee)이라고 하며, 지급을 하는 은행이 발행인 또는 지급은행(payor bank)이 된다. 지급을 받는 요구출급환어음의 수익자(beneficiary)는 수령인(payee)이 된다. 어음은 일정한 장래의 기일(정기어음)이나 요구출급어음(demand drafts)에 지급될 수 있다. 은행 앞으로 발행된 요구출급환어음이 수표(checks)라고 한다. ~ ***loan*** 당좌대출 ¶ A *demand loan* is a loan with no set maturity date that can be called for repayment when the lender chooses. Banks usually bill interest on these loans at fixed intervals. 당좌대출은 변제일(maturity date)이 결정되고 있지 않고 대여자(貸與者)가 선택할 때에 상환하는 대출이다. 은행은 일정한 기간마다 금리(interest)의 지급을 청구하는 경우가 많다. ~***-pull inflation*** 디맨드풀 인플레이션 ¶ The *demand-pull inflation* is prices increases occurring when supply is not adequate to meet demand. 디맨드풀 인플레이션이란 수요가 공급을 상회할 때에 발생하는 물가상승을 이른다.

[v.] 요구하다 ¶ *demand* a refund 환급을 요구하다

demerger 합병파기, 기업분할 ¶ The *demerger* is a corporate finance transaction where a company segregates a portion of its business, places it in a separate corporate entity, and sells it to a third party or floats it through an initial public offering. A *demerger* may occur if the company seeks to permanently exit a business segment that is no longer deemed essential to strategic growth, or if it wishes to raise additional capital for other corporate operations. Shares in the newly formed companies are allocated to shareholders in exchange for their shares in the parent company. Also known as carve-out; spin-off; split-off. [영] 회사의 분할은 회사가 그 사업의 일부분을 분리하여, 별개의 회사실체(corporate entity)에 맡기어 제3자에게 이를 매도하거나 신규주식공모(initial public offering)를 통해서 회사를 설립하는 회사의 금융거래를 말한다. 회사의 분할은 회사가 더 이상 전략적 성장에 필수적이라고 생각되지 않는 사업부분을 영원히 떼어 내려고 할 때 또는 회사가 다른 회사운영을 위하여 추가적인 자본을 조달하기 원할 때, 일어날 수 있다. 새롭게 설립된 회사의 주식은 모회사(parent company)의 주식과 교환으로 주주들에게 배정된다. 이는 carve-out(카브아웃); spin-off(스핀오프); split-off(회사의 일부분할)로도 알려져 있다.

demise (유언 · 임대차에 의한) 부동산권양여, 권리양도[설정], 임차권설정, (선박의) 임대, 대여(貸與) ¶ The word '*demise*' used as a noun, means a lease for a term of years. 'demise'라는 말은 명사로서 일정한 기간의 리스를 의미한다.

demolition 해체(解體), 파괴 ¶ The High Court has granted permission for the *demolition* work to continue. 고등법원은 해체작업이 계속되도록 허가를 해 주었다. ***demolition insurance*** 건물파괴비용보험 ¶ In ordinary fire insurance, wherein when it is in law required to destroy the part of building remaining unburnt after fire has occurred, the expense for the demolition thereof is not ordinarily indemnified, but it is possible by covenant to include it in the insurance, which is called *demolition insurance.* 통상의 화재보험에서는, 법률상 화재가 발생한 후 타지 않은 건물의 일부를 파괴하는 것이 요구되는 경우, 그 파괴의 비용은 통상적으로 전보되지 않으나, 약관에 의하여 그 비용은 보험에 포함하는 것이 가능하고 이런 보험을 건물파괴비용보험이라 한다.

demonetization 폐화 ¶ The *demonetization* is a withdrawal from circulation of a specified form of currency. For example, the Jamaica Agreement between major International Monetary Fund countries officially demonetized gold starting in 1978, ending its role as the major medium of international settlement. 폐화란 통화의 특정한 형식의 유통을 폐지하는 것이다. 예를 들면, 국제통화기금(International Monetary Fund)의 주요가맹국간에서 체결된 자메이카협정(Jamaica Agreement)에서 금은 1978년에 정식으로 폐화가 되어 국제거래의 주요한 결제수단으로서의 역할을 끝냈다.

demonetize (화폐의) 통용을 폐지하다, 폐화로 만들다

demote 지위를 낮추다(to), 강등하다

demotion 좌천, 강등, 격하(格下)

demur ⓥ 반대하다, 고충을 주장하다 ¶ *demur* a statement view 진술[견해]에 이의를 제기하다 /*demur* to evidence 증거 항변하다
ⓝ 이의(異議), 고충 ¶ without *demur* 이의 없이

demurrage 초과정박, 체박료, 체선료 ¶ *Demurrage* means a penalty imposed on a charterer of a vessel, or in some instances the consignee of the vessel's goods, for delay in loading or unloading. 체선료는 선박의 용선자(傭船者)에게 부과하는 벌과금, 또는 어떤 경우에는 선박의 화물을 적재하거나 양륙하는 것이 지체된 것을 이유로 그 선박의 화물의 수하인(consignee)에게 부과하는 벌과금을 의미한다.

demutualization 주식회사화 ¶ *Demutualization* is conversion of a member-owned institution or mutuality owned company to another form of organization, usually a shareholder-owned company. *Demutualization*, which is usually done to make access to capital easier, has been a trend in the insurance industry and has been done in the case of several stock exchanges, such as the Chicago Mercantile Exchange and the Philadelphia Stock Exchange. 주식회사화란 회원제의 단체 또는 상호회사(mutual company)를 다른 형태의 조직으로, 통상은 주주가 소유하는 회사(주식회사)로 전환하는 것을 말한다. 주식회사화는 일반적으로 자본의 조달을 보다 쉽게 하고 있기 때문에, 보험업계에서는 하나의 경향으로 되어 있고, 시카고상품거래소(Chicago Mercantile Exchange)나 필라델피아증권거래소(Philadelphia Stock Exchange)와 같이 여러 증권거래소에서 행해졌다.

denar 데나르 ¶ The standard currency unit of Macedonia. 마케도니아의 기준화폐단위이다.

denationalization 탈국유화, 비국유화 ¶ *Denationalization* is opposite of nationalization. 탈국유화는 국유화(nationalization)의 반대이다.

denationalize 국영을 폐지하다, 사기업으로 되돌리다

denial 부인, 부정, 거절 ¶ *denial* of opinion [회계감사] 의견보류

Denmark currency 덴마크 화폐 ¶ Denish krone (DKK) divided into 100 øre. 1 크로네(Denish knøne) = 100 외레(øre).

denominate 명명(命名)하다, 표시하다 ¶ *denominated* in … in currency …표시(통화)

denomination (통화의) 단위, 디노미네이션(통화의 호칭변경), 권면(券面)종류, 액면금액 ¶ A *denomination* is a face value of currency units, coins, and securities. 액면금액은 통화단위, 경화(硬貨), 증권의 액면금액을 이른다. /large-*denomination* time deposits 고액의 정기예금

department 부문, …부(部) 국(局), 과(課) (D~) [미] 부(部) (*cf.*) [영] Ministry ¶ *department* administration [management] 부문관리 /*department* cost 부문비(部門費) /the Treasury *Department*; the *Department* of Treasury [미] 재무부의 정식명칭

departmental 부문의, 각부의 ¶ *departmental* cost accounting 부문별 원가계산 /*departmental* management 부문관리 /*departmental* profits 부문이익

dependent ⓐ 의지하고 있는 ¶ *dependent* relatives 부양친족
ⓝ 부양가족

depletion 소모(消耗), 감소, 감모(減耗)상각 ¶ *Depletion* is accounting treatment available to companion that extract oil and gas, coal, or other minerals, usually in the form of an allowance that reduces taxable income. Oil and gas limited partnerships pass the allowance on to their limited partners, who can use it to reduce other tax liabilities. 감모상각은 원유, 가스, 석탄 기타 광물자원을 채굴하는 기업이 적용할 수 있는 회계처리방법이다. 통상은 공제의 형식으로 소득과세(taxable income)를 적게 한다. 원유·가스를 채굴하는 리미티드 파트너십(limited partnership)에서는 리미티드파트너에게 공제가 이전되어, 다른 조세부담의 경감에 이용된다. /*depletion* of assets 자산의 감소

deposit ⓥ 예치하다, 공탁하다 ¶ *deposit* the minimum of money required by the bank 최저예입금을 입금하다 /*deposit* money in a bank; *deposit* with a bank 예금하다 /receive in *deposit*; be *deposited* with 예치하다
ⓝ 예치, 적립금, 예금(액), 보증금 ¶ *Deposit* is cash, checks, of drafts placed with a financial institution for credit to a customer's account. Banks broadly differentiate between demand deposits (checking accounts on which the customer may draw at any time) and time deposits, which usually pay interest and have a specified maturity or require 30 days' notice before withdrawal. 예금이란 고객계좌의 잔액가 되는 금융기관에 예치된 현금(cash), 수표(check), 어음(draft), 요구출급예금(demand deposit, 고객이 언제든지 인출시킬 수 있는 당좌예금)과 보통이자가 지급되고 인출 30일전에 통지가 필요한 정기예금으로 크게 나눌 수 있다. /break a *deposit* 예금을 기한 전에 해약하다 /cash *deposits* 현금예금 /checkable *deposits* (NOW계좌 등의) 수표발행가능예금 /current *deposits* 당좌예금 /*deposits* with other banks; money *deposited* 예입금 /*deposit* accounts 예금계정, 은행예금 /*deposits* and savings 예저금 /*deposits* as collateral 담보예금 /*deposit* at notice [call] 통지예금 /*deposits* at 7 days' notice 7일전의 인출예고가 필요한 통지예금 /*deposit* book 예금통장 /*deposit* certificates [receipts] 예금증서 /*deposit* combined accounts 종합계좌 /*deposit* currency 예금통화 /*deposits* deducting checks and bills in process of collection (추심중의 수표류를 공제한) 실질예금 /*deposit* [received] registers 예금기입장 /*deposit* for consumption 소비예탁 /*deposit* for safe custody 보호예치 /*deposit* for safe-keeping 보호예치 /*deposit* for security 담보예치 /*deposits* for taxes 납세준비예금 /*deposits* for tax

payments 납세준비예금 /*deposit* inducement 예금흡수 /*deposit* insurance systems 예금보험제도 /*deposit* interest rates 예금이율(한도) /*deposit* ledgers 예금원장 /*deposit* liability 예금채무 /*deposit* loans 예금대출, 예금담보대출 /*deposit* money 공탁금, 예금화폐 /*deposit* note 예금증서 /*deposits* of debtor(s) 채무자예금 /*deposits* outstanding 예금잔액 /*deposit* passbook 예금통장 /*deposit* rates 예금금리 /*deposit* receipt 예금수입증(受入證) /*deposits* received 예치금, 보증금 /*deposit* slips 예금전표 /*deposits* subject to 7 days' notice (of withdrawal) 7일전의 (인출)예고조건부 통지예금 /*deposit*-taking institutions 예금수입기관 /*deposit* tellers 예금계(係) /*deposits* through deductions from one's monthly pay 공제저금 /*deposit* tickets 예금입금표, 예금첨부표 /*deposits* window 예금창구 /*deposits* withing the company 사내예금 /*deposits* with prescribed terms; *deposits* with certain contracted periods. 정기성예금 /*deposits* with the Bank of Korea 한국은행예금 /derivation *deposit;* derivative *deposit* 파생적 예금 /employee *deposits* 사내예금 /fixed-period *deposits* 정기예금 /For *deposit* only [수표] [입금전용](의 표시) /foreign *deposits* 외화예금/ general *deposits* 보통예금 /hard-core *deposits* 중핵(고정적인) 예금 /joint *deposits* 연명예금 /large *deposits* 거액예금 /money on *deposit;* *deposits* received 예금 /a safe *deposits* 보호예치 /savings *deposits* 보통[저축]예금 /thrift *deposits* 적립예금 /thrift institution *deposits* 저축금융기관에의 예금 ***bank deposit*** 은행예금 ¶ *Bank deposit* is funds placed by an individual or institution with a bank, which is then used to finance operations. Acceptance of the deposit creates a liability for the accepting bank and requires payment of periodic interest and return of funds at maturity or on presentation. 은행예금은 개인이나 기관이 예치한 자금으로, 다음에 금융활동에 사용된다. 예금의 수입(受入)은 수입은행에게는 하나의 채무를 생기게 하고, 정기적으로 이자를 지급해야 하며 만기 또는 제시를 할 때에 자금을 반환해야 한다. ***certificate of ~ (CD)*** 양도성예금증서 ¶ A *certificate of deposit* (*CD*) is a debt instrument issued by a bank that usually pays interest. Institutional *CDs* are issued in denominations of $100,000 or more, and individual *CDs* start as low as $100. Maturities range from a few weeks to several years. Interest rates are set by competitive forces in the marketplace. 양도성예금증서는 은행에 의해서 발행되는 채무증서(debit instrument)로, 통상은 금리(interest rate)가 붙는다. 기관투자자(institutional investor)용의 CD는 10만 달러 또는 그 이상의 액면금액(denomination)으로 발행되며, 개인용 CD는 100달러 단위의 액면으로 발행된다. 만기(maturity)는 수주간에서 수년에 걸친다. 금리는 시장에서의 경쟁력이 결정한다. ***demand*** ~ 요구출급예금 ¶ A *demand deposit* is an account balance which, without prior notice to the bank, can be drawn on by check, cash withdrawal from an automatic teller machine, or by transfer to other accounts using the telephone or home computer. *Demand deposits* are the largest component of the U.S. money supply, and the principal medium through which the Federal Reserve implements monetary policy. 요구출급예금이란 은행에 사전에 통지하지 않고 수표(check)로 인출한다든지, 현금자동예금기에서 현금을 인출한다든지, 전화나 가정의 컴퓨터를 이용하여 다른 계정에 이체한다든지 해서 송금할 수 있는 계정잔액(account balance)을 말한다. 요구불예금은 미국에서 머니서플라이(money supply)에 차지하는 비율이 가장 크고, 연방준비제도이사회(Federal Reserve Board)가 금융정책을 준수하는 중요한 수단이 된다. ~ ***account*** [영] 예탁계좌 ¶ The *deposit account* is an account with a bank or building society that pays interest, although sometimes notice has to be given before funds may be withdrawn. 예탁계좌는 기금이 인출될 수 있기 전에 간혹 통지를 해야 하더라도, 이자를 지급하는 은행 또는 건축조합(building society)의 계좌

를 말한다. ~ ***future*** 예탁선물 ¶ The *deposit future* is an interest rate futures contract, bought or sold via an exchange, that references a short-term interbank deposit rate, such as LIBOR, EUROLIBOR, or TIBOR. See also bill future; bond future. 예금선물은 리보(London Interbank Offer(ed) Rate: 런던은행간 자금운용금리), 유로리보(Euro Interbank Offered Rate: 유로은행간 자금운용금리), 또는 티보(Toyko Interbank Offered Rate: 도쿄은행간 자금운용금리)와 같은 거래소를 경유해서 단기은행간 예금금리로 하여 매수되거나 매도되는 금리선물계약(interest rate futures contract)을 말한다. bill future(증서선물); bond future(채권선물)도 참조할 것. ~ ***insurance*** 예금보험 ¶ *Deposit insurance* is protection against loss of deposits by a customer, in case a bank or other financial institution falls. In the UK, depositors are protected by the Deposit Protection Fund up to a specified percentage of their deposits. In the USA, the Federal Deposit Insurance Corporation provides similar protection, through the Bank Insurance Fund. 예금보험이란 은행 기타 금융기관이 도산할 경우에 고객의 예금손실을 보장해 주는 기금을 이른다. 영국에서는, 예금자는 예금보호기금에 의해서 예금자의 예금액의 일정액까지 보호를 받는다. 미국에서도, 연방예금보험공사(Federal Deposit Insurance Corporation)가 은행보험기금(Bank Insurance Fund)을 통해서 영국과 유사한 보장책을 제공하고 있다. ~ ***multiplier (or credit multiplier)*** 예금승수(또는 신용승수) ¶ The *deposit multiplier or credit multiplier* multiplies small changes in bank deposits into changes in the amount of outstanding credit and the money supply. For example, a bank receives a deposit of $100,000, and the reserve requirement is 20%. The bank is thus required to keep $20,000 in the form of reserves. The remaining $80,000 becomes a loan, which is deposited in the borrower's bank. When the borrower's bank sets aside the $16,000 required reserve out of the $80,000, $64,000 is available for another loan and another deposit, and so on. Carried out to its theoretical limit, the original deposit of $100,000 could expand into a total of $500,000 in deposit and $400,000 in credit. 예금승수 (또는 신용승수)란 예금량의 조그만 변화가 융자잔액과 머니서플라이(money supply)의 커다란 변화를 가져오는 것이다. 예컨대, 은행이 100,000달러의 예금을 수취하여 예금준비율(reserve requirement)이 20%이면, 그 은행은 20,000달러를 준비금의 형식으로 보유한다. 나머지 80,000달러가 대출금이 되어 차입자의 은행에 예금된다. 차입자측의 은행은 그 중의 16,000달러를 소요준비금으로 하고, 나머지 64,000달러를 별도의 대출금이나 은행예금으로 돌린다. 이와 같이 해서, 이론상의 한도까지 계속한다면, 최초의 100,000달러는 총계 500,000달러의 머니서플라이와 400,000달러의 융자금액을 창조하게 된다. ***fixed*** ~ [영] 정기예금 ¶ A *fixed deposit* is a deposit of funds that has a fixed futures repayment date. Early withdrawal may incur a penalty. 정기예금은 일정한 장래의 상환기일을 가지는 자금의 예금을 말한다. 일찍 인출하게 되면 벌칙을 입게 된다. ***notice*** ~ 통지예금 ¶ *Notice deposit* is any type of deposit account for which notice of withdrawal must be given (or a charge or loss of interest incurred). 통지예금이란 인출의 통지(또는 일정한 수수료나 이자부담의 손실)를 해야 할 어떤 예금계정의 형태를 이른다. ***safe ~ box*** 대여금고 ¶ A *safe deposit box* is a storage facility maintained in the vault area of a bank that is rented to customers for safekeeping of personal valuables. Access to a *safe deposit box* is controlled through dual keys, one kept by the customer and one by the bank, and signature cards. Date of entry is recorded on a signature card. If the *safe deposit box* is rented by a corporation, a separate corporate resolution must be obtained before access is granted. *Safe deposit box* contracts usually contain a disclaimer limiting the bank's liability to the bank's failure to provide adequate protection facilities. A bank ordinarily is not responsible for loss of personal valuables, and has no knowledge of th contents of a *safe deposit box*. 대여금고는 개인의 귀중품의 보관을 위해서 고객에게 대여된 은행의 지하금고실에 유지되고 있는 저장시설을 이른다. 대여금고에의 접근은 하나는 고객이 가지고, 다른 하나는 은행이 보관하는 이중열쇠 및 서명카드(signature cards)로 관리된다. 입고일은 서명카드에 기록된다. 만약 대여금고가 회사에게 대여되는 경우, 접근이 허가되기 전에 별개의 회사의 결의를 얻어야 한다. 대여금고계약은 보통 은행이 적절한 방어시설을 제공하지 않은 은행의 책임을 제한하는 권리포기의 문언이 들어가 있다. 은행은 대체로 개인의 귀중품의 손실에 책임을 지지 않으며, 대여금고의 내용에 대해서 알지를 못한다. ***time*** ~ [미] 정기예금 ¶ *Time deposit* is savings account or certificate of deposit held in a financial institution for a fixed term or with the understanding that the depositor can withdraw only by giving notice. While a bank is authorized to require 30 days' notice of withdrawal from savings accounts, passbook accounts are generally regarded as readily available funds. Certificates of deposit, on the other hand, are issued for a specified term of 30 days or more, and provide penalties for early withdrawal. 정기예금이란 일정기간 또는 예금자가 통지를 한 후에만 인출할 수 있다는 양해하에 금융기관에 예치된 저축계정(savings account) 또는 정기예금증서(certificate of deposit)이다. 은행은 저축계정에서 인출시에는 30일전의 통지를 요구할 권한이 있는 반면에, 통장계정(passbook account)은 일반적으로 언제든지 인출가능한 자금으로 인정된다. 다른 한편으로 정기예금증서는 30일 이상의 만기를 정해서 발행되므로, 중도해약에는 페널티를 붙인다.

depositary 보관자, 수탁자 ¶ The *depositary* is an agent authorized to place funds in a depository institution such as bank, securities firm, or savings and loan. 수탁자는 은행, 증권회사 또는 저축대출조합과 같은 예탁기관에 자금을 맡길 권한이 있는 대리인을 말한다. ***depositary* [*depository*] *receipt* (*DR*)** (예금의) 예탁증서 ¶ A *depositary receipt* (*DR*) is alternatively spelled depositary or depository, a negotiable certificate issued by a trust company or security depository (such as Depository Trust and Clearing Corporation) evidencing the deposit of publicly traded securities and facilitating the trading of such securities on stock exchanges. As a legal vehicle, depository receipts can be exchange-traded funds (ETFs) representing indexes or other portfolios (such as holders) traded like stocks. 예탁증서는 영어로는 depositary receipt 또는 depository receipt라고도 쓰고, 예탁증서를 발행하는 신탁회사나 증권보관회사는 상장증권(publicly traded)을 예탁하고 있음을 증명하고 그 증서가 증권거래소에서 원활하게 매매될 수 있도록 하는 신탁회사(trust company) (혹은 미국증권보관대체기구(Depository Trust and Clearing Corporation) 등의 증권보관회사)가 발행하는 양도할 수 있는 증서(negotiable certificate)를 의미한다. 예탁증서는 법적 방법(legal vehicle)으로서 지수(index)나 기타의 포트폴리오(portfolio)에 연동하도록 만들어져 주식과 같이 매매되는 것을 나타내는 상장지수번드(exchange-traded funds: ETF)로도 될 수 있다.

depositor 예금자 ¶ know the identity of the *depositor* 예금자 본인의 확인을 하다

depository 예탁인, 보관인(depositary), 수탁자 ¶ The *depository* is an institution, such as a bank, securities firms or savings and loan, that is authorized to hold deposits or securities on behalf of third parties. Also known as deposit-taking institutions. [영] 예탁인은 제3자를 대리하여 예금 또는 증권을 보관할 권한이 있는 은행, 증권회사, 또는 저축대출조합과 같은 금융기관을 말한다. 이는 deposit-taking institution(예금보관기관)으로도 알려져 있다. /after-hour *depository* bag 시간후[야간]백 /*depository* bank 예탁은행 /*depository* correspondent 디포지토리 코레스, 예금계정을 개설하고 있는 코레스처(處) /a *depository* relationship 예금계좌개설의 (코레스)관계 ***American depository [depositary] receipts (ADR)*** 미국예탁증서 ¶*American depository receipt* (*ADR*) represent shares of foreign companies and trade on American exchanges. 미국예탁증서는 미국의 증권거래소(stock exchange)에서 매매되는 외국기업의 주식을 예탁한 증서를 말한다. ***night*** ~ 야간금고 ¶The *night depository* is a bank vault accessible by key for merchant deposits after banking hours and on weekends. Many banks have night collection boxes for deposit of daily cash, checks, and credit card sales drafts. Some even have an automated teller machine next to the street level depository giving the merchant an on-the-spot transaction receipt. Deposits are later proved by bank employees and credited to the merchant's account. 야간금고는 은행영업시간 후와 주말에 상인들의 예금을 위해서 열쇠로 접근할 수 있는 은행지하저장실을 말한다. 많은 은행들은 일상의 현금, 수표, 크레디트카드판매어음의 예금을 위해서 야간수금함을 가지고 있다. 어떤 은행들은 심지어 상인에게 현장거래영수증을 떼어주는 거리수준의 저장소 근처에 현금자동입출금기(automated teller machine)를 두고 있다. 예금은 나중에 은행근로자에 의해서 증명되고 상인의 계정의 대변에 기재된다. ~ ***receipt (DR)*** 예탁증서 → depositary receipt (예탁증서). ***Depository Institutions Deregulation and Monetary Control Act*** 금융제도개혁법 (직역하면 예금수입금융기관규제완화 및 금융조절법이다.) ¶The *Depository Institutions Deregulation and Money Control* is a federal legislation of 1980 providing for deregulation of the banking system. The Act established the Depository Institutions Deregulation Committee, composed of five voting members, the Secretary of the Treasury and the chair of the Federal Reserve Board, the Federal Home Loan Bank Board, the Federal Deposit Insurance Corporation, and the National Credit Union Administration, and one nonvoting member, the Comptroller of the Currency. The committee was charge with phasing out regulation of interest rates of banks and savings institutions over a six-year period (passbook accounts were de-regulated effective April 1986, under a different federal law). The Act authorized interest-bearing negotiable order or withdrawal (NOW) accounts to be offered anywhere in the country. The Act also overruled state usury laws on home mortgages over $25,000 and otherwise modernized mortgages by eliminating dollar limits, permitting second mortgages, and ending territorial restrictions in mortgage lending. Another part of the law permitted stock brokerages to offer checking accounts. See also deregulation. 금융제도개혁법은 은행제도의 규제완화(deregulation)를 규정하는 1980년의 미연방법률이다. 동법에 의하여 의결권을 가지는 5인의 위원과 의결권을 가지지 않는 1인의 위원으로 구성하는 금융제도개혁위원회(Depository Institutions Deregulation Committee)가 발족하였다. 의결권을 가지는 5인은 미재무부장관, 연방준비제도이사회(Federal Reserve Board)의 의장, 미연방주택대출은행 이사회(Federal Home Loan Bank Board)의장, 미연방예금보험공사(Federal Deposit Insurance Corporation)이사장, 전국신용조합청(National Credit Union Administration)의 청장과 의결권을 가지지 않는 위원은 통화감독관(Comptroller of the Currency)이다. 위원회는 6년간 은행과 예금기관의 금리규제를 단계적으로 폐지하는 임무를 부담하였다(통장예금계좌는 1984년에 발효한 다른 연방법에서 규제가 폐지되었다.). 이 법률에서, 이자부의 NOW(negotiable order of withdrawal)계좌가 미국전역에서 해금되었다. 또, 25,000달러를 초과하는 주택용 모기지(주택론)에 관한 주(州)의 이자제한

법이 무효가 되고, 금액제한의 철폐에 의하여 모기지금융이 근대화되었다. 증권회사가 당좌예금을 취급하게도 되었다. deregulation(규제완화)도 참조할 것. ***Depository Trust and Clearing Corporation* (*DTCC*)** 미증권보관대체기관 ¶ The *Depository Trust and Clearing Corporation* (*DTCC*) is a holding company that, through subsidiaries, provides clearance, settlement, and information services for equities, corporate and municipal bonds, mutual funds, annuities and insurance, government and mortgage-backed securities, over-the-counter credit derivatives, and emerging market debt trades. Its Depository Trust Company (DTC) subsidiary is a central securities repository where stock and bond certificates are held and exchanged, mostly electronically. 미증권보관대체기관은 자회사(subsidiary)를 통해서, 주식(stock), 사채(corporate bond), 지방채(municipal bond), 뮤추얼펀드(mutual fund), 연금보험계약(annuity) 및 생명보험(insurance), 정부발행증권(government securities), 장외거래의 신용파생상품(over-the-counter credit derivatives), 신흥시장(emerging market)에서 매매되고 있는 증권을 위한 청산이나 결제(clearance and settlement), 정보서비스를 제공하고 있다. 자회사인 Depository Trust Company (DTC)는 주식이나 채무증서의 보관이나 대체·결제를 대체로 전자방식으로 행하는 중앙예탁기관이다.

depreciable (과세상) 감가상각의 대상이 되는 ¶ *depreciable* cost (감가)상각총액

depreciated 가치[평가]를 떨어뜨린 ¶ *depreciated* currencies [money] 저락(低落)한 통화 ***depreciated cost*** 미상각잔액 ¶ A *depreciated cost* is an original cost of a fixed asset accumulated depreciation; this is the net value of the asset. 미상각잔액은 고정자산의 취득원가(original cost)에서 감가상각(depreciation)누계총액을 공제한 것이다. 즉, 자산의 순장부가(net book value)이다.

depreciation 가치저감(低減), 감가상각, 평가절하, (외환의) 저락(低落) ¶ In finance, *depreciation* is amortization of fixed assets, such as plant and equipment, so as to allocate the cost over their depreciable life. *Depreciation* reduces taxable income but does not reduce cash. 금융에서, 감가상각은 공장, 설비 등의 고정자산의 비용을 내용연수(耐用年數)를 곱해서 상각하는 것이다. 감가상각은 과세소득을 감소하지만 현금은 감소하지 않는다. /*depreciation* charges; *depreciation* expense 감가상각비 /*depreciation* in the exchange rate 외환절하 /*depreciation* rates 상각률 /dollar *depreciation* 달러저락(低落) ***accelerated depreciation*** 가속상각 ¶ *Accelerated depreciation* is depreciation method that allow faster write-offs than straight-line rates in earlier periods of the useful life of an asset. 가속상각은 정액상각법보다도 자산의 내용연수가 빠른 시기에 상각을 마치는 상각방법을 말한다.

depress 약하게 하다, 내리다 ¶ *depressed* industries 불황산업 ***depressed market*** 침체시황(市況) ¶ A *depressed market* is a market characterized by more supply than demand and therefore weak (depressed) prices. 침체시황은 공급이 수요를 상회하여 시세가 침체하고 있는 시장을 이른다. ***~ed price*** 가격의 약세 ¶ *Depressed price* is price of a product, service, or security that is weak because of a depressed market. Also refers to the market price of a stock that is low relative to comparable stock or to its own asset value because of perceived or actual risk. 가격의 약세란 침체시장(depressed market)으로 인하여 물건, 서비스, 증권의 가격이 약세인 경우이다. 또 실제의 리스크나 예상리스크가 원인으로 비교대상기업의 주가나 자산의 자산가치(asset value)보다 주가가 약세인 경우를 가리킨다.

depression 불경기, 불황 ¶ *Depression* connotes economic condition characterized by falling prices, reduced purchasing power, an excess of supply over demand, rising unemployment, accumulating investments, deflation, plant contraction, public fear and caution, and a general decrease in business activity. The Great *Depression* of the 1930s, centered in the United States and Europe, had worldwide repercussions. 불황은 물가하락, 구매력(purchasing power)의 저하, 공급과잉, 실업자의 증가, 투자의 적체, 디플레이션(deflation), 공장폐쇄, 국민의 불안과 경계심, 사업활동 전반의 감속 등을 특징으로 하는 경제상태를 이른다. 미국과 유럽을 중심으로 한 1930년대의 세계 대공황(Great Depression)은 세계에 영향을 미쳤다. /*depression* cartels 불황카르텔 /an economic *depression* 경제불황 /the Great *Depression* 세계 대공황(1929-1933)

depth 깊이, 진함 ***depth of market*** 시장의 깊이(어느 시장에서 동요를 일으키지 않고 거래할 수 있는 한도) ¶ The *depth of market* is a measure of how many units of a security, usually shares of stock, can be bought or sold without causing a significant change in the market price. A *depth market* in a stock means that numerous and sizeable bids and offers exist and that the stock thus has high liquidity. 시장의 깊이란 시장가격(market price)에 중대한 변화를 일으키지 않고, 매매할 수 있는 하나의 증권, 보통 주식의 단위수가 어느 정도인가를 측정하는 척도를 말한다. 주식으로 유동성이 높은 시장(deep market)이란 다수·다액의 매도와 매수가 존재하기 때문에, 주식의 유동성(liquidity)이 높은 것을 의미한다.

deputy 대리인, 대리자 ¶ as *deputy* 대리인으로서

deregulation 규제완화, 규제철폐 ¶ *Deregulation* implies greatly reducing government regulation in order to allow free markets to create a more efficient marketplace. After the stock-brokerage industry was deregulated in the mid-1970s, commissions were no longer fixed. After the banking industry was deregulated in the early 1980s, banks were given greater freedom in setting interest rates on deposits and loans. Industries such as communications and transportation have also been deregulated, with similar results: increased competitions, heightened innovation, and mergers among weaker competitors. Some government oversight usually remains after *deregulation*. 규제완화란 자유화를 진행하여 효율적인 시장을 만들기 위해서 정부의 규제를 대폭 감소하는 것이다. 1970년대 중반에 증권업계에서 규제완화가 실시되어, 중개수수료(commission)가 더 이상 고정되지 않았다. 1980년대 초에 은행업계의 규제완화가 시행되어 예금이나 대출의 금리(interest)설정이 그때까지보다 자유롭게 되었다. 또 통신, 운수업계에서도 규제가 완화되어, 경쟁격화, 기술혁신의 가속, 경쟁력이 약한 기업들끼리의 합병 등 유사한 영향을 볼 수 있었다. 통상은 규제철폐 후에도 일부 정부의 감시의 눈은 여전하다.

derivative ⓐ 파생적인 ¶ *derivative* deposits 파생적 예금, 구속성예금 /*derivative* instruments [products] 금융파생상품(derivatives) /*derivative* money 파생적 화폐[예금통화] ***derivative pricing models*** 파생상품가격모형 ¶ *Derivative pricing models are* models that relate a number of variables and yield a theoretical price that is useful in judging whether an option or other derivative is fairly priced by the market or is overvalued or undervalued. The best-known and most widely adapted model is the basic Black-Scholes option pricing model, developed model by Fischer Black and Myron Scholes in the 1960s for options on stocks and modified in the 1970s for options on futures. Others are the Cox-Ross Pricing Model and the Bi Nomal Option Pricing Model. 파생상품가격모형은 옵션(option) 등의 파생상품(derivative products)이 시장에서 정당하게 가격

이 부쳐지고 있으나, 과대평가나 과소평가되고는 있지 않는지를 판단하는 데에 유익한 모형이며, 여러 가지의 변수를 관련지어서 이론적 가격을 산출한다. 가장 잘 알려지고, 또 제일 광범하게 사용되고 있는 모형은 피셔 블랙(Fischer Black)과 마이론 숄즈(Myron Scholes)에 의해서 개발된 기본적인 블랙-숄즈옵션가격모형(Black-Scholes option pricing model)인데, 1969년대에 주식옵션을 위한 모형이, 그리고 1970년대에 선물(futures contract)의 옵션을 위한 수정모형이 개발되었다. 다른 것에는 콕스-로스가격모형(Cox-Ross Pricing Model)이나 바이 노멀옵션가격모형(Bi Nomal Option Pricing Model)이 있다. ~ ***product company* (*DPC*)** [영] 파생상품회사 ¶ The *derivative product company* (*DPC*) is a highly rated, bankrutcy -remote special purpose entity used by certain financial institutions to undertake derivative transactions with counterparties demanding strong credit ratings. Through design mechanics based on minimum capital, collateral, hedging, and diversification, the *DPC* can often achieve AAA credit ratings, even if the sponsoring institution's ratings are below that level. *DPCs* are capital-intensive and generally only suitable for institutions with sufficiently low investment grade credit ratings that they cannot attract enough business without credit enhancement. 파생상품회사는 강력한 신용등급을 요구하는 거래상대방과 더불어 파생상품거래를 인수하기 위하여 신뢰할 수 있는 금융기관에 의해서 사용되는 높은 등급의, 파산격리(bankruptcy-remote)된 특수목적법인(special purpose entity)을 말한다. 최소한의 자본, 담보, 헤지(hedging), 및 다양화에 기초한 설계구조(design mechanics)를 통해서, 파생상품회사는 스폰서기관의 등급이 AAA등급의 하위에 있다고 하더라도, AAA등급을 달성할 수도 있다. 파생상품회사는 자본집약적이고 일반적으로 오직 충분히 낮은 투자적격신용등급을 가진 기관에 적합하기 때문에 신용보완(credit enhancement)없이는 충분한 사업을 이끌어낼 수 없다. ~ ***suit*** 주주대표소송 ¶ A *derivative suit* is a suit brought by shareholders on behalf of a corporation to enforce rights against directors or other insiders, or to assert right of the corporation in the absence of corporate action to protect such rights. Differs from a class action, where shareholders or other plaintiffs bring suit on their own behalf. 주주대표소송이란 주주(shareholders)가 회사(corporation)를 대신하여 이사 기타 내부자(insider)를 상대로 회사의 권리를 실행할 목적으로 하는 소송, 또는 회사가 그와 같은 권리를 지키기 위해서 행동을 취하지 않을 때에 회사의 권리를 옹호하기 위해서 행하는 소송을 말한다. 주주나 기타의 원고가 자기 자신을 위해서 소송을 제기하는 집단소송(class action)과는 다르다.

n. (선물, 스왑, 옵션 등을 조합시킨) 파생상품 ¶ A *derivative* is short for *derivative* instrument, a contract whose value is based on the performance of an underlying financial asset, index, or other investment. For example, an ordinary option is a *derivative* because its value changes in relation to the performance of an underlying stock. A more complex example would be an option on a futures contract, where the option value varies with the value of the futures contract which, in turn, varies with the value of an underlying commodity or security. *Derivatives* are available based on the performance of assets, interest rates, currency exchange rates, and various domestic and foreign indexes. *Derivatives* afford leverage and, when used properly by knowledgeable investors, can enhance returns and be useful in hedging portfolio. derivative(파생상품)는 derivative instrument의 약어이고, 기초가 되는 금융자산(financial asset), 지수(index) 기타 투자상품의 가격동향에 의거하는 계약이다. 예컨대 통상의 옵션(option)도 가격이 기초가 되는 주식의 가격에 연동하여 변동하는 것이므로 파생상품이다. 다시 복잡한 예를 들어본다면, 옵션가격이 선물가격에 연동하고, 선물가격이

기초가 되는 상품이나 증권의 가격에 연동하는 선물(futures contract)옵션을 들 수 있을 것이다. 파생상품은 자산, 금리, 외국환, 국내외의 각종지수(index)에 의거해서 이용된다. 파생상품은 레버리지(leverage)효과가 있고, 전문적 지식이 있는 투자자가 잘 이용한다면 투자수익률을 높이고, 포트폴리오(portfolio)의 헤지(hedging)에 도움이 된다.

derive 기원(起源)을 가지다, 유래하다, 파생하다 ¶ *derived* income 파생소득 /The revenue is *derived* from the following sources. 세입은 다음의 재원에서 얻을 수 있다.

descendent 자손, 직계비속 ¶ a male *descendent* 남자의 자손

descend 내리다(from), (토지 · 재산 · 성질이) 전하여지다, (높은 단계에서 낮은 단계로) 퍼지다, 미치다 ***descending top*** 디센딩톱(주식의 고가를 결부짓는 선이 점차로 하강하고 있는 그래프) ¶ *Descending top* is a chart pattern wherein each new high price for a security is lower than the preceding high. The trend is considered bearish. 디센딩톱은 새로운 주가의 높은 가격이 이제까지의 높은 가격을 하회하는 차트(chart)의 형태를 가리킨다. 형세는 약세로 생각된다.

디센딩톱(descending top)

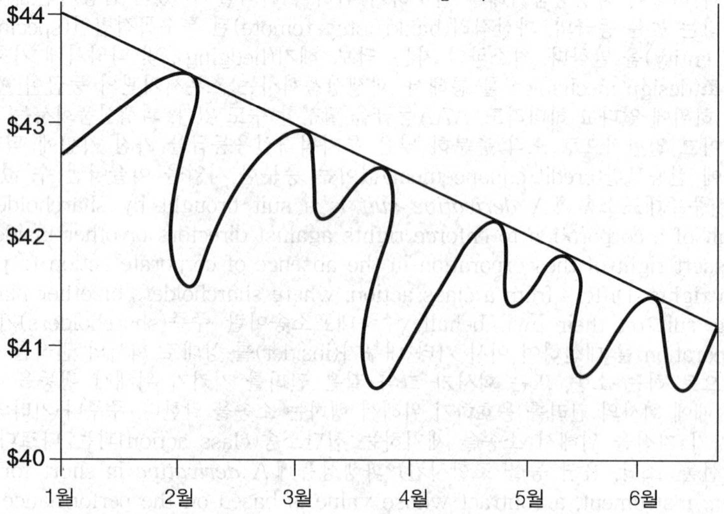

descent 하강, 가계(家系), 상속 ¶ a collateral *descent* 방계(傍系)의 자손 /in direct *descent* from … …의 직계의 자손의

description 명세, 적요(摘要), 설명서 ¶ broad *description* 광범한 설명 /a high-colored [vivid] *description* 생생한 묘사 /verbal *description* (범죄인 등의) 구술서

descriptive 기술적(記述的) ¶ *descriptive* labeling 품질표시

designated 지정된, 관선의 ¶ *designated* bonded areas 지정보세지역 /*designated* currencies 지정통화 ***designated order turnaround (DOT)*** 소량주문집행시스템 ¶ The *designated order turnaround* (*DOT*) is an electronic system used by the New York Stock Exchange to expedite execution of small market orders by routing them directly from the member firm to the specialist, thus bypassing the floor broker. A related system called Super DOT routes limit orders. 소량주

문집행시스템이란 소량시세주문(small market order)을 신속하게 처리하기 위해서 뉴욕증권거래소(New York Stock Exchange)가 사용하는 컴퓨터시스템을 이른다. 입회장 브로커(floor broker)를 통하지 않고 거래소회원(member firm)인 증권회사로부터 스페셜리스트(specialist)로 직접 주문한다. 관련시스템의 수퍼도트(Super DOT)는 지정가격주문(limit order)을 낸다.

desk 책상, 사무책상 ¶ The *Desk* is a trading desk, or Securities Department, at the New York Federal Reserve Bank, which is the operating arm of the Federal Open Market Committee. The *Desk* executes all transactions undertaken by the Federal Reserve System in the money market or the government securities market, serves as the Treasury Department's eyes and ears in these and related markets, and encompasses a foreign *desk* which conducts transactions in the foreign exchange market. 연방은행데스크는 연방공개시장위원회(Federal Open Market Committee)의 정책실행기관인 뉴욕연방준비은행(New York Federal Reserve Bank)의 트레이딩데스크, 또는 증권거래부분을 가리킨다. 그 데스크는 단기금융시장(money market)이나 미국채권시장에서 연방준비제도(Federal Reserve System)가 인수하는 모든 거래를 실행하고, 그 시장과 관련시장에서 미재무부의 눈과 귀의 역할을 다하고 있다. 외환(foreign exchange)시장에서 거래하는 외환데스크도 그 일부이다. /*desk* research 책상조사 /a writing *desk*; a high *desk* 서기대(書記臺)

desktop ⓝ [컴] 데스크톱 ¶ The *desktop* is the computer screen in a graphical environment such as windows or the macintosh operating system. Application and documents are represented by icons on the *desktop*. 데스크톱은 윈도우(windows)나 매킨토시의 운영체계와 같은 그래픽의 환경에서의 컴퓨터의 스크린을 말한다. 애플리케이션(응용)과 기록(documents)은 데스크톱상의 아이콘(icon)에 의해서 나타난다.

ⓐ 탁상의, 소형의, 데스크톱 컴퓨터의 ***desktop ticker*** 탁상용 주식시세틱커 ¶ The *desktop ticker* is a computer screen display of real-time or delayed quotations available through various services. 탁상용 주식시세틱커(ticker, 속보표시기)는 여러 가지 서비스를 통해서 이용할 수 있는 실시간 혹은 지연된 시세표의 컴퓨터화면표시정보를 이른다.

destination 목적지, 도착지 ¶ the *destination* of one's journey 여행의 목적지 /The ship must now be nearing her *destination*. 선박은 오늘 목적지에 근접하고 있음에 틀림없다. ***destination contract*** 도착지인도계약 ¶ In the case of *destination contract*, the seller assumes liability for any losses or damage to the goods until they are tendered at the destination specified in the contract. 도착지인도계약의 경우에는, 매도인은 물품이 계약에 특정된 도착지에 인도되기까지 그 물품에 대한 어떤 손실 혹은 손해에 관한 책임을 진다.

destocking 재고삭감, 재고감량

destruction 파괴, 손괴, 파기(破棄) ¶ *destruction* to life and property 생명과 재산의 손실 /the *destruction* of the environment 환경파괴 /acts of self-*destruction* 자멸[자살]행위

detach 갈라놓다, 떼어놓다, 분리하다 ¶ *detach* an application form from the magazine 잡지에서 응모용지를 떼어내다 /The man *detached* himself from the project. 그 남자는 그 계획에서 빠져나왔다.

detachable 분리할 수 있는 ***detachable warrant*** 분리가능형 워런트부 사채 ¶

The *detachable warrant* is a warrant issued in conjunction with another security (nearly a bond) that can trade or be exercised separately following the issue date. 분리가능형 워런트부 사채는 발행일 다음에 분리하여 거래되어 행사될 수 있는 다른 증권(거의가 채권)과 결합하여 발행된 워런트를 말한다.

detailed 상세한 ¶a *detailed* audit 상세감사 /a more *detailed* account [analysis, knowledge, study] 보다 상세한 설명[분석, 지식, 연구]

details 상세함(particulars)

detention 유치, 구류 ¶*detention* in custody 감금 /*detention* in a labor house 노역장유치 /There is no theft where the foundation of the *detention* is based upon ownership of the thing(=furtum non est ubi initium habet detentionis per dominium rei.). 점유의 기초가 물건의 소유자에 근거하는 경우 절도는 성립하지 않는다.

deterioration 악화, 저하, 품질저하 ¶*deterioration* in health 건강의 악화 /The food undergoes no *deterioration* in the tropics. 그 음식은 열대지방에서도 변질되지 않는다. ***deterioration of goods*** 물품의 변질(變質) ¶The purchaser can be required to render compensation for any *deterioration of goods* that has occurred. 구매자는 물품의 변질이 일어난 것에 대해 보상을 받을 수 있다.

deterrent ⓐ 방해하는, 저지하는 ¶*deterrent* function 억지적 기능
ⓝ 방해물, 억지력 ¶Punishment is a "*deterrent*" to crime. 처벌은 범죄에 대한 「억지력」이다.

detriment 손해, 손실, 불이익 ¶*detriment* side 불이익적 측면 /His generosity is a great *detriment* to his property. 그의 씀씀이가 큰 것이 그의 재산을 늘리는 데에는 별로다.

detrimental 유해한, 불이익의 ¶It is *detrimental* to the public interest. 그것은 공익에 해(害)가 된다. /*detrimental* reliance 불이익적 신뢰 ¶*Detrimental* reliance is response by promisee by way of act to offer of promisor in a unilateral contract. 불이익적 신뢰는 일방적 계약에서 약속자의 청약에 대해 피약속자의 행동에 의한 대응이다.

Deutsch Aktienindexe (DAX) [독] 독일주식지수(닥스) ¶The *Deutsche Aktienindexe* (*DAX*) is the benchmark stock index of the Frankfurt Stock Exchange, comprised of 30 large cap stocks representing a broad range of industries. 독일주식지수(닥스)는 광범한 범위의 30개 대형주식으로 구성된 프랑크푸르트증권거래소의 표준주식지수를 말한다.

Deutsche Börse AG [독] 독일증권거래소 ¶Die *Deutsche Börse AG* is a principal unit of *Deutsche Börse* Group, Germany's umbrella group for financial markets trading, trading services, and systems applications. The group operates the Xetra trading platform, which has made *Deutsche Börse* the world's second-largest fully electronic cash market; EUREX, the world's largest derivatives market; and Clearstream, the European clearing house for stocks and bonds. *Deutsche Börse* operates the Frankfurt Stock Exchange, and six other securities markets in Germany. 독일증권거래소는 금융상품거래, 거래에 관련된 서비스, 및 시스템구축을 제공하는 기업군의 통괄조직인 독일증권거래소그룹(Deutsche Börse Group)의 중핵적인 존재이다. 이 그룹은 Xetra 거래플랫폼을 운영하고 있고, 이것은 독일증권거래소를 세계의 제2의 완전한 전자현금시장을 만들었다. 즉, 세계의 최대파생금융시장인 EUREX, 주식이나 채권의 유럽에 있어서의 결제기관

인 Clearstream이 그것이다. 독일증권거래소는 독일내에서 프랑크푸르트증권거래소와 6개의 다른 증권거래소를 운영하고 있다.

devaluate; devalue 가치를 감하다, 평가를 절하하다

devaluation 평가절하 ¶ *Devaluation* connotes the lowering of the value of a country's currency relative to gold and/or the currencies of other nations. *Devaluation* can also result from a rise in value of other currencies relative to the currency of a particular country. 평가절하는 금이나 타국통화에 대해서 통화가치를 인하하는 것이다. 평가절하는 또한 특정한 국가의 통화에 대해서 타국통화의 가치의 상승으로 결과될 수도 있다. /*devaluation* of exchange rates 환율의 절하 /the *devaluation* of the pound 파운드화의 절하

develop-and-import scheme 개발수입계획

developed 선진의, 고도로 발전한, 공업화한 ¶ *developed* area 기존개발지역 ~ ***countries* [*or economy*]** 선진국[또는 경제] ¶ *Developed countries* are countries at the top of a hierarchy that also includes, in descending order of development, developing (also called less-developed or emerging) and under-developed (or non-industrialized or Third World) countries. Underdeveloped countries are agricultural economies, but there is no universal agreement on what precisely distinguishes developed from developing. Developing countries, which include those in the BRIC group, have, among other things, a stock market accessible by foreigners and providing a reasonable degree of liquidity, an absence of prohibitive regulation and taxation, a unified currency, a growing industrial base, and economic potential even though the standard of living may be low. *Developed countries* have accelerated rates of economic growth, pro-business regulatory systems, high savings rates, comfortable standards of living, an educated populace, a potential for consumption, and a functional combination of free market forces and government intervention. In 2009, countries in the developed category include the United States and Canada, the members of the European Union, Switzerland, Denmark, Norway, Sweden, the United Kingdom, Hong Kong, Singapore, Japan, Taiwan, South Korea, Thailand, the Philippines, Australia, and New Zealand. 선진국(developed countries)이란 발전의 하향순서로 개발도상국(또한 미개발국 또는 신흥국이라고도 한다) 및 저개발국(또는 비공업화국가 또는 제3세계)을 포함하는 계층구조의 상승부에 자리하는 국가들이다. 저개발국(underdeveloped countries)은 농업경제이지만, 저개발과 개발도상을 엄밀히 구별짓는 보편적인 합의는 없다. 개발도상국(developing countries)에는 BRICs그룹(Brazil, Russia, India and China)의 국가들이 들어가며, 비록 국민의 생활수준이 낮지만, 무엇보다도 외국인이 접근할 수 있는 주식시장, 상당한 정도의 유동성을 제공하면서 금지적 규제의 부재 및 과세제도, 단일화된 통화, 성장하는 공업단지, 및 경제적 잠재력이 있는 국가이다. 선진국(developed countries)은 경제성장률, 친기업규제제도, 높은 저축률, 안락한 생활수준, 교육받은 인재집단, 소비를 위한 잠재역량을 가지고 자유시장세력과 정부간섭과의 기능적 결합을 하는 국가이다. 2009년을 기준으로 보았을 때에, 선진국의 카테고리에 속하는 국가로는 미국, 캐나다, 유럽연합의 여러 국가, 스위스, 덴마크, 노르웨이, 스웨덴, 영국, 홍콩, 싱가포르, 일본, 한국, 타일랜드, 필리핀, 오스트레일리아 및 뉴질랜드가 들어간다.

development 발달, 진전, 개발 ¶ *development* aid [assistance] 개발원조 /*development* cost [expense] 개발비 /*development*-stage financing 창업기자금, 벤처캐피탈 /urban *development* 도시개발 ***industrial development bond* (*IDB*)** 산

업개발채(債) ¶ The *industrial development bond* (*IDB*) is an obligation issued where the proceeds are used in the trade or business of a nonexempt person and the payment of the principal or interest is secured by an interest in, or derived from payment with respect to, property or borrowed money used in a trade or business. State and local government bond interest is exempt from federal income tax; however, interest from *IDBs* is taxable unless certain requirements are met to qualify the bonds for tax exemption. 산업개발채(債)는 수익(proceeds)이 비과세혜택을 보지 않는 자의 거래나 영업에 사용되고, 원금(principal)이나 이자의 지급이 거래나 영업에서 사용되는 재산과 차금의 이자에 의해 보증된다든지, 그 재산과 차금과 관련된 지급에서 유래하는 경우에 발행된 채무채권이다. 국채와 지방채의 이자는 미연방소득세가 면제되지만, 그러나 산업개발채에 대한 이자는 비과세의 채권을 제한하는 데 일정한 요건이 충족되지 않는 한 과세된다.

developmental 개발에 관한, 발달상의 ¶ *developmental* stage 발전단계 ***developmental drilling program*** 개발채굴프로그램 ¶ The *developmental drilling program* is the drilling for oil and gas in an area with proven reserves to a depth known to have been productive in the past. Limited partners in such a program, which is considerably less risky than an exploratory drilling program or wildcat drilling, have a good chance of steady income, but little chance of enormous profits. 개발채굴프로그램은 석유나 가스의 매장량이 확실한 장소에서, 과거의 경험상 채산성이 있다고 알고 있는 심층까지 채굴하는 것이다. 이와 같은 사업은 시굴(exploratory drilling program)이나 무모한 탄광(wildcat drilling)에 비해서 리스크가 적고, 투자할 리미티드파트너(limited partner)는 안정된 수입을 얻을 전망이 높지만, 막대한 이익을 올릴 전망은 낮다.

deviation 일탈, 편차(偏差) ¶ *Deviation* means departure from the prescribed or ordinary route which the ship should follow in fulfillment of a contract of carriage. 이로(離路)는 선박이 운송계약은 완수하는 데에 따라야 하는 지정항로나 통상항로로부터 이탈하는 것을 의미한다.

devise [v.] (부동산을) 유증하다 ¶ To *devise* means making a gift or real property by will. 유증하는 것은 유언에 의해 동산이나 부동산을 증여하는 것이다.
[n.] 유증, 유증부동산

devolution 계승, 위양, 위탁 ¶ The reasoning for so deciding is that *devolution* of property of a decedent is controlled entirely by the statutes of descent and distribution. 그렇게 판단을 내리는 논거는 망자의 재산의 승계는 전적으로 상속과 분배의 제정법에 의해 지배된다는 데에 있다.

DEWKS 어린아이가 딸린 공동근로자부부 ¶ *DEWKS* is an acronym for dual-employed, with kids, referring to a family unit in which both husband and wife work and there are children. Marketers selling products for children, including various investment, target DEWKS. DEWKS(어린아이가 딸린 공동근로자부부)는 dual-employed, with kids의 머리글자이고, 부부가 같이 근로생활을 하지만, 어린아이가 딸린 가정을 말한다. 어린이용 상품을 판매하는 상인은 여러 가지의 투자상품을 포함해서 이런 어린아이가 딸린 공동근로자부부를 대상으로 삼는다.

diagonal 대각선의, 비스듬한, 사선(斜線)의 ***diagonal spread*** 다이어고널 스프레드(행사가격 · 만료일이 다른 옵션의 매도와 매수의 조합) ¶ The *diagonal spread* is a strategy based on a long and short position in the same class of option (two puts or two calls in the same stock) at different striking prices and different expiration dates. Example: a six-month call sold with a striking price of 40 and a three-month call sold with a striking price of 35. 다이어고널 스프레드는 행사가격(strike price)과 기한(expiration)이 상이한 동종의 옵션을 매입초과포지션(long position)이 매도초과포지션(short position)(같은 주식의 풋 2개 또는 콜 2개)으로 하는 수법을 이른다. 예컨대 행사가격이 40달러인 6개월물 콜옵션의 매도와 행사가격 35달러의 3개월 콜옵션의 매도의 조합과 같다.

dial 다이얼을 돌리다, 전화를 걸다 ***dialing and smiling*** 친절을 가장한 권유 ¶ *Dialing and smiling* is an expression for cold calling by securities brokers and other salespeople. Brokers must not only make unsolicited telephone calls to potential customers, but also gain the customer's confidence with their upbeat tone of voice and sense of concern for the customer's financial well-being. 친절을 가장한 권유란 증권회사의 영업사원 등이 행하는 전화권유(cold calling)를 가리킨다. 증권회사(broker)는 자진해서 전화로 권유할 뿐만 아니라, 쾌활한 목소리와 말솜씨로 상대고객의 경제사정에 관해서 관심사가 있는 것처럼 하여 소비자를 신뢰하게 만들어야 한다. ***~ing for dollars*** 믿음직스럽지 못한 권유 ¶ *Dialing for dollars* is an expression for cold calling in which brokers make unsolicited telephone calls to potential customers, hoping to find people with investable funds. The term has a derogatory implication, and is typically appled to salespeople working in boiler rooms, selling speculative or fraudulent investments such penny stocks. 믿음직스럽지 못한 권유란 투자자금을 가지는 사람을 찾으려고 브로커가 전화권유(cold calling)를 하는 것이다. 그 말은 경멸적인 의미를 담고 있고, 일반적으로 무허가브로커의 영업소(boiler room)에서 일하면서 저액면주식과 같은 투기성이 있거나 사기성의 투자상품을 팔고 있는 증권판매원에게 적용하는 표현이다.

diamond 다이아몬드 ***diamond investment trust*** 다이아몬드투자신탁 ¶ The *diamond investment trust* is a unit trust that invests in high-quality diamonds. Begun in the early 1980s by Thomson McKinnon, these trusts let shareholders invest in diamonds without buying and holding a particular stone. Shares in these trusts do not trade actively and are therefore difficult to sell if diamonds prices fall, as they did soon after the first trust was set up. 다이아몬드투자신탁은 고품질의 다이아몬드에 투자하는 단위형 투자신탁(unit investment trust)을 말한다. 톰슨 맥키논(Thomson McKinnon)이 1980년대 초 판매를 시작한 이 신탁은 현물을 판다든지, 보유한다든지 하지 않고 다이아몬드에 투자할 수 있다. 이러한 투자신탁의 지분(share)은 활발하게 되고 있지 않기 때문에, 최초로 신탁이 설정된 직후에 그러한 것처럼, 다이아몬드의 가격이 하락한다면 매각이 어렵다. ***~s*** 다이아몬즈 ¶ *Diamonds* are units of beneficial interest in the Diamonds Trust, a unit investment trust that holds the 30 component stocks of the Dow Jones Industrial Average. First introduced in January, 1998, Diamonds trade under the ticker symbol "DIA" like any other stock on the American Stock Exchange. They are designed to offer investors a low-cost means of tracking the Dow Jones Industrial Average, the most widely recognized indicator of the American stock market. 다이아몬즈는 다우존스 공업주 평균(DJIA)의 전 30종목을 보유한 단

다이아몬드투자, 탐나죠?

위형 투자신탁(unit investment trust)인 다이아몬드 트러스트(Diamonds Trust)의 수익권(beneficial interest)을 이른다. 다이아몬즈는 1998년 1월에 설정되고, 미국증권거래소에 상장되고 있는 다른 종목의 주식과 같이 "DIA"의 약칭으로 거래된다. 그것은 미국증권시장의 대표적인 지표인 다우존스 공업주 평균(다우평균)(Dow Jones Industrial Average: DJIA)에 연동하는 저가격의 투자상품을 제공하는 목적으로 제공되었다.

diary 일지(日誌), (만기일 등을 기록하는) 수첩 (*cf.*) ticklers ¶ keep (open) a *diary* 일기를 쓰다[새로 쓰기 시작하다]

die 죽다 ¶ *die* intestate 유언을 남기지 않고 죽다 /*die* without issue 자손없이 죽다

dies gratia (L) 지급유예일 (*cf.*) days of grace 은혜일

difference 상위(相違), 차액, 차이 ¶ the *difference* between a seller's asked and buyer's bid prices 매도인의 호가와 매수인의 지정가의 차이 /the *difference* between interest rates in various international money markets 각지의 국제금융시장간의 금리차 /the *difference* between the higher and lower prices 고가와 저가의 차액 /a *difference* in exchanges 환시세의 가격차 /the price *difference* in the two markets 2개의 시장의 가격차 ***difference in condition insurance*** [영] 조건격차보험 ¶ *Difference in condition insurance* is insurance coverage for physical structures, equipment, and inventory against catastrophic hazard (although certain exclusions for fire and vandalism are common). Also known as parasol policy. 조건격차보험은 (화재와 악의파괴에 대한 면책조항은 일반적이더라도) 대재해위험(catastrophic hazard)에 대한 실물구조, 장비 및 재고자산(inventory)을 위한 보험범위를 말한다.

different 다른, 여러 가지의 ¶ *different* form of agreement [부도사유] 약정용지상위 /*different* signature from specimen on file [부도사유] 인감서명상위 /*different* statement method on amount column [부도사유] 금액란기재방법상위

differential [a] 특이한 ¶ *differential* duties 품목별관세율 /*differential* pricing 차별가격 /*differential* tariffs 차별관세 ***differential swap*** [영] 차액스왑 ¶ The *differential swap* is an over-the-counter complex swap involving a single currency exchange of floating interest rate references denominated in two different currencies (e.g., dollar LIBOR versus EURIBOR, payable in dollars). The swap permits an institution to express a view on foreign interest rate movement without assuming currency risk. Also known as a quanto swap. 차액스왑은 2개의 상이한 통화로 (예컨대, 달러로 지급되는 달러 리보 대 유리보 표시된 변동금리대상의 단일통화교환(single currency exchange)을 수반하는 장외거래의 복잡한 스왑을 말한다. 그 스왑에서는 금융기관이 통화리스크를 부담하지 않고 외국금리동향에 관한 견해를 표현할 수 있다. 이는 quanto swap(콴토스왑)으로도 알려져 있다. [n] 차액 [증권] (거래단위미만의 거래시에 징구되는) 단주(端株)매매수수료, 할증금, 추가수수료 ¶ A *differential* is a small extra charge sometimes called the odd-lot-differential – usually 1/8 of a point – that dealers add to purchases and subtract from sales in quantities less than the standard trading unit or round lot. Also, the extent to which a dealer widens his round lot quote to compensate for lack of volume. 단주매매수수료는 표준거래단위(round lot)를 하회하는 수량의 단위에 대해서 딜러(dealer)가 매수가격에 추가로 올린다든지, 수익에서 공제한다든지 하는 소액의 수수료이다. 이따금 odd-lot-differential(단주매매수수료)라고도 한다. — 통상은 8분의 1포인트이다. 또 딜러가 거래량의 부족을 보충하기 위해서 표준거래단위의 가격에 추가로 올리는 경우에도 이 용어를 사용한다. /a *differential* between domestic and foreign inflation rates 내외인플레이션격차 /a *differential* between interest rates at home and abroad 내외금리차 /the spot-forward *differential* [외국환] 직물환 · 선물환의 차액

differentiate 구별짓다, 구별[차별]하다, 식별하다(from) ¶ *differentiated* goods 차별화된 제품

differentiation 차별(의 인정), 차별화, 구별 ¶ *Differentiation* is unique qualities, perceived or real, of a good or service that distinguish it from a competing good or service. For example, a consumer products company may develop a razor with an additional blade and advertise that it produces a closer shave. Companies use *differentiation* in order to improve sales and/or charge a higher price. Also called product *differentiation.* 차별화란 경쟁하는 물품이나 서비스로부터 구별짓는 물품이나 서비스를 지각할 수 있거나 실체적인 독특한 특성을 이른다. 예를 들면, 소비자제품회사는 추가적인 면도날이 달린 전기면도기를 발전시키고, 그 회사는 더 잘 드는 면도날을 만들어낸다고 광고할 수 있다. 회사는 판매를 증진시키고 더 비싼 가격을 매기기 위하여 차별화를 이용한다. 이를 또 제품의 차별화(product differentiation)라고도 한다.

difficulty 어려운 일, (*pl.*) 궁지 ¶ financial *difficulties* 재정적 곤란

diffusion 산포, 전파, 만연, 보급 ¶ *diffusion* index 경기동향지수 ***diffusion and amortization effect*** [영] 분산 및 아모티제이션 효과 ¶ The *diffusion and amortization effect* is a concept indicating that the maximum credit risk of an interest rate swap occurs one-third to halfway through the life of a transaction. This occurs because simulated future interest rates used in the calculation of replacement cost do not have a chance to move sufficiently in the early periods of a swap to pose the greatest economic loss (i.e., the "diffusion" effect), and insufficient payments remain to be made toward the end of the swap to pose the greatest economic loss (i.e., the "amortization" effect). 분산 및 아모티제이션 효과는 금리스왑(interest rate swap)의 최대의 신용리스크가 그 거래의 기간을 통해서 중간에 1/3이 발생한다는 것을 가리키는 개념을 말한다. 이것은 재취득가격(replacement cost)의 산출에 사용되는 모의(模擬) 장래의 금리가 최대의 경제적 손실(즉, 「분산」효과(diffusion effect)을 취하게 되는 스왑의 초기기간에는 충분히 움직일 찬스가 있고, 불충분한 지급은 최대의 경제적 손실(즉, 아모티제이션 효과)을 취하게 되는 스왑의 끝맺음(end)경에 이루어지게 된다.

digest 소화하다, 삭이다, 이해[납득]하다, 요약하다 ¶ *digested* securities 소화증권

digit 아라비아숫자, 0에서 9까지, 자릿수 ¶ the binary *digit* 이진법(二進法) ***digits deleted*** 자릿수 생략 ¶ *Digits deleted* connotes designation on securities exchange tape meaning that because the tape has been delayed, some digits have been dropped. 자릿수 생략은 증권거래기록을 표시하는 티커테이프(ticker tape)에 관한 표현인데, 그 뜻은 표시가 지연되고 있기 때문에 일부의 자릿수가 생략된 것이라는 의미이다.

digital 디지털방식의 계수형(計數型)의 ¶ The word *digital* means of or relating to data that is recorded, stored, or played in numerical form. Unlike analog data that is continuous, digital data is discrete. digital이라는 말은 숫자의 형태로 기록, 저장 또는 움직이는 데이터의 또는 데이터에 관한 것을 의미한다. 연속되는 아날로그 데이터와는 달리, 디지털 데이터는 불연속적(discrete)이다. /a *digital* computer 디지털방식의 컴퓨터 ***digital money*** 디지털머니 ¶ The *digital money* is electronic payment systems used in lieu of coin and currency. Although the terms electronic money and, the short version, e-money, are commonly used interchangeably with *digital money* (or digital cash), digital, strictly defined, refers to e-cash that is off-line, meaning you can conduct a transaction without interacting with a bank and anonymous, meaning the identity of the person who originally withdrew the money from a bank is protected through the use of blind signatures. 디지털머니란 경화(硬貨)나 지폐를 대신해서 사용되는 전자지급시스템을 말한다. 전자머니(electronic money)와 그 단축형인 e-머니(e-money)는 보통 디지털머니와 동일한 의미로 사용되지만, 그 엄밀히 말하면 디지털은 오프라인(off-line)의 e-캐시(e-cash)이다. 그 의미는 은행 등의 금융기관과 컴퓨터로 접촉하지 않고 익명으로 금융거래가 가능하다는 뜻이다. 결국, 최초에 은행으로부터 돈을 인출한 사람의 신원은 블라인드서명(blind signature)[전자머니의 번호를 난수화(亂數化)한 것]을 사용함으로써 보호받는다는 뜻이다. ***digital computer*** 디지털 컴퓨터 ¶ The *digital computer* is a computer that represents information in discrete form, as opposed to an analog computer, which allows representation to vary along a continuum. For example, the temperature of a room might be any value between 0°and 100°F. An analog computer could represent this as a continuously varying voltage between 0.00 and 1.00 volts. In contrast, a *digital computer* would have to represent it as a decimal or binary number with a specific number of digits (e.g., 68.80 or 68.81). 디지털 컴퓨터란 연속체(continuum)에 따라 표현할 수 있는 아날로그 컴퓨터와 대조적으로, 연속적인 형태로 정보를 표시하는 컴퓨터를 이른다. 예를 들면, 방안의 기온이 화씨 0도와 100도 사이의 어떤 값일 수 있을 것이다. 아날로그 컴퓨터는 0.00과 1.00볼트 사이에서 연속적으로 변화하는 볼트로 이를 표시할 수 있을 것이다. 이와는 현저히 다르게, 디지털 컴퓨터는 일정한 수의 자릿수의 10진법(decimal) 또는 2진법(binary)으로 이를 표시해야 할 것이다(예컨대 68.80 또는 68.81).

diligence 근면, 노력, 주의 ¶ use of *diligence* in … …에 있어서의 유의(留意) /We will use due *diligence*. 충분한 주의를 기울입니다.

dilute [주식] (1주당의 이익 · 자산 등을) 희석화(稀釋化)하다 ¶ *dilute* it with water to the required consistency 그것을 적당히 물로 희석시키다.

dilution [주식] (1주당의 이익 등의) 희석화, 희석 ¶ *Delution* is effect on earnings per share and book value per share if all convertible securities were converted or all warrants or stock options were exercised. 희석화란 전환증권(convertible securities)이 전부 전환된다든지, 워런트(warrants)나 스톡옵션이 모두 행사된 경우에 1주당 이익(earnings per share)과 1주당 장부가(book value per share)가 받는 영향을 말한다. ***dilution protection*** 희석화방지 ¶ The *dilution protection* is any right or a provision designed to protect existing investors from dilution. Examples would include provisions that adjust the conversion ratio of convertibles in the event of a stock dividend or other unusual common stock distribution, preemptive right statutes, and venture capital full ratchet provisions, specifying that options and conversion privileges be exercisable at the lowest stock price at which stock was issued following issuance of the option or convertible. 희석화방지는 현존하는 투자자(existing investors)를 주식의 희석화(dilution)로부터 보호하기 위하여 고안된 권리 또는 규정을 이른다. 예를 들면, 주식배당(stock dividend) 혹은 어떤 이상한 형태로 보통주식(common stock)의 배분이 행해진 경우에 주식전환증권(convertibles)의 전환비율(convertible ratio)을 조정하는 조항, 신주인수권(preemptive right), 벤처캐피탈(venture capital)에 있어서의 풀

래칫트(full ratchet)조항이다. 이들 조항은 스톡옵션(stock option) 혹은 주식전환권(conversion privileges)이 새로이 발행된 경우에는 기존의 주주는 주식이 발행된 때의 최저가격으로 스톡옵션이나 주식전환권을 행사할 수 있다고 하는 조항이다.

dilutive (1주당의 이익이) 희석화되는

dime 10센트의 경화, 다임([속] 채권의 이율로 10펜스 · 포인트(0.1)를 말한다.)

diminish 감하다, 감소하다 ¶ *diminishing* balance depreciation 정률(定率)상각 /the *diminishing* balance method of depreciation 감가상각체감법(遞減法)

diminution 감소, 축소, 감소액 ¶ When prices rise, there is a *diminution* in the real value of money. 물가가 올라가면, 화폐의 현실가치는 감소한다.

dimsum bond 딤섬본드 ¶ The *dimsum bond* is a government or superior corporate bond which is issued as denomination of yuan in Hong Kong. It usually matures between one year and two and the rate of interest is graded between 1 and 2%, which is not attractive. The income tax from interest must be paid when the commission of 1.1% to the security company is deducted from the earnings of interest rates. The attraction of *dimsum bond* is to acquire the difference in exchanges if the value of yuan rises. 딤섬본드는 홍콩에서 위안화로 발행되는 국채나 우량 회사채를 말한다. 보통 만기 1~2년에 금리는 1~2% 정도다. 금리는 전혀 매력적이지 않다. 증권사 수수료 1.1%를 제외한 금리소득에 이자소득세도 내야 한다. 딤섬본드의 매력은 위안화 가치가 올라가면 환차익을 얻을 수 있다는 점이다.

dinar 디나르 ¶ The *dinar* is the standard currency unit of Algeria (where it is divided into 100 centimes); Bahrain, Iraq, Jordan, Kuwait and Yemen (where it equals 1000 fils); Tunisia (where it equals 1000 millimes); Bosnia-Herzegovina and Yugoslavia (where it equals 100 paras); Libya (where it equals 100 dirhans); and Sudan (where it equals 100 piastres). It is also a subdivision (1/100) of the Iran real. 디나르(dinar)는 알제리아(100 상팀으로 나누어진다.), 바레인, 이라크, 쿠웨이트 및 예멘(1000 밀림), 보스니아-헤르체고비나 및 유고슬라비아 [1 디나르는 100 파라(paras)], 리비아(1 디나르는 100 디르함과 같다)와 수단[1 디나르는 100 피에스터(piastres)와 같다.]의 표준화폐단위이다. 디나르(dinar)는 이란 레알(real)의 하부단위(1/100)이기도 하다.

DINKS 딩크스, 어린 아이가 딸리지 않은 맞벌이 부부 ¶ *DINKS* is acronym for dual-income, no kids, referring to a family unit in which there are two income and no children. The two incomes may result from both husband and wife working, or one spouse holding down two jobs. Since the couple do not have children, they typically have more disposable income than those with children, and therefore are the prime target of marketers selling luxury products and services, including various investments. DINKS(어린 아이가 딸리지 않은 맞벌이 부부)는 dual-income, no kids의 머리글자이고, 수입원이 2개가 있는 어린아이가 없는 세대를 이른다. 2개의 수입원은 부부의 근로소득에서 나올 수 있거나 부부 중의 한 사람이 2개의 직업을 꽉 잡고 있을 수 있다. 부부가 어린 아이가 없으므로, 일반적으로 어린 아이가 딸린 가정보다 가처분소득(disposable income)이 많기 때문에 여러 가지의 투자상품을 포함해서 사치품을 판매하는 상인들의 주된 대상(target)이 된다.

dip *n.* (시세의) 일시적 저하, 하강, 오르던 시세가 일시 내리는 일, 시세가 차츰 내림 ¶ *Dip* is slight drop in securities prices after s sustained uptrend. Analysts often advise investors to buy on dips, meaning buy when a price momentarily weak.

(시세의) 일시적 저하란 증권시세가 상승을 계속한 후, 조금 가격을 내리는 경우이다. 애널리스트(analyst)는 투자자에게 디프(dip)인 때에 주식을 사라고 권한다. 이것은 가격이 일시적으로 내릴 때에 매수하라는 의미이다. /a *dip* in stock market 주가의 일시적 저하

ⓥ 일시적으로 감소하다 ¶ Shares *dipped* yesterday. 어제는 주가가 내렸다.

(시세의) 일시적 저하(dip)

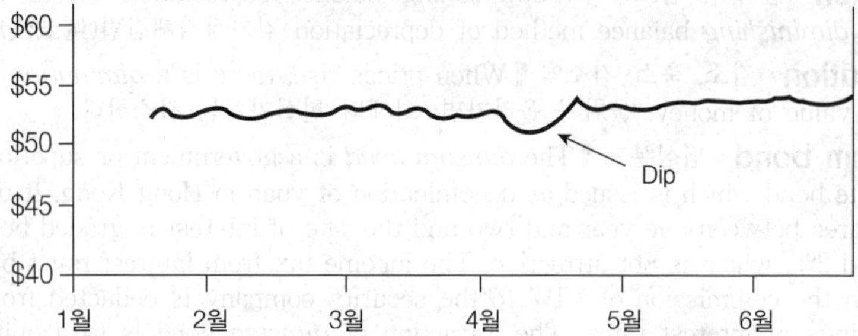

direct ⓥ 향하다, 그 쪽으로 향하다

ⓐ 올곧은, 직접의 ¶ *direct* (exchange) arbitrage 직접재정(裁定) /*direct* costs [expense] 직접비 /*direct* exchange 직접외국환 /*direct* export(s) 직접수출 /*direct* financing 직접금융 /*direct* foreign investment 대외직접투자 /*direct* import(s) 직접수입 /*direct* issue paper 직접매도페이퍼(direct paper) /*direct* investment 직접투자 /*direct* inward investment 대내직접투자 /*direct* liabilities 직접채무 /*direct* loan 다이렉트 론, 직접차관 /*direct* quotation 자국통화에 의한 외국환시세표시 /*direct* rates [미] 자유통화표시시세 /*direct* selling expense 판매직접비 /*direct* sendings 직접발송지물품 /*direct* tax 직접세 /*direct* trade 직접무역 /a *direct* yield 직접이율 ***direct access*** 직접거래 ¶ The *direct access* is a service offered by direct access brokers, that uses complicated computer software to enable clients to trade directly with exchanges or other buyers and sellers through Electronic Communications Networks (ECN) at reduced commission rates. Using Direct Access Trading Systems (DATS), active traders, such as day traders, enjoy speedy order execution by eliminating the third party, and receive other services, such as Level II NASDAQ quotes, interactive charts, and other real-time information. 직접거래는 복잡한 컴퓨터 소프트웨어를 구사하여, 고객(투자자)이 직접증권거래소(stock exchange)에서 증권의 매매를 할 수 있거나, 혹은 전자증권거래네트워크(Electronic Communication Network: ECN)를 통해서 직접 투자자 간에서 매매가 가능하도록 하는 서비스인데, 온라인증권회사(direct access broker)가 이 서비스를 저액의 취급수수료(commission)로 제공하고 있다. 직접거래시스템(Direct Access Trading System: DATS)을 사용하여 데이딜러(day dealer) 등 활발하게 매매를 하는 트레이더(trader)는 제3자를 개입시키지 않고 신속하게 주문을 집행(execution)할 수 있다. 이 시스템을 사용하여 나스닥의 레벨 II의 서비스나 대화형의 주식 차트 등의 실시간의 정보를 받을 수도 있다. ~ ***credit risk*** [영] 직접신용리스크 ¶ The *direct credit risk* is the risk of loss due to default by a counterparty on a direct extension of credit, such as a loan or deposit. Default on an unsecured *direct credit risk* transaction always result in a loss for the credit provider; this is in contrast to a situation involving trading credit risk, where the value of the contract may be in favor of the counterparty at the time of default. A subcategory of credit risk. See also contingent credit risk; correlated credit risk; settlement risk; sovereign risk. 직접신용리스크는 대출(loan) 또는 예금과 같은 여신(與信)의 제공에서 거래상대방의 디폴트로 인한 손실의 리스크를 말한다. 무담보의 직접신용리스크거래상의 디폴트는 여신제공자에게는 언제나 손실로 귀착된다. 이것은 거래신용리스크와 관련한 입장과 대조적인데, 계약상의 가격이 디폴트의 당시에 거래상대방에게 유리할 수 있는 경우이다. 신용리스크의 하위개념이다. contingent credit risk(우발적 신용리스크); correlated credit risk(상관신용리스크); settlement risk(결제 리스크); sovereign risk(국가 리스크)도 참조할 것. ~ ***dealing*** 다이렉트 딜링 ¶The *direct dealing* is a dealing of foreign exchange among banks, not through the short-term financial company who is a broker. 다이렉트 딜링이란 브로커인 단자업자를 통하지 않고, 은행간에서 직접외국환거래를 행하는 것이다. ~ ***debit*** 자동인락, 자동이체 ¶The *direct debit* is a method of collecting loan or mortgage payments by deducting the amounts owed from the borrower's checking account on the date payment is due. 자동인락은 지급이 도래한 날에 차입자의 당좌계좌에서 채무액을 공제함으로써 대출(loan)이나 모기지(mortgage)의 지급금액을 추심하는 방법을 말한다. ~ ***financing*** 직접금융 ¶The *direct financing* is any financing transaction where there is no intermediary between the lender and the borrower. Where securities are sold directly to institutional lenders or investors and the cost of underwriting is being avoided, the term direct placement and private placement are interchangeably used. 직접금융이란 대여자(lender)와 차입자(borrower)간에 중개업자(intermediary)가 개재하지 않는 금융거래를 이른다. 증권이 기관융자자(institutional lender) 또는 투자자에게 직접 매각되면, 인수에 들어가는 비용은 회피할 수 있다. 직접판매(direct placement)나 사모(private placement)라는 용어도 같은 의미로 사용되고 있다. ~ ***investment*** 직접투자 ¶*Direct investment* includes (1) purchase of controlling interest in a foreign (international) business or subsidiary, (2) in domestic finance, the purchase of a controlling interest or a minority interest of such size and influence that active control is a feasible objective. 직접투자에는 (1) 해외[국제]사업이나 자회사의 경영지배권(controlling interest)을 얻는 데에 필요한 금액을 출자하는 경우, (2) 국내금융에서는, 경영지배권이나 사업상 경영을 지배할 수 있는 규모와 영향력이 있는 과반수 미만의 주식(minority interest)을 취득하는 경우가 들어간다. ~ ***issuer*** 직접발행자 ¶The *direct issuer* is an company that sells commercial paper directly to investors rather than through a broker. 직접발행자란 증권회사(broker)를 개입시키지 않고 자사의 커머셜페이퍼(commercial paper)를 직접 투자자(investor)에게 판매하는 회사를 이른다. ~ ***loss*** [영] 직접손해 ¶In insurance, the *direct loss* is a loss where the covered peril is the proximate cause of damage. Property and casualty insurance policies often limit protection to *direct loss* rather than *direct loss* and consequential loss. 보험에서, 직접손해는 보험보상을 받는 위험(peril)이 손해의 주원인(proximate cause)인 손해를 말한다. 손해보험증권에서는 종종 직접손해와 간접손해(consequential loss)보다도 오히려 직접손해에 대한 보호를 제한하기도 한다. ~ ***market access (DMA)*** [영] 직접시장접근방식 ¶The *direct market access* (*DMA*) is a process where a buy-side client makes use of electronic trading systems to access a securities market directly, without any involvement or intervention by a sell-side firm or broker. This can result in faster execution at a lower cost, and provides a greater degree of anonymity. 직접시장접근방식은 바이사이드의 고객이 셀사이드의 증권회사나 브로커의 관련 또는 개입없이 직접 증권시장에 접근하기 위하여 전자거래제도를 활용할 수 있는 과정을 말한다. 이 과정은 더 저렴한 비용으로 더 신속한 집행을 낳을 수 있고, 더 많은 익명성을 제공할 수 있다. ~ ***obligations*** 직접채무 ¶*Direct* *obligation* is debt securities backed by full faith and credit. 직접채무란 완전한 신뢰와 신용으로 뒷받침되는 부채를 이른다. ~ ***overhead*** 공통비용 ¶ *Direct overhead* is portion of overhead costs – rent, lights, insurance – allocated to manufacturing, by the application of a standard factor termed a burden rate. This amount is absorbed as an inventory cost and ultimately reflected as a cost of goods sold. 공통비용은 배분율(burden rate)이라고도 하는 표준요인의 적용에 의해서 제조시에 할당되는 — 임대료, 광열비, 보험 — 간접비의 일부이다. 이 금액은 재고비용(inventory cost)에 흡수되어 궁극적으로는 매상원가(cost of goods sold)에 반영된다. ~ ***paper*** 다이렉트 페이퍼 ¶ A *direct paper* is a commercial paper that an issuer of the company draws directly to investors. 다이렉트 페이퍼는 기업의 발행자가 직접 투자자에게 발행하는 커머셜페이퍼(기업어음)이다. ~ ***participation program*** 직접참가방식 ¶ The *direct participation program* is a program letting investors participate directly in the cash flow and tax benefits of the underlying investments. Such programs are usually organized as limited partnerships, although their uses as tax shelters have been severely curtailed by tax legislation affecting passive investments. 직접참가방식이란 기초투자상품의 캐시플로(cash flow)나 세제상의 은혜를 직접 향유할 수 있는 투자방법을 이른다. 그러한 방식은 리미티드 파트너십(limited partnership)의 형태로 운영되는 경우가 많지만, 절세(tax shelter)의 목적으로 사용하는 것은 수동적 투자(passive investments)를 규제하는 세법에서 엄격히 제한되었다. ~ ***pay letter of credit*** [영] 직접지급신용장 ¶ The *direct pay letter of credit* is a letter of credit facility where a bank automatically pays the beneficiary an agreed amount and then seeks repayment from the underlying customer that has drawn the letter of credit; the beneficiary thus never faces the customer's credit risk. See also confirmed letter of credit; irrevocable letter of credit; standby letter of credit; transferable letter of credit. 직접지급신용장은 은행이 수익자에게 약정금액을 지급하고 다음에 신용장을 개설한 기초고객(underlying customer)으로부터 상환을 구하는 신용장수단(facility)을 말한다. 따라서 수익자는 고객의 신용위험을 결코 직면하지 않는다. confirmed letter of credit(확인신용장); irrevocable letter of credit(취소불능신용장); standby letter of credit(스탠드바이 신용장); transferable letter of credit(양도가능신용장)도 참조할 것. ~ ***placement*** 사모(私募), 비공모, 직접모집 ¶ The *direct placement* is a direct sale of securities to one or more professional investors. Such securities may or may not be registered with the securities and exchange commission. They may be bonds, private issues of stock, limited partnership interests, mortgage-backed securities, venture capital investments, or other sophisticated instruments. These investments typically require large minimum purchases, often in the millions of dollars. *Direct placements* offer higher potential returns than many publicly offered securities, but also present more risk. 사모(私募)란 1인 이상의 프로인 투자자에게 증권(stock)을 직접 판매하는 것이다. 그러한 증권은 증권거래위원회에 등록된 경우와 등록되지 않은 경우가 있다. 채권(bonds), 주식(stock), 리미티드 파트너십의 지분, 모기지담보증권(mortgage-backed security), 벤처캐피탈투자, 기타 전문성이 높은 증권이 대상으로 된다. 이러한 투자는 일반적으로 수백만달러의 투자를 요구하는 경우가 많다. 사모는 공모(public offering)보다 수익률이 높은 경우가 많을 때가 많지만 또한 더 리스크도 높다. ~ ***public offering (DPO)*** [영] 직접공개모집 ¶ The *direct public offering* (*DPO*) is a direct placement of common stock that is offered by a company to investors, customers, and/or suppliers, without the use of an underwriter. Given the limited ability for companies to directly place their own shares and then encourage financial intermediaries to produce equity research and quote secondary markets, *DPOs* are relatively uncommon. 직접공개모집은 인수업자(underwriter)의 이용없이 투자자, 고객 및 구입처(supplier)에게 공모하는 보통주식을 직접모집하는 경우이다. 제한된 능력을 가지고 회사가 직접 자신의 주식을 맡겨서 금융중개기관(financial intermediary)을 격려하여 주식조사를 제시하게 하고 유통시장(secondary market)에 상장하게 한다는 것을 가정해 보라. 주식의 직접모집은 비교적 보기 드물다. ~ ***purchase*** 직접구입 ¶ *Direct purchase* is to purchase shares in a no-load or low-load open-end mutual fund directly from the fund company. Investors making *direct purchases* deal directly with the fund company over the phone, in person at investor centers, or by mail. This contrasts with the method of purchasing shares in a load fund through a financial intermediary such as a broker or financial planner, who collects a commission for offering advice on which fund is appropriate for the client. 직접구입이란 판매수수료(load)가 무료, 또는 낮은 오픈엔드형 뮤추얼펀드(open-end mutual fund)의 수익증권(주식)(shares)을 뮤추얼펀드에서 직접 구입하는 것을 이른다. 직접구입을 하는 투자자는 펀드회사에 전화를 건다든지, 사적으로 투자자센터에 간다든지, 우편으로 직접 거래한다. 이것은 고객에게 적합한 펀드를 권유하여 수수료를 수취하는 브로커(broker)나 파이낸셜 플래너(financial planner)와 같은 금융중개업자를 통해서 수수료가 드는 뮤추얼펀드(load fund)의 수익증권을 구입하는 방법과 대조를 이룬다. ~ ***rollover*** 직접자금의 회전조달 ¶ *Direct rollover* is distribution from a qualified plan or trust that is remitted directly to the trustee, custodian, or issuer of a receiving individual retirement account (IRA) rollover account. Tax- and penalty-free rollovers are allowed once a year. The years begin on the date of the first distribution. 직접자금의 회전조달이란 적격연금플랜 또는 적격연금신탁(qualified plan or trust)으로 수취한 급여금을 직접, 수탁자(trustee), 커스토디언(custodian), 또는 개인퇴직계정대체계정(individual retirement rollover account)에 송금하는 것이다. 비과세 · 위약금을 물리지 않고 자산을 회전조달하는 것은 1년에 한번만 허용된다. 그 회전 조달하는 해는 최초의 배분일로부터 시작한다. ~ ***transfer*** 직접이관 ¶ The *direct transfer* is a direct movement of assets from one qualified plan or trust to another. Such transfers are not considered withdrawals and involve no taxes or penalties. Differs from a direct rollover, in which assets go to a tax-deferred personal retirement account. 직접이관은 하나의 적격연금플랜이나 적격연금신탁(qualified plan or trust)에서 다른 적격연금플랜 또는 적격연금신탁으로 자산(asset)을 직접 이관하는 것이다. 이러한 유형의 이관은 인출(withdrawal)로는 고려되지 않고, 세금(tax) 또는 위약금(penalty)은 과해지지 않는다. 이것은 자산을 과세순연(tax-deferred)개인퇴직계좌(personal retirement account)로 이관하는 직접자금의 회전조달(direct rollover)과는 다르다. ~ ***writer*** [영] 원(原)보험업자 ¶ The *direct writer* is an insurer that writes insurance policies through a direct selling process or an exclusive agency arrangement, or a reinsurer that accepts ceded risks directly from the other insurers rather than reinsurance broker. 원보험업자는 직판과정(直販過程, direct selling process)을 경유하여 보험증권(insurance policy)에 서명하는 보험업자(insurer), 또는 재보험브로커(reinsurance broker)라기보다도 다른 보험업자로부터 직접 양도된 위험을 인수하는 재보험업자(reinsurer)이다.

directional 방향의, 지향성의 ***directional risk*** [영] 방향성 리스크[위험] ¶ The *directional risk* is the risk of loss arising from the exposure to the direction of a reference asset or market. An investor holding a long position experiences a loss if market prices fall and a gain if they rise; one holding a short position generates a gain when market prices fall and a loss as they rise. A subcategory of market risk. See also delta; equity risk; foreign exchange risk; gamma; interest rate risk. 방향성 리스크는 대상자산(reference asset) 또는 시장의 방향에 대한 노출성으로부터 생기는 손실위험을 말한다. 매입초과포지션(long position)을 보유하는 투자자는 시장가가 하락하면 손실을, 시장가가 상승하는 경우 이득을 산출한다. 이에 반하여 매도초과포지션(short position)을 보유하는 투자자는 시장가가 하락하는 경우 이득을, 시장가가 상승하면 손실을 산출한다. 시장 리스크의 하부카테고리이다. delta[델타치(値)]; equity risk(지분리스크); foreign exchange risk(외환리스크); gamma(감마); interest rate risk(금리리스크)도 참조할 것. ~ ***strategy*** [영] 방향성 전략 ¶ The *directional strategy* is an option strategy that seeks to take advantage of expected market direction rather than volatility to generate a point. Common *directional strategies* include bull spreads and bear spreads. See also volatility strategy. 방향성 전략은 포인트를 산출하는 가격변동성(volatility)보다 오히려 예상시장방향성을 이용하려고 하는 옵션전략을 말한다. 일반적인 방향성 전략에는 불스프레드(bull spread)와 베어스프레드(bear spread)가 포함된다. volatility strategy(가격변동성 전략)도 참조할 것.

directive 지침(指針) ¶ The EC has adopted a *directive* on the question. EC는 그 문제에 관하여 지침을 채택하였다.

director 지휘자, 장관, 중역, 이사 ¶ *director's* fee 임원수당 /outside *director* 사외이사 /representing [representative] *director* 대표이사 ***directors' and officers' liability insurance*** 회사임원배상책임보험 ¶ The *directors' and officers' liability insurance* is a type of insurance taken to protest a firm's directors and officers against lawsuits – mainly suits instituted by unhappy shareholders of the firm. *Directors' and officers' liability insurance* became very expensive and difficult to obtain during the late 1990s and early 2000s as the number of shareholders lawsuits increased dramatically. Companies find it very difficult to recruit outside directors unless the candidates are supplied with liability insurance. 회사임원배상책임보험은 소송 — 주로 회사의 불만스런 주주들이 제기한 소송 — 으로부터 회사의 이사 및 임원을 보호하기 위해 마련된 보험의 일종이다. 회사임원배상책임보험은 1990년 말과 2000년대 초에 주주에 의한 소송이 극적으로 증가하는 바람에 보험료가 매우 비싸고 보험을 들기가 어렵게 되었다. 회사들은 회사이사 및 임원후보자들이 책임보험으로 뒷받침되지 않는 이상 사외이사(outside director)를 보충하기가 대단히 어렵다는 것을 알게 되었다. ~ ***indemnities*** 회사임원배상책임보상 ¶ *Directors' indemnities* are corporate agreements to pay liabilities board members may incur while acting as directors. Directors' and officers' liability insurance, usually with a large deductible, covers the exposure of directors and officers to personal suits for making misleading or false statements or committing negligent acts or omissions, along with related legal fees and court costs. 회사임원배상책임보상은 이사로서 행동할 기간에 이사가 부담할 가능성이 있는 배상책임을 회사가 지급한다고 하는 계약을 말한다. 회사임원배상책임보험(directors' and officers liability insurance)은 오해를 주는 발표 혹은 허위의 발표, 과실행위 또는 부작위로 인하여 이사나 임원(officers)이 개인적으로 소추를 받는 경우에, 관련된 변호사비용이나 소송비용을 포함하여 보증한다. 다만 일반적으로 말해서 이런 유형의 보험상의 면책금액(deductible)은 크다. ***executive*** ~ 업무담당이사 ¶ The director may also be an employee of the company working under a contract of service. The term '*executive director*' is normally applied to this sort of director and he will be expected to perform a specified rule for the company. 이사는 또한 근로계약하에 회사의 종업원으로 근무할 수도 있다. 「업무담당이사」라는 용어는 보통 이런 종류의 이사에 해당되고 그는 회사를 위해 특별한 역할을 하는 것이 기대되고 있다. ***managing*** ~ 업무집행이사 ¶ A *managing director* is a director who has charge of the management of the company. 업무집행이사는 회사의 경영을 책임을 지는 이사이다.

directory 주소성명록, 상공인명록, 상공명감(明鑑) ¶ a private *directory* 개인용의 주소록 /The telephone [phone] *directory* gives people's names, addresses, and telephone numbers. 전화번호부는 가입자의 성명, 주소 및 전화번호를 게재하고 있다.

dirham 디르함 ¶ The *dirham* is the standard currency unit of Morocco (where it is divided into 100 centimes) and the United Arab Emirates (where it is divided into 100 dinars). 디르함은 모로코(1 디르함은 100 상팀(centimes)으로 나누어진다.)와 아랍 에미리트 연방(United Arab Emirates)(1 디르함은 100 디나르(dinars)로 나누어진다.)의 표준화폐단위이다.

dirty 더러워진, 부정한 ***dirty [foul] bill of lading*** 하자부(瑕疵附) 선하증권 → foul bill of lading (고장부 선하증권). ~ ***float*** 더티플로트(a managed float), 오염된 변동환율제 (*cf.*) a clean float 깔끔한 변동환율제 ¶ A *dirty float* is an occasional exception to a country's floating exchange rate system whereby a central bank intervenes to prevent large-scale speculation or some other external force from destabilizing its currency and threatening its economy. 더티플로트는 중앙은행이 대규모의 투자나 국가의 화폐가치를 동요시키거나 경제를 위협하는 외부세력을 방어하기 위해서 간섭하는 변동환율제의 임시적인 예외조치를 말한다. ~ ***stock*** 부적격주식 ¶ The *dirty stock* is a stock that fails to meet the requirements for good delivery. 부적격주식은 정확한 인도(good delivery)의 조건을 만족하고 있지 않은 주식을 이른다.

disability 무능, 무력, 무능력, 무자격 ***disability income insurance*** 소득보상보험 ¶ The *disability income insurance* is an insurance policy that pays benefits to a policyholder when that person becomes incapable of performing one or more occupational duties, either temporarily or on a long-term basis, or totally. The policy is designed to replace a portion of the income lost because of the insured's disability. Payments begin after a specified period, called the elimination period, or several weeks or months. 소득보상보험이란 일시적으로 또는 장기간, 혹은 영구히 취업할 수 없게 된 경우에 계약자에게 보험금을 지급하는 보험을 말한다. 이 보험은 피보험자가 취업할 수 없게 되었기 때문에 상실한 수입일부를 보상함을 목적으로 하고 있다. 수주 또는 수개월간의 면책기간(elimination period)이 지난 후에 급여가 시작된다.

disadvantage 불이익, 불비(不備) ¶ The advantages exactly balanced the *disadvantages*. 이로운 점이 불리한 점을 상쇄했다.

disaggregation 분해, 분할

disagreement 불일치, 상위 ¶ ethical *disagreement* 윤리적 불일치 /There is *disagreement* about the dangers of 'passive smoking.' 「간접흡연」의 위험성에 관하여 의견의 상위가 있다.

disallow 각하하다, 거부하다

disaster 재난, 참사, 재화 ¶ a national *disaster* 국란 /a traffic *disaster* 교통참사 /The country is on the brink of a serious *disaster*. 그 국가는 현재 중대한 국란에

직면하고 있다. ***disaster recovery risk*** [영] 재해(災害)회복리스크 ¶The *disaster recovery risk* is the risk of loss arising from damage to physical infrastructure – which prohibits use of real estate, plant and equipment, technology, and communications – leading to a halt in operations; the disaster may be firm-specific, industry-based, regional, or system-wide. *Disaster recovery risk* can often covered through business interruption insurance. A subcategory of operational risk. See also business recovery risk. 재해(災害)회복리스크는 실제의 사회기간시설(infrastructure) — 부동산, 플랜트 및 설비, 테크놀로지 및 통신의 사용을 금지한다 - 운영상의 중단으로 이르는 — 의 손해로 발생하는 손실의 리스크를 말한다. 그런 재해(災害)는 기업에 특유하고, 산업에 기초하며, 지역적이거나 시스템에 퍼질 수 있다. 재해회복리스크는 사업중단보험(business interruption insurance)을 통해서 커버될 수도 있다. 오퍼레이셔널 리스크(operational risk)의 하부개념이다. business recovery risk(사업회복리스크)도 참조할 것.

disbursement 지급, 지출, 체당(替當), 체당금, [대금(貸金)의] 실행 ¶*Disbursement* is granting of funding by a bank to a client under previously established credit facility. 지급(disbursement)은 이미 설치된 금융시설 하에서 은행이 고객에게 자금을 대여하는 경우이다. /a *disbursement* account 체당계좌 /a *disbursement* schedule 지급일람표 /*disbursement* vouchers 지급전표(傳票)

discharge *v.* [선하(船荷)를] 하역하다, 해방하다 ¶*discharged* debt 변제채무 *n.* 양하(揚荷), 해방, 해고(解雇), 이행, (차금의) 반환[변제] ¶The *discharge* is the release of a party from legally binding contract or other obligation as a result of satisfactory performance under the terms of the agreement, or as a result of a legal proceeding. 이행(discharge)은 계약의 조건에 따른 만족스런 이행의 결과 또는 법적 절차의 결과 법적으로 구속력 있는 계약 또는 다른 의무로부터 당사자를 해방시키는 경우이다. /a *discharge* of a bankrupt 파산자의 면책 /*discharge* of contract [lien] 계약[압류]의 해제 /a port of *discharge* 양륙항(揚陸港) ***discharge of bankruptcy*** 파산자의 채무면제, 파산절차의 종료 ¶The *discharge of bankruptcy* is an order terminating bankruptcy proceedings, ordinarily freeing the debtor or all legal responsibility for specified obligations. 파산절차의 종료는 통상으로 특정한 채무(specified obligations)로부터 채무자의 법적 책임을 모두 면제시키면서, 파산절차를 종료하는 명령이다. ~ ***of lien*** 리엔의 해제 ¶The *discharge of lien* is an order removing a lien on property after the originating legal claim has been paid or otherwise satisfied. 리엔의 해제는 법적인 채무를 지급된다든지 청구권이 충족되었다든지 하여, 자산에 대한 리엔이 제거되는 명령이다.

disclaimer 권리포기(의 문서), 부인행위 ***disclaimer of opinion*** [회계감사] 의견유보 ¶*A disclaimer of opinion* is an auditor's statement, sometimes called an adverse opinion, that an accountant's opinion cannot be provided because of limitations on the examination or because some condition or situation exists, such as pending litigation, that could impair the financial strength or profitability of the client. 의견유보란 부적정의견(adverse opinion)이라도 할 때도 있지만, 검사상의 한계 때문이나, 재무력(財務力)이나 고객의 수익력이 손상될 가능성이 있다는 어떤 조건이나 상황 때문에 회계상의 의견을 제시할 수 없다는 감사(監事)의 보고(auditor's statement)이다.

disclose (기업내용을) 개시하다, 공개하다, 노출하다 ¶*disclose* details [information] 상세함[정보]을 공개하다

disclosure 발표, 기업내용의 개시 ¶*Disclosure* is release by companies of all information, positive or negative, that might bear on an investment decision, as required by the Securities and Exchange Commission and the stock exchanges. 정보공개란 미증권거래위원회(Securities and Exchange Commission)와 증권거래소가 요구하는 바에 따라, 투자판단을 좌우할 가능성이 있는 정보를 기업이 호재이든 악재이든 이를 모두 공개하는 것이다.

discontinue 그만두다, 중지하다, (소송을) 철회하다 ***discontinued operations*** 비계속사업, 폐지사업 ¶ *Discontinued operations* are operations of a business that have been sold, abandoned, or otherwise disposed of. Accounting regulations require that continuing operations be reported separately in the income statement from *discontinued operations*, and that any gain or loss from the disposal of a segment (an entity whose activities represent a separate major line of business or class of customer) be reported along with the operating results of the discontinued segment. 비계속사업이란 매각, 포기 등으로 처분될 수 있는 사업을 이른다. 계속사업은 손익계산서(income statement)에서 비계속사업과는 달리 보고하고, 사업부문(주된 사업내용이나 고객층의 상위로 나누어진다)의 처분에 의한 손익을 비계속사업 투자의 업적과 함께 보고하는 것이 회계규칙에서 정하고 있다.

discount ⓥ 할인하다, …의 효과를 감하다 ¶ *discounted* value 할인가격 /*discounting* of bill 어음할인 ***discounted bill*** 할인어음 ¶ An *discounted bill* is an accepted draft against which a loan is made and the interest is deducted immediately. 할인어음이란 대출이 이루어져 이자가 바로 공제된 것을 인수한 환어음을 말한다. ***~ed bond*** 할인발행채권(discount bond) ¶ The *discounted bond* is a bond selling at a price that is less than its par value. In addition to semiannual interest payments, a discount bond offers investors additional appreciation if the security is held until maturity. 할인채권은 액면가보다 낮은 가격으로 매도하는 채권을 이른다. 반년짜리 이자지급에 추가하여, 할인채권은 투자자에게 그 증권을 만기까지 보유한다면 부가적인 가격등귀를 안겨준다. ***~ed cash flow*** 현금할인법(장래 발생할 자금수익을 현재가치로 고쳐서 판단하는 투자법) ¶ The *discounted cash flow* is the value of future expected cash receipts and expenditures at a common date, which is calculated using net present value or internal rate of return and is a factor in analyses of both capital investments and securities investments. The net present value (NPV) method applies a rate of discount (interest rate) based on the marginal cost of capital to future cash flows to bring them back to the present. The internal rate of return (IRR) method finds the average return on investment earned through the life of the investment. It determines the discount rate that equates the present value of future cash flows to the cost of the investment. 현금할인법은 순현재가치(net present value: NPV)나 내부수익률(internal rate of return: IRR)을 사용하여 산출하여 자본투자(capital investment)나 증권투자의 분석에 사용되는 장래의 어느 시점에서의 현금의 유입과 유출의 가치를 말한다. 순현재가치(net present value)법은 한계자본코스트(marginal cost of capital)에 근거한 할인율(금리)을 장래의 캐시플로(cash flow)에 적용하여 현재가치로 환치한다. 내부수익률(internal rate of return)법은 투자기간중의 평균투자수익을 산출한다. 그것은 장래의 캐시플로의 현재가치와 투자원가를 같게 하는 할인율을 결정한다. ***~ing the news*** 재료를 반영하기 ¶ *Discounting the news* is to bid a firm's stock price up or down in anticipation of good or bad news about the company's prospects. 재료를 반영하기는 기업의 전망에 관한 호재나 악재를 반영하여 주식을 높게 또는 싸게 매입하는 것이다.

[n.] 할인, 감가, 디스카운트(선물시세가 직물시세에 대해서 싼 경우를 말한다.) ¶ at a *discount* 할인하여, 가격이 저하하여 (*cf.*) at a premium 프리미엄부(附)로 /bank *discount* 은행할인 /cash *discount* 현금할인 /*discount* and advance 대출 /a *discount* bank 할인은행 /*discount* bills 할인어음 /*discount* debentures 할인채 /*discount* differences 할인차액 /*discount* factors 할인율 /*discount* issue 할인발행 /*discount* markets 할인시장, 어음할인시장 /a *discount* method 할인방법, 할인계산법 /*discount* of commercial bills 상업어음할인 /*discount* of bills 어음할인 /*discount* policies 할인정책, 공정률정책 /*discount* prices 할인가격 /*discount* registers; *discount* journals 대출금기입장 /*discount* securities 할인증권, 할인채 /the *discount* window 대출창구, (중앙은행의 가맹회원은행에 대한) 융자창구 [미] 금융조절창구 /a *discount* yield 할인채권의 수익률, 할인이율 /sell a bill at a *discount* 어음을 할인하여 팔다, 어음을 할인하다 ***discount bond*** 할인채(債), 디스카운트채권(액면가격보다도 낮은 가격으로 거래되고 있는 채권), 할인발행채 ¶ A *discount bond* is a bond selling below its redemption value. 할인채란 상환가격(redemption value)을 하회하는 가격으로 발행되는 채권을 이른다. ~ ***broker*** 디스카운트브로커(주식주선전문업자), 할인증권회사 ¶ A *discount broker* is a brokerage house that executes orders to buy and sell securities at commission rates sharply lower than those charged by a full service broker. 할인증권회사는 종합증권회사(full service broker)를 대폭 하회하는 수수료(commission)로 증권의 매매주문을 실행하는 증권회사를 이른다. ~ ***house*** 할인중개업자 ¶ The *discount house* is an organization that purchases and discounts bankers' acceptances and trade acceptances, bills of exchange, and commercial paper. Acceptances are money market instruments. They are counted as loans when held by the reporting bank, through discounting its own acceptances of purchases in the market. *Discount houses* are financial intermediaries in Great Britain and several European countries, but not in the United States. 할인중개업자는 은행인수어음(bankers' acceptances)과 무역(인수)어음(trade acceptances), 환어음 및 커머셜페이퍼(기업어음)를 구매하여 할인하는 조직을 말한다. 인수어음(acceptances)은 단기금융시장상품(money market instruments)이다. 그것들은 금융시장에서 구매된 증권을 자신이 인수한 것을 할인을 통해서 보고은행이 보유할 때에 대출(loan)로 본다. 할인중개업자는 영국과 여러 유럽국가에서는 금융중개인(financial intermediaries)이지만, 미국에서는 그러하지 아니하다. ~ ***rate*** 할인율, (중앙은행이 가맹회원은행에 적용하는) 공정할인율 ¶ The *discount rate* is an interest rate that the Federal Reserve charges member banks for loans, using government securities or eligible paper as collateral. This provides a floor on interest rates, since banks set their loan rates a notch above the *discount rate*. 공정할인율은 미연방준비은행(Federal Reserve bank)이 정부증권이나 재할인적격어음(eligible paper)을 담보로 가맹은행에 대출할 때의 금리를 말한다. 은행은 공정이율에 일정한 율을 곱해서 대출금리를 설정하기 때문에, 공정할인율이 금리의 하한(下限)이 된다. ¶ The *discount rate* is an interest rate used in determining the present value of future cash flows. 할인율은 장래의 캐시플로(cash flow)의 현재가치(present value)를 결정하는 데에 사용되는 금리를 이른다. ~ ***swap*** [영] 디스카운트스왑 ¶ The *discount swap* is an over-the-counter nonpar swap where the receiver of fixed rates is granted an upfront payment by the floating rate payer in exchange for accepting a lower ongoing fixed rate inflow. See also premium swap. 디스카운트스왑은 고정금리의 수취인(receiver)이 더 낮은 조정(調整)적(ongoing) 확정금리유입을 인수하는 대신에 변동금리 지급인(payer)이 선지급(upfront payment)을 받는 장외거래의 무액면스왑(nonpar swap)을 말한다. ~ ***window*** 창구대출, 미연방은행

대출 ¶ A *discount window* is a place in the Federal Reserve where banks go to borrow a last money at the discount rate. Borrowing from the Fed has been a last resort for banks short of reserves, but in 2002, the Fed began encouraging direct loans to reduce volatility in the Federal Funds rate. During the late 2000s credit crunch, the Fed encouraged banks to use the window to increase liquidity. 미연방은행대출이란 은행이 공정할인율(discount rate)로 최종자금(last money)을 차입할 때의 미연방준비제도이사회(Federal Reserve Board: FRB)의 창구를 이른다. FRB로부터의 차입은 준비금이 부족한 은행에게 있어서는 최후의 수단(a last resort)이었으나, 2002년에 페더럴펀드금리(Federal Fund rate)의 안정화를 목적으로 불안정성을 감소하기 위해서 FRB는 은행에 대해서 직접차입을 촉구하기 시작하였다. 2000년대말 재정위기를 겪는 동안에 FRB는 유동성을 증가하기 위해서 은행들이 FRB의 창구를 이용하도록 독려하였다. ~ ***yield*** 할인수익률 ¶ A *discount yield* is a yield on a security sold at a discount – U.S. Treasury bills sold at $9,750 and maturing at $10,000 in 90 days, for instance. Also called bank discount basis. To figure the annual yield, divide the discount ($250) by the face amount ($10,000) and multiply that number by the approximate number of days in the year (360) divided by the number of days to maturity (90). The calculation looks like this: $250 ÷ $10,000 × (360 ÷ 90) = 0.025 × 4 = 0.10 = 10%. 할인수익률은 할인 발행되는 증권의 수익률을 이른다. 예컨대 미연방재무부 단기증권(Treasury bill)이 9,750달러로 발행되어 90일후에 10,000달러로 상환되는 경우이다. 이를 또한 은행할인율방식(bank discount basis)이라고도 한다. 연리(年利)를 계산함에는 할인액(250달러)을 액면(10,000달러)으로 나누어 1년의 대강 일수(360)를 만기(maturity)까지의 일수(90)로 나눈 수치를 곱한다. 계산방식은 다음과 같다. $250 ÷ $10,000 × (360 ÷ 90) = 0.025 × 4 = 0.10 = 10%. ***quantity*** ~ [영] 수량할인 ¶ The *quantity discount* is a discount in dollars or percent, allowed on the basis that the buyer will purchase a given quantity of merchandise; also called volume discount. For example, the unit price of an item may be $10.00. If more than 10 are bought at a time, the unit price drop to $7.50 for a 25% discount. 수량할인이란 매수인이 일정한 수량의 상품을 구입한다는 근거 하에 허용되는 달러할인 또는 퍼센트 할인을 말한다. 이를 또한 volume discount라고도 한다. 예를 들면 어느 품목의 단가가 10달러라고 할 때에, 만약 한번에 10개가 팔리는 경우 25%의 할인이면 단가는 7달러 50센트로 내려간다. ***trade*** ~ 동업자할인 ¶ The *trade discount* is a producer discount given to retail trade members to help increase sales. 동업자할인은 판매를 늘리는 데에 도움을 주기 위해서 소매상회원에게 주는 제조자의 할인을 말한다.

discountable 할인[차감]할 수 있는

discounted (시장의 평판이나 경제지표의 예측 등의) 호재나 악재가 반영된

discrepancy 조건불일치, 서류의 불비 ¶ cash *discrepancies* 현금과부족 /statistical *discrepancy* 통계상의 불일치

discretion 자유재량, 분별 ¶ *Discretion* consists in knowing what is just in law(=discretio est descernere per legem quid sit justum.). 자유재량이란 법에 맞추어 정당한 것을 식별하는 것이다.

discretionary 일임된, 자유재량의, [투자고문] 매매일임의 ¶ *discretionary* lending 재량대출 /*discretionary* powers 자유재량권 /*discretionary* trust 투자고문부 신탁 /portfolios managed on a *discretionary* basis 일임계좌에 의한 증권운용 ***discretionary account*** 매매일임계좌 ¶ A *discretionary account* is an account empowering a broker or adviser to buy and sell without the clients's prior knowledge or consent. Some clients set broad guideline, such as limiting investments to blue chip stocks. 매매일임계좌란 브로커나 투자고문이 고객에게 알린다든지 승인을 받지 않고 매매할 수 있는 고객계좌를 이른다. 일부 고객들은 우량주(blud chip)만에 제한투자하는 것과 같이, 기본방침을 정하기도 한다. ¶ In a *discretionary account* a manager may trade without the prior assent of the principal. 일임계좌에서는 매니저는 의뢰인의 사전동의없이 거래할 수 있다. ~ ***income*** 순가처분소득 ¶ *Discretionary income* is an amount of a consumer's income spent after essentials like food, housing, and utilities and prior commitments have been covered. The total amount of *discretionary income* can be a key economic indicator because spending this money can spur the economy. 순가처분소득이란 식품, 주택과 같이 생활필수품과 일상생활에 필요한 공공요금과 이미 지급이 결정되어 있는 금액을 소비자의 소득에서 공제한 금액을 이른다. 순가처분소득의 전체금액은 이 돈의 쓰임새가 경제에 박차를 가할 수 있으므로 주요한 경제지표가 될 수 있다. ~ ***order*** [주식] 일임주문 ¶ A *discretionary order* is an order to buy a particular stock, bond, or commodity that lets the broker decide when to execute the trade and at what price. 일임주문은 주식, 채권, 상품을 구입할 때에 종목은 지정하여 구입의 시기나 가격은 브로커에게 맡기는 주문방법을 말한다. ~ ***spending*** 재량지출 ¶ In general, *discretionary spending* is any spending that is non-essential. In U.S. government financing, it is the portion of the budget subject to annual review and appropriation. It is distinguished from mandatory spending, which refers to expenditures authorized by existing laws, such as Social Security, Medicare, and other entitlement programs and including spending from the Troubled Asset Relief Program (TARP) and other voted stabilization program. 일반적으로, 재량지출이란 비본질적인 지출을 이른다. 미국정부의 재정에 있어서, 그것은 심사 및 지출금에 따르는 예산의 일부이다. 그것은 강제적 지출과는 구별된다. 강제적 지출이란 사회보장제도(Social Security), 의료보장제도(Medicare) 기타 사회보장계획(entitlement program)을 가리키며, 불량자산구제프로그램 기타 선택된 안정화계획(voted stabilization program)상의 지출을 포함한다. ~ ***trust*** 재량신탁 ¶ *Discretionary trust* is mutual fund or unit trust whose investments are not limited to a certain kind of security. The management decides on the best way to use the assets. 재량신탁이란 투자할 증권의 종류를 한정하지 않는 뮤추얼펀드(mutual fund) 또는 단위형 투자신탁(unit investment trust)을 이른다. 펀드나 투자신탁의 경영진이 자산을 이용할 최량의 방법을 결정한다.

discriminating 차별적인 [대우], 식별하는 ¶ *discriminating* duty [tariff] 차별관세 ***discriminating monopoly*** [영] 차별독점 ¶ The *discriminating monopoly* is a state where a company with monopoly power charges different prices in different markets, according to the characteristics of each market. This presumes the monopolist can clearly identify the source of demand in each market and can properly gauge price elasticity; if it can, it may be able to maximize its profitability. 차별독점은 독점력을 가진 회사가 각 시장의 특성에 따라 상이한 시장에 상이한 가격을 부과하는 상태를 말한다. 이것은 독점자가 각 시장의 수요의 근원을 명확히 감정할 수 있고, 가격의 탄력성을 적절히 평가할 수 있음을 추정하게 한다. 만약 그것이 가능하다면, 가격의 수익성을 최대한으로 활용할 수 있을 것이다.

discrimination 구별, 차별 ¶ price *discrimination* 가격의 차별화

diseconomy 불경제 ¶ *diseconomy* of scale 규모의 불경제 ***diseconomies of scale*** [영] 규모의 불경제 ¶ The *diseconomies of scale* is the relative cost increases that a company may experience once excessive expansion within a market segment has occurred. These may relate to duplicative efforts, slower response time, product cannibalization, regulatory challenges, and so forth. See also economies of scale. 규모의 불경제는 시장구석 내에서 과도한 팽창이 발생한다면 회사가 경험할 수 있는 상대원가증가(relative cost increase)를 말한다. 이것은 중복된 노력, 반응시간, 제품수리(product cannibalization), 조정노력의 목표(regulatory challenges) 등과 관련이 있다. economies of scale(규모의 경제)도 참조할 것.

disequilibrium (경제상의) 불균형, 불안정

dishoarding 퇴장(退藏)물자의 처분

dishonest 부정직한, 부정한 ¶ *dishonest* act 부정행위

dishonesty 부정직, 부정행위

dishonor; dishonour[영] [n.] 인수거절, 부도(不渡) ¶ *Dishonor* means refusing to pay, as in the case of a check that is returned by a bank because of insufficient funds. 부도란 잔액부족을 이유로 은행에 의해서 되돌아온 수표의 경우와 같이 지급을 거절하는 것을 가리킨다.
[v.] 부도로 처리하다 ¶ *dishonor* a bill 환어음의 지급을 거절하다 /*dishonor* a check 수표를 부도로 처리하다 /*dishonored* bill 부도어음 /*dishonored* check 부도수표 /Protest for *dishonor* or non-payment. 부도 또는 불지급의 경우에는 거절증서를 작성해 주십시오.

disinflation 디스인플레이션 ¶ *Disinflation* implies slowing down of the rate at which prices increase – usually during a recession, when sales drop and retailers are not always able to pass on higher prices to consumers. Not to be confused with deflations, when prices actually drop. 디스인플레이션은 통상적으로 매상이 떨어지고 소매상이 언제든지 가격상승을 소비자에게 전가할 수 있는 불경기(recession) 동안에 — 물가상승의 속도가 활력을 잃은 경우를 가리킨다. 그것은 물가가 실제로 하락하는 경우인 디플레이션과는 혼동하지 말 것이다.

disintermediation 금융중개기능의 저하, 비중개현상, 직접투자현상 (*cf.*) reintermediaton 재간접금융화현상 ¶ The *disintermedation* is a movement of funds from low-yielding accounts at traditional banking institutions to higher yielding investments in the general market – for example, withdrawal of funds from a short-term certificate of deposit paying 1 ½% to buy a Treasury bond paying 3%. As a countermove, banks may pay higher rates to depositors, then charge higher rates to borrowers, which lead to tight money and reduced economic activity. Since banking deregulations, *disintermediation* is not the economic problem it once was. 금융중개기능의 저하는 전통적인 금융기관(financial institution)의 저금리계좌로부터 일반시장의 고수익률의 투자에 자금을 이동하는 현상을 가리킨다. 예컨대 금리가 3%인 미연방재무부채권(Treasury bond)을 구입하기 위해서 1.5%인 단기예탁증권에서 자금을 인출하는 경우이다. 이에 대한 대응으로서, 은행은 예금자에게 높은 금리를 지급할 수 있고, 그리고는 차입자에게 높은 금리를 매길 수 있는데, 이것은 금융핍박(tight money)과 경제활동의 축소를 가져오게 된다. 은행업무의 규제철폐(deregulation)이래, 금융중개기능의 저하는 예전만큼 커다란 경제문제로는 되지 않는다.

disinvest 투자를 중지하다[회수하다]

disinvestment 순투자자본의 감소 ¶ *Disinvestment* connotes reduction in capital investment either by deposing of capital goods (such as plant and equipment) or failing to maintain or replace capita assets that are being used up.

순투자자산의 감소는 공장, 설비 등의 자본재(capital goods)를 처분한다든지, 자본자산(capital asset)이 고갈되어 유지나 보충이 불가능하게 된다든지 하여, 자본투자(capital investment)가 감소하는 경우이다.

dismissal 해고, 면직 ¶ *dismissal* from office [service] 면직 /*dismissal* in disgrace 징계면직

disparity 부동(不同), 불균형, 불일치, 차(差)

dispatch; despatch [v.] 발송하다
[n.] 발송 ¶ *dispatch* instruction 출하지시 /*dispatch* note 출하(出荷)통지

dispenser 자동판매기 ¶ automatic *dispenser* 자동판매기(vending machine) /cash *dispensers* (CDs) 현금자동지급기 /coin and mote *dispenser* 경화지폐지급기

displacement 해직, 해임, 환치(換置)

disposability 처분가능성 ¶ *disposability* of asset 자산의 처분가능성

disposable 처분할 수 있는 ***disposable (personal) income*** 처분할 수 있는 (개인)소득 ¶ *Disposable (personal) income* is net income remaining after state, federal, and local taxes which are paid, and available for consumption or saving. 처분할 수 있는 (개인)소득이란 소비 또는 저축에 지급되고 이용될 수 있는 주세, 연방세 및 지방세의 부과후에 잔존하는 순수익을 이른다. ¶ *Disposable income* is after-tax income, calculated quarterly, that consumers have available for spending or saving. Economists view changes in *disposable income* as an important indicator of the present and future health of the economy. 처분할 수 있는 소득이란 소비자가 소비나 저축을 위해 이용할 수 있는 분기별로 계산한 과세후 소득을 말한다. 경제학자들은 처분할 수 있는 소득의 변화를 현재 및 장래의 경제번영의 중요한 지표로서 판단한다.

disposal (부동산 등의) 처분, 매각 ¶ Speedy *disposal* of the cases clogging the court is badly needed. 법원에 적체되어 있는 소송의 신속한 처리가 대단히 필요하다. /*disposal* of a business segment 사업부문의 처분 /*disposal* of securities 증권의 처분 /*disposal* value 처분가능액

dispose 처분하다 ¶ when and how *disposed* of (어음의) 수취일자 및 그 처치 /a property freely *disposed* of without duress 강박에 의하지 않고 자유로이 처분한 재산

disposition 준비, 매각, 처분(disposal), (재산 등의) 양도 ¶ *disposition* by suspension of business (은행)거래정지처분 /*disposition* of net income 순이익의 처분

dispossess (재산·토지 등을) 몰수하다 ¶ To *dispossess* is to deprive a person of real property. For example, a landlord sends a dispossess notice to a tenant who has not paid rent. 몰수한다는 것은 사람에게서 부동산을 빼앗는 것이다. 예를 들면, 집주인이 집세를 내지 않은 임차인에게 점유회복통지서(dispossess notice)를 발송하는 경우이다.

dispute 논쟁, 논의 ¶ labor [industrial] *disputes* 노동쟁의 /*dispute* over interest 이익분쟁

disseise (토지의 소유권 등을) 불법으로 빼앗다(of) ¶ *disseise* a person of his freehold 사람의 자유보유부동산을 침탈하다

disseisin [법] 부동산점유침탈 ¶ There are two self-explanatory categories of *disseisin*: (1) at the election of the owner of the land; (2) in spite of the true owner. 부동산점유침탈에는 두 가지 자명한 범주가 있다. (1) 토지소유자의 선택에 의한 경우이고, (2) 진정한 소유자의 뜻에 어긋나는 경우이다.

dissent 이의를 주장하다 ¶ *dissent* from his opinion 그와 의견을 달리하다 /It is for such reasons that I am constrained to *dissent*. 내가 의견을 달리 할 수밖에 없는 것은 이런 이유 때문이다.

dissolution 분리, 해소(解消), 회사의 해산 ¶ *Dissolution* implies ending (dissolving) of the legal existence of a corporation after the sale of its assets and the satisfaction of its preferred, secured, and unsecured creditors (in that order), and, finally, its owners. 회사의 해산이란 자산(asset)을 매각하여 우선적 채권자(preferred creditor), 담보권을 가지는 채권자(secured creditor), 무담보의 채권자(unsecured creditor)(그 순번으로)에게 반환하고 최후로 주주에게 반환한 후에 회사의 법적인 존재를 종료[해산]하는 것을 의미한다. /*dissolution* of a contract 계약의 해소 /*dissolution* of a corporation 회사의 해산

dissolve 해약하다, 해산하다 ¶ The party decided to *dissolve* itself. 그 정당은 해산하기로 결정했다.

distinction 구별, 특징 ¶ a *distinction* without a difference 차별이 없는 구별 /gain [win] *distinction*; rise to *distinction* 이름을 떨치다

distortion 왜곡(歪曲), 비뚤어짐, 일그러짐 ¶ His outlook on life had gained *distortion* from long years of suffering. 오랜 세월에 지친 고생으로 그의 인생관은 일그러지고 있었다.

distrain 압류하다 ¶ The person whose goods are *distrained* upon has recourse against the wrongful distrainor in replevin. 물품이 압류 당한 사람은 위법한 압류권자에 대해 동산점유회복소송(replevin)의 상환청구권(recourse)을 가진다.

distress ⓥ 궁지로 몰다, 동산을 압류하다 ¶ *distressed* goods 압류품 /*distressed* loans 회수곤란대금(貸金) ***distressed asset*** [영] 투매자산 ¶ The *distressed asset* is an asset, generally a security or real property, that features a sharply reduced value as a result of actual or potential losses created by an excess of credit risk, market risk, and/or liquidity risk, securities, loans, or mortgages of obligors that are at high risk of default and those that contain significant amounts of leverage or illiquidity may trade at deep discounts that are characteristic of *distressed assets*. Vulture funds and other sophisticated institutional investors periodically invest in such assets, See also fire sale. 투매자산은 디폴트의 높은 위험에 처한 채무자의 과도한 금융리스크, 시장리스크, 유동성의 리스크, 증권, 대출금(loan) 또는 모기지가 일으킨 현실적인 손해 또는 잠재적인 손해의 결과로 몹시 감소된 가격이 특징이며, 차입자산이용(leverage)이나 유동성부족이라는 뚜렷한 금액을 포함하므로 투매자산의 특징인 대폭 할인가격으로 거래될 수 있는 일반적으로 증권이나 부동산의 자산을 말한다. 벌처펀드와 기타 세련된 기관투자자들은 정기적으로 이러한 자산에 투자한다. fire sale(투매)도 참조할 것.
ⓝ 궁지압류, 압류물건 ¶ *distress* goods 투매품(投賣品) /an economic *distress* 경제의 불황 ***distress sale*** 투매 ¶ A *distress sale* is a sale of property under distress conditions. For example, stock, bond, mutual fund or futures positions may have to be sold in a portfolio if there is a margin call. Real estate may have to be sold because a bank is in the process of foreclosure on the property. A brokerage firm may be forced to sell securities from its inventory if it has fallen below various capital requirements imposed by stock exchanges and

regulators. 투매란 곤경에 처한 상황에서 자산을 매각하는 경우이다. 예를 들면, 추가증거금청구(margin call)를 받고, 보유하고 있는 주식, 채권, 뮤추얼펀드, 선물(futures contract)을 처분하지 않으면 안 되는 경우라든지, 은행에 자산을 압류(foreclosure)당하여 부동산(real estate)을 매각하지 않으면 안 되는 경우이다. 증권회사는 증권거래소나 규제당국이 부과하는 여러 가지의 자기자본비율규제(capital requirements)를 하회하면 보유증권의 매각을 강요당하는 경우가 있다.

distribute 배포하다, 산포(散布)하다 ***distributing syndicate*** 판매신디케이트단(團) ¶ A *distributing syndicate* is a group of brokerage firms or investment bankers that join forces in order to facilitate the distribution of a large block or securities. A distribution is usually handled over a period of time to avoid upsetting the market price. The term *distributing syndicate* can refer to a primary distribution or a secondary distribution, but the former is more commonly called simply a syndicate or an underwriting syndicate. 판매신디케이트단(團)은 대량의 증권(security)을 원활하게 판매하기 위해서 증권회사와 투자은행(investment banker)이 결성하는 집단을 이른다. 판매는 시세를 혼란시키지 않도록 일정한 기간에 걸쳐서 행해지는 경우가 많다. 제1차 분매(primary distribution), 제2차 분매(secondary distribution)에도 사용되지만, 전자는 단순히 신디케이트단(syndicate) 또는 인수신디케이트단(underwriting syndicate)이라고도 부르는 경우가 많다.

distribution 배분, 분배, 구분, 분매(分賣) ¶ In securities transaction, *distribution* is a sale of a large block of stock in such manner that the price is not adversely affected. Technical analysts look on a pattern of distribution as a tipoff that the stock will soon fall in price. The opposite of distribution, known as accumulation, may signal a rise in price. 증권거래에서, 분매란 주가가 내리지 않도록 하는 방법으로 주식을 대량으로 매도하는 것이다. 애널리스트들은 대량매각을 주가가 곧 하락할 전조라고 생각한다. 대량매각의 반대는 매집(accumulation)이라고 하는데, 주가상승의 전조가 되는 경우가 있다. /*distribution* cost 유통경비 /*distribution* of bankruptcy property 파산재산분배 /*distribution* financing 유통금융 /*distribution* of net profit 이익의 처분 /*distribution* of profits 이익배당 /the *distribution* sector 유통부문 ***distribution area*** 디스트리뷰션 에어리어 ¶ A *distribution area* is a price range in which a stock trades for a long time. Sellers who want to avoid pushing the price down will be careful not to sell below this range. Accumulation of shares in the same range helps to account for the stock's price stability. Technical analysts consider *distribution areas* in predicting when stocks may break up or down from that price range. 디스트리뷰션 에어리어는 주식의 장기적인 거래가격대(帶)를 말한다. 주가를 억지로 내리지 않고 매각하려고 하는 매도인은 이 가격대 밑으로 매각하지 않도록 주의해야 할 것이다. 이 가격대에서의 주식의 매집(accumulation of shares)은 주가의 안정에 도움을 준다. 테크니컬 애널리스트들은 디스트리뷰션 에어리어를 검토하여, 주가가 언제 이 가격대를 빠져나가 상승 또는 하락할 것인지를 예측한다. ~ ***period*** 배당유예기간 ¶ A *distribution period* is a period of time, usually a few dags, between the date a company's board of directors declares a stock dividend, known as the declaration date, and the date of record, by which the shareholder must officially own shares to be entitled to the dividend. 배당유예기간이란 이사회(board of directors)가 주식배당(stock dividend)을 선언하는 배당선언일(declaration date)이라고 부르는 날짜와 배당기준일(date of record)까지의 기간을 말한다. 배당기준일이란 주주가 배당을 수취하기 위해서 정식으로 주식을 소유하여야 하는 기한을 말한다. ~ ***plan*** 비용분담법 ¶ The *distribution plan* is a plan adopted by a mutual fund to charge certain distribution costs, such as advertising, promotion and sales incentives, to shareholders. The plan will specify a certain percentage, usually 75% or less, which will be deducted from fund assets annually. 비용분담법이란 뮤추얼펀드(mutual fund)가 광고, 판매촉진, 판매장려책 등에 들어가는 비용의 일부를 투자자에게 청구하는 방법을 이른다. 일정한 비율(통상은 0.75% 이하)이 명시되어 운용자산(asset under management)에서 매년 공제된다. ~ ***stock*** 디스트리부션스톡 ¶ A *distribution stock* is a stock part of a block sold over a period of time in order to avoid upsetting the market price. May be part of a primary (underwriting) distribution or a secondary distribution following shelf registration. 디스트리부션스톡은 시세를 혼란시키지 않도록 일정기간에 걸쳐서 매각되는 대량의 주식을 이른다. 제1차(인수) 분매(primary [underwriting] distribution)나 일괄등록(shelf registration) 후의 제2차 분매(secondary distribution)의 경우가 있다. ***channel of*** ~ 판매[유통]경로 ¶ A *channel of distribution* is means used to transfer merchandise from the manufacturer to the end user. An intermediary in the channel is called a middleman. Channels normally range from two-level channels without intermediaries to five-level channels with three intermediaries. For example, a caterer who prepares food and sells it directly to the customers is in two levels channel. A food manufacturer who sells to a restaurant supplier, who sells to individual restaurants, who then serve the customer, is in a four-level channel. 판매경로는 상품을 제조업자로부터 이용자에게 이동하는 데에 사용되는 수단을 이른다. 채널에서 중개자(intermediary)가 중간자(middleman)이다. 채널은 일반적으로 중개자없는 2단계 채널에서 3인의 중개자가 있는 5단계 채널로 분류한다. 예컨대 음식을 준비해서 직접 고객에게 파는 요리 만드는 사람은 2단계 채널에 있게 된다. 그러나 식료품제조업자가 레스토랑에 식료품을 공급하는 자에게 팔고, 레스토랑에 공급하는 자가 그 식료품을 받아서 개별 레스토랑에게 팔며, 그 다음에 개별 레스토랑이 요리를 만들어 고객에게 판다면 식료품에 관한 한 4단계 채널에 있게 된다. ***exclusive*** **[*sole*]** ~ 독점판매 ¶ An *exclusive distribution* is a retail selling strategy typically used by manufacturers of high-priced, generally upscale merchandise, such as cars or jewelry, whereby manufacturers grant dealers exclusive territorial rights to sell the product. The retailer benefits from the lack of competition, and the manufacturer benefits from a greater sales commitment on the part of the retailer. Additionally, *exclusive distribution* gives the manufacturer greater control over the way the product is merchandised. 독점판매는 자동차 또는 보석류와 같은 고가품이고, 일반적인 호사스런 상품의 제조업자가 보통 사용하는 소매판매전략인데, 이로써 제조업자는 딜러에게 그 제품판매의 독점적 지역권(exclusive territorial rights)을 부여한다. 소매업자는 경쟁을 할 필요가 없다는 이익을 보고, 제조업자는 소매상으로부터 대량판매확약을 받는 이익을 본다. 추가해서 말한다면, 독점판매는 제조업자에게 제품의 매매방법에 대한 커다란 관리권을 주는 셈이다.

distributive 분배의, 배포의, 배분의 ¶ *distributive* stage 유통단계 ***distributive share*** 배분의 지분 ¶ The *distributive share* is an allocation of any item or kind of income, gain, loss, deduction, or credit to a partner. This allocation is, with important exceptions, generally determined by the partnership agreement. 배분의 지분이란 파트너에 대한 소득, 수익, 손실, 또는 금융의 품목이나 종류의 배정을 이른다. 이러한 배정은 중요한 예외가 있지만, 일반적으로 파트너십계약서에 의해 결정된다.

distributor 판매업자, 도매업자, (증권의 판매만을 담당하는) 분매업자 ¶ A *distri-*

butor is a wholesaler of goods to dealers that sell to consumers. 도매업자는 소비자에게 판매할 소매상에게 상품을 도매하는 업자를 말한다. /*distributor's* demand 가수요

divergence (의견 · 관심간의) 상위, 불일치(of, between), 분기(分岐), 일탈(from) ¶In technical analysis, *divergence* is graphic plottings of prices or indicators that are moving in directions that fail to confirm a trend. 테크니컬 분석(technical analysis)에 있어서, 다이버전스(divergence)는 가격동향의 방향성을 나타내는 그래프 혹은 지표가 시장의 동향을 뒷받침하지 못하는 경우이다.

diversification 다양화, 다각화(多角化), 분산투자 ¶The *diversification* is a spreading of risk by putting assets in several categories of investments – stocks, bonds, money market instruments, and precious metals, for instance, or several industries, or a mutual fund, with its broad range of stocks in one portfolio. 분산투자는 자산을 몇 개의 분야에 투자해서 리스크를 분산하는 것이다. 예컨대, 주식(stocks), 채권(bonds), 단기금융상품(money market instruments), 귀금속(precious metals)에 분산한다든지, 복수의 업종에 투자한다든지, 하나의 포트폴리오에 속하는 폭넓은 종목에 투자하는 뮤추얼펀드(mutual fund)에 투자하는 경우이다. /*diversification* of business 다각경영, 사업의 다각화 /*diversification* of lines of business 사업의 다양화 /product *diversification* 제품의 다양화

diversifiable risk [영] 분산가능리스크 ¶The *diversifiable risk* is a risk that is unique to company, asset, or market, meaning that it can be reduced or eliminated by holding a portfolio of assets that have little or no correlation. Also known as idiosyncratic risk, nonsystematic risk, unsystematic risk, specific risk. See also diversification; nondiversifiable risk. 분산가능리스크는 회사, 자산 또는 시장에 독특한 리스크이며, 분산가능리스크는 상관관계가 거의 없거나 전혀 없는 자산의 포트폴리오를 보유함으로써 축소된다든지 제거된다든지 할 수 있음을 의미한다. 이는 idiosyncratic risk(특유한 리스크), nonsystematic risk(논시스터매틱 리스크), unsystematic risk(분산가능한 리스크), specific risk(특유한 리스크)로도 알려져 있다. diversification(분산투자); nondiversifiable risk(비분산투자의 리스크)도 참조할 것.

diversified 변화가 많은, 잡다한 ¶*diversified* investment trust 분산투자형 투자신탁 /*diversified* management 다각경영 /*diversified* portfolio 리스크분산형 포트폴리오 ***diversified investment*** 분산투자 ¶*Diversified investment* is mutual fund or unit trust that invests in a wide range of securities. Under the Investment Company Act of 1940, such a company may not have more than 5% of its assets in any one stock, bond, or commodity and may not own more than 10% of the voting shares of any one company. 분산투자는 폭넓은 증권에 투자하는 뮤추얼펀드(mutual fund)나 단위형 투자신탁을 이른다. 1949년의 투자회사법(Investment Company Act of 1940)에서, 하나의 종목의 주식, 채권, 상품(commodity)에의 투자는 자산의 5%미만으로 억제할 것, 1사의 의결권주(voting stock)를 보유함에는 10%미만으로 할 것을 정하고 있다.

diversion 전환, 유용(流用)

diversity score [영] 분산스코어 ¶The *diversity score* is a score method used by credit rating agencies to evaluate the level of industry and issuer diversification within a pool of collateral underlying a collateralized debt obligation. Securities from different industry groups are assumed to have zero correlation (providing maximum diversification), while those from the same industry group have some amount of positive correlation (reducing the diversification effect). Securities issued by the same issuer have a correlation of 1 (providing no diversification benefits). 분산스코어는 채무담보채무증서(collateralized debt obligation)의 기초가 되는 담보의 풀(pool) 내에서 산업과 발행자의 다양화의 수준을 평가하기 위하여 신용등급기관이 사용하는 채점방법을 말한다. 상이한 산업집단에서 발행되는 증권은 (최대한의 다양화를 제공하는) 제로의 상관관계(zero correlation)를 가지고, 반면에 동일한 산업집단에서 발행되는 증권은 일부금액의 (다양화 효과를 감소하는) 흑자상관관계를 가지는 것이 당연하다고 생각한다. 동일한 발행자가 발행하는 증권은 (다양화의 이점을 제공하지 않는) 1의 상관관계를 가진다.

divestiture 자회사의 매각, 기업분할, 투자의 철수 ¶ *Divestiture* means disposition of an asset or investment by outright sale, employee purchase, liquidation, and so on. Also, one corporation's orderly distribution of large blocks of another corporation's stock, which were held as an investment. Du Pont was ordered by the courts to divest itself of General Motors stock, for example. 투자의 철수는 매각, 종업원에 의한 매수, 청산(liquidation) 등에서 자산이나 투자금을 처분하는 것이다. 또한 주식회사가 투자목적으로 보유하고 있던 대량의 타사의 주식을 정연하게 분배해 주는 것을 말한다. 예컨대, 듀퐁사(社)(Du Pont)가 제너럴모터스(General Motors)주(株)를 법원의 명령에 의해서 포기한 것이 하나의 실례이다.

divestment 권리박탈, 부문매각, 투자의 철수(divestiture) ¶ The *divestment* is the process of removing invested capital from a project, investment, or other asset as a result of a change in strategy or actual/perceived risk in relation to return. Also known as disinvestment. [영] 투자의 철수는 수익률(return)과 관련하여 전략상의 변경 또는 실제/감지상의 리스크의 결과로서 프로젝트, 투자 기타 다른 자산으로부터 투자한 자본을 이동시키는 과정을 말한다.

divided cover [영] 분할보험담보 ¶ *Divided cover* is insurance contracts on the same property and peril purchased by the insured from two or more insurers. In the event of a claim, the total settlement will never exceed the amount of the loss, and will be divided on a pro-rata basis between insurers. See also apportionment; overlapping insurance, primacy. 분할보험담보는 피보험자가 2개 이상의 보험업자에게서 구입하는 동일한 물건과 위험(peril)에 대한 보험계약을 말한다. 보험청구의 경우에, 총결제금액은 손실의 금액을 초과하지 못하고, 보험업자간에서는 비례배분방식(pro rata basis)으로 분할된다. apportionment(할당); overlapping insurance(중복보험), primacy(프라이머시)도 참조할 것.

dividend 이익배당, 배당금 ¶ *Dividend* is distribution of earnings to shareholders, prorated by class of security and paid in the form of money, stock, scrip, or, rarely, company products or property. The amount is divided by the board of directors and is usually paid quarterly. *Dividends* must be declared as income in the year they are received. 이익배당은 증권의 종류에 따라 주주(shareholders)에게 이익을 분배하는 것이고, 주식(stock), 약속어음(scrip), 드물게는 자사제품 또는 재산으로 지급되기도 한다. 배당금액은 이사회(board of directors)에서 결정되고, 통상은 4반기마다 지급된다. 배당금은 수취한 연도의 소득으로서 신고하지 않으면 안 된다. /cash *dividend* 현금배당 /*dividend*-bearing share 배당이 생기는 주식 /*dividend* coupon 배당금이표(利票) / *dividend* decrease 감배(減配) /*dividend* disbursing agent 배당금지급수탁자 /*dividend* from capital 자본배당, 문어배당(배당할 이익도 없는 데도 배당을 하는 경우) /*dividend* income 배당소득 /*dividend* increase 증배(增配) /*dividend* off [영] 배당락(落) /*dividend* on [영] 배

당부(附) /*dividends* payable 미지급배당금 /*dividend*-paying stock 유배주(有配株) /*dividend* rates 배당률 /*dividend* reinvestment 배당재투자 /*dividend* per share 1주당 배당금 /*dividend* warrant 배당금지급증(證) /a final *dividend* 연도말 배당 /an interim *dividend* 중간배당 ***cum dividend*** 배당부(附) ¶ Stocks are usually *cum dividend* for trade made on or before the fifth day preceding the record date, when the register of eligible holders is closed for that dividend period. 주식은 통상 배당수취의 자격이 있는 주식소유자의 주주명부의 등록이 배당기간중에 정지되는 기준일의 5일전까지 거래된 것이면 배당부로 된다. ~ ***discount model*** 배당할인모형 ¶ The *dividend discount model* is a mathematical model used to determine the price at which a stock should be selling based on the discounted value of projected future dividend payments. It is used to identify undervalued stocks representing capital gains potential. 배당할인모형이란 장래의 예상배당금의 현재가치에 근거해서 주식을 매도해야 할 가격을 결정하는 데에 사용되는 수식(數式)모형을 말한다. 그것은 캐피탈게인(capital gains)을 나타내는 비교적 값싼 주식(undervalued stock)을 찾는 데에 이용된다. ~ ***exclusion*** 수취배당소득공제 ¶ *Dividend exclusion* means that domestic corporations may exclude from taxable income 70% of dividends received from other domestic corporations. 수취배당소득공제란 국내기업은 다른 국내기업으로부터 수취한 이익배당금의 과세소득 70%에서 배제될 수 있음을 의미한다. ~ ***in arrears*** 미지급누적배당 ¶ *Dividend in arrears* is accumulated dividend on cumulative preferred stock, which is payable to the current holder. Preferred stock in a turnaround situation can be attractive buy when it is selling at a discount and has *dividends in arrears*. 미지급누적배당이란 누적우선주(cumulative preferred stock)의 누적배당(accumulated dividend)을 말하며, 이것은 현시점의 주주에게 지급된다. 업적이 회복되고 있는 회사의 우선주가 할인가격으로 거래되고 있는데다가, 미지급누적배당이 있으면 매력적인 투자대상이 될 수 있다. ~ ***payout ratio*** 배당지급률, 배당성향 ¶ The *dividend payout ratio* indicates percentage of earnings paid to shareholders in cash. In general, the higher the payout ratio, the more mature the company. 배당성향은 이익 중에서 어느 정도를 주주에게 현금으로 환원하고 있는가를 나타내는 지표이다. 일반적으로 배당성향이 높은 기업일수록 성장하고 있는 셈이다. ***Dividend Record*** 디비던드 레코드 ¶ The *Dividend Record* is a publication of Standard & Poor's Corporation that provides information on corporate policies and payment histories. 디비던드 레코드는 회사의 방침과 배당실적에 관한 정보를 게재한 스탠더드앤드푸어스사(Standard & Poor's Corporation)의 출판물을 가리킨다. ~ ***reinvestment plan (DRP)*** 배당금재투자제도 ¶ The *dividend reinvestment plan* (*DRP*) is an automatic reinvestment of shareholder dividends in more shares of the company's stock. Some companies absorb most or all of the applicable brokerage fees, and some also discount the stock price. *Dividend reinvestment plans* allow shareholders to accumulate capital over the long term using dollar cost averaging. For corporations, *dividend reinvestment plans* are a means of raising capital funds without the flotation costs of s new issue. 배당금재투자제도란 배당금(dividend)을 같은 회사의 주식에 자동적으로 재투자하는 제도이다. 그 때에 구입수수료의 태반 또는 전부를 부담한다든지, 주식의 판매가격을 인상한다든지 하는 회사도 있다. 이 제도를 사용하면 주주는 달러코스트평균법(dollar cost averaging)으로 장기에 걸쳐서 자산을 증가시킬 수 있다. 회사로 보아서는 배당금재투자제도가 신규발행(new issue)에 수반하는 발행비용(flotation cost)을 들이지 않고 자본을 조달하는 수단이 된다. ~ ***requirement*** 배당지급필요금액 ¶ The *dividend requirement* is an amount of annual earnings necessary to pay contracted dividends on preferred stock. 배당지급필요금액이란 우선주(preferred stock)에 대해서 약속한 배당금(dividend)을 지급하는 데에 필요한 연간이익금액을 말한다. ~ ***rollover plan*** 권리락 전후의 주식매각방법 ¶ The *dividend rollover plan* is a method of buying and selling stocks around their ex-dividend dates so as to collect the dividend and make a small profit on the trade. This entails buying shares about two weeks before a stock goes ex-dividend. After the ex-dividend date the price will drop by the amount of the dividend, then work its way back up to the earlier price. By selling slightly above the purchase price, the investor can cover brokerage costs, collect the dividend, and realize a small capital gain in three or four weeks. Also called dividend capture. 권리락 전후의 주식매각방법은 주식의 배당권리락일(ex-dividend date) 전후에 주식을 매매하여 배당금을 수취하고 거래상의 소액의 캐피탈게인(capital gain)을 얻는 방법을 이른다. 이것은 권리락의 약 2주간 전에 주식을 구입하는 것이 필요하다. 권리락 후에는 주가가 배당분만큼 하락하고, 그 후에는 원래의 수준까지 되돌아간다. 구입가격보다도 약간 높게 매각할 수 있다면, 투자자는 매매수수료를 조달하여 배당금을 수취하고, 3, 4주간 만에 소액의 캐피탈게인도 얻을 수 있다. 이는 또한 dividend capture(배당금만 노리는 자)라고도 한다. ~ ***payable*** 미지급배당금 ¶ The *dividend payable* is a dollar amount of dividends that are to be paid, as reported in financial statements. These dividends become an obligation once declared by the board of directors and are listed as liabilities in annual and quarterly reports. 미지급배당금은 재무제표(financial statement)에 보고되어 있는 지급예정의 배당을 이른다. 이러한 배당은 이사회에서 배당선언을 하면(declare) 채무(liabilities)가 되고, 연차보고서(annual report), 4반기 보고서에서 부채(liabilities)로 계상된다. ~***-received deduction*** 배당공제 ¶ The *dividend-received deduction* is a tax deduction allowed to a corporation owning shares in another corporation for the dividends it receives. In most cases, the deduction is 70%, but in some cases it may be high as 100% depending on the level of ownership the dividend-receiving company has in the dividend-paying entity. 배당공제란 회사가 보유하는 다른 회사주식의 배당금에 대해서 세금이 공제(tax deduction)되는 것을 말한다. 대부분의 경우에 공제율은 70%이지만, 어떤 경우에는 배당금수취회사가 배당금지급회사에 대한 보유주식의 수준에 따라서는 100%와 같이 높을 수도 있다. ~ ***yield*** 배당이율, 배당률 ¶ The *dividend yield* indicates annual percentage of return earned by an investor on a common or preferred stock. The yield is determined by dividing the amount of the annual dividends per share, called the indicated dividend, by the current market price per share of the stock. For example, a stock paying $1 dividend per year that sells for $10 a share has a 10% dividend yield. 배당이율은 보통주나 우선주에 대한 투자수익의 연간 이율을 가리킨다. 그 이율은 1주당 연간배당금액을 1주당 현재의 주가로 나누어 결정되며, 이를 시세배당(indicated dividend)이라고 한다. 예를 들면, 1주당 10달러로 매도하는 연 1달러의 배당금을 지급하는 주식은 10%의 배당이율을 가지는 것이다. ***ex*** ~ 배당락(落) ¶ *Ex dividend* means an interval between the announcement and the payment of the next dividend. An investor who buys shares during that interval is not entitled to the dividend. 배당락은 배당선언일로부터 배당지급일까지의 기간을 의미한다. 그 기간 중에 주식을 구입하는 투자자는 배당을 수취할 권리가 없다.

division 분할, 분배, 구획 ¶ *division* of duties 직무분할

divisional 구분의, 부분의 ¶ *divisional* coins 보조화폐(subsidiary coins, token coins) /*divisional* organization 사업부제(事業部制) /*divisional* profits 사업부이익

divisor 제수(除數) ¶ The *divisor* is a flexible numerical value (a denomination) that is adjusted to reflect stock splits and other events that would distort the comparability of a stock average. When divided into the unadjusted overall value of the average (the numerator), the *divisor* normalizes that value and gives it period-to-period comparability and historical continuity. For example, since 1928, the Dow Jones Industrial Average, which, because of multitudinous adjustments, is expressed in points, has been based on an unweighted, or price-weighted, arithmetic average of the dollar prices of 30 component stocks. 제수(除數)란 평균주가(stock average)를 산출할 때에, 그 비교가능성을 손상시킬 수 있는 주식분할(split) 기타 여러 변수를 반영하여 조정된 변동수치(분모)를 이른다. 조정을 행하지 않은 평균가격(분자)으로 나눈 경우 제수는 그 가격을 정상화하여, 기간마다의 비교가능성과 역사적인 계속성을 부여한다. 예컨대, 다우존스 공업주 30종목 주가평균(다우평균)(Dow Jones Industrial Average)은 1928년 이래 다종다양한 조정 때문에 그 평균주가의 변동을 포인트로 표시해 왔으나, 구성종목인 30종목의 주가의 달러가격의 산술평균이지, 가중평균은 아니고 굳이 말한다면 가격가중평균이다.

DJSI → **d**ow **j**ones **s**ustainability **i**ndex [약] 다우존스 지속가능경영지수 ¶ *The Dow Jones Sustainability Index* (*DJS*) is a valuation index of business entities that the Dow Jones Index Corporation of U.S. and the SAM of Swiss, global valuation company of investment, have jointly developed in 1999. *DJSI* appraises the corporation's social aspects such as risk control, development of human resources, management-labor relations, social contribution of corporations besides its economical activities, and the environmental aspects synthetically and having selected the blue chip business entities to be included in the index, makes them public every year. 다우존스 지속가능경영지수는 미국의 다우존스 인덱스사와 스위스의 글로벌 투자평가사 샘(SAM)이 1999년 공동개발한 기업평가지수이다. 이것은 기업의 경제적인 활동 이외에 위기관리 · 인재개발 · 노사관계 · 사회공헌 등 사회적 측면과 환경적 측면을 종합적으로 평가해서 지수에 편입할 우량기업을 매년 선정, 발표한다.

DLS → **d**erivative **l**inked **s**ecurities [약] 파생결합증권 ¶ *Derivatives linked securities* (DLS) is financial products linked with stocks and derivatives. 파생결합증권이란 주식과 파생상품을 결합한 금융상품이다.

DMA → **d**irect **m**arket **a**ccess **s**ystem [약] 직접시장접근제도, 직접전용주문제도 ¶ The *direct market access system* (*DMA*) is a system by which investors' order informations are directly transmitted to the exchange system without broker's participation. It appeared to respond to the demand of speedy order and low dealing expenses. 직접시장접근제도란 투자자의 주문정보를 브로커의 개입없이 거래소시스템으로 직접 전송하는 제도이다. 이것은 기관투자자 등의 빠른 주문속도 및 저렴한 거래비용 요구에 부응하기 위해서 등장한 것이다.

D/N → **d**ebit **n**ote [약] 차변전표(傳票)

do 하다, 행하다 ***do not increase*** 매수주식수의 증가를 금지하는 지시 ¶ The term *do not increase* is abbreviated DNI. It means instruction on good-till-cancelled buy limit and sell stop orders that prevent the quantity from changing in the event of a stock split or stock dividend. do not increase(매수주식수의 증가를 금지하는 지시)의 문구는 DNI로 약칭된다. 그것은 굿틸 캔슬드(good-till-cancelled)의 지정가매입주문(buy limit order)이나 주식분할(stock split)이나 주식배당(stock dividend)이 있어도 매매할 주식수를 변하지 않는 가격역지정매도주문(sell stop order)에 관한 지시를 이른다. ~ ***not reduce* (*DNR*)** 지정가의 인하를 금지하는 지시 ¶ The term *do not reduce* (*DNR*) means instruction on a limit order to buy, or on a stop order to sell, or on a stop-limit order to sell, not to reduce the order when the stock goes ex-dividend and its price is reduced by the amount of the dividend as usually happens. *DNRs* do not apply to rights or stock dividends. do not reduce(지정가의 인하를 금지하는 지시)라는 문구는 지정가매입주문(limit order to buy), 가격역지정매도주문(stop order to sell), 스톱리미트의 매도주문(stop-limit order to sell)에 관한 지시를 의미한다. 이 지시가 없으면, 통상은 배당권리락(ex-dividend)시에 지시가격이 배당분만큼 인하된다. 주식구입권(rights)이나 배당(dividend)에는 적용되지 않는다. ***~n't fight the tape*** 시장에 거스르지 말라 ¶ The term *don't fight the tape* implies do not trade against the market trend. If stocks are falling, as reported on the broad tape, some analysts say it would be foolish to buy aggressively. Similarly, it would be fighting the tape to sell short during a market rally. don't fight the tape(시장에 거스르지 말라)는 문구는 시장의 흐름에 거스르지 말라는 경고하는 뜻이다. 전광(電光)주식게시판(broad tap)에 주가의 하락이 전송되고 있는 국면에서 적극적으로 매수하는 것은 우(愚)를 범하는 것이라고 애널리스트들은 말한다. 이와 마찬가지로, 시세가 상승하고 있는 때에 공매(空賣)하는 것도 시장에 거슬리게 된다. ***~n't know*** 의문이 있는 거래 ¶ The term *don't know* means a Wall Street slang for a questioned trade. Brokers exchange comparison sheets to verify the details of transactions between them. Any discrepancy that turns up is called a *don't know* or a QT. don't know라는 문구는 의문이 있는 거래(questioned trade)라는 뜻을 가지는 월스트리트(Wall Street)의 속어이다. 브로커는 거래대조표를 교환하여 거래내용을 확인한다. 어떤 차이가 생기는 경우에 의문이 있는 거래(questioned trade: QT)라고 한다.

D/O → **d**elivery **o**rder [약] 하도지시서(荷渡指示書), 딜리버리오더 ¶ A *delivery order* (*D/O*) is a document from the consignee, shipper, or owner of freight ordering the delivery of freight to another party. 하도인도지시서는 하물의 인도를 다른 당사자에게 지시하는 하물의 수하인(consignee), 송하인(shipper) 또는 하주가 작성한 서류를 가리킨다.

dock *n.* 선거(船渠), 도크 ¶ *dock* receipt 도크리시트(컨테이너운송화물의 수취증) ***dock receipt*** 도크리시트(컨테이너운송화물의 수취증) ¶ The *dock receipt* is a receipt used to transfer accountability when the export item is moved by the domestic carrier to the port of embarkation and left with the international carrier for export. After the ground carrier delivers the export item to the international shipper, the *dock receipt* is used as documentation to prepare a bill of lading (BL). 도크리시트는 국내운송인이 수출품목을 적재항구로 운송하여 수출을 위하여 국제운송인에게 맡기는 경우에 책임(accountability)을 넘기는 데에 필요한 수령서이다. 육상운송인이 수출품목을 국제운송인에게 인도한 후에, 도크리시트는 선하증권(BL)을 작성하는 공식문서로 사용된다.
v. 도크에 들어가다

docket [미] 처리예정사항표, [영] 내용적요(內容摘要)

document 문서, 서류, (*pl.*) 선적서류 ¶ *documents* against acceptance (D/A) draft 선적서류인인도조건어음 /*documents* against payment (D/P) draft 선적서류지급도조건어음 /*documents* executed 조인(調印)[서명]서류 /a series of *documents* 일건서류 /on a *D/A* or *D/P* basis D/A 또는 D/P 조건으로 ***documents against acceptance* (*D/A*)** 인수인도(引受引渡)조건 ¶ The documents are usually delivered to the drawee against acceptance and the bill is termed a *D/A* or a *D/P*. 선적서류가 보통 인수인이 인수 또는 지급한 때에 환어음의 지급인에게 인도되며, 그런 환어음을 D/A 또는 D/P 환어음이라 한다. ***~s against payment (D/P)*** 지급인도조건 ¶ If the documents are to be delivered only against payment the bill is call a *D/P* bill. 만약 그 선적서류가 환어음의 지급과 상환으로만 인도되는 경우 그 환어음을 D/P(지급인도조건)환어음이라 한다. ***~ of title*** 권원증권 ¶ A *document of title* is a paper exchanged in the regular course of business that evidences the right to possession of goods (for example, a bill of lading or a warehouse receipt). 권원증권은 영업의 정상적인 과정에서 물품의 점유권을 증명하여 교환되는 증서(예컨대 선하증권 혹은 창고증권)이다.

documentary 문서의, 서류의 ¶ *documentary* (commercial) bill 하환(荷換)어음 /*documentary* clean letter of credit 도큐멘터리 클린신용장 /*documentary* commercial bill 하환상업신용장 /*documentary* evidence 서증(書證) /*documentary* export bill 수출하환어음 /*documentary* letter of credit 하환신용장 /*documentary* proof 증거서류 /*documentary* sight credit 일람출급하환어음신용장 /*documentary* exchange [draft, bill, paper] 하환(荷換) ***documentary bill*** 하환어음 ¶ The seller often attaches to a bill of exchange which he has drawn on the buyer the bill of lading relating to the goods sold. Such a bill of exchange is known as a "*documentary bill.*" 매도인은 종종 매수인 앞으로 발행한 환어음에 매도한 물품에 관한 선하증권을 첨부하고 있다. 이러한 환어음을 「하환어음」이라고 한다. ***~ credit***; ***~ letter of credit*** 하환신용장 ¶ A *documentary letter of credit* is a letter of credit which requires specified documents in addition to a draft or demand for payment as a prerequisite to payment. 하환신용장은 지급의 전제조건으로서 환어음 또는 지급청구서 이외에 특정한 서류를 필요로 하는 신용장이다. ***~ draft*** 하환어음 ¶ A *documentary draft* is a draft, honor of which is conditioned upon the presentation of a document or documents. 하환어음이란 서류 또는 서류들을 제시할 때에 그 인수를 조건으로 하는 환어음을 말한다.

documentation 문서작성, 계약문서의 작성 ¶ *Documentation* means (1) the process of collecting, organizing, and recording printed materials, (2) reference materials for operating and maintaining computer software and hardware. 도큐멘테이션이란 (1) 인쇄된 자료를 수집, 조직, 및 기록하는 절차, (2) 컴퓨터의 소프트웨어와 하드웨어를 운영하고 유지하기 위한 참고자료를 의미한다.

Dogs of the Dow 독스 오브더 다우 ¶ The *Dogs of the Dow* is a strategy of buying the 10 high-yielding stocks in the Dow Jones Industrial Average. Over one-year periods, these 10 stocks tend to outperform all 30 Dow stocks because investors are buying them at depressed prices and earning the highest yields, and the stocks tend to bounce back. The *Dogs of the Dow* strategy was popularized by Michael B. O'Higgins and John Downes in their book and newsletter *Beating the Dow*. (Downes is the co-author of this Dictionary. 독스 오브더 다우는 다우존스 공업주 30종목 평균(Dow Jones Industrial Average)의 높은 수익률 주식 10종목을 구입하는 전략을 이른다. 이러한 주식은 1년 동안에 다우평균 구성종목인 30종목 전부를 상회하는 경향이 있다. 투자자들은 매우 저렴한 가격으로 구입하고, 최고의 수익률을 올리기 때문에 주가가 반전하는 경우가 많다. 이 전략은 마이클 B 오긴즈(Michael B. O'Higgins), 존 다운스(John Downes)가 그들의 저서와 뉴스레터 "Beating the Dow"에서 널리 알려졌다(다운스는 이 사전의 공저자이다.).

doing business as (DBA) 비즈니스명칭 ¶ The *doing business as* (*DBA*) is a name used for business purposes that is not the legal name of the individual or organization actually conducting the business. *DBAs* are usually on file as a certificate in the court-house of the business's jurisdiction. A proprietorship commonly operates under a *DBA*, as in John Smith DBA John's Auto Body. 비즈니스명칭이란 실제로 비즈니스를 행하고 있는 개인 또는 단체가 법률상의 명칭과는 다른 명칭으로 비즈니스를 할 때에 사용하는 명칭을 이른다. DBA는 통상 비즈니스를 하고 있는 관할구역(business jurisdiction)의 군청(court-house)에 사업허가증으로 제출한다. 개인사업주(proprietorship)는 John Smith가 DBA John's Auto Body와 같이 DBA를 사용하여 비즈니스를 행하는 경우가 많다.

dole [영] 실업수당 ¶draw the *dole* 실업수당을 받다 /a relief *dole* 의연금(義捐金)

dollar 달러(화폐단위), 1달러화(貨) ¶*dollar* acceptance 달러표시인수어음 /the *dollar* area 달러지역 /*dollar* balance 달러잔액 /*dollar* bill 달러지폐 /the *dollar* bloc 달러 블록 /*dollar* bond 달러채(債) /*dollar* credit 달러표시신용장 /a *dollar* crisis 달러위기 /*dollar*-defense [-saving] measure 달러방위책 /*dollar*-denominated convertible bond; *dollar* convertible debenture 달러표시전환사채 /*dollar* depreciation 달러내림 /*dollar* draft 달러표시지급어음 /the *dollar* exchange standard system 달러환본위제도 /*dollar*-gold conversion 금・달러교환 /a *dollar* piece 달러화폐 /(a) *dollar* shift 달러 쉬프트 /(a) *dollar* shortage 달러부족 /the *dollar's* weakness 달러약세 /gold *dollar* bill 달러어음 /in *dollar* terms; in *dollars* 달러표시로 /the movement of *dollar* 달러의 동향 /the Seoul *dollar* market 서울달러시장

달러지폐, 감촉이 좋군요.

dollar-cost averaging [증권] 달러코스트평균법, 균분(均分)투자법 ¶*Dollar-cost averaging* is investment of a fixed amount of money at regular intervals, usually each month. This process results in the purchase of extra shares during market downturns and fewer shares during market upturns. *Dollar-cost averaging* is based on the belief that the market, or a particular stock, will rise in price over the long term, and that it is not worthwhile (or even possible) to identify intermediate highs and lows. Also called averaging. 달러코스트평균법이란 보통 일정한 간격인 매달 확정된 금액을 투자하는 경우이다. 이 과정은 시장세가 하락인 동안에는 여분의 주식을, 시장세가 상승인 동안에는 얼마 안되는 주식을 매입하는 결과로 나타난다. 달러코스트평균법은 시장 또는 특정한 주식의 가격이 장기간에 걸쳐 상승세에 있고, 상하가격의 중간치를 확인할 필요가 없다(또는 가능하더라도)는 믿음에 근거를 둔다. ~ ***bears*** 달러약세를 예상하는 트레이더 ¶*Dollar bears* are traders who think the dollar will fall in value against other foreign currencies. *Dollar bears* may implement a number of investment strategies to capitalize on a falling dollar, such as buying Japanese yen, Deutsche marks, British pounds or other foreign currencies directly, or buying futures or options contracts on those currencies. 달러약세를 예상하는 트레이더는 달러의 가치가 다른 통화에 대해서 하락한다고 생각하는 트레이더(trader)를 말한다. 달러약세를 예상하는 트레이더는 일본의 엔(yen), 독일의 마르크(Mark), 영국의 파운드 기타 외화를 직접 매입한다든지 이러한 통화의 선물(futures contract)이나 옵션(option)을 매입한다든지, 달러약세로 이익을 얻기 위해서 여러 가지의 투자수법을 실행할 수 있다.

~ ***bond*** 달러본드, 달러표시채권 ¶ A *dollar bond* is a bond denominated in U.S. dollars but issued outside the United States, principally in Europe. 달러표시채권이란 미국 이외에 주로 유럽에서 발행되는 달러표시의 채권을 이른다. ~ ***drain*** 달러유출 ¶ The *dollar drain* is an amount by which a foreign country's imports from the United States exceed its exports to the United States. As the country spends more dollars to finance the imports than it receives in payment for the exports, its dollar reserves drain away. 달러유출이란 미국으로부터의 수입이 수출을 상회하는 경우를 이른다. 수출로 수취하는 달러보다 수입으로 지급하는 달러가 많으면, 그 국가의 달러준비총액이 고갈한다. ~ ***exchange acceptance*** 달러환인수어음 ¶ The *dollar exchange acceptance* is a time draft drawn by central banks in different countries and accepted by banks for the purpose of furnishing foreign exchange. 달러환인수어음이란 외국환을 공급할 목적으로 여러 국가의 중앙은행이 발행하고 은행들이 인수한 기한부 환어음(time draft)을 이른다. ~ ***price*** 달러가격 ¶ The *dollar price* is a bond price expressed as a percentage of face value (normally $1,000) rather than as a yield. Thus a bond quoted at 97 1/2 has a dollar price of $975, which is 97% of $1,000. 달러가격이란 수익률(yield)이 아니라 액면(face value)(통상 1,000달러)에 대한 비율로 표시된 채권가격을 말한다. 97.5라고 값이 부쳐진 채권을 달러가격으로 표시한다면 1,000달러의 97.5%인 975달러가 된다. ~ ***roll*** [영] 달러롤 ¶ The *dollar roll* is a financial transaction involving the sale, and future repurchase, of mortgage-backed securities for cash. Through the exchange the selling party effectively borrows funds from the purchasing party on a collateralized basis for a period that normally covers several days to several weeks. The *dollar roll* is essentially a form of mortgage-backed repurchase agreement. 달러롤은 현금을 주고 모기지 담보증권(mortgage-backed securities)의 매매와 장래의 환매를 포함하는 금융거래이다. 거래소를 통해서, 매도하는 당사자는 통상 수주일에서 수개월까지 커버하는 기간동안 담보 베이스로 구입 당사자로부터 효과적으로 자금을 차입하는 것이다. 달러롤은 기본적으로 모기지담보부 환매(repurchase agreement)의 하나의 형태이다. ~ ***shortage*** 달러부족 ¶ The *dollar shortage* is a situation in which a country that imports from the United States can no longer pay for its purchases without U.S. gifts or loans to provide the necessary dollars. after World War II a world-wide *dollar shortage* was alleviated by massive infusions of American money through the European Recovery Program (Marshall Plan) and other grant and loan programs. 달러부족이란 미국에서 수입하고 있는 국가가 미국으로부터 달러를 증여받거나 차입하지 않으면 수입대금을 지급할 수 없는 상황을 이른다. 제2차 세계대전 후에 세계규모로 달러부족이 발생하였으나. 유럽부흥계획(European Recovery Program)(마샬플랜, Marshall Plan) 기타 증여나 차관제도를 통해서 미달러가 대량으로 주입되어 상황이 개선되었다. ~ ***volume*** 달러표시매상고, 주식의 거래량 ¶ The *dollar volume* is a volume, which is normally expressed as the number of shares traded in a period, multiplied by the dollar value of shares. 주식의 거래량은 일정한 기간에 거래된 주식(stock)의 수량에 주가를 곱한 거래량을 말한다. ~***-weighting of returns*** 달러(금융)가중수익법 ¶ The *dollar-weighting of returns* is an investment performance measurement method that equates changes in the dollar value of a portfolio to total return. While dollar-weighting enables investors to compare absolute dollars with financial goals, manager-to-manager comparisons are not possible unless performance is isolated from external cash flows; this is accomplished with the time-weighting of returns. 달러(금융)가중수익법은 포트폴리오(portfolio)의 기간중의 달러베이스의 변동을 토

탈리턴(total return)으로서 산출하는 투자성과측정의 방법을 이른다. 이 방법의 경우는 투자자(investor)가 수익목표에 대해서 용이하게 투자성과를 비교할 수 있다는 이점이 있지만, 외부로부터의 자금의 유출입(cash flow)을 단절하지 않는 한, 운용매니저간의 성과비교는 불가능하다. 그러기 위해서는, 시간가중수익법(time-weighting returns)을 사용하여야 한다.

dollarization [영] 달러화(현상) ¶The *dollarization* is a process where a country adopts, either partially or wholly, the U.S. dollar in place of its own currency. 달러화는 국가가 일부분 또는 전부 미국의 달러를 자국의 화폐를 대신하여 채용하는 과정을 말한다.

domestic 국내의, 국산의 ¶*domestic* banking 국내은행업무 /*domestic* bill of exchange 내국환어음 /*domestic* demand 내수(內需) /the *domestic* division 국내부문 /*domestic* equilibrium 국내균형 /(*domestic*) exchange settlement 환결제 ***domestic corporation*** 주내(州內)법인 ¶A *domestic corporation* is a corporation doing business in the U.S. state in which it was incorporated. In all other U.S. states its legal status is that of a foreign corporation. 주내법인이란 설립된 주내세 사업을 행하는 미국기업을 말한다. 설립된 주 이외의 모든 미국에서, 주외의 법적 지위는 주외법인(foreign corporation)과 동일하다. ~ **[*inland*] *exchange*** 내국환(內國換) ¶The *domestic exchange* is checks, drafts, and acceptances drawn in one city and payable in another in the United States. Checks cleared through the Federal Reserve System are exchanged at par, or face value, i.e., without discount. Before the Federal Reserve check collection system was established in 1916, many banks imposed an exchange charge, or a fee deducted from the face amount of checks drawn on other banks. This practice, known as nonpar banking, has virtually disappeared, with the exception of some small state chartered banks in rural areas. Contrast with foreign exchange. 내국환이란 미국의 한 도시에서 발행되고 다른 도시에서 지급되는 수표, 환어음, 인수어음을 말한다. 미연방준비제도를 통해서 청산된 수표는 액면 또는 액면가격, 말하자면 할인되지 않고 교환된다. 미연방준비이사회의 수표추심제도가 1916년에 설치되기 전에, 많은 은행들은 교환수수료(exchange fee), 또는 다른 은행앞으로 발행된 수표의 액면금액에서 공제된 수수료를 부과하였다. 비액면의 금융으로 알려진 이런 실무는 일부 작은 주의 경우 지방에서 특허받은 은행을 제외하고, 사실상 모습을 감추었다. 외국환(foreign exchange)과 비교할 것.

domicile *n.* 주소, 본적지, 어음지급장소, 지급지 ¶A *domicile* is a place where a person has established permanent residence. It is important to establish a domicile for the purpose of filing state and local income taxes, and for filing estate taxes upon death. The *domicile* is created based on obtaining a driver's license, registering to vote, and having a permanent home to which one returns. Usually, one must be a resident in a state for at least six months of the year to establish a *domicile*. 정주(定住)거주지란 것은 사람이 영주하기로 작정한 곳이다. 그것은 주소득세, 지방소득세, 상속세(estate tax)를 신고하는 데에 중요한 의미를 가진다. 운전면허의 등록, 유권자등록, 영주주거의 확보에 의해서 거주지가 된다. 통상으로 거주지로 하려면 주내에서 6개월간 이상을 거주할 필요가 있다.
v. (…에) 지급장소를 정하다(at) ¶*domiciled* [domiciliary] bill 타소출급어음 /*domiciled* check 타소출급(他所出給)수표

donate 기부하다, 주다(give) ***donated stock*** 증여주 ¶A *donated stock* is a fully paid capital stock of a corporation contributed without consideration to the same issuing corporation. The gift is credited to the donated surplus account at par value. 증여주는 주식의 발행회사에 대해서 대가(consideration)를 지급하지 않고 증여된 전액 납입된 주식(fully paid capital stock)을 말한다. 증여는 증여잉여금계좌(donated surplus account)의 대변에 액면(par value)으로 계상된다. ***~d surplus*** 증여잉여금 ¶ A *donated surplus* is a shareholder's equity account that is credited when contributions of cash, property, or the firm's own stock are freely given to the company. Also termed donated capital. Not to be confused with contributed surplus or contributed capital, which is the balance in capital stock accounts plus capital contributed in excess of par or stated value accounts. 증여잉여금은 회사가 현금, 자사주의 형식으로 증여받은 경우에 계상되는 자본금계좌(shareholder's equity account)를 이른다. 이를 증여자본(donated capital)이라고도 한다. 액면(par), 즉 표시자본(stated capital)을 초과하는 납입자본(capital contributed in excess of par)을 자본금(capital stock)계좌에 계상한 납입잉여금(contributed surplus)이나 납입자본(contributed capital)과 혼동하지 말 것이다.

donation 증여(贈與) ¶ a cash *donation* 현금증여 /*donation* tax 증여세 /make some handsome *donations* 상당히 다액의 증여를 하다 /reasonable *donation* 상당한 증여 /send in one's promised *donation* 약속한 기부금을 송부하다

done 돈 ¶ The term *done* is a term used in the transactions of foreign exchange or funds when a contract is formulated or concluded. The word *done* is an abbreviation of the sentence that the deal has been done. Speaking 'Done' on the telephone or Wiring 'DONE' by telex, it represents "concluded." 돈(done)이라는 용어는 외환 · 자금거래에서 계약이 성립 · 체결된 때에 사용되는 용어이다. the deal has been done.의 생략한 말. 전화에서 Done!이라고 말한다든지 텔렉스에서 DONE라고 타전하여 「성약(成約)」되었음을 나타낸다.

donor 증여자 ¶ A *donor* is an individual who donates property to another through a trust. Also called a grantor. *Donors* also make tax-deductible charitable contributions of securities or physical property to nonprofit institutions such as schools, philanthropic groups, and religious organizations. 증여자는 신탁(trust)을 통해서 다른 사람에게 재산을 증여하는 자이다. grantor라고도 한다. 증여자는 학교, 자선단체, 종교단체 등의 비영리단체에 증권이나 실물자산을 세액공제의 대상이 되는 자선기부로서 증여하는 경우도 있다.

dormant 수면상태의, 휴지상태에 있는 ¶ a *dormant* balance [company, partner] 불활동잔액[휴면회사, 익명사원] ***dormant* [*sleeping*] *account*** 수면계좌 ¶ A *dormant account* is a savings account showing no activity, other than posting of interest for a specified period. These are generally low balance accounts. If unclaimed for a certain number of years, ownership reverts to the state under escheat laws. 수면계좌란 일정기간 이자의 기장 이외에 아무런 활동이 없는 저축계좌를 이른다. 이러한 계좌들은 일반적으로 낮은 잔액계좌이다. 만약 일정기간동안 청구가 없으면 그 계좌에 대한 소유권은 휴지계좌몰수법(escheat law)에 의해서 국가에 귀속한다.

dossier 관계서류, 자료집

dot ⓝ 점(点) ***dot-com*** 닷컴주식 ¶ A *dot-com* is a Internet-related stock, such as Amazon.com. 닷컴주식이란 아마존 닷컴과 같은 인터넷과 관련된 주식을 이른다. ⓥ 점을 찍다

double ⓐ 배(倍)의, 2종류의 ¶ a *double* bottom [주식] 게이선의 2중 바닥을 치는

형국 /*double* crossing (수표의) 이중의 횡선(橫線) /the *double* declining balance method [회계] (가속상각의) 2배정률법 /*double*-digit [-figure] inflation 2자리수 인플레이션 /*double* entry bookkeeping 복식부기 /*double* figure 2자리수, 2위(位) /*double* financing 이중금융 /a *double* market 이중시장 /*double* mortgage 이중모기지 /*double*-name(d) bill [paper] 복명(複名)어음(two-name paper) /the *double* standard system 복단위(複單位)제도 /*double* tariff 복관세 /a *double* taxation treaty 이중과세방지조약 /a *double* top [주식] 게이선의 이중최고가격을 치는 형국 /a *double* track (철도의) 복선(複線) ***double auction market*** [영] 이중경매시장 ¶ The *double auction market* is an auction market featuring multiple sellers and buyers, who have full transparency into dealings. In the double auction process the first bid or offer is given priority, the high bid and low offer take precedence, and a new auction begins when all bids and offers at a given price are successfully matched. Certain stock exchanges use a form of the double auction to match buyers and sellers. 이중경매시장은 복수의 매도인과 매수인을 특징으로 하는 경매시장인데, 복수의 매도인과 매수인은 충분히 거래를 꿰뚫고 있다. 이중경매과정에서 첫 번째 매수호가(first bid) 또는 매도호가(offer)가 우선권이 있고, 높은 매수호가와 낮은 매도호가가 우선권이 있으며, 모든 매매호가가 일정한 가격으로 성공적으로 매치되는 경우에 새로운 경매가 시작된다. 어떤 증권거래소는 매수인과 매도인을 경쟁시키기 위하여 이중경매의 방식을 사용한다. ***~-barreled*** 이중재원채(二重財源債) ¶ A *double-barreled* is a municipal revenue bond whose principal and interest are guaranteed by a larger municipal entity. For example, a bridge authority might issue revenue bonds payable out of revenue from bridge tolls. If the city or state were to guarantee the bonds, they would be double-barreled, and the investor would be protected against default in the event that bridge usage is disappointing and revenue proves inadequate. 이중재원채란 발행단체(issuer)보다 큰 지방기관이 원금(principal)과 이자(interest)를 보증하는 지방특정재원채(municipal revenue bond)를 이른다. 예컨대 교량국(橋梁局)이 교량의 통행료로 상환하는 특정재원채를 발행할 수 있을 것이다. 시(市)나 주(state)가 보증을 선다면, 이중재원채가 되고, 투자자는 통행량이 예상외로 수입이 부족하더라도 채무불이행의 위험으로부터 보호를 받을 수 있을 것이다. ***~ bottom*** 더블보텀 ¶ The *double bottom* is a technical chart pattern showing a drop in price, then a rebound, then another drop to the same level. The pattern is usually interpreted to mean the security has much support at that price and should not drop further. However, if the price does fall through that level, it is considered likely to reach a new low. 더블보텀이란 가격이 하락하면, 다시 반발하여 오르고, 다음에 다시 하락하여 동일한 수준으로까지 이르는 패턴을 보이는 테크니컬 차트를 이른다.

더블보텀(double bottom)

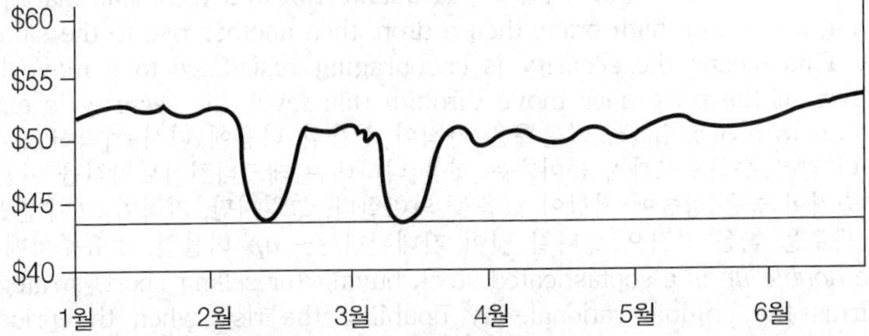

그 패턴은 증권이 그 가격수준에서 많은 뒷받침이 있어서 더 이상 하락하지는 않을 것이라고 통상 해석한다. 그렇지만, 그 가격이 그 수준을 넘어서 하락하는 경우, 새로이 낮은 가격수준에 도달할 가능성이 있다고 생각된다. ***~-declining-balance depreciation method (DDB)*** 배액정률감가상각법 ¶ The *double-declining-balance depreciation method* (*DDB*) is a method of accelerated depreciation, approved by the Internal Revenue Service, permitting twice the rate of annual depreciation as the straight-line method. It is also called the 200 percent declining balance method. The two methods are compared below, assuming an asset with a total cost of $1,000, a useful live of four years, and no salvage value. With straight-line depreciation the useful life of the asset is divided into the total cost to arrive at the uniform annual charge of $250, or 25% a year. *DDB* permits twice the straight-line annual percentage rate – 50% in this case – to be applied each year to the undepreciated value of the asset. Hence, 50% × $1,000 = $5000 the first year, 50% × $500 = $250 the second year, and so on. 배정정률감가상각법이란 정액법의 2배의 연차상각액을 인정하는, 미국세입청(Internal Revenue Service: IRS)에 의해서 승인된 가속상각(accelerated depreciation)을 이른다. 그것은 또한 정률감가상각법(200 percent declining balance method)이라고도 한다. 취득가격 1,000달러, 내용연수(useful life) 4년, 잔존가치(salvage value) 제로의 자산을 2개의 방법으로 상각한다면 이하와 같이 된다. 정액법(straight-line depreciation)의 경우, 취득가격을 내용연수로 나누어 매년 250달러, 25%씩 상각하게 된다. 배액정률법에서는 미상각자산을 정액법의 2배, 이 예에서는 50%씩 상각한다. 요컨대 1년째는 50% × 1,000달러 = 500 달러, 2년째는 50% × 500 달러 = 250달러로 된다. ***~ dip*** 더블딥 ¶ The *double dip* means that the business cycle is temporarily likely to show the recovery phase, then falling into swamp of stagnation of minus growth. It also implies that the economy is removed from minus growth, then making a plus growth for one or two quarters of the year and reverts to minus growth. 더블딥이란 경기가 잠시 회복세를 보이는 듯하다가 다시 마이너스 성장이라는 침체로 빠지는 것을 뜻한다. 통상 마이너스 성장에서 벗어나 1~2분기 플러스 성장을 한 후에 다시 마이너스 성장으로 돌아서는 것을 가리킨다. ***~ (tax) exempt*** 이중면세 ¶ *Double* (*tax*) *exempt* means descriptive of a municipal bond or other security exempt from federal and state income. 이중면세란 연방 및 주의 소득세(federal or state income tax)가 비과세로 되는 지방채(municipal bond) 또는 다른 증권(security)을 의미한다. ***~ hedging*** 더블헤징 ¶ *Double hedging* is hedging of a spot price by using both a future contract and an option. 더블헤징이란 선물계약(future contract)과 옵션의 양쪽을 사용하여 현물가격(spot price)의 변동을 헤지하는 것이다. ***~ taxation*** 이중과세 ¶ *Double taxation* is taxation of earnings at the corporate level, then again as stockholder dividends. 이중과세란 우선 회사의 이익에 대해서 과세하고, 다시 주주배당에 대해서도 과세하는 것이다. ***~ top*** 더블톱 ¶ A *double top* is a technical chart pattern showing a rise to a high price, then a drop, then another rise to the same high price. This means the security is encouraging resistance to a move higher. However, if the price does move through that level, the security is expected to go on to a new high. 더블톱은 가격이 상승한 다음에 다시 하락하고, 다음에 한번 더 같은 수준으로까지 돌아가는 것을 나타내는 테크니컬차트형식을 이른다. 이것은 증권이 높은 상승에 저항이 있음을 의미한다. 그렇지만, 가격이 그 수준을 초과하면 새로운 높은 가격으로 나갈 것이 기대된다. ***~ up*** 더블업, 보유주식배증전략 ¶ The *double up* is a sophisticated stock buying (or selling short) strategy that reaffirms the original rationale by doubling the risk when the price goes

더블톱(double top)

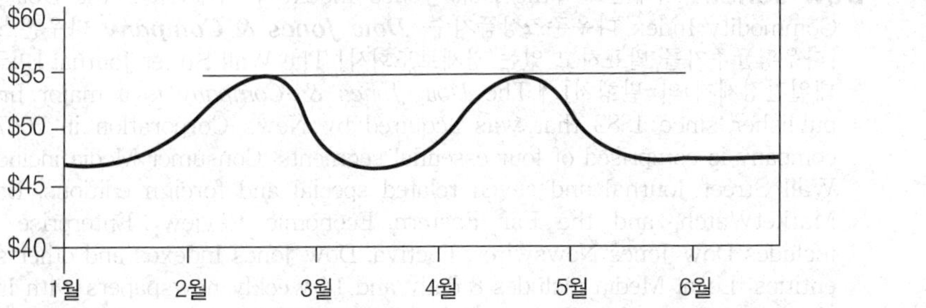

(temporarily it is hoped) the wrong way. For example, an investor with confidence in X buys 10,000 shares at $40. When the price drops to $35, the investor buys 10,000 additional shares, thus doubling up on a stock he feels will ultimately rise. 더블업이란 주가가 예상과는 반대방향으로(일시적으로 바라는 방향) 움직인 때에 위험을 배증시킴으로써 당초의 방침을 재확인하는 고도의 주식매입(공매)의 전략이다. 예컨대, X의 주식의 가격상승을 확신한 투자자가 1만주를 40달러로 매수한다고 하자. 주가가 35달러로 하락하는 경우, 추가로 1만주를 더 매입하여 최종적으로 가격이 상승하리라고 생각하는 종목의 보유주식을 배로 늘리는 것이다.

~ ***witching day*** 더블위칭데이 ¶ A *double witching day* is a day when two related classes of options and futures expire. For example, index options and index futures on the same underlying index may expire on the same day, leading to various strategies by arbitrageurs to close out positions. 더블위칭데이는 관련성이 있는 옵션과 선물의 양쪽이 기한을 맞는 날을 말한다. 예컨대 같은 지수(index)를 기초로 하는 지수옵션(index option)과 지수선물이 같은 날에 기한을 맞는다면, 차익거래업자(arbitrageur)는 여러 가지의 전략으로 포지션(position)을 처리한다.

v. 2배로 하다, 배증(倍增)하다

doubling option [영] 배가(倍加)옵션 ¶ The *doubling option* is a right granted by investors to an issuer of bonds that allows the issuer to double the amount of the sinking fund provision in order to accelerate repayment and ultimate redemption. 배가옵션은 채권의 반환을 촉구하고 상환을 완성하기 위하여 채권의 발행자가 감채기금(減債基金)조항(sinking fund provision)의 금액을 배가(倍加)하도록 투자자가 채권의 발행자에게 수여하는 권리를 말한다.

doubtful 불확실한, 미결정의 ¶ a *doubtful* account 신용불안한 거래처 /*doubtful* bill [note] 불확실어음 /*doubtful* debt 연체대금(貸金), 불량대출금 ***doubtful loan*** 요주의대출, 회수불능융자, 회수의문대출 ¶ The *doubtful loan* is a loan in which full repayment is considered uncertain. Some losses are expected. A loan classified as doubtful has all the characteristics of a substandard loan (well-defined credit weaknesses), with the added characteristic that credit weaknesses make full collection or liquidation in full highly questionable and improbable. Fifty percent of loans classified as doubtful are deducted from adjusted bank capital in computing regulatory capital adequacy. 회수의문대출은 정액상환이 불확실하다고 생각되는 대출을 이른다. 회수의문으로 분류되는 대출은 모두 표준이하의 대출(명확한 신용약점)의 특성을 가지며, 신용약점은 전액회수나 청산을 매우 의심스럽고 있을 법하지 않다는 추가적인 특성을 가진다. 회수의문으로 분류되는 대출의 50퍼센트는 법정의 적성자본량(capital adequacy)을 계산함에 있어서 실질은행자본에서 공제된다.

Dow Jones 다우존스 ¶ the *Dow Jones* Index 다우존스지수 /the *Dow Jones* Commodity Index 다우존스상품지수 ***Dow Jones & Company*** 다우존스사(社) [다우평균주가를 발표하고 있는 경제보도회사] The Wall Street Journal [미국의 최대일간경제지)의 발행처] ¶ The *Dow Jones & Company* is a major financial publisher since 1882 that was acquired by News Corporation in 2007. The company is comprised of four essential segments: Consumer Media includes the Wall Street Journal and seven related special and foreign editions, Barron's MarketWatch, and the Far Eastern Economic Review; Enterprise Media includes Dow Jones Newswires, Factiva, Dow Jones Indexes and other service entities; Local Media includes 8 daily and 14 weekly newspapers with Internet sites; and Strategic Alliances includes 50% of SmartMoney, Vendomosti, and 33% of STOXX Ltd. 다우존스사는 2007년에 뉴스코퍼레이션에 의해서 매수된 1882년에 설립된 대형금융출판사이다. 회사는 4개의 주요한 부문으로 구성되고 있다. 소비자미디어부문에는 월스트리트저널(Wall Street Journal), 7개의 관련판으로 특별판과 외국어판의 Barron's MarketWatch 및 Far Eastern Economic Review이고, 기업미디어부문에는 Dow Jones Newswires, Factiva, Dow Jones Index 및 기타 서비스를 제공하는 부문이 있다. 지방미디어부문에는 8종의 일간과 14종의 주간신문과 인터넷사이트가 있으며, 전략적 제휴(strategic alliance)에는 50%의 SmartMoney, Vendomosti와 33%의 STOXX Ltd.가 있다. ***Dow Jones Averages*** [주식] 다우존스평균주가(지수), 다우평균(DJA) → stock indices and averages (주가지수와 평균주가). ¶ The *Dow Jones Averages* is a trademark for an index of the relative prices of selected industrial, transportation, and utility stocks based on a formula developed and periodically revised by Dow Jones & Company, Inc. 다우존스평균주가(지수)는 다우존스사(社)가 발전시켜 주기적으로 개정한 형식에 근거하는 선택된 공업, 운송, 및 공공사업주식의 상대가격의 지수를 위한 상표이다. ***Dow Jones Industrial Average (DJIA)*** 다우존스 공업주 30종목 평균(미국의 대표적 주가지표), 다우존스 공업평균주가 → stock indices and averages (주가지수와 평균주가).

Dow Theory 다우이론 ¶ *Dow Theory* is a theory that a major trend in the stock market must be confirmed by a similar movement in the Dow Jones Industrial Average and the Dow Jones Transportation Average. According to *Dow Theory*, a significant trend is not confirmed until both Dow Jones indexes reach the new highs or lows; if they don't, the market will fall back to its former trading range. 다우이론은 주식시장에 커다란 흐름은 다우존스 공업주 30종목 평균과 다우존스 운송주 20종목 평균의 양 지표에 동종의 가격동향을 보고 확인해야 한다는 이론이다. 다우이론에 의하면, 커다란 흐름은 양 지표가 새로운 가격상승이나 새로운 가격하락에 도달하지 않는 한, 일어나지 않는다. 말하자면, 새로운 시세의 동향이 일어나지 않는 한, 시장은 이전의 거래권(trading range)으로 되돌아간다는 견해이다.

down 현금으로, 현금지급의, (컴퓨터가) 고장나서 (*cf.*) up 사용가능한 ¶ *Down* implies, with regard to computer, unavailable for use, out of service, as when a computer malfunctions or is being tested. 컴퓨터와 관련해서 보면, 다운(down)이라는 말은 컴퓨터가 기능불능이거나 테스트중인 경우와 같이, 이용할 수 없거나, 사용되지 않는 경우를 가리킨다. ***down and in option*** [영] 다운앤드인 옵션 ¶ The *down and in option* is a complex option that creates a standard European option if the price of the underlying market reference declines through a predefined barrier. See also barrier option; down and out option; knock-in option; reverse knock-in option; up and in option; up and out option. 다운앤드인 옵션은 기초시장

조회의 가격이 사전에 정한 장애(barrier)를 통해서 떨어지는 경우에 표준유럽옵션을 발생하는 복잡한 옵션이다. barrier option(배리어옵션); down and out option(다운앤드아웃 옵션); knock-in option(녹인옵션); reverse knock-in option(리버스녹인옵션); up and in option(업앤드인 옵션); up and out option(업앤드아웃 옵션)도 참조할 것. ~ ***and out option*** [영] 다운앤드아웃 옵션 ¶ The *down and out option* is a complex option that extinguishes a standard European option if the price of the underlying market reference declines through a predefined barrier. If the barrier is not breached the European option remains in effect. See also barrier option; down and in option; knock-in option; reverse knock-in option; up and in option; up and out option. 다운앤드아웃 옵션은 기초시장조회의 가격이 사전에 정한 장애(barrier)를 통해서 떨어지는 경우에 표준유럽옵션을 소멸시키는 복잡한 옵션이다. 장애가 무너지지 않는 경우에 유럽형 옵션은 유효하게 남는다. barrier option(장애옵션); down and in option(다운앤드인 옵션); knock-in option(녹인옵션); reverse knock-in option(리버스녹인 옵션); up and in option(업앤드인 옵션); up and out option(업앤드아웃 옵션)도 참조할 것.

downgrade *v.* (평가를) 격하하다, (신용등급을) 하향조정하다 *n.* 평가격하, (신용등급의) 하향조정 ¶ *Downgrade* means lowering of the rating of a bond or other rated security or of the recommendation of a stock by a research department or rating service. 평가격하란 채권이나 다른 등급받은 증권(rated security)의 등급(credit rating)을 인하하는 것이다. 또는 증권회사의 조사부(research department)나 주식등급서비스회사가 주식투자에 관한 권장을 인하하는 것이다.

down-market [영] 대중용의, 값싼

down-payment 선수금, 체약금 ¶ A *down-payment* is an up-front payment of a portion of a purchase price, thereby reducing the balance. 체약금은 구입가격의 일부를 선급하는 것인데, 그럼으로써 차입잔액을 감소시킨다.

downside risk 주가하강의 위험성, 점점 악화되는 위험 ¶ The *downside risk* is an estimate that a security will decline in value and the extent of the decline, taking into account the total range of factors affecting market price. 주가하강의 위험이란 시장가격(market price)에 영향을 미치는 요인을 종합적으로 고려하여 예상하는 증권의 하락이나 하락폭을 이른다.

downsizing 사업규모축소 ¶ The *downsizing* is a term for a corporate strategy popular in the 1990s whereby a company reduces it size and complexity, thereby presumably increasing its efficiency and profitability. *Downsizing* is typically accomplished through restructuring, which means reducing the number of employees and, often, the spin-off of activities unrelated to the company's core business. 사업규모축소란 아마도 사업규모를 축소하여, 간소화하고 효율과 수익성의 향상을 목표로 하는 1990년대에 인기를 독차지한 경영전략을 가리키는 용어이다. 사업규모축소는 일반적으로 사업의 재구축(restructuring)을 통해서 달성된다. 여기서 사업의 재구축이란 종업원의 삭감을 의미하고 있으며, 중핵사업에 관계가 없는 사업의 분할독립(spin-off)도 포함되는 경우가 많다.

downstream 하류부문, 강 아래쪽 ¶ The *downstream* is: (1) the process of channeling funds from a parent company or holding company to a subsidiary. This may occur when the parent or holding company can borrow on more favorable terms, or when the subsidiary is restricted in some way from raising funds directly. (2) The segment of the energy that is focused on refining, transportation, and marketing/retailing. See also upstream. [영] 다운스트림은 (1) 모회사(母會社) 또는 지주회사(持株會社)로부터 자회사(子會社)로 자금을 돌리는 과정을 말한다. 이것은 모회사 또는 지주회사가 보다 유리한 조건으로 자금을 차입할 수 있는 경우, 또는 자회사가 어떤 점에서 직접 자금조달의 제한을 받는 경우에 일어날 수 있다. (2) 다운스트림은 정제(精製), 운송, 및 마케팅/소매에 초점을 맞추고 있는 에너지산업의 한 부문이다. upstream(업스트림)도 참조할 것. /*downstream* merger (자회사가 모회사를 흡수하는) 역(逆)흡수합병

downtick 경기의 퇴조, [주식] 바로 직전의 가격보다 낮은 주가가 매겨지는 시세의 동향(a minus tick) ¶ The *downtick* is a sale of a security at a price below that of the preceding sale. If a stock has been trading at $15 a share, for instance, the next trade is a *downtick* if it is down 1/16 at 14.94. Also known as a minus tick. See also short-sale rule. 주가의 하락국면이란 증권(security)이 직전의 거래보다도 낮은 가격으로 거래되는 경우이다. 예컨대, 15달러로 거래되고 있던 주식이 다음에 1/16 하락하여 14.94달러로 거래된다면 하락국면이 된다. 이를 minus tick(주가의 하락)이라고 한다. short-sale rule(공매규칙)도 참조할 것.

downturn (경기의) 하강

down under bond 다운언더 채권(債券)[오스트레일리아 달러 또는 뉴질랜드 달러표시의 유로채(債)]

downward 하향의, 하락의 ¶ *downward* revaluation 평가절하 /*downward* revision 하향개정

D/P → **d**ocuments against **p**ayment 지급인도(支給引渡)(어음)[조건]

DR → **d**epositary [**d**epository] **r**eceipt 예탁증권(해외시장에서 주식을 발행・유통시키는 경우에, 발행국의 은행에 예탁한 원주식을 담보로 발행・유통시키는 대체증권)

Dr.; dr. → **d**ebit, **d**ebtor [약] 차변, 차변기입 [부기] (회계에서) 차변에 기입하는 것, (장부에서 좌측에 있는) 차입기입란 (*cf.*) Cr.

draft *n.* 환어음, 수표, 안(案) ¶ A *draft* is a signed, written order by which one party (drawer) instructs another party (drawee) to pay a specified sum to a third party (payee). Payee and drawer are usually the same person. In foreign transactions, a *draft* is usually called a bill of exchange. When prepared without supporting papers, it is a clean *draft*. With papers or documents attached, it is a documentary *draft*. A sight *draft* is payable on demand. A time *draft* is payable either on a definite date or at a fixed time after sight or demand. 환어음은 일방의 당사자(어음발행인)(drawer)가 명기된 금액을 제3자(수취인)(payee)에게 지급하도록 다른 당사자(어음지급인)(drawee)에게 지시하는 서명부의 지시서이다. 수취인과 발행인 동일한 경우가 많다. 해외거래에서는, 환어음은 bill of exchange라고 한다. 부속서류가 첨부되지 아니한 경우는 클린어음(clean draft)이라고 한다. 첨부서류가 있는 것은 하환어음(documentary draft)이라고 한다. 일람출급어음(sight draft)은 청구시에 지급된다. 일람후정기출급어음(time draft)은 특정일, 또는 일람후 혹은 청구후에 일정기간을 두고 지급된다. /bank [banker's] *draft* 은행발행어음 /blank *draft* 백지어음(금액 또는 수취인명 미기입의 어음) /clean *draft* 보통환어음 /commercial *draft* [paper] 상업어음 /dollar *draft* 달러표시지급어음 /domestic *draft* 국내어음 /duplicate *draft* 부(副)어음 /foreign currency *draft* 외화지급어음 /forged *draft* 위조어음 /installment *draft* 분할지급어음 /long *draft* 장기어음 /negotiation by *draft* 어음매입, 역환(逆換) /negotiable *draft* 유통가능어음 /reimbursement *draft* 상환어음 /shippers *draft* 송하인발행어음 /short *draft* 단기어음

/sight *draft* 일람출급어음 ***demand draft* (D/D)** 요구출급어음, 송금수표 → demand draft (요구출급어음). ***documentary*** ~ 하환어음 ¶ A *documentary draft* is a draft, honor of which is conditioned upon the presentation of a document or documents. 화환어음은 어음의 인수가 선적서류의 제시가 조건인 어음을 말한다. ***time*** ~ 기한부어음 ¶ A *time draft* is a draft that is drawn payable a certain number of days after sight or after presentation for acceptance. The number of days must be specified. In practice, a *time draft* drawn for any specified period of time is often referred to as a usance draft. An accepted time draft is known as a trade acceptance and is often referred to as prime paper. 기한부어음은 일람후 또는 인수를 위한 제시후 일정한 기간후에 지급되도록 발행된 어음을 말한다. 그 기간은 특정되어야 한다. 실무상 특정기간의 기한부어음은 종종 유전스어음이라고 한다. 인수한 기한부어음을 무역인수어음이라 하고, 종종 일류어음이라고도 한다.

㉥ 입안하다 ¶ *draft* a contract 계약문안을 작성하다

drag 끌기, 견인 ***drag along rights*** 다수파주주의 강제실행권 ¶ The *drag along rights* means right of majority shareholders to force minority shareholders to consent to an agreement to sell or liquidate a company. Right prevents smaller shareholders from blocking a deal in order to raise share. 소수파주주로 하여금 회사를 매각하거나 청산하는 합의에 동의하도록 강제하는 다수파주주의 권리를 이른다. 이 권리가 있음으로써 소수파주주가 주식을 조달하기 위해서 협정을 저지하는 것을 막을 수 있다.

dragon 용(龍), 동아시아의 신흥공업국(한국 · 대만 · 싱가포르) ***dragon bond*** 드래곤본드 ¶ The *dragon bond* is a United States dollar-denominated bond issued in Asia. 드래곤본드는 아시아에서 발행되는 미달러표시의 채권(bond)을 이른다.

drain ㉥ 배수하다, 유출시키다, 다 써버리다 ***draining reserves*** 금융긴축 ¶ The *draining reserves* are actions by the Federal Reserve System to decrease the money supply by curtailing the funds banks have a available to lend. The Fed does this in three ways: (1) by raising reserves requirements, forcing banks to keep more funds on deposit with Federal Reserve banks; (2) by increasing the rate at which banks borrow to maintain reserves, thereby making it unattractive to deplete reserves by making loans; and (3) by selling bonds in the open market at such attractive rates that dealers reduce their bank balances to buy them. 금융긴축이란 미연방준비제도(Federal Reserve System)가 시중은행의 대출자금을 감소시킴으로써 통화공급량(money supply)을 줄이는 조치를 말한다. 이것은 3방법으로 실행된다. (1) 예금준비율(reserve requirement)을 인상하여 시중은행의 미연방준비은행(Federal Reserve banks)에의 예입을 증가한다. (2) 예금준비율의 유지를 목적으로 은행이 차입을 할 때의 금리를 인상하여, 은행이 준비예금을 헐어서 대출을 하고 싶지 않은 상황을 만든다. (3) 공개시장(open market)에서 채권을 유리한 이율로 매각하여 딜러들이 예금을 줄이고 채권을 구입하고 싶은 상황을 만든다.

㉠ 배수, 유출 ¶ *drain* of bullion 자본도피[유출]

drainage 배수, 유출 ¶ *drainage* work 배수공사

DRAM (**D**ynamic **R**andom-**A**ccess **M**emory, pronounced "D-ram") [컴] 디램 ¶ The *DRAM* is a computer memory that requires a refresh signal to be sent to it periodically. Almost all computers use *DRAM* chips for memory. 디램은 정기적으로 송신되는 재생신호를 필요로 하는 컴퓨터 메모리이다. 거의 모든 컴퓨터

가 메모리용 디램 칩을 사용하고 있다.

draw (주의 등을) 끌다, (문서를) 작성하다, (환을) 취결(就結)하다, (어음을) 발행하다 ¶ draft *drawn* at 90 days after sight 일람후 90일출급어음 /draft *drawn* in sets of two 2통 1조로 발행된 어음 ***drawn bonds*** 상환채권(償還債券) ¶ *Drawn bonds* are bonds or other securities that have been subjected to a call and have been redeemed. 상환채권이란 조기상환(call)조항에 의하여 조기에 상환(redemption)된 채권(bond) 등의 증권(security)을 이른다. ~ ***down*** (예금을) 인출하다 ¶ *Draw down* is (1) activate or borrow against a line of credit. (2) bank customer's instructions to transfer funds to another bank, as when a corporation transfers temporarily idle funds into a concentration account for reinvestment at market interest rates. (3) a periodic advance of funds to a developer, as authorized by the terms of a construction loan. draw down이란 (1) 신용공여한도 내에서 활동하거나 차입하는 경우, (2) 회사가 시장이율로 재투자하기 위하여 집중계좌(concentration account)에 유휴자금을 임시로 이체하는 경우와 같이, 타행에 자금을 이체하는 은행고객의 지시(instruction), (3) 건설차입금의 약정에 의하여 수권 받는 것처럼, 개발사업자에게 정기적인 자금의 선도금(先渡金)을 의미한다.

drawback 장애, 철회, 환급, 분할환급 ¶ *Drawback* means rebate of taxes or duties paid on imported goods that have been reexported. It is in effect a government subsidy designed to encourage domestic manufacturers to compete overseas. 환급이란 수입품을 재수출할 때에 지급한 세금을 환급하는 경우이다. 그것은 사실상 국내메이커의 국제경쟁력을 높이기 위한 정부의 보조금(government subsidy)이다.

drawdown 삭감, 자금인출실행, 대출의 실행(1회씩의 대출) ¶ The *drawdown* is: (1) a performance measure applied to hedge funds, indicating the degree to which losses have reduced investor capital. (2) reduction in capital within an investor's broker account as a result of losses. (3) the disbursement and use of funds by a borrower under a revolving credit facility or other financing arrangement. See also flexible drawdown. [영] 자금인출(drawdown)은 헤지·펀드(hedge fund)에 적용되는 업적측정치를 말하며, 이는 손실이 투자자의 자본을 감소시키는 정도를 가리킨다. (2) 자금인출은 손실의 결과로서 투자자의 브로커계정 내에서 자본을 감소하는 경우이다. (3) 자금인출은 리볼빙크레디트(revolving credit) 자금조달방식에서 차입자(borrower)가 자금을 지급하고 사용하는 것이다. flexible drawdown(탄력적 자금인출)도 참조할 것. /the *drawdown* period 자금인출가능기간 /*drawdown* swap (원금이 서서히 증액하는 차입 등에 이용되는) 어큐뮬레이션스왑(accumulation swap)

drawee (환어음의) 지급인, (약속어음의) 어음수취인 ¶ The *drawee* is a person or organization who is expected to pay a check or draft when the instrument is presented for payment. (환어음의) 지급인이란 증권이 지급을 위해서 제시되는 경우에 수표 또는 환어음을 지급할 것으로 예상되는 개인이나 단체를 이른다. /*drawee* [payer] (of a bill) 어음수취인[환어음의 지급인] /the *drawee* bank 수신(受信)은행

drawer 어음발행인 ¶ The *drawer* is a party instructing the drawee to pay someone else, by writing or drawing a check or draft. The *drawer* is also known as the maker or writer. 어음발행인이란 수표를 발행하거나 환어음을 작성함으로써 (환어음의) 지시인에게 어느 사람에게 지급하도록 지시하는 당사자이다. (환어음의) 발행인을 또한 maker(발행인) 또는 writer(작성자)라고도 한다. /a *drawer* [payee] of a bill 어음발행인[수취인] /"Refer to *Drawer*" [부도사유] "발행인에게 조회할 것"(자금부족으로 부도반환하는 경우의 문언)

drawing 발행, 자금인출 ¶ the *drawing* of a bill 어음의 발행[취결] /*drawing* right [IMF] 인출권

drayage 하차(荷車)에 의한 운반

dressing 마무리, [채권] 단가조정(매매의 약정단가를 조정하는 것) ***dressing up a portfolio*** 포트폴리오의 조정 ¶ A *dressing up a portfolio* is a practice of money managers to make their portfolio look good at the end of a reporting period. For example, a mutual fund or pension fund manager may sell certain stocks that performed badly during the quarter shortly before the end of that quarter to avoid having to report that holding to shareholders. Or they may buy stocks that have risen during the quarter to show shareholders that they owned winning stocks. Because these portfolio changes are largely cosmetic, they have little effect on portfolio performance except they increase transaction costs. 포트폴리오의 조정이란 기말에 자금담당자(money manager)가 포트폴리오(portfolio)를 볼품 좋게 하기 위해 행하는 업무를 이른다. 예컨대 뮤추얼펀드(mutual fund)나 연금기금(pension fund)의 경우, 그 4반기에 운용성적이 나쁜 주식을 기말직전에 매각하여 그 종목을 보유하고 있던 것을 주주에게 보고하지 않고 처리하도록 하는 경우가 있다. 또한 기중(期中)에 가격이 상승한 종목을 구입하여 호조를 띠고 있는 종목을 보유하고 있었음을 보이는 경우도 있다. 이러한 포트폴리오의 변화는 태반이 체재를 조정하기 위한 것이기 때문에, 거래코스트(transaction cost)가 증가하는 만큼 운용성적이 큰 효과는 없다.

drift 표류하다, (가격 등이) 완만하게 변동하다

drill ship 원유시추탐사선 ¶ A *drill ship* is a ship which has set equipments to drill petroleum or gas on the deep bottom of the sea. The ship can make drilling operations in the deep place of the sea where it is impossible to establish the seaborne platform or on the shore where the waves rise high. It is characteristic that the large drilling tower stands up in middle of the ship. 원유시추탐사선은 해저에 있는 석유 · 가스를 시추하는 장비를 탑재한 선박이다. 해상 플랫홈 설치가 불가능한 깊은 수심이나 파도가 심한 곳에서도 시추작업이 가능하다. 배 중간에 커다란 시추타워가 우뚝 솟아있는 게 특징이다.

drip (듣는) 물방울, 방울져 떨어짐 ***drip feed*** 드립피드 ¶ The *drip feed* means supplying capital to a new company as its growth requires it, rather than in a lump sum at the beginning. 드립피드는 신설회사의 창업시에 일괄하기보다도 성장에 따라서 필요한 자금을 공급하는 것을 이른다.

drive-in 차를 탄 채로 들어가게 된(식당 · 휴게소 · 영화관 등) ¶ *Drive-in* means sales or service facility designed to accommodate customers in their automobiles, such as a *drive-in* bank teller's window or a *drive-in* dry cleaner. 차를 탄 채로 들어가게 된 것이라는 것은 차를 탄 채로 들어가게 된 은행금전출납원의 창구나 차를 탄 채로 들어가게 된 드라이 클리너와 같이, 자동차에 탄 고객들을 수용하도록 설계된 매매시설이나 서비스시설을 말한다. /*drive-in* bank 자동차 탄 고객용의 은행 /a *drive-in* teller 자동차를 탄 채로 들어가게 된 은행창구

drive-up window 자동차 탄 채로 서비스를 받을 수 있는 창구 ¶ *drive-up window* at the bank 자동차 탄 채로 서비스를 받을 수 있는 은행의 창구

driver 드라이버, 견인력 ¶ The *driver* is the aspect of a business mainly responsible for its growth and viability. 드라이버는 성장력과 생존력을 산출시키는 비즈니스상의 요인이다.

drop-dead 깜짝 놀라게 하는, 넋을 잃게 하는 ***drop-dead day*** 최종기한일 ¶ A *drop-dead day* is a day on which a deadline, such as the expiration of the national debt limit, becomes absolutely final. 최종기한일이란 국채(national debt) 발행한도액이 철폐되는 등 마감이 절대적으로 마지막인 날이다. ~ ***fee*** 드롭데드 피, 거래불성립수수료 ¶ The term *drop-dead fee* is a British term meaning a fee paid to a lender only if a deal requiring financing from that lender falls through. 거래불성립수수료라는 어구는 대여자로부터의 융자를 필요로 하는 거래가 성립하지 않은 경우에 한하여, 대여자에게 지급하는 수수료를 의미하는 영국식 표현이다.

dropdown [영] 드롭다운 ¶ The *dropdown* is a clause in a reinsurance contract that requires the reinsurer to provide coverage to an underlying insured if the insurer cannot fulfill its obligations under the policy ceded. A *dropdown* is most common in a facultative reinsurance agreement where individual policies are analyzed and accepted. 드롭다운은 보험업자가 양도받은 보험계약상의 채무를 이행할 수 없다면, 선순위(先順位)의(underlying) 피보험자에게 보험담보(coverage)를 제공하여야 한다는 재보험계약상의 조항을 말한다. 드롭다운은 개별보험계약이 분석되어 인수되는 임의재보험계약(facultative reinsurance agreement)에서는 가장 일반적이다.

drop lock [영] 드롭로크 ¶ The *drop lock* is a mechanism where the interest rate on a floating rate note or bond is fixed once rates fall below a predefined level. The *drop lock* allows the issuer to lock in a lower rate of funding. See also drop lock note; spread lock. 드롭로크는 금리가 일정한 수준 이하로 내려가면 변동이자부 채권 또는 드롭로크채(債)상의 금리가 고정되는 메커니즘을 말한다. 드롭로크는 채권의 발행자가 자금조달의 저금리에 확정하는 것을 허용한다. drop lock note(드롭로크 노트); spread lock(스프레드로크)도 참조할 것. ~ ***bond*** 드롭로크채(債) ¶ A *drop-lock bond* automatically switches to a fixed return if interest rates fall below a predetermined level. 드롭로크채(債)는 금리가 일정수준에서 내려가면 자동적으로 고정금리형으로 바뀐다. ~ ***note*** [영] 드롭로크 노트 ¶ The *drop lock note* is a floating rate note or bond that converts into a fixed coupon obligation when a reference interest rate is breached on the downside. See also drop lock. 드롭로크 노트는 금리가 일정한 수준 아래로 떨어지면 고정쿠폰으로 변환하는 변동이자부 채권 또는 드롭로크채(債)를 말한다. drop lock(드롭로크)도 참조할 것.

drop-ship (상품 · 산물을) 제조원(製造元)[산지]직송으로 발송하다

dry goods 곡류, 잡화, 복지(服地), 직물, [미속] 의복, 드레스

DTI → debt to income [약] 총부채상환비율 ¶ The *debt to income* is abbreviated as *DTI*, meaning a rate that the principal and the total amount of interest which a borrower has to repay for one year is divided by his yearly income. 총부채상환비율(DTI)이란 돈을 빌린 사람이 1년간 갚아야 할 원금과 이자의 총액을 연소득으로 나눈 비율을 이른다.

dual 이중의 ¶ *dual* control 이중관리, 이중통제 /*dual* exchange market 이중환시장 /*dual* foreign exchange market 이중시세시장 /*dual* pricing 이중가격제 /*dual*-purpose test 이중목적검사 /a *dual* rate [해운] 이중운임제 /*dual* structure 이중구조 ***dual banking*** [미] 이중은행제도(국법은행과 주법은행의 병존) ¶ The *dual banking* is a U.S. system whereby banks are chartered by the state or federal government. This makes for differences in banking regulations, in lending limits, and in services available to customers. 이중은행제도는 주와 연방정부의 양쪽이 은행설립을 인가하는 미국의 제도를 말한다. 이 제도는 은행규칙, 융자한도액, 서비스내용상에 차이를 만든다. ~ ***board system*** [영] 이중이사회제도 ¶ The *dual board system* is a corporate system where two separate boards of directors are used to monitor and guide a company. Under a typical dual structure the supervisory board is responsible for strategy and oversight/supervision of executive management, while the management board (or executive board) is responsible for daily management and tactical issues. The supervisory board is often staffed with outside directors, while the management board comprises of senior executives of the company. See also single board system. 이중이사회제도는 이사로 구성되는 2개의 별개의 이사회가 회사를 감시하고 이끄는데 이용되는 회사의 회사제도를 말한다. 전형적인 이중구조에서 감독이사회는 집행경영진의 전략(strategy)과 감시와 감독에 책임을 지는데 반하여, 경영이사회(또는 집행이사회)는 매일의 경영과 전술상의 문제에 책임을 진다. 감독이사회는 사외이사(outside director)로 구성되기도 하지만, 경영이사회는 회사의 상위집행임원으로 구성된다. single board system(단일이사회제도)도 참조할 것. ~ ***class recapitalization*** [영] 이중종류주식의 자본재구성 ¶ The *dual class recapitalization* is a restructuring of a company's existing common stock into two classes with variable voting rights; creating a new class that conveys less than one vote per share is considered a disenfranchising transaction. A *dual class recapitalization* might be arranged to give a block of controlling shareholders even greater control over the firm. 이중종류주식의 자본재구성은 회사의 현존하는 보통주식을 가변(可變)의결권을 가지는 2개의 종류주식으로 리스트럭처링하는 것(restructuring)을 말한다. 주당 1주에 못 미치는 의결권을 부여하는 신종의 주식의 발행은 의결권박탈거래(disenfranchising transaction)로 판단된다. (그러나) 이종종류주식의 자본재구성은 일단의 지배주주들에게 한층 더 큰 지배력을 마련해 줄지도 모른다. ~ ***class stock*** [영] 이중종류주식 ¶ The *dual class stock* is the common stock of a corporation that comes in two forms, one with enhanced voting rights and one with normal voting rights. The two classes may also be carry different dividend rights. See also control stock; dual class recapitalization. 이중종류주식은 하나는 복수의 의결권(enhanced voting right)을, 다른 하나는 정상적인 의결권의 2 형태가 되는 회사의 보통주이다. 이 2종류의 주식은 상이한 배당권을 가질 수도 있다. control stock(지배주식); dual class recapitalization(이중종류주식의 자본재구성)도 참조할 것. ~ ***currency bond*** 듀얼커런시채(債)(이자지급·상환시의 통화가 다른 이중통화표시채권) ¶ The *dual-currency bond* is a debt security that pays coupon interest in one currency and the principal in a different currency. A dual currency bond might be issued by a German bank, paying interest in deutschmarks, but is repaid in dollars at redemption. Several variations of *dual-currency bonds* are issued, including some that specify the exchange rate at which currencies are converted for payments. For example, in Japan there exists a Japanese bond that is denominated in yen but pays interest in a high-yielding currency such as U.S. dollars. 듀얼커런시채(債)는 쿠폰이자(coupon interest)는 1국의 통화로 원금(principal)은 여러 국가의 통화로 지급하는 채무증권을 말한다. 듀얼커런시채(債)는 독일은행이 발행하고, 독일마르크로 이자를 지급하지만, 상환할 때에는 달러로 상환을 받을 수 있다. 듀얼커런시채(債)의 약간의 변종(variations)은 통화가 지급을 위해서 환전되는 환율을 특정하는 경우를 포함하여 발행된다. 예를 들면, 일본에서는, 엔화로 표시되고 있지만, 이자지급은 고율의 화폐인

미국의 달러로 지급하는 일본채(債)가 존재한다. ~ ***listing*** 복수의 거래소에의 상장 ¶ The *dual listing* is a listing of a security on more than one exchange, thus increasing the competition for bid and offer prices as well as the liquidity of the securities. Furthermore, being listed on an exchange in the East and another in the West would extend the number of hours when the stock can be traded. Securities may not be listed on both the New York and American stock exchanges. 복수의 거래소에의 상장이란 증권을 복수의 거래소(exchange)에 상장하는 것인데, 그럼으로써 증권의 유동성을 높이고 호가(bid and offer prices)를 경쟁에 부치는 것이다. 더군다나 미국에서 동부와 서부의 거래소에 상장하는 것은 주식이 거래할 수 있는 시간의 수를 확장하게 된다. 증권은 뉴욕증권거래소와 아메리칸증권거래소에 중복해서 상장할 수는 없다. ~ ***purpose fund*** 듀얼퍼포스펀드 ¶ The *dual purpose fund* is an exchange-listed closed-end fund that has two classes of shares. Preferred shareholders receive all the income (dividends and interest) from the portfolio, while common shareholders receive all the capital gains. Such funds are set up with a specific expiration date when preferred shares are redeemed at predetermined price and common shareholders claim the remaining assets, voting either to liquidate or to continue the fund on an open-end basis. 듀얼퍼포스펀드는 상장되어 있는 클로즈드엔드형 펀드(closed-end fund)로서 2종류의 주식이 있다. 우선주(preferred stock)의 주주는 포트폴리오에서 모든 수익(배당과 이자)을 수취하는 반면에, 보통주(common stock)의 주주는 모든 캐피탈게인(capital gain)을 수취한다. 그러한 펀드에는 특정한 만기(expiration date)가 설정되어 있어서, 만기시에 우선주에 사전에 결정된 가격으로 상환되고 보통주주는 잔존자산을 청구하면서 펀드를 청산하든지 오픈엔드형 펀드로 운영을 계속하든지를 결의한다. ~ ***trading*** 이중거래 ¶ The *dual trading* is commodities traders' practice of dealing for their own and their clients' accounts at the same time. Reformers favor restricting *dual trading* to prevent front running; advocates claim the practice is harmless in itself and economically vital to the industry. 이중거래란 상품트레이더가 자기의 계좌와 고객의 계좌에서 동시에 거래를 행하는 것을 말한다. 앞지른 거래(front running)를 방지하기 위해서 개혁론자들은 이중거래의 규제에 찬성하지만, 이에 대해서 이 거래 자체에는 문제가 없고 상품거래계로 보아서 경제적으로 매우 중요하다고 하는 주장도 있다. ~ ***trigger*** [영] 이중트리거 ¶ The *dual trigger* is an insurance mechanism that provides the insured with a payout only if two separate trigger events occur. One trigger is often related to a traditional insurable operating risk (e.g., damage or destruction in plant and equipment leading to business interruption), while the second may relate to a financial risk (e.g., a decline in operating revenues to a particular amount, or a fall in the stock price to a certain level). Since both events must occur in order for a settlement to be paid, the premium is generally lower than on a conventional insurance contract. See also multiple trigger product; triple trigger. 이중트리거는 2개의 별개의 해약사유가 발생하는 경우에만 피보험자에게 지급금(payout)을 제공하는 보험메커니즘을 말한다. 하나의 해약사유는 전래되는 보험운영상의 위험(예컨대, 사업정지에 이르는 플랜트와 시설상의 손해 또는 파손)과 연관되기도 하지만, 두 번째의 해약사유는 금융상의 리스크(예컨대, 특정한 금액에 달하는 운영수입의 감소, 또는 일정한 수준까지 주가의 폭락)와 관계가 있을 것이다. 두 개의 해약사유가 결제가 지급되기 위하여는 발생하여야 하기 때문에, 보험료는 일반적으로 전래되는 보험계약보다 더 낮게 된다. multiple trigger product(복합트리거보험상품); triple trigger(삼중트리거)도 참조할 것.

due ⓐ 당연히 지급할, 지급기한이 만기의 ¶ *due* care 상당한 주의 /*due* dates for payment 지급기한 /*due* diligence 적절한 주의(신발채의 발행시에 주간사가 발행회사용으로 행하는 히어링) /a *due* from account [balance] 타점대출계정 /*due* from bank [banker] 타행대출계정 /*due* from correspondents 코레스처예금, 외국타점대출 /*due* from foreign bank 외국타점대출(their a/c), 외국은행대출계정, 코레스처예금 /a *due* to account [balance] 타점차입계정 /*due* to bank [banker] 타행차입계정 /*due* to correspondent 코레스처예금, 외국은행차입계정 /*due* to foreign bank 타점차입계정, 외국은행차입계정, 코레스처예금, 외국타점차입(our a/c) /the interest *due* 지급이자 /the payment *due* 만기가 도래한 지급 /use *due* care 상당한 주의를 행하다 ***due bill*** 차용증서, 기한도래어음 ¶ The *due bill* is a written document signifying indebtedness. 차용증서는 채무를 나타내는 서면을 이른다. ¶ The *due bill* is a document indicating a seller's obligation to deliver securities to a buyer. 이행약속서는 매수인에게 증권을 인도할 매도인의 의무를 나타내는 증서를 이른다. ¶ A *due bill* is a written agreement to provide certain goods or services in return for something. For example, a radio station may barter advertising time in exchange for hotel accommodation. 이행약속서는 무엇에 대한 대가로 어떤 물품이나 서비스를 제공할 서면약속을 말한다. 예를 들면, 라디오방송국은 호텔숙박과 교환으로 광고시간을 바터할 수 있다. ~ ***date*** 지급기일, 상환[변제]기일 ¶ A *due date* is a date on which a debt-related obligation is required to be paid. 지급기일은 부채와 관련된 채무가 지급되어야 할 날짜를 이른다. ~ ***diligence*** 상당한 주의, [영] 정사(精査) ¶ The *due diligence* is a process of detailed financial investigation into a company's operations and financial position, generally conducted by financial intermediaries, lawyers, and accountants. *Due diligence* is commonly performed in advance of new issue underwritings and corporate finance transactions, and to develop fairness opinions; results are intended to inform and protect investors and corporate directors by verifying the financial condition of the subject company. 정사(精査)는 일반적으로 금융중개기관, 변호사 및 회계사들이 행하는 회사의 운영과 재산사정을 상세하게 재무조사를 하는 과정을 말한다. 정사는 신규발행주식의 인수와 회사의 금융거래에 앞서서 보통 이루어지고, 공정의견서(fairness opinions)를 개진하는 것이다. 즉, 그 결과물은 대상회사의 금융사정을 확증함으로써 투자자와 회사임원들에게 알려서 보호하는 데에 뜻이 있다. ~ ***diligence meeting*** 적정평가회의 ¶ A *due diligence meeting* is a meeting conducted by the underwriters of a new offering at which brokers can ask representatives of the issuer questions about the issuer's background and financial reliability and the intended use of the proceeds. Brokers who recommended investment in new offerings without very careful due diligence work may face lawsuits if the investment should go sour later. 적정평가회의는 증권회사가 그 증권의 발행자(issuer)의 대표자에게 발행자의 기초정보, 재무의 건전성, 조달자금의 사용용도에 관해서 질문할 수 있도록 신규발행증권의 인수인(underwriter)이 개최하는 회의이다. 증권회사는 주의깊게 상응하는 조사를 하지 않고 신규증권에의 투자를 권고하여 그 투자가 실패한다면 제소당할 수도 있다. ~***-on-sale clause*** 매각시 상환기한도래조항 ¶ A *due-on-sale clause* is a clause in a mortgage contract requiring the borrower to pay off the full remaining principal outstanding on a mortgage when the mortgaged property is sold, transferred, or in any way encumbered. *Due-on-sale clauses* prevent the buyer of the property from assuming the mortgage loan. 매각시 상환기한도래조항이란 담보물건이 매각, 양도된다든지, 담보물건에 관하여 어떤 모기기가 설정되어 있다면 차입잔

액을 완납할 것을 규정하는 모기지(mortgage)계약의 조항이다. 매각시 상환기한도래 조항은 그 물건의 구입자가 주택론(loan)의 부담을 계속 떠안지 않도록 하기 위한 조항이다. ~ ***to account*** 당좌예금계정 ¶A *due to account* is a general ledger liability account representing funds payable to other banks. In international banking, the term Vostro (due to in Latin) is often used. 당좌예금계정이란 다른 은행에 지급할 자금을 나타내는 총계정원장(general ledger)상의 부채계정을 이른다. 국제금융에서, Vostro(라틴어로 due를 나타냄)가 종종 사용된다.
[n] (*pl.*) 부과금, 세금, 회비 ¶port *dues* 입항세

dull 활기가 없는, 부진한, 한산한, 침체한 ¶*dull* market 활발치 못한 시장, 한산한 시황(市況)

dumbbell 아령, [속] 바보, 얼간이 ¶*dumbbell* portfolio [채권] 덤벨 포트폴리오(단기채와 장기채를 중점적으로 편입하는 포트폴리오의 운용)

dummy [a] 명의상의, 가공의 ¶*dummy* account 가공명의계정 /*dummy* company 터널회사
[n] 마네킹, 모조품, 가짜, 대역(代役) ¶The *dummy* is an individual or entity that stands in the place of the principal to a transactions; sometimes used to avoid personal liability. 대역이란 거래에 대한 본인의 입장에 서는 개인이나 실체(entity)를 이른다. 간혹 개인의 책임을 피하기 위해 사용되기도 한다.

dump (상품, 주식 등을) 투매하다

dumping 투매(投賣), 덤핑 ¶In securities, *dumping* is offering large amounts of stock with little or no concerns for price or market effect. 증권거래에서, 투매란 것은 가격이나 시장에의 영향을 고려치 않고 대량의 주식을 매출하는 경우이다. ¶the anti-*dumping* law 반덤핑방지법

Dun and Bradstreet (D&B) 던앤드 브랫스트리트, 흥신소 ¶The *Dun and Bradstreet* (*D&B*) is a company that combines credit information obtained directly from commercial firms with data solicited from their creditors, then makes this available to subscribers in reports and a rating directory. 던앤드 브랫스트리트는 기업에서 직접 입수한 신용정보와 그 채권자로부터 얻은 데이터를 정리하여 보고서나 평가정보의 형식으로 계약자에게 제공하고 있는 회사이다.

Dun's number 던의 번호 ¶*Dun's number* is short for Dun's Market Identifier. It is published as part of a list of firms giving information such as an identification number, address code, number of employees, corporate affiliations, and trade styles. Full name: Data Universal Numbering System. 던의 번호는 Dun's Market Identifier의 약칭이다. 그것은 ID번호, 주소코드, 종업원수, 관계기업, 거래형태 등의 정보를 게재한 기업정보일람 중에서 공표되고 있다. 정식명칭은 Data Universal Numbering System이다.

duopoly 듀오폴리(2판매자에 의한 시장독점) ¶The *duopoly* is a market that only features two sellers of goods or services, suggesting the sellers have a considerable degree of influence in setting prices. See also duopsony; monopoly; oligopoly. 듀오폴리는 오직 상품이나 서비스의 2사람의 판매자가 있어서 가격결정에 상당한 정도의 영향력을 가지는 것을 연상시키는 점을 특징으로 하는 시장을 말한다. duopsony(듀옵소니); monopoly(독점); oligopoly(과점)도 참조할 것.

duopsony 듀옵소니(2구매자에 의한 시장독점) ¶The *duopsony* is a market that only features two buyers of goods or services, suggesting the buyers have an ability to influence the price paid to suppliers. See also duopoly; monopoly;

oligopsony. 듀옵소니는 오직 상품이나 서비스의 구매자가 있어서, 공급자(suppliers)에게 지급할 대금에 영향을 끼칠 능력을 가지는 것을 특색으로 하는 시장을 연상시키는 것을 말한다. duopoly(듀오폴리); monopoly(과점); oligopsony(소수매수인독점)도 참조할 것.

duplicate ⓐ 이중의, 복수의, 부(副)의 ¶ a *duplicate* bill 어음의 부본 /*duplicate* bills 정부(正副)어음 /a *duplicate* check 부본의 수표 /a *duplicate* deposit ticket (예금의) 부표(副票) /*duplicate* key 부건(副鍵)
ⓝ 부본(副本), 등본, 복사 ¶ a *duplicate* of exchange 환어음의 부본

duplication 중복 ¶ This payment was a *duplication.* 이것은 이중송금이다. /*duplication* of credit 이중금융

Du Pont system 듀퐁방식 ¶ The *Du Pont system* is a system devised in 1919 by E. I. Du Pont de Nemours & Company to appraise financial performance. The Du Pont method or formula determines return on assets (ROA) by multiplying asset turnover (sales divided by assets) by return on sales (net income divided by net sales). 듀퐁방식이란 듀퐁사(E. I. Du Pont de Nemours & Company)가 1919년에 고안한 재무성적을 평가하는 방식을 말한다. 듀퐁방식(공식)에서는 총매상액(sale)을 자산(asset)으로 나누어서 산출하는 자산회전율(asset turnover)과, 순이익(net income)을 총매상액으로 나누어 산출하는 매상이익률(return on sales)을 곱함으로써 총자산이익률(return on assets: ROA)을 산출한다.

durable ⓐ 내구성(耐久性) 있는 ¶ *durable* consumers' goods 내구소비재 ***durable goods*** 내구재 ¶ *Durable goods* are goods that have a useful life of more than three years. Orders for *durable goods,* which are tracked by the Commerce Department on a monthly basis, indicate the extent to which businesses and manufacturers are willing to invest capital for future needs. Several months of increases in *durable goods* orders are a sign of a strong economy, and vice versa. 내구재는 내용(耐用)연수가 3년 이상의 상품을 이른다. 미국의 상무부(Commerce Department)는 월차 베이스로 내구재의 수주량을 추적하고 있으나, 그럼으로써 기업이나 생산자가 장래의 필요에 대비하여 어느 정도의 자본을 투자하고 있는지를 알 수 있다. 내구재의 수주량이 수개월에 걸쳐서 증가하면, 경제가 견실하다는 징조이고, 반대로 수주량이 감소한다면 경제가 견실치 못하다는 징조이다. ~ ***power of attorney*** 지속적 위임장 ¶ The *durable power of attorney* is a legal document by which a person with assets (the principal) appoints another person (the agent) to act on the principal's behalf, even if the principal becomes incompetent. If the power of attorney is not "durable," the agent's authority to act ends if the principal becomes incompetent. The agent's power to act for the principal may be broadly stated, allowing the agent to buy and sell securities, or narrowly stated to limit activity to selling a car. 지속적 위임장이란 자산(원금)보유자인 의뢰인(principal)이 무능력자(incompetent)로 되어 있더라도, 제3자(agent)를 계속해서 대리인으로 하는 법적 문서를 이른다. 「지속적」이 아닌 위임장의 경우에는 의뢰인이 무능력자가 되면 대리인의 대리권을 정지한다. 대리인의 권한은 증권(security)의 매매까지 포함하여 널리 설정하는 경우와 자동차의 매각에 한정하는 등 좁게 설정하는 경우가 있다.

durable ⓐ 오래 견디는, 내구력이 있는 내구(소비)재
ⓝ (*pl.*) 내구재 (=durable goods) ***consumer durables*** 내구소비재 ¶ *Consumer durables* are products bought by consumers that are expected to last three years or more. These include automobiles, appliances, boats, and furniture.

Economists look at the trend in comsumer expenditure on durables as an importance indicator of the strength of the economy, since consumers need confidence to make such large and expensive purchases. 내구소비재는 3년 이상의 내구성이 있다고 볼 수 있는 소비자구매품을 말한다. 자동차, 가정용전기용품, 레저용 보트, 가구 등이 그 예이다. 이코노미스트들은 내구소비재에 대한 소비자의 지출동향이 경기동향을 나타내는 중요한 지표로 보고 있다. 소비자가 이와 같은 대형 고액상품을 매입할 때에는 경지전망에 대한 자신을 가지고 있기 때문이다. → durable goods (내구재).

duration 지속기간, 계속기간, 듀레이션(채권의 존속기간을 각 시점의 캐시플로의 현재가치의 가중평균에서 표시한 것) ¶ The *duration* is a concept first developed by Frederick Macaulay in 1938 that measures bond price volatility by measuring the "length" of a bond. It is a weighted-average term-to-maturity of the bond's cash flows, the weights being the present value of each cash flow as a percentage of the bond's full price. When the *duration* of the assets and the liabilities of a portfolio, say that of a pension funds, are the same, the portfolio is inherently protected against interest-rate changes and you have what is called immunization. The high volatility and interest rates in the early 1980s caused institutional investors to use *duration* and convexity as tools in immunizing their portfolio. 듀레이션이란 채권의 「기간」을 계산함으로써 채권가격의 변동성을 측정하는 개념인데, 1938년에 프리데릭 매콜리가 발전시킨 것이다. 그것은 채권의 잔존기간(term-to-maturity)을 캐시플로(cash flow)로 가중 평균한 것으로, 가중치는 채권가격에 대한 각 시점에서의 캐시플로의 현재가치(present value)이다. 예컨대 연금기금(pension fund)의 포트폴리오(portfolio)의 자산(asset)과 채무(liabilities)의 듀레이션을 같이하여, 금리변동 리스크에 대비한 구조로 하는 것은 면역화(immunization)라고 한다. 1980년대 초에는 가격변동율과 금리가 높아서 기관투자자는 듀레이션과 콘벡시티(convexity)를 이용하여 포트폴리오를 면역화하였다. /the *duration* of a credit 신용장의 유효기간 /the *duration* of insurance 보험기간

Dutch auction 네덜란드입찰방식 (발행자가 가격을 점차 낮춰가면서 경매하는 방식)(the Dutch method) ¶ The *Dutch auction* is an auction system in which the price of an item is gradually lowered until it meets a responsive bid and is sold. U.S. Treasury bills are sold under this system. Contrasting is the two-sided or Double auction system exemplified by the major stock exchanges. 네덜란드방식입찰이란 물품의 가격에 대한 응찰(responsive bid)이 있기까지 점차 가격이 내려가다가 매도되는 경매방식을 말한다. 미국재무부 단기증권(Treasury bill)은 이 방식으로 매도된다. 대조적인 방식으로는 주요한 증권거래소에서 사용되는 2중경매제도(two-sided auction system or Double auction system)가 있다. ***Dutch auction preferred stock*** 배당률입찰방식우선주, 네덜란드옥션우선주 ¶ The *Dutch auction preferred stock* is a type of adjustable-rate preferred stock whose dividend is determined every seven weeks in a Dutch auction process by corporate bidders. Shares are bought and sold at face values ranging from $100,000 to $500,000 per share. Also known as auction rate preferred stock. 네덜란드옥션주는 배당이 7주간마다 기업입찰자(corporate bidder)에 의한 네덜란드방식입찰(Dutch auction)로 결정되는 배당률조정형 우선주(adjustable preferred stock)의 일종이다. 주식은 1주 10만 달러에서 50만 달러의 액면(face value)가격으로 매매된다. 입찰방식형 우선주라고도 한다.

dutiable 관세를 물어야 할 ¶ *dutiable* goods [items] 과세품

duty 직책, 조세, 관세, 의무 ¶ The *duty* is a tax imposed on the importation, exportation, or consumption of goods. duty(관세)란 상품의 수출입이나 소비에 과세되는 조세이다. /an ad valorem *duty* 종가세(從價稅) /customs [import] *duties* 관세 /a death *duty* [tax] 상속세 /*duty* drawbacks 관세의 환급 /the *duty* of the diligence of a good manager 선관주의의무(선량한 관리자의 주의의무) /an estate *duty* [tax] 유산세 /a stamp *duty* 인지세 ***duty of care*** [영] 주의의무 ¶ The *duty of care* is a legal requirement in certain systems where the board of directors and executive management must make informed decisions in discharging their fiduciary responsibilities. An informed decision is generally based on gathering all relevant facts and material, giving such information due consideration, and then making a decision. A breach of *duty of care* can lead to legal action by shareholders. See also duty of loyalty. 주의의무는 이사로 구성되는 이사회와 집행경영진이 그들의 수탁자책임(fiduciary responsibility)을 이행함에 있어 정보에 근거한 결정을 내려야 하는 제도가 갖추어야 할 법적 요건을 말한다. 정보에 근거한 결정이란 일반적으로 이러한 정보에 상당한 고려를 하면서 모든 관련되는 사실과 자료를 수집하는 것을 기초로 하여 결정을 내려야 한다. 주의의무의 위반은 주주들에 의한 (커먼로에 의한) 소송을 유발할 수 있다. care of loyalty(충실의무)도 참조할 것. ***~ of loyalty*** [영] 충실의무 ¶ The *duty of loyalty* is a legal requirement in certain systems where the board of directors and executive management must ensure that any action taken is done in good faith and with best interest of shareholders in mind. A breach of *duty of loyalty* can lead to legal action by shareholders. See also duty of care. 충실의무는 이사로 구성되는 이사회와 집행경영진이 어떤 행위를 하더라도 주주에 대한 최대의 관심을 마음속에 간직하고 선의로 행할 것을 확실히 해야 하는 제도가 갖추어야 할 법적 요건을 말한다. 충실의무의 위반은 주주들에 의한 (커먼로에 의한) 소송을 유발할 수 있다. duty of care(주의의무)도 참조할 것.

dwarfs 드워프스 ¶ *Dwarfs* are pools of mortgage-backed securities, with original maturity of 15 years, issued by the Federal National Mortgage Association (Fannie Mae). 드워프스는 연방모기지협회(Federal Mortgage Association, 통칭 Fannie Mae)가 발행한 처음 만기(original maturity) 15년의 모기지담보증권(mortgage-backed security)을 비축한 것을 이른다.

dwelling 주소, 주거 ¶ *dwelling*-house comprehensive insurance 주택종합보험 /*dwelling* house fire insurance 주택화재보험

dynamic 활발한, 역동적인 ¶ *dynamic* economics 동태경제학 /*dynamic* economy 동태경제 ***dynamic asset allocation*** 다이내믹 애셋앨로케이션 ¶ The *dynamic asset allocation* is a asset allocation strategy involving frequent changes in asset proportion or composition in response to changing economic or market conditions. 다이내믹 애셋앨로케이션이란 경제나 시장의 상황에 맞게 투자자산의 비율이나 구성을 빈번하게 변화시키는 애셋앨로케이션(asset allocation)의 전략을 이른다. ***~ pricing*** 동태적인 가격평가 ¶ *Dynamic pricing* is charging different prices contingent on individual customers and circumstances. 동태적인 가격평가는 개인고객과 생활형편에 따른 상위한 가격을 매기는 경우이다.

dynamics 동학(動學), 원동력, (일반적인) 힘, 활력

DZD (ISO) code Algeria – currency Algerian dinar. ¶ DZD (국제표준기구) 알제리 — 화폐 알제리 디나르(Algerian dinar).

E

each way (매도·매입의 양쪽에 과해지는) 매개수수료 ¶ An *each way* is a commission made by a broker involved on both the purchase and the sale side of a trade. 매개수수료는 브로커(broker)가 동일한 거래의 매입과 매도 양쪽에 관여하여 매기는 수수료를 이른다.

EAFE → **E**urope and **A**ustralasia, **F**ar **E**ast Equity index [약] 유럽·오스트럴레이셔 극동주식지수 ¶ The *EAFE* is an acronym for the Europe and Australasia, Far East Equity index, calculated by the Morgan Stanley Capital International (MSCI) group. *EAFE* is composed of stocks screened for liquidity, cross-ownership, and industry representation. Stocks are a benchmark for managers of international stock portfolios. There are financial futures and options contracts based on EAFE. 유럽·오스트럴레이셔 극동주식지수(EAFE)는 모건스탠리 캐피탈인터내셔널 그룹(Morgan Stanley Capital International [MSCI] group)이 산정하는 the Europe and Australasia, Far East Equity index의 두자어(頭字語)이다. 이 주식지수는 유동성(liquidity), 주식상호보유(cross-ownership), 업종대표 등으로 선정된 주식으로 구성되고 있다. 이 지수는 국제적인 주식의 포트폴리오 매니저(portfolio manager)에게 벤치마크(기준치)가 되어 있다. 이 주식지수에 근거하는 금융선물(financial futures)이나 옵션(options)계약이 있다.

E.&O.E. → **e**rrors **a**nd **o**missions **e**xcepted [약] 오류탈루(誤謬脫漏)는 제외함, 오기탈루는 제외함

Eagle 이글 ¶ The *Eagle* is a U.S. coin containing from 0.1 to 1 ounce of gold. 이글은 금(金) 0.1에서 1 온스(ounce)를 포함하고 있는 미국의 경화(硬貨)이다.

early 이른, 초기의, 조속한 ¶ *early* exercise [옵션거래] 기한전 행사 /*early* withdrawal [예금] 기한전 해약(解約) ***early withdrawal penalty*** 기한전 해약위약금 ¶ An *early withdrawal penalty* is a charge assessed against holders of fixed-term investments if they withdraw their money before maturity. Such a penalty would be assessed, for instance, if someone who has a six-month certificate of deposit withdrew the money after four months. 기한전 해약위약금은 일정한 기간 투자할 것을 약속한 자가 그 만기(maturity)전에 해약하는 경우에 부과시키는 페널티이다. 그러한 페널티는 예컨대 6개월의 정기예금증서(certificate of deposit)의 보유자가 계약개시 4개월 후에 해약을 하면 해약위약금이 부과된다.

earmark (자금 등을 특정한 용도로) 지정하다

earn 가득(稼得)하다, (이익 등이) 생기다 ¶ *earned* surplus reserve 이익준비금 /*earned* surplus statements 이익잉여금계산서 ***earned income*** 근로소득, 가득(稼得)소득 ¶ An *earned income* is an income (especially wages and salaries) generated by providing goods or services. Also, pension or annuity income. 근로소득이란 재화나 서비스를 제공하여 얻는 수입(특히 임금 및 급료)을 말한다. 이는 연금이나 연금보험에서의 소득도 포함한다. ***~ed income credit*** 근로소득공제 ¶ The *earned income credit* is a tax credit for qualifying taxpayers with at least one child in residence for more than half the year and incomes below a specified dollar level. 근로소득공제란 반년 이상 주거를 같이 하는 어린이가 적어도 1인 있고, 또 소득이 특정금액 미만의 수입의 납세자에 대한 세액공제(tax credit)를 이른다. **~-*out*** 언아웃 ¶ In merger and acquisitions, *earn-out* is supplementary payments, not part of the original acquisition cost, based on future earnings of the acquired company above a predetermined level. 합병(merger) 및 매수(acquisition)에서, 언아웃이란 당초의 매수가격(acquisition cost)의 일부가 아니라, 피매수기업(acquired company)의 장래수익이 사전에 결정된 수준을 초과하는 경우에 행해지는 추가지급을 말한다.

earnest [bargain] money 체약금(締約金), 착수금 ¶ *Earnest money* is good faith deposit given by a buyer to a seller prior to consummation of a transaction. *Earnest money* is usually forfeited in the event the buyer is unwilling or unable to complete the sale. In real estate, *earnest money* is the down payment, which is usually put in an escrow account until the closing. 체약금이란 거래개시 전에 매수인이 매도인에게 주는 착수금이다. 통상 매수인이 매입을 하려 않거나 할 수 없는 경우에 체약금은 몰수된다. 부동산(real estate)거래에서는, 선수금을 의미하고, 거래완료까지 에스크로계좌(escrow account)에 예입되는 일이 많다.

earning 획득, (*pl.*) 소득이익, 투자이익 ¶ *earnings* and expenses 손익계산서 /*earnings* before interest and tax (EBIT) 금리·세금지급전 이익 /*earning* capacity 수익력 /*earnings* dividend ratio 배당성향 /(an) *earning* power 수익력 /*earning* rates 수익률 /*earnings* statements 손익계산서 /an *earning* yield 이율 /gross *earnings* 총수입 /retained *earnings* 사내유보이익 ***earning asset*** 수익성 자산 ¶ *Earning asset* is income-producing asset. For example, a company's building would not be an *earning asset* normally, but a financial investment in other property would be if it provided rental income. 수익성자산이란 수입을 산출하는 자산을 말한다. 예를 들면, 회사가 소유하는 건물은 통상은 수익성자산은 아니지만, 임대(rent)수입을 가져오는 다른 부동산(real estate)에의 금융투자는 수익성자산이 된다. ***~s before taxes*** 세공제전 이익 ¶ *Earnings before taxes* are corporate profits after interest has been paid to bondholders, but before taxes have been paid. 세공제전 이익이란 금리(interest)지급후이지만, 세금지급전의 기업이익을 이른다. ***~s momentum*** 수익력 ¶ The *earnings momentum* is a pattern of increasing rate of growth in earings per share from one period to another, which usually causes a stock price to go up. For example, a company whose earnings per share are up 15% one year and 35% the next has *earnings momentum* and should see a gain in its stock price. 수익력이란 어느 기간에서 다음 기간에 걸쳐서 1주당 이익(earning per share) 성장률이 증가하는 경향이 있음을 말하고, 통상은 주가를 밀어 올리는 요인이 된다. 예컨대 어느 해에 1주당 이익이 15% 신장하고, 다음 해에 35% 신장한 회사에는 수익력이 있으며 주가는 상승한다. ***~s per share (EPS)*** 1주당의 수익 ¶ *Earnings per share* (*EPS*) are portion of a company's profit allocated to each outstanding share of common stock. For instance, a corporation that earned $10 million last year and has 10 million shares outstanding would report earnings of $1 per share. The figure is calculated after paying taxes and after paying preferred shareholders and bondholders, as required by Financial Accounting Standards Board (FASB) Rule 128. 1주당 수익이란 보통주의 각 발행주식의 1주당의 이익을 이른다. 예컨대 지난 해 1,000만 달러의 이익을 올리고 발행주식이 1,000만주인 회사는 1주당 1달러의 이익을 올렸다고 보고된다. 재무회계심의회(Financial Accounting Standard

Board: FASB)의 규칙 제128호에서 규정하는 바와 같이, 이 숫자는 조세를 지급하고 우선주(preferred stock)의 소유자 및 채권보유자에게 지급한 후에 계산된다. ***~s-price ratio; price/~s ratio; P/E ratio*** 수익주가율 ¶ *Earnings-price ratio* is a relationship of earings per share to current stock price. Also known as earings yield, it is used in comparing the relative attractiveness of stocks, bonds, and money market instruments. Inverse of price-earnings ratio. 수익주가율이란 1주당 이익(earings per share)과 현재의 주가와의 관계를 말한다. 이를 earnings yield라고도 하고, 채권(bond), 단기금융시장(money market) 상품의 상대적인 매력을 비교할 때에 사용된다. 주가수익률(price-earnings ratio)의 역수(inverse)이다. ***~s report*** 수익보고서, 재무보고서, 손익계산서 ¶ *Earnings report* is statement issued by a company to its shareholders and the public at large reporting its earnings for the latest period, which either on a quarterly or annual basis. The report will show revenues, expenses, and net profit for the period. *Earnings reports* are released to the press and reported in newspapers and electronic media, and are also mailed to shareholders of record. Also called profit and loss statement (P&L) or income statement. 수익보고서란 사반기 또는 매년 회사가 주주(shareholders) 및 일반투자자(the public at large)에게 최근기간의 회사수익에 관하여 발표하는 보고서이다. 이 보고서는 그 기간의 총수입, 지출, 순이익 등을 기재한다. 수익보고서는 언론에 공표되고 신문 및 전자매체에 실리며, 주주명부에 등재된 주주들에게 우송되기도 한다. 이를 손익계산서(profit and loss statement) 또는 수익계산서(income statement)라고도 한다. ***~s surprise*** 예상외의 수익발표 ¶ *Earnings surprise* is an earning report that reports a higher or lower profit than analysts have projected. If earnings are higher than expected, a company's stock price will usually rise sharply. If profits are below expectations, the company's stock will often plunge. Many analysts on Wall Street study *earings surprise* very carefully on the theory that when a company reports a positive or negative surprise, it is typically followed by another surprise in the same direction. Two firms that follow general trends in *earnings surprise* are First Call and Zacks Estimate System. 예상외의 수익발표란 애널리스트(analyst)의 예상보다도 이익이 높다든지 또는 낮다든지 보고하는 수익보고서(earning report)를 이른다. 수익이 예측보다도 높을 때에는 주가가 급등하는 경우가 많고, 예측보다도 낮을 때에는 급락하는 경우가 많다. 기업이 긍정적이든 부정적이든 예상외의 수익발표를 할 때에, 같은 방향으로 예상외의 발표가 뒤따라 이어진다고 하는 설도 있고 해서 월가(Wall Street)의 많은 애널리스트들은 매우 신중히 검토한다. 예상외의 발표의 일반적 경향을 조사하는 회사는 다음의 2개의 회사, 즉 퍼스트콜(First Call)과 잭스에스티메이트 시스템(Zacks Estimate System)이다.

ease *v.* 편안하게 하다, (주가가) 하락하다
n. (물가 등의) 하락경향 ¶ (an) *easing* of monetary conditions 금융완화

easement 경감, 완화, 지역권(地役權) ¶ The *easement* is the right of limited access to another person's property. For example, a utility may have an *easement* to run electric lines over or under property it does not own. 지역권은 타인의 개인재산에 제한적으로 이용하는 권리이다. 예를 들면, 전기사업은 자신이 소유하지 않는 재산 위 또는 그 아래에 전깃줄을 설치할 권리를 가질 수 있다.

easiness 수월함, 편안, 평이함 ¶ *easiness* of the money market 금융완화

east-west trade 동서무역

easy 편안한, 용이한 ¶ *easy* dollars [money] [미] 저리자금 /*easy* money 금융완화

/*easy* payment; *easy* payment plan 분할지급 /on *easy* term 관대한 조건으로 [영] 월부지급으로 ***easy money [monetary] policy*** 금융완화정책 ¶ The *easy money policy* is pursued during periods of economic weakness when the Federal Reserve System desires more economic growth. Thus, *easy money policies* tend to encourage economic growth and, eventually, inflation. 금융완화정책은 미연방준비제도가 좀 더 경제성장을 바라는 경제가 약세인 기간에 추구된다. 따라서, 금융완화정책은 경제성장을 장려하는 경향이 있고, 결국에는 인플레이션이 된다.

eat 먹다, 부식하다 ¶ *eat* up 다 써버리다, 상계하다 ***eating someone's lunch*** 점심의 가로챔 ¶ The *eating someone's lunch* is an expression that an aggressive competitor is beating their rivals. For example, an analyst might say that one retailer is "*eating the lunch*" of a competitive retailer in the same town if it is gaining market share through an aggressive pricing strategy. The implication of the expression is that the winning competitor is taking food away from the losing company or individual. eating someone's lunch(점심을 가로챔)이란 공세를 취하는 기업이 경쟁상대를 먹어 들어간다는 표현이다. 예컨대 어느 소매점이 공격적인 가격전략을 펴서 시장의 몫을 넓혀가고 있는 경우에, 같은 마을의 경쟁적 소매점의 「점심을 가로채고 있다」고 애널리스트는 표현할 수 있다. 이 표현은 승리한 경쟁자가 패배한 기업이나 개인으로부터 먹을거리를 가로채고 있다는 것을 의미한다. ***~ing stock*** 이팅스톡 ¶ A block positioner or underwriter who can't find buyers may find himself *eating stock*, that is, buying it for his own account. 매수인을 찾을 수 없는 거액의 포지션 딜러(block positioner)나 인수업자(underwriter)가 그 주식을 스스로 먹는다는 것(eating stock), 즉 자기계좌에서 그 주식을 구입하는 경우를 이른다.

EBRD → **E**uropean **B**ank for **R**econstruction and **D**evelopment [약] 유럽부흥개발은행 ¶ The *European Bank for Reconstruction and Development* is a development bank created in 1990 by the twelve member nations of the European Community to recapitalize the former Soviet bloc countries in Eastern and Central Europe. Nations contributing funding also include the United States and Japan. Also known as European Development Bank. 유럽부흥개발은행은 동유럽과 중앙유럽의 이전의 소비에트블록 국가들의 자금지원을 위하여 유럽공통체의 12개 회원국가들이 1990년에 창설한 개발은행이다. 기금을 출연하는 국가에는 또한 미국과 일본이 포함된다. 이는 유럽개발은행(European Development Bank)으로도 알려지고 있다.

EBITDA 에비트다 ¶ *EBITDA* is an acronym meaning earnings before interest, taxes, depreciation, and amortization; pronounced *eé bitda.* 에비트다는 금리(interest), 세금(taxes), 유형자산의 감가상각비(depreciation), 무형자산의 감가상각(amortization)을 공제하기 전의 이익(earnings)을 의미하는 두음어(頭音語)이다. 에비트다(*eé bitda*)라고 발음한다.

EC → the **E**uropean **C**ommunity [약] 유럽공동체

echo boomers 에코부머 ¶ The *echo boomers* are a generation representing the children of baby boomers who were born immediately following World War II. 에코부머는 제2차 세계대전에 이어 바로 출생한 베비부머의 어린 아이들을 표현하는 세대를 말한다.

ECI → **e**mployment **c**ost **i**ndex [약] 고용코스트지수(指數) ¶ The *employment cost index* (*ECI*) is a report issued quarterly by the U.S. Department of Labor tracking changes in employer payroll costs, including salaries, wages, benefits,

E

and bonuses. Marked increases or upward trends signal inflation. 고용코스트지수란 미국의 노동부(Department of Labor)가 급여(salaries), 임금(wages), 후생복리(benefits), 보너스를 포함하여 고용자측에서 지급하는 인건비의 변화를 반기마다 추적하여 발행하는 레포트를 말한다. 현저한 증가 내지 상승경향을 보이면 인플레이션의 신호가 된다.

ECM → emerging company marketplace [약] 성장기업시장

ecological; ecologic 생태상의, 환경에 친한 ¶ *ecological* accounting 생태회계

ecology 생태, 자연환경 ¶ *ecology* movement 환경보호운동

E-commerce 전자상거래 ¶ The *e-commerce* is the buying and selling of goods over the Internet. *E-commerce* sites range from a simple Web pages highlighting a single item to fully developed online catalogs featuring thousands of products. The common theme in *E-commerce* sites is instant purchase, instant payment, and rapid delivery. 전자상거래는 인터넷상의 물품의 매매를 이른다. 전자상거래의 사이트는 단독상품을 띠우는 간단한 웹페이지부터 수많은 제품의 특색을 묘사하는 완전히 발전된 온라인 카탈로그까지 미치고 있다. 전자상거래 사이트의 공통된 테마는 인스턴트 구매, 인스턴트 지급 및 신속한 인도에 있다.

E

econometrics 계량경제학 ¶ The *econometrics* is a use of computer analysis and modeling techniques to describe in mathematical terms the relationship between key economic forces such as labor, capital, interest rates, and government policies, then test the effects of changes in economic scenarios. For instance, an econometric model might show the relationship of housing starts and interest rates. 계량경제학이란 컴퓨터분석이나 경제모형을 사용하여, 노동, 자본, 금리 등과 같은 경제의 주요요인과 국가의 정책과의 관계를 수식으로 표현하여, 경제상황의 변화의 영향을 분석하는 수법을 말한다. 예컨대 어느 계량경제학의 모형은 주택착공건수(housing starts)와 금리와 관계를 나타낸다.

economic 경제학의, 경제(상)의, 실리적인 ¶ *economic* activity 경제활동 /*economic* and financial indicators 경제금융지표 /*economic* cycles 경기순환 /an *economic* entity 경제실체 /*economic* ethics 경제윤리 /*economic* fundamentals 경제펀더멘탈즈 /an *economic* order quantity 경제적 발주량, 최적발주량 /*economic* policies 경제정책 /*economic* sanction 경제제재 /an *economic* theory 경제이론 /*economic* units 경제주체 /*economic* usefulness 경제적 유용성 ***economic capital*** [영] 경제적 자본 ¶ *Economic capital* is capital resources that a company allocates internally to conduct its operations and support its risks (including financial risk and operating risk). *Economic capital*, which is a key measure of solvency, serves to absorb unexpected losses and allows a firm to continue its operations. Also known a management capital. See also capital allocation; regulatory capital; risk capital; tier 1 and tier 2. 경제적 자본은 영업을 행하고 (재정리스크와 영업리스크를 포함하여) 리스를 견디기 위하여 회사가 내부적으로 배분하는 자본의 원천(capital resources)을 말한다. 경제적 자본은 지급능력의 주요한 측정치(値)이지만, 예상치 못한 손실을 흡수하는 것에 도움이 되고, 회사가 계속 영업을 할 수 있도록 한다. 이는 management capital(관리자본)로도 알려져 있다. capital allocation(자본의 배분); regulatory capital(규제자본); Tier 1 and Tier 2(기본적 자기자본과 보완적 자기자본)도 참조할 것. ~ ***cost*** [영] 경제적 비용 ¶ *Economic cost* is: (1) opportunity cost. (2) the total cost of a project, including financial costs and opportunity cost. 경제적 비용은 (1) 기회비용을 말한다. (2) 금융비용과 기회비용을 포함하여 프로젝트의 전체비용을 말한다. ~ ***efficiency*** 경제적 효율성

¶ *Economic efficiency* is utilizing resources in a manner that results in the greatest value of output. A system is characterized by *economic efficiency* if goods, services, and resources flow to those who will pay the highest prices. Taxes, subsidies, quotas, and regulations result in reduced *economic efficiency*. 경제적 효율성이란 생산이 최대의 가치로 끝나는 방식으로 자원을 활용하는 경우이다. 물품, 서비스 및 자원이 최고의 값을 치르는 사람들에게 흘러간다면, 하나의 제도를 경제적 효율성으로 특색을 이룬다. 조세, 보조금, 쿼타 및 규제야말로 경제적 효율성을 감소시키는 결과가 된다. ***Economic Growth and Tax Relief Reconciliation Act of 2001* (*EGTRRA*)** 2001년 경제성장을 위한 감세조정법 ¶ The *Economic Growth and Tax Relief Reconciliation Act of 2001* (*EGTRRA*) a landmark legislation designed to cut taxes by $1.35 trillion over ten years. It was signed into law by President Bush on June 7, 2001. 2001년 경제성장을 위한 감세조정법은 10년간에 걸쳐서 1조 3,500억 달러의 감세를 행한다고 하는 획기적인 법률이다. 그 법률은 2001년 6월 7일 부시 대통령에 의해서 법제화되었다. ~ ***growth rate*** 경제성장률 ¶ The *economic growth rate* is a rate of change in the gross national product, as expressed in an annual percentage. If adjusted for inflation, it is called the real *economic growth rate*. Two consecutive quarterly drops in the growth rate mean recession, and two consecutive advances in the growth rate reflect an expanding economy. 경제성장률이란 연율(annual percentage)로 표시되는 국민총생산(gross national product)의 변화율을 이른다. 인플레이션(inflation) 수정후의 성장률을 실질경제성장률(real economic growth)이라고 한다. 2사반기(四半期) 계속 경제성장률이 마이너스이면 불황(recession)을 의미하고, 2사반기(四半期) 계속 성장률이 플러스이면 경제확대(economic expansion)를 나타낸다. ~ ***indicators*** 경제지표 ¶ *Economic indicators* are key statistics showing the direction of the economy. Among them are the unemployment rate, inflation rate, factory utilization rate, and balance of trade. 경제지표는 경제의 동향을 나타내는 주요한 통계를 이른다. 그 가운데에는 실업률(unemployment rate), 인플레이션율(inflation rate), 공장가동률(factory utilization rate), 무역수지(balance of trade) 등이 들어간다. ~ ***life*** 경제적 수명, 내용연수(耐用年數) ¶ The *economic life* is a remaining period for which a machine or other property is expected to generate more income than operating expenses cost. 내용연수(耐用年數)란 기계 기타 재산이 운영경비보다 많은 소득을 올리기 기대되는 남은 기간을 이른다. ~ ***order quantity* (*EOQ*)** 경제적 발주량 ¶ The *economic order quantity* is an amount of orders necessary to minimize costs related to the ordering and carrying of inventory. 경제적 발주량이란 주문과 재고를 관련지워서 비용을 최소화하는 데 필요한 주문의 양을 이른다. ~ ***profit*** [영] 경제적 이익 ¶ The *economic profit* is the difference between revenues and cost (including interest, taxes, and depreciation, as well as implicit costs, such as opportunity costs). See also accounting profit; economic value added. 경제적 이익은 (기회비용과 같은 잠재적 비용(implicit costs)뿐만 아니라, 이자, 조세, 및 감가상각을 포함하여) 수입(收入)과 비용간의 차액을 말한다. accounting profit(회계상의 이익); economic value added(경제적 부가가치)도 참조할 것. ~ ***value added* (*EVA*)** [영] 경제적 부가가치 ¶ The *economic value added* (*EVA*) is a measure of a company's value creation performance, computed as net operating profit after tax (NOPAT) minus the cost of capital. A company has positive *EVA* when its NOPAT exceeds the weighted average cost of the capital applied to its operations. See also accounting profit; economic profit; market value added. 경제적 부가가치(EVA)는 조세후 순영업이익(net operation profit after tax) — 자본

비용으로 계산된 가치상승성과(value creation performance)의 측정치(値)를 말한다. 회사는 조세후 순영업이익이 회사의 영업에 적용되는 자본의 가중평균비용(weighted average cost of the capital)을 초과하는 경우 적극적 조세후 순영업이익을 가진다. accounting profit(회계상의 이익); economic profit(경제적 이익); market value added(시장부가가치)도 참조할 것.

economical 경제적인, 실속있는, 절약하는

economics 경제학, (*pl.*) 경제적 연관 ¶ The *economics* is a study of the economy. Classic *economics* concentrates on how the forces of supply and demand allocate scarce product and service resources. Macroeconomics studies a nation or the world's economy as a whole, using data about inflation, unemployment and industrial production to understand the past and predict the future. Microeconomics studies the behavior of specific sectors of the economy, such as companies, industries, or households. Various schools of economic thought have gained prominence, including Austrian *economics*, Keynesian *economics*, Monetarism, and supply-side *economics*. 경제학은 경제를 연구하는 학문이다. 고전경제학은 희소한 재화 및 서비스자원에의 수요와 공급을 어떻게 배분하는가에 초점을 맞추고 있다. 거시경제학(macroeconomics)은 한 나라 또는 세계경제 전체를 연구하여 인플레이션율(inflation rate), 실업률(unemployment rate), 산업총생산액(industrial production) 등의 데이터를 사용하여 과거를 분석하고 미래를 예측한다. 미시경제학(microeconomics)은 기업, 산업, 가계 등 경제의 특정부문의 행동을 연구한다. 시대의 경과와 더불어, 오스트리아 경제학, 케인즈 경제학(Keynesian economics), 머니터리즘(monetarism), 공급중시 경제학 등 여러 학파가 풍미하였다.

E

economist 경제학자, 경제가, 이코노미스트 ¶ The *economist* is a person who studies economics or who studies and analyzes information pertaining to economic matters. 경제학자는 경제학을 연구하는 자 또는 경제적 문제에 관한 정보를 연구하고 분석하는 자이다.

economy 절약, 경제 ¶ The *economy* is a system involving all activities related to the production and distribution of goods or services. 경제란 재화와 서비스의 생산과 분배와 관련된 모든 활동을 수반하는 시스템을 말한다. /black *economy* 블랙이코노미 /a controlled *economy* 통제경제 /a free *economy* 자유경제 /a market *economy* 시장경제 /a mixed *economy* 혼합경제 /a planned *economy* 계획경제
economies of scale 규모의 경제 ¶ The *economies of scale* are economic principle that as the volume of production increases, the cost of producing each unit decreases. Therefore, building a large factory will be more efficient than a small factory because the large factory will be able to produce more units at a lower cost per unit than the smaller factory. The introduction of mass production techniques in the early twentieth century, such as the assembly line production of Ford Motor Company's Model T, put the theory of *economies of scale* into action. 규모의 경제란 총생산액이 증가함에 따라 단위당 생산원가가 저하한다고 하는 경제원리를 이른다. 대규모공장은 소규모공장보다도 단위당 낮은 원가로 보다 많은 생산을 할 수 있으므로, 대규모공장의 건설은 소규모공장의 건설보다도 효율적이다. 포드모터스사의 T형차 조립라인생산과 같은 20세기 초엽 도입된 대량생산기술은 규모의 경제의 이론을 현실의 것으로 만들었다.

ecosystem 생태계 ¶ The *ecosystem* is a biological community of interacting organism and their physical environment. 생태계란 상호작용하는 유기체와 그들이 만들어내는 자연환경의 생물학적 공동체이다.

ECP → **E**URO **c**ommercial **p**aper [약] 유로상업어음 ¶ The *EURO commercial paper* is short-term, unsecured discount debt securities with maturities ranging from 1 to 360 days issued by companies in the Euromarkets. A syndicate of dealers places *ECP* on a best-efforts basis; unlike U.S. commercial paper, *ECP* issues may be unrated and need not be backed by swinglines. See also Eurobond; EURO medium-term note; Euronote. 유로상업증권은 만기가 1일에서 360일에 이르며 유로시장에서 회사가 발행하는 단기, 무담보할인채무증권이다. 딜러의 인수단은 최선노력의 원칙(best-efforts basis)으로 ECP를 판매한다. ECP발행은 무등급일 수 있고, 신용공여범위(swingline)에 의하여 담보될 필요가 없다. Eurobond(유로본드); EURO medium-term note(유로중기노트); Euronote(유로노트)도 참조할 것.

ECS (ISO) code Ecuador – currency sucre. ¶ ECS (국제표준기구) 약호 에콰도르 — 화폐 수크레(sucre).

ECU → **E**uropean **C**urrency **U**nit [약] 유럽통화단위 ¶ The *ECU* is an acronym for the European Currency Unit meaning a unit of account, created by the European Economic Community in 1979 as part of the European Monetary System, based on a weighted average of the currencies of the member countries. The *ECU* was superseded by the creation of the European Monetary Union and the introduction of the Euro in 1999. ECU는 European Currency Unit (유럽통화단위)의 두자어(頭字語)로, 1979년 유럽경제공동체의 회원국들의 가중평균에 근거해서 유럽통화제도의 일부로서 창설된 평가(評價)단위를 의미한다. ECU는 1999년에 유럽통화연합의 창설과 Euro(유로)의 도입으로 인해 대체되었다. ***ECU Treasury bill*** 이시유 재무부증권 ¶ The *ECU Treasury bill* is a Treasury bill that is denominated in European Currency Units. 이시유 재무부증권은 유럽통화단위로 표시된 재무부증권을 말한다.

ecu 에큐 ¶ The *ecu* is a legacy currency unit of European Union. It is still used in the valuation of the European Monetary Cooperative Fund. 에큐는 유럽연합(EU)의 내려오는 통화단위이다. 그것은 아직도 유럽통화협력기금(EMCF)의 평가에서 사용되고 있다.

Ecuador currency 에콰도르 화폐 ¶ sucre (ECS), divided into 100 centavos. 1 수크레(sucre) = 100 센타보(centavos).

EDGAR 에드가, 전자정보개시시스템 → SEC EDGAR (에드가, 전자정보개시시스템). ¶ Known simply as EDGAR, *SEC EDGAR* is the electronic data gathering analysis, and retrieval system that performs automated collection, validation, indexing, acceptance, and forwarding of submission by companies and others who are required by law to file forms with the Securities and Exchange Commission. SEC documents can be read or downloaded from the web site www. sec. gov. 간단히 에드가로 알려지고 있는 SEC EDGAR는 법률상 미국증권거래위원회(Securities and Exchange Commission: SEC)에 제출하게 되어 있는 기업 기타의 기관이 제출하는 서류를 컴퓨터를 사용하여 수취, 인증, 인덱스화, 승인, 전송하는 것을 전자데이터의 수집, 분석, 및 검색하는 시스템이다. SEC서류는 웹사이트 www. sec. gov.에서 읽을 수 있고 다운로드받을 수 있다.

edge 우위, 소량, 소액 ¶ *edge* bank [corporation] 에지은행[회사] ***Edge Act*** 에지법, [미] 국제금융에 종사하는 금융기관에 관한 법률 ¶ The *Edge Act* is a banking legislation, passed in 1919, which allows national banks to conduct foreign lending operations through federal or state chartered subsidiaries, called *Edge Act* corporations. Such corporations can be chartered by other states and are allowed, unlike domestic banks, to own banks in foreign countries and to invest in foreign commercial and industrial firms. 에지법은 미국에서 국법은행(연방정부 인가의 상업은행)이 에지법 은행회사라고 불리는 연방정부나 주정부의 인가 자회사를 통하여, 외국대출업무를 행하도록 인가하는 1919년에 제정된 은행법이다. 그러한 에지은행은 다른 주의 인가를 받을 수 있고, 일반의 국내은행과는 달리 외국에서 은행을 소유한다든지, 외국의 기업에 투자한다든지 하는 것이 허용된다. ***Edge Act corporation [subsidiary]*** 에지법 회사(에지법에 의해서 주간 업무금지의 특례로서 인정되어 타주에 설립된 은행의 자회사) ¶The *Edge Act corporation* is a corporation established under the 1919 Edge Act to undertake activities in international banking and investing. The act gives U.S. firms more flexibility in competing effectively with foreign firms. Corporations established under the Edge Act are often organized in order to finance foreign trade or to own foreign securities. 에지법회사는 국제금융과 투자에서 활동을 맡아서 돌보기 위하여 1919년 에지법에 의하여 설립된 회사이다. 에지법은 미국 기업에게 외국기업과 효과적으로 경쟁하는 데에 많은 융통성을 부여하고 있다. 에지법에 의해서 설립된 회사는 외국무역을 금융지원하거나 외국증권을 소유하기 위하여 조직되는 일이 흔히 있다.

E

EDI → **e**lectronic **d**ata **i**nterchange 전자정보상호교환 ¶*Electronic data interchange* (*EDI*) is transferring data between companies using computer networks such as the Internet. With *EDI*, electronically transmitted data replaces paper documents in the business accounts receivable cycle. Electronic messages are sent through public data transmission networks or the banking system. When payments also are made through *EDI*, the payment instructions flow through the banking system. 전자정보상화교환이란 인터넷과 같은 회사간의 정보를 컴퓨터 네트워크를 사용하여 이전하는 경우이다. 전자정보상호교환을 이용하여, 전자적으로 전송된 정보는 기업의 외상매출금순환에서 종이문서를 대신한다. 전자메시지는 공공의 정보전송네트워크 또는 금융체계를 통해서 송부된다. 지급이 또 전자정보상호교환을 통해서 이루어지는 경우, 지급지시(payment instruction)는 금융체계를 통해서 일어난다.

EDR → **E**uropean **d**epositary **r**eceipt [약] 유럽예탁증서

education 교육 ¶*education* [*educational*] loan 교육론(loan), 교육자금융자 ***Education IRA*** 교육비용개인퇴직계좌 ¶The *Education IRA* is a form of individual retirement arrangement allowing parents to save money for their children's educational expenses. Originally created in the Taxpayer Relief Act of 1997, the Educational IRA became the Coverdell Education Savings Account in the Economic Growth and Tax Relief Reconciliation Act of 2001. 교육비용개인퇴직계좌는 부모가 자녀의 교육비로서 거출하는 개인퇴직계좌(individual retirement account)의 1형태로서, 원래는 1997년의 납세자구제법(Taxpayer Relief Act of 1997)에서 설정된 제도였으나, 2001년 경제성장과 감세조정법(Economic Growth and Tax Relief Reconciliation Act of 2001)에 의해서 카버델교육저축계좌(Coverdell Education Savings Account)가 되었다. ~ ***[educational] loan*** 교육론(loan), 교육자금융자

EEC → The **E**uropean **E**conomic **C**ommunity [약] 유럽경제공동체 [약칭] the Common Market 유럽공동시장

effect 결과, 영향, 효력, 취지, (*pl.*) 동산물건, 개인자산 ¶*Effects* not cleared.

[=Present again.] [부도사유] 어음교환미료 /No *effects*. (N/E) (부도수표에 기입하는 문언) [부도사유] 예금없음[무재산] (Effects not cleared.도 같은 의미이다.) /with *effect* from … …에 발효하여

effective 효력이 있는, 유효한, 실제의, 사실상의 ¶ *effective* demand 유효수요 /*effective* exchange rates 실효(實效)환시세 /the *effective* life 유효기간 /*effective* pay rates 실질임금률 /*effective* today 본일자로써 /the *effective* yield 실효이율 ***effective date*** 효력발생일, 시행일 ¶ An *effective date* is a date on which an agreement takes effect. 효력발생일은 계약이 효력을 발생하는 날이다. ¶ In securities, an *effective date* is a date when an offering registered with the Securities and Exchange Commission may commence, usually 20 days after filing the registration statement. 증권거래에서, 효력발생일은 미증권거래위원회(Securities and Exchange Commission)에 등록된 모집·매출이 개시되는 날이고, 등록계출서(registration statement)의 계출일로부터 20일후가 되는 것이 일반적이다. ~ ***debt*** 실효부채 ¶ *Effective debt* is total debt owed by a firm, including the capitalized value of lease payments. 실효부채란 수익환원가액으로 환산한 리스(임차물건)지급액(capitalized value of lease payments)을 포함하여 기업의 부채총액을 이른다. ~ ***net worth*** 실질순자산 ¶ *Effective net worth* is net worth plus subordinated debt, as viewed by senior creditors. In small business banking, loans payable to principals are commonly subordinated to bank loans. The loans for principals thus can be regarded as *effective net worth* as long as a bank loan is outstanding and the subordination agreement is in effect. 실질순자산이란 우선순위가 높은 채권자(creditor)측에서 본 순자산(net worth)과 열후채무(subordinated debt)의 합계액을 말한다. 소규모기업을 대상으로 하는 상업은행업무(small business banking)에서는, 중소기업의 오너(principal)에의 일반대출채권은 은행대출채무에 열후한다. 따라서 열후계약(subordination agreement)이 유효하는 이상 은행측에서 본다면 오너에 대한 일반대출채권은 실질순자산이 될 수 있다. ~ ***rate*** 실효금리(實效金利) ¶ The *effective rate* is a yield on a debt instrument as calculated from the purchase price. The *effective rate* on a bond is determined by the price, the coupon rate, the time between interest payments, and the time until maturity. Every bond's *effective rate* thus depends on when it was bought. The *effective rate* is a more meaningful yield figure than the coupon rate. 실효금리는 구입가격에서 계산한 채권(bond)의 이율(yield)을 이른다. 실효금리는 채권의 가격, 표면이율(coupon rate), 이자지급기간, 만기(maturity)까지의 기간에 의해서 결정된다. 요컨대 채권의 실효금리는 구입시기에 따라 달라진다. 실효금리는 표면금리보다 의미가 있는 숫자라고 말할 수 있다. ~ ***sale*** 단주(端株)거래를 위한 기준주가 ¶ The *effective sale* is a price of a round lot that determines the price at which the next odd lot will be sold. If the last round-lot price was 15, for instance, the odd-lot price might be 15 1/8. The added fraction expressed in decimals is the odd-lot differential. 단주거래를 위한 기준주가란 그 주가를 기준으로 직후에 행해지는 단주(odd lot)거래의 매도가격이 결정되는 최저거래단위(round lot)로 행해진 주가이다. 예컨대 지난 거래단위가격이 15달러인 경우, 단주의 가격은 1/8의 단주수수료(odd-lot differential)를 더해서 15 1/8달러이다. ~ ***spread*** [영] 실효스프레드 ¶ The *effective spread* is the actual difference between the bid and offer of a securities transaction, incorporating the direction of price movements. See also quoted spread; realized spread. 실효스프레드는 증권거래의 매수호가와 매도호가간의 실제차액(actual difference)으로서, 가격변동(price movements)의 방향을 반영한다. quoted spread(호가스프레드); realized spread(실현스프레드)도 참조할 것. ~

tax rate 실효세율 ¶ The *effective tax rate* is a tax rate paid by a taxpayer. It is determined by dividing that tax paid by the taxable income in a particular year. For example, if a taxpayer with a taxable income of $100,000 owes $30,000 in a year, he has an *effective tax rate* of 30%. The *effective tax rate* is useful in tax planning, because it gives a taxpayer a realistic understanding of the amount of taxes he is paying after allowing for all deductions, credits, and other factors affecting tax liability. 실효세율이란 납세자가 지급하는 세율을 말한다. 그것은 1년간 지급된 세금을 과세소득(taxable income)으로 나누어 산출한다. 예컨대 10만 달러의 과세소득이 있는 납세자가 연간 3만 달러의 납세의무가 있다고 하면, 그 사람의 실효세율은 30%가 된다. 실효세율은 소득공제(tax deduction)나 세액공제(tax credit) 등의 세액에 영향을 줄 수 있는 요소를 전부 포함한 실제의 납세액을 이해할 수 있으므로, 세무계획(tax planning)상 유용하다.

effectiveness 유효성, 효율

effectual demand 유효수요

efficiency 능력, 능률 ¶ *efficiency* pay 능률급

E

efficient 효율적 ¶ the *efficient* market hypothesis 효율적 시장가설(효율적 시장과 같은 시장참가자의 합리적 행동이 행해지는 주식시장을 상정한 시장투자론) ***efficient frontier*** [영] 유효프론티어 ¶ In the capital asset pricing model, an *efficient frontier* is boundary defined by investment portfolios that provide investors with the maximum possible return for a given level of risk. See also capital market line; security market line. 자본자산가격결정모형(capital asset pricing model)에 있어서, 유효프론티어는 리스크의 일정한 수준을 위해서 투자자에게 최대한의 가능한 이익(return)을 제공하는 투자포트폴리오(investment portfolio)가 정하는 경계선을 말한다. capital market line(자본시장선); security market line(증권시장선)도 참조할 것. ~ ***market*** 효율적 시장 ¶ The *efficient market* is a theory that market prices reflect the knowledge and expectations of all investors. Those who adhere to this theory consider it futile to seek undervalued stocks or to forecast market movements. Any new development is reflected in a firm's stock price, they say, making it impossible to beat the market. This vociferously disputed hypothesis also holds that an investor who throws darts at a newspaper's stock listings has as good a chance to outperform the market as any professional investor. 효율적 시장이란 시장가격(market price)은 모든 투자자(investor)의 지식과 기대를 반영하고 있다고 하는 이론을 이른다. 이 이론을 지지하는 사람들은 저평가주(undervalued stock)를 찾는다든지 시장의 동향을 예측한다든지 하는 것은 헛된 짓이라고 생각한다. 모든 신사태가 주가에 반영되기 위해서는, 그들의 의견으로는 시장을 빼돌려서는 불가능하다고 한다. 이처럼 요란하게 의론된 가설에 의하면, 신문의 주식란에 화살을 쏘아 맞추는 품목에 투자하는 투자자도, 운용의 전문가와 똑같을 정도로 시장을 상회하는 운용성적으로 올릴 가능성이 있다고 하고 있다. ~ ***portfolio*** 효율적 포트폴리오(효율적 시장을 염두에 두고 짜맞춘 포트폴리오) ¶ The *efficient portfolio* is a portfolio that has a maximus expected return for any level of risk or a minimum level of risk for any expected return. It is arrived at mathematically, taking into account the expected return and standard deviation of returns for each security, as well as the covariance of returns between different securities in the portfolio. 효율적 포트폴리오란 모든 리스크 수준에 대해서 최대의 기대수익률(expected return)이 있지만, 모든 기대수익률에 대해서 최소의 리스크 수준을 가지는 포트폴리오(portfolio)

를 의미한다. 포트폴리오에 포함된 각 증권의 기대수익률이나 수익률의 표준편차(standard deviation)뿐만 아니라, 서로 다른 증권간의 수익률의 공분산(共分散)(covariance)을 계산에 넣어서 효율적 포트폴리오를 수학적으로 산출한다.

efflux 유출 (*cf.*) influx 유입 ¶ *efflux* of gold 금의 유출

EFT → electronic funds transfer [약] 전자자금이체, 컴퓨터자금이체시스템 ¶ As defined in the Electronic Fund Transfer Act (Title of XX of the Financial Institutions Regulatory and Interest Rate Control Act of 1978), the *electronic funds transfer* (*EFT*) is any transfer of funds, other than a transaction originated by a paper instrument, that is initiated through an electronic terminal, telephone, or computer or magnetic tape and that orders or authorizes a financial institution to debit or credit an amount. An example would be an ATM (Automatic Teller Machine) transaction. Also called wire transfer. (1978년의 금융기관규제법 및 금리규제법(Financial Institutions Regulatory and Interest Rate Control Act of 1978) Title XX로서 성립한) 전자자금이체법(Electronic Fund Transfer Act)에서 정의된 바와 같이, 전자자금이체는 종이매체에 의한 이체 이외에, 전자단말기(電子端末機), 전화, 컴퓨터, 자기테이프을 통해서 발생하며, 금융기관에 대해서 계좌에의 입출금을 지시하고 권한을 주는 자금의 이체를 말한다. 현금자동지급기(Automatic Teller Machine: ATM)가 그 예이다. 이를 wire transfer(전신송금)라고도 한다.

EGP (ISO) code Egypt – currency Egyptian pound. ¶ EGP (국제표준기구) 약호 이집트 — 화폐 파운드(pound).

Egypt currency 이집트 화폐 ¶ Egyptian pound (EGP), divided into 100 piastres. 1 파운드(Egyptian pound) = 100 피애스터(piastres)

EIB → **E**uropean **I**nvestment **B**ank [약] 유럽투자은행

either 어느 한쪽의, 양쪽의 ¶ *either* way market (매도가격과 매입가격이 같도록 하는) 쌍방향시장, a locked market(동결시장)도 같다.

either-or order 양자택일주문(가격지시주문과 반대가격지시주문을 조합한 주문. 일방이 실행된 경우는 타방은 취소된다.) → alternative order (양자택일주문).

elapse (시간이) 지나가다, 경과하다 ¶ *elapsed* presentation period [부도사유] 제기기간경과후 /the *elapsed* number of days 경과일수

elastic [영속] 탄력적 ¶ The word *elastic* means of or relating to the demand for good or service when the quantity purchased varies significantly in response to price changes in the good or service. For example, the demand for product with many close substitutes is *elastic* because a small price rise will cause consumers to switch to competing brands. Compare inelastic. See also unitary elasticity. 탄력적이라는 말은 구입량(quantity purchased)이 재화나 서비스의 가격변동에 대응해서 뚜렷하게 변하는 경우에 재화나 서비스에 대한 수요 또는 재화나 서비스에 관하여라는 의미이다. 예를 들면, 소액의 가격인상이 소비자를 경쟁상표로 발길을 돌리는 원인이 되기 때문에 많은 유사한 대체물이 있는 제품에 대한 수요야말로 탄력적이다. inelastic(비탄력적)과 비교할 것. unitary elasticity(단위탄력성)도 참조할 것.

elasticity 탄력성 ***elasticity of demand* [*supply*]** 수요[공급]가의 가격탄력성 ¶ *Elasticity of demand* is responsiveness of buyers to changes in price. Demand for luxury items may slow dramatically if prices are raised because these purchases are not essential, and can be postponed. On the other hand, demand for necessities such as food, telephone service, and emergency surgery is said to be inelastic. It remains about the same despite price changes because buyers cannot postpone their purchases without severe adverse consequences. 수요의 가격탄력성은 가격변화에 대한 매수인의 반응도를 이른다. 사치품은 생활필수품이 아니기 때문에 구입을 미룰 수 없기 때문이다. 다른 한편식품, 전화의 이용, 긴급수술 등 생활에 필수불가결한 것에 대한 수요는 비탄력적이라 한다. 필수품의 구입을 미룬다고 하면, 심각한 지장을 초래하므로, 생활필수품에 대한 수요는 가격의 변화에 구애됨이 없이 거의 변하지 않는다. ¶ *Elasticity of supply* is responsiveness of output to changes in price. As prices move up, the supply normally increases. If it does not, it is said to be inelastic. Supply is said to be elastic if the rise in price means a rise in production. 공급의 가격탄력성이란 가격변화에 대한 생산자측의 반응도이다. 가격이 상승하면, 공급은 통상 증가한다. 그렇지 않으면, 공급은 비탄력적이라고 한다. 가격상승이 생산자측의 상승을 의미하게 된다면, 공급은 탄력적이라고 한다.

elbow 팔꿈치, 급한 곡선, [증권] 이율곡선의 어깨 또는 팔꿈치(오른쪽 어깨가 올라가는 이율곡선 위에서 이율이 급상하는 점에의 투자를 행하는 것) ¶ The *elbow* is an area of the yield curve that is deemed to be financially attractive (i.e., cheap) and where profits can be generated by simply rolling down the curve. 이율곡선의 어깨 또는 팔꿈치는 재정적으로 매력이 있다(즉, 저렴하다)고 생각되고 이익은 단순히 곡선을 내림으로써 산출될 수 있는 이율곡선(yield curve)을 말한다.

elect 선택하다, 결정하다(choose), 뽑다 ¶ The term *elect* is to choose a course of action. Someone who decides to incorporate a certain provision in a will *elects* to do so. elect라는 말은 어떤 행동을 하기로 결정하다는 뜻이다. 예컨대 유언(will)에 특정한 조항을 삽입하기로 결정한 자는 그렇게 하기로 결의한다는 뜻이다. ¶ In securities trading, the term *elect* means making a conditional order into a market order. If a customer has received a guaranteed buy or sell price from a specialist on the floor of an exchange, the transaction is considered *elected* when that price is reached. If the guarantee is that a stock will be sold when it reaches 20, and a stop order is put at that price, the sale will be *elected* at 20. 증권거래에서 elect라는 말은 조건부 주문(conditional order)을 성립가 주문(market order)으로 하는 것을 의미한다. 고객이 거래소 입회장(floor)의 스페셜리스트(specialist)로부터 매입가나 매도가를 보증받은 경우, 시장가격이 그 보증가격이 되면 그 거래는 elect되었다고 한다. 예컨대 스페셜리스트의 보증매도가가 20달러이고, 고객의 가격지정주문(stop order)이 20달러인 경우에, 주가가 20달러가 된 시점에서 거래가 elect되는 것이 된다.

electric 전기의 ¶ *electric* appliances 전기기구(電氣器具) ***electric vehicle*** 순수전기차 ¶ An *electric vehicle* is a vehicle which operates the motor with the battery as a resource of energy without an internal-combustion engine. 순수전기차는 내연기관 없이 배터리를 에너지원으로 모터를 돌려 움직이는 차이다.

electricity 전기 ¶ *electricity* bill 전기요금 ***electricity swap*** [영] 전기스왑 ¶ The *electricity swap* is an over-the-counter swap involving the exchanges of fixed and floating electricity prices based on the average level of a recognized electricity pool or pricing index; transactions are often settled monthly or quarterly (to coincide with billing cycles), on the physical or financial basis. Also known as power swap. See also power option. 전기스왑은 인식된 전기풀

(pool) 또는 가격결정지수(pricing index)의 평균수준을 기초로 하는 고정전기가격 또는 변동전기가격의 교환을 수반하는 장외거래스왑을 말한다. 그 거래는 (청구사이클링에 일치하기 위해서) 매달 또는 3달마다 실물베이스 또는 회계상으로 결제되기도 한다. 이는 power swap(파워스왑)으로도 알려져 있다. power option(파워옵션)도 참조할 것.

electronic 전자(電子)의 ¶ *electronic* computer system 전자계산조직 /*electronic* money (종이를 매개로 하지 않는) 컴퓨터처리거래에 있어서 금전표시의 총칭 ***electronic banking*** 일렉트로닉 뱅킹(전자화된 은행업무)(은행이 컴퓨터나 통신기술을 활용하여 업무의 기계화 · 신금융상품 · 금융서비스를 제공하는 경우를 말한다.) ¶ The *electronic banking* is a computerized service offered by many banks and financial institutions that allows clients to conduct essential banking transactions (e.g., account balance inquiries, fund transfers, bill paying) via computer. See also electronic trading. 일렉트로닉 뱅킹(전자화된 은행업무)은 컴퓨터를 경유해서 고객이 필수적인 은행거래(예컨대, 계정잔액조회, 자금이체, 청구서지급처리)를 하게 할 수 있는 은행 및 금융기관이 제공하는 컴퓨터로 처리하는 서비스를 말한다. → online banking (온라인뱅킹). ~ ***blue sheet* (*EBS*)** 전자거래보고포맷 ¶ The *electronic blue sheet* (*EBS*) is a format used by clearing firms to provide the SEC with detailed information about trading activity, including the security traded, the trade date, price, transaction size, and a list of the parties involved. Preelectronics, information was communicated on blue paper. 전자거래보고포맷이란 미국의 증권거래위원회(Securities and Exchange Commission: SEC)에 대해서 매매한 증권, 일자, 가격, 거래량, 거래에 관한 관계자의 리스트 등 거래의 상세를 보고하기 위해서 증권의 결제회사(clearing firms)가 사용하는 포맷이다. 전자화하기 전에는, 청색의 종이로 보고하게 되어 있었으므로, 이와 같이 이처럼 부르게 되었다. ~ ***cash*** 전자머니, 전자화폐, 전자캐시, e-머니(e-money) → digital money (디지털머니), electronic wallet (전자월렛, 전자돈지갑). ~ ***commerce*** 전자상거래 ¶ *Electronic commerce* is buying and selling on the Internet. Also called e-commerce, it has three subcategories: business-to-business (B2B), business-to-consumer (B2C), and consumer-to-consumer (C2C). 전자상거래는 인터넷상의 매매(buying and selling)이다. e-커머스(e-commerce)라고도 한다. 기업간의 매매(B2B), 기업과 소비자간의 매매(B2C), 소비자간의 매매(C2C)의 셋으로 분류된다. ~ ***communication network* (*ECN*)** 전자증권거래네트워크 ¶ The *electronic communication network* is any one of a number of electronic systems that displays and matches orders placed on exchanges and over-the-counter by market makers and traders. A prominent example is Inet, a business of Instinet Group. Inet represents the consolidation of the order flow of the former Instinet ECN and former Island ECN. In 2005, Instinet was acquired by NASDAQ and is now part of NASDAQ OMX. 전자증권거래네트워크는 마켓메이커(market maker)나 트레이더(trader)가 증권거래소(stock exchange)나 장외거래(over-the-counter)에 나온 증권의 주문을 표시한다든지, 매칭시킨다든지 하는 전자증권거래시스템(ECN)의 총칭이다. 잘 알려진 예로서는 인스티네트그룹(Instinet Group)의 기업인 아이네트(Inet)가 있다. 아이네트는 이전의 인스티네트 ECN의 주문작업부(order flow)와 이전의 아일랜드(Island) ECN을 통합한 시스템이다. 2005년에 인스티네트는 나스닥(NASDAQ)에 의해서 매수되었고, 현재 나스닥 OMX의 일부로 되어 있다. ~ ***data interchange* (*EDI*)** 전자정보상호교환 ¶ *Electronic data interchange* is transfering data between companies using computer networks such as the Internet. With *EDI*, electronically transmitted data replaces paper documents in the business accounts receivable cycle. Electronic messages are sent through public data transmission networks or the banking system. When payments also are made through *EDI*, the payment instructions flow through the banking system. 전자정보상호교환이란 인터넷과 같은 회사간의 정보를 컴퓨터 네트워크를 사용하여 이전하는 경우이다. 전자정보상호교환을 이용하여, 전자적으로 전송된 정보는 기업의 외상매출금순환에서 종이문서를 대신한다. 전자메시지는 공공의 정보전송 네트워크 또는 금융체계를 통해서 송부된다. 지급이 또 전자정보상호교환을 통해서 이루어지는 경우, 지급지시(payment instruction)는 금융체계를 통해서 일어난다. ~ ***funds transfer* (*EFT*)** 컴퓨터자금이체 ¶ As defined in the Electronic Fund Transfer Act (Title of XX of the Financial Institutions Regulatory and Interest Rate Control Act of 1978), the *electronic funds transfer* (*EFT*) is any transfer of funds, other than a transaction originated by a paper instrument, that is initiated through an electronic terminal, telephone, or computer or magnetic tape and that orders or authorizes a financial institution to debit or credit an amount. An example would be an ATM (Automatic Teller Machine) transaction. Also called wire transfer. (1978년의 금융기관규제법 및 금리규제법(Financial Institutions Regulatory and Interest Rate Control Act of 1978) Title XX로서 성립한) 전자자금이체법(Electronic Fund Transfer Act)에서 정의된 바와 같이, 전자자금이체는 종이매체에 의한 이체 이외에, 전자단말기(電子端末機), 전화, 컴퓨터, 자기테이프를 통해서 발생하며, 금융기관에 대해서 계좌에의 입출금을 지시하고 권한을 주는 자금의 이체를 말한다. 현금자동지급기(Automatic Teller Machine: ATM)가 그 예이다. 이를 wire transfer(전신송금)라고도 한다. ~ ***limit order book* (*ELOB*)** [영] 전자지정가주문장(場) ¶ The *electronic limit order book* (*ELOB*) is an electronic platform that operates as a form of electronic exchange, posting standard limit orders and, in some instances, also managing market orders hidden orders. An *ELOB* aggregates bids and offers submitted buyers and sellers, posting varying degrees of price and volume information without attribution to the buyer or seller; as bids and offers are queered in the *ELOB*, price assumes priority, followed by time. 전자지정가주문장(場)은 표준지정가주문을 제안하고 어떤 경우에는 성립가주문(market orders)을 숨은 주문으로 관리하기도 하는 전자거래소의 형태로서 운영하는 전자프랫폼을 말한다. 전자플랫폼은 매수인과 매도인의 귀속관계를 고려하지 않고 여러 가지 가격의 정도와 분량정보를 게시하는 매수인과 매도인에게 제시된 매수호가(bids)와 매도호가(offers)를 집합한다. 매수호가와 매도호가가 전자지정가주문장(ELOB)에서는 엉망이 될 때에는 가격은 시간마다 우선원칙(priority)이 적용된다. ~ ***portal*** [영] 전자포털 ¶ The *electronic portal* is an integrated electronic interface where a sponsoring financial institution or exchange provides clients with access to a broad range of market information, research, quotes/pricing, analytics, and/or execution. 전자포털은 지원하는 금융기관 또는 거래소가 고객에게 광범한 범위의 시장정보, 조사, 공시/가격결정, 정보분석 및 집행(execution)에 관한 접근을 제공하는 통합전자인터페이스(interface)를 말한다. ~***ticket*** [영] 전자티켓 ¶ The *electronic ticket* is an electronically generated and communicated information "slate" used by certain exchanges and electronic communications networks to convey details of a trade. Relevant parties update the *electronic ticket* as new information becomes available during the trading and clearing processes. The resulting *electronic ticket* acts as a legally binding confirmation once accepted by both parties. Also known as E-ticket. 전자티켓은 거래의 상세한 사항들을 전달하기 위하여 일정한 거래소와 전자증권거래네트워크(electronic communication networks)가 사용하는 전자방법으로 산출되고 전달되는

정보「슬레이트」(slate)를 말한다. 관계당사자들은 새로운 정보가 거래과정과 청산과정동안에 유용하게 되기 때문에, 전자티켓을 업데이트한다. 결과로서 생기는 전자티켓은 양당사자가 이를 수용한 이상 법적으로 구속력 있는 확증으로 작용한다. 이는 E-티켓으로도 알려져 있다. ~ ***quotation service*** 전자가격고시서비스 ¶ *Electronic quotation service* is Internet service providing information of pink sheets LLC. 전자가격고시서비스란 핑크시트 LLC(Pink Sheets LLC)를 인터넷을 통해서 제공하는 서비스를 이른다. ~ ***short-term bond*** [영] 전자단기사채 ¶ The *electronic short-term bond* (*ESTB*) is a type of corporate bonds registered on the electronic account book. *ESTB* has been invested to replace the function of commercial paper (CP) which has various problems, i.e., issue of physical securities, lack of transparency, shortage of transferability generated by prohibition of splitting endorsement. Accordingly, *ESTB* has the same marketability as CP does, that hold characteristics of unsecured debenture with a maturity less than one-year. 전자단기사채는 전자계좌부(electronic account book)에 등록된 회사채의 일종이다. 전자단기사채는, 예를 들면 분할배서의 금지로 생기는 실물증권의 발행, 투명성의 결여, 양도성의 결핍과 같은 여러 가지 문제를 가지는 기업어음(commercial paper: CP)의 기능을 대신하기 위해 고안된 것이다. 따라서 전자단기사채는 1년 미만의 만기를 가지는 무담보사채의 특성을 보유하는 CP와 같은 시장성을 가진다. ~ ***trading*** [영] 전자거래 ¶ The *electronic trading* is any form of trading that is routed and executed through an electronic platform, such as an alternative trading system or electronic communications network, rather than through a physical broker or market maker on an exchange floor. *Electronic trading* exists in various asset classes, including stocks, bonds, foreign exchange, and commodities, and can be executed between platform or through electronic capabilities on exchanges. See also electronic banking. 전자거래는 거래소의 입회장의 실제의 브로커나 마켓메이커를 통하기보다 도리어 대체거래제도(alternative trading system) 또는 전자증권거래네트워크(electronic communication network)와 같은 전자적 플랫폼(electronic platform)을 통해서 순서를 정하고 집행되는 거래의 일종이다. 전자거래는 주식, 채권, 외국환, 및 상품을 포함하여 여러 자산종류가 존재하고, 거래소내의 플랫폼(platform)간이나 전자가능출력(electronic capabilities)을 통해서 집행될 수 있다. electronic banking(일렉트로닉뱅킹)도 참조할 것. ~ ***wallet*** 전자월렛, 전자돈지갑 ¶ *Electronic wallet* is computer technology that stores a coded credit card number in the hard drive and permits purchases at web sites without reentering card information. 전자월렛은 코드화된 크레디트카드(credit card)번호를 하드디스크에 보존하는 컴퓨터기술로, 카드의 정보를 재입력하지 않고 웹사이트에서 매물이 가능하게 된다. → digital money(디지털머니).

electronics 전자공학, 전자기술 ¶ the *electronics* industry 전자산업

eleemosynary 자선의 ¶ *eleemosynary* institutions [organization] 자선단체

elephants 거대기관투자자 ¶ *Elephants* are an expression describing large institutional investors. The term implies that such investors, including mutual funds, pension funds, banks, and insurance companies, tend to move their billions of dollars in asserts in a herd-like manner, driving stock and bond prices up and down in concert contrarian investor specialize in doing the opposite of the *elephants* – buying when institutions are selling and selling when the elephants are buying. The opposite of *elephants* are small investors, who buy and sell far smaller quantities of stocks and bonds. elephants(거대기관

투자자)란 거대한 투자자를 표현하는 말이다. 그 말은 뮤추얼펀드(mutual fund), 연금기금(pension fund), 은행, 보험회사 등의 거대기관투자자는 무리를 거느리고 몇 10억 달러의 자산을 일제히 움직여서 주가나 채권가격을 상하로 휘둘리는 경향에 있다는 것을 시사하고 있다. 반대행동을 취하는 투자자(contrarian investors)는 거대기관투자자와는 반대의 움직임을 전문으로 하여서, 거대기관투자자가 매도할 때에는 매입하고, 거대기관투자자가 매입할 때에는 매도한다. 거대기관투자자의 반대어가 소액투자자(small investors)이고, 극히 소량의 주식이나 채권을 매매하는 투자자를 의미한다.

Eleven Bond Index 11본드 인덱스 ¶ The *Eleven Bond Index* is an average yield on a particular day of 11 selected general obligation municipal bonds with an average AA rating, maturing in 20 years. It is composed of 11 of the 20 bonds in the Twenty Bond Index, also referred to as the Bond Buyer's Municipal Bond Index, published by the Bond Buyer and used as a benchmark in tracking municipal bond yields. 11본드 인덱스란 만기 20년, 평균등급(average rating) AA의 선발된 11개 종목의 일반재원지방채(general obligation municipal bond)의 특정일에 있어서 평균이율(average yield)을 말한다. 이 지수(index)는 20개 종목 중의 11개 종목으로 구성된다. 20개 본드 인덱스는 본드 바이어지(紙)(Bond Buyer)가 발표하는 본드 바이어 지방채지수(Bond Buyer's Municipal Bond Index)에서 인용되고 있고, 지방채의 이율을 추적하는 기준(benchmark)으로 되어 있다.

eligibility 적임, 적격 ¶ *eligibility* for rediscount 재할인적격 ***eligibility of requirements*** 가입적격요건 ¶ In insurance, the *eligibility of requirements* is requirements by an insurance company to qualify for coverage. For example, a life insurance company may require that because of a person's health condition, a potential policyholder would need to pay a higher premium to obtain coverage. In this circumstances, the policyholder's ability to pay becomes a primary issue. 보험에서, 가입적격요건이란 보험회사가 설정하는 보험가입조건을 이른다. 예컨대 생명보험회사가 보험가입예정자(potential policyholder)의 건강상태를 이유로 높은 보험료(insurance premium)를 요구하는 경우가 있다. 이러한 경우에, 보험가입자의 지급능력이 중요한 문제가 된다.

eligible 자격이 있는, 적임의 ¶ *eligible* export [미] 적격수출채권 /*eligible* for discount 할인적격(의) /*eligible* secured loan 적격담보대출 ***eligible paper [bill]*** 적격어음 ¶ An *eligible paper* is a commercial and agricultural paper, draft, bills of exchange, banker's acceptances, and other negotiable instruments that were acquired by a bank at a discount and that the Federal Reserve Bank will accept for rediscount. 적격어음이란 은행이 할인해서 취득하고, 또 미연방준비은행(Federal Reserve Bank)이 재할인을 인정하는 상업어음, 농업어음, 환어음(bills of exchange), 은행인수어음(banker's acceptance), 기타 유통증권(negotiable instruments)을 말한다. ~ ***reserves*** 적격준비금 ¶ In the U.S., *eligible reserves* are cash held in a bank plus funds held in the bank's name at the federal reserve. 미국에서, 적격준비금은 은행에서 보유하고 있는 현금 플러스 연방준비은행에 은행의 명의로 보유하고 있는 자금을 말한다. ~ ***securities*** [영] 적격유가증권 ¶ *Eligible securities* are securities that banks are allowed to purchase, hold, and trade on a direct basis, including government bonds and agency securities. Those ruled ineligible under regulations must often be traded through a separately incorporated and regulated subsidiary. 적격유가증권은 정부채(債)와 정부기관증권(agency securities)을 비롯하여 은행이 직접베이스로 구입하여 보유하고 거래할 수 있는 증권을 말한다. 규정에 의하여 부적격으로 판정된 증권들은 별도로 법인화되고

규제받은 자회사(subsidiary)를 통해서 거래되어야 하는 경우도 있다.

eliminate 소거(消去)하다, 제거하다, 배설하다 ¶ *eliminate* waste from the system 노폐물을 몸에서 배설하다

elimination 소거, 상쇄제거 ¶ the *elimination* of social ills 사회악의 제거

Elliott Wave Theory 엘리엇 파동이론 ¶ The *Elliott Wave Theory* is a technical analysis concept first put forth by Ralph Nelson Elliot in 1939, then discussed in a 1978 book by Rober Prechter and A. J. Frost, The Elliott Wave Principle. Mr. Prechter also has a newsletter, "The Elliott Wave Theorist." The theory holds that all human activities, including stock market movements, can be predicted by identifying a repetitive pattern of building up and tearing down, represented graphically as eight waves, five in the direction of the main trend, followed by three corrective waves. a 5-3 move completes a cycle, although cycles and the underlying waves vary in duration. Some practitioners believe the most recent "supercycle" began in 1932 and ended with black Monday in 1987, but there is not unanimous agreement and the predictive value of the theory has been in question since then. The skyscraper indicator, which correlates the construction of the world's tallest buildings with stock market tops, was popularized by "The Elliott Wave Theorist." 엘리엇 파동이론은 1939년 랠프 넬슨 엘리엇(Ralph Nelson Elliott)에 의해서 최초로 고안되고, 그 후 로버트 프레처(Robert Prechter)와 A. J. 프로스트(A. J. Frost)의 저서, The Elliott Wave Principle(엘리엇파동법칙)에서 논하여진 테크니컬 분석(technical analysis)의 개념이다. 프레처는 "The Elliott Wave Theorist"(엘리엇파동이론가)라는 뉴스레터도 발행하고 있다. 이 이론에 의하면, 주식시장(stock market)의 움직임을 포함하는 모든 인간행동은 건축과 파괴의 반복적인 패턴을 밝혀냄으로써 예측할 수 있는 것이라고 하는 것이다. 이 패턴은 8개의 파동이라 하여 그래프로 나타내면서, 그 중의 5개는 주요한 동향을 보이고, 그 후 그 동향을 수정하는 3개의 파동이 이어간다. 5 대 3의 파동의 움직임에서 1개의 사이클이 완결하지만, 사이클과 그것을 구성하는 파동의 길이는 여러 가지이다. 엘리엇 파동이론의 실천가 중에는 최근의 대사이클은 1932년에 시작하여, 1987년의 블랙먼데이(black Monday)로 종언하였다고 믿는 자도 있으나, 어느 누군가가 찬성하고 있는 것은 아니고, 그 이래 이론이 가지는 예언적 가치에는 의문부호가 찍히고 있다. 세계최고층의 빌딩과 주식시장의 최고치를 관련지우는 마천루지표(skyscraper indicator)는 "The Elliott Wave Theorist"에 의해서 세상에 널리 알려지게 되었다.

ELS → **e**quity **l**inked **s**ecurities [약] 주가연계증권 ¶ The *ELS* is an acronym for the *equity linked securities* meaning derivatives that profits and losses accrue according to the arrangement when fully conditioned as underlying assets of other securities and index. ELS는 주가연계증권의 머리글자의 약자이고, 그 의미는 다른 증권 또는 지수를 기초자산으로 하여 조건 충족시 약정된 바에 따른 손익이 발생하는 파생상품(derivatives)을 말한다.

Elves 엘브스 ¶ The *Elves* is the U.S. banking and stockbroking community centered on Wall Street or, more specifically, the technical analysts who predict changes in share prices. 엘브스는 월스트리트 또는 좀 더 명확히 말하면, 주가의 변화를 예언하는 테크니컬 애널리스트가 중심을 이루고 있는 미국의 은행 및 주식중개업사회이다.

ELW → **e**quity **l**inked **w**arrant [약] 주식워런트증권, 주가연계증권 ¶ The *ELW* is an acronym for the equity linked warrant meaning derivatives that, simply speaking, after betting about whether the stock or its index rises or drops at a future time, whose right represents an instrument, it may be bought and sold. That is an investment product which is designed to be traded in such a way that the index or issue on the market can be traded at the cheaper prices. In short, it is such an investment product that an early expiration provision is set on the existing *ELW*, and an investor's loss may be reduced. ELW란 equity linked warrant(주식워런트증권)의 머리글자로서, 쉽게 말해서 미래의 어느 시점에 개별 주식이나 지수가 오를지 내릴지를 놓고 내기를 건 다음, 그 권리를 증서로 만들어 사고파는 파생상품이다. 즉, 지수나 종목들을 보다 싼 가격에 거래할 수 있도록 고안된 투자상품이다. 이것은 기존의 ELW에 조기종료 조건을 달아 투자자의 손실을 줄인 상품이다.

EMA → **E**uropean **M**onetary **A**greement [약] 유럽통화협정

emancipation (미성년자인 자(子)에 대한) 능력부여 ¶ *Emancipation* is freedom to assume certain legal responsibilities normally associated only with adults, said of a minor who is granted this freedom by a court. If both parents die in an accident, for instance, the 16-year-old eldest son may be emancipated by a judge to act as guardian for his younger brothers and sisters. (미성년자인 자(子)에 대한) 능력부여란 일반적으로 성인만이 가지는 일정한 법적 책임을 인수하는 자유를 미성자인 경우에는 법원으로부터 이 자유를 부여받는다. 예컨대 만약 양친이 사고로 사망한 경우, 장자인 16세의 자(子)는 그의 남동생과 여동생의 후견인으로 법률상의 행위능력을 법관으로부터 부여받는다.

embargo 출[입]항금지, 통상정지, 금제(禁制), 수출금지 ¶ An *embargo* is government prohibition against the shipment of certain goods to another country. An *embargo* is most common during wartime, but is sometimes applied for economic reasons as well. For instance, the Organization of Petroleum Exporting Countries placed an embargo on the shipment of oil to the West in the early 1970s to protest Israel policies and to raise the price of petroleum. 엠바고는 타국에 특정한 제품의 출하를 금지하는 정부명령이다. 엠바고는 전시중에 발령되는 것이 가장 일반적이지만, 때로는 경제적 이유 때문에 발령되는 경우도 있다. 예컨대 석유수출국기구(Organization of Petroleum Exporting Countries)는 1970년대 초에 이스라엘정부에 대한 항의와 원유가격인상을 목적으로 서방 여러 국가에의 석유수출금지조치를 취하였다.

embarkation 적재, 적재물 ¶ a port of *embarkation* 목적항

embarrass 당혹하게 하다, 방해하다 ¶ They are *embarrassed* in their affairs. 그들은 재정난에 빠져 있다.

embarrassed (금전상으로) 곤란한 ¶ I was *embarrassed* at her unexpected question. 나는 그녀의 뜻밖의 질문에 쩔쩔맸다.

embarrassment 당혹, 곤혹, (*pl.*) 재정곤란 ¶ indications of *embarrassment*(s) 재정적 곤란의 조짐[징조]

embedded option 편입옵션 ¶ The *embedded option* is an option that is part of the structure of a bank loan, bond, or financial instrument. Common examples are prepayment options in mortgages, early withdrawal options in certificates of deposit, annual caps in adjustable-rate mortgages, and call (early redemption) provisions in corporate bonds. *Embedded options* are very interest rate sensitive and add uncertainty in the calculation of projected returns and interest risk because the probability they will be exercised is always present. Also called hidden option. 편입옵션은 은행융자(bank loan), 채권(bond) 또는 금융상품(financial instrument)의 구조의 일부인 옵션을 말한다. 일반적인 실례로서는 모기지의 기한전 상환옵션(prepayment option), 예탁증서의 조기해약옵션(withdrawal option), 변동금리모기지(adjustable-rate mortgage)와 사채의 임의상환조항(call provisions)(조기상환)이 있다. 편입옵션은 금리에 매우 민감하고 예상이익률과 금리의 산출에 불확실성을 더해 준다. 왜냐하면 옵션이 행사될 확률(probability)은 항시 현존하기 때문이다. 이를 은닉된 옵션(hidden option)이라고도 한다.

embezzle 공금을 사용(私用)하다, 횡령하다 ¶ To *embezzle* is to take illegally something of value being held in custody for someone else. 횡령하다는 것은 어떤 사람의 관리하에 있는 귀중품을 불법으로 가지고 가는 것이다. /*embezzling* of cash 현금의 착복

embezzlement 공금횡령 ¶ *Embezzlement* is unlawful conversion of assets held in trust, as when a bank teller diverts money in a cash drawer to personal use. Misappropriation of bank funds can take many forms, which makes detection difficult. 공금횡령은 은행의 금전출납원이 현금서랍에 있는 현금을 개인용도로 유용하는 경우와 같이, 위탁받은 자금을 불법적으로 전환하는 경우이다. 은행자금의 부당지출은 많은 형식을 취할 수 있어서, 발각을 어렵게 만든다.

embezzler 횡령범, 공금착복자

emboss …에 부조세공(浮彫細工)을 시행하다, (무늬가) 도드라지게 하다, 겉으로 도드라지게 하다 ¶ *embossing* press [machine] 타출기(打出機), 타인기(打印機)

emergency 비상시, 긴급 ¶ *emergency* import 긴급수입 /*emergency* loan [fund] 비상대출, 연계자금 /*emergency* measures 긴급조치 /*emergency* reserve 긴급준비금 ***Emergency Economic Stabilization Act (EESA) of 2008*** 2008년의 긴급경제안정화법 ¶ The *Emergency Economic Stabilization Act* (*EESA*) *of 2008* is a legislation designed to assist large financial institutions to prevent failure and to signal to worldwide financial markets that the U.S. government would stand behind major American banks and other important financial entities to prevent disruptive collapse. 2008년 긴급경제안정화법은 대형금융기관(financial institutions)이 도산을 방지하는 데에 지원하고 주요한 미국은행들과 기타 중요한 금융기관들이 부패로 붕괴하는 것을 방지하는 데에 미국정부가 후원한다는 것을 세계금융시장에 알리려고 하는 입법이다. ~ ***fund*** 긴급자금 ¶ *Emergency fund* is cash reserve that is available to meet financial emergencies, such as large medical bills or unexpected auto or home repairs. Most financial planners advocate maintaining an emergency reserve of two to three months' salary in a liquid interest-bearing account such as a money market mutual fund or bank money market deposit account. 긴급자금이란 거액의 의료비, 예정외의 자동차나 주택의 수리비 등 긴급한 자금수요에 대처하기 위한 현금준비를 이른다. 대부분의 파이낸셜 플래너(finanical planners)는 급료의 2개월에서 3개월분의 긴급자금을 머니마켓 뮤추얼펀드(money market mutual fund)나 시장금리연동형 은행예금(money market deposit account) 등 유동성(liquidity)이 높거나 이자가 붙는 계좌에 보유해 둘 것을 권한다. ***Emergency Home Finance Act of 1970*** 1970년 긴급주택융자법 ¶ The *Emergency Home Finance Act of 1970* is an act creating the quasigovernmental Federal Home Loan Mortgage Corporation, also known as Freddie Mac, to stimulate the development of a secondary mortgage market. The act authorized Freddie Mac to package and sell Federal Housing

Administration- and Veteran Administration-guaranteed mortgage loans. 1970년 긴급주택융자법은 주택론(loan)모기지증권(mortgage)의 유통시장(secondary market)을 활성화하기 위하여 프레디맥(Freddie Mac)이라고 하는 준정부기관인 연방주택금융모기지공사(Federal Home Loan Mortgage Corporation)를 창설하는 입법이다. 이 법률에 의하여 연방주택모기지공사는 연방주택청(Federal Housing Administration)이나 보훈청(Veteral Administration)이 보증한 주택론을 한데 모아서 판매할 권한을 부여받았다.

emerging 신흥의, 신생의 ***emerging growth stock*** 신흥성장주 ¶ The *emerging growth stock* is a young company in a fast-growing industry. Dot-Com companies in the 1990s were a good example of this asset class, which is typically characterized by high risk, high return, and high failure rates. 신흥성장주는 급속하게 성장하는 산업에 있어서의 신흥기업을 말한다. 1990년대의 닷컴기업(Dot-Com)은 이 신흥성장주의 좋은 예라고 말할 수 있다. 이러한 종류의 주식은 일반적으로 하이리스크, 하이리턴, 높은 도산율이라고 하는 특징이 있다. ***~ issues task force*** 긴급문제태스크포스 ¶ The *emerging issues task force* is a group founded in 1984 by the Financial Accounting Standards Board (FASB) to hold public meetings and identify accounting issues so they can be resolved with standard practices before divergent practices become widespread. 긴급문제태스크포스란 1984년 재무회계기준심의회(Financial Accounting Standard Board: FASB)에 의하여 설립된 단체인데, 공청회를 개최하여 회계의 제반문제를 밝혀냄으로써 서로 다른 회계관행이 퍼지기 전에 표준적인 회계수법으로 해결하려고 하는 것이다. ***~ market*** 신흥시장 ¶ The *emerging market* is a foreign economy that is developing in response to the spread of capitalism and has created its own stock market. Analogue to small growth companies, *emerging markets* have high potential as well as high risk. Pacific Rim Market, which grew rapidly and then collapsed in 1997 and 1998, are a good example. 신흥시장이란 자본주의(capitalism)의 전파에 호응해서 성장하고 스스로 국내주식시장을 창조하는 외국의 경제를 이른다. 성장하는 소기업과 마찬가지로, 신흥시장은 높은 위험뿐만 아니라, 높은 성장의 가능성도 간직하고 있다. 급격히 성장하고, 1997년과 1998년의 사이에 붕괴한 환태평양시장은 그 좋은 예이다. ***Emerging Markets Free (EMF) Index*** 이머징마켓 프리지수(指數) ¶ The *Emerging Markets Free (EMF) Index* is an index developed by Morgan Stanley Capital International to follow stock markets in Mexico, Malaysia, Chile, Jordan, Thailand, the Philippines, and Argentina, countries selected because of their accessibility to foreign investors. 이머징마켓 프리지수(指數)는 모건스탠리 캐피탈인터내셔널(Morgan Stanley Capital International)이 개발한 지수로, 멕시코, 칠레, 요르단, 필리핀, 아르헨티나 등 외국투자자가 접근할 수 있는 국가의 주식시장(stock market)을 편입시키고 있다.

EMF → **E**uropean **M**onetary **F**und [약] 유럽통화기금

eminent domain [법] 토지수용권, 공용징수권 ¶ *Eminent domain* is right of a government entity to seize private property for the purpose of constructing a public facility. Federal, state, and local governments can seize people's homes under *eminent domain* laws as long as the homeowner is compensated at fair market value. Some public projects that may necessitate such condemnation include highways, hospitals, schools, parks, or government office buildings. 토지수용권은 공공시설건설을 위한 민간소유지를 정부기관이 수용(收用)하는 권리이다. 연방정부, 주정부, 및 지방정부는 토지수용법에 의하여 주택소유자가 공정한 시장가격(fair market value)으로 보상(補償)받는 이상 가옥을 수용할 수 있다. 이러한

수용(condemnation)을 필요로 하는 공공사업에는, 고속도로, 병원, 학교, 공원, 정부청사 등이 있다.

E-mini [영속] E-미니 ¶The *E-mini* is an electronically traded exchange-traded derivative contract with denomination that is a fraction of a standard contract denomination, allowing retail or individual customers to participate. See also mini. e-미니는 표준계약금액의 일부인 액면(denomination)을 가진 소액고객이나 개인고객이 참가할 수 있는 경우로, 전자방식으로 거래되는 장내파생상품계약을 말한다. mini(미니)도 참조할 것.

emissions [영] 배출(排出)가스 ¶The *emissions* are any gases emitted in the furtherance of productive processes, and which may be subject to control through a cap and trade system, allowing for *emissions* trading between countries and companies. 배출가스는 생산과정의 촉진에서 배출되는 어떤 가스이고, 국가간과 기업간에 배출가스거래를 허용하는 배출가스거래제도를 통하여 감시하여야 할 것이다. ***emissions trading*** [영] 배출가스거래 ¶The *emissions trading* is the trading of emissions allowances between companies, or assigned amount units across borders, for those participating in a cap and trade mechanism. 배출가스거래는 배출가스거래체제에 참여하는 국가와 기업을 위하여 기업간 또는 국경을 넘어 할당된 분량단위의 배출가스허용량의 거래이다.

emolument (*pl.*) 보수, 급여, 수당, 이득(profit)

employ 고용하다, 종사시키다 ¶capital *employed* 사용자금 /the self-*employed* 자영업자(自營業者)

employee 고용인, 사용인, 종업원 ¶The *employee* is a person who receives compensation for performing service subject to the will and control of an employer with regard to what shall be done and how it shall be done. 고용인이란 무엇을 하고 어떻게 할 것인가를 고용주의 의사와 관리에 따라 서비스를 이행한 것에 대한 보수를 받는 자이다. /*employee* benefit 종업원급여 /*employee* benefit plan 종업원복리제도 /*employee* compensation 종업원보수 /*employee* deposit 사내예금 /*employee* loan fund 종업원대출제도 /*employees'* ownership; *employee* stock ownership 종업원지주제도 /*employees'* pension insurance 종업원후생연금 /*employee* training 종업원훈련 ***Employee Retirement Income Security Act (ERISA)*** 종업원퇴직소득보장법, 에리사법 ¶The *Employee Retirement Income Security Act* (*ERISA*) is 1974 law governing the operation of most private pension and benefit plans. The law eased pension eligibility rules, set up the Pension Benefit Guaranty Corporation, and established guideline for the management of pension funds. 종업원퇴직소득보장법은 대부분의 사적 연금・급여제도(private pension and benefit plan)의 운영을 규정한 1974년의 법률을 말한다. 이 법률에 의하여 연금적격원칙(eligibility rules)이 완화되고, 연금급여보증공사(Pension Benefit Guaranty Corporation)가 설립되며, 또 연금기금운용의 지침이 정해졌다. ~ ***stock ownership plan (ESOP)*** 종업원지주제도 ¶The *employee stock ownership plan* (*ESOP*) is a program encouraging employees to purchase stock in their company. Employees may participate in the management of the company and even take control to rescue the company or a particular plant that would otherwise go out of business. Employees may offer wage and work rule concessions in return for ownership privileges in an attempt to keep a marginal facility operating. 종업원지주제도는 종업원의 자사주 구입을 장려하는 제도이다. 종업원이 회사운영에 참가한다든지, 구제의 목적에서 경영난의 회사나 공장의 경영권을

장악하는 경우도 있다. 한계적인 조업상태에 처한 공장을 계속하기 위해서, 종업원이 경영권의 획득을 담보로 임금이나 근로규칙의 면에서 양보하는 경우도 있다. ~ ***stock purchase plan (ESPP)*** 종업원주식구입제도 ¶The *employee stock purchase plan* (*ESPP*) is a program offered by employers that enables employees to purchase company stock at a discount to fair market value. Sometimes called employee stock fund, although it differs from an employee stock ownership plan (ESOP), which is a trust fund qualified as a retirement plan. Also differs from an employee stock repurchase agreement, in which the employer reserves the right to repurchase. 종업원주식구입제도란 종업원이 당해 회사의 주식을 적정한 시장가격(fair market value)보다도 할인된 가격으로 구입할 수 있도록 한다는 고용자측이 제공하는 프로그램이다. 간혹 employee stock fund(종업원주식펀드)라고 불리는 경우도 있지만, 종업원지주제도(employee stock ownership plan: ESOP)와는 다르다. 종업원지주제도는 개인퇴직플랜(individual retirement plan)으로서 적격판정을 받는 신탁기금이다. 또 종업원주식재구입계약(employee stock repurchase agreement)과도 다르다. 종업원주식재구입계약에서는 종업원이 주식을 재구입할 권리를 가지고 있다.

employer 고용주, 사용주 ¶The *employer* is an individual or organization that hires and pays wages to others. 고용주란 남을 고용하여 임금을 지급하는 개인이나 단체를 이른다.

employment 고용 ¶an *employment* contract 고용계약 /*employment* for life 종신고용제도 /full *employment* 완전고용 /full-time *employment* 상근(常勤) /part-time *employment* 아르바이트 /pension out of *employment* 실업자(失業者) /temporary *employment* 일시고용 ***Employment Cost Index (ECI)*** 고용코스트지수 ¶The *Employment Cost Index* (*ECI*) is a report issued quarterly by the U.S. Department of Labor tracking changes in employer payroll costs, including salaries, wages, benefits, and bonuses. Marked increases or upward trends signal inflation. 고용코스트지수란 미국의 노동부(Department of Labor)가 급여(salaries), 임금(wages), 후생복리(benefits), 보너스를 포함하여 고용자측에서 지급하는 인건비의 변화를 반기마다 추적하여 발행하는 레포트를 말한다. 현저한 증가 내지 상승경향을 보이면 인플레이션의 신호가 된다.

empty head and pure heart test 무지순진(無知純眞)한 테스트 ¶The *empty head and pure heart test* is SEC Rule 14e-3, subparagraph (b), which, with strict exception, prohibits any party other than the bidder in a tender offer to trade in stock while having inside information. 무지순진한 테스트란 엄밀한 예외규정이지만, 주식공개매수(tender offer)를 하고 있는 매수회사를 제외하고, 내부정보(inside information)를 얻은 자가 그 주식을 매매하는 것을 금지하고 있는 미증권거래위원회(Securities and Exchange Commission: SEC) 규정 14e-3 (b)를 말한다.

EMS → **E**uropean **M**onetary **S**ystem [약] 유럽통화제도(유럽공동체(EC) 역내의 통화제도의 통합을 목적으로 하는 유럽협력체제)

EMTA 엠타 ¶The *EMTA* is a new name adopted in 2000 by Emerging Markets Traders Association, which was formed in 1990 by the financial community in response to the trading opportunities created by debt restructurings using Brady Bonds. *EMTA*'s projects now involve market practices, standard documentation and infrastructure for emerging markets bonds, derivatives, foreign exchange, equities and local currency instruments, as well as advocacy of positions that promote emerging markets as an asset class. 엠타는 원래는

중남미 등 채무불이행에 빠진 국가의 채무를 리스트럭처링(debt restructuring)의 일환으로 발행된 브래디 본드(Brady Bonds)로부터 생긴 투자협회에 호응해서 금융업계에 의해서 형성된 2000년에 당시의 신흥시장트레이더즈협회(Emerging Markets Traders Association)가 명칭을 변경한 협회이다. EMTA가 추진하고 있는 프로젝트에는 신흥시장의 채권(bond), 파생상품(derivatives), 외국환(foreign exchange), 국내통화표시의 금융상품(local currency instruments)을 위한 시장관행의 확립, 관계문서의 표준화, 인프라스트럭처의 정비 등이 있다.

enact (법률을) 제정하다 ¶ The bills were *enacted* into law over Mr. Reagan's veto. 그 법안들은 레이건 씨의 거부를 뛰어넘어 법으로 제정되었다.

encash 현금으로 바꾸다, 현금으로 수취하다

encashment 현금화

enclosure 동봉(同封)의 물건, 봉입물(封入物)

encode 부호화하다, 암호로 바꿔 쓰다 (*cf.*) decode 암호를 풀다

encroachment 침식, 침해 ¶ An *encroachment* is any infringement on the property or authority of another. 권리의 불법침해는 타인의 재산이나 권위에 대한 어떤 침해이다.

encumber 방해하다, …에 (채무 등을) 부담하게 하다 ***encumbered*** 모기지가 설정되어 있는, 부동산담보가 있는 ¶ The word *encumbered* means owned by one party but subject to another party's valid claim. A homeowner owns his mortgaged property, for example, but the bank has a security interest in it as long as the mortgage loan is outstanding. 모기지가 설정되어 있다는 말은 소유하고 있지만, 법적으로 유효한 제3자의 청구권이 설정되어 있는 상태를 의미한다. 예컨대 주택론(mortgage)으로 구입한 사람의 주택은 주택론이 남아있는 한, 은행이 그 주택의 담보권(security interest)을 가진다.

encumbrance 방해물, 애물단지, 부담(저당권, 채무 등), 부동산상의 채무 ¶ The *encumbrance* is a real property claim that passes with title, often used in collateralized financing; the borrower encumbers the property by granting the lending bank a lien. The *encumbrance* does not impact ownership transfer, but it can reduce the market value and marketability of the property. 담보권은 담보부 자금조달에 사용되기도 하며, 권원(title)과 함께 이전하는 부동산상의 청구권을 말한다. 차입자는 대출은행에 대해서 리엔(lien)을 부여함으로써 부동산을 담보로 잡힌다. 담보권은 소유권의 이전에 영향을 미치지 않지만, 그러나 시장가격과 부동산의 시장성을 감소할 수가 있다. /free from all *encumbrances* 일체의 채무없이 /free of *encumbrances* 채무가 없는

end 종말, 최후, 끝, 목적 ¶ an account *end* 결산기말 /…, both *end* days included 양단포함의 일수(日數) /the *end* of the term 기말 /a month *end* 월말 /reach a dead *end* 막다름에 이르다, (앞이) 막히다

ending 기말, 종료, 종국 ¶ *ending* balance 기말잔액 ***ending inventory*** 기말재고(在庫) ¶ *Ending inventory* is used to gauge whether companies have over-estimated their need for inputs and production requirement. 기말재고는 회사가 투입과 생산요건에 대한 필요를 과대 평가했는지를 특정하는 데 이용되고 있다.

endogenous 내생(內生)하는, 내부로부터 성장하는 ¶ *endogenous* development 내발적(內發的) 발전 ***endogenous liquidity*** [영] 내생적 유동성 ¶ *Endogenous liquidity* is liquidity and liquidity risk that are specific to a firm and the actions it takes in managing its assets, liabilities, and off-balance sheet activities. See also asset liquidity risk. 내생적 유동성이란 기업에 특유한 유동성과 유동성 리스크와 기업이 자산, 채무, 및 부외활동(off-balance sheet activities)을 관리하는 데 취하는 행위(actions)를 말한다. asset liqudity risk(자산유동성 리스크)를 참조할 것.

endorse [영] 배서를 하다, 보증하다, 지지하다 ¶ The word *endorse* means to transfer ownership of an asset by signing the back of a negotiable instrument. One can *endorse* a check to receive payment or endorse a stock or bond certificate to transfer ownership. 양도배서를 하다는 말은 양도할 수 있는 증권(negotiable instrument)의 배면에 서명함으로써 소유권(ownership)을 양도(transfer)하는 것을 의미한다. 누구나 지급을 받기 위해서 수표(check)에 배서한다든지, 소유권을 양도하기 위해서 주권이나 채권에 배서한다. /*endorse* in blank 무기명배서를 하다(in blank, generally) /*endorse* in full 기명배서하다(in full, specially) /*endorse* without recourse 상환청구를 할 수 없는 형태에서 배서를 하다

endorsee [영] 피배서인

endorsement [영] 배서, 보증, 시인, 보험계약의 추인장(addendum) ¶ an *endorsement* by mark (X 등의) 기호배서 /*endorsement* for collection (은행에의) 추심위임배서 /*endorsement* for pledge [transfer] 입질[양도]배서 /*endorsement* guaranteed. [어음·수표의 은행배서] 선행배서를 보증합니다. /*endorsement* irregular [부도사유] 배서변칙 /an *endorsement* of a draft 어음의 배서 /*endorsement* to order 지시식 배서 /*endorsement* without recourse 면책적 배서 /natural *endorsement* 순(純)배서 /non-negotiable *endorsement* 배서금지문구 /successive *endorsement* 배서의 연속 ***endorsement in blank [in full]*** 백지식[기명]배서 ¶ The *endowment in blank* is an endorsement of a negotiable instrument by the owner without any transferee being named. Such an *endorsement* is risky, because anyone coming into possession of the negotiable instrument may become its new owner. 백지식 배서는 증권의 소유자가 양수인을 지명하지 않고 유통증권을 배서하는 경우이다. 그러한 배서는 위험이 많은 것이, 유통증권의 점유를 가지게 되는 자는 새로운 소유자가 될 수 있기 때문이다.

endorser [영] 배서인 ¶ The *endorser* is the party signing a negotiable instrument; once the *endorser* signs the instrument, ownership is transferred to the beneficiary. 배서인은 유통증권에 서명하는 당사자이다. 일단 배서인이 증권에 서명하면, 소유권은 수익자에게 이전된다. /subsequent *endorsers* 후의 배서인

endowment 기부금, 기금 ¶ *Endowment* is permanent gift of money or property to a specified institution for a specified purpose. *Endowments* may finance physical assets or be invested to provide ongoing income to finance operation. 기금은 특정한 목적으로 특정한 기관에 자금이나 재산을 항구적으로 증여하는 것이다. 기금은 물적 자산을 조달하기 위하여 사용한다든지, 활동자금으로서 계속적인 수입을 얻기 위하여 투자될 수 있다. /*endowment* annuities 양로연금 /*endowment* funds 기부연금 /*endowment* mortgage [영] 생명보험계약부 모기지대출 ***endowment insurance*** 양로보험 ¶ The *endowment insurance* is a form of life insurance where the face value is paid out to the insured or a beneficiary after a specified contract period. For example, an endowment policy that provides benefits for 20 years until the insured is 65, pays its face value after 20 years whether the insured lives or dies. 양로보험은 일정한 계약기간 후에 액면(face value)이 피보험자(the insured) 또는 수익자(beneficiary)에게 지급되는 생명보험의 일종이다. 예컨대, 피보험자가 65세가 되기까지의 20년 간 급여금을 지급하는 양로보

험증권은 피보험자의 생사에 관계없이 20년 후에 액면이 지급된다.

energy 에너지 ¶*energy* consumption 에너지소비 ***energy mutual fund*** 에너지주(株)뮤추얼펀드 ¶The *energy mutual fund* is a mutual fund that invests solely in energy stocks such as oil, oil service, gas, solar energy, and coal companies and makers of energy-saving devices. 에너지주(株)뮤추얼펀드란 원유, 석유공급, 가스, 태양열, 석탄회사나 에너지절약제품회사와 관련된 주식에만 투자하는 뮤추얼펀드(mutual fund)를 말한다.

enfeoff 세습지(영지, 봉토)를 주다

enforced 강제적인, 강요된 ¶*enforced* insurance 강제보험

enforcement 실시, 강제집행 ¶*enforcement* of securities 담보의 처분

engagement 약속, 계약, (*pl.*) 채무 ¶He has always satisfactorily met his *engagements.* 그는 언제나 채무를 정확히 변제했다. /without *engagement* (매매청약, 가격 등) 확약하지 않고

Engel's law 엥겔스법칙 ¶The *Engel's law* is an economic precept that as income rises the percentage of income spent on food (the Engel coefficient) declines. Generally, the lower the Engel coefficient, the higher the standard of living. 엥겔스법칙은 소득이 오르면 식료품에 소비되는 소득의 비율(엥겔계수)이 낮아진다는 경제원리이다. 일반적으로 엥겔계수가 낮으면 낮을수록, 생활수준은 높아진다.

English auction 영국식 옥션 ¶The *English auction* is an auction market technique applied in certain marketplace where the price of a security being sold is publicly announced at each stage, allowing parties to submit higher bids. When no further bids are received, the orders are filled. See also Dutch auction. 영국식 옥션은 현재 팔리고 있는 증권이 각각 단계마다 공개적으로 공표되어, 당사자들이 더 많은 매수호가를 내게 할 수 있는 일정한 시장터에 적용되는 옥션시장의 테크닉을 말한다. 더 이상의 매수호가가 나오지 않는 때에, 주문은 응한다. Dutch auction(네덜란드방식 입찰)도 참조할 것.

engineering standard 기술적 수준

enhance 높이다, (수·양·정도를) 많게 하다, 늘리다 ***enhanced income security (EIS)*** 인핸스트인컴 시큐리티 → income deposit security (IDS) (수익배당형 예탁증권, 인컴디포짓 시큐리티). ~ ***indexing*** 인핸스트인덱싱 ¶*Enhanced indexing* implies managing an index fund with the aim of outperforming the underlying index, by weighing undervalued components, for example. Contrast with pure index fund. 인핸스트인덱싱이란 대상이 되는 지수(index)를 상회하는 것을 목적으로 하여 인덱스펀드(index fund)를 운영하는 것이다. 예컨대, 과소평가된 증권(undervalued components)의 웨이트를 높이는 등의 수법을 이른다. pure index fund(퓨어 인덱스펀드)와 비교할 것.

enquiry[영] 조사, 조회 ¶*enquiry* offices 신용조사사무소 /the *enquiries* window 안내계

enronitis 에로니티스 ¶The *enronitis* is said of a stock that has declined because of suspected accounting irregularities. Reference is to investor anxieties caused by the bankruptcy of Enron Corporation in late 2001 after alleged misrepresentations by the accounting firm of Arthur Andersen. 에로니티스란 부정회계의혹 때문에 하락한 주식을 두고 하는 말이다. 이것은 2001년 말엽 아서 앤더센 회계사무소(accounting firm of Arthur Andersen)에 의한 부실회계라

는 주장 이후 엔론회사의 도산으로 생긴 투자자의 불안심리를 가리킨다. → Sarbanes-Oxley Act of 2002 (2002년 사베인-옥슬리법: SOX법)

entail (부동산의) 상속인을 한정하다, 필연적으로 일으키다, 수반하다, 과(課)하다 ¶ Liberty *entails* responsibility. 자유는 책임을 수반한다. /Success *entails* hard work. 성공에는 노력이 필요하다.

enter …에 들어가다, 기입하다, 시작하다 ¶ *enter* in the books 기장하다 /*enter* the item in the book 당해 거래를 장부에 기입하다 /*enter* the money to one's credit 금전을 …의 계정에 입금하다 /*enter* (up) 기장하다 /It is *entered* on the books in the following day's business. 그것은 다음 날에 취급된다고 기장됩니다.

enterprise 기업, 회사, 기도, 계획 ¶ An *enterprise* is a business firm. The term often is appled to a newly formed venture. 기업은 사업회사를 가리킨다. 그 용어는 자주 신설된 벤처기업을 가리켜 사용된다. /*enterprise* accounting 기업회계 /*enterprise* funds 사업자금 /*enterprise* of good standing 우량기업 /*enterprise* tax 사업세 /*enterprise* unions 기업별 조합 /private *enterprise* 사기업 /state *enterprise* 국영기업 ***enterprise risk management* (*ERM*)** [영] 기업위험관리 ¶ The *enterprise risk management* (*ESM*) is: (1) a holistic risk management process that combines a company's current and anticipated risks into a single, multiyear risk management program using various products and markets. *ERM* in its broadest sense allows a firm to use alternative risk transfer techniques/ products, including insurance, reinsurance, derivatives, captives, contingent capital, and/or insurance-linked securities to manage exposures. (2) a consolidated approach to financial risk management used by certain banks and securities firms that unites credit risk, market risk, and operational risk under a single framework. (1, 2) Also known as integrated risk management. 기업위험관리는 (1) 회사의 현재의 리스크 및 예상되는 리스크를 여러 가지 제품과 시장을 이용하는 1년동안, 여러 해 동안 위험관리프로그램 속에 결합하여 전체론적 관점에서 본(holistic) 위험관리과정을 말한다. 넓은 의미에서의 기업위험관리는 위험을 관리하기 위하여 보험, 재보험, 파생상품, 전속사원(captive), 임시자본(contingent capital) 및 보험연계 증권을 비롯하여 기업이 대체적 위험이전테크닉/제품을 활용할 수 있게 한다. (2) 단일구조 속에 신용위험, 시장리스크 및 오퍼레이셔널 리스크를 결합하는 일정한 은행과 증권회사들이 사용하는 재무리스크관리에 대한 종합적 어프로치를 말한다. (1)과 (2)의 경우에 이는 integrated risk management(통합위험관리)로도 알려져 있다. ~ ***zone*** 기업유치지역, 엔터프라이즈존 ¶ The *enterprise zone* is a geographical area targeted by the federal, state, or muncipal government where small businesses are given incentives to create employment opportunities. Incentives may include tax credits, favorable financing terms, contract set-asides, zoning regulation relief, and other types of help. 기업유치지역은 소규모사업이 고용기회를 창조할 수 있도록 인센티브를 줄 목적으로 연방정부(federal government), 주정부(state government) 지방자치단체(municipal government)가 설정하고 있는 지역을 말한다. 인센티브에는 세액공제(tax credit), 유리한 융자조건, 소규모우대 특별융자(contract set-asides), 구획규제(zoning regulation)의 완화 등이 포함된다.

entitlement 권리부여, 급부자격 ***entitlement program*** (노인 · 환자 · 실업자를 위한) 사회보장계획 ¶ The *entitlement program* is a government program that requires payments to anyone who meets specific qualifications; those who qualify are thus "entitled" to the payments. Social Security, Medicare, food stamps, etc., are *entitlement programs.* (노인・환자・실업자를 위한) 사회보장계획은 특별한 자격을 갖추는 자, 즉 지급받을 권리가 주어지는 자는 누구에게나 지급할 필요가 있는 정부사회보장계획이다. 사회보장, 의료보장제도(Medicare), 식량카드(food stamp) 등은 사회보장계획의 일환이다.

entity 기업실체, 기업주체 ¶The *entity* is a person or organization that is considered separate and distinct for legal purposes. A corporation is an *entity* that pays taxes, enters into contracts, and can sue or be sued. 기업주체는 법적 목적을 위하여 개별적이고 뚜렷하게 생각되는 개인이나 단체를 이른다. 회사는 조세를 납부하고, 계약을 체결하며, 소송을 하고 소송은 받을 수 있는 기업주체이다.

entrance 입구, 입회, 입항, 취임 ***entrance fee*** 입회금 (*cf.*) exit fee 해약수수료 ¶The *entrance fee* is a fee charged to uninsured financial institutions or uninsured branches of foreign banks seeking deposit insurance from the bank insurance fund, which insures deposits of commercial banks, or the savings association insurance fund, which insures deposits in savings institutions. Contrast with exit fee. 입회금이란 은행보험기금에서 예금보험을 구하는 보험미가입 금융기관이나 보험미가입 외국은행의 국내지점에 부과하는 수수료이다. 이 은행보험기금은 상업은행의 예금, 또는 저축금융기관에 있는 예금을 보증하는 저축조합보험기금을 보증한다. exit fee(해약수수료)와 대조할 것.

entrepôt [프] 창고, (세관의) 보세창고, (항구의) 물자집산지, 중계(무역)항 ¶The *entrepôt* is a commercial trade center where goods are imported from several sources and then reexported to various destinations. Although the *entrepôt* produces no goods of its own it may be able to operate successfully as a result of economies of scale and efficiencies and comparative advantage related to transportation, warehousing, insurance, financing, and economic/political stability. 중계항은 상품이 여러 공급처에서 수입된 다음에 여러 목적지로 재수출되는 상거래센터(commercial trade center)를 말한다. 중계항이 자신의 상품을 직접 생산하지 않더라도, 규모의 경제와 효율성과 운송, 창고운영, 보험 자금조달 및 경제적/정치적 안정성의 결과로서 성공적으로 운영할 수 있을 것이다. /*entrepôt* trade (수입품의) 중계무역

entrepreneur [프] 기업가(起業家), 사업가 ¶The *entrepreneur* is a person who takes on the risks of starting a new business. Many *entrepreneurs* have technical knowledge with which to produce a saleable product or to design a needed new service. Often, venture capital is used to finance the startup in return for a piece of the equity. Once an entrepreneur's business is established, shares may be sold to the public as an initial public offering, assuming favorable market conditions. 기업가는 새로운 사업은 일으키는 리스크를 떠안는 사람이다. 많은 기업가는 팔리는 제품을 생산한다든지, 필요한 새로운 서비스를 기획하는 기술적인 지식을 가지고 있다. 대부분의 경우에, 신규사업자금의 조달수단으로서 벤처캐피탈(venture capital)이 이용되고 있다. 벤처캐피탈은 자금제공의 담보로서 주식의 일부를 얻는다. 기업가의 사업이 확립되어 간다면, 시장환경에 따라가지만, 그 기업의 주식을 일반의 투자자(the public)에게 공개, 결국 신규주식공모(initial public offering: IPO)가 되게 된다.

entrepreneurial 기업가의 ¶*entrepreneurial* activities 기업가활동

entrepreneurship 기업가정신

entry 등록, 기장, 기재사항, 통관절차 ¶customs *entry* 통관절차 /a contra *entry*

상대기입 /credit [debit] *entry* 대[차]기 /*entry* at customs 세관에서의 절차 /an offsetting *entry* 상쇄하는 기장 /the port of *entry* 통관항, 입국항

environment 환경 ¶ protection of *environment* 환경보호

environmental 환경의 ¶ *environmental* accounting 환경회계 /*environmental* assessment 환경어세스먼트 /*environmental* conservation 환경보호 /*environmental* disruption 환경파괴 /*environmental* disruption cost 공해코스트 /*environmental* pollution 환경오염 /*environmental* stocks 환경관련주 ***environmental fund*** 환경주(株)펀드 ¶ An *environmental fund* is a mutual fund specializing in stocks of companies having a role in the bettering of the environment. Not to be confused with a socially conscious mutual fund, which aims in part to satisfy social values, an environmental fund is designed to capitalize on financial opportunities related to the environmental movement. 환경주펀드란 것은 환경개선의 역할을 담당하고 있는 기업의 주식에만 투자하는 뮤추얼펀드를 말한다. 사회적 가치를 높이는 것을 목적의 하나로 하고 있는 사회성중시형 뮤추얼펀드(socially conscious mutual fund)와 혼동해서는 안 된다. 환경주펀드는 환경보전운동에 관련된 투자기회를 이용하여 수익을 얻는 것을 의도하고 있다.

E.O.E. → **e**rrors and **o**missions **e**xcepted [약] 오류탈루는 제외함. 오기탈락은 제외함(E.&O.E.와 동일함)

EOM dating 이오엠지급 ¶ The *EOM dating* is an arrangement – common in the wholesale drug industry, for example – whereby all purchase made through the 25th of one month are payable within 30 days of the end of the following month: EOM means end of month. Assuming no prompt payment discount, purchases through the 25th of April, for example, will be payable by the end of June. If a discount exists for payment in ten days, payment would have to be made by June 10th to take advantage of it. End of month dating with a 2% discount for prompt payment (10 days) would be expressed in the trade either as: 2%-10 days, EOM, 30, or 2/10 prox. net 30, where prox., where prox. means "the next." EOM dating은 제약도매업계에서 일반적인 약정이다. 예컨대 어떤 달의 25일까지의 구입은 다음 달의 말일의 30일 이내에 지급의무가 있다고 하는 계약이다. EOM은 월말(end of month)을 의미한다. 조기(早期)지급할인특전이 없는 경우, 예컨대 4월 25일까지의 구입은 6월말일 지급으로 된다. 10일 이내에 지급하면 할인(discount)이 있는 경우, 6월 10일까지 지급을 한다면 할인을 받을 수 있다. 조기(10일 이내)지급할인 2%조건부 EOM지급은 2%-10 days, EOM 30, 또는 2/10 prox. net 30으로 표기된다. prox. 즉 proximo는 "그 다음"(the next)을 의미하고 있다.

EONIA → **E**URO **O**vernight **I**ndex **A**verage (유로오버나잇 인덱스애버리지).

EPS → **e**arnings **p**er **s**hare [약] 주당순이익, 1주당이익 ¶ *Earnings per share* are portion of a company's profit allocated to each outstanding share of stock. For instance, a corporation that earned $10 million last year and has 10 million shares outstanding would report earnings of $1 per share. 주당순이익은 보통주의 1주당 이익을 말한다. 예컨대 발행주식이 1,000만주의 회사가 전년도에 1,000만 달러의 이익을 내었다고 하면, 1주당 1달러의 이익이 있었다고 보고된다.

equal ⓐ 같은, 필적하는, 호각(互角)의 ¶ *equal* footing 대등한 입장[지반] /the *equal* installment method 정액법(定額法) /*equal* opportunity (고용의) 기회균등 /*equal* payments method 원리균등지급방식 ***Equal Credit Opportunity Act*** 소비자신용기회균등법 ¶ The *Equal Credit Opportunity Act* is a federal legis-

lation passed in the mid-1979s prohibiting discrimination in granting credit, based on race, religion, sex, ethnic background, or whether a person is receiving public assistance or alimony. The Federal Trade Commission enforces the act. 소비자신용기회균등법은 1979년대 중반에 가결된 미국연방법인데, 인종, 종교, 성별, 민족적 배경, 또는 그 사람이 공적 부조(扶助), 이혼수당을 받고 있는지 여부 등을 이유로 여신제공을 차별하는 것을 금지하고 있다. 미국연방통상위원회(Federal Trade Commission)가 이 법을 집행한다.
[v.] …와 같다

equalization 평등[균일]화 ¶ *equalization* of income 이익의 평균화

equalizing 평등하게 하는 ***equalizing dividend*** 균등화배당 ¶ *Equalizing dividend* is special dividend paid to compensate investors for income lost because a change was made in the quarterly dividend payment schedule. 균등화배당이란 4반기마다 배당지급예정이 변경되기 때문에, 투자자가 입은 수입손해를 보상하기 위해서 지급되는 특별배당을 이른다.

equilibrium 균형, 조화 ¶ *Equilibrium* is a state of balance in a variable. For example, equilibrium price occurs when the quantity supplied of a good or service equals the quantity demanded and no surplus or shortage exists. 균형이란 불확정요소에서 평형의 상태를 말한다. 예를 들면, 균형가격은 물품이나 서비스의 공급량이 수요의 량과 같고 잉여물이나 부족분이 존재하지 않는 경우에 발생한다. /*equilibrium* rates of exchange 환율의 균형시세 /a market *equilibrium* 시장의 균형 ***equilibrium price*** 균형가격 ¶ *Equilibrium price* is price when the supply of goods in a particular market matches demand. 균형가격은 특정한 시장에서 재화의 공급(supply)이 수요(demand)와 일치하는 가격을 말한다. ¶ For a manufacturer, the *equilibrium price* is the price that maximizes a product's profitability. 제조업자에게, 균형가격이란 제품의 수익성을 최대한으로 하는 가격을 말한다. ~ ***price model*** 균형가격모형 ¶ The *equilibrium price model* is a theoretical mathematical model that attempt to establish market-clearing price levels (i.e., where supply and demand for assets meet and the market clears). Equilibrium models, such as the capital asset price model, are difficult to calibrate to actual markets and are therefore used primarily for theoretical purpose. Also known

균형가격(equilibrium price)

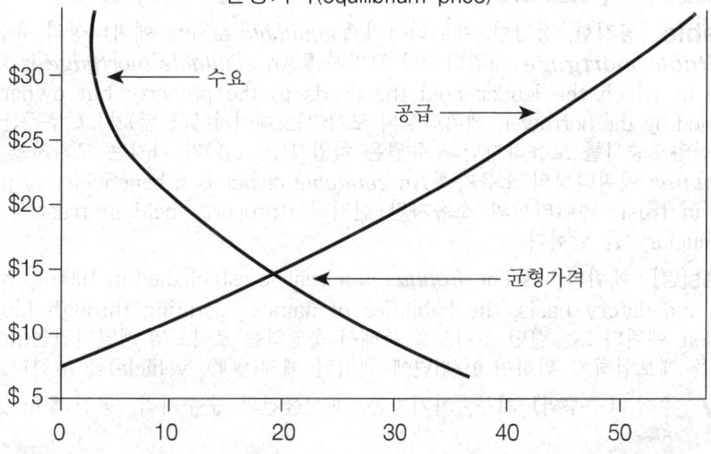

as absolute pricing model. 균형가격모형은 시장청산가격수준(예컨대, 자산의 공급과 수요가 합쳐져 시장이 청산되는 경우)을 확증하려고 시도하는 이론수학적 모형을 말한다. 자본자산가격모형과 같은 균형모형은 실제시장을 측정하기가 어려우므로 주로 이론적 목적으로 이용된다. 이를 절대적 가격모형(absolute price model)이라고도 한다.

equipment 설비(設備), 비품 ¶ *Equipment* are fixed assets that are acquired as additions or supplements to more permanent assets. *Equipment* includes lighting fixtures in a building, for example. *Equipment*, unlike real estate, is generally moveable. 설비는 영구자산의 부가물이나 보충으로 취득된 고정자산이다. 설비에는 예를 들면, 빌딩 내의 조명기구(lighting fixtures)가 포함된다. 부동산과는 달리 설비를 일반적으로 동적(動的)이다. /capital *equipment* 자본설비 /*equipment* fund 설비주펀드 /*equipment* investment [outlay] 설비투자 /*equipment* lease 설비리스 /office [business] *equipment* 사무용기기(事務用機器) /peripheral *equipment* 주변기기 ***equipment leasing partnership*** 설비리스 파트너십 ¶ The *equipment leasing partnership* is a limited partnership that buys equipment such as computers, railroad cars, and airplanes, then leases it to businesses. Limited partners receive income from the lease payments as well as tax benefits such as depreciations. Whether a partnership of this kind works out well depends on the general partner's expertise. 설비리스 파트너십이란 컴퓨터, 열차차량, 비행기 등의 설비를 구입하고, 그것을 리스(lease)하여 수익을 올리는 리미티드 파트너십(limited partnership)을 이른다. 리미티트파트너(limited partner)는 감가상각(depreciation) 등의 세무상의 이점과 리스수입을 올릴 수 있다. 이러한 리미티드 파트너십이 성공하느냐 여부는 제너럴파트너(general partner)의 전문성에 크게 달려있다. ~ ***trust certificate*** 설비신탁증서 ¶ The *equipment trust certificate* is a bond, usually, issued by a transportation company such a railroad or shipping line, used to pay for new equipment. The certificate gives the bondholder the first right to the equipment in the event that interest and principal are not paid when the due. Title to the equipment is held in the name of the trustee, usually a bank, until the bond is paid off. 설비신탁증서란 철도회사나 해운업자 등의 운송업자가 잘 발행하는 채권으로 새로운 설비자금의 지급에 충당된다. 지급기일에 원금(principal)과 이자(interest)가 지급되지 않은 경우에 대비하여, 채권보유자에게 당해 설비에 대한 최우선권리가 부여되고 있다. 채권이 지급되기까지 설비는 수탁자(trustee)의 이름으로 소유된다. 은행이 수탁자가 되는 경우가 많다.

equitable 공정한, 정당한, 에퀴티상의 ¶ *equitable* assets 에퀴티상의 유산(遺産) ***equitable mortgage*** 에퀴티상의 모기지 ¶ An *equitable mortgage* is a mortgage in which the lender hold the deeds to the property but ownership is retained by the borrower. 에퀴티상의 모기지는 대여자(貸與者)가 그 부동산에 대한 부동산양도증서를 보유하지만 소유권은 차입자(借入者)가 가지는 모기지를 이른다. ~ ***owner*** 에퀴티상의 소유자 ¶ An *equitable owner* is a beneficiary of property held in trust. 에퀴티상의 소유자란 신탁재산(property held in trust)의 수익자(beneficiary)를 말한다.

Equitas[영] 에퀴타스 ¶ The *Equitas* is a vehicle established in 1996 to reinsure, on a mandatory basis, the liabilities of names operating through Lloyd's of London. 에퀴타스는 런던 로이드를 통해서 운영하는 로이드의 계열기관들(names)의 책임을 재보험하기 위하여 1996년에 설립된 매체(媒體, vehicle)를 말한다.

equity 주식, (주주의) 지분, 자기자본, 재산물건의 순수가격, 공정 ¶ In general,

equity is fairness. Law courts, for example, try to be equitable in their judgments when splitting up estates or settling divorce cases. 일반적으로 에퀴티는 공정함을 의미한다. 예컨대, 커먼로 법원은 재산의 분할이나 이혼의 조정에 있어서 그 판결이 공정함을 유지하도록 노력한다. ¶ In investments, *equity* means ownership interest possessed by shareholders in a corporation – stock as opposed to bonds. 투자에 있어서, 에퀴티는 주식회사의 주주가 소유하는 소유지분권, 즉 채권(bond)이 아니라 주식(stock)을 의미한다. ¶ In brokerage account, *equity* means excess of securities over debt balance in a margin account. For instance, equity would be $28,000 in a margin account with stocks and bonds worth $50,000 and a debt balance of $22.000. 증권계좌에 있어서, 에퀴티는 신용거래계좌(margin account)에 예치되고 있는 증권의 금액이 차입잔액을 초과하는 금액을 이른다. 예컨대 주식이나 채권이 50,00달러이고 차입잔액이 22,000달러인 경우에 28,000달러가 에퀴티로 된다. /*equity* conversion 전환비율 /*equity* financing 자기자본금융, 주식금융증자 /*equities* insurance 에퀴티보험, 변액보험 /*equity* investment 주식투자, 직접투자 /the *equity* method (관련회사투자의) 지분법 /*equity* ratios 자기자본비율 /*equity* turnover 지분회전율, 자본회전율 /*equity* warrant 주식의 권리를 부여받은 워런트주식구입권 ***equity accounting*** [영] 지분회계 ¶ The *equity accounting* is a form of accounting where a company records the relevant portion of the undistributed earnings and reserves of an affiliate in which it holds an ownership interest, typically in relation to the percentage of its equity ownership stake. This concept generally applies when the ownership stake is less than 50% but more than 20% (i.e., influence but not control). 지분회계는 일반적으로 회사의 주식소유지분의 비율과 관련해서 회사가 지분소유를 보유하는 자회사(affiliate)의 미배당이익과 준비금의 적절한 부분을 기록하는 회계의 방식이다. 이런 개념은 일반적으로 소유지분이 50%보다 적지만 20% 이상인 경우(즉, 영향을 미치지만, 지배는 못한다)에 적용된다. ~ ***analyst*** [영] 주식 애널리스트 ¶ The *equity analyst* is an investment analyst working for a bank or other financial institution that is responsible for analyzing the financial state and prospects of a public company and developing estimates of future earnings per share and stock price targets, with a view toward offering a recommendation on whether to buy, sell, or retain a position in the company's shares. See credit analyst. 주식 애널리스트는 회사의 주식을 매수할 것이냐, 매도할 것이냐 또는 그 포지션을 보유할 것이냐에 관한 권고안을 제출할 의도를 가지고, 상장회사의 재무상태와 전망을 분석하고 주당 장래의 수익과 주가목표의 예측을 발전시킬 책임을 지는 투자애널리스트를 말한다. credit analyst(크레디트 애널리스트)도 참조할 것. ~ ***call swap*** [영] 주권콜스왑 ¶ The *equity call swap* is an over-the-counter swap involving the exchange of a floating interest rate for potential gains from the appreciation on an equity index (which may take the form of a single common stock, a basket, or a broad market index). The *equity call swap* can be viewed as a long-dated call option with a premium paid over time via the floating rate. See also equity derivative, equity index swap, equity put swap. 주권콜스왑은 (유일한 보통주, 바스켓, 또는 주요한 시장지수의 형식을 취할 수 있는) 주가지수(equity index)에 관한 등귀(appreciation)에서 생기는 잠재적인 이익을 위한 변동금리(floating interest rate)의 교환과 수반되는 장외거래 스왑이다. 주권콜스왑은 변동이자를 경유하여 시간이 경과함에 따라 지급된 장기간의 프리미엄부 콜옵션으로 볼 수 있다. equity derivative(주식파생상품); equity index swap(주가지수스왑); equity put swap(주권풋스왑)도 참조할 것. ~ ***capital*** 자기자본, 투하자본 ¶ The *equity capital* is stock, both common and preferred. For example, an investor may prefer investing in equity capital instead of in bonds. 자기자본이란 보통주와 우선주이든 주식을 이른다. 예를 들면, 투자자는 채권(bonds)대신에 자기자본에 투자하려 할 것이다. ¶ In accounting, *equity capital* is funds contributed by stockholders through direct payment and trough retained earnings. 회계학에서, 자기자본이란 직접지급과 내부유보(retained earnings)를 통해서 주주가 출연한 자금을 말한다. ~ ***carve out*** 주식카브아웃 ¶ *Equity carve out* is initial public sale of a minority position (20% or less, typically) in the stock of a subsidiary or division by a larger corporation. The parent company will often spin off the remaining shares to its existing stockholders at a future date. Also called carve out; split-off IPO. 주식카브아웃은 대기업이 자회사(subsidiary) 혹은 일부분의 소수주식(통상 20% 이하)을 처음으로 공개하여 일반에게 매각하는 것을 말한다. 모회사(parent company)는 장래의 어느 시점에서 기존의 주주에 대하여 남은 주식을 스핀오프(spin off)하는 일이 종종 있다. carve out(카브아웃), split-off IPO(스플릿오프 IPO)라고도 한다. ~ ***CMO*** 모기지담보채무증서 REIT → CMO REIT (모기지담보채권라이트). ~ ***commitment note*** 주식전환계약사채 → mandatory convertibles (강제전환사채). ~ ***default swap (EDS)*** [영] 주식디폴트스왑 ¶ The *equity default swap* is a form of over-the-counter derivative that provides the buyer with a compensatory payment if a reference company's common stock declines by a large amount, in exchange for an upfront or periodic premium payment. The *EDS* is similar to a credit default swap (with the exception of the reference asset) or a deep out-of-the-money digital American put option. 주식디폴트스왑은 만약 대상 회사의 보통주(common stock)가 선급프리미엄(upfront)이나 정기프리미엄지급의 교환으로 큰 금액으로 하락하는 경우 매수인에게 보상금(compensatory payment)을 제공하는 장외거래 파생상품의 형태이다. 주식디폴트스왑(EDS)은 (대상자산의 예외는 있지만) 크레디트 디폴트스왑 또는 큰(deep) 인더머니 디지털 미국형 풋옵션과 유사하다. ~ ***derivative*** [영] 주식파생상품 ¶ The *equity derivative* is an exchange-traded derivative or over-the-counter derivative with an underlying reference based on common stocks, baskets, and market indexes. An *equity derivative* can be structured as an equity option, equity future, equity forward, equity call swap, equity index swap, equity put swap, or equity warrant. See also commodity derivative; credit derivative; currency derivative; interest rate derivative. 주식파생상품은 보통주, 바스켓(basket) 및 시장지수(market index)를 기반으로 하는 장내거래 파생상품(exchange-traded derivative) 또는 장외거래 파생상품(over-the-counter derivative)이다. 주식파생상품은 주권옵션(equity option), 주식선물, 주식선도, 주식콜옵션(equity call option), 주식지수스왑(equity index swap), 주식풋스왑(equity put swap) 또는 에퀴티워런트(equity warrant)로서 구조화될 수 있다. commodity derivative(상품파생상품); credit derivative(크레디트파생상품); currency derivative(통화파생상품); interest rate derivative(금리파생상품)도 참조할 것. ~ ***financing*** 에퀴티파이낸싱 ¶ *Equity financing* means raising money by issuing shares of common or preferred stock. Usually done when prices are high and the most capital can be raised for the smaller number of shares. 에퀴티파이낸싱이란 보통주(common stock)나 우선주(preferred stock)를 발행하여 자금을 조달하는 것을 이른다. 주가가 높고, 최소의 발행주식수로 최대의 자금조달을 할 수 있는 때에 행해지는 경우가 많다. ~ ***funding*** 에퀴티펀딩, 자기자본의 조달 ¶ The *equity funding* is a type of investment combining a life insurance policy and mutual fund. The fund shares are used as collateral for a loan to pay the insurance premiums, giving the investor the advantages of insurance protection and investment appreciation potential. 에퀴

티펀딩은 생명보험(life insurance)과 뮤추얼펀드(mutual fund)를 조합시킨 투자수법을 이른다. 펀드의 지분을 담보(collateral)로 차입을 하고, 그 차입금으로 보험료(insurance premium)를 지급한다. 투자자는 보험에 의한 보장뿐만 아니라, 투자수익을 기대할 수가 있다. **~-*indexed annuity*** 주가연동형 연금보험 ¶ The *equity-indexed annuity* is an annuity whose interest earnings during the accumulation period are linked to rises in a stock index. Such contracts have a minimum annual return that guarantees principal, so they can offer upside potential and downside protection. They sometimes come with a cap and usually have early withdrawal penalties. 주가연동형 연금보험은 연금보험기간중에 적립된 출연금의 수익이 특정한 주식지수(stock index)에 연동한 보험계약을 말한다. 이 보험계약에는 최저한의 보증으로서 원금보증이 부쳐지는 것이므로, 투자리스크를 하면서 수익의 가능성을 기대할 수 있다. 다만 수익에 상한(cap)이 붙어 있다든지, 조기해약벌칙규정(early withdrawal penalty)이 붙어 있는 경우도 있다. **~ *index swap*** [영] 주가지수스왑 ¶ The *equity index swap* is an over-the-counter swap involving the exchange of a floating interest rate for potential gains from the appreciation or depreciation of an equity index (which may be a common stock, a basket, or a broad market index). The *equity index swap* can be viewed as a long-dated option with a premium paid over time via the floating rate. Also known as equity swap. See also equity call swap; equity derivative; equity put swap. 주가지수스왑은 (보통주, 바스켓, 또는 주요한 시장지수일 수 있는) 주가지수(equity index)의 평가절상 또는 감가상각으로부터 생기는 잠재적 이익을 위한 변동금리의 교환과 수반되는 장외거래 스왑을 말한다. 이를 equity swap(주식교환)라고도 한다. equity call swap(주권콜스왑); equity derivative(주식파생상품); equity put swap(주권풋스왑)도 참조할 것. **~ *interest*** 자본지분(資本持分) ¶ *Equity interest* is part ownership of an asset or group or business. For example, a common stockholder of General Electric has an *equity interest* in the business. *Equity interest* contrasts with a creditor's position as a lender. 자본지분은 자산 또는 그룹 또는 기업의 부분소유권을 말한다. 예를 들면, 제너럴일렉트릭회사(General Electric)의 보통주주는 기업의 자본지분을 가진다. 자본지분은 대여자로서의 채권자의 지위와 대조를 이룬다. **~ *kicker*** 에퀴티키커 ¶ The *equity kicker* is an offer of an ownership position in a deal that involves loans. For instance, a mortgage real estate limited partnership that lends to real estate developers might receive as an *equity kicker* a small ownership position in a building that can appreciate over time. When the building is sold, limited partners receive the appreciation payout. In return for that *equity kicker*, the lender is likely to charge a lower interest rate on the loan. Convertible features and warrants are offered as *equity kickers* to make securities attractive to investors. 에퀴티키커는 융자와 관련된 거래에서 소유권의 지위(ownership position)를 제공하는 것이다. 예컨대, 부동산개발회사에 융자하는 부동산리미티드 파트너십(real estate limited partnership)은 장래 값이 오를 것이 기대되는 건물의 일부분의 소유권을 에퀴티키커로서 수취하는 경우도 있다. 그 건물이 매각된 때, 리미티드파트너는 값이 오름의 이익을 향유할 수 있다. 에퀴티키커를 얻을 담보로서 대여자(lender)가 저금리를 제공하는 경우가 많다. 그밖에 증권업무에서는 투자자에게 매력적인 증권으로 하기 위해서, 주식전환권(convertible features)이나 주식매수청구권(warrant)이 에퀴티키커로서 제공되는 경우도 있다. **~-*linked policy*** [영] 에퀴티연계 보험증권 ¶ The *equity-linked policy* is a type of insurance policy where the premiums paid by the insured are invested in equities. The surrender value of a standard *equity-linked policy* depends on the returns achieved by the equity portfolio. Policies are also available with a minimum guaranteed asset value, to reduce the risk to the insured. Also known as equity-linked endowment policy. equity-linked life insurance policy. 에퀴티연계 보험증권은 피보험자가 지급한 보험료가 주식에 투자되는 보험증권의 한 형태이다. 표준주식연계 보험증권의 해약반환금액(surrender value)은 주식포트폴리오가 달성한 수익률(returns)에 달려 있다. 보험증권은 또 피보험자의 리스크를 감소하기 위하여, 최소한 보장받는 자산가치로 이용될 수도 있다. 이는 equity-linked endowment policy(에퀴티연계양로보험증권), equity-linked life insurance policy(에퀴티연계 생명보험증권)로도 알려져 있다. ~ ***method*** 지분법(持分法) ¶ The *equity method* is a method of accounting for an investment in another company in which the book value of the investment reflects a share of the acquired firm's increases in retained earnings. Thus, if Firm A purchases 20% of Firm B's stock and Firm B earns $3 million after taxes during the next year, Firm A will increase the carrying value of its investment by 20% of $3 million, or $600,000. If Firm B pays half its earnings in dividends, Firm A will increase its investment by $300,000. 지분법은 투자의 장부가(帳簿價)가 취득한 회사의 내부유보(retained earnings)에서 증가한 주식을 반영하는 다른 회사에의 투자 회계의 방법이다. 따라서, A회사가 B회사의 주식 20%를 매입하고 B회사가 다음 연도에 과세 후 300만 달러를 획득한다면, A회사는 300만 달러의 20% 혹은 60만 달러로 그의 투자의 이월가액(carrying value)을 증가한 것이다. 만약 B회사가 소득의 반을 배당(dividend)으로 지급하는 경우, A회사는 30만 달러로 그의 투자를 늘린 셈이다. ~ ***note*** 지분증서 ¶ The *equity note* is an intermediate-term debt that is automatically converted into common stock at maturity. 지분증서는 만기에 자동적으로 보통주로 전환되는 중기채무(intermediate debt)를 말한다. ~ ***of redemption*** 반환청구권 ¶The *equity of redemption* is the right of a borrower to reclaim title to property once the terms of a mortgage have been satisfied. 반환청구권은 일단 모기지(mortgage)의 조건이 충족되면 부동산의 권원(權原)을 반환해 달라는 차입자(借入者)의 권리이다. ~ ***option*** [영] 주권옵션 ¶ The *equity option* is an exchange-traded or over-the-counter option involving a single stock. Vanilla and complex options can be bought or sold on a broad range of stocks, and may be traded concurrently with the delta-equivalent amount of shares as a hedge. See also commodity option; currency option; index option; interest rate option. 주권옵션은 주식만을 수반하는 장내거래 또는 장외거래 옵션이다. 바닐라옵션과 복잡한 옵션은 광범한 주식을 사고 팔 수 있고, 헤지로서 델타치(値)와 등가물인 주식양과 함께 거래될 수 있다. commodity option(상품옵션); currency option(통화옵션); index option(주기지수옵션); interest rate option contract(금리옵션계약)도 참조할 것. ~ ***participation loan*** 자본참가대출 ¶ The *equity participation loan* is a loan in which the lender obtains, or has the right to obtain, an ownership interest in the project being financed. 자본참가대출은 자본조달중의 프로젝트에서 대여자가 소유지분을 획득하거나 또는 획득할 권리를 가지는 대출을 말한다. ~ ***put swap*** [영] 주식풋스왑 ¶ The *equity put swap* is an over-the-counter swap involving the exchange of a floating interest rate for potential gains from the depreciation of an equity index (which may take the form of a single common stock, a basket, or a broad market index). The *equity put swap* can be viewed as a long-dated put option with a premium paid over time via the floating rate. See also equity call swap; equity derivative; equity index swap. 주식풋스왑은 (단일의 보통주식, 바스켓(basket) 또는 광범한 시장지수의 형식을 취할 수 있는) 주가지수(equity index)의 감가상각(depreciation)에서 생기는 잠재적인 이익을 위한 변동금리의 교환을 수반하는 장외거래 스왑이다. 주식풋스왑은 변동금리를 경유하여

시간을 겪으면서 프리미엄을 지급하는 장기간의 풋스왑(a long-dated put option)으로 볼 수 있다. equity call swap(주권콜스왑); equity derivative(주식파생상품); equity index swap(주가지수스왑)도 참조할 것. ~ ***REIT*** 에퀴티 리트, 출자형 부동산투자신탁 ¶ The *equity REIT* is a real estate investment trust that takes an ownership position in the real estate it invests in. Stockholders in *equity REITs* earn dividends on rental income from the buildings and earn appreciation if properties are sold for a profit. The opposite is a mortgage REIT. 에퀴티 리트(equity REIT)는 부동산의 소유권을 취득할 목적의 부동산투자신탁(REIT: Real Estate Investment Trust)을 이른다. 에퀴티 리트의 주주는 투자건물의 임대료수입에서 배당금을 수취하고, 투자건물에서 매각익이 나온 경우에는, 그 매각익도 수취한다. 출자가 아니라 융자를 행하는 리트를 모기지 리트(mortgage REIT)라고 한다. ~ ***risk*** [영] 지분리스크 ¶ The *equity risk* is the risk of loss due to an adverse move in the direction of equity prices or indexes. *Equity risk* is a form of directional risk. 지분리스크는 지분가격 또는 지수의 방향에 역(逆)이행으로 인한 손실의 리스크를 말한다. 지분리스크는 방향성리스크(directional risk)의 하나의 형태이다. ~ ***risk premium*** 지분리스크 프리미엄 ¶ The *equity risk premium* is the extra return expected from investments in common stocks compared to the return from U.S. Treasury securities. 지분리스크 프리미엄은 미재무부 증권(U.S. Treasury securities)의 수익률과 대조해서 보통주에 투자하여 기대되는 추가수익률을 말한다. ~ ***swap*** 주식교환 → equity index swap (주가지수스왑). ~ ***warrant*** [영] 주식워런트 ¶ The *equity warrant* is a long-dated equity option (i.e., 3 to 5 years) issued by a financial intermediary on a company's common stock, which can be exercised by the holder into new shares (making the transaction dilutive). Since new equity results in the event of exercise, an *equity warrant* must be sponsored and approved by the issuing company. Also known as warrant. See also bond with warrant; covered warrant. 주식워런트는 회사의 보통주(common stock)를 두고 금융중개기관이 발행하는 장기주권옵션(lond-dated equity option)(예컨대, 3년에서 5년짜리)을 말하며, 그 보유자가 이를 행사하면 신주(new shares)가 되는 것이다(거래를 희석화시킨다). 옵션의 행사로 신주가 생기기 때문에, 주식워런트는 발행회사의 보증과 동의가 있어야 한다. 이를 워런트(warrant)라고도 한다. bond with warrant(워런트부 사채); covered warrant(커버드워런트)도 참조할 것. ***shareholders'*** ~ 주주자본, 주주지분 ¶ *Shareholders' equity* is total assets minus total liabilities of a corporation, also called *stockholders' equity* and net worth. 주주자본은 회사의 전체 자산에서 전체 채무를 뺀 것이다. 이를 주주지분(stockholders' equity)과 순수자산(net worth)이라고도 한다.

equivalent ⓐ 동등의, 동가치의, 상당한 ***equivalent bond yield*** 채권환산이율 ¶ An *equivalent bond yield* is a comparison of discount yields and yields on bonds with coupons. Also called coupon-equivalent rate. For instance, if a 10%, 90-day Treasury bill with a face value of $10,000 cost $9,750, the *equivalent bond yield* would be:

$$\frac{\$250}{\$9750} \times \frac{365}{90} = 10.40\%$$

채권환산이율은 할인채권의 이율(discount yield)을 이표부 채권(coupon bond)베이스로 환산한 이율을 말한다. coupon-equivalent rate라고도 한다. 예컨대, 90일 만기로 할인이율이 10%, 액면(face value)이 10,000달러의 미국재무부 단기증권(Treasury bill)의 시장가격이 9,750달러였던 경우, 채권환산이율은 다음과 같다.

$$\frac{\$250}{\$9750} \times \frac{365}{90} = 10.40\%$$

~ ***taxable yield*** 과세채권환산이율 ¶An *equivalent taxable yield* is a comparison of the taxable yield on a corporate or government bond and the tax-free yield on a municipal bond. Depending on the tax bracket, an investor's aftertax return may be greater with a municipal bond than with a corporate or government bond offering a highest interest rate. For someone in a 31% federal tax bracket, for instance, a 7% municipal bond would have an *equivalent taxable yield* of 10.4%. An investor living in a state that levies state income tax should add in the state tax bracket to get a true measure of the *equivalent taxable yield*. See yield equivalence. 과세채권환산이율은 지방채(municipal bond)의 비과세이율(tax-free yield)을 사채(corporate bond)나 정부채(government bond) 등의 과세베이스로 환산한 이율을 이른다. 세율구분(tax bracket)에 따라서는, 세액공제후 이율베이스로 환산한다면, 최고금리를 제공하고 있는 사채나 정부채보다도 지방채쪽이 유리하게 되는 경우가 있다. 예컨대 연방세의 세율구분이 30%인 사람에게 있어서는, 금리 7%의 지방채의 과세채권환산이율은 10.4%에 상당하다. 주소득세가 과세되는 주에 사는 투자자는 주의 세율구분도 가미하여 과세채권환산이율을 구할 필요가 있다. yield equivalence(등가수익률)도 참조할 것.

[n.] 동등물, 등가물 ¶an exchange of *equivalents* 등가교환

era 시대 ¶an *era* of high interest rates 고금리시대

erasure 삭제, 말소

Eritrea currency 에리트레아 화폐 ¶nakfa (ERN), divided into 100 cents. 1 낙파(nakfa) = 100 센트(cents).

ERM → **e**xchange **r**ate **m**echanism [약] 환율메커니즘 ¶The *ERM* is an acronym for exchange rate mechanism, by which participating member countries agree to maintain the value of their own currencies through intervention. ERM은 exchange rate mechanism의 두자어(頭字語)이고, 이 제도의 가맹국은 개입(intervention)을 통해서 자국통화가치를 유지하는 데에 합의하고 있다.

erratic 색다른, 변덕스런

erroneous 잘못된, 오인받는 ¶an *erroneous* name 착각되는 이름

error 착오, 오판(誤判), 오류(誤謬) ¶*errors* and irregularities 오류와 이상사항(異常事項) /an *error* [a mistake] in calculations 계산착오 /*errors* in writing 오기(誤記) ***errors and omissions*** [영] 오차탈루(誤差脫漏) ¶The *errors and omissions* is the general category of mistakes that arise in the accounting or financial records of a company. *Errors and omissions* can be viewed as a form of process risk and can be insured by an insurer. 오차탈루는 회계학이나 회사의 회계 또는 재무서류상에서 일어나는 착오(mistakes)의 개념을 말한다. 오차탈루는 프로세스의 리스크로 볼 수 있고 보험업자가 보험을 걸 수 있다. ***~s and omissions insurance*** 사업자과실책임보험 ¶*Error and omissions insurance* is insurance that indemnifies the insured for any loss sustained because of an error or oversight on his part. 사업자과실책임보험이란 사업자 측의 과실이나 감독으로 인해 피보험자가 입은 손해에 대해 이를 배상해 주는 보험이다. ¶*Error and omissions insurance* is liability coverage for client claims that something done on their behalf was done incorrectly and caused them harm. This type of coverage is designed for someone such as a software designer, teacher, consultant, or financial planner who offers advice. 사업자과실책임보험은 자신을 대리하여 행한 일이 부정확하게 이루어져서 어떤 사람에게 해를 입혔다는 고객의 청구에 대한 손해배상담보를 이른다. 이런 배상담보의 유형은 조언을 해 주는 소프트웨어 디자이너, 선생님, 컨설턴트(consultant) 또는 파이낸셜 플래너(financial planner)와 같은 사람들을 위한 것이다.

escalator 에스컬레이터, (에스컬레이터와 같은) 단계적 상승[하강]길 ***escalator clause*** (임금)신축조항(an escalation clause), 인플레이션조항 ¶An *escalator clause* is a provision in a contract allowing cost increases to be passed on. In an employment contract, an *escalator clause* might call for wage increases to keep employee earnings in line with inflation. In a lease, an *escalator clause* could obligate the tenant to pay for increases in fuel or other costs. 에스컬레이터조항(條項)은 원가상승을 전가할 수 있다고 하는 계약의 조항을 말한다. 고용계약에서 인플레이션(inflation)에 대응하여 종업원의 임금증가를 구하는 조항이 에스컬레이터조항에 상당하다. 또, 리스계약(lease)에서는, 에스컬레이터조항에 의해서 임차인(tenant)에게 연료비 등의 코스트 상승분에 대한 지급을 의무로 할 수 있다.

escapable 도망칠[피할] 수 있는 ¶*escapable* cost 회피가능원가

escape 탈출, 도망, 벗어남(from), 회피, 현실도피 ***escape clause*** 면책조항, 면제규정 ¶The *escape clause* is a provision in a contract, insurance policy, or other agreement or document allowing parties to avoid liability or performance. 책임회피조항은 당사자에게 책임 또는 이행을 회피하는 것은 허용하는 계약서, 보험증권 기타 합의서 또는 문서상의 조항을 이른다.

escheat ⓝ 국고귀속, 재산몰수 ¶The *escheat* means return of property (for example, land, bank balances, insurance policies) to the state if abandoned or left by a person who died without making a will. If rightful owners or heirs later appear, they can claim the property. 국고귀속이란 포기된다든지 혹은 유언서(will)를 작성하지 않고 사망한 사람이 남긴 재산(예컨대, 토지, 은행잔액, 보험증권 등)을 그 정부에 귀속시키는 것을 이른다. 정당한 소유자나 상속인(heir)이 뒤에 나타난 경우, 그들은 그 재산을 청구할 수 있다.
ⓥ 몰수하다

escrow ⓝ 조건부 발효증서, 에스크로 ¶The *escrow* is money, securities, or other property or instruments held by a third party until the conditions of a contract are met. 조건부 발효증서란 계약(contract)에서 규정된 조건이 충족되기까지, 제3자에 의해서 보관되는 현금(money), 증권(securities), 기타의 재산(property), 증서(instruments) 등을 말한다. /an *escrow* agent 조건부 증서수탁자, 부동산거래대행업자 /*escrow* agreement 에스크로계약, 조건부 양도계약 /*escrow* credit 에스크로 신용장(바터거래를 위한 신용장의 일종) /*escrow* fund 에스크로 자금 /money held in *escrow* 제3자의 손에서 보관되어 있는 금전 ***escrow account*** 에스크로계좌 ¶The *escrow account* is a bank account generally held in the name of the depositor and an escrow agent which is returnable to depositor or paid to third person on the fulfillment of escrow condition. 에스크로계좌란 일반적으로 예탁자와 부동산대행업자의 명의로 보유하는 은행계좌로서, 예탁자에게 환급되거나 에스크로 조건의 이행시에 제3자에게 지급되는 것이다. ~ ***agent*** 부동산거래대행업자 ¶The *escrow agent* coordinates the closing with the recording of deeds, the obtaining of title insurance, and other concurrent closing activities. 부동산거래대행업자는 부동산권이전증서의 기록, 권원보험의 취득 및 다른 제반종결업무와 함께 부동산매매최종절차를 잘 조정한다. ~ ***receipt*** 제3자 예탁증서 ¶In options trading, an *escrow receipt* is a document provided by a bank to guarantee that the

underlying security is on deposit and available for potential delivery. 옵션거래에서, 제3자 예탁증서는 그 옵션의 기초가 되는 증권(underlying security)이 은행이 보관되어 있고, 장래에 수취가 가능하다고 은행이 발행하는 문서이다.
ⓥ 제3자의 계정에 예탁하다 ***escrowed to maturity* (*ETM*)** 상환목적 제3자 예탁금 ¶ *Escrowed to maturity* (*ETM*) means holding proceeds from a new bond issue in a separate escrow account to pay off an existing bond issue when it matures. Bond issuers will implement an advance refunding when interest rates have fallen significantly, making it advantageous to pay off the existing issue before scheduled maturity at the first call date. The funds raised by the refunding are invested in government securities in the escrow account until the principal is used to prepay the original bond issue at the first call date. The escrowed funds may also pay some of the interest on the original issue up until the bonds are redeemed. 상환목적 제3자 예탁금은 신규발행된 채권(bond)의 수령액(proceeds)을 기발행채의 상환(redemption)에 충당할 때에, 별도의 에스크로계좌(escrow account)에 예탁하는 것이다. 금리(interest rate)가 대폭 하락한 경우에, 기한전 차환(advance refunding)을 목적으로 하여 채권을 발행해 두고, 기발행채의 최초의 만기전 상환(call date)에 충당하는 것에서 금리를 절약할 수 있다. 차환채의 발행수취금은 기발행채의 최초의 만기전 상환일까지 에스크로계좌에서 정부증권(government securities)에 투자된다. 제3자예탁자금은 기발행채가 만기전 상환되기까지 기발행채의 이자지급에 충당하는 경우도 있다.

escudo 에스꾸도 ¶ The standard legacy currency unit of Portugal and Cape Verde, divided into 100 centavos. 포르투갈과 카보베르데의 내려온 기본화폐단위, 1 에스꾸도(escudo) = 100 센따보(centavos).

ESP (ISO) code Spain – currency peseta. The 1999 legacy conversion rate was 166.386 to the euro. It has fully changed to the euro/cent from 2002. ESP (국제표준기구) 약호 스페인 — 화폐 페세타(peseta). 1999 내려온 환산율은 유로에 대비 166.386이었다. 그것은 2002년부터 유로/센트로 완전히 변경하였다.

essential 필수적인, 긴요한, 필수의 ¶ *essential* goods [products] 필수품 /*essential* industry 기간산업 ***essential condition*** 필수조건[요건] ¶ An *essential condition* is a condition which is essential for the formation and performance of contract. 필요조건은 계약의 성립과 이행에 필요한 조건을 이른다. ~ ***industry*** 기간산업 ¶ The *essential industry* is an industry that, for political or economic reasons, is considered by society to be necessarily located within its own economy, regardless of its comparative advantage or disadvantage with other economies. The society is unwilling to trade for the product of an *essential industry* with other societies or countries. The defense industry in the United States is an *essential industry*. 기간산업은 다른 경제와의 상대적 우위 또는 불우위에 구애받지 않고, 정치적 이유이든 경제적 이유이든, 자신의 경제 내에서 반드시 자리하여야 한다고 사회가 생각하는 산업을 말한다. 그런 사회는 다른 사회나 국가들과 기간산업의 제품을 거래하기를 원치 않는다. 미국의 방위산업은 기간산업이다. ~ ***purpose* (*or function*) *bond*** 공공목적채 → public purpose bond [공공목적채(公共目的債)].

establish 설립하다, 수립하다, 확립하다 ¶ *establishing* bank (L/C) 개설은행

established 확립된, 확정의, 기존의 ¶ *established* companies 기초가 확립된 회사 /*established* practices 관습 /*established* terms 관용조건

establishment 설립, 회사 ¶ *establishment* charges [expenses] 사업소비(事業所

費) /registration of *establishment* [incorporation] 설립등기

estate 토지, 재산, 유산, 재산권, 부동산권 ¶ The *estate* is all the assets a person possesses at the time of death – such as securities, real estate, interests in business, physical possessions, and cash. The *estate* is distributed to heirs according to the dictates of the person's will or, if there is no will, a court ruling. 유산은 증권(securities), 부동산(real estate), 회사소유권(interest in business), 물적소유물(physical possessions), 현금(cash) 등, 사람이 사망한 때에 소유하고 있던 전재산을 말한다. 유산은 유언(will)의 지시대로 상속인(heir)에게 분배되지만, 유언이 없는 경우에는 법원의 결정에 따라 분배된다. /an *estate* agency 부동산중개업 /*estate* contract 부동산계약 /industrial *estate* 공업단지 /landed *estate* 부동산 /personal *estate* 동산(movables) /trust *estate* 신탁재산 ***estate duty*** [영] 유산세 ¶ An *estate duty* was an former UK tax, introduced in 1894, levied on the estate of somebody who died. In 1974 it was superseded by capital transfer tax, which was itself replaced by inheritance tax in 1986. 영국의 유산세는 사망한 자의 토지에 부과되는 이전의 조세로서, 1894년에 도입되었다. 1974년에는 그 조세는 자본이전법에 의해서 대체되었고, 1986년에는 그 자체가 상속법에 의해 교체되었다. ~ ***planning*** 상속계획 ¶ *Estate planning* is planning for the orderly handling, disposition, and administration of an estate when the owner dies. The *estate planning* includes drawing up a will, setting up trusts, and minimizing estate taxes, perhaps by passing property to heirs before death or by setting up a bypass trust or testamentary trust. 상속계획이란 사람이 사망한 경우에, 유산(estate)을 정연하게 처리한다든지, 관리한다든지 할 수 있도록 미리 계획을 세우는 것이다. 상속계획에는, 유언서(will)의 작성, 신탁(trust)의 설치뿐만 아니라, 상속인(heir)에의 생전증여, 바이패스 트러스트(bypass trust)나 유언신탁(testamentary trust)의 설립에 의하여 상속세(estate tax)를 최소한으로 억제하는 것 등이 있다. ~ ***tax*** 상속세 ¶ The *estate tax* is a tax imposed by a state or federal government on assets left to heirs. Careful estate planning, involving the writing of a will and the establishment of trusts, is essential for those wishing to minimize *estate taxes*. Also called death tax, inheritance tax. 상속세는 상속인(heirs)에게 남겨진 자산에 대해서 주정부나 연방정부가 과세하는 조세이다. 유언서의 작성 및 신탁의 설정을 포함해서 주의 깊게 유언계획을 세우는 것은 상속세를 최소화하려는 자들에게 긴요한 일이다. 상속세를 death tax, inheritance tax라고도 한다. ***real*** ~ 부동산 ¶ *Real estate* is land, its buildings, and all property attached to the land. 부동산이란 토지, 그 위의 건물 및 토지에 부착된 재산을 말한다. → real property (부동산).

estimate 개산(概算)하다, 견적하다 ¶ *estimated* financial statement 예상재무제표 /*estimated* financial strength 추정자산액 /*estimated* sales 매상견적액 /*estimated* salvage value 견적잔존가격 /*estimated* tax 세액의 견적 /*estimated* useful life 견적내용연수(見積耐用年數) ***estimated tax*** 예정납세액 ¶ An amount of *estimated tax* for the coming year, minus tax credits, is based on the higher or regular or Alternative Minimum Tax (ATM). Corporations, estates and trusts, self-employed persons, and persons for whom less than a fixed percentage of income is withheld by employers must compute *estimated tax* and make quarterly tax payments to the IRS and state tax authorities, if required. Generally, a taxpayer must pay at least 90% of his or her total tax liability for the year in withholding and/or quarterly *estimated tax* payments. Alternatively, taxpayers may base their current yeat's *estimated tax* on the prior year's income tax. 익년의 예정납세액은 세금공제액(tax credits)을 공제하고, 최고세율 및 일반세율 혹은 대체미니멈세(Alternative Minimum Tax: AMT)에 근거로 계산된다. 법인(corporations), 유산(estates)이나 신탁재산(trusts), 자영업자(self-employed person), 소득에 대해서 일정한 세율을 하회하는 원천징수(withholding)밖에 되지 않는 사람에게는 예정납세액을 산출하여 미국세입청(Internal Revenue Service: IRS)이나 주의 세무당국에 4반기마다 예정납세액을 지급하여야 한다. 일반적으로, 납세자는 적어도 그 해의 총납세채무의 90%를 원천징수세, 또 4반기마다의 예정납세로 지급하지 않으면 안 된다. 이와 달리, 전년도의 소득세를 기준으로 그 해의 예정세액을 결정하는 방법도 있다. ~ ***useful life*** 예상내용연수(豫想耐用年數) ¶ The *estimated useful life* is a period of time over which an asset will be used by a taxpayer. In theory, depreciable assets are written off over the *estimated useful life* of the asset for depreciation purposes. However, more recent tax laws have used artificial recovery periods that are unrelated to the *estimated useful life*. 예상내용연수는 자산이 납세자가 사용할 기간을 이른다. 이론상, 감가상각의 대상이 되는 자산은 감가상각의 목적을 위해서 자산의 예상내용연수를 지난 것으로 간주된다. 그렇지만, 최근의 세법들은 예상내용연수와 관계가 없는 인위적인 복구기간을 사용해 왔다.

estimation 의견, 판다, 평가, 견적(액)

Estonia currency 에스토니아 화폐 ¶ kroon, divided into 100 kopecks. 1 크룬(kroon) = 100 코펙(kopecks).

estoppel [법] 에스토펠, 금반언(禁反言) ¶ *Estoppel* is the principle that a party's own acts prevent him or her from claiming a right to the detriment of another who was entitled to and did rely on those acts. 에스토펠은 당사자 자신의 행위로 말미암아 이를 주장하고 의존한 타인에게 해(害)가 되도록 당사자는 권리를 주장하지 못한다고 하는 원칙이다.

ETB (ISO) code Ethiopia – currency birr. ¶ ETB (국제표준기구) 약호 에티오피아 — 화폐 비르(birr).

ETF → exchange traded fund [약] 상장지수펀드 ¶ The *exchange traded funds* are derivative securities that profit and loss take place by an agreement if the conditions based on the underlying assets of other securities or indexes are fulfilled. 상장지수펀드란 다른 증권 또는 지수를 기초자산으로 하여 조건 충족시에 약정된 바에 따른 손익이 발생하는 파생결합증권을 말한다.

ethical 윤리의, 도적상의 ***ethical investment*** 윤리적 투자 ¶ An *ethical investment* is an investment made in a company that is not active in anything that the investor thinks is antisocial or unethical in its dealing. Thus some investors would not put money into companies that deal in or manufactures animal furs, armaments, tobacco products, and so on. 윤리적 투자는 투자자가 행하는 투자상의 반윤리적 · 비윤리적인 것에 적극적이지 아니하다고 생각하는 회사가 행하는 투자를 이른다. 따라서 일부 투자자는 동물모피, 군사병기, 담배류 등을 거래하거나 제조하는 회사에는 투자하려고 하지 않는다.

ethics 윤리, 직업윤리 ¶ *Ethics* is (in accordance with) moral and professional principles. In business, work is performed in an honest and diligent way. Rules of conduct in business are formulated by various organizations, for example AICPA' Code of Professional Ethics. The morality displayed by members of a profession is important for public confidence in their work. 직업윤리란 윤리 및

직업적 원칙이다. 기업에 있어서, 일은 정직하고 성실한 방법으로 이행된다. 기업의 행동규범(rules of conduct)은 여러 단체에 의해서 형성된다. 예를 들면 미국공인회계사협회(AICPA: American Institute of Certified Public Accountants) 직업윤기강령(Code of Professional Ethics)과 같다. 어느 직업의 회원들이 드러내는 도덕성은 그들의 직업에서 공적 신뢰를 얻는 데 중요하다. /*ethics* enforcement 윤리규정의 실행

Ethiopia currency 에티오피아 화폐 ¶ birr (ETB), divided into 100 cents. 1 비르(birr) = 100 센트(cents).

ethnocentric 민족중심적인

E-trade E-트레이드 ¶ *E-trade* is any securities purchase or sale made electronically by computer. May or may not be by direct access. e-트레이드는 컴퓨터에 의하여 주식의 매매를 전자방법으로 행하는 것이다. 증권거래소(stock exchange)에 다이렉트액세스(direct access)할 수 있는 경우도 할 수 없는 경우도 있다.

EUR (ISO) code European Union – currency euro. ¶ EUR (국제표준기구) 약호 유럽연합 — 화폐 유로(euro).

EURCO; Eurco → **Eur**opean **Co**mposite Unit [약] 유럽복합단위

Eurex 유렉스 ¶ The *Eurex* is one of the world's largest derivatives exchanges and the leading clearing house in Europe. The fully electronic exchange has more than 400 participants in about 20 countries, creating decentralized and standardized access to its markets. Members are linked to the *Eurex* system through a dedicated wide-area communications network (WAN). Access points have been installed in Amsterdam, Chicago, New York, Helsinki, London, Madrid, Paris, Hong Kong, Tokyo, and Sydney. 유렉스는 세계최대의 파생상품거래소이자 유럽에서 주요한 청산기관(clearing house)이다. 완전히 전자화된 거래소는 약 20국의 400 이상의 참가자를 보유하고, 시장의 접근을 분산화하고 표준화를 고안하였다. 회원들은 전용광역커뮤니케이션 네트워크(wide-area communication network: WAN)를 통해서 유렉스시스템에 연결되고 있다. 접속점(access points)은 암스테르담, 시카고, 뉴욕, 헬싱키, 런던, 마드리드, 파리, 홍콩, 도쿄 및 시드니에 설치되고 있다. ***Eurex Zürich*** 유렉스 취리히 ¶ The *Eurex Zürich* is the 50% joint venture holding company between Deutsche Börse AG and SWX Swiss Exchange, under which the Eurex companies operate. 유렉스 취리히는 독일보쉬회사(Borse AG)와 SWX 스위스거래소(SWX Swiss Exchange)의 50%씩의 합작회사이고, 그 밑에서 유렉스회사가 운영되고 있다.

EURIBOR 유리보, 유럽은행간 자금운용금리 ¶ The *EURIBOR* is an acronym for the European Inter-Bank Offered Rate meaning Eurozone interbank offering rate denominated Euros. 유리보는 European Inter-Bank Offered Rate의 두자어(頭字語)이고, 그 뜻은 유로(Euro)통화표시의 유로권(Eurozone)에서 은행간 자금운용금리이다.

Euro 서구(西歐)의, 유로(Western European) ¶ The *Euro* is a single currency adopted originally by 11 European nations starting January 1, 1999. The first to adopt the Euro were Austria, Belgium, Finland, France, Germany, Ireland, Italy, Luxemburg, the Netherlands, Portugal, and Spain. On that date, the conversion rates of the participating currencies were irrevocably fixed, both among themselves and against the Euro. In January 2001, Greece became the 12th country to adopt the Euro, followed by Slovenia in 2007, Cyprus and Malta in 2008, and Slovakia in 2009. It also used as the official currency in five other European countries and territories. 유로는 유럽 11개국에 의하여 채용된 공통통화로, 1999년 1월 1일에 도입되었다. 최초에 유로를 도입한 11개국은 오스트리아, 벨기에, 핀란드, 프랑스, 독일, 아일랜드, 이탈리아, 룩셈부르크, 네덜란드, 포르투갈, 스페인이다. 1999년 1월 1일에는 참가국 각국통화간의 교환레이트 및 각국 통화의 대 유로교환레이트가 고정되었다(변경은 불가). 2001년 1월에 그리스가 유로를 채용하는 12번째 국가가 되었다. 2007년에 슬로베니아, 2008년에 사이프러스와 말타가, 2009년에 슬로바키아가 뒤를 이었다. 또한 그밖의 국가나 지역에서도 유로를 공식통화로 사용되고 있다. /*Euro*-bank 유로은행 /*Euro*-CD 유로CD(유로시장에서 발행되는 양도성예금증서) /*Euro*-convertible bond 유로전환사채 /*Euro* CP 유로CP, 유로커머셜 페이퍼 /*Euro*-currency credit 유로신용 /the *Euro*-currency market; the *Euro* market 유로시장, 유럽공동시장(the European Common Market) /*Euro*-deposit 유로예금(유로커런시에 의한 예금) /*Euro*-dollar bond 유로달러채(債) /the *Euro*-dollar market 유로달러시장 /the *Euro*-market 유로시장 ***Eurobond*** 유로채(債) ¶ The *Eurobond* is a bond denominated in U.S, dollars or other currencies and sold to investors outside the country whose currency is used. The bonds are usually issued by large underwriting groups composed of banks and issuing houses from many countries. An example of a *Eurobond* transaction might be a dollar-denominated debenture issued by a Belgian corporation through an underwriting group comprised of the overseas affiliate of a New York investment banking house, a bank in Holland, and a consortium of British merchant banks; a portion of the issue is sold to French investors through Swiss investment accounts. The *Eurobond* market is an important source of capital for multinational companies and foreign governments, including Third World governments. 유로채는 미달러나 다른 통화표시의 채권(bond)으로, 그 통화가 사용되고 있지 아니한 국가의 투자자(investor)에게 판매되는 채권을 이른다. 유로채는 통상 여러 국가의 은행이나 증권회사로 구성되는 대규모의 인수단(underwriting group)에 의하여 발행된다. 전형적인 유로채는 다음과 같다. 유로채의 발행자는 벨기에의 기업으로 통화는 미달러이다. 인수단은 뉴욕이 투자은행(investment banker)의 해외관계회사(affiliate), 네덜란드의 은행, 영국의 머천드뱅크(merchant bank)에 의한 콘소시엄(consortium)으로 구성된다. 유로채는 스위스의 투자계좌를 통하여 프랑스의 투자자에게 매도된다. 유로채시장은 다국적기업(multinational corporation)이나 제3세계를 포함하는 외국정부에 대해서는 중요한 자본조달원(資本調達源)으로 되고 있다. ***Euro certificate of deposit* (*ECD*)** [영] 유로양도성정기예탁증서 ¶ The *Euro certificate of deposit* (*ECD*) is a Eurocurrency certificates of deposit issued by a bank, often from a London-based branch or subsidiary. Like other CDs, *ECDs* can be issued with fixed or floating coupons and in varying maturities and are often traded on a secondary basis between dealers. 유로양도성정기예탁증서는 종종 런던에 본점을 두고 있는 지점 또는 자회사(subsidiary)로부터 위임을 받은 은행이 발행하는 유로통화증서를 말한다. 다른 CD(예탁증서)와 같이, ECD는 고정금리쿠폰 또는 변동금리쿠폰을 붙여서 여러 가지 만기로 발행될 수 있고, 종종 딜러간에서 유통시장 베이스로 거래될 수 있다. ***Euro commercial paper* (*ECP*)** [영] 유로상업증권 ¶ The *EURO commercial paper* (*ECP*) is short-term, unsecured discount debt securities with maturities ranging from 1 to 360 days issued by companies in the Euromarkets. A syndicate of dealers places *ECP* on a best-efforts basis; unlike U.S. commercial paper, *ECP* issues may be unrated and need not be backed by swinglines. See also Eurobond; EURO medium-term note; Euronote. 유로상업증권은 만기가 1일

에서 360일에 이르며 유로시장에서 회사가 발행하는 단기, 무담보할인채무증권이다. 딜러의 인수단은 최선노력의 원칙(best-efforts basis)으로 ECP를 판매한다. ECP발행은 무등급일 수 있고, 신용공여범위(swingline)에 의하여 담보될 필요가 없다. Eurobond(유로본드); EURO medium-term note(유로중기노트); Euronote(유로노트)도 참조할 것. ***Euro deposit*** [영] 유로예탁증서 ¶The *Euro deposit* is a Eurocurrency time deposit issued by a bank, often from a London-based branch of subsidiary. Unlike Euro certificate of deposit, *Eurodeposits* are generally not tradable on a secondary basis. 유로예탁증서는 종종 런던에 본점을 두고 있는 자회사의 지점으로부터 위임을 받은 은행이 발행하는 유로커런시 정기예탁서를 말한다. 유로양도성정기예탁증서와는 달리, 유로예탁증서는 일반적으로 유통시장베이스로는 거래되지 않는다. ***Euro Interbank Offered Rate (EURIBOR)*** [영] 유로은행간 자금운용금리 ¶The *Euro Interbank Offered Rate* (*EURBOR*) is the offer side of the Euro-based interbank deposit market, or the rate at which prime banks are willing to lend funds. *EURIBOR*, which is set every business day at 11 am Brussels time by the European Banking Federation, is quoted for maturities of one week and monthly to 1 year, and serves as an important base reference for other financial instruments (e.g., derivative, floating rate notes) with a floating rate component. 유로은행간 자금운용금리는 유로에 기초를 두는 은행간 예금시장의 오퍼사이드(offer side), 또는 주요은행들이 자금을 대여하고 하는 금리를 말한다. 매영업일, 브뤼셀시간 오전 11시에 유럽은행연합회(European Banking Federation)가 정하는 유로은행간 자금운용금리는 1주와 매 1회에서 1년의 만기로 게시되고, 변동금리부분과 더불어 금융증권(예컨대, 파생상품, 변동금리부 채권)을 위한 중요한 기본참조로서 봉사한다. ***Euro Medium-term Note (EMTN)*** [영] 유로중기채 ¶The *Euro Medium-term Note* (*EMTN*) is a fixed income security issued by a company or sovereign entity in the Euromarkets from a standing program arranged by an underwriter; once the program is registered issuance can take place at will. Financing via an *EMTN* program gives an issuer considerable flexibility in accessing funds in the form, and at time, deemed most beneficial. *EMTNs* can be issued in a range of currencies and maturities (up to 30 years), in fixed date, floating rate, collateralized, amortizing, and credit supported form. A single issue from an *EMTN* program can be likened to a Euronote or Eurobond. See also Euro commercial paper; medium-term note. 유로중기채는 언더라이터(underwriter)가 알선하는 상설프로그램으로 유로시장에서 회사나 국가기관이 발행하는 고정수익증권(fixed income securities)을 말한다. 일단 프로그램이 등록이 되면, 발행은 임의로 행할 수 있다. EMTN프로그램을 경유한 자금조달은 발행자에게 가장 이익을 가져온다고 생각되는 방식과 시기에 자금접근에 상당한 탄력성을 주게 된다. EMTN은 통화와 만기(30년까지)의 범위내에서, 확정기일, 변동금리, 담보부, 약정상환부, 및 금융지원방식으로 발행될 수 있다. EMTN프로그램상의 단일발행은 유로노트(Euronote) 또는 유로채(Eurobond)에 견줄 수 있다. Euro commercial paper(유로상업증권); medium-term note(중기채)도 참조할 것. ***Euro Overnight Index Average*** [영] 유로오버나잇 인덱스애버리지 ¶The *Euro Overnight Index Average* is Euro overnight index average of interest rates on unsecured Euro deposits arranged by London-based brokers (quoted as EURONIA) or Continental markets (quoted as EONIA). 유로오버나잇 인덱스애버리지는 런던에 근거를 두는 브로커(EURONIA라고 표시됨) 또는 콘티넨탈마켓(EURONIA라도 표시됨)이 정하는 무담보 유로예탁금에 대한 유로오버나잇 평균금리이다. ***Euroyen [Samurabi] bond*** 엔표시 외채 ¶The *Euroyen bond* is Eurocurrency deposits in Euroyen. 엔표시 외채는 유로엔표시로 발행된 채권을 이

른다. ***Euroyen loans*** 유로엔(円)대출 ¶ The *Euroyen loans* are loans provided in Euroyen. 유로엔(円)대출은 유로엔표시로 제공되는 대출이다.

Euroclear 유로클리어(유로뱅크간의 거래의 결제기관) ¶ The *Euroclear* is a Brussels-based settlement house established in 1968 by a group of banks for the clearance of Eurobonds. 유로클리어는 1968년에 유로본드(Eurobond)의 결제를 목적으로 은행그룹이 모금하여 설립한 브뤼셀에 본부를 둔 결제기관이다.

Eurocredit 유로크레디트 ¶ The *Eurocredit* is a credit using Eurocurrency. 유로크레디트는 유로커런시를 사용하는 대출융자이다.

Eurocurrency 유로커런시, 유로머니(Euro-money), 유로통화(자국외(반드시 유럽이라고는 할 수 없다)의 은행에 예금되어 있는 각국 통화의 통칭) ¶ The *Eurocurrency* is money deposited by corporations and national governments in banks away from their home countries, called Eurobanks. The terms *Eurocurrency* and Eurobanks do not necessarily mean the currencies or the banks are European, though more often than not, that is the case. For instance, dollars deposited in a British bank or Japanese Yen deposited in a bank in South Africa are considered to be *Eurocurrency*. The Eurodollar is only one of the *Eurocurrencies*, though it is the most prevalent. Also known as Euromoney. 유로커런시는 회사(corporation)나 각국의 중앙정부가 자국이 아니라 외국에 있는 은행(유로뱅크, Eurobanks)에 예금한 자금을 말한다. 유로커런시나 유로뱅크는 반드시 유럽의 통화나 유럽의 은행인 것을 의미하고 있어야 하지만, 유럽의 은행인 경우가 많다. 예컨대, 영국의 은행에 예금된 미달러나, 남아프리카의 은행에 예금된 일본의 엔화는 유로커런시로 간주된다. 유로달러는 유로커런시의 하나에 불과하지만, 가장 널리 사용되고 있다. 이를 Euromoney(유로머니)라고도 한다. /*Eurocurrency* loan 유로커런시대출 /the *Eurocurrency* market 유로커런시시장

Eurodollar 유로달러(미국 외(유럽으로는 국한하지 않는다)의 은행에 예금되어 있는 미달러) ¶ *Eurodollar* is U.S. currency held in banks outside the United States, mainly in Europe, and commonly used for settling international transactions. Some securities are issued in *Eurodollars* – that is, with a promise to pay interest in dollars deposited in foreign bank accounts. 유로달러는 유럽의 은행과 미국 이외의 은행에 보유되고 있는 미국통화를 의미하며, 일반적으로 국제거래의 결제에 사용된다. 유로달러의 표시로 증권이 발행되는 경우가 있으나, 그것은 미국 외의 은행계정에 예금되고 있는 달러로 이자(interest)의 지급을 행하는 것을 의미한다. /daily trading in *Eurodollar* 매일의 유로달러거래 /*Eurodollar* securities 유로증권 ***Eurodollar bond*** 유로달러표시채권 ¶ The *Eurodollar bond* is a bond that pays interest and principal in Eurodollars, U.S. dollars held in banks outside the United States, primarily in Europe. Such a bond is not registered with the Securities and Exchange Commission, and because there are fewer regulatory delays and costs in the Euromarket, *Eurodollar bonds* generally can be sold at lower than U.S. interest rates. See also Eurobond. 유로달러표시채권은 원금(principal)과 이자(interest)의 지급이 유로달러, 말하자면 주로 유럽에서, 미국 이외의 은행에 보유되고 있는 미달러로 행해지는 채권(bond)을 말한다. 유로달러표시 증권은 미국의 증권거래위원회(Securities and Exchange Commission: SEC)에 등록되어 있지 아니하다. 또, 유로시장은 국내시장에 비하여 규제에 의한 지연이나 비용이 적기 때문에, 유로달러표시채권은 일반적으로 미국의 금리보다도 저렴한 코스트로 발행할 수 있다. Eurobond(유로본드)도 참조할 것. ***Eurodollar certificate of deposit*** (이자, 원금을 달러로 지급하는) 유로달러표시 양도성예금증서, 유로달

러CD ¶ The *Eurodollar certificate of deposit* is CDs issued by banks outside the United States, primarily in Europe, with interest and principal paid in dollars. Such CDs usually have minimum denominations of $100,000 and short-term maturities of less than two years. 유로달러표시 양도성예금증서는 유럽에서 주로 미국 외의 은행에서 발행되는 양도성 예금증서로 이자와 원금이 미달러로 지급된다. 유로달러CD는 최소권면액(denomination) 10만 달러, 만기(maturity)가 2년미만의 단기인 것이 많다.

Euroequity issue [영] 유로에퀴티 발행 ¶ The *Euroequity issue* is: (1) an issuance of shares by a company on an overseas exchange, denominated in the overseas currency rather than in the issuing company's home currency. (2) an issuance of shares by a company that occurs simultaneously, in several domestic markets, through an international syndicate. 유로에퀴티 발행은 (1) 발행회사의 자국통화보다 해외통화표시로 회사가 주식을 해외증권거래소에 발행한 경우이다. (2) 국제적 신디케이트를 통해서 여러 자국시장에서 동시적으로 일어나는 회사가 주식을 발행하는 경우이다.

Eurogiro 유럽지로 ¶ The *Eurogiro* is a pan-European electronic payment system operated by European girobanks. 유럽지로는 유럽지로은행이 운영하는 범유럽전자지급체계를 말한다.

Euromoney 유로머니 → Eurocurrency (유로커런시).

Euronext NV 유로넥스트 NV ¶ The *Euronext NV* is a Europe's first cross-border grouping of stock exchanges and their derivatives markets, formed in 2000 by the merger of the stock exchanges of Amsterdam, Brussels, and Paris. The Euronext group expanded in early 2002 with the acquisition of LIFFE (London International Financial Futures and Options Exchanges) and the merger with the Portuguese exchange BVLP (Bolsa de Valores de Lisboa e Porto), renamed Euronext Lisbon. In 2007, Euronext merged with the NYSE Group to create NYSE Euronext, Local regulators continue to have jurisdiction over the respective exchanges. The markets are regulated and unregulated. Euronext uses a single platform for cash trading, derivatives, and clearing. 유로넥스트 NV는 2000년에 암스테르담, 브뤼셀, 파리의 각 증권거래소를 합병하여 형성된 유럽에서 최초의 국경을 초월한 증권거래소(stock exchange)와 파생상품시장(derivatives market)이다. 유로넥스트그룹은 2002년의 초두에 LIFFE(런던국제금융선물옵션거래소, London International Financial Futures and Option Exchange)를 매수하여 포르투갈거래소(Bolsa de Valores de Lisboa e Porto: BVLP)(유로넥스트 리스본으로 개명)와 합병하여 확대하였다. 2007년에 유로넥스트는 NYSE 그룹과 합병하여 NYSE 유로넥스트를 창설하였다. 유로넥스트의 각 거래소는 계속하여 그 국가의 감독기관의 관할하에 있다. 유로넥스트에는 규제받고 있는 시장도, 규제받지 않는 시장도 있다. 유로넥스트는 현물거래(cash trading), 파생상품(derivatives)거래, 결제(clearing)에 관하여 동일한 플랫폼(platform)을 사용하고 있다.

Euronext 100 index 유로넥스트 100종목 주가지수 ¶ The *Euronext 100 index* is the blue chip index of the pan-European exchange, comprised of the largest and most liquid traded stocks traded on Euronext. Each stock must trade more than 20% of its issued shares over the course of the rolling one-year analysis period. The index is reviewed quarterly through a size and liquidity analysis of the investment universe. Stocks in the index represent 80% of the total market capitalization of the investment universe as of December 31, 2002. Each stock in the index is given a sector classification. Analysis indicates a high correlation with the CAC 40 index. 유로넥스트 100종목 주가지수는 범(汎)유럽의 증권거래소에 상장되고 있는 유력한 회사의 주식(blue chip) 중에서, 대형(large cap)이고 유동성(liquidity)이 높은 주식(stock)으로 구성되는 지수(index)를 말한다. 구성주식은 각각 연간 20%의 거래속도비율(velocity ratio), 말하자면 구성종목의 투자조건의 재교섭기간인 1년간에 발행된 주식수비(株式數比)의 20% 이상의 매매가 행해져야 한다. 이 지수는 4반기마다 매매량 및 유동성이 체크된다. 유로넥스트 100종목 주가지수의 구성주식의 시가총액(market capitalization)은 2002년 12월 31일 현재, 범유럽시장 전체의 80%를 차지하고 있다. 동 지수의 구성주식은 부문(sector)별로 분류되고 있다. CAC 40종목지수(CAC 40 Index)와 높은 상관이 있다고 분석되고 있다.

Euronote 유로노트 ¶ The *Euronotes* are short-term unsecured promissory notes issued by high quality corporate, financial, or sovereign borrowers. An alternative to syndicated credit facilities, *Euronotes* have maturities of 7 to 365 days. The most active sector is notes of 30- to 180-day maturities. Typically, *Euronotes* are issued in bearer form and sold at discount. *Euronotes* are denominated in dollars or the European currency unit. 유로노트는 고품질의 회사채, 금융채, 또는 국가채의 차입자(borrowers)가 발행한 단기무담보 약속어음을 말한다. 신디케이트론 퍼실리티(syndicated credit facilities)의 대안(代案)인 유로노트는 만기가 7일에서 365일 사이가 된다. 일반적으로 유로노트는 소지인출급식으로 발행되어 할인판매된다. 유로노트는 달러 또는 유로통화로 표시된다. ***Euronote facility*** 유로노트 퍼실리티 ¶ The *Euronote facility* is that a euronote is an unsecured transferable note which is issued by the Euromarket 유로노트 퍼실리티는 유로노트가 유로시장에서 발행되는 무담보의 양도가능한 약속어음인 경우를 말한다.

European 유럽의 ¶ *European* composite unit (EURCO) 유럽복합단위 ***European Bank for Reconstruction and Development* (*EBRD*)** 유럽부흥개발은행 ¶ The *European Bank for Reconstruction and Development* (*EBRD*) is a development bank created in 1990 by the twelve member nations of the European Community to recapitalize the former Soviet bloc countries in Eastern and Central Europe. Nations contributing funding also include the United States and Japan. Also known as European Development Bank. 유럽부흥개발은행은 동유럽과 중앙유럽의 이전의 소비에트블록 국가들의 자금지원을 위하여 유럽공동체의 12개 회원국가들이 1990년에 창설한 개발은행이다. 기금을 출연하는 국가에는 또한 미국과 일본이 포함된다. 이를 유럽개발은행(European Development Bank)으로도 알려지고 있다. ***European Central Bank* (*ECB*)** 유럽중앙은행 ¶ The *European Central Bank* (*ECB*) is a bank founded to oversee monetary policy for the countries that converted their local currencies into the Euro. The bank's primary mission is to maintain price stability and issue Euro currency. It replaces the Frankfurt-based European Monetary Institute (EMI), which was established in 1994 to prepare the way for a single currency. The bank is run by a Governing Council, which is comprised of members of the Executive Board and the governors of National Central Banks. The Executive Board consists of a president, vice president, and four other members. 유럽중앙은행은 자국통화를 유로(Euro)로 전환시킨 여러 국가의 금융정책(monetary policy)을 감독할 목적에서 설립된 은행으로, 물가의 안정과 유로통화의 발행을 주요임무로 한다. 단일통화창설준비를 위하여 1994년에 설립된 프랑크푸르트를 본거지로 하는 유럽통화기관(European Monetary Institute: EMI)을 갈음하는 기관으로서 설립되었다. 동 은행

은 임원회(Executive Board)멤버와 각국의 중앙은행총재로 구성되는 운영이사회(Governing Council)에 의하여 운영된다. 임원회는 총재, 부총재, 및 4인의 이사로 구성되고 있다. ***European Community* (*EC*)** 유럽공동체 ¶The *European Community* (*EC*) is an economic alliance formed in 1957 by Belgium, France, Italy, Germany, Luxembourg, and the Netherlands to promote trade and cooperation among its members. Membership was extended to Denmark, Great Britain, and Ireland in 1973, followed by Greece (1981), Portugal and Spain (1986). Tariff barriers and controls on currency flows between member countries were formally abolished in 1992, creating "a Europe without frontiers" and eventual monetary union and a common currency, the EURO. Central staff headquarters of the European Community is located in Brussels, Belgium. With ratification of the Maastricht Treaty on European Union in 1993, the *European Community* dropped its previous name, the European Economic Community (EEC). The *European Community* is closely identified with the European Union, an economic and social policy group of which it is a part. 유럽공동체는 1957년에 회원국간에 통상과 협력을 촉진하기 위하여 벨기에, 프랑스, 이탈리아, 독일, 룩셈부르크, 및 네덜란드에 의하여 형성된 경제동맹이다. 회원의 자격은 1973년에 덴마크, 영국 및 아일랜드에까지 확대되었고, 그리스(1981년), 포르투갈과 스페인(1986년)이 뒤를 이었다. 회원국간의 관세장벽과 통화흐름에 대한 규제는 1992년 정식으로 폐지되면서, 「국경없는 유럽」(a Europe without frontiers)과 결과적으로 통화동맹과 공통의 통화인 유로(EURO)를 창설하였다. 유럽공동체의 중심본부는 벨기에의 브뤼셀에 소재하고 있다. 1993년에 유럽동맹에 관한 마스트리히트조약(Maastricht Treaty on European Union)이 비준되면서, 유럽공동체는 유럽경제공동체(European Economic Community: EEC)라는 이전의 명칭을 내렸다. 유럽공동체는 엄밀히 말하면 그 일부인 경제사회그룹인 유럽동맹과 동일시된다. ***European Currency Quotation*** 유럽통화시세 ¶The *European Currency Quotation* is the value of a U.S. dollar in terms of a foreign currency. For example, if the British pound is $1.60, there are 0.625 pounds to the dollar. An American Currency Quotation, using the same exchange rate, would be 1.60, indicating there are 1.60 dollars to the pound. 유럽통화시세란 외국통화에 대한 미국달러의 값어치를 이른다. 예컨대, 영국의 파운드가 대미 1.60달러인 경우, 달러에 대하여 파운드의 값어치는 0.625파운드이다. 미국통화시세는 동일한 환율을 사용할 때에 1.60이고 이것은 파운드에 대하여 1.60달러를 가리킨다. ***European Currency Unit* (*ECU*)** 유럽통화단위 ¶The *European Currency Unit* (*ECU*) means a unit of account, created by the European economic Community in 1979 as part of the European Monetary System, based on a weighted average of the currencies of the member countries. The *ECU* was superseded by the creation of the European Monetary Union and the introduction of the Euro in 1999. 유럽통화단위는 1979년 유럽경제공동체의 회원국들의 가중평균에 근거해서 유럽통화제도의 일부로서 창설된 평가(評價)단위를 의미한다. ECU는 1999년에 유럽통화연합의 창설과 Euro(유로)의 도입으로 인해 대체되었다. ***European depositary receipt* (*EDR*)** 유럽예탁증서 → depositary receipts (예탁증서). ***European Development Fund* (*EDF*)** 유럽개발기금 ¶The *European Development Fund* (*EDF*) is a fund created via the Treaty of Rome in 1957, operated by European Union, which provides grants and loans in Africa, the Caribbean, and the Pacific. 유럽개발기금은 1957년에 로마조약에 의하여 창설된 기금으로 유럽연합(European Union)에 의하여 운영되고, 아프리카, 캐리비언군도 및 태평양에 보조금과 대출을 제공한다. ***European Economic Area* (*EEA*)** [영] 유럽경제지역 ¶The *European Eco-*

nomic Area (*EEA*) is an organization that includes the European Union plus Norway, Switzerland, and Liechtenstein. 유럽경제지역은 유럽연합에 노르웨이, 스위스와 리히텐스타인을 포함하는 기구이다. ***European Economic Community* (*EEC*)** 유럽경제공동체, [약칭] the Common Market 유럽공동시장 → European Community (유럽공동체). ***European Free Trade Association* (*EFTA*)** 유럽자유무역연합 ¶The *European Free Trade Association* (*EFTA*) is an association created in 1960 to promote free trade among a number of European countries (and whose memberships has changed over the years with the creation of the European Union (EU). EFTA was designed to reduce trade barriers, and in 1984 succeeded in abolishing tariffs between EFTA nations and EU nations. 유럽자유무역연합은 다수의 유럽국가들(과 회원자격은 유럽연합(EU)의 탄생과 함께 여러 해를 거치면서 변하였다)간에 자유무역을 진전시키기 위하여 1960년에 창설된 연합을 말한다. 유럽자유무역연합은 무역장벽을 제거하는 것이 목적이었고, 1984년에 EFTA와 EU간의 관세를 폐지하는 데 성공하였다. ***European Investment Bank* (*EIB*)** 유럽투자은행 ¶The *European Investment Bank* (*EIB*) is the European Union's development and long-term credit institution, established in 1957 under the Treaty of Rome and active in providing loans to members states and to projects located in developing nations around the world. 유럽투자은행은 1957년에 로마조약에 의하여 설립되어 회원국에 대항 대출을 제공하는 데에 활동중이고 세계의 개발도상국에 소재하는 프로젝트를 지원하는 유럽동맹의 개발과 장기신용기관이다. ***European Monetary Agreement* (*EMA*)** 유럽통화협정 ¶The *European Monetary Agreement* (*EMA*) is an agreement made in 1958 by the then members of the "Organization for European Economic Cooperation" (now the "Organization for Economic Cooperation and Development). The agreement enabled currencies of member states to be bought, sold, and exchanged without restriction and allowed for certain credit funds to be established. 유럽통화협정은 1958년에 「유럽경제협정기구」(현재 「경제협력개발기구」) 의 당시 회원국들에 의하여 체결된 조약이다. 그 조약에 의하여 회원국들의 통화를 아무런 제한 없이 매입, 매도 및 교환할 수 있었고, 일정한 신용기금을 설치할 것을 허용하였다. ***European Monetary Cooperation Fund* (*EMCOF*)** 유럽통화협력기금 ¶The *European Monetary Cooperation Fund (EMCOF)* is a fund organized by the European Monetary System in which members of the European Union deposited reserves to provide a pool of resources to stabilize exchange rates and to finance balance of payments support. Member states were given access to a wide variety of credit facilities, denominated in ECU, from the fund. It ceased operations with the introduction of the Euro in 1999. 유럽통화협력기금은 유럽연합의 회원국들이 환율을 안정시키고 국제수지지원을 제공하기 위하여 자원풀을 제공하는 준비금을 예금한 유럽통화제도가 조직화한 기금을 말한다. 회원국가들은 그 기금에서 유럽통화단위(EUC)표시의 광범위한 크레디트퍼실리티에의 접근이 부여되었다. 그것은 1999년에 유로통화의 도입과 함께 업무를 중단하였다. ***European Monetary System* (*EMS*)** 유럽통화제도 ¶The *European Monetary System* (*EMS*) is a 1979 agreement by European nations to link their currencies with the objective of limiting currency variations to a narrow range and keeping inflation in check. A forerunner of today's European Union, the *EMS* eventually became strained by the differing economic policies of its members and in the early 1990s by the permanent withdrawal of Britain. These differences led to formation of the European Monetary Institute in 1994, an interim step toward a common economic policy, and in 1998 the European

Central Bank. 유럽통화제도는 통화변동을 좁은 범위로 제한하여 인플레이션의 고비를 잡는다는 목적으로 각국의 통화를 연결시킨다고 하는 유럽국가들에 의한 1979년의 약정을 말한다. 오늘날의 유럽동맹의 선구자인 유럽통화제도는 결과적으로 회원국들의 상이한 경제정책으로 인하여, 1990년 초엽에는 영국의 영원한 탈퇴로 부자연스럽게 되었다. 이러한 불화가 1994년에 공통경제정책에의 중간단계인 유럽통화기구(European Monetary Institute)의 형성을 가져와서 1998년에 유럽중앙은행의 탄생을 보게 되었다. ***European Monetary Union* (*EMU*)** 유럽통화동맹 ¶ The *European Monetary Union* (*EMU*) is the monetary system of member European nations that is based on coordinated management of interest rates, foreign exchange rate, and inflation. The *EMU* created the European Central Bank to guide its policies, and developed and introduced the EURO as its core currency. The original 11 original participating countries – Austria, Belgium, Finland, France, Germany, Italy, Ireland, Luxembourg, Portugal, and Spain – were joined by various others in subsequent stages, including Greece, Slovenia, Slovakia, and Cyprus. 유럽통화동맹은 금리, 외국환율 및 인플레이션의 통합된 관리에 기초를 두는 회원국인 유럽국가들의 통화체제이다, 유럽통화동맹은 그들의 정책을 지도하기 위하여 유럽중앙은행을 창설하여 그들의 핵심통화인 유로를 발전시켜서 도입하였다. 동맹의 최초 11개국 — 오스트리아, 벨기에, 핀란드, 프랑스, 독일, 이탈리아, 아일랜드, 룩셈부르크, 포르투갈 및 스페인 — 은 그 이후의 단계에서 그리스, 슬로베니아, 슬로바키아 및 사이프러스를 비롯한 다른 여러 국가들이 참가하게 되었다. ***European option*** 유럽형 옵션(권리행사가 일정일로 한정되어 있는 옵션) ¶ The *European option* is an option contract that can only be exercised by the buyer at maturity. See also American-style option; Bermudan option. 유럽형 옵션은 만기에 매수인에 의하여 오직 행사될 수 있는 옵션계약을 말한다. American-style option(미국형 옵션); Bermudan option(버뮤다 옵션)도 참조할 것. ***European Option Exchange*** 유럽옵션거래소 ¶ The *European Option Exchange* was an organization established in Amsterdam in 1977 as a market in traded options (mainly in precious metals and currencies). In 1978 it merged with the Amsterdam Stock Exchange to form the Amsterdam Exchanges. 유럽옵션거래소는 (주로 귀금속과 화폐) 거래된 옵션의 시장으로서 1977년에 설치된 단체였다. 그 단체는 1978년에 암스테르담거래소를 설립하기 위하여 암스테르담주식거래소와 합병하였다. ***European-style exercise*** 유럽형 옵션행사방식 ¶ The *European-style exercise* is a system of exercising options contracts in which the option buyer can exercise the contract only on the last business day prior to expiration (normally Friday). This system is widely used with index options traded on various U.S. exchanges. See also American-style option; Asian option. 유럽형 옵션행사방식은 옵션계약(option contract)의 행사(exercise)방식의 하나이다. 옵션의 권리가 실효하기 전에 최종영업일(통상 금요일)에만 권리를 행사할 수 있는 방식을 이른다. 미국의 여러 거래소(exchange)에서 거래되는 주가지수옵션(index options)에서는 유럽형이 널리 이용되고 있다. American-style option(미국형 옵션); Asian option(아시아형 옵션)도 참조할 것. ***European terms*** (통화거래의) 유럽방식(1미달러를 사는 데에 필요한 외국통화(예컨대 프랑스 프랑)는 얼마인지라는 형식으로 표현된다.) ¶ *European terms* is a commonly used quotation mechanism in the foreign exchange markets that indicates how many units of a foreign currency can be exchanged for a U.S. dollar. (통화거래의) 유럽방식은 외환시장에서 얼마나 많은 외국통화의 단위가 미국의 1달러로 교환되는지를 가리키는 보통 사용되는 시세메카니즘이다. ***European type*** 유럽타입 ¶ The *European type* is an option trading that can be exercised only at a point during the contracted period.

유럽타입은 계약기간중의 어느 시점에서만 권리(權利)행사가 가능한 옵션거래를 이른다. ***European Union (EU)*** 유럽연합 ¶ The *European Union* (*EU*) is a group established in 1992 by the European Union Treaty (also known as the Maastricht Treaty) and amended by various treaties thereafter. Initially, the *EU* consisted of six countries: Belgium, Germany, France, Italy, Luxemburg, and the Netherlands. Denmark, Ireland, and the United Kingdom joined in 1973, Greece in 1981, Spain and Portugal in 1986, Austria, Finland, and Sweden in 1995. The largest expansion occurred in 2004 with 10 new countries joining. They are Cyprus, the Czech Republic, Estonia, Hungary, Latvia, Lithuania, Malta, Poland, Slovakia, and Slovenia. In 2007, two more countries from Eastern Europe, Bulgaria and Romania, joined, bringing the total number to 27. Others are expected to join as well. At its core, the *EU* is a group of democratic countries working together on economic, judicial, and security issues. It has taken several steps toward a more unified Europe. For example, in 1992, the *EU* made the decision to move toward a single European currency, known as the EURO. 유럽연합은 유럽연합조약(European Union Treaty)(이 조약은 마스트리히트조약(Maastricht Treaty)으로서 알려지고 있다.)에 의하여 1992년에 설립된 그룹이고, 그 후도 여러 가지가 합의에 의하여 수정되고 있다. EU는 당초 6개국(벨기에, 독일, 프랑스, 이탈리아, 룩셈부르크, 네덜란드)으로 구성되고 있었으나, 1973년에 덴마크, 아일랜드, 영국이 가입하고, 또 1981년에 그리스, 1986년에 스페인과 포르투갈, 1995년에 오스트리아, 핀란드, 스웨덴이 각각 가입하였다. 그리고 2004년에는 10개국이라고 하는 다수의 가입국이 있었다. 그 10개국은 사이프러스, 체코공화국, 에스토니아, 헝가리, 리투아니아, 말타, 폴란드, 슬로바키아, 및 슬로베니아이다. 2007년에 동유럽에서 2개국, 불가리아와 루마니아가 가입하여 총가입국이 27개국이 되었다. EU는 속성이 민주주의국가의 그룹이며, 경제, 사법, 안전보장의 여러 문제에 관하여 공동으로 대처하고 있다. 유럽의 그러한 통합을 목표로 하여 몇 가지의 정책을 추진해 왔다. 예컨대, 1992년에 유로(Euro)라고 하는 단일의 유럽통화의 도입에 대해서 결정을 하였다. ***European Union currency*** 유럽연합화폐 ¶ euro (EUR), divided into 100 cents. 1 유로(euro) = 100 센트(cents).

Eurosecurity 유로시큐리티 ¶ The *Eurosecurity* is a security (equity, bond, or other securitized and tradable asset) that is issued and traded in the Euromarkets. 유로시큐리티는 유로시장에서 발행되고 거래되고 있는 증권(주식, 본드, 기타 증권화되어 거래되고 있는 자산)을 이른다.

Eurostoxx index 유로스톡스지수 ¶ The *Eurostoxx index* is an index made on the basis of blue chips companies selecting from the good companies which are listed on the European stock exchanges, located in such major 12 countries as Germany, France, Netherland and so on. The stoxx is a name of the organization calculating this index. There are *Eurostoxx* 50 *index* and *Eurostoxx* 600 *index*, according to the numbers of companies included in the index. 유로스톡지수는 독일, 프랑스, 네덜란드 등 유럽 주요 12개국 증시에 상장된 기업 중 우량기업을 뽑아 주가지수를 만들어 놓은 것이다. 스톡스는 이 지수를 산출한 기관 이름이다. 지수에 포함된 기업수에 따라 유로스톡스 50지수와 유로스톡스 600지수가 있다.

Eurosyndicated loan 유로시장의 신디케이트론

evaluation 평가, 견적 ¶ the *evaluation* of collateral 담보의 평가 /*evaluation* of performance 업적평가

evaluator 감정인 ¶ The *evaluator* is an independent expert who appraise the value of property for which there is limited trading – antiques in an estate, perhaps, or rarely traded stocks or bonds. The fee for this service is sometimes a flat amount, sometimes a percentage of the appraised value. 감정인이란 유산의 골동품이라든가, 거래총액이 극히 적은 주식이나 채권 등 거래가 한정되어 있는 재산의 가치를 평가하는 독립된 전문가를 말한다. 감정수수료는 정액인 경우도 있는가 하면 감정액에 대해서 일정한 요율의 경우도 있다.

evasion 회피, 기피 ¶ *evasion* of a contract 계약불이행 ***tax evasion*** 탈세 ¶ The *tax evasion* is an illegal practice of intentionally evading taxes. Taxpayers who evade their true tax liability may underreport income, overstate deductions and exemptions, or participate in fraudulent tax shelters. If the taxpayer is caught, *tax evasion* is subject to criminal penalties, as well as payment of back taxes with interest, and civil penalties. *Tax evasion* is different from tax avoidance, which is the legal use of the tax code to reduce tax liability. 탈세는 의도적으로 세금의 지급을 회피하는 위법행위를 말한다. 납세채무(tax liability)를 회피하는 방법에는, 납세자가 소득의 과소신고를 한다든지, 공제(deduction)나 면제(exemption)의 과대신고를 하거나, 택스쉘터(절세대책)(tax shelter)의 부정사용을 하는 경우이다. 탈세로 체포되면 체납세(back taxes)와 금리(interest)를 지급해야 할 뿐만 아니라, 형사벌의 대상이 되고, 또 민사벌의 대상이 되기도 한다. 합법적으로 납세채권을 감하는 절세(tax avoidance)와는 다르다.

even 동등의, 우수(偶數)의, 무일변(無日邊)의 [외환] 현물시세와 선물시세의 격차가 없는 ¶ an *even* hundred 꼭 100 /*even* numbers 우수(偶數) (*cf.*) uneven numbers, odd numbers 기수(奇數) /break *even* 손득(損得)이 없게 되다 ***even lot*** 매매단위, 단위주 → round lot (거래단위, 단위주).

event (우발적인) 사건, 일, 결과 ***event of default*** 채무불이행[디폴트](사유), [국제금융] 채무자의 신용악화를 나타내는 중대한 사실(이행지연, 계약불이행, 다른 채권자에 의한 디폴트선언 등) ¶ The *event of default* is an instance of default that is specific to a borrower or issuer of securities, caused by failure to make scheduled principal and/or interest payments, failure to comply with obligations in an indenture, trust deed, or credit agreement, triggering of a cross-default clause, initiation of bankruptcy proceedings by outside creditors, or seizure of assets by the courts. [영] 디폴트의 사유는 정기적인 원금 및 이자를 지급하지 못한 점, 계약서(indenture), 신탁증서(trust deed) 또는 여신계약서(credit agreement)상의 의무를 준수하지 못한 점, 교차(交差)디폴트 조항의 촉발, 외부채권자에 의한 파산절차의 착수를 이유로 하는, 차입자(borrower) 또는 증권의 발행자에 특유한 디폴트의 사례이다. ~ ***risk*** 이벤트리스크(기업의 행동이 채권(債券)의 가치를 감소시켜 등급을 낮춰버리는 리스크) ¶ *Event risk* is risk that a bond will suddenly decline in credit quality and warrant a lower rating because of a takeover-related development, such as additional debt or a recapitalization. Corporations whose indentures include protective covenants, such poison put provisions, are assigned *Event Risk* Covenant Rankings by Standard & Poor's Corporation. Ratings range from E-1, the highest, to E-5 and supplement basic bond ratings. 이벤트리스크란 부채(debt)가 증가한다든지 자본재구성(recapitalization)을 하는 등, 기업매수(takeover)관련의 움직임에서 채권의 신용도가 급격히 저하하여, 신용평가(rating)의 저하를 일으키는 리스크를 말한다. 채권신탁증서(indentures)에 포이즌풋(poison put)조항 등의 적대적 매수(hostile takeover)에 대한 방어조항(protective covenants)이 기재되고 있는 경우에는, 스탠더드앤드푸어스사(Standard & Poor's Corporation)가 이벤트리스크조항의 평가를 내린다. 신용평가는 최고등급인 E-1에

서 E-5까지이고, 기본적인 채권의 신용평가(bond rating)를 보완한다.

evergreen 상록수(식물), 항상 신선한 것, 상용 기사감 ¶ *evergreen* credit 회전자금융자, 계속적인 신용공여([미] revolving credit) ***evergreen funding*** 에버그린펀딩(새로운 회사에 대한 초기융자) ¶ Similar to drip feed, the *evergreen funding* is the British term for the gradual infusion of capital into a new or recapitalized enterprise. In the United States, banks use the term evergreen to describe short-term loans that are continuously renewed rather than repaid. 드립피드(drip feed)와 마찬가지로, 에버그린펀딩은 신흥기업이나 자본재구성(recapitalization)한 기업에 대해서 서서히 자본주입을 하는 것을 의미하는 영국식 용어이다. 미국에서는, 반환되지 않고 계속적으로 차환되는 단기대출금으로 표현한다.

eviction 퇴거, 쫓아냄 ¶ An *eviction* is an expulsion of a tenant from property rented from a landlord. An *eviction* can be considered constructive when a tenant is forced to move because of the condition of the property. A partial *eviction* occurs when a portion of the rented property is unavailable to the tenant. 퇴거는 집주인으로부터 빌린 부동산에서 임차인을 추방하는 경우이다. 퇴거는 부동산의 상태 때문에 임차인이 강제로 이사하는 경우에는 약정적(constructive)이라고 생각될 수 있다. 편파적인 추방은 빌린 부동산의 일부가 임차인에게 이용할 수 없는 경우에 일어난다.

evidence 증거 ¶ *evidence* by inspection 검증(檢證)

evidential 증거의, 증거가 되는, 증거에 의한 ¶ *evidential* matters 증거자료

evidentiary 증거의 ***evidentiary facts*** 증거사실 ¶ *Evidentiary facts* are those facts which are necessary for determination of the ultimate facts. 증거사실은 궁극적 사실을 확정하는 데에 필요한 사실을 말한다.

ex …낙(落)으로(의), …없이[는], …인도(引渡) (*cf.*) cum …부(附), …붙는, …딸린 ¶ *ex* allotment 신주락(新株落) /*ex* coupon 이표락(利票落) /*ex* godown 익스고다운, 창고인도 /*ex* interest 이자락(利子落)(의) /*ex* plantation 익스플랜테이션, 농장인도 /*ex* post 사후의, 실현된 ***ex all*** 전권리락(全權利落) ¶ *Ex-all* is sale of a security without dividends, rights, warrants, or any other privileges associated with that security. 전권리락이란 이익배당(dividends), 신수인수권(rights), 주식매수청구권(warrants) 등 증권과 관련되는 권리가 붙어 있지 아니한 증권(securities)의 판매를 말한다. ~ ***ante*** 사전의, 장래의 ¶ Judges should be aware that their decisions create incentives influencing conduct *ex ante* and that attempts to divide the stakes fairly ex post will alter or reverse the signals that are desirable from an *ex ante* point of view. 법관들은 그들의 판단이 앞으로서의 행위에 영향을 주는 촉진제를 만들고, 이해관계를 상당히 회고적으로 분배하는 기도가 장래의 관점에서 바람직한 계기를 변경하거나 뒤엎는 것이라는 점을 명심하여야 한다. ~ ***dividend*** 배당락(配當落) ¶ An *ex-dividend* is an interval between the announcement and the payment of the next dividend. An investor who buys shares during that interval is not entitled to the dividend. Typically, a stock's price moves up by the dollar amount of the dividend as the *ex-dividend* date approaches, then falls by the amount of the dividend after that date. A stock that has gone *ex-dividend* is marked with an x in the newspaper listings. 배당락이란 배당선언일(announcement)에서 다음 배당의 지급일까지의 기간을 의미한다. 이 기간중에 주식을 구입하는 투자자는 배당을 수취할 권리가 없다. 배당락일(ex-dividend date)이 가까워오면서, 주가는 배당분만큼 상승하고, 그 날 이후 배당분만큼 하락한다. 배당락한 주식은 신문의 주가란면에 x의 기호가 부쳐진다. ~ ***dock*** 익스도크 조건 ¶ The *ex* *dock* clause is a trade term meaning that the seller is obligated to place the specified goods at the specified price on the import dock clear of all customs and duty requirements. The buyer must do nothing further than pick up the goods within a prescribed time limit. ex dock(익스도크)은 매도인이 특정한 물품을 특정한 가격을 모든 세관절차요건을 마친 수입항 도크에 놓아야 할 의무가 있다는 것을 의미하는 거래조건(trade term)이다. 매수인은 법에서 정한 기간 내에 그 물품을 인수하는 것 이외에 더 이상 할 일이 없다. ~ ***factory* [*works*]** 제작소인도 ¶ The *ex factory* clause is a sale term where the buyer gains ownership of goods when they leave the vendor's dock. 제작소인도조건은 매수인이 매도인의 도크를 떠날 때에 물품의 소유권을 취득하는 매매조건(sale term)이다. ~ ***gratia payment*** [보험] 위문금, 위로금 ¶ *Ex gratia payment* is "from favor" payment by an insurance company to an insured even though the company has no legal liability. The company makes such a payment for goodwill purpose. 위문금은 보험회사가 아무런 법적 책임이 없더라도 피보험자에 대한 "호의(好意)의 지급"이다. 보험회사는 선의의 목적에서 그런 지급을 한다. ~ ***mill* (*ex warehouse, ex mine, ex factory*)** 익스밀 인도조건, 제철소인도조건, 제분소인도조건 ¶The *ex mill* (*ex warehouse, ex mine, ex factory*) clause is the seller's obligation to place the specified quantity of goods at the specified price at his mill located on trucks, railroad cars, or any other specified means of transport. The buyer must accept the goods in this manner and make all arrangements for transportation. 익스밀 인도조건(익스웨어하우스, 익스마인, 익스팩토리 인도조건)은 특별한 가격으로 매도인의 공장에 위치한 트럭, 철도차량 기타 특수한 운송수단에 특정한 양의 물품을 적재할 매도인의 의무를 말한다. 매수인은 이런 방식으로 물품을 인수하고 운송에 관한 모든 약정을 체결한다. ~ ***quay*** 익스키 조건, 선창인도조건 ¶ The *ex quay* clause is a trade term meaning that the seller makes the goods available to the buyer on the quay (wharf) at the destination named in the sales contract. The seller has to bear the full cost and risk involved in brinig the goods there. There are two "Ex quay" contracts in use: Ex Quay "duty paid" and Ex Quay "duties on buyer's account," in which the liability to clear goods for import is to be met by the buyer instead of by the seller. 익스키 조건은 매매계약에서 지정한 목적지에서 매수인이 물품을 선창(부두)에서 입수할 수 있게 한다는 것을 의미하는 거래조건이다. 매도인은 물품을 그 곳에 가져오는 데에 관련된 모든 비용과 위험을 부담하여야 한다. 사용중인 「익스키 조건」(Ex Quay)에는 2방법이 있다. 하나는 「관세부담」 익스키 조건이요, 다른 하나는 「관세는 매수인의 계산으로」인데, 수입물품을 통관할 책임은 매도인 대신에 매수인이 부담하여야 한다. ~ ***rights*** 권리락, 신주락(新株落) ¶ *Ex-rights* mean without the right to buy a company's stock at a discount from the prevailing market price, which was distributed until a particular date. Typically, after that date the rights trade separately from the stock itself. 권리락은 시장가격(market price)보다 싸게 주식을 구입하는 권리인 신수인수권이 붙어있지 않은 주식을 말하며, 기존주주에게 특정일까지 분여(分與)된다. 특정일을 경과하면, 일반적으로 신주인수권은 주식과는 개별로 거래된다. ~ ***ship*** 익스쉽 인도조건, 착선(着船)인도조건 ¶ The *ex ship clause* is a trade term meaning that the seller will make the goods available to the buyer on board the ship at the destination named in the sales contract. The seller bears all costs and risks involved in bringing the goods to the destination. 익스쉽 인도조건은 매도인은 매매계약서에서 지정한 목적지에서 선박내에서 매수인이 물품을 입수할 수 있게 한다는 것을 의미하는 거래조건이다. 매수인은 그 물품을 목적지에 가져오는 데에 관련된 모든 비용과 위험을 부담한다. ~ ***works* (*EXW*)** 익스웍스 인도조건, 제작소 인도

조건 ¶ The *ex works* (*EXW*) clause means the clause of at a named point of origin (examples: ex factory, ex mill, ex warehouse). Under this term, the price quoted applies only at the point of origin and the seller agrees to place the goods at the disposal of the buyer at a specified place on the date or within the period fixed. All other charges are for the account of the buyer. 익스웍스 인도조건은 발단의 지정된 지점에서(at a named point of origin)(예컨대, 익스팩토리, 익스밀, 익스웨어하우스)라는 의미이다. 이 거래조건에서, 제시된 가격은 발단의 지점에서만 적용되며 매도인은 물품을 지정일 또는 고정기간 내에 특정한 장소에서 매수인이 처분할 수 있게 두기로 동의하는 것이다. 다른 모든 비용은 매수인의 계좌에서 나간다.

exact 정확한, 정밀한 ¶ an *exact* calculation 정산(精算) ***exact interest*** (1년 365일 계산의) 정확한 금리 (*cf.*) ordinary interest (1년 360일 계산의) 통상이자 ¶ The *exact interest* is an interest paid by a bank or other financial institution and calculated on a 365-days-per-year basis, as opposed to a 360-day basis, called ordinary interest. The difference – the ratio is 1.0139 – can be material when calculating daily interest on large sums of money. 정확한 금리는 1년을 365일 기준으로 계산하는 은행 등의 금융기관에 의해서 지급되는 금리(interest)를 말한다. 1년을 360일 기준으로 계산되는 금리는 통상금리(ordinary interest)라고 부른다. 양자의 차이의 비율은 1.0139에 불과하지만, 큰 금액의 일변(日邊)금리를 계산하면 상당한 차액이 생기게 된다.

examination 조사, 검사, 시험 ¶ an *examination* of a loan application 대출신청검사 /internal *examinations* and inspections 내부감사 · 검사 /supervisory authorities *examination* 감독당국검사

examiner 심사원, 검사관 ¶ the bank *examiner* 은행검사관 /the *examiner's* report 검사관보고서

except 제외한 ¶ Errors and omissions *excepted.* 오류 · 탈루는 그 범위에 들어가지 않음.

exception 제외, 예외, 이의(異議) ¶ a notice of *exception* 이의의 통지

exceptional 예외적인, 이상한 ¶ an *exceptional* clause 단서조항 ***exceptional items*** [영] 예외적 항목 ¶ *Exceptional items* are profit and loss items incurred in the normal course of a company's business which are of a unusually large magnitude. *Exceptional items* appear above the line, as a separate disclosure item. See also extraordinary item. 예외적 항목은 현저하게 큰 규모의 회사의 사업의 정상적긴 과정에서 생기는 손익항목을 말한다. 예외적 항목은 개별의 개시항목으로서 경상비 이상(above the line)으로 나타난다. extraordinary item(특별손익항목)도 참조할 것.

excess 초과, 과잉(의), 여분(의) ¶ In the United Kingdom, the *excess* is a deductible on an insurance policy. [영] 영국에서, 익세스(excess)는 공제조항이 있는 보험증권을 의미한다. /*excess* and deficiency 과부족 /*excess* capacity 과잉설비 /*excess* demand 초과수요 /*excess* interest charges 초과이자비용 /an *excess* of exports 출초(出超) /*excess* liquidity 과잉유동성 /*excess* profits 초과[과잉]이윤 /*excess* supply 과잉공급 ***excess insurance*** [영] 초과액보험 ¶ *Excess insurance* is any insurance coverage that an insured arranges over and above the primary insurance contract, such as an umbrella policy. *Excess insurance* is generally designed to protect against losses from liability or unexpected damage that are not adequately covered through the primary contract. Also known as excess policy. 초과액보험은 피보험자가 포괄보험증권과 같은 주된 보험계약 이외의 보험계약을 약정하는 보험계약의 범위를 말한다. 초과액보험은 일반적으로 주된 보험계약을 통해서는 적절하게 커버되지 않는 책임으로 인한 손실이나 예상치 못한 손해에 대해서 보호하려는 것이다. 이를 초과액보험증권(excess policy)이라고도 알려져 있다. ~ ***layer*** [영] 보험금초과액 레이어 ¶ The *excess layer* is any insurance coverage that becomes effective once the insured's deductible has been exhausted. The *excess layer* also applies to insurers or reinsurers who choose to set their attachment points at a particular distance above the expected loss level. See also horizontal layering; vertical layering. 보험금 초과액 레이어는 일단 피보험자의 공제액이 소모된다면, 유효하게 되는 보험계약의 적용범위를 말한다. 보험금초과액 레이어는 또한 예상된 손실수준 이상의 특별한 거리에서 그들의 도달점을 설정하기로 선택하는 보험자 또는 재보험자에게 적용된다. horizontal layering(수평적 초과액 레이어); vertical layering(수직적 초과액 레이어)도 참조할 것. ~ ***of loss (XOL) agreement*** [영] 손실초과액 약정 ¶ The *excess of loss (XOL) agreement* is a reinsurance arrangement where a reinsurer assumes risks and returns in specific horizontal or vertical layers; depending on the magnitude of losses and the sequence and level of attachment, a reinsurer may or may not face some cession and allocation of losses on each loss event. See also proportional agreement; quota share; surplus share. 손실초과액 약정은 재보험자가 특수한 수평적 · 수직적 초과액 레이어에서 위험과 이익률(risk and return)을 인수하는 재보험계약 약정이다. 즉, 손실의 규모와 도달의 연속 및 수준에 의존하여, 재보험자는 각 손실사고에 약간의 양여(cession)와 배정(allocation)을 직면할 수도 있고, 직면하지 않을 수도 있다. proportional agreement(비례배분계약); quota share(비례특약); surplus share(잉여금분담)도 참조할 것. ~ ***margin*** 증거금초과액 ¶ *Excess margin* is equity in a brokerage firm's customer account, expressed in dollars, above the legal minimum for a margin account or the maintenance requirement. For instance, with a margin requirement of $25,000, as set by regulation T and a maintenance requirement of $12,500 set by the stock exchange, the client whose equity is $100,000 would have *excess margin* of $75,000 and $87,500 in terms of the initial and maintenance requirements, respectively. 증거금초과액은 신용거래(margin account)에서 요구되는 법적인 최저증거금(margin requirement)이나 증권거래소(stock exchange) 등이 부과하는 유지증거금(minimum maintenance)을 상회하여 고객계좌에 예탁되고 있는 자기자금을 말하고, 달러표시된다. 예컨대, 규칙 T(Regulation T)에서 정해진 최저증거금의 필요액 25,000달러, 그리고 증권거래소가 정하는 유지증거금이 12,000달러로 한다면, 100,000달러의 예탁금이 있는 고객의 증거금초과액(excess margin)은 각각 75,000달러와 87,500달러가 된다. ~ ***profits tax*** 초과이윤세 ¶ The *excess profits tax* is an extra federal taxes placed on the earnings of a business. Such taxes may be levied during a time of national emergency, such as in wartime, and are designed to increase national revenue. The *excess profits* tax differs from the windfall profits tax, designed to prevent excessive corporate profits to special circumstances. 초과이윤세는 기업의 이윤에 대하여 부과되는 추가적 연방세이다. 이 조세는 전쟁시 등 국가비상사태시에 세입증가를 목적으로 하여 부과되는 일이 있다. 초과이윤세는 특별한 상황하에서 생긴 기업의 초과이윤(예상외의 이익)을 저지할 목적에서 부과되는 과잉이득세(windfall profit tax)와는 다르다. ~ ***reserves*** 초과준비금 ¶ *Excess reserves* are money a bank holds over and above the reserve requirement. The money may be on deposit with the Federal Reserve System or with an approved depository bank, or it may be in the bank's possession. For instance, a bank with a reserve requirement of $5 million might have $4 million on deposit with the Fed and $1.5 million in its values and as till cash. The $500,000 in *excess reserves* is available for loans to other banks or customers or for other corporate uses. 초과준비금은 은행이 예금준비율(reserve requirements)을 초과하여 보유하는 자금을 이른다. 준비금은 미연방준비제도(Federal Reserve System)나 인가된 예탁은행에 예탁할 수도, 은행 자신이 보유할 수도 있다. 예컨대, 500만 달러의 예금준비를 필요로 하는 은행이 400만 달러를 연방준비제도에 예탁하고, 150만 달러를 그 은행의 금고에 현금으로 가지고 있는 경우에는 50만 달러의 초과준비금이 있는 것이 된다. 그 50만 달러는 은행간 대출이나 고객에의 대출에 충당할 수도 , 기타 자금 사용에 충당할 수도 있다. ~ ***return*** 초과리턴 ¶ *Excess return* is total return of an asset or security portfolio less the risk-free return (usually defined as the return on the 90-day Treasury bill) for the period being measured. In modern portfolio theory, *excess return* represents the risk premium – the reward for taking risk – and is correlated with beta – the measure of market risk – to produce a risk-adjusted return. *Excess return* is sometimes used to mean abnormal return, the difference between the expected return, given beta, and the actual return. 초과리턴은 측정된 기간에 있어서, 특정한 자산(asset) 또는 증권(security)의 포트폴리오(portfolio)의 토탈리턴(total return)에서 무(無)리스크리턴(무리스크리턴은 통상 90일물(物)의 미재무부 단기증권(Treasury bill)의 수익이 사용된다.)을 공제한 것이다. 현대 포트폴리오이론(modern portfolio theory)에서는, 초과이윤은 리스크 프리미엄(risk premium), 말하자면 리스크를 취한 담보로서의 리턴(return)을 의미하고, 베타(beta), 즉 시장 전체의 리스크와 상관이 있다. 리스크 프리미엄과 베타를 사용하여 리스크 정비후 수익(risk adjusted return)을 계산할 수 있다. 초과이윤은 이상(異常)리턴(abnormal return), 즉 특정한 베타로 예상한 기대수익(expected return)과 실제의 운용익(運用益)과의 격리(隔離)를 의미하는 경우도 있다. ~ ***shares*** [영] 초과발행주식 ¶ In a rights issue, the *excess shares* is the shares that are not taken up by existing shareholders; these may be taken up by the underwriting syndicate. 주식발행에 있어서, 초과발행주식은 현재주주들이 인수하지 아니한 주식을 말한다. 이런 주식들은 인수신디케이트단(underwriting syndicate)이 인수할 수 있다. ~ ***spread*** [영] 초과스프레드 ¶ In a securitization transaction, the *excess spread* is the difference between the cash flow generated by the collateral pool (after charge-offs and other expenses) and the interest payable to investors holding the asset-backed security. *Excess spread* may be held in escrow as an additional form of credit enhancement until maturity of the transaction, at which time it may be paid to investors in the residual tranche. 증권화거래에 있어서, 초과스프레드는 (대손상각(貸損償却)과 다른 비용에 뒤이어) 담보물 풀(collateral pool)에서 생기는 현금흐름(cash flow)과 자산담보증권(asset-backed security)을 보유하고 있는 투자자에게 지급하는 이자 사이의 차액을 말한다. 초과스프레드는 그 거래의 만기시까지 신용보완(credit enhancement)의 추가적 형식으로 에스크로(escrow) 계좌에 보유될 수 있고, 그 거래의 만기시에 그것은 잔여 트랑슈(residual tranche)의 투자자에게 지급될 수 있다.

excessive 과도한, 과대한, 과다한 ¶ *excessive* liabilities 채무초과

exchange 교환, 외환, 환전, 외환시세, 거래소, (*pl.*) 교환어음, 교환물건 ¶ In corporate finance, the word *exchange* means offer by a corporation to exchange on security for another. For example, a company may want holders of its convertible bonds to exchange their holdings for common stock. Or a company in financial distress may want its bondholders to exchange their bonds for stock

각국의 통화를 사고 팔거든요.

in order to reduce or eliminate its debt load. 회사금융에서, 교환이란 말은 특정한 증권을 다른 증권과 교환하는 것을 회사가 제안하는 것이다. 예컨대, 전환사채(convertibles)의 보유자에 대하여 전환사채를 자사의 보통주식(common stock)과 교환할 것을 요구한다. 혹은 자금상의 문제를 안고 있는 회사가 채무(debt)부담을 경감・해소하기 위하여 사채보유자(bondholder)에게 채권과 자사주식(stock)과의 교환을 구하는 경우를 말한다. ¶In mutual funds, the word *exchange* means a process of switching from one mutual fund to another, either within one fund family or between fund families, if executed through a brokerage firm offering funds from several companies. In many cases, fund companies will not charge an additional load if the assets are kept within the same family. If one fund is sold to buy another, a taxable event has occurred, meaning that capital gains or losses have been realized, unless the trade was executed within a tax-deferred account, such as IRA or Keogh account. 뮤추얼펀드에 있어서, exchange(스위칭)라는 말은 어느 뮤추얼펀드(mutual fund)에서 다른 펀드로 스위칭(환승)하는 것을 의미한다. 같은 펀드패밀리(fund family) 중에서 행해지는 경우도 있는가 하면, 증권회사가 복수의 회사의 펀드를 제공하고 있는 경우에는, 펀드패밀리를 걸치는 경우도 있다. 같은 펀드패밀리 내에서 스위칭이 행해지는 경우에는 추가수수료(additional load)를 징수하지 않는 경우가 많다. 어느 펀드를 매각하여 다른 펀드를 구입한 경우에는 과세대상이 된다. 말하자면 매각한 시점에서 캐피탈게인(capital gain)이나 캐피탈로스(capital loss)가 실현하게 된다. 다만, 개인퇴직계좌(individual retirement account: IRA)이나 키오플랜(Keogh plan)내에서 거래되는 경우에는 과세되지 않는다. ¶In trading, the word *exchange* means central location where securities of futures trading takes place. The New York and American Stock Exchanges are the largest centralized place to trade stocks in the United States, for example. Futures exchanges in Chicago, Kansas City, New York, and elsewhere facilitate the trading of futures contracts. 거래에서, exchange라는 말은 증권거래나 선물거래가 행해지는 중심의 장소(거래소)를 말한다. 예컨대, 뉴욕증권거래소(New York Stock Exchange)나 아메리칸증권거래소(American Stock Exchange)는 미국에 있어서 주식거래의 최대의 거래소이다. 시카고, 캔자스시티, 뉴욕 등의 선물거래소에서는, 선물거래(futures contract)를 취급하고 있다. /Clearing House *exchanges* 청산소물건 /cross *exchange* 크로스차익거래 /demand *exchange* 요구출급환 /a direct *exchange* 직접환 /dollar *exchange* 달러환 /an *exchange* against us 외환의 역조(逆調) /an *exchange* agreement 외환약정 /*exchange* arbitrage 외환의 차익(差益) /*exchange* bank 외환은행 /*exchange* bill payable 순환(順換) /*exchange* bill receivable 역외환(逆外換) /*exchange* business 외환업무 /*exchange* broker 외환중개인, 외환중매인 /*exchange* clearing [clearance] 외환교환 /*exchange* contract slip 외환예약확인서 /*exchange* control 외국환관리 /*exchange* conversion table 외환환산표 /*exchange* cover 외환커버 /*exchange* dealer 외환딜러, 외환중매인 /*exchange* depreciation 외환절하(切下) /*exchange* difference 환율의 차이 /*exchange* dumping 외환덤핑 /an *exchange* equalization account 외환평형계정 /*exchange* dealing; *exchange* transaction 외환거래 /an *exchange* equalization fund 외환평형자금

/*exchange* equalization operation (외환)평형조작 /*exchange* fluctuation 외환의 등락, 환율변동 /an *exchange* fluctuation fund 외환변동준비금 /an *exchange* for us 외환의 순조(順調) /*exchange* fund operation 외환자금조작 /(foreign) *exchange* gain [profit] 외환차익, 외환이익 /*exchange* intervention 외환개입 /*exchange* jobber 외환중매인 /(foreign) *exchange* loss 외환차손(差損), 외환손실 /*exchange* market 외환시장 /*exchange* non-resident 비거주자 /*exchange* of money 환전 /*exchange* operation 포지션조작, 외환조작 /*exchange* pegging 환율고정 /*exchange* permit 외환허가 /*exchange* premium 환 프리미엄 / (foreign) *exchange* profit 외환차익 /*exchange* quotation 대고객외국환시세, 외환시세표 /*exchange* rate in foreign currency 외화표시외국환시세 /*exchange* rate in home currency 방화표시외국환시세 /*exchange* rate swing 외환시세의 변동 /*exchange* restriction 외국환제한 /*exchange* risk 외환변동위험, 환리스크 /*exchange* risk insurance 외환변동보험 /*exchange* room 외환교환실 /*exchange* settlement 외환결제거래 /*exchange* sold 매도외환 /*exchange* speculation 외환투기 /an *exchange* stabilization fund 외환안정기금 /an *exchange* table 환산표 /*exchange* transaction (외국)환거래 /*exchange* with equivalent 등가교환 /the foreign *exchange* market 외국시장 /(forward) *exchange* contract 환예약(換豫約) /flexible [floating] *exchange* rate 변동[굴신(屈伸)]환율 /future *exchange* contract 선물환계약 /long-dated foreign *exchange* contract 장기외국환예약 /a means of *exchange* 교환수단 /the (current) rate of *exchange* (현재의) 환율 /a steadily rising *exchange* rate 조금씩 올라가는 환율 /Three months after date, pay against this first of *exchange* (second and third of the same tenor and date being unpaid) to the order of Messrs. … [환어음의 문언] 금일부터 3개월후에 이 환어음의 제1권과 상환으로(다만 동 지급기간, 동일자부의 제2권, 제3권 미지급의 경우에 한함) 귀하의 지급인에게 지급해 주십시오.… ***bill of exchange*** 환어음 ¶ A *bill of exchange* is a payment order written by one person (the drawer) to another, directing the latter (the drawee) to pay a certain amount of money at a future date to a third party. 환어음이란 어느 사람(발행인)이 타인(지급인)에게 장래에 일정한 기일에 제3자에게 일정한 금액을 지급하도록 지시하여 작성한 지급지시를 말한다. ~ ***controls*** 외국환관리 ¶ *Exchange controls* are restrictions imposed by national central bank or monetary authority on local currency flows that limit trading, prohibit exporters from drawing credit from a bank, or forbid residents from owning foreign bank accounts or local bank accounts with foreign currency. Such controls, which are a manifestation of sovereign risk, are generally imposed to discourage speculative or outflows. 외국환관리란 국내의 중앙은행이나 통화당국이 국내의 거래를 제한하고, 수출업자가 은행에서 예금잔액을 인출하는 것을 금지하며, 또는 거주자(residents)가 외국은행계정나 외국통화로 국내은행계정을 가지는 것을 금지하는 등 국내통화의 흐름에 부과하는 제한(restrictions)을 이른다. ~ ***distribution (or acquisition)*** 거래소분매(分賣)(또는 매입) ¶ *Exchange distribution* (*or acquisition*) is block trade carried out on the floor of an exchange between customers of a member firm. Someone who wants to sell a large block of stock in a single transaction can get a broker to solicit and bunch a large number of orders. The seller transmits the securities to the buyers all at once, and the trade is announced on the broad tape as an *exchange distribution*. The seller, not the buyer, pays a special commission to the broker who executes the trade. 거래소분매 (또는 매입)는 증권거래소(stock exchange)의 입회장(floor)에서 거래소의 회원증권회사의 고객간의 행해지는 대형거래(block trade)이다. 1회의 거래에서 대량의 주식을 팔려고 하는 사람은 증권회사(broker)에 의뢰하여 대량의 주문을 합쳐서 매각할 수 있다. 매도인은 복

수의 매수인에 대하여 한번에 증권을 매각할 수 있다. 이 방법으로 매각한다면, 거래소의 전광게시판(board tape)에 "exchange distribution"라고 표시된다. 이 거래에서는, 주식의 매수인이 아니라 매도인이 특별수수료(special commission)를 증권회사에 지급한다. ~ ***for physical (EFP)*** [영] 현물교환 ¶ The *exchange for physical* (*EFP*) is a facility offered by certain exchanges where two parties can agree to swap, off exchange, a futures contract for a physical asset at the price quoted on the exchange. Before an *EFP* transaction can be conducted through the facility it must be registered with clearinghouse. 현물교환은 2당사자가 거래소와 떨어져서, 거래소에 게시한 가격으로 현물자산의 선물계약(future contract)의 스왑을 합의할 수 있는 어떤 거래소가 제시한 방법을 말한다. 현물교환(EFP)이 그런 방법을 통해서 행해질 수 있기 전에, 청산소(clearinghouse)에 등록을 하여야 한다. ~ ***index securities*** (지수연동형) 상장투자신탁 → exchange-traded funds [ETFs (지수연동형) 상장지수펀드]. ~***-listed portfolio*** (지수연동형) 상장투자신탁 → exchange-traded funds (ETFs) (상장지수펀드). ~ ***marry*** **[*marriage*]** 외환의 매리 ¶ *Exchange marry* is to square the position contrasting exchange sold with exchange bought, in the case of customers' transactions. 외환의 매리는 대고객거래에서 매도환과 매입환을 대조하여 포지션을 스퀘어로 하는 것이다. ~ ***members*** 거래소회원 → member firm (회원회사); seat (회원권). ~ ***notes*** 전환증권 → income preferred securities (수익배당형 우선증권). ~ ***offer*** [영] 증권교환제의 ¶ In a capital restructuring, the *exchange offer* is a proposal to existing investors in a company's debt and equity to swap their current securities for new securities with different terms, which are typically less economically attractive. The *exchange offer* is used as a means of averting a filing for bankruptcy. 자본스트럭처링에 있어서, 증권교환제의는 회사의 채무와 주식에 투자한 현재의 투자자에게 일반적으로 경제적으로는 별로 매력적이지 못한 상이한 조건으로 현재의 증권과 새로운 증권을 스왑하자고 제의하는 경우를 말한다. 그런 증권교환제의는 파산신청을 회피할 수단으로 이용된다. ~ ***parity*** 외환평가 ¶ *Exchange parity* is value standards of foreign purchasing power by currency of one country. 외환평가는 일국의 통화의 대외구매력의 가치기준이다. ~ ***position***; ~ ***holding*** 외환포지션 ¶ The *exchange position* is a balance between foreign currency credit and foreign currency debt. 외환포지션이란 외화채권과 외화채무의 차(差)이다. ~ ***privilege*** 스위치, 바꿔 삼 ¶ The *exchange privilege* is the right of a shareholder to switch from one mutual fund to another within one fund family – often, at no additional charge. This enables investors to put their money in an aggressive growth-stock fund when they expect the market to turn up strongly, then switch to a money-market fund when they anticipate a downturn. Some discount brokers allow shareholders to switch between fund families in pursuit of the best performance. 스위치는 같은 펀드패밀리(fund family) 내에서 추가수수료를 지급하지 않고 뮤추얼펀드(mutual fund)간의 스위치가 가능한 권리이다. 이로써 투자자는 시세가 강세로 예상될 때에는, 공격적인 성장주(growth stock)펀드에 투자하고, 반대로 시세가 약세로 예상되는 경우에는 머니마켓펀드(money market fund)에 스위치한다. 운용성적이 좋은 펀드를 찾아서 다른 펀드에 스위치하는 것을 인정하는 디스카운트브로커(discount broker)도 있다. **(*forward*)** ~ ***rate*** 외국환시세, 환율 ¶ The *exchange rate* is a price at which one country's currency can be converted into another's. The *exchange rate* between the U.S. dollar and the British pound is different from the rate between the dollar and the Euro, for example. A wide range of factors influences *exchange rates*, which generally change slightly each trading day. Some rates are fixed by agreement; see also fixed exchange rate. 외국환시세는 어느 국가의 통화를 다른 국가의 통화와 교환할 때의 가격을 말한다. 미달러와 영파운드의 외국환시세는 미달러와 유로의 외국환시세와는 다르다. 여러 가지의 요인이 외국환시세에 영향을 주고, 외국환시세는 매 영업일마다 조금씩 변동한다. 외국환시세를 고정시키는 고정환율제(fixed exchange rate)를 취하고 있는 통화도 있다. 또 fixed exchange rate(고정환율)도 참조할 것. ***Exchange Rate Mechanism* (*ERM*)** 환율메커니즘 ¶ The *Exchange Rate Mechanism* (*ERM*) is a program through which member countries of the European Economic Community (EEC) agree to maintain parity in exchange rates among their currencies. Limits are set on the amounts by which exchange rates may vary between any two currencies. If an exchange rate reaches the limit, the central banks of the two countries intervene in the market to ensure that the limit is not exceeded. The *ERM* was established in 1979 with agreement by Belgium, France, West Germany, Luxembourg, the Netherlands, and Denmark to limit fluctuation in the bilateral exchange rates between their currencies to ±2.225%. Disruptions in September 1992 led to the withdrawal of Italy and the United Kingdom and to some parity realignments. The *ERM* has since resumed, with provisions allowing currency fluctuations of 15%. 환율메커니즘은 유럽경제공동체(EEC)의 여러 회원국들이 그들의 통화간의 환율의 평가(parity)를 유지할 것을 협정하는 프로그램을 말한다. 환율이 양국간에 변동할 수 있는 한도금액에 정하여진다. 만약 환율이 그 한계에 다다르면, 양국의 중앙은행은 한도가 초과되지 않음을 확인하기 위하여 시장에 개입한다. 환율메커니즘(ERM)은 쌍방의 통화환율이 ±2.225%까지 변동하는 것을 제한하기 위하여 1979년에 벨기에, 프랑스, 서독, 룩셈부르크, 네덜란드 및 덴마크가 협정을 통해서 설치되었다. 1992년 9월이 메커니즘의 와해가 일어나는 바람에 이탈리아와 영국이 탈퇴하게 되었고, 일부 환평가의 재조정이 이루게 되었다. 환율메커니즘은 그 후 15%의 통화변동을 허용하는 규정을 채택하면서 재개되고 있다. ~ ***shares*** (지수연동형) 상장투자신탁 → exchange-traded funds (ETFs) (상장투자신탁). ~ ***stock portfolio* (*ESP*)** 거래소주식포트폴리오 → basket (바스켓). ***foreign*** ~ 외국환 ¶ The *foreign exchange* is instruments employed in making payments between countries – paper currency, notes, checks, bills of exchange, and electronic notifications of international debits and credits. 외국환은 국가간에 지급하는 경우에 사용되는 증권 —지폐, 약속어음, 수표, 환어음 및 국제채무채권의 전자적 신청서를 이른다. ***forward*** ~ ***contract*** 선도환예약 ¶ The *forward exchange contract* is an agreement between two parties to exchange one currency for another at a forward or future date. Forward contracts call for delivery on a date beyond the spot contract settlement, which ordinarily takes place within ten days of the transaction date. Unlike a future contract, forward contracts do not take place on regulated exchanges and do not involve delivery of standard currency amounts. They are cancelable only with consent of the other party to a trade. A forward contract allows a bank, or bank's customer, to arrange for delivery (or sale) of a specific amount of currency on a specified future date, at the current market price. This protects the buyer against the risk of fluctuating rates when acquiring foreign exchange needed to meet future obligations. 선도환예약이란 앞날 또는 장래의 일자에 1국의 통화를 다른 국가의 것과 교환하는 당사자간의 계약을 이른다. 선도계약은 보통 거래일의 10일 내에 인도가 일어나는 현물계약의 결제를 넘어서 어느 일자에 인도를 필요로 한다. future contract(선물계약)와는 달리, forward contract(선도계약)는 법정의 거래소에서 발생하지 않으며, 기준통화량의 인도와 관련이 없다. 그런 선도계약은 거래의 상대방의 동의가 있어야만 취소할

수 있다. 선도계약(forward contract)은 특정한 장래의 일자에 시가로 특정한 양의 통화의 인도를 허용한다. 이것은 장래의 의무를 충족하는 데에 필요한 외국환을 취득할 때에 변동환율의 리스크에 대하여 매수인을 보호하는 것이다. ***stock*** ~ 증권거래소 ¶ *A stock exchange* is an organized marketplace in which stocks, common stock equivalents, and bonds are traded by members of the exchange, acting both as agents (brokers) and as principals (dealers or traders). Most exchanges have a physical location when brokers and dealers meet to execute orders from institutional and individual investors to buy and sell securities. Each exchange sets its own requirements for membership; the New York *Stock Exchange* has the most stringent requirements. See also American Stock Exchange; listing requirements; New York Exchange; regional stock exchange; Securities and Commodities Exchanges. 증권거래소는 거래소의 회원이 대리인(브로커)으로서, 또 본인(dealer, trader)으로서, 주식(stock), 보통주식상장주식(common stock equivalents), 채권(bond)을 매매하는 조직화된 시장을 말한다. 대부분의 거래소에는 입회장이 있고, 브로커와 딜러가 실제로 모여서 기관투자자나 개인투자자로부터의 증권의 매매주문을 집행한다. 거래소는 각각 독자의 회원기준을 정하고 있다. 뉴욕증권거래소(New York Stock Exchange)의 기준이 가장 엄격하다. American Stock Exchange(아메리칸증권거래소); listing requirements(상장기준); New York Stock Exchange(뉴욕증권거래소); regional stock exchange(지방증권거래소); Securities and Commodities Exchanges(증권거래소/상품거래소)도 참조할 것.

exchangeable 교환할 수 있는 ***exchangeable debenture*** 교환전환사채 ¶ The *exchangeable debenture* is like convertibles, with the exception that this type of debenture can be converted to the common stock of a subsidiary of affiliate of the issuer. 교환전환사채는 전환사채(convertible bond)와 유사한 사채지만, 발행회사의 보통주(common stock)가 아니라, 발행회사의 자회사(subsidiary) 혹은 관련회사(affiliate)의 보통주식으로 전환되는 점이 전환사채와 다르다.

exchange-traded 장내의, 상장지수의 ***exchange-traded derivative*** [영] 장내파생상품 ¶ The *exchange-traded derivative* is a derivative, traded through an authorized exchange and cleared through a clearinghouse, that is characterized by standard terms and conditions, and is subject to standard margin requirements and clearing rules. Trading in exchange derivatives may occur in physical open outcry form, or in electronic form. The three main classes of *exchange-traded derivatives* are futures, options, and futures options. Contracts are available on a broad range of national and international asset references, including interest rates, foreign exchange rates, equities, commodities, credits, and macroeconomic indicators. Also known as listed derivative. See also over-the-counter derivatives. 장내파생상품은 표준거래약관을 특징으로 하고 표준증거금요건(standard margin requirement)과 청산거래소의 규칙에 따라야 하며, 공인거래소에서 거래되고 청산거래소를 통해서 청산되는 파생상품(derivative)을 말한다. 거래소 파생상품의 거래행위는 실제로 공개경쟁매매방식(open outcry), 또는 전자적 방식으로 일어날 수 있다. 장내파생상품의 3가지 주된 종류는 선물(futures), 옵션(option) 및 선물옵션이 된다. 계약은 금리(interest rates), 외국환금리(foreign exchange rates), 주식(equities), 상품(commodities), 금융(credits), 거시경제지표(macroeconomic indicator)를 포함하여 광범위한 국내 및 국제자산을 대상으로 이용될 수 있다. 이는 listed derivative(상장파생상품)로도 알려져 있다. over-the-counter derivative(장외파생상품)도 참조할 것. ~ ***funds (ETFs)*** (지수연동형) 상장지수펀드 ¶ *Exchange-traded funds* are securities representing mutual funds that are traded like stocks on the exchanges. Also called exchange-listed portfolios, exchange index securities, exchange shares, and listed index securities, they are organized as index shares (unit investment trust (UITs)) or open-end management companies holding baskets of stocks, or as portfolio depositary shares (depositary receipts). They differ from closed-end funds, which typically trade at substantial premiums or discounts to their net asset values; in the case of *ETFs*, arbitrage traders exploit and thus largely eliminate pricing discrepancies between the fund shares and the underlying portfolio values. Arbitrageurs and other large investors, such as market makers and institutions, trade in creation units, typically 50,000 shares blocks, that are bought and sold "in kind" and are the only way shares can be bought at net asset value (unless, of course, the market price and NAV happen to be equal). *ETFs* start as creation units and subsequently issue retail shares. (지수연동형) 상장지수펀드는 증권거래소(exchange)에서 주식과 동일하게 거래되는 증권(security)으로, 뮤추얼펀드(mutual fund)가 그 전형이다. 또 exchange-listed portfolios, exchange index securities, exchange shares, and listed index securities라고도 하며, 이런 신탁은 지수연동형 상장투자주식(index shares)(단위형 투자신탁, unit investment trust)의 형태, 또는 복수의 주식(stock)에 투자하는 오픈엔드형 투자회사(open-end management company)의 형태, 또는 포트폴리오예탁증권(portfolio depositary shares)의 형태가 있다. ETFs는 클로즈드엔드형 펀드(closed-end funds)와는 다르다. 클로즈드엔드형 펀드의 경우, 그 거래가격은 펀드의 순자산가치(net asset value: NAV)에 비해서, 상당히 비싸거나(premium) 또는 싸게(discount) 되는 경우가 많다. 한편, ETF의 경우에는 차익거래(arbitrage)를 목적으로 한 트레이더(trader)의 차익거래에 의하여 ETF의 가격과 ETF의 기초증권(underlying security)의 가치와의 괴리가 제거된다. 차익거래업자(arbitrageur)나 마켓메이커, 기관투자자(institutional investors) 등의 큰손 투자자는 통상 50,000주를 1단위로 한 수익증권(creation unit)을 매매한다. ETF의 기초증권(underlying security)의 순자산가치와 시장가격이 동일하다면, 그 수익증권의 가격은 순자산가치를 반영하고 있게 된다. ETF는 당초 수익증권을 발행하고 있었으나, 그 후 소액의 투자자(retail investor)용으로 수익권(share)을 발행하게 되었다.

exchequer [영] (the E~) 재무부, 국고(國庫) ¶ The *Exchequer* is: (1) in the United Kingdom, an account held by the Bank of England that contains government funds, including revenues raised through taxes. (2) a government department that is responsible for collecting taxes and other revenues. (3) a treasury account. 익스체커(Exchequer)는 (1) 영국에서, 조세를 통한 수입(收入)을 포함하여 정부자금을 보관하는 영국은행(Bank of England)이 보유하는 계좌(account)를 말한다. (2) 조세 및 기타 수입(revenues)을 징수하는 정부부처를 말한다. (3) 국고계좌를 말한다. /the Chancellor of the *Exchequer* [영] 재무부장관

excise 소비세, 내국소비세, 물품세, 면허세 ***excise tax*** 소비세, 물품세 ¶ The *excise tax* is a federal or a state tax on the sale or manufacture of a commodity, usually a luxury item. Examples: federal and state taxes on alcohol and tobacco. 물품세란 사치품 등 특정한 상품의 판매나 제조에 과세되는 연방세나 주세를 이른다. 예컨대, 주류나 연초(煙草)에 과세되는 연방세나 주세(州稅)를 말한다.

exclude 제외하다, 배제하다 ¶ *exclude* foreign ship from a port 외국선박을 입항시키지 않다 /*exclude* a person from [out of] a club 아무개를 클럽에서 제명하다 /*exclude* the problem from consideration 그 문제를 고려하지 않기로 하다

exclusion 제외, 면책 ¶ *exclusion* clause 면책[제외]조항 ¶ In contracts, the word *exclusion* means item not covered by a contract. For example, an insurance policy may list certain hazards, such as acts of war, that are excluded from a coverage. 계약에서, exclusion(면세조항)라는 말은 계약이 적용되지 않는 항목을 이른다. 예컨대, 보험계약(insurance policy)에서는, 전쟁에서 생기는 리스크 등 보험담보(insurance coverage)로부터 제외하고 있다. ¶ On a tax return, the word *exclusion* means items that must be reported, but not taxes. For example, corporations are allowed to exclude 70% of dividends received from other domestic corporations. Gift tax rules allow donors to exclude up to $12,000 worth of gift to donees annually. 납세신고서(tax return)에서, exclusion(면책조항)라는 말은 신고의무는 있으나. 과세되지 않는 항목을 이른다. 예컨대, 다른 미국기업으로부터 수취한 배당(dividend)액의 70%는 비과세가 된다. 또한, 증여자(donor)는 매년 12,000달러를 한도로 증여세(gift tax)를 물지 않고 수증자(donee)에게 증여할 수 있다. ***exclusion rider*** [영] 배제특약 ¶ The *exclusion rider* is an endorsement attached to an insurance contract eliminating coverage for previously included perils. The details of the rider supersede those contained in the original contract. 배제특약은 이전에 포함된 위험에 대한 보험담보를 배제하는 보험계약에 첨부한 보증을 말한다. 배제특약의 상세한 것은 원래의 계약에 포함되는 사항을 대치한다.

exclusive 독점적인, 제외한, [부사적으로 사용하여] 제외하고 ***exclusive listing*** 부동산전속위임계약 ¶ An *exclusive listing* is a written listing agreement giving an agent the right to sell a specific property for a period of time with a definite termination date, frequently three months. There are two types of *exclusive listings*. With the exclusive agency, the owner reserves the right to sell the property himself without owing a commission; the exclusive agent is entitled to a commission if he or she personally sells the property, or if it is sold by anyone other than the seller. Under the exclusive right to sell, a broker is appointed as exclusive agent, entitled to a commission if the property is sold by the owner, the broker, or anyone else. "Right to sell" means the right to find a buyer. Sellers opt for *exclusive listings* because they think an agent will give their property more attention. An agent with an *exclusive listing* will not have to share the commission with any other agent as they would under a multiple-listing arrangement. If the property is not sold within the specified time, the seller may expand the selling group through an open, multiple listing. 부동산전속위임계약은 일정한 기간(많은 경우가 3개월) 대리인(agent)에게 특정한 부동산을 매각할 권리를 부여한다는 문서에 의한 중개계약을 말한다. 전속위임계약에는 2종류가 있다. 하나는 전속대리인(exclusive agent)뿐만 아니라, 소유자 자신도 당해 부동산을 판매할 권리를 보유한다고 하는 계약이다. 이 경우, 전속중개인 자신이나 소유자 이외의 자가 당해 부동산을 판매한 경우에는 중개수수료(commission)가 전속중개인에게 지급되지만, 소유자 자신이 판매한 경우에는 소유자는 중개업자에게 수수료를 지급할 의무를 부담하지 않는다. 다른 하나는 독점판매계약(exclusive right to selling listing)인데, 전속대리인으로 지명된 중개업자는 당해 부동산이 중개업자 자신이 아니라 소유자 자신 혹은 기타의 사람에 의해서 판매된 경우라고, 수수료를 수취할 권리를 가진다. 「판매권」(right to sell)이란 매수인을 발견하는 권리(right to find a buyer)를 의미한다. 일반적으로 매도인은 일반위임계약(open listing)보다 전속위임계약을 선택하는 경우가 많다. 이것은 전속위임계약 쪽이 중개업자가 힘을 들이기 때문이다. 공동중개계약(multiple listing)의 경우와 달리, 전속위임계약에서는

다른 중개업자와 수수료를 서로 나눌 필요는 없다. 특정기간 내에 당해 부동산이 매각되지 않은 경우, 매도인은 일반위임계약이나 공동중개계약으로 변경하여 판매중개업자수를 확대하는 경우도 있다. ~ ***of days of grace*** 지급유예기간을 제외하고 (*cf.*) days of grace ¶ The term *exclusive of days of grace* means the exclusion of grace period. 3 days of grace exist in the Great Britain, except in the U.S. and Japan. 지급유예기간을 제외하고라는 문구는 지급유예의 제외를 뜻한다. 이런 문구는 영국에서는 3일이지만, 미국・일본에서는 이 제도는 없다. ~ ***use*** 전용권(專用權) ¶ As used in law authorizing registration of trademarks, *exclusive use* means *exclusive use* not only of specific mark but also any other confusingly similar mark or term. 상표등록을 허가하는 법에서 사용되는 바와 같이, 전용권은 특별한 표지(標識)의 전용권뿐만 아니라, 다른 어떤 혼동할 우려가 있는 유사표지 또는 표현의 전용권을 의미한다.

ex coupon 이표락(利票落) → strips [스트립채(債)].

exculpatory 무죄를 증명하는, 무죄변명의, 해명의 ¶ The word *exculpatory* is: (1) of or relating to evidence or statement that tend to justify or excuse a defendant from alleged fault or guilt. (2) a clause in a mortgage that avoids personal liability. The property is the sole collateral for the debt. exculpatory(무죄를 주장하는)라는 말은 (1) 과실(fault)이나 고의범행(guilt)으로부터 피고인을 정당화하거나 면제하려고 하는 증거 또는 진술과 관련하여 라는 뜻이고, (2) 개인의 책임을 회피하는 모기지(mortgage)상의 조항을 말한다. 부동산은 채무에 대하여 유일한 담보이다.

ex-dividend 배당락(配當落) ¶ An *ex-dividend* is an interval between the announcement and the payment of the next dividend. An investor who buys shares during that interval is not entitled to the dividend. Typically, a stock's price moves up by the dollar amount of the dividend as the *ex-dividend* date approaches, then falls by the amount of the dividend after that date. A stock that has gone *ex-dividend* is marked with an x in the newspaper listings. 배당락이란 배당선언일(announcement)에서 다음배당의 지급일까지의 기간을 의미한다. 이 기간중에 주식을 구입하는 투자자는 배당을 수취할 권리가 없다. 배당락일(ex-dividend date)이 가까워오면서, 주가는 배당분만큼 상승하고, 그 날 이후 배당분만큼 하락한다. 배당락한 주식은 신문의 주가란면에 x의 기호가 부쳐진다. ***ex-dividend date*** 배당락일(配當落日) ¶ An *ex-dividend date* is a date on which a stock goes ex-dividend, typically about three weeks before the dividend is paid to shareholders of record. Shares listed on the New York Stock Exchange go ex-dividend four business days before the record date. This NYSE rule is generally followed by the other exchanges. 배당락일은 주식이 배당락(ex-dividend)이 되는 날이다. 배당이 주주명부상의 주주에게 지급되는 대략 3주간 전에 배당락이 되는 것이 일반적이다. 뉴욕증권거래소(New York Stock Exchange)에 상장되어 있는 주식은 기준일(record date)의 4영업일 전에 배당락으로 한다. 뉴욕 이외의 다른 증권거래소도 일반적으로 뉴욕증권거래소의 규칙에 따르고 있다.

ex dock 익스도크, ex quay(부두인도)와 같다. ¶ *Ex dock* is a trade term meaning that the seller is obligated to place the specified goods at the specified price on the import dock clear of all customs and duty requirements. The buyer must do nothing further than pick up the goods within a prescribed time limit. ex dock(익스도크)은 매도인이 특정한 물품을 특정한 가격을 모든 세관절차요건을 마친 수입항 도크에 놓아야 할 의무가 있다는 것을 의미하는 거래조건(trade term)이다.

매수인은 법에서 정한 기간 내에 그 물품을 인수하는 것 이외에 더 이상 할 일이 없다.

execute 실행하다, 이행하다 ¶ The contract is "*executed*" when all acts necessary to complete it and to give it validity as an instrument are carried out, including signing and delivery. 계약서는 그것을 완성하고 하나의 증서로서 유효하게 만드는 데에 필요한 모든 행위가 서명행위와 인도와 더불어 이루어지는 경우 「유효하게 성립된 것」(executed)이다. /*executed* in duplicate 정부(正副) 2통작성(의)

execution 집행, 실행, 기명날인 ¶ In law, the word *execution* means the signing, sealing, and delivering of a contract or agreement making it valid. 법률에서 execution(시행, 집행)이라는 말은 계약(contract)이나 합의서(agreement)를 유효하게 하기 위해서 서명(signing), 날인(sealing), 교부(delivering)하는 것을 뜻한다. ¶ In securities, the word *execution* means carrying out a trade. A broker who buys or sells shares is said to have executed an order. 증권에서 execution(시행, 집행)이라는 말은 거래를 실행하는 것을 의미한다. 주식을 매매한 증권회사는 주문을 집행하였다고 한다. /forcible *execution* 강제집행 /provisional *execution* 가집행 /a stay of *execution* 집행정지 /a suspension of *execution* 집행정지 ***execution creditor*** 집행채권자 ¶ An *execution creditor* is one who, having recovered a judgment against the debtor for his debt or claim, has also caused an execution to be issued thereon. 집행채권자는 채무 또는 청구를 이유로 채무자에게 승소판결을 받아 또 그에 기인하여 발부된 집행영장을 받은 채권자를 말한다. ~ ***only*** [영] 집행만의 서비스 ¶ The *execution only* is services provided by a broker that are based strictly on execution and involve no investment advice. 집행만의 서비스는 엄격히 집행에 근거해서 브로커가 제공하는 서비스이고 어떤 투자자문은 수반하지 않는다. ~ ***rate*** [영] 집행요금 ¶ The *execution rate* is the amount of trades that are crossed once matched within a dark pool or on an exchange. 집행요금은 다크 · 풀(dark pool) 또는 거래소에서 흥정이 시작되면 양쪽에 걸치는 거래의 금액을 말한다. ~ ***risk*** [영] 집행리스크 ¶ The *execution risk* is: (1) the risk that a securities trade will not be executed under current market prices, or per the terms of an order. (2) the risk of lowering enterprise value by not being able to successfully gain entry into a new market, introduce a new product or service, or absorb a new acquisition. 집행리스크는 (1) 증권거래는 시가(時價, current market price) 또는 주문의 조건부로 집행되지 않는다는 리스크를 말한다. (2) 성공적으로 신시장에 입장하여, 새상품이나 서비스를 소개하며, 기업매수(acquisition)를 흡수할 수 없기 때문에 기업가치를 저하시키는 위험을 말한다.

executive [a] 행정의 ***executive compensation*** 임원의 보수 ¶ In July 2006, the SEC adopted changes to the rules requiring disclosure of *executive* and director *compensation*, related person transactions, director independence and other corporate governance matters, and security ownership of officers and directors. 2006년 7월에, 미증권거래위원회(SEC)는 집행임원과 이사의 보수, 관련인과의 거래, 이사의 독립성 기타 회사의 지배구조문제, 임원과 이사의 증권소유의 공개를 필요로 하는 규정의 변경을 채용하였다.
[n] 집행부, 지배인

executor 유언집행자, 지정유언집행자 ¶ An *executor* is an administrator of the estate who gathers the estate assets; files the estate tax returns and final personal income tax returns, and administers the estate; pays the debts of and charges against the estate; and distributes the balance in accordance with the terms of the will. The *executor's* responsibility is relatively short term, one to three years, ending when estate administration is completed, An *executor* (executrix if a female) may be a bank trust officer, a lawyer, or a family member or trusted friend. 유언집행자란 유산이 되는 자산을 수집하고, 고인의 상속세(estate tax)나 최종개인소득세(income tax)를 신고하며, 유산을 관리하여 유산에 대한 채무(debt)나 경비를 지급하고, 유산잔액을 유언서(will)에 따라 분배하는 유산의 관리자이다. 유언집행자의 책무는 유언관리가 완료하기까지 계속되지만, 1년에서 3년으로 비교적 단기간이다. 유언집행자(executor, 여성이면 executrix)로는 은행의 신탁담당자, 변호사, 가족의 일원, 혹은 믿을만한 친구가 된다.

executory 미래에 효력이 발생하는, 미이행의, 미완성의 ***executory contract*** 미이행계약 ¶ An *executory contract* is a contract that has not been fully performed. 미이행계약은 완전히 이행되지 않은 계약을 이른다.

executrix executor(유언집행자)의 여성명사, 여성유언집행자

exemplification 등본(謄本), 공정증서 ¶ An *exemplification* is an official transcript of a document from public records, made in form to be used as evidence, and authenticated 개 certified as a true copy. 공정증서는 증거로 이용되기 위하여 작성되었거나 진실한 증서의 내용이 공증된 공문서에서 전사(轉寫)한 복제본(複製本)이다. /an executory *exemplification* 집행력있는 정본(正本)

exemplified copy 인증등본(認證謄本) ¶ An *exemplified copy* is a copy of document which has been authenticated. 인증등본이란 법적으로 유효함을 인정한 서류의 복제(複製)이다. /an *exemplified* copy of the register book 등기부등본

exempt 면제된 ¶ *exempt* from taxation 관세면제, 과세면제 ***exempt organization*** 비과세단체 ¶ An *exempt organization* is an organization that is either partially or completely exempt from Federal income taxation. 비과세단체는 부분적 또는 전면적으로 연방소득세가 면제되는 단체이다. ~ ***securities*** 등록 · 신고가 면제되고 있는 증권 ¶ *Exempt securities* are stocks and bonds exempt from certain Securities and Exchange Commission and Federal Reserve Board rules. For instance, government and municipal bonds are exempt from SEC registration requirements and from Federal Reserve Board margin rules. 등록, 신고가 면제되고 있는 증권이란 미증권거래위원회(Securities and Exchange Commission: SEC)나 연방준비제도이사회(Federal Reserve Board)규칙의 적용이 면제되고 있는 주식(stock)이나 채권(bond)을 말한다. 예컨대 정부채(government bond)나 지방채(municipal bond)는 증권거래위원회의 등록의무(registration requirements)나 연방준비제도이사회의 신용거래규칙(margin rules)의 적용이 면제되고 있다.

exemption 면제, 면책, 단서(但書) ¶ The *exemption* is IRS-allowed direct reductions from gross income. Personal and dependency exemptions are allowed for: individual taxpayers, elderly and disabled taxpayers; dependent children and other dependents more than half of whose support is provided; total or partial blindness; and a taxpayer's spouse. 면제란 미국세입청(Internal Revenue Service: IRS)이 총소득에서 직접 공제하는 것을 인정하는 항목을 이른다. 기초공제(personal exemption)와 부양공제(dependency exemption)는 이하의 대상자로 인정되고 있다. 개인납세자, 고령 또는 장해를 가지는 납세자, 부양받는 자녀나 그 생활의 과반이 부조(扶助)되고 있는 부양가족, 맹인이나 시력장애자, 납세자의 배우자 등이다. /*exemption* from responsibility [obligation] 면책 /*exemption* from tax; tax *exemption* 면세 ***exemption [escape, exclusion] clause*** 면책약관, 면책조항 ¶ An *exemption clause* is a statement in a contract, on a sign, or other display limiting or excluding a person's responsibility (civil liability) if you suffer damages while using his service, facilities, property, etc. 면책조항이란 귀하가 서비스, 시설, 재산 등을 사용하면서 손해를 입은 경우, 사람의 책임(민사책임)을 제한하거나 배제하는 것을 서명한다든지 기타 나타내는 계약상의 문언이다.

exercise 권리행사 ¶ The word *exercise* means making use of a right available in a contract. In options trading a buyer of a call contract may exercise the right to buy underlying shares at a particular price by informing the option seller. A put buyer's right is exercised. exercise(권리행사)라는 말은 계약(contract)상의 권리를 행하는 것이다. 옵션(option)거래에서는 콜옵션(call option)의 매수인은 그 매도인에게 통지함으로써 옵션의 기초가 되는 증권(underlying securities)을 미리 합의한 특정한 가격으로 매수할 권리를 행사할 수 있다. 풋옵션(put option)의 매수인은 그 기초가 되는 주식을 미리 합의한 가격으로 매각할 권리를 행사할 수 있다. ***exercise date*** [영] 권리행사일 ¶ The *exercise date* is the date on which an option can exercised. For European options and Bermudan options this occurs on a date certain, for American options it may be any date. 권리행사일은 옵션이 행사될 수 있는 날짜를 말한다. 유럽형 옵션과 버뮤다 옵션은 장래의 특정일(date certain)에 권리가 행사되고, 아메리칸형 옵션의 경우는 아무날이나 행사될 수 있다. ~ ***notice*** [영] 권리행사통지 ¶ The *exercise notice* is a written notice from which the buyer to the seller of an option that it intends to exercise its rights under the contract, either buying or selling the underlying at the strike price. 권리행사통지는 권리행사가격으로 기초자산(underlying)을 매수하거나 매도할 계약에서 그 권리를 행사할 의도가 있다고 하는 옵션의 매수인으로부터 매도인에게 하는 서면통지를 말한다. ~ ***limit*** 행사한도 ¶ *Exercise limit* is limit on the number of option contracts of any one class that can be exercised in a span of five business days. For options on stocks, the *exercise limit* is usually 2,000 contracts. 행사한도란 5 영업거래일 내에 행사할 수 있는 같은 클래스(class)의 옵션(option)계약의 수량상한을 이른다. 주식옵션에서는, 통상 2,000계약이 행사한도로 되어 있다. ~ ***price*** (옵션거래의) 행사가격 ¶ The *exercise price* is a price at which the stock or commodity underlying a call or put option can purchased (call) or sold (put) over the specified period. For instance, a call contract may allow the buyer to purchase 100 shares of XYZ at any time in the next three months at an *exercise* or strike *price* of $63. (옵션거래의) 행사가격은 콜옵션(call option)이나 풋옵션(put option)의 기초가 되는 주식(underlying stock)이나 기초가 되는 상품(underlying commodity)을 일정한 기간 내에 구입(call)할 수 있거나 또는 매각(put)할 수 있는 가격을 말한다. 예컨대 다음의 3개월간이면 언제든지 XYZ사의 주식을 63달러의 행사가격(exercise price, strike price)으로 100주 구입할 권리를 얻는 콜계약을 구입하는 것 등이다.

ex factory [works] 공장인도조건 ¶ *Ex factory* is a sale term where the buyer gains ownership of goods when they leave the vendor's dock. 공장인도조건은 매수인이 매도인의 독을 떠날 때에 물품의 소유권을 취득하는 매매조건(sale term)이다.

ex godown 익스고다운, 창고인도

ex gratia payment [보험] 위문금, 위로금 ¶ *Ex gratia payment* is "from favor" payment by an insurance company to an insured even though the company has no legal liability. The company makes such a payment for goodwill purpose. 위문금은 보험회사가 아무런 법적 책임이 없더라도 피보험자에 대한 「호의(好意)의 지급」(from favor payment)이다. 보험회사는 선의의 목적에서 그런 지급을 한다.

exhaust price 고갈가격 ¶ The *exhaust price* is a price at which broker must liquidate a client's holding in a stock that was bought on margin and has declined, but has not had additional funds put up to meet the margin call. 고갈가격은 고객이 신용거래(margin account)에서 구입한 주식이 값이 내린다든지, 추가증거금(추증)청구(margin call)에 대응할 수 없는 경우에, 증권회사(broker)가 신용거래계정에 있는 주식(stock)을 청산(liquidation)할 때의 주가를 이른다.

exhaustive 철저한, 소모적인 ¶ an *exhaustive* study 철저한 연구

exhibit 전람, 전시품, 서증 ¶ An *exhibit* is an item of real evidence which has been presented to the court. 서증(書證)은 법원에 제출된 실물증거의 항목이다. /a trade *exhibit* 무역전시물

exhibition 전시품, 전람회 ¶ run an *exhibition* 전람회를 개최하다 /a floating *exhibition* 해상박람회

exigency 급박, 위급, (*pl.*) (절박한) 필요성 ¶ financial *exigencies* 재정상의 핍박 /pecuniary *exigencies* 금전상의 핍박

EXIM; EX-IM 미합중국수출입은행(Export-Import Bank of the United States), (일반적으로) 수출입은행(Export-Import Bank) → Export-Import Bank (수출입은행).

ex interest (L) 이자락(利子落)

exist 존재하다, 생존하다 ¶ *existing* company [enterprise] 기존기업 /*existing* mortgage 현존모기지

exit 출구 ¶ *exit* bond 엑싯 본드, 졸업채(債)(개발도상국누적채무해결책의 하나) /*exit* value 출구가격, 판매가격 ***exit fee*** (투자신탁, 연금보험 등의) 해약수수료 → back-end load (해약수수료). ¶ The *exit fee* is a fee paid by a federally insured bank or savings institution when converting its form of deposit insurance and leaving one of the federal deposit insurance funds, the bank insurance fund or the savings association insurance fund. The fee is payable to the insurance fund. Contrast with entrance fee. 해약수수료는 예금의 형식을 전환하여, 연방예금보험기금, 은행보험기금 또는 저축조합보험기금 중의 하나를 탈퇴할 경우에, 연방정부에 의해 보증받는 은행이나 저축금융기관이 지급하는 수수료이다. 그 수수료는 보험기금에서 지급된다. entrance fee(입회금)와 대조할 것. ~ ***strategy*** 출구전략 ¶ The *exist strategy* is an investor's advance plan to get out of an investment at an opportune time. The most common example is a venture capital investment, which is illiquid at the outset, but where the investor plans on an initial public offering (IPO) as an opportunity to cash out. A stock trader's use of a stop order would be another example. 출구전략은 투자자가 적절한 시기에 사전에 투자를 회수하는(투자금을 회수하는 것)것을 계획하는 것이다. 가장 일반적인 예로서, 벤처캐피탈투자(venture capital investment)를 들 수 있다. 벤처캐피탈투자는 초기단계에서는 유동성(liquidity)이 낮지만, 신규주식공모(initial public offering: IPO)가 투자자금을 회수(현금화)하는 호기(好機)라고 파악한다. 주식의 트레이더(trader)가 사용하는 가격지정주문(stop order)도 출구전략의 예라고 말할 수 있을 것이다.

ex-legal 변호사의견의 기재가 없는 지방채 ¶ *Ex-legal* is municipal bond that does not have the legal opinion of a bond law firm printed on it, as most municipal bonds do. When such bonds are traded, buyers must be warned that legal opinion is lacking. 변호사의견의 기재가 없는 지방채란 채권면상에 법률사무소의 채권(bond)에 대한 변호사의견(legal opinion)이 인쇄되어 있지 아니한 지방채(municipal bond)를 이른다. 대부분의 채권에는 법률사무소의 변호사의견이 기재되고 있다. 변호사의견의 기재가 없는 채권이 거래될 때에는, 그 사실을 매수인에게 경고하여야 한다.

ex mill (L) 익스밀, 제작소인도조건, 제분소인도조건 ¶ The *ex mill* (ex warehouse, ex mine, ex factory) is the seller's obligation to place the specified quantity of goods at the specified price at his mill loaded on trucks, railroad cars, or any other specified means of transport. The buyer must accept the goods in this manner and make all arrangements for transportation. 제작소인도조건(창고인도, 광산인도, 공장인도)은 매도인이 그의 제작소에서 일정한 가격으로 일정한 양의 물품을 트럭, 철도, 또는 기타 일정한 운송수단에 적재할 매도인의 의무이다. 매수인은 이런 방법으로 물품을 인수하고 운송에 필요한 모든 준비를 하여야 한다.

ex new (allotment) (L) 신주락(新株落), 권리락(權利落) ¶ *Ex new* is an alternative term for ex rights. ex new(신주락, 권리락)은 ex rights(권리락)의 다른 용어이다.

ex officio (L) 직권에 의한, 직무상의 ¶ The *ex officio* means by right or virtue of the office held; officially. An *ex officio* member is a member of a board, committee, or other body by virtue of his title to a certain office, and does not require further appointment. 직권상이라는 것은 권한으로 또는 재직의 힘에 의하여라는 뜻이다. 직권상 회원은 중역회, 위원회, 기타 일정한 직책에 대한 타이틀에 의한 기관의 구성원이고. 더 이상의 임명절차를 필요로 하지 않는다.

exogenous 외인적(外因的)인, 외인성의 ¶ *exogenous* factor (경제외적인) 외생(外生)요인 ***exogenous liquidity*** [영] 외인적 유동성 ¶ *Exogenous liquidity* is liquidity and liquidity risk that relate to an entire industry or national system, and are not confined to, or significantly influenced by, a single firm and its actions. See also liquidity risk; endogenous liquidity; funding liquidity risk. 외인적 유동성은 전산업 또는 국가제도와 관계가 되고, 단일기업과 그 행동에 국한되지 않거나 중요하게 영향을 받지 않는 유동성과 유동성 리스크를 말한다. liquidity risk(유동성 리스크); endogenous liquidity(내생적 유동성)도 참조할 것.

exorbitant 터무니없는, 과대한, 부당한 ¶ *exorbitant* price 터무니없는 가격, 부당가격

exotic 이국(異國)적인 ***exotic currency*** (취급량이 적은) 외래통화, 기타 통화 ¶ The *exotic currency* is a currency that is not traded easily; there is no depth to the market. *Exotic currencies* have wide bid and asked spreads in the over-the-counter foreign exchange market. See weak currency. 외래통화는 쉽게 거래가 되지 않는 통화를 말한다. 시장에 대한 깊이가 없다. 외래통화는 장외거래 외환시장에서는 광범한 호가(呼價)스프레드(bid and asked spread)를 가진다. ~ ***options*** 이그조틱옵션 ¶ *Exotic options* are option contracts that are variations on simple puts and calls or are different products with optionality build into them. *Exotic options* are available in various asset classes on which options are available, but are mostly found in the foreign exchange market. A common example is the barrier option, which itself comes in various forms such as knock-in options and knock-out options (and reversed versions of both) that can be either single-barrier options or double-barrier options. What those terms refer to and what barrier options have in common are one or two trigger prices that, if touched, will cause an option with predetermined characteristics to be created (knock-in option) or will cause an existing option to cease to exist (knock-out option). A double-barrier option has barriers on either side of the exercise price (i.e., one trigger price is higher than the strike price and the other is lower), whereas a single-barrier option has one trigger price that may be higher or lower than the strike price. Barrier options, because they risk either not being knocked in, or being knocked out, are cheaper than a ordinary puts and calls, and a double knockout options is cheaper than a single knock-out option. 이그조틱옵션은 단순한 풋옵션(put option)이나 콜옵션(call option)을 변형시키거나 또는 옵션(option)을 편입하여 여러 가지의 금융상품으로 하는 옵션계약(option contract)을 이른다. 이그조틱옵션은 여러 가지의 자산(금리, 주식, 채권, 외국환 등)에 편입되어 있지만, 외국환(foreign exchange)에 가장 많이 볼 수 있다. 일반적인 실례로서, 장애옵션(barrier option)이 있다. 장애옵션에는 녹인옵션(knock-in options)이나 녹아웃옵션(knock-out option)(양자가 반전한 형식의 것도 있다.) 등이 있으며, 다시 그것이 단일장애옵션(single-barrier option) 혹은 이중장애옵션(double-barrier option)이 될 수 있다. 장애옵션에 공통되는 것은 하나 또는 둘의 트리거가격(trigger prices)(이것은 배리어, 요컨대 장애가 된다.)이 사전에 설정되고 있어서, 그 트리거가격에 달하면 사전에 결정된 조건의 옵션이 발생하거나(녹인옵션), 혹은 옵션이 소멸한다(녹아웃옵션)고 하는 것이다. 이중장애옵션은 옵션의 행사가격(exercise price)을 끼어서 두 개의 장애가 설정되고 있는 것(즉, 일방의 트리거가격이 행사가격보다 높고, 타방이 행사가격보다 낮게 설정되어 있다.)이고, 단일장애옵션은 트리거가격이 하나이고 행사가격보다도 높거나 낮게 설정되고 있다. 장애옵션은 녹인(knock-in) 또는 녹아웃(knock-out)되는 리스크를 부담하므로 통상의 옵션수수료(option premium)보다 낮고, 또한 이중장애옵션은 단일장애옵션보다도 낮다.

expand 확장[확대]하다 ¶ *expanded* reproduction 확대 재생산

expansionary 확대성의, 팽창성의 ¶ *expansionary* fiscal policies 확장적 재정정책

expansion 팽창, 신장 확장 ¶ *Expansion* is any increase of the sales capabilities of a company. *Expansion* may be necessary to meet new competitive demands as well as to open new markets for a company. *Expansion* may also result from high profits a company is making, which provide the capital base for increasing the size of the business. 팽창은 회사의 판매역량을 확대시키는 것이다. 팽창은 회사를 위해 새로운 시장을 개설할 뿐만 아니라, 새로운 경쟁적인 수요를 맞추는 데에 필요할 수 있다. 팽창은 또한 회사가 올리고 있는 고수익이 원인이 되어, 기업규모를 늘리기 위한 자본적 기초를 마련하는 것이다. /*expansion* financing 사업확대금융(벤처 캐피탈도 그 하나) ***expansion option*** [영] 확장옵션 ¶ In real option valuation, the *expansion option* is the option a company has to expand the amount of capital allocated in capital investment project, generally synchronized across discrete project phases (e.g., research and development, start-up, early growth, mid-cycle, and so forth). This option can be thought of as a form of call option. See also abandonment option; deferral option. 실질옵션평가에 있어서, 확장옵션은 일반적으로 이산계획(離散計劃)면(예컨대, 연구개발, 개업(start-up), 조기(早期)성장, 중주기(中周期) 등)과 엇갈리어 동시에 일어나는, 회사가 자본투자계획에 배정된 자본의 총액을 확장하여야 하는 옵션을 말한다. abandonment option(포기옵션); deferral option(지급유예옵션)도 참조할 것.

expansive; expansionary 확대성의, 팽창성의 ¶ *expansive* monetary policies 확장적 통화정책

expectancy 예상, 전망 ¶ life *expectancy* [생명보험] 평균수명(the expectation of life)

expectant 예기되는, 전망이 있는

expected 기대되는 ¶ *expected* dividend rate 예상배당률 /*expected* earings [profits, yields] 기대이익 /*expected* life 평균수명, 예상내용년수(豫想耐用年數) ***expected credit loss*** [영] 예상대손(豫想貸損) ¶ The *expected credit loss* is an average, or mathematically expected, credit loss, generally determined through a combination of expected credit risk exposure, probability of default, and anticipated recovery in default. Financial institutions allocate credit reserves in support of *expected credit losses*. See also unexpected credit loss; worst-case credit loss. 예상대손은 수학적으로 예상되지만, 일반적으로 예상신용리스크 익스포저, 디폴트의 확률 및 디폴트의 예상회복의 결합을 통해서 결정되는 평균예상대손을 말한다. 금융기관들은 예상대손의 지원에 여신준비금(credit reserves)을 배분한다. unexpected credit loss(우발적 대손); worst-case credit loss(최악의 대손)도 참조할 것. ~ ***loss*** [영] 예상손실 ¶The *expected loss* is the expected value, or mean, of a statistical loss distribution function. The loss distribution function may be created to compute credit losses, insurance losses, or other financial losses. 예상손실은 통계적 손실분포함수의 기대치(値) 또는 중간치(値)를 말한다. 손실분포함수(loss distribution function)는 여신손실, 보험손실 기타 금융상의 손실을 계산하는 데 만들어질 수 있다. ~ ***return*** 기대수익 ¶The *expected return* is the return a portfolio would earn based on its beta. 기대수익이란 투자포트폴리오(portfolio)가 그 베타(beta)에 근거해서 산출할 것이라는 수익(return)을 이른다. ~ ***value*** [영] 기대치(値) ¶ The *expected value* is: (1) the mean of a distribution of values that a random variable can take. (2) the value that is obtained given certain possible outcomes and probabilities of occurrence. In financial risk management terms this is often summarized as frequently (probability) times severity (outcome), or:

$$ExpV = (Prob\ (O_1) + (1 - Prob)\ (O_2)$$

where Prob is the probability of occurrence, O_1 is outcome 1 and O_2 is outcome 2. 기대치는 (1) 확률변수(random variable)가 취할 수 있는 가치분포의 중간치(値)를 말한다. (2) 일정한 잠재적 성과와 발생확률(probability of occurrence)이 얻게 되는 가치를 말한다. 금융위험관리조건에서 이것은

$$\text{기대치} = (\text{확률}\ (\text{성과}_1)\ +\ (1 - \text{확률})(\text{성과}_2)$$

로 요약되기도 한다. ~ ***volatility*** [영] 기대가격변동성 ¶ The *expected volatility* is an estimate of the volatility in a particular asset or market that is expected to occur in the future, used in the pricing of specific types of derivatives. 기대가격변동성은 장래에 생길 것으로 기대되고, 특별한 종류의 파생상품의 가격매김에서 사용되는 특별한 자산이나 시장의 가격변동성의 예측을 말한다.

expedient 편리한, 편의의, 마땅한 ¶ *expedient* treatment 편의취급

expedite 촉진하다, (일을) 신속히 처리하다, 급송하다

expend 소비하다, 낭비하다, (시간 · 돈 등을) 사용하다

expenditure 지출(支出), 경비, 소비 ¶ consumer *expenditures* 소비자에 의한 지출 ***capital expenditure*** 자본적 지출 ¶ The *capital expenditure* is an improvement (as distinguished from a repair) that will have a life of more than one year. *Capital expenditures* are generally depreciated or depleted over their useful life, as distinguished from repairs, which are subtracted from the income of the current year. 자본적 지출이란 1년 이상의 수명을 가지게 될 (수선과 구별되는) 개선을 이른다. 자본적 지출은 수선과는 구별되는 바와 같이, 일반적으로 내용년수(耐用年數)로 나누어 감가상각하거나 감모(減耗)되며, 이것은 금년의 소득에서 공제된다.

expense 비용, 경비, 지출, (*pl.*) …비(費) ¶ The *expense* is a cost associated with the acquisition of goods or services or the production of goods intended for resale. 경비는 제품이나 서비스의 취득이나 재판매의 목적으로 제품을 생산하는 것과 관련되는 비용을 말한다. /business *expenses* 영업비용 /an *expense* account 필요경비, 접대교제비 /*expense* budget 경비예산 /*expenses* paid in advance 미경과비용 /incidental *expenses* 임시(소액)경비 /petty [sundry] *expenses* 잡비, 소액경비 ***expense loading*** [영] 부가보험료 ¶ The *expense loading* is a margin an insurer adds in the premium loading process to cover expense such as agent commissions, premium taxes, marketing support costs, and contingencies. See also fair premium; pure premium. 부가보험료는 보험업자가 대리인 수수료, 보험료세, 마케팅지원비 및 위험준비금(contingencies)과 같은 비용을 커버하기 위하여 보험료에 부가하는 과정에 추가하는 최저수익점(margin)을 말한다. fair premium(공정한 보험료); pure premium(순수보험료)도 참조할 것. ~ ***rate*** 경비비율 ¶ The *expense rate* is an amount, expressed as a percentage of total investment, that shareholders pay annually for mutual fund operating expenses and management fees. These expenses include shareholders service, salaries for money managers and administrative staff, and investor centers, among many others. The *expense ratio*, which may be as low as 0.2% or as high as 2% of shareholders assets, is taken out of the fund's current income and is disclosed in the prospectus to shareholders. 경비비율은 뮤추얼펀드(mutual fund)의 주주(투자자)가 연간 지급하는 펀드의 운영비용이나 운용보수(management fee)의 총액이며, 투자액에 대한 비율로 표시된다. 이러한 비용에는 투자자에의 서비스료, 자금운용담당자나 관리스탭의 급료, 투자자센터운용비 등이 포함된다. 경비율은 낮은 경우로서 투자자산의 0.2%에서 높은 경우에는 2%의 범위이고, 펀드의 당기이익에서 공제된다. 경비율은 사업계획서(prospectus)에서 개시된다(disclosed). ***general and administrative ~s (G&A)*** 영업경비, 일반관리비 ¶ The *general and administrative expenses* (*G&A*) are expenses that are not as easily associated with a specific function as are direct costs of manufacturing and selling. It typically includes expenses of the headquarters office and accounting expenses. 영업경비는 제조 및 판매의 직접비처럼 특수기능과 쉽게 관련되지 않는 경비이다. 그것은 일반적으로 본사비용과 회계경비를 포함한다.

experience 경험, 체험 ***experience rating*** 경험요율 ¶ *Experience rating* is insurance company technique to determine the correct price of a policy premium. The company analyzes past loss experience for others in the insured group to project future claims. The premium and still set at a rate high enough to cover those potential life insurance companies charge higher premium to smokers than to non-smokers because smokers' *experience rating* is higher, meaning their chance of dying is much higher. 경험요율이란 생명보험회사가 적정한 보험료(premium)를 결정하는 데에 사용하는 기법을 말한다. 보험회사는 피보험자(insured)를 분류하고, 그 그룹의 과거 손해실적을 분석하여 장래의 보험청구액을 예측한다. 이것에 근거해서, 장래의 잠재적인 보험금청구액(insurance claim)을 조달하고, 또 보험회사가 수익을 얻는 데에 충분한 보험료율이 설정된다. 예컨대 생명보험회

사는 끽연자(喫煙者)에게는 비끽연자보다도 높은 보험료를 징수한다. 이것은 끽연자의 경험요율이 높은데, 결국 끽연자의 사망률이 훨씬 높다는 것을 의미한다.

expert 전문가, 달인, 명인 ***expert system*** (컴퓨터지원의) 전문가시스템 ¶In computer artificial intelligence, an *expert system* is a reasoning process that allows the computer to draw deductions, producing new information, modifying rules, or writing new rules. The computer is thereby allowed to learn from data it has stored. 컴퓨터 인공지능에서, (컴퓨터지원의) 전문가시스템은 연역적 결론을 끄집어내는 추론작용인데, 새로운 정보를 생산하고, 원칙을 수정하거나 새로운 원칙을 작성하는 기능이다. 이로써 컴퓨터는 저장한 데이터로부터 배울 수 있게 놓아둔다.

expertise [프] 전문적 지식, 전문가의 의견, 노하우(know-how)

expiration 만기, 만료, 종결, 실효 ¶In banking transaction, *expiration* is date on which a contract or agreement ceases to be effective. 은행거래에서, 실효일(失效日)이란 계약(contract)이나 합의(agreement)의 효력이 없게 되는 날을 이른다. ¶In option trading, *expiration* is last day on which an option can be exercised. If it is not, traders say that the option expired worthless. 옵션거래에 있어서, 행사기간만료일이란 옵션(option)을 행사(exercise)할 수 있는 최후의 날을 이른다. 행사되지 않는 경우, 트레이더는 그 옵션은 실효하여 무가치하게 되었다고 한다. /an *expiration* of obligation 채무소멸 ***expiration cycle*** [옵션거래] 행사기간사이클 → option cycles (행사기간사이클) ***expiration date*** 만기, (옵션거래의) 행사기한 ¶The *expiration date* is: (1) the last day on which an option holder may exercise an option. This date is stated in the contract at the time the option is written. Also called expiry date. (2) the end of an agreement or contract period. (3) the last date on which a product should be used. For example, pharmaceutical products have an expiry date. (옵션거래의) 행사기한은 (1) 옵션의 보유자가 옵션을 행사할 수 있는 최종일이다. 이 날짜는 옵션이 기재될 때에 계약서에 명시되어 있다. 이를 또한 expiry date(만기일)라고도 한다. (2) 약정의 최종일 또는 계약기간을 의미한다. (3) 제품이 사용될 마감일이다. 예를 들면, 의약품은 마감일이 있다. ~ ***month*** (옵션거래의) 한월(限月) ¶The *expiration month* is usually possible every 3 months such 3, 6, 9, or 12 months, during which dealing can reach longest until one year and 3 months. 한월(限月)은 통상 3, 6, 9, 12월의 3개월씩 최장 1년 3개월까지의 거래가 가능하다.

expire 만기가 되다, 종료하다, 실효(失效)하다 ***expired cost*** 경과비용 ¶The *expired cost* is an expense incurred during a period when benefits were received. For example, depreciation expense for an asset used in the production process expires when goods are sold. 경과비용이란 급여금(benefits)을 수취할 기간동안에 입은 비용을 이른다. 예를 들면, 생산과정에 사용된 자산에 대한 감가상각비용은 물품이 판매될 때에 소멸한다.

expiry 종료, 만기 ¶the *expiry* date of the credit 신용장기한 ***expiry date*** 만료일 ¶The *expiry date* is the date on which an option contract comes due, after which it becomes invalid. Also known as expiry. 만료일은 옵션계약이 지급기일이 되는 날짜이고, 그 후에는 무효(invalid)가 된다. 이는 expiry(종료)로도 알려져 있다.

ex-pit transaction 거래소외 거래 ¶*Ex-pit transaction* is purchase of commodities off the floor of the exchange where they are regularly traded and at specified terms. 특정한 조건 아래에서 규칙에 따라 상품(commodities)거래가 행하여지는 것이 상품거래소의 입회장(floor)의 거래라면, 거래소외 거래란 거래소 입회장 이외의 거래를 말한다.

explanation 설명, 해석 ¶a likely *explanation* 그럴 듯한 설명 /provide an *explanation* 설명하다

ex plantation (L) 익스 플랜테이션, 농장인도

explicit 명료한, 의심의 여지가 없는 ¶*explicit* cost 명시적 비용 /*explicit* interest (실제로 지출된) 명시적인 금리

exploratory (실지의) 답사의, 조사(연구)를 위한, 예비적인 ***exploratory drilling program*** 시굴(試掘)계획 ¶The *exploratory drilling program* is a search for an undiscovered reservoir of oil or gas – a very risky undertaking. Exploratory wells are called wildcat (in an unproven area); controlled wildcat (in an area outside the proven limits of an existing filed); or deep test (within a proven field but to unproven depths). *Exploratory drilling programs* are usually syndicated, and units are sold to limited partners. 시굴계획이란 미발견의 유전이나 가스전의 시굴에서 매우 리스크가 높은 사업을 이른다. 시굴정(試掘井)은 위험도의 상황에 따라 와일드캣(wildcat, 미확인지역), 콘트롤드와일드캣(controlled wildcat, 이미 아는 매장영역의 밖), 디프테스트(deep test, 매장확인지역내이지만 심도미확인)라고 한다. 일반적으로 시굴계획은 신디케이트화되어 리미티드파트너에게 파트너십의 소유권이 분매된다.

exploitation 개발, 탐험, 탐사 ¶*exploitation* cost 개발원가

export 수출, (*pl.*) 수출품, 수출액 ¶*export* advance 수출자금선대(先貸) /*export* advance bill 수출선대어음 /*export* and import trade 수출입무역 /*export* bill 수출어음 /*export* bill insurance 수출어음보험 /an *export* bounty 수출보조금 /an *export* cartel 수출카르텔 /*export* control 수출관리 /*export* cost insurance; *export* proceeds insurance 수출대금보험 /*export* credit insurance 수출신용보험 /*export* declaration 수출신고 /*export* drive 수출촉진책 /*export* duty 수출관세 /*export* exchange 수출환 /*export* financing [finance] 수출금융 /*export* financing insurance 수출금융보험 /*export* inspection 수출검사 /*export* insurance 수출보험 /an *export* L/C 수출신용장 /(an) *export* license 수출허가(증) /*export* of capital 자본수출 /the *export* of industrial plants; *export* of plant 플랜트수출 /*export* on a consignment base [basis] 위탁판매수출 /*export* on a deferred payment basis; *export* by the deferred payment method 연지급수출 /*export* permit; *export* license 수출허가[승인] /*export* prepayment 수출선수금 /*export* trade bills 수출무역어음 /*export* usance bills 기한부 수출어음 /*export* without (foreign) exchange 무환(無換)수출 /invisible *export* 무역외수입(收入) /visible *export* 상품수출 ***export credit*** 수출금융 ¶The *export credit* is a loan or loan guarantee designed to stimulate a country's exports. Typically this involves a direct loan to a foreign buyer of domestic goods and services, or a guarantee for a private loan to domestic exporter. The loan essentially guarantees that the domestic exporter will be paid. 수출금융은 한 나라의 수출을 격려할 목적의 대출 또는 대출보증을 이른다. 일반적으로 이것은 자국의 제품이나 서비스의 외국바이어에 대한 직접대출, 또는 자국의 수출업자에 대한 사적 대출보증과 연결된다. 그런 대출은 기본적으로 국내의 수출업자가 대금을 지급받는다는 것을 보장하는 것이다.

exportation 수출, [미] 수출품

Export-Import Bank (Eximbank) [미] 수출입은행 ¶The *Export-Import Bank* (*Eximbank*) is a bank set up by Congress in 1934 to encourage U.S. trade with foreign countries. The *Eximbank* is an independent entity that borrows from the U.S. Treasury to (1) finance exports and imports; (2) grant direct credit to non-U.S. borrowers; (3) provide export guarantee, insurance against commercial and political risk, and discount loans. 수출입은행은 1934년에 미국의회가 외국과의 무역을 촉진할 목적으로 설립한 은행이다. 수출입은행은 독립기관이고, 미국재무부에서 차입을 하여 다음과 같은 업무를 수행한다. (1) 수출입자금의 제공, (2) 미국 이외의 차입자에 대한 직접융자, (3) 수출보증, 상업적·정치적 리스크보험, 대출채권의 할인 등의 제공 등이다.

ex post (L) 사후의, 실현한 ***ex post facto*** 사후(事後)의(after the fact) ¶ Application of the newly enacted burden to this defendant runs afoul of the *ex post facto* prohibition. 이 피고인에 대한 신입법의 부담을 적용하는 것은 소급처벌의 금지와 충돌한다.

exposure 노출, 익스포저(환리스크에 노출되고 있는 부분 또는 정도), 위험도, (특정국에 대한) 채권액, 여신잔액 ¶ *Exposure* means extent of risk. 익스포저는 리스크(risk)의 범위를 뜻한다. /the bank's *exposure* to Mexico 은행의 대멕시코 채권액 /country *exposure* 국별채권액 /*exposure* management 익스포저관리 /forward *exposure* 선물채권액 /its *exposure* to the Chinese market 그 중국시장에의 채권 /limit the *exposure* in each currency 각 통화의 익스포저한도를 정하다 /net *exposure* 실질채권액

express [v.] 표현하다, 나타내다, 급송하다 ¶ *expressed* promise 명문의 약속 [a.] 명확한, 특수한, 급행의, 지급편(支給便)의 ¶ *express* delivery [영] 속달([미] special delivery) /*express* provision 명문의 규정 ***express condition*** 명확한 조건 ¶ An *express condition* is when incorporated in express terms in the deed, contract, lease, or grant. 명확한 조건은 날인증서, 계약, 리스 또는 허락에 있어서 명시조항으로 구체화하는 경우이다. ~ ***contract*** 명시계약 ¶ The *express contract* is an agreement in which all terms are clearly stated. 명시계약은 모든 내용이 분명하게 명시되어 있는 계약을 말한다.

expression 표현, 문언 ¶ an idiomatic *expression* 관용적인 표현

expropriate (소유권을) 몰수하다, (토지를) 수용(收用)하다, [미] 공용징수하다

expropriation (토지 등의) 수용(收用) ¶ *Expropriation* is government seizure of foreign-owned assets. This is legal under international law if just compensation is provided; otherwise it is termed confiscation. 수용이란 외국소유의 자산을 정부가 압수하는 경우이다. 이것은 정당한 보상이 마련된다면 국제법상 적법하다. 그렇지 아니하면 그것은 몰수가 된다.

expunge 지우다, 삭제하다 ¶ *expunge* the mortgage 모기지를 말소하다

ex quay (L) 익스키, 부두인도조건 ¶ *Ex quay* is a trade term meaning that the seller makes the goods available to the buyer on the quay (wharf) at the destination named in the sales contract. The seller has to bear the full cost and risk involved in bringing the goods there. 부두인도조건은 매도인은 매매계약에서 지정된 목적지에서 물품을 부두에서 매수인에게 인도한다는 것을 의미하는 거래조건이다. 매도인은 그곳에 물품을 가져오는 데에 관련된 모든 비용과 위험을 부담하여야 한다.

ex rights 권리락(權利落), 신주락(新株落) ¶ *Ex-rights* mean without the right to buy a company's stock at a discount from the prevailing market price, which was distributed until a particular date. Typically, after that date the rights trade separately from the stock itself. 권리락은 시장가격(market price)보다 싸게 주식

을 구입하는 권리인 신수인수권이 붙어 있지 않은 주식을 말하며, 기존주주에게 특정일까지 분여(分與)된다. 특정일을 경과하면, 일반적으로 신주인수권은 주식과는 별개로 거래된다.

ex ship (L) 익스 쉽, 착선인도조건 ¶ Under the *ex ship* clause buyer is responsible for any subsequent landing charges. 착선인도조건에 있어서는, 매수인은 추후의 양육비용을 책임져야 한다.

ex-stock dividends 배당락(配當落) ¶ *Ex-stock dividends* is an interval between the announcement and payment of a stock dividend. An investor who buys shares during that interval is not entitled to the announced stock dividend; instead, it goes to the seller of the shares, who was the owner on the last recorded date before the books were closed and the stock went ex-dividend. Stocks cease to be ex-dividend after the payment date. 배당락이란 주식배당의 선언일로부터 지급일까지의 기간을 이른다. 이 기간중에 주식을 구입한 투자자(investor)에게는 선언된 배당을 수취할 권리가 없고, 배당은 주주명부가 폐쇄되어 그 주식이 배당락(ex-dividend)이 되는 직전의 기준일(date of record)의 주주에게 지급된다. 주식은 배당지급일후 배당락이 아니게 된다.

extend 연장하다, 미치다

extendable 연장할 수 있는 ***extendable option*** [영] 익스텐더블 옵션 ¶ The *extendable option* is an over-the-counter complex option that allows the buyer to exercise the contract on a particular reset date or reset the strike price to the current market level and extend the option for another reset period. The extendable option is a variation of the partial lookback option. 익스텐더블 옵션은 매수인에게 특정한 금리경개일(reset date)에 계약을 행사하거나 현재의 시장수준에 맞춰서 행사가격을 다시 정하고 또 다른 경개기간(reset period)에 옵션을 행사할 수 있도록 하는 장외거래의 복잡한 옵션을 말한다. 익스텐더블 옵션은 불안전한 룩백옵션(lookback option)의 변형이다. ~ ***swap*** 익스텐더블 스왑(당사자의 일방이 기간을 연장하는 권리를 가지는 스왑) ¶ The *extendable swap* is a structured derivative comprised of the interest rate swap and an option that grants one party the right to require its counterparty to continue a previously contracted swap under existing terms for an additional period of time. See also payer extendable swap; receiver extendable swap. 익스텐더블 스왑은 금리스왑(interest rate swap)과 당사자가 그의 거래상대방에게 추가기간동안에 현재의 조건으로 이전에 약정한 스왑을 계속할 것을 요구하는 권리를 부여하는 옵션으로 구성되는 구조적 파생상품(structured derivative)을 말한다. payer extendable swap(페이어익스텐더블 스왑); receiver extendable swap(수취인익스텐더블 스왑)도 참조할 것.

extended 확장된, 연장한, 장기(長期)에 걸친 ¶ *extended* credit 장기금융 /an *extended* payment privilege 장기반환의 은전(恩典) ***extended coverage*** [보험] 확장위험담보 ¶ *Extended coverage* is insurance protection that is extended beyond the original term of the contract. For example, consumers can buy extended warranties when they purchase cars or appliances, which will cover repairs beyond the original warranty period. 확장위험담보는 당초의 보험계약조건을 확장하여 위험담보하는 것을 이른다. 예컨대, 소비자가 자동차나 전기제품을 구입할 때에, 본래의 담보기간을 넘어 수리확장을 담보하는 것을 구입하는 경우 등을 말한다. ~***-hours trading*** 연장시간거래 ¶ The *extended-hours trading* is the trading of securities when the exchanges are closed. *Extended-hours trading* often refers to trading a listed security in the over-the-counter market or on a electronic communication network either before or after exchanges are open for trading. This fairly common practice is not illegal. Also called after-hours trading. 연장시간거래는 증권거래소가 폐장된 경우의 증권거래이다. 연장시간거래는 종종 증권거래소가 거래를 위한 개장전후에 장외시장(over-the-counter market) 또는 전자통신네트워크상에서 이루어지는 상장주식의 거래라고 한다. 이처럼 상당히 널리 알려진 관행은 위법이 아니다. 이를 입회외거래(after-hours trading)라고도 한다.

extensible 연장가능한 ¶ *extensible* maturity 연장가능만기

extension 연장, 연기 ¶ an *extension* of a draft 어음기일의 연장 /an *extension* of payment 지급유예 ***extension of time for filing taxes*** 납세신고기간의 연장 ¶ The *extension of time for filing taxes* is a time period beyond the original tax filing date. For example, taxpayers who file Form 4868 may get an automatic extension of six months to file their tax returns with the IRS. Though the return will then be due on October 15, the estimated tax is still due on the original filing date of April 15. 납세신고기간의 연장은 본래의 납세신고일을 넘은 기간을 이른다. 예컨대, 서식 4868호(Form 4868)를 제출하면, 미국세입청(Internal Revenue Service)에의 납세신고서의 제출기간이 자동적으로 6개월간 연장된다. 그러면 신고는 10월 15일이 지급일이 되더라고, 예정납세액은 당초의 신고일인 4월 15일에 지급하여야 한다.

extent [법] (채권자를 위한) 재산압류영장

extenuating 죄를 가볍게 하는, 참작할 수 있는 ***extenuating circumstances*** 참작할 정상, (형이나 손해배상의) 경감이유 ¶ *Extenuating circumstances* are unusual conditions preventing a policy or project from being carried out correctly on time. The individual has little or no control over the situation. For example, a supplier might be unable to deliver merchandise on time because of a railroad strike. 참작할 정상이란 정책이나 사업계획이 정확하게 때맞춰 실행하는 것을 방해하는 평소와 다른 상황을 말한다. 개인은 그런 상황에 처하여 거의 또는 전혀 통제를 할 수 없다. 예를 들면, 공급자는 철도파업 때문에 시간 맞추어 상품을 인도할 수 없을 것이다.

external 외부의, 바깥의 ¶ *external* account [영] 비거주자계좌 /*external* affairs 대외부문 /*external* assets 대외자산 /*external* [foreign] bond 외채(外債) /*external* capital 외부자본 /*external* [foreign] debt 대외채무 /*external* equilibrium 대외균형 /*external* financing 외부금융 /*external* liabilities 대외채무 /*external* loan 대외채권 /*external* payment balance 국제수지 /*external* [foreign] pressure 외압 /out-to-in *external* bonds (외내)외채 /out-to-out *external* bond (외외)외채 ***external audit*** 외부감사 ¶ The *external audit* is an analysis of the acceptability of a company's financial records provided by an outside firm, generally a CPA firm. 외부감사란 일반적으로 공인회계사기업(CPA firm)과 같은 외부기업에 의해서 마련된 회사의 재무기록(financial records)의 수용성을 분석하는 것이다. ~ ***funds*** 외부자금 ¶ *External funds* are funds brought in from outside the corporation, perhaps in the form of a bank loan, or the proceeds from a bond offering, or an infusion of cash from venture capitalists. *External funds* supplement internally generated cash flow and are used for expansion, as well as for seasonal working capital needs. 외부자금이란 은행차입, 채권발행의 수령금(proceeds), 혹은 벤처자본가(venture capitalist)로부터의 자본유입 등 기업외에 들어온 자금을 말한다. 외부자금은 내부에서 생기는 캐시플로(cash flow)를 보충하여, 사업확대나 계절적인 운전자금(working capital)의 수요에 충당된다. ~ ***position***

대외단기포지션 ¶An *external position* is an indicator representing a country's capability of external payment 대외단기포지션이란 일국의 대외지급능력을 나타내는 지표이다. ***External Trade Act of 1987*** 대외무역법 ¶The *External Trade Act of 1987* is a legislation enabling the Korean government to deal more effectively with the dynamic trade environment both at home and abroad. The legislation provided for a gradual transition toward a free and open trading system, a reduction of export and import restrictions and protection of fair trade. 1987년의 대외무역법은 한국정부가 국내외의 역동적인 무역환경을 효과적으로 대처할 수 있게 하는 법률이다. 그 법률에서는 자유·개방적인 무역제도를 향한 점진적인 이행과정, 수출입제한의 축소 및 공정한 무역의 보호를 규정하였다.

externality 외부충격, 외적 특질 ¶The *externality* is the impact of the action of one or more parties on an unrelated party or on society. For example, air pollution is an *externality* of generating electricity by means of a coal-fired power plant. *Externalities* can be either negative (as per the coal-fired power plant) or positive. Also called spillover. 외부충격이란 한 사람 이상의 당사자의 행동이 관계가 없는 사람 또는 사회에 미치는 충격(impact)을 이른다. 예를 들면, 공기오염은 석탄화력발전소에 의한 전기생산에는 하나의 외부충격이다. 외부충격이란 (석탄화력발전소의 경우와 같이) 부정적일 수도 있는가하면, 긍정적일 수도 있다. 이를 spillover[일출(溢出)효과(공공지출에 의한 간접적인 영향)]라고도 한다.

extinction 소멸, 소등, 소거(消去) ¶*extinction* of a mortgage 모기지의 소멸

extinctive 소멸시키는 ***extinctive prescription*** 소멸시효 ¶The term *extinctive prescription* is primarily used to designate the prescription in the civil law. extinctive prescription이라는 용어는 대륙법식의 소멸시효를 가리키는 데 주로 사용되고 있다.

extinguishment (권리, 의무, 계약 등의) 소멸, 소화제(消火劑) ¶*Extinguishment* of debt takes place by payment. 금전채무의 소멸은 지급에 의해 일어난다.

extra 여분의, 임시의, 특별의 ¶*extra* pay 할증지급, 특별수당 /an *extra* premium 할증보험료 ***extra dividend*** 특별배당 ¶An *extra dividend* is a dividend paid to shareholders in addition to the regular dividend. Such a payment is made after a particularly profitable year in order to reward shareholders and engender loyalty. 특별배당이란 통상적인 배당(dividend)에 추가하여 주주(shareholders)에게 지급되는 배당을 이른다. 특별배당은 주주에게 보상을 하여 충성심을 야기할 것을 목적으로 특히 이익이 많이 생긴 해에 지급된다.

extra-area trade 역외무역

extract 발췌, 초본 ¶an *extract* from the register book 등기부초본

extractive 추출할 수 있는, 뽑아내는, 발췌의 ***extractive industry*** 채취산업(광업, 임업, 어업, 석유산업 등) ¶The *extractive industry* is an industry that involves mining, such as to obtain copper or other valuable minerals found in the ground. 채취산업이란 지하에서 찾은 구리 기타 값비싼 광석과 같이 광업과 관련이 있는 산업을 말한다.

extranational corporation [company, enterprise] 초국가기업

extraneous 외부로부터의, 무관계한, 연고가 없는 ¶*extraneous* risk 부가위험

extraordinary 특별한, 임시의 ¶*extraordinary* depreciation 특별상각 ***extraordinary call*** 임시기한전 상환 ¶*Extraordinary call* is early redemption of a revenue bond by the issuer due to elimination of the source of revenue to pay the stipulated interest. For example, a mortgage revenue municipal bond may be subject to an extraordinary call if the issuer is unable to originate mortgage to homeowners because mortgage rates have dropped sharply, making the issuer's normally below-market mortgage interest rate suddenly higher than market rates. In this case, the bond issuer is required to return the money raised from the bond issue to bondholders because the issuer will not be able to realize the expected interest payments from mortgages. *Extraordinary calls* may also be necessary if another revenue-producing project such as a road or bridge is not able to be build for some reason. Calls are usually made at par. Also called a special call. 임시기한전 상환이란 규정된 금리지급의 재원이 없다는 것을 이유로, 특정재원채(revenue bond)의 발행기관(issuer)이 채권을 조기에 상환(redemption)하는 경우이다. 예컨대, 모기지재원지방채(mortgage revenue municipal bond)는 시장의 주택론(mortgage)금리보다 낮은 금리(interest rate)로 주택론을 제공하고, 그 금리수입을 지급재원으로 하고 있지만, 시장금리가 급격히 하락하는 바람에 설정금리가 시장금리보다 높게 된 결과, 주택론을 예정대로 실행할 수 없던 경우에 임시기한전 상환을 하게 된다. 이 경우에, 발행기관은 주택론수입으로 금리지급을 행할 수 없으므로, 채권발행에서 조달한 자금을 채권소유자(bondholder)에게 반환하게 된다. 도로나 교량 등의 재원을 생기게 하는 프로젝트가 어떤 이유로 건설될 수 없는 경우도 임시기한전 상환이 필요하게 된다. 임시기한전 상환은 액면가격(par)으로 행해진다. 이를 special call(특별상환)이라고도 한다. ~ ***expenses*** 임시비용, 특별경비 ¶ *Extraordinary expenses* are expenses characterized by it unusual nature and infrequency of occurrence; e.g., plant abandonment, goodwill write-off, large product liability judgment. 특별경비는 의외성과 낮은 빈도로 특징을 이루는 경비, 예컨대 플랜트중단, 영업권의 장부삭제, 대형제조물책임판결과 같다. ~ ***item* [*gain, loss*]** 특별손익[이익, 손실]항목 ¶ An *extraordinary item* is an unusual and infrequent occurrence that must be explained to shareholders in an annual or quarterly report. Some examples: fire loss, writeoff of a division, acquisition of another company, sale of a large amount of real estate, or uncovering of employee fraud that negatively affects the company's financial condition. Earnings are usually reported before and after taking into account the effects of *extraordinary items*. 특별손익항목이란 통상적으로 발생하지 않는 일이지만 연차보고서(annual report)나 4반기보고서(quarterly report)에서 주주(shareholders)에게 설명해야 할 항목을 이른다. 예컨대 특정사업부문의 상각(writeoff), 타사의 매수(acquisition), 고가부동산(real estate)의 매각, 기업의 재무상황에 악영향을 미치는 사원의 사기사건 등이 이에 해당한다. 특별손익전의 수익과 특별손익후의 수익 양쪽을 보고하는 것이 일반적이다.

extraterritorial 치외법권의, 역외적용의 ¶ *extraterritorial* right 치외법권 /*extraterritorial* application of law 법률의 역외적용

extravagant 돈을 함부로 쓰는, 낭비벽이 있는, 터무니없는 ¶ *extravagant* prices 터무니없는 가격

extreme mortality bond [영] 극한상황의 사망채권 ¶ The *extreme mortality bond* is a form of insurance-linked security that seeks to protect the sponsoring insurer or reinsurer from an extreme, or catastrophic, rise in mortality rates within a defined target population that would trigger payout on life insurance policies. Such bonds can be used by the sponsor to transfer the risk associated with high mortality from a low probability event, such as a terrorist attack or a pandemic. 극한상황의 사망채권은 생명보험증권상의 지급금을 유발하는 일정한 목표모집단(target population)내의 사망률이 극단적이거나 대재앙과 같은 극한상황으로부터 간사보험회사 또는 재보험회사를 보호하려고 하는 보험연계증권의 형태이다. 이러한 채권은 테러리스트 공격이나 전국적인 유행병과 같은 낮은 확률사고로 인한 높은 사망률과 관련된 위험을 양도하기 위하여 간사회사가 사용할 수 있다.

extrinsic 외부의, 본질적이 아닌, 부대적인 ¶ *extrinsic* value 부대가치, [옵션거래] 현행가격과 행사가격과의 차이

ex-warrants 익스워런트채(債)(분리형 신주인수권부 사채로서 워런트부분이 분할된 다음의 사채부분)(ex-warrant bonds) ¶ *Ex-warrants* are stocks sold with the buyer no longer entitled to the warrant attached to the stocks. Warrants allow the holders to buy stocks at some future date at a specified price. Someone buying a stock on June 3 that had gone ex-warrants on June 1 would not receive those warrants. They would be the property of the stockholder of record on June 1. 익스워런트채(債)란 신주매수권(워런트, warrant)이 없는 상태에서 매수인에게 판매되는 주식을 말한다. 워런트의 소유자는 장래의 특정한 시점에서 특정한 가격으로 주식을 구입할 권리를 가진다. 6월 1일에 익스 · 워런트주식을 6월 3일에 구입한 자는 워런트를 취득할 수 없다. 워런트는 6월 1일에 주주명부에 기재되어 있던 자에게 귀속한다.

ex works (L) 익스웍스, 공장인도조건 ¶ The *ex works* clause may either contain the address of the premises from which the goods are to be collected or refer only to the town where the seller's works, factory, store or warehouses is situate. 작업장인도조건의 조항은 물품이 수집되어야 할 부지(敷地)의 주소를 포함할 수도 있고, 매도인의 작업장, 공장, 창고가 소재하는 곳만을 가리킬 수도 있다. /*ex-works* price 공장인도가격(ex-factory price, factory price)

eyeball 눈알, 안구 ¶ *eyeball* control (재고의) 눈대중에 의한 관리

F

FAA → free of [from] all average(s) [약] 전손(全損)담보

fabric 직물, 구조, 조직, 건조물의 유지 ¶ the *fabric* of society 사회조직

fabricate 제조하다, 조립하다, (원료를) 가공품으로 만들어내다, 위조하다 ¶ *fabricate* an engine 엔진을 조립하다 /*fabricating* cost 제조원가

fabrication 제작, 구성, 위조, 조립 ¶ a pure [total] *fabrication* 새빨간 거짓말

face 겉쪽, 정면 쪽, 문면(文面), 권면(券面), 화폐의 표면(obverse) ¶ the *face* of a bill 권면 /on the *face* of the letter of credit 신용장의 표면에 ***face-amount certificate*** 액면증서 ¶ The *face-amount certificate* is a debt security issued by *face-amount certificate* companies, one of three categories of mutual funds defined by the Investment Company Act of 1940. The holder makes periodic payments to the issuer, and the issuer promises to pay the purchaser the face value at maturity or a surrender value if the certificate is presented prior to maturity. 액면증서는 1949년 투자회사법(Investment Company Act of 1940)에서 정한 3종류의 뮤추얼펀드(mutual fund)의 하나인 액면증서회사가 발행하는 채무증서(debt security)이다. 증서보유자는 발행자에게 정기적으로 대금을 지급하고, 발행자는 만기(maturity)시에 액면금액(face value)을, 만기전에 제시된 경우는 해약반환금(surrender value)을 지급하기로 약속한다. ~ ***[par] value*** [주식] 액면(가격) ¶ The *face value* is a value of a bond, note, mortgage, or other security as given on the certificate or instrument. Corporate bonds are usually issued with $1,000 face values, municipal bonds with $5,000 *face values*, and federal government bonds with $10,000 *face values*. Although the bonds fluctuate in price from the time they are issued until redemption, they are redeemed at maturity at their *face value*, unless the issuer defaults. If the bonds are retired before maturity, bondholders normally receive a slight premium over *face value*. The *face value* is the amount on which interest payments are calculated. Thus, a 10% bond with *face value* of $1,000 pays bondholders $100 per year. *Face value* is also referred to as par value or nominal value. 액면(가격)은 채권, 어음, 모기지(mortgage) 등의 권면에 기재된 증권의 가격을 이른다. 사채(corporate bond)는 통상 1,000달러, 지방채(municipal bond)는 5,000달러, 연방채(federal government bond)는 10,000달러의 액면으로 발행된다. 발행에서 상환(redemption)까지에 가격변동이 있는 것이지만, 불이행(default)에 빠지지 않는 한, 만기(maturity)에 액면으로 상환된다. 기한전에 상환되는 경우는 액면에 약간 덧붙인 금액이 지급된다. 이자는 액면을 기초로 해서 계산된다. 결국, 이율이 10%로 액면이 1,000달러이면, 매년 100달러가 지급된다. 액면(face value)은 par value, nominal value라고도 한다.

facilitate 용이하게 하다, 촉진[조장]하다

facility (*pl.*) 편의, 설비, 신용공여 ¶ The *facility* is a line of credit granted by a bank to a client. The availability of the *facility* depends on the nature of the contract and the fees paid by the client; the most reliable *facilities*, which are a form of committed funding, command higher fees in relation to those that may be cancelled or withdrawn by the bank on short notice (e.g., advised line). [영] 퍼실리티는 은행이 고객에게 부여하는 대출범위(line of credit)를 말한다. 대출을 이용할 수 있는지 여부는 계약의 성질과 고객이 지급하는 수수료에 달려 있다. 가장 믿을 만한 금융대출은 약정된 자금조달의 형식이지만, 단기간의 통지(예컨대, 통지범위)로 은행이 취소하거나 인출할 수 있는 대출과 관련하여 더 높은 수수료를 요구한다. /collection *facilities* 추심퍼실리티 /*credit* facilities 신용공여퍼실리티 /harbor *facilities* 항만시설 /paying *facilities* 지급퍼실리티 /storage *facilities* 저장설비 /transport *facilities* 운송설비

facsimile 복사, 복제, 팩시밀리, 팩스(fax) ¶ The *facsimile* is a copy, especially of written business documents or pictures; *copy* sent by electronic means. 팩시밀리는 특히 영업문서나 그림의 복사이다. 전자방법에 의해 발송되는 복사를 이른다. /*facsimile* signature 서명복사 /*facsimile* specimens 복제견본 /*facsimile* telegraph 모사(模寫)전송, 팩스

fact 사실, 일 ¶ an absolute *fact* 절대적 사실 /ascertain *facts* 사실을 확인하다 /establish *facts* 사실을 증명하다

fact-finding 사실인정 ¶ The court's *fact-finding* on that issue precluded recovery by the plaintiff. 법원의 그 문제에 관한 사실인정은 원고의 권리회복을 배제했다.

F

factor 인자(因子), 요인, 팩터, 대리상, 위탁매매인, 채권매입업자 ¶ *factor* analysis 요인분석 /*factors* of production 생산요소 ***factor's lien*** 팩터의 리엔 ¶ The *factor's lien* is the right (usually provided by statute) of a factor to keep possession of his principal's merchandise until the latter has settled his account with him. 팩터의 리엔은 상품의 소유자가 팩터의 계산을 결제할 때까지 상품소유자의 상품을 점유할 권리(보통 제정법에 규정되어 있음)이다.

factorage 위탁매매업, 중개수수료 ¶ The *factorage* is the wages, or commission paid to a factor for his services. 팩터의 수수료는 팩터의 서비스에 대해 지급되는 수수료이다.

factoring 팩토링(외상채권을 자기의 위험부담으로 매입하는 업무) ¶ The *factoring* is a type of financial service whereby a firm sells or transfers title to its accounts receivable to a *factoring* company, which then acts as principal, not as agent. The receivables are sold without recourse, meaning that the factor cannot turn to the seller in the event accounts prove uncollectible. *Factoring* can be done either on a notification basis, where the seller's customers remit directly to the factor, or on a non-notification basis, where the seller handles the collections and remits to the factor. 팩토링이란 금융서비스의 일종으로, 외상채권의 매입회사(factoring company)가 기업으로부터 외상채권(accounts receivable)을 매입하든가, 양도를 받아 대리(agent)가 아니라, 본인(principal)으로서 행동한다. 소구권(recourse) 없는 조건으로 매입하기 때문에, 이것은 매입회사가 채권이 회수될 수 없더라도 매도인에게 지급을 청구할 수 없다는 뜻이다. 팩토링은 채무자에게 통지하는 경우(notification basis)와 통지하지 않는 경우(non-notification basis)가 있다. 통지하는 경우는 매도인의 고객이 매입회사에 직접 채무를 상환하고, 통지를 하지 않는 경우는 채권의 매도인이 추심하여 매입회사(factor)에 송금한다. /*factoring* charges 팩토링수수료

factory 공장 ¶ *factory* automation 공장자동화 /a *factory* capacity 생산설비능력

/factory foundations 공장재단 */factory* overhead(s) 공장간접비, 제조간접비

facultative 허용적인, 특권[권한]을 주는, 임의의(optional) ***facultative obligatory treaty*** [영] 임의채무협정 ¶The *facultative obligatory treaty* is a hybrid of facultative reinsurance and treaty reinsurance where the ceding insurer can choose to assign certain risks to the reinsurer, who is then required to accept them. 임의채무협정은 출재보험회사(出再保險會社)가 일정한 위험을 재보험업자(reinsurer)에게 양도하는 것을 선택할 수 있는 임의재보험과 협정재보험의 하이브리드(hybrid)를 말한다. 그러면 재보험업자는 그 위험을 인수하여야 한다. ~ ***reinsurance*** [영] 임의재보험 ¶The *facultative reinsurance* is a reinsurance agreement/proces that involves a case-by-case submission of risks by a ceding insurer to s reinsurer, who can accept or reject them according to specific underwriting criteria. Unlike treaty reinsurance, *facultative reinsurance* does not compel the ceding insurer to submit risks, nor does it require a reinsurer to accept them. The arrangement is often used for large or unique exposures that require special analysis. Risks that are ultimately ceded/accepted may be done via quota share or surplus share. See also facultative obligatory treaty. 임의재보험은 출재(出再)보험회사가 재보험업자에게 각 사항별로 위험의 제출을 수반하는 재보험계약/과정을 말하고, 재보험업자는 특별인수기준(specific underwriting criteria)에 따라 위험을 인수하거나 거절할 수 있다. 협정재보험(treaty reinsurance)과는 달리, 임의재보험은 출재보험회사에게 위험을 제출할 것을 강제하지 않으며, 재보험업자가 위험을 인수할 것을 요구하지도 않는다. 특수한 분석을 필요로 하는 대형 또는 독특한 노출(exposure)에 위해서는 약정이 필요하기도 하다. 궁극적으로 양도되거나/인수되는 위험은 비례특약(quota share) 또는 초과액특약(surplus share)을 경유하여 행해질 수 있다. facultative obligatory treaty(임의채무협정)도 참조할 것.

fade-out formular [외자] 페이드아웃방식, (기한부 투자에 의한) 지분양도방식

fail [v.] 실패하다, 파산하다 ¶This firm has *failed.* 당사는 파산했다.
[n.] 실패, 결제누락, [증권] 인도(引渡)불이행, 인도불능 ***fail position*** 미결제포지션 ¶The *fail position* is securities undelivered due to the failure of selling clients to deliver the securities to their brokers so the latter can deliver them to the buying brokers. Since brokers are constantly buying and selling, receiving and delivering, the term usually refers to a net delivery position – that is, a given broker owes more securities to other brokers on sell transactions than other broker owe to it on buy transactions. See also fail to deliver; fail to receive. 미결제포지션은 매도인으로부터 인도(delivery)가 없기 때문에, 브로커(broker)가 매수인측의 브로커에게 인도하지 않는 증권을 말한다. 브로커는 항시 매매와 수취, 인도를 행하고 있으므로, 그 미결제포지션이라는 말은 통상 순수한 인도포지션을 가리킨다. 말하자면, 매도거래에서 다른 브로커에게 빌리고 있는 증권이 매수거래에서 다른 브로커에게 빌려주고 있는 증권보다 더 상회하는 경우가 있다. fail to deliver(인도불이행); fail to receive(인취(引取)불이행)도 참조할 것. ~ ***to deliver*** 인도불이행 ¶The *fail to deliver* is a situation where the broker-dealer on the sell side of a contract has not delivered securities to the broker-dealer on the buy side. A *fail to deliver* is usually the result of a broker not receiving delivery from its selling customer. As long as a *fail to deliver* exists, the seller will not receive payment. See also fail to receive. 인도불이행이란 매도인측의 브로커(broker)가 매수인측의 브로커에게 증권을 인도하지 않는 상태이다. 매도주문을 낸 고객으로부터 브로커가 증권을 수취하지 않은 것이 원인이 되는 경우가 많다. 그 상태가 해소되지 않는 한, 매도인은 대금을 수취할 수가 없다. fail to receive(인취(引取)불이행)도 참

조할 것. ~ ***to receive*** 인취(引取)불이행 ¶The *fail to receive* is a situation where the broker-dealer on the buy side of a contract has not received delivery of securities from the broker-dealer on the sell side. As long as a *fail to receive* exists, the buyer will not make payment for the securities. See also fail to deliver. 인취(引取)불이행이란 매수인측의 브로커(broker)가 매도인측의 브로커로부터 증권을 수취하지 아니한 상태를 이른다. 그 상태가 해소되지 않는 한, 매수인을 증권대금을 지급하지 않는다. fail to deliver(인도불이행)도 참조할 것.

failure 실패, 착오, 태만, 도산, 파산, 파탄 ¶bank *failures* 은행파산 /business *failures*; commercial *failures* 도산 /the *failure* of a firm 회사의 파탄

fair 올바른, 상당한 ¶*fair* average quality 공정평균품질 /(a) *fair* deal 공정거래 /a *fair* price 적정가격 /*Fair* Trade Commission 공정거래위원회 ***Fair and Accurate Credit Transactions Act of 2003 (FACTA)*** 2003년 공정・정확한 신용거래를 위한 법률 ¶The *Fair and Accurate Credit Transactions Act of 2003* (*FACTA*) is a legislation designed to help consumers protect their credit identities and recover from identity theft. 2003년 공정・정확한 신용거래를 위한 법률은 개인의 신용상의 속성을 지키고, ID절도(identity theft)에 의한 신용이력을 회복할 목적으로 제정된 입법이다. ***Fair Credit Billing Act (FCBA)*** 공정신용지급청구법 ¶The *Fair Credit Billing Act* (*FCBA*) is a federal law designed to facilitate the handling of credit complaints and eliminate abusive credit billing practices. It applies to open end credit accounts, such as credit cards and revolving charge accounts. For example, the law requires that complaints about credit bills be acknowledged within 30 days. 공정신용지급청구법은 소비자의 신용에 관한 고충처리를 용이하게 하고, 신용에 관한 청구서의 난용을 배제하는 것을 목적으로 한 미국연방법이다. 이 법률은 크레디트카드(credit card)나 리볼빙 크레디트(revolving credit) 등의 오픈엔드 크레디트(open end credit)에 적용된다. 예컨대, 청구를 한 크레디트카드회사 등은 신용청구에 관련되는 소비자로부터의 고충을 수령 후 30일 이내에 수취한 취지를 연락해 주어야 한다. ***Fair Credit Reporting Act (FCRA)*** 공정신용보고법 ¶The *Fair Credit Reporting Act* (*FCRA*) is a federal law enacted in 1971 giving persons the right to see their credit records at credit reporting bureaus. Designed to improve the confidentiality and accuracy of credit reports, the law is enforced by the Federal Trade Commission (FTC) and state consumer protection agencies. Individuals may challenge and correct negative aspects of their record if they can prove there is a mistake. Consumers may also submit statements explaining why they received certain negative credit marks. Congress passed amendments to the *FCRA* that went into effect on October 1, 1997 which augmented consumers' privacy rights and further protected the accuracy of credit report information. 공정신용보고법은 1971년에 제정된 미연방법으로, 신용정보기관(credit bureau)에서 개인이 자신의 신용기록을 열람하는 권리가 부여된다. 신용정보의 기밀성과 정확성을 향상시키기 위하여, 그 법률은 미연방거래위원회(Federal Trade Committee; FTC)와 주의 소비자보호기관이 시행하고 있다. 개인은 자신의 신용기록에서 불리한 부분이 잘못되었음을 증명할 수 있다면, 이의신청을 하여 수정할 수 있다. 또 낮은 신용평가를 받은 이유의 설명을 제출할 수도 있다. 의회는 개인의 프라이버시의 권리를 확대하고, 신용정보의 정확성 향을 꾀할 수정안을 통과하여, 1997년 10월 1일부터 시행되고 있다. ***fair market value*** 적정시장가격 ¶The *fair market value* is a price at which an asset or service passes from a willing seller to a willing buyer. It is assumed that both buyer and seller are rational and have a reasonable knowledge of relevant facts.

적정시장가격은 자산이나 서비스가 매도하려고 하는 사람으로부터 매수하려고 하는 사람에게 옮겨가는 가격을 말한다. 다만, 양자 모두가 합리적이고, 거래에 관하여 적당한 지식을 가지고 있음이 전제가 된다. ~ ***premium*** [영] 공정한 보험료 ¶ The *fair premium* is an insurance pricing methodology where the premium charged an insured is intended to cover the expected losses and operating and administrative expenses, and provide an equitable return to providers of capital. *Fair premium* comprises of pure premium and premium loading (which also includes expense loading). Also known as gross rate. 공정한 보험료란 피보험자에게 부과한 보험료가 예상손실과 운용 및 행정비를 커버하고, 보험회사(provider of capital)에 공정한 수익을 제공하려는 보험료평가방법론이다. 공정한 보험료에는 순수보험료(pure premium)와 (또 부가비용을 들어가는) 부가보험료(premium loading)가 포함된다. 이를 영업보험료(gross premium)라고도 한다. ~ ***price*** 공정가격 → fair value (공정가격). ~ ***price provision*** [영] 공정한 가격조항 ¶ The *fair price provision* is a legal provision that protects a company from an acquisition based on a two-tier bid (i.e., a first tier comprised of an attractive front-loaded cash offer and a second tier consisting of a lower price and/or lower percentage of cash). The provision requires that all of the target's common stock shareholders receive the same (or substantially similar) buyout price and terms. 공정한 가격조항은 2단계 매수호가(two-tier bid)(즉, 묘미가 있는 수수료선취의 캐시오퍼로 구성되는 첫 단계와 낮은 가격과 낮은 비율의 현금으로 구성되는 두 번째 단계)를 근거로 하는 기업매수(acquisition)로부터 회사를 보호하는 법조항을 말한다. 그 조항은 매수대상회사의 모든 보통주의 주주들은 동일한(실질적으로는 유사한) 기업매수가격(buyout price)과 조건을 받아들인다는 것을 규정한다. ~ ***rate of return*** 공정수익률 ¶ A *fair rate of return* is a level of profit that a utility is allowed to earn as determined by federal and/or state regulators. Public utility commissions set the *fair rate of return* based on the utility's need to maintain service to its customers, pay adequate dividends to shareholders. and interest to bondholders, and maintain and expand plant and equipment. 공정수익률이란 미연방이나 주의 규제당국에 의해서 정해진 공익사업(utility)의 이익수준을 이른다. 공익사업을 관할하는 위원회가 서비스의 유지, 주주(shareholders)에의 적절한 배당과 채권보유자(bondholders)에의 이자(interest)의 지급, 시설이나 설비의 유지나 확장의 필요성을 고려하여 설정한다. ***Fair Trade Acts*** 공정거래법 ¶ The *Fair Trade Acts* are state laws protecting manufacturers from price-cutting by permitting them to establish minimum retail prices for their goods, Fair trade pricing was effectively eliminated in 1975 when Congress repealed the federal laws upholding resale price maintenance. 공정거래법은 생산자에게 제품의 최저소매가격의 설정을 인정하고, 가격경쟁으로부터 생산자를 보호하는 주법을 말한다. 1975년에 미연방의회가 재판매가격의 유지를 인정하는 미연방법을 무효로 하는 바람에, 공정가격설정은 사실상 폐지되었다. ~ ***value*** 공정가격 ¶ In general, the meaning of the *fair value* is referred to the fair market value. 일반적으로 공정가격의 의미는 적정시장가격이 참조가 된다. ¶ In stocks, the *fair value* is the price of a stock assuming appropriate valuation. 주식에 있어서, 공정가격이란 적절한 평가(valuation)를 전제로 한 주가를 말한다. → fully valued (호재와 악재를 반영한). ¶ In futures contracts, the *fair value* is the theoretical futures price obtained by continuously compounding the spot price at the cost of carry rate for some time interval. It is an equilibrium price and any discrepancy would be closed by arbitrage. Also called fair price. 선물계약에서, 공정가격이란 선물의 만기까지 현물가격(spot price)을 자산소유비용(cost of carry)으로 복리계산하여 산출하는 이론적인 선물가

F

격(theoretical futures price)을 말한다. 이론가격은 균형가격(equilibrium price)이고, 실제의 선물가격과 이론가격에 괴리가 있다고 하면 차익가격(arbitrage)으로 그 괴리를 메워간다. 이를 fair price(공정가격)라고도 한다.

fairness 적정성, 공공성 ***fairness opinion*** 공정의견서 ¶ The *fairness opinion* is a professional judgment offered for a fee by an investment banker on the fairness of the price being offered in a merger, takeover, or leveraged buyout. For example, if management is trying to take over a company in a leveraged buyout, it will need a *fairness opinion* from an independent source to verify that the price being offered to adequate and in the best interests of shareholders. If shareholders sue on the grounds that the offer is not adequate, management will rely on the *fairness opinion* in court to prove its case. *Fairness opinions* are also obtained when a majority shareholders is trying to buy out the minority shareholders of a company. 공정의견서는 합병(merger), 매수(takeover), 레버리지드 바이아웃(leveraged buyout)에 있어서 제시된 가격이 타당한지 여부를 투자은행(investment banker)이 유료로 전문적인 견지에서 판단을 내리는 경우이다. 예를 들면, 기업의 경영진이 레버리지드 바이아웃(leveraged buyout)에서 기업을 매수(買收)하려고 하는 경우, 제시가격이 타당하고, 주주의 최선의 이익이 되는 것을 실증하기 위하여, 제3자의 검증이 필요하게 된다. 제시가격이 부적절하다고 하는 주주소송에서 제기된 경우, 경영진은 재판에서 타당성에 관한 견해를 취하여 정당성을 주장한다. 공정의견서는 회사의 과반수주주(majority shareholders)가 소수주주(minority shareholders)의 지분을 매수하려고 하는 경우에도 이용된다.

F

faith 신뢰, 약속 ¶ in good *faith* 성실로써, 신용하여

fake 위조의, 가짜의 ¶ *fake* bills 위조지폐 /*fake* dollar bill 위조달러 /*fake* money 위조화폐

fall *v.* 떨어지다, 넘어지다, 내리다, …에 해당하다 ¶ *fall* back (to) (가격이) 본래의 상태로 내리다 /*fall* off (생산 등이) 감하다, (업적 등이) 악화되다 /*fall* out (앞의 최저가격보다) 한 단계 내리다 ***fallen angels*** 추락한 천사 ¶ *Fallen angels* are bonds that were investment grade at the time they were issued but have since declined in quality to below investment grade (BB or lower). *Fallen angels* are a type of junk bond, but the latter term is usually reserved for bonds that are originally issued with ratings of BB or lower. 추락한 천사란 발행시에는 투자적격(investment grade)으로 평가되었으나, 그 후 투자적격이하(BB 이하)로 떨어진 채권을 이른다. 정크채(junk bond)의 일종이긴 하지만, 정크채는 발행시점에서부터 BB 이하의 채권을 가리키는 경우가 많다.

n. 하락, (가격의) 내림 ¶ *fall* in value [prices] 가치[가격]의 하락 ***fall out of bed*** 주가급락 ¶ The *fall out of bed* is a sharp drop in a stock's price, usually in response to negative corporate developments. For example, a stock may *fall out of bed* if a takeover deal falls apart or if profits in the latest period fall far short of expectations. 주가급락이란 주가가 통상 기업의 악재가 원인이 되어 급락하는 경우를 이른다. 예컨대, 기업매수(takeover)가 실패로 끝났다든지, 바로 직전의 업적이 예상을 대폭 밑돌든지 하면 주가가 급락한다.

falling *n.* 낙하, 붕락(崩落)

a. 떨어지는, 내리는 ¶ a *falling* market 하락중의 시황(市況), 하락시황 ***falling top*** [영] 폴링톱 ¶ The *falling top* is a technical analysis charting figures depicting a declining securities price or index value over time, with ever-lower resistance level, generally considered to be a bearish signal. Also known as descending top. 폴링톱은 일반적으로 약세 신호로 생각되는 항시 낮은 저항선을 가지며, 시간이 지나면서 하락하는 주가(securities price) 또는 주가지수를 표시하는 차트로 나타내는 테크니컬 분석을 말한다. 이는 디센딩톱(descending top)이라고도 한다.

false 잘못된, 허위의 ¶ *false* coins 위폐 /*false* money 위조통화 /*false* name 위명(僞名) /a *false* personation 성명사칭(an impersonation) /*false* [forged] signature 위조된 서명 ***false advertising*** 허위[거짓]광고 ¶ *False advertising* is advertising that misrepresents the nature, characteristics, and qualities of goods, services, or commercial activities. 허위[거짓]광고란 물품, 서비스 또는 상업활동의 성격, 특성, 및 품질을 거짓 설명하는 광고를 이른다. ~ ***market*** [영][속] 가짜시장 ¶ The *false market* is a market where trading actions are influenced by erroneous information or misinformation, creating complication in the price discovery process. A *false market* may develop in illiquid securities or emerging market securities, where standards of information transparency are not as rigorous. 가짜시장은 거래행위가 잘못된 정보 또는 오보(誤報)로 영향을 받아 주가발표과정에 혼란을 일으키는 시장을 말한다. 가짜시장은 유동성이 낮은 증권이나 신흥시장증권에서 생겨날 수 있고, 거기서는 정보투명성의 기준은 엄격하지 않다.

falsify 위조하다, 왜곡하다 ¶ a *falsified* balance sheet 위조된 대차대조표

family 가족, 세대(世帶), 가정 ¶ a copy of a *family* register 호적등본 /a *family* register 호적 ***family company* [*concern, corporation*]** 동족회사, 가족회사 ¶ The *family company* is a company restricted to family members, generally with parents as the representative director who retains full control over assets that have been contributed to and are held by the family. These companies are designed to reduce estate and gift taxes, and at the same time they permit parents to continue to control the company until their death. 동족회사는 가족구성원으로 제한하는 회사로, 가족에게 기증되고 보관되고 있는 자산을 완전히 지배하는 부모를 일반적으로 대표이사로 모신다. 이런 회사는 상속세와 증여세를 축소하는 목적이 있고, 동시에 부모가 사망시까지 회사를 계속 지배할 수 있게 만든다. ~ ***of funds*** 패밀리펀드(하나의 투자회사가 운용하고 있는 각종의 펀드) ¶ The *family of funds* is a group of mutual funds managed by the same investment management company. Each fund typically has a different objective; one may be growth-oriented stock fund, whereas another may be a bond fund or a money market fund. Shareholders in one of the funds can usually switch their money into any of the family's other funds, sometimes at no charge. 패밀리펀드는 동일한 투자관리회사(investment management company)가 경영하는 뮤추얼펀드그룹이다. 각 펀드마다 일반적으로 상이한 목표가 있다. 어떤 펀드는 성장위주의 주식펀드일 수 있는 반면에, 다른 펀드는 채권펀드(bond fund)나 금융시장펀드(money market fund)일 수도 있다. 그런 펀드 중의 하나에 속하는 주주들은 통상 자신의 자금을 다른 펀드의 기금에 전환할 수 있다. 전환료는 무료인 때가 종종 있다. → fund family (펀드패밀리). ~ ***trust*** 가족신탁, 패밀리신탁 ¶ The *family trust* is a trust that bypasses surviving spouse and distributes assets to children or other heirs. 가족신탁이란 생잔(生殘)한 배우자를 건너 뛰어 자녀나 다른 상속자에게 유산을 상속하게 할 수 있는 신탁계약을 이른다.

fancy 화려한, 복잡한, (부정적으로) 고급의, 고가의, 법외(法外)의 ¶ *fancy* accounting 분식결산 /*fancy* goods (여자의) 화장도구 등 자질구레한 물건 /*fancy* stock 고가주(高價株)

fanford 편성전표, 연속용지

Fannie Mae; Fanny Mae (FNMA) [미] 패니메이채(債)(**F**ederal **N**ational **M**ortgage **A**ssociation) (미국의 연방모기지협회(FNMA)가 관리하는 모기지대출 채권풀에서 담보된 유가증권으로, 공개시장에서 매매되고 있는 채권의 총칭) ¶ The *Fannie Mae* (*Federal National Mortgage Association*) is a publicly owned, government-sponsored corporation established in 1938 to purchase both government-backed and conventional mortgages from lenders and securitize them. Its objective is to increase the affordability of home mortgage funds for low-, moderate-, and middle-income home buyers. *Fannie Mae* is a congressionally chartered company and the largest source of home mortgage funds in the United States. *Fannie Mae* is a large issuer of debt securities, which are used to finance its activities. The federal government seized control of Fannie Mae in September 2008 by placing it into conservatorship as the foreclosure crisis mushroomed. 패니메이(債)는 정부보증 모기지(government-backed mortgage)나 일반의 모기지를 대여자로부터 구입하여 증권화(securitization)하기 위하여, 1938년에 설립된 미연방정부후원의 공개기업이다. 패니메이의 목적은 저소득 내지 중간소득 계층의 주택자금을 입수하기 쉽도록 환경을 만들어 간다는 것이다. 패니메이는 의회의 승인으로 설립된 주식회사이고, 미국의 주택금융의 최대재원(財源)이다. 채권을 대량으로 발행하여 조달한 자금으로 사업을 운용하고 있다. 미연방정부는 모기지 실행절차의 위기가 만연하였기 때문에, 패니메이를 관리인체계에 둠으로써 2008년 9월에 그 운영의 관리권을 장악하였다.

F

far (시간이) 먼, 멀리 ***far month*** 먼 달 ¶ A *far month* is a trading month that is farthest in the future in an options or futures contracts. This may be a few months or up to a year or more. Under normal conditions, there is far less trading activity in the *far month* contracts than in the nearest month or spot delivery month contracts. Also called furthest month. 먼 달이란 옵션(option)계약이나 선물거래(futures contract)에서 인도(引渡)기한이 가장 먼 달을 이른다. 수개월의 먼 달이 있는가하면, 1년 이상의 먼 경우도 있다. 통상은 가장 가까운 달(nearest month, spot delivery month)물(物)보다도 훨씬 적지 않다. 이를 furthest month(가장 먼 달)라고도 한다. ***farther out; farther in*** 먼 달/가까운 달 ¶ The words *farther out; farther in* express a relative length of option-contract maturities with reference to the present. For example, an option investor in January would call an option expiring in October *farther out* than an option expiring in July. The July option is *farther in* than the October option. 먼 달/가까운 달이라는 말은 현시점에서 옵션(option)의 만기(maturity)까지의 기한이 상대적으로 긴 경우를 이른다. 예컨대 1월의 시점에서는, 10월 만기의 옵션은 7월 만기의 경우보다도 먼 달이고, 7월 만기의 옵션은 10월 만기의 것보다도 가깝다. → diagonal spread (다이어고널 스프레드).

fare 운임, 통행료

farm 농장, 농지, 양식장, 사육장 ¶ *farm* belt 대농업지대, [미] 곡창지대 /*farm* credit 농업금융 /*farm* subsidies 농산물가격보조금

farmer 농부 ***Farmer Mac*** 미연방농업금융모기지공사 → Federal Agricultural Mortgage Corporation (미연방농업금융모기지공사). ***Farmer's Home Administration (FHA)*** 농업주택청 ¶ The *Farmer's Home Administration* (*FHA*) is a federal agency under the Department of Agriculture that makes loans in low-income, rural areas of the United States for farms, homes, and community facilities. 미국농업주택청은 저소득자의 농촌지역의 농장, 주택, 공공시설을 대상으

로 하여 대출을 행하는 미국농무부(Department of Agriculture) 산하(傘下)의 미연방기관이다.

farm-fresh 농장[산지]직송(直送)의

farming 농업의 ¶*farming* policies 농업정책 /*farming* produce 농산물(agricultural products)

FAS; f.a.s. → **f**ree **a**longside **s**hip [약] 선측인도(가격)조건(매도인이 화물을 적재하는 선박의 선측(船側)까지의 경비를 부담하는 조건) ¶Under *FAS*, the seller quotes a price for the goods that includes charges for delivery of the goods alongside a vessel at the port of departure. The seller handles the cost of unloading and wharfage; loading, ocean transportation, and insurance are left to the buyer. *FAS* is also a method of export and import valuation. 선측인도(가격)(FAS)조건에 의하여 수출업자는 출발항에서 선측으로 물품을 인도하는 데 드는 비용을 포함하는 물품가격을 매긴다. 매도인은 하역료 및 부두사용료(wharfage), 선적, 해양운송, 보험료는 매수인에게 남겨지고 있다. 선측인도가격(조건)은 수출과 수입가격산정의 방법이기도 하다.

FASB → **F**inancial **A**ccounting **S**tandards **B**oard [약] 재무회계기준심의회 ¶The *Financial Accounting Standards Board* (*FASB*) is a group that establishes standards of financial accounting and reporting for private sector entities, including businesses and not-for-profit organizations. It was formed in 1973, and its standards are officially recognized as authoritative by the Securities and Exchange Commission (SEC). The mission of the *FASB* is to establish and improve standards of financial accounting and reporting for the guidance and education of the public, including issuers, auditors, and users of financial information. *FASB* decision making follows an extensive due process that is open to public observation and participation. 재무회계기준심의회의는 사업과 비영리단체를 포함하여 민간부문단체를 위한 재무회계 및 보고의 기준을 설정하는 단체이다. 그 심의회는 1973년에 구성되고, 그 기준은 미증권거래위원회(SEC)에 의해서 공식적으로 권위를 인정받았다. 재무회계기준심의회의 사명은 금융정보의 배포자, 감독자 및 이용자를 포함하여 일반투자자의 지도와 교육에 관한 재무회계 및 보고의 기준을 설정하고 이를 개량하는 데에 있다. 재무회계기준심의회의 의사결정은 일반투자자의 준수와 참여가 개방되는 광범한 적법절차를 따른다.

fashion 양식, 방식, …풍(風) ¶The *fashion* is a style of conduct or dress being followed by individuals. The marketing person attempts to develop products that meet the current tastes and inclinations of consumers to enhance sales. 패션은 개인이 따르고 있는 행동 또는 옷맵시의 스타일이다. 마케팅을 하는 사람은 판매를 늘리기 위하여 소비자의 일반적인 취향과 성향에 맞는 제품을 발전시키려 한다.

fast 빠른, 고속의, 급속한 ***fast market*** [영][속] 고속시장 ¶The *fast market* is a financial market that is characterized by heavy volume and high level of market volatility, and which can generate order of imbalances. See also locked market. 고속시장은 대량과 높은 수준의 시장변동성을 특징으로 하는 금융시장을 말하며, 거기서는 주문의 불균형을 발생시킬 수 있다. locked market(록트마켓)도 참조할 것. ~ ***tape*** [영][속] 고속테이프 ¶The *fast tape* is a market condition that occurs when trading in a particular security or contract is so rapid and heavy that the current price is unavailable. 고속테이프는 특별한 증권이나 계약이 너무 급속하고 대량으로 이루어져서 시가(時價)가 쓸모없는 경우에 생기는 시장상황을 말한다.

fast-growing 급속하게 성장하는

fate 운명, 결말 ¶ The *fate* is whether or not a cheque or bill has been paid or dishonested. A bank requested by another bank to "advise fate of a cheque or bill" is being asked if it has been paid or not. 운명이란 수표나 어음이 지급이 되느냐 아니면 부도가 되느냐(dishonested) 하는 경우이다. 다른 은행으로부터 「수표나 어음의 운명을 통지해」 달라는 요청을 받은 은행은 그것이 지급되었는지 아니 되었는지를 질문을 받고 있는 중이다.

fat 살찐, 풍부한 ¶ *fat* loan 담보가 풍부한 대출(貸出) ***fat cat*** 자산가 ¶ A *fat cat* is a wealthy person who has become lazy living off the dividends and interest from investments. *Far cats* also tend to be offered special treatment by brokers and other financial professionals because they have so much money and their accounts can therefore generate large fees and commissions. 자산가란 배당(dividends)이나 이자수입(interests)으로 유유히 생활하는 부유한 사람을 말한다. 소유자금이 거액이기 때문에, 증권회사 등의 금융업자는 다액의 수수료가 예상된다고 하여 특별대우를 받는 경우가 많다.

fault 결점, 과실, 책임 ¶ with all *faults* 일체 사는 이의 책임으로, 손상보증없이[표시용어)

favorable; favourable[영] 호의를 보이는, 승낙의, 유리한 ¶ *favorable* rates (of exchange) 유리한 환율 /*favorable* (tax) treatment for savings 저축우대조치 ***favorable trade balance*** 무역수지흑자 ¶ The *favorable trade balance* is a situation that exists when the value of a nation's exports is in excess of the value of its imports. 무역수지흑자란 한 나라의 수출액이 수입액을 상회하고 있는 상태를 이른다. → balance of payments (국제수지); balance of trade (무역수지). ~ ***fifty*** 인기 있는 50품목 → nifty fifty [(미국에서) 인기 있는 주식 50종목].

F

FDI → **f**oreign **d**irect **i**nvestment [약] 대외직접투자 ¶ The *foreign direct investment* (*FDI*) is (1) an investment in U.S. businesses by foreign citizens; usually involves majority stock ownership of the enterprise, or (2) joint ventures between foreign and U.S. companies. 대외직접투자라 함은, (1) 외국인에 의한 미국회사에의 투자를 말하며, 통상은 주식의 과반수를 취득한다. 또는 (2) 외국회사와 미국회사에 의한 합작사업(joint ventures)을 말한다.

FDIA → **F**ederal **D**eposit **I**nsurance **A**ct [약] [미] 미연방예금보험법

FDIC → **F**ederal **D**eposit **I**nsurance **C**orporation [약] 미연방예금보험공사 ¶ The *Federal Deposit Insurance Corporation* (*FDIC*) is the U.S. agency that is responsible for managing the insurance funds for banks and savings and loans, providing depositors with protection of up to $100,000 per deposit account 연방예금보험공사는 은행을 위한 보험기금, 저축 및 대출을 운영하여 예금계정당 100,000달러까지 예금자를 보호해 줄 책임이 있는 기관이다.

fear index 피어인덱스 → vix index (빅스지수).

feasibility 실행가능성 ***feasibility study*** 실행가능성연구 ¶ The *feasibility study* is a detailed analysis of a proposal with respect to its anticipated cost, potential problems, and possible outcomes in order to determine if the proposal should be implemented. A *feasibility study* for a small business might include: an assessment of the market; an estimate of fixed costs, variable costs, revenues, and breakeven; identification of potential problems; and an evaluation of the firm's management quality. 실행가능성연구는 그 제안이 실행되어야 할지를 결정하기 위하여 그것의 예상비용, 잠재된 문제, 및 일어날 수 있는 성과에 관한 상세한 분석을 하는 것이다. 소규모기업을 위한 실행가능성연구는 다음의 것을 포함할 것이다. 즉, 시장의 평가(assessment), 고정비용(fixed costs)의 예상, 변동비용(variable costs), 수익(revenues) 및 손익분기점(breakeven); 잠재적 문제의 귀속의 식(identification); 그리고 기업의 경영자질의 평가이다.

feasible 실행가능한, 가능한, 그럴듯한 ¶ a *feasible* scheme 실행가능한 계획 /a *feasible* excuse 그럴듯한 구실 ***feasible portfolio*** [영] 실행가능포트폴리오 ¶ The *feasible portfolio* is any portfolio an investor can construct from available assets in the marketplace. A *feasible portfolio* represents any combination of investable assets, but need not necessarily provide the greatest return for a given level of risk. See also efficient portfolio. 실행가능포트폴리오는 투자자가 시장터에서 이용가능자산에서 구축할 수 있는 포트폴리오를 말한다. 실행가능포트폴리오는 투자자산의 어떤 결합을 나타내지만, 일정한 수준의 위험에 비하여 반드시 최대의 수익률(greatest return)을 제공할 필요는 없다. efficient portfolio(효율적 포트폴리오)도 참조할 것.

featherbed (노동조합의 실업대책으로서) 과잉고용을 요구하다(생산제한을 하다)

featherbedding 과잉고용요구, 의식적 생산제한(조합규칙이나 안전규정), 실제 이상으로 불림

feathered 깃이 있는, 깃털로 장식한, 날개 있는 ¶ *feathered* asset 겉 불린 자산

feature ⓝ 특징, 특색, 두드러진 점(of) ¶ a significant *feature* of our time 우리 시대의 두드러진 특징
ⓥ 특색짓다, 두드러지게 하다, (사건을) 대서특필하다, 크게 다루다 ¶ a newspaper *featuring* the accident 그 사고를 크게 다룬 신문

Fed; fed [미] 미연방정부, (the ~), 미연방준비제도이사회(the Federal Reserve Board) ¶ *Fed* watchers 페드워처즈 (FRB의 금융정책관찰의 전문가) ***Fed bias*** 페드바이어스 ¶ The *Fed bias* is an expressed inclination of the Federal Open Market Committee (FOMC), to raise, lower, or keep unchanged, the target federal funds rate, based on current economic conditions. Although it no longer adopts a formal policy bias toward raising or lowering rates, the FOMC communicates its intentions by issuing a "Balance of Risks" Statement when it announces rate actions at its regularly scheduled meetings eight times a year or about every six weeks. The committee may also vote to authorize the chairman, with or without consultation, to take actions between meetings. Such authorizations are called asymmetric directives. 페드바이어스란 현상의 경제정세를 베이스로, 페더럴펀드금리(federal funds rate)를 인상하든가, 인하하든가, 혹은 그대로 두는 것에 관하여, 연방공개시장위원회(Federal Open Market Committee: FOMC)가 그 방향성을 시사하는 것이다. 페더럴펀드를 인상하느냐 혹은 인하하느냐의 정식적인 금융정책에 관한 바이어스(formal policy bias)를 내는 것은 이미 행해지지 않지만, 미연방공개시장위원회는 Balance of Risk Statement를 발행하는 것에서 그 의향을 보이고 있다. Balance of Risk Statement는 연간 8회, 요컨대 거의 6주간마다 개최되는 정례회의에서 금리대책에 관하여 성명을 발표할 때에 발행된다. FOMC는 의장에게 정례회의의 기간에도, FOMC에 자문하든 안하든 금리에 관한 조치를 취할 권리를 부여할 수 있다. 이러한 권한위임(authorizations)을 비대칭적인 지시(asymmetric directives)라고 한다. ***Fed Funds*** 페더럴펀드(Federal Funds), 자유준비예금, 당일이용가능한 예금 (*cf.*) goods funds, cleared funds, collected funds, available funds, today's money ¶ *Fed funds* are reserve balances that are maintained by commercial banks in the Federal Reserve System at amounts above what is required. These excess reserves are available for lending to other banks in need of reserves. Although the loans are usually made on a single-day basis, they may be renewed. The availability of and the rate paid for federal funds are important indicators of Federal Reserve policy; hence, both are watched closely by financial analysis in order to forecast changes in the credit markets. Also called federal funds. 페더럴펀드는 미연방준비제도에서 상업은행이 요구받은 금액 이상으로 유지하고 있는 준비금잔액(reserve balance)이다. 이러한 과잉준비금은 준비금이 필요한 다른 은행에 대한 대출에 이용된다. 그 대출이 통상 당일베이스로 이용되더라도, 갱신할 수 있다. 페더럴펀드에 지급되는 이율의 이용가능성과 이율은 미연방준비제도 이사회의 정책의 중요한 지표이다. 그런 까닭에, 금융시장의 변화를 예측하기 위하여, 페더럴펀드의 이용가능성과 이율은 재무분석에 의해서 면밀히 감시되고 있다. 이를 federal funds(페더럴펀드)라고도 한다. ***fed wire*; *Fedwire*** 페드와이어, 미연방은행전신결제통신망 ¶ The *Fed wire* is a high-speed, computerized communications network that connects all 12 Federal Reserve Banks, their 24 branches, the Federal Reserve Board office of Washington, D.C., U.S. Treasury office in Washington, D.C., and Chicago, and the Washington, D.C. office of the Commodity Credit Corporation; also spelled FedWire and Fedwire. The *Fed wire* has been called the central nervous system of money transfer in the United States. 미연방은행전신결제통신망은 미연방준비은행 12곳과 24의 지점, 수도 워싱턴의 미연방준비제도 이사회의 사무소, 워싱턴과 시카고의 재무부의 사무소, 워싱턴의 상품금융공사의 사무소를 연결하는 고속의 컴퓨터통신망을 말한다. FedWire, Fedwire라고도 표기된다. 페드와이어는 미국의 송금시스템의 중추신경계라고 불려 왔다.

federal 연방의, (F~) [미] 연방정부의 ¶ the *federal* funds market 연방준비기금시장 ***federal agency security*** 미연방정부기관증권 ¶ The *federal agency security* is a debt instrument issued by an agency of the federal government such the Federal National Mortgage Association, Federal Farm Credit Bank, and the Tennessee Valley Authority (TVA). Though not general obligations of the U.S. Treasury, such securities are sponsored by the government and therefore have high safety ratings. 미연방정부기관증권이란 연방모기지금고(Federal National Mortgage Association), 연방농업신용은행(Federal Farm Credit Bank), 테네시계곡개발공사(Tennessee Valley Authority: TVA) 등 연방정부기관이 발행하는 채무증서(debt instrument)를 이른다. 미재무부의 일반재원채(財源債)(general obligation bond)는 아니지만, 정부가 보증하고 있는 것이므로 신용등급(rating)이 높다. ***Federal Agricultural Mortgage Corporation*** 미연방농업금융모기지공사 ¶ The *Federal Agricultural Mortgage Corporation* is a federal agency established in 1988 to provide a secondary market for farm loans. Informally called Farmer Mae. 미연방농업금융모기지공사는 농업관계의 모기지대출(mortgage loan)의 유통시장(secondary market)의 역할을 수행하기 위해서, 1988년에 설립된 미연방기관이다. 통칭은 비공식적으로는 Farmer Mae라고 한다. ~ ***deficit (surplus)*** 미연방정부재정적자[흑자] ¶ *Federal deficit* is federal shortfall that results when the government spends more in a fiscal year than it receives in revenue. To cover the shortfall, the government usually borrows from the public by floating long-, and short-term debt. *Federal deficits*, which started to rise in the 1970s, exploded to enormous proportion of hundreds of billions of dollars per year in the 80s and 90s. By the late 90s, revenues from an extended period of strong economic growth and soaring stock prices were applied to eliminate the deficit in accordance with budget balancing legislation which resulted in a *federal surplus*. Though this scenario did not come to pass in the 80s and 90s, some economists think that massive *federal deficits* can lead to high interest rates and inflation, since they compete with private borrowing by consumers and businesses. Deficits also add to the demand for money from the Federal Reserve Bank. 미연방정부재정적자는 1회계연도(fiscal year)에서 미연방전부가 수입을 상회하는 금액을 지출하여 발생하는 재정적자를 이른다. 적자를 메우기 위해서, 연방정부는 보통 장기나 단기의 채권을 발행하여 자금을 조달한다. 적자는 1979년대에 증가하기 시작하여, 80년대와 90년대에는 연간 수천억 달러의 수준까지 급증하여 재정균형법(budget balancing legislation)에 따라 재정적자(budget deficit)의 삭감에 성공하여 연방정부재정은 흑자(federal surplus)가 되었다. 개인이나 기업의 민간차입과 경합하기 때문에, 거액의 재정적자는 고금리와 인플레이션(inflation)에 연결된다고 생각하는 이코노미스트도 있지만, 80년, 90년대에는 이러한 사태는 일어나지 않았다. 재정적자에는 미연방준비은행(Federal Reserve Bank)의 자금에 대한 수요를 끌어올리는 효과도 있다. ***Federal Deposit Insurance Corporation (FDIC)*** [미] 연방예금보험공사 ¶ The *Federal Deposit Insurance Corporation* (*FDIC*) is the U.S. agency that is responsible for managing the insurance funds for banks and savings and loans, providing depositors with protection of up to $100,000 per deposit account 연방예금보험공사는 은행을 위한 보험기금, 저축 및 대출을 운영하여 예금계좌당 100,000달러까지 예금자를 보호해 줄 책임이 있는 기관이다. ***Federal Farm Credit Bank*** 미연방농업신용은행 ¶ The *Federal Farm Credit Bank* is a government-sponsored institution that consolidates the financing activities of the Federal Land Banks, the Federal Intermediate Credit Banks, and the Bank for Cooperatives. 미연방농업신용은행은 연방토지은행(Federal Land Banks), 연방중기신용은행(Federal Intermediate Credit Bank), 협동조합은행(Bank for Cooperatives)의 금융업무를 총괄하는 정부지원은행을 이른다. ***Federal Farm Credit System*** 미연방농업신용제도 ¶ The *Federal Farm Credit System* is a system established by the Farm Credit Act of 1971 to provide credit services to farmers and farm-related enterprises through a network of 12 Farm Credit districts. Each district has a Federal Land Bank, a Federal Intermediate Credit Bank, and a Bank for Cooperatives to carry out policies of the system. The system sells short-term (5- to 270 days) notes in increments of $50,000 on a discounted basis through a national syndicate of securities dealers. Rates are set by the Federal Farm Credit Bank, a unit established to consolidate the financing activities of the various banks. 미연방농업신용제도란 12개의 농업신용지구(Farm Credit district)의 네트워크를 통해서 농업이나 농업관련기업에 신용(credit)서비스를 제공하는, 1971년 농업신용법(Farm Credit Act of 1971)에 의하여 설립된 제도이다. 지구마다 설립된 미연방토지은행(Federal Land Bank), 미연방중기신용은행(Federal Intermediate Credit Bank), 협동조합은행(Bank for Cooperatives)이 정책을 실행한다. 단기(5에서 270일)의 할인채를 증권거래업자의 단체를 통해서 50,000달러 단위로 판매하고 있다. 금리는 다수의 은행의 금융업무를 총괄하기 위해서 설립된 미연방농업신용은행(Federal Farm Credit Bank)이 설정한다. ***Federal Financing Bank (FFB)*** 미연방금융은행 ¶ The *Federal Financing Bank* (*FFB*) is a U.S. government-owned bank that consolidates financing activities of government agencies in order to reduce borrowing costs. 미연방금융은행이란 차입코스트를 삭감하기

위해서 정부기관(government agency)의 금융업무를 총괄하는 미국정부출자은행을 말한다. ~ ***funds*** [미] (연방준비제도의) 자유준비예금, 페더럴펀드 ¶ *Federal funds* are funds deposited by commercial banks at Federal Reserve Banks, including funds in excess of bank reserve requirements. Banks may lend *federal funds* to each other on an overnight basis at the *federal funds* rate. Member banks may also transfer funds among themselves or on behalf of customers on a same-day basis by debiting and crediting balances in the various reserve banks → Also fed wire. 페더럴펀드는 연방준비은행에 소재하고 있는 상업은행이 예치한 자금으로, 은행지급준비율을 초과하는 잉여자금도 포함한다. 각 은행은 페더럴펀드를 익일물의 페더럴펀드금리(federal funds rate)로 대차(貸借)할 수 있다. 또 은행간에서 또는 고객의 의뢰에 응해서 각 은행이 미연방준비은행에 보유하는 예금잔액을 증감시키는 방법으로 당일중의 자금을 이체할 수도 있다. fed wire(페드와이어, 미연방은행전신결제통신망)를 참조할 것. ¶ *Federal funds* are money used by the Federal Reserve to pay for its purchasers of government securities. 페더럴펀드는 미연방준비제도가 정부증권의 구입에 충당하는 자금을 이른다. ¶ *Federal funds* are funds used to settle transactions where there is no float. 페더럴펀드는 결제까지의 유예기간(float)이 없는 거래에 충당하는 자금을 말한다. ~ ***funds rate*** 페더럴펀드 적용금리 ¶ The *federal funds rate* is the overnight interest rate charged on federal funds, and a widely followed indicator of market rates. 페더럴펀드 적용금리는 페더럴펀드에 부과되는 익일물(翌日物) 금리이고 널리 인정받는 시장률의 지표이다. ~ ***gift tax*** 미연방증여세 ¶ The *federal gift tax* is a federal tax imposed on the transfer of securities, property, or other assets. The donor must pay the tax based on the fair market value of the transferred assets. However, federal law allows donors to give up to $13,000 per year to any individual without incurring gift tax liability. So, a husband and wife may give $26,000 to their child in one year without tax if each parent gives $13,000. This practice is known as gift splitting. 미연방증여세는 증권, 부동산 등의 자산의 증여에 부과하는 연방세(federal tax)이다. 증여자(donor)는 증여자산의 시가(fair market)를 기초로 해서 납세하여야 한다. 다만 연간 13,000달러까지는 비과세로 증여할 수 있다. 따라서, 부부가 각각 연간 13,000달러씩 합계 26,000달러를 자녀에게 무세로 증여할 수 있다. 이 방법을 분할양도(gift splitting)라고 한다. ***Federal Home Loan Bank (FHLB)*** 연방주택대출은행 ¶ In the United States, the *Federal Home Loan Bank* is a network of 12 banks created in 1932 to ensure appropriate credit availability for financial institutions granting residential mortgages and loans to individuals. In recent years it has become focused on ensuring the smooth flow of credit into affordable housing and community development. *FHLB* also holds the outstanding shares in the Federal Home Mortgage Corporation, an organization involved in the secondary market for mortgages. 미국에서 연방주택대출은행은 개인에게 주택모기지와 대출을 해주는 금융기관에서의 적절한 금융이용가능성을 보장하기 위해서 1932년에 설치된 12개 은행으로 이룬 네트워크를 말한다. 최근에는 이 은행은 주택과 지역발전을 위해서 금융을 이용할 수 있도록 금융의 유연한 흐름을 보장하는 데에 초점을 맞추게 되었다. 연방주택대출은행은 또한 모기지의 유통시장(secondary market)과 관련된 미연방주택모기지공사(Federal Home Mortgage Corporation)의 미납입주식을 보유하고 있다. ***Federal Home Loan Bank System*** 미연방주택대출은행제도 ¶ The *Federal Home Loan Bank System* is a system supplying credit reserves for savings and loans, cooperative banks, and other mortgage lenders in a manner similar to the Federal Reserve's role with commercial banks. The *Federal Home Loan Bank System* is made up of 12 regional Federal Home Loan Banks. It raises money by issuing notes and bonds and lends money to savings and loans and other mortgage lenders based on the amount of collateral the institution can provide. The system was established in 1932 after a massive wave of bank failures. 미연방주택대출은행제도는 상업은행과 미연방준비제도의 역할과 유사한 방법으로 저축대출조합(Savings and Loan Association), 협동조합은행(cooperative bank) 기타 주택론(mortgage)대출을 행하는 금융기관에 대출자금을 공급하는 제도이다. 미연방주택대출은행제도는 12지역의 연방주택대출은행(Federal Home Loan Bank)으로 구성되며, 중장기의 증권을 발행하여 자금을 조달하고, 저축대출조합 등 주택론의 대출기관에 대하여, 담보액에 근거해서 대출을 행한다. 그 제도는 은행파탄이 잇달아 일어난 후 1932년에 설립되었다. ***Federal Home Loan Mortgage Corporation* (*FMLMC*)** 연방주택금융모기지공사(公社) → Freddie MAC (프레디맥). ***Federal Housing Administration* (*FHA*)** 연방주택청 ¶The *Federal Housing Administration* (*FHA*) is a federally sponsored agency that insures lenders against loss on residential mortgages. It was founded in 1934 in response to the Great Depression to execute the provision of the National Housing Act. The *FHA* was the forerunner of a group of government agencies responsible for the growing secondary market for mortgages, such as the Government National Mortgage Association (Ginnie Mae) and the Federal National Mortgage Association (Fannie Mae). 연방주택청은 주택론(residential mortgage)의 채무보증을 하는 연방정부지원기관이다. 대공황(Great Depression)에 대응하여, 1934년에 전미주택법(National Housing Act)을 시행하기 위해서 설립되었다. 정부모기지협회(Government National Mortgage Association: Ginnie Mae)나 연방모기지협회(Federal National Mortgage Association: Fannie Mae) 등 성장을 계속하는 모기지의 유통시장을 떠맡는 정부기관의 선구자(forerunner)이다. ***Federal Housing Finance Agency* (*FHFA*)** 연방주택금융기관 ¶The *Federal Housing Finance Agency* (*FHFA*) is a U.S. government agency created in 2008 under the Housing and Economic Recovery Act to replace the Federal Housing Board and assume oversight of the Federal Home Loan Bank System that includes the housing related GSEs, Fannie Mae, Freddie Mac, and the Federal Home Loan Banks. It was granted enhances powered to establish standards, restrict asset growth, increase enforcement, and put entities into receivership. 연방주택금융기관은 주택경기회복법에 의하여 연방주택금융이사회를 대체하여 주택관련의 정부지원기관인 패니메이(Fannie Mae), 프레디맥(Freddie Mac)과 연방주택대출은행(Federal Home Loan Bank)을 연방주택대출은행제도를 감독하기 위해서 2008년에 창설된 연방정부기관이다. 이 기관은 규준(規準)을 확립하고, 자산증가를 제한하며, 강제를 높여서 피감독기관(entities)을 장악하게 하는 강화된 권한을 부여받았다. ***Federal Income Taxes*** 연방소득세 → Income Taxes (소득세). ***Federal Insurance Contributions Act* (*FICA*)** 연방보험출연법, 연방보험연금법 ¶The *Federal Insurance Contributions Act* (*FICA*) is commonly known as Social Security, the federal law requiring employers to withhold wages and make payments to a government trust fund providing retirement and other benefits. 연방보험연금법은 일반적으로 사회보장제도(Social Security)라고 하며, 임금을 공제하여, 퇴직금 등을 급여하는 정부의 신탁기금(trust fund)에 출연하는 것을 의무로 하는 연방법의 하나이다. ***Federal Intermediate Credit Bank*** 연방중장기신용은행 ¶The *Federal Intermediate Credit Bank* is one of 12 banks that make funds available to production credit associations, commercial banks, agricultural credit corporations, livestock loan companies, and other institutions extending credit to crop farmers and cattle raisers. Their stock is owned by farmers and ranchers, and the banks raise funds largely from the public sale of short-term debentures. 연방중장기신용은행은 작물농가와 목축농가에 대출을 행하는 생산신용조합, 상업은행, 농업신용금고, 축산금융회사 등의 금융기관(financial institution)에 자금을 공급하는 12개의 은행 중의 하나이다. 작물농가나 목축농가가 출자하고, 단기의 무담보채(debentures)를 일반투자자에게 매도하여 자금을 조달하고 있다. ***Federal Land Bank*** 연방토지은행 ¶ The *Federal Land Bank* is one of 12 banks under the U.S. Farm Credit Administration that extends long-term mortgage credit to crop farmers and cattle raisers for buying land, refinancing debts, or other agricultural purposes. To obtain a loan, a farmer or rancher must purchase stock equal to 5% of the loan in any one of approximately 500 local land bank associations; these, in turn, purchase an equal amount of stock in the Federal Land Bank. The stock is retired when the loan is repaid. The banks raise funds by issuing Consolidated Systemwide Bonds to the public. 연방토지은행은 작물농가나 목축농가에게 토지구입, 채무차환 등, 농업관련목적의 장기모기지대출(mortgage credit)를 행하는 농업신용관리청(Farm Credit Administration) 산하에 있는 12개의 은행 중의 하나이다. 융자를 받으려면, 약 500 지역토지은행 중의 어느 토지은행조합(land bank association)의 주식(stocks)을 융자액의 5% 상당액을 구입할 필요가 있다. 융자금반환과 동시에 주식은 상환된다. 연방토지은행은 통합채권(Consolidated Systemwide Bond)을 일반에게 판매하여 자금을 조달한다. ***Federal National Mortgage Association (FNMA)*** 연방모기지공사 → Fannie Mae (패니메이). ***Federal Open Market Committee (FOMC)*** 연방공개시장위원회 ¶ The *Federal Open Market Committee* is the U.S. Federal System's policy committee, responsible for developing and implementing monetary policy. The committee, which includes the 7 Federal Reserve Board governors and 5 of the 12 Federal Reserve Bank presidents, conducts monetary policy via open market operations and adjustments to both the discount rate and reserve requirements. 연방공개시장위원회는 통화정책을 개발하고 시행할 책임을 지는 미국연방제도의 정책위원회이다. 위원회는 연방준비위원회의 7인의 위원과 12개의 연방준비은행의 행장 중의 5인으로 구성되며, 공개시장조작 및 할인율과 준비금비율 양쪽에 대한 조정을 행한다. ***Federal Reserve Bank (FRB)*** [미] 연방준비은행 ¶ The *Federal Reserve Banks* (*FRB*) are the 12 Banks in the U.S. Federal Reserve System that are responsible for providing central bank services to member banks, lending via the discount window, monitoring the activities of banks operating within their jurisdictions, and assisting in the formulation of monetary policy via the Federal Open Market Committee. 연방준비은행은 가맹은행에 대한 중앙은행 서비스의 제공, 할인창구를 통한 융자, 관할구역 내에서 가맹은행업무활동의 감독, 연방공개시장위원회를 통한 화폐정책의 형성에의 지원에 책임을 지는 연방준비제도내의 12개 은행을 말한다. ***Federal Reserve Board*** [미] 연방준비제도이사회 ¶ The *Federal Reserve Board* is the governing body of the U.S. banking system, comprised of seven governors appointed by the U.S. president. The board, which holds a voting majority on the Federal Open Market Committee, sets the discount rate and margin requirements, estab-

미연방준비제도이사회

lishes reserve requirements for national banks, and supervises the financial system at large through regulatory policies and declarations. 연방준비제도이사회는 미국대통령이 임명하는 7인의 위원(governors)으로 구성되는 미국은행제도의 운영기관이다. 위원회는 연방공개시장위원회에서 다수의결권을 가지고, 할인율과 신용거래보증금을 정하며, 연방법은행에 대한 준비금비율을 확립하고 규제정책과 선언을 통해서 전반적인 금융제도를 감독한다. ***Federal Reserve System* (*FRS*)** [미] 연방준비제도 ¶ The *Federal Reserve System* (*FRS*) is a system established by the Federal Reserve Act of 1913 to regulate the U.S. monetary and banking system. The *Federal Reserve System* (the Fed) is comprised of 12 regional Federal Reserve Banks, their 24 branches, and all national and state banks that are part of the system. National banks are stockholders of the Federal Reserve Bank in their region. The *Federal Reserve System's* main functions are to regulate the national money supply, set reserve requirements for member banks, supervise the printing of currency at the mint, act as clearinghouse for the transfer of funds throughout the baking system, and examine member banks to make sure they meet various Federal Reserve regulations. 연방준비제도는 미국의 금융·은행제도를 규제하기 위하여 1913년의 연방준비법(Federal Reserve Act)에 의하여 설립된 제도이다. 연방준비제도는 12개 지역의 연방준비은행과 24개의 지점으로 구성되며, 국법은행(National Bank)과 주법은행(state banks)도 전부 가맹되어 있다. 연방법은행은 지역내의 연방준비은행(Federal Reserve Bank)의 주주가 되어 있다. 연방준비제도의 주된 기능은 국내의 통화공급량(money supply)의 조절, 가맹은행의 지급준비율(reserve requirement)의 설정, 조폐청에서의 화폐주조의 감독, 은행제도를 통한 자금결제기관의 역할, 가맹은행의 연방준비제도규칙의 준수상황의 검사에 있다. ***Federal Savings and Loan Association*** 연방저축금융협회 ¶ The *Federal Savings and Loan Association* is a federally chartered institutions with a primary responsibility to collect people's savings deposits and to provide mortgage loans for residential housing. Federal Savings and Loans may be owned either by stockholders, who can trade their shares on stock exchanges, or by depositors, in which case the associations are considered mutual organizations. Federal Savings and Loans are members of the Federal Home Loan Bank System. 연방저축금융협회는 저축예금(savings deposits)을 모아서 주택용 모기지대출(mortgage loan)을 제공하는 것이 주된 업무인 연방법으로 인가된 금융기관이다. 연방저축금융협회는 주식회사(publicly held)조직으로 주식이 증권거래소에서 매매되고 있는 경우와, 상호회사(mutual association)의 형식을 취하여 예금자가 출자를 하는 경우가 있다. 연방저축금융협회는 연방주택대출은행제도(Federal Home Loan Bank System)에 가맹하고 있다. ***Federal Savings and Loan Insurance Corporation* (*FSLIC*)** 연방저축대출보험공사 ¶ The *Federal Savings and Loan Insurance Corporation* is a federal agency established in 1934 to insure deposits in member savings institutions. In 1989, Congress passed savings and loan bailout legislation revamping the regulatory structure of the industry. FSLIC was disbanded and its insurance activities were assumed by a new agency, Savings Association Insurance Fund (SAIF), a unit of the Federal Deposit Insurance Corporation (FDIC). Responsibility for insolvent institutions previously under FSLIC's jurisdiction was assumed by another newly created agency, Resolution Funding Corporation (REFCORP). 연방저축대출보험공사는 가맹저축기관이 수입하고 있는 예금(deposit)을 보호하기 위하여 1934년에 설립된 연방기관이다. 연방의회는 1989년에 저축금융기관구제법안(savings and loan bailout legislation)을 가결하여, 업계의 규제제도가 개정되었다.

연방저축대출보험공사는 해체되고, 보험업무는 연방예금보험공사(Federal Deposit Insurance Corporation: FDIC)의 일부문인 저축금융기관보험기금(Savings Association Insurance Fund: SAIF)이라는 새로운 기관에 인계되었다. 또 FDIC의 관할이었던 파탄금융기관의 처리는 새로 설립된 정리자금조달공사(Resolution Funding Corporation: REFCORP)에 인계되었다. ~ ***surplus*** 연방정부재정흑자 → federal deficit (미연방정부재정적자). ***Federal Trade Commission (FTC)*** 연방거래위원회 ¶ The *Federal Trade Commission* (*FTC*) is a federal agency established in 1914 to foster free and fair business competition and prevent monopolies and activities in restraint of trade. It administers both anti-trust and consumer protection legislation. 연방거래위원회는 자유롭고 공정한 기업 간의 경쟁을 촉진하고 독점과 거래를 제한하는 활동을 방지하기 위해서 1914년에 설립된 연방기관이다. 그 기관은 반트러스트와 소비자보호입법을 집행한다. ***Federal Unemployment Tax Act (FUTA)*** 연방실업보험세법 ¶ The *Federal Unemployment Tax Act* (*FUTA*) is a legislation under which federal and state governments require employers (and in some states, such as New Jersey, employees) to contribute to a fund that pays unemployment insurance benefits. 연방실업보험세법은 연방정부와 주정부가 고용주에게 (뉴저지주 등 일부의 주에서는 종업원에게도) 실업보험기금에의 출연을 의무로 하는 근거가 되는 법률이다.

Fed pass 페드패스 ¶ The *Fed pass* is a move by the Federal Reserve to add reserves to the banking system, thereby making credit more available. The Fed will initiate an open-market operation when it wants to add or subtract reserves in the banking system. It transacts these operations through a group of dealers called primary dealers, banks or security houses with which the Fed has agreed to do business. For example, the buying of securities by the Federal Reserve can be done in such a way that will make reserves more available, thus encouraging banks to lend and making credit easier to obtain by consumer and business borrowers. 페드패스란 연방준비제도(Federal Reserve System)가 금융제도에의 공급자금을 증가하여 여신활동을 촉진하는 것을 말한다. 페드(Fed)는 금융제도에 자금량을 조절하려 할 때에 공개시장조작(open-market operations)을 착수한다. 그러한 거래는 연방준비제도와 계약을 체결한 프라이머리 딜러(primary dealer)라고 부르는 은행, 증권회사의 딜러를 통해서 실시한다. 예컨대, 연방준비제도가 증권을 매입하면, 자금공급량이 증가하고, 은행융자(loan)가 촉진되어 개인이나 기업이 자금을 융자받기가 쉽게 된다.

federals [미] 연방자산 ¶ The *federals* are properties which the federal reserve banks have collected to the banks of some large cities. 연방자산이란 연방준비은행이 어떤 대도시의 은행 앞으로 추심한 물건이다.

Fed wire 연방준비은행전신결제통신망, 페드와이어 ¶ *Fed wire* is high-speed, computerized communications network that connects all 12 Federal Reserve Banks, their 24 branches, the Federal Reserve Board office in Washington, D.C., U.S. Treasury offices in Washington, D.C., and Chicago, and the Washington, D.C., office of the Commodity Credit Corporation; also spelled *FedWire* and *Fedwire*. The *Fed wire* has been called the central nervous system of money transfer in the United States. It enables banks to transfer reserve balances from one to another for immediate available credit and to transfer balances for business customers. 연방준비은행전신결제통신망은 연방준비은행(federal reserve bank) 12행과 24지점, 수도 워싱턴의 연방준비제도이사회(Federal Reserve Board)의 사무소, 워싱턴과 시카고의 재무부의 사무소, 워싱턴의 상품금융공사(Commodity

Credit Corporation)의 사무소를 연결짓는 고속컴퓨터통신망을 말한다. FedWire와 Fedwire라고도 표기된다. 페드와이어는 미국의 송금시스템의 중추신경계라고 부르고 있다. 은행은 페드와이어로 준비예금을 타행에 송금하는 즉시 대출한다든지, 기업의 의뢰로 이체한다든지 한다.

fee 보수, 수수료, [법] 상속부동산권 ¶ an attorney's *fee* 변호사보수 /*fee*-based service business 수수료를 기준으로 한 [일정한 수수료를 확보한] 서비스업무 /a *fee* estate 상속토지 /a *fee* for sake-keeping 보호예치수수료 /*fee* [commission] income 수수료수입 /*fee* tail 계사한정(繼嗣限定)부동산권 ***fee simple*** 단순(單純)부동산권, 토지의 소유권 ¶ *Fee simple* is absolute ownership of real property; owner is entitled to the entire property with unconditional power of disposition during his life, and upon his death the property descends to his designated heirs. The only power that can override *fee simple* ownership is that of eminent domain (see condemnation). 토지소유권은 부동산에 대한 절대소유권을 이른다. 소유자는 일생동안 무조건의 처분권이 있는 전체의 재산권을 가질 수 있고, 사망시에는 소유자가 지명하는 상속인에게 상속된다. 토지의 소유권(fee simple ownership)에 우월하는 유일한 권한은 토지수용권(eminent domain)이다.

feeder fund [영] 피더펀드 ¶ The *feeder fund* is a fund that invests capital gathered from investors solely or primarily in another fund (i.e., a master fund). The *feeder fund* structure is widely employed in the hedge fund sector. 피더펀드는 여러 투자자로부터 끌어들인 자본을 오직 또는 주로 또 하나의 펀드(즉, 마스터펀드)에 투자하는 펀드를 말한다. 피더펀드구조는 헤지펀드(hedge fund)부분에서 널리 사용된다.

fellow 친구, 동업자, 같은 인가 ¶ *fellow* subsidiary 형제회사 /*fellow* trader 동업자

fence-sitter 형세를 관망하는 사람, 기회주의자

feoffment [법] 토지의 부동산권의 양도, 봉토(封土)의 양도 ¶ *Feoffment* was the name given at common law to the means of conveying title to freehold estate, which required the livery of seisin or other corporeal hereditament. 봉토의 양도는 점유의 인도 기타 유체상속재산을 필요로 하는 자유보유부동산권을 양도하는 방식에 붙여진 커먼로상의 명칭이었다.

ferry ship 페리선(船) ¶ The *ferry ship* is a passenger ship that generally comes and goes transporting passengers between designated ports. 페리선(船)은 일반적으로 정해진 항구와 항구 사이를 오가는 여객선을 이른다.

fiat (권위에 의한) 명령(command), 엄명(decree), 인가(sanction) ¶ *fiat* issue 불환발행 ***fiat [paper] money*** 명목화폐, 불환지폐 ¶ The *fiat money* is a currency that has no intrinsic metallic or redemption value. Its nominal value is what the issuing sovereign government engraves on paper, and its real value is what it will buy in the marketplace, in order words, it purchasing power. Internationally, its value is what it is worth in exchange for another country's currency. The U.S. dollar has been a *fiat money* since the abandonment of the international gold standard in 1971, and all the world's currencies are now *fiat money*. The purchasing power of *fiat money* depends on the issuer's economic strength and how its money supply is managed. Lacking intrinsic value, *fiat money* becomes vulnerable to loss of purchasing power when central banks allow inflation to get out of control. Gold, although not officially money, is a universally accepted store of value and a popular inflation hedge that tends to rise in value as fiat currency loses purchasing power. 명목화폐는 진정한 금속성 또는 상환의 가치가 없는 화폐를 말한다. 그 명목적인 가치는 발행하는 주권국가가 지면에 인쇄하는 것이고, 그 실질적이 가치는 시장에서 매입하려는 것, 달리 말하자면, 구매력(purchasing power)인 것이다. 국제적으로, 그 가치는 타국의 화폐와 교환하는 값어치이다. 미국의 달러는 1971년에 국제금본위제의 포기한 이래 명목화폐가 되어 왔고, 세계의 모든 화폐가 현재 명목화폐이다. 명목화폐의 구매력은 발행국의 경제력과 화폐공급량에 달려 있다. 진정한 가치가 결여되기 때문에, 명목화폐는 중앙은행이 인플레이션이 관리체제에서 벗어나는 것을 허용하는 경우 구매력의 상실에 영향을 받기 쉽게 된다. 금(金)은 공식적으로 화폐는 아니지만, 보편적으로 인정하는 가치의 저작물(store of value)이고 명목화폐가 구매력을 상실하기 때문에 가치가 등귀하는 경향이 있는 통속적인 인플레이션의 방지책이 된다.

fictitious 가공(架空)의, 허위의, 의제의 ¶*fictitious* account 가공명의계좌 /*fictitious* assets 가공자산 /a *fictitious* bill 허위의 어음, 공(空)어음 /*fictitious* demand [use] 가(假)수요 /*fictitious* orders 가공발주 /*fictitious* name 허명(虛名) /a *fictitious* person 법인(an artificial person) /*fictitious* profit 가공이익 ***fictitious credit*** 의제대변(擬制貸邊)잔액 ¶The *fictitious credit* is the credit balance in a securities margin account representing the proceeds from a short sale and the margin requirement under Federal Reserve Board Regulation T (which regulates margin credit). Because the proceeds, which are held as security for the loan of securities made by the broker to effect the short sale, and the margin requirement are both there to protect the broker's position, the money is not available for withdrawal by the customer; hence the term "*fictitious*" *credit.* It is in contrast to a free credit balance, which can be withdrawn anytime. 의제대변잔액이란 증거금(margin)의 신용공여를 규정하는 연방준비제도이사회(Federal Reserve Board)의 레귤레이션 T(Regulation T)에서 정하는 공매(空賣, short sale) 대금과 증거금을 가리키는 신용거래계좌(margin account)의 대변잔액(credit balance)을 이른다. 공매대금과 증거금은 공매용으로 고객에게 대출한 증권의 담보로, 브로커를 지키기 위해서 예치되는 것이므로, 인출할 수 없다. 그렇기 때문에 「의제」(fictitious)대변잔액이라고 한다. 이것에 대하여, 고정되고 있지 않은 대변잔액(free credit balance)은 언제든지 인출할 수 있다.

fidelity 충실, 충성 ¶(a) *fidelity* guarantee (insurance) (신원)보증(보험), 고용인신원보험 /*fidelity* insurance 신원신용보험, 부정행위보험 ***fidelity bond*** [영] 신원보증증서 ¶In insurance, a *fidelity bond* is a bond that guarantees an insurer will pay the insured for losses caused by dishonesty or fraud of employees. 보험에 있어서, 신원보증증서는 보험업자가 종업원의 불신행위(dishonesty) 또는 사기(fraud)가 원인이 된 손실에 대해서 피보험자에게 지급한다고 보증하는 보증증서(bond)를 말한다. → blanket fidelity bond(기업포괄보장보험).

fiduciary ⓐ 신용상의, 신탁의 ¶*fiduciary* currency [money] 신용통화, 불환지폐(fiat money) /*fiduciary* institutions 신용기관 /*fiduciary* loan(s) 무담보대출, 신용대출 /*fiduciary* services 신탁업무, 수탁업무 ***fiduciary issue*** (지폐의) 보증발행 ¶The *fiduciary issue* is an issuing guaranteeing certificates of bank with no basis of gold reserves. 보증발행이란 금준비가 없는 은행권을 보증하는 발행을 이른다. ⓝ 수탁자, 피신탁자 ¶The *fiduciary* is a person, a company, or an associated holding assets in trust for a beneficiary. The *fiduciary* is charged with the responsibility of investing the money wisely for the beneficiary's benefit. Some examples of *fiduciaries* are executors of wills and estates, receives in bankruptcy, trustees, and those who administer the assets of underage or incompetent beneficiaries. Most U.S. states have laws about what a *fiduciary* may or may not do with a beneficiary's assets. For instance, it is illegal for *fiduciaries* to invest or misappropriate the money for their personal gain. 수탁자란 수익자(beneficiary)에 갈음하여 신탁자산(assets in trust)을 보유하는 개인, 기업, 협회를 말한다. 수탁자는 신탁자금을 수익자의 이익이 되는 현명한 방법으로 투자할 의무를 진다. 수탁자의 예로는 유언집행인(executor of will), 재산관리인(executor of estate), 파산관리인(receiver in bankruptcy), 보관인(trustee), 수익자가 미성년자나 무능력자의 경우의 자산관리자 등이 있다. 미국 대부분의 주에서는 수탁한 자산에 대한 수탁자의 행위로서 허용되는 것, 허용되지 않는 것이 법률로 정해지고 있다. 예컨대 자신의 이익을 위하여 수탁자금을 투자한다든지, 부정유용을 한다든지 하는 것을 금지하고 있다. /*fiduciary* capacity 수탁자의 자격 ***fiduciary bond*** 수탁자보증 ¶ The *fiduciary bond* is an insurance bond that guarantees the honest and faithful performance of executors, trustees, and other fiduciaries. A *fiduciary bond* is often required by statute in order to protect the interests of those for whom the fiduciary acts. 수탁자보증이란 유언집행자(executors), 보관인(trustees) 기타 피신탁자(fiduciaries)의 정직하고 성실한 업무수행을 보장하는 보험보증을 이른다. 수탁자보증은 수탁자의 행위의 이익을 보호하기 위해서 제정법에서 요구하기도 한다. ~ ***deposit*** [영] 수탁자예탁금 ¶ The *fiduciary deposit* is a deposit placed by a customer through an agent bank with a second (recipient) bank; the recipient bank forwards interest on the deposit to the agent bank for onward disbursement to the client. The recipient bank posts the funds on its balance sheet as an interbank placement rather than a customer deposit. 수탁자예탁금은 고객이 대리은행을 통해서 제2의 은행(수취은행)에게 예치한 예금을 말한다. 수취은행은 의뢰인에 대한 앞으로의 지급에 대비하여 대리은행에 예탁금에 대한 이자를 보낸다. 수취은행은 고객예탁금이라기보다도 오히려 은행간 예치금(interbank placement)으로서 대차대조표상에 그 자금을 게시한다. ~ ***duty*** [영] 수탁자의 의무 ¶ The *fiduciary duty* is: (1) the legal duty that directors and executives have in representing shareholder interests; this includes, but is not limited to, duty of care and duty of loyalty. (2) the legal duty that a fiduciary has in administering assigned tasks or services. 수탁자의 의무란 (1) 이사와 집행이사가 주주의 이익을 대변하면서 지니는 법적 의무(legal duty)를 말한다. 여기에 이사의 주의의무(duty of care)와 충실의무(duty of loyalty)는 포함되지만, 제한되지는 않는다. (2) 수탁자가 맡은 책무 또는 임무를 집행하면서 지니는 법적 의무를 말한다. ~ ***liability insurance*** 수탁자책임배상보험 ¶ The *fiduciary liability insurance* is a policy that covers legal defense costs and any payouts in lawsuits against corporate pension plan trustees and other fiduciaries who oversee retirement savings plans. 수탁자책임배상보험이란 기업연금제도(corporate pension plan)의 수탁자나 퇴직자저축제도의 관리자에 대한 소송에 관여하는 변호사비용 기타의 경비를 커버하는 보험을 이른다.

field 현장, 현지, 활약의 무대 ¶ *field* audit 실지감사 /*field* study [survey, work] 현지조사

FIFO; fifo → **f**irst **i**n, **f**irst **o**ut; **f**irst **i**n-**f**irst **o**ut [약] [회계] 선입선출법(先入先出法) ¶ The *first in, first out* (*FIFO*) is a method of accounting for inventory whereby, quite literally, the inventory is assumed to be sold in the chronological order in which it was purchased. 선입선출법은 문자 그대로, 재고(inventory)는 구입한 순서로 매각된다고 보는 재고정리자산회계법이다.

fifty-fifty 반씩의, 엇비슷한, 반반의

figure 숫자, 자릿수, 통계 ¶ a big *figure* 빅 피겨 /double [three] *figures* 2[3] 자릿수 /a *figure* punch 숫자 타인기(打印器) /financial statement *figure* 재무제표의 계수(計數) /five *figures* or digits 5자릿수(digits는 figures를 바꾸어 말한 것인데 같은 의미이다.) /in round *figures* 개산(槪算)으로 /wrong *figures* 위산액(違算額)

Fiji currency 피지 화폐 ¶ Fijian dollars (FJD), divided into 100 cents. 1 달러 (Fijian dollar) = 100 센트(cents).

file Ⓝ 파일, 종이꽂이, 철(綴) ¶ address *files* 주소철 /credit *file*(*s*) 신용조서파일 /a *file* or record of maturity obligations 만기가 되는 채무의 철 내지 기록 /ticker *files* 비망록, 기일메모

Ⓥ 소송을 제기하다(for), 신고[신청]하다 ¶ *file* for a pension 연금을 신청[신고]하다 /the *filing* system [미] 등기제도 ***filing status*** 납세신고구분 ¶ *Filing status* is category a taxpayer chooses in filing a tax return. It determines the filing requirements, standard deduction, eligibility to claim certain deductions and credits, and tax rates. *Filing status* is determined on the last day of the tax year. The four *filing status* categories are single, married filing jointly, married filing separately, and head of household. 납세신고구분이란 납세자가 납세신고를 할 때에 선택하는 신고구분을 이른다. 그것은 신고기준, 기초공제(standard deduction), 소득공제(deduction)나 세액공제(tax credit)의 적용, 세율(tax rates)을 결정한다. 납세신고구분은 세무회계연도(tax year)말에 결정한다. 4종의 납세신고구분에는 독신신고(single), 부부합산신고(married filing jointly), 부부개별신고(married filing separately) 및 특정세대여자신고(head of household)가 있다.

fill 주문(집행) ¶ The word *fill* means executing a customer's order to buy or sell a sock, bond, or commodity. An order is filled when the amount of the security requested is supplied. When less than the full amount of the order is supplied, it is known as a partial fill. fill(주문집행)이란 말은 고객의 주식, 채권, 상품의 매매주문을 집행(executing)하는 것을 의미한다. 주문의 집행이란 주문을 받은 양의 증권을 공급하는 것을 가리킨다. 주문의 일부밖에 응하지 않은 경우를 partial fill(일부주문집행)이라고 한다. ***fill or kill (FOK)*** [증권] (매매불성립의 경우는 주문취소로 한다) 즉시일괄집행주문 ¶ The *fill or kill* (*FOK*) is an order to buy or sell a particular security which, if not executed immediately, is canceled. Often, *fill or kill orders* are placed when a client wants to buy a large quantity of shares of a particular stock at a particular price. If the order is not executed because it will significantly upset the market price for that stock, the order is withdrawn. 즉시일괄집행주문이란 즉시에 집행되지 않는 경우는 취소되는 증권의 매매주문(sell order)(buy order)을 말한다. 종종 고객이 주식을 일정한 가격으로 대량으로 구입하려는 경우에 이 방법이 취해진다. 그 종목의 주가가 크게 동요할 조짐이 보여서 집행이 되지 않은 경우에 주문은 취소된다.

filler 필러 ¶ A subdivision (1/100) of the Hungarian forint. 1 헝가리 포린트 (forint) = 100 필러(filler).

fils 필스 ¶ A subdivision (1/100) of the United Arab Emirates dirham, and a subdivision (1/1000) of the dinar in Bahrein, Iraq, Jordan, Kuwait and the Republic of Yemen. 아랍에미리트 연방 디르함(dirham)의 하부단위(1/100)이고, 바레인, 이라크, 요르단, 및 예멘공화국의 디나르(dinar)의 하부단위(1/1000)이다.

FIM (ISO) code Finland – currency markka. The 1999 legacy conversion rate was 5.94573 to the euro. It has fully changed to the euro/cent from 2002. ¶ FIM

(국제표준기구) 약호 핀란드 — 화폐 마르카(markka) 1999년 내려오는 환산율은 유로에 대비 5.94573이었다. 그 화폐는 2002년부터 유로/센트로 완전히 변경되었다.

Filz [독] 필츠 ¶ Literally "interwoven" material or fabric; the term is commonly used in Switzerland to describe the close, and sometimes conflicted, relationships that exist between board directors, including instances of nepotism and interlocking directorships. 문자 그대로는 「섞어 짠」(interwoven) 재료 또는 섬유를 말한다. 그 용어는 일반적으로 스위스에서는 연고채용(nepotism)의 경우와 겸임이사직(interlocking directorship)을 포함하여, 이사회 이사들간의 친근한 관계, 이따금 정신적 갈등이 있는 관계를 말한다.

final 최종의, 최후의 ¶ *final* demand 최종수요 /*final* goods [products] 최종재(最終財) /a *final* (and conclusive) judgment 확정판결 /the *final* installment 분할지급의 최종분 /*final* inventory 기말재고분량 /a *final* prospects 최종사업계획서 /*final* value (of an annuity) (연금의) 종가(終價) /*final* yield 최종이율 ***final dividend*** 연도말 배당, [영] 기말배당 ¶ The *final dividend* is (1) the concluding dividend payment from a firm that is liquidating. (2) The *final dividend* is the last dividend of a firm's fiscal year. The *final dividend* is declared when management is able to estimate rather accurately the firm's earnings and its dividend-paying ability. 연도말 배당이란 (1) 청산중에 있는 회사의 배당금지급을 종결하는 경우이다. (2) 연도말 배당이란 회사의 회계연도의 마지막 배당이다. 연도말 배당은 경영진이 어느 정도 정확하게 그 회사의 수익과 배당금지급능력을 예상할 수 있는 경우에 선언된다(is declared). ~ ***trading day*** [영] 최종거래일 ¶ The *final trading day* is the last day during which trading can occur in an exchange-traded derivative contract. 최종거래일은 거래가 상장지수파생계약이 일어날 수 있는 최종일을 말한다.

finality [영] 결제완료성, 파이널리티 ¶ The *finality* is the time at which funds that have been placed by a depositor in a bank become irrevocable and cannot be returned, unless consent is obtained from the payee. *Finality* can range from immediate (for wire transfers) to several days (for checks, which can be debited if rejected by the drawee bank). See also availability. 파이널리티는 예금인이 은행에 예치한 자금이 취소불능이 되어 수취인으로부터 동의를 받지 못하는 한 반환될 수 없는 기간을 말한다. 파이널리티는 (전신송금을 위해서는) 즉시에서 (수취은행이 지급을 거절하면 차변에 계상되는 수표에 대해서는) 여러 날에 걸칠 수 있다. availability(자금인출가능성)도 참조할 것.

finance [n.] 재정, 재무, 자금조달, (*pl.*) 재원, 재정상태 ¶ bridge *finance* 일시적 단기융자 /corporate *finance* 법인[회사]금융 /*finance* bills [미] 융통어음 /*finance* capital 금융자본 /*finance* for agriculture 농업금융 /*Finance* Ministry 재무성, 재무부 /*finance* paper 금융어음 /high *finance* 대형금융 /internal *finance* 내부금융 /public *finance* 재정 ***finance bill*** 금융어음 ¶ The *finance bill* is a form of bill of exchange used for short-term financing purpose, and which cannot be sold or marketed to a third party. 금융어음은 단기간의 자금조달의 목적으로 사용되는 환어음의 형태를 말하며, 제3자에게 팔리거나 매매될 수는 없다. ~ ***charge*** 금융비용 ¶ The *finance charge* is the cost of credit, including interest, paid by a customer for a customer loan. Under the Truth Lending Act, the *finance charge* must be disclosed to the customer in advance. See also Customer Credit Protection Act of 1968. 금융비용은 소비자금융에 관련된 이자를 포함한 차입비용을 이른다. 대출진실법(Truth Lending Act)에서 금융비용을 고객에게 사전에 알리도록

정하고 있다. Consumer Credit Protection Act of 1968(1968년의 소비자금융보호법)을 참조할 것. ~ ***company* [*corporation, house*]** 금융회사 ¶ The *finance company* is a company engaged in making loans to individuals or businesses. Unlike a bank, it does not receive deposits but rather obtain its financing from banks, institutions, and other money market sources. Generally, *finance companies* fall into three categories: (1) consumer *finance companies*, also known as small loan or direct loan companies, lend money to individuals under the small loans laws of the individual U.S. states; (2) sales *finance companies*, also called acceptance companies, purchase rental and wholesale paper from automobile and other consumer and capital goods dealers; (3) commercial *finance companies*, also called commercial credit companies, make loans to manufactures and wholesalers; these loans are secured by accounts receivable, inventories, and equipment. *Finance companies* typically enjoy high credit ratings and are thus able to borrow at the lowered market rates, enabling them to make loans at rates not much higher than banks. 금융회사란 개인이나 기업에 자금을 대출하는 회사이다. 은행과 달리, 예금을 수입하지 않고, 은행 등의 금융기관이나 단기금융시장에서 자금을 조달한다. 일반적으로 다음의 3종류로 나눌 수 있다. (1) 소비자금융회사(consumer finance company)이다. 이를 small loan company, direct loan company라고도 한다. 미국 각주의 소규모금융법(small loan laws)에 근거해서 개인상대 융자를 다룬다. (2) 판매금융회사(sales finance company)이다. 이를 acceptance company라고도 한다. 자동차 등의 소비재나 자본재의 판매회사로부터 retail and wholesale paper를 구입한다. (3) 상업금융회사(commercial finance company)이다. 이를 commercial credit company라고도 한다. 외상매입금(account receivables), 재고(inventory), 설비(equipment)를 담보로 메이커나 도매업자(wholesaler)에게 융자를 한다. 금융회사는 일반적으로 신용대출(credit rating)이 높게, 낮은 금리로 자금을 조달할 수 있으므로, 은행에 비해서 손색이 없는 저금리로 대출을 받을 수 있다. 대출처는 은행대출의 기준을 만족하지 못하는 경우가 많지만, 채무불이행(default)의 비율은 낮다. 일반적으로 금융회사는 금리에 민감하여 시장금리의 변동에 수익에 직접 영향을 미친다. 이 때문에 주식을 공개하고 있는 금융기업은 머니스톡(money stock)이라고 부르는 경우가 있다. captive finance company(메이커 등의 금융자회사)도 참조할 것. ~ ***engineering*** 금융공학 ¶ The *finance engineering* is a science to make efficient use of mathematics and statistical theory and to study to design the financial assets and the pricing, and to control risk and so on. 금융공학이란 수학과 통계학이론을 활용해 금융자산 및 파생금융상품의 설계와 가격결정(pricing), 위험관리 등을 연구하는 학문이다. → financial engineering (금융공학). ~ ***lease*** 파이낸스 리스 ¶ *Finance lease* is fixed-term lease, usually noncancellable, used by businesses in financing capital equipment. The lessor's service is limited to financing the asset, whereas the lessee pays all other costs, including maintenance and taxes, and has the option of purchasing the asset at the end of the lease for a nominal price. It is also called a full-payout lease because the lease is fully paid out (amortized) over its lifetime. Contrast with operating lease. 파이낸스 리스는 자본설비에 있어서 기업들이 이용하는 일정기간의 리스이고, 통상은 취소불능이다. 임대인(lessor)의 서비스는 자산의 자금을 조달하는 것에 한정됨에 반하여, 임차인(lessee)은 유지비와 세금을 포함하여 모든 기타의 경비를 지급하고, 리스의 종료시에 정상적인 가격으로 자산을 구입하는 선택권(option)을 가진다. 리스가 존속기간에 전액 완납하였기 때문에 이를 완납리스(full-payout lease)라고도 한다. operating lease(단기리스)와 대조할 것.
[v.] 융자하다, 자금을 조달[공급]하다

financial 재정의, 금융의 ¶*financial* accounts 금융계좌 /*financial* activities 재무활동 /*financial* affairs 재무사정 /*financial* analysis 재무분석 /*financial* assets 금융자산 /*financial* barriers 금융의 장벽 /*financial* capital 금융자본 /*financial* centers 금융센터 /*financial* circles 금융계 /*financial* cliques 재벌 /*financial* companies 금융회사 /*financial* conditions 재정상황 /*financial* corporations 융자회사 /*financial* covenants [신디케이트론] 재무제한조항 /*financial* crisis 재정위기, 금융공황 /*financial* deficit 자금부족 /*financial* difficulties 재정곤란 /*financial* distress 재정난 /*financial* embarrassment 재정난 /*financial* engineering 금융공학 /*financial* expenses; *financial* costs 금융비용 /*financial* funds 재정자금 /*financial* innovation 금융혁신 /*financial* insolvency 금융파탄, 도산 /*financial* institutions' deposits 금융기관예금 /*financial* institutions for long-term credit 장기금융기관 /*financial* institutions for small businesses 중소기업금융기관 /*financial* instruments 금융상품 /*financial* intermediaries 금융중개기관 /*financial* leverage 금융수신 /*financial* management 자금융통 /*financial* offer 대출예약 /*financial* operations 금융업 /*financial* [monetary, money] panic 금융공황 /*financial* papers 금융신문 /*financial* planning 재무전략 /*financial* policies 금융정책 /*financial* practices 금융관행 /*financial* pressure 금융핍박 /*financial* ratio 재정비율 /*financial* revolution 금융혁명 /*financial* savings products 금융저축상품 /*financial* service(s) 금융서비스 /*financial* situation 재정상태 /*financial* solvency 금융지급능력, 재무유동성 /*financial* standing 자산상태 /*financial* statistics 금융통계 /*financial* status 재정상태 /a *financial* supermarket 다양한 금융서비스를 행하는 회사·그룹 /a *financial* surplus or deficit 자금과부족 /*financial* syndicates 금융단 /*financial* [banking] systems 금융제도 /*financial* techniques 재테크 /the *Financial* Times 파이낸셜 타임즈(영국의 대표적 경제전문일간지) /*financial* transaction(s) 금융거래 ***financial accounting*** [영] 재무회계 ¶The *financial accounting* is the recording and reporting of a company's financial transactions based on accounting principles or other applicable standards, which is followed by an external audit and interim/annual presentation to external stakeholders. See also management accounting. 재무회계는 외부감사와 외부이해관계자(stakeholders)에의 중간/연간 공시(presentation)에 준수된 회계원칙 또는 다른 적용할 기준에 근거를 둔 회사의 차익거래의 기록과 보고이다. management accounting(관리회계)도 참조할 것. ***Financial Accounting Standards Board (FASB)*** 재무회계기준심의회 ¶The *Financial Accounting Standards Board* (*FASB*) is a group that establishes standards of financial accounting and reporting for private sector entities, including businesses and not-for-profit organizations. It was formed in 1973, and its standards are officially recognized as authoritative by the Securities and Exchange Commission (SEC). The mission of the *FASB* is to establish and improve standards of financial accounting and reporting for the guidance and education of the public, including issuers, auditors, and users of financial information. *FASB* decision making follows an extensive due process that is open to public observation and participation. 재무회계기준심의회의는 사업과 비영리단체를 포함하여 민간부문단체를 위한 재무회계 및 보고의 기준을 설정하는 단체이다. 그 심의회는 1973년에 구성되고, 그 기준은 미증권거래위원회(SEC)에 의해서 공식적으로 권위를 인정받았다. 재무회계기준심의회의 사명은 금융정보의 배포자, 감독자 및 이용자를 포함하여 일반투자자의 지도와 교육에 관한 재무회계 및 보고의 기준을 설정하고 이를 개량하는 데에 있다. 재무회계기준심의회의 의사결정은 일반투자자의 준수와 참여가 개방되는 광범한 적법절차를 따른다. ~ ***advisor*** 투자어드바이저

¶ The *financial adviser* is a professional adviser offering financial counsel. Some financial advisers charge a fee and earn commissions on the products they recommend to implement their advice. Other advisers only charge fees, and do not sell any products or accept commissions. Some *financial advisers* are generalists, while others specialize in specific areas such as investing, insurance, estate planning, taxes, or other areas. 투자어드바이저는 재무에 관한 조언을 제공하는 전문적인 어드바이저이다. 어떤 투자어드바이저는 상담료에 부가하여 조언을 실행하기 위한 상품을 권하여 주선수수료(commission)를 받는 경우와, 상담료만 수취하고 상품을 판매한다든지 판매수수료를 수취한다든지 하는 행위를 하지 않는 경우가 있다. 재무전반을 취급하는 어드바이저와 투자(investment), 보험(insurance), 상속계획(estate planning), 세금 기타의 전문분야에 특화하는 어드바이저가 있다. ~ ***analysis*** 재무분석 ¶ *Financial analysis* is analysis of the financial statement of a company. See also fundamental analysis 재무분석은 회사의 재무제표(financial statement)의 분석을 이른다. fundamental analysis(펀더멘탈 분석)도 참조할 것. ~ ***assets*** 금융자산 ¶ *Financial assets* are assets in the form of stocks, bonds, rights, certificates, bank balances, etc., as distinguished from tangible, physical assets. For example, real property is a physical asset, but shares in a real estate investment trust (REIT) or the stock or bonds of a company that held property as an investment would be *financial assets*. 금융자산이란 주식(stock), 채권(bond), 신주인수권(right), 증서(certificate), 은행예금(deposit) 등의 자산을 이른다. 이는 형체가 있는 물적 자산과 구별하여 사용한다. 예컨대 부동산은 물적 자산이지만, 부동산투자신탁(real estate investment trust: REIT)의 지분, 투자자산으로서 부동산을 보유하는 회사의 주식, 채권은 금융자산이 될 것이다. ~ **[*monetary*] *condition*** 금융조건 → financial position (재무상황). ~ ***crisis*** [영] 금융위기 ¶ The *financial crisis* is a severe dislocation in the markets and/or institutions that support the effective flow of credit and capital in the global economic system. A *financial crisis* may be created through the bursting of a speculative bubble, a rapid weakening of economic conditions, the accumulation of excessive amount of leverage, the sudden loss of investor confidence in market mechansims, and so forth, and may manifest itself in the form of a debt crisis, a currency crisis, or a credit crisis. 금융위기는 글로벌 경제체제에 있어서 신용과 자본의 효과적인 흐름을 뒷받침하는 시장과 금융기관에 일어나는 격렬한 혼란을 말한다. 금융위기는 투기적 거품의 폭발, 경제적 조건의 급속한 약화, 레버리지(leverage)의 과도한 금액의 축적, 시장메커니즘에서 투자자신뢰의 돌연한 상실 등을 통해서 일어날 수 있고, 부채위기, 통화위기 또는 신용위기의 형식으로 나타날 수 있다. ~ ***distress*** [영] 재정적 곤궁 ¶ The *financial distress* is a state of corporate financial weakness characterized by an increasing cost of capital, deteriorating payment terms from the creditors and suppliers, lower liquidity, higher leverage, and steady departure of key personnel. Distress may be induced by poor operations, weak market conditions, and/or financial mismanagement. Companies unable to cope with the effects of *financial distress* may ultimately be forced to file for bankruptcy. 재정적 곤궁은 자본비용의 증가, 채권자와 공급자로부터의 지급조건의 악화, 낮은 유동성, 높은 레버리지 및 주요임원의 끊임없는 이탈을 특징으로 하는 회사의 재정상의 약점을 말한다. 재정상의 곤궁의 효과를 잘 처리할 수 없는 회사는 궁극적으로 파산신청을 할 수밖에 없을 것이다. ~ ***engineering*** [영] 금융공학 ¶ The *financial engineering* is the area of finance concerned with creating financing, investment and risk management solutions through the development of new instruments or the repackaging of existing instruments, e.g., the development of new derivatives with unique payoff profiles or the creation of synthetic assets and liabilities formed from packages of derivatives and underlyings. *Financial engineering* relies heavily on quantitative methods and modeling in order to generate solutions with very specific risk and return characteristics. See also structured finance. 금융공학은 새로운 증권의 개발 또는 현존하는 증권의 리패키징(repackaging), 예컨대 독특한 페이오프 프로파일(payoff profiles) 혹은 파생상품과 기초자산(underlyings)의 패키지에서 형성된 합성자산과 채무자본조달의 창조를 통하여 자본조달, 투자와 위험관리해결책과 관련된 금융의 영역을 말한다. 금융공학은 대단히 독특한 위험과 수익률특성을 가진 해결책을 산출하기 위하여 계량적 방법과 모형에 크게 의지하고 있다. → finance engineering (금융공학). ~ ***future*** 금융선물(거래) ¶ *Financial future* is future contract based on a financial instrument. Such contracts usually move under the influence of interest rates. As rates rise, contracts fall in value; as rates fall, contracts gain in value. Examples of instruments underlying financial futures contracts: Treasury bill, Treasury notes, Government National Mortgage Association (Ginne Mae) pass through, foreign currencies, and certificates of deposit. Trading in these contracts is governed by the Federal Commodities Futures Trading Commission. Traders use these futures to speculate on the direction of interest rates. Financial institutions (banks, insurance companies, brokerage firms) use them to hedge financial portfolios against adverse fluctuations in interest rates. 금융선물이란 금융상품을 기초로 한 선물(futures contract)을 말한다. 금리가 오르면, 선물가격은 하락하고, 금리가 하락하면, 선물가격은 상승한다. 금융선물의 기초가 되는 금융상품의 실례로서는 미재무부 단기증권(Treasury bill), 미재무부 중기증권(Treasury note), 정부주택모기지협회(Government National Mortgage Association: Ginne Mae) 패스트루증권(pass-through), 외국통화, 양도성예금증서(certificate of deposit: CD) 등이다. 연방상품거래위원회(Federal Commodity Futures Trading Commission)가 거래를 감독한다. 트레이더는 금리경향을 노린 투기로 선물에 투자한다. 은행, 보험회사, 증권회사 등의 금융기관은 금리가 예상과 반대로 움직여서 금융자산이 타격을 입는 것을 방지하는 데에 사용한다. ~ ***guarantee*** [영] 금융보증 ¶ The *financial guarantee* is: (1) a contract that provides for timely payment of principal and interest to provider of capital. (2) a risk transfer mechanism that functions as a form of contingent debt financing by giving the beneficiary access to funds from the guarantor in the event a loss trigger is breached. 금융보증이란 (1) 금융기관(provider of capital)에게 적기에 원금과 이자를 제공하는 계약을 말한다. (2) 손실제어장치가 고장난 경우에 수익자(beneficiary)에게 보증인으로부터 자금을 받아내라고 허락함으로써 우발채무자금조달(contingent debt financing)의 형태로 기능하는 리스크이전 메카니즘(risk transfer mechanism)을 말한다. ~ ***guarantee insurance*** 금융보증보험 ¶ The *financial guarantee insurance* covers losses from specific financial transactions. The coverage guarantees investors in debt instruments that they will receive timely payment of principal and interest if there is a default on underlying debts. For example, this insurance backs loan portfolios composed of credit card and auto loans. 금융보증보험이란 일정한 금융거래에서 생기는 손실을 보상하는 보험을 이른다. 보상범위는 대상이 되는 채무가 불이행이 되면, 원리금분이 적기에 보험으로 지급된다는 것을 투자자에게 보증한다. 예를 들면, 이 보험은 크레디트카드 및 자동차론(loan)으로 구성되는 론포트폴리오(loan portfolio)를 보증한다. ~ ***holding company*** 금융지주회사 ¶ The *financial holding company* is a bank holding company or securities firm affiliate that meets qualifications specified in the Financial Service Modernization Act of 1999 and is therefore permitted to engage in activities previously prohibited by the Glass-Steagall Act of 1933 and the Bank Holding Company Act of 1956. Glass-Steagall had prevented banks from engaging in most securities activities and securities firms from engaging in banking activities. The Bank Holding Company Act of 1956 had prohibited affiliations between banks and insurance companies. The "firewall" restrictions are eliminated under the powers given to *financial holding companies* by the 1999 Act. A Bank Holding Company qualifies as a *Financial Holding Company* if its banking subsidiaries are "well capitalized" and "well managed," and it files with the Federal Reserve Board a certification to such effect and a declaration that it elects to become a *Financial Holding Company*. 금융지주회사는 은행지주회사(bank holding company) 혹은 증권회사의 관계회사로, 1999년 금융서비스근대화법(Financial Service Modernization Act of 1999)에서 규정된 요건을 충족하면 금융지주회사로 될 수 있다. 금융지주회사는 1933년 글래스-스티갈법(Glass-Steagall Act of 1933)과 1956년 은행지주회사법(Bank Holding Company Act of 1956)에 의해서 그때까지 금지되고 있던 업무에 종사할 수 있게 된다. 글래스-스티갈법은 은행이 대부분의 증권업무를 행하는 것을, 또 증권회사가 은행업무를 행하는 것을 금지하고 있었다. 이러한 화이어월(firewall)에 의한 제한은 1999년 금융서비스근대화법에 근거하는 금융지주회사를 활용하는 것에서 의미가 없게 되었다. 은행지주회사는 그 자회사인 은행의 자기자본이 충실(well-capitalized)하고 있고, 또 경영관리가 양호(well-managed)하며, 그리고 미연방준비제도이사회(Federal Reserve Board)에 대해서 그 뜻을 증명하는 증명서와 금융지주회사에의 이행을 선택한 뜻을 선언하는 증서를 제출한다. ***Financial Industry Regulatory Authority* (*FINRA*)** 금융업규제기구 ¶ The *Financial Industry Regulatory Authority* is a Self-Regulatory Organization (SRO) and the largest non-governmental regulator of securities firms in the United States. Created in July 2007 by the consolidation of the National Association of Securities Dealers (NASD) and the member regulation, enforcement, and arbitration functions of the New York Stock Exchange (NYSE). 금융업규제기구는 미국에서 자율규제기구로서 증권회사의 최대비정부 감시기관이다. 2007년 7월에 전미증권업협회(NASD)의 통합으로 창설되고, 뉴욕증권거래소(NYSE)의 회원감시, 집행 및 중재기능을 수행한다. ~ ***information exchange* (*FIX*) *protocol*** [영] 금융정보교환의정서 ¶ The *financial information exchange* (*FIX*) protocol is a communications protocol developed in 1992 to promote consistency in the transfer of front-office information within the financial services industry. *FIX*, which uses a specified data template that is available in the public domain, is used extensively in a variety of pre-trade messaging and execution functions between buy-side and sell-side firms. 금융정보교환의정서는 금융서비스업계 내에서 영업부분(front-office)정보의 이전에 일관성을 촉진하기 위하여 1992년에 계발된 통신의정서를 말한다. 금융정보교환(FIX)은 공유지(public domain)에서 이용할 수 있는 특수한 데이터 형판(型板, template)을 사용하지만, 매수인측 회사와 매도인측 회사간의 여러 가지 거래전의 통신과 집행기능에 광범위하게 사용되고 있다. ~ ***institution*** 금융기관 ¶ The *financial institution* is an institution that collects funds from the public to place in financial assets such stocks, bonds, money market instruments, bank deposits, or loans. Depository institutions (banks, savings and loans, savings banks, credit unions) pay interest on deposits and invest the deposit money mostly in loans. Nondepository institutions (insurance companies, pension plans) collect money by selling insurance policies or receiving employer contributions and pay it out for legitimate claims or for retirement benefits. Increasingly, many institutions are performing both depository and nondepository functions. For instance, brokerage firms now place customers' money in certificates of deposit and money market funds and sell insurance. See also financial supermarket. 금융기관은 폭넓게 자금을 수집하고, 주식, 채권, 금융시장상품(money market instrument), 은행예금, 대출 등의 금융자산(financial assets)에 투자하는 기관이다. 은행, 저축대출조합, 신용조합(credit union) 등의 예금금융기관은 금리를 지급하여 예금을 수입(受入)하여 주로 대출에 돌린다. 보험회사, 연금제도(pension plan) 등의 비예금금융기관(nondipository institution)은 보험증권(insurance policy)의 판매나 고용주의 출연금의 수입(受入)으로 자금을 수집하고 정당한 청구에 대한 보험금의 지급이나 연금의 급여에 충당한다. 예금금융기관과 비예금금융기관 양쪽의 기능을 수행하는 금융기관이 증가하고 있다. 예컨대, 증권회사는 고객의 자금을 양도성예금증서(certificate of deposit)나 MMF(money market fund)에 투자한다든지 보험을 판매한다든지 한다. financial supermarket(금융슈퍼마켓)도 참조할 것. ***Financial Institutions Reform, Recovery and Enforcement Act of 1989 (FIRREA)*** 1989년 금융기관개혁회복시행법 ¶ The *Financial Institutions Reform, Recovery and Enforcement Act of 1989* (*FIRREA*) is a legislation enacted into law on August 9, 1989, to resolve the crisis affecting U.S. savings and loan associations. Known as the bailout bill, it revamped the regulatory, insurance, and financing structures and established the Office of Thrift Supervision. The act created (1) the Resolution Trust Corporation (RTC), which, operating under the management of the Federal Deposit Insurance Corporation (FDIC), was charged with closing or merging institutions that had become insolvent beginning in 1989; (2) the Resolution Funding Corporation (REFCORP), charged with borrowing from private capital markets to fund RTC activities and to manage the remaining assets and liabilities taken over by the Federal Savings and Loan Insurance Association (FSLIC) prior to 1989; (3) the Savings Association Insurance Fund (SAIF) (pronounced "safe"), to replace FSLIC as insurer of thrift deposits and to be administered by the FDIC separately from its bank deposit insurance program, which became the Bank Insurance Fund (BIF); and (4) the Federal Housing Finance Board (FHFB), charged with overseeing the Federal Home Loan Banks. 1989년 금융기관개혁회복시행법은 미국의 저축대출조합(savings and loan association)에 영향을 미치는 위험을 해결하기 위해서 1989년 8월 9일에 제정된 법률이다. 구제법안(bailout bill)이라고도 알려진 이 법률은 규제, 보험, 자금조달의 구조를 개조하고, 저축금융기관감독청(Office of Thrift Supervision)을 설립하였다. 그 법률은 (1) 연방예금보험공사(Federal Deposit Insurance Corporation: FDIC)의 감독하에 운영되고, 1989년이래 파산한 금융기관의 폐쇄나 합병을 담당한 정리신탁공사(Resolution Trust Corporation), (2) 정리신탁공사의 운영자금을 자본시장(capital market)에서 민간으로부터 조달하고, 1989년 이전에 연방저축대출보험공사(Federal Savings and Loan Insurance Corporation: FSLIC)에 인계된 자산과 부채를 관리하는 정리자금조달공사(Resolution Funding Corporation: REFCORP), (3) 저축금융기관의 예금의 보증기관으로서 연방저축대출보험공사에 갈음하여 은행예금보험제도와는 별도로 연방예금보험공사(FDIC)에 의해서 감독을 받으며, 은행보험기금(Bank Insurance Fund: BIF)이 된 저축금융기관보험기금(Savings and Association Insurance Fund: SAIF), 그리고 (4) 연방주택대출은행(Federal Home Loan Bank)을 감독하는 연방주책금융이사회(Federal Housing Finance Board: FHFB)를 창설하였다. ~ ***intermediary*** 금융중개기관 ¶ The *financial inter-*

mediary is a commercial bank, savings and loan, mutual savings bank, credit union, or other "middleman" that smooths the flow of funds between "savings surplus units" and "savings deficit units." In an economy viewed as three sectors – households, businesses, and government – a savings surplus unit is one where income exceeds consumption; a savings deficit unit is one where current expenditures exceed current income and external sources must be called upon to make up the difference. As a whole, households are savings surplus units, whereas businesses and government are saving deficit units. *Financial intermediaries* redistribute savings into productive uses and, in the process, serve two other important functions: By making savers infinitesimally small "shareholders" in huge pools of capital, which in turn are loaned out to a wide number and variety of borrowers, the intermediaries provide both diversification of risk and liquidity to the individual saver. See also disintermediation; finder's fee. 금융중개기관은 상업은행, 저축대출조합(S&L), 상호저축은행(mutual savings bank), 신용조합(credit union) 등 「자금잉여부문」(saving surplus unit)과 「자금부족부문」(saving deficit unit)간에 자금의 흐름을 원활히 하는 「중개업자」(middleman)를 말한다. 자금잉여부문은 수입이 지출을 초과하는 부문이고, 자금부족부문은 지출이 수입을 상회하여 부족분을 메우기 위하여 외부자금이 필요한 부문이다. 경제를 가계, 기업, 정부의 3부문으로 나눈다면, 가계는 자금잉여부문, 기업과 정부는 자금부족부문이다. 금융중개기관은 저축을 생산성이 높은 용도로 돌리기 위해서 재분배하지만, 그 과정에서 2개의 중요한 역할을 담당하고 있다. 예금자를 소액「출자자」로 하는 거액의 공동자금을 만들어 그 자금을 여러 종류의 차입자(借入者)에게 대출하는 것이고, 예금자의 리스크를 분산(diversification)하여 유동성(liquidity)을 확보하는 것이다. disintermediation(금융중개기능의 저하); finder's fee(중개업자수수료)도 참조할 것. ~ ***lease*** (장기의) 금융리스(실질적으로는 리스를 사용한 금융) → capital lease (자본리스). ~ ***leverage*** 재무레버리지 ¶ *Financial leverage* is a debt in relation to equity in a firm's capital structure – its long-term debt (usually bonds), preferred stock, and shareholders' equity – measured by the debt-to-equity ratio. The more long-term debt there is, the greater the financial leverage. Shareholders benefit from *financial leverage* to the extent than return on the borrowed money exceeds the interest costs and the market value of their shares rises. For this reason, *financial leverage* is popularly called trading on the equity. Because leverage also means required interest and principal payments and thus ultimately the risk of default, how much leverage is desirable is largely a question of stability of earnings. As a rule of thumb, an industrial company with a debt to equity ratio of more than 30% is highly leveraged, exceptions being firms with dependable earnings and cash flow, such as electric utilities. Since long-term debt interest is a fixed cost, *financial leverage* tends to take over where operating leverage leaves off, further magnifying the effects on earnings per share of changes in sales levels. In general, high operating leverage should accompany low *financial leverage*, and vice versa. 재무레버리지는 부채・자기자본비율(debt-to-equity ratio)에 의하여 나타내는 회사의 자본구성(capital structure) — 장기부채(long-term debt, 통상은 채권), 우선주(preferred stock) 및 주주자본(shareholders' equity) — 상의 자본금(capital)에 대한 부채(debt)비율을 말한다. 장기부채가 많으면 많을수록 재무레버리지의 정도는 높아진다. 주주(shareholders)는 차입금에 의한 투자수익이 그 이자지급비용을 상회하여 그들의 보유주식의 시장가격이 올라가는 한, 재무레버리지에 의하여 이익을 얻는다. 이 때문에, 재무레버리지는 일반적으로 자기자본의 트레이딩(trading on the equity)이라고 한다. 레버리지는 동시에 원리금의 지급, 나아가 채무불이행(default)의 위험성을 의미하고, 어느 정도의 레버리지가 타당한지는 주로 수익의 안정성의 문제이다. 경험상으로 볼 때에, 차입비율이 30%를 초과하는 제조업의 회사는 전력회사와 같은 안정된 수익과 캐시플로(cash flow)가 있는 회사를 제외하고, 레버리지는 높다고 말할 수 있다. 장기부채의 금리는 고정비이기 때문에, 재무레버리지는 영업레버리지(operating leverage)의 효과를 다시 높이는 경향이 있고, 매상수준의 변화에 따라 1주당의 이익(earnings per share)에 대한 영향을 다시 확대한다. 일반적으로, 높은 영업레버리지는 낮은 레버리지를 수반하여야 하고, 그 반대는 낮은 영업레버리지는 높은 재무레버리지를 수반하여야 한다. ~ ***market*** 금융시장 ¶ The *financial market* is a market for the exchange of capital and credit in the economy. Money markets concentrate on short-term debt instruments; capital markets trade in long-term debt and equity instruments. Examples of *financial market*: stock market, bond market, commodities market, and foreign exchange market. 금융시장이란 자본(capital)이나 신용(credit)을 거래하는 시장을 이른다. 단기금융시장(money market)은 주로 단기채(short-term debt)를, 자본시장(capital market)은 장기채(long-term debt)나 주식(stock)을 거래한다. 금융시장에는 주식시장, 채권시장, 상품시장 및 외국환시장이 있다. ~ ***needs approach*** 자금니즈(needs)수법 ¶ The *financial needs approach* is a technique to assess the proper amount of life insurance for an individual. The person, either on his or her own or with the help of an insurance adviser, must estimate the financial needs of survivors in case the person dies unexpectedly. Projections for expense, income, taxes, funeral costs, and other financial factors lead to an understanding of the amount of insurance proceeds that would be needed to allow the survivors to continue in their present lifestyle. Once the optional amount of insurance protection is determined, various kinds of Term and Cash Value Insurance Programs can be designed to meet these needs. 자금니즈(needs)수법이란 개인에 합당한 생명보험액을 평가하는 방법이다. 스스로, 또는 보험 어드바이저에게 상담하여 자신이 돌연 사망할 때에 유족이 필요로 하는 자금액을 개산(槪算)하여야 한다. 지출, 수입, 세금, 장례비용 등을 개산하면, 유족이 현재의 생활을 유지하는 데에 필요한 보험금액을 알 수 있다. 보험금액이 결정되면, 조건에 맞는 여러 가지 정기보험(term insurance)이나 저축성 생명보험(cash value insurance)을 설계할 수 있다. ~ ***planner*** 파이낸셜 플래너 ¶ A *financial planner* is a professional who analyzes personal financial circumstances and prepares a program to meet financial needs and objectives. *Financial planners*, who may be accountants, bankers, lawyers, insurance agents, real estate or securities brokers, or independent practitioners, should have knowledge in the areas of wills and estate planning, retirement planning, taxes, insurance, family budgeting, debt management, and investments. 파이낸셜 플래너는 개인의 재무상황을 분석하여 재무상의 필요성과 목적에 맞는 계획을 작성하는 전문가를 이른다. 회계사, 은행원, 변호사, 보험대리인, 부동산브로커, 증권브로커나 전업실무자 등이고, 유언, 상속계획(estate planning), 퇴직후의 인생설계, 세금, 가계예산, 부채(debt)관리, 투자(investment)의 지식이 필요하게 된다. ~ ***position*** 재무상황 ¶ The *financial position* is the status of a firm's assets, liabilities, and equity accounts as of a certain time, as shown on its financial statement. Also called financial condition. 재무상황이란 어느 시점에서의 기업의 자산(asset), 부채(liability), 자기자본(equity)계좌의 상태를 이른다. 재무제표(financial statement)에 게재된다. financial condition(금융정세)이라고도 한다. ~ ***public relations*** 재무홍보활동 ¶ The *financial public relations* is the branch of public relations specializing in corporate disclosure responsibilities, stockholder relations, and relations with the professional investor community. *Financial public relations* is concerned not only with matters of corporate image and the cultivation of a favorable financial and investment environment but also with legal interpretation and adherence to Securities and Exchange Commission and other government regulations, as well as with the disclosure requirements of the securities exchanges. Its practitioners, therefore, include lawyers with expertise in such areas as tender offers and takeovers, public offering, proxy solicitation, and insider trading. See also investor relations department. 재무홍보활동은 기업개시(corporate disclosure)책임, 주주(stockholder)대책, 전문투자자사회(professional investor community)대책을 전문으로 하는 기업의 홍보부분을 이른다. 재무홍보활동은 기업이미지관련, 재무나 투자의 환경정비, 미증권거래위원회 등의 규제의 해석과 준수, 증권거래소의 정보공개규칙(disclosure requirements)에의 대응을 담당한다. 그러므로 그 담당자에게는 주식공개매수(tender offer), 기업매수(takeover), 공모(public offering), 위임장권유(proxy solicitation), 내부자거래(insider trading) 등에 상세한 지식을 가진 변호사도 포함된다. investor relations department(인베스터 릴레이션부문)도 참조할 것. ~ ***pyramid*** 금융피라미드 ¶ The *financial pyramid* is the risk structure many investors aim for in spreading their investments between low-, medium-, high-risk vehicles. In a *financial pyramid*, the largest part of the investor's assets is in safe, liquid investments that provide a decent return. Next, some money is invested in stocks and bonds that provide good income and the possibility for long-term growth of capital. Third, a smaller portion of one's capital is committed to speculative investments which may offer higher returns if they work out well. At the top of the *financial pyramid*, where only a small amount of money is committed, are high-risk ventures that have a slight chance of success, but which will provide substantial rewards if they succeed. 금융피라미드는 낮은 리스크, 중리스크, 높은 리스크상품에 분산된 리스크구조를 이른다. 이러한 자산구조를 목표로 하는 투자자는 많다. 금융피라미드에 있어서, 자산의 대부분은 그저 그만한 수익을 가져오는 안전으로 유동성의 높은 투자상품에 투자한다. 그 다음에 장기적으로 가격상승이 전망되는 상당한 수익이 올라갈 주식이나 채권에 많이 투자한다. 세 번째로 잘 되어간다면, 다시 높은 수익이 생기는 투기적 상품에 그보다도 적은 금액을 맡긴다. 금융피라미드의 최상층에는 얼마 안 되는 금액이지만, 높은 리스크의 투자가 온다. 이 투자는 성공률이 낮지만, 성공한다면 막대한 수익을 가져온다. ¶ The *financial pyramid* is an acquisition of holding company assets through financial leverage. See also pyramiding. 투자피라미드는 재무레버리지(financial leverage)를 사용하여 지주회사(holding company)의 자산을 취득하는 것이다. pyramiding(피라미딩)도 참조할 것. ~ ***risk*** [영] 재정리스크 ¶ The *financial risk* is the risk of loss arising from the financial activities of a firm, broadly taken to include credit risk, market risk, and liquidity risk. See also operating risk. 재정리스크는 넓게 생각해서 여신리스크, 시장리스크 및 유동성 리스크를 포함하여 금융활동에서 발생하는 손실의 리스크를 말한다. operating risk(영업리스크)도 참조할 것.

금융피라미드(financial pyramid)

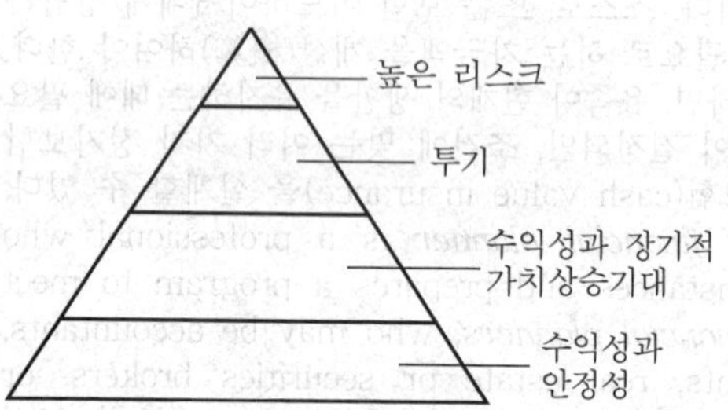

***Financial Service Authority* (*FSA*)** [영] 금융서비스기관 ¶ The *Financial Service Authority* (*FSA*) is an independent, nongovernmental body that regulates the financial services industry in the UK. It was set up in 1997 and given statutory powers by the Financial Services and Markets Act of 2000. The *FSA* is financed by the industry and its board, which consists of a chairman, a chief executive officer, three managing directors, and 11 nonexecutive directors (including the deputy chairman), is appointed by the Treasury. The Financial Services and Markets Act specifies four statutory objectives for the *FSA*: (1) to maintain market confidence; (2) to promote public understanding of the financial system; (3) ensure a satisfactory degree of consumer protection; (4) to reduce the extent to which it is possible for a business carried on by a regulated person to be used for a purpose connected with financial crime. 금융서비스기관(FSA)은 영국에서 금융서비스업을 규제하는 독립된 비영리기관이다. 그 기관은 1997년에 설치되었고, 2000년의 금융서비스 및 시장법에 의하여 제정법상의 권한이 부여되었다. FSA는 금융업계와, 의장, 최고경영책임자(chief executive officer), 3인의 회사사장(managing directors), 및 11인의 비상근이사(의장대리를 포함)로 구성되는 이사회에 의해 재정지원을 받고, 그리고 영국재무부(the Treasury)에 의해서 임명되고 있다. 영국의 금융업 및 시장법은 4가지의 제정법상의 목표를 규정하고 있다. 즉 (1) 시장의 신뢰를 유지하고, (2) 금융시스템에 대한 공공의 이해를 증진하며, (3) 소비자보호의 만족스런 정도를 확보하고, (4) 규제를 받는 자가 수행하는 기업이 금융상의 범죄와 관련되는 목적을 위해서 이용될 수 있는 한계를 감소시키는 것이다. ***Financial Services Commission* (*FSC*)** 금융위원회 ¶ The *Financial Services Commission* (*FSC*) shall supervise a financial investment firm to ensure that it appropriately complies with the Act or other orders or disciplinary actions taken under the *Financial Services Commission* Act in order to protect investors and maintain sound trade practice. 금융위원회는 투자자를 보호하고 건전한 거래질서를 유지하기 위하여 금융투자업자가 이 금융위원회법 또는 이 법에 따른 명령이나 처분을 적절히 준수하는지 여부를 감독하여야 한다.

한국금융의 이정표죠.

Financial Services Modernization Act of 1999 1999년의 금융서비스 근대화법 ¶ The *Financial Services Modernization Act of 1999* is a law enacted November 12, 1999, also known as the Gramm- Leach-Bliley Act, that repealed parts of the Glass-Steagall Act of 1933 and the Bank Holding Comany Act of 1956, eliminating remaining firewalls between banks, securities firms, and insurance companies. The Act permits commercial banks, merchant banks, securities firms and insurers to affiliate through a structure called the financial holding company. Nationally chartered banks are permitted to engage in most financial activities through direct subsidiaries. The principle of functional regulation is maintained, meaning banking activities are regulated by bank regulators, securities activities by securities regulators, and insurance regulators by (state) insurance regulators (who are prohibited from interfering with non-insurance financial activities). Activities permitted Financial Holding Companies and the financial subsidiaries of national banks include lending, exchanging transferring, investing for others, or safeguarding money or securities; engaging in insurance activities, including insuring and acting as principal, agent, or broker for all types of insurance, including health; financial advice, including advising an investment company, issuing or selling instruments representing interests in pools of assets permissible for a bank to hold indirectly; underwriting, dealing in, or making a market in securities with no limitation as to revenue; directly or indirectly acquiring a company or other entity engaged in any activity that is not financial in nature as a bona fide underwriting or merchant banking activity; engaging in any activity that a Bank Holding Company may engage in outside the United States and that the Federal Reserve Board has determined to be usual in connection with the transaction of banking or other financial operations abroad; insurance company portfolio investments; and activities previously permissible as closely related to banking. 1999년 금융서비스근대화법은 1999년 11월 12일에 성립한 법률로, 그램-리치-블라일리법(Gram-Leach-Bliley Act)으로서도 알려지고 있는 이 법률은 1933년 글래스-스티갈법(Glass-Steagall Act of 1933)과 1956년 은행지주회사법(Bank Holding Company Act)의 일부를 폐지하여 은행, 증권회사, 보험회사간의 파이어월(업무간의 분리) (firewalls)을 철폐하였다. 이 법률에 의하여 상업은행(commercial bank), 머천트뱅크(merchant bank), 증권회사(securities firm), 보험회사는 금융지주회사(financial holding company)를 설립하는 데에, 각각의 분야에 참여할 수 있게 되었다. 또 국법은행(National Bank, nationally chartered bank)은 자회사를 통해서 대부분의 금융업무를 영위하게도 되었다. 다만, 금융규제에 관한 방침에 관하여는 종래대로의 형식이 유지되어 은행은 은행의 감독당국, 증권회사는 증권의 감독당국, 그리고 보험회사는 각주의 보험감독당국이 계속 감독한다(보험감독당국은 보험업무 이외에 관하여는 간섭할 수 없다). 금융지주회사나 국법은행의 자회사가 행하는 업무는 대출(lending), 환(exchanging), 송금(transferring), 투자(investing), 현금이나 증권의 보호예치(safeguarding money or securities), 본인(principal), 대리인(agent), 혹은 주선업자(broker)로서 건강보험 등 모든 종류의 보험에 관한 보험계약의 인수나 판매행위, 투자회사(investment company)의 권장을 포함하여 투자자문업무(financial advice), 은행이 간접적으로 보유할 수 있는 자산의 풀(pool)의 발행이나 판매, 제한을 받지 않고 수익원으로서 증권의 인수(underwrite), 자기계정에 의한 증권매매, 그리고 마켓메이킹(market making), 순수한 인수업무(underwriting) 혹은 머천트뱅킹업무(merchant banking)로서 금융업무 이외의 업무에 참여하고 있는 기업이나 사업체의 직접적, 혹은 간접적인 매수(acquiring), 은행지주회사(bank holding company)가 미국 외에서 허용되어 모든 업무 및 연방준비제도이사회(Federal Reserve Board)가 은행 및 금융업무에서 통상의 해외업무로서 인정되고 있는 모든 업무, 보험회사의 포트폴리오(portfolio)에의 투자(investment), 그리고 종래 은행업무에 가까운 업무로서 인정되고 있던 업무 등이다. ***Financial Supervisory Service (FSS)*** 금융감독원 ¶The *Financial Supervisory Service* (*FSS*) is primarily responsible for supervision and examination of the regulated financial institutions in Korea. It also has the authority to order the submission of documents, records, or personal testimony necessary for investigation. Noncompliance or providing deliberately false statements in an *FSS* investigation constitutes an offense punishable under the law. Upon approval from the Financial Supervisory Commission (FSC), the *FSS* may also recommend dismissal of officers and managers of financial institutions who are found to be liable for violation of rules and regulations. 금융감독원은 주로 한국에서 규제받는 금융기관의 감독과 검사에 대한 책임을 지는 기관이다. 감독원은 또 조사에 필요

한 서류, 기록, 또는 개인의 증빙서류의 제출을 명령할 권한을 가진다. 만약 금융감독원의 조사에 불응하거나 고의로 허위의 진술을 하게 되면, 법률에 따라 처벌받는 범죄를 범하는 것이다. 금융감독위원회의 동의를 받아, 금융감독원은 또한 금융법규위반에 책임이 있다고 인정되는 금융기관의 임원과 관리인의 해고를 권고할 수도 있다. ~ ***statement*** 재무제표, 유가증권보고서 ¶ A *financial statement* is a written record of the financial status of an individual, association, or business organization. The *financial statement* includes a balance sheet and an income statement (or operating statement or profit and loss statement) and may also include a statement of cash flows, a statement of changes in retained earnings, and other analyses. 재무제표는 개인, 단체, 기업의 재무상황을 기재한 문서를 말한다. 대차대조표(balance sheet)와 손익계산서(income statement)(operating statement, profit and loss statement라고도 한다)로 구성된다. 캐시플로계산서(statement of cash flow), 이익잉여금계산서(statement of changes in retained earning) 등이 포함되는 경우도 있다. ~ ***structure*** 재무구성 ¶ *Financial structure* is a makeup of the right-hand side of a company's balance sheet, which includes all the ways its assets are financed, such as trade accounts payable and short-term borrowings as well as long-term debt and ownership equity. *Financial structure* is distinguished from capital structure, which includes only long-term debt and equity. A company's *financial structure* is influenced by a number of factors, including the growth rate and stability of its sales, its competitive situation (i.e., the stability of its profits), its asset structure, and the attitudes of its management and its lenders. It is the basic frame of reference for analyses concerned with financial leveraging decisions. 재무구성은 기업의 대차대조표(balance sheet)의 우측의 구성에서 외상매입대금(accounts payable), 단기차입, 장기채무(long-term debt), 자기자본 등, 자금조달수단이 전부 포함된다. 재무구성이라는 말은 자본구성(capital structure)과 구별하여 사용되고, 후자에는 장기채무와 자기자본(equity)밖에 포함되지 않는다. 기업의 재무구성은 매상의 신장률과 안정성, 경쟁력(수익의 안정성 등), 자산구조, 경영진이나 대여자의 자세 등 여러 가지 요인에 영향을 받는다. 재무레버리지(financial leverage)에 관한 판단을 분석하는 데에 참고가 되는 기본적인 구조이다. ~ ***supermarket*** 금융슈퍼마켓, 종합금융서비스회사 ¶ The *financial supermarket* is a company that offers a wide range of financial services under one roof. For example, some large rental organizations offer stock, insurance, and real estate brokerage, as well as banking services. For customers, having all their assets with one institution cam make financial transactions and planning more convenient and efficient, since money does not constantly have to be shifted from one institution to another. For institutions, such all-inclusive relationships are more profitable than dealing with just one aspect of a customer's financial needs. Institutions often become *financial supermarkets* in order to capture all the business of their customers. 금융슈퍼마켓이란 1사(社)에서 폭넓은 금융서비스를 제공하는 기업을 이른다. 은행서비스뿐만 아니라, 주식(stock), 보험(insurance), 부동산(real estate)의 중개서비스를 개인고객에 제공하는 대형금융기관 등이 그것이다. 고객의 입장에서는,

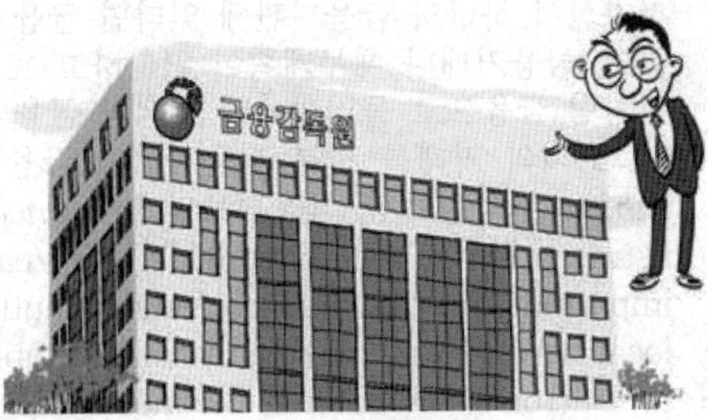

여기가 금융감독원입니다.

전자산이 하나의 금융기관에 있다면 금융기관간에서 자금을 끊임없이 움직일 필요가 없고, 금융거래나 재무계획이 편리하고 효율적일 수 있다. 금융기관으로 보았을 적에, 이처럼 금융으로 둘러싸이면 고객의 금융니즈의 일면에만 대응하기보다 수익성이 높다. 고객의 거래를 전부 획득하려고 금융슈퍼마켓으로 돌리는 금융기관이 많다. ~ ***tables*** 투자정보망, 금융정보망 ¶ *Financial tables* are tables found in newspapers listing prices, dividends, yields, price/earnings ratios, trading volume, and other important data on stocks, bonds, mutual funds, and futures contracts. While local newspapers may carry limited tables, more extensive listings are available in Barron's, Investor's Business Daily, the Wall Street Journal, and other publications. 금융정보망은 주식(stock), 채권(bond), 뮤추얼펀드(mutual funds), 선물(futures contracts)의 가격, 배당(dividend), 수익률(earning), 주가수익률(price/earning ratio), 거래량(trading volume) 등의 주요한 정보가 게재되고 있는 신문의 난(欄)을 말한다. 지방지(local newspaper)는 한정된 정보밖에 게재되고 있지 않지만, 배런지(誌)(Barron's), 인베스터즈 비즈니스 데일리지(紙)(Investor's Business Daily), 월스트리트 저널(Wall Street Journal) 등은 상세하게 다루고 있다. ***Financial Times Stock Exchange 100 Index* (*FTSE*)** 파이낸셜 타임즈 주식거래소 100종목 지수 ¶ The *Financial Times Stock Exchange 100 Index* (*FTSE*) is an index of shares of the 100 largest UK companies, a weighted average of which is updated every minute during the working day. Then index value of 1,000 was set as the base on 3 January 1984. 파이낸셜 타임즈 주식거래 100종목 지수는 영국의 100개 최대회사의 주식지수로, 가중평균지수는 노동일수 동안 매분마다 갱신된다. 그러면 1,000개 종목의 지수가치는 1984년 1월 3일을 기점으로 설정되었다. ***Financial Times Stock Exchange 30 Index* (*FT Index or FT-30 Index*)** 파이낸셜 타임즈 주식거래소 30종목 지수 ¶The Financial Times *Stock Exchange 30 Index* (*FT Index or FT-30 Index*) is an index of changes in prices of 30 major industrial and commercial ordinary shares on the London Stock Exchange, updated hourly during the working day. The index value of 100 was set on 1 July 1935. 파이낸셜 타임즈 주식거래소 30종목 지수는 런던증권거래소에 상장된 30개 주요공업 및 상업보통주식의 변화하는 지수로, 노동일수동안 매시간 갱신된다. 100종목의 지수가치는 1935년 7월 1일에 설정되었다. ~ ***year*** [영] 회계연도, → [미] a fiscal year(회계연도).

financials (선물 · 옵션 등의) 금융상품, [영] 재무제표 → financial statements (재무제표).

financier 금융업자, 자본가, 재정가 ¶ The *financier* is a professional involved in originating and structuring business transactions and associated financing arrangements, employed by a bank, merchant bank, or boutique. See also banker; investment banker; private banker. 금융업자는 사업거래와 관련된 금융주선을 착상하고 이를 체계화하는 데 관여하는 전문가로서, 은행, 상업은행 및 증권전문회사(boutique)에 의해서 고용된 자이다. banker(은행가); investment banker(투자은행); private banker(프라이빗뱅커)도 참조할 것.

financing 금융, 융자, 자금조달 ¶ acceptance *financing* 어음인수금융 /deficit *financing* 적자재정책 /*financing* bill 정부단기증권 /*financing* corporations 금융회사 /*financing* cost 금융비용 /*financing* institutions 금융기관 /*financing* lease 파이낸스 리스(financial lease) /*financing* market (채권의) 발행시장 /*financing* of accommodation 융통어음조작 /*financing* of housing 주택금융 /*financing* regulations [rules] 융자준칙 /*financing* subsidiary companies 금융자회사 /follow-up *financing* 계속금융 /time *financing* 기한부 융자 /trust receipt *financing* 수입담보

하물보관증에 의한 금융 ***financing cash flow*** [영] 금융현금흐름 ¶ The *financing cash flow* is the portion of the corporate statement of cash flows depicting the cash inflows and cash outflows that impact a firm's liabilities and capital, including issuance/repayment of short- and long-term debt, issuance of common stock and preferred stock, repurchase of treasury stock, and payment of dividends. See also investing cash flow; operating cash flow. 금융현금흐름은 단기부채와 장기부채의 발행/상환, 보통주와 우선주의 발행, 금고주(treasury stock)의 환매 및 배당금의 지급을 비롯하여 회사의 책임과 자본에 영향을 주는 자금유입과 자금유출을 표현하는 회사의 현금흐름의 계산서의 일부분이다. investing cash flow (투자현금흐름); operating cash flow(영업상의 현금흐름)도 참조할 것. ***Financing Corporation (FICO)*** 연방조달공사 ¶ The *Financing Corporation* is an agency set up by Congress in 1987 to issue bonds and bail out the Federal Savings and Loan Insurance (FSLIC). See also Bailout bond. 연방조달공사는 채권(bond)을 발행하여 연방저축대출보험공사(Federal Savings and Loan Insurance Corporation: FSLIC)를 구제하기 위해서 1987년에 연방의회에서 설립이 결의된 기관을 말한다. bailout bond(구제채권)도 참조할 것.

finder (금융안건알선의) 중개업자 ¶ The *finder* is a person who puts deal together. For example, a *finder* may locate funds for a corporation seeking capital, bring together firms for a merger, or find a takeover target for a company seeking an acquisition. (금융안건알선의) 중개업자는 거래를 성사시키는 사람이다. 예를 들면 중개업자는 자본을 찾고 있는 회사를 위해서 자금출처를 찾아 주어 회사들을 합병을 위해서 맺어주거나, 매수(買收)를 하고자 하는 회사를 위해서 매수대상기업(takeover target)을 찾을 수 있다. ***finder's fee*** 중개업자수수료 ¶ *Finder's fee* is fee charged by a person or company acting as a finder (intermediary) in a transaction. 중개업자수수료는 거래를 중개하는 개인이나 회사에 지급하는 수수료를 이른다.

finding 발견, (*pl.*) 발견물, 조사결과

fine ⓐ 우수한, 빈틈없는 ¶ *fine* bank acceptances 일류은행인수어음 /*fine* bank bill 일류은행인수어음(prime bank bills) /*fine* bill 우량어음 /*fine* [pure] gold 순금 /*fine* (trade) paper 우량어음 /a *fine* rate 우량어음할인비율 /at the *finest* rate 최우량금리로 /*fine* tuning 미조정(微調整) ***fine paper*** 우량어음 → first class paper (제1급의 페이퍼).

ⓝ 벌금, 과료 ¶ a *fine* for default 과태료

finished 끝난, 끝손 본, 완성된 ***finished goods*** 완성품, 제품 ¶ *Finished goods* are products or goods have been completely assembled or built; also called finished products. The goods are now ready for the marketplace. 완성품은 완전히 조립되었거나 짜맞추어진 제품을 말한다. 또한 완성제품(finished products)이라고도 한다. 그런 물품은 바야흐로 시장에 나갈 준비가 되어 있다. ~ ***goods inventory*** [영] 완성품재고자산 ¶ The *finished goods inventory* is a class of inventory held by a company that includes goods that are finalized and ready for sale. See also raw material inventory; work-in-process inventory. 완성품재고자산은 끝마무리에 다달아 판매에 준비된 제품이 포함된 회사가 보유하는 재고자산의 1종이다. raw material inventory(원재료재고자산); work-in-process inventory (제작중의 재고자산)도 참조할 것.

finite 한정되어 있는, 유한의 ***finite life real estate investment trust (FREIT)*** 기한부 부동산투자신탁 ¶ The *finite life real estate investment trust (FREIT)* is the Real Estate Investment Trust (REIT) that promises to try to

sell its holdings within a specified period to realize capital gains. 기한부 부동산투자신탁은 일정한 기간 내에 보유자산을 매각하여 캐피탈게인(capital gain)을 실현할 것을 약속하는 부동산투자신탁(Real Estate Investment Trust: REIT)을 이른다.
finite insurance [영] 파이나이트보험 ¶ The *finite insurance* is an insurance contract that is used primarily to finance, rather than transfer, an insured's risk exposures. Finite contracts may be structured in the form of retrospective finite policies (encompassing loss portfolio transfer, adverse development cover, and retrospective aggregate loss cover) and prospective finite policies. Also known as financial insurance, finite risk contract. See also finite reinsurance. 파이나이트보험은 피보험자의 위험익스포저(risk exposure)를 이전하기보다도 오히려 주로 융자하는 데에 이용되는 보험계약을 말한다. 유한보험계약은 [손실의 포괄적 이전(loss portfolio transfer), 역(逆)개발커버(adverse development cover) 및 소급총손실커버(retrospective aggregate loss cover)를 포함하는] 소급유한보험계약(retrospective finite policies)과 예상유한보험계약(prospective finite policy)의 형태로 체계화되고 있다. 이를 금융보험(financial insurance); 파이나이트리스크계약(finite risk contract)이라고도 한다. finite reinsurance(유한재보험)도 참조할 것. ~ ***quota share*** [영] 유한할당량비례 ¶ The *finite quota share* is a finite reinsurance agreement where the reinsurer agrees to pay, on behalf of the ceding insurer, a fixed or variable proportion of claims and expenses as they occur; ceding commissions and investment income from reserves typically cover actual claims, but if they prove insufficient the reinsurer funds the shortfall and recovers the difference from the insurer over the life of the contract. 유한할당량비례는 재보험업자가 보험청구와 비용이 발생할 때 출재(出再)보험회사를 대리하여 고정적 또는 변동적인 비율의 금액을 지급하기로 합의하는 유한재보험계약을 말한다. 준비금으로부터 생기는 양도수수료와 투자이자는 일반적으로 실제보험청구를 커버하지만, 만약 그것들이 불충분한 것으로 증명된다면, 재보험업자가 부족분은 자금으로 돌려넣고 그 차액은 계약이 유효한 기간에 보험업자로부터 회수한다. ~ ***reinsurance*** [영] 유한(有限)재보험 ¶ The *finite reinsurance* is a reinsurance agreement used primarily to finance, rather than transfer, a ceding insurer's risk exposure. The insurer pays premiums into an experience account and the reinsurer covers losses under the policy once they exceed the funded amount (up to predefined maximum limits). *Finite reinsuance* can be written in a variety of forms, including spread loss, finite quota share, loss portfolio transfer, adverse development cover, funded excess of loss, and aggregate stop loss. Also known as financial reinsurance. See also finite insurance. 유한재보험은 출재(出再)보험회사의 리스크익스포저를 이전하기보다도 오히려 주로 융자하는 데에 이용되는 재보험계약을 말한다. 보험업자는 보험료를 경험계좌(experience account)에 집어넣고 재보험업자는 일단 (사전에 정한 최대한도액까지) 경험계좌를 초과한다면 그 보험계약에 의하여 손실을 커버한다. 유한재보험은 스프레드로스(spread loss), 유한할당량비례(finite quota share), 손실의 포괄적 이전(loss portfolio transfer), 역(逆)개발커버(adverse development cover), 및 총스톱로스보험(aggregate stop loss insurance)을 포함하여 여러 가지의 형식으로 인수될 수 있다. 이는 금융재보험(financial reinsurance)으로도 알려져 있다. finite reinsurance(유한재보험)도 참조할 것. ~ ***risk insurance*** 파이나이트리스크보험 ¶ The *finite risk insurance* is a non-life insurance arrangement in which the limit of coverage, the time period involved, and the premium paid are based on the time value of money. Finite risk contracts, although they must involve some transfer of risk, are multiyear contracts that spread risk over time. Premiums are invested in an experience

fund, often based offshore to avoid taxation, that accrues interest and pays losses. The experience fund reverts to the insured at the end of the transaction period. 파이나이트리스크보험이란 보상한도액, 보험기간이나 보험료(premium)가 금전의 시간적 가치를 베이스로 결정되는 손해보험계약이다. 파이나이트리스크계약은 어느 정도의 리스크이전은 있는 것이지만, 리스크를 장기간으로 분산시킨 복수연한(multiyear)의 계약이다. 보험료는 종종 절세(節稅)상 오프쇼어(offshore)에 설치되는 익스피어런스펀드(experience fund)에 투자되고, 거기서 이자수익을 올리고 손실을 지급한다. 이 보험기금의 금전은 보험기간의 기일에 피보험자(insured)에게 반환된다.

Finland currency 핀란드 화폐 ¶ markka (FIM), divided into 100 pennia. The 1999 legacy conversion rate was 5.94573 to the euro. It has fully changed to the euro/cent from 2002. 마르카 (FIM) = 100 페니아 (pennia, 단수 penni). 1999년 오래 내려오던 환산율은 유로대비 5.9475이었다. 핀란드 화폐는 2002년부터 유로/센트로 완전히 변경하였다.

FINRA → **F**inancial **I**ndustry **R**egulatory **A**uthority (FINRA) [약] 금융업규제기구 ***FINRA Form FR*-1** 핀라 FR-1 형식 ¶ The *FINRA Form FR*-1 is a form required of foreign dealers in securities subscribing to new securities issues in the process of distribution, whereby they agree to abide by Financial Industry Regulatory Authority rules concerning a hot issue. Under FINRA Rules of Fair Practice, firms participating in the distribution must make a bona fide public offering at the public offering price. Any sale designed to capitalize on a hot issue – one that on the first day of trading sells at a substantial premium over the public offering price – would be in violation of FINRA rules. Violations include a sale to a member of the dealer's family or to an employee, assuming such sales could not be defended as "normal investment practice." Also called blanket certification form. 핀라 Fr-1 형식은 신규주식발행시에 분여(分與)과정에서 증권청약에 있어서 외국인 딜러들이 주요종목에 관한 금융업규제기구의 규칙을 준수하기로 약속하는 데 필요한 형식을 이른다. 금융업규제기구의 규칙에 따라 분여과정에 참여하는 증권회사는 선의로 공모가격으로 공모절차에 참여해야 한다. 주요종목에 투자하려는 매각 — 거래일 첫날에 공모가격에 실질적인 프리미엄을 얹어 매도하는 것 — 도 금융업규제기구의 규칙에 어긋난다. 증권 딜러의 가족회원이나 그들의 종업원에게 매도하는 것이 「정상적인 투자행위」(normal investment practice)로서 보호될 수 없다고 생각된다면 위반행위에 포함된다. 이를 또한 blanket certification form(포괄적 검증형식)이라고도 한다.

fire 불, 화재 ¶ *fire* policy 화재보험증서 /*fire* sale 반소품(半燒品)처분특매, (일반적으로) 처분특매 ***fire insurance*** 화재보험 ¶ *Fire insurance* is insurance coverage for financial loss for property caused by fire or lightning. *Fire insurance* is generally part of a homeowner's policy or multiple-peril commercial policy. 화재보험은 화재나 번개(lightning)로 인하여 재산에 재산상의 손실에 대비하는 보험커버를 말한다. 화재보험은 일반적으로 가택소유자의 보험증권이나 복합재해상업보험증권(multiple-peril commercial policy)의 일부이다. ~ ***sale*** [영][속] 투매(投賣) ¶ A *fire sale* is liquidation of an asset at a distressed, or sharply discounted, price. A *fire sale* may be required if an investor or company is in urgent need of cash resources. See also distressed asset; vulture bid. 투매는 투매가격 또는 급격하게 할인가격으로 자산을 정리하는 것이다. 투매는 투자자 또는 회사가 현금자원이 긴급하게 필요한 경우에 필요로 할 것이다. distressed asset(투매자산); vulture bid[벌처 호가(呼價)]도 참조할 것. ~ ***wall*** 파이어월, 은행증권업무의 분리, 모회사 · 자회사간의 정보격벽(隔壁) (*cf.*) the Chinese Wall 증권회사내의 정보격벽 ¶

The *firewall* is a metaphor for any strictly enforced legal separation of activities. for example, in a securities firm, underwriting and investment banking activities are separated from the firm's research and brokerage functions by a firewall, to avoid conflicts of interest. The Glass-Steagall Act created a *firewall* between commercial banking and investment banking until it was eliminated by the Financial Services Modernization Act of 1999. 파이어월은 몇 개의 활동이 법률에 의하여 엄격하게 분리되고 있는 상황을 표현하는 메타포(metaphor)이다. 예컨대, 증권회사에서는 인수(underwriting)부문이나 투자은행업무(investment banking)부문의 활동과 조사부문(research department)이나 주선(brokerage)부문의 기능은 이해의 충돌(conflict of interest)을 회피할 목적에서 분리되고 있다. 글래스-스티갈법(Glass-Steagall Act)에서는 상업은행과 투자은행간에 파이어월이 설치되고 있었으나, 1999년 금융서비스근대화법(Financial Services Modernization Act of 1999)에 의해서 폐지되었다.

firm ⓐ 굳은, 단단히 죄인, 확정적인, [상업] 승낙회답기한부의 ¶The word *firm* expresses solidity with which an agreement is made. For example, a firm order with a manufacturer or a firm bid for a stock at a particular price means that the order is bid is assured. firm(펌)이라는 말은 계약이 이행될 확실성을 나타내는 말이다. 예컨대, 메이커에의 정식주문(firm order)이나 특정한 가격으로 주식을 사겠다는 펌비드(firm bid)는 주문이나 매수호가(bid)가 확실하게 실행된다고 하는 의미이다. /a *firm* market 견실한 시황(市況) /a *firm* offer [무역] 펌오퍼(승낙기한을 정하고 행한 확정청약) /a *firm* order 기한지시주문(앞의 거래의 주요한 조건을 확인하고 행하는) 재주문 /a *firm* price 확정[확약]가격 /French francs remain very *firm.* 프랑스 프랑은 계속 견실합니다. ***firm bid*** 펌비드(매수확정청약) ¶A *firm bid* for a stock at a particular price means that the order is bid is assured. 펌비드(firm bid)는 주문이나 매수호가(bid)가 특정한 가격으로 확실하게 실행된다고 하는 의미이다. ~ ***commitment*** 융자범위, [증권] 인수매입확약 ¶In lending, the words *firm commitment* is a term used by lenders to refer to an agreement to make a loan to a specific borrower within a specific period of time and if applicable, on a specific property. See also commitment fee. 대출에 있어서, firm commitment(융자범위)라는 말은 일정한 기간내에 특정한 차입자에게 자금을 대출한다는 계약이라는 말로 대여자(lender)가 사용하는 용어이다. 효력이 있는 경우에는 특정한 재산을 담보하는 경우이다. commitment fee(약정료)도 참조할 것. ¶In securities underwriting, the words *firm commitment* means an arrangement whereby investment bankers make outright purchases from the issuer of securities to be offered to the public; also called firm commitment underwriting. The underwriters, as the investment bankers are called in such an arrangement, make their profit on the difference between the purchase price – determined through either competitive bidding or negotiation – and the public offering price. *Firm commitment underwriting* is to be distinguished from conditional arrangements for distributing new securities, such as standby commitments and best efforts commitments. The word underwriting is frequently misused with respect to such conditional arrangements. It is used correctly only with respect to *firm commitment* underwritings or, as they are sometimes called bought deals. See also best effort; standby commitment. 증권인수에 있어서, 인수매입확약이라는 말은 투자은행(investment banker)이 공모증권을 발행회사(issuer)로부터 직접 구입하는 것을 의미한다. 이를 firm commitment underwriting이라고도 한다. 그러한 매입확약에서 투자은행을 인수인(underwriter)이라고 한다. 경쟁입찰(competitive bidding)이나 교섭(negotiation)으로 결정하는 구입가격과 공모가격(public offering price)과의 차이가 인수인의 이익으로 된다. 인수매입확약은 잔액인수(standby commitment)나 취급인수(best efforts commitment) 등의 조건부의 신규발행증권판매계약과는 구별하여 사용한다. 인수(underwriting)라는 말은 잘못되어 이와 같은 조건부 계약으로 사용되는 경우가 많지만, 정확하게는 매수인수로만 사용한다. 매수인수는 일괄매수방식(bought deal)이라고도 한다. best effort(베스트에포트); standby commitment(잔액인수)도 참조할 것. ~ ***order*** 확정주문 ¶ In commercial transactions, a *firm order* is a written or verbal order that has been confirmed and is not subject to cancellation. 상거래에 있어서, 확정주문은 확정하고 있어서 취소할 수 없는 서면이나 구두로 하는 주문을 이른다. ¶ In securities, a *firm order* is (1) an order to buy or sell for the proprietary account of the broker-dealer firm; (2) buy or sell order not conditional upon the customer's confirmation. 증권에서, 확정주문은 (1) 브로커-딜러(broker-dealer)의 자기계좌에서의 매매주문, (2) 고객의 확인을 필요로 하지 않는 매매주문을 이른다. ~ ***quote*** 확약시세, 확약호가(確約呼價) ¶ The words *firm quote* is a securities industry term referring to any round lot bid or offer price of a security stated by a market maker and not identified as a nominal (or subject) quote. Under Financial Industry Regulatory Authority (FINRA) rules and practices, quotes requiring further negotiation or review must be identified as nominal quotes. See also nominal quotation. 확약호가(firm quote)라는 말은 마켓메이커(market maker)가 제시하는 증권의 최저거래단위(round lot)의 매도나 매수의 호가로서, 명목호가(nominal quote)라고 명시되고 있지 않는 것을 가리키는 증권업계의 용어이다. 증권업규제기구(Financial Industry Regulatory Authority: FINRA)의 규칙과 관행에 따라, 교섭과 검토가 필요한 호가는 명목호가(nominal quote)라고 명시하여야 한다. nominal quotation(명목시세)을 참조할 것. ~ ***rate*** [외환] 펌레이트 ¶ The *firm rate* is an order rate that is effective until the proposer cancels or changes. 펌레이트는 제시자로부터 취소 또는 변경이 있기까지 유효한 주문 레이트를 이른다.

[v] 단단히 하다, 굳히다 ¶ the continuous *firming* of the New York money market 뉴욕금융시장의 상승기조

[n] 상사(商社), 상점, 회사 ¶ The word *firm* expresses a general term for a business, corporation, partnership, or proprietorship. Legally, a *firm* is not considered a corporation since it may not be incorporated and since the *firm's* principals are not recognized as separate from the identity of the *firm* itself. This might be true of a law or accounting *firm*, for instance. firm이라는 말은 기업(business), 회사(corporation), 파트너십(partnership) 또는 개인사업(proprietorship)을 나타내는 일반용어이다. 법적으로 그것은 정식으로 설립절차를 밟지 않기 때문에, 그 주체는 firm 자체의 아이덴티티와는 별개로 인식되기 때문에 회사로 인정되지 않는다. 예컨대, 이것은 법률사무소(law firm)이나 회계사무소(accounting firm)가 이에 상당할 것이다. /*firm* banking 기업상대의 전자금융(electronic banking /*firm* name 상호(商號) /Korean trading *firms* in New York 뉴욕의 한국상사 /private equity *firm* 사모펀드 운용사

firmer 보다 강한 ¶ a *firmer* tone 경조(硬調), 시세가 오를 듯한 기세

firmly 강하게 ¶ rising *firmly* 시세가 오를 듯한 기세로 나아가는

FIRREA → **F**inancial **I**nstitutions **R**eform, **R**ecovery and **E**nforcement **A**ct of 1989 [약] 1989년 금융기관개혁회복시행법 ¶ The *Financial Institutions Reform, Recovery and Enforcement Act of 1989* (*FIRREA*) is a legislation enacted into law on August 9, 1989, to resolve the crisis affecting U.S. savings and loan associations. Known as the bailout bill, it revamped the regulatory, insurance, and financing structures and established the Office of Thrift Supervision. The Act created (1) the Resolution Trust Corporation (RTC), which, operating under the management of the Federal Deposit Insurance Corporation (FDIC), was charged with closing or merging institutions that had become insolvent beginning in 1989; (2) the Resolution Funding Corporation (REFCORP), charged with borrowing from private capital markets to fund RTC activities and to manage the remaining assets and liabilities taken over by the Federal Savings and Loan Insurance Association (FSLIC) prior to 1989; (3) the Savings Association Insurance Fund (SAIF) (pronounced "safe"), to replace FSLIC as insurer of thrift deposits and to be administered by the FDIC separately from its bank deposit insurance program, which became the Bank Insurance Fund (BIF); and (4) the Federal Housing Finance Board (FHFB), charged with overseeing the Federal Home Loan Banks. 1989년 금융기관개혁회복시행법은 미국의 저축대출조합(savings and loan association)에 영향을 미치는 위험을 해결하기 위해서 1989년 8월 9일에 제정된 법률이다. 구제법안(bailout bill)이라고도 알려진 이 법률은 규제, 보험, 자금조달의 구조를 개조하고, 저축금융기관감독청(Office of Thrift Supervision)을 설립하였다. 그 법률은 (1) 연방예금보험공사(Federal Deposit Insurance Corporation: FDIC)의 감독하에 운영되고, 1989년이래 파산한 금융기관의 폐쇄나 합병을 담당한 정리신탁공사(Resolution Trust Corporation), (2) 정리신탁공사의 운영자금을 자본시장(capital market)에서 민간으로부터 조달하고, 1989년 이전에 연방저축대출보험공사(Federal Savings and Loan Insurance Corporation: FSLIC)에 인계된 자산과 부채를 관리하는 정리자금조달공사(Resolution Funding Corporation: REFCORP), (3) 저축금융기관의 예금의 보증기관으로서 연방저축대출보험공사에 갈음하여 은행예금보험제도와는 별도로 연방예금보험공사(FDIC)에 의해서 감독을 받으며, 은행보험기금(Bank Insurance Fund: BIF)이 된 저축금융기관보험기금(Savings and Association Insurance Fund: SAIF), 그리고 (4) 연방주택대출은행(Federal Home Loan Bank)을 감독하는 연방주책금융이사회(Federal Housing Finance Board: FHFB)를 창설하였다.

first ⓐ 제1의, 최초의, 가장 중요한 ¶ the *first* board 전장입회(前場立會) /the *first* bottom [주식] 첫 번째 바닥시세 /a *first* class bank 일류은행 /*first*-class bills 일류어음 /*first*-class papers 우량어음 /*first* clearing; *first* exchange (교환소의) 제1교환, 오전교환 /*first* line reserves (중앙은행의) 제1선 준비 /*first* mortgage bonds 제1담보부 채권 /*first* mortgage loans 제1담보부 융자 /*first* of exchange 1조(組)의 환어음의 제1어음 /the *first* teller 지급텔러 /the *first* offer [채권] 최초의 매출가격 /the *first* peak [주식] 첫 번째 천정 /the *first* preferred stock 제1순위우선주식 /a *first* firm 일류회사 ***first board*** 퍼스트보드 ¶ The *first board* is delivery dates for futures as established by the Chicago Board of Trade and other exchanges trading in futures. 퍼스트보드는 시카고상품거래소(Chicago Board of Trade) 등 선물거래를 취급하는 거래소가 정한 선물의 인도(引渡)일(delivery date)을 이른다. ~ ***call date*** 제1회 만기전 상환일 ¶ The *first call date* is a first date specified in the indenture of a corporate or municipal bond contract on which part or all of the bond may be redeemed at a set price. An XYZ bond due in 2030, for instance, may have a *first call date* of May 1, 2015. This means that, if XYZ wishes, bondholders may be paid off starting on that date in 2015. Bond brokers typically quote yields on such bonds with both yield to maturity (in this case, 2030) and yield to call (in this case, 2015). 제1회 만기전 상환일은 사채

(corporate bond)나 지방채(municipal bond)의 신탁증서(indenture)에 명기되어 있는 최초의 만기전 상환일을 말한다. 채권의 일부 또는 전부가 일정한 가격으로 상환(redemption)된다. 예컨대 2030년이 만기의 XYZ사의 채권의 제1회 만기전 상환일이 2015년 5월 1일이라고 하자. 이것은 XYZ사가 바라면 2015년 5월 1일에서 채권이 상환될 가능성이 있다는 것을 의미한다. 채권주선업자(bond broker)는 최종수익률(yield-to-maturity, 이 경우는 2030년)과 만기전 상환수익률(yield-to-call, 동년 2013년)의 양쪽을 제시하는 경우가 많다. ~ ***class paper*** [영] 제1급의 페이퍼 ¶ *First class paper* is bills of exchange or other money market securities with the highest credit rating, typically backed by a top-rated bank or discount house. Also known as A-1 paper; fine paper. 제1급의 페이퍼는 최고의 신용등급, 일반적으로 톱랭킹의 은행이나 할인업자(discount house)가 보장하는 환어음 기타 금융시장증권(money market securities)을 말한다. A-1 paper(제1급의 페이퍼); fine paper(우량어음)로도 알려져 있다. ~ ***in,*** ~ ***out*** **(*FIFO*)** 선입선출법(先入先出法) ¶ The *first in, first out* (*FIFO*) is a method of accounting for inventory whereby, quite literally, the inventory is assumed to be sold in the chronological order in which it was purchased. For example, the following formula is used in computing the cost of goods sold:

Inventory at beginning of period + Purchase during accounting period - Ending inventory = Cost of goods sold

선입선출법은 문자 그대로, 재고(inventory)는 구입한 순서로 매각된다고 보는 재고정리자산회계법이다. 예를 들면, 매상원가(cost of goods sold)는 다음과 같은 식으로 계산한다.

기수재고(期首在庫) + 기중(期中)의 구입 - 기말재고 = 매상원가

~ ***lien commercial mortgage*** [영] 제1순위 기업모기지 ¶ The *first lien commercial mortgage* is a mortgage loan granted on a nonrecourse basis to a borrower seeking to purchase or finance a commercial property. First lien loans are typically structured as 10-year balloon loans with 30-year. Amortization schedules, though interest-only structures are also possible. Most loans carry fixed rates and have little, or no, possibility of prepayment. In some instances the original first lien mortgage can be split into two separate tranches, one as senior debt (a so-called A-note) and the other as subordinated debt (a B-note), and traded or placed separately. See also mezanine loan. 제1차 기업모기지는 기업부동산을 구매하거나 금융에 넣으려고 하는 차입자에게 비구상방식으로(on nonrecourse basis) 수여하는 모기지대출을 말한다. 제1순위 대출은 일반적으로 30년 만기의 대출에서 마지막 10년에 일괄지급방식으로 구조화되고 있다. 분할상환표에는 이자만의 구조이더라고 가능하기도 하다. 대부분의 대출은 고정금리가 따르고 약간의 기한전 상환이 있거나 아주 없는 가능성이 있다. 일부 경우에는, 원래의 제1차 모기지가 2개의 개별트랑슈(tranches)로 분할될 수 있어서, 하나는 상위채무(소위 A채권)와 다른 것은 하위채무(B채권)로 나눠어 개별적으로 거래되거나 매매된다. mezanine loan(메자닌 대출)도 참조할 것. ~ ***loss*** [영] 제1차 손해 ¶ In an insurance or reinsurance arrangement, the *first loss* is the position that absorbs the initial losses arising from damage or destruction. The *first loss* position can be created through a deductible where the insured bears the losses up the attachment point. If no deductible exists, the insurer bears the *first loss* position up to the policy cap, or the point at which reinsurance attaches. See excess layer. 보험 또는 재보험약정에서, 제1차 손해는 손해 또는 파손에서 생기는 최초의

손해를 흡수하는 포지션(position)을 말한다. 제1차 손해포지션은 피보험자가 도달점(attachment point)까지 손해를 입는 공제금액(deductible)을 통해서 만들어질 수 있다. 만일 공제금액이 존재하지 않는다면, 보험업자는 보험계약의 상한(policy cap), 또는 재보험이 도달하는 시점까지 제1차 손해포지션을 부담한다. ~ ***loss policy*** [영] 1차 손해부담보험계약 ¶ The *first loss policy* is a form of insurance policy that places a cap on the total value being insured, even if this less than the appraised value of the item or property being insured. 제1차 손해부담보험계약은 부보되고 있는 보험대상 또는 재산의 평가가액보다 적더라도 부보되고 있는 전체 가액에 상한(cap)을 설치하는 보험계약의 한 형태이다. ~ ***mortgage [lien]*** 제1순위 모기지론 ¶ The *first mortgage* is a real estate loan that gives the mortgagee (lender) a primary lien against a specified piece of property. A primary lien has precedence over all other mortgages in case of default. See also junior mortgage; second mortgage 제1순위 모기지론은 모기지권자(mortgagee, 대여자)가 자산의 제1순위 리엔(primary lien)을 가지는 부동산대출을 이른다. 제1순위 리엔을 가지는 자는 불이행시에 다른 모든 모기지권자에 우선한다. junior mortgage(열후 모기지); second mortgage(제2순위 모기지)도 참조할 것. ~ ***preferred stock*** 제1순위 우선주 ¶ A *first preferred stock* is a preferred stock that has preferential claim on dividends and assets over other preferred issues and common stock. 제1순위 우선주란 다른 우선주나 보통주(common stock)보다도 배당(dividend)이나 자산에 대하여 우선청구권을 가지는 우선주를 말한다. ~ ***time homebuyer tax credit*** 첫 번째 주택구입자의 세액공제제도 ¶ The *first time homebuyer tax credit* is a program enacted in 2009 to encourage *first time home buyers* to buy homes and qualify for a tax credit of 10% of a home's purchase price up to $8,000. Participants in the program could not have owned a principal residence in the previous three years and had to use the money to purchase their primary home. 첫 번째 주택구입자의 세액공제제도는 첫 번째 주택구입자가 주택을 구입하는 것을 장려하고 주택구입비 최고 8,000달러까지의 10%를 세액공제받을 자격을 주기 위해서 2009년에 제정된 프로그램이다. 이 프로그램에의 참여자는 지난 3년간 기본주택을 소유하지 않아야 하고 기본주택을 구입하는 데 금전을 사용해야 한다. ***~to-default swap*** [영] 디폴트가 첫째인 스왑 ¶ The *first-to-default swap* is an over-the-counter default comprised of a basket of reference entities that entitles the purchaser to a payout on the first one that defaults; once a default occurs, the transaction terminates. Since swap pricing generally takes account of reference credit correlations, the derivative is cheaper than the purchase of individual contracts on the same reference credits. See also credit reference; nth-to-default swap. 디폴트가 첫째인 스왑이 첫째인 경우에 구매자에게 지출을 할 권리를 주는 신용조회처의 바스켓으로 구성하는 장외거래의 디폴트이다. 스왑가격매김은 일반적으로 레퍼런스크레디트 상관관계를 고려하기 때문에, 파생상품은 같은 레퍼런스크레디트에서 개별계약의 구매보다 저렴하다. credit reference(신용조회); nth-to-default swap(n번째의 디폴트스왑)도 참조할 것.

n. 처음, 최초, 제1위

fiscal 국고의, [미] 재정상의, 회계의 ¶ the *fiscal* agents of the United States Treasury 미국재무성의 재무대리인 /*fiscal* difficulties 재정난 /*fiscal* expenditure 재정지출 /*fiscal* inflexibility 재정경직화 /*fiscal* resources 원자(原資) /*fiscal* stamps 수입인지 ***fiscal agent*** 재무대리인 ¶ The *fiscal agent* is usually a bank or a trust company acting for a corporation under a corporate trust agreement. The *fiscal agent* handles such matters as disbursing funds for dividend payments. redeeming bonds and coupons, handling taxes related to the issue of bonds, and paying rents. 재무대리인은 기업의 신탁계약에 근거해서 통상 회사의 대리를 하는 은행이나 신탁회사(trust company)를 말한다. 재무대리인은 배당금(dividend)의 지급, 채권이나 쿠폰(coupon)의 상환(redemption), 채권발행에 관계되는 세금의 처리, 임차료의 지급 등을 행한다. ¶ The *fiscal agent* is an agent of the national government or its agencies or of a state or municipal government that performs functions relating to the issue and payment of bonds. For example, the Federal Reserve is the U.S. government's fiscal agent. 재무대리인은 중앙정부나 정부기관, 주정부, 지방정부의 대리인으로서, 채권의 발행이나 지급에 관한 기능을 수행하는 기관을 이른다. 예컨대, 연방준비제도(Federal Reserve System)는 미국 정부의 재무대리기관이다. ~ ***cliff*** 재정 절벽 ¶ The *fiscal cliff* implies a situation in which the tax burdens of households and companies will increase drastically from the next year if the political circles of the Government Party and the Opposition Party in U.S, fails to come to an agreement of time-extension against the various kinds of tax reduction and exemption policies which ends at the year of 2012. It includes the problem that fiscal expenditure of one trillion 200 billion dollars will be curtailed automatically if the laws related to such policies are not changed until the end of this year 2012. 재정 절벽은 미국의 여야 정치권이 올 연말에 끝나는 각종 세금감면정책에 대한 시한연장 합의에 실패하면 내년부터 가계와 기업의 세 부담이 급격히 커지는 것을 말한다. 또 연말까지 법을 고치지 않으면 2021년까지 1조2,000억 달러의 재정지출이 자동 삭감되는 문제도 포함하고 있다. ~ ***policy*** 재정정책 ¶ *Fiscal policy* is a federal taxation and spending policies designed to level out the business cycle and achieve full employment, price stability, and sustained growth in the economy. *Fiscal policy* basically follows the economic theory of the 20th-century English economist John Maynard Keynes that insufficient demand causes unemployment and excessive demand leads to inflation. It aims to stimulate demand and output in periods of business decline by increasing government purchases and cutting taxes, thereby releasing more disposable income into the spending stream, and to correct overexpansion by reversing the process. Working to balance these deliberate fiscal measures are the so-called built-in stabilizers, such as the progressive income tax and unemployment benefits, which automatically respond countercyclically. *Fiscal policy* is administered independently of monetary policy, by which the Federal Reserve Board attempts to regulate economic activity by controlling the money supply. 재정정책은 경기순환(business cycle)을 없애고, 완전고용, 물가안정, 지속적인 성장을 실현하기 위한 국가의 과세와 세출의 방침을 이른다. 재정정책의 기본은 20세기의 영국인 경제학자 존 메이나드 케인즈(John Maynard Keynes)의 경제이론에 근거하고 있다. 수요가 불충분하면 실업이 일어나고, 수요가 과잉이 되면 인플레이션이 된다고 하는 이론이다. 경기후퇴국면에서는 정부지출의 증가와 감세로 수요와 생산을 자극하고, 소비에 돌릴 가처분소득(disposable income)을 증가시킨다. 경기과열국면에서는 역(逆)의 정책으로 조정한다. 이러한 의도적인 재정정책에 대하여 밸런스를 취할 역할을 수행하는 것은 누진소득세(progressive income tax)나 실업수당(unemployment benefits) 등, 경기순환과는 반대의 움직임을 보이는 이른바 자동보정적 안정장치(built-in stabilizers)이다. 재정정책은 금융정책(monetary policy)과는 별개로 운영되고 있으며, 연방준비제도이사회(Federal Reserve Board)는 금융정책을 통해서 통화공급량(money supply)을 제어하고 경제활동을 조절한다. ~ ***year (FY)*** 회계연도([영] a financial year) ¶ A *fiscal year* is an accounting period covering 12 consecutive months, 52 consecutive weeks, 13 four-week periods, or 365 consecutive days, at the end of which the book's are closed and profit or loss is determined. A company's *fiscal year* is often, but not necessarily, the same as the calendar year. A seasonal business will frequently select a fiscal rather than a calendar year, so that its year-end figures will show it in its most liquid condition, which also means having less inventory to verify physically. The *FY* of the U.S. government ends September 30. 회계연도는 연속하는 12개월, 52주(週), 13회의 4주간, 365일에 걸치는 회계기간을 말한다. 연도말에는 장부(book)를 마감하고, 손익을 확정한다. 회사의 회계연도는 역년(曆年)과 같은 경우가 종종 있지만 반드시 그런 것은 아니다. 계절성이 높은 사업을 경영하는 회사는 역년과는 다른 회계연도를 채용하는 일이 많다. 이로써 연도말에 유동성(liquidity)이 가장 높게 되고, 이것은 재고정리가 필요한 경우를 적게 만드는 것을 의미한다. 미국정부의 회계연도는 9월 30일이다.

Fischer effect 피셔 효과 ¶ The *Fischer effect* is a hypothesis of Irving Fischer that the real interest rate is constant and independent of monetary measures and that it is equal to the nominal interest rate minus the expected rate of inflation. The international *Fischer effect* holds that, assuming capital is free to flow across borders, a change in the difference in nominal interest rates between two countries determines the change in the exchange rates between their currencies, the currency of the country with the lower nominal interest rate being the one that moves. 피셔 효과란 실질적인 이자율은 불변이고 금융상의 조처로부터 독립되어 있으며 그것은 명목상의 이자율에서 인플레이션의 기대율을 공제한 것과 같다는 어빙 피셔(Irving Fischer)의 가설(hypothesis)이다. 국제적인 피셔 효과는, 자본은 국경을 자유롭게 넘나드는 것이라고 가정한다면, 그 나라의 통화는 명목상의 이자율이 낮은 데서 높은 곳으로 이동하기 때문에, 국경을 사이에 둔 2국간의 명목상의 이자율차이의 변화는 그 2국가의 통화간의 환율상의 변화를 결정짓는다고 국제적 피셔 효과는 주장한다.

fish farming 양식산업(fish culture)

fit 운용조건의 일치 ¶ The *fit* is a situation where the features of a particular investment perfectly match the portfolio requirements of an investor. 운용조건의 일치란 어떤 투자의 특징이 투자자의 자산운용에서 구하는 조건과 완전하게 일치하는 상황을 이른다.

Fitch Ratings 피치레이팅스 ¶ *Fitch Ratings* is a New York and London-based subsidiary of Fimmalac, Paris and one of the three nationally recognized statistical ratings organizations designated by the Securities and Exchange Commission (SEC). *Fitch Ratings* has 50 offices worldwide that provide ratings and research covering 1,600 financial institutions, 1,000 corporations, and maintain surveillance on 3,300 structured financings and 17,000 municipal bond ratings in the U.S. tax-exempt market. *Fitch Ratings* also covers over 800 insurance companies, plus over 100 sovereigns. 피치레이팅스는 뉴욕과 런던에 본거지를 둔 파리의 Fimmalac(피말락)의 자회사(subsidiary)이고, 미연방증권거래위원회(Securities and Exchange Commission: SEC)가 지정한 국가적으로 인정받는 3개의 통계적 평가기구 중의 하나이다. 피치레이팅스는 세계에 50개의 오피스를 두고, 1,600개의 금융기관, 1,000개의 사업법인에 관한 신용평가와 러서치를 행하고 있다. 또 3,300개의 구조적 금융상품의 조사나 17,000개의 미국에서의 면세(tax-exempt)지방채(municipal bond)의 신용평가를 행하고 있다. 피치레이팅스는 또한 800개의 보험회사나 100 이상의 정부채(sovereign bond)의 신용평가를 행하고 있다.

Fitch Sheets 피치시트, 피치증권가격표 ¶ *Fitch Sheets* are sheets indicating the successive trade prices of securities listed on the major exchanges. They are published by Francis Emory Fitch, Inc. in New York City. 피치증권가격표는 주요한 거래소에 상장되고 있는 증권의 가격추이를 게재한 표이다. 그것은 뉴욕시의 프랜시스 에모리 피치사(社)(Francis Emory Fitch, Inc.)에 의해서 발행되고 있다.

fitting 비품, (*pl.*) 건구류(建具類), 조작(造作) ¶ fixtures and *fittings* 집기비품비

five 다섯(의), 5(의) ***Five Hundred Dollar Rule*** 500달러 규정 ¶ The *Five Hundred Dollar Rule* is a Regulation T provision of the Federal Reserve that exempts deficiencies in margin requirements amounting to $500 or less from mandatory remedial action. Brokers are thus not forced to resort to the liquidation of an account to correct a trivial deficiency in a situation where, for example, a customer is temporarily out of town and cannot be reached. See also margin call. 500달러 규정이란 증거금의 부족이 500달러 이하의 경우는 강제개선조치를 면제한다고 하는 미연방준비제도이사회(Federal Reserve·Board)의 레귤레이션 T(Regulation T)의 규정이다. 이로써 예컨대, 고객이 일시적으로 자리를 비워서 본인에게 연락이 닿을 수 없는 상황에서, 소액의 증거금부족을 시정하기 위해서 증권회사는 계좌를 청산하지 않고 끝낸다. margin call(추가증거금)도 참조할 것. ***501-(c)(3) bond*** 501-(c)(3)채권 ¶ The *501-(c)(3) bond* is a debt instrument issued by a tax-exempt nonprofit organization and paying interest not subject to the Alternative Minimum Tax (AMT). 501-(c)(3) 채권은 지급금리가 대체미니멈세(Alternative Minimum Tax)의 과세대상으로는 되지 않는 면세취급의 비영리조직이 발행한 채권이다. ***Five Percent Rule*** 5퍼센트 규칙 ¶ The *Five Percent Rule* is one the Rules of Fair Practice of the National Association of Securities Dealers (NASD). It proposes an ethical guideline for spreads in dealer transactions and commissions in brokerage transactions, including proceeds sales and riskless transactions. 5퍼센트 규칙은 전미증권업협회(National Association of Securities Dealers: NASD)의 공정거래규칙(Rules of Fair Practices)의 하나이다. 그것은 주식교환(proceeds sale)이나 리스크 없는 거래(riskless transactions)를 포함하여 딜러 거래의 스프레드(spreads)나 위탁거래의 수수료에 관한 윤리기준을 보여주고 있다.

fixation 고정, 고정된 상태, 가격결정 ¶ *Fixation* is a setting of a present or future price of a commodity, such as the twice-daily London Gold Fixation. In other commodities, prices are fixed further into the future for the benefit of both buyers and sellers of that commodity. 가격결정이란 런던에서의 1일 2회의 금가격결정(gold fixing)과 같이, 상품(commodities)의 현재의 가격이나 장래의 가격을 결정하는 것이다. 금 이외의 상품에 있어서는, 매수인과 매도인 쌍방의 편의를 위하여 당면한 가격을 고정하는 상품도 있다.

fixed 고정된, 결정된 ¶ a *fixed* amount method; a *fixed* installment method [금융] 정액법(定額法) /*fixed* assets ratios 고정비율 /*fixed* capital 고정자본 /*fixed* collateral 근저당(根抵當) /a *fixed* date 확정일자부 /*fixed* date [딜링] (자본거래의) 기일물(fixtures, periods) /*fixed* date delivery 확정일인도, 확정일제(確定日制) /*fixed* deposit [영] 정기예금 /*fixed* exchange 고정환시세 /the *fixed* exchange rates 고정환율 /*fixed-fixed* swap 고정금리와 고정금리의 교환 /*fixed*-floating swap 고정금리와 변동금리의 교환 /the *fixed* foreign exchange system 고정외국환제도 /a *fixed* income market 고정수입시장(채권시장을 가리킨다) /*fixed* income securities 확정소득증권 /*fixed* interest 고정금리 /*fixed*-interest bearing 고정금리

부의 /*fixed*-interest bearing securities 확정금리부 증권 /*fixed* investment 설비증권 /*fixed* liabilities 고정부채 /a *fixed* overhead 고정간접비 /a *fixed* percentage (on reducing balance) method 정률법(定率法) /a *fixed*-point part (숫자의) 소수부분 /a *fixed* price re-offer [채권] 고정가격 재오퍼 /*fixed* rate bond 고정이자부 사채 /*fixed* rate loan 확정금리론 /*fixed*-rate mortgage 고정금리형 모기지대출 [약] FRM /(a system of) *fixed* rates of exchange; a *fixed* rate system (of exchange) 고정환율제도 ***fixed annuity*** 정액연금보험 ¶ A *fixed annuity* is an investment contract sold by an insurance company that guarantee fixed payments, either for life or for a specified period, to an annuitant. In *fixed annuities*, the insurer takes both the investment and the mortality risks. A *fixed annuity* contracts with a variable annuity, where payments depend on an uncertain outcome, such prices in the securities markets. See also annuity. 정액연금보험이란 생애 또는 일정한 기간에 수취인(annuitant)에게 일정한 급여액을 보증한다는 보험회사가 판매하는 투자계약을 말한다. 정액연금보험에서, 보험회사는 투자리스크(investment risk)와 사망리스크(morality risk)를 부담한다. 이에 대하여 변액보험(variable annuity)은 증권시장에서의 증권시세 등의 불확정요소에 의존하므로 급여액이 변동한다. annuity(연금)도 참조할 것. ~ **[*permanent*] *asset*** 고정자산 ¶ The *fixed asset* is a tangible property used in the operation of a business, but not expected to be consumed or converted into cash in the ordinary course of events. Plant, machinery and equipment, furniture and fixtures, and leasehold improvements comprise the *fixed assets* of most companies. They are normally represented on the balance sheet at their net depreciated value. 고정자산이란 사업활동에 사용되는 유형재산(tangible property)이지만, 통상 소모나 환금이 상정되지 않는 것이다. 대부분의 회사의 경우, 공장, 기계, 설비, 비품, 부대설비가 고정자산에 해당한다. 고정자산은 대차대조표(balance sheet)에 감가상각 후의 가격으로 계상되는 일이 많다. ~ ***benefits*** 정액급여 ¶ *Fixed benefits* are payments to a beneficiary that are fixed rather than variable. 정액급여는 수익자(beneficiary)에게 지급하는 급여금이 변액(variable)이 아니고 정액인 경우를 이른다. ~ ***charge*** [영] 특정담보 ¶ The *fixed charge* is a charge on the specific assets of a company in favor of the chargee (typically a lending bank), which prohibits the company from disposing of the assets without prior consent. *Fixed charge* creditors have a senior, secured ranking in the event of bankruptcy, and are repaid before outstanding pension and employee compensation obligations. See also floating charge. 특정담보는 특정담보권자(일반적으로 대여은행)를 위하여 회사의 특정자산에 대한 담보를 말하고, 특정담보권자는 회사가 사전동의도 없이 자산처분을 하는 것을 금지한다. 특정담보채권자는 파산의 경우에 선순위의 안전한 등급을 받고, 미지급연금과 근로자 보상채무 앞에 지급을 받는다. floating charge(부동담보)도 참조할 것. ~***-charge coverage*** 금융비용취급범위 ¶ The *fixed-charge coverage* is a ratio of profits before payment of interest and income taxes to interest on bonds and other contractual long-term debt. It indicates how many times interest charges have been earned by the corporation on a pretax basis. Since failure to meet interest payments would be a default under the terms of indenture agreements, the coverage ratio measures a margin of safety. The amount of safety desirable depends on the stability of a company's earnings. 금융비용취급범위란 이자(interest)와 법인세(income tax)를 지급하기 전의 이익이 채권 등의 장기채무(long-terms debt)의 이자지급에 차지하는 비율을 이른다. 그것은 회사가 조세공제전의 단계에서 지급이자의 몇 배의 이익을 올리고 있는가를 나타낸다. 이자의 불지급은 신탁증서(indenture agreements)에서 채무불이행(default)으로 정하고 있기 때문에, 이

비율은 안정성의 기준이 된다. 안정성의 바람직한 수준은 회사이익의 안정성에 따라 다르다. ~ ***cost*** 고정비용 ¶ *Fixed cost* is cost that remains constant regardless of sales volume. *Fixed costs* include salaries of executives, interest expense, rent, depreciation, and insurance expense. They contrast with variable costs (direct labor, materials costs), which are distinguished from semivariable costs. Semivariable costs vary, but not necessarily in direct relation to sales. They may also remain fixed up to a level of sales, then increase when sales enter a higher range. For example, expenses associated with a delivery truck would be fixed up to the level of sales where a second truck was required. Obviously, no costs are purely fixed; the assumption, however, serves the purposes of cost accounting for limited planning period. 고정비용은 총매상액에 연동하지 않는 경비를 말한다. 고정비용에는 지급금리(interest expense), 임대료, 감가상각(depreciation), 보험료 등이 포함된다. 이에 대하여 변동비용(variable cost)에는 직접노무비, 원재료비 등이 포함된다. 변동비용과 준변동비용(semivariable costs)은 구별해서 사용된다. 준변동비용이란 변동하지만 총매상액에 연동하지는 않는 비용이다. 총매상액이 일정한 수준에 도달하기까지는 일정하지만, 매상이 그 수준을 넘으면 증가하는 경우가 있다. 예컨대 배송트럭의 비용은 트럭이 1대 더 필요하게 되는 매상수준에 도달할 때까지는 일정하다. 확실한 것은 어떤 비용도 완전하게 고정비용이라고 말할 수 없는 것이지만, 고정비용이란 사고방식은 일정한 계획기간의 원가계산(cost accounting)에 적합한 것이다. ~ ***exchange rate*** 고정환율 ¶ The *fixed exchange rate* is a set rate of exchange between the currencies of countries. At the Bretton Woods international monetary conference in 1944, a system of *fixed exchange rates* was set up, which existed until the early 1970s, when a floating exchange rate system was adopted and international gold backing was abandoned. 고정환율이란 각국의 통화의 교환비율이 고정된 환율을 말한다. 1944년의 브레튼우즈 국제통화금융회의(Bretton Woods international monetary conference)에서 고정환율제가 도입되었다가, 1970년대 초까지 계속되었다. 그 후 변동환율제(floating exchange rate system)가 채용되었고, 국제적인 금본위제는 포기되었다. ~ ***expenses*** 고정비용 → fixed cost (고정비용). ~ ***income*** [영] 확정소득 ¶ The *fixed income* is the general class of marketable debt, or any security that pays an implicit or explicit interest rate return to investors on a discount or coupon-bearing basis, including bills, notes, and bonds. Also known as fixed interest. 확정소득은 단기채무증권(note)과 중기증권(note)을 포함하여, 할인베이스 또는 이자부 베이스로 투자자에게 묵시적이거나 명시적인 금리이익률(interest rate return)을 지급하는 일반종류의 시장성증권(marketable debt), 또는 어떤 증권을 말한다. fixed interest(확정이익)로도 알려져 있다. ~ ***income arbitrage*** [영] 확정소득차익거래 ¶ The *fixed income arbitrage* is an arbitrage strategy where an investor or hedge fund manager purchases one fixed income security while simultaneously selling a similar security, under the expectation that temporary mispricings will converge over some defined time horizon, generally maturity of the underlying assets. By selling the security, the investor or manager neutralizes key market risk factors, so that the price discrepancy can be crystallized and turned into a profit. Since discrepancies may be small, leverage may be employed to magnify any potential return. *Fixed income arbitrage* can be applied with government bonds, mortgage-backed securities, municipal bonds, and so forth. 확정소득차익거래는 투자자 또는 헤지펀드 매니저가 하나의 확정소득증권을 구입하는 반면에, 동시에 임시로 정한 가격은 일반적으로 기초자산의 만기인 일부 정한 거래기간(time horizon)을 거치면서 정해질 것이라는 기대하에 유

사한 증권을 매도하는 차익거래전략을 말한다. 그 증권을 매도함으로써, 투자자 또는 헤지펀드 매니저는 주요시장의 위험요인을 무력화시키므로, 가격차이는 구체화되어 이익으로 변모될 수 있다. 가격차이가 적기 때문에 레버리지는 잠재적인 수익률을 확대하는 데에 이용될 수 있다. 확정소득차익거래는 정부채(債)(government bond), 모기지담보증권(mortgage-backed security), 지방채(債)(municipal bond) 등에 적용될 수 있다. **~-*income equivalent*** 보통사채와 같은 전환사채 → busted convertibles (전환가치가 없는 전환사채). **~-*income investment*** 확정이자부 증권 ¶ The *fixed-income investment* is a security that pays a fixed rate of return. This usually refers to government, corporate, or municipal bonds, which pay a fixed rate of interest until the bonds mature, and to preferred stock, paying a fixed dividend. 확정이자부 증권이란 일정한 이자를 지급하는 증권을 이른다. 이것은 만기까지 일정한 금리를 지급하는 국채(governments), 사채(corporate bond), 지방채(municipal bond)와 정액의 배당을 지급하는 우선주(preferred stock)를 가리키는 경우가 많다. **~ *premium*** 정액보험료 ¶ The *fixed premium* is an equal installment payable to an insurance company for insurance or an annuity. See also Single-Premium Deferred Annuity (SPDA) and Single-Premium Life Insurance. 정액보험료는 보험회사에 분할로 지급하는 보험(insurance)이나 연금보험(annuity)의 정액의 부금(賦金)을 이른다. 또 Single-Premium Deferred Annuity (SPDA)(일시지급과세순연연급보험)와 Single-Premium Life Insurance(일시지급생명보험)를 참조할 것. **~ *price*** 고정가격 ¶ In contracts, the *fixed price* is a type of contract where the price is preset and invariable, regardless of the actual costs of production. See also cost-plus contract. 계약에서, 고정가격이란 실제의 제조원가에 관계없이 가격이 사전에 결정되어 변경되지 않는 계약을 이른다. 또 cost-plus contract(원가가산계약)도 참조할 것. ¶ In a public offering of new securities, a *fixed price* is a price at which investment bankers in the underwriting syndicate agree to sell the issue to public. The price remains fixed as long as the syndicate remains in effect. The proper term for this kind of system is fixed price offering system. 신규증권의 공모(public offering)에 있어서, 고정가격이란 인수신디케이트(underwriting syndicate)의 투자은행(investment bankers)이 합의한 증권의 합의가격을 이른다. 신디케이트가 유효한 이상, 가격은 변하지 않는다. 이 방식은 정식으로 fixed price offering system이라고 한다. **~ *rate*** [영] 확정금리 ¶ The *fixed rate* is an interest rate on a financial contract, asset, or liability that remains constant during the life of the contract. Also known as fixed interest rate. See also floating rate. 확정금리는 계약의 기간동안 여전히 일정한 금융계약, 자산, 또는 부채상의 금리를 말한다. 이는 fixed interest rate(확정금리)로도 알려져 있다. floating rate(변동금리)도 참조할 것. **~-*rate bond*** [영] 확정금리채권 ¶ The *fixed-rate bond* is a debt obligation, such as a domestic bond, Eurobond, or global bond, which pays a fixed coupon on a monthly, quarterly, semiannual, or annual basis. *Fixed-rate bonds*, which carry maturities ranging from 1 to 30 years, can be issued directly or from medium-term note or Euro medium-term note programs, and may be sold as publicly placed registered securities, bearer securities, or private placements. See also floating rate note. 확정금리채권은 월별로, 4달씩, 반년씩, 또는 1년에 한번씩 기준으로 확정쿠폰을 지급하는 국내채(國內債, domestic bond), 유로채(債)(Eurobond) 또는 글로벌채(債)(global bond)와 같은 채무증권(debt obligation)을 말한다. 확정금리채권은 만기가 1년에서 30년에 이르지만, 직접 또는 중기채(medium-term note), 유로 중기채(Euro medium note) 프로그램에서 발행될 수 있고, 공개적으로 내놓은 기명증권(registered securities), 무기명증권(bearer securities) 또는 사모발행(private placement)으로 판매될 수 있다. floating rate note(변동이자부 채권)도 참조할 것. ~ ***rate loan*** 고정금리대출, 고정환율대출 ¶ The *fixed rate loan* is a type of loan in which the interest rate does not fluctuate with general market conditions. There are fixed rate mortgage (also known as conventional mortgage) and consumer installment loans, as well as fixed rate business loans. *Fixed rate loans* tend to have higher original interest rate than flexible rate loans such as an adjustable rate mortgage (ARM). 고정금리대출이란 시장의 상황이 변하더라도 금리가 변동하지 않는 대출을 이른다. 고정금리대출에는 고정금리의 통상의 모기지(mortgage), 분할반환의 소비자금융, 사업금융(business finance)이 있다. 고정금리대출은 변동금리모기지(adjustable rate mortgage: ARM) 등의 변동금리대출(flexible rate loan)보다도 당초의 금리가 높은 경우가 많다. ~ ***strike ladder option*** [영] 고정적 행사래더옵션 ¶ The *fixed strike ladder option* is an over-the-counter complex option that allows the buyer to lock in any accumulated gains prior to expiry as the price of the underlying exceeds prespecified market levels (or "rungs"); gains are not lost if the market subsequently retraces. This version of the option compares the terminal price and ladder rungs against a predefined strike price and allocates a gain to the larger of two. See also cliquet option; floating strike ladder option; ladder option; shout option. 고정적 행사래더옵션은 기초자산의 가격은 사전에 특정한 시장수준[또는 「단계」(rungs)]을 초과하기 때문에 매수인에게 만기이전에 축적된 이익을 확정할 수 있게 하는 장외거래의 복잡한 옵션을 말한다. 이익은 시장을 그 후 거슬러 조사하면 놓쳐버리지 않는다. 이런 옵션의 버전은 사전에 정한 권리행사가격에 대해서 최종가격과 래더단계(ladder rungs)를 비교하여 둘 중의 더 큰 것에 이익을 배분한다. cliquet option(걸쇠옵션); floating strike ladder option(변동적 행사래더옵션); ladder option(래더옵션); shout option(샤웃옵션)도 참조할 것. ~ ***strike lookback option*** (고정적 행사룩백옵션) → option on the maximum/minimum (최고금액/최소금액에 대한 옵션). ~ ***strike shout option*** [영] 고정적 행사샤웃옵션 ¶ The *fixed strike shout option* is an over-the-counter complex option that allows the buyer to lock in any accumulated gains when a "shout" is declared (i.e., the buyer formally declares its intention to lock in); gains are not lost if the market subsequently retraces. This version of the option compares the terminal price and shout level against a predefined strike price and allocates a gain to the larger of the two. See also cliquet option; floating strike shout option; ladder option; shout option. 고정적 행사샤웃옵션은 「샤웃」(shout)이라고 선언되는 경우 (예컨대, 매도인은 정식으로 보존하려는 의사를 선언한다.) 매수인에게 어떤 누적이득이든 보존할 수 있게 하는 장외거래의 복잡한 옵션이다. 이득은 시장이 그 후 후퇴하더라고 상실되지 않는다. 이런 변형의 옵션은 최종가격(terminal price)과 사전에 정한 행사가격에 대한 샤웃수준을 비교하고 둘 중의 큰 쪽에 배정한다. cliquet option(걸쇠옵션); floating strike shout option(변동적 행사샤웃옵션); ladder option(래더옵션); shout option (샤웃옵션)도 참조할 것. ~ ***term reverse mortgage*** 기한부 역(逆)모기지 ¶ The *fixed term reverse mortgage* is a mortgage granted by a bank or other lending institution providing payments to a homeowner for a fixed number of years. A retired couple who have paid off their traditional mortgage might be interested in such a plan if they do not want to move out of their house, but want to be able to tap the equity in their house for current cash income. 기한부 역(逆)모기지는 일정한 기간 주택소유자에게 주택을 담보로 자금을 대출하는 은행 등의 대출기관이 취급하는 모기지(mortgage)이다. 통상의 주택론을 완납하고 주택소유자에게 계속 거주하면서 자택을 활용하여 현금수입을 얻고 싶다고 생각하는 퇴직후

의 부부가 이런 제도에 관심을 가질 가능성이 있다. ~ ***trigger*** [영] 고정적 트리거 ¶ The *fixed trigger* is a trigger in an insurance contract that indicates whether or not an event has occurred; a *fixed trigger* does not typically impact the payoff value of the contract, it simply indicates whether a settlement will occur. 고정적 트리거는 해약사유가 발생할 지를 가리키는 보험계약상의 트리거이다. 고정적 트리거는 일반적으로 보험계약의 수익가치(payoff value)에 영향을 주지 않고, 단순히 결제가 일어날지 여부를 가리킬 뿐이다. ~ ***trust*** 고정형 신탁 ¶ The *fixed trust* is a unit investment trust that has a fixed portfolio of previously agreed upon securities; also called fixed investment trust. The securities are usually of one type, such as corporate, government, or municipal bonds, in order to afford a regular income to holders of units. A *fixed trust* is distinguished from a participating trust. 고정형 신탁은 사전에 결정한 증권으로 구성되는 고정포트폴리오의 단위형 투자신탁(unit investment trust)을 말한다. fixed investment trust(고정형 투자신탁)라고도 한다. 안정된 수입을 올리기 위해서, 증권은 사채(corporate bond), 국채(government bonds), 지방채(municipal bond) 등 한 종류의 증권에 국한하는 경우가 많다. unit investment trust(단위형 투자신탁)의 일종이다. 고정형 투자신탁은 participating trust(참가적 신탁)와 구별된다.

fixer [구] 부정을 다리 놓는 사람, 흑막

fixing [영] 픽싱 ¶ The *fixing* is the process of setting or resetting a specific interest rate on a loan or derivative. *Fixing* is done in relation to the specific mechanics of a transaction, and is defined by market, rate, time, and other particulars. 픽싱은 대출이나 파생상품에 대한 특유한 금리를 결정하거나 재결정하는 과정을 말한다. 픽싱은 거래의 특유한 기술적인 부분과 관련해서 행해지고 시장, 비율, 시간 기타 특수사항에 의해서 정해진다.

fixture (*pl.*) [딜링] (자금거래의) 기일물(期日物)(fixed dates, periods), 붙박이 비품, 부대설비, 조작 ¶ A *fixture* is an attachment to real property that is not intended to be moved and would create damage to the property if it were moved – for example, a plumbing fixture. *Fixtures* are classified as part of real estate when they share the same useful life. Otherwise, they are considered equipment. 부대설비는 부동산에 부대하는 설비여서, 떼어 내는 것을 상정하지 않고, 만약 떼어 낸다면 부동산이 손상을 입게 되는 설비이다. 예컨대 배관설비 등이 그것이다. 부대설비를 부동산의 일부로 보는 경우 내용연한(useful life)을 똑같이 한다. 그렇지 않는 경우는 비품(equipment)으로 보게 된다. /*fixtures* and furniture 영업용비품 /*fixtures* and fittings 집기(什器)

FJD (ISO) code Fiji – currency Fijian dollars. ¶ FJD (국제표준기구) 약호 피지(Fiji) — 화폐 피지 달러(Fijian dollars).

flag 기(旗), 게이선 분석의 기인(旗印)(penant) ¶ The *flag* is a technical chart pattern resembling a *flag* shaped like a parallelogram with masts on either side, showing a consolidation within a trend. It results from price fluctuations within a narrow range, both preceded and followed by sharp rises or declines. If the *flag* – the consolidation period – is preceded by a rise, it will usually be followed by a rise; a fall will follow a fall. 플래그는 양쪽에 장대가 달린 기(旗)와 같은 평행사변형을 닮은 테크니컬 차트로, 주가의 조정국면(consolidation)을 나타내고 있다. 그것은 주가가 급등 또는 급락하고, 그 후 좁은 범위에서 변동하며, 다시 급등 또는 급락하면 이 형태로 나타난다. 주가상승 후에 조정국면이 나타나면, 그 후에는 또 상승하는 경우가 많다. 주가하락 후에 나타난 경우는 하락을 계속한다. /the (national) *flag* carrier 1국을 대표하는 국제항공기업 /a ship sailing under a *flag* of convenience 편의취적선 /vessels flying [carrying] the Korean *flag* 한국국기를 게양하고 있는 선박 ***flag of convenience*** 편리한 등록국의 국기 ¶ A *flag of convenience* is a reference to a ship registered under the flag of a nation that offers conveniences in the areas of taxes, crew, and safety requirements. 편리한 등록국의 국기란 조세, 선원, 및 안전요건을 제공하는 국가의 깃발 아래 등록한 선박의 조회처(reference)를 가리킨다.

플래그(flag)

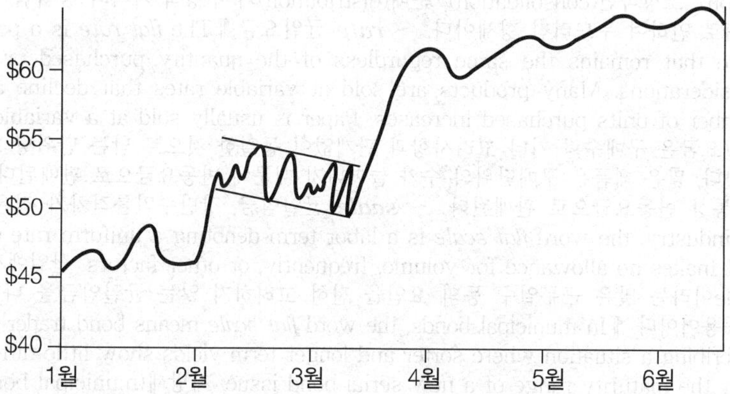

flash 섬광, 번득임 ¶ The *flash* is a tape display designation used when volume on an exchange is so heavy that the tape runs more than five minutes behind. The *flash* interrupts the display to report the current price – called the flash price – of a heavily traded security. Current prices of two groups of 50 stocks are flashed at five minute intervals as long as the tape is seriously behind. 섬광은 거래소에서 지나치게 대량의 거래가 성립하여 테이프(tape)의 표시가 5분 이상 늦추고 있는 때에 이용되는 테이프표시방법이다. 섬광이 끼어들면 대량으로 거래되고 있는 종목의 현재의 주가(flash price)가 표시된다. 표시가 지나치게 늦추고 있는 동안은 5종목의 2그룹의 현재의 주가가 5분간 간격을 두고 빛난다. /*flash* number 속보숫자 /*flash* report 영업속보 ***flash price*** [영][속] 현재의 주가 ¶ The *flash price* is the current price of a security; during very heavy volume sessions on an exchange, quote tickers becomes delayed with "stale" price information, so *flash price* periodically appear to signal the current value. Also known as flash. 현재의 주가는 증권의 시가(時價)를 말한다. 거래소에서 대량거래량의 입회기(session)에 주식시세판(quote ticker)은 「신선하지 않은」(stale) 가격정보로 지체되고, 현재의 가격이 정기적으로 나타나서 시가의 신호를 보낸다. 이는 flash(섬광)으로도 알려져 있다.

flat 변동하지 않는, 일정한, 부진(不振)의, [이자부 채권] 초과이자 없는, 균일한 ¶ In bond trading, the word *flat* means without accrued interest. This means that accrued interest will be received by the buyer if and when paid but that no accrued interest is payable to the seller. Issues in default and income bonds are normally quoted and traded *flat*. The opposite of a flat bond is an and interest bond. See also loaned flat. 채권거래에서 플랫이라는 말은 경과이자(accrued interest) 없음을 의미한다. 이것은 이자가 지급된다면, 경과이자는 채권의 매도인이 아니라 매수인이 수취한다는 것을 뜻한다. 채무불이행(default)의 채권이나 수익채권(income bond)은 경과이자 없이 거래된다. 이에 대하여 경과이자가 붙는 채

권은 and interest bond(경과이자부 채권)라고 한다. loaned flat(무이자대출)를 참조할 것. /*flat* fee (정액·정률의) 고정수수료 /*flat* (rate) tax 균등분할조세 /quote a *flat* rate of interest 일률(一率)의 이율을 적용하다 ***flat market*** 제자리걸음인 시장 ¶ The *flat market* is a market characterized by horizontal price movement. It is usually the result of low activity. However, stabilization, consolidation, and distribution are situation marked by both horizontal price movement and active trading. 제자리걸음인 시장이란 수평적 가격의 움직임으로 특징을 지울 수 있는 시장을 이른다. 그것은 거래가 적기 때문에 생기는 결과이다. 그렇지만, 안정조작(stabilization), 조정국면(consolidation), 분매(distribution)가 수평적 가격의 움직임과 적은 거래로 인하여 두드러진 형세이다. ~ ***rate*** 균일요금 ¶ The *flat rate* is a per unit price that remains the same regardless of the quantity purchased or other considerations. Many products are sold at variable rates that decline as the number of units purchased increases. Paper is usually sold at a variable rate. 균일요금은 구매수량 기타 고려사항과 관계없이 동일한 것으로 남는 단위당 가격을 말한다. 많은 제품은 구매단위의 수가 늘어나기 때문에 변동요금으로 판매된다. 종이는 통상 변동요금으로 판매된다. ~ ***scale*** 균일임금, 장단수익률격차가 적은 것 ¶ In industry, the word *flat scale* is a labor term denoting a uniform rate of pay that makes no allowance for volume, frequently, or other factors. 산업에서, flat scale이라는 말은 근무일수 등의 요인을 전혀 고려하지 않는 균일임금을 나타내는 노동용어이다. ¶ In municipal bonds, the word *flat scale* means bond trader's term describing a situation where sorter and longer term yields show little difference over the maturity range of a new serial bond issue. 지방채(municipal bonds)에 있어서, flat scale이라는 말은 신규발행의 연속상환채(serial bond)의 만기범위(maturity range)까지 장단수익률(yield)의 격차가 거의 없는 상황을 의미하는 채권업계의 용어이다. ~ ***tax*** 균일과세 ¶ The *flat tax* is a tax applied at the same rate to all levels of income. It is often discussed as an alternative to the progressive tax. Proponents of a *flat tax* agree that people able to retain larger portions of higher income would have an added incentive to earn, thus stimulating the economy. Advocates also note its simplicity. Opponents argue it is a regressive tax in effect, comparing it to the sales tax, a uniform tax that puts a greater burden on households with lower incomes. 균일과세는 모든 소득층에 대하여 동률로 적용되는 세금을 이른다. 그것은 누진과세(progressive tax)의 대안으로서 자주 논의되고 있다. 소득이 늘어나면, 수령금이 늘어나서 근로의욕이 높게 되고, 경제를 자극한다고 하는 것이 찬성파의 주장이다. 이 균일과세를 옹호하는 자는 그 조세의 간결성(simplicity)을 언급한다. 반대파는 사실상의 역진세제(regressive tax)라고 주장하고, 그것을 소비세(sales tax)와 비교하여, 소득이 낮은 가구(household)에게 무거운 조세부담을 지우는 균등한 과세(uniform tax)라고 한다.

flat-bed imprinters (크레디트카드의 글자를 넣기 위한) 평대형압인기(平臺型押印機)

flexible 유연성 있는, 융통성 있는, 구부리기 쉬운 ***flexible budget*** 탄력성예산 ¶ The *flexible budget* is a statement of projected revenue and expenditure based on various levels of production. It shows how costs vary with different rates of output or at different levels of sales volume. 탄력성예산이란 여러 가지의 생산수준에 기초를 두고 짜여진 수지예측의 명세서이다. 그것은 생산량이나 총매상액의 변화로 경비가 어떻게 변하는가를 나타낸다. ~ ***drawdown*** [영] 탄력적 자금인출 ¶ The *flexible drawdown* is a drawdown under a revolving credit facility or other financing arrangement that occurs in stages, often to correspond with specific cash flow or investment requirements of the borrower. 탄력적 자금인출은 종종 차입자의 일정한 캐시플로(cash flow)나 투자요건에 조화하기 위하여 단계별로 발생하는 리볼빙 크레디트자금조달방식(revolving credit facility) 기타 다른 금융제도 하의 자금인출을 말한다. ~ ***exchange rate***; ~ ***rates of exchange*** 변동환율 → floating exchange rate (변동환율). ~ ***exchange (FLEX) option*** [영] 변동환율옵션 ¶ The *flexible exchange (FLEX) option* is a standardized option contract traded on an exchange that allows buyers and sellers to select key contract features such as strike price, exercise style, and maturity. Though not as bespoke as an over-the-counter (OTC) option, the *FLEX* structure provides a degree of customization that allows it to compete with certain OTC contracts. 변동환율옵션은 매수인과 매도인에게 행사가격, 행사방법과 만기와 같은 주요한 계약특징을 선택하도록 허용하는 거래소에서 표준화된 옵션계약을 말한다. 장외거래옵션과 같이 맞춘 것은 아니더라도, 변동환율옵션구조는 특정한 장외거래계약과 경쟁할 수 있는 어느 정도의 고객취향(customization)을 마련하고 있다. ~ ***expenses*** 탄력적 비용 ¶ In personal finance, *flexible expenses* are expenses that can be adjusted or eliminated, such those for luxuries, as opposed to fixed expenses, such as rent or car payments. 개인적인 재무상태에 있어서, 탄력적 비용이란 사치품과 같이 조절한다든지 삭감한다든지 할 수 있는 경비를 이른다. 이와 대조적인 고정비용에는 임대료나 자동차론의 분할지급 같은 것이 있다. ~ ***mutual fund*** 자산분배형 뮤추얼펀드 ¶ The *flexible mutual fund* is a fund that can invest in stocks, bonds, and cash in whatever proportion the fund manager thinks will maximize returns to shareholders at the lowest level of risk. Flexible funds, also called asset allocation funds, can provide high returns if they are fully invested in stocks when stock prices soar, and they can also protect shareholders' assets by going largely to cash during a stock bear market. *Flexible mutual funds* are popular because the fund manager, not the shareholder, must make the difficult decisions on asset allocation and market timing. 자산분배형 뮤추얼펀드는 리스크를 억제하여 투자자에게 분배하는 수익이 크게 할 수 있다고 생각하는 비율로 운용담당자가 자유로이 주식, 채권, 현금에 투자하는 뮤추얼펀드(mutual fund)를 이른다. 이 펀드는 asset allocation fund라고도 하고, 주가가 급상승하는 국면에서 전부 주식에 투자하여 높은 수익을 올린다든지, 시세가 내릴 기미가 있는 동안 대부분을 현금화하여 주주의 자산을 지킬 수도 있다. 자산분배형 뮤추얼펀드는 주주가 아니라 자산운용책임자(fund manager)가 자산배분이나 매매의 시기에 관해서 어려운 결단을 해 주기 때문에 인기가 있다. ~ ***premium*** [영] 변액보험료 ¶ *Flexible premium* is premium payable by an insured for an insurance contract that may increase or decrease during the payment period. See also fixed premium. 변액보험료는 납부기간중에 증액할 수도 감액할 수도 있는 보험계약상의 피보험자가 지급하는 보험료를 말한다. fixed premium(정액보험료)도 참조할 것. ***Flexible Spending Accounts (FSAs)*** 선택적 지출계좌 ¶ The *Flexible Spending Accounts (FSAs)* are the Cafeteria Employee Benefit Plans established by Section 125 of the Internal Revenue Code that allow unlimited (except for limits that may be set by employers) pretax contributions for certain health-care, dependent-care, insurance, and adoption costs, any or all of which categories may be elected. Accounts can be opened as either premium-only plans, where contributions are remitted to an insurer, or reimbursement plans, where contributions are based on estimated expenses for the plan year and unspent contributions are forfeited. Contributions by employers, which include nonprofit organizations, are permitted on either basis. Medial-expense *FSAs* allow for reimbursement of non-prescription drug services. 선택적 지출계좌란 의료비, 부양자양호비, 보험, 양자양육비 등을 위하여 세액공제 전 급여에서 상한 없이(다만, 상한을 정하는 경우도 있다) 출연할 수 있다는 미국세입법(Internal Revenue Code) 제125조에 의하여 정하여진 카페테리아플랜(Cafeteria Employee Benefits Plan)을 이른다. 이 시스템에는 출연금이 보험회사에 직접 이체되는 세액공제전 보험료공제플랜(premium-only plan: POP)과 연간의 예상경비를 기초로 출연이 행해지고 미사용의 출연금은 몰수되는 상환플랜(reimbursement plan)이 있다. 고용자(비영리법인도 포함한다.)에 의한 출연은 어떤 플랜을 채용해도 상관없다. 의료비를 커버하는 FSA(선택적 지출계좌)에서는, 처방전 없는 약에 대한 비용도 상환한다.

flier; flyer [미구] 투기, 모험, 광고삐라 ¶ take a *flier* on a stock 주식투기를 하다

flight 비행, 도주 ***flight capital*** 도피자본 ¶ *Flight capital* is capital that is removed from a country that seems to be politically (or economically) unstable, and taken to a more stable environment. 도피자본은 정치적으로(또는 경제적으로) 불안정한 것으로 보이는 나라로부터 이동하여 좀 더 안정적인 환경으로 옮겨진 자본을 말한다. ~ ***of capital*** 자본의 도피 → capital flight (자본도피). ~ ***to quality*** 양질에의 도피 ¶ The *flight to quality* is a moving capital to the safest possible investment to protect oneself from loss during an unsettling period in the market. For example, when a major bank fails, cautious money market investors my buy only government-backed money market securities instead of those issued by major banks. A *fight to quality* can be measured by the differing yields resulting from such a movement of capital. In the example just given, the yields on bank-issued money market paper will rise since there will be less demand for it, and the rates on government securities will fall, because there will be more demand for them. 양질에의 도피란 시장이 불안정한 시기에 손실을 방지하기 위해서, 자금을 가능한 한 안전한 투자로 옮기는 것을 말한다. 대형은행이 파탄하면, 단기금융시장(money market)에의 투자는 대형은행의 단기금융증권이 아니라, 정부보증의 단기금융증권으로 향할 지도 모른다. 양질에의 도피는 이러한 자본이동에서 일어나는 수익률(yield)격차의 확대로 나타난다. 전술한 예에서는, 은행의 단기금융증권은 수요의 감소로 인하여 수익률이 상승하고, 정부증권은 수료의 증가로 수익률이 하락한다.

flip side [미구] (레코드의) B면, 이면, 마이너스의 면

flip-in poison pill 플립인독약 → poison pill (포이즌필).

flip-over poison pill 플립오버독약 → poison pill (포이즌필).

flipping 플리핑 ¶ *Flipping* means buying and selling immediately for a profit. Brokerage firms underwriting new stock issues tend to discourage *flipping*, and will often try to allocate shares to investors who say they plan to hold on to the shares for some time. Still, the temptation to flip a new issue once it has risen in price sharply is too irresistible for many investors lucky enough to be allocated shares in a hot issue. An investor who flips assets is called a flipper. *Flipping* of real estate was commonplace during the recent housing bubble but ended abruptly in 2007. 플피핑이란 사서 이익을 남기고 곧 파는 것을 의미한다. 신주를 인수하는 증권회사는 플리핑을 억제하는 경향이 있고, 주식을 잠시동안 계속 가지고 있을 계획이 있다고 말하는 투자자에게 할당하려고 한다. 다만, 운 좋게 인기종목(hot issue)을 할당받아서, 그 후 주가가 급상승하면, 바로 매각하려는 충동을 억제하기 어렵다. 플리핑을 행하는 투자자를 플리퍼(flipper)라고 한다. (미국의 경우) 부동산의 플리핑이 최근의 부동산버블동안에 일상사(日常事)였으나, 2007년에 돌연 끝났다.

float ⓝ 통화의 변동, 추심중의 어음 · 수표류, 미결제수표, 현재 수중에 가지고 있는 돈, 증권의 발행, 부동주수(浮動株數), [영] 거스름돈용 잔돈, 소액현금 ¶ In banking practices, the *float* is a time between the deposit of a check in a bank and payment. Long *floats* are to the advantage of checkwriters, whose money may earn interest until a check clears. They are to the disadvantage of depositors, who must wait for a check to clear before they have access to the funds. As a rule, the further away the paying bank is from the deposit bank, the longer it will take for a check to clear. Some U.S. states limit the amount of *float* a bank can impose on the checks of its depositors. See also uncollected funds. 은행실무에서, 자금화기간(float)은 은행에 수표(check)를 예치하고 지급하기까지의 기간을 이른다. 이 기간이 길면 결제까지 이자수익을 올릴 가능성이 있으므로, 발행인(checkwriter)으로서는 유리하게 된다. 결제까지 자금이 수취되지 않으므로, 수표를 지참하는 수취인에게는 불리하게 된다. 일반적으로, 수표의 지급은행(paying bank)과 예치은행(deposit bank)이 멀면 먼 만큼, 지급까지의 기간이 길게 된다. 미국의 몇 개의 주에서는 지급까지의 기간에 제한을 두고 있다. 또 uncollected fund (미(未)추심자금)도 참조할 것. ¶ In investments, the *float* means a number of shares of a corporation that are outstanding and available for trading by the public. A small *float* means the stock will be more volatile, since a large order to buy or sell shares can influence the stock's price dramatically. A larger *float* means the stock will be less volatile. 투자에 있어서, float(부동주, 浮動株)는 일반인이 매매할 수 있는 회사의 발행주식을 이른다. 부동주가 적은 종목은 대량의 매매주문이 발생한 때에 주가가 크게 변동하므로, 변동성이 높다. 반대로 부동주가 많은 만큼 변동성은 낮다. /cash *float* 소액현금 /*float* corporate bond 회사채를 발행하다 /*float* the won 원을 변동환율제로 하다 /a free *float* 자유로운 플로트 /the won *float* 원의 변동 ***clean float*** 클린플로트, 자유변동환율제 ¶ The *clean float* is a system in which exchange rates are determined by market forces rather than government intervention or restriction. 클린플로트는 환율이 정부의 간섭이나 규제라기보다도 오히려 시장의 힘에 의해서 결정된다는 제도를 말한다. ***dirty ~*** 더티플로트, 정부가 개입하는 변동환율제 ¶ A *dirty float* is an occasional exception to a country's floating exchange rate system whereby a central bank intervenes to prevent large-scale speculation or some other external force from destabilizing its currency and threatening its economy. 더티플로트는 중앙은행이 대규모의 투자나 국가의 화폐가치를 동요시키거나 경제를 위협하는 외부세력을 방어하기 위해서 간섭하는 변동환율제의 임시적인 예외조치를 말한다.
ⓥ (회사 등을) 일으키다, (공채 등을) 발행하다, 모집하다, 변동환율제로 하다 ***floating an issue*** 신규발행 → new issue (신규발행); underwrite (인수하다).

floater [구] [금융] 부동증권, 변동금리론, 플로터(LIBOR 등의 단기금리에 일정한 차익금을 덧붙인 형식으로 금리가 결정되는 변동금리부 채권) ¶ In bonds, a *floater* is a debt instrument with a variable interest rate tied to another interest rate, e.g., the rate paid by Treasury bills. A floating rate note, for instance, provides a holder with additional interest if the applicable interest rate rises and less interest if the rate falls. It is generally best to buy floaters if it appears that interest rates will rise. It the outlook is for falling rates, investors typically favor fixed rate instruments. Floaters spread risk between issuers and debtholders. 채권에 있어서, 변동이자부 채권은 미국재무부증권(Treasury bill) 등의 금리에 연동하는 변동이자부 채무증서(a debt instrument with a variable interest rate)이다. 예컨대, 연동대상의 금리가 상승하면 이율이 올라가고, 하락하면 이율이

내려간다. 일반적으로 금리가 상승하는 국면에서 구입하는 것이 좋다. 금리하락이 예상될 때에는 고정금리상품(fixed rate instrument)이 호감이 간다. 변동이자부 채권은 발행회사(issuer)와 보유자간에 리스크를 분담시킨다. ¶ In insurance, a *floater* is an endorsement to a homeowner's or renter's insurance policy, a form of property insurance for items that are moved from location to location. Typically, a *floater* is bought to cover jewelry, furs, and other items whose full value is not covered in standard homeowner's or renter's policies. A standard homeowner's policy typically covers $1,000 to $2,000 for jewelry, furs, and watches. Also called a rider. 보험에서, 주택종합보험특약조항은 동산을 대상으로 하는 손해보험의 일종인 주택소유자나 임대인의 보험증권상의 특약조항이다. 일반적으로 주택종합보험특약조항은 주택소유자나 임대인이 통상의 보험에서는 전액이 보상받지 못하는 보석, 모피, 등을 커버하기 때문에 구입하는 경우가 많다. 통상의 보험은 일반적으로 보석, 모피, 시계는 1,000달러에서 2,000달러까지밖에 보상하지 않는다. 이를 rider(부가조항)라고도 한다.

floating 부동적(浮動的)인, 유동하고 있는 ¶ *floating* assets 유동자산 /*floating* cargo 미착화물 /*floating* charge 부동담보 /*floating* debt finance 일시차입금융 /*floating* deposits 유동성예금 /the *floating* exchange (rate) system 변동환율제도, 플로트체제 /*floating* liabilities 유동부채, 단기부채 /*floating* mortgages 재단(財團) 모기지 /*floating* parity 변동환율제, /*floating* policies 선명미상보험증권, [화재보험] 포괄적 보험계약서 /*floating* rate bonds 변동이자부 사채 /a *floating* rate CD 변동이자부 CD /*floating* rate certificates of deposit 변동금리 CD /*floating* rate loans 변동금리론 /*floating* rate notes (FRN) 변동금리부채권(變動金利附債券), 금리연동부 사채, /*floating* rate systems 변동환율제 /*floating* stocks 부동주(浮動株) /*floating* supply 재고잔액 ***floating basis*** 플로팅베이스 ¶ The *floating basis* is a method of determination by which the interest rate can automatically be changed according to the predetermined basis that has met the financial situation. 플로팅베이스는 금융정세에 맞추어 미리 약정된 기준에 따라 자동적으로 변동되는 금리의 결정방법이다. ~ ***charge*** [영] 부동(浮動)담보 ¶ The *floating charge* is a charge on nonspecific assets of company in favor of the chargee (typically a lending bank), indicating that it floats across all assets and does not become fixed to any specific asset until an event of bankruptcy. *Floating charge* creditors are paid after outstanding pension and employee compensation obligations, but before unsecured creditors. Also known as floating lien. See also fixed charge. 부동담보는 담보권자(chargee)(일반적으로 대여은행)를 위한 회사의 불특정자산에 대한 담보를 말하며, 이는 모든 자산에 걸쳐 변동하고 파산의 경우까지 어느 특정한 자산에 고정되지 않음을 가리킨다. 특정담보채권자는 미지급연금과 근로자보상채무 다음에 지급받지만, 무담보채권자보다 먼저 지급받는다. 이는 floating lien(부동리엔)으로도 알려져 있다. fixed charge(특정담보)도 참조할 것. ~ ***debt*** 부동부채, 일시차입금(current liabilities) ¶ The *floating debt* is a continuously renewed or refinanced short-term debt of companies or government used to finance ongoing operating needs. 부동부채는 운영자금의 조달에 사용되는 갱신이나 차환(借換)이 반복되는 회사의 단기채(short-term debt)나 국채(government debt)를 이른다. ~ ***exchange rate*** 변동환율 ¶ The *floating exchange rate* is a movement of a foreign currency exchange rate in response to changes in the market forces of supply and demand; also known as flexible exchange rate. Currencies strengthen or weaken based on a nation's reserve of hard currency and gold, its international trade balance, its rate of inflation and interest rates, and the general strength of its economy. Nations generally do not want their currency to be too strong, because this makes the country's goods too expensive for foreigners to buy. A weak currency, on the other hand, may signify economic instability if it has been caused by high inflation or a weak economy. The opposite of the *floating exchange rate* is the fixed exchange rate system. See also par value of currency. 변동환율은 시장의 공급과 수요의 변화에 따라 변동하는 외국환율을 말한다. 이를 flexible exchange rate라고도 한다. 통화의 가치는 국가의 외화나 금의 총준비량, 무역수지(international trade balance), 인플레이션(inflation)율, 금리(interest rate), 경제전반의 체력에 의하여 높게 된다든지, 낮게 된다든지 한다. 자국제품의 가격경쟁력이 약하기 때문에, 자국통화의 가치를 너무 높이지 않으려는 국가가 많다. 이에 대하여, 통화가치가 낮은 경우는 높은 인플레이션이나 경기침체가 원인이면 경제의 불안정을 나타낸다. 변동환율의 반대는 고정환율제도(fixed exchange rate system)이다. 또 par value of currency(외환평가)도 참조할 것. ~ **[*variable*] *interest rate*** 변동금리 ¶ The *floating interest rate* is a loan interest rate that changes whenever an index rate, or base rate, such as the bank prime rate, the London Interbank Offered Rate (LIBOR), or Federal Home Loan Bank index rate changes. There are numerous examples: (1) consumer loan rate, for example, the rate charged on adjustable rate mortgages or variable rate auto loans, that is indexed to another rate, such as the commercial bank prime rate, a cost of funds index, or a lender's internal cost of funds; (2) key lending rate, such as the prime rate that moves upward or downward, depending on marked demand for funds, available reserves in the banking system, and other factors. 변동금리란 지표금리, 또는 은행우대대출금리(bank prime rate), 런던은행간 자금운용(대출)금리(London Interbank Offered Rate: LIBOR), 또는 미연방주택대출은행의 지표금리 등의 기준금리(base rate)가 변할 때마다 변동하는 대출금리를 이른다. 변동금리는 여러 가지의 실례(examples)가 있는 바, (1) 예컨대, 상업은행의 우대대출금리(commercial bank prime rate), 펀드인덱스코스트, 대여자(貸與者)의 자금내부비용 등 다른 금리를 지수화(indexed)하는 변동금리모기지(adjustable rate mortgage)에 과하는 금리 또는 변동금리자동차대출(variable rate auto loans)인 소비자금융금리(consumer loan rate), (2) 자금에 대한 현저한 수요에 따라 상하로 변동하는 우대금리(prime rate) 등 은행제도를 이용할 수 있는 준비제도 기타 요인인 주요대출금리(key lending rate)가 있다. ~ ***lien*** 부동(浮動)리엔 ¶ *Floating lien* is lien attached to a company's assets or class of assets. 부동리엔은 회사의 자산(assets) 또는 자산의 집합체에 부착된 리엔을 이른다. ~ ***policy*** [영] 부동(浮動)보험증권 ¶ The *floating policy* is: (1) an insurance policy that relates to movable personal property. (2) an insurance policy that is used to cover merchandise that is continuously changing, such as in maritime shipments of cargoes, or personal property which is substituted. Although the specific items being covered change over time, the policy remains in force until it is cancelled. Also known as floating insurance policy. 부동보험증권이란 (1) 움직일 수 있는 동산에 관련하는 보험증권을 말한다. (2) 하물의 해상운송에서, 또는 대체되는 동산과 같이 계속 변화하는 상품을 커버하고 있는 특유한 품목이 시간이 지나면서 변하더라도, 보험증권이 취소되기까지 유효한 보험증권을 말한다. 이는 floating insurance policy(부동보험증권)으로도 알려져 있다. ~ ***production storage & offloading unit* (*FPSO*)** [영] 부유식 원유생산저장하역설비 ¶ The *Floating Production Storage and Offloading Unit* (*FPSO*) is an oil refinery on the sea. It is manufactured to develop an oil field in the deep sea. The factory is ordinarily run on so large scale as the three soccer fields put together, normally more than 300 meters length, 60 meters wide, and the height of 30 meters. It is possible to produce more than 250, 000 barrels of crude oil a day and to store over two hundred barrels. 부유식 원유생산저장하역설비는 바다 위에 떠 있는 정유공장인 셈이다. 심해에서 유전을 개발하기 위해 제작되었다. 통상 길이 300m, 폭 60m, 높이 30m 이상의 규모로 축구장 3개를 합친 크기다. 하루 25만 배럴 이상의 원유생산이 가능하고 200만 배럴 이상을 저장할 수 있다. ~ ***rate note (FRN)*** 변동금리부 채권 ¶ A *floating rate note* is a debt instrument with a variable interest rate. Interest adjustments are made periodically, often every six months, and are tied to a money-market index such as Treasury bill rates. *Floating rate notes* usually have a maturity of about five years. They provide holders with protections against rises in interest rates, but pay lower yields than fixed rate notes of the same maturity. Also known as a floater. 변동금리부 채권이란 금리가 변동하는 채권을 이른다. 금리는 정기적으로 (통상은 6개월마다) 재검토되고 미재무부 단기증권(Treasury bill)의 금리 등 단기시장의 지표금리와 연동한다. 5년 전후로 만기(maturity)를 맞는 경우가 많다. 변동이자부 채권은 금리상승리스크를 억제하게 되지만, 만기가 같은 고정금리부 채권(fixed rate note)보다 수익률은 낮다. 이를 floater(변동금리부 채권)라고도 한다. ~ ***rate certificate of deposit (FRCD)*** [영] 변동금리부 예금증서 ¶ The *floating rate certificate of deposit* (*FRCD*) is a certificate of deposit issued by a bank that pays a monthly, quarterly, semiannual, or annual coupon based on a floating interest rate, often LIBOR or EURIBOR. The most common FRCDs have a 6-month maturity and a 30-day roll (e.g., accrued interest is paid every 30 days and the new coupon is set) and a 12-month maturity with 90-day roll. Also known as variable rate certificate of deposit (VRCD). See also lockup certificate of deposit; negotiable certificate of deposit. 변동금리부 예금증서는 변동금리, 종종 런던은행간 자금운용금리(LIBOR), 또는 유럽은행간대출금리(EURIBOR)에 기초한 월별, 1분기별, 반년별 또는 1년별 쿠폰을 지급하는 은행이 발행하는 예금증서를 말한다. 가장 일반적인 변동금리부 예금증서는 6월별 만기와 30일 개서(roll, 改書)(예컨대, 경과이자는 30일마다 지급되고 새로운 쿠폰은 고정적이다.)와 90일 개서가 있는 12월 만기의 예금증서가 있다. 이는 variable rate certificate of deposit(변동금리부 예금증서)로도 알려져 있다. ~ ***rate loan*** [영] 변동금리부 대출 ¶ The *floating rate loan* is a loan where the interest paid by the borrower is based on a floating rate benchmark, such as LIBOR or EURIBOR. 변동금리부 대출은 차입자(borrower)이 지급하는 이자가 런던은행간 자금운용금리(LIBOR) 또는 유럽은행간 대출금리(EURIBOR)와 같은 변동금리표준(benchmark)에 기초하는 대출을 말한다. ~ ***securities*** 부동증권 ¶ *Floating securities* are securities bought for the purpose of making a quick profit on resale and held in a broker's name. 부동증권이란 전매해서 단기간에 이익을 얻을 목적으로 구입되며, 브로커명의로 보유되고 있는 증권을 말한다. ~ ***strike ladder option*** [영] 변동적 행사가격래더옵션 ¶ The *floating strike ladder option* is an over-the-counter complex option that allows the buyer to lock in any accumulated gains prior to expiry as the price of the underlying exceeds prespecified market level (or "rungs"); gains are not lost if the market subsequently retraces. This version of the option carries no preset strike price, it simply compares the terminal price and ladder rungs at maturity to determine the size of any gains. See also cliquet option; fixed strike ladder option; ladder option; shout option. 변동적 행사가격래더옵션은 기초자산의 가격이 사전에 특정한 시장수준(또는 「단계」)을 초과하기 때문에 매수인에게 만기 이전에 축적된 이익이 있으면 이를 확정할 것을 허용하는 장외거래의 복잡한 옵션을 말한다.

이익은 시장을 그 후 거슬러 조사를 하면 놓쳐버리지는 않는다. 이런 옵션의 버전은 미리 정한 권리행사가격은 없고, 단순히 이익이 있으면 그 규모를 결정하기 위하여 최종가격과 래더단계를 만기시에 비교하는 수밖에 없다. cliquet option(걸쇠옵션); fixed strike ladder option(고정적 행사래더옵션); ladder option(래더옵션); shout option(샤웃옵션)도 참조할 것. ~ ***strike lookback option*** [영] 변동적 행사가격룩백옵션 ¶ The *floating strike lookback option* is an over-the-counter complex option that provides the buyer with a maximum gain by "looking back" over the price path of the underlying and determining the point that creates the greatest economic profit. This version of the option carries no preset strike price, it simply compares the terminal price against the lowest buying price (for call options) or highest selling price (for put options) See also lookback option. 변동적 행사가격룩백옵션은 기초자산의 가격경로(price path)에 관하여 「되돌아 보고」(look back) 최대의 경제적 이익을 창조하는 포인트를 결정함으로써 매수인에게 최대의 이익을 제공하는 장외거래의 복잡한 옵션을 말한다. 이런 옵션의 버전은 미리 정한 행사가격은 수반하지 않고, 단순히 (콜옵션을 위한) 최저매수가격이나 (풋옵션을 위한) 최고매도가격에 대한 최종가격을 비교한다. look back option(룩백옵션)도 참조할 것. ~ ***strike shout option*** [영] 변동적 행사가격샤웃옵션 ¶ The *floating strike shout option* is an over-the-counter complex option that allows the buyer to lock in any accumulated gains when "shout" is declared (i.e., the buyer formally declares its intention to lock in); gains are not lost if the market subsequently retraces. This version of the option carries not predefined strike price, it simply compares the terminal price and shout level at maturity to determine any profit. See also cliquet option; fixed strike shout option; ladder option; shout option. 변동적 행사가격샤웃옵션이란 「샤웃」이라고 선언되는 경우(예컨대, 매수인이 정식으로 보존하려는 의사를 분명히 한다.) 매수인에게 어떤 누적된 이득이든 보존할 것을 허락하는 장외거래의 복합적 옵션이다. 이득은 시장이 그 후 후퇴하더라도 상실되지 않는다. 이런 변형의 옵션은 사전에 정한 행사가격을 수반하지 않고, 그것은 어떤 이익을 결정하기 위하여 간단하게 최종가격과 만기에 샤웃수준을 비교한다. cliquet option(걸쇠옵션); fixed strike shout option(고정적 행사샤웃옵션); ladder option (래더옵션); shout option(샤웃옵션)도 참조할 것. ~ ***supply*** 부동지방채, 부동주(浮動株) ¶ In the case of bonds, *floating supply* is a total dollar amount of municipal bonds in the hands of speculators and dealers that is for sale at any particular time as offered in the Blue List. Someone might say, for instance, "There is $10 billion in *floating supply* available now in the municipal bond market." 채권의 경우에, 부동지방채란 투자자(speculator)나 딜러(dealer)가 보유하고, 블루리스트(Blue List)에 게재되어 언제든지 매각될 가능성이 있는 지방채(municipal bonds)의 총액을 이른다. 예컨대 누군가는 「현재, 지방채시장에는 100억 달러의 부동채가 있습니다」 (There is $10billion in floating supply available now in the municipal bond market.)라고 말할 수 있을 것이다. ¶ In the case of stocks, *floating supply* is number of shares of a stock available for purchase. A dealer might say, "The *floating supply* in this stock is about 200,000 shares." Sometimes called simply the float. 주식의 경우에, 부동주는 구입가능한 주식수를 이른다. 딜러는 「이 종목의 부동주는 약 20만주입니다.」(The floating shares in this stock is about 200,000 shares)라고 말할 수 있을 것이다. 간단히 float(부동주)라고도 한다.

floor 상(床), 플로어, 하한, 최저액, 하한금리, 입회장 ¶ In general, the *floor* means the lower limit of something. In securities, it is the part of a stock exchange where active trading takes place or the price at which a stop loss order is

어이쿠, 주가가 반토막이네!

activated. See also floor broker. 일반적으로, 하한(floor)이란 무엇인가의 낮은 한도(lower limit)를 이른다. 증권에서는, 실제의 거래가 이루어지는 증권거래소(stock exchange)내의 장소를 말한다. 또 그것은 손절주문(損切注文)(stop loss order)이 집행되고 있는 가격을 이른다. floor broker(입회장 브로커)를 참조할 것. /ceiling buy a *floor* 하한금리를 매입하다 /a *floor* loan 최소한도 대출액 /the *floor* price 하한의 가격 /price *floor* 가격의 하한 ***floor broker*** [주식] 입회장 브로커 ¶ The *floor broker* is a member of an exchange who is an employee of a member firm and executes orders, on the floor of the exchange for clients. The *floor broker* receives an order via teletype machine from his firm's trading department, then proceeds to the appropriate trading post on the exchange floor. There he joins other brokers and the specialist in the security being bought or sold, and executes the trade at the best competitive price available. On completion of the transaction, the customer is notified through his registered representative back at the firm, and the trade is printed on the consolidated ticket tape, which is displayed electronically around the country. A *floor broker* should not be confused with a floor trader, who trades as a principal for his or her own account. rather than as a broker. 입회장 브로커란 고객을 대신해서 입회장(floor)에서 주문을 집행하는 거래소 회원회사(member firm)의 종업원이다. 입회장 브로커는 자사(自社)의 거래부문에서 텔레타이프로 주문을 수취하고 입회장의 적절한 거래포스트(trading post)에 가서 그 종목을 매매하는 다른 브로커나 스페셜리스트(specialist)를 만나 가능한 한 유리한 가격으로 거래한다. 거래가 성사되면, 사내의 등록증권외무사원(registered representative)을 통해서 고객에게 통지한다. 또 거래는 종합틱커테이프(consolidated ticker tape)에 입력되어 전국으로 주가표시판에 표시된다. 입회장 브로커와 입회장 트레이더(floor trader)와는 다르다. 입회장 트레이더는 주선업자(broker)가 아니라 본인(principal)으로서 자신의 계좌로 거래를 한다. ~ ***official*** 입회장 직원 ¶ The *floor official* is a securities exchange employee, who is present on the floor of the exchange to settle disputes in the auction procedure, such as questions about priority or precedence in the settling of an auction. The *floor official* makes rulings on the spot and his or her judgment is usually accepted. 입회장 직원은 입찰처리에서의 우선처리(priority, precedence)에 관한 문제 등 입찰절차상의 분쟁을 해결하기 위해서 입회장에 있는 증권거래소(securities exchanges)의 종업원이다. 입회장 직원은 현장에서 재정(裁定)을 내리고, 그의 판단은 통상 그대로 처리된다. ~ ***ticket*** 입회장용 전표 ¶ The *floor ticket* is a summary of the information entered on the order ticket by the registered representative on receipt of a buy or sell order from a client. The *floor ticket* gives the floor broker the information needed to execute a securities transaction. The information required on *floor tickets* is specified by securities industry rules. 입회장용 전표란 고객으로부터 매매주문을 받은 시점에서 등록증권외무사원(registered representative)이 주문전표(order ticket)에 기재하는 주문의 개요를 이른다. 입회장용 전표는 입회장 브로커(floor broker)가 거래를 집행하는 데에 필요한 정보가 기재되고 있다. 기재할 정보내용은 증권업계의 규칙에 명기되어

있다. ~ ***trader*** 입회장트레이더, (자기계좌로만 매매하는) 등록트레이더(registered traders) ¶ The *floor trader* is a member of a stock or commodities exchange who makes on the floor of that exchange for his or her own account. The *floor trader* must abide by trading rules similar to those of the exchange specialists who trade on behalf of others. The term should not be confused with floor broker. See also registered competitive trader. 입회장트레이더는 입회장 자기계좌에서 거래하는 증권거래소나 상품거래소의 회원을 이른다. 입회장트레이더는 제3자를 갈음하여 거래하는 스페셜리스트(specialist)와 같은 규칙을 지켜야 한다. 그 용어는 입회장브로커(floor broker)와 혼동해서는 안 된다. 또 registered competitive trader(등록한 컴페터티브 트레이더)도 참조할 것.

floored floating rate note [영] 하한변동금리부 채권 ¶ The *floored floating rate note* is a floating rate note (FRN) that features a coupon that is floored at a lower strike level. The investor therefore faces a minimum return on invested capital once rates fall below the strike. See also capped floating rate note. 하한변동금리부 채권은 낮은 행사가격수준으로 하한변동이 된 쿠폰을 특징으로 하는 변동금리부 채권이다. 투자자는 그러므로 일단 금리가 행사가격 이하로 하락하면 최소의 수익률을 직면하게 된다. capped floating rate note(상한변동금리부 채권)도 참조할 것.

flooring 재고금융

floorlet [영] 플로어렛 ¶ *Floorlet* is one of a series of interest rate floors comprising a floor. 플로어렛은 하한(floor)을 구성하는 일련의 금리하한(interest rate floors)의 하나이다.

floortion [영] 플로어션 ¶ The *floortion* is an over-the-counter option on a floor, granting the buyer the right to purchase a floor at a predetermined strike price. See also cap; caption. 플로어션은 사전에 정한 행사가격으로 매수인에게 하한금리로 구매할 권리를 부여하는 입회장에서 일어나는 장외옵션을 말한다.

flop [구] 실패

flotation; floatation 신규발행, 매출 ¶ the *flotation* [raising] of a loan (자금의) 모집, 기채(起債) /the *flotation* of a new company 신회사주식의 매출 ***flotation (floatation) cost*** 발행비 ¶ The *flotation cost* is a cost of issuing new stocks or bonds. It varies with the amount of underwriting risk and the job of physical distribution. It comprises two elements: (1) the compensation earned by the investment bankers (the underwriters) in the form of the spread between the price paid to the issuer (the corporation or government agency) and the offering price to the public, and (2) the expenses of the issuer (legal, accounting, printing, and other out-of-pocket expenses). Securities and Exchange Commission studies reveal that *flotation costs* are higher for stocks than for bonds, reflecting the generally wider distribution and greater volatility of common stock as opposed to bonds, which are usually sold in large blocks to relatively few investors. 발행비란 주식이나 채권을 신규발행할 때의 비용을 말한다. 그것은 인수리스크의 크기와 물리적 분매작업량에 따라서 다르다. 발행비는 2개의 요소로 구성되고 있다. (1) 투자은행(인수업자, underwriter)이 얻는 보수, 즉 발행단체(회사나 정부기관)의 조달금액과 일반공모가격의 차액과, (2) 발행단체(issuer)의 비용(법률, 회계, 인쇄관련비, 현금지급의 비용)이다. 미증권거래위원회(Securities and Exchange Commission: SEC)의 조사에 의하면, 일반적으로 주식은 채권에 비하여 폭넓은 층의 투자자에게 판매되고, 가격변동성(volatility)이 큰 것에 대하여, 채권은 비

교적 소수의 대형투자자에게 판매되는 경우가 많기 때문에, 주식 쪽이 채권보다 발행비가 크다.

flow 흐름, 재화의 흐름, 유출 ¶ *cash flow*-through 자금의 흐름 /a *flow* chart 플로우차트, 흐름도(圖) /*flow*(-)of(-)funds analysis 자금이동분석 ***cash flow*** 현금흐름, 자금융통 ¶ They borrow against the *cash flow* of the company. [M&A] 그들은 그 회사의 현금흐름을 담보로 돈을 빌린다. ¶ In a larger financial sense, a *cash flow* is an analysis of all the changes that affect the cash account during an accounting period. The statement or cash flows included in annual reports analyzes all changes affecting cash in the categories of operations, investments, and financing. When more cash comes in than goes out, we speak of a positive *cash flow*; the opposite is a negative *cash flow*. 더 큰 재무적인 의미에서 보면, 현금흐름이란 특정한 회계기간내의 현금계좌에 영향을 주는 모든 움직임을 분석하는 것이다. 연차보고서(annual reports)에 포함되는 현금흐름계산서(statement of cash flow)는 영업, 투자, 재무분야에 있어서 현금에 영향을 미치는 모든 움직임을 분석하고 있다. 나가는 것보다 들어오는 현금이 많으면 적극적인 현금흐름이라 하고, 그 반대는 소극적인 현금흐름이라 한다. ~ ***of funds*** 자금순환 ¶ In referring to the national economy, the *flow of funds* is the way funds that are transferred from savings surplus units to savings deficit units through financial intermediaries. See also financial intermediary. 국가경제에 관하여 살펴 볼 때에, 자금순환은 금융중개기관(financial intermediary)을 통하여 자금잉여부분으로 자금이 이동하는 것이다. financial intermediary(금융중개기관)도 참조할 것. ¶ In mutual funds, the *flow of funds* is a movement of money into or out of mutual funds or between various fund sectors. Heavy inflows and outflows are viewed respectively as bullish or bearish indicates for the stock market in general or for stock prices of the underlying companies in different sectors. 뮤추얼펀드에 있어서, 자금순환은 뮤추얼펀드(mutual funds)자금의 유출입이나 펀드내의 자금이동을 이른다. 대량의 자금의 유출입은 주식시장 전체나 각 부문의 주가에 대한 강세(bullish), 약세(bearish)의 전망을 나타낸다고 생각되고 있다.

fluctuate 오르고 내리다, 등락하다 ¶ *fluctuating* market 변동이 심한 시황

fluctuation (시세의) 변동, 고하(高下), 높낮이 ¶ *Fluctuation* is change in prices or interest rates, either up or down. *Fluctuation* may refer to either slight or dramatic changes in the prices of stocks, bonds, or commodities. See also fluctuation limit. (시세의) 변동은 가격이나 금리가 상하로 움직이는 것이다. 시세의 변동은 주식(stock), 채권(bond), 상품(commodities)의 가격이 약간의 변화에도, 큰 변화에도 쓴다. fluctuation limit(가격표제한)도 참조할 것. /a *fluctuation* in prices 물가의 변동 /*fluctuations* of the exchange rate 외국환의 변동 /violent [heavy, rapid] price *fluctuations* 가격의 격변 ***fluctuation limit*** 가격폭제한 ¶ The *fluctuation limit* is limits placed on the daily ups and downs of futures prices by the commodity exchanges. The limit protects traders from losing too much on a particular contract in one day. If a commodity reaches its limit, it may not trade any further that day. See also limit up, limit down. 가격폭제한이란 선물가격(futures prices)의 1일의 변동에 대하여 상품거래소가 설정하는 한도범위를 말한다. 그 한도범위는 개개의 거래에서 1일에 과대한 손실을 입지 않도록 하는 구조이다. 한도에 도달한 상품은 그 날은 그 이상의 거래는 할 수 없다. limit up, limit down(상한가, 하한가)도 참조할 것.

flurry 거래급증 ¶ The word *flurry* means sudden increase in trading activity in a particular security. For example, there will be a *flurry* of trading in the stock of a company that was just the target of a surprise takeover bid. There are often trading *flurries* right after a company releases its quarterly earnings. flurry(거래급증)이라는 말은 어느 증권의 거래가 급히 활발하게 되는 경우를 이른다. 예컨대, 갑자기 주식공개매수(takeover bid)의 대상이 된 회사의 주식(stock)이 활발하게 매매되는 경우가 그것이다. 간혹 회사가 4반기 수익결산을 발표한 직후에도 잘 볼 수 있는 현상이다.

FNMA → **F**ederal **N**ational **M**ortgage **A**ssociation [약] 미연방모기지협회 → Fannie Mae (Federal National Mortgage Association) 패니메이채(債)

FOB; f.o.b. → free **o**n **b**oard [약] 본선인도, 수출항인도, 본선적재인도(조건, 가격) ¶ *FOB* prices 본선인도가격 ¶ *Free on board* is a transportation term meaning that the invoice price includes delivery at the seller's expense to a specified point and no further. For example, "*FOB* our Newark warehouse" means that the buyer must pay all shipping and other charges associated with transporting the merchandise from the seller's warehouse in Newark to the buyer's receiving point. Title normally passes from seller to buyer at the *FOB* point by way of a bill of lading. 본선인도(조건)는 송장가격(invoice price)에 매도인이 지정지까지 부담하는 운송비만 포함하고 그 이상은 부담하지 않는다는 것을 의미하는 운송용어이다. 예컨대, 「FOB조건 뉴웍 폐사창고」라고 하면, 매수인이 매도인의 뉴웍의 창고에서 수취지점까지 상품의 모든 선적비용과 운송관련비용을 부담해야 한다는 뜻이다. 소유권은 통상적으로 FOB지점에서 선하증권(bill of lading)과 함께 매수인에게 이전된다.

FOCUS report 포커스보고서 ¶ *FOCUS* is an acronym for the Financial and Operational Combined Uniform Single report, which broker-dealers are required to file monthly and quarterly with self-regulatory organizations (SROs). The SROs include exchanges, securities associations, and clearing organizations registered with the Securities and Exchange Commission and required by federal securities laws to be self-policing. The *FOCUS report* contains figures on capital, earnings trade flow, and other required details. FOCUS(포커스)는 Financial and Operational Combined Uniform Single(재무영업겸용단일양식)의 두자어(頭字語)이고, 포커스보고서는 브로커-딜러(broker-dealer)는 이를 매월과 4반기마다 자율규제기구(self-regulatory organization: SRO)에 제출하여야 한다. 자율규제기구란 미증권거래위원회(Securities and Exchange Commission: SEC)에 등록되어 있는 거래소, 증권업협회(securities association), 결제기관(clearing organization) 등이고, 자율규제를 감독하도록 연방증권거래법에서 의무로 하고 있다. 포커스보고서에는 자본, 이익, 거래량 기타 필요한 사항을 상세히 기재한다.

fold 접다, (접어) 개다, 덮다

folder 서류철, 소책자(小册子), [컴] 폴더 ¶ The *folder* is the term used by Apple for what in DOS was called a directory. Windows 95 and later versions adopted this terminology. Programs or files are stored in folders just as one would store documents in *folders* in a file cabinet. 폴더는 도스(DOS)에서 디렉토리(directory)라고 하는 것을 위해서 애플(Apple)에서 사용하는 용어이다. 윈도우 95(Windows 95)와 그 후의 버전(version)은 이 용어법을 채택했다. 프로그램이나 파일은 바로 사람이 파일 캐비넷(file cabinet)에 있는 폴더에 문서를 저장하려 할 때에 폴더에 저장된다.

folio 폴리오 → self-directed portfolio (자율형 포트폴리오).

follower 신봉자, [주식] 앞잡이

FOMC → Federal Open Market Committee [약] 연방공개시장위원회 ¶The *Federal Open Market Committee* (*FOMC*) is the U.S. Federal System's policy committee, responsible for developing and implementing monetary policy. The committee, which includes the 7 Federal Reserve Board governors and 5 of the 12 Federal Reserve Bank presidents, conducts monetary policy via open market operations and adjustments to both the discount rate and reserve requirements. 연방공개시장위원회는 통화정책을 개발하고 시행할 책임을 지는 미국연방제도의 정책위원회이다. 위원회는 연방준비위원회의 7인의 위원과 12개의 연방준비은행의 행장 중의 5인으로 구성되며, 공개시장조작 및 할인율과 준비금비율 양쪽에 대한 조정을 행한다.

food 식품, 식량 ¶*food* additives 식품첨가물 /*food,* clothing, and shelter 의식주 /*food* self-supporting 식량자급 ***Food and Drug Administration* (*FDA*)** [미] 식약청 ¶The *Food and Drug Administration* (*FDA*) is an administrative agency of the U.S. Department of Health and Human Services that regulates the safety and quality of foodstuffs, pharmaceuticals, cosmetics, and medical devices. 미식약청은 식품의 안전과품질, 약품, 화장품 및 의료장치를 규율하는 미국보건복지부(Department of Health and Human Services)의 행정기관이다.

foodstuff (*pl.*) 식품, 식량

foot [n.] 말미(末尾), 합계액
[v.] (숫자를) 합계하다(up), (경비를) 부담하다 ¶*foot* up an account 셈을 합계하다

footing [회계] (계좌의) 합계

footnote [n.] 각주 ¶The *footnote* is a detailed explanation of an item in a financial statement. *Footnotes* are nearly always located at the end of a statement. For example, a company is likely to attach *footnotes* to its annual report to expand on the depreciation and inventory valuation methods used by its accountants. Many financial analysts consider *footnotes* the most important information in annual reports. Also called note. 각주는 재무제표에 있는 항목에 대한 상세한 설명이다. 각주는 거의 언제나 재무제표의 끝에 위치한다. 예를 들면, 회사는 그의 회계사가 사용한 감가상각(depreciation)과 재고자산평가방법(inventory valuation method)을 상술하기 위해 연차보고서에 각주를 달 것이다. 많은 재무분석가들은 각주야말로 연차보고서에서 가장 중요한 정보라고 생각한다. 이를 note [주(註)]라고도 한다.
[v.] 각주를 달다

FOOTSIE FT 100종목 주가지수 ¶The *FOOTSIE* is a popular name for the Financial Times' FT-SE 100 Index (Financial Times-Stock Exchange 100 stock index), a market-value (capitalization)-weighted index of 100 blue chip stocks traded on the London Stock Exchange. FOOTSIE는 파이낸셜 타임즈의 FT 100종목 종합주사지수(Financial Times-Stock Exchange 100 stock index)의 속칭이다. 런던증권거래소(London Stock Exchange)에서 거래되는 우량주(blue chip) 100 종목의 시가총액(market value 또는 capitalization)을 가중한 지수이다.

forbearance [영] (권리행사의) 보류 ¶The *forbearance* is: (1) a decision by a bank not exercise its rights against a borrower in technical default, in exchange for the borrower's promise to begin making regular payments of principal and/or interest. (2) See regulatory forbearance. (권리행사의) 보류는 (1) 차입자의

정식의 원금과 이자를 지급하기 시작할 약속에 대신하여, 테크니컬 디폴트에 차입자에 대한 권리를 행사하지 않는다는 은행의 결정을 말한다. (2) regulatory forbearance(법률상의 보류)도 참조할 것.

Forbes 500 포브스지(誌) 500대기업 ¶ *Forbes 500* is annual listing by Forbes magazine of the largest U.S. publicly-owned corporations ranked by four ways: by sales, assets, profits, and market value. See also Fortune 500. 포브스지(誌) 500대기업은 매년 포브스지(誌)가 발표하는 미국의 최고주식공개회사의 순위를 말한다. 총매상액, 자산, 이익, 시가총액의 넷을 기준으로 하여 순위를 정한다. Fortune 500[포춘 500사(社)]도 참조할 것.

forced 강제의, 무리한 ¶ *forced* auction 강제경매 /*forced* deposit 강제예금 /a *forced* loan 강제공채 /a *forced* market [주식] 완력시장 /a *forced* sale 강제매각, 경매처분 /*forced* saving 강제저축 ***forced conversion*** 강제전환 ¶ The *forced conversion* is when a convertible security is called in by its issuer. Convertible owners may find it to their financial advantage either to sell or to convert their holdings into common shares of the underlying company or to accept the call price. Such a conversion usually takes place when the convertible is selling above its call price because the market value of the shares of the underlying stock has risen sharply. See also convertible. 강제전환이란 전환사채(convertible security)를 발행단체(issuer)가 임의상환하는 경우이다. 전환사채의 보유자는 사채의 매각, 보통주에의 전환, 기한전 상환가격(call price)의 수입에서 유리한 방법을 선택할 수 있다. 그러한 전환은 통상 주가의 급상승에 의하여 전환사채가 기한전 상환가격(call price)을 상회하여 매매될 때에 강제전환이 행해진다. convertible(전환할 수 있는)도 참조할 것.

force majeure [프] 불가항력 ¶ A *force majeure* is a certain unforeseen events – such as war, political upheaval, acts of God, or other events – that will excuse a party from liability for nonperformance of contractual obligations. 불가항력은 계약상의 채무의 불이행으로 인한 책임을 면제시키는 — 전쟁, 정변(政變), 자연재해 기타의 사태와 같은 — 예상치 못한 사태를 이른다.

forecast ⓥ 예상하다, 예측하다 ¶ *forecasted* financial statements 견적재무제표 /sales *forecasting* 매상예측 ***forecasting*** 예측 ¶ *Forecasting* is a projecting current trends using existing data. *Forecasting* can also refer to various projections used in business and financial planning. 예측이란 현재의 데이터를 사용하여 현시점에서 경향을 전망하는 것을 이른다. 예측은 사업이나 재무계획에서 사용되는 여러 가지의 전망에도 사용된다.
ⓝ 예측, 예보

foreclose 저당물에 담보권을 행사하다, 유저당물(流抵當物)을 처분하다 ¶ *foreclose* (on) a mortgage 모기지물을 처분하다 /*foreclosed* property 유저당물

foreclosure 유질(流質), 유저당(流抵當), 환수권상실, 모기지토지의 모기지권실행 ¶ The *foreclosure* is the process by which a homeowner who has not made timely payments of principal and interest on a mortgage loses title to the home. The holder of the mortgage, whether it be a bank, a savings and loan, or an individual, must go to court to seize the property, which may then be sold to satisfy the claims of the mortgage. 환수권상실은 모기지대부를 받고 있는 사람이 원본(principal)이나 이자(interest)를 반환하지 않고, 자기 주택을 상실하는 것이다. 모기지보유자는 은행, 저축대부조합, 개인 등이든 재산을 압류함에는 법원에서 절차를 밟아야 한다. 그 후 매각하여 채권회수에 충당하는 경우도 있다.

foregift (임대차의) 권리금(a premium for a lease), 부금(敷金)

foregin 외국의, 재외의, 외국행의, 다른 물건의 ¶ control of the *foreign* exchange market 외환시장조작 /enterprises with *foreign* capital 외자계기업 /*foreign* affiliates; *foreign* capital firms; *foreign* affiliated firms; *foreign* owned enterprises; *foreign*-backed enterprises 외자계기업 /foreign attachment 채권압류 /*foreign* bank 외국은행, 타점(他店), 타행(他行) /*foreign* bank notes 외국지폐 /*foreign* banks with branches in Korea; *foreign* banks in Korea 재한외국은행 /*foreign* bill of exchange; *foreign* draft 외국환어음 /*foreign* bill purchased registers 외국환매입장 /*foreign* capital [money, funds]; *foreign* investment 외자 /*foreign* capital affiliated companies 외자제휴회사 /*foreign* claimable assets 외화채권 /*foreign* collection 외국추심어음 /*foreign* companies 외국회사 /*foreign* currency bills 외화어음 /*foreign* currency bills receivable 외화추심외국환 /*foreign* currency bonds 외화채 /*foreign* currency deposits 외화예금, 외화예탁 /*foreign* currency deposit accounts 외화예금계정 /*foreign* currency holdings 외화보유총액 /*foreign* currency loan 외화대출 /*foreign* currency position 외화포지션 /*foreign* currency reserves 외화총준비액 /*foreign* currency swap 외환스왑 /*foreign* currency translation 외화환산 /*foreign* debts 대외채무 /*foreign* drafts [checks] 외국어음 /*foreign* exchange banks 외국환은행 /*foreign* exchange bills 외국환어음 /*foreign* exchange broker 외환중매인 /*foreign* exchange business 외국환업무 /*foreign* exchange contracts 외환예약 /*foreign* exchange control 외국환관리 /*foreign* exchange dealers 외환딜러 /*foreign* exchange financing 외화금융 /*foreign* exchange gain 외환차익 /*foreign* exchange market 외환시장 /*foreign* exchange position 외환포지션 /*foreign* exchange position books 외환포지션기입장 /*foreign* exchange position sheets 외환포지션금액표 /*foreign* exchange reserves 외화준비금액 /*foreign* exchange restriction; *foreign* exchange control 외환제한 /*Foreign* Exchange Sale [Purchase] Ticket [외환] 거래메모 /the *Foreign* Exchange Section 외환과 /*foreign* exchange sold 매도외환 /*foreign* exchange traders 외환트레이더 /*foreign* exchange trading 외환거래 /*foreign* firms 외국상사 /*foreign* investment(s) 해외투자 /*foreign* investors 외국투자자 /*foreign* investors' deposit accounts 외화예금계좌 /*foreign* juridical persons; *foreign* corporations 외국법인 /*foreign* [external] loans [bonds] 외채 /a *foreign* means of payment 대외지급수단 /*foreign* money 외국화폐 /*foreign* money bills 외화어음 /*foreign* notes 외국증권, 외국약속어음 /*foreign* securities listed in overseas market 외국상장주 /*foreign* stock(s) 외국주, 외국채 /*foreign* tax credit 외국세액공제 /*foreign* trade 외국무역 /*foreign* trade finance 무역금융 /*foreign* trade on consignment 위탁판매무역 /*foreign* trade statistics 무역통계 /introduction [induction] of *foreign* capital 외자도입 /loans in *foreign* exchange 외환대출 ***foreign* (*currency*) *bond*** 외채 ¶ The *foreign bond* is a debt security issued by a foreign entity in a domestic market in the domestic market's currency. Attraction to domestic investors is international diversification without currency exchange risk. See also Eurobonds, Bulldog securities, Matilda bonds, Samurai bonds, Yankee bonds. 외채란 국내시장에서 국내시장의 통화로 외국법인이 발행한 채무증권을 이른다. 국내의 투자자에게 매력적인 것은 통화교환의 위험이 없이 국제적으로 분산(diversification)된 채무증권이다. Eurobonds(유로본드), bulldog securities(불독증권), Matilda bonds(마틸다본드), Samurai bonds(사무라이본드), Yankee bonds(양키본드)도 참조할 것. ~ ***corporations*** 외국회사 ¶ A *foreign corporation* is a corporation chartered under the laws of a state other than the one in which it conducts business. Because of inevitable confusion with term alien corporation, out-of-state corporation is preferred. 외국회사는 사업을 행하고 있는 주 이외의 주의 법률에 근거해서 설립된 회사를 말한다. alien corporation(외국회사)과 혼동하기 쉽기 때문에 외국회사로는 out-of-state corporation(주외회사)라고 하는 편이 더 좋다. ***Foreign Corrupt Practices Act*** 해외부정행위방지법 ¶ The *Foreign Corrupt Practices Act* is a Securities Exchange Act of 1934 amendment passed in 1977 providing internal controls and penalties aimed at curtailing bribery by publicly held companies of foreign government officials and personnel. 해외부정행위방지법은 1977년에 성립한 1934년 증권거래법(Securities and Exchange Act of 1934)의 개정법을 이른다. 이 법은 주식공개회사에 의한 외국정부의 고관이나 직원에의 회뢰(賄賂)를 줄이기 위하여, 내부관리와 벌칙을 정한다. ~ ***currency bond*** [영] 외국통화채(債) ¶ The *foreign currency bond* is: (1) a bond issued in a currency other than the issuer's home currency. (2) See dual currency bond. 외국통화채(債)는 (1) 발행자의 자국통화 이외의 통화로 발행된 채권(bond)을 말하며, (2) dual currency bond[듀얼커런시채(債)]도 참조할 것. ~ ***crowd*** 포린크라우드 ¶ The *foreign crowd* is New York Stock Exchange members who trade on the floor in foreign bonds. 포린크라우드란 입회장에서 외국채권(foreign bonds)을 거래하는 뉴욕증권거래소(New York Stock Exchange)의 회원을 말한다. ~ ***currency futures and options*** 외국통화선물과 옵션 ¶ The *foreign currency futures and options* are futures and options contracts based on foreign currencies, such as the Euro, Japanese yen, and British pound. The buyer of a foreign currency futures contract acquires the right to buy a particular amount of that currency by a specific date at a fixed rate of exchanges, and the seller agrees to sell that currency at the same fixed price. Call options give call buyers the right, but not the obligations, to buy the underlying currency at a particular price by a particular date. Call options on foreign currency futures give call buyers the right to a long underlying futures contracts. Those buying put options have the right to sell the underlying currencies at a specific price by a specific date. Most buyers and sellers of *foreign currency futures and options* do not exercise their rights to buy or sell, but trade out of their contracts at a profit or loss before they expire. 외국통화선물과 옵션이란 유로, 일본엔, 및 영국의 파운드화와 같은 외국통화의 선물과 옵션을 이른다. 통화선물의 매수인은 일정한 기일에 결정된 환율로 일정한 금액의 외화를 구입할 권리를 얻고, 매도인은 그 환율로 외화를 매각하는 것에 동의한다. 콜옵션(call option)은 일정한 기일까지 일정한 가격으로 통화를 구입할 권리이고, 의무는 아니다. 통화선물콜옵션을 사면 선물을 구입할 권리를 얻을 수 있다. 풋옵션(put option)을 사면 일정한 기일까지 일정한 가격으로 통화를 매각할 권리가 얻어진다. 통화선물이나 옵션의 대부분은 매매의 권리가 행사되지 않고, 기일 전에 반대매매를 한다. ~ ***direct investment*** 대외직접투자 ¶ The *foreign direct investment* is (1) an investment in U.S. businesses by foreign citizens; usually involves majority stock ownership of the enterprise, or (2) joint ventures between foreign and U.S. companies. 대외직접투자라 함은, (1) 외국인에 의한 미국회사에의 투자를 말하며, 통상은 주식의 과반수를 취득한다. 또는 (2) 외국회사와 미국회사에 의한 합작사업(joint ventures)을 말한다. ~ ***draft*** 외국환어음 ¶ A *foreign draft* is a check denominated in a specific foreign currency, usually drawn to the seller on a bank account in the country of the currency's origin. 외국환어음은 특정한 외국통화로 명명된 수표로, 통상 통화원산국에 있는 은행계정 앞으로 매도인에게 발행된다. ~ ***exchange (FOREX or FX)*** 외국환 ¶ *Foreign exchange*

(*FOREX or FX*) is instruments employed in making payments between countries – paper currency, notes, checks, bills of exchange and electronics notifications of international debits and credits. 외국환이란 국가간에서 지급수단으로 사용되는 증서로서, 지폐, 약속어음, 수표, 환어음, 전신이체 등이 있다. ~ ***exchange controls*** 외국환관리 ¶ *Foreign exchange controls* are restrictions that are imposed by a nation on the free exchange and convertibility of its own currency. *Foreign exchange controls* are most often instituted by countries whose currencies are weak and whose citizens prefers to hold and use the currencies of other nations. Institution of *foreign exchange controls* hinders foreign investors who wish to extricate their funds. 외국환관리는 국가가 자국의 통화의 자유교환 및 전환에 대해서 과하는 제한을 이른다. 외국환관리는 자국의 통화가치가 약세이고 자국민이 다른 국가의 통화를 보유하고 사용하기를 좋아하는 국가가 가장 자주 시행한다. 외국환관리의 시행은 외국투자자가 자신들의 자금을 빼돌리려는 것을 억제한다. ~ ***exchange (FX) broker*** [영] 외환브로커 ¶ The *foreign exchange* (*FX*) *broker* is a broker that deals exclusively with clients in the foreign exchange market, generally across a broad range of currencies. *Foreign exchange brokers* are permitted to disclose their principals in certain markets, but not in all markets. See also commodity broker; inter-dealer broker. 외환브로커는 외환시장에서 일반적으로 광범위한 통화를 주로 고객과 거래하는 브로커이다. 외환브로커는 일정한 시장에서는 자신의 본인(principal)을 드러내는 것이 허용되지만, 모든 시장이 다 그렇다는 것은 아니다. commodity broker(상품브로커); inter-dealer broker(딜러간(間) 브로커)도 참조할 것. ~ ***exchange (FX) market*** [영] 외환시장 ¶ The *foreign exchange* (*FX*) *market* is the general marketplace for buying and selling of currencies. The *FX market* allows currency hedgers and speculators to establish prices and exchange both major and emerging market currencies. The market is global, operating 24 hours per day, and is conducted on an over-the-counter basis (though certain currency derivatives are traded on exchanges). See also bond market; commodity market; stock market. 외환시장은 통화의 매매가 이루어지는 일반시장을 말한다. 외환시장은 통화헤저와 투기자가 가격을 확립하여 주요한 시장통화와 새로 형성되는 시장통화를 교환할 수 있게 한다. 외환시장은 세계적이고, 매일 24시간 움직이고 장외거래방식(over-the-counter basis)으로 행해지고 있다(그러나 일정한 통화파생상품은 장내에서 거래되고 있다). bond market(채권시장); commodity market(상품시장); stock market(주식시장)도 참조할 것. ~ ***exchange position*** 외환포지션 ¶ The *foreign exchange position* is the net amount of foreign exchanges held by the bank or the corporation at the point of time, that is to say, the difference between the buying amount and the selling amount of exchanges, which is exposed to the foreign exchange risk. In this case, if the buying amount goes over the selling amount, it is the bought position; if the selling amount goes over the buying amount, it is the sold position. The former is called the long position, the latter the short position. And if the buying amount of exchange is equal to the selling amount, the condition of which foreign assets and foreign debts keep the balance, is called the square position. 외환포지션이란 일정한 시점에서 은행이나 기업이 보유하고 있는 외환의 순보유액, 즉 매입액과 매도액의 차액으로서 환리스크에 노출된 부분을 이른다. 이 때에 매입[매도]액이 매도[매입]액을 초과하면 매입[매도]초과포지션이 되는데, 전자를 롱포지션(long position), 후자를 숏포지션(short position)이라고 한다. 또한 외환매입액과 매도액이 동일하여 외화자산과 부채가 균형을 이룬 상태를 스퀘어포지션(square position)이라고 한다. ~ ***exchange rate*** 외환환율 ¶ *Foreign* *exchange rate* is price at which one country's currency can be converted into another's. 외환환율은 어느 국가의 통화를 다른 국가의 통화로 교환할 때의 가격을 이른다. ~ ***exchange (FX) reserves*** [영] 외국환준비금 ¶ *Foreign exchange (FX) reserves* are assets of a country, held with the central bank or monetary authority, which are used for currency management and intervention. Reserves generally comprise of gold and major reserves currencies, along with special drawing rights held with the International Monetary Fund. 외국환준비금은 통화관리와 개입을 위해서 사용되는 중앙은행이나 통화당국을 통해서 국가가 보유하는 자산을 말한다. 준비금은 일반적으로 국제통화기금(IMF)을 통해서 보유하는 특별인출권(SDR)과 함께 금(金)과 주요국가의 준비금통화로 구성된다. ~ ***exchange risk*** [영] 외환리스크 ¶ The *foreign exchange risk* is the risk of loss due to an adverse move in the direction of foreign exchange rates. *Foreign exchange risk* is a form of directional risk. 외환리스크는 외환환율의 방향과 역이행(逆移行)으로 인한 손실의 리스크를 말한다. 외환리스크는 방향성리스크(directional risk)의 하나의 형태이다. ~ ***exchange (FX) swap*** [영] 외환스왑 ¶ The *foreign exchange (FX) swap* is a transaction involving the simultaneous purchase and sale of one currency for a second one, each with a different value date. In a conventional swap one of the value dates is for spot settlement and the other for future settlement, meaning the structure can be viewed as a package of a spot and a forward; in some cases two forward dates may also be used. Note that this transaction is separate and distinct from a currency swap. 외환스왑은 상이한 결제일(value date)을 가지는 2개의 통화를 각각 1통화의 동시매매와 다른 통화의 동시매매를 수반하는 거래를 말한다. 전통적인 스왑에 있어서, 결제일의 하나는 현물결제(spot settlement)를 위한 것이고 다른 것은 장래(future)의 결제를 위한 것인데, 이는 이 스왑구조가 현물과 선물(forward)의 패키지로 볼 수 있다는 것을 의미한다. 일부의 경우에는 2개의 선도일(forward dates)을 이용할 수도 있다. 이런 거래는 통화스왑에서는 별개이고 독특하다는 것을 주의할 것이다.

foreman (공장 등의) 직장(職長), 현장감독

forest credit 임업금융

forensic accounting 법정회계 ¶ The *forensic accounting* is the integration of accounting and investigative techniques to produce analysis suitable for use in courts of law. 법정회계는 법원에서의 활용에 적합한 분석을 하기 위해서 회계학과 수사기술을 통합한 것을 이른다.

FOREX → **for**eign **ex**change [약] 외국환 ¶ the *FOREX* Club 포렉스클럽(딜러들의 친목기관) ***FOREX market*** 외환시장 ¶ The *FOREX market* is the exchanges and electronic trading systems comprising the market for foreign exchange, including the spot market for currencies, foreign currency futures and options, and forward exchange transactions. Participants include central banks, commercial and investment banks, hedge funds, international corporations, and individual traders. The FOREX operates 24 hours a day, five days a week. See also nondeliverable forward (NDF) market. 외환시장이란 통화의 현물시장(spot market), 통화선물과 통화옵션(foreign currency futures and options), 선물환예약거래(forward exchange transactions) 등의 외국환(foreign exchange)을 행하는 시장이나 전자거래시스템을 말한다. 시장참가자는 중앙은행(central bank), 상업은행, 투자은행, 헤지펀드(hedge fund), 국제적 회사나 개개의 트레이더가 포함된다. 외국환시장은 1일 24시간, 주 5일간 행해진다. nondeliverable forward (NDF)(논딜리버

러블 포워드)를 참조할 것.

forfaiting [영] 수출금융방식 ¶The *forfaiting* is a process where an exporter sells to a bank or specialized financial institution a portfolio of discounted long-term accounts receivable or promissory notes (generally backed by guarantees from the importer's own bank). See also factoring. 수출금융방식은 수출업자가 은행이나 특별금융기관에 대하여 할인된 장기외상매출금계정 또는 약속어음(일반적으로 수입업자 자신의 은행으로부터 보증에 의하여 뒷받침된다.)의 포트폴리오를 매도하는 과정을 말한다. factoring(팩토링)도 참조할 것.

forfeit ⓝ 벌금, (권리 등의) 상실
ⓥ 상실하다, 몰수되다 ¶*forfeited* [unclaimed] shares 실권주(失權株)

forfeiting 매입금융(수출장기 연지급어음의 비소급적 할인)

forfeiture 몰수, 실권, 실효 ¶*Forfeiture* means loss of rights or assets due to failure to fulfill a legal obligation or conditions and a compensation for resulting losses or damages. 몰수란 법적 의무나 조건을 충족하지 않기 때문에, 그로 인하여 발생하는 손실이나 손해를 보상하기 위하여 권리나 자산을 잃는 경우를 뜻한다.

forge 위조하다 ¶*forged* banknote 위조지폐(counterfeit money) /*forged* bills 위조어음 /*forged* checks 위조수표 /*forged* [false, counterfeit] coin 위조화폐 /a *forged* endorsement 위조배서 /*forged* handwriting [signatures] 위조필적[서명] /*forged* letters 위조문서 /*forged* notes 위조지폐 /*forged* or altered checks 위조·변조수표 /*forged* signatures 위조의 서명

forgery 위조 ¶*Forgery* is alteration of a document or negotiable instrument with intent to defraud; signing another's signature to a document with intent to defraud. See also altered check; raised check. 위조는 사취할 의도로 문서나 유통증권을 변경하는 경우, 사취할 의도로 문서에 타인의 서명을 서명하는 경우이다. altered check(개변수표); raised check[(액면을 올린) 변조수표]도 참조할 것.

forint 포린트 ¶The standard currency unit of Hungary, divided into 100 filler. 헝가리의 기본화폐단위, 1 포린트(forint) = 100 필러(filler).

form 형식, 서식 ¶an application *form* 신청서식 /a blank *form* 공백인 채로의 (새로운) 기입용지 /a claim *form* 청구양식 /a receipt *form* 영수용지 ***Form 8-K*** 서식 8-K호 ¶ *Form 8-K* is a Securities and Exchange Commission required form that a publicly held company must file, reporting on any material event that might affect its financial situation or the value of its shares, ranging from merger activity to amendment of the corporate charter or bylaws. The SEC considers as material all matters about which an average, prudent investor ought reasonably to be informed before deciding whether to buy, sell, or hold a registered security. *Form 8-K* must be filed within a month of the occurrence of the material event. Timely disclosure rules require a corporation to issue a press release immediately concerning an event subsequently reported on *Form 8-K.* 서식 8-K는 공개회사(publicly held company)가 반드시 제출하여야 하는 미증권거래위원회가 요구하는 서식으로, 그 보고내용은 합병활동에서 회사정관이나 부속정관의 개정에 이르기까지 회사의 재무상태 또는 주식가격에 영향을 미칠 수 있는 중요한 사항이다. 미증권거래위원회는 등록된 증권을 매입, 매도 또는 보유할지를 결정하기에 앞서 보통의 신중한 투자자라면 적절히 알고 있어야 할 모든 사항을 중요한 사항으로 인정하고 있다. 서식 8-K호는 중요한 사항이 발생한 지 1개월 이내에 제출해야 한다. 당해 회사는 적기공시의 원칙(timely disclosure rules)상 서식 8-K호에

의해서 보고한 후 일어난 사항에 관하여는 바로 공식으로 발표(issue a press release)해야 한다. ***Form 4*** 서식 4호 ¶ *Form 4* is a document, filed with the Securities and Exchange Commission and the pertinent stock exchange, which is used to report changes in the holdings of (1) those who own at least 10% of a corporation's outstanding stock and (2) directors and officers, even if they own no stock, When there has been a major change in ownership, *Form 4* must be filed within ten days of the end of the month in which the change took place. *Form 4* filings must be constantly updated during a takeover attempt of a company when the acquirer buys more than 10% of the outstanding shares. 서식 4호는 미증권거래위원회(Securities and Exchange Commission)와 관련된 증권거래소에 제출하는 주식보유변동에 관한 서식을 이른다. 보고의 대상이 되는 것은 (1) 발행주식(outstanding stock)을 적어도 10%를 보유하는 사람, (2) 주식보유의 유무에 관계없이 이사와 임원이다. 주식소유의 큰 변동이 있는 경우, 변경이 있던 달의 월말부터 10일 이내에 서식 4호를 제출해야 한다. 기업매수가 행해지고 있는 동안은 매수자가 발행주식 10%이상을 취득하면 서식 4호를 언제나 보고해야 한다. ***Form T*** 서식 T호 ¶ *Form T* is a National Association of Securities Dealers (NASD) form for reporting equity transaction executed after the market's normal hours. 서식 T호는 시장의 통상적인 거래시간후에 이루어진 주식거래를 보고하기 위한 전미증권업협회(National Association of Securities Dealers: NASD)의 서식이다. ***Form 10-K*** 서식 10-K호 ¶ *Form 10-K* is an annual report required by the Securities and Exchange Commission of every issuer of a registered security, every exchange-listed company, and any company with 500 or more shareholders or 51 million or more is gross assets. The form provides for disclosure of total sales, revenue, and pretax operating income, as well as sales by separate classes of products for each of a company's separate lines of business for each of the past five years. A source and application of funds statement presented on a comparative basis of the last two fiscal years is also required. Form 10-K becomes public information when filed with SEC. 서식 10-K호는 등록증권(registered stock)의 발행자(issuer), 주식공개회사(publicly held company), 주주(shareholder)가 500인 이상의 회사, 총자산 100만 달러 이상의 회사에 대해서 미증권거래위원회(SEC)가 요구하는 연차보고서(annual report)이다. 그 서식은 과거 5년간의 매상고, 수입, 세금공제 전 영업이익(pretax operating income), 사업마다의 제품별 매상의 개시와 과거 2년간을 비교한 자금운용표도 요구되고 있다. 서식 10-K호는 미증권거래위원회에 제출되면 일반에 공개된다. ***Form 10-Q*** 서식 10-Q호 ¶ *Form 10-Q* is a quarterly report required by the Securities and Exchange Commission of companies with listed securities. *Form 10-Q* is less comprehensive than the Form 10-K annual report and does not require that figures be audited. It may cover the specific quarter or it may be cumulative. It should include comparatively figures for the same period of the previous year. 서식 10-Q호는 미증권거래위원회(Securities and Exchange Commission)가 공개회사에 요구하는 4반기보고서이다. 서식 10-Q호는 서식 10-K호의 연차보고서만큼 포괄적인 내용이 아니고, 감사도 요구되지 않는다. 그것은 특정한 4반기만 다룰 수 있고, 그 4반기까지의 누계치(累計值)도 개시될 수도 있다. 전년 같은 기간과의 비교수치를 게재하여야 한다. ***Form 13D*** 서식 13D호 ¶ *Form 13D* is a form used comply with Schedule 13D. 서식 13D호는 스케줄 13D호에 사용되는 서식이다. ***Form 13G*** 서식 13G호 ¶ *Form 13G* is a short form of Schedule 13D for the position acquired in the ordinary course of business and not to assume control or influence. 서식 13G호는 경영의 지배나 영향력행사를 목적으로 하지 않고, 통상의

사업의 일환으로서 취득한 주식의 보유를 보고하는 스케줄 13D(Schedule 13D)의 간이서식을 이른다. ***Form 3*** 서식 3호 ¶ *Form 3* is a form filed with the Securities and Exchange Commission and the pertinent stock exchange by all holders of 10% or more of the stock of a company registered with the SEC and by all directors and officers, even if no shares are owned. The *Form 3* details the number of shares owned as well as the number of warrants, rights, convertible bonds, and options to purchase common stock. Individuals required to file Form 3 are considered insiders, and they are required to update their information whenever changes occur. Such changes are reported on Form 4. 서식 3호는 미증권거래위원회에 등록되고 있는 회사의 주식을 10% 이상을 가지고 있는 주주와, 주식보유의 유무에 관계없이 회사의 이사와 임원 전원을 증권거래위원회와 관련된 증권거래소에 제출하는 서식을 이른다. 서식 3호는 보유주식에 부가하여 워런트(warrant), 신주인수권(right), 전환사채(convertible bond), 보통주구입옵션의 총보유액의 상세함을 보고한다. 제출을 해야 하는 사람은 내부자(insider)로 간주되고, 보유내용에 변화가 있으면 반드시 보고하는 것이 의무로 되어 있다. 변경보고는 서식 4호(Form 4)로 행한다. ***Form F1*** 서식 F1호 ¶ In the U.S., *Form F1* is a document filed by a company with the Securities and Exchange Commission indicating that a new issue of shares is being sold to the public. 미국에서 서식 F1호는 회사가 신규 발행된 주식이 일반인에게 판매중임을 나타내는 것을 미증권거래위원회(SEC)에 제출하는 서류를 말한다.

formal 형식의, 요식의 ¶ become merely *formal* 형식에 흐르다 /be strictly *formal* 형식이 까다롭다 /*formal* copy 정식등본 /*formal* source 형식적 연원(淵源) ***formal contract*** 정식계약 ¶ The *formal contract* is a contract that by law requires for its validity a specific form, such as executed under seal. 정식계약이란 법에서 그 유효성을 위해 날인행위를 한 것과 같은 특별한 형식을 필요로 하는 계약이다.

formality (*pl.*) 정규의 절차 ¶ customs *formalities* 통관절차 /a legal *formality* 법률상의 형식

formation 구성, 형성, 설립, 조직

formula 형식적 문언, 관용표현, 비결 ***formula fund*** 포뮬라펀드투자 ¶ The *formula fund* is a fund to operate the system according to predetermined formula, avoiding the subjective judgment. 포뮬라펀드투자는 주관적 판단을 피해서 미리 설정한 공식에 따라 시스템운용을 행하는 펀드이다. ~ ***investing*** [증권] 포뮬라・펀드투자(처음에 설정한 투자계획에 따라 매매를 행하는 증권투자법) ¶ The *formula investing* is an investment technique based on a predetermined timing or asset allocation model that eliminates emotional decisions. One type of *formula investing*, called dollar cost averaging, involves putting the same amount of money into a stock or mutual fund at regular intervals, so that more shares will be bought when the price is low and less when the price is high. Another *formula investing* method calls for shifting funds from stocks to bonds or vice versa as the stock market reaches particular price levels. If stocks rise to a particular point, a certain amount of the stock portfolio is sold and put in bonds. On the other hand, if stocks fall to a particular low price, money is brought out of bonds into stocks. See also constant dollar plan; constant ratio plan. 포뮬라펀드투자는 사전에 결정된 시기나 정서적인 결정을 배제하는 자산배분(asset allocation)모형에 기초를 둔 투자기법이다. 달러코스트평균법(dollar cost averaging)이라고 하는 일종의 포뮬라펀드투자는 정기적으로 일정한 금액을 투자하

여 주식(stock)이나 뮤추얼펀드를 구입하기 때문에, 가격이 하락하면 많이 매입하고, 상승한 때에는 적게 매입한다. 또 주가가 일정한 수준에 도달하면 주식에서 채권(bond), 또는 채권에서 주식으로 자금을 이동하는 포뮬라펀드투자법도 있다. 주가가 일정한 수준까지 상승한다면 보유주식의 일정한 금액을 매각하고 대금은 채권구입에 충당한다. 반대로 주가가 일정한 수준까지 하락한다면 채권을 매각하고 그 대금으로 주식을 구입한다. constant dollar plan(달러코스트평균법); constant ratio plan(정률(定率)투자법)도 참조할 것.

fortuitous event [영] 우연한 사건 ¶The *fortuitous event* is an unforeseen, or unexpected, or accidental occurrence; such an event is a general characteristic of an insurance risk and must be present in order for an insured to make a claim under an insurance contract. 우연한 사건은 예견할 수 없거나 기대할 수 없거나 또는 우발적인 사건을 말한다. 그러한 사건은 보험위험의 일반적인 특성이고 피보험자가 보험계약에 의하여 보험청구를 하기 위하여는 사건이 당면하고 있어야 한다.

Fortune 500 포춘 500사(社)(포춘지(誌)(TIME사가 발행하는 미경제전문지)가 매년 게재하는 미국매상규모 상위 500사) ¶The *Fortune 500* is listings of the top 500 U.S. corporations compiled by Fortune magazine. The companies are ranked by 12 indices, among them revenues; profits; assets; stockholders' equity; market value; profits as a percentage of revenues, assets, and shareholders' equity; earnings per share growth over a 10-year span; total return to investors in the year; and the 10-year annual rate of total return to investors. In separate listings, companies also are ranked by performance and within states. Headquarter city, phone number, and the name of the chief executive officer are included. In another listing 1,000 companies are ranked within 61 different industry groups. 포춘 500사(社)는 포춘지(誌)가 발표한 전미(全美)상위 500사의 순위표이다. 회사를 12지표(指標)로 순위를 매긴 것인데, 그 중에는 매상(revenues), 이익(profit), 자산(assets), 자기자본(stockholders' equity), 시가총액(market value), 매상, 자산, 및 자기자본에 대한 이익률, 10년간의 1주당 이익(earnings per share)신장률, 그 해의 투자자종합수익률(total return to investor), 10년간의 연율투자자종합이익률이 들어 있다. 이와는 달리, 본사소재지, 전화번호, 최고경영책임자를 게재한 주별(州別)순위표가 공표된다. 또 1,000사를 61업종으로 순위를 매긴 순위표도 게재된다.

forward ⓥ 나아가다, 전송하다, (짐을) 발송하다 ¶*forwarding* agent 운송대리인, 화물취급인 /*forwarding* business 운송업
ⓐ 선물의, 선도의 ¶balance carried [brought] *forward* 잔액차기이월 /*forward* buying 선물의 매입 /*forward* delivery 선도(先渡) /the *forward* date of a swap 스왑의 기일 /*forward* exchange rates 선물환율 /a *forward* margin [spread] 선물환마진 /*forward* (exchange) markets 선물(환)시장 /*forward* operations 아웃라이트(outright)조작 /*forward* rate 선물환율 /*forward* sales [purchase] 아웃라이트선매도[선매입] /*forward* swap 직물(直物)과 선물(先物)의 매매를 교차시켜 동액·동시에 행하는 거래 /*forward* swap start (6개월후, 1년후 등에) 스타트하는 스왑 ***forward balance sheet*** [영] 선도대차대조표 ¶The *forward balance sheet* is a future depiction of a firm's balance sheet and off-balance sheet commitments and contingencies. Construction of a *forward balance sheets* is an important element in managing risk, liquidity, and capital as it provides an estimate of how a firm's operations will change with the passage of time or the occurrence of contingent events. 선도대차대조표는 기업의 대차대조표와 부외대조표(簿外對照表)상의 채무와 임시비용을 장래 묘사한 것이다. 선도대차대조표의 구성은 기업의 운

영이 시간의 경과 또는 우발적인 사건의 발생과 더불어 어떻게 변하는지를 예측해 주기 때문에, 리스크, 유동성과 자본을 관리하는 데 중요한 요소가 된다. ~ ***contract*** 선도계약 ¶ The *forward contract* is a purchase or sale of a specific quantity of a commodity, government security, foreign currency, or other financial instrument at the current or spot price, with delivery and settlement at a specific future date. Because it is a completed contract – as opposed to an option contract, where the owner has the choice of completing or not completing – a *forward contract* can be a cover for the sale of a future contract. See also hedge. 선도계약이란 상품, 정부증권, 외국통화 등의 금융상품을 시가 또는 현물가격(spot price)으로 매매하고 인도(delivery)와 결제(settlement)를 장래의 일정한 기일에 행하는 거래를 말한다. 옵션계약의 경우는 소유자가 완성할 것인지 하지 않을 것인지의 선택권을 가짐에 대하여, 선도계약은 선물(futures contract)의 매매에 대한 커버(cover)가 될 수 있다. hedge(헤지)도 참조할 것. ~ ***cover*** 선도커버 ¶ The *forward cover* is the manner by which a firm is able to protect itself against fluctuations in the exchange rate from the time the contract is accepted and the date when payment is due. See also forward contract; forward rate; hedging. 선도커버는 계약이 승낙된 때와 지급이 도래한 날로부터 기업이 환율의 변동에 대해서 스스로 방위할 수 있는 방법을 이른다. forward contract(선도계약); hedging(헤지)도 참조할 것. ~ ***delivery*** [영] 선도(先渡) ¶ *Forward delivery* is arrangement for the future delivery of a goods for cash, or vice-versa, and an essential feature of a futures contract and a forward contract. See also cash delivery. 선도(先渡)는 현금받고 제품의 장래의 인도를 하거나 또는 제품받고 현금의 장래의 인도를 할 약정(arrangement)이고, 선물계약(futures contract)과 선도계약(forward contract)의 기본적 특징을 말한다. cash delivery[즉일인도(卽日引渡)]도 참조할 것. ~ ***discount*** [영] 선도디스카운트 ¶ The *forward discount* is a forward price (or rate) for future delivery of an asset that is lower than the spot price (for rate) for immediate delivery. See also forward premium. 선도디스카운트는 즉시인도(immediate delivery)의 현물가격(또는 현물시세)보다 낮은 자산의 장래의 인도를 위한 선도가격(또는 선도시세)을 말한다. forward premium(선도프리미엄)도 참조할 것. ~ ***exchange transaction*** 선도환거래 ¶ The *forward exchange transaction* is a purchase or sale of foreign currency at an exchange rate established now but with payment and delivery at a specified future time. Most forward exchange contracts have one-, three-, or six-month maturities, though contracts in major currencies can normally be arranged for delivery at any specified date up to a year, and sometimes up to three years. 선도환거래는 현재의 환율로 외화를 매매하지만, 장래의 일정한 기일에 지급과 인도(delivery)를 하는 거래이다. 대부분의 선도환계약은 1개월, 3개월 6개월의 거래이지만, 주요통화의 경우는 1년 이내 임의의 기간을 설정할 수 있고, 3년의 거래가 가능한 경우도 있다. ~ ***market*** 선도시장 ¶ The *forward market* is a market where dealers agree to deliver currency, commodities, or financial instruments at a fixed price at a specified future date. Most *forward markets* are made for delivery at specific futures dates, for example, one week from the transaction date, one month, and so on. Longer term contracts are more speculative in nature, and are substantially more risky. See also rollover; spot next; tomorrow next. 선도시장은 딜러가 특정한 장래의 날짜에 고정가격으로 통화, 상품, 또는 금융증권을 인도하기로 약정하는 시장을 말한다. 대부분의 선도시장은 특정한 장래의 날짜, 예를 들면 거래일(transaction date)로부터 1주일, 한 달 등에 인도하는 것으로 정해진다. 더 긴 계약은 성격상 더 투기적이고 대체로 더 위험이 많다. rollover(롤오버); spot next(스폿넥스

트); tomorrow next(투모로넥스트)도 참조할 것. ~ ***position*** 선도포지션 ¶The *forward position* is the situation that reflects the difference between outstanding obligations that a foreign exchange trade has for forward purchases and the sale of a foreign currency at a specific time. 선도포지션이란 외국환거래가 선도구매를 위해 가지는 미결제의 채무와 특정한 시기에 외국통화의 매매와의 차이를 반영하는 상태를 이른다. ~ ***premium*** [영] 선도환프리미엄 ¶The *forward premium* is a forward price (or rate) for future delivery of an asset that is higher than the spot price (or rate) for immediate delivery. See also forward discount. 선도환프리미엄은 즉시인도(immediate delivery)의 현물가격(spot price)(또는 현물시세) 보다 높은 자산의 장래의 인도를 위한 선도가격(또는 선도시세)을 말한다. forward discount(선도디스카운트)도 참조할 것. ~ ***price*** [영] 선도가격 ¶The *forward price* is the price quoted for future delivery of an asset under a forward or future, comprised of the spot price and a positive or negative cost of carry; a quoted price may reflect a forward premium or forward discount. 선도가격은 현물가격(spot price)과 자금소유(cost of carry)의 적극적 비용이나 소극적 비용으로 구성되는 선도거래 또는 선물거래 하에서, 자산의 장래인도를 위해서 공시된 가격을 말한다. 공시가격은 선도거래 프리미엄이나 선도거래(forward) 할인료를 나타낼 수 있다. ~***price/earnings ratio*** [영] 선도가격수익률 ¶The *forward price/earnings ratio* is a price/earnings ratio that is computed based on earnings forecasts of a company's results rather than its historical results. The earnings estimates may be based on consensus forecasts from equity analysts. See also trailing price/earnings ratio. 선도가격수익률은 회사과거의 실적보다 오히려 회사실적의 수익예상에 기초하여 계산된 주가수익률(price/earnings ratio)을 말한다. 수익률예상은 주식애널리스트들의 콘센서스 예측(consensus forecasts)에 기초가 될 수 있다. ~ ***pricing*** 포워드프라이싱 ¶The *forward pricing* is a Securities and Exchange Commission requirement that open-end investment companies, whose share price is always determined by the net asset value of the outstanding shares, base all incoming buy and sell orders on the next net asset valuation of fund shares. See also investment company. 포워드프라이싱은 오픈엔드형 투자회사(open-end investment company)가 자금주식의 순자산가치에 근거해서 매매주문에 응하지 않으면 안 된다고 하는 미증권거래위원회(Securities and Exchange Commission)의 규정을 이른다. 투자회사의 주가는 발행할 주식의 순자산가치(net asset value)로 결정된다. investment company(투자회사)도 참조할 것. ~ ***rate*** [영] 선도금리 ¶The *forward rate* is: (1) the rate quoted for future delivery of an asset, used in the calculation of forwards and futures. A quoted *forward rate* may reflect a forward premium or forward discount. See also forward price. (2) See implied forward rate. 선도금리는 (1) 선도거래와 선물의 계산에 사용되는 자산의 장래인도에 예시된 금리를 말한다. 예시된 선도금리는 선도금리프리미엄이나 선도거래할인을 나타낼 수 있다. forward price(선도가격)도 참조할 것. (2) 묵시적 선도금리(implied forward rate)를 참조할 것. ~ ***rate agreement (FRA)*** 금리선도거래 ¶The *forward rate agreement* (*FRA*) is a contract by which the two parties agree on the interest rate to be paid at a future settlement date. The *contract period* is quoted as, for example, six against nine months, the interest rate for a three-month period commencing in six-months time. The principal amounts are agreed, but never exchanged, and the contracts are settled in cash; exposure is limited to the difference in interest rates between the agreed and actual rates at settlement. 금리선도거래는 2당사자가 선물결제일에 지급될 금리에 관해서 약정한 계약을 말한다. 계약기간은 예컨대, 6개월기간 내에 시작하는 3개월기

간의 금리를 6 대 9개월과 같이 예시된다. 원금금액은 약정되지만, 결코 주고받지 않고 계약은 현금으로 결제된다. 위험(exposure)은 결제시에 약정금리와 실제금리간의 금리상의 차액으로 한정된다. ~ ***spread*** 포워드스프레드 ¶ The *forward spread* is a price difference between spot price and one-month forward rate. Say the spot rate is $1 = 1.6510 DM, and the one-month forward rate is $1 = 1.6460. The difference, or .0050, is the forward spread. 포워드스프레드는 현물가격(spot price)과 1달 현도시세(forward rate)간의 가격차를 말한다. 말하자면, 스폿레이트(spot rate)가 1달러 = 1.6510 마르크(DM)이고, 1달 현도시세가 1달러 = 1.6460라고 한다면, 그 차이 또는 .0050가 포워드스프레드가 된다. ~ ***start option*** [영] 선도스타트옵션 ¶ The *forward start option* is an over-the-counter complex option that is contracted on trade date to commence on forward date t + 1, with the forward start date, strike price, and final maturity parameters established on trade date. Once the forward date is reached a conventional European option comes into existence. 선도스타트옵션은 선도실행일(forward start date), 행사가격(strike price), 그리고 거래일에 확립된 최종만기특성을 가지면서, 선도일 t + 1에 시작하기로 약정한 장외거래의 복잡한 옵션을 말한다. ~ ***swap*** [영] 선도스왑 ¶ The *forward swap* is an over-the-counter swap that is contracted on trade date and commence on forward date t + 1, with the interest rate and final maturity parameters established on trade date. Once the forward date is reached a conventional fixed/floating interest rate swap comes into existence. 선도스왑은 거래일(trade date)에 확립된 금리와 최종만기특성을 가지고, 거래일에 체약되고 선도일 t + 1에 시작하는 장외거래스왑을 말한다. 일단 선도일이 도래하면, 전래되어 온 고정적/변동적 금리스왑이 존재하게 된다.

ad. 선도(先渡)로서

n. 선물물(先渡物) ¶ The *forward* is a bilateral over-the-counter derivative that permits the purchaser to buy, and the seller to sell, a reference asset at a predetermined future price and future date. Unlike a swap, a *forward* contract features no intervening cash flows, simply a final cash exchange at the conclusion of the contract. *Forwards* are highly customizable; the two parties can negotiate terms regarding amount. settlement, maturity, and underlying reference. [영] 선도물은 사전에 정한 가격과 장래의 기일에 구매자는 기준자산(reference asset)을 사고 매도인은 파는 것을 허용하는 쌍방간의 장외거래파생상품(over-the-counter derivative)을 말한다. 스왑과는 달리, 선도계약은 계약의 체결시에 중간에 조정이 없는 현금의 흐름, 단순히 최종의 현금교환을 특색으로 한다. 선도거래는 고도로 주문거래이다. 즉 양당사자가 금액, 결제, 만기 및 기초대상에 관한 조건을 타협할 수 있다. /buy [sell] *forward* 선도물을 사다[팔다] /by purchasing spot and selling *forward* 현물을 사서 선도물을 팖으로써 /*forward* against *forward* swap (인도기일을 달리하는) 선도물간의 스왑 /*forward* buying 선도의 매입 /*forward-forward* transaction 선도물·선도스왑(다른 기일의 선물간의 스왑거래)

forwardation 선도물가격쪽이 직물가격보다 높은 상태 → contango (콘탱고).

forwarder 운송업자

forward-looking statements 장래예상에 관한 진술 ¶ *Forward-looking statements* are statements in annual reports and other financial communications that are based on management's expectations, estimates, projections, and assumptions and are made pursuant to the safe harbor provisions of the Private Securities Litigation Reform Act of 1995, as amended. Such statements are accompanied by caveat saying actual future results and trends may differ materially from what is forecast. 장래예상에 관한 진술이란 경영진의 기대, 예상, 전망, 전제조건에 기초를 두고 이루어진 연차보고서(annual report)나 기타 재무보고서 중의 기술이다. 이 기술은 1995년의 사모증권소송개혁법(Private Securities Litigation Reform Act of 1995)의 세이프하버조항(safe harbor provision)에 근거해서 행해진다. 이 기술에는 장래의 실제 결과나 경향은 예상된 것과 현저하게 다르게 될 가능성이 있다고 하는 단서가 따른다.

forward P/E 선도물주가수익 → price/earnings ratio (P/E) 주가수익률(P/E).

for your information (FYI) 참고사항 ¶ *For your information* (*FYI*) is a prefix to a security price quote by a market maker that indicate the quote is "*for your information*" and is not a firm offer to trade at that price. *FYI* quotes are given as a courtesy for purposes of valuation. FVO (for valuation only) is sometimes used instead. 참고사항(for your information: FYI)은 마켓메이커(market maker)가 증권호가(quote)에 부치는 경칭(敬稱)이고, 이는 호가가 참고사항(for your information)이지 실제로 그 가격으로 거래가 행해지는 확정호가(firm quote)가 아님을 가리킨다. 참고사항은 가격을 평가하기 쉽게 하기 위해서 제시되는 예의에 불과하다. FVO(for valuation only)가 대신 사용되는 경우도 있다.

foul 규칙위반의 ¶ *foul* bills 고장부 선하증권 ***foul* [*dirty*] *bill of lading*; *foul B/L*** 파울B/L, 고장부 선하증권 ¶ The *foul bill of lading* is a bill of lading stating that goods were damaged or shipped short. 고장부 선하증권이란 화물이 파손되었거나 부족하게 선적되었음을 기재하고 있는 선하증권을 말한다.

foundation 재단법인 ¶ A *foundation* relating to science, religion, charity, art, social intercourse or otherwise relating to enterprises not engaged for profit or gain, may be made a juristic person subject to the permission of the competent authorities. 학술, 종교, 자선, 기예, 사교 기타 영리 아닌 사업을 목적으로 하는 재단은 주무관청의 허가를 얻어 이를 법인으로 할 수 있다.

founder 발기인 ¶ *founders'* stock ([영] shares) 발기인주

401(k) plan 401(k) 연금제도, 내국세입법 제401조 k항 플랜 ¶ The *401(k) plan* is a plan whereby employees may elect, as an alternative to receiving taxable cash in the form of compensation or bonus, to contribute pretax dollars to a qualified tax-deferred retirement plan. Starting in 2006, some employees had the option of Roth-Ira-Type 401(k) plans as well, into which after-tax dollars are contributed, but in which all earnings grow tax-free. Elective deferrals are limited to $15,000 a year (the amount is revised each year by the IRS based on inflation). Many companies, to encourage employee participation in the plan, match employee contributions anywhere from 10% to 100% annually. All employees contributions and employer matching funds can be invested in several options, usually including several stock mutual funds, bond mutual funds, a guaranteed investment contract, a money market fund, and company stock. 401(k) 연금제도는 과세대상으로 되는 현금을 급여나 상여의 형식으로 수취되지 않고, 종업원이 세금공제 전 수입에서 적격과세순연(適格課稅順延)(qualified tax-deferred retirement plan)연금제도에 출연하는 것을 선택하는 연금제도를 말한다. 2006년부터 시작하여 종업원이 전통적인 개인퇴직계좌(IRA)가 아니라 Roth-Ira 타이프의 개인퇴직계좌(Roth-Ira-type)를 사용하는 옵션도 증가했다. Roth 타이프의 개인퇴직계좌에서는 출연금은 세금공제후의 자금이 되지만, 운용익은 비과세 취급된다. 세금공제전 출연금(Elective Deferral Contribution)은 연간 15,000달러가 상한으로 되어 있다(상한액은 인플레이션율을 근거로 미국세입청(Internal Revenue Service:

IRS)이 매년 개정한다). 많은 회사가 제도에의 종업원의 참가를 촉구하기 위해서, 매년 종업원출연금의 10%에서 100%를 출연하고 있다. 종업원과 회사의 출연금을 합쳐서, 주식이나 채권의 뮤추얼펀드(mutual fund), 보증투자계약(guaranteed investment contract), 머니마켓펀드(money market fund: MMF), 자사주와 투자처를 몇개 선택하여 투자할 수 있다.

403(b) plan 403(b) 연금제도, 내국세입법 제403조 b항 플랜 ¶ The *403(b) plan* is a type of individual retirement account (IRA) covered in Section 403(b) of the Internal Revenue Code that permits employees of qualifying nonprofit organizations to set aside tax-deferred funds. 403(b) 연금제도는 미국세입법(Internal Revenue Code) 제403조 b항에 정해진 개인퇴직계좌(individual retirement account: IRA)의 일종이고, 적격비영리단체의 종업원이 과세순연(tax-deferred)으로 자금을 적립하는 것이 인정되고 있다.

408(k) plan 408(k) 연금제도, 미국내국세입법 제408조 k항 플랜 → Salary Reduction Simplified Employee Pension Plan (SARSEP) (급여공제간이종업원연금제도).

four nine 99.99, 순도(純度) 99.99%의 금

four Ps 4 피에스(Ps) ¶ *Four Ps* is four marketing ingredients: product, price, place, and promotion. A businessperson must decide what product or service to produce, the price to charge, how products are to be distributed to the marketplace, and methods to use for promoting the product or service. See also marketing mix. 4 피에스는 4개의 마케팅 구성요소이다. 즉 생산물(product), 가격(price), 장소(place) 및 판매촉진(promotion)이다. 실업가는 무슨 생산물이나 서비스를 생산할지, 매길 가격은 얼마로 할지, 생산물을 어떻게 시장에 내놓을지, 그리고 생산물이나 서비스를 판매촉진하는 데 무슨 방법을 사용할지를 결정해야 한다. marketing mix(마케팅믹스)도 참조할 것.

fourth market [미] [증권] 제4시장(거래소나 증권업자를 경유하지 않고 기관투자자간에서 비상장증권의 매매거래가 직접 행해지는 곳) ¶ The *fourth market* is a direct trading of large blocks of securities between institutional investors to save brokerage commissions. The *fourth market* is aided by computers, notably by a computerized subscriber service called INSTINET. 제4시장은 위탁매매수수료를 생략하기 위해서 기관투자자(institutional investor)간에서 행해지는 증권의 대형직접거래(block trade)이다. 제4시장은 컴퓨터의 도움을 받고 있지만, 특히 INSTINET(Institutional Networks Corporation)라고 하는 컴퓨터가입자서비스기관의 컴퓨터가 사용되고 있다.

FPA → free of particular average, [영] free from particular average [약] [보험] 단독해손부담보(공동해손, 전손은 담보하지만, 단독해손(單獨海損)은 전보(塡補)하지 않는 조건), 분손부담보(分損不擔保) ¶ The term *free of particular average* (*FPA*) is a marine insurance contract clause that limits an insurance company's liability. The company agrees to pay only losses that exceed a percentage or flat dollar amount; partial (below this percentage or amount) losses are not paid. In essence, the principle is like the deductible feature of other policies. 분손부담보(分損不擔保)조건은 보험회사의 책임을 제한하는 해상보험계약조항이다. 보험회사는 일정한 비율 또는 일률적인 달러금액을 초과하는 손실만을 보상하기로 합의한다. 즉, (이 비율 또는 금액 이하의) 일부손실액은 지급되지 않는다. 본질적으로 이 원칙은 다른 보험계약의 공제되는 특징과 같다.

FPSO → floating production storage and offloading unit [약] 부유식 원유생산저

장하역설비 ¶ The *floating production storage and offloading unit* (*FPSO*) is an oil refinery on the sea. It is manufactured to develop an oil field in the deep sea. The factory is ordinarily run on so large scale as the three soccer fields put together, normally more than 300 meters length, 60 meters wide, and the height of 30 meters. It is possible to produce more than 250,000 barrels of crude oil a day and to store over two hundred barrels. 부유식 원유생산저장하역설비는 바다 위에 떠 있는 정유공장인 셈이다. 심해에서 유전을 개발하기 위해 제작되었다. 통상 길이 300m, 폭 60m, 높이 30m 이상의 규모로 축구장 3개를 합친 크기다. 하루 25만 배럴 이상의 원유생산이 가능하고 200만 배럴 이상을 저장할 수 있다.

fraction 단수(端數), 소수(小數) ¶ *fraction* omitted 단수절사(端數切捨) /a *fraction* part 소수부분

fractional 얼마 안 되는, 미량의, 분[소]수의 ¶ *fractional* coin [currency, money] 소액화폐, 보조통화 /*fractional* free issue [distribution] 찔끔씩 하는 무상증자 /*fractional* (bank) notes 소액은행권 /*fractional* numbers 분수(分數) [*cf.*] whole numbers 정수(整數) /a *fractional* part 단수(端數)부분 ***fractional discretion order*** 부분적 재량주문 ¶ The *fractional discretion order* is a buy or sell order for securities that allows the broker discretion within a specified fraction of a point. For example, “Buy 1,000 XYZ at 28, discretion 1/2 point” means that the broker may execute the trade at a maximum price of 28.50. 부분적 재량주문이란 1포인트의 일정한 분수로 브로커의 재량이 인정되고 있는 매매주문을 이른다. 예컨대, 「XYZ 1,000주를 28달러로 사서, 재량 1/2포인트」라면, 브로커는 최고 28달러 50센트로 매입주문을 집행할 수 있다는 뜻이다. ~ ***exposure*** [영] 부분적 노출 ¶ *The fractional exposure* is the amount of future credit risk inherent in an over-the-counter derivative transaction, typically combined with actual exposure to determine total credit exposure. The amount of *fractional exposure* in a derivative is dependent on market movements in the underlying reference; the greater the potential future market moves, the greater the *fractional exposure*. *Fractional exposure*, which can be estimated through statistical or simulation methods, is positive at the inception of a transaction and declines at maturity approaches, since the opportunity for further market moves that can affect value becomes limited. Also known as deemed risk, potential market risk, presettlement risk, time-to-decay risk. 부분적 노출은 일반적으로 전체신용노출을 결정하는 실제노출과 결합한 장외파생상품거래에 내재하는 장래의 신용리스크의 금액을 말한다. 파생상품의 부분적 노출의 금액은 기초자산의 시장변동에 달려 있다. 잠재적인 장래의 시장변동이 크면 클수록, 부분적 노출도 크다. 부분적 노출은 통계적 수법이나 시뮬레이션수법을 통해서 예측될 수 있지만, 가격평가에 영향을 미칠 수 있는 추후 시장변동의 기회가 제한되기 때문에, 거래의 개시에 활발하다가 만기가 다가오면 감퇴한다. 이는 deemed risk(간주위험), potential market risk(잠재적 시장위험), presettlement risk(사전결제위험), time-to-decay risk(감쇠기간위험)로도 알려져 있다. ~ ***reserves*** 소액준비금 ¶ *Fractional reserves* are proportion of a bank deposits that must be kept as legal reserves. Bank reserves are a tool of central bank monetary policy; an increase in the ratio of required reserves to deposits indicates a tightening in credit policy by the Federal Reserve. Large banks are required to keep up to 12% of checking account deposits in a noninterest earning account at the Fed. Smaller banks have lower reserve requirements. 소액준비금은 법정준비금으로 보관되어야 할 은행예금(bank deposits)의 규모(proportion)를 말한다. 은행준비금은 중앙은행의 통화정책의 하나

의 수단이다. 예금에 대한 필요한 준비금의 비율증가는 미연방준비금제도이사회에 의하여 신용정책의 단속을 나타낸다. 대형은행은 무이자수익계좌에 있는 당좌계정예금의 12%까지 유지하여야 한다. 소규모은행은 더 낮은 준비금요건을 가지고 있다.
~ ***share* [*lot*]** 단주(端株)(odd lots) ¶ A *fractional share* is a unit of stock less than one full share. For instance, if a shareholder is in a dividend reinvestment program, and the dividends being reinvested are not adequate to buy a full share at the stock's current price, the shareholders will be credited with a *fractional share* until enough dividends accumulate to purchase a full share. 단주란 1주에 못 미치는 주식의 단위이다. 예컨대, 배당금재투자제도(dividend reinvestment plan)로 재투자되는 배당금(dividend)이 현재의 주가로 1주의 구입에 충분치 않는 경우, 1주를 구입할 수 있는 금액의 배당금이 축적될 때까지 단주가 부여된다.

fragmentation 시장의 분열 ¶ *Fragmentation* is dispersion of securities markets as a result of proliferating electronic communications networks. *Fragmentation* entails the risk of executions at less than optimum prices. See also central limit order book (CLOB). 시장의 분열은 전자통신네트워크가 증대하면서 생기는 증권시장의 분열(여러 가지의 시장이 생기는 것)을 이른다. 시장의 분열은 거래를 적정한 가격으로 행할 수 없는 리스크를 초래한다. central limit order book(집중지정가주문시스템)도 참조할 것.

framework (구조물 · 계획의) 짜임새, 체제

franc 프랑(프랑스의 통화단위)(통화금액으로서는 French *francs* [약] FF와 같이 대문자로 쓰는 경우가 많다.), 기호는 Fr. F. ¶ The franc is the standard currency unit of Belgium, Benin, Burkina-Faso, Congo, Cote d'Ivoire, Djibouti, Equatorial Guinea, France and its dependencies, Gabon, Guinea, Liechtenstein, Luxembourg, Madagascar, Mali, Monaco, Niger, Senegal, Switzerland, Togo and Rwanda. In all cases it is divided into 100 centimes. The countries of the French African Community (CAF) all use the CFA franc, which is pegged to the French franc; territories and ex-territories in the Pacific area use the CFP franc. Others are distinguished by their country, such as Belgian franc and Swiss franc. 프랑은 벨기에, 베냉, 부르키나 파소, 콩고, 코트디부아르 공화국, 지부티, 적도기니, 프랑스와 그 보호령, 가봉, 기니, 리히텐슈타인. 룩셈부르크, 마다가스카르, 말리, 모나코, 니제르, 세네갈, 스위스, 토고, 및 르완다의 표준화폐단위이다. 모든 경우에 프랑은 100 생팀으로 나뉜다. 프랑스 · 아프리카 공동체(CAF)는 모두 CFA 프랑을 사용하며, 이 CFA 프랑은 프랑스 프랑에 연계되어 있다. 태평양지역의 식민영토와 이전 식민영토에서는 CFP 프랑을 사용한다. 다른 것은 벨기에 프랑과 스위스 프랑과 같은 국가의 프랑과 구별된다.

France currency 프랑스 화폐 ¶ French franc (FRF), divided into 100 centimes. The 1999 legacy conversion rate was 6.55957 to the euro. It has fully changed to the euro/cent from 2002. 프랑스 1 프랑(franc) = 100 상팀(centimes). 1999년 오래 내려온 환산율은 유로대비 6.55957이었다. 프랑스 화폐는 2002년부터 유로/센트로 완전히 변경하였다.

franchise [n.] 영업면허, 독점판매권 ¶ In general, the *franchise* is a privilege given a dealer by a manufacturer or *franchise* service organization to sell the franchisor's products or services in a given area, with or without exclusivity. Such arrangements are sometimes formalized in a *franchise* agreement, which is a contract between the franchisor and franchisee wherein the former may offer consultation, promotional assistance, financing, and other benefits in exchange for a percentage of sales or profit. 일반적으로, 프랜차이즈는 메이커나 프랜차이즈 서비스회사(franchisor)가 판매회사에 부여하는 자사의 제품이나 서비스를 일정한 지역에서 독점적, 또는 비독점적으로 판매하는 권리를 말한다. 이러한 협약은 프랜차이저와 프랜차이지(franchisee) 간에서 프랜차이즈계약(franchise agreement)을 체결하는 경우가 많은데, 그 경우에 프랜차이저는 조언, 판매촉진활동지원, 융자 등의 편의를 제공하고, 매상이나 이익의 일정한 비율을 수취할 수 있다. ¶ In Government, the *franchise* is a legal right given to a company or individual by a government authority to perform some economic function. For example, an electrical utility might have the right, under the terms of a *franchise*, to use city property to provide electrical service to city residents. 정부에서, 프랜차이즈는 정부당국이 회사나 개인에게 일정한 경제기능을 과하도록 부여하는 법적 권리를 이른다. 예컨대, 전력회사가 지역주민에게 전력을 공급하기 위해서 시의 재산을 사용할 특권을 부여하는 경우와 같다. ~ ***tax*** 프랜차이즈세(稅), 법인사업면허세 ¶ The *franchise tax* is a state tax, usually regressive (that is, the rate decreases as the tax base increases), imposed on a state-chartered corporation for the right to do business under its corporate name. *Franchise taxes* are usually levied on a number of value base, such as capital stock, capital stock plus surplus, capital, profits, or property in the state. 프랜차이즈세(稅)는 주에서 설립된 회사나 그 회사명으로 사업을 영위할 권리에 과하는 미국의 주세(州稅)이고, 통상은 과세소득이 증가하면 세율이 떨어지는 역진(逆進)(regressive)세이다. 프랜차이즈세는 자본금(capital stock), 자본잉여금(capital surplus), 이익(profit), 주내의 재산(property) 등 여러 가지의 기준에서 과세된다.

v. (가맹점 등에) 프랜차이즈를 부여하다[팔다] ***franchised monopoly*** 전매 ¶ The *franchised monopoly* is a monopoly granted by the government to a company. The firm will be protected from competition by government exclusive license, permit, patent, or other device. For example, an electrical utility will be granted the exclusive right to generate and sell electricity in a particular locality in return for agreeing to be subject to government rate regulation. 전매란 정부가 어느 기업에게 부여하는 전매권(monopoly)을 말한다. 그 회사는 정부의 독점적 면허, 허가, 특허 등의 수단으로 경쟁에서 보호를 받는다. 예컨대, 전력회사는 정부의 요금규제에 따르는 것을 조건으로 일정한 지역에서 전력을 생산하고 파는 독점권을 부여받는다.

Frankfurt Stock Exchange (FWB) 프랑크푸르트증권거래소 ¶ The *Frankfurt Stock Exchange* is the largest of seven German securities exchanges operated by Deutsche Börse AG. The exchange has about 330 market participants. and it is the world's third-largest securities exchanges in terms of turnover and dealings. It accounts for more than 90% of Germany's securities turnover. The exchange uses the Xetra computerized trading system, originally for German and cross-border trading in Frankfurt. It features other electronic systems and traditional floor trading. The DAX Share Index is its benchmark index of securities. Settlement is T + 2. Trading hours are 9 a.m. to 5:30 p.m. Monday through Friday. 프랑크푸르트증권거래소는 독일증권거래소가 운영하고 있는 독일의 일곱 곳의 증권거래소에서 최대의 증권거래소이다. 그 증권거래소에는 약 330개 시장참가자가 참가하고, 총매매액(turnover)과 거래량에서 세계 제3위이다. 그 증권거래소는 독일의 증권매매량의 90% 이상을 차지한다. 그 증권거래소는 Xetra사의 컴퓨터시스템(Xetra computerized trading system)을 사용하고 있는데, 처음에는 독일내의 증권거래에만 사용하다가 국외의 증권거래(cross-border trading)에도

사용하게 되었다. 그것은 기타의 전자시스템이나 입회소에서의 거래(floor trading)에도 사용하고 있는 것이 특징이다. 닥스주 지수(DAX Shares Index)가 증권지수의 벤치마크가 되어 있다. 결제는 T + 2(거래일의 2일후)이고 거래시간은 월요일에서 금요일까지, 오전 9시에서 오후 5시 30분까지이다.

fraternal 형제 같은, 우애의 ¶*fraternal* association 공제조합 /*fraternal* insurance 공제보험

fraud 사기, 속임수, 부정사건 ¶The term *fraud* means international misrepresentation, concealment, or omission of the truth for the purpose of deception or manipulation to the detriment of a person or an organization. *Fraud* is a legal concept and the application of the term in a specific instance should be determined by a legal expert. fraud(사기)라는 용어는 개인이나 단체를 기망한다든지, 조작한다든지 하기 위해서, 의도적으로 진실과 다른 것을 전한다든지, 진실을 은폐한다든지, 전하지 않았다든지 해서 해를 끼치는 것이다. 사기는 법률상의 개념이고, 이 말을 구체적인 사례에 사용하는 경우는 법률전문가의 판단에 맡겨야 한다.

fraudulent 사기적인, 부정한 ¶*fraudulent* alteration 사기적인 변조 /*fraudulent* bankruptcy 사기파산 /*fraudulent* gains 부당이득, 부정이익 ***fraudulent misrepresentation*** 악의의 부실표시(不實表示), 사기적 부실표시 ¶The *fraudulent misrepresentation* is any misrepresentation, either by misstatement or omission of a material fact, knowingly made with the intention of deceiving another and on which a reasonable man would and does not rely on his or her detriment. 악의의 부실표시는 중요한 사실의 거짓진술이나 탈루(脫漏)에 의해 타인을 기망할 의도로 하는 것임을 알면서 하는 거짓설명이며, 합리적인 사람이 그 거짓설명을 신뢰하면 손해를 입게 될 것이다. ~ ***trading*** 사기적 거래 ¶In the insolvency law, *fraudulent trading* refers to a company which has carried on business with intent to defraud creditors. 파산법에서, 사기적 거래는 채권자를 사해(詐害)할 의도로 사업을 거래한 회사를 가리킨다.

FRB → [the] **F**ederal **R**eserve **B**ank [약] [미] 연방준비은행 ¶A *Federal Reserve Bank* is one the 12 banks that, with their branches, make up the Federal Reserve System. The role of each *Federal Reserve Bank* is to monitor the commercial and savings banks in its region to ensure that they follow Federal Reserve Board regulations and to provide those banks with access to emergency funds from the discount window. 연방준비은행은 미국전역에 12은행이 있으며, (24개의) 지점을 포함해서 전체가 연방준비제도를 구성한다. 각 연방준비은행의 역할은 관할지역의 상업은행과 저축은행이 연방준비제도이사회의 규칙에 따르도록 감독하고, 할인창구로서 긴급자금을 공급하는 것이다.

Freddie Mac [미] 프레디맥 (Federal Home Loan Mortgage Corporation) ¶The *Freddie Mac* is a nickname for Federal Home Loan Mortgage Corporation (FHLMC), a publicly owned, government-sponsored corporation. The federal government seized control of *Freddie Mac* in September 2008 by placing it into conservatorship as the foreclosure crisis mushroomed. 프레디맥은 연방주택금융모기지공사의 애칭으로, 공공의 정부지원법인이다. 연방정부는 모기지 실행절차가 위기로 확대되자 프레디맥을 관리자 밑에 둠으로써 2008년 9월에 그 감독을 장악했다. ¶The *Freddie Mac* is mortgage-backed securities, issued in minimum denominations of $25,000 that are packaged, guaranteed, and sold by the FHLMC. Mortgage-backed securities are issues in which residential mortgages are packaged and sold to investors. 프레디맥은 미연방주택금융모기지공사(FHLMC)

가 증권에 일괄해서 보증(guarantee)을 부쳐서 판매하는 모기지담보증권(mortgage-backed securities)으로, 최저 25,000달러의 액면(denomination)으로 발행되고 있다. 모기지담보증권은 주택모기지론(loan)을 일괄, 발행하여 투자자에게 판매하는 증권이라 할 수 있다.

free ⓐ 자유로운, 무료의 ¶*free* carrier … named point [무역] (지정지점) 운송인인도 /a *free* distribution 무상교부 /a *free* exchange rate system 자유환율제도 /*free* export 무환수출 /a *free* floating exchange rate system 자유변동환율제도 /*free* from encumbrances (부동산의) 담보가 없는 /*free* import 무환수입 /*free* loans 무담보무보증대출 /*free* on rail 철도인도 /*free* on truck 화차적재인도 /*free* ports 자유항 /*free* reserves 자유준비 /a *free* ride 무임승차 /*free* riders [증권] 무임승차행위자 /*free* shares 자유주 /*free* trade areas 자유무역지역 /*free* trade zones 지유무역지대 /*free* yen 자유엔 /non-resident *free* yen deposits 자유엔예금 ***free alongside ship (FAS)*** [무역] 선측인도 ¶Under the term *free alongside ship* (*FAS*), the seller quotes a price for the goods that includes charges for delivery of the goods alongside a vessel at the port of departure. The seller handles the cost of unloading and wharfage; loading, ocean transportation, and insurance are left to the buyer. *FAS* is also a method of export and import valuation. 선측인도(가격)(FAS)조건에 의하여 수출업자는 출발항에서 선측으로 물품을 인도하는 데 드는 비용을 포함하는 물품가격을 매긴다. 매도인은 하역료 및 부두사용료(wharfage), 선적, 해양운송, 보험료는 매수인에게 남겨지고 있다. 선측인도가격(조건)은 수출과 수입가격산정의 방법이기도 하다. ~ ***and open market*** 자유롭고 공개된 시장 ¶The *free and open market* is a market in which price is determined by the free, unregulated interchange of supply and demand. The opposite is a controlled market, where supply, demand, and price can artificially set, resulting in an inefficient market. 자유롭고 공개된 시장이란 규제를 받지 않고 자유로이 수요와 공급을 교환하여 가격이 결정되는 시장을 말한다. 이 반대가 관리시장(controlled market)인데, 그곳에서는 공급, 수요 및 가격이 인위적으로 설정되어 결과적으로 비효율적인 시장(inefficient market)이 된다. ~ ***box*** 납입증권보관고(保管庫) ¶The *free box* is a securities industry jargon for a secure storage place ("box") for fully paid ("free") customers' securities, such as a bank vault or the depository trust company. 납입증권보관고는 완전히 지급을 마친(free) 고객의 증권(securities)을 안전하게 보관하는 장소(box), 말하자면 은행의 금고나 예탁신탁회사(depository trust company)를 가리키는 증권업계의 용어이다. ~ ***cash flow*** 프리 캐시플로 ¶*Free cash flow* is the amount of cash a company has after expenses, debt service, capital expenditures, and dividends. *Free cash flow* measures the financial comfort level of the company as a going concern. The higher the *free cash flow*, the stronger the company's balance sheet. 프리 캐시플로는 경비, 차입원리금, 설비투자를 공제한 후에 회사가 보유하고 있는 현금을 이른다. 프리 캐시플로는 계속사업체(going concern)로서의 재무상의 안전성을 보이는 지표이기도 하다. 프리 캐시플로가 크면 클수록, 그 회사의 대차대조표는 튼튼하다고 말할 수 있다. ~ ***of particular average (FPA)*** [해상보험] 분손부담보(分損不擔保) ¶The term *free of particular average* (*FPA*) is a marine insurance contract clause that limits an insurance company's liability. The company agrees to pay only losses that exceed a percentage or flat dollar amount; partial (below this percentage or amount) losses are not paid. In essence, the principle is like the deductible feature of other policies. 분손부담보(分損不擔保)조건은 보험회사의 책임을 제한하는 해상보험계약조항이다. 보험회사는 일정한 비율 또는 일률적인 달러금

액을 초과하는 손실만을 보상하기로 합의한다. 즉, (이 비율 또는 금액 이하의) 일부손실액은 지급되지 않는다. 본질적으로 이 원칙은 다른 보험계약의 공제되는 특징과 같다. ~ ***on board (FOB)*** 본선인도 ¶ The *Free on board* (*FOB*) is a transportation term meaning that the invoice price includes delivery at the seller's expense to a specified point and no further. For example, "*FOB* our Newark warehouse" means that the buyer must pay all shipping and other charges associated with transporting the merchandise from the seller's warehouse in Newark to the buyer's receiving point. Title normally passes from seller to buyer at the *FOB* point by way of a bill of lading. 본선인도(조건)는 송장가격(invoice price)에 매도인이 지정지까지 부담하는 운송비만 포함되고 그 이상은 부담하지 않는다는 것을 의미하는 운송용어이다. 예컨대, 「FOB조건 뉴웍 폐사창고」라고 하면, 매수인이 매도인의 뉴웍의 창고에서 수취지점까지 상품의 모든 선적비용과 운송관련비용을 부담해야 한다는 뜻이다. 소유권은 통상적으로 FOB지점에서 선하증권(bill of lading)과 함께 매수인에게 이전된다. ~ ***reserves*** 자유준비금 ¶ *Free reserves* are funds available to banks for lending or investment, widely regarded as an indicator of available bank credit. Excess reserves are the amount remaining after required reserves are subtracted from reserve balances deposited with a Federal Reserve Bank. The total of *free reserves* is computed by subtracting from a bank's excess reserves (or reserve account balances above its reserve requirements) any borrowings from the Federal Reserve. 자유준비금은 이용가능은행신용의 지표로서 널리 인정되는 대출이나 투자를 위하여 은행이 이용할 수 있는 자금을 말한다. 과잉준비금은 필요준비금이 연방준비은행에 예금되어 있는 준비금잔액에서 공제된 후에 남는 금액이다. 자유준비금의 총액은 은행의 과잉준비금(또는 준비금요건 이상의 준비금계좌잔액)과 연방준비은행에서 차입금액을 공제함으로써 계산된다. ~ ***rider*** [영][속] 프리라이더 ¶ The *free rider* is an underwriter or syndicate member that retains a portion of a primary market offering in order to sell at what it hopes will be a higher secondary market price; the practice is illegal in many markets. 프리라이더는 더 비싼 유통시장가격(secondary market price)이라고 희망하는 값으로 매도하기 위하여 발행시장 공개주식(primary market offering)의 일부를 보유하는 인수업자(underwriter) 또는 신디케이트 회원을 말한다. 그런 실무는 많은 시장에서 위법(illegal)이다. ~ ***right of exchange*** 무료양도권 ¶ The *free right of exchange* is an ability to transfer securities from one name to another without paying the charge associated with a sales transaction. The free right applies, for example, where stock in street name (that is, registered in the name of broker-dealer) is transferred to the customer's name in order to be eligible for a dividend reinvestment plan. See also registered security. 무료양도권은 매각에 수반하는 비용을 지급하지 않고 증권(security)의 명의를 개서(改書)하는 권리를 이른다. 예컨대, 양도권은 증권회사명의(street name)로 등록되어 있는 주식을, 배당금재투자제도(dividend reinvestment plan)의 대상이 되도록 고객명의로 변경하는 경우에 적용된다. registered security (기명증권)도 참조할 것. ~ ***stock*** 수의(隨意)주식, 자유주식 ¶ The *free stock* is (1) a stock that is fully paid for and is not assigned as collateral. (2) a stock held by an issuer following a private placement but that can be traded free of the restrictions bearing on a letter security. 자유주식은 (1) 전액납입하여 담보에 들어가 있지 않은 주식이다. (2) 발행자(issuer)가 보유하는 사모발행(private placement)의 주식으로, 비등록증권(letter security)의 규제에 구속되지 않고 자유로이 거래할 수 있는 주식을 이른다. ~ ***workout*** 프리워크아웃, 사전채무조정 ¶ The *free workout* is for banks or lenders to convert liabilities into the long-term amortized loan with agreements before borrowers delayed to repay the loan over 3 months and the attachment is placed on the monthly salaries and/or properties, which results in a credit delinquent. For example, if the business man who has borrowed at yearly interest rate of 6 % delayed to repay over one month, the interest rate at once jumps to 17 % a year. With the *free workout*, this loan is converted into the amortized loan of principal with maturity of 10 years at the scale of 14% a year. 프리워크아웃은 3개월 이상 대출금을 연체해서 월급이나 재산에 대한 압류가 들어가고 신용불량자가 되기 전 은행 또는 대출자가 계약을 해서 빚을 장기분할상한방식으로 바꾸는 것을 말한다. 예를 들어 금리가 연 6%로 빌려 쓰던 사람이 한 달 이상 연체하면 금리가 단번에 연 17%로 정도로 뛴다. 프리워크아웃제도를 이용하면 이 대출이 연 14% 정도의 10년 만기 원리금분할상환방식의 대출로 전환된다.

[v.] 규제를 제거하다, 책임을 경감하다 ***freed up*** 인수증권의 가격규제해제 ¶ The phrase *freed up* is a securities industry jargon meaning that the members of an underwriting syndicate are no longer bound by the price agreed upon and fixed in the agreement among underwriters. They are thus free to trade in the security on a market basis. freed up(인수증권의 가격규제해제)라는 문구는 인수신디케이트단(團)(underwriting syndicate)이 합의하고 인수단계약(agreement among underwriters)이 정한 가격의 규제가 해제되는 것을 가리키는 증권업계의 용어이다. 따라서 증권업계는 시장실세에 근거해서 시장에서 자유로이 거래를 할 수 있게 된다.

free-delivered stock 무상교부주(無償交付株)

freehold 자유보유권, 자유토지보유권 ¶ At common law, "*freehold*" referred to those interests in land which could be associated with one who was considered a free man. 커먼로에서, 「자유토지보유권」은 자유민으로 인정되는 사람과 연관될 수 있는 토지에 관한 권리를 의미하였다.

freely flexible [fluctuating] exchange rates 자유변동환율

freeriding [증권] 무임승차행위(매입대금지급전의 매각에 의한 시세차익이나 신디케이트 멤버의 인수증권의 보류 등의 위법행위를 말한다.) ¶ The *freeriding* is a practice, prohibited by the Securities and Exchange Commission and the National Association of Securities Dealers, whereby an underwriting syndicate member withholds a portion of a new securities issue and later resells it at a price higher than the initial offering price. 무임승차행위는 인수신디케이트단(團)(underwriting syndicate)의 일원이 신규발행증권(new issue)의 일부를 판매하지 않고 계속 보류하면서 후에 공모가격(initial offering price)보다 높게 매각하는 것을 이른다. 미증권거래위원회(Securities and Exchange Commission)와 전미증권업협회(National Association of Securities Dealers)에 의해서 금지되고 있다. ¶ The *freeriding* is a practice whereby a brokerage client buys and sells a security in rapid order without putting up money for the purchase. The practice violates Regulation T of the Federal Reserve Board concerning broker-dealer credit to customers. The penalty requires that the customer's account be frozen for 90 days. See also frozen account. 무임승차행위란 브로커의 고객이 매수자금을 지급하지 않고 증권을 단시간에 매매하는 것을 이른다. 이런 관행은 연방준비제도이사회(Federal Reserve Board)가 브로커-딜러(broker-dealer)의 고객에의 융자에 관하여 정한 레귤레이션 T(Regulation T)에 위반한다. 이에 대한 벌칙에는 고객의 계좌를 90일간 동결할 것을 요구하고 있다.

freeze 동결(凍結) ¶ a credit *freeze* 신용동결 /a *freeze* on prices; a price *freeze*

물가의 동결 ***freeze out*** 소수주주축출 ¶ The *freeze out* is to put pressure on minority shareholders after a takeover to sell their shares to the acquirer. 소수주주축출이란 기업매수(takeover)후에 매수자(acquirer)가 소수주주(minority shareholders)에게 보유주식의 매도를 압박하는 경우를 이른다.

freight 화물운송, 운임, 선하(船荷) ¶ air *freight* 항공화물 /*freight*/carriage and insurance paid to … named point of destination [무역] (지정목적지점까지의) 운송비 · 보험료포함 /*freight*/carriage paid to … named point of destination (지정목적지점까지의) 운송비포함 /*freight* (to) collect 운임도착지급 /*freight* forward 운임선급 /*freight* prepaid; *freight* paid in advance 운임선급 /*freight* usance 운임유전스 ***freight forwarder*** 화물(발송)취급인, 운송업자 ¶ A *freight forwarder* is a firm whose business involves contracting with carriers on behalf of exporters arranging for the shipment of the goods to the consignee. 화물(발송)운송업자는 수하인(consignee)에게 화물의 선적을 위해 준비하는 수출업자를 대신하여 운송업자와 계약하는 일과 관련된 영업을 하는 기업을 이른다.

freightage 화물수송, 운송료

freighter 화물선(cargo ship) ¶ The *freighter* is a ship or airplane used to carry cargo. 화물선은 화물을 운송하는데 이용되는 선박이나 항공기이다.

FREIT → finite life real estate investment trust [약] 기한부 부동산투자신탁 ¶ The *finite life real estate investment trust* (*FREIT*) is the real estate investment trust (REIT) that promises to try to sell its holdings within a specified period to realize capital gains. 기한부 부동산투자신탁은 일정한 기간 내에 보유자산을 매각하여 캐피탈게인(capital gain)을 실현할 것을 약속하는 부동산투자신탁(real estate investment trust: REIT)을 이른다.

French Pacific Islands currency 프랑스 태평양제도(諸島) 화폐 ¶ CFP (French Pacific Islands) franc (PFF), divided into 100 centimes. 1 프랑(CFP franc) = 100 상팀(centimes).

frequency 자주 일어남, 빈도, 도수(度數) ¶ *frequency* chart 도수분포표(度數分布表)

fresh 신선한, 생기있는, 신기한, 새로 가입된, 추가의 ¶ *fresh* money 추가자본

FRF (ISO) code France – currency French franc. The 1999 legacy conversion rate was 6.55957 to the euro. It has fully changed to the euro/cent from 2002. ¶ FRF (국제표준기구) 약호 프랑스 — 화폐 프랑스 프랑. 1999년 오래 내려온 환산율은 유로대비 6.55957이었다. 프랑스 화폐는 2002년부터 유로/센트로 완전히 변경하였다.

frictional 마찰의, 마찰로 생기는 ***frictional cost*** 마찰적 비용 ¶ In an index fund, the *frictional cost* is the amount by which the fund's return, excluding investment performance, is less than that of the index it replicates. The difference, assuming it is not otherwise adjusted, represents the fund's management fees and transaction costs. 인덱스펀드(index fund)에 있어서, 마찰적 비용이란 펀드의 수익과, 운용실적(investment performance)을 제외하고, 연동하는 지수(index)의 수익과의 차액을 이른다. 다른 조정이 없으면, 그 차액은 펀드의 운용보수(management fee)와 거래코스트(transaction cost)를 반영한다.

Friday factor 금요(金曜)요인

friendly 우호적인, 호의적인 ¶ *friendly* bid [M&A] 우호적 매입 ***friendly takeover*** 우호적 매수(買收)(friendly bids) ¶ The *friendly takeover* is a merger supported by the management and board of directors of the target company. The board will recommend to shareholders that they approve the takeover offer, because it represents fair value for the company's shares. In many cases, the acquiring company will retain many of the existing managers of the acquiring company to continue to run the business. A *friendly takeover* is in contrast to a hostile takeover, in which management actively resists the acquisition attempt by another company or raider. 우호적 매수란 매수대상기업(target company)의 경영진(management)과 이사회(board of directors)의 지지를 얻고 있는 기업결합(merger)을 이른다. 이사회는 자사주가 적정하게 평가된 제안이므로 수입되도록 주주에게 권고한다. 매수측은 피매수기업의 간부를 남겨서, 계속 운영에 담당케 하는 경우가 많다. 우호적 매수와 대조적인 적대적 매수(hostile takeover)의 경우, 경영진은 기업이나 회사사냥꾼(raider)에 의한 매수계획에 격렬하게 저항한다.

fringe 가장자리, 주변 ***fringe banking*** 프린지뱅킹 ¶ Among the services of banking institutions, the *fringe banking* is the services of credit card, lease, factoring and other services incidental thereto. 프린지뱅킹이란 금융기관업무 중에서, 크레디트카드, 리스, 팩토링, 기타 부수업무에 준하는 업무를 말한다. ~ ***benefits*** 부가급여 ¶ *Fringe benefits* are compensation to employees in addition to salary. Some examples of *fringe benefits* are paid holidays, retirement plans, life and health insurance plans, subsidized cafeterias, company cars, stock options, and expense accounts. In many cases, *fringe benefits* can add significantly to an employee's total compensation, and are a key ingredient in attracting and retaining employees. For the most part, *fringe benefits* are not taxable to the employee, though they are generally tax-deductible for the employer. 부가급여란 급여 이외에 종업원에게 주는 보수이다. 부가보수의 예를 몇 개 들어보면, 유급휴가, 연금제도, 생명보험 · 건강보험, 식사비보조, 회사차, 스톡옵션, 수당 등이 있다. 종업원의 급여가 대폭 끌어올리는 경우도 있고, 인재를 끌어들여 유출을 방지할 관건(key)이 된다. 부가급여의 태반은 종업원의 단계에서 과세되지 않지만, 고용주측에서는 세금공제취급(tax credit)이 일반적이다.

FRN → **f**loating **r**ate **n**otes [약] 변동금리부 채권, FRN (Flip-Flop) 플립, 플립 FRN ¶ A *floating rate note* (*FRN*) is a debt instrument with a variable interest rate. Interest adjustments are made periodically, often every six months, and are tied to a money-market index such as Treasury bill rates. *Floating rate notes* usually have a maturity of about five years. 변동금리부 채권은 금리가 변동하는 채권(債券)을 말한다. 금리는 정기적으로(통상 6개월마다) 다시 평가되며, 미재무성 단기증권(Treasury bill)의 금리 등 단기시장의 지표금리에 연동된다. 변동금리부 채권은 5년 전후에 만기를 맞이하는 것이 많다.

front 전선(前線), 전부(前部), 표면 ¶ *front*-end fee [신디케이트론] 실행시에 일괄지급하는 수수료 /*front* money 선급금 /*front* running [증권] 주식의 앞지른 매매 ***front-end load*** (투자신탁이나 연금보험 등의) 판매수수료 ¶ The *front-end load* is a sales charge applied to an investment at the time of initial purchase. There may be a *front-end load* on a mutual fund, for instance, which is sold by a broker. Annuities, life insurance policies, and limited partnerships can also have *front-end loads*. From the investor's point of view, the earnings from the investment should make up for this up-front fee within a relatively short period of time. See also investment company; mutual fund share classes. 판매수수료는 투자상품을 구입할 때에 발생하는 판매수수료를 말한다. 예컨대, 브로커가 판매하는 뮤추얼펀드(mutual fund)에는 판매수수료가 따른다. 연금보험, 생명보험, 리미티드

파트너십(limited partnership)에도 판매수수료가 붙는다. 투자자의 입장에서는 펀드에 비교적 단기간에 이 수수료 분의 수익을 올릴 것을 구한다. 또한 investment company(투자회사); mutual fund share classes(뮤추얼펀드수익증권클래스)를 참조할 것. ~ ***load*** [영] 수수료선급 ¶ The *front load* is a mechanism in which commissions on a mutual fund or investment trust are charged to investors at the time of purchase. See also back load. 수수료선급은 뮤추얼펀드나 투자신탁의 수수료가 구매시에 투자자에게 부과되는 메커니즘을 말한다. back load(수수료후급)도 참조할 것. ~ ***month*** 앞선 한월(限月) → nearby contract (직근계약). ~ ***office*** 영업부문 ¶ The *front office* is a sales personnel in a brokerage, insurance, or other financial services operation. *Front office* workers produce revenue, in contrast to back office workers, who perform administrative and other support functions for the *front office*. 영업부문은 증권, 보험 등 금융서비스업의 영업사원을 이른다. 영업부문직원들은 영업부문에 대한 행정 기타 지원기능을 수행하는 비영업부문의 직원에 비하여, 수입(收入)을 산출한다. ~ ***running*** 선두(先頭)거래 ¶ The *front running* is a practice whereby a securities or commodities trader takes a position to capitalize on advance knowledge of a large upcoming transaction expected to influence the market price. In the stock market, this might be done by buying an option on stock expected to benefit from a large block transaction. In commodities, dual trading is common practice and provide opportunities to profit from *front running*. See also running ahead. 선두거래는 증권이나 상품의 트레이더가 시장가격(market price)에 영향을 미칠 것 같은 대형거래(large trade)의 사전정보를 얻어서, 그것을 이용하려고 포지션을 취하는 것이다. 주식시장에서는, 대형거래(large block transaction)에 좋은 영향을 받을 것 같은 주식의 옵션(option)을 구입함으로써 이루어질 수 있다. 상품거래에서는, 이중거래(dual trading)가 일반적으로 행해지고 있으며, 이것은 선두거래로부터 이익을 얻을 기회가 되고 있다. running ahead(프론트런닝)로 참조할 것.

frozen 거치(据置)된, 동결된 ¶ *frozen* assets 동결자산 /*frozen* loan [credit] [융자] (회수불능의) 연체대출금 /a *frozen* mortgage 공(空)저당 ***frozen account*** 동결계정 ¶ In banking practices, a *frozen account* is a bank account from which funds may not be withdrawn until a lien is satisfied and a court order is received freeing the balance. A bank account may also be frozen by court order in a dispute over the ownership of property. 은행업무에서, 동결계정은 리엔(lien)이 행사되어 법원의 계정동결해제명령이 도달하기까지 자금을 인출하지 못하는 은행계정을 말한다. 재산의 소유권을 둘러싼 다툼에서 법원이 계정의 동결을 명하는 경우도 있다. ¶ In investments, a *frozen account* is a brokerage account under disciplinary action by the Federal Reserve Board for violation of Regulation T. During the period an account is frozen (90 days), the customer may not sell securities until their purchase price has been fully paid and the certificates have been delivered. The penalty is invoked commonly in cases of freeriding. 투자에 있어서, 동결계좌는 레귤레이션 T(Regulation T)에 위반하여 미연방준비제도이사회(Federal Reserve Board)에 의한 징계처분의 대상이 된 주식위탁거래계좌(brokerage account)를 이른다. 그 기간동안에 계좌가 90일간 동결되고, 증권의 구입대금을 전액 지급하여 인도가 행해지기까지 증권을 매각할 수 없다. 이 벌칙은 무임승차행위(freeriding)에 과하여지는 것이 보통이다.

FRS → **F**ederal **R**eserve **S**ystem [미] 미연방준비제도 ¶ The *Federal Reserve System (FRS)* is a system established by the Federal Reserve Act of 1913 to regulate the U.S. monetary and banking system. The *Federal Reserve System* (the Fed) is comprised of 12 regional Federal Reserve Banks, their 24 branches, and all national and state banks that are part of the system. National banks are stockholders of the Federal Reserve Bank in their region. The *Federal Reserve System's* main functions are to regulate the national money supply, set reserve requirements for member banks, supervise the printing of currency at the mint, act as clearinghouse for the transfer of funds throughout the baking system, and examine member banks to make sure they meet various Federal Reserve regulations. 연방준비제도는 미국의 금융·은행제도를 규제하기 위하여 1913년의 연방준비법(Federal Reserve Act)에 의하여 설립된 제도이다. 연방준비제도는 12개 지역의 연방준비은행과 24개의 지점으로 구성되며, 연방법은행(National Bank)과 주법은행(state banks)도 전부 가맹되어 있다. 연방법은행은 지역내의 연방준비은행(Federal Reserve Bank)의 주주가 되어 있다. 연방준비제도의 주된 기능은 국내의 통화공급량(money supply)의 조절, 가맹은행의 지급준비율(reserve requirement)의 설정, 조폐청에서의 화폐주조의 감독, 은행제도를 통한 자금결제기관의 역할, 가맹은행의 연방준비제도규칙의 준수상황의 검사에 있다.

fruit (*pl.*) 수확, 과실, 결과

frustration [법] 계약목적의 달성불능 ***frustration of purpose doctrine*** 계약목적의 달성불능의 법리 ¶ The *frustration of purpose doctrine* is a court-created doctrine under which a party to a contract will be relieved of his or her duty to perform when the objective purpose for performance no longer exists (due to reasons beyond that party's control). 계약목적의 달성불능의 법리는 계약이행의 객관적 목적이 (당사자가 제어할 수 없는 이유로 인하여) 더 이상 존재하지 않는 경우 계약의 당사자가 이행의무가 면제된다는 판례법상의 원칙이다.

FSA → **F**inancial **S**ervice **A**uthority [약] [영] 금융서비스기관 ¶ The *Financial Service Authority* (*FSA*) is an independent, nongovernmental body that regulates the financial services industry in the UK. It was set up in 1997 and given statutory powers by the Financial Services and Markets Act of 2000. The *FSA* is financed by the industry and its board, which consists of a chairman, a chief executive officer, three managing directors, and 11 nonexecutive directors (including the deputy chairman), is appointed by the Treasury. The Financial Services and Markets Act specifies four statutory objectives for the *FSA*: (1) to maintain market confidence; (2) to promote public understanding of the financial system; (3) ensure a satisfactory degree of consumer protection; (4) to reduce the extent to which it is possible for a business carried on by a regulated person to be used for a purpose connected with financial crime. 금융서비스기관(FSA)은 영국에서 금융서비스업을 규제하는 독립된 비영리기관이다. 그 기관은 1997년에 설치되었고, 2000년의 금융서비스 및 시장법에 의하여 제정법상의 권한이 부여되었다. FSA는 금융업계와, 의장, 최고경영책임자(chief executive officer), 3인의 상무이사(managing directors), 및 11인의 비상근이사(의장대리를 포함)로 구성되는 이사회에 의해 재정지원을 받고, 그리고 영국재무부(the Treasury)에 의해서 임명되고 있다. 영국의 금융업 및 시장법은 4가지의 제정법상의 목표를 규정하고 있다. 즉 (1) 시장의 신뢰를 유지하고, (2) 금융시스템에 대한 공공의 이해를 증진하며, (3) 소비자보호의 만족스런 정도를 확보하고, (4) 규제를 받는 자가 수행하는 기업이 금융상의 범죄와 관련되는 목적을 위해서 이용될 수 있는 범위를 감소시키는 것이다.

FSOC → **F**inancial **S**tability **O**versight **C**ouncil [약][미] 금융안정감시위원회 ¶

The *Financial Stability Oversight Council* is a Pan-Governmental Cooperative Organization which oversees the risk factors of the overall financial system to strengthen the stability of the financial system. 금융안정감시위원회는 금융시스템의 안정성을 강화하기 위해 금융시스템 전반에 대한 위험요인을 감시할 범정부적 협력기구이다.

FT → the **F**inancial **T**imes [약] 파이낸셜 타임즈(영국의 대표적 경제전문일간지) ***Financial Times Stock Exchange (FTSE) 100*** 파이낸셜 타임즈 증권거래소 100종목 주식 ¶ The *Financial Times Stock Exchange (FTSE) 100* is the benchmark index of the London Stock Exchange, comprised of 100 large cap stocks that represent a broad range of industries. The *FTSE 100* can be traded directly through exchange-traded funds and derivatives. 파이낸셜 타임즈 증권거래소 100종목 주식은 광범위한 산업계를 대표하는 100대 상한금리주식으로 구성되는 런던증권거래소의 벤치마킹한 지수(benchmark index)이다. 파이낸셜 타임즈 증권거래소 100종목 주식은 상장주식펀드(exchange-traded funds)와 파생상품을 통해서 직접 거래될 수 있다.

FT Index → Financial **T**imes Stock Exchange 30 **Index** (파이낸셜 타임즈 증권거래소 30종목 인덱스).

FTSE → **F**inancial **T**imes **S**tock **E**xchange 100 Index (파이낸셜 타임즈 주식거래소 100종목 지수).

FTSE 100 → **F**inancial **T**imes **S**tock **E**xchange **100** Index (파이낸셜 타임즈 주식거래소 100종목 지수).

fulfillment 이행, 수행, 완료, 성취, 달성, 실현 ¶ *fulfillment* of obligation 채무이행

full 완전한, 최대한의 ¶ a *full* age 성년(a legal age) /*full*-bodied money 실체화폐 /*full* disclosure 완전개시 /*full* employment 완전고용 /*full* endorsement (어음의) 완전배서, 기명배서 /*full* faith and credit [증권] 국가 등의 지급서약(국채, 정부관련채 등의 이면의 문언) /*full* installment 전액지급 /*full* lots (주식 등의) 거래단위액면 /a *full* market 오르는 시세 /*full* [complete] payment 완납(完納) /(a) *full* refund 전액환급 /*full* service 광범위한 서비스 /*full*-service bank 광범위한 서비스를 제공하는 은행 /a *full* settlement (최종) 전액결제 /*full*-time employee 상근종업원 ***full banking services*** 풀뱅킹서비스 ¶ *Full banking services* are banking services offering full responsibility for services traditionally expected of banking institutions. Services typically found in *full banking services* include comsumer credit, mortgage financing, commercial lending, trust services, and corporate agency services, such as funds transfer and securities registration. 풀뱅킹서비스는 금융기관에게 전통적으로 기대되는 서비스를 위한 충분한 책무를 제공하는 뱅킹서비스이다. 풀뱅킹서비스에서 대표적으로 지적되는 업무는 소비자금융, 모기지금융, 상업대출, 트러스트업무, 자금이체(fund transfer)와 증권등록과 같은 회사대리업무 등이 포함된다. ~ ***coupon bond*** 풀쿠폰채(債) ¶ A *full coupon bond* is a bond with a coupon rate that is near or above current market interest rate. If interest rates are generally about 8%, for instance, a 7 1/2 or 9% bond is considered a *full coupon bond*. 풀쿠폰채(債)란 표면이율(coupon rate)이 현행의 시장금리(market rate)에 가깝거나 상회하고 있는 채권을 이른다. 예컨대, 금리가 일반적으로 약 8%라고 한다면, 표면이율이 7.5%나 9%의 채권은 풀쿠폰채로 간주된다. ~ ***disclosure*** 전면개시 ¶ In general, *full disclosure* is a requirement to disclose all material facts relevant to a transaction. 일반적으로 전면개시란 거래에 관한 중요한 사실을 모두 개시의 요건을 이른다. ¶ In securities industry, a *full disclosure* is a public information requirement established by the Securities Act of 1933, the Securities Exchange Act of 1934, and the major stock exchanges. See also disclosure; transparency. 증권업에서, 전면개시란 1933년의 증권법(Securities Act of 1933), 1934년의 증권거래법(Securities Exchange Act of 1934), 주요증권거래소에 의해서 제정된 정보공개규정을 이른다. disclosure(정보공개); transparency(투명성)도 참조할 것. ~ ***faith and credit*** 충분한 신뢰와 신용 ¶ The word *full faith and credit* is a phrase meaning that the full taxing and borrowing power, plus revenue other than taxes, is pledged in payment of interest and repayment of principal of a bond issued by a government entity. U.S. government securities and general obligation bonds of states and local governments are backed by this pledge. 충분한 신뢰와 신용이라는 말은 정부기관이 발행한 채권의 이자지급의 반환이 조세 이외의 세입, 징세권, 자금조달력에서 서약받고 있음을 나타내는 어구이다. 미국정부의 증권이나 주정부 및 지방정부의 일반채무증권은 이 서약하에서 보증되고 있다. ~ ***insurance*** [영] 완전보험 ¶ The *full insurance* is an insurance contract where the insurer provides the insured with complete coverage of a risk exposure in exchange for a larger premium. It can be considered a contract of maximum risk transfer, and is characterized by a small (or no) exclusions. Such a policy is most suitable for extremely risk averse companies or individuals. See also partial insurance. 완전보험은 보험업자가 더 많은 보험료의 대가로 피보험자에게 위험노출(risk exposure)의 완전한 보장을 제공하는 보험계약을 말한다. 그것은 최대위험이전의 계약으로 생각될 수 있고, 적은 (또는 무) 면책조항을 특징으로 한다. 그러한 보험증권은 극히 위험부정적인 회사나 개인들에게 가장 적합하다. partial insurance(일부보험)도 참조할 것. ~ ***ratchet provision*** 풀래칫조항(단순방식) → dilution protection (희석화방지). ~ ***recourse loan*** [영] 조기구상대출(早期求償貸出) ¶ The *full recourse loan* is a loan with repayment that may come from the proceeds of the project/asset being financed or the sale of specific collateral, or from the resources of the borrower if project/collateral cash flows prove insufficient. See also recourse, nonrecourse, nonrecourse loan. partial recourse loan. 조기구상대출은 만약 프로젝트/담보물 자금흐름이 불충분한 것이 증명되는 경우 금융을 받고 있는 프로젝트/자산 또는 특수한 담보물의 매각의 수령금이나 차입자의 재원에서 나올 수 있는 상환금이 있는 대출을 말한다. recourse(리코스); nonrecourse(논리코스); nonrecourse loan(논리코스대출); partial recourse loan(분할구상대출)도 참조할 것. ~ ***replacement coverage*** 재조달가격보증보험 → guaranteed replacement cost coverage insurance (재조달가격보증보험). ~ ***service bank*** [영] 정규은행 ¶ The *full service bank* is a bank offering the public most, if not all, of the services traditionally expected of banking institutions. Services typically found in full service banks include consumer credit, mortgage financing, commercial lending, trust services, and corporate agency services, such as funds transfer and securities registration. 정규은행은 전통적으로 은행기관에게 기대되는 서비스를, 전부는 아니지만 대부분의 일반공중에게 제공하는 은행을 말한다. 정규서비스에서 찾을 수 있는 실례로서는 일반적으로 자금이체(funds transfer)와 증권등록과 같이, 소비자신용, 모기지 파이낸싱, 상업대출, 신탁업무와 회사기관업무가 들어간다. ~-***service broker*** 종합증권회사 ¶ The *full-service broker* is a broker who provides a wide range of services to clients. Unlike a discount broker, who just executes trades, a *full-service broker* offers advice on which stocks, bonds, commodities, and mutual funds to buy or sell. A *full-service broker* may also offer an asset management account, advice on financial planning, tax shelters, and income limited partnerships, and new issues of stock. A *full-service broker's* commissions will be higher than those of a discount broker. The term brokerage is gradually being replaced by variations of the term financial services as the range of services offered by brokers expands. 종합증권회사는 고객에게 폭넓은 서비스를 제공하는 브로커를 이른다. 거래를 집행할 뿐인 디스카운트브로커(discount broker)와는 달리, 종합증권회사는 어떤 주식, 채권, 상품, 뮤추얼펀드를 매매할 것인가를 조언한다. 또 종합증권회사는 자산관리종합계좌(asset management account)를 취급하고, 재무계획, 절세계획, 수익배당형 리미티드 파트너십(income limited partnership)에 관하여 조언을 해주며, 신규발행주도 판매한다. 종합증권회사의 수수료는 디스카운트브로커보다 높다. 증권회사가 제공하는 서비스가 확대됨에 따라 점차 브로커업무(brokerage)라는 말은 금융서비스(financial services)라는 말로 대신해 가고 있다. ~ ***trading authorization*** 완전재량허가 ¶ *Full trading authorization* is freedom, even from broad guidelines, allowed a broker or adviser under a discretionary account. 완전재량허가란 브로커나 투자고문이 고객의 기본방침에도 구애되지 않고 일임계좌(discretionary account)를 자유로이 운용할 수 있는 것을 이른다.

fully 충분하게, 완전하게 ¶ *fully* paid-up share [stock] 전액납입주식 /*fully* vested 완전히 확정된 권리가 있는 ***fully amortizing loan*** 전액분할상환대출 ¶ The *fully amortizing loan* is a loan in which regular payments of principal are sufficient to fully pay off the loan by the maturity date, without additional payments. A typical example is a 30-year fixed rate or adjustable rate conventional mortgage loan. 전액분할상환대출이란 원금의 정기적인 지급이 만기일까지 추가적인 지급없이 대출을 전액 상환할 만큼 충분한 대출을 이른다. 대표적인 실례가 30년 고정금리 또는 변동금리의 재래식의 모기지론을 들 수 있다. ~ ***depreciated*** 상각필(償却畢) ¶ The word *fully depreciated* means said of a fixed asset to which all the depreciation the tax law allows has been charged. Asset is carried on the books at its residual value, although its liquidation value may be higher or lower. fully depreciated(상각필)라는 말은 세법상 정해진 고정자산(fixed asset)의 감가상각(depreciation)이 전부 끝난 상태를 이른다. 차산은 잔존가치(residual value)로 장부에 계상되지만, 청산가치(liquidation value)는 그보다 높거나 낮은 경우도 있다. ~ ***diluted earnings per (common) share*** 완전히 희석화된 보통주 1주당이익 ¶ The *fully diluted earnings per (common) share* is a figure showing earnings per common share after assuming the exercise of warrants and stock options, and the conversion of convertible bonds and preferred stock (all potentially dilutive securities). Actually, it is more analytically correct to define the term as the smallest earnings per common share that can be obtained by computing earnings per share (EPS) for all possible combinations of assumed exercise or conversion (because antidilutive securities – securities whose conversion would add to EPS – may not be assumed to be exercised or converted). 완전히 희석화된 보통주 1주당이익(EPS)이란 희석화(dilutive)요인인 워런트(warrant)나 스톡옵션(stock option)이 모두 행사되고, 전환사채(convertible bond)나 우선주(preferred stock)(전환하면 EPS가 높아지는 증권)의 행사나 전환은 생각하기 어렵기 때문에, 실제로는 실현성이 높은 권리행사와 전환이 모두 행사된 경우의 보통주 1주당 최저이익(smallest earnings per share)이라고 정의를 내리는 편이 옳을 것이다. ~ ***disclosed*** 완전히 개시된 → futures commission merchant (FCM) (선물거래업자). ~ ***distributed*** 완전히 분매(分賣)된 ¶ The words *fully distributed* is a term describing a new securities issued that has been completely resold to the investing public (that is, to institutions and individuals and other investors rather than to dealers). 완전히 분매된(fully distributed)이라는 말은 신규발행(new issue)주식이 일반투자자딜러가 아니라 기관투자자, 개인투자자 기타 투자자)에게 완전히 매각되는 경우를 표현하는 용어이다. ~ ***invested*** 완전히 투자된 ¶ The word *fully invested* is said of an investor or a portfolio when funds in cash or cash equivalents are minimal and assets are totally committed to other investments, usually stock. To be *fully invested* is to have an optimistic view of the market. 완전히 투자된(fully invested)이라는 말은 최저한의 현금이나 현금등가물(cash equivalents)을 제외하고 자산을 전부 기타의 투자대상(통상은 주식)에 투자하고 있는 상태의 투자자나 자산구성을 말한다. 완전히 투자하게 되는 것은 시세를 낙관적으로 보고 있다는 것이 된다. ~ ***valued*** 호재와 악재를 반영한 ¶ The word *fully valued* is said of a stock that has reached a price at which analysts think the underlying company's fundamental earnings power has been recognized by the market. If the stock goes up from that price, it is called overvalued. If the stock does down, it is termed undervalued. 호재와 악재를 반영한(fully valued)이란 말은 회사의 본질적인 수익력이 시장에 인식된 가격과 애널리스트들(analysts)이 생각하는 가격에 도달한 주식을 말한다. 주가가 그 가격을 상회하는 것을 비교적 비싸다(overvalued)고 하고, 하회하는 경우를 비교적 싸다(undervalued)고 한다.

fun 유쾌한, 재미있는 ***fun money*** 여유자금 ¶ *Fun money* is money that is not necessary for everyday living expenses and can therefore be risked in volatile, but potentially highly profitable, investments. If the investment pans out, the investor has had some fun speculating. If the investment turns sour, the investor's life-style has not been put at risk because he or she could afford to lose the money. 여유자금이란 날마다의 생활에 필요하지 않기 때문에, 변동성(volatility)은 높지만 높은 수익을 올릴 가능성이 있는 투자에 투입할 수 있는 자금을 이른다. 투자가 성공하면, 재미있는(fun) 투자를 한 것이 된다. 투자가 잘 안 되어 자금을 잃는다 해도 생활에 지장을 초래하는 일은 없다.

function 기능, 구실, 작용, 직무 ¶ *function* of interest rate 금리기능

functional 기능(상)의, 직무상의 ¶ *functional* decentralization 직능별 분권제(分權制) /*functional* division 직능별 사업부

fund [n.] 자금, 기금, (*pl.*) 재원(財源), (기업이 보유한) 자금(fund는 복수형(funds)으로 사용하는 경우가 많다.) → fund family (펀드패밀리); funding (자금화); mutual fund (뮤추얼펀드). ¶ The *fund* is a vehicle that is established to gather and invest capital provided by investors. A *fund* can take various structural forms, such as a pension *fund*, mutual *fund*, hedge *fund*, closed-end *fund*, open-end *fund*, or unit investment trust, and can be established to invest in specific asset classes. 펀드는 투자자가 제공하는 자본을 수집하여 투자하기 위하여 조직하는 매매수단을 말한다. 펀드는 연금펀드(pension fund), 뮤추얼펀드(mutual fund), 헤지펀드(hedge fund), 폐쇄형 펀드(closed-end fund), 오픈엔드 (뮤추얼) 펀드(open-end fund) 또는 단위형 투자신탁(unit invest trust)과 같은 여러 가지의 구조적 형식을 취할 수 있고, 특수한 자산의 종류에 투자하기 위하여 조직될 수 있다. /abandoned *funds* 포기자금 /an application of *funds* statement; a *fund* statement; a statement of application of *funds* 자금운용표(運用表) /contingency *funds* 우발위험준비금 /*fund* control 자금통제 /*funds* flow analysis 자금이동분석 /*funds* flow statements 자금이동표 /*funds* for collecting goods 집하(集荷)자금 /*funds* for equipment investment 설비자금 /*fund* managers 펀드 매니저, 자금운용담당자 /a *fund* of funds 이미 설정 · 운용되고 있는 투자신탁을 편입하여 운용하는 투자신탁

/*funds* on hand 자기자금 /*fund* position 자금융통표 /*fund* position of corporation 기업의 보유자금유동성 /*funds* raised through preference share issues 우선주발행에 의한 자금조달 /*fund* shortage 자금부족 /*funds* to be paid after term-end settlement of accounts 결산자금 /*fund* transfer 계정이체 /*fund* trust 펀드 트러스트(지정금외 신탁의 일반적 호칭) /good *funds* 사용할 수 있는 자금(investable funds) /personal trust *funds* 개인신탁자금 /public *funds* 공공자금 /sources of *funds* 재원 /use of *funds* 자금운용 ***dimsum fund*** 위안화표시 채권 ¶ The *dimsum fund* is a bond of yuan denomination that is issued in Hongkong by the foreign enterprises in order to raise the yuan funds. 딤섬펀드는 해외기업들이 위안화자금을 조달하기 위해서 홍콩에서 발행되는 위안화표시 채권을 말한다. ~ ***family*** 펀드패밀리 ¶ The *fund family* is a mutual fund company offering funds with many investment objectives. A *fund family* may offer several types of stock, bond, and money market funds and allow free switching among their funds. Large no-load *fund families* include American Century, Fidelity Dreyfus, T. Rowe Price, USAA, and Vanguard. Many investors find it convenient to place most of their assets with one or two *fund families* because of the convenience offered by such switching privileges. In recent years, several discount brokerage firms have offered the ability to shift assets from one *fund family* to another, making it less important than it had been to consolidate assets in one *fund family*. See also investment company. 펀드패밀리는 여러 가지 상품에 투자할 펀드를 제공하는 뮤추얼펀드회사(mutual fund company)를 말한다. 펀드패밀리는 여러 종류의 주식이나 채권의 펀드, 머니마켓펀드(money market fund)를 제공하고, 무료로 펀드간의 환승(換乘)을 인정한다. 수수료무료(no-load)의 대형펀드패밀리에는 아메리칸 센츄리(American Century), 피델리티 드라이퍼스(Fidelity Dreyfus), T. 로우프라이스, 유에스 에이에이(T. Rowe Price, USAA), 및 방가드(Vanguard)가 있다. 환승이 가능하여 편리함이 있기 때문에, 자산의 대부분을 1, 2종류의 펀드패밀리에서 운용한다면 편리하다고 생각하는 투자자는 많다. 최근에는 디스카운트브로커(discount broker)가 펀드패밀리간에서 자금을 이동할 수 있는 상품도 판매하고 있고, 하나의 펀드패밀리에 자산을 집중하는 의미는 희박해지고 있다. investment company(투자회사)도 참조할 것. ~***s management*** 자금융통, 자금관리, 투자고문 ¶ *Funds management* is management of net funds available for investment and external funds purchased from other banks. *Funds management* attempts to match the cash flow needs of a bank against maturity schedules of its deposits as loan demand increases or decreases. *Funds management* is more of a Treasury function than asset-liability management, which deals mainly with control of interest rate risk and liquidity risk, and the pricing of loans in specific time periods. 자금관리는 다른 은행으로부터 구입한 투자와 외부자금에 이용할 수 있는 순수한 자금의 관리를 말한다. 대출수요는 증가하거나 감소하기 때문에, 자금관리는 은행의 예금의 만기예정표와 은행 자체의 현금흐름의 필요물(needs)을 조화시키려고 한다. 자금관리는 자산부채종합관리(asset-liability management)보다 미재무부의 역할 이상이며, 금리위험과 유통성위험의 관리와 특정한 시기에 대출의 가격평가를 주로 취급한다. ~ ***manager*** 자금운용책임자, 펀드매니저 ¶ The *fund manager* is a manager of a pool of money such as a mutual fund, pension fund, insurance fund, or back-pooled fund. Their job is to maximize the fund's returns at the least risk possible. Each *fund manager* tries his or her best to realize the fund's objectives, whether it be growth, income, or some combination of the two. Different *fund managers* use different styles to accomplish their objectives. For example, some stock *fund managers* use the value styles of investing, while others concentrate on growth stocks. In picking a fund, it is important to know the *fund manager* style, and how long he or she has been managing the fund. This information is generally available for publicly offered mutual funds from fund company literature or fund representatives. 펀드매니저는 뮤추얼펀드(mutual fund), 연금기금(pension fund), 보험기금(insurance fund), 은행의 풀자금과 같은 자금풀(pool of money)의 운용책임자를 이른다. 펀드매니저의 직책은 가능하면 적은 리스크로 펀드의 수익률을 극대화하는 것이다. 펀드매니저는 누구나 펀드의 목표를 성장에 두느냐, 수익률에 둘 것인가, 아니면 이 양자에 있는가 간에, 그 목표를 실현하고자 최선을 다한다. 그들의 목표를 달성하는 스타일은 각 펀드매니저마다 다르다. 예를 들면, 어떤 주식펀드매니저는 비교적 싼 주식에 투자하는 스타일을 보이는 반면에, 다른 펀드매니저는 성장주(growth stock)에 집중하는 경우도 있다. 펀드를 선택할 때에는, 펀드매니저의 투자수법이나 얼마동안이나 펀드의 운용을 담당해 왔는지를 아는 일이 중요하다. 이런 정보는 일반적으로 투자자에게 제공되는 뮤추얼펀드에 관한 투자회사(investment company)의 인쇄물이나 펀드의 대표자에 관한 정보를 이용할 수 있다. ~ ***of ~s*** 펀드오브펀드, 뮤추얼펀드에 투자하는 뮤추얼펀드 ¶ The *fund of funds* is a mutual fund that invests in other mutual funds. The concept behind such funds is that they are able to move money between the best funds in the industry, and thereby increase shareholders' returns with more diversification than is offered by a single fund. The *fund of funds* has been criticized as adding another layer of management expenses on shareholders, however, because fees are paid to the fund's management company as well as to all the underlying fund management companies. The SEC limits the total amount of fees that shareholders can pay in such a fund. *Fund of funds* are usually organized in a fund family of their own, offering funds that will specialize in international stocks, aggressive growth, income, and other objectives. 펀드오브펀드는 다른 뮤추얼펀드(mutual fund)에 투자하는 뮤추얼펀드를 말한다. 이러한 펀드에 배경이 되는 발상은 우량뮤추얼펀드간에서 자금을 이동할 수 있으므로 단일의 펀드보다도 다양성이 있고, 투자수익률(return)이 높다고 하는 것이다. 그러나, 펀드오브펀드의 운용회사(management company)와 펀드가 투자하고 있는 뮤추얼펀드의 운용회사의 양쪽에서 수수료가 발생하기 때문에, 투자자가 지급하는 수수료가 중복된다고 하는 비판이 있어 왔다. 미국의 증권거래위원회(SEC)는 투자자가 이러한 펀드에 지급하는 수수료총액을 제한하고 있다. 펀드오브펀드는 국제주식, 적극적 운용성장, 수익 기타의 목표에 전문적인 펀드를 제공하는 펀드패밀리 내에 운용되는 경우가 보통이다. ~ ***statement*** 자금운용표 → statement of cash flow (현금흐름표). ~ ***switching*** 펀드의 환승(換乘) ¶ The *fund switching* is a moving money from one mutual fund to another, within the same fund family or among fund families. Purchases and sales of funds may be done to time the ups and downs of the stock and bond markets, or because investors' financial needs have changed. Several newsletters and fund managers specialize in advising clients on which funds to switch into and out of, based on market conditions. Switching among funds within a fund family is usually allowed without sales charges. Unless practiced inside a tax-deferred account such as an IRA or Keogh account, a fund switch creates a taxable event, since capital gains or losses are realized. 펀드의 환승이란 펀드패밀리(fund family)내에서 하나의 뮤추얼펀드(mutual fund)에서 다른 뮤추얼펀드로 자금을 이동시키는 것이다. 펀드의 환승은 주식이나 채권시장의 변동의 타이밍을 잡는다든지, 투자자(investor)의 자금니즈(needs)의 변화에 대응한다든지 하기 위해서 행해진다. 여러 가지의 배포자료나

운용책임자(fund manager)를 통해서, 시장환경을 살펴서 구입 또는 해약해야 할 펀드에 관한 조언도 행해진다. 펀드패밀리 내의 환승에는 통상 판매수수료(sales charge)가 붙지 아니한다. 환승에서 양도손익(capital gains or losses)이 발생하기 때문에, 개인퇴직계좌(IRA)나 키오계좌(Keogh account)와 같은 과세순연계좌(tax-deferred account)에서의 환승을 제외하고, 과세대상이 된다. ***index*** ~ 인덱스펀드(평균주가지수의 채용종목을 그 구성비에 맞추어 짜고 지수와 같은 이율을 확보하려고 하는 투자신탁) ¶ The *index fund* is a mutual fund that has a portfolio matching that of a broad-based portfolio. Many institutional and individual investors, especially believers in the efficient market theory, put money in index funds on the assumption that trying to beat the market average over the long run is futile, and their investments in these funds will at least keep pace with the index being tracked. 인덱스펀드는 광범한 종목으로 구성되는 포트폴리오와 같은 움직임을 가지는 뮤추얼펀드이다. 많은 기관투자자나 개인투자자, 특히 효율적 시장이론의 신봉자는 장기적으로는 시장평균을 초과하는 이익을 상회하는 것은 헛된 노력이며, 이러한 펀드는 적어도 대상으로 하고 있는 지표와 동등한 실적은 상회할 것이라는 전제에서, 인덱스펀드에 투자한다. ***insufficient*** ~***s*** [부도사유] 예금부족(N.S.F., not s.f.) → not sufficient funds (자금부족). ***no*** ~ ("no funds", N/F), [부도사유] 자금 없음 → not insufficient funds (자금부족). ***no*** **[*not*]** ***sufficient*** ~ **(*N/S*)** [부도사유] 자금 없음 → not insufficient funds (자금부족). ***pension*** ~ 연금기금 ¶ The *pension fund* is a fund set up by corporation, labor union, governmental entity, or other organization to pay the pension benefits of retired workers. *Pension funds* invest billions of dollars annually in the stock and bonds markets, and are therefore a major factor in the supply-and-demand balance of the markets. Earnings on the investment portfolios of *pension funds* are tax exempt. 연금기금은 퇴직한 근로자에게 급여를 지급하기 위하여 회사, 노동조합, 정부단위, 및 기타의 단체에 의하여 설치된 기금이다. 연금기금은 매년 주식 및 채권시장에 수십억 달러를 투자하고, 따라서 시장의 수요공급의 밸런스에 주요한 요인이 된다. 연금기금의 투자포트폴리오상의 배당소득은 면세된다. ***private equity*** ~ 사모(私募)펀드(소수의 제한된 투자자들로부터 자금을 모집하여 투자하는 방식이다.) ¶ A *private equity fund* is a limited partnership controlled by a private equity firm that acts as the general partner and that gets specific dollar commitments from qualified institutional investors and individual accredited investors. These passive limited partners fund pro rata portions of their commitments when the general partner has identified an appropriate opportunity, which may be venture capital to finance new products and technologies, expanding working capital, making acquisitions, financing leveraged buyouts (LBOs), and other investments in which the equity is not publicly traded. A fund will typically make between 15 and 25 separate investments over a ten-year life, with no single investment exceeding 10% of the total commitment. Well-known examples of *private equity funds* are Blackstone Group and Carlyle Group. 사모펀드는 프라이빗에쿼티 운용회사(private equity firm)가 제너럴파트너(무한책임사원, general partner)가 되고, 적격기관투자자(qualified institutional investor)나 개인의 적격투자자(accredited investor)가 리미티드 파트너(유한책임사원, limited partner)로서 출자를 약속하는 프라이빗에쿼티 운용회사(private equity firm)가 지배하는 리미티드 파트너십(limited partnership)을 말한다. 리미티드파트너는 운용에는 참가하지 않고, 제너럴파트너가 적절한 투자대상을 특정한 때에 출자분에 따라 자금을 출연한다. 투자대상으로서는, 새로운 제품이나 테크놀로지에 자금을 필요로 하는 벤처캐피탈(venture capital)에의 투융자, 운전자본(working

capital)의 확충을 위한 융자, 매수(acquisition)를 위한 투융자, 레버리지드 바이아웃(leveraged buyout: LBO)에의 융자, 그밖에 비상장회사에의 투자가 있다. 프라이빗 에퀴티펀드는 일반적으로 10년에 걸쳐서 15건에서 25건의 투자를 행하지만, 1건당 투자액이 투자예정총액의 10%를 초과하는 경우는 없다. 잘 알려진 프라이빗에퀴티 펀드에는 Blackstone Group이나 Carlyle Group이 있다. ***public*** ~ 공모(公募)펀드 ¶The *public fund* is a method of returning the result of investment after publicly gathering funds from many and unspecific investors and then investing them. 공모펀드는 불특정의 다수의 일반투자자들로부터 자금을 공개적으로 모아 투자한 후 투자결과를 되돌려주는 방식을 말한다.
v. (일시적 차입금을) 장기의 부채로 차환(借換)하다, 자금을 제공하다 ¶*funded* plans 적립플랜 ***funded debt*** 장기채무(長期債務), 장기부채 ¶A *funded debt* is a debt that is due after one year and is formalized by the issuing of bonds or long-term notes. 장기채무는 채권이나 장기어음의 형식을 취하고, 지급기한(due date)까지 1년을 넘는 채무이다. ¶The *funded debt* is; (1) any debt obligation issued by a sovereign authority that need not be repaid, i.e., an instrument that exists in perpetuity, such as a consol. (2) any debt obligation of a company or sovereign authority that matures in more than one year. 장기채무는 (1) 상환할 필요가 없는 주권국가가 발행하고, 즉 콘솔(consol)과 같이 영원히 존재하는 채무증권(debt obligation)을 말한다. ***~ed pension plan*** 적립금액이 충분한 연금기금 ¶The *funded pension plan* is a pension plan in which all liabilities are fully funded. A pension plan's administrator knows the potential payments necessary to make to pensioners over the coming years. In order to be funded, the plan must have enough capital contributions from the plan sponsor, plus returns from investments, to pay those claims. Employees are notified annually of the financial strength of their pension plans, and whether or not the plans are fully funded. If the plans are not funded, the Pension Benefit Guaranty Corporation (PBGC), which guarantees pension plans, will act to try to get the plan sponsor to contribute more money to the plan. If a company falls with an underfunded pension plan, the PBGC will step in to make the promised payments to pensioners. 적립금액이 충분한 연금기금이란 지급할 연금금액이 충분히 적립되고 있는 연금기금을 말한다. 연금기금(pension plan)의 운용자는 수급자에게 장래 지급할 금액을 파악하고 있다. 기금을 운영하는 기업은 충분한 금액을 출연하고, 투자로 수익을 올려서 지급에 대비하는 금액을 적립할 필요가 있다. 종업원은 매년 연금기금의 재무상황과 적립상황에 관하여 통지를 받는다. 적립이 불충분한 경우는 연금제도를 보증할 연금급여보증공사(Pension Benefit Guaranty Corporation: PBGC)가 기금을 운용하는 기업에 추가출연을 요구한다. 기업이 적립부족인 채로 도산한 경우에는 약속된 금여금액을 연금급여보증공사(PBGC)가 수급자(pensioners)에게 지급한다.

fundamental 기초적인, 근본적인, 필수의 ¶*fundamental* disequilibrium 기초적 불균형 ***fundamental analysis*** 펀더멘탈 분석(펀더멘탈 데이터에 의해서 투자의 의사결정을 하려고 하는 것), 기본적 분석 (*cf.*) technical analysis ¶In investment, a *fundamental analysis* is an analysis of the balance sheet and income statements of companies in order to forecast their future stock price movements. Fundamental analysts consider past records of assets, earnings, sales, products, management, and markets in predicting future trends in these indicators of a company's success or failure. By appraising a firm's prospects, these analysts assess whether a particular stock or group of stocks is undervalued or overvalued at the current market price. The other major school of stock market analysis is technical analysis, which relies on price and volume movements of stocks and does not concern itself with financial statistics. 투자에 있어서, 펀더멘탈 분석이란 장래의 주가동향을 예측하기 위하여 대차대조표(balance sheet)나 손익계산서(income statement)를 분석하는 것이다. 펀더멘탈 애널리스트들은 자산, 이익, 매상, 제품, 경영, 시장의 추이에 입각하여 기업의 성공의 관건(key)을 장악하는 이러한 지표의 금후의 동향을 예측한다. 기업의 장래성을 평가하여 1사(社) 또는 여러 회사의 주식이 비교적 싸거나(undervalued) 비교적 비싸거나(overvalued)를 판단한다. 주식시장분석의 주된 유파(流派)에는 달리 테크니컬 분석(technical analysis)이 있다. 이것은 주식의 가격이나 거래량의 추이를 살펴보는 것이지, 재무수치(財務數値)는 고려하지 않는다. ~ ***factor model*** [영] 기본적 요인모형 ¶ The *fundamental factor model* is a multifactor risk model with inputs that include historical stock returns and observable industry factors, such as price/earnings ratios, price/book value, economic growth, and so forth. The sensitivity of a stock price to each fundamental factor can be estimated through such a model, allowing the projection of expected returns. See also macroeconomic factor model; statistical factor model. 기본적 요인모형은 주가/수익률, 주가/장부가, 경제성장 등과 같은 과거의 주가이익률과 관찰할 수 있는 산업요인을 포함하는 투입량(inputs)을 가지는 복수요인 리스크모형을 말한다. 각 기본적 요인에 대한 주가의 민감성은 기대수익률의 예측(projection)을 허용하는 이러한 모형을 통해서 예측될 수 있다. macroeconomic factor model(거시경제적 요인모형); statistical factor model(통계적 요인모형)도 참조할 것.

fundamentals 기본, 근본원리, 펀더멘탈스 ¶ The *fundamentals* are the basic economic, financial, and operating factors that influence the success of a business or the value of an asset. 펀더멘탈스는 기업의 성공이나 자산의 가치에 영향을 주는 기초적인 경제, 금융 및 운영의 요인이다.

funding 차환, 자금준비[조달], 융자 ¶ *Funding* is refinancing a debt on or before its maturity; also called refunding and, in certain instances, prerefunding. 차환(借換)은 만기일(maturity)이나 그 전에 채무를 차환하는 것이다. refunding이라고도 하고, 어떤 경우에는 prerefunding이라고 한다. ¶ *Funding* is a putting money into investments or another type of reserve fund, to provide for future pension or welfare plans. 자금준비(funding)는 장래의 연금이나 복지의 급여금에 대비하여 자금을 투자상품이나 적립금에 투자하는 경우이다. ¶ In corporate finance, the word *funding* is preferred to financing when referring to bonds in contrast to stock. A company is said to be funding its operations if it floats bonds. 기업금융에서, funding(자금조달)이라는 말은 주식에 대비하여 채권에 관하여 설명할 때에는, 자금조달의 경우를 financing이 아니라 funding이라고 하는 경우가 많다. 회사가 채권을 발행하는 것을 fund one's operation이라고 한다. ¶ *Funding* is to provide funds to finance a project, such as a research study. See also sinking fund. funding(자본준비)은 조사연구와 같은 프로젝트의 자금에 대비하는 것을 말한다. sinking fund(감채(減債)기금)도 참조할 것. ***funding agreement*** [영] 자본조달약정 ¶ The *funding agreement* is an unsecured financing facility for an insurer, often arranged as a private placement and placed directly with large institutional investors (often money market funds). *Funding agreements* generally have maturities extending from several months to several years, but may contain investor put options that allow redemption with 7, 30, 90, or 180 day's notice. 자본조달약정은 종종 사모(私募, private placement)로서 주선되고 직접 대형기관투

자자와 더불어 신규주식을 발행하는 (종종 단기금융상품펀드, money market fund) 보험업자를 위한 무담보금융제도를 말한다. 자본담보약정은 일반적으로 수개월에서 수년의 만기를 인정하지만, 상환에 7, 30, 90, 또는 180일의 통지가 있어야 하는 투자자 풋옵션(investor put option)을 포함할 수도 있다. ~ ***liquidity risk*** [영] 자본조달유동성 리스크 ¶ The *funding liquidity risk* is the risk of loss arising from an inability to roll over existing unsecured funding or obtain new unsecured funding without incurring a large cost. A subcategory of liquidity risk. 자본조달유동성 리스크는 현존의 무담보 자금조달의 상환을 연기한다든지 큰 비용을 드리지 않고 신무담보자금조달을 얻지 못하는 것 때문에 생기는 손해의 리스크를 말한다. 유동성 리스크의 하위개념이다.

fund-raising 자금조달의 ¶ The word *fund-raising* means solicitation of donations for a particular cause or organization. 자금조달의 라는 말은 특별한 소송(cause)이나 조직을 위한 기부금의 권유를 의미한다. /*fund-raising* expense 자금조달비용

fungibility 대체성 ¶ *Fungibility* is the ability to exchange or substitute one asset with another. *Fungibility* is important in collateral management for over-the-counter derivatives and repurchase agreements, and in delivery decisions for exchange-traded derivatives. 대체가능성은 하나의 자산을 다른 것과 교환한다든지 대체한다든지 하는 능력을 말한다. 대체가능성은 장외거래 파생상품과 환매조건부 거래(repurchase agreement)를 위한 담보물관리와 장내거래 파생상품을 위한 인도(引渡)결정에 중요하다.

fungible ⓐ 대체가능한 ¶ The word *fungible* means of or relating to assets that are identical in quality and are interchangeable. Commodities, options, and securities are *fungible* assets. For example, an investor's share of General Electric left in custody at a brokerage firm are freely mixed with other customers' General Electric shares. Likewise, stock options are freely interchangeable among investors, and wheat stored in a grain elevator is not specifically identified as to its ownership. 대체가능한 것이란 양에 있어 동일하고 상호교환할 수 있는 자산(assets)의 또는 자산에 관한 것을 의미한다. 상품, 옵션 및 증권은 대체가능한 자산이다. 예를 들면, 증권회사에 보관중인 투자자의 제너럴일렉트릭사(社)의 주식은 다른 고객의 제너럴일렉트릭사(社)의 주식과 자유로이 섞인다. 이와 같이, 스톡옵션은 투자자간에서 자유로이 상호교환할 수 있으며, 대형곡물창고(grain elevator)에 저장된 소맥(小麥)은 그 소유권에 관하여 특별히 인지한 것이 아니다. /*fungible* goods 대체품

ⓝ 대체(가능)물 ¶ The *fungibles* are bearer instruments, securities, or goods that are equivalent, substitutable, and interchangeable. Commodities such as soybeans or wheat, common shares of the same company, and dollar bills are all familiar examples of *fungibles*. 대체물이란 등가(等價)적이고 대체가능하며, 호환성이 있는 소지인출급식 증서(bearer instrument), 증권, 상품을 이른다. 일반적인 대체물의 실례로서는, 콩(soybean), 소맥(wheat), 동일회사의 보통주, 달러지폐가 있다.

funk [구] 움츠림, 두려움, 공포, 공황 ¶ *funk* money [영] 단기자금(hot money)

funny 익살맞은, 괴상한, 수상한, 의심스러운 ¶ *funny* money 가짜 돈, 위폐

furnishing (*pl.*) 비치한 가구, 비품

furniture 가구, 비품, 가장집물(家藏什物) ¶ *furniture* and fixtures 가구조작(造作), 영업용비품

furthest month 기선(期先) ¶ In commodities or options trading, the *furthest month* is the month that is furthest away from settlement of the contract. For example, Treasury bill futures may have outstanding contracts for three, six or nine months. The six- and nine-month contracts would be the *furthest months*, and the three-month contract would be the nearest month. 상품거래 또는 옵션거래에 있어서, 기선(期先)은 인도기한(expiration)이 가장 앞의 한월(限月)을 말한다. 예를 들면, 미재무부 단기증권선물(Treasury bill futures)에는 3개월물, 6개월물, 경우에 따라서는 9개월물이 있다. 6개월물이나 9개월물은 기선, 3개월물은 직근(直近) 한월(nearest month)이다.

FUTA → **F**ederal **U**nemployment **T**ax **A**ct [약] [미] 연방실업보험세법 ¶ The *Federal Unemployment Tax Act* (*FUTA*) is a legislation under which federal and state governments require employers (and in some states, such as New Jersey, employees) to contribute to a fund that pays unemployment insurance benefits. 연방실업보험세법은 연방정부와 주정부가 고용자에게 (뉴저지주 등 일부의 주에서는 종업원에게도) 실업보험기금에의 출연을 의무로 하는 근거가 되는 법률이다.

future ⓝ (*pl.*) 선물(先物), 선물환, 선물계약 (*cf.*) actuals 현물(現物) ¶ The *future* is an exchange-traded derivative contract that permits the purchase to buy, and the seller to sell, an asset at a predetermined future price and delivery date. Standardized futures contracts are available on assets/commodity markets, and can be settled in cash or physical (depending on contract specifications). Contracts are secured by initial margin and are marked-to-market on a daily basis by the clearing house; variation margins are posted to cover daily market movement. Also known as futures contract. See also futures option; futures call; futures put. [영] 선물(future)은 매수인이 사전에 정한 장래의 가격과 인도일(delivery date)에 자산을 매수하고, 매도인이 매도하는 장내(exchange-traded) 파생상품계약을 말한다. 표준화된 선물계약은 자산/상품시장에서 이용될 수 있고, 현금이나 (계약의 특기사항에 의존하는) 유형자산(physical)으로 결제할 수 있다. 선물계약은 개시증거금(initial margin)으로 보장되고, 청산거래소(clearing house)에 의해서 나날의 베이스로 시가평가(marked-to-market)된다. 말하자면 변동증거금(variation margin)은 매일 시장움직임을 커버하는 것이 발표된다. 이는 선물계약(futures contract)으로도 알려져 있다. futures option(선물옵션); futures call(선물콜); futures put(선물풋)도 참조할 것. /the *futures* and option market 금융선물시장 /*futures* deals; dealings in *futures* 선물거래 /*future*(*s*) exchange 선물환 /*future* exchange contract 선물환계약 /*Future* Exchange Position Record 선물포지션기록표 /*future* prices 선물시세, 선물가격 /*futures* sale 선물매매 /*futures* transaction(s) [trading] 선물거래 ***commodity futures*** 상품선물 → futures contract (선물계약). ***Futures and Options Exchange*** 선물옵션거래소 → London Futures and Options Exchange (런던선물옵션거래소). ***~s call*** 선물콜 ¶ The *futures call* is an exchange-traded option contract granting the buyer the right, but not the obligation, to buy a futures contract at a prespecified strike price. See also futures put. 선물콜은 매수인이 사전에 특정한 행사가격(strike price)으로 선물계약을 매수할 의무는 아니고 권리를 부여하는 장내거래옵션계약(exchange-traded option contract)을 말한다. futures put(선물풋)도 참조할 것. ***~s commission merchant (FCM)*** 선물거래업자 ¶ The *futures commission merchant* (*FCM*) is an individual, firm, or trust that acts as a broker in futures market transactions, which include futures contracts and futures options, and that accepts money or other assets from customers in connection with such orders, or *FCMs*, sometimes called commission firms, futures commission firms, or commodity brokerage firms must be registered with Commodity Futures Trading Commission (CFTC). They have two basic account types: fully disclosed accounts are carried in the names of individual customers, while omnibus accounts are opened in the name of one *FCM* at another *FCM* and comprise multiple individual accounts whose names are not disclosed. 선물거래업자는 선물계약(futures contract)이나 선물옵션(futures option)의 선물시장(futures market)에서의 거래에서, 중개업자(broker)로서 동하는 개인, 회사, 수탁기관을 이른다. 선물거래업자는 고객으로부터 선물거래의 주문을 받는 때에는, 현금이나 자산을 수취한다. 선물거래업자는 commission firm, futures commission firm, commodity brokerage firm이라고 불리지만, 선물거래위원회(Commodity Futures Trading Commission: CFTC)에 등록을 해야 한다. 선물계정에는 2종류가 있다. 하나는 완전개시계정(fully disclosed account)으로 개개의 고객명의로 개설된다. 다른 하나는 공동계정(omnibus account)인데, FCM의 이름으로 다른 FCM으로 개설된다. 이 계정은 복수의 고객의 계정을 합친 것이므로, 개개의 고객명의는 개시되지 않는다. ***~s contract*** 선물계약 ¶ A *futures contract* is an agreement to buy or sell a specific amount of a commodity or financial instruments at a particular price on a stipulated future date. The price of *futures contract* is determined using the open outcry system on the floor of a commodity exchange such as the Chicago Board of Trade or the Commodity Exchange in New York. 선물계약은 장래의 정해진 날짜에 특정한 가격으로 특정한 상품이나 금융상품을 매매하는 계약을 말한다. 선물계약의 가격은 시카고상업거래소나 뉴욕상품거래소 등과 같은 상품거래소의 입회장에서 공개경쟁방식(open outcry system)으로 결정된다. ***Futures Industry Association*** 선물산업협회 ¶ The *Futures Industry Association* is an organization that represents dealers in the U.S. futures market. 선물산업협회는 미국선물시장의 딜러들을 대표하는 단체이다. ***~s market*** 선물시장, 선물거래 ¶ The *futures market* is an exchange where futures contracts and options on futures contracts are traded. Exchanges may trade commodities, financial derivatives, or a combination of the two, as well as futures and options on indices and equity products. The major exchanges in the U.S. are the New York Board of Trade and its subsidiaries, the Coffee, Sugar, and Cocoa Exchange, Finex, New York Cotton Exchange and New York Futures Exchange; New York Mercantile Exchange; Chicago Board of Trade; Chicago Mercantile Exchange; Kansas City Board of Trade; and Minneapolis Grain Exchange. 선물시장은 선물(futures contract)과 선물옵션(futures option)이 매매되는 거래소를 이른다. 거래소에서는, 지수(index)나 주식(stock)의 선물이나 옵션에 더하여 상품(commodities), 금융파생상품(financial derivatives), 혹은 그러한 것을 결합시킨 것을 취급한다. 미국내의 주요시장은 뉴욕상품거래소와 그 자회사인 코피·설탕·코코아거래소(Coffee, Sugar, and Cocoa Exchange), 파이넥스(Finex), 뉴욕면화거래소(New York Cotton)와 뉴욕선물거래소(New York Futures Exchange), 뉴욕상품거래소(New York Mercantile Exchange), 시카고상품거래소(Chicago Board of Trade), 시카고상업거래소(Chicago Mercantile Exchange), 캔자스시티상품거래소(Kansas City of Trade), 및 미니애폴리스곡물거래소(Minneapolis Grain Exchange)가 있다. ***~s option*** 선물옵션 ¶ *Futures option* is option on a futures contract. 선물옵션이란 선물계약(futures contract)을 기초로 하는 옵션이다. ¶ The *futures option* is an exchange-traded option contract granting the buyer the right, but not the obligation, to buy or sell a futures contract at a prespecified strike price. See also futures call; futures put. 선물옵션은 매수인에게 사전에 특정한 행사가격(strike price)으로

선물계약을 사거나 팔 의무는 아니지만, 사거나 팔 권리를 부여하는 장내옵션계약을 말한다. futures call(선물콜); futures put(선물풋)도 참조할 것. ~**s put** 선물풋 ¶ The *futures put* is an exchange-traded option contract granting the buyer the right, but not the obligation, to sell a futures contract at a prespecified strike price. See also futures call. 선물풋은 매수인에게 사전에 특정한 행사가격으로 선물계약을 파는 의무는 아니지만, 파는 권리를 부여하는 장내옵션계약을 말한다. futures call(선물콜)도 참조할 것. ~**s *trading*** 선물거래 → hedge (헤지). ~**s *value* (*FV*)** 장래가치 ¶ *Futures value* is a reverse of present value. 장래가치란 현재가치(present value)의 반대어이다. ¶ The *future value* is the value that a sum of money invested at compound interest will have in the future. 장래가치는 복리(複利)로 투자된 금액이 장래에 가지게 되는 가치를 말한다.
ⓐ 미래의, 장래의 ¶ *future* delivery 장래의 인도 /*future* net cash flow 장래의 순수캐시플로

FVO → **f**or **v**aluation **o**nly [약] 가격평가사항만을 위하여 → for your information (참고사항).

FX → **f**oreign e**x**change [약] 외국환 ¶ *Foreign exchange* is instruments employed in making payments between countries – paper currency, notes, checks, bills of exchange and electronics notifications of international debits and credits. 외국환이란 국가 간에서 지급수단으로 사용되는 증서로서, 지폐, 약속어음, 수표, 환어음, 국제전신이체 등이 있다.

FY → **f**iscal **y**ear [약] 회계연도 ¶ A *fiscal year* (*FY*) is an accounting period covering 12 consecutive months, 52 consecutive weeks, 13 four-week periods, or 365 consecutive days, at the end of which the book's are closed and profit or loss is determined. A company's *fiscal year* is often, but not necessarily, the same as the calendar year. A seasonal business will frequently select a fiscal rather than a calendar year, so that its year-end figures will show it in its most liquid condition, which also means having less inventory to verify physically. The *FY* of the U.S. government ends September 30. 회계연도는 연속하는 12개월, 52주(週), 13회의 4주간, 365일에 걸치는 회계기간을 말한다. 연도말에는 장부(book)를 마감하고, 손익을 확정한다. 회사의 회계연도는 역년(曆年)과 같은 경우가 종종 있지만 반드시 그런 것은 아니다. 계절성이 높은 사업을 경영하는 회사는 역년과는 다른 회계연도를 채용하는 일이 많다. 이로써 연도 말에 유동성(liquidity)이 가장 높게 되고, 이것은 재고정리가 필요한 경우를 적게 만드는 것을 의미한다. 미국정부의 회계연도는 9월 30일이다.

FYI → **f**or **y**our **i**nformation [약] 참고사항 (*cf.*) FVO 가격평가사항만을 위하여 ¶ *For your information* (*FYI*) is a prefix to a security price quote by a market maker that indicate the quote is "for your information" and is not a firm offer to trade at that price. FYI quotes are given as a courtesy for purposes of valuation. FOV (for valuation only) is sometimes used instead. 참고사항(for your information: FYI)은 마켓메이커(market maker)가 증권호가(quote)에 부치는 경칭(敬稱)이고, 이는 호가가 참고사항(for your information)이지 실제로 그 가격으로 거래가 행해지는 확정호가(firm quote)가 아님을 가리킨다. 참고사항은 가격을 평가하기 쉽게 하기 위해서 제시되는 예의에 불과하다. FVO(for valuation only)가 대신 사용되는 경우도 있다.

G

GAAP → **G**enerally **A**ccepted **A**ccounting **P**rinciples [미] 일반적으로 인정된 회계원칙 (*cf.*) [영] SSAP (**S**tatement of **S**tandard **A**ccount **P**ractice: 회계원칙스테이트먼트)

GAB → **G**eneral **A**greement to **B**orrow [약] [IMF] 일반차입약정

Gabon currency 가봉 화폐 ¶ CFA franc (CFAF), there is no subdivision. (CFA: 프랑스·아프리카 공동체) 프랑(franc), 하부단위는 없다.

GAF (ISO) code Gabon – currency CFA franc. ¶ GAF (국제표준기구) 약호 가봉(Gabon) — 화폐 (CFA) 프랑(franc).

gaijin [일본] 가이진(外人) ¶ The *gaijin* is a non-Japanese investor in Japan. The Japanese refer to foreign competitors, on both the individual and institutional levels, as *gaijin*. In particular, the large, prestigious American and European brokerage firms that compete with the major Japanese brokerage firms, such as Nomura and Nikko, are called *gaijin*. 가이진은 일본인이 아닌 (외국인) 투자자의 일본에서의 호칭이다. 일본인은 외국의 경쟁상대를 개인뿐만 아니라, 회사에 대해서도 가이진이라고 부른다. 특히, 노무라(野村)와 닛코(日光)와 같은 일본의 주요한 증권회사와 경쟁하는 대형이고 평판이 높은 미국이나 유럽의 증권회사를 가이진이라고 부르고 있다.

gain 증가(액), 이익 ¶ The *gain* is a profit on the sale of an asset. A *gain* is realized when a stock, bond, mutual fund, futures contract, or other financial instruments is sold for more than its purchase price. If the instrument was held for more than a year, the *gain* is taxable at more favorable capital gains tax rates of 5% or 15%, depending on the investor's tax bracket. If held for 12 months or less, the *gain* is taxed at regular income tax rates. 이익이란 자산매매상의 이익(profit)을 이른다. 이익은 주식, 채권, 뮤추얼펀드, 선물계약(futures contract) 기타 금융상품이 그 구입가격보다 높게 매각될 때에 얻는 이익을 말한다. 금융상품을 1년 이상 보유한 경우, 그 매매익에 대한 캐피탈게인세(capital gain tax)는 통상의 세율보다 우대받는 5% 혹은 15%가 적용된다. 보유기간이 1년 이하의 경우는, 통상의 소득세(income tax)의 세율로 과세된다. /fraudulent *gain* 부정이득 /*gain* from trade 무역이익 /*gain* on disposal (자산의) 매각익 /*gain* or loss 이득 또는 손실 /net *gains* 순익 ***capital gain*** 자본이득, 양도소득, 자본수익 ¶ A *capital gain* is a difference between an asset's adjusted purchase price and selling price when the difference is positive. A long-term *capital gain* is achieved once an asset such as a stock, bond, or mutual fund has been held for mote than 12 months. Such long-term gains are taxed at a maximum rate of 15%. Those in the 15% tax bracket pay a 5% tax on long-term *capital gains*. Selling assets for a profit after holding them for 12 months or less generates short-term *capital gains*, which are subject to regular income tax rates. 자본이득(캐피탈게인)이란 특정자산의 수정후 구입가격(adjusted purchase price)과 매각가격(selling price)의 차이가 플러스(+)인 경우의 차액을 말한다. 주식(stock), 채권(bond), 뮤추얼

펀드(mutual fund) 등의 자산을 최저 12개월을 넘어 보유한다면 장기자본이득(long-term capital gains)이 된다. 이러한 장기의 차액에 관하여는 최고로 15%의 양도세가 부과된다. 소득세의 과세구분이 15%의 납세자에 대해서는 5%의 양도익(capital gains)과세가 된다. 12개월 이하의 보유기간에서 매각하여 이익을 낸다면, 단기자본이득(short-term capital gains)이 발생한다. 이 경우에는 통상의 소득세율(income tax rate)이 적용된다.

gainful 이익이 있는, 유리한, 유급의(paid) ***gainful employment*** 유리한 고용 ¶ *Gainful employment* is employment that is beneficial both to the employer and the employee. 유리한 고용이란 고용주와 피용자 양쪽에 이익을 받는 고용을 이른다. /*gainful* workers 유급근로자

gainfully occupied population 유급취로(有給就勞)인구

gain-sharing 이익분배 ¶ *Gain sharing* is an employment arrangement in which an employee benefits from his or her contribution to improved performance of the organization. For example, a hospital might offer physicians a share of any cost reduction in patient care attributable to actions taken by physicians. *Gain sharing* attempts to motivate employees through financial rewards. 이익분배는 근로자가 그 조직의 개선된 업무에 공헌한 것에서 이익을 받는다는 고용협정을 말한다. 예를 들면, 병원은 의사가 환자를 잘 돌보는 행위로 병원비용의 감소가 되었다면 그 일정한 몫을 의사에게 제공할 수 있을 것이다. 이익분배는 금전상의 보상을 통해서 근로자에게 동기를 부여하려는 것이다. /*gain-sharing* plan 이익분배제도

galloping inflation 뛰어가는 인플레이션(hyper-inflation) ¶ The *galloping inflation* is an episode in which the rate of inflation is viewed as being extraordinarily high. 뛰어가는 인플레이션이란 인플레이션의 속도가 엄청나게 높다고 판단된다고 하는 에피소드이다.

Gambia currency 감비아 화폐 ¶ dalasi, divided into 100 butut. 1 달라시(dalasi) = 100 부투트(butut).

gambling 투기, 시세예측, 투기적 매매 ¶ The *gambling* is the act of betting money that a particular uncertain event will happen, involving a high degree of risk. A bookmaker or casino owner euphemistically calls it speculation, with the stake as an investment. See also lottery; wager. 투기매매는 특정한 불확실한 사유가 고도의 위험을 수반하여 일어난다고 자금을 대는 행위이다. 도박업자(bookmaker)나 카지노 소유자는 완곡하게 표현하여 투자와 경계를 지어 이를 투기라고 부른다. lottery(추첨 뽑기); wager(도박)도 참조할 것.

gaming contract [영] 도박계약 ¶ The *gaming contract* is an agreement to enter into a game of chance for money. In certain jurisdiction derivatives may be defined as *gaming contracts*. Also known as wagering contract. 도박계약은 돈을 걸고 운에 맡기는 승부에 거는 약정을 말한다. 어떤 사법관할권에서는 파생상품(derivatives)을 도박계약으로 정의를 내리기도 한다. wagering contract(도박계약)으로도 알려져 있다.

gamma [영] 감마치(值) ¶ *Gamma* is the change in the value of an option's delta for a change in the value of the underlying market reference, all other variables held constant. *Gamma*, as a measure of the convexity of option prices, is often used to gauge sensitivity to large and sudden market moves. 감마치(值)는 기초시장대상의 가격변화에 대비하여 옵션의 델타치(值)의 가격변화이고, 다른 모든 변수

는 정수(constant)로 친다. 옵션가격의 볼록꼴(convexity)의 척도로서 감마치(値)는 크고 갑작스런 시장 움직임에 대한 민감도(sensitivity)를 측정하는 데 이용되기도 한다. ***gamma hedge*** [영] 감마치(値) 헤지 ¶The *gamma hedge* is a hedge technique used to establish a gamma neutral position, and used primarily to manage the effects of negative gamma, which can create large losses if markets move sharply and quickly before delta hedging can be rebalanced. Creating a hedge for a negative gamma position generally requires the purchase or use of a position with positive gamma (e.g., all instrument with positive convexity, such as a long position in a call option or put option). 감마치(値) 헤지는 감마치(値) 뉴트럴헤지(gamma neutral hedge)를 설정하는 데 이용되고, 델타치(値) 헤지가 재편성될 수 있기 전에 급격하고 시장이 빠르게 움직이는 경우 큰 손실을 발생할 수 있는 소극적 감마치(値)의 효과를 주로 관리하는 데 이용되는 헤지기법이다. 소극적 감마치(値) 포지션에 대한 헤지를 창출하는 것은 일반적으로 적극적 감마치(値)를 가진 포지션(예컨대, 콜옵션이나 풋옵션의 매입초과포지션(long position)과 같은 소극적 볼록꼴(negative convexity)을 가진 모든 증권)의 구입이나 사용을 필요로 한다. ~ ***pricing model*** 감마프라이싱모형 → derivative pricing model (파생상품가격모형).

gap 격차, 간극, 운용·조달의 기간·금액의 차, 시세차이 ¶In finance, a *gap* is an amount of a financing need for which provision has yet to be made. For example, ABC company might need $1.5 million to purchase and equip a new plant facility. It arranges a mortgage loan of $700,000, secures equipment financing of $400,000, and obtains new equity of $150,000. That leaves a *gap* of $250,000 for which it seeks *gap* financing. Such financing may be available from state and local governments concerned with promoting economic development. 금융에 있어서, 미조달필요자금이란 자금준비가 아직 되어 있지 않는 필요자금액을 이른다. 예컨대, ABC회사가 신공장설비의 구입에 150만 달러를 필요로 한다고 하자. 이 ABC회사가 70만 달러의 모기지론(mortgage loan)을 마련하여 40만 달러의 설비금융을 확보하고, 신주발행(new equity)으로 15만 달러를 얻었다고 하자. 이 경우에 25만 달러의 미조달필요자금(gap)이 남아 ABC사는 이 25만 달러의 미조달필요자금의 조달을 구하게 된다. 이와 같은 자금조달은 경제발전을 추진하는 당해 주, 지방정부로부터 공여받는 가능성도 있다. ¶In securities, the *gap* is securities industry term used to describe the price movement of a stock or commodity when one day's trading range for the stock commodity does not overlap the next day's, causing a range, or *gap*, in which no trade has occurred. This usually takes place because of some extraordinary positive or negative news about the company or commodity. See also price gap. 증권에 있어서, 갭은 어느 날의 거래가격대가 그 다음날의 거래가격대(價格帶)와 겹치지 않아 그 결과 생긴 거래가 없는 주식이나 상품의 가격대(價格帶)를 의미하는 증권업계의 용어이다. 회사나 상품에 관하여, 극히 양호한 정보 혹은 나쁜 정보가 있기 때문에 이런 일이 통상 발생한다. price gap(프라이스갭)도 참조할 것. /*gap* management 갭분석을 사용한 리스크관리 /a price *gap* 가격의 격차 /a supply and demand *gap* 수급(受給)의 갭 /trade *gap* 무역의 불균형 ***gap analysis*** 갭분석[ALM에 있어서 금리감응도(金利感應度)를 분석하는 법] ¶The *gap analysis* is an assessment of where an organization needs to be compared to where it actually is. For example, a household products company might use *gap analysis* to evaluate its market penetration for a particular product. *Gap analysis* is used to initiate policy changes that will close any gap that is identified. The household products

G

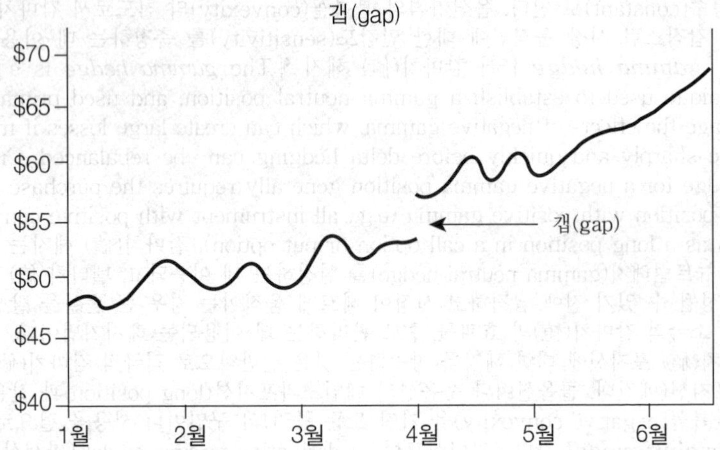

company might decide to change its marketing mix in order to improve market penetration. 갭분석은 하나의 조직이 어디에 필요한가를 그 조직이 현실로 어디에 있는지를 비교하여 평가하는 것이다. 예를 들면, 가구제품회사는 특정한 제품을 위해서 시장통찰력을 향상시키기 위해서 갭분석을 이용할 수 있을 것이다. 갭분석은 인지된 갭을 줄이는 정책변경을 개시하는 데에 익숙해 있다. 가구제품회사는 시장통찰력을 개선하기 위하여 마케팅믹스(marketing mix)를 변경하기로 결심할 지도 모른다. ~ ***loan*** 잔액융자 ¶ *Gap loan* is loan filling the difference between the floor loan and the full amount of the permanent loan. For example, a developer arranges a permanent mortgages that will fund $1 million when the apartments he is building are 80% occupied. From competition of construction until 80% occupancy is reached, the mortgage is only $700,000. The developer arranges a *gap loan* of $300,000 for the rent-up period. 잔액융자는 최소한도 대출액(floor loan)과 장기대출(permanent loan)의 전액간에 차이를 채우는 대출을 말한다. 예를 들면, 주택개발업자(developer)는 그가 건설하고 있는 아파트가 80%의 입주가 들어차면, 일백만 달러의 자금을 빌리는 장기모기지(permanent mortgage)를 주선한다. 80%의 입주가 들어차기까지 건축의 경쟁에서 모기지는 단지 70만 달러에 불과하다. 주택개발업자는 임대료인상기간에 30만 달러의 잔액융자를 주선한다. ~ ***opening*** 갭오프닝 ¶ The *gap opening* is a opening price for a stock that is significantly higher or lower than the previous day's closing price. For example, if XYZ Company was the subject of a $50 takeover bid after the market closed with its shares trading at $30, its share price might open the next morning at $45 a share. There would therefore be a gap between the closing price of $30 and the opening price of $45. The same phenomenon can occur on the downside if a company reports disappointing earnings or a takeover bid falls through, for example. Stocks trading on the New York or American Stock Exchange may experience a delayed opening when such an event occurs as the specialist deals with the rush of buy or sell orders to find the stock's appropriate price level. 갭오프닝이란 전날의 종가(closing price)보다 상당히 높거나 혹은 낮은 시가(opening price)를 말한다. 예컨대, XYZ회사의 주식이 30달러로 마감한 후 50달러로 공개시장매수(takeover bid)의 대상이 된 경우, 그 주식은 다음날 아침 1주당 45달러가 되는 경우가 있다. 이 경우, 전날 종가의 30달러와 당일 시가 45달러간에 가격차

(gap)가 생기게 된다. 예컨대, 어느 회사가 업적의 악화나 공개매수의 실패 등을 보상하는 경우, 주가가 하락하여 동일한 현상(gap)이 발생하는 경우가 있다. 뉴욕증권거래소나 아메리칸증권거래소의 주식거래에서는 이러한 사태가 발생한 경우 스페셜리스트가 쇄도하는 매매주문을 처리하여 주가의 적절한 수준을 지켜보기 위해서 거래개시를 지연시키는 일이 있다.

gapping [영] 갭핑 ¶ The *gapping* is the process of deliberately mismatching assets and liabilities in order to take advantage of an anticipated change in interest rates. Although *gapping* has the potential of generating greater returns, it can also increase a firm's potential losses via directional risk, curve risk, and/or liquidity risk. See also asset/liability management; cap rate-sensitive assets; rate-sensitive liabilities. 갭핑은 금리상의 예상변동을 이용하기 위하여 일부러 자산과 부채를 잘못 편성하는 과정을 말한다. 갭핑이 더 많은 수익률을 발생하는 잠재력을 가지더라도, 그것은 방향성리스크, 커브리스크 및 유동성리스크를 경유하여 기업의 잠재적 손실을 증가시킬 수도 있다. asset/liability management(자산부채종합관리); cap(캡), rate-sensitive assets(시세에 민감한 자산); rate-sensitive liabilities(시세에 민감한 부채)도 참조할 것.

garage ⓥ (과세회피를 위한) (별개의 회사에) 자산을 이전하다 ⓝ 차고, 주차장, 수리[정비]공장, 별관 ¶ A *garage* indicates an annex floor on the north side of the main trading floor of the New York Stock Exchange. 개러지는 뉴욕증권거래소의 주요 입회장(floor)의 북측에 있는 별관을 가리킨다.

garbatrage 가바트라지 ¶ The *garbatrage* is a stock traders' term, combining garbage and arbitrage, for activity in stocks swept upward by the psychology surrounding a major takeover. For example, when two leading entertainment stocks, Time, Inc., and Warner Communications, Inc., were in play in 1989, stocks with insignificant involvement in the entertainment sector became active. *Garbatrage* would not apply to activity in bona fide entertainment stocks moving on speculation that other mergers would follow in the wake of Time-Warner. See also rumortrage. 가바트라지는 garbage(쓰레기, 먼지)와 arbitrage(차익거래)를 합성한 주식트레이더의 용어이다. 이 말은 대규모의 기업매수(takeover)를 둘러싼 심리적인 것에서 동반상승하는 주가의 움직임을 말한다. 예컨대, 주요한 오락산업주식이었던 타임사(Time Inc.)와 워너커뮤니케이션(Warner Communications)의 2 회사의 주식이 1989년에 매수의 재료로 활발하게 거래되고 있었던 때(in play), 오락산업과 크게 관련이 없는 주식도 활발하게 거래되고 있었다. 타임워너의 합병후, 다른 합병이 이어질 것이라는 추측에서 거래되고 있는 선의의 오락산업주식의 거래에 관하여는 이 용어(garbatrage)는 적합하지 않을 것이다. rumortrage(루머트라지)를 참조할 것.

M&A의 구호, 같이 날자!

garden 정원, 공원, 유원지 ¶ *garden* product 채소류(菜蔬類)

Garman-Kohlhagen model [영] 가먼-콜하겐모형 ¶ The *Garman-Kohlha-*

gen model is a closed-form option pricing model developed by Garman and Kohlhagen that is used to value European options on currencies. The model is an adaptation of the Black-Scholes model. 가먼-콜하겐모형은 통화에 관한 유럽형 옵션을 평가하는 데 사용되는 비공개형 옵션프라이싱모형(option pricing model)이다. 그 모형은 블랙-숄즈모형의 개작물(改作物)이다.

garment 의복, (*pl.*) 옷(clothes)

Garnet-St. Germain Depository Institutions Act of 1982 [미] 1982년 가넷트-세인트 저메인예금기관법 ¶ The *Garnet-St. Germain Depository Institutions Act of 1982* is a legislation established for the purpose of rescuing the savings and depository institutions. The law allowed the savings and financial institutions to convert their organizations. 1982년 가넷트-세인트 저메인예금기관법은 저축금융기관의 구제를 동기로 성립한 법률이다. 이 법률에 의하여 저축금융기관의 조직전환이 인정되었다.

garnishee 제3채무자 ¶ The *garnishee* merely holds the assets until legal proceedings determine who is entitled to the property. 제3채무자는 법적 절차에서 누가 그 재산에 권리가 있는지를 결정하기까지 그 재산을 보유할 뿐이다. ***garnishee order*** 변제금지명령, 채권압류명령 ¶ The court order warns that a debt is to be paid to some person who has obtained a *garnishee order* against his creditors. 법원명령은 채무가 자신의 채권자에 대해 변제금지명령을 받은 자에게 지급되도록 경고하고 있다.

garnishment 채권압류, 채권가압류, 급여압류 ¶ *Garnishment* is a court order to an employer to withhold all or part of an employee's wages and send the money to the court or to a person who has won a lawsuit against the employee. An employee's wages will be garnished until the court-ordered debt is paid. Garnishing may be used in a divorce settlement or for repayment of creditors. 급여압류는 종업원의 임금의 일부 또는 전부를 압류하여 법원 혹은 그 종업원에 대한 소송에서 승소한 사람에게 그것을 송금할 것을 고용주에게 명하는 법원의 명령이다. 급여의 압류는 채무(debt)가 전부 변제하기까지 계속된다. 압류는 이혼청산 혹은 채권자(creditor)에의 변제에서 이용된다.

GARP → **g**rowth **a**t a **r**easonable **p**rice [약] 성장기업에 적정한 주가수준에서의 투자 ¶ The *growth at a reasonable price* (*GARP*) is an investment approach combining value investing and growth stock investing. 성장기업에 적정한 주가수준에서의 투자는 비교적 값싼 주식투자(value investing)와 성장주식(growth stock)투자를 합친 투자어프로치(성장도 기대할 수 있으나, 동시에 비교적 싸다는 느낌이 있는 주식에 투자함)를 말한다.

gas and electric bill 가스 · 전기요금

gate 문, 통로, (비유적으로) 수단, 게이트 ¶ The *gate* is a clause, also called a gating clause, in the agreement many hedge funds have with their investors, which limits the percentage of the fund's assets that can be redeemed in a given period. The rationale is that funds would be restricted from profitable long-term bets if they had to fear sudden redemptions requiring liquidity. Some analysts speculate that gating clauses may explain why more hedge funds didn't fail during the period of heavy deleveraging in 2008 and the gating clause may be hiding losses. There has been a more recent trend where funds have traded shorter lock-up periods for higher fees and vice versa. 게이트는 일정한 기간 안에

반환할 수 있는 펀드의 자산비율을 제한하는 헤지펀드가 그들의 투자자와 체결한 계약에서 존재하는 조항을 말하며, 이를 또한 억제조항(gating clause)이라 한다. 이 기본원리는 펀드가 청산을 필요로 하는 급격한 상환을 두려워한다면 펀드는 장기간의 유리한 내기(bet)에서 제한된다는 것이다. 어떤 애널리스트들은 억제조항이 2008년의 가혹한 부채삭감시기(period of heavy deleveraging)에 왜 많은 헤지펀드가 사라지지 않았는지를 그 이유를 설명할 수 있고, 억제조항이 손실을 숨길 수 있다고 추측하고 있다. 펀드는 단기간이나마 폐쇄기간(lock-up period)에도 높은 수수료를 받고 거래되고 그 반대도 또한 같다는 것이 최근의 경향으로 되고 있다.

gather in the stops 역(逆)지정가격매도 ¶ *Gather in the stops* is a stock-trading tactic that involves selling a sufficient amount of stock to drive down the price to a point where stop orders (orders to buy or sell at a given price) are known to exist. the stop orders are then activated to become market orders (orders to buy or sell at the best available price), in turn creating movement which touches off other stop orders in a process called snowballing. Because this can cause sharp trading swings, floor officials on the exchanges have the authority to suspend stop orders in individual securities if that seems advisable. See also stop order. 역지정가격매도는 지정가격주문(주가가 일정한 가격이 되면 매매를 한다고 하는 주문, stop order)이 있는 것으로 알려지고 있는 가격까지 주가를 내리기 위하여 다량의 주식을 매도하는 주식거래전략을 이른다. 그때까지 주가가 내리면, 이 지정가격주문이 발동되어 시세가격주문(그 시점의 시장가격으로 매매하는 주문, market order)이 되고, 그 움직임이 다시 눈사람식(snowballing)으로 다른 지정가격주문을 발동시키는 사태를 일으킨다. 이것은 거래가격의 급격한 움직임을 야기하므로, 거래소 입회장(floor)의 책임자는 필요한 경우에는 각 종목의 가격지정주문을 중지할 권한을 가지고 있다. stop order(가격지정주문)도 참조할 것.

GATT → **G**eneral **A**greement on **T**ariffs and **T**rade [약] 관세 및 무역에 관한 일반협정, 가트 (*cf.*) WTO (World Trade Organization, 세계무역기구) ¶ The *General Agreement on Tariffs and Trade* (*GATT*) is a United Nations-associated international treaty organization headquartered in Geneva that works to eliminate barriers to trade between nations. In 1995 it was replaced by the World Trade Organization (WTO). 관세 및 무역에 관한 일반협정은 국제연합이 관련하는 국가간의 무역장벽을 철폐하기 위한 국제조약기구로서, 제네바에 본부를 둔다. 1995년에 그 기구는 세계무역기구(World Trade Organization: WTO)로 대체되었다. /the *GATT* principle 가트의 원칙

GBP (ISO) code United Kingdom – currency pound sterling. ¶ GBP (국제표준기구) 약호 영국 — 화폐 영파운드(pound sterling).

GDP → **g**ross **d**omestic **p**roduct [약] 국내총생산 ***GDP implicit price deflator*** GDP임플리시트 프라이스디플레이터 ¶ The *GDP implicit price deflator* is a ratio of current-dollar gross domestic product (GDP) to constant-dollar GDP. Changes in the implicit price deflator reflect both changes in prices of all goods and services that make up GDP and changes in the composite of GDP. Over time, the implicit price deflator understates inflation because people tend to shift consumption from goods that have high prices or rapidly increasing prices to goods that have less rapidly increasing prices. Therefore, theoretically, prices of all goods and service could increase and the implicit price deflator could decrease. See also personal inflation rate. GDP임플리시트 프라이스디플레이터는 실질국내총생산(constant-dollar GDP)에 대한 명목국내총생산(current-dollar GDP)

의 비율이다. 임플리시트 프라이스디플레이터의 변화는 GDP를 구성하는 모든 재화와 서비스(goods and services)의 가격변화, 그리고 GDP의 구성요소의 변화를 반영한다. 장기적으로는 이 임플리시트 프라이스디플레이터는 인플레이션보다 낮게 된다. 이것은 사람들이 고가라든지, 가격상승이 빠른 물건에서 가격상승이 늦는 물건으로 소비성향을 옮기는 경향에 있기 때문이다. 그러므로 이론적으로는 모든 재화와 서비스의 가격이 상승하더라도, 이 임플리시트 프라이스디플레이터는 저하하는 수도 있다. personal inflation rate(개인인플레이션율)도 참조할 것.

G-8 Finance Ministers 주요 8개국재무장관 ¶ The *G-8 Finance Ministers* is the finance ministers of the eight largest industrial countries: Canada, France, Germany, Great Britain, Italy, Japan, Russia, and the United States. Meetings of the G-8 take place at least once a year and are important in coordinating economic policy among the major industrial countries. The political leaders of the G-8 countries also meet once a year, usually in July, at the Economic Summit, which is held in one of the eight countries. Before the admission of Russia in 1998, the group was called G-7 Finance Ministers. See also Group of 20 (G-20). 주요 8개국재무장관은 8개국의 주요선진국의 재무장관, 즉 캐나다, 프랑스, 독일, 영국, 이탈리아, 일본, 러시아 및 미국의 재무장관이다. 이 8개국의 재무장관에 의한 회의는 적어도 1년에 1회 개최되고, 주요선진국가간의 경제정책의 조정에 중요한 역할을 다한다. 8개국의 정치지도자는 1년에 한번, 통상 7월에 8개국의 어느 국가에서 개최되어 경제서미트에서 모인다. 러시아가 1998년에 이 회의에 참가하기 이전에는 주요 G-7재무장관(G-7 Finance Ministers)이라고 부르고 있었다. Group of 20 (G-20)(주요 20개국재무장관)도 참조할 것.

G-20 → **G**roup of **20** (G-20) [약] 주요 20개국그룹 ¶ The *Group of 20* (*G-20*) is a group of finance ministers and central bank governors established in 1999, representing 19 globally important industrial and emerging-market countries plus the European Union. It normally meets once a year to promote understanding and cooperation on key issues related to global economic stability and to give greater recognition to key emerging-market countries. Members represent 90% of global GDP, 80% of world trade, and two-thirds of the world's population. The chair, which was South Korea in 2010, is part of a revolving three-member Troika of past, present, and future chairs. 주요 20개국재무장관회의는 세계적으로 주요한 산업국과 신흥시장국가(emerging market countries)와 유럽연합(European Union)을 합친 1999년에 구축된 재무장관과 중앙은행총재의 그룹이다. 그 그룹은 세계경제안정에 관련된 주요한 문제들에 관하여 이해와 협력을 촉진하고 주요신흥시장국가에 대한 보다 많은 인식을 주기 위해서 통상 1년에 한번씩 회합을 가진다. 회원국들은 세계의 GDP의 90%, 세계무역의 80% 및 세계인구의 2/3를 대표한다. 의장국은 2010년에는 한국이 맡았지만, 과거, 현재 및 미래의 3개의 회원국의 순환적인 트로이카방식(revolving three-member Troika)으로 맡는다.

gear *n.* 전동장치, 도구
v. 조정하다, 연동하다, 자금을 차용하다 ¶ a high-*geared* company 차입률이 높은 회사

gearing 전동(傳動), 운동, [영] 기어링(타인자본을 지렛대로 삼아 자기자본비율을 높이는 것) ¶ The *gearing* is the ratio of long-term debt funding to all long-term funding, or more rarely the ratio of long-term debt funding to equity funding. Increased *gearing* raises the risk to all funders, since it raises the probability of financial distress. The U.S. word leverage is increasingly used in the United

Kingdom. 기어링은 모든 장기자본조달에 대한 장기채무차환(借換)의 비율, 또는 더 드물게 사용되는 것은 자기자본조달에 대한 장기채무차환의 비율이다. 기어링이 늘어나면 그것은 금융궁핍(financial distress)의 개연성을 끌어올리기 때문에, 모든 자본조달자에 대한 위험을 끌어올린다. 미국의 말 leverage(차입자본의 이용)의 사용이 영국에서 점점 늘어나고 있다. /equity *gearing* 차입대 자기자본비율 /*gearing* ratio 자기자본부채비율, (은행의) 총자산에 대한 자기자본비율, 자금조달력비율

geisha [일본] 게이샤채(藝者債) ¶ The *geisha* is a private placement, denominated in a currency other than Japanese yen, which is issued by a Japanese company. 게이샤채는 일본회사가 발행하는 일본엔화 이외의 통화로 표시된 사모채(私募債)이다.

GEM → **g**rowing **e**quity **m**ortgage [약] 원금반환체증형 모기지론(loan) ¶ The *growing equity mortgage* (*GEM*) is a mortgage with a fixed interest rate and growing payments. This technique allows the homeowner to build equity in the underlying home faster than if they made the same mortgage payment for the life of the loan. Borrowers who take on *GEM* loans should be confident in their ability to make higher payments over time based on their prospects for rising income. 원금상환체증형(元金償還遞增型) 주택론(loan)은 고정이율(fixed rate)로 지급이 체증하는 주택론(mortgage)을 이른다. 이 수법에 의하여, 일정한 금액의 상환을 할 경우에 비하여, 더 일찍 그 주택에 대한 자기의 지분을 증가할 수가 있다. 원금상환체증형 주택론(loan)의 차입자는 장래의 수입의 상승에 따라 지급능력을 높여간다고 하는 확신이 있어야 한다.

general 일반의, 전반적인 ¶ *general* acceptance (어음의) 일반인수 /*general* crossed checks 일반횡선수표 /a *general* crossing 일반횡선 /*general* crossing checks [미] 일반횡선수표 /*general* deposits 보통예금 /the *general* ledger 총계좌원장 /a *general* letter of hypothecation 외국외환어음약정서 /a *general* lien 일반리엔 /a *general* meeting of stockholders 주주총회 /*general* reserve 별도적립금 /a *general* shareholders meeting 주주총회 /a *general* tax 종합과세 /*general* terms and conditions 일반거래조건 /*general* trading companies 종합상사 /*general* treasury funds 일반재정 /a *general* waiver of protest 거절증서작성면제 ***general account*** 신용거래계좌 ¶ The *general account* is a Federal Reserve Board term for brokerage customer margin accounts subject to Regulations T, which covers extensions of credit by brokers for the purchase and short sale of securities. The Fed requires that all transactions in which the broker advances credit to the customer be made in this account. See also margin account. 신용거래계좌는 증권의 구입이나 공매(short sale)에 대한 증권회사의 신용공여를 규제하는 레귤레이션 T(Regulation T)의 대상이 되는 증권회사 신용거래계좌를 의미하는 미연방준비제도위원회(Federal Reserve Board)의 용어이다. 증권회사가 고객에게 신용을 공여하는 모든 거래는 이 계좌에서 행한다. margin account(신용거래계좌)도 참조할 것. ***General Agreement on Tariffs and Trade (GATT)*** 관세 및 무역에 관한 일반협정 ¶ The *General Agreement on Tariffs and Trade* (*GATT*) is a United Nations-associated international treaty organization headquartered in Geneva that works to eliminate barriers to trade between nations. In 1995 it was replaced by the World Trade Organization (WTO). 관세 및 무역에 관한 일반협정은 국제연합이 관련하는 국가간의 통상장벽을 철폐하기 위한 국제조약기구로서. 제네바에 본부를 둔다. 1995년에 그 기구는 세계무역기구(World Trade Organization: WTO)로 대체되었다. ~ ***average*** 공동해손(共同海損) ¶ The *general average* is the loss resulting from a deliberate

G

sacrifice of any part of the vessel or cargo in an attempt to save the vessel and the remainder of the cargo. The cost of such a loss is shared (or averaged) on a prorated basis by the ship owner and all remaining cargo owners. 공동해손이란 선박과 잔여화물을 구할 의도하에 선박 또는 화물의 일부를 고의로 희생한 결과로 생긴 손해를 이른다. 그러한 손해의 비용은 비례배분의 비율로 선박소유자와 모든 잔여화물의 소유자가 공동부담(균분)한다. ~ ***collateral*** **(*GC*)** [영] 일반담보 ¶ *General collateral* (*GC*) is collateral in the repurchase agreement market that is in abundant supply and which does not therefore allow a repurchase agreement borrower to obtain a lower than normal borrowing rate. See also special. 일반담보는 많은 공급상태에 있고 따라서 환매조건부 차입자가 통상의 조달금리(borrowing rate)보다 낮은 금리를 얻는 것을 허용하지 않는 환매조건부거래(repurchase agreement)시장의 담보를 말한다. special(특별담보)를 참조할 것. ~ ***credit*** 일반신용장, 제너럴크레디트(매입을 하나의 은행으로 한정하지 않은 신용장) ¶ The *general credit* or general letter of credit is an early form of letter of credit addressed to all persons in general (as opposed to a special letter of credit that is addressed to a particular person by name) requesting that they advance moneys or give credit to a third person named in the credit. 일반신용장 또는 제너럴크레디트란 모든 일반사람 앞으로 발행된 초기의 신용장으로(성명으로 특정한 사람 앞으로 발행된 특수신용장과 반대됨), 선지급하거나 신용장상에 지정된 제3자에게 신용대출할 것을 요청하는 신용장이다. ~ ***endorsement*** (어음의) 무기명식배서 → blank endorsement (백지(식)배서). ~ ***insurance*** [영] 일반보험 ¶ In the United Kingdom, *general insurance* is insurance coverage for damage or loss to property. The UK market is broadly segmented into the three areas: large commercial risk coverage (for large companies and unique risks, such as those underwritten through Lloyd's of London), commercial lines (including small business properties), and personal lines (including home and automobile coverage for individuals). See also nonlife insurance; property and casualty insurance. 영국에서 일반보험은 재산의 손해 및 손실에 대한 보험보장(insurance coverage)을 말한다. 영국보험시장은 크게 3부분으로 세분되어 있다. (런던로이드를 통해서 인수한 보험보장과 같은 대회사와 독특한 위험을 위한) 대사업위험보장(large commercial risk coverage), (소기업재산을 포함하여) 기업물건보험(commercial lines)과 (개인의 주택과 자동차보험보장을 포함하여) 개인보험(personal lines)이 그것이다. nonlife insurance(손해보험); property and casualty insurance(손해보험)도 참조할 것. ~ ***ledger*** 총계좌원장 ¶ A *general ledger* is a formal ledger containing all the financial statement accounts of a business. It contains offsetting debt and credit accounts, the totals of which are proved by a trial balance. Certain accounts in the *general ledger*, termed control accounts, summarize the detail booked on separate subsidiary ledgers. 총계좌원장은 기업의 재무제표(financial statement)의 전계좌과목을 포함하는 정식의 원장을 말한다. 그것은 상계(offset)되는 대변(credit), 차변(debit) 쌍방의 계좌(credit balance와 debit balance)가 포함되고, 그 합계액은 잔액시산표(殘額試算表)에서 확인된다. 총계좌원장의 일부의 계좌는 총괄계좌(common account)라고 하고, 별도의 보조원장에 기장된 상세함을 요약하고 있다. ~ ***lien*** 포괄적 리엔 ¶ A *general lien* is a lien against an individual that excludes real property. The lien carries the right to seize personal property to satisfy a debt. The property seized need not be the property that gave rise to the debt. 포괄적 리엔은 개인의 동산에 대한 리엔으로, 부동산(real property)은 대상으로 되지 아니한다. 포괄적 리엔은 채권회수의 목적에서 채무자의 동산(personal property)을 압류할 권리가 인정된다. 압류되는 동산은

G

반드시 채무의 원인이 된 동산일 필요는 없다. ***General Loan and Collateral Agreement*** 증권회사용 포괄융자담보약정서 ¶The *General Loan and Collateral Agreement* is a continuous agreement under which a securities broker-dealer borrows from a bank against listed securities to buy or carry inventory, finance the underwriting of new issues, or carry the margin accounts of clients. Synonymous with broker's loan. See also broker loan rate; margin account; underwrite. 증권회사용 포괄융자담보약정서는 증권회사(broker-dealer)가 상장증권(listed securities)을 담보로 하여 은행으로부터 융자를 받을 때에 맺는 계속적 계약서이다. 자금사용도로서는, 증권의 구입·재고자산, 신규발행증권(new issue)의 인수(underwriting)자금, 고객의 신용거래계좌(margin account)유지자금 등이다. broker's loan과 동의어이다. broker's loan rate(브로커론 금리); margin account(신용거래계좌); underwrite(인수하다)도 참조할 것. ~ ***mortgage*** 제너럴모기지 ¶A *general mortgage* is a mortgage covering all the mortgageable properties of a borrower and not restricted to any particular piece of property. Such a blanket mortgage can be lower in priority of claim in liquidation than one or more other mortgage on specific parcels. 제너럴모기지는 특정한 자산에 한정하는 것이 아니라, 차입자(borrower)의 모기지를 설정할 수 있는 모든 자산을 모기지의 대상으로 하는 모기지(mortgage)를 말한다. 이와 같은 총괄모기지는 청산(liquidation)시의 우선순위에서 특정한 재산에 대한 1이상의 다른 모기지보다도 낮다. ~ ***mortgage bond*** 일반모기지부 사채 ¶The *general mortgage* (*GO*) *bond* is a bond secured by a blanket mortgage on all mortgageable property of the issuing corporation. Commonly used by railroad, a general mortgage may not necessarily have priority of claim over other liens on specific assets or parcels of land. 일반모기지부 사채란 사채발행회사의 모기지의 대상이 될 수 있는 모든 재산에 대한 총괄모기지에 의해 담보된 사채를 말한다. 철도에서 보통 사용되기 때문에, 일반적 모기지는 특별자산이나 여러 필지의 토지에 관한 다른 리엔에 대하여 반드시 청구권의 우위를 가질 수 없다. ~ ***obligation* (*GO*) *bond*** [미] 일반보증채, 일반재원채(一般財源債)(미국의 주·지방자치단체가 발행하고, 세수 등에 의해서 보증되는 지방채) ¶A *general obligation* (*GO*) *bond* is a municipal bond backed by the full faith and credit (which includes the taxing and further borrowing power) of a municipality. A *GO bond*, as it is known, is repaid with general revenue and borrowings, in contrast to the revenue from a specific facility built with the borrowed funds, such as a tunnel or a sewer system. See also revenue bond. 일반재원채(債)는 지방자치단체의 (징수권과 신규차입능력을 포함한다) 충분한 신뢰와 신용(full faith and credit)에 의해서 뒷받침된 지방채(municipal bond)를 말한다. GO bond로서 알려지는 일반재원채는 차입자금으로 건설된 턴넬(tunnel)이나 하수도와 같은 설비에서의 수익으로 상환되는 것이 아니라, 일반재원과 신규차입금으로 상환된다. revenue bond[수익사업채(債)]도 참조할 것. ~ ***partner*** 제너럴파트너, 무한책임사원 ¶A *general partner* is one of two or more partners who are jointly and severally responsible for the debts of a partnership. 제너럴파트너는 파트너십(partnership)의 채무(debt)에 대해서 연대책임을 지는(jointly and severally responsible) 2인 이상의 파트너 중의 1인이다. ¶A *general partner* is a managing partner of a limited partnership, who is responsible for the operations of the partnership and, ultimately any debts taken on by the partnership. The *general partner's* liability is unlimited. In a real estate partnership, the *general partner* will pick the properties to be bought and will manage them. In an oil and gas partnership, the *general partner* will select drilling sites and oversee drilling activity. In return for these services, the *general partner* collects certain fees and often retains a percentage of ownership in the partnership. 제너럴파트너는 리미티드 파트너십(limited partnership)의 운영, 및 최종적으로는 파트너십의 채무에 무한책임을 부담하는 매니징파트너(managing partner)이다. 제너럴파트너의 책임은 한정되지 않는다(unlimited). 부동산파트너십에서, 제너럴파트너는 구입할 부동산을 결정하고, 그것을 운영한다. 석유·천연가스파트너십(oil and gas partnership)에서는, 제너럴파트너는 유정굴삭(油井掘削)의 장소를 결정하고, 그 굴삭활동을 감독한다. 이러한 서비스에 대한 담보로서, 제너럴파트너는 일정한 보수를 받을 뿐만 아니라, 많은 경우 파트너십의 일정한 소유권을 보유한다. ~ ***revenue*** 일반세입 ¶When used in reference to state and local governments taken separately, the term *general revenue* refers to total revenue less revenue from utilities, sale of alcoholic beverages, and insurance trusts. When speaking of combined state and local total revenue, the term refers only to taxes, charges, and miscellaneous revenue, which avoids the distortion of overlapping intergovernmental revenue. 주정부와 지방정부의 일반세입을 개별적으로 말할 때에는, 일반세입이라는 용어는 모든 세입액에서 공익사업수입, 알콜음료판매, 및 보험신탁수익을 공제한 금액을 말한다. 주정부와 지방정부의 세입을 합산하고 있는 때에는, 정부간에서 중복되는 세입에 의한 왜곡현상을 피하기 위해서 단순히 조세, 과징금, 및 잡수익을 의미한다. ~ ***revenue sharing*** 용도자유조성금 ¶The *general revenue sharing* is unrestricted funds (which can be used for any purpose) provided by the federal government until 1987 to the 50 states and to more than 38,000 cities, towns, counties, townships, Indian tribes, and Alaskan native villages under the State and Local Fiscal Assistance Act of 1972. 용도자유조성금은 1972년 주·지방정부재정원조법(State and Local Fiscal Assistance Act of 1972)에 의하여, 1987년까지 미연방정부가 전미 50주에 더하여, 38,000을 초과하는 시, 읍, 군, 지역, 인디언의 부족, 알래스카 원주민촌에 지출하고 있던 사용목적규제가 없는 기금을 말한다. ***General Securities Representative Examination*** 증권외무사원시험 → Series 7 Registered [시리즈 7등록외무원(미국증권외무원자격)].

generalization 일반화, 일반론

generally 일반적으로, 일반횡선으로 ¶a check crossed *generally* 일반횡선수표 /*generally* accepted auditing standards (GAAS) 일반적으로 인정된 감사기준 ***Generally Accepted Accounting Principles (GAAP)*** [미] 일반적으로 공정타당하다고 인정된 회계원칙, 일반회계원칙 ¶The *Generally Accepted Accounting Principles* (*GAAP*) are conventions, rules, and procedures that define accepted accounting practice, including broad guidelines as well as detailed procedures. The basic doctrine was set forth by the Accounting Principles Board of the American Institute of Certified Public Accountants, which was superseded in 1973 by the Financial Accounting Standard Board (FASB), an independent self-regulatory organization. 일반적으로 공정 타당하다고 인정된 회계원칙은 상세한 절차나 광범한 지침을 포함하는 공정 타당하다고 인정되는 회계방법을 정의하는 회계관행, 규칙, 절차를 말한다. 기본원칙은 미국공인회계사협회(American Institute of Certified Public Accountants)의 회계원칙심의회(Accounting Principles Board)에 의해서 정해졌다. 그리고 1973년에 독립한 자율규제기구(self-regulatory organization)인 재무회계표준심의회(Financial Accounting Standard Board: FASB)가 회계원칙심의회를 인계하였다.

generation-skipping transfer or trust 세대도약증여 또는 신탁 ¶The *generation-skipping transfer or trust* is an arrangement whereby your principal goes into a trust when you die, and transfers to your grandchildren when your children die, but which provides income to your children while they live. Once a major tax loophole for the wealthy because taxes were payable only at your death and your grandchildren's death, now $2 million can be transferred tax-free to the grandchildren. Otherwise, a special generation-skipping tax – with rates equal to the maximum estate tax rate of 46% in 2006, falling to 45% in 2007 and thereafter – applies to transfers to grandchildren, whether the gifts are direct or from a trust. 세대도약증여 또는 신탁은 계약자가 사망한 때에 기본재산원금이 신탁(trust)에 예탁되어 그 자녀가 사망하면 손자녀에게 인도되지만, 자녀들이 살아있는 동안에는 자녀들이 이자수입을 가져가는 신탁계약의 약정을 이른다. 계약자가 사망한 경우와 손자녀가 사망한 경우에만 과세되기 때문에, 부유층에게 있어서는 도리어 커다란 세금이 빠져나갈 구멍이었으나, 현재는 2백만 달러만이 무세로 손자녀에게 이전할 수 있다. 그것을 넘는 경우는 상속세의 최고세율 — 2006년에는 46%이고 2007년 이후에는 45%로 떨어졌지만 — 과 동률의 특별세대도약세가 직접 증여되거나, 혹은 신탁경유인지를 묻지 않고 손자녀에의 소득이전에 과세된다.

generic 일반적인, 포괄적인, 총칭적인 ¶ The *generic* means of, relating to, or being a product that is identified as part of a class rather than as brand. For example, a clothing manufacturer sells pants without a brand name to discount stores. Grocery stores frequently sell *generic* canned goods at lower prices. generic(일반적인, 상표등록이 되어 있지 않은)이라는 말은 브랜드보다도 어떤 부류의 일부로서 인지되고 있는 제품의, 제품과 관하여, 또는 제품인 것을 의미한다. 예를 들면, 의류제조업자는 브랜드 이름이 없는 팬츠를 할인점에 판매한다. 식료품가게는 자주 싼값으로 일반적인 통조림 음식을 판매한다.

genetic 유전의, 유전자학의 ***genetic engineering*** 유전자공학 ¶ The *genetic engineering* is techniques by which genetic material can be altered by recombinant DNA so as to change or improve the hereditary properties of microorganism, plants, and animals. 유전자공학은 미생물, 식물, 및 동물의 유전적 특성을 변하거나 개발하도록 유전자물질이 재조합형 DNA에 의해서 변형될 수 있는 기술이다.

Genetically Modified Organism (GMO) 유전자변형농산물 ¶ The *Genetically Modified Organism* (*GMO*) is an agricultural product into which external gene to fulfill its particular function is injected. Examples are beans, corn, cotton, and rape injected by microbial genes, which bear herbicide very well or expel harmful insects and disease from the farm produces. In Korea, consumers have already taken in foods made with *GMO* in large quantities. 유전자변형농산물은 특정기능을 발휘하는 외래 유전자가 삽입된 농산물을 말한다. 제초제에 잘 견디거나 병해충을 쫓는 미생물유전자가 삽입된 콩, 옥수수, 면화, 유채 등이다. 한국소비자는 GMO로 만든 식품을 이미 대량 섭취하고 있다.

gensaki [일본] 겐사키(現先去來) ¶ The *gensaki* is the broad Japanese money market, which includes trading in short-term government bills, certificate of deposit, notes, repurchase agreements, and reverse repurchase agreement. 겐사키는 넓은 의미의 일본의 단기금융시장인데, 단기정부채(債), 예탁증서, 어음, 환매특약거래 및 리버스레포의 거래가 포함된다.

gentleman 신사 ¶ *gentlemen's* agreement 신사협정([영] a gentleman's agreement)(문서로 하지 않은 비공식적 협정)

genuine 순수한, 진짜의 ¶ *genuine* and valid [수표] 진짜로 유효한 /*genuine* demand 실수(實需) /*genuine* goods 진정한 물품 /a *genuine* signature 진짜의 서명

genuineness 진짜인 것

geocentric 지구중심의, 지심(地心)의 ¶ *geocentric* firm 세계지향형 기업

geographical 지리학의, 지리적인 ¶ *geographical* pricing 지역별가격제

geometric mean [영] 기하평균 ¶ The *geometric mean* is an average that is equal to the *n*th root of the product of a group of *n* value. 기하평균은 *n*가치집단 제품의 *n*번째와 같은 평균을 이른다.

Georgia currency 조지아 화폐 ¶ lari 라리

Germany currency 독일 화폐 ¶ Deutschmark (DEM), divided into 100 Pfennig. The 1999 legacy conversion rate was 1.95583 to the euro. It has fully changed to the euro/cent from 2002. 도이취마르크 (DEM), 1 마르크(Deutsch Mark) = 100 페니히(Pfennig). 독일 화폐는 1999년 내려온 환산율은 유로 대비 1.95583이었다. 그 화폐는 2002년부터 유로/센트로 완전히 변경하였다.

Gesellschaft mit beschränkter Haftung (GmbH) [독] 유한회사 ¶ In Germany, Switzerland, and Austria, *Gesellschaft mit beschränkter Haftung* (*GmbH*) is a company with limited liability. In Germany the GmbH is incorporated but not publicly traded, and must adhere to a minimum number of partners and capital in order to qualify. In Austria at least two founding shareholders are required, and minimum capital hurdles apply. In Switzerland the entity cannot have any shares outstanding. 독일, 스위스 및 오스트리아에서 GmbH(유한회사)는 법인격을 가지지만, 법인격을 취득하기 위하여는 공개적으로 사원을 모집하지 못하고, 사원과 자본의 최소수를 지켜야 한다. 오스트리아에서는 적어도 2인의 설립주주가 필요하고 최소자본제한이 적용된다. 스위스에서는 법인은 주식대금을 납부하지 않은 주식(share outstanding)을 소유하지 못한다.

Ghana currency 가나 화폐 ¶ cedi (GHS), divided into 100 pesewa. 1 세디 (cedi) = 100 페세와(pesewa).

gharar [아랍] 가라르 ¶ The *gharar* is a form of risk or uncertainty, as defined under the rules of Islamic finance. A cost-benefit view of contracts may be conducted by a religious scholar, and those that are found to contain an excessive or unnecessary amount of risk may be prohibited. See also riba. 가라르는 이슬람 금융의 규범에서 정하는 바와 같이 위험(risk)이나 불확실성(uncertainty)의 형태이다. 계약의 비용편익의 관점(cost-benefit view)은 종교적 학자에 의해서 행해질 수 있고, 위험의 양이 과도하거나 불필요하게 내포되어 있다고 인정되는 것은 금지될 수 있다. riba(리바)도 참조할 것.

gestation 임신(기간), (계획 등의) 창안 ***gestation repo*** 신종환매특약 ¶ The *gestation repo* is a reverse repurchase agreement whereby a mortgage banker sells federal agency-guaranteed mortgage-backed securities to securities dealer and agrees to repurchase them at a fixed price on a future date. 신종환매특약은 모기지부 금융업자(mortgage banker)가 미국정부가 보증한 모기지담보증권(mortgage-backed securities)을 장래의 특정한 시기에 사전에 정한 가격으로 환매할 것을 조건으로 증권회사(securities dealer)에 매각하는 계약을 이른다.

ghost (서류 · 책을) 대작(代作)하다, (…에) 유령처럼 붙어 다니다(haunt) ¶ *ghost-writing* 대필(代筆) ***ghosting*** 고스팅, 유령조작 ¶ The *ghosting* is an illegal manipulation of a company's stock price by two or more market makers. One firm will push a stock's price higher or lower, and the other firms will follow their lead in collision to drive the stock's price up or down. The practice is called *ghosting* because the investing public is unaware of this coordinated activity among market makers who are supposed to be competing with each other. 고스팅이란 복수의 마켓메이커(market makers)에 의한 위법한 주가조작(manipulation)을 이른다. 한쪽의 마켓메이커가 주가를 올리거나 내리고, 다른 쪽의 마켓메이커가 공모하여 그 주가조작에 따라간다. 이 수법은 고스팅이라고 부른다. 왜냐하면 서로 경쟁하여야 할 마켓메이커간에서 이와 같은 공모한 주가조작활동을 하는 것은 일반의 투자자(investing public)는 눈치채지 못하기 때문이다.

GHS (ISO) code Ghana – currency cedi. ¶ GHS (국제표준기구) 약호 가나 — 화폐 세디(cedi).

giant 거대한 ¶ *giant* capital stocks 대형주(大型株) /*giant* firms 거대기업 /a *giant* merger 대형합병

Gibraltar currency 지브롤터 화폐 ¶ Gibraltar pound (GIP), divided into 100 pence. 1 파운드(Gibraltar pound) = 100 펜스(pence).

GIC → **g**uaranteed **i**nvestment **c**ontract [약] 보증투자계약 ¶ The *guaranteed investment contract* (*GIC*) is a contract between an insurance company and a corporate profit-sharing or pension plan that guarantees a specific rate of return on the invested capital over the life of contract. Many defined contribution plans, such as 401(k) and 403(b) plans, offer *guaranteed investment contracts* as investment options to employees. Although the insurance company takes all market, credit, and interest rate risks on the investment portfolio, it can profit if its return exceeds the guaranteed amount. Only the insurance company backs the guarantee, not any government agency, so if the insurer fails, it is possible that there could be a default on the contract. For pension and profit-sharing plans, *guaranteed investment contracts,* also known as *GICs*, are conservative way of assuring beneficiaries that their money will achieve a certain rate of return. See also bank investment contract. 보증투자계약이란 계약기간중의 투자자본에의 특정한 투자수익률(rate of return)을 보증하는 보험회사와 기업의 이익분배제도(profit-sharing plan)나 연금제도(pension plan)간의 계약을 이른다. 401(k)연금제도(401(k) plan)나 403(b) 연금제도(403(b) plan)와 같은 많은 확정출연연금제도(defined contribution pension plan)는 종업원에의 투자의 선택지(選擇肢)로서 보증투자계약을 제공하고 있다. 보험회사는 투자자산의 모든 시장, 신용, 금리리스크를 받아들이지만, 그 투자수익이 보증금액을 상회한 경우는 이익을 올린다. 정부기관이 아니라, 보험회사만이 보증을 하고 있으므로, 보험회사가 도산을 한다면, 계약불이행(default)이 생길 가능성이 있다. 연금이나 이익분배제도 있어서는, GIC(guaranteed investment contract)로서도 알려진 보증투자계약은 그 수익자(beneficiary)에게 그들의 자금이 어떤 일정한 투자수익률을 달성한다는 것을 보증하는 견실한 방법이다. bank investment contract(은행에 의한 투자수익률의 보증)도 참조할 것.

gift 선물, 경품, 증여 ¶ *gift* checks 선물용 수표 /*gift* tax 증여세 /*gift* tickets 상품권 ***gift inter vivos*** 생존자간 증여 ¶ *Gift inter vivos* is gift of property from one living person to another, without consideration. 생존자간 증여는 대가없이 1인의 증여자에서 다른 증여자로의 재산증여를 말한다. ~ ***splitting*** 분할증여 ¶ *Gift splitting* means dividing a gift into $12,000 pieces to avoid gift tax. For example, a husband and wife wanting to give $24,000 to their child will give $12,000 each instead of $24,000 from one parent. so that no gift tax is due. 분할

증여는 증여세를 피하기 위해서 증여액을 12,000달러 단위로 나누는 것이다. 예컨대, 자녀에게 24,000달러를 증여하려는 부부는 한쪽 부모가 24,000달러를 증여하는 것이 아니고, 12,000달러씩 각자가 증여하기 때문에 증여세는 발생하지 않게 된다. ~ **tax** 증여세 ¶ The *gift tax* is a federal tax that is imposed on the giver and determined on the basis of a unified gift and estate tax schedule. Annual gifts above a specified amount of per recipient are deducted from a lifetime exemption. This exemption applies jointly to accumulated gifts and to the taxable estate left at death. In most cases, only relatively large gifts incur a tax. → unified credit. 증여세는 증여자에게 과세되는 연방조세로서 통일증여 및 상속세명세표에 근거해서 결정된다. 수증자당(當) 일정한 금액을 초과하는 연간 증여액은 생애공제액에서 공제를 받는다. 이러한 공제액은 사망시에 남긴 누적증여액과 과세유산을 합산하여 적용한다. 대부분의 경우에, 상당히 많은 금액의 증여만이 조세문제를 초래한다. → unified credit (유니파이드크레디트).

gilt futures 길트채(債)선물 ¶ *Gilt futures* are traded on the London International Financial Futures and Options Exchange (LIFFE). 길트채(債)선물은 런던국제금융선물옵션거래소(London International Financial Futures and Option Exchange: LIFFE)에서 거래된다.

gilt-edged (종이 · 서적 등) 금박의, (증권 등) 일류의 (gilt는 gild(금박을 입히다, 금색으로 칠하다)의 과거분사) (*cf.*) blue chip 확실한 우량(증권) ¶ *gilt-edged* bonds 우량채(優良債) /*gilt-edged* papers [bills] 우량어음 /*gilt-edged* securities 우량증권, 일류증권, 금박증권 ***gilt-edged security* [*stock*]** 일류(一流)증권[주(株)], 우량증권[주식] ¶ The *gilt-edged security* is a security or bond of a company that has demonstrated over a number of years that it is capable of earning sufficient profits to cover dividends on stocks and interest on bonds with great dependability. The term is used with corporate bonds more often than with stocks, where the term blue chip is more common. 우량증권이란 오랜 세월에 걸쳐서 주식의 배당(dividends)이나 사채(corporate bond)의 이자지급(interest payment)을 행하는 데에 충분한 이익을 확실히 올려 온 실적있는 회사의 주식이나 채권을 말한다. 이 용어는 주식에 대해서라기보다도, 사채에 대해서 사용되는 일이 많다. 주식에 관하여는 블루칩(blue chip)이라는 호칭이 일반적이다.

gilts 영국국채, 길트채(債) ¶ *Gilts* are bonds issued by the British government. *Gilts* are the equivalent of Treasury securities in the United States in that they are perceived to have no risk of default. Income earned from investing in *gilts* is therefore guaranteed. Gilt yields act as the benchmark against which all other British bond yields are measured. Gilt futures are traded on the London International Financial Futures and Options Exchange (LIFFE). The name gilt is derived from the original British government certificate, which had gilded edges. 길트채(債)는 영국정부발행의 국채를 말한다. 영국국채는 미국재무부증권(Treasury bill)과 같이, 채무불이행(default)의 위험이 전혀 없다고 생각되고 있다. 그 때문에, 길트채(債)에 투자해서 얻는 수익은 보증받고 있다. 길트채(債)의 수익률(yield)은 다른 영국의 모든 채권의 수익률의 기준이 되고 있다. 길트채(債)선물은 런던국제금융선물옵션거래소(London International Financial Futures and Option Exchange: LIFFE)에서 거래된다. 길트의 명칭은 가장자리가 금칠되어 있던 원래의 영국정부증권에서 유래하고 있다.

Gini coefficient 지니계수(係數) ¶ The *Gini coefficient* is a statistical measure developed by Italian statistician Corrado Gini that measures the income distribution within an economic system. A *Gini coefficient* of 0.0 reflects perfect equality in income distribution, while a coefficient of 1.0 indicates perfect inequality. Also known as index of concentration. 지니계수는 경제체제내에서 소득분배를 측정한다고 하는 이탈리아의 통계학자 코라도 지니가 개발한 통계적 측정치(値)를 말한다. 0.0의 지니계수는 소득분배의 완전한 평등을 나타내는데 반하여, 1.0의 계수는 완전한 불평등을 가리킨다. 이는 index of concentration(집중지수)로도 알려져 있다.

Ginnie Mae 지니메이채(債)(GNMA(미국주택모기지협회)에서 발행된 모기지증권) ¶ The *Ginne Mae* is a nickname for the Government National Mortgage Association and the securities guaranteed by that agency. See also Ginnie Mae pass-through. 지니메이는 정부모기지협회(Government National Mortgage Association) 및 동 협회가 보증하는 유가증권의 통칭이다. Ginnie Mae pass-through(지니메이 패스트루증권)도 참조할 것. ***Ginnie Mae pass-through*** 지니메이 패스트루증권 ¶ The *Ginnie Mae pass-through* is a security, backed by a pool of mortgages and guaranteed by the Government National Mortgage Association (Ginnie Mae), which passes through to investors the interest and principal payments of homeowners. Homeowners make their mortgage payments to the bank or savings and loan that originated their mortgage. After deducting a service charge (usually 1/2%), the bank forwards the mortgage payments to the pass-through buyers, who may be institutional investors or individuals. *Ginnie Mae* guarantees that investors will receive timely principal and interest payments even if homeowners do not make mortgage payments on time.

Ginnie Mae are available in three types:

1. GNMA 1 securities are single issuer pools whose certificates pay principal and interest separately.
2. GNMA 2 securities represent multiple-issuer pools (called jumbos) that are longer and more geographically diverse than single issuer pools, with certificate holders receiving aggregate principal and interest payments from a central paying agent.
3. GNMA Midgets, a term dealers use that is not an official GNMA designation, are certificates backed by fifteen-year fixed rate mortgage.

지니메이 패스트루증권은 정부모기지협회(Government National Mortgage Association: Ginnie Mae)가 보증하는 주택론(mortgage)의 집합체(pool)에 의하여 뒷받침되는 증권이다. 뒷받침되고 있는 주택론의 차입자가 변제하는 원리금은 패스트루증권의 투자자에게 그대로 인도된다(pass through). 차입자는 주택론을 빌린 은행이나 저축대출조합(savings and loan association)에 원리금을 변제하고 변제를 받은 은행이나 저축대출조합은 취급수수료(통상 0.5%)를 공제하고, 기관투자자나 개인투자자의 패스트루증권의 투자자에게 지급한다. 지니메이는 주택론의 차입자가 기일대로 원리금의 변제를 행하지 아니하여도, 투자자가 기일대로 수취할 것을 보증한다.

지니메이에는 다음의 3종류가 있다.

1. GNMA 1증권은 단일의 발행체에 의한 주택론의 집합체(pool)로, 원금(principal)과 금리(interest)가 별개로 지급된다.
2. GNMA 2증권은 복수의 발행체에 의한 주택론의 집합체(jumbos라고 한다)로, GNMA 1증권에 비해서 기간도 길고 지리적으로도 분산되어 있다. 이 증권의 보유자는 중앙지급대리인(paying agent)으로부터 합산한 원금과 금리지급을 수취한다.
3. GNMA Midgets는 지니메이의 공식적인 용어는 아니고, 증권회사가 사용하고

있는 용어지만, 15년물의 고정금리주택론(fixed rate mortgage)을 뒷받침하는 증권을 의미한다.

GIP (ISO) code Gibraltar – currency Gibraltar pound. ¶ GIP (국제표준기구) 약호 지브롤터 — 화폐 지브롤터 파운드.

GIPS → **G**lobal **I**nvestment **P**erformance **S**tandards [약] 글로벌투자퍼포먼스기준 ¶ The *Global Investment Performance Standards* (*GIPS*) are standardized rules relating to the reporting of investment performance by money managers worldwide, adopted in February 2005 by the CFA Institute after revision of previous rules by its Investment Performance Council. The full report is available at the CFA Institute Web site. 글로벌투자퍼포먼스기준은 자금운용책임자(money manager)에 의한 운용실적의 보고에 관한 규칙을 세계적으로 표준화한 것이다. 투자퍼포먼스협의회(Investment Performance Council)가 정한 규칙을 개정하여 아프리카경제공동체(CFA: Communauté Financière Africa)협회(Council)가 2005년에 채택하였다. 전체의 보고내용은 CFA협회의 웹사이트에서 입수할 수 있다.

Giro; giro 지로(서유럽 여러 나라의 우편이체환) ¶ The *giro* is an electronic payment system widely used in Europe and Japan for consumer bill payments. Unlike the check system in the United States, which is a debit-based system, *giros* are credit transfers. In *giro* systems, a payment order automatically transfers funds from the consumer's account to the creditor's account and notifies creditors when the transfer is made. Multiple payments from a single *giro* are also possible. 지로는 유럽과 일본에서 소비자어음결제를 위하여 널리 이용되는 전자방법에 의한 지급제도를 말한다. 차변기준체계인 미국의 체크시스템(check system)과는 달리, 지로는 대변이체(credit transfer)이다. 지로체계에 있어서, 지급지시(payment order)는 소비자계좌에서 채권자계좌로 자동적으로 이체되고, 이체가 행하여진 경우 채권자에게 통지를 한다. 단독지로에서 다수의 결제도 또한 가능하다. /the *giro* system 우편이체제도

girobank (유럽의) 이체은행(移替銀行)

give [n.] 줌, 유연성, 탄력성 ¶ *give* and take trade 구상(求償)무역 /*giving* quotations 방화(邦貨)표시환율(giving rates) ***give back*** 기브백 ¶ The *give back* is a relinquishment of benefits by employees to the corporation providing them, typically to make the employer more competitive in foreign markets. Bad news for employees; good news for investors. 기브백은 회사가 종업원에게 제공하고 있는 복리후생의 수당을 종업원측에서 포기하는 것이다. 특히 외국시장에서 경쟁력을 제고할 목적에서 행해지는 경우가 많다. 투자자(investor)에게 있어서는 좋은 뉴스이지만, 종업원에게는 나쁜 뉴스이다. ~ ***up*** 기브업, 증권업자간 위탁거래 ¶ The word *give up* is a term used in a securities transaction involving three brokers, as illustrated by the following scenario: Broker A, a floor broker, executes a buy order for Broker B, another member firm broker who has too much business at the time to execute the order. The broker with whom Broker A completes the transaction (the sell side broker) is Broker C. Broker A "*gives up*" the name of Broker B, so that the record shows a transaction between Broker B and Broker C even though the trade was actually executed between Broker A and Broker C. 기브업이라는 말은 3자의 증권주선업자(broker)를 끌어들인 다음과 같은 예의 유가증권(security)의 거래에서 사용되는 용어이다. 플로어-브로커(floor broker) A가 너무 바빠서 주문을 집행할 수 없는 같은 거래소회원 브로커 B를 위해서 매입주문(buy order)을 집행한다. 브로커 A와 거래하는 (매도인측) 브로커는 브로커

C이다. 브로커 A는 브로커 B의 이름을 제시하는데("give up"), 실제로는 브로커 A와 브로커 C간에서 집행(execution)된 거래이지만, 매매기록은 브로커 B와 브로커 C의 거래로서 남는다. ¶In another application of the term *give up*, A customer of brokerage firm ABC Co. travels out of town and, finding no branch office of ABC places an order with DEF Co., saying he is an account of ABC. After confirming the account relationship, DEF completes a trade with GHI Co., advising GHI that DEF is acting for ABC ("*giving up*" ABC's name). ABC will then handle the clearing details of the transaction with GHI. Alternatively, DEF may simply send the customer's order directly to ABC for execution. Whichever method is used, the customer pays only one commission. 기브업이라는 용어의 다른 용법에서, 증권회사 ABC사의 고객이 여행중에서 ABC사의 지점을 찾을 수가 없는 때에, 그가 ABC증권의 고객이라고 말하고 DEF사에 주문을 낸다. DEF사는 고객의 계좌관계를 확인한 후, DEF사가 ABC사를 위해서 행하고 있는 ABC사의 명의를 제시한다("giving up")라고 명시하여 GHI사와 거래를 집행한다. 거래의 결제는 ABC사가 GHI사와 행한다. 다른 방법으로서, DEF사가 이 고객의 주문을 직접 ABC 사에게 전하는 경우도 있다. 어느 방법을 취하든 간에, 고객은 1회분의 수수료밖에 지급하지 않는다.

ⓥ 주다, 수여[부여]하다, 보이다

giveaway ⓝ 무설, 폭로, 방기(放棄), 무료견본

ⓐ 투매의, 경품부의 ¶at *giveaway* prices [구] 거저나 다름없는 가격으로

given 기븐 ¶In the foreign exchange market, the word *given* indicates the situation that a bid price meets itself. And give means sell. 외환시장의 경우에 기븐이라는 말은 a bid price가 맞는 상태를 말한다. 그리고 give는 sell의 뜻이다.

glamor 매력, 마술, 마력 ***glamor stock*** 글래머주(株), 인기주(人氣株) ¶The *glamor stock* is a stock with a wide public and institutional following. *Glamor stocks* achieve this following by producing steadily rising sale and earnings over a long period of time. In bull (rising) markets, *glamor stocks* tend to rise faster than market averages. although a *glamor stock* is often in the category of a blue chip stock, the glamor is characterized by a higher earnings growth rate. 글래머주(株)는 일반투자자나 기관투자자의 폭넓은 인기를 모으고 있는 주식을 이른다. 글래머주는 장기간에 걸쳐서 견실하게 증수증익(增收增益)을 계속하는 것이어서 이런 인기를 획득하고 있다. 상승세시장에서는, 글래머주의 상승폭은 시장평균보다 대체로 높다. 글래머주는 우량주(blue chip)의 범주에 들어가는 일이 많지만, 글래머주는 높은 수익성장률이 그 특색이다.

Glass-Steagal Act of 1933 [미] 글래스-스티갈법 ¶The *Glass-Steagal Act of 1933* is a legislation passed by Congress authorizing deposit insurance and prohibiting commercial banks from owning full-service brokerage firms. Under Glass-Steagal, these banks were prohibited from investments banking activities, such as underwriting corporate securities or municipal revenue bonds. The law was designed to insulate bank depositors from the risk involved when a bank deals in securities and to prevent a bank collapse like the one that occurred during the Great Depression. The original separation of commercial and investment banking had already significantly eroded when, on November 12, 1999 the Financial Service Modernization Act of 1999 was signed into law, repealing parts of the 1933 *Glass-Steagall Act* and the 1956 Bank Holding Company Act and effectively allowing banks, brokers, and insurers into each other's businesses. Basically, the 1999 Act allows banks to affiliate with securities firms and insurers through a holding company structure and permits nationally chartered banks to engage in most financial activities through direct subsidiaries. 1933년의 글래스-스티갈법은 예금보험(deposit insurance)의 인가와 상업은행(commercial banks)에 의한 종합증권회사의 소유금지를 정하고 있는 법률이다. 글래스-스티갈법 아래에서는, 상업은행은 민간기업이 발행하는 증권이나 지방특정재원채(財源債)(municipal revenue bond)의 인수를 하는 투자은행활동(investment banking activities)을 금지하고 있다. 이 법률은 은행이 증권업무를 행함으로써 초래되는 리스크에서 은행예금(deposit)을 격리하고, 대공황(the Great Depression)에서 볼 수 있었던 것과 같은 은행도산의 회피를 목적으로 하고 있었다. 그렇지만 당초의 상업은행업무(commercial banking)와 투자은행업무의 분리는 이미 상당히 침식되고 있었으나, 1999년 11월 12일에 시행된 금융서비스근대화법(Financial Service Modernization Act of 1999)에 의하여, 1933년의 글래스-스티갈법과 1956년의 은행지주회사법(1956 Bank Holding Company Act)의 규정의 일부가 철폐되고, 그 결과 은행, 증권회사, 보험회사가 서로 다른 분야에 진출하는 것이 실질적으로 가능하게 되었다. 기본적으로, 1999년의 법률에 의하여 은행은 금융지주회사(financial holding company)방식을 통해서 증권회사나 보험회사를 관계회사화할 수 있도록 되었다. 또 국법은행(nationally chartered bank)은 직접 자회사를 통해서 대부분의 금융업무에 참가하는 것을 허용하고 있다.

global 세계적인, 글로벌한, 전체적인 ¶ *global* asset allocation 다통화(多通貨)분산투자 /*global* bearer certificate 글로벌무기명예탁증서(독일시장에서 유통하는 예탁증서) /*global* production 세계적 생산 /*global* trade 세계무역 ***global bonds*** 글로벌본드 ¶ *Global bonds* are bonds simultaneously issued in all the major domestic and foreign capital markets. 글로벌본드는 주요한 국내 및 해외의 시장에서 동시에 발행되는 채권을 이른다. ~ ***corporation*** 세계적 기업 → multinational corporation(다국적 기업). ~ ***depositary receipt (GDR)*** 글로벌예탁증서(international depositary receipt) ¶ The *global depositary receipt* (*GDR*) is a receipt for shares in a foreign-based corporation traded in capital markets around the world. While American depositary receipts permit foreign corporations to offer shares to American citizens, *Global Depositary Receipts* (*GDRs*) allow companies in Europe, Asia, the United States and Latin America to offer shares in many markets around world. The advantage to the issuing company is that they can raise capital in many markets, as opposed to just their home market. The advantage of *GDRs* to local investors is that they do not have to buy shares through the issuing company's home exchange, which may be difficult and expansive. In addition, the share price and all dividends are converted into the shareholders home currency. Many *GDRs* are issued by companies in emerging markets such as China, India, Brazil, and South Korea and are traded on major stock exchanges, particularly the London SEAQ International Trading system. Because the companies issuing *GDRs* are not as well established and do not use the same accounting systems as traditional Western corporations, their stocks tend to be more volatile and less liquid. See also Depositary Receipts. 글로벌예탁증서란 세계 여러 금융시장에서 거래되는 외국적 기업의 주식의 예탁증서(depositary receipt)를 이른다. 미국예탁증서(American depositary receipt)은 외국기업이 주식을 미국국민에게 제공할 수 있도록 하고 있으나, 글로벌예탁증서(GDRs)는 유럽, 아시아, 미국, 라틴아메리칸의 기업이 세계중의 많은 시장에서 주식을 제공할 수 있도록 하고 있다. 발행기업의 메리트는 국내시장뿐만 아니라, 세계적으

로 많은 시장에서 자본을 모을 수 있다는 것이다. 투자자의 메리트는 절차가 까다롭고 높은 경비가 들지도 모르는 발행회사의 본국의 거래소를 경유해서 주식을 사지 않아도 좋다는 것이다. 그리고 그 매매대금이나 배당금이 주주의 자국통화로 되는 것도 메리트가 된다. 많은 글로벌예탁증서는 중국, 인도, 브라질, 그리고 한국과 같은 성장세에 있는 시장에 있는 회사에 의해서 발행되어 주요주식거래소, 특히 런던SEAQ(Stock Exchanges Automatic Quotation)국제거래시스템에서 거래되고 있다. 글로벌예탁증서를 발행하는 회사는 아직 충분히 기초가 확립되어 있지 않고, 더군다나 전통적인 유럽·미국기업과 같은 회계제도를 사용하고 있지 않으므로, 그 주식은 가격동요가 격심하고, 유동성이 낮은 경향이 있다. depositary receipts(예탁증서)도 참조할 것. ~ ***investment performance standards*** **(*GIPS*)** 글로벌투자퍼포먼스기준 ¶ The *global investment performance standards* (*GIPS*) are standardized rules relating to the reporting of investment performance by money managers worldwide, adopted in February 2005 by the CFA Institute after revision of previous rules by its Investment Performance Council. The full report is available at the CFA Institute Web site. 글로벌투자퍼포먼스기준은 자금운용책임자(money manager)에 의한 운용실적의 보고에 관한 규칙을 세계적으로 표준화한 것이다. 투자퍼포먼스협의회(Investment Performance Council)가 정한 규칙을 개정하여 CFA협회(CFA Council)가 2005년에 채택하였다. 전체의 보고내용은 CFA협회의 웹사이트에서 입수할 수 있다. ~ ***macro*** [영] 글로벌매크로 ¶ The *global macro* is a common hedge fund strategy where a manager makes use of macroeconomic analysis to create an investment strategy. *Global macro* strategies can invest broadly, on a cross-border basis, in foreign exchange, interest rates, equities, credits, and commodities. 글로벌매크로는 펀드매니저가 투자전략을 안출하기 위하여 거시경제적 분석을 이용하는 일반적인 헤지펀드전략을 말한다. 글로벌매크로전략은 국제적인 방법으로(cross-border basis) 널리 외국환, 금리, 주식, 신용과 상품에 투자할 수 있다. ~ ***master repurchase agreement*** **(*GMRA*)** [영] 글로벌 기본적 환매조건부 거래 ¶ The *global master repurchase agreement* (*GMRA*) is a form of standardized documentation used for repurchase and reverse repurchase agreements and buy/sellbacks. The documentation contains standard terms and conditions, as well as the rights of the transacting parties, and caters for different classes of underlying securities, including fixed income instruments and equities. 글로벌 기본적 환매조건부 거래는 환매특약(repurchase agreement)과 리버스퍼처스특약(reverse repurchase agreement)과 바이/셀백스를 위하여 이용되는 표준화 문서작성의 형식을 말한다. 그 문서작성에는 거래당사자의 권리뿐만 아니라, 표준거래조건을 담고 있고, 확정소득증권과 주식을 포함하여 여러 종류의 기초증권을 대상으로 하고 있다. ~ ***medium-term note*** [영] 글로벌 중기채권 ¶ The *global medium-term note* is a medium-term note (MTN) that is issued simultaneously in a domestic market and the Euromarkets, typically through a registered filing that allows for issuance at will. As with a standard *MTN*, a global issue can be denominated in one of several currencies and carry fixed or floating coupons with maturities extending from 1 to 30 years. 글로벌중기채권은 일반적으로 임의로 발행을 허용하는 등록신청(registered filing)을 통해서 국내시장과 유로시장(Euromarket)에 동시에 발행되는 중기채권(MTN)을 말한다. 표준중기채권으로 말하면, 글로벌 발행은 여러 통화 중의 하나로 표시될 수 있고, 1년에서 30년까지 이르는 만기가 있는 고정적 내지 유동적 쿠폰을 수반한다. ~ ***mutual fund*** 글로벌 뮤추얼펀드, 글로벌투자신탁 ¶ The *global mutual fund* is a mutual fund that can invest in stocks and bonds throughout the world. Such funds typically have a portion of their assets in American markets as well as

Europe, Asia, and developing countries. Global funds differ from international mutual funds, which invest only in non-U.S. securities. The advantage of global funds is that the fund managers can buy stocks or bonds anywhere they think has the best opportunities for high returns. Thus if one market is under-performing, they can shift assets to markets with better potential. Though some global funds invest in both stocks and bonds, most funds specialize in either stocks or bonds. 글로벌 뮤추얼펀드는 세계를 통해서 주식과 채권에 투자할 수 있는 뮤추얼펀드(mutual fund)이다. 전형적인 글로벌펀드는 미국시장에 더하여 유럽, 아시아나 개발도상국에 자산의 일부를 투자한다. 한편, 인터내셔널 뮤추얼펀드는 미국 이외의 국가에 투자하는 펀드를 말한다. 글로벌 뮤추얼펀드의 메리트는 펀드매니저가 높은 투자수익기회가 있다고 판단할 주식이나 채권을 국가와 관계없이 구입할 수 있는 점이다. 따라서 어느 국가의 시장의 투자실적이 평균 이하인 경우에는, 보다 좋은 가능성이 있는 시장에 자산을 옮긴다. 주식과 채권의 양쪽에 투자하는 글로벌 뮤추얼 펀드도 있지만, 대부분의 펀드는 주식이나 채권이든 어느 것을 특화하고 있다. ~ ***offering*** [영] 글로벌 모집 ¶ The *global offering* is any new issue of securities that involves selling, placing, and listing in more than one market, and which may involve more than one issuing currency. 글로벌 모집은 하나 이상의 시장에서 매도, 판매, 및 상장을 수반하는 증권의 신규발행으로서, 하나 이상의 발행통화를 수반할 수 있다. ~ ***shares*** 글로벌주식 ¶ *Global shares* are shares of the same class issued in the United States, registered in different countries, traded in different currencies, providing equal corporate rights to all shareholders. Also called global registered shares, they are foreign securities and not to be confused with American Depositary Receipts (ADRs) or global depositary receipt (GDRs), which are domestic securities representing foreign interests. 글로벌주식이란 미국에서 발행된 주식(shares)과 동일한 종류의 주식으로, 외국에 등록되어 외국의 통화로 매매되는 주식을 말한다. 글로벌주식의 보유자는 모두 동일한 권리를 가진다. 이를 global registered shares라고도 한다. 글로벌주식은 외국주식이고 ADR(American Depositary Receipt, 미국예탁증서)이나 GDR(Global Depositary Receipt, 글로벌예탁증서)과 혼동해서는 안 된다. ADR이나 GDR은 외국의 주주의 권리를 증명하는 미국내의 증권이다.

globex [영] 글로벡스 ¶ The *globex* is an electronic trading platform, launched in 1992, allowing for 24-hour trading in specific exchange-traded derivatives. The initiative was developed and sponsored by the Chicago Mercantile Exchange, which ultimately made use of the technology platform developed by the Paris Bourse (now part of NYSE Euronext). 특수한 장내파생상품의 24시간 거래를 허용하는 글로벡스는 전자거래플랫폼으로 1992년에 개시하였다. 주도권(initiative)은 결국 파리증권거래소(Paris Bourse)(현재 NYSE 유로넥스트)가 개발한 기술플랫폼을 사용한 시카고상품거래소가 발전시키고 지원하였다.

glut 공급과잉, 과잉생산

GMO → **G**enetically **M**odified **O**rganism [약] 유전자변형농산물 ¶ The *Genetically Modified Organism* is an agricultural product into which external gene to fulfill its particular function is injected. Examples are beans, corn, cotton, and rape injected by microbial genes, which bear herbicide very well or expel harmful insects and disease from the farm produces. In Korea, consumers are already taking in foods made with *GMO* in large quantities. 유전자변형농산물은 특정기능을 발휘하는 외래 유전자가 삽입된 농산물을 말한다. 제초제에 잘 견디거나 병해충을 쫓는 미생물유전자가 삽입된 콩, 옥수수, 면화, 유채 등이다. 한국에서 소비자는

GMO로 만든 식품을 이미 대량 섭취하고 있다.

GNMA → **G**overnment **N**ational **M**ortgage **A**ssociation [약] 미국주택모기지협회 GNMA 1; GNMA 2; GNMA MIDGETS → Ginnie Mae pass-through (지니메이 패스트루증권).

gnome 땅 신령, (시장전략에 종사하는) 테크니컬 애널리스트 ¶ The *gnome* is a popular name for 15-year participation certificate issued by the Federal Home Loan Mortgage Corperation. See also dwarf; midget. 노움은 연방대출모기지공사가 발행한 15년짜리 참가증서의 속칭이다. dwarf(드워프스); midget(미지트)도 참조할 것 ***gnome of Zürich*** 투기적 금융업자(스위스의 취리히를 중심으로 하는 은행 등에서 활동하는 투자자들의 속칭) ¶ The *gnome of Zürich* is a term coined by Labour ministers of Great Britain, during the sterling crisis of 1964, to describe the financiers and bankers in Zürich, Switzerland, who were engaged in foreign exchange speculation. 투기적 금융업자는 1964년의 파운드화의 위기시에 영국의 노동당 장관들에 의해서 만들어진 조어(造語)로, 외국환투기(speculation)에 종사하는 있던 스위스의 취리히의 금융업자와 은행가를 나타낸다.

GNP → **G**ross **N**ational **P**roduct [약] 국민총생산 ¶ *GNP* per head; per capita *GNP* 1인당 국민총생산 /the real *GNP* 실질국민총생산 /*GNP* deflator GNP디플레이터 (GNP 통계가격 수정인자).

go [v.] 가다, 진행하다 ¶ *go* astray (편지가) 분실되다 /*go* private (주식을) 비공개로 돌리다 /*going* to a wrong account 계정상위(가 되는 것) ***go around*** 고우어라운드 ¶ The word *go around* is a term used to describe the process whereby the trading desk at the New York Federal Reserve Bank (the "desk"), acting on behalf of the Federal Open Market Committee, contacts primary dealers for bid and offer prices. Primary dealers are those banks and investment houses approved for direct purchase and sale transactions with the Federal Reserve System in its open market operations. 고우어라운드라는 말은 뉴욕연방준비은행(New York Federal Reserve Bank)의 트레이딩데스크(desk)가 연방공개시장위원회(Federal Open Market Committee)를 갈음하여 프라이머리딜러(primary dealer)에게 매수호가, 매도호가(bid and offer)를 듣는 행위를 표현하는 용어이다. 프라이머리딜러란 미연방준비제도(Federal Reserve System)가 공개시장조작(open market operation)을 할 때에 직접 연방은행과 거래하는 것을 인정받은 은행과 투자은행을 말한다.

[n.] 시도, 진행, (성가신) 사태, 원기

goal 목적지, 목표 ¶ The *goal* is a financial objective set by an individual or institution. For example, an individual investor might set a *goal* to accumulate enough capital to finance a child's college education. A pension fund's *goal* is to build up enough money to pay pensioners their promised benefits. Investors may also set specific price objectives when buying a security. For example, an investor buying a stock at $30 may set a price *goal* of $50, at which he or she will sell shares, or at least reevaluate whether or not to continue holding the stock. Also called target price. 목표란 개인(individual investor) 또는 기관투자자(institutional investor)가 정한 재무상의 목표를 말한다. 예컨대, 개인투자자는 자녀의 대학교육비를 저축하는 것이 목표인지도 모른다. 연금기금(pension fund)의 목표는 연금수급자에게 약속한 연금을 지급하는 데에 충분한 자금을 만드는 것이다. 유가증권을 구입할 때에 구체적인 목표가격을 정하는 투자자도 있다. 예컨대 주식을 30달러로 구입해서 가격목표를 50달러로 결정하는 경우, 50달러가 된 시점에서 주식

을 매각하든지, 또는 적어도 계속 가지고 있을지를 재검토한다. 이를 목표가격(target price)이라고도 한다.

godfather offer 갓파더 오퍼 ¶ The *godfather offer* is a takeover offer that is so generous that management of the target company is unable to refuse it out of fear of shareholder lawsuits. 갓파더 오퍼란 매수표적회사(target company)의 경영진(management)이 주주소송의 우려 때문에 그것을 거절할 수 없을 만큼 조건이 좋은 매수(takeover)의 제안을 이른다.

godown (인도·아시아 여러 국가에서) 창고, 저장소

go-go fund 고우고우펀드(단기간의 가격상승을 노려서 투기적인 주식을 매입하는 투자신탁) ¶ The *go-go fund* is a mutual fund that invests in highly risky but potentially rewarding stocks. During the 1960s many *go-go funds* shot up in value, only to fall dramatically later and, in some cases, to go out of business as their speculative investments fizzled. 고우고우펀드는 리스크가 높지만 높은 투자수익의 가능성이 있는 주식에 투자하는 뮤추얼펀드(mutual fund)를 이른다. 1960년대, 많은 고우고우펀드는 자산가치의 일시적인 급등 후에 극적인 급락으로 이루어져 일부는 투기적 투자(speculative investment)의 실패로 인해 도산하였다.

going 활동중의, 영업중의, 현행의 ¶ a *going* concern value 계속기업으로서의 가치 /the *going* interest rate 현행의 이율 /the "*going*" prices 「현행」가격 /the *going* rate (for …) 시세, (이자의) 현행이율 /*going* rate pricing 실세가격 /*going* value 경영가치 /*going* wages 현행임금 ***going ahead*** 브로커의 선취행위 ¶ The *going ahead* is an unethical securities brokerage act whereby the broker trades first for his own account before filling his customer's orders. Brokers who go ahead violate the Rules of Fair Practice of the Financial Industry Regulatory Authority (FINRA). 브로커의 선취행위는 증권회사의 외무사원(broker)이 고객의 주문을 보내기 전에 자기계좌의 거래를 행한다고 하는 비윤리적인 행위를 말한다. 이런 행위는 금융업규제기구(Financial Industry Regulatory Authority: FINRA)의 공정행위규칙(Rules of Fair Practice)위반으로 된다. ~ ***away*** 즉시전매용(卽時轉賣用)채권 ¶ The word *going away* means bonds purchased by dealers for immediate resale to investors, as opposed to bonds purchased for stock – that is, to be held in inventory for resale at some future time. The significance of the difference is that bonds bought *going away* will not overhang the market and cause adverse pressure on prices. The term is also used in new offerings of serial bonds to describe large purchase, usually by institutional investors, of the bonds in a particular maturity grouping (or series). going away(즉시전매용채권)라는 말은 장래 어느 시점에서 판매할 목적으로 재고(inventory)로서 구입하는 채권이 아니라, 바로 투자자에게 매각할 목적에서 구입하는 채권을 가리킨다. 중요한 상위점은 바로 전매하기 위해서 구입한 채권은 시장에서 잠재적인 매도압력(overhang)이 되지 않고, 가격에 나쁜 영향을 주지 않는다는 점이다. 이 표현은 연속상환채권(series bond)의 신규증권발행으로, 특정한 만기분의 채권이 기관투자자에 의해서 큰 덩어리로 구입되는 경우에도 사용된다. ~ ***concern [business]*** (순조롭게) 영업중의 회사, 계속기업 ¶ A *going concern* is a business expected to continue to operate in the foreseeable future. A *going concern* is valued differently from a firm for which liquidation is expected. 영업중의 회사란 가까운 장래에 계속 영업할 것이 기대되는 기업을 이른다. 영업중의 회사는 청산이 기대되는 기업과는 여러 가지 면에서 달리 평가된다. ~***-concern value*** 계속기업가치 ¶ The *going-concern value* is a value of a company as an operating business to another company or individual.

The excess of *going-concern value* over asset value, or liquidating value, is the value of the operating organizations as distinct from the value of its assets. In acquisitions accounting, *going-concern value* is excess of asset value is treated as an intangible asset, termed goodwill. Goodwill is generally understood to represent the value of a well-respected business name, good customer relations, high employees morale, and other such factors expected to translate into greater than normal earning power. See also goodwill. 계속기업가치란 다른 기업이나 개인에 대한 기업의 계속사업체로서의 가치를 이른다. 자산가치(asset value) 혹은 청산가치(liquidating value)를 상회하는 계속기업의 가치란 것은 사업을 영위하고 있는 조직 자체로서의 가치인데, 그 기업의 자산가치와는 다르다. 매수회계에 있어서는, 자산가치를 상회하는 계속기업가치는 무형자산(intangible asset)으로 되어 영업권(goodwill)이라고도 한다. 일반적으로 영업권이란 높은 평가를 받고 있는 기업의 명칭, 고객과의 양호한 관계, 종업원의 높은 모럴 등 통상 이상의 수익을 가져오는 요인의 가치라고 이해되고 있다. goodwill(영업권)도 참조할 것. ~ ***long*** 투기매입 ¶ The *going long* means purchasing a stock, bond, or commodity for investment or speculation. Such a security purchase is known as long position. The opposite of *going long* is going short, when an investor sells a security he does not own and thereby creates a short position. 투기매입은 투자(investment) 또는 투기(speculation)를 위하여, 주식, 채권, 또는 상품을 구입하는 것이다. 이와 같은 증권을 구입한 대로의 상태를 초과매입포지션(long position)이라 한다. 그 반대는 투기매도(going short)이다. 투자자가 소유하고 있지 않은 증권을 매각하면 초과매도포지션(short position)이 된다. ~ ***private*** 비공개회사화 ¶ *Going private* is a movement from public ownership to private ownership of a company's shares either by the company's repurchase of shares or through purchases by an outside private investor. A company usually goes private when the market price of its shares is substantially below their book value and the opportunity thus exists to buy the assets cheaply. Another motive for *going private* is to ensure the tenure of existing management by removing the company as a takeover prospect. 비공개회사화는 기업의 자사주식을 환매한다든가, 외부의 투자자가 주식을 구입하여, 공개회사(publicly held)를 비공개화(privately held)하는 움직임을 말한다. 일반적으로는, 기업이 비공개회사화하는 것은 그 주식의 시장가격(market value)이 장부가격(book value)보다도 훨씬 낮고, 이 때문에 그 자산을 싸게 구입할 기회가 존재할 때이다. 다른 하나의 비공개회사화의 동기는 회사를 매수의 타겟(target)이 되지 않도록 하는 것인데, 현경영진의 지위를 확보하기 위함이다. ~ ***public*** 주식공개 ¶ *Going public* is a securities industry phrase used when a private company first offers its shares to the public. The firm's ownership thus shifts from the hands of a few private stockowners to a base that includes public shareholders. At the moment of *going public*, the stock is called an initial public offering. From that point on, or until the company goes private again, its shares have a market value. See also new issue; going private. 주식공개는 비공개기업(privately held)이 그 주식을 최초로 일반투자자(the public)에게 판매할 때에 사용하는 증권업계의 용어이다. 기업의 소유권은 소수의 주주(stock owner)로부터 일반의 주주(shareholder)를 포함하는 집단으로 이동한다. 주식공개시의 주식은 신규주식공모(initial public offering)라고도 한다. 그 시점이래, 혹은 회사가 다시 비공개회사화할 때까지 그 공개주식은 시장가격(market value)을 가진다. new issue (신규발행); going private(비공개회사화)도 참조할 것. ~ ***short*** 투기매도 ¶ *Going short* means selling a stock or commodity that the seller does not have. An investor who goes short borrows stock from his or her broker, hoping to purchase other shares of it at a lower price. The investor will then replace the borrowed stock with the lower priced stock and keep the difference as profit. See also selling short; going long. 투기매도는 매도인이 소유하고 있지 않은 주식 또는 상품을 파는 것이다. 공매(selling short)하는 투자자는 증권회사(broker)로부터 주식을 빌려서 장래 보다 낮은 가격으로 그 주식을 환매하는 것을 기대하고 있다. 그 시점에서 차입주식을 낮은 가격으로 매입한 주식으로 상환하는 것인데, 그 차액이 이익이 된다. selling short[공매(空賣)]; going long(투기매입)도 참조할 것.

gold ⓝ 금, 금화, 금색 ¶ The *gold* is a precious metal that serves as a store of value and medium of exchange. *Gold* is actively traded commodity, and can be bought and sold physically as bullion, coins, jewelry, or financially through the cash-settled futures, options, and other derivatives. [영] 금(金)은 가치의 저장과 교환의 수단의 역할을 하는 귀금속이다. 금은 상품으로 활발히 거래되고 있고, 실제로는 금지금(bullion), 경화, 보석류 또는 재정적으로는 현금으로 결제되는 선물, 옵션과 다른 파생상품을 통해서 매매될 수 있다. /bar *gold* 봉금(棒金)(금의 막대기) /fine [pure, sterling] *gold* 순금 /*gold* and foreign exchange reserves 외화준비 /*gold* and silver bimetallism 금은복본위제도
ⓐ 금의, 금제(金製)의 ¶ *gold* bricks (벽돌모양의) 봉금, (보이기 위한) 금막대기, 금봉의 모조품 /the *gold* clause 금약관 /*gold* coins 금화 /a *gold* embargo 금수출금지 /the *gold* exchange standard 금외환본위제도 /the *gold* export [import] point 금의 현송점 /*gold* fixing 금의 가격결정 /*gold* investment accounts 금투자계정 /*gold* outflow 금유출 /*gold* par value 금평가 /*gold* passbook account 금예금계정 /*gold* parity 금평가 /*gold* point 금의 현송점(現送點) /*gold* reserves 금준비, 정화(正貨)준비 /the *gold* standard [basis] system 금본위제도 /*gold* transactions 금거래 /*gold* tranche 골드 트란슈, [IMF] 외화인출방법(의 일종) /*gold* value 금가치
gold bars 금봉(金棒) ¶ *Gold bars* are bars made out of 99.5% to 99.9% pure gold which can be traded for investment purposes or held by central banks. *Gold bars* range in size from 400 troy ounces to as little as 1 ounce of gold; an individual can either hold or on to these bars or store them in a safe deposit box. Central banks store *gold bars* weighing 400 troy ounces in vaults. In the United States, gold is stored at a few Federal Reserve banks and Fort Knox, for example. In the past, this gold directly backed the American currency, but now it serves mores as a symbolic banking for dollars issued by the Federal Reserve. 금봉은 투자목적으로 거래된다든지, 중앙은행에 의해서 보유되는 99.5%에서 99.9% 순도의 금으로 만들어지는 봉(棒)을 말한다. 금봉의 크기는 400트로이온스에서 1온스까지 여러 가지이다. 개인은 이러한 금봉을 보유한다든지, 또 대금고(貸金庫)에 보관할 수 있다. 중앙은행은 400트로이온스 중량의 금봉을 지하금고실에 보관하고 있다. 예컨대, 미합중국에서는 금은 몇 개의 연방준비은행(Federal Reserve banks)과 포트녹스(Fort Knox)에서 보관된다. 과거에는, 이 금은 미화를 직접 뒷받침하고 있었지만, 오늘날에는 미연방준비제도에 의하여 발행될 달러의 상징적인 뒷받침으로 되고 있다. ~ ***bond*** 금채권 ¶ The *gold bond* is a bond backed by gold. Such debt obligations are issued by gold-mining companies, who peg interest payments to the level of gold prices. Investors who buy these bonds therefore anticipate a rising gold price. Silver mining firms similarly issue silver-backed bonds. 금채권은 금이 뒷받침되고 있는 채권을 이른다. 이러한 채무증권을 금채굴회사에 의해서 발행되고, 금리(interest)가 금가격과 연동하고 있다. 그 때문에, 금가격의 상승을 예기하는 투자자가 이러한 증권을 구입한다. 은채굴회사는 이와 마찬가지로 은에 뒷받침된 채권을 발행하고 있다. ~ ***bullion*** 금지금(金地金) ¶ *Gold bullion*

is gold in its purest form. The metal may be smelted into gold coins or gold bars of different sizes. The price of *gold bullion* is set by market forces of supply and demand. Twice a day, the latest gold price is fixed at the London gold fixing. *Gold bullion* is traded in physical form, and also through futures and options contracts. Certain gold-oriented mutual funds also hold small amounts of *gold bullion*. 금지금(金地金)은 가장 순도가 높은 금을 말한다. 금속이 여러 가지 크기의 금화(gold coin)나 금봉(gold bars)으로 정련(精鍊)된다. 금지금의 가격은 시장의 수요와 공급에 의해서 형성된다. 1일 2회 최신의 금가격이 런던금가격결정(London gold fixing)에 의해서 결정된다. 금지금은 현물(physical form)이나 선물거래(futures contract)이나 옵션(option)거래에서도 거래된다. 일부의 금지향(金指向)의 뮤추얼펀드(mutual fund)도 또한 소량의 금지금을 소유하고 있다. ~ ***certificate*** 금증서(金證書) ¶ The *gold certificate* is a paper certificate providing evidence of ownership of gold bullion. Am investor not wanting to hold the actual gold in his or her home because of lack of security, for example, may prefer to hold gold in certificate form; the physical gold backing the certificate is held in a secure bank vault. Certificate owners pay a small custodial charge each year to the custodian bank. 금증서는 금지금의 소유권을 증명하는 증서이다. 예컨대 안전상의 문제로, 자택에 금을 보유하기 어려운 투자자가 금을 증서의 형식으로 가지기를 희망한다. 이 증서가 뒷받침되는 금현물은 안전한 은행의 금고실에 보관된다. 증서의 소유자는 매년 소액의 보관비용을 보관은행에 지급한다. ~ ***coin*** 금화 ¶ The *gold coin* is a coin minted in gold. Bullion coins are minted by governments and are traded mostly on the value of their gold content. Major gold bullion coins include the American Eagle, the Canadian Maple Leaf, the Mexican Peso, the Australian Kangaroo, and the South African Kruggerand. Other *gold coins*, called numismatic coins, are minted in limited quantity and trade more on the basis of their aesthetic value and rarity, rather than on their gold content. Numismatic coins are sold at a hefty markup to their gold content, and are therefore not as pure a play on gold prices as bullion coins. 금화는 금으로 주조(鑄造)된 경화(硬貨)이다. 금지금금화는 정부에 의해서 주조되어 그 금함유가치로만 거래된다. 주요한 금화는 미국의 이글(eagle)금화, 캐나다의 메이플리프(Maple Leaf), 멕시코의 페소(Mexican Peso), 오스트레일리아의 캥거루(Kangaroos), 남아프리카의 크루거랜드(Kruggerand)이다. 그 밖의 금화는 수집코인(numismatic coins)이라고 하며, 한정된 양으로만 주조되고, 그 금함유량보다도 미술적인 가치나 희소성에 따라 거래된다. 수집코인은 그 금함유량에 근거로 하는 가치에 대폭 상승된 고가로 판매되기 때문에, 금지금금화만큼 금가격상승에 의한 투자묘미는 없다. ~ ***fixing*** 금가격결정 ¶ *Gold fixing* is daily denomination of the price of gold by selected gold specialists and bank officials in London, Paris, and Zürich. The price is fixed at 10:30 a.m. and 3:30 p.m. London time every business day, according to the prevailing market forces of supply and demand. 금가격결정은 런던, 파리, 취리히에서 선발된 금의 전문가나 은행가가 매일 행하는 금가격결정을 말한다. 금가격은 매영업일의 런던시간 오전 10시 30분과 오후 3시 30분에 시장실세를 반영한 수요와 공급에 의해서 결정한다. ~ ***mutual fund*** 골드뮤추얼펀드 ¶ The *gold mutual fund* is a mutual fund investing in gold mining shares. Some funds limit themselves to shares in North American mining companies, while others can buy shares anywhere in the world, including predominantly South Africa and Australia. Such mutual funds offer investors diversification among many gold mining companies, somewhat reducing risks. Still, such funds tend to be volatile, since the prices of gold mining shares lend to move up or down far more than the price of gold itself. Gold funds also tend to pay dividends, since many gold mining companies pay dividends based on gold sales. 골드뮤추얼펀드는 금채굴회사주식에 투자하는 뮤추얼펀드(mutual fund)이다. 어떤 펀드는 투자대상을 북미의 채굴회사만으로 하는 펀드나, 남아프리카나 오스트레일리아를 포함한 전세계를 대상으로 하는 펀드가 있다. 이러한 펀드는 금채굴회사주식의 리스크를 분산을 가져오고, 결과로서 어느 정도의 리스크의 절감을 가능케 한다. 그러나 금채굴회사의 주가가 금의 가격 그 자체보다도 변동이 격심하기 때문에 펀드 자체도 불안정하다. 많은 금채굴회사는 금총판매액에 따라 분배금을 지급하기 때문에, 배당금(dividend)을 분배하는 펀드는 많다. ~ ***reserves*** [영] 금준비금 ¶ The *gold reserves* are the reserves of a country held in the form of gold, typically stored at a centralized repository. Such reserves can be used for specific purposes, such as intervention in the foreign exchange markets; they can also be lent to other countries for defined periods of time. 금준비금은 일반적으로 중앙저장소에 저장하는 금의 형식으로 보유하고 있는 국가의 준비금을 말한다. 그러한 준비금은 외국환시장에 개입(intervention)과 같은 특별한 목적을 위해서 사용될 수 있다. 그 준비금은 또한 일정한 기간 중에 다른 국가에 대여할 수도 있다. ~ ***standard*** 금본위제 ¶ The *gold standard* is a monetary system under which units of currency are convertible into fixed amounts of gold. Such a system is said to be anti-inflationary. The United States has been on the *gold standard* in the past but was taken off in 1971. See also hard money. 금본위제는 통화단위가 어느 일정량의 금과 태환성을 가지는 금융제도를 이른다. 이와 같은 제도는 인플레이션을 억제하는 것이라고 한다. 미합중국은 과거에 금본위제를 채택하고 있었으나, 1971년에 이탈하였다. hard money(경화)도 참조할 것.

goldbug 금(金)신봉자 ¶ The *goldbug* is an analyst enamored of gold as an investment. *Goldbugs* usually are worried about possible disasters in the world economy, such as a depression or hyperinflation, and recommend gold as a hedge. 금신봉자는 투자대상으로서의 금에 사로잡힌 애널리스트(analyst)이다. 그들은 공황이나 하이퍼인플레이션과 같은 세계경제의 위기가 일어날까 걱정하고, 금을 해지(hedge)수단으로 사용할 것을 권한다. ¶ The *gold bug* is an individual who thinks that investors should keep all or part of their assets in the form of gold. The tendency to recommend gold nearly always stems from the *gold bug's* expectation of rapid or uncontrolled growth of the money supply accompanied by high rates of inflation. Some *gold bugs* also predict economic collapse, with gold becoming the standard of payment. 금신봉자는 투자자라면 자신의 자산의 전부 또는 일부를 금의 형식으로 보존하여야 한다고 생각하는 개인을 말한다. 금을 추천하는 풍조는 거의 언제나 높은 비율의 인플레이션에 의해 수반하는 통화공급이 급속하거나 통제되지 않는 성장이라는 금신봉자의 기대에서부터 나온다. 어떤 금신종자는 또 경제의 붕괴가 금을 지급기준으로 하게 될 것이라고 예언하기도 한다.

golden 금색의, 금제(金製)의, (금처럼) 뛰어난 ***golden boot*** 골든부트 ¶ *Golden boot* is inducement, using maximum incentives and financial benefits, for an order worker to take "voluntary" early retirement, thus circumventing age discrimination law. 골든부트는 연령차별에 관한 법률(age discrimination law)에 저촉되지 않도록, 최대한의 장려책이나 경제적 편익을 사용하여 연장근로자에 대하여 자발적 조기퇴직을 촉구하는 대책을 말한다. ~ ***handcuffs*** (전직방지를 위한) 특별우대조치, 골든핸드커프 ¶ *Golden handcuffs* are a contract that ties a broker to a brokerage firm. If the broker stays at the firm, he or she will earn lucrative commissions, bonuses, and other compensation. But if the broker leaves and tries to lure clients to another firm, the broker must promise to give back to the firm much of the compensation received while working there. *Golden handcuffs* are a response by the brokerage industry to the frequent movement of brokers from one to another. 골든핸드커프는 증권외무사원(broker)을 증권회사에 붙들어 매는 계약을 말한다. 외무사원이 회사에 머물고 있는 한, 유리한 수수료나 보너스의 보수를 받을 수 있으나, 외무사원이 회사에 사직하고 고객을 타사에 유인한 경우, 그 외무사원은 거기서 있던 기간 수취했던 보수의 많은 부분을 반납하지 않으면 안 된다. 골든핸드커프는 빈번하게 직장을 옮기는 외무사원에 대한 증권업계의 대항책이라고 말할 수 있다. ~ ***handshake*** (M&A 등에서 제공되는) 특별보수할증퇴직금, 골든핸드쉐이크 ¶ *Golden handshake* is a generous payment by a company to a director, senior executive, or consultant who is let go before his or her contract expires because of a takeover or other development. See also golden parachute. 골든핸드쉐이크는 매수(takeover)에 의해서 계약만료 전에 해고되는 이사(director), 임원(senior executive), 컨설턴트(consultant)에 대하여 회사가 지급하는 좋은 조건의 퇴직금을 이른다. golden parachute(골든패러슈트)도 참조할 것. ~ ***hello*** 골든헬로 ¶ The *golden hello* is a bonus paid by a securities firm, usually in England, to get a key employee away from a competing firm. 골든헬로는 영국에서 통상 사용하는 것인데, 경쟁상대로부터 중요한 사원을 스카우트할 때에 증권회사(securities firm)가 지급하는 보너스를 말한다. ~ ***parachute*** 골든패러슈트(기업을 매수하여 경영권을 장악하려 할 때에 경영진에게 유리한 퇴직의 은전을 주는 계약. 경영자가 패러슈트(퇴직금)로 탈출할 수 있도록 한다는 의미이다.) ¶ A *golden parachute* is a lucrative contract given to a top executive to provide lavish benefits in case the company is taken over by another firm, resulting in the loss of the job. A *golden parachute* might include generous severance pay, stock option, or a bonus. The Tax Reform Act of 1984 eliminated the deductibility of "excess compensation" and imposed an excise tax. The Tax Reform Act of 1986 covered matters of clarification. 골든패러슈트는 회사가 매수되어 그 결과 직장을 잃게 된 경우, 최고경영자에게 다액의 보수를 지급할 것을 약속하는 유리한 계약을 이른다. 골든패러슈트에는 다액의 퇴직수당, 스톡옵션(stock option), 혹은 보너스가 포함된다. 1984년의 세제개혁법(Tax Reform Act of 1984)은 과잉보수의 소득공제(tax deduction)를 금지하고, 물품세(excise tax)를 부과하였다. 1986년의 세제개혁법(Tax Reform Act of 1986)은 의문점을 명확히 하였다.

goldilocks 골디락스 ¶ The *goldilocks* is the economical phenomenon in which the price does not rise up in spite of high economical growth. 골디락스는 높은 경제성장에도 불구하고 물가가 상승하지 않는 경제상황을 뜻한다. ***goldilocks economy*** 골디락스 이코노미 ¶ The *goldilocks economy* is a term coined in the mid-90s to describe an economy that was "not too hot, not too cold, just right," as was the porridge in the children's story of "Goldilocks and the Three Bears." Adroit monetary policy was credited for an economy that enjoyed steady growth with a nominal rate of inflation. See also soft landing. 골디락스 이코노미는 90년대 중엽에 사용된 신조어이다. 영국의 동화 「금발의 소녀와 3마리의 곰」(Goldilocks and the Three Bears)에 나오는 포리지(porridge)(몸을 행구는 온수)처럼, 「지나치게 덥지 않고, 지나치게 춥지 않으며, 바로 적당한」("not too hot, not too cold, just right") 경제를 가리킨다. 교묘한 금융정책이 낮은 인플레이션율과 안정된 경제성장을 가져왔다고 평가되었다. soft landing(연착륙)도 참조할 것.

goldsmith 금(金)세공인, 금장(金匠)(17세기 후반의 금세공인을 겸한 금융업자) ¶ *goldsmith* bankers [banks] 금장은행 /*goldsmith's* notes 금장어음

good ⓐ 좋은, 우량의, 적합한, 자격이 있는, 충분한 ¶*good* coins 진짜 화폐 (*cf.*) false coins; forged coins 가짜 돈 /*good* debts 회수확실한 대금(貸金) (*cf.*) bad debts /*good* delivery bars 거래가능한 적격인도(適格引渡)바(bars)(금의 막대 봉) /*good* faith 선의 /*good* funds 결제자금 /*good* money (같은 날에 이용할 수 있는) 유효한 자금(Fed Funds) /*good* papers 일류(상업)어음 /in *good* funds 유효한 자금으로 /a *good* seller 팔기에 좋은 물품 (*cf.*) a bad seller 팔기에 나쁜 물품 /*good* this month orders [증권] 당월한(當月限) 유효한 주문 /*good* until [till] cancelled orders [증권] 취소하기까지 유효한 주문 /in *good* faith 선의로 (*cf.*) in bad faith 악의로 /with *good* intent 선의로써 ***good delivery*** 완전한 인도, 적격인도 ¶*Good delivery* is securities industry designation meaning that a certificate has the necessary endorsements and meets all other requirements (signature guarantee, proper denomination, and other qualifications), so that title can be transferred by delivery to the buying broker, who is then obligated to accept it. Exceptions constitute bad delivery. See also delivery date. 완전한 인도는 증권업계의 용어로, 필요한 배서(endorsement)가 있고, 필요조건 전부(사인보증, 적절한 액면(denomination), 기타 적격조건)를 충족하고 있으므로, 소유권의 이전(transfer)이 가능한 상태에 있는 경우이다. 매수인측의 증권회사는 good delivery가 행해지면 그것을 수취할 의무가 있다. 문제가 있다면 부적격인도(bad delivery)가 된다. delivery date(인도일)도 참조할 것. ~ ***faith deposit*** 증거금, 체약금 ¶In general, a *good faith deposit* is a token amount of money advanced to indicate intent to pursue a contract to completion. 일반적으로 체약금(締約金)은 계약이행의 의지를 나타내기 위하여 사전에 지급되는 증거금을 이른다. ¶In trading of commodities, a *good faith deposit* is an initial margin deposit required when buying or selling a futures contract. Such deposits generally range from 2% to 10% of the contract value. 상품거래에 있어서, 체약금은 선물계약(futures contract)을 매매할 때의 최초의 증거금을 말한다. 금액은 거래가격의 2%에서 10%의 사이에서 정해진다. ¶In trading of securities, a *good faith deposit* is (1) a deposit, usually 25% of a transaction, required by securities firms of individuals who are not known to them but wish to enter orders with them, (2) a deposit left with a municipal bond issued by a firm competing for the underwriting business. The deposit typically equals 1% to 5% of the principal amount of the issue and is refundable to the unsuccessful bidders. 증권거래에 있어서, 체약금은 (1) 증권회사가 신규의 고객의 거래를 시작할 때에 요구하는 예치금을 이른다. 통상 거래액의 25%이다. (2) 지방채(municipal bond)의 발행자(issuer)에 대하여 인수업무(underwriting)의 획득경쟁을 하고 있는 증권회사가 예치하고 있는 체약금을 이른다. 금액은 발행액의 1%에서 5%의 수준으로 입찰에 패퇴한 경우에는 반환된다. ~ ***money*** 당일자금 ¶In banking, *good moneys* are federal funds, which are good the same day, in contrast to clearing house funds, Clearing house funds are understood in two ways: (1) funds requiring three days to clear and (2) funds used to settle transactions on which there is a one-day float. 은행거래에서, 당일자금은 클리어링 하우스자금(clearing house fund)과는 달리, 당일결제에 유효한 페더럴펀드(federal funds)를 말한다. 클리어링 하우스자금의 특징은 다음과 같다. (1) 결제까지 3일이 걸리는 자금과 (2) 현금화까지에 1일이 걸리는 자금이다. ¶The Gresham's Law is a theory that money of superior intrinsic value, "*good money*," will eventually be driven out of circulation by money of lesser intrinsic value. See also Gresham's Law. 그레샴법칙이란 뛰어난 실질가치를 가지는 통화, 즉 「양화」(good money)는 실질가치에 있어서 떨어지는 통화, 즉 「악화」(bad money)에 의해서 결과적으로 유통과정에

서 구축(驅逐)당한다는 이론이다. Gresham's Law(그레샴법칙)도 참조할 것. ~ ***through*** 유효기간 지정자주문 ¶The *good through* is an order to buy or sell securities or commodities at a stated price for a stated period of time, unless canceled, executed, or changed. It is a type of limit order and may be specified GTW (good this week). GTM (good-this-month order), or for shorter or longer periods. 유효기간 지정자주문이란 취소된다든지, 집행(execution)된다든지 혹은 변경된다든지 하지 않는 한, 특정한 기간, 특정한 가격으로 증권이나 상품을 매매하는 주문을 이른다. 이것은 지정가주문(limit order)의 일종인데, 주간내 유효주문(good-this-week-order: GTW)이나 당월내 유효주문(good-this-month-order: GTM), 또는 보다 단기간, 혹은 보다 장기간의 유효한 주문이 있다. ~ ***title*** 흠없는 권리 → clear title [하자 없는 권원(權原)].

n. 선(善), 이익

goodbye kiss 굿바이키스 → greenmail (그린메일).

goods *n.* (*pl.*) 상품, 물품, 재산 ¶capital *goods* 자본재 /consumer *goods* 소비재 /dry capital *goods* 자본재 /durable *goods* 내구(소비)재 /*goods* and chattels 일체의 동산, 가구가재(家具家財) /*goods* and services 재화 및 용역 /*goods* credit 상품금융 /*goods* in bond 보세품(bonded goods) /*goods* in process 제작중인 물품 /*goods* in stock 재고품 /*goods* in transit 운송중의 화물 /*goods* on consignment 위탁상품, 수탁상품 /*goods* on hands 재고상품, 상품재고 /*goods* to arrive 미착상품 /non-durable *goods* 비내구재(非耐久財) /seasonable *goods* 계절품 ***goods market arbitrage*** 상품차익거래 ¶The *goods market arbitrage* is to obtain profits by buying goods from the countries of low prices and selling them to the countries of high prices when the prices of same goods are different between the countries. 상품차익거래란 동일한 상품의 가격이 국가 간에 차이가 나는 경우, 가격이 낮은 국가에서 해당 상품을 구입해 가격이 높은 국가에 판매함으로써 이익을 얻는 것을 말한다.

good-this-month order (GTM) 당월내(當月內) 유효주문 ¶The *good-this-month order* (*GTM*) is an order to buy or sell securities (usually at a limit price or stop price set by the customer) that remains in effect until the end of the month. In the case of a limit price, the customer instructs the broker either to buy at the stipulated limit price or anything lower, or to sell at the limit price or anything higher. In the case of a stop price, the customer instructs the broker to enter a market order once a transaction in the security occurs at the stop price. A variation on the *GTM* order is the good-this-week-order (GTW), which expires at the end of week if it is not executed. See also day order; good-till-canceled order; limit order; open order; stop order. 당월내 유효주문은 그 월말까지 효력을 가지는 증권의 매매주문(통상은 지시가격, 가격지정가주문에서 고객에 의하여 집행가격이 결정되고 있다)을 이른다. 지사가격의 경우, 결정되고 있던 지시가격이 그 이하로 구입할 것인지 또는 그 지시가격 이상으로 매각할 것인지를, 고객은 증권회사에 지시해 둔다. 가격지정가주문의 경우에는, 고객이 증권회사에 지정한 가격지정가로의 거래가 시장에서 일단 성립하였다면, 시세주문을 내도록 지시한다. 이런 종류의 주문방식으로서는, 그 주간(週間)에만 유효한 good-this-week-order(GTW: 주간내 유효주문)도 있다. 이것은 주문이 집행되지 않더라고 주말에 무효가 된다. day order(당일유효주문); good-till-canceled order(취소까지의 유효주문); limit order(지정가주문); open order(오픈방식의 주문); stop order(가격지정주문)도 참조할 것.

good-till-canceled order (GTC) 취소까지의 유효주문 ¶ The *good-till-canceled order* (*GTC*) is a brokerage customer's order to buy or sell a security, usually at a particular price, that remains in effect until executed or canceled. If the *GTC* order remains unfilled after a long period of time, a broker will usually periodically confirm that the customer still wants the transaction to occur if the stock reaches the target price. See also day order; good-this month-order; open order; target price. 취소까지의 유효주문은 통상은 지정가격으로 실행되든가 취소되기까지 유효한 증권매매주문을 이른다. 이 주문이 장기간에 걸쳐 성립되지 않고 방치되고 있는 경우, 증권회사는 고객에게 정기적으로 주가가 희망가격에 도달한 때에 매매의사의 유무를 확인한다.

goodwill; good will 성가(聲價), 영업권 ¶ The *goodwill* is an intangible asset representing going concern value in excess of asset value paid by a company for another company in a purchase acquisition. Under Financial Accounting Standard Board (FASB) rule 142 issued June 2001, *goodwill* cannot be amortized unless an impairment test is satisfied. Before that ruling, *goodwill* and related intangible assets were amortized and deducted on a straight-line basis over a 15-year-period. 영업권은 퍼처스법(Purchase Act)에서 매수를 한 경우, 매수액(買收額)이 피매수기업의 자산을 초과하는 계속기업가치(going concern value)를 의미하는 무형자산(intangible asset)을 말한다. 2001년 6월에 공표된 재무회계기준심의회(Financial Accounting Standard Board: FASB)의 기준서 142호에 의하여, 영업권은 훼손테스트를 충족하지 않는 한, 상각하지 못하게 되었다. 그 규칙이 시행되기 이전에는, 무형자산에 관련된 영업권은 15년 이상의 정액상각법(straight-line depreciation)에서 상각, 공제할 수 있었다.

governance [영] 거버넌스, 기업지배 ¶ The *governance* is a formal process/structure intended to ensure a company's executive and directors perform their assigned duties and responsibilities diligently, so that stakeholders generally, and shareholders specifically, are properly protected. *Governance* may be enforced internally, through a board of directors with independent oversight of the executive team, financial controls, policies, and executive compensation which is aligned with shareholder interests. It may also be enforced externally through regulatory requirements, controlling shareholder oversight, and corporate control activities. Also known as corporate governance. 거버넌스는 회사의 임원과 이사들이 그들의 수임한 직책과 책임을 성실하게 수행하여 이해관계자(stakeholders)가 일반적으로 주주들은 구체적으로 적절히 보호받는 것을 확실히 하려고 하는 형식적 과정/구조를 말한다. 거버넌스는 집행팀의 독립된 감시권을 가지는 이사회를 통해서 내부적으로는 재무관리, 정책, 및 주주이해와 맞물린 임원보상을 강요될 수밖에 없다. 또는 거버넌스는 규제의 필요요건을 통해서 외부적으로 지배주주의 감시권과 회사의 감시활동을 강요될 수밖에 없다. 이는 corporate governance (회사의 지배구조)로도 알려져 있다.

governing law 준거법(applicable law) ¶ At the outset when an agreement is made, the parties to the contract (particularly if they are based in different jurisdictions) ought to agree on the place of forum where disputes will be resolved and the *governing law* of the contract, and to incorporate these into the written contract. 계약이 체결되는 당초에, 계약의 당사자(특히 당사자가 상이한 사법관할권에 거점을 두는 경우)가 분쟁이 해결되는 법정지(法廷地)와 준거법(準據法)에 관해 합의하고 그것들은 성문계약서에 편입해 두어야 한다.

government 정치, 행정, (*pl.*) 정부증권 ¶ *government* bills 정부단기증권 /*government* bond 정부채, 국채, 행정공채 /*government* bonds for the purpose of public works 건설공채 /*government* bonds for tax deduction 감세국채 /*government* bonds in foreign currency 외화국채 /*government* compensation bonds 교부공채 /*government* current expenditures 경상지출 /*government* enterprises 정부기업 /*government* financial institutions [agencies] 정부금융기관 /*government* funds 공금(公金) /*government* fund transactions 국고수지 /*government* guaranteed bonds 정부보증채 /*government* notes 정부지폐 /*government* procurement 정부조달 /*government* run 정부계(係)(의) /the *government* sector 정부부분 /*government* spending 정부지출 /a *government* subsidy 국고보조금 /*government* to *government* trade 정부간무역[거래] /*government* transactions 정부거래
government accounting 정부회계, 공(公)회계 ¶ The *government accounting* is principles and procedures in accounting for federal, state, and local governmental units. The National Council on *Governmental Accounting* establishes rules. There is also a governmental group in the FASB. Unlike commercial accounting for corporations, encumbrances and budgets are recorded in the accounts. Assets of a governmental unit are restricted for designated purposes. → modified accrual 정부회계는 연방, 주, 및 지방정부단위의 회계상의 원칙과 절차를 말한다. 정부회계에 관한 국가회의(National Council)는 이런 규칙을 정립한다. 또 재무회계기준심의회(FASB: Financial Accounting Standards Board)에서도 정부그룹이 있다. 기업을 위한 상업회계와는 달리, 채무(encumbrances)와 운영비는 정부회계에 기록된다. 정부단위의 자산은 지정된 목적 때문에 제한된다. → modified accrual (수정발생주의회계). ~ ***bill*** [영] 정부단기증권 ¶ The *government bill* is a money market instrument issued by a governmental authority as a funding mechanism and a tool for conducting monetary policy. Bills are often issued on a discount, rather than coupon-bearing, basis, and typically have maturities extending from 1 week to 1 year. Those issued by governments of industrialized nations are considered to be highly liquid and extremely creditworthy, with virtually no risk of default. See also government bond. 정부단기증권은 자금조달메커니즘으로서 정부당국이 발행하는 단기금융상품(money market instrument)이고 통화정책을 행하기 위한 수법이다. 정부단기증권은 이자부(coupon-bearing)보다 도리어 할인(discount) 베이스로 발행되기도 하며, 일반적으로 만기가 1주에서 1년간에 이른다. 산업화한 국가의 정부가 발행하는 단기증권은 매우 유동적이고 극히 지급능력이 있으며, 사실상 디폴드의 위험은 전혀 없다고 생각된다. government bond(정부채)도 참조할 것. ~ ***bond*** [영] 정부채(債) ¶ The *government bond* is a debt instrument issued by a governmental authority as a funding mechanism. *Government bonds* are generally issued on a fixed rate or floating rate, coupon-bearing, basis, with maturities extending from 1 to 30 years; those within the 1 to 10-year sector may be referred to as government notes. Some countries also feature inflation-linked securities within their government issuance programs. *Government bonds* issued by industrialized nations are generally quite liquid (and may be very liquid in the benchmark) and extremely creditworthy, with virtually no risk of default. See also government bill. 정부채(債)는 정부당국이 자금조달메커니즘으로서 발행한 채무증서(debt instrument)이다. 정부채는 일반적으로 만기가 1년에서 30년 이내에 이르고, 고정금리, 또는 유동금리, 이자부(coupon-bearing) 베이스로 발행된다. 1년에서 10년 이내의 정부채는 정부지폐(government note)라고 말할 수 있다. 일부국가에서도 정부

발행계획 내에서 인플레이션연계 증권을 특징으로 삼고 있다. 산업화한 국가에서 발행한 정부채는 일반적으로 매우 유동적이고 (기준에서 매우 유동적일 수 있다) 극도로 지급능력이 있으며, 실제로 디폴트의 위험은 전혀 없다. government bill(정부단기증권)도 참조할 것. ***Government National Mortgage Association (GNMA)*** 정부주택모기지협회 ¶ The *Government National Mortgage Association* (*GNMA*) is a government-owned corporation, nicknamed Ginnie Mae, which is an agency of the U.S. Department of Housing and Urban Department. *GNMA* guarantees, with the full faith and credit of the U.S. Government, full and timely payment of all monthly principal and interest payments on the mortgage-backed pass through securities of registered holders. The securities, which are issued by private firms, such as mortgage bankers and savings institutions, and typically marketed through security broker-dealers, represent pools of residential mortgages insured or guaranteed by the Federal Housing Administration (FHA), the Farmer's Home Administration (FmHA), or Veterans Administration (VA). See also Federal Home Loan Mortgage Corporation; Federal National Mortgage Association; Ginnie Mae pass-through. 정부주택모기지협회는 정부소유의 형태를 취하고 있는 미국주택개발처의 기관을 이른다. 통칭 지니메이(Ginnie Mae)라고 한다. 미국정부의 충분한 신뢰와 신용(full faith and credit)하에, 지니메이는 주택론(loan)을 뒷받침하는 패스트루증권의 등록소유자에 대해서, 매월의 기일대로 만액(滿額)의 원리금지급을 보증한다. 모기지은행(mortgage banker)이나 저축기관(saving institution)의 민간금융기관에 의하여 발행되고, 통상은 증권회사를 통해서 판매되는 이 증권은 미연방주택청(Federal Housing Administration: FHA), 농업주택청(Farmer's Home Administration: FHA), 퇴역군인처(Veteran Administration: VA)에 의해서 보증된 일군(一群)의 주택론(loan)의 풀(pool)을 뒷받침하고 있다. Federal Home Loan Mortgage Corporation(연방주택대출모기지공사); Federal National Mortgage Association(연방모기지협회); Ginnie Mae pass-through(지니메이 패스트루증권)도 참조할 것. ***Government obligations*** 연방정부채무 ¶ The *Government obligations* are U.S. government debt instruments (Treasury bonds, bills, notes, savings bonds) the government has pledged to repay. See Governments. 연방정부채무란 미국정부가 지급을 약속하고 있는 미국정부채권을 말한다. 미재무부장기증권(Treasury bond), 단기증권(Treasury bill), 중기채권(Treasury notes), 저축채권(savings bond)의 채무를 이른다. ***Governments*** 연방정부채권 ¶ *Governments* are: (1) securities issued by the U.S. government, such as Treasury bills, bonds, notes, and savings bonds. *Governments* are the most creditworthy of all debt instruments since they are backed by the full faith and credit of the U.S. government, which if necessary can print money to make payments. Also called Treasuries, and (2) debt issued of federal agencies, which are not directly backed by the U.S. government. See also government securities. 연방정부채권은: (1) 미국정부가 발행한 재무부 장기채권(Treasury bond), 단기채권(Treasury bill), 중기채권(treasury note), 저축채권(savings bond)과 같은 채권을 말한다. 국채는 연방정부의 충분한 신뢰와 신용(full faith and credit)에 의하여 뒷받침되어 그의 지급을 위해서 정부는 필요하다면 지폐를 인쇄하여 지급할 수 있기 때문에 모든 채권 중에서 가장 신용력이 높은 채권이다. 이를 재무부증권(Treasuries)이라고도 한다. 그리고 (2) 연방정부채권이란 미국정부기관에 의하여 발행된 채권(Federal Agency securities)이다. 미국정부에 의하여 직접 보증되는 것은 아니다. Government securities(정부증권)도 참조할 것. ***Government securities*** 국채, 정부증권(governments) ¶ *Government securities* are securities issued by U.S. Government agencies, such as the Resolution Funding Corporation (REFCORP) or the Federal Land Bank; also called agency securities. although these securities have high credit ratings, they are not considered to be government obligations and therefore are not directly backed by the full faith and credit of the government as Treasuries are. See also agency securities. 정부증권은 정리자금조달공사(Resolution Funding Corporation: REFCORP), 연방토지은행(Federal Land Bank)과 같은 미국정부기관(U.S. Government agency)에 의하여 발행된 채권을 말한다. 이를 agency securities라고도 한다. 이러한 증권의 신용등급(credit rating)은 높지만, 미연방정부채무(Government obligation)라고는 볼 수 없으며, 미재무부증권(Treasuries)과 같이 연방정부의 충분한 신뢰와 신용(full faith and credit)의 뒷받침은 없다. agency securities(정부기관증권)도 참조할 것. ***Government Securities Clearing Corporation (GSCC)*** 미국정부증권결제기관 ¶ The *Government Securities Clearing Corporation* (*GSCC*) is a nonprofit subsidiary of the National Securities Clearing Corporation (NSCC) that provides clearing and settlement of United States government securities. 미국정부증권결제기관은 미국정부증권의 결제기능을 다하는 전미증권결제기구(National Securities Clearing Corporation: NSCC)의 비영리의 자법인(子法人)이다. ***Government-sponsored enterprise (GSE)*** [영] 정부지원기업 ¶ In the U.S., the *Government-sponsored enterprise* (*GSE*) is as authorized by the U.S. Congress, a private corporations that serve a significant public purpose, most related to vital sector such as housing, agriculture, education, and energy. *GSEs* are responsible for ensuring the sufficient allocation of credit into sectors deemed to serve the public interest. In other countries such tasks may be undertaken by state-owned enterprise, public sector undertakings, or quasi autonomous nongovernmental organization, and nongovernmental organization. See also Federal Agricultural Mortgage Corporation, Federal National Mortgage Association; Federal Home Loan Mortgage Corporation; Government National Mortgage Association. 정부지원기업은 미국의회의 권한을 부여받아서 주택, 농업, 교육, 및 에너지와 같은 대부분 국민생활과 필요한 부분에 관계가 있는 중요한 공공의 목적을 위해 힘을 쓰는 민간회사(private corporation)를 말한다. 정부지원기업은 공공의 이해에 봉사한다고 인정되는 부분에 금융의 충분한 배분을 확립할 책임이 있다. 다른 국가에서는 그러한 책무는 국가소유의 기업, 공공부분사업 또는 준자치비정부기관 및 비정부기구에 의해 떠맡을 수 있다. Federal Agricultural Mortgage Corporation(미연방농업금융모기지협회); Federal National Mortgage Association(연방모기지협회); Federal Home Loan Mortgage Corporation(연방주택대출모기지공사); Government National Mortgage Association(미정부주택모기지협회)도 참조할 것.

governmental 정부[정치, 국가정치]의, 국영의 ¶ *governmental* fund 정부자금, 공금

grace 은혜, 지급유예(기간) ¶ exclusive of days of *grace* (어음의) 지급유예기간을 제외하고 /*grace* of repayment 반환유예 /a period of two weeks' *grace* 2주간의 반환유예 ***days of grace; period of grace; grace period*** 지급유예기간, 거치(据置)기간(영국어음법에서는 어음기일 플러스 3일간이 은혜일. 미국에서는 상관습으로서 인정되고 있다.) ¶ A *grace period* is a period of time provided in most loan contracts and insurance policies during which default or cancellation will not occur even though payment is due. 지급유예기간은 대부분의 론(loan)계약이나 보험계약(insurance policy)이 정하고 있는 유예기간을 이른다. 이 기간은 지급기한이 지나더라도, 채무불이행(default)이 된다든지 계약이 취소된다든지 하는 일은

없다. ¶ In credit cards, a *grace period* is a number of days between when a credit card bill is sent and when the payment is due without incurring interest charges. Most banks offer credit card holders a 25-day grace period, though some offer more and others fewer days. 크레디트카드에서, 지급유예기간은 크레디트카드의 지급명세서가 송부된 날로부터 지급일까지의 이자가 붙지 않는 일수(日數)이다. 대부분의 은행은 크레디트카드소유자에게 25일의 유예기간을 설정하고 있지만, 그보다도 긴 경우도 있는가하면, 짧은 경우도 있다. ¶ In insurance, a *grace period* is a number of days, typically 30, during which insurance coverage is in force and premiums have not been paid. 보험에서 지급유예지간은 일반적으로는 30일간, 이 기간에는 보험료(insurance premium)가 납부되지 않더라고 보험은 유효하다. ¶ In loans, a *grace period* is a provision in some long-term loans, particularly Eurocurrency syndication loans to foreign governments and multinational firms by groups of banks, whereby repayment of principal does not begin until some point well into the lifetime of the loan. The *grace period*, which can be as long as five years for international transactions for corporations, is an important point of negotiation between a borrowers and a lender; borrowers sometimes will accept a higher interest rate to obtain a longer *grace period*. 대출(loans)에 있어서, 거치기간은 장기채무, 특히 외국정부나 다국적기업(multinational corporation)에 대한 은행단에 의한 유로통화(Eurocurrency) 신대케이트융자(syndication loan)의 규정에서, 원금의 상환은 융자계약기간중의 어느 시점까지 행해지지 않는다고 하는 조항을 이른다. 기업에 대한 국제적 융자의 경우에는, 거치기간은 차입자와 대여자간의 중요한 교섭과제이고, 차입자는 보다 장기간의 유예기간을 얻기 위하여, 보다 높은 이율을 받아들이는 경우도 있다. 최장 5년이라는 경우도 있을 수 있다.

gradation 단계적 변화, 점차적 이행(移行), 단계, (외환시장의) 등급

grade [n.] 등급 ¶ high-*grade* 고품위 /low-*grade* 저품위 /top *grade* 최고위 [v.] 등급을 매기다 ¶ *graded* goods 등급품 /*graded* tax 차율세(差率稅)

grading 등급매김, 신용평가 ¶ The *grading* is the standards applied in defining the quality of a commodity in order to ensure consistency in pricing, trading, and delivery under both physical and derivative contracts. 등급매김은 실제계약과 파생상품계약 하에서 가격결정, 거래행위와 인도(引渡)에 일관성을 확보하기 위하여 상품의 품질을 규정하는 데 적용되는 기준을 말한다.

graduated 단계적인, 등급이 있는 ¶ *graduated* income tax 누진소득세 /*graduated* taxation 누진과세 ***graduated call writing*** 행사가격단계적 인상콜(call), 라이팅(writing)전략 ¶ The *graduated call writing* is a strategy of writing (selling) covered call options at gradually higher exercise prices so that as the price of the underlying stock rises and the options are exercised, the seller winds up with a higher average price than the original exercise price. The premiums naturally rise as the underlying stock rises, representing income to the seller that helps offset the loss if the stock should decline. 행사가격단계적 인상콜(call)은 행사가격(exercise prices)을 단계적으로 높게 해서 커버드콜옵션(covered call options)을 매도하는 전략이므로 대상이 되는 주가가 상승함에 따라 옵션이 행사되기 때문에, 매도인은 최초의 행사가격보다도 높은 평균가격을 달성할 수 있다. 매도인의 수입이 되는 옵션료(premium)는 주가가 상승함에 따라 자연히 올라가고, 주가가 하락한 경우의 손실을 상쇄하는 데에 도움을 준다. ~ ***flat tax*** 누진균일과세 ¶ The *graduated flat tax* is a compromise between a flat tax and a progressive tax, such as the modified flat system instituted by the Tax Reform Act of 1986, with its fewer tax brackets and lower rates. 누진균일과세는 1986년의 조세개혁법(Tax Reform Act of 1986)에서 규정된 수정균일과세(modified flat tax)와 같이, 균일과세(flat tax)와 누진과세(progressive tax)의 중간적인 과세 방법이고, 이 과세방법에서는 과세구분(tax bracket)이 적고, 소득세율도 낮다. ~ ***lead*** 리스료변동리스 ¶ *Graduated lease* is longer-term lease in which payments, instead of being fixed, are adjusted periodically based on appraisals or a benchmark rate, such as increased in the consumer price index. 리스료변동 리스는 리스료를 고정시키지 않고, 재평가나 소비자물가지수(consumer price index)와 같은 기준지표의 변동에 근거해서 정기적으로 리스료를 조정하는 장기리스계약을 말한다. ~ ***payment mortgage (GPM)*** 누진적원리금 지급모기지 ¶ The *graduated payment mortgage* (*GPM*) is a mortgage featuring lower monthly payments at first, which steadily rise until they level off after a few years. *GPMs*, also known as "jeeps," are designed for young couples whose income is expected to grow as their careers advance. A *graduated payment mortgage* allows such a family to buy a house that would be unaffordable if mortgage payments started out at a high level. Persons planning to take on such a mortgage must be confident that their income will be able to keep pace with the rising payments. See also adjustable-rate mortgage; conventional mortgage; reverse-annuity mortgage; variable-rate mortgage. 누진적원리금 지급모기지는 월액 상환액이 처음에는 적고, 서서히 증가하여 몇 년 후에는 일정하게 되는 주택론(loan)모기지(mortgage)이다. "jeeps"라고도 하는 이런 종류의 주택론은 경력을 쌓는 동안 수입증가가 기대되는 젊은 부부를 위해 설계되어 있다. 누진적원리금 지급모기지(GPM)는 매달의 상환금액이 처음부터 높으면, 구입할 수도 없는 가옥을 구입할 수 있게 하고 있다. 이러한 차입을 계획하고 있는 사람은 수입이 지급의 상승에 따라 상승한다는 확신이 서 있어야 한다. adjustable-rate mortgage(변동금리모기지); conventional mortgage(무보증부동산담보주택론); reverse-annuity mortgage(역연금모기지); variable-rate mortgage(변동금리주택론)도 참조할 것. ~ ***security*** 졸업종목 ¶ The *graduated security* is a security whose listing has been upgraded by moving from one exchange to another – for example, from the American Stock Exchange to the more prestigious New York Stock Exchange, or from a regional exchange to a national exchange. An advantage of such a transfer is to widen trading in the security. 졸업종목이란 상장거래소가 다른 상장거래소로 이동함으로써 상장거래가 격상된 종목을 말하며, 예컨대 아메리칸증권거래소(American Stock Exchange)에서 더 유명한 뉴욕증권거래소로, 또는 지역증권거래소(regional stock exchange)에서 전국적인 증권거래소(national stock exchange)로 이동하는 경우이다.

Graham and Dodd method of investing 그래함-도드투자법 ¶ The *Graham and Dodd method of investing* is fundamental investment approach outlined in Benjamin Graham and David Dodd's landmark book Security Analysis, published in the 1930s. Graham and Dodd founded the modern discipline of security analysis with their work. They believed that investors should buy stocks with undervalued assets and that eventually those assets would appreciate to their true value in the marketplace. Graham and Dodd advocated buying stocks in companies where current assets exceed current liabilities and all long-term debt, and where the stock is selling at a low price/earning ratio. They suggested that the stocks be sold after a profit objective of between 50%

and 100% was reached, which they assumed would be three years or less from the time of purchase. Analysts today who call themselves Graham and Dodd investors hunt for stocks selling below their liquidation value and do not necessarily concern themselves with the potential for earning growth. 그래함-도드투자법은 1930년대에 출판된 벤자민 그래함(Benjamin Graham)과 데비드 도드(David Dodd)의 역사에 남는 저작「증권분석」(Security Analysis)에서 서술된 투자수법을 말한다. 두 사람은 그 저서로 현대적 증권분석의 기초를 세웠다. 그들은 투자자는 시장에서 과소평가되고 있는(undervalued) 자산을 가지는 주식을 구입해야 하고, 그러면 자산은 시장에서 본래의 가치까지 올라간다고 믿었다. 그래함과 도드는 유동자산(current assets)이 유동부채(current liabilities)와 장기부채(long-term debt)를 상회하고, 낮은 주가수익률(price earnings ratio: PER)로 주가가 거래되고 있는 기업의 주식을 구입할 것을 권하였다. 그들은 구입에서 3년 이내라고 하는 상정(想定)에서 이익목표의 50%에서 100%에 도달한 시점에서 매각하도록 제창했다. 오늘날 그래함-도드투자자라고 불리는 애널리스트는 청산가치(liquidation value)보다도 낮은 주식을 찾고 있으며, 반드시 수익향상의 가능성은 고려하고 있지 않다.

grain (*col.*) 곡물(穀物), 곡류 ¶ *grain* brokers 곡물브로커 /*grain* trade 곡물거래, 곡물무역

Gramm-Leach-Billey Act → Financial Services Modernization Act of 1999 (1999년 금융서비스근대화법) ¶ The *Financial Services Modernization Act of 1999* is a law enacted November 12, 1999, also known as the *Gramm-Leach-Bliley Act*, that repealed parts of the Glass-Steagall Act of 1933 and the Bank Holding Company Act of 1956, eliminating remaining firewalls between banks, securities firms, and insurance companies. The Act permits commercial banks, merchant banks, securities firms and insurers to affiliate through a structure called the financial holding company. Nationally chartered banks are permitted to engage in most financial activities through direct subsidiaries. The principle of functional regulation is maintained, meaning banking activities are regulated by bank regulators, securities activities by securities regulators, and insurance regulators by (state) insurance regulators (who are prohibited from interfering with non-insurance financial activities). Activities permitted Financial Holding Companies and the financial subsidiaries of national banks include lending, exchanging transferring, investing for others, or safeguarding money or securities; engaging in insurance activities, including insuring and acting as principal, agent, or broker for all types of insurance, including health; financial advice, including advising an investment company, issuing or selling instruments representing interests in pools of assets permissible for a bank to hold indirectly; underwriting, dealing in, or making a market in securities with no limitation as to revenue; directly or indirectly acquiring a company or other entity engaged in any activity that is not financial in nature as a bona fide underwriting or merchant banking activity; engaging in any activity that a Bank Holding Company may engage in outside the United States and that the Federal Reserve Board has determined to be usual in connection with the transaction of banking or other financial operations abroad; insurance company portfolio investments; and activities previously permissible as closely related to banking. 1999년 금융서비스근대화법은 1999년 11월 12일에 성립한 법률로, 그램-리치-블라일리법(Gram-Leach-Bliley Act)으로서도 알려지고 있는 이 법률은 1933년 글래스-스티갈법(Glass-Steagall Act of 1933)과 1956년 은행지주회사법(Bank

Holding Company Act)의 일부를 폐지하여 은행, 증권회사, 보험회사간의 화이어월즈(업부간의 분리)(firewalls)를 철폐하였다. 이 법률에 의하여 상업은행(commercial bank), 머천트뱅크(merchant bank), 증권회사(securities firm), 보험회사는 금융지주회사(financial holding company)를 설립하는 데에, 각각의 분야에 참여할 수 있게 되었다. 또 국법은행(National Bank, nationally chartered bank)은 자회사를 통해서 대부분의 금융업무를 영위하게도 되었다. 다만, 금융규제에 관한 방침에 관하여는 종래대로의 형식이 유지되어 은행은 은행의 감독당국, 증권회사는 증권의 감독당국, 그리고 보험회사는 각주의 보험감독당국이 계속 감독한다(보험감독당국은 보험업무 이외에 관하여는 간섭할 수 없다). 금융지주회사나 국법은행의 자회사가 행하는 업무는 대출(lending), 환(exchanging), 송금(transferring), 투자(investing), 현금이나 증권의 보호예치(safeguarding money or securities), 본인(principal), 대리인(agent), 혹은 주선업자(broker)로서 건강보험 등 모든 종류의 보험에 관한 보험계약의 인수나 판매행위, 투자회사(investment company)의 권장을 포함하여 투자자문업무(financial advice), 은행이 간접적으로 보유할 수 있는 자산의 풀(pool)의 발행이나 판매, 제한을 받지 않고 수익원으로서 증권의 인수(underwrite), 자기계좌에 의한 증권매매, 그리고 마켓메이킹(market making), 순수한 인수업무(underwriting) 혹은 머천트뱅킹업무(merchant banking)로서 금융업무 이외의 업무에 참여하고 있는 기업이나 사업체의 직접적, 혹은 간접적인 매수(acquiring), 은행지주회사(bank holding company)가 미국 외에서 허용되어 모든 업무 및 연방준비제도이사회(Federal Reserve Board)가 은행 및 금융업무에서 통상의 해외업무로서 인정되고 있는 모든 업무, 보험회사의 포트폴리오(portfolio)에의 투자(investment), 그리고 종래 은행업무에 가까운 업무로서 인정되고 있던 업무 등이다.

grand [미속] 1,000달러

grandfather clause 조부(祖父)조항, (법령의 적용제외를 인정한) 기득권자제외조항 ¶The *grandfather clause* is a provision included in a new rule that exempts from the rule a person or business already engaged in the activity coming under regulation. For example, the Financial Accounting Standards Board might adopt a rule effective in 1998 relating, say, to depreciation that, under a *grandfather clause*, would exempt assets put in service before 1998. 조부조항이란 새로운 규칙에 의하여 제약을 받게 되는 활동에 이미 종사하고 있는 개인이나 기업은 새로운 규칙의 적용외가 되는 것을 규정하고 있는 조항을 이른다. 예컨대, 재무회계기준심의회(Financial Accounting Standards Board: FASB)가 1998년이래 유효하게 되는 감가상각(depreciation)규칙을 채용한다고 하자. 이 경우에, 조부조항이 있다면, 1998년 이전에 사용에 제공되고 있던 자산은 신규칙의 적용에서 제외된다.

grant Ⓥ 수여하다, 승낙하다, 승인하다, 시인하다 ¶*granting* of credit 신용공여 Ⓝ 허가, 인가, 수여, 교부, [법] 양도, 양여 ¶*grant* bond 교부국채[공채] /*grant* element (정부개발원조, Official Development Assistance: ODA) 증여비율, 그랜트엘리먼트(증여상당부분), 원조조건완화지수

grantee 보조금의 수령인, 양수인 ¶The *grantee* is a party to whom the title to real property is conveyed; the buyer. 양수인은 부동산의 권원(title)을 양수 받는 자이다. 즉, 매수인이다.

grantor 옵션의 매도인, 재산양여자 ¶In investments, a *grantor* is an option trader who sells a call or put option and collects premium income for doing so. The grantor sells the right to buy a security at a certain price in the case of a call, and the right to sell at a certain price in the case of a put. 투자에

있어서, 옵션의 매도인은 콜옵션(call option) 혹은 풋옵션(put option)을 매도함으로써 옵션수수료(premium income)를 취하는 옵션트레이더를 말한다. 옵션의 매도인은 콜의 경우에는 증권을 어느 특정한 가격으로 매수할 권리를 매도하고, 풋의 경우에는 어느 특정한 가격으로 매도할 권리를 매도한다. ¶In law, a *grantor* is one who executes a deed conveying title to property or who creates a trust. The *grantor* of an irrevocable grantor trust is taxed on the income. Where title to property is irrevocably transferred, as with a Qualified Personal Residence Trust (QPRT), the *grantor* is responsible for property taxes and normal expenses of repair. Also called a settlor. See also Grantor Retained Income Trust (GRIT). 법률에서, 재산양여자는 재산의 양도증서(deed conveying title to property)의 집행을 행하는 자 혹은 신탁(trust)을 설정하는 자이다. 취소불능의 증여자신탁(irrevocable grantor trust)의 신탁수익에 대한 과세는 설정자에 대해서 행해진다. 재산의 소유권(title to property)이 변경 · 취소불능한 형식으로 이전한 경우에는, 증여자는 부동산세(property tax)나 통상의 유지비를 부담하여야 한다. 이 점은 적격개인주택신탁(Qualified Personal Residential Trust)과 동일하다. 이를 settlor(재산양여자)라고도 부른다. Grantor Retained Income Trust(재산양여자 수입유보신탁)도 참조할 것. ***Grantor Retained Income Trust* (*GRIT*)** 재산양여자수입유보신탁 ¶The *Grantor Retained Income Trust* (*GRIT*) is a type of trust designated to save estate taxes in the event the grantor outlives the trust termination date. Under such a trust, which must be irrevocable and have a life of at least 15 years, the grantor transfers property immediately to the beneficiary but receives income until termination, at which time the beneficiary begins receiving it. At that point the grantor pays a gift tax based on the original value of the gift. When the grantor dies, the gift is added back to the grantor's estate at the value as of the day of the gift, not its (presumably) higher current value. 재산양여자수입유보신탁은 재산양여자(grantor)가 신탁만료일보다도 오래 사는 경우에, 상속세(estate tax)를 절감하도록 설계된 신탁(trust)을 이른다. 이와 같은 신탁은 기간이 최저 15년이고, 취소불능신탁(irrevocable trust)이 아니면 안 되며, 재산양여자는 신탁수익자(beneficiary)에게 재산을 바로 양도하지만, 신탁재산에서의 수입은 신탁기간만료시까지 재산양여자가 수취한다. 신탁만료시점에서 신탁수익자가 그 수입을 수취하기 시작하고, 그 시점에서 재산양여자는 증여재산의 신탁개시시점의 자산가치에 근거해서 증여세를 지급한다. 증여자가 사망한 시점에서, 그 증여재산은 증여된 시점의 가치(자산가치가 아마도 높게 되었을 사망시점의 가치는 아니다)로 유산에 가산된다.

grants-in-aid 보조금, 조성금, 지방교부금

gratis 무료로(free)(without reward or consideration), 공짜로 ¶Information will be sent *gratis* and post free. 정보는 무료이고 우송료는 수신자부담이다.

gratuitous 무상(無償)의, 무료의 ***gratuitous contract*** 무상계약(일방의 당사자만이 이익을 얻는 계약) ¶In a *gratuitous contract*, it is made only for benefit of one side party. 무상계약에 있어서, 계약은 일방당사자의 이익만을 위하여 체결된다.

gratuity (*pl.*) 팁

graveyard 묘지 ***graveyard market*** 묘장(墓場)시장 ¶The *graveyard market* is a bear market wherein investors who sell are faced with substantial losses, while potential investors prefer to stay liquid, that is, to keep their money in cash or cash equivalents until market conditions improve. Like a graveyard, those who are in can't get out and those who are out have no desire to get in. 묘장시장이란 증권을 파는 투자자가 볼 때 손해에 직면하게 되고, 장래의 매수인이 본다면 시장환경이 개선할 때까지 현금이나 현금등가물(cash equivalents)로 유동성(liquidity)이 높은 자산을 가지고 싶은 상황을 말한다. 묘지와 같이, 가운데에 있는 자는 밖으로 나오지 못하고, 밖에 있는 자는 안으로 들어가기 어려운 형국이다.

gray 회색의, 중간단계의, 암거래에 가까운 ***gray knight*** [M&A] 회색의 기사(騎士)(TOB에서 동향을 알 수 없는 참가자) (*cf.*) the black knight, the white knight ¶ The *gray knight* is an acquiring company that, acting to advance its own interests, outbids a white knight but that, not being unfriendly, is preferable to a hostile bidder. 회색의 기사란 스스로의 이익을 추구하고 있는 매수측 기업(acquiring company)으로, 화이트나이트(white knight)보다도 고가(高價)를 매긴다. 그러나 적의가 있는 것이 아니고, 적대적 입찰자(hostile bidder)보다도 호감이 가는 매수측(買收側)기업을 이른다. ~ ***list*** 그레이리스트 ¶ A *gray list* is a list of stocks that an investment banking firm can transact as regular and block traders in its capacity as agent (broker) but not as principal (dealer) because the firm, in its other capacity as an investment banker, is involved with the issuing company in nonpublic activities, such merger and acquisition defense, affiliate ownership, or underwriting. Since a company's presence on the *gray list* would indicate that market-conditioning developments are in progress, the list is kept highly confidential within the trading area of the firm to avoid conflicts of interest. Term is often used interchangeably with restricted list, although the latter also refers to lists of securities that employees of banks and other organizations having fiduciary relationships with issuer are not permitted to own. 그레이리스트는 투자은행(investment banking firm)이 통상의 거래나 대형거래(block trade)를 대리인(agent) 또는 주선업자(broker)로서 행할 수 있으나, 본인(principal) 또는 딜러(dealer)로서는 행할 수 없는 주식을 말한다. 이것은 그 투자은행이 그 주식의 발행회사(issuer)와 무언가의 비공개베이스의 활동(예컨대, 합병(merger)·매수(acquisition)의 방위, 관계회사로서 주식을 보유, 인수 등)에 관여하고 있기 때문이다. 그레이리스트상의 그 기업의 존재는 시장조건의 발달이 진행중임을 지적하는 것이 되므로, 이해의 대립(conflicts of interest)을 회피하기 위하여, 그레이리스트는 트레이딩부문만의 최고비밀사항으로서 취급된다. 그 용어는 바꿔 불러서 restricted list(제한리스트)라고도 말하지만, restricted list(제한리스트)에는 당해 주식의 수탁(fiduciary)업무에 관여하고 있는 은행 기타 수탁기관의 종업원이 보유하는 것이 허용되지 않는 주식도 포함된다. ~ ***market; grey market*** [영] 그레이마켓(합법적 암시장)(unofficial markets), [영] 채권의 발행 전 유통시장 ¶ From the viewpoint of consumer goods, the *gray market* is sale of products by unauthorized dealers, frequently at discounted prices. Consumers who buy *gray market* goods may find that the manufacturer refuses to honor the product warranty. In some cases, *gray market* goods may be sold in a country they were not intended for, so, for example, instructions may be in another language than the home market language. 소비재의 관점에서 보면, 그레이마켓이란 판매권을 가지지 않는 딜러가 상품을 판매하는 것인데, 할인(discount)판매가 되는 경우가 많다. 그레이마켓에서 상품을 매수한 경우, 제조회사로부터의 보증이 없는 경우도 있을 수 있다. 그레이마켓의 상품은 본래 판매예정이 없는 나라에서도 판매되기 때문에, 설명서가 그 나라의 언어 이외로 쓰여 있는 경우도 있다. ¶ In securities, a *gray market* is sale of securities that have not officially been issued yet by a firm that is not a member of the underwriting syndicate. Such trading in the when-issued, or gray, market can provide a good indication of the amount of demand for an upcoming new stock or bond issue. 증권에서 그레이마켓이란 아직 정식으로 발행되고 있지 않는 증권(security)을, 인수신디케이트(underwriting syndicate)에 참가하고 있지 않는 업자가 판매하고 있는 것을 말한다. 이와 같은 발행조건부 거래(when-issued), 즉 그레이마켓거래는 가까운 장래 예정하고 있는 주식이나 채권의 신규발행(new issue)에 대한 수요가 어느 정도인지를 알게 해준다.

GRD (ISO) code Greece – currency drachma. The 2001 legacy conversion rate was 340.750 to the euro. It has fully changed to the euro/cent from 2002. ¶ GRD (국제표준기구) 약호 그리스 — 화폐 드라크마(drachma). 2001년 내려온 환산율은 유로에 대비 340.750이었다. 그리스는 2002년부터 유로/센트로 완전히 변경하였다.

great 거대한, 중대한, 고도의, 위대한 ¶ *great* industry 대공업 ***Great Crash*** 대폭락 ¶ The *Great Crash* is the major declines in economic activity and stock prices that occurred in 1929 and the early 1930s. 대폭락은 1929년과 1930년대 초에 일어난 경제활동과 주가의 대폭하락을 의미한다. ***Great Depression*** (1929년 10월의 미국에서 시작된) (세계)대공황, 대불황 ¶ The *Great Depression* is a period from the end of 1929 until the onset of World War II, during which economic activity slowed tremendously and unemployment was very high. 세계대공황은 1929년말부터 제2차 세계대전의 시작까지의 기간으로, 그 동안에 경제활동은 활력이 엄청나게 떨어지고 실업은 대단히 높았다. ***greater fool theory*** 큰 바보이론 ¶ The *greater fool theory* is a theory that even though a stock or the market as a whole is fully valued, speculation is justified because there are enough fools to push prices further upward. 큰 바보이론은 주식이나 시장전체의 가격이 완전히 평가되고 (fully valued) 있더라도, 다시 가격을 밀어 올리는 데에 충분한 수의 바보 같은 투자자가 있으므로, 투기(speculation)가 정당화되고 있다고 하는 이론을 말한다.

Greece currency 그리스 화폐 ¶ drachma (GRD), divided into 100 lepta. 1 드라크마(drachma) = 100 레프타(lepta) (단수는 lepton, 복수는 lepta).

greeks [영속] 그릭스 ¶ *Greeks* is risk measure for derivatives that are used to determine the price sensitivity of contracts to changes in the underlying asset (delta, gamma), volatility (vega), passage of time (theta), and interest rates (rho). The greeks of individual contracts can be added to determine the sensitivities of an entire portfolio, allowing for efficient pricing and risk management. Also known as option sensitivities. 그릭스는 기초자산(델타, 감마), 변동성(베가), 시간의 경과(테타) 및 금리(로우)의 변동에 대한 계약의 가격감응도를 결정하는 데 이용되는 파생상품의 위험측정치(値)를 말한다. 개별계약의 그릭스는 전체 포트폴리오의 감응도를 결정하는 데 추가될 수 있고, 이는 효율적인 가격결정과 위험관리를 허용하는 것이다. 이는 option sensitivities(옵션감응도)로도 알려져 있다.

green 녹색의, (사람이) 미숙한, 미가공의 ¶ *green* goods [속] 위조지폐 ***green collar jobs*** 그린칼라잡 ¶ The *green collar jobs* are jobs in industries that foster environmental sustainability or energy conservation such solar and wind energy, biomass, recycling, and smart electrical grids. 그린칼라잡은 태양열 및 풍력에너지, 바이오매스(biomass), 재생산업(recycling), 그리고 스마트전기그리드 (smart electrical grids)와 같은 환경유지 또는 에너지보존을 촉진하는 산업에 종사하는 직업을 말한다. ~ ***investing*** 그린투자 ¶ *Green investing* means owning the stocks of environmentally friendly companies. 그린투자는 친환경기업의 주식을 소유하는 경우이다. ~ ***pound*** [영] 그린 파운드 ¶ The *green pound* is a notional unit of currency used in the administration of the Common Agricultural Policy of the EU to determine the relative prices (and hence subsidies) of farm produce from the different member countries. 그린 파운드는 유럽공동체(EU)의 서로 다른 회원국의 농산물의 상대가격(그 후 보조금)을 결정하기 위하여 공동농업정책의 집행에 사용되는 관념상의 통화단위이다. ~ ***shoe*** 그린슈 ¶ The *green shoe* is a clause in an underwriting agreement saying that, in the event of exceptional public demand, the issuer will authorize additional shares for distribution by the syndicate. 그린슈는 예외적인 공공의 수요가 있는 경우에는 증권발행회사는 인수단(syndicate)에 의한 배정을 위한 추가적인 주식을 인정한다고 하는 (신규발행증권의 조건 · 가격을 나타낸) 인수주간사회사와 발행기업간의 계약상의 조항을 말한다. ~ ***shoots*** (불황시의) 발전의 조짐 ¶ The *green shoots* are a botanical metaphor for early indications that an economy in recession may be recovering. For example, in mid-2009 a jobs report showing that fewer jobs were lost in the most recent reporting period than in the previous one and that housing starts were up by several percentage points were optimistically cited as *green shoots*, although their significance was by no menas certain. (불황시의) 발전의 조짐은 불황중의 경제가 회복중이라는 초기의 징조를 나타내는 식물상의 은유법(隱喩法)이다. 예컨대, 2009년 중반에 이전의 보고기간에 비해서 최신의 보고기간에 상실된 일자리가 얼마 되지 않았고, 주택건축착공수도 몇 퍼센트 높아졌다는 것을 지적하고 있는 취업보고는, 그런 일들이 하찮은 것일지 모르나 낙관적으로 보아 발전의 조짐(green shoots)으로 인용되었다.

greenback [미구] (미국의) 지폐, (*pl.*) 돈(money) ¶ *Greenback* is U.S. paper currency. 그린백은 미국의 달러지폐이다.

Greenland currency 그린란드 화폐 ¶ Danish krøne (DKK), divided into 100 øre. 1 크로네(Danish krøne) = 100 외레(øre).

greenlining (융자의) 지역차별에 대한 반대운동 (*cf.*) redlining

greenmail [M&A] 그린메일(기업매수꾼으로부터의 프레미엄부 주식인취의 신청)(greenmail ← **green**back + black**mail**) ¶ The *greenmail* is a payment of a premium to a raider trying to take over a company through a proxy contest or other means. Also known as bon voyage bonus, it is designed to thwart the takeover. By accepting the payment, the raider agrees not to buy any more shares or pursue the takeover any further for a specified number of years. See also goodbye kiss. 그린메일은 위임장쟁탈전(proxy contest)이나 기타의 수단으로 회사를 매수(takeover)하려고 하고 있는 기업사냥꾼(raider)에 대한 금전의 공여를 이른다. 이를 「굿바이보너스」(bon voyage bonus)라고도 부르는 이 지급은 기업사냥을 정지시키기 위해서 행해진다. 이 지급을 받음으로써 기업사냥꾼은 주식의 매입정지 또는 일정한 연수(年數)간의 매수를 시도하지 않는 것에 동의한다. goodbye kiss (굿바이키스)도 참조할 것.

greenmailer 기업매수회전(會戰)을 이용하여 큰돈을 벌려는 사람, 기업사냥꾼 (raider)

greenshoe [영속] 그린슈 ¶ The *greenshoe* is an option granted by an issuing company to the syndicate underwriting a new issue of equity, which permits the syndicate to sell additional shares as part of the primary market offering in the face of excessive demand, up to a maximum amount defined in advance. Also known as overallotment option, shoe. 그린슈는 주식발행회사가 주식의 신규발행을 인수하는 신디케이트에게 수여하는 옵션을 말하고, 신디케이트가 과도한 수요앞에서 사전에 정한 최고금액까지 발행시장모집(primary market offering)의 일부로서 추가주식을 매도할 수 있게 하는 것이다. 이는 추가할당옵션, 슈(overallotment option, shoe)로도 알려져 있다.

Gresham's Law 그레샴법칙 ¶ The *Gresham's Law* is a theory in economics that bad money drives out good money. Specifically, people faced with a choice of two currencies of the same nominal value, one of which is preferable to the other because of metal content or because it resists mutilation, will hoard the good money and spend the bad money, thereby driving the good money out of circulation. The observation is named for Sir Thomas Gresham, master of the mint in the reign of Queen Elizabeth I. 그레샴법칙은 악화(bad money)가 양화(good money)를 구축한다고 하는 경제학의 이론이다. 사람이 구체적으로 명목상 동 가치의 2개의 통화의 선택에 직면하여, 그 일방이 금속의 함유량이나 파손이 없는 등의 이유로 타방보다 좋아한다면, 사람들은 양화를 퇴장시키고 악화를 사용한다. 그 결과 양화는 유통되지 않게 된다. 이 표현은 엘리자베스 1세 치하의 영국왕실 재무관 토마스 그레샴경(卿)(Sir Thomas Gresham)에서 비롯되었다.

악화가 양화를 구축한다는 그레샴경

grey pound [영] 노인의 구매력 ¶ The *grey pound* is a colloquial term for the purchasing power of retired and elderly people, who are becoming an increasingly large sector of the population in Western countries. 노인의 구매력이란 서방국가의 인구 중에서 점점 많은 부문을 차지하게 되고 있는 은퇴한 나이 많은 사람들의 구매력을 가리키는 일상용어이다.

grievance 고충, 불만, 불평의 씨 ¶ The *grievance* is a disagreement that is considered grounds for a formal complaint. The term is generally used in relation to workplace relationships, conditions, or practices. 고충은 정식의 불평에 대한 근거로 생각되는 불화이다. 그 말은 작업장관계, 조건 또는 관행에 관하여 일반적으로 사용된다. /*grievance* machinery 고충처리기관

grillwork 격자창(格子窓), 속이 비치게 만든 격자 세공

GRIT → **G**rantor **R**etained **I**ncome **T**rust [약] 재산양여자수입유보신탁 ¶ The *Grantor Retained Income Trust* (*GRIT*) is a type of trust designated to save estate taxes in the event the grantor outlives the trust termination date. Under such a trust, which must be irrevocable and have a life of at least 15 years, the grantor transfers property immediately to the beneficiary but receives income until termination, at which time the beneficiary begins receiving it. At that point the grantor pays a gift tax based on the original value of the gift. When the grantor dies, the gift is added back to the grantor's estate at the value as of the day of the gift, not its (presumably) higher current value. 재산양여자수입유보신탁은 재산양여자(grantor)가 신탁만료일보다도 오래 사는 경우에, 상속세(estate tax)를 절감하도록 설계된 신탁(trust)을 이른다. 이와 같은 신탁은 기간이 최저 15년이고, 취소불능신탁(irrevocable trust)이 아니면 안 되며, 재산양여자는 신탁수익자(beneficiary)에게 재산을 바로 양도하지만, 신탁재산에서의 수입은 신탁기간만료시까지 재산양여자가 수취한다. 신탁만료시점에서 신탁수익자가 그 수입을 수취하기 시작하고, 그 시점에서 재산양여자는 증여재산의 신탁개시시점의 자산가치에 근거해서 증여세를 지급한다. 증여자가 사망한 시점에서, 그 증여재산은 증여된 시점의

가치(자산가치가 아마도 높게 되었을 사망시점의 가치는 아니다)로 유산에 가산된다.

Groschen 그로쉔 ¶ A subdivision (1/100) of the Shilling, the legacy currency unit of Austria. 오스트리아의 내려오는 화폐단위인 실링(Schilling)의 1/100의 하부단위이다.

gross 큰, 총체의 ¶ the *gross* average method [외환] (매매손익을 파악하기 위한) 총평균법 /*gross* earnings [income] 총수익 /*gross* expenditures 총지출 /*gross* fund position [IMF] 가맹국이 자금을 인출하는 경우의 총포지션 /*gross* margins 총매출이익 /*gross* negligence 중대한 과실 /*gross* proceeds 총수령액 /*gross* profits 총이익 /a *gross* profit percentage 총매상이익률 /*gross* profit ratios 총이익율 /*gross* receipts [income] 총수입, 총수령액 /*gross* revenues 총수입, 총수익 /*gross* sales 총매상 /*gross* saving 총저축 /*gross* yields 총수익 ***Gross Domestic Product* (*GDP*)** 국내총생산 ¶ The *Gross Domestic Product* (*GDP*) is a market value of the goods and services produced within the borders of the United States. *GDP* is made up of consumer and government purchases, private domestic investments, and net exports of goods and services. Figures for *GDP* are released by the Commerce Department on a quarterly basis. Growth of the U.S. economy is measured by the change in inflation-adjusted *GDP*, or real *GDP*. 국내총생산은 국내의 노동력과 자산에 의하여 생산된 재화와 서비스의 시장가치(market value)를 말한다. 국내총생산(GDP)은 소비자와 정부의 구입액, 민간국내투자, 재화와 서비스의 순수출액으로 구성된다. GDP의 수치는 미국에 있어서는 상무부(Commerce Department)에 의하여 4반기마다 발표된다. 미국경제의 성장은 인플레이션조정의 GDP(inflation-adjusted GDP) 또는 실질적인 GDP로써 계측된다. ***gross earnings*** 총소득 ¶ *Gross earnings* are personal taxable income before adjustments made to arrive at adjusted gross income. 총소득은 수정총소득(adjusted gross income)을 계산하는 수정전의 개인과세소득(personal taxable income)이다. ~ ***estate*** 총유산 ¶ The *gross estate* is a total value of a person's assets before liabilities such as debts and taxes are deducted. After someone dies, the executor of the will makes an assessment of the stocks, bonds, real estate, and personal possessions that comprise the *gross estate*. Debts and taxes are paid, as are funeral expenses and estate administration costs. Beneficiaries of the will then receive their portion of the remainder, which is called the net estate. 총유산은 부채(debts)나 세금(taxes)과 같은 채무(liabilities)를 공제하기 전의 개인의 전재산을 이른다. 어느 사람이 사망한 후, 그의 유언집행자(administrator)는 고인의 개인자산을 구성하고 있는 주식, 채권, 부동산, 재산 등의 평가를 행한다. 부채, 세금, 장의비용, 자산관리비를 지급한 후에, 유산상속인(heir)은 순유산(net estate)이라고 하는 그 나머지의 상속분을 각각 수취한다. ~ ***income*** 총소득, 총수입 ¶ *Gross income* is total personal income before exclusions and deductions. 총소득은 비과세취급항목(exclusion)이나 소득공제(deduction)항목을 수정하기 전의 개인의 총수입을 이른다. ~ ***lease*** 그로스리스 ¶ The *gross lease* is a property lease under which the lessor (landlord) agrees to pay all the expenses normally associated with ownership (insurance, taxes, utilities, repairs). An exception might be that the lessee (tenant) would be required to pay real estate above a stipulated amount or to pay for certain special operating expenses (snow removal, ground care in the case of a shopping center, or institutional advertising, for example). *Gross leases* are the most common type of lease contract and are typical arrangements for short-term tenancy. They normally contain no provision for periodic rent adjustments, nor are there preestablished renewal arrangements. See also net lease. 그로스리스는 임대인(집주인)이 통상은 소유권에 수반되는 필요가 되는 경비(보험, 세금, 설비비, 수리비 등) 전부를 지급할 것을 동의한 임대계약을 이른다. 예외적으로, 임차인(세든 사람)이 사전에 정한 금액을 초과하는 부동산세 혹은 특정한 필요경비(예: 제설비용, 토지관리비용, 시설광고의 비용)를 지급하는 경우이다. 그로스리스계약은 가장 일반적인 리스계약이고, 전형적인 단기임대계약이다. 통상 이러한 것은 정기적인 임대료(rent)개정의 조항을 포함하지 않고, 사전에 결정된 경정조항(preestablished renewal arrangement)도 아니다. net lease(넷리스)도 참조할 것. ~ ***line*** [영] 보험총인수액 ¶ The *gross line* is the total amount of insurance cover an insurer will underwrite on a particular risk, including the amount to be ceded via reinsurance. 보험총인수액은 보험업자가 재보험을 통해서 양도받은 금액을 포함하여 특정한 위험(particular risk)을 커버하는 보험의 총금액을 말한다. ~ ***margin (GM)*** [영] 총매상이익 ¶ The *gross margin* (*GM*) is a measure of a company's ability to translate revenues into gross profits (i.e., revenues after removing the costs of producing the goods/services). typically calculated as:

$$GM = \frac{GP}{Rev}$$

where GP is gross profit, Rev is revenue. The higher the *gross margin*, the greater the company's ability to convert its revenues into profits. 총매상이익은 총수입(revenues)을 총이익(gross profits)(즉, 제품/서비스를 생산하는 비용을 제외한 후의 총수익)으로 환산하는 회사의 능력의 측정치(値)이고 일반적으로 다음과 같이 계산한다.

$$총매상이익 = \frac{총이익}{총수입}$$

여기서 GP는 총이익이고 Rev는 총수입이다. 총매상이익이 높으면 높을수록, 회사의 총수익을 이익으로 환산하는 능력을 크다. → gross profit margin (총매상이익률). ***Gross National Product (GNP)*** 국민총생산 → Gross Domestic Product (국내총생산). ~ ***per broker*** 외무사원 1인당 위탁수수료총액 ¶ *Gross per broker* is a gross amount of commission revenues attributable to a particular registered representative during a given period. Brokers, who typically keep one third of the commissions they generate, are often expected by their firms to meet productivity quotas based on their gross. 외무사원1인당 위탁수수료총액은 특정한 기간의 특정한 등록외무사원(registered representative)에 귀속하는 수수료수입의 총액을 말한다. 외무사원은 일반적으로 벌어들인 수수료의 3분의 1을 가지지만, 회사측은 수수료 총액이 각 할당한 목표액에 달하기를 기대하고 있다. ~ ***premium*** [영] 영업보험료 ¶ The *gross premium* is a measure of an insurer's total profitability from insurance underwriting activities (before expenses), or the total of net premiums plus load factors, computed as:

$$GP = Pr + OpE + AC$$

where Pr is premium (net), OpE is Operating Expense, and AC is Agent Commissions. The greater the gross premium, the larger the amount of business being underwritten. Also known as gross premium written, gross written premium. See also fair premium. 영업보험료는 보험업자가 보험인수활동에서 얻은 총이익(경비 제외하기 전)의 측정치(値) 또는 다음의 공식에서 계산되는 바와 같이, 순보험료 + 부하율(負荷率, load factor)의 합계이다.

영업보험료(Gross Premium) = 보험료(Pr) + 영업경비(OpE) + 대리점수수료(AC)

영업보험료가 크면 클수록, 인수된 사업총액이 크다. 이는 gross premium written(영업보험료), gross written premium(영업보험료)으로도 알려져 있다. fair premium(공정한 보험료)도 참조할 것. ~ ***profit*** 총매상이익 ¶ *Gross profit* is net sales less the cost of goods sold. Also called gross margin. See also net profit. 총매상이익은 순총매상액(net sales)에서 매상원가(cost of goods sold)를 공제한 금액을 이른다. gross margin(총매상이익)이라고도 한다. net profit(순이익)도 참조할 것. ~ ***profit margin*** 총매상이익률 ¶ The *gross profit margin* is a measure calculated by dividing gross profit by net sales. Gross profit margin is an indication of a firm's ability to turn a dollar of sales into profit after the cost of goods sold has been accounted for. Compare net profit margin. Also called gross margin; margin of profit. See also return on sales. 총매상이익률은 총매상이익을 순이익으로 나눔으로써 계산되는 기준을 말한다. 총매상이익률은 판매된 상품의 비용이 수지결산된 후 판매대금의 달러를 이익으로 돌릴 수 있는 기업능력의 징표이다. net profit margin(순이익률)과 대조할 것. 이를 gross margin(총매상이익); margin of profit(이익률)이라고도 한다. return on sales(총매상액이익률)도 참조할 것. ~ ***sales*** 총매상액 ¶ *Gross sales* are total sales at invoice values, not reduced by customer discounts, returns or allowances, or other adjustments. See also net sales. 총매상액은 고객할인(discount), 반품(return)이나 가격할인(allowance)의 조정을 하지 않는, 인보이스(invoice)상의 가격으로의 총매상액을 이른다. net sales(순매상총액)도 참조할 것. ~ ***spread*** 인수모집수수료(발행가격과 발행회사가 수취하는 순발행대금과의 차액) ¶ The *gross spread* is a difference (spread) between the public offering price of a security and the price paid by an underwriter to the issuer. The spread breaks down into the manager's fee, the dealer's fee (or underwriter's) discount, and the selling concession (i.e., the discount offered to a selling group). See also concession; flotation (floatation) cost. 인수모집수수료란 증권의 공모가격(public offering price)과 인수회사(underwriter)가 발행회사(issuer)에 지급한 가격과의 차액(스프레드)을 이른다. 이 차액은 간사수수료, 인수수수료, 판매수수료(판매그룹에 제공되는 할인)로 나누어진다. concession(판매수수료); flotation cost(발행비)도 참조할 것. ~ ***yield*** [영] 총이율 ¶ The *gross yield* is the yield on a security or investment before deducting taxes and costs associated with acquiring the assets. See also net yield. 총이율은 자산의 취득과 관련되는 조세와 비용을 공제하기 전에 증권이나 투자의 이율을 말한다. net yield(순이율)도 참조할 것.

groszy 그로시 ¶ A subdivision (1/100) of the Polish zloty. 1 즐로티(Polish zloty) = 100 그로시(groszy).

ground lease 토지임대차계약 ¶ The *ground lease* is a lease on the land. Typically, the land will be under a building, which will have its own leases with tenants. 토지임대차계약은 토지를 목적으로 하는 임대차계약이다. 통상, 그 토지에는 건조물이 있고, 건조물은 그 자체, 임차인(tenant)과 임대차계약이 체결되어 있다.

group 집단, 그룹 ¶ *group* banking 지배은행제도 /*group* life insurance 그룹보험
group captive [영] 그룹 캡티브 ¶ The *group captive* is a captive formed as a licensed insurer or reinsurer that is owned by a number of companies, and which writes insurance cover for all of them. Since a group captive engages in a significant amount of third party business, it generally receives more favorable tax treatment than a pure captive. Also known as an association

captive or multiparent captive. 그룹 캡티브는 다수의 회사가 소유하는, 면허받은 보험업자 또는 재보험업자로서 형성되는 캡티브로, 그들 모두를 위해 보험보장을 인수한다. 그룹 캡티브는 제3 당사자의 사업의 주요한 금액에 관여하기 때문에, 그것은 일반적으로 순수한 캡티브보다 더 유리한 조세상의 취급을 받는다. 이는 association captive(단체 캡티브) 또는 multiparent captive(다수부모 캡티브)로도 알려져 있다. ***Group of Eight* (*G-8*)** → G-8 Finance Ministers (주요 8개국 재무장관회의). ***Group of Five* (*G-5*)** 5개국 그룹 ¶ *Group of Five* (*G-5*) is five leading industrial nations (France, Germany, Japan, the UK and the USA), which meet from to time to discuss common economic problems. 5개국 그룹은 공동의 경제문제를 논의하기 위하여 때때로 회합하는 5개 주요공업국가(프랑스, 독일, 일본, 영국 및 미국)이다. ***Group of Seven* (*G-7*)** 7개국 그룹 ¶ *Group of Seven* (*G-7*) is seven leading non-communist nations consisting of the Group of Five countries with the additional of Canada and Italy. 7개국 그룹은 5개국 그룹의 회원국에 캐나다와 이탈리아를 추가하여 구성되는 7개 주요 비공산국가들이다. ***Group of Ten* (*G-10*)** 10개국 그룹 ¶ *Group of Ten* is also known colloquially as the Paris Club, the ten countries Belgium, Canada, France, Germany, Italy, Japan, the Netherlands, Sweden, the UK and the USA. These countries signed an agreement in 1962 to increase the funds available to the International Monetary Fund and to aid those members countries with balance of payments difficulties. 10개국 그룹은 일상에서 파리클럽(Paris Club)으로도 알려진, 벨기에, 캐나다, 프랑스, 독일, 이탈리아, 일본, 네덜란드, 스웨덴, 영국 및 미국이다. 이러한 국가들은 국제통화기금(IMF)에서 이용할 수 있는 기금을 증액하고, 국제수지의 곤란을 겪는 회원국들을 지원하기 위하여 1962년에 하나의 협정에 서명하였다. ***group insurance*** 단체보험 ¶ The *group insurance* is an insurance coverage bought for and provided to a group instead of an individual. For example, an employer may buy disability, health, and term life insurance for its employees at a far better rate than the employees could obtain on their own. Credit unions, trade associations, and other groups may also offer their members preferential *group insurance* rates. *Group insurance* is not only advantageous to employees or group members because it is cheaper than they could obtain on their own, but some people may be able to get coverage under the group umbrella when they would be denied coverage individually because of preexisting conditions or other factors. 단체보험은 개인대신에 단체와 체결하는 보험을 말한다. 예컨대, 고용주는 종업원을 위하여 종업원이 각자 계약을 하기보다도 훨씬 유리한 조건으로 장해보험(disability insurance), 건강보험(health insurance), 정기생명보험(term life insurance)에 가입할 수 있다. 신용조합, 업계단체 기타 단체는 그 회원에 대하여 특혜적인 단체보험료를 제공하고 있다. 단체보험은 종업원이나 단체회원에게 있어서 보다 유리한 조건으로 개인이 가입할 수 있다고 할 뿐만 아니라, 일부사람들에게는 기망증(preexisting conditions) 기타 요인으로 인하여 개인적으로 보험의 가입을 거부될 경우에도 단체의 우산 아래에서 보험가입을 할 수 있다는 이점이 있다. ***Group of Twenty* (*G-20*)** 주요20개국 재무장관회의 ¶ The *Group of Twenty* (*G-20*) is a group of finance ministers and central bank governors established in 1999, representing 19 globally important industrial and emerging-market countries plus the European Union. It normally meets once a year to promote understanding and cooperation on key issues related to global economic stability and to give greater recognition to key emerging-market countries. Members represent 90% of global GDP, 80% of world trade, and two-thirds of the world's population. The chair, which was South Korea in 2010, is part of a revolving three-member Troika of past, present, and future chairs. 주요20개국 재무장관회의는 세계적으로 주요한 산업국과 신흥시장국가(emerging market countries)와 유럽연합(European Union)을 합친 1999년에 구축된 재무장관과 중앙은행 총재의 그룹이다. 그 그룹은 세계경제안정에 관련된 주요한 문제들에 관하여 이해와 협력을 촉진하고 주요신흥시장국가에 대한 보다 많은 인식을 주기 위해서 통상 1년에 한번씩 회합을 가진다. 회원국들은 세계의 GDP의 90%, 세계무역의 80% 및 세계인구의 2/3를 대표한다. 의장국은 2010년에는 한국이 맡았지만, 과거, 현재 및 미래의 3개의 회원국의 순환적인 트로이카방식(revolving three-member Troika)으로 맡는다. ~ ***rotation*** 업종순환 ¶ *Group rotation* is tendency of stocks in one industry to outperform and then underperform other industries. This may be due to the economic cycle or what industry is popular or unpopular with investors at any particular time. For example, cyclical stocks in the auto, paper, or steel industry may be group leaders when the economy is showing robust growth, while stocks of stable-demand firms such as drugs or food companies may be marked leaders in a recession. Alternatively, investor demand for stocks in certain industries, such as biotechnology, computer software, or real estate investment trust may rise and fall because of enthusiasm or disappointment with the group, creating rotation into or out of such stock. 업종순환은 특정한 업종의 주식(stock)이 다른 업종의 주식에 비하여, 주가가 더 상승한 후에 더 하강하는 경향을 이른다. 이것은 경제순환 탓이고, 각 시점에서 각 업종에 대한 투자자의 인기에 달려 있다고 생각된다. 예를 들면, 경기가 순조롭게 성장하고 있는 때에는, 자동차산업, 제지산업, 철강업 등의 순환주식(cyclical stocks)은 견인차역할을 하지만, 불황시에는 약품이나 식품과 같은 안정된 수요를 가지는 주식이 시장의 견인차역할을 한다. 한편, 바이오테크놀로지, 컴퓨터 소프트웨어나 부동산투자신탁(real estate investment trust)의 업종에 대한 투자자의 수요는 그 업종의 주식에 대한 인기나 실망에 따라 주식에의 수요가 증가한다든지, 감소한다든지를 되풀이한다. industrial sectors(산업섹터)도 참조할 것. ~ ***sales*** 그룹세일, 공동판매 ¶ The word *group sales* is a term used in securities underwriting that refers to block sales made to institutional investors. The securities come out of a syndicate "pot" with credit for the sale prorated among the syndicate members in proportion to their original allotment. 그룹세일이라는 말은 증권인수에서 기관투자자(institutional investors)에 대하여 행해지는 대형판매(block sale)를 가리키는 용어이다. 이 묶은 신디케이트단(syndicate)의 「폿」("pot")에서 나와서 각 멤버 원래의 할당비율에 따른 판매실적으로 한다. ~ ***universal life policy (GULP)*** 단체유니버설보험 ¶ The *group universal life policy* (*GULP*) is a universal life insurance offered on a group basis, and therefore more cheaply than one could obtain it personally, to employees and, sometimes, their family members. 단체유니버설보험은 단체단위로 종업원이나 때로는 가족에게도 제공되는 유니버설보험을 이른다. 그러므로 개인으로 계약하기보다도 싸게 계약할 수 있다.

grouping financial statement 종합정산표 ¶ The *grouping financial statement* is a presentation form that combines two or more companies sharing the same ownership and having similar types of operational structures. Consolidated statements usually are prepared for entities having common ownership but different types of operational structures, although parent and subsidiary companies are commonly consolidated regardless of their activities. 종합정산표는 동일한 소유를 공유하고 운영구조(operational structures)의 유사한 형식을 가지는 2이상의 회사를 연결하는 표시방식을 말한다. 연결재무제표는 모회사

(parent company)와 자회사(subsidiary)가 그들의 활동에 관계없이 공동으로 연결되어 있더라도, 공동의 소유를 가지지만 통상 운용구조가 상이한 형식을 가지는 법인을 위해 마련된다.

growing 증대하는, (한창) 자라는 ***growing equity mortgage (GEM)*** 원금상환체증형(元本償還遞增型) 주택론(loan) ¶ The *growing equity mortgage* (*GEM*) is a mortgage with a fixed interest rate and growing payments. This technique allows the homeowner to build equity in the underlying home faster than if they made the same mortgage payment for the life of the loan. Borrowers who take on *GEM* loans should be confident in their ability to make higher payments over time based on their prospects for rising income. 원금상환체증형(元金償還遞增型) 주택론(loan)은 고정이율(fixed rate)로 지급이 체증하는 주택론(mortgage)을 이른다. 이 수법에 의하여, 일정한 금액의 상환을 할 경우에 비하여, 더 일찍 그 주택에 대한 자기의 지분을 증가할 수가 있다. 원금상환체증형 주택론(loan)의 차입자는 장래의 수입의 상승에 따라 지급능력을 높여간다고 하는 확신이 있어야 한다.

growth 성장, 발전, 증대 ¶ *growth* companies 성장회사 /*growth* goods 성장상품 /the *growth* industries 성장산업 /a *growth* portfolio 성장주자산 /*growth* rates 성장률 ***growth and income fund*** 성장 · 수익배당형 투자신탁 ¶ The *growth and income fund* is a mutual fund that seeks earnings growth as well as income. These funds invest mainly in the common stock of companies with a history of capital gains but that also have a record of consistent dividend payments. 성장 · 수익배당형 투자신탁은 이익성장(earnings growth)과 배당수익(dividend income)을 요구하는 뮤추얼펀드(mutual fund)이다. 이러한 펀드는 주로 주가상승의 실적과 안정된 배당지급(dividend paymens)실적이 있는 회사의 보통주(common stock)에 투자한다. ~ ***at a reasonable price (GARP)*** 성장기업에 적정한 주가수준에서의 투자 ¶ The *growth at a reasonable price* (*GARP*) is an investment approach combining value investing and growth stock investing. 성장기업에 적정한 주가수준에서의 투자는 비교적 값싼 주식투자(value investing)와 성장주(growth stock)투자를 합친 투자어프로치(성장도 기대할 수 있으나, 동시에 비교적 싸다는 느낌이 있는 주식에 투자함)를 말한다. ~ ***fund*** 성장펀드 ¶ The *growth fund* is a mutual fund that invests in growth stocks. The goal is to provide capital appreciation for the fund's shareholders over the long term. *Growth funds* are more volatile than more conservative funds in bull (advancing) markets and to drop more sharply in bear (falling) markets. See also growth stock. 성장펀드는 성장주(growth stock)에 투자하는 뮤추얼펀드(mutual fund)를 이른다. 그 목표는 투자자에게, 장기적인 자본이득(capital gain)을 가져오는 것이다. 성장펀드는 강세시장에서 견실한 펀드에 비해서 상승이 현저하고, 시장이 약세인 때에는 하락폭이 현저하다. growth stock(성장주)도 참조할 것. ~ ***rate*** 성장률 ¶ The *growth rate* is a percentage rate at which the economy, stocks, or earnings are growing. The economic *growth rate* is normally determined by the growth of the gross domestic product. Individual companies try to establish a rate wat which their earnings grow over time. Firms with long-term earnings *growth rates* of more than 15% are considered fast-growing companies. Analysts also apply the term *growth rate* to specific financial aspects of a company's operations, such as dividends, sales, assets, and market share. Analysts use *growth rates* to compare one company to another within the same industry. 성장률은 경제(economy), 주식(stock), 소득(earnings) 등의 신장률을 말한다. 경제성장률은 통상 국내총생산(gross domestic product)의 성장률에 의하여 결정된다. 각 기업은 장기

적인 수익성장률의 목표를 결정하려고 한다. 성장률 15%를 초과하고 있는 기업은 급성장기업이라고 생각되고 있다. 애널리스트(analysts)들은 또한 기업의 배당(dividend), 매상(sales), 자산(asset)이나 시장점유율의 특정의 재무지표에 관하여도 그 성장률에 착안하고 있다. 애널리스트들은 같은 업계에서 각 회사의 비교에서 성장률을 본다. ~ ***recession*** 실감나지 않는 성장 ¶ The *growth recession* is an economy in which gross domestic product and unemployment both rise. Also called jobless recovery. 실감나지 않는 성장이란 국내총생산(gross domestic products: GDP)과 실업률이 동시에 일어나는 경제를 말한다. 이를 취업 없는 경제성장(jobless recovery)이라고도 한다. ~ ***stock*** 성장주([영] growth shares) ¶ The *growth stock* is a stock of a corporation that has exhibited faster-than-average gains in earnings over the last few years and is expected to continue to show high levels of profit growth. Over the long run, *growth stocks* tend to outperform slower-growing or stagnant stocks. *Growth stocks* are riskier investments than average stocks, however, since they usually sport higher price/earnings ratios and make little or no dividend payments to shareholders. See also price/earnings ratio. 성장주는 과거 수년간에 걸쳐서 평균을 넘는 수익상승률을 나타내고, 또 금후에도 높은 수준의 수익성장률이 기대되고 있는 기업의 주식을 이른다. 장기적으로는 성장주의 실적은 저성장주(slower-growing stock)나 정체주(stagnant stock)를 상회하는 경향에 있다. 그러나 성장주는 주가수익배율(倍率)이 더 높고, 주주에게 배당을 거의 하지 않으므로, 평균적인 주식보다도 위험성은 높은 편이다. price/earnings ratio[주가수익률(P/E)]도 참조할 것.

GSEs → **g**overnment-**s**ponsored **e**nterprise**s** [약] 정부지원기업 ¶ The *government-sponsored enterprises* (*GSEs*) are government enterprises. For example, the Intermountain Power Agency, a political subdivision of the state of Utah, includes in its membership 23 Utah municipalities that own electric utilities. 정부지원기업은 정부기업이다. 예컨대, 유타주의 주민(州民)의 분양지(分讓地)인 산간수력발전국(Intermountain Power Agency)에는 수력발전소를 소유하는 23개의 유타주 자치단체를 회원으로 하고 있다.

guarani 과라니 ¶ The standard currency unit of Paraguay. 파라과이의 기준화폐단위이다.

guarantee [n.] 보증, 담보, 보증인 ¶ A *guarantee* is to take responsibility for payment of a debt or performance of some obligation if the person primarily liable fails to perform. A *guarantee* is a contingent liability of the guarantor – that is, it is a potential liability not recognized in accounts until the outcome becomes probable in the opinion of the company's accountant. 보증은 제1차적으로 책임을 지는 인물이 책임을 수행할 수 없는 경우에, 부채(debt)의 지급이나 특정한 의무(obligation)의 수행에 책임을 지는 것이다. 보증은 보증인의 우발채무(contingent liability)이다. 즉, 가능성이 있는 채무에 불과하므로, 기업의 회계사의 의견에 따라 그 사태가 발생할 수 있을 때까지는 기업회계사의 채무로서는 계상되지 않는다. /*guarantees* and warranties 지급보증 및 판매보증 /*guarantee* bonds [notes] 보증사채 /*guarantee* liabilities 보증채무 /*guarantee* of a bill 어음지급보증 /a *guarantee* of obligation 채무보증 /*guarantee* money 보증금 ***guarantee letter*** 보증장 ¶ The *guarantee letter* is a letter by a commercial bank that guarantees payment of the exercise price of a client's put option (the right to sell a given security as a particular price within a specified period) if or when a notice indicating its exercise, called an assignment notice. is presented to the option seller (writer). 보증장은 양도통지서(assignment notice)라고 하는 옵션의 행사를

가리키는 통지서가 옵션의 매도인에게 제시된 때에, 상업은행(commercial bank)이 발행하는 고객의 풋옵션(put option)(특정한 기간내에 특정한 가격으로 일정한 담보를 매도할 권리)의 행사가격(exercise price)의 지급을 보증하는 문서이다. ~ ***of signature*** 서명보증서 ¶ The *guarantee of signature* is a certificate issued by a bank or brokerage firm vouching for the authenticity of a person's signature. Such a document may be necessary when stocks, bonds, or other registered securities are transferred from a seller to a buyer. Banks also require *guarantees of signature* before they will process certain transactions. 서명보증서는 은행이나 증권회사가 발행하는, 특정한 인물의 서명이 진짜임을 보증하는 증명서이다. 이러한 서류는 증권(security), 채권(bond)이나 다른 등록증권(registered security)이 매도인에서 매수인에게 양도될 때에 필요한 경우이다. 은행은 또한 특정한 거래를 처리하기 전에 서명보증서를 필요로 한다. ***letter of*** ~ 하물인취보증서(L/G), 보증장 ¶ The *letter of guarantee* is a letter from a bank stating that a customer owns a particular security and that the bank will guarantee delivery of the security. A *letter of guarantee* is used by an investor who is willing call options when the underlying stock is not in his or her brokerage account. 보증장은 고객이 특정한 증권을 소유하고 은행은 그 증권의 인도를 보증한다고 하는 은행의 증서이다. 보증장은 기초가 되는 주식(underlying stock)이 그의 증권사계좌에 있는 있지 아니한 경우 콜옵션을 바라고 있는 투자자에 의해 사용된다.

Ⓥ 보증하다 ¶ *guaranteed* income contracts [미] (생명보험의) 수입(收入)보증보험계약(확정이자부 채권과 유사한 계약내용) /*guaranteed* securities 보증증권 ***guaranteed bond*** 보증부 채권 ¶ A *guaranteed bond* is a bond on which the principal and interest are guaranteed by a firm other than the issuer. Such bonds are nearly always railroad bonds, arising out of situations where one road has leased the road of another and the security holders of the leased road require assurance of income in exchange for giving up control of the property. Guaranteed securities involved in such situations may also include preferred or common stocks when dividends are guaranteed. Both guaranteed stock and *guaranteed bonds* become, in effect, debenture (unsecured) bonds of the guarantor, although the status of the stock may be questionable in the event of liquidation. In any event, if the guarantor enjoys stronger credit than the railroad whose securities are being guaranteed, the securities have greater value. *Guaranteed bonds* may also arise out of parent-subsidiary relationships where bonds are issued by the subsidiary with the parent's guarantee. 보증부 채권은 발행단체(issuer) 이외의 기업에 의하여 원리금(principal and interest)지급이 보증되고 있는 채권(bond)을 말한다. 이와 같은 채권은 대부분의 경우 철도채권(railroad bond)이고, 어느 철도회사가 타사의 노선을 임차하고 그 임대노선의 담보권자가 그 자산의 지배권을 포기하는 대신에, 수입의 보증을 구하는 경우에 생긴다. 이러한 상황에서 생겨나는 보증증권에는 배당이 보증된다면 우선주(preferred stock)나 보통주(common stock)가 포함된다. 보증부 주식(guaranteed stock)도 보증부 채권도 모두 실제상으로는 보증인의 무담보사채(debenture)가 되지만, 이 주식의 법적인 위치는 청산(liquidation)시에는 문젯거리가 된다. 어떻든 만약 보증인이 그 증권이 보증되고 있는 철도회사보다도 높은 신용을 향유하고 있는 경우는 그 증권은 보다 큰 가치를 가진다. 보증부 채권은 자회사(subsidiary)가 모회사(parent company)의 보증 하에서 증권을 발행할 때에도 생긴다. ~***d insurability*** 무진단보험부권(無診斷保險附權) ¶ *Guaranteed insurability* is feature offered as an option in life and health insurance policies that enables the insured to add coverage at specified future times and at standard rates without evidence of insurabilitily. 무진단보험

부권은 생명보험(life insurance)이나 건강보험(health insurance)의 선택지(選擇肢)의 하나로서 제공되는 조항으로, 피보험자(insured)에게 장래의 일정한 시기에 표준적인 보험료율로 진사(診査)의 증빙 없이도 보험범위의 추가를 허용하는 경우이다. ***~d investment contract (GIC)*** 보증투자계약 ¶ The *guaranteed investment contract* (*GIC*) is a contract between an insurance company and a corporate profit-sharing or pension plan that guarantees a specific rate of return on the invested capital over the life of contract. Many defined contribution plans, such as 401(k) and 403(b) plans, offer *guaranteed investment contracts* as investment options to employees. Although the insurance company takes all market, credit, and interest rate risks on the investment portfolio, it can profit if its return exceeds the guaranteed amount. Only the insurance company backs the guarantee, not any government agency, so if the insurer fails, it is possible that there could be a default on the contract. For pension and profit-sharing plans, *guaranteed investment contracts,* also known as *GICs*, are conservative way of assuring beneficiaries that their money will achieve a certain rate of return. See also bank investment contract. 보증투자계약이란 계약기간중의 투자자본에의 특정한 투자수익률(rate of return)을 보증하는 보험회사와 기업의 이익분배제도(profit-sharing plan)나 연금제도(pension plan)간의 계약을 이른다. 401(k)연금제도(401(k) plan)나 403(b) 연금제도(403(b) plan)와 같은 많은 확정출연연금제도(defined contribution pension plan)는 종업원에의 투자의 선택지(選擇肢)로서 보증투자계약을 제공하고 있다. 보험회사는 투자자산의 모든 시장, 신용, 금리 리스크를 받아들이지만, 그 투자수익이 보증금액을 상회한 경우는 이익을 올린다. 정부기관이 아니라, 보험회사만이 보증을 하고 있으므로, 보험회사가 도산을 한다면, 계약불이행(default)이 생길 가능성이 있다. 연금이나 이익분배제도 있어서는, GIC(guaranteed investment contract)로서도 알려진 보증투자계약은 그 수익자(beneficiary)에게 그들의 자금이 어떤 일정한 투자수익률을 달성할 것은 보증하는 견실한 방법이다. bank investment contract(은행에 의한 투자수익률의 보증)도 참조할 것. ***~d principal bond*** [영] 원금보증채권 ¶ The *guaranteed principal bond* is a structured note or bond in which the principal amount of the investor's capital is guaranteed to redeem at par, and where intervening coupons are dependent on the performance of the underlying market or asset reference (which may be drawn from the commodity, equity, interest rate, currency, or credit markets, and which may contain some degree of leverage). Also known as principal protected bond. 원금보증채권은 투자자자본의 원금금액이 액면으로 상환받을 것을 보증하고, 개재쿠폰(intervening coupons)이 기초시장(underlying market)이나 (상품, 주식, 금리, 통화 또는 크레디트시장에서 끌어낼 수 있는) 자산기준(asset reference)의 실적에 좌우되는 구조채(債) 또는 구조채권을 말한다. ***~d renewable policy*** 갱신보증부 보험증권 ¶ The *guaranteed renewable policy* is an insurance policy that requires the insurer to renew the policy for a period specified in the contract provided premiums are paid in a timely fashion. The insurer cannot make any changes in the provisions of the policy other than a change in the premium rate for all insureds in the same class. 갱신보증부 보험증권은 보험료(insurance premium)가 기일대로 지급된다면 보험회사가 계약에 특정된 기간을 보험증권을 갱신할 의무가 있는 보험증권을 이른다. 보험회사는 같은 등급의 피보험자 전체의 보험료율(premium rate)변경을 제외하고, 보험증권의 규정을 변경하지 못한다. ***~d replacement cost coverage insurance*** 재조달가격보증보험 ¶ The *guaranteed replacement cost coverage insurance* is a policy that pays for the full cost of replacing damaged property without a deduction for depreciation and without a dollar limit. This policy is different from an actual cash value policy, which takes into account depreciation for lost and damaged items, if the damage resulted from an insured peril. 재조달가격보증보험이란 손괴된 자산의 재조달비의 전액(full cost)을 감가상각(depreciation)한 부분의 감액(deduction)이나 상한금액(dollar limit)없이 지급하는 보험계약을 이른다. 이 계약은 손해가 부보대상의 위험으로부터 생긴 경우, 분실이나 파손된 물품의 감가상각분을 공제할 시가보증보험계약(actual cash value policy)과는 다르다. ***~d stock*** 보증부 주식 → guaranteed bonds (보증부 채권).

guarantor 보증인, 담보인, [외채] 보증은행 ¶ *guarantor* bank 보증은행 /*guarantor's* right of indemnity (보증인의) 구상권 /joint and several *guarantor* 연대보증인

guaranty 보증, 보증계약, 담보물건 ¶ The *guaranty* is a promise to assume someone else' debt or other obligation in the event they fails to keep their promise. 보증계약이란 누군가 다른 사람이 부채나 기타 채무의 약속을 지키지 않는 때에 그 부채나 기타의 채무를 인수한다는 약속이다. /*guaranty* deposit 차입예탁보증금 /*guaranty* deposit received 예탁보증금 /*guaranty* insurance 손해담보보험 /*guaranty* money 보증금 /*guaranty* money deposited 차입보증금 ***guaranty fund*** 보증기금 ¶ *Guaranty fund* is mutual savings bank reserve fund required by some states as cushion against short-term losses. The fund is set aside from current earnings. 보증기금은 몇몇 주에서 단기손실에 대한 쿠션으로서 요구하는 상호저축은행의 준비기금이다. 그 준비기금은 현재의 소득이익에서 별도로 계정된다. ***~ program for money market funds*** 단기금융상품펀드를 위한 보증제도 ¶ The *guaranty program for money market funds* is a program instituted in 2008 to guarantee the safety of money market mutual funds after the Reserve Fund "broke the buck" by being forced to redeem shares at less than the $1 per share net asset value typically maintained by money funds because of the fund's large holdings in Lehman Bros. securities, which became worthless after Lehman's bankruptcy filing. Reserve's action caused a run on all money funds by panicky investors, causing the Treasury to intervene with this program, which reassured investors. The program expired in 2009 when calm returned to the money market fund industry. 단기금융상품펀드를 위한 보증제도는 리먼 브러더스(Lehman Bros.)의 파산신청이 제출된 후 쓸모없이 된 리먼 브러더스의 증권을 많이 보유한 뮤추얼펀드(mutual fund)의 투자자 때문에 일반적으로 단기금융시장에 의해서 유지되어 온 순자산가치가 1주당 1달러미만으로 상환할 수밖에 없어 미연방준비위원회 준비기금(Reserve Fund)이 「1달러를 깨버린」("broke the buck) 후에 단기금융시장의 뮤추얼펀드(money market mutual funds)의 안전을 보장하기 위해서 2008년에 제정된 제도이다. 미연방준비위원회(Reserve)의 조치는 공황에 빠진 투자자들이 모든 금융자금을 인출하게 만들었고, 미연방재무부로 하여금 투자자를 안심시키는 이 제도에 관여하게 하였다. 이 제도는 단기금융시장업계에 평온이 되돌아 온 2009년에 종료하였다.

guardian 보호자, 후견인 (*cf.*) ward 피보호자 ¶ The *guardian* is an individual who has the legal right to care for another person as a parent or to act as an administrator of the assets of a person declared incompetent for mental or physical reasons. *Guardians* can be testamentary, meaning appointed in a parent's will; general, meaning having the general responsibility to care for another person and that person's estate; or special, meaning the *guardian* has limited authority, such as the responsibility of a general *guardian* but not the other. 후견인은 특정한 인물에 대하여 친권자로서 다른 사람을 돌보는 법적 권리나 또 정신적·육체적인 이유로 금치산(incompetent)선고를 받은 인물의 재산관리자(administrator of assets)로서 행위를 할 법적 권리를 가지는 사람이다. 후견인은 유언에서 지정할 수 있다. 즉, 부모의 유언(parent's will)에 의하여 지명할 수 있다. 후견인에는 총괄(general)후견인과 특정(special)후견인이 있고, 총괄후견인은 다른 사람과 그 사람의 재산을 돌보는 전반적 관리책임을 가지고 있는 한편, 특정후견인은 예컨대 총괄후견인의 반분의 권한이라는 한정된 권한을 가지고 있다. /a designated *guardian* 지정후견인

guardianship 후견(後見), 보호 ***guardianship expenses*** 후견인의 업무비용 ¶ *Guardianship expenses* are tax-deductible expenses for the service of a guardian of a minor. 후견인의 업무비용은 미성년자의 후견인의 업무에 대한 세금공제비용을 말한다.

guard 경계, 경호인, 안전장치, 방호물 ¶ *guard* key (대금고의) 마스터 키

guide system of land value 지가공시제도(地價公示制度)

guidepost 이정표(里程標), 도표(道標), 방행을 가리키는 것, 정책유도목표

guideline 가이드라인, 지침(指針), 유도지표(誘導指標)

guilder 길더 ¶ The standard legacy currency unit of the Netherlands and the Netherlands Antilles, divided into 100 cents. 네덜란드와 네덜란드 앤틸리스(서인도 제도)의 전통의 기본화폐단위이다. 1길더(guilder) = 100 센트(cents).

GULF → **g**roup **u**niversal **l**ife **p**olicy [약] 단체유니버설보험 ¶ The *group universal life policy* (*GULP*) is a universal life insurance offered on a group basis, and therefore more cheaply than one could obtain it personally, to employees and, sometimes, their family members. 단체유니버설보험은 단체단위로 종업원이나 때로는 가족에게도 제공되는 유니버설보험을 이른다. 그러므로 개인으로 계약하기보다도 싸게 계약할 수 있다.

gun jumping 건점핑 ¶ *Gun jumping* means (1) trading securities on information before it becomes publicly disclosed, (2) illegally soliciting buy orders in an underwriting, before a Securities and Exchange Commission registration is complete. 건점핑은 (1) 정보가 공개(disclose)되기 전에 그 정보에 근거해서 증권거래가 행하여지는 경우, (2) 미증권거래위원회(Securities and Exchange Commission: SEC)의 게출(registration)이 종료하기 전에 인수업무에서 위법으로 판매활동을 행하는 것이다.

gunslinger [미속] 건슬링어 ¶ The *gunslinger* is an aggressive portfolio manager who buys speculative stocks, often on margin. In the great bull market of the 1960s, several hot fund managers gained reputations and had huge followings as *gunslingers* by producing enormous returns while taking great risks. However, the bear market of the early 1970s caused many of these *gunslingers* to lose hugh amounts of money, and in the most cases, their followings. The term is still used when referring to popular managers who take big risks in search of high returns. 건슬링어는 자주 신용거래(margin)에서 주식구입을 행하는 적극적인 포트폴리오매니저(portfolio manager)이다. 1960년대의 엄청난 강세시장(bull market)에서 몇 사람의 강세를 예상한 펀드매니저는 커다란 리스크를 받으면서 거액의 수익을 올려서, 건슬링어로서 평판을 올리고, 많은 지지자가 있었다. 그러나 1970년대 초의 약세시장(bear market)에서는, 많은 건슬링어가 거액의 손실을 입고, 고객을 잃는 자도 많았다. 이 용어는 현재에도 높은 수익률을 목표로

커다란 리스크를 받는 인기포트폴리오 매니저와 사전에 거래문의를 할 때에 사용되고 있다.

gyosei shido [일본] 교세이시도(行政指導) ¶ The *gyosei shido* is the Japanese practice of bureaucratic control (or "administrative guidance") of corporations, exercised through regulation, keiretzu group pressure, and access to bank-supplied credit. 교세이시도는 규정(規程), 케이레츠(系列)그룹압력 및 은행지원신용에 접근을 통해서 행사되는 회사의 관료감독(또는 「행정지도」)의 일본식 관례이다.

H

habendum (L) 보유재산(to be possessed) ¶ *Habendum* is that clause of the deed which names the grantee and limits and defines the estate to be granted. 보유재산은 피양여자를 지명하고 그 양여될 재산을 규정하는 날인증서의 조항(條項)이다. ¶ The clause beginning 'to have and to hold' is the habendum and tenendum combined, and is generally called the *habendum*, 'have and to hold'로 시작되는 조항은 보유재산조항(habendum and tenendum)이며, 일반적으로 habendum이라 한다.

hacker [컴] 해커 ¶ The *hacker* is an expert computer programmer who enjoys figuring out the inner workings of computer systems or networks. Some have a reputation for using their expertise to illegally break into secure programs in computers hooked up to the Internet or other networks. This sense, however, has now been taken over by the term cracker, and *hacker* is again a title to be proudly claimed. 해커는 컴퓨터시스템이나 네트워크의 내부작용의 이해를 즐기는 전문가적인 컴퓨터 프로그래머이다. 일부 해커는 자신의 전문기술을 이용하여 인터넷이나 다른 네트워크에 설치된 컴퓨터의 안정된 프로그램에 불법으로 침입하여 명성을 얻고 있다. 그렇지만, 이런 의식은 현재 크래커(cracker)(다른 컴퓨터에 침입하여 데이터를 이용하거나 파괴하는 사람)라는 용어에 이양되었고, 해커는 다시 당당히 주장할 만한 직함(title)이 되었다.

haircut [미속] 헤어컷 비율(보유증권의 리스크의 정도, 리스크 헤지의 유무 등으로부터 시산(試算)되는 평가손에 관한 것이다.) ¶ The word *haircut* is a security industry term referring to the formulas used in the valuation of securities for the purpose of calculating a broker-dealer's net capital. The *haircut* varies according to the class of a security, its market risk, and the time to maturity. 헤어컷이라는 말은 증권회사(broker-dealer)의 순자산을 계산할 목적으로 증권평가액 사정시에 이용되는 계산식을 가리키는 증권업계의 용어이다. 헤어컷은 증권의 종류, 마켓리스크, 만기까지의 기간 등에 따라 달라진다. ***haircut financing*** 유가증권담보대출 ¶ In lending, the *haircut financing* is difference between the amount advanced by a lender and the market value of collateral securing the loan. For example, if a lender makes a loan equal to 90% of the dollar value of marketable securities, the difference (10%) is the haircut. 융자할 때에 유가증권담보대출은 금융기관이 제시한 금액과 그 대출을 확보하는 담보물의 시장가격과의 차이가 된다. 예컨대 금융기관이 시장성 있는 증권에 대한 달러가격의 90%에 상당하는 융자를 한다면, 그 차액(10%)이 유가증권담보대출이 된다.

Haiti currency 아이티 화폐 ¶ gourde 구어드

halal [아랍] 할랄 ¶ The *halal* is any action or objective that is permissible under Islamic law, and a key factor in Islamic finance. 할랄은 이슬람 법에 의하여 허용될 수 있는 어떤 행위나 목표이고. 이슬람 금융에서 중요한 요인(factor)이다.

halala [아랍] 할랄라 ¶ A subdivision (1/100) of the Saudi Arabian riyal. 1 리얄(사우디 아라비아 riyal) = 100 할랄라(halala)

half 반분의, 불충분한 ¶ the first *half* 전반(前半)의 /*half*-completed goods 반제품 *half*-finished goods 반제품 /*half*-day loans 반나절 대출 /*half* notes 반지폐(반으로 조각난 지폐) /a *half* term; a *half*-year period 반기(半期) /*half*-year settlement 반기(半期)결산 /the last *half* 후반(後半)의 ***half-life*** 원금반감기(元金半減期) ¶ The *half-life* is a point in time in which half the principal has been repaid in a mortgage-backed security guaranteed or issued by the Government National Mortgage Association, or the Federal National Mortgage Association, or the Federal Home Loan Mortgage Corporation. Normally, it is assumed that such a security has a *half-life* of 12 years. But specific mortgage pools can have vastly longer or shorter *half-life*, depending on interest rate trends. If interest rates fall, more homeowners will refinance their mortgages, meaning that principal will be paid off more quickly, and *half-lives* will drop. If interest rates rise, homeowners will hold onto their mortgages longer than anticipated, and *half-lives* will rise. 원금반감기란 정부주택모기지협회(Government National Mortgage Association: GNMA), 연방모기지협회(Federal National Mortgage Association) 혹은 연방주택금융모기지공사(Federal Home Loan Mortgage Corporation)에 의하여 보증되거나 또는 발행된 모기지담보증권(mortgage-backed security)의 원금이 반분(半分)이 되는 시기를 이른다. 통상은 이러한 증권은 12년의 반감기(half-life)를 가지는 것으로 상정되고 있다. 그러나 금리동향에 따라 특수한 기초채권의 풀(mortgage pool)에는 대단한 장기반감기이거나 대단한 단기반감기를 가지는 경우가 있다. 금리가 저하한다면 한층 많은 주택소유자가 주택론(mortgage)을 차환(借換)한다. 즉, 그 원금(principal)의 상환이 빨라지고, 반감기(半減期)는 단축된다. 금리가 상승한 경우에는, 주택소유자는 당초 예상보다도 주택론을 계속 빌리기 때문에, 반감기는 장기에 걸치게 된다. ***~-stock*** 액면 50달러 주식 ¶ The *half-stock* is a common or preferred stock with a $50 par value instead of the more conventional $100 par value. 액면 50달러 주식은 일반적인 액면(par) 100달러가 아니고, 액면 50달러의 보통주식(common stock)이나 우선주식(preferred stock)을 말한다. ***~-year convention*** 반기이용추정 ¶ In tax law, the *half-year convention* is the assumption that an asset acquired at any point in the taxable year was placed in service halfway during the year. The *half-year convention* affects annual depreciation, taxation, and earnings calculations. 세법에 있어서, 반기이용추정은 과세연도의 어느 시기에 취득한 자산은 그 연도의 반기에 이용되었다는 추정이다. 반기이용추정은 연간감가상각(annual depreciation), 과세(taxation) 및 수익산출에 영향을 끼친다.

hallmark 각인, 낙인, (금은의) 인증각인

Halloween 핼러윈, 모든 성인(聖人)의 날 전야(10월 31일) ***Halloween strategy*** 핼러윈 전략 ¶ The *Halloween strategy* is a stock investment strategy based on the historical fact that most capital gains (80 percent by some estimates) occur between October 31 and May 1. An investor using the Halloween indicator, as it is also called, would be fully invested for that six-month period and out of the stock market for the other six months of the year, theoretically enjoying the major part of an annual return with half the exposure. 핼러윈 전략이란 대부분의 캐피탈게인(몇 가지의 추측에 의한 80퍼센트)(capital gains)이 10월 31일부터 5월 1일까지의 기간에 발생한다고 하는 과거의 사실에 근거를 두는 전략이다. 이를 핼러윈 지표(Halloween indicator)라고도 하지만. 이를 사용하는 투자자는 6개월 간 완전히 투자하고, 남은 6개월 기간에 주식시장에서 떠나는, 이치상으로 말한다면 연간의 리턴(return)을 반분의 위기부담(exposure)으로 누린다는 것이다.

H

주식시장을 결단내는 투기자의 망치질

hammer 망치로 치다, (공매(空賣)해서 주식의) 가격을 떨어뜨리다 ***hammering the market*** 약세를 예상하는 쪽에서 매물을 시장에 쏟아내는 일 ¶ *Hammering the market* is an intense selling of stocks by those who think prices are inflated. Speculators who think the market is about to drop, and therefore sell short, are said to be *hammering the market*. See also selling short. 매물을 주식시장에 쏟아내는 일은 주가가 너무 높아질 것이라고 생각하는 사람들이 주식을 열심히 파는 행위를 이른다. 시장이 하락할 것이라고 생각하고, 그러므로 공매(selling short)를 하는 투기자(speculator)는 시장에 매물을 쏟아내고 있다(hammering the market)고 한다. selling short[공매(空賣)]도 참조할 것.

hand 손, 노력(勞力), (*pl.*) 소유, 수중, 장외추심(場外推尋) ¶ balance in *hand* 보유잔액 /cash in *hand* 보유현금 /currency on *hand* 보유현금 /goods on *hand* 보유재고 /*hand* money 착수금 /*hand* to hand money 유통통화 /in one's own *hand* 자필의 /money on *hand* 보유현금 /under one's *hand* and seal 서명날인하여 /work in *hand* [process] 제작중의 물품 ***hand signal*** [영] 핸드시그널 ¶ The *hand signal* is a method of communicating bids and offers between floor traders in an open outcry market. 핸드시그널은 공개경쟁매매방식(큰 소리를 지르며 하는 매매주문) 시장에서 입회장 트레이더들간에 매매호가(賣買呼價)를 전달하는 방법을 말한다.

hand-held 손바닥에 놓인

handicap 핸디캡, 불리한 조건

handicraft 수세공, 수공예 ¶ *handicraft* industry 수공업

handling 취급, 처리, 조종 ¶ *handling* charges 취급수수료

handout 상품안내(견본), 뿌리는 전단, 배포 인쇄물

hands-off 불간섭의, 방관적인 ¶ *hands-off* policy 불간섭정책 ***hands-off investor*** 경영불참가형 투자자, 핸드오프투자자 ¶ The *hands-off investor* is an investor willing to take a passive role in the management of a corporation. an individual or corporation with a large stake in another company may decide to adopt a "hands-off" policy if it is satisfied with the current performance of management. However, if management falters, it may become more actively involved in corporate strategy. 경영불참가형 투자자는 기업경영에 있어서 소극적인 역할을 하고자 하는 투자자를 말한다. 다른 기업의 주식을 많이 소유하고 있는 사람이나 기업은 현재의 경영진의 실적에 충분히 만족하고 있는 경우에는, 핸드오프 방침을 채용하는 결정을 할 것이다. 그렇지만 경영진이 실패를 한다면, 그 기업의 전략에 보다 적극적으로 관여하게 될 것이다.

hands-on 직접 실무에 참가하는, 진두지휘하는, 일선에 뛰는 ***hands-on investor*** 경영참가형 투자자, 핸드온투자자 ¶ The *hands-on investor* is an investor who takes an active role in the management of the company whose stock he or she has bought. 경영참가형 투자자는 구입한 주식의 회사경영에 적극적인 역할을 다할 투자자를 말한다.

handwriting 필적, 육필

Hang Seng index 항셍지수(指數) ¶ The *Hang Seng index* is the major indicator of stock market performance in Hong Kong. The index is comprised of 33 companies with aggregate capitalization that represents 70% of total market capitalization of all eligible stocks listed on the Main Board of the Stock Exchange of Hong Kong. There are four sector indices: commerce and industry, finance, properties, and utilities. 항셍지수는 홍콩의 주식시황의 주요지표(major indicator)이다. 이 지표는 홍콩증권거래소(The Stock Exchange of Hong Kong)의 메인보드(Main Board)에 상장하고 있는 모든 상장적격기업의 시가총액(market capitalization)의 70%를 차지하는 상위 33사(社)로 구성되고 있다. 항셍지수는 상업, 제조업, 금융, 부동산, 전력의 4개의 업종으로 나누어져 있다.

harakiri swap [일본] 할복(하라키리)스왑 ¶ The *harakiri swap* is a swap that carries no spread but merely increases the market share of the person who initiates it. 하라키리스왑은 스왑을 시작하는 자의 시장지분을 확산시키는 것이 아니라 단지 증가하는 스왑이다.

haraam [아랍] 하람 ¶ *Haraam* is any action or objective that is forbidden under Islamic law, and which has led to the development of the Islamic finance sector. See halal. 하람은 이슬람교에 의해서 금지되고 있는 어떤 행위 또는 목표이고, 이것은 이슬람금융부분의 발전을 이끌어 왔다. halal(할랄)도 참조할 것.

harbor 항구, 항만 ¶ *harbor* improvement 항만정비 /*harbor* transportation 항만운송 ***harbor charges* [*dues*]** 입항세, 입항료 ¶ *Harbor charges* are charges assessed to harbor users for maintenance purposes. 입항료는 항만이용자가 유지관리의 목적으로 부과하는 경비부담이다.

hard 견고한, 강경한 ¶ *hard* loans (달러반환이 조건 등의) 경화차관 ***hard call protection*** [영] 하드콜 프로텍션 ¶ The *hard call protection* is a call protection provision in a bond indenture that prevents the issuer from calling the securities for a specific period of time. See also noncallable bond; soft call protection. 하드콜 프로텍션은 채권신탁증서(bond indenture) 속에 들어있는 발행자가 특정한 기간 중에 증권의 상환을 청구하지 못하게 하는 콜프로텍션조항을 말한다. noncallable bond(조기상환불능채권); soft call protection(소프트콜 프로텍션)도 참조할 것. ~ ***cash*** 경화(硬貨), 정화(正貨), 현금 ¶ *Hard cash* is currency and coins as opposed to checks, credit cards, and debit cards. 현금은 수표, 크레디트카드, 및 데빗카드에 대립되는 지폐와 경화를 말한다. ~ ***dollars*** 하드달러 ¶ *Hard dollars* are actual payments made by a customer for services, including research, provided by a brokerage firm. For example, if a broker puts together a financial plan for a client, the fee might be $1,000 in *hard dollars*. The contrasts with soft dollars, which refers to compensation by way of the commissions a broker would receive if he were to carry out any trades called for in that financial plan. Brokerage house research is sold for either *hard* or soft *dollars*. 하드달러는 증권회사(brokerage firm)가 제공하는 조사정보(research)를 포함하는 서비스에 대하여 고객이 실제로 보수를 지급하는 것이다. 예컨대 증권회사가 고객을 위하여 투자계획을 작성하고 그 보수로서 1,000달러를 받는 경우에, 이 1,000달러는 하드달러가 된다. 한편 투자계획작성의 보수를 지급하지 않고, 그 대신에 투자계획에 따라 증권거래를 행하고, 그 증권취급수수료(commission)라는 형식으로 받는 경우를 소프트달러(soft dollars)라고 한다. 증권회사의 조사정보는 하드달러이든 소프트달러이든 어느 방법으로도 제공되고 있다. ~ ***goods*** 내구소비재 ¶ *Hard goods* are consumer durable goods. 내구소비재는 소비자내구소비재이다. ~ ***landing*** [영속] 경착륙(硬着陸) ¶ The *hard landing* is a state where fiscal or monetary restraint intended to curb excess demand and high inflation erodes confidence and activity, leading to economic slowdown and recession. See also soft landing. 경착륙은 초과수요와 높은 인플레이션을 억제하려는 재정적이나 통화정책적 제한이 신뢰와 활동을 침식하여 경제적 둔화(slowdown)와 경기침체(recession)를 가져오는 상태를 말한다. soft landing(연착륙)도 참조할 것. ~ ***market*** [영] 하드마켓 ¶ The *hard market* is: (1) any market where demand exceeds supply, causing prices to rise. (2) an insurance market cycle where insurers reduce the amount of coverage they are willing to write, causing supply to contract and premiums to rise. A *hard market* can occur by the onset of very large and unexpected losses (i.e., catastrophic hazards, shock loss) that causes a depletion of capital within the insurance and reinsurance sector; relative lack of capital creates a shortfall in risk capacity. A *hard market* may also arise from a gradual lowering of underwriting standards occurring during a soft market cycles, leading to a greater loss experience over time. 하드마켓이란 (1) 수요가 공급을 초과하여 가격이 상승하는 원인이 되는 시장을 말한다. (2) 보험업자가 인수하려고 하는 보험범위의 금액을 감소하는 터에, 이것이 보험계약과 보험료의 공급이 상승하는 원인이 되는 보험시장 주기(周期)를 말한다. 하드마켓은 보험과 재보험부분내에서 자본의 소모(depletion of capital)의 원인이 되는 대형의 예상치 못한 손해(즉, 대재난, 쇼크로스)가 내습(onset)함으로써 발생할 수 있다. 자본의 상대적 부족은 위험능력의 부족을 낳는다. 하드마켓은 소프트마켓주기 동안 발생하는 여신기준(underwriting standards)의 점진적 인하에서 발생할 수도 있고, 이는 시간이 지나면서 더 큰 손실경험을 맛보게 한다. ~ ***money***; ~ ***currency*** 경화, 교환가능통화, 하드커런시 ¶ The *hard money* is a currency in which there is widespread confidence. It is the currency of an economically and politically stable country, such as the U.S. or Switzerland. Countries that have taken out loans in *hard money* generally must repay them in *hard money*. 경화란 널리 신뢰받고 있는 통화(currency)를 말한다. 예컨대, 미국이나 스위스연방과 같이, 경제적으로나 정치적으로도 안정된 국가의 통화가 그것이다. 일반적으로 경화로 차입한 국가는 경화로 상환하여야 한다. ¶ The *hard money* is gold or coins, as contrasted with paper currency, which is considered soft money. Some *hard-money* enthusiasts advocate a return to the gold standard as a method of reducing inflation and promoting economic growth. 하드커런시는 소프트머니라고 하는 지폐에 대하여 금이나 경화(coin)를 말한다. 일부 경화의 신봉자(hard-money enthusiast)는 인플레이션(inflation)을 줄이고, 경제성장을 촉구하기 위해서, 금본위제(gold standard)로의 회귀를 주장하고 있다.

H

hard-core 핵심적인, 장기에 걸치는, 만성적인

harden 경화하다, 시세가 오름세가 되다, (내림세에 있던 값이) 다시 상승세를 보이다 ¶ *hardening* of loan terms 엄격하게 되는 금융조건

harmonized index of consumer prices (HICP) [영] 통합물가지수 ¶ *Harmonized index of consumer prices* (*HICP*) is an inflation index widely used throughout the European Union that measures changes in consumer prices. Unlike various other consumer price index measures, *HICP* excludes owner-occupied rental costs. See also producer price index; retail price index. 통합물가지수는 소비자물가의 변동을 측정하는 유럽연합(EU)을 통하여 사용되는 인플레이션

지수이다. 여러 가지 다른 소비자물가지수와는 달리, 통합물가지수는 자기사용의 임대비용(rental costs)은 제외한다. producer price index(생산자물가지수); retail price index(소매물가지수)도 참조할 것.

hardware (*col.*) [컴] 하드웨어[기재(機材)·설비 등의 총칭] ¶ computer *hardware* 컴퓨터 하드웨어

Hart-Scott-Rodino Act of 1976 1976년 하트-스콧-로디노법(미국독점금지법) ¶ The *Hart-Scott-Rodino Act of 1976* is the United States Department of Justice regulation enforced by the Federal Trade Commission that requires notification by an investor seeking to acquire an interest in the lesser amount of 15% or $15 million of a firm's capitalization. The filing prompts a 30-day review of antitrust consideration. 1976년 하트-스콧-로디노법은 기업의 자본금의 15% 미만 또는 1,500만 달러 미만의 주식(stock)의 취득을 목표로 하는 투자자는 계출을 하여야 한다는 미연방거래위원회(Federal Trade Commission)가 정한 미법무부(Department of Justice)규정(regulation)이다. 이 계출은 독점금지법의 관점에서 30일간 심사된다.

harvest [n.] 수확, 추수, 보수, 결과 ¶ In private equity and venture capital, the *harvest* is the process of crystallizing profits in a portfolio company through an initial public offering or sale to a third party. 프라이빗에퀴티와 벤처캐피탈에 있어서, 하비스트는 신규주식공모(initial public offering: IPO)나 제3자에의 매도를 통해서 투자회사(portfolio company)의 이익을 구체화하는 과정을 말한다. /*harvest* season 수확기(收穫期)
[v.] 수확하다, (성과 등을) 거두어들이다. (보상을) 받다

hash total 잡계(雜計)(체크를 위한 특정부분의 합계) ¶ *Hash total* is adding numbers associated with a set of record to validate the integrity of the data. A summation is compared to a prior total to determine if any data has been lost or erroneously entered. 해시 토털은 데이터의 진정됨을 확인하기 위하여 일련의 기록과 관련되는 숫자를 부가하는 것이다. 덧셈은 어떤 데이터가 빠트렸는지 또는 잘못 기입하였는지를 결정하기 위하여 전의 합계에 비교된다.

H

haste 급함, 신속, 성급, 서두름 ¶ *haste* in borrowing 서둘러 차입함

haul 운반, 수송(輸送), 획득물, 취득

haulage 운반, 운임, 화차사용료

Hausbank [독] 하우스방크 ¶ In Germany, the *Hausbank* is a bank acting as the primary relationship banker to a company, providing or arranging a variety of credit-related services. *Hausbanks* often wield additional power by directly holding large shareholdings in client companies and by voting proxies on behalf of investors who leave their shares in bank custody. 독일에서, 하우스방크는 여러 가지의 신용관련 서비스를 제공하거나 알선하는 회사에 대한 중요한 관계은행으로 활동하는 은행을 말한다. 하우스방크는 고객회사의 대량의 주식보유량을 직접 보유하고 은행보관금고에 주식을 맡겨 놓은 투자자를 대신하여 대리권을 행사함으로써 부가 권한을 행사하기도 한다.

haven 항구, 피난처 (*cf.*) heaven 천국

HAWB → house air waybill [약] 자기항공화물운송장(自己航空貨物運送狀)(운송중개업자가 혼재(소형)항공화물을 집하한 단계에서 발행한다.) ¶ The *house air waybill* (*HAWB*) is a bill of lading issued by a freight forwarder for consolidated air freight shipments. See also airway bill; freight forwarder. 자기항공화물운송장은 혼재한 항공화물선적을 위해서 화물발송운송취급인(freight forwarder)이 발행한 선하증권이다. airway bill(항공화물운송장); freight forwarder(화물발송운송취급인)도 참조할 것.

hazard [영] 해저드(risk) ¶ The *hazard* is an event that creates or increase peril. While *hazards* are not specifically covered in most insurance contracts, the perils they creates or magnify form the core of insurable risks. 해저드(hazard)는 위험(peril)을 발생하거나 증가시키는 사고를 말한다. 해저드가 모든 보험계약에서 명확히 커버되고 있지 않음에 반하여, 해저드가 야기하거나 확대하는 위험(perils)은 보험사고(insurable risk)의 핵심을 형성한다.

hazardous 위험한, 모험적인 ***hazardous insurance*** 위험한 보험계약 ¶ *Hazardous insurance* is insurance effected on property which is in unusual or peculiar danger of destruction by fire, or on the life of a person whose occupation expose him to special or unusual perils. 위험한 보험계약은 화재로 인한 파괴의 유별나거나 특별한 위험 속에 있는 재산을 보험계약의 목적물로 하거나 위험한 직업에 종사하는 자를 피보험자로 하는 보험계약을 말한다.

head 머리, (부국 등의) 장, 우두머리, (경화의) 앞면 ¶ *Head* or tails (코인의) 앞면인가 뒷면인가 /*head* office account 본점계좌, 본사계좌 ***head and shoulders*** [게이선(線)분석에서 이용되는] 헤드앤드숄더, 관세음보살형(型)(세 번째 천장 후에 내림시세로 변하는 형태) ¶ *Head and shoulders* are patterns resembling the *head and shoulders* outline of a person, which is used to chart stock price trends. The pattern signals the reversal of a trend. 헤드앤드숄더는 인간의 머리와 두 어깨의 윤곽에 유사한 괘선(chart)의 모양으로, 주가의 경향을 나타내는 데에 이용된다. 이 모양은 주가경향의 반전현상을 나타낸다. ~ ***of household*** 특정세대주 ¶ The *head of household* is a tax filing status available in the tax code to individuals who provide more than half of the financial support to their household during the tax year. *Heads of household* can be married or single, as long as they support dependent children or grandchildren, parents, or other close relatives living at home. 특정세대주란 세법에 있는 세금신고의 신고구분에서, 납세연도에 그 가계에 절반을 초과하는 경제적 공헌을 한 사람에게 주어지는 납세자로서의 지위(status)를 말한다. 세제상의 특정세대주로서의 취급은 자녀, 손자, 배우자, 혹은 동거하는 근친자(近親者)를 부양하고 있으면, 기혼이든 미혼이든 상관하지 않는다.

헤드앤드숄더(head and shoulders)

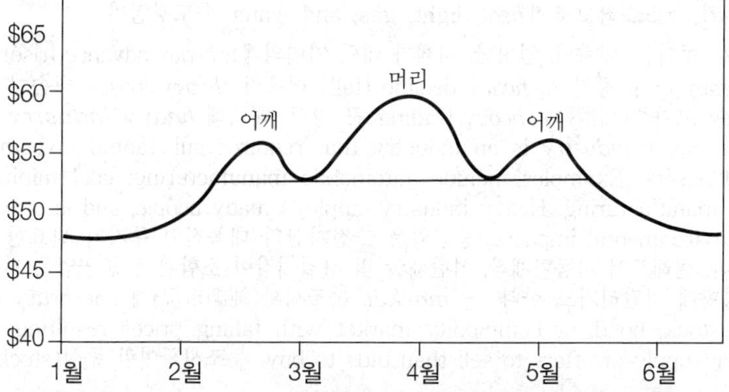

H

headline 표제, 주된 항목 ***headline inflation*** 헤드라인 인플레이션 ¶ The *headline inflation* is an increase in inflation as measured by the consumer price index (CPI) or, when specified, the producer price index (PPI) including all prices making up the index, which means that the most volatile prices excluded to arrive at core inflation, namely food and energy, are added back. 헤드라인 인플레이션은 소비자물가지수(consumer price index: CPI)나 특정한 경우의 생산자물가지수(producer price index: PPI)가 측정한 인플레이션이 증가하는 경우이다. 이때에 지수를 구성하는 모든 물가는 포함하는데, 그 의미는 진정한 인플레이션에 달하는 데에 제외된 가장 불안정한 물가, 즉 식품과 에너지가 원래대로 추가된다는 뜻이다. ~ ***risk*** 헤드라인 리스크, 보도리스크 ¶ The *headline risk* is the risk that a major news story about a company, whether true or not, will adversely affect the value of its stock. 헤드라인 리스크는 특정한 회사에 관한 특종 뉴스거리가 그 내용이 옳든 아니든 상관없이 그 회사의 주가에 악영향을 미친다고 하는 리스크(risk)이다.

headquarters 본부, 본사

health 건강, 의료 ¶ *health* certificate 건강증명서 /*health* record 건강진단서 ***health insurance*** 건강보험 ¶ In popular usage, the *health insurance* is any insurance plan that covers medical expenses or health care services, including HMOs, insured plans, preferred provider organizations, etc. In insurance, protection against loss by sickness or bodily injury, in which sense it is synonymous with accident and health, accident and sickness, accident, or disability income insurance. 일반적으로, 건강보험은 의료비의 지급을 보증하는 모든 보험(insurance)을 말하며, 회원제 건강의료단체(Health Maintenance Organization: HMO), 전통적 의료보험(insured plan), 특약의료단체(preferred provider organization)를 포함한다. 보험업계에서는, 질병이나 육체적 손상으로 인한 손실을 보험범위로 하는 보험을 말한다. 그런 의미에서, 재해 및 건강보험(accident and health), 사고 및 질병보험(accident and sickness), 사고보험(accident) 혹은 취업불능소득보상보험(disability income insurance)과 같은 말이다. ***Health Saving Account (HSA)*** 의료저축계좌 ¶ The *Health Saving Account* (*HSA*) is created by the Medicine bill in 2003 that allows tax-free contributions, earnings, and withdrawals from an *HSA* if used for medical care. *HSAs* must be used in conjunction with a high-deductible health plan. 의료저축계좌는 의료비에 사용할 목적으로 세금면제(tax-free)의 계좌에의 출연, 수익과 계좌에서의 인출을 허용하는 의료보험제도개혁법안(Medicine bill)에 의해서 2003년에 창설되었다. 의료저축계좌는 고액공제의료제도(high-deductible health plan)와 관련하여 이용되어야 한다.

heat 열, 온도, 최고조 ¶ *heat*, light, gas, and water 수도광열비

heavy 무거운, 대량의, 엄청난, 시세가 내릴 기미의 ¶ a *heavy* advance [rise] 대폭등 /a *heavy* crop 풍작 /a *heavy* decline [fall] 대폭락 /*heavy* losses 대손실 /*heavy* shares 고가주(高價株) /*heavy* trading 큰 장사, 대거래 ***heavy industry*** 중공업 ¶ The *heavy industry* is an industry that requires substantial investment in fixed assets. Examples include automobile manufacturing, coal mining, and steel manufacturing. Heavy industry employs many people, and is often beset by environmental impacts. 중공업은 고정자산의 대폭적인 투자가 필요한 산업을 이른다. 실례로서 자동차제작, 석탄채굴 및 강철제작이 포함된다. 중공업은 자주 환경의 영향에 시달리기도 한다. ~ ***market*** 둔조시황(鈍調市況) ¶ The *heavy market* is a stock, bond, or commodity market with falling prices resulting from a larger supply of offers to sell than bids to buy. 둔조시황이란 주식(stock), 채권

H

(bond), 상품(commodity)의 시장에서 매수보다도 매도의 공급이 과잉이어서 가격이 하락하고 있는 시장을 이른다. ~ ***share*** [영] 고가주(高價株) ¶ The *heavy share* is a stock with a high price, and which may be a candidate for a stock split in order to lower its price and appeal to a broader number of investors, particularly those in the retail sector. 고가주는 고가의 주식이고 주가를 낮추어서 특히 소매부분에서 그런 것처럼 폭넓게 많은 투자자들에게 어필하기 위하여 주식분할의 대상이 될 수 있는 주식이다.

hedge/hedging 헤지(하다), 연계매매(하다), 보험연계(하다) ¶ The *hedge/hedging* is a strategy used to offset investment risk. A perfect *hedge* is one eliminating the possibility of future gain or loss. A stockholder worried about declining stock prices, for instance, can hedge his or her holidays by buying a put option on the stock or selling a call option. Someone owning 100 shares of XYZ stock, selling at $70 per share, can hedge his position by buying a put option giving him the right to sell 100 shares at $70 at any time over the next few months. This investor must pay a certain amount of money, called a premium, for these rights. If XYZ stock falls during that time, the investor can exercise his option – that is, sell the stock at $70 – thereby preserving the $70 value of the XYZ holdings. The same XYZ stockholder can also hedge his position by selling a call option. In such a transaction, he sells the right to buy XYZ stock at $70 per share for the next few months. In return, he receives a premium. If XYZ stock falls in price, that premium income will offset to some extent the drop in value of the stock. Selling short is another widely used *hedging* technique. Investors often try to hedge against inflation by purchasing assets that will rise in vale faster than inflation, such as gold, real estate, or other tangible assets. 헤지는 투자 리스크(investment risk)를 상쇄하기 위해서 사용되는 전략이다. 완전한 헤지는 장래의 이익이나 손실의 가능성을 제거하는 것이다. 예를 들면, 주가의 하락을 염려하는 주식보유자(stockholder)는 그 주식의 풋옵션(put option)을 매입하든지, 콜옵션(call option)을 매도하든지 하여 헤지를 할 수 있다. 현재 70달러의 XYZ사의 주식을 100주 소유하고 있는 자는 다음 수개월에 걸쳐 언제든지 70달러로 100주를 매각할 수 있는 권리를 부여하는 풋옵션을 구입함으로써 보유주식의 헤지를 할 수 있다. 투자자(investors)는 이 옵션의 권리에 대하여 프리미엄(premium, 옵션료)이라고 하는 금액을 지급하여야 한다. XYZ사의 주식이 행사기간내에 하락한다면, 그 투자자는 그 옵션을 행사, 즉 그 주식의 70달러로 매각할 수 있다. 따라서 XYZ사 보유주는 70달러의 가치를 유지할 수 있는 것이 된다. 이와 같은 XYZ사의 주식의 투자자는 콜옵션을 매도함으로써, 그 가진 포지션(position)을 헤지할 수 있다. 이러한 거래에서는, 다음 수개월간 XYZ사의 주식을 1주 70달러로 매입할 권리를 매도한다. 그 대가로, 옵션료를 받는다. XYZ사의 주식이 하락한 경우에는, 옵션료수입(premium income)이 주가의 하락을 일부분 상쇄한다. 공매(空賣, selling short)는 널리 사용되는 또 하나의 헤지의 수법이다. 투자자는 이따금 인플레이션(inflation)에 대하여, 인플레이션보다 일찍 가격이 상승하는 자산, 예를 들면 금(金), 부동산(real estate)이나 다른 유형자산(tangible assets)을 구입하여 인플레이션헤지를 행한다. /*hedge against inflation* 인플레이션헤지 /(a) *hedge* against loss 손실에 대한 연계 /*hedge*-buying 매입연계 /*hedge* operation 헤지조작 /a *hedge* purchase 연계매입, 매입연계(*hedge*-buying) /a *hedge* ratio 헤지비율(채권액면에 대한 선물액면의 비율) /a *hedge* sale 연계매도, 매도연계(hedge-selling) /*hedge*-selling 매도연계 /*hedging* instruments 연계수단 /an inflation *hedge* 인플레이션 헤지 ***hedge clause*** 책임회피조항 ¶ The *hedge clause* is a disclaimer seen in market letters, security research reports, or other printed matter having to do with evaluating investment, which purport to absolve the writer from responsibility for the accuracy of information obtained from usually reliable source. Despite such clauses, which may mitigate liability, writers may still be charged with negligence in their use of information. Typical language of a *hedge clause*: "The information furnished therein has been obtained from sources believed to be reliable, but its accuracy is not guaranteed." 책임회피조항은 시황리포트, 주식조사보고, 혹은 투자를 평가하는 인쇄물로 볼 수 있는 단서(disclaimer of opinion)이고, 통례는 신뢰할 만한 정보소식통에서 얻은 정보의 정확성에 관하여 저자를 면책할 의도를 가진다. 이와 같은 책임을 완화하는 조항에도 불구하고, 이러한 저자는 그 정보의 사용상의 과실에 대하여 책임을 져야 하는 경우가 있다. 전형적인 책임회피조항의 표현은「여기서 사용한 정보는 신뢰할 수 있다고 판단되는 정보소식통에서 얻은 것입니다만, 그 정확성을 보장하는 것은 아닙니다.」 ~ ***fund*** 헤지펀드(투기를 목적으로 하는 투자신탁조합) ¶ A *hedge fund* is a private investment partnership (for U.S. investors) or an off-shore investment corporation (for non-U.S. or tax-exempt investors) in which the general partner has made a substantial personal investment, and whose offering memorandum allows for the fund to take both long and short positions, use leverage and derivatives, and invest in many markets. *Hedge funds* often take large risks on speculative strategies, including program trading, swaps, arbitrage, and other market-neutral investing. A fund need not employ all of these tools all of the time; it must merely have then at its disposal. Since *hedge funds* are not limited to buying securities, they can potentially profit in any market environment, including one with sharply declining prices. Because they move billions of dollars in and out of markets quickly, *hedge funds* can have a significant impact on the day-to-day trading developments in the stock, bond, and futures markets. 헤지펀드는 사모(私募)형식의 (미국의 투자자를 위한) 투자파트너십 혹은 (미국 이외의, 또는 비과세 투자자를 위한) 오프쇼어의 투자법인으로서 설립되어, 제너럴파트너가 상당한 금액의 개인투자를 펀드로 한다. 그 사업계획서에서 펀드가 매입초과포지션(long position)과 매도초과포지션(short position) 양쪽을 취하여, 레버리지(leverage) 및 파생금융상품(derivatives)을 사용한다든지 여러 가지의 시장에의 투자를 허용하고 있다. 헤지펀드는 이따금 프로그램거래(program trading), 스왑(swaps), 차익(差益)거래(arbitrage) 및 기타 시장과 무관한 투자(market-neutral investing)를 비롯한 투기적인 전략에 기초하여 커다란 위험을 무릅쓴다. 헤지펀드는 이러한 수법 전부를 상시 사용할 필요는 없고, 단지 그것들을 자유로이 사용할 수 있도록 하고 있을 뿐이다. 헤지펀드는 증권구입에만 한정되어 있는 것은 아니므로, 어떠한 시장환경 속에서도 가격이 급격하게 하락하고 있는 경우도 포함하여, 수익을 올릴 가능성이 있다. 헤지펀드는 수십억 달러의 자금을 재빠르게 시장에 출입시키기 때문에, 주식(stock), 채권(bond), 선물시장(futures market)의 매일 매일의 거래동향에 현저한 영향을 미친다. ~ ***ratio*** 헤지비율 → delta hedging (델타헤징). ~ ***transaction*** 연계거래, 헤지거래(환리스크를 가지고 있는 채권액(exposure)의 손실을 회피·경감하려고 하는 거래의 총칭) ¶ *Hedge transaction* is a general term that a transaction tries to avoid and eliminate the loss of exposure from the exchange risk. 헤지거래는 환리스크(exchange risk)로부터 채권액(exposure)의 손실을 회피·경감하려고 하는 거래의 총칭이다. ~ ***wrapper*** 헤지래퍼 ¶ The *hedge wrapper* is a options strategy where the holder of a long position in an underlying stock buys an out of the money put and sells an out of the money call. It defines a range where the stock will be sold at expiration of the option, whatever way the stock moves.

The maximum profit is made if the call is exercised at expiration, since the holder gets the strike price plus any dividends. The maximum loss occurs if the put option is exercised, and represents the cost of the *hedge wrapper* less the strike price plus dividends received. The cost of the *hedge wrapper* less dividends received is the breakeven point. The strategy produces a loss whenever the breakeven price is higher than the strike price of the call. 헤지래퍼는 기초주식(underlying stock)을 매입초과포지션(long position)으로 하고 있는 사람이 아웃오브더 머니(out of the money)의 풋옵션(put option)을 매수하고, 아웃오브더 머니의 콜옵션(call option)을 매각하는 전략이다. 이 전략은 주식이 어디로 움직여도 옵션의 기한일에 그 주식을 매도가격의 범위를 결정하고 있다. 콜옵션이 만료일(expiration)에 집행될 때에, 이익을 최대가 된다. 왜냐하면 그 소유자는 행사가격(strike price)과 그 사이의 배당금(dividend)을 얻기 때문이다. 풋옵션이 행사된 때에, 손실이 최대가 되어 그 손실액은 헤지래퍼의 비용과 풋옵션의 행사가격의 합계에서 주식의 당초가격과 수취배당금을 공제한 금액이 된다. 헤지래퍼의 비용에서 수취배당금을 공제한 금액이 손실분기점(breakeven)이다. 이 전략은 손실분기점이 콜의 행사가격보다도 높은 경우에 언제나 손실이 생긴다.

ⓥ 연계하다 ***hedged bond*** 헤지본드스왑채(債), 헤지채(債) ¶ The *hedged bond* is the foreign bond confirming debts by puting long-term future contract at the issue of time and using currency and interest swap to avoid the exchange fluctuation risk in the future 헤지본드스왑채(債)는 장래의 환변동리스크를 피하기 위하여 발행시에 장기선물예약을 부친다든지, 통화·금리스왑을 사용함으로써 채무를 확정하는 외채이다. ***~d tender*** 헤지를 사용한 공개매수에의 응모 ¶ *Hedged tender* is selling short a portion of the shares being tendered to protect against a price drop in the event all shares tendered are not accepted. For example, ABC Company or another company wishing to acquire ABC Company announces a tender offer at $52 a share when ABC shares ar selling at a market price of $40. The market price of ABC will now rise to near the tender price of $52. An investor wishing to sell all his or her 2,000 shares at $52 will tender 2,000 shares, but cannot be assured all shares will be accepted. To lock in the $52 price on the tendered shares the investor thinks might not be accepted – say half of them or 1,000 shares – he or she will sell short that many shares. Assuming the investor has guessed correctly and only 1,000 shares are accepted, when the tender offer expires and the market price of ABC begins to drop, the investor will still have sold all 2,000 shares for $52 or close to it – half to the tenderer and the other half when the short sale is consummated. 헤지를 사용한 공개매수에의 응모는 공개매수(tender offer)에 응할 때에 매각청약주식의 전부가 매수되지 않은 경우의 주가하락에 대비하여, 사전에 매각을 청약한 주식의 일부를 공매(selling short)해 두는 방법이다. 예를 들면, ABC사, 또는 ABC사 매수(買收)를 바라고 있는 다른 회사가 ABC사 주식이 40달러로 매매되고 있는 때에, 52달러로의 공개매수를 발표한다고 하자. 그러면 ABC사의 시장가격(market price)은 공개매수가격의 52달러에 가까운 수준까지 상승한다. 그 소유주식 2,000주 전부를 52달러로 매각하려는 투자자는 2,000주의 매각청약을 하지만, 전주식을 매취할 수 있다고는 확신이 서지 않는다. 이 투자자는 공개매수가격 52달러로 매도가격을 확정하였다면, 매각청약을 한 주식 중에서 매수되지 않을지도 모른다고 생각되는 부분, 예컨대 절반인 1,000주를 공매(空賣)해 둔다. 이 투자자의 예측이 정확하게 1,000주만이 매수되었다고 하자. 공개매수기간이 종료하고 ABC사의 시장가격이 하락하기 시작하였다고 하여, 이 투자자는 그래도 소유하는 2,000주 전부를 52달러 아니면 그것에 가까운 가격으로 매각한 것이 된다. 즉 소유주식의 절반을 공개매수를 행한 회사에 의하

여, 그리고 나머지 절반은 공매의 결제에 의하여 매각한 것이다.

hedger 헤저 ¶A *hedger* is a party that employs hedging techniques in order to minimize, or neutralize risk. 헤저는 환리스크를 감소하거나 없애기 위해서 헤지 기술을 이용하는 당사자를 이른다.

hedging 헤징, 헤지를 행하는 것 ¶A *hedging* is a strategy used to offset investment risk. A perfect hedge is one eliminating the possibility of future gain or loss. 헤징은 투자위험을 상쇄하기 위해 사용되는 전략을 말한다. 완전한 헤지는 장래의 이익이나 손실의 가능성을 제거하는 것이다.

heir 상속인 ¶The *heir* is one who inherits some or all of the estate of a deceased person by virtue of being in the direct line (heir of the body), or being designated in a will or by a legal authority (heir at law). 상속인은 사망한 사람의 재산의 일부 또는 전부를 상속하는(inherit) 사람인데, 직계(direct line)의 자손(heir of the body)이거나, 유언서(will)에서 지명하거나 법적인 권한에 의하여 인정된 사람(heir at law, 법정상속인)을 말한다. /an *heir*-in-law (유언의 경우의 부동산에 대한) 법정상속인 ***heirs and assigns*** 법정상속인과 그 승계인(承繼人)[fee simple(단순부동산권)을 설정할 때에 권리의 내용을 나타내는 word of limitation(내용표시문언)으로서 통상 사용된 것] ¶At common law, the word *heirs and assigns* were essential to conveyance granting title in fee simple, and though they are unnecessary for that or any purpose under statute when used in wills or deeds, words still have their meaning. 커먼로에서, heirs and assigns(법정상속인과 그 승계인)라는 용어는 단순부동산권의 권원을 인정하는 양도에 있어서 필요불가결하였으며, 유언서나 날인증서에 사용될 경우에 제정법에 의해 그 어떤 목적을 위해서도 불필요하지만, 그 용어는 아직도 나름대로의 의미를 가지고 있다.

heiress 법정여자상속인 ¶the *heiress* to a jewelry empire 거대한 보석기업의 상속녀(相續女)

help wanted 사람을 구함(구인광고) ***help wanted advertising*** 구인광고 ¶*Help wanted advertising* is classified newspaper advertisements by job category, placed by management seeking potential employees. *Help wanted advertising* is a leading economic indicator in that a greater number of advertisement indicates increasing job opportunities and economic growth. 구인광고는 잠재적인 근로자를 구인하는 경영진이 구하는 직종(職種)에 의한 항목별의 신문광고이다. 구인광고는 수많은 광고가 점점 늘어나는 취업기회와 경제성장을 지적하는 점에서 주요한 경제지표이다. ***help-wanted index*** 구인광고지수 → Conference Board (전미산업심의회).

hemline theory 헴라인 이론 ¶The *hemline theory* is a whimsical idea that stock prices move in the same general direction as the hemlines of women's dresses. Short skirts in the 1920s and 1960s were considered bullish signs that stock prices would rise, whereas longer dresses in the 1930s and 1940s were considered bearish (falling) indicators. Despite its sometimes uncanny way of being prophetic, the *hemline theory* has remained more in the area of wishful thinking than serious market analysis. 헴라인 이론은 주식가격(stock prices)이 여성 스커트의 옷자락의 길이(hemline)와 같은 방향으로 움직인다고 하는 기발한 아이디어이다. 1920년대와 60년대의 옷자락이 짧은 스커트는 주가가 상승한다고 하는 강세(bullish)의 징조이고, 30년대와 40년대의 긴 스커트는 약세(bearish)시세의 징조였다고 생각하였다. 헴라인은 예언으로서 신비스러움에도 불구하고, 진지한 시장분석이라기보다도 희망적 관측에 속하는 것으로 남고 있다.

hereditament [법] 상속재산 ¶ Traditionally, the law distinguished between corporeal *hereditament* (tangible items of property, such as land or buildings) and incorporeal *hereditament* (intangible rights in land, such as easements). 전통적으로 법률은 (토지 또는 건물과 같은 유형재산품목과 같은) 유체동산유산과 (지역권과 같은 토지에 대한 무형권리와 같은) 무체재산유산으로 구분했다.

hereditary 상속의, 세습의 ¶ *hereditary* property 상속재산

Herstatt risk 헤르스타트 리스크 → settlement risk (결제리스크).

hiatus 중단, 탈락, 균열 ¶ a summer *hiatus* 여름철 불경기

HIBOR → **H**ong Kong **I**nter-**b**ank **O**ffer **R**ate [약] 홍콩은행간 자금운용[대출]금리 ¶ *HIBOR* is an acronym for Hong Kong Interbank Offer Rate, the annualized offer rate paid by banks for Hong Kong dollar-denominated three-month deposits. It acts as a benchmark for many interest rates throughout the Far East. HIBOR는 Hong Kong Interbank Offer Rate(홍콩은행간 자금운용금리)의 두음어(頭音語)이고, 홍콩달러표시 3개월 예금에 대하여 은행이 지급하는 연율환산(年率換算)한 제시금리이다. 이것은 극동지구의 각종금리(interest rate)의 지표(benchmark)로서 기능하고 있다.

hidden 숨겨진, 비밀의 ¶ *hidden* money 남몰래 숨겨둔 돈 /*hidden* reserves 비밀적립금(실질적 유보이익) ***hidden* [*latent*] *assets*** 은닉재산 ¶ *Hidden assets* are items of value that are owned by a firm but do not appear on its balance sheet. For example, a trademark or patent may be a firm's most valuable owned asset, yet it would not appear as such on its balance sheet. 은닉재산은 기업이 소유하지만 대차대조표상에 나타나지 않는 귀중한 항목을 이른다. 예를 들면, 상표나 특허는 기업의 가장 값나가는 소유의 자산이라 할 수 있으나, 그것은 대차대조표상에 표시되고 있는 항목처럼 표시되고 있지는 않을 것이다. ~ ***load*** 숨겨진 판매수수료 ¶ The *hidden load* is a sales charge which may not be immediately apparent to an investor. For example, a 12b-1 mutual fund assesses an annual asset base charge of up to 0.75% to cover marketing, distribution, and promotion expenses incurred by the fund. Even though it has been disclosed in the prospectus, many investors do not realize that they are paying this load. The sales charges levied on insurance policies are also hidden, because they are not explicitly disclosed to customers, and are instead subtracted from premiums paid by policyholders. See also mutual fund share classes. 숨겨진 판매수수료는 투자자에게는 즉시 드러날 수 없는 판매수수료(sales charge)를 말한다. 예컨대, 12b-1 뮤추얼펀드(12b-1 mutual fund)는 펀드가 지출하는 마케팅, 판매, 판매촉진의 경비를 마련하기 위하여 0.75%까지의 연간자산잔액기준비용(annual asset base charge)을 산정하고 있다. 이것은 사업계획서(prospectus)에 명기되어 있는 것이지만, 많은 투자자는 이 비용을 지급하고 있는 것에 깨닫지 못하고 있다. 보험상품(insurance policy)의 경우에 징수되는 판매수수료도 마찬가지이다. 왜냐하면 그러한 것은 소비자에게 명확하게 표시되지는 않고, 가입자에 의해서 지급된 보험료(premium)에서 깎아주고 있기 때문이다. mutual fund share class(뮤추얼펀드수익증권클래스)도 참조할 것. ~ ***reserves*** [영] 은닉적립금, 비밀적립금 ¶ *Hidden reserves* are reserves, generally held by a bank or other financial institutions, that are not readily detectable through an examination of the balance sheet. *Hidden reserves* may be implicitly contained in an undervaluation of particular kinds of assets, though such practice is often discouraged through accounting rules as it fails to provide a fair estimate of financial condition. 은닉준비금은 대차대조표의 검사를 통해서는

쉽게 찾아낼 수 없는, 일반적으로 은행이나 금융기관들이 보유하는 준비금을 말한다. 은닉준비금은 금융사정의 공정한 예측을 제공하지 못하기 때문에 그러한 관행이 회계규범을 통해서 실망을 주고는 있더라도, 특정한 종류의 자산의 과소평가에서 묵시적으로 내포될 수 있다. ~ ***values*** 은닉자산 ¶ *Hidden values* are assets owned by a company but not yet reflected in its stock price. For example, a manufacturing firm may own valuable real estate that could be sold at a much higher price than it appears on the company's books, which is usually the price at which the real estate was purchased. Other undervalued assets that could have significant value include patents, trademark, or exclusive contracts. Value-oriented money managers search for stocks with *hidden values* on their balance sheet in the hope that some day, those values will be realized through a higher stock price either by actions of the current management or by a takeover. Also called hidden reserves. 은닉자산이란 회사가 소유하고 있지만 그 주가(stock price)에 반영되고 있지 않은 자산이다. 예를 들면, 제조회사는 통상 구입시의 가격인 장부가보다도 훨씬 높은 가격으로 매각할 수 있는 귀중한 부동산을 소유하고 있을 지도 모른다. 고액의 가치를 가질 수 있는 기타의 과소평가자산으로서는, 특허권(patent), 상표(trademark), 혹은 독점계약권(exclusive contracts)이 있다. 가치지향의 자금운영담당자는 재무제표(balance sheet)에 표시되지 않은 은닉자산의 주식을 찾아서 언젠가는 그 은닉자산이 현경영진의 활동이나 매수(買收)에 의하여 주가상승으로서 평가될 것을 기대하고 있다. 이를 은닉준비금(hidden reserves)이라고도 한다.

high ⓐ 높은, 중대한 ¶ *high* coupon 고이율의 /*high* finance 대형금융 /a *higher* tone 시세가 오를 듯한 기세, 경조(硬調) /the *highest* bidder 최고가입찰자 /*high* gearing [영] 타인자본의존도가 높은 경우 /*high* growth enterprises 고성장기업 /*high* interest rates; *high* rates interest 고이율 /*high* interest rate policies 고금리정책 /the *high* seas 공해(公海)(the open seas) /*high*-volume account 거액계좌 /a *high* yield 고이율 /*high* yield bond 고이율채(high yielders) ***high credit*** 최고여신잔액 ¶ In banking, the *high credit* is a maximum amount of loans outstanding recorded for particular customer. 은행거래에서 최고여신잔액은 고객의 기록에 있는 융자잔액(loans outstanding)의 최고액을 이른다. ¶ In finance, the *high credit* is the highest amount of trade credit a particular company has received from a supplier at one time. 금융에 있어서, 최고여신잔액은 특정한 회사가 그 구입처(supplier)로부터 예전에 받은 기업간신용(trade credit)의 최고액을 이른다. ~ ***current income mutual fund*** 고수익배당형 뮤추얼펀드 ¶ The *high current income mutual fund* is a mutual fund with the objective of paying high income to shareholders. Such funds usually take higher risks than more conservative, but lower-yielding funds in order to provide an above-marker rate of current yield. For example, junk bond funds buy corporate bonds with below investment grade credit ratings in order to pay higher levels of income to shareholders than would be available from Treasury or high-quality corporate bonds. Another example of a *high current income mutual fund* is an international bond fund. 고수익배당형 뮤추얼펀드는 투자자(shareholders)에의 높은 수익배당을 목표로 한 뮤추얼펀드를 이른다. 이러한 펀드는 시장평균을 상회하는 수익이율을 올리기 때문에, 보다 견실하지만, 낮은 수익률(lower yielding)의 뮤추얼펀드에 비해서 높은 리스크를 받는다. 예를 들면, 정크채(債)(junk bond)펀드는 높은 수익을 제공하기 위하여, 미재무부증권(Treasury bond)이나 투자적격의 높은(high-quality) 사채보다도, 투자적격 미만의 사채를 구입한다. 고수익투자신탁의 다른 예로서는 국제채권펀드가 있다. ~ ***flyer*** 주목주(注目株) ¶ The *high flyer* is a high-priced and highly speculative stock that moves up sharply over a short period. The stock of unproven high-technology companies might be *high flyers*, for instance. 주목주(注目株)는 단기간에 급격히 가치를 올린 고가의 투기적(speculative)인 주식을 말한다. 예컨대 아직 실증되고 있지 않은 고도기술을 가지는 회사의 주식이 주목주와 같은 주식이다. ~ ***packaging*** 하이패키징 ¶ The *high packaging* is a newly recomposed product, at the customer's point of view, that accepts the external techniques and services and composes them with the techniques and services within the organization. It is advantageous to adopt the external techniques, ideas, services and so on, against the unique techniques and ideas of its own. 하이패키징이란 조직내의 기술과 서비스에다 외부의 기술이나 아이디어를 받아들여 고객의 관점에서 새롭게 재구성한 제품을 말한다. 이것은 독자적 기술·아이디어에 외부의 기술·아이디어·서비스 등을 받아들여 비용과 시간 소요가 적다는 이점이 있다. ~ ***risk,*** ~ ***return*** 하이리스크, 하이리턴 ¶ The phrase *high risk, high return* means that the more risky financial assets we have, the higher profits from the operation we can expect. 하이리스크, 하이리턴이라는 문구는 위험성이 높은 금융자산을 가지면 가질수록 높은 운용익이 기대될 수 있다는 것을 말한다. ~ ***ratio mortgage*** 담보가격이 높은 부동산모기지(주택론) ¶ The *high ratio mortgage* is a mortgage loan exceeding 80% of property value. 담보가격이 높은 부동산모기지는 부동산가치의 80%를 초과하는 부동산모기지(mortgage)를 이른다.

n. 고수준, 높은 고가(高價) ¶ the *highs* and *lows* on the stock exchange 주식시장의 고저가격

high-grade 고급의 ¶ *high-grade* stock 우량주 ***high-grade bond*** (AAA나 AA 등의) 상위등급채 ¶ A *high-grade bond* is a bond rated triple-A or double-A by Standard & Poor's, Moody's, and other rating services. 상위등급채는 스탠더드앤드푸어스사(社), 무디스사 기타 평가기관에 의한 평가가 트리플 A나 더블 A의 채권을 말한다.

high-industrialized 고도로 공업화된

highjacking 하이재킹, 기업사냥 ¶ The word *highjacking* is a Japanese term for a takeover. 하이재킹이라는 말은 기업매수(takeover)에 해당하는 일본식 용어이다.

high-level 고급의, 높은 수준의

highlight (*pl.*) 가장 중요한 점

high-low option 하이로우옵션 ¶ The *high-low option* is an over-the-counter complex option that grants the buyer a payoff based on the difference between the high and low prices achieved by the underlying during the life of the transaction. See also call on the maximum; put on the minimum. 하이로우옵션은 거래의 기간동안 기초자산의 고가와 저가간의 차이에 근거로 한 수익(payoff)을 매수인에게 부여하는 장외거래의 복잡한 옵션을 말한다.

highly 크게, 대단히, 높은 가격으로 ***highly confident letter*** 자금조달확신표명문서 ¶ The *highly confident letter* is a letter from an investment banking firm that it is "highly confident" that it will be able to arrange financing for a securities deal. This letter might be used to finance a leveraged buyout or multibillion-dollar takeover offer, for example. The board of directors of the target firm might request a *highly confident letter* in evaluating whether a proposed takeover can be financed. After the letter has been issued and the deal approved, the investment bankers will attempt to line up financing from banks, private investors, stock and bond offerings, and other sources. Though the investment banker professes to be highly confident he can arrange financing, the letter is not an ironclad guarantee of his ability to do so. 자금조달확신표명문서는 증권거래에 대하여 자금조달을 행할「충분한 확신」(highly confident)이 있다고 표명하는 투자은행이 발행하는 문서이다. 예컨대 레버리지드 바이아웃(leveraged buyout: LBO)이나 수십억 달러 규모의 기업매수자금의 자금조달에 사용된다. 피매수기업(target company)의 중역회는 매수인의 자금조달능력을 평가하기 위하여, 이 문서의 발행을 요구한다. 문서가 제출되고, 거래가 승인된 후, 투자은행(investment banker)은 은행(bank), 개인투자자(private investor), 주식(stock)이나 채권(bond)발행, 기타의 자금원(sources)에서의 자금조달을 목표로 한다. 투자은행이 자금조달에「충분한 확신」(highly confident)을 표명하고 있으나, 이 문서는 실제로 그렇게 할 수 있다고 엄밀히 보증하는 것은 아니다. ~ ***leveraged transaction (HLT)*** 고부채비율 기업대출 ¶ The *highly leveraged transaction* (*HLT*) is a loan, usually by a bank, to an already highly leveraged company. 고부채비율 기업대출은 통상은 은행에 의한 대출로서, 이미 부채비율이 높은 기업(highly leveraged company)에 대한 대출을 말한다.

high-powered 고성능의, 중요한, 전문기술을 요하는 ***high-powered money*** 하이파우워드머니 ¶ The *high-powered money* is the total amount of cash currency and central bank's deposits from the private financial institutions. It is a basis of the credit creation of private financial institutions and produces some multiple of money supply. 하이파우워드머니는 현금통화와 민간금융기관의 중앙은행예금의 합계이다. 그것은 민간금융기관의 신용창조의 기초가 되어 그 몇 배의 머니서플라이를 발생한다.

high-premium 높은 프리미엄의 ***high-premium convertible debenture*** 높은 프리미엄전환사채 ¶ The *high-premium convertible debenture* is a bond with a long-term, high-premium, common stock conversion feature and also offering a fairly competitive interest rate. Premiums refers in this case to the difference between the market value of the convertible security and the value at which it is convertible into common stock. Such bonds are designed for bond-oriented portfolios, with the "kicker," the added feature of convertibility to stock, intended as an inflation hedge. 높은 프리미엄전환사채는 장기(long-term)이고, 프리미엄(premium)이 높으며, 또 보통주(common stock)에의 전환권과 더불어 상당한 경쟁력이 있는 금리가 붙은 사채(corporate bond)를 말한다. 이 경우 프리미엄이란 전환사채(convertible)의 시장가격(market value)과 이 사채가 보통주로 전환되는 가격과의 차이를 나타낸다. 이와 같은 채권은 채권지향형 포트폴리오를 위해서 설계되어 있으며, 부가되고 있는「전환권(kicker)」이라는 감미제(甘味劑)는 인플레이션헤지가 되는 것을 목표로 한 것이다.

high-pressure 고압의, 고압적인, 강요하는 ¶ *high-pressure* economy (수요압력이 강한) 고압경제

high-priced 고가의 ¶ *high-priced* stock 고가주(高價株)

highs 연간고가종목(年間高價種目) ¶ *Highs* are stocks that have hit new high prices in daily trading for the current 52-week period. (They are listed as "*highs*" in daily newspapers.) Technical analysts consider the ratio between new *highs* and new lows in the stock market to be significant for pointing out stock market trends. 연간고가종목이란 목하 52주간의 매일 매일의 거래에서 신고

가(新高價)를 기록한 주식이다. (이러한 주식은 일간신문에 "highs"로서 게재되고 있다.) 테크니컬 애널리스트(technical analyst)들은 주식시장의 연간신고종목(new highs)과 연간 신저가(new lows)의 비율이 주식시장의 향방을 판단하는 데에 대단한 역할을 한다고 생각하고 있다.

high-tech 첨단기술을 사용한 ***high-tech stock*** 하이테크주식 ¶ The *high-tech stock* is a stock of companies involved in high-technology fields (computers, Internet related businesses, semiconductors, biotechnology, robotics, electronics). Successful *high-tech stocks* have above-average earnings growth and therefore typically very volatile stock prices. 하이테크주식은 하이테크관련(컴퓨터, 반도체, 바이오테크놀로지, 로봇산업, 잔자산업)기업의 주식을 이른다. 순조로운 하이테크주식의 이익성장률은 평균을 상회하므로, 전형적으로 주가의 변동은 격심하다.

high-ticket 고액의 ***high-ticket items*** 고액상품, 고액품 ¶ *High-ticket items* are items with a significant amount of value, such as jewelry and furs. Most standard homeowner's/renter's policies have limits on specific types of *high-ticket items*. Most policies have a limit of $1,000-$2,000 for all jewelry and furs. To provide appropriate coverage for these items, they should be scheduled separately in the form of a floater or endorsement. Also called valuables. 고액상품은 보석이나 모피와 같이, 대단한 고가의 물품을 말한다. 가장 일반적인 주택소유자나 임대인의 보험은 어느 종류의 고액상품에는 제한을 설치하고 있다. 많은 보험은 모든 보석이나 모피에 대하여 1,000달러에서 2,000달러의 제한을 두고 있다. 이러한 물품에 대하여 적절한 보상(coverage)보험을 준비하기 위해서는 특약조항(floater) 혹은 배서(endorsement)의 형식으로 특별히 보험을 걸어야 한다. 이를 valuables(귀중품)이라고 한다.

high-yield 고수익을 올리는 ***high-yield bond*** 고이율채(債) ¶ A *high-yield bond* is a bond, especially common in the USA, issued by a company with a low credit rating. It is often used to raise funds for a leveraged buyout, secured against the assets of the target company. It is also called a junk bond. 고이율채(債)는 낮은 금융평가를 받는 회사가 발행한 채권이고, 특히 미국에서 상용되고 있다. 그런 채권은 매수기업의 자산을 담보로 융자에 의한 매수를 위해서 자금을 조달할 때 자주 이용된다. 그것은 등급이 낮은 정크본드라고도 한다. junk bond(정크본드)를 참조할 것.

hike 인상, 상승 ¶ price and wage *hikes* 물가와 임금의 상승

hire purchase [영] 하이어퍼쳐스, 분할지급방식([미] the installment plan), 매입권부 물품임대차계약 ¶ In the United Kingdom, the *hire purchase* is the installment credit 영국에서 분할지급방식은 할부금융(installment credit)이다. ¶ The *hire purchase* is a method of buying goods in which the purchaser takes possession of them as soon as an initial instalment of the price (a deposit) has been paid; ownership is obtained when all the agreed number of subsequent instalments have been completed. A *hire-purchase* agreement differs from a credit-sale agreement and sale by instalments (or a deferred payment agreement) because in these transactions ownership passes when the contract is signed. It also differs from a contract of hire, because in this case ownership never passes. *Hire-purchase* agreements in the UK were formerly controlled by government regulations stipulating the minimum deposit and the length of the repayment period. These controls were removed in 1982. *Hire-purchase* agreements were also formerly controlled by the *Hire Purchase* Act 1965, but most are now regulated by the Consumer Credit Act 1974. In this Act a *hire-purchase* agreement is regarded as one in which goods are bailed in return for periodical payments by the bailee; ownership passes to the bailee if the terms of the agreement are complied with and the option to purchase is exercised. A *hire-purchase* agreement often involves a finance company as a third party. The seller of the goods sells them outright to the finance company, which enters into a *hire-purchase* agreement with the hirer. 하이어퍼쳐스는 매수인이 첫 할부금을 지급하자마자 물품의 점유를 취득하는 구매방법을 말하며, 소유권은 약정한 할부금납입수가 완료된 경우에 취득된다. 하이어퍼쳐스계약(hire-purchase agrement)은 신용판매계약(credit-sale agreement)과 할부판매(sale by instalment)(또는 연지급계약, deferred payment agreement)와는 구별된다. 이러한 계약에서는 소유권은 계약이 성립하면 이전되기 때문이다. 그것은 또한 하이어퍼쳐스계약은 임대계약(contract of hire)과는 다르다. 임대계약에서는 소유권은 이전되지 않기 때문이다. 하이어퍼쳐스계약은 영국에서는 이전에 최소의 예탁금과 대금상환기간의 길이를 정하는 정부의 규칙에 의해서 규제를 받았다. 이러한 규제방식은 1982년에 폐지되었다. 하이어퍼쳐스계약은 이전에는 1965년의 하이어퍼쳐스법(Hire Purchase Act 1965)에 의하여 규율되었으나, 대부분은 오늘날 소비자신용법(Consumer Credit Act 1974)의 규제를 받고 있다. 이 법에서 하이어퍼쳐스계약은 물품이 수치인(bailee)에 의하여 정기적인 납입에 대가로 수치(受置)되고 있는 것으로 본다. 그리고 소유권은 약정기간이 준수되어 매입청구권(option to purchase)이 행사되면 이전된다. 하이어퍼쳐스계약은 종종 제3자로서의 금융회사(finance company)와 관련되기도 한다. 물품의 매도인은 하이어퍼쳐스매수인과 하이어퍼쳐스계약을 체결하고 있는 금융회사에 바로 물품을 매도한다.

hiring-out 임대(賃貸)

historic 역사상 중요한, 금후 역사에 남는 ***historic rehabilitation limited partnership*** 역사적 건조물수복리미티드 파트너십 ¶ The *historic rehabilitation limited partnership* is a partnership designed to take advantage of the historic rehabilitation tax credit available in the Internal Revenue Code. These partnerships rehabilitate structures to their original condition, and limited partners receive credit that reduce partners' taxes dollar for dollar. For example, $5,000 in tax credit reduces the amount of taxes due by $5,000. Tax credit of 20% are available if the partnership rehabilitates a historic structure build before 1936. 역사적 건조물수복리미티드 파트너십은 미국세입법(Internal Revenue Code)의 역사적 건조물수복에 관한 세액공제(tax credit)를 활용하기 위하여 만들어진 파트너십을 말한다. 이 파트너십은 역사적인 건조물이나 사적(史蹟)을 원형으로 복귀시키고, 그 리미티드파트너(limited partner)는 그 세액을 동액 감액할 수 있는 세액공제를 받는다. 예컨대, 5,000달러의 세액공제는 지급세액을 5,000달러 감액한다. 만약 그 파트너십이 1936년 이전의 역사적 건조물을 수복하는 것이면, (투자액의) 20%의 세액공제를 이용할 수 있다.

historical 역사적인, 사적분석의 ¶ *historical* cost accounting 취득원가계산 /*historical* high 기왕(既往)최고 /*historical* rate rollover (HRR) 원래의 환율에서 외환예약의 연장 /a *historical* summary 재무의 추이 /*historical* volatility 과거의 가격분포의 표준편차 ***historic(al) cost*** 취득원가 ¶ The *historical cost* is an accounting principle requiring that all financial statement items be based on original cost or acquisition cost. The dollar is assumed to be stable for the period involved. 취득원가는 모든 재무제표기재의 항목이 원가(original cost), 또는 취득가격(acquisition cost)에 근거를 둘 것을 요구하는 회계원칙이다. 미달러는 관련

기간동안에 안정적(stable)이라고 추정되고 있다. ~ ***cost accounting*** [영] 취득원가회계 ¶ In accounting, the *historical cost accounting* is a method of valuation based on the original cost of an asset or liability. Though simple to implement, the historical cost method does not generally take account of current market values or depreciation, and may therefore not provide an accurate reflection of a company's true value. Note that International Financial Reporting Standards (IFRS) allow for a fair value assessment of plant and equipment, though this is stricly voluntary. In addition, IFRS and U.S. Generally Accepted Accounting Principles still require that derivatives be stated at fair value. See also inflation accounting. 취득원가회계는 자산이나 부채의 취득원가(original cost)를 근거로 하는 평가방법을 말한다. 실행하기는 간단하지만, 취득원가방법은 일반적으로 시가(current market values)나 감가상각(depreciation)을 고려하지 아니하며, 그렇기 때문에 회사의 진정한 가치의 정확한 반영을 제공할 수 없다. 거기다가 국제회계보고기준과 미국의 일반적으로 인정되는 회계원칙은 여전히 파생상품이 공정한 가격으로 정할 것을 규정한다. inflation accounting(인플레이션회계)도 참조할 것. ~ ***exchange rate*** 취득시의 환율 ¶ The *historical exchange rate* is the exchange rate in effect at the time an asset or liability was acquired. 취득시의 환율이란 자산(asset) 혹은 부채(liability)가 실제도 발생한 때의 환율(foreign exchange rate)을 말한다. ~ ***method*** [영] 과거실적수법 ¶ The *historical method* is a credit risk exposure computation methodology for swaps using historical interest rates. Under the *historical method* past interest rate (or swap rate) data is used to create a statistical distribution of rates. Following an adjustment to a prespecified confidence level, forward swap rates are determined, allowing the swap to be revalued at each forward point and discounted back to the present; the largest exposure obtained during the revaluation process becomes the swap's fractional exposure. See also option method; simulation method. 과거실적수법은 과거의 금리를 이용하는 스왑을 위한 신용리스크 익포저계산방법론을 말한다. 과거실적수법에 의하여 과거의 금리(또는 스왑레이트)는 금리의 통계적 분포를 창출하는 데 이용된다. 사전에 명시한 신뢰성수준에 대한 수정을 따라가면 선도(先渡)스왑레이트가 결정되고, 이는 스왑이 각 선도시점에서 재평가되어 현재에 이르기까지 가치가 감소시키도록 한다. 재평가과정동안에 얻은 최대의 익스포저는 스왑의 부분적 노출(fractional exposure)로 된다. option method(옵션수법); simulation method(시뮬레이션수법)도 참조할 것. ~ ***trading range*** 과거의 시세변동폭 ¶ The *historical trading range* is a price range within which a stock, bond or commodity has traded since going public. A volatile stock will have a wider trading range than a more conservative stock. Technical analysts see the top of a historical range as the resistance level and the bottom as the support level. They consider it highly significant if a security breaks above the resistance level or below the support level. Usually such a move is interpreted to mean that the security will go onto new highs or new lows, thus a expanding its *historical trading range.* 과거의 시세변동폭은 주식, 채권, 또는 상품의 상장 이래의 거래가격의 변동폭을 말한다. 시세변동이 격심한 주식(volatile stock)은 보다 안정된 주식에 비하여, 거래가격의 시세변동폭은 넓다. 테크니컬 애널리스트들은 과거의 시세변동폭의 상한을 저항선(resistance level), 바닥을 지지선(support level)으로 보고 있다. 그들은 증권이 저항선을 초과한다든지, 지지선을 하회하는 것은 대단히 중요한 사태라고 생각하고 있다. 일반적으로 그러한 움직임은 증권이 신고가(new highs)권이나 신저가(new lows)권에 들어온 것을 의미하고, 과거의 시세변동폭을 확대하는 것이 된다고 해석하고 있다. ~ ***yield*** 실적이율 ¶ The *historical yield* is a yield provided by a mutual fund, typically a money market fund, over a particular period of time. For instance, a money market fund may advertise that its *historical yield* averaged 5% over the last year. 실적이율은 뮤추얼펀드(mutual fund), 특히 시장금리연동형 투자신탁(money market fund: MMF)의 어느 특정기간의 이율을 이른다. 예컨대, MMF의 광고에서 작년의 실적평균이율은 5%로 되어 있다고 할 수 있다.

history 역사, 사실(史實), 경력, 연혁(沿革) ¶ his personal *history* 그의 이력서 /the *history* of this temple 이 절의 연혁

hit ⓝ 손해 ¶ Informally, a *hit* is a significant securities loss or a development having a major impact on corporate profits, such as a large write-off. Term is also used in the opposite sense to describe an investing success, similar to a "*hit*" in show business. 비공식적으로, 히트는 거액의 상각(write-off)과 같이 회사이익에 다대한 영향을 미치는 현저한 증권거래상의 손실이나 사건을 이른다. 용어는 쇼비즈니스(예능계)의 「히트」와 같이 투자의 성공을 표현하기 위해서 좋은 의미로도 사용된다. /take a *hit* 손실을 입다

ⓥ [딜링] 가격을 받다 ***hit the bid*** 매입호가수락(買入呼價受諾)하다 ¶ To *hit the bid* is to accept the highest price offered for a stock. For instance, if a stock's ask price is $50.25 and the current bid price is $50, a seller will *hit the bid* if he or she accepts $50 a share. 매입호가수락하다는 것은 가장 높은 매입호가(bid)를 받아들이는 것이다. 예컨대, 매도호가(asked price)가 50.25달러이고, 현시점에서의 매입호가가 50달러인 때에, 매도인이 50달러를 수용하여 매각하면, 매입호가수락(hit the bid)하다는 것이 된다.

HKD (ISO) code Hong Kong – currency Hong Kong dollar. ¶ HKD (국제표준기구) 약호 홍콩 — 화폐 홍콩 달러(dollar).

HLT → highly-leveraged transaction (차금비율이 높은) 고부채비율 기업대출(M&A 등에 이용된다.) ¶ The *highly leveraged transaction* (*HLT*) is a loan, usually by a bank, to an already highly leveraged company. 고부채비율 기업대출은 통상은 은행에 의한 대출로서, 이미 부채비율이 높은 기업(highly leveraged company)에 대한 대출을 말한다.

hoard ⓝ 저장물, 축적, (재물의) 비장(秘藏), 저장화폐 ¶ The *hoard* is a secret store of ssomething valuable, such as cash. 비장이란 현금과 같은 귀중한 물건을 몰래 저장하는 경우이다.

ⓥ 저장하다, 축적하다, 저금하다, 사장하다 ¶ To *hoard* is to accumulate a large quantity of something for potential future use. For example, a business may *hoard cash* if the CEO is concerned about the possibility of a strike. 저장하다는 것은 장래 사용할 가망이 있는 다량의 물건을 축적하는 것이다. 예를 들면, 기업은 CEO가 파업의 가능성에 대비를 한다면 현금을 축적해 놓을 수 있다. /*hoarded* currency [money] 보장(保藏)통화, 퇴장(退藏)통화

hoarding 퇴장(退藏), 매점(買占) ¶ *hoarding* capital 퇴장자본

hockey 하키(미국의 아이스하키, 영국의 필드하키) ***hockey stick*** 하키스틱 ¶ The *hockey stick* is a projection showing rapidly rising trend following a flat period and appearing on a graph to have the shape of a *hockey stick*. 하키스틱은 주가가 보합(保合)상태로 추이한 후에 급격히 상승하는 경우인데, 그래프에서는 하키스틱의 형태를 보인다.

hold ⓥ 보유하다, 소유하다 ***holding the market*** 시장가격지지 ¶ *Holding the*

market means entering the market with sufficient buy orders to create price support for a security or commodity, for the purpose of stabilizing a downward trend. The Securities and Exchange Commission views "holding" as a form of illegal manipulation except in the case of stabilization of a new issue cleared with the SEC beforehand. 시장가격지지는 하락경향을 정지할 목적으로 어느 증권(security)이나 상품(commodity)에 대한 가격지지를 행하는 데에 충분한 양의 매입주문으로써 시장(market)에 참여하는 것이다. 미증권거래위원회에 사전에 승인받은 신규발행증권(new issue)의 안정화조작의 경우를 제외하고는, 미증권거래위원회(Securities and Exchange Commission: SEC)는 「가격지지행위(holding)」를 위법한 가격조작(manipulation)의 하나의 형태로 보고 있다.
[n.] 구속, (예금계좌의) 지출정지(의 표시) ¶ In banking, the word *hold* means retaining an asset in an account until the item has been collected. For example, a hold can be put on a certain amount of funds in a checking account if a certified check has been issued for that amount. 은행거래에서, hold라는 말은 자금이 회수될 때까지 계정에 있는 자산을 보류해 두는 것을 의미한다. 예를 들면, 지급보증수표(certified check)가 발행된 경우에, 당좌예금계좌의 일정한 금액이 보류된다. ¶ In securities, the *hold* means maintaining ownership of a stock, bond, mutual fund, or other security for a long period of time. Proponent of the buy and hold strategy try to buy high-quality securities which they hope will grow in value over many years. By *holding* for a long time, the investor can delay capital gains taxes until the position is sold many years in the future. 증권에서, hold라 것은 주식(stock), 채권(bond), 뮤추얼펀드(mutual fund) 기타 증권의 소유권을 장기간에 걸쳐서 유지하는 것이다. 매입보유전략(buy and hold strategy)의 제창자는 장기간에 걸쳐서 주가가 상승한다고 판단되는 양질의 증권을 매입하라고 권한다. 장기간 그 증권을 보유함으로써 투자자는 캐피탈게인과세(capital gains tax)의 지급을 먼 장래 증권을 매각하기까지 늦출 수가 있다. /*hold* over 이월(移越) ***hold harmless agreement*** [영] 배상책임면제계약 ¶ The *hold harmless agreement* is an agreement by one party to assume the liability of a second party, holding it harmless or indemnifying against any potential financial loss; such an agreement may exist implicitly or explicitly between principal and agent. 배상책임면제계약은 당사자가 다른 당사자의 책임을 떠맡는다는 계약인데, 잠재적인 재무손실(financial loss)에 대해서 책임을 면제한다거나 배상을 한다거나 하는 것이다. 그러한 계약은 본인과 대리인간에 묵시적 내지 명시적으로 존재할 수 있다.

holder 보유자, 소지인 ¶ a bond [debenture] *holder* 채권(債券)보유자 /a *holder* of full procuration 완전위임권보유자 /a *holder* of record 주주명부상의 주주, 명부상의 명의인 /a policy *holder* [보험] 증권의 소지인 ***bona fide holder*** 선의의 소지인 (*cf.*) a mala fide *holder* 악의의 소지인 ¶ A *bona fide holder* is a holder that has taken bills or property in good faith without knowing the defects on its title. 선의의 소지인[취득자]을 어음이나 재산상의 권원에 관한 하자를 모르고 선의로 취득한 소지인[취득자]을 이른다. ~ ***in due course*** 정당한 소지인 ¶ The *holder in due course* is the holder of a negotiable instrument such as a check or note that has been received in good faith for providing something of value. For example, a company that purchases loans from the original lender becomes the *holder in due course*. Likewise, a person or business becomes the *holders in due course* when they accept an endorsed check. 정당한 소지인은 가치있는 물건을 제공한 대가로 선의로(in good faith) 수령한 수표나 어음과 같은 유통증권의 소지인을 말한다. 예를 들면, 당초의 대여자로부터 금융을 매수한 회사는 정당한 소지인이

된다. 이와 마찬가지로, 개인이나 기업이 배서된 수표를 수령할 때에는 정당한 소지인이 된다. ~ ***of record*** 등록원부(登錄原簿)상의 증권보유자 ¶ The *holder of record* is an owner of a company's securities as recorded on the books of the issuing company or its transfer agent as of a particular date. Dividend declaration, for example, always specify payability to *holders of record* as of a specific date. 등록원부상의 증권보유자는 발행회사 혹은 그 명의개서대행기관(transfer agent)의 등록원부(book)에 특정일 현재에 등록되어 있는 증권의 소유자를 말한다. 예컨대, 주식배당선언(dividend declaration)은 언제나 특정일에 있어서의 등록원부상 주식소유자에 대하여 지급할 것을 명기하고 있다.

holding 보유, 토지보유, 소유권, (*pl.*) 보유권, 보유물, (특히) 지주(持株) ¶ cash [gold] *holdings* 현금[금]보유액 /cross *holding(s)* 주식의 상호보유(interlocking holding) /*holding* period returns 보유기간이율 ***holding company*** 지주회사 ¶ The *holding company* is a corporation that owns enough voting stock in another corporation to influence its board of directors and therefore to control its policies and management. A *holding company* need not own a majority of the shares of its subsidiaries or be engaged in similar activities. However, to gain the benefits of tax consolidation, which include tax-free dividends to the parent and the ability to share operating losses, the *holding company* must own 80% or more of the subsidiary's voting stock. 지주회사는 그 회사의 이사회(board of directors)의 구성원에게 영향을 미치고, 그 결과 그 회사의 정책이나 경영을 지배하는 데에 충분한 수의 의결권주식(voting stock)을 소유하고 있는 회사를 말한다. 지주회사는 반드시 자회사의 주식 과반수를 소유할 필요도 없는가 하면, 같은 유의 회사활동에 종사할 필요도 없다. 그렇지만, 모회사에의 무세배당(tax-free dividend)이나 영업손실(operating loss)의 공유도 포함한 연결세제의 편익을 얻기 위해서는, 지주회사는 자회사의 의결권주식의 80% 이상을 소유하여야 한다. ~ ***period*** 보유기간 ¶ A *holding period* is a length of time an asset is held by its owner. Capital assets held for more than 12 months qualify for preferential capital gains tax treatment. Assets sold after being held for more than 12 months are subjects to a maximum capital gains tax rate of 15%, while assets sold after being held for 12 months or less are taxes at regular income tax rates to 35%. See also anticipated holding period; capital gain; investment letter. 보유기간은 소유자에 의하여 자산(asset)이 보유되는 기간을 말한다. 12개월 이상에 걸쳐서 보유된 자본적 자산은 유리한 캐피탈게인과세(capital gains tax)의 대상이 된다. 보유기간 12개월을 초과하여 매각된 자산에는 상한 15%의 캐피탈게인세율이 적용되지만, 보유기간 12개월 이하로 매각된 자산은 상한 35%의 일반적 소득세율(regular income tax rate)이 적용된다. anticipated holding period(자산의 예정보유기간); capital gain(캐피탈게인); investment letter(투자확인서)도 참조할 것.

holdover [미속] 이월(移越)(carryover), 잔존물, 잔류자(from), 남아 있는 수목 ¶ *holdover* item 교환반출보류분 ***holdover tenant*** 잔류임차인 ¶ A *holdover tenant* is a tenant who continues to occupy leased property after the expiration of a lease. 잔류임차인은 리스가 만료된 후에도 리스물건을 계속 점유하는 임차인을 이른다.

HOLDRs → **ho**lding **c**ompany **d**epositary **r**eceipts [약] 지주회사예탁증서 ¶ The *HOLDRs* is an acronym for holding company depositary receipts, meaning that a proprietary product of Merrill Lynch representing an exchange-traded fund (ETF) bought and sold in 100-share increments and exchangeable for the underlying stocks at any time. The exchange feature keeps the price of *HOLDRs* in line with the value of the underlying portfolios (which start with

20 stocks but, being unmanaged, can change through mergers and other developments), since investors can profit on any difference between the two. HOLDRs offer diversification, liquidity, and flexibility. HOLDRs는 holding company depositary receipts(지주회사예탁증서)의 두자음(頭字音)이고, 그 뜻은 상장지수펀드(exchange-traded fund: ETF)에서 100주단위로 매매되고 어느 때나 기본적인 주식과 교환되는 메릴린치(Merrill Lynch)가 판매하는 금융상품이다. 투자자는 지주회사예탁증서(HOLDRs)와 그것을 구성하고 있는 주식과의 가격차이에서 이익을 얻을 수도 있으므로, 교환의 특징은 포트폴리오를 구성하는 주식(당초 20종목에서 스타트하지만, 다루어지지 않았기 때문에 합병 기타 사건으로 인하여 변경될 수 있다)의 가격과 일치하여 지주회사예탁증서의 가격을 유지하는 것이다. 지주회사예탁증서는 다양화(diversification), 유동성(liquidity) 및 융통성(flexibility)을 제공한다.

hole [구] (경제적) 곤경, 궁지, 귀찮은 상황 ¶ in the *hole* [미] 차금하여(in debt), 적자로

holiday 쉼, 휴일, 축제일, 휴가 ¶ a public *holiday* 공휴일 /a statutory *holiday* 법정휴일 ***bank holidays*** [영] 은행휴일(일반휴일), [미] a legal *holiday* 법정휴일 (*cf.*) a national *holiday* 국민의 축일(미국에서 bank holiday라고 하는 경우는 뱅크런(bank run)에 대한 은행휴업을 의미하는 수가 있다.) ¶ *Bank holidays* are a uniform schedule of national holidays honored by financial institutions. State holidays are not standardized, however. Under the Uniform Commercial Code, interbank payments delayed by a holiday are payable the next business day. 은행휴일은 금융기관이 인정하는 전국적인 휴일의 통일된 시간표이다. 그러나 주의 휴일은 표준화되어 있지 않다. 미통일상법전에 의하면 휴일로 인하여 지체된 은행간 지급은 다음 영업일에 행하면 된다.

home (n.) 자택, 발상지

(a.) 자국의, 국내의 ¶ *home* banks 자국은행, 국내은행 /a *home* bill [exchange] 내국환 /*home* equity loans 주택담보융자 /*home* improvement loans 주택개선융자 /*home* office costs [expenses] 본부비용, 일반관리비 /*home* shopping (텔레비전 등을 통한) 홈 쇼핑 /a *home* state [미] 본거지주(州) /*home* trade 국내거래 ***home banking*** 홈뱅킹(가정에서의 은행거래) ¶ The *home banking* is a service offered by banks allowing consumers and small businesses to perform many banking functions at home through computers, telephones, and cable television links to the bank, thereby providing them with a number of convenience services. Bank customers are able to shift money between accounts, apply for loans and make loan payments, pay bills, check balances, and buy and sell securities, among other services. As *home banking* becomes easier and more convenient to use, more and more consumers sign up for it. It offers the advantages of private, speed, accuracy and the ability to perform transactions at any time. Most banks charge an extra fee for access to *home banking* services. *Home banking* does not currently offer the ability to obtain cash, for which customers must still visit a bank teller on automatic teller machine. See also on-line banking. 홈뱅킹(가정에서의 은행거래)은 은행에 의하여 제공되는 서비스로, 소비자나 소기업에 컴퓨터, 전화, 케이블회선을 통해서 많은 은행서비스기능의 사용을 허용함으로써 이러한 고객에게 많은 편리한 서비스를 제공하고 있다. 은행고객은 계좌간의 자금이동, 융자(loan)의 신청, 융자의 상환, 청구서(bill)의 지급, 수표잔액(balance)의 확인, 증권(security)의 매매, 기타의 서비스를 이용할 수 있다. 홈뱅킹의 사용이 보다 간단하게, 보다 편리하게 됨에 따라 한층 많은 고객이 사용하기 시작하고 있다. 이 서비스는 개인보호, 속도, 정확성, 또 언제든지 거래를 행할 수 있다는 점에서 유리하다. 많은 은행은 홈뱅킹서비스의 이용에 대해서 추가비용을 징수하고 있다. 홈뱅킹은 현재로 보아

서 현금지급서비스를 제공하고 있지 않으므로, 고객은 여전히 은행창구(bank teller)나 현금자동지급기(automatic teller machine: ATM)까지 다가가지 않으면 안 된다. ~ ***equity conversion mortgage* (*HECM*)** 리버스모기지 → reverse mortgage (리버스 모기지). ***Home Mortgage Disclosure Act* (*HMDA*)** 주택모기지대출개시법(貸出開示法) ¶ The *Home Mortgage Disclosure Act* (*HMDA*) is an act passed by Congress in 1975 and implemented by the Federal Reserve Board's Regulation C, requiring lending institutions to report data that is used to determine if financial institutions are serving the housing needs of their communities, if discriminatory lending policies are in effect, and if public sector or private sector investments are needed in particular areas. See also Community Reinvestment Act of 1977. 주택모기지대출개시법은 1975년에 의회를 통과하여 미연방준비제도이사회(Federal Reserve Board)의 레귤레이션 C에 의해서 실시된 법률을 말한다. 금융기관이 지역사회의 주택수요에 따르고 있는지, 차별적인 대출방침이 채용되고 있는지, 특정한 지역에서 공적·사적인 투자가 필요한지 어떤지에 관하여 판단하기 위하여 이용되는 정보를 대출금융기관이 제출할 것을 요구하고 있다. Community Reinvestment Act of 1977(1977년 지역재투자법)도 참조할 것. ~ **[*housing, mortgage*] *loan*** 주택론, 주택융자 → mortgage (모기지). ~ ***run*** 홈런 ¶ The *home run* is a large gain by an investor in a short period of time. Someone who aims to hit an investment *home run* may be looking for a potential takeover target, for example, since takeover bids result in sudden price spurts. Such investing is inherently more risky than the strategy of holding for the long term. 홈런은 단기간에 투자자가 얻은 거액의 이익(large gain)을 이른다. 홈런을 노리는 투자자는 공개매수가 급격한 가격의 상승을 가져오기 때문에, 잠재적인 매수(買收, takeover)대상기업주를 찾고 있다. 이러한 투자는 장기보유전략에 비하여 본질적으로 리스크(risk)가 높다.

homeowner 주택소유자, 자기집 주인 ***homeowner's equity account*** 주택소유자지분융자계좌 ¶ The *homeowner's equity account* is a credit line offered by banks, savings and loans, brokerage firms, credit unions and other mortgage lenders allowing a homeowner to tap the built-up equity in his or her home. Such an account is, in effect, a revolving credit second mortgage, which owners can access with the convenience of a check. Most lenders will provide a line of credit up to 70% or 80% of the appraised value of a home, minus any outstanding first mortgage debt. 주택소유자지분융자계좌는 주택소유자에게 자기주택의 담보범위를 차입에 이용할 것을 허용하는 은행, 저축금융기관(savings and loan), 증권회사(brokerage firm), 신용조합(credit union) 기타 주택대출기관(mortgage lenders)에 의하여 제공되는 융자범위이다. 이와 같은 융자계좌는 실질적으로 2번 모기지회전신용(revolving credit second mortgage)이고, 주택의 소유자는 수표를 끊는 것만으로 이용할 수 있는 편리함이 있다. 대부분의 대여자(貸與者)는 주택의 평가액의 70%에서 80%를 1번 모기지채무잔액을 공제한 융자범위(line of credit)를 제공하고 있다. **~*'s insurance policy*** 주택소유자보험증권 ¶ The *homeowner's insurance policy* is a policy protecting a homeowner against property and casualty perils. A basic HO-3 policy (HO stands for homeowner's) is a standard policy and the most comprehensive. It will cover damage to the home from natural causes such as fire, lightning, windstorms, hail, rain, or volcanic eruption. In addition, man-made disasters such as riots, vandalism, damage from cars or airplanes, explosions, and theft will also be reimbursed. Damage caused by falling objects, the weight of ice, snow or sleet, freezing of plumbing, heating or air conditioning system. electrical discharges, or the rupture of water heating or protective sprinkler systems also fall under the HO-3 policy. Flood, earthquake, war, and nuclear accident are not covered; flood and earthquake insurance can be purchased separately. 주택소유자보험증권은 자산이나 인체에의 위험에 대하여 주택소유자를 지키는 보험을 이른다. 기본적인 HO-3보험(ho-3 policy, HO는 주택소유자, home owner를 의미한다)은 표준적인 보험이고, 가장 포괄적인 보험이다. 이것은 주택에 대한 화재, 천둥, 폭풍우, 우박, 비나 화산의 폭발이라는 자연재해로 인한 손해를 보상한다. 그리고 폭동, 파괴활동, 자동차나 비행기로 인한 피해, 폭발, 및 절도라는 인재(人災)도 보상된다. 낙하물, 빙설이나 진눈깨비의 중량, 수도관이나 난방이나 공기조절설비의 동결(凍結), 누전, 및 온난방이나 방화스프링쿨러설비의 파열로 인한 손해도 HO-3보험에서 보상된다. 홍수, 지진, 전쟁이나 원자력 사고로 인한 손해는 보상되지 않는다. 홍수나 지진보험은 별도로 구입할 수 있다.

homeward 귀로의, 집(모국)으로 향하는 ¶ *homeward* cargo 되돌아온 화물

homogeneous 동질적인, 균질적인 ¶ The word *homogeneous* means having the same composition or form; organization that produces or sells products having great similarities, often using the same components. *Homogeneous products* reduce organizational development and manufacturing costs. 동질적이라는 단어는 동일한 성질이나 형태를 가진다는 뜻이다. 또 대단한 유사성을 가지는 제품을 제작하거나 판매하는 경우이다. 동질적인 제품은 조직적 발달과 제작비를 절감한다. /*homogeneous* competition 동질적 경쟁 ***homogeneous exposure*** [영] 동질적 리스크 ¶ The *homogeneous exposure* is a group of risk that feature similar or identical characteristics, leading to the same expected loss levels. *Homogeneous exposures* allow for more accurate and equitable actuarial pricing of insurance contract and ultimately reduce the likelihood of adverse selection. 동질적 위험은 동일한 예상손실수준을 가져오는 유사하거나 동일한 특질을 특징으로 하는 일단의 리스크를 말한다. 동질적 리스크는 보험계약의 정확하고 공정한 보험수리상의 가격결정을 참작하여 궁극적으로는 역선택(adverse selection)의 유사성을 축소한다. ~ ***oligopoly*** 균질적 과점 ¶ The *homogeneous oligopoly* is an oligopoly in which there is very little product differentiation among producers. Examples are the petroleum industry and network television. 균질적 과점이란 제작자간에서 매우 적은 제품상의 차이가 없는 과점현상을 이른다. 실례로서 들 수 있는 것은 석유산업과 네트워크 텔레비전이다.

homonym 동음이의어(同音異義語), 동명이인(同名異人)(a namesake)

Hong Kong currency 홍콩 화폐 ¶ Hong Kong dollar (HKD), divided into 100 cents. 1 달러(Hong Kong dollar) = 100 센트(cents).

Hong Kong Exchanges and Clearing Limited (HKEx) 홍콩증권거래소, 홍콩교역과 결산소유한공사(有限公司) ¶ The *Hong Kong Exchanges and Clearing Limited (HKEx)* is a company formed in 2000 after the Stock Exchange of Hong Kong Limited and the Hong Kong Futures Securities Clearing Company Limited. The *HKEx* ranks fifth in the world by market capitalization of listed companies. Trading is conducted Monday through Friday. The morning session is from 10 a.m. to 12:30 p.m. and the afternoon session is from 2:30 p.m. to 4 p.m. 홍콩증권거래소는 the Stock Exchange of Hong Kong Limited 와 Hong Kong Futures Securities Clearing Company Limited가 2000년에 통합하여 생긴 회사이다. 홍콩증권거래소(HKEx)는 상장회사의 시장자본금으로 보아 세계에서 5위에 위치한다. 거래는 월요일에서 금요일에 행해진다. 오전의 입회시간(前場)

은 오전 10시부터 12시 30분까지, 다시 오후의 입회시간(後場)은 2시 30분에서 오후 4시까지이다.

honor; honour[영] Ⓝ 명예, 체면 ¶ acceptance for *honor* [어음] 참가인수 Ⓥ 존경하다, (어음을) 인수하다, 기일에 지급하다 ¶ To *honor* is to accept and pay an obligation when due. (어음을) 인수, 지급하다는 것은 만기가 된 때에 채무를 인수하고 지급하는 경우이다. /*honor* a bill 어음을 지급하다 /*honor* a signature 서명을 정당하다고 인정하다

hopeless 절망적인 ¶ loans regarded as *hopeless* (회수가) 절망적으로 간주된 융자

horizon 지평(수평)선, 한계, 전망 ***horizon analysis*** 지평선분석 ¶ The *horizon analysis* is a method of measuring the discounted cash flow (time-adjusted return) from an investment, using time periods or series (horizons) that differ from the investment's contractual maturity. The horizon date might be the end of a business cycle of some other date determined in the prospective of the investor's overall portfolio requirements. *Horizon analysis* calculations, which include reinvestment assumption, permit comparison with alternative investments that is more realistic in terms of individual portfolio requirements than traditional yield-to-maturity calculations. 지평선분석은 투자대상상품의 계약상의 만기(maturity)와는 다른 시계열(時系列)을 사용하여 투자에서의 할인캐시·플로(discounted cash flow)를 계획하는 방법을 말한다. 시간축(時間軸)의 기한은 비즈니스·사이클(business cycle)의 종료시점이라든지, 혹은 투자자의 전체적인 포트폴리오(portfolio)의 필요성에서 결정되는 다른 시점이다. 재투자의 전제를 포함하고 있는 지평선분석계산법은 전통적인 최종이율법보다 개개의 포트폴리오의 필요성에 따른 대체투자대상과의 한층 현실적인 비교를 가능하게 하고 있다.

horizontal 수평의 (*cf.*) vertical 수직의 ¶ *horizontal* amalgamation (동업종간, 동업자간의) 수평적 합병 /*horizontal* analysis 수준적(水準的) 분석[시계열적(時系列的) 비교분석] /the *horizontal* axis 횡축(橫軸) /*horizontal* combination (동업종간의) 수평적 기업결합 /*horizontal* consolidation (동업종간의) 수평적 합병 /*horizontal* international specialization 수평적 국제분업 /*horizontal* international trade 수평적 국제무역, 수평무역 ***horizontal clearing services*** [영] 수평적 청산업무 ¶ *Horizontal clearing services* are clearing services that are offered by the clearinghouse of one exchange to other exchanges and electronic communications networks as a means of generating additional revenues. 수평적 청산업무는 부가적 수입(additional revenues)을 만들어내는 수단으로 거래소의 청산사무소가 다른 거래소와 전자통신네트워크에 제공하는 청산업무를 말한다. ~ ***integration*** 수평적 통합(동일업종기업간의 통합) ¶ The *horizontal integration* is a company's domination of a market at one stage of the production process by monopolizing resources at that stage. Contrast with vertical integration. 수평적 통합이란 회사가 생산과정의 하나의 단계에서 자원을 독점함으로써 시장을 지배하는 경우를 말한다. 수직적 통합(vertical integration)과 대조할 것. ~ ***layering*** [영] 수평적 레이어링 ¶ The *horizontal layering* is a practice where different reinsurers take percentage portions of the same loss layer under an excess of loss (XOL) reinsurance agreement. Each reinsurer becomes liable for its own fractional portion of coverage between the attachment level and the policy cap. Under this approach every reinsurer is exposed to losses and claims once the underlying deductible is exceeded. See also excess layer; vertical layering. 수평적 레이어링은 초과손해재보험(excess of loss reinsurance agreement) 하에서 서로 다른 재보

험업자가 동일한 손해계층(loss layer)의 일정한 부분을 차지하는 관행을 말한다. 각 재보험업자는 설정수준과 보험상한 간의 자신의 보험범위의 한도에 대해서 책임을 지게 된다. 이러한 방법론에서 모든 재보험자는 일단 기초공제액이 초과된다면 손해와 보험청구에 노출된다. excess layer(보험초과액 레이어); vertical layering(수평적 레이어링)도 참조할 것. ~ ***merger*** 수평합병, 동일업종의 기업간의 합병 → merger (합병). ~ ***price movement*** 수평적 가격변동 ¶ The *horizontal price movement* is a movement within a narrow price range over an extended period of time. A stock would have a *horizontal price movement* if it traded between $47 and $51 for more than six months. for instance. Also known as sideways price movement. See also flat market. 수평적 가격변동은 장기간에 미치는 좁은 가격권(price range)에서 일어나는 시세변동을 이른다. 예를 들면, 6개월 이상에 걸쳐서 47달러에서 52달러의 범위에서 거래되어 왔다면 그 주식은 수평적 가격변동을 한 것이 된다. sideways price movement(사이드웨이 가격변동)라고도 한다. flat market(제자리걸음인 시장)도 참조할 것. ~ ***spread*** 수평적 스프레드[다른 한월간(限月間)의 옵션거래] ¶ The *horizontal spread* is an options strategy that involves buying and selling the same number of options contracts with the same exercise price, but with different maturity dates; also called a calendar spread. For instance, an investor might buy ten XYZ call options with a striking price of $70 and a maturity date of October. At the same time, he would sell ten XYZ call options with the same striking price of $70 but a maturity date of July. The investor hopes to profit by moves in XYZ stock by this means. 수평적 스프레드는 같은 행사가격(exercise price)으로 한월(限月)이 다른 옵션계약을 동수로 매매하는 옵션전략을 이른다. 캘린더스프레드(calendar spread)라고도 한다. 예컨대 어느 투자자가 행사가격(exercise price) 70달러로 10월한월의 XYZ 콜옵션(call option)을 10매 산다. 동시에 그 투자자는 같은 70달러의 행사가격으로 7월한월의 XYZ 콜옵션을 10매를 판다. 투자자는 이 방법으로 XYZ의 시세변동으로 인하여 이익획득을 목표로 한다.

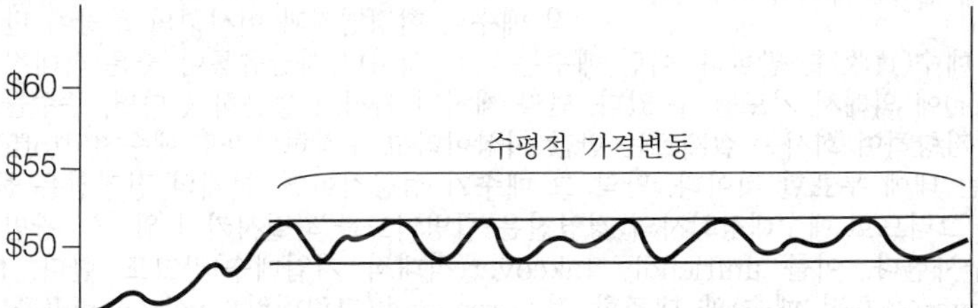

hospital 병원 ***hospital revenue bond*** 병원세입채(歲入債) ¶ The *hospital revenue bond* is a bond issued by a municipal or state agency to finance construction of a hospital or nursing home. The latter is then operated under lease by a not-for-profit organization or a for-profit corporation such as Columbia/HCA. A *hospital revenue bonds*, which is a variation on the industrial development bond, is tax exempt, but there may be limits to the exemption. See also revenue bond. 병원세입채란 병원이나 요양소건설의 자금조달을 위해서 지방자치단체나 주기관에 의해서 발행되는 채권(bond)을 말한다. 병원은 비영리단체,

혹은 컬럼비아/HCA와 같은 영리기업에 리스(lease)되어 운영된다. 병원세입채는 산업개발채(industrial development bond)의 변종(變種, variation)이고, 면세(tax-exempt)채권이다. 그러나 면세에 관하여는 제한이 있는 경우도 있다. revenue bond [수익사업채(債)]도 참조할 것.

host (손님을 대접하는) 주인 ¶ the *host* countries [nations] 차입국측, (투자의) 수입국(受入國) ***host security*** [영] 호스트 증권 ¶ The *host security* is a security (typically a note or bond) to which a derivative is attached (i.e., an option or complex option for a structured note, or a warrant for a bond with warrant). 호스트 증권은 파생상품이 부착된 (즉, 옵션 또는 구조채(債)를 위한 복잡한 옵션, 또는 워런트부(附) 채권을 위한 워런트) 증권[일반적으로 중기증권(note) 또는 채권(bond)]을 말한다.

hostile [M&A] 대립적인, 적대적인 ¶ *hostile* bids 적대적 매입 ***hostile takeover*** 적대적 매수 ¶ *Hostile takeover* is takeover of a company against the wishes of current management and the board of directors. This takeover may be attempted by another company or by a well-financed raider. If the price offered is high enough, shareholders may vote to accept the offer even if management resists and claims the company is actually worth even more. If the takeover is successful, the existing management is usually terminated. The target company's management therefore uses a wide variety of strategies to foil the merger attempt. Also called unfriendly takeover. Contrast with friendly takeover. See also greenmail; poison pill; scorched-earth defense. 적대적 매수란 현경영진과 이사회의 희망에 반하는 회사의 매수(買收)를 말한다. 이런 매수는 다른 회사나 자금융통이 좋은 적대적 매수자(raider)에 의해서 기도될 수 있다. 만약 제시된 가격이 충분히 높다면, 주주들은 경영진이 저항하여 회사는 실제로는 반값 이상이라고 주장하더라도 매수청약(offer)을 승낙하는 데에 투표할 것이다. 만약 그 매수가 성공적이면, 현재의 경영진은 물러나야 한다. 그러므로 매수대상회사의 경영진은 합병기도를 좌절시키기 위하여 광범한 전략을 구사한다. 이를 unfriendly takeover(적대적 기업매수)라고도 한다. friendly takeover(우호적 매수)와 대조할 것. greenmail(그린메일); poison pill(포이즌필); scorched earth defense(초토방위책)도 참조할 것.

싼 값에 넘어갈 우리가 아닙니다!

hot 격한, 자극적인, 현대 인기가 있는 ¶ *hot* bills 우량어음 /a *hot* card 사고카드(크레디트카드) /*hot* dollars 단기달러자금 /a *hot* money market 핫머니시장(대표적인 것은 유로 달러시장) ***hot issue*** 초인기종목, 핫이슈(인기가 높은 신규발행채권) ¶ The *hot issue* is a newly issued stock that is in great pubic demand. *Hot issue* stocks usually shoot up in price at their initial offering, since there is more demand than there are shares available. Special National Association of Securities Dealers rules apply to the distribution of hot issues by the selling investment banking syndicate. See also underwrite. 초인기종목은 일반투자자(public)에게 대단히 인기가 있는 새롭게 발행된 주식(stock)을 말한다. 초인기종목은 그 신규공개시에 구입할 수 있는 주식수보다도 많은 수요가 있으므로 가격이 통상은 급격하게 상승한다. 전미증권업협회(National Association of Securities Dealers)의

특별한 규칙은 판매투자은행 신디케이트단에서 초인기종목을 판매할 때에 적용된다. underwrite(인수하다)도 참조할 것. ***hot money*** 핫머니(국제시장을 움직이고 다니는 투기적인 단기자금) ¶ The *hot money* is an informal term for money obtained illegally (e.g., by fraud or theft). In finance, however, the term is more often used for money that is moved rapidly and at short notice from one country to another to take advantage of changes in short-term interest rates or to avoid imminent devaluation of a currency. 핫머니는 (예컨대 사기나 절도에 의해서) 불법적으로 취득한 자금을 설명하는 비공식적인 용어이다. 그렇지만, 금융에서 그 용어는 단기간의 금리의 변화를 이용한다든지 혹은 어느 통화의 절박한 평가절하를 피하기 위해서 어느 국가에서 다른 국가로 급속하게 예고도 없이 움직이는 자금을 설명하는 데에 자주 이용되고 있다. ~ ***stock*** 초인기주(특히 신주) ¶ The word *hot stock* is the term for newly issued stock that rises quickly in price or the term for any stock rising quickly and consistently because it is attracting buyers. 초인기주는 가격이 급속하게 올라가는 새롭게 발행된 주식을 설명하는 용어이거나 매수인에게 매력적이기 때문에 급속하고도 일관되게 상승하는 주식을 설명하는 용어이기도 하다.

hour 시간, 시대, 시각, (*pl.*) 근무시간 ¶ after regular banking *hours* 통상의 은행영업시간후에 /before *hours* 개점 전(에) /business *hours* 영업시간 /callable in 24 *hours* 24시간 내에 호출할 수 있는 /*hours* open 영업시간 ***after (office) hours trading*** 시장폐점후의 거래시간 → extended-hours trade (연장시간거래).

hourly 시간당의, 매시의 ¶ *hourly* earning 시간당 수입 /*hourly* rate 시간급, 시급(時給)

house 집(家), 건물, 증권회사, 거래소 ¶ The *house* is a firm or individual engaged in business as a broker-dealer in securities and/or investment baking and related services. 하우스(house)는 브로커-딜러(broker-dealer)로서 증권업, 투자은행업무 및 그 관련업무에 종사하는 회사 또는 개인을 이른다. ¶ The *house* is a nickname for the London Stock Exchange. 하우스라고 할 때에는 런던증권거래소(London Stock Exchange)의 통칭을 말한다. /*house* bill 하우스빌, 본지점환(換)(어음), 자기앞어음(상사 등에서 발행된 지급인을 자사의 해외본지점, 현지법인으로 한 무역거래를 위한 환어음) /*house* check 당행앞 수표 /*house* repairs and the building of additions to houses 증개축자금(增改築資金) ***house account*** 증권회사본점취급계좌 ¶ The *house account* is an account handled at the main office of a brokerage firm or managed by an executive of the firm; in other words, an account distinguished from one that is normally handled by a salesperson in the territory. Ordinarily, a salesperson does not receive a commission on a *house account*, even though the account may actually be in his or her territory. 증권회사본점취급계좌는 증권회사(brokerage firm)의 본점에서 취급하거나, 간부가 관리하는 계좌(account)를 말한다. 달리 말하면, 지구(地區)의 외무사원이 통상 취급하는 계좌와 구별된 계좌이다. 외무사원은 이 계좌에 관하여는 자기담당지구에 있는 것이었더라도, 통상은 수수료(commission)를 받지 않는다. ~ ***bill*** 하우스빌, 본지점환(換)(어음), 자기앞어음(상사 등에서 발행된 지급인을 자사의 해외본지점, 현지법인으로 한 무역거래를 위한 환어음) ~ ***call*** 증거금독촉 ¶ The *house call* is a brokerage house notification that the customer's equity in a margin account is below the maintenance level. It the equity declines below that point, a broker must call the client, asking for more cash or securities. If the client fails to deliver the required margin, his or her position will be liquidated. *House call* limits are usually higher than limits mandated by the Financial Industry Regulatory Authority (FINRA), a self-regulatory group, and the major exchanges with jurisdiction over these rules. Such a margin maintenance requirement is in addition to the initial margin requirements set by Regulation T of the Federal Reserve Board. See also house maintenance requirement; margin call. 증거금독촉은 고객의 신용거래계좌(margin account)의 증거금(equity)이 필요증거금을 하회하고 있다고 하는 증권회사로부터의 독촉이다. 만약 증거금액이 부족하다면, 증권회사는 고객에게 전화를 걸어서, 현금(cash)이나 증권(security)의 추가를 요청하여야 한다. 고객이 요구받은 위탁증거금을 준비할 수 없으면, 고객의 포지션(position)은 청산된다. 증권회사가 요구하는 증거금률은 자주규제기관인 금융업규제기구(Financial Industry Regulatory Authority: FINRA)나, 이러한 규칙을 관할하는 주요거래소에 의하여 요구되고 있는 수준보다 통상은 높다. 이 증거금률유지율(margin maintenance requirement)은 미연방준비제도이사회 레귤레이션 T (Regulation T of the Federal Reserve Board)에 규정된 당초의 증거금에 부가해서 규정된 것이다. house maintenance requirement(증권회사증거금유지율); margin call(증거금청구)도 참조할 것. ~ ***maintenance requirement*** 증권회사증거금유지율 ¶ The *house maintenance requirement* is initially set and enforced rules of individual broker-dealers in securities with respect to a customer's margin account. *House maintenance requirements* set levels of equity that must be maintained to avoid putting up additional equity or having collateral sold out. These levels are normally higher than maintenance levels required by the Financial Industry Regulatory Authority (FINRA) and the stock exchange. See also house call; minimum maintenance. 증권회사증거금유지율은 고객의 신용거래계좌(margin account)에 관하여 각 증권회사가 각각 설정하여 적용하고 있는 증거금기준을 이른다. 증권회사증거금유지율은 추가적인 증거금발생을 피하고, 또 담보증권의 매각을 피하기 위해서 유지되어야 하는 증거금의 수준을 정하고 있다. 이러한 수준은 금융업규제기구(Financial Industry Regulatory Authority: FINRA)나 증권거래소가 요구하는 수준보다도 통상은 높다. house call(증거금독촉); minimum maintenance(최저위탁보증금)도 참조할 것. ~ ***of issue*** 증권인수회사 ¶ The *house of issue* is an investment banking firm that underwrites a stock or bond issue and offers the securities to the public. See also underwrite. 증권인수회사는 주식이나 채권의 발행을 인수하여 그 증권을 공모하는 투자은행(investment banking firm)을 말한다. underwrite(인수하다)도 참조할 것. ~ ***poor*** 주택빈곤 ¶ The *house poor* is short of cash because the bulk of your money is tied up in your house. Implication is that without the real estate investment and associated mortgage, you would be financially comfortable. 주택빈곤이란 대량의 자금을 주택에 쏟아넣은 결과 생긴 자금부족(short of cash)을 가리킨다. 이 표현은 부동산투자나 그것에 얽매인 주택론(loan)차입이 없다면 재정적으로는 여유가 생기는 것을 함의(含意)하고 있다. ~ ***rules*** 증권회사사내규칙 ¶ *House rules* are a securities industry term for internal rules and policies of individual broker-dealer firms concerning the opening and handling of customers' accounts and the activities of the customers in such accounts. *House rules* are designed to assure that firms are in comfortable compliance with the requirements of outside regulatory authorities and in most cases are more stringent than the outside regulations. See also house call; house maintenance requirement. 증권회사사내규칙은 고객계좌의 개설이나 취급, 또 그러한 계좌의 고객거래에 관한 증권회사(broker-dealer firm)의 내부규칙(internal rules)이나 지침(policy)을 가리키는 증권업계의 용어이다. 증권회사가 외부의 감독관청의 규칙에 충분히 따르고 있는 것을 확신시켜 줄 의도가 있으며, 대부분의 경우에는 사내규칙은 외부의 규칙보다도 엄격하다. house call(증거금독촉); house maintenance requirement(증권회사증거금유지율)도 참조할 것.

household 세대(世帶) ¶ *household* effects 가재도구 /*household* industries 가내공업 /*household* loan 주택금융 /*household* saving 가계저축

householder; housemaster 세대주

housing 집(家), 주택, 주거 ¶ *housing* finance 주택금융 /the *housing* industry 주택산업 /*housing* loan guarantee insurance 주택론보증보험 /*housing* loan insurance 주택융자보험 /*housing* loan 주택론(loan), 주택금융 /tax exemption on *housing* savings 주택저축공제 ***housing affordability index*** 주택구매력지수 ¶ The *housing affordability index* is an indicator of the proportion of the population that can afford to buy the average home sold during the current period. There are many types of affordability indexes in use. One of the best-known is the index compiled by the National Association of Realtors. The index is formed by the ratio of a percentage of the average income of all families in the area to the monthly loan payment needed to purchase the average priced home sold in that area. An index value of 1.00 indicates that half of families in the area could afford to buy the average home. The higher the index, the more affordable is the housing in the area at the time. 주택구매력지수는 당기(當期)에 매도된 평균주택을 매입할 여유가 있는 인구비율의 지표를 말한다. 이용되는 구매력지수는 여러 종류가 있다. 가장 잘 알려진 것의 하나는 전미부동산중개업자협회가 집계한 지수이다. 그 지수는 그 지역에서 매도된 평균가격의 주택을 매입하기 위하여 필요한 매월 융자금납입금에 대한 지역의 모든 가정의 평균수입의 백분율비율로 구성된다. 그 지수가 높으면 높을수록, 그 시기에 지역의 주택구매력은 많게 된다. → affordability index [주택구매력지수(住宅購買力指數)]. ***Housing and Economic Recovery Act of 2008*** 2008년의 주택경기회복법 ¶ The *Housing and Economic Recovery Act of 2008* is a legislation passed to address the subprime housing crisis. The Act created a new regulator for the housing-related GSEs: Fannie Mae, Freddie Mac, and the Federal Home Loan Banks. The Federal Housing Finance Agency (FHFA) was granted enhanced powers to establish standard, restrict asset growth, increase enforcement, and put entities into receivership. This agency takes over from the Federal Housing Finance Board and the Office of Federal Housing Enterprise Oversight. The Act created the Hope For Homeowners program allowing the Federal Housing Authority (FHA) to insure up to $300 billion of distressed homeowners' FHA-insured mortgages. It requires mortgage holders to accept the proceeds of the insured loan as payment in full for all pre-existing indebtedness. 2008년 주택경기회복법은 서브프라임주택위기를 전담하기 위해서 통과된 법률이다. 그 법은 주택관련의 정부지원기관에 대한 새로운 감독기관을 창설하였다. 즉, 패니메이(Fannie Mae, Federal National Mortgage Association), 프레디맥(Freddie Mac) 및 연방주택대출은행(Federal Home Loan Banks)이 그것이다. 연방주택금융기관은 규준(規準)을 확립하고, 자산증가를 제한하며, 강제를 높여서 피감독기관(entities)을 장악하게 하는 강화된 권한을 부여받았다. 이 기관은 연방주택금융이사회(Federal Housing Finance Board)와 연방주택기업감독청(Office of Federal Housing Enterprise Oversight)으로부터 권한을 이양받는다. 이 법률은 연방주택당국(Federal Housing Authority: FHA)이 고난을 받고 있는 주택소유자의 연방주택당국이 보증하는 모기지를 3,000억 달러까지 보증할 수 있도록 하는 주택소유자를 위한 희망프로그램(Hope For Homeowners program)을 개발하였다. 그러기 위해서는 모기지소유자가 기존에 존재한 모든 채무에 대한 전액납입(payment in full)으로서 보증된 대출의 수취금으로 받아주는 것이 필요하다. ***Housing and Urban Development,***

Department of (HUD) 주택도시개발부 ¶ The *Housing and Urban Development, Department of* (*HUD*) is a cabinet-level federal agency, founded in 1965, which is responsible for stimulating housing development in the United States. *HUD* has several programs to subsidize low- and moderate-income housing and urban renewal projects, often through loan guarantees. The Government National Mortgage Association (Ginnie Mae), which fosters the growth of the secondary mortgage market, is within *HUD*. 주택도시개발부는 1965년에 설립된 내각수준(cabinet-level)의 미연방정부기관이고, 미국에서 주택개발촉진에 책임을 진다. 주택도시개발부는 저소득(low-income)에서 중소득계층(moderate income)의 주택취득이나 도시개발사업의 조성을 행하는 몇 개의 제도를 준비하고 있고, 그것은 종종 차입에 대한 보증공여의 형식을 취하고 있다. 모기지증권의 유통시장을 육성하고 있는 정부모기지협회(Government National Mortgage Association: Ginnie Mae)는 주택도시개발부에 속하고 있다. ~ ***bond*** 주택채권 ¶ The *housing bond* is a short- or long-term bond issued by a local housing authority to finance short-term construction of (typically) low- or middle-income housing or long-term commitments for housing, plants, pollution control facilities, or similar projects. Such bonds are free from federal income taxes and from state and local taxes where applicable. Term is also used to describe mortgage-backed revenue bonds, municipal bonds that provide financial institutions with the funds to make low-rate mortgage loans, which collateralize and eventually repay the bonds. 주택채권은 지방정부의 주택국에 의해서 발행된 단기(short term) 또는 장기채권(long-term bond)이고, 특히 저소득층, 및 중소득계층의 주택건설을 위한 단기자금조달, 그리고 주택, 공장, 공해대책설비, 그와 유사한 사업에의 장기자금조달을 목적으로 하고 있다. 이러한 채권은 연방소득세(federal income taxes), 또한 당해 지역의 주·지방세가 면제되고 있다. 이 용어는 모기지담보재원채(財源債)(mortgage-backed revenue bond)를 가리키기도 한다. 모기지담보재원채란 금융기관에 저리의 주택론(loan)(mortgage)을 대출할 수 있도록 자금을 제공하는 채권인데, 대출한 주택이 담보가 되어 그 채권이 상환된다. ~ ***market index (HMI)*** 주택시장지수 ¶ The *housing market index* (*HMI*) is a weighted, seasonally-adjusted statistic derived from ratings from present single family sales, single family sales in the next six months, buyers traffic. The *HMI* is published by the National Association of Home Builders (NAHB) and is based on a monthly survey sent to NAHB members, who are asked to rate general economic and housing market conditions. The first two components are measured on a scale of "good", "fair", "poor", and the last one on a scale of "high", "average", and "low." 주택시장지수란 현재 단독가족의 주택판매상황 및 금후 6개월간의 단독가족의 주택판매전망과 매수인의 전망에서 계절조절적으로 작성되는 가중평균베이스의 통계치를 이른다. HMI는 전미주택건축업자협회(National Association of Home Builders: NAHB)에 의하여 발행되지만, NAHB의 회원기업에 의하여 매월 행해지는 조사에 근거하고 있다. NAHB회원기업은 경제정세 및 주택시장상황 전반에 관하여 평가를 내리도록 요구하고 있다. 경제정세에 관하여는 「양호함」(good), 「적정함」(fair), 「불량함(bad)」의 단계로 평가하고, 주택시장상환 전반에 관하여는 「높음」(high), 「평균임」(average), 「낮음」(low)의 단계로 평가한다. ~ ***starts*** 주택착공통계 ¶ *Housing starts* are a category of residential construction monitored by the Department of Commerce. *Housing starts* represent the start of construction of a house or apartment building, which means the digging of the foundation. Other categories are housing permits, house completions, and new home sales. In normal times, residential construction accounts for roughly 3% of Gross

Domestic Product. 주택착공통계는 미상무부(Department of Commerce)에 의하여 추적조사되고 있는 주택건설에 관한 일반통계항목을 이른다. 주택착공건수는 개인주택이나 공동주택의 착공호수(戶數)를 나타내고, 기초공사에의 착공을 의미한다. 다른 통계항목에는 주택건설허가건수통계(housing permits), 주택준공건수(housing completion), 신축주택판매통계(new home sales)가 있다. 평상시에 주택건설은 국내총생산(Gross Domestic Product: GDP)의 약 3%를 차지하고 있다.

HRR → **h**istorical **r**ate **r**ollover [약] 원래의 환율에서 외환예약의 연장

hryvnia 흐리브니아 (*pl.* hryvni 흐리브니) ¶The standard curency unit of the Ukraine. 우크라이나의 기준화폐단위.

Hulbert rating 헐버트등급 ¶The *Hulbert rating* is a rating by Hulbert Financial Digest, a service of Dow Jones Marketwatch of how well the recommendations of various investment advisory newsletters have performed. The ratings cover performance as far back as 1980, if data are available. The Digest ranks over 180 investment advisory newsletters covering stocks, bonds, mutual funds, futures, and options by tabulating the profits and losses subscribers would have received had they followed the newsletter's advice exactly. 헐버트등급이란 다운존스 마켓워치(Dow Jones Marketwatch)의 서비스의 하나인 헐버트 파이낸셜다이제스트(Hulbert Financial Digest)에 의한 등급을 이른다. 이 등급은 여러 투자고문의 뉴스레터가 어느 만큼 실적을 올렸는가를 보여준다. 이 등급은 데이터가 이용가능한 경우에는 1980년에까지 소급해서 실적을 평가하고 있다. 헐버트등급은 주식, 채권, 뮤추얼펀드(mutual fund), 선물거래(futures), 옵션(option)을 취급하는 180을 넘는 투자고문 뉴스레터에 관하여 그 구독자가 뉴스레터의 조언을 그대로 따른다면, 그들의 이익이나 손실이 어떻게 되었는가를 일람표로 만들어서 순위를 매기고 있다.

hull marine insurance 선박해상보험 ¶*Hull marine insurance* is coverage of the hull of a ship and its tackle, passenger fittings, equipment, stores, boats, and ordnance. Coverage is provided under the following types of policies: builders risk hull insurance; navigation risk insurance, and port risk insurance. 선박해상보험이란 선체(船體) 및 그 색구(索具), 선객(船客)비품, 비품(備品), 선고(船庫), 보트, 및 선용품(船用品)을 보험범위로 한다. 보험범위는 다음과 같은 형태의 보험에 의해서 제공된다. 즉, 선박건조업자보험, 항해보험, 및 항구보험 등이다.

human 인간의 ¶*human* engineering 인간공학(工學) /*human* investment 인적 투자 ***human capital*** 인적자본 ¶*Human capital* is skills acquired by a worker through formal education and experience that improve the worker's productivity and increase his or her income. 인적자본이란 근로자가 정식의 교육이나 경험을 통해서 획득하여, 그 근로자의 생산성을 올리고, 그 수입을 증가시키는 기술을 이른다. ~ ***resources*** 인적 자원 ¶*Human resources* are a personnel pool available to the organization. The most important resources in any organization are its human resources. Appropriate *human resources* assure an organization that the right number and kind of people are available at the right time and place so that organization needs can be met. 인적 자원은 단체가 이용할 수 있는 인사풀(personnel pool)이다. 어느 단체에서나 가장 중요한 자원은 그 인적 자원이다. 적절한 인적 자원은 조직이 꼭 맞도록 적절한 수와 부류의 사람들이 적절한 시간과 장소에 이용될 수 있음을 보장한다.

hung (곤란한 일로) 방해되어, 꼼짝 못하게 되어 ***hung deal*** [영속] 헝딜 ¶The *hung deal* is a new issue of securities that underwriters fail to place at the primary launch spread (or price). If the transaction is arranged as a bought deal the underwriters are obligated to take up the unsold securities and provide the issuer with funds as contracted; the group must then attempt to sell the securities on a secondary basis, often by widening the spread (lowering the price). Also known as sticky deal, stuck deal. 헝딜은 인수업자가 제1차 론치·스프레드(launch spread)에서 신발증권을 판매하지 못하는 증권의 신규발행을 말한다. 거래가 일괄매입방식(bought basis)으로 약정되는 경우, 인수업자는 판매되지 않은 증권을 떠맡고, 발행자에게 계약한 자금을 제공할 책임이 있다. 인수업자그룹은 그러면 제2차 판매방식으로 증권의 판매를 시도해야 하며, 종종 (가격을 낮추는) 스프레드를 확대하기도 한다. 이는 sticky deal(귀찮은 거래), stuck deal(스턱딜)로도 알려져 있다. ~ ***up*** 헝업 ¶The words *hung up* is a term used to describe the position of an investor whose stocks or bonds have dropped in value below their purchase price, presenting the problem of a substantial loss if the securities were sold. 헝업이란 말은 주식(stock)이나 채권(bond)의 가격이 취득가격(purchase price)보다 하락하여, 만약 그 증권이 매각된다면, 상당한 손실(loss)의 문제를 일으키는 투자자의 상태를 나타내는 용어이다.

Hungary currency 헝가리 화폐 ¶forint (HUF), divided into 100 filler. 1 포린트(forint) = 100 필러(filler).

hunger export 기아(飢餓)수출

hunkering down 헝커링다운 ¶The words *hunkering down* is a trader's term for working to sell off a big position in a stock. 헝커링다운이란 말은 주식의 많은 재고(position)를 떠맡아 전부 팔아버리려고 노력하고 있는 상태를 표시하는 트레이더(trader)의 용어이다.

hurdle rate (투자를 하기 위한) 필요수익률, 최저수익률 ¶The *hurdle rate* is a term used in the budgeting of capital expenditures, meaning the required rate of return in a discounted cash flow analysis. If the expected rate of return on an investment is below the hurdle rate, the project is not undertaken. The *hurdle rate* should be equal to the incremental cost of capital. (투자를 하기 위한) 필요수익률이란 할인자금흐름법(discounted cash flow)분석에 의한 필요수익률을 의미한다고 하는 자본지출의 예산을 세울 때의 용어이다. 만약 어느 투자에 대한 기대수익률(expected rate of return)이 이보다도 낮을 경우에는, 그 투자계획은 착수되지 않는다. 허들레이트는 자본의 한계비용(incremental cost of capital)과 같아야 한다.

HVF (ISO) code Burkina Faso (formerly Upper Volta) – currency CFA franc. ¶HVF (표준국제기구) 약호 부르키나 파소(이전의 어퍼 볼타) — 화폐 CFA 프랑(franc).

hybrid 변종, 합성물, [국제금융] 대출과 증권을 혼합시킨 것(FRN 변동이자부채가 그 예), 금융하이브리드상품 ¶*hybrid* securities (수종의 거래를 합친) 복합증권 ***hybrid annuity*** 하이브리드연금 ¶The *hybrid annuity* is a contract offered by an insurance company that allows an investor to mix the benefits of both fixed and variable annuities. Also called combination annuity. For example, an annuity buyer may put a portion of his assets in a fixed annuity, which promises a certain rate of return, and the remainder in a stock or bond fund variable annuity, which offers a chance for higher return but takes more risk. 하이브리드연금이란 보험회사가 투자자에게 정액연금(fixed annuity)과 변동연금(variable annuity)의 이점을 혼합시키는 것을 허용하도록 제공하는 계약이라고 한다. 이를 또한 combination annuity(결합연금)라고도 한다. 예컨대, 연금계약자는 그

자산의 일부를 일정한 이율을 약속하는 정액연금에 가입하고, 나머지를 보다 높은 투자이율의 가능성을 제공하지만 리스크(risk)가 높게 되는 주식 혹은 채권투자에 의한 변동형 연금에 투자한다. ~ ***bond*** [영] 하이브리드채권(混合債券) ¶ The *hybrid bond* is a fixed income security with embedded options that alter risk and return characteristics. The general class of hybrids includes callable bonds, putable bonds, bonds with warrants, convertible bonds, and structured notes. 하이브리드채권은 편입옵션(embedded option)을 가지는 리스크와 수익의 특징을 개선하는 확정소득증권(fixed income security)이다. 일반적 종류의 혼합채권에는 임의상환채권(callable bond), 상환청구할 수 있는 사채(putable bond), 워런트부 사채(bond with warrant), 전환사채(convertible bond) 및 구조채(債)(structured note)가 포함된다. ~ ***capital security*** [영] 하이브리드자본증권 ¶ The *hybrid capital security* is a security, generally issued by a bank, with structural features that place it between debt and equity in the capital structure. Such securities generally qualify as regulatory capital. *Hybrids* generally have a regular income stream via a coupon or dividend, a fixed or perpetual maturity with optional redemption, and rank above preferred stock but below subordinated debt in terms of seniority in default. Common forms of hybrids include trust preferred stock and junior subordinated debentures. See also perpetual preferred stock. 하이브리드자본증권은 자본구조에 있어서 부채와 지분 사이에 놓은 구조적 특징을 가지는 증권으로, 일반적으로 은행이 발행한다. 그러한 증권은 일반적으로 규제받는 자본으로 적합하다. 하이브리드자본증권은 쿠폰이나 배당금, 고정만기나 임의상환조건의 영구만기 및 등급이 우선주보다 높지만 디폴트에 관하여는 우선순위에 있는 하위부채 밑에 있는 것을 경유하여 정규 수익의 경향을 띤다. 하이브리드자본증권의 일반형태는 신탁우선주와 하순위열후사채(junior subordinated debenture)가 포함된다. perpetual preferred stock(영구우선주)도 참조할 것. ~ ***electronic communications network*** [영] 하이브리드전자통신네트워크 ¶ The *hybrid electronic communications network* is an electronic communications network (ENC) that incorporates the features of both dealer market ENCs and regulated ENCs. 하이브리드전자통신네트워크는 딜러마켓전자통신네트워크와 규제전자통신네트워크를 통합한 전자통신네트워크이다. ~ ***investment or security*** 하이브리드투자 · 증권 ¶ The *hybrid investment or security* is an investment vehicle that combines two different kinds of underlying investments. For example, a structured note, which is a form of a bond, may have the interest rate it pays tied to the rise and fall of a commodity's price. Hybrid investments are also called derivatives. 하이브리드투자 · 증권은 상이한 2종류의 기초투자(基礎投資)를 결합하는 투자수단을 이른다. 예를 들면, 채권의 1형태인 구성채(債)(structured note)는 지급할 금리를 어느 상품가격의 당락에 연계시킬 수 있다. 하이브리드투자를 또한 파생금융상품(derivatives)이라고도 한다.

hydraulic 물의, 수력의 ¶ *hydraulic* pressure 수압 /*hydraulic* crane 수압크레인

hyperinflation 초(超)인플레이션(galloping inflation), 하이퍼인플레이션 ¶ *Hyperinflation* is inflationay episode in which the currency becomes virtually worthless. The classic example is Germany in the mid 1920s, when it eventually cost billions of marks to mail a letter or buy bread. 초(超)인플레이션은 화폐가 실질적으로 쓸모없이 된다는 인플레이션의 일화(逸話)이다. 결국은 편지를 부치거나 빵을 사는데 수십억의 마르크가 들었다는 1920년대 중반의 독일이 전형적이 실례가 있다. ¶ *Hyperinflation* is a very high level of inflation that tends to result in the breakdown of the monetary system, the hoarding of goods, difficulty in achieving real economic growth. The classic case of *hyperinflation* occurred in Germany during the 1920s. *Hyperinflation*, which tends to motivate people to own real goods, adversely affects security prices. 하이퍼인플레이션은 통화제도의 붕괴, 물자의 사재기, 실물경제성장 달성에 어려움이 있는 매우 높은 수준의 인플레이션이다. 하이퍼인플레이션의 전형적인 실례는 1920년대에 독일에서 발생하였다. 하이퍼인플레이션은 사람들이 현물(real goods)을 소유하는 동기를 부여하는 경향이 있으므로, 주가에 거꾸로 영향을 미친다. → inflation (인플레이션).

hypothec (부동산)저당권

hypothecary 저당권의(에 의한), 저당권을 설정한 ¶ *hypothecary* value 저당가격

hypothecate 저당(담보)에 넣다, 담보에 넣다 ¶ To *hypothecate* is to pledge something as security without turning over possession of it. *Hypothecation* creates a right in the creditor to have the pledge sold to satisfy the claim out of the sale proceeds. 담보에 넣다는 것은 어떤 물건의 점유를 넘기지 않고 담보에 넣는 경우이다. 담보설정을 하게 되면 매상금에서 청구액을 만족하도록 채권자에게 담보물을 매도할 권리가 생기게 된다.

hypothecation 담보권설정, 담보차입 ¶ In banking, *hypothecation* is a pledging property to secure a loan. *Hypothecation* does not transfer title, but it does transfer the right to sell the hypothecated property in the event of default. 은행거래에서, 담보권설정은 론(loan)을 담보하기 위해서 재산(property)을 담보(pledging)에 넣는 것이다. 담보권설정에 의하여 소유권은 이전하지 않지만, 채무불이행(default)의 경우에는 저당권이 설정된 재산을 매각할 권리가 이전한다. ¶ In securities, *hypothecation* is pledging of securities to brokers as collateral for loans made to purchase securities or to cover short sales, called margin loans. When the same collateral is pledged by the broker to a bank to collateralize a broker's loan, the process is called rehypothecation. 증권에서 담보차입은 증권구입이나 공매(空賣)(short sales)를 위해서 행하는 차입의 담보로서 증권을 브로커(broker)에게 예탁하는 것이다. 이를 margin loans라고도 한다. 브로커론의 담보로서 브로커로부터 은행에 같은 증권이 담보로서 넣게 되는 경우에, 이런 절차를 재차입(rehypothecation)이라 한다. ¶ a *hypothecation* agreement 저당권계약 /*hypothecation* of factories' property (공장)재단저당 /a letter of *hypothecation* and general assurance 담보차입 및 전반적 보증장 ***(general) letter of hypothecation*** 외국환어음약정서, 담보차입증, 수출환어음약정서 ¶ A *letter of hypothecation* is a type of documentary draft which is offered to bank when exporter starts export documentary transaction with bank of exchange. 수출환어음약정서는 수출업자가 외환은행과 수출하환거래를 시작하는 경우, 은행에 제출되는 하환어음의 일종이다. → trust receipt(T/R) (트러스트리시트).

hypothesis 가설(假說), 가정 ¶ In empirical research, the *hypothesis* is an assertion made about some property of elements being studied. Such an assumption is made early in the investigation, guiding the investigator in searching for supporting data. The *hypothesis* is found to be true or false at the conclusion of the research study, depending on whether or not the proposed property actually characterizes the elements. 경험적 조사에서 가설이란 연구중인 요소의 어떤 특성에 관한 단언이다. 그러한 가정은 일찍이 조사에서 이루어지고, 보조데이터를 탐색하는 데 연구자를 인도하고 있다. 가설은 조사연구의 결론에서 진실인지 거짓인지가 판가름나고, 제안된 특성이 현실로 그 요소의 성격을 나타내는지 그 여부에 달려 있다.

I

IAEA → International Atomic Energy Agency [약] 국제원자력기구

IAS → International Accounting Standards [약] 국제회계기준

IATA → International Air Transport Association [약] 국제항공운송협회

IBC'S money fund report average IBC의 머니마켓펀드실적평균 → iMoneyNet Money Fund Report Average (iMoneyNet의 머니마켓펀드실적평균).

I/B/E/S International, Inc. I/B/E/S 인터내셔널 ¶ *I/B/E/S International, Inc.* provides the I/B/E/S data base, which comprises analysts' estimates of future earnings or thousands of publicly traded companies. I/B/E/S was combined with First Call, a division of THOMSON FINANCIAL. I/B/E/S 인터내셔널은 애널리스트들이 다수의 주식공개기업(publicly held)의 장래의 이익예측치(estimates of future earnings)를 정리하여 I/B/E/S 데이터베이스로서 제공하고 있다. I/B/E/S는 THOMSON FINANCIAL의 1부문인 First Call로 통합되었다.

IBF; IBFs → international banking facilities [약] [미] 국제금융업무제도 ¶ The *international banking facilities* is an international banking center within a US bank that is permitted by the Federal Reserve Board to participate in Eurocurrency lending and accept Reserve-free offshore deposits. 국제금융업무제도는 미연방준비위원회에 의해서 유로통화금융에 참가하고 준비금면제의 해외저축을 받아들이도록 허가받은 미국은행내의 하나의 국제금융센터이다.

I-Bonds I본드, 인플레이션지수연동국채 ¶ *I-Bonds* are inflation-indexed savings bonds issued by the United States Treasury in eight denominations ranging from $50 to $10,000 with a 30-day maturity. Unlike other inflation-adjusted bonds, but like other savings bonds, the securities, which were introduced in 1998, offer special tax benefits. As long as investors hold their bonds, they may defer paying taxes on their earnings, which are automatically reinvested and added to the principal. Like other Treasury bonds, *I-Bonds* are exempt from state and local income taxes. If the bond is redeemed to pay for college tuition or other college fees, investors may exclude part or all of the income in calculating their taxes. The payout on the bonds is determined by two rates. A fixed rate, ranging from 3% to 3.5% when the bonds were first introduced, is set by the Treasury Department. The secondary rate, a rate of inflation, is determined every six months by the Bureau of Labor Statistics to reflect changes in a version of the Consumer Price Index. Some protection against deflation exists in that any decline in the consumer price index (CPI) could eat into the fixed rate, but not affect the underlying principal. See also inflation indexed securities; Treasury inflation protected securities (TIPS). I본드는 미국재무부(United States Treasury)발행의 30년만기(30-year maturity)로 액면(denomination)은 50달러에서 10,000달러까지 8종류의 권면(券面)으로 발행되는 인플레이션지수연동국채이다. 다른 인플레이션연동(inflation-adjusted)국채와는 다르지만,

I

다른 저축국채와 마찬가지로, 1998년에 도입된 이 국채에는 특별한 세법상의 특혜가 있다. 투자자가 이 국채를 계속 보유하고 있는 한, 그 이자수입은 자동적으로 재투자되어 원금(principal)에 가산되므로, 이자지급에 세금지급을 순연(defer paying taxes)할 수 있다. 다른 미국국채(Treasury bond)와 마찬가지로, I본드는 연방 및 주의 소득세로부터 면제받는다. 이 국채가 대학의 수업료 또는 대학의 기타 제비용을 지급하기 위하여 상환될 때에는, 투자자는 세금의 산정에서 이 소득의 일부 또는 전액을 공제할 수 있다. 이 국채의 이율은 2개의 이율에 의하여 결정되고 있다. 하나는 미재무부(Treasury Department)에 의하여 설정되는 고정이율인데, 도입당초는 3%에서 3.5%였다. 다른 하나는 물가상승률인데, 소비자물가지수(consumer price index: CPI)의 변화를 반영시켜서 6개월마다 노동통계국(Bureau of Labor Statistics)에 의하여 정해지고 있다. 디플레이션에 대한 안전책도 마련되어 있고, 소비자물가지수가 저하한 경우는 고정이율을 삭감하게 되지만, 당초의 원금까지는 영향을 주지 않는다. inflation indexed securities(인플레이션연동증권); Treasury inflation protected securities(TIPS)(미재무부 인플레이션연동채권)도 참조할 것.

IBRD → **I**nternational **B**ank for **R**econstruction and **D**evelopment [약] (유엔의) 국제부흥개발은행 ¶ The *International Bank for Reconstruction and Development* (*IBRD*) is a multilateral development bank established in 1946 to help reconstruct postwar economies and promote economic development and stability. The bank is also known as World Bank. (유엔의) 국제부흥개발은행은 전후 경제의 재건을 지원하고 경제의 발전과 안정을 증진시키기 위해서 1946년에 설립된 다국적개발은행이다. 그 은행은 또 세계은행(World Bank)이라고도 한다.

ICC → **I**nternational **C**hamber of **C**ommerce [약] 국제상업회의소 ¶ In October, 1919, the representatives of enterprises from the U.S., England, France, Italy, and Belgium, etc., assembled at the city of Atlantic, New Jersey and held the conference on the reconstruction of world economy and the rehabilitation of international trade since post-war. At this conference they were of the same mind that a permanent international agency by private entrepreneurs be set up, and next year in June, 1920 historical organizational conference was held in Paris, and the *International Chamber of Commerce* (*ICC*) was inaugurated. 1919년 10월에, 미국, 영국, 프랑스, 이탈리아 및 벨기에 등의 기업대표들이 미국 뉴저지주 애틀랜틱시에 모여서 전후 세계경제의 재건, 국제통상의 부흥에 관한 회의를 개최하였다. 이 회의에서 그들은 민간기업인에 의한 항구적인 국제기구가 설립되어야 함에 뜻을 같이 하고, 다음 해 1920년 6월에 역사적인 창립총회가 파리에서 개최되어 국제상업회의소(ICC)가 출범했다.

I

icon 아이콘 ¶ The *icon* is a highly regarded and well-known person who is closely associated with something. For example, Warren Buffet is an *icon* among investors. 아이콘은 대단한 사람과 밀접하게 연관되는 크게 인정받고 잘 알려진 사람이다. 예를 들면, 워렌 버핏은 투자자들 중에서도 아이콘이 할 수 있다.

Iceland currency 아이슬란드 화폐 ¶ Icelandic knona (ISK), divided into 100 aurar. 1 크로나(아이슬란드의 knona) = 100 오러(aurar).

Iceland Stock Exchange (ICEX) 아이슬란드증권거래소 ¶ The *Iceland Stock Exchange* (*ICEX*) is established in 1985 as a joint venture of several banks and brokerage firms at the initiative of the Central Bank. In 1999 the exchange became a private company and in 2002 it adopted the Icelandic name Kaupholl Islandshf. In 2006 *ICEX* was acquired by the OMX Nordic Exchange, which is now part of the NASDAQ OMX Group. 아이슬란드증권거래소는 1985년

에 중앙은행(Central Bank)의 이니시어티브에 의하여 복수의 은행과 증권회사의 조인트벤처(joint venture)로서 설립되었다. 1999년에 사회사(private company)가 되고 2002년에는 아이슬란드어의 Kaupholl Islandshf라고 하는 명칭을 채용하였다. 2006년에는 ICEX는 오우엠엑스 노딕거래소(OMX Nordic Exchange)가 매수하여, 현재 나스닥 오우엠엑스그룹(NASDAQ OMX Group)의 구성기업으로 되어 있다.

ICSID → **I**nternational **C**entre for **S**ettlement of **I**nvestment **D**isputes [약] 국제투자분쟁해결센터 ¶The *International Centre for Settlement of Investment Disputes* (*ICSID*) is an affiliate of the World Bank, which is a pubic international organization that provides facilities for the conciliation and arbitration of investment disputes between contracting states and nationals of other contracting states. The centre's objective is to promote an atmosphere of mutual confidence between states and foreign investors conductive to increasing the flow of private international investment. The centre does not itself engage in conciliation and arbitration but assists in the initiation and conduct of conciliation and arbitration proceedings. Recourse to conciliation and arbitration under the *ICSID* convention is entirely voluntary. However, once the parties have consented, they are bound to carry out their undertakings and, in the case of arbitration, to abide by the award. All contracting states, whether or not they are parties to the dispute, are required to recognize awards rendered pursuant to the convention as binding and to enforce the pecuniary obligations imposed thereby. The centre also conducts and publishes research in foreign investment law. *ICSID* was created under a treaty, the United Nations Convention on the Settlement of Investment Disputes Between States and Nationals of Other States (the *ICSID* Convention), in October 1966. The centre's headquarters is in Washington, D.C. 국제투자분쟁해결센터는 세계은행의 가맹기구(affiliate)로서, 체약국(contracting states)과 다른 체약국의 국민간의 조정(conciliation)과 중재(arbitration)를 위한 시설을 제공하는 공적인 국제기구이다. 센터의 목표는 사적 국제투자의 흐름을 증진하는 데 도움이 되는 국가와 외국인투자자간의 상호신뢰의 분위기를 촉진함에 있다. 센터 자체가 조정과 중재에 관여하지 않지만, 조정과 중재의 절차를 개시하고 진행하는 것을 지원한다. 국제투자분쟁해결센터에 관한 유엔협약하에서 조정과 중재에 대한 제소(recourse)는 임의사항이다. 그러나, 일단 당사자들이 동의하면, 그들의 약속을 이행해야 하고, 중재의 경우에는 판정(award)을 따라야 한다. 모든 체약국은 그 분쟁의 당사자이든 아니든 유엔협약에 따라 내려진 판정의 구속력을 인정해야 하고 그에 의해서 부과된 금전적 의무(pecuniary obligation)를 이행해야 한다. 센터는 또한 외국투자법(foreign investment law)에 관한 연구를 행하고 간행물을 발간한다. 국제투자분쟁해결센터는 체약국과 다른 체약국의 국민간의 투자분쟁의 해결에 관한 유엔협약(ICSID협약)인 조약하에서 1966년 10월에 설립되었다. 센터의 본부는 워싱턴 DC에 있다.

ID → **id**entification [약] 신분확인, 신원확인

IDB → **I**nter-American **D**evelopment **B**ank [약] 미주(美洲)개발은행 ¶The *Inter-American Development Bank* (*IDB*) is a development bank, organized in 1959, to foster economic development in Latin America by arranging project financing with its own funds and loans by private banks. Membership, originally limited to member countries of the Organization of American States, has since been broadened to include the governments of 26 Latin American countries, the United States, Japan, and 14 European countries. 미주개발은행(IDB)은 개인은행(private banks)에 의한 자체의 기금과 대출자금으로 특정사업에 대한 금융을 실행함

으로써 라틴아메리카의 경제개발을 촉진하기 위하여 1959년에 조직된 개발은행이다. 회원국은 원래 미주기구(Organization of American States)의 회원국에 한정되었으나, 그 후 확대되어 26개 라틴아메리카의 국가, 미국, 일본 및 14개 유럽국가를 포함하게 되었다.

ideal 이상적인 ¶ *ideal* level of efficiency 이상능률수준(理想能率水準) ***ideal capacity*** 이상조업도(理想操業度) ¶ The *ideal capacity* is a largest volume of output possible if a facility maintained continuous operation at optimum efficiency, allowing for no losses of any kind, even those deemed normal or unavoidable; also called maximum capacity. Since it is impossible to obtain capacity, unfavorable variances will result if it is used to apply fixed cost. 이상조업도란 어느 시설이 최적의 효율성으로 계속적인 작업을 유지하여, 어떤 종류의 손실도 허용하지 않고, 심지어 정상적이거나 불가피한 경우까지도 용납하지 않는 경우의 가능한 최대한의 생산량을 말한다. 이를 또한 최대한의 생산능력(maximum capacity)이라고도 한다. 생산능력을 획득하기란 불가능하기 때문에, 고정비용을 적용하게 되면 바람직하지 못한 변동이 생기게 된다.

IDEM 아이디엠, 이탈리아증권거래소 파생상품시장 ¶ *IDEM* is the Italian derivatives market, managed by Borsa Italiana. Futures and options are traded on the MIB 30 Index, a capitalization-weighted index based on the 30 most liquid and capitalized stocks listed on the Italian stock market. Futures are traded on all major shares listed on the Italian stock market and several shares listed on Nuovo Mercano, and on the MIDEX Index and the miniFIB, a new contract based on the MIB Index. Trading is electronic, Monday to Friday, from 9 a.m. to 5:30 p.m. See also Borsa Italiana. 아이디엠(IDEM)은 이탈리아증권거래소(Borsa Italiana)가 운영하고 있는 이탈리아의 파생상품마켓(derivatives market)이다. 선물계약(futures contract)과 옵션(option)이 거래되고 있는 MIB 30지수(밀라노시장 주요30사 주가지수, MIB 30 Index)는 이탈리아증권거래소에 상장되고 있는 주식에서 거래총액과 시가(market capitalization)베이스의 상위 30사로 구성되어 있는 시가총액가중평균지수(capitalization-weighted index)이다. 이탈리아 증권거래소에 상장되고 있는 태반의 주요종목의 주식과 신흥기업을 위한 시장인 신흥시장(Nuovo Mercano)에 상장되고 있는 여러 종목의 주식에 관하여 선물거래가 취급되고 있고, 밀라노 중형주지수(Milan Mid-Cap Index: MIDEX Index)와 MIB 30지수를 베이스로 한 새로운 지수인 miniFIB에 관하여도 선물거래가 행해지고 있다. 거래는 전자방식이고 월요일에서 금요일까지의 오전 9시에서 오후 5시 30분까지이다. Borsa Italiana(이탈리아증권거래소)를 참조할 것.

identification 신원확인, 신분증명서 ¶ *identification* card [paper] 신분증명서 /an *identification* number 납세자번호 ***personal identification number* (*PIN*)** (은행카드의) 개인식별번호 ¶ The *personal identification number* (*PIN*) is used by individuals when using an automated teller machine or a debit card. 개인식별번호는 개인이 현금자동입출금기(automated teller machine)나 데빗카드를 사용할 때에 이용된다.

identified shares 특정한 주식 ¶ *Identified shares* are shares of stock or a mutual fund identified as having been bought at a particular price on a particular date. If a shareholder wishes to minimize his tax liability when selling shares, he must identify which shares were bought at what price in order to determine his cost basis. If he has acquired shares over a long period of time, through a constant dollar plan or dividend reinvestment plan, for example, he will have many shares at many different prices. By identifying the shares with the highest cost basis, he will generally pay lower cost. If shares are sold at a loss, the shareholder can pick how large or small a loss he wants to take based on which shares he identifies. 특정한 주식이란 특정일에 특정가격으로 매입한 것으로 특정한 주식이나 뮤추얼펀드(mutual fund)를 이른다. 주식을 매각할 때의 조세부담을 극소화하고자 하는 투자자는 원가를 확실히 하기 위해서 주식이 얼마로 매입되었는지를 특정해 두어야 한다. 예컨대 달러코스트평균법(constant dollar plan) 또는 배당금주식재투자제도(dividend reinvestment plan)에 의하여 장기에 걸쳐서 주식을 취득한 경우에는, 여러 가지의 가격으로 다수의 주식을 보유하게 된다. 구입가격이 가장 높은 주식을 특정함으로써, 일반적으로 더 낮은 코스트를 지급하게 될 것이다. 만약 주식을 손실을 입고 매각하는 경우에, 주주는 손실액이 크든 작든 간에 어느 주식을 특정한 기준으로 잡은 것인지 선택할 수 있다.

identify 확인하다, 동일한 것으로 보다 ¶ *identify* signatures 서명을 조회하다

identity 동일한 것, 동일성, 신원 ¶ to know the *identity* of the depositor 예금자의 본인확인을 위하여 /disclose [conceal] one's own *identity* 자신의 신원을 밝히다[숨기다]

idiosyncratic risk [영] 특유한 리스크 → diversifiable risk (분산투자의 리스크).

idle 쓸모없는, 놀고 있는 ¶ *idle* capacity 유휴능력 /*idle* capital 여유자금 /*idle* cash 유휴자금 /*idle* deposit 부동(不動)예금 /*idle* money 놀고 있는 자금 /*idle* time 무료(無聊)시간 ***idle balance*** [영] 유휴잔액 ¶ *Idle balance* is funds placed in a bank by a depositor that do not earn any interest. Also known as transaction balance. 유휴잔액은 예금자가 은행에 맡겨 둔 자금으로 어떤 이자도 벌어드리지 않는 자금을 말한다. 이는 transaction balance(거래잔액)로도 알려져 있다. ~ ***funds*** 유휴자금, 여유자금 ¶ *Idle funds* are money, as the funds in a checking account, that is not invested and therefore earns no income. Investors and businesses wishing to increase their income try to keep idle funds to a minimum. Also called barren money. 유휴자금이란 당좌계좌에 들어 있는 자금과 같이, 투자되지 않고 따라서 아무런 수익을 올리지 않는 돈이다. 투자자와 기업들은 수익을 늘리는 것을 바라기 때문에, 유휴자금을 최소한도로 유지하도록 노력한다. 이를 또 barren money(이자가 붙지 않는 돈)라고도 한다.

IDR (ISO) code Indonesia – currency rupiah ¶ IDR (국제표준기구) 약호 인도네시아 — 화폐 루피아(rupiah)

IDR → **i**nternational **d**epositary **r**eceipt [약] 국제예탁증서 ¶ The *international depositary receipt (IDR)* is a negotiable bank-issued certificate representing ownership of stock securities by an investor outside the country of origin. An *international depositary receipt*, or *IDR*, is the non-U.S. equivalent of an American Depositary Receipt. These instruments have been used since the 1970s to facilitate international trading in securities. The securities backing the receipt remain in the custody of the issuing bank or a correspondent. 국제예탁증서는 원산지(country of origin)외의 투자자에 의한 주식의 소유권을 표창하는 은행 발행의 유통증서이다. 국제예탁증서는 미국예탁증서와 같은 증서이다. 이러한 증서는 1970년대 이후 증권의 국제거래를 조장하기 위하여 이용되어 왔다. 증서의 뒷받침이 있는 증권은 발행은행이나 거래은행(correspondent)의 보관하에 놓여 있다.

i.e. (L) id est (= that is) 즉, 이를테면

IEP (ISO) code Ireland – currency Irish punt. The 1999 legacy conversion rate was 0.78764 to the euro. It has fully changed to the euro/cent from 2002. ¶ IEP (국제표준기구) 약호 아일랜드 — 화폐 아일랜드의 펀트(punt) 1999년 내려오는 환산율은 유로대비 0.78764이었다. 2002년부터 아일랜드 화폐는 유로/센트로 완전히 변경하였다.

IFRS → **I**nternational **F**inancial **R**eporting **S**tandards [약] 국제재무보고기준 ¶ In order to secure the international reliability of the global companies' financial informations, the *International Financial Reporting Standards* are introduced by the companies branching out into the EU areas from the year of 2005. The Standards are applied or being introduced by the 120 countries such as Canada or Australia of the world. It must apply to all the listing companies in 2011. 글로벌 기업들의 재무정보에 대한 국제적 신뢰성을 확보하기 위해 2005년 EU지역 회사들을 중심으로 국제재무보고기준이 도입되었다. 국제재무보고기준은 Canada, Australia 등 전 세계 약 120여개 국가에서 적용되었거나 도입을 추진 중이다. 국내에서는 2011부터 모든 상장업체에 의무적으로 적용된다.

ijara [아랍] 이자라 ¶ The *ijara* is a secured lease scheme used in islamic finance, where a customer secures financing for a durable asset by leasing it from bank (which purchases the asset, and grants the customer the right to buy the asset as a defined value in the future). 이자라는 고객이 이슬람금융에서 이용되는 담보부 리스제도인데, 여기서는 고객이 은행으로부터 임차함으로써 내구성 자산에 대한 금융을 보증하는 것이다(은행은 장래에 한정된 가격으로 그 자산을 구입하여 고객에게 자산을 매수할 권리를 부여한다).

illegal 불법의, 위법의 ¶ an *illegal* act 위법행위 /*illegal* activities 불법행위, 위법행위 /an *illegal* advance 부당대출 /*illegal* loans 부정융자 ***illegal dividend*** 위법배당 ¶ *Illegal dividend* is dividend declared by a corporation's board of directors in violation of its charter or of state laws. Most states, for example, stipulate that dividends be paid out of current income or retained earnings; they profit dividend payments that come out of capital surplus or that would make the corporation insolvent. Directors who authorize *illegal dividends* may be sued by stockholders and creditors and may also face civil and criminal penalties. Stockholders who receive such dividends may be required to return them in order to meet the claims of creditors. 위법배당은 회사의 정관(charter)이나 주법(state laws)을 위반하여 회사의 이사회(board of directors)가 선언한 배당(dividend)을 말한다. 예컨대, 대부분의 주에서는, 배당은 수익(current income) 또는 이익잉여금(retained earnings)에서 지급되는 것으로 규정하고 있고, 자본잉여금(capital surplus)에서의 배당금의 지급이나 회사를 파탄시키는 배당금의 지급을 금지하고 있다. 위법배당을 승인한 이사는 주주(stockholder)나 채권자(creditor)로부터 제소를 당할 가능성이 있고, 또 민사 또는 형사벌(civil or criminal penalties)이 과해지는 경우가 있다. 이와 같은 배당을 받은 주주는 채권자로부터의 청구에 응하기 위해서 반환을 해 주어야 할 경우가 있다.

위법배당은 쇠고랑 찬다니까요.

illegality 불법, 위법 ¶ *Illegality* is that which is contrary to the principles of law, as contradistinguished from mere rules of procedure. 위법은 단순한 절차의 규칙을 위반한 것과 비교해서, 법의 원칙에 위반하는 경우이다.

illicit 금지된, 위법한, (도덕적으로) 허용되지 않는 ¶ *illicit* commerce 밀무역(密貿易) /*illicit* income 불법소득

illiquid 비유동성의, 급히 현금화하기 어려운, 유동자산부족의 ¶ *illiquid* asset 비유동자산 /*illiquid* fund 비유동자금 ¶ In finance, the word *illiquid* describes a firm that lacks sufficient cash flow to meet current and maturing obligations. 금융에서 illiquid(유동자산부족의)라는 말은 유동부채(current obligation)나 만기를 맞은 채무(maturing obligation)를 지급하는 데에 충분한 자금(cash flow)이 없는 회사를 표현하는 말이다. ¶ In investment, the word *illiquid* describes the not readily convertible condition into cash, such as a stock, bond, or commodity that is not traded actively and would be difficult to sell at once without taking a large loss. Other assets for which there is not a ready market, and which therefore may take some time to sell, include real estate and collectibles such as rare stamps, coins, or antique furniture. 투자에서, illiquid(비유동적)라는 말은 거래가 활발하지 않기 때문에, 다액의 손실 없이는 바로 매각하기 어려운 주식(stock), 채권(bond), 상품(commodity)과 같이 간단히 환금할 수 없는 경우를 표현하는 말이다. 기타 자산으로는 즉시 환금할 수 있는 시장이 없기 때문에, 매각에 시간이 걸리는 부동산(real estate), 희소한 우표, 경화(coin) 또는 골동가구와 같은 수집품이 들어간다.

illiquidity 비유동성(非流動性) ¶ (1) At a corporate level, *illiquidity* means lack of cash, near money, unsecured funding access, or unencumbered liquid assets to meet expected or unexpected payments. (2) *Illiquidy* means the state of being illiquid or lacking liquid assets. (3) At the market level, *illiquidity* means lack of trading volume in a security or asset; an illiquid market is characterized by wide spreads, i.e., large differences between BIDs and OFFERS. See also liquidity; liquidity risk. (1) 회사수준에서 볼 때, 비유동성이란 예정된 지급이나 예기치 않는 지급에 대처하기 위한 현금, 준통화(near money), 무담보융자증대(unsecured funding access) 또는 흠이 없는 유동자산의 결핍을 의미한다. (2) 비유동성이란 유동자산부족의 상태 또는 유동자산이 결핍한 상태를 말한다. (3) 시장의 수준에서 보면, 비유동성이란 증권이나 자산에 있어서 거래량의 부족을 의미한다. 유동자산부족의 시장은 폭넓은 스프레드가 특징이다. 말하자면, 매수와 매도간의 커다란 가격차를 말한다. liquidity(유동성); liquidity risk(유동성리스크)를 참조할 것.

ILS (ISO) code Israel – currency shekel. ¶ ILS (국제표준기구) 약호 이스라엘 — 화폐 셰켈(shekel)

image 상징, 인상 ***image advertising*** 이미지광고 ¶ *Image advertising* is advertising directed at the creation of a specific image for an entity (such as a company, product, or brand), as distinguished from advertising directed at the specific attributes of the entity. The image may be one of sophistication, reliability, elegance, or luxury. 이미지광고는 (회사, 제품, 또는 브랜드와 같은) 어떤 실체의 특별한 이미지의 창조를 지향하는 광고로서, 그 실체의 속성이 지향하는 광고와는 구별된다. 그 이미지는 세련함, 신뢰성, 우아함 또는 화려함의 하나일 수 있다.

imaginary 상상의, 가공(架空)의 ¶ *imaginary* demand 가수요(假需要) /*imaginary* profit 예상이익

imbalance 불균형(不均衡), 언밸런스 (*cf.*) unbalance(우리말의 언밸런스는 영어의 imbalance에 해당한다. unbalance는 동사로서 사용된다.) ***imbalance of orders***

주문의 불균형 ¶ The *imbalance of orders* is too many orders of one kind – to buy or sell – without matching orders of the opposite kind. An imbalance usually follows s dramatic event such as a takeover, the death of a key executive, or a government ruling that will significantly affect that company's business. If it occurs before the stock exchange opens, trading in the stock is delayed. If it occurs during the trading day, the specialist suspends trading until enough matching orders can be found to make for an orderly market. 주문의 불균형이란 파는 주문이든 사는 주문이든 어느 일방의 주문이 과대하여 더 이상 일방의 주문이 없는 상태이다. 이와 같은 불균형은 통상 매수(takeover), 중심적 경영자의 사망(death of a key executive), 또는 그 회사의 사업에 커다란 영향을 미치는 정부의 규제와 같은 극적인 사건에 의해서 초래된다. 증권거래소(stock exchange)의 개장 전에 이러한 일이 일어나면, 그 주식의 매매는 늦어진다. 또 거래중이면, 질서 있는 시장을 형성하는 데에 충분한 대응주문이 확인되기까지 시장의 스페셜리스트(specialist)는 거래를 정지한다.

IMF → **I**nternational **M**onetary **F**und [약] 국제통화기금 ¶ The *International Monetary Fund* (*IMF*) is an organization set up by the Bretton Woods Agreement in 1944. Unlike the World Bank, whose focus is on foreign exchange reserves and the balance of trade, the *IMF* focus is on lowering trade barriers and stabilizing currencies. While helping developing nations pay their debts, the *IMF* usually impose tough guidelines aimed at lowering inflation, cutting imports, and raising exports. *IMF* funds come mostly from the treasuries of industrialized nations. See also International Bank for Reconstruction and Development. 국제통화기금은 1944년의 브레튼우즈협정(Bretton Woods Agreement)에 의하여 설립된 기구이다. 세계은행(World Bank)이 외화준비총액이나 무역수지에 주안을 두는 것과 달리, IMF의 활동의 중심은 무역장벽을 낮추고, 통화를 안정시키는 데에 있다. 개발도상국의 채무(debt)의 상환을 지원하는 한편, 통상 IMF는 인플레이션의 억제, 수입삭감, 수출확대를 목표로 한 엄격한 지침을 과하고 있다. IMF의 기금은 대부분이 선진공업국의 재무부에서 출연하고 있다. International Bank for Reconstruction and Development(국제부흥개발은행)도 참조할 것. /*IMF* drawing [purchase] IMF 인출 /*IMF* executive directors IMF이사회 /*IMF* par value IMF평가 /*IMF* quota IMF할당액(국제통화기금이 가맹국에 대하여 할당하고 있는 거출금) /*IMF* repayment [repayment] IMF반환[환급] /*IMF* special drawing account IMF특별인출계좌 (*cf.*) SDR IMF의 특별인출권(特別引出權)

I

imitated note 모조권(模造券)

immaterial 비물질적인, 무형의 ¶ *immaterial* assets 무형자산 /*immaterial* capital 무형자본 /*immaterial* property 무형재산, 무형재산권

immediate 즉각(卽刻)의, 즉좌(卽座)의 ¶ an *immediate* annuity 즉시지급연금 /*immediate* delivery 당일인도 /*immediate* payment 즉금(卽金)지급 ***immediate annuity*** [영] 즉시연금 ¶ The *immediate annuity* is an annuity contract that begins to make payments to the beneficiary as soon as it is executed. 즉시연금은 계약이 실행되자 마자 지급를 하기 시작하는 연금계약을 말한다. ~ ***family*** 근친자(近親者) ¶ The *immediate family* is parents, brothers, sisters, children, relatives supported financially, father-in-law, mother-in-law, sister-in-law, and brother-in-law. This definition is incorporated in the National Association of Securities Dealers Rules of Fair Practice on abuses of hot issues through such practices as freeriding and withholding. The ruling prohibits the sale of such securities to members of a broker-dealer's own family or to persons buying and selling for institutional accounts and their families. 근친자는 양친, 형제, 자매, 자녀, 경제적으로 원조를 하고 있는 친척, 장인 또는 시아버지, 장모 또는 시어머니, 형수 또는 올케, 처남 또는 매부를 말한다. 이 정의(定義)는 무임승차(freeriding)나 매석(賣惜)(withholding)과 같은 초인기종목(hot issues)의 남용조항에 관한 규정으로 전미증권업협회의 공정거래규칙(National Association of Securities Dealers Rules of Fair Practice)에 기재되어 있다. 이 규칙은 증권거래업자(broker-dealer) 자신의 가족구성원, 혹은 기관투자자나 그 가족을 위하여 매매를 행하는 자에게 이와 같은 증권을 판매하는 것을 금지하고 있다. ~ ***or cancel order*** 즉시집행주문 ¶ The *immediate or cancel order* is an order requiring that all or part of the order be executed as soon as the broker enters a bid or offer; the portion not executed is automatically canceled. Such stipulations usually accompany large orders. 즉시집행주문은 증권회사(broker)가 매매호가(bid and offer)를 내는 동시에 전부 또는 일부의 집행(execution)을 한다고 하는 주문을 이른다. 집행되지 않은 부분은 자동적으로 취소된다. 이와 같은 조건을 다는 것은 통상 대량주문의 경우이다. ~ ***payment annuity*** 일괄지급연금 ¶ The *immediate payment annuity* is an annuity contract bought with a single payment and with a specified period or for the life of the annuitant and are usually on a monthly basis. See also annuitize. 일괄지급연금이란 1회 지급으로 정해진 지급계획에 근거해서 바로 지급이 개시된 연금보험계약(annuity contract)을 이른다. 급여금은 결정된 기간 또는 연금수급자(annuitant)의 생애에 걸친다든지, 통상은 월단위로 지급된다. annuitize(연금수급을 개시하다)도 참조할 것.

immediately 곧, 바로, 즉시 ¶ *immediately* available fund 즉시 지급할 수 있는 자금

immigrant (타국에서의) 이주자, 이민(移民) (*cf.*) emigrant (타국으로의) 이주자 ¶ *immigrant* remittance 이민송금(worker remittances)

immovable ⓐ 부동의 ¶ *immovable* property 부동산
ⓝ (보통 *pl.*) 부동산(immovables)

immunity 면역, 면책, 면제 ¶ *immunity* from taxation 면세

immunization 이율변동면역법(利率變動免疫法), 임뮤니제이션(다른 이율·조건의 채권투자에 의하여 금리변동리스크를 상계하고 일정한 이율을 확보하는 수법) ¶ The *immunization* is the process of protecting an interest rate-sensitive portfolio from future market movements so that a future liability or cash outflow can be met. To protect against any changes in rates the portfolio must be invested in fixed income securities that have a duration equal to the investment horizon, and an initial present value equal to the present value of a future liability. A portfolio is considered to be immunized when sufficient funds can be generated, or a target returns can be obtained, regardless of the movement of rates. [영] 임뮤니제이션은 장래의 채무 또는 현금유출(cash outflow)이 마주칠 수 있도록 장래의 시장변동에서 금리에 민감한 포트폴리오를 보호하는 과정을 말한다. 금리의 변동에 대하여 보호하려면, 포트폴리오가 투자기간(investment horizon)과 같은 존속기간(duration)과 장래의 채무의 현재가치와 같은 당초의 현재가치를 가지는 확정소득증권(fixed income securities)에 투자되어야 한다. 포트폴리오는 금리의 변동에 관계없이 충분한 자금이 산출되거나 대상수익이 확보될 때 이율변동에 면역된다. → duration (듀레이션).

iMoneyNet Money Fund Report Average iMoneyNet의 머니마켓펀드실

I

적평균 ¶ *iMoneyNet Money Fund Report Average* is average for all major taxable and tax-free money market mutual fund yields published weekly of 7- and 30-day simple and compound (assumes reinvested dividends) yields. iMoneyNet also tracks the average maturity of securities in money fund portfolios. A short maturity of about 30 days or less reflects the conviction of funds managers that interest rates will rise, and a long maturity of 60 days or more reflects a sentiment that rates will fall. Investors can compare the yield and average maturity against the industry average to ascertain if their money fund's return is competitive, and how their fund manager's view on the direction of interest rates compares to industry peers. *iMoneyNet Money Fund Report Average* is published in major newspapers, including The Wall Street Journal, The New York Times, and Barron's. Barron's also publishes a list of the 7- and 30-day yields of most major money market mutual funds, along with each fund's net assets and average maturity as compiled by iMoneyNet of Westborough, Massachusetts. iMoneyNet의 머니마켓펀드실적평균은 매주 발표되는 모든 주요한 과세(taxable), 비과세(tax-free)취급의 머니마켓뮤추얼펀드(money market mutual fund)에 관하여 7일간 및 30일간의 단리(simple) 및 복리(compound)배당(dividend)을 재투자한다고 가정한 이율(yield)의 평균치를 계산하고 있는 보고서이다. iMoneyNet는 또 머니펀드에 들어가 있는 증권의 평균만기일(average maturity)에 관하여도 보고하고 있다. 만기일까지의 기간이 약 30일 또는 그 보다 단기이면 이율이 올라간다고 하는 자금운용담당자(fund manager)의 예측을 반영하고, 60일 이상의 장기이면 이율이 내려간다고 하는 그들의 전망을 반영하고 있다. 투자자는 그들의 머니펀드의 이율에 경쟁력이 있거나 혹은 금리의 전망에 관하여, 그들의 펀드의 자금운용담당자의 시세관이 다른 업자의 시세관과 다른 점을 확실하게 하기 위하여, 이율과 평균만기일을 업계평균과 비교할 수 있다. iMoneyNet의 머니마켓펀드(Money Fund Report Average)는 월스트리트저널(The Wall Street Journal), 뉴욕타임즈(The New York Times), 배론스(Barron's)를 위시한 주요신문지상에 게재된다. 배론스(Barron's)는 또 대부분의 머니마켓펀드의 7일간과 30일간의 이율일람표를, 매사추세츠주 웨스트보로(Westborough)에 있는 iMoneyNet본부에 의하여 정리된 각각의 순자산(net asset)과 평균만기일정보를 함께 공표하고 있다.

impact 충돌(collision), 충격, 쇼크, 영향(력)(on, upon, against) ¶ *impact* loan 임팩트론(한국의 은행에 의한 용도제약이 없는 외화대출) ***impact day*** [영] 임팩트데이 ¶ The *impact day* is the first day of official (rather than gray market) trading in a new issue of securities. 임팩트데이는 증권의 신규발행의 (그레이마켓보다 오히려) 공식적인 거래의 첫날이다.

impair 감(減)하다, 해(害)하다 ***impaired capital*** 결손자본 ¶ The *impaired capital* is a total capital that is less than the stated or par value of the company's capital stock. See also deficit net worth. 결손자본이란 회사의 자본금(capital stock)의 장부가격(stated value) 또는 액면금액(par value)보다도 적은 자본금총액(total capital)을 이른다. deficit net worth[부(負)의 순자산]도 참조할 것. ***~ed credit*** 신용하락 ¶ The *impaired credit* is a deterioration in the credit rating of a borrower, which may result in a reduction in the amount of credit made available by lenders. For example, a company may launch a product that is a failure, and the resulting losses will seriously weaken the company's finances. Concerned lenders may reduce the firms's credit lines as a result. The same process can apply to an individual who has been late paying bills, or in an extreme case, has filed for bankruptcy protection. Also called adverse credit.

신용하락이란 차입자의 신용등급(credit rating)의 하락(deterioration)을 이른다. 그 결과 대여자(lender)에 의한 신용공여액이 감소하는 경우도 있을 수 있다. 예를 들면, 어느 회사가 신상품부문을 가동하다가 실패하고, 그 손실로 인하여 재무상황이 극히 악화하였다고 하자. 그 결과, 불안해진 대여자는 그 회사에의 대출한도액(credit line)을 인하한다. 같은 대응책이 청구서의 지급이 늦어진다든지, 극단적인 경우는 파산(bankruptcy)신청을 한 개인에 대해서 행해진다. 이를 adverse credit(불리한 금융)이라고도 한다.

imperfect 불완전한, 미완성의, 결함이 있는 ¶ *imperfect* competition 불완전경쟁 ***imperfect market*** 불완전시장 ¶ The *imperfect market* is a market in which information is incomplete. Participants in an *imperfect market* are more likely to make poor decision than they would be if information were more readily available. 불완전시장은 정보가 완전하지 못한 시장을 이른다. 불완전시장에 참여하는 사람들은 정보를 보다 쉽사리 이용할 수 있다면, 아마도 서투른 결정을 내리는 일이 많을 것 같다.

implicit 은연중의, 암묵의, 무조건의(absolute), 절대적인, 내재하는 ¶ *implicit* cost 계산상의 원가, 부가원가 /*implicit* interest 실질금리(imputed interest) ***implicit volatility*** 임플리시트 볼러틸리티, 예상볼러틸리티 ¶ *Implicit volatility* is to estimate the distributability of future prices from the present valuation of prices in determining the option prices 임플리시트 볼러틸리티는 옵션가격을 결정하는 데에 장래의 가격을 분포가능성을 현재의 시장의 평가에서 판단하는 것이다.

imply 암시하다, 포함하다, 의미하다 ¶ an *implied* condition 묵시조건 /an *implied* contract 묵시계약 /an *implied* promise 묵약(默約) /*implied* warranty 묵시담보 ***implied forward rate*** [영] 묵시적 선도금리 ¶ The *implied forward rate* is the interest rate that can be earned for a defined period of time, starting at some future point. The implied forward rate is the rate necessary to make funds invested at a short rate and reinvested at a forward rate (i.e., multiple period) precisely equal to the return invested at a long rate (i.e., single period). 묵시적 선도금리는 상당한 장래시점에서 시작하는 일정한 기간동안 이익을 낼 수 있는 금리를 말한다. 묵시적 선도금리는 자금을 단기금리로 투자하게 하고 장리금리로 투자된 수익(즉, 단일기간)에 바로 동등한 선도금리(즉, 다수기간)로 재투자하게 할 필요가 있는 금리를 말한다. ***~ied Repo rates*** 임플라이드 레포레이트 ¶ In the futures trading of bonds, *implied Repo rates* are comparisons of duration's yield between the spots and futures. 채권선물거래에 있어, 임플라이드 레포레이트는 현물과 선물과의 소유기간이율비교이다. ***~ied volatility*** 임플라이드 볼러틸리티(implicit volatility) → implicit volatility (임플리시트 볼러틸리티).

import 수입, 취지, (*pl.*) 수입품, 수입액 ¶ *import* bill [draft] (of exchange) 수입어음, 수입환어음 /*import* bill for collection 수입추심어음 /*import* clearance 수입통관 /*import* control 수입관리 /*import* declaration 수입신고 /*import* exchange 수입환 /*import* finance; *import* financing 수입금융 /an *import* for manufacturing (화물의) 이입(移入) /an *import* freight bill 수입운임어음 /*import* license(s) 수입승인 /*import* on consignment 위탁판매수입 /*import* permit 수입허가 /an *import* settlement bill 수입결제어음 /an *import* usance bill 기한부 수입어음 /*import* usance facilities 수입유전스 /*import* without [foreign] exchange 무환수입 ***import duty*** 수입관세 ¶ The *import duty* a tax placed on goods entering into country. 수입관세는 국가에 들어오는 물품에 과세하는 조세이다. tariff(관세)를 참조할 것. ***~ L/C*** 수입신용장 ¶ The *import L/C* is a letter of credit as viewed by the party importing goods from a foreign country, generally issued by an issuer in the buyer's country. 수입신용장은 외국에서 물품을 수입하는 당사자의 입장에 본 신용장으로, 일반적으로 매수인의 국가의 개설자가 개설한 것이다. ~ ***surcharge*** [***surtax***] 수입과징금 ¶ The *import surcharge* is a uniformly levied tax on most or all imports, in addition to existing tariffs. 수입과징금은 대부분의 수입품 또는 모든 수입품에 대해서 기존 관세에 추가하여 일률적으로 부과하는 조세를 이른다. ~ ***usance*** 수입유전스 ¶ *Import usance* is to postpone the payment of import bill for a period and to make import financing. 수입유전스는 수입어음의 결제를 일정기간 유예하여 수입금융을 행하는 것이다. ***invisible*** ~ 무형수입 ¶ *Invisible import* is nonmerchandise trade that include expenses such as freight and insurance and most type of services and investment. 무형수입이란 운임과 보험료 및 대부분의 형태의 서비스와 투자와 같은 비용(expenses)을 포함하는 비상품거래를 이른다. ***visible*** ~ 유형수입 ¶ *Visible import* is trade in goods. 유형수입은 상품거래이다.

importation 수입 ¶ *Importation* is to bring into an economy goods produced outside that economy. 수입이란 다른 경제권에서 생산된 재화를 우리 경제권으로 들여오는 경우이다.

imported inflation 수입인플레이션 ¶ *Imported inflation* is the situation of inflation in which the rise of domestic prices is accompanied by the upward tendency of import goods. 수입인플레이션이란 수입품의 가격상승에 수반하는 국내 가격이 상승하는 인플레이션의 형세를 이른다.

importer 수입자, 수입상, 수입업자

impost 세(稅), 관세, 수입세 ¶ The *impost* is a tax or duty, especially with regard to imported goods. 수입세란 특히 수입물품과 관련된 조세 또는 관세를 말한다.

impound account 임치계좌 ¶ An *impound account* is an account established for future needs. For example, a lender may set up an *impound account* into which a homebuyer prepays recurring expenses such an insurance and taxes. Also called escrow account. 임치계좌는 장래의 필요를 위해서 설정된 계좌를 말한다. 예를 들면, 대여자는 주택구입자가 보험료와 세금과 같은 매번 지급하는 비용을 선납하는 임치계좌를 설정할 수 있다. 이를 에스크로계좌(escrow account)라고도 한다.

impress …에게 감명을 주다, …을 감동시키다, 도장을 누르다, 날인(捺印)하다 ¶ *impressed* stamp 타출인(打出印), 소인(消印)된 수입인지

impression 압인(押印), 날인 ¶ *impression* of a seal 날인, 압인 /*impression* of a seal over two edges 할인(割印)

imprest 선도금(先渡金), 선급(先給) ¶ *imprest* account 선도금계정 /*imprest* cash (정액선도) 소액현금 /the *imprest* system 정액(자금)선도제(先渡制) ***imprest fund*** 소액지급자금 ¶ *Imprest fund* is petty cash fund used to pay small amounts. The balance is always kept at a certain amount, such as $100, and replenished to that amount. 소액지급자금이란 소액을 지급하는 데 사용되는 소액현금자금이다. 차액은 100달러와 같이 일정한 금액으로 항시 보관되고, 그 금액까지 다시 채운다.

imprinter 압인기(押印機), 각인기(刻印機)

improper 부적당한, 타당치 못한, 어울리지 않는 ¶ *improper* packing 하조(荷造)불량

improvement(s) 개량, 개량공사, 개량비 ¶ The *improvement* is an increase in the value of real estate achieved by changing its configuration or by adding it. Also called land improvement. 개량이란 지형을 변경하거나 지형에 부가함으로써 달성한 부동산의 가격증대를 말한다. 이를 또한 토지개량(land improvement)이라고도 한다. /*improvement* trade 가공무역(processing trade) ***improvements and betterments insurance*** 조작설비(造作設備)보험 ¶ *Improvements and betterments insurance* is tenant's modifications of leased space to fit his particular needs. Up to 10% of contents coverage inside the structure may be applied to insure against damage or destruction of improvements or betterments made by a tenant who does not carry coverage on the structure itself. 조작설비보험이란 임차인 자신의 특별한 필요에 맞추기 위해서 임차인이 리스한 공간을 변형한 경우이다. 공간구조 내의 내용범위 10%까지는 구조 자체에 보험범위를 전보(塡補)하지 아니한 임차인이 한 조작설비의 손해나 파괴에 대해서는 보험에 넣는 것에 적용할 수 있다.

imputation (가치의) 귀속, (이중과세를 피하기 위한) 귀속계산

impute (죄 · 결함 등)(부당하게) …에게 귀속하다, 부담지우다, (성질 등을) …귀속시키다(to) ¶ *impute* a fault to the others 과실을 다른 사람의 탓으로 돌리다 ***imputed cost*** 계산상의 원가, 부가원가 ¶ An *imputed cost* is an expense that is borne indirectly. For example, paying cash for a car avoids the direct cost of interest payments to a lender, but it entails the *imputed cost* of lost income from having funds invested in the car rather than a more productive asset. 부가원가는 간접으로 들어간 비용이다. 예를 들면, 자동차를 현금으로 사는 것은 대여자(貸與者)에게 이자지급이라는 직접비를 회피하지만, 그러나 더 생산적인 자산보다 오히려 자동차에 자금을 투자한 것에서 잃어버린 소득의 부가원가를 남긴다. ***~d interest*** 귀속이자, 실질금리(implicit interest) ¶ *Imputed interest* is interest considered to have been paid in effect even though no interest was actually paid. For example, the Internal Revenue Service requires that annual interest be recognized on a zero-coupon security. 귀속이자란 실제로는 이자가 지급되지 않더라도, 실질적으로는 지급된 것으로 보는 이자를 말한다. 예컨대 미국수입청은 제로쿠폰채(債)의 매년 이자수입은 계산되어야 한다고 하고 있다. ***~d value*** 귀속가치, 의제가치 ¶ The *imputed value* is a logical or implicit value that is not recorded in any accounts. Examples; in projecting annual figures, values are imputed for months about which actual figures are not yet available; cash invested unproductively has an *imputed value* consisting of what it would have earned in a productive investment (opportunity cost); in calculating national income, the U.S. Department of Commerce imputes a dollar value for wages and salaries paid in kind, such as food and lodging provided on ships at sea. 귀속가치는 논리적이고 함축적인 가치(logical or implicit value)이지만, 어느 계정에도 기록되지 않는 것이다. 예컨대, 연간수치를 추정하는 경우는, 실제의 수치가 미확정인 달에 관하여도 일정한 수치를 귀속시킨다. 비생산적으로 투자된 자금은 생산적 투자에서 얻어야 할 이익, 즉 기회비용(opportunity cost)이라는 귀속가치를 가진다. 또 미국상무부(U.S. Department of Commerce)는 국민소득(national income)을 산정할 때, 항해중의 선박에서 현물로(in kind) 취하는 식사나 숙박과 같은 형식으로 지급된 일종의 임금이나 급료에 대해서도 달러로 환산하여 귀속계산하고 있다.

inactive 활발치 못한, 움직이지 않는 ¶ *inactive* corporation 휴면회사 /*inactive* deposit 부동예금 /an *inactive* market 폐쇄시황(市況) ***inactive account*** 불활발한 계좌, 부동계좌, 비활동계좌 ¶ The *inactive account* is an account with infrequent deposits or withdrawals. If no activity is recorded for a specified period, other than crediting of interest, it is considered a dorminant account and removed from the file of active account. 비활동계좌는 드물게 들어오는 예금이나 인출을 가지는 계좌를 말한다. 만약 이자의 대변기재 이외에 아무런 활동이 특정한 기간에 기록되지 않는 경우, 그것은 휴면계좌로서 활동계좌의 파일에서 제거된다. ~ ***asset*** 불활동자산 ¶ The *inactive asset* is an asset not continually used in a productive way, such as an auxiliary generator. 불활동자산이란 언제나 생산활동에 사용되고 있는 것이 아닌 자산, 예컨대 예비용 발전기와 같은 것이다. ~ ***bond crowd*** 인액티브 본드크라우드 → cabinet crowd (불활발채권거래업자, 캐비닛 크라우드). ~ ***post*** 불활발한 포스트 ¶ The *inactive post* is a trading post on the New York Stock Exchange at which inactive stocks are traded in 10-share units rather than the regular 100-share lots. Known as traders as POST 30. See also round lot. 불활발한 포스트는 거래가 적은 주식(stock)이 통상의 100주 단위가 아니라, 10주 단위로 거래되고 있는 뉴욕증권거래소(New York Stock Exchange)에 있는 거래포스트를 말한다. 트레이더에게는 POST 30으로서 알려져 있다. round lots(거래단위)도 참조할 것. ~ ***stock/bond*** 불활발한 주식/채권 ¶ The *inactive stock/bond* is a security traded relatively infrequently, either on an exchange or over the counter. The low volume makes the security illiquid, and small investors tend to shy away from it. 불활발한 주식/채권은 장내거래소(exchange)나 장외거래(over the counter)에서의 거래가 비교적 적은 증권을 이른다. 거래수가 적기 때문에 유동성이 적고(illiquid), 소액투자자(small investor)에게는 경원시되는 경향에 있다.

inactivity 휴지(休止), 비활동성

inadequacy 부적당, 불완전, 불충분, (역량 등의) 부족

in-and-out 단기매매의, 회전이 빠른 장사의, 들락거리는 ¶ *in-and-out* transaction (당일결제의) 일계(日計)거래 ***in-and-out trader*** 일일계산(1日計算) 트레이더 ¶ The *in-and-out trader* is one who buys and sells the same security in one day, aiming to profit from sharp price moves. 일일계산 트레이더는 급격하게 가격이 움직이는 속에서 이익을 얻으려고 하여 증권을 하루 만에 매매하는 사람을 이른다.

incentive 유인, 동기, 장려금 ***incentive fee*** 인센티브보수, 성과보수 ¶ The *incentive fee* is a compensation for producing above-average results. *Incentive fees* are common for commodities trading advisers who achieve or top a preset return, as well as for a general partner in a real estate or oil gas limited partnership. 인센티브보수는 평균을 상회하는 성과에 대한 보수를 말한다. 인센티브보수(성공보수)는 상품거래투자 자문역(commodities trading advisor)이 기준 이상의 수익을 올린 경우, 또한 부동산(real estate), 석유, 천연가스(oil and gas) 리미티드 파트너십(limited partnership)의 제너럴파트너(general partner)의 경우에도 잘 있는 일이다. ~ ***stock option (ISO)*** (세법상 유리한) 자사주저가격구입권(自社株低價格購入權) ¶ The *incentive stock option* (*ISO*) is a plan created by the Economic Recovery Tax Act of 1981 (ERTA) under which qualifying options are free of tax at the date of grant and the date of exercise. Profits on shares sold after being held at least two years from the date of grant or one year from the date of transfers to the employees are subject to favorable capital gains tax rates. See also qualifying stock option. (세법상 유리한) 자사주저가격구입권(自社株低價格購入權)은 적격이라고 간주되는 스톡옵션(stock option)이 부여될 날과 옵션의 권리를 행사(exercise)한 날에도 과세되지 않는다고 하는 1981년 경제재건세법(Economic Recovery Tax Act of 1981: ERTA)에 의하여 도입된 제도이다. 또한, 옵션을 부여되고 2년 이상이 된 후 혹은 종업원에게 주식이 양도되고 1년 이후

에 얻은 양도익(讓渡益)에 대하여는 우대양도익세율(capital gain tax)이 적용된다. qualifying stock option(적격스톡옵션)도 참조할 것. ~ ***wage plan*** 능력급(能力給)제도 ¶ The *incentive wage plan* is a wage program where wages rise with productivity increases above an established standard. Individual *incentive wage plans* are based on the performance of the individual employee, while *group incentive plans* are based on the performance of the work group, with individual members receiving a respective proportion of the pay allocated. 능력급제도는 생산성과 함께 임금인상이 기존기준을 넘어 증대하는 경우의 임금제도이다. 개인별 능력급제도는 개인근로자의 업무수행에 기초를 두는 반면에, 단체능력급제도는 개인 구성원이 각각의 비율로 배분된 봉급을 받는 것이지만, 근로단체의 업무수행에 기초를 둔다.

inception 시작, 발단, 개시 ¶ at the (very) *inception* of … …의 처음에, 당초에

incestuous (집단 · 관계 등이) 배타적인 ***incestuous share dealing*** 배타적인 주식거래관계 ¶ The *incestuous share dealing* is a buying and selling of shares in each other's companies to create a tax or other financial advantage. 배타적인 주식거래관계는 세금대책 기타 재무적 이익을 보기 위해서 회사들끼리 상호간의 소유주식을 매매하는 것을 이른다.

inchoate 불완전한(not yet completed) ¶ In *inchoate* offense, something remains to be done before the crime can be accomplished as contemplated. 불완전한 범죄에 있어서는, 범죄가 생각한 대로 완성될 수 있기 전에 무엇인가 할 여지가 남아 있는 경우이다. /*inchoate* instrument 백지어음

incident 사고, 우발사건 ¶ the ordinary *incidents* of daily life 일상생활에서 흔히 있는 사건 /without *incident* 별일 없이

incidental ⓐ 부수해서 일어나는, 우발의 ¶ *incidental* condition 부대조건 /*incidental* cost 부대비용 /*incidental* expense 임시비용 /*incidental* temporary overdraft 임시의 일시적인 당좌대월 ***incidental damages*** 우발적 손해 ¶ In law, *incidental damages* are losses reasonably incident to conduct, giving rise to a claim for actual damages. 법률에서, 우발적 손해는 행위에 당연히 수반하는 손실로, 실제손해에 대해 청구를 발생하게 한다.
ⓝ (*pl.*) 임시비용, 잡비

in-clearing 어음교환액

inclusive 포함하여, 산입하여, 전부를 포함한 ¶ an *inclusive* fee [charge, cost] of 1/10 of 1% 10분의 1%의 전부를 포함한 /an *inclusive* sum 총합계

income 수입(收入), 소득, 수익 ¶ disposable *income* 가처분소득 /high *income* brackets 고액소득층 /*income* after tax(es) 세공제후 이익 /*income* and expenditure 수지(收支) /*income* before tax(es) 세공제전 이익 /*income* coverage (차입에 대한) 수익비율 /*income* gains (유가증권의) 배당이자수입 /*income* level 소득수준 /an *income* policy 소득정책 /*income* tax 소득세, 법인세 /*income* tax withholding 원천소득세예치금 /*income* upon alienation 양도소득 /a person in a high [low] *income* bracket 고[저]액소득자 ***income available for fixed charges*** 고정채무비용지급에 전용할 수 있는 이익 → fixed-charge coverage (금융비용취급범위). ~ ***averaging*** 소득의 평균과세 ¶ *Income averaging* is a method of computing personal income tax whereby tax is figured on the average of the total of current year's income and that of the three preceding years. According to 1984 U.S. tax legislation, *income averaging* was used when a person's income for the current year exceeded 140% of the average taxable income in the preceding three years. The Tax Reform Act of 1986 replaced income averaging. 소득의 평균과세는 현재의 연도와 앞서는 3년간의 소득의 평균에 의하여 세금을 평균·평가하는 개인소득세(personal income tax)의 산출방법이다. 1984년 미국세법(U.S. tax legislation)에 의하면, 소득의 평균과세는 어느 사람의 연간소득이 앞서는 3년간의 평균과세소득(average taxable income)의 140%를 초과할 때 이용되었다. 이 제도는 1986년 세제개혁법(Tax Reform Act of 1986)에 의하여 폐지되었다. ~ ***bond*** 수익채권, 소득사채 ¶ An *income bond* is obligation on which the payment of interest is contingent on sufficient earnings from year to year. Such bonds are traded flat – that is, with no accrued interest – and are often an alternative to bankruptcy. See also adjustment bond. 수익채권이란 금리의 지급이 매년 충분한 소득이 있는 때에만 행해지는 채권(bond)이다. 이러한 채권은 경과이자 없이 거래되며, 자주 파산의 대안으로서 이용된다. → adjustment bond (정리사채). ~ ***deposit security (IDS)*** 수익배당형 예탁증권, 인컴디포짓 시큐리티 ¶ The *income deposit security* (*IDS*) was first introduced in 2004 and also called an income participating security (IPS) and an enhanced income security (EIS), and *IDS* consists of two securities "clipped" together. One is common stock, the other a fixed-rate debt instrument, and the two together produce a blended yield. *IDSs* are exchange-listed, but the underlying securities cannot be unclipped and traded until a period of time has expired, typically 45 to 90 days after the closing of the offering. Such offerings are priced to reflect a yield based on expected cash flow, which is distributed similarly to a real estate investment trust or other income trust. To ensure that equity and debt are kept separate and interest remains tax-deductible, at least 10% of the equity and 10% of the debt are placed with holders who do not own any IDSs. Companies with predictable cash flows, limited capital expenditure needs. and moderate growth potential are likely issuers. 수익배당형 예탁증권은 2004년에 처음으로 매출된 금융상품이고, income participating security (IPS)(수익배당형 증권) 또는 enhanced income security(인핸스트인컴 시큐리티: EIS)라고도 한다. IDS는 「클립으로 철한」("clipped") 2개의 증권으로 구성되어 있다. 하나는 보통주식(common stock)이고 다른 하나는 확정이자부 채권(fixed-rate debt instrument)인데, 이 2개의 증권에서 수익을 얻을 수 있다. IDS는 상장되어 있으므로 매매할 수 있지만, 기초로 되어 있는 증권(기초증권)(underlying security)(주식과 채권)은 일정한 기간(통상은 매출후 45일에서 90일간), 분리해서 매매할 수 없다. 매출가격은 장래의 예상캐시플로(cash flow)를 반영하여 결정된다. 이 캐시플로는 부동산투자신탁(real estate investment trust: REIT)의 수익배당형 펀드(income mutual fund)와 마찬가지로 투자자에게 분배된다. 주식과 채권을 별도로 취급하여 채권의 금리를 확실히 손금산입(소득공제)(tax deductible)할 수 있도록, 적어도 주식의 10%와 채권의 10%는 그 회사가 발행한 IDS를 소유하고 있지 아니한 투자자에게 팔아치운다(place). 장래의 캐시플로가 예상하기 쉽게 필요로 하게 되는 지출이 한정되어 있고, 또 안정적인 성장이 전망되는 회사가 IDS의 발행자가 되는 일이 많다. ~ ***dividend*** 수익배당금 ¶ *Income dividend* is payout to shareholders of interest, dividends, or other income received by a mutual fund. By law, all such income must be distributed to shareholders, who may choose to take the money in cash or reinvest it in more shares of the fund. All income dividends are taxable to shareholders in the year they are received, unless the fund is held in a tax-deferred account such as an IRA or Keogh plan. 수익배당금은 뮤추얼펀드(mutual fund)가 수취한 이자(interest), 배당금(dividend) 기타의 수익을 그 투자자(shareholders)에게 지출

하는 것이다. 법률에 의하여, 그러한 모든 수익은 투자자에게 분배되어야 하고, 투자자는 현금으로 수취할 것인지, 그 뮤추얼펀드에 재투자할 것인지를 선택할 수 있다. 모든 수익배당금은 그 펀드가 개인퇴직계좌(IRA)나 키오플랜(Keogh plan)과 같은 조세의 이연계좌(tax deferred account)가 아닌 한, 투자자가 그것을 수취한 해에 과세된다. ~ ***exclusion rule*** 소득공제규칙 ¶ The *income exclusion rule* is an income tax rule excluding certain items from taxable income. Personal exclusions include interest on tax-exempt securities, returns of capital, life insurance death benefits, dividends on veterans' life insurance, child support, welfare payments, disability benefits paid by the Veterans Administration, and amounts received from an insurer because of the loss of use of a home. See also exclusion. 소득세공제규칙이란 과세소득(taxable income)에서 특정한 항목을 공제하는 소득세규칙(規則)을 이른다. 개인의 공제의 대한이 되는 것은 면세증권(tax-exempt security)에서의 금리(interest), 자본배당(return of capital), 생명보험(life insurance)의 사망급여금(death benefit), 퇴역군인생명보험(veteran's life insurance)의 배당금(dividend), 자녀의 양육보조, 복지급여, 퇴역군인청(Veterans Administration)에서 지급받는 장애급여 및 주가가 사용될 수 없기 때문에 보험회사로부터 지급받은 보험금 등이 있다. exclusion(면책조항)도 참조할 것. ~ ***fund*** 인컴펀드(인컴게인의 획득을 주된 운용목적으로 하는 투자신탁) ¶ An *income fund* is a investment company whose main objective is to achieve current income for its owners. Thus, it tends to select securities such as bonds, preferred stocks, and common stocks that pay relatively high current returns. This type of fund is most appropriate for someone seeking high current income rather than growth of principal. Also called income-mixed fund. 인컴펀드는 회사의 주된 목표가 그의 소유자를 위하여 당기수입(當期收入)을 획득하는데 있는 투자회사이다. 이리하여, 그 회사는 상당히 높은 당기수익률을 지급하는 채권, 우선주 및 보통주와 같은 주식을 선택하는 경향이 있다. 이런 종류의 펀드는 원금의 성장보다 오히려 높은 당기수입을 요구하는 사람들에게 가장 적합하다. 이를 income-mixed fund(인컴믹스트펀드)라고도 한다. ~ ***investment company*** 배당중시투자회사 ¶ The *income investment company* is a management company that operates an income-oriented mutual fund for investors who value income over growth. These funds may invest in bonds or high-dividend stocks or may write covered call options on stocks. See also investment company. 배당중시투자회사는 성장성보다도 배당수입을 요구하는 투자자를 위한 배당중시형(income-oriented) 뮤추얼펀드(mutual fund)를 운용하는 운용회사이다. 이러한 펀드는 채권(bond) 또는 고배당이율의 주식(stock)에 투자하고, 때로는 소유주를 뒷받침하여 커버드 콜옵션(covered call option)을 매각하는 경우도 있다. investment company(투자회사)도 참조할 것. ~ ***limited partnership*** 수익배당형 리미티드 파트너십 ¶ The *income limited partnership* is a real estate, oil and gas, or equipment leasing limited partnership whose aim is high income, much of which may be taxable. Such a partnership may be designed for tax-sheltered accounts like Individual Retirement Accounts, Keogh plan accounts, or pension plan. 수익배당형 리미티드 파트너십은 고배당을 노리지만, 그 대부분은 과세대상이 되는 부동산(real estate), 석유·천연가스, 설비리스(equipment lease)의 리미티드 파트너십(limited partnership)이다. 이와 같은 파트너십은 개인퇴직계좌(Individual Retirement Accounts: IRA), 키오플랜(Keogh plan)이나 연금제도(pension plan)의 조세우대계좌(tax- sheltered account)를 위해서 설계되는 일도 있다. ~ ***mutual fund*** 수익배당형 뮤추얼펀드 ¶ The *income mutual fund* is a mutual fund designed to produce current income for shareholders. Some examples of income funds are government, mortgage-backed security, municipal, international, and junk bond funds. Several kinds of equity-oriented funds also can have income as their primary investment objective, such as utilities income funds and equity income funds. All distributions from income funds are taxable in the year received by the shareholder unless the fund is held in a tax-deferred account such as an IRA or Keogh or the distributions come from tax-exempt bonds, such as with a municipal bond fund. 수익배당형 뮤추얼펀드는 기중(期中)의 수익배당(current income)을 목표로 하여 설계된 뮤추얼펀드이다. 수익배당형의 예로서는, 국채(government)펀드, 모기지담보증권(mortgage-backed security)펀드, 지방채(municipal bond)펀드, 국제펀드, 정크채(junk bond)펀드가 있다. 몇 가지의 펀드는 공익기업 수익배당펀드나 주식수익배당펀드와 같이, 배당수익을 주된 투자목적으로 할 수 있다. 개인퇴직계좌(IRA), 키오플랜(Keogh plan)과 같은 세금이연계좌(tax-deferred account)로 보유되거나, 지방채펀드와 같은 면세채(tax-exempt bond)로부터의 배당이 없는 한, 수익배당형의 배당금 전부는 투자자가 그것을 수취한 해에 과세대상이 된다. ~ ***participating security* (*IPS*)** 수익배당형증권, 인컴파시티페이팅 시큐리티 → income deposit security (수익배당형 예탁증권). ~ ***preferred securities* (*IPS*)** 수익배당형 우선증권, 인컴프리퍼드 시큐리티 ¶ The *income preferred securities* (IPS) are a hybrid preferred stock issued by special-purpose entities (SPE) organized as corporate subsidiaries, limited partnerships, or trusts, with the proceeds loaned to the parent company. The parent company books the proceeds as deeply subordinated debt on which it pays tax-deductible interest to the SPE, which pays preferred dividends to the buyers of the securities. Because the parent company, with debt repackaged as equity, gets the best of both worlds, some 70% of all new preferred issues are now income preferred securities, whose yield to investors is normally higher than the prevailing yield on conventional preferred issues. (Corporate investors are not allowed the 70% dividend exclusion, so the investors are largely individuals.) Since the issuer has the option of temporarily deferring dividend payment, the investor may have a tax liability on income allocated but not yet received. 수익배당형 우선증권이란 특정한 회사의 자회사(subsidiary), 리미티드 파트너십(limited partnership), 또는 신탁(trust)으로서 조직된 특별목적사업체(special-purpose entity: SPE)가 발행자로 되는 하이브리드한 우선주식(hybrid preferred stock)이다. 발행에서 조달된 자금은 모회사(parent company)에 융자된다. 모회사는 이 조달자금을 대단히 열후한 채무(deeply subordinated debt)로서 재무제표에 계상되기 때문에, SPE에의 지급금리는 세금상 손금산입할 수 있다. 한편, SPE는 이 증권의 투자자에 대해서는 우선주로서의 배당금(dividend)으로 지급한다. 모회사는 채무(debt)를 주식으로 개작(改作)하므로 발행자에게도 투자자에게도 매력이 있다. IPS의 배당이율(yield)은 종래의 우선주보다 높게 되어 있는 것도 있고, 새로이 발행되는 우선주식의 70%는 IPS로 되어 있다. (법인의 투자자(corporate investor)는 70%의 배당공제(dividend deduction)를 향유할 수가 없기 때문에, IPS의 투자자는 개인투자자(individual investor)가 많다.) 이 증권의 발행자는 일시적으로 배당지급을 연기할 수 있으므로, 투자자는 배당지급이 연기된 배당금에 대한 과세의무를 (수령하고 있지 아니함에도 불구하고) 부담하게 된다. ~ ***property*** 수익부동산 ¶ The *income property* is a real estate bought for the income it produces. The property may be placed in an income limited partnership, or it may be owned by individuals or corporations. Buyers also hope to achieve capital gains when they sell the property. 수익부동산이란 부동산수입을 얻을 목적으로 구입하는 부동산을 이른다. 이와 같은 부동산은 수익배당형 리미티드 파트너십(income limited partnership)에 의하여 구

입되거나, 개인이나 회사에 의하여 소유되고 있다. 구입자는 매각시에 캐피탈게인(capital gains)을 얻는 것도 기대하고 있다. ~ ***shares*** 수익배당형 주식, 인컴셰어 ¶ The *income shares* are one of two kinds or classes of capital stock issued by a dual-purpose fund or split investment company, the other kind being capital shares. Holders of income receive dividends from both classes of shares, generated from income (dividends and interest) produced by the portfolio, whereas holders of capital shares receive capital gains payouts on both classes. *Income shares* normally have a minimum income guarantee, which is cumulative. 수익배당형 주식은 듀얼퍼퍼스펀드(dual-purpose fund)나 분할투자회사(split investment company)가 발행하는 2종류의 자본주식의 하나이고, 다른 하나는 자금이득형 주식(capital shares, 캐피탈셰어)이라고 한다. 수익배당형 주식(인컴셰어)의 투자자는 포트폴리오(portfolio)에서 생긴 배당(dividend)수입과 금리수입을 기초자산으로 하는 배당금을 수취한다. 한편, 자금이득형 주식의 투자자는 자금이득(capital gain)지급을 수취한다. 수익배당형 주식에는, 통상 누적적인 최저수익보증(minimum income guarantee)이 있다. ~***s policy*** 소득정책 ¶ The *incomes policy* is a controversial and anti- inflation approach whereby a government attempts, either through voluntary guidelines or mandatory controls to regulate wage and price levels. The policy was used to control wartime inflation during World War II and the Korean War and was tried in the early 1970s but abandoned when it produced shortages, inferior quality, and burdensome bureaucracy. 소득정책이란 정부가 임금과 가격수준을 규제하기 위하여 임의지침(voluntary guidelines)이나 강제적인 규제를 통해서 기도하는, 논쟁의 여지가 있는 반(反)인플레이션의 접근방법을 말한다. 이 정책은 제2차 세계대전과 한국전쟁의 기간에 전시(戰時)인플레이션을 규제하기 위해서 이용되고 1970년대 초기에 시도되었으나, 그 정책으로 인하여 물자의 부족, 조악한 품질, 번잡한 관료식 절차를 낳는 바람에 포기되었다. ~ ***statement (sheet)*** 손익계산서 → profit and loss statement (손익계산서). ~ ***stock*** (배당성향이 높은) 수익주(收益株), 자산주 ¶ An *income stock* is a stock paying high and regular dividends to shareholders. Some industries known for income stocks include gas, electric, and telephone utilities; real estate investment trusts; banks; and insurance companies. 자산주란 주주에 대해서 안정적으로 높은 배당을 지급하는 주식을 말한다. 자산주로서 알려지고 있는 업종에는 가스회사, 전력회사, 부동산투자신탁, 은행, 보험회사 등이 있다. ~ ***tax*** 소득세 ¶ The *income tax* is an annual tax on income levied by the federal government and by certain state and local governments. There are two types: the personal income tax, levied on incomes of households and unincorporated businesses, and the corporate (or corporation) income tax, levied on net earnings of corporation. 소득세란 미연방정부와 몇 개의 주나 지방정부에 의해서 매년 소득에 과세되는 세금이다. 소득세에는 2종류가 있다. 하나는 각 세대나 법인화되지 않은 사업(unincorporate businesses)의 소득에 대하여 과세하는 개인소득세(personal income tax)이고, 다른 하나는 법인의 순이익(net earning)에 대하여 과세하는 법인세(corporate income tax)이다. ~ ***tax rebate plan*** 소득세환급제도 ¶ The *income tax rebate plan* was a part of a $168 billion economic stimulus bill proposed by President George W. Bush and enacted February 2008 that eliminated taxes on the first $6,000 of taxable income ($12,000 for couples) and paid out in rebate checks up to $300 for individuals, $12,000 to married couples, and $300 per dependent child. Rebate amounts were reduced for individuals with incomes over $75,000 (couples over $150,000). The bill also raised loan limits for Fannie Mae, Freddie Mac, and the FHA. Businesses got an extra 50% deduction for new equipment purchases, and small business got liberalized expending benefits. 소득세환급제도는 과세소득의 첫 번 6,000달러(부부의 경우 12,000달러)의 세금을 경감해 주고, 개인에게는 300달러, 결혼한 부부에게는 12,000달러와 부양자녀당 300달러까지 환급수표로 지급한다는 것을 2008년 2월에 입법한 조지 W. 부시대통령이 제안한 1,680억 달러 경제자극법안의 일부이다. 환급금액은 개인이 소득이 75,000달러(부부의 경우는 150,000달러 이상) 이상인 경우에는 감액되었다. 또 그 법안은 패니메이(Fannie Mae), 프레디맥(Freddie Mac)과 미연방주택청(Federal Housing Administration: FHA)의 융자한도(loan limit)를 늘렸다. 기업은 신장비구입시에 별도로 50%의 공제를 받았고, 소기업은 임의의 지출특례를 수혜받았다. ~ ***trust*** 소득신탁, 인컴트러스트 ¶ The *income trust* is an investment company holding assets that generate cash flow, which is passed on to unit holders, usually with tax advantages. Real estate and natural resources are asset categories favored by *income trusts*. See also income deposit security (IDS); real estate investment trust (REIT). 소득신탁은 장래의 캐시플로(cash flow)를 산출하는 자산에 투자하여 그 캐시플로를 신탁증서의 소유자에게 배분하는 투자회사(investment company)를 말한다. 이 경우에, 통상은 세금상의 우대조치가 있다. 부동산(real estate)이나 천연자원은 인컴트러스트의 투자대상이 되는 자산범주(asset category)에 들어간다. income deposit security (IDS)(수익배당형 예탁증권); real estate investment trust(REIT)(부동산투자신탁)도 참조할 것.

incoming 도래하는 ¶ *incoming* clearings 교환에 돌아오는 어음 /*incoming* exchange 도래하는 외환

in-company 회사내의, 기업내의 ¶ an *in-company* lawyer 사내변호사

incompetent ⓐ 무력한, 무능력의

ⓝ 무능력자, 무자격자 ¶ In law, an *incompetent* is someone found by the legal system as unable to handle their financial and personal affairs. 법률에서, 무능력자는 자신의 재산상의 업무와 개인의 일상사를 처리할 수 없다고 법률제도가 인정한 자이다.

incomplete 불완전한, 불비의 ¶ *incomplete* endorsement [부도사유] 배서불비, 불완전배서 /*incomplete* form [부도사유] 형식불비

incontestability clause 불가쟁조항(不可爭條項) ¶ The *incontestability clause* is a provision in a life insurance contract stating that the insurer cannot revoke the policy after it has been in force for one or two years if the policyholder concealed important facts from the company during the application process. For example, when asked on the application if there is a history of diabetes in the family, the applicant writes no, knowing that his or her father and mother both have diabetes. This does not void the policy after two years. However, if the age of the applicant had been understated – say, to obtain a lower premium – the company will recalculate the benefit according to the correct age. 불가쟁조항이란 가령 보험계약자(policyholder)가 보험회사에 대하여 청약을 할 때에 중요한 사실을 은폐하고 있었다고 하더라도, 보험계약이 1년 또는 2년간 효력을 가진 후에는, 보험회사가 그 계약을 취소할 수 없다고 하는 생명보험계약상의 규정을 이른다. 예컨대 청약을 할 때에 가족 중에 당뇨병(diabetes)의 병력이 있는지의 질문을 받고, 그의 부모 두 분이 당뇨병을 앓고 있음을 알면서, 없다고 청약서에 썼다고 하자. 2년을 지난 후에는 보험계약을 무효로 하지 않는다. 그렇지만, 청약자의 연령이 — 말하자면, 낮은 보험료를 내기 위해서 — 약간 적게 기재했다면, 회사는 정확한 나이에 따라 보험금을 다시 평가할 것이다.

inconvertible 태환할 수 없는, 교환불능의 ¶ *inconvertible* currencies 교환불능통화 /*inconvertible* note 불태환(不兌換)지폐 /*inconvertible* paper money 불태환은행권 ***inconvertible currency*** 교환불능통화 → unconvertible currency (불태환통화).

incorporate 합병(合倂)하다, 법인조직으로 하다, [미] 회사로 하다, 편입하다 ¶ To *incorporate* is to obtain a state charter establishing a corporation. Owners of proprietorships and partnerships *incorporate* in order to obtain limited liability for themselves and for potential investors. The limited liability makes it easier for the firm to raise additional equity capital. 회사로 만드는 것은 회사를 설립하는 주(state)의 설립허가증(charter)을 얻는 일이다. 소유권(proprietorship)과 회원자격의 소유자가 자신들과 장래의 투자자들의 유한책임을 확보하기 위하여 유한책임회사로 한다. 유한책임은 기업이 부가적인 자기자본을 조달하는 것을 더 용이하게 만든다.

incorporated [미] (회사가) 법인조직의, 유한책임의 (Inc.라고 생략해서 회사명 뒤에 붙인다. 영국의 회사의 Ltd.에 해당한다. 회사명 뒤에 Inc.을 Incorporation의 생략이라고 생각하는 것은 잘못이다.) ¶ *incorporated* enterprise 법인기업 /*incorporated* foundation 재산법인 ***incorporated company*** [미] 유한책임회사([영] a limited liability company) ¶ An *incorporated company* is a legal person in its own right, able to own property and to sue and be sued in its own name. A company may have limited liability (a limited company), so that the liability of members for the company's debts is limited. An unlimited company is one in which the liability of the members is not limited in any ways. 유한책임회사는 자신의 권리, 자신의 재산을 소유하는 능력과 자신의 명의로 당사자소송능력을 가지는 법인이다. 회사는 유한책임을 가지므로(유한책임회사), 회사의 구성원의 회사채무에 대한 책임은 유한이다. 무한책임회사는 사원의 책임이 어느 경우에도 유한책임이 아닌 회사이다.

incorporation 법인, 단체, 법인화, [미] 회사, 합동 ¶ The *incorporation* is a process by which a company receives a state charter allowing it to operate as a corporation. The fact of *incorporation* must be acknowledged in the company's legal name, using the word incorporated, the abbreviation inc., or other acceptable variations. See also articles of incorporation. 법인화란 회사가 법인으로서 활동하기 위하여, 주정부의 법인설립허가를 얻는 절차를 말한다. 법인화의 사실은 법인화(incorporated, 약칭 Inc.), 또는 기타 인정되고 있는 말을 사용하여, 회사의 법적 상호로 인정받아야 한다. articles of incorporation(설립정관)을 참조할 것. / formalities of *incorporation* [establishment] (회사의) 설립절차

incorrect 부정확한, 틀린 ¶ *incorrect* conversion 환산차이 /an *incorrect* indorsement 틀린 배서 /*incorrect* rate [부도사유] 레이트 차이

INCOTERMS; Incoterms → International Rules for the Interpretation of Trade Terms [약] 인코텀즈, 거래조건의 해석에 관한 국제규칙 ¶ An attempt to define the duties of the parties under c.i.f., f.o.b. and other standard types of sales has been made by the International Chamber of Commerce in its publication entitled *INCOTERMS,* which is an abbreviation of the International Rules for the Interpretation of Trade Terms. c.i.f.거래조건, f.o.b.거래조건 기타 전형적인 매매조건에서 당사자의 의무를 정해 놓는 시도는 국제상업회의소가 인코텀즈라는 간행물에서 행하여 왔다. 거래조건의 해석에 관한 국제규칙의 약칭이 인코텀즈이다.

increase 증가, 증진 ¶ an *increased* ration [dividend] 증배(增配) /an *increase* in capital at the market price (주식의) 시가발행 /*increase* in interest rates 이율인상 /an *increase* of both deposits and loans 예금와 대출의 병진(倂進) /a paid *increase* in capital 자본의 납입증액, 증자

increment 증가, 증액 ¶in *increments* 단계적으로 늘리면서 /in *increment* of … …의 단위로 /You can increase your CD investment by $1,000 *increments*. CD투자는 1,000달러 단위로 증액합니다.

incremental 정기적으로(조금씩) 증가하는 ¶*incremental* analysis 증가분차액분석 ***incremental cash flow*** 증가캐시플로 ¶The *incremental cash flow* is a net of cash outflows and inflows attributable to a corporate investment project. 증가캐시플로는 회사의 어느 투자사업에 귀속하는 캐시플로의 차액을 이른다. ~ ***cost of capital*** 증가자본코스트 ¶The *incremental cost of capital* is a weighted cost of the additional capital raised in a given period. Weighted cost of capital, also called composite cost of capital, is the weighted average of costs applicable to the issues of debt and classes of equity that compose the firm's capital structure. Also called marginal cost of capital. 증가자본코스트란 어느 기간내에 조달된 추가자본의 가중평균코스트(weighted cost)를 말한다. 자본의 가중평균코스트는 합성자본비용(composite cost of capital)이라고도 하고, 회사의 자본을 구성하는 채권이나 각종의 주식의 발행에 수반하는 가중평균코스트이다. marginal cost of capital(한계자본코스트)이라고도 한다.

incumbrance 장애물(저당권, 채무 등), 부담 → encumbrance (방해물).

incur 부담하다, 받다, 발생하다, 부과하다 ¶*incur* a huge number of debts 산더미 같은 빚을 짊어지다 /all expenses that may be *incurred* in a lawsuit 소송을 위해 소요될 일체의 비용 /*incurred* cost 발생원가, 부과원가 ***incurred but not reported (IBNR)*** [영] 기발생이나 미보고의 손해 ¶The *incurred but not reported (IRNR)* is a loss covered by an insurance contract that has already occurred but has not been reported by the insured to the insurer. Insurers generally establish a minimum level of reserves to cover the lag in claims arising from an anticipated amount of *IRNR* items. 기발생이나 미보고의 손해는 이미 발생하였으나 피보험자가 보험업자에게 보고되지 않고도 보험계약에서 커버되는 손해를 말한다. 보험업자는 일반적으로 최소수준의 준비금을 설정하여 IRNR항목의 예상금액에서 일어나는 보험청구금의 차이를 커버해 주고 있다. ***~red loss*** [영] 기발생손해 ¶In insurance, the *incurred loss* is a loss that has already occurred, whether or not the insurer has paid a settlement to the insured. 보험에서, 기발생손해는 보험업자가 피보험자에게 결제대금을 지급한 것과 상관없이 이미 발생한 손해를 말한다.

indebted 부채가 있는, 은의(恩義)가 있는 ¶be *indebted* to A for a large amount A에게 다액의 돈을 빌리고 있다 /plea of never *indebted* 무채무의 답변(答辯)

indebtedness 부채, 은의 ¶certificate of *indebtedness* 채권(債券) /excessive *indebtedness* 부채초과 /Obligations yet to become due constitute *indebtedness*, as well as those already due. 아직 지급해야 할 채무는 이미 지급한 채무와 마찬가지로 부채가 된다.

indemnification 보상, 배상, 면책 ¶In corporate law, *indemnification* is the practice by which corporations pay expenses of officers or directors who are named as defendants in litigation relating to corporate affairs. 회사법에서, 보상은 회사사건과 관련된 소송에서 피고로 지명된 임원 또는 이사의 경비를 회사가 지급하는 관행이다. ***indemnification of director and officer*** 이사 · 임원에 대한 보상(補償) ¶The *indemnification of director and officer* is a repayment by a corporation of expenses incurred by directors or officers who have been named as defendants in litigation relating to corporate affairs. 이사·임원에 대한 보상은 이사 및 임원이 회사업무와 관련된 소송에서 피고로 지명되어 입은 비용을 회사가 반환해 주는 경우이다.

indemnify 보상하다, 변상하다, 보장하다 ¶To *indemnify* is to agree to compensate for damage or loss. The word is used in insurance policies promising that, in the event of a loss, the insured will be restored to the financial position that existed prior to the loss 보상하다(indemnify)는 것은 손해나 손실의 보상을 승낙하는 것이다. 이 말은 보험계약(insurance policy) 중에서 사용되어 손실의 발생한 경우, 피보험자(insured)를 손실이 발생하기 전의 경제적 상태로 복귀시키는 것을 약속하는 것이다. ¶In some instances corporations may *indemnify* officers and directors for fines, judgments, or amounts paid in settlement as well as expenses. 어떤 경우에는 회사는 경비와 함께 벌금, 판결 또는 화해에서 지급할 금액에 대해서 임원과 이사에게 보상해 주고 있다.

indemnity 보상, 면책, 손해배상(액) ¶bonds of *indemnity* 보상계약서 /*indemnity* agreements 보상약정 /an *indemnity* bond for a lost passbook 분실통장(에 기한 은행의 지급)에 대한 보상각서 ¶It is true that defendants' right to the insurance payment was a contract right embodied in the policies of insurance, nevertheless the *indemnity* payment was based in part on a claim of loss and did not exist. 피고의 보험금지급에 대한 권리는 보험증권에 표창된 계약상의 권리였다는 것은 사실이다. 그렇지만 손해보상금의 지급은 존재하지 않는 손실의 청구에 일부분 기초하였다. ***indemnity bond*** 손해전보보증서(損害塡補保證書), 보증증권 ¶An *indemnity bond* is an undertaking given by an obligor to reimburse an obligee for any loss suffered due to the conduct of the obligor or a third person. 손해전보보증서는 채권자가 채무자 또는 제3자의 행위로 인하여 입은 손실에 대해서 채무자가 배상하기로 하는 보증서이다. ~ ***contract*** [영] 보상계약 ¶The *indemnity contract* is an insurance contract that provides the insured with restitution for actual losses sustained. The *indemnity contract*, which includes property and casualty insurance and liability insurance, is designed to return the insured to the financial state it occupied prior to the loss. See also indemnity; valued contract. 보상계약은 피보험자에게 실제로 입은 손해에 대한 보상을 제공하는 보험계약을 말한다. 보상계약은 손해보험과 책임보험을 포함하지만, 피보험자가 손해 이전에 차지한 경제적 상태를 되돌려 주려는 것이다. indemnity(보상); valued contract(평가보험계약)도 참조할 것. ~ ***trigger*** [영] 보상유인 ¶The *indemnity trigger* is a conditional event in an insurance-linked security that causes suspension of interest and/or principal when actual losses sustained by the issuer reach a predefined amount. See also index trigger; parametric trigger. 보상유인은 발행자가 입은 실제손해가 사전에 정한 금액에 도달하는 경우 이자와 원금의 정지원인이 되는 보험연계증권상의 조건부 사유를 말한다. index trigger(인덱스트리거); parametric trigger(파라메트릭 트리거)도 참조할 것. ***letter of*** ~ 보상장(補償狀) ¶A *letter of indemnity* is a European bank facility similar to U.S. steamship guaranty, used to indemnify carrier against loss from delivery of goods without surrender of negotiable bill of lading. 보상장은 양도가능선하증권의 포기를 하지 않고 물품의 인도에서 운송인의 손실을 보상해 주기 위해서 사용되는 미국의 기선(汽船)개런티와 유사한 유럽은행의 퍼실리티이다.

indent 계약서, 위탁매수 ***letter of indent*** 레터 오브 인덴트 ¶A *letter of indent* is not a contract, and it does not constitute a binding agreement. Rather, it is "an expression of tentative intention of the parties." 레터 오브 인텐트는 계약이 아니며, 구속력 있는 합의를 구성하지 않는다. 오히려, 그것은 「당사자의 가(假)합의의 표현」이다.

indenture 계약서, 채무증서, 신탁계약서, 신탁증서 ¶ The *indenture* is a formal agreement, also called a deed of trust, between an issuer of bonds and the bondholder covering such considerations as: (1) form of the bond; (2) amount of the issue; (3) property pledged (if not a debenture issue); (4) protective covenants including any provision for a sinking fund; (5) working capital and current ratio; and (6) redemption rights or call privileges. The *indenture* also provides for the appointment of a trustee to act on behalf of the bondholders, in accordance with the Trust Indenture Act of 1936. 신탁증서(indenture)는 이를 deed of trust(신탁증서)라고도 하고, 채권(bond)의 발행자(issuer)와 채권보유자(bondholder)간의 정식의 합의문서로서, 다음의 사항을 포함한다. 한다. (1) 채권의 형식, (2) 발행액, (3) 담보물건(무담보채가 아닌 이상), (4) 감채기금(sinking fund)조항을 포함하는 보호약정(covenants), (5) 운전자금(working capital)과 유동비율(current ratio) 및 (6) 상환청구권(redemption right) 또는 중도상환권(call privilege). 이 신탁증서는 또한 1939년 신탁증서법(Trust Indenture Act of 1939)에 따라 채권보유자를 대신하여 행동하는 수탁인(trustee)의 임명을 규정하고 있다.

independence 독립(성) ¶ The *independence* is a condition of accountant having no bias and being neutral regarding the client or another party in performing the audit function. Some *independence* guidelines for an auditor engaged in the attest function include: (1) no family relationship with the client's executives; (2) no financial interest in the company; and (3) no contingent fee based on the type of audit opinion rendered. 독립성이란 감사기능을 수행함에 있어서 의뢰인이나 다른 당사자에 관하여는 아무런 편견을 가지지 않고 중립적이야 하는 회계사의 조건을 이른다. 인증(認證)기능에 관여한 감사인의 몇 가지 독립성지침에는 다음 사항이 포함된다. (1) 의뢰인의 경영진과는 가족관계가 없을 것, (2) 피감회사와는 재무상의 이해관계가 없을 것, 그리고 (3) 제출한 감사의견서의 유형에 기초를 두는 조건부 수수료(contingent fee)가 없을 것 등이다.

independent 독립적인, 독립[민간]의, 별개의 ¶ *independent* carrier 부정기운항선 /*independent* service agency 제3자 신용평가기관 ***independent agent*** 독립대리인, 인디펜던트 에이전트 ¶ The *independent agent* is an agent representing several insurance companies. The agent is independent from all the companies he or she sells for, and can therefore in theory evaluate different insurance policies objectively. *Independent agents* pay all their own expenses and keep their own records and earn their income from commissions on the policies they sell. The opposite of an *independent agent* is a captive agent, who works exclusively for one company. 독립대리인은 복수의 보험회사를 대리하는 대리인(agent)을 말한다. 이 대리인은 자신이 취급하는 보험회사의 일원이 아니기 때문에, 이론적으로는 서로 다른 보험계약(insurance policy)을 객관적으로 비교평가할 수 있다. 독립대리인은 모든 경비를 자신이 지급하고, 자신의 경리를 행하며, 판매한 보험계약의 수수료를 수입으로 잡는다. 독립대리인의 반대는 전속대리인(captive agent)이고, 한 회사만을 위하여 일을 한다. ~ ***auditor*** 독립감사인 ¶ An *independent auditor* is a certified public accountant (CPA) who provides the accountant's opinion. 독립감사인은 감사의견(accountant's opinion)을 제공하는 공인회계사(certified public accountant)이다. ~ ***bank*** 독립은행 ¶ The *independent bank* is a locally owned and operated commercial bank. It derives its sources of funds from, and it lends money to, the community where it operates, and is not affiliated with a multibank holding company. Also called community bank. 독립은행이란 지방인들이 소유하고 운영하는 상업은행을 말한다. 그런 은행은 운영하는 지역에서 자금원(資金源)이 나오고, 그 지역에 대여하며, 다수은행을 소유하는 회사와는 관련이 없다. 이를 또한 community bank(지역은행)라고도 한다. ~ ***broker*** 인디펜던트 브로커 ¶ The *independent broker* is a New York Stock Exchange member who executes orders for other floor brokers who have more volume than they can handle, or for firms whose exchange members are not on the floor. Formerly called $2 brokers are compensated by commission for round lot trade, *independent brokers* are compensated by commission brokers with fees that once were fixed but are now negotiable. See also give up. 인디펜던트·브로커는 뉴욕증권거래소(New York Stock Exchange)의 회원으로, 다른 입회장 브로커(floor broker)가 집행할 수 없는 주문을 대신 집행한다든지, 또는 그 입회장에 거래소 회원이 없는 회사를 위하여 주문을 집행한다든지 한다. 이전에는, 거래단위(round lot)의 수수료에 관련시켜 2달러브로커라고 불리고 있던 인디펜던트 브로커는 커미션 브로커(commission broker)로부터 보수를 받는다. 일찍이 그 보수금액은 고정적이었으나, 현재는 자유화되고 있다. give up(증권업자간 위탁거래)도 참조할 것. ~ ***director*** 독립이사 ¶ The *independent director* is same as outside director. 독립이사는 사외이사(outside director)와 같다.

index ⓝ 지침(指針), 지수(指數), 지표(指標), (*pl.*) indexes, indices ¶ The *index* is a statistical composite that measures changes in the economy or in financial markets, often expressed in percentage changes from a base period or from the previous month. For instance, the consumer price *index* uses 1982-84 as the base period. That *index*, made up of the prices for key consumer goods and services, moves up and down and as the rate of inflation changes. By March 2009 the seasonally adjusted *index* climbed to over 212, meaning that the basket of goods and services that the *index* is based on has more than doubled since the base period. 지수(指數)는 기준시기 또는 전월(前月)에서의 변화를 퍼센트로 자주 나타내는 경제 또는 금융시장에서의 변화를 헤아리는 통계적 합성수(合成數)이다. 예를 들면, 소비자물가지수(consumer price index)는 1982년에서 1984년까지를 기준기간으로 하고 있다고 하자. 이 지수는 주요한 소비재나 서비스의 가격으로 구성되어 있고, 인플레이션율(rate of inflation)의 변화에 따라 오르고 내린다. 2009년 3월까지 계절적으로 조정된 지수가 212 이상으로 올랐는데, 그 의미는 기준시기 이후 물가지수가 기준이 된 소비재나 서비스의 바스켓(basket)이 2배 이상이다라는 뜻이다. /a cost-of-living *index* 생계비지수 /a growth *index* 성장지수 /*index* linked bond 인덱스채(債) /*index* number 지수(指數) /an *index* of industrial production 생산지수
consumer price index (CPI) 소비자물가지수 ¶ The *consumer price index* (*CPI*) is measures the average monthly change for a market basket of goods and services bought by a typical consumer, including food, transportation, shelter, utilities, clothing, medical care, and entertainment. The *CPI*, published by the Bureau of Labor Statistics in the Department of Labor, uses the years 1982-1984 as a reference base. 소비자물가지수는 일반적인 소비자가 구입하는 식료품, 교통비, 주거비, 공공요금, 의복비, 의료비(醫療費), 오락비 등 미리 결정된 구성품목으로 이루어지는 바스켓의 가격에서 산출되는 지수(index)를 이른다. 소비자물가지수는 노동부의 노동통계국에 의해서 발표되고, 1982년-1984년을 참고기준으로 사용하고 있다. ~ ***arbitrage*** 지수차익거래, 인덱스아비트라지 → arbitrage (차익거래). ~ ***bond*** 인덱스채(債) ¶ The *index bond* is a bond whose cash flow is linked

to the purchasing power of the dollar or a foreign currency. For example, a bond indexed to the consumer price index (CPI) would ensure that the bondholder receives real value by making an upward adjustment in the interest rate to reflect higher prices. 인덱스채(債)란 캐시플로(cash flow)가 달러 또는 외국통화의 구매력과 연동하고 있는 채권(bond)을 이른다. 예를 들면, 소비자물가지수(consumer price index: CPI)와 연동하고 있는 채권은 물가의 가격상승에 맞춰서 금리를 상향조정함으로써, 채권보유자(bondholder)가 실질금리를 얻도록 보증하고 있다. ~ ***fund*** 인덱스펀드(평균주가지수의 채용종목을 그 구성비에 맞추어 편성하여 지수 못지않은 이율을 확보하려고 하는 투자신탁. 운용관리비용을 싸게 할 수 있다. [예] S&P 500) ¶ The *index fund* is a mutual fund that has a portfolio matching that of a broad-based portfolio. this may include the Dow Jones Industrial Average, Standard & Poor's 500 Index, indices of mid- and small-capitalization stocks, foreign stock indices, and bond indices, to name a few. Many institutional and individual investors, especially believes in the efficient market theory, put money in *index funds* on the assumption that trying to beat the market averages over the long run is futile, and their investments in these funds will at least keep pace with the index being tracked. In addition, since the cost of managing an *index fund* is far cheaper than the cost of running an actively managed portfolio, *index funds* have a built-in cost advantage. 인덱스펀드는 광범한 종목으로 구성되는 포트폴리오(portfolio)와 필적하는 포트폴리오를 가지는 뮤추얼펀드(mutual fund)이다. 몇 개의 예를 들면, 다우존스 공업주식평균(Dow Jones Industrial Average), S&P 500종목 주가지수, 중소 캐피탈리제이션(mid-and small capitalization)주식지수, 외국주가지수, 채권지수가 있다. 많은 기관투자자(institutional investor)나 개인투자자(individual investor), 특히 효율적 시장이론(efficient market theory)의 신봉자는 장기적으로는 시장평균을 초과하는 이익을 올리려고 하는 것은 무모한 노력이고 이러한 펀드는 적어도 대상으로 하고 있는 지표와 동등한 실적은 오를 것이라는 전제하에서 인덱스펀드에 투자한다. 거기다가, 인덱스펀드의 운용에 드는 비용은 적극운용(active management)을 행하는 포트폴리오(portfolio)보다도 훨씬 싸기 때문에, 처음부터 비용의 면에서 유리하다. ~ ***fund shares*** 인덱스펀드에 속하는 주식 ¶ *Index fund shares* are a subcategory of exchange-traded funds, representing ownership in equity funds. See also index shares. 인덱스펀드에 속하는 주식은 주식투자형 펀드(equity fund)의 소유권을 의미하는 상장지수펀드(exchange-traded funds: ETF)의 하위범주(下位範疇)이다. index shares(인덱스셰어, 지수연동형 상장투신주)를 참조할 것. ~ ***future*** [영] 인덱스선물 ¶ The *index future* is a futures contract, bought or sought via an exchange, which references a specific benchmark equity index, index sector, or equity basket. See also commodity futures; currency futures; interest rate future. 인덱스선물은 거래소를 경유하여 매수하거나 매도하는 선물계약을 말하며, 거래소는 특별기준의 주가지수(equity index), 인덱스부분, 또는 에퀴티바스켓(equity basket)을 게시한다. commodity futures(상품선물거래); currency futures(통화선물거래); interest rate future(금리선물거래)도 참조할 것. ~***ing*** 지수연동(화), 물가연동(화) ¶ (1) *Indexing* is weighting one's portfolio to match a broad-based index, such as Standard & Poor's so as to match its performance – or buying shares in an index fund. 지수연동화는 포트폴리오(portfolio)를 스탠더드앤드푸어스(Standard & Poor's)와 같은 종합주가지수(broad-based index)의 실적과 연동하도록 구성하는 것, 혹은 인덱스펀드를 구입하는 것이다. ¶ (2) *Indexing* is trying wages, taxes, or other rates to an index. For example, a labor contract may call for indexing wages to the consumer price index to protect against loss of purchasing power in a time of rising inflation. 물가연동화는 임금, 세금 기타 요금을 지수에 연동시키는 것이다. 예를 들면, 고용계약에서 인플레이션의 시기에 구매력을 상실하는 일이 없도록 임금을 소비자물자지수(consumer price index)에 연동시킬 것을 요구할 수 있다. *~**ing plus*** 인덱싱플러스 → enhanced indexing (인핸스트인덱싱). ~ ***of leading indicators*** 경기선행지표지수 → leading indicators (선행지표). ~ ***options*** 주가지수옵션(시장지표를 권리행사대상품목으로 하는 옵션거래) ¶ *Index options* are calls and puts on indexes of stocks. These options are traded on the New York, American, and Chicago Board Options Exchanges, among others. Broad-based indexes cover a wide range of companies and industries, whereas narrow-based indexes consist of stocks in one industry or sector of the economy. *Index options* allow investors to trade in a particular market or industry group without having to buy all the stocks individually. For instance, someone who thought oil stocks were about to fall could buy a put on the oil index instead of selling short shares in half a dozen oil companies. 주가지수옵션이란 주가지수(index of stocks)의 콜옵션(call option)과 풋옵션(put option)을 이른다. 이러한 옵션은 뉴욕, 아메리칸, 시카고옵션거래소 등에서 거래되고 있다. 종합주가지수(broad-based index)는 광범한 회사나 업종을 포함하고 있으나. 분야를 한정한 주가지수(narrow-based index)는 특정산업 또는 경제적인 특정부문의 주식으로 구성되고 있다. 주가지수옵션에서는, 투자자가 개개의 주식을 전부 사지 않고, 특정한 시장 또는 업종의 거래를 할 수 있다. 예컨대 석유주가 곧 하락할 것이라고 생각한 사람은 12석유회사의 반의 주식종목을 공매(空賣, selling short)하는 대신에, 석유주지수의 풋옵션(put option)을 살 수 있을 것이다. ~ ***participation*** 인덱스파티시페이션 → basket (바스켓). ~ ***principal swap*** [영] 지수원금스왑 ¶ The *index principal swap* is an over-the-counter swap with a notional principal that amortizes as a floating rate reference declines through prespecified barrier levels. As the notional declines, fixed and floating rate payments associated with the swap become smaller. The swap is often used as a hedge against assets or liabilities with cash flows that amortize with rate movements. Also known as index amortizing rate swap. See also accreting swap; amortizing swap; reverse index principal swap; variable principal swap. 지수원금스왑은 사전에 명기한 장애수준을 통해서 변동금리부 기준이 하락하기 때문에 상환하는 관념상의 원금을 가지는 장외거래스왑(over-the-counter swap)이다. 관념상의 원금이 하락하므로, 스왑과 관련되는 고정 내지 변동금리의 지급은 더 적게 된다. 스왑은 금리의 변동으로 상환하는 캐시플로와 더불어 자산이나 채무에 대한 헤지(hedge)로서 이용되기도 한다. 이를 인덱스 상환율 스왑(index amortizing rate swap)이라고도 한다. accreting swap(증가하는 스왑); amortizing swap(약정상환부 스왑); reverse index principal swap[역(逆)지수원금스왑]; variable principal swap(변액원금스왑)도 참조할 것. ~ ***shares*** 인덱스셰어, 지수연동형 상장투신주 ¶ *Index shares* are one of two categories of exchange-traded funds. There are two forms of index shares: portfolio depositary receipts and index fund shares. *Index shares* represent ownership in either funds or unit investment trusts that hold portfolios of common stock that closely track the performance and dividend yield of specific indices – brand market, sector, or international. Investors can buy or sell an entire portfolio of stock embedded in a single security in the same manner they would buy any shares of common stock. See also portfolio depositary receipts; index fund shares. 인덱스셰어는 상장지수펀드(exchange-traded funds)의 2개의 카테고리 중의 하나이다. 인덱스셰어에는 2개의 형태가 있다. 하나는 포트폴리오연동형 예탁증서(portfolio depositary receipts)와 다른 하나는 인

덱스펀드셰어이다. 인덱스셰어는 뮤추얼펀드(mutual fund) 혹은 단위형 투자신탁(unit investment)의 소유권을 나타내고 있으나, 이러한 펀드나 투자신탁은 특정한 지수(index — 브랜드마켓, 섹터별, 또는 국제)의 실적이나 배당이율에 연동하고 있다. 하나의 인덱스펀드에는 주식의 포트폴리오 전체가 편입되고 있지만, 투자자는 이 인덱스펀드를 마치 보통주(common stock)를 매매하는 것처럼 매매할 수 있다. portfolio depositary receipts(포트폴리오예탁증서); index fund shares(인덱스펀드에 속하는 주식)도 참조할 것. ~ ***swap*** 인덱스스왑 ¶ The *index swap* is a swap contract in which the result investing capital in the index fund is exchanged with the interest rate. 인덱스스왑은 인덱스에 투자한 성과와 금리의 교환을 하는 스왑계약이다. ~ ***tracking stock*** 인덱스트랙킹스톡, 지수연동형 상장투신주(上場投信株) ¶ *Index tracking stock* is the same as index shares. 인덱스트랙킹스톡은 인덱스셰어와 같다. ~ ***tranche*** [영] 인덱스트랑슈 ¶ The *index tranche* is a form of single tranche collateralized debt obligation that is based on standard quoted credit default swap indexes, including those related to itraxx indexes. 인덱스트랑슈는 아이트랙스 인덱스(itraxx indexes)와 관련된 것을 포함하여 표준으로 표시된 크레디트 디폴트스왑인덱스(credit default swap index)에 기초를 두는 단독의 트랑슈 담보채무증권의 형식이다. ~ ***trigger*** [영] 인덱스트리거 ¶ The *index trigger* is a conditional event in an insurance-linked security that causes suspension of interest and/ principal when the value of a recognized third-party index used to track risk exposure or loss experience reaches a certain threshold. See also indemnity trigger; parametric trigger. 인덱스트리거는 리스크익스포저 또는 손실경험을 탐지하는 데 사용된 인식된 제3자의 지수가치가 일정한 한계에 도달할 경우 이자와 원금의 정지원인이 되는 보험연계 증권상의 조건부 사유이다. indemnity trigger(보상유인); parametric trigger(파라메트릭트리거)도 참조할 것.

ⓥ 보이다, 생산비지수에 슬라이드시키다 ¶ *indexed* bond 물가슬라이드채권 /*indexed* pension 물가슬라이드연금 ***indexed loan*** 물가슬라이드론 ¶ The *indexed loan* is a long-term loan in which the term, payment, interest rate, or principal amount may be adjusted periodically according to a specific index. The index and the manner of adjustment are generally stated in the loan contract. 물가슬라이드론이란 론(loan)의 기간, 지급방식, 금리 또는 원금액이 특별한 지수에 따라 주기적으로 조정될 수 있는 장기대출을 의미한다. 지수와 조정의 방식을 일반적으로 대출계약에서 정해져 있다.

indexation 지수(指數)슬라이드제(制), 물가(物價)슬라이드제(制) → indexing (2).

India currency 인도 화폐 ¶ Indian rupee (INR), divided into 100 paise. Also 1 lakh = 100,000 rupees and 1 crone = 10 million rupees. 1 루피(rupee) = 100 파이사(paisa). 그리고 1 라크(lakh) = 100,000 루피, 1 크론(crone) = 1천만 루피이다.

indicate 지적하다, 표시하다, 참고로 보이다 ***indicated dividend*** 연율환산배당금 ¶ The *indicated dividend* is the most recent quarterly dividend multiplied by four (annualized). The *indicated dividend* is used in the calculation of dividend yield, shown in the column headed YLD in newspaper stock tables. 연율환산배당금은 최근의 4반기의 배당에 4를 곱해서 연율환산을 한 것이다. 이 배당은 배당이율(dividend yield)을 계산하는 데에 이용된다. 이 배당이율은 신문의 주식란에 YLD라는 타이틀에서 기재되고 있다. ~***d yield*** 표면이율 ¶ The *indicated yield* is a coupon or dividend rate as a percentage of the current market price. For fixed-rate bonds, it is the same as current yield. For common stocks, it is the market price divided into the annual indicated dividend. For preferred stocks, it is the market price divided into the contractual dividend. 표면이율은 현재의

시장가격(market price)에 대한 표면이율(coupon)이나 배당(dividend)의 비율이다. 고정금리부 채권(fixed rate bond)에서는 직접이율(current yield)과 같다. 보통주(common stock)에서는 연차배당액을 시장가격으로 나눈 것, 우선주식(preferred stock)에서는 약정배당액을 시장가격으로 나눈 것이다.

indication 지시, 지적, 징후, 참고가격 ¶ The *indication* is an approximation of what a security's trading range (bid and offer prices) will be when trading resumes after delayed opening or after being halted because of an imbalance of orders or another reason. Also called indicated market. 참고가격은 거래가 지연되어 개시된다든지, 혹은 주문의 불균형(imbalance of orders) 등의 이유로 인한 정지후에 재개된 때에는, 주식의 거래가격수준, 말하자면 매수가와 매도가(bid and offer price)가 어느 정도인가의 개수(概數)이다. 이를 indicated market(참고시장)이라고도 한다. /*indication* rate (실제의 거래의 전단계에서) 참고제시하는 환율 ***indication of interest*** [국제증권] 인디케이션 오브인터레스트 ¶ The *indication of interest* is a securities underwriting term meaning a dealer's or investor's interest in purchasing securities that are still in registration (awaiting clearance by) the Securities and Exchange Commission. A broker who receives an *indication of interest* should send the client a preliminary prospectus on the securities. An *indication of interest* is not a commitment to buy, an important point because selling a security while it is in registration is illegal. See also circle; restricted. 인디케이션 오브인터레스트는 미증권거래위원회(Securities and Exchange Commission: SEC)에 등록(registration) 게출중에서 승인을 기다리고 있는 증권에 대하여 딜러(dealer)나 투자자(investor)가 구입에 관심을 가지고 있다는 것을 의미한다는 증권의 인수(underwrite)용어이다. 인디케이션 오브인터레스트를 수취하는 브로커(broker)는 고객에게 그 증권의 임시사업계획서(preliminary prospectus)를 송부한다. 등록 중에 증권을 매각하는 것은 위법행위이므로, 인디케이션 오브인터레스트는 구입의 약속이 아니라고 하는 것이 중요한 점이다. circle(증권판매가예약); restricted(제한부 주식)를 참조할 것.

indicator 지표 ¶ The *indicator* is a technical measurement securities market analysts use to forecast the market's direction, such as investment advisory sentiment, volume of stock trading, direction of interest rates, and buying or selling by corporate insiders. 지표는 증권시장의 애널리스트(analyst)가 시장동향을 예측할 때에 사용하는 전문적 지표를 이른다. 예컨대 투자자문의 투자감각(investment advisory sentiment), 주식거래수, 금리(interest rates)의 동향, 그리고 회사의 인사이더에 의한 매매동향 등이다.

indirect 방계의, 간접적인 ¶ *indirect* and overhead expenses 간접비 /*indirect* costs [expenses] 간접비 /*indirect* exchange (제3국 통화로 표시된) 간접환율 /*indirect* exchange arbitrage 간접재정(裁定) /indirect exporting (최종수요자를 감추기 위한) 간접수출방식 /*indirect* financing 간접금융 /*indirect* foreign investment (경영참가를 목적으로 하지 않는) 대외간접투자 /*indirect* investment 간접투자 /*indirect* inward investment 대내간접투자 /*indirect* labor cost 공장노무비 /*indirect* liabilities 우발채무 /*indirect* loan 간접융자(융자의 매수 등) /*indirect* material 간접재료비 /*indirect* quotation 타국통화에 의한 환율표시 /*indirect* rates [미] 외국통화표시환율 /*indirect* trade 간접무역 ***indirect cost and expense*** 간접경비 → direct overhead (공통비용); fixed cost (고정비용). ~ ***labor costs*** 간접노무비 ¶ *Indirect labor costs* are wages and related costs of factory employees, such as inspectors and maintenance crews, whose time is not charged to specific finished products. 간접노무비는 검사원이나 보수담당자 등, 특정한 완성품

에 배정되지 않는 공장종업원의 임금이나 그 관련비용을 말한다.

individual 개개의, 개인적인 ¶ *individual* account 개인계좌 /an *individual* banker 개인은행(a private banker) /*individual* banking [은행] 개인부문업무 /*individual* enterprise 개인기업 /*individual* proprietor 개인사업주 ***Individual Retirement Arrangement (or Account) (IRA)*** [미] 개인퇴직제도(또는 계좌) ¶ The *Individual Retirement Arrangement* (*or Account*) (*IRA*) is a personal, tax-deferred, retirement account that an employed person can set up, with a deposit limited to $5,000 per years ($10,000 for a married couple filing jointly, whether or not both spouses work). For those 50 or older, additional catch-up contributions of $1,000 are allowed, meaning an annual contribution limit of $6,000. *IRAs* can be invested in almost every kind of instrument, including stocks, bonds, mutual funds, certificates of deposit, annuities, real estate, and precious metals. 개인퇴직제도(또는 계좌)는 종업원이 개설할 수 있고, 연간 상한 5,000달러까지(맞벌이부부이든 상관없이 공동신고의 기혼자인 경우, 상한은 10,000달러까지) 예금할 수 있는 개인의 세금순연퇴직계좌(tax-deferred retirement account)이다. 50세를 넘는 사람은 추가출연(catch-up contribution)으로서 추가적으로 1,000달러의 출연이 인정된다. 이것은 연간출연상한액 6,000달러가 된다는 의미이다. 개인퇴직계정에는 주식, 채권, 뮤추얼펀드(mutual fund), 정기예금증서(certificate of deposit), 연금(annuities), 부동산(real estate) 및 귀금속(precious metals)을 비롯하여 거의 모든 종류의 증권을 투자할 수 있다. ***Individual Retirement Arrangement (IRA) Rollover*** 개인퇴직계좌이체 ¶ The *Individual Retirement Arrangement* (*IRA*) *Rollover* is a provision of the *IRA* law that enables persons receiving lump-sum payments from their company's pension, profit-sharing, or salary reduction plan – due to retirement or other termination of employment – to roll over the amount into an IRA investment plan within 60 days. Also, current *IRAs* may be transferred to other investment options or financial institutions within a 60-day period. Through an *IRA rollover*, the capital continues to accumulate tax-deferred until time of withdrawal. In order to avoid a 20% withholding by the *IRA* trustee, assets should be rolled over from one place to another as a direct transfer, made by instructing the *IRA* trustee to transfer the assets directly to another *IRA* trustee. Tax-free rollovers may only occur once in a one-year period starting on the date of the first distribution. Otherwise, the distribution amount would be subject to regular income tax and a 10% premature distribution penalty. 개인퇴직계좌이체는 정년 기타 고용의 정년을 이유로 회사를 그만두는 경우, 회사로부터 연금(pension), 이익분배(profit-sharing plan), 또는 급여공제저축플랜(salary reduction plan)에서 일괄(lump-sum)해서 자금을 수취한 종업원은 60일 이내에 그 금액을 개인퇴직계좌의 투자플랜에 이전할 수 있다고 하는 개인퇴직계좌법(IRA law)의 규정의 하나이다. 또 현재 가지고 있는 개인퇴직계좌를 60일의 기간 내에 다른 투자플랜 또는 금융기관에 이전할 수도 있다. 개인퇴직계좌의 이체 전후를 통해서 원금은 인출한 때까지 비과세대로 적립해 간다. 개인퇴직계좌의 관재인(trustee)에 의한 20%의 원천징수(withholding)를 피하기 위해서는, 자산수탁자(trustee)에게 지시하여 자산을 직접 다른 수탁자에게 보내는 직접이체(direct transfer)로 하여야 한다. 비과세의 이체가 가능한 것은 최초의 급여가 시작하는 날로부터 1년의 사이에 한번뿐이다. 그 이외의 경우는 급여금은 통상의 소득세(income tax)의 대상이 되어 10%의 조기지급페널티도 부과된다. ~ ***tax return*** 개인납세신고 ¶ The *individual tax return* is a tax return filed by an individual instead of a corporation. The 1040 tax form used by individuals comes in three basic varieties: the 1040EZ basic form, the 1040A short form, and the 1040 long form. Attached to the 1040 are several schedules, including Schedule A for itemized deduction, Schedule B for interest and dividend income, Schedule C for profits and losses from a business, Schedule D for reporting capital gains and losses. Schedule E for supplemental income and losses, Schedule F for profit or loss from farming, Schedule H for household employment taxes, Schedule K-1 for a limited partner's share of gains, losses, and credits, Schedule R for the credit for the elderly or the disabled and Schedule SE for self-employment tax. The 1040PC allows a taxpayers to file their tax returns electronically through what is known as an IRS e-file. Form 1040X allows taxpayers to amend their return if they discover mistakes in their original filing. Form 1040 ES is designed for taxpayers making quarterly estimated payments. 개인납세신고는 법인이 아니라 개인에 의하여 신고된 납세신고를 이른다. 개인의 신고에 이용되는 납세신고서식 1040호에는 기본서식 1040Z호, 간이서식 1040A호, 정식의 서식 1040호의 3종류가 있다. 1040호에는 여러 가지의 목록(Schedule)이 부수해 있고, 목록 A는 항목별 공제(itemized deduction)명세, 목록 B는 이자(interest)나 배당수익(dividend income), 목록 C는 사업이익과 손실, 목록 D는 캐피탈게인(capital gain)과 로스(losses), 목록 E는 부수소득과 손실, 목록 F는 농업소득과 손실, 목록 H는 세대고용세, 목록 K-1은 리미티드파트너(limited partner)의 손실과 세액공제(tax credit)의 배분, 목록 R은 고령자 및 장애자관련의 공제, 그리고 목록 SE는 개인사업세(self-employment tax)이다. 1040PC호는 납세자가 미국세입청 전자파일(IRS e-file)로서 알려지고 있는 납세신고서를 이용하여 전자방식으로 제출할 수 있다. 신고서의 원금에 상위를 발견한 경우는, 1040X호를 사용하여 수정하는 것이 가능하다. 1040ES호는 4반기마다의 예정납세액(estimated tax)을 산출하기 위한 것이다.

Indonesia Stock Exchange 인도네시아증권거래소 ¶ The *Indonesia Stock Exchange* traces its roots back to 1912 during the Dutch colonial era. Established under its present name is 2007 by the merger of the Jakarta Stock Exchange and the Surabaya Stock Exchange. An order-driven market and open auction system, the exchange trades shares, rights, warrants, bonds, and convertible bonds. Trading is Monday through Friday. 인도네시아증권거래소는 그 기원을 1912의 네덜란드식민시대로 거슬러 올라간다. 2007년에 현재의 이름으로 창설된 것은 자카르타증권거래소와 스라바야증권거래소의 합병의 결과이다. 주문이 몰리는 시장과 오픈·옥션체제의 증권거래소는 주식, 권리, 워런트(warrant), 채권 및 전환채권(convertible bonds)을 거래한다. 거래는 월요일에서 금요일까지 이루어진다.

indorse [미] 배서를 하다, 보증하다, 지지하다 ¶ *indorse* in blank 무기명배서를 하다(in blank, generally) /*indorse* in full 기명배서하다(in full, specially) /*indorse* without recourse 상환청구를 할 수 없는 형태에서 배서를 하다

indorsee [미] 피배서인 ¶ An *indorsee* is the person to whom a negotiable instrument is transferred by indorsement. 피배서인은 유통증권을 배서에 의해 양도받는 자이다.

indorsement [미] 배서, 보증, 시인, 보험계약의 추인장(addendum) ¶ The *indorsement* is a signature placed on an instrument for the purpose of transferring one's ownership rights in the instrument. 배서란 증권에 대한 소유권을 양도할 목적으로 증권에 하는 서명을 이른다. /an *indorsement* by mark (X 등의) 기호배서 /*indorsement* for collection (은행에의) 추심위임배서 /*indorsement* for pledge [transfer] 입질[양도]배서 /*indorsements* guaranteed [어음·수표의 은행배서] 선행배서를 보증합니다. /*indorsement irregular* [부도사유] 배서변칙 /*an indorsement of a draft* 어음의 배서 /*indorsement* to order 지시식 배서 /natural *indorsement* 순(純)배서 /non-negotiable *indorsement* 배서금지문구 /successive *indorsement* 배서의 연속 ***blank indorsement*** 백지식 배서 ¶The *blank indorsement* is one which specifies no particular party to whom the indorsed instrument is exclusively payable, and which therefore authorizes negotiation by the bearer upon delivery alone. 백지식 배서는 증권이 오로지 지급되는 특정한 당사자를 특정하지 않은 배서이므로 인도시에만 지참인에 의한 환급을 인정하는 배서이다. ~ ***without recourse*** 무담보배서, 상환청구에 응하지 않는 배서 ¶The indorser may express in his indorsement that it is made with this qualification, that he shall not be liable on default of acceptance or payment by the drawee. Such qualified indorsement will be made by annexing the words sans recourse, or "without recourse to me," or any equivalent expression. 배서인은 그의 배서에서 제한으로 이루어진다는 뜻과, 그는 지급인이 인수 또는 지급을 해태하여도 책임을 지지하지 않음을 표명할 수 있다. 이러한 무담보배서는 「나에게 소구없음」 기타 이와 유사한 문언을 부가함으로써 하게 된다.

indorser [미] 배서인, 양도인 ¶An *indorser* is a person who transfers an instrument by signing [indorsing] it and delivering it to another person. 배서인은 다른 사람에게 서명[배서]하고 인도함으로써 증권을 양도하는 자이다. /subsequent *indorser* 후의 배서인

induce 유치하다, 권유하다, 유발하다 ¶*induced* investment 유발투자

induction 유발, 도입 ¶the *induction* of foreign capital into Korea 한국에의 외자도입 /*induction* [influx] of foreign capital 외자도입

indulgence 지급유예, 이행유예

industrial 산업의, 공업의 ¶In stock market, the word *industrial* implies vernacular, general, catch-up category including firms producing or distributing goods and services that are not classified as utility, transportation, or financial companies. See stock indices and averages; Forbes 500; Fortune 500. 주식시장에서 산업종목(industrial)이라는 말은 공익산업, 운송회사 또는 금융회사로서 분류되지 않는 회사이고, 재화 또는 서비스를 생산 또는 판매하는 기업을 포함하는 일반적이고 여러 가지를 포함하는 범주(category)를 가리키는 용어이다. stock indices and average(주가지수와 평균주가); Forbes 500 포브스지(誌) 500대기업; Fortune 500 (포춘 500사(社))을 참조할 것. /*industrial* accident 산업재해 /*industrial* action (스트라이크 등의) 파업 /*industrial* bill; *industrial* paper 공업어음 /*industrial* capital 산업자본 /an *industrial* city 공업도시 /*industrial* classification 업종별 /an *industrial* complex 공업단지, 콤비나트 /*industrial* debenture 사업채(債) /*industrial* disputes 노동쟁의 /*industrial* districts 공업지대 /*industrial* espionage 산업스파이 /*industrial* estates [parks] 공업단지 /*industrial* finance 산업금융 /*industrial* fund 산업자금 /*industrial* foundation 공장재단 /*industrial* group 기업집단, 기업그룹 /*industrial* [occupational] illness 직업병 /*industrial* injuries 산업재해 /*industrial* loan 산업대출 /*industrial* objects harmful to the public health 산업공해 /*industrial* parks 공업단지 /*industrial* policies 산업정책 /an *industrial* public nuisance 산업공해 /*industrial* structure 산업구조 ***industrial bank*** 산업은행 ¶The *industrial bank* is a bank owned by an industrial corporation such as General Electric, Pitney Bowes, BMW, and Target that primarily make loans to businesses. They were originally set up to offer loans to factory workers who could not normally qualify for credit. More recently, they make loans to a wide variety of businesses. The banks, most of which are based in Utah, Nevada, and California, are regulated by the states, not supervised by the Federal Reserves. They are barred from offering checking accounts and have no retail branches. *Industrial bank's* parents are not required to set aside capital reserves like banks supervised by the Fed. Companies that own *industrial banks* can typically fund their lending operations more cheaply than federally chartered banks relying on insured deposits. 산업은행은 제너럴일렉트릭(General Electric), 피트니바우스(Pitney Bowes), 비엠더블유(BMW)와 원래 기업에 대출해 주는 타겟(Target)과 같은 산업회사(industrial corporation)가 소유하는 은행을 말한다. 그 은행은 원래 일반적으로 대출조건을 갖추지 못한 공장근로자에게 대출해 주기 위해서 설립되었다. 최근에는 그 은행은 광범한 기업에게 대출을 해 주고 있다. 대부분의 산업은행은 유타주, 네바다주 및 캘리포니아주에 근거를 두고 있지만, 주정부의 규제를 받지만, 연방준비제도의 감독을 받지 않는다. 그런 은행은 당좌예금을 제공하는 것이 금지되고 있고, 소지점(retail branch)을 두지 않는다. 산업은행의 모회사(parent company)는 연방준비제도의 감독을 받는 은행처럼 자본준비금(capital reserves)을 적립해 둘 필요는 없다. 산업은행을 소유하는 회사들은 보험에 든 예금에 의지하여 연방법에 의해서 인가받은 은행보다도 일반적으로 싸게 대출업무에 자금을 제공할 수 있다. ~ ***bond*** 사업채(債) ¶ The *industrial bond* is a long-term debt security issued by a corporation engaged in industrial activities such as manufacturing or refining. 사업채란 제조업이나 정제업과 같은 공업활동에 관여하는 회사가 발행하는 장기채무증권이다. ~ ***development bond* (*IDB*)** 산업개발채 ¶ The *industrial development bond* (*IDB*) is a type of municipal revenue bond issued to finance fixed assets that are then leased to private firms, whose payments amortize the debt. *IDBs* were traditionally tax-exempt to buyers, but under the Tax Reform Act of 1986, large *IDB* issues ($1 million plus) became taxable effective August 15, 1986, while tax-exempt small issues for commercial and manufacturing purpose were prohibited after 1986 and 1989 respectively. Also, effective August 7, 1986, banks lost their 80% interest deductibility on borrowings to buy *IDBs*. 산업개발채는 후에 민간기업에 임대되는 고정자산(fixed assets)에 대하여 발행되는 지방특정재원채(municipal revenue bond)의 일종으로, 임료의 지급이 그 채권의 상환(amortize)에 해당된다. 산업개발채는 전통적으로 구입자에 대하여 비과세(tax-exempt)였으나, 1986년의 세제개혁법(Tax Reform Act of 1986)에 의하여 다액의 발행(100만 달러 이상)에 관하여는 1986년 8월 15일부터 과세대상이 되고, 한편으로 상업목표 및 생산목표의 소액의 비과세채는 각각 1986년과 1989년후에는 금지되었다. 다시 1986년 8월 7일부터, 은행은 산업개발채를 매입하기 위한 차입금이자의 80%를 공제(deduction)할 수 있는 권리를 잃었다. ~ ***production*** 광공업총생산액, 광공업생산지수 ¶ The *industrial production* is a monthly statistic by the Federal Reserve Board on the total output of all U.S. factories and mines. These numbers are a key economic indicator. 광공업총생산액은 미국의 공장 및 광산총생산액에 관하여, 미연방준비제도이사회(Federal Reserve Board)에 의해서 발표되는 월차통계(monthly statistic)이다. 이러한 숫자는 중요한 경제지표(economic indicator)이다. ~ ***relations*** [영] 노사관계([미] labor relations), 노무관리 ¶ *Industrial relations* is the interaction between an organization and its employees or members. For example, it could describe relations between a company and a union, a union and its members, or a government agency and its employees. 노무관리는 단체와 그의 근로자 또는 구성원간의 상호관계를 이른다. 예를 들면, 그것

은 회사와 조합(union), 조합과 그 구성원, 또는 정부기관과 그의 근로자간의 관계를 표현할 수 있을 것이다. ~ ***revenue bond* (*IRB*)** 산업세입담보채(債) → industrial development bond (산업개발채). ~ ***sectors*** 산업섹터 ¶ *Industrial sectors* are groupings of companies that react similarly to given economic conditions. Sectors can be as broadly defined as producer stocks and consumer stocks or specifically defined as subsectors. Twelve sectors that have the size, individuality, and representational value to be useful for investment purposes are cyclicals, noncyclicals, basic materials, energy, financial, technology, media and entertainment, utilities, health care, real estate, transportation, and retailer/ wholesalers. These have been broken down into one hundred or more subsectors representing types of business, such as airlines and chemicals. See also sector rotation; specialized mutual fund. 산업섹터는 주어진 경제동향에 똑같은 반응을 보이는 기업집단을 이른다. 섹터(Sector)는 제조업 관련주나 소비자 관련주로 크게 분류되어 정의된다든지, 또는 보다 구체적으로 서브섹터로 분류하여 정의한다든지 한다. 일정한 규모, 특성, 투자목적에 유익한 구체적인 가치에서, 12개의 섹터로 분류할 수 있다. 그러한 것들은 경기지표(cyclicals), 경기비순환(noncyclicals), 기본소재(basic materials), 에너지(energy), 금융(financial), 테크놀로지(technology), 미디어와 오락(media and entertainment), 공익사업(utilities), 건강관리(health care), 부동산(real estate), 운송(transportation), 소매/도매(retailer/ wholesaler)이다. 이 섹터는 업종에 따라서, 예컨대 항공(airlines), 화학(chemicals)과 같이, 100개를 넘는 서브섹터로 분류된다. sector rotation(섹터로테이션); specialized mutual fund(업계한정뮤추얼펀드)를 참조할 것.

industrialized 공업화된, 산업화된 ¶ *industrialized* area 공업지역 /*industrialized* country 공업국

industry 산업, 공업 ¶ a basic [key, primary] *industry* 기초산업 /growth *industry* 성장산업 /*industry* concentration 산업집중(industrial concentration) /*industry* finance 공업금융 /secondary *industries* 제2차산업 /tertiary *industries* 제3차산업 ***heavy industry*** 중공업 ¶ The *heavy industry* is an industry that requires substantial investment in fixed assets. Examples include automobile manufacturing, coal mining, and steel manufacturing. *Heavy industry* employs many people, and is often beset by environmental impacts. 중공업은 고정자산의 대폭적인 투자가 필요한 산업을 이른다. 실례로서 자동차제작, 석탄채굴 및 강철제작이 포함된다. 중공업은 자주 환경의 영향에 시달리기도 한다.

inefficiency 비효율성 ***inefficiency in the market*** 시장의 비효율성 ¶ The *inefficiency in the market* is a failure of investors to recognize that a particular stock or bond has good prospects or may be headed for trouble. According to the efficient market theory, current prices reflect all knowledge abut securities. But some say that those who find out about securities first can profit by exploiting that information; stocks of small, little-known firms with a large growth potential most clearly reflect the market's inefficiency, they say. 시장의 비효율성이란 특정의 주식(stock)이나 채권(bond)에 좋은 전망이 있다든가, 곤란이 예상된다는 것을 투자자가 인식할 수 없는 경우이다. 효율적 시장이론(efficient market theory)에 의하면, 시가(current price)는 그 증권에 대한 모든 정보를 반영(reflect)하고 있다. 그러나 최초로 증권에 관한 정보를 찾아내는 자가 그것을 활용하는 것에서 이익을 얻는다고 하는 사람도 있다. 이런 사람들은 성장의 가능성이 크지만 소규모여서 그다지 알려져 있지 않은 회사의 주식은 정확히 시장의 비효율성을 반영한 것이라고 주장한다.

inelastic 비탄력적 ¶ The word *inelastic* means of or relating to the demand for a good or service when the quantity purchased varies little in response to price changes in the good or service. For example, the demand for medicines and medical services is generally *inelastic* because the quantity purchased by consumers is unresponsive to price changes. Producers of products and services facing *inelastic* demand curves find it relatively easy to increase prices. Compare elastic. See also unitary elasticity. 비탄력적(inelastic)이라는 말은 구입량(quantity purchased)이 재화나 서비스의 가격변동에 적게 반응해서 변하는 경우에 재화나 서비스에 대한 수요의 또는 수요에 관하여라는 의미이다. 예를 들면, 약품과 의료서비스에 대한 수요는 소비자에 의한 구입량이 가격변동에 대해서 반응이 느리기 때문에 일반적으로 비탄력적이다. 비탄력적인 수요커브를 직면하는 제품이나 서비스의 생산자는 가격을 올리는 것이 상대적으로 용이하다는 것을 알아낸다. elastic(탄력적)과 대조할 것. unitary elasticity(단위탄력성)를 참조할 것. ¶ *inelastic* price 비탄력적 가격 ***inelastic demand and supply*** 비탄력적 수요와 공급 → elasticity of demand and supply (수요와 공급의 탄력성).

ineligible 비적격의, 부적당한 ***ineligible bill*** [영] 비적격어음 ¶ The *ineligible bill* is a bill of exchange that cannot be discounted by another bank or central bank. 비적격어음이란 다른 은행이나 중앙은행에 의해서 할인이 되지 않는 환어음을 말한다.

infant 유아, [영] 소아(7세 미만), [법] 미성년자(영미에서는 통상 18세 미만) (*cf.*) minor, major ***infant industry argument*** (미발달의) 유치산업보호론 ¶ The *infant industry argument* is a case made by developing sectors of the economy that their industries need protection against international competition while they establish themselves. In response to such pleas, the government may enact a tariff or import duty to stifle foreign competition. The *infant industry argument* is frequently made in developing nations that are trying to lessen their dependence on the industrialized world. In Brazil, for example, such infant industries as automobile production argue that they need protection until their technological capability and marketing prowess are sufficient to enable competition with well-established foreigners. 유치산업보호론은 산업이 자립하기까지는 국제적인 경쟁으로부터의 보호가 필요로 하다는 발전도상부문에 따라서 주장되는 이론이다. 이러한 요망에 따라 해외로부터의 경쟁자를 억제하기 위하여 정부는 관세(tariff)나 수입세(import duty)로 제어하는 경우가 있다. 유치산업보호론은 선진국에의 의존도를 감소하려고 하는 발전도상국에서 빈번히 주장된다. 예컨대 브라질에서는 자동차제조업과 같은 유치산업은 기술능력과 마케팅력이 우위에 서는 외국기업과 충분한 경쟁이 가능하기까지 보호될 필요가 있다고 주장한다.

inferior 하등의, 하층의, 열등한 ¶ *inferior* loan 요주의(要注意)대출 ***inferior goods*** 하급재(下級材) ¶ *Inferior goods* are good of which less is consumed (rather than more) when the consumer's income increases. For some consumers hamburger is an *inferior goods* because income increases, they can afford to consume more steak and, so less hamburger. 하급재는 소비자의 소득이 증가하는 경우에 소비가 (많기보다는 오히려) 적은 재화를 말한다. 일부 소비자에게는 햄버거는 소득이 늘기 때문에 하급재인 것이, 그들은 더 많은 스테이크를 소비할 여유가 있어서 그만큼 햄버거는 적게 소비한다.

inflate (통화를) 팽창시키다, (물가 등을) 끌어올리다

inflation 통화팽창, 인플레이션 (*cf.*) deflation 통화수축, 디플레이션 ¶ *Inflation* is rise in the prices of goods and services, as happens when spending increases relative to the supply of goods on the market – in other words, too much money chasing too few goods. Moderate *inflation* is a common result of economic growth. Hyperinflation, with prices rising at 100% a year or more, causes people to lose confidence in the currency and put their assets in hard assets like real estate or gold, which usually retain their value in inflationary times. See also cost-push inflation; demand-pull inflation. 인플레이션은 재화의 공급에 비교해서 소비가 많게 될 때에 일어나는 재화·서비스가격의 상승, 다시 말하자면, 대량의 돈이 소량의 재화를 추구하고 있는 경우이다. 적당한 인플레이션은 경제성장의 결과이다. 물가상승률이 100% 이상의 하이퍼인플레이션(hyperinflation)상태에서는, 사람들의 통화에 대한 신뢰는 상실되고, 인플레이션의 시대에서도 통상은 그 물가를 유지하는 부동산이나 금과 같이 실물자산(hard assets)에 투자하게 된다. 또한 cost-push inflation(코스트푸시 인플레이션); demand-pull inflation (디맨드풀 인플레이션)을 참조할 것. /after allowing for *inflation* 인플레이션율을 조정한 후에 /galloping [runaway] *inflation* 뛰어가는 인플레이션, 급성인플레이션 /an *inflation* hedge 인플레이션 헤지 /The rate of *inflation* went down by about 10 percent. 인플레이션율은 약 10% 하강했다. ***inflation accounting*** 인플레이션회계 ¶ *Inflation accounting* is showing the effects of inflation in financial statements. The Financial Accounting Standards Board (FASB) requires major companies to supplement their traditional financial reporting with information showing the effects of inflation. The ruling applies to public companies having inventories and fixed assets of more than $125 million or total assets of more than $1 billion. 인플레이션회계란 재무제표(financial statement)에 인플레이션의 영향을 반영시키는 것이다. 재무회계기준심의회(Financial Accounting Standards Board: FASB)는 주요한 기업에 대하여, 인플레이션이 영향을 나타내는 정보를 재무제표에 부가하는 것을 의무로 하고 있다. 이 규칙은 1억2,500만 달러를 초과하는 재고자산(inventories)이나 고정자산(fixed assets), 또는 10억 달러를 초과하는 총자산(total assets)을 가지는 상장회사(publicly held)에 적용된다. ~***-adjusted*** 인플레이션이 조정된 ¶ *Inflation-adjusted* GNP moved up at a 2.5% annual rate. 인플레이션이 조정된 GNP는 연율 2.5%로 상승했다. ~ ***future*** [영] 인플레이션 선물 ¶ The *inflation future* is a futures contract traded on an exchange that is based on a recognized inflation index, such as consumer price index or retail price index. 인플레이션 선물은 소비자물가지수(consumer price index) 또는 소매물가지수(retail price index)와 같은 인식된 인플레이션지수에 근거를 두는 거래소(exchange)에서 거래되는 선물계약을 말한다. ~ ***hedge*** 인플레이션헤지 ¶ The *inflation hedge* is an investment designed to protect against the loss of purchasing power than from inflation. Traditionally, gold and real estate have a reputation as good inflation hedges, though growth in stocks also can offset inflation in the long run. Money market funds, which pay higher yields as interest rates rise during inflationary times, can also be a good *inflation hedge*. In the case of hyper-inflation, hart assets such as precious metals and real estate are normally viewed as *inflation hedges*, while the value of paper-based assets such as stocks, bonds, and currency erodes rapidly. 인플레이션헤지는 인플레이션(inflation)으로 인한 구매력의 감소를 방지하는 것을 목적으로 한 투자를 이른다. 전통적으로 금이나 부동산은 인플레이션헤지로 보지만, 주식도 장기적으로는 인플레이션을 상쇄(offset)한다. 인플레이션의 시대의 금리상승에 관하여, 수익률(yield)이 높게 되는 시장금리연동형 투자신탁(MMF)도 인플레이션헤지의 하나이다. 하이퍼인플레이션상태에 있어서는, 귀금속이나 부동산과 같은 실물자산(hard assets)을 인플레

이션헤지로 보고, 주식, 채권, 통화와 같은 증서에 기초를 두는 자산(paper-based assets)의 자산가치는 급속하게 감소한다. ~**-*indexed securities*** 인플레이션연동증권 ¶ *Inflation-indexed securities* are bonds or notes that guarantee a return that beats inflation if held to maturity. Also applied to shares in mutual funds that hold such securities. *Inflation-indexed* Treasury *securities* were introduced in 1997 in 10-year maturities and were subsequently issued as 5-year notes. Similar offerings followed by issuers such as the Tennessee Valley Authority and the Federal Home Loan Bank. In April 1998, the first 30-year inflation-indexed Treasury bonds were issued. Inflation-indexed Treasuries offer a fixed rate of return, as well as a fluctuating rate of return that matches inflation. The fixed portion is paid out as interest, while the indexed portion is represented by an annual adjustment of principal. 인플레이션연동증권은 만기(maturity)까지 보유된 경우에 인플레이션(inflation)을 상회하는 수익을 보증하는 채권을 이른다. 이러한 증권에 투자하고 있는 뮤추얼펀드(mutual fund)에도 이 표현이 사용된다. 10년만기의 인플레이션연동 미재무부증권(Treasury securities)이 1997년에 도입되고, 계속해서 5년채(5-year notes)가 발행되었다. 같은 채권이 테네시계곡개발공사(Tennessee Valley Authority)나 연방주택대출은행(Federal Home Loan Bank)과 같은 발행단체에 의하여 발행되었다. 1998년 4월에는, 처음 30년 만기의 인플레이션연동형 재무부채권(inflation-indexed Treasury bond)이 매출되었다. 인플레이션연동형 미재무부채권은 인플레이션에 대응하여 변동하는 변동금리(fluctuating rate)와 고정이율(fixed rate)을 지급한다. 고정금리부문은 이자(interest)로서 지급되고. 인플레이션연동부문은 원금(principal)의 연도마다의 조정에 의하여 지급된다. ~ ***rate*** 물가상승률 ¶ The *inflation rate* is a rate of change in prices. Two primary U.S. indicators of the *inflation rate* are the consumer price index and the producer price index, which track changes in prices paid by consumers and by producers. The rate can be calculated on an annual, monthly, or other basis. 물가상승률은 물가의 변동률이다. 미국의 2개의 주요한 물가상승률은 소비자물가지수(consumer price index: CPI)와 생산자물가지수(producer price index: PPI)이고, 소비자나 생산자에 의하여 지급된 가격의 변화를 추적하고 있다. 물가상승률은 연차, 월차, 기타의 주기(周期)로 산출되고 있다. ~ ***risk*** 인플레이션리스크 → risk (리스크). ~ ***swap*** [영] 인플레이션스왑 ¶ The *inflation swap* is an over-the-counter swap involving the exchange of fixed and actual inflation rates. *Inflation swaps*, which are generally structured as annual inflation swaps or zero-coupon *inflation swap*, often have final maturities of 10+years. The market convention for *inflation swap* quotations is country-specific: United (UK RPI, month with a 2-month lag), United States (US CPI, interpolated), France (French CPI, interpolated), Europe (European HICP, monthly with 3-month lag). 인플레이션스왑은 고정 및 현실의 인플레이션율의 교환을 수반하는 장외거래 스왑(over-the-counter swap)이다. 인플레이션스왑은 일반적으로 연간인플레이션스왑 또는 제로쿠폰 인플레이션스왑으로 체계화되지만, 종종 10년 + 수년의 최종만기를 가지는 때도 있다. 영국[2달의 차이를 두는 소매물가지수(RPI)], 미국[기간안분(interpolated) 소비자물가지수(CPI)], 프랑스[기간안분 소비자물가지수(CPI)], 유럽[3달의 차이를 두고 통합물기지수(HICP)] 등이다. ***Inflation Targeting*** 물가안정목표제 ¶ The *Inflation Targeting* is the operation method of reaching a target through the various ways of monetary policies by which the Central Bank places the final object on attaining the prices stabilization and in advance sets up the overt inflationary aim and then announces it externally. 물가안정목표제란 통화정책의 궁극적 목표를 물가안정에 두고 중앙은행이 명시적인 인플레이션 목표를 사전에 설정

해 대외적으로 공표한 후, 각종 통화정책수단을 통해 목표에 도달하려는 통화정책의 운용방식을 이른다.

inflationary 인플레이션의, 인플레이션을 일으키는 ¶ *inflationary* expectation 인플레이션의 기대 /an *inflationary* hedge 인플레이션 헤지 ***inflationary spiral*** (물가와 임금의 악순환에 의한) 악성인플레이션 ¶ *Inflationary spiral* is inflation that grows stronger as price increases feed on themselves. Consumer prices rise, causing workers to demand higher wages. Higher wages cause higher expenses for businesses, which raise prices yet again. 악성인플레이션이란 물가상승이 물가를 자극하기 때문에 더 기승을 부리는 인플레이션이다. 소비자물가가 상승하면 근로자가 더 많은 임금을 요구하는 원인이 된다. 더 많은 임금은 기업으로 보아서는 더 많은 경비의 원인이 되고 또 다시 물가를 상승시킨다.

inflexible expenses 비탄력적 비용 → flexible expenses(탄력적 비용).

inflow 유입(流入), 유입량 ¶ capital *inflow* 자본유입

influx 유입(流入), 쇄도(殺到) (*cf.*) efflux 유출 ¶ an *influx* of foreign capital 외자도입

info rates 참고율 (*cf.*) indication rate

informal 비공식의, 격의없는 ***informal organization*** 비공식단체 ¶ The *informal organization* is aspects of an organization that are undefined in the formal structure. These aspects include human relationships, actual power versus formal power, communication and social networks. *Informal organizations* can be both beneficial as well as negative for an organization depending on whether it is consistent with organizational goals or opposed to it. 비공식단체는 형식적 구조에 있어서 확실하지 않은 단체의 국면을 이른다. 이러한 국면에는 인간관계, 실제세력 대 형식적 세력, 커뮤니케이션과 소셜네트워크가 포함된다. 비공식단체는 단체의 목표와 조화되는지 또는 반대되는지에 따라 부정적인 면뿐만 아니라 유익한 면도 있을 수 있다.

informant 통지인, 정보제공자

information 통지, 보고, 정보, 지식 ¶ confidential *information* 비밀의 정보 /credit *information* 신용(조사)정보 /historical *information* 과거의 정보 /*information* [knowledge] industry 정보[지식]산업 /*information* network 정보네트워크 /*information* retrieval 정보검색 /the *information* revolution 정보혁명 /*information* society 정보화사회 /*information* storage and retrieval 정보검색 /*information* system 정보시스템 /official *information* 공식의 정보, 광보(廣報) /private *information* 내용의 보고 ***information memorandum*** 인포메이션 메모랜덤 ¶ The *information memorandum* is an offering of a book on which a borrower of large loan has written his own or the project's information. 인포메이션 메모랜덤은 대형 론의 차입자가 자기나 프로젝트의 정보를 하나의 책으로 제공하는 것이다. ~ ***ratio*** 인포메이션레이쇼 ¶ The *information ratio* is a variation of the sharpe ratio that measures the consistency of a portfolio manager's performance. It is calculated by taking the average excess return and dividing by the standard deviation of the excess return. 인포메이션레이쇼는 샤프레이쇼(sharpe ratio)의 변형으로, 포트폴리오운용책임자(portfolio manager)의 운용성적의 일관성을 측정하는 것이다. 그것은 리스크없는 수익률을 공제한 리스크없는 조정후 수익률(excess return)의 평균치를 리스크없는 조정후 수익률의 표준편차(standard deviation)로 할인하여 산출한다. ~ ***superhighway*** 정보수퍼하이웨이 ¶ The *information superhighway* is a depression used in the 1990s of the electronic transfer of information including access to databases, banking, television and movie program, libraries, and so on. 정보수퍼하이웨이는 데이터베이스에의 접근, 은행거래, 텔레비전 및 영화프로그램, 도서관 등 1990년대에 사용된 정보의 전자이체를 표현하는 방법이다.

infrastructure 하부구조, 사회자본, 경제기반 ¶ The *infrastructure* is a nation's basic system of transportation, communication, and other aspects of its physical plant. Buildings and maintaining roads, bridges, sewage, and electrical systems provides millions of jobs nationwide. For developing countries, building an *infrastructure* is a first step in economic development. 인프라스트럭처는 국가의 기반이 되는 교통, 통신 등의 물리적 시설을 말한다. 도로, 교량, 하수처리, 전력설비를 건설·관리하는 것은 국내에 많은 직장을 제공한다. 발전도상국에서는, 인프라정비가 경제발전의 제1보이다. /the country's *infrastructure* 당해국가의 사회자본

infringe (법규를) 어기다, 범하다, (규정에) 위반하다, 깨뜨리다, 침범하다

infringement 위반, 침해 ¶ The *infringement* is a violation of someone else's rights, generally with regard to a patent, trademark, or copyright. Unauthorized copying of the "expression" of a copyrighted work is considered an *infringement*. Also called patent *infringement*. 침해행위는 어느 누구의 권리를 침해하는 경우, 일반적으로 특허권, 상표권, 또는 저작권을 침해하는 것이다. 저작권의 보호를 받고 있는 작품상의 「표현」(expression)을 권한없이 복사(複寫)하는 것(copying)은 침해행위로 간주된다. 이를 또 특허권침해(patent infringement)라고도 한다.

ingot 지금(地金), 잉곳, (금속의) 주괴(鑄塊) ¶ The *ingot* is a bar of metal. The Federal Reserve System's gold reserves are stored in *ingot* form. Individual investors may take delivery of an *ingot* of a precious metal such as gold or silver or may buy a certificate entitling them to a share in an *ingot*. 잉곳이란 금속의 주괴(鑄塊)이다. 미연방준비제도(Federal Reserve)의 금준비는 주괴(鑄塊)형태로 저장되고 있다. 개인투자자(individual investor)는 금이나 은 등의 귀금속의 주괴(鑄塊)로 수취할 수 있으며, 그 주괴(鑄塊)의 지분을 나타내는 증권을 매입할 수도 있다. /gold *ingot* 금괴 /an *ingot* of gold 금의 지금(地金)

inherit 상속하다, 수계(受繼)하다 ¶ To *inherit* is to acquire a property from one who died, either by device (will) or by descent (from one's ancestor by operation of law). 상속하다는 것은 유증(遺贈)(유언)이나 또는 법정상속(법의 작용에 의하여 자기네 조상으로부터)에 의하여 사망한 사람으로부터 재산을 취득하는 경우이다. /*inherit* a fortune [a property, an estate] 유산을 승계하다 ***inherited property*** 상속재산 → inheritance (상속재산).

inheritance 상속, 유산 ¶ *Inheritance* is part of an estate acquired by an heir. 상속재산은 상속인(heir)에 의하여 상속된 유산의 일부를 이른다. ***inheritance tax*** 상속세([영] a death duty) → estate tax (상속세). ~ ***tax return*** 주(州)상속납세신고 ¶ The *inheritance tax return* is a state counterpart to the federal estate tax return, required of the executor or administrator to determine the amount of state tax due on the inheritance. 주(州)상속납세신고는 미연방상속납세신고(federal estate tax return)에 상당하는 주(州)의 상속납세신고로, 상속유산에 대한 주의 세액을 확정하기 위하여 유언집행자(executor) 또는 유산관리인(administrator)에게 요청된다.

in-house 사내비치의, 기업 내에서 사용하고 있는 ¶ The word *in-house* is of or relating to something that takes place within an organization. For example, a company may develop its promotional material *in-house* rather than use an outside advertising firm. 사내(社內)의라는 말은 조직 내에서 발생하는 어떤 일의 또는 일에 관한 것이라는 뜻이다. 예를 들면, 회사는 외부의 광고회사를 이용하기보다도 오히려 사내에서 선전자료를 개발할 수 있다. /an *in-house* lawyer 사내변호사

initial ⓐ 처음의, 최초의 ¶ *initial* investment 기초투자 ***initial margin*** 개시증거금 ¶ The *initial margin* is an amount of cash or eligible securities required to be deposited with a broker before engaging in margin transactions. A margin transaction is one in which the broker extends credit to the customer in a margin account. Under Regulation T of the Federal Reserve Board, the initial margin is currently 50% of the purchase price when buying eligible stock or convertible bonds or 50% of the proceeds of a short sale. See also maintenance requirement; margin call; margin requirement; margin security. 개시증거금은 신용거래(margin transaction)를 행할 때에, 미리 브로커(broker)에게 공탁해 두어야 하는 현금 또는 적격증권(eligible securities)의 금액을 이른다. 신용거래란 것은 브로커가 신용거래계좌의 고객에게 여신을 행하는 거래이다. 미연방준비제도이사회의 레귤레이션 T(Regulation T)에서는, 개시증거금은 매수에 있어서는 증거금으로서 적격한 주식이나 전환사채(convertible bond)구입금액의 50%, 또 공매(空賣)(short sale)수령금의 50%로 되어 있다. maintenance requirement(유지증거금); margin call(추가증거금); margin requirement(신용거래증거금); margin security(신용거래증권)를 참조할 것. ~ ***public offering* (*IPO*)** 신규주식공모 ¶ The *initial public offering* (*IPO*) is a corporation's first offering of stock to the public. *IPO's* are almost invariably an opportunity for the existing investors and participating venture capitalists to make big profits, since for the first time their shares will be given a market value reflecting expectations for the company's future growth. See also hot issue. 신규주식공모란 회사의 최초의 주식공모를 이른다. IPO는 기존의 투자자나 투자하고 있는 벤처캐피탈에게 있어서 이익을 거두는 호기(好機)이다. 그 회사의 기대되는 성장성을 반영한 시장가격(market price)이 비로소 성립하기 때문이다. hot issue(초인기종목)도 참조할 것. ~ ***yield*** [영] 개시이율 ¶ The *initial yield* is the yield on an asset computed at the time of acquisition as the annual income (dividends, interest) divided by the initial cost of acquiring the asset. See also yield to maturity. 개시이율은 자산을 취득한 원가(initial cost)에 의해서 나누어진 연수(annual income)(배당금, 이자)로서 자산취득시에 계산된 자산에 대한 이율을 말한다. yield to maturity(만기수익률)도 참조할 것.

ⓝ 두문자(頭文字), 머리글자

ⓥ ([영] initialled, initialling) …에 두문자로 서명하다, 이니셜을 붙이다

initiate ⓥ 시작하다, 가입시키다

ⓝ 신규가입자 ***initiate coverage*** 신규조사대상종목 → coverage initiated (주식조사의 착수).

initiative 첫 시작, 먼저 주창함, (the ~) 발의권 ¶ *Initiative* is an action of creating or starting. A manager with *initiative* possesses the aptitude to bring forth new ideas or techniques; he will take action on his own without having to wait for instructions. People with *initiative* are self-starters and self-motivators. In the business world, *initiative* is associated with entrepreneurial activities. 진취적 기상이란 창조와 선발(先發)의 행동이다. 진취적 기상을 갖춘 매니저는 새로운 아이디어나 기술을 쏟아내는 기질을 가지고 있다. 즉 그는 누구의 지시를 기다릴 필요도 없이 스스로 조치를 취하려 한다. 진취적 기상을 갖춘 사람들은 자발적 계획을 실행하는 자(self-starter)이고 자율적 동기부여자(self-motivator)이다. 기업

계 세계에 있어서, 진취적 기상이란 기업가의 행동과 관련되어 있다.

inject 주입하다, (의견을) 삽입하다, 짜넣다 ¶ *inject* humor into a serious speech 엄숙한 연설에 유머를 끼워넣다.

injection 주입 ¶ (a) capital *injection* 자본의 주입

injunction 유지명령(留止命令), 금지명령 ¶ An *injunctions* a court order instructing a defendant to refrain from doing something that would be injurious to the plaintiff, or face a penalty. The usual procedure is to issue a temporary restraining order, then hold hearings to determine whether a permanent *injunction* is warranted. 유지명령은 피고(defendant)에 대하여 원고(plaintiff)에게 해(害)가 있는 행위를 금지하거나, 그렇지 않으면 벌금을 과한다고 하는 법원명령(court order)을 이른다. 통상의 절차는 예비적 금지명령을 발한 다음 영구유지명령이 정당한 것인지 여부를 결정하기 위하여 심리를 개최하여야 한다.

ink 잉크 ¶ an *ink* bleed 잉크의 번짐 /an *ink* smudge 잉크의 얼룩짐 /an *ink* squeezeout 잉크의 갈필(渴筆)자국 /a vermilion *ink*-pad 인주

in-kind (돈 대신) 물건으로 주는, 실물에 의한, (받은 만큼) 대신 주는 ***in-kind pay*** 현물급료 ¶ *In-kind pay* is compensation in the form of goods or services rather than money. For example, as part of compensation an employee receives goods that he or she helps produces. 현물급료는 현금보다도 도리어 재화나 서비스의 형태로 주는 보수이다. 예를 들면, 보수의 일부로서 근로자는 자기가 생산하는 물건을 받는 경우이다.

inland *n.* 내지(內地), 내륙(內陸), 국내
a. 내륙의, 국내의 ¶ an *inland* depot 내륙부(內陸部)에 설치된 물류기지 /*inland* freight charges 내륙운송비용 /*inland* money order 내국우편환 /*inland* trade 국내거래 /*inland* transport 내륙운송 ***inland bill*** 내국환 ¶ An *inland bill* is a bill of exchange that is both drawn and payable in Korea. Any other bill is described as a foreign bill. 내국환은 한국에서 발행되고 지급되는 환어음을 이른다. (내국환이 아닌) 다른 어음은 외환이라 말한다. ~ ***carrier*** 국내운송업자 ¶ The *inland carrier* is a railroad, barge line, truck, or airline that transports cargo inland from a port. 국내운송업자는 항구에서 내륙으로 화물을 운송하는 철도, 바지선, 트럭 또는 항공기를 이른다.

inner 안의, 내부의, 중심적인 ¶ *inner* management 내부관리

innovation 쇄신, 혁신, 경개 ¶ *Innovation* is creative use of a good or service, or idea that is already available. Ebay's development of a competitive marketplace on the Internet is an example of *innovation*. 이노베이션은 이미 이용되는 재화나 서비스, 또는 아이디어의 창조적 이용을 말한다. 인터넷상의 e베이(eBay)의 경쟁시장의 개발이 이노베이션의 실례이다.

inobservance 부주의, 태만, 위반 ¶ *inobservance* of a contract [부도사유] 계약불이행

in personam (L) 대인(對人)의 (*cf.*) in rem 대물(對物)의

in play 인플레이, 매수(買收)관련종목 ¶ The words *in play* mean stock affected by takeover rumors or activities. After a firm is *in play*, additional offers may be forthcoming. 매수관련종목이라는 말은 매수(takeover)의 루머 또는 활동에 영향을 받고 있는 주식을 의미한다. 기업이 매수관련종목이면, 추가매수호가(買受呼價)가 곧 나타날 것이다.

input [n.] 입력(入力), 투입 ¶*Input* is data fed into a computer for processing. (Note that the terms input and output are always used from the computer's point of view.) The computer receives input through an input device, such as a keyboard, or from a storage device, such as a disk drive. 입력(input)은 처리과정을 위해 컴퓨터에 입력된 데이터이다. (입력과 출력이라는 용어는 컴퓨터의 입장에서는 항시 사용되는 것임을 주의할 것.) 컴퓨터는 키보드(keyboard)와 같은 입력장치를 통해서, 또는 디스크 드라이브(disk drive)와 같은 저장장치로부터 입력을 수신한다. /*input*-output 입출력 /an *input*-output operation 입출력조작 /*input*-output units [equipment, devices] 입출력장치
[v.] 입력하다

inquiry [미] 조사, 조회, 문의(問議) ¶*inquiry* agency 흥신소(興信所)(a credit agency) /the *inquiry* counter 상담창구 /*inquiry* office 신용조사사무소 /the *inquiry* window 안내계

INR (ISO) code India – currency Indian rupee. ¶INR (국제표준기구) 약호 인도 — 화폐 인도 루피.

in rem (L) 대물(對物)의 (*cf.*) in personam 대인(對人)의

Ins. → **ins**urance [약] 보험 ¶The *insurance* (*Ins.*) is a system whereby individuals and companies that are concerned about potential hazards pay premiums to an insurance company, which reimburses them in the event of an *insurance* profits by investing the premiums it receives. Some common forms of *insurance* cover business risks, automobiles. home, boats, workers' compensation, and health. Life *insurance* guarantees payment to the beneficiaries when the insured person dies. In abroad economic sense, *insurance* transfers risk from individuals to a larger group, which is better able to pay for losses. 보험이란 재해의 가능성을 걱정하는 개인이나 회사가 보험회사에 보험료(insurance premium)를 지급하고, 손실이 있는 때에 보험회사가 보상을 해주는 제도이다. 보험회사측은 수취한 보험료를 투자함으로써 이익을 올린다. 몇 개의 일반적인 보험의 대상으로서는 업무상의 리스크, 자동차, 가옥, 보트, 근로자급여보상, 및 건강보험이 있다. 생명보험(life insurance)은 피보험자가 사망한 경우에, 그 보험의 수익자(beneficiary)에 대한 지급을 보증한다. 광의의 경제적 의미에서 보면, 보험에 의하여 리스크를 개인에서 커다란 그룹으로 옮겨가고, 손실에 대한 지급에 의하여 좋은 대응을 할 수 있도록 하는 제도이다.

insanity 광기, 발광, 정신이상, 정신병 ¶partial *insanity* 편집광(偏執狂)

inscribe 기명하다, 등록하다 ¶*inscribed* [nonbearer] bond 기명증권 /*inscribed* stock certificate 기명주권

in-service 현장에서의, 근무중의 ¶*in-service* training (현직 직원들의) 연수교육 /*in-service* police officers 현직 경찰관

inshore 근해의, 해안 가까이의 ¶*inshore* fishery 연안어업, 근해어업

inside [n.] 내부, 내측 ¶the man on the *inside* 내부의 세력자, 내부소식통
[a.] 내측에 있는, 내부의 ¶*inside* director 사내중역, 내부이사 /*inside* theft 내부절도(죄) ***inside information*** 내부정보 ¶*Inside information* is corporate affairs that have not yet been made public. The officers of a firm would know in advance. for instance, if the company was about to be taken over, or if the latest earnings report was going to differ significantly from information released earlier. Under

Securities and Exchange Commission rules, an insider is not allowed to trade on the basis of such information. 내부정보란 공공연하게 되어 있지 아니한 회사의 상황을 이른다. 회사의 임원(officer)이면, 매수(takeover)될 것 같다든가, 최신의 수익보고서가 이전 발표된 것과는 현저하게 차이가 있는 것 같다는 정보를 사전에 알게 된다. 미증권거래위원회(Securities and Exchange Commission)규칙은 내부자(insider)가 이러한 정보를 근거로 거래를 행하는 것을 금지하고 있다. ~ ***market*** 인사이드마켓, 업자간시장 ¶ The *inside market* is a bid or asked quotes between dealers trading for their own inventories. Distinguished from the retail market, where quotes reflect the prices that customers pay to dealers. Also known as interdealer market; wholesaler market. 인사이드마켓이란 자기 자신의 재고를 위하여 거래하고 있는 딜러(dealer)간의 매수호가 · 매도호가(bid and asked quote)를 가리킨다. 고객이 딜러에게 지급하는 가격이 거래가격에 반영되는 소매시장과는 구별된다. Interdealer market(딜러간의 시장), wholesale market(도매시장)으로서도 알려지고 있다.

insider (기업)내부의 사람, 내부자, 소식통 ¶ The *insider* is a person with access to key information before it is announced to the public. Usually the term refers to directors, officers, and key employees, but the definition has been extended legally to include relatives and others in a position to capitalize on inside information. *Insiders* are prohibited from trading on their knowledge. 내부자란 공표 전에 중요정보를 입수하는 자이다. 통상 이 말 자체는 이사(director), 임원(officer), 그리고 중요한 종업원(key employees)을 가리키지만, 그 정의가 확장되어 법적으로는 친척이나 내부정보(inside information)를 이용할 수 있는 지위에 있는 다른 사람도 포함하고 있다. 내부자는 그들이 가지는 지식을 바탕으로 거래를 하는 것이 금지되고 있다. /*insider* cheating 내부자거래행위 ***insider system*** [영] 내부자 체제 ¶ The *insider system* is a corporate ownership system where controlling interests (e.g., family stakes, large corporate or bank shareholdings) limit the ability of outside investors to influence the governance or management processes. *Insiders systems* are most commonly found in Continental Europe, Southeast Asia, and parts of Latin America. See also outsider system. 내부자 체제는 경영지배권(예컨대, 가족이해관계자, 대회사 또는 은행주식보유량)이 회사의 지배구조(governance) 또는 경영과정에 영향을 미치는 외부투자자의 역량을 제한하는 회사의 소유체제를 말한다. 내부자 체제는 유럽대륙, 동남아시아, 및 일부 라틴아메리카에 가장 많이 존재한다. outsider system(부외자 체제)도 참조할 것. ***insider trading*** ([영] dealing, deal) (내부정보를 악용한) 내부자거래 ¶ The *insider trading* is a practice of buying and selling shares in a company's stock by that company's management or board of directors, or by a holder of more than 10% of the company's shares. Managers may trade their company's stock as long as they disclose their activity within ten days of the close of the month within the time the transactions took place. However, it is illegal for insiders to trade based on their knowledge of material corporate developments that have not been announced publicly. Developments that would be considered material include news of an impending takeover, introduction of a new product line, a divestiture, a key executive appointment, or other news that could affect the company's stock positively or negatively. *Insider trading* laws have been extended to other people who have knowledge of these developments but who are not members of management, including investment bankers, lawyers, printers of financial disclosure documents, or relatives of managers and executives who learn of these material developments. 내부자거래는 회사의 경영자, 이사, 혹은 10%를 초과하는 주식의 보유자에 의한 당해 회사의 주식의 매매거래를 이른다. 경영자는 주식매매를 행한 달(月)의 최종거래일로부터 10일 이내에 거래에 관한 정보를 개시(disclosure)하면 그들의 회사의 주식을 거래할 수 있다. 그러나 내부자가 공표되고 있지 아니한 회사의 중요한 사실에 근거해서 거래를 하는 것은 위법으로 되어 있다. 중요한 사실이란 임박한 기업매수(takeover), 신제품의 도입, 기업분할(divestiture), 중요한 간부인사, 기타 회사의 주가에 대하여 좋든 나쁘든 영향을 미치는 정보가 포함된다. 내부자거래에 관한 법률은 내부자의 정의범위를 경영진이 아니지만 이러한 사실의 정보에 접하는 다른 사람들에까지 확대되고 있고, 투자은행원(investment banker), 변호사, 재무내용개시서류(financial disclosure documents)의 인쇄관계자, 및 이러한 중요한 사실을 알고 있는 경영자(managers)나 간부사원(executives)의 친척도 포함되고 있다. ***Insider Trading and Securities Fraud Enforcement Act of 1988*** 1988년의 내부자거래 및 증권사기규제법 ¶ The *Insider Trading and Securities Fraud Enforcement Act of 1988* expanded the coverage of the ITSA to include the punishment of employees who fail to fulfill their obligation as “controlling person” to prevent their employees from becoming involved in insider trading. 1988년의 내부자거래 및 증권사기규제법은 1984년 내부자거래규제법(Insider Trading Sanction Act of 1984)의 범위를 확대한 것인데, 지배적 이해관계자(controlling persons)에 의한 내부자거래(insider trading)에 관여하는 것을 방지할 목적에서 지배적 이해관계자로서의 의무를 과하지 않았던 종업원에의 처벌을 포함하고 있다. ***Insider Trading Sanctions Act of 1984 (ITSA)*** 1984년의 내부자거래규제법 ¶The *Insider Trading Sanctions Act of 1984 (ITSA)* is an amendment to the Securities Exchange Act of 1934 that gave the SEC the authority to ask the courts to impose penalties on illegal traders and on those who pass on private information to third parties. 1984년의 내부자거래규제법은 내부자거래규제위반에 대한 민사책임과 형사책임을 분명히 한 1934년 증권거래법(Securities Exchange Act of 1934)의 개정법이다. 이 개정법은 미증권거래위원회(Securities and Exchange Commission: SEC)가 공표하지 아니한 중요정보에 근거하여 매매를 한 자뿐만 아니라, 그 정보를 제3자에게 준 사람을 처벌하도록 연방법원에 제소할 수 있는 권한을 부여하고 있다.

insolvency 지급불능, 채무초과, 파산, 도산(倒産) ¶ *Insolvency* is inability to pay debts when due. See also bankruptcy; cash flow; solvency. 지급불능이란 기일이 도래하여도 채무의 지급이 불능이 상태이다. bankruptcy(파산), cash flow(캐시플로), solvency(지급능력)도 참조할 것. /bank *insolvency* 은행파산 /financial *insolvency* 재정적 파탄 /*insolvency* debtor 파산부채자, 파산채무자 ***insolvency clause*** 지급불능조항 ¶The *insolvency clause* is a clause in a reinsurance contract indicating that the reinsurer is still liable for its share of any claim submitted by an insured, even if the insured’s primary insurer (i.e., ceding insurer) is in a state of insolvency. 지급불능조항은 피보험자의 원수(元受)보험업자(출재(出再)보험업자)가 지급불능의 상태에 있다고 하더라도, 피보험자가가 제기한 어떤 보험청구의 지분에 대해서 여전히 책임이 있는 재보험계약상의 조항을 말한다. ~ ***risk*** [영] 지급불능의 위험 ¶The *insolvency risk* is the risk that a company will be unable to perform on contractual obligations as a result of impending insolvency, resulting in a default. See also credit default risk. 지급불능의 위험은 회사가 결국 디폴트에 빠지는 임박한 지급불능의 결과로서 계약상의 의무를 이행할 수 없는 위험을 말한다. credit default risk(크레디트 디폴트리스크)도 참조할 것.

insolvent 지급불능의, 파산한 ¶The word *insolvent* means unable to meet debts or discharge liabilities. 지급불능의라는 말은 금전채무나 면책채무를 결제할 수 없음을 의미한다. /*insolvent* account 지급불능계정

inspect 점검하다, 검사하다 ¶ *inspecting* commission 검사수수료

inspection 시찰, 검사(檢査), 검분(檢分) ¶ *Inspection* is physical scrutinizing review of goods, property, or documents. *Inspections* of real estate may be required for the following purposes: compliance with building codes; sale requirements as to property conditions, such as wood-destroying insects or structural soundness; and legal review of documents such as lease or mortgages to determine whether they ar as purported. They are also customs *inspections* for imports and quality control of *inspections*. 검사란 물건, 재산 또는 문서를 물리적인 정밀 재조사하는 것이다. 부동산(real estate)의 검사는 다음과 같은 목적을 위해서 필요할 것이다. 즉, 건축법규의 준수, 목재분쇄곤충이나 구조적 견고함과 같은 부동산상태에 관한 매매요건, 그리고 부동산문서가 의도한 대로인지 여부를 결정하기 위해서 리스나 모기지와 같은 문서에 대한 법률적 재검토 등이다. 그것들은 또한 검사의 취지와 품질관리를 위한 관례검사(customs inspection)이기도 한다. /*inspection* certificate 검사증명서 /*inspection* of bank 은행감사

instability 불안정 ¶ *instability* of the money market 금융시장의 불안정

installation 설치, 설비(furnishings), 군사시설[기지]

installment; instalment [영] 분할지급(의 1회분), 분할지급의 납입금 ¶ by [in] monthly *installment* 월부지급에 의하여 /in equal semi-*installments* over a ten-year period 기간 10년간의 균등반년할부지급 /*installment* (payment); payment in *installments* 할부(割賦) /*installment* account 할부지급계좌 /*installment* collection 할부반환금추심 /*installment* debt 할부지급채무 /*installment* loan 할부급대출 /the *installment* sale 할부판매 /*installment* savings 정기적금 /*installment* shipment(s) 분할선적 /*installment* time deposit 적립정기예금 /a monthly *installment* 월부(月賦) /a payment in *installment*; an *installment* payment 할부반환 /shipment by *installment* 분할선적 ***installment contract*** 할부계약 ¶ An *installment contract* is a contract in which the obligation of one or more of the parties, such as an obligation to pay money, deliver goods, or render services, is divided into a series of successive performances. An automobile loan is an example of an installment contract that stipulates equal monthly payments until the principal on the loan is repaid. 할부계약은 돈을 지급하고, 물건을 인도하며 또는 서비스를 제공할 채무와 같은 한 사람 이상의 당사자의 채무가 일련의 연속되는 이행으로 나누어지는 계약을 말한다. 자동차론(loan)이 상환될 때까지 매달 균등액의 지급을 규정하는 할부계약이 그 실례이다. ~ ***credit*** 할부신용 ¶ The *installment credit* is a form of secured credit used by consumers for the purchase of durable goods. The *installment credit* process allows the consumer to take possession of the goods being acquired immediately, in exchange for a down payment or deposit plus an agreement to pay interest and remaining principal over time. 할부신용은 소비자가 내구재(durable goods)를 구매할 때 이용하는 담보금융의 방식을 이른다. 할부신용과정은 소비자가 체약금(down payment)이나 예금 플러스 시간이 지나면 이자와 잔여 원금액을 지급한다는 약정서를 교환하면, 바로 취득한 물건의 점유를 할 수 있다는 것이다. ~ ***option*** [영] 할부옵션 ¶ The *installment option* is an over-the-counter complex option allowing the buyer to pay the seller premium in installments, rather than upfront, and to cancel the contract at any time by suspending remaining payments. If the buyer completes all required payments, the seller grants a conventional European option with contract details as specified on the trade date. 할부옵션은 매수인이 매도인에게 일괄선급(upfront)보다 오히려 할부로 프리미엄을 지급하고 남은 지급금을 정지함으로써 어느 때든지 계약을 취소할 수 있게 하는 장외거래의 복잡한 옵션을 말한다. 만약 매수인이 모든 필요한 지급금을 완료하는 경우, 매도인은 거래일에 명시된 대로 계약의 상세함과 함께 전통적인 유럽형 옵션을 준다. ~ ***sale*** 할부매매 ¶ In general, an *installment sale* is a sale made with the agreement that the purchased goods or services will be paid for in fractional amounts over a specified period of time. 일반적으로 할부매매는 구입된 재화나 서비스의 대가가 특정기간 내에 분할로 지급된다고 하는 합의에 근거하는 판매를 이른다. ¶ In securities, an *installment sale* is a transaction with a set contract price, paid in installments over a period of time. Gains or losses are generally taxable on a prorated basis. 증권에 있어서, 할부매매는 정해진 계약가격으로 어느 일정기간에 할부지급으로 지급되는 거래이다. 일반적으로 손익은 지급에 대응하여 과세된다.

instance 사례(example), 경우, 예증(illustration) ¶ an *instance* of true patriotism 진정한 애국적 행위의 한 예

instigation 선동, 교사(教唆) ¶ at [by] the *instigation* of … …의 부추김을 받아, …의 선동으로

Instinet Group 인스티넷그룹 ¶ Through affiliates, the *Instinet Group* is the largest global electronic agency securities broker and has been providing investors with electronic trading solutions and execution services for 40 years. It operates two major businesses through Instinet, LLC, The Institutional Broker, and Inet ATS, inc., the electronic marketplace. Inet represents the consolidation of the order flow of the former Instinet ECN and former Island ECN, providing its U.S. broker-dealer customers one of the largest liquidity pools in NASDAQ-listed securities. In 2005 *Instinet Group* was acquired by NASDAQ and is now part of NASDAQ OMX. See also electronic communications network. 인스티넷그룹은 관계회사(affiliate)를 포함하면, 세계최대의 전자위탁거래업자(electronic agency securities broker)이다. 40년 동안 거래의 집행(execution) 등 전자거래에 관여하는 여러 가지의 서비스를 투자자에게 제공해 오고 있다. 인스티넷그룹에는 2가지의 주요한 사업이 있다. 하나는 기관투자자용의 전자거래를 취급하는 Instinet, LLC이고, 다른 하나는 전자거래시장인 Inet ATS, Inc.이다. Inet ATS, Inc.는 Instinet ECN과 Island ECN의 2개사의 거래주문프로세스를 통합하여 생긴 회사이고, 당사의 고객인 미국의 증권업자(broker-dealer)에 대하여 나스닥(NASDAQ)상장증권의 거래에서는 가장 높은 유동성(liquidity)을 제공하고 있는 회사이다. 2005년, 인스티넷그룹은 나스닥에 의해서 매수되어 현재 나스닥 오엠엑스그룹(NASDAQ OMX)의 일부가 되어 있다. 또 electronic communication network(전자증권거래 네트워크)도 참조할 것.

institute Ⓥ 제정하다, (소송을) 일으키다[제기하다] ¶ *institute* proceedings against a firm 어느 회사를 상대로 소송절차를 일으키다
Ⓝ 연구소, 협회 ¶ *Institute* Cargo Clauses 협회화물약관 /*Institute* clauses 협회약관 /*Institute* of London Underwriters 런던보험업자협회 /*Institute* Strikes, Riots and Civil Commotions Clauses 협회스트라이크약관 /*Institute* Theft, Pilferage and Non-delivery Clauses 협회도난불착(盜難不着)약관 /*Institute* war clauses 협회전쟁약관 ***Institute for Supply Management (ISM)*** 미국공급자관리협회 ¶ The *Institute for Supply Management (ISM)* is in Tempe, an Arizona- based

not-profit association in 1916 and formerly known as the National Association of Purchasing Management (NAPM). Through various resources and 180 affiliated organizations, *ISM* offers a wide range of educational products and programs to more than 48,000 purchasing and supply management professionals. Its monthly publication, "Inside Supply Management" forecasts economic trends for the nonmanufacturing sector. 미국공급자관리협회는 1916년에 설립된 비영리단체(not-for-profit)로서, 애리조나주 템프(Tempe)에 위치한다. 구명칭은 전미구매관리협회(National Association of Purchasing Management: NAPM)이다. 여러 가지의 정보원(情報源)이나 180의 관계기관을 통하여 48,000을 넘는 구매관리나 공급관리에 관여하는 프로페셔널들에게 폭넓은 교재나 교육프로그램을 제공하고 있다. 월간지인 "Inside Supply Management"는 비제조업자에 대하여 경제동향을 예측하고 있다.

institution 기관, 상사(商社), 회사 ¶ banking [financial] *institution* 금융기관 /a parent [patronizing] *institution* 모회사, 친회사 /the successor *institution* 후계(後繼)회사

institutional 단체의, 기관의 ¶ *institutional* banking (은행의) 법인부문업무 /*institutional* buying [selling] [주식] 기관관계자의 매입[매도] /large *institutional* customer 대형법인고객 ***institutional broker*** 인스티투셔널브로커, 기관투자자상대의 증권회사 ¶ The *institutional broker* is a broker who buys and sells securities for banks, mutual funds, insurance companies, pension funds, or other institutional clients. *Institutional brokers* deal in large volumes of securities and generally charge their customers lower per-unit commission rates than individuals pay. 인스티투셔널브로커는 은행, 뮤추얼펀드(mutual fund), 보험회사, 연금기금(pension fund), 또는 기타 기관고객(institutional client)을 위하여 증권매매를 하는 브로커이다. 인스티투셔널브로커는 대량의 증권을 취급하여 개인투자자보다도 주문단위 주수당(株數當) 싼 수수료를 기관고객에게 적용하는 일이 많다. ~ ***investor*** 기관투자자 ¶ The *institutional investor* is an organization that trades large volumes of securities. Some examples are mutual funds, banks, insurance companies, pension funds, labor unions funds, corporate profit-sharing plans, and college endowment funds. Typically, upwards of 70% of the daily trading on the New York Stock Exchange is on behalf of *institutional investors*. See also qualified institutional investor. 기관투자자는 대량의 증권을 거래하는 기관이다. 예로서는, 뮤추얼펀드(mutual fund), 은행, 보험회사, 연금기금(pension fund), 노동조합기금(labor union fund), 회사이익분배제도(corporate profit-sharing plans), 그리고 대학기부금기금(college endowment fund)이 있다. 뉴욕증권거래소(New York Stock Exchange)에서는, 통상 매일의 거래 70% 이상은 기관투자자를 위하여 행해지고 있다. 또 qualified institutional investor(적격기관투자자)를 참조할 것. ~ ***lender*** (금융기관 등의) 기관융자자 ¶ An *institutional lender* is a financial institution such as a commercial bank, pension fund, or life insurance company that invests its funds in loans. 기관융자자는 그의 자금을 론(loans)에 투자하는 상업은행, 연금기금(pension fund) 또는 생명보험회사를 이른

투자금을 어느 기관투자자에게 맡긴다?

다. ***Institutional Shareholder Services* (*ISS*)** 기관투자자 주주서비스 ¶ The *Institutional Shareholder Services* is leading provider of proxy voting and corporate governance services. *ISS* serves more than 1,500 institutional and corporate clients worldwide with its core businesses – analyzing proxies and issuing informed research and objective vote recommendations for more than 33,000 companies across 115 markets worldwide. 기관투자자 주주서비스는 위임장(proxy)에 의한 의결권행사(voting right)나 코포릿거버넌스(corporate governance)에 관한 서비스를 제공하는 유력한 회사이다. ISS는 1,500개를 넘는 세계적인 기관투자자(institutional investor)나 회사를 고객으로 하여 세계적인 115개의 마켓에서 고객이 주주가 되어 있는 33,000회사가 넘는 주식회사에 관하여, 위임장의 분석, 상세한 조사서의 발행, 객관성 있는 의결권행사에 관한 제안을 행하고 있다.

instruction 교수, 교육, (*pl.*) 지시, 지침, 훈령 ¶ failing *instructions* to the country 이것과 반대의 지시가 없는 경우에는 /forwarding *instruction(s)* 운송지시서 /a letter of *instruction* 지시서 /mail and cable *instructions* 우편 또는 전보에 의한 지시 /standing *instructions* 계속지시 /until further *instructions* 다시 지시가 있을 때까지

instrument 증서, 문서, 유가증권, 지급용구, 금융상품 ¶ The *instrument* is a legal document in which some contractual relationship is given formal expression or by which some right is granted – for example, notes, contracts, agreements. See also negotiable instrument. 증서란 것은 어떤 계약관계에 정식의 표현을 붙이든지, 어음(note), 계약서(contract), 합의서(agreement) 등 어떤 권리가 부여되고 있는 법적 문서이다. 또 negotiable instrument(유통증권)를 참조할 것. /the bank *instrument* 은행의 지급(支給)수단 /an *instrument* of conveyance 권리이전의 증서 /an *instrument* of transfer 양도(讓渡)증서 /travel *instrument* 여행수표 · 여행신용장류 ***derivative instrument*** 금융파생상품(derivatives) → derivative (파생상품). ***negotiable*** ~ (어음류, 선적서류 등) 유통증권 ¶ The *negotiable instrument* is an unconditional order or promise to pay an amount of money, easily transferable from one person to another. Example: check, promissory note, draft (bill of exchange). The Uniform Commercial Code requires that for an instrument to be negotiable it must be signed by the maker or drawer, must contain an unconditional promise or order to pay a specific amount of money, must be payable on demand or at a specified future time, and must be payable to order or to the bearer. 유통증권이란 일정한 금액을 지급할 것을 무조건으로 지시 또는 약속한 증권으로, 사람에서 사람으로 간단히 양도할 수도 있는 것을 말한다. 예컨대, 수표(check), 약속어음(promissory note), 환어음(draft, bill of exchange) 등이 있다. 미통일상법전(Uniform Commercial Code)은 양도가능한 증권의 조건으로서 다음의 4가지 점을 들고 있다. 증권작성자 또는 어음발행인(drawer)의 서명이 있을 것, 특정한 금액의 무조건의 지급약속이나 지급지시가 기재되고 있을 것, 요구시 또는 장래의 일정한 기일에 지급할 것, 그리고 지급은 지시인이나 소지인에 대하여 행할 것이다.

instrumentality 미국정부기관 ¶ The *instrumentality* is a federal agency whose obligations, while not direct obligations of the U.S. Government, are sponsored or guaranteed by the government and backed by the full faith and credit of the government. Well over 100 series of notes, certificates, and bonds have been issued by such *instrumentalities* as Federal House Loan Bank, and Student Loan Marketing Association. 미국정부기관은 미국정부의 직접적인 채무(obligation)가 아니지만, 정부에 의하여 지원 보증되고, 정부의 충분한 신뢰와 신용(full faith and credit)에 의하여 뒷받침된 채무를 발행할 수 있는 미국연방기관이다. 연방주택대출은행(Federal House Loan Bank)이나 장학금융자협회(Student Loan Marketing Association)와 같은 기관이 100개를 훨씬 넘는 중기채(中期債)(note), 증서(certificate), 장기채(長期債)(bond) 등을 이미 발행하고 있다.

insufficient 부족한, 부적절한 ¶ *insufficient* fund 자금부족(으로 인한 부도) /*insufficient* packing 불완전 포장

insurability 부보(附保)가능성 ¶ The *insurability* is conditions under which an insurance company is willing to insure a risk. Each insurance company applies its own standards based on its own underwriting criteria. For example, some life insurance companies do not insure people with high-risk occupations such as stuntmen or firefighters, while other companies consider these people insurable, though the premiums they must pay are higher than for those in low-risk professions. 부보가능성은 보험회사가 어느 리스크에 대하여 보험을 적극적으로 수임하는 상태를 이른다. 각 보험회사는 독자적인 보험인수표준(underwriting criteria)에 근거하는 심사기준을 적용하고 있다. 예컨대, 일부의 생명보험회사는 스턴트맨이나 소방사와 같은 위험이 많은 직업에 취업하는 사람의 보험인수를 하지 않는다. 그러나 위험이 적은 직업에 종사하는 사람과 비하여 높은 보험료(premium)를 지급하지 않으면 안되지만, 그들의 보험을 인수할 수 있다고 생각하는 회사도 있다.

insurable 보험이 걸릴 수 있는, 보험에 적합한 ¶ *insurable* expense 보험 /*insurable* property 피보험물건 /*insurable* risk 부보가능한 위험 /*insurable* value 보험가액 ***insurable interest*** 피보험이익, 보험의 목적 ¶ *Insurable interest* is relationship between an insured person or property and the potential beneficiary of the policy. For example, a wife has an *insurable interest* in her husband's life, because she would be financially harmed if he were to die. Therefore, she could receive the proceeds of the insurance policy if he were to die while the policy was in force. If there is no *insurable interest*, an insurance company will not issue a policy. 피보험이익이란 보험계약에 있어서의 피보험자 또는 피보험물(property)과 보험수익자간의 관계를 말한다. 예컨대, 부(夫)가 사망하면 경제적으로 고통을 받기 때문에 부(夫)의 생명에 대해서 피보험이익을 가지고 있는 것이다. 그러므로, 만약 보험계약이 유효한 때에 부(夫)가 사망한다면, 처는 보험금을 수령할 수 있다. 만약 피보험이익이 없는 경우, 보험회사는 보험을 인수하지 않는다.

insurance 보험, 보험금 ¶ The *insurance* is a system whereby individuals and companies that are concerned about potential hazards pay premiums to an *insurance* company, which reimburses them in the event of an *insurance* profits by investing the premiums it receives. Some common forms of *insurance* cover business risks, automobiles. home, boats, workers' compensation, and health. Life *insurance* guarantees payment to the beneficiaries when the insured person dies. In abroad economic sense, *insurance* transfers risk from individuals to a larger group, which is better able to pay for losses. 보험이란 재해의 가능성을 걱정하는 개인이나 회사가 보험회사에 보험료(insurance premium)를 지급하고, 손실이 있는 때에 보험회사가 보상을 해주는 제도이다. 보험회사측은 수취한 보험료를 투자함으로써 이익을 올린다. 몇 개의 일반적인 보험의 대상으로서는 업무상의 리스크, 자동차, 가옥, 보트, 근로자급여보상, 및 건강보험이 있다. 생명보험(life insurance)은 피보험자가 사망한 경우에, 그 보험의 수익자(beneficiary)에 대한 지급을 보증한다. 광의의 경제적 의미에서 보면, 보험에 의하여 리스크를 개인에서 커다란

그룹으로 옮겨가고, 손실에 대한 지급에 의하여 좋은 대응을 할 수 있도록 하는 제도이다. /buy [take out] *insurance* 보험에 넣다 /export credit *insurance* 수출신용보험 /house *insurance* 가옥보험 /*insurance* against annuity 연금보험 /*insurance* against loss [damage] 손해보험 /*insurance* agent 보험대리점 /*insurance* benefit 보험급여 /*insurance* certificate 보험증명서 /*insurance* claim 보험금청구미수보험금(未收保險金) /*insurance* clause 보험조항, 보험약관 /*insurance* company 보험회사 /*insurance* contract 보험계약 /*insurance* cover(age) 보험부보내용, 보험보상범위 /*insurance* deposits against discounted bill. 꺾기예금(은행이 어음을 할인할 때 강제적으로 시키는 예금) /*insurance* loan 생명보험담보대출 /*insurance* on goods 화물보험 /*insurance* on mortgaged property 모기지물건에 대한 보험 /the *insurance* proceeds 보험수취금 /*insurance* rates 보험요율 /*insurance* value 보험가격 /sell *insurance* 보험을 팔다 ***Federal Deposit Insurance Corporation* (*FDIC*)** [미] 연방예금보험공사 ¶ The *Federal Deposit Insurance Corporation* (*FDIC*) is the U.S. agency that is responsible for managing the insurance funds for banks and savings and loans, providing depositors with protection of up to $100,000 per deposit account 연방예금보험공사는 은행을 위한 보험기금, 저축 및 대출을 운영하여 예금계정당 100,000달러까지 예금자를 보호해 줄 책임이 있는 기관이다. ***Federal Savings and Loan Insurance Corporation* (*FSLIC*)** 연방저축대출보험공사 ¶ The *Federal Savings and Loan Insurance Corporation* (*FSLIC*) is a federal agency established in 1934 to insure deposits in member savings institutions. In 1989, Congress passed savings and loan bailout legislation revamping the regulatory structure of the industry. *FSLIC* was disbanded and its insurance activities were assumed by a new agency, Savings Association Insurance Fund (SAIF), a unit of the Federal Deposit Insurance Corporation (FDIC). Responsibility for insolvent institutions previously under *FSLIC's* jurisdiction was assumed by another newly created agency, Resolution Funding Corporation (REFCORP). 연방저축대출보험공사는 가맹저축기관이 수입하고 있는 예금(deposit)을 보호하기 위하여 1934년에 설립된 연방기관이다. 연방의회는 1989년에 저축금융기관구제법안(savings and loan bailout legislation)을 가결하여, 업계의 규제제도가 개정되었다. 연방저축대출보험공사는 해체되고, 보험업무는 연방예금보험공사(Federal Deposit Insurance Corporation: FDIC)의 일부문인 저축금융기관보험기금(Savings Association Insurance Fund: SAIF)이라는 새로운 기관에 인계되었다. 또 FDIC의 관할이었던 파탄금융기관의 처리는 새로 설립된 정리자금조달공사(Resolution Funding Corporation: REFCORP)에 인계되었다. ***fire insurance*** 화재보험 ¶ *Fire insurance* is insurance coverage for financial loss for property caused by fire or lightning. *Fire insurance* is generally part of a homeowner's policy or multiple-peril commercial policy. 화재보험은 화재나 번개(lightning)로 인하여 재산에 재산상의 손실에 대한 보험커버를 말한다. 화재보험은 일반적으로 가택소유자의 보험증권이나 복합재해상업보험증권(multiple-peril commercial policy)의 일부이다. ~ ***agent*** 보험대리인 ¶ The *insurance agent* is a representative of an insurance company who sells the firm's policies. Captive agents sell the policies of only one company, while independent agents sell the policies of many companies. Agents must be licensed to sell insurance in the states where they solicit customers. 보험대리인은 보험회사의 보험계약(insurance policy)을 판매하는 보험회사의 대리인(representative)이다. 전속대리인(captive agent)은 하나의 회사를 취급하지만, 독립대리인(independent agent)은 몇 개의 회사의 보험을 파는 대리인이다. 대리인은 고객을 권유하는 주(州)의 보험판매자격을 가지고 있어야 한다. ~ ***broker*** 보험브로커 ¶ The *insurance broker* is an independent broker who searches for the best insurance coverages at the lowest cost for the client. *Insurance brokers* do not work for insurance companies, but for the buyers of insurance products. They constantly are comparing the merits of competing insurance companies to find the best deal for their customers. 보험브로커는 고객을 위하여 최저비용으로 최선의 보험을 찾아내는 독립된 브로커(broker)이다. 보험브로커는 보험회사를 위하는 것이 아니라, 보험상품의 구입자를 위하여 일한다. 그들은 언제나 여러 보험회사의 이점을 비교하여 고객에 대해서 가장 좋은 상품을 제공하고 있다. ~ ***claim*** 보험금청구 ¶ The *insurance claim* is a request for payment from the insurance company by the insured. For example, a homeowner files a claim if he or she suffered damage because of a fire, theft, or other loss. In life insurance, survivors submit a claim when the insured dies. The insurance company investigates the claim and pays the appropriate amount if the claim is found to be legitimate, or denies the claim if it determines the loss was fraudulent or not covered by the policy. 보험금청구는 보험계약자(insured)로부터 보험회사에 대한 지급을 청구하는 경우이다. 예컨대, 주택보유자가 화재, 도난 등의 손해를 입은 경우, 그 손해에 대하여 보험금의 청구를 신청한다. 생명보험에 있어서는, 피보험자가 사망한 때에, 유족이 청구한다. 보험회사는 그 청구에 대하여 조사를 하고, 청구가 정당한 것이면 적당한 금액을 지급하고, 그 손해가 부정한 것이든지(fraudulent), 혹은 보험계약의 대상외라고 판단하면 청구를 기각한다. ~ ***dividend*** 보험계약자배당금 ¶ *Insurance dividend* is money paid to cash value life insurance policyholders with participating policies, usually once a year. Dividend rates are based on the insurance company's mortality experience, administrative expenses, and investment returns. Lower mortality experience (the number of policyholders dying) and expenses, combined with high investment returns, will increase dividends. Technically, dividends are considered a return of the policyholder's premiums, and are thus not considered taxable income by the IRS. Policyholders may choose to take these dividends in cash or may purchase additional life insurance. 보험계약자배당금은 배당부 저축형 생명보험(cash value life insurance)계약자에 대하여 통상 한번에 지급되는 배당금을 말한다. 배당률(dividend rate)은 사망률(morality experience), 관리비, 투자이율로 결정된다. 실제의 사망률(계약자의 사망한 수)과 관리비가 낮고, 투자이율이 높으면, 배당금도 많게 된다. 배당금은 보험료(premium)의 반환으로 보기 때문에, 미국세입청(IRS)은 과세소득(taxable income)으로 보지 않는다. 보험계약자는 배당금을 현금으로 수취하든지, 생명보험을 추가 구입할지를 선택할 수 있다. ***~-linked security*** **(*ILS*)** [영] 보험연계증권 ¶ The *insurance-linked security* (*ILS*) is a note or bond that securitizes insurance risk by transferring exposures to the capital markets; most issuers are insurers seeking to reduce risk within their portfolios. An *ILS* is created when an insurer issues securities through a special-purpose reinsurer (SPR), who places them with investors and channels proceeds to a trustee for further reinvestment in the bond market. Simultaneously, the SPR grants the insurer a reinsurance contract covering the specified risk. Payment of investor principal and/or interest is dependent on losses arising from defined insurance events; if losses exceed a predetermined threshold, the insurer may suspend payments, which has the net effect of creating a hedge against the underlying insurable risks. Suspension of payments is generally based on breach of a threshold defined via an index trigger, indemnity trigger, or parametric trigger. Most *ILSs* are based on catastrophic perils such as hurricanes, earthquakes, and windstorms. See also catastrophic bond; extreme mortality bond; life acquisition cost securitization; mortality bond; mortgage default securitization; residual value securitization; wealth bond. 보험연계증권은 자본시장에 위험(exposure)을 양도함으로써 보험위험(insurance risk)을 증권화하는 중기증권(note) 또는 채권(bond)을 말한다. 대부분의 증권발행자는 그들의 포트폴리오 내에서 위험을 축소하려고 하는 보험업자이다. 보험연계증권은 보험업자가 특수목적의 재보험업자(SPR)를 통해서 증권을 발행할 때에 창출되고, 그 특수목적의 재보험업자는 투자자에게 그 증권을 맡겨서 채권시장에서 그 이상의 재투자를 위해서 수탁자(trustee)에게 수취금(proceeds)을 건넨다. 이와 동시에, 특수목적의 재보험업자(SPR)는 보험업자에게 명기된 위험을 커버할 재보험계약을 체결해 준다. 투자자의 원금 및 이자의 지급이 일정한 보험사고로부터 생기는 손해에 달려 있다. 만약 손해가 사전에 정한 한계를 초과하는 경우에, 보험업자는 지급을 중단할 수 있을 것인데, 그 지급금이야말로 기초보험가능 리스크에 대한 헤지를 창출하는 순수한 효과가 있다. 지급의 중단은 일반적으로 인덱스트리거, 보상유인(indemnity trigger), 또는 파라메트릭 트리거를 경유하여 정해된 한계의 위반에 기초하고 있다. 대부분의 보험연계증권은 허리케인, 지진 및 폭풍우와 같은 대재해위험(catastrophic perils)을 원인으로 한다. catastrophic bond(대재해연계 채권); extreme mortality bond(극한 사망채권); life acquisition cost securitization(생명보험취득비용의 증권화); mortality bond(사망채권); mortgage default securitization(모기지디폴트 금융의 증권화); residual value securitization(잔존가치의 증권화); wealth bond(기상채권)도 참조할 것. ~ ***policy*** 보험증권 ¶ An *insurance policy* is a legally binding document issued by an insurance company that defines the terms of an insurance contract. Policies also spell out deductibles and other terms. Policies for life insurance specify whose life is insured and which beneficiaries will receive the insurance proceeds. Homeowner's *insurance policies* specify which property and casualty perils are covered. Health *insurance policies* detail which medical procedures, drugs, and devices are reimbursed. Auto *insurance policies* describe the conditions under which car owners will be covered in case of accidents, theft, or other damage to their cars. Disability policies specify the qualifying conditions of disability and how long payments will continue. Business *insurance policies* describe which liabilities are reimbursable. 보험증권이란 것은 법적으로 구속력있는 보험계약의 내용을 규정하는 증권으로서, 보험회사가 발행한 것이다. 보험증권은 또한 면책금액(deductibles) 등의 조건도 기재하고 있다. 생명보험의 보험증권에는 누가 피보험자이고, 어느 수익자(beneficiary)가 그 보험금을 수령하게 되는 것인지 명기하고 있다. 주택보유자보험증권(homeowner's insurance policy)에는 어떤 재산, 그리고 어떤 재해피해가 보험의 대상이 되는 것인가를 명기하고 있다. 건강보험증권(health insurance policy)에는 어떠한 의학적 처치, 약, 그리고 의료기기에 관하여 비용이 보상되는지가 상세한 기술이 있다. 자동차보험증권(auto insurance policy)에는 자동차의 소유자가 사고나 도난 혹은 그들의 자동차에 대한 기타의 손상의 경우, 어떠한 조건에서 보상되는지 상세하게 기재하고 있다. 장애보험증권(disability insurance policies)에는 지급대상이 되는 장애의 상태, 그리고 지급기간은 얼마만큼 계속되는 것인지에 관하여 명기하고 있다. 사업보험증권(business insurance policies)에는 어떤 책임에 대해서 보험금지급이 가능한 것인지를 기재하고 있다. ~ ***premium*** 보험료 ¶ The *insurance premium* is a sum paid to an insurance company by a client for cover as defined in an insurance policy. It may be paid as a lump sum or in installments, as one payment or annually, depending on the nature of the policy. Premiums are set based on the probability of risk of loss and competitive pressures with other insurers. An insurance company's actuary will figure out the expected loss ratio on a particular class of customers, and then individual applicants will be evaluated based on whether they present higher or lower risks than the class as a whole. If a policyholder does not pay the premium, the insurance or policy may lapse. If the policy is a cash value policy, the policyowner can choose to take a paid-up insurance policy with a lower face value amount or an extended term policy. 보험료는 보험증권에 규정된 보험담보를 위해서 고객이 보험회사에 지급하는 금액이다. 그것은 보험증권의 성질에 따라 일시급이나 매년지급과 같이, 일괄지급 또는 분할지급으로 납부할 수 있다. 요금은 손해리스크의 확률과 다른 보험회사와의 경쟁적 압력으로 정해진다. 보험회사의 연금수리인(actuary)은 어느 특정한 고객층의 손해율을 산정하고, 그 후 각각의 청약자가 그 고객층 전체와 비교하여 보다 높은 리스크를 가진 것인가, 보다 낮은 리스크를 가진 것인가를 평가한다. 보험계약자(policyholder)가 보험료의 지급을 태만하면, 보험계약을 실효한다. 다만, 계약내용이 저축형 보험(cash value insurance)이라면, 보험계약자는 액면금액(face value)의 낮은 지급보험계약(paid-up insurance policy)을 선택하든지, 혹은 연장보험(extended term policy)으로 하든지를 선택할 수 있다. ~ ***settlement*** 보험금지급 ¶The *insurance settlement* is a payment of proceeds from an insurance policy to the insured under the terms of an insurance contract. *Insurance settlements* may be either in the form of on lump-sum payment or a series of payments. 보험금지급이란 보험계약조건에 따라 보험회사로부터 피보험자(insured)에 대하여 지급되는 보험금을 말한다. 보험금의 지급방법으로서는, 일괄지급(lump-sum payment)과 분할지급(series of payments)이 있다. ***life*** ~ 생명보험 ¶The *life insurance* is an insurance policy for which the policyholder pays a premium and when the person whose life is assured dies, payment is made to the named beneficiary. 생명보험은 보험증권소지인이 보험료를 지급하고 피보험자의 생명이 다할 때에 지명보험금수취인에게 보험금이 지급되는 보험증권이다. ***marine*** ~ 해상보험 ¶The *marine insurance* is coverage for goods in transit and the vehicles of transportation on waterways, land and air. 해상보험은 운송중의 물건 및 수로, 육지 및 항공의 운송수단을 보험범위에 두는 보험이다.

insure …에 보험을 부치다, 보증하다 ¶*insuring* clause 보험조항 /*insured* bank [미] 예금보험가입은행 /*insured* deposit [미] (예금보험) 피보험예금 /the sum *insured* 보험금액 ***insured*** 피보험자, [영] 보험계약자 ¶The *insured* is an individual, group, or property that is covered by an insurance policy. The policy specifies exactly which perils the *insured* is indemnified against. The insured may be a particular individual, such as someone covered by a life insurance policy. It may be a group of people, such as those covered by a group life insurance policy purchased by a company on behalf of its employees. The *insured* may also refer to property, such as a house and its possessions which are covered by a homeowner's insurance policy. 피보험자는 보험증권(insurance policy)에 의하여 부보되는 개인, 단체, 또는 자산을 이른다. 증권은 어떤 위험에 대하여 피보험자(물)를 보상할지를 명확히 정하고 있다. 생명보험에서 부보되는 바와 같이, 특정한 개인이라도 보험의 대상이 된다. 회사가 그 종업원을 위하여 드는 단체생명보험과 같이, 사람들의 집단도 대상이 된다. 주택보유자보험계약(homeowner's insurance policy)에 의하여 보증되는 가옥이나 그 부수물과 같이 자산을 대상으로 할 수도 있다. ¶The *insured* is a party in an insurance contract that transfers, or cedes risk to an insurer by paying a premium. The amount of risk the *insured* cedes is typically a function of its own financial profile and its desire to retain or transfer specific types of risks. See also ceding company; Also known as cedant (cedent). [영] 보험계약자는 보험업자에게 프리미엄을 지급함으로써 위험을 양도하거나 이전하는 보험계약의 당사자이다. 보험계약자가 양도하는 위험의 금액은 일반적으로 그 자체의 재무윤곽(financial profile)과 특별한 유형의 위험을 보유하거나 이전하려는 요구가 작용하는 기능이다. ceding company(출재보험회사)도 참조할 것. 이는 cedant (cedent)(출재보험자)로도 알려져 있다. ***insured account*** [미] (예금보험) 보험계좌 ¶ The *insured account* is account at a bank, savings and loan association, credit union, or brokerage firm that belongs to a federal or private insurance organization. Bank accounts are insured by the Deposit Insurance Fund (DIF) administered by the Federal Deposit Insurance Corporation (FDIC). 보험계좌는 연방 또는 민간의 보험기관에 가입하고 있는 은행, 저축대출조합, 신용조합, 증권회사(brokerage firm)에 고객이 가지고 있는 계좌를 말한다. 은행계정은 연방예금보험공사(Federal Deposit Insurance Corporation: FDIC)가 관리하는 예금보험기금(deposit insurance fund: DIF)에 의하여 보증되고 있다. ***~d bonds*** 지급보증부 지방채 ¶ *Insured bonds* are municipal bonds that are insured against default by a municipal bond insurance company. The company pledges to make all interest and principal payments when due if the issuer of the bonds defaults on its obligations. In return, the bond's issuer pays a premium to the insurance company. *Insured bonds* usually trade based on credit rating of the insurer rather than the rating of the underlying issuer, since the insurance company is ultimately at risk for the repayment of principal and interest. *Insured bonds* will pay slightly lower yields, because of the cost of the insurance protection, than comparable noninsured bonds. Some of the major municipal bond insurance firms include MBIA and AMBAC Indemnity Corporation. 지급보증부 지방채란 채권이 불이행(default)으로 된 때에도, 지방채보험회사(municipal bond insurance company)에 의하여 지급이 보증되고 있는 지방채(municipal bond)를 이른다. 채권의 발행자(issuer)가 채무불이행을 일으킨 때에는, 지급기일대로 모든 이자 및 원금(principal)의 지급을 보험회사가 확약한다. 그것에 대하여, 채권의 발행자는 보험회사에 보험료(premium)를 지급한다. 지급보증부 지방채는 통상 그 원래의 발행자의 등급이 아니라, 그 보험회사의 신용등급(credit rating)에 근거해서 거래된다. 왜냐하면 궁극적으로는 원금(principal) 및 이자(interest)의 지급 리스크는 그 보험회사의 신용에 달려 있기 때문이다. 보험에 의한 보증 코스트가 있기 때문에, 지급보증부 지방채는 보증 없는 채권에 비하면 얼마 안 되는 낮은 이율(yield)이다. 주요한 지방채 보험회사로서는, MBIA와 AMBAC(American Municipal Bond Assurance Corporation) Indemnity Corporation을 들 수 있다.

insurer 보험업자 ¶ An *insurer* often represents an insurance company. 보험업자는 보험회사를 의미할 때가 종종 있다. ¶ The *insurer* is a regulated institution that accepts the risks of insureds or cedants through the insurance mechanism. In order to meet potential future liabilities and cover expected losses, an *insurer* manages the risk in its own operations through risk pooling, diversification, and the purchase of reinsurance. To supplement earnings from insurance underwriting activities, an *insurer* invests its asset portfolio in fixed income and equity securities that generate investment income and/or capital gains. An *insurer* may be organized as a public company or a mutual organization. Also known as assurer, insurance company, primary *insurer*. See also admitted insurer; nonadmitted insurer; reinsurer. [영] 보험업자는 보험메커니즘을 통해서 피보험자의 위험을 인수하는 규제받는 금융기관을 말한다. 잠재적인 장래의 책임과 예상손해를 커버하기 위하여, 보험업자는 위험풀링, 분산화(diversification) 및 재보

험의구매를 통해서 자신의 운영 속에서 위험을 관리한다. 보험인수활동에서 얻는 수익을 보충하기 위하여 보험업자는 자신의 자산포트폴리오를 투자수입과 자본이득을 생산하는 확정소득과 주식증권에 투자한다. 보험업자는 공개회사 또는 상호조직단체로 조직될 수 있다. 이는 assurer, insurance company(보험회사), primary insurer (원수회사)로도 알려져 있다. admitted insurer(인가보험회사); nonadmitted insurer(비인가보험회사); reinsurer(재보험업자)도 참조할 것.

intake …의 도입, 취수구(取水口), 신규채용의 인원, 수입(收入), 총매상액

intangible 접촉할 수 없는, 무형의 ¶ *intangible* fixed asset 무형고정자산 /*intangible* property 무형재산 /*intangible* value (순자산가치를 초월한) 무형가치 ***intangible* [*invisible*] *asset*** 무형자산(특허권, 영업권 등) ¶ *Intangible asset* is right or nonphysical resource that is presumed to represent an advantage to the firm's position in the marketplace. Such assets include copyrights, patents, trademarks, goodwill, computer programs, capitalized advertising costs, organization costs, licenses, leases, franchises, exploration permits, and import and export permits. 무형자산이란 시장에서 회사의 입장을 유리하게 하다고 추정되는 권리나 무형의 자산을 말한다. 이와 같은 자산에는 저작권(copyright), 특허권(patent), 상표(trademark), 영업권(goodwill), 컴퓨터 프로그램(computer program), 자산계상 광보선전비(capitalized advertising costs), 창업비(organization costs), 라이센스(license), 리스(lease), 프랜차이즈(franchise), 탐광[채광]권(exploration permits), 수출입권(import and export permits)이 포함된다. ~ ***cost*** 무형비용 ¶ *Intangible cost* is tax-deductible cost. Such costs are incurred in drilling, testing, completing, and reworking oil and gas wells – labor, core analysis, fracturing, drill stem testing, engineering, fuel, geologists' expenses; also abandonment losses, management fees, delay rental, and similar expenses. 무형비용은 손금계상가능한 경비(tax deductible cost)를 말한다. 이와 같은 경비가 발생하는 것은 유정(油井)이나 가스정(井)의 탐굴, 시험, 완성, 보수에 있어서이고, 노임, 지질(층)탐사, 파쇄(破碎), 드릴(drilling)축시험, 기술개발, 연료, 지질학자와 관련되는 출장비, 유정이다 가스정의 폐기, 관리비, 렌탈지연비용 및 유사한 비용이 이에 해당한다.

integrated 통합한, 완전한 ¶ *integrated* account 종합계좌 ***integrated circuit* (*IC*)** [컴] 집적회로 ¶ The *integrated circuit* (*IC*) is an electronic device consisting of many miniature transistors and other circuit elements on a single silicon chip. The number of components that can be placed on a single chip has been steadily rising. The ultimate *integrated circuit* is the microprocessor, which is a single chip that contains the complete arithmetic and logic unit of a computer. 집적회로는 단일의 실리콘 칩 위에 많은 소형 트랜지스터와 다른 회로요소(circuit elements)로 구성되는 전자장치이다. 단일 칩에 설치될 수 있는 구성부품의 수는 꾸준히 올라가고 있다. 궁극적인 집적회로는 컴퓨터의 완전한 산술논리장치를 포함하는 단일칩이라는 마이크로프로세서(중앙처리장치)이다.

integration [영] 통합 ¶ The *integration* is the third stage in the money laundering process, in which the proceeds from layered transactions are used to enter into other seemingly common financial operations, such as redepositing layered proceeds into banks for further borrowing, lending to shell companies, and so forth. Once integrated, the ability of authorities to trace illicit funds becomes far more difficult. 통합은 레이어링(layering)된 거래에서 나온 수취금이 더 나아가 차입, 페이퍼컴퍼니 등에 대여를 위하여 은행에 레이어링된 수취금을 재예탁하는 경

우와 같이 겉으로 볼 때에는 일반금융업무에 들어가는 데 이용되는 돈 세탁과정의 3단계이다. 일단 통합이 되면, 위법자금을 추적하는 당국의 역량은 훨씬 더 어렵게 된다.

integrity 완전, 고결, 성실 ¶ *Integrity* is quality characterized by honesty, reliability, and fairness, developed in a relationship over time. Customers and clients have much more confidence when dealing with a business when they can rely on the representations made. 성실함이란 시간이 흐르면서 나타나는 정직성, 신뢰성과 공평함을 의미한다. 고객과 의뢰인은 거래를 하면서 상대방의 외부행동을 믿을 수 있는 경우에 더 많은 확신을 가지게 된다. /the *integrity* of the borrower 차입인의 성실

intellectual property 지적재산, 지적소유권 ¶ *Intellectual property* is intangible assets representing ideas and knowledge that can be protected by copyright, patent or trademark. 지적재산(권)은 저작권(copyright)이나 특허권(patent) 또는 상표권(trademark)에 의하여 보호받는 고안(idea)나 지견(knowledge) 등 무형자산(intangible assets)을 말한다.

intensity 강열함, 집중, 격렬함 ¶ *intensity* of capital 자본집약도 /*intensity* of labor 노동집약도 ***intensity model*** [영] 집약도 모형 ¶ The *intensity model* is a form of credit default model that estimates the time of a counterparty's failure with particular intensity over an uncertain time horizon. Such models have no direct reference to a firm's value but derive the probability of the event as an instantaneous likeliness of default. See also structured model; credit mark-to-market model. 집약도 모형은 불확실한 거래기간(time horizon)에 대한 특수한 집약도로 거래상대방의 불이행(failure)의 기간을 예측하는 크레디트디폴트모형의 형식이다. 이러한 모형은 기업가치와 직접적인 관련은 없지만, 디폴트의 순간적인 가능성으로서 결과의 개연성을 도출한다. structural model(구조적 모형); credit mark-to-market model(신용시세평가모형)도 참조할 것.

intensive 강한, 집중적인, 강도의 ¶ *intensive* farming 집약농업

intent 의사(意思), 의지, 의도, 목적, 의미, 취지 ***letter of intent*** 의향서(意向書), 예비적 합의서 ¶ A *letter of intent* is any letter expressing an intention to take (or not take) an action, sometimes subject to other action being taken. For example, a bank might issue a *letter of intent* stating it will make a loan to a customer, subject to another lender's agreement to participate. 의향서는 어떤 조치를 강구할 (또는 강구하지 않을) 의향을 표명한 증서를 이른다. 때로는 다른 조치를 취해져야 할 조건으로 하는 경우도 있다. 예컨대 은행은 다른 금융기관의 참가동의를 조건으로 어느 고객에게 융자할 것을 기재한 의향서를 발행할 수 있을 것이다.

intention 의사(意思), 의향, 고의 ¶ Each of them is trying to fathom the unexpressed *intention* of the other. 그들은 서로 표명되지 않은 상대방의 의도를 추량할 것이라고 하고 있다.

intentionally 고의로 ¶ knowingly and *intentionally* 알면서 고의로

interaction 상호작용 ¶ encourage labor-management interaction 노사의 교류를 촉진하다

Inter-American Development Bank (IDB) 미주개발은행 ¶ The *Inter-American Development Bank* (*IDB*) is a development bank, organized in 1959, to foster economic development in Latin America by arranging project financing with its own funds and loans by private banks. Membership, originally limited to member countries of the Organization of American States, has since been broadened to include the governments of 26 Latin American countries, the United States, Japan, and 14 European countries. 미주개발은행(IDB)은 개인은행(private banks)에 의한 자체의 기금과 대출자금으로 특정사업에 대한 금융을 실행함으로써 라틴아메리카의 경제개발을 촉진하기 위하여 1959년에 조직된 개발은행이다. 회원국은 원래 미주기구(Organization of American States)의 회원국에 한정되었으나, 그 후 확대되어 26개 라틴아메리카의 국가, 미국, 일본 및 14개 유럽국가를 포함하게 되었다.

interbank 은행간의 ¶ *interbank* bid rates 은행간 금리[환율] /*interbank* exchange clearing 외환은행간거래 /*interbank* exchange dealing [transaction] 인터뱅크거래 /*interbank* loan 인터뱅크론 /the *interbank* remittance concentrated settlement system 내국환집중결제제도 ***interbank deposits*** 은행간예금 ¶ *Interbank deposits* are deposit held by one bank for another bank, usually a correspondent. Each bank holds a due to account in the name of the other bank. An account on the books of a foreign correspondent is a nostro account to the bank owning the account, and a vostro account as viewed by the foreign correspondent. See also nostro account; vostro account. 은행간예금이란 은행이 다른 은행, 보통 거래처은행을 위해 보관하는 예금을 말한다. 은행마다 다른 은행의 명의로 당좌예금계정(due to account)을 보유하고 있다. 외국거래처은행의 장부상의 계정은 그 계정을 소유하고 있는 은행에 대한 nostro account(당행계정, our account)이고 외국거래처은행의 입장에서 보면 상대방계정(vostro account)이다. nostro account(당행계정); vostro account(상대방계정)도 참조할 것. ~ ***market*** 인터뱅크시장 → federal funds (페더럴펀드); money market (단기금융시장). ~ ***rate*** 은행간 (외환)금리, 은행간환율, 시장환율(market rate) → London Interbank Offered Rate (LIBOR) [런던은행간 자금운용금리(대출자금운용금리)].

interbranch 지점간의 ¶ *interbranch* clearing 행내(行內)교환 /*interbranch* deposit and loan payment (자동기기를 통한) 지점간예대금(預貸金)의 입출금 /*interbranch* transaction 지점간거래

inter-business problem 기업간의 문제

interchange 은행간 교환, 체당(替當) ¶ *Interchange* is exchange of transaction between financial institutions participating in a bank card network, based on a common set of rules. Examples are the Visa and MasterCard national bank card systems and regional automated teller machine networks. Card *interchange* allows a bank's customer to use a bank credit card at any card honoring merchant, and gain access to multiple automated teller machine systems from a single ATM. 은행간 교환이란 공동일련의 규정에 기초를 두는 은행카드네트워크에 참가하고 있는 금융기관간의 거래의 교환을 말한다. 실례로서 비자와 마스터카드의 전국은행카드제도와 지방의 현금자동입출금기(automated teller machine)네트워크가 있다. 카드교환은 상인에게 지급하는 카드이면 은행의 고객이 은행카드를 사용하여, 한대의 현금자동입출금기에서 여러 대의 현금자동입출금기에 접근하게 할 수 있다. ***interchange fee*** 교환수수료 ¶ The *interchange fee* is the transaction fee on credit card and debit card purchases charged by the banks that issue the cards. The *interchange fee* is designed to compensate for risk (the card user might not pay) and for the cost of processing a transaction. It is paid by the merchants who accept the cards for payment. An *interchange fee* typically comprises a fixed charge per transaction plus a percentage of the amount charged. 교환수수료는 카드를 발행하는 은행에 의해 부과되는 크레디트카드와 데빗카드의 구입에 대해 매기는 거래수수료이다. 교환수수료는 위험(카드사용자는 물지 않을지 모른다)과 거래처리의 비용을 보상하려는 것이다. 그것은 지급 대신에 카드를 받는 상인이 무는 것이다. 교환수수료는 일반적으로 거래당 고정요금 플러스 일정한 비율의 대금으로 구성된다.

intercommodity spread 상품간 스프레드 ¶ *Intercommodity spread* is spread consisting of a long position and a short position in different but related commodities – for example, a long position in gold futures and a short position in silver futures. The investor hopes to profit from the changing price relationship between the commodities. 상품간 스프레드는 다르지만 관련이 있는 상품의 매입초과포지션(long position)과 매도초과포지션(short position)의 스프레드(spread)를 이른다. 예컨대 금(金)선물에 있어서 매입초과포지션과 은(銀)선물에 있어서 매도초과포지션과의 스프레드이다. 투자자(investor)는 상품간의 상대적 가격의 변화에서 이익을 기대한다.

intercompany 회사간의 ¶ *intercompany* credit 기업간 신용 /*intercompany* elimination (연결재무제표를 작성할 때의) 회사간 상계소거(相計消去) /*intercompany* profit 내부이익, 회사간 이익 /*intercompany* receivables 회사간 수취계정 ***intercompany transactions*** 회사간 거래 ¶ *Intercompany transactions* are transactions between members of an affiliated group filing a consolidated financial statement or tax return; gain or loss is deferred until the property is disposed of outside the group. 회사간 거래란 통합재무제표나 세무신고를 제출하는 관계그룹(affiliated group)의 구성회사간의 거래이다. 이득과 소실은 그 재산이 그룹외부로 처분되기까지 이연(移延)된다.

Intercontinental Exchange (ICE) 인터콘티넨탈거래소 ¶ The *Intercontinental Exchange (ICE)* is established in 2000 by leading energy companies and global banks as an electronic marketplace for energy commodities. It operates regulated global futures exchanges, as well as markets for agricultural, energy, equity index, and currency contracts. In 2001 *ICE* acquired the International Petroleum Exchange, now called *ICE* Futures Europe. In 2007 *ICE* acquired the New York Board of Trade, now called *ICE* Futures U.S. 인터콘티넨탈거래소는 에너지상품을 위한 전자시장으로서 2000년에 지도적인 에너지회사와 글로벌은행들에 의해서 설립되었다. 이 거래소는 농산물, 에너지, 주가지수(equity index) 및 통화계약뿐만 아니라, 규제받는 글로벌 선물환(futures exchanges)을 운용한다. 2001년에 인터콘티넨탈거래소는 현재 ICE 선물유럽(ICE Futures Europe)이라는 국제석유거래소(International Petroleum Exchange)를 매수하였다. 2007년에는 인터콘티넨탈거래소는 현재 ICE 선물U.S.라고 하는 뉴욕거래위원회(New York Board of Trade)를 매수하였다.

intercorporate stockholding (비합법적) 기업간 주식보유, 주식의 상호보유(cross-shareholding)

inter-dealer broker (IDB) 딜러간(間) 브로커 ¶ The *inter-dealer broker (IDB)* is a broker that deals exclusively with dealers and market professionals, rather than external clients. *IDBs* often execute their brokerage business on a "blind" basis in order to preserve confidentiality about trades and positions in the competitive institutional marketplace. 딜러간(間) 브로커는 외부의 고객보다 오히려 주로 딜러와 시장전문가와 거래를 하는 브로커이다. 딜러간 브로커는 경쟁적인 기업간의 시장터에서 거래와 지위에 관한 비밀성을 유지하기 위하여 「신원을 밝히

지 않는」(blind) 원칙으로 중개업을 집행하기도 한다.

interdelivery spread 한월간(限月間) 스프레드 ¶ *Interdelivery spread* is futures or options trading technique that entails buying one month of a contract and selling another month in the same contract – for instance, buying a June wheat contract and simultaneously selling a September wheat contract. The investor hopes to profit as the price difference between the two contracts widens or narrows. 한월간(限月間) 스프레드란 어느 달의 어느 계약을 매입하고, 다른 달의 동일한 계약을 매도한다고 하는 선물 또는 옵션(futures or options)의 거래수법을 이른다. 예컨대, 6월한월의 소맥을 매입하고, 9월한월의 소맥을 매도하는 경우이다. 투자자는 매입과 매도의 가격차의 신축에 의하여 이익을 기대한다.

interdepartmental 각 부처간의, (특히 교유기관의) 각 과[학부]간의 ¶ *interdepartmental* profit 내부이체이익, 부문간(部門間) 이체이익

interdependence 상호의존 ¶ *interdependence* between different countries 국가간의 상호의존

inter-enterprise 기업간의 ¶ *inter-enterprise* commercial credit 기업간 신용 /*inter-enterprise* competition 기업간 경쟁 /*inter-enterprise* credit 기업간 신용

interest 관심, 흥미, 중요성, 이자, 이해관계, (*pl.*) 이익, (*col. pl.*) 업자, …파 ¶ (1) *Interest* is cost of using money, expressed as a rate per period of time, usually one year, in which case it is called an annual rate of interest, (2) *interest* is share, right, or title in property. 이자란 (1) 금전의 사용비용이다. 일정기간당 통상은 1년 동안에 있어서 이율로서 표시된다. 1년간의 경우 연이율(annual rate of interest)이라 한다. (2) 권익이란 자산의 지분, 권리, 또는 소유권을 의미한다. /at a nil rate of *interest* 무이자로 /a back *interest* 미지급이자 /the bear(ish) *interest* 약세를 예상하는 쪽의 사람들 (*cf.*) bullish /a controlling *interest*(보유주가 과반의) 지배관계 /cum *interest* (채권의) 금리부 /the deferred *interest* 순연(順延)이자 /ex *interest* (채권의) 이자락(利子落) /(an) explicit *interest* 명확한(실제로 지급한) 이자 /financial *interests* 투자관계자 /(a) fixed *interest* 고정이자 /(an) implicit interest 현금 이외의 이자(비가격경쟁 등) /*interest* accrued; accrued *interest* 미수(未收)이자 /*interest* after maturity until paid 기한후 이자 /*interest* allowed 규정이율 /*interest* arbitrage transaction 금리차익거래 /*interest* bill (IB) 금리부 환어음 /*interest* calculated on a pro rata basis 일할(日割)계산 /*interest* clause bill 이자조항부[이자부] 환어음, 금리부 환어음 /*interest* computing 이자계산 /*interest* coupon 이표(利票) /*interest* coverage ratio 이자부담능력지수(금리부담액에 대한 사업이익의 비율) /*interest* differential; *interest* spread 금리차 /*interest* earned but not collected 미수이자 /*interest* equalization tax 이자평형세 /*interest* for arrears 연체이자 /*interest* for delay 연체이자 /*interest* for delinquency 연체이자 /*interest*-free 무이자의 /*interest* included 원리합계 /an *interest* in the red (당좌) 차월이자 /*interest* numbers [products] 이자적수(積數) /*interest*-off 이자락(利子落) /*interest* (rates) on deposit 예금금리 /*interest* on a 365 days basis 365일 방식의 이율 /*interest* on *interest* 복리, 손(孫)이자 /*interest* parity 금리차, 금리평가 /*interest* payable 차입이자, 미지급이자 /*interest* payment 이자지급 /*interest* payment burden; *interest* cost 금리부담 /*interest* payments dates 이자지급일 /*interest* per annum 연리(年利) /*interest* per diem 일변(日邊) /*interest* products 이자적수(積數) /*interest* rate arbitrage 금리차익 /an *interest* rate differential [spread] 금리차 /an *interest* rate level 금리수준 /*interest* rates on the Eurocurrency market 유로금리 /*interest* rates on loans 대출금리 /*interest* rate policy

금리정책 /*interest* rate raise 이율인상 /*interest* rate risk 금리변동리스크 /*interest* receivable 대출이자, 미수이자 /*interest* restriction 이자제한 /*interest* reviews 금리경개(更改) /an *interest* sheet [slip] 이자전표 /*interest* skimming 인터레스트 스키밍(융자채권의 이자청구권부분을 독립한 것으로서 투자자에게 판매하는 것) /*interest* spread 차익금 /an *interest* subsidy 이자보급(補給)(금) /*interest* swap bond 금리스왑채(債)(발행시에 금리스왑계약을 체결하고 있는 채무) /*interest* tables 금리테이블, 이자계산[조견(早見)]표 /*interest* upon *interest* 복리(複利) /an interim *interest* 중간이자지급 /joint *interests* 공동출자자 /lawful *interest* 법정금리 /the long [short] *interest* of the market 오름세를 예상하고 주식 등을 사들이는 사람 /a majority *interest* 과반수주주 /a minority *interest* 소수주주 /a ratio of *interest* burden 금리부담률 /a ratio of *interest* expenses to sakes 총매상액이자부담률 /a red *interest* (당좌)차월이자 /the short *interest* 매도인쪽 /the speculative *interest* 투기꾼 /a wrongful *interest* 악의 ***bank interest method*** (1년 365일 계산의) 은행금리계산방식 → exact interest (정확한 금리). ***compound*** ~ 복리(複利) ¶ *Compound interest* is interest paid both on principal and on interest earned during previous compounding period. Essentially, compounding involves adding interest to the sum of principal and any previous interest in order to calculate interest in the next period. Compare simple interest. 복리란 전(前)복리기간 중에 원금(principal)과 수취이자(interest earned) 양쪽에 지급되는 이자를 말한다. 본질적으로, 복리에는 다음의 기간에 이자를 계산하기 위하여 원금과 전(前)이자의 금액에 이자를 부치는 것을 포함한다. 단리(simple interest)와 비교할 것. ***exact*** ~ (1년 365일 계산의) 정확한 금리 (*cf.*) ordinary interest (1년 360일 계산의) 통상이자 ¶ The *exact interest* is an interest paid by a bank or other financial institution and calculated on a 365-days-per-year basis, as opposed to a 360-day basis, called ordinary interest. The difference – the ratio is 1.0139 – can be material when calculating daily interest on large sums of money. 정확한 금리는 1년을 365일 기준으로 계산하는 은행 등의 금융기관에 의해서 지급되는 금리(interest)를 말한다. 1년을 360일 기준으로 계산되는 금리는 통상금리(ordinary interest)라고 부른다. 양자의 차이의 비율은 1.0139에 불과하지만, 큰 금액의 일변(日邊)금리를 계산하면 상당한 차액이 생기게 된다. ~ ***arbitrage*** 금리차익(2국간의 단기금리에 차가 있는 때, 이 교차(較差)를 이용하여 차익금을 벌리기 위해 행해지는 거래), 이자차익거래 → covered interest arbitrage (커버부 금리차익거래). ~ ***coverage*** (기업의) 금리부담능력 → fixed-charge coverage (금융비용취급범위). ~ ***coverage test*** [영] 금리부담능력기준 ¶ The *interest coverage test* is an interest-related financial test performed in a collateralized debt obligation structure (or other securitization) to determine whether the cash flow waterfall can make payment to increasingly subordinated tranches. The form of the test is given by: (interest due on collateral pool)(interest due on target tranche + interest due on all tranches ranking senior to the target) The test is considered successful if the interest coverage ratio is greater than or equal to the specified trigger. 금리부담능력기준은 캐시플로 워터폴(cash flow waterfall)이 점차 하위로 자리매김하는 트랑슈(tranches)에 지급할 수 있는지 여부를 결정하기 위하여 채무담보채무증서의 구조(또는 다른 유동화)에서 이행되는 금리관련금융기준(interest-related financial test)을 말한다. 기준의 형식은 다음과 같이 인정된다. 즉, (담보집합체에 지급할 이자)(대상 트랑슈에 지급할 이자 + 상위등급에서 대상 트랑슈까지 모든 트랑슈에 지급할 이자) 이런 기준은 금리담보능력률이 특정한 트리거보다 크거나 같으면 성공적이라고 판단된다. ~ ***deduction*** 지급금리공제 ¶ *Interest deduction* is deduction allowable for certain types of interest expense, such as for interest on a home mortgage or interest on a margin account. 지급금리공제는 어느 종류의 지급금리에 대해서 인정되는 소득공제(deduction)를 이른다. 예를 들면, 주택론(home mortgage)금리나 신용거래계좌(margin account)의 금리와 같다. ~ ***expense*** [영] 금리비용 ¶ The *interest expense* is a cost that is incurred for borrowing money via loans, debt issuance or certain other liabilities. See also interest income. 금리비용은 론(loans), 채권발행(debt issuance), 또는 일정한 다른 채무를 통해서 돈은 빌려주면서 생기는 비용을 말한다. interest income(이자소득)도 참조할 것. ~ ***income*** [영] 이자소득 ¶ *Interest income* is income that is generated by lendeng money or investing in fixed income securities. See also interest expense. 이자소득은 돈을 빌려주거나 또는 확정이자부 증권(fixed income securities)에 투자하여 생기는 이자를 말한다. interest expense(금리비용)도 참조할 것. ~ ***only loan*** 이자지급조건만의 융자 ¶ The *interest only loan* is a form of loan where the only current obligation is interest and where repayment of principle is deferred. 이자지급만의 융자는 당면한 의무로서는 이자만이 조건으로 되어 있고, 원금의 반환이 연장되고 있는 융자형태이다. ~ ***option*** 금리옵션 ¶ *Interest option* is insurance policyholder's choice to reinvest dividends with the insurer to earn a guaranteed rate of interest. A beneficiary may also reinvest proceeds to earn interest. 금리옵션이란 보험의 배당금(dividend)을 보험회사에 재투자하는 것을 보험계약자(policyholder)가 선택할 수 있는 선택권을 이른다. 이 경우에, 최저이율은 보험회사가 보증하고 있다. 보험금수취인(beneficiary)도 마찬가지로 수령한 보험금(proceeds)을 재투자할 수 있다. ~ ***rate*** 금리 ¶ The *interest rate* is a rate of interest charged for the use of money, usually expressed at an annual rate. The rate of derived by dividing the amount of interest by the amount of principal borrowed. For example, if a bank charged $10 per year in interest to borrow $100, they would be charging a 10% *interest rate*. *Interest rates* are quoted on bills, notes, bonds, credit cards, and many kinds of consumer and business loans. 금리는 자금의 사용에 과하여지는 이자율을 말한다. 통상 연율(年率)로 표시된다. 이율은 이자의 금액을 차입한 원금액(principal)에서 나누어 산출된다. 예컨대, 어느 은행이 100달러의 융자에 대하여 연간 10달러의 이자를 청구하는 경우, 은행은 10%의 금리를 과하고 있는 것이 된다. 금리는 차입증서, 어음, 증권, 채권, 크레디트카드, 소비자용 및 사업용 융자와 연결되어 있다. ~ ***rate derivative*** [영] 금리파생상품 ¶ The *interest rate derivative* is an exchange-traded derivative or over-the-counter derivative with an underlying reference based on short-, medium-, or long-term interest rates. An *interest rate derivative* may be structured as an interest rate future, interest rate option, forward rate agreement, interest rate swap, or swaption. See also cap; caplet; caption; commodity derivative; credit derivative; currency derivative; floor; floorlet; floortion; payer swaption; receiver swaption. 금리파생상품은 단기, 중기 또는 장기금리를 기초로 하는 기초대상(underlying reference)을 가지는 장내파생상품 또는 장외파생상품을 말한다. 금리파생상품은 금리선물(interest rate future), 금리옵션(interest rate option), 금리선도(先渡)거래(forward rate agreement), 금리스왑(interest rate swap), 또는 스왑션(swaption)으로 조직화될 수 있다. cap(상한금리); caplet(캐플릿); caption(캡션); commodity derivative(상품파생상품); credit derivative(신용파생상품); currency derivative(통화파생상품); floor(입회장); floorlet(플로어렛); floortion(플로션); payer swaption(페이어스왑션); receiver swaption(수취인스왑션)도 참조할 것. ~***-rate futures contract*** 금리선물거래 ¶ The *interest-rate futures contract* is a futures contract based on a debt security or inter-bank deposit. In theory, the buyer of a bond futures contract agrees to take delivery of the underlying bonds when the contract expires, and the contract seller agrees to deliver the debt instrument. However, most contracts are not settled by delivery, but instead are traded out before expiration. The value of the contract rises and falls inversely to changes in interest rates. For example, if Treasury bond yields rise, futures contracts on Treasury bonds will fall in price. Conversely, when yields fall, Treasury bond futures prices rise. There are many kinds of *interest-rate futures contracts*, including those on Treasury bills, notes, and bonds; Government National Mortgage Association (GNMA) mortgaged-backed securities; municipal bonds; and inter-bank deposits such Eurodollars. Speculators believing that interest rates are about to rise or fall trade these futures. Also, companies with exposure to fluctuations in interest rates, such as brokerage firms, banks, and insurance companies, may use these contracts to hedge their holdings of Treasury bonds and other debt instruments or their costs of futures borrowings. For a list of interest rate future contracts, see Securities and Commodities Exchanges. 금리선물거래는 채무증권(debt security) 또는 은행간 예금에 관한 선물계약(futures contract)을 이른다. 이론적으로는, 채권선물계약의 매수인은 계약종료시에 그 채권을 수취하는 것에 동의하고, 선물계약의 매도인은 채권의 인도에 동의한다. 그러나 대부분의 경우, 계약은 인도에 의하여 결제되는 것이 아니라, 오히려 기일전에 반대매매로 해소된다. 선물계약의 가격은 금리의 변동과는 반대로 상하로 움직인다. 예컨대, 미국국채의 이율(Treasury bond yield)이 상승하면, 국채의 선물계약의 가격은 하락한다. 반대로, 이율이 내려가면, 국채선물가격은 올라간다. 금기선물계약은 단기, 중기, 장기의 미국국채(Treasury bills, notes, and BONDs), 정부주택모기지협회(government national mortgage association: GNMA)의 모기지담보증권(mortgage-backed securities), 지방채, 유로달러(Eurodollar)와 같은 은행간 예금을 포함하는 많은 종류에 걸치고 있다. 바로 금리가 상승하거나 하락한다고 생각하는 투자자가 이와 같은 선물계약의 거래를 한다. 또 증권회사, 은행, 보험회사 등과 같이 금리의 변동에 노출되고 있는 회사는 이러한 금리선물계약을 사용하여 소유하고 있는 미국국채 등의 채무증권을 헤지(hedge)한다든지, 장래의 차입코스트를 헤지한다. 금리선물계약의 일람표에 관하여는, Securities and Commodities Exchanges(증권거래소/상품거래소)를 참조할 것. ~***-rate option contract*** 금리옵션계약 ¶ The *interest-rate option contract* is an option contract based on an underlying debt security. Options, unlike futures, give their buyers the right, but not the obligation, to buy the underlying bond at a fixed price before a specific date in the future. Option sellers promise to sell the bonds at a set price anytime until the contract expires. In return for granting this right, the option buyer pays a premium to the option seller. Yield-based calls become more valuable as yields rise, and puts become more valuable as yields decline. There are interest rate options on Treasury bills, notes, and bonds; GNMA mortgage-based securities; certificates of deposit; municipal bonds; and other interest-sensitive instruments. For a complete list of these contracts, see Securities and Commodities Exchanges. 금리옵션계약이란 기초채무증권(underlying debt security)에 기초하는 옵션계약(option)을 이른다. 선물과는 달리, 옵션계약은 매수인에게 그 증권을 장래에 특정한 기일 이전에, 결정된 가격으로 매수할 권리(의무가 아니다)를 주고 있다. 옵션계약의 매도인은 계약의 기한내이면, 언제든지 결정된 가격으로 그 채권을 매각할 것을 약속하고 있다. 이 권리의 담보로서, 옵션의 매수인은 매도인에게 옵션료(open premium)를 지급한다. 이율(yield)을 기준으로 한 콜옵션(call option)은 이율이 상승하면 가격이 올라가고, 풋옵션(put option)은 이율이 내려가면 가격이 상승한다. 금리옵션은 단기·중기·장기의 미

국국채, 정부주택모기지협회의 모기지담보증권(GNMA mortgage-backed security), 양도성예금증서(certificate of deposit), 지방채, 금리에 반응하는 금융상품 등에 있다. 이 계약에 관한 완전한 일람표는 Securities and Commodities Exchanges(증권거래소/상품거래소)를 참조할 것. ~ ***rate parity*** 금리평가 → covered interest arbitrage (커버부 금리차익거래). ~***-rate risk*** 금리리스크 ¶ The *interest-rate risk* is a risk that changes in interest rates will adversely affect the value of an investor's securities portfolio. For example, an investor with large holdings in long-term bonds and utilities has assumed a significant *interest-rate risk*, because the value of those bonds and utility stocks will fall if interest rates rise. Investors can take various precautionary measures to hedge their *interest-rate risk*, such as buying interest-rate futures or interest-rate options contracts. 금리리스크는 금리의 변동이 투자자의 증권포트폴리오(portfolio)의 가치를 저하시키는 리스크를 이른다. 예컨대, 장기채나 공익사업회사의 주식을 대량으로 보유하고 있는 투자자는 상당한 금기(변동) 리스크를 부담하고 있다고 상정할 수 있다. 왜냐하면, 금리가 상승하면 장기채와 공익사업회사의 주가는 하락하기 때문이다. 투자자는 금리리스크를 회피(hedge)하기 위하여, 금리선물계약(interest-rate futures) 또는 금리옵션계약(interest-rate option contract)을 구입하는 등 여러 가지의 예방책을 취할 수 있다. ~***-rate swap*** 금리스왑(동일통화에 있어서 다른 종류의 금리채무의 교환)(일반적으로는 고정금리채무와 변동금리채무에 관하여 금리부분만을 교환하는 것을 말한다.) ¶ The *interest-rate swap* is a contractual agreement entered into between two counterparties under which each agrees to make periodic payments to the other for an agreed period of time based upon an amount of principal. A common form occurs when a series of payments calculated by applying a fixed rate of interest to a notional principal amount is exchanged for a stream of payments similarly calculated but using a floating rate of interest. A swap may also be used to effectively change the maturity term of a debt. The two parties are often a corporation and a bank; the bank in turn likely hedges the transaction with a derivative product tied to U.S. Treasury bonds. 금리스왑이란 각자가 원금총액에 기초해서 약정된 기간동안에 다른 당사자에게 정기적인 지급을 하는 2대립당사자간에 맺는 계약상의 합의를 이른다. 금리스왑의 일반적인 형태는 관념상의 원금총액에 대해서 고정금리를 적용함으로써 계산되는 일련의 지급이 변동금리를 이용하는 것 이외에 유사하게 계산된 계속되는 지급과 교환되는 경우에 발생한다. 스왑은 또한 채무의 만기기간을 효과적으로 변경하는 데에 이용될 수도 있다. 2당사자는 회사와 은행인 때가 있다. 이때에 은행은 아마도 차례차례 미재무부증권(U.S. Treasury bonds)과 연계된 파생금융상품과의 거래를 제한할 것이다. ~***-sensitive insurance policy*** 금리동향에 민감한 보험계약 ¶The *interest-sensitive insurance policy* is a cash value life insurance with dividend rates tied to the fluctuations in interest rates. For example, holders of universal life insurance policies will be credited with a greater increase in cash values when interest rates rise and s slower rate of increase in cash values when interest rates fall. 금리동향에 민감한 주식은 배당률(dividend rate)이 금리의 변동에 연동하는 저축형 생명보험(cash value insurance)을 가리킨다. 예컨대 유니버설생명보험(universal life insurance)의 보험계약자에게 있어서는, 금리가 상승하면 시가(cash value)가 대폭 증가하고 금리가 하락하면 시가의 증가율이 낮아진다. ~***-sensitive stock*** 금리동향에 민감한 주식 ¶ The *interest-sensitive stock* is a stock of a firm whose earnings change when interest rates change, such as a bank or utility, and which therefore tends to go up or down on news of rate movements. 금리동향에 민감한 주식은 예컨대, 은행이나 공익사업회사(utility)와 같

이, 금리가 변화하면 수익이 변동하는 회사의 주식을 말한다. 따라서 그러한 회사의 주가는 금리변동의 뉴스에서 상하로 움직이기 쉽다. ***ordinary*** ~ (1년 360일 계산의) 통상의 금리 ¶ *Ordinary interest* is simple interest based on a 360-day year rather than a 365-day year; the latter is called exact interest. The difference between the two bases when calculating daily interest on large sums of money can be substantial. The ratio of *ordinary interest* to exact interest is 1.0139. (1년 360일 계산의) 통상의 금리는 1년을 365일로 계산하기보다 오히려 360일로 계산하는 방법에 따른 단리(單利)이다. 두 계산방식의 차이는 거액의 금액에 대해 매일의 이자를 계산하는 경우 상당히 차이가 날 수 있다. 통상의 금리의 정확한 금리(exact interest)에 대한 비율은 1.0139이다. ***simple*** ~ 단리(單利)

interest-bearing 이자부담의, 금리부의 ¶ *interest-bearing* bank debenture 금리부 금융채 /*interest-bearing* bond 금리부 채권

interested 홍미를 가진, 이해관계를 가지는 ¶ the *interested* department 관계부문 /*interested* party 관계당사자, 이해관계인

interface 접점(接點), 결합 ¶ *Interface* is: (1) interaction between two different data processing devices or systems that handle data differently, such as different formats or codes. (2) device converting signals from one device into signals that the other device understands. For example, a serial *interface* is employed with a modem when the data are transmitted to distant locations, usually over telephone lines. 인터페이스란 (1) 상이한 포맷이나 코드와 같은 데이터를 상이하게 다루는 2개의 상이한 데이터 간의 상호작용을 말한다. (2) 하나의 장치에서 나오는 신호를 다른 장치가 이해하는 신호로 전환하는 장치를 이른다. 예를 들면, 연속의 인터페이스는 데이터가 통상 전화선을 따라 먼 장소에 전송되는 경우 모뎀과 함께 사용된다.

interference 간섭, 충돌 ¶ An *interference* may be between two or more patent applicants or one or more patentees and at least one patent applicant. 저촉심사는 2인 이상의 특허신청자 또는 1인 이상의 피신청자 및 최소한 1인의 특허신청자 사이에서 있을 수 있다.

inter-house securities 국제증권

interim 당좌의, 임시의, 가(假)의, 중간의 ¶ *interim* bond 가(假)증권 /*interim* certificate [주식] 가(假)증권 /*interim* loan 연계융자 /*interim* receipt 가영수증(假領收證) /*interim* report [statement] 중간보고서 ***interim dividend*** 중간배당 ¶ *Interim dividend* is dividend declared and paid before annual earnings have been determined, generally quarterly. Most companies strive for consistency and plan quarterly dividends they are sure they can afford, reserving changes until fiscal year results are known. 중간배당은 연간수익이 결정되기 전에 통상은 4반기마다 공표하여 지급되는 배당(dividend)이다. 대부분의 회사는 계속성을 중시하고 있으며, 결산숫자가 확정되기까지는 각종의 변화에 대응하도록 배당부담능력이 있는 것으로 확신할 수 있는 4반기배당을 계획한다. ~ ***financing*** 연계자금조달 ¶ *Interim financing* is temporary, short-term loan made conditional on a takeout by intermediate or long-term financing. Also called bridge loan financing. 연계자금조달은 중기, 또는 장기의 금융에 의한 차환(借換)론(takeout)이 실행되는 것을 조건으로 행해지는 일시적인 단기융자를 말한다. 또 브릿지론자금조달(bridge loan financing)이라도 한다. ~ ***loan*** 연계융자 → construction loan (건설융자). ~ ***statement*** 중간결산재무제표 ¶ The *interim statement* is a financial report covering only a portion of a fiscal year. Public corporations supplement the annual report with quarterly statements informing shareholders of changes in the balance sheet and income statement, as well as other newsworthy developments. 중간결산재무제표는 결산연도의 일부기간만을 다루는 재무제표를 이른다. 주식공개회사(publicly held corporation)는 연차보고서(annual report)의 보완으로서, 4반기보고서에 의하여 대차대조표(balance sheet)의 변화나 손익계산서(income statement)를 달리 발표할 만한 정보와 함께 주주에게 통지된다.

inter-industrial 산업관련의, 산업간의 ¶ *inter-industrial* analysis 산업관련분석 /*inter-industrial* competition 산업간경쟁

interior bank [미] 내지(內地)은행

interlocking 연결하는, 맞물리는 ¶ *interlocking* of enterprises 기업계열화(系列化) /*interlocking* (stock)holding 주식의 상호보유(crossholding) ***interlocking directorate*** 겸임임원(임원들이 서로 다수의 동계회사의 임원을 겸임하는 경우) ¶ The *interlocking directorate* is a membership on more than one company's board of directors. This is legal so long as the companies are not competitors. Consumer activists often points to *interlocking directorates* as an element in corporate conspiracies. The most flagrant abuses were outlawed by the Clayton Anti-Trust Act of 1914. 겸임임원이란 복수의 회사에서 이사회(board of directors)의 일원이 되는 자이다. 이것은 회사끼리 경쟁상대가 아닌 이상 합법적이다. 소비자운동의 활동가는 자주 겸임임원을 회사간의 공모의 증좌로 지적된다. 그 가장 눈꼴사나운 남용은 1914년의 클레이톤 반(反)트러스트법(Clayton Anti-Trust Act of 1914)에 의하여 금지되었다.

intermarket 시장간거래 ***intermarket spread*** 시장간 스프레드(상이한 시장간의 동일상품의 선물의 가격차를 이용하여 행하는 차익거래) ¶ The *intermarket spread* is a strategy that seeks to take advantage of price differences between unique, though often related, markets or assets; the spread attempts to capitalize on movements in the spread, or basis, rather than the absolute direction or volatility, of the reference. 시장간 스프레드는 종종 관련은 있지만 독특한 시장이나 자산간의 가격차이를 이용하려고 하는 하나의 전략이다. 그 스프레드는 기준자산의 절대적 방향이나 변동성이라기보다도 스프레드나 기준(basis)의 변동을 이용하려고 시도한다. → interdelivery spread [한월간(限月間) 스프레드]. ***Intermarket Surveillance Information System (ISIS)*** 시장간 감시정보시스템 ¶ The *Intermarket Surveillance Information System* (*ISIS*) is a database sharing information provided by the major stock exchanges in the United States. It permits the identification of contra brokers and aids in preventing violations. 시장간 감시정보시스템은 미국의 주요한 증권거래소(stock exchange)가 제공하는 정보를 공유하는 데이터베이스(database)이다. 거래의 상대방브로커(contra broker)의 신원확인이 가능하고, 위반행위를 방지하는 데에 도움을 주고 있다. ***Intermarket Trading System (ITS)*** 시장간 거래시스템 ¶ The *Intermarket Trading System* (*ITS*) is a computer system that links the New York, American, Boston, Chicago, National, Pacific, and Philadelphia stock exchanges, the Chicago Board Options Exchange, and the NASDAQ. A specialist (or market maker) at one exchange may direct an order to another exchange where the quote is better by sending the order through the electronic workstation. A transaction that is accepted at the other exchange is analogous to an electronic handshake and constitutes a contract. In recent times, *ITS* has come under criticism for being out of date and no longer needed in the wake of regulatory changes. 시장간 거래시스템은 뉴욕, 아메리칸, 보스턴, 시카고, 나스닥, 퍼시픽, 필라델피아의 거래소 및 나스닥을 연결짓는 컴퓨터표시시스템을 말한다. 하나의 거래소에 소속하는 스페셜리스트(specialist), 즉 마켓메이커는 다른 거래소의 매매호가(quotation)가 자기의 거래소의 호가보다 좋은 경우에는, 전자워크스테이션(workstation)을 경유하여 직접 발주할 수 있다. 상대의 거래소가 접수한 거래는 컴퓨터를 이용한 악수와 유사한 주고 받음을 통해서 계약이 성립한다. 근년에 ITS는 시대에 뒤떨어지고, 규제의 변화의 결과 필요치 않다는 비판을 받고 있다.

intermediary ⓝ 중개자, 중재인, 중개업자, 매개의 수단 ¶ The *intermediary* is a person or institution empowered to make investment decisions for others. Some example are banks, savings and loan institutions, insurance companies, brokerage firms, mutual funds, and credit unions. These specialists are knowledgeable about investment alternatives and can achieve a higher return that the average investor can. Furthermore, they deal in large dollar volumes, have lower transaction costs, and can diversify their assets easily. Also called financial *intermediary*. 중개업자는 타인을 위하여 투자를 결정할 권한을 부여받은 개인 또는 기관을 이른다. 예컨대, 은행, 저축대출조합(savings and loan association), 보험회사, 증권회사(brokerage firm), 뮤추얼펀드(mutual fund), 신용조합(credit union)을 들 수 있다. 이러한 전문가는 여러 가지의 투자의 선택지에 정통하고 있고, 평균적인 투자자보다도 높은 이율을 올릴 수 있다. 그리고, 다액의 자금을 취급하여 거래비용이 낮도, 자산을 용이하게 분산할 수 있다. financial intermediary(금융중개업자)라고도 한다.

ⓐ 중개의, 중계의(intermediate) ¶ *intermediary* trade [commerce] 중개무역, 3국간 무역 ***intermediary loan program – Eximbank*** 미국수출입은행의 중계대출프로그램 ¶ The *intermediary loan program – Eximbank* is a program that provides fixed interest rate loans to a responsible party that extends a loan to a buyer of U.S. exports. The purpose of the loan is to provide assistance to U.S. firms facing competition from other countries that are backed by subsidized financing. 미국수출입은행의 중계대출프로그램이란 미국수출품의 바이어에게 대여를 베푸는 신뢰할 수 있는 당사자에게 고정금리의 대출을 마련하는 프로그램이다. 이 대출의 목적은 교부금금융(subsidized financing)의 뒷받침을 받는 타국으로부터 경쟁을 직면하고 있는 미국의 기업들을 지원하는 데에 있다.

intermediate 중간의, 중간에 있는 ¶ *intermediate* target 중간목표 /*intermediate* term loan 중기(中期)대출 ***intermediate term*** 중기(中期) ¶ The *intermediate term* is a period between the short and long terms, the length of time depending on the context. Stock analysts, for instance, mean 6 to 12 months, whereas bond analysts most often mean 3 to 6 years. 중기(中期)란 단기와 장기 사이의 기간을 말한다. 기간의 길이는 이야기의 문맥에서 결정된다. 주식애널리스트(stock analyst)가 6개월에서 12월로 한다는 것에 대하여, 채권애널리스트(bond analyst)는 대체로 3년에서 10년의 기간을 말한다.

intermediation 중개, (금융의) 중개화(仲介化) ¶ *Intermediation* is placement of money with a financial intermediary like a broker or bank, which invests it in bonds, stocks, mortgages, or other loans, money-market securities, or government obligations so as to achieve a targeted return. Most formally called financial *intermediation*. The opposite is disintermediation, the withdrawal of money from an intermediary. 중개란 증권회사나 은행과 같은 중개업자(intermediary)에게 자금을 예탁하는 것이다. 금융기관은 목표의 이익을 달성하기 위하여, 그 자금을 채권(bond), 주식(stock), 모기지(mortgage), 또는 다른 대출(loan), 단기금융증권(money market securities), 및 연방정부증권(government obligation)에 투자한다. 보다 정식으로는, 금융중개(financial intermediation)라고 한다. 반대어는 금융중개기능의 배제(disintermediation)인데, 금융기관에서 자금을 인출하는 경우이다.

intermediative technique (금융기관의) 중개기술

internal 내부의, 국내의 ¶ *internal* debts 내부채 /*internal* financing; an *internal* source of capital 자기금융, 내부금융 /*internal* regulation 내규 /*internal* reserve 사내유보 /*internal* trade 내국무역 /*internal* transaction 내부거래 /*internal* transfer profit 내부이체이익 ***internal auditor*** 내부감사인 ¶ The *internal auditor* is an employee of a company who examines records and procedures to ensure against fraud and to make certain board directives and management policies are being properly executed. 내부감사인은 부정행위를 방지하고, 이사회(board of directors)의 결정이나 경영방침이 적절히 수행되고 있는지를 확인하기 위하여 회사의 기록이나 절차를 감사하는 회사의 종업원을 말한다. ~ ***capital adequacy assessment process (ICAAP)*** [영] 내부자본충실평가프로세스 ¶ The *internal capital adequacy assessment process* (*ICAAP*) is an element of Pillar II of the Basle II framework, in which a participating bank creates appropriate governance and processes for reviewing all of its risks and its available capital resources, develops appropriate strategies, conducts stress tests, and documents its processes. These may be reviewed by the relevant national regulator through the supervisory review and evaluation process. 내부자본충실평가프로세스는 바알 II 체계의 필라(Pillar) II의 구성요인을 말한다. 여기서는 참가은행이 모든 은행의 위험과 유용한 자본자원을 심사하기 위한 적절한 조직지배(governance)와 프로세스를 창조하고, 적절한 전략을 개발하며, 스트레스 테스트를 행하고 그 과정을 문서로 작성한다. 이러한 조치들은 감독자의 심사와 평가프로세스를 통해서 당해 국내당국자에 의해서 심사될 수 있다. ~ ***control*** 내부관리 ¶ The *internal control* is a method, procedure, or system designed to promote efficiency, assure the implementation of policy, and safeguard assets. 내부관리란 효율의 향상, 방침수행의 확인, 자산보호를 위하여 계획된 방법, 수순, 구조를 이른다. ~ ***expansion*** 내부확대 ¶ *Internal expansion* is asset growth financed out of internally generated cash – usually termed internal financing – or through accretion or appreciation. See also cash earnings. 내부확대는 기업의 내부에서 산출된 자금(cash)에 의하여 달성되는 자산증가를 말한다. 내부적으로 산출된 자금이란 통상 내부금융(internal finance), 자산증가(accretion), 또는 자산가치의 상승(appreciation)을 가리킨다. cash earnings(현금수익)도 참조할 것. ~ ***rate of return (IRR)*** 내부수익률(운용·조달의 복리계산에 의한 최종이율) ¶ The *internal rate of return* (*IRR*) is a discount rate at which the present value of the future cash flows of an investment equal the cost of the investment. When the net present values of cash outflows (the cost of the investment) and cash inflows (returns on the investment) equal zero, the rate of discount being used is the *IRR*. When *IRR* is greater than the required return – called the hurdle rate in capital budgeting – the investment is acceptable. 내부수익률은 투자에서 발생하는 장래의 캐시플로(cash flow)의 현재가치(present value)가 투자액과 같게 되는 할인율(discount rate)을 말한다. 현금의 유출(cash outflow)의 순수한 현재가치(투자액)와 현금의 유입(cash inflow)(투자에 대한 수익)이 제로와 같을 때에, 사용되고 있는 할인율이 내부수익률이다. 내부수익률이 필요한 수익률 — 설비투자계획(capital budgeting)에 있어서 허들레이트(hurdle rate)라고 한다 — 보다 큰 경우에, 투자는 용인될 수 있다. ~ ***ratings-based (IRB) approach*** 내부등급에 기초한 방법 ¶ The *internal* *ratings-based* (*IRB*) *approach* is a method of computing credit risk exposure under Pillar I of Basle II, which allows an institution to select between the: foundation methodology (where it develops an internal model to compute probability of default but accepts from its regulatory supervisor the loss-given default, exposure at default, and maturity parameters) to determine the appropriate risk weighting; and the advanced methodology (where it develops all of the required parameters internally). See also standardized approach. 내부등급에 기초한 방법이란 (디폴트의 개연성을 계산하는 내부모형(internal model)을 발전시키지만, 규제감독관으로부터 손실경향의 디폴트, 디폴트의 부담 및 만기의 변수(parameter)를 수용하는) 기본방법론(foundation methodology)과 (필요한 변수의 모든 것을 내부적으로 발전시키는) 선진방법론(advanced methodology) 사이에서 금융기관이 선택할 것을 허용하는 발 II의 필라 I(Pillar I of Basle II)의 하에서 신용리스크부담(credit risk exposure)을 계산하는 방법을 말한다. standardized method (표준화방법)도 참조할 것. ***Internal Revenue Code*** 미국세입법 ¶ The *Internal Revenue Code* is the blanket term for complexity of statutes comprising the federal tax law. 미국세입법은 연방세(tax)법을 구성하는 복잡한 법체계의 총칭을 이른다. ***Internal Revenue Service (IRS)*** 미국세입청, 내국세입청 ¶ The *Internal Revenue Service* (*IRS*) is a U.S. agency charged with collecting nearly all federal taxes, including personal and corporate income taxes, social security taxes, and excise and gift taxes. Major exception include taxes having to do with alcohol, tobacco, firearms, and explosives, and customs duties and tariffs. The *IRS* administers the rules and regulations that are the responsibility of the U.S. Department of the Treasury and investigates and prosecutes (through the U.S. Tax Court) tax illegalities. 미국세입청은 연방세(Federal Income Tax)의 징수를 담당하는 연방정부의 기관을 말한다. 취급하는 범위에는, 개인과 법인의 소득세(income tax), 사회보장세(social security tax), 연방물품세(excise tax) 및 증여세(gift tax)가 포함되고 있다. 미국세입청이 취급하고 있는 주된 것에는 알코올, 담배, 총기, 및 폭발물에 관련된 세금, 그리고 관세(tariff)가 있다. 미국세입청은 미재무부(U.S. Department of the Treasury)의 책임범위인 규칙이나 규제를 집행하고, 세제에 대한 위법행위를 조사하여 (조세법원(tax court)을 통하여) 기소한다. ***Internal Revenue Service Restructuring and Reform Act of 1998*** 1998년의 미국세입청재편개혁법 ¶ The *Internal Revenue Service Restructuring and Reform Act of 1998* is a legislation designed to reform the Internal Revenue Service, lower the holding period for capital gains, and make various technical corrections in the Taxpayer Relief Act of 1997. Some of the major provisions of law, which was enacted in the summer of 1998, include (1) Reduction in the capital gains holding period; (2) Restructuring the Internal Revenue Service; (3) Taxpayer protections and rights; (4) Electronic filing incentives; (5) Limit the tax benefits of "paired-share" REITs; (6) Changes to Roth IPA rules; (7) Pro-rata gains from sales of principal residence. 1998년의 미국세입청재편개혁법은 미국세입청의 개혁, 캐피탈게인(capital gain)보유기간의 단축, 그리고 1997년의 납세자구제법(Taxpayer Relief Act of 1997)의 세부수정을 목적으로 하여 입안된 법률이다. 1998년 여름에 제정된 이 법률의 주요한 조항은 다음과 같은 사항이 포함되어 있다. (1) 캐피탈게인보유기간의 단축, (2) 미국세입청의 기구개혁, (3) 납세자의 보호와 권리, (4) 전자신고의 장려, (5) 페어드쉐어 리트("paired-share REITs")에 대한 세제상의 특전의 제한, (6) 로스(Roth)개인퇴직계정규제의 수정, (7) 주된 거주용 주택의 판매에서 얻은 수익의 안분(按分)이다.

internally generated funds 내부자금 ¶*Internally generated funds* are funds that are raised within a firm. Also simply called internal funds. For example, income after taxes and noncash expenses, such as depreciation, provide a firm with funds to use in the acquisition of investments. Companies that are able to finance expenditures with *internally generated funds* do not have to rely on borrowing or no the sale of additional shares of stock. Compare external funds. 내부자금은 기업의 내부에서 조성된 자금을 말한다. 이를 간단히 internal funds라고도 한다. 예컨대 감가상각(depreciation)과 같이, 세액공제후 소득과 비현금 비용은 기업에게 투자의 취득에 사용할 자금을 제공한다. 내부자금으로 지출을 처리할 수 있는 회사는 차입(borrowing)이나 추가적인 주식의 매매에 의존하지 않는다. 외부자금(external funds)과 비교할 것.

international 국제의, 국제적인 ¶*international* agency bond 국제기관채권(債券) /*international* balance of payments [accounts] 국제수지(國際收支) /*international* banking facilities (IBF) [미] 국제금융업무시설 /*international* broking 해외중개업무 /*international* capital market 국제자본시장 /*international* capital movement 국제자본이동 /*international* commerce 국제통상 /*international* commodity agreement 국제상품협정 /*international* competitive abilities 국제경쟁력 /*international* competitiveness 국제경쟁력 /*international* currencies [money] 국제통화 /*international* deposits 국제예금 /*international* diversification 국제분산투자 /*International* Division 국제부(國際部) /*international* division of labor 국제분업 /*international* double taxation 국제이중과세 /*international* finance [lending] 국제금융 /*international* finance agreement 국제금융협정 /*international* financial market 국제금융시장 /*international* indebtedness 국제채무 /*international* investment bank 국제투자은행 /*international* investment fund 국제투자신탁 /an *international* lease 국제리스 /*international* liquidity 국제유동성 /*international* long-term capital movement 국제장기자본이동 /*international* managed currency system 국제관리통화제도 /*international* market 국제시장 /*international* marketing 국제마케팅 /an *international* monetary system 국제통화제도 /*international* money management 국제적 금융관리 /*international* money market 국제금융시장 /*international* reserve asset 국제적 준비자산 /*international* security 국제증권 /*international* short-term capital movement 국제단기자본이동 /*international* syndicate 국제신디케이트 /*international* telecommunication 국제전기통신 /*international* [overseas] trade 국제무역 ***International Accounting Standards (IAS)*** [영] 국제회계기준 ¶The *International Accounting Standards* (*IAS*) is a body of accounting rules, adopted by public companies in many countries, intended to create uniform treatments of activities impacting the balance sheet, income statement, and statement of cash flows. *IAS* has been subsumed by International Financial Reporting Standards. See also Generally Accepted Accounting Principles. 국제회계기준은 대차대조표, 손익계산서 및 자금흐름계산서에 영향을 미치는 활동의 통일적 취급을 하려는 많은 국가의 공개회사가 채택한 회계규범의 집합체를 말한다. 국제회계기준은 국제회계보고기준에 의해서 포섭되었다. Generally Accepted Accounting Principles(일반적으로 공정타당하다고 인정하는 회계기준)도 참조할 것. ***International Accounting Standards Board (IASB)*** 국제회계기준심의회 ¶The *International Accounting Standards Board* (*IASB*) is a London-based, privately funded organization formed in 1973 as the International Accounting Standard Committee. Its mission is to develop, in the public interest, a single set of high-quality, understandable, and international financial reporting standards (IFFSs) for general-purpose financial statements. 국제회계기준심의회는 1973년에 런던에 거점을 두는 국제회계기준위원회로서 사설자금으로 설립된 기구이다. 그 사명은 공익차원에서 일반목적의 재무제표(general-purpose financial statements)에 관하여 단일규준의 고품격이고 이해하기 쉬운 국제금융보고기준(international financial reporting standards)을 발전시키는 데에 있다. ***International Bank for Reconstruction and Development* (IBRD)** 국제부흥개발은행, 세계은행(the World Bank) ¶ The *International Bank for Reconstruction and Development* (*IBRD*) is an organization set up by the Bretton Woods Agreement of 1944 to help finance the reconstruction of Europe and Asia after World War II. That task accomplished, the World Bank, as *IBRD* is known, turned to financing commercial and infrastructure projects, mostly in developing nations. It does not compete with commercial banks, but it may participate in a loan set up by a commercial bank. World Bank loans must be backed by the government in the borrowing country. 국제부흥개발은행은 1944년의 브레튼우즈협정(Bretton Woods Agreement)에 의하여 설립된 조직으로, 제2차세계대전 후의 유럽과 아시아의 부흥을 재정면에서 지원할 것을 목적으로 하였다. 그 목적이 달성되자, 세계은행이라는 명칭으로 알려지고 있는 국제부흥개발은행은 주로 개발도상국에서의 상업 및 사회기반정비사업에 융자한다는 방침으로 전환하였다. 세계은행은 상업은행과 경쟁하는 것은 아니지만, 상업은행(commercial bank)이 출자하는 융자(loan)에 참가하는 경우는 있다. 세계은행의 대출은 채무국정부의 보증을 필요로 한다. ***international banking facility* (IBF)** 국제은행업무시설 ¶ The *international banking facility* (*IBF*) is a banking facility in the U.S. that is authorized by the Federal Reserve System to participate in Eurocurrency lending. 국제은행업무시설은 유럽통화의 대출에 참여하도록 미국연방준비제도로부터 수권받은 미국내의 은행업무시설이다. ¶ The *international banking facility* (*IBF*) is a separate banking center in a U.S. domestic bank or office of a foreign bank, authorized by the Federal Reserve Board in 1981 to participate in Eurocurrency lending trough a separate set of accounts. Essentially, an *IBF* is an in-house shell branch (a separate book of assets and liabilities) that makes loans to foreign customers, other *IBFs*, and U.S. offices and foreign offices of an *IBF* parent bank. *IBF* deposits, limited to non-U.S. residents, other *IBFs*, and banks owning an *IBF*, are free from reserve requirements, federal deposit insurance assessments, and some state income taxes. 국제은행업무시설(IBF)은 독립된 계정을 통해서 유럽통화의 대출에 참여하도록 1981년에 미국연방준비금이사회로부터 수권받은, 미국국내은행이나 외국은행의 사무소내의 독립된 금융센터이다. 본래, IBF는 외국고객에 대해서 대출을 해주는 사내(社內)의 명의뿐인 지점(shell branch)(자산과 부채의 독립된 장부)으로서, IBF 모은행의 다른 IBF와 미국사무소 및 외국사무소이다. 미국내의 비거주자(non-residents), 다른 IBF 및 IBF를 소유하고 있는 은행에 한정된 IBF예금은 준비금요건, 연방예금보호평가, 그리고 일부 주의 소득세로부터 면제된다. ~ ***bond*** 국제채권 ¶ The *international bond* is a bond issued outside the country of issuer. It may be in the form of a foreign bond or Eurobond. 국제채권이란 발행단체의 국가이외에서 발행한 채권이다. 그것은 외국채권(foreign bond)이나 유럽채권(Eurobond)의 형태일 수 있다. ***International Capital Market Association*** 국제자본시장협회 ¶ The *International Capital Market Association* is a Zurich, Switzerland-based self-regulatory organization for the international securities market formed through the July 2005 merger of its predecessors the International Securities Market Association and the International Primary Market Association. The group has more than 400 members in abut 50 countries. It plays an active role in the shaping of the financial regulatory framework in Europe. 국제자본시장협회는 스위스의 취리히에 거점으로 두고 있는 국제적인 증권시장을 위한 자율규제기구(self-regulatory organization)로, 전신인 국제증권시장협회(International Securities Market Association)와 국제발행시장협회(International Primary Market Association)의 2005년 7월의 통합에 의하여 현재의 모습을 띠게 되었다. 약 50개국의 400을 넘는 회원으로 구성되고 있다. 국제자본시장협회는 유럽에 있어서 금융규제의 큰 틀 형성에 적극적인 역할을 다하고 있다. ***International Centre for Settlement of Investment Disputes (ICSID)*** 국제투자분쟁해결센터 ¶ The *International Centre for Settlement of Investment Disputes* (*ICSID*) is an affiliate of the World Bank, which is a pubic international organization that provides facilities for the conciliation and arbitration of investment disputes between contracting states and nationals of other contracting states. The centre's objective is to promote an atmosphere of mutual confidence between states and foreign investors conductive to increasing the flow of private international investment. The centre does not itself engage in conciliation and arbitration but assists in the initiation and conduct of conciliation and arbitration proceedings. Recourse to conciliation and arbitration under the *ICSID* convention is entirely voluntary. However, once the parties have consented, they are bound to carry out their undertakings and, in the case of arbitration, to abide by the award. All contracting states, whether or not they are parties to the dispute, are required to recognize awards rendered pursuant to the convention as binding and to enforce the pecuniary obligations imposed thereby. The centre also conducts and publishes research in foreign investment law. *ICSID* was created under a treaty, the United Nations Convention on the Settlement of Investment Disputes Between States and Nationals of Other States (the *ICSID* Convention), in October 1966. The centre's headquarters is in Washington, D.C. 국제투자분쟁해결센터는 세계은행의 가맹기구(affiliate)이고, 체약국(contracting states)과 다른 체약국의 국민간의 조정(conciliation)과 중재(arbitration)를 위한 시설을 제공하는 공적인 국제기구이다. 센터의 목표는 사적 국제투자의 흐름을 증진하는 데 도움이 되는 국가와 외국인투자자산의 상호신뢰의 분위기를 촉진함에 있다. 센터 자체가 조정과 중재에 관여하지 않지만, 조정과 중재의 절차를 개시하고 진행하는 것을 지원한다. 국제투자분쟁해결센터에 관한 유엔협약하에서 조정과 중재에 대한 제소(recourse)는 임의사항이다. 그러나, 일단 당사자들이 동의하면, 그들의 약속을 이행해야 하고, 중재의 경우에는 판정(award)을 따라야 한다. 모든 체약국은 그 분쟁의 당사자이든 아니든 유엔협약에 따라 내려진 판정의 구속력을 인정해야 하고 그에 의해서 부과된 금전적 의무(pecuniary obligation)를 이행해야 한다. 센터는 또한 외국투자법(foreign investment law)에 관한 연구를 행하고 간행물을 발간한다. 국제투자분쟁해결센터는 체약국과 다른 체약국의 국민간의 투자분쟁의 해결에 관한 유엔협약(ICSID협약)인 조약하에서 1966년 10월에 설립되었다. 센터의 본부는 워싱턴 DC에 있다. ~ ***consortium*** 국제콘소시엄 → consortium (콘소시엄). ***International Depositary [Depository] Receipt (IDR)*** 국제예탁증서 ¶ The *international depositary receipt (IDR)* is a negotiable bank-issued certificate representing ownership of stock securities by an investor outside the country of origin. An *international depositary receipt*, or *IDR*, is the non-U.S. equivalent of an American Depositary Receipt. These instruments have been used since the 1970s to facilitate international trading in securities. The securities backing the receipt remain in the custody of the issuing bank or a correspondent. 국제예탁증

서는 원산지(country of origin)외의 투자자에 의한 주식의 소유권을 표창하는 은행 발행의 유통가능증서이다. 국제예탁증서는 미국예탁증서와 같은 증서이다. 이러한 증서는 1970년대 이후 증권의 국제거래를 조장하기 위하여 이용되어 왔다. 증서의 뒷받침이 있는 증권은 발행은행이나 거래은행(correspondent)의 보관하에 놓여 있다. ~ ***Fischer effect*** 국제피셔효과 ¶ The *international Fischer effect* is the hypothesis, first advanced by the economist Irving Fischer, that the difference between the nominal interest rates in two different currencies is equal to the difference between the expected rates of inflation in the two countries. 국제피셔효과는 2개국간 통화의 명목상의 금리는 양국 간의 인플레이션에 대한 기대율 간의 차이와 같다고 하는 경제학자 어빙 피셔가 처음으로 제시한 가설이다. → Fischer effect (피셔의 효과). ~ ***market index*** 국제시장인덱스 ¶ The *international market index* is a market-value weighted proprietary index of the American Stock Exchange which tracks the performance of 50 American Depositary Receipts traded on the American Stock Exchange, New York Stock Exchange and NASDAQ Market. Options are no longer traded on the index. 국제시장인덱스는 아메리컨증권거래소(American Stock Exchange). 뉴욕증권거래소(New York Stock Exchange), 나스닥시장(NASDAQ Market)에서 거래되고 있는 미국예탁증서(American Depositary Receipts: ADR) 50종목의 동향을 추적하고 있는 아메리칸증권거래소의 독자적인 지표로서, 종목의 시가총액에서 가중평균하여 산출되는 지표이다. 옵션은 더 이상 그 지표에서 거래되고 있지 않다. ***International Financial Reporting Standards (IFRS)*** 국제재무보고기준 ¶ The *International Financial Reporting Standards* (*IFRS*) is a series of standards and interpretations promulgated by the Internatinal Accounting Standards Board that address key accounting issues, and which are increasingly adopted as a global standard. *IFRS* has adopted the standards previously set forth via the International Accounting Standards. 국제재무보고기준은 국제회계기준이사회가 공표한 일련의 기준과 해석으로, 글로벌 기준으로서 점차로 채용한 기준이다. 국제재무보고기준은 국제회계기준을 경유하여 이미 발표된 기준을 채용하였다. ***International Monetary Fund (IMF)*** 국제통화기금 ¶ The *International Monetary Fund* (*IMF*) is an organization set up by the Bretton Woods Agreement in 1944. Unlike the World Bank, whose focus is on foreign exchange reserves and the balance of trade, the *IMF* focus is on lowering trade barriers and stabilizing currencies. While helping developing nations pay their debts, the *IMF* usually impose tough guidelines aimed at lowering inflation, cutting imports, and raising exports. *IMF* funds come mostly from the treasuries of industrialized nations. See also International Bank for Reconstruction and Development. 국제통화기금은 1944년의 브레튼우즈협정(Bretton Woods Agreement)에 의하여 설립된 기구이다. 세계은행(World Bank)이 외화준비총액이나 무역수지에 주안을 두는 것과 달리, IMF의 활동의 중심은 무역장벽을 낮추고, 통화를 안정시키는 데에 있다. 개발도상국의 채무(debt)의 상환을 지원하는 한편, 통상 IMF는 인플레이션의 억제, 수입삭감, 수출확대를 목표로 한 엄격한 지침을 과하고 있다. IMF의 기금은 대부분이 선진공업국의 재무부에서 출연하고 있다. International Bank for Reconstruction and Development(국제부흥개발은행)도 참조할 것. ***International Monetary Market (IMM)*** 국제금융시장 ¶ The *International Monetary Market* (*IMM*) is a division of the Chicago Mercantile Exchange that trades futures in U.S. Treasury bills, foreign currency, certificates of deposit, and Eurodollar deposits. ¶ 국제금융시장이란 미국단기국채(Treasury bill), 외국환(foreign exchange), 양도성예탁증서(certificate of deposit), 유로달러예금(Euro dollar deposit)의 선물거래

를 취급하는 시카고상업거래소(Chicago Mercantile Exchange)의 한 부문을 말한다. ~ ***mutual fund*** 국제뮤추얼펀드 ¶The *international mutual fund* is a mutual fund that invests in securities markets throughout the world so that if one market is in a slump, profits can still be earned in others. Fund managers must be alert to trends in foreign currencies as well as in world stock and bond markets. Otherwise, seemingly profitable investments in a rising market could lose money if the national currency is falling against the dollar. While *international mutual funds* tend to concentrate only on non-American securities, global mutual funds buy both foreign and domestic stocks and bonds. 국제뮤추얼펀드는 어느 시장이 폭락한 경우에도, 다른 시장에서는 이익을 올릴 수 있도록 세계중의 증권시장에 투자하는 뮤추얼펀드(mutual fund)를 말한다. 펀드매니저(fund manager)는 세계의 주식시장, 채권시장의 동향과 함께, 외국통화에도 세심한 주의를 할 필요가 있다. 그렇지 아니하면, 이익을 올리고 있는 것처럼 보이는 상승중의 시장에의 투자라도, 그 국가의 통화가 달러에 대하여 하락한 경우에, 손실을 입게 된다. 국제뮤추얼펀드가 미국 이외의 증권에만 집중하는 경향에 있음에 대하여, 글로벌펀드(global mutual fund)는 내외의 주식과 채권을 구입하고 있다. ***International Petroleum Exchange (IPE)*** 국제석유거래소 ¶The *International Petroleum Exchange* is the leading European marketplace for regulated trading of energy contracts, the *IPE* is a London-based energy futures and options exchange. The *IPE* lists the benchmark Brent crude oil futures contract, which is relied upon for pricing an estimated two-thirds of the world's traded oil products. The *IPE* offers fully electronic trading in futures and options on Brent crude oil and gas oil, futures on emissions, natural gas, and electricity. In June 2001, the *IPE* became a wholly owned subsidiary of Intercontinental Exchange (ICE), an electronic marketplace for trading both futures and over-the-counter (OTC) contracts in natural gas, power, and oil. Trading hours: 2 a.m. to 10 p.m. See also Intercontinental Exchange. 국제석유거래소는 런던에 거점을 두는 에너지의 선물(futures contract) 및 옵션(option)거래소로서, 관리된 에너지관련거래에서는 유럽최대의 시장이다. IPE는 벤치마크가 되고 있는 브렌트 원유(Brent crude)의 선물거래를 행하고 있다. 브렌트 원유의 선물거래는 세계의 약 3분의 2의 원유거래의 가격결정에 이용되고 있다. 브렌트 원유와 가스·오일의 선물과 옵션거래, 및 배출권(emission), 천연가스, 전력의 선물거래는 완전히 전자거래로 되어 있다. 2001년 6월에, IPE는 인터콘티넨탈거래소(Intercontinental Exchange: ICE)의 전액출자회사(wholly owned subsidiary)가 되었다. ICE는 천연가스, 전력, 원유의 선물거래 및 장외거래(over the counter)를 하는 전자시장이다. 거래시간은 오전 2시부터 10시까지이다. 또 Intercontinental Exchange(인터콘티넨탈거래소)를 참조할 것. ~ ***reserves*** 국제준비금 ¶*International reserves* are acceptable international means of payments between central banks, mainly in gold, certain currencies (such as the dollar), and special drawing rights at the International Monetary Fund. 국제준비금이란 중앙은행간의 용인되는 지급수단으로, 주로 금, (달러와 같은) 일정한 통화 및 국제통화기금에서의 특별인출권(special drawing rights)을 의미한다. ***International Rules for the Interpretation of Trade Terms (INCOTERMS)*** 인코텀즈(Incoterms) ¶An attempt to define the duties of the parties under c.i.f., f.o.b. and other standard types of sales has been made by the International Chamber of Commerce in its publication entitled *INCOTERMS,* which is an abbreviation of the *International Rules for the Interpretation of Trade Terms.* c.i.f.거래조건, f.o.b.거래조건 기타 전형적인 매매조건에서 당사자의 의무를 정해 놓는 시도는 국제상업회의소가 인코텀즈라는 간행물에서

행하여 왔다. 거래조건의 해석에 관한 국제규칙의 약칭이 인코텀즈이다. ***International Securities Regulatory Organization (ISRO)*** 인터내셔널시큐리티즈 레귤레이토리기구 → International Stock Exchange of the United Kingdom and the Republic of Ireland (ISE). (연합왕국 및 아일랜드공화국의 국제증권거래소). ***International Standard Organization (ISO)*** 국제표준기구 ¶The *International Standard Organization* (*ISO*) is an organization that establishes international standards, particularly agreed standard sizes and weights, etc. It includes the three-letter coding (*ISO* code) for international currencies as included in this dictionary. 국제표준기구는 국제표준을 확립하는 기구, 특히 표준사이즈와 중량 등을 합의한 기구를 말한다. 그것은 이 사전에 들어있는 국제화폐를 위한 3자 약호(국제표준기구 약호)를 포함한다. ***International Securities Identification Number (ISIN)*** 국제증권식별번호 ¶The *International Securities Identification Number* (*ISN*) is 12-digit security identification code developed by the International Standards Organization. The first 2 digits represent a country code, the next 9 characters represent a national securities identifier code (unique to each country) and the identification procedures, CUSIP international number, stock exchange daily official list. 국제증권식별번호는 국제기준기구(International Standards Organization)가 개발한 12개숫자 증권식별약호이다. 첫번째 2자리숫자는 국가 약호를 나타내고, 다음 9개 숫자는 국가별 식별약호(각국마다 독특하다)와 식별절차, 커십(Committee on Uniform Securities Identification Procedures) 국제번호, 증권거래소 일일(日日) 공용시세표(daily official list)를 나타낸다. ***International Securities Markets Association (ISMA)*** [영] 국제증권시장협회 ¶The *International Securities Markets Association* (*ISMA*) is an industry trade group representing the secondary trading marketplace for international bonds. The *ISMA* is responsible for establishing and promulgating the bond-dealing practices and pricing and settlement conventions, which are widely used in the international bond markets. 국제시장협회는 국제채권을 위한 제2차 거래시장을 대변하는 산업동업단체이다. 국제증권시장협회는 채권을 거래하는 관행과 가격결정과 결제방법을 설정하고 선전할 책임이 있고, 이는 국제채권시장에서 널리 사용되고 있다. ***International Stock Exchange of the United Kingdom and the Republic of Ireland (ISE)*** 연합왕국 및 아일랜드공화국의 국제증권거래소 ¶The *International Stock Exchange of the United Kingdom and the Republic of Ireland* (*ISE*) is an organization formed after Big Bang to replace the London Stock Exchange following its merger with the International Securities Regulatory Organization (ISRO). ISRO is a professional trade association of brokers and dealers in the United Kingdom that functions as a self-regulatory organization. The London Stock Exchange persists in investment parlance despite the name change. 연합왕국 및 아일랜드공화국의 국제증권거래소는 인터내셔널시큐리티즈 레귤레이토리기구와의 합병 후에 일어나는 런던증권거래소를 대체하기 위하여 빅뱅 이후에 조직된 기구이다. ISRO는 영국에서 자율규제기구로서 작용하는 브로커와 딜러들의 전문거래기관이다. 런던증권거래소는 명칭이 변경에도 불구하고 투자라는 측면에서 보면 지속하고 있다. ***International Swaps and Derivatives Association (ISDA)*** [영] 국제스왑파생상품협회 ¶The *International Swaps and Derivatives Association* (*ISDA*) is an industry trade group created in 1985 to represent the interests of over-the-counter derivatives marketplace. The *ISDA* has been instrumental in developing and advancing key product and risk management mechanisms, including netting and master agreements. 국제스왑파생상품협회는

장외파생상품시장을 대변하기 위하여 1985년에 창설된 산업동업단체이다. 국제스왑파생상품협회는 네팅계약(netting agreement)과 마스터계약(master agreement)을 비롯하여 주요한 상품과 리스크메커니즘을 개발하고 촉진하는 데 힘이 되어 왔다.

Internet 인터넷(전자정보망을 중심으로 연결되어 있는 국제적인 컴퓨터 네트워크) ***Internet banking*** 인터넷뱅킹 ¶The *Internet banking* is financial services accessed via the Internet's World Wide Web. An Internet bank exists only on the Internet, the global network of computer networks without any "brick and mortar" branch offices. By eliminating the overhead expenses of conventional banks, Internet banks theoretically can pay consumers higher interest rates on savings than the national average. Banks use the Internet to deliver information about financial services, replace transactions done in branch offices, which eliminates the need to build new branches, and to service customers more efficiently. *Internet banking* sites offer the prospect of more convenient ways to manage personal finances, and such services as paying bills on-line, finding mortgage or auto loans, applying for credit cards, and locating the nearest ATM or branch office. Some Internet banks also offer 24-hour telephone support, so customers can discuss their needs with bank service representatives directly. 인터넷 뱅킹은 월드와이드웹(World Wide Web)을 통해서 접근하는 금융서비스이다. 인터넷은행은 어떤 「건물(brick and mortar)」지점사무소가 필요없는 컴퓨터 네트워크 중의 글로벌 네트워크인 인터넷상에만 존재한다. 전통적인 은행의 간접비(overhead expenses)를 제거함으로써, 인터넷은행은 이론적으로는 국내평균보다 저축의 높은 금리를 소비자에게 지급할 수 있다. 은행들은 금융서비스에 관한 정보를 주고, 새로운 지점을 개설할 필요가 없기 때문에, 지점사무소에서 하는 거래를 대신하며, 좀 더 효율적으로 고객에게 서비스하기 위하여 인터넷을 사용한다. 인터넷뱅킹사이트는 개인신용의 관리상 더 편리한 방법의 기대를 제공하고, 온라인상으로 어음의 지급, 모기지 또는 자동차론(loans)의 찾기, 크레디트카드의 신청, 가장 가까운 현금자동수급기(ATM) 또는 지점사무소의 위치와 같은 서비스를 제공한다. 어떤 인터넷은행은 또 24시간 전화지원을 제공하므로, 고객들은 직접 은행서비스 대표자와 필요한 것에 관하여 이야기할 수도 있다. ***Internet investing*** 인터넷투자 ¶The *Internet investing* is a general term for using the Internet to obtain investment information and execute trades. Tools available on the Internet include sources of quotes, financial news, company information, Wall Street research, message boards, stock screening, and online brokerage sites. See also on-line trading. 인터넷투자는 투자에 관한 정보나 증권거래를 인터넷을 통해서 행하는 것을 의미하는 용어이다. 인터넷에서 이용할 수 있는 툴(tool)에는 주가 등의 시세(quotation), 금융뉴스, 기업정보, 월가 리서치(Wall Street research), 게시판(message board), 주식의 스크린(screen stocks), 온라인 증권의 사이트 등이 있다. on-line trading(온라인 거래)도 참조할 것.

inter-office 점포와 점포간의 ¶*inter-office* account 본지점계좌 /*inter-office* rate 본지점환율

interpolation 개변(改變), [수학] 보간법(補間法)(단수(端數)기간의 금리산출시에 전후의 금리의 평균치에 의하여 산출하는 방법) ¶*Interpolation* is estimation of an unknown number intermediate between known numbers. *Interpolation* is a way of approximating price or yield using bond tables that do not give the net yield on every amount invested at every rate of interest and for every maturity. *Interpolation* is based on the assumption that a certain percentage change in yield will result in the same percentage change in price. The assumption is not altogether correct, but the variance is small enough to ignore. 보간법(補間法)은 기존의 수치간에 있는 미지의 수치를 추정하는 방법이다. 보간법이란 채권가격이율표를 이용하여 가격이나 이율(yield)의 근사치를 내는 하나의 방법이다. 채권가격이율표(bond tables)에는, 모든 표면금리(rate of interest), 모든 만기(maturity), 모든 투자금액에 상응한 순이율이 나타나는 것이 아니므로 보간법이 사용된다. 보간법은 이율의 일정률의 변화는 가격에 동률의 변화를 가져온다고 하는 가정에 근거를 두고 있다. 이 가정은 전적으로 옳은 것은 아니지만, 오차는 무시할 정도로 작다.

interpositioning 개재(介在) ¶ *Interpositioning* is placement of a second broker in a securities transaction between two principals or between a customer and a marketmaker. The practice of regulated by the Securities and Exchange Commission, and abuses such *interpositioning* to create additional commission income are illegal. 개재(介在)는 증권거래에 있어서, 2인의 당사자간에 또는 고객과 마켓메이커(market maker)와의 사이에 제2의 브로커(broker)가 개입하는 경우이다. 개재는 미증권거래위원회(Securities and Exchange Commission)에 의하여 규제되고 있으며, 추가수수료를 위한 개재의 남용은 위법이다.

interpretation 해석, 통역 ¶ rules of *interpretation* 해석원칙 ***interpretation clause*** 해석조항 ¶ An *interpretation clause* is a section of a statute which defines the meaning of certain words occurring frequently in the other sections. 해석조항은 이따금 다른 조문의 일정한 문언의 의미를 명확히 설명하는 제정법의 조문을 말한다.

interregional 지역간의 ¶ the *interregional* difference between two districts 두 지방의 지역간의 격차

interrogatories [법] 질문서, 질문장 ¶ *Interrogatories* are written questions about facts in a civil suit, which are submitted by one party to the other party or witnesses. These questions are asked under oath, with the questions and sworn answers being used as evidence in the trial. The court may submit questions and answers to the jury as part of the evidence. Court time is saved by the use of *interrogatories*. 질문서는 민사소송에서 사실에 관하여 작성된 문제점들인데, 이것은 당사자가 상대방당사자 또는 증인에게 제출된다. 이러한 문제점들은 선서를 하고 문제점과 함께 묻게 되며 선서를 하고 한 답변은 사실심리에서 증거로 사용된다. 법원은 증거의 일부분으로서 배심에 대하여 문제점과 답변을 제기할 수 있다. 질문서를 이용하여서 법정시간을 줄일 수 있다.

interruption 중단, 시효중단 ¶ without *interruption* 중단 없이, 연속으로

interstate (미국의) 각주간의, 각주연합의 ¶ *interstate* banking [미] 주제(州際)은행업무 ***interstate commerce*** 주제간(州際間) 통상 ¶ *Interstate commerce* is business activity among inhabitants of different states, including transportation of persons and property and navigation of public waters for that purposes, as well as purchase, sale and exchange of commodities. 주제간 통상은 상품의 구매, 판매 및 교환뿐만 아니라, 인적 · 물적 교통, 그런 목적을 위한 공공 수역의 항해를 비롯하여, 서로 다른 주민간의 기업활동을 이른다. ***Interstate Commerce Commission (ICC)*** (미국의) 주제간 통상위원회 ¶ The *Interstate Commerce Commission* is a federal agency created by the Interstate Commerce Act of 1887 to insure that the public receives fair and reasonable rates and services from carriers and transportation service firms involved in interstate commerce. Legislation enacted in the 1970s and 80s substantially curtailed the regulatory activities of the *ICC*, particularly in the rail, truck, and bus industries. 주제간 통상위원회는 1887년 주제(州際)통상법에 의하여 주제통상에 관여하는 운송회사에서 공정하고 타당한 요금이나 서비스를 향유할 수 있도록 하기 위하여 창설된 연방기관이다. 1970년대와 80년대에 제정된 법률에 의하여 주간통상위원회(ICC)의 규제활동은 훨씬 축소되고, 특히 철도·트럭·버스업계에서 축소되고 있다.

inter-trade credit 기업간 신용

interval 거리, 간극 ¶at *intervals* (of) 사이를 두고 ***interval scale*** 간격척도 ¶The *interval scale* is a level of measurement in which the difference between observations provides information, such as the quality rating of bonds, AAA, AA, A, BBB. 간격척도는 관측간의 차이가 AAA, AA, A, BBB 채권의 품질등급과 같은 정보를 제공하는 측정수준이다.

intervene 간섭하다, 개입하다 ¶*intervene* in internal affairs 내정에 간섭하다

intervention 개입, 개재, 조정(調停), 중재 ¶The *intervention* is the process used by central banks or monetary authorities to purchase or sell a currency in the foreign exchange markets in order to influence its value. *Intervention* is generally taken by a country to support the value of its currency (i.e., purchasing the national currency and selling a foreign currency from its reserve holdings, directly or via currency swaps), though the reverse may also occur when the home currency is considered to be overvalued and negatively impacting on export flows. 개입은 중앙은행 또는 통화당국이 자국의 통화가치에 영향을 주기 위하여 외환시장에서 통화를 구입하거나 매도하는 데 사용하는 과정을 말한다. 개입은 일반적으로 국가가 자국의 통화가치를 유지하기 위하여 취한다(즉, 직접 또는 스왑을 경유하여 자국의 준비금보유에서 자국통화를 구입하고 외국통화를 매도하는 것). 그렇지만, 반대의 경우는 자국통화가 과대평가되어 수출흐름에 부정적으로 영향을 끼친다고 생각될 때에 일어날 수도 있다. /*intervention* by central bank 중앙은행에 의한 개입 /*intervention* on the market 시장에의 개입 /*intervention* [support] point 개입점(介入点) /*intervention* price 개입가격

interview 회견, 면담 ¶*Interview* is conversation between two or more people for the purpose of yielding information for guidance, counseling, treatment, or employment 인터뷰는 가이던스(guidance), 카운슬링(counseling), 처리문제 또는 채용에 관한 유익한 정보를 목적으로 하는 2인 이상간의 대화이다. /loan *interview* 대출을 위한 면접

inter vivos (L) 생존자간의 ¶*inter vivos* gift 생전증여(生前贈與)(lifetime transfer) ***inter vivos trust*** 생전신탁 ¶The *inter vivos trust* is a trust established between living persons – for instance, between father and child. In contrast, a testamentary trust goes into effect when the person who establishes the trust dies. Also called living trust. 생전신탁은 위탁자가 생존중에 설정된 신탁을 말한다. 상호 생존하고 있는 자 사이에, 예컨대 부자간에 설립되는 신탁이다. 이와 대조적으로 유언신탁(testamentary trust)은 설정자의 사망시에 유효하게 된다. 생전신탁(living trust)이라고도 한다.

intestacy; intestate 무유언사망(유언을 남기지 않고 사망하는 것) (*cf.*) testate 유언의 ¶A person who dies without a valid will is said to die *intestate* or in *intestacy*. State law determines who is entitled to inherit and who is entitled to manage the decedent's estate. 법적으로 유효한 유언서(will)를 남기지 않고 사망하게 된 사람을 유언 없이 사망하였다(intestate or in intestacy)고 한다. 이 경우,

고인의 재산의 상속권이 누구에게 있는지, 그 자산의 관리자격이 누구에게 있는지는 주법에서 결정된다. ***intestate distribution*** 무유언 유산의 배분 ¶ The *intestate distribution* is a distribution of assets to beneficiaries from the estate of a person who dies without a written will of instructions. The distribution is overseen by a probate court and the appointed executor of the estate. Each state has specific laws outlining how *intestate distributions* are to be made. 무유언 유산의 배분이란 서면으로 한 유언장(will)을 남기지 않고 사망한 자의 유산(estate)을 상속자(beneficiaries)에게 배분하는 것이다. 이 배분은 유언검인법원(probate court)과 지명된 유산의 유언집행자(executor)의 감독하에 행해진다. 각주에는 유언서가 없는 유산배분의 실시방법의 개요를 나타내는 특별법이 있다.

in the money [옵션거래] 인더 머니(현재가격이 행사가격과의 관계에서 이익이 나는 상태) (*cf.*) deep in the money (옵션을 행사한다면 큰 이익이 나는 상태) ¶ The words *in the money* mean an option contract on a stock whose current market price is above the striking price of a call option or below the striking price of a put option. A call option on XYZ at a striking price of 100 would be *in the money* if XYZ were selling for 102, for instance, and a put option with the same striking price would be *in the money* if XYZ were selling for 98. See also at the money; out of the money. 인더 머니라는 말은 현재의 시장가격(market price)이 콜옵션(call option)의 행사가격(exercise price)을 상회하거나 또는 풋옵션(put option)의 행사가격을 하회하는 옵션계약(option)을 이른다. 주식의 행사가격이 100인 XYZ의 콜옵션은 XYZ주가 102로 매매되고 있는 경우는 인더 머니이고, 또 같은 행사가격의 풋옵션은 XYZ주가 98로 매매되고 있는 경우는 인더 머니이다. 또 at the money(앳더 머니); out of the money(아웃오브더 머니)도 참조할 것. ***in-the-money option*** [영] 인더 머니옵션, 내가격옵션 ¶ The *in-the-money option* is an option to buy shares (a call option) for which the price on the open market has risen above the price fixed (the option's exercise price). Or it is an option to sell (a put option) for which the market price has fallen in relation to the exercise price. An *in-the-money option* is said to carry intrinsic value. 인더 머니옵션은 공개시장(open market)에서의 가격이 고정된 가격(옵션의 행사가격) 위로 상승한 주식(콜옵션)을 매수하는 옵션을 말한다. 혹은 그것은 시장가가 행사가격과 관련해서 하락한 주식(풋옵션)을 매도하는 옵션이다. 인더 머니옵션은 본질적 가치(intrinsic value)를 내포한다고 한다.

in the tank 급락 ¶ The word *in the tank* is a slang expression meaning market prices are dropping rapidly. Stock market observers may say, "The market is *in the tank*" after a day in which stock prices fell. in the tank(급락)라는 말은 시장가격(market price)이 급락하고 있는 것을 의미하는 속어표현이다. 주식시장의 관찰자는 주가가 하락한 날의 거래종료후 "The market is in the tank"(주식은 급락하였다.)고 한다.

intra-area trade 역내(域内)무역 ¶ *revitalization* of intra-area trade 역내무역의 활성화

intracity 시내(市内)의, (특히) 시 중심부의

intracommodity spread 한월간(限月間) 스프레드 ¶ The *intracommodity spread* is a futures position in which a trader buys and sells contracts in the same commodity on the same exchange, but for different months. For instance, a trader would place an *intracommodity spread* if he bought a pork bellies contract expiring in December and at the same sold a port bellies contract expiring in April. His profit or loss would be determined by the price difference between the December and April contracts. 한월간(限月間) 스프레드라는 것은 트레이더가 동일한 거래소에서 동일한 상품의 매도와 매수의 계약을, 다른 한월(限月)에 행하는 선물옵션거래(futures contract)를 이른다. 예컨대, 어느 트레이더가 12월한월의 돼지고기의 하복육(下腹肉)(pork bellies)의 계약을 구입하는 동시에, 4월 한월의 돼지고기의 하복육의 계약을 매각한 경우, 한월간 스프레드(spread)를 가지게 된다. 그 트레이더의 손익은 12월의 계약과 4월의 계약의 가격차로 결정된다.

intra-community EC 여러 국가내의 ¶ equilibrium and harmonization of *intra-community* EC 여러 국가내의 균형과 조화

intra-company 사내에서의 ¶ *intra-company* deposit 사내예금 /*intra-company* trade credit 사내거래신용 /*intra-company* transfer 내부이체(內部移替), 사업부간 이체

intracontract spread 상품간 스프레드 ¶ The *intracontract spread* is a transaction which mixes together purchase and sale of futures commodities of the same types that are different from delivery month, and seeks profits. 상품간 스프레드는 한월(限月)의 다른 동일업종의 상품의 선물매입과 매도를 조합하여 이익을 노리는 거래이다.

intraday 하루 동안에 일어나는, 일중(日中) ¶ *Intraday* means within a day; often used in connection with high and low prices of a stock, bond, or commodity. For instance, "The stock hit a new *intraday* high today" means that the stock price an all-time high price during the day but fell back to a lower price by the end of the day. The listing of the high and low prices at which a stock is traded during a day is called the *intraday* price range. 한나절(intraday)이란 하루 안이라는 뜻이다. 종종 주식(stock), 채권(bond), 상품(commodity)의 최고치, 최저치와 관련하여 잘 사용된다. 예컨대, "The stock hit a new *intraday* high today"(오늘, 그 주식은 한나절 최고치를 때렸다)는 것은 그 날의 한나절 그 주식은 사상 최고치를 쳤지만, 그 날의 거래종료시까지는 떨어진 가격으로 돌아온 것을 의미한다. 주식의 1일의 거래가격의 최고치, 최저치를 나타내는 표는 일중가격 변동폭(intraday price range)이라고도 부르고 있다. /an *intraday* high and low 일중 최고치와 최저치 /an *intraday* limit 일일(一日)한도 /*intraday* position 당일의 포지션한도

intra-firm 기업내의 ¶ *intra-firm* export 기업내 수출

intra-group 같은 업종간의 ¶ *intra-group* transaction 같은 업종간 거래

intra-industry 같은 산업내의 ¶ *intra-industry* credit [borrowing and lending] 같은 산업간신용 /*intra-industry* specialization 같은 산업내의 분업[특화]

in-transit 대금추심의 ¶ *intra-transit* account 대금추심계정

intra-office 기업[회사]내의, 사내의, 부내(部內)의

intra-regional 지역내의 ¶ *intra-regional* trade 지역내 무역

intra-sectorial 산업내의 ¶ *intra-sectorial* specialization 산업내 분업

intra-state 주내(州內)의 ¶ *intra-state* commerce [미] 주내(州內)통상 ***intra-state offering*** 주내 매출(州內賣出) ¶ *Intrastate offering* is securities offering limited to one state in the United States. See also blue-sky law. 주내 매출이란 미국내의 1주에 한정하는 증권의 매출을 이른다. blue-sky law[청공법(靑空法)]도 참조할 것.

intra vires (L) [법] 권한 내의[에서] (*cf.*) ultra vires 권한 외의[에서]

intrinsic value (화폐 등의) 실재가격, 실가(實價), 본원적 가치, [옵션] 행사가격과 시장가격의 상위 ¶ In financial analysis, the *intrinsic value* is a valuation determined by applying date inputs to a valuation theory or model. The resulting value is comparable to the prevailing market price. 재무분석에 있어서, 본질적 가치는 입력데이터를 평가(valuation)이론, 또는 평가모형에 적용시켜 결정되는 평가를 말한다. 산출된 가치는 시장실세가격(market price)과 비교할 수 있다. ¶ In option trading, the *intrinsic value* is a difference between the exercise price or strike price of an option and the market value of the underlying security. For example, if the strike price is $53 on a call option to purchase a stock with a market price of $55, the option has an *intrinsic value* of $2. Or, in the case of a put option, if the strike price was $55 and the market price of the underlying stock was $53, the *intrinsic value* of the option would also be $2. Options at the money or out of the money have no *intrinsic value*. 옵션거래에 있어서, 본질적 가치는 행사가격(exercise price, strike price)과 기초증권(underlying securities)의 시장가격(market value)과의 차액을 이른다. 예컨대, 시장가격 55달러의 주식을 구입하는 콜옵션의 행사가격이 53달러인 경우, 그 옵션은 2달러의 본질적 가치를 가진다. 혹은 풋옵션의 경우, 행사가격이 55달러이고, 기초증권의 시장가격이 53달러라면, 그 옵션의 본질적 가치도 2달러이다. 앳더 머니(at the money)나 아웃오브더 머니(out of the money)의 옵션에는 본질적 가치는 없다.

introduction 소개, 도입 ¶ an *introduction* of foreign capital 외자도입 /the *introduction* of technology 기술도입

Inv. → invoice [약] 송장(送狀), 인보이스 ¶ The *invoice* (*Inv.*) is a bill prepared by a seller of goods or services and submitted to the purchaser. The *invoice* lists all the items bought, together with amounts. 송장은 상품이나 서비스의 매도인이 준비하고, 매수인에게 송부하는 청구서(bill)이다. 송장에는 구입되는 모든 물품이 그 금액과 함께 열거되고 있다.

invalid 무효의 ¶ an *invalid* contract 무효계약

invaluable 평가할 수 없는, 대단히 중요한 ¶ an *invaluable* art collection 귀중한 미술 수집품

inventory 목록, 재고, 재고품, 재고자산조사 ¶ In corporate finance, the *inventory* is a value of a firm's raw materials, work in process, supplies used in operations, and finished goods. Since *inventory* value changes with price fluctuations, it is important to know the method of valuation. There are a number of *inventory* valuation methods; the most widely used are first in, first out (FIFO) and last in, first out (LIFO). Financial statements normally indicate the basis of *inventory* valuation, generally the lower figure of either cost paper or current market price, which precludes potentially overstated earnings and assets as the result of sharp increases in the price of raw materials. 회사금융에 있어서, 재고품은 회사의 원재료, 제작중의 물건, 사업에서 사용하는 소모품, 완성품의 가치이다. 재고정리자산의 가치는 가격변동에 응하여 변화하는 것이므로, 평가방법(valuation)을 이해해 두는 것이 중요하다. 재고정리자산의 평가방법은 다수 존재한다. 가장 잘 이용되고 있는 것이 선입선출법(first in, first out: FIFO)과 후입선출법(last in, first out: LIFO)이다. 재무제표(financial statement)는 통상 재고정리자산의 평가의 기준을 보이고 있으며, 일반적으로는 매입원가와 현재시가 중에서 낮은 가격을 사용하고 있다.

이로써, 원료가격의 급등의 결과 생기는 과대평가수익과 과대평가자산의 가능성을 배제하고 있다. ¶ In personal finance, an *inventory* is a listing of all assets owned by an individual and the value of each, based on cost, market value, or both. Such *inventories* are usually required for property insurance purposes and are sometimes required with applications for credit. 개인금융에서, 자산목록은 개인이 소유하는 전자산(全資産) 및 그 각각의 구입원가, 시장시가, 또는 그 양쪽의 평가액을 나타내는 목록을 말한다. 이와 같은 자산목록은 통상 손해보험을 위하여 필요하게 되고, 때로는 여신신청용으로 필요하게 된다. ¶ In securities, the *inventory* is a net long or short position of a dealer or specialist. Also securities bought and held by a dealer for later resale. 유가증권에서, 재고는 딜러(dealer), 혹은 스페셜리스트(specialist)의 순매수초과포지션(net long position), 또는 순매도초과포지션(net short position)이다. 또한 후의 전매(轉賣)용으로 딜러가 구입하여 보유하고 있는 증권을 말하기도 한다. /*inventory* adjustment 재고조정 /*inventory* control 재고관리 /*inventory* investment 재고투자 /*inventory* recession 재고조정에 의한 경기후퇴 /*inventory* run-off 재고감소 /*inventory*-sales ratios 재고품회전율 /*inventory*-to-sales ratios 재고율(在庫率) /*inventory* valuation 재고자산평가 /*inventory* value 재고평가액 ***inventory financing*** 재고금융 ¶ In factoring, the *inventory financing* is sometimes used as a synonym for overadvances in factoring, where loans in excess of accounts receivables are made against inventory in anticipation of futures sales. 팩토링에서, 재고금융이란 장래의 매상을 기대하여 외상채권액(accounts receivables)을 상회하는 융자(loan)를 재고자산(inventory)에 대하여 행하는 초과선급금(先給金)의 동의어로서 종종 사용된다. ¶ From the finance companies point of view, the *inventory financing* is a financing by a bank or sales finance company of the inventory of a dealer in consumer or capital goods. Such loans, also called wholesale financing or floor planning, are secured by the inventory and are usually made as part of a relationship in which retail installment paper generated by sales to the public is also financed by the lender. See also finance company. 금융회사의 관점에서 보면, 재고금융이란 은행이나 판매금융회사가 행하는, 소비재나 자본재의 판매회사에 대한 재고융자를 이른다. 도매금융 또는 최저담보융자(floor planning)라고도 하는 이와 같은 융자는 재고자산이 담보로 되고 있고, 더구나 일반용 소매판매에서 생긴 할부식 채권융자도 동일 대여자(貸與者)에 의하여 행해진다고 하는 제휴관계의 일부로 되고 있는 것이 일반적이다. finance company(금융회사)도 참조할 것. ~ ***turnover*** 재고자산 회전율, 도매자산 회전율 ¶ The *inventory turnover* is a ratio of annual sales to inventory, which shows how many times the inventory of a firm is sold and replaced during an accounting period; sometimes called inventory utilization ratio. Compared with industry averages, a low turnover might indicate a company is carrying excess stocks of inventory, an unhealthy sign because excess inventory represents an investment with a low or zero rate of return and because it makes the company more vulnerable to falling prices. A steady drop in *inventory turnover*, in comparison with prior periods, can reveal lack of a sufficiently aggressive sales policy or ineffective buying. 재고자산 회전율이란 재고자산에 대한 연간 총매상액의 비율로, 1회계연도 내에 그 기업의 재고자산이 몇 번 매각되고, 입체되었는가를 나타낸다. 때로는 재고사용비율(inventory utilization ratio)이라고도 한다. 업계평균과 비교하여 회전율이 낮은 것은 재고를 너무 많이 안고 있어서, 위험한 징후일지도 모른다. 왜냐하면 과잉재고의 투자이율은 낮거나 제로이고, 더군다나 과잉재고는 그 기업의 물가하락에 대한 위험을 한층 증가시키기 때문이다. 전기비(前期比) 재고자산의 회전율의 연속적인 저하경향은 적극적인 판매방침의 결여, 혹은 비효율적인 구매

의 징후일 수도 있다.

inverse 반대의, 역(逆)의 ¶ *inverse* proportion 반비례 ***inverse exchange-traded funds (ETFs)*** 역(逆)상장지수펀드 ¶ *Inverse exchange-traded funds (ETFs)* are exchange-traded funds that track the inverse, or opposite, direction of their benchmark indexes. Also called short *ETF*s or bear *ETF*s. For example, an *inverse ETF* tracking the S&P 500 index will rise 4% if the index falls 4%, assuming no tracking error. Their principal advantage is that by buying an inverse *ETF* an investor can effectively be selling short in a down market without having a margin account. In mid-2009 the SEC said investor should be wary of such products, particularly when they use swaps or derivatives to amplify returns. 역(逆)상장지수펀드는 지표지수(benchmark indexes)의 역(逆) 또는 반대의 방향으로 따라가는 상장지수펀드를 말한다. 이를 short ETFs 또는 bear ETFs라고도 한다. 예컨대, S&P 500지수를 따라가는 역(逆)상장지수펀드는 그 지수가 4%로 하락하면 4%로 상승한다. 이것은 아무런 연동오차(tracking error)를 나타낸 것이 아니다. 역상장지수펀드의 주된 이점은 역(逆)상장지수펀드를 매입함으로써 투자자는 신용거래계좌(margin account)를 가지지 않고서도 싸구려시장(down market)에서 유효하게 공매(空賣)할 수 있는 것이다. 2009년 중반에 미연방증권거래위원회(SEC)는 투자자가 특히 이익률을 확대하기 위하여 스왑(swaps)이나 파생상품(derivatives)을 사용하는 경우 역(逆)상장지수펀드를 경계하여야 한다고 발표하였다. ~ ***floater*** 역(逆)변동금리채 ¶ The *inverse floater* is a derivative instrument whose coupon rate is inversely related to some multiple of a specified market rate of interest. Typically a cap and floor are placed on the coupon. As interest rates go down, the amount of interest the *inverse floater* pays goes up. For example, if the *inverse floater* rate is 32% and the multiple is four times the London Interbank Offered Rate (LIBOR) of 7%, the coupon is valued at 4%. If the LIBOR goes to 6%, the new coupon is 8%. Many *inverse floaters* are based on pieces of mortgage-backed securities such as collateralized mortgage obligations which react inversely to movements in interest rates. 역(逆)변동금리채는 그 표면이율(coupon rate)이 특정한 시장금리가 있는 배수(倍數)에 반비례(inversely related)하는 파생상품(derivative instrument)이다. 일반적으로는, 그 표면이율에는 상한과 하한이 설정하고 있다. 금리가 내려가면, 이 역변동금리채의 지급금리액은 올라간다. 예컨대 역변동금리채의 금리가 32%이고, 배수(multiple)가 런던은행간 자금운용금리(대출자금운용금리)(London Interbank Offered Rate: LIBOR) 7%의 4배인 경우, 표면이율은 4%로 평가된다. LIBOR가 6%가 되면, 새로운 표면이율은 8%이다. 역(逆)변동금리채의 대부분은 금리의 움직임과는 반대의 움직임으로 가는 모기지담보 채무증서(collateralized mortgage obligation: CMO)와 같은 모기지담보 증권(mortgage-backed securities)에 기초하고 있다. ~ ***floater swap*** [영] 역(逆)변동금리채스왑 ¶ The *inverse floater swap* is an over-the-counter complex swap involving the exchange of a fixed rate and an inverse rate defined by the general form [x% - floating rate]. The payment flows add a degree of leverage, making the transaction far more sensitive to rate changes than a standard interest rate swap. Also known as reverse floater swap. See also inverse floating rate note. 역(逆)변동금리채스왑은 고정금리(fixed rate)와 일반방식[x% - 변동금리]이 정하는 역(逆)금리(inverse rate)의 교환을 수반하는 장외거래의 복잡스왑을 말한다. 지급의 흐름은 레버리지의 정도를 부가하여, 거래를 표준금리스왑보다 금리변화에 훨씬 민감하게 만든다. 이는 reverse floater swap(역(逆)변동금리스왑)으로도 알려져 있다. inverse floating rate note(역(逆)변

동금리부 채권)도 참조할 것. ~ ***floating rate note* (*FRN*)** [영] 역(逆)변동금리부 채권 ¶ The inverse *floating rate note* (*FRN*) is a structured note that provides the investor with a coupon based on an inverse interest rate, generally defined by the form [x% – floating rate]; rising rates create a lower interest coupon and falling rates a higher coupon. The inverse nature of the payment adds a degree of leverage to the structure, making it far more sensitive to changes in rates. Also known as reverse floating rate note. See also capped floating rate note; inverse floater swap; perpetual floating rate note; range floating rate note. 역(逆)변동금리부 채권은 투자자에게 역(逆)금리에 기초한 쿠폰을 제공하는 구조채(債)로서, 일반적으로 방식[x% – 변동금리]에 의하여 정해된다. 상승하는 금리는 낮은 이표(利票, interest coupon)를 만들고, 하락하는 금리는 높은 이표를 만든다. 지급의 반대의 성질은 레버리지의 정도를 구조에 부가하여, 그것은 금리가 변화하는 것에 대단히 민감하게 만든다. 이를 reverse floating rate note(역(逆)변동금리부 채권)라고도 한다. capped floating rate note(상한변동금리부 채권); inverse floater swap(역(逆)변동금리채스왑); perpetual floating rate note(영구변동금리부 채권); range floating rate note(가격폭 변동금리부 채권)도 참조할 것.

invert 뒤집다, 번복하다 ***inverted scale*** 역(逆)이율의 연속상환채권 ¶ The *inverted scale* is a serial bond offering where earlier maturities have higher yields than later maturities. See also serial bond. 역(逆)이율의 연속상환채권이란 만기(滿期)가 짧은 채권이 만기가 긴 채권보다도 이율(yield)이 좋은 조건으로 기채(起債)되는 연속상환채(連續償還債)이다. serial bond(연속상환채)도 참조할 것. ***~ed yield curve*** 역(逆)이율곡선(장단금리의 역전상황) ¶ The *inverted yield curve* is an usual situation where the short-term interest rates are higher than long-term rates. Normally, lenders receive a higher yield when committing their money for a longer period of time, this situation is called a positive yield curve. An inverted yield occurs when a surge in demand for short-term credit drives up short-term rates on instruments like Treasury bills and money-market funds,

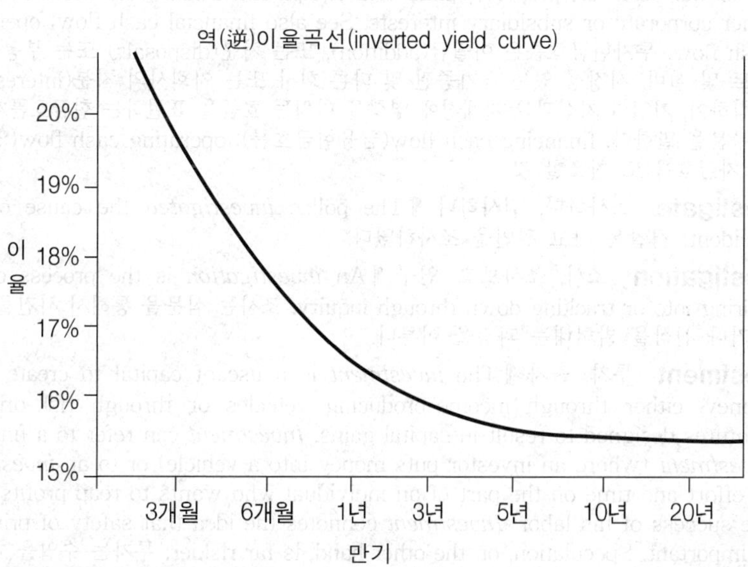

while long-term rates move up more slowly, since borrowers are not willing to commit themselves to paying high interest rates for many years. This situation happened in the early 1980s, when short-term interest rates were around 20%, while long-term rates went up to only 16% or 17%. The existence of an *inverted yield curve* can be a sign of an unhealthy economy, marked by high inflation and low levels of confidence, Also called negative yield curve. 역(逆)이율곡선은 단기금리가 장기금리보다도 높은 이상(異常)한 상황을 이른다. 통상, 대여자(貸與者)는 자신의 자금을 장기간 대출하면 보다 높은 이익을 얻는다. 이 상황을 순이율곡선(positive yield curve)이라 한다. 역(逆)이율곡선은 단기자금수요가 급등하여 미국의 단기국채(Treasury bill)나 시장금리연동형 투자신탁(money market fund)과 같은 금융상품의 단기금리가 상승하는 한편, 차입자(借入者)는 몇 년간이나 높은 금리를 지급하는 계약을 하고 싶지 않으므로 단기금리가 완만하게 밖에 상승하지 않는 경우에 생긴다. 이 상황은 1980년대 초두에 생겼다. 이때에, 단기금리는 20% 전후였지만, 일방으로 장기금리는 16% 또는 17%까지 상승하였을 따름이었다. 역(逆)이율곡선이 나타나는 것은 고(高)인플레이션이나 선행에의 기대도가 낮고 나쁜 경제상태의 징후이다. negative yield curve[역(逆)이율곡선]라고도 한다.

invest 투자하다 ¶ To *invest* is to commit funds in the expectation of earning a profit through current income, a gain in value or both. 투자하다는 것은 당기수입(current income), 가치증가물(gain in value) 또는 양자를 통해서 이익을 올릴 기대로 자금을 투입하는 것이다. /*invested* capital 투자자본 /*invest* in a company 어느 회사에

investible 투자할 수 있는 ¶ *investible* fund 투자가능자금

investing 투자하는, 투자의 ¶ *investing* activities 투자활동 /*investing* countries 투자국 /*investing* institution 투자기관 ***investing cash flow*** [영] 투자현금흐름 ¶ The *investing cash flow* is the portion of the statement of cash flows depicting the flows impacting a firm's asset and investment accounts, including additions to, or disposals or, property, plant and equipment, marketable securities, and other corporate or subsidiary interests. See also financial cash flow; operating cash flow. 투자현금흐름은 이월금(addition), 또는 처분(disposals) 또는 부동산, 플랜트 및 설비, 시장성 있는 유가증권 및 다른 회사 또는 자회사의 지분(interests)을 포함하여, 기업의 자산과 투자계정에 영향을 미치는 흐름을 표현하는 현금흐름계산의 일부분을 말한다. financing cash flow(금융현금흐름); operating cash flow(영업상의 자금흐름)도 참조할 것.

investigate 조사하다, 검사하다 ¶ The police *investigated* the cause of the accident. 경찰은 사고 원인을 조사하였다.

investigation 조사, 조사보고, 연구 ¶ An *investigation* is the process of inquiring into or tracking down through inquiry. 조사는 심문을 통해서 사건을 조사하거나 진상을 밝혀내는 과정을 이른다.

investment 투자, 출자 ¶ The *investment* is a use of capital to create more money, either through income-producing vehicles or through risk-oriented ventures designed to result in capital gains. *Investment* can refer to a financial *investment* (where an investor puts money into a vehicle) or to an *investment* of effort and time on the part of an individual who wants to reap profits from the success of his labor. *Investment* connotes the idea that safety of principal is important. Speculation, on the other hand, is far riskier. 투자는 수입을 가져오는 수단인지 혹은 캐피탈게인(capital gain)을 목표로 한층 리스크가 높은 신규사업인

지에 따라 자금을 늘리기 위하여 자본을 사용하는 것이다. 투자라는 말은 금융투자(투자자가 안건에 자금을 투자하는 것)라든가, 또 자기 자신의 노동의 성공에서 이익을 올리려고 하는 사람의 경우에, 노력(勞力)과 시간을 투입한다고 하는 표현방법을 쓴다. 투자라는 말은 원금(principal)의 안전성을 중시하는 의미라는 점을 포함하고 있다. 한편, 투기(speculation)는 훨씬 리스크가 크다. / blue-chip *investment* 우량한 투자 /*investment* advisory service 투자고문업무 /*investment* analyst 투자효과의 분석전문가 /*investment* bank(er) 투자은행, 인베스트먼트 뱅커 /*investment* by foreigners 외국인투자 /*investment* [securities purchase] by foreign investors 외국인투자 /the *investment* climate 투자환경 /*investment* company 투자회사 /*investment* counsel(ing) 투자상담 /*investment* credit 투자공제(에 의한 과세우대조치) /*investment* grade bond 투자적격채(債) /*investment* in bonds 채권투자 /*investment* income 투자수입 /*investment* in foreign countries 대외투자 /*investment* in foreign securities 외국증권투자 /*investment* in plants and equipments 설비투자 /*investment* in related companies 자본참가 /*investment* in securities 유가증권투자 /*investment* management 투자운용, 투자고문 /*investment* manager 투자관리인 /*investment* market 발행시장 /the *investment* media 투자대상 /*investment* objectives 투자목적 /*investment* portfolio 투자의 내용 /*investment* securities 투자유가증권 /*investment* tax credit 투자세액공제 /*investment* to foreign securities 대외증권투자 /*investment* turnover 투자회전율(매상고÷[순자산+장기부채]) /*investment* value 투자가치 /*investment* yield 투자이율 /a long-term *investment* 장기투자 /a short-term *investment* 단기투자 ***investment adviser*** 투자자문 ¶ An *investment adviser* is a person who offers professional investment advice. *Investment advisers* are required to register with the SEC. 투자자문은 전문적인 투자자문을 제공하는 자이다. 투자자문은 미증권거래위원회에 등록해야 한다. ***Investment Advisers Act*** 투자자문업법 ¶ The *Investment Advisors Act* is a legislation passed by Congress in 1940 that requires all investment advisors to register with the Securities and Exchange Commission. The Act is designed to protect the public from fraud or misrepresentation by investment advisers. One requirement, for example, is that advisers must disclose all potential conflicts of interest with any recommendations they make to those they advise. A potential conflict of interest might exist where the adviser has a position in a security he was recommending. See also investment advisory service. 투자자문업법은 모든 투자자문에 미증권거래위원회(Securities and Exchange Commission)에의 등록을 의무로 하는, 1940년에 미연방의회를 통과하는 법률이다. 이 법률은 투자자문업자에 의한 사기행위(fraud)나 부실표시(misrepresentation)로부터, 일반이 투자자를 보호하기 위하여 입안되었다. 예컨대, 투자자문업자는 그들이 조언을 하는 상대에게 그들이 행하고 있는 모든 정보를 명확히 하여야 한다고 하는 규정은 그 하나이다. 이해저촉의 가능성은 투자자문업자가 권하고 있는 증권을 그 자신이 보유하고 있는 경우에 존재할지도 모른다. 또 investment advisory service(투자자문업)을 참조할 것. ~ ***advisory service*** 투자자문업 ¶ The *investment advisory service* is a service providing investment advice for a fee. Investment advisers must register with the Securities and Exchange Commission and abide by the rules of the Investment Advisers Act. *Investment advisory services* usually specialize in a particular kind of investment – for example, emerging growth stocks, international stocks, mutual funds, or commodities. Some services only offer advice through a newsletter; others will manage a client's money. The performance of many *investment advisory services* is ranked by the Hulbert Financial digest. See also Hulbert rating. 투자자

문업이란 수수료를 받고 투자에 관하여 조언을 하는 업무를 이른다. 투자자문업자는 증권거래위원회(SEC)에 등록을 하고, 투자자문업법(Investment Advisers Act)의 규정을 준수하여야 한다. 통상 투자자문업은 예컨대 신흥성장주(emerging growth stock), 국제주, 뮤추얼펀드(mutual fund), 또는 상품(commodities)거래 등, 특정분야에의 투자를 특화하고 있다. 뉴스레터를 통하여만 조언하는 경우가 있는가 하면, 고객의 자금을 운영 관리하는 경우도 있다. 많은 투자자문업의 실적은 헐버트 파이낸셜다이제스트(Hulbert Financial Digest)에서 등급을 매기고 있다. Hulbert rating (헐버트등급)을 참조할 것. ~ ***banker*** 투자은행, 종합금융투자사업자 ¶ The *investment banker* is a firm, acting as underwriter or agent, that serves as intermediary between an issuer of securities and the investing public. In what is termed firm commitment underwriting, the *investment banker*, either as manger or participating member of an investment banking syndicate, makes outright purchases of new securities from the issuer and distributes them to dealers and investors, profiting on the spread between the purchase price and the selling (public offerings) price. Under a conditional arrangement called best effort, the *investment banker* markets a new issue without underwriting it, acting as agent rather than principal and taking it commission for whatever amount of securities the banker succeeds in marketing. Under another conditional arrangement, called standby commitment, the *investment banker* serves clients issuing new securities by agreeing to purchase for resale any securities not taken by existing holders of rights. 투자은행(또는 종합금융투자사업자)은 증권의 발행자(issuer)와 일반투자자(investing public)간의 중개역으로서, 증권인수인(underwriter) 또는 대리인(agent)을 맡는 기업을 말한다. 매수인수(firm commitment)의 경우에는, 투자은행은 간사(幹事)로서든 투자은행 인수신디케이트단(underlying syndicate)의 일원으로서 참가하는 경우이든, 발행자로부터 새로운 증권을 매입해 오고, 증권회사나 투자자에게 판매하고, 매입가와 매도가(공모가격, public offering price)의 스프레드에서 이익을 올린다. 베스트에포트(best effort)라는 조건부 계약에서는 투자은행은 신증권을 인수하지 않고 판매한다. 본인(principal)으로서가 아니라, 대리인(agent)으로서 판매하고, 증권의 판매액에 상관없이 판매한 금액에 따른 수수료를 얻는다. 또 다른 하나의 잔액인수(standby commitment)라고 하는 조건부 계약에서는, 투자은행은 신주인수권(right)보유자가 구입하지 않은 증권을 전매목적으로 구입한다고 하는 계약에 의하여, 신증권을 발행하는 회사를 지원한다. ~ ***certificate*** 투자증서 ¶ The *investment certificate* is a certificate evidencing investment in a savings and loan association and showing the amount of money invested. Investment certificates do not have voting rights and do not involve stockholder responsibility. Also called mutual capital certificate. See also mutual association. 투자증서는 저축대출조합(savings and loan association)에 등록하고 있다는 것과 그 투자액을 나타내는 증서를 이른다. 투자증서에는 의결권(voting right)은 없고, 주주책임도 없다. 또 이를 mutual capital certificate라고도 한다. mutual association(상호조합)도 참조할 것. ~ ***climate*** 투자환경 ¶ The *investment climate* is an economic, monetary, and other conditions affecting the performance of investments. 투자환경이란 투자실적에 영향을 미치는 경제, 금융, 기타의 조건을 말한다. ~ ***club*** 투자클럽 ¶ The *investment club* is a group of people who pool their assets in order to make joint investment decisions. Each member of the club contributes a certain amount of capital, with additional money to be invested every month or quarter. Decisions on which stocks or bonds to buy are made by a vote of members. Besides helping each member become more knowledgeable about investing, these clubs allow people with small amounts of money to participate in larger investments, own part of a more diversified portfolio, and pay lower commission rates than would be possible commission rates than would be possible for individual members on their own. The trade group for *investment clubs* is the National Association of Investors Corporation (NAIC) in Madison Heights, Michigan. The NAIC helps clubs get started and offered several programs, such as the Low-Cost Investment Plan allowing clubs to purchase an initial share of individual stocks at low commissions and reinvest dividends automatically at no charge. 투자클럽은 공동투자결정을 하기 위하여 그들의 자산을 공동관리하는 사람들의 그룹이다. 클럽의 각 회원은 매월, 혹은 4반기마다 추가투자자금으서 일정한 금액의 자본(capital)을 출자한다. 구입주식이나 채권은 회원의 투표에 의하여 결정된다. 각 회원은 투자지식을 한 층 깊게 하는 것을 도와줄 뿐만 아니라 이러한 클럽은 작은 자본을 가지는 사람들이 보다 큰 투자에 참가하여 보다 분산된 포트폴리오(portfolio)의 일부분을 소유하고, 각자가 개인적으로 투자하는 경우보다도 낮은 수수료(commission)로 투자하는 것을 가능하게 하고 있다. 투자클럽의 동업조직으로서, 미시간주 매디슨 하이츠(Madison Heights)에 전미투자자조합(National Association of Investors Corporation: NAIC)이 있다. 이 NAIC는 클럽의 발족을 도와서, 최초의 주식구입이 낮은 수수료로 가능하고, 수수료도 없이도 자동적으로 배당금(dividend)을 재투자하는 것을 가능하게 할 비용이 적은 투자계획 등 저비용투자계획(Low-Cost Investment Plan)으로서, 몇 가지 프로그램을 클럽에 제공하고 있다. ~ ***company*** 투자회사, 투자신탁회사 ¶ The *investment company* is a firm that, for a management fee, invests the pooled funds of small investors in securities appropriate for its stated investment objectives. It offers participants more diversification, liquidity, and professional management service than would normally be available to them as individuals. There are two basic types of traditional *investment companies*: (1) open-end, better known as a mutual fund, which has a floating number of outstanding shares (hence the name open-end) and stands prepared to sell or redeem shares at their current net asset value, and (2) closed-end, also known as an investment trust, which, like a corporation, has a fixed number of outstanding shares that are traded like a stock, often on the New York and American Stock Exchange. Two other varieties of *investment companies*, exchange-traded funds (ETFs) and unit investment trusts (UITs), have more recently become commonplace and are covered separately. 투자회사는 소액투자자(small investor)로부터 모은 자금의 풀(pool)을, 사전에 정한 투자목적에 적합하고 있는 증권에 투자하는 회사로, 운용수수료를 징구한다. 소액투자자가 개인으로서 통상적으로 얻을 수 있기보다도, 보다 분산(diversified)되고, 보다 유동성(liquidity)이 높고, 또 보다 전문적인 운용을 제공한다. 여기에는 2개의 전통적인 투자회사가 있다. 하나는 일반적으로는 뮤추얼펀드(mutual fund)로서 알려지는 오픈엔드형 펀드로서, 펀드의 발행주식수가 변동한다. 오픈엔드형이란 명칭은 이 발행주식수의 변동에서 도래한 것이다. 결국, 펀드의 주식의 추가발행이나 상환은 언제든지 그 시점에 있어서 그 펀드의 1주당 순자산가치(net asset value)로 행할 수 있다. 또 다른 하나는, 클로즈드엔드형 펀드인데, 이를 investment trust(투자신탁)라고도 알려져 있고, 회사와 같이 결정된 수의 주식발행잔액을 가지고, 그 주식은 뉴욕증권거래소(New York Stock Exchange)나 아메리칸증권거래소(American Stock Exchange)에서 매매되고 있다. 최근 보급되어 온 것이 상장지수펀드(exchange-traded funds)과 단위형 투자신탁(unit investment trust)으로, 이것은 앞에서 설명한 2가지의 투자회사와는 다르다. ***Investment Company Act of 1940*** 1940년의 투자회사법 ¶ The *Investment Company Act of 1940* is a legislation passed by Congress requiring registration and regulation of investment companies by the Securities and Exchange Commission. The Act sets the standards by which mutual funds and other investment vehicles of investment companies operate, in such areas as promotion, reporting requirements, pricing of securities for sale to the public, and allocation of investments within a fund portfolio. See also investment company. 1940년의 투자회사법은 미증권거래위원회(Securities and Exchange Commission)에 의한 투자회사의 등록(registration)과 규제를 의무로 하는 법률이다. 이 법률은 투자회사의 뮤추얼펀드(mutual fund) 등의 투자수단의 운용기준, 즉 판매, 보고의무, 일반판매용 증권의 가격매김, 및 펀드의 포트폴리오(portfolio) 중에서 자금배분 등의 기준을 정하고 있다. investment company(투자회사)도 참조할 것. ***Investment Company Amendments Act of 1970*** 1970년의 투자회사개정법 ¶ The *Investment Company Amendments Act of 1970* is amendments to the Investment Company Act of 1940 that established regulations concerning sales charges, fees, and withdrawal penalties. 1970년의 투자회사개정법은 1940년의 투자회사법(Investment Company Act of 1940)을 개정한 법률로, 판매수수료(sales charge), 운용수수료(fee), 해약수수료(withdrawal penalties)에 관하여 규정을 하고 있다. ***Investment Company Institute (ICI)*** 미국투자회사협회 ¶ The *Investment Company Institute* (*ICI*) is a Washington, D.C.-based trade association for U.S. investment companies. Founded in 1940, membership in 2008 consisted of 9,114 mutual funds, 675 closed-end funds, 649 exchange-traded funds, and 3,421 unit investment trusts. *ICIs* mission is to encourage high ethical standards; to advance the interests of funds, their shareholders, directors, and investment advisers; and to promote pubic understanding of mutual funds and other investment companies. 미국투자회사협회는 워싱톤 D.C.에 소재하는 투자회사(investment company)를 위한 협회이다. 1940년에 설립되고, 2008년에 회원은 9,114의 뮤추얼펀드(mutual funds), 675의 클로즈드엔드형 펀드(closed-end funds), 640의 상장지수펀드(exchange-traded funds), 3,421의 단위형 투자신탁(unit investment trusts)으로 되어 있다. 미국투자회사협회의 미션은 높은 윤리기준의 촉진, 펀드의 주주, 이사, 투자운용담당자의 이익의 촉진, 뮤추얼펀드나 기타 투자회사에 대한 국민의 이해의 고양을 들 수 있다. ~ ***counsel*** 투자고문 ¶ The *investment counsel* is a person with the responsibility for providing investment advice to clients and executing investment decisions. See also portfolio manager. 투자고문은 고객에 투자의 어드바이스를 해주고, 투자결정을 수행해 가는 책임이 있는 사람이다. portfolio manager(포트폴리오운용책임자)도 참조할 것. ***Investment Counsel Association of America (ICAA)*** 미국투자고문협회 ¶ The *Investment Counsel Association of America* (*ICAA*) is a not-for-profit organization that represents the interest of SEC-registered investment advisory firms. It was founded in 1937 and lists some 300 registered advisory firms that manage in excess of $3 trillion for individual and institutional clients. 미국투자고문협회는 비영리단체로, 미국증권거래위원회(Securities and Exchange Commission: SEC)에 등록하고 있는 투자고문회사(investment advisory firm)의 이익을 대표하는 기관이다. 그 기관은 1937년에 설립되어, 개인투자자(individual investors)나 기관투자자(institutional investors)를 대상으로 하고 있으며, 3조 달러를 넘는 운용총액을 가지는 투자고문회사 약 300사가 참가하고 있다. ~ ***credit*** 투자세액공제 ¶ The *investment credit* is a reduction in income tax liability granted by the federal government over the years to firms making new investments incertain asset categories, primarily equipment; also called investment tax credit. The *investment credit*, designed to stimulate the economy by encouraging capital expenditure, has been a feature of tax legislation on and off, and in varying percentage amounts, since 1962. 투자세액공제는 특정한 자산, 주로 설비에 대한 신규투자를 한 기업에 대하여, 수년간에 걸쳐서 연방정부에 의하여 주어지는 소득세액공제(tax credit)를 이른다. 이를 investment tax credit(투자세액공제)라고도 한다. 투자세액공제는 설비투자장려에 의한 경제의 자극을 의도하고 있고, 1962년이래 단속적(斷續的)으로, 또 그 공제율을 변경해 가면서, 끊임없이 세제(稅制)의 중요한 테마가 되고 있다. ~ ***grade*** 투자적격평가(AAA에서 BBB까지) ¶ The *investment grade* is a bond with a rating of AAA to BBB. See also junk bond. 투자적격평가는 신용평가(credit rating) AAA에서 BBB까지의 채권을 이른다. junk bond(정크본드)도 참조할 것. ~ ***history*** 투자실적기록 ¶ The *investment history* is a body of prior experience establishing "normal investment practice" with respect to the account relationship between a member firms and its customer. For example, the Rules of Fair Practice of the Financial Industry Regulatory Authority (FINRA) prohibit the sale of a new issue to members of a distributing dealer's immediate family, but if there was sufficient precedent in the investment history of this particular dealer-customer relationship, the sale would not be a violation. 투자실적기록은 회원회사와 그 고객간의 거래관계에 관하여 「정상적인 투자활동」(normal investment practice)임을 증명하는 그 때까지의 거래기록의 총체를 이른다. 예컨대, 금융업규제기구(Financial Industry Regulatory Authority: FINRA)의 공정거래규칙(Rules of Fair Practice)에 의하면, 신규증권의 판매에 관련되고 있는 딜러의 직접의 가족에 대한 신규증권의 매각을 금지하고 있지만, 만약 이 특정한 딜러의 고액으로서 충분한 거래실적기록이 있으면, 이 매각은 위반이 아니다. ~ ***income*** 투자수익 ¶ *Investment income* is income from securities and other nonbusiness investments; such as dividends, interest, option premiums, and income from a royalty or annuity. Interest on margin accounts may be used to offset investment income without limitation. *Investment income* earned by passive activities must be treated separately from other passive income. Expenses incurred to generate *investment income* can reduce *investment income* to the extent they exceed 2% of adjusted gross income. By excluding capital gains from the calculation, tax law, in effect, prevents a taxpayer from claiming an ordinary deduction for margin interest incurred to carry an investment that is taxable at the favorable capital gains rate. Also called unearned income and portfolio income. 투자수익은 배당금(dividend), 이자(interest), 옵션프리미엄(option premium) 등의 유가증권이나 기타 사업에 관계가 있는 투자(investment)로부터의 수입과, 로열티(royalty), 연금(annuity) 등의 수입을 이른다. 신용거래계정(margin account)의 이자(interest)비용은 투자수입에서 무제한으로 공제할 수 있다. 수동적 활동(passive activities)에 의하여 벌어드린 투자수입을 안출하기 위하여 사용한 비용(expenses)은 수정후 총소득(adjusted gross income)의 2%의 범위까지 투자수입에서 공제할 수 있다. 투자의 매매익(賣買益)인 캐피탈게인(capital gain)은 통상의 소득계산에서 제외되고 있는 것인데, 마찬가지로 신용거래의 이자비용도 소득공제(deduction)로 할 수는 없다. 신용거래의 이자는 통상의 소득세보다도 유리한 캐피탈게인세율(capital gain tax)이 부과되는 투자를 실행하기 위하여 드린 비용이기 때문이다. 이를 또한 unearned income(미수이자), portfolio income(포트폴리오인컴)이라고도 한다. ~ ***letter*** 투자확인서 ¶ In the private placement of new securities, an *investment letter* is a letter of intent between the issuer of securities and the buyer establishing that the securities are being bought as an investment and are not for resale. This is necessary to avoid having to register the securities with the Securities and Exchange

Commission. (Under provisions of SEC Rule 144, a purchaser of such securities may eventually resell them to the public if certain specific conditions are met, including a minimum holding period of at least two years.) Use of the *investment letter* gave rise to the terms letter stock and letter bond in referring to unregistered issues. See also letter security. 새로운 유가증권의 사모발행(private placement)에서, 투자확인서는 유가증권의 발행단체와 그 구입자간에서 그 증권은 투자대상으로서 구입하는 것이고, 전매하지 않음을 약속한 각서(letter of intent)이다. 이것은 미증권거래위원회(Securities and Exchange Commission)에의 유가증권의 등록의무를 피하기 위하여 필요하다. (SEC규칙 144조의 규정에 의하면, 이와 같은 유가증권의 매수인은 만일 최저 2년간의 보유기간을 포함하는 어느 특정한 조건을 충족시키면, 일반적으로 그것을 전매해소 상관없다.) 인베스트먼트레터라는 명칭을 사용한 것에서, 비등록증권을 가리킬 때에 레터스톡(letter stock, 사모주식), 레터본드(letter bond, 사모채)라는 표현을 사용하게 되었다. letter security(사모증권)도 참조할 것. ~ ***management*** 투자관리, 투자운용 ¶ In general, the *investment management* is the activities of a portfolio manager. More specifically, it distinguishes between managed and unmanaged portfolios, examples of the latter being unit investment trusts and index funds, which are fixed portfolio not requiring ongoing decisions. 투자관리란 일반적으로는, 포트폴리오운용책임자(portfolio manager)의 활동을 가리킨다. 보다 구체적으로는, 포트폴리오(투자자산)는 운용형 포트폴리오(managed portfolio)와 비운용형 포트폴리오(unmanaged portfolio)로 나누어진다. 후자의 예로서는 유닛형 주식투자신탁(unit investment trust), 및 인덱스펀드(index fund)가 있으며, 이러한 것은 투자종목이 이미 결정나고 있는 투자자산이고, 당시 투자판단을 할 필요는 없다. ~ ***multiplier* (*or Keynesian multiplier*)** 투자승수 또는 케인즈승수 ¶ *Investment multiplier* (*or Keynesian multiplier*) multiplies the effect of investment spending in terms of total income. An investment in a small plant facility, for example, increases the incomes of the workers who built it, the merchants who provide supplies, the distributors who supply the merchants, the manufacturers who supply the distributors, and so on. Each recipient spends a portion of the income and saves the rest. By making an assumption as to the percentage each recipient saves, it is possible to calculate the total income produced by the investment. 투자승수(또는 케인즈승수)란 총소득의 입장에서 보면 투자지출의 효과를 증대시킨다. 예컨대, 소규모의 플랜트설비에 대한 투자는 설비를 설치한 노동자, 설비를 제공한 상인, 상인에게 공급하는 도매상인, 및 도매상인에게 설비를 공급하는 제조업자 등의 소득을 증가시킨다. 각 수납자(recipient)는 그 소득의 일부를 지출하고 나머지는 저축한다. 각 수납자가 저축하는 비율에 관하여 하나의 가정을 함으로써, 투자가 만들어낸 총소득을 계산할 수 있는 것이다. ~ ***objective*** 투자목표 ¶ The *investment objective* is a financial objective that an investor uses to determine which kind of investment is appropriate. For example, if the investor's objective is growth of capital, he may opt for growth-oriented mutual funds or individual stocks. If he is more interested in income, he might purchase income-oriented mutual funds or individual bonds instead. Consideration of *investment objectives*, combined with the risk tolerance of investors, helps an investor narrow his search to an investment vehicles designed to for his needs at a particular time. 투자목표란 투자자가 어떠한 투자를 하는 것이 적절한가를 결정하기 위하여 이용하는 금융상의 목표를 이른다. 예컨대, 만약 투자자의 목표가 자본의 성장이라면, 성장지향의 뮤추얼펀드(mutual fund), 또는 개개의 주식을 선택한다. 배당에 관심이 있다면, 그 대신에 배당지향의 뮤추얼펀드, 혹은 개개의 채권을 매입할 것이다. 투자자의 리스

크 허용도(risk tolerance)라는 것과 아우르는 투자목표의 검토는 투자자가 특정한 시점에서 그 필요성에 적합한 투자수단을 좁혀 가는 데에 도움을 준다. ~*-oriented* ***insurance*** 투자본위보험 ¶The *investment-oriented insurance policy* is an insurance policy that features a cash value even if a predefined insurance risk event does not occur, distinguishing it from a standard pure risk insurance policy. The main *investment-oriented insurance* products include cash value insurance (whole life, variable life, universal life), and annuities (variable, fixed, guaranteed investment contract). In the case of whole life insurance, universal life insurance, guaranteed investment contracts, and fixed annuities, the insurer bears the market risk of the cash value investment (providing the insured with a de-facto guarantee), while with variable insurance and variable annuities, the insured bears the risk. 투자본위보험은 미리 정한 보험위험사고가 발생하지 않더라도 현금가치(cash value)를 특색으로 하는 보험증권이고, 그것은 표준순수리스크보험증권과 구별된다. 주요한 투자본위보험상품에는 현금가치보험(종신, 변액생명, 유니버설생명) 및 연금(변액, 정액, 보증투자계약)을 포함된다. 종신보험, 유니버설생명보험, 보증투자계약, 및 정액연금(fixed annuities)의 경우에는, 보험회사가 현금가치투자의 시장리스크를 부담하고(피보험자에게 사실상의 보증을 제공한다.), 반면에 변액보험과 변액연금의 경우는 피보험자가 리스크를 부담한다. ~ ***philosophy*** 투자철학 ¶The *investment philosophy* is a style of investment practiced by an individual investor or money manager. For example, some investors follow the growth philosophy, concentrating on stocks with steadily rising earnings. Others are value investors, searching for stocks that have fallen out of favor, and are therefore cheap relative to the true value of their assets. Some managers favor small-capitalization stocks, while others stick with large blue chip companies. Some managers have a philosophy of remaining fully invested at all times, while others believe in market timing, so that their portfolios can accumulate cash if the managers think stock or bond prices are about to fall. Styles encompass international and fixed-income investing and combinations of all the foregoing. Styles are cyclical, but since cycles cannot be predicted with any certainty, patience and discipline are the time-honored elements of successful investing. Managers who have not consistently stayed with their styles have historically been unsuccessful and style drift is viewed as a negative in the analysis of a manager's record. Example: The phenomenal performance of dot-com stocks in the late 1990s tempted some managers to depart from their styles, and the subsequent decline in tech stocks caught them unprepared. 투자철학은 투자자, 또는 자금운용담당자(money manager)에 의하여 실행되는 투자철학을 이른다. 예컨대, 일부의 투자자는 성장철학을 신봉하여 착실하게 수익이 성장하는 주식에 전념한다. 싼 주식중시의 투자자(value investor)는 인기가 적은 기업의 실제 자산가치에 대하여 비교적 값싼 종목을 찾는다. 어느 운용담당자는 소형주(小型株)(small-capitalization stock: small cap)를 좋아하는 한편, 다른 담당자는 대기업의 우량주(blue chip companies)를 꿰뚫고 있다. 또 운용담당자 중에는, 언제나 전액투자를 계속한다는 사상을 가지는 자가 있는가 하면, 거래의 타이밍이 중요하다고 믿고 주가나 채권가격이 내린다고 생각할 때에는 운용자산의 현금비율을 높이는 운용담당자도 있다. 투자철학은 국제투자나 채권(fixed income)투자, 그리고 주식(stock)도 포함한 모든 증권투자에도 적용된다. 주식투자에는 순환이 있으나, 그 순환을 확실히 예측할 수 없으므로, 인내와 자제가 투자를 성공으로 이끄는 옛날부터 변함없는 요소이다. 역사적으로 보더라도, 투자철학에 일관성이 없었던 운용담당자는 운용에 실패하고 있고, 투자 스타일의 흐름(style drift)은 운용담당자의 이력을 판단

할 때에는 부정적으로 보고 만다. 1990년대 후반의 닷컴기업주(dot-com stocks)의 경이적인 상승에 유혹되어 종래의 투자철학에서 벗어난 투자담당자가 있었으나, 계속해서 일어난 테크놀로지주(株)의 하락에는 무방비가 되어버렸다고 하는 예가 있다. ~ ***software*** 투자소프트웨어 ¶ The *investment software* is a software designed to aid investors' decision-making. Some software packages allow investors to perform technical analysis, charting stock prices, volume, and other indications. Other programs allow fundamental analysis, permitting investors to screen stocks based on financial criteria such as earnings, price/earnings ratios, book value, and dividend yields. Some software offers recordkeeping, so that an investor can keep track of the value of his portfolio and the prices at which he bought or sold securities. Many software packages allow investors to tap into databases to update securities prices, scan news items, and execute trades. Specialty programs allow investors to value options, calculate yield analysis on bonds, and screen mutual funds. 투자소프트웨어는 투자자의 투자결정을 지원하는 소프트웨어이다. 어느 소프트웨어는 주가, 거래고, 다른 지표를 도표로 만들어, 투자자에게 테크니컬한 분석(technical analysis)을 하는 패키지(packages)가 되고 있다. 다른 프로그램은 펀더멘탈 분석(fundamental analysis)을 하여 투자자가 수익(earnings), 주가수익률(price/earnings ratio), 장부가(book value), 및 배당이율이라는 재무기준에 근거해서 주식을 선택하는 것을 가능하게 하고 있다. 어느 소프트웨어는 부기(簿記)기능에 뛰어나서, 투자자가 그 투자자원의 가치나 매매한 증권의 가격을 언제든지 기록하여 추적할 수 있도록 하고 있다. 대부분의 소프트웨어는 투자자가 데이터베이스에 접속하여 증권가격의 갱신, 새로운 정보의 열람, 그리고 매매거래를 행하는 것을 가능하게 하고 있다. 전문프로그램은 투자자가 옵션의 가치를 계산한다든지, 채권의 이율분석을 한다든지, 또 뮤추얼펀드(mutual fund)의 선별을 할 기능도 갖추고 있다. ~ ***strategy*** 투자전략 ¶ The *investment strategy* is a plan to allocate assets among such choices as stocks, bonds, cash equivalents, commodities, and real estate. An *investment strategy* should be formulated based on an investor's outlook on interest rates, inflation, and economic growth, among other factors, and also taking into account the investor's age, tolerance for risk, amount of capital available to invest, and future needs for capital, such as for financing children's college educations or buying a house. An investment adviser will help to devise such a strategy. See also investment advisory service. 투자전략은 주식, 채권, 현금 등가물(cash equivalents), 상품, 및 부동산 등의 선택지(選擇肢) 중에서 자산배분을 하는 계획을 말한다. 투자전략은 금리, 물가상승, 및 경제성장 등의 투자자의 전망이나 기타의 요인, 그리고 투자자의 연령, 리스크 허용도(risk tolerance), 투자가능자금액, 예컨대 자녀의 대학교육비나 주택구입자금이라는 장래의 자금필요성도 또한 고려에 넣고 결정하여야 한다. 투자자문업은 이와 같은 투자전략을 세우는 것을 지원한다. investment advisory service(투자자문업)도 참조할 것. ~ ***strategy committee*** 투자전략위원회 ¶ The *investment strategy committee* is a committee in the research department of a brokerage firm that sets the overall investment strategy the firm recommends to clients. The director of research, the chief economist, and several top analysts typically sit on the committee. The group advises clients on the amount of money that should be placed into stocks, bonds, or cash equivalents, as well as the industry group or individual stocks or bonds that look particularly attractive. 투자전략위원회는 증권회사(brokerage firm)가 고객에게 권장하는 투자전략을 전반적으로 결정하는, 그 조사부문 중의 위원회이다. 일반적으로 조사담당중역, 주임 에코노미스트, 톱 애널리스트(top analyst)가 이 위원회에 참가한다. 이 위원회는 고객에게 주식,

채권, 현금등가물(cash equivalents)에 어느 정도의 자금을 투자해야 할 것인지, 또 특히 매력적인 업종, 개별적인 주식이나 채권에 관하여도 조언을 한다. ~ ***style*** 투자스타일 → investment philosophy (투자철학). ~ ***tax credit*** 투자세액공제 → investment credit (투자세액공제). ~ ***trust*** (회사형) 투자신탁 → investment company (투자회사). ~ ***value of a convertible security*** 전환사채의 투자가치 ¶ The *investment value of a convertible security* is an estimated price at which a convertible security (CV) would be valued by the marketplace if it had no stock conversion feature. The investment value for CVs of major companies is determined by investment advisory services and, theoretically, should never fall lower than the price of the related stock. It is arrived at by estimating the price at which a nonconvertible ("straight") bond or preferred share of the same resulting company would sell. The investment value reflects the interest rate, therefore, the market price of the security will go up when rates are down and vice versa. See also premium over the bond value. 전환사채의 투자가치란 어느 전환사채(convertible security: CV)가 전환권이 없다고 한 경우에, 시장에서 얼마의 가치가 붙는가 하는 추정가치를 이른다. 주요한 회사의 전환사채의 투자가치는 투자자문회사가 견적하고, 이 가격은 이론상 결코 그 회사의 가치에 기초하는 전환가치보다도 낮아서는 안 된다. 그 가치는 동사(同社)의 비전환(보통)사채, 또는 우선주(preferred stock)가 거래될 것이라는 가격을 추정함으로써 매겨진다. 전환사채의 투자가치는 금리를 반영하는 것이므로, 전환사채의 시장가치는 금리가 내려가면 올라가고, 금리가 올라가면 내려간다. premium over the bond value[대(對)보통사채프리미엄]도 참조할 것.

investor 투자자, 출자자 ¶ The *investor* is a party who puts money at risk; may be an individual or an institutional *investor*. 투자자는 자금을 투자하기 위하여 위험에 노출되는 사람이다. 개인투자자(individual investor)일 수도, 기관투자자(institutional investor)일 수도 있다. /*investor* relation (기업에 의한) 투자자에 대한 정보제동활동 /an *investor's* yield 투자자이율 /private [small] *investor* 개인[소액]투자자 ***institutional investor*** 기관투자자 ¶ The *institutional investor* is an organization that trades large volumes of securities. Some examples are mutual funds, banks, insurance companies, pension funds, labor unions funds, corporate profit-sharing plans, and college endowment funds. Typically, upwards of 70% of the daily trading on the New York Stock Exchange is on behalf of *institutional investors*. See also qualified institutional investor. 기관투자자는 대량의 증권을 거래하는 기관이다. 예로서는, 뮤추얼펀드(mutual fund), 은행, 보험회사, 연금기금(pension fund), 노동조합기금(labor union fund), 회사이익분배제도(corporate profit-sharing plans), 그리고 대학기부금기금(college endowment fund)이 있다. 뉴욕증권거래소(New York Stock Exchange)에서는, 통상 매일의 거래 70% 이상은 기관투자자를 위하여 행해지고 있다. 또 qualified institutional investor(적격기관투자자)를 참조할 것. ~ ***relations department*** 인베스터 릴레이션부문 ¶ In major listed companies, the *investor relations department* is a staff position responsible for investor relations, reporting either to the chief financial officer or to the director of public relations. The duties vary and may include; (1) making sure the company is understood properly in the investment community; (2) ensuring there is full and timely public disclosure; and (3) responding to requests for information from shareholders and others. 주요한 상장회사(listed companies)에서, 인베스터 릴레이션부문은 투자자에의 광보(廣報)활동에 책임을 부담하는 입장의 부문으로, 재무담당임원, 또는 광보(廣報)담당임원에게

보고한다. 실제의 임무는 그 회사가 외부의 재무PR회사를 이용하고 있는지 여부에 따라 다르지만, 일반적으로는 다음의 직책을 포함할 수 있다. (1) 당회사가 투자업계에서 적절하게 인식되고 있는지를 확인하는 작업, (2) 충분하고 적기에 일반에의 개시가 있음을 확실히 하는 작업, (3) 주주 및 기타 관계인으로부터 정보개시의 청원에 대하여 부응하는 작업이다.

Investors Service Bureau 뉴욕증권거래소 증권투자상담실 ¶ The *Investors Service Bureau* is a New York Exchange public service that responds to written inquiries of all types concerning securities investments. 증권투자상담실은 증권투자에 관한 모든 종류의 문서질문에 답하는 뉴욕증권거래소(New York Stock Exchange)의 대민(對民)상담실을 이른다.

Investor-State Dispute Settlement (ISD) 투자자・국가분쟁타결제도 ¶ The *Investor-State Dispute Settlement* (*ISD*) is a system whereby the dispute can be settled by the arbitration of international organization, when the company that invests in the foreign country is inflicted with disadvantages. The arbitral organization for the *ISD* is the International Court of Commercial Disputes under the World Bank. At the disputes, among the three arbitrators for the arbitral panel of the International Centre for the Settlement of Investment Disputes is elected one arbitrator from the concerned two countries. Eighty one investment agreements among eighty five of Korea, and about 2,500 international agreements globally have adopted the *ISD*. 투자자・국가분쟁타결제도는 외국에 투자한 기업이 현지에서 불이익을 당할 때, 국제기구의 중재로 분쟁을 해결토록 한 제도를 이른다. ISD의 중재기관은 세계은행 산하 국제상사분쟁재판소로, 분쟁발생시 국제투자분쟁해결센터(ICSID: International Centre for Settlement of Investment Disputes) 중재부 3인 가운데 양국이 1인씩 추천한다. 한국의 투자협정 85개 중 81개, 전세계적으로 2,500여개 국제협정이 ISD를 채택하고 있다.

invisible 눈으로 볼 수 없는 ¶ *invisible* asset 무형자산 /*invisible* exports and imports 무역외수지 /*invisible* exports 무역외수출, 무형수출품 /*invisible* trade 무역외거래 ***invisible hand*** 보이지 않는 손 ¶ *Invisible hand* is free-market economic forces that guide scarce resources to their most productive uses. This term is credited to economist Adam Smith, who believed a capitalistic system with people free to act in their own self-interest would produce the greatest public good. 보이지 않는 손이란 부족한 자원을 가장 생산적인 용도로 인도하는 자유시장의 경제력(economic forces)이다. 이 용어는 경제학자 아담 스미스(Adam Smith)가 사용한 것인데, 그는 자기 자신의 사리사욕으로 자유롭게 행동하는 사람들의 자본주의제도가 최대한의 공익을 산출할 것이라고 믿었다. ~ ***trade balance*** 무역외수지 ¶ *Invisible trade balance* is balance of trade created by the import and export of services. See also invisibles. 무역외수지는 서비스의 수출입에 의해 창조되는 무역의 수지를 말한다. invisibles(무역외거래)도 참조할 것.

invisibles 무역외거래 ¶ *Invisibles* are areas of nonmerchandise invisible trade that include expense such freight and insurance and most types of services and investment. 무역외거래는 운임과 보험료와 대부분의 서비스와 투자와 같은 비상품의 무역외거래의 분야를 이른다.

invitation 초대, 권유, 모집, (간사단・인수단에게 가담하도록 요구하는) 인수업자에의 초빙 ¶ an *invitation* for subscription 주식모집 /*invitation* telex 발행주간사로부터 인수업자 앞으로 된 인수단에의 초빙텔렉스

invoice [n.] 송장(送狀), 인보이스, 청구서 ¶ The *invoice* is a bill prepared by a seller of goods or services and submitted to the purchaser. The invoice lists all the items bought, together with amounts. 송장은 상품이나 서비스의 매도인이 준비하고, 매수인에게 송부하는 청구서(bill)이다. 송장에는 구입되는 모든 물품이 그 금액과 함께 열거되고 있다. ***commercial invoice*** 상업송장 ¶ The *commercial invoice* is a bill for the goods from the seller to the buyer. These invoices are often used by governments to determine the true value of goods for the assessment of customs duties and are also used to prepare consular documentation. Government using the commercial invoice to control imports often specify its form, content, number of copies, language to be used, and other characteristics. 상업송장은 매도인에서 매수인에게 가는 물품의 청구서이다. 이러한 송장은 종종 정부가 관세의 평가를 위하여 그 물품의 진정한 가격을 결정하기 위해서 사용되고, 또 영사용 서류작성을 위해서 사용된다. 수입규제를 위하여 상업송장을 이용하는 정부는 이따금 그 물품의 형식, 내용, 코피의 수, 사용언어 기타 특성을 특정한다. ***consular*** ~ 영사(領事)송장 ¶ The *consular invoice* is a document, required by some foreign countries, describing a shipment of goods and showing information such as the consigner, consignee, and value of the shipment. Certified by a consular official of the foreign country, it is used by the country's customs officials to verify the value, quantity, and nature of the shipment. 영장송장은 물품의 선적을 표시하고, 콘사이너(consigner), 콘사이니(consignee) 및 선적의 가격과 같은 정보를 나타내는 몇몇 외국에서 요구하는 서류이다. 외국의 영사가 인증을 하면 그것은 선적의 가격, 중량, 및 종류를 증명하기 위하여 세관원이 사용한다. ~ ***price*** 인보이스 가격 ¶ The *invoice price* is the total amount the buyer of a bond pays the seller; in most market this is the bond's current market value plus accrued interest (i.e., the dirty price). 인보이스 가격은 본드의 매수인이 매도인에게 지급하는 총금액을 말한다. 대부분의 시장에서 이것은 본드의 시가(current market value) + 누적된 경과이자(accrued interest)(예컨대 부정한 돈)를 합계한 것이다.

v. 송장을 작성하다, 결산하다 ¶ *invoiced* in … (currency) …(통화) 표시

involuntary 무의식적인, 본의 아닌 ¶ *involuntary* insolvency 강제적 지급불능 ***involuntary bankruptcy*** 강제파산 → bankruptcy (파산). ~ ***unemployment*** 비자발적 실업 ¶ The *involuntary unemployment* is a condition of being unemployed against one's own wishes. Despite concerted search efforts, those who are involuntarily unemployed are unable to find employment for their skills and background. 비자발적 실업은 자기 자신의 소망에 반하여 실업당하고 있는 상태를 이른다. 구직협력에 불구하고, 비자발적으로 실업을 당한 사람들은 그들의 기능과 배경 때문에 직업을 찾을 수가 없다. ~ ***trust*** 의사에 기하지 않는 신탁 ¶ An *involuntary trust* is a implied trust which arises because the law imposes trust-like consequences on certain transactions. 의사에 기하지 않는 신탁이란 법이 일정한 거래에 대해 신탁유사의 결과를 부담지우기 때문에 생기는 묵시적 신탁을 말한다.

involve 포함하다, 끌어넣다, 연루시키다 ¶ the costs *involved* 관계비용

inward 내지(內地)로의, 수입의 ¶ *inward* bill 수입어음 /*inward* collection 수입추심, 타발추심(他發推尋) (*cf.*) outward collection 당발추심 /an *inward* cargo 수입화물 /*inward* exchange 타발환(他發換) /*inward* remittance 타발(他發)송금 ***inward charges*** 입항제비용(入港諸費用) ¶ At the entry of a ship, *inward charges* are charges which the owner of ship is to pay on the ship or the consignments. 선박의 입항시에 입항제비용은 선주가 선박 또는 적하에 관하여 지급할 비용을 이른다.

inward-looking economy 내향적인 경제

I/O → input-output [약] [컴] 입출력 ¶*I/O* operation 입출력조작

IOSCO → International Organization of Securities Commissions [약] 증권감독자 국제기구

IOU; I.O.U.; i.o.u. 차용증(서), 차입증서(I owe you의 뜻)

IPO → initial public offering [약] [증권] 신규주식공모(기업이 설립 후 최초로 외부 투자자에게 주식을 공개, 매도하는 작업. 보통 주식시장에 처음 등록해 거래를 시작하는 것을 말한다.)

IQD (ISO) code Iraq – currency Iraqi dinar. ¶IQD (국제표준기구) 약호 이라크 — 화폐 이라크 디나르(dinar)

IRA → Individual Retirement Arrangement (or Accounts) [약] [미] 개인퇴직연금제도 ***IRA rollover*** 개인퇴직계좌이체 → individual retirement account rollover (개인퇴직계좌이체). ***IRA transfer*** 개인퇴직계좌수탁자의 변경 ¶The *IRA transfer* is a change of trustees with not tax consequences to the holder, but possibly a loss of income while funds are in transit. 개인퇴직계좌수탁자의 변경이란 보유자에 대한 세금상의 영향을 받지 않고, 개인연금계좌(individual retirement account)의 수탁자(trustee)를 변경하는 것이다. 그러나, 자금이 수탁자에게 이전되는 동안에 수입의 손실이 있을 수 있다.

Iran currency 이란 화폐 ¶Iranian rial (IRR), divided into 100 dinars. Also 1 toman = 10 rials. 1 리알(rial) = 100 디나르(dinar). 그리고 1 토만(toman) = 100 리알(rials).

Iraq currency 이라크 화폐 ¶Iraqi dinar (IQD), divided into 1000 fils. 1 디나르(dinar) = 1000 필즈(fils).

IRB → industrial revenue bond [약] [미] 산업세입담보채(債)[기업의 유치를 꾀하기 위해서 이자수입에 대한 연방소득세가 면제되는 공채(公債)] → industrial development bond (산업개발채).

Ireland currency 아일랜드 화폐 ¶Irish punt (IEP), divided into 100 pence. The 1999 legacy conversion rate was 0.787564 to the euro. It has fully changed to the euro/cent from 2002. 1 펀트(Irish punt) = 100 pence. 1999년 내려 온 환산율은 유로대비 0.787564이었다. 아일랜드 화폐는 2002년부터 유로/센트로 변경하였다.

Irish Stock Exchange (ISE) 아일랜드증권거래소 ¶Founded in 1793 in Dublin, the *Irish Stock Exchange* (*ISE*) is a limited company trading equities, government and corporate bonds, investment funds, and specialist securities such as asset-backed debt, securitized bonds, and warrants. Most company securities trade on *ISE* Xetra, the exchange's electronic trading system, and are settled in CREST. Irish government bonds are traded on EuroMTX, the electronic trading system for market makers in Irish government bonds, and are settled through Euroclear. CRESTCo merged with the Euroclear group in September 2002. 1793년에 더블린에서 설립된 아일랜드증권거래소(ISE)는 유한책임회사(limited company)로서, 주식(equity), 국채(government bond) 및 사채(corporate bond), 투자펀드(investment fund), 또 자산담보증권(asset-backed securities)이나 증권화증권(securitized bond), 워런트 등 전문적인 증권의 거래를 행하고 있다. 많은 회사의 증권은 전자거래시스템인 ISE Xetra를 통해서 매매되고, CREST에서 결제된다. 아일랜드국채는 아일랜드국채의 마켓메이커(market maker)를 위한

전자거래시스템인 EuroMTX를 통해서 매매되고, 유로클리어(Euroclear)에서 결제된다. 그리고 CRESTCo는 2002년 9월 Euroclear group과 합병하였다.

iron (and steel) industry 철강산업 ¶ *Iron and steel industry* is essential and indispensable to the development of automobile industry. 철강산업은 자동차산업의 발전에 긴요하고 필수적이다.

IRR (ISO) code Iran – currency Iranian rial. ¶ IRR (국제표준기구) 약호 이란 — 화폐 이란 리알(rial).

IRR → **i**nternal **r**ate of **r**eturn [약] 내부수익률[당초 투자원금과 그 투자원금에서 장래 발생하는 일련의 수익의 현재가치총액을 균형 맞추는 일정한 수익률(할인율)]

irrational 불합리한, 무리한 ***irrational exuberance*** 근거없는 열광 ¶ *Irrational exuberance* is characterization of market mood in a 1996 speech by then Federal Reserve Chairman Alan Greenspan. In context, the typically cautious Greenspan posed the question, "How do we know when *irrational exuberance* has unduly escalated asset values, which then become subject to unexpected and prolonged contraction…?" *Irrational exuberance* was used as the title of a 2000 book by Yale economics professor Robert Shiller, who argued that the stock market had indeed become dangerously overvalued. 근거없는 열광은 미연방준비제도이사회(Federal Reserve Board)의 그린스펀 전의장의 1996년의 강연에서 사용한 표현인데, 마켓의 분위기를 나타낸 것이다. 신중하기로 알려진 그린스펀이 분위기 중에서 다음과 같이 문제를 제기하였다. 「우리들은 근거없는 열광이 언제 자산의 가격을 과도하게 팽창시켜 가고, 그것이 장기간에 걸쳐서 예기하지 못한 수축을 가져오는가. 어떻게 알 수 있는 것인가?」 「근거없는 열광」은 예일대학의 경제학교수인 로버트 쉴러(Robert Shiller)의 저서(2000년)에서 제명으로 사용되었다. 그 중에서 쉴러 교수는 주식시장은 위험할 정도로 과대 평가되고 있다고 논하고 있다. ~ ***option*** [영] 불합리한 옵션 ¶ The *irrational option* is an option embedded in a structured note, such as convertible bond or mortgage-backed security, that is not exercised when it is in-the-money, or which is exercised when it is out-of-the-money. The reasons for irrational exercise may relate to overarching macroeconomic or idiosyncratic factors that override pure economic rationale. 불합리한 옵션은 현재가격이 행사가격과의 관계에서 이익이 나는 상태(in-the-money)인 때에 행사하지 않거나, 옵션을 행사하여도 이익이 나지 않은 상태(out-of-the money)인 때에 행사하는 전환사채나 모기지담보부 증권와 같은 구조채(債)에 편입된 옵션을 말한다. 불합리한 행사가 행해지는 이유는 순수한 경제적 원리를 뒤엎는 무엇보다 중요한 거시경제적이거나 특유한 요인과 관계가 있을 것이다.

irrecoverable 돌이킬 수 없는, 회복할 수 없는 ¶ *irrecoverable* debt 대손(貸損)

irredeemable 환매할 수 없는, 상환되지 않는 ¶ *irredeemable* bank note 불환(不換)지폐 /*irredeemable* debenture 상환불능사채, 무상환사채 ***irredeemable bond*** 불상환채(不償還債) ¶ The *irredeemable bond* is: (1) a bond without a call feature (issuer's right to redeem the bond before maturity) or a redemption privilege (holder's right to sell the bond back to the issuer before maturity), or (2) perpetual bond. 불상환채란 (1) 기한전 상환조항(call feature) (만기이전에 상각할 수 있는 발행인의 권리), 혹은 상환청구권(redemption privilege)(증권을 만기이전에 발행인에게 매각할 수 있는 소유자의 권리)이 없는 채권, (2) 영구채권(perpetual bond)이다.

irregular 불규칙적인, 가지런하지 않은, 불법의 ¶ *irregular* deposit 부정기예금

/*irregular* economy 이상한 경제 /*irregular* endorsement 불규칙배서 /an *irregular* market 변칙적인 시황(市況)

irregularity 불규칙, 변칙, 이상(異常), 오기(誤記)

irrevocable 귀환시킬 수 없는, 취소불가능한 ¶The word *irrevocable* means something done that cannot legally be undone, such as an irrevocable trust. 취소불가능하다는 말은 일단 행해진 것을 법률상 원점으로 되돌릴 수 없다는 뜻이다. 예컨대 취소불가능신탁(irrevocable trust)과 같다. ***irrevocable letter of credit*** 취소불능신용장 ¶The *irrevocable letter of credit* is a letter of credit that obligates the issuing bank to pay the exporters when all terms and conditions have been met. None of the terms and conditions may be changed without the consent of all parties to the letter of credit. 취소불능신용장이란 신용장의 모든 조건이 일치한 때에 개설은행(issuing bank)이 수출업자에게 지급할 의무가 있는 신용장을 말한다. 신용장의 조건은 신용장의 모든 당사자의 동의없이는 변경이 불가능하다. ~ ***living trust*** 취소불능생전신탁 ¶The *irrevocable living trust* is a trust usually created to achieve some tax benefit, or to provide a vehicle for managing assets of a person the creator believes cannot or should not be managing his or her own property. This trust cannot be changed or reversed by the creator of the trust. 취소불능생전신탁이란 세무상의 이익을 얻는다든지, 또는 본인 자신이 재산의 관리를 할 수 없었다든지, 본인에게 하게 해서는 안 된다고 신탁설정자가 생각하는 사람의 재산관리의 수단으로서 설정되는 신탁을 말한다. 이런 신탁은 그 신탁의 설정자가 변경한다거나 파기한다는 것은 불가능하다. ~ ***trust*** 해약불능신탁 ¶The *irrevocable trust* is a trust that cannot be changed or terminated by the one who created it without the agreement of the beneficiary. 해약불능신탁이란 수익자(beneficiary)의 동의 없이는, 신탁설정자가 변경하거나 파기할 수는 없는 신탁이다.

irrigable 관개할 수 있는 ¶*irrigable* land 관개가능지(灌漑可能地)

irrigation 관개(灌漑) ¶an *irrigation* canal [ditch} 용수로 /*irrigation* investment 관개투자

IRS → **I**nternal **R**evenue **S**ervice [약] 미국세입청, 내국세입청 ***IRS private letter ruling*** 미국세입청개별통달(個別通達) → private letter ruling (개별통달).

ISE/Nikkei 50 Index 국제증권거래소/니케이 50종목 지수 ¶The *ISE/Nikkei 50 Index* is a share index based on the prices of shares in 50 Japanese companies that are traded on the Tokyo Stock Exchange and on the International Stock Exchange (ISE) in London. 국제증권거래소/니케이 50종목 지수는 도쿄증권거래소(Tokyo Stock Exchange)와 런던에 있는 국제증권거래소에서 거래되고 있는 일본의 50개 회사의 주가(prices of shares)를 기초로 한 주식지수를 말한다.

ISDA → **I**nternational **S**waps and **D**erivatives **A**ssociation, Inc. [약] 국제스왑파생상품협회

iSHARES i쉐어즈 ¶The *iSHARES* are exchange-traded funds of Barclays Global Investors that replaced and expanded a product line formerly known as WEBS (World Equity Benchmark Shares). Some 75 *iSHARES* portfolios are currently traded on the American Stock Exchange with two more trading on the New York Stock Exchange and the Chicago Board Options Exchange. Represented are 20 Standard & Poor's domestic and international stock indexes, 23 MSCI (Morgan Stanley Capital International) indexes representing foreign country and regional markets. 15 Dow Jones Industrial Sector indexes, 12 Russel Indices, 5 Goldman Sachs specialized indexes, a NASDAQ biotechnology index, a Cohen & Steers real estate index, and a Lehman Aggregate ETF (AGG) fixed-income fund. i쉐어즈는 이전에 WEBS(World Equity Benchmark Shares)로 알려지고 있던 금융상품라인을 확대한 후계상품인 바클레이즈 글로벌인베스터스의 상장지수펀드(exchange-traded fund)이다. 75종류만큼의 i쉐어즈포트폴리오가 현재 아메리칸증권거래소(American Stock Exchange)에서 거래되고 있고, 2거래가 다 뉴욕증권거래소(New York Stock Exchange)와 시카고옵션거래소에서 이루어지고 있다. 대표적인 것을 20종류의 스탠더드앤드푸어스(Standard & Poor's)의 국내 및 국제적인 주식지수, 23개의 세계의 국가나 지역을 대상으로 한 모건스탠리 캐피탈 인터내셔널((Morgan Stanley Capital International: MSCI)지수, 15종류의 다우존스(Dow Jones)의 공업섹터(industrial sector)지수, 12종류의 러셀지수(Russel indices), 5종류의 골드만삭스의 전문적인 지수(Goldman Sachs specialized indexes), 나스닥의 바이테크놀로지((NASDAQ biotechnology index), 코헨 & 스티어즈부동산지수(Cohen & Steers real estate index) 및 리먼총지수연동형 상장투자신탁확정금리부 펀드(Lehman Aggregate ETF (AGG) fixed-income fund)가 있다.

ISIS → **I**ntermarket **S**urveillance **I**nformation **S**ystem [약] 시장간 감시정보시스템 ¶ The *Intermarket Surveillance Information System* (*ISIS*) is a database sharing information provided by the major stock exchanges in the United States. It permits the identification of contra brokers and aids in preventing violations. 시장간감시정보시스템은 미국의 주요한 증권거래소(stock exchange)가 제공하는 정보를 공유하는 데이터베이스(database)이다. 거래의 상대방 브로커(contra broker)의 신원확인이 가능하고, 위반행위를 방지하는 데에 도움을 주고 있다.

Islamic banking (고리를 금지하는) 이슬람 교리에 기초하는 은행업무

ISK (ISO) code Iceland – currency Icelandic krona. ¶ ISK (국제표준기구) 약호 아이슬란드 — 화폐 아이슬란드의 크로나(crona).

Islamic 이슬람교의, 회교의 ¶ *Islamic* banking (고리를 금지하는) 이슬람교원리에 기초하는 은행업무 ***Islamic finance*** [영] 이슬람 금융 ¶ The *Islamic finance* is a general form of structured finance followed in Islamic countries that adheres to religious interpretations and legal rulings related to permissible financing and investment. Under *Islamic finance* all contracts, including those of a financial nature, are permissible unless they are characterized by one or both of riba (interest), and gharar (uncertainty), which renders them null and void. *Islamic finance* permits trading of goods or assets today for a sum money in the future (a de-facto credit sale) or the trading of money today for goods or assets in the future (a prepaid forward) where the sale of an asset under one contract is matched by the purchase of the asset under a second contract for a value that is greater. It prohibits the trading of goods or assets in the futures for money in the future (a de-facto future or forward contract). Common structural techniques include the salam (prepaid forward), ijara (secured lease), Murabaha (trust sale), and sukuk (rent certifiticate). Though interest cannot explicitly govern such transactions, it can be defined as a profit in a credit sale or rent in a lease, and may be benchmarked to a recognized market rate, such as LIBOR. Also known as alternative finance arrangements. 이슬람 금융은 허용될 수 있는 금융과 투자에 관련된 종교적 해석과 법의 원칙을 신봉하는 이슬람교의 각국이 따르는 일반형태의 조직화된 금융이다. 이슬람 금융에서는, 모든 계약은 재무적

성격을 띠는 것을 비롯하여 리바(이자)와 가라르(불확실성)가 한쪽 또는 양쪽으로 특징지우면 그것은 무효가 되지만, 그렇지 않는 한 허용된다. 이슬람 금융에서는 장래에 일정한 금전을 위한 현재 물품 또는 자산의 거래를 허용하거나(사실상의 신용판매), 하나의 계약에서 자산의 매각이 더 많은 가격을 위한 제2차 계약에서 자산의 구입으로 균형이 맞춰지는 경우에 장래에 물품이나 자산을 위한 현재 금전거래를 허용하거나(선급선물) 한다. 일반구조적 수법에는 살람(선급선물), 이자라(담보부 리스), 무라바마(신탁판매) 및 수쿡(임료증서)이 포함된다. 이자가 그러한 거래를 명시적으로 지배할 수 없더라도, 그것은 신용판매, 또는 리스에 있어서 이익(profit)으로 정의내릴 수 있고, 리보(LIBOR)와 같은 인정받는 시장가격에서 벤치마크될 수 있다. 이를 대체적 금융제도(alternative finance arrangements)라고도 한다.

ISO → International Standardization Organization [약] 국제표준화기구

isolation 분리, 고립 ¶a period of *isolation* (일단 반환 등의) 유예기간

iso-revenue line 등수입선(等收入線)

Israel currency 이스라엘 화폐 ¶shekel (ILS), divided into 100 agorot. 1 세켈(shekel) = 100 아로곳(arogot)(단수는 arora 아로라).

ISS → Institutional Shareholder Services [약] 기관투자자 주주서비스 ¶As Morgan Stanley' affiliate, the *Institutional Shareholder Services* (*ISS*) is a professional company that analyses the items of the shareholders' general meeting. The *ISS* analyses the items of listed companies' general meeting and receives the commissions from more than 1,700 institutional investors around the world, by which *ISS* offers the informations of opinion over the pros and cons among the shareholders to the investors and helps them to determine investment. 기관투자자 주주서비스는 미국의 모건스탠리 캐피탈 인터내셔널(MSCI)의 자회사이다. 기업의 주주총회 안건을 분석하는 전문회사로, 상장회사의 주총안건을 분석해 전세계 1,700여 기관투자가에게 찬반의견을 제시하는 방법으로 투자결정을 돕고 수수료를 받는다.

issuance 발행 ¶*issuance* of stock 주식의 발행

issue [v.] 발행하다, 발포하다, 출판하다 ¶*issued* at market [going] price 시가(時價)발행 /an *issue(d)* [offering] price 발행가격 /*issuing* bank 발행은행 /*issuing* house 증권인수회사 /an *issuing* syndicate of banks 증권발행은행단 ***issued and outstanding*** 발행주식 ¶The *issued and outstanding* are shares of a corporation, authorized in the corporate charter, which have been *issued and are outstanding*. These shares represent capital invested by the firm's shareholders and owners, and may be all or only a portion of the number of shares authorized. Shares that have been issued and subsequently repurchased by the company are called treasury stock, because they are held in the corporate treasury pending reissue or retirement. Treasury shares are legally issued but are not considered outstanding for purposes of voting, dividends, or earnings per share calculations. Shares authorized but not yet issued are called unissued shares. Most companies show the amount of authorized, *issued and outstanding*, and treasury shares in the capital section of their annual reports. See also treasury stock. 발행주식이란 회사의 정관(corporate charter)에서 수권(授權)되고(authorized), 발행되며(issued) 미납입된(outstanding) 회사의 주식을 말한다. 이러한 주식은 회사의 주주의 투자자본을 나타내고 있고, 수권주식(shares authorized)의 전부인 경우도 있는가 하면 일부에 불과한 경우도 있다. 발행된 후에 회사에

환매된 주식은 금고주(treasury stock)라고 한다. 이러한 주식은 재발행 또는 소각(retirement)까지 회사의 금고에 보관되어 있기 때문이다. 금고주는 법적으로는 발행되고 있지만, 의결권(voting), 배당(dividend), 1주당 이익(earnings per share)의 계산에서는 발행주식으로 보지 아니한다. 수권주식 내에서 미발행의 주식은 미발행주(unissued share)라고 한다. 대부분의 회사는 수권주식수, 발행주식수, 금고주수를 연차영업보고서(annual report)의 자본의 부에 기재하고 있다. treasury stock(금고주)도 참조할 것. ***~d capital stock*** 발행자본주식 ¶ *Issued capital stock* is capital stock that has been authorized and issued, but that may have been reacquired in part. *Issued capital stock* reacquired as Treasury stock or stock that has been retired is not included in earnings-per-share calculations. See also outstanding capital stock. 발행자본주식이란 수권받아 발행한 자본주식이나 일부분은 재취득한 자본주식을 말한다. 회수된 미재무부주식이나 주식으로 재취득한 발행자본주식은 1주당 수익(earnings-per-share)에 포함되지 않는다. outstanding capital stock(자본금현재금액)도 참조할 것.

n. 발행물, (어음 · 수표의) 발행, 유출, 계쟁점, 자손 ¶ (1) The *issue* is stocks or bonds sold by a corporation or a government entity at a particular time. (2) The *issue* means selling new securities by a corporation or government entity, either through an underwriter or by a private placement. (3) The *issue* is descendants, such as children and grandchildren. For instance, "This man's estate will be passed, at his death, to his *issue*." (1) 증권은 어느 특정한 시기에 회사나 정부기관에 의하여 판매되는 주식(stock)이나 채권(bond)을 이른다. (2) 증권발행은 회사(corporation)나 정부기관이 인수업자(underwriter)를 통하거나, 사모발행(private placement)으로 새로운 증권을 판매하는 것이다. (3) 자손이란 자녀와 손자녀와 같은 자손을 말한다. 예컨대, 「이 사람의 유산은 그가 사망하면 그의 자손에게 상속된다.」 /*issue* at par; *issue* at face value [증권] 액면발행 /*issue* market 발행시장, 기채(起債)시장 /the *issue* of bonds at discount 사채의 할인발행 /*issue* of new shares 신주발행 /a bond [debenture] *issue* 사채발행 /bonus [scrip] *issue* 주식의 무상교부 /an *issue* bank 발행은행 /*issue* syndicate 증권발행단(證券發行團)/*issue* terms 발행조건 /a new *issue* 신규발행, 신발행채 /seasoned *issues* 확실[안정]증권

issuer 발행인, (신용장의) 개설인, 발행자 ¶ The *issuer* is a legal entity that has the power to issue and distribute a security. *Issuers* include corporations, municipalities, foreign and domestic governments and their agencies, and investments trusts. *Issuers* of stock are responsible for reporting on corporate developments to shareholders and paying dividends once declared. *Issuers* of bonds are committed to making timely payments of interest and principal to bondholders. 발행자는 증권을 발행하여 판매할 권한을 가지는 법적 주체(legal entity)이다. 발행자에는 회사, 지방자치단체, 외국이나 국내정부 및 그러한 기관, 그리고 투자신탁(investment trust)이 포함된다. 주식의 발행자는 주주에게 회사영업의 실적을 보고하고, 일단 배당(dividend)이 선언되면 배당지급의 의무가 있다. 채권의 발행자는 채권소유자에게 이자(interest), 원금(principal)을 예정대로 지급할 의무가 있다. /an *issuer's* cost 발행자배당률

issued-paid research 회사부담에 의한 애널리스트 레포트 ¶ The *issued-paid research* is an equities research paid for by the companies who stand to gain or lose depending on whether a report is positive or negative. Actions taken to eliminate conflicts of interest between underwriters and their research departments after the corporate scandals of the 2000s resulted in investment banking firms downsizing their research units and covering fewer companies. At the same time, the bull market of the 1999s increased the number of public companies desiring coverage. The ironic result was an *issuer-paid research* industry with its own obvious conflict of interest issuers. CFA Institute and NIRI established a joint task force to recommend preventive guidelines. 회사부담에 의한 애널리스트 레포트는 그 레포트의 내용이 긍정적인지 부정적인지에 따라 주가변동의 영향을 받는 회사 자신이 코스트를 부담하여 발행하는 주식의 애널리스트 레포트(조사레포트)이다. 2000년대 초두에 일어난 기업 스캔들에 대해서 주식의 인수부문(underwriter)과 조사부문(research department)간의 이익충돌(conflict of interest)을 제거하기 위한 처치가 취해진 결과, 투자은행(investment banker)의 조사부문이 축소되고, 조사(research)대상기업도 적게 되었다. 1990년대의 주식의 상승국면(bull market)에서는 리서치의 대상을 바라는 상장회사가 증가하였지만, 회사부담에 의한 레서치는 명백한 이익충돌을 초래하였다. 공인증권애널리스트협회(Chartered Financial Analyst: CFA)와 전미투자자관계기관협회(National Investor Relations Institute: NIRI)는 공동으로 예방지침(preventive guidelines)을 제언하기 위한 태스크포스(task force)를 설치했다.

issuing 발행의, 개설의 ***issuing bank*** (신용장의) 개설은행 ¶ An *issuing bank* is a bank that issues a letter of credit. (신용장의) 개설은행은 신용장을 개설하는 은행이다. ~ ***house*** [영] 증권인수업자, 증권발행상사(商社) ¶ The *issuing house* is a financial institution, usually a merchant bank or investment bank, that specializes in the flotation of private companies on a stock exchange. In some cases the *issuing house* will itself purchase the whole issue (see underwriter), thus ensuring that there is no uncertainty in the amount of money the company will raise by flotation. It will then sell the shares to the public, usually by an offer for sale, introduction, issue by tender, or placing. 증권인수업자는 금융기관, 주식거래소에서 사회사(私會社; private company)의 신규증권의 모집(flotation)을 전문으로 하는 보통 종업금융회사(merchant bank) 또는 투자은행(investment bank)이라고 하는 것이다. 어떤 경우에는 증권인수업자 자체가 신규발행주식을 전부 매수하여[underwriter(인수업자)를 참조할 것] 회사가 신규증권의 모집에 의해 조달하려는 자금의 총액에 불확실한 점이 없음을 보장한다. 그 다음에 증권인수업자는 일반공중에게 주식을 매도한다. 보통 구매청약의 권유(offer for sale), 소량인수발행의 방법(introduction), 구매양도의 권유(issue by tender), 또는 선택된 개인의 집단(selected group of individuals)에게 주식을 매도(placing)하는 것이다.

Italian Stock Exchange (ISE) 이탈리아증권거래소 → Borsa Italiana (이탈리아증권거래소).

Italy currency 이탈리아 화폐 ¶ Italian lira (plural lire) (ITL); there is no subdivision. The 1999 legacy conversion rate was 1936.27 to the euro. It has fully changed to the euro/cent from 2002. 이탈리아 리라(lira)[복수는 리레(lire)]. 하부단위는 없다. 1999년 내려온 환산율은 유로대비 1936.27이었다. 이탈리아 화폐는 2002년부터 유로/센트로 완전히 변경하였다.

itayose [일본] 이타요세(板寄せ) ¶ In the Japanese financial markets, the *itayose* is a method of establishing a market clearing price based on submitted orders. This occurs when a provisional price on a commodity or asset is submitted to floor members, who revert with bids and offers, which are then taken into account in establishing the initial clearing price. This mechanism assigns full priority to price without regard to the time orders are placed. 일본금융시장에서

이타요세는 제기된 주문에 근거로 하는 시장청산가격을 확립하는 방법이다. 이것이 생기는 경우는 상품이나 자산에 관한 잠정가격이 입회장 회원들에게 제출되는 때이고, 그들은 당초의 청산가격을 확립하는 데 당시 고려한 매매호가(bids and offers)를 되돌리는 사람들이다. 이런 메커니즘은 정기주문이 제출되는 점을 고려하지 않고 가격에 완전히 우선순위를 매기는 것이다.

item 개조(箇條), 항목, 품목, 증표, 항목이나 품목의 수 ¶cash *items* 현금류(現金類) /collection *items* 추심안건 /time *items* 기한부의 항목

itemized deduction 항목별 공제 ¶The *itemized deduction* is an item that allows a taxpayer to reduce adjusted gross income on his or her tax return, For example, mortgage interest, charitable contributions, state and local income and property taxes, unreimbursed business expenses. IRA contributions, and other miscellaneous items are considered deductible under certain conditions and are listed as *itemized deductions* on Schedule A of an individual's tax return. However, at certain income levels, deductions are phased out. 항목별 공제는 납세신고시에 조정후 총소득(adjust gross income)에서 감액할 것이 허용되고 있는 공제항목을 이른다. 예컨대, 모기지(mortgage)금리, 자선기부, 주 및 지방자치단체의 소득세와 고정자산세, 환급되지 않는 사업경비, 개인퇴직계좌(IRA)출연금의 여러 가지의 항목은 특정한 조건하에서 소득공제(deduction)가 가능하다고 보고 있고, 각인의 납세신고별표 A에 항목별 소득공제로서 나열된다. 그러나 소득수준에 따라서는, 단계적으로 공제를 인정하지 않게 된다.

itemization 명세화, 각 조문별로 작성함

ITL (ISO) code Italy – currency Italian lira (plural lire) ¶ITL (국제표준기구) 약호 이탈리아 — 화폐 이탈리아 리라(lira) [복수 리레(lire)].

itraxx indexes [영] 아이트랙스 지수 ¶*Itraxx indexes* are standard quoted credit default swap indexes, which include reference credit pools divided by region or sector (index level) and industry/rating/country (subindex level). Credit default swaps and index tranches referring the Dow Jones itraxx/CDX indexes represent a standardized way of gaining exposure to, or hedging against, diverse pools of credit. A new reference index is created every 6 months; reference credits comprising the index, which are all equally weighted, and reviewed prior to the launch of each new 6-month series, and any credits that are sent to be deteriorating rapidly or are in a state of financial distress are removed. 아이트랙스 지수는 기준표시의 크레디트 디폴트스왑인덱스로서, 지역(region) 또는 부문(인덱스 수준)과 산업/등급/국가(서브지수)에 의해서 나누어지는 레퍼런스 크레디트풀(reference credit pool)을 포함한다. 다우존스 iTraxx/CDX지수를 참조하는 크레디트 디폴트스왑(credit default swap)과 인덱스 트랑슈(index tranches)는 다양한 크레디트풀에 대한 익스포저(exposure)를 얻거나 이에 헤지(hedge)하는 표준화방식을 나타낸다. 새로운 기준지수(reference index)는 6개월마다 만들어진다. 인덱스를 구성하는 기준지수(reference index)는 전부 똑같이 가중되고, 새로운 6개월 시리즈의 시작에 앞서 조사 연구되며, 급속하게 가치가 떨어지고 있다고 송부되거나 또는 재정적 어려움에 처한 상태에 있는 크레디트는 제거된다.

ITS/CAES → **I**ntermarket **T**rading **S**ystem/**C**omputer **A**ssisted **E**xecution **S**ystem [약] 시장간거래시스템/자동거래딜링시스템 → National Market System (NMS) 전미(全美)시장시스템 ¶The *National Market System* (*NMS*) is a concept embodied in the Securities Act Amendments of 1975 with the goal of fostering greater competition among the stock exchanges and other participants in the U.S. markets. In furtherance of this concept, the American Stock Exchange, Boston Stock Exchange, Chicago Stock Exchange, Cincinnati Stock Exchange (now called the National Stock Exchange), New York Exchange, Pacific Exchange, and the Philadelphia Stock Exchange developed the Intermarket Trading System (ITS). NASDAQ subsequently joined ITS. ITS is an electronic linkage among all of the registered national securities exchanges and associations that permits nationwide. The ITS Plan was filed with the Securities and Exchange Commission as a national market system plan under Section 11A of the Securities Exchange Act of 1934. The commission approved the plan. A second industry group, the Consolidated Tape Association (CTA), has two plans: the Consolidated Tape Plan (CT Plan) and the Consolidated Quotation Plan (CQ Plan), which provide, respectively, trade reports for listed securities and the current bid and offer from each participating market, as well as the national best bid and offer. The CT Plans is a national market system plan, as well as a transaction-reporting plan. The CQ Plans is a national market system plan. In light of the many changes in the securities markets over the years, the ITS plan was amended in 2000 to expand NASDAQ's ITS/CAES (Computer Assisted Execution System) linkage to all listed securities. 전미시장시스템은 미국내의 증권거래소와 기타 참여기관간의 경쟁촉진을 목적으로 하는 1975년 증권개정법(Securities Act Amendments of 1975)에 의하여 구체화된 구상(構想)이다. 이 구상을 촉진하기 위하여, 아메리칸증권거래소(American Stock Exchange), 보스턴증권거래소(Boston Stock Exchange), 시카고증권거래소(Chicago Stock Exchange), 신시내티증권거래소(Cincinnati Stock Exchange)(현재는 내셔널증권거래소(National Exchange)라고 한다.), 뉴욕증권거래소(New York Stock Exchange), 퍼시픽거래소(Pacific Exchange) 및 필라델피아증권거래소(Philadelphia Stock Exchange)는 시장간 거래시스템(Intermarket Trading System: ITS)을 개발하였다. 나스닥(NASDAQ)은 그 후 ITS에 참가하였다. 시장간 거래시스템(ITS)은 모든 미국의 등록된 증권거래소간의 전자연계프로그램이고 전국적으로 허용되는 단체이다. 시장간 거래시스템제도는 1934년 증권거래법(Securities Exchange Act of 1934) 제11조A에 근거해서, 전미시장시스템계획으로서 미증권거래위원회(Securities and Exchange Commission: SEC)에 신청하였다. SEC는 그 계획을 승인하였다. 제2의 그룹인 통합테이프협회(Consolidated Tape Association: CTA)는 2가지 계획을 가지고 있다. 하나는 통합테이프계획(Consolidated Tape Plan: CT Plan)이고 다른 하나는 통합시세계획(Consolidated Quotation Plan: CQ Plan)인데, CT Plan은 상장증권(listed security)의 거래에 관한 정보를 제공하고, CQ Plan은 시장참가자로부터의 매수호가(bid)나 매도호가(offer)뿐만 아니라, 미국전국에서 최량의 매매호가를 제공한다. CT Plan은 미국전국의 시장시스템이고, 동시에 거래보고시스템이다. 또 CQ Plan은 미국전국의 시장시스템이다. 지난 여러 해에 일어난 많은 변화를 토대로, 2000년에 ITS계획은 모든 상장주식(listed securities)에 나스닥(NASDAQ)의 ITS/CAES(Computer Assisted Execution System)로 확대하기 위해서 수정되었다.

Ivory Coast (formally Côte d'Ivoire) currency 아이보리코스트(공식적으로는 코트디부아르) 화폐 ¶ CFA franc (CIF); there is no subdivision. CFA 프랑(franc) (CIF). 하부단위는 없다.

J

jack-up [미속] 인상(引上), 앙등, [증권] 시세변동의 저지 ¶ A sudden rise in the prices of petroleum has incurred the *jack-up* of the prices of other commodities. 갑작스런 석유가격의 급등은 다른 상품물가의 앙등을 불러왔다.

Jakarta Stock Exchange 자카르타주식거래소 ¶ The *Jakarta Stock Exchange* is a stock exchange in Indonesia that originally opened in 1912 but was closed during World War II and from 1955 to 1977, when the modern market reopened. Formerly state owned and managed, it was privatized in 1992. 자카르타주식거래소는 본래 1912년에 개설되었으나 제2차 세계대전기간과 1955년에서 1977년까지는 폐쇄되었고, 1977년에 현대시장으로 다시 개설된 인도네시아의 주식거래소이다. 이전에는 국가소유로 관리되다가 1992년에 민영화되었다.

Jamaica currency 자메이카 화폐 ¶ Jamaican dollar (JMD), divided into 100 cents. 1 달러(Jamaican dollar) = 100 센트(cents).

Jane Doe 어느 누구(성명불상의 여성의 가명) (*cf.*) John Doe (남성의 경우)

January 1월 ***January barometer*** 1월 지표(指標) ¶ The *January barometer* is a market forecasting tool popularized by The Stock Traders Almanac, whose statistics show that with 90% consistency since 1950, the market has risen in years when the Standard & Poor's Index of 500 stocks was up in January and dropped when the index for that month was down. 1월 지표는 주식거래자연감(The Stock Traders Almanac)에 의해서 널리 알려지게 된 시장예측수단인데, 그 통계에 의하면 1950년 이래 90%의 확률로 스탠더드앤드푸어스 500종목 주가지수(Standard & Poor's Index of 500 stocks)가 1월에 상승한 해에는 주식시장이 1년 내내 상승시세가 되고, 동 지수가 동월에 하락한 해에는 하락한 시세가 되었다. ***January effect*** 1월의 효과 ¶ The *January effect* is a phenomenon that stocks (especially small stocks) have historically tended to rise markedly during the period starting on the last day of December and ending on the fourth trading day of January. The *January effect* is owed to year-end selling to create tax losses, recognize capital gains, effect portfolio window dressing, or raise holiday cash; since such selling depresses the stocks but has nothing to do with their fundamental worth, bargain hunters quickly but in, causing the January rally. 1월의 효과는 주식(stock)(특히 소형주, small cap)의 주가가 역사적으로 보아 12월의 최종거래일에서 시작하여 1월의 제4 거래일까지의 기간에 현저하게 상승하는 현상을 이른다. 1월의 효과는 세무상의 손금계상, 자본이득(capital gains)의 확정, 포트폴리오(portfolio)의 결산대책(window dressing), 또는 휴가중의 현금확보를 목적으로 하는 연말의 매각이 원인이다. 이와 같은 매도는 주가를 하락시키지만, 그 주식의 본질적인 가치에 아무런 영향도 주지 않으므로, 비교적 싼 주식을 노리는 투자자는 바로 매수주문을 넣어 1월의 반등을 초래한다.

Japan 일본, 저팬 ¶ *Japan* money (각국에 투자되어 있는) 저팬머니 /*Japan* rate (유로시장에서 일본이 고리(高利)를 지급하는) 저팬레이트 /*Japan*-made goods 일본제품 ***Japan Bank for International Cooperation (JBIC)*** 일본국제협력은

J

행 ¶ The *Japan Bank for International Cooperation* (*JBIC*) is a Japanese bank that provides finance for Japanese overseas investment, promotes exports and imports, and provides low-interest loans to projects in the developing world. It was created in 1999, through a merger of the Export-Import Bank of Japan and the Overseas Economic Cooperation Fund. 일본국제협력은행은 일본인의 해외투자에 대한 금융을 제공하고, 수출입을 촉진하며, 개발도상중의 세계의 프로젝트에 대한 저리융자를 제공하는 일본은행이다. 그 은행은 1999년에 수출입은행과 해외경제협력기금의 합병을 통해서 창설되었다. ***Japan currency*** 일본 화폐 ¶ yen (JPY), divided into 100 sen. 1 엔(円) = 100 센(錢, sen).

Japanese 일본의 ¶ *Japanese* foreign currency bond (일본의) 외화국채(外貨國債) ***Japanese government bond (JGB)*** 일본국채(國債) ¶ The *Japanese government bond* (*JGB*) is the general category of securities issued by the Japanese government for general financing and monetary policy purposes. *JGBs*, denominated in Japanese yen, are issued as discount bills with maturities of less than one year, and coupon-bearing instruments with medium-term maturities (i.e., 5 and 10 years, the latter constituting the benchmark) and long-term maturities (i.e., the 20-year "super-long" bond). Securities are issued through a syndicate of dealers and through an auction market process; secondary market trading is heavily concentrated in the 10-year benchmark and a small number of associated issues. 일본국채(債)는 일본정부가 일반적 자금조달과 통화정책의 목적을 위하여 발행한 유가증권의 일반적인 개념이다. 일본국채는 일본의 엔화(yen)로 표시되어 1년 미만의 만기와 중기만기의 쿠폰부의 증권(즉 5년짜리와 10년짜리인데, 후자는 표준이 된다)과 장기의 만기(즉, 20년짜리의 「초장기」(super-long)채권)의 채무증서(debt instrument)이다. 유가증권은 딜러의 신디케이트를 통하고 옥션시장과정을 통해서 발행된다. 유통시장거래는 10년짜리가 표준이 되어 다량으로 집중되고 이와 관련된 발행은 소수에 불과하다.

jawbone ⓝ [미속] 신용대출, 강한 요청 ¶ *jawbone* economics 사이비 경제학 /a *jawbone* [*jawboning*] policy 공갈정책
ⓥ [미속] 강권[요청]하다, [미속] 차용하다, 신용[외상]으로 사다 ¶ To *jawbone* is to attempt to persuade a person or group. For example, the chairman of the Federal Reserve may jawbone members of the banking system to improve the credit quality of their loan portfolios. jawbone(강권[요청]하다)은 개인이나 단체에 설득을 꾀하려는 것이다. 예를 들면, 미연방준비제도이사회의 의장이 은행제도의 회원들에게 요청하여 대출포트폴리오의 신용품질(credit quality)을 개선하도록 할 수 있다.

J-curve J곡선 ¶ The *J-curve* is a graph pattern showing the effect of depreciation of a currency on a country's trade deficit. Higher prices on imports will offset the reduced volume of imports, thus increasing the deficit in the short run, although in the long run the deficit will decrease. J곡선은 어느 국가의 통화가 약세가 되는 것이 그 국가의 무역적자(trade deficit)에 어떤 영향을 주는 것인가를 나타내는 그래프패턴을 이른다. 통화가 약세가 되면, 수입품가격이 더 높게 되지만, 장래에는 수입품의 감소로 인하여 그것을 상쇄하게 된다. 요컨대 단기적으로는 무역적자가 증가하지만, 장기적으로는 감소해 가게 된다. /*J-curve* effect J곡선 효과

jeep 지프 → graduated payment mortgage (누진적 원리금지급모기지).

Jensen Index 젠센인덱스 ¶ The *Jensen Index* is an index that uses the capital asset pricing model to determine the alpha of an investment or a portfolio, that is, the portion of the return arising from company-specific (nonmarket) risk.

젠센인덱스는 자본자산평가모형(capital asset pricing model)을 사용하여 투자 또는 포트폴리오의 알파(alpha), 즉 시장(market)과는 관계가 없는 회사의 독특한(비시장)의 리스크에서 생긴 수익의 부문을 결정하는 지수(指數)이다.

jeopardize 위태롭게 하다, 위험에 노출되다 ¶ *jeopardize* national security 국가의 안전을 위태롭게 하다

jeopardy 위험 ¶ There is a constitutional guarantee against double *jeopardy*. 일사부재리를 정한 헌법상의 보장이 있다. ¶ Deflation in farmland prices has placed many farmers in financial *jeopardy*. 농지물가의 하락으로 많은 농민들이 금전적인 위기에 빠졌다.

jettison 투하(投荷)(jetsam), 투기(abandonment) ¶ The *jettison* is the act of throwing overboard from a vessel part of the cargo, in case of extreme danger, to lighten the ship. 투하행위는 극도로 위험한 경우에, 선박을 가볍게 하기 위하여 적하의 일부를 선박 밖으로 투기하는 행위이다.

jillion [구] 방대한 수(數)

jingle mail 징글메일 ¶ The word *jingle mail* is an expression born of the real estate meltdown meaning envelopes containing house keys mailed to mortgage lenders by home owners walking away from upside-down mortgage in massive numbers. 징글메일이라는 말은 여러 번 집세가 밀려서 엉망이 된 모기지에서 도망쳐 나온 가택소유자가 모기지 금융기관에 우송한 가택열쇠를 담은 봉투를 의미하는데, 부동산의 급락을 나타내는 표현이다.

job 직업, 작업, 책무, 역할 ***job analysis*** 직무분석 ¶ The *job analysis* is an organizational analysis of a job to determine the responsibilities inherent in the position as well as the qualifications needed to fulfill its responsibilities. *Job analysis* is essential when recruiting in order to locate an individual having the requisite capabilities and education. 직무분석은 그 직업의 책무를 이행하는 데에 필요한 자격뿐만 아니라, 그 자리에 고유한 책무를 결정하는 직업의 조직적인 분석을 말한다. 직무분석은 필수적인 자격과 학력을 가지는 개인을 위하여 충원할 경우에 필수적이다. ***Job Creation and Worker Assistance Act of 2002*** 2002년의 고용창출과 근로자지원에 관한 법률 ¶ The *Job Creation and Worker Assistance Act of 2002* is a legislation passed by Congress and signed into law on March 9, 2002 to stimulate the economy out of the recession and economic contraction caused by the terrorists attacks of September 11, 2001, Here are some contents of the main provisions of the law: (1) Provisions Affecting Individuals, (2) Provisions Affecting Business, (3) Creation of New York Liberty Zone. 2002년의 고용창출과 근로자지원에 관한 법률은 2001년 9월 11일의 동시다발적인 테러가 원인이 되어 계속 일어난 경기의 침체상태를 자극할 목적에서, 미국연방의회에서 가결되고, 2002년 3월 9일에 법제화된 법률이다. 여기서 이 법률의 주요한 내용은 아래와 같다. (1) 개인에게 영향을 주는 조항, (2) 비즈니스에 영향을 미치는 조항, (3) 뉴욕시 리버티존의 창설이다. ***Jobs and Growth Tax Relief Reconciliation Act of 2003*** 2003년의 고용과 성장을 위한 감세조정법 ¶ The *Jobs and Growth Tax Relief Reconciliation Act of 2003* is a legislation providing tax relief for individuals, investors, and businesses that was signed into law on May 28, 2003, The major provisions of the law contains the following contents: (1) Accelerated expansion of the 10% tax bracket, (2) Accelerated reduction of individual income tax brackets above 15%, (3) Accelerated increase in the child credit, (4) Elimination of the marriage penalty, (5) Increase in AMT exemption

J

amount for individuals, (6) Adjustments in withholding tables, (7) Long-term capital gains tax rates reduced to 5% and 15%, (8) Tax rate on noncorporate taxpayers' dividend income cut to 5% and 15%, (9) Expanded expensing election for businesses, (10) Bonus first-year depreciation allowance liberalized, (11) Accumulated earnings tax and personal holding company tax rates reduced to 15%, (12) Collapsible corporation rules repealed. 2003년의 고용과 성장을 위한 감세조정법은 2003년 5월 28일에 시행된 개인, 투자자, 기업에게 커다란 감세를 가져오는 법률이다. 그 법률규정의 주요한 내용은 다음과 같다. (1) 소득세율 10% 적용범위의 확대조기시행, (2) 15%를 초과하는 적용범위의 소득세율인하의 조기실시, (3) 자녀 1인당의 세액공제액(tax credit)증액의 조기실시, (4) 혼인중과세(marriage penalty)의 철폐, (5) 개인에 대한 대체미니멈세(alternative minimum tax: AMT)공제액의 증액, (6) 원천징수(withholding tax table)의 조정, (7) 장기캐피탈게인세(capital gain tax)를 5%와 15%로 각각 인하, (8) 개인이 수취하는 배당(dividend)과세를 각각 5%와 15%로 인하, (9) 설비투자상각범위의 확대, (10) 초년도 특별상각범위의 완화, (11) 유보이익세(accumulated earnings tax)나 동족회사(personal holding company)에 대한 세율을 15%로 인하, (12) 일시목적법인(collapsible corporation)의 폐지이다.

jobber [속] 장내중매인(場內仲買人), 주식중매인, 위탁매매인 ¶ The *jobber* is, (1) a wholesaler, especially one who buys in small lots from manufacturers, importers, and/or other wholesalers and sell to retailer. (2) a London Stock Exchange term for market maker. 위탁매매인은 (1) 도매업자, 특히 제조업자, 수입업자, 또는 다른 도매업자로부터 소액으로 구입하여 소매업자에게 판매하는 업자를 말한다. (2) 저버(jobber)는 마켓메이커(market maker)를 가리키는 런던증권거래소의 용어이다. /exchange *jobber* 외환중매인 /stock *jobber* 주식중매인 ***jobber's turn*** 저버의 이윤 ¶ The *jobber's turn* is the profit made in a deal by a jobber. 저버의 이윤은 주식중매인이 거래에서 얻은 이익을 말한다.

jobbing [영속] 조빙 ¶ The *jobbing* is the practice of continuously buying and selling securities or other assets in an attempt to make small profits. See also jobber. 조빙은 조금 이익을 남길 목적으로 유가증권이나 다른 자산을 계속 사고 파는 관례이다. jobber(장내중매인)도 참조할 것.

John Doe 어느 누구(성명불상의 남성의 가명) (*cf.*) Jane Doe (여성의 경우)

joint 공동의, 합동의, 공유의 ¶ *joint* and separate liability 공동책임 /*joint* and several account (각인이 수표를 발행하게 하는) 공동계좌 /*joint* and several liability [responsibility] 연대책임(공동해서 또는 단독으로 책임을 부담한다) /*joint* and several (promissory) notes 연대약속어음 /*joint* concern; *joint* venture (company) 합작회사 /*joint* current account 공동당좌계좌 /*joint* custody 공동보관제 /*joint* debt [obligation]; a *joint* and several obligation 연대채무 /*joint* financing 공동융자, 협조융자 /a *joint* float; a *joint* currency float; a *joint*-floating market system 공동변동환율제 /a *joint* [collective, common] floating system 공동변동환율제 /a *joint* (and several) guarantee 연대보증 /*joint* life insurance 연합생명보험(최초의 사람의 사망시에 보험금이 지급된다.) /*joint* mortgage 공동모기지 /*joint* (and several) obligation 연대채무 /*joint* promissory notes 연대약속어음 /a *joint* seal 계인(契印)(the impression of a seal over the *joint* of papers) /*joint* signature 연명(連名) /a *joint*-stock company with limited liability 유한책임주식회사 /*joint* surety 공동보증인 /*joint* survivorship account 공동생존자계좌 /*joint* tenancy 공동차지권(共同借地權) /*joint* tenant 공동차지인 ***joint account*** 공동계좌 (*cf.*) an

J

alternative account 상호계좌 ¶ The *joint account* is bank or brokerage account owned jointly by two or more people. Joint accounts may be set up in two ways: (1) either all parties to the account must sign checks and approve all withdrawals or brokerage transactions or (2) any one party can take such actions on his or her own. See also joint tenants with right or survivorship. 공동계좌는 복수인에 의하여 공유되고 있는 은행 또는 증권회사의 계좌이다. 공동계정은 2가지의 방식으로 개설될 수 있다. (1) 그 계좌의 모든 관계자가 수표(check)에 서명하고, 모든 인출 혹은 매매거래를 승인하지 않으면 안 된다. (2) 관계자라면 누구라도 1인이 이와 같은 거래를 할 수 있다. joint tenants with right or survivorship (생존자권부 공동부동산권)도 참조할 것. ~ ***account agreement*** 공동계좌계약 ¶ The *joint account agreement* is a form needed to open a joint account at a bank or brokerage. It must be signed by all parties to the account regardless of the provisions it may contain concerning signatures required to authorize transactions. 공동계좌계약은 은행이나 증권회사에서 공동계좌(joint account)를 개설할 때에 필요한 방식을 이른다. 이 방식은 거래를 할 때에 필요한 서명에 관한 규정에 관계없이 공동계좌의 모든 관계자가 서명해야 한다. ~ ***and several*** [영] 연대(連帶)책임 ¶ *Joint and several* is a legal condition where multiple guarantors, borrowers, or obligors are liable for the entire amount of an agreed liability should the other party (or parties) fail to perform. Any party to a joint and several transaction can be sued for nonpayment. See also several but not joint. 연대책임은 복수의 보증인, 차입자 또는 채무자가 다른 당사자가 이행하지 않는다면 약정한 채무의 모든 금액에 대해서 책임을 지는 법적 조건을 말한다, 연대보증거래의 어떤 당사자도 불지급(nonpayment)에 대해서는 제소당할 수 있다. several but not joint(비연대보증)도 참조할 것. ~ ***and survivor annuity*** 공동생존자연금 ¶ The *joint and survivor annuity* is an annuity that makes payments for the lifetime of two or more beneficiaries, often a husband and wife. When one of the annuitants dies, payments continue to the survivor annuitant in the same amount or in a reduced amount as specified in the contract. Also called joint life annuity. 공동생존자연금은 부부가 일반적이지만, 2인 이상의 연금수급자(beneficiary)에게, 그 생존중에는 급여금을 지급하는 연금이다. 연금수급자의 1인이 사망한 경우, 생존하고 있는 다른 수급자에게는, 같은 금액 또는 계약의 규정에 따라 감액된 금액의 지급이 계속된다. joint life annuity(부부연금)이라고도 한다. ~ ***bond*** 공동사채 ¶ The *joint bond* is a bond that has more than one obligator or that is guaranteed by a party other than the issuer; also called joint and several bond. *Joint bonds* are common where a parent corporation wishes to guarantee the bonds of a subsidiary. See also guaranteed bond. 공동사채는 채무자(obligator)가 복수이거나, 또는 발행자(issuer) 이외의 제3자가 보증하고 있는 채권을 이른다. joint and several bond라고도 한다. 공동사채는 모회사가 그 자회사의 사채를 보증하려고 하는 경우에, 일반적으로 행해진다. guaranteed bond(보증부 채권)를 참조할 것. ***Joint Economic Committee*** 공동경제위원회 ¶ The *Joint Economic Committee* is the ten U.S. House members and ten U.S. Senate members who review and recommend national economic policy. 공동경제위원회는 국가의 경제정책을 재검토하고 권고하는 미국하원 10인 의원과 미국상원 10인 의원을 말한다. ~ ***liability*** 연대채무 ¶ *Joint liability* is mutual legal responsibility by two or more parties for claims on the assets of a company or individual. See also liability. 연대채무는 회사 또는 개인의 자산에 대한 청구에 대하여 2인 이상의 관계자가 부담하는 법적 공동책임을 말한다. liability(채무)를 참조할 것. ~ ***life annuity*** 부부연금 → joint and survivor annuity (공동생존자연금). ~ ***owner-***

J

ship 공동소유권 ¶ The *joint ownership* is an equal ownership by two or more people, who have right of survivorship. 공동소유권은 생존자권(right of survivorship)을 가지는 2인 이상의 사람이 가지는 평등한 소유권을 이른다. ~ ***stock company*** 조인트스톡컴퍼니 ¶ A *joint stock company* is a form of business organization that combines features of a corporation and a partnership. Under U.S law, *joint stock companies* are recognized as corporations with unlimited liability for their stockholders. As in a conventional corporation, investors in *joint stock companies* receive shares of stock they are free to sell at will without ending the corporation; they also elect directors. Unlike in a limited liability corporation, however, each shareholders in a *joint stock company* is legally liable for all debts of the company. 조인트스톡컴퍼니는 주식회사(corporation)와 파트너십(partnership)의 특징을 합쳐 놓은 사업조직의 형태를 이른다. 미국법에서는, 주주(stockholder)가 무한책임(unlimited liability)을 지는 주식회사로서 설립된다. 통상의 주식회사의 경우와 마찬가지로, 조인트스톡컴퍼니에 투자한 사람들은 그 기업을 해산하지 않고 자유로이 매도할 수 있는 주식(share)을 수취하고, 또 이사를 선출한다. 그렇지만, 유한책임회사(limited liability corporation)의 경우와는 달리, 각 주주는 그 기업의 모든 채무(all debts)에 대해서 법적 책임이 있다. ~ ***tax return*** 합산소득세신고 ¶ The *joint tax return* is a tax return filed by two people, usually a married couple. Both parties must sign the return, and they are equally responsible for paying the taxes due. Thus if one party does not pay the taxes, the IRS can come after the other party to make the required payment. Because of the way the tax tables are designed, it is frequently more advantageous for a married couple to file a joint return than for them to file separate returns. See also filing status; head of household; marriage penalty. 합산소득세신고는 2인(통상은 부부)에 의해서 제출되는 세무신고서를 이른다. 2인은 반드시 서명해야 하고, 납세액을 지급하는 공동책임이 있다. 따라서 당사자의 일방이 납세를 하지 않는 경우, 미국세입청(Internal Revenue Service: IRS)은 타방에게 필요한 지급을 하게 할 수 있다. 세액표의 구조 때문에, 부부는 개별로 신고하기보다도 합산해서 신고하는 편이 유리한 경우가 많다. filing status(납세신고구분); head of household(특정세대주); marriage penalty(혼인중과세)를 참조할 것. ~ ***tenancy*** 공동부동산권 → tenancy in common (공동부동산권); joint tenants with right of survivorship (생존자권부 공동부동산권). ~ ***tenants with right of survivorship*** 생존자권부 공동부동산권 ¶ The *joint tenants with right of survivorship* is that when two or more people maintains a joint account with a brokerage firm or a bank, it is normally agreed that, upon the death of one account holder, ownership of the account assets passes to the remaining account holders. This transfer of assets escapes probate, but estate taxes may be due, depending on the amount of assets transferred. 생존자권부 공동부동산권은 2인 이상의 사람들이 증권회사나 은행에 공동계좌(joint account)를 유지하고 있는 경우, 계좌의 명의인(account holder) 1인이 사망한 때에, 그 계좌자산의 소유권은 남은 계좌명의인에게 이전한다고 통상 동의하고 있다. 이 자산의 이전은 유언검인(probate)을 면하지만, 이전한 자산금액에 따라서는 상속세(estate tax)가 부과되는 일이 있다. ~ ***venture*** 합작회사, 조인트벤처, 공동사업체 ¶ A *joint venture* is an agreement by two or more parties to work on a project together. Frequently, a *joint venture* will be formed when companies with complementary technology wish to create a product or service that takes advantage of the strength of the participants. A *joint venture*, which is usually limited to one project, differs from a partnership, which forms the basis for cooperation on many projects.

조인트벤처란 2인 이상의 당사자가 어느 사업에 공동으로 작업하는 계약이다. 자주, 보완적인 기술을 가지고 있는 기업들이 서로의 강점을 살린 제품이나 서비스를 만들고 싶은 경우에, 조인트벤처(합작회사)가 설립된다. 조인트벤처는 하나의 사업에 한정되는 일이 많고, 여러 가지의 사업분야에서의 협력관계의 기초를 이루는 기업제휴(파트너십)와는 다르다. ~ ***will*** 공동유언 ¶ The *joint will* is a single document setting forth the testamentary instructions of a husband and wife. The use of *joint wills* is not common in the United States, and it may create tax and other problems. 공동유언은 부부의 유언(will)으로서의 지시를 기재하고 있는 단일의 문서이다. 공동유언의 이용은 미국에서는 일반적이지 않으며, 세금이나 기타의 문제가 생길 수 있다.

jointly 공동으로, 연대적으로 ***jointly and severally*** 연대(공동해서 또는 단독으로) 책임을 부담하여(채무에 대해서 단독으로 그리고 연대책임을 있다는 것을 나타낸다.) ¶ In general, the word *jointly and severally* is a legal phrase used in definitions of liability meaning that an obligation may be enforced against all obligators jointly or against any one of them separately. 일반적으로, 연대책임을 부담하여라는 말은 채무(liability)의 정의에 사용되는 법률용어로, 채무를 모든 채무자에게 공동으로, 거기다가 어떤 1인에 대해서도 그 채무의 이행을 강제할 수 있음을 의미한다. ¶ In securities, the word *jointly and severally* is a term used to refer to municipal bond underwritings where the account is undivided and syndicate members are responsible for unsold bonds in proportion to their participations. In other words, a participant with 5% of the account would still be responsible for 5% of the unsold bonds, even though that member might already have sold 10%. See also severally but not jointly. 증권업에서, 연대책임을 부담하여라는 말은 지방채(municipal bond)의 인수와 관련하는 용어로, 인수책임을 분할하지 않는 방식을 말한다. 신디케이트단(syndicate)의 참가자는 그들의 참가비율에 따라 미매각채권에 대하여 책임이 있다. 말하자면, 참가비율 5%의 사람이 이미 10%를 판매하고 있었다고 하더라도, 미매각분의 5%에 대해서 책임이 있는 것이 된다. severally but not jointly(연대책임이 아니고 개별책임으로)를 참조할 것.

Jonestown defense 존스타운 방위작전 ¶ The *Jonestown defense* is tactics taken by management to ward off a hostile takeover that are so extreme that they appear suicidal for the company. For example, the company may try to sell its crown jewels or take on a huge amount of debt to make the company undesirable to the potential acquirer. The term refers to the mass suicide led by Jim Jones in Jonestown, Guyana, in the early 1980s. See also scorched earth policy. 존스타운 방위작전은 너무나 과격하기 때문에, 기업에게 있어서는 자살행위로 보이는 적대적 기업매수(hostile takeover)를 회피하기 위하여 경영진이 취할 방위수단이다. 예컨대, 매수대상의 기업이 매수회사에게 스스로의 매력이 없는 것으로 하기 위하여, 달러박스부문(crown jewels)을 매각한다든지, 또는 막대한 금액의 차입을 하려고 할 수 있다. 이 용어는 1980년대초 가이아나(Guyana)의 존스타운에서 짐 존스가 인솔한 집단자살사건의 연상에서 생겨난 표현이다. scorched earth policy(초토작전)도 참조할 것.

적대적 기업매수에는 총력전이죠…

J

JSE limited JSE주식회사 ¶Located in Sandton, South Africa, the *JSE limited* is the largest stock exchange in Africa. It was established in 1887 as the Johannesburg Stock Exchange and Chambers Company and late became the Johannesburg Stock Exchange to raise financing for the mining industry. In 1995 the JSE opened its doors to foreign and corporate members. The following year, the JSE Equities Trading (JET) electronic system was introduced, discontinuing trading on the floor. This trading platform was subsequently replaced with SETS. In 2000 the exchange changed its name to JSE Securities Exchange South Africa. The present name was adopted in 2005. The JSE bought out SAFEX, the South Africa Futures Exchanges, in 2001, under a mutual agreement whereby the JSE retained the Safex branding and created two divisions – Safex Financial Derivatives and Safex Agricultural Derivatives. The mining sector dominates market capitalization of quoted companies, but financial services are a growing area. In 2002 the FTSE/JSE Africa Index series was launched, providing free-float adjusted, total return indices for the African and international markets that can serve as benchmarks and are tradable. These are FTSE/JSE Africa Top 40, Africa Resource 20, Africa Industrial 25, Africa Financial 15, and Africa Financial and Industrial 30. Electronic clearing and settlement is conducted through the STRATE system. JSE주식회사는 남아프리카의 샌톤(Sandton)에 소재하는 아프리카 최대의 증권거래소이다. 그 회사는 1887년에 요하네스버그증권거래소와 상공회의소로서 설립되어 그 후에 광산회사에의 자금조달을 목적으로 하여 요하네스버그증권거래소가 되었다. 1995년에 JSE는 외국기업이나 일반기업에도 문호를 개방하였다. 다음해, JSE주식전자거래시스템(JSE Equity Trading: JET)이 도입되어, 입회거래가 폐지되었다. 그 후, 이 시스템은 SETS(JSE Equity Trading System)로 변경되었다. 2000년에 거래소는 그 이름을 JSE남아프리카증권거래소로 바꾸었다. 현재의 명칭을 2005년에 채택된 것이다. 2001년에 JSE는 SAFEX(South Africa Futures Exchange, 남아프리카선물시장)을 매수하였으나, 그 매수합의계약에 의하여 SAFEX의 브랜드를 남기고, SAFEX의 브랜드가 붙은 2개의 부문이 개설되었다. 하나는 Safex Financial Derivatives(Safex금융파생상품)와 다른 하나는 Safex Agricultural Derivatives (Safex농업파생상품)이다. 시가총액(market capitalization)베이스에서는, 광산회사가 전상장회사의 태반을 차지하고 있지만, 금융부문도 신장하고 있다. 2002년에, FTSE/JSE Africa Index시리즈가 착수되었다. 이것은 아프리카시장과 국제시장의 주식을 대상으로 한 토탈리턴(total return)베이스의 부동주식(free-floated adjusted)지수인데, 벤치마킹하여 거래되고 있다. 이러한 것들은 FTSE/JSE 아프리카 톱40(Africa Top 40), 아프리카 리소스 20(Africa Resource 20), 아프리카 인더스트리얼 25(Africa Industrial 25)이다. 전자청산과 결제는 스트라테체제(STRATE system)에 의해서 이루어진다.

J

journal 일지(日誌), 분개장(分介帳) ¶In accounting, a *journal* is a book that includes all transactions and their appropriate accounts. 회계에 있어서, 분개장은 모든 거래와 그 적절한 계정를 포함하는 회계장부이다. /*journal* book 금전출납장, 분개장 /keep a *journal* 분개장을 작성하다 ***journal entry*** [영] 분개장 기입 ¶The *journal entry* is the recording of financial data related to a particular transaction. In a double entry accounting system the *journal entry* involves both a debit and a credit. 분개장 기입은 특별한 거래에 관계되는 재무자료를 기록하는 것이다. 복식기입회계제도에 있어서 분개장 기입은 차변과 대변을 수반한다.

journalize 분개(分介)하다, 분개장에 써 넣다

judgment 판결, 판단, 지급명령 ¶ *Judgment* is decision by a court of law ordering someone to pay a certain amount of money. For instance, a court may order someone who illegally profited by trading on inside information to pay a *judgment* amounting to all the profits from the trade, plus damages. The term also refers to condemnation awards by government entities in payment for private property taken for public use. 지급명령은 일정한 금액의 지급을 명령하는 법원의 판결을 이른다. 예컨대, 법원은 내부정보(inside information)에 근거로 하는 거래에서 불법적인 이익을 얻은 사람에게, 불법거래에서 얻은 이익 전액에 손배배상금(damages)을 추가한 금액을 지급하도록 명령하는 일이 있다. 이 용어는 공공의 목적으로 접수되는 민간재산에 대해서도 정부기관이 지급하는 토지수용보상금을 가리키는 경우도 있다. /*judgment* creditor 판결채권자(판결에 의해서 확정된 채권자) /*judgment* debtor 판결채무자

judicial proceeding 소송절차 ¶ *Judicial proceeding* is any proceeding wherein judicial action is invoked and taken. 소송절차는 법원의 행동이 초래되어 그것이 행하여지는 절차이다.

jumbo 월등히 큰, 거대한 ***jumbo certificate of deposit* (*CDs*)** 거액양도성예금증서 ¶ The *jumbo certificate of deposit* (*CDs*) is a certificate with a minimum denomination of $100,000. *Jumbo CDs* are usually bought and sold by large institutions such as banks, pension funds, money market funds, and insurance companies. 거액양도성예금증서는 최저액면이 10만 달러의 예금증서를 말한다. 거액양도성예금증서(CDs)는 은행, 연금기금, 머니마켓펀드, 보험회사의 거대기관투자자에 의해서 매매된다. ~ ***loans*** 거액대출금 ¶ *Jumbo loans* are loans in amounts exceeding the national guidelines of Freddie Mac and Fannie Mae. 거액대출금은 연방주택금융모기지협회(Freddie Mac)나 연방모기지협회(Fannie Mae)의 기준을 초과하는 금액의 대출을 말한다.

jump 급등(急騰), (주식이) 급등하였을 때의 값 ¶ Prices took a *jump*. 물가가 급등했다. /a short-term *jump* in auto sales 자동차의 판매량의 단기적 증가 /a big *jump* in prices [income, the interest rate] 물가[수입, 금리]의 큰 폭의 상승 /When the new products came on the market there was a quantum *jump* in the fortunes of the company. 그 신제품이 시장에 출하하자 회사의 자산이 크게 비약했다. ***jump process*** [영] 점프과정 ¶ The *jump process* is the mathematical process used to describe the movement of asset prices that are impacted by sudden, discontinuous moves, such as those generated by event risks. Certain option pricing models utilize a *jump process*, rather than a continuous stochastic process, to estimate values. See also jump-to-default. 점프과정은 사고위험(event risks)에 의해서 생겨난 것과 같은 급작스럽고 중단된 변동에 의해서 영향을 받는 자산가격의 변동을 표현하는 수학적 과정을 말한다. 어떤 옵션가격모형은 가격을 예상하는 데 계속적인 확률과정보다 오히려 점프과정을 활용한다. jump-to-default(디폴트의 내습)도 참조할 것. ***~-to-default*** [영] 디폴트의 내습(來襲) ¶ The *jump-to-default* is a jump process that is used in the credit markets to reflect the fact that a company may default on its debt instantaneously, causing a sharp and rapid downward jump in the price of its liabilities to default-based levels. 디폴트의 내습은 회사가 채무로 순간적으로 디폴트가 될 수 있어서 그 부채의 가격이 디폴트를 근거로 하는 수준으로 재빠르고 급속한 하락의 원인이 되는 크레디트시장에서 이용되는 점프과정을 말한다.

junior 연소의, 하위의 (*cf.*) senior 상위의 ¶ *junior* administrator 중간부문관리자

(middle manager) /*junior* executive 하급경영간부 ***junior issue*** 열후증권 ¶ The *junior issue* is an issue of debt or equity that is subordinate in claim to another issue in terms of dividends, interest, principal, or security in the event of liquidation. See also junior security; preferred stock; priority; prior lien bond; prior preferred stock. 열후증권이란 배당, 금리, 원금의 지급에 있어서, 또 청산(liquidation)시에 우선순위가 다른 증권보다도 열후(subordinated)에 있는 채무 또는 주식을 이른다. junior security(열후증권); preferred stock(우선주식); priority(우선순위); prior lien bond(우선담보부 채권); prior preferred stock(제1우선주)을 참조할 것. ~ ***mortgage*** 열후모기지 ¶ The *junior mortgage* is a mortgage that is subordinate to other mortgage – for example, a second or a third mortgage. If a debtor defaults, the first mortgage will have to be satisfied before the junior mortgage. 열후모기지란, 예컨대 제2순위 모기지, 제3순위 모기지와 같이, 다른 모기지(mortgage)에 열후하는(subordinated) 모기지를 이른다. 만약 채무자(debtor)가 불이행(default)에 빠진 경우, 제1모기지(first mortgage)는 후순위 모기지보다도 먼저 변제되어야 한다. ~ ***refunding*** 주니어리펀딩 ¶ *Junior refunding* is refinancing government debt that matures in one to five years by issuing new securities that mature in five years or more. 주니어리펀딩이란 1년에서 5년이 만기(maturity)가 되는 국채(government debt)를 만기 5년 이상의 새로운 증권을 발행함으로써 차환(借換)하는 것이다. ~ ***security*** 열후증권 ¶ The *junior security* is a security with lower priority claim on assets and income than a senior security. For example, a preferred stock is junior to a debenture, but a debenture, being an unsecured bond, is junior to a mortgage bond. Common stock is junior to all corporate securities. Some companies – finance companies, for example – have senior subordinated and junior subordinated issues, the former having priority over the latter, but both ranking lower than senior (unsubordinated) debt. 열후증권이란 자산(asset) 및 수입(income)에 대한 청구권이 우선증권(senior security)보다도 열후하는 증권을 이른다. 예컨대, 우선주식(preferred stock)은 무담보사채(debenture)보다도 하위이지만, 무담보사채는 담보가 없으므로(unsecured), 담보부 채권(mortgage bond)보다도 하위이다. 보통주식(common stock)은 회사가 발행하는 모든 증권보다도 하위이다. 회사 중에는 예컨대 금융기관은 상위열후(senior subordinated)증권과 하위열후증권을 발행하고 있다. 이 중에서 전자는 후자에 우선하지만, 어느 것이나 우선증권에는 열후한다. ~ ***subordinated debenture*** [영] 하위열후사채 ¶ The *junior subordinated debenture* is a type of hybrid capital security where an issuer (often a bank), places junior ranking subordinated debt with investors directly or via a trust, paying periodic coupons over the life of the security, which may range from 60 years to perpetuity. Most issues features optional redemption and qualify as regulatory capital. The securities have a ranking in default that is senior to common stock and preferred stock and pari passu to other junior subordinated debt. See also perpetual preferred stock; trust preferred stock. 하위열후사채는 발행자(종종 은행)가 하위등급 열후채무증권을 직접 투자자에게 또는 신탁을 경유해서 맡기고, 60년에서 영구히 이를 수 있는 증권의 유효기간을 지나면서 정기적인 쿠폰을 지급하는 일종의 혼합자본증권을 말한다. 대부분의 발행은 임의상환(optional redemption)을 특징으로 하고 규제를 받는 자본으로 분류한다. 그런 증권들은 디폴트에 있어서 등급이 보통주와 우선주보다 우위이고 다른 하위열후채무증권과는 동순위(pari passu)이다. perpetual preferred stock(영구우선주); trust preferred stock(신탁우선주)도 참조할 것. ~ ***subordinated debt*** [영] 하위열후채무증권 ¶ The *junior subordinated debt* is lowest ranking form of junior debt. Junior subordinated claims receive payment after junior investors or creditors, but before equity investors. 하위열후채무증권은 하위채무증권의 최하위등급형태이다. 하위열후청구권은 하위투자자 또는 채권자 다음에 지급을 수취하지만, 에퀴티 투자자보다는 앞선다.

junk bond 정크본드, 등급이 낮은 채권(債券)(미국의 증권등급기관이 낮은 등급을 매긴 채권의 총칭. 높은 리스크, 높은 이율의 측면을 가진다.) ¶ The *junk bond* is a bond with a credit rating of BB or lower by rating agencies. Although commonly used, the term has a pejorative connotation, and issuers and holders prefer the securities be called high-yield bonds. *Junk bonds* are issued by companies without long track records of sales and earnings, or by those with questionable credit strength. In the 1980s, they were a popular means of financing takeover. Since they are more volatile and pay higher yields than investment grade bonds, may risk-oriented investors specialize in trading them. Institutions with fiduciary responsibilities are regulated (see prudent-man rule). See also fallen angels. 정크본드는 등급기관(rating agency)에서 BB 이하의 신용등급(credit rating)을 한 채권을 이른다. 이 표현은 일반적으로 사용되고 있으나, 경멸적인 의미를 가지기 때문에, 채권발행자(issuer)와 보유자는 이 채권을 고리수익채(high-yield bond)로 부르기를 좋아한다. 정크본드는 총매상액이나 수익에 대해서 장기간의 실적을 내지 못하는 회사, 혹은 신용력에 의문이 있는 회사에 의해서 발행된다. 1980년대에는. 이런 종류의 사채는 기업매수(takeover)의 자금조달 수단으로서 인기가 있었다. 정크본드는 투자적격(investment grade)채권보다도, 가격변동이 심하고 또 이율이 높기 때문에, 리스크 지향의 많은 투자자가 이런 종류의 채권거래를 특화하고 있다. 수탁자의 책임(fiduciary responsibility)이 있는 기관은 이런 종류의 채권거래 때문에 규제받고 있다(prudent-man rule(사리분별력이 있는 사람을 기준으로 하는 법원칙)을 참조할 것). fallen angels(추락한 천사)도 참조할 것.

정크본드는 고리수익채죠.

juridical 법제상의, 법률상의 ¶ a *juridical* personality 법인격 /*juridical* person for public interests 공익법인 /*juridical* scrivener 법무사, 사법서사 ***juridical person*** 법인 ¶ A *juridical person* is an legal entity recognized by the positive law other than a natural person where two persons or more are organized for the purpose of public interest or profit-making. 법인은 2인 이상의 사람들이 공익 또는 영리를 목적으로 조직하는 경우에, 실정법이 자연인 이외에 법적 존재(legal entity)로 인정하는 자이다.

J

jurisdiction 관할권, 재판권, 사법관할권, 관할구역, 국제재판관할권 ¶ *Jurisdiction* is defined by the American Bankers Association as "the legal right, power or authority to hear and determine a cause: as in the *jurisdiction* of a court." The term frequently comes up in finance and investment discussions in connection with the *jurisdictions* of the various regulatory authorities bearing on the field. For example, the Federal Reserve Board, not the Securities and Exchange Commission (as might be supposed), has *jurisdiction* in a case involving a brokerage margin account (see also regulation T). 관할권이란 「법원의 관할권과

같이, 소송을 심리하고 판결을 내리는 법적인 권리, 권력 또는 권한」이라고 미국은행협회(American Bankers Association)가 정의하고 있다. 이 용어는 금융이나 투자의 검토 중에 각각의 분야에 관련되는 여러 감독관청의 권한에 관하여 잘 사용된다. 예컨대, 증권회사의 신용거래계좌(margin account)에 관하여는, 그 관할권은 (추측되는 바와 같은) 미증권거래위원회(SEC)가 아니라, 미연방준비제도이사회(Federal Reserve Board)가 가지고 있다(Regulation T를 참조할 것).

jury of executive opinion 전문가에 의한 공동의견(共同意見) ¶ The *jury of executive opinion* is a forecasting method whereby a panel of experts – perhaps senior corporate financial executive – prepare individual forecasts based on information made available to all of them. Expert then reviews the others' work and modifies his or her own forecasts accordingly. The resulting composite forecast is supposed to be more realistic than they any individual effort could be. Also called as Delphi forecast. 전문가에 의한 공동의견(共同意見)이란 회사의 재무책임자로 구성되는 전문가집단이 그들 전원에게 제공되는 정보에 근거해서 각자의 예측을 준비하여 장래예측을 행하는 방법을 이른다. 각자의 예측을 제출한 후, 각 전문가는 다른 사람들의 예측을 검토하여 자신의 예측을 수정한다. 이 결과 생겨나는 합성된 예측은 어느 1사람의 예측보다도 현실적이라고 생각되고 있다. Delphi forecast(델파이예측)로서 알려져 있다.

just 정당한, 공정한, 올바른 ¶ a *just* claim 정당한 요구 /*just* prices 공정가격 ***just compensation*** 정당한 보상 ¶ *Just compensation* is fair reimbursement for a loss. For example, government is expected to pay full value for property that is taken for public purpose. 정당한 보상이란 손실에 대한 적정한 변상(辨償)이다. 예를 들면, 정부가 공공의 목적을 위하여 수용되는 재산에 대하여는 충분한 가격을 지급하는 것은 당연하다. ~ ***title*** 명백한 권원(clear title, good title) ¶ The *just title* is a title to property that is supportable against all legal claims. Also called clear title, good title. proper title. 명백한 권원은 모든 법적 청구권에 대항할 수 있는 재산(property)의 소유권이다. clear title, good title, proper title이라고도 한다.

justice 정의, 공정, 타당 ¶ *Justice* is denied to none. 정의는 어느 누구에게도 거부당하지 아니한다. ¶ Laws favoreth *justice* and right. 법률은 정의와 공평에 가깝다. ¶ *Justice* often leans to the side where the purse hangs. 정의는 이따금 돈주머니가 걸려있는 쪽으로 기운다.

justification 정당화, 주장 ¶ Nothing can with reason be urged in *justification* of genocide. 어떤 논리를 펴더라도 집단학살을 정당화할 수는 없다.

justified price 적정가격 ¶ The *justified price* is a fair market price an informed buyer will pay for an asset, whether it be a stock, a bond, a commodity, or real estate. See also fair market value. 적정한 가격은 주식(stock), 채권(bond), 상품(commodity), 부동산(real estate)과 같은 자산에 대해서, 충분한 정보를 가지고 있는 매수인이 지급하는 적정한 시장가격(fair market price)을 말한다.

J

just-in-time 저스트인타임 ***just-in-time inventory system*** 저스트인타임재고방식(在庫方式) ¶ The *just-in-time inventory system* is a computer-age inventory management system that coordinates delivery of raw materials or components from suppliers with production schedule, thereby minimizing inventory carrying costs. 저스트인타임재고방식(在庫方式)은 서플라이어로부터 원재료나 부품을 생산스케줄에 따라 반입할 수 있도록 조정하는 컴퓨터시대의 재고관리 시스템이다. 이로써 재고코스트를 최저가로 줄일 수 있다.

K

K [구] 1,000 (kilo에서 온 표현. kilo는 kilogram, [약] kg., kilometer [약] km., 등 1,000을 의미한다.)

Kabushiki kaisha [일본] 주식회사(株式會社) ¶ In Japan, the *Kabushiki Kaisha* is a public company. 카부시키 카이샤(Kabushiki kaisha)는 주식회사를 말한다.

Kaffirs 카피르 ¶ *Kaffirs* is a informal term for South African gold mining shares traded on the London Stock Exchange. These shares are traded over the counter in the U.S. in the form of American Depositary Receipts, which are claims to share certificates deposited in a foreign bank. Under South African law, *Kaffirs* must pay out almost all their earnings to shareholders as dividends. These shares thus not only provide stockholders with a gold investment to hedge against inflation, but also afford substantial income in the form of high dividend payments. However, investors in *Kaffirs* must also consider the political risks of investing in South Africa, as well as the risk of fluctuations in the price of gold. See also American Depositary Receipt. 카피르는 런던증권거래소(London Stock Exchange)에서 거래되는 남아프리카의 광산주식의 속칭이다. 미국에서 이러한 주식은 미국예탁증서(American Depositary Receipt: ADR)로서 장외거래(over the counter)에서 취급된다. 예탁증서란 미국국외의 은행에 예탁하고 있는 어떤 주권에 대한 청구권이다. 남아프리카의 법률에서는, 카피르는 그 수익의 거의 전부를 배당(dividend)으로 지급하여야 한다. 이러한 주식은 주주에게 인플레이션대책으로서의 금투자를 제공할 뿐만 아니라, 고율배당의 형식으로 상당한 수입을 가져온다. 그렇지만, 카피르에 투자하는 사람은 금가격의 변동리스크와 더불어 남아프리카에 투자하는 정치적 리스크도 고려하여야 한다. American Depositary Receipt (미국예탁증서)도 참조할 것.

kale; kail [속] 돈(money) ¶ *kale* seed 돈

kameralism; cameralism (독일 · 오스트리아의) 중상주의의 경제학, 관방학파(官房學派) 경제학

kamikaze pricing [일본] 카미카제 가격결정 ¶ The *kamikaze pricing* is the practice of deliberately putting a low price on a security with the aim of gaining a greater share of the market. 카미카제 가격결정은 시장의 더 큰 몫을 차지할 목적으로 고의로 증권에 낮은 가격을 붙이는 책략(practice)을 말한다.

kangaroos 캥거루 ¶ The *kangaroos* are a nickname for Australian stocks. The term normally refers to stocks in the All Ordinaries Index, and refers to the animal most closely associated with Australia. 캥거루는 오스트레일리아주식의 애칭이다. 이 용어는 통상 종합보통주지수(All Ordinaries Index)에 편입되고 있는 주식(stock)을 가리키고, 오스트레일리아에 가장 밀접하게 결부되고 있는 동물에 관련지어 이름을 지은 것이다.

Kansas City Board of Trade (KCBT) 캔자스시티상품거래소 ¶ The *Kansas City Board of Trade* (*KCBT*) is formed in 1856 as a chamber of commerce, it reorganized after the Civil War as an exchange. The *KCBT* is the principal market for hard, red winter wheat futures and options. It was the first exchanges to trade stock index futures contracts when it launched Value Line Stock Index futures; options on the index also are traded. Trading hours for index products are 7:15 a.m. to 3:15 p.m. by electronic trading and wheat from 9:30 a.m. to 1:15 p.m. for open outcry and 7:32 p.m. to 6 a.m. for electronic trading, all Monday through Friday. 캔자스시티상품거래소는 1856년에 상업회의소로서 개설되어 남북전쟁후에 거래소로서 재편되었다. 캔자스시티상품거래소(KCBT)는 적동(赤冬)소맥의 선물(futures contract)과 옵션의 주된 시장이다. 동 거래소는 주식인덱스선물거래(index futures)를 시작한 최초의 거래소로서, 밸류 · 라인지수선물(Value Line Index futures)거래를 시작하였다. 주식인덱스 · 옵션거래(index option)도 취급하고 있다. 인덱스상품의 거래시간은 전자거래로 오전 7시 15분에서 오후 3시 15분, 또 소맥거래는 공개호가(呼價)매매방식(open outcry)으로 오전 9시 30분에서 오후 1시 15분까지, 또 전자거래는 오후 7시 32분에서 오전 6시까지 행해진다. 모든 거래는 월요일에서 금요일까지 행해진다.

kappa 카파 ¶ *Kappa* is a derivative pricing model that measures the effect of volatility. Used interchangeably with vega and also with omega, sigma prime and zeta. 카파는 가격변동성(volatility)의 정도를 계측하는 파생상품가격모형(derivative pricing model)이다. 베가(bega), 또한 오메가(omega), 시그마(sigma) 및 제타(zeta)와 호환적으로(interchangeably) 사용된다.

Kazakhstan currency 카자흐스탄 화폐 ¶ tenge 텡게이

keelage 입항세, 정박세 ¶ The *keelage* is charges paid by a ship entering or remaining in certain ports. See also port charge. 입항세는 어떤 항구에 입항하거나 머무르는 선박이 지급하는 부과금이다. port charge(항만수수료)도 참조할 것.

keep book 장부를 기입하다

keep-out price (신규참가자에 대한) 차별가격

Keogh plan 키오플랜, 자영업자의 퇴직연금제도 ¶ The *Keogh plan* is a tax-deferred pension account designated for employees of unincorporated businesses or for persons who are self-employed (either full-time or part-time). Like the individual retirement arrangement (IRA), the *Keogh plan* (also known as HR 10) allows all investment earnings to grow tax-deferred until capital is withdrawn, as early as age 59½ and starting no later than age 70½. Almost any investment, except physical real estate and collectibles, can be used for a Keogh account. Typically, people place Keogh assets in stocks, bonds, money-market funds, certificates of deposit, mutual funds, or limited partnerships. The *Keogh plan*, named after U.S. Representative Eugene James Keogh, was established by Congress in 1962 and was expanded in the Economic Recovery Tax Act of 1981 (ERTA). Employers can deduct, up to certain limits, the contributions they make to *Keogh plans*, including those made for their own retirement. 키오플랜은 비법인기업의 종업원이나 자영업자(전문직이든 비전문적이든)를 위해서 설치된 납세연기의 연금제도이다. 개인퇴직연금제도(individual retirement account)와 마찬가지로, 키오플랜(또 연방하원 10으로 알려지고 있다.)은 출연금의 인출이 행해지기까지 납세를 순연의 전투자수익을 운용할 수 있다. 출연금의 인출은 이르면 59,5세 이후 개시할 수 있고, 늦어도 70.5세까지 시작하여야 한다. 부동산이나 수집품(collectibles)을 제외하고, 거의 모든 투자안건이 키오계좌로 이용할 수 있다. 일반적으로, 키오계좌의 자산은 주식(stock), 채권(bond), 머니마켓펀드(money market fund), 양도성예금증서(certificate of deposit), 뮤추얼펀드(mutual fund) 혹은 파트너십(partnership)이다. 키오플랜은 유진 제임스 키오(Eugene James Keogh)하원의원을 기념하여 명명되어, 1962년 의회에서 제정되었다. 그 후 1981년의 경제재건세법(Economic Reform Tax Act of 1981: ERTA)에서 확충되었다.

keidanren [일본] 케이단렌(經団連) ¶The *keidanren* is the Japan Business Federation, created in 2002 from the merger of the Japan Federation of Economic Organizations and the Japan Federation of Employers' Associations, which acts as a representative for companies, industrial associations, and regional economic organizations on important business-related matters. Also known as Nippon *keidanren*. 케이단렌(經団連)은 일본경영자단체연맹(Japan Federation of Employers' Associations)과 일본경제단체연합체(Japn Federation of Employers' Associations)의 합병으로 2002에 창설된 일본경단련(Japan Business Federation)으로, 회사, 산업단체 및 중요한 경제관련문제에 관한 지역적 경제적 단체를 대표하여 행동한다. 이를 니혼 케이단렌(Nippon keidanren)이라고도 한다.

keiretsu [일본] 계열(系列), 케이레츠 ¶The *keiretsu* is a Japanese business conglomerate, generally comprised of a series of companies with cross-shareholdings and business relationships but no central core company. A main bank generally serves as a provider of funding and de-facto corporate monitor. The *keiretsu* replaced the centralized zaibatsu conglomerate that existed until the mid-1940s. See also Chaebol. 케이레츠는 일반적으로 주식의 상호보유(cross-shareholding)와 기업관계로 구성되는 일련의 회사로 구성되지만 중앙에 핵심회사가 없는 일본기업의 (거대)복합기업을 말한다. 주된 은행은 일반적으로 자금조달의 공급자와 사실상(de-facto) 회사의 모니터로서 구실을 한다. 케이레츠는 1940년대 중반까지 존재한 중앙집권적인 복합기업인 재벌(財閥)을 대체하였다.

Kenya currency 케냐 화폐 ¶Kenyan shilling (KES), divided into 100 cents. 1 실링(Kenyan shilling) = 100 센트(cent).

kerb [영] 장외거래시장(curb) ¶*kerb* dealing [trading] 영업시간후 거래 /*kerb* (stone) market 장외거래시장 ***kerb market*** 장외시장 ¶The *kerb market* is any informal financial market, such as one for dealing in securities not listed on a stock exchange. The term derives from the former practice of trading on the street after the formal close of business of the London Stock Exchange. (영국에서) 장외시장이란 주식거래소(stock exchange)에 상장되고 있지 아니한 증권의 거래를 위한 비공식적인 금융시장을 말한다. 그 용어는 런던주식거래소의 공식적인 폐장 후에 이전에 길거리에서 이루어지는 거래에서 유래한다.

KES (ISO) code Kenya – currency Kenyan shilling ¶KES (국제표준기구) 약호 케냐 — 화폐 케냐 실링(shilling).

key 열쇠(鍵), 요소(要所) ¶a duplicate *key*; a pass-*key*; a skeleton *key* 여벌열쇠 /*key* account 중요거래처 /*key* business ratio 중요경영비율 /*key* deposit 야간금고입금 /*key* industry 기간(基幹)산업 /a *key* [general] ledger 총계좌원장(元帳) /*key* money 보증금, 계약금 ***key currency*** 기축통화(국제거래에서 중심적인 위치를 차지하는 통화를 말한다. ¶The *key currency* is a currency used in international trade settlement, or as a reference currency in setting exchange rate. *Key currencies* are the U.S. dollar, or, more broadly, any currency issued by one of the group of seven countries. Central banks hold a portion of their reserves in a *key currency*. 기축통화란 국제거래결제에서 또는 환율을 정하는 기준통화(reference currency)로서 이용되는 통화를 말한다. 기축통화는 미국의 달러, 또는

K

좀 더 넓게는, 7개국의 그룹의 어느 국가가 발행하는 통화이다. 중앙은행은 기축통화로 준비금의 일부를 보유하고 있다. ~ ***industry*** 기간산업 ¶ The *key industry* is an industry of primary importance to a nation's economy. For instance, the defense industry is called a *key industry* since it is crucial to maintaining a country's safety. The automobile industry is also considered key since so many jobs are directly or indirectly dependant on it. 기간산업은 국가경제에 대하여는 기본적으로 중요한 산업을 말한다. 예컨대, 방위산업은 국가의 안전을 유지하는 데에 중요한 것이므로, 기간산업이다. 또 자동차산업은 대단히 많은 고용이 직접적, 간접적으로 의존하고 있기 때문에, 기간산업으로 생각할 수 있다. ~ ***person insurance*** 경영자보험, 키퍼슨보험 → business life insurance (경영자보험).

keyman 요인(要人), 중심인물 ¶ He's an absolutely *keyman* for the whole project. 그는 프로젝트 전체로 보아서는 대단히 중요한 인물이다. /*keyman* insurance 경영자보험

Keynesian 케인즈학파 ¶ the *Keynesian* revolution 케인즈혁명 ***Keynesian economics*** 케인즈경제학 ¶ The *Keynesian economics* is a body of economic thought originated by the British economist and government adviser, John Maynard Keynes (1883-1946), whose landmark work, The General Theory of Employment, Interest and Money, was published in 1935. Writing during the Great Depression, Keynes took issue with the classical economists, like Adam Smith, who believed that the economy worked best when left alone. Keynes believed that active government intervention in the marketplace was the only method of ensuring economic growth and stability. He held essentially that insufficient demand causes unemployment and that excessive demand results in inflation; government should therefore manipulate the level of aggregate demand by adjusting levels of government expenditure and taxation. For example, to avoid depression Keynse advocated increased government spending and easy money, resulting in more investment, higher employment, and increased consumer spending. 케인즈경제학은 영국의 경제학자로 정부고문이었던 존 메이나드 케인즈(John Maynard Keynes)에 의하여 고안된 경제사상체계를 말한다. 케인즈는 1935년에 획기적인 연구인 「고용, 이자, 및 통화의 일반이론」(The General Theory of Employment, Interest and Money)을 출간했다. 이 책에서는 세계공황 중에 집필한 케인즈는 경제는 자유로이 방임된 경우에 가장 잘 기능한다고 생각한 아담 스미스(Adam Smith)와 같은 고전경제학자에게 이의를 주장하였다. 케인즈는 정부의 적극적인 시장개입이 경제의 성장과 안정을 확실하게 하는 유일한 수단이라고 믿었다. 불충분한 수요는 실업을 가져오고, 과도한 수요는 물가상승을 초래하므로, 정부는 정부지출과 세금의 수준을 조절하여 총수요수준을 조작해야 한다고 하는 것이 그의 본질적인 주장이었다. 예컨대, 불황을 회피하기 위하여 케인즈는 투자, 고용, 소비의 증가에 연결되는 정부의 재정지출증가와 금융완화(easy money)를 제창하였다.

현대경제학의 시조

Keynesian formula [영] 케인즈공식 ¶ The *Keynesian formula* is a general macroeconomic equation developed by economist John Keynes, which is given as:

$$Y = C + I + G + (X - M)$$

where Y is gross domestic product (or aggregate demand), C is consumption (or personal income less taxes less amount no saved), I is investment, G is government spending, X is exports, M is imports. 케인즈 공식은 경제학자 존 케인즈가 개발한 일반거시경제방정식을 말한다. 그 방정식은 다음과 같다.

국내총생산(Y) = 소비 + 투자 + 정부지출 + (수출 − 수입)

Y는 국내총생산(또는 총수요), C는 소비(또는 개인소득 − 조세 − 비저축금액), I는 투자이고, G는 정부지출이며, X는 수출, M는 수입을 말한다.

***Keynesian multiplier* (or *investment multiplier*)** 케인즈승수 (또는 투자승수) ¶ The *Keynesian multiplier or investment multiplier* multiplies the effect of investment spending in terms of total income. An investment in a small plant facility, for example, increases the incomes of the workers who built it, the merchants who provide supplies, the distributors who supply the merchants, the manufacturers who supply the distributors, and so on. Each recipient spends a portion of the income and saves the rest. By making an assumption as to the percentage each recipient saves, it is possible to calculate the total income produced by the investment. 케인즈승수(또는 투자승수)는 총소득의 입장에서 보면 투자지출의 효과를 증대시킨다. 예컨대, 소규모의 플랜트설비에 대한 투자는 설비를 설치한 노동자, 설비를 제공한 상인, 상인에게 공급하는 도매상인, 및 도매상인에게 설비를 공급하는 제조업자 등의 소득을 증가시킨다. 각 수납자(recipient)는 그 소득의 일부를 지출하고 나머지는 저축한다. 각 수납자가 저축하는 비율에 관하여 하나의 가정을 함으로써, 투자가 만들어낸 총소득을 계산할 수 있는 것이다.

keystone (이야기의) 요지, 근본원리(of) ¶ It was the *keystone* of Britain's industrial Empire. 그것이 영국의 산업왕국의 가장 중요한 요석(要石)이었다. /Novelty is the *keystone* to success. 모든 일에서 신기함이 성공에의 요체이다.

khoum 쿠움 ¶ A subdivision (1/5) of the Mauritanian ouguiya. 모리타니아 우기야의 하부단위이다. 1 우기야 = 5 쿠움(khoum).

kickback [구] 일부환급, 리베이트 ¶ In finance, the *kickback* is a practice whereby sales finance companies reward dealers who discount installment purchase paper through them with cash payments. 금융에 있어서, 일부환급은 판매금융회사가 그들의 경유로 할부구매채권을 할인한 딜러(dealer)에게 현금으로 보상(報償)하는 행위를 이른다. ¶ In government and private contracts, the *kickback* is a payment made secretly by a seller to someone instrumental in awarding a contract or making a sale – an illegal payoff. 정부와 민간의 계약에서, 리베이트는 계약을 하거나 거래를 하는 데에 중심이 되는 인물에게 매도인이 몰래 행하는 지급을 말한다. 이것은 뇌물이다. ¶ In labor relations, the *kickback* is an illegal practice whereby employers require the return of a portion of wages established by law or union contract, in exchange for employment. 노사관계에서, 킥백은 고용주가 고용의 반대급부로 법률이나 노동협약에 규정된 임금의 일부의 반환을 요구하는 위법행위를 말한다. /He received *kickback* for facilitating a loan from the union's pension fund. 조합의 연금기금에서 융자의 알선을 한 것에 대해서 리베이트를 수취하였다. /She gave him a fifty percent *kickback* on her commission. 그녀가 받는 수수료의 50%의 리베이트를 그에게 양도했다.

kicker 키커, 채권매력증진책 ¶ The *kicker* is an added feature of a debt obligation, usually designed to enhance marketability by offering the prospect of equity participation. For instance, a bond may be convertible to stock if the shares reach a certain price. This makes the bond more attractive to investors, since the bondholder potentially gets the benefit of an equity security in addition to interest payments. Other examples of equity *kickers* are rights and warrants. Some mortgage loans also include *kickers* in the form of ownership participation or in the form of a percentage of gross rental receipts. *Kickers* are also called sweeteners. 키커는 통상 주식에의 전환조건을 부쳐서 상품성을 높이도록 짜여진 채권의 추가항목이다. 예컨대, 주가가 일정한 가격에 도달한다면, 채권을 그 주식으로 전환할 수 있다. 이것은 투자자(investor)에게 그 채권을 한층 매력적으로 만든다. 왜냐하면, 채권보유자는 금리(interest)의 이자지급에 덧붙여서 주식으로서의 편익을 얻을 가능성이 있기 때문이다. 다른 사례로서는, 신주인수권(right)과 워런트(warrant)가 있다. 모기지론 중에는, 소유권참가의 형식이나 총임대료수입의 일정률이라는 형식의 추가적인 조건을 포함하는 것도 있다. 이를 감미제(sweeteners)라고도 한다.

kick-in [속] (할당금의) 돈을 내다, 출자하다 ***kick-in option*** 킥인옵션 → reverse knock-in option (리버스녹인옵션).

kick-out option 킥아웃옵션 → reverse knock-out option (리버스녹아웃옵션).

kickoff 일의 첫시작, 시초, 발단(發端)

KID (ISO) code Kiribati (formerly Gilbert Islands) – currency Australian dollar. ¶ KID (국제표준기구) 약호 키리바시[이전의 길버트 제도(諸島)] — 화폐 오스트레일리아 달러(dollar)

kiddie tax 자녀투자수익세 ¶ The *kiddie tax* is a tax filed by parents on Form 8615 for the investment income or children under age 14 exceeding $1,800. Tax is at parent's top tax rate. In some cases, however, parents may elect to report such children's income on their own returns. 자녀투자수익세는 1,800달러를 초과하는 14세 이하의 자녀의 투자수입에 대하여, 그 부모가 서식 8615호로 신고하는 세금을 이른다. 세금은 부모의 최고세율로 과세된다. 그러나, 부모는 이와 같은 자녀명의의 수입을 자신들의 수입으로 신고할 수도 있다.

KIKO → **k**nock-**in**, **k**nock-**o**ut [약] 키코 ¶ The *KIKO* (*knock-in, knock-out*) is a financial derivative in which banks and customer companies trade dollars at contracted exchange rate within the predetermined areas of volatility and the loss, if generated from the fluctuation of exchange rate, shall be minimized. However, if the exchange rate goes over the top limit (knock-in), the companies shall sell out dollars one or two times as many as the contract amount to the banks at the current rate, and if the exchange rate falls down (knock-out), the contract will terminate automatically. The companies hold that banks will not explain to the customers the factors of risk as it is. 키코는 은행과 고객사가 미리 약정한 환율의 변동구간 안에서는 약정 환율로 달러를 거래해 환율변동에 따른 손실을 최소화할 수 있게 만든 금융상품이다. 그러나 환율이 상한선을 넘으면(knock-in) 기업은 계약 금액의 1~2배를 약정 환율에 따라 은행에 팔아야 되고, 하한선보다 떨어지면(knock-out) 계약은 자동적으로 소멸한다. 기업들은 은행이 위험요소를 제대로 설명하지 않았다고 주장한다.

kill order [주식] 즉시실행주문(immediate order, fill order)

killer bees 살인봉(殺人蜂), 킬러비즈 ¶ *Killer bees* are those who aid a company in fending off a takeover bid. "*Killer bees*" are usually investment bankers who devise strategies to make the target less attractive or more difficult to acquire. 킬러비즈는 주식공개매수(takeover bid)를 딱 잘라 거절하는 기업을 지원하는 자들을 말한다.「킬러비즈」란 통상은 매수표적회사(target company)를 보다 매력이 없는 것으로 한다든지, 매수(acquisition)를 한층 더 곤란하게 하는 전략을 다듬는 투자은행(investment banker)이다.

killing [미속] (주식 등에서) 엄청나게 많은 이득을 봄 ¶ make a big *killing* 큰 이득을 보다

kimchi bond 김치본드 ¶ The *kimchi bonds* are bonds which are issued with denomination in foreign currency such as dollars or Euro currencies in the Korean markets by the home firms or the foreign enterprises. Investing are especially the foreign firms that have the branch offices in Korea. It is distinguished with the Arirang bonds that are bonds which foreign firms issue with denomination in Korean currency. 김치본드(국내발행 외화채권)는 국내기업이나 외국기업이 우리나라 시장에서 달러나 유로 등 외화표시로 발행하는 채권을 가리킨다. 주로 달러를 가진 외국계은행 국내지점이 투자한다. 외국기업이 국내에서 원화로 발행하는 채권인 '아리랑본드'와 구별된다.

kin 친족, 혈족관계 ¶ near of *kin* 근친(近親)의 /(the) next of *kin* 육신(肉身), 혈족관계자 /of *kin* 혈연의, 동족의, 친척 · 인척관계가 있는

kina 키나 ¶ The standard currency unit of Papua New Guinea, divided into 100 toea. 파푸아뉴기니니의 기준화폐단위로, 1 키나 = 100 토이어(toea)이다.

kind 종류, 성질, 현물(現物) ***in kind*** (지급이) 현물로 ¶ investment *in kind* 현물출자

king's picture [속] 화폐

kink *n.* 뒤틀림, 결함, 불비 ¶ He was trying to iron out the *kinks* in his new invention before the competition deadline. 그는 경연대회 마감 전에 새로운 발명품의 결함을 시정하려고 하고 있었다. /We've not yet taken all the *kinks* out of the project. 우리는 계획의 불비한 점을 아직 전부 제거하지는 못하였다.
v. 비틀어지다, 뒤얽히다

kinky 뒤틀림이 많은

kinship 혈연관계, 동족관계 ¶ (a) close [distant] *kinship* 가까운[먼] 혈연관계 /I feel a deep *kinship* with my fellow workers. 나는 동료들에게 강한 친근감을 품고 있다.

kip 킵 ¶ The standard currency unit of Laos, divided into 100 at. 라오스의 기준화폐단위로, 1 킵(kip) = 100 앗(at)이다.

kit 용구, 장비, 도구일습 ¶ a CD cleaning *kit* CD클리닝 용구일습(一襲) /a construction *kit* 공사용구 일습 /a toilet *kit* 세면용구 /a tool *kit* 공구일습

kitchen sink bond 주방싱크본드 ¶ The *kitchen sink bond* is a bond representing a bundling of miscellaneous, usually hard-to-sell, tranches of collateralized mortgage obligations (CMOs) and remics. With different underlying mortgage pools and different expected cash flows – "everything but the kitchen sink" – such bonds defy analysis from a risk standpoint, and their future price behavior is impossible to model and predict. 주방싱크본드는 모지지담보증권(collateralized mortgage obligation: CMO)이나 부동산모기지 투자도관체(導管體)(remics)의 트랑슈(tranches) 중에서, 여러 가지의 트랑슈 — 판매하는 것이 어려운 트랑슈가 많은 것이지만 — 를 속박한 채권을 이른다. 이 채권의 뒷받침이 되고 있는

K

부동산담보부 채무증권(mortgage)의 질이 다르고 있는데다가, 반환의 캐시플로(cash flow)의 전망도 여러 가지(즉, 무엇이나 있고, everything but kitchen sink)이므로, 리스크의 관점에서의 분석이 어렵고, 그 채권의 장래 가격의 움직임을 모형화한다든지, 예측하는 것은 불가능하다.

kite [n.] [구] 융통어음, 공(空)어음 ¶ A *kite* is another name for an accommodation bill. It is also a slang for a check. 카이트는 융통어음의 다른 명칭이다. 그것은 또한 수표의 속어이기도 하다. /fly a *kite* 융통어음을 발행하다 /*kiting* check 공어음의 발행 /*kiting* stock 주가의 인위조작 ***kite flying*** 융통어음의 발행, 공어음의 발행 ¶ The *kite flying* is the raising of money by way of an accommodation bill. 융통어음의 발행은 융통어음의 방식으로 자금을 조달하는 것이다.
[v.] 융통어음을 발행하다

kite-flier 융통어음발행인 ¶ A *kite-flier* is a person who issues an accommodation bill. 융통어음발행인은 융통어음을 발행하는 자이다.

kiteflying 융통어음 · 공(空)수표의 발행 → kite flying (융통어음의 발행).

kiting 공(空)어음[수표]의 발행, 주가조작, 부정개찬(不正改竄) ¶ In commercial banking, (1) *kiting* means depositing and drawing checks between accounts at two or more banks and thereby taking advantage of the float – that is, the time it takes the bank of deposit to collect from the paying bank, (2) *kiting* means fraudulently altering the figures on a check to increase its face value. 상업은행거래에 있어서, (1) 공(空)어음의 발행은 2 이상의 은행에 있는 계정간에서 수표를 서로 발행하여 자금화기간(float), 즉, 수표입금은행이 수표지급은행에서 자금을 회수하는 기간을 이용하는 행위를 말하고, (2) 부정개찬은 수표의 숫자를 사기적으로 개찬하여 액면(face value)을 변경하는 것이다. ¶ In securities, *kiting* means driving stock prices to high levels through manipulative trading methods, such as the creation of artificial trading actively by the buyer and the seller working together and using the same funds. 증권에서, 주가조작은 매수인과 매도인이 서로 협력하여 동일한 자금을 이용함으로써 적극적으로 인위적인 거래를 창출하는 것과 같이 조작적인 거래방법(manipulative trading method)을 통해서 주가를 높은 수준으로 끌어올리는 것을 의미한다.

knockdown (system) 조립방식, 녹다운방식(부품 · 반제품의 형태로 수출하여 현지에서 조립 판매하는 방식), (가격 등의) 할인 ¶ *Knockdown* means describing an article that is taken apart and folded or telescoped in such a way as to reduce its bulk at least 66 2/3% from its normal shipping cubage when set up or assembled. 녹다운방식은 설치하거나 조립할 때에 정상적인 선적용적에서 적어도 66 2/3%로 그 체적(bulk)을 감소하기 위한 방법으로 분해해서 겹치게 하거나 또는 끼워넣은 상품을 표현하는 것을 의미한다. ***knockdown export*** 녹다운수출, 현지조립수출 ¶ The *knockdown export* is a way of exporting by which exportation takes place as the form of parts or semi-finished goods and after they are set up or assembled on the very spot, they can be sold. 녹다운수출은 부품 또는 반제품의 형태로 수출이 되어 현지에서 설치 · 조립된 후에 판매될 수 있는 수출방식을 이른다.

knock-in option 녹인옵션 ¶ The *knock-in option* is an option whose effect is generated if the underlying asset's price reaches a predefined level. 녹인옵션은 기초 자산의 가격이 일정한 기간내에 결정된 수준에 도달한 때에 그 효력이 발생하는 옵션이다. ¶ The *knock-in option* is a complex option that leads to the creation of a European option if the price of the underlying market reference moves above or below a predefined barrier level. See also barrier option; down and in option; up and in option. [영] 녹인옵션은 기초시장자산의 가격이 사전에 정한 장애(barrier) 수준이 상하로 변동하는 경우 유럽형 옵션의 창조를 이끄는 복잡한 옵션이다. barrier option(장애옵션); down and in option(다운앤드인 옵션); up and in option(업앤드인 옵션)도 참조할 것.

knock-off (goods) 모조품(counterfeit goods), 유사품

knock-out 녹아웃 ¶ *Knock-out* means a financial option that terminates automatically if the underlying asset's price reaches a predefined level. 녹아웃은 기초자산의 가격이 미리 결정된 수준에 도달할 때에 자동적으로 효력이 소멸하는 금융상의 옵션이다. ~ ***option*** 녹아웃옵션(원자재의 가격이 일정기간 내에 결정된 수준에 도달한 때에, 그 효력이 소멸하는 옵션) ¶ The *knock-out option* is a form of derivative that gives the buyer the right, but not the obligation, to buy an underlying commodity, currency, or other position at a present price. Unlike regular options, however, *knock-out options* expires worthless, or are "knocked out" if the underlying commodity or currency goes through a particular price level. For instance, a *know-out option* based on the value of the U.S. dollar against the German mark gets knocked out if the dollar falls below a specified exchange rate against the mark. Regular options can have unlimited moves up or down. *Knock-out options* are much cheaper to buy than regular options, allowing buyers to take larger positions with less money than regular options. *Knock-out options* are frequently used by hedge funds and other speculators. Knock-in options are the same concept with the trigger on the other side of the price. See also exotic options. 녹아웃옵션은 현재의 시가로 기초상품, 화폐 기타 다른 포지션을 구입할 의무가 아니라 권리를 매수인 쪽에 부여하는 파생상품의 형태이다. 그렇지만 통상의 옵션과는 달리, 녹아웃옵션은 기초상품, 또는 화폐가 특정한 가격수준을 초과할 때에는 권리가 무가치해지거나 실효(失效)한다. 예컨대, 독일의 마르크와 미국의 달러의 환율에 기초하는 녹아웃옵션은 달러가 마르크에 대하여 특정한 수준 이하로 하락한 경우에 녹아웃이 된다. 이에 대하여, 통상의 옵션은 변동폭에 한도를 설정하지 않는다. 녹아웃옵션은 옵션료(option premium)가 통상의 옵션보다도 훨씬 싸기 때문에, 매수인은 적은 자금으로 보다 큰 포지션을 가질 수 있다. 녹아웃옵션은 헤지펀드(hedge fund)나 다른 투기꾼이 잘 이용한다. 녹인옵션(knock-in option)은 일정한 가격수준(trigger)을 초과하면 옵션의 권리가 발생한다고 하는 점에서 반대가 되지만, 컨셉은 같다. exotic options(에그조틱옵션)도 참조할 것.

know-how 노하우, 실제적 지식[기술]

know your customer 고객숙지규칙 ¶ The *know your customer* is an ethical concept in the securities industry either stated or implied by the rule of the exchanges and the other authorities regulating broker-dealer practices. Its meaning is expressed in the following paragraph from Article 3 of the FINRA Rules of Fair Practice: "In recommending to a customer the purchase, sale or exchange of any security, a member shall have reasonable grounds for believing that the recommendation is suitable for such customers upon the basis of the facts, if any, disclosed by such customer as to his other security holdings and as to his financial situation and need." Customers opening accounts at brokerage firms must supply financial information that satisfies the *know-your-customer* requirement for routine purposes. 고객숙지규칙은 거래소나 기타 증권회사업무규제기관의 규칙에 의하여 명시, 혹은 암묵리에 나타내고 있는 증권업계의 하나의 윤리적 개념이다. 그 의미는 금융업규제기구의 공정행위규칙 제3조(Article 3 of the FINRA Rules of Fair Practice) 이하의 조항에 표현되어 있다. 「고객에게 증권의 구입, 매각, 교환을 권고할 때에, 그 고객이 보유하는 다른 증권, 혹은 그의 재무상황이나 필요에 관하여, 만일 무엇인가가 그 사람에서부터 개시되고 있다면, 그러한 사실에 근거해서 당 협회회원은 그 권고가 고객에게 적절하다고 믿는 합리적인 근거가 있어야 한다」. 증권회사에 계좌를 개설하는 고객은 고객숙지규칙이 요청하는 소정의 요건을 충족하는 재무정보를 제공하여야 한다.

knowledge 정보, 지식 ¶ *knowledge* industry; *knowledge*-intensive industry 지식산업

KOBA → **k**nock **o**ut **ba**rrier [약] 녹아웃배리어 ¶ *KOBA* is an abbreviation of knock out barrier. It means that it knocks out right away if it reaches the predefined barrier. It is characteristic that the structure of commodity is simpler than the existing equity-linked warrant and the volatility and dangerousness are low. KOBA는 knock out barrier의 약어이다. 그것은 미리 정한 장애(barrier)에 도달하면 곧바로 청산(knock out)된다는 뜻이다. 기존의 ELW(주식워런트증권)보다 상품구조가 간단하고 변동성과 위험성이 낮은 것이 특징이다.

kobo 코보 ¶ A subdivision (1/100) of the Nigerian naira. 나이지리아 나이라(naira)의 하부단위로, 1 나이라 = 100 코보이다.

Kondratieff wave 콘드라티에프파동(波動)(장기경기순환파동), 콘드라티에프순환(循環) ¶ A *Kondratiev wave* is the theory of the Soviet economist Nikolai Kondratieff in the 1920s that the economies of the Western capitalist world were prone to major up-and-down "supercycles" lasting 50 to 60 years. He claimed to have predicted the economic crash of 1929-30 based on the crash of 1870, 60 years earlier. The *Kondratieff wave* theory has adherents, but is controversial among economists. Also called Kondratieff cycle. 서방세계의 자본주의경제는 50년에서 60년에 계속하는 커다란 상하운동의 "초대순환"을 나타내는 경향이 있다는 콘드라티에프파장은 소비에트 경제학자인 니콜라이 콘드라티에프의 1920년대의 이론이다. 그는 그 당시 60년전에 1870년의 공황을 기점으로 1929년에서 1930년에 걸쳐서 세계공황을 예언한 것이라고 주장했다. 콘드라티에프의 파동이론(wave theory)을 지지하는 사람들이 있으나, 경제학자간에서는 이론이 나누어진다. 콘드라티에프 사이클(Kondratieff cycle)이라고도 한다.

KONEX → **Ko**rea **N**ew **Ex**change [약] 코넥스 ¶ *KONEX* is an acronym for Korea New Exchange, meaning that it is a third stock market which embarked in the July 1, 2013. It is to the effect that it shall accomodate small and medium enterprises, venture capitals at the early stage with the funds. The requirements of one's equity capital, offerings, and the registration of market shall be lower than in the KOSDAQ market. The requirements are that one's equity capital is 5 hundred million won, yearly sales 10 hundred million won, and net profits 3 hundred million. If one of the requirements is satisfied, the firm can be listed. 코넥스는 2013년 7월 1일부터 출범한 제3의 주식시장이다. 그것은 자금조달이 어려운 초기에 중소·벤처기업에 자금조달통로를 만들어준다는 취지이다. 그래서 자기자본이나 매출 등 시장등록요건을 코스닥시장보다 낮췄다. 자기자본 5억원, 연매출 10억원, 순이익 3억원 중 한 가지 요건만 충족하면 상장할 수 있다.

Korea 한국, 대한민국 ¶ The Bank of *Korea* (BOK) 한국은행 /The Export-Import Bank of *Korea* 한국수출입은행 /*Korea* Advanced Institute of Science and Technology (KAIST) 한국과학기술원 /*Korea* Appraisal Board (KAB) 한국감정원 /*Korea* Asset Management Corporation (KAMCO) 한국자산관리공사 /*Korea*

Banking Institute 한국금융연수원 /*Korea* Development Bank (KDB) 한국산업은행 /*Korea* Development Institute (KDI) 한국개발연구원 /*Korea* Accounting Standards Board (KASB) 한국회계기준위원회 /*Korea* Accounting Institute (KAI) 한국회계연구원 /*Korea* Economic Research Institute (KERI) 한국경제연구원 /*Korea* Exchange Bank (KEB) 한국외환은행 /*Korea* Futures Association 한국선물협회 /*Korea* Institute for Industrial Economics and Technology 한국산업경제기술연구원 /*Korea* Institute of Finance 한국금융연구원 /*Korea* Institute of Public Finance 한국조세연구원 /*Korea* International Trade Association (KITA) 한국무역협회 /*Korea* Investors Service 한국신용평가(주) /*Korea* Listed Companies Association (KLCA) 한국상장회사협의회 /*Korea* Management Association (KMA) 한국능률협회 /*Korea* Money Broker Corp. (KMB) 한국자금중개(주) /*Korea* Non-bank Financing Association (KNIA) 한국여신금융협회 /*Korea* Productivity Center 한국생산성본부 /*Korea* Ratings (KR) 한국기업평가(주) /*Korea* Securities Computer Corporation (KOSCOM) 한국증권전산(주) /*Korea* Securities Dealers Association 한국증권업협회 /*Korea* Securities Research Institute /*Korea* Trade-Investment Promotion Agency (KOTRA) 대한무역진흥공사 ***Korea currency*** 한국 화폐 ¶ Korean won (KRW), divided into 100 chon. 1 원(won) = 100전(chon). ***Korea Exchange* (*KRX*)** 한국거래소 ¶ The *Korea Exchange* (*KRX*) is an exchange which is established to fix and stabilize fair prices in transactions of securities and exchange-traded derivatives as well as to facilitate the stability and efficiency of other transactions. 한국거래소는 증권 및 장내파생상품의 공정한 가격형성과 그 매매, 그 밖의 거래의 안정성 및 효율성을 도모하기 위하여 설립된 거래소이다. ¶ The *Korea Exchange* is a trading market in Seoul that is now one of Asia's largest and most modern. It was formed from a merger of the Korea Stock Exchange, which dates back to 1911, with the Korea Futures Exchange and KOSDAQ, an electronic exchange. 한국거래소는 서울의 거래시장으로서 현재 아시아의 가장 크고 가장 현대적인 거래시장의 하나이다. 한국거래소는 1911년까지 소급되는 한국증권거래소와 한국선물거래소와 전자거래소인 코스닥(KOSDAQ)과의 합병으로 설립되었다. ***Korea Securities Depository* (*KSD*)** 한국예탁결제원 ¶ The *Korea Securities Depository* (*KSD*) is a legal corporation which is established in order to promote a centralized deposit of securities, etc., (referring to securities and others) transfer of securities between accounts, and settlement subsequent to transactions and smooth circulation. 한국예탁결제원은 증권(증권과 그 밖의 것을 말

한국거래소고요,

한국예탁결제원입니다.

한다.)의 집중예탁과 계정간 대체, 매매거래에 따른 결제업무 및 유통의 원활을 위하여 설립된 법인을 말한다.

koruna 코루나 ¶ The standard currency unit of the Czeck Republic and Slovakia, divided into 100 haleru. 체코 공화국과 슬로바키아의 기준화폐단위이고, 1 코루나(koruna) = 100 할레슈(haleru)[단수는 haler(할라르)]이다.

KOSDAQ → **Ko**rea Association of **S**ecurity **D**ealers **A**utomated **Q**uotations [약] 코스닥 ¶ *KOSDAQ* is an acronym for Korea Association of Security Dealers Automated Quotations, meaning that it is a stock market which the Security Broker/Dealer Association has opened, benchmarking the NASDAQ of the United States. It is the stock market wherein the stocks of companies which have the powers of growth and technology among the no-listed companies are traded. KOSDAQ(코스닥)은 Korea Association of Security Dealers Automated Quotations의 두음어(頭音語: acronym)로서, 한국증권업협회(Security Broker/Dealer Association)가 미국의 NASDAQ을 벤치마킹해서 증권업협회가 개설한 주식시장이다. 그것은 비상장기업 중 성장력과 기술력이 있는 기업의 주식을 주로 거래하는 증권시장이다.

KOSPI 200 → **Ko**rea Composite **S**tock **P**rice **I**ndex 200 [약] 코스피(종합주가지수) 200 ¶ *KOSPI 200* is an acronym for the Korea Composite Stock Price Index 200, meaning that it is an exchange-traded stock price index of the Korea stock price index futures contract. The base point of time of representative 200 issues is January 3, 1990, the total amount of market price is calculated at 100. It is the stock price index which has been selected and produced among representative preferred stocks in the securities market. If incorporated into this stock price index, the index funds or exchange-traded funds (ETFs) which are tracking the index is possibly to rise. 코스피(한국종합주가지수) 200은 한국주가지수선물거래의 상장지수주식가로, 대표적인 200종목의 기준시점(1990년 1월 3일) 시가총액을 100으로 하여 산출한다. 유가증권시장에서도 대표적인 우량주 200개를 골라 만들어 놓은 주가지수이다. 여기에 편입되면 지수를 쫓아가는 인덱스펀드나 상장지수펀드(ETF)들이 이들 종목을 새로 담은 만큼 새로 편입된 종목의 주가가 오를 가능성이 크다는 것이다.

KOTRA → **Ko**rea **Tra**de-Investment Promotion Agency [약] 코트라, 대한무역진흥공사

KPW (ISO) code North Korea – currency North Korean won. ¶ KPW (국제표준기구) 약호 북한 — 화폐 (북한) 원(won).

knona 크로나 ¶ The standard currency unit of Iceland, divided into 100 aurar, and of Sweden, divided into 100 ore. 아이슬란드의 기준화폐단위, 1 크로나 = 100 오이라르(aurar)[단수는 eyrir(에이리르)], 그리고 스웨덴의 기준화폐단위이기도 하다. 1 크로나 = 100 외레(ore)이다.

knøne 크로네 ¶ The standard currency unit of Denmark, the Faroe Islands, Greenland and Norway, divided into 100 øre. 덴마크, 페로스 제도(諸島), 그린란드와 노르웨이의 기준화폐단위이고, 1 크로네(knøne) = 100 외레(øre)이다.

kroon 크룬 ¶ The standard currency unit of Estonia, divided into 100 kopecks. 에스토니아의 기준화폐단위이고, 1 크룬(kroon) = 100 코펙(kopecks)이다.

Kruggerrand 크루거랜드 금화 ¶ The *Kruggerrand* is gold bullion coin minted by the Republic of South Africa which comes in one-once, half-ounce, quarter-once and one-tenth-once sizes. *Krugerrands* usually sell for slightly more than current value of their gold content. *Kruggerrands*, which had been the dominant gold coin in the world, were banned from being imported into the United States in 1985 because of the South African government's policy of apartheid. The ban was lifted on July 10, 1991. Other gold coins traded in addition to the *Kruggerrand* include the United States Eagle, Canadian Maple Leaf, Mexican Peso, Austrian Philharmonic, and Australian kangaroo. 쿠르거랜드 금화는 남아프리카공화국이 주조하는 금지금경화(金地金硬貨)(gold bullion coin)로, 1온스, 1/2온스, 1/4온스, 1/10온스짜리가 있다. 통상, 크루거랜드 금화는 금함유량의 시가보다도 약간 높게 매도된다. 크루거랜드 금화는 세계의 중심적인 금화였으나, 남아프리카 정부의 인종격리정책 때문에, 미국에의 수입은 1985년에 금지되었다. 그 금수조치는 1991년 7월 10일에 해금되었다. 크루거랜드 금화 이외에, 거래되는 금화(gold coin)에는, 미국의 이글(eagle)금화, 캐나다의 메이플리프(maple leaf)금화, 멕시코의 페소(peso)금화, 오스트리아의 필하모닉(philharmonic)금화, 오스트레일리아의 캥거루(kangaroo)금화가 있다.

KRW (ISO) code Korea – currency Korean won. ¶ KRW (국제표준기구) 약호 한국 — 화폐 원화(원貨).

KSD → **K**orea **S**ecurities **D**epository [약] 한국예탁결제원 ¶ The *Korea Securities Depository* (*KSD*) is a legal corporation which is established in order to promote a centralized deposit of securities, etc., (referring to securities and others) transfer of securities between accounts, and settlement subsequent to transactions and smooth circulation. 한국예탁결제원은 증권(증권과 그 밖의 것을 말한다.)의 집중예탁과 계정간 대체, 매매거래에 따른 결제업무 및 유통의 원활을 위하여 설립된 법인을 말한다.

kuna 쿠나 ¶ The standard currency unit of Croatia (Hrvatska). 크로아티아(흐르바츠카)의 기준화폐단위이다.

Kurs Information Service System (KISS) 유통정보서비스제도 ¶ The *Kurs Information Service System* (*KISS*) is the share information system on the Frankfurt Stock Exchange. Among other uses, it provides information for the Deutsche Aktienindex. (독일의) 유통정보서비스제도는 프랑크푸르트증권거래소의 주식정보제도이다. 다른 용도 중에서, 그 제도는 독일주식인덱스에 관한 정보를 제공한다.

kurus 쿠루시 ¶ A subdivision (1/100) of the Turkish lira. 터키의 리라(lira)의 하부단위(1/100)이다.

Kuwait currency 쿠웨이트 화폐 ¶ Kuwaiti dinar (KWD), divided into 1000 fils. 1 디나르(Kuwaiti dinar) = 1000 필스(fils).

Kuwait inter Bank Offered Rate (KIBOR) 쿠웨이트 은행간 자금운용금리(대출자금운용금리) ¶ The *Kuwait inter Bank Offered Rate* (*KIBOR*) is the rate at which banks lends to each bank in the Kuwait internbank market. 쿠웨이트 은행간 자금운용금리는 은행들이 쿠웨이트 은행간 시장에서 각 은행에 대출하는 금리를 말한다.

kwacha 콰차 ¶ The standard currency unit of Malawi (divided into 100 tambala) and Zambia (divided into 100 gnwee). 말라위의 기준화폐단위[1/100 타발라(tambala)]와 잠비아의 기준화폐단위[1/100 그누웨(gnwee)]이다.

kwanza 콴자 ¶The standard currency unit of Angola, divided into 100 lwei. 앙

골라의 표준화폐단위이고, 1 콴자는 100 뤠이(lwei)이다.

KWD (ISO) code Kuwait – currency Kuwaiti dinar. ¶ KWD (국제표준기구) 약호 쿠웨이트 — 화폐 쿠웨이트 디나르(dinar)이다.

kyat 키아트 ¶ The standard currency unit of Myanmar (formerly Burma), divided into 100 pyas. 미안마(이전의 버마)의 기준화폐단위, 1 키아트(kyat) = 100 피야스(pyas)[단수는 pya(피야)].

Kyrgyzstan currency 키르기스스탄 화폐 ¶ som 솜

L

label [n.] 라벨, 레테르, 딱지, 꼬리표, 부전(附箋)
[v.] …에 라벨을 붙이다, …에 레테르를 붙이다, …을 명칭을 붙이다 ***labeling laws*** 명칭분류법 ¶ *Labeling laws* are federal and state statutes that require safe packaging and warning labels on hazardous materials, such as poisons and other dangerous substances; also called packaging laws. 명칭분류법이란 독약 및 기타 위험한 물질과 같은 위태로운 물체에 대한 안전한 포장과 경고성 라벨을 붙여야 한다는 미연방 및 주의 제정법이다. 이를 또한 packaging laws라고도 한다.

labor; labour [영] 노동, 작업 ¶ *labor* bank 노동금고 /*labor*-intensive industry 노동집약산업 /*labor*-saving machinery 생력(省力)기계 ***labor agreement*** 노동협약 ¶ The *labor agreement* is a contract between management and employees that addresses wages, benefits, working conditions, and other relevant issues. 노동협약이란 임금, 급여금, 근로조건 기타 관련된 문제들을 다루는 노사간의 계약을 말한다. ~***-intense*** 노동집약형 ¶ *Labor-intense* means requiring large pools of workers. Said of an industry in which labor costs are more important than capital costs. Deep-shaft coal mining, for instance, is *labor-intense*. 노동집약형이란 다수의 근로자를 필요로 하는 것을 이른다. 자본비용(capital cost)보다도 인건비(labor cost)쪽이 보다 중요하다고 하는 산업을 가리킨다. 입갱식(入坑式)(deep-shaft) 석탄채굴은 노동집약형의 실례이다. ~ ***union*** 노동조합 ¶ The *labor union* is an organization of workers that promotes the members' interest with respect to wages, benefits, and working conditions. Also called trade union. 노동조합은 조합원의 임금, 급여금 및 근로조건에 관하여 조합원의 이익을 증진시키는 근로자의 조직체를 말한다. 이를 trade union(노동조합)이라고도 한다.

laborer's credit cooperative 노동금고

laches [법] 해태(懈怠), 권리행사를 태만히 하는 것, (에퀴티상의) 소멸시효 ¶ The *laches* is the equitable doctrine that bars a party's right to legal action if the party has neglected for an unreasonable length of time to act upon his or her rights. 에퀴티상의 소멸시효는 당사자가 과도하게 오랫동안 자신의 권리행사를 게을리한 경우 소송을 할 수 있는 당사자의 권리를 금지하는 에퀴티상의 원칙이다. ¶ The *laches* is the legal doctrine that neglect in asserting a right for an unreasonable time may serve as a disadvantage and offer a defense to another party. 권리행사를 태만히 한다는 것은 오랫동안 권리를 내세우는 것을 소홀히 하면 상대방에게 불이익으로 작용하여 항변을 제공할 수 있다는 법의 원칙을 말한다.

lack 결핍, 부족 ***lack of credit*** 신용부족 ¶ feel a *lack of credit* 신용부족을 느끼다

ladder 사닥다리, 계단 ***ladder option*** 래더옵션 ¶ The *ladder option* is an exotic option that allows the holder to lock-in gains on the underlying security during the life of the option. Also called step-lock option. 래더옵션이란 옵션기간(option) 계약의 기간에 기초증권(underlying security)에서 생긴 이익을 확정할 수 있는 에그조틱옵션(exotic option)의 하나이다. 이를 step-lock option(스텝락옵션)이라고도 한다.

Ⓥ 사닥다리로 오르다 ***laddering*** 래더링, 사닥다리형 채권투자 ¶ The *laddering* is the same as staggering maturities. 래더링은 투자기간의 분산과 같은 뜻이다. ¶ The *laddering* is an illegal practice where the underwriter of new issue of common stock allocates shares to an investor if the investor agrees to purchase additional shares in the secondary market (which will help support the price and generate additional commissions). See also spinning. [영][속] 사다리형 채권투자는 투자자가 (가격의 지지를 돕고 추가적인 수수료를 산출하는) 유통시장에서 추가주식을 매입하기로 약정하는 경우 보통주의 신규발행의 인수업자가 주식을 투자자에게 배분하는 불법적인 관행이다. spinning(스피닝)도 참조할 것. ***~ed portfolio*** [영] 래더형(型) 포트폴리오 ¶ The *laddered portfolio* is an investment portfolio comprised of notes and bonds with short-, medium-. and long-term maturities, generally in approximately equal amounts. Such a portfolio provides the investor with exposure to the entire yield curve, generating interest and principal redemptions on a steady basis over time. See also barbell portfolio. 래더형(型) 포트폴리오는 일반적으로 대략 균일금액의 단기(short-term), 중기(medium-term) 및 장기(long-term)의 만기를 가지는 중기채권과 단기채권으로 구성되는 투자포트폴리오를 말한다. 그러한 포트폴리오는 시간이 지나감에 따라 한결같은 기준으로 이자와 원금상환을 산출하는 완전한 이율곡선(yield curve)에 대한 익스포저를 투자자에게 제공한다. barbell portfolio(바벨형 포트폴리오)도 참조할 것.

lade (선박에) 하물을 선적하다, …에 지우다 ¶ a company heavily *laden* with debt 차금(借金)으로 머리가 돌아가지 않는 회사

lading 적재, 선하(船荷), 화물 ¶ *Lading* is in transportation, cargo that is shipped. 적재란 운송중에, 선적된 화물이라는 뜻이다. ***bill of lading (B/L)*** 선하증권 ¶ The *bill of lading* (*B/L*) is contracts between the owner of the goods and the carrier. There are two types: a straight *bill of lading* is nonnegotiable, and a negotiable or shipper's order *bill of lading* can be bought, sold, or traded while goods are in transit and is used for many types of financing transactions. The customer usually needs the original or a copy of proof of ownership to take possession of the goods. 선하증권은 화물의 소유자와 운송인간의 계약물이다. 선하증권에는 2종류가 있다. 하나는 기명식 선하증권(straight bill of lading)으로 비양도적이고, 다른 하나는 양도성 또는 하주지시 선하증권(negotiable and shipper's order)으로 화물이 운송중인 동안에 사고, 팔고 또는 거래될 수 있고, 여러 유형의 금융거래로 이용된다. 고객은 보통 그 화물의 점유를 취하는 소유권의 증거로서 원금(original)이나 사본(copy)이 필요하다.

Lady Macbeth strategy 맥베스부인형 전략 ¶ The *Lady Macbeth strategy* is a takeover tactic whereby a third party poses as a white knight, then turns coat and joins an unfriendly bidder. 맥베스부인형 전략은 제3자가 백마의 기사(white knight)로 분장한 다음에 어긋나게 적대적 매수자(unfriendly bidder)측으로 이동하는 매수(買收, takeover)전략을 이른다.

Laffer curve 래퍼곡선 ¶ The *Laffer curve* is a curve named for U.S. economics professor Arthur Laffer, postulating that economic output will grow if marginal tax rates are cut. The curve is used in explaining supply-side economics, a theory that noninflationary growth is spurred when tax policies encourage productivity and investment. At first, increases in the marginal tax rates raise total tax revenue, but eventually, a tax rate is reached beyond which total tax revenues decrease. 래퍼곡선은 미국의 경제학자 아더 래퍼(Arthur Laffer)를 기념

하여 명명한 곡선인데, 한계세율(marginal tax rate)이 인하되면, 경제산출량(economy output)이 성장한다고 가정한다. 이 곡선은 세제에 따라서 생산성(productivity)과 투자(investment)가 자극받아 물가상승을 동반하지 않는 성장(noninflationary growth)에 박차가 가해진다고 한 서플라이사이드(공급사이드)경제학(supply-side economics)의 설명에 사용된다. 처음에는 한계세율의 증가가 총조세수입을 올리지만, 그러나 결과적으로는, 세율이 총조세수입의 감소를 넘어 미치게 된다.

lag [v.] 늦다, 약해지다 ***lagging indicators*** 지행지표(遲行指標) ¶ *Lagging indicators* are economic indicators that lag behind the Index of Lagging Indicators monthly along with the index of Leading Indicators and the index of Coincident Indicators. The six components of the *lagging indicators* are the unemployment rate, business spending, unit labor costs, bank loans outstanding, bank interest rates, and the book value of manufacturing and trade inventories. 지행지표(遲行指標)는 경기전반의 움직임에 뒤떨어지는 경제지표(economic indicators)를 말한다. 컨퍼런스보드(the Conference Board)는 매월 선행지표(leading indicators), 일치지표(coincident indicators)와 함께 지행지표를 발표한다. 6개의 지행지표는 실업률(unemployment rate), 기업지출(business spending), 단위노동코스트(unit labor cost), 은행대출잔액(bank loan outstanding), 은행금리(bank interest rate), 생산 및 유통재고의 장부가(book value)이다.
[n.] 뒤짐, 엇갈림, (시대의) 차이 ¶ The *lag* is the time period between the occurrence of a loss, of filing of a claim by the insured, and the receipt of a settlement from the insurer. [영] 시간의 차이는 손해의 발생, 피보험자에 의한 보험청구의 제기와 보험업자로부터 결제대금의 수령간의 시간의 경과를 말한다. /leads and *lags* [외환] 리즈앤드랙스(자금의 결제를 앞당기거나 늦추는 방법)

laissez-faire 레세페르, 자유방임주의 ¶ The *laissez-faire* is a doctrine that interference of government in business and economic affairs should be minimal. Adam Smith's The Wealth of Nations (1776) described *laissez-faire* economics in terms of an "invisible hand" that would provide for the maximum good for all, if businessmen were free to pursue profitable opportunities as they saw them. The growth of industry in England in the early 19th century and American industrial growth in the late 19th century both occurred in a *laissez-faire* capitalist environment. The *laissez-faire* period ended by the beginning of the 20th century, when large monopolies were broken up and government regulation of business became the norm. The Great Depression of the 1930s saw the birth of Keynesian Economics, and influenced approach advocating government intervention in economic affairs. The movement toward deregulation of business in the United States that began in the 1970s and 80s is to some extent a return to the laissez-faire philosophy. *Laissez-faire* is French for "allow to do." See also Austrian economics. 자유방임주의는 사업이나 경제활동에의 정부의 개입은 최소한으로 그쳐야 한다고 하는 신조이다. 아담 스미스(Adam Smith)는 그의 저서 국부론(The Wealth of Nations)에서, 사업자가 자유로이 이익추구를 한다면, 만민에게 최대한의 이익 가져오는 보이지 않는 손(invisible hand)이라는 표현으로 자유방임경제를 기술하고 있다. 19세기 초두의 영국과 19세기 후반의 미국의 산업은 어느 것이나 자유방임자본주의의 환경하에서 성장하였다. 이 자유방임의 시대는 거대한 독점기업(large monopolies)이 해체되고 경제활동에의 정부의 규제가 일반적이었던 20세기 초두에서 종언을 고했다. 1930년대의 대공황(Great Depression)을 기화로, 경제활동에의 정부의 개입을 주장하여 커다란 영향력을 가진 케인즈경제학(Keyesian Economics)이 탄생하였다. 1970년대와 1980년대에

시작한 미국에서의 경제활동에의 규제완화(deregulation)의 움직임은 자유방임주의에의 회귀(return)라는 측면이 있다. Laissez-faire란 프랑스어로「자유방임」을 의미한다. Austrian school of economics(오스트리아경제학파)도 참조할 것. /a *laissez-faire* economy 자유방임주의경제

lakh 라크 ¶1 lakh = 100,000 Indian rupees. 1 라크(lakh) = 100,000 인도 루피(rupees).

lambda (그리스의) 람다(로마자의 L, l에 해당함) → vega (베가).

lame 절름발이의, 불구의, 불완전한 ¶*lame* check 고장수표 /*lame* duck company (금전적으로) 곤란한 회사

land 토지, 국토, 나라, 국가 ¶*land* certificate 토지소유증명서 /*land* ledger; *land* register 토지대장 /a *land* lot with no building on it [미] 토지의 권리서(a title deed to a plot of land) /*land* property; a *land* tract 토지 /*land* registration 토지등기 /*land* registry (토지)등기소 /*land* tenure 토지보유 ***land bank*** [영] 토지은행 ¶The *land bank* is a specialized banking institution dedicated to financing of agricultural development, often with a long-term horizon. Also known as agricultural bank. 토지은행은 자주 장기간의 기간이지만, 농업발전의 자금조달에 전념하는 전문화된 은행기관을 말한다. 이는 농업은행(agricultural bank)으로도 알려져 있다. ~ ***contract*** 랜드콘트랙트 ¶The *land contract* is a creative real estate financing method whereby a seller with a mortgage finances a buyer by taking a down payment and being paid installments but not yielding title until the mortgage is repaid. Also called contract for deed and installment sales contract. 랜드콘트랙트란 부동산담보론(mortgage)부로 부동산(real estate)을 매도하는 업자가 매수인에 대하여 계약금(down payment)을 대출하고 할부로 상환을 받는다고 하는 창조적인 부동산융자(real estate financing)방법을 이른다. 융자가 완제되기까지는 소유권이 이전하지 않는다. 이를 contract for deed and installment sales contract(부동산양도증서 및 할부판매계약)라고도 한다.

land-bridge 육교, 대륙횡단운송 ¶*Landbridge* is movement of containers from a foreign country by vessel, transiting a country by rail or truck, then being loaded abroad another vessel for delivery to a second foreign country. 대륙횡단운송은 선박으로 외국에서 컨테이너를 이동하여 철도나 트럭으로 그 국가를 횡단하고 다음에 제2의 외국으로 인도하기 위하여 다른 선박에 적재하는 경우이다.

landed 양륙(揚陸)된, 토지가 딸린 ¶*landed* price 양륙가격 /*landed* property 부동산 /*landed* terms 양륙인도조건 ***landed value*** 양륙가격 ¶The *landed value* is a term to refer to marine cargo insurance to refer to the wholesale market value of the goods, at the destination on the final day of discharge. 해상화물보험에서 양륙가격이란 양륙최종일의 목적지에서 화물의 도매시장가격을 의미하는 용어이다.

landing 상륙(上陸), 양륙(揚陸) ¶*landing* certificate 양륙증명서 /*landing* charge 양륙비용

landlord 지주(地主) ¶The *landlord* is an owner of property who rents it to tenant. 지주는 소작인(tenant)에게 임대하는 부동산(real property)의 소유자를 말한다. /an absentee *landlord* 부재지주

L

language 언어 ¶a *computer* language 컴퓨터언어 /a program [programming] *language* 컴퓨터언어

lapse [n.] 과실, (시간의) 경과, 실효(失效), 보험계약의 실효 ¶*Lapse* means expiration of a right or privilege because one party did not live up to its obligations during the time allowed. For example, a life insurance policy will lapse if the policyholder does not make the required premium payments on time. This means that the policyholder is no longer protected by the policy. 실효는 정해진 기간에 일방의 당사자가 의무를 다하지 못하였기 때문에, 권리 또는 특권을 상실하는 것(expiration)이다. 생명보험(life insurance policy)이면, 보험계약자(policyholder)가 정해진 기한대로 보험료(premium)를 지급하지 아니한 경우에, 보험계약은 실효한다. 이것은 보험계약자가 계약에서 보호받지 못한다는 뜻이다. /the *lapse* in payment 지급기한의 경과 ***lapse ratio*** [영] 보험계약의 실효율 ¶ In insurance, the *lapse ratio* is a measure indicating the degree to which new policies are written and existing policies are renewed, generally computed by comparing the percentage of policies in force at the start of the year versus those outstanding at the end of the year. A rising *lapse ratio* means policies are rolling off faster than new policies are being written and existing policies are being renewed. 보험에서, 보험계약의 실효율은 일반적으로 연초에 유효한 보험계약의 백분율 대(對, versus) 연말의 미지급보험계약을 비교함으로써 계산되는 새로운 보험계약이 인수되고 기존의 보험계약이 갱신되는 정도를 가리키는 측정치(値)를 말한다. 상승하는 보험계약의 실효율이란 보험증권은 새로운 보험증권이 인수되고 기존보험계약이 갱신되고 있는 경우보다 더 빨리 굴러간다.

ⓥ 소멸하다, (시간이) 모르는 사이에 지나가다 ¶ *lapsed day* 경과일수(日數) ***lapsed option*** 실효옵션 ¶ The *lapsed option* is an option that reached its expiration date without being exercised and is thus without value. 실효옵션이란 행사되지 않고 기한이 만료에 이르게 되는 무가치의 옵션(option)을 말한다.

larceny 절도(죄) ¶ The *larceny* is the wrongful taking and carrying away of another person's personal property with the intent to permanently deprive the owner of the property. 절도죄는 재물의 소유자로부터 재물을 영구히 빼앗을 목적으로 불법으로 타인의 인적 재산을 절취하여 함부로 가지고 가는 행위이다. /commit *larceny* 절도죄를 범하다 /grand *larceny* 중(重)절도죄

large 큰, 다량의, 상당한 금액의 ¶ *large* bill 큰 금액의 어음 /*large* time deposit 거액의 정기예금 ***Large Cap (stock)*** 대형주(大型株) ¶ *Large Cap (stock)* is stock with a large capitalization (numbers of shares outstanding times the price of the shares). *Large Cap* stocks typically have at least $5 billion in outstanding market value. Numerous mutual funds specialize in Large Cap stocks, and may have the words *Large Cap* in their names. 대형주는 시가총액(capitalization), 즉 금고주를 제외하는 발행주식수(shares outstanding)를 그 주식시가(market value)로 곱한 금액의 대형주식을 이른다. 일반적으로 대형주는 적어도 50억 달러의 시장가치(market value)를 가진다. 많은 뮤추얼펀드(mutual fund)가 대형주식으로 특화하고 있고, 그 대부분이 뮤추얼펀드의 명칭으로 대형주라는 표현이 사용되고 있다. ***~-deductible policy*** [영] 대공제(大控除)보험증권 ¶ The *large-deductible policy* is a loss-sensitive insurance contract that features a deductible that is much larger than one found on a standard fixed premium, full insurance contract. The insured retains a much larger amount of risk and pays the insurer a smaller premium. 대공제보험증권은 기준확정보험료에 인정되는 보험인 완전보험계약(full insurance contract)보다 더 많은 공제액을 특징으로 하는 손해에 민감한 보험계약을 말한다. 피보험자는 위험의 더 많은 금액을 보유하고 있는 보험업자에게 더 적은 보험료를 지급한다. ***~ loss principle*** [영] 대손(大損)의 원칙 ¶ In insurance, the *large loss principle* is the concept of transferring high severity/ low frequency losses to an insurer. Assuming fair premium pricing, the principle is often considered to be a prudent and cost-effective form of corporate risk management, as catastrophic loss events are very difficult to predict and quantify and can create significant financial distress in the absence of proper loss financing. 보험에 있어서, 대손의 원칙은 높은 가혹함/낮은 빈도의 손해를 보험업자에게 이전한다는 개념이다. 공정한 보험료가격결정을 가정한다면, 이 원칙은 재난손해사고를 예상하고 계량하기가 어렵고 적절한 손해금융이 없는 경우에 현저한 금융상의 재난을 당할 수 있기 때문에, 회사의 위험관리에 신중하고 비용효과적인 방식이라고 생각된다. ~ ***patch*** 라지패치 ¶ Recently it is often used by the economical mass media in the U.S. to the effect that the *large patch* means the middle position between the double dip and the soft patch. The rough is such a place situated outside the fairway where on the well-cut lawn it is very easy to play a golf ball in the golf courses and the place is so thickly covered with trees and grass that it is so difficult to play a golf. The *large patch* indicates that the economic situation is worse in the large patch than in the soft. 라지패치는 더블딥과 소프트패치의 중간 정도를 가리키는 말로 최근 미국 경제매체들이 자주 사용하고 있다. 러프(rough)는 골프장에서 공을 치기 쉽도록 잔디가 잘 깎여진 '페어웨이' 바깥쪽으로 풀과 나무가 무성해서 공을 치기 어려운 곳이다. 라지패치는 소프트패치보다 경제상황이 더 안 좋은 걸 가리킨다.

lari 라리 ¶ A subdivision (1/100) of the Maldives rufiya. 몰디브 루피야(rufiya)의 하부단위(1/100). lari의 복수는 laris이다.

laser printer [컴] 레이저 프린터 ¶ A *laser printer* is a computer printer using a laser beam that generates an image, then transfers it to paper electronically. A *laser printer* output may be produced very fast, with quality that approaches that of typesetting. 레이저 프린터는 영상을 생기게 한 다음 그것을 지면에 전자적 방법으로 전사(電寫)하는 레이저 빔(laser beam)을 이용하는 컴퓨터 프린터이다. 레이저 프린터의 출력은 식자(植字)의 성질에 가까운 성질 때문에 매우 빠르게 생산될 수 있다.

last 최후의, 최종의 ¶ a [the] *last* indorser 최종배서인 /a *last* half year 후반기 /the *last* price [sale] 최종가격 /the *last* term 전기(前記) /the *last* trading day 최종거래일 ***last in, first out (LIFO)*** 후입선출법(後入先出法) ¶ The *last in, first out* (*LIFO*) is a method of accounting for inventory that ties the cost of goods sold to the cost of the most recent purchases. The formula for cost of goods sold as: beginning inventory + purchases − ending inventory = cost of goods sold. 후입선출법(LIFO)은 매상원가(cost of goods sold)를 가장 직근(直近)의 구입품원가(cost of more recent purchases)에 결부하는 재고(inventory)에 관한 회계방법을 말한다. 매상원가의 계산방식은 다음과 같다. 기수(期首)재고 + 구입 − 기말(期末) = 매상원가이다. ~ ***sale*** 직근매도(直近賣渡) ¶ The *last sale* is a most recent trade in a particular security. Not to be confused with the final transaction in a trading session, called the closing sale. The *last sale* is the point of reference for two Securities and Exchange Commission rules: (1) On a national exchange, no short sale my be made below the price of the last regular sale. (2) No short sale may be made at the same price as the last sale unless the *last sale* was at a price higher than the preceding different price. Plus tick, minus tick, zero minus tick, and zero plus tick, used in this connection, refers to the *last sale*. 직근매도는 특정한 주식의 최신거래를 이른다. 클로징 매도거래(closing sale)라고 하는 거래입회(trading session)의 최종거래(the final transaction)와 혼동해서 안

된다. 직근매도는 미증권거래위원회(Securities and Exchange Commission)의 2개의 규칙과 관련하고 있다. (1) 국내거래에서는 통상의 직근매도의 가격보다 싼 가격으로의 공매(空賣)(short sale)는 해서는 안 된다. (2) 직근매도의 가격이 그 직전의 다른 가격보다 높지 아니한 한, 직근매도의 가격과 동일한 가격으로 공매를 해서는 아니된다. 이런 의미에서, 직근매도에 관련하는 용어로서, plus tick(값이 오름), minus tick(주가의 하락), zero minus tick(제로마이너스틱), zero plus tick(제로플러스틱)가 사용된다. ~ ***trading day*** 최종거래일 ¶ The *last trading day* is a final day during which a futures contract may be settled. If the contract is not offset, either an agreement between the buying and selling parties must be arranged or the physical commodity must be delivered from the seller to the buyer. 최종거래일은 선물계약(futures contract)이 거래되는 최종일을 말한다. 계약이 반대거래에 의하여 상계(offset)되지 아니한 경우, 매수인과 매도인간에서 결제조건에 관하여 동의가 성립하든가, 매도인으로부터 매수인에게 상품(commodities)이 실제로 인도되어야 한다.

lat 라트 ¶ The standard currency unit of Latvia, divided into 100 santimi. 라트비아의 기준화폐단위. 1 라트(lat)(복수 lats) = 100 산티미(santimi)(단수는 santim).

late 늦은, 지체된 ¶ *late* delivery 납품[인도]지연 /*late* fee 지연수수료 /*late* industries 후발산업 /*late* payment 연지급, 후급(後給) /*late* presentation (신용장의 유효기한 등) 정해진 기한후의 서류제시 /*late* shipment 선적지연(신용장의 선적기한을 경과한 선적) ***late charge*** 지연손해금, 지연수수료 ¶ The *last charge* is a fee charged by a grantor of credit when the borrower fails to make timely payment. 지연손해금이란 차입자(borrower)가 기한대로의 지급을 태만한 경우에 여신제공자(grantor)가 과하는 손해금을 말한다. ~ ***tape*** 레이트테이프, 주가표시테이프의 지연 ¶ The *last tape* is a delay in displaying price changes because trading on a stock exchange is particularly heavy. If the tape is more than five minutes late, the fist digit of a price is deleted. For instance, a trade at 62.75 is reported as 2.75. See also digits deleted. 주가표시테이프의 지연은 증권거래소(stock exchange)의 거래가 특별히 많기 때문에 주가의 표시가 지연되는 것이다. 만약 가격표시가 5분 이상 지연된다면, 최초의 자릿수는 삭제된다. 예컨대, 62.75로서의 거래는 2.75로서 표시된다. digits deleted(자릿수 생략)도 참조할 것. ~ ***trading*** 사후거래 → market timing(시장의 타이밍).

latent 잠재하고 있는, 은폐하고 있는 ¶ *latent* asset [property] 숨은 자산 /*latent* defect 잠재결함 /*latent* demand 잠재수요 (*cf.*) effective demand 유효수요 /*latent* inflation 잠재적 인플레이션 /*latent* loss 숨은 손해 /*latent* property 숨은 자산 (hidden asset) /*latent* unemployment 잠재실업 ***latent liquidity*** [영] 잠재유동성 ¶ *Latent liquidity* is blocks of stock held by institutional investors in their portfolios that may be available for sale, but which are not actively advertised or marketed. Latent liquidity may be brought to market through the efforts of brokers, who communicate with investors and ascertain their willingness to sell portions of their positions. 잠재유동성은 기관투자자들이 매도에 이용할 수 있으나 활발하게 광고나 마케팅은 하지 않는 그들의 포트폴리오 속에 보유하고 있는 대량의 주식을 이른다. 잠재유동성은 그 투자자와 전화통화하여 그들의 포지션의 일부를 매도할 의사가 있는지를 확인하는 브로커들의 노력을 통해서 시장에 나올 수 있다.

lateral 측면의 ¶ *lateral* combination (이종산업기업간의) 횡적 연합

latest 최신의, 최근의 ¶ *latest* date for shipment 최근의 선적기한

lattice model [영] 래티스(格子) 모형 ¶ The *lattice model* is a general class of the option pricing models (e.g., binomial model) that is based on the construction of a framework of upward and downward movement with specific probabilities of occurrence. The model examines possible terminal values of the underlying asset and works backward through the lattice (via a process known as recombination) to generate a price of the option at each interval (or node). By valuing the option at each interval, the *lattice model* can be used to compute early exercise of the contract, and is thus useful for pricing American options and Bermudan options. Also known as recombining tree. See also nonrecombining tree. 래티스 모형은 사건발행의 특별한 확률을 가지는 상하변동의 체계구축에 기초로 하는 옵션프라이싱모형(예컨대 이항(二項) 모형)의 일반종류이다. 그 모형은 기초자산의 잠재적 최종가격을 심사하고 각 격차(interval, 格差)(또는 결절점)마다 옵션의 가격을 산출하기 위하여 (재결합이라고 하는 과정을 경유하여) 래티스를 통해서 아래로 움직인다. 각 격차마다 옵션의 가격을 평가함으로써, 래티스(格子) 모형은 계약의 초기 행사가격을 계산하고 이로써 아메리칸형 옵션과 버뮤다형 옵션의 가격결정에 유용한 것이다. 이는 recombining tree(재결합 트리)로도 알려져 있다. nonrecombining tree(비재결합 트리)도 참조할 것.

latter (the ~) 후자의, 후반의 ¶ the *latter* half of the year; the *latter* half year; the *latter* half 하반기(下半期) /the *latter* period; the *latter* term 후기(後期)

Latvia currency 라트비아 화폐 ¶ lats (LVR), divided into 100 santimi. 1 라트(lats) = 100 산티미(santimi).

launching [증권] 론칭(채권발행의 기채발표를 하고, 다시 예비판매를 개시하는 것)

launder 세탁하다, (부정한 돈을) 합법적으로 가장하다 ¶ To *launder* is to make illegally acquired cash look as if it were acquired legally. The usual practice is to transfer the money through foreign banks, thereby concealing its purpose. SEC Rule 17a-8 prohibits using broker-dealers for this purpose. 자금세탁한다는 것은 불법으로 취득한 현금(cash)을 합법적으로 얻은 것처럼 보이는 것이다. 해외의 은행을 경유해서 송금하여 자금세탁 목적인 것을 은폐하려고 하는 것이 일반적이다. 미증권거래위원회(Securities and Exchange Commission: SEC)의 규칙 17a-8은 브로커-딜러(broker-dealer)를 그 목적에 이용하는 것을 금지하고 있다. /*laundered* money 세탁한 돈 /*launder* money through an ordinary bank account 부정한 돈을 보통예금계정을 통해서 합법적으로 보이다 ***money laundering*** 머니론더링, 부정한 돈의 세탁, 부정자금세탁 ¶ *Money laundering* is acceptance of large cash deposits from individuals or businesses when the money is suspected of being used for illicit purposes. Under the Bank Secrecy Act, financial institutions are required to report cash deposits of $10,000 or more, and multiple deposits from the same depositor that added up to $10,000. Such transactions are reported to the Treasury and the U.S. Secret Service. 부정자금세탁은 자금이 불법적인 목적으로 사용되는 경우 개인이나 기업으로부터 거액의 현금예금을 인수하는 경우이다. 은행비밀법(Bank Secrecy Act)에 의하여, 금융기관은 1만 달러 이상의 현금예금과, 동일한 예금인이 1만 달러까지 추가한 배수예금(multiple deposits)을 보고하여야 한다. 이러한 거래는 미재무부와 미재무부 비밀검찰청(U.S. Secret Service)에 보고하게 되어 있다.

L

law 법, 법률, 규칙, 관례 ¶ banking *law* 은행법 /a *law* of demand and supply 수요공급의 법칙 /outside [against] the *law* 법률에 위반하여 /under the *law* 법률의 밑에서 /within [inside] the *law* 법률이 인정하는 범위 내에서 ***governing law*** 준거법(applicable law) ¶ At the outset when an agreement is made, the parties to the contract (particularly if they are based in different jurisdictions) ought to agree on the place of forum where disputes will be resolved and the *governing law* of the contract, and to incorporate these into the written contract. 계약이 체결되는 당초에, 계약의 당사자(특히 당사자가 상이한 사법관할권에 거점을 두는 경우)가 분쟁이 해결되는 법정지(法廷地)와 준거법(準據法)에 관해 협의하고 그것들은 성문 계약서에 편입해 두어야 한다. ~ ***of large numbers*** 대수(大數)의 법칙 ¶ The *Law of Large Numbers* is a statistical concept holding that the greater the number of units in a projections, the less important each unit becomes. Group insurance, which gets cheaper as the group gets larger, is an example of the principle in application; actuarial abnormalities have less influence on total claims. 대수의 법칙은 어떤 예측을 세울 때에 구성단위수가 많으면 많을수록 개개의 단위의 중요성이 낮아진다고 주장하는 통계학상의 개념이다. 규모가 크면 클수록 싸게 되는 단체보험(group insurance)은 이 법칙의 응용례이다. 규모가 크게 됨에 따라 연금수리(年金數理)상의 이상(異常)이 전보험금지급청구액에 영향을 미치는 정도가 적게 되기 때문이다. ~ ***of one price*** [영] 1가격의 법칙 ¶ The *law of one price* is a financial theory indicating that assets with cash flows that are equal but structured differently must still yield the same price, or else will give rise to an arbitrage opportunity. Although the cash flows can be structured differently, they must have the same friction costs and risks. Interest rate parity and put-call parity are norms of this theorem. See also no arbitrage condition. 1가격의 법칙은 같지만 다르게 체계화되는 자금흐름을 가지는 자산이 그래도 동일한 대가를 산출하여야 한다거나 그렇지 않으면 차익거래의 기회(opportunity arbitrage)를 생기게 하는 것을 나타내는 재무이론(financial theory)을 말한다. 자금흐름이 다르게 체계화될 수 있다고 하더라도, 그것은 동일한 알력비용(friction cost)과 위험을 치려야 한다. 금리평가와 풋콜평가는 이 공리(公理, theorem)의 규범들이다. → purchasing power parity(구매력평가).

lawful 합법의, 정당한 ¶ *lawful* age 법정연령, 성년 /*lawful* day 법정영업일 /*lawful* interest 법정금리 /*lawful* money 법정화폐 /*lawful* practice 합법적 관행

lawsuit 소송(주로 민사소송)(the litigation process) ¶ bring a *lawsuit* against him for … … 때문에 그를 상대로 소송을 제기하다 /face a *lawsuit* 제소를 받다 /file *lawsuits* in the United States 미국에서 소송을 일으키다[제기하다] /A lean compromise is better than a fat *lawsuit*. 얼마 되지 않은 화해로 얻는 것이 많은 비용을 들여 소송에서 얻은 이익보다 낫다.

lay-days 체선일수(滯船日數), 정박기간 ¶ A charter-party generally fixes a number of days, called *lay-days*, within which the ship is to be loaded or discharged, as the case may be. 용선계약은 일반적으로 정박기간으로 하는 여러 일자를 정하고, 경우에 따라서는, 그 기간 안에 선박이 양륙하든지 하역하든지를 하여야 한다.

lay-off *n.* 레이오프, 해고 ¶ In labor practice, the *lay off* is temporarily or permanently remove an employee from a payroll because of an economic slowdown or a production cutback, not because of poor performance or an infraction of company rules. 노동실무에서, 해고는 태업(怠業)이나 사내규칙위반 때문이 아니라, 경기감속이나 감산 때문에, 일시적 또는 영구적으로 종업원을 해고하는 것이다. /*lay-off* rate 일시귀휴율(一時歸休率) /a *lay-off* system 레이오프제(制), 일시귀휴제 *v.* 잔액매수판매의 리스크를 회피하다, 해고하다 ¶ In investment banking, to *lay off* is to reduce the risk in a standby commitment, under which the bankers

L

agree to purchase and resell to the public any portion of a stock issue not subscribed to by shareowners who hold rights. The risk is that the market value will fall during the two to four weeks when shareholders are deciding whether to exercise or sell their rights. To minimize the risk, investment bankers (1) buy up the rights as they are offered and, at the same time, sell the shares represented by these rights; and (2) sell short an amount of shares proportionate to the rights that can be expected to go unexercised – to 1/2% of the issue, typically. Also called laying off. 투자은행업무에서, 잔액매수판매의 리스크를 회피하다는 것은 투자은행(investment banker)이 신주인수권(rights)을 가지는 주주(shareowners)에 의하여 구입되지 않은 발행주식의 일부분을 매수하여, 일반에게 재판매하는 것에 동의하는 스탠바이 커미트먼트(standby commitment)를 제공함으로써 입는 리스크(risk)를 경감하는 것이다. 주주가 권리를 행사할 것인가 매각할 것인가의 결단을 내리는 2 내지 4주간의 동안에 주식의 시장가격(market value)이 하락하는 것이 투자은행의 리스크이다. 이 리스크를 최소한으로 억제하기 위하여, 투자은행은 (1) 시장에 매출되는 신수인수권을 사들이는 동시에, 권리의 대상인 주식을 매각한다. (2) 행사되지 않을 것이라고 예상되는 신주인수권에 상당하는 주식량을 공매(空賣, short sale)한다. 그 양은 신규발행주식수의 1/2%가 일반적이다. 이를 laying off(잔액매수판매의 리스크를 회피하다)라고도 한다.

layering [영] 레이어링 ¶The *layering* is the second stage in the money laundering process, in which cash deposited during the placement phase is used in a series of complex financial transactions in order to separate illicit funds from their real source and obscure any audit trail. *Layering* can include wiring cash to other institutions, purchasing bonds, stocks, or other investments, or funding shell companies. 레이어링은 실제 출처로부터 불법자금을 분리하고 감사흔적을 은폐하기 하기 위하여 예치단계 있는 동안 예금된 현금이 일련의 복잡한 금융거래에서 이용되는 돈세탁과정(money laundering process)의 두 번째 단계를 말한다. 레이어링은 다른 금융기관에 현금을 전송하고, 채권, 주식 또는 다른 투자증권을 구입하며, 페이퍼 컴퍼니(shell company)에 투자하는 경우가 포함될 수 있다.

LBO → **l**everage **b**uy**o**ut [약] 차입매수(매수예정의 회사의 자본을 담보로 한 차입금에 의한 기업매수) ¶*Leveraged buyout* (*LBO*) is takeover of a company, using borrowed funds. Most often, the target company's assets serve as security for the loans taken out by the acquiring firm, which repays the loan out of cash flow of the acquired company. Management may use this technique to retain control by converting a company from public to private. A group of investors may also borrow funds from banks, using their own assets as collateral, to take over another firm. In almost all *leveraged buyouts*, public shareholders receive a premium over the current market value for their shares. When a company that has gone private in a *leveraged buyouts* offers shares to the public again, it is called a reverse *leveraged buyout*. 차입에 의한 기업매수란 차입금(borrowed funds)을 사용한 기업의 매수(takeover)를 이른다. 대부분의 경우, 매수의 표적이 된 기업(target company)의 자산(asset)은 매수측 기업에 의하여 편성된 차입금의 담보(security)로 되고, 매수측 기업은 매수한 기업의 캐시플로(cash flow)에서 그 차입금을 상환한다. 경영진이 경영권을 유지하기 위하여 주식공개회사(publicly held)를 비공개회사(private company)로 전환할 때에, LBO의 수법을 사용하는 경우가 있다. 투자자의 그룹은 다른 기업을 매수하기 위하여, 자신의 자산을 담보(collateral)로 은행으로부터 자금을 차입하는 경우도 있다. 거의 모든 LBO에서는 일반주주는 그들의 주식에 대하여 그 시점에서의 시장가격(market value)을 상회하는 프리미엄(premium)을 수취한다. 레버리지드 바이아웃에서 비공개로 된 기업이 다시 주식을 공개할 때, 역(逆)레버리지드 바이아웃(reverse leveraged buyout)이라고 한다.

L/C; l/c → letter of credit [약] 신용장 ¶¶ A *letter of credit* (*L/C*) is a written instrument, usually issued by a bank on behalf of a customer or other person, in which the issuer promises to honor drafts or other demand for payment by third persons in accordance with the terms of the instrument. 신용장은 개설은행이 그 증서의 조건과 일치한 제3자에 의한 환어음 기타 지급청구를 인수, 지급할 것을 약속한다고 하는 고객 기타 다른 사람을 대신한 은행이 개설한 서면증서이다. /*L/C* advising [notifying, transmitting] bank 신용장통지은행 /an *L/C* basis L/C 베이스 /an *L/C* beneficiary 신용장수익자 /*L/C* confirming bank 신용장확인은행 /*L/C* issuing [opening] bank 신용장개설은행 /*L/C* margin money 신용장개설보증금 /*L/C* parties 신용장당사자

LDC → (non-oil) lesser developed countries [약] (석유비생산) 후진국; less developed countries 발전[개발]도상국 ¶ *LDC* (*less-developed country*) is a term used to describe countries in a poor and primitive economic condition. 발전[개발]도상국이란 빈곤하고 원시적인 경제조건에 처해 있는 국가를 표현하기 위하여 사용되는 용어이다. ¶ The *less developed countries (LDC)* are countries that are not fully industrialized or do not have sophisticated financial or legal systems. These countries, also called members of the Third World, typically have low levels of per-capita income, high inflation and debt, and large trade deficits. The World Bank may be helping them by providing loan assistance. Loans to such countries are commonly called *LDC* debt. 발전도상국은 충분히 공업화가 진행하고 있지 아니하거나 또는 발달한 금융제도나 법제도를 가지지 않는 국가들을 가리킨다. 이러한 국가들은 제3세계(Third World) 여러 국가들을 말하며, 일반적으로 1인당(per-capita) 소득(income)은 낮고, 높은 물가상승률(inflation)과 채무(debt), 및 다액의 무역적자(trade deficit)를 안고 있다. 세계은행(World Bank)은 융자에 의한 지원을 제공함으로써 이러한 국가들을 도와주고 있다. 이러한 국가들에 대한 융자는 일반적으로 발전도상국채무(LDC debt)라고 부르고 있다. /*LDC* debt crisis 발전도상국채무위기

LDDC → lesser developed among developing countries [약] 후발개발도상국 (*cf.*) LLDC 후발발전도상국

LDR → London depository [depositary] receipt [약] 영국예탁증서

lead ⓥ 인도하다 ¶ *leading* and lagging of payment 리드앤드랙(leads and lags) /*leading* currencies 주요통화 /*leading* [active, key] stock 주력주(主力株)(leader), 인기주(人氣株) ***leading indicators*** 선행지표 ¶ *Leading indicators* are components released monthly by the conference board, along with the Index of Lagging Indicators and the Index of Coincident Indicators. The 11 components are: the average workweek of production workers; average weekly claims for state unemployment insurance; manufacturers' new orders for consumer goods and materials; vendor performances (companies receiving slower deliveries from suppliers); contracts and orders for plant and equipment; building permits; change in manufacturers' unfilled orders for durable goods; changes in sensitive materials prices; stock prices; money supply (M-2); and index of consumer expectations. The index of *leading indicators*, the components of which are adjusted for inflation, accurately forecasts the ups and downs of the business cycle. 선행지표란 지행지표(遲行指標)(Lagging Indicators), 일치지표(coincident

indicators)와 함께 컨퍼런스보드(conference board)에 의하여 매월 발표되는 일군(一群)의 지표를 이른다. 11개의 선행지표는, 공장노동자의 평균노동시간(average workweek), 실업보험의 평균주(州) 지급청구수, 제조업의 소비재 및 원재료의 신규수주(受注), 구입상황(구입처로부터의 입하가 지체되고 있는 기업), 공장설비의 계약발주, 주택착공허가건수, 제조업의 내구소비재수주잔액의 변동, 예민한 원자료(原資料)가격의 변동, 주가, 머니서플라이(M-2), 소비자지수이다. 선행지표지수는 인플레이션(inflation)조정을 위하여 경기순환(business cycle)의 변동을 정확히 예측한다.
n. 선두, 우세, 본보기 ***leads and lags*** [외환] 리드앤드랙(외화결제를 앞당기거나 늦추는 방법)(대외지급 · 수취를 외환시장이나 금리의 변동(또는 그 예측에 의해서 의식적으로 앞당기거나 늦추는 방법) ¶The *leads and lags* is a language in a contract or credit agreement allowing company to either lead (accelerate) or lag (delay) payment of foreign trade obligations to trading partners or overseas subsidiaries. A decision to pay early or pay late is determined largely from an importer's perception of the monetary strength of the currency it is billed in. If currency devaluation is feared, importers try to accelerate their payments. 리드앤드랙은 계약이나 여신계약에서 회사가 거래파트너 또는 해외자회사(子會社)에 대한 외국거래채무의 지급을 이끌거나(가속하거나) 꾸물거리거나(지체하거나) 할 수 있다는 말이다. 지급을 일찍 할 것인지 늦게 할 것인지의 결정은 수입자가 외상채무로 달아둔 그 통화의 자금력을 인식하는 정도에 따라 크게 좌우된다. 통화의 평가절하가 겁이 나면, 수입자는 서둘러 그의 지급을 가속하려고 한다.
a. 가장 중요한, 제1번의 ***lead bank*** 주간사 은행 ¶The *lead bank* is a bank arranging a loan syndication, in which several banks buy participations. The lead bank collects a management fee for assembling the syndicate and arranging the financing terms. In the Eurobond market, a bank that acts as agent for members of an underwriting syndicate. 주간사 은행은 여러 은행들이 참가자격을 매입하는 협조융자 신디케이트를 주선하는 은행이다. 주간사 은행은 신디케이트를 회합하고 금융조건을 준비하는 데 드는 관리비용을 징수한다. 유럽채권시장에서, 주간사 은행은 인수신디케이트단(團)(underwriting syndicate)의 회원은행을 위한 대리인으로 행동하는 은행이기도 하다. ~ ***manager*** [외채] 주간사 은행 ¶The *lead manager* is a bank or other financial institution chosen to underwrite a new issue of bonds or to head a syndicated bank facility. It is usually chosen either because it has a close relationship with the borrower or because it has been successful in a competitive bought deal contest. The *lead manager* is the main organizer of the transactions and takes a larger fee than the other institutions involved. 주간사 은행이란 채권의 신규발행을 인수하거나 신디케이드단 은행제도를 진행하기로 선별된 은행 기타 금융기관을 이른다. 그런 은행은 일반적으로 차입자(借入者)와 가까운 관계이거나 경쟁적으로 획득한 거래경쟁에서 성공하였기 때문에 선별된다. 주간사 은행은 거래의 주요한 조직자로서 다른 관련된 금융기관에 비해서 더 많은 수수료를 취한다. → lead bank (주간사 은행). ~ ***regulator*** 주된 규제기관 ¶The *lead regulator* is a leading self-regulatory organization (SRO) taking responsibility for investigation of a particular section of the law and all the cases that pertains to it. In the securities business, for example, the New York Stock Exchange may take the lead in investigating certain kinds of fraud or suspicious market activity, while the American Stock Exchange or NASDAQ may be the *lead regulator* in other areas. The *lead regulator* will report its findings to the other self-regulatory organizations, and ultimately to a government oversight agency, such as the Securities and Exchange Commission. 주된 규제기관은 법의 특정항목과 그 항목과 관련하는 모든 사건조사에 책임을 부담하는

주된 자율규제기관(self-regulatory organization)이다. 예컨대, 증권업에서는, 뉴욕증권거래소(New York Stock Exchange)는 어느 종류의 부정행위나 의심스런 시장행동의 조사를 행하고, 아메리칸증권거래소(American Stock Exchange)와 나스닥(NASDAQ)은 다른 분야의 자율규제기관이다. 이러한 자율규제기관은 그 조사결과를 다른 자율규제기관에 보고하고, 최종적으로는 미증권거래위원회(Securities and Exchange Commission)와 같은 정부의 감독기관에 보고를 한다. ~ ***time*** 리드 타임(제품의 입안에서 제조까지의 시간, 발주에서 배달까지 걸리는 시간) ¶ The *lead time* is: (1) the time between order placement and delivery. (2) the time between when a project begins and ends. For example, planning for a new housing development requires substantial lead time because of the many permits that are required. 리드 타임이란 (1) 주문내기와 인도 사이의 시간을 말한다. (2) 프로젝트가 시작하고 종료하는 사이의 시간이다. 예를 들면, 신주택 개발의 계획에는 많은 허가가 필요하기 때문에 실질적인 리드 타임이 필요하다. ~ ***underwriter*** 주된 인수업자 ¶ The *lead underwriter* is the main underwriter of a new security issue. The *lead underwriter* forms a distribution system to sell the security issue and is generally responsible for the largest part of offering. Also called book runner; house of issue; managing underwriter. 주된 인수업자는 신주발행의 주요한 인수업자이다. 주된 인수업자는 신규주식을 매도할 분배제도를 형성하고 일반적으로 최대의 매출부분에 책임을 진다. 이를 book runner(참가은행의 모집사무를 행하는 간사은행); house of issue(증권인수회사); managing underwriter(주무인수업자)라고도 한다.

leader 리더, 지도자, 톱기업, 최유력상품 ¶ (1) The *leader* is a stock or group of stocks at the forefront of an upsurge or a downturn in a market. Typically, *leaders* are heavily bought and sold by institutions that want to demonstrate their own market leadership. (2) The *leader* is a product that has a large market share. (1) 리더주(株)는 시장에서 급등(upsurge)이나 반락(downturn)의 선구가 되고 있는 주식(stock) 혹은 주식군을 이른다. 전형적으로는 시장에서의 지도성을 나타내려는 기관투자자(institutional investors)에 의하여 리더주(株)가 대량 매매된다. (2) 최유력 상품은 높은 시장 점유율을 차지하는 상품을 말한다.

lean 여윈, 곤란한, 빈약한 ¶ *lean* crop 흉작 /*lean* month 단경기(端境期)

leap year 윤년(閏年) (*cf.*) a common year 평년(平年)

LEAPS → long-term equity anticipation securities [약] 장기주식기대증권, 장기주식옵션 ¶ *LEAPS* is an acronym for Long-Term Equity Anticipation Securities. *LEAPS* are long-term equity options traded on U.S. exchanges and over the counter. Instead of expiring in two near-term and two farther out months as most equity options do. *LEAPS* expire in two or five years, giving the buyer a longer time for his strategy to come to fruition. *LEAPS* are traded on many individual stocks listed on the New York Stock Exchange, the American Stock Exchange, and NASDAQ. LEAPS(장기주식기대증권)는 long-term equity anticipation securities의 머리글자에서 따온 용어로서, 미국의 증권거래소(stock exchanges)와 장외시장(over the counter)에서 거래를 하는 장기주식옵션(long-term equity option)이다. 대부분의 주식옵션(equity option)이 직근의 2주간 또는 그 앞 2주간에서 만기(maturity)가 되는 것과는 다르고, 장기주식기대증권은 2년에서 5년의 만기이고, 매수인에게 그 전략목표달성을 위하여 오랜 기간을 주고 있다. 장기주식기대증권은 뉴욕증권거래소(New York Stock Exchange), 아메리칸증권거래소(American Stock Exchange), 나스닥(NASDAQ stock market)에 상장되고 있는

많은 개별종목으로 거래되고 있다.

learning curve 학습곡선 ¶ *Learning curve* is predictable improvements following the early part of the life of a production contract, when costly mistakes are made. 학습곡선이란 비용이 커지는 실패가 발생하는 생산계약기간의 초기단계 경과 후에 생기는 예측할 수 있는 생산효율의 개선을 이른다.

lease *n.* 차지(借地)[차가(借家)]계약, 임대차, 리스(임대인이 임차인에게 일정기간 일정한 대가를 받는 것을 조건으로 자산의 사용과 점유를 허락하는 계약), 임차권 ¶ The *lease* is a contract granting use of real estate, equipment, or other fixed assets for a specified time in exchange for payment, usually in the form of rent. The owner of the leased property is called the lessor, the user the lessee. See also capital lease; financial lease; operating lease; sale and leaseback. 리스란 것은 통상은 대차(rent)라는 형태로, 지급과 교환으로 부동산(real estate), 기계설비(equipment), 기타 고정자산(fixed asset)의 사용을 일정한 기간 인정하는 계약을 말한다. 임대재산의 소유자는 임대인(leasor), 기타 사용자는 임차인(lessee)이라고 한다. capital lease(자본리스); financial lease(금융리스); operating lease(운영리스); sale and leaseback(세일앤드리스백)도 참조할 것. /a financial *lease* (장기의) 리스금융 /a *lease* agreement 임대차계약 /*lease* financing 리스금융 /*lease* of land 토지의 임대차 /(an) operating *lease* 단기리스 /a right of *lease* 임차권 ***lease acquisition cost*** 리스취득비용 ¶ The *lease acquisition cost* is a price paid by a real estate limited partnership, when acquiring a lease, including legal fees and related expenses. The charges are prorated to the limited partners. 리스취득비용은 리스물건을 취득할 때에 부동산리미티드 파트너십(limited partnership)에 의하여 지급되는 법적 비용이나 관련된 비용을 포함하는 비용을 이른다. 이 비용은 리미티드파트너에게 비례배분된다.
v. (토지를) 임대[임차]하다

leaseback *n.* 리스백방식 설비대출, (토지·건물의) 매각사용 ¶ The *leaseback* is a transaction in which one party sells property to another and agrees to lease the property back from the buyer for a fixed period of time. For example, a building owner wanting to get cash out of the building may decide to sell the building to a real estate or leasing company and sign a long-term lease to occupy the space. The original owner is thereby able to receive cash for the value of his property. The new owner is assured of the stability of a long-term tenant and a steady income. *Leaseback* deals (also called sale and *leaseback* deals) also are executed for business equipment such as computers, cars, trucks, and airplanes. Partial ownership interests in leasing deals are sold to investors in limited partnership form, and are designed to produce a fixed level of income to limited partners for the lease term. 리스백 방식은 일방의 당사자가 자산(asset)을 타방에게 매각하고, 일정한 기간 그 매수자로부터 그 자산을 임차하는 것에 동의하는 거래를 말한다. 예를 들면, 소유하는 건물을 현금화하고자 하는 소유자는 부동산(real estate)회사나 리스회사(leasing company)에 그 건물을 매각하고, 그 건물을 임차하는 장기간의 리스계약을 체결한다. 이로써 그 본래의 소유자는 그 자산가치에 합당한 현금(cash)을 받을 수 있으며, 자신의 사업에 재투자를 하는 동시에, 그 건물에 머물 수가 있다. 새로운 소유자는 안정된 장기간의 테넌트(tenant)와 안정된 수입을 보증받는다. 리스백 방식(sale and leaseback deals라고도 한다.)은 컴퓨터, 자동차, 트럭, 비행기 등의 업무용 설비에서도 행해지고 있다. 리스계약의 부분적 소유권은 리미티드 파트너십(limited partnership)형태로 투자자에게 매각되고, 그 리스기간 중에 리미티드파트너(투자자)에게 일정한 수입을 가져다 주는 구조로 되어

있다.
[v] 매각한 후 차용하다

leasehold 차지권(借地權), 임대차권 ¶The *leasehold* is an asset representing the right to use property under a lease. 임대차권은 리스(lease)계약 하에서 물건을 사용하는 권리로 구성되는 자산(asset)을 말한다. ***leasehold improvement*** 임차물건 개량비 ¶*Leasehold improvement* is modification of leased property. The cost of added to fixed assets and then amortized. 임차물건개량비는 리스물건의 개선을 이른다. 그 비용은 고정자산(fixed asset)에 계상되어 상각된다.

lease-purchase agreement 리스매수계약 ¶The *lease-purchase agreement* is an agreement providing that portions of lease payments may be applied toward the purchase of the property under lease. 리스매수계약이란 리스(lease)료 지급액의 일부가 리스물건의 구입에 충당된다고 하는 규정이 있는 계약을 이른다.

least significant digit 최하위의 숫자

leave order 지정가격주문 ¶A *leave order* is an order by designated price that can be left with the prospective customer's determination. 지정가격주문이란 장래의 고객의 결정에 맡길 수 있는 지정된 가격에 의한 주문을 이른다.

Lebanon currency 레바논 화폐 ¶Lebanese pound (LBP), divided into 100 piastres. 1 파운드(Lebanese Pound) = 100 피아스터(piastres)(*sing.* piastre).

ledger 원장(元帳), 계좌원장 ¶In accounting, the *ledger* is book in which financial transactions are classified and summarized for use in preparing an entity's financial statements. 회계에서, 원장이란 재무거래가 분류되고 경제주체의 재무제표를 작성하는데 이용하기 위해 요약하는 장부이다. /the bank's *ledger* 은행의 원장 /the checking account *ledger* 당좌계정원장 /*ledger* card 원장카드

leg [주식] (일단락의) 기간 ¶The *leg* is: (1) a sustained trend in stock market prices. A prolonged bull or bear market may have first, second, and third legs, (2) one side of a spread transaction. For instance, a trader might buy a call option that has a particular strike price and expiration date, then combine it with a put option that has the same striking price and a different expiration date. The two options are called *legs* of the spread. Selling one of the options is termed lifting a *leg*. 레그(leg)는 (1) 주식시세(stock market price)의 지속적 경향을 이른다. 주식시장의 장기 계속적인 오름세시세(bull market) 또는 내림세 시세(bear market)는 제1, 제2, 제3의 레그를 거치는 경우가 있다. (2) 스프레드거래(spread transaction)의 일방을 이른다. 예컨대, 트레이더는 특정한 행사가격(strike price)과 만기일(expiration date)을 가지는 콜옵션(call option)을 구입하여 그와 동일한 행사가격과 다른 만기일의 풋옵션(put option)과 짜맞춘다. 그 2개의 옵션은 그 스프레드의 구성거래(양다리)라고 한다. 일방의 옵션의 매각은 한 발을 올린다(lifting a leg)고 한다.

legacy 유산(遺産), 유증(遺贈) ¶The *legacy* is a gift under a will of cash or some other specific item of personal property, such as a stock certificate, a car, or piece of jewelry. The *legacy* usually is conditioned, meaning the legatee is required to be employed by the testator – the person who makes the will – or related to the testator by marriage. In other cases, a *legacy* to a legatee who has not attained a particular age at the testator's death will be held in trust for the legatee, instead of being distributed outright. 유산은 유언서(will)를 근거로 해서 행해지는 현금(cash)이나 주권(stock certificate), 자동차, 보석 등 개인자산

특정품목의 증여를 말한다. 이 유산에는 통상 조건이 딸려 있고, 유산수취인(legatee)은 유언서를 작성하는 유언자(testator)에 의하여 고용되고 있거나, 또는 혼인에 의한 관계가 있는 경우가 필요하게 되어 있다. 다른 경우에는, 유언자의 사망시에 특정한 연령에 도달하지 않는 유언수취인에의 유산은 즉석에서 지급되지 않고, 그 유산수취인을 위한 신탁계정(trust)에 보관된다. ***legacy assets*** 유증자산 ¶ *Legacy assets* are toxic assets, in the form of mortgage loans held directly by banks (legacy loans) or mortgage-related asset-backed securities (ABSs) and collateralized debt obligations (CDOs) held by banks as investments (legacy securities), following the real estate meltdown in 2007. See also public-private investment program for legacy assets. 유증자산은 투자(유산증권)로서 은행이 직접 소유하는 모기지론(loans)이나 모기지관련의 자산유동화증권(asset-backed securities: ABSs) 및 사채담보채무증서(collateralized debt obligations: CDOs)의 형식을 취하는 유독성(有毒性)자산이고, 2007년에는 부동산시세의 급락으로 이어졌다. public-private investment program for legacy assets[유증자산에 관한 공사(公私)투자계획]도 참조할 것. ~ ***cost*** 유증비용 ¶ The *legacy cost* is the cost of retiree pension, health, insurance, and , other benefits to an employer. 유증비용은 퇴직자연금(retiree pension), 건강, 보험 기타 회사가 부담하는 복리후생의 비용이다. ~ ***currency*** 전래(傳來) 화폐 ¶ The *legacy currency* is a currency used as a national currency before the country's adoption of the euro, e.g., the Deutschmark in Germany. 전래 화폐는 예를 들면, 독일의 독일마르크처럼, 국가가 유로화를 채택하기 전에 1국가의 화폐로서 사용된 화폐를 말한다.

legal 법률의, 법정의 ¶ *legal* asset 유산 /*legal* activities 적법행위 /*legal* capacity 행위능력 /*legal* capital 법정자본 /*legal* ceiling 법정한도 /the *legal* duty of payment 지급의무 /a *legal* heir [heiress] 법정상속인 /*legal* holiday 법정휴일 /*legal* interest 법정금리 /*legal* lending limit 법정대출한도범위 /a *legal* opinion 변호사의 의견서 /*legal* personality 법인격 /the *legal* portion 유증분(遺贈分) /*legal* representative 법정대리인 /*legal* reserve requirements 법정지급준비율 /a *legal* title 법적 권리 ***legal age*** 법정연령, 성년 ¶ The *legal age* is an age at which a person can enter into binding contracts or agree to other legal acts without the consent of another adult. In most states, the *legal age*, also called the age of majority, is 18 years old. 법정연령은 다른 성년의 동의 없이 계약체결 등의 법적 행위에 동의할 수 있게 되는 연령이다. 대부분의 주에서 법정연령은 이를 성인연령(the age of majority)이라고 하며, 18세이다. ~ ***entity*** 법적 주체, 법적 실체 ¶ The *legal entity* is a person or an organization that has the legal standing to enter into a contract and may be sued for failure to perform as agreed in the contract. A child under legal age is not a *legal entity*; a corporation is a *legal entity* since it is a person in the eye of the law. 법적 주체는 계약체결을 위한 법적 자격을 가지고, 그 계약의 합의사항을 이행하지 못한 경우 제소될 수 있는 개인, 조직이다. 법적 연령(legal age)에 도달하지 못한 자녀는 법적 주체가 아니지만, 주식회사(corporation)는 법적 견지에서 보면 법적 인격(人格)이 있으므로 법적 주체이다. ~ ***investment*** 적법투자 ¶ *Legal investment* is investment permissible for investors with fiduciary responsibility. Investment grade bonds, as rated by Standard & Poor's or Moody's, usually qualify as *legal investments*. Guidelines designed to protect investors are set by the state in which the fiduciary operates. See also legal list. 적법투자는 수탁자책임(fiduciary responsibility)을 부담하는 투자자가 취급할 수 있는 투자를 이른다. 스탠더드앤드푸어스(Standard & Poor's)나 무디스(Moody's Investors Service)에 의하여 투자적격(investment grade)이라고 등급을 받으면 채권은 통상 적법투자로서 인정된다. 투자자보호규정은 수탁자가 영업을 하고 있는 그 주에 의하여 결정되고 있다. legal list(적법투자리스트)도 참조할 것. ~ ***liability*** 법적 책임, 채무 ¶ *Legal liability* is: (1) monies owed, shown on a balance sheet. (2) individual's or company's obligation to act responsibly or face compensatory penalties. See also liability. 법적 책임이란 (1) 대차대조표(balance sheet)에 기재되고 있는 부채(monied owed)이다. (2) 개인 또는 회사가 준수의무를 부담하고, 그 의무를 이행하지 아니하면 배상책임(compensatory penalties)을 묻게 되는 경우이다. liability(부채)도 참조할 것. ~ ***list*** 적법한 투자리스트 ¶ The *legal list* is securities selected by a state agency, usually a banking department, as permissible holding of mutual savings banks, pension funds, insurance companies, and other fiduciary institutions. To protect the money that individuals place in such institutions, only high quality debt and equity securities are generally included. As an alternative to the *legal list*, some states apply the prudent man rule. 적법한 투자리스트는 주(州)의 기관, 일반적으로는 은행당국(baking department)에 의하여 선별된 저축은행(mutual savings bank), 연금기금(pension fund), 보험회사(insurance company) 등의 수탁기관(fiduciary institutions)에 보유가 허용되고 있는 증권을 이른다. 개인이 이러한 기관에 예탁한 금원(金員)을 보호할 목적에서 일반적으로 높은 신용력을 가지는 채권 및 주식만이 포함되고 있다. 적법한 투자리스트 대신에, 일부의 주는 신중한 관리자의 원칙(prudent man rule)을 적용하고 있다. ~ ***monopoly*** 법적 독점 ¶ The *legal monopoly* is an exclusive right to offer a particular service within a particular territory. In exchange, the company agrees to have its policies and rates regulated. Some electric and water utilities are *legal monopolies*. 법적 독점이란 어느 특정한 지역 내에서 어떤 특정한 서비스를 독점적으로 제공하는 권리를 말한다. 그 반대급부로서, 회사는 그 시책과 요금이 규제를 받는 것에 동의한다. 전기, 수도사업은 법적 독점이다. ~ ***opinion*** 법률의견서 ¶ The *legal opinion* is: (1) a statement as to legality, written by an authorized official such as a city attorney or an attorney general, (2) a statement as to the legality of a municipal bond issue, usually written by a law firm specializing in public borrowings. It is part of the official statement, the municipal equivalent of a prospectus. Unless the legality of an issue is established, an investor's contract is invalid at the time of issue and he cannot sue under it. The *legal opinion* is therefore required by a syndicate manager and customarily accompanies the transfer of municipal securities as long as they are outstanding. 법률의견서는 (1) 시의 고문변호사(city attorney)나 검찰총장(attorney general)과 같은 권한을 가지는 공무원에 의하여 기록된, 적법성에 관한 의견서이다. (2) 통상, 공적 차입을 전문으로 하는 법률사무소(law firm)에 의하여 준비된 지방채(municipal bond)발행의 적법성에 관한 의견서이다. 공무서(official statement)의 일부를 구성한다. 증권(security)의 적법성에 확립되고 있지 아니하면, 발행시의 투자자의 계약은 무효이고, 또 그것을 근거로 제소할 수 없다. 그 때문에, 법률의견서를 신디케이트단 간사(syndicate manager)는 요구하고, 지방채가 상환되기까지 법률의견서는 지방채의 양도에 관습상 붙여서 돌린다. ~ ***rate of interest*** 법정이율 ¶ The *legal rate of interest* is: (1) a maximum loan interest rate permitted by state law. An interest rate in excess of the legal rate is considered usury; the penalties for charging excessive interest may include stiff fines or forfeiture of interest and/or principal. (2) a rate of interest set by state law for legally enforceable claims, such as legal judgments and overdue taxes. This rate is rarely the highest rate allowed by law for nay debt. 법정이율은 (1) 주법이 허용하는 최대대출이율(maximum loan interest rate)이다. 법정이율

을 초과한 금리는 폭리(usury)라고 생각된다. 따라서 과도한 금리를 부과한 것에 대한 벌칙은 단호한 과료(fines)이거나 이자 및 원금의 몰수(沒收)일 수 있다. (2) 법적 판결과 만기가 경과된 세금과 같은 법적으로 강제 집행할 수 있는 청구권을 위하여 주법이 책정한 이율이다. ~ ***reserves*** (은행의) 법정준비금 ¶ *Legal reserves* are portion of demand deposit and time deposit account balances, plus cash in a bank's vault, that can be used to meet reserve requirements of the Federal Reserve System. *Legal reserves* must be kept in a prescribed form, either as vault cash or a deposit in a checking account at a district Federal Reserve Bank. *Legal reserves* are a source of bank liquidity because they can be converted to cash to pay depositors. The Federal Reserve Board regulates credit in the banking system by adjusting the reserve requirements that banks are required to keep. 법정준비금은 미연방준비제도의 준비금요건을 충족하는 데 사용되는 은행금고실내의 현금을 플러스한 요구출급예금과 정기예금계정잔액이다. 법정준비금은 미지방연방준비은행에서 금고실내 현금 또는 당좌계정내의 예금의 법정된 방식으로 보관되어야 한다. 법정준비금은 예금자에게 지급할 현금으로 전환할 수 있기 때문에 은행의 유동성의 재원(財源)이다. 미연방준비제도 이사회는 은행들이 보관하여야 할 준비금요건을 조정함으로써 은행제도상의 신용(credit)을 규정하고 있다. ~ ***tender* [*currency*]** 법정통화, 법화(法貨) ¶ *Legal tender* is money recognized by law as acceptable payment for debts owed to creditors. In the United States, *legal tender* (also called lawful money) is all forms of circulating paper money, mostly Federal Reserve Notes, and coins. The term means that money offered as payment has the backing of the government and must be accepted by a creditors, unless a contract calls for another method of payment. See also fiat money. 법정통화는 채권자에게 지급할 의무가 있는 부채에 대해 수용될 수 있는 지급으로서 인정되는 통화이다. 미국에서 법정통화(lawful money라고도 한다)는 지폐, 주로 미연방준비은행 어음 및 경화(硬貨)를 유통시키는 형식이면 모두가 법정통화이다. 그 용어의 의미는 지급으로 제공된 통화는 정부의 보증이 있고 계약에서 별개의 지급방법을 요구하지 않는 한, 채권자가 수용하여야 한다. fiat money(명목화폐)도 참조할 것. ~ ***transfer*** 법적 양도거래 ¶ The *legal transfer* is a transaction that requires documentation other than the standard stock or bond power to validate the transfer of a stock certificate from a seller to a buyer – for example, securities registered to a corporation or to deceased person. It is the selling broker's responsibility to supply proper documentation to the buying broker in a *legal transfer*. 법적 양도거래는 매도인이 매수인에의 양도를 법적으로 유효하게 하기 위하여, 주식이나 채권의 위임장(bond power) 외에 서류를 필요로 하는 거래이다. 일례가 회사나 사망자(deceased person)로 등록되고 있는 증권이다. 법적 양도에 있어서는 매수인 브로커(broker)에게 적절한 서류를 제공하는 것은 매도인 브로커의 책임이다.

LEGAL 뉴욕증권거래소회원이력 ¶ *LEGAL* is a computerized data base maintained by the New York Stock Exchange to track enforcement actions against member firms, audits of member firms, and customer complaints. *LEGAL* is not an acronym, but is written in all capitals. LEGAL(뉴욕증권거래소회원이력)은 회원회사(member firm)에 대한 강제집행, 감사, 기타 고객의 고충을 기록하기 위하여 뉴욕증권거래소(New York Stock Exchange)에 의하여 유지되고 있는 컴퓨터화된 데이터베이스를 말한다. LEGAL은 머리글자에서 따온 용어는 아니지만, 모두 대문자로 표현되고 있다.

legality 합법성 ¶ prove the *legality* of an action 어느 행동의 합법성을 증명하다

/The *legality* of his naturalization was being questioned. 그의 귀화의 합법성이 의심받고 있었다. /test the *legality* of a law (법정에서) 법률의 합법성을 음미하다 /a tax deduction of dubious *legality* 합법성이 의심되는 과세공제

legalize; legalise [영] 합법화하다, 공인(公認)하다, 적법화[합법화]하다

legally-binding 법률적으로 구속력이 있는 ¶ A letter of indent is not a contract, and it does not constitute a *legally-binding* agreement. Rather, it is "an expression of tentative intention of the parties." 레터오브인텐트는 계약이 아니며, 구속력 있는 합의를 구성하지 않는다. 오히려, 그것은 「당사자의 가(假)합의의 표현」이다.

legislative 입법(상)의, 입법권이 있는, 입법에 의한 ***legislative risk*** 입법적 리스크 ¶ The *legislative risk* is a risk that a change in legislation could have a major positive or negative effect on an investment. For instance, a company that is large exporter may be a beneficiary of a trade agreement that lowers tariff barriers, a company that is a major polluter may be harmed by laws that stiffen fines for polluting the air or water, thereby making its share price fall. 입법적 리스크는 입법의 변화에 의하여 일어날지도 모르는, 투자에 좋은 영향이나 나쁜 영향을 주는 리스크를 말한다. 예를 들면, 거대한 수출회사는 관세장벽(tariff barriers)을 낮게 하는 무역협정의 수혜자(beneficiaries)이고, 체결에 의하여 그 주가는 상승할 가능성이 있다. 한편, 주된 공해발생원(源)으로 되고 있는 회사는 대기나 물의 오염행위에의 벌금을 강화하는 법률에 의하여 타격을 받아 주가가 하락할 가능성이 있다.

lek 렉 ¶ The standard currency unit of Albania, divided into 100 qindars (or quintars). 알바니아 기준화폐단위, 1 렉(lek) = 100 퀸다르(또는 퀸타르).

lemon 레몬, 불량품 ¶ The *lemon* is a product or investment producing poor performance. A car that continually needs repairs is a *lemon*, and consumers are guaranteed a full refund in several states under so-called *lemon* laws. A promising stock that fails to live up to expectations is also called a *lemon*. 레몬이란 품질이 나쁜(poor performance) 상품 또는 운용성적이 오르지 않는 투자를 이른다. 언제나 수리가 필요한 자동차는 레몬이고, 소비자가 이른바 레몬법(lemon law)에 의하여 전액변상을 받을 수 있는 주도 몇 주 있다. 기대에 어긋난 유망주도 또한 레몬이라고 한다.

lender 대여자(貸與者) ¶ The *lender* is an individual or a firm that extends money to a borrower with the expectation of being repaid, usually with interest. *Lenders* create debt in the form of loans, and in the event of liquidation they are paid off before stockholders receive distributions. But the investor deals in both debt (bonds) and equity (stocks). It is useful to remember that investors in commercial paper, bonds, and other instruments are in fact *lenders* with the same rights and powers enjoyed by banks. 대여자(貸與者)는 통상은 이자(interest)를 붙여, 상환될 것을 전제로 차입자(借入者)에게 대금(貸金)하는 개인 또는 기업이다. 대여자는 대출금(loan)의 형식으로 채무(debt)를 만들고, 회사청산(liquidation)의 경우는 주주가 자금의 배분을 받기 전에 대여자는 변제를 받는다. 그러나 투자자는 채권(debt)[채권(債券): bond]과 주식(equity)의 양쪽에 투자한다. 커머셜페이퍼(commercial paper), 채권(bond) 등의 채무증서(debt instruments)의 투자자는 실제로 은행과 동일한 권리와 권한을 가지는 대여자라고 기억하는 것이 유용하다. /*lender* bank 대출은행 /a *lender's* preference 대여자의 선호(選好) /the *lender's* risk 대여자의 위험 ***lender of last resort*** 최후의 대여자 ¶ A central bank is *the lender of last resort* to commercial banks. 중앙은행은 상업은행에 대한 최후의 대여자이

다. ¶ The *lender of last resort* is: (1) characterization of a central bank's role in bolstering a bank that faces large withdrawals of funds. The U.S. *lender of last resort* is the Federal Reserve Bank. Member banks may borrow from the discount window to maintain reserve requirements or to meet large withdrawals. The Fed thereby maintains the stability of the banking system, which would be threatened if major banks were to fail. (2) a government small business financing programs and municipal economic development organizations whose precondition to making loans to private enterprises is an inability to obtain financing elsewhere. 최후의 대여자는 (1) 다액의 자금인출에 직면하는 은행을 지원하는 중앙은행(central bank)의 역할을 나타내는 용어이다. 미국의 최후의 대여자는 미연방준비은행(Federal Reserve Bank)이다. 회원은행(member bank)은 지급준비(reserve requirement)를 유지한다든지, 또는 다액의 인출에 대응하기 위하여 미연방준비은행의 할인창구(discount window)에서 차입할 수 있다. 이로써 미연방준비은행은 주요은행이 파탄하면 위협받는 은행제도의 안전성을 확보한다. (2) 정부의 중소기업금융제도나 자치단체의 경제개발기관에 의한 민간기업에의 융자이지만, 어느 기관에서도 융자를 받을 수 없는 경우에만 실행한다.

lending 대출, 대여물(貸與物) ¶ The *lending* is the act of granting a loan to a customer. Lending is typically undertaken by banks and nonbank financial institutions, and generates credit risk. 대출은 고객에게 대출(loan)을 해주는 행위를 말한다. 대출은 일반적으로 은행과 비은행인 금융기관이 떠맡으며, 크레디트리스크를 발생시킨다. /*lending* (of money) 융자 /*lending* attitudes; *lending* postures 융자태도 /*lending* in small lots 소액대출 /*lending* institution 대출기관 /the *lending* limit 대출한도, (거액)융자규제 /a *lending* loss 대손(貸損) /*lending* operation 융자활동 /*lending* policy 융자방침 /a *lending* posture; a *lending* stance 융자태도 /*lending* power 융자권한 /a *lending* race 대출경쟁 /*lending* rate 대출이율 /*lending* under a credit report approved by the head office 품의(稟議)대출 /the minimum *lending* rate 최저대출금리 /seasonal *lending* 계절적 대출 ***lending agreement*** 융자계약 ¶ The *lending agreement* is a contract between a lender and a borrower. See also indenture; revolving credit; term loan. 융자계약은 대여자(貸與者)와 차입자(借入者)와의 계약이다. indenture(신탁증서); revolving credit(회전[순환]신용장); term loan(중·장기대출)도 참조할 것. ~ ***at a premium*** 프리미엄부 대출 ¶ The *lending at a premium* is a term used when one broker lends securities to another broker to cover customer's short position and imposes a charge for the loan. Such charges, which are passed on the customer, are the exception rather than the rule, since securities are normally loaned flat between brokers, that is, without interest. *Lending at a premium* might occur when the securities needed are in very heavy demand and are therefore difficult to borrow. The premium is in addition to any payments the customer might have to make to the lending broker to mark to the market or to cover dividends or interest payable on the borrowed securities. 프리미엄부 대출은 일방의 브로커(broker)가 고객의 숏포지션(short position)에 대처할 필요가 있는 다른 브로커에게 유가증권을 대출하고, 그 대출에 대하여 비용을 청구할 때에 사용되는 용어이다. 이러한 비용은 그 고객에게 전가하지만, 일반적이지는 않고 예외적이다. 브로커간의 증권대출은 무이자(loaded flat)가 보통이기 때문이다. 프리미엄부 대출은 그 증권에 대한 수요가 대단히 많고, 차입이 곤란한 때에 발생한다. 이 프리미엄은 그 고객이 대출자 브로커(lending broker)에 대하여 지급하여야 하는 경우도 있는 시가평가(mark to the market)나 차입증권의 배당금(dividend)이나 이자지급보상을 위한 지급과는 다

른 추가적인 지급이다. ~ ***at a rate*** 금리부 대출 ¶*Lending at a rate* is a paying interest to a customer on the credit balance created from the proceeds of a short sale. Such proceeds are held in escrow to secure the loan of securities, usually made by another broker, to cover the customer's short position. *Lending at a rate* is the exception rather than the rule. 금리부 대출은 공매(short sale)의 수령금(proceeds)이 입금된 것이므로 대변잔액(credit balance)이 있는 고객에게 금리(interest)를 지급하는 경우이다. 그 고객의 숏포지션(short position)을 커버하기 위하여 다른 브로커(broker)로부터 차입해 온 증권대출의 담보로서 에스크로(escrow) 계좌에 보관되고 있다. 이 금리부 대출은 일반적이지는 않은 예외적인 경우이다. ~ ***securities*** 대출증권 ¶*Lending securities* are securities borrowed from a broker's inventory, other margin accounts, or from other brokers, when a customer makes a short sale and the securities must be delivered to the buying customer's broker. As collateral, the borrowing broker deposits with the lending broker an amount of money equal to the market value of the securities. No interest or premium is ordinarily involved in the transaction. The Securities and Exchange Commission requires that brokerage customers give permission to have their securities used in loan transactions, and the point is routinely covered in the standard agreement signed by customers when they open general accounts. 대출증권은 고객이 공매(short sale)를 행하여, 그 유가증권을 매수인 고객측의 브로커에게 인도해야 하는 경우, 브로커의 재고, 다른 신용거래계좌(margin account), 또 다른 브로커로부터 차입되는 증권을 가리킨다. 담보(collateral)로서, 차입자측 브로커는 그 증권의 시장가격(market value)과 같은 금액의 현금을 대출자의 브로커에 예탁한다. 이 거래에서는 통상 금리(interest)나 프리미엄(premium)은 발생하지 않는다. 미증권거래위원회(Securities and Exchange Commission: SEC)는, 브로커가 고객의 유가증권을 대출에 사용함에는 고객의 동의가 필요하다고 하고 있다. 이 점은 고객이 일반계좌를 개설할 때에 서명하는 표준계약서 중에서 통상 처리되고 있다.

lepta 레프타 ¶A subdivision (1/100) of the Greek drachma. 그리스의 드라크마의 하부단위, 단수는 lepton(레프톤)이다.

Lesotho currency 레소토 화폐 ¶loti (plural maluti) (LSL), divided into 100 lisente. 1 로티[복수는 maluti(말루티)] = 100 리센테(lisente).

less developed countries (LDC) 발전도상국 ¶The *less developed countries (LDC)* are countries that are not fully industrialized or do not have sophisticated financial or legal systems. These countries, also called members of the Third World, typically have low levels of per-capita income, high inflation and debt, and large trade deficits. The World Bank may be helping them by providing loan assistance. Loans to such countries are commonly called *LDC* debt. 발전도상국은 충분히 공업화가 진행하고 있지 아니하거나 또는 발달한 금융제도나 법제도를 가지지 않는 국가들을 가리킨다. 이러한 국가들은 제3세계(Third World) 여러 국가들을 말하며, 일반적으로 1인당(per-capita) 소득(income)은 낮고, 높은 물가상승률(inflation)과 채무(debt), 및 다액의 무역적자(trade deficit)를 안고 있다. 세계은행(World Bank)은 융자에 의한 지원을 제공함으로써 이러한 국가들을 도와주고 있다. 이러한 국가들에 대한 융자는 일반적으로 발전도상국채무(LDC debt)라고 부르고 있다.

lessee 레시, 임차인 ¶The *lessee* is the party to a lease contract who uses the asset and makes the lease payments. 레시는 자산을 이용하고 리스료를 지급하는

리스계약의 당사자이다. → lease(리스).

lessor 레서, 임대인 ¶ The *lessor* is the party to a lease contract who provides the asset and receives the lease payments. 레서는 자산을 제공하고 리스료를 받는 리스계약상의 당사자이다. → lease(리스).

letter 편지, 서신(書信), (*pl.*) 증서 ¶ allotment *letter* 주식배정통지서 /back-to-back *letter* of credit 백투백 신용장 /back *letter* of credit 은행신용장 /confirmed *letter* of credit 확인신용장 /covering *letter* 첨장(添狀), 송부장(送付狀) /domiciled *letter* of credit 타소(他所)지급신용장 /form *letters* 폼 레터, 정형화된 편지 /*letter* of administration 유산관리장 /*letter* of advice 적하통지서, 어음발행통지서 /*letter* of agreement 약정서 /*letter* of allotment 주식배정통지서 /*letter* of assignment 양도통지서 /a *letter* of instruction 어음매입지시서 /a *letter* of introduction 소개장 /*letter* of lien 유치권장(留置權狀) /*letter* of proxy 위임장 /*letter* of renunciation 주식배정기권통지서 /*letter* of transmittal 송부장(送付狀) /*Letter* of Undertaking 확약증 /negotiation *letter* of credit 매입[유통]신용장 /packing [red clause] *letter* of credit 선급신용장 /revolving *letter* of credit 순환신용장 /sight *letter* of credit 일람출급신용장 /transferable *letter* of credit 양도가능신용장 /traveler's *letter* of credit 여행신용장 /unconfirmed *letter* of credit 무확인신용장 ***documentary letter of credit*** 하환(荷換)신용장 ¶ The *documentary letter of credit* is a letter from one banker to another authorizing the payment of a specified sum to the person named in the letter on certain specified conditions. Commercial letters of credit ar widely used in the international import and export trade as a means of payment. In an export contract, the exporter may require the foreign importer to open a letter of credit at the importer's local bank (the issuing bank) for the amount of the goods. This will state that it is to be negotiable at a bank (the negotiating bank) in the exporter's country in favor of the exporter; often, the exporter (who is called the beneficiary of the credit) will give the name of the negotiating bank. On presentation of the shipping documents (which are listed in the letter of credit) the beneficiary will receive payment from the negotiating bank. Also called documentary credit. 하환신용장이란 은행이 다른 은행에게 신용장상의 지명인에게 일정한 특정조건으로 특정금액의 지급을 수권(授權)하는 증서이다. 상업신용장은 국제적 수출입거래에서 지급수단(means of payment)으로 널리 이용되고 있다. 수출계약에서, 수출업자는 외국수입업자가 수입업자의 지역은행(개설은행)에서 물품의 대금을 위해 신용자의 개설을 요구할 수 있다. 이 신용장에는 수출업자의 국가에 소재하는 은행(매입은행)에서 수출업자의 이익을 위해 매입할 수 있음을 기재한다. 간혹, (신용장의 수익자라고 하는) 수출업자는 매입은행의 이름을 나타낸다. (신용장에 기재된) 선적서류(shipping documents)의 제시가 있는 때에, 수익자는 매입은행으로부터 대금을 수취한다. 하환신용장을 영어로 documentary credit라고도 한다. ~ ***bond*** 사모채(私募債), 비등록채, 레터본드 → letter security (사모증권). ~ ***[power] of attorney*** 위임장 ¶ A *letter of attorney* is a written instrument by which one person constitutes another his true and lawful attorney, in order that the latter may do for the former, and in his place and stead, some lawful act. 위임장은 어느 사람이 타인을 자신의 진실하고 적법한 대리인으로 하여 타인이 본인을 위해 행위를 하고 본인을 대신해서 적법한 행위를 할 수 있도록 하는 성문의 증서이다. ~ ***of awareness*** (보증서를 갈음하는) 각서, 경영지도각서(자회사의 차입시에 모회사가 대출은행에 차입하는 각서) → letter of comport [(보증서를 갈음하는) 각서]. ~ ***of comfort*** (보증서를 갈음하는) 각서, 경영지도각서 ¶ The *letter of comfort* is: (1) a letter to bank from the parent company of a subsidiary that is trying to borrow money from the bank. The letter gives no guarantee for the repayment of the projected loan but offers the bank the comfort of knowing that the subsidiary has made the parent aware of its intention to borrow; the parent also usually supports the application, giving, at least, an assurance that it intends that the subsidiary should remain in business and that it will give notice of any relevant change of ownership. (2) a letter by one party to a bank indicating a relationship that will make a second party more likely to repay a bank loan. (보증서를 갈음하는) 각서란 은행으로부터 차입하려고 하는 자회사의 모회사가 은행에 제출하는 각서이다. 그 각서는 계획중의 대출의 상환에 대한 보증을 하는 것이 아니라, 자회사는 모회사가 자신의 차입의도를 알게 만들었다는 인식의 위로(comfort)를 은행에 대해 표현하는 각서이다. 모회사는 또 통상적으로 대출신청을 지원하여, 적어도 모회사는 자회사가 계속 영업을 할 것이며 회사소유의 관련된 변화를 통지할 의도가 있다는 확신을 주는 내용이다. (2) 일방의 당사자가 아마도 제2당사자로 하여금 은행대출을 상환하게 한다는 관계를 지시하는 은행 앞으로 보내는 각서를 이른다. ~ ***of credit (L/C)*** 신용장 ¶ A *letter of credit* (*L/C*) is a written instrument, usually issued by a bank on behalf of a customer or other person, in which the issuer promises to honor drafts or other demand for payment by third persons in accordance with the terms of the instrument. 신용장은 개설은행이 그 증서의 조건과 일치한 제3자에 의한 환어음 기타 지급청구를 인수, 지급할 것을 약속한다고 하는 고객 기타 다른 사람을 대신한 은행이 개설한 서면증서이다. ~ ***of guarantee*** 보증장, 하물인취보증서(荷物引取保證書) ¶ The *letter of guarantee* is a letter from a bank stating that a customer owns a particular security and that the bank will guarantee delivery of the security. A *letter of guarantee* is used by an investor who is writing call options when the underlying stock is not in his or her brokerage account. 보증장이란 고객이 특별한 증권을 소유하고 있고, 은행이 그 증권의 인도를 보증한다고 기재한 증서이다. 보증장은 기초주식이 그의 브로커의 계정에 있지 아니한 경우에 콜옵션을 쓰고 있는 투자자에 의해서 사용된다. ~***s of hypothecation*** 수출환어음약정서 ¶ A *letter of hypothecation* is a type of documentary draft which is offered to bank when exporter starts export documentary transaction with bank of exchange. 수출환어음약정서는 수출업자가 외환은행과 수출하환거래를 시작하는 경우, 은행에 제출되는 하환어음의 일종이다. → trust receipt (트러스트리시트). ~ ***of indemnity*** 보상장(補償狀) ¶ The *letter of indemnity* is a document that serves to protect the carrier/owner financially against possible repercussions in connection with the release of goods without presentation of an original bill of lading. 보상장은 선하증권원금의 제시 없는 물품의 양도와 연관하여 있을 수 있는 영향에 대해서 운송인/소유자를 재정적으로 보호하는 데 도움이 되는 증서이다. ¶ A *letter of indemnity* is a European bank facility similar to U.S. steamship guaranty, used to indemnify carrier against loss from delivery of goods without surrender of negotiable bill of lading. 보상장은 양도가능선하증권의 인도를 하지 않고 물품의 인도에서 운송인의 손실을 보상해 주기 위해서 사용되는 미국의 기선(汽船)개런티와 유사한 유럽은행의 퍼실리티이다. ~ ***of intent*** (정식계약전의) 의향서, 의사합의서 ¶ The *letter of intent* is: (1) any letter expressing an intention to take (or not take) an action, sometimes subject to other action being taken. For example, a bank might issue a letter of intent stating it will make a loan to a customer, subject to another lender's agreement to participate. The *letter of intent*, in this case, makes it possible for the customer to negotiate the participation loan. (2) a preliminary agreement between two companies that intend to merge. Such a letter is issued after negotiations have been satisfactorily completed. (3) a promise by a mutual fund shareholders to invest a specified sum of money monthly for about a year. In return, the shareholder is entitled to lower sales charge. (4) an investment letter for a letter security. 의향서는 (1) 어떤 조치를 강구하는 (또는 강구하지 않는) 의향을 표명한 증서이다. 때로는 다른 조치가 강구되어 있는 것을 조건으로 하는 경우도 있다. 예를 들면, 은행은 다른 대여자의 참가동의에 따라 고객에게 융자를 할 것을 기재한 레터오브인텐트를 발행한다. 이 경우, 고객은 협조융자(participation loan)의 교섭을 하는 것이 가능하게 된다. (2) 합병(merger)을 의도하는 2회사간의 예비적 합의서를 이른다. 이와 같은 문서는 교섭이 순조롭게 완료한 후에 발행된다. (3) 뮤추얼펀드(mutual fund)의 투자자에 의한 약속으로, 약 1년에 걸쳐서 매월, 일정한 금액을 투자한다. 그와 상환으로 그 투자자에게는 낮은 판매수수료(sales charge)가 적용된다. (4) 사모증권(letter security)의 투자확인서(investment letter)이다. ~ ***of last instruction*** 최종지시서 ¶ The *letter of last instruction* is a letter placed with a will containing instructions on carrying out the provisions of the will. These letters generally are not binding on the executors, but many executors feel morally bound to follow th whishes of the testators who appointed them. Florida in one of several states where the law allows these letters to be incorporated by reference if the language of the will shows this intent and identifies the letter's purpose clearly. 최종지시서란 유언서(will)의 조항을 실행하는 지시를 포함하는 유언서의 부수문서이다. 유언서에 첨부된 이러한 문서는 통상, 유언집행자(executor)를 구속하는 것은 아니지만, 많은 유언집행자는 그들을 지명한 유언자(testator)의 희망에 따를 도덕적 의무가 있다고 느끼고 있다. 플로리다주 등 몇 개의 주는 최종지시서가 유언서의 일부로서 취급되어야 한다고 하는 의도를 유언서가 나타내어, 그 목적을 명확히 하고 있는 경우, 주법에서 최종지시서는 관련문서로서 유언서의 일부라고 인정하고 있다. ~ ***security*** 사모증권, 비등록증권 ¶ The *letter security* is a stock or bond that is not registered with the Securities and Exchange Commission and therefore cannot be sold in the public market. When an issue is sold directly by the issuer to the investor, registration with the SEC can be avoided if a letter of intent, called an investment letter, is signed by the purchaser establishing that the securities are being bought for investment and not for resale. The letter's integral association with the security gives rise to the terms letter security, letter stock, and letter bond. Also called 144 stock and controlled and restricted stock. See also Securities and Exchange Commission Rules; restricted securities. 사모증권은 미증권거래위원회(Securities and Exchange Commission)에 등록되어 있지 않고, 따라서 공개시장에서의 매매가 허용되지 않는 주식(stock)과 채권(bond)을 말한다. 발행단체(issuer)에 의하여 증권이 투자자(investor)에게 직접 판매되는 경우, 그 증권은 투자를 위하여 구입되는 것이지 전매를 위한 것이 아님을 확인하는 투자확인서(investment letter)라고 하는 레터오브인텐트(letter of intent)가 투자자에 의하여 조인되고 있다면, 미증권거래위원회에의 등록은 하지 않아도 상관없다. 그 문서(letter)와 증권과의 일체적인 관계에 의하여, 사모증권(letter security), 사모주식(letter stock), 사모채(letter bond)라는 표현이 생겨났다. 이를 144 stock and controlled and restricted stock라고도 부른다. Securities and Exchange Commission Rules(증권거래위원회규칙)도 참조할 것. ~ ***stock*** 사모증권, 비등록주식 → letter security (사모증권). ~ ***testamentary*** 유언집행장 ¶ If the decedent left a will naming a particular executor or executrix, the corresponding term for the court document is *letter testamentary*. 사자(死者)가 특정한 유언집행자를 지명하는 유언장을 남긴 경우, 법원문서에 상당하는 용어가 유언집행장이다.

revocable ~ of credit 취소가능신용장 ¶ The *revocable letter of credit* is a letter of credit which can be cancelled or withdrawn at any time. 취소가능신용장이란 언제든지 취소되거나 철회할 수 있는 신용장이다. ***stand-by ~ of credit*** 스탠바이 신용장, 보증신용장 ¶ A *stand-by letter of credit* is a credit, not a commercial credit, that is designed to be payable in the event of default or other nonperformance by a party obligated to the beneficiary, said event to be satisfied by the presentation of documents. 스탠바이 신용장은 상업신용장이 아니면서, 수익자에게 의무가 있는 당사자의 이행지체 또는 불이행의 경우에 지급하게 되어 있는 신용장이다. 위의 경우에 서류의 제시에 의해 충족되어야 한다.

lettered 학식[교육]이 있는, 글자를 넣은, 글자를 새긴[찍은] ¶ *lettered* edge 화폐의 가장자리

level ⓐ 평평한, 동등한 ¶ *level*-line repayment 균등반환 /*level*-payment plan 원금·이자균등반환방식 /a *level* playing field 공평한 경쟁의 장(場), 공평한 장소 /won 1,050. 30-40 *level* 참고치로 1,050.30원에서 매입하고, 1,050.40원으로 매도하다 ***level debt service*** 균등채무반환 ¶ The *level debt service* is a provision in a municipal charter stipulating that payments on municipal debt be approximately equal every year. This makes it easier to project the amount of tax revenue needed to meet obligations. 균등채무상환이란 지방자치단체의 채무(debt)의 지급은 매년 거의 동액이라고 규정하고 있는 지방자치단체의 날인증서(municipal charter)의 조항이다. 이러한 규정 때문에 채무지급에 필요한 조세수입액의 산정이 용이하게 된다. ~ ***load*** 기간정률수수료(期間定率手數料) ¶ The *level load* is a sales charge that does not change over time. In mutual funds, *level load* shares are called C class shares, compared to A class for upfront loads and B class for back-end loads. A *level load* will typically be 1% to 2% of assets each hear, which is lower than an upfront load of 4% to 5% or the back-end load, which starts at 5% and declines each year until it disappears if the fund shares are held for five years. Though the *level load* may be lower than an upfront or back-end load, an investor ends up paying a higher commission if he holds the fund for many years. 기간정률수수료(期間定率手數料)는 시간이 경과하더라도 변화하지 않는 판매수수료(sales charge)를 말한다. 뮤추얼펀드(mutual fund)에서는, 선급수수료(upfront load)방식의 A클래스(A class share)나 해약수수료(back-end load)방식의 B클래스(B class share)에 대비하여, 정률수수료방식은 C클래스(C class share)라고 부른다. 일반적으로 이 정률수수료는 예탁자산의 1~2%이고, 4%에서 5%의 선급수수료나 혹은 5%에서 시작하여, 기간이 장기간이 되면서 해마다 내려가서, 5년간 계속 보유하면 수수료가 제로가 되는 후지급수수료보다 요율은 낮다. 정률수수료는 선급수수료나 해약수수료보다도 낮을 것이지만, 투자자가 그 펀드를 오랜 기간 보유한 경우, 결과적으로 높은 수수료(commission)를 지급하게 된다. ~ ***playing field*** 같은 경기장 ¶ The *level playing field* is a condition in which competitors operate under the same rules. For example, all banks must follow the same regulations set down by the Federal Reserve. In some situations, competitors complain to regulators or Congress that they are not playing on a *level playing field*. For example, banks contend that brokerage firms can offer certain banking services without the same rules imposed on banks. Companies wanting to export to a particular country may complain that domestic companies are protected by various trade barriers, creating an uneven playing field. Various sections of the tax code may favor some companies more than others, prompting cries from the disadvantaged firms to "level the playing field." 같은 경기장은 경쟁자가 동일한 규칙하에서 영업을 하는 조건을 이른다. 예를 들면, 모든 은행은 미연방준비은행(Federal Reserve Bank)이 정한 동일한 규칙을 준수하여야 한다. 어떤 상황 하에서는, 경쟁상대(competitor)가 규제당국 혹은 의회에 대하여 불평등한 조건으로 경쟁하고 있다고 호소하는 경우가 있다. 은행은 증권회사(brokerage firm)가 어떤 종류의 은행업무를 은행과는 다른 규제하에서 제공하고 있다고 호소한다. 어떤 특정한 국가에 수출을 목표로 하는 기업은 그 국가의 국내기업은 여러 가지 무역장벽(trade barriers)에 의하여 보호받고 있고, 경쟁조건이 불평등하다고 호소한다. 세제의 여러 가지 항목은 일부의 기업을 다른 기업보다도 우대하고, 결과로서 불리한 조건에 놓여진 기업에서 「경쟁조건을 평등하게 하는 것처럼」이라는 요구가 나오는 사태를 초래하는 경우가 있다. ~ ***term insurance*** 균일보상보험 ¶ The *level term insurance* is a life insurance policy with a fixed face value and rising insurance premiums. 균일보상보험이란 보상은 고정액면가격으로 일정하고, 보험료(insurance premium)는 올라가는 생명보험증권을 이른다.

Ⓝ 평면, 동일수준, 참고치(參考値)(indication) ¶ drop [fall] below the *level* [mark] 주가를 한자리수로 떨어뜨리다 /a *level* of income 소득수준 /a *level* of interest rate 금리수준 /on the same *level* with the previous month 전월과 같게 ***level I, II, III*** 레벨 I, II, III ¶ *Level I, II, III* is levels of service available to firms trading NASDAQ stocks. *Level I* provides a single median quote and is intended for firms not engaged in trading over-the-counter stocks, such as the OTC Bulletin Board service and other market news vendors. *Level II* is a component of NASDAQ Workstation II, a network of workstations providing quotations, execution, trade reporting, and trade negotiations and clearing. *Level II* provides current bid and offer quotes by all market makers for firms trading for themselves and for customers. *Level III,* designed for market makers, provides *Level II* services plus the ability to enter quotations, direct/execute orders, and send information. 레벨 I. II. III은 나스닥(NASDAQ)의 주식을 매매하는 회사에 대한 서비스의 레벨을 말한다. 레벨 I은 주가의 중간 값(median)을 나타내고, 장외거래게시판(OTC Bulletin Board)이나 마켓정보를 제공하는 회사와 같이, 장외거래(over the counter)를 하지 아니하는 회사를 대상으로 하고 있다. 레벨 II은 시세(quotation), 거래의 집행(execution), 거래보고(trade reporting), 거래의 교섭(trade negotiation), 결제(clearing) 등의 서비스를 제공하는, 나스닥 워크스테이션 II(NASDAQ Workstation II)을 이용하여, 모든 마켓메이커(market maker)의 매입시세(bid)와 매도시세(offer)를 제공한다. 레벨 II은 자사와 고객을 위하여 주식의 매매를 하는 회사를 대상으로 하고 있다. 레벨 III은 마켓메이커를 대상으로 한 서비스로, 레벨 II의 서비스에 부가하여 시세를 나타내고, 주문을 집행하며, 정보를 제공하는 서비스를 제공한다.

Ⓥ 평평하게 하다, 고르게 하다

lever 지레, 레버, (목적달성의) 수단, 방편 ¶ operate a *lever* 지레를 조작하다 /use something as a bargaining *lever* in trade negotiation 어떤 것을 거래교섭의 거래수단으로 사용하다

leverage Ⓝ 지렛대, 차입자본이용(의 효과), 재무(財務)레버리지, 차입여력(자기자본의 이익률을 높이기 위해서 타인자본(차입금) 등을 이용하여 지렛대의 효과를 가지게 하는 것. 이익률이 이자율보다 높을 때에는 차입이 많을 정도로 수익이 많게 된다.) [영] a gearing ratio 지렛대 비율 ¶ The *leverage* is the use of fixed costs in order to increase the rate of return from an investment. One example of *leverage* is a company using debt financing to pay for an expansion of its operation. Even greater *leverage* is created when a company issues debt in order to raise funds that are used to repurchase stock. While *leverage* can operate to increase rates of return, it also increases the amount of risk inherent in an investment, for both individuals and businesses. Compare deleverage. 레버리지는 투자에서 수익률을 늘리기 위하여 고정비용(fixed costs)을 사용하는 경우이다. 레버리지의 한 예로서 회사가 사업의 확장에 지급할 부채금융을 이용하는 것이다. 주식을 환매하는 데에 사용되는 자금을 조달하기 위하여 회사는 부채를 내는 경우에 더 큰 레버리지가 생긴다. 레버리지가 수익률을 늘리는 데에 작용할 수 있는 반면에, 그것은 또 개인과 기업을 위하여 투자 고유의 리스크의 양을 늘리기도 한다. deleverage(디레버리지)와 대조할 것. ¶In investments, *leverage* is means of enhancing return or value without increasing investment. Buying securities on margin is an example of *leverage* with borrowed money, and extra *leverage* may be possible if the leveraged security is convertible into common stock. Rights, warrants, and option contracts provide *leverage*, not involving borrowings but offering the prospected of high return for little or no investment. See also deleverage. 투자에 있어서, 레버리지는 투자액을 증가하지 않고, 투자수익 또는 가치를 높이는 방법이다. 증권을 신용거래(margin)를 사용하여 매입하는 것은 차입금에 의한 레버리지의 하나의 예이고, 만약 그 레버리지에 의하여 구입한 증권이 보통주(common stock)로 전환할 수 있는 것이면, 추가 레버리지도 가능하다. 신주인수권(rights), 워런트(warrants) 및 옵션(option)계약은 차입을 행하지 않고도 레버리지가 가능하고, 얼마 안 되는 투자자금, 또는 투자자금 없이도 높은 수익을 기대할 수 있다. deleverage(디레버리지)도 참조할 것. ***leverage arbitrage*** [영] 레버리지 차익거래 ¶The *leverage arbitrage* is an arbitrage scheme intended to take advantage of a misperception that creates a gap between a company's credit rating and its actual financial activities/condition. This generally occurs when a highly rated company uses its strong rating to borrow a significant amount of debt at favorable rates and then invest in a range of speculative asset. 레버리지 차익거래는 회사의 신용등급과 회사의 실제금융활동/상황간의 갭을 발생시키는 오인을 이용하려는 차익거래체계이다. 이것은 일반적으로 높게 등급을 받은 회사가 유리한 비율로 상당한 채무금액을 차입하여 투기자산의 종류에 투자하기 위하여 사용할 경우 생긴다. ~ ***effect*** [영] 지렛대 효과, 레버리지 효과 ¶The *leverage effect* is the degree to which the use of debt on a company's balance sheet impacts its earnings per share and its dividend payout. 레버리지 효과는 회사의 대차대조표상의 부채의 사용이 1주당 수익률과 회사의 배당금지급액에 영향을 미치는 정도를 말한다. ~ ***fund*** 레버리지 펀드 ¶The *leverage fund* is a fund designed to raise the 1.5 - 2 times return in the rising range of stock index by making use of the futures and options and so forth (at the basis of stock). On the contrary, it is called a high-risky and high profit investment commodity since it results from the loss at the same ratio as the stock index falls. 레버리지 펀드는 선물・옵션 등 파생상품을 활용하여 주가지수 상승폭의 1.5~2배 수익을 올리도록 설계된 펀드(주식형 기준)이다. 하락할 때에도 같은 비율만큼 손실이 나는 고위험과 고수익 투자상품이다.

[v.] (차입한 돈으로) (기업・자본을) 매입하다 ¶*leveraged* effectiveness 레버리지 효과 ***leveraged buyout*** **(*LBO*)** 차입에 의한 기업매수(매수기업의 자산을 담보로 융자에 의한 매수)(차입매수란 기업을 사고파는 인수・합병(M&A) 시장에서 사모펀드 등 기업을 매수하고자 하는 집단이 인수자금을 자체적으로 모두 조달하지 않고, 매각대상 기업의 자산이나 향후 현금흐름을 담보로 돈을 빌려 기업을 인수하는 방법을 말한다.) ¶*Leveraged buyout* (*LBO*) is takeover of a company, using borrowed funds. Most often, the target company's assets serve as security for the loans taken out by the acquiring firm, which repays the loan out of cash flow of the acquired company. Management may use this technique to retain control by converting a company from public to private. A group of investors may also borrow funds from banks, using their own assets as collateral, to take over another firm. In almost all *leveraged buyouts*, public shareholders receive a premium over the current market value for their shares. When a company that has gone private in a *leveraged buyouts* offers shares to the public again, it is called a reverse *leveraged buyout*. 차입에 의한 기업매수란 차입금(borrowed funds)을 사용한 기업의 매수(takeover)를 말한다. 대부분의 경우, 매수의 표적이 된 기업(target company)의 자산(asset)은 매수측 기업에 의하여 편성된 차입금의 담보(security)로 되고, 매수측 기업은 매수한 기업의 캐시플로(cash flow)에서 그 차입금을 상환한다. 경영진이 경영권을 유지하기 위하여 주식공개회사(publicly held)를 비공개회사(private company)로 전환할 때에, LBO의 수법을 사용하는 경우가 있다. 투자자의 그룹은 다른 기업을 매수하기 위하여, 자신의 자산을 담보(collateral)로 은행으로부터 자금을 차입하는 경우도 있다. 거의 모든 LBO에서는 일반주주는 그들의 주식에 대하여 그 시점에서의 시장가격(market value)을 상회하는 프리미엄(premium)을 수취한다. 레버리지드 바이아웃에서 비공개로 된 기업이 다시 주식을 공개할 때, 역(逆)레버리지드 바이아웃(reverse leveraged buyout)이라고 한다. ***~ed company*** 레버리지드 컴퍼니 ¶ The *leveraged company* is a company with debt in addition to equity in its capital structure. In its popular connotation, the term is applied to companies that are highly leveraged. Although the judgment is relative, industrial companies with more than one third of their capitalization in the form of debt are considered highly leveraged. See also leverage. 레버리지드 컴퍼니는 자본구성(capital structure)상, 자기자본(equity)에 더해서 부채(debt)가 있는 회사를 이른다. 일반적으로 레버리지(leverage)가 높은 회사에 적용된다. 그 판단은 상대적이지만, 그 자본총액(capitalization)의 3분의 1을 초과하는 금액이 부채의 형태인 메이커는 레버리지가 높다고 간주된다. leverage(레버리지)도 참조할 것. ***~ed employee stock ownership plan (LESOP)*** 레버리지드 종업원지주제도 ¶ The *leveraged employee stock ownership plan (LESOP)* is an employee stock ownership plan (ESOP) in which employee pension plans and profit-sharing plans borrow money to purchase stock in the company or issue convertibles exchangeable for common stock. In addition to the usual advantages of employee ownership, the *LESOP* is a way to ensure that majority ownership remains in friendly hands. 레버리지드 종업원지주제도는 종업원연금제도(employee pension plans)나 이익분배제도(profit-sharing plans)에서 회사의 주식을 구입하기 위하여 금원을 차용한다든지, 보통주식(common stock)으로 전환할 수 있는 전환채권(convertibles)을 발행하는 종업원지주제도(employee stock ownership plan: ESOP)를 말한다. 종업원지주제도의 통상의 편의에 더하여, 레버리지드 종업원지주제도는 그 회사의 주식소유권의 과반수를 우호적인 소유자의 주변에 머무르게 하는 확실한 방법이다. ***~ed exchange-traded fund*** [영] 레버리지드 상장지수펀드 ¶ The *leveraged exchange-traded fund* is any exchange-traded fund (ETF) that makes use of explicit or implicit leverage in order to increase the risk, and thus return, profile. *Leveraged ETFs* can be constructed by introducing an explicit leverage factor, or by using derivative contracts that provide implicit leverage to an asset or index. 레버리지드 상장지수펀드는 리스크프로파일을 늘리고 다음에 수익프로파일을 늘리기 위하여 명시적 · 묵시적인 레버리지를 사용하는 것이면 상장지수펀드(EFT)가 된다. 레버리지드 상장지수펀드는 명시적인 레버리지요인을 채용함으로써 또는 자산이나 인덱스에 묵시적인 레버리지를 제공하는 파

생상품계약을 이용함으로써 구성될 수 있다. ***~ed investment company*** 레버리지드 투자회사 ¶ The *leveraged investment company* is: (1) an open-end investment company, or mutual fund, that is permitted by its charter to borrow capital from a bank or other lender. (2) a dual-purpose investment company, which issues both income and capital shares. Holders of income shares receive dividends and interest on investments, whereas holders of capital shares receive all capital gains on investments. In effect each class of shareholder leverages the other. 레버리지드 투자회사는 (1) 은행 기타 대여자(貸與者)로부터 차입되는 것을 정관(charter)에 의하여 허용하고 있는 오픈엔드형(型) 투자회사(investment company) 또는 뮤추얼펀드(mutual fund)이다. (2) 인컴게인형(型) 주식(income shares)과 캐피탈게인형(型) 주식(capital shares)의 양쪽을 발행하는 이중목적의 투자회사이다. 인컴형(型)의 주주는 투자의 배당(dividend)과 이자(interest)를 수취하고, 캐피탈게인형(型)의 주주는 투자의 캐피탈게인(capital gain)을 전부 수취한다. 결과적으로 양쪽의 출자자 모두 서로 레버리지를 제공하는 셈이다. ***~d lease*** 레버리지드 리스[세무효과를 이용하여 행하는 차입금비율이 높은 리스. 차입자금에 의하여 대상물건을 대여자가 구입하여 임대하는 것에 의한 세법상의 은전을 이용하는 리스] ¶ *Leveraged lease* is lease that involves a lender in addition to the lessor and lessee. The lender, usually a bank or insurance company, put up a percentage of the cash required to purchase the asset, usually more than half. The balance is put up by the lessor, who is both the equity participant and the borrower. With the cash the lessor acquires the asset, giving the lender (1) a mortgage on the asset and (2) an assignment of the lease and lease payments. The lessee then makes periodic payments to the lessor, who in turn pays the lender. As owner of the asset, the lessor is entitled to tax deductions for depreciation on the asset and interest on the loan. 레버리지드 리스는 리스(lease)의 레서(lessor)(임대인), 레시(lessee)(임차인)에 더하여 자금의 대여자(lender)도 포함한 리스를 말한다. 자금의 대여자는 은행이나 보험회사가 되는 경우가 많으나, 자산을 구입하기 위하여 필요하게 되는 자금의 일부, 통상은 반분을 넘는 금액을 낸다. 그 잔액은 출자자이고, 또 차입자기도 한 레서(lessor)가 낸다. 리스의 레서는 조달자금으로 물건을 구입하고, 자금의 대여자에게 (1) 자산(asset)의 담보권(mortgage), (2) 리스계약 및 리스료 채권을 양도한다. 리스의 레시(lessee)는 레서에게 정기적으로 지급을 하고, 레서는 자금의 대여자에게 지급을 한다. 자산의 소유자로서 레서는 물건의 감가상각(depreciation)과 차입금금리(interest)를 소득공제(deduction)할 수 있다. ***~d note*** [영] 레버리지드 노트 ¶ The *leveraged note* is a structured note that provides an investor with the opportunity of earning an enhanced return through a coupon that is leveraged to a particular financial reference, such as equities, interest rates or foreign exchange rates. Since the leverage magnifies the movement of the underlying reference, the note can be very risky; in some instances, principal may be at risk. See also inverse floating rate note. 레버리지드 노트는 주식, 금리 또는 외국환율과 같은 특수한 금융대상에 투기를 하게 하는 쿠폰(coupon)을 통해서 투자자에게 높은 수익을 올릴 기회를 제공하는 구조채(債)이다. 레버리지가 기초자산의 동향을 과장하기 때문에, 그 노트는 대단히 위험스럽다. 어떤 경우에는, 원금이 위험한 상태다. inverse floating rate note (역(逆)변동금리부 채권)도 참조할 것. ***~d recapitalization*** 레버리지드 자본재구성 ¶ The *leveraged recapitalization* is a corporate strategy to fend off potential acquirers by taking on a large amount of debt and making a large cash distribution to shareholders. For example, XYZ Company, selling at $50 a share, may borrow $3 billion to make a one-time distribution of $20 a share to stockholders. After the distribution, the stock price will drop to $30. By replacing equity with $3 billion in debt XYZ is a far less attractive takeover target for a raider or other company than it was before Also called leveraged recap for short. 레버리지드 자본재구성은 다액의 차입을 행하여, 주주(shareholder)에게 다액의 현금배당(cash distribution)을 행함으로써, 잠재적인 매수자를 얼씬도 못하게 하는 경영전략을 말한다. 예컨대, 주가가 1주 50달러로 거래되고 있는 XYZ사는 주주에게 1회한의 1주 20달러 배당을 행하기 위하여 30억 달러를 차입한다. 배당 지급 후 주가는 30달러로 하락한다. 주주자본(equity)을 30억 달러의 부채(debt)로 차환함으로써 기업사냥꾼(raider)이나 다른 회사에게는, XYZ사는 그 이전에 비해서 매수대상으로서의 매력이 훨씬 감소한다. 줄여서 leveraged recap이라고도 한다. ***~d stock*** 레버리지드 주식 ¶ The *leveraged stock is* a stock financed with credit, as in a margin account. Although not, strictly speaking, leveraged stock, securities that are convertible into common stock provide an extra degree of leverage when bought on margin. Assuming the purchase price is reasonably close to the investment value and conversion value, the downside risk is no greater than it would be with the same company's common stock, whereas the appreciation value is much greater. 레버리지드 주식은 신용거래계정(margin account)와 같이 차입에 의하여 조달되는 주식을 이른다. 엄밀히 말하면, 레버리지드 주식은 아니지만, 보통주식(common stock)으로 전환할 수 있는 전환사채(convertibles)를 신용거래로 구입하는 경우, 가일층 추가의 레버리지(차입효과)가 생긴다. 그 구입가격이 투자가치(investment value)나 전환가격(conversion value)에 상당한 정도로 가까우면, 전환사채의 가격하락 리스크는 같은 회사의 보통주식보다 결코 크지는 않지만, 한편 가격상승시의 가치는 보통주식보다 훨씬 크다. ***~d unit trust*** [영] 레버리지드 유닛트러스트 ¶ The *leveraged unit trust* is a unit trust that is permitted to use leverage, either through the issuance of debt or the use of derivatives, in order to enhance investor returns. The risk profile of the leverage unit trust is greater than a standard unit trust, with the potential or producing greater returns and greater losses. See also leveraged exchange-traded fund. 레버리지드 유닛트러스트는 투자자의 수익을 높이기 위하여 채무증서(debt)의 발행이든 파생상품의 이용을 경유하여서든 레버리지를 이용할 수 있는 유닛트러스트이다. 레버리지드 유닛트러스트의 리스크프로파일은 잠재적이거나 더 많은 수익과 더 많은 손실을 산출하기는 하지만, 표준유닛트러스트보다 더 크다. leveraged exchange-traded fund(레버리지드 상장지수펀드)도 참조할 것.

levy ⓝ 과세, 징세 ¶ The *levy* is an assessment or charge. 과세는 사정(査定)이나 부담이다.
ⓥ 징수하다, (세금을) 부과하다 ¶ To *levy* is to assess. For example, the city commission voted to *levy* a tax on pets. (세금을) 부과하다는 것은 사정(査定)하는 것이다. 예를 들면 시위원회는 애완동물에 대해 과세하기로 의결하였다.

L/G → **l**etter of **g**uarantee [약] 보증장, 하물인취보증서(荷物引取保證書) ¶ The *letter of guarantee* is a letter from a bank stating that a customer owns a particular security and that the bank will guarantee delivery of the security. A *letter of guarantee* is used by an investor who is writing call options when the underlying stock is not in his or her brokerage account. 보증장이란 고객이 특별한 증권을 소유하고 있고, 은행이 그 증권의 인도를 보증한다고 기재한 증서이다. 보증장은 기초주식이 그의 브로커의 계좌에 있지 아니한 경우에 콜옵션을 쓰고 있는 투자자에 의해서 사용된다.

liability 책임, 의무, (*pl.*) 부채, 채무 ¶ *Liability* is claim on the assets of a company or individual – excluding ownership equity. Characteristics: (1) It represents a transfer of assets or services at a specified or determinable date. (2) The firm or individual has little or no discretion to avoid the transfer. (3) The event causing the obligation has already occurred. See also balance sheet. 부채는 회사나 개인의 자산(asset)에의 청구권으로 소유권을 나타내는 주주자본(equity)을 제외한다. 다음의 특질이 있다. (1) 자산이나 서비스의 소유권의 이전이 특정일, 혹은 특정할 수 있는 날에 일어날 것을 나타내고 있는 경우, (2) 그 기업이나 개인에게는 소유권의 이동을 거부할 재량의 여지가 거의 없거나 또는 전혀 없는 경우, (3) 채무의 원인은 이미 일어나고 있는 경우이다. balance sheet(대차대조표)도 참조할 것. /*liabilities* for guarantee 보증계약 /*liabilities* out of books 부외부채(簿外負債) /*liability* reserves 책임준비금 ***current liability*** 유동부채 ¶ *Current liability* is debt or other obligation coming due within a year. 유동부채는 1년 이내에 지급기한이 도래하는 부채 또는 기타 채무를 말한다. ***joint and several*** ~ 연대책임 ¶ *Joint and several liability* is liability in full for a debt or legal judgment by each responsible party. For example, if three parties are responsible and one cannot pay, the the remaining two must make up the difference. 연대책임은 각 책임 있는 당사자가 어떤 채무 또는 법적 판단에 전액 책임을 지는 경우이다. 예를 들면, 3당사자가 책임이 있는데, 1당사자가 지급할 수 없다고 하면, 나머지 2당사자가 그 (지급이 모자란)차액을 보충하여야 한다. ~ ***insurance*** 배상책임보험 ¶ The *liability insurance* is an insurance for money the policyholder is legally obligated to pay because of bodily injury or property damage caused to another person and covered in the policy. Liabilities may result from property damage, bodily injury, libel, or any other damages caused by the insured. The insurance company agrees to pay for such damages if they are awarded by a court, up to the limitations specified in the insurance contract. The insurer may also cover legal expenses incurred in the defending the suit. 배상책임보험은 보험가입자(policyholder)가 타인에 대한 신체상해(bodily injury)나 재물손해(property damage)로 인하여 금전의 법적 지급의무가 생긴 경우, 그 지급을 인수하는 보험이다. 배상책임은 보험계약자가 일으킨 재물손해, 신체상해, 명예훼손(libel), 기타 손해로 인하여 생길 수 있다. 보험회사는 이와 같은 손해배상이 법정에서 인정된 경우, 보험계약에서 한정된 범위 내에서 지급한다. 보험자는 재판에 있어서 변호비용도 보상대상으로 할 수 있다. ~ ***management*** [영] 책임관리 ¶ The *liability management* is the general practice of using a mix of funding instruments and markets, and interest rate and foreign exchange hedges, in order to manage the liquidity risk and market risk inherent in the corporate balance sheet. 부채관리는 회사의 대차대조표에 내재하는 유동성위험과 시장위험을 관리하기 위하여, 자금조달증권과 시장, 금리와 외국환헤지의 구성비율(mix)을 이용하는 일반적인 실무를 말한다. ~ ***swap*** [영] 채무스왑 ¶ The *liability swap* is an over-the-counter interest rate swap or currency swap that exchanges coupons or currencies from an underlying liability in order to create a synthetic liability that meets a company's preferred profile. See asset swap. 채무스왑은 회사의 우선적 프로파일에 충족하는 종합적인 채무를 만들기 위하여 대상채무로부터 쿠폰이나 통화를 교환하는 장외거래 금리스왑이나 통화스왑을 말한다. ***limited*** ~ 유한책임 ¶ The *limited liability* is the restriction of one's potential losses to the amount invested; absence of personal liability. *Limited liability* is provided to stockholders of a corporation and limited partners of a limited partnership. Those parties cannot lose more than they contribute to the corporation or partnership unless they agree to become personally liable. For example, if person buys $1,000 worth of stock in a corporation, he or she cannot lose more than that amount. However, many lenders require personal guarantees from major stockholders before lending to small or closely held corporation. 무한책임은 투자액에 대한 개인의 잠재적인 손실을 제한하는 것이다. 개인의 책임은 없는 것이다. 유한책임은 주식회사의 주주와 리미티드 파트너십의 리미티드파트너에 인정된다. 그들 당사자는 개인적으로 책임을 지게 되는 것을 동의하지 않는 한, 주식회사나 파트너십에 출연하는 것 이상으로 손해를 보는 일은 없다. 예를 들면, 개인이 1,000달러 몫의 주식회사의 주식을 사는 경우, 그는 그 금액 이상 손해볼 것은 없다. 그렇지만, 많은 대금업자(貸金業者)들은 소규모의 주식회사나 폐쇄적 주식회사에 대금(貸金)하기 전에 대주주로부터 개인적인 보증(personal guarantee)을 요구한다. ***limited ~ company (LLC)*** 유한책임회사 (*cf.*) unlimited liability ¶ The *limited liability company* (*LLC*) is an organization form in some states that may be treated as a partnership for federal tax purposes and has limited liability protection for the owners at the state level. The entity may be subject to the state franchise tax as a corporation. The two forms available in most states are Limited Liability Corporations (LLCs) and Limited Liability Partnerships (LLPs), in which the individual partners are protected from the liabilities of the other partners. These entities are considered partnerships for both federal and state tax purposes. 유한책임회사는 일부 주에서는 연방세법상 파트너십으로 취급될 수 있는 조직형태로서 주의 수준에서 소유자에 대한 책임보호를 받는다. 그 실체는 주식회사(corporation)로서 주의 프랜차이즈 법(state franchise tax)에 따라야 할 것이다. 대부분의 주에서 이용되는 2개의 형태는 유한책임코퍼레이션(Limited Liability Corporation)과 개개의 파트너가 다른 파트너의 책임으로부터 보호를 받는 유한책임파트너십(Limited Liability Partnership)이다. 이러한 실체들은 연방 및 주의 세법상 파트너십으로 인정된다.

liable 책임을 져야 할, 책임이 있는 ¶ The word *liable* means legally responsible or obligated. 책임이 있다는 말은 법적으로 책임을 진다든지 같아야 할 의무가 있다는 뜻이다. /You are *liable* for the damage. 손해배상의 책임은 당신에게 있소. /*liable* to income tax 소득세를 물어야 할, 소득세과세의

liar 거짓말쟁이 ***liar loan*** 거짓말쟁이 대출, 라이어론 ¶ The *liar loan* is a residential mortgage that is granted by a borrower to a lender on the basis of little or no documentation proving income and net worth, and which is therefore subject to falsification. Liar loans have historically been part of the subprime mortgage and Alt-A mortgage sector. See also ninja loan. 거짓말쟁이 대출은 소득과 순수자산(net worth)을 증명하는 빈약하기 짝이 없는 서류작성이므로 문서변조(falsification)가 되기 쉬운 것을 근거로 차입자가 대여자에게 주는 주택모기지이다. 거짓말쟁이 대출은 역사적으로 서브프라임 모기지와 알트-어(Alt-a) 모기지분야의 일부였다. → no documentation loan (서류작성불요의 대출).

libel (문서에 의한) 명예훼손(죄), 중상(中傷), 모욕 ¶ It is a shameful *libel* on our national character. 그것은 우리 국민성에 대한 당치 않은 모욕이다. /commit *libel* 문서명예훼손죄를 범하다

liberal 자유로운 ¶ In contract, the interpretation is to be *liberal*; in wills, more *liberal*; in restitutions, most *liberal*. 계약에 있어서 해석은 자유로워야 하고, 유언에 있어서는 더 자유로워야 하며, 원상회복에 있어서는 가장 자유로워야 한다. /*liberal* economic policy 자유주의적 경제정책

liberty 자유, 독립 ¶ *Liberty* is an inestimable goods. 자유는 계산할 수 없는 재화이다.

liberalization 자유화 ¶ foreign exchange and trade *liberalization* 외환 및 무역의 자유화 /*liberalization* of capital transaction 자본자유화 /*liberalization* of (foreign) exchange (외국)환의 자유화 /*liberalization* of interest rate 금리의 자유화 /*liberalization* of trade 무역자유화

Liberia currency 라이베리아 화폐 ¶ Liberian dollars (LRD), divided into 100 cents. 1 달러(Liberian dollars) = 100 센트(cents).

LIBID → the **L**ondon **I**nterbank **Bid** [약] 런던은행간 자금조달금리(런던의 유로시장에서의 은행간 예금대차거래에서 각 은행이 제시하는 금리) ¶ The *London Interbank Bid* (*LIBID*) is the BID side of the London Interbank Deposit market, or the interest rate that the prime bank must pay for Interbank funds. See also London Interbank Mean; London interbank Offered Rate. 런던은행간 자금조달금리는 런던뱅크간 예탁금시장의 자금조달금리 쪽이나 또는 일류은행이 은행간자금에 대해서 지급하여야 할 금리를 말한다. London Interbank Mean(런던은행간 평균율); London interbank Offered Rate(런던은행간 자금운용금리)도 참조할 것.

LIBOR; L.I.B.O.R. → the **L**ondon **I**nter**b**ank **O**ffer(ed) **R**ate [약] 런던은행간 자금운용금리(대출자금제공 측이 제공하는 금리) ¶ The *London Interbank Offered Rate* (*LIBOR*) is a rate that the most creditworthy international banks dealing in Eurodollars charge each other for large loans. The *LIBOR* rate is usually the base for other large Eurodollars loans to less creditworthy corporate and government borrowers. 런던은행간 자금운용금리(자금제공측이 제시하는 금리)는 유로달러를 취급하는 신용력이 높은 국제적인 은행간에서 서로 다액의 융자를 행할 때의 금리를 말한다. 이 금리는 신용력이 낮은 법인이나 정부가 차입자가 되는 경우 다액의 유로달러융자의 기준금리가 된다. /at *LIBOR* 리보 베이스로

Libya currency 리비아 화폐 ¶ Libyan dinar (LYD), divided into 1000 dirham. 1 디나르(Libyan dinar) = 1000 디르함(dirham).

license; licence [영] *n.* 승낙, 허가, 면허(증) ¶ The *license* is a legal document issued by a regulatory agency permitting an individual to conduct a certain activity, usually because the person has passed a training course qualifying him. For example, a securities *license* is required for a broker to sell stocks, bonds. and mutual funds. An insurance *license* is required before someone can sell insurance products. Before a driver's *license* is granted, a driver must pass an examination proving that he knows how to drive safety. If the licensed individual violates the regulations, the *license* can be revoked. 면허증은 개인에게 일정한 활동을 행하는 것을 허가하는 규제당국이 발행하는 법적 서류이다. 통상 자격을 주는 교육훈련에 합격하면 발행된다. 예를 들면, 증권면허는 브로커(broker)로서 주식(stock), 채권(bond), 뮤추얼펀드(mutual fund)를 판매하기 위하여 필요하게 된다. 보험상품을 판매하는 자는 사전에 보험면허를 취득할 필요가 있다. 자동차운전면허가 나기 전에 운전자는 안전하게 자동차를 운전할 수 있음을 증명하는 시험에 합격하여야 한다. 규정을 어기면 면허가 취소될 수 있다. /an export [import] *license* 수출[수입]면허 ***license bond*** 면허보증증서 ¶ The *license bond* is an instrument that guarantees compliance with various city, county, and state laws that govern the issuance of a particular license to conduct business. 면허보증증서는 사업을 경영하는 특별한 허가증의 발행을 규제하는 시(city), 카운티(county), 주(州)의 법의 준수를 보증하는 증서이다.

v. 면허하다, 허가하다 ¶ *licensed* warehouse 보세창고 /*licensing* of export [import] 수출[수입]의 허가 /a *licensing* system 면허제, 허가제

Liechtenstein currency 리히텐슈타인 화폐 ¶ Swiss franc (CHF), divided into 100 centimes. 1 스위스 프랑(Swiss franc) = 100 상팀(centimes).

lien 리엔(채무자의 재산에서 우선적으로 변제를 받는 권리), 선취특권, 우선권, 유치권 ¶ The *lien* is creditor's claim against property. For example, a mortgage is a *lien* against a house; if the mortgage is not paid on time, the house can be seized to satisfy the *lien*. Similarly, a bond is a *lien* against a company's assets; if interest and principal are not paid when due, the assets may be seized to pay the bondholders. As soon as a debt is paid, the *lien* is removed. *Liens* may be granted by courts to satisfy judgments. See also mechanic's lien. 리엔은 자산(property)에 대한 채권자(creditor)의 청구권을 이른다. 예컨대, 주택론(loan)(mortgage)의 대출인은 주택에 대한 리엔을 가진다. 만약 주택론의 상환이 예정대로 행하여지지 아니하면, 그 리엔이 행사되어 거주자는 압류 당할 수 있다. 마찬가지로, 채권(bond)에는 기업의 자산에 대한 리엔이 있다. 만약 금리(interest)와 원금(principal)이 기일에 예정대로 지급되지 않으면, 그 자산은 채권보유자(bondholder)에의 지급을 위하여 압류 당할 수 있다. 부채가 지급된다면, 즉시 리엔은 제거된다. 리엔은 법원에 의하여 판결을 실행하기 위하여 허여(許與)되는 경우도 있다. mechanic's lien[(자동차수리, 건물공사 등의) 선취특권]도 참조할 것. /a bank *lien* 은행의 리엔 /a *lien* holder 리엔특권자 /mortgage *lien* 모기지의 리엔 ***first lien*** 제1순위의 리엔 ¶ The *first lien* is a debt recorded first against a property. 제1순위의 리엔은 담보재산에 대해서 제1순위로 기록되는 부채이다. ***prior*** ~ 선순위의 리엔 ¶ The *prior lien* is a lien that has precedence over another lien of the same property, even though both classes of bonds are equally secured. 우선담보권부 리엔 같은 재산에 의한 담보가 같더라도, 다른 채권보다도 우선되는 리엔을 이른다. ~ ***status*** [영] 리엔의 지위 ¶ The *lien status* is the seniority of a loan backed by property (or other assets) in the event of borrower default and forced liquidation. The first lien holder has first claim on the residual value of that asset, and is followed by the second lien holder and other junior lien holders. 리엔의 지위는 차입자의 디폴트와 강제청산(forced liquidation)의 경우에 재산(또는 다른 자산)담보부 대출의 행사순위를 말한다. 제1리엔 보유자가 그 자산의 잔존가치에 제1순위의 청구권을 가지고, 제2리엔 보유자와 다른 하순위 리엔보유자가 뒤를 쫓는다.

life 생명, 생존, 생활, 기간 ¶ *life* insurance company 생명보험회사 /*life*-insured savings account 생명보험부 예금 /a *life*-long [lifetime] employment system 종신고용제도 /*life*time income 생애소득 ***life acquisition cost securitization*** [영] 생명보험취득비용의 증권화 ¶ The *life acquisition cost securitization* is an insurance-linked security that transfers the upfront cost associated with writing life insurance policies to capital markets investors. See catastrophe bond; mortgage default securitization; residual value securitization; weather bond. 생명보험취득비용의 증권화는 생명보험증권의 기입과 연관된 선급비용을 자본시장투자자에게 이체하는 보험연계증권을 말한다. catastrophe bond(대재해연계 채권); mortgage default securitization(모기지 디폴트의 증권화); residual value securitization(잔존가치의 증권화); weather bond(기상채권)도 참조할 것. ~ ***annuity*** 종신연금 ¶ The *life annuity* is an annuity that makes a guaranteed fixed payment for the rest of the life of an annuitant. After the annuitant dies, beneficiaries receive no further payments. 종신연금은 연금수급자(annuitant)에 대하여 종신동안 일정한 금액의 연금지급을 보증하는 연금을 이른다. 연금수급자의 사후, 그 지급은 정지된다. ~ ***assurance*** [영] 생명보험 ¶ In the United Kingdom, *life assurance* is life insurance. 영국에서는 life assurance가 생명보험(life insurance)이다. ~ ***cycle*** 라이프사이클 ¶ The *life cycle* is a most common usage which refers to an individual's progression from cradle to grave and the assumption that the choice of appropriate investment changes. Term also applies to the life of a product or of a business, consisting of inception, development, growth, expansion, maturity, and decline (or change). Recently, the term has entered into the vocabulary of the family-owned business, referring to generations of management. The post-World War II baby boom produced entrepreneurs who built businesses that now approach a juncture where a second generation either takes over management or sells out. 라이프사이클은 개인의 요람에서 무덤까지(from cradle to grave)의 일생을 표현하여, 적절한 투자대상의 선택은 연령과 함께 변화해 간다는 것을 의미하는 가장 일반적인 용어사용법이다. 이 말은 또 발안(發案), 개발, 성장, 확대, 성숙, 그리고 쇠퇴(혹은 변화)로 이루어진 제품이나 사업의 일련의 과정을 나타내는 데에도 사용된다. 최근에 이 말은 가족기업(family-owned business)에서 잘 사용되는 용어가 되어 경영자의 세대를 가리킨다. 제2차 세계대전 이후의 베이비붐(baby boom)은 기업가(entrepreneur)를 배출하였으나, 그러한 사업은 오늘이야말로 제2세대가 운영을 인계하거나 또는 매각하거나 하는 전기를 맞고 있다. ~***-cycle fund*** 라이프사이클펀드 ¶ The *life-cycle fund* is a special breed of balanced mutual fund structured as a fund of funds that automatically adjusts asset allocation between equity and fixed income to become more conservative as one's target retirement date approaches. Also called age-based fund and target-date fund. 라이프사이클펀드는 밸런스형 뮤추얼펀드(balanced mutual fund)의 특종인 펀드오브펀드(fund of funds)이다. 펀드의 상환(retirement)기일이 가까워오면, 펀드의 주식(equity)과 채권(fixed bond)의 투자의 구성비율이 보다 보수적으로 되도록 자동적으로 변해 가는 펀드이다. age-based fund(연령별 펀드)와 target-date fund(목표기일펀드)라고도 한다. ~***-cycle planning*** 라이프사이클계획 ¶ The *life-cycle planning* is a planing contemplated by the concept of life cycle. 라이프사이클계획은 라이프사이클(life cycle)의 사고에 기초해서 만들어진 계획을 말한다. ~ ***expectancy*** 평균여명 ¶ *Life expectancy* is age to which an average person can be expected to live, as calculated by an actuary. Insurance companies base their projections of benefit payouts on actuarial studies of such factors as sex, heredity, and health habits and base their rates on actuarial analysis. *Life expectancy* can be calculated at birth or at some other age and generally varies according to age. Thus, all persons at birth might have an average *life expectancy* of 80 years and all persons aged 40 years might have an average *life expectancy* of 85 years. 평균여명은 보험수리인(actuary)에 의하여 계산되는 바이지만, 평균적인 사람이 그의 나이까지 산다고 예상되는 연령(age)을 이른다. 보험회사는 성별, 유전, 생활습성 등의 요인에 관하여 보험수리상의 분석을 통하여 보험금의 지급을 추정, 그 보험요율을 결정한다. 평균여명은 태어난 때, 또는 기타 연령마다 계산되고, 일반적으로 연령에 따라 변화한다. 이 때문에, 태어난 때에는 모든 사람이 80세의 평균여명을 가지고 있어도, 40세인 사람의 평균여명은 85세가 될지도 모른다. ~ ***insurance***; ~ ***assurance*** [영] 생명보험 ¶ The *life insurance* is an insurance policy that pays a death benefit to beneficiaries if the insured dies. In return for this protection, the insured pays a premium, usually on an annual basis. Term insurance pays off upon the insured's death but provides no buildup of cash value in the policy. Term premiums are cheaper than premiums for cash value policies such as whole life, variable life, and universal life, which pay death benefits and also provide for the buildup of cash values in the policy. The cash builds up tax-deferred in the policy and is invested in stocks, bonds, real estate, and other investments. Policyholders can take out loans against their policies, which reduce the death benefit if they are not repaid. Some *life insurance* provides benefits to policyholders while they are still living, including income payments. See also single premium life insurance. 생명보험이란 피보험자(insured)가 사망한 경우, 보험금수취인(beneficiary)에게 사망급여금(death benefit)을 지급하는 보험계약(insurance policy)이다. 이 보장의 반대급부로서, 피보험자는 통상 매년 보험료(premium)를 지급한다. 정기보험(term insurance)은 피보험자의 사망시에 지급을 하지만, 이 보험에는 저축성(cash value)은 없다. 종신보험(whole life insurance), 변액생명보험(variable life insurance), 유니버설보험(universal insurance) 등의 사망보험금을 지급하고, 또 저축성도 갖추고 있는 저축형 생명보험(cash value policies)의 보험료에 비하여, 정기보험의 보험료는 싸게 되어 있다. 생명보험의 저축부분은 주식(stock), 채권(bond), 부동산(real estate) 등의 투자대상에 투자되고 투자수입에의 과세는 순연된다. 보험계약자(policyholder)는 그 보험을 담보로 융자를 받을 수 있으나. 만약 그것이 상환되지 않는 경우, 사망급여금이 감액된다. 일부의 생명보험은 보험계약자에 대하여 그들이 생존(生存) 중에 배당지급도 포함하여 급여금을 지급한다. single-premium life insurance(일시지급생명보험)도 참조할 것. ~ ***insurance in force*** 생명보험보유계약총액(契約總額) ¶ The *life insurance in force* is an amount of life insurance that a company has issued, including the face amount of all outstanding policies together with all dividends that have been paid to policyholders. Thus a life insurance policy for $500,000 on which dividends of $10,000 have been paid would count as *life insurance in force* of $510,000. 생명보험보유계약총액(契約總額)은 생명보험회사가 계약하고 있는 생명보험(life insurance)의 총액을 말하며, 계약된 전생명보험의 총액과, 계약자에게 이미 지급된 모든 배당금(dividend)을 포함한다. 따라서 이미 10,000달러의 배당금이 지급된 500,000달러의 생명보험은 510,000달러의 생명보험보유계약총액으로서 계산된다. ~ ***insurance policy*** 생명보험증권 ¶ The *life insurance policy* is a contract between an insurance company and the insured setting out the provisions of the life insurance coverage. These provisions include premiums, loan procedures, face amount, and the designation of beneficiaries, among many other clauses. Policies may be for term or permanent cash value types of coverage. 생명보험증권이란 보험회사(insurance company)와 피보험자(insured)간에 주고받은 생명보험의 보장범위를 규정하는 계약이다. 이러한 규정에는 보험료(premium), 융자규정, 액면, 수취인(beneficiary)의 지정 등 여러 가지의 조항이 포함되고 있다. 정기보험(term life insurance) 또는 종신저축형(permanent cash value) 생명보험 등의 보험증권이 있다. ~ ***reinsurance*** [영] 생명재보험 ¶ The *life reinsurance* is a reinsurance agreement where an insurer cedes life insurance policies to a reinsurer individually (through facultative reinsurance) or as a portfolio (treaty reinsurance). 생명재보험은 보험업자가 생명보험계약을 재보험업자에게 (임의재보험을 경유하여) 개별적으로 또는 포트폴리오(특약재보험계약)로서 양도하는 재보험계약을 말한다.

lifeboat 구명보트, 구조정(救助艇), 구제기금 ¶ The *lifeboat* is a rescue fund established by a central bank or monetary authority to ensure banks have access to sufficient capital in the event of a financial crisis. 구제기금이란 금융위기시에 충분한 자본에 접근방법을 가지는 은행을 보장하기 위하여 중앙은행이나 통화당국이 설치된 구제자금을 이른다. /a *lifeboat* operation [영] 중앙은행에 의한 은행

구제책(1973년의 중소은행(secondary banks)의 위기에 잉글랜드은행이 일부은행을 구제한 시책)

lifetime 종신의, 일생의 ***lifetime floor*** [영] 최고의 하한가격 ¶ The *lifetime floor* is an interest rate floor embedded in a long-term contract that limits the lowest rate a borrower may pay on an adjustable rate mortgage. The *lifetime floor* prevents the lender's mortgage rate from falling below some predefined level in a falling rate environment. 최고의 하한가격은 차입자가 변동금리부 모기지에 지급할 수 있는 최저금리를 제한하는 장기계약 속에 내재된 금리의 하한가격을 말한다. 최고의 하한가격은 대여자의 모기지 금리가 하락하는 금리환경에서 일부 사전에 정한 수준 밑으로 하락하는 것을 방지한다. ~ ***reverse mortgage*** 종신 리버스모기지 ¶ The *lifetime reverse mortgage* is a type of reverse mortgage agreement whereby a homeowner borrows against the value of the home, retains title, and makes no payments while living in the home. When the home ceases to be the primary residence of the borrower, as when the borrower dies, the lender sells the property, repays the loan, and remits any surplus to the borrower's estate. Such arrangements may be appropriate for older people who need cash and are house poor. See also reverse annuity mortgage (RAM). 종신 리버스모기지는 가주(家主)가 주택을 담보로 차입을 하지만, 주택의 소유권은 계속해서 보유하고, 그 주택에 살고 있는 동안 상환을 하지 아니하는 계약인 리버스모기지계약의 하나이다. 주택이 차입자의 주된 주거가 아니게 된 때, 예컨대 가주(家主)가 사망한 때, 대여자(貸與者)는 주책을 매각하여 대출금을 공제하고 잔여금을 차입자(借入者)의 유산계좌에 송금한다. 이와 같은 계약은 현금을 필요로 하고, 집을 가지고 있으나 빈곤한 고령자에게 적합하다. reverse annuity mortgage (RAM)[역(逆)연금모기지]도 참조할 것.

LIFFE → **L**ondon **I**nternational **F**inancial **F**utures and Options **E**xchange [약] 런던국제금융선물옵션거래소 ¶ The *London International Financial Futures and Options Exchange (LIFFE)* is financial futures market opened in 1982, in London's Royal Exchange, to provide facilities within the European time zone for dealing in options and futures contracts, including those in government bonds, stock-and-share indexes, foreign currencies, and interest rates. In 1999 *LIFFE* moved into its own premises in the City of London. Until quite recently, trading was carried out chiefly by open outcry among authorized floor traders. Electronic trading was introduced in 1989 but did not replace live pit trading until 1998. The London Traded Options Market merged with *LIFFE* in 1992, when the words 'and Options' was added to its name, although the acronym remains unchanged. In 1996 *LIFFE* merged with the Futures and Options Exchange, making it the first exchange to provide futures and options contracts on financial, equity, and commodity products and equity indices. Since 2001 it has been part of the pan-European exchange Euronext NV, with markets in Amsterdam, Brussels, Lisbon, and Paris. The London exchange is now known as Euronext LIFFE. 런던국제금융선물옵션거래소는 1982년에 런던황실거래소(London's Royal Exchange) 안에 개설된 금융선물시장으로, 정부채(債), 주식지수, 외국통화 및 금리상의 계약을 포함해서 옵션과 선물계약의 거래를 위해 유럽시간대(帶)에 금융시설(facilities)을 마련하였다. 1999년에 LIFFE는 근거지를 런던시내로 옮겼다. 아주 최근까지 거래는 수권받은 입회장 브로커들 간에서 주로 공개적으로 큰 소리로 진행되었다. 전자적 방법에 의한 거래는 1989년에 도입되었으나, 1998년까지 생생한 거래소내의 거래를 대체하지 못했다. 1992년에는 런던거래옵션시장(London

Traded Options Market)이 LIFFE를 합병하였는데, 그 때에 두문자 LIFFE는 변경되지 않은 채 'and Options'라는 말이 명칭에 부가되었다. 1996년에 LIFFE는 선물옵션거래소와 합병하여, 이로써 금융, 자기주식 및 상품제품과 주식지표에 관한 선물 및 옵션계약을 제공하는 첫 번째의 거래소로 출범하였다. 2001년이래, 그 거래소는 암스테르담, 브뤼셀, 리스본과 파리에 시장을 가지는 범유럽거래소 유러넥스트 NV의 일부가 되었다. 런던거래소는 현재 유로넥스트 리페(Euronext LIFFE)로도 알려져 있다.

LIFO; lifo → last in, first out [약] [회계] 후입선출법(lost in-first out라고도 쓴다.) ¶ The *last in, first out* (*LIFO*) is a method of accounting for inventory that ties the cost of goods sold to the cost of the most recent purchases. The formula for cost of goods sold as: beginning inventory + purchases − ending inventory = cost of goods sold. 후입선출법(LIFO)은 매상원가(cost of goods sold)를 가장 직근(直近)의 구입품원가(cost of more recent purchases)에 결부하는 재고(inventory)에 관한 회계방법을 말한다. 매상원가의 계산방식은 다음과 같다. 기수(期首)재고 + 구입 − 기말(期末) = 매상원가이다.

lift *n.* (가격의) 상승, (지위 · 신분의) 승진, 승급, 주가상승 ¶ *Lift* is rise in securities prices as measured by the Dow Jones Industrial Average or other market averages, usually caused by good business or economic news. 주가상승은 다우존스 공업주평균(Dow Jone Industrial Average) 등의 시장평균주가로 계산되는 주가의 상승이고, 통상 좋은 기업이나 경제뉴스에 의하여 일으켜 왔다. /*lift* check (급료수표 등의) 회사앞수표, 변제수표

v. 올리다(raise), 이동하다, (지위 · 품위를) 높이다, 인상하다, 늘리다(increase) ¶ *lifting* charge 리프팅차지, (원표시 환)취급수수료, 재할인수수료 ***lifting a leg*** 리프팅 어레그 ¶ *Lifting a leg* is closing one side of a hedge, leaving the other side as a long or short position. A leg, in Wall Street parlance, is one side of a hedged transaction. A trader might have a straddle – that is, a call and a put on the same stock, at the same price, with the same expiration date. Making a closing sale of the put, thereby *lifting a leg* – or taking off a leg, as it is sometimes called – would leave the trader with the call, or the long leg. 리프팅 어레그는 헤지(hedge)거래의 일방을 해소하고, 타방을 매입초과포지션(long position), 또는 매도초과포지션(short position)인 채로 남기는 것이다. 월가(街)(Wall Street)의 용어로는, 레그(leg)란 헤지거래의 한쪽을 가리킨다. 트레이더가 옵션의 스트래들거래(straddle), 즉 동일한 주식의 동일행사가격(exercise price), 동일만기일(expiration)의 풋옵션(put option)과 콜옵션(call option)을 가지고 있는 것으로 한다. 풋옵션을 모두 매도하고, 한쪽 다리를 올리는 것은 taking off a leg(한쪽 다리를 빼다)라고도 하며, 트레이더가 콜옵션, 즉 롱레그(long leg)를 남기는 것이 된다.

light 가벼운, 적은 ¶ *light* industry 경공업 /*light* trading 거래소에서의 소액의 매매

lighten (일 · 염려 · 고통 · 부채 등을) 경감하다, 완화하다, (물건 등을) 가볍게 하다, (적하를) 줄이다 ***lighten up*** 경감하다 ¶ To *lighten up* is to sell a portion of a stock or bond position in a portfolio. A money manager with a large profit in a stock may decide to realize some of the gains because he is unsure that the stock will continue to rise, or because he is concerned too much of the fund's assets are tied up in the stock. As a result, he will say that he is "*lightening up*" his position in the stock. However, some of the stock remains in the portfolio. 경감하다는 것은 포트폴리오(portfolio)의 주식이나 채권(bond)의 포지션(position)의 일부를 매각하는 것이다. 주식으로 다액의 이익을 올린 운용담당자

(money manager)는 그 주식이 금후에도 가격상승을 계속할지 확신이 없지만, 펀드 자산의 여분에도 대부분이 주식으로 고정되고 있는 것을 염려하고 있기 때문에, 이익의 일부를 실현하는 경우가 있다. 그 결과 그는 주식의 포지션을 「경감하고 있는 중이다」라고 말한다. 그러나 주식의 일부는 포트폴리오에 남아 있다.

lighter 거룻배

lighterage 거룻배하역, 거룻배 삯 ¶ The *lighterage* is a charge for unloading a ship, using barges to assist in the unloading process. 거룻배 삯이란 하역과정에 도움을 주는 바지선을 이용하여 선박에서 하역을 하는 데에 드는 비용이다.

LIMEAN → the **L**ondon **I**nterbank **Mean** Rate [약] 런던은행간 중간금리(LIBOR와 LIBID의 중간 금리를 말한다.) ¶ The *London Interbank Mean Rate* (*LIMEAN*) is the mean of the London Interbank Bid and London Interbank Offered Rates, or the average interest rate at which a bank will deposit or accept interbank funds. 런던은행간 중간금리는 런던은행간 자금조달금리와 런던은행간 자금운용금리의 평균금리, 또는 은행이 은행간 자금을 예탁하거나 수입하는 평균금리를 이른다.

limit 한계, 한도, (*pl.*) 범위, 구역 ¶ The *limit* is: (1) any market risk or credit risk *limit* established by a bank or other financial institution in order to control risk exposure to a particular market risk factor or counterparty. (2) a price threshold established by an exchange on a traded asset or index that dictates the maximum amount of upward and downward movement that can occur during a day or trading period. See also circuit breaker. 리미트는 (1) 은행이나 다른 금융기관이 특수한 시장리스크요인이나 거래상대방에게 리스크익스포저를 관리하기 위하여 설정한 시장위험이나 신용위험한도를 말한다. (2) 1일 거래 또는 거래기간중에 일어날 수 있는 상하변동의 최대금액을 지시하는 거래소가 거래된 자산이나 지수(index)에 대해서 설정한 가격한도(price threshold)를 말한다. circuit breaker(거래정지조치)도 참조할 것. /an age *limit* 연령제한, 정년(停年), 정년(定年) /a lending *limit* 대출한도 /a *limit* of authority 권한 /*limit* of credit 신용대출한도 /a *limit* of an overdrawn account 당좌대월한도액, 초과발행한도 /*limit* order 지정가(指定價)주문 /a maximum *limit* of lending 대출한도 /within the manager's discretionary *limit* 지점장의 전결한도(專決限度)내에서 ***country limit*** [컨트리리스크] 국별한도(國別限度) ¶ The *country limit* is a limit on the amount of money a bank is willing to lend to all borrowers, both public and private, in one country. 국별한도는 1국가내에서 은행이 공인과 사인이든 모든 차입자에게 대여하려고 하는 통화금액에 대한 한도를 이른다. ***credit*** ~ 신용공여한도액 ¶ The *credit limit* is a credit term, meaning the maximum balance allowed for a particular customer. 신용공여한도액은 크레디트카드의 용어로서, 특정한 고객에 대해서 허용할 수 있는 여신한도액을 의미한다. ~ ***buy order*** [영] 지정매수가주문 ¶ The *limit buy order* is an order to buy securities if target level is reached, with no assurance the order can be filled at the limit price. See also limit sell order. 지정매수가주문은 주문이 지정가로 응할 수 있다는 보장없이 유도목표(target level)가 도달될 때에 증권을 매수하는 주문을 말한다. limit sell order(지정매도가주문)도 참조할 것. ~ ***on close order*** 종가(終價)주문 ¶ The *limit on close order* is an order to buy or sell a stated amount of a stock at the closing price, to be executed only if the closing price is a specified price or better, e.g., an order to sell XYZ at the close, if the closing price is $30 or higher. 종가(終價)주문은 어떤 주식의 종가(closing price)가 일정한 가격 또는 그 보다도 유리한 가격이면, 종가로 일정한 수를 매매하도

록 명하는 주문을 이른다. 예를 들면, 만약 XYZ주(株)의 종가가 30달러 이상이었다면, 그 종가로 매도한다는 주문이다. ~ ***order*** 지정가주문 ¶ The *limit order* is an order to buy or sell a security or commodity at a specified price or better. The broker will execute the trade only within the price restriction. For example, a customer puts in a *limit order* to buy XYZ Corp. at 30 when the stock is selling at 32. Even if the stock reached 30.1 the broker will not execute the trade. Similarly, if the client put in a *limit order* to sell XYZ Corp. at 33 when the price is 31, the trade will not be executed until the stock price hits 33. 지정가주문은 증권(security)이나 상품(commodity)을 특정한 가격 또는 그 보다도 유리한 가격으로의 매매를 명하는 주문을 이른다. 중개업자(broker)는 그 제한가격 내에서만 거래를 집행한다. 예컨대, XYZ사주(社株)가 32달러로 매매되고 있는 때에, 고객이 30달러의 지정가로 매입주문을 하였다고 하자. 주식이 예컨대 30.01달러로 되어도 중개업자는 거래를 집행하지 아니한다. 마찬가지로, 만약 XYZ사주(社株)가 31달러로 매매되고 있는 때에 고객이 33달러의 지정가로 매도주문을 낸 경우, 주식가격이 33달러로 되기까지 거래는 집행되지 아니한다. ~ ***order information system*** 지정가주문 정보시스템 ¶ The *limit order information system* is an electronic system that informs subscribers about securities traded on participating exchanges, showing the specialist, the exchange, the order quantities, and the bid and offer prices. This allows subscribers to shop for the most favorable prices. 지정가주문 정보시스템은 시스템에 가입하고 있는 거래소(exchanges)에서 거래되고 있는 증권에 관하여, 스페셜리스트(specialist), 거래소(exchange), 주문량, 매입호가(bid), 매도호가(offer)의 정보를, 가입자에게 알려지는 전자시스템을 말한다. 이 시스템에 의하여 가입자는 가장 유리한 가격을 찾을 수 있다. ~ ***price*** 지정가 ¶ The *limit price* is a price set in a limit order. For example, a customer might put in a limit order to sell at 45 or to buy at 40. The broker executes the order at the *limit price* or better. 지정가란 지정가주문(limit order)에서 지정된 가격을 이른다. 예컨대, 고객이 주식을 45달러의 매도지정가, 또는 40달러의 매입지정가를 낸 경우, 중개업자(broker)는 그 주문을 그 지정가로 집행하든지, 그 보다도 유리한 가격으로 집행한다. ~ ***sell order*** [영] 지정매도가주문 ¶ The *limit sell order* is an order to sell securities if a target level is reached, with no assurance the order can be filled at the limit price. See also limit buy order. 지정매도가주문은 만약 주문이 지정가로 응할 수 있다는 보장없이 유도목표(targer level)가 도달될 때에 증권을 매도하는 주문을 말한다. limit buy order(지정매수가주문)도 참조할 것. ~ ***up***, ~ ***down*** 상한가, 하한가 ¶ *Limit up, limit down* is the maximum price movement allowed for a commodity futures contract during one trading day. In the face of a particularly dramatic development, a future's price may move limit up or *limit down* for several consecutive days. 상한가, 하한가는 상품선물거래(commodity futures contract)에서 1일의 거래에 있어서 인정되는 가격움직임의 상한치(上限値)와 하한치(下限値)를 이른다. 특히 극적인 사태가 발생하면, 선물의 가격은 수일간 연속해서 상한가 또는 하한가로 움직일 수 있다.

limitation 한정, 제한, 한계, [법] 출소(出訴)제한 ¶ *limitation* of action 출소기한

limited 한정된, 근소한 (*cf.*) unlimited 무한(無限)의 ¶ *limited* check 한도액부 수표 /*limited* convertibility 제한부 교환성 /a *limited* market 거래소에서의 소액의 매매 ***limited company*** [영] 유한책임회사(회사명 뒤에 Ltd.를 부기한다. 미국에서는 Inc., incorporated에 해당한다.) ¶ The *limited company* is a form of business most common in Britain, where registration under the Companies Act is comparable to incorporation under state law in the United States. It is abbreviated

Ltd. or PLC. 유한책임회사는 영국에서 가장 일반적인 회사형태이다. 영국의 회사법에 근거해서 등록하고, 미국의 주법에 기초하는 회사설립과 동일하다. 생략해서 Ltd. 또는 PLC.라고 표현된다. ~ ***discretion*** 한정적 재량권 ¶ The *limited discretion* is an agreement between broker and client allowing the broker to make certain trades without consulting the client – for instance, sell an option position that is near expiration or sell a stock on which there has just been adverse news. 한정적 재량권은 고객에게 상담하지 않고 브로커에게 어떤 일정한 거래를 허가하는 브로커(broker)와 고객(client)간에 주고받은 합의이다. 예컨대, 실효에 가까운 옵션 포지션(option position)의 매각이나 나쁜 뉴스가 나온 주식의 매각 등이다. ~ ***liability*** 유한책임 ¶ The *limited liability* is an underlying principle of the corporation and the limited partnership in the United States and the limited company in the United Kingdom that liability is limited to an investor's original investment. In contrast, a general partner or the owner of a proprietorship has unlimited liability. 유한책임은 미국에 있어서 회사(corporation)나 리미티드 파트너십(limited partnership), 또 영국에 있어서 유한책임회사(limited company)의 근저에 있는 원칙으로, 책임(liability)은 각 투자자의 당초의 투자액에 한정된다고 하는 것이다. 한편, 제너럴파트너(general partner)나 개인사업주(proprietorship)에게는 무한책임(unlimited liability)이 있다. ~ ***partnership*** (무한책임사원과 유한책임사원으로 구성되는) 리미티드 파트너십 ¶ The *limited partnership* is an organization made up of a general partner, who manages a project, and limited partners, who invest money but have limited liability, are not involved in day-to-day management, and usually cannot love more than their capital contribution. Usually limited partners receive income, capital gains, and tax benefits; the general partners collects fees and a percentage of capital gains and income. Typical *limited partnerships* are in real estate, oil and gas, and equipment leasing, but they also finance movies, research and development, and other projects. Typically, public *limited partnerships* are sold through brokerage firms, for minimum investments of $5,000, whereas private *limited partnerships* are put together with fewer than 35 limited partners who invest more than $20,000 each. See also income limited partnership; master limited partnership; oil and gas limited partnership; passive research and development limited partnership; unleveraged program. 리미티드 파트너십은 사업을 관리하는 제너럴파트너(general partner)와, 자금을 투자는 하지만, 유한책임밖에 부담하지 않고, 일상의 경영에는 참가하지 않으며, 통상 자신들이 투자한 자금의 범위의 손실밖에 입지 아니하는 리미티드파트너(limited partner)로 구성되는 조직을 말한다. 통상 리미티드파트너는 수익(income), 캐피탈게인(capital gain), 세무상의 편익을 수취한다. 제너널파트너는 보수, 캐피탈게인(capital gain) 및 수익의 일정률을 수취한다. 전형적인 리미티드 파트너십은 부동산(real estate), 원유와 가스(oil and gas), 및 설비리스(equipment lease)의 업계에서 볼 수 있으나, 영화제작, 연구개발(research and development) 등의 자금수집에도 사용된다. 일반적으로 퍼블릭리미티드 파트너십(public limited partnership)에 관하여는 증권회사(brokerage firm)를 통하여 최저투자액 5,000달러로 판매되지만, 프라이빗리미티드 파트너십(private limited partnership)은 각각 20,000달러를 넘는 투자를 행하는 35인 미만의 출자자로 구성된다. income limited partnership(수익배당형 리미티드 파트너십); master limited partnership(마스터리미티드 파트너십); oil and gas limited partnership(석유 · 천연가스 리미티드 파트너십); research and development limited partnership(연구개발석유 · 천연가스 리미티드 파트너십); unleveraged program(언레버리지드 프로그램)도 참조할 것. ~ ***payment policy*** 납입기간한정 종신보험 ¶ The *limited* *payment policy* is a life insurance contract that provides protection for one's whole life but requires premiums for a lesser number of years. 납입기간한정 종신보험은 일생의 보장을 제공하는 생명보험(life insurance)계약이지만, 보험료(premium)의 지급은 짧은 연한(연한)밖에 필요치 않다. ~ ***price index swap*** [영] 제한가격인덱스스왑 ¶ The *limited price index swap* is a form of inflation swap used in the United Kingdom that features a cap and/or a floor to limit the inflation-based payout to one or both parties. 제한가격인덱스스왑은 당사자 또는 양당사자에 대한 인플레이션을 기초로 하는 지급금(payout)을 제한하는 상한(cap) 및 상한가(floor)를 특징으로 하는 영국에서 이용되는 인플레이션스왑의 형태이다. ~ ***risk*** 한정적 리스크 ¶ *Limited risk* is risk in buying an options contract. For example, someone who pays a premium to buy a call option on a stock will lose nothing more than the premium if the underlying stock does not rise during the life of the option. In contrast, a futures contract entails unlimited risk, since the buyer may have to put up more money in the event of an adverse move. Thus options trading offers limited risk unavailable in futures trading. 한정적 리스크는 옵션계약(option contract)을 구입하는 경우의 리스크를 이른다. 예컨대, 주식의 콜옵션(call option)의 옵션료(premium)를 지급하는 사람은 옵션의 유효기간중에 기초주식(underlying stock)이 가격상승하지 않더라도 옵션료 이상으로 손실을 입는 일은 없다. 반대로, 선물계약(futures contract)에는 무한의 리스크(unlimited risk)를 동반한다. 구입자는 가격이 하락한 경우, 다시 많은 자금투입이 필요하게 될지도 모르기 때문이다. 이와 같이 옵션거래는 선물거래에서는 향유할 수 없는 한정적 리스크를 제공하고 있다. ~ ***tax bond*** 특정세원채권 ¶ The *limited tax bond* is a municipal bond backed by the full faith of the issuing government but not by its full taxing power; rather it is secured by the pledge of a special tax or group of taxes, or a limited portion of the real estate tax. 특정세원채권은 발행자치단체의 신용(full faith)에 근거로 하지만, 그 완전한 징세권(full taxing power)에 따라서는 보증되지 않는 지방채(municipal bond)를 이른다. 이러한 채권은 어떤 특정한 세수(稅收)나 어떤 일련의 세수, 또는 부동산세의 일부만이 담보(security)로 제공되고 있다. ~ ***trading authorization*** 한정적 거래위임 → limited discretion (한정적 재량권). ~ ***voting stock*** 의결권제한주식 ¶ The *limited voting stock* is a class of stock that cedes the right to elect directors to another class of stock. Contrast with control stock. 의결권제한주식은 이사(director)를 선임하는 권리가 다른 종류의 주식에 뒤지는 주식을 말한다. control stock(지배주식)과 대조할 것. ~ ***warranty*** 한정보증 ¶ The *limited warranty* is a warranty that imposes certain limitations, and is therefore not a full warranty. For example, an automaker may issue a warranty that cover parts, but not labor, for a particular period of time. 한정보증이란 전부를 보상하지 않는다고 하는 한정조건이 딸린 보증이다. 예컨대, 자동차메이커는 어떤 일정한 기간, 부품대는 보상하지만, 공임(工賃)을 보상하지 않는다고 하는 보증을 제공하고 있다.

line 단신(短信), 항로, 한도, (*pl.*) 방침, 전문(專門) ¶ The *line* is a category of insurance, such as the liability *line*, or the amount of insurance on a given property, such as $500,000 *line* on the buildups of the XYZ Company. Term is also used generally, to refer to a product line. See also bank line. 보험종목은 예를 들면, 책임한도보험(liability line)이라고 하는 보험의 종목을 의미한다든지, 또는 XYZ사(社)의 건물에 대한 500,000달러의 보험금액이라고 하는 것과 같이, 어떤 자산에 대한 보험금액을 의미한다. 또 이 용어는 제품라인(product line)이라고 하는 일반적인 사용방법도 설명한다. bank line(은행의 여신범위)도 참조할 것. /air *lines*;

air*lines* 항공회사 /*line* of business 영업종목 /draw two *lines* across (a check) 횡선을 긋다 /a product *line* 제품그룹, 제품군 /shipping *lines* 선박회사 ***above the line*** [회계] (통상의) 손익항목의, [국제수지] (금융계정을 제외하는) 종합수지의, 경상비 이상으로 ¶ In general, the word *above the line* means amounts on a tax return that are deductible from gross income before arriving at adjusted gross income (AGI), such as IRA contributions, half of the self-employment tax, self-employed health insurance deduction, Keogh retirement plan and self-employed SEP (simplified employee pension) deduction, penalty on early withdrawal of savings, and alimony paid. The term is derived from a solid bold line on Form 1040 and 1040A *above the line* for adjusted gross income. A taxpayer can take deductions *above the line* and still claim the standard deduction. 일반적으로, 손익항목의(above the line)라는 말은 개인퇴직계좌(IRA)의 출연금, 자영업자세(稅)의 반(半), 자영업자건강보험공제, 자영업자의 퇴직연금제도(Keogh retirement plan)와 자영업자의 간이종업원연금제도(SEP)의 공제, 저축금의 조기 인출에 대한 범칙금(penalty) 및 지급한 별거수당(alimony)과 같은 조정후 총소득(adjusted gross income)에 이르기 전에 총소득에서 공제하는 과세신고상의 총금액이다. 그 용어는 조종후 총소득의 손익항목의(above the line) 서식 1040호와 1040A호상의 굵은 실선(實線)에서 유래한다. 납세자는 손익항목의 공제항목을 취하면서도 표준공제를 청구할 수 있다. ***below the*** ~ [회계] 범위 외의 (비경상손익항목과 이익처분항목의), [국제수지] (금융계정 등의) 조정적 거래의 → itemized deduction (항목별 공제). ***bottom*** ~ 최종결과(손익계산서의 최하행[最下行]) ¶ *Bottom line* is net profit or loss. It is often used as an expression when seeking the result without asking for the reason, as in "What is the bottom line?" 최종결과(bottom line)는 순이익 또는 손실을 말한다. 그것은 「최종결과는 무엇입니까?」에서와 같이, 이유를 묻지 않고 결과를 얻으려고 하는 경우에 하나의 표현방법으로서 사용되는 때도 있다. ~ ***chart*** 라인차트 ¶ In technical analysis, a *line chart* is a chart showing a line connecting the closing prices of a stock or index. See also moving average. 라인차트는 주가나 지수(index)의 종가(終價)를 연결짓는 차트(꺾인 선그래프)를 의미하는 테크니컬 분석(technical analysis)이다. moving average[이동평균(치)]도 참조할 것. ~ ***of credit*** 신용공여한도 ¶ The *line of credit* is an agreement whereby a financial institution promises to lend up to a certain amount without the needs to file another applications. The borrower is expected to reduce the debt after having reached the full amount of credit. See also bank line. 신용공여한도는 금융기관이 또 다른 신청서를 제출할 필요없이 일정금액까지는 대출하기로 약속하는 약정이다. 차입자(borrower)는 신용한도금액에 이른 후에는 부채를 감소하게 되어 있다. bank line(은행의 여신범위)도 참조할 것.

linear 선형(線型)의 ¶ *linear* economics 선형(線型)경제학 ***linear instrument*** [영] 선형(線型)증권 ¶ The *linear instrument* is a financial asset or transaction, such as a common stock, forward, or future that provides a unit payoff for a unit move in the underlying asset. *Linear instruments* feature no convexity. See also nonlinear instrument. 선형증권은 기초자산에서 단위동작(unit move)에 대한 단위지급금(unit payoff)을 제공하는 보통주, 선도거래(forward) 또는 선물거래(future)와 같은 금융자산이나 거래를 말한다. 선형증권은 콘벡시티(convexity)가 없는 것을 특징으로 한다. nonlinear instrument(비선형증권)도 참조할 것. ~ ***payoff*** [영] 선형(線型) 수익 ¶ The *linear payoff* is a linear and constant economic gain or loss that may be expected under a conventional derivative (e.g., future or forward) for a given range of market prices. For every unit move up or down in the market price, the gain or loss is a linear function of that unit move. See also asymmetric payoff; nonlinear payoff; symmetric payoff. 선형 수익은 일정한 범위의 시장가를 위해서 전통적인 파생상품 밑에서 기대할 수 있는 선형적이고 안정적인 경제적 손익을 말한다. 시장가에서 상하로 동작하는 모든 단위(unit)를 위해서, 손익은 그 단위동작의 선형기능이다. asymmetric payoff(비대칭적 수익); nonlinear payoff(비선형수익)도 참조할 것. ~ ***programming*** 선형(線型)계획 ¶ The *linear programming* is a mathematical technique to determine an optimum solution to a problem with many variables that are subject to constraints. Linear programming is utilized in manufacturing decisions to minimize costs and on Wall Street to maximize portfolio returns. 선형(線型)계획이란 여러 구속에 따라야 하는 많은 변수(變數)가 있는 문제에 대해서 최적의 해결책을 결정하는 수학적 기술이다. 선형계획은 경비를 최소화하는 제조결정과 포트폴리오의 수익률을 극대화하는 월가(街)서 활용되고 있다.

liner 정기선(定期船) ¶ The *liner* is a vessel carrying passengers and cargo that operates on a route with a fixed schedule. 정기선은 승객과 화물을 운반하는 선박으로 고정된 스케줄이 있는 항로를 운행한다.

linkage (linking) 연결, 연관, 연계, 링키지 ¶ The *linkage* is the generation of demand in a second or third international market based upon the entrance into that market of the product from the initial market. Example: the Japanese initially exported their cars to Canada, and as demand increased they were persuaded to manufacture cars in Canada. Once the manufacturing operations were established in Canada, the Japanese car manufacturers used them as a spring board to reexport vehicles to the United States. Now that they have established operations in the United States, the network is complete. The initial *linkage* between the Japanese car manufacturers in Canada and the United States was to take advantage of the Canada-U.S. Free Trade Agreement of 1989. 링키지는 최초의 시장에서 제품의 시장으로 들어가는 입구에 기초한 제2 또는 제3의 국제시장에서 일어나는 수요의 발생을 말한다. 예로서, 일본사람들은 애초에 그들의 자동차를 캐나다에 수출하였고, 수요가 늘어나자 그들은 캐나다에서 자동차를 제조를 하도록 권유를 받았다. 제조회사가 캐나다에 설립되자, 일본의 자동차제조업자들은 자동차를 미국에 재수출하는 데에 하나의 도약판(spring board)으로 이용하였다. 그들은 미국에 회사를 설립하였으므로, 네트워크는 완벽한 셈이다. 캐나다에 있는 일본자동차제조업자와 미국간의 최초의 링키지는 1989년의 캐나다와 미국간의 자유무역협정(Canada-U.S. Free Trade Agreement of 1989)의 덕을 보게 될 수 있는 것이었다.

linked 연결된, 제휴된, 접속된 ¶ *linked* industry 연계산업 ***linked bond*** 링크채(債) ¶ The *linked bond* is a bond in which the amount of redemption is increased and decreased, linked to the prices of target commodities. 링크채(債)는 링크대상 상품의 가격에 연동하여 채권의 상환액이 증감하는 채권이다.

lions 라이온스 ¶ *Lions* is variation of LYONS, or liquid yield option notes. See also zero-coupon convertible security. 라이온스는 LYONS, 또는 유동수익률옵션 증권의 변형이다. zero-coupon convertible security(제로쿠폰전환사채)도 참조할 것.

Lipper Mutual Fund Industry Average 리퍼뮤추얼펀드업계평균 ¶ The *Lipper Mutual Fund Industry Average* is an average performance level of all mutual funds, as reported by Lipper analytical Services of New York. The performance of all mutual funds is ranked quarterly and annually, by type of fund – such as aggressive growth fund or income fund. Mutual fund managers try to beat the industry average as well as funds in their category. See also mutual fund. 리퍼뮤추얼펀드업계평균은 리퍼애널리티컬 서비스오브뉴욕(Lipper Analytical Services of New York)에 의하여 보고되는 전(全)뮤추얼펀드(mutual fund)의 평균운용이율을 이른다. 전(全)뮤추얼펀드의 운용실적은 예를 들면 적극성장형 주식펀드(aggressive growth fund), 또는 수익배당형 펀드(income fund)라는 종류별로 4반기 및 1년마다 평가가 나오고 있다. 뮤추얼펀드의 운용담당자(fund manager)는 그들과 같은 분류의 다른 펀드나 업계평균을 상회할 것이라고 한다. mutual fund(뮤추얼펀드)도 참조할 것.

liquefy 액화하다, 액화시키다 ¶ *liquefied* petroleum gas (LPG) 액화석유가스

liquid 유동성의, 현금으로 교환하기 쉬운 ¶ *liquid* asset ratio 유동자산비율(총자산에 대한 당좌자산의 비율) /*liquid* capital 유동자본 /*liquid* [floating] deposit 유동성예금 /*liquid* [floating] fund 유동자금 /a *liquid* market 불안한 시장 /*liquid* saving 유동성저축 /*liquid* securities 유동성증권 ***liquid asset*** 유동자산 ¶ *Liquid asset* is cash or easily convertible into cash. Some example: money-market fund shares, U.S. Treasury bills, bank deposits. An investor in an illiquid investment such as a real estate or oil and gas limited partnership is required to have substantial *liquid assets*, which would serve as a cushion if the illiquid deal did not work out favorably. In a corporation's financial statements, *liquid assets* are cash, marketable securities, and accounts receivable. 유동자산은 현금(cash) 또는 간단히 환금할 수 있는 자산을 이른다. 예컨대, 머니마켓펀드(money market fund: MMF), 미국재무부 단기증권(Treasury bill), 은행예금(bank deposit)이 있다. 부동산(real estate)이나 원유·가스(oil and gas)의 리미티드 파트너십(limited partnership)이라는 유동성이 낮은(illiquid) 투자를 하고 있는 투자자는 그 거래가 잘 되지 않는 경우의 대비책으로서 상당한 유동자산을 가질 필요가 있다. 현금이나 시장성이 있는 유가증권(marketable securities), 외상매출금(account receivables)을 가리킨다. ~ ***position*** 현금이 높은 보유율 ¶ The *liquid position* is a situation in which an investor's holdings are in cash or near-money rather than in securities or assets vulnerable to downside risk. 현금이 높은 보유율이란 투자자(investor)의 보유자산이 가격이 아래로 흔들릴 리스크(downside risk)가 있는 유가증권(security)과 같은 자산이 아니라, 현금 또는 준현금(near-money)인 경우를 말한다.

liquidate 청산하다, 변제하다, 환금(換金)하다 ¶ To *liquidate* is to settle; to determine the amount due and extinguish the indebtedness. Although the term more properly signifies the adjustment or settlement of debts, to *liquidate* often means to pay. 변제하다는 것은 결제하는 것이다. 지급기일이 다가 온 금액을 확정하여 부채액을 소멸시키는 것이다. 그 말이 더 적절히 부채의 조정이나 결제를 의미하더라도, 변제한다는 것은 지급하는 것을 의미하기도 한다. /*liquidated* company 청산회사 ***liquidated damages*** 확정배상액 ¶ *Liquidated damages* are damages awarded to a plaintiff that can be quantified very precisely, e.g., through ex-ante definition in a contract. See also statutory damages; unliquidated damages. 확정배상액은 예컨대, 계약상의 사전정의(事前定義, ex-ante definition)를 통해서 대단히 정확히 금액을 산정할 수 있는 배상액으로 원고에게 판정되는 것을 말한다. statutory damages(법정배상액); unliquidated damages(불확정배상액)도 참조할 것. ~***ing dividend*** 청산배당금 ¶ *Liquidating dividend* is distribution of assets in the form of a dividend from a corporation that is going out of business.

Such a payment may come when a firm goes bankrupt or when management decides to sell off a company's assets and pass the proceeds on to shareholders. 청산배당금은 폐업하는 회사가 행하는 배당금의 형식을 취한 자산의 분배를 말한다. 기업이 도산한다든지, 경영진(management)이 회사의 자산의 매각을 하고 그 매각수령금(proceeds)을 주주(shareholder)에게 배분하는 결정을 할 때에 발생한다. ***~ing value*** 청산가치, 환급가치 ¶ *Liquidating value* is a projected price for an asset of a company that is going out of business – for instance, a real estate holding or office equipment. *Liquidating value*, also called auction value, assumes that assets are sold separately from the rest of the organization; it is distinguished from going concern value, which may be higher because of what accountants term organization value or goodwill. 청산가치는 폐업하는 회사의 자산 — 예를 들면 보유하는 부동산이나 사무소의 비품의 예상가액이다. 청산가치는 입찰가격(auction value)이라고도 하며, 자산은 회사의 다른 자산과는 별도로 매각하는 것을 상정하고 있다. 이것은 계속기업가치(going concern value)와는 다르다. 계속기업가치는 회계사가 조직가치(organization value), 또는 영업권(goodwill)이라고 하는 가치이고, 정산(精算)가치보다도 더 높다.

liquidation 변제, 청산, 정리(整理), 해산 ¶ *Liquidation* is: (1) dismantling of a business, paying off debts in order of priority, and distributing the remaining assets in cash to the owners. Involuntary *liquidation* is covered under Chapter 7 of the Federal Bankruptcy law. See also junior security; preferred stock. (2) a forced sale of a brokerage client's securities or commodities after failure to meet a margin call. See also sell out. 청산이란 (1) 사업을 청산하여 우선순위에 따라 채무를 상환하고, 잔여자산(remaining asset)을 금전(cash)으로 그 소유자(owner)에게 배분하는 것이다. 강제청산(involuntary liquidation)은 미연방파산법 제7장(Chapter 7 of Federal Bankruptcy law)에서 다루고 있다. junior security(열후증권); preferred stock(우선주)도 참조할 것. (2) 추가증거금(margin call)에 응하지 아니한 증권회사(brokerage firm)의 고객의 증권이나 상품이 강제적으로 매각되는 경우이다. sell out(청산)도 참조할 것. /a company in *liquidation* 정리회사 /forced [compulsory, involuntary] *liquidation* 강제정리 /*liquidation* of claim 채무변제 /*liquidation* risk 유동성리스크 /*liquidation* value 청산가치 /voluntary *liquidation* 임의청산

liquidator 청산인 ¶ The *liquidator* a person appointed to carry out the winding up of a company. 청산인은 회사의 청산업무를 수행하기 위해서 임명된 자이다.

liquidity 유동성 ¶ *Liquidity* is ability to buy or sell an asset quickly and in large volume without substantially affecting the asset's price. Shares in large blue-chip stocks like General Motors or General Electric are liquid, because they are actively traded and therefore the stock price will not be dramatically moved by a few buy or sell orders. However, shares in small companies with few shares outstanding, or commodity markets with limited activity, generally are not considered liquid, because one or two big orders can move the price up or down sharply. A high level of *liquidity* is a key characteristic of a good market for a security or a commodity. 유동성이란 자산을 신속하게 대량으로 그 자산가격에 그다지 영향을 주지 않고 매매할 수 있는 경우를 말한다. 제너럴모터스(General Motors)나 제너럴일렉트릭(General Electric)과 같은 대형우량주(large blue-chip stock)는 유동성이 있다. 이런 유(類)의 주식은 활발하게 거래되고 있으므로, 소액의 매도주문이나 매수주문에서는 주가가 그다지 움직이지 아니하기 때문이다. 한편, 금고주(金庫株)(treasury stock)를 제외한 발행주식(shares outstanding)수가 적은, 소

형기업의 주식이나, 혹은 한정된 거래밖에 없는 상품시장은 일반적으로 유동성이 없다고 생각되고 있다. 한번 또는 두 번의 대형주문에서 그 가격이 격렬하게 상하로 움직이는 까닭이다. 유동성이 높음은 증권(securities)이나 상품(commodities)의 시장에 대해서 그 좋고 나쁨을 결정하는 중요한 요인이다. /excess *liquidity* 과잉유동성 /insufficient *liquidity* 과소한 유동성 /*liquidity* of banks 은행유동성 /*liquidity* of the banking system 은행시스템의 유동성 /*liquidity* position 자금포지션 /*liquidity* preference 유동성선호(選好) /a *liquidity* premium 유동성 프리미엄 /*liquidity* scarcity 유동성의 부족 ***liquidity crisis*** 유동성위기 ¶ The *liquidity crisis* is a financial crisis that occurs because of lack of liquidity. Usually it means that a central bank runs short of the international reserves needed to peg its exchange rates and/or to service its foreign loans. 유동성위기는 유동성의 부족 때문에 일어나는 금융위기를 말한다. 보통 그것은 중앙은행이 환율을 안정시키고 외채(外債)의 이자를 치르는 데에 필요한 국제준비금이 바닥났다는 것을 의미한다. ~ ***diversification*** 유동성의 분산 ¶ *Liquidity diversification* is purchase of bonds whose maturities range from short to medium to long term, thus helping to protect against sharp fluctuations in interest rates. Also called laddering and staggering maturities. 유동성의 분산이란 단기, 중기, 장기의 채권(bond)에 분산투자하는 것이다. 이것에 의하여 금리(interest rate)의 격심한 변동에의 대비가 가능하다. laddering(사다리형 채권투자)과 staggering maturities(투자기간의 분산)도 참조할 것. ~ ***facility*** [영] 유동성범위 ¶ The *liquidity facility* is a credit line provided by a bank to a customer that is used to cover short-term funding requirements arising from cash flow gaps. Such facilities may be drawn on a revolving basis, and are generally repayable within 1 year. 유동성범위는 자금흐름의 갭에서 생기는 단기자금조달의 요건을 커버하는 데 사용되는 신용범위로, 은행이 고객에 게 제공하는 것을 말한다. 그러한 범위는 회전식으로(revolving basis) 이용될 수 있고, 일반적으로 1년 이내에 상환된다. ~ ***ratio*** 유동성비율 ¶ *Liquidity ratio* is measure of a firm's ability to meet maturing short-term obligations. See also cash asset ratio; current ratio; net quick assets; quick ratio. 유동성비율은 만기(maturity)를 맞는 단기채무의 상환능력을 나타내는 지표이다. cash asset ratio(현금자산비율); current ratio[유동(성)비율]; net quick assets(순수당좌자금); quick ratio(당좌비율)도 참조할 것. ~ ***risk*** 유동성 리스크 ¶ The *liquidity risk* is the risk of being unable to sell an asset quickly at its fair market value. Assets with active markets, such as listed stocks, have lower *liquidity risk* than assets with fewer potential buyers, such paintings. 유동성 리스크는 자산(asset)을 적정한 시장가격(fair market value)으로 신속하게 매각할 수 없다고 하는 리스크이다. 상장주식(listed stock)과 같이 활발하게 매매되고 있는 자산의 유동성 리스크는 회화(paintings)와 같이 잠재적인 매수인이 적은 자산에 비하여 낮다. ~ ***trap*** 유동성의 함정(이자율이 어느 낮은 수준까지 내려가면 자본손실이 생길 가능성이 크게 되고, 투기적 수요가 감소되므로 그 이상 이자가 내려가지 않게 된다. 이를 유동성의 함정이라 한다.) ¶ The *liquidity trap* is an economic situation where adding liquidity by increasing the money supply and lowering target interest rates fail to stimulate borrowing and lending, consumption, and fixed investment. *Liquidity traps* can sometimes be escaped by resorting to fiscal policy or by suing helicopter money, meaning distributing money directly to people as though dropping it from a helicopter and thus bypassing a banking system that tends under strained circumstances to hoard cash rather lend it. The Lost Decade in Japan, where recession lasted throughout the 1990s, is an example of how intractable such liquidity problems can be. See also paradox of savings (or thrift). 유동성의 함정이란 통화공급량을 늘리고 대상금리(target interest rates)를 낮춤으로써 유동성을 추가하여도 차입, 대출, 소비 및 고정적인 투자를 자극하지 못한 경제적인 상황을 가리킨다. 유동성의 함정은 재정정책에 의지하거나 또는 헬리콥터 · 머니를 청구함으로써 종종 이를 피할 수는 있지만, 이는 마치 헬리콥터에서 돈을 떨어뜨리고, 이로써 긴장된 분위기에서 돈을 대출하기보다 오히려 현금을 축적하는 경향이 있는 은행시스템을 회피하는 것과 같이, 돈을 직접 국민에게 배분하는 것을 의미한다. 불황(recession)이 1990년대를 통하여 계속된 일본의 잃어버린 10년(Lost Decade in Japan)은 그러한 유동성의 문제가 얼마나 다루기가 어려운가를 보여 주는 실례이다. paradox of savings (or thrift)[저축(또는 절약)의 역설]도 참조할 것.

liquor (일반적으로) 알코올음료, 술 ¶ *liquor* tax 주세(酒稅)

lira 리라, (*pl.*) lire ¶ The standard legacy currency unit of Italy, San Marino and the Vatican City, divided into 100 centesemi; the standard currency unit of Turkey and the Turkish Republic of North Cyprus, divided into 100 kurus; and Malta, divided into 100 cents. 이탈리아, 산마리노 및 바티칸 시티의 기준화폐단위, 1 리라(lira) = 100 센테세미(centesemi)[단수는 centesemo(센테세모)]; 터키와 북사이프러스 터키공화국의 기준화폐단위, 1 리라(lira) = 100 쿠루시(kurus); 말타(Malta)의 기준화폐단위, 1 리라(lira) = 100 센트(cents).

Lisbon Stock Exchange (LSE) 리스본증권거래소 ¶ The *Lisbon Stock Exchange* (*LSE*) is founded in January 1769, the exchange and the porto derivatives exchange were united in a restructuring to form Bolsa De Valores De Lisboa E Porto (BVLP) the Portuguese Exchange. In 2002, BVLP was acquired by Euronext NV, and renamed Euronext Lisbon. 리스본증권거래소는 1769년 1월에 설립되고, 포르투갈 파생상품거래소(porto derivative exchange)와 통합하여 포르투갈증권거래소(Bolsa De Valores De Lisboa E Port: BVLP)로 재편되었다. 2002년에 BVLP는 유로넥스트(Euronext NV)에 매수되어, 유로넥스트 리스본(Euronext Lisbon)으로 개칭되었다.

list [n.] 표, 일람표, 명부 ¶ a *list* of authorized signatures (코레스은행이 교환하는) 서명감(署名鑑) /a *list* of property 재산목록 /a *list* of quotation 시세표 /a *list* of regular clients 거래선명부 /a *list* of shareholders [영] 주주명부 /a *list* of stockholders 주주명부 /*list* of weight and measurement 중량 · 용적증명서 /price *list* 정가표, 가격표 /white *list* 화이트리스트(백표[白表], 우량인물표) ***black list***; ***blacklist*** 블랙리스트(요주의인물명부) ¶ The *blacklist* is a directory of individuals, businesses, or organizations to avoid. For example, companies that have been found to cheat on government contracts may be placed on a *backlist* to keep them from winning additional contracts. 블랙리스트(요주의인물명부)는 기피하여야 할 개인, 기업 또는 단체의 명부이다. 예를 들면, 정부를 상대로 부정을 저지른 것이 판명된 회사는 추가적인 계약을 따지 못하게 블랙리스에 올려놓을 수 있다. ~ ***price*** 정가(定價), 표시가격 ¶ The *list price* is a suggested retail price for a product according to the manufacturer. The *list price* is designed to guide retailers, though they remain free to sell products above or below list price. 표시가격은 제조업자에 의한 상품의 희망소매가격(suggested rental price)이다. 표시가격은 소매점에 지침을 주는 것을 의도하고 있는 것이지만, 소매점은 상품을 그 가격보다 높거나 낮게 자유로이 팔 수가 있다. ***packing*** ~ 하조(荷造)명세서 ¶ The *packing list* is a list showing the number and kinds of items being shipped, as well as other information needed for transportation purpose. 하조(荷造)명세서는 선적되고 있는 물품의 수량과 종류를 나타내고, 기타 운송목적을 위하여 필요한

정보를 표시하는 명세서이다.
Ⓥ 명부에 게재하다, 기록하다, 상장하다 ¶ *listed* and unlisted stock 상장주식과 비상장주식 /*listed* futures 상장선물 /*listed* security 상장증권(quoted security) /*listing* agent 상장대리인 /*listing* requirements [standards] 상장기준 /the stocks *listed* on the New York Exchange 뉴욕주식시장에 상장되어 있는 주식 ***listed company*** 상장회사 ¶ A *listed company* is a company that is listed and traded on a Stock Exchange. 상장회사는 주식거래소에 상장되어 거래하는 회사를 말한다. ***~ed firm*** 상장기업 ¶ The *listed firm* is a company whose stock trades on the New York Stock Exchange or American Stock Exchange. The company has to meet certain listing requirements or it will be delisted. *Listed firms* are distinguished from unlisted companies, whose stock trades over-the-counter on the NASDAQ market. 상장기업은 뉴욕증권거래소(New York Stock Exchange)나 아메리칸증권거래소(American Stock Exchange)에서 주식이 거래되고 있는 기업을 이른다. 이러한 기업은 어떤 상장기준(listing requirements)을 충족하여야 하고, 충족하지 못하면 상장폐지가 된다. 상장기업은 그 주식이 나스닥(NASDAQ)시장에서 장외거래(over the counter)되고 있는 비상장기업(unlisted company)과는 구별되고 있다. ***~ed index securities*** (지수연동형) 상장투자신탁 → exchange traded funds (ETFs) [(지수연동형) 상장지수펀드]. ***~ed option*** 상장옵션(거래소에 상장되어 거래되고 있는 옵션) ¶ The *listed option* is a put or a call option that an exchange has authorized for trading, properly called an exchange-traded option. 상장옵션이란 거래소(exchange)가 거래를 인가한 풋옵션(put option)이나 콜옵션(call option)을 이른다. 정식으로는 장내거래옵션(exchange-traded option)이라 한다. ***~ed security*** 상장증권, 상장유가증권 ¶ *Listed security* is stock or bond that has been accepted for trading by one of the organized and registered securities exchanges in the United States, which list more than 6,000 issues of securities of some 3,500 corporations. Generally, the advantages of being listed are that the exchange provide (1) an orderly marketplace; (2) liquidity; (3) fair price determination; (4) accurate and continuous reporting on sales and quotations; (5) information on listed companies; and (6) strict regulations for the protection of security holders. Each exchange has its own listing requirements, those of the New York Stock Exchange being most stringent. Listed securities include stocks, bonds. convertible bonds, preferred stocks, warrants, rights, and options, although not all form of securities are accepted on all exchanges. Unlisted securities are traded in the over-the-counter market. See also listing requirements; stock exchange. 상장증권은 미국에서 조직 · 등록된 증권거래소의 하나에서 거래가 인정되고 있는 주식(stock)이나 채권(bond)을 말한다. 미국의 거래소에서는 전부가 약 3,500사(社)의 6,000을 넘는 증권이 상장되어 있다. 일반적으로 상장의 이점은 거래소가 (1) 질서가 있는 시장, (2) 유동성(liquidity), (3) 공정한 가격의 결정, (4) 거래 및 시세의 정확과 계속적인 개시(disclosure), (5) 상장기업의 정보, (6) 증권투자자보호의 엄격한 규칙을 제공하고 있는 것이다. 이 중에서 뉴욕증권거래소(New York Stock Exchange)의 상장기준이 가장 엄격하다. 상장증권에는 주식, 채권, 전환사채(convertible bond), 우선주(preferred stock), 워런트(warrants), 신주인수권(right), 그리고 옵션(option)이 있으나, 모든 종류의 증권이 모든 증권거래소에서 인정되고 있는 것은 아니다. 비상장증권은 장외거래(over-the-counter)시장에서 거래된다. listing requirements(상장기준); stock exchange(증권거래소)도 참조할 것. ***~ed stock [share]*** 상장주 ¶ The *listed stock* is a stock listed and traded on the exchange. 상장주란 증권거래소에 상장되어 거래되는 주식을 이른다.

listing 리스트의 항목, 표 ¶The *listing* is a written employment agreement between a property owner and a real estate broker authorizing the broker to find a buyer or tenant for certain property. Oral *listings*, while not specifically illegal, are unenforceable under many state fraud statutes, and generally are not recommended. The most common form of *listing* is the exclusive-right-to-sell *listing*. Others include open listings, net *listings* and exclusive-agency *listings*. *Listings* are personal service contracts and cannot be assigned to another broker, but brokers can delegate the work to other members of the sales office. The *listing* usually states the amount of commission the seller will pay the broker and the time limit. In a buyer's *listing*, the buyer hires the broker to locate a property. 부동산위탁계약이란 자산소유자(property owner)와 부동산(real estate)중개업자(broker)간에 체결되는 서면의 위탁계약서이고, 중개업자에게 부동산물건의 매수인이나 임차인(tenant)을 찾는 것을 위임하는 것이다. 구두의 중개계약(oral listing)은 반드시 위법하지는 않지만, 많은 주의 사기방지법(Statutes of Frauds)에서는 강제력이 없기 때문에, 일반적으로는 권하지 아니한다. 가장 일반적인 계약형태는 비배타적 부동산위탁계약(exclusive-right-to-sell listing)이다. 기타 비배타적 부동산위탁계약(open listing), 순부동산위탁계약(net listing), 독점대리인부동산위탁계약(exclusive-agency listing) 등이 있다. 부동산위탁계약은 개인적 용역제공이고, 기타의 업자에게 양도할 수는 없다. 그러나 중개업자는 그 영업점의 다른 직원에게 업무를 행하게 할 수 있다. 이런 종류의 계약은 통상 매도인이 중개업자에게 지급하는 수수료의 금액, 및 유효기한이 기재되고 있다. 매수인의 부동산위탁계약에서는 매수인이 물건을 찾기 위하여 중개업자를 고용한다. ***listing broker*** 계약부동산중개업자 ¶The *listing broker* is a licensed real estate broker (agent) who secures a listing of a property for sale. A listing involves a contract authorizing the broker to perform services for the selling property owner. The *listing broker* may sell the property, but it may also be sold by the selling broker, a different agent, with the two sharing commissions, usually equally. 계약부동산중개업자는 매각물건의 부동산위탁계약(listing)을 획득하고 있는 공인부동산중개업자(대리인)이다. 부동산위탁계약은 판매할 물건의 소유권자를 위해서 그 중개업자에게 업무를 위탁하는 계약이다. 부동산중개업자는 그 물건을 직접 매도하기도 하지만, 다른 대리인인 판매중개업자(selling broker)에 의하여 판매되기도 한다. 이 경우에는 통상 두 중개업자가 판매수수료를 평균해서 나눈다. ~ ***requirements*** 상장기준 ¶*Listing requirements* are rules that must be met before a stock is listed for trading on an exchange. Among the requirements of the New York Stock Exchange: a corporation must have a minimum of one million publicly held shares with a minimum aggregate market value of $16 million as well as an annual net income topping $2.5 million before federal income tax. 상장기준은 주식(stock)이 거래소(exchange)에 상장되기 전에 충족하여야 하는 규칙을 이른다. 뉴욕증권거래소(New York Stock Exchange)의 상장기준에는, 회사는 최저 100만주의 공개주식(publicly held shares)이 있어야 하며, 또 최저시가총액(minimum aggregate market value)은 1,600만 달러, 더구나 미연방법인소득세(federal income tax)를 부과하기 전에 연간순이익(annual net income)이 250만 달러를 초과하여야 한다고 하는 규칙이 있다.

litas 리타스 ¶The standard currency unit of Lithuania, divided into 100 centai. 리투아니아 기준화폐단위, 1 리타스(litas) = 100 센타이(centai).

literature 문헌, 인쇄물 ¶promotional *literature* 선전 팸플릿

litigation 소송, 제소 ¶ The *litigation* is the process of pursuing a lawsuit. 제소는 소송을 수행하는 과정을 말한다.

Little Dragons 리틀드래곤 ¶ The *Little Dragons* is a nickname for developing Asian nations such as Singapore, Hong Kong, South Korea, and Taiwan that pose a threat to Japan (the Big Dragon) because of their lower labor costs, high productivity, and pro-business attitudes. Also known as the tigers. Called an "economic miracle" for most of the 1990s, the so-called Pacific Rim region lost its economic underpinnings in 1997, causing currencies and securities markets to plunge. 리틀드래곤은 싱가포르, 홍콩, 한국, 대만이라는 저임금, 높은 생산성, 경제중시자세로 일본(빅드래곤, Big Dragon)에 대해 위협을 주는 아시아의 발전도상국들(developing Asian nations)의 애칭이다. 이를 타이거(Tiger)라고도 한다. 1990년대를 통하여 「경제적 기적」(economic miracle)이라고 하였으나, 이 환태평양지역은 1997년에 경제기반을 상실하는 바람에 그 통화와 증권시장이 폭락하였다.

live 살아 있는, 활기 있는 ¶ *live* account (거래의) 활발한 계정

living 살아 있는, 현존하는, 생활에 적합한 ***living benefits*** 생전급여 ¶ *Living benefits* are life insurance benefits upon which the insured can draw cash while still alive. Some policies allow benefits to be paid to the insured in cases of terminal illness or illness involving certain long-term care costs. Beneficiaries receive any balance upon the insured's death. Also known as accelerated benefits. 생전급여는 피보험자(insured)가 생존 중에 현금을 인출할 수 있는 생명보험급여(life insurance benefits)이다. 일부의 생명보험은 불치의 병에 시달린다든지, 장기의 치료비를 필요로 하는 병마에 고생하는 보험계약자에 대하여 급여의 지급을 인정하고 있다. 보험금수취인(beneficiary)은 피보험자의 사후(死後), 차액을 수취한다. accelerated benefits(앞당긴 급여)라고도 한다. ~ ***dead*** 산송장 → zombies (좀비즈). ~ ***trust*** 생전신탁(生前信託) → inter vivos trust (생전신탁). ~ ***will*** 리빙윌, 생전의 의사(意思) ¶ The *living will* is a document instructing doctors and family members regarding the continuation of life by artificial means or heroic measures, if incapacitated. 생전의 의사는 능력을 상실한 때에 인공적인 수단 또는 대담한 조치(heroic measures)를 취하여 연명(延命)을 꾀할 것인지 여부에 관하여 의사나 가족에 대한 지시를 기재한 문서이다.

LKR (ISO) code Sri Lanka – currency Sri Lankan rupee. ¶ LKR (국제표준기구) 약호 스리랑카 — 화폐 스리랑카 루피(rupee).

LLDC → **l**east **l**ess **d**eveloped **c**ountries [약] 후발발전도상국(後發發展途上國) (*cf.*) LDDC 후발개발도상국

Lloyd's 로이드[로이즈]보험자협회, 로이드선급협회(船級協會), 로이드 ¶ *Lloyd's* bond 로이드채무승인증서 /*Lloyd's* form 로이드폼(로이드의 해상보험증권) /*Lloyd's* Underwriters' Association 로이드보험자협회 ***Lloyd's broker*** [영] 로이드브로커 ¶ The *Lloyd's broker* is a broker that specializes in placing insurance with Lloyd's syndicates operating in the Lloyd's of London marketplace. 로이드브로커는 런던시장의 로이드에서 영업하는

로이드는 보험왕국입니다.

로이드신디케이트에 보험을 주문하는 데에 전문인 브로커를 말한다. ***Lloyd's of London*** 로이드보험조합 ¶ The *Lloyd's of London* is a gathering place in London, England for insurance underwriters. Lloyd's is a marketplace made up of hundreds of underwriting syndicates, each of them in effect a mini-insurer. Lloyd's sets standards for its members, but does not issue policies itself. Each syndicate is managed by an underwriter who decides which risks to accept. Typically, a risk underwritten at Lloyd's will be shared by many syndicates. The number of individual investors, known as "names," in a particular syndicate may vary from a few to hundreds. The Lloyd's market is also a major international reinsurer, allowing other insurance companies to limit their risks. 로이드보험조합은 영국, 런던의 보험인수인(insurance underwriters)의 집회소이다. 로이드는 다수의 신디케이트단(團)(underwrting syndicate)으로 구성되는 시장이고, 이 신디케이트의 하나하나가 실질적으로 소규모의 보험회사이다. 로이드는 회원들에게 규정을 정하고 있으나, 스스로 보험을 인수하는 일은 없다. 각각의 신디케이트는 어느 리스크를 인수할지를 판단하는 인수인에 의하여 운영되고 있다. 일반적으로는, 로이드에서 인수된 리스크는 다수의 신디케이트가 분담한다. 개개의 신디케이트에 참가하는 네임(name, 명의인)으로서 알려지고 있는 투자자의 수는 여러 사람에서 수백 인까지 여러 가지이다. 로이드의 마켓은 거대한 국제적 재보험회사(reinsurer)이고, 다른 보험회사가 그 리스크를 한정하는 것을 가능하게 하고 있다. ***Lloyd's syndicate*** [영] 로이드신디케이트 ¶ The *Lloyd's syndicate* is a group of names within Lloyd's of London that specializes in underwriting specific types of risks. 로이드신디케이트는 위험의 특수한 유형을 인수하는 것이 전문인 런던의 로이드 안에 있는 네임(names)의 그룹을 말한다.

LNG ship → **l**iquefied **n**atural **g**as **ship** [약] 액화천연가스선(船) ¶ *LNG ship* is an acronym for *liquefied natural gas ship*, meaning that it is a ship which transports liquefied natural gas, a typically high value added ship. As *LNG ship* has such characteristics that liquefied natural gas of C. 0.193°be safely transported, it is key point to manufacture the special-structured tank for the endurable superhigh pressure and superlow temperature. The ship is equipped with the refrigerating installations for maintenance of low temperature and the thermostat. 액화천연가스선(船)은 액화천연가스를 운반하는 선박으로 대표적인 고부가가치 선박이다. LNG ship은 영하 193도로 액화된 천연가스를 안전하게 운송하여야 하는 특성 탓에 초고압·초저온을 견딜 수 있는 특수구조 탱크를 만드는 게 관건이다. 저온 유지를 위한 냉동장치와 보온설비가 장착되어 있다.

load 중하(重荷), 부하(負荷), 가산금, [매도가(賣渡價)에 가산되는] 여러 비용, 할증보험료, (오픈엔드형 투자신탁의) 판매수수료 ¶ a *load* of debt 차금의 중하(重荷) /*load* charge (오픈엔드형 투자신탁의) 판매수수료(미국에서는 통상 6~8%) ***back-end load*** (투자신탁, 연금보험 등의) 해약수수료 ¶ The *back-end load* is a redemption charge an investor pays when withdrawing money from an investment. Most common in mutual funds and annuities, the *back-end load* is designed to discourage withdrawals. *Back-end loads* typically decline for each year that a shareholder remains in a fund. 해약수수료는 투자(investment)에서 자금을 인출할 때에 투자자가 지급하는 해약수수료를 말한다. 해약수수료는 뮤추얼펀드(mutual fund)나 연금보험(annuity)에서는 일반적인 수수료이지만, 이것은 해약을 단념시키기 위해서 설정된다. 투자자가 펀드의 주식을 보유하고 있는 한, 해약수수료는 해마다 체감되어 간다. ***front-end load*** (투자신탁이나 연금보험 등의) 판매수수료 ¶ The *front-end load* is a sales charge applied to an investment at the time of initial purchase. There may be a *front-end load* on a mutual fund, for instance, which is sold by a broker. Annuities, life insurance policies, and limited partnerships can also have *front-end loads*. From the investor's point of view, the earnings from the investment should make up for this up-front fee within a relatively short period of time. See also investment company; mutual fund share classes. 판매수수료는 투자상품을 구입할 때에 발생하는 판매수수료를 말한다. 예컨대, 브로커가 판매하는 뮤추얼펀드(mutual fund)에는 판매수수료가 든다. 연금보험, 생명보험, 리미티드 파트너십(limited partnership)에도 판매수수료가 붙는다. 투자자의 입장에서는 펀드에 비교적 단기간에 이 선급수수료분의 수익을 올릴 것을 구한다. 또한 investment company(투자회사); mutual fund share classes(뮤추얼펀드수익증권클래스)를 참조할 것. ~ ***fund*** 판매수수료부 펀드 (*cf.*) no-load fund 무수수료의 투자신탁 ¶ The *load fund* is a mutual fund that is sold for a sales charge by a brokerage firm or other sales representative. Such funds may be stock, bond, or commodity funds, with conservative or aggressive objectives. The stated advantage of a *load fund* is that the salesperson will explain the fund to the customer, and advise him or her when it is appropriate to sell the fund, as well as when to buy more shares. A no-load fund, which is sold without a sales charge directly to investors by a fund company, does not give advice on when to buy or sell. Increasingly, traditional no-legal funds are becoming low-load funds, imposing upfront charges of 3% or less with no change in services. See also investment company; mutual fund share classes. 판매수수료부 펀드는 증권회사(brokerage firm)나 기타 판매대리인에 의하여 판매수수료를 받고 판매되는 뮤추얼펀드(mutual fund)를 이른다. 이러한 펀드는 투자대상이 주식, 채권, 상품이라든지, 또 투자방침이 보수적이라든지, 적극적이라든지 여러 가지이다. 로드펀드라고 하는 이점은 영업사원이 고객에게 그 펀드에 관하여 잘 설명하고 그것이 매도될 때, 또 매입이 증가하는 시기에 관하여 조언을 하는 것이다. 노로드펀드(no-load fund)는 투자신탁운용회사에 의하여, 직접 투자자에게 수수료 없이 판매되고, 매매시기에 관한 조언은 없다. 전통적인 노로드펀드가 줄어들고, 저가판매수수료 펀드(low-load fund)가 증가하고 있으나, 서비스의 정도는 그대로인 경우가 많다. 선급수수료(up-front charge)는 3% 이하로 되어 있다. investment company (투자회사); mutual fund share classes(뮤추얼펀드수익증권클래스)도 참조할 것. ~ ***spread option*** 스프레드 수수료배분옵션 ¶ The *load spread option* is a method of allocating the annual sales charge on some contractual mutual funds. In a contractual plan, the investor accumulates shares in the fund through periodic fixed payments. During the first four years of the contract, up to 20% of any single year's contributions to the fund may be credited against the sales charge, provided that the total charges for these four years do not exceed 64% of one year's contributions. The sales charge is limited to 9% of the entire contract. 스프레드 수수료배분옵션은 일부의 계약 뮤추얼펀드(mutual fund)에 대한 연간 판매수수료(sales charges)의 배분의 방법을 이른다. 계약형 정액적립투자신탁(contractual plan)에 있어서는, 투자자는 정기적(periodic)인 정액투자(fixed payment)를 하여 그 펀드의 매입을 늘려간다. 그 계약의 당초 4년간은 어느 연도이든 단순연도투자액의 상한 20%까지는 판매수수료를 부과할 수 있으나. 이 4년간의 합계수수료가 연간투자액의 64%를 초과해서 안 된다. 이 판매수수료는 계약총액의 9% 이하로 제한되고 있다.

loading 하역(荷役), 부가료(附加料) ¶ *Loading* is physical placing of cargo into a truck or a shipping container, or onto a vessel. 하역이란 화물을 물리적으로

트럭이나 컨테이너 또는 선박에 옮겨 싣는 것이다. /*loading* charge (오픈엔드형 투자신탁의) 판매수수료(a load charge)

loan ㉠ 론, 융자대출금, 융자대차물 ¶ The *loan* is a transaction wherein an owner of property, called the lender, allows another party, the borrower, to use the property. The borrower customarily promises to return the property after a specified period with payment for its use, called interest. The documentation of the promise is called a promissory note when the property is cash. 론(loan)은 대여자(lender)라고 하는 자산(property)의 소유자가 차입자(borrower)라고 하는 타방의 당사자에 대하여, 그 자산의 사용을 허가하는 거래이다. 차입자는 그 사용에 대하여 금리(interest)를 지급함과 동시에, 특정한 기간의 종료 후에 자산을 반환하는 것을 약속한다. 이 계약을 나타내는 문서는 차입하는 자산이 현금(cash)인 경우에는, 약속어음(promissory note)이라고 한다. /account receivable *loan* 외상대금융자 /appliance *loan* 전화(電化)제품론 /auto *loan*; automobile *loan* 자동차론 /a bad *loan* 불량융자 /bank *loan* 은행융자 /break a *loan* 기한 전에 반환하다 /building *loan* 건축융자 /business *loan* 사업융자 /collateralized *loan* 담보부 융자 /construction *loan* 건설융자 /consumer [consumption] *loan* 소비자금융 /distressed *loan* 회수 곤란한 융자 /free-limit *loan* 한도부정융자 /government *loan* 국채(國債), 공채(公債) /home improvement *loan* 주택개선융자 /illegal *loan* 부정융자, 부정대출 /an interim *loan* 일시적 융자 /a *loan* against a pension 은급[연금]담보대출 /*loan* agreement 융자계약(서) /*loan* and discount 대출(loan) /*loans* and overdrafts outside Korea; *loans* in foreign currency extended overseas by Korean banks 현지대출 /*loan* application 융자신청서 /*loan* authority 대출권한 /*loan* bank 융자은행 /*loan* bond 차용증서 /*loan* by agent 대리대출 /*loan* by bill 어음대출 /*loan* card 대출금카드 /*loan* cash book 대출금장부 /*loan* collateral 융자의 담보 /*loan* commitment(s) 융자약정, 대출의 약속, 대출약정액 /a *loan* committee 융자위원회 /*loan* competition 대출경쟁 /*loan* composition 대출구조 /*loan* corporation 공금고(公金庫) /*loan* decision; *loan* commitment 대출결정 /*loan* demand 차입수요 /a *loan* department 융자부(融資部) /*loan*-deposit ratio; *loan*-to-deposit ratio 예대율(預貸率) /a *loan* diary 대출금일기장 /*loan* documentation 융자서류작성 /*loan* envelope 융자절차봉투 /*loan* facilitation 융자알선 /*loan* fee 대출비용 /*loan* flotation 모집기채 /*loan* for consumption 소비대차 /*loan* for large businesses 대기업융자 /*loan* in interest 대출이자 /*loan* in trust 대출신탁 /*loan* ledger 대출원장 /*loan* limit 대출한도 /a *loan* loss 대손(貸損) /a *loan* loss reserve 대손(貸損)충당금 /*loan* [*loaning*] officer 대출담당자 /*loan* on bill 어음대출 /*loan* on deed 증서대출 /*loan* on note 어음대출 /*loan* on real estate [property] 부동산대출 /*loan* on security 담보대출 /*loan* [lending] outstanding 대출잔액 /*loan* position 대출포지션 /*loan* principal 차입원금 /*loan* proceeds 융자금 /*loan* processing 융자사무 /a *loan* race 대출경쟁 /*loan* (interest) rate 대출이율 /*loan* receivable in security 유가증권담보대출 /*loan* record 대출처카드 /*loan* restriction 대출규제 /*loan* secured by accounts receivable 채권담보대출 /*loan* secured by floating mortgage 변동모기지담보대출 /*loan* secured by pension 연금담보대출 /*loan* secured by real estate 부동산저당대출 /*loan* secured by stocks and bonds 유가증권담보부대출 /*loan* secured by time deposit 정기예금담보부대출 /*loan* servicing (이자지급 등의) 융자처리 /*loan* sharks [미] 고리대(高利貸) /*loan* sub-participation 대출채권매매 /*loan* teller 대출계(貸出係) /*loan* terms 융자조건 /*loan* to … …에의 대출 /*loan* to consumers 소비자금융 /*loan* trading 론의 매매거래 /*loan* transaction [주식] (신용거래의) 대차거래 /*loan* trust 대출신탁 /*loan* value 담보가격, 담보부 대출의 대출한도 /*loan* voucher

융자증표 /*loan* with interest added on 애드온방식의 대출 /*loan* without security 무담보융자 /*loan* with string 조건부 융자 /a *loan* with a third party's guarantee 제3자보증부 융자 /Lombard *loan* (서독의) 유가증권담보융자 /long-term *loan* 장기대출 /a one-time *loan* 1회한의 융자 /personal *loan* 개인적인 대출 /problem *loan* 문제대금(貸金) /real estate *loan* 부동산융자 /small *loan* 소액자금융자 ***bridge* [*bridging*] *loan*** 브릿지론, 연계융자 ¶ *Bridge loan* is short-term loan, also called a swing loan, made in anticipation of intermediate-term or long-term financing. 브릿지론은 중장기금융을 예상하여 조달되는 단기간의 대출을 말하며, 일시적 단기융자금이라고도 한다. ***home*** ~ 주택융자 → mortgage (모기지). ***housing*** ~ 주택융자 → mortgage (모기지). ~ ***amortization*** 분할변제 ¶ *Loan amortization* is reduction of debt by scheduled, regular payments of principal and interest sufficient to repay the loan at maturity. 분할변제는 만기(maturity)까지, 정기적으로 원금(principal)과 금리(interest)를 지급하는 것에서 채무(debt)를 감(減)해 가는 경우이다. ~ ***commitment*** 융자실행의 약속, 대출약정 ¶ The *loan commitment* is a lender's agreement to make money available to a borrower in a specified amount, at a specified rate, and within a specified time. See also commitment fee. 대출약정은 특정한 금액을, 특정한 이율(interest rate)로 특정한 기간 내에 차입자(borrower)에 대하여 자금을 제공한다고 하는 대여자(lender)의 합의를 말한다. commitment fee(코미트먼트수수료)도 참조할 것. ~ ***crowd*** 론크라우드 ¶ *Loan crowd* is stock exchange members who lend or borrow securities required to cover the positions of brokerage customers who sell short – called a crowd because they congregate at a designated place on the floor of the exchange. See also lending securities. 론크라우드는 공매(空賣)(short sale)를 하는 증권회사의 고객의 매도초과포지션(short position)을 메우기 위하여 필요한 증권의 대차(貸借)를 행하는 증권거래소(stock exchange)의 회원이다. 론크라우드라고 하는 것은 그들이 증권거래소 입회소(floor)가 결정된 장소에 모이기 때문이다. lending securities(대출증권)도 참조할 것. ~ ***loss provision*** [영] 대손충당금(貸損充當金) ¶ The *loan loss provision* is a noncash expense reflected through a bank's income statement that is used to increase the loan loss reserve established for nonperforming loans. 대손충당금은 비가동대출(非稼動貸出, nonperforming loan)을 위하여 설치된 대손준비금(loan loss reserve)을 증가하기 위하여 사용되는 은행의 손익계산서(income statement)를 통해서 나타낸 비자금적 비용(noncash expense)을 말한다. ~ ***loss reserve*** [영] 대손준비금(貸損準備金) ¶ The *loan loss reserve* is a credit reserve established by a bank to cover the potential charge-off of nonperforming loans (i.e., those that are classed as past-due or nonaccrual). The reserve is typically shown as a contra-account on the asset portion of the balance sheet, and is increased through loan loss provisions taken via the income statement. 대손준비금은 비가동대출(非稼動貸出, nonperforming loan)의 잠재적 대손상각(貸損償却, charge-off)(즉, 연체(延滯, past-due) 또는 불계상(不計上)으로 분류되는 항목이다.)을 커버하기 위하여 은행에 의해 설치되는 여신충당금(credit reserve)을 말한다. 이 충당금은 일반적으로 대차대조표상의 자산부분의 대조계좌(contra-account)로 나타나고, 손익계산서를 경유하여 취한 대손충당금(loan loss provision)을 통해서 증가된다. ~ ***origination fee*** 융자개시수수료 ¶ The *loan origination fee* is a charge by a lender to a borrower for the privilege of obtaining a loan. Origination fees are generally in the form of points that paid up front in cash. Each point represents 1% of the amount borrowed. Also called mortgage discount. 융자개시수수료는 론을 획득한 특전에 관하여 차입자(借入者)에게 대여자가 물리는 수수료이다. 일반적으로 개시수수료는

정면으로 현금으로 완납된 포인트의 형식을 취한다. 각 포인트는 차입금의 1%를 나타낸다. 이를 모기지디스카운트(mortgage discount)라고도 한다. ~ ***participation*** 협조융자 → participation loan (협조융자). ~ ***shark*** 고리대금업자 ¶ The *loan shark* is a lender, other than a regulated financial institution, who makes a business of lending money at rates above legally permitted interest rates. For example, a $5 loan on Monday to be repaid Friday for $6 – an annual percentage rate of 1040%, not including interest compounding. Loan sharking was a pervasive activity through much of the nineteenth century, leading to the formation of cooperative associations, such as mutual savings banks and credit unions, to arrange small loans at reasonable interest rates. State small loan laws generally prohibit loan-sharking, although state laws differ on what is, or is not, an excessive rate of interest. 고리대금업자는 법의 규정을 적용을 받는 금융기관 이외의 대여자로서, 법에 의해서 허용되는 금리 이상으로 대출업을 하는 자이다. 예를 들면, 월요일에 5달러를 금요일에 6달러로 상환하는 대출이라고 하면, 복리를 포함하지 않고, 연리로 1040%가 된다. 고리대금업은 19세기 대부분의 경우에는 널리 펴져 있던 활동이었으며, 이것이 상호저축은행(mutual savings banks)과 신용조합(credit unions)과 같은 협동조합(cooperative associations)의 성립으로 이끌어서 합리적인 금리로 소액금융을 마련하도록 하였다. 주의 소액대출법(small loan laws)은 주법에 따라 그 내용이 다르지만, 일반적으로 과도한 금리를 금지하고 있다. ~ ***stock*** 대여주(貸與株) → lending securities (대출증권). ~ ***-to-value ratio (LTV)*** (융자에 대한) 담보의 비율 ¶ The *loan-to-value ratio* (*LTV*) is a ratio of money borrowed to fair market value, usually in reference to real property. Residential mortgage loans conventionally have a maximum *LTV* of 80% (an $80,000 loan on a $100,000 house). (융자에 대한) 담보의 비율은 통상 부동산(real estate)에 관하여 사용되는 표현인데, 적정한 시장가격(fair market value)에 대한 차입금의 비율을 말한다. 주택론(loan)(residential mortgage loan)에서는 이 비율은 전통적으로 최대가 80%이다(예컨대, 100,000달러의 가옥에 대하여 80,000달러의 대출). ~ ***value*** 융자가치, 융자한도 ¶ The *loan value* is (1) an amount a lender is willing to lend against collateral. For example, at 50% of appraised value, a piece of property worth $800,000 has a *loan value* of $400,000. (2) with respect to regulation of the Federal Reserve Board, the maximum percentage of the current market value of eligible securities that a broker can lend a margin account customer. Regulation T applies only to securities formally registered or having an unlisted trading privilege on a national securities exchange. For securities exempt from Regulation T, which comprise U.S. government securities, municipal bonds, and bonds of the International Bank for Reconstruction and Development, a *loan value* is a matter of the individual firm's policy. 융자가치는 (1) 대여자(貸與者)(lender)가 담보(collateral)에 대하여 대여할 수 있는 금액이다. 평가액(appraised value)의 50%로 하면, 800,000달러의 자산가치를 가지는 물건은 400,000달러의 융자가치를 가진다. (2) 미연방준비제도이사회(Federal Reserve Board)의 레귤레이션 T(Regulation T)에 의하여, 브로커가 신용거래계좌(margin account)의 고객에 대하여 적격증권(eligible security)의 시장가치(market value)를 담보로 대여할 수 있는 상한비율이다. 레귤레이션 T는 정식으로 등록되어 있는 증권, 혹은 전미(全美)의 증권거래소에서 비상장증권거래특권(unlisted trading privilege)을 가지고 있는 증권에만 적용된다. 미국국채(U.S. Government Securities), 지방채(municipal bond), 세계은행채(Bonds of the International Bank for Reconstruction and Development)가 있으나, 융자한도는 각 증권회사의 방침에 따라 다르다.

[v.] [미] 대출하다, (돈을) 빌리다 (cf.) 영국에서는 lend가 보통이다. ¶ *loaning* authority 대출권한 /*loaning* rate 융자금리 ***loaned flat*** 무이자대출 ¶ *Loaned flat* means loaned without interest, said of the arrangement whereby brokers lend securities to one another to cover customer short sale positions. See also lending at a premium; lending at a rate; lending securities. 무이자대출은 고객의 공매(空賣)포지션(short sale position)을 메우기 위하여 상호 증권을 대여하는 결정으로, 이자는 받지 아니한다. lending at a premium(프리미엄부 대출); lending at a rate(금리부 대출); lending securities(대출증권)를 참조할 것.

loanable fund 대출자금

lobby 로비 ¶ *lobby* banking (시간외, CD코너 등의) 로비은행업무 /*lobby* display 로비전시

lobster trap [영속] 로브스터트랩 ¶ The *lobster trap* is an antitakeover defense provision that prevents an investor (or raider) holding more than 10% of a company's common stock from exchanging any convertible bonds into voting class stock. See also scorched earth defenses. 로브스터트랩은 회사의 보통주식의 10% 이상을 보유하는 투자자(또는 기업사냥꾼)가 전환사채(convertible bond)를 의결권있는 종류주식으로 전환하는 것을 방지하는 반(反)주식공개매수작전의 조항을 말한다. scorched earth defense(초토작전)도 참조할 것.

local [a.] 토지의, 지방의 ¶ *local* bank 지방은행 /*local* check [미] 지방은행수표 /*local* currency 현지통화 /a *local* (stock) exchange 지방증권거래소 /*local* finance 지방재정 /*local* financing 현지금융 /*local* government 지방자치단체 /*local* government bond [security] 지방채(債) /*local* item; *local* clearing 당소지급권(當所支給券) /*local* loan 지방채 /*local* office 출장소 /*local* public body 지방공공단체 /*local* public entity [authority, body] 지방공공단체 /*local* subsidiary 현지법인 /*local* usance 현지금융 ***local B/L*** 로컬 B/L ¶ In the case of through transport, the *local B/L* is a bill of lading which the second carrier issues for the area of his or her transport, or a B/L of domestic transport which is connecting with the overseas transports. 로컬 B/L이란 통운송의 경우에 제2운송인이 자기의 운송구간에 대해서 발행하는 B/L 또는 해외운송에 접속하는 국내운송의 B/L이다. ~ ***letter of credit; local L/C*** 로컬크레디트, 로컬 L/C ¶ The *local L/C* is a letter of credit that is newly issued to the supplier of commodities by the request of a beneficiary on security of a letter of credit received from the foreign country. It is used as a means to provide the finance to the supplier of commodities. 로컬 L/C는 외국으로부터 수취한 신용장을 담보로 수익자의 의뢰에 의해서 새로이 상품의 공급자에 대해서 발행되는 신용장이다. 그 공급자에 대해서 금융을 제공하는 수단으로서 사용된다. ~ ***taxes*** 주민세, 지방세 ¶ *Local taxes* are taxes paid by an individual to his or her locality. This includes city income, property, sewer, water, school, and other taxes. These taxes are usually deductible on the taxpayer's federal income tax return. 지방세는 개인이 각 자치단체에 지급하는 세금이다. 이에는 시세(city income tax), 선물핏(futures pit), 하수도세(sewer tax), 상수도세(water tax), 학교세(school tax) 등의 조세가 포함된다. 이러한 세금은 통상, 납세자의 연방소득세신고(federal income tax return)에서는 소득에서 공제(deduction)된다.

[n.] 그 고장의 주민 ¶ The *local* is a member of a futures exchange who trades for his or her own account. The traders in a futures pit are composed of *locals* and employees of various brokerage firms. *Locals* initiate their own transactions on the floor of the exchange. Some, termed dual traders, also execute orders on behalf of customers. 로컬(독립계 선물거래소회원)은 자기계정에서 거래를 행하는 선물거래소(futures exchange)의 회원을 말한다. 선물핏(futures pit)의 트레이더(trader)는 로컬과 각 증권회사(brokerage firm)의 종업원이다. 로컬은 거래소에서 스스로 거래를 작출한다. 일부의 이중 트레이더(dual traders)라고 하는 사람들은 고객의 주문도 집행한다.

locality 장소, 토지 ¶ Our vegetables are famous in the *locality*. 우리들이 작물하는 야채는 이 지역에서는 유명하다. /the *locality* of residence 거주지

localization 지역화, 현지화 ¶ *localization* of industry 산업의 지방분산화

locally-made goods 현지제품

location 위치, 소재지 ***location, location, location*** 위치야, 위치, 위치란 말야. ¶ *Location, location, location* is the "three most important things about real estate" – a popular statement that emphasizes the importance of *location* with respect to the value of urban real estate. The value of real estate depends largely on where it is. However many other elements besides *location* also affect value, and those who believe that *location* is the only important factor lack ideas. 위치야, 위치, 위치란 말야는 「부동산에 관해서 세 번 중요한 것.」 — 교외에 있는 부동산의 가격에 관하여 위치가 얼마나 중요한지를 강조하는 대중의 말이다. 부동산의 가격은 대체로 그 부동산이 어디에 소재하느냐에 달려 있다. 위치 말고도 많은 다른 요인들이 가격에 영향을 주지만 말야, 위치가 유일한 중요한 요인이라고 믿는 자야말로 아이디어가 없는 자들이다.

lock 〔n.〕 자물쇠 ¶ a combination *lock* 이중자물쇠 /an electric *lock* 전기자물쇠 /a *lock* box 우편사서함, 특별사서함 /a time *lock* 시한(時限)자물쇠 ***lock box*** (대출업을 위한) 은행의 자금회수서비스, 사서상자(私書箱子), 록박스 ¶ The *lock box* is: (1) a cash management system whereby a company's customers mail payments to a post office box near the company's bank. The bank collects checks from the *lock box* – sometimes several times a day – deposits them to the account of the firm, and informs the company's cash manager by telephone of the deposit. This reduces processing float and puts cash to work more quickly. The bank's fee for its services must be weighed against the savings from reduced float to determine whether this arrangement is cost-effective. (2) a bank service that entails holding a customer's securities and, as agent, receiving and depositing income such as dividends on stock and interest on bonds. (3) a box rented in a post office where mail is stored and collected. 은행의 자금회수서비스는 (1) 고객이 기업이 이용하는 은행주변의 우체국의 사서함에 지급수표를 우송하는 자금관리시스템(cash management system)이다. 은행은 이 사서함에서 때로는 여러 번, 수표를 회수하여 기업의 계정에 입금하고, 전화로 기업의 자금관리자에게 입금을 연락한다. 이로써 자금화기간(float)을 단축하고 자금을 보다 신속하게 운용에 전용할 수 있다. 이 서비스에 들이는 은행의 수수료와 자금의 유효활용에서 생기는 이익을 비교하여, 비용을 들일 가치가 있는 것인가 여부를 판단하게 된다. (2) 고객의 증권을 보관하고, 대리인(agent)으로서 주식의 배당(dividend)이나 채권(bond)의 이자지급 등의 수입을 수취하여 예금하는 은행의 업무이다. (3) 우체국수취인이 인취하기까지 우편물을 보관하는 상자로, 우체국에서 대출된다.

〔v.〕 자물쇠를 잠그다, 고정시키다, 연루되다, (사건에) 말려들다 ***locked in*** 록트인, 확정이율 ¶ The *locked in* means (1) unable to take advantage of preferential tax treatment on the sale of an asset because the required holding period has not elapsed. See also capital gains. (2) a commodities position in which the market has an up or down limit day, and investors cannot get in or out of the market. (3) said of a rate of return that has been assured for a length of time through an investment such as a certificate of deposit or a fixed rate bond; also said of profits or yields on securities or commodities that have been protected through hedging techniques. 록트인이란 (1) 요구되는 보유기간(holding period)이 경과하고 있지 아니하기 때문에, 자산매각시에 우대세제(preferential tax treatment)를 이용할 수 없는 경우, (2) 시장이 상한가, 또는 하한가(up or down limit)를 치고 있는 상품의 포지션(position)으로, 투자자가 그 시장에 새로운 포지션을 만드는 경우도, 포지션을 해소할 수도 없는 상태, (3) 예를 들면, 양도성정기예금증서(CD: certificate of deposit)나 고정금리부 채권(fixed-rate bond)에의 투자(investment)에 의하여 일정한 기간 보증될 수 있는 투자이율(rate of return)을 말한다. 또 헤지(hedge)수단에 의하여 수호되고 있는 증권이나 상품의 이익 또는 이율을 말한다. ***~ed market*** 록트마켓, 가격고정시장 ¶ The *locked market* is a highly competitive market environment with identical bid and ask prices for a stock. The appearance of more buyers and sellers unlocks the market. 록트마켓이란 어느 주식에 대하여 많은 동일한 매매호가(bid and asked)가 나오고 있는 대단히 경쟁적인 시장환경을 이른다. 보다 많은 매도인이나 매수인이 나타나면 시장에서의 가격고정상태는 해소되어 움직이기 시작한다.

lockdown 록다운 ¶ The *lockdown* is a freezing of assets in a retirement plan, such as a 401(k) plan during a preannounced, temporary period, called blackout period, while the sponsoring company is making administrative changes, such as in a corporate merger or a change of money managers. In 2000-2001, *lockdowns* were misused to prevent employees of Enron and Global Crossing from selling their company stock as questionable accounting practices were revealed. 록다운은 401 (k) 연금플랜(401 (k) plan) 등의 퇴직연금플랜 중의 자산을 사전에 통지 받은 일시적인 기간(이 기간을 블랙아웃이라 한다.) 동결하는 경우이다. 이 자산의 동결은 연금을 출연하는 회사의 관리상의 변동(예컨대, 매수 · 합병, 또는 경영자의 변동 등)이 있는 때에 행해진다. 2000년에서 2001년에 걸쳐서 엔론(Enron)이나 글로벌크로싱(Global Crossing)의 미심쩍은 회계방법이 발각된 때에, 양사(兩社)는 이 수단을 약용하여 종업원에게 자사주를 팔지 않도록 하였다.

lockout period [영] 로크아웃기간 ¶ The *lockout period* is: (1) a time period during which the notional principal of an amortizing swap or accreting swap cannot be decreased or increased, regardless of the movement of reference interest rates. The lockout provision protects the party that has sold the embedded options in the swap from a sudden movement in rates soon after the transaction commences. (2) the period during which the option embedded in a callable bond or putable bond cannot be exercised, generally the first few years of a multiyear bond transaction. 로크아웃기간은 (1) 기준금리의 변동에 상관없이 약정상환부 스왑(amortizing swap)이나 증가하는 스왑(accreting swap)의 관념상의 원금은 감소되거나 증가될 수 없는 정기기간을 말한다. 로크아웃조항은 스왑의 편입된 옵션을 매도한 당사자를 거래가 시작하자 바로 금리상의 급작스런 변동으로부터 보호한다. 상환할 수 있는 사채(callable bond)나 상환청구권부 채권(putable bond)에 편입된 옵션은 일반적으로 다수년 채권거래의 첫 수년동안 행사될 수 없는 기간을 말한다.

lock-up 고정된, [영] 자물쇠가 걸리는 ***lock-up CD*** 록업시디(CD) ¶ The *lock-up CD* is a certificate of deposit issued with the understanding that the buyer will hold it until maturity. Sometimes the issuer will literally lock up the CD is in safekeeping. 록업시디(CD)는 양도성예금증서(certificate of deposit)이지만, 구입자가 만기(maturity)까지 보유한다고 하는 이해 하에서 발행되는 경우를 가리킨다. CD의 발행자에 따라서는, 문자대로 양도성예금증서를 금고에서 보관(lock up)하는 경우도 있다. ~ ***option*** 록업옵션(적대적 매수에 대하여, 우호적 매수자에게 자산의 최량부분을 취득할 권리를 주는 경영자의 선택) ¶ The *lock-up option* is a privilege offered a white knight (friendly acquirer) by a target company of buying crown jewels or additional equity. The aim is to discourage a hostile takeover. 록업옵션은 매수대상기업(target company)이 백마의 기사(white knight)(우호적 매수자)에 대하여 최우량 자산(crown jewels)이나 추가주식을 구입할 특권을 부여하는 경우이다. 이 목적은 적대적인 매수(hostile takeover)를 저지하는 것이다.

lockup (주식을) 값이 오를 때까지 가지고 있는 것, (자본의) 고정 ***lockup period*** 록업기간 ¶ The *lockup period* is a period, usually six months following an IPO, when insiders agree not to sell shares. See also gate. 록업기간은 신규주식공개(initial public offering: IPO)후의 기간(통상 6개월간)에서 내부자(insider)는 이 기간보유의 주식을 매각하지 않는 것에 합의하고 있다. gate(게이트)도 참조할 것.

loco (L) [무역] 현장인도조건 ¶ *loco* price 현장인도가격

locus sigilli (L.S.) (L) (문서 · 등본의) 날인개소(個所) ¶ At common law, a contract under seal was a formal contract. Seals were gradually replaced by the phrase "*locus sigilli*" or the abbreviation "*L.S.*" 커먼로에서, 날인계약은 요식계약이었다. 날인은 점차 「날인개소」라는 문구나 그 약어 "L.S."에 의해 대체되었다.

lodge 맡기다, 제출하다 ¶ *lodge* … in [with] …을 차입(差入)하다 /Important documents should be *lodged* with a bank or lawyer. 중요서류는 은행이나 변호사에 보관시켜 두지 않으면 안 된다.

lodgment; lodgement [영] 공탁, 예입(預入)

lodging slip 은행예입권

logo; logotype 은행명의 의장(意匠), 상표 ¶ *Logo, or logotype* is unique design, symbol, or other special representation of a company name, publishing house, broadcast network, or other organization, used as a trademark. 로고, 또는 로고타이프는 독특한 디자인, 심볼 기타 상표(trademark)로서 사용되는 회사명, 출판사(publishing house), 방송 네트워크 기타 단체의 표시를 이른다.

Lombard ⓝ 금융업자, 은행가 ¶ *Lombard* loan 유가증권담보융자 ***Lombard lending*** 롬바드대출 ¶ The *Lombard lending* is a loan given by the Bundes Bank in Germany against securities pledged as collateral. 롬바드대출이란 독일연방은행의 유가증권담보대출을 이른다. ***Lombard rate*** (독일연방은행의) 롬바드대출의 이율, 증권담보이율 ¶ The *Lombard rate* is; (1) a short-term interest rate used in the German market, generally applied to loans collateralized by securities. (2) the interest rate charged by banks in Europe against securities pledged as collateral. 롬바드대출의 이율은 (1) 독일시장에서 사용되는 단기금리(short-term interest rate)로, 일반적으로 증권에 의한 담보로 뒷받침되는 대출에 적용된다. (2) 담로로 입질된 증권에 대하여 유럽은행들이 부과하는 금리이다. ***Lombard Street*** 롬바드 스트리트(거리) ¶ *Lombard Street* is a finance street in Britain like Wall Street in the U.S. 롬바드 스트리트(거리)는 영국에서 미국의 월스트리트(Wall Street)에 상당하는 금융가이다.

ⓥ lombard (돈을) 융통하다 ¶ *lombarding* of bills 어음의 매입

London 런던(영국의 수도) ¶ the *London* Bullion market 런던금(金)시장 /the *London* capital market 런던자본시장 /the *London* discount market 런던할인시장 /the *London* Interbank Bid Rate 런던은행간 자금조달금리 /the *London* Interbank Mean Rate 런던 은행간 중간이율 /the *London* money market 런던금융시장 ***City of London*** 시티 런던(the City)(런던의 구시부(舊市部), 금융업의 중심지) ¶ The *City of London* is the district of London in which the head office of many financial institutions are situated. Occupying the so-called Square Mile on the north side of the River Thames Between Waterloo Bridge and Tower Bridge, the *City* has been an international merchanting centre since medieval times. Although many institutions remain in the Square Mile, others have migrated east along the river, to new offices in the Docklands area, or westwards to former newspaper offices in Fleet Street. 시티 런던은 많은 금융기관이 위치해 있는 런던의 지역이다. 템스강(River Thames)과 워털루브릿지(Waterloo Bridge) 사이의 북쪽으로 소위 스퀘어마일(Square Mile)을 자리잡게 한 시티는 중세시대이래 국제적 상업중심지이다. 많은 기관들이 아직도 스퀘어 마일에 머물고 있지만, 다른 기관들은 강가를 따라 도클랜드지역(Docklands area)의 새로운 사무실을 찾아 또는 서쪽으로 플리트 스트리트(Fleet Street)의 이전의 신문사 사무실이 모여 있던 쪽으로 이주했다. ***London acceptance credit*** 런던은행인수신용장(런던을 지급지로 하는 파운드표시 기한부어음에 의한 지급방법을 취하고 있는 신용장) ¶ The *London acceptance credit* is a method of providing immediate cash for a UK exporter of goods. On shipment of the goods the exporter draws a bill of exchange on the foreign buyer. The accepted bill is then pledged to a merchant bank in London, which accepts an accommodation bill drawn by the exporter. The acceptance can be discounted on the banks's reputation, to provide the exporter with immediate finance, whereas the foreign buyer's acceptance would be difficult, or impossible, to discount in London. 런던은행인수신용장은 물품의 영국 수출업자에게 즉시 현금을 제공하는 방법이다. 화물을 선적한 때에 수출업자는 외국의 수입업자에게 환어음(bill of exchange)을 발행한다. 인수한 어음은 다음에 수출업자가 발행한 융통어음(accommodation bill)을 인수한 런던의 머천트뱅크에 의해 담보가 붙는다. 그런 인수는 은행들의 명성을 근거로 할인 받을 수 있고, 수출업자에게 즉시 금융을 제공하는 반면에, 외국의 수입자가 인수한 것은 런던에서 할인하기가 어렵거나 불가능할 것이다. ¶ The *London acceptance credit* is the credit of an exporter with a London Bank or accepting house, on which bills of exchange may be drawn (within specified limits of amount and timing). The lender may requite security for such an arrangement. 런던은행인수신용장은 수출업자를 위해서 런던은행 또는 어음인수업자가 인수한 신용장인데, 이를 근거로 환어음이 (금액과 시기의 특별한 제한 내에서) 발행될 수 있다. 차입자는 그런 채비에 대해서 담보를 제공할 수 있다. ***London Bankers' Clearing House*** 런던은행간수표교환소 ¶ The *London Bankers' Clearing House* is an organization established in the 1770s that clears cheques drawn against UK clearing banks. 런던은행간수표교환소는 영국의 결제은행에 대해서 발행된 수표를 청산하는 1770년대에 설립된 단체이다. ***London Bullion Market Association (LBMA)*** 런던금은시장협회 ¶ The *London Bullion Market Association* (*LBMA*) is an organization established in 1987 by members of the gold and silver bullion market, who deal on a forward, options or spot basis. Five of the members are responsible for the daily fixing of the price of gold (always expressed in U.S. dollars). 런던금융시장협회는 선물, 옵션 또는 현물 베이스로 거래하는 금은시장의 회원들에 의해서 1987년에 설립된 단

체이다. 회원들의 5인이 금의 가격(항상 미국의 달러로 표시됨)의 매일설정에 책임을 진다. ***London Clearing House*** 런던교환소 ¶The *London Clearing House* is an organization established in 1888 that clears futures, options and other forward contracts. 런던교환소는 선물, 옵션 및 (장외)선물계약을 결제하는 1888년에 설치된 단체이다. ***London Commodities Exchange (LCE)*** 런던상품거래소 ¶The *London Commodities Exchange* (*LCE*) is a market that deals in cocoa, coffee, rubber, spices, tea and other commodities. In 1996 it merged with London International Financial Futures and Options Exchange. 런던상품거래소는 코코아, 커피, 고무, 향신료(香辛料), 차(茶) 기타 상품을 거래하는 시장이다. 1996년에 런던상품거래소는 런던국제금융선물옵션거래소와 합병하였다. ***London Derivatives Exchange*** 런던파생상품거래소 ¶The *London Derivatives Exchange* is a financial exchange organization established in 1990 by the merging of the London International Financial Futures Exchange and the Traded Options Market. 런던파생상품거래소는 런던국제금융선물옵션거래소와 거래옵션시장의 합병에 의해서 1990년에 설립된 금융거래소단체이다. ***London Foreign Exchange Market*** 런던외환시장 ¶The *London Foreign Exchange Market* is a market that deals in sterling and various foreign currencies, using contracts that are made verbally (using telephones or other electronic means) and later confirmed in writing. 런던외환시장은 구두(口頭)로(전화 기타 전자방법을 이용하여) 이루어지는 계약을 이용하여 파우드화와 여러 외국통화를 거래하는 시장을 말한다. ***London Fox*** 런던폭스 ¶The *London Fox* is the shortened name of the London Futures and options Exchange. 런던폭스는 런던선물옵션거래소의 줄인 명칭이다. ***London Futures and Options Exchange (London Fox)*** 런던선물옵션거래소 ¶The *London Futures and Options Exchange* (*London Fox*) is a commodity market established in 1987 that deals in futures and options. The Baltic International Freight Futures Exchange merged with London Fox in 1991. 런던선물옵션거래소는 선물과 옵션을 거래하는 1987년에 설치된 상품시장이다. 발트화물선물거래소는 1991년에 런던폭스와 합병하였다. ***London Interbank Bid (LIBID)*** 런던은행간 자금조달금리 ¶The *London Interbank Bid* (*LIBID*) is the BID side of the London Interbank Deposit market, or the interest rate that the prime bank must pay for interbank funds. See also London Interbank Mean, London Interbank Offered Rate. 런던은행간 자금조달금리는 런던은행간 예탁금시장의 자금조달금리쪽이나 또는 일류은행이 은행간자금에 대해서 지급하여야 할 금리를 말한다. London Interbank Mean(런던은행간 평균율); London Interbank Offered Rate(런던은행간 자금운용금리)도 참조할 것. ***London Interbank Mean Rate (LIMEAN)*** 런던은행간 중간금리 ¶The *London Interbank Mean Rate* (*LIMEAN*) is an average of the London Interbank Bid Rate and the London Interbank Offered Rate. 런던은행간 중간금리는 런던은행간 자금조달금리와 런던은행간 자금운영금리의 평균치이다. ***London Interbank Offered Rate (LIBOR)*** 런던은행간 자금운용금리(대출자금운용금리) ¶The *London Interbank Offered Rate* (*LIBOR*) is a rate that the most creditworthy international banks dealing in Eurodollars charge each other for large loans. The *LIBOR* rate is usually the base for other large Eurodollars loans to less creditworthy corporate and government borrowers. For instance, a Third World country may have to pay one point over *LIBOR* when it borrows money. 런던은행간 자금운용금리(자금제공측이 제시하는 금리)는 유로달러를 취급하는 신용력이 높은 국제적인 은행간에서 서로 다액의 융자를 행할 때의 금리를 말한다. 이 금리는 신용력이 낮은 법인이나 정부에의 다액의 유로달러융자의 기준금리가 된다. 예컨대, 제3세계의 국가가 융자를

받는 경우, LIBOR + 1%의 지급을 요구받을 수 있다. ***London International Financial Futures and Options Exchange* (*LIFFE*)** 런던국제금융선물옵션거래소 ¶ The *London International Financial Futures and Options Exchange* (*LIFFE*) is financial futures market opened in 1982, in London's Royal Exchange, to provide facilities within the European time zone for dealing in options and futures contracts, including those in government bonds, stock-and-share indexes, foreign currencies, and interest rates. In 1999 *LIFFE* moved into its own premises in the City of London. Until quite recently, trading was carried out chiefly by open outcry among authorized floor traders. Electronic trading was introduced in 1989 but did not replace live pit trading until 1998. The London Traded Options Market merged with *LIFFE* in 1992, when the words 'and Options' was added to its name, although the acronym remains unchanged. In 1996 *LIFFE* merged with the Futures and Options Exchange, making it the first exchange to provide futures and options contracts on financial, equity, and commodity products and equity indices. Since 2001 it has been part of the pan-European exchange Euronext NV, with markets in Amsterdam, Brussels, Lisbon, and Paris. The London exchange is now known as Euronext-LIFFE. 런던국제금융선물옵션거래소는 1982년에 런던황실거래소(London's Royal Exchange) 안에 개설된 금융선물시장으로, 정부채(債), 주식지수, 외국통화 및 금리상의 계약을 포함해서 옵션과 선물계약의 거래를 위해 유럽시간대(帶)에 금융시설(facilities)을 마련하였다. 1999년에 LIFFE는 근거지를 런던시내로 옮겼다. 아주 최근까지 거래는 수권받은 입회장 브로커들 간에서 주로 공개적으로 큰 소리로 진행되었다. 전자적 방법에 의한 거래는 1989년에 도입되었으나, 1998년까지 생생한 거래소내의 거래를 대체하지 못했다. 1992년에는 런던거래옵션시장(London Traded Options Market)이 LIFFE를 합병하였는데, 그 때에 머리글자 LIFFE는 변경되지 않은 채 'and Options'라는 말이 명칭에 부가되었다. 1996년에 LIFFE는 선물옵션거래소와 합병하여, 이로써 금융, 자기주식 및 상품제품과 주식지표에 관한 선물 및 옵션계약을 제공하는 첫 번째의 거래소를 출범하였다. 2001년이래, 그 거래소는 암스테르담, 브뤼셀, 리스본과 파리에 시장을 가지는 범유럽거래소 유로넥스트 NV의 일부가 되었다. 런던거래소는 현재 유로넥스트 리페(Euronext-LIFFE)로 알려지고 있다. ***London Metal Exchange* (*LME*)** 런던금속거래소 ¶ The *London Metal Exchange* (*LME*) is a principal-to-principal market for base metals trading established in 1877. *LME* prices are used as reference prices in many world market by metals producers and fabricators of metal products, and are the basis for most major commodity indices. *LME* contracts assume an eventual delivery of physical metal on the prompt date, but this generally does not occur, since the majority of *LME* business is for trade hedging *LME* trades cash and three-month contracts on aluminum, copper, nickel, lead, tin, zinc, aluminum alloy, and North American special aluminum alloy. Traded average price option (TAPOs) contracts are available for three metals. The London Metal Exchange Index (LMEX) is a base metals index comprised of the six nonferrous metals traded on the exchange designed for investors. 런던금속거래소는 1877년에 설립된 비철금속의 회원간 시장(principal-to-principal market)을 말한다. 런던금속거래소(LME)의 가격은 세계의 많은 시장에서 금속생산자나 금속제품가공업자들에 의하여 참조가격으로서 사용되고 있고, 많은 주요상품지수(commodity indices)의 기준으로 되어 있다. 런던금속거래소의 거래는 현물금속의 권리행사일(prompt date)에 있어서 인도를 전제로 하고 있으나, 거래의 대부분은 헤지거래(hedging trade)이기 때문에 일반적으로 이 인도는 일어나지 않는다. 알루미늄, 동(銅), 니켈, 납, 아연, 구리,

알루미늄 합금, 및 북아메리카 알루미늄 합금의 현금거래와 3개월 계약거래를 행한다. 거래 후 평균가격옵션(traded average price option: TAPOSs) (월평균가격을 기준으로 한 옵션)계약은 전기(前記)의 금속에 적용할 수 있다. 런던금속거래소지수(LMEX)는 투자자를 위해 계획된 거래소에서 거래되는 6개 비철금속으로 구성되는 기준금속지수(base metals index)이다. ***London Securities and Derivatives Exchange* (*OMLX*)** 런던증권파생상품거래소 ¶The *London Securities and Derivatives Exchange* (*OMLX*) is an exchange established in 1990 (as a means of avoiding local tax) to deal in Swedish futures and options. The tax has been repealed but the exchange continues to operate in London. 런던증권파생상품거래소는 스웨덴의 선물과 옵션을 거래하기 위하여 (지방세를 피할 수단으로) 1990년에 설치된 거래소이다. 세금은 폐지되었으나 거래소는 런던에서 계속 운영된다. ***London Stock Exchange* (*LSE*)** 런던증권거래소 ¶The *London Stock Exchange* (*LSE*) is formed in 1761 as a club at Jonathan's Coffee House by 150 brokers who were kicked out of the Royal Exchange for rowdiness. The Stock Exchange name was adopted in 1773, and it became a regulated exchange in 1801. Following deregulation in 1986 – the Big Bang – the *LSE* introduced computerized trading via the SEAQ (Stock Exchange Automatic Quotation) and SEAQ International system that displays share price information in broker's offices throughout the United Kingdom. The *LSE* became a public limited company in 2000 and transferred its role as the U.K. Listing Authority to the Financial Services Authority. The *LSE* acquired Borsa Italiana in 2007; also in 2007 Borsa Dubai acquired 28% of the *LSE*. In 2001 the London Stock Exchange's shares were listed on its Main Market. The exchange has two equity markets, the Main Market and AIM, the exchange's international market for growing companies, which was launched in 1995. In 1997 the exchangee introduced SETS (Stock Exchange Electronic Trading Service) to bring greater speed and efficiency to the market. CREST, its electronic share settlement system, was also launched that year. The *London Stock Exchange* is the most international equities exchange by trading in the world and Europe's largest pool of liquidity. 런던증권거래소는 떠들썩함 때문에 왕립거래소(Royal Exchange)로부터 쫓겨난 150인의 주식중개업자(broker)가 뉴조나단(New Jonathan)의 커피하우스에서 클럽으로서 창립한 1760년까지 거슬러 올라간다. 1773년에 증권거래소(stock exchange)라는 명칭이 채용되고, 1801년에 규제를 받는 거래소가 되었다. 1986년의 규제완화 — 빅뱅(Big Bang) — 후에 LSE는 컴퓨터를 도입하고, SEAQ (Stock Exchange Automatic Quotation)과 SEAQ International system을 통해서, 영국 중의 브로커의 오피스의 스크린에 주가정보를 표시할 수 있게 되었다. 2000년에는 주식공개회사(public limited company)가 되고, 영국의 상장심사기관(Listing Authority)으로서의 역할을 금융서비스청(廳)(Financial Services Authority)에 이관하였다. LSE는 2007년에 이탈리아은행(Borsa Italiana)을 매수하고, 또 2007년에는 두바이은행(Borsa Dubai)이 LSE의 28%를 매수하였다. 2001년에 런던증권거래소는 그의 메인시장(Main Market)에 주식을 상장하였다. LSE는 2개의 주식시장이 있다. 하나는 메인시장이고, 다른 하나는 대체투자시장(Alternative Investment Market: AIM)이다. 대체투자시장은 신흥기업을 대상으로 한 국제시장이고, 1995년에 거래를 개시하였다. 1997년에는 전자거래시스템인 SETS(Stock Exchange Electronic Trading Service, 증권거래소 전자거래서비스)을 도입하였다. 크레스트(CREST)는 영국의 전자결제기관이다. LSE는 거래량으로 세계최대의 국제주식시장이고, 유럽에서 최대의 유동성을 과시한다.

long ⓐ 긴, 장기(長期)의, [금융] 매입초과포지션의(값이 오른 후의 매각익을 기대하고 상품[주식]을 보유하고 있는 상태), (장래의 값이 오를 것을 기대하고 있는) 강세(强勢)의 ¶ at sight or a *longer* tenor 일람출급 또는 보다 장기의 지급기간 /bill at the *long* run 장기(長期)어음 /*long* account [interest] 장래의 값이 오를 것을 기대하는 것(longs) /*long*(－)dated 장기(長期)의 /*long* bill [draft]; *long* dated bill 장기어음 /(a) *long* credit 장기신용대출 /*long* dated bill 장기어음 /*long* exchange 장기외환 /*long* hedging 매입연계 /*long* interest (of the market) (시장의) 강세를 기대하는 금리 /a *long* market [미] 강세시황 /*long* on the basis 매입연계의 /a *long* pull (주식의) 장기보유 /*long*-range planning 장기계획 /*long* rate 장기이율 /*long* run 장기(의) /*long*-run cost 장기비용 /*long* sale 연계매매, 실주(實株)매도 /*long* time bill 장기어음 /very-*long*-period 초장기의 ***long arbitrage*** [영] 매입차익거래 ¶ The *long arbitrage* is an arbitrage strategy employed in the futures market when the forward rate is lower than the futures rate, indicating that the cash market is overpriced when compared with the futures market; the strategy calls for selling the underlying asset and buying futures. See also short arbitrage. 매입차익거래는 선도금리(forward rate)가 선물금리(futures rate)보다 낮은 경우에 선물시장에서 사용된 차익전략을 말하고, 이는 현물시장(cash market)이 선물시장(futures market)과 비교할 때 너무 비싼 값을 매기는 것을 가리킨다. 그런 전략은 기초자산을 매도하고 선물을 매수할 것을 필요로 한다. short arbitrage(매도차익거래)도 참조할 것. ~ ***bond*** (기간 10년 이상의) 장기채권 (통상 미국의 30년물의 T-bond를 말한다.) ¶ In general, the *long bond* is a bond that matures in 10 years or more. Since these bonds commit investors' money for a long time, they normally pay investors a higher yield. In Wall Street parlance, the "*long bond*" is the 30-year Treasury, although none has been issued since 2001. 일반적으로, 장기채권은 만기가 10년 이상의 채권(bond)을 이른다. 이러한 채권은 투자자(investor)의 자산을 장기간 구속하기 위하여, 통상은 투자자에게, 보다 높은 이율(yield)이 지급된다. 월스트리트 용어에서,「롱본드」는 30년짜리의 재무부 장기채권(30-year Treasury)을 가리키지만, 2001년 이후 발행되고 있지 아니하다. ~ ***carry*** 롱캐리 ¶ The *long carry* is the carry generated by a long position, defined for fixed income positions as daily coupon income less daily financing costs; daily price amortization/accretion can also be included. See also short carry. 롱캐리는 확정수입포지션(fixed income position)을 일일(日日)쿠폰수입-일일금융비용으로 규정짓는 롱포지션이 만들어낸 캐리이다. 시세폭(daily price)의 상각/증가도 또 포함될 수 있다. short carry(숏캐리)도 참조할 것. ~ ***coupon*** 롱쿠폰 ¶ The *long coupon* is: (1) a bond issue's first interest payment covering a longer period than the remaining payments, or the bond issue itself. Conventional schedules call for interest payments at six-months intervals. A *long coupon* results when a bond is issued more than six months before the date of the first scheduled payment. See also short coupon. (2) a interest-bearing bond maturing in more than 10 years. 롱쿠폰은 (1) 채권의 최초의 금리지급기간이 나머지의 각 회의 금리지급기간보다 긴 기간을 말한다. 혹은 그러한 채권 그 자체를 말하는 경우도 있다. 관례로는 이자지급기간은 6개월 간이다. 롱쿠폰은 제1회 이자지급예정일의 6개월 전부터 앞에 채권이 발행된 경우에 생긴다. short coupon(숏쿠폰)도 참조할 것. (2) 10년을 초과하는 만기를 가지는 금리부 채권(interest-bearing bond)을 이른다. ~***-dated forward*** [영] 장기선도거래 ¶ The *long-dated forward* is any forward transaction with a final maturity in excess of 1 year. 장기선도거래는 어떤 거래도 최종만기가 1년을 초과하는 선도거래를 말한다. ~ ***end*** [영] 장기만기제한 ¶ The *long* *end* is the long maturities of the yield curve, generally taken to mean those in excess of seven to ten years. See also belly of the curve; short end. 장기만기제한은 이율곡선의 장기만기인데, 일반적으로 7년에서 10년을 초과하는 것을 만기를 의미하는 것으로 생각된다. belly of the curve(곡선의 복부); short end(단기만기제한)도 참조할 것. ~ ***hedge*** 매수헤지 ¶ The *long hedge* is: (1) a futures contract bought to protect against a rise in the cost of honoring a future commitment. Also called a buy hedge. The hedger benefits from a narrowing of the basis (difference between cash price and future price) if the future is bought below the cash price, and from a widening of the basis if the future is bought above the cash price. (2) a futures contract of a call option bought in anticipation of a drop in interest rates, so as to lock in the present yield on a fixed income security. 매수헤지란 (1) 장래의 계약을 이행할 때의 비용상승에 대비하기 위하여 구입된 선물계약(futures contract)을 이른다. 이를 매입헤지(buy hedge)라고도 한다. 선물이 현물가격보다 낮은 가격으로 구입된 경우, 헤지를 한 사람은 현물가격과 선물가격의 가격차(basis)(difference between cash price and future price)의 축소에 따라 이익을 보고, 선물이 현물가격보다 높게 구입된 경우에는, 그 가격차의 확대로 이익을 본다. (2) 금리의 저하를 전망하고, 고정이자부 채권의 현재의 이율(yield)을 금후도 확보하는 것을 목적으로 하여 구입되는 선물계약(futures contract)이나 콜옵션(call option)을 말한다. ~ ***leg*** 롱레그 ¶ The *long leg* is a part of an option spread representing a commitment to buy the underlying security. For instance, if a spread consists of a long call option and a short put option, the long call is the *long leg*. 롱레그는 옵션스프레드(option spread)의 한쪽에서, 기초증권(underlying security)을 구입하는 옵션 쪽을 가리킨다. 예컨대, 스프레드가 콜옵션(long call option)의 매입초과포지션(long position)과 풋옵션(short put option)의 매도초과포지션(short position)으로 구성되어 있다면, 콜옵션의 매입초과포지션 쪽이 롱레그가 된다. ~ ***only*** [영] 매수포지션추구전략 ¶ The *long only* is a common hedge fund or investment strategy where a manager creates a portfolio of long positions in an equity market. The strategy only permits the manager to express views on stocks that are believed to be undervalued. A *long only* portfolio generates systematic risk and idiosyncratic risk. See also market neutral. 매수포지션추구전략은 자금운용자(manager)가 주식시장에서 매수초과포지션의 포트폴리오를 창출하는 일반헤지자금 또는 투자전략을 말한다. 그 전략은 오직 자금운용자가 주식이 저평가되고 있는 것으로 믿는다는 견해를 표시하게 한다. 매수추구포지션은 시장전체의 리스크(systematic risk)와 특유한 리스크를 발생한다. market neutral(시장중립)도 참조할 것. ~ ***position*** 매입초과포지션(외환의 매입포지션이 매도포지션보다 많은 경우) ¶ A *long position* is a purchased or owned position in a financial asset that benefits from price appreciation. In order to realize a gain generated by rising prices, the *long position* must be sold or offset. 매입초과포지션은 가격상승에서 이익을 보는 금융자산에서 구입되거나 소유한 포지션을 이른다. 상승되는 가격에서 생기는 이익을 실현하기 위해서는 매입초과포지션은 매도되거나 또는 상쇄되어야 한다. ~ ***term*** 장기(長期), 장기보유, 장기채권 ¶ *Long term* is: (1) holding period of more than 12 months and applicable in calculating the capital gains tax. (2) investment approach to the stock market in which an investor seeks appreciation by holding a stock for more than 12 months. (3) a bond with a maturity of 10 years or longer. 장기보유란 (1) 12개월을 초과하여 증권을 보유하는 경우로, 캐피탈게인세(稅)(capital gain tax)가 적용되는 경우이다. (2) 주식(stock)을 12개월초(超) 보유하는 경우로 가격상승을 구하는 투자전략이다. (3) 만기(maturity)가 10년 이상의 채권(bond)을 이른다.

n. (*pl.*) 주식의 오름세 ¶ *long* of exchange 외환의 매입초과

long-short fund 롱숏펀드 ¶ The *long-short fund* is a profiting fund from differences in price when the stock to be expected to rise is bought and when the stock to be expected to fall is sold short beforehand. 롱숏펀드는 주가가 오를 것으로 예상되는 주식은 사고, 떨어질 것으로 예상되는 주식은 미리 빌려 팔아(공매도) 차익을 남기는 펀드이다.

long-term 장기(長期)의 ¶ *long*-term loan (기간 1년 초과의) 장기대출(term loan) /*long-term* and intermediate-term borrowings 중장기차입금 /*long-term* bill 장기어음 /*long-term* capital 장기자본 /*long-term* capital balance (transactions) 장기자본수지 /*long-term* credit 장기신용 /*long-term* credit bank 장기신용은행 /*long-term* finance 장기금융 /*long-term* financial market 장기금융시장 /*long-term* fund 장기자금 /*long-term* interest rate 장기금리 /*long-term* investment 장기투자 /*long-term* loan (receivable) 장기대출(금) /*long-term* loan payable 장기차입금 /*long-term* monetary market 장기금융시장 /*long-term* operating fund 장기운전자금 /*long-term* prime rate 장기프라임 레이트 /*long-term* rate of interest; a *long-term* (interest) rate 장기금리 /*long-term* trend 장기트렌드 /*long-time* bill 장기어음 /on a *long-term* low-interest basis 장기저리의 조건으로 ***long-term care insurance*** 장기개호(介護)보험 ¶ The *long-term care insurance* is an insurance policy that pays some or all costs of nursing home care for qualified insureds. Premiums are based on the age of the applicant and are projected to remain stable for the life of the policy. Premium payments stop when the insured meets the qualifications for long-term care, which include medical necessity, cognitive impairment, and inability to carry out certain activities of daily living. Group policies are available. 장기개호(介護)보험은 자격이 있는 보험계약자가 주택에서 받는 개호서비스의 비용 전부 또는 일부를 커버하는 보험계약을 말한다. 보험료(premium)는 보험청약자의 연령에 따라 결정되고, 보험기간중의 보험료는 안정되도록 설계되고 있다. 보험청약자가 치료의 필요성이나 인식기능장애(cognitive impairment), 또는 일상생활에 지장을 초래하는 등, 개호보험을 받을 필요가 있다고 인정을 받은 때에 보험료의 지급이 정지한다. 단체보험(group insurance)으로 이동할 수 있다. ~ ***debt*** 장기부채 ¶ A *long-term debt* is any form of debt with a maturity date of more than 10 years, depending on jurisdiction or accounting rules. In some jurisdictions *long-term debt* is interpreted more narrowly as any debt maturity in the forthcoming fiscal period. 장기부채는 관할권 또는 회계원칙에 따라 차이는 있지만, 어떤 행태든 만기일이 10년 이상의 부채를 말한다. 일부 관할권에서는 장기부채가 다가오는 회계기간상의 부채 만기로서 보다 좁게 해석되고 있다. ~ ***debt ratio*** 장기채무비율 → debt-to-equity ratio(2) (부채 · 자기자본비율); ratio analysis (재무비율분석). ~ ***financing*** 장기융자 ¶ The *long-term financing* is liabilities not repayable in one year and all equity. See also long-term debt. 장기융자는 1년 안에 상환되지 않는 채무(liabilities)나 주식(equity)을 의미한다. long-term debt(장기부채)도 참조할 것. ~ ***gain*** 장기캐피탈게인 ¶ *Long-term gain* is gain on the sale of a capital asset where the holding period was more than 12 months and the profit was subject to the long-term capital gains tax. 장기캐피탈게인은 보유기간(holding period)이 12개월을 초과하여, 그 매각익(賣却益)이 장기캐피탈게인세(稅)(long-term gain tax)의 대상이 되는 고정자산(capital asset)의 매각이익을 말한다. ~ ***goals*** 장기적 목표 ¶ The *long-term goals* are financial goals that an individual sets for five years or longer. Some examples of long-term goals include assembling a retirement fund, saving for a down payment on a house or for college tuition, buying a second home, or starting a business. 장기적 목표는 5년 이상의 기간에 걸치는 개인의 자금목표를 이른다. 장기목표의 예로서는 퇴직후 자금의 준비나, 주택의 계약금이나 대학의 수업료를 위한 저금, 별장의 구입이나 기업(起業)을 들 수 있다. ~ ***investor*** 장기투자자 ¶ The *long-term investor* is someone who invests in stocks, bonds, mutual funds, or other investment vehicles for a long time, typically at least five years, in order to fund long-term goals. A *long-term investor* looks for solid investments with a good long-term track record, such as a blue chip stock or a mutual fund with exemplary performance. As long as the investor holds his investments for more than 12 months, he will pay preferential capital gains taxes at a maximum 15% tax rate instead of paying higher regular income tax rates, which are due when assets are sold after having been held for 12 months or less. 장기투자자는 장기목표(long-term goals)의 자금준비를 하기 위하여, 주식, 채권, 뮤추얼펀드(mutual fund) 등의 투자대상에 장기, 일반적으로는 최저 5년간 투자하는 사람을 이른다. 장기투자자는 우량주(blue chip)나 실적이 있는 뮤추얼펀드 등, 뛰어난 장기간의 실적을 가지는 견실한 투자를 지향한다. 투자자가 12개월간을 초과하여 투자물건을 보유한다면, 보유기간 12개월 이내에 매각된 경우에 과해지는 통상의 소득세(income tax)가 아니라, 보다 낮은 상한 15%의 우대적인 캐피탈게인세(稅)(capital gain tax)를 지급하게 된다. ~ ***liabilities*** 장기채무, 고정부채, 장기부채 ¶ *Long-term liabilities* are any monies owed that are not payable on demand or within one year. The current portion of long-term debt is a current liability, as distinguished from a *long-term liability*. 장기채무는 요구출금(on demand) 등 1년 이내에 상환의무가 생기는 채무가 아닌 것을 장기채무라고 한다. 장기채무 중의 단기간에 도래하는 부분은 장기채무와 구별되는 단기채무(current liability)가 된다. ~ ***loss*** 장기캐피탈로스 ¶ The *long-term loss* is a negative counterpart to long-term gain as defined by the same legislation. A *long-term loss* is realized when an asset held for more than 12 months is sold at a lower price than its adjusted purchase price. A capital loss can be used to offset a capital gain plus $3,000 of ordinary income except that short-term losses exceeding short-term gains must first be applied to long-term gains, if any. 장기캐피탈로스는 장기캐피탈게인(long-term gain)과 같은 법률에서 규정되고 있으나, 부정적인 개념이다. 장기캐피탈로스는 12개월을 초과하여 보유한 자산을 그 취득원가(세무상으로는 조정취득원가, adjusted purchase price)보다 싸게 매각한 경우에 발생한다. 장기보유자산의 캐피탈로스(capital loss)는 장기보유자산의 캐피탈게인(capital gain)과 상쇄(offset)하고, 그리고 로스가 큰 경우에는 통상의 소득(ordinary income)에 대하여 3,000달러까지 상쇄할 수 있다. 다만, 단기의 캐피탈로스가 단기의 캐피탈게인을 초과하는 경우에는, 우선 장기의 캐피탈게인과 상쇄하게 된다. ~ ***planning*** 장기자금계획, 장기계획 ¶ The *long-term planning* is a financial planning to accomplish long-term goals. A *long-term plan* will project how much money will be needed to fund retirement, pay college tuition, or buy a house in five years or more by designing an investment strategy to meet the goal. 장기자금계획은 장기목표(long-term goals)를 달성하기 위한 자금계획을 말한다. 장기자금계획은 그 목표달성을 위하여 투자전략을 세워서, 금후 5년 이사의 기간 안에 퇴직후의 생활자금이나 대학수업료의 지급, 혹은 주택의 구입비 등 어느 정도의 자금이 필요로 될 것인지를 산정하는 경우이다. ~ ***prime rate (LTPR)*** [영] 장기프라임레이트 ¶ In Japan, the *long-term prime rate* (*LTPR*) is a key long-term fixed interest rate, historically set a fixed spread above the 5-year funding rate of select domestic banks. 일본에서, 장기

프라임레이트는 경험상 특별국내은행의 5년짜리 자금조달금리 이상으로 고정스프레드로 정한 주요한 장기고정금리를 말한다.

lookback option 회고옵션(기일로부터 소급하여 과거의 가격으로 권리행사를 할 수 있는 특수한 옵션) ¶ The *lookback option* is an exotic option whose payout is based on the highest intrinsic value of the underlying security during the life of the option. A *lookback* call thus uses the highest market price of the underlying, while a *lookback* put pays off at the lowest market price. 회고옵션은 기초증권(underlying security)의 옵션의 기간에 있어서 최고의 본질가치(intrinsic value)를 기준으로 지급이 행해지는 에그조틱옵션(exotic option)의 하나이다. 따라서 회고옵션의 매입인 회고콜(lookback call)은 기초증권의 최고의 시장가격(market price)을 이용하고, 반대로 매도인 회고풋(lookback put)은 기초증권의 최고 낮은 값을 이용하여 지급된다.

loonie 루니 ¶ *Loonie* is a popular name for the Canadian dollar, which is engraved with the common loon on one side and Queen Elizabeth on the other. 루니는 캐나다달러의 일반용어로, 한 면은 물새가, 다른 한 면은 엘리자베스의 여왕이 새겨져 있다.

loophole 도망길, 빠져나가는 구멍, (법률 등의) 허점 ¶ The *loophole* is a technicality making it possible to circumvent a law's intent without intrinsic value of the underlying security violating its letter. For instance, a tax shelter may exploit a *loophole* in the tax law, or a bank may take advantage of a *loophole* in the Glass-Steagal Act to acquire a discount broker. 빠져나가는 구멍이란 법의 조문에 저촉하지는 않지만, 법의 의도를 빼돌리는 수단을 의미하는 법률용어이다. 예컨대, 조세피난처(tax shelter)는 세법이 빠져나가는 구멍을 활용하고, 또 은행은 디스카운트브로커(discount broker)를 매수하려고 글래스-스티갈법(Glass-Steagal Act)의 빠져나가는 구멍을 이용하고 있다고 말할 수 있다. ***tax loophole*** 세금이 빠져나가는 구멍 → loophole (빠져나가는 구멍).

loose 허술한, 느슨한 ¶ *loose* cargo 포장하지 않은 하물(荷物) /*loose* cash [change, coins, money] 잔돈, 푼돈 /a *loose* money market 방만한 금융시장 ***loose credit*** 완화금융 ¶ The *loose credit* is a policy by the Federal Reserve Board to make loans less expensive and thus widely available in the economy. The Fed implements a *loose credit* policy by reducing interest rates through open market operations by buying Treasury securities, which gives banks more funds they need to satisfy loan demand. The Fed initiates a *loose credit* policy when the economy is weak and inflation is low, in order to stimulate a faster pace of economic activity. Also called easy money. The opposite policy is called tight money, in which the Fed sells securities and makes it more difficult and expensive to borrow, and thereby hopes to slow down economic activity. Tight money policy is used to dampen inflation in an overheated economy. 완화금융은 시장의 대출금리를 인하하여, 또 경제 전체에 융자를 받기 쉽게 하는 미연방준비제도이사회(Federal Reserve Board: FRB)의 정책을 이른다. FRB는 미국채를 공개시장조작(open market operations)에서 매수하고, 은행이 융자수요를 충족하는 데에 필요한 대출자금을 은행에 제공하여 금리를 인하하고, 완화금융을 실현한다. FRB는 경제가 정체하고 인플레이션율이 저조한 경우, 경제활동을 보다 활발하게 하기 위하여 완화금융을 행한다. 이를 또한 easy money(금융완화)라고도 한다. 그 반대의 정책은 단속금융(tight money)이라고 하는데, FRB는 증권을 매각하고 차입금리를 인상하여 차입을 곤란하게 하여, 경제활동을 차분하게 하려고 한다. 단속금융정책은 과열기미

가 있는 경제에 있어서 물가상승(inflation)을 진정시키기 위하여 실시된다.

loro account [영] 제3자 계좌 ¶ the *loro account* of the A bank A은행의 타행(他行)에 있는 계좌

loss 상실, 손해, 손실 ¶ *Loss* is: (1) expenses exceeding sales or revenues; an item is sold for less than its cost or adjusted basis. See also profit. (2) damage through an insured's negligent acts and/or omissions resulting in bodily injury and/or property damage to a third party; damage to an insured's property; or amount an insurance company has a legal obligation to pay. 손실이란 (1) 판매액 또는 수입(收入)을 초과하는 비용; 제품이 원가나 조정기초액보다 낮게 팔리는 경우이다. profit(이익)도 참조할 것. (2) 결과적으로 육체적 손상(損傷)과 제3자에 대한 재산적 손해가 일어나는 피보험자(insured)의 부주의한 행동과 부작위로 인한 손해; 피보험자의 재산에 대한 손해; 또는 보험회사가 지급할 법적 의무가 있는 금액이다. /general (average) *loss* 공동해손(共同海損) → general average (공동해손). /*Loss* is opposite of profit. 손실은 이익(profit)의 반대이다. /bear a *loss* 손실을 입다 /a dead *loss* 완전한 손실, 전손(全損) /an estimated *loss* 예상되는 손실 /heavy *loss* 다액의 손실 /a *loss* carry back 결손(缺損)의 보상 /a *loss* carryforward 결손의 순연(順延) /*losses* from ban debts 대손(貸損)손실 /a *loss* from capital reduction 감자차손(減資差損) /a *loss* from the difference of quotations 환차손(換差損) /a *loss* from the redemption of bonds 사채의 상환차손(償還差損) /a *loss* from securities' revaluation 유가증권의 평가차손 /a *loss* leader 특별세일상품, 특가품(特價品) /*loss* of exchange 외환의 손실 /*loss* of profits 상실이익 /possible *loss* 예상되는 손실 ***loss adjuster*** [영] 손해사정인 ¶ The *loss adjuster* is a professional appointed by, but remaining independent of, an insurer to negotiate settlement of a claim under an insurance policy. See also loss assessor. 손해사정인은 보험증권(insurance policy) 하에서 보험청구권의 결제를 타협하는 보험자가 임명하지만, 보험자로부터 독립해서 존재하는 전문인이다. loss assessor(손해감정인)도 참조할 것. ~ ***adjustment expense*** [영] 손해사정비 ¶ The *loss adjustment expense* is the cost an insurer must bear in adjusting a claim under an insurance contract; some portion of the expense is generally passed back to insureds through load charges. Insurers that are efficient in their claims procedures have greater ability to lower their *loss adjustment expenses* and either improve their margins or reduce their load charges. 손해사정비는 보험계약에 의하여 보험금지급청구를 조정하는 데 보험회사가 지급해야 하는 비용을 말한다. 그 비용의 일부는 일반적으로 부가료(load charge)부담으로 피보험자에게 되돌려준다. 보험금지급청구절차에 능률적인 보험회사는 손해사정비를 낮추는 대단한 능력을 가지며, 차익(margin)을 이용하든지 부가료를 축소하든지 한다. ~ ***assessor*** [영] 손해감정인 ¶ The *loss assessor* is a professional appointed by an insured to negotiate settlement of a claim with an insurer under the terms of an insurance policy. See also loss adjuster. 손해감정인은 보험증권의 조건에 따라 보험회사와 보험금청구의 결제를 타협하기 위하여 피보험자가 임명하는 전문인이다. loss adjuster(손해사정인)도 참조할 것. ~ ***aversion*** [영] 손해회피 ¶ The *loss aversion* is the degree to which an investor alters behavior in the face of a loss. While conventional financial theories assume behaviors for gains or loss are perfectly symmetric, theories of *loss aversion* suggest that investors may be reluctant to realize losses as quickly as they realize gains. 손해회피는 투자자가 손해 앞에서 태도를 변경하는 정도를 말한다. 전통적인 금융학설은 이득이냐 손실이냐에 대한 태도가 완전히 균형이 잡혔다고 주장하는 반면에, 손해회피의 학설은 투자자가 이득을 실현하는 만큼

재빨리 손실을 실현하기가 마음이 내키지 않을 수 있음을 제안한다. ~ ***cut [cutting]*** 손절매(損切賣) ¶ *Loss cut* means selling stocks, suffering a loss in the declining market. It leads the declining tendency of stock price to a steep path, and the more steeply the declining tendency falls toward the bottom, the more likely it incurs another *loss cut* so that the demand and supply of stocks might become so entangled. 손절매(損切賣)는 하락장에서 손실을 감수하고 주식을 매도하는 것이다. 로스컷은 주가하락세를 더욱 가파르게 하는 데가, 하락세가 깊어지면 또 다른 로스컷을 부르는 등 수급을 꼬이게 하는 요인이 된다. ~***-control activities*** 사고방지행동, 사고 콘트롤 ¶ *Loss-control activities* are actions initiated by a company or individual at the urging of its insurance company to prevent accidents, losses or other insurance claims. For example, a home insurer may require smoke alarms. A commercial insurer may require certain safety procedures in a manufacturing plant. 사고방지행동은 사고나 손실 등의 보험금지급청구(insurance claim)가 발생하지 않도록 보험회사의 요청에 따라 회사나 개인이 취하는 행동을 말한다. 예를 들면, 화재보험회사는 화재경보기를 설치하도록 요구할 수 있다. 사업보험회사는 제조공장에서 특정한 안전절차의 도입을 요구할 수 있다. ~ ***equity put*** [영] 손해보통주 풋옵션 ¶ The *loss equity put* is a contingent equity structure that results in the issuance of new equity in the event a predefined trigger event, such as a large loss from a catastrophic hazard, is breached. Although common stock and preferred stock can be issued under the put, preferred stock is often used in order to prevent dilution. If the trigger event occurs and the put is exercised the put seller, generally a bank, provides the put purchaser with funds in exchange for shares. See also put protected equity. 손해보통주 풋옵션은 대재난으로 인한 대손해와 같이 사전에 정한 해약사유(trigger event)에 해당되는 경우에 신규주식발행으로 귀착되는 불확정적 자본구성(contingent equity structure)을 말한다. 보통주와 우선주가 풋옵션하에서 발행될 수 있더라도, 우선주는 주식의 희석화를 방지하기 위하여 자주 이용된다. 만일 해약사유가 발생하고 풋옵션이 행사된다면 일반적으로 은행인 풋옵션의 매도인은 풋매입인에게 주식과 교환하여 자금을 제공한다. put protected equity(특정일까지 보호받는 보통주)도 참조할 것. ~ ***exposure*** 로스익스포저(손실이 노출되는 분야) ¶ In insurance, *loss exposure* is areas in which the risk of loss exists. Four loss risk areas are: (1) property; (2) income; (3) legal vulnerability; and (4) key personnel in an organization. 보험에서 로스익스포저는 손실의 위험이 존재하는 영역이다. 4개의 손실위험은 (1) 재산, (2) 수익, (3) 법적 취약성, 그리고 (4) 조직에서의 핵심인원이다. ~ ***financing*** [영] 로스파이낸싱 ¶ The *loss financing* is a broad class of risk management techniques, including risk transfer, risk retention, and hedging, that is primarily concerned with ensuring the availability of funds in the event of a loss. Loss financing may be funded from internal sources (e.g., through self-retention reserves) or external sources (e.g., through compensatory payments from insurance or derivative contract). See also loss control activities; post-loss financing; pre-loss financing; risk reduction. 로스파이낸싱은 손실의 경우에 주로 자금의 이용가능성을 보장하는 것과 관련되는 리스크이전(risk transfer), 위험이전과 헤징을 포함하는 넓은 부류의 위험관리기법이다. 로스파이낸싱은 내부재원(internal resources)(예컨대, 자가유보준비금) 또는 외부재원(external resources)(예컨대, 보험계약이나 파생상품계약으로부터 보상적 지급을 경유하여)에서 자금을 조달받을 수 있다. loss control activities(사고방지행동); post-loss financing(손실후 자금조달); pre-loss financing(손실전 자금조달); risk reduction(리스크삭감)도 참조할 것. ~ ***frequency method*** [영] 손실빈도방법 ¶

In insurance, the *loss frequency method* is a mechanism used to establish a core premium level by projecting the expected number of future losses in a given risk class over a particular time frame. Also known as loss rate. See also loss ratio method. 보험에 있어서, 손실빈도방법은 특정한 시간대에 일정한 위험등급에서 장래손실의 예상수를 설계함으로써 주요한 보험료수준을 확립하는 데 사용되는 메커니즘을 말한다. ~ ***given default*** 디폴트가 주는 손해 ¶ *Loss given default* is a value or percentage estimate of the amount, net of recovery, which a bank expects to lose if a counterparty defaults (i.e., -1 recovery rate). *Loss given default* is an essential input into internal and regulatory credit default models as it provides a financial estimate of the net amount that may ultimately be lost should a counterparty fail. 디폴트가 주는 손해는 거래상대방이 디폴트가 되는 경우 은행이 손실을 예상하는 회수금액을 제외한 금액의 가치 또는 비율예측을 말한다(예컨대, -1 회수율). 디폴트가 주는 손해는 거래상대방이 실수를 한 경우 궁극적으로 손해를 입을 수 있는 순금액의 금융평가를 제공하기 때문에 내부규칙적인 크레디트디폴트모형(credit default model)의 기본투입량(essential input)이 된다. ~ ***leader*** 특별세일상품 ¶ The *loss leader* is a concept, primarily in retailing, where an item is priced at a loss and widely advertised in order to draw trade into the store. The loss is considered a cost of promotion and is offset by the profits on other items sold. Concept is sometimes used by discount brokers, who will advertise a particular transaction at a loss price to attract customers, who will enter into other transactions at a profit to the broker. 특별세일상품은 고객을 점포에 끌기 위하여, 어떤 상품에 출혈가격을 부쳐 대폭 널리 선전하는 주된 소매업계의 개념이다. 그 손실은 판매촉진비(cost of promotion)로 간주되고, 기타 상품매상이익으로 수렴된다. 이 수법은 자주 디스카운트브로커(discount broker)에 의하여 사용되고, 브로커에게 이익이 되는 거래에 고객을 끌어들이기 위하여 특정한 거래를 출혈가격으로 선전한다. ~***-of-income insurance*** 소득보상보험 ¶ The *loss-of-income insurance* is a insurance coverage replacing income lost by a policyholder. For example, business interruption insurance will pay employee wages if a business is temporarily out of operation because of a fire, flood, or other disaster. Disability insurance will replace a portion of an insured disabled person's income while he or she is disabled due to injury or illness. Worker's compensation insurance will reimburse a worker who was injured on the job for lost wages during the disability period. 소득보상보험은 보험계약자(policy holder)가 잃은 소득을 전보(塡補)하는 보험을 이른다. 예컨대, 사업중단보험(business interruption insurance)은 화재나 홍수, 기타 천재로 인하여 업무가 일시적으로 중단한 경우에 종업원의 급여를 지급한다. 폐질보험(disability insurance)은 보험계약자가 상처나 질병으로 근무할 수 없는 동안, 그 사람의 수입의 일부를 전보한다. 근로자급여보상보험(worker's compensation insurance)은 작업 중에 상처를 입은 근로자에게 취업 중 불능기간중의 일실급여(逸失給與)를 보상(補償)한다. ~ ***portfolio transfer*** [영] 손실의 포괄적 이전 ¶ The *loss portfolio transfer* is a finite risk contract where the insured transfers a portfolio of unclaimed losses from previous liabilities. The insured pays the insurer a fee, premium, and the present value of net reserves needed to cover existing portfolio liabilities, and the insurer assumes the responsibility for the losses. Through this mechanism uncertain "lump sum" liabilities are transformed into certain liabilities, with a present value that is equal to the net present value of unrealized losses. See also retrospective aggregate loss cover; retrospective finite policy. 손실의 포괄적 이전은 피보험자가 전(前)책임에서 미청구(未請求)손실의 포트폴리오를 이전하는

유한(有限)리스크계약을 말한다. 피보험자는 기존의 포트폴리오 책임을 커버하는 데 필요한 수수료, 보험료, 및 순준비금의 현재가치(present value)를 지급하고, 보험업자는 손실에 대한 책임을 인수한다. 이런 불투명한 「일괄지급금」(lump sum)의 메커니즘을 통해서 책임은 미실현손실(unrealized loss)의 순현재가치와 같은 현재가치를 가지는 투명한 책임으로 변형된다. retrospective aggregate loss cover(소급총손실커버); retrospective finite policy(소급유한보험계약)도 참조할 것. ~ ***prevention*** 손실방지 ¶ *Loss prevention* is programs instituted by individuals or companies to prevent losses. Businesses implement safety programs to prevent workplace injuries. Individuals install fire detectors, burglar alarms, and other protective devices to prevent losses caused by fire and theft. Car owners install special locks to prevent auto theft. Insurance companies usually offer discounts to businesses or individuals taking *loss prevention* measures. 손실방지는 개인이나 회사가 손실을 방지하기 위하여 행하는 시책이다. 기업은 직장에서의 상해발생을 방지하기 위하여 안전한 시책을 실시하고, 개인은 화재나 도난으로 인한 손실을 방지하기 위하여, 화재경보기, 도난경보기 등의 방어장치를 설치한다. 자동차의 소유자는 차량절도를 방지하기 위하여 특별한 키(key)를 장치한다. 보험회사는 통상 손실방지책을 취하고 있는 기업이나 개인에게 할인을 제공한다. ~ ***ratio*** 손해율 ¶ A *loss ratio* is a ratio of losses paid or accrued by an insurer to premiums earned, usually for a one-year period. 손해율은 통상 1년 동안에 보험회사가 받은 보험료(premium)와 보험회사의 지급보험금액과 미지급보험금액의 합계액의 비율을 말한다. ~ ***ratio method*** [영] 손해율방식 ¶ In insurance, the *loss ratio method* is a mechanism used to modify a core premium level by uniform percentages for related types of risks in order to align actual and expected loss ratios. See also loss frequency method. 보험에 있어서, 손해율방식은 실제적인 예상손해율을 정렬(整列)시키기 위하여 관계유형의 위험을 통일된 백분율로 주요한 보험료수준을 수정하는 데 사용되는 메커니즘을 말한다. loss frequency method(손해빈도방식)도 참조할 것. ~ ***reserves*** [영] 손실준비금 ¶ The *loss reserves* are a reserve account established by an insurer or reinsurer that includes an estimate of claims reported and adjusted but not yet paid, claims reported and filed but not adjusted, and claims incurred but not reported; the latter is often difficult to estimate on an ex-ante basis and actual results only appear over time. 손실준비금은 보고·조정되었으나 아직 지급되지 않은 보험금청구, 보고·신청되었으나 아직 조정되지 않은 보험금청구, 보험사고가 발생되었으나 아직 보고되지 않은 보험금청구를 포함하는, 보험업자 또는 재보험업자가 설정한 준비금계좌를 말한다. 후자(보험사고가 발생되었으나 아직 보고가 되지 않는 보험금청구)는 사전(事前)방식으로는 예상하기가 어려울 때가 있고, 실제의 결과는 시간이 경과함에 따라 나타난다. ~ ***-sensitive insurance contract*** [영] 손실에 민감한 보험계약 ¶ The *loss-sensitive insurance contract* is the general class of partial insurance contracts with premiums that depend on loss experience. Common *loss-sensitive contracts* include experience rated policies, investment credit programs, large-deductible policies, and retrospectively rated policies. 손실에 민감한 보험계약은 손실경험에 의존하는 보험료를 부과하는 일부보험계약을 말한다. 일반손실에 민감한 보험계약에는 경험요율보험계약(experience rated policy), 투자공제프로그램(investment credit program), 고액공제보험계약(large-deductible policy) 및 소급요율보험계약(retrospectively rated policy)이 포함된다. ~***es incurred*** [영] 기발생(旣發生)손실 ¶ In insurance, *losses incurred* is a measure of the amount of premiums earned by the insurer that must be allocated to cover losses; *losses incurred* can serve as a basis for establishing loss reserves. See also losses outstanding. 보험에서, 가발생손실은 손실을 커버하기 위하여 배분받아야 할 보험업자가 벌어드린 보험료총액의 측정치(値)이다. 기발생손실은 손실준비금을 설정하기 위한 근거로서 도움이 될 수 있다. losses outstanding(미지급손실)도 참조할 것. ~es outstanding [영] 미지급손실 ¶ In insurance, the *losses outstanding* is the amount of losses representing claims received but not yet paid by the insurer to insured. See also losses incurred. 보험에서, 미지급손실은 보험업자가 보험금청구를 받았으나 피보험자에게 아직 지급되지 않은 손실금액을 말한다. losses incurred(기발생손실)도 참조할 것. ***partial*** ~ 분손(分損) ¶Partial loss is damage of property that is not total; average (in sense of partial) loss. See also set clause. 분손(分損)이란 전체가 아닌 재산의 손해, 즉 (일부라는 의미에서) 평균손실을 이른다. set clause(세트조항)도 참조할 것. ***profit and ~ statement; profit and ~ account (P&L)*** [영] 손익계산서 ¶ *Profit and loss statement (P&L)* is summary of the revenues, costs, and expenses of a company during an accounting period; also called income statement, operating statement, statement of profit and loss, income and expense statement. 손익계산서는 회계기간(accounting period) 내에 회사의 수입(revenues), 원가(cost) 및 비용(expense)의 개요(概要)이다. 이를 income statement, operating statement, statement of profit and loss, income and expense statement라고도 한다. ***total*** ~ 전손(全損) ¶ *Total loss* is condition of real or personal property when it is damaged or destroyed to such an extent that it cannot be rebuilt or repaired to equal its condition prior to the loss. 전손(全損)이란 부동산(real property)이나 동산(personal property)이 손해를 입거나 파괴되어서 손실 이전의 상태와 똑같게 재건축되거나 수선될 수 없는 정도의 상태를 말한다.

lost 분실된 ¶ *lost* bill 분실어음 /*lost* check 분실수표 /*lost* in transit 운송중 분실 /*lost* items 분실물건 lost /*lost* or not *lost* [해상보험] 소급약관 /*lost* passbook 분실한 통장 ***Lost Decade*** 잃어버린 10년간 → liquidity trap (유동성의 함정).

lot 부지(敷地), 지구(地區), 식구(食口), 단위, 일필(一筆), 일조(一組) ¶ In a general sense, a *lot* is any group of goods or services making up a transaction. See also board lot; odd lot; round lot. 일반적인 의미에서는, 로트는 거래를 구성하고 있는 상품이나 서비스의 단위를 가리킨다. board lot(거래단위); odd lot[단주(端株]; round lot(단위주)를 참조할 것. /*lot* bond 로트채(債)(통합된 매매단위의 채권)

lottery 복권 뽑기, 추첨, 운, 재수 ¶ The *lottery* is a contest that requires a purchase be made in order to qualify for a random drawing. *Lotteries* – as opposed to sweepstakes, which do not require that entrants make a purchase – are not legal according to U.S. Postal Service regulations governing direct mail promotions, because they are considered a form of gambling. 복권 뽑기는 무작위의 추첨자격을 주기 위하여 무언가를 구입하여야 할 것을 필요로 하는 경쟁이다. 복권 뽑기 — 참가자가 무언가를 구입하여야 할 것을 필요로 하지 않는 내기 경마(sweepstakes)와는 반대된다 — 는 직접우편물광고를 규제하는 미체신청(U.S. Postal Service)의 규정에 따라 적법하지 아니하다. 왜냐하면, 복권 뽑기는 도박의 하나의 형태라고 보기 때문이다. /*lottery* loan 복권상환채권

low ⓐ 낮은, 원기가 없는, 가격이 싼 ¶ *low*-income country 저소득국 /*low* interest 저금리 /a *low* interest policy 저금리정책 /*low* priced stock; *low*-price stock; *low* grade stock 저위주(低位株) /a *low* season 한산기(閑散期) ***low balance method*** 최저잔액법(最低殘額法) ¶ The *low balance method* is an interest computation method on savings accounts where interest is based on the lowest balance during the period. 최저잔액법(最低殘額法)은 이자를 붙이는 기간의 최저잔액(最低殘額)을 이자계산의 기준으로 하는 저축성예금(savings account)의 이자(interest)계산방법이다. ~ ***exercise price option (LEPO)*** [영] 저가행사가격옵션 ¶ The *low exercise price option* (*LEPO*) is an exchange-traded or over-the-counter option with a strike price that is set very close to zero. The creation of a low strike price allows the option's value to track closely the price of the underlying reference asset. 저가행사가격옵션은 제로(0)에 대단히 가깝게 정해진 행사가격을 가진 장내 또는 장외옵션을 말한다. 저가행사가격의 창출로 인하여 옵션의 가격이 기초대상자산의 가격에 가깝게 뒤를 쫓을 수 있게 된다. ~ ***premium convertible bond*** [영] 저가프리미엄부 전환사채 ¶ The *low premium convertible bond* is a convertible bond, generally issued with a 10- to 15-year final maturity, which has conversion price set at a small (i.e., < 5%) premium to the market price of the issuer's common stock; the probability of rapid conversion into shares is thus very high. Since a low-premium convertible is essentially an equity substitute, the coupon on the bond is usually only slightly higher than the existing dividend yield on the underlying common stock. 저가프리미엄부 전환사채는 일반적으로 발행자의 보통주의 시가(market price)에 대해서 저가프리미엄(즉, 5%보다 적게)으로 정한 전환가격을 가지는 10년에서 15년의 최종만기로 발행된 전환사채이다. 그러므로 주식에의 신속한 전환의 확률은 대단히 높다. 저가프리미엄부 전환사채는 기본적으로 주식대용물이기 때문에, 사채에 관한 쿠폰은 통상 기초보통주의 기존배당률보다 약간 높을 뿐이다. ~ ***grade*** 저가등급 ¶ The *low grade* is a bond rating of B or lower. 저가등급이란 싱글 B 이하의 채권등급(bond rating)을 말한다. ~***-income housing limited partnership*** 저소득자 주택리미티드 파트너십 ¶ The *low-income housing limited partnership* is a limited partnership investment in housing complexes occupied by low – and moderate – income tenants paying rent that cannot exceed statutory limits. Such partnerships offer investors annual tax credits over a 10-year period that total approximately 130% to 150% of the amount invested. Due to the restricted rents as required under the tax law, anticipated cash flow during the holding period is minimal. Properties can be sold after a 15-year holding period, which may return some or all of the original investment. The primary investment motivation for limited partners is a predictable stream of annual tax benefits. 저소득자 주택리미티드 파트너십은 저·중소득자(low, moderate income)용으로, 그 가임(家賃)(rent)이 법정한도를 초과하지 않는 임대주택에의 투자를 행하는 리미티드 파트너십(limited partnership)이다. 이러한 파트너십은 투자자에게 10년간 매년 세액공제(tax credit)를 가져오고, 그 세액공제액의 합계는 투자액의 약 130%~150%에 달한다. 세법에서 정하는 가임규칙(家賃規則) 때문에, 리미티드 파트너십에의 캐시플로(cash flow)는 한정된 것이 된다. 투자주택은 15년의 보유기한후 매각할 수 있고, 매각에 의하여 당초 투자액의 일부, 또는 전액을 회수할 수 있다. 리미티드파트너에의 주된 투자동기는 안정적으로 향유할 수 있는 매년의 세액공제액이다. ~***-load fund*** 저(低)로드펀드 → load fund (판매수수료부 펀드).

[n.] 낮은 것, 최저기록 ¶ A *low* is a bottom price paid for a security over the past year or since trading in the security began; in the latter sense also called historic low. 최저가는 과거 1년, 또는 그 증권의 거래가 시작한 이래의 최저가의 증권가격을 이른다. 후자의 의미에서는 상장이래 값싼 가격(historic low)이라고도 한다. /a new *low*; an all-time *low* 최저기록

lower 보다 낮은 ¶ a *lower* limit 하한(下限) ***lower of cost or market (LCM)***

저가법(低價法) ¶ The *lower of cost or market (LCM)* is a method of valuating inventory, using the lower of either the price of the item as of the time it was purchased or the present market value of the item. 저가법은 구입시의 품목의 가격 또는 그 품목의 현재의 시장가격으로 이용하는 재고품평가방법이다. ¶ The *lower of cost or market* is a generally accepted accounting principle that inventory should be valued at the lower of the cost to produce it, the cost to reimburse it. or its market value. 저가법(低價法)은 재고자산[재고](inventory)의 가치를 제조원가, 보상경비(cost to reimburse), 또는 시장가치(market value) 중 낮은 쪽으로 기재한다는 하는 일반적으로 공정 타당하다고 인정되는 회계원칙(generally accepted accounting principle: GAAP)이다.

lowering 저하, 저감(低減) ¶ *lowering* [reduction] of interest rate 금리인하

lowest 밑바닥(底)

low-tech 낮은 기술의(low-technology) (*cf.*) high-tech 첨단기술의 ¶ The word *low tech* means describing a product that utilizes a low level of technology, often developed many decades ago. A manual can opener purchased today that works in the same manner as one that was manufactured 30 years ago is an example of a *low-tech* product. 낮은 기술의 것이라는 말은 자주 몇십년 전에 발달된 낮은 기술수준을 활용하는 제품을 표현하는 말이다. 오늘날 구입하는 손으로 하는 깡통 따기는 30년 전에 제작된 것과 같은 방식으로 움직이지만 낮은 기술의 제품의 실례이다.

loyalty 충실, 충의(忠義) ***loyalty oath*** 충성의 선서 ¶ The *loyalty oath* is an oath whereby an individual declares his allegiancy to his government and its institutions and disclaim any support of foreign ideologies or association. 충성의 선서는 개인이 정부와 그 기관에 대한 충성을 선언하고 외국의 이데올로기나 단체에의 지지를 거절하는 선서이다.

LPG ship → **l**iquefied **p**etroleum **g**as **ship** [약] 액화석유가스선(船) ¶ *LPG ship* is an acronym for liquefied petroleum gas ship, meaning that it is a ship which transports liquefied petroleum gas. The ship mainly takes on the cargo of liquefied butane gas made up at the refining process of oil and propane gas. LPG ship은 liquefied petroleum gas ship[액화석유가스선(船)]의 머리글자에서 따온 것으로, 그 의미는 액화석유가스를 운반하는 선박을 말한다. 그 선박은 주로 석유정제때 만들어지는 액화부탄이나 프로판 가스를 실어 나른다.

LRD (ISO) code Liberia – currency Liberian dollars. ¶ LRD (국제표준기구) 약호 라이베리아 — 화폐 라이베리아 달러(dollars).

LSL (ISO) code Lesotho – currency maluti. ¶ LSL (국제표준기구) 약호 레소토 — 화폐 말루티(maluti).

LTE → **L**ong **T**erm **E**volution [약] 롱텀 에볼루션 ¶ The *Long Term Evolution (LTE)* means a network that has evolved the mobile communication of the 3 Generation in the long run. It is reckoned out the representative mobile communication's technique of the 4 Generation together with wibro. 롱텀 에볼루션이란 3세대의 (3G) 이동통신 기술을 장기적으로 진화시킨 네트워크란 의미이다. 와이브로와 함께 대표적인 4세대 이동통신기술로 꼽힌다.

lucrative 유리한, 수지가 맞는, 돈이 벌리는, [법] 무상으로 얻은 ***lucrative title*** 대가없는 권원취득, 무상취득에 의한 권원취득 ¶ In Roman law, *lucrative title* is title to property acquired with lucrative causa without consideration. 로마법에서,

대가없는 권원취득은 대가없이 유리한 원인으로 취득한 재산에 대한 권원을 말한다.

LUF (ISO) code Luxembourg – currency Luxembourg franc. ¶ LUF (국제표준기구) 약호 룩셈부르크 — 화폐 룩셈부르크 프랑(Luxembourg franc).

lull (장사가) 일시적인 불경기, 뜸함 ¶ a seasonal *lull* in sales 계절로 인한 매기(買氣)의 두절

lump 덩어리, 대량, 총량 ¶ in a [one, a single] *lump* sum 한번에, 일시에 /*lump* price 한데 묶어 판매하는 가격 /*lump*-sum purchase 일괄구입 ***lump sum*** 일괄금액 ¶ A *lump sum* is a large payment of money received at one time instead of a periodic payments. People retiring from or leaving a company may receive a *lump-sum* distribution of the value of their pension, salary reduction or profit-sharing plan. (Special tax rules apply to such *lump-sum* distributions unless the money is rolled into an IRA rollover account.) Some annuities, called single premium deferred annuities (SPDAs) require one upfront *lump sum* which is invested. Beneficiaries of life insurance policies may receive a death benefit in a *lump sum*. A consumer making a large purchase such as a car or boat may decide to pay in one *lump sum* instead of financing the purchase over time. 일괄금액은 정기적인 지급(periodic payment)이 아니라, 다액의 금전을 한 번에 수취하는 경우이다. 예를 들면, 정년퇴직 혹은 퇴직시에, 연금제도(pension plan), 급여공제연금제도(salary reduction plan), 혹은 수익분배제도(profit sharing plan) 등에서 일괄로 급여금을 받는다. 다만, 급여금이 개인퇴직연금계좌(individual retirement account)에 롤오버(IRA rollover)하는 경우를 제외하고 특별한 세금이 부과된다. 보험료일괄지급과세 순연연금보험(single premiums deferred annuities: SPDA)이라고 하는 연금보험에서는 보험료를 투자자금으로서 최초로 일괄 지급한다. 또 생명보험계약(life insurance policy)의 수익자는 사망보험금(death benefit)을 일괄로 받는다. 자동차나 보트 등 대형 매물(賣物)을 사는 사람은 자동차론(loan) 등의 차입을 이용하지 않고 일괄로 지급할 것을 선택한다.

lunacy 심신상실 ¶ bureaucratic [economic] *lunacy* 관료적[경제적] 광기(狂氣)

Luxembourg currency 룩셈부르크 화폐 ¶ Luxembourg franc (LUF), divided into 100 centimes. The 1999 legacy conversion rate was 40.3399 to the euro. It fully changed to the euro/cent from 2002. 1 룩셈부르크 프랑(Luxembourg franc) = 100 상팀(centimes). 1999년 내려오는 전환금리는 유로에 대한 40.3399였다. 프랑은 2002년부터 유로(euro/cent)로 완전히 변경하였다.

luxury 사치 ¶ *luxury* [*luxurious*] *goods* 사치품(luxuries) ***luxury tax*** 사치세, 물품세 ¶ The *luxury tax* is a tax on goods considered nonessential. For example, in the early 90s a 10% *luxury tax* was imposed on purchases of cars selling for $30,000 or more, airplanes, boats, furs and expensive jewelry. The result of the tax, however, was that purchases of these items dropped sharply, harming the producers and retailers of these goods severely. That *luxury tax* was repealed in the Revenue Reconciliation Act of 1993. 사치세는 필요 불가결한 것은 아니라고 생각되는 상품에 부과되는 세금이다. 예컨대, 1990년대 초기는 30,000 달러 이상의 자동차, 비행기, 보트, 모피나 고가의 보석장식품의 구입에는 10%의 사치세가 부과되었다. 그러나, 이 세금이 있기 때문에, 이러한 상품의 구입이 격감하고, 생산자와 소매업자에게 심각한 타격을 주었다. 그 사치세는 1993년의 세입조정법(Revenue Reconciliation Act of 1993)에서 폐지되었다.

LVR (ISO) code Latvia – currency lat. ¶ LVR (국제표준기구) 약호 라트비아 — 화

폐 라트(lat).

lwei 르웨이 ¶A subdivision (1/100) of the Angolan kwanza. 앙골라 콴자(kwanza)의 하부단위, 1 콴자 = 100 르웨이(lwei).

LYD (ISO) code Libya – currency Libyan dinar. ¶LYD (국제표준기구) 약호 리비아 — 화폐 리비아 디나르(dinar).

LYONS 라이온즈 → zero-coupon convertible security (제로쿠폰전환사채).

M

M → money [약][속] 돈, money supply [경제] 머니서플라이, 통화공급량 ¶ The *money supply* is the total amount of money available at short notice in a given country. There are several categories of money supply, designated M0, M-1, M-2, and M-3. See also monetary policy. 통화공급량은 일정한 국가에서 급한 예고를 하고 사용할 수 있는 총화폐량을 이른다. 통화공급량은 M0, M-1, M-2, 및 M-3로 표시되는 바와 같이 여러 카테고리가 있다. monetary policy(금융정책)도 참조할 것. /*M-1, M-2 and M-3* are three measures of the money supply as defined by the Federal Reserve Board. 머니서플라이 M-1, M-2, 및 M-3는 미연방준비제도이사회(Federal Reserve Board: FRB)에서 정한 머니서플라이(통화공급량, money supply)의 3 지표를 이른다.

M-1 → 머니서플라이 M-1(통화공급량의 지표로서, 현금통화와 요구불예금을 합한 것)(국가에 따라 정의는 조금씩 다르다. 이하 같다.) ¶ *M1* is the narrower measure of money supply. It includes currency in circulation, checking account balances, NOW accounts and share draft accounts at credit unions, and travelers' checks. *M1* represents all money that an be spent or readily converted to cash for immediate spending. M-1은 머니서플라이를 협의로 파악한 지표이다. 유통현금통화, 당좌예금계좌의 잔액, 신용조합의 양도가능환급지시서(NOW) 예금과 셰어드래프트(share draft)계좌, 여행자수표(traveller's check)를 포함한다. M-1은 지출을 위하여 사용한다든지, 곧 현금화될 수 있는 모든 통화를 나타낸다.

M-2 → 머니서플라이 M-2(M-1에 정기성 예금 등을 부가한 것) ¶ *M2* includes everything in M1 plus savings accounts and time deposits such as CDs, money market deposit accounts, and repurchase agreements. M-2는 M-1에, 저축예금(savings account)이나 양도예금증서(certificate of deposit: CD) 등의 정기예금, 시장금리연동형 예금계정(money market deposit account), 환매조건부 거래(repurchase agreement)를 부가한 것이다.

M-3 → 머니서플라이 M-3(M-2에 대형기관정기성 예금을 부가한 것) ¶ *M3* includes everything in M2 plus large CDs and money market fund balances held by institutions. *M3* is the broadest measure of money supply tracked by the Fed. M-3은 M-2에 기관투자자가 보유하는 대형 CD와 머니마켓펀드(money market fund: MMF)를 부가한 것이다. M-3은 Fed(미연방준비제도)가 추적하고 있는 머니서플라이지표의 중에서는 가장 광의의 지표이다.

Maastricht Treaty 마스트리히트조약 ¶ The *Maastricht Treaty* is a legislation, signed in 1992, creating the European Union (EU) from the existing 12 members countries of the European Economic Community (EC). In the main financial provisions of the treaty, the states agreed to a process of Economic and Monetary Union (EMU), with the creation of a single European currency (the Euro) as its ultimate goal. The treaty, named after the Dutch town in which it was agreed and signed, came into force in 1993. Monetary union was designed to be achieved in three stages, starting with participation in the

M

Exchange Rate Mechanism (ERM). The second stage created the European Monetary Institute (EMI) to set qualifying conditions for a move towards the establishment of a single currency. It also provided for the creation of the European Central Bank. The third state, achieved by January 1999, locked member states into a fixed exchange rate and activated the European Central Bank as the governor of economic and monetary policy throughout the European Union. The Euro was fully adopted in 12 EU countries (all the then members with the exception of Denmark, Sweden, and the UK) in January 2002. 마스트리히트조약은 1992년에 서명된, 유럽경제공동체(EC)의 12 회원국가로써 유럽연합(EU)을 창설하는 입법이다. 그 조약의 주된 재무조항에서, 회원국들은 최종목표로서 단일유럽통화의 창설과 함께, 경제통화연합(EMU)의 진행에 합의하였다. 조약이 합의되고 서명된 곳인 네덜란드 마을의 이름을 딴 마스트리히트조약은 1993년에 시행되었다. 통화연합(monetary union)은 환율체제(Exchange Rate Mechanism)에 참여와 함께 출발하는 3단계에서 달성되는 것으로 되어 있다. 두 번째 단계에서 단일통화의 설정을 향한 운동의 적격조건을 정하기 위하여 유럽통화연구소(EMI)를 설립하였다. 또한 이 단계에서 유럽중앙은행(European Central Bank)의 창설을 위해 준비하였다. 1999년 1월까지 성취된 제2단계에서 회원국들을 고정환율로 고정시켜서 유럽연합을 통한 경제통화정책의 관리자로서 유럽중앙은행을 활성화하였다. 유로(Euro)는 12개 유럽연합국(덴마크, 스웨덴, 및 영국의 예외가 있으나, 당시 모든 회원국에 의하여)에서 2002년 1월에 완전히 채용되었다.

Ma Bell 마벨 ¶ *Ma Bell* is a nickname for AT&T. Before the Bell System was broken up in 1984. AT&T controlled both local and long distance telephone service in the United States. After the breakup, local phone service was performed by the seven regional phone companies and AT&T concentrated on long distance, telecommunications research, equipment, and computer manufacturing. Even though it no longer enjoyed the monopoly it once had, people still refer to AT&T as *Ma Bell*. In 2006 AT&T acquired BELLSOUTH, another of the seven regional phone companies. AT&T Inc. stock is a component of the Dow Jones Industrial Average and is one of the most widely held and actively traded stocks on the New York Stock Exchange. 마벨은 아메리카전화전신회사(AT&T)의 통칭이다. 1984년에 벨시스템(Bell system)이 분할되기 이전에는, 아메리카전화전신회사는 미국의 지역전화서비스, 장거리전화서비스 양쪽을 통제하고 있었다. 분할 후에는, 근거리전화서비스는 7개의 지역전화회사가 담당하고, 아메리카전화전신회사는 장거리전화서비스, 전기통신연구, 기기(機器) 및 컴퓨터제조에 전념하였다. 옛날과 같은 독점기업을 아니지만, 오늘날에도 아메리카전화전신회사를 마벨이라고 부르는 사람이 많다. 2006년에 AT&T는 7개의 지역전화회사의 하나인 BELLSOUTH를 매수하였다. AT&T사의 주식은 다우존스 공업주 평균(Dow Jones Industrial Average)의 구성주의 하나이고, 뉴욕주식거래소(New York Stock Exchange)에서 가장 주주가 많으며, 거래가 가장 활발한 주식의 하나이다.

macaroni defense [영속] 마카로니 방어책 ¶ The *macaroni defense* is an anti-takeover defense where a potential target company issues bonds with a redemption clause forcing the securities to be redeemded at a very substantial premium to par value in the event of a takeover; the provision makes the company unattractive to any potential acquirer. See also scorched earth defenses. 마카로니 방어책은 잠재적 매수대상회사가 주식공개매수의 경우에 주식증권을 액면가에 대해서 매우 실질적 프리미엄으로 상환되도록 하는 상환조항이 있는 채권을 발행하는 반(反)주식공개매수의 방어책(antitakeover defense)이다. 그 조항

은 회사를 잠재적 매수자에게는 매력적이지 못하게 만든다. scorched earth defense (초토방위책)도 참조할 것.

MACD 이동평균수렴(收斂)·괴리(乖離) → moving average convergence/ divergence [약] 이동평균수속확산법(收束擴散法)

Macedonia currency 마케도니아 화폐 ¶ denar 데나르

machine 기계, 기관 ¶ banking *machine* 은행거래기계 /cash *machine* 현금취급기 /*machine* language [code] 기계언어(0과 1이 조합되어 나타낸다) /*machine* maintenance and repair 기기영선(機器營繕) /*machine* tool 공작기계 /the *machine* tool industry 공작기계공업 /off-premise *machine* 점포외기(店鋪外機)

machinery (*col.*) 기계, 기구(機構) ¶ *machinery* and equipment 기계장치 /the *machinery* industry 기계공업 /The *machinery* is driven [run] by electricity. 기계는 전기로 움직인다.

machining center 복합공작기계센터

macro- *pref.* 긴, 큰의 의미를 나타낸다 ¶ *macro*-analysis 매크로분석, 거시적 분석 ***macro-economics*** 거시경제학 ¶ *Macro-economics* is analysis of a nation's economy as a whole, using such aggregate data as price levels, unemployment, inflation, and industrial production. See also microeconomics. 거시경제학은 물가수준(price level), 실업률(unemployment), 인플레이션율(inflation), 아울러 공업총생산액(industrial production)이라는 전국데이터를 사용한 1국 경제의 전체적인 분석을 말한다. microeconomics(미시경제학)도 참조할 것. ***macro- hedge*** 매크로헤지 ¶ *Macro-hedge* is to integrate portfolio as a whole, but not individual item, and to hedge them. Compare microhedge. 매크로헤지는 개별종목이 아니라 포트폴리오 전체를 종합해서, 헤지하는 것이다. microhedge(개별헤지)와 비교할 것.

macroeconomic factor model 거시경제적 요인모형 ¶ The *macroeconomic factor model* is a multifactor risk model with inputs that include historical stock returns and observable macroeconomic indicators, such as interest rates, inflation, investor confidence, and business activity. The sensitivity of a stock price to each macroeconomic variable can be estimated through such a model, allowing the projection of expected returns. See also fundamental factor model; statistical factor model 거시경제적 요인모형은 금리, 인플레이션, 투자자신뢰 및 사업활동과 같은 과거의 주가이익률과 관측할 수 있는 거시경제적 지표(指標)를 포함하는 투입량(input)을 가지는 다수요인적 리스크 모형을 말한다. 각 거시경제적 변수(variable)에 대한 주가의 민감성은 기대수익률의 예측을 허용하는 이러한 모형을 통해서 예측될 수 있다. fundamental factor model(기본적 요인모형); statistical factor model(통계적 요인모형)도 참조할 것.

macrohedge [영] 매크로헤지 ¶ The *macrohedge* is a proxy hedge, put in place by a company or bank, that is designed to protect revenues and earnings in the event of a deterioration in economic conditions (upto, and including, a recession). Since there is no single instrument or financial contract that can replicate such conditions, a *macrohedge* is generally constructed from a variety of underlyings that perform well in poor market conditions. 매크로헤지는 경제환경(경기후퇴에 가깝고 이를 포함하여)의 악화의 경우에 수입(收入)과 수익(earning)을 보호하려고 하는 회사 또는 은행이 적소에 제기한 대용(代用)헤지를 말한다. 그러한 환경을 재현할 수 있는 단독의 방편이나 금융계약이 없기 때문에, 매크로헤지는 일반적으로 불충분한 시장환경에 잘 이행하는 기초자산의 다양성에서 구성되고 있다.

M

MACRS → Modified Accelerated Cost Recovery System [약] 수정가속상각제도 ¶ The *Modified Accelerated Cost Recovery System* (*MACRS*) is a provision, originally called the Accelerated Cost Recovery System (ACRS), instituted by the Economic Recovery Tax Act of 1981 (ERTA) and modified by the Tax Reform Act of 1986, which establishes rules for the depreciation (the recovery of cost through tax deduction) or qualifying assets. With certain exceptions, the 1986 Act modifications, which generally provide for greater acceleration over longer periods of time than ETRA rules, are effective for property placed in service after 1986. 수정가속상각제도는 1981년의 경제재건조세법(Economic Recovery Tax Act of 1981: ERTA)에 의하여 제정되고, 1986년의 세제개혁법(Tax Reform Act of 1986)에 의하여 수정된 당초 가속상각제도(Accelerated Cost Recovery System: ACRS)라고 부른 규정이다. 1986년의 세제개혁법에서는, 적격자산의 감가상각(depreciation, 세액공제를 통한 비용회수)의 룰(rule)을 정하였다. 다소의 예외는 있으나, 일반적으로는 ETRA의 규정보다도 장기간에 걸쳐서 대폭적인 가속상각을 규정하고 있고, 1986년 이래에 사용에 제공된 자산에 적용되었다.

Madagascar currency 마다가스카르 화폐 ¶ Malagacy franc (MGA); there is no subdivision. Also 1 ariary = 5 Malagasy francs. 말라가시 프랑(MGA); 하부의 화폐단위는 없다. 또 1 아리아리(ariary) = 5 말라가시 프랑.

made bill 배서어음 ¶ A *made bill* is a bill of exchange traded in the UK bur drawn and payable overseas. 배서어음(made bill)은 영국에서 거래되는 환어음이지만 발행되고 지급되는 곳은 해외이다.

Madrid Stock Exchange 마드리드증권거래소 ¶ The *Madrid Stock Exchange* is the largest of four stock exchanges in Spain, the others being in Barcelona, Bilbao, and Valencia. They all now use a centralized settlement system, with the markets modelled on the London system. The markets are overseen by a national securities commission, the Commisión del Mercado de Valores (CNMV). 마드리드증권거래소는 스페인에 4개의 증권거래소 중 가장 큰 증권거래소이고, 3개의 증권거래소는 바르셀로나(Barcelona), 빌바오(Bilbao) 및 발렌치아(Valencia)에 있다. 스페인의 증권거래소는 오늘날 전부 런던제도를 모형으로 하는 중앙결제제도를 이용하고 있다. 시장은 스페인어로 Commisión del Mercado de Valores (CNMV)인 국가증권위원회(national securities commission)의 감독을 받는다. → Bolsa de Madrid (마드리드증권거래소).

Madoff Scandal 매도프스캔달 ¶ The *Madoff Scandal* is the largest Ponzi scheme in history, operated by Bernard Madoff, chairman of Bernard L. Madoff Investment Securities LLC, one of the top market makers on Wall Street until his arrest December 11, 2008. Federal prosecutors estimated client losses, including fabricated gains, at nearly $65 billion, including many prominent investors and nonprofit organizations. On June 29, 2009, Madoff was sentenced to 150 years in prison. The fraud dated to the early 1990s and, according to federal investigators, may have begun in the early 1980s. See also pyramiding. 매도프스캔달은 2008년 12월 11일 체포될 때까지 월스트리트(Wall Street)의 톱마켓메이커(top market maker)인 매도프 투자증권회사(Bernard L. Madoff Investment Securities LLC)의 이사회의장 버나드 매도프가 작용한 사상최대의 피라미드식 이식(利殖)사기방식(Ponzi scheme)이다. 연방검사는 고객의 손실을 위조된 이익을 포함하여 650억 달러로 예상하였고, 이에는 많은 저명한 투자자와 비영리단체의 손실이 포함되었다. 2009년 6월 29일에 매도프는 150년의 징역형을 선고받았다. 그 사기사건은 1990

년대 초까지 거슬러 올라갔고, 연방수사관에 의하면, 1980년대 초에서 시작하였을 것이라고 한다. pyramiding[(상품거래에서 이익을 쏟아 붓는) 주식매매]도 참조할 것.

magazine 잡지 ¶ *magazine* advertising 잡지광고

magnetic 자기(磁氣)의, 자기(磁氣)를 이용한 ¶ *magnetic* card 자기(磁氣)카드 /*magnetic* disc [disk] 자기(磁氣)디스크 /*magnetic* ink character 자기(磁氣)잉크문자 /*magnetic* tape 자기(磁氣)테이프 ***magnetic stripe*** 자기대(磁氣帶) ¶ The *magnetic stripe* is a strip of magnetic tape, affixed to bank credit and debit cards, encoded with cardholder identifying information, such as the primary account number and card expiration date, permitting automated handling of transaction. 자기대(磁氣帶)는 본원적(本源的) 계좌번호(primary account number)와 카드 만기일과 거래의 자동처리를 허용하는 것과 같은 정보를 확인하는 카드소유자에게 입력된 은행카드와 데빗카드에 부착된 자기테이프의 가늘고 긴 조각이다.

mail 우편, 우편물 ¶ Bank-By-*Mail* 우편에 의한 은행거래 /by *mail* [미] 우편으로 ([영] by post) /by [per] return *mail*; by return of *mail* 반송(返送)으로(by return) /forwarding by *mail* 우송(郵送) /loss in the *mail* 우송중의 분실(사고) /*mail* credit 메일크레디트(우송어음충당선대(充當先貸) /*mail* credit advance [facility] 메일크레디트 /*mail* days 우편일수 /*mail* day interest 메일기간대체금리 /*mail* deposit 우편수입(受入)예금 /*mail* fee 우편료 /*mail* order selling 통신판매 /*mail* transfer (M/T) 우편이체 /the save-by-*mail* forms 우송저금양식 ***mail confirmation*** 메일콘퍼메이션 ¶ The *mail confirmation* is a letter which confirms the content of telegraph or telephone. 메일콘퍼메이션이란 전신이나 전화의 내용을 확인하는 서신을 말한다.

mailing 우송(郵送) ***mailing list*** 메일리스트(우편물수취인명부) ¶ The *mailing list* is: (1) a group of people or email addresses on a distribution listing for periodic emails on a particular subject. (2) a listing of individuals, households, or postal addresses to receive direct-mail solicitations. 우편물수취인명부는 (1) 특별한 주제에 관해서 정기적 이메일을 보내는 배달명부의 사람들의 집단이나 이메일주소이다. (2) 직접우편의 권유를 받는 개인, 가구 또는 우편주소의 명단이다.

main 주요한, 주된 ¶ *main* bank [banker] 주력은행, 메인뱅크 ***main market*** 메인마켓 ¶ The *main market* is the premier market for the trading of equities on the London Stock Exchange. For this market the listing requirements are the most stringent and the liquidity for the market is greater than in the Alternative Investment Market. A company wishing to enter this market must have audited trading figures covering at least five years and must place 25% of its shares in public hands. The main market currently deals in over 2600 securities. 메인마켓은 런던증권거래소에서 주식거래를 하는 최고(最古)의 시장을 말한다. 이 메인마켓에 관하여 살펴보면, 상장요건이 가장 엄격하며 시장의 유동성이 대체투자시장보다 더 크다. 이 시장에 가입하려는 회사는 적어도 5년간에 걸치는 거래숫자를 감사하였어야 하고 회사주식의 25%를 공개해야 한다. 이 메인마켓은 근래에 이르러 2600 이상의 증권을 거래하고 있다. ~ ***street*** [영속] 소액투자자 ¶ In the U.S., the *main street* is the broad class of retail investor. 미국에서 소액투자자는 광범위한 부류의 최종투자자(retail investor)이다.

mainland 대륙, 본토 ¶ The company has set up its first plant on the *mainland* of China. 그 회사는 중국본토에 최초의 공장을 건설하였다. /The bridge links the island to [with] the *mainland*. 그 다리는 이 섬을 본토에 연결하고 있다.

M

mainstay 믿고 의지하는 것, 한 단체의 중심이 되는 인물 ¶ The oil fields are the economic *mainstay* of the country. 유전이 그 국가의 경제적인 버팀목이다. /Agriculture is the *mainstay* of the country. 농업은 그 국가의 근본이다.

mainstream 주류, 본류(本流) ¶ These small-scale industries are no longer part of the economic *mainstream.* 이러한 소규모기업은 더 이상 경제의 주류가 되지 못한다. /Entrepreneurs are now new important tributary rather than part of the *mainstream* of American businesses. 기업가들은 오늘날 미국실업계의 주류의 일부라고 하기보다도 중요한 지류(支流)가 되고 있다.

maintenance 보전, 보수(保守), (상황 · 상태의) 유지, 지속 ¶ *maintenance* cost [expense] 유지비 ***maintenance bond*** 하자담보보증 ¶ The *maintenance bond* is a bond that guarantees against defects in workmanship or material for a specified period following completion of a contract. 하자담보보증은 계약만료부터 일정한 기간, 시행기술이나 자료의 결함을 보상하는 보증계약을 이른다. ~ ***call*** 증거금적증(積增)요구 ¶ *Maintenance call* is call for additional money or securities when a brokerage customer's margin account equity falls below the requirements of the Financial Industry Regulatory Authority (FINRA), of the exchanges, or of the brokerage firm. Unless the account is brought up to the levels complying with equity maintenance rules, some of the client's securities may be sold to remedy the deficiency. See also maintenance requirement; minimum maintenance; sell out. 증거금적증(積增)요구는 증권회사고객의 신용거래계좌(margin account)의 순자산액이 금융업규제기구(Financial Industry Regulatory Authority: FINRA), 거래소(exchange), 혹은 그 증권회사의 요구수준 이하로 떨어진 때에, 추가의 자금이나 유가증권이 요구되는 경우이다. 그 계좌잔액이 순자산액유지규칙(equity maintenance rules)에 따른 수준까지 인상되지 않을 때, 그 고객의 증권의 일부는 부족액을 보충하기 위하여 매각될 수 있다. maintenance requirement(유지증거금); minimum maintenance(최저위탁보증금, 최저증거금); sell out (청산)을 참조할 것 ~ ***fee*** 계좌유지비용 ¶ A *maintenance fee* is an annual charge to maintain certain types of brokerage accounts. Such a fee may be attached to an asset management account, which combines securities and money market accounts. Banks and brokers may also charge a *maintenance fee* for an individual requirement account (IRA). 계좌유지비용은 증권회사의 어느 종류의 계좌를 유지하기 위한 연회비(annual charge)를 말한다. 이러한 비용은 증권계좌와 머니마켓(money market)계좌를 편성한 자산관리계좌(asset maintenance account)에 부과되는 경우가 있다. 은행과 증권회사는 개인퇴직계좌(individual retirement account: IRA)에 대하여도 계좌유지비용을 청구할 수도 있다. ~ ***margin*** [영] 유지증거금 ¶ The *maintenance margin* is: (1) the minimum margin each party to an exchange-traded derivative transaction must preserve, generally an amount that is somewhat less than the initial margin. Once the *maintenance margin* level has been breached, variation margin must be posted to return the position to initial margin levels or the transaction will be closed out. (2 the minimum margin an investor must retain in a securities account in support of a collateralized purpose loan or nonpurpose loan. If the maintenance level is not preserved, the broker is authorized to sell collateral in the account to repay the loan. 유지증거금은 (1) 장내파생상품거래의 각 당사자가 유지하여야 할 최소의 증거금으로, 일반적으로 기본증거금(initial margin)보다 다소 적은 금액이다. 일단 유지증거금수준이 위반되면, 변동증거금이 기본증거금수준에의 포지션으로 되돌아가기 위하여 게시되어야 하며, 그렇지 않으면 그 거래는 폐쇄된다. (2) 투자자가 담보부 목적

대출(purpose loan)이나 비목적대출(nonpurpose loan)의 지원으로 증권계좌에서 보유하여야 하는 최소증거금을 말한다. 유지증거금수준이 유지되지 않는 경우, 브로커는 그 대출을 상황하기 위하여 담보물을 매도할 권한을 가진다. ~ ***requirement*** 유지증거금 → minimum maintenance (최저위탁보증금, 최저증거금).

major ⓐ 다수의, 주된, 주요한 ¶ The *Majors* 국제석유자본 /*major* bank 대은행 /the *major* bracket 인수신디케이트의 상위집단에 들어가는 증권회사 /the *major* low 환율의 바닥시세 /the *major* top 천정 ***major medical insurance*** 고액의료보험 ¶ The *major medical insurance* is a coverage exceeding that of a basic hospital medical insurance plan and typically paying medical expenses relating to room and board, physician fees, X-rays, fluoroscopy, and miscellaneous expense, such as bandages, operating room expenses, and drugs. 고액의료보험이란 기본적인 의료보험에서 커버되는 금액을 초과하는 부분을 커버하는 보험으로, 대표적으로 병실대나 식사대, 진료비, X-레이 비용, 수술관련비용, 약 등이 그 전형이다. ~ ***shareholder*** 주요한 주주 ¶ The *major shareholder* is one of the shareholders who can exercise their influence over the general meeting of the shareholders, although he does not have control more than half the outstanding shares of a corporation. 주요한 주주는 주식회사의 발행주식(outstanding shares) 중에서 과반수의 주식을 소유하고 있지 아니하더라도, 주주총회에서 영향력을 행사할 수 있는 주주(shareholder)이다.

ⓝ (법률상의) 성년자, 성인(영국에서는 18세 이상, 미국에서는 많은 주에서 21세 이상 (*cf.*) infant, minor)

majority 대다수, 태반, 과반수, 성년 ¶ *majority* control 과반수지배 /*majority* [controlling] interest 과반수주식 /*majority*-owned subsidiary 과반수주식보유자회사 /*majority* (share)holding (주식의) 과반수보유 /*majority* stockholders 과반수주주 ***majority shareholder*** 과반수주주 ¶ *Majority shareholder* is one of the shareholders who together control more than half the outstanding shares of a corporation. If the ownership is widely scattered and there are no majority shareholders, effective control may be gained with fair less than 51% of the outstanding shares. See also working control. 과반수주주는 주식회사의 발행주식(outstanding shares) 중에서 반수를 초과하는 주식을 공동으로 소유하고 있는 주주(shareholder)이다. 주식의 소유가 광범하게 분산되고, 과반수의 주식을 소유하는 주주가 없는 경우, 발행주식의 51%보다 훨씬 적은 주식으로 실효적인 회사지배가 가능할 수 있다. working control(실효지배)도 참조할 것.

make 만들어 내다, (가격 등을) 설정하다, 산정(算定)하다 ¶ *make* good (약속 등을) 이행하다 /*make* the cash 수지(收支)를 정사(精査)하다 ***make a market (in security)*** (호경기를 보여서) 거래를 유리하게 이끌다 ¶ To *make a market* is to maintain firm bid and offer prices in a given security by standing ready to buy or sell round lots at publicly quoted prices. The dealer is called a market maker in the over-the-counter market and a specialist on the exchanges. A dealer who *makes a market* over a long period is said to maintain a market. See also market maker; registered competitive market maker. (호경기를 보여서) 거래를 유리하게 이끈다는 것은 어떤 증권에 대하여 정식으로 공표된 가격으로 거래단위(round lots)량을 언제든지 매매할 수 있도록 확약매수호가(bid), 매도호가(offer)를 계속 내는 경우이다. 이러한 딜러를 장외시장에서는 마켓메이커(market maker)라고 하며, 증권거래소에서는 스페셜리스트(specialist)라고 한다. 장기간에 걸쳐서 마켓메이크를 하는 딜러는 시장을 유지하고(maintain) 있다고 한다. market maker(마켓메이커); registered competitive market maker(등록컴페터티브 마켓메이커)도 참조할

M

것. ~ ***a price*** 매도가격을 제시하다 → make a market (거래를 유리하게 이끌다). ~ ***out*** (청구서, 어음 등을) 작성하다 ¶ The check is *made out* to Smith and Company. 그 수표는 스미스상사(商社) 앞으로 작성되고 있다.

maker 증서작성자, 약속어음발행인(發行人) ¶ additional *maker* 추가발행인[보증인] /*maker's* credit 연지급수입 /a *maker* of a bill [check] 어음[수표]의 발행인 /a *maker* of note 어음의 발행인 /the *maker* of a promissory note 약속어음의 발행인

making 제작, 총제조액(總製造額) ¶ fiscal policy *making* 재정정책입안(立案) /the *making* of decision 의사결정

mala fide (L) 불성실한, 악의의(in bad faith) (*cf.*) bona fide 선의의 ¶ *mala fides* holder 악의의 소지인 ***mala fide*** 악의(bad faith) ¶ *Mala fide* is the opposite of bona fide. 악의는 선의의 반대이다.

Malawi currency 말라위 화폐 ¶ Malawian kwacha (MWK), divided into 100 tambala. 말라위 콰차(kwacha), 1 콰차(kwacha) = 100 탐발라(tambala).

Malaysia currency 말레이시아 화폐 ¶ Malaysian ringgit (MYR), 말레이시아 링기트(ringgit)

maldistribution 편재, 불평등[불균형]배분

Maldives currency 몰디브 화폐 ¶ a rufiya, divided into 100 laari. 1 루피야(rufiya) = 100 라아리(laari).

malfeasance 부정행위, 위법행위 ¶ The *malfeasance* is the doing of a wrongful or unlawful act. 위법행위는 부정 또는 위법한 행위이다. /The contract shall not cover any loss of production due to the neglect or *malfeasance* of the insured. 계약상 피보험자의 과실 또는 위법행위로 인한 생산물의 손실을 커버하지 않는다.

malice 악의, [법] 범의(犯意) ¶ He acted with premediated *malice*. 그는 모의(謀議)의 범의를 가지고 행동하였다. /When a crime is committed with *malice* aforethought, it incurs a more severe sentence. 어느 범행이 모의의 범의(犯意)로써 행해진다면 보다 엄한 형벌을 초래한다.

Maloney Act 말로니법 ¶ The *Maloney Act* is a legislation, also called the Maloney Amendment, enacted in 1938 to amend the Securities Exchange Act of 1934 by adding Section 15A, which provides for the regulation of the over-the-counter (OTC) market through national securities associations registered with the Securities and Exchange Commission. See also Financial Industry Regulatory Authority (FINRA). 말로니법은 말로니수정법(Maloney Amendment)이라고도 하며, 1934년의 증권거래법(Securities Act of 1934)에 제15조A를 추가하여, 1938년에 제정되었다. 이 법은 미증권거래위원회(Securities and Exchange Commission)에 등록된 전국의 증권협회를 통해서 장외시장(over-the-counter: OTC)의 규제를 정하고 있다. Financial Industry Regulatory Authority(FINRA)(금융업규제기구)도 참조할 것.

malpractice 위법행위, 업무과오, 의료과오(醫療過誤), 변호과오(辯護過誤) ¶ The *malpractice* means illegal action by which a person seeks to benefits himself at the cost of others, while in a position of trust. 업무과오는 신뢰받는 입장에 있으면서, 다른 사람의 대가로 자신의 이익을 챙기려는 위법행위이다. ¶ *Malpractice* is improper or immoral conduct of a professional in the performance of his duties, done either intentionally or through carelessness or ignorance; commonly applied to physician, surgeons, dentists, lawyers, and public officers to denote negligent or unskillful performance of duties where professional skills are obligatory. 업무과오는 직무수행 중에 의도적이거나 과실로 인하여 행해진 전문인의 부적절하거나 비도덕적 행동을 말한다. 이는 직업상의 숙련함이 의무인 내과의사, 외과의사, 치과의사, 변호사 및 공무원이 나태하거나 서투르게 직무수행을 한 경우에 일반적으로 해당된다. /*malpractice* suit 의료과오소송(medical malpractice suit)

Malta currency 말타 화폐 ¶ Maltese lira (MTL), divided into 100 cents. 1 말타리라(Maltese lira) = 100 센트(cent).

maluti 말루티 ¶ The standard currency unit of Lesotho, divided into 100 lisente. 레소토의 기준화폐단위, 1 말루티(maluti) = 100 리센테(lisente).

manage 처리하다, 관리하다 ¶ *managed* currency [money] 관리통화 /*managed* float 관리된 변동환율제(a dirty float) /*managed* trade 관리무역 ***managed account*** 매니지드어카운트, 일임운용계정 ¶ The *managed account* is an investment account consisting of money that one or more clients entrust to a manager, who decides when and where to invest it. Such an account may be handled by a bank trust department or by an investment advisory firm. Clients are charged a management fee and share in proportion to their participation in any losses and gains. 매니지드어카운트는 1인 또는 2인 이상의 고객이 예탁한 자금을 운용담당자가 운용하는 투자계좌(investment account)를 말하며, 그 운용담당자가 언제, 어디에 투자할 것인지를 결정한다. 이러한 계좌는 은행의 신탁부문(trust department) 혹은 투자자문회사(investment advisory firm)에 의하여 취급되는 경우가 있다. 고객은 관리비(management fee)를 청구받으며, 출자비율에 응한 모든 종류의 손익배분을 받는다. ***~d collateralized debt obligation (CDO)*** [영] 관리채무담보부 채무증서 ¶ The *managed collateralized debt obligation* is the collateralized debt obligation (CDO) that permits the manager to substitute reference credits in the pool. This form of CDO allows the substitution of deteriorating credits, but does not provide investors with transparency on the composition of the portfolio and carries higher fees than static collateralized debt obligations. See also single tranche collateralized debt obligation; synthetic collateralized debt obligation. 관리채무담보부 채무증서는 자금운용자가 풀(pool)에서 레퍼런스크레디트(reference credit)를 대체할 수 있는 담보부 채무증서(COD)이다. 이 담보부 채무증서의 형식은 신용을 악화하는 것의 대체물을 허용하지만, 투자자에게 포트폴리오의 구성의 투명성을 제공하지 않고 정태적 채무담보부 채무증서보다 더 높은 수수료가 붙는다. single tranche collateralized debt obligation(단일트랑슈 채무담보부 채무증서); synthetic collateralized debt obligation(합성채무담보부 채무증서)도 참조할 것. ***~d earnings*** 이익조작 ¶ *Managed earnings* are corporate profits made to appear higher than they actually were by accounting devices, usually with the aim of meeting analysis' projected earnings per share. Cookie Jar Reserves, sometimes called rainy day reserves or contingency reserves, can be overstated in good years, then reversed in bad years to reduce expenses and increase earnings. Other examples are overstated, one-time "big bath" charges for restructurings, taken in good years and used in weak years to bolster earings, and creative acquisition accounting. Earnings management issues became a focus after the 2001 Enron debacle and were a factor prompting the Sarbanes-Oxley Act of 2002. 이익조작은 회계수법을 사용하여, 실제보다도 이익이 많이 나도록 조작하는 것이다. 애널리스트(analyst)의 1주당 이익(earning per share) 등의 수익예상을 의식하고 행해지는 경우가 많다. 이익조작적립금(Cookie Jar

M

Reserves)은 rainy day reserves, 또는 contingency reserves라고 하지만, 업적이 양호한 시기에는 충당금(reserve)을 과대하게 적립하는 것에서, 업적이 나쁜 시기에 경비를 인하한다든지 이익을 인상하기 위하여 충당금을 사용하는 경우를 말한다. 기타 이익조작에는 과대계상(overstated), 리스트럭쳐 때의 빅배쓰(big bath), 업적이 좋은 시기의 이익을 업적이 나쁜 시기에 바꾸어 이용하는 경우가 있다. 2001년의 엔론(Enron)의 파탄을 기화로 이익조작이 주목을 받게 되어, 2002년의 사베인스-옥슬리법(Sarbanes-Oxley Act of 2002)의 제정을 촉구하기에 이른 요인이기도 하였다. ***~d foreign exchange rate*** [영] 관리외국환율 ¶ The *managed foreign exchange rate* is a foreign exchange rate whose value is set by a central bank or monetary authority via small/regular purchases and sales of currency and through macroeconomic policies. Managed rates are not strictly fixed or pegged by government authorities, nor are they freely determined through pure market supply and demand forces. Also known as managed floating. See also crawling peg; pegging. 관리외국환율은 환율의 가치가 거시경제정책을 통해서 소량/보통의 통화의 매입과 매도를 경유하여 중앙은행이나 통화당국에 의해서 정해지고 있는 외국환율이다. 관리환율은 정부당국에 의해서 엄격하게 확정되거나 고정되지도 않고, 순수한 시장의 수요공급의 세력에 의해서 자유로이 결정되지도 않는다. managed float(관리변동환율)로도 알려져 있다. crawling peg system(단계적인 소폭의 평가변동제도); pegging(안정화조작)도 참조할 것. ***~d fund*** [영] 관리펀드 ¶ The *managed fund* is any form of investment fund (e.g., mutual fund, unit investment trust) that features active management by the fund manager, who typically has significant discretion regarding the nature and timing of assets that can be bought and sold within the fund (but must in all cases adhere to the terms of an approved investment policy). 관리펀드는 펀드매니저에 의해서 적극적인 관리를 특징으로 하는 투자펀드(예컨대, 뮤추얼펀드, 단위형 투자펀드)의 일종이다. 펀드매니저는 일반적으로 (모든 경우에 공인된 투자정책의 조건을 준수하여야 하지만) 펀드 내에서 매입하고 매도할 수 있는 자산의 성질과 시기조정에 관하여 중요한 재량권을 가진다. ***~d liabilities*** 관리부채 ¶ *Managed liabilities* are deposits, other than core deposits, that banks actively solicit from other banks, or from brokers, to maintain adequate levels of liquidity. *Managed liabilities* are deposits that can be increased or decreased at will, such as negotiable time deposits of $100,000 or more, with maturities under one year; Eurodollar and other Eurocurrency borrowings; repurchase agreements against Treasury securities and federal agency securities; and Federal Funds purchased, to meet a bank's needs for funds to pay off maturing deposits and fund new loans. 관리부채는 중요한 예금 이외에, 은행이 적정한 수준의 유동성을 유지하기 위하여 다른 은행 또는 브로커로부터 적극적으로 구하는 예금을 이른다. 관리부채는 양도성의 정기예금 10만달러 이상과 만기는 1년 이내와 같이, 자의적으로 늘리고 줄일 수 있는 예금이다. 만기가 다 된 예금을 전액 지급하고 신규대출자금을 마련하기 위한 유로달러 기타 유로통화 차입, 미재무부 증권 및 연방기관증권에 대한 환매계약(repurchase agreement), 그리고 연방펀드의 매입을 하는 경우이다.

management 경영, 관리, 처리 ¶ *Management* is combined fields of policy and administration and the people who provide the decisions and supervision necessary to implement the owners' business objectives and achieve stability and growth. The formulation of policy requires analysis of all factors having an effect on short-and long-term profits. The administration of policies is carried out by the chief executive officer, his or her immediate staff, and everybody else who possesses authority delegated by people with supervisory responsibility. Thus the size of *management* can range from one person in a small organization to multilayered *management* hierarchies in large, complex organizations. The top members of *management*, called senior *management*, report to the owners of a firm; in large corporations, the chairman of the board, the president, and sometimes other key senior officers report to the board of directors, comprising elected representatives of the owning shareholders. The application of scientific principles to decision-making is called *management* science. See also organization chart. 경영이란 정책과 관리, 사주(社主)의 사업목적을 이행하여 안정과 성장을 달성하기 위하여 필요한 지휘감독, 결정을 행하는 인재의 모든 면을 합친 분야를 말한다. 정책의 입안에는 단기(short-term) 내지 장기(long-term)의 이익에 영향을 미치는 모든 요인의 분석이 필요하다. 그 정책의 관리는 최고경영책임자(chief executive officer: CEO), 아울러 그 직속의 부하, 및 관리책임자로부터 권한을 위임받은 모든 사람들에 의하여 실행된다. 이 때문에 경영진의 규모는 소기업의 1인에서 복잡한 조직을 가지는 대기업의 다중계층(多重階層)을 가지는 관리기구까지 여러 가지이다. 경영진의 최고간부는 상급간부라고 하고, 사주에의 보고를 행한다. 대기업에 있어서는, 이사회회장(chairman of the board), 사장(president), 때로는 다른 상급임원이 선출된 소유자주주의 대표로부터 이사회(board of directors)에 보고한다. 의사결정에 대한 과학적 원칙의 적용은 경영과학이라고 한다. organization chart(회사기구도)도 참조할 것. /*management* accounting 관리회계 /*management* advisory service 경영조언서비스 /a *management* agreement (투자고문의) 고문계약 /*management* by objective 목표관리 /*management* company (투자, 무역 등의) 관리회사 /*management* consultant 경영컨설턴트 /*management* consulting 경영상담, 기업진단 /*management* contract 경영계약 /*management* engineering 경영공학 /*management* group 간사인수단(幹事引受團), 공모회사 /*management* of currency 통화관리 /*management* of fund 자금의 융통 /*management* participation 경영참가 /portfolio *management* 금융자산관리 /top *management* 최고경영층, 경영수뇌부 ***management accounting*** [영] 관리회계 ¶ The *management accounting* is the measuring and analyzing of a company's financial information in order to provide management with insight on its progress in achieving specific financial targets and fulfilling strategic management, performance management, and risk management goals. *Management accounting* may include confidential information that is never disclosed to external stakeholders, as well as forward-looking projections of operations. See also cost accounting; financial accounting. 관리회계(管理會計)는 회사의 경영진에게 특유한 재무목표를 달성하고 전략적 관리, 이행관리, 및 위험관리목표를 충족하는 진행과정에 조예(insight)를 제공하기 위하여 회사의 재정정보를 측정하고 분석하는 것이다. 관리회계에는 작업과정의 전향적인 예측뿐만 아니라, 외부이해관계인에게 결코 공개되지 않는 기밀정보가 포함될 수 있다. cost accounting(원가회계); financial accounting(재무회계)도 참조할 것. ~ ***buyin*** 매니지먼트 바이인 ¶ The *management buyin* is the purchase of a large, and often controlling, interest in a company by an outside group that chooses to retain existing management. In many cases, the outside investors are venture capitalists who believe the company's products, services, and management have bright prospects. The investor group will usually place its representatives on the company's board of directors to monitor the progress of the company. 매니지먼트 바이인은 현존의 경영진을 유지할 것을 선택한 외부의 투자자집단이 그 회사의 주식을 대량으로, 때로는 경영지배권(controlling interest)을 확보할 수 있는 주식을 구입하는 것이다. 많은

경우, 그 외부의 투자자(investor)들은 그 회사의 제품, 서비스, 경영진에는 명확한 전망이 있다고 믿는 벤처캐피탈리스트(venture capitalist)들이다. 그 투자자집단은 통상 그 회사의 발전을 감시하기 위하여 임원회에 대표를 앉힌다. ~ ***buyout*** 경영진에 의한 자사매수 ¶The *management buyout* is the purchase of all of a company's publicly held shares by the existing management, which takes the company private. Usually, management will have to pay a premium over the current market price to entice public shareholders to go along with the deal. If management has to borrow heavily to finance the transaction, it is called a leveraged buyout (LBO). Managers may want to buy their company for several reasons. They want to avoid being taken over by a raider who would bring in new management; they no longer want the scrutiny that comes with running a public company; or they believe they can make more money for themselves in the long run by owning a larger share of the company, and eventually reap substantial profits by going public again with a reverse leveraged buyout. 경영진에 의한 자사매수는 현존의 경영진이 금고주(金庫株)(treasury stock)를 제외한 발행주식(publicly held shares)의 전부를 구입하고, 그 회사를 비공개(private)회사로 하는 것이다. 통상 경영진은 일반주주(public shareholder)에게 주식매각을 촉구하기 위하여, 그 시점의 시장가격(market price)보다 높은 프리미엄(premium)부의 가격을 지급해야 한다. 만약 경영진이 이 매수를 하기 위하여 다액의 차금을 하여야 하는 경우, 레버리지드 바이아웃(leveraged buyout)이라고 한다. 경영진이 자신의 회사의 매수를 바라는 경우에는 다음과 같은 몇 가지의 이유가 있다. 그들은 기업사냥꾼(raider)이 기업매수를 하여 새로운 경영진을 맞아드리는 것을 피하려고 한다. 공개회사경영진에게 수반되는 감시를 더 이상 바라지 않는다. 또는 그들은 그 회사의 보다 많은 주식을 스스로 소유함으로써 장기적으로 보다 많은 이익을 얻을 수 있고, 또 바로 역(逆)레버리지드 바이아웃(reverse leveraged buyout)에 의하여 주식재공개를 하여 상당한 이익을 획득할 수 있다고 믿기 때문이다. ~ ***company*** 투자회사 ¶*Management company* is same as investment company. 투자회사는 investment company(투자회사)와 같은 말이다. ~ ***fee*** 운용수수료, 간사수수료 ¶The *management fee* is a charge against investor assets for managing the portfolio of an open- or closed-end mutual fund as well as for such services as shareholders relations or administration. The fee, as disclosed in the prospectus, is a fixed percentage of the fund's net asset value, typically between 0.5% and 2% per year. The fee also applies to a managed account. The *management fee* is deducted automatically from a shareholder's assets once a year. See also mutual fund share classes. 운용수수료는 오픈엔드(open-end)나 클로즈드엔드(closed-end) 뮤추얼펀드(mutual fund)의 자산운용수수료나 투자자에의 정보(shareholder relations) 및 관리의 비용으로서, 투자자산에 대하여 부과되는 비용을 말한다. 그 요율은 사업계획서(prospectus)에 개시되어 있고, 뮤추얼펀드의 순자산가치에 대하여, 연간 0.5%에서 2%라는 일정한 정률(定率)을 곱한 것이다. 이러한 비용은 일임운용계좌(managed account)에도 적용된다. 운용수탁료는 연 1회, 운용자산에서 자동적으로 인락(引落)된다. mutual fund share classes(뮤추얼펀드수익증권클래스)도 참조할 것. ~ ***information system (MIS)*** 경영정보시스템 ¶The *management information system* (*MIS*) is a system providing uniform organizational information to management in the areas of controls, operations, and planning. *MIS* usually relies on a well-developed data management system, including a data base for helping management reach accurate and rapid organizational decisions. 경영정보시스템은 지휘(control), 운영(operation) 및 계획(planning)의 영역에서 경영상 일관된 조직상의 정보를 제공하는 시스템이다. 경영정보시스템은 경영

이 정확하고 신속한 조직상의 결정에 도달하는 데에 도움을 주기 위한 데이터베이스를 비롯하여, 통상 잘 발전된 데이터관리시스템에 의존하고 있다.

manager 지배인, 간사(幹事), 간사은행, 간사회사 ¶ a general *manager* 총지배인 /a *manager's* discretionary limit 지점장의 전결한도 /a *manager* group (신디케이트론의) 간사그룹 /*manager* of portfolios 투자증권관리자 ***portfolio manager*** 포트폴리오운용책임자 ¶ The *portfolio manager* is a professional responsible for the securities portfolio of an individual or institutional investor. Also called a money manager or, especially when the personalized service is involved, an investment counsel. A *portfolio manager* may work for a mutual fund, pension fund, profit-sharing plan, bank trust department, or insurance company. In return for a fee, the manager has the fiduciary responsibility to manage the assets prudently and choose whether stock, bonds, cash equivalents, real estate, or some other assets present the best opportunities for profit at any particular time. See also portfolio theory; prudent-man rule; separately managed accounts. 포트폴리오운용책임자는 개인투자자(retail investor, individual investor)나 기관투자자(institutional investor)의 증권포트폴리오의 운용에 책임을 지는 전문가를 이른다. 이를 money manager(자금운용책임자)라고도 하며, 개개의 고객의 요망에 맞춘 서비스를 제공하는 경우는 투자자문(investment counsel)이라 한다. 포트폴리오운용책임자는 뮤추얼트러스트(mutual trust), 연금기금(pension fund), 이익분배플랜(profit-sharing plan), 은행의 신탁부문(bank trust department), 보험회사에서 근무한다. 운용수수료를 받는 대상(代償)으로서, 자산을 신중하게 운용하고, 주식(stock), 채권(bond), 현금등가물(cash equivalents), 부동산(real estate)에서, 그 시점에서 가장 이익을 만들어낼 가능성이 있는 자산을 선택하는 수탁자책임(fiduciary responsibility)을 진다. portfolio theory(포트폴리오이론); prudent-man rule(신중한 관리자의 원칙); separately managed accounts(세퍼리틀리 매니지드 어카운트)도 참조할 것.

managerial 경영자의 ¶ *managerial* resource 경영자원 ***managerial accounting*** 관리회계 ¶ The *managerial accounting* is a system using financial accounting records as basic data to enable better business planning decision. It is designed to aid decision making, planning, and control. 관리회계는 더 나은 기업계획결정을 가능하게 하는 기본적 데이터로서 재무회계기록을 이용하는 체계를 말한다. 그것은 의사결정, 계획 및 지휘를 지원하려는 것이다.

managing 관리[경영]하는 ¶ *managing* bank (of a syndicate) 간사(幹事)은행 /*managing* director 상무이사 ***managing underwriter*** 간사(幹事)회사, 인수주간(引受主幹)회사 ¶ A *managing underwriter* is a leading – and originating – investment banking firm of an underwriting group organized for the purchase and distribution of a new issue of securities. The agreement among underwriters authorizes the *managing underwriter*, or syndicate manager, to act as agent for the group in purchasing, carrying, and distributing the issue as well as complying with all federal and state requirements; to form the selling group; to determine the allocation of securities to each member; to make sales to the selling group at a specified discount – concession – from the public offering price; to engage in open market transactions during the underwriting period to stabilize the market price of the security; and to borrow for the syndicate account to cover costs. See also flotation cost; investment banker; underwriter. 간사회사는 신규발행증권(new issue of securities)의 구입과 판매를 위해서 조직된 인수신디케이트단(團)(underwriting group)의 중심이고 발기인으로 되는 투자은행

을 이른다. 인수단계약(agreement among underwriters)은 그 간사회사에 대해서 다음과 같은 권한이 부여된다. (1) 그 증권의 구입, 재고, 판매, 및 모든 미국법과 주법의 규제준수에 관한 신디케이트단 전체의 대표로서 활동, (2) 판매신디케이트단의 조성, (3) 각 인수업자에 대한 증권의 할당의 결정, (4) 판매신디케이트단에 대한 공모가격(public offering price)으로부터의 일정한 할인(concession)을 한 후의 판매, (5) 그 증권의 시장가격(market price)을 안정시키기 위해서 행하는 인수기간중의 공개시장거래, (6) 경비를 조달하기 위해서 행하는 신디케이트단 계좌에서 자금차입이다. flotation cost(발행비); investment banker(투자은행); underwriter(인수업자)도 참조할 것.

M&A → merger and acquisition [약] 기업의 합병·매수

mandate [n.] 명령, 지시, 위임계약, (차입자·사채발행자로부터의 주간사에 대한) 차입·인수의 의뢰 ¶ *Mandate* is court order to an authorized agency or officer to enforce a decree, judgment, or sentence to the court's satisfaction. mandate(명령)란 수임기관이나 공무원에게 법원이 만족하도록 에퀴티상의 판결(decree), 커먼로상의 판결(judgment) 또는 판결(sentence)을 강제 이행하라는 법원의 명령이다. ¶ *Mandate* is directive to do something, as in "I've been a *mandate* by management to get to the bottom of this problem." mandate)(지시)는 「나는 경영진으로부터 이 문제의 진상을 밝히라는 지시를 받았다」와 같이, 어떤 것을 하라는 지시를 말한다.

[v.] …에게 권한을 위임하다

mandatory 강제적인, 의무적인, 필수(必須)의 ¶ *mandatory* redemption 강제상환 /*mandatory* vacation 강제휴가(제도) ***mandatory convertibles*** 강제전환사채 ¶ *Mandatory convertibles* are debt-equity hybrids that became popular in the 1980s to meet the strong demand by banks for the raising of capital. One type, equity contract notes, is exchangeable at maturity for common stock having a market value equal to the principal amount of the notes. If the holder of the notes does not choose to receive equities at maturity, the issuer will sell the equity on behalf of the holder. Another type, equity commitment notes, does not require the holder to purchase equity with the notes but rather commits the issuer to redeem the notes with the proceeds of an equity issue at some future date. The Federal Reserve requires issuers to fund a third of the equity in the first four years, another third in the second four years, and the balance by maturity in the third four years. Caps are still another form of *mandatory convertible*. 강제전환사채는 1980년대에, 은행의 강력한 자금조달수요에 응하기 위하여 널리 사용되게 된 채권주식혼합형 증권(debt-equity hybrids)을 이른다. 그 하나는 주식교환채권(equity contract notes)으로, 이 채권은 만기(maturity)에 시장가격(market value)이 채권의 원금액(元金額, principal amount)과 같은 금액이 되는 보통주식(common stock)으로 교환할 수가 있다. 만기 시에 이 사채의 소지자가 보통주식수취를 선택하지 않는다면, 발행단체(issuer)는 그 소유자에 갈음하여 그 주식을 매각한다. 또 다른 하나의 형태는 주식전환계약사채(equity commitment notes)로, 소지자에게 사채로 주식을 구입할 것을 요구하지 않고, 오히려 발행단체에 장래의 어느 시점에서 주식발행의 수령금(proceeds)으로, 그 사채를 환매할 것을 의무로 하고 있다. 미연방준비제도이사회(Federal Reserve Board)는 발행단체가 최초의 4년간 3분의 1을 환매하고, 다음의 4년간 다시 3분의 1을, 그리고 다음의 4년간의 만기까지에 잔액(balance)을 환매하도록 요구하고 있다. caps(상한금리)는 다시 또 다른 강제전환사채의 형태이다. ~ ***spending*** 강제지출 → discretionary spending (재량지출).

manipulate 조종하다, 교묘하게 처리하다 ¶ To *manipulate* is to cause a security to sell at an artificial price. Although investment bankers are permitted to *manipulate* temporarily the stock they underwrite, most other forms of manipulation are illegal. 시세조작을 하다는 것은 증권을 일부러 꾸민 가격으로 매도하게 하는 경우이다. 투자은행이 임시로 인수하는 주식을 시세조작을 하도록 허락을 받더라도, 대부분의 시세조작의 형식은 위법이다. ¶ To *manipulate* is to falsify something: Someone at the company *manipulated* the financial data in order to inflate profits. (장부 · 숫자 · 자료 등을) 속인다는 것은 무언가를 꾸미는 경우이다. 회사에서 누군가가 이익을 부풀리기 위하여 재무데이터를 속였다. ¶ To *manipulate* is to influence to one's advantage: The employee manipulated his supervisor in order to gain a promotion. 교묘하게 처신하다는 것은 누구의 이익이 되도록 촉구하는 경우이다. 즉, 근로자가 승진하기 위하여 그의 상사에게 교묘하게 처신하였다. /*manipulated* quotation 인위시세(人爲時勢)

manipulation 시장조작, 시세의 조작 ¶ *Manipulation* means buying or selling a security to create a false appearance of active trading and thus influence other investors to buy or sell shares. This may be done by one person or by a group acting in concert. Those found guilty of *manipulation* are subject to criminal and civil penalties. See also mini-manipulation. 시세조작이란 특정한 주식에 활발한 거래(active trading)가 있는 것처럼 가장하여 다른 투자자(investor)의 매매에 영향을 미치기 위하여 주식을 매수하거나 매도하는 것이다. 이런 종류의 행위는 1인 또는 협동하여 행동하는 그룹에 의하여 행해진다. 시세조작으로 유죄가 된 자는 형사벌 또는 민사벌의 처벌을 받는다. mini-manipulation(미니시장조작)도 참조할 것. /*manipulation* of security 주식의 조작 /stock market *manipulation* 주식시장의 조작

시세조작은 꼭두각시놀이네.

manner 방법, 태도, 습관 ¶ Books sometimes distort national *manners*, customs and characteristics. 책은 때로는 국민의 풍속습관이나 특징을 잘못 전한다. /His *manner* was so natural and offhand that I relaxed. 그의 태도는 너무나 자연스럽고 대수롭지 아니하였으므로 나는 긴장이 풀렸다.

manpower 노력(勞力), 노동인원 ¶ provide *manpower* 인원을 공급하다 /an unacceptable waste of *manpower* 인적자원의 용인하기 어려운 낭비 /a reservoir [pool] of technological *manpower* 과학기술의 인적자원의 여축(餘蓄)

manual 편람, 입문서(入門書) ¶ The *manual* is: (1) a small book generally used for the purposes of reference, containing a listing of information, instructions, or influence. (2) physical labor performed by hand. 매뉴얼(manual)이란 (1) 일반적으로 참고의 목적으로 사용되는 소책자(a small booklet)로서, 정보, 사용법, 또는 작용의 기재항목을 담고 있다. (2) 손으로 하는 육체노동이다. /company *manual* 회사편람

manufacture 제조[제작, 생산]하다 ¶ To *manufacture* is to make or fashion by hand or machinery, especially in large quantities. 제조[제작, 생산]하다는 것은 특

히 대량으로 손으로 만들거나 모양을 짓는 것이다. ¶ *manufactured* goods [products] 제품

manufacturer 제조업자, 메이커 ¶ *manufacturer's* agent 메이커대리인 /*manufacturer's* brand 메이커상표 /*manufactures'* liabilities 제조업자책임

manufacturing 제조(업)의, 제조에 종사하는 ¶ the *manufacturing* industry 제조업 /*manufacturing* operation 제조작업 /*manufacturing* plant 제조공장 ***manufacturing cost*** 제조원가 ¶ *Manufacturing cost* is cost to a manufacturing company of making a product consisting of direct materials, direct labor, and factory overhead; also called manufacturing expense. For example, in the production of a car, if direct materials are $2,000, direct labor $3,000, and factory overhead $1,500, the total *manufacturing cost* is $6,500. 제조원가는 제조회사가 직접재료비, 직접노동비, 공장간접비(factory overhead)로 구성되는 제품을 만드는데 들이는 비용을 말한다. 이를 또한 제조경비(manufacturing expense)라고도 한다. 예를 들면, 자동차의 생산에 있어서, 직접재료비가 2,000달러, 직접노동비가 3,000달러, 그리고 공장간접비가 1,500달러라고 한다면, 총 제조원가는 6,500달러가 된다.

manuscript insurance [영] 매뉴스크립트 보험 ¶ The *manuscript insurance* is a customized insurance policy with terms that are tailored to an insured's specific requirements. A *manuscript contract*, which is used when coverage cannot be accommodated via a standard insurance form, reflects special needs, conditions, and peril coverages. Also known manuscript policy. 매뉴스크립트 보험은 피보험자의 특별한 필요조건에 맞추어진 조건을 가지는 고객취향의 보험증권을 말한다. 매뉴스크립트 보험은 보험보장(coverage)이 표준보험방식을 경유하여 수용할 수 없는 경우 이용되며, 특별한 필요, 조건 및 위험보장(peril coverage)을 반영한다. 이는 manuscript policy(매뉴스크립트 보험증권)로도 알려져 있다.

maple 단풍나무, 메이플 ***maple bond*** [영속] 메이플본드 ¶ The *maple bond* is a bond, note, or certificate of deposit issued in Canadian dollars in the Canadian markets by a foreign company. 메이플본드는 외국회사가 캐나다 시장에서 캐나다 달러로 발행되는 채권(bond), 중기채권(note) 또는 예탁증서(certificate of deposit)를 말한다. ***Maple Leaf*** 메이플리프 ¶ The *Maple Leaf* is a bullion coin minted by the government of Canada in gold (99.99% pure), silver (99.99% pure) and platinum (99.95 pure). The gold and platinum coins are available in one ounce, one-half ounce, one-quarter ounce, one-tenth ounce, one-fifteenth ounce and one-twentieth ounce sizes. The silver coin is available only in the one-ounce size. The *Maple Leaf* is actively traded throughout the world along with the American Eagle, South African Kruggerrand, and other coins. The *Maple Leaf* usually sells at a slight premium to the bullion value of the coin. See also gold coin. 메이플리프는 캐나다정부가 주조한 금화(순도 99.99%), 은화(순도 99.99%), 플라티나(순도 99.95%)의 금은의 코인(coin)을 말한다. 금화와 플라티나 코인에는 1온스, 1/2온스, 1/4온스, 1/10온스, 1/15온스, 1/20온스짜리가 있다. 은화에는 1온스짜리의 규격뿐이다. 메이플리프는 아메리카의 이글(the American Eagle), 남아프리카의 크루거랜드(South Africa Kruggerand)나 다른 코인과 함께 세계에서 활발하게 거래되고 있다. 메이플리프는 통상 그 코인의 귀금속가격에 비교하여 약간의 프리미엄을 부쳐서 매매되고 있다. gold coin(금화)도 참조할 것.

maquiladora 마퀼라도라(멕시코 보세가공공장) ¶ The *maquiladora* is a foreign-owned manufacturing plant in Mexico, generally near the U.S.-Mexican border, mostly in Texas and California. *Maquiladora* typically import materials and equipment duty-free and use low-paid employees to manufacture and export finished products and semifinished products. 마퀼라도라는 대부분 텍사스와 캘리포니아에서 주로 미국-멕시코 국경근처에 외국인소유의 제조공장이다. 마퀼라도라는 완제품과 반제품을 제조하여 수출하기 위해 일반적으로 재료와 장비를 관세 없이 수입하고 저임금 근로자를 이용한다.

margin 매매가(賣買價)의 차이, 차익금, 체약금, 거래증거금, 담보금 ¶ In general, a *margin* is an amount a customer deposits with a broker when borrowing from the broker to buy securities. Under Federal Reserve Board regulation, the initial margin required since 1945 has ranged from 50% to 100% of the security's purchase price. In 2009 the minimum was 50% of the purchase or short sale price, in cash or eligible securities, with a minimum of $2,000. Thereafter, minimum maintenance requirements are imposed by the Financial Industrial Regulatory Authority (FINRA) and by the individual brokerage firm, whose requirement is typically higher. 일반적으로 마진이란 주식을 사기 위하여, 증권회사로부터 차입을 할 때에, 고객이 그 증권회사에 예치한 금액을 말한다. 미연방준비제도이사회(Federal Reserve Board)의 규제 하에서는, 1945년이래, 최저 개시증거금(initial margin required)은 주식구입가격의 50%~100%로 변동하고 있다. 2009년에는, 최저증거금은 구입가격(purchase price) 또는 공매(空賣)가격(short sale price)의 50%로, 최저 2,000달러 이상의 현금 또는 적격유가증권이었다. 그 이후 계좌유지 최저필요액(minimum maintenance)이 금융업규제기구(Financial Industrial Regulatory Authority: FINRA)나 개별적인 증권회사에 의하여 부과되고, 증권회사의 요구수준은 일반적으로 더 높다. ¶ In banking, a *margin* is difference between the current market value of collateral backing a loan and the face value of the loan. For instance, if a $100,000 loan is backed by $50,000 in collateral, the margin is $50,000. 은행업무에 있어서, 마진이란 대출의 담보의 시장가격(current market value)과 대출의 액면금액(face value)과의 차이를 이른다. 예컨대, 10만 달러의 론이 5만 달러의 담보로 되어 있다면, 마진은 5만 달러이다. ¶ In corporate finance, a *margin* is difference between the price received by a company for its products and service and the cost of producing them. Also known as gross profit margin. 기업금융에 있어서, 마진은 제품이나 서비스의 대가로서 회사가 받는 가격과 그러한 것들을 생산하는 데에 들인 비용의 차액을 이른다. gross profit margin(총매상이익마진)이라고도 한다. ¶ In futures trading, a *margin* is good-faith deposit put up when buying or selling a contract. If the futures price moves adversely, the investor must put up more money to meet margin requirements. 선물거래에 있어서, 마진이란 계약의 매매를 할 때에 투자자가 지급하여야 하는 거래증거금(good-faith deposit)을 말한다. 선물가격(futures price)이 투자자에게 불리한 움직임을 보이면, 투자자는 가일층 자금을 모아서, 최저증거금을 유지하여야 한다. /additional *margin* 추가증거금, 추증(追證) /a gross *margin* 매출총이익 /*margin* buying; buying on *margin* 신용매입, (주가가 오를 것을) 예상매입 /*Margin* has run off. 담보부족 /*margin* money 증거금, [외환] 마진머니(담보금) /a *margin* [range] of fluctuation 변동폭 /a *margin* of profit 이익의 폭 /*margin* stock 신용종목 /*margin* transaction guarantee money 대차담보금 /a net *margin* 순차익금 /on *margin* 신용거래로 /a thin [small] *margin* 소액의 차익금 ***margin account*** 신용거래계좌, 증거금계좌 ¶ The *margin account* is a brokerage account allowing customers to buy securities with money borrowed from the broker. *Margin accounts* are governed by Regulation T, by the Financial Industrial

Regulatory Authority (FINRA), and by individual brokerage house rules. Margin requirements can be met with cash or with eligible securities. In the case of securities sold short, an equal amount of the same securities is normally borrowed without interest from another broker to cover the sale, while the proceeds are kept in escrow as collateral for the lending broker. See also minimum maintenance. 신용거래계좌는 고객이 증권회사로부터의 차입금으로 증권구입을 할 수 있는 증권회사거래계좌(brokerage account)를 이른다. 이 계좌는 레귤레이션 T(Regulation T), 금융업규제기구(Financial Industrial Regulatory Authority: FINRA), 개별적인 증권회사의 규칙에 의하여 규제받고 있다. 신용거래계좌의 요건은 현금 또는 적격증권으로 충족될 수 있다. 증권이 공매(short sale)된 경우에는, 그 공매를 커버하기 위하여 같은 종목의 증권이 같은 금액이 다른 증권회사로부터 통상 무이자로 대출되는 데에 대하여, 매각순대금은 대여자증권회사의 담보로서 에스크로(escrow)에 입금된다. minimum maintenance(최저증거금)도 참조할 것. ~ ***agreement*** 신용거래계약 ¶ The *margin agreement* is a document that spells out the rules governing a margin account, including the hypothecation of securities, how much equity the customer must keep in the amount, and the interest rate on margin loans. Also known as a hypothecation agreement. 신용거래계약은 증권의 담보권설정계약(hypothecation), 계좌에 고객이 유지할 순자산액, 차입의 금리(interest rate) 등의 신용거래계좌(margin account)에 적용되는 규칙을 명확히 기재한 서류를 이른다. 이를 담보권설정계약(hypothecation agreement)이라고 한다. ~ ***call*** 증거금청구, 추증(追證)납부통지 ¶ The *margin call* is a broker's request for more funds from an investor who has not paid the full price for an investment. If a customer fails to respond, securities in the account may be liquidated. See also five hundred dollar rule; sell out. 증거금청구는 투자금액의 전액을 지급하지 않은 투자자에게 추가로 브로커가 미지급의 기금을 청구하는 경우이다. 만약 고객이 그 청구에 응할 수 없는 경우에는, 그 계좌의 증권은 환금된다. Five Hundred Dollar Rule(500달러규정); sell out(청산, 처분매각, 완매)도 참조할 것. ~ ***department*** 신용거래계좌관리부 ¶ The *margin department* is a section within a brokerage firm that monitors customer compliance with margin regulations, keeping tract of debits and credits, short sales, and purchases of stock on margin, and all other extension of credit by the broker. Also known as the credit department. See also mark to the market. 신용거래계좌관리부는 증권회사내의 부서(部署)의 하나로, 고객이 신용거래규칙(margin regulations)에 따르고 있는지, 신용거래고객의 대변·차변의 이동, 공매(空賣)(short sale), 주식의 구입, 기타 증권회사에 의한 일체의 여신제공을 포착하여 감시하고 있는 부서이다. credit department(여신부)라고도 한다. mark to the market(신용평가)도 참조할 것. ~ ***of profit*** 이익률, 총이익률 ¶ *Margin of profit* is relationship of gross profits to net sales. Returns and allowances are subtracted from gross sales to arrive at net sales. Cost of goods sold (sometimes including depreciation) is subtracted from net sales to arrive at gross profit. Gross profit is divided by net sales to get the profit margin, which is sometimes called the gross margin. The result is a ratio, and the term is also written as *margin of profit* ratio. 이익률은 총이익(gross profit)의 순매상총액(net sales)에 대한 비율을 말한다. 총매상에서 반품과 가격할인을 빼면, 순매상총액이 된다. 순매상총액에서 판매원가(때로는 감가상각비(depreciation)도 포함한다)를 공제하면 총이익이 된다. 이익률은 총이익을 순매상총액으로 나누어 구해지고, 총이익률(gross margin)이라고 하는 경우도 있다. 이 수치는 비율이고, margin of profit ratio라고 기재되는 경우도 있다. ~ ***of safety*** 안전여력률, 손익분기점 이상의 매상담보여력(a safety margin) ¶ The *margin of safety* is a measure of the financial position of a company; amount at which present sales exceed the break-even sales. For example, if actual sales are $10,000 and the break-even point is $8,000, the *margin of safety* is $2,000. 손익분기점 이상의 매상담보여력이란 회사의 재무상황의 기준이다. 즉, 현재의 매상이 손익분기점의 매상을 넘는 경우이다. 예를 들면, 실제의 매상이 10,000달러이고 손익분기점이 8,000달러인 경우에, 손익분기점 이상의 매상담보여력은 2,000달러가 된다. ~ ***requirement*** 신용거래보증금 ¶ The *margin requirement* is minimum amount that a client must deposit in the form of cash or eligible securities in a margin account as spelled out in Regulation T of the Federal Reserve Board. Reg T requires a minimum of $2,000 or 50% of the purchase price of eligible securities bought on margin or 50% of the proceeds of short sales. Also called initial margin. See also margin; margin security; minimum maintenance; selling short. 신용거래보증금은 미연방준비금제도이사회의 레귤레이션 T(Regulation T)에서 규정되어 있는 바와 같이, 고객이 현금 또는 적격증권의 형태로 신용거래계좌에 예치해야 할 최저액을 말한다. 이 레귤레이션 T는 최저 2,000달러, 또 신용거래에서 구입된 적격증권의 구입가격의 50%, 또는 공매(short sale)에 의한 매상금의 50%를 요구하고 있다. 이를 initial margin(개시증거금)이라고도 한다. margin(마진); margin security(신용거래증권); minimum maintenance(최저위탁보증금); selling short(공매)를 참조할 것. ~ ***security*** 신용거래증권 ¶ The *margin security* is a security that may be bought or sold in a margin account. Regulation T defines margin securities as (1) any registered security (a listed security or a security having unlisted trading privileges); (2) any OTC margin stock or OTC margin and bond, which are defined as any unlisted security that the Federal Reserve Board (FRB) periodically identifies as having the investor interest, marketability, disclosure, and solid financial position of a listed security; (3) any OTC security designated as qualified for trading in the national market system under a plan approved by the Securities and Exchange Commission; (4) any mutual fund or unit investment trust registered under the Investment Company Act of 1940. Other securities that are not exempt securities must be transacted in cash. 신용거래증권은 신용거래계좌(margin account)에서 매매할 수 있는 증권이다. 레귤레이션 T(Regulation T)에서는, 다음과 같이 정의하고 있다. (1) 모든 등록증권(registered security)(즉, 상장증권, listed security) 및 비상장주식거래특권(unlisted trading privileges)이 있는 증권, (2) 모든 장외거래신용거래주식이나 채권(OTC margin stock or OTC margin bond)으로, 미연방준비제도이사회(Federal Reserve Board)가 상장회사와 동등한 투자자의 관심, 시장성, 정보개시 및 견고한 재무기반을 가지고 있다고 정기적으로 인정하는 모든 비상장증권(unlisted security). (3) 미증권거래위원회(Securities and Exchange Commission)의 승인을 받은 기준에 따라, 전미(全美)시장시스템(National Market System)에서 거래자격이 있다고 된 모든 점포주(店鋪株). (4) 1940년의 투자회사법(Investment Company Act of 1940)의 밑에서 등록되어 있는 모든 뮤추얼펀드(mutual fund)나 단위형 투자신탁(unit investment trust). 적용면제증권(exempt securities)이 아닌 다른 증권은 현금으로 거래되지 않으면 안 된다. ~ ***trading*** 신용거래 ¶ *Margin trading* is investing in the stock market using (hopefully cheap) borrowed funds. 신용거래는 (금리가 싼 것을 희망하지만) 차입자금을 이용하여 주식시장에 투자하는 것이다. ~ ***transaction*** 신용거래, 증거금거래 ¶ The *margin transaction* is the purchase of a stock or commodity with payment in part in cash (called the margin) and in part by a loan. 신용거래는 주식이나 상품을 일부는 현금(증거금이라 함)으로 지급하고 나머지 일부는 차입금으로 지급하고 구입하는 경우이다.

marginable securities 신용거래증권 → margin security (신용거래증권).

marginal 최저한도의, 한계의, 한계수익점의 ¶ *marginal* account 요주의거래처 /*marginal* clause [보험] 난외(欄外)약관 /a *marginal* cost of production 한계생산비용 /*marginal* deposit-loan ratio 한계예대율(預貸率) /*marginal* income ratio 한계이익률 /*marginal* loan-deposit ratio 한계예대율 /*marginal* profit [gain] 차익(差益) ***marginal cost*** 한계비용 ¶ *Marginal cost* is increase or decrease in the total costs of a business firm as the result of one more or one less unit of output. Also called incremental cost or differential cost. Determining *marginal cost* is important in deciding whether or not to vary a rate of production. In most manufacturing firms, *marginal costs* decrease as the volume of output increases due to economies of scale, which include factors such as bulk discounts on raw materials, specialization of labor, and more efficient use of machinery. At some point, however, diseconomies of scale enter in and *marginal costs* begin to rise; diseconomies include factors like more intense managerial supervision to control a larger work force, higher raw materials costs because local supplies have been exhausted, and generally less efficient imput. The *marginal cost* curve is typically U-shaped on a graph. 한계비용은 생산총액을 1단위 증감시킬 때, 기업의 총생산비용에 생기는 증감을 이른다. 이를 incremental cost(증가비용) 또는 differential cost(차별비용)라고도 한다. 생산총액을 변경할 것인지 여부를 결정할 때에 한계비용을 산출해 두는 것은 중요한 일이다. 대부분의 제조업기업에서는, 원료의 대량구입할인, 노동의 전문화, 기계의 효율적 사용을 포함하는 규모의 경제(economies of scale) 때문에, 생산량이 증가하면, 한계비용은 내려간다. 그러나 어느 시점에서 규모의 불경제(diseconomies of scale)가 생겨서, 한계비용은 올라가기 시작한다. 불경제적인 요인에는, 보다 많은 노동자를 관리하기 위한 한층 더 엄격한 관리가 필요하게 되는 것, 근린의 원재료공급이 바닥시세가 되는 결과 가져오는 원재료비 상승, 일반적으로 투입자원에 비효율이 생기는 경우가 포함된다. 한계비용곡선(marginal cost curve)은 통상 그래프상에서 U자를 그린다. ~ ***efficiency of***

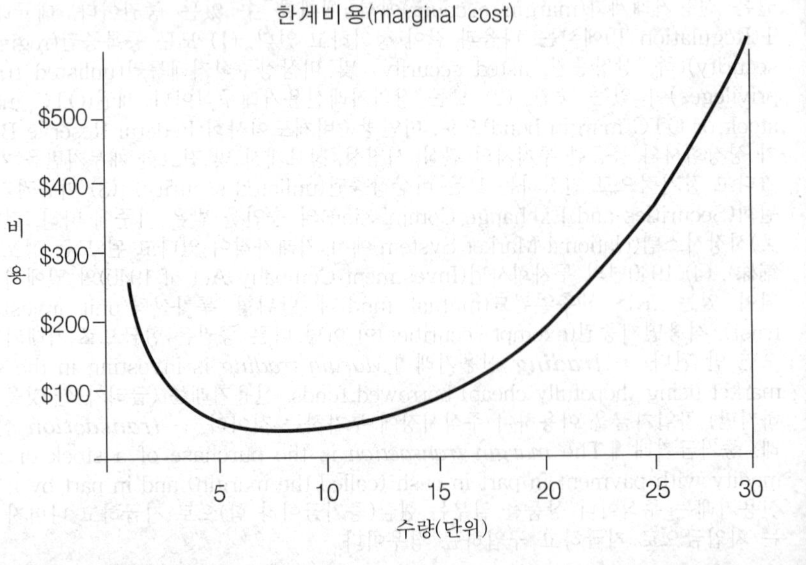

capital 자본의 한계효율성 ¶ The *marginal efficiency of capital* is an annual percentage yield earned by the last additional unit of capital. It is also known as marginal productivity of capital, natural interest rate, net capital productivity, and rate of return over cost. The significance of the concept to a business firm is that it represents the market rate of interest at which it begins to pay to undertake a capital investment. If the market rate is 10%, for example, it would not pay to undertake a project that has a return of 9.5%, but any return over 10% would be acceptable. In a larger economic sense, *marginal efficiency of capital* influences long-term interest rates. This occurs because of the law of diminishing returns as it applies to the yield on capital. As the highest yielding projects are exhausted, available capital moves into lower yielding projects are interest rates decline. A market rates fall, investors are able to justify projects that were previously uneconomical. This process is called diminishing marginal productivity or declining marginal efficiency of capital. 자본의 한계효율성은 추가적 자본 1단위에 의하여 가득(稼得)되는 연간 이율(yield)이다. 이를 또한 marginal productivity of capital(자본의 한계생산성), natural interest rate(자연이자율), net capital productivity(순자본생산성), 및 rate of return over cost(비용을 초과하는 수익률)이라고도 알려지고 있다. 기업에게 있어서 이 개념의 중요성은, 이것이 자본투자를 행하여 채산에 맞기 시작하는 시장금리를 나타내고 있는 점이다. 예를 들면, 시장금리(market rates)가 10%이면, 투자이율이 9.5%의 사업을 행하더라도 이익이 나지 않지만, 10%를 초과하는 투자이율의 사업이라면, 수입(受入)할 수가 있다. 보다 광범한 경제적 의미에서는, 자본의 한계생산성은 장기금리(long-term interest rate)에 영향을 준다. 수확(수익)체감의 법칙이 자본의 생산성에 관하여도 들어맞는 것이므로, 이 현상이 생겨난다. 가장 투자수익률이 높은 사업이 없게 된다면, 이용할 수 있는 자본은 투자수익률의 보다 낮은 사업에 투자하게 하는 것이 되므로, 금리는 내려간다. 시장금리가 내려가면, 투자자는 그때까지 채산이 맞지 아니한 사업을 정당화할 수 있다. 이 과정을 자본의 한계생산성의 체감(diminishing marginal productivity of capital), 또는 자본의 한계효율성의 감소(declining marginal efficiency of capital)라고 한다. ~ ***revenue*** 한계수입 ¶ The *marginal revenue* is a change in total revenue caused by one additional unit of output. It is calculated by determining the difference between the total revenues produced before and after a one-unit increase in the rate of production. As long as the price of a product is constant, price and *marginal revenue* are the same; for example, if baseball bats are being sold at a constant price of $10 apiece, a one-unit increase in sales (one baseball bat) translates into an increase in total revenue of $10. But it is often the case that additional output can be sold only if the price is not advisable when marginal cost exceeds *marginal revenue* since to do so would result in a loss. Conversely, whenever marginal revenue exceeds marginal cost, it is advisable to produce an additional unit. Profits are maximized at the rate of output where *marginal revenue* equals marginal cost. 한계수입은 생산을 1단위 추가하여 생기는 총수입(total revenue)의 변화를 이른다. 이것은 생산에서 1단위의 증가가 행해진 전후에서, 각각의 총수입의 차액을 계산하는 것에서 산출된다. 상품의 가격이 일정한 이상, 한계수입은 가격과 동일하다. 예를 들면, 야구의 배트가 언제나 10달러로 매도되고 있으면, 매상의 1단위 증가(즉, 배트 1자루의 증가)는 총수입의 10달러증가가 된다. 그러나, 추가생산물은 가격이 내려간 경우에만 팔린다고 하는 것은 잘 있는 경우가 아니므로, 한계비용(marginal cost) — 1단위 여분(餘分)에 생산하기 위한 추가비용 — 을 생각하는 것이 필요하게 된다. 한계비용은 한계수입을 초과하는 경우, 손실이 생기는 것인데 증산은 권장사항이 아니다. 반대로, 한계수입이 한계

비용을 상회하는 경우에는 언제라도 1단위의 생산추가가 권장된다. 한계비용이 한계수입과 일치하는 총생산액에서 이익은 최대가 된다. ~ ***tax rate*** 한계세율 ¶ The *marginal tax rate* is an amount of tax imposed on an additional dollar of income. In the U.S. progressive income tax system, the *marginal tax rate* increases as income rises. Economists believing in supply-side and discourages business investment. In urging that *marginal tax rates* be cut for individuals and businesses, they agree that the resulting increased work effort and business investment would reduce stagflation. See also flat tax. 한계세율은 추가적 소득 1단위당의 세액을 말한다. 미국의 누진과세제도(U.S. progressive income tax system)에서는, 한계세율은 소득의 증가에 수반하여 상승한다. 서플라이사이드경제학(supply-side economics)을 신봉하는 경제학자는 이 제도는 생산성을 높이는 의욕을 감퇴시켜 기업의 투자를 억제한다고 생각하고 있다. 그들은 한계세율이 개인 및 기업을 위해서 인하되어야 한다고 주장하여, 노동의욕이 증가하고, 투자가 늘어나서 스태그플레이션(stagflation)이 효과를 거둔다고 주장한다. flat tax(균일과세)도 참조할 것. ~ ***utility*** 한계효용 ¶ In economies, the *marginal utility* is the addition to total satisfaction from goods or services (called utility) that is derived from consuming one more unit of that goods or service. 경제에 있어서, 한계효용은 어느 상품이나 서비스의 추가적 1단위를 소비하는 것에서 얻어지는 만족의 총화(total satisfaction)(이를 효용(utility)이라 함)의 증가를 의미한다.

margined security (인출이 인정되지 않는) 신용매입에 의한 증권

marine 바다의, 해사(海事)의 ¶ *marine* [ocean] bill of lading 해상선하증권 /*marine* extension 해상보험의 연장담보 /*marine* perils 해난(海難) /*marine* risk 해상위험 /*marine* underwriter 해상보험인수업자 ***marine cargo insurance*** 화물해상보험 ¶ *Marine cargo insurance* is insurance indemnifying loss of, or damage to, goods at sea. 화물해상보험은 해상화물의 손실이나 손해의 배상을 보장하는 보험을 말한다. ~ ***insurance*** 해상보험 ¶ The *marine insurance* is a general form of property and casualty insurance used to cover goods in transit (i.e., via air, land, or waterway) and the vehicles used for transportation. 해상보험은 (예컨대 공중, 육상, 수로에 의하여) 운송중의 화물과 운송에 사용되는 운송수단을 커버하는 데에 이용되는 손해보험의 일반형태이다. ~ ***insurance certificate*** 해상보험증서 ¶ The *marine insurance certificate* is a special policy blank issued by an insured for individual shipments or other purposes under an open policy. The open policy allows an insured to buy protection for all marine business for an indefinite period. When required to show evidence of insurance for a particular shipment, or to protect the cargo or ship of a client, the insured may issue a certificate of insurance backed by his or her overriding open policy. 해상보험증서는 포괄예정보험(open policy)에서 개별선적이나 다른 목적으로 피보험자에 의해 발행된 백지식 특별보험증권이다. 포괄예정보험에서는 피보험자가 무기한(無期限)으로 해상사업을 위해 보험보호를 살 수 있다. 특별한 선적을 위해서 보험의 증거를 보이거나 또는 고객의 화물 또는 선박을 보호하여야 하는 경우, 피보험자는 그의 최우선적인 포괄예정보험의 뒷받침을 받는 보험증서를 발행할 수 있다.

marital deduction 배우자공제 ¶ The *marital deduction* is a provision in the federal estate and gift tax law allowing spouses to transfer unlimited amounts of property to each other free of tax. Such transfers may be made during the life or at the death of the transferor, and are intended to treat a couple as an economic unit of transfer tax purposes. Although the deduction is unlimited, passing all assets to a spouse may create transfer tax problems in the surviving spouse's estate; planners should try to fully use each spouse's unified credit, which offsets up to $3.5 million in transfers in 2009, and equalize the rate of transfer taxes for both spouses to reduce taxes for the couple. 배우자공제는 배우자(spouse)가 서로 비과세(free of tax)로 자산을 무제한으로 양도하는 것을 허용하고 있는 미연방상속증여세법(federal estate and gift tax law)상의 규정을 말한다. 이와 같은 양도는 양도측 배우자의 생존 중 또는 사망 시에 할 수 있고, 양도세무상으로는 부부를 하나의 경제단위로서 취급할 것을 의도하고 있다. 공제(deduction)액은 무제한이지만, 모든 자산을 1인의 배우자에게 양도하는 것은 그의 생존한 배우자의 유산에 양도세(transfer tax)문제를 일으키는 경우가 있다. 그 때문에 생활설계자(planner)는 2009년에는 350만 달러까지 상쇄되는 각 배우자의 통일공제(unified credit)를 충분히 활용하고, 배우자에 대한 조세를 삭감하기 위하여 양 배우자의 양도세율을 동률로 하여야 한다.

maritime 해상의, 바다의 ¶ The word *maritime* means relating to commerce or navigation by sea. 해상의(maritime)라는 말은 해상상거래나 해상항해(海上航海)에 관련되는 것을 의미한다. /*maritime* loss 해상손해 /*maritime* perils 해상위험 /*maritime* trade 해운업

Mark 마르크(독일의 통화단위)(통화금액으로서는 독일어로 Deutsche Mark([약] DM)라고 쓰지만, 영어식으로 German mark라고 쓰는 경우가 많다.) ¶ *mark* bond 마르크채(債) /*mark* loan 마르크채(債)

mark ⓥ …에 기호를 붙이다, …에 각인을 하다 ¶ *marked* check (위조방지를 위한) 기호를 단 수표([영] 영어철자는 marked cheque로 된다. [미] certified check에 상당하다.) /*marked* note 기호를 단 어음 /*marked* price 표시가격 /*mark* to the market 시장가치를 재평가하다 ***marking up or down*** 가격인상 또는 인하 ¶ *Marking up or down* is increasing or decreasing the price of a security based on supply and demand forces. A securities dealer may mark up the price of a stock or bond if prices are rising, and may be forced to mark it down if demand is declining. The markup is the difference, or spread, between the price the dealer paid for the security and the price at which he sells it to the retail customer. See also markdown. 가격인상 또는 인하는 수요(demand)와 공급(supply)의 힘에 기초한 증권의 가격인상, 또는 가격인하를 이른다. 가격이 올라가고 있다면, 딜러(dealer)는 주식(stock)이나 채권(bond)의 가격을 절상하거나 또는 수요가 갑자기 떨어지면 그 가격의 절하를 할 수밖에 없다. 원가에 대한 가산액(markup)이라는 것은 딜러가 그 증권에 지급한 가격과 그것을 소매고객에게 판매하는 가격과의 차액, 또는 가격폭(spread)이다. markdown(가격인하)도 참조할 것. ***mark to the market*** 거래의 종목가격을 단일가격으로 수정하다(현재시장가격에 다시 평가를 하다), 시가(時價)평가하다 ¶ To *mark to the market* is to adjust the valuation of a security or portfolio to reflect current market values. For example, margin accounts are *marked to the market* to ensure compliance with maintenance requirements. Options and futures contracts are *marked to the market* at year end with paper profit or loss recognized for tax purposes. In a mutual fund, the daily net asset value reported to shareholders is the result of marking the fund's current portfolio to current market prices. When toxic assets were causing bank failures in 2009, the FASB suspended mark-to-market rules, allowing banks to carry mortgage-related assets at the higher values they would presumably have under less distressed market conditions. 시가평가하다는 것은 현재의 시장가치(market value)를 반영시키기 위하여 증권이나 포트폴리오(portfolio)의 평가액을 조정하는 것이다. 예를 들면, 신용계좌(margin account)는 유지증거금(maintenance requirements)을 충족하고 있는 것을 명확히 하기 위하여 단일가격으로 수정된다. 옵션(options)이나 선물계약(futures contract)은 연말에 동일가격으로 수정되고, 계산상의 평가익이나 평가손(paper profit or loss)이 납세목적에서 산출된다. 뮤추얼펀드(mutual fund)에서는, 투자자(shareholders)에게 보고되는 매일의 순자산가치(net asset value)는 그 자금의 투자자산을 당일의 시장시가에 맞춰서 동일가격으로 수정되는 것이다. 유독(有毒)자산이 2009년의 은행실패의 원인이 되고 있었을 때, 재무회계기준심의회(FASB)는 시가평가기준(mark-to-market rules)을 보류하고 은행이 처할 어려운 시장조건 하에서 가질 수 있는 더 높은 가격으로 모기지 관련의 자산을 보유하도록 허용하였다.

n. 기호, 부호, …대(台) ¶ bear no *mark* 검인이 없다 /falling below the *mark* 주가하락이 시세단위가 한자리수로 낮아짐 /the ($10 billion) *mark* (100억 달러) 대, (100억달러)의 대[선] /a *mark* of origin 원산지표시 /*mark* signature 기호서명(×의 인(印) 등) /shipping *mark* 하인(荷印) /a signature by (a) *mark* 기호(記號)서명

mark-to-market [영] 시가평가 ¶ The *mark-to-market* is the process of revaluing a financial transaction based on closing market prices or rates. In the United States, Financial Accounting Standards Rule 115 states that financial institutions are required to *mark-to-market* their trading assets every business day (although assets held in an investment account until maturity need not be). Making-to-market is used to estimate daily profits and losses and quantify actual credit risk and market risk exposures. It is also an essential process for transactions that are based on margin or collateral, such as exchange-traded derivatives and margin loans, since daily fluctuations in value can result in the call for, or return of, collateral. See also mark-to-model; profit and loss explain. 시가평가는 종장의 시장가격 또는 시장률을 기초로 한 금융거래를 재평가하는 과정을 말한다. 미국에서, 재무회계기준 규칙 제115조(Financial Accounting Standards Rule 115)에서 금융기관은 거래일마다 거래자산(trading assets)을 시세평가하여야 한다(다만, 만기까지 투자계좌에서 보유하고 있는 자산은 그러하지 아니하다)고 규정한다. 시세평가하는 일(making-to-market)은 나날의 손익을 예측하고 실제금융리스크와 시장리스크의 노출을 측량하는 것이다. 그것은 매일의 가격변동이 담보의 요구나 반환을 가져올 수가 있으므로, 장내의 파생상품과 신용거래론(loan)과 같은 마진(margin)이나 담보(collateral)에 기초를 두는 거래에서는 필수적인 과정이기도 하다. mark-to-model(모형평가); profit and loss explain(손익설명)도 참조할 것. ~

-to-model [영] 모형평가 ¶ The *mark-to-model* is the process of valuing a financial transaction based on mathematical models rather than market prices. This type of valuation occurs when a transaction is very unique (e.g., long-dated or complex) or illiquid, and transparent market prices are not available. Certain complex derivatives, esoteric structured notes, and collateralized mortgage obligations are valued using models. Although marking-to-model provides an estimate of value where none would otherwise exist, it also introduces an element of model risk. See also mark-to-market. 모형평가는 시가(market price)보다 오히려 수학적 모형에 근거를 두는 금융거래를 평가하는 과정을 말한다. 이런 유형의 평가는 거래가 대단히 독특하거나(예컨대 장기 또는 복잡한 거래) 현금화할 수 없고, 투명한 시가는 이용할 수 없는 경우 발생한다. 일부 복잡한 파생상품, 내밀한 구조채(債)(structured note), 및 모기지담보채무증서(collateralized mortgage obligation)는 이런 모형을 이용하여 평가받는다. 모형평가가 아무것도 존재하지 않는 가치평가를 제공하더라고 그것은 모형리스크(model risk)의 요인을 받아들인다. mark-to-market(시가평가하다)도 참조할 것.

markdown 인하가격 ¶ The *markdown* is: (1) an amount subtracted from the selling price, when a customer sells securities to a dealers in the over-the-counter market. Had the securities been purchased from the dealer, the customer would have paid a markup, or an amount added to the purchase price. The Financial Industry Regulatory Authority (FINRA) Rules of fair practice established 5% as a reasonable guideline in markups and markdowns, though many factors enter into the question of fairness, and exceptions are common. (2) the reduction in the price at which the underwriters offer municipal bonds after the market has shown a lack of interest at the original price. (3) a downward adjustment of the value of securities by banks and investment firms, based on a decline in market quotation. (4) a reduction in the original factor, called a markon, to the cost of the merchandise. Anything added to the markon is called a markup, and the term *markdown* does not apply unless the price is dropped below the original selling price. 인하가격은 (1) 장외시장(over-the-counter market)에서 고객이 증권을 딜러에게 매각할 때에 매도가격에서 공제되는 금액이다. 그 증권을 딜러로부터 매수하는 것이면, 그 고객은 마크업(markup), 즉 구입가격에 더 올린 금액을 지급하게 된다. 금융업규제기구(Financial Industry Regulatory Authority: FINRA)의 공정거래규칙(Rules of fair practice)은 마크업이나 마크다운의 적정수준은 5%로 하였으나, 적정수준이라는 문제에는 많은 요소가 얽혀 있어 예외가 많다. (2) 지방채(municipal bond)의 최초가격에 대하여 시장이 흥미를 나타내지 아니한 후, 증권인수업자(underwriter)가 제공하는 가격의 할인, (3) 시장시세(market quotations)의 가격인하에 기초해서 은행이나 투자회사가 증권의 평가액을 아래쪽으로 수정하는 것, (4) 최초 설정소매가격(original retail selling price)의 가격인하이다. 최초설정소매가격은 가산율(markon)이라는 어떤 비율을 가산하여 산정된다. 이 가산율을 초과하여 가산되는 것은 모두 마크업이라 하며, 가격이 최초 설정소매가격을 하회하지 않는 한, 인하가격이라고 하지 않는다.

marker crude [영] 기준원유 ¶ The *marker crude* is a benchmark reference crude oil that is used in pricing and trading. Different qualities of oil from different regions may be pegged to particular *marker crudes*, such as Brent Blend, West Texas Intermediate, Dubai, and so forth. 기준원유는 가격결정과 거래에 이용되는 기준대상 원유(crude oil)를 말한다. 상이한 지역에서 생산되는 상이한 품질의 원유는 브렌트 블렌드(Brent Blend), 서부텍사스 중질유(West Texas Intermediate), 두바이(Dubai) 등과 같은 특별한 기준원유에 고정될 수 있다.

market ⓝ 시장, 시황(市況), 수요, 시세 ¶ The *market* is: (1) a public place where products or services are bought and sold, directly or through intermediaries. Also called marketplace. (2) an aggregate of people with the present or potential ability and desire to purchase a product or service: equivalent to demand. (3) securities *markets* in the aggregate, or the New York Stock Exchange in particular. (4) a short for *market* value, the value of an asset based on the price it would command on the open *market*, usually as determined by the *market* price at which similar assets have recently been bought and sold. (5) as a verb, to sell. See also marketing. 시장이란 (1) 제품이나 서비스가 직접 또는 중개인을 통해서 매매되는 공공의 장소이다. 이를 marketplace라고도 한다. (2) 현재 또는 장래, 어떤 제품이나 서비스에 대한 구입능력이 있고, 또 구입의욕이 있는 사람들의 집합을 이른다. 수요(demand)와 동의어이다. (3) 증권시장 전체, 또는 특히 뉴욕증권거래소(New York Stock Exchange)를 말한다. (4) 시장가치(market value)의 약어이고, 공개시장에서 그것이 매도되는 가격에 기초하는 자산가치를 이른다. 보통 유사자

산이 최근 매매된 시장가격(market price)에 의하여 결정된다. (5) 동사로서는 팔다(sell)라는 의미이다. marketing(마케팅)도 참조할 것. /an active *market* 활발한 시황 /ahead of the *market* 시장평균을 상회하는 /a bearish *market* 약세시장 /beat the *market* 시장평균을 상회하다 /the black *market* 암시장 /the bond *market* 채권시장 /a brisk *market* 활발한 시장 /a bullish *market* 강세시장 /a buyer's *market* 구매자시장 /the capital *market* 자본시장 /a closed *market* 비공개시장 /the commodity *market* 상품시장 /the domestic *market* 국내시장 /the down *market* 대중시장 /foreign *market* 외국시장 /the forward *market* 선물시장 /a free *market* 자유시장 /a growth *market* 성장시장 /the home *market* 국내시장 /*market* access 시장참여 /*market* area 상권(商圈) /*market* condition 시황(市況), 시장조건 /*market* cycle 시장의 주기(周期), 시장사이클 /*market* difference 시장의 격차 /*market* disruption 시장의 붕괴 /a *market* economy 시장경제 /the *market* feeling [sentiment] [주식] 시장분위기 /*market* forecast 시장의 예측 /*market* force 시장요인 /*market* hour 입회시간, 시장거래시간 /the *market* index 시장지표(指標) /*market* information 시장정보 /*market* interest rate; *market* money rate 시중금리 /*market* intervention 시장개입 /*market* leader 소비자리더, 시장선도주(先導株), 주도주(主導株) /a *market* mechanism 시장원리 /*market* opening 시장개방 /*market* operation 시장조작(操作) /*market* over 커버거래 /*market* participant 시장참가자 /the *market*(-)place 시장, 거래장소 /*market* price 시장가격, 시장가액 /*market* price issue 시가(時價)발행 /the *market* price (conversion) system [method] (전환사채의) 시가전환방식 /the *market* profile 마켓 프로파일(시장의 상황, 차트분석의 수법의 하나) /*market* quotation 시장호가 /*market* rate 시장률, 시장가격 /*market* rate of discount 시중(市中)할인율 /*market* research [survey] 시장조사 /*market* selling operation 매도오퍼레이션 /*market* sentiment [주식] 시장분위기, 시장상황 /a *market* share 시장점유율 /*market* stabilization 가격안정조작, 시장안정화 /*market* structure 시장구조 /*market* term 시장조건 /the *market* tone 시장의 상황 /*market* transaction 시장거래 /a *market* trend 시장의 동향 /*market* value 시장가치, 시가(총액) /the money [finance] *market* 금융시장 /on the *market* 시장에서 매물로 나와서 /the over-the-counter *market* 장외시장 /putting on the *market* 상장(上場) /a ready *market* 언제든지 매도될 상태 /the securities *market* 증권시장 /the stock *market* 주식시장 /a thin *market* 소액매매시장 /the up *market* 고급시장 ***at the market*** (주식거래에서) 성립가(價)주문으로(종목 · 수량만 지정하고 값은 시세에 따라 매매하도록 주문하는 것) → market order [성립가(價)주문]. ***foreign exchange*** [***forex***] ~ 외환시장 ¶ The *foreign exchange* [*forex*] *market* is the exchanges and electrics trading systems comprising the market for foreign exchange, including the spot market for currencies, foreign currency futures and options, and forward exchange transactions. 외환시장은 통화의 현물시장, 통화선물과 통화옵션, 선물환 예약거래 등의 외환시장을 행하는 거래소나 전자거래시스템을 말한다. ***make a*** ~ 거래를 유리하게 이끌다 ¶ To *make a market* is to maintain firm bid and offer prices in a given security by standing ready to buy or sell round lots at publicly quoted prices. The dealer is called a market maker in the over-the-counter market and a specialist on the exchanges. A dealer who *makes a market* over a long period is said to maintain a market. See also market maker; registered competitive market maker. (호경기를 보여서) 거래를 유리하게 이끈다는 것은 어떤 증권에 대하여 정식으로 공표된 가격으로 거래단위(round lots)량을 언제든지 매매할 수 있도록 확약 매수호가(bid), 매도호가(offer)를 계속 내는 경우이다. 이러한 딜러를 장외시장에서서는 마켓메이커(market maker)라고 하며, 증권거래소에서는 스페셜리스트(specialist)라고 한다. 장기간에

걸쳐서 마켓메이크를 하는 딜러는 시장을 유지하고 있다고 한다. market maker(마켓메이커); registered competitive market maker(등록한 컴페터티브 마켓메이커)도 참조할 것. ~ ***analysis*** 시장분석 ¶ The *market analysis* is: (1) a research aimed at predicting or anticipating the direction of stock, bond, or commodity markets, based on technical data about the movement of market prices or on fundamental data such as corporate earnings prospects or supply and demand. (2) a study designed to decline a company's market, forecast their directions, and decide how to expand the company's share and exploit any new trends. 시장분석이란 (1) 시장가격동향에 관한 테크니컬 정보, 또는 회사의 수익전망, 수요와 공급이라는 펀더멘탈 정보에 기초해서, 주식(stock), 채권(bond), 상품시장(commodities market)의 동향을 예측, 선취할 목적으로 조사하는 것이다. (2) 회사의 시장(market)을 명확히 하여, 그 방향성을 예측하고, 회사의 점유율을 확대한다든지, 새로운 흐름을 능란하게 이용하는 방법을 결정하기 위하여 조사 연구하는 것이다. ~ ***basket*** 시장바스켓 ¶ The *market basket* is a combination of goods, in statistically derived proportion, used to track price changes. It is used in such indicators as the consumer price index (CPI), and the producer price index (PPI). 시장바스켓이란 통계상으로 유도된 비율로, 가격변동을 조사하는 데 사용되는 재화의 결합을 말한다. 그것은 소비자물가지수(CPI) 및 생산자물가지수(PPI)와 같은 경제지표에서 사용된다. → basket (바스켓). ~ ***breadth*** 시장의 규모확대 → breadth of the market (시장의 규모확대). ~ ***break*** 주식시장폭락 ¶ *Market break* is any sudden drop [break] in the stock market as measured by stock indexes and averages. In SEC parlance, Black Monday, when the Dow Jones Industrial Average dropped 508 points. 주식시장폭락은 주가지수와 평균주가(stock and averages)에 의하여 계획되는 주식시장의 돌연한 폭락(sudden break)을 말한다. 미증권거래위원회(SEC)의 용어로는, 다우존스 공업평균주가(Dow Jones Industrial Average)가 508포인트로 하락한 블랙먼데이(Black Monday)가 이 사례이다. ~ ***capitalization*** (주식시장의) 주식시가총액 ¶ The *market capitalization* is a value of a corporation as determined by the market price of its issued and outstanding common stock. It is calculated by multiplying the number of outstanding shares by the current market price of a share. Institutional investors often use *market capitalization* as one investment criterion, requiring, for example, that a company has a *market capitalization* of $100 million or more to qualify as an investment. Analysis look at *market capitalization* in relation to book, or accounting, value for an indication of how investors value a company's future prospects. 주식시가총액이란 회사의 발행보통주식(issued and outstanding common stock)의 시장가격(market price)으로 결정되는 그 회사의 가치를 말한다. 1주의 시가(current market price)에 발행주식수(number of outstanding shares)를 곱하여 계산된다. 기관투자자(institutional investor)는 자주 시가총액(market capitalization)을 투자판단기준의 하나로서 사용한다. 예를 들면, 투자적격회사로서는 1억 달러 이상의 시가총액의 회사만을 하는 경우 등이다. 애널리스트는 투자자가 회사의 장래성을 어떻게 평가하고 있는가를 지표의 하나로 삼아 회사의 장부가(帳簿價)와의 비교에서 시가총액을 보고 있다. ~ ***claim*** 시황클레임 ¶ The *market claim* is a claim to which is laid in order to avoid the damage owing to the depreciation of commodity price. 시황클레임이란 상품시가의 하락으로 인한 손해를 피하기 위해서 일으키는 부당한 클레임을 말한다. ~ ***economy*** 시장경제 ¶ The *market economy* is a system wherein resources are allocated and prices are set by the forces of supply and demand and the interference of government is absent or minimal. Also called free market system. See also Austrian Economics; capitalism. 시장경제는 자원이

배분되고, 공급과 수요의 힘에 의하여 가격체계가 정해지고, 정부의 간섭이 없거나 사소한 하나의 시스템을 말한다. 이를 자유시장시스템(free market system)이라고도 한다. Austrian School of Economics(오스트리아경제학파); capitalism(자본주의)도 참조할 것. ***Market Eye*** 마켓아이 ¶ The *Market Eye* is a financial information service that emanates from the British Broadcasting Company under the sponsorship of the International Stock Exchange of the UK and the Republic of Ireland (ISE). *Market Eye* supplies current market information plus statistical information on particular equity and debt issues and is supplement to the Stock Exchange Automated Quotations System (SEAQ), which records trades. 마켓아이는 영연합왕국 및 아일랜드공화국 국제증권거래소(ISE)의 후원을 얻어 BBC 방송이 발신하는 금융정보서비스이다. 마켓아이는 최신의 시장정보에다, 특정한 주식이나 채권에 관한 통계정보를 제공하고, 거래를 기록하는 증권거래소 종목시세자동정보시스템(Stock Exchange Automated Quotations System: SEAQ)을 보충하고 있다. **~ *if touched order* (*MIT*)** 조건부 성립가주문 ¶ The *market if touched order (MIT)* is an order to buy or sell a security or commodity as soon as a preset market price is reached, at which point it becomes a market order. When corn is selling at $4.75 a bushel, someone might enter a *market if touched order* to buy at $4.50. As soon as the price is dropped to $4.50, the contract would be bought on the customer's behalf at whatever market price prevails when the order is executed. 조건부 성립가주문은 사전에 결정된 시장가격(market price)이 되었다면, 그 시점에서 성립가주문(market order)이 되는, 증권(securities)이나 상품(commodities)의 매수주문이나 매도주문을 이른다. 옥수수가 부셸당 4.75달러로 거래되고 있는 때에, 누군가가 조건부 성립가주문으로 4.50달러의 매수주문을 낸다고 하자, 그 가격이 4.50달러로 내리자마자, 주문집행시의 가격에 불구하고, 그 고객을 위하여 그 매수주문이 집행(execution)된다. **~ *impact cost*** [영] 시장영향원가 ¶ The *market impact cost* is the deviation of the price of a transaction from the market price that would have existed had the transaction not been executed. This approach disregards the bid-offer spread, which is assumed to be an explicit cost. *Market impact cost* may be temporary (as related to the incremental liquidity required to execute a trade), or it may be permanent (as related to the new price demanded by the market once it becomes aware of the trade). 시장영향원가는 그 거래가 집행되지 않았다면 존재하였을 시장가(market price)와 그 거래의 가격과의 편차(偏差, deviation)를 말한다. 이런 방법론은 명시적 원가(explicit cost)로 간주되는 호가(bid-offer) 스프레드를 무시한다. 시장영향원가는 (거래를 집행하는 데 요구되는 증가유동성(incremental liquidity)과 관련하기 때문에) 임시적일 수 있거나, 또는 (일단 그 거래를 알고 나면 시장에 의해서 요구되는 새로운 가격과 관련하기 때문에) 영구적일 수 있다. **~ *index*** 시장지수 ¶ The *market index* is numbers representing weighted values of the components that make up the index, such as the S&P 500 stock index. A stock *market index*, for example, is weighted according to the prices and number of outstanding shares of the various stocks, The Standard & Poor's 500 Stock Index is one of the most widely followed, but myriad other indexes track stocks in various industry groups. 시장지수는 구성하는 종목의 가중가치(weighted values)를 표시하는 숫자이다. 예컨대, 주식시장지수(stock market index)는 각 주식의 가격과 발행주식수에 의하여 가중되고 있다. 스탠더드앤드푸어스의 500종목 주가지수(Standard & Poor's 500 Stock Index)는 가장 폭 넓게 사용되고 있는 지수의 하나이지만, 기타 무수한 지수가 여러 가지의 업종의 주식을 추적하고 있다. ***~-indexed CD*** 시장지수연동 CD ¶ The *market-indexed CD* is a certificate of deposit (CD) with a return tied to a market index, such as the S&P 500 stock index. Principal is typically guaranteed against downside risk. Product is issued by banks and marketed by brokers. 시장지수연동 CD는 수익률(return)이 S&P 500종목 주가지수(S&P 500 Index) 등의 시장지수에 연동한 양도성 예금증서(certificate of deposit)를 이른다. 일반적으로 내림세의 리스크(downside risk)에 대하여 원금은 보증되는 경우가 많다. 은행이 발행하고, 증권회사(broker)가 양도시킨다. ~ ***index target term securities (MITTS)*** 시장지수연동 중기증권 ¶ The *market index target term securities* (*MITTS*) is an intermediate-term, senior debt securities issued by Merill Lynch, which guarantee the original investment plus a percentage of the appreciation of a stock index at maturity. *MITTS* pay no annual income but are subject to annual taxes. 시장지수연동 중기증권은 메릴린치(Merill Lynch)가 발행하는 지수연동형의 중기의 상위채무(senior debt)로, 만기 시에 투자원금과 주가지수의 상승분의 일정한 율의 수취를 보증하고 있다. 기중(期中)의 이자의 지급은 없지만, 소득세(income tax)의 과세대상이 된다. ***Markets in Financial Instruments Directive (MIFID)*** [영] 금융증권시장지침 ¶ The *Markets in Financial Instruments Directives* (*MIFID*) is a legislative directive enacted in 2007 within the European Economic Area in order to protect investors, increase transparency for those dealing in financial markets, promote cost efficiencies, and ensure harmonization across member states. *MIFID* replaced the Investment Service Directive. 금융증권시장지침은 2007년에 유럽경제지역(European Economic Area) 내에서 금융시장에서 투자자를 보호하고, 거래의 투명성을 증가하며, 비용효율성을 증진하고, 회원국간의 화합을 확보하기 위하여 제정된 입법지침(legislative directive)을 말한다. 금융증권시장지침은 투자업무지침(Investment Service Directive)을 대체하였다. ~ ***jitters*** 시장의 불안감 ¶ *Market jitters* are state of widespread fear among investors, which may cause them to sell stocks and bonds, pushing prices downward. Investors may fear lower corporate earnings, negative economic news, tightening of credit by the Federal Reserve, foreign currency fluctuations, or many other factors. In some cases, news may be good, but is interpreted as bad because investors are so fearful. For example, investors may think that positive economic or corporate earnings news is putting more pressure on the Federal Reserve to raise interest rates, which could hurt stock and bond prices. 시장의 불안감은 투자자(investor) 사이에 염려가 확장한 상태에서, 투자자가 주식이나 채권(bond)을 매도하고, 가격을 밑으로 내리는 원인이 될 수 있다. 투자자에게 있어서 기업수익의 악화, 나쁜 경제뉴스, 미연방준비제도이사회(Federal Reserve Board)에 의한 금융단속(tightening of credit), 외국환의 변동(foreign currency fluctuations), 기타 많은 요인이 염려자료가 된다. 뉴스 자체는 나쁘지 않지만, 투자자의 공포심이 너무 지나쳐서 나쁘게 해석되는 경우도 있다. 예를 들면, 좋은 경제뉴스, 기업수익뉴스가 미연방준비제도이사회에 금리인상(raise interest rate)의 압력을 가하여, 금리상승으로 인하여 주식이나 채권의 가격에 악영향을 끼친다고 투자자가 생각하는 경우도 있다. ~ ***letter*** 마켓레터 ¶ A *market letter* is a newsletter provided to brokerage firm customers or written by an independent market analyst, registered as an investment adviser with the Securities and Exchange Commission, who sells the letter to subscribers. These letters assess the trends in interest rates, the economy, and the market in general. Brokerage letters typically reiterate the recommendations of their own research departments. Independent letters take on the personality of their writers – concentrating on growth stocks, for example, or basing their recommendations on technical analysis. A Hulbert rating is an evaluation of such a letter's performance. 마켓레터는 증권회사 고객에게 제공되는 자료, 혹은 미증권거래위원회(Securities and Exchange Commission: SEC)에 투자자문업자(investment advisor)로서 등록하여 회보를 구독자에게 유료로 제공하고 있는 독립된 시장 애널리스트(analyst)에 의하여 쓰여지는 자료를 말한다. 이러한 자료는 금리나 경제, 및 시장 전반의 동향을 평가한다. 증권회사의 자료는 그들 자신의 조사부(research department)가 추천하는 의견을 정리한 것이다. 독립된 시장 애널리스트의 자료는 필자의 견해, 개성을 나타내고 있어서, 예를 들면 성장주에 집중한다든지, 테크니칼 분석(technical analysis)에 근거해서 추천을 행한다든지 한다. 헐버트레이팅(Hulbert rating)은 이러한 마켓레터의 실적을 평가한 것의 하나이다. ~ ***maker*** 마켓메이커, 증권업자, 시장주도[조성]자(유통시장에서 가격형성을 행하는 증권업자를 말한다.) ¶The *market maker* is a dealer firm that maintains a firm bid and offer price in a given security by standing ready to buy or sell at publicly quoted prices. The NASDAQ Stock Market is a decentralized network of competitive *market makers*, who process orders for their own customers and for other broker-dealers. All NASDAQ securities are traded through *market makers*, who will also buy securities from issuers for sales to customers and other broker-dealers. *Market makers* are broker-dealers who have met the capitalization standards of the Financial Industry Regulatory Authority (FINRA). See also make a market; pink sheets; registered competitive market maker. 마켓메이커는 특정한 주식의 확정 매수호가(firm bid)나 매도호가(firm offer)를 나타내어 그 가격으로 언제라도 매매할 용의가 있는 딜러(dealer)를 의미한다. 나스닥 주식시장(NASDAQ stock market)은 중앙에 집중하는 형식을 취하고 있지 않고, 등록한 컴페터티브 마켓메이커(registered competitive market maker) 상호간의 네트워크로 성립하고 있다. 마켓메이커는 자사의 고객이나 다른 브로커(broker)나 딜러를 위하여 주문을 처리한다. 모든 나스닥의 주식은 마켓메이커를 경유하여 매매되고, 마켓메이커는 회사가 주식을 매출할 때에도 회사로부터 직접 주식을 사서, 자사의 고객이나 다른 브로커(broker)나 딜러에게 판매한다. 마켓메이커는 금융업규제기구(Financial Industry Regulatory Authority: FINRA)의 자기자본기준(capitalization standards)을 충족한 브로커나 딜러이다. make a market (거래를 유리하게 이끌다); pink sheets LLC(핑크시트 LLC); registered competitive market maker(등록한 컴페터티브 마켓메이커)도 참조할 것. ~ ***neutral*** [영] 시장중립 ¶The *market neutral* is a common hedge fund or investment strategy where a manager creates a portfolio of long and short positions in an equity market. The construction of a *market neutral* portfolio allows the manager to simultaneously express views on stocks believed to be undervalued and those that are overvalued. A market neutral portfolio can result in the elimination of systematic risk in favor of idiosyncratic risk arising from individual long and short positions. See also long only. 시장중립은 자금운용자가 주식시장에서 매입초과포지션(long position)과 매도초과포지션(short position)의 포트폴리오를 창출하는 일반헤지펀드 또는 투자전략을 말한다. 시장중립포트폴리오의 구성은 자금운용자가 주식이 과소평가되고 과대평가되는 것으로 믿는다는 견해를 동시에 표현하게 한다. 시장중립포트폴리오는 개인의 매입초과포지션과 매도초과포지션으로 인해서 생긴 특유한 리스크를 위해서 시장관련리스크를 제거하는 결과가 될 수 있다. long only(매수포지션추구전략)을 참조. ~ ***neutral investing*** 시장중립형 투자 ¶*Market neutral investing* is investing, such as that done by hedge funds, where the direction of the overall market does not affect profit or loss but gains are attempted as the result of market inefficiencies. An example of *market neutral investing* is pairs trading, where two highly correlated trading vehicles are bought long and sold short at a moment when the pair's price ratio has diverged. When the pair reverts to its normal price relationship, a profit is made on one or both sides. 시장중립형 투자는 헤지펀드(hedge fund) 등으로 이용되는 투자수법으로, 투자손익이 마켓 전체의 동향에 영향을 주지 않고, 마켓의 비효율적인 상태를 이용하여 수익을 노리는 것이다. 시장중립형 투자의 하나의 예가 페어즈트레이딩(pairs trading)인데, 이 수법에서는 2개의 상호관련이 밀접한 페어즈의 가격비율이 붕괴한 때에, 일방을 매수 초과하고(long bought), 다른 하나는 매도 초과하는(short sold) 것이다. 2개의 증권의 가격이 통상의 상호관련 비율에 되돌아오면, 일방 또는 쌍방의 증권투자에서 수익이 나오게 되는 것이다. ***~-on-close (MOC) order*** 종가주문 ¶ The *market-on-close (MOC) order* is an order to buy or sell stocks or futures and options contracts as near as possible to when the market closes for the day. Such an order may be a limit order which had not yet been executed during the trading day. 종가주문은 그 날의 시장이 막장에 이른 때에 주식(stock)이나 선물(futures), 옵션(option contract)의 매매를 집행하도록 하는 주문을 말한다. 이러한 주문은 그 거래일 동안에 집행(execution)되지 않은 지정가주문(limit order)인 경우도 있다. ***~ opening*** 거래개시, 시장개방 ¶ The *market opening* is the start of formal trading on an exchange, usually referring to the New York Stock Exchange (NYSE) and marked by all opening bell. All stocks do not necessarily open trading at the bell, since there may be order imbalances causing a delayed opening. See also OPD; opening. 거래개시는 증권거래소가 정식으로 거래를 개시하는 시간을 이른다. 거래개시를 나타내는 오프닝벨이 울린다. 모든 주식이 오프닝벨과 동시에 거래개시가 되는 것이 아니다. 그것도 매수주문과 매도주문이 균형이 맞지 않으면, 거래개시의 지연(delayed opening)의 원인이 되기 때문이다. OPD(주식상장의 부호); opening(개시)도 참조할 것. ***~ order*** 성립가(成立價)주문(at the market) ¶ A *market order* is an order to buy or sell a security at the best available price. Most orders executed on the exchanges are *market orders*. 성립가주문이란 것은 가장 유리한 가격으로 주식을 사거나 파는 주문을 말한다. 거래소에서 실시되는 대부분의 주문은 성립가주문인 것이다. ***~ out clause*** 증권인수매수정지조항 ¶ The *market out clause* is an escape clause sometimes written into firm commitment underwriting agreements which essentially allow the underwriters to be released from their purchase commitment if material adverse development affect the securities markets generally. It is not common practice for the larger investment banking houses to write "outs" into their agreements, since the value of their commitment is a matter of paramount concern. See also underwrite. 증권인수매수정지조항은 증권시장 전반에 심각한 사태가 발생한 경우, 증권인수회사의 매수의무를 기본적으로 면제한다고 하는 매수인수계약(firm commitment underwriting agreements)에 포함되는 면제조항(escape clause)이다. 대형투자은행의 확약의 가치는 대단히 중요한 문제이므로, 대형투자은행의 계약서에 이 매수정지조항을 넣는 것은 일반적인 관행이 아니다. underwrite(인수하다)도 참조할 것. ***~ perform*** 시장실적비교 → broker recommendation (and ratings) (브로커의 추천). ***Market Performance Committee (MPC)*** 시장동향위원회 ¶ The *Market Performance Committee* is a New York Stock Exchange (NYSE) specialists oversight group consisting of members and allied members. MOC monitors specialists' effectiveness in maintaining fair prices and orderly markets and is authorized to assign or reassign new or existing issues to specialist units based on their capability. 시장동향위원회는 회원(member)과 준회원(allied members)으로 구성되는 뉴욕증권거래소(New York Stock Exchange)의 스페셜리스트(specialist)의 감시그룹이다. 시장감시위원회(market oversight committee: MOC)는 질서 있는 시장과 공정한 가격을 유지한 데에서 스페셜리스트의 유효성을 감시하고, 그들의 능력에 기초해서 스페셜리스트에게 신규(new) 종목이나 기존(existing) 종목을 배정한다든지, 재배정을 행할 권한을 가지고 있다. ~ ***place*** 시장터 → market (시장). ~ ***price*** 시장가격 ¶ The *market price* is a last reported price at which a security was sold on an exchange. For stocks or bonds sold over the counter, the combined bid and offer prices available at any particular time from those making a market in the stock. For an inactively traded evaluators or other analysts may determine a *market price* if needed – to settle an estate, for example. 시장가격은 가장 새로이 보고된 거래소의 증권거래가격을 이른다. 장외시장(over-the-counter market)의 주식(security)이나 채권(bond)에서는, 그 종목의 시장을 형성하고 있는 사람들에 의하여 각 시점에서 제공되는 매수호가(bid)와 매도호가(offer)를 통합한 가격이다. 거래가 활발치 못한 증권에서는 필요한 경우, 예를 들면 유산의 처분 등의 경우, 평가자 또는 애널리스트가 시장가격을 결정한다. ~ ***rate of interest*** 시장금리 ¶ The *market rate of interest* is: (1) an interest rate determined by demand and supply of funds in the money market, such as the Fed Fund rate. Market rates moves up or down, depending on demand for funds, economic conditions, and Federal Reserve monetary policy. (2) a rate a bank offer to attract deposits, which may match or exceed rates offered by competitors. 시장금리는 (1) 페더럴펀드(Fed Funds) 금리와 같이 금융시장에서 자금의 수요와 공급에 의해 결정되는 금리를 말한다. (2) 은행이 예금을 끌기 위하여 제공하는 금리로, 경쟁은행이 제공하는 금리와 경쟁한다든지 또는 이를 초과한다든지 할 수도 있다. ~ ***research*** 시장조사 ¶ *Market research* is exploitation of the size, characteristics, and potential of a market to find out, before developing any new product or service, what people want and need. *Market research* is an early step in marketing – which stretches from the original conception of a product to its ultimate delivery to the consumer. In the stock market, *market research* refers to technical analysis of factors such as volume, price advances and decline, and market breadth, which analysts use to predict the directions of prices. 시장조사는 신제품, 새로운 서비스를 개발하기 전에, 사람들은 무엇을 바라고 무엇을 필요로 하고 있는가를 알기 위하여 시장의 규모, 특징, 가능성을 조사한다. 시장조사는 제품의 기본개념형성에서 소비자에의 제품의 유통까지에 걸치는 마케팅(marketing)의 초기단계이다. 주식시장에서의 시장조사는 매매량(volume), 시세동향, 시장 폭(market breadth) 등의 요인의 테크니컬 분석(technical analysis)을 말하며, 애널리스트가 주가의 동향을 예측하는 데에 이용한다. ~ ***risk*** 시장리스크, 시세변동에 수반하는 리스크 → systematic risk (시장관련리스크). ~ ***share*** 시장점유율 ¶ The *market share* is a percentage of industry sales of a particular company or product. 시장점유율이란 어느 특정한 회사 또는 제품이 업계 전체의 매상에서 차지하는 비율을 말한다. ~ ***sweep*** 2차 매입 ¶ The *market sweep* is a second offer to institutional investors, made following a public tender offer, aimed at increasing the buyer's position from a significant interest to a controlling interest. The second offering is usually at a slightly higher price than the original tender offer. 2차 매입은 주식공개매수(tender offer)에 계속해서 행해지는 기관투자자(institutional investor)에의 2차 매입이며, 매수인의 보유 주식수를 경영권(controlling interest)을 장악하는 데에 충분한 주식수로 인상하는 것을 목적으로 하고 있다. 2차 매입은 보통 최초의 공개매수보다도 약간 높은 가격이다. ~ ***timing*** 시장타이밍, 매매타이밍 ¶ The *market timing* is: (1) a strategy of trading or switching in anticipation of changes in overall market outlook. (2) questionable, sometimes illegal, short-term transactions by mutual fund managers or by favored large shareholders. Rapid in and out trading can adversely affect long-term investment returns of ordinary holders. Late trading, buying after the 4 p.m. (NY) official cutoff when each day's fund share prices are determined and then selling at the following day's official share price, is unfair when done with knowledge of new affecting fund valuation. 시장타이밍은 (1) 마켓 전체의 전망의 변화를 읽고 증권의 매매 또는 환승(換乘)을 하는 전략이다. (2) 뮤추얼펀드의 운용매니저(mutual fund manager) 또는 펀드와 특별한 관계에 있는 대형주주에 의한 문제를 포함하여, 경우에 따라서는 위법한 거래를 가리킨다. 단기간에서의 매매(rapid in and out trading)는 장기보유목적의 일반의 펀드의 주주의 수익률에 나쁜 영향을 줄 수 있다. 사후거래(late trading)는 펀드의 당일의 최종 주가가 결정되는 최종 시간인 오후 4시(뉴욕시간)이래에, 그 날의 주가로 구입하고, 익일의 주가로 매각하는 것을 말한다. 펀드의 주가에 영향을 주는 정보를 안 다음에, 사후거래를 하는 것은 공평을 결하는 것이 된다. ~ ***tone*** 시장의 경기 ¶ The *market tone* is a general health and vigor of a securities market. The *market tone* is good when dealers and market makers are trading actively on narrow bid and offer spreads; it is bad when trading is inactive and bid and offer spreads are wide. 시장의 경기는 증권시장(securities market)의 전체적인 상태와 활기를 이른다. 딜러(dealer)나 마켓메이커(market maker)가 좁은 가격 폭의 매도호가(offer)와 매수호가(bid)로 활발하게 거래하고 있는 경우에는, 시장의 경기는 양호하다. 거래가 활발치 못하여, 매도호가와 매수호가의 가격 폭이 넓은 때에는, 시장의 경기는 나쁜 것이다. ~ ***value*** 시장가격, 시가, 주식시가총액 ¶ In general, *market value* is market price – the price at which buyers and sellers trade similar items in an open marketplace. In the absence of a market price, it is the estimated highest price a buyer would be warranted in paying and a seller justified in accepting, provided both parties were fully informed and acted intelligently and voluntarily. 일반적으로, 시장가치란 시장가격이다. 즉, 매도인과 매수인이 공개시장(open marketplace)에서 동종의 것을 거래하는 가격이다. 시장가격이 없는 경우, 매도인도 매수인도 충분한 정보가 주어져 있고, 또 합리적으로 자주적으로 매매하는 전제에서, 매수인이 틀림없이 지급하고, 매도인이 그 가격에 동의한다고 예측되는 상한가격을 이른다. ¶ In investments, the *market value* is a current market price of a security – as indicated by the latest trade recorded. 투자에 있어서, 시장가치는 최신의 거래기록에 의하여 나타나는 증권의 현재의 시장가격이다. ¶ In accounting, the *market value* is the technical definition used in valuing inventory or marketable securities in accordance with the conservative accounting principle of "lower of cost or market." While cost is simply acquisition cost, *market value* is estimated net selling price less estimated costs of carrying, selling, and delivery, and, in the case of an unfinished product, the costs to complete production. The *market value* arrived at this way cannot, however, be lower than the cost at which a normal profit can be made. 회계에 있어서, 시장가치는 취득가격(acquisition cost)이 「원가, 시가 중의 낮은 가격」(lower cost or market)이라는 보수적인 회계원칙(conservative accounting principle)에 따라서, 재고(inventory)나 시장성이 있는 유가증권(marketable security)의 평가를 할 때에 사용하는 기술적인 정의이다. 취득가격은 단순히 취득한 때의 구입가격에 불과하지만, 시장가격은 순판매가격에서 재고, 판매, 배송, 그리고 제품이 미완성의 경우는 완성까지의 견적비용(estimated cost)을 전부 공제한 가격이다. 다만, 이렇게 산출되는 시장가격은 통상의 이익이 올라가는 원가를 하회하는 것이어서는 아니 된다. ~ ***value added*** [영] 시장부가가치 ¶ The *market value added* is a measure of a company's financial performance that compares its market value with capital invested. The greater the *market value added*, the greater the company's ability to use its capital resources effectively. See also accounting profit; economic profit; economic value added. 시장부가가치는 시장가치를 투자한 자본과 비교하는 회사의 재무업적의 측정치(値)를 말한다. 시장부가가치가 크면 클수록, 자본의 원천을 효과적으로 이용할 수 있는 회사의 능력은 크다. accounting profit(회계상의 이익); economic profit(경제적 이익); economic value added(경제적 부가가치)도 참조할 것. ~ ***value-weighted index*** 시가총액가중평균지수 ¶The *market value-weighted index* is an index whose components are weighted according to the total market value of their outstanding shares. Also called capitalization-weighted index. The impact of a component's price change is proportional to the issue's overall market value, which is the share price times the number of share outstanding. For example, the AMEX Composite Index (XAX) has more than 800 component stocks. The weighting of each stock constantly shifts with changes in the stock's price and the number of shares outstanding. The index fluctuates in line with the price moves of the stocks. 시가총액가중평균지수는 지수의 각 구성종목이 각 종목의 발행주식(outstanding shares)총수의 시장가치(시가총액)에 따라 가중되고 있는 지수이다. capitalization-weighted index라고도 한다. 각 구성종목의 가격변동의 영향은 그 종목의 전시장가치, 즉 주가 × 금고주(treasury stock)를 제외하는 발행주식수에 비례한다. 예컨대, 아멕스시가총액지수(AMEX Composite Index)(XAX)에는 800을 초과하는 구성종목이 있다. 각 주식의 가중은 언제나 주가나 발행주식수의 변화와 함께 변한다. 지수는 주가의 움직임에 따라 변동한다. ***mark to the*** ~ 거래의 종목가격을 단일가격으로 수정하다 ¶To *mark to the market* is to adjust the valuation of a security or portfolio to reflect current market values. For example, margin accounts are *marked to the market* to ensure compliance with maintenance requirements. Option and futures contracts are marked to the market at year end with paper profit or loss recognized for tax purposes. In a mutual fund, the daily net asset value reported to shareholders is the result of marking the fund's current portfolio to current market prices. When toxic assets were causing bank failures in 2009, the FASB suspended *mark-to-market* rules, allowing banks to carry mortgage-related assets at the higher values they would presumably have under less distressed market conditions. 거래의 종목가격을 단일가격으로 수정하는 것은 현재의 시장가치(market value)를 반영시키기 위하여 증권이나 포트폴리오(portfolio)의 평가액을 조정하는 것이다. 예를 들면, 신용계좌(margin account)는 유지증거금(maintenance requirements)을 충족하고 있는 것을 명확히 하기 위하여 단일가격으로 수정된다. 옵션(options)이나 선물계약(futures contract)은 연말에 동일가격으로 수정되고, 계산상의 평가익이나 평가손(paper profit or loss)이 납세목적에서 산출된다. 뮤추얼펀드(mutual fund)에서는, 투자자(shareholders)에게 보고되는 매일의 순자산가치(net asset value)는 그 자산의 투자자산을 당일의 시장시가와 동일가격으로 수정되는 것이다. 악성(惡性)자산이 2009년의 은행실패의 원인이 되고 있었을 때, 재무회계기준심의회(FASB)는 시가평가기준(mark-to-market rules)을 보류하고 은행이 어려운 시장조건 하에서 가질 수 있는 더 높은 가격으로 모기지관련(mortgage-related)의 자산을 보유하도록 허용하였다. ***open*** ~ 공개시장, 오픈마켓 ¶An *open market* is a market in which goods are available to be bought and sold by anybody who cares to. Prices on an *open market* are determined by the laws of supply and demand. 공개시장은 원하는 사람은 누구나 물품을 구입하고 매도할 수 있는 시장을 말한다. 공개시장에서 가격결정은 수요공급의 법칙에 의존한다. ¶An *open market* is a shopping mall broadcasting in the Internet in which the goods are

freely traded on line by an individual and the trader. Typical sites of an open market are G market, Auction, No. 11 Street and so forth. 오픈마켓은 개인과 판매업체가 온라인상에서 자유롭게 상품을 거래하도록 해주는 중개형 인터넷 쇼핑몰을 말한다. G마켓, 옥션, 11번가 등의 대표적 사이트이다.
ⓥ 시장에서 매매하다, 시장에 내놓다

marketability 시장성, 유동성 ¶ *Marketability* is speed and ease with which a particular security may be bought and sold. A stock that has a large amount of shares outstanding and is actively traded is highly marketable and also liquid. In common use, *marketability* is interchangeable with liquidity, but liquidity implies the preservation of value when a security is bought whichever is lower. 시장성은 어떤 특정한 증권이 매매될 때의 매매의 속도와 용이함을 이른다. 금고주(treasury stock)를 제외하는 발행주식수(amount of shares outstanding)가 많고, 활발하게 거래되고 있는 주식은 시장성이 높고, 활동성(환금성)도 높다. 일반적으로는 시장성은 유동성(liquidity)과 교환해서 사용되지만, liquidity라는 말은 매매시에 가치를 유지한다는 뜻도 함의(含意)하고 있다.

marketable 시장성이 있는, 매물(賣物)이 되는, 잘 팔리는 ***marketable security*** 시장성 있는 증권, 시장성증권 ¶ *Marketable securities* are securities that are easily sold. On a corporation's balance sheet, they are assets that can be readily converted into cash – for example, government securities, banker's acceptances, and commercial paper. In keeping with conservative accounting practice, these are carried at cost or market value, whichever is lower. 시장성 있는 증권이란 용이하게 매각할 수 있는 증권(security)을 이른다. 기업의 대차대조표(balance sheet)상에서는, 곧 현금화할 수 있는 자산을 말한다. 예를 들면, 국채(government securities), 은행인수어음(banker's acceptances), 커머셜페이퍼(commercial papers)가 그것에 해당한다. 보수적인 회계원칙(conservative accounting practices)에 따라서 이러한 증권은 취득가격(cost) 또는 시장가격(market value) 중 어느 것이든 낮은 가격으로 계상되고 있다. ~ ***title*** 매매할 수 있는 권원 ¶ *Marketable title* is title to a piece of real estate that is reasonably free from risk of litigation over possible defects, and while it may not be perfect, it is free from plausible or reasonable objections, and is one that a court of law would order the buyer to accept. A seller under a contract of sale is required to deliver *marketable title* at final closing; this requirement is implicit in law and does not need to be stated in the contract. Usually the property buyer will engage a title insurance company to ensure that the seller has clear title to the real estate before entering into a purchase contract. This search generally is not ordered until financing has been secured. Once the title company has researched the history of ownership of the property and feels sure that the seller owns it, it will issue a title insurance policy. The seller is thus assured that he has a *marketable title*, which allows him to transfer ownership to the buyer. See also bad title; cloud on title. 매매할 수 있는 권원이란 합리적으로 생각하여 하자(defect)를 둘러싸는 계쟁(litigation)의 걱정 없이 완전하다고 말할 수 있을 만큼 타당하고 합리적인 이의신청의 위험성이 없으며, 소송이 되더라고 법원이 매수인에게 수락을 명할 수 있는 부동산소유권을 말한다. 매매계약에서는, 매도인이 계약성립시에 이 매매할 수 있는 권한을 인도하여야 한다. 이 의무는 법률상 함의(含意)되어 있고, 계약서에 기재될 필요성이 있는 것이 아니다. 통상 토지가옥구입자는 매매계약을 하기 전에 권원보험회사(title insurance company)와 계약하여 매도인이 그 부동산에 대하여 하자가 없는 권한(clear title)을 가지고 있음을 보증받는다. 이 조사는 그 토지가옥의

소유권기록을 조사하고, 매도인이 그 소유권을 가지고 있다고 확신하면, 권원보험증서(title insurance policy)를 발행한다. 이리하여 매도인은 매매할 수 있는 권원을 소유하고 있음을 보증받고, 매수인에게 소유권을 양도할 수 있다. bad title(결함 있는 권원), cloud on title(소유권에 대한 흠[하자])도 참조할 것.

marketing 마케팅, 배급 ¶ *Marketing* is moving goods and services from the provider to consumer. This involves product origination and design, development, distribution, advertising, promotion, and publicity as well as market analysis to define the appropriate market. 마케팅은 상품(goods)이나 서비스(service)를 제조업자로부터 소비자에게로 움직이게 하는 것이다. 제품의 발안(發案)에서 디자인, 개발, 유통, 판매촉진, 광고, 그리고 적절한 시장을 결정하는 시장분석을 포함한다. ***marketing channels*** 마케팅경로 ¶ *Marketing channels* are avenues used by marketers to make products available to consumers. Wholesalers, distributors, sales agents, retailers, and all other sources used in getting the products to consumers are included in the category of *marketing channels.* 마케팅경로는 마케팅 담당자가 제품을 소비자에게 이용할 수 있게 하는데 사용하는 방법(avenues)이다. 도매업자, 유통업자, 판매대리인, 소매상인 및 소비자에게 제품을 도달하게 하는데 사용되는 모든 여러 가지 공급원(源)은 마케팅경로의 카테고리에 포함된다. ~ ***mix*** 마케팅믹스(시장목표달성을 위한 여러 수단의 조합) ¶ *Marketing mix* is combination of the four controllable variables of Product, Price, Place, and Promotion that are essential to define and fulfill a target market. See also four Ps. 마케팅믹스는 목표시장을 한정하고 성취하는 데 긴요한 제품(Product), 가격(Price), 장소(Place) 및 판매촉진(Promotion)의 4가지를 제어할 수 있는 변수의 결합을 말한다. four Ps(4 피에스)도 참조할 것. ~ ***plan*** 판매계획, 마케팅계획 ¶ The *marketing plan* is a plan that details a company's marketing effort; also called action program, marketing strategy. The *marketing plan* may be laid out for an individual or the entire company and all its products. 마케팅계획은 회사의 마케팅활동을 상세히 설명하는 계획을 말한다. 이를 또한 행동프로그램(action program), 마케팅전략(marketing strategy)이라고도 한다. 마케팅계획은 개인이나 전체 회사와 모든 회사의 제품에 관하여 확실히 설명할 수 있다. ~ ***strategy*** 마케팅전략, 판매전략 ¶ The *marketing strategy* is a plan for promoting products and services. 판매전략은 제품과 서비스를 촉진하기 위한 계획을 말한다.

marketplace 시장(터), 상업계 ¶ *Marketplace* is same as market. marketplace(시장터)는 market(시장)과 같은 뜻이다. /Southeast Asia is a fast-changing *marketplace.* 동남아시아는 급속히 변화하고 있는 시장이다. /the world *marketplace* 세계시장

marking 하인(荷印)부치기, 각인(刻印) ¶ *marking* for export 수출하인 /a *marking* machine [press] 각인기(刻印機) /The *marking* of the price upon each article takes a long time. 상품 하나하나에 가격표를 부치는 것에는 시간이 걸린다.

markka 마르카 ¶ The standard currency unit of Finland, divided into 100 pennia. 핀란드의 기준화폐단위, 1 마르카(markka) = 100 페니아(pennia)[단수는 penni(페니)].

markon 가격 덧붙임(원가에 이익을 가산하는 것)

Markov process [영] 마코브 프로세스 ¶ The *Markov process* is a stochastic process where only the current price of an asset is relevant in determining what may happen in the future, i.e., previous prices and the number of periods preceding the current observation are irrelevant. The *Markov process* is used in numerous derivative price models, 마코브 프로세스는 자산의 현재가격만이 장래에 무엇이 일어날 것인지, 즉 이전의 가격을 결정하는 데에 적절하고, 현재의 관측에 앞선 기간의 수는 적절치 않다는 확률과정을 말한다. 마코브 프로세스는 다수의 파생상품가격모형에 이용되고 있다.

Markov portfolio optimization [영] 마코브 포트폴리오 최적요건 ¶ The *Markov portfolio optimization* is a single-period optimization process based on mean variance analysis that is designed to identify the best-performing portfolio for a given level of risk. The inputs into the process include the expected return of each asset in the portfolio, the variance of each asset, and the variance/covariance matrix between the assets. The resulting output is the efficient frontier. See also multiperiod portfolio optimization. 마코브 포트폴리오 최적요건은 일정한 수준의 위험에 대한 가장 작용하는 포트폴리오를 확인하려고 하는 운용수익분산분석(mean variance analysis)에 기반을 두는 단일기간 최적화과정이다. 그 과정 속의 유입에는 포트폴리오상의 각 자산의 기대수익치(expected return), 각 자산의 분산 및 자산간의 분산/공분산 모형(matrix, 母型)이 포함된다. 결과로서 생기는 유출(output)은 유효프론티어(efficient frontier)이다. multiperiod portfolio optimization(다기간 포트폴리오의 최적화)도 참조할 것.

mark-up; markup 가격인상, 원가에 대한 가산액, 수수료 → markdown (가격인하). ¶ Freight charges, customs duties and store *markups* make imported goods expensive. 운임, 관세, 점포의 이문이 부가하여 수입품은 가격이 높게 된다.

marriage 결혼, 결혼생활, 밀접한 결합 ***marriage penalty*** 매리지페널티, 혼인중과세 ¶ The *marriage penalty* is an effect of a tax code that makes a married couple pay more than the same two people would pay if unmarried and filing singly. The Economic Growth and Tax Reconciliation Act of 2001, gradually phased out the marriage penalty through 2009. This phaseout of the *marriage penalty* was accelerated in the Jobs and Growth Relief Reconciliation Act of 2003. This act increased the standard deduction for married joint filers to twice the standard deduction for single taxpayers and widened the size of the 15% tax bracket to double the size of the bracket for single taxpayers. 매리지페널티는 혼인하고 있는 부부가 합산신고를 하는 경우에는, 2사람이 혼인하지 않고 각각 별개로 신고한 경우보다도, 높은 세금을 지급하여야 하는 세제상의 규칙을 이른다. 2001년의 경제성장을 위한 감세조정법(Economic Growth and Tax Reconciliation Act of 2001)에서는 2009년까지에 점진적으로 혼인 중과세를 제거해 가는 것이었다. 이 혼인 중과세의 점진적인 제거가 2003년의 고용과 성장을 위한 감세조정법(Jobs and Growth Relief Reconciliation Act of 2003)을 가속화시켰다. 이 법률은 혼인하고 있는 부부가 합산신고를 한 경우의 표준공제액(standard deduction)을 개별신고의 2배로 하였고, 또 합산신고의 경우에는, 15%의 세율구분(tax bracket)의 적용대(適用帶)를 개별신고의 세율구분의 배로 확대하였다.

married put 매리드풋, 합체 풋 ¶ The *married put* is an option to sell a certain number of securities at a particular price by a specified time, bought simultaneously with securities of the underlying company so as to hedge the price paid for the securities. See also option; put options. 매리드풋은 어느 특정한 시기까지에 특정한 가격으로 일정한 수의 증권을 매도하는 옵션(option)으로, 증권에 지급한 가격을 헤지(hedge)하기 위하여 그 대상기업의 증권과 동시에 구입하는 옵션을 말한다. option(옵션); put options(풋옵션)도 참조할 것.

marry 결합하다, 융합하다 ***exchange marry [marriage]*** 외환의 융합 ¶ The *exchange marry* is to square the position by comparing the selling exchange to the buying exchange in the customer's transaction. 외환의 융합은 대고객거래에서 매도환과 매입환을 대조해서 포지션을 스퀘어로 하는 경우이다.

Marshallian k 마샬의 k ¶ The *Marshallian k* is a ratio that the balance of monetary demand quantity is divided by the nominal GNP. 마샬의 k는 화폐통화공급량의 잔액을 명목GNP로 나눈 비율이다.

Marxism 막스주의 ¶ *Marxism* is political, social and economic theories of Karl Marx. Applied *Marxism*, in an economy, results in either a communist economy or a heavily socialist economy. 막스주의는 카알막스의 정치, 사회, 및 경제이론을 말한다. 경제학에서 응용 막스주의는 공산주의 경제나 혹독한 사회주의경제로 귀착한다.

master ⓐ 가장 중요한, 중심의, 주요한 ***master agreement*** [영] 기본계약 ¶ The *master agreement* is a formal agreement between two counterparties that documents the legal and credit aspects of derivative transactions. A properly executed *master agreement* allows subsequent trades to be evidenced by short-form confirmations (rather than the extensive long-term confirmations) and permits credit risk exposures to be managed on a net, rather than gross, basis. Common *master agreements* include the International Swaps and Derivatives Association *Master Agreement*, the French Association Française Banque agreement and the German Rahmenverstrag agreement. 기본계약은 파생상품거래의 법적 내지 금융의 측면에서 문서로 작성하는 2 거래상대방간의 정식계약을 말한다. 기본계약을 적절히 집행하면, 그 후의 거래가 (전반적이 장문의 확인서라기보다도 오히려) 간이형 확인서(short-form confirmation)로 증명되도록 하고 신용리스크 익스포저가 총액기준으로(on a gross basis) 하기보다 오히려 순액기준으로(on a net basis) 관리될 수 있도록 한다. 일반적인 기본계약서는 국제스왑·파생상품협회 기본계약서, 프랑스 은행협회 계약서 및 독일 표준계약 계약서가 포함된다. ~ ***fund*** [영] 마스터펀드 ¶ The *master fund* is a fund that invests capital gathered from investors through one or more feeder funds. The master fund structure is widely employed in the hedge fund sector. 마스터펀드는 하나 이상의 피더펀드를 통해서 여러 투자자로부터 끌어들인 자본을 투자하는 펀드를 말한다. 마스터펀드구조는 헤지펀드부분에서 널리 이용되고 있다. ~ ***note*** [영] 마스터어음 ¶ *Master note* is commercial paper offered by a direct issuer to the investment management or trust department of a bank or an institutional investor that has periodic amounts to invest in short-term fixed income instruments. The *master note*, which pays a particular spread above a stated commercial paper rate, is a dependable source of funds for the issuer and eliminates the administrative burden that would otherwise arise through the issuance of smaller denomination notes. 마스터어음은 직접발행자가 은행의 투자관리부 또는 신탁부 혹은 단기확정소득증권에 투자할 정기금액을 가지는 기관투자자에게 제공한 상업어음을 말한다. 마스터어음은 일정한 상업어음률 이상으로 특별한 스프레드를 지급하지만, 발행자를 위하여는 신뢰할 수 있는 자금의 재원이 되고 소액면어음의 발행을 통해서 딴 방법으로 생기는 사무부담을 제거한다. ~ ***policy*** [보험] 주(主)증권, 모(母)증권 ¶ The *master policy* is a single contract coverage on a group basis issued to an employer. Group members receive certificates as evidence of membership summarizing benefits provided. 주(主)증권은 고용주에게 발행된 단체기준으로 하는 단일계약의 범위를 말한다. 단체회원들은 납부한 급여금을 요약하는 회원자격의 증거로서 증서(certificates)를 받는다. ~ ***limited partnership* (*MLP*)** 마스터리미티드 파트너십 ¶ The *master limited partnership (MLP)* is a public limited

partnership composed of corporate assets spun off (roll out) or private limited partnerships (roll up) with income, capital gains, under/or tax shelter orientations. Interests are represented by depositary receipts traded in the secondary market. Investors thus enjoy liquidity. Flow-through tax benefits, previously possible within passive income restrictions, were limited by tax legislation passed in 1987 that would treat most *MLPs* as corporation after a grandfather clause expired in 1998. 마스터리미티드 파트너십은 배당(dividend), 캐피탈게인(capital gain) 및 절세효과(tax shelter)를 지향하는 회사의 분리자산(roll out), 또는 사모파트너십(roll up)으로 구성되는 공모(公募)파트너십(public limited partnership)이다. 지분은 유통시장(secondary market)에서 거래되는 예탁증서의 형식을 취하므로, 투자자에게는 유동성(liquidity)이 있다. 이전에는 수동적(passive) 소득규제에 따른 것이어서, 세무중립성을 유지할 수 있었으나, 1987년 제정의 세법에 의하여 그 중립성은 제한되어 1998년의 기득권자 제외조항(grandfather clause)이 실효한 후 대부분의 마스터리미티드 파트너십(MLPs)을 회사로서 취급하고 있다.
[n] (상선의) 선장(남녀공용의 captain) ***master's protest*** 해난(海難)보고서 ¶ The *master's protest* is a sworn statement given by the captain of an oceangoing vessel describing any unusual happening that may have occurred during the voyage. 해난보고서는 해양선박의 선장이 작성하는 항해 중에 발생할지도 모를 이상한 사건을 기술하는 선서한 진술서를 말한다.

match [n] 조화시키는 것, 매칭(외화표시채권 · 채무를 균형 맞추는 것, 또는 그 상태) ¶ The *match* is a purchase contract and a sales contract that cancel each other out. 매치는 서로 보상(補償)하는 구매계약과 매도계약을 이른다.
[v] 조화시키다

matched 맞붙게 된, 조화시킨 ¶ *matched* order 양건(兩建)주문, 통정(通情)주문 /*matched* sale (TB를 대상으로 한) 매도오퍼레이션(reverse repo) /*matched* sale-purchase transaction 환매조건부 거래, (FRB의) 매도오퍼레이션 ***matched and lost*** 매치트앤드로스트 ¶ The *matched and lost* is a report of the results of flipping a coin by two securities brokers locked in competition to execute equal trades. 매치트앤드로스트는 동일한 거래를 집행하려고 하는 경합을 이룬 2개의 증권회사에 의하여 어느 쪽의 거래를 우선할 것인지를 결정하기 위하여 행해진 코인(coin) 던지기의 결과보고를 말한다. ~ ***bargain*** [주식] 동시의 매매 ¶ The *matched bargain* is a transaction in which a sale of a particular quantity of stock is matched with a purchase of the same quantity of the same stock. On the London Stock Exchange transactions of this kind are now carried out electronically by SETS. A *matched bargain* system is an order-driven system. 동시의 매매란 특정한 량의 주식매매가 동일한 주식의 동일한 양의 매입이 동시에 이루지는 거래를 말한다. 런던증권거래소에서 이런 종류의 거래는 오늘날 증권거래소 거래시스템(SETS: Stock Exchange Trading System)에 의하여 전자방식으로 수행되고 있다. 동시매매제도는 주문운영의 제도(order-driven system)이다. ~ ***book*** 매치트북(매매액이 일치하여 리스크가 없는 상태) ¶ The *matched book* is a term used for the accounts of securities dealers when their borrowing costs are equal to the interest earned on loans to customers and other brokers. 매치트북이란 증권회사의 차입비용(borrowing costs)이 고객이나 다른 증권회사로부터의 융자이자수입과 같을 때에, 그 증권회사계정의 상태를 나타내기 위하여 사용하는 표현이다. ¶ The *matched book* is a portfolio of assets and portfolio of liabilities having equal maturities. The term is used most often in reference to money market instruments and money market liabilities. In contrast, an unmatched book is referred to as a short book or long book. 매치트북은 자산의 포트폴리오와 같은 만기를 가지고 있는 부채의 포트폴리오를 말한다. 그런 용어는 단기금융상품과 단기금융시장부채(負債)와 관련하여 가장 자주 사용되고 있다. 대조해 보면, 언매치트북은 숏북(short book) 또는 롱북(long book)을 의미한다. ~ ***maturities*** 만기의 일치 ¶ *Matched maturities* are coordinations of the maturities of a financial institution's assets (such as loans) and liabilities (such as certificates of deposit and money-market accounts). For instance, a savings and loan might issue 10-year mortgages at 10%, funded with money received for 10-year CDs at 7% yields. The bank is thus positioned to make a three-percentage-point profit for 10 years. If a bank granted 20-year mortgages at a fixed 10%, on the other hand, using short-term funds from money-market accounts paying 7%, the bank would be vulnerable to a rapid rise in interest rates. If yields on the money-market accounts surged to 14%, the bank could lose a large amount of money, since it was earning only 10% from its assets. Such a situation, called a maturity mismatch, can cause tremendous problems for financial institutions if it persists, as it did in the early 1980s. 만기의 일치는 융자 등의 금융기관의 자산과 예금증서(CD), 머니마켓계좌 등의 부채의 만기를 일치시키는 것이다. 예를 들면, 어느 저축대출조합(savings and loan)은 금리 7%, 10년 CD로 자금조달을 하여 금리 10%로 10년의 주택론(mortgage loan)을 제공하였다고 하자. 이 경우, 그 조합은 3%의 이익(profit)을 10년간 얻게 된다. 어느 은행이 금리 7%의 단기금융시장계좌(money market account)의 단기자금(short-term funds)을 사용하여 10%의 고정금리로 20년 간의 주택론을 대출하였다고 하면, 그 은행에게 있어서 금리의 급한 상승이 약점으로 된다. 단기금융시장계좌의 금리가 14%로 상승하면, 이 은행은 그 자산에서 10%의 금리를 얻고 있을 뿐이므로, 다액의 손실을 내는 것이 된다. 이와 같은 상황은 만기의 불일치(maturity mismatch)라고 하며, 1980년대 초두와 같이 그것이 오래 끌면, 금융기관에게 있어서는 심각한 문제가 된다. ~ ***orders*** 담합주문, 매치트오더 ¶ *Matched orders* are: (1) an illegal manipulative technique of offsetting buy and sell orders to create the impression of activity in a security, thereby causing upward price movement that benefits the participants in the scheme. (2) an action by a specialist to create an opening price reasonably close to the previous close. When an accumulation of one kind of order – either buy or sell – causes a delay in the opening of trading on an exchange, the specialist tries to find counterbalancing order or trades long or short from his own inventory in order to narrow the spread. 매치트오더는 (1) 어느 증권의 거래가 활발한 인상을 주기 위하여 매도주문과 매수주문을 동시에 내는 위법한 거래조작을 이른다. 이 조작으로 인하여 주가는 상승하여, 그 참가자에게 이익을 가져다 준다. (2) 스페셜리스트(specialist)가 전일의 종가(previous close)에 상당히 가까운 개시가(opening price)를 정하려고 하는 행동을 이른다. 팔거나 또는 사거나 어느 일방의 주문이 누적해서 증권거래소에서의 거래개시가 지체되고 있는 때, 그 차이를 결정하기 위하여 스페셜리스트는 반대쪽의 주문을 찾거나 자기계정에서 거래를 한다. ~ ***sale purchase transaction*** 환매조건부 매도오퍼 ¶ The *matched sale purchase transaction* is a Federal Open Market Committee procedure whereby the Federal Reserve Bank of New York sells government securities to a nonbank dealer against payment in federal funds. The agreement requires the dealer to sell the securities back to a specified date, which ranges from one to 15 days. The Fed pays the dealer a rate of interest equal to the discount rate. These transactions, also called reverse repurchase agreements, decrease the money supply for temporary periods by reducing dealer's bank balance and thus excess reserves.

The Fed is thus able to adjust an abnormal monetary expansion due to seasonal or other factors. See also repurchase agreement. 환매조건부 매도오퍼는 뉴욕연방준비은행(Federal Reserve Bank of New York)이 정부증권(government securities)을 논뱅크딜러에게 페더럴펀드(federal funds)로의 결제에 의하여 매도하는 연방공개시장위원회(Federal Open Market Committee)의 절차를 이른다. 이 약정은 그 딜러에게 1일에서 15일후의 지정된 날에 그 증권을 환매하는 것을 의무로 하고 있다. 연방준비은행(Federal Reserve Bank)은 딜러에게 공정비율과 같은 금리를 지급한다. 이러한 거래는 리버스레포거래(reverse repurchase agreement)라고도 하며, 딜러의 예금잔액을 감하고 나아가서는 과잉준비금(excess reserves)을 감해줌으로써 머니서플라이(money supply)를 일시적으로 감소시킨다. 이렇게 하여 연방준비은행은 계절적인 요인이나 기타의 요인에 의한 머니서플라이의 비정상적인 확대를 조정할 수 있다. repurchase agreement(환매특약)를 참조할 것.

matching 정합(整合), 대응, 매칭(외화표시채권 · 채무를 균형 맞추는 것, 또는 그 상태)

mate 동료, 항해사(航海士) ¶ *mate* account 상대항목 ***mate's receipt* (*M/R*)** 본선수취증, 선원수취증 ¶ The *mate's receipt* (*M/R*) is a receipt issued by a deck officer on a merchant ship acknowledging receipt of cargo. This form of receipt is normally seen in instances where cargo is being shipped via chartered vessel. See also bill of lading; dock receipt. 본선수취증은 화물의 수취를 인정하는 상선(merchant ship)에서 갑판부사관(甲板部士官)이 발행하는 수취증이다. 이런 형식의 수취증은 보통 화물이 용선된 선박으로 선적되고 있는 순간에 볼 수 있다. bill of lading(선하증권); dock receipt(도크리시트)도 참조할 것.

material [n.] 자료, 정보, 제재(題材) ¶ *materials* and services 자재 및 서비스 /*materials* industry 소재(素材)산업 ***materials management*** 자재관리 ¶ The *materials management* is an administration of all activities concerned with the ordering, storage, and movement of materials. This includes the storage of raw materials and parts and the manning of production operation centers. 자재관리는 자재의 주문, 저장 및 이동에 관련된 모든 활동을 관리하는 것이다. 이것에는 원재료와 부품의 저장과 생산작업센터의 인원배치가 포함된다.

[a.] 물질적인, 물자의, 중요한, 고려될만한(증거 · 정보 등) ¶ *material* representation (중요한) 고지(告知) ***material news* (*material information*)** 중요한 뉴스 (중요한 정보) ¶ The *material news* is an information that may affect a company's share price, such as a profit warning or news of a proposed merger or acquisition. 중요한 뉴스는 이익의 경고나 합병이나 매수(merger or acquisition)의 제안뉴스와 같은 회사의 주가에 영향을 줄 수 있는 정보를 말한다.

materiality 중요성 ¶ The *materiality* is a characteristic of an event or information that is sufficiently important (or material) to have a large impact on a company's stock price. For example, if a company was about to report its earnings, or make a takeover bid for another company, that would be considered material information. Material information is information the reasonable investor needs to make an informed decision about an investment. 중요성은 이벤트나 정보의 성격이 그 기업의 주가(stock price)에 커다란 영향력을 가질 정도로 중요한 것이다. 예를 들면, 어느 기업이 수익상황의 발표를 하려고 한다든지, 혹은 매수(takeover)를 위하여 주식공개매수를 하려고 하고 있는 경우, 그 정보는 중요한 정보라고 생각된다. 중요한 정보란 것은 이성적인 투자자가 투자에 관하여 결정을 하는데 필요한 정보를 말한다.

materialize 실현하다 ¶ A crowd of onlookers *materialized* out of nowhere within minutes of the accident. 사건이 일어나자 수분이 지나지 않아 어디서 왔는지 모르게 한 무리의 구경꾼들이 돌연 모습을 드러냈다.

Matilda 마틸다 ¶ The *Matilda* is a bond, note, or certificate of deposit issued in Australian dollars in the Australian markets by a foreign company. 마틸다는 외국회사가 오스트레일리아 시장에서 오스트레일리아 달러로 발행한 채권(債券), 약속어음(note) 또는 예탁증서(certificate of deposit)를 말한다. ***Matilda bond*** 마틸다본드 ¶ The *Matilda bond* is a foreign bond denominated in Australian dollars and sold in Australia. 마틸다본드는 오스트레일리아 달러로 표시되고 오스트레일리아에서 판매되는 외국본드를 이른다.

matrix 행렬(行列), 매트릭스, (문화, 사회 등의 발생 · 성장) 모체(母體), 기반 ***matrix trading*** 매트릭스트레이딩 ¶ *Matrix trading* is bond swapping whereby traders seek to take advantage of temporary aberration in yield spread differentials between bonds of the same class but with different ratings or between bonds of different classes. 매트릭스트레이딩이라는 것은 트레이더가 이익을 목적으로 하는 채권스왑거래에서, 동종으로 등급이 다른 채권간, 또는 다른 종류의 채권간의 일시적 이율격차의 비뚤어짐에서 이익을 얻으려고 하는 거래를 이른다.

mature ⓐ 성숙한, 현명한, (어음 등) 만기의 ***mature economy*** 성숙한 경제 ¶ The *mature economy* is an economy of a nation whose population has stabilized or is declining, and whose economic growth is no longer robust. Such an economy is characterized by a decrease in spending on roads or factories and a relative increase in consumer spending. Many of Western Europe's economies are considerably more mature than that of the United States and in marked contrast to the faster-growing economies of the Far East. 성숙한 경제는 인구가 안정되거나, 또는 감소하고 있고, 또 경제성장이 더 이상 활발치 못한 국가의 경제를 이른다. 그와 같은 경제는 도로나 공장 등에의 지출이 감소하고, 소비지출이 상대적으로 증가하는 점이 특징이다. 많은 서유럽의 여러 국가들의 경제는 미국경제보다 상당히 성숙하고 있으며, 극동의 여러 국가의 보다 급속한 성장을 수행하고 있는 경제와는 뚜렷한 대조를 이루고 있다.

ⓥ 성숙하다, 만기가 되다 ¶ *matured* endowment 만기보험금 /*matured* liabilities 만기채무 /*maturing* loan 만기가 도래하는 융자

maturity 성숙, 완성, (어음의) 만기, 변제기한 ¶ The *maturity* is: (1) reaching the date at which a debt instrument is due and payable. A bond due to mature on January 1, 2010, will return the bondholder's principal and final interest payment when it reaches *maturity* on that date. Bond yields are frequently calculated on a yield-to-maturity basis. (2) when referring to a company or economy, *maturity* means that it is well-established, and has little room for dynamic growth. for example, economists will say that an aging industrial economy has reached *maturity*. Or stock analysts will refer to a company's market as mature, meaning that demand for the company's products is stagnant. 만기란 (1) 채무(debt instrument)가 기한을 맞이하여, 지급기일이 되는 날이다. 2010년 1월 1일에 만기를 맞이하는 채권은 그 만기가 되면, 채권보유자(bondholder)의 것인 원금(principal)과 최후의 이자를 지급한다. 채권이율은 자주 만기이율(yield-to-maturity)을 바탕으로 계산된다. (2) 기업 또는 경제에 관하여 논하는 경우, 성숙(maturity)이란 기반이 좋게 확립되어 다이내믹한 성장의 여지가 그다지 없는 것을 의미한다. 예를 들면, 이코노미스트는 고령화가 앞서가는 선진경제가 성숙상태에 도달하였다고 표현한다. 또

증권애널리스트가 어느 기업의 시장이 성숙하였다고 말하면, 그 기업의 제품에 대한 수요의 정체를 의미하고 있다. /*balloon maturity* 최종지급액이 많은 만기 /early *maturity* of serial bond 연속사채 중에서 빨리 기한이 도래하는 것 /long *maturity* 장기기한물(物) /*maturity*-designated deposit 기일지정예금 /a *maturity* for payment 지급기한 /*maturity* gap exposure 운용 · 조달의 기간의 갭 /a *maturity* index 만기지표 /*maturity* list 만기일표(表) /the *maturity* of a draft 어음의 만기일 /*maturity* profile 만기의 상황 /*maturity* tickler 기일안내, 기일메모장 /*maturity* value 만기가치, 상환가치 /on a *maturity* basis 만기일 베이스로 ***maturity date*** 만기일 ¶ The *maturity date* is a date on which the principal amount of a note, draft, acceptance bond, or other debt instrument becomes due and payable. Also termination or due date on which an installment loan must be paid in full. 만기일은 (1) 어음(note), 수표(draft), 인수어음(acceptance bond), 기타 채무증서(debt instrument)의 원금(principal)의 기한이고 지급되어야 할 날이다. 또한 할부대출(installment loan)이 완납되는 대출종료일 또는 기한의 날을 이른다. ~ ***ladder*** 만기구성의 사다리 ¶ For anti-risk measures, a *maturity ladder* is to distribute the items of asset liabilities as of the end of month to the division unit of remaining period. 만기구성의 사다리는 리스크 대책을 위해, 월말시점의 자산부채항목을 잔존기간구분단위로 배분한 것이다. ~ ***matching*** 만기맞춤 → duration (immunization) [듀레이션(면역화)]. ~ ***stripping*** 머튜리티 스트립핑 ¶ *Maturity stripping* is to set up the whole amount, to which the same as maturity dates of claims on loan is assembled, at the London Bond Sales Market. 머튜리티 스트립핑이란 런던채권매매시장에서 대출채권의 최종기일이 같은 것을 모아, 총금액으로 하는 경우이다.

Mauritania currency 모리타니 화폐 ¶ ouguiya, divided into five khoums. 1 오귀야(ouguiya) = 5 쿠움즈(khoums).

Mauritius currency 모리셔스 화폐 ¶ Mauritian rupee (MUR), divided into 100 cents. 1 모리셔스 루페(rupee) = 100 센트(cent).

maximal 최대한의, 최고의 (*cf.*) minimal 최소한의

maximum *n.* 최고점, 극한

a. 최대의, 극한의 ¶ *maximum* authority 전행(專行)한도 /the *maximum* limit for interest rate 이율의 최고한도 /*maximum* loan value (담보부 융자의) 대출한도액 ***maximum capital gains mutual fund*** 캐피탈게인을 최고로 치는 뮤추얼펀드 ¶ The *maximum capital gains mutual fund* is a fund whose objective is to produce large capital gains for its shareholders. During a bull market it is likely to rise much faster than the general market or conservative mutual funds. But in a falling market, it is likely to drop much faster than the market averages. This increased volatility results from a policy of investing in small, fast-growing companies whose stocks characteristically are more volatile than those of large, well-established companies. 캐피탈게인을 최고로 치는 뮤추얼펀드는 투자목적을 주주에게 커다란 캐피탈게인(capital gain)을 가져오는 것에 두고 있는 뮤추얼펀드(mutual fund)이다. 이러한 뮤추얼펀드는 시장이 상승시세(bull market)인 때에, 일반적인 시장이나 신중한 운용을 행하는 뮤추얼펀드보다는 급속한 가격상승이 전망된다. 그러나, 하강시세(falling market)에서는 시장평균보다는 더욱 가격이 하락할 것 같다. 이 가격변동의 증대는 안정된 대기업보다 본질적으로 주가변동이 격심한 소규모로 급성장 중의 기업에 투자한다고 하는 방침 때문이다.

May Day 메이데이 (1975년 5월 1일) ¶ *May Day* implies May 1, 1975, when fixed minimum brokerage commissions ended in the United States. Instead of a mandated rate to execute exchange trades, brokers were allowed to charge whatever they chose. The *May Day* changes ushered in the era of discount brokerage firms that execute buy and sell orders for low commissions, but give no investment advice. The end of fixed commissions also marked the beginning of diversification by the brokerage industry into a wide range of financial services utilizing computer technology and advanced communications system. 메이데이는 미국에서 고정최저주선수수료제도(fixed minimum brokerage commissions)가 종료한 1975년 5월 1일을 가리킨다. 거래소에서의 거래집행에 관하여 소정의 수수료에 갈음하여, 증권회사는 스스로의 판단으로 수수료(charge)를 청구할 수 있게 되었다. 이 제도변경은 값싼 수수료로 매매를 행하는 것이지만, 투자어드바이스는 일체 행하지 않는 디스카운트증권회사(discount brokerage firm)시대를 초래하였다. 또 고정수수료제(fixed commission)의 종언은 증권업의 다양화, 즉 컴퓨터기술이나 선진적인 통신시스템을 이용한 폭넓은 금융서비스제공의 출발이었다.

MBS → **m**ortgage-**b**acked **s**ecurity [약] 모기지담보증권(주택용 · 상업용 부동산을 담보로 하는 대출증권을 유가증권화한 것) ¶ *Mortgage-backed securities* are issued by the Federal Home Loan Mortgage Corporation, and the Federal National Mortgage Association. Others are guaranteed by the Government National Mortgage Association. Investors receive payments out of the interest and principal on the underlying mortgages. 모기지담보증권은 연방주택금융 모기지협회나 연방의 전국모기지협회에 의해서 발행된다. 다른 것은 정부의 전국주택모기지협회에 의해서 보증되고 있는 담보증권이다. 투자자는 기초모기지로부터 원리금을 지급받는다. ***MBS Clearing Corporation* (*MBSCC*)** 모기지담보증권 청산회사 ¶ The *MBS Clearing Corporation* (*MBSCC*) is a SEC-registered clearing corporation that provide services to the mortgage-backed securities market. 모기지담보증권 청산회사는 모기지담보 증권시장에 대해서 결제업무를 제공하는 미증권거래위원회(SEC)에 등록한 청산회사를 말한다.

M-CAMP 엠캠프 ¶ The *M-CAMP* is a proprietary product of Morgan Stanley. *M-CAMPS* are professionally recommended portfolios of six different tax-exempt municipal bond issues, structured with alternating coupon dates that generate twelve consecutive monthly checks. The bonds in the portfolio are marketed together for a total of $30,000, but each $5,000 bond can be sold individually by the investor at any time. They are not mutual funds and, being unmanaged, do not charge ongoing management or maintenance fees. 엠캠프는 모건스탠리(Morgan Stanley)가 독자적으로 개발한 금융상품으로, 프로의 관점에서 추천되는 6개의 다른 면세(tax-exempt)취급의 지방채(municipal bond)를 조합한 포트폴리오(portfolio)로 되고 있다. 쿠폰(coupon)의 지급일을 물리고 매월 (연 12회) 이자지급이 받도록 되어 있다. 이 채권은 6개의 지방채를 한꺼번에 3만 달러로 판매되지만, 투자자는 언제라도 하나 하나의 채권을 5,000달러씩 개별로 팔 수도 있다. 이 채권은 뮤추얼펀드(mutual fund)가 아니고, 따라서 운용되는 것도 아니어서, 운용보수(management fee)나 관리비(maintenance fee)도 징수되지 않는다.

McCarran-Ferguson Act of 1945 1945년의 맥캐런-퍼거슨법 ¶ The *McCarran-Ferguson Act of 1945* is a federal law in which Congress declared that the states will continue to regulate the insurance business. As a result, insurers are granted a limited exemption in federal antitrust legislation. 1945년의 맥캐런-퍼거슨법은 주(州)가 보험사업의 규제를 계속한다고 미국의회가 선언한 연방법을 이른다. 이 결과, 보험회사(insurers)는 연방독점금지법(Federal Antitrust legislation)

의 한정적인 적용제외가 인정되고 있다.

McFadden Act [미] 맥패든법(주를 넘어 지점을 설치하는 것을 금지한 것) ¶ The *McFadden Act* is a law enacted by Congress in 1927 giving states the power to regulate bank branching, including branching by national banks. The Riegel-Neal Interstate Banking and Branching Efficiency Act of 1994 modified the *McFadden Act*, allowing banks to open deposit-taking branches across state lines by merging with other banks. 맥패든법은 연방법은행의 지점설치를 비롯하여 각주에 은행지점설치를 규제하는 권한을 부여하는 법률로, 1927년 의회가 제정하였다. 리겔-닐의 1994년의 주간(州間)은행 및 지점설치효율화법(Riegel-Neal Interstate Banking and Branching Efficiency Act of 1994)은 맥패든법을 수정하여, 은행은 주의 경계를 넘어 다른 은행과 합병함으로써 지점설치를 허용하고 예금수취업무를 하도록 하였다.

meals and entertainment expense 음식접대비 ¶ *Meals and entertainment expense* are an expense for meals and entertainment that qualifies for a tax deduction. Under current tax law, employers may deduct 50% of *meals and entertainment expense* that have a bona fide business purpose. For example, a business meal must include a discussion producing a direct business benefit. 음식접대비는 조세공제(tax deduction)의 대상이 되는 음식접대를 위한 비용이다. 현행법하에서는, 고용주는 진실로 업무목적으로 지급되는 음식접대비의 50%를 공제할 수 있다. 예를 들면, 업무목적의 식사라면, 직접 업무상의 이익을 생기게 하는 디스커션(discussion)을 그 장소에서 하여야 한다.

mean ⓝ 중간치, 평균
ⓐ 중간의, 평균의 ¶ a *mean* due date 평균기일 /a *mean* price 평균가격 ***mean return*** 운용수익기대치, 운용수익평균치 ¶ In security analysis, *mean return* is expected value, or mean, of all the likely returns of investments comprising of a portfolio; in capital budgeting, mean value of the probability distribution of possible returns. The portfolio approach to the analysis of investments aim at quantifying the relationship between risk and return. It assumes that while investors have different risk-value preferences, rational investors will always seek the maximum rate of return for every level of acceptable risk. It is the *mean*, or expected, *return* that an investor attempts to maximize at each level of risk. Also called expected return. See also capital asset pricing model; efficient portfolio; portfolio theory. 증권분석에 있어서, 운용수익기대치는 투자자산을 구성하는 모든 투자의 예상수익의 평균치(mean), 혹은 기대치(expected value)를 이른다. 자본지출예산(capital budgeting)에서는, 가능운용익(possible return)의 확률분포의 평균치이다. 투자분석을 포트폴리오(portfolio)적으로 접근함에는 리스크(risk)와 이율(yield)의 관계를 정량화하는 것이 필요하다. 이러한 접근방법은, 투자자는 리스크와 이율의 조합에 관하여 각각 다른 기호를 가지고 있으나, 이성적인 투자자라면, 허용범위에 있는 각 리스크 수준에서 언제나 가능한 최고의 수익률을 구한다고 하는 전제에 서 있다. 각 투자자가 각 리스크 수준에서 최대화하려고 하는 것이 운용수익기대치이다. 이를 expected return(운용기대치)이라고도 한다. capital asset pricing model(자본적 자산평가모형); efficient portfolio(효율적 포트폴리오); portfolio theory(포트폴리오 이론)도 참조할 것.

means 방법, 수단, 자력, 수입(收入) ¶ a *means* of payment 지급수단 /The *means* use for this end were excessive. 이런 목적을 위해 사용되는 수단은 과대하였다. /use every *means* at one's disposal 자유로 사용할 수 있다고 하는 모든 수단을

사용하다 /a *means* of improving international situation 국제정세를 호전시키는 방책

measure 측정하다, 평가하다 ¶ *measuring* with one's eyes 자세히 측정하기 /The benefit was impossible to *measure* scientifically. 그 은혜는 과학적인 관점에서는 측정할 수 없는 것이었다. /The meters *measure* whether an adequate supply of electricity in reaching the machine. 이 미터는 충분한 전류가 기계에 흐르고 있는지 여부를 계측한다.

mechanic's lien (장인(匠人)의) 선취특권 ¶ The *mechanic's lien* is a lien against building or other structures, allowed by some states to contractors, laborers, and suppliers of materials used in their construction or repair. The lien remains in effect until these people have been paid in full and may, in the event of a liquidation before they have been paid, give them priority over other creditors. (장인(匠人)의) 선취특권이란 일부의 주에서 공사도급업자, 근로자, 그 건축 또는 수선에 사용하는 자재의 공급업자에 허용되고 있는 건물이나 기타 구조물에의 선취특권(lien)이다. 이 선취특권은 그들이 전액의 지급을 받기까지 효력을 가지며, 그들이 지급을 받기 전에 청산(liquidation)되는 경우에는 그들에게 다른 채권자에 대한 우선권이 주어지는 경우도 있다.

mechanism 기계, 기구(機構) ¶ The exchange rate *mechanism* of the European Monetary System 유럽통화체제의 환율의 메커니즘 /an automatic safety *mechanism* 자동안전장치

mechanization 기계화 ¶ *Mechanization* is accomplishment of tasks with machines, mechanical equipment, or aids. *Mechanization* does not provided for self-correcting feedback, whereas automation does. *Mechanization* increases capital expenses and reduces labor costs. 기계화는 기계, 기계의 장비, 또는 보조구(補助具)로 일을 해내는 것이다. 기계화는 스스로 교정하는 피드백(feedback)은 없지만, 반면에 자동은 그렇지 아니하다. 기계화는 자본경비를 증가하고 노동비용을 감소한다. /the spread of farm *mechanization* 농장기계화의 보급 /A wave of *mechanization* surged over the country. 기계화의 물결이 전국에 몰려들었다.

medial 중간의, 중심의 ¶ a *medial* rate 중심환율

median *a.* 중앙의, 중간의 ¶ a *median* rate 중심환율
n. 중위수(中位數) ¶ The *median* is midway value between two points. There are an equal number of points above and below the *median*. For example, the number 5 is the *median* between the numbers 1 and 9, since there are 4 numbers above and below 5 in this sequence. Several important economic numbers use *medians*, including *median* household income and *median* home price. 중위수(中位數)는 2점 사이의 한 가운데의 값을 이른다. 중위수(中位數)의 상하에는 등수(等數)의 점이 있다. 예를 들면, 숫자 5는 1에서 9까지의 숫자의 중위수지만, 이 수열(數列)에서는 숫자의 5의 상하에는 네 번째의 숫자가 늘어서 있다. 중요한 경제학의 지표숫자의 가운데에도 중위수를 사용하고 있는 자가 있다. 가계소득의 중위수(中位數)나 주택가격의 중위수(中位數) 등의 그 예이다.

mediation 조정(調停) ¶ The *mediation* is a less time-consuming and less expensive alternative to arbitration for settling disputes between an investor and a broker. Each side agrees to be bound by the third party's resolution, but may walk away any time. 조정이란 투자자(investor)와 증권회사(broker)간의 분규를 해결하는 방법으로, 중재(arbitration)에 비해서, 시간적으로도 짧고, 코스트 면

에서도 싸게 끝난다. 쌍방이 모두 제3자가 제시하는 해결책에 구속되는 것에 합의한다. 다만, 언제라도 협의에서 도중에 포기할 수 있다.

Medicaid 저소득자 의료부조제도, 메디케이드 ¶ The *Medicaid* is a joint federal-state medical assistance program for financially needy people, including the aged, blind, and disabled, and families with dependent children. Benefits vary from state to state. Officially known as Title XIX of the Social Security Act. *Medicaid* was enacted in 1965 at the same time as medicare. 메디케이드는 미국의 주와 연방정부가 공동으로 행하는 의료부조제도로, 고령자, 시각장애자, 장애자, 부양의 자녀가 있는 가족 등 저소득자가 대상이 된다. 부조의 내용은 주마다 다르다. 공식적으로는, 1965년의 사회보장법(Social Security Act of 1965) 제19장(Title XIX)으로서 알려지고 있다. 메디케이드는 1965년에 메디케어와 함께 제정되었다.

Medicare 공적고령자 의료보험, 메디케어 ¶ The *Medicare* is a program under Title XVIII of the Social Security Amendment of 1965 that provides hospital insurance, voluntary supplementary medical insurance, and prescription drug benefits to people over 65 or people under 65 who are disabled and have received Social Security disability benefits for 24 consecutive months. 메디케어는 1965년의 사회보장개정법(Social Security Amendment of 1965) 제18장 (Title XVIII)에 의한 제도로, 입원보험(hospital insurance), 임의보완의료비보험(voluntary supplementary medical insurance), 처방약이 보험적용에 포함된다. 65세 이상의 사람, 또는 24개월 연속해서 사회보험장애자급여를 받고 있는 장애자가 대상이 된다.

medium ⓝ 중간, 수단, 매체(媒體) ¶ an advertising *medium* 광고매체 /the major *medium* 중요한 정보전달수단 ***medium of exchange*** [영] 교환의 수단 ¶ The *medium of exchange* is a mechanism (often with little intrinsic value) to store and transfer value, allowing for the efficient payment of goods and services. While all manner of commodities have historically been used as a *medium of exchange*, money is now the most common form. See also banknote; fiat money. 교환의 수단은 재화와 서비스를 유효한 지급을 위해서 가치를 저장하고 이전하는 것(거의 본질적 가치가 없는)으로 인정되는 메커니즘이다. 모든 상품의 방식이 역사적으로는 결제기능으로 이용된 반면에, 화폐는 현재 가장 일반적인 방식이 되고 있다. banknote(은행권); fiat money(명목화폐)도 참조할 것.
ⓐ 중간의, 보통의, 중위(中位)의 ¶ *medium* and small enterprise [business] 중소기업 /a *medium* rate 중심환율 /*medium* term credit 중기신용 /*medium* term loan 중기대출 ***medium term bond*** 중기사채(中期社債) (커머셜페이퍼와 보통사채와의 사이에 차지하는 채권) ¶ The *medium-term bond* is a bond with a maturity of 2 to 10 years. See also intermediated term; long term; short term. 중기사채는 2년에서 10년 만기의 채권을 말한다. intermediated term[중기(中期)]; long term[장기(長期)]; short term(단기)도 참조할 것.

medium- 중간의 ¶ *medium*-dated [영] [금연(金緣)증권이] 중기의 /*medium*-sized enterprise 중견기업 ***medium-term debt*** 중기부채 ¶ The *medium-term debt* is any form of debt with a maturity date of 1 to 10 years, depending on jurisdiction or accounting rules. See also long-term debt; short-term debt. 중기부채는 재판관할권이나 회계원칙에 따라 만기 1년에서 10년까지가 되는 부채의 형식을 말한다. long-term debt(장기부채); short-term debt(단기부채)도 참조할 것. ***~-term note (MTN)*** [영] 중기채(債) ¶ The *medium-term note* (*MTN*) is a fixed income security issued by a company or sovereign entity in the U.S. markets from a standing program arranged by an underwriter; once the program is registered issuance can take place at will. Financing via an *MTN* program gives an issuer considerable flexibility in accessing finds in the form, and at a time, deemed most opportune. *MTNs* can be issued in fixed date, floating rate, collateralized, amortizing, and credit-supported form, with maturities extending up to 30 years. Standard fixed-rate notes generally pay semiannual coupons; floating rate notes typically pay monthly or quarterly coupons referenced to London Interbank Offered Rate, commercial paper, treasury bills, or the prime rate. See also EURO medium-term note (EMT). 중기채(債)는 인수업자(underwriter)가 마련한 상설프로그램의 관점에서 보아 미국시장에서 회사 또는 주권국가에서 발행되는 고정수익증권을 말한다. 그 프로그램이 일단 등록되면, 발행은 임의로 행해질 수 있다. 중기채(債) 프로그램을 경유하여 가장 편리하다고 생각되는 형식과 시기에 자금에 접근하는 데에 자금조달은 발행자에게 상당한 탄력성을 준다. 중기채는 확정일자, 변동금리, 담보부, 상환조건부 및 신용지원형태로 만기는 최대한 30년까지 연장하여 발행될 수 있다. 표준고정금리채권은 일반적으로 반년짜리 쿠폰을 지급하고 변동금리채권은 리보(LIBOR)금리, 상업어음, 장기채권(treasury bill) 또는 프라임레이트를 참조하여 일반적으로 매달 또는 4달짜리 쿠폰을 지급한다. EURO medium-term note(EMT)(유로중기채)도 참조할 것.

meet 만나다, 지급하다, 결제하다 ¶ The *committee* met officially three times. 위원회는 공식적으로 3번 만났다. /The cost will be *met* by each individual. 비용은 각 개인이 지급하게 된다. /*meet* the needs of users 사용자의 요구를 충족하다

meeting 만남, (주주)총회, (의사의) 합치 ***meeting of minds*** 의사의 합치 ¶ *Meeting of minds* is mutual assent to terms by parties to a contract. A traditional rule of contract law is that the agreement, to be legally enforceable, must be accurately expressed within the terms of the contract the parties create, for therein lies the required *meeting of the minds*. 의사의 합치는 계약당사자간의 조건에 쌍방이 동의하는 경우이다. 전통적인 계약법의 원칙에 의하면, 법률상 강제할 수 있는 약정은 당사자들이 만들어낸 계약의 조건 안에 정확히 표현되어야 한다. 왜냐하면 그 안에 필요한 의사의 합치가 들어 있기 때문이다. ~ ***of shareholders*** 주주총회 ¶ A *meeting of shareholders* is a meeting of all the stockholders of corporation. 주주총회는 주식회사의 모든 주주의 회합이다. /annual *meeting of shareholders* 정기주주총회

mega- 큰, 100만(배) ¶ *Mega-* is metric prefix denoting multiplication by 10^6 or 1,000,000. In measuring the capacity of computer disks and RAM, equivalent to $\times 2^{20}$ or 1,048,576. 메가(mega)는 10^6 또는 1,000,000의 곱셈을 나타내는 미터법의 접두사이다. 컴퓨터디스크와 램(RAM)의 용량을 측정할 경우에는, 2^{20} 또는 1,048,576과 같다. /*mega*buck [미속] 100만 달러, 거금 /*mega*business 초거대기업 /*mega*lopolis 거대도시, 도시지대

Mello Roos financing 멜로루스 융자(融資) ¶ The *Mello Roos financing* is a financing of real estate developments in California authorized by legislation in 1982 sponsored by Henry Mello and Mike Roos of the California legislature. The bill allowed municipalities to float bonds to be repaid from the proceeds of tax revenues generated by real estate sales. The bonds financed construction of a community's infrastructure, such as sewers, roads, and electricity, which developers then finished with homes and businesses. 멜로루스 융자는 캘리포니아 의회의 헨리 멜로(Henry Mello)와 마이크 루스(Mike Roos)에 의하여 상정되어

1982년에 의회승인을 얻은 부동산개발에 대한 융자를 이른다. 이 법안은 지방자치단체에 부동산판매로 인하여 생긴 세(稅)수입에서 지급되는 채권발행을 인정하였다. 그 채권은 인프라건설, 예를 들면 하수도, 도로, 전기 등이 자금조달에 사용되고, 개발업자가 계속해서 주택이나 상용빌딩을 완성하도록 하였다.

melon [구] 특별배당, 굴러온 돈, 뜻밖의 돈(행운의 돈)

member 회원, (단체의) 일원, 의원(議員) ¶ a *member* of the profession (변호사, 의사 등) 전문직의 일원 ***member bank*** [미] (연방준비제도의) 가맹은행, 조합은행 ¶ The *member bank* is a bank that is a member of the Federal Reserve System, including all nationally chartered banks and any state-chartered banks that apply for membership and are accepted. *Member banks* are required to purchase stock in the Federal Reserve bank in their districts. Half of that investment is carried as an asset of the *member bank*. The other half is callable by the Fed at any time. *Member banks* are also required to maintain a percentage of their deposits as reserves in the form of currency in their vaults and balances on deposit at their Fed district banks. These reserve balances make possible a range of money transfer and other services using the Fed Wire System to connect banks in different parts of the country. (연방준비제도의) 가맹은행은 모든 전국은행(nationally chartered bank)과 가맹신청을 하여 인정된 주인가은행(state-chartered bank) 전부를 포함하는 미연방준비제도(Federal Reserve System)의 가맹은행이다. 가맹은행은 각각의 지구의 연방준비은행(federal reserve bank)의 주식을 구입하는 것이 의무로 되고 있다. 이 투자의 반분은 가맹은행의 자산으로서 계상되고 있다. 나머지의 반분은 그 연방준비은행의 청구가 있으면 언제라도 상환된다. 또 가맹은행은 예금의 일정한 비율을 준비금(reserves)으로서 통화의 형식으로 자행의 금고에, 그리고 그 잔액을 그 지구의 연방준비은행에 예금으로서 유지하는 것이 의무로 되고 있다. 이러한 준비금잔액은 국내의 다른 장소에 있는 은행을 연결하는 연방준비금제도 통신시스템(Fed Wire System)을 사용한 일련의 송금 기타 서비스를 가능하게 하고 있다. ~ ***firm*** 회원회사 ¶ The *member firm* is a brokerage firm that has at least one membership on a major stock exchange, even though, by exchange rules, the membership is in the name of an employee and not of the firm itself. Such a firm enjoys the rights and privileges of membership, such as voting on exchange policy, together with the obligations of membership, such as the commitment to settle disputes with customers through exchange arbitration procedures. 회원회사는 거래소규칙에 의하여 회원자격은 회사명이 아니라 종업원 이름으로 되어 있는 것이지만, 적어도 1건의 주요증권거래소(stock exchange)의 회원자격을 보유하고 있는 증권회사(brokerage firm)이다. 회원회사는 고객과의 분쟁은 거래소의 중재절차를 통해서 해결할 의무 등 회원으로서의 의무가 있는 동시에, 거래소의 방침에 대한 투표권 등 회원으로서의 권리나 특전도 향유하고 있다. ~ ***short sale ratio*** 거래소회원공매비율 ¶ The *member short sale ratio* is a ratio of the total shares sold short for the accounts of New York Stock Exchange members in one week divided by the total short sales for the same week. Because the specialists, floor traders, and off-the-floor traders who trade for members' accounts are generally considered the best minds in the business, the ratio is a valuable indicator of market trends. A ratio of 82% or higher is considered bearish, a ratio of 68% or lower is positive and bullish. The *member short sale ratio* appears with other NYSE round lot statistics in the Monday edition of The Wall Street Journal and in Barron's, a weekly financial newspaper. 거래소회원공매비율은 1주간의 뉴욕증권거래소

(New York Stock Exchange)의 회원의 자기계좌에서의 공매(空賣)주식총수를 그 주간의 전공매수(全空賣數)로 나눈 비율을 이른다. 회원의 자기계좌에서 거래를 하고 있는 스페셜리스트(specialist), 입회소의 트레이더(floor trader)나 시장외 트레이더(off-the-floor trader)는 이런 거래에 가장 정통하고 있다고 일반적으로 생각되고 있으므로, 이 비율이 82% 이상이 되면 약세시장(bearish)이고 생각되고, 68% 이하면 상향세, 강세(bullish)라고 생각되고 있다. 거래소회원 공매비율은 월요일판(版)의 The Wall Street Journal이나 주간판의 금융지(金融誌) 배런스(Barron's)에 다른 뉴욕증권거래소의 여러 단위통계와 더불어 게재되고 있다.

membership 회원, 회원의 지위 · 자격, (주식거래소의) 회원권, 회원수 ¶ *membership* in a stock exchange 거래소의 회원권

memorandum 각서, 비망록, 메모 ¶ *memorandum* and articles of association (of …) [영] (회사의) 정관 /*memorandum* book 보조부(補助簿) /the *memorandum* of charge (부동산의) 부채의 각서 /a *memorandum* of deposit (of deeds of property) (담보)차입증서 ***memorandum of association*** [영] (회사의) 기본정관([미] the charter of incorporation) ¶ The *memorandum of association* is an official document setting out the details of a company's existence. At first, a *memorandum of association* must be submitted to the Registrar of Companies when a new company is formed: it must be signed by the first subscribers and must contain the following information: (1) the company name, (2) the address of the registered office, (3) the objects of the company, (4) the amount of authorized share capital and its division, (5) if applicable, a statement that the company is a public company, (6) if applicable, a statement of limited liability, (7) in the case of a company limited by guarantee, the amount of the guarantee. From late 2008, when the Companies Act 2006 is implemented, the memorandum will be replaced by a much shorter document stating simply that the members wish to form a company. (회사의) 기본정관은 회사의 실재(實在)의 상세한 기술을 기재하는 정식문서이다. 먼저, 기본정관은 회사가 설립되는 경우 설립자(first subscriber)가 서명하여 회사의 등록기관(Registrar of Companies)에 제출하여야 한다. 그리고 기본정관에는 다음 사항을 기재하여야 한다. 즉, (1) 회사의 명칭, (2) 등록사무소의 주소, (3) 회사의 목적, (4) 수권자본의 총액과 그 분할, (5) 특수한 경우에는, 공개회사(public company)인 점, (6) 특수한 경우에는, 유한책임(limited liability)인 점, (7) 보증유한책임의 경우에, 그 보증의 총액이다. 2006년의 회사법(Companies Act 2006)이 시행된 2008년 말부터 기본정관은 사원들이 회사설립을 바란다고 간단히 기재하는 간단한 내용의 문서로 대체되고 있다.

memory [컴] 메모리, 기억용량, 기억장치 ¶ a *memory* storage 기억장치 /While it is easy to expand *memory*, it is hard to increase the capacity of the processor. 메모리를 확장하는 일은 용이하지만, 중앙처리장치의 능력을 늘리는 것은 어렵다. /install additional *memory* 다시 메모리를 장치하다

mental 지능의, 지적인, 정신의 ¶ *mental* development 지능의 발달 /*mental* incapacity 정신적 부적격성 /*mental* health 마음의 건강

MERC 머크 ¶ *MERC* is a nickname for the Chicago Mercantile Exchange. The exchange trades many types of futures, futures options, and foreign currency futures contracts. See also securities and commodities exchanges. 머크는 Chicago Mercantile Exchange의 애칭이다. 이 거래소에서는 대단히 많은 종류의 선물(futures contract), 선물옵션(futures options), 외국통화 선물계약(foreign currency futures contracts)의 거래가 행해지고 있다. Securities and Commodities

Exchanges(증권거래소/상품거래소)도 참조할 것.

mercantile 상업의, 상인의 ¶ *mercantile* agency report 상업흥신소 조서(調書) /*mercantile* paper 상업어음 /*mercantile* risk 상업위험 ***mercantile agency*** 상업흥신소, 신용조사기관 ¶ The *mercantile agency* is an organization that supplies businesses with credit ratings and report on other firms that are or might become customers. Such agencies may also collect past due accounts or trade collection statistics, and they tend to industry and geographical specialization. The largest of the agencies, Dun & Bradstreet, was founded in 1841 under the name *Mercantile Agency*. It provides credit information on companies of all descriptions along with a wide range of other credit and financial reporting services. 신용조사기관은 기업에, 그 고객 또는 고객이 될 가능성이 있는 다른 기업의 신용평가(credit rating)나 조사보고서를 제공하는 기관이다. 이러한 기관은 지급지연 고객정보나 외상매입금회수 통계정보도 수집하여 일정한 업계나 지역에 특화하고 있는 경향이 있다. 던앤드브래드스트리트(Dun & Bradstreet)라는 가장 대규모의 기관은 1841년에 Mercantile Agency라는 이름으로 설립되었다. 던앤드브래드스트리트는 광범위에 걸치는 기타 신용금융조사보고 제공업무와 함께 모든 종류의 회사의 신용정보를 제공하고 있다.

mercantilism 중상주의 ¶ The *mercantilism* is a seventeenth and eighteenth century European economic policy that encouraged the establishment of colonies to supply the home countries with raw materials that would be turned into finished goods and sold to the colonies. The goals were to build industries at home and accumulate gold from a favorable balance of trade. 중상주의는 자국에 식민지의 원재료를 공급하여 이를 완제품으로 만들어서 파는 식민지의 건설을 촉진하는, 17세기와 18세기의 유럽경제정책이다. 그 목표는 자국에 산업을 건설하고 유리한 국제수지에서 금(金)을 축적하는 것이었다.

merchandise 상품 ¶ *Merchandise* are goods sold to consumers at the retailed level. 상품이란 소매수준으로 소비자에게 판매되는 물품이다 /*merchandise* credit 상품여신 /*merchandise* inventory [이월(移越)]상품계좌 /*merchandise* mix (하나의 상점에서) 취급하는 품목수 /*merchandise* note 상품어음 /*merchandise* trade 무역거래 /*merchandise* turnrover 상품회전율

merchandising 상품계획 ¶ *Merchandising* is planning and executing the promotion of goods and services in an attempt to obtain the greatest value for the seller. *Merchandising* in a grocery store might include holding promotional events, installing point-of-purchase displays, and issuing cents-off coupons. 상품계획은 매도인에게 최고가격을 얻게 하려는 시도로 상품과 서비스의 판매촉진을 계획하고 시행하는 것이다. 채소상회에서의 상품계획은 구매포인트(point-purchase) 표시장치를 설치한다든지, 몇 센트할인(cents-off) 쿠폰을 발행한다든지 하는 판매촉진의 행사를 개최하는 것을 포함할 수 있을 것이다. /*merchandising* methods 판매의 방법

merchant 상인 ¶ A *merchant* is one in the business of purchasing and selling goods with the expectation of earning profits. Commonly refers to a person who buys goods at a wholesale price level for sale at retails; a retailer or a trader. Under the Uniform Commercial Code (UCC), the definition of *merchant* may include some businesses not engaged in retail trade, such as car dealers, producers of remanufactured engines, manufacturers of mobile homes, and with respect to the leasing of an apartment, landlords. A *merchant* is considered knowledgeable of the goods he trades in. 상인이란 이익을 남길 기대를 가지고 물품을 매입하고 매도하는 업무에 종사하는 자이다. 일반적으로 상인은 소매를 하기 위하여 물품을 도매가격으로 매입하는 자이다. 미국의 통일상법전(UCC)에 의하면, 상인의 정의에는 카 딜러(car dealers), 재생엔진의 제조자, 이동주택(mobile home)의 제조자와 같은 소매거래에 종사하지 않는 일정한 사업에 종사하는 자와 아파트의 리스와 관련하여 대지주(landlords)도 포함할 수 있다. /*merchant* marine [ship, vessel] 상선(商船) /*merchant* rate 대고객환율 ***merchant bank* [*banker*]** (증권발행업무 등을 하는) 머천트뱅크 ¶A *merchant bank* is a bank that originally specialized in financing trade, but today offers long-term loans to companies, venture capital, management of investment and underwriting of new share issues. *Merchant banks* also function as acceptance houses. 머천트뱅크는 원래 금융거래를 전문으로 하는 은행이었지만, 오늘날에는 회사, 벤처캐피탈, 투자관리, 신주발행의 인수 등에 대해서 장기대출을 제공하는 은행을 말한다. 머천트뱅크는 또한 어음인수은행으로서의 기능도 있다.

Mergent, Inc. 머전트사(社) ¶The *Mergent, Inc.* is a part of Xinhua Finance, which acquired Moody's publications group in 1998. *Mergent* provides global business and financial information on publicly traded companies and fixed-income securities. Products include *Mergent* Online, *Mergent* Bond Source, the Dividend Achiever Index series, *Mergent* Manuals and Handbooks, and other products. Four exchange-traded funds are based on Dividend Achiever Index methodologies. 머전트사(社)는 1998년에 무디스(Moody's Investors Service)의 출판그룹을 매수한 신화(新華)파이낸스(Xinhua Finance)그룹의 일부기업이다. 머전트사는 글로벌베이스로 상장회사나 상장채권에 관련되는 비즈니스 정보나 금융정보를 제공하고 있다. 제품에는 머전트사의 온라인(Online), 머전트사의 본드소스(Bond Source), 디비던드어치버 인덱스(Dividend Achiever Index)시리즈, 머전트사매뉴얼(Manual) 및 기타 제품을 포함한다. 4개의 상장지수펀드(exchange-traded funds)는 디비던드어치버 인덱스방법론(methodology)에 기초하고 있다.

merger 합병, 흡수합병, 합동 ¶*Merger* is combination of two or more companies, where the amount paid over and above the acquired company's book value is carried on the books of the purchaser as goodwill; or a consolidation, where a new company is formed to acquire the net assets of the combining companies. Strictly speaking, only combinations in which one of the companies survives as a legal entity are called *merger* or, more formally, statutory *mergers*; thus consolidations, or statutory consolidations, are technically not mergers, though the term merger is commonly applied to them. Where an acquisition takes place by the purchase of assets or stock using cash or a debt instrument for payment, the *merger* is a taxable capital gain to the selling company or its stockholders. See also acquisition. 흡수합병(merger)이란 2 또는 그 이상의 기업의 결합(combination)으로, 피매수기업의 장부가(book value)를 초과하여 지급된 금액은 매수한 기업의 장부

내 품안에서 함께 살렸다!

에 「영업권」(goodwill)대(代)로서 기재된다. 신설합병(consolidation)에서는 통합된 회사의 순자산(net assets)을 매수하기 위하여 신회사가 만들어진다. 엄밀히 말하면, 어느 쪽 1사(社)가 법적 주체로서 살아남는 기업결합이 합병이라 하며, 정식의 표현방법을 취하면, 법적 흡수합병(statutory merger)이라고 한다. 따라서 신설합병(consolidation), 즉 법적 신설합병(statutory consolidation)은 기술적으로는 합병(merger)은 아니지만, merger라는 용어는 consolidation을 포함하는 경우가 많다. 매수(acquisition)는 매수되는 회사의 자산이나 주식을 현금 또는 차입금에 의하여 개입하지만, 합병의 경우에는, 매각할 회사 또는 그 주주에게 있어서, 과세대상의 캐피탈게인(capital gain)이 된다. acquisition(기업매수)도 참조할 것. /*merger* and acquisition (M&A) 기업의 합병 · 매수

metes and bounds 토지경계 ¶ *Metes and bounds* are a legal description of real property using angles and distances from well-known points. They are territorial limits of property expressed by measuring distances and angles from designated landmarks and in relation to adjourning properties. 토지경계는 널리 알려진 관점에서 보면, 앵글(위치)과 앵글을 사용하는 부동산의 법적 표시이다. 그것은 지정된 경계표(landmark)로부터의 거리와 앵글(angles)과 이웃부동산과 관련해서 표시되는 부동산의 지역적 경계를 말한다.

method 방법, 순서 ¶ a *method* of compound interest 복리법(複利法) /*method* of operation 업무절차 /a *method* of simple interest 단리법(單利法) /It is absolutely that labor and management figure out a new and more practical *method* of working together. 노사쌍방이 서로 협력하는 새롭고 더 실제적인 방법을 안출하는 것은 절대적으로 필요하다.

Mexican Stock Exchange 멕시코증권거래소 → Bolsa Mexicana de Valores (멕시코증권거래소). ¶ The *Mexican Stock Exchange* is the Bolsa Mexicana de Valores, founded in 1894 in Mexico City and now the largest in Latin America. 멕시코증권거래소는 1894년에 설립되고, 현재 라틴 아메리카에서 최대의 증권거래소이다. 멕시코어로는 Bolsa Mexicana de Valores이다.

Mexico currency 멕시코 화폐 ¶ Mexican peso (MXN); there is no subdivision. 멕시코 페소(peso); 페소 밑의 화폐단위는 없다.

mezzanine 중이층(中二層)(1층과 2층간의) ***mezzanine finance*** [***financing***] 메자닌융자, 중이층(中二層)금융 ¶ *Mezzanine finance* is money lent to a small and growing, but financially viable, company. It is so called because the risk of making the loan falls between that of advancing venture capital and the safer course of putting the finance into established debt markets. 메자닌융자는 소규모의 성장하는 회사이지만 재정적으로 실행할 수 있는 회사에 대여된 자금을 이른다. 그것은 벤처자본을 추진하는 위험과 더 안전하게 기존 채무시장에 자금을 투입하는 과정 사이에서 대출의 위험이 감소되기 때문에 그렇게 불려지게 되었다. ~ ***bracket*** 메자닌브래킷 ¶ *Mezzanine bracket* is members of a securities underwriting group whose participations are of such a size as to place them in the tier second to the largest participants. In the newspaper tombstone advertisements that announce new securities offerings, the underwriters are listed in alphabetical groups, first the lead underwriters, then the *mezzanine bracket*, then the remaining participants. 메자닌브래킷은 증권인수 신디케이트단(underwriting group)의 멤버로, 그 인수액이 최대형 인수업자군(群)에 이은 제2집단을 이른다. 신증권 발행을 알리는 신문의 묘석 광고(tombstone)에서는, 인수업자는 최초로 주간사회사군(群), 다음에 메자닌브래킷, 그리고 나머지의 인수회사라고 하는 순서로, 각각

알파벳 순서로 나열되고 있다. ~ ***level*** 메자닌레벨 ¶ *Mezzanine level* is stage of a company's development just prior to its going public, in venture capital language. Venture capitalists entering at that point have a lower risk of loss than at previous stages and can look forward to early capital appreciation as a result of the market value gained by an initial public offering. 메자닌레벨은 벤처캐피탈(venture capital)의 용어로서, 기업의 발전단계에 있어서 주식공모 직전의 단계를 말한다. 이 단계에서 투자를 하는 벤처캐피탈리스트는 그 이전의 단계에 비하여 손실 리스크가 적고, 또 신규주식공모(initial public offering)에 의한 주식의 시가(market value)의 상승의 결과로 조기에 가격 상승익(上昇益)을 기대할 수 있다. ~ ***loan*** 메자닌대출 ¶ The *mezzanine loan* is a junior ranking nonrecourse loan, often used in the context of commercial real estate financing. Such loans, which may carry maturities ranging from 1 to 10 years and feature amortization or interest-only payments, are not typically secured on the underlying property being financed, but on the creditworthiness of the entity that owns the property. See also first lien commercial mortgage. 메자닌대출은 종종 상업부동산금융의 상황에서 후순위등급 비구상대출(nonrecourse loan)을 말한다. 그러한 대출은 만기가 1년에서 10년까지 이를 수 있고, 분할상환(amortization)이나 이자만의 지급을 특색으로 하지만, 일반적으로 금융에 걸려 있는 기초부동산에 담보를 잡지 아니하지만, 부동산을 소유하는 법인체의 신용력에 의지하고 있다.

MGF (ISO) code Madagascar – currency Malagasy franc. ¶ MGF (국제표준기구) 약호 마다가스카르 — 화폐 말라가시 프랑(franc).

MICR → **m**agnetic **i**nk **c**haracter **r**ecognition [reader] [약] 자기잉크문자인식(장치)

micro- [pref.] 미소(微少), 작은 것을 하는, 100만분의 1 ***microcap*** 초소형주 ¶ The *microcap* is a stock in very small companies with market capitalizations of $250 million or less. Pink sheets LLC offers quotes on many *microcaps*. See also penny stock. 초소형주는 시가총액(market capitalization)이 2억5,000만 달러 이하의 매우 소규모의 주식을 의미한다. 핑크시트 LLC(pink sheet LLC)가 대부분의 초소형주의 시세를 나타내고 있다. penny stock(저액면주)도 참조할 것. ~***economics*** 미시경제학 ¶ The *microeconomics* is a study of the behavior of basic economic units such as companies, industries, or households. Research on the companies in the airline industry would be a microeconomic concern, for instance. See also macroeconomics. 미시경제학은 경제의 기본단위인 기업, 산업, 가계 등의 동향을 연구하는 분야이다. 예컨대, 항공업계의 기업리서치는 마이크로 경제사항이다. macroeconomics(거시경제학)도 참조할 것.

microhedge 개별(個別)헤지 ¶ The *microhedge* is a hedge relating to an individual financial obligation. Compare macrohedge. 개별헤지는 개인의 금전상의 의무(individual financial obligation)에 관한 헤지를 말한다. macrohedge(매크로헤지)와 비교할 것.

mid- [pref.] 중간의, 중부의 의미를 나타내는 ¶ *mid*-point rate 중간레이트 /*mid*-term closing 중간결산(semi-annual closing)

mid cap 중형주 ¶ *Mid cap* is stock with a middle-level capitalization (numbers of shares outstanding times the price of the shares). *Mid Cap* stocks typically have between $1 billion and $5 billion in outstanding market value. Many mutual funds specializing in *mid cap* stocks will use the words *mid cap* in their names. 중형주는 발행주식총액(발행주식×주가)이 중위의 회사의 주식을 말한다. 일반적으로, 중형주란 금고주(treasury stock)를 제외한 발행주식(share outstanding)

의 시가(market value)총액이 10억 달러에서 50억 달러의 회사의 주식을 말한다. 중형주를 전문으로 취급하는 뮤추얼펀드(mutual fund)의 대부분은 그 펀드 이름에 중형주라는 말을 붙이고 있다.

middle 중앙의, 중등의, 중류의 ¶ the *middle* class 중류계급 /*middle* income 중소득 /*Middle*-Income Countries 중소득국 /the *middle*-income group 중소득층 /*middle* market 중간시장, 유통시장(the secondary market) /*middle* market company 유통시장의 업자 /*middle* rate 중간값, 중간환율 /*middle*-scale enterprise 중견기업 ***middle price*** 중간값 ¶ The prices of commodity or security lies halfway between the bid (buying) and offer (selling) prices quoted on a market. The prices published in the financial press are generally *middle prices*. 상품이나 증권의 가격은 시장에서 제시되는 (사려는) 매수호가와 (팔려는) 매도호가 사이에 위치한다. 경제신문에 게재되는 가격도 중간값인 경우가 보통이다.

middleman 대리업자, 중매인 ¶ The *middleman* is a person or organization that makes a profit by trading in goods as an intermediary between the producer and the consumer. *Middlemen* include agents, brokers, dealers, merchants, factors, wholesalers, distributors, and retailers. They earn their profit by providing a variety of different services, including finance, bulk buying, holding stocks, breaking bulk, risk sharing, making a market and stabilizing prices, providing information about products (to consumers) and about markets (to producers), providing a distribution network, and introducing buyers to sellers. 미들맨은 제조업자와 소비자간의 중간자(intermediary)로서 상품의 거래를 통하여 이익을 내는 개인이나 단체를 말한다. 미들맨에는 대리인, 브로커, 딜러, 상인, 팩터(factor), 도매업자, 유통업자, 및 소매업자가 포함된다. 그들은 각양각색의 서비스를 제공하여 이익을 번다. 즉 그런 서비스에는 금융, 대량구입(bulk buying), 주식보유, 대량상품의 분할, 위험공유, 거래를 유리하게 이끌기(make a market)가 포함되고, (소비자에게) 제품과 (제조업자에게) 시장에 관한 정보의 제공, 유통망(distribution network)의 제공 및 매도업자에게 매수인들의 소개가 포함된다.

midget [영속] 미지트, 최소형의 것(자동차, 보트, 잠수정) ¶ The *midget* is a 15-year Government National Mortgage Association Pass-through Security. See also dwarf; gnome. 미지트는 15년짜리 미정부주택모기지협회 패스트루증권이다. dwarf(드워프); gnome(노움)도 참조할 것.

Midwest Stock Exchange 미드웨스트증권거래소 ¶ The *Midwest Stock Exchange* is an exchange established in 1882 as the Chicago Stock Exchange to deal mainly in securities of banks, energy companies and railway companies. It became the USA's second largest exchange and adopted its present name in 1948, but declined in size and reverting back to its original name in 1993. 미드웨스트증권거래소는 주로 은행, 에너지회사 및 철도회사의 증권을 거래하는 시카고증권거래소로 1882년 설립된 거래소이다. 이 거래소는 제2의 최대거래소가 되어 1948년에 그 현재의 명칭을 채용하였으나, 규모에서 쇠하여 1993년에 원래의 명칭으로 되돌아갔다.

migration [영] 이동 → rating migration (등급이동).

MIKT → **M**exico, **I**ndonesia, **K**orea, **T**urkey의 머리글자의 합성어, 믹트

mild 온화한, 부드러운 ¶ *mild* recession 완화된 경기후퇴

military 군의, 육군의 ¶ a *military*-industrial complex 산군복합체(產軍複合體) /keep the *military* out of politics 군이 정치에 관여하지 못하게 하다

Military Family Tax Relief Act of 2003 2003년의 군인가족감세법 ¶ The *Military Family Tax Relief Act of 2003* is a legislation creating new tax breaks for members of the Armed Forces and their families and others serving the United States such as Foreign Service officers. The major provisions of the law include are: (1) Ten-year suspension of the five-year homesale exclusion for qualifying military and Foreign Service personnel. (2) Money received under the Defense Department's Homeowners Assistance Program are excluded from taxable income and Social Security taxes. (3) Amount of death gratuity payment excluded from gross income increased to $12,000. (4) Military reservists can deduct away from home expenses. (5) IRS can suspend the tax-exempt status of organization designated as terrorist organizations. 2003년의 군인가족감세법은 미국군인 및 그 가족, 그리고 미국을 위하여 외국에서 근무하고 있는 외교직원을 위한 새로운 감세법이다. 주요한 규정은 (1) 자격있는 군인 및 외교직원의 주택을 매각한 경우의 5년간규제의 10년간폐지, (2) 국방부주택지원프로그램(Defense Department's Homeowners Assistance Program)에 기초하는 보전금(補塡金)의 소득세 및 사회보장체(social security tax)의 면제취급, (3) 12,000달러를 상한으로 하여, 사망은사금(恩賜金)의 총소득에서의 공제, (4) 예비역군인의 가계공제, (5) 미국세입청(IRS)에 의한 테러리스트로 지정된 조직에 대한 면세자격의 정지 등이다.

milk (아무에게서) 빼앗다, 이익을 짜내다, 가능한 한 이용하다 ¶ *milk* the market [미속] 주가를 조작하여 이득을 취하다

mill [미] 밀(1,000분의 1달러, 0.1센트), [미속] 100만 달러 ¶ *Mill* is one-tenth of a cent, the unit most often used in expressing property tax rates. For example, if a town's tax rate is 5 mills per dollar of assessed valuation, and the assessed valuation of a piece of property is $100,000, the tax is $500, or 0.005 times $100,000. 밀은 고정자산세율(property tax rate)의 표시에 잘 사용되는 단위로, 1센트의 10분의 1을 말한다. 예컨대, 시세율이 평가액 1달러당 5밀이고, 고정자산평가액(assessed valuation)이 100,000달러로 하면, 세액은 500달러 또는 100,000달러 × 0.005가 된다.

milliard [영] 10억 (현재는 영국에서도 a billion이 보통이다.)

millieme 밀리엠 ¶ A subdivision (1/100) of the Tunisian dinar. 튀니지 디나르(dinar)의 하부단위(1/100).

million ⓝ 100만, (*pl.*) 수백만, 다수 ¶ At 1050 won, two *million* dollars [딜러용어] 1,050원으로 2백만 달러를 팔다 /a hundred *million* 1억 /He put up $1 *million* for employee health benefits. 그는 종업원의 건강보험급여에 100만 달러를 제공하였다. /In 2013 the firm had sales of $170 *million* and profits of $2.1 *million*. 2013년도에 그 회사는 1억 7,000만 달러의 매상과 210만 달러의 이익을 보았다.
ⓐ 100만의, 다수의

mine (L) 산[매입한] (mine는 I buy라는 뜻이다.) ¶ At 1050 won *mine* 10 million dollars. 1,050원으로 1천만 달러를 산(10 million dollars는 텔렉스에서는 M10로 생략한다).

mineral ⓝ 광물, 광석 ¶ metallic *minerals* 금속광물 /a rare *mineral*; scarce *mineral* 희소광물 /exploration for *minerals* 탐광(探鑛) /*Minerals* are created and deposited in the seabed. 광물은 해저(海底)에서 만들어져서 해저에 퇴적한다.
ⓐ 광물의, 광석의 ***mineral rights*** 광업권 ¶ *Mineral rights* are privilege of gaining income from the sale of oil, gas, and other valuable resources found

on or below land. *Mineral rights* can be sold or leased separately from the land ownership. 광업권은 오일, 가스 기타 지상이나 지하에서 발견되는 귀중한 자원의 매매에서 이익을 얻는 특권을 말한다. 광업권은 토지소유권과는 별도로 매도되거나 리스될 수 있다.

mini [영속] 미니 ¶ The *mini* is an exchange-traded derivative contract designed primarily for use by retail investors. *Minis* are structurally identical to other exchange futures and options but are offered in small denominations that make them suitable for those preferring smaller exposures. Given their size, *minis* are usually only traded through electronic mechanisms (even when an exchange features a physical trading floor). See e-mini. 미니는 소액투자자들(retail investors)이 주로 이용하기 위해서 계획한 장내파생상품계약(exchange-traded derivative contract)을 말한다. 미니는 구조적으로는 상장되는 선물과 옵션과 아주 동일하지만, 적게 위험에 노출되는 것을 선호하는 것에 적합하게 하는 소액으로 가격제시가 된다. 규모에서 보면, 미니는 (교환이 실물 거래객장을 특징으로 하는 경우일지라도) 통상 전자방식의 메커니즘을 통해서만 거래된다. e-mini(e-미니)도 참조할 것.

mini- *pref.* 극소의, 소형의 ***mini-manipulation*** 미니시장조작 ¶ *Mini-manipulation* is trading in a security underlying an option contract so as to manipulate the stock's price, thus causing an increase in the value of the options. In this way the manipulator's profit can be multiplied many times, since a large position in options can be purchased with a relatively small amount of money. 미니시장조작은 특정한 옵션(option)의 기초주식(underlying stock)의 주가조작을 함으로써 옵션가격을 인상하는 것을 말한다. 다액의 옵션(option)이 비교적 소액으로 구입할 수 있기 때문에, 투기꾼은 투자액에 비해서 몇 배의 이익을 올릴 수가 있다. ***~-tender offer*** 미니텐더오퍼 ¶ The *mini-tender offer* is an offer to buy a company's stock in a quantity of 5% or less, thus being exempt from protective regulations applicable to a regular tender offer. 미니텐더오퍼는 어느 회사의 주식을 5% 이하 구입한다고 하는 공개매수를 이른다. 5% 이하의 오퍼 때문에 주식공개매수(tender offer)의 규제가 적용되지 않고 끝난다. ***~-warehouse limited partnership*** 소규모창고 리미티드 파트너십 ¶ The *mini-warehouse limited partnership* is a partnership that invests in small warehouses where people can rent space to store belongings. Such partnerships offer tax benefits such as depreciation allowances, but mostly they provides income derived from rents. When the partnership is liquidated, the general partner may sell the warehouse for a profit, providing capital gains to limited partners. 소규모창고 리미티드 파트너십은 개인이 소유물의 보관용으로서 차입되는 소규모창고에 투자하는 리미티드 파트너십(limited partnership)을 말한다. 이런 종류의 파트너십에서는, 감가상각(depreciation) 등의 세제상의 우대조치도 향유할 수 있으나, 주된 목적은 임대료수입이다. 파트너십을 청산할 때에는, 제너럴파트너(general partner)는 창고를 매각하여, 그 양도익(capital gain)을 리미티드파트너(limited partner)에게 지급한다.

minimum *n.* 최소한도, 최저한
a. 최소[최저]의 ¶ a *minimum* balance 최저잔액 /the *minimum* denomination on which interest is calculated 이율단위 ***minimum fluctuation*** 최소가격폭 ¶ The *minimum fluctuation* is a smallest possible price movement of a security or options or futures contract. For example, most stocks on the New York Stock Exchange trade with a *minimum fluctuation* of one cent. *Minimum fluctuations* are set by the securities, futures, or options exchanges regulating each security

or contract. Also called minimum tick. 최소가격폭은 증권(security), 옵션(option), 선물계약(futures contracts)에서 일어날 수 있는 최소의 가격변동폭을 이른다. 예를 들면, 뉴욕증권거래소의 주식의 대부분은 1센트의 가격 폭으로 거래되는 것도 있다. 최소가격 폭은 증권거래나 선물거래를 규제하고 있는 증권거래소, 선물거래소, 옵션거래소에 의하여 설정된다. minimum tick(최소틱)도 참조할 것. ~ ***lending rate (MLR)*** [영] 최저대출금리 (잉글랜드은행의 시중금융기관에 대한 대출금리로, 사실상의 공정비율) ¶ The *minimum lending rate* (*MLR*) is the successor, between 1971 and 1981, of the bank rate. In this decade it was the minimum rate at which the Bank of England would lend to the discount houses. This was a published figure; the present more informal base rate does not have the same status. When the government suspended *MLR* in 1981 it reserved the right to reintroduce it at any time, which it did for one day in January 1985. 최저대출금리는 1971년과 1981년 사이에 공정금리(bank rate)를 대신한 것이었다. 이 10년 동안에 그것은 잉글랜드은행이 할인중개업자(discount houses)에 대출하는 최저금리였다. 이것은 공표된 숫자였고, 오늘날의 더 비공식적인 기준금리는 이와 같은 상태는 아니다. 정부가 1981년에 최저대출금리(MLR)를 유예한 경우에, 정부는 언제든지 그 금리를 재도입할 권리가 보류되었고, 1985년 1월에 하루동안 그 금리를 시행한 바 있었다. ~ ***maintenance*** 최저위탁보증금, 최저증거금 ¶ *Minimum maintenance* is equity level that must be maintained in brokerage customers' margin accounts, as required by the New York Stock Exchange (NYSE), Financial Industry Regulatory Authority (FINRA), and individual brokerage firms. Under Regulation T, $2000 in cash or securities must be deposited with a broker before any credit can be extended; then an initial margin requirement must be met, currently 50% of the market value of eligible securities long or short in customers' accounts. The NYSE and FINRA. going a step further, both require that a margin be maintained equal to 25% of the market value of securities in margin accounts. Brokerage firm requirements are typically a more conservative 30%. When the market value of margined securities falls below these minimums a margin call, goes out requesting additional equity. If the customer fails to comply, the broker may sell the margined stock and close the customer out. See also margin requirement; margin security; mark to the market; sell out. 최저위탁보증금은 주식의 신용거래(margin account)를 하는 고객의 계좌에 상시 유지되어야 할 자기자금으로, 뉴욕증권거래소(New York Stock Exchange: NYSE), 금융업규제기구(Financial Industry Regulatory Authority: FINRA), 개개의 증권회사가 요구하고 있는 것이다. 레귤레이션 T(Regulation T)에서는, 신용거래를 개시하기 전에, 현금 또는 유가증권으로 2,000달러를 증권회사에 예탁하여야 한다. 그리고 개시증거금(initial margin)으로서, 매도초과포지션(short position)이나 매수초과포지션(long position)이 되고 있는 적격유가증권(eligible securities)의 시장가격(market value)의 50% 상당액이 요구된다. NYSE와 FINRA의 경우, 신용거래계좌에 있는 유가증권의 시장가격의 25%상당액의 위탁보증금(margin)이 상시 유지될 것을 요구하고 있다. 증권회사는 보다 보수적이어서, 30%의 최저위탁보증금을 요구하는 경우가 많다. 신용거래에 의한 증권의 시장가격이 최저위탁보증금을 하회한 경우, 증거금청구(margin call)가 요구된다. 고객이 이것에 응하지 않는 때에는, 증권회사는 신용거래에서 행한 주식을 매각하여 당해 고객과의 거래를 청산하게 된다. margin requirement(증거금); margin security(신용거래증권); mark to the market(거래의 종목가격을 단일가격으로 수정하는 것); sell out(청산)도 참조할 것. ~ ***payment*** 최저납입액 ¶ The *minimum payment* is a minimum amount that a consumer is required to pay on a revolving charge account in order to keep the account in good standing. If the *minimum payment* is not made, late payment penalties are due. If the minimum is still not paid within a few months, credit privileges may be revoked. If a consumer pays just the minimum due, interest charges continue to accrue on all outstanding balances. In some cases, a credit card issuer will waive the *minimum payment* for a month or two, as long as the cardholder has demonstrated a good payment history. If the cardholder does not make any *minimum payment* in such a case, interest charges accrue on the entire outstanding balance. 최저납입액은 크레디트카드(credit card)의 회전외상매입금계좌(revolving charge account)를 유지하기 위하여, 소비자가 지급하여야 하는 최저액을 말한다. 최저납입액이 이루어지지 않는 경우, 지급지연금리(late payment penalty)가 부과된다. 2, 3개월이 되어도, 아직 최저납입액이 납입되고 있지 않으면, 회전신용범위 자체가 무효로 되는 경우도 있다. 최저납입액만이 지급된다면, 미지급잔액 전액에 대하여 금리가 부과된다. 카드소유자의 지급경력이 우량하면, 크레디트카드회사가 1, 2개월의 사이에 최저납입액의 지급을 유예하는 경우도 있다. 이 케이스도 금리는 전부의 미지급잔액에 계속해서 부과되게 된다. ~ ***tick*** 최소틱 → minimum fluctuation (최소가격폭).

mining 채광, 광업 ¶ Most of the *minings* is carried out by privately owned companies. 그 탐광의 태반은 사기업에 의해서 운영되고 있다. /*mining* for gold and silver 금은의 채광

ministry [영] 부(部), 성(省)([미] department) (영국에서도 중요한 성(省)은 Department라고 부른다. 일본은 영국식을 따르고 있다.) ¶ the *Ministry* of International Trade and Industry (MITI) 통상산업부 /the Finance *Ministry* 재무부

Minneapolis Grain Exchange (MGEX) 미니애폴리스곡물거래소 ¶ The *Minneapolis Grain Exchange* (*MGEX*) is formed in 1881 as a centralized cash market for grains grown in the upper Midwest and still the world's largest cash grain market, trading approximately 1 million bushels per day. The exchange was founded as a nonprofit membership organization and maintains that structure today with a membership base of 390 outstanding seats, or memberships. 미니애폴리스곡물거래소는 미국 중서부에서 재배된 곡물의 현물거래를 집중해서 행하는 거래소로 1881년에 창설되었고, 아직도 세계최대의 곡물의 현물거래소로서 1일당 약 100만 부셀(bushel)의 곡물이 거래되고 있다. 미니애폴리스곡물거래소는 비영리회원조직으로서 설립되어 현재도 390여 회원제로 구성되고 있다.

minor ⓐ 적은 쪽의, 이류의, 미성년의 ¶ *minor* children 미성년의 자녀 /*minor* coin 소액화폐 /*minor* enterprise 중소기업 /*minor* industry 중소산업 /*minor* stockholder 소수주주 /*minor* stockholders' interest 소수주주권 /an orphaned *minor* 고아(孤兒)

ⓝ 미성년자 (영국에서는 18세미만, 미국에서는 21세미만. 일부의 주에서 18세미만 (*cf.*) infant, major) ¶ A *minor* is a person under the age of majority specified by law (18 to 21 years, depending on the state). Certain contracts, entered into by a *minor*, are voidable by the minor. Note that the other party is bound, only the *minor* may void them. For purpose of the kiddie tax, a *minor* is anyone under age 14. 미성년자는 법에 의해 정해진 성년이 되지 않은 자(주에 따라 18세에서 21세까지)이다. 미성년자가 체결한 일정한 계약은 미성년자가 이를 취소할 수 있다. 미성년자의 상대방이 꼭 해야 할 계약은 미성년자만이 이를 취소할 수 있다는 점을 주의할 것. 자녀투자수익세(kiddie tax)의 목적에서 보면, 미성년자는 14세 이하인 아동이다. ***minor's account*** 미성년자계좌 ¶ The *minor's account* is a bank savings account in the name of a minor, in which the minor has the power to deposit and withdraw. The minor must be able to sign for the account, but minimum deposit requirements and charges are waived until the child reaches majority (age 18 in most states). 미성년자계좌는 미성년자명의의 은행예금계정으로, 미성년자본인이 예금·인출의 권한을 가지는 것이다. 명의인인 미성년자가 서명권한을 가지지만, 미성년자가 성인에 도달하기까지 최저필요예금액이나 수수료는 면제된다.

minority 소수, 소수투표수, 소수민족, 미성년 ***minority interest*** 소수주주지분 ¶ *Minority interest* is interest of shareholders who, in the aggregate, own less than half the shares in a corporation. On the consolidated balance sheets of companies whose subsidiaries are not wholly owned, the *minority interest* is shown as a separate equity account or as a liability of indefinite term. On the income statement, the minority's share of income is subtracted to arrive at consolidated net income. 소수주주지분은 주식회사(corporation)에서 지분주수 합계가 과반수 미만의 주주지분을 말한다. 100% 소유하고 있지 않은 자회사의 경우, 외부주주에 의한 소수주주 지분은 연결대차대조표(consolidated financial statement)상에서 별개의 주주자본계좌, 혹은 무기한 부채로서 기재된다. 손익계산서(profit and loss statement)상에서는, 소수주주 이익을 공제한 것이 연결순이익이 된다. ~ ***stockholders*** 소수주주 ¶ The *minority stockholders* are those stockholders of a corporation who hold so few shares in relation to the total outstanding that they are unable to control the management of the corporation or to elect directors. 소수주주는 전체주주에 대한 관계에서 얼마 되지 안 되는 주식을 가져서 회사의 경영을 감독하거나 이사들을 선출할 수 없는 정도의 회사의 주주들을 말한다.

mint 조폐국, 미사용의 화폐 ¶ The *Mint* is a bureau of the U.S. Treasury that manufactures coins, and holds the U.S. Treasury Department's gold bullion reserves in safekeeping. The Treasury's Assay Office is supervised by the Bureau of the *Mint*. 조폐국(造幣局)은 경화를 제조하고 미재무부의 금괴준비금을 보관하고 있는 미재무부의 1국(局)이다. 미재무부의 순도검정소(Assay Office)는 이 조폐국(Bureau of the Mint)의 감독을 받는다. ***mint parity*** 법정평가 ¶ The *mint parity* is the rate of exchange between two currencies that were on the gold standard. The rate was then determined by the gold content of the basic coin. 법정평가는 금본위제인 2개의 화폐간의 교환비율을 말한다. 그런 비율은 당시 기준통화의 금함유량에 의해 결정되었다. ~ ***par of exchange*** 외환법정평가 → mint parity (법정평가).

minus 마이너스기호 ¶ *Minus* is a symbol (−) preceding a fraction or number in the change column at the far right of newspaper stock tables designating a closing sale lower than that of the precious day. 마이너스기호는 신문의 주식란의 우단(右端)에 있는 변화란에서 나타나는 기호(−)이고, 분수나 정수(整數)의 앞에 붙어서 종가(closing price)가 전일가격보다 하락한 것을 나타낸다. ***minus tick*** [주식] 주가의 하락(a down-tick) → downtick (주가의 하락국면).

minute [n.] (시간단위의) 분, 순간, 초고(草稿), (*pl.*) 의사록
[a.] 즉좌(卽座)의 ¶ the *minute* book 의사록(철) /*minute* money 당좌대출금

MIO → **million** [딜링] 밀리온(million의 생략형)

MIS → the **m**anagement **i**nformation **s**ystem [약] 경영정보시스템 ¶ The *management information system* (*MIS*) is a system providing uniform organizational information to management in the areas of controls, operations, and planning. *MIS* usually relies on a well-developed data management system, including a data base for helping management reach accurate and rapid organizational decisions. 경영정보시스템은 지휘(control), 운영(operation) 및 계획(planning)의 영역에서 경영상 일관된 조직상의 정보를 제공하는 시스템이다. 경영정보시스템은 경영이 정확하고 신속한 조직상의 결정에 도달하는 데에 도움을 주기 위한 데이터베이스를 비롯하여, 통상 잘 발전된 데이터관리시스템에 의존하고 있다.

misappropriation 착복, 횡령, 부정목적사용 ¶ The term *misappropriation* means the unauthorized, improper, or unlawful use of funds or other property for purpose other than that for which intended. 부정목적사용이라는 용어는 의도된 것과 다른 목적으로 기금 기타 다른 재산을 권한 없이, 부적절하게 혹은 불법으로 사용하는 경우를 의미한다.

misbranding (상품의) 브랜드 부당표시(false or misleading labeling) ¶ *Misbrandings* are prohibited by federal and state statutes; e.g., Fair Packaging and Labeling Act. 브랜드 부정표시는 예컨대 공정한 포장 및 라벨법과 같이, 연방 및 주의 제정법에 의하여 금지되고 있다.

miscalculation 계산착오, 오산(誤算) ¶ correct a *miscalculation* 계산착오를 정정하다 /We made a serious *miscalculation* about costs. 우리는 비용[경비]에 관하여 중대한 계산착오를 하였다.

miscellaneous deposit 별단예금

misdirect 수취인의 주소·성명이 잘못 적히다, 그릇 지시하다 ¶ We *misdirected* the payment not intended for yourselves. 귀사 앞으로 잘못 송금했습니다(취소해 주십시오).

misentry (장부의) 오기(誤記)

misery index 빈곤지표 ¶ The *misery index* is an index that combines the unemployment and inflation rates. The index was devised in the 1970s when both inflation and unemployment rose sharply. The *misery index* is often credited with political significance, since it may be difficult for a president to be reelected if there is a high misery index. The misery index is also linked to consumer confidence – the lower the index, in general, the more confident consumers tend to be. 빈곤지표는 실업률(unemployment rate)과 인플레이션율(inflation rate)을 결합한 지수(index)를 말한다. 인플레이션율과 실업률이 급상승한 1970년대에 고안된 지수이다. 이 빈곤지표는 정치적으로 중요하다고 믿게 되지만, 그것은 대통령의 재직 중에 이 빈곤지표가 높으면 재선이 위태롭기 때문일 것이다. 빈곤지표는 소비자의 소비의욕과도 결부되어 생각된다. 말하자면, 이 지수가 내려가면 내려 갈수록 소비자의욕은 보다 높아지는 경향이 있다.

misfeasance 불법행위, 실당(失當)한 행위, 과실 ¶ The *misfeasance* is the doing of a proper act in a wrongful or injurious manner. 실당한 행위는 부당하거나 유해한 방법으로 적법한 행위를 하는 경우이다.

mismanagement 경영(관리)의 실패 ¶ reveal scandalous *mismanagement* of pension fund assets 연금기금자산을 어처구니없게도 형편없이 운용하는 것을 폭로하다 /There was serious *mismanagement* in the direction of the company's affairs. 그 회사의 경영에는 중대한 실수가 있었다.

mis-match; mismatch ⓥ 어울리지 않는 편성을 하다 ¶ *mis-matched* FRN 미

스매스채(債)(변동이자부)채권 /*mis-match*ing 미스매칭(자금조달과 자금운용의 기간대응이나 금리 · 금액 등에 불일치 · 차이가 있는 상태)
n. 어긋남, 미스매치(자금조달과 자금운용의 기간대응의 차이) ¶ The *mismatch* is a situation in asset-liability management when interest-earning assets and interest expense liabilities do not balance. An example is when an asset is funded by a liability of a different maturity. The conventional circumstances in banking are that banks and savings institutions borrow short and lend long. This means funding 30-year mortgages with short-term deposits, expecting that short-term deposits can be rolled over at maturity dates. Also as a mismatched book. 미스매치는 이자수익자산과 이자경비부채가 균형을 잡지 못하는 경우 자산부채종합관리(asset-liability management)의 상태이다. 그 실례가 자산이 상이한 만기의 부채로 전환하는 경우이다. 은행거래에 있어서 전통적인 상황은 은행과 저축금융기관은 짧게 차입하고 길게 대여하는 것이다. 이것은 단기간의 예금이 만기일에 전환할 수 있다고 기대하면서, 30년간의 모기지를 단기간의 예금으로 전환하는 것을 의미한다.

misnomer 성명오용(誤用), 인명오기(誤記)(the use of a wrong name) ¶ A *misnomer* is a mistake in the word or combination of words constituting a person's name and distinguishing him from other individuals. 성명오기는 어느 사람의 성명을 구성하고 다른 개인으로부터 구별하는 어휘 또는 어휘의 결합상의 잘못을 말한다.

misplace a figure 숫자의 자릿수가 틀리다 ¶ In accounting, *to misplace a figure* is an unbelievable thing. 회계에 있어서, 숫자의 자리수가 틀린다는 것은 결코 용서할 수 없는 일이다.

misposting 기장(記帳)상위, 계좌상위 ¶ It is impossible to imagine that the accountant has committed the *misposting* on the financial statement. 회계사가 재무제표상에 기장상위를 범했다는 것은 상상도 할 수 없는 일이다.

misrepresentation 오전(誤傳), 내용의 잘못, 허위[부실]표시 ¶ The *misrepresentation* is an untrue statement of fact that is made by a party in entering into a contract, and which may result in losses or damages to the other party. The *misrepresentation* may be negligent (indicating that the party makes the statement without any reason to believe it is untrue) or fraudulent (indicating that the party makes the statement knowing that it is untrue). See also fraud; rescission. 부실표시는 계약을 체결할 때에 당사자 일방이 행하고, 그 결과 상대방 당사자에게 손실이나 손해를 일으킬 수 있는 사실의 허위진술(untrue statement)을 말한다. 부실표시는 (당사자가 그것이 허위임을 믿을 아무런 이유없이 진술을 한다고 표시하여) 과실일 수 있거나 (당사자가 그것이 허위임을 알면서 진술을 한다고 표시하여) 사기일 수 있다. fraud(사기); rescission(취소) /a *misrepresentation* of the true facts of the case 그 사건에 관한 진정한 사실의 허위표시

missing 과녁을 놓치는 (것), 실패[실수]하는 (것) ¶ *missing passbook* 분실통장
missing the market 과실로 인한 거래의 실패 ¶ *Missing the market* is failing to execute a transaction on terms favorable to a customer and thus being negligent as a broker. If the order is subsequently executed at a price demonstrably less favorable, the broker, as the customer's agent, may have to make up the loss. 과실로 인한 거래의 실패는 고객에게 유리한 조건에서의 거래실행에 실패하였기 때문에, 증권회사로서는 과실이 있다고 하는 것이다. 그 후 주문이 명확히 고객에게 대해서 불리한 가격으로 성약(成約)된 경우에는, 증권회사는 고객의 대리인(agent)으로서 손실을 메워주어야 하는 경우도 있다.

misstatement 허위기재, 허위표시 ¶ make a *misstatement* 허위표시를 하다

mistake 착오 ¶ correction of a *mistake* 오기(誤記)의 정정(訂正) /a fatal *mistake* 돌이킬 수 없는 잘못

mistrust 불신, 의혹 ¶ She has a deep *mistrust* of men. 그녀는 깊은 남성불신을 품고 있다. /mutual *mistrust* 상호불신

misuse 오용(誤用), 난용(亂用) ¶ a *misuse* of power 권력[권한]의 남용 /drugs of such potency that their *misuse* can have dire consequences 약의 남용이 엄청난 결과를 낳을 수 있는 효과가 있는 약

MITI → the **M**inistry of **I**nternational **T**rade and **I**ndustry [약] (일본의) 통상산업성, 통산성

MITTS → **m**arket **i**ndex **t**arget **t**erm **s**ecurities [약] 시장지수연동 중기증권 ¶ The *market index target term securities* (*MITTS*) are intermediate-term, senior debt securities issued by Merill Lynch, which guarantee the original investment plus a percentage of the appreciation of a stock index at maturity. *MITTS* pay no annual income but are subject to annual taxes. 시장지수연동 중기증권은 메릴린치(Merill Lynch)가 발행하는 지수연동형의 중기의 상위채무(senior debt)로, 만기시에 투자원금과 주가지수의 상승분의 일정한 율의 수취를 보증하고 있다. 기중(期中)의 이자의 지급은 없지만, 소득세(income tax)의 대상이 된다.

mixed 혼합된, 하나로 합친, 겸업의 ¶ *mixed* bank 겸영은행, 겸업은행 /*mixed* collateral 혼합담보 /a *mixed* economy 혼합경제 /*mixed* loan 혼합모기지채권 ***mixed account*** 혼합계좌 ¶ The *mixed account* is a brokerage account in which some securities are owned (in long positions) and some borrowed (in short positions). 혼합계좌는 일부 증권이 (매입초과포지션으로) 소유하고 있고 일부는 (매도초과포지션으로) 차입하고 있는 브로커 계좌이다. ~ ***credit*** 혼합금융 ¶ The *mixed credit* is an aid-to-trade agreement with a developing country, in which government finance and trade finance are jointly arranged to subsidize the sale of exported goods. 혼합금융이란 개발도상국과 원조무역협정에서 정부금융과 무역금융이 공동으로 수출품의 매매에 보조금을 주기로 약정하는 경우이다. ~ ***economy*** 혼합경제 ¶ The *mixed economy* is an economic system in which the private and public sectors work together to solve economic problems. The United States, with privately owned manufacturing and service companies plus government rules and organizations that produce their own goods (highways, electricity, etc.) and services, offers an example of a *mixed economy*. 혼합경제는 사적부분과 공적부분이 경제적 문제를 해결하는 데에 공동으로 협력하는 경제체제를 말한다. 미국은 정부규정 이외에 사적 소유의 제조 및 서비스회사와 자신의 재화(고속도로, 전기 등)와 서비스를 생산하는 조직과 함께 혼합경제의 실례를 제공하고 있다.

mixture 혼합, 혼합물 ¶ Air is a *mixture* of gases. 공기는 기체의 혼합물이다.

MLP → **m**aster **l**imited **p**artnership [약] 마스터리미티드 파트너십 ¶ The *master limited partnership (MLP)* is a public limited partnership composed of corporate assets spun off (roll out) or private limited partnerships (roll up) with income, capital gains, under/or tax shelter orientations. Interests are represented by depositary receipts traded in the secondary market. Investors thus enjoy liquidity. Flow-through tax benefits, previously possible within passive income restrictions, were limited by tax legislation passed in 1987 that would treat most *MLPs* as corporation after a grandfather clause expired in 1998. 마스

터리미티드 파트너십은 배당(dividend), 캐피탈게인(capital gain) 및 절세효과(tax shelter)를 지향하는 회사의 분리자산(roll out), 또는 사모파트너십(roll up)으로 구성되는 공모(公募)파트너십(public limited partnership)이다. 지분은 유통시장(secondary market)에서 거래되는 예탁증서의 형식을 취하므로, 투자자에게는 유동성(liquidity)이 있다. 이전에는 수동적(passive) 소득규제에 따른 것이어서, 세무중립성을 유지할 수 있었으나, 1987년 제정의 세제에 의하여 그 중립성은 제한되어 1998년의 기득권자 제외조항(grandfather clause)이 실효한 후 대부분의 마스터리미티드 파트너십(MLPs)을 회사로서 취급하고 있다.

MMC → **m**oney **m**arket **c**ertificate [약] 혼합시장증서, 시장금리연동형 정기예금(미국에서 투자신탁에 대항하기 위해서 은행측의 대항수단으로서 개발된 것)

MMDA → **m**oney **m**arket **d**eposit(ory) **a**ccount [약] 시장금리연동형 보통예금 ¶ The *money market deposit account* (*MMDA*) is a market-sensitive bank account that has been offered since December 1982. Under Depository Institutions Deregulatory Committee rules, such accounts had a minimum of $1,000 (eliminated in 1986) and only three checks may be drawn per month, although unlimited transfers may be carried out at an automated teller machine. The funds are therefore liquid – that is, they are available to depositors at any time without penalty. The interest rate is generally comparable to rates on money market mutual funds, though any individual bank's rate may be higher or lower. These accounts are insured by the Federal Deposit Insurance Corporation. 시장금리연동형 예금은 시장금리에 연동하는 은행예금으로, 1982년 12월부터 제공되고 있다. Depository Institutions Deregulatory Committee(금융개혁위원회)의 규칙에서는, 최저예금액은 1,000달러(이것은 1986년에 폐지), 수표(check)에 의한 발행은 월 3회까지로 되어 있다. 다만, 현금자동입출급기(ATM)에서의 송금에 관하여는 제한이 없다. 이 예금은 매우 유동성(liquidity)이 높고, 예금자는 페널티 없이 언제라도 인출할 수 있다. 금리는 개별적인 은행에 따라서 다소의 차이가 있으나, 일반적으로, 머니마켓 뮤추얼펀드(money market mutual fund)의 이율과 같은 레벨이다. 이 예금은 미연방예금보험공사(Federal Deposit Insurance Corporation)에 의하여 부보된다.

MMF → **m**oney **m**arket **f**und [약] 시장금리연동형 투자신탁

MOB spread 모브스프레드 ¶ The *MOB spread* is a difference in yield between a tax-free municipal bond and a Treasury bond with the same maturity. Term is an acronym for municipal-over-bonds spread, which will always exist because municipals involve different degrees of risk while Treasuries are risk-free as to principal. The spread between "muni" of a given rating and a Treasury with the same maturity has significance in tax decisions and in transactions involving financial futures contracts. MOB spread(모브스프레드)는 같은 만기의 비과세지방채(tax-free municipal bond)와 미재무부 장기증권(Treasury bond)의 이율(yield)과의 격차를 말한다. 그 용어는 municipal-over-bonds spread의 머리글자에 따온 용어로서, 미재무부 증권은 원금(principal) 리스크가 없는 데에 대하여, 지방채는 여러 가지의 상환 리스크가 있으므로, 이와 같은 이율격차가 상시 생기게 된다. 동일한 만기의 등급이 난 지방채(muni)와 미재무부 증권의 이율의 격차는 세액결정을 할 때나 금융선물(financial futures)계약을 포함하는 거래에 있어서 중요하게 된다.

mochiai [일본] 모치아이(持ち合い) ¶ The *mochiai* is the network of cross-shareholdings held by keiretsu companies. 모치아이는 계열회사들이 보유하는 주식의 네트워크를 말한다.

mobile home certificate 모바일 주택증서 ¶ The *mobile home certificate* is a mortgage-backed security guaranteed by the Government National Mortgage Association consisting of mortgages on mobile homes. Although the maturity tends to be shorter on these securities than on single-family homes, they have all the other characteristics of regular Ginnie Maes, and the timely payment of interest and the repayment of principal are backed by the full faith and credit of the U.S. government. 모바일 주택증서는 정부주택모기지협회(Government National Mortgage Association: Ginnie Mae라고 부른다.)가 보증하는 모기지담보의 증서이다. 1세대용 주택담보증권의 만기보다는 일반적으로 짧지만, 통상의 지니메이채(債)의 조건은 전부 갖추고 있다. 금리지급이나 원금의 상환은 미국정부의 충분한 신뢰와 신용(full faith and credit)으로 뒷받침되고 있다.

mobilization 동원(動員) ¶ industrial *mobilization* 산업동원 /carry *mobilization* 동원을 실시하다

mock 가짜의, 거짓의, 흉내낸, 모의의 ¶ *mock* gold 위폐 ***mock trading*** 모의거래 ¶ The *mock trading* is a simulated trading of stocks, bonds, commodities and mutual funds. Real money is not used. Students learning about investing in schools or brokerage training classes may go through exercises in *mock trading*, in which securities prices are tracked on a daily basis and fictional trades are made. With commodity futures and options, this may take the form of going through a simulated trading session on the trading floor or using computer programs to illustrate the futures and options strategies. 모의거래는 주식, 채권, 상품, 뮤추얼펀드(mutual fund)의 모의거래를 말하며, 실제로 금전은 사용되지 않는다. 학교나 주식거래 트레이닝스쿨에서 투자에 관하여 배우고 있는 학생들이 모의거래의 실습을 하는 경우가 있으나, 거기서는 일차(日次)베이스로 증권가격이 기록되고, 가공거래가 행해진다. 상품선물(commodity futures)이나 옵션(option) 거래에서는, 입회장(floor)에서 가공거래를 하는 형식을 취한다든지, 선물이나 옵션전략을 나타내기 위하여 컴퓨터프로그램을 이용하여 선물이나 옵션전략을 설명한다든지 한다.

mock-up 실물크기모형 ¶ design a *mock-up* 실물크기모형을 설계하다

mode 방법, 수단, 방식 ¶ a *mode* of production 생산방식 /The automatic transmission increased fuel consumption markedly, costing about 6 mpg in both city and high way *modes*. 그 자동변속장치는 가솔린 소비량을 현저하게 증가하여, 시가지 및 고속도로주행방식에서는 모두 1가솔린으로(mile per gallon, 갤론/마일) 6마일의 연비가 들어가도록 되었다.

modeling 모형화 ¶ *Modeling* is designing and manipulating a mathematical representation of an economic system or corporate financial application so that the effect of changes can be studied and forecast. For example, in econometrics, a complex economic model can be drawn up, entered into a computer, and used to predict the effect of a rise in inflation or a cut in taxes on economic output. 모형화는 경제시스템이나 회사의 재무에의 적용수치를 작성하고 조작하는 것이다. 이것에 의하여, 수치변경으로 인한 영향을 조사한다든지 예측을 할 수가 있다. 예를 들면, 계량경제학(econometrics)에서는, 복잡한 경제모형이 작성되고, 컴퓨터에 입력되며, 인플레이션율 상승이나 감세가 경제산출량에 미치는 영향을 예측한다.

moderate 적당한, 중위(中位)의(숫자의 4, 5, 6) ¶ *moderate* demand 알맞은 수요 /*moderate* inflation 완만한 인플레이션 /a *moderate* price 염가(廉價) /low or *moderate* income of elderly people 중년의 중저(中低)소득자

modern 최신식의, 근대적인(up-to-date), 현대적인 ¶ *modern* technology 현대과학 기술 /a building with all the *modern* conveniences 모든 근대설비를 갖춘 빌딩 ***modern portfolio theory*** 현대포트폴리오이론 → portfolio theory (포트폴리오 이론).

modernization 근대화[현대화] ¶ *modernization* policy 근대화정책 /The only way to do it was through *modernization.* 그것을 함에는 근대화를 통하는 길밖에 는 없었다.

modest 알맞은, 간소한 ¶ *modest* gain [주식] 소폭 오름

modification 수정, 변경 ¶ Some substantial *modification* will have to be made. 몇 개의 실질적 개혁을 거치지 않으면 아니 된다. /require a *modification* 수정을 요하다

modified 수정된, 변경된, 가감한, 완화한 ¶ *modified* capitalism 수정자본주의 /*modified* socialism 수정사회주의 ***Modified Accelerated Cost Recovery System (MACRS)*** 수정가속상각제도 ¶ The *Modified Accelerated Cost Recovery System* (*MACRS*) is a provision, originally called the Accelerated Cost Recovery System (ACRS), instituted by the Economic Recovery Tax Act of 1981 (ERTA) and modified by the Tax Reform Act of 1986, which establishes rules for the depreciation (the recovery of cost through tax deduction) or qualifying assets. With certain exceptions, the 1986 Act modifications, which generally provide for greater acceleration over longer periods of time than ETRA rules, are effective for property placed in service after 1986. 수정가속상각 제도는 1981년의 경제재건조세법(Economic Recovery Tax Act of 198: ERTA)에 의하여 제정되고, 1986년의 세제개혁법(Tax Reform Act of 1986)에 의하여 수정된 당초 Accelerated Cost Recovery System (ACRS)이라고 부른 규정이다. 1986년의 세제개혁법에서는, 적격자산의 감가상각(depreciation, 세액공제를 통한 비용회수)의 룰(rule)을 정하였다. 다소의 예외는 있으나, 일반적으로는 ETRA의 규정보다도 장기간에 걸쳐서 대폭적인 가속도상각을 규정하고 있고, 1986년 이래에 사용에 제공된 자산에 적용되었다. ~ ***accrual*** 수정발생주의회계 ¶ The *modified accrual* is a governmental accounting method. Revenue is recognized when it becomes available and measurable. 수정발생주의회계는 정부회계방식이다. 세입(歲入)은 입수할 수 있고 측정할 수 있는 경우에 인정된다. ~ ***duration*** 모디파이드 듀레이션[금리변동으로 인한 가치의 증감을 계량하는 산식(算式)] → duration (듀레이션).

modify 수정하다, 완화(緩和)하다 ¶ The equipment will have to be considerably [substantially] *modified* before we can use it. 그 설비는 상당히 개수(改修)하지 않으면 사용할 수 없다.

modus operandi (L) 운용방법 ¶ establish [work out] *modus operandi* 운용방법을 확립하다 /Try to follow the same *modus operandi.* 같은 운용방법을 따라 주세요.

MOF → the **M**inistry **o**f **F**inance [약] (일본의) 대장성(大藏省), 모프 ¶ *MOF* a/c 모프 계좌

moiety (재산 등의) 반분, 일부분

mold; mould [영] 형(型), 주형(鑄型) ¶ use the *mold* to duplicate the design 그 형(型)을 사용하여 그 디자인을 복제하다 /a sand *mold* for casting metals 주물용

(鑄物用) 사형(砂型)

molded; moulded [영] 형(型)에 넣은, 형으로 만든 ¶ an exquisitely *molded* vase 보기 좋게 만들어진 꽃병

molding; moulding [영] 주형(鑄型), 성형(成形) ¶ plastic [rubber] goods *molding* 플라스틱 [고무]성형(成形)

Moldova (formerly Moldavia) currency 몰도바 (이전의 몰다비아) 화폐 ¶ leu (plural lei), divided into 100 bani. 1 레우(leu)[복수 lei (레이)] = 100 바니(bani)[단수는 ban(반)].

momentum 모멘텀, 힘(impetus), 추진력, 계기 ¶ *Momentum* is rate of acceleration of an economic, price, or volume movement. An economy with strong growth that is likely to continue is said to have a lot of *momentum*. In the stock market, technical analysts study stock movement by charting price and volume trends. See also earning *momentum*. 모멘텀은 경제·가격·총거래액의 움직임의 가속도를 이른다. 강세인 경제성장이 계속 이어질 때, 경기에 모멘텀이 있다고 한다. 주식의 테크니컬 애널리스트(technical analyst)는 주가나 거래소의 경향을 차트로 분석하여, 주식의 모멘텀을 조사한다. earning momentum(수익력)도 참조할 것. ***momentum indicators*** 모멘텀 지표 ¶ *Momentum indicators* are indicators, called oscillators, used in technical analysis to measure the velocity of price movements (momentum), both up and down. In his book, Introduction in Technical Analysis, Martin Pring says, "All momentum series have the characteristics of an oscillator as they move from one extreme to the other. These extremes are known as overbought and oversold levels. An unruly dog taking a walk strains at the leash, moving from one side of the walk to the other. One momentum the dog roams to the curb on his extreme left and the next he scampers back toward the lawns on his right, as far as the leash will allow him. Momentum works in a similar manner, so that when an oscillator is at an overextended reading on the upside, it is said to be overbought. When it reaches the opposite end of the spectrum on the downside, the condition is known as oversold. The horizontal line in between these extremes is called the

모멘텀 오실레이터의 전형례(typical momentum oscillator)

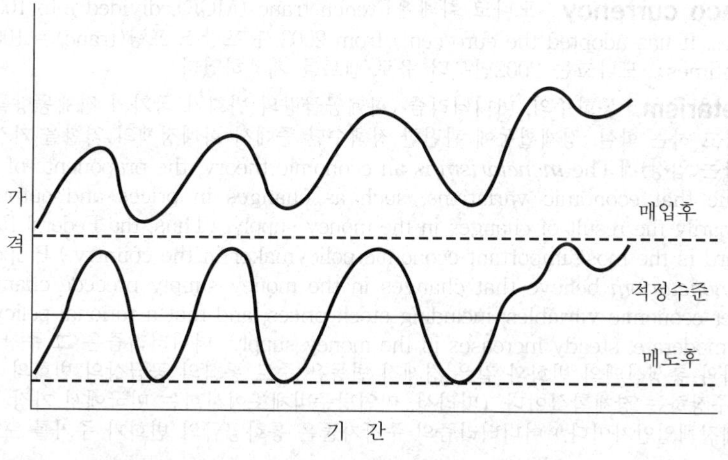

equilibrium line. 모멘텀 지표는 가격의 변동속도(모멘텀)을 측정하는 테크니컬 분석(technical analysis)에서 이용되는 지표로, 오실레이터(oscillators)라고 한다. Introduction in Technical Analysis(테크니컬 분석의 입문)의 저자인 마틴 프링(Martin Pring)은 다음과 같이 논하고 있다.「모든 모멘텀 시리즈에는 양극간을 변동할 때의 오실레이터에 특징이 있다. 이 양극 레벨은 각각 매입초과(overbought)수준, 매도초과(oversold)수준으로서 알려져 있다. 길들여지지 않은 개를 산보시킬 때 개 줄을 힘껏 잡아당겨서 이리저리 돌아다닌다. 도로의 좌단쪽으로 가는가 생각하면, 이번에는 돌연히 오른쪽 잔디로 달려가는 통에 개 줄을 늘어 잡는 범위를 힘껏 잡아당긴다. 모멘텀도 그런 개와 마찬가지로 움직임을 보이고, 오실레이터가 정점에 달하면 매입초과라고 한다. 그 반대의 바닥에 도달하면 매도초과가 된다. 이러한 양극의 중간에 있는 수평선을 균형선(equilibrium line)이라고 한다.」

M-1, M-2 and M-3 머니서플라이 M-1, M-2, 및 M-3 ¶ *M-1, M-2 and M-3* are three measures of the money supply as defined by the Federal Reserve Board. *M1* is the narrower measure of money supply. It includes currency in circulation, checking account balances, NOW accounts and share draft accounts at credit unions, and travelers' checks. *M1* represents all money that can be spent or readily converted to cash for immediate spending. *M2* includes everything in *M1* plus savings accounts and time deposits such as CDs, money market deposit accounts, and repurchase agreements. *M3* includes everything in *M2* plus large CDs and money market fund balances held by institutions. *M3* is the broadest measure of money supply tracked by the Fed. 머니서플라이 M-1, M-2, 및 M-3는 미연방준비제도이사회(Federal Reserve Board: FRB)에서 정한 머니서플라이(통화공급량, money supply)의 3지표를 이른다. M-1은 머니서플라이를 협의로 파악한 지표이다. 유통현금통화, 당좌예금계정의 잔액, 신용조합의 양도가능환급지시서(NOW)예금과 셰어드래프트(share draft), 트래블러체크(traveller's check)를 포함한다. M-1은 지출을 위하여 사용한다든지, 곧 현금화될 수 있는 모든 통화를 나타낸다. M-2는 M-1에, 저축예금(savings account)이나 양도예금증서(certificate of deposit: CD) 등의 정기예금, 시장금리연동형 예금계정(money market deposit account), 환매약정(repurchase agreement)을 부가한 것이다. M-3은 M-2에 기관투자자가 보유하는 대형 CD와 머니마켓펀드(money market fund: MMF)를 부가한 것이다. M-3은 Fed(미연방준비제도)가 추적하고 있는 머니서플라이지표의 중에서는 가장 광의의 지표이다.

Monaco currency 모나코 화폐 ¶ French franc (MCF), divided into 100 centimes. It has adopted the euro/cent) from 2002. 1 프랑스 프랑(franc) = 100 상팀(centimes). 모나코는 2002년부터 유로/센트를 채용하였다.

monetarism 통화주의, 머니터리즘 (화폐공급량의 변화가 국가의 경제동향을 결정한다고 하는 학설. 경제활동에 관련한 정책수단 중에서 화폐정책의 역할을 가장 중요시하는 입장) ¶ The *monetarism* is an economic theory, the proponents of which argue that economic variations, such as changes in prices and output, are primarily the result of changes in the money supply. (Thus, the Federal Reserve Board is the most important economic policymaker in the country.) Proponents of *monetarism* believe that changes in the money supply precede changes in other economic variables, including stock prices, and that a rational policy calls for moderate, steady increases in the money supply. 머니터리즘은 그 주창자들이 물가와 총생산액의 변화와 같은 경제적 변동은 주로 통화의 공급상의 변화의 결과라고 주장하는 경제학설이다. (따라서, 미연방준비제도이사회는 미국에서 가장 중요한 경제정책입안자이다.) 머니터리즘의 주창자들은 통화공급의 변화가 주가를 포함하여

다른 경제적 변수상의 변화에 앞서 일어나고 합리적인 정책은 통화공급의 적절하고 꾸준한 증가를 필요로 한다고 믿는다.

monetarist 통화주의자, 머니터리스트 (화폐의 역할에 중점을 둔 경제학을 지지하는 그룹) ¶ The *monetarist* is an economist who believes that the money supply is the key to the ups and downs in the economy. *Monetarists* such as Milton Friedman think that the money supply has far more impact on the economy's future course than, say, the level of federal spending – a factor on which Keynesian Economics puts great stress. *Monetarists* advocate slow but steady growth in the money supply. 통화주의자는 머니서플라이(통화공급량, money supply)가 경제변동의 키(key)를 쥐고 있다고 하는 이코노미스트를 말한다. 밀튼 프리드먼(Milton Friedman) 등의 통화주의자들은 머니서플라이가 경제의 장래 동향에 미치는 영향은 재정지출 — 이것은 케인즈 경제학(Keynesian Economics)이 중시하는 요소의 하나 — 보다 훨씬 크다고 생각한다. 통화주의자들은 낮지만 안정된 머니서플라이의 신장을 지지한다.

monetary 통화(通貨)의, 금전의, 금융의, 재정의 ¶ *monetary* adjustment 금융조절 /*monetary* agreement 통화협정 /*monetary* approach (국제수지의 분석에 있어서) 화폐의 수요 · 공급에 주목하는 어프로치 /*monetary* [financial] asset 금융자산, 화폐적 자산 /*monetary* authority 금융당국 /*monetary* bloc 통화블록 /*monetary* condition 금융정세 /a *monetary* crisis 통화위기 /*monetary* difficulty 재정곤란 /*monetary* discipline 통화절도 /*monetary* ease 금융완화 /*monetary* instability 통화불안 /*monetary* item 화폐항목 /*monetary* [credit] restraint; *monetary* stringency; *monetary* tightening 금융긴축 /*monetary* situation 금융사정 /*monetary* stability 통화안정 /the *monetary* standard 화폐본위 /*monetary* stringency; *monetary* stress and strain 금융경색 /*monetary* target 화폐공급량의 증가목표치 /*monetary* unrest 통화불안 ***monetary base*** 화폐적 베이스(high-powered money) ¶ The *monetary base* is a sum of reserve accounts of financial institutions at Federal Reserve Banks, currency in circulation (currency held by the public and in the vaults of depository institutions). The major source of the adjusted *monetary base* is federal reserve credit. The *monetary base*, as the ultimate source of the nation's money supply, is controllable, at least to some degree, by Federal Reserve monetary policy. The adjusted monetary base data is compiled weekly by the Federal Reserve Board and the Federal Reserve Bank of St. Louis, and is adjusted seasonably. 화폐적 베이스는 미연방준비은행에 금융기관이 보유하는 준비금계좌의 총액, 유통통화(일반공중과 예금수입금융기관이 시재금(時在金)으로 보유하는 통화)이다. 조절된 화폐적 베이스의 주요한 공급원은 연방준비신용이다. 화폐적 베이스는 국가의 통화공급의 궁극적인 공급원으로서, 적어도 어느 정도는 연방준비제도이사회의 통화정책에 의하여 이를 조절할 수 있다. 조절된 화폐적 베이스의 데이터는 미연방준비금제도이사회와 세인트루이스의 연방준비은행에 의하여 주단위로 작성되고 계절마다 조절된다. ~ ***indicators*** 금융지표 ¶ *Monetary indicators* are economic gauges of the effects of monetary policy, such as various measures of credit market conditions, U.S. Treasury bill rates, and the Dow Jones Industrial Average (of common market). 금융지표는 금융정책(monetary policy)의 효과를 나타내는 경제적 척도로서, 여러 가지의 채권시장지표, 미국재무부 단기증권금리(U.S. Treasury bill rate), (공동시장의) 다우존스 공업주식 평균주가(Dow Jones Industrial Average) 등이 있다. ~ ***policy*** 금융정책 ¶ *Monetary policy* is the Federal Reserve Board decisions on the money supply. To make the economy grow faster, the Fed can supply some credit to the banking system through its open market operations, or it can lower the member bank reserve requirement or lower the discount rate – which is what banks pay to borrow additional reserves from the Fed. If, on the other hand, the economy is growing too fast and inflation is an increasing problem, the Fed might withdraw money from the banking system, raise the reserve requirement, or raise the discount rate, thereby putting a brake on economic growth. Other instruments of *monetary policy* range from selective credit controls to simple but often highly effective moral suasion. *Money policy* differs from fiscal policy, which is carried out through government spending and taxation. Both seek to control the level of economic activity as measured by such factors as industrial production, employment, and prices. 금융정책이란 미연방준비제도이사회(Federal Reserve Board: FRB)가 통화공급량(money supply)에 관하여 행하는 결정이다. 경제성장을 촉진하기 위하여, FRB는 공개시장조작(open market operations)을 통해서 은행에의 대출을 증가한다든지, 가맹은행의 예금준비율(reserve requirement)을 인하한다든지, 또는 공정비율(discount rate: 은행이 FRB로부터 준비금을 차입할 때에 적용되는 금리)을 인하한다든지 한다. 또 반대로, 경제성장이 과열기미로 인플레이션 염려가 높아지는 경우에는, FRB는 은행으로부터의 자금의 인상, 예금준비율(reserve requirement)의 인상, 공정비율의 인상 등을 하여, 경제성장에 브레이크를 거는 경우도 있다. 다른 금융정책수단으로서는, 신용규제뿐만 아니라, 단순하지만, 때로는 큰 효과가 있는 도의적 설득(moral suasion) 등 여러 가지이다. 금융정책은 정부의 재정지출이나 세제를 통해서 실행되는 재정정책(fiscal policy)과는 다르다. 양 정책 모두 광공업생산(industrial production), 고용, 물가 등의 지표에 의하여 측정되는 경제활동의 수준을 컨트롤하는 것을 목적으로 한다. ~ ***reserve*** 통화준비금 ¶ *Monetary reserve* is foreign currency and precious metals held by a central government and used to settle international transactions and enter into foreign exchange dealings. 통화준비금은 중앙정부가 보유하는 외국통화와 귀금속으로, 국제거래를 결제하고 외환거래를 체결할 때에 사용된다. ~ ***system*** 통화제도 ¶ The *monetary system* is: (1) the system used by a country to provide the economy with money for internal use and to control the exchange of its own currency with those of foreign countries. It also includes the system used by a country for implementing its monetary policy. (2) A system used to control the exchange rate of a group of countries, such as the Exchange Rate Mechanism of the European Monetary System and its successor. 통화제도란 (1) 1국이 경제에 대하여 국내사용을 위한 통화를 제공하고 외국의 통화와 자국의 통화와의 교환을 관리하는 데에 이용하는 제도이다. 이것에는 1국이 그 통화정책을 수행하는 데 이용하는 제도도 포함한다. (2) 유럽통화제도와 그 후속조치의 환율메커니즘과 같이, 국가집단의 환율을 관리하는데 이용되는 제도이다. ~ ***unit*** 화폐단위 ¶ The *monetary unit* is the standard unit of currency in a country. The *monetary unit* of each country is related to those of other countries by a foreign exchange rate. 화폐단위는 1국의 화폐의 기준단위를 말한다. 각국의 화폐단위는 외국환율에 의하여 타국의 화폐단위와 관계가 있다.

monetize 통화로 정하다, 화폐로 주조(鑄造)하다 ***monetize the debt*** 채무를 화폐화하다 ¶ To *monetize the debt* is to finance the national debt by printing new money, causing inflation. 채무를 화폐화하는 것은 신규화폐의 발행에 의하여 국가채무(national bond)의 자금조달을 하는 것이다. 결과적으로 인플레이션을 초래한다.

money 화폐, 통화, 금전, 재산 ¶ The *money* is a legal tender as defined by a government and consisting of currency and coin. In a more general sense, *money* is synonymous with cash, which includes negotiable instruments, such as checks, based on bank balances. 통화는 정부에 의하여 정해진 법정통화(legal tender)를 말하는데, 지폐(currency) 및 경화(coin)로 구성된다. 통화는 일반적으로는 현금(cash을 의미하고, 수표(check) 등 은행예금잔액에 뒷받침된 양도가능증권(negotiable instruments)도 포함된다. /bank *money* order 은행송금환 /bogue *money* 위조화폐 /call *money* 콜차입금 /cheap *money* 저금리 /convertible (paper) *money* 태환(兌換)화폐/counterfeit *money* 위조화폐 /current *money* 통화 /day-to-day *money* 당좌대출 /dear *money* 고금리 /earnest *money* 착수금 /an easy *money* policy 금융완화정책 /fiat *money* [미] 명목화폐, 불환(不換)지폐 /foreign *money* 외화 /funk *money* [영] 핫머니, 단기자금 /idle *money* 유휴자금 /in *money* terms 명목으로 (*cf.*) in real terms 실질에서 /lawful *money* 법정화폐 /managing one's *money* (개인의) (주식・채권 등에 의한) 이식(利殖), 재산증식 /measures of *money* 통화지표 /*money* and banking 금융 /*money* appropriated [earmarked] 충당금 /*money* at call and short notice 당좌 및 단기차입 /*money* broker 금융중개인, 자금브로커 /*money* center 금융센터 /*money* changer; *money* exchanger 환전상 /*money* chest 금고 /*money* column 금액란 /a *money* crunch 자금융통의 막힘 /*money* deposited 예금 /*money* down (out of hand) 현금, 즉금(卽金) /*money* exchange 환전사무 /*money* flow 자금순환, 머니플로(경제 각 부문간의 자금의 흐름) /a *money*-flow analysis 자금순환분석 /*money* game 투기적인 거래 /*money* in circulation 유통통화 /*money* in hand [영] 소지한 돈, 용돈 /*money* in trust 위탁금 /*money* lender; *money* lending business 대금업자 /*money* market bank 금융센터 (money center bank) /*money* market dealer 단자회사 /*money* market loan 시장금리운동형 대출(시장금리에 연동한 스프레드대출) /*money* market mutual fund 단기증권투자신탁 /*money* market preferred stock (입찰에 의하여 배당이율을 매기(每期) 설정하는) 배당변동형 우선주식 /*money* on call 콜 모니 /*money* on deposit 예금 /*money* on hand [미] 소지한 돈, 용돈 /*money* paid on account [in part] 내입금(內入金), 대금 일부의 선급금 /a *money* pinch 금전적 궁핍 /*money* rate of interest 금리 /*money* safe 금고 /*money* shipment 화폐현송(現送) /a *money* standard 본위제도 /*money* terms 화폐단위 /*money* transfer 이체(移替) /*money* washing 부정자금세탁(money laundering) /overnight and weekend *money* 야간자금과 주말자금 /packaged specie *money* 포장한 정화(正貨)[현금] /the price of *money* 금리 /raise *money* 자금을 조달하다, 돈을 마련하다 /a rate of *money* turnover 통화의 회전율 /real *money* 실가(實價)화폐, 정화(正貨) /sterling *money* (영국의) 법화(法貨) /time *money* 정기차입 ***at the money*** 앳더머니(옵션거래에서 시장가격과 행사가격이 같은 상태) ¶ *At the money* refers to the strike price of an option contract when the option is about equal in price to the current market price of the underlying security or futures contract. 앳더머니는 옵션이 기초증권이나 선물계약(futures contract)의 현재의 시가와 가격상 거의 같을 때, 옵션계약의 행사가격을 의미한다. ***hot*** ~ 핫머니, 단기투기자금 ¶ The *hot money* is an informal term for money obtained illegally (e.g., by fraud or theft). In finance, however, the term is more often used for money that is moved rapidly and at short notice from one country to another to take advantage of changes in short-term interest rates or to avoid imminent devaluation of a currency. 핫머니는 (예컨대 사기나 절도에 의해서) 불법적으로 취득한 자금을 설명하는 비공식적인 용어이다. 그렇지만, 금융에서 그 용어는 단기간의 금리의 변화를 이용한다든지 혹은 어느 통화의 절박한 평가절하를 피하기 위해서 어느 국가에서 다른 국가로 급속하게 예고도 없이 움직이는 자금을 설명하는 데에 자주 이용되고 있다. ~ ***at [on] call*** 당좌차입, 단기융자 ¶ *Money at call* are loans that may be called in at short notice, and which therefore attract only low rates of interest. 단기차입은 충분한 예고 없이 자금을 회수할 수 있고, 그러므로 오직 저금리로 고객을 끌어드리는 대출이다. ~ ***center bank*** (뉴욕 등 소재의) 금융센터은행, 뉴욕의 대상업은행 ¶ In the large financial centers of the U.S.A., a *money center bank* is a major bank that acts a clearing bank for the smaller bank of the area. 미국의 대형금융센터에서, 금융센터은행은 그 지역의 중소은행을 위해서 어음교환은행의 역할을 하는 주요은행을 이른다. ***Money Fund Report Average*** 머니펀드 레포트평균 ¶ The *Money Fund Report Average* is an average taxable and tax-free money market fund yields published weekly for 7- and 30-day simple and compound (assumed reinvested dividends) yields. Money Fund Report also tracks the average maturity of securities in money market fund portfolios, a short maturity (30 days or less) signifying a manager's conviction that rates will rise, and a longer (60 days or more) maturity that rates will fall. *Money Fund Report* was formerly known as IBC's Money Fund Report and before that Donoghue's *Money Fund Report*. 머니펀드 레포트평균은 과세 및 비과세취급의 머니마켓펀드(money market fund)의 이율(yield)의 평균으로, 7일간과 30일간의 단리(simple interest) 및 복리(compound interest)(배당을 재투자한다고 가정)베이스의 이율(yield)을 매주 발표하고 있다. 머니펀드 레포트는 또 머니마켓펀드의 포트폴리오(portfolio)의 평균잔존기간도 조사하고 있다. 잔존기간이 30일 이하이면, 그 운용담당자(fund manager)는 금리의 상승을 예상하고 있으며, 반대로 60일 이상이면, 금리하락을 예상하고 있음을 의미한다. 머니펀드 레포트는 이전에는 IBC's Money Fund Report, 그 전에는 Donoghue's Money Fund Report라고 호칭되고 있었다. ~ ***laundering*** 부정자금세탁(마약거래 등의 범죄에 관계하여 부정하게 취득한 자금 등을 금융기관의 계좌를 계속 옮겨가면서 세탁하는 것) ¶ *Money laundering* is acceptance of large cash deposits from individuals or businesses when the money is suspected of being used for illicit purposes. Under the Bank Secrecy Act, financial institutions are required to report cash deposits of $10,000 or more, and multiple deposits from the same depositor that added up to $10,000. Such transactions are reported to the Treasury and the U.S. Secret Service. 부정자금세탁은 자금이 불법적인 목적으로 사용되는 경우 개인이나 기업으로부터 거액의 현금예금을 인수하는 경우이다. 은행비밀법(Bank Secrecy Act)에 의하여, 금융기관은 1만 달러 이상의 현금예금과, 동일한 예금자가 1만 달러까지 추가한 배수예금(multiple deposits)을 보고하여야 한다. 이러한 거래는 미재무부와 미재무부 비밀검찰부(U.S. Secret Service)에 보고하게 되어 있다. ~ ***management*** 자금운용 ¶ *Money management* is financial planner's responsibility for the general management of monetary matters, including banking, credit management, budgeting, taxation, and borrowing. Term is also a synonym for portfolio management. 자금운용은 금융관련전반에 걸치는 관리운용에 관한 파이낸셜플래너(financial planner)의 책임영역에서, 은행업무, 신용관리, 예산작성, 세무, 자금조달 등이 있다. 포트폴리오관리(portfolio management)와 같은 의미이다. ~ ***manager*** 머니매니

부정자금세탁은 몰래는 안됩니다.

저, 자금운용책임자 → portfolio manager (포트폴리오운용책임자). ~ ***market*** 단기금융시장, 금융시장 ¶ The *money market* is a market for short-term debt instruments – negotiable certificates of deposit, Eurodollar certificates of deposit, commercial paper, banker's acceptances, Treasury bills, and discount notes of the Federal Home Loan Bank, Federal National Mortgage Association, and Federal Farm Credit System, among others. Federal funds borrowings between banks, bank borrowings from the Federal Reserve Bank windows, and various forms of repurchase agreements are also elements of the money market. See also money market fund. 단기금융시장은 단기채무증서(short-term debt instruments)를 취급하는 시장을 이른다. 즉, 단기채무증서에는 양도성예금증서(negotiable certificate of deposit), 유로CD, 커머셜페이퍼(commercial paper), 은행인수어음(banker's acceptance), 미재무부 단기증권(Treasury bill)이나, 미연방주택대출은행(Federal Home Loan Bank), 미연방모기지협회(Fennie Mae: Federal National Mortgage Association), 미연방농업신용제도(Federal Farm Credit System)의 할인어음 등이 있다. 기타 각종의 레포거래(repurchase agreement)도 단기금융시장에서 취급된다. money market fund(시장금리연동형 투자신탁)도 참조할 것. ~ ***market certificate* (*MMC*)** 시장금리연동형 정기예금증서 ¶ The *money market certificate* (*MMC*) is a nonnegotiable certificate of deposit with a minimum denomination of $2,500 and an original maturity of at least seven days. Prior to January 1983, when the *MMC* was deregulated, the account was a six-month CD requiring an initial deposit of $10,000 to open an account, and paying a rate tied to the yield on six-month U.S. Treasury bills. With deregulation, maturities and rates paid depositors are set by management policy in individual financial institutions, not by government regulation. See also money market deposit account; ninety-day savings account. 시장금리연동형 정기예금증서는 최소 2,500달러 표시와 최소의 만기가 적어도 7일인 비양도성 예금증서이다. MMC가 규제가 풀렸던 경우, 1983년 1월 이전에, 그 계좌는 계좌를 개설하기 위해서는 최초의 예금이 10,000달러가 필요한 6개월 예탁증서(CD)였고, 금리지급은 6월 미재무부 단기증권의 이율과 연계시켰다. 규제가 풀리면서, 만기와 예금자에 지급하는 금리는 정부의 규정이 아니라, 개별적인 금융기관의 경영정책으로 정하고 있다. money market deposit account(시장금리연동형 보통예금); ninety-day savings account(90일 저축계좌)도 참조할 것. ~ ***market deposit account* (*MMDA*)** 시장금리연동형 보통예금 ¶ The *money market deposit account* (*MMDA*) is a market-sensitive bank account that has been offered since December 1982. Under Depository Institutions Deregulatory Committee rules, such accounts had a minimum of $1,000 (eliminated in 1986) and only three checks may be drawn per month, although unlimited transfers may be carried out at an automated teller machine. The funds are therefore liquid – that is, they are available to depositors at any time without penalty. The interest rate is generally comparable to rates on money market mutual funds, though any individual bank's rate may be higher or lower. These accounts are insured by the Federal Deposit Insurance Corporation. 시장금리연동형 예금은 시장금리에 연동하는 은행예금으로, 1982년 12월부터 제공되고 있다. Depository Institutions Deregulatory Committee (금융개혁위원회)의 규칙에서는, 최저예금액은 1,000달러(이것은 1986년에 폐지), 수표(check)에 의한 발행은 월 3회까지로 되어 있다. 다만, 현금자동입출금기(ATM)에서의 송금에 관하여는 제한이 없다. 이 예금은 매우 유동성(liquidity)이 높고, 예금자는 페널티 없이 언제라도 인출할 수 있다. 금리는 개별적인 은행에 따라서 다소의 차이가 있으나, 일반적으로, 머니마켓 뮤추얼펀드(money market mutual fund)의 이

율과 같은 수준이다. 이 예금은 미연방예금보험공사(Federal Deposit Insurance Corporation)에 의하여 부보된다. ~ ***market fund* (*MMF*)** 시장금리연동형 투자신탁 ¶ The *money market fund* (*MMF*) is an open-end mutual fund that invests in commercial paper, banker's acceptances, repurchase agreements, government securities, certificates of deposit, and other highly liquid and safe securities, and pays money market rates of interest. Launched in the middle of 1970s these funds were especially popular in the early 1980s when interest rates and inflation soared. Management's fee is less than 1% of an investor's assets; interest over and above that amount is credited to shareholders monthly. The fund's net asset value normally remains a constant $1 a share – only the interest rate goes up or down. Such funds usually offer check-writing privileges. 시장금리연동형 투자신탁은 오픈엔드형 뮤추얼펀드(open-end mutual fund)로, 커머셜페이퍼(commercial paper)나 은행인수어음(bank's acceptance), 레포(repurchase agreement), 정부증권(government securities), 양도성예금(negotiable certificate of deposit) 등 유동성과 안전성이 높은 증권에 투자를 하고, 이율은 단기시장금리와 같은 수준이다. 1970년대 중반에 판매개시가 되어, 금리가 폭등하자 인플레이션이 고공행진을 한 1980년대 초두, 특히 인기상품으로 되었다. 운용수수료(management fee)는 투자자로부터 예입된 자산의 1%이하이고, 그것을 초과하는 수입액은 매월 펀드의 주주에게 지급된다. 이 펀드의 순자산가격(net asset value)은 상시 1주 1달러가 유지되므로, 지급금리만이 변동한다. 이 펀드는 수표의 발행용으로 이용되는 경우도 있다. ~ ***market instrument*** 단기금융시장상품 ¶ The *money market instrument* is a debt instrument issued by private organizations, government agencies, generally with maturities of one year or less. Such instruments are highly liquid investments, and include Treasury bills, bankers' acceptances, commercial papers and short-term tax-exempt municipal securities, and negotiable bank CDs. *Money market instruments* are actively traded in the money center financial markets in New York, London, and Tokyo. Futures contracts on U.S. Treasury bills and certain other *money market instruments* are traded in the financial futures markets. 단기금융시장상품은 사적단체, 정부기관이 발행한 일반적으로 1년 이하의 만기의 채무증서이다. 그런 증서는 매우 유동성이 높은 투자이며, 미재무부 단기증권(Treasury bills), 은행인수어음, 커머셜페이퍼와 단기면세지방증권 및 유통할 수 있는 은행예금증서(bank CDs)가 포함된다. 단기금융시장상품은 뉴욕, 런던과 도쿄의 금융센터인 금융시장에서 활발하게 거래되고 있다. 미재무부 단기증권과 일정한 다른 금융시장상품에 관한 선물계약은 금융선물시장에서 거래되고 있다. ~ ***market rates*** 시중금리 ¶ *Money market rates* are interest paid depositors who invest in money market instruments or federally insured deposits paying market rates of return. *Money rates* are reported in daily newspapers, and include such key rates as broker call loans, the federal fund rate, rates on bankers' acceptances. Eurodollar time deposits, the 3-month and 6-month Treasury bill rate, and the London Interbank Offered Rate (LIBOR). 시중금리는 단기금융시장상품(money market instruments) 또는 연방정부가 보증하는 시장금리의 이율을 지급하는 예금에 투자하는 예금자에게 지급하는 이자이다. 시중금리는 일간신문에 보도되며, 브로커 콜론(broker call loan), 페더럴펀드 적용금리(fund fund rates), 은행인수어음에 대한 금리, 유로달러 정기예금, 3개월과 6개월의 미재무부 단기증권금리와 런던은행간 자금운용금리(LIBOR)와 같은주요금리를 포함한다. ~ ***order* (*M.O.*)** 머니오더, 송금환 ¶ The *money order* (*M.O.*) is a financial instrument that can easily converted into cash by the payee named on the *money order*. The *money order* lists both the payee and the person who bought the instrument, known as the payor. *Money orders* are issued by banks, telephone companies, post offices, and traveler's check issuers to people presenting cash or other forms of acceptable payment. A personal *money order* from a bank can be considered a one-stop checking account, because the purchaser has the ability to stop payment on it; this does not hold true for money orders from other sources. *Money orders* often are used by people who do not have checking accounts. They can be used to pay bills or any outstanding debts. 머니오더는 지정된 수취인이 간단히 환금할 수 있는 금융상품이다. 머니오더에는 수취인(payee)과 머니오더의 구입자(즉, 지급인, payer)의 양자의 이름이 기재된다. 머니오더는 은행, 전화회사, 우체국, 트래블러체크(traveler's check)발행회사 등이 발행하여, 현금 또는 다른 지급방법으로 구입할 수 있다. 은행이 발행하는 머니오더는 구입자가 지급을 유지(留止)당할 수 있으므로, 원스톱 당좌예금계좌(one-stop checking account)로 간주된다. 다만, 은행 이외의 기관이 발행하는 머니오더에는 이런 기능은 없다. 머니오더는 청구서나 채무의 지급방법으로서 당좌예금계좌를 가지지 않는 고객에 자주 이용된다. ~ ***position*** 머니포지션 ¶ The *money position* is a plus for the situation in which a call loan is deducted from the borrowing money and call money. 머니포지션은 차입금과 콜머니에서 콜론을 공제하여 플러스가 된 상태를 말한다. ~ ***purchase plan*** 정액출연연금보험 ¶ The *money purchase plan* is a program for buying a pension annuity that provides for specified, regular payments, usually based on salary. 정액출연연금보험은 통상 급료에 근거해서 일정한 금액을 정기적으로 지급하는 연금보험제도를 이른다. ~ ***spread*** 머니스프레드 → vertical spread (버티컬 스프레드). ~ ***supply*** 머니서플라이, 통화공급량 ¶ The *money supply* is the total amount of money available at short notice in a given country. There are several categories of money supply, designated Mo, M-1, M-2, and M-3. See also monetary policy. 통화공급량은 일정한 국가에서 급한 예고 없이 사용할 수 있는 화폐총량을 이른다. 통화공급량은 Mo, M-1, M-2, 및 M-3로 표시되는 바와 같이 여러 카테고리가 있다. monetary policy(금융정책)도 참조할 것. ***near-*~** 준통화, 준화폐 ¶ The *near-money* is a liquid asset that can be transferred immediately (such as a bill of exchange or check), although not as liquid as cash. It is also known as quasi-money. 준통화는 현금처럼 유동적이지는 않지만, (환어음 또는 수표와 같이) 바로 양도할 수 있는 유동자산을 이른다. 그것은 또한 준화폐(quasi-money)라고도 알려져 있다. ***out of the*** ~ 아웃오브더 머니 ¶ *Out of the money* is a term used to describe an option whose strike price for a stock is either higher than the current market price, in the case of a call, or lower, in the case of a put. 아웃오브더 머니는 주식의 옵션행사가격이 콜옵션의 경우에 시가(時價)보다 높고, 풋옵션의 경우에는 시가보다 낮은 상태를 나타내는 용어이다. ***out-of-the-*~ *option*** 아웃오브더 머니옵션 ¶ The *out-of-the-money option* is an option to buy shares (call option) for which the current price is lower than when the price was fixed. Equally, an option to buy (put option) for which the market price has risen above the agreed exercise price. In either case, the dealer makes a loss if he or she exercises the option. 아웃오브더 머니옵션은 주식의 시가가 고정가격보다 낮은 때에 주식을 매입하는 옵션(콜옵션)이다. 동시에 시가가 약정된 행사가격보다 상승한 때에 매입하는 옵션(풋옵션)이기도 하다. 어느 경우이든 딜러가 옵션을 행사하면 손해를 보게 된다. ***quasi-*~** 준화폐 → near-money (준통화, 준화폐).

moneyed 부자의, 금전상의 ¶ *moneyed* assistance 자금융통 /*moneyed* interest 금융업, 재계

moneymaker 축재가(蓄財家), 돈벌이가 되는 일 ¶Popcorn and soft drinks are their biggest *moneymakers.* 팝콘과 소프트 드링크가 그들의 최대의 달러박스이다.

moneyman 금융업자, 재정전문가

mongo 몽고 ¶A subdivision (1/100) of the Mongolian tugrik 몽고의 투그릭(tugrik)의 하부단위(1/100).

Mongolia currency 몽골 화폐 ¶tughrik, divided into 100 mongo. 1 투그릭(tugrick) = 100 몽고(mongo).

monitor 감시장치 ¶Electronic viewfinders are tiny television *monitors.* 전자파인더는 소형 텔레비전 모니터이다.

monoline policy [영] 전문보험계약 ¶The *monoline policy* is an insurance contract that only covers one line or class of risk. If a loss occurs in the referenced peril, the insured is covered to a net amount that reflects a deductible and policy cap. See also multiline policy. 전문보험계약은 하나의 종목이나 종류의 위험만을 보상하는 보험계약을 말한다. 손해가 예시된 위험에서 발생하면, 피보험자는 공제항목과 보험금액한도를 반영하는 순금액으로 보상받는다. multiline policy(다종목보험계약)도 참조할 것.

monopolist 독점기업가, 독점주의자, 독점논자 ¶A *monopolist* is a firm or individual entrepreneur that is the sole producer of a good and so represents the entire market supply of that good. 독점기업가는 어느 제품의 단독제조업이고 따라서 그 제품의 모든 시장공급을 독차지하고 있는 기업 또는 개인기업가이다. /*monopolist* [monopoly, monopolistic] capital 독점자본

monopoly 독점, 공급독점 ¶*Monopoly* is control of the production and distribution of a product or service by one firm or a group of firms acting in concert. In its pure form, *monopoly*, which is characterized by an absence of competition, lead to high prises and a general lack of responsiveness to the needs and desires of consumers. Although the most flagrant monopolistic practices in the United States were outlawed by Antitrust Laws enacted in the late 19th century and early 20th century, *monopolies* persist in some degree as the result of such factors as patents, scarce essential materials, and high startup and production costs that discourage competition in certain industries. Public *monopolies* – those operated by the government, such as utilities – ensures the delivery of essential products and services at acceptable prices and generally avoid the disadvantages produced by private *monopolies*. Monopsony, the dominance of a market by one buyer or group of buyers acting together, is less prevalent than *monopoly*, See also cartel; oligopoly; perfect competition. 공급독점은 1기업이나 기업그룹이 협정하여(acting in concert) 상품이나 서비스의 생산·판매를 지배하는 것이다. 공급독점이란 단적으로는 경쟁상대가 없는 것인데, 가격을 끌어올린다든지, 고객뉴스에의 대응을 태만한다든지 하는 결과를 초래한다. 미국에 있어서의 악질적인

으음, 생산과 판매는 내 독점이다.

독점행위는 19세기말과 20세기 초두에 제정 · 시행된 독점금지법(antitrust laws)에 의하여 금지되었으나, 특허(patent), 희소적인 필수소재, 산업에 따라서는 다른 경쟁상대가 맞설 수 없는 높은 신사업개시 코스트나 생산코스트 등의 요인에서 어느 정도의 독점은 존속하고 있다. 공적 독점산업이란 우체국과 같이 정부가 운영하는 것이나 공공사업과 같이 정부가 엄격하게 규제하는 것을 말하지만, 이러한 것은 생활에 필요한 상품이나 서비스를 적정한 가격으로 제공하고 사적 독점에서 생기는 문제를 회피하는 것이어야 한다. 수요독점(monopsony)이란 단지 1인의 매수인 또는 매수인그룹이 결탁하여 시장을 지배하는 것을 말하지만, 공급독점만큼으로는 행해지지 않는다. cartel(카르텔); oligopoly[과점(寡占)]; perfect competition(완전경쟁)도 참조할 것. /a state *monopoly* 정부에 의한 독점 /They have a world *monopoly* in optical instruments. 그들은 광학기계의 분야에서 세계를 독점하고 있다. /The Post Office is a public *monopoly* in this country. 우체국은 이 국가에서는 독점적 공공기업체이다. /Tobacco is a lucrative state *monopoly*. 연초(담배)는 이익이 많이 나는 국영독점사업이다. ***monopoly price*** 독점가격 ¶ The *monopoly price* is an equilibrium price arrived at in a market in which the supply is a monopoly. According to economic theory, the *monopoly price* is higher than the price that would prevail if competition existed. 독점가격은 공급이 독점인 시장에서 도달한 균형가격을 말한다. 경제이론에 의하면, 독점가격은 경쟁이 존재하는 한 유리한 가격보다 높다고 한다.

monopsony 수요독점, 구매자독점 ¶ The *monopsony* is a situation in which one buyer dominates, forcing sellers to agree to the buyer's terms. For example, a tobacco grower may have no choice but sell his tobacco to one cigarette company that is the only buyer for his product. This cigarette company therefore virtually controls the price at which it buys tobacco. The opposite of a *monopsony* is a monopoly. 수요독점은 단지 1인의 매수인이 시장을 지배하고, 매도인은 매수인이 하라는 대로 할 수밖에 없는 상태를 이른다. 예를 들면, 담배생산자가 있고, 그 제품을 매입해 주는 담배회사가 하나밖에 없는 경우에는, 생산자는 그 회사에 팔 수밖에 없기 때문에, 그 담배회사는 사실상 매입가를 지배하게 되는 것이 된다. 수요독점(monopsony)의 반대는 공급독점(monopoly)이다.

monorate of exchange system 단일외환시장(환율)제도

monotonous 단조로운 ¶ *monotonous* labor [work] 단조로운 노동

month 달(月) (한)달 ¶ calendar *month* 달력의 월(1월, 2월, 3월 등) /*month*-end fund 월말자금 /a *month*-end payment 월말계산 /a *month*-end settlement 월말결제 /*month* of delivery 한월(限月), 인도(引渡)의 달 ***contract* [*delivery*] *month*** [선물거래] 인도(引渡)기한의 달 ¶ The *contract month* is the month in which a future contract requires delivery of the commodity. Most contracts are offset or closed before this time, so that no delivery is necessary. 인도(引渡)기한의 달은 선물계약이 상품의 인도를 요구하는 달이다. 대부분의 계약은 이 기한 전에 상쇄되거나 끝나기 때문에, 인도란 것이 필요하지 않다.

monthly 월 1회, 매월의, 1개월 유효의 ¶ a *monthly* average 월 평균 /a *monthly* balance 월계표(月計表) /*monthly* compounding 매월의 복리(複利) /*monthly* installment 월부(月賦) /*monthly* interest rate 월리(月利) /*monthly* payment 매월 지급 /*monthly* saving 월별저금 /a *monthly* settlement 월차(月次)청산 /a *monthly* trial balance 월계시산표(月計試算表) ***monthly compounding of interest*** 월차베이스 복리계산 → compound interest [복리(複利)]. ~ ***income debt securities* (*MIDS*)** 월지급수익배당형 채무증권 → income preferred securities (수익배당형 우선증권). ~ ***investment plan* (*MIP*)** [미] (달러코스트평균법의 사고에

의한) 정액투자제도, 누적투자제도 ¶ The *monthly investment plan* (*MIP*) is a plan whereby an investor puts a fixed dollar amount into a particular investment every month, thus building a position at advantageous prices by means of dollar cost averaging (see constant dollar plan). 정액투자제도는 투자자가 매월 일정한 금액을 특정한 투자안건에 투자하는 제도를 말한다. 달러·코스트 평균투자법(dollar cost averaging)으로 투자함으로써 유리한 가격으로 투자를 쌓아올릴 수 있다[constant dollar plan(달러코스트 평균법)]. ~ ***statement*** 월계표(月計表), 월차(月次)보고 ¶ The *monthly statement* is an account statement mailed or sent by electronic mail to a customer that lists debits, credits, service charges, and account adjustments during the prior month. A checking account statement includes a list of checks written, deposits, and electronic debits and credits at an ATM, along with cancelled checks. A credit card statement is a descriptive billing statement listing account charges and finance charges that apply to revolving balances if there is an outstanding balance. A consolidated statement summarizes end of month balances in several accounts as of the date the statement was prepared. 월간계산서는 고객에게 전자메일로 전송되거나 발송된, 전월간에 차변, 대변, 봉사료와 계산수정을 기재한 계산서이다. 당좌계산서에는 취소된 수표와 함께, 발행된 수표, 예금, 및 현금자동입출금기(ATM)상의 전자 차변과 대변의 리스트를 포함한다. 크레디트카드이용명세서(credit card statement)는 미납잔액이 있는 경우에 회전잔액(revolving balance)에 적용되는 외상청구금액과 신용청구금액을 기재하는 기술식의 계산명세서를 말한다. 연결명세서에는 명세서가 준비된 날 현재 여러 계좌에서 월말잔액을 개산(概算)한다.

Montreal Exchange (MX) 몬트리올증권거래소 ¶ The *Montreal Exchange* (*MX*) is a Canada's oldest exchange and the only financial derivatives exchange in the country acquired by the TSX Group in 2008. *MX* offers individual and institutional investors, both in Canada and abroad, a wide range of risk management products for protecting their investments and ensuring growth. *MX* is fully electronic, and its services include trading, clearing, training, market information, market operations, and regulations. *MX* operates a stock options market as well as a futures market. There are more than 88 options classes (regular and long-term expiry cycles) listed on *MX*. The *Montreal Exchange* is also a significant shareholder of the Boston Options Exchange (BOX), a U.S. automated equity options exchange whose technical operations are ensured by the *Montreal Exchange*. 몬트리올증권거래소는 캐나다에서 가장 오래된 증권거래소이고, 2008년에 TSX Group이 매수한 유일한 금융파생상품거래소이다. MX는 캐나다 내외의 기관투자자 및 개인투자자에 대하여 그들의 투자를 보호하고 성장을 목적으로 한 광범위한 리스크 매니지먼트상품을 제공하고 있다. MX는 완전히 전자화되어 있고, 증권의 매매, 결제, 교육, 마켓정보나 규제 등의 서비스를 제공하고 있다. MX는 선물시장뿐만 아니라, 주식선물시장을 운영하고 있다. MX에 상장되어 있는 88개 이상의 옵션등급(정규장기만기사이클)이 있다. 몬트리올증권거래소는 또한 기술적인 운영을 몬트리올증권거래소가 보증하는 미국자동주식옵션거래소인 보스턴옵션거래소(BOX)의 중요한 주주이다.

Moody's Investors Service 무디스사(社)(미국의 3대 통계서비스회사의 하나)[통칭 무디스(Moody's)] ¶ The *Moody's Investors Service* is a widely utilized source for credit ratings, research, and risk analysis. The firm publishes market-leading credit opinions, deal research, and commentary that reach more than 2,600 institutions and 16,500 users globally. Moody's ratings and analysis track more than $35 billion of debt covering nearly 170,000 corporate, government, and structured finance securities, more than 100,000 public finance obligations, 10,000 corporate relationships, and 100 sovereign nations. 무디스사(社)는 신용평가(credit rating), 리서치, 리스크분석에 관하여, 널리 이용되고, 또 신뢰를 받고 있는 정보원(源)이다. 마켓리더격인 신용평가, 안건의 리서치나 코멘트를 발표하고 있다. 전세계에서, 2,600을 넘는 기관투자자나 16,500의 이용자에게 서비스를 제공하고 있다. 무디스의 평가는 35조 달러를 초과하는 채무를 커버하고 있고, 그 중에는 170,000에 달하는 기업, 정부나 구조증권(structured finance securities), 10,000을 넘는 공적 채무, 10,000개의 기업관계, 100국의 주권국가가 포함되고 있다. /*Moody's index* 무디스의 지표(채권등급 등) /*Moody's manual* 무디스사의 회사연감

mooring 정선(停船), 정박 ¶ take up *mooring* at Buoy No. 2 제2 부표(浮漂)에 정박하다 /During the night, the ship parted from its *moorings* and drifted onto the rocks. 밤사이에, 그 선박은 계류장을 떠나서 표류하다가 암초에 부딪쳤다.

morale 사기(士氣), 기세(氣勢), 패기 ¶ *Morale* is collective feeling or attitude in a work group. A good manager tries to keep the *morale* high in an organization. High *morale* tends to motivate workers in a group toward the achievement of a goal. 사기는 작업집단에서 공동의 감정 또는 태도를 말한다. 훌륭한 매니저는 조직에서 사기를 높이려고 애를 쓴다. 높은 사기는 집단에서 목표의 달성을 향해서 근로자에게 동기를 부여하는 경향이 있다. /community *morale* 사회의 사기 /Low *morale* causes a lot of unproductive anger. 낮은 사기가 많은 비생산적인 노여움의 근원이 된다.

moral 윤리상의, 도덕적인 ***moral hazard*** [금융] 모럴해저드, [보험] 도덕적 위험(보험을 걺으로써 손해에 무관심해 지는 것) ¶ *Moral hazard* is circumstance that increases the probability of loss because of an applicant's personal habits or morals; for example, an applicant is a known criminal. 모럴해저드는 금융신청자의 개인적 습관 또는 모럴 때문에 손실의 개연성을 증가시키는 상황을 말한다. 예를 들면, 금융신청자가 잘 알려진 형사범인 경우이다. ~ ***obligation bond*** [미] (주가 윤리적으로 보증하는) 주·지방자치단체발행채권, 모럴오블리게이션채(債) ¶ The *moral obligation* bond is a tax-exempt bond issued by a municipal or a state financial intermediary and backed by the *moral obligation* pledge of a state government. (State financial intermediaries are organized by states to pool local debt issues into single bond issues, which can be used to tap larger investment markets.) Under a *moral obligation* pledge, a state government indicates its intent to appropriate funds in the futures if the primary obligor, the municipality or intermediary, defaults. The state's obligation to honor the pledge is moral rather than legal because future legislatures cannot be legally obligated to appropriate the funds required. 모럴오블리게이션채(債)는 지방자치단체나 주의 금융중개기관(financial intermediaries)에 의하여 발행되고, 주정부가 법적으로는 아니지만, 도의상의 책임을 가지고 뒷받침을 하는 비과세채권(tax-exempt bond)을 말한다. (주의 금융중개기관이란 지방이 발행한 채권을 수집하여(pool), 이를 하나의 커다란 금액의 채권으로 하고, 보다 커다란 투자시장에서 기채(起債)할 것을 목적으로 하여 각주에 의하여 설립된 것을 이른다.) 모럴오블리게이션채(債)에서는, 주된 채무자(obligor)인 지방자치단체나 금융중개기관이 채무불이행(default)에 빠지는 일이 있으면, 주정부가 자금충당을 한다는 뜻의 의자표시를 하고 있다. 이 주정부에 의한 서약의 이행은 도의상의 효과는 있으나, 법적인 것은 아니다. 결국 장래, 요구될지도 모르는 자금수당을 현시점에서 법적으로 의무지울 수 없기 때문이다. ~ ***suasion*** (중앙은행의) 도덕적 설득 ¶ *Moral suasion* is persuasion through influence rather than coercion, said of the efforts of the Federal Reserve Board to achieve member bank compliance with its general policy. From time to time, the Fed uses *moral suasion* to restrain credit or to expand it. 도덕적 설득은 강제가 아니라, 영향력에 의하여 설득하는 것이다. 구체적으로는, 미연방준비제도이사회(Federal Reserve Board)가 산하(傘下)에 있는 금융기관을 설득하여 미연방준비제도 이사회의 기본방침에 따르도록 촉구하는 경우이다. 미연방준비제도이사회는 때때로 신용수축이나 확대를 행할 때에 도의적 설득을 활용한다.

moratorium 채무지급정지, 지급유예기간, 모라토리엄 ¶ The *moratorium* is a grant of an extended period in which to repay a loan, or a period during which the repayment schedule is suspended. Usually, it refers only to the repayment of capital, and interest payments may still be required. 모라토리엄은 차금을 상환할 기간의 연장이나 또는 차금의 상환예정표가 보류되는 기간을 허락하는 것이다. 보통 그것은 원금의 상환에만 관계되고, 이자지급은 여전히 필요할 수 있다.

more or less 다소간, 대략 ¶ The words *more or less* means approximation, whereby a contract will be valid although the amount is not exact. For example, land is described as 100 acres, *more or less*. The contract is valid if the actual size of the parcel varies slightly from 100 acres. more or less(다소간)라는 말은 계약이 그 금액이 정확하지 않더라고, 유효하다고 할 때에, 쓰는 대략의 금액이다. 예를 들면, 토지가 대략 100에이커라고 표시된다고 하자. 계약은 구획의 실제규모가 100에이커에서 약간 차이가 나더라도 유효하다. ***more or less terms*** [무역] 수량과부족용인조건 ¶ *More or less terms* means a condition which is recognized when the long-term transportation carrying the bulk of ores and grain is entered into. 수량과부족용인조건이란 산적(散積)의 광석이나 곡물 등의 대량의 장기운송이 체결될 때에 인정되는 조건이다.

Morgan Stanley Capital International (MSCI) 모건스탠리 인터내셔널 ¶ The *Morgan Stanley Capital International* (*MSCI*) develops and maintains equity, REIT, fixed-income, multi-asset class and hedge fund indices that serve as a benchmark for an estimated U.S. $3 trillion on a worldwide basis. The *MSCI* indices are market capitalization-weighted and cover both developed and emerging markets. In addition to the country indices, *MSCI* also calculates aggregate indices for the world – Europe, North America, Asia, and Latin America. Most international mutual funds and other international institutional investors measure their performance against *MSCI* indices. 모건스탠리 인터내셔널은 주식, REIT(부동산투자신탁), 채권(fixed income), 멀티 애셋클래스(multi-asset class), 헤지펀드(hedge fund) 등을 대상으로 한 인덱스의 개발 및 산출을 하고 있고, 벤치마크(benchmark)적인 존재가 되고 있다. 세계규모의 인덱스에서 3조 달러에 달하고 있다. MSCI 인덱스는 시가(market capitalization)가중평균으로 산출되어 선진국도 신흥국도 커버하고 있다. 국별 인덱스에 추가하여, 유럽, 북미, 아시아, 라틴 아메리카와 같이 지역별 인덱스로 산출하고 있다. 대부분의 국제적인 투자를 하고 있는 뮤추얼펀드(mutual fund)나 기관투자자는 그 운용성적을 MSCI를 기준으로 평가하고 있다. ***Morgan Stanley Capital International World Index (MSCI Index)*** 모건스탠리 인터내셔널월드 인덱스 ¶ The *Morgan Stanley Capital International World Index* (*MSCI Index*) is a world index of the prices of shares, based on more than 1300 shares from 19 countries. It thereby covers about 60% of the share market value on stock exchanges throughout the world. 모건스탠리 인터내셔널월드 인덱스는 19개국으로부터 1,300주 이상의 주식을 기반으로 하는 주식가격의 세계적 인덱스이다. 그 인덱스는 그럼으로써 세계를 통틀어 주식

시장에서 주식시가의 약 60%를 커버하고 있다.

morning 아침, 오전 ¶ *morning* market [session] [주식] 전장(前場)

Morningstar Rating System 모닝스타등급제도 ¶ The *Morningstar Rating System* is a system for rating open- and closed-end mutual funds, exchange-traded funds (ETFS), separately managed accounts (SMAs), and annuities by Morningstar Inc., of Chicago. The system rates funds from one to five stars, using a risk-adjusted performance rating in which performance equals total return of the fund. The system rates funds assessing down-side risk, which is linked to the three-month U.S. Treasury bill. If a fund underperforms the Treasury bill, it will lower the fund's rating. The score is plotted on a bell curve, and is applied to four distinct categories: all equities, fixed income, hybrids, municipals. The top 10% receive five stars; the top 22.5%, four stars; the top 35%, three stars; the bottom 22.5%, two stars; and the bottom 10%, one star. Morningstar is a subscription-based company, offering its ratings in binders, software, and CD-ROM form. It sells its data to America Online and Realities Telescan Analyzer and other databases, as well as metropolitan newspapers. Morningstar also sells information on U.S. equities and American Depositary Receipts (ADRs), but star ratings are not calculated for them. 모닝스타등급제도는 시카고의 Morningstar Inc.(모닝스타)에 의한 오픈앤드형(open-end), 클로즈드앤드형 뮤추얼펀드(closed-end mutual fund), 상장지수펀드(exchange-traded fund: ETF), 전용자산관리계좌(separately managed accounts: SMAs), 연금보험(annuity)의 등급시스템을 말한다. 이 시스템은 리스크 조정후의 운용실적, 말하자면 종합이율(total return)을 이용하여, 펀드를 1개의 별(星)에서 5개의 별로 등급을 나눈다. 또, 이율하락 리스크에 관하여도, 3개월물(物)의 미재무부 단기증권(Treasury bill)과 연동시켜 평가한다. 말하자면 펀드의 운용성적이 미재무부 단기증권을 하회하면 등급은 내려간다. 등급은 종(鐘)모양곡선으로 도시(圖示)되어 모든 주식, 확정이자부(fixed income) 증권, 혼합형 증권(hybrid security), 지방채(municipal bond)의 4 분야에 적용된다. 상위에서 10%가 5개의 별, 22.5%가 4개의 별, 35%가 3개의 별, 22.5%가 2개의 별, 하위 10%가 1개의 별로 되어 있다. 모닝스타는 예약판매 중심의 회사이고, 바인더(binder)나, 컴퓨터소프트웨어, CD-ROM에서 등급의 결과를 제공하고 있다. 또, 그 데이터를 America Online and Realities Telescan Analyzer 기타의 데이터베이스 회사 및 도시권의 신문사에게 판매하고 있다. 모닝스타는 미국주식이나 미국예탁증서(American depositary receipt: ADR)에 관한 정보도 판매하지만, 그러한 것에 관한 등급은 매기지 아니한다.

Morocco currency 모로코 화폐 ¶ Moroccon dirham (MAD), divided into 100 centimes. 1 모로코 디르함(dirham) = 100 상팀(centimes).

mortality 사망자, 사망률(死亡率) ¶ a reduction in natural *mortality* 자연사망률의 감소 /Plastics may be as great a source of *morality* among marine animals as oil spills. (해상에서의) 석유유출과 똑같이 플라스틱도 해양동물의 사망의 커다란 원인으로 될 수 있다.

mortgage Ⓝ 모기지, 모기지 증서 ¶ The *mortgage* is a debt instrument by which the borrower (mortgagor) gives the lender (mortgagee) a lien on property as security for the repayment of a loan. The borrower has use of the property, and the lien is removed when the obligation is fully paid. a mortgage normally involves real estate. For personal property, such as machines, equipment, or tools, the lien is called a chattel mortgage. 모기지는 론(loan)상환의 보증으로서, 차입자(借入者)(모기지설정자, mortgagor)가 대여자(貸與者)(모기지권자, mortgagee)에 대하여 당해 자산에 선취특권(lien)을 설정하는 채무증서(debt instrument)이다. 다만, 차입자는 그 자산을 그대로 사용하고, 채무의 상환이 완료하면 대여자의 선취특권은 소멸한다. 모기지는 일반적으로 부동산(real estate)의 경우를 말한다. 기계류, 설비, 도구 등의 동산(personal property)에 대한 선취특권은 chattel mortgage(동산담보)라고 한다. /adjustable rate *mortgage* 변동금리부 모기지 /blanket [general] *mortgage* 총괄모기지 /a chattel *mortgage* 동산모기지 /a double *mortgage* 2중모기지 /a first *mortgage* 1번 모기지 /a joint *mortgage* 공동모기지 /*mortgage* banker 부동산은행 /*mortgage* banking 모기지은행업무 /*mortgage* by transfer 양도담보 /*mortgage* collateral 부동산담보 /*mortgage* company 부동산[주택]론회사 /*mortgage* credit 모기지금융 /*mortgage* creditor 미고지권자, 질권자 /*mortgage* debtor 모기지설정자 /*mortgage* deed 모기지계약 /*mortgage* forfeit 모기지 유질 /*mortgage* loan 모기지 대출, 부동산[주택]론(loan) /*mortgage* property 부동산 모기지 /*mortgage* object 모기지물(物) /a *mortgage* of a ship 선박 모기지 /*mortgage* pass-through certificate 모기지 패스트루증서, 부동산모기지 증서 /*mortgage* security 모기지 증권 /second and subsequent *mortgage* 2번 및 그 이후의 모기지 /a unified *mortgage* 단일 모기지 ***mortgage acceleration program*** 주택론 상환촉진프로그램 ¶ The *mortgage acceleration program* is a plan offered by financial institutions to homeowners whereby, for a sign-up fee and a monthly charge, 50% of the mortgage payment is made every two weeks instead of 100% each month. This saves about $60,000 in interest on a $200,000, 30-year mortgage and shortens the loan. The problem typically with such program is that the saving is achieved because 26 payments of 50% add up to 13 payments a year instead of 12 payments. 주택론 상환촉진프로그램은 주택론의 당초수수료나 월간의 자동대체액을 매월 100% 지급으로 하는 것이 아니라, 그 50%를 2주간마다 지급한다. 이 플랜을 이용하면, 기간 30년에서 20만 달러의 론을 빌리면 약 6만 달러의 절약이 되고, 또 차입기간을 단축할 수 있다. 이 플랜의 문제점은 50%분을 26회 지급한다는, 말하자면 연간 12회가 아니라 13회 지급함으로써 절약할 수 있는 것이다. ***~-backed bond*** [영] 모기지담보부 채권 ¶ The *mortgage-backed bond* is a bond that is collateralized by a mortgage pledge. Unlike mortgage-backed securities, which convey an ownership interest in a pool of mortgages to investors, the issuer retains the ownership interest of the mortgage; the transaction is thus considered debt financing rather than a sale of assets. Also known as mortgage bond. See also collateral trust bond. 모기지담보부 채권은 모기지담보에 의해서 담보된 채권을 말한다. 모기지 풀의 소유권을 투자자에게 전달하는 모기지담보부 증권(mortgage-backed security)과는 달리, 발행자는 모기지의 소유권을 보유한다. 따라서 그 거래는 자산의 매도이기보다도 오히려 차입에 의한 자금조달(debt financing)로 간주된다. 이는 mortgage bond(모기지채권)로도 알려져 있다. collateral trust bond(담보물신탁채권)도 참조할 것. ***~-backed certificate*** 모기지 담보증권 ¶ The *mortgage-backed certificate* is a security backed by mortgages. Such certificates are issued by the Federal Home Loan Mortgage Corporation, and the Federal National Mortgage Association. Other are guaranteed by the Government National Mortgage Association. Investors receive payments out of the interest and principal on the underlying mortgages. Sometimes banks issue certificates backed by conventional mortgages, selling them to large institutional investors. The growth of mortgage-backed certificates and the secondary mortgage market in which they are traded has helped keep mortgage money available for home financing. See also pass-through security. 모기지 담보증권은 부동산담보부 채무증권(mortgage)을 뒷받침하는 증권을 말하고, 미연방주택금융 모기지공사(Federal Home Loan Mortgage Corporation)나 미연방모기지협회(Fannie Mae: Federal National Mortgage Association)에 의하여 발행된다. 정부주택모기지협회(Ginnie Mae: Government National Mortgage Association)에 의하여 보증되고 있는 담보증권도 있다. 투자자에게는 기초모기지(underlying mortgage)에서의 원리금이 지급된다. 은행도 종종 대형투자자에게 판매할 목적에서 주택론(conventional mortgage)을 뒷받침한 증권을 발행한다. 모기지 담보증권 발행시장이나 그 유통시장(secondary market)의 성장이 주택금융자금시장의 확대에 기여하고 있다. pass- through security(패스트루증권)도 참조할 것. ~***-backed revenue bonds*** 모기지담보 재원채(財源債) → housing bond (주택채권). ~***-backed security*** [미] (연방정부 모기지 기관이 발행・보증하는) 모기지 담보증권, 모기지증권 → mortgage-backed certificate (모기지 담보증권). ~ ***banker*** 모기지뱅커, 부동산대출금융업자 ¶ The *mortgage banker* is a company, or an individual, that originates mortgage loans, sells them to other investors, services the monthly payments, keeps related records, and acts as escrow agent to disperse funds for taxes and insurance. A *mortgage banker's* income derives from origination and servicing fees, profits on the resale of loans, and the spread between mortgage yields and the interest paid on borrowings while a particular mortgage is held before resale. To protect against negative spreads or mortgages that can't be resold, such companies seek commitments from institutional lenders or buy them from the Federal National Mortgage Association or the Government National Mortgage Association. *Mortgage bankers* thus play an important role in the flow of mortgage funds even though they are not significant mortgage holders. 모기지뱅커는 모기지론(모기지담보대출, mortgage)의 공여, 투자자에의 론 판매, 매월의 이자지급대행서비스, 관련기록의 보존, 지급대행자(escrow agent)로서 세금이나 보험금지급을 행하는 등의 서비스를 제공하는 회사나 개인을 말한다. 모기지뱅커의 수입원(源)은 모기지론에서 당초수수료나 서비스료, 론의 전매익(轉賣益), 모기지론이 전매되기까지의 사이에 생긴 대출금리와 조달금리의 이율격차(spread)로 구성된다. 역(逆)금리나 모기지를 전매할 수 없는 경우의 대비책으로서, 각사(各社)는 금융기관에서 차입범위를 확보한다든지 미연방모기지협회(Federal National Mortgage Association), 또는 정부모기지협회(Government National Mortgage Association)에 환매한다든지 한다. 이와 같이 모기지뱅커는 모기지의 대형소유자는 아니지만, 모기지의 자금순환에 있어서 중요한 역할을 담당하고 있다. ~ ***bond [debenture]*** 모기지채권, 담보부사채(社債) ¶ The *mortgage bond* is a bond issue secured by a mortgage on the issuer's property, the lien on which is conveyed to the bondholders by a deed of trust. A *mortgage bond* may be designated senior, underlying, first, prior, overlying, junior, second, third, and so forth, depending on the priority of the lien. Most of those issued by corporations are first *mortgage bonds* secured by specific real property and also representing unsecured claims on the general assets of the firm. As such, these bonds enjoy a preferred position relative to unsecured bonds of the issuing corporation. See also consolidated mortgage bond; mortgage. 모기지채권은 부동산담보의 뒷받침이 있는 채권으로, 담보부동산에 대한 선취특권(lien)은 신탁증서(deed of trust)에 의하여 채권소유자(bondholder)에게 양도된다. 모기지채권에는, 선취특권의 우선순위에 따라, 최우선(senior), 선순위(underlying), 1번(first), 우선권부(prior), 후순위(overlying), 열후(junior), 제2순위

(second), 제3순위(third) — 등으로 분류된다. 회사가 발행하는 모기지채권의 대부분은 특정부동산을 담보로 하는 제1순위 담보부 채권이고, 동시에 발행회사의 다른 자산에 대하여도 무담보이지만, 일반채권을 가진다. 따라서 투자자에게 있어서 모기지채권은 무담보채권보다도 유리한 것으로 되어 있다. consolidated mortgage bond(종합모기지부 채권); mortgage(모기지)도 참조할 것. ~ ***broker*** 모기지브로커, 모기지대출중개업자 ¶ The *mortgage broker* is one who places mortgage loans with lenders for a fee, but does not originate or service loans. 모기지브로커는 모기지론(부동산담보대출, mortgage)을 대출업자에게 중간수수료를 받고 판매하는 중개업자로, 모기지론의 공여나 론의 관리서비스는 행하지 않는다. ~ ***default securitization*** 모기지디폴트의 증권화 ¶ The *mortgage default securitization* is a insurance-linked security that permits purchasers of mortgages to obtain protection against default by the borrower. Repayment of principal and/or coupons is contingent on the repayment history of the underlying mortgages; if a specified loss occurs, the issuer of the bond may delay or cease making payments to investors, meaning that it has hedged its risk to instances of mortgage default. See also catastrophe bond; life acquisition cost securitization; residual value securitization; weather bond. 모기지디폴트의 증권화는 모기지의 구매자가 차입자(借入者)에 의한 디폴트에 대한 보호를 획득할 수 있게 하는 보험연계증권(證券)이다. 원금과 쿠폰의 상환은 기초모기지(underlying mortgages)의 상환이력에 좌우된다. 즉, 특별한 손실이 발생하면, 그 사채의 발행단체는 투자자에게 지급하는 것을 지체하거나 중지할 수 있는데, 이는 모기지디폴트의 단계에 대한 위험을 방어한 것이다. catastrophe bond(대재해연계 채권); life acquisition cost securitization(생명보험취득비용연계 증권화); residual value securitization(잔존가치의 증권화); weather bond(기상채권)도 참조할 것. ~ ***discount*** 모기지디스카운트 ¶ The *mortgage discount* is an amount of principal that lenders deduct at the beginning of the loan. 모기지디스카운트는 대여자가 론의 맨 처음에 공제하는 원금의 총액을 이른다. ~ ***interest deduction*** 주택론 금리공제 ¶ *Mortgage interest deduction* is federal tax deduction for mortgage interest paid in a taxable year. Interest on a mortgage to acquire, construct, or substantially improve a residence is deductible for indebtedness of up to $100,000 is deductible. These amount are halved for married taxpayers filing separately. 주택론 금리공제는 과세연도에 지급된 주택론 금리에 대한 미연방세공제를 말한다. 주택의 취득, 신축, 대폭 증개축을 위한 주택론 금리에 관하여는, 차입액 100만 달러까지가 소득공제 대상이 된다. 그리고 10만 달러까지의 홈 에퀴티론(home equity loan: 주택의 순자산가치를 담보로 하여 차입되는 론)의 금리도 소득공제 대상액이 된다. 소득신고를 따로따로 행하고 있는 부부의 경우의 공제액은 반액으로 된다. ~ ***life insurance*** 모기지생명보험 ¶ The *mortgage life insurance* is a policy that pays off the balance of a mortgage on the death of the insured. 모기지생명보험은 피보험자(insured) 사망시의 주택론 잔액(殘額)을 상환하기 위한 보험을 이른다. ~ ***modification*** 모기지 변경[수정] ¶ The *mortgage modification* is a legislation and Treasury department actions aimed at providing lenders with incentives to work with borrowers to avoid foreclosure by modifying mortgages or refinancing tier loans. Flagship $75 billion Obama administration program, called the Home Affordable Modification Program, results in a permanent adjustment of rate, balance, or term. A variation, called forbearance, is a time- limited modification designed to forestall foreclosure while temporary financial problems are resolved. 모기지 변경[수정]은 모기지를 변경하거나 조건부 대출을 재융자함으로써 담보권집행(foreclosure)을 피하기 위하여 차입자(借入者)과 협력하도록 대여자(貸

與者)에게 유인책을 제공하려고 하는 것이 법률이자 미재무부 조치이다. 주택가안정화 수정프로그램(Home Affordable Modification Program)이라는 플랙십(Flagship) 75조 달러의 오바마 행정부계획은 금리(rate), 잔액(balance) 또는 조건(term)의 영원한 수정이라는 문제에 귀착한다. 차금의 상환기한의 연장(forbearance)이라는 변경은 일시적인 금융상의 문제가 해결되는 동안에 담보권 집행을 저지하려는 상환기한의 수정인 것이다. ~ ***pool*** 모기지풀(복수의 부동산담보를 통합한 것) ¶ The *mortgage pool* is a group of mortgages sharing similar characteristics in terms of class of property, interest rate, and maturity. Investors buy participations and receive income derived from payments on the underlying mortgages. The principal attractions to the investor are diversification and liquidity, along with a relatively attractive yield. Those backed by government-sponsored agencies such as the Federal Home Loan Mortgage Corporation, Federal National Mortgage Association, and Government National Mortgage Association became popular not only with individual investors but with life insurance companies, pension funds, and even foreign investors. 모기지풀(복수의 모기지담보를 통합한 것)은 자산종류, 이율, 만기가 유사한 복수의 모기지(mortgage)의 집합체를 이른다. 모기지풀을 구입한 투자자에의 지급은 기초모기지 담보론(underlying mortgage)의 원리지급금으로 행해진다. 투자자에게 매력적인 것은 이율이 비교적 높을 뿐만 아니라, 리스크가 분산되고 있는 것(diversification)과 유동성(liquidity)이 높다는 것이다. 미연방주택모기지공사(Federal Home Loan Mortgage Corporation), 미연방모기지협회(Federal National Mortgage Association), 정부주택모기지협회(Government National Mortgage Association)와 같은 정부지원기관에 의하여 보증된 모기지풀은 개인투자자뿐만 아니라, 생명보험회사, 연금기금(pension fund), 해외투자자 사이에서도 인기가 있다. ~ ***REIT*** 모기지리트 ¶ The *mortgage REIT* invests in loans secured by real estate. These mortgages either may be originated and underwritten by the real estate investment trust or the REIT may purchase preexisting secondary mortgages. The funds the REIT invests may come from either shareholder equity capital or debt borrowed from other lenders. *Mortgage REITs* earn income from the interest they are paid and fees generated. This net income is generated from the excess of their interest and fee income and their interest expense and administrative fees. The other kind of real estate investment trust – called an equity REIT – takes an ownership position in real estate, as opposed to acting as a lender. Some REITs, called hybrid REITs, take equity positions and maker mortgage loans. 모기지리트는 부동산담보 대출채권에의 투자를 이른다. 부동산투자신탁(real estate investment trust: REIT) 자체가 신규로 모기지담보 대출(mortgage)을 공여한다든지, 인수한다든지 하는 경우도 있는가 하면, 기존의 부동산대출채권을 유통시장(secondary market)에서 구입할 수도 있다. 모기지리트의 자금원(源)은 주주의 주식자본의 경우도 있는가 하면, 차입에 의한 경우도 있다. 모기지리트의 수입원(收入源)은 대출이자나 수수료이며, 수취이자 수입과 수수료 수입에서 지급이자와 관리수수료를 공제한 분이 순익이 된다. 다른 1종의 리트로서, 소유형 리트(equity REIT)라고 하는 것이 있지만, 이것은 대여자의 입장이 아니라, 부동산의 소유자의 입장을 취한다. 그 중에는 하이브리드리트(hybrid REIT)라고 하여, 출자와 부동산모기지 대출의 양쪽을 취하는 혼합형도 있다. ~ ***serving*** 모기지서비스업무 ¶ *Mortgage serving* is administration of a mortgage loan, including collecting monthly payments and penalties on late payments. keeping track of the amount of principal and interest that has been paid at any particular time, acting as escrow agent for funds to cover taxes and insurance, and, if necessary, curing defaults and foreclosing when a homeowner is seriously delinquent. For mortgage loans that are sold in the secondary market and packaged into a mortgage-backed certificate the local bank or savings and loan that originated the mortgage typically continue serving the mortgages for a fee. 모기지서비스업무는 모기지담보론(mortgage loan)의 관리서비스를 말하고, 매월의 상한액이나 연체 과징금의 징수, 지급원리금액의 관리, 결제 대행자(escrow agent)로서 세금이나 보험금의 지급을 한다. 주택소유자가 연체를 계속하는 경우에는, 필요에 따라 채권불이행(default) 대책을 취한다든지, 모기지물건의 처분을 한다. 유통시장(secondary market)에서 매각되어 모기지 담보증권(mortgage-backed certificate)으로서 패키지화된(packaged) 모기지론은 당초에 그러한 모기지 담보론을 공여한 지방은행이나 저축대출기관이 계속해서 회수업무를 수수료 받고 인수하는 경우가 많다. ~ ***swap*** 모기지스왑 ¶ *Mortgage swap* is swap designed to obtain the same result as the holding of mortgage certificate. 모기지스왑은 모기지증서(證書)의 보유와 같은 결과가 얻어지도록 고안된 스왑이다. ***underlying*** ~ 선위(先位) 모기지 ¶ *Underlying mortgage* is first mortgage when there is a wraparound mortgage. A wraparound mortgage for $100,000 might include a $60,000 underlying first mortgage in its balance, so the additional money provided by the wrap is $40,000. 선위 모기지는 포괄 모기지가 있는 경우에 1번 모기지를 말한다. 10만 달러의 포괄 모기지는 그 잔액에 6만 달러의 순위 1번 모기지를 포함할지도 모르고, 그래서 랩에 의해서 준비된 추가금은 4만 달러인 셈이다.

Ⓥ 모기지에 넣다 ¶ a *mortgaged* property 모기지부동산

mortgagee 모기지 채권자, 모기지권자 ¶ The *mortgagee* is one who holds a lien on property or title to property as security for a debt; lender with collateral. 모기지권자는 부동산에 리엔 또는 채무에 대한 담보조로 부동산의 권원을 보유하고 있는 자이다. 즉, 담보를 잡은 대여자인 것이다.

mortgagor; mortgager 모기지 설정자 ¶ The *mortgagor* is a borrower in a mortgage contract who mortgages the property in exchange for a loan and gives the title to the property to the mortgagee. 모기지 설정자는 대출과 상환으로 부동산에 모기지를 설정하여 모기지권자에게 그 부동산의 권원(title)을 부여한다는 모기지 계약상 차입자(借入者)이다.

Moscow Interbank Currency Exchange (MICEX) 모스크바은행간 통화거래소 ¶ Established in 1992 to handle currency transactions from former Gosbank of the USSR, the *Moscow Interbank Currency Exchange* (*MICEX*) is the largest, most liquid, and best organized financial exchange in Russia. It is the model for the nation-wide system of currency, equity, and derivatives trading spanning Russia's eight main financial centers. The *MICEX* Group includes the *MICEX* Stock Exchange, the *MICEX* Settlement House, the National Depositary Center, and regional exchanges. Since 1997, the *MICEX* has calculated the *MICEX* Index, which is the leading Russian stock market indicator. *MICEX's* electronic trading and depository system links more than 1,500 remote workstations installed in banks and other financial institutions in 50 cities in Russia and abroad to the exchange. More than 270 broker systems are connected to the *MICEX* trading system, which serves clients via the Internet; about 50% of securities transactions are conducted through the Internet. The year 2004 marked the completion of the formation of a unified national currency market in Russia, with the unification of the Russia Unified Trading Session (UTS) and the System of Electronic Lot Trades (SELT). 구소

련의 고스뱅크(Gosbank)의 통화거래업무를 인계하는 것을 목적으로 1992년에 설립된 모스크바은행간 통화거래소는 가장 유동성(liquidity)이 높고, 또 가장 조직화된 러시아 제1의 금융상품거래소이다. 그 거래소는 통화, 주식, 파생상품(derivatives)에 관하여 러시아의 8개의 지역의 금융센터를 커버하는 전국규모의 모형시스템으로 되어 있다. MICX그룹에는, MICX증권거래소, MICX결제기관, MICX예탁선터, 지역의 거래소 등이 포함된다. 1997년 이래 MICX는 러시아의 주요한 주식지수인 MICX지수(MICX Index)를 산출하고 있다. MICX전자거래・예탁시스템은 러시아내외의 50개 도시에 있는 은행 등의 금융기관에 설치되고 있는 1,500개를 넘는 단말기와 증권거래소에 링크하고 있다. 270개를 초과하는 증권회사의 시스템이 MICX거래시스템에 연결되고 있고, 인터넷을 통해서 고객에게 서비스를 제공하고 있다. 증권거래의 약 50%가 인터넷에서 거래되고 있다. 2004년에는 Russia Unified Trading System (UTS)와 System of Electronic Lot Trades (SELT)를 통합하여, 국가의 공통통화마켓의 형성을 만들었다.

most 가장 큰, 최고의 ¶ the *most* advanced countries 최선진국 /the *most*-favored-nation clause 최혜국조항 /the *most*-favored-nation treatment 최혜국대우 /the *most* significant digit 최상위의 숫자 ***most active list*** 대형종목리스트 ¶ The *most active list* is stocks with the most shares traded on a given day. Unusual volume can be caused by takeover activity, earnings release, institutional trading in a widely held issue, and other factors. 대형종목리스트는 1일의 거래일로 가장 많이 매매된 주식을 이른다. 통상적으로 발생하지 않는 상거래는 기업매수(takeover)활동, 수익의 공표, 부동주주가 많은 종목에의 기관투자자 측의 매입 등의 요인으로 일어난다.

motion 운동, 신청(申請), 동의(動議) ¶ *motion* study 동작연구 /constant repetitive *motion* 끊임없는 반복운동 /The new tax system has not been set in *motion*. 그 새로운 세제(稅制)는 아직 시행되고 있지 않는다. /The *motion* was defeated by a single vote. 그 동의는 겨우 한 표의 차로 부결되었다.

motivation 동기부여, 유인(誘因) ¶ Such a low pay does not provide much *motivation*. 이와 같은 낮은 임금으로는 그다지 일할 동기부여를 일으키지 않는다. /Depression can cause a lack of *motivation* to poor work habits. 우울한 상태가 되면 의욕이 없어져서 충분히 일할 맛이 없게 된다.

motive 동기, 목적 ¶ diagnose the underlying *motive* 잠재적인 동기를 규명하다 /Some such *motive* must have led him to do it. 무엇인가 그러한 동기가 그에게 그것을 하게 한 것에 틀림없다. /the prime *motive* 주요한 동기 /My immediate *motive* was fear. 나의 직접적인 동기는 공포였다. /an impelling *motive* 추진력 /an impure *motive* 불순한 동기 /a financial *motive* 재정적인 동기

motor 모터, 전동기, 원동력 ¶ activate a *motor* 모터를 작동시키다 /The *motor* has not warmed up yet. 엔진이 아직 더워지고 있지 않다. /The *motor* went into reverse. 그 모터는 역회전을 시작하였다.

MOU → **m**emorandum **o**f **u**nderstanding [약] 양해각서 → letter of intent [(정식계약전의) 의사통지서].

movable ⓐ 가동성의, 동산의 ¶ a *movable* band 무버블밴드(특정한 외환평가 또는 기준환율의 상하에 변동폭을 설정하는 외환율) /a *movable* estate 동산 /a *movable* exchange 변동환율

ⓝ (*pl.*) 동산가재(家財)

movement 움직임, 보조 ¶ *Movement* is: (1) price changes or fluctuation in a market. For example, the stock market is described as having a strong upward or downward movement in a particular trading day or period. (2) political action. 움직임은 (1) 시장에서의 가격변화나 변동이다. 예를 들면, 주식시장이 특정한 거래일이나 기간에 강한 등락 또는 하락을 하고 있는 것으로 표현되는 경우이다. (2) 정치활동이다. /stock *movement* 주식의 움직임

moving average 이동평균치 ¶ *Moving average* is average of security or commodity prices constructed on a period as short as a few days or as long as several years and showing trends for the latest interval. For example, a thirty-day moving average includes yesterday's figures; tomorrow the same average will include today's figures and will no longer show those for the earliest day included in yesterday's average. Thus every day it picks up figures for the latest day and drops those for the earliest day. See also momentum indicators; 200-day moving average. 이동평균치는 유가증권 또는 상품가격의 일정 기간의 평균치를 이른다. 2~3일이라는 단기간에서 수년이라는 장기간에 걸쳐서 산출되는 평균치로, 최신의 시세동향을 나타낸다. 예컨대, 30일간 이동평균치에는 어제의 수치가 포함되지만, 내일이 되면 오늘의 수치가 들어가서 어제의 평균치에는 포함되어 있던 최초의 날의 수치는 대상 외가 된다. 이와 같이 매일 최신의 수치가 늘어나서, 최초의 날의 수치는 제외된다. momentum indicators(모멘텀지표); 200-day moving average(200일 이동평균치)도 참조할 것. /a 200-day *moving average* 200일간 이동평균치 ***moving average convergence/divergence* (*MACD*)** 이동평균수속(收束)확산법 ¶ *Moving average convergence/divergence* (*MACD*) is technical analysis oscillator developed by Gerald Appel that measures overbought and oversold conditions. *MACD*, informally called "MacD," uses three exponential moving averages: a short one, a long one, and a third that plots the moving average of the difference between the other two and forms a signal line on an *MACD* graph. (*MACD* is usually shown as a histogram, which plots the difference between the signal line and the *MACD* line). Trend reversal are signaled by the convergence and divergence of these moving averages. A positive breakout occurs when the histogram crosses the zero line upward (a buy signal) and a negative breakout occurs when the histogram crosses the zero (equilibrium) line downward (a sell signal). One of the most popular *MACDs* is the 8/17/9 *MACD*. On a daily *MACD*, the short moving

이동평균치(moving average)

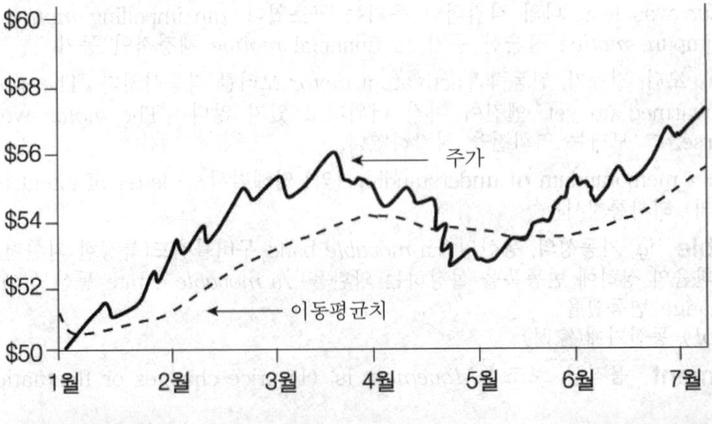

average would be 8 days, the long one 17 days, and the signal line 9 days. On a weekly *MACD*, the same numbers would refer to weeks instead of days. See also momentum indicators. 이동평균수속(收束)확산법은 제럴드 애펠(Gerald Appel)이 고안한 테크니컬 분석(technical analysis)오실레이터로, 매입초과(overbought)와 매도초과(oversold)의 상황을 파악하는 것이다. 이 MACD는 통칭 마크D라고 하며, 3개의 이동평균(moving average)지수를 사용한다. 단기와 장기, 그리고 이러한 2개의 이동평균가격차를 나타내는 것의 3개이고, MACD그래프 위에 꺾은 선그래프(시그널라인)로 나타낸다. (MACD는 통상 막대그래프로 나타내는 것에서 이 시그널라인과 MACD그래프와의 차를 간파할 수 있다.) 이러한 이동평균치의 수속(收束)이나 확산을 봄으로써, 채권시세의 반전을 예측할 수 있다. 요컨대 막대그래프가 제로(균형)라인을 상회하면(매입사인) 주가상승에의 반전(breakout)을 나타내고, 반대로 하회하면(매도사인) 주가하락에의 반전을 의미한다. MACD 중에서도 잘 이용되는 것의 하나로 8/17/9 MACD가 있다. 매일의 MACD위에서, 단기의 이동평균치가 8일간, 장기가 17일간으로, 그 차인 9일간의 시그널라인을 표시하는 것이고, 주(週)단위의 MACD위에서는, 각각 8주간, 17주간, 9주간의 가격으로 표시된다. momentum indicators(모멘텀지표)도 참조할 것.

M/R → **m**ate's **r**eceipt [약] 본선수취증(本船受取證), 선원수취증 ¶ *M/R* is an acronym for mate's receipt, which is a receipt issued by a deck officer on a merchant ship acknowledging receipt of cargo. This form of receipt is normally seen in instances where cargo is being shipped via chartered vessel. M/R은 Mate's Receipt(본선수취증)의 머리글자에서 따온 약어로, 하물이 수취를 인정하는 상선의 갑판해원(海員)이 발행한 수취증(a receipt)을 의미한다. 수취증의 양식은 하물이 용선선박을 통해서 선적되고 있는 경우에 보통 드러난다.

MRO → **m**aintenance **r**epair **o**peration [약] 소모성 자재구매대행 ¶ *MRO* is an acronym for maintenance repair operation, which is an agency industry for the purchase and maintenance of materials for consumption such as stationaries and tools. From the renovation of management such as a cost-cutting move since 2000, *MRO* markets have come from what large companies have cast away the departments of such business. As there is an advantage that it is possible to cut down on inventory cost and to heighten the transparency of purchases, companies and public institutions are increasing the use of *MRO*. The market scale of 10.5 trillion won of 2004 grew up to the market of 23 trillion won last year. MRO(소모성 자재구매대행)은 Maintenance Repair Operation의 머리글자에 따온 머리글자로, 문구 및 공구와 같은 소비성 자재의 구매·유지의 대행업이다. 2000년 이후 비용절감 등 기업의 경영혁신의 차원에서 대기업이 해당 사업부문을 떼 내면서 MRO시장이 생겼다. 재고비용을 줄이고 구매투명성을 높인다는 장점 때문에 기업과 공공기관의 MRO 이용이 늘고 있다. 2004년 10조5,000억원이던 시장규모가 지난해 23조원까지 커졌다.

MTL (ISO) code Malta – currency Maltese lira. ¶ MTL (국제표준기구) 약호 말타(Malta) — 화폐 말타 리라(lira).

MTN 미디엄텀 노트 ¶ The *MTN* comes from initials standing for medium-term (5-10-year) notes that are issued by corporations and distributed by investment banks acting as agents, similar to shorter-term commercial paper. 미디엄텀 노트는 medium-term notes(기간이 5년에서 10년의 중기사채)의 약어로, 기업이 발행하고, 투자은행(investment banker)이 대리인(agent)으로서 판매하는 중기사채를 이른다. 단기커머셜페이퍼와 유사하다.

MUD 지방공공사업체 ¶ The *MUD* is an acronym for municipal utility district, a political subdivision that provides utility-related services and may issue special assessment bonds. MUD는 municipal utility district(지방공공사업체)에서 따온 머리글자로, 공공사업관련의 서비스를 제공하는 지방공공단체를 가리키며, 특별과세채(特別課稅債)(special assessment bond)를 발행하는 경우도 있다.

mudaraba [아랍] 무다라바 ¶ The *mudaraba* is form of silent partnership used in Islamic finance. See also musharaka. 무다라바는 이슬람 금융에서 이용되는 익명의 파트너십을 말한다. musharaka(무샤라카)도 참조할 것.

multi- *pref.* 다수의, 다종의, 다면적인 ¶ *multi*-bank holding company 복수은행지주회사 /*multi*-currency 다종통화 /*multi*-currency bond 복수통화채(債) /*multi*-currency clause 다종통화선택조항 /*multi*-currency intervention 복수통화개입 /*multi*-currency loan 복수통화론 /*multi*(-)million 수백만(달러, 파운드) /*multi*(-)national 다국적의 /*multi*national accounting 다국적기업회계 /*multi*(-)national bank 다국적은행(consortium bank) ***multi(-)national corporation [enterprise, company]*** 다국적기업 ¶ The *multinational corporation* is a corporation that has production facilities or other fixed assets in at least one foreign country and makes its major management decisions in a global context. In marketing, production, research and development, and labor relations, its decisions must be made in terms of host-country customs and traditions. In finance, many of its problems have no domestic counterpart – the payment of dividends in another currency, for example, or the need to shelter working capital from the risk of devaluation, or the choices between owning and licensing. Economic and legal questions must be dealt with in drastically different ways. In addition to foreign exchange risks and the special business risks of operating in unfamiliar environments, there is the specter of political risk – the risk that sovereign governments may interfere with operations or terminate them altogether. 다국적기업이란 1개 국가 이상의 외국에 생산설비 등의 고정자산(fixed assets)을 가지고, 중요한 경영의 의사결정을 글로벌베이스로 행하는 기업을 말한다. 마케팅, 생산, 조사・개발(research and development)이나 노사관계에 있어서, 진출기업은 수입국(輸入國)의 습관이나 전통을 고려하여 의사결정을 해야 한다. 재무면에서는, 국내에서는 예를 볼 수 없는 많은 문제, 예컨대 상대국통화에 의한 배당의 지급, 평가절하(devaluation) 리스크에 대한 운전자금확보의 필요성, 소유할 것인가 라이센스 계약으로 할 것인가의 선택 등이 있다. 경제적・법적 문제에 관하여도, 자국과는 전혀 다른 방법으로 대처할 필요가 있다. 외국환 리스크나 익숙하지 않은 환경에서 비즈니스를 행할 때의 특별한 리스크뿐만 아니라, 정치적 리스크, 말하자면 정부에 의한 사업방해나 정지명령 등의 리스크가 있다.

multifactor model [영] 복수요인 모형 ¶ The *multifactor model* is a type of mathematical model used in the pricing of interest rate derivatives in which all of the uncertainty related to the future movement of interest rates is captured by two or more factors. The factors vary by model and may include a short-term real interest rate and inflation, a short-term rate and a long-term rate, a short-term rate and a mean-reverting drift parameter, a short-term rate and a volatility parameter, and so forth. See also forward rate model; short rate model; single factor model. 복수요인 모형은 금리의 장래변동과 관계가 있는 모든 불확실성은 2 이상의 요인에 의해서 손에 잡힌다는 금리파생상품의 가격결정에 사용되는 수학적 모형의 종류이다. 그 요인은 모형에 따라 변화하고 단기실제 금리와 인플

레이션, 단기금리와 장기금기, 단기금리와 평균회귀표류변수(mean-reverting drift parameter), 단기금리와 가격변동변수 등을 포함할 수 있다. forward rate model(선도금리 모형); short-term model(단기금리모형); single factor model(단일요인모형)도 참조할 것.

multilateral 다면적인, 다각적인 ¶ a *multilateral* adjustment of exchange rate 다각적인 환율조정 /*multilateral* payments agreement 다각결제제도 /*multilateral* trade 다각무역 ***multilateral netting*** [영] 다각적 네팅 ¶ The *multilateral netting* is a form of netting between three or more counterparties. Since it involves more than two institutions, such netting is often carried out by an independent clearinghouse or exchange. See also bilateal netting. 다각적 네팅은 3 이상의 거래상대방간에 체결되는 하나의 네팅을 말한다. 그것은 2 이상의 기관이 관련되기 때문에, 그러한 네팅은 독립된 청산기관이나 거래소에 의해서 실행되기도 한다. bilateral netting(상대네팅)도 참조할 것.

multiline policy [영] 다종목(多種目)보험계약 ¶ The *multiline policy* is an insurance contract that covers multiple perils within the commercial lines areas. The standard *multiline policy* contains common policy declarations and conditions and details on specific coverages, each with their own declarations and coverage forms. If a loss occurs in any of the mentioned perils, the insured is covered to a net amount that reflects a deductible and policy cap. Also known as mixed peril contract, package policy. See also monoline policy; multiple peril policy. 다종목보험계약은 기업물건보험영역(commercial line areas) 내에서 복합위험(multiple perils)을 커버하는 보험계약을 말한다. 표준다종목보험계약에는 특정한 보험보장에 관한 신고(declarations)와 조건과 상세함(details)이 포함되며, 신고와 보험보장의 형식이 각각 다르다. 만약 전술한 복합위험 중에서 위험이 발생하면, 피보험자는 공제항목과 보험금한도를 반영하는 순금액으로 보상받는다. 이는 mixed peril contract(혼합위험보험), package policy(패키지보험)로도 알려져 있다. monoline policy(전문보험계약); multple peril insurance(복합재해보험)도 참조할 것.

multimodal [combined] transport 복합운송 ¶ The *multimodal transport* is a transportation that includes at least two methods of transport, such as shipping by rail and by sea. 복합운송은 철도와 해상에 의한 운송과 같이, 적어도 2종의 운송이 포함되는 운송을 말한다.

multiperiod portfolio optimization [영] 다기간 포트폴리오 최적요건 ¶ The *multiperiod portfolio optimization* is a multiple period optimization process based on mean variance analysis that is designed to identify the best-performing portfolio for a given level of risk. Analytically more complex than the single-period approach, the inputs into the process include the arithmetic mean return of each asset in the portfolio, the variance of each asset, and the variance/covariance matrix between the assets. The resulting output is the arithmetic mean efficient frontier. Alternatively, the full historical market data set can be used as an input, and the resulting output will take the form of a geometric means efficient frontier. See also Markov porfolio optimization. 다기간 포트폴리오 최적요건은 일정한 수준의 위험에 대처하여 최고로 이행하는 포트폴리오를 확인하려고 하는 평균분산분석(mean variance analysis)에 기초한 다기간 포트폴리오 최적화과정을 말한다. 분석적으로는 단일기간 방법론보다 더 복잡하지만, 그 과정에의 투입(input)에는 포트폴리오에 있는 각 자산의 산술평균수익, 각 자산의 분산 및 자산간의 분산/공분산 모형(母型, matrix)이 포함된다. 결과적으로 생기는 산출

(output)은 산술평균 유효프론티어(arithmetic mean efficient frontier)이다. 그 대신에, 완전한 과거의 시장데이터 집합(set)은 투입으로 이용될 수 있고, 그 결과로서 생기는 산출은 기하학적 평균유효프론티어(geometric means efficient frontier)의 형태를 취한다. Markov portfolio optimization(마코브 포트폴리오 최적요건)도 참조할 것.

multiple ⓐ 다수의, 배수(倍數)의 ¶ *multiple* 승수(乘數) → price-earning ratio (주가수익률). /in *multiple* of $ one million 백만 달러의 배수로 /*multiple* banking 다종(多種)은행업무(department store banking) /*multiple* component facility (MCF) 은행이 차입자에 대해서 신용공여범위를 설정하고, 그 범위 내에서 차입자가 행하는 자금조달을 보증하는 것 /*multiple*-currency bond 다종통화선택조항부 사채(社債) /*multiple* creation of deposit 은행의 예금창출 /*multiple* currency accounting 다국[종]통화회계 /a *multiple* currency standard 다종통화본위제 /*multiple* exchange rate 복수환율 /*multiple* rate of exchange 복수환율 ***multiple barrier option*** [영] 다수장애옵션 ¶ The *multiple barrier option* is an over-the-counter complex option package that contains at least two barrier options that create or extinguish an underlying European option. Sine the *multiple barrier option* has two barriers the probability of knock-in or knock-out increases. See also twin-in barrier option; twin-out barrier option. 다수장애옵션은 기초유럽형 옵션을 창출하거나 소멸시키는 적어도 2개의 장애옵션을 포함하는 장외거래의 복잡한 옵션패키지이다. 다수장애옵션은 2개의 장애를 가지지 않고 녹인(knock-in) 또는 녹아웃(knock-out)의 확률은 증가한다. ~ ***listing*** 공동중개 ¶ The *multiple listing* is a listing agreement used by a broker who is a member of a *multiple-listing* organization that is an exclusive right to sell with an additional authority and obligation on the part of the listing broker to distribute the listing to other brokers in the organization. These listings then are distributed in a multiple-listing service publication. Generally, the listing broker and the selling broker will split the commission, but terms for division can vary. A *multiple-listing* agreement benefits the seller by exposing his property to a wider group of potential buyers than would be available from one exclusive broker, which should allow the sale to be completed more quickly, and for a higher price. The *multiple-listing* service, however, has come under close scrutiny by consumer groups and justice departments for alleged antitrust practices. 공동중개는 공동중개서비스단체에 소속하는 부동산중개업자가 사용하는 계약서로, 도급(都給)의 부동산중개업자는 독점판매권과 동시에, 공동중개조합의 다른 부동산중개업자에게 당해 물건리스트를 제공한다고 하는 부가적인 권한과 의무가 있음을 결정하고 있다. 이러한 물건리스트는 물건정보데이터베이스를 통해서 제공된다. 도급중개업자와 판매중개업자는 수수료를 분할하는 것이 일반적이지만, 분할조건은 변경할 수 있다. 매도인의 자산이 1인의 독점적 중개업자를 통해서 행해지는 것에 비하여, 공동중개약정에서는, 대상물건이 보다 많은 잠재적 매수인에게 공개된다. 이 때문에 매도인에게는 매매계약을 빨리 그리고 값비싸게 성립시킬 수 있다고 하는 메리트가 있다. 그러나 독점금지법위반의 의심도 있다고 하여, 소비자그룹이나 미법무부가 공동중개서비스를 엄하게 조사, 감독하고 있다. ~ ***option facility*** **(*MOF*)** [영] 다수옵션제도 ¶ The *multiple option facility* (*MOF*) is a medium-term Euronote facility that allows an issuer to access funds in a range of currencies, reference interest rate. and maturities. The range of options available to the borrower are contained within the *MOF* agreement. 다수옵션제도는 발행자가 통화, 기준금리 및 만기의 범위에서 펀드에 접근할 수 있는 유로중기채(債)이다. 차입자가 이용할 수 있

는 옵션의 범위는 다수옵션제도협정 내에 포함된다. ~ ***peril insurance*** 복합재해보험 ¶ The *multiple peril insurance* is a policy that incorporates several different types of property insurance coverage, such as flood, fire, wind, etc. In its broadest application, the term is synonymous with all-risks insurance, which covers loss or damage to property from fortuitous circumstances not specifically excluded from coverage. 복합재해보험은 수해, 화재, 풍해 등에 적용되는 손해보험을 여러 종류 편성한 보험계약을 말한다. 광의로는, 전위험담보보험(all-risks insurance)과 같은 의미로 이용되고, 특별히 대상 외로 되지 않는 한, 불측의 사태로 인하여 재산이 입는 손실이나 손해를 전부 부보한다. ~ ***strike option*** [영] 다수행사옵션 ¶ The *multiple strike option* is an over-the-counter complex option that grants the buyer a payoff based on the best or worst performing of a series of assets, each with a specific strike price. Option references may be drawn from the same, or different, asset classes/markets. See also multi-index option. 다수행사옵션은 각 자산이 특유한 행사가격을 가지는 일련의 자산이 최고로 집행되거나 최악으로 집행되는 것에 근거를 두는 지급금을 매수인에게 주는 장외거래의 복잡한 옵션을 말한다. 옵션의 대상은 동일한 또는 상이한 자산의 종류/시장에서 끌어낼 수 있다. multi-index option(다수인덱스옵션)도 참조할 것. ~ ***trigger*** [영] 복합트리거보험상품 ¶ The *multiple trigger product* is an insurance policy that provides the insured with a compensatory payment only if multiple events occur (i.e., two or more triggers are breached). Since the probability of several events happening simultaneously is lower than the probability of single event occurrence, the protection provided through the *multiple trigger* product is generally cheaper than it is for a standard single trigger contract. Since *multiple trigger* products can be structured to protect against different dimensions of risk, they are frequently applied in the management of volumetric risk, which is driven by both volume and price factors. See also dual trigger; tripple trigger. 복합트리거보험상품은 복합해약사유가 발생하는 경우에만 피보험자에게 보상금(compensatory payment)을 제공하는 보험계약을 말한다. 동시다발적으로 일어나는 여러 해약사유의 확률은 단일의 해약사유의 발생보다 낮기 때문에, 복합트리거보험상품에 통해서 제공되는 보험보호는 일반적으로 표준적인 단일트리거보험계약보다 저렴하다. 복합트리거보험상품은 상이한 차원의 리스크에 대해서 보호하기 위하여 구조화될 수 있기 때문에, 그것은 자주 용적상의 위험의 관리에 적용되기도 하며 이는 용적과 가격요인에 조정된다. dual trigger(이중트리거); tripple trigger(삼중트리거)도 참조할 것.

n. 배수(倍數)

multiplicand 피승수(被乘數), 곱힘수 (*cf.*) multiplier 승수

multiplication 승산(乘算) ¶ *multiplication* sign 곱셈기호 (×) /*multiplication* table 곱셈표(영미에서는 12×12=144이다)

multiplier 승수(乘數) ¶ The *multiplier* has two major applications in finance and investments. (1) investment *multiplier* or Keynesian *multiplier*: multiplies the effects of investment spending in terms of total income. An investment in a small plant facility, for example, increases the incomes of the workers who built it, the merchants who provide supplies, the distributors who supply the merchants, the manufacturers who supply the distributors, and so on. Each recipient spends a portion of the income and saves the rest. By making an assumption as to the percentage each recipient saves, it is possible to calculate the total income producted by the investment. (2) deposit *multiplier* or credit *multiplier*: magnifies small changes in bank deposits into changes in the amount of outstanding credit and the money supply. For example, a bank receives a deposit of $100,000, and the reserve requirements is 20%. The bank is thus required to keep $20,000 in the form of reserves. The remaining $80,000 becomes a loan, which is deposited in the borrower's bank. When the borrower's bank set aside the $16,000 required reserve out of the $80,000, $64,000 is available for another loan and another deposit, and so on. Carried out to its theoretical limit, the original deposit of $100,000 could expand into a total of $500,000 in deposits and $400,000 in credit. 승수(乘數)는 재정과 투자에서 주로 사용된다. (1) 투자승수(investment *multiplier*) 또는 케인즈 승수(Keynesian *multiplier*): 총소득(total income)에 가져오는 투자지출효과를 배증(倍增)하는 것이다. 예를 들면, 소규모 공장의 설비투자는 그 건설노동자, 자재의 소매업자, 소매업자에 공급하는 도매업자, 도매업자에 공급하는 메이커 등의 소득을 증가시킨다. 각자가 소득의 일부를 지출하고, 나머지를 저축한다. 각 소득자는 저축하는 비율을 가정하는 것에서 투자로 인하여 생긴 총소득의 산출이 가증하게 된다. (2) 예금승수(deposit *multiplier*) 또는 신용승수(credit *multiplier*): 예금량의 조그만한 변화가 융자잔액과 머니서플라이(money supply)의 커다란 변화를 가져온다는 것이다. 예를 들면, 은행이 100,000달러의 예금을 받고, 예금준비율(reserve requirement)이 20%라면, 그 은행은 20,000달러를 준비금의 형식으로 보유한다. 나머지 80,000달러가 대출금이 되어 차입자의 은행에 예금된다. 차입자 측의 은행은 그 중의 16,000달러를 소요준비금으로 하고, 나머지 64,000달러를 다른 대출금이나 은행예금으로 돌린다. 이와 같이 해서, 이론상의 한도까지 계속된다면, 최초의 100,000달러는 총계 500,000달러의 머니서플라이와 400,000달러의 융자액을 창조하게 된다. /*multiplier* effect 승수효과

multiply 늘리다, 증가시키다, 곱하다 ¶ *multiply* one number by another 어느 수에 다른 수를 곱하다 /It *multiplied* five times. 5배로 늘었다. /One's cares *multiply* as one get older. 나이가 들면서 고생이 는다.

multiplying 중복하는, 복합하는

multirisk product [영] 복합위험 보험상품 ¶ The *multirisk product* is an insurance policy that combines mutiple risks in a single structure, allowing the client to obtain a consolidated, and often cheaper and more efficient, risk management solution. See also multiple peril insurance; multiple trigger product. 복합위험 보험상품은 복합위험을 단일구조에 결합하는 보험증권으로, 이것은 고객이 종합적이고 종종 더 저렴하고 더 효율적인 위험관리해결책을 얻게 할 수 있다. multiple peril insurance(복합재해보험); multiple trigger product(복합트리거 보험상품)도 참조할 것.

multitrading facility [영] 다수거래시설 ¶ The *multitrading facility* is any alternative or electronic exchange for trading of securities, permissible in Europe under the markets in Financial Instruments Directive. 다수거래시설은 금융증권지침에서 인정되는 시장에서 유럽에 허용될 수 있는 증권의 거래를 위한 대체거래소(alternative exchange) 또는 전자거래소(electronic exchange)를 말한다.

Muni 뮤니 ¶ The *Muni* is a popular designation for a municipal security, especially a municipal bond. 뮤니는 주(州)발행의 증권의 애칭이다. 특히 지방채(municipal bond)를 가리키는 경우이다.

municipal 지방자치의, 시영(市營)의 ***municipal* [*prefectural*] *bond*** (주 · 지방자치단체가 발행하는) 지방채(地方債) ¶ The *municipal bond* is a debt obligation of a state or local government entity. The funds may support general governmental needs or special projects. Prior to the Tax Reform Act of 1986, the terms municipal and tax-exempt were synonymous, since virtually all municipal obligations were exempt from federal income taxes and most from state and local income taxes, at least in the state of issue. The 1986 Act, however, divided municipals into two broad groups: (1) public purpose bonds, which remain tax-exempt and can be issued without limitation, and (2) private purpose bonds, which are taxable unless specifically exempted. The tax distinction between public and private purpose is based on the percentage extent to which the bonds benefit private parties; if a tax-exempt public purpose bond involves more than a 10% benefit to private parties, it is taxable. Permitted private purpose bonds (those specified as tax-exempt) are generally tax preference items in computing the alternative minimum tax, and effective August 15, 1986, are subject to volume caps. 지방채(債)는 주・지방자치단체발행의 채무(debt obligation)를 말한다. 이 자금은 지방정부의 일반재원이나 특별프로젝트재원에 충당될 수 있다. 1986년의 세제개혁법(Tax Reform Act of 1986) 이전에는, 지방채와 면세채(免稅債)(tax-exempt bond)는 동의어처럼 사용되고 있었다. 이것은 모든 지방채는 연방소득세(federal income taxes)가 면제되고 있고, 그리고 많은 경우, 적어도 발행한 주에 있어서 주・지방소득세가 사실상 면제되고 있었던 것이다. 그러나, 1986년의 법에 의하여, 지방채는 다음과 같이 크게 2가지로 분류된다. (1) 비과세로 무제한으로 발행할 수 있는 공공목적채(public purpose bonds), (2) 특별히 허가되고 있지 않는 한, 과세대상이 되는 비공공목적채(private purpose bonds)이다. 공공목적채와 비공공목적채의 과세상의 구별은 채권발행자금사용용도가 민간업자에게 어느 정도 이익을 가져오는가에 결정된다. 공공목적채라고 하더라도, 민간업자에게 10% 이상의 이익을 가져오는 경우에는 과세취급이 된다. 비과세취급이라 하여 특별한 인가 받은 비공공목적채는 대체미니멈세(alternative minimum tax)를 산정하는 경우에, 조세우대항목(tax preference items)이 되고, 또 1986년 8월 15일 이후 비과세취급의 비공공목적채의 발행액에 설정제한을 받는다. ~ ***bond insurance*** 지방채보험 ¶ *Municipal bond insurance* is policies underwritten by private insurers guaranteeing municipal bonds in the event of default. The insurance can be purchased either by the issuing government entity or the investor; it provides that bonds will be purchased from investors at par should default occur. Such insurance is available from a number of large insurance companies, but a major portion is written by the following "monoline" companies, so-called because their primary business is insuring municipal bonds: AMBAC Assurance Corporation (AMBAC); Assured Guaranty Corporation (AGC); CIFG Assurance North America (CIFG); Financial Security Assurance (FSA); National Insurance Company (FGIC); Financial Security Assurance (FSA); National Public Finance Guaranty Corporation; and Syncora Guarantee. Insured municipal bonds generally enjoy the highest rating resulting in greater marketability and lower cost to their issuers. 지방채보험은 채무불이행(default)에 빠진 지방채의 채무이행을 보증하는 보험으로, 민간보험회사가 인수한다. 이 보험은 발행단체(issuer)도 투자자도 구입할 수 있고, 지방채가 채무불이행에 빠진 경우, 액면(at par)으로 투자자로부터 매입하는 것을 보증한다. 이런 종류의 보험은 주요보험회사로부터도 구입할 수 있으나, 대부분은 지방채보증을 주된 업무로 하는 이하의 전문보험회사가 취급하고 있다. AMBAC Assurance Corporation (AMBAC); Assured Guaranty Corporation (AGC); CIFG Assurance North America (CIFG); Financial Security Assurance (FSA); National Insurance Company (FGIC); Financial Security Assurance (FSA); National Public Finance Guaranty Corporation; 및 Syncora Guarantee이다. 보험부 지방채는 일반적으로 투자자의 입장에서 본다면, 발행단체에게 드는 코스트도 적지 아니하다. 이것은 발행단체가 보험코스트를 투자자에게 전가하기 위함이다. 보험부 지방채에 특화하고 있는 단위형 투자신탁(unit investment trust)이나 뮤추얼펀드(mutual fund)도 있으나, 이러한 것도 이율(yield)이 다소 낮더라도 그래도 높은 안전성을 요구하는 투자자용으로 설정되고 있다. ~ ***convertible*** 지방전환채 ¶ The *municipal convertible* is a zero-coupon bond with the deep discount and volatility, but without the taxability, and that can be convertible into an interest-bearing security under certain conditions. See also zero coupon convertible security (meaning 2). 지방전환채는 높은 할인과 심한 변동성이 있는 제로쿠폰채(債)이지만, 과세대상은 아니고, 일정한 조건 아래에서 이자부 증권으로 전환될 수 있는 제로쿠폰채(債)이다. zero coupon convertible security(제로쿠폰전환사채) (의미 2)도 참조할 것. ~ ***improvement certificate*** 지방개수공사증서 ¶ The *municipal improvement certificate* is a certificate issued by a local government in lieu of bonds to finance improvements or services, such as widening a sidewalk, or installing a sewer, or repairing a street. Such an obligation is payable from a special tax assessment against those who benefit from the improvement, and the payments may be collected by the contractor performing the work. Interest on the certificate is usually free of federal, state, and local taxes. See also general obligation bond. 지방개수공사증서는 채권에 갈음하여 지방공공단체가 발행하는 증서로, 보도의 확정공사 · 하수도의 정비 · 도로의 보수라고 하는 개수(改修)나 서비스에의 자금조달을 목적으로 하여 발행된 증서이다. 이 증서의 상환은 개수공사로 인하여 은혜를 입은 자에게 드는 특별세로 행해지고, 공사의 도급업자가 회수하는 경우도 있다. 동 증서의 이자에는 통상 연방세, 주세(州稅), 지방세는 과세되지 않는다. general obligation bond [일반재원채(債)]도 참조할 것. ~ ***investment trust (MIT)*** 지방채투자신탁 The *municipal investment trust* (*MIT*) is a unit investment trust that buys municipal bonds and passes the tax-free income on to shareholders. Bonds in the trust's portfolio are normally held until maturity, unlike the constant trading of bonds in an open-ended municipal bond fund's portfolio. *MITs* are sold through brokers, typically for a sale charges of about 3% of the principal paid, with a minimum investment of $1,000. The trust offers diversification, professional management of the portfolio, and monthly interest, compared with the semiannual payments made by individual municipal bonds. 지방채투자신탁은 지방채(municipal bond)를 구입하는 단위형 투자신탁(unit investment trust)으로, 지방채로부터의 비과세소득은 그대로 MIT의 주주에 인도된다. MIT는 통상 만기일까지 채권을 보유한다. 지방채를 빈번하게 거래하고 있는 추가형(open-ended) 지방채투자신탁과는 대조적이다. MIT는 증권회사를 통해서 판매하여 통상 원금의 약 3%의 판매수수료(sales charge)가 청구되고, 최저투자액은 1,000달러이다. 지방채의 이자지급이 반년마다 지급되는 것에 비해서, 동 신탁의 메리트로서는 분산투자(diversification), 전문가에 의한 포트폴리오운용, 매월 지급의 금리수취를 들 수 있다. ~ ***note*** (주 · 지방자치단체가 발행하는) 지방채 ¶ In common usage, the *municipal note* is a municipal debt obligation with an original maturity of two years or less. 일반적인 의미로 지방채는 원래의 만기가 2년 이하의 지방채무증권(municipal debt obligation)이다. ~ ***revenue bond*** 지방특정재원채(財源債) ¶ The *municipal revenue bond* is a bond issued to finance public works such as bridges or tunnels or sewer systems and supported directly by the revenues of the project. For instance, if a *municipal revenue bond* is issued to build a bridge, the tolls collected from motorists using the bridge are committed for paying off the bond. Unless otherwise specified in the indenture, holders of these bonds have no claims on the issuer's other resources. 지방특정재원채(財源債)는 교량·터널·하수정비 등의 공공사업에의 융자목적으로 발행된 채권으로, 동 채권의 상환은 그 사업수익에서 직접 조달된다. 예를 들면, 교량의 건설을 위하여 발행된 지방특정재원채의 경우, 교량을 자동차로 이용하는 자로부터 징수한 통행료가 그 채권의 상환에 충당된다. 채권발행에 관련되는 신탁증서(indenture)에 명기되지 않는 한, 채권소유자에는 발행단체(issuer)가 소유하는 다른 자산에 대한 청구권은 없다. ***Municipal Securities Rulemaking Board*** 지방채규칙제정위원회 → sell-regulatory organization (SRO) (자율규제기구).

muniment (*pl.*) [법] 부동산권리증서 ***muniments of title*** 권원증서(權原證書) ¶ *Muniments of title* are documents such as deeds or titles proving ownership of property. 권원증서는 부동산의 소유권을 증명하는 날인증서(捺印證書) 또는 권원(權原)과 같은 문서이다.

MUR (ISO) code Mauritius – currency Mauritian rupee. ¶ MUR (국제표준기구) 약호 모리셔스 — 화폐 모리셔스 루피(rupee).

murabaha [아랍] 무라바하 ¶ The *murabaha* is a trust sale scheme used in Islamic finance, where a financing is structured as a credit sales contract with a markup over a negotiated invoice price. See also ijara; salam; sukuk. 무라바하는 이슬람 금융에 이용되는 트러스트매각제도이다. 즉 금융은 협상된 인보이스가격보다 가격인상의 신용매각계약으로서 구조화되고 있다. ijara(이자라); salam(살람); sukuk(수쿡크)도 참조할 것.

musharaka [아랍] 무샤라카 ¶ The *musharaka* is a form of simple partnership used in Islamic finance. See also mudaraba. 무샤라카는 이슬람 금융에서 이용되는 간단한 파트너십의 형태이다. mudaraba(무다라바)도 참조할 것.

mushroom company 포말(泡沫)회사

mutatis mutandis (L) (세부에 필요한 변경을 가하여) 준용(準用)하여 ¶ With the necessary changes in point of detail, *mutatis mutandis* means that matters or things are generally the same, but to be altered when necessary, as to names, offices, and the like. 세부적인 점에서는 필요한 변경을 가함으로써, mutatis mutandis는 사정이나 행위는 일반적으로 동일하지만, 필요한 경우 성명, 직책 등에 관해서 변경되어야 함을 의미한다.

mutilate (전문 등을) 삭제하여 불완전하게 하다, 오송(誤送)하다 ¶ *mutilated* bill 훼손지폐 /*mutilated* check 훼손수표 /*mutilated* currency 훼손통화 /*mutilated* telegram 문자화한 전보 ***mutilated security*** 훼손증권 ¶ The *mutilated security* is a certificate that cannot be read for the name of the issue or the issuer, or for the detail necessary for identification and transfer, or for the exercise of the holder's rights. It is then the seller's obligation to take corrective action, which usually means having the transfer agent guarantee the right of ownership to the buyer. 훼손증권은 증서명이나 발행단체의 명의, 본인확인이나 양도를 위한 필요사항, 또는 소유자의 권리 등에 관한 기술을 읽을 수 없는 증권을 말한다. 시정조치를 취하는 것은 매도인의 의무이고, 증권대행기관(transfer agent)에 매수인의 소유권에 대한 보증을 하게 한다.

mutilation 절단, (전문 등의) 실수, 문서훼손 ¶ the *mutilation* of the painting 그 그림의 훼손

mutual ⓐ 상호의, 상호회사조직의 ¶ *mutual* aid financing (상호부조방식의) 무진

(無盡)금융 /*mutual* association (저축조합 등의) 공제조합 /*mutual* company [corporation] 상호회사 (주식을 발행하지 않고 이익을 출자액에 비례하여 배분한다.) /*mutual* insurance 상호보험 /*mutual* loan and savings bank 상호은행 /*mutual* loan company 무진회사 /*mutual* stockholding 주식의 상호보유 /*mutual* trading credit 기업간신용 /*mutual* will 부처(夫妻)가 상호 재산을 유증하는 취지의 유언장

mutual association 상호조합 ¶ The *mutual association* is a savings and loan association organized as a cooperative owned by its members. Members' deposits represent shares, shareholders vote on association affairs and receive income in the form of dividends. Unlike state-chartered corporate S&Ls, which account for a minority of the industry, *mutual associations* are not permitted to issue stock, and they are usually chartered by the Office of Thrift Supervision (OTS) and belong to the Deposit Insurance Fund (DIF). Deposits are technically subject to a waiting period before withdrawal, although in practice withdrawals are usually allowed on demand. See also demutualization. 상호조합은 구성원이 소유하는 협동체로 조직화한 저축대출조합을 이른다. 구성원의 예금이 주식, 주주들의 조합사무에 관한 의결권을 나타내고, 배당금의 형식으로 수입을 받는다. 업계의 소수자를 대변하는 주정부의 인가를 받은 법인체의 저축대출조합(S&Ls)과는 달리, 상호조합은 주식의 발행이 허용되지 않으며, 통상 저축금융기관감독청(Office of Thrift Supervision)의 허가를 받아 예금보험기금(Deposit Insurance Fund: DIF)에 속한다. 예금을 실제로는 통상 요구가 있는 경우에 인출이 허용되더라도, 엄밀하게 말하면 인출에는 일정한 대기기간을 따라야 한다. demutualization(주식회사화)도 참조할 것. ~ ***company*** 상호회사 ¶ The *mutual company* is a corporation whose ownership and profits are distributed among members in proportion to the amount of business they do with the company. The most familiar examples are (1) mutual insurance companies, whose members are policy holders entitled to name the directors or trustees and to receive dividends or rebates on future premiums; (2) state-chartered mutual savings banks, whose members are depositors sharing in net earnings but having nothing to do with management; and (2) federal savings and loan associations, mutual associations whose members are depositors entitled to vote and receive dividends. 상호회사란 회사와의 비즈니스에 비례하여 회원간에서 소유권과 권리를 배분하는 법인을 말한다. 잘 알려진 예로서는, (1) 상호보험회사(mutual insurance companies): 보험계약자(policyholder)가 회원이 되어 이사(director) 또는 수탁자(trustee)의 지명권이나 장래의 프리미엄(보험료, premium)에서의 배당금 또는 환급금을 수취하는 권리를 가진다. (2) 주(州)인정의 상호저축은행(mutual savings banks): 예금자가 회원이 되어 순이익의 분배를 받지만, 회사의 운영에는 관여하지 아니한다. (3) 미연방저축대출조합(공제조합, mutual associations): 예금자가 조합원이 되어 의결권(voting right)과 배당금(dividend)을 수취할 권리를 가진다. ~ ***exclusion doctrine*** 상호면제이론 ¶ The *mutual exclusion doctrine* is a doctrine which established that interest from municipal bonds is exempt from federal taxation. In return for this federal tax exemptions, states and localities are not allowed to tax interest generated by federal government securities, such as Treasury bills, notes, and bonds. 상호면제이론은 지방채(債)(municipal bond)의 이자에는 미연방세가 면제된다는 이론이다. 연방세면제에 응하여, 주 및 지방자치단체는 미재무부증권(Treasuries) 등의 미연방정부증권(government securities)에서 생기는 이자에는 과세하는 것이 허용되지 않는다. ~ ***fund*** 뮤추얼펀드[오픈엔드형(型) 투자신탁의 미국에서의 통칭], 투자신탁 ([영] unit trust) ¶ The *mutual fund* is a fund operated by an investment company that raises money from shareholders and invests it in stocks, bonds, options, futures, currencies, or money market securities. These funds offer investors the advantages of diversification and professional management. A management fee is charged for these services, typically between 0.5% and 2% of assets per year. Funds also levy other fees such 12B-1 fees, exchange fees and other administrative charges. Funds that are sold through brokers are called load funds, and those sold to investors directly from the fund companies are called no-load funds. *Mutual fund* shares are redeemable on demand at net asset value by shareholders. All shareholders share equally in the gains and losses generated by the fund. 뮤추얼펀드는 투자회사가 운용하는 펀드인데, 주주로부터 자금을 거두어서 주식, 채권, 옵션, 선물, 통화, 단기금융증권 등에 투자한다. 이 펀드에 의하여 투자자는 분산투자나 전문가에 의한 운용이라는 메리트를 받을 수 있다. 통상 연율 베이스로서 자산에서 0.5%에서 2%에 상당하는 운용수수료가 청구된다. 또 펀드에는 12B-1 수수료(12B-1 fees), 대체수수료(exchange fees)나 기타 관리수수료가 붙는다. 증권회사를 통해서 판매되는 펀드는 로드펀드(load funds)라고 하고, 직접 투자회사로부터 투자자에게 판매되는 펀드는 노로드펀드(no-load fund)라고 한다. 뮤추얼펀드의 지분은 총자산가치(net asset value)로 상환이 가능하다. 펀드에서 생긴 손익은 주주 전원이 똑같이 나눈다. ~ ***fund dividends*** 뮤추얼펀드배당금 ¶ *Mutual fund dividends* are paid out of income, usually on a quarterly basis from the fund's investments. The tax on such dividends depends on whether the distributions resulted from capital gains, interest income, or dividends received by the fund. 뮤추얼펀드배당금은 통상 4반기마다 펀드의 운용익(運用益)에서 지급된다. 분배금에 부과되는 세금은 캐피탈게인(capital gains)인지 금리수입인지 펀드에서 수취한 배당금에 따라 차이가 난다. ~ ***fund cash-to-assets ratio*** 뮤추얼펀드현금/자산비율 ¶ The *mutual fund cash-to-assets ratio* is an amount of mutual fund assets held in cash instruments. A fund manager may choose to keep a large cash position if he is bearish on the stock or bond market, or if he cannot find securities he thinks are attractive to buy. A large cash position (10% or more of the fund's assets in liquid instruments) may also accumulate if many investors buy fund shares and the fund manager cannot put all the money to work at once. On the other hand, a low cash-to-assets ratio is an indication that the fund manager is bullish, because he is fully invested and expects stock or bond prices to rise. Some analysts consider this ratio to be an important indicator of bullish or bearish sentiment among sophisticated investment manager. If many fund managers are increasing their cash positions, the fund managers are becoming more bearish – though some analysts consider if bullish for the market because the managers will have more cash to buy securities. The ratio for the entire mutual fund industry is released on a monthly basis by the Investment Company Institute, the largest mutual fund trade group. 뮤추얼펀드현금/자산비율은 뮤추얼펀드(mutual fund)의 소유자산 중에서 현금으로 소유되고 있는 비율을 말한다. 펀드매니저(fund manager)가 주식시장(stock market) 또는 채권시장 (bond market)에 대하여 약세인(bearish) 경우, 또는 구입하려는 유가증권이 없는 경우, 다액의 현금포지션(cash position)을 가진다. 또, 펀드에의 자금유입이 많고, 펀드매니저가 모든 자금을 바로 운용할 수 없는 경우도 다액의 현금포지션(예컨대 펀드자산의 10%이상을 현금으로 유지)을 쌓아 올라가는 경우도 있다. 다른 한편, 현금/자산비율이 낮은 것은 펀드매니저가 강세(bullish)인 것을 나타낸다. 증권에의 투자를 활발하게 행하여 주가나 채권가격의 가격상승을 전망하기 때문이다. 애널리스트(analyst) 중에는, 이 비율이 운용의 전문가인 펀드매니저의 강세 또는 약세의 전반적인 상황을

나타내는 중요한 지표라고 보는 자도 있다. 현금포지션을 늘리는 펀드매니저가 많게 되는 것은 펀드매니저가 점점 약세가 되고 있다고 볼 수 있으나, 반대로 증권투자를 위한 현금을 쌓아 올라가고 있는 것에서, 시장에 대하여는 강세의 신호라고 판단하는 애널리스트도 있다. 최대의 뮤추얼펀드업계단체인 Investment Company Institute가 모든 뮤추얼펀드의 동 비율을 매월 공표하고 있다. ~ ***fund custodian*** 뮤추얼펀드보관회사 ¶ The *mutual fund custodian* is a commercial bank or trust company that provides safekeeping for the securities owned by a mutual fund and may also act as transfer agent, making payments to and collecting investments from shareholders. *Mutual fund custodians* must comply with the rules set forth in the Investment Company Act of 1940. 뮤추얼펀드보관회사는 뮤추얼펀드가 소유하는 유가증권의 보호예치를 하는 상업은행이나 신탁회사를 말하며, 증권대리인(transfer agent)의 역할을 한다거나, 주주에의 지급이나 주주로부터의 출자금을 수집한다든지 하는 뮤추얼펀드보관회사는 1940년의 투자회사법(Investment Company Act of 1940)의 규정에 따라야 한다. ~ ***fund share classes*** 뮤추얼펀드수익증권클래스 ¶ The *mutual fund share classes* are alphabetical class designations that follow a mutual fund's name in most newspaper listings and usually, but not always, identify a fee structure as follows: Class A shares typically have a front-end load, a sale charge payable when you buy the fund. Class B shares typically have a back-end load, payable when you redeem your fund shares, but declining the longer you hold the fund until finally, after six to eight years, it "converts" to zero. Both A and B shares usually have an additional 12b-1 marketing fee, higher in the case of B shares. Class C shares have no front-end load, a rear-end load ranging from very low (1 percent) to nothing, but have relatively high 12b-1 fees (translating into high expense ratios.) Class A, B, and C shares are by far the most common. Class D shares, where they exist, differ from one mutual fund company to another, in one case signifying front-end loads and no 12b-1 fees, in other high 12b-1 and no front-end loads, in still others, a rear-end load structured differently than that fund company's B shares. Class I and Class Y shares are institutional shares, not available to retail investors; if they are included in your 401k plan, they probably have low annual expenses and don't have a sales charge. M and T Class shares are different for each fund company, but are usually a variation on C shares. Z Class shares are either owned by the fund company's employees or by investors who got into a fund when it originally started as a no-load fund and stayed in after it became a load fund. 뮤추얼펀드수익증권클래스는 뮤추얼펀드의 이름 앞에 부치는 알파벳에 따른 클래스분류로서, 대부분의 신문에 게재되고 있다. 펀드의 수수료체계를 나타내는 경우가 많다. 예를 들면, 클래스A 수익증권은 펀드를 구입할 때에 수수료, 말하자면 프론트엔드로드(front-end load)를 지급하는 펀드를 의미하는 일이 많다. 클래스B 수익증권은 백엔드로드(back-end load)(해약수수료), 즉 펀드의 주식을 해약할 때에 지급하는 수수료를 과하는 일이 많다. 다만, 이 해약수수료는 장기간 보유할 정도로 적게 되고, 만기(6년~8년)까지 보유하면 제로가 된다. 클래스A 수익증권과 클래스B 수익증권은 그 외에 12b-1 마케팅수수료(12b-1 marketing fee)(12b-1 mutual fund를 참조할 것)를 추가적으로 과하는 경우가 많지만, 클래스C 수익증권 쪽이 12b-1 마케팅수수료가 높다. 클래스C 수익증권은 프론트엔드로드(front-end load)가 없고, 해약수수료도 1%에서 제로로 낮게 되고 있다. 단지 12b-1 마케팅수수료는 높게 설정되어 있다[결과적으로 높은 경비율(expense ratios)로 되고 있다.]. 클래스A, B, C. 각 수익증권이 다른 클래스에 비해서 압도적으로 많다. 클래스D 수익증권은 펀드에 따라 다르고 있다. 예를 들면, 어떤 펀드에서는 프론트엔

드로드(front-end load)를 징수하지만, 12b-1 마케팅수수료는 징수하지 아니한다. 또 다른 예에서는, 12b-1마케팅수수료는 높지만, 프론트엔드로드(front-end load)는 징수하지 않는다. 그리고 해약수수료는 과하지만, 클래스B 수익증권과는 다른 방법으로 설정하는 예도 있다. 클래스 I 수익증권과 클래스Y 수익증권은 기관투자자(institutional investor)용의 펀드로서, 개인투자자(retail investor)는 구입하지 못한다. 만약 클래스C 수익증권이나 Y수익증권이 귀하의 401k 연금(401k plan)에 포함되고 있다고 하면, 그러한 펀드의 연간수수료는 낮고, 또 판매수수료도 징수되지 않는 터이다. 클래스M 수익증권과 T수익증권은 펀드에 따라서 다르지만, 클래스C 수익증권의 변형으로 되고 있는 경우도 많다. 클래스Z 수익증권은 펀드운용회사의 종업원이 보유하고 있는 주식이, 혹은 당초 노로드펀드(no-load fund)인 때에 구입하고, 그 후 로드펀드(load fund)가 되어도 그대로 보유하고 있는 투자자에 의하여 보유되고 있는 주식을 의미한다. ~ ***fund symbol*** 뮤츄얼펀드심벌 ¶ The *mutual fund symbol* is a five letter symbol ending with an X that identifies a mutual fund. Exchange-traded funds have stock symbols. 뮤츄얼펀드심벌은 5자리수의 알파벳에서 최후에 X가 붙는 것으로 뮤추얼펀드를 의미한다. 상장하고 있는 펀드에는 주식코드(stock symbol)가 부쳐진다. ~ ***improvement certificate*** 상호개수증서 ¶ The *mutual improvement certificate* is a certificate issued by a local government in lieu of bonds to finance improvements or services, such as widening a sidewalk, or installing a sewer, or repairing a street. Such an obligation is payable from a special tax assessment against those who benefit from improvement, and the payments may be collected by the contractor performing the work. Interest on the certificate is free of federal, state, and local taxes. See also general obligation bond. 상호개수증서는 채권(bond)의 대신에 지방공공단체가 발행하는 증서(certificate)로, 보도의 확장공사 · 하수도의 정비 · 도로의 보수라는 개수(改修)나 서비스에의 자금조달을 목적으로 하여 발행된다. 이 증서의 상환자원으로 개수공사에 의하여 은혜를 입은 자에게 부과되는 특별세가 충당된다. 이 특별세는 공사의 도급업자가 회수하는 경우도 있다. 이 증서의 이자에는 통상 연방세 · 주세 · 지방세는 과세하지 아니한다. general obligation bond[일반재원채(一般財源債)]도 참조할 것. ~ ***offset system (MOS)*** [영] 상호상계제도 ¶ The *mutual offset system* (*MOS*) is a formal arrangement between two exchanges where exchange-traded derivative contracts initiated on one exchange can be transferred to, or closed out on, another exchange. The *MOS* extends trading hours significantly, and can increase the liquidity of a given contract. In order for the *MOS* mechanism to work the contracts on the participating exchanges must be fungible. 상호상계제도는 하나의 거래소에서 시작한 장내파생상품계약이 다른 거래소에 이전되거나 또는 그 거래소에서 종결되는 2개의 거래소간의 정식약정을 말한다. 상호상계제도는 거래시간을 뚜렷하게 연장하고, 일정한 계약의 유동성을 증가할 수 있다. 상호상계제도의 체제가 작동하기 위하여는 참가거래소상의 파생상품계약은 대체될 수 있어야 한다. ~ ***savings bank*** 상호저축은행 ¶ A *mutual savings bank* is a savings bank organized under state charter for the ownership and benefit of its depositors. Traditionally, income is distributed to depositors after expenses are deducted and reserve funds are set aside as required. In recent times, many *mutual savings banks* have begun to issue stock and offer customer services such as credit cards and checking accounts, as well as commercial services such as corporate checking accounts and commercial real estates loan. 상호저축은행은 예금자가 소유권을 가지며, 이익을 향유할 수 있는 주인가(州認可)의 저축은행을 말한다. 전통적으로 경비와 준비금을 공제한 후의 이익을 예금자에게 분배된다. 근년에 이르러, 상호저축은행은 대부분 주식을 발행하기 시작하여 기업당좌예금계정

이나 상업용 부동산융자 등의 상업은행서비스에 덧붙여, 크레디트카드업무나 당좌예금계정 등의 소비자를 위한 서비스를 제공해 왔다.
n. [구] 투자신탁

mutually 상호간에 ¶ a *mutually* advantageous business intercourse 상호간에 유리한 거래관계 /As soon as a *mutually* agreeable minimum has been received. 상호간에 적당한 최저선이 받아들여지는 대로 /This will be *mutually* pleasant and profitable. 이것은 상호간에 유쾌하고 이익이 될 것이다. /This will prove *mutually* rewarding. 이것은 상호간에 가치가 있다고 하는 것을 알게 될 것이다. /*mutually* satisfactory arrangements 상호간에 만족할 수 있는 약정

MWK (ISO) code Malawi – currency Malawian kwacha. ¶ MWK (국제표준기구) 약호 말라위 — 화폐 말라위 콰차(kwacha).

MXN (ISO) code Mexico – currency Mexican peso. ¶ MXN (국제표준기구) 약호 멕시코 — 화폐 멕시코 페소(peso).

Myanmar currency 미얀마 화폐 ¶ kyat (MMK), divided into 100 pyas. 1 키아트(kyat) = 100 피아(pyas).

MYR (ISO) code Malaysia – currency ringgit. ¶ MYR (국제표준기구) 약호 말레이시아 — 화폐 링기트(ringgit).

N

N.A. → **n**o **a**dvice [약][부도문언] 발행통지없음 ¶ *N.A.* is a meaning that the payer has no payment order from the issuing bank. N.A.(발행통지없음)는 발행은행으로부터 지급지시를 받지 못하고 있다는 의미이다. /We have received *no advice* to pay, and therefore return the check unpaid. 지급지시를 수취하지 못하였으므로 수표를 부도처리하여 반환합니다.

N/A → **n**o **a**ccount [약][부도사유] 거래없음 ¶ We are returning the bill unpaid because the drawer has *no account* with us. 발행인은 당행과 거래가 없으므로 어음은 부도가 되어 반환합니다.

naamloze vennootschap (NV) [네덜란드] 주식회사 ¶ The *naamloze vennootschap* (*NV*) is a corporation that is publicly traded. In Netherlands Antilles, a subsidiary established as a tax shelter. 남로제베누트샤프(NV)는 공개로 거래하는 주식회사(corporation)를 말한다. 네덜란드 안틸레스(Netherland Antilles)에서는 조세피난처로 설치된 자회사(subsidiary)를 말한다.

nadir 최하점, 밑바닥(底)

NAFTA 나프타 → **N**orth **A**merican **F**ree **T**rade **A**greement [약] 북미자유무역협정 ¶ The *North American Free Trade Agreement* (*NAFTA*) is a law passed in 1993. Affects trade, investment, and social conscience (environment, labor abuses, retraining). *NAFTA* is to completely end U.S. and Mexican tariffs, and quotas on imports and agricultural products mostly over the mid-1990s, with some requiring 15 years from 1993 to phase out. Applies only to goods made from labor and materials originated within the countries; other imports are acceptable only if they are substantially transformed within the United States, Mexico, or Canada. Major commodities affected are automobiles, textiles and apparel, and agriculture. 북미자유무역협정(나프타)은 1993년에 통과된 법률이다. 통상, 투자, 및 사회적 양심(환경, 노동학대, 재훈련)에 영향을 준다. 나프타는 미국과 멕시코의 관세, 대체로 1990년대 중반까지 수입물과 농산물에 대한 쿼터를 완전히 종결하고, 일부는 그런 제도를 철폐하는 데에 1993년부터 15년이 필요하였다. 나프타는 체약국 내에 노동과 생산된 자료로만 제조된 물건에 대해서만 적용된다. 다른 수입품은 미국, 멕시코 또는 캐나다 내에서 실질적으로 변형되는 경우에만 수용될 수 있다. 이런 영향을 받는 주요 상품은 자동차, 섬유류, 의복(apparel) 및 농산물이다.

naira 나이라 ¶ The standard currency unit of Nigeria, divided into 100 kobo. 나이지리아의 기준화폐단위, 1 나이라(naira) = 100 코보(kobo).

nakasone bond 나카소네 본드 ¶ The *nakasone bond* is a bond issued by the Japanese government in a foreign currency. It is named after the prime minister in office when it was introduced (1982). 나카소네 본드는 일본정부가 외화로 발행한 채권(債券)을 말한다. 그것은 채권이 매출된 경우 현직에 있던 일본수상의 이름을 딴 것이다.

naked 나체의, 무담보의 ¶ *naked* contract 무상(無償)계약 ***naked debenture*** 무

N

담보사채 ¶ In the United Kingdom, a *naked debenture* is a debenture that is not secured. 영국에서 무담보사채는 담보가 되어 있지 아닌 사채를 말한다. ~ ***call*** [영] 네이키드콜 ¶ The *naked call* is an option position where the seller of a call option does not own the underlying asset that must be delivered if the buyer exercises the contract. Selling *naked call* is generally a high risk strategy since the seller must acquire the asset in the option market or source cash should exercise occur, at a prevailing price that will be higher than the strike price. See also covered call; naked option; naked put. 네이키드콜은 매수인이 선물계약을 행사한다면 콜옵션의 매도인이 인도해야 하는 기초자산을 매도인이 소유하지 아니한 경우의 옵션포지션(option position)을 말한다. 네이키드콜을 매도하는 행위는 집행이 일어나면, 일반적으로 매도인이 공개시장에서 자산을 취득한다든지 또는 행사가격보다 높은 일반가격으로(at a prevailing price) 현금을 입수하여야 하기 때문에 높은 위험의 전략이다. covered call(커버드콜); naked option(네이키드옵션); naked put(네이키드풋)도 참조할 것. ~ ***option*** (현물의 담보없이 행하는) 옵션거래만의 포지션, 네이키드옵션 ¶ The *naked option* is an option for which the buyer or seller has no underlying security position. A writer of a naked call option, therefore, does not own a long position in the stock on which the call has been written. Similarly, the writer of a naked put option does not have a short position in the stock on which the put has been written. *Naked options* are very risky – although potentially very rewarding. If the underlying stock or stock index moves in the direction sought by the investor, profits can be enormous, because the investor would only have had to put down a small amount of money to reap a large return. On the other hand, if the stock moved in the opposite direction, the writer of the *naked option* could be subject to huge losses. 네이키드옵션은 옵션의 매수인이나 매도인에게 있어서 뒷받침이 되는 기초증권(基礎證券)(underlying security)이 없는 옵션(option)을 말한다. 그러므로 네이키드콜옵션(naked call option)의 매도인은 기초증권의 소유(매수초과, long position)하고 있지 않음에도 불구하고 콜옵션을 매도하는 것을 의미한다. 마찬가지로, 네이키드풋옵션(naked put option)의 매도인은 기초증권을 매도초과(short position)의 상태는 아닌데, 풋옵션을 매도하는 것을 가리킨다. 네이키드옵션은 적중하면 이익은 크지만, 리스크도 매우 높다. 옵션의 기반으로 되고 있는 현물주식이나 주가지수(stock index)가 투자자의 예상대로 움직이면 이익은 막대한 것이 된다. 옵션의 경우, 투자자는 소액의 자금으로 거액의 수익을 얻을 수 있기 때문이다. 반대로, 주식이 투자자의 기대와는 반대방향으로 움직인 경우, 네이키드옵션의 매도인은 다액의 손실을 입게 된다. ~ ***position*** [주식] 시장위험에 헤지되어 있지 않은 증권의 포지션, 네이키드포지션 ¶ A *naked position* is a securities position that is not hedged from market risk – for example, the position of someone who writes a call or put option without having the corresponding long position or short position on the underlying security. The potential risk or reward of naked positions is greater than that of covered position. See covered call; hedge; naked option. 네이키드포지션은 시장리스크에 대하여 헤지되고 있지 않은 증권 포지션을 말한다. 예를 들면 기초증권(基礎證券)을 매입초과포지션이나 매도초과포지션으로 하고 있지 아니하고, 콜(call) 또는 풋(put) 옵션을 매각한 경우의 포지션을 가리킨다. 네이키드포지션은 커버드포지션(covered position)에 비해서 잠재적인 리스크리턴이 크다. covered option(커버드옵션); hedge(헤지); naked option(네이키드옵션)을 참조할 것. ~ ***put*** [영] 네이키드풋 ¶ The *naked put* is an option strategy where the seller of a put option does not have cash on hand to purchase the underlying asset if the buyer exercises the contract. Selling *naked puts* can be a high risk strategy since the seller must be able to source enough cash to cover the higher strike price. Simply selling the asset will not generate enough proceeds, meaning the put seller must be able to borrow funds from alternative sources. See also covered put; naked call; naked option. 네이키드풋은 풋옵션의 매수인이 계약을 행사하는데도 매도인이 기초자산을 매입할 현금을 수중에 가지지 않는 옵션전략이다. 네이키드풋을 매도하는 행위는 매도인이 더 높은 행사가격을 커버할 만큼 현금을 입수할 수 있어야 하기 때문에 높은 위험전략일 수 있다. 단순히 자산을 매도하는 것만으로는 충분한 수취금(proceeds)을 발생하지 않는다. 이는 풋의 매도인은 새로운 자금출처로부터 자금을 차입할 수 있어야 한다는 것을 의미한다. covered put(커버드풋); naked call(네이키드콜); naked option(네이키드옵션)도 참조할 것. ~ ***short*** 네이키드숏, 무차입공매도(無借入空賣渡) ¶ The *naked short* is a position of an underwriter who sells more shares than are issued so he or she can become a buyer after the offering and support the market price. See also selling short. *Naked short* selling occurs when sellers don't borrow the shares after the sale. The Securities and Exchange Commission considers *naked short*-selling abusive, because it allows short-sellers to push down a stock's price dramatically without even owning the shares. The SEC banned the practice in 2009 by requiring that brokers must promptly buy or borrow securities to deliver on any short sales. 네이키드숏은 발행되고 있는 주식 이상을 판 인수업자(underwriter)의 매도포지션(position)을 의미하고, 네이키드숏을 인수한 업자는 발행 후 매수인이 될 수 있고, 주가의 유지도 할 수 있다. selling short[공매(空賣)]도 참조할 것. 무차입공매도(無借入空賣渡)는 매도인이 판매 후 주식을 차입하지 않는 경우에 생긴다. 미증권거래위원회(SEC)는 무차입 공매도(無借入空賣渡)를 남용이라고 판단하고 있는 것이, 그것은 주식을 소유하지도 않고서 공매자(空賣者)에게 주가를 극적으로 끌어내리는 것을 허용하기 때문이다. SEC는 2009년에 증권브로커(broker)는 공매(空賣)를 인도하기 위하여 증권을 즉시 매입하거나 차입하여야 할 것을 요구함으로써 그런 관행을 금지하였다. ~ ***short selling*** 무차입공매도(無借入空賣渡) ¶ *Naked short selling* is a sale of a security or commodity futures contract not owned by the investor. It is an unlimited speculative transaction that does not constrain the quantity. There arises possibly the default of settlement that the investor does not return the borrowed stock or commodity at the right time. *Naked short selling* is forbidden since June of the 2009 year. 무차입공매도(無借入空賣渡)는 주식, 채권 등 유가증권을 전혀 보유하지 않은 상태에서 투자자가 유가증권을 매도하는 거래형태이다. 그것은 공매도 수량 등에 대한 제한이 없는 투기적 거래로서, 빌린 주식을 제때 돌려주지 못하는 결제불이행이 벌어질 가능성이 있다. 2009년 6월부터 무차입공매도를 금지하고 있다. ~ ***swap*** [영] 네이키드스왑 ¶ The *naked swap* is a swap transaction that creates a long position or short position in a series of cash flows, without any offsetting position from other sources. 네이키드스왑은 다른 자금원(資金源)으로부터 포지션을 상계하지 않고 일련의 현금흐름의 매입초과포지션(long position) 또는 매도초과포지션(short long)을 창출하는 스왑거래를 말한다. ~ ***writer*** 네이키드라이터 ¶ The *naked writer* is a seller of a naked option. 네이키드라이터는 네이키드옵션(naked option)의 매도인이다.

name ⓝ 이름, 명칭, 평판, 명의, 종목 ¶ another *name* 별명 /assumed *name* 변명, 가명, 위명(僞名) /assumed or trade *name* 가명 또는 상호 /corporate *name* 법인명의 /a false *name* 위명(僞名) /firm *name* 상호 /in *name* 명의상의 /in the *name* of … …명의로 / in street *name* [증권] 명의차용으로 /in trade or assumed *name* 상호 또는 가명으로 /money deposited by her before marriage in her maiden *name* 그녀가 혼인전에 구성(舊姓)으로 예금한 돈 /*name* bond [debenture] 기명식 사채 /*name* shares 기명식 주식 /*name* transfer 명의개서 /*name* written and seal affixed 기명날인(한 것) /rely on the good *name* of the borrower 차주의 명예[신용]에 의존하다 /sign her married *name* 그녀의 혼인전의 성명으로 서명하다 /under a fictitious *name* 가공(架空)명의로 ***name position bond*** 지명직위보증증서 ¶ The *name position bond* is a kind of fidelity bond that covers an employer if employees in listed positions commit dishonest acts, such as stealing money. 지명직위보증증서는 명단에 들어 있는 지위의 근로자가 금전절취와 같은 부정행위를 범한 경우에 고용주를 보호하는 일종의 신원보증증서(fidelity bond)이다.

N

ⓥ 명령하다, 지명하다, 임명하다 ¶ the *named* insured [보험] 기명피보험자 /*named* perils [보험] 열거책임주의에 의한 위험약관 /to a *named* person 기명인에 대하여 ***named insured*** [영] 기명피보험자 ¶ The *named insured* is the party in an insurance policy that is designated as an insured. 기명피보험자는 피보험자로 지명된 보험증권상의 당사자를 말한다. ***~d perils insurance*** 특정위험담보보험 ¶ The *named perils insurance* is a property insurance that covers risks specified in the policy. Contrasts with all-risk insurance, which specifies exclusions. 특정위험담보보험이란 보험증권(insurance policy)에 명기된 리스크만을 커버하는 손해보험을 이른다. 보험대상제외항목이 기재되고 있는 all-risks insurance(전위험담보보험)와는 대조적인 손해보험이다.

names [영] 네임스 ¶ *Names* are individuals providing capital to syndicates underwriting insurance and reinsurance contracts through Lloyd's of London. In the event claims exceed reserves, participating names must cover their shares of the losses (as well as those that cannot be met by other participants, as most syndicates feature joint and several liability). Since *names* face unlimited liability, their personal assets are at risk. Although individuals have historically been their primary providers of capital, Lloyd' allowed corporations to act as *names* in the provision of underwriting capital starting in the mid-1990s. 네임스는 로이드 런던(Lloyd's of London)을 통해서 신디케이트인수보험과 재보험에 자본을 제공하는 개인들이다. 보험청구가 준비금을 초과하는 경우에, 대부분의 신디케이트는 연대책임(joint and several liability)을 특징으로 하기 때문에, 네임스에 참여하는 개인들은 (다른 참여자들에 의해서 지급할 수 없는 지분뿐만 아니라) 손해에 대한 개인들의 지분으로 커버하여야 한다. 네임스는 무한책임(unlimited liability)을 직면하기 때문에, 그들의 자산을 위험에 놓인다. 개인들은 경험상 자본의 제1차적 제공자라고 하더라도, 로이드는 1990년대 중반에 시작한 인수자본의 조항(provision) 속에 네임스로 행동하는 법인체(corporation)를 인정하였다.

namesake 동명이인(同名異人)(a homonym)

narrative 이야기, 설명, 설명부분 ¶ In *narrative* it is important to express the order of events clearly. 말할 때에 있어 사건의 순서를 확실히 표시하는 것이 중요하다. / a spirited and entertained *narrative* 활기가 넘치고 재미있는 이야기

NAREIT → **N**ational **A**ssociation of **Re**al **I**nvestment **T**rust [약] 전미부동산투자신탁협회 ¶ The *National Association of Real Estate Investment Trusts (NAREIT)* is a Washington, D.C.-based national trade association for real estate investment trusts (REITs) and other businesses that own, operate, and finance income-producing real estate, as well as firms and individuals who advise, study, and service these businesses. *NAREIT* serves as an advocacy group and as a source of research, news, and other industry information. 전미부

동산투자신탁협회는 워싱턴 D.C.에 본거를 두는 전미국조직의 동업자단체로, 부동산투자신탁(real estate investment trust: REIT) 등 장래 수입들 가져오는 부동산을 소유, 운영, 또는 부동산에의 융자를 행하는 부동산관련업자, 그리고 부동산관련사업에의 어드바이스, 부동산산업의 연구, 또는 부동산관련업자에게 서비스를 제공하는 개인이나 기업을 위한 조직이다. NAREIT는 동업계의 지원단체이고, 동업계에 관한 리서치, 뉴스, 기타 관련정보를 제공하고 있다.

narrow ⓐ 한정된, 좁은, 편협한, 부족한 ¶ a *narrow* margin 박리(薄利) ***narrow-based index (NBI)*** 업종별주가지수 ¶ The *narrow-based index (NBI)* is a futures contract on a small group of stocks, typically under ten, in a specific industry sector, such as airline, pharmaceuticals, semiconductors, or energy. See also single stock future (SSF). 업종별주가지수는 항공, 약품, 세미콘덕터, 에너지 등 특정한 업종 중에서 다시 소수의 주식(통상 10종목에 차지 않는)에 압축한 선물계약(futures contract)을 말한다. single stock future (SSF)(개별주식선물)도 참조할 것. ~ ***market*** 매매량이 적은 시장, 한산한 시장 ¶ The *narrow market* is a securities or commodities market characterized by light trading and greater fluctuations in prices relative to volume than would be the case if trading were active. The market in a particular stock is said to be narrow if the price falls more than a point between round lot trades without any apparent explanation, suggesting lack of interest and too few orders. The terms thin market and inactive market are used as synonyms for *narrow market*. 매매량이 적은 시장은 상거래가 활발한 거래에 비하여, 활기가 없는 상거래에서 가격변동(fluctuation)이 큰 증권이나 상품시장을 말한다. 최저거래단위(round lot)의 주가가 무언가 명확한 이유도 없이 1포인트 이상 하락하는 주식은 활기가 없는 주식이라고 하고, 그 주식이 인기가 없고 주문이 매우 적은 것을 시사하고 있다. thin market 및 inactive market은 narrow market(매매량이 적은 시장)과 같은 동의어(synonyms)로 사용된다. ~ ***money*** [영] 내로우머니 ¶ The *narrow money* is the narrow definition of money supply, often measured through M1. See also broad money. 내로우머니는 자주 M1(머니서플라이 M1)을 통해서 측정되는 머니공급의 좁은 개념을 말한다. broad money(브로드머니)도 참조할 것.

ⓥ 좁게 하다, 제한하다, 한정하다 ***narrowing the spread*** 마진 줄이기 ¶ *Narrowing the spread* is closing the spread between the bid and asked prices of a security as a result of bidding and offering by market makers and specialists in a security. For example, a stock's bid price – the most anyone is willing to pay – may be $10 a share, and the asked price – the lowest price at which anyone will sell – may be $10 3/4. If a broker or market maker offers to buy shares at $10 1/4, while the asked price remains at $10 3/4, the spread has effectively been narrowed. 마진 줄이기는 마켓메이커(market maker)나 스페셜리스트(specialist)가 매수호가나 매도호가를 부침으로써 증권의 매도호가(asked price)와 매수호가(bid)의 격차(spread)를 적게 하는 것을 말한다. 예를 들면, 누구도 사고 싶다고 생각하는 주가(매수호가)가 10달러이고, 누구나 매도하여도 좋다고 생각하는 최저가격(매도호가)이 10달러 75센트로 치자. 여기서 증권회사나 마켓메이커가 10달러 25센트로 매수호가를 낸다면, 매도호가가 10달러 75센트인 채로도 사실상 매도호가와 매수호가의 가격차는 적게 된 것이 된다.

NASAA → **N**orth **A**merican **S**ecurities **A**dministrators **A**ssociation [약] 북미증권감독자협회

NASD → **N**ational **A**ssociation of **S**ecurities **D**ealers [약] 전국증권딜러협회 ¶ The *National Association of Securities Dealers (NASD)* is an organization of stock brokerage firms dealing in the over-the-counter (OTC) market. Operating under the supervision of the SEC, the *NASD's* basic purposes are to: (1) standardize practices in the field; (2) establish high moral and ethical standards in securities trading; (3) provide a representative body to consult with the government and investors on matters of common interest; (4) establish and enforce fair and equitable rules of securities trading; and (5) establish a disciplinary body capable of enforcing the above provisions. 전미증권딜러협회는 장외거래(over-the-counter)시장에서 거래하는 주식브로커회사의 단체이다. 미증권거래위원회(SEC)의 감독을 받으면서 운영하는 NASD의 기본목적은 (1) 현장에서 거래행위를 표준화하는 것, (2) 증권거래에서 고도의 도덕과 윤리기준을 세우는 것, (3) 공동의 이익에 관하여 정부와 투자자와 의견을 나눌 대표기관을 지원하는 것, (4) 증권거래의 공정하고 타당한 원칙을 정립, 시행하는 것과 (5) 위의 사항들을 시행할 수 있는 징계기관을 설치하는 것이다.

NASDAQ → **N**ational **A**ssociation of **S**ecurity **D**ealers **A**utomated **Q**uotations [약][미] [증권] 나스닥시스템, NASDAQ가격보도시스템[전미증권업협회(NASD)의 상장종목의 경기동향이 증권업자, 일반투자자에게 컴퓨터 스크린으로 표시된다.] ***NASDAQ*** 나스닥 ¶ *NASDAQ* is an acronym for the National Association of Security Dealers Automated Quotations which is the principal home of top U.S. growth companies, as well as international companies trading shares in the United States. It offers trading across multiple asset classes, including equities, derivatives, debt commodities, structured products, and exchange-traded funds. *NASDAQ* added an options market in 2008. *NASDAQ* real-time quotes are transmitted through an international computer and telecommunications network to more than 1.3 million users in 83 countries. The *NASDAQ OMX* Global Index Group offers full-scale, premium index services, including the *NASDAQ*-100 Index, launched in 1985, and the *NASDAQ* Composite Index, launched in 1971. About 300 market makers use their own capital to buy and sell *NASDAQ* securities, then redistribute the stock as needed. Its U.S. trading platform is a fully integrated order display, execution, and trade reporting system for all *NASDAQ*-, New York Stock Exchange-, and American Stock Exchange-listed securities. The trading platform is the fastest in the industry, with peak trading speeds of 250 microseconds. NASDAQ은 National Association of Security Dealers Automated Quotations(전국증권딜러협회 전자호가시스템)의 머리글자에서 따온 약어로서, 나스닥은 최고인 미국의 성장기업이나 미국시장에서 매매되고 있는 외국기업의 주요한 시장이 되고 있다. 나스닥은 주식(equities), 파생상품(derivatives), 채권(debt commodities), 구조상품(structured products) 및 상장지수펀드(exchange-traded funds)를 포함하여 다종의 자산클래스에 걸친 매매거래를 제공한다. 나스닥은 2008년에 옵션시장을 추가하였다. 나스닥의 리얼타임에 기초한 주가는 국제적인 통신망을 통해서 83개국의 130만을 초과하는 이용자에게 전송된다. 나스닥 오엠엑스글로벌 인덱스그룹(*NASDAQ OMX* Global Index Group)은 1985년에 시작한 다스닥 100종목지수(NASDAQ-100 Index)와 1971년에 출발한 나스닥종합지수(NASDAQ Composite Index)를 비롯하여 본격적인 프리미엄인덱스(premium index) 서비스를 제공한다. 약 300사에 달하는 마켓메이커(market maker)가 자기 자금으로 나스닥 상장주식을 매매하여 필요한 대로 그 주식을 재배분하고 있다. 나스닥의 미국에서의 거래무대는 모든 나스닥의 시장, 뉴욕증권거래소(New York Stock Exchange) 및 아메리칸증권거래소에 상장주식을 위한 완전히 통합적인 주문표시장치(order display), 집행(execution) 및 거래보고시스템이다. 그 거래무대는 최고거래속

도가 250마이크로 세컨드인 업계에서는 가장 신속하다. ***NASDAQ OMX Group*** 나스닥 오엠엑스그룹 ¶ The *NASDAQ OMX Group* is the world's largest exchange company, with more than 3,900 companies representing $5.5 trillion in total market value. Formed on February 27, 2008, when NASDAQ acquired OMX, an integrated securities market in Northern Europe. Later that year, *NASDAQ OMX* acquired both the Philadelphia Stock Exchange and the Boston Stock Exchange. 나스닥 오엠엑스그룹은 총시장가격이 5조5,000억 달러를 표시하는 3,900개 이상의 회사를 거느리는 세계에서 가장 큰 거래소기업이다. 나스닥 오엠엑스그룹은 나스닥이 북유럽의 통합증권시장인 오엠엑스(OMX)를 매수한 2008년 2월 27일에 형성되었다. 그 이후 나스닥 오엠엑스그룹은 필라델피아증권거래소와 보스턴증권거래소를 매수하였다.

N

nation 국민, 국가, 민족 ¶ creditor *nation* 채권국 /debtor *nation* 채무국

national 국가의, 국민의, 전국적인, 국립의 ¶ *national* income 국민소득 /*national* pension (for the self-employed) (자영업자·개인사업자용의) 국민연금 /*national* tax 국세 /the *national* treasury 국고(國庫) /*national* treasury money 국고금 /*national* wealth 국부(國富) ***Gross National Product*** 국민총생산 → Gross Domestic Product (국내총생산). ***National Association of Investors Corporation (NAIC)*** 전미투자자협회 ¶ The *National Association of Investors Corporation* (*NAIC*) is a not-for-profit educational association that helps investment clubs become established. Investment clubs are formed by people who pool their money and make common decisions about how to invest those assets. The *NAIC* is located in Madison Heights, Michigan. See also investment club. 전미투자자협회는 비영리의 교육적 기관으로, 투자클럽개설을 지원한다. 투자클럽이란 클럽회원이 각자의 자금을 풀로 하여 공동으로 투자해 가는 것을 말한다. 전미투자자협회의 소재지는 미시간주 매디슨 하이츠(Madison Heights)에 있다. investment club(투자클럽)도 참조할 것. ***National Association of Realtors (NAR)*** 전미부동산업협회 ¶ The *National Association of Realtors* (*NAR*) is an organization of realtors, devoted to encouraging professionalism in real estate activities. There are over 1 million members of *NAR*, 50 state associations, and several affiliates. Members are required to abide by the Code of Ethics of the *NAR*. 전미부동산업협회는 부동산사업의 전문성을 촉진하는 것을 전문으로 하는 단체이다. 전미부동산업협회의 회원은 백만명을 넘고, 50개 협회와 여러 지회(支會)가 있다. 회원들은 전미부동산업협회의 윤리장전을 준수하여야 한다. ***National Association of Real Estate Investment Trusts (NAREIT)*** 전미부동산투자신탁협회 ¶ The *National Association of Real Estate Investment Trusts* (*NAREIT*) is a Washington, D.C.-based national trade association for real estate investment trusts (REITs) and other businesses that own, operate, and finance income-producing real estate, as well as firms and individuals who advise, study, and service these businesses. *NAREIT* serves as an advocacy group and as a source of research, news, and other industry information. 전미부동산투자신탁협회는 워싱턴 D.C.에 본거를 두는 전미국조직의 동업자단체로, 부동산투자신탁(real estate investment trust: REIT) 등 장래 수입을 가져오는 부동산을 소유, 운영, 또는 부동산에의 융자를 행하는 부동산관련업자, 그리고 부동산관련사업에의 어드바이스, 부동산산업의 연구, 또는 부동산관련업자에게 서비스를 제공하는 개인이나 기업을 위한 조직이다. NAREIT는 동업계의 지원단체이고, 동업계에 관한 리서치, 뉴스, 기타 관련정보를 제공하고 있다. ***National Association of Securities Dealers (NASD)*** 전미증권딜러협회 ¶ The *National Association of Securities*

N

Dealers (*NASD*) is an organization of stock brokerage firms dealing in the over-the-counter (OTC) market. Operating under the supervision of the SEC, the *NASD's* basic purposes are to: (1) standardize practices in the field; (2) establish high moral and ethical standards in securities trading; (3) provide a representative body to consult with the government and investors on matters of common interest; (4) establish and enforce fair and equitable rules of securities trading; and (5) establish a disciplinary body capable of enforcing the above provisions. 전미증권딜러협회는 장외거래(over-the-counter)시장에서 거래하는 주식브로커회사의 단체이다. 미증권거래위원회(SEC)의 감독을 받으면서 운영하는 NASD의 기본목적은 (1) 현장에서 거래행위를 표준화하는 것, (2) 증권거래에서 고도의 도덕과 윤리기준을 세우는 것, (3) 공동의 이익에 관하여 정부와 투자자와 의견을 나눌 대표기관을 지원하는 것, (4) 증권거래의 공정하고 타당한 원칙을 정립, 시행하는 것과 (5) 위의 사항들을 시행할 수 있는 징계기관을 설치하는 것이다. ~ ***bank*** [미] 연방법은행 ¶ The *national bank* is an internationally, synonymous with central bank. In the United States, a nationally chartered bank. See also member bank. 연방법은행은 국제적으로는 중앙은행(central bank)과 유사하지만, 미국에서서는 미연방정부가 면허를 부여하는 국법은행(nationally chartered bank)을 말한다. member bank [(연방준비제도의) 가맹은행]도 참조할 것. ~ ***best bid and offer* (*NBBO*)** [영] 전국최대호가 ¶ In the U.S., the *national best bid and offer* (*NBBO*) is the best available bid and offer on a quoted stock, which must be made available to any buyer or seller Regulation NMS. A similar market concept exists in Europe and Canada under relevant local rules. 미국에서 전국최대호가는 상장주식에 대한 가장 이용할 수 있는 호가로, 어떤 매수인이나 매도인의 레귤레이션 전미시장시스템(NMS)을 이용할 수 있도록 하여야 한다. 유사한 시장개념은 당해 지방법규에 의하여 유럽과 캐나다에 존재한다. ***National Bureau of Economic Research* (*NBER*)** 전국경제조사국 ¶ The *National Bureau of Economic Research* (*NBER*) is a Cambridge, Massachusetts-based private, nonprofit organization "committed to undertaking and disseminating unbiased economic research among public policymakers, business professionals, and the academic community." 전국경제조사국은 「공공정책수립자, 비즈니스전문가, 및 아카데미단체 중에서 공평한 경제연구의 사업과 유포를 임무로 하는」 케임브리지, 매사추세츠에 근거가 있는 사적, 비영리(非營利)기구이다. ***National Credit Union Administration* (*NCUA*)** 전미신용조합관리기구 ¶ The *National Credit Union Administration* (*NCUA*) is an independent federal agency based in Washington, D.C., established by Congress to oversee the federal credit union system. The *NCUA* is funded by credit unions and does not receive any tax dollars. The agency supervises nearly 6,600 federal credit unions and insures member accounts in approximately 4,000 state-chartered credit unions. The National Credit Union Share Insurance Fund is the agency's arm that insures member accounts up to $100,000, although that limit was temporarily increased to $250,000. This temporary increase in coverage was originally set to expire in 2010, but was later extended to 2013. The fund is backed by the full faith and credit of the U.S. government and is managed by the *NCUA* Board, which is comprised of three members appointed by the president. 전미신용조합관리기구는 미연방신용조합제도(federal credit union system)의 감독을 목적으로 하여 연방의회에 의하여 설립되고, 워싱턴을 거점(據點)으로 하고 있는 독립된 정부기관이다. NCUA는 각 신용조합에서 자금공급을 받고 세금의 투입은 없다. 동 기관은 약 6,660개의 연방신용조합을 감독하고, 약 4,000개의 주인가의 신용조합에 있는 회원의 계좌

를 미연방정부로서 보증하고 있다. 전미신용조합출자금보험기금(National Credit Union Share Insurance Fund)은 동 기관의 일부분이며, 회원의 구좌에 관하여 100,000달러까지의 금액을 보증한다. 동 기금은 미국정부의 충분한 신뢰와 신용(full faith and credit)에 의하여 뒷받침되고 있으며, 대통령이 지명한 3인으로 구성되는 NCUA위원회에 의하여 운영된다. ~ ***debt*** 국가채무 ¶ The *national debt* is a debt owed by the federal government. The *national debt* is made up of such debt obligations as Treasury bills, Treasury notes, and Treasury bonds. Congress imposes a ceiling on the *national debt*, which has been increased on occasion when accumulated deficits near the ceiling. The interest due on the *national debt* is one of the major expenses of the federal government. The *national debt*, which is the total debt accumulated by the government over many decades, should not be confused with the federal budget deficit, which is the excess of spending over income by the federal government in one fiscal year. 국가채무는 미연방정부가 지급할 부채(debt)를 말한다. 국가채무는 미재무부 단기증권(Treasury bill), 미재무부 중기증권(Treasury note), 미재무부 장기증권(Treasury bond)의 채무로 구성된다. 미연방의회는 국가채무의 상한을 정하고 있지만, 누적적자(accumulated deficits)가 상한에 가까워질 때마다 증액되어 왔다. 국가채무에 대한 이자(interest)는 미연방정부의 주요경비를 구성한다. 국가채무는 정부가 장기간에 걸쳐서 축적한 채무총액인데, 재정예산적자(budget deficit)와는 혼동되어서는 안 된다. 재정적자란 1회계연도의 미연방정부지출이 수입을 상회하는 경우이기 때문이다. ***National Foundation for Credit Counseling (NFCC)*** 전미소비자금융재단 ¶ The *National Foundation for Credit Counselling (NFCC)* is a nonprofit national organization based in Silver Spring, Maryland, created in 1951 to help the increasing number of consumers who have taken on too much debt. The *NFCC* has more than 150 members operating 1300 locations providing consumers with money management, budget, and wise-credit-use education workshops and counseling sessions. While counselors work with creditors to work out a payment plan, the *NFCC* does not provide credit or financial assistance. Most members do not charge for counseling; however some members charge a low fee for service such as debt repayment or counseling. 전미소비자금융재단은 국가가 운영하는 비영리조직으로, 메릴랜드주, 실버 스프링(Silver Spring)에 있고, 증가경향에 있던 다액 부채를 떠맡은 소비자의 구제를 목적으로 1951년에 창설되었다. 동 재단에는 150인 이상의 스탭이 있어, 1,300지구를 담당하고, 자산운용 · 예산 · 현명한 금융이용법 등의 강습회나 카운슬링을 개최하며, 소비자교육을 하고 있다. 카운슬러가 채권(creditor)과 더불어 상환계획을 작성하는 일은 있어서도, 동 재단이 신용부여나 재정원조를 하는 경우는 없다. 통상은 스탭이 카운슬링료(料)를 청구하는 일은 없지만, 채무상환이나 카운슬링의 서비스에 대하여 소액의 수수료를 청구하는 경우도 있다. ***National Futures Association (NFA)*** 전미선물협회 ¶ The *National Futures Association (NFA)* is a self-regulatory organization of the futures industry. It was authorized by Congress in 1974 and designated by the Commodity Futures Trading Commission (CFTC) as a "registered futures association" in 1982. Its mission is to protect the public investor by maintaining the integrity of the marketplace, and it is a source of education, training aids, publications, and information about futures professionals. 전미선물협회는 선물거래(futures contract)에 관한 자율규제단체로, 1974년에 의회에서 승인을 받고, 1982년에는 상품선물거래위원회(Commodity Futures Trading Commission: CFTC)에 의하여 「공인된 선물협회」(registered futures association)로 지정되어 있다. NFA의 사명은 선물시장의 공정함을 유지함으로써 일반투자자를 보호하는 것이다. 또, 선

N

물거래업자에 관한 교육, 교재의 제공, 출판, 기차 정부의 제공을 행하고 있다. ***National Investor Relations Institute* (*NIRI*)** 전미투자자관계기관 ¶Founded in 1969, the *National Investor Relations Institute (NIRI)* is a professional association of corporate officers and investor relations consultants responsible for communications among corporate management, the investing public, and the financial community. It has more than 4,300 members in 35 chapters around the country. See also investor relations department. 1969년에 설립된 전미투자자관계기관은 기업의 경영자, 투자자, 금융업자의 사이의 커뮤니케이션을 담당하는 기업의 간부사원이나 IR(투자자용의 정보) (investor relations)관계의 컨설턴트 등 IR의 전문가에 의한 협회이다. 전미국에 35개의 지부(chapter)를 가지고, 4,300명의 회원이 있다. investor relations department(인베스터 릴레이션부문)도 참조할 것. ***National Market System* (*NMS*)** 전미(全美)시장시스템 ¶The *National Market System* (*NMS*) is a concept embodied in the Securities Act Amendments of 1975 with the goal of fostering greater competition among the stock exchanges and other participants in the U.S. markets. In furtherance of this concept, the American Stock Exchange, Boston Stock Exchange, Chicago Stock Exchange, Cincinnati Stock Exchange (now called the National Stock Exchange), New York Exchange, Pacific Exchange, and the Philadelphia Stock Exchange developed the Intermarket Trading System (ITS). NASDAQ subsequently joined ITS. ITS is an electronic linkage among all of the registered national securities exchanges and associations that permits nationwide. The ITS Plan was filed with the Securities and Exchange Commission as a *national market system* plan under Section 11A of the Securities Exchange Act of 1934. The commission approved the plan. A second industry group, the Consolidated Tape Association (CTA), has two plans: the Consolidated Tape Plan (CT Plan) and the Consolidated Quotation Plan (CQ Plan), which provide, respectively, trade reports for listed securities and the current bid and offer from each participating market, as well as the national best bid and offer. The CT Plans is a *national market system* plan, as well as a transaction-reporting plan. The CQ Plans is a *national market system* plan. In light of the many changes in the securities markets over the years, the ITS plan was amended in 2000 to expand NASDAQ's ITS/CAES (Computer Assisted Execution System) linkage to all listed securities. 전미시장시스템은 미국내의 증권거래소와 기타 참여기관간의 경쟁촉진을 목적으로 하는 1975년 증권개정법(Securities Act Amendments of 1975)에 의하여 구체화된 구상(構想)이다. 이 구상을 촉진하기 위하여, 아메리칸증권거래소(American Stock Exchange), 보스턴증권거래소(Boston Stock Exchange), 시카고증권거래소(Chicago Stock Exchange), 신시내티증권거래소(Cincinnati Stock Exchange)(현재는 내셔널증권거래소(National Exchange)라고 한다.), 뉴욕증권거래소(New York Stock Exchange), 퍼시픽거래소(Pacific Exchange) 및 필라델피아증권거래소(Philadelphia Stock Exchange)는 시장간 거래시스템(Intermarket Trading System: ITS)을 개발하였다. 나스닥(NASDAQ)은 그 후 ITS에 참가하였다. 시장간 거래시스템(ITS)은 모든 미국의 등록된 증권거래소간의 전자연계프로그램이고 전국적으로 허용되는 단체이다. 시장간 거래시스템제도는 1934년 증권거래법(Securities Exchange Act of 1934) 제11조A에 근거해서, 전미시장시스템계획으로서 미증권거래위원회(Securities and Exchange Commission: SEC)에 신청하였다. SEC는 그 계획을 승인하였다. 제2의 그룹인 통합테이프협회(Consolidated Tape Association: CTA)는 두 가지 계획을 가지고 있다. 하나는 통합테이프계획(Consolidated Tape Plan: CT Plan)이고, 다른 하나는 통합시세계획(Consolidated

Quotation Plan: CQ Plan)인데, CT Plan은 상장증권(listed security)의 거래에 관한 정보를 제공하고, CQ Plan은 시장참가자로부터의 매수호가(bid)나 매도호가(offer)뿐만 아니라, 미국전국에서 최량의 매매호가를 제공한다. CT Plan은 미국전국의 시장시스템이고, 동시에 거래보고시스템이다. 또 CQ Plan은 미국전국의 시장시스템이다. 지난 여러 해에 일어난 많은 변화를 토대로, 2000년에 ITS계획은 모든 상장주식(listed securities)에 나스닥(NASDAQ)의 ITS/CAES (Computer Assisted Execution System)를 확대하기 위해서 수정되었다. ***National Quotation Bureau*** 전미가격고시국(全美價格告示局) → Pink Sheet LLC (핑크시트 LLC). ***National Securities Trading System* (*NSTS*)** 전미증권거래시스템 → National Stock Exchange (NSX) (내셔널증권거래소). ***National Stock Exchange* (*NSX*)** 내셔널증권거래소 ¶ Founded in 1885, the *National Stock Exchange* (*NSX*) was the first all-electronic stock exchange in the United States, having replaced its physical trading floor with a completely automated market in 1980. Exchange membership consists of registered broker-dealers. *NSX* created the National Securities Trading System (NSTS), which automatically performs all functions of an auction market. NSTS, an electronic securities communication and execution facility, consolidates bids and offers of competing dealers, as well as public orders, for review and execution by users. NSTS contains features envisioned for a national exchange market system. Founded in Cincinnati and formerly called The Cincinnati Stock Exchange, the exchange moved to Chicago in 1995 and changed its name to *National Stock Exchange* in 2003. 1889년에 창설된 내셔널증권거래소는 1980년에 입회장(trading floor)을 완전히 컴퓨터화하면서, 미국에서 최초의 완전한 전자증권거래소가 되었다. NSX는 등록된 증권회사(broker-dealer)에 의한 회원조직으로 되어 있다. NSX는 내셔널증권거래소(National Securities Trading System: NSTS)를 창설하여 경쟁매매에 관한 모든 프로세스를 컴퓨터화하였다. NSTS는 증권거래에 관한 컴퓨터 · 베이스의 교신 및 거래집행(execution)시스템으로, 일반투자자로부터의 호가(offer)를 일원관리하고 이용자가 거래를 체크하고 집행할 수 있도록 하고 있다. 이 시스템은 전미국시장시스템(National Market System)으로 상정하고 있는 특징을 포함하고 있다. NSX는 신시내티(Cincinnati)에서 창설되었고, 이전에는 신시내티증권거래소(Cincinnati Stock Exchange)라고 하였다. 1995년에 시카고(Chicago)로 옮기면서, 2003년에는 명칭도 내셔널증권거래소로 변경하였다. ***National Stock Exchange of Australia* (*NSX*)** 오스트레일리아 국립증권거래소 ¶ Founded in 1937, incorporated in 1972 and reactivated in 2000, the *National Stock Exchange of Australia* (*NSX*) is the leading market for small to medium regional companies and sub-exchanges in Australia. Until 2006, it was called the Stock Exchange of Newcastle Limited. Trading is all-electronic and settlement is on a T-PLUSS-THREE basis. 1937년에 창설되고, 1972년에 법인화되며, 2000년에 재활동을 한 오스트레일리아 국립증권거래소는 오스트레일리아내의 중소 및 지역회사와 거래소지점을 위한 주요시장이다. 2006년까지 뉴캐슬증권거래소라고 하였다. 거래는 완전전자식이고 결제는 T-PLUSS-THREE basis로 한다. ***National Stock Exchange of India* (*NSE*)** 인도국립증권거래소 ¶ The *National Stock Exchange of India* is established in 1994 to provide a more transparent alternative to The Bombay Stock Exchange. It is the largest stock exchange in India in both turnover and number of trades. The *NSE* is a national exchange integrating the country's stock markets through nationwide automated on-line screen operations and electronic clearing and settlement. The exchange's products include equities, exchange-traded funds, stock futures, index futures, interest rate futures, and options. The S&P

CNX Nifty, a diversified 50-stock index representing 23 sectors of the India economy, is among the exchange's major indices. 인도국립증권거래소는 봄베이증권거래소보다 투명성이 높은 대안(代案)으로서 1994년에 설립되었다. 그 증권거래소는 거래의 투자자본의 회전과 수량에 있어서 인도에서 최대의 증권거래소이다. NSE는 전국적인 자동온라인 스크린오퍼레이션과 전자청산 및 결제를 통해서 전국의 증권시장을 통합하는 국립거래소이다. 동 국립증권거래소가 취급하는 상품에는 주식(equities), 지수연동형 상장지수신탁(exchange-traded funds), 금리선물과 금리옵션(interest futures and options)이 있다. S&P CNX Nifty지수(S&P CNX Nifty)는 인도의 23섹터(sector)를 대표하는 50종목으로 구성되는 지수(index)로, 동 증권거래소의 주요한 지수의 하나이다. ~ ***wealth fund*** 국부펀드 ¶ The *national wealth fund* is an investing agency which is established for a nation to invest foreign assets (mainly U.S. dollars) such as trade surplus or an amount of foreign exchange holdings. For the most part it is operated by government-related agency, and it makes profits by lending out the assets directly or by entrusting another organization with its fund. 국부펀드는 한 나라가 무역흑자나 외환보유액 같은 외화자산(주로 미달러화)을 굴려 수익을 내기 위해 만든 투자기구를 말한다. 대부분 정부직속으로 운영되며, 직접 자산을 굴리거나 다른 기관에 돈을 맡겨 수익을 낸다.

nationalization 국유화, 국영(國營) ¶ *Nationalization* is takeover of a private company's assets or operations by a government. The company may or may not be compensated for the loss of assets. In developing nations, an operation is typically nationalized if the government feels the company is exploiting the host company and exporting too high a proportion of the profits. By nationalizing the firm, the government hopes to keep profits at home. In developed countries, industries are often nationalized when they need government subsidies to survive as is the case in the United States in 2009. The French government nationalized steel and chemical companies in the mid-1980s in order to preserve jobs that would have disappeared if the market forces had prevailed. In some developed countries, however, nationalization is carried out as a form of national policy, often by Socialist government, and is not designed to rescue ailing industries. 국유화는 민간기업의 자산이나 사업을 정부가 매수하여 소유권을 취득하는 경우이다. 매수(takeover)에서 생기는 자산손실은 전보되는 경우도 있는가 하면, 그렇지 않는 경우도 있다. 발전도상국의 경우, 자국의 기업이 외국기업에 의하여 착취당하고, 또 이익의 태반이 국외로 유출되고 있다고 생각하면, 국유화하는 일이 많다. 정부는 기업을 국유화하여, 이익을 국내에 머물게 하려 한다. 선진국에서는, 2009년의 미국에 있어서와 같이, 산업이 정부보조금을 필요로 하는 경우에 국유화되는 경우가 많다. 프랑스정부는 1980년대 중반에 철강회사나 화학회사를 국유화하였는데, 이것은 자유시장요인이 작용하면 소멸할 것 같은 고용의 보호를 위한 것이었다. 그러나, 선진국 중에서도, 정부가 사회주의정책을 행하고 있는 경우에는, 경영악화기업의 구제를 목적으로 한 것이 아니라, 국가의 정책으로서 국유화를 하는 경우도 있다.

nationalized industry 국유화산업 ¶ *Nationalized industries* often occur when they need government subsidies to survive as is the case in the United States in 2009. 2009년의 미국에 있어서와 같이, 국유화산업은 정부보조금을 필요로 하는 경우에 생기는 경우가 많다.

natural 자연의 ***natural person*** 자연인 ¶ The *natural person*, with the artificial person shall be subjects of the rights and obligations in the civil law. 자연인은

법인과 함께 민법상의 권리와 의무의 주체이다. ~ ***resources*** 천연자원 ¶ *Natural resources* are actual and potential forms of wealth supplied by nature, such as coal, oil, wood, water power, and arable land. Many natural resources may be subject to depletion and thus eligible for a depletion deduction. 천연자원은 자연이 공급하는 석탄, 오일, 목재, 수력과 경작지(arable land)와 같은 현실적이고 잠재적인 형태의 자원(wealth)을 말한다. 많은 천연자원은 감손되기 쉬우므로 감손 공제(depletion deduction)를 받는 것이 바람직하다.

naught; nought 영, 제로(0) ¶ The insurer may be put to the labor and expense of investigation that may, several years later, be found to have been for *naught*. 보험업자는 몇 년 후에는 아무런 가치도 없다고 판명될지도 모르는 조사의 수고와 비용을 쓰게 된다.

NB → **N**o **B**ook [약] (예금)통장 없음(예금통장은 a handbook 혹은 a passbook이다.)

n.b. → (L) **n**ota **b**ene [약] (다음 것에) 주의하라(NB로도 약칭된다.)

NCD → **n**egotiable **c**ertificate of **d**eposit [약] 양도성예금증서 ¶ The *negotiable certificate of deposit (NCD)* is a large-dollar-amount, short-term certificate of deposit. Such certificates are issued by large banks and bought mainly by corporations and institutional investors. They are payable either to the bearer or to order of the depositor, and, being negotiable, they enjoy an active secondary market, where they trade in round lots of $5 million. Although they can be issued in any denomination from $100,000 up, the typical amount is $1 million. They have a minimum original maturity of 14 days; most original maturities are under six months. Also called a jumbo certificate of deposit. 양도성예금증서는 단기의 대형정기예금증서를 이른다. 양도성예금증서는 대형은행이 발행하여, 주로 회사나 기관투자자(institutional investor)가 매입한다. 지급은 소지인(bearer) 또는 예금자의 지시에 따라 행해진다. 양도가 가능하기 때문에 유통시장(secondary market)에서 활발하게 거래되지만, 5백만 달러가 통상의 거래단위(round lot)이다. 액면금액(denomination)은 10만 달러 이상의 단위이면 언제라도 발행할 수 있으나, 100만 달러단위가 일반적이다. 만기는 6개월 미만이 태반이고, 가장 단기의 것도 14일간짜리다. jumbo certificate of deposit(거액양도성예금증서)도 참조할 것.

NDF → **n**on-**d**eliverable **f**orward [약] 차액결제 선물환(비인도 선물환거래, 즉 인도하지 않는 선물환거래인데, 통상 차액결제 선물환이라고 부른다.) ¶ The *non-deliverable forward* (*NDF*) is a short-term forward contract on a thinly traded or nonconvertible foreign currency not otherwise internationally traded. Contracts in the *NDF* market are settled in cash and the profit or loss is the difference between an exchange rate agreed upon on a fixing date and the spot rate at the time on the settlement date. 차액결제 선물환은 거래액이 적거나 혹은 외화의 교환이 불가능하기 때문에, 국제시장에서의 거래가 불가능한 통화를 대상으로 한 단기의 선도계약(先渡契約)을 이른다. NDF거래의 결제는 현금으로 이루어지며, 계약을 한 때의 외환율과 결제일의 현물환율과의 차액이 거래의 손익으로 된다(차금결제).

N/E → **n**o **e**ffects [약] [부도문언] 무재산, 예금 없음, 자금부족(no funds)

near 가까운, 매우 근사한 ¶ *near*-cash 현금성통화 /*near* delivery; transaction of *near* delivery; *near* future 인도(引渡)기일이 가까운 물건, [증권] 기일이 가까운 선

물 /*near* liquid asset 유동성이 높은 자산(highly liquid asset) /*near* maturity 가까운 만기(물) /*near* month 인도(引渡)기일이 가까운 물건 ***near money*** 준(準)통화, 근사(近似)화폐, 준(準)화폐(quasi-money)[지급수단 그 자체는 아니지만, 신속·확실히 화폐로 바꿀 수 있는 금융자산(정기예금, 보통예금 등)] ¶ *Near money* is cash equivalents and other assets that are easily convertible into cash. Some examples are government securities, bank time deposits, and money market fund shares. Bonds close to redemption date are also called *near money*. 준(準)통화는 현금 등가물(cash equivalents)이나 환금이 용이한 자산을 이른다. 예를 들면, 정부증권(government securities), 은행의 정기예금(time deposit), 머니마켓펀드(money market fund: MMF)주식 등이 상당하다. 상환일자(redemption date)가 가까운 채권도 준통화(near money)라고 한다.

nearbank (은행에 가까운 기능을 가지는) 준(準)은행

nearby contract [영] 근사물(近似物) ¶ The *nearby contract* is the current, or closest, exchange-traded derivative on a reference asset, generally the most liquid until several days or weeks prior to expiry, when participants often begin rolling positions into the next nearby contract. Also known as front month; prompt month. 근사물(近似物)은 참가자들이 자주 다음 인도가 가까운 자산 속에 롤링 포지션을 시작하는 경우에, 일반적으로 만료일 이전의 수일 또는 수주일까지 가장 유동적인, 현행의(current) 또는 가장 가까운(closest) 기준자산에 관한 장내파생상품을 말한다. 이는 front month[앞선 한월(限月)]; prompt month[당월(當月)]로도 알려져 있다.

nearest 가장 가까운 ***nearest month*** 최근월물(最近月物) ¶ In commodity futures or option trading, the *nearest month* is the expiration dates, expressed as months, closest to the present. For a commodity or an option that had delivery or expiration dates available in September, December, March, and June, for instance, the nearest month would be September if a trade were being made in August. Nearest month contracts, called nearbys, are always more heavily traded than furthest month contracts. 최근월물(最近月物)은 상품선물거래(commodity futures contract)나 옵션(option)거래에 있어서, 행사기한(expiration)(월수로 표현된다)이 현재에 제일 가까운 달을 말한다. 예를 들면, 인도일(delivery date), 또는 행사일(expiration)이 9월, 12월, 3월, 6월로 설정된 상품이나 옵션의 경우, 8월에 거래가 성립하였다고 하면, 최근월물(最近月物)은 9월이라고 말하게 된다. 가장 가까운 계약은 기선(期先) 한월(furthest month)계약보다도 상시 거래량이 많다.

necessary 필요한, 필연의 ¶ *necessary* and sufficient condition 필요하고도 충분한 조건 /*necessary* condition 필요조건

necessity 필요성, 필수성 ¶ daily *necessities* [necessaries, needs] 생활필수품

NEF (ISO) code Niger Republic – currency CFA franc. ¶ NEF (국제표준기구) 약호 니제르 공화국 — 화폐 CFA 프랑(franc).

negative 부정(否定)의, 반대의 ¶ a *negative* clause 담보유보조항 /*negative* covenant [신디케이트론] 제한적 특약 /a *negative* interest rate margin; a *negative* spread; a *negative* interest rate spread 역(逆)일드(장기금리가 단기금리보다 낮은 상태) /a *negative* margin [spread] 역(逆)일드(장기금리가 단기금리보다 낮은 상태) /*Negative* Pledge [외채] 담보설정제한 /*negative* [extinctive] prescription 소멸시효 ***negative amortization loan*** 부(負)의 상환대출 ¶ The *negative amortization loan* is a type of option arm where the current payment is lowered and the difference is added to the balance of the loan. 부(負)의 상환대출은 경상(經常)지급이 저하되고 차액(difference)이 부채의 잔액에 추가되는 옵션부문의 유형이다. ¶ The *negative amortization loan* is a loan where the periodic payment made is less than the interest being charged, and where the difference is added to the outstanding principal balance. *Negative amortization loans* are specifically agreed between borrower and lender, and are often associated with certain types of mortgages, such as graduated payment mortgage. [영] 부(負)의 상환대출은 기간별 행한 납입금이 부과되고 있는 이자보다 낮고, 차액(difference)이 미지급납입금잔액에 추가되는 대출을 말한다. 부의 상환대출은 차입자와 대여자간에 명확히 합의를 보고, 누진적 원리금지급모기지(graduated payment mortgage)와 같은 일정한 유형의 모기지와 연관되기도 한다. ~ ***basis*** [영] 부(負)의 베이시스 ¶ The *negative basis* is: (1) a market state where the price of the cash or spot market security is below the price of the underlying futures contract. See also basis risk; positive basis. (2) a market state where the credit spread on credit default swap (CDS) is narrower than the spread on a reference obligation bond of the same issuer (e.g., the bond is cheap to the CDs, or the CDS is rich to the bond), typically as a result of greater liquidity in the CDs, large issuance of synthetic collateralarized debt obligations and/or large issuance of bonds by the issuer. See also negative basis trade. 부(負)의 베이시스 (1) 현금 또는 현물시장증권의 가격이 기초선물계약(underlying futures contract)의 가격 밑에 있는 시장의 실세(實勢)를 말한다. basis risk(베이시스위험); positive basis(적극베이시스)도 참조할 것. (2) 일반적으로 양도성정기예금증서(CDs)의 더 많은 유동성, 종합채무담보부 채무증서(synthetic collateralized debt obligation)의 대량발행과 동일한 발행자에 의한 채권의 대형발행의 결과로서, 크레디트디폴트스왑(CDS)상의 크레디트스프레드가 동일한 발행자의 기준채무채권(예컨대, 그 채권은 양도성예금증서(CDs)에 대해서 저렴하거나 또는 크레디트디폴트스왑(CDS)은 채권에 대해서 값진 것이다)의 스프레드보다 좁은 시장의 실세(實勢)를 말한다. negative basis trade(부(負)의 베이시스거래)도 참조할 것. ~ ***basis trade*** [영] 부(負)의 베이시스거래 ¶ The *negative basis trade* is an arbitrage trade created when a negative basis exists between a reference credit's credit default swap (CDS) and its bond. Under this strategy an investor can buy the bond and buy the CDS, earning a positive carry. 부(負)의 베이시스거래는 부(負)의 베이시스가 레퍼런스크레디트의 크레디트디폴트스왑(CDS)과 그 채권간에 존재하는 경우에 창출된 차익거래를 말한다. 이런 전략에 의하여 투자자는 채권을 매입하고 크레디트디폴트를 매입하며, 포지티브캐리를 획득한다. ~ ***carry*** 네거티브캐리(보유하는 채권의 이율보다도 채권을 보유하는 쪽이 높은 상태), 부(負)의 캐리(중앙은행의 공정할인율이 시중은행의 할인율보다 높은 상태) ¶ The *negative carry* is situation in which the cost of money borrowed to finance a securities or financial futures positions is higher than the return on those positions. For example, if an investor borrowed at 10% to finance, or "carry," a bond yielding 8%, the bond position would have a *negative carry*. *Negative carry* does not necessarily mean a loss to the investor, however, and a positive yield can result on an aftertax basis. In this case, the yield from the 8% bond may be tax-exempt, whereas interest on the 10% loan is tax-deductible. 네거티브캐리는 증권투자나 금융선물포지션을 가지기 위한 자금조달코스트가 운용익(運用益)을 상회하는 상태를 이른다. 예를 들면, 투자자가 이율 8%의 채권에 투자하는데, 말하자면 보유하기 위해서 10%의 금리로 자금을 차입한 경우, 그 채권투자는 채권에 투자하는 금리보다 차입금리가 더 높을 것이다. 그러나 표면적으로 채권에 투자하는 금리보다 차입금리가 높다고 하더라도, 투자자에게는 반드시

손실이라고 말할 수 없는 것이, 조세공제 후 베이스로는 플러스의 이율이 생기는 경우도 있기 때문이다. 이 경우에, 론의 이자(10%)가 소득 공제되거나 또는 이율 8%의 채권이 면세된다고 하면 조세공제 후 베이스로는 수익이 나오게 된다. ~ ***cash flow*** 네거티브 캐시플로 ¶ The *negative cash flow* is a situation in which a business spends more cash than it receives through earnings or other transactions in an accounting period. See also cash flow. 네거티브 캐시플로는 1 회계연도에 있어서 기업의 현금지급액이 수익이나 기타의 거래에서의 현금 수취액을 상회하는 상태를 이른다. cash flow(현금흐름)도 참조할 것. ~ ***convexity*** [영] 네거티브 콘벡시티 ¶ The *negative convexity* is a characteristic of certain financial assets where losses are greater or gains are smaller, than those of linear contracts or those with positive convexity. Short options and certain types of mortgage-backed securities (e.g., interest-only strips) feature negative convexity. See also negative gamma; nonlinear instrument. 네거티브 콘벡시티는 손실은 선형(線型)계약이나 포지티브 콘벡시티보다 크고 이득은 작은 일정한 금융자산의 특성을 말한다. 숏옵션, 일정한 종류의 모기지담보증권(예컨대, 이자지급조건만의 스트립)은 네거티브 콘벡시티를 특징으로 한다. negative convexity(네거티브 감마치(值)); nonlinear instrument)(비선형증권)도 참조할 것. ~ ***equity*** [영] 네거티브 에퀴티 ¶ The *negative equity* is: (1) a financial state when the value of an asset is worth less than the amount of financing used to acquire the asset, e.g., a property whose value is less than the mortgage. (2) see also negative net worth. 네거티브에퀴티는 (1) 예컨대, 부동산의 가격이 모기지보다 값이 적게 나가는 것과 같이, 자산의 가격이 그 자산을 취득하는 데 이용된 금융금액보다 적게 값이 나갈 때 금융의 실세(實勢)이다. (2) negative net worth(네거티브 순수자산)도 참조할 것. ~ ***gamma*** [영] 네거티브 감마치(值) ¶ *Negative gamma* is market risk exposure to large price moves in the underlying generated through the sale of put options or call options. A seller of options can suffer a loss from *negative gamma* as it may not have an opportunity to properly rebalance a delta hedge. In common with other negative convexity instruments, *negative gamma* positions features losses that are greater and gains that are smaller than instruments with positive convexity. See also gamma; gamma hedge; positive gamma. 네거티브 감마치(值)는 풋옵션 또는 콜옵션의 매도를 통해서 산출된 기초자산의 큰 가격변동에 대한 시장위험노출을 말한다. 옵션의 매도인은 네거티브 감마치가 델타치(值)헤지를 적절히 재균형을 맞출 기회를 가질 수 없으므로, 네거티브 감마치로부터 손실을 입을 수 있다. 다른 네거티브 콘벡시티증권과 같이, 네거티브 감마치 포지션은 포지티브 콘벡시티의 증권보다 더 많은 손실과 더 적은 이익을 특색으로 한다. gamma[감마치(值)]; positive gamma[포지티브 감마치(值)]도 참조할 것. ~ ***gap*** [영] 네거티브갭 ¶ The *negative gap* is a general measure of a company's exposure to interest rate repricing risk. A *negative gap* arises when rate sensitive liabilities reprice faster than its assets (e.g., have shorter duration), and means the firm will experience a loss if rates rise and a gain if rates fall. Also known as liability sensitive. See also gap; gapping; positive gap. 네거티브갭은 회사가 금리재개정위험에 대해서 얼마나 노출되었는가를 일반적으로 예측하는 경우이다. 네거티브갭은 금리에 민감한 부채가 자산보다 빠르게 재평가하는 경우(예컨대, 더 짧은 듀레이션을 가지고) 발생하여, 회사가 금리가 상승하면 손실을 경험하고 금리가 하락하면 이득을 경험하는 것을 의미한다. liability sensitive(금리에 민감한 부채)로도 알려져 있다. gap(갭); gapping(갭핑); positive gap(포지티브갭)도 참조할 것. ~ ***income tax*** 부(負)의 소득세 ¶ The *negative income tax* is a proposed system of providing financial aid to poverty-level individuals and families, using the mechanisms already in place to collect income taxes. After filing a tax return showing income below subsistence levels, instead of paying an income tax, low-income people would receive a direct subsidy, called a *negative income tax,* sufficient to bring them up to the subsistence level. 부(負)의 소득세는 저소득층의 개인이나 가족에의 자금원조를 목적으로 계획된 제도로, 이미 실시되고 있는 소득세의 징수방법을 이용하는 것이다. 저소득자는 최저생활수준 이하의 소득을 나타내는 납세신고서를 제출하면, 소득세를 징수하는 것이 아니라, 최저생활수준으로 인상하는 데에 충분한 부(負)의 소득세라고 하는 직접보조금을 받을 수 있다. ~ ***interest*** (예금자가 지급하는) 역(逆)의 금리, 마이너스의 금리 ¶ The *negative interest* is a charge made by a bank or other deposit taker for looking after a sum of money for a given period. 역(逆)의 금리는 은행이나 예금수취인이 일정한 기간 일정한 금액을 보관하는 것에 대한 부과금을 말한다. ~ ***interest rate*** 마이너스금리 ¶ The *negative interest rate* is a rate below zero, whereby the lender, actually or technically, pays interest to the borrower. In 2002, for example, the federal funds rate was lower that was, technically, negative. An example of a *negative interest rate* in the literal sense is a private placement with institutional investors of debt-plus-warrants, a security called Squarz (pronounced "squares") of Berkshire Hathaway Corporation, controlled by the Wall Street legend Warren Buffett. Goldman Sachs, which designed the structure in mid-2002, called it the "first ever negative-coupon security." Taking advantage of low market interest rates and high stock market volatility, Berkshire would pay about 3% a year on the bonds being issued. But the investor would also receive a warrant alive, investors would have to pay a higher rate, perhaps 3.75%, at the same time Berkshire made the interest payments. The net effect was a *negative interest rate.* 마이너스금리는 제로를 하회하는 마이너스금리, 말하자면 기술적으로는 대여자(lender)가 차입자(borrower)에게 금리를 지급하게 되는 경우이다. 예를 들면, 2002년에는 페더럴펀드금리(federal fund rate)가 인플레이션율(inflation rate)을 하회하였기 때문에, 기술적으로는 그 때의 실질금리(real interest rate)는 마이너스금리라고 말하게 된다. 문자 그대로의 마이너스금리였던 예로서, Squarz라고 한 증권이 있다. 이것은 월스트리트(Wall Street)의 전설적 투자자인 워런 버핏(Warren Buffett)이 경영하는 버크셔 해서웨이(Berkshire Hathaway Corporation)가 기관투자자(institutional investor)용으로 발행한 채권(debt)과 워런트(warrant)를 조합시킨 사모채(private placement)인데, 2002년 중반에 이 증권을 만든 골드만삭스(Goldman Sachs)는 「사상 최초의 마이너스금리의 증권」으로 이름을 붙였다. 시장금리수준이 낮은 것과 주가의 변동률(volatility)이 높은 것을 이용하는 증권으로, 발행된 채권에는 약 3%의 금리가 부쳐져 있고, 동시에 투자자는 버크셔 해서웨이의 주식(stock)을 구입할 수 있는 워런트를 받는다. 그러나 받은 워런트가 계속 유효하기 위하여, 투자자도 버크셔 해서웨이사가 채권의 금리를 지급하는 동시에, 투자자가 받는 금리(3%)보다도 높은 3.75%의 금리를 버크셔 해서웨이에 지급하여야 한다. 순수한 효과는 마이너스금리인 것이다. ~ ***list*** 비자유화품목, 수입제한품목표 ¶ The *negative list* is a list in an international agreement of those items,

전설적인 투자자, 워런 버핏

entities, or products to which agreement will not apply, the commitment being to apply the agreement to everything else. See also positive list. 수입제한품목표는 국제협정이 적용되지 않는 품목, 실재물, 또는 제조품의 목록이고, 그밖에 모든 것에 대하여 국제협정이 적용되는 품목은 위임한다는 경우이다. positive list(포지티브리스트)도 참조할 것. ~ ***net worth*** [영] 네거티브 순수자산 ¶ The *negative net worth* is a financial state where the value of an individual's or company's liabilities exceed the value of assets, indicating a state of insolvency. Also known as negative equity. 네거티브 순수자산은 개인이나 회사의 부채의 가격이 자산의 가격을 초과하는 재무상황이며, 이것은 지급불능(insolvency)의 상태를 가리킨다. 이는 negative equity(네거티브 에퀴티)로도 알려져 있다. ~ ***obligation*** 네거티브 오블리게이션 ¶ The *negative obligation* is a New York Stock Exchange requirement that a specialist must "stand out of the way" when a natural match can occur between a buyer and a seller. Any violation of this rule is called trading ahead. Decimalization has resulted in a practice called penny jumping (or pennying), whereby a specialist offers the seller a penny over the bid and makes the difference between that price and the offer price, which may be several pennies higher. Penny jumping is controversial because it is similar to the illegal practice of front running. 네거티브 오블리게이션은 뉴욕증권거래소(New York Exchange: NYSE)의 규칙에서, 스페셜리스트(specialist)는 주식의 매수인과 매도인의 주문이 충분히 조건이 맞는 때에는 그 주식의 거래에 자기계좌에서 참가해서는 아니 된다고 하는 것이다. 이 규칙에 위반하는 행위는 트레이딩어헤드(trading ahead)라고 한다. 주가의 표시가 분수(1/4 등)에서 소수점(0.25 등)으로 된 것에서, 페니점핑(penny jumping) 또는 페닝(pennying)이라고 하는 행위가 생기게 되었다. 이것은 예를 들면, 매도호가(offer)와 매수호가(bid)의 차이가 몇 센트나 있는 경우, 스페셜리스트가 매도인에 대하여 매수호가(bid)보다 1센트 높게 매수호가를 오퍼해서 매수호가와 차이를 두어 거래하는 행위를 말한다. 페니점핑은 위법행위인 앞질러가는 거래(front running)와 유사하기 때문에 논쟁거리가 된다.~ ***pledge clause*** 담보제공제한조항(擔保提供制限條項) ¶ The *negative pledge clause* is a clause in a bond debenture whereby the issuing corporation or government agrees not to pledge assets, unless the holders of bonds or debentures are at least equally secured. Also called covenant of equal coverage. A *negative pledge clause*, a part of some debenture agreements, protects the creditors against a dilution of security. 담보제공제한조항(擔保提供制限條項)은 채권 또는 무담보사채의 소유자가 적어도 똑같은 담보제공을 받지 않는 한, 발행회사나 정부가 자산을 담보로 제공하지 않는다는 것을 약속하는 채권공정증서상의 조항을 말한다. 일부 무담보사채계약상의 규정인 담보제공제한조항(擔保提供制限條項)은 담보의 희석화에 대하여 채권자를 보호한다. ~ ***working capital*** 부(負)의 운전자본 ¶ The *negative working capital* is a situation in which the current liabilities of a firm exceed its current assets. For example, if the total of cash, marketable securities, accounts receivable and notes receivable, inventory, and other current assets is less than the total of accounts payable, short-term notes payable, long-term debt due in one year, and other current liabilities, the firm has a *negative working capital*. Unless the condition is corrected, the firm will not be able to pay debts when due, threatening its ability to keep operating and possibly resulting in bankruptcy. See also working capital. 부(負)의 운전자본은 기업의 유동부채(current liability)가 유동자산(current asset)보다 많은 상태를 말한다. 예를 들면, 현금(cash), 시장성 유가증권(marketable securities), 외상매출금(account receivables), 수취어음(notes receivable), 재고자산(inventory) 등의 유동

자산의 합계가 외상매입금(account payable), 단기지급어음(short-term notes payable), 1년 이내에 기한도래의 장기차입금(long-term debt) 등의 유동부채의 합계액보다 적다면, 기업에는 부(負)의 운전자본이 생긴다. 상황이 개선되지 않으면 기일이 도래하여도 부채상환은 불가능하고, 현업유지가 어렵게 되어 바로 도산(bankruptcy)이라고 말하게 된다. working capital(운전[운영]자본)도 참조할 것. ~ ***yield curve*** 역(逆)일드 곡선(장기금리가 단기금리보다 낮은 상태) ¶ The *negative yield curve* is unusual situation where short-term interest rates are higher than long-term rates. It is also called inverted yield curve. Such situation occurs when a surge in demand for short-term credit drives up short-term rates on instruments like Treasury bills and money-market funds, while long-term rates move up more slowly, since borrowers are not willing to commit themselves to paying high interest rates for many years. 역일드 곡선은 단기금리가 장기금리보다 높은 이상한 상황을 이른다. 이를 역이율 곡선(inverted yield curve)이라고도 한다. 그러한 상황은 단기자금수요가 급등하여 미국의 단기국채나 시장금리연동형 투자신탁과 같은 금융상품의 단기금리가 상승하고, 한편 차입자는 몇 년간이나 높은 금리를 지급할 사람은 없으므로 장기금리가 완만하게 상승할 수밖에 없는 경우에 생긴다.

neglect 부주의, 불이행, 태만 ¶ The disaster may be attributed to *neglect* of such precaution. 재해(災害)는 이와 같은 주의를 태만하기 때문이라고 말할 수 있다. /culpable *neglect* of duty 비난받을 만한 직무태만

neglected 방치된, 경시된 ***neglected firm effect*** 니글렉트 효과 ¶ The *neglected firm effect* is a tendency of stocks undiscovered by analysts and institutional investors to outperform the overall market because of the small firm effect and to register dramatic gains once discovered. 니글렉트 효과란 애널리스트(analysts)나 기관투자자(institutional investors)의 눈에 띄지 않은 주식이 소형주(小型株)의 효과에 의해서 전반적인 시장을 상회하는 효과를 올려서 한번 주목을 받으면 극적인 상승을 보이는 주식의 동향을 이른다.

negligence 태만, 부주의, 용의주도(用意周到)하지 못함 ¶ In law, *negligence* is a tort in which a breach of a duty of care results in damage to the person to whom the duty is owed. Such a duty is owed by manufacturers to the consumers who buy their products, by accountants, lawyers, doctors, and other professional persons to their clients, by a director of a company to its shareholders, etc. A person who has suffered loss or injury as a result of a breach of the duty of care can claim damages in tort. The risk of being sued for *negligence* makes it essential for partners in firms that are not limited liability partnerships to obtain professional liability insurance. 법에서, 부주의란 것은 주의의무의 위반이 의무를 다할 사람에 대한 손해로 나타나는 불법행위(tort)를 말한다. 그러한 의무는 제조업자가 그들의 제품을 사주는 소비자에 대해 지는 것이고, 회계사, 변호사, 의사, 기타 전문직업인이 그들의 고객에게 지는 의무이며, 회사의 이사가 그의 주주에게 지는 의무이다. 주의의무의 위반의 결과로 손실이나 손해를 입은 자는 불법행위로 인한 손해를 청구할 수 있다. 부주의 때문에 제소를 당할 위험은 유한책임파트너십이 아닌 회사의 파트너가 전문인손해보험(professional liability insurance)에 드는 것을 긴요하게 만든다. /Ordinary *negligence* is more serious than slight *negligence*, but less serious than gross *negligence*. (법률에서) 보통과실은 경과실보다 중하지만, 중과실보다는 가볍다. /simple *negligence* 단순과실 /an accident due to *negligence* 부주의로 인한 사고 /*negligence* clause 과실약관, 면책조항

negotiable 교섭할 수 있는, 양도(讓渡)할 수 있는, 유통성이 있는 ¶ In general, the word *negotiable* means (1) something that can be sold or transferred to another party in exchange for money or as settlement of an obligation. (2) a matter of mutual concern to one or more parties that involves conditions to be worked out to the satisfaction parties. As example: in a lender-borrower arrangement, the interest rate may be *negotiable*; in securities sales, brokerage commissions are now *negotiable*, having historically been fixed; and in divorce cases involving children, the terms of visiting rights are usually *negotiable*. 일반적으로, 양도할 수 있다는 말은 (1) 금전과 상환에 또는 채무변제의 수단으로서, 제3자에게 매각한다든지 양도할 수 있는 것을 이른다. (2) 1인 이상의 관계자에게 있어서 각자가 합의할 수 있는 조건으로 하기 위하여 교섭하여야 할 서로의 관심사항을 이른다. 예를 들면, 대여자(貸與者)·차입자(借入者)간의 합의에 있어서 금리는 교섭사항이다. 증권매매거래 위탁수수료(brokerage commission)는 종래 고정되어 있었으나, 현재는 교섭사항으로 되고 있다. 또 어린아이들이 관련된 이혼소송에서는, 어린아이들에의 방문에 관한 조건은 일반적으로 교섭사항으로 되고 있다. ¶ In Finance, the word *negotiable* means instrument meeting the qualifications of the Uniform Commercial Code dealing with *negotiable* instruments. See also negotiable instrument. 재무에 있어서, 양도할 수 있다는 말은 양도할 수 있는 증권에 관한 미통일상법전(Uniform Commercial Code)의 규정을 충족하는 증권을 가리킨다. negotiable instrument(유통증권)도 참조할 것. ¶ In investments, the word *negotiable* means type of security the title to which is transferred by delivery. A stock certificate with the stock power property signed is *negotiable*, for example. 투자에 있어서, 양도할 수 있다는 말은 인도에 의하여 권리를 위양(委讓)할 수 있는 증권을 말한다. 예를 들면, 서명된 증권양도위임장(stock power)이 있는 주권은 양도할 수 있다는 뜻이다. /*negotiable* bill 유통어음 /*negotiable* document 유통서류 /*negotiable* paper 유통어음 /*negotiable* time certificate of deposit 양도가능 정기예금증서 /*negotiable* warehouse receipt 지시식 창고증권 /"not *negotiable*" 「유통불가」(수표의 위에 쓰는 문언) ***negotiable B/L*** 유통선하증권 ¶ The *negotiable B/L* is a bill of lading transferred by endorsement. See also order bill of lading. 유통선하증권은 배서에 의하여 양도되는 선하증권을 말한다. order bill of lading(지시식 선하증권)도 참조할 것. ~ ***certificate of deposit* (*NCD*)** 양도성예금증서 ¶ The *negotiable certificate of deposit* (*NCD*) is a large-dollar-amount, short-term certificate of deposit. Such certificates are issued by large banks and bought mainly by corporations and institutional investors. They are payable either to the bearer or to order of the depositor, and, being negotiable, they enjoy an active secondary market, where they trade in round lots of $5 million. Although they can be issued in any denomination from $100,000 up, the typical amount is $1 million. They have a minimum original maturity of 14 days; most original maturities are under six months. Also called a jumbo certificate of deposit. 양도성예금증서는 단기의 대형정기예금증서를 이른다. 양도성예금증서는 대형은행이 발행하여, 주로 회사나 기관투자자(institutional investor)가 산다. 지급은 소지인(bearer) 또는 예금자의 지시에 따라 행해진다. 양도가능하기 때문에 유통시장(secondary market)에서 활발하게 거래되지만, 5백만 달러가 통상의 거래단위(round lot)이다. 액면금액(denomination)은 10만 달러 이상의 단위이면 언제라도 발행할 수 있으나, 100만 달러단위가 일반적이다. 만기는 6개월 미만이 태반이고, 가장 단기의 것도 14일간짜리다. jumbo certificate of deposit(거액양도성예금증서)도 참조할 것. ~ ***instrument* 【*security*】** 유통증권, 유가증권 ¶ The *negotiable* *instrument* is an unconditional order or promise to pay an amount of money, easily transferable from one person to another. Example: check, promissory note, draft (bill of exchange). The Uniform Commercial Code requires that for an instrument to be negotiable it must be signed by the maker or drawer, must contain an unconditional promise or order to pay a specific amount of money, must be payable on demand or at a specified future time, and must be payable to order or to the bearer. 유통증권이란 일정한 금액을 지급할 것을 무조건으로 지시 또는 약속한 증권으로, 사람에서 사람으로 간단히 양도할 수도 있는 것을 말한다. 예를 들면, 수표(check), 약속어음(promissory note), 환어음(draft, bill of exchange) 등이 있다. 미통일상법전(Uniform Commercial Code)은 양도할 수 있는 증권의 조건으로서 다음의 네 가지 점을 들고 있다. 증권작성자 또는 어음발행인(drawer)의 서명이 있을 것, 특정한 금액의 무조건의 지급약속이나 지급지시가 기재되고 있을 것, 요구시 또는 장래의 일정한 기일에 지급할 것, 그리고 지급은 지시인이나 소지인에 대하여 행할 것. ~ ***order of withdrawal*** [미] 나우(NOW)계좌, 양도할 수 있는 환급지시서 예금(수표의 발행이 가능한 저축예금 — 이자부 당좌예금) (*cf.*) NOW ¶ The *negotiable order of withdrawal* is a bank or savings and loan withdrawal ticket that is a negotiable instrument. The accounts from which such withdrawals can be made, called NOW accounts, are thus, in effect, interest-bearing checking accounts. They were first introduced in the late 1970s and became available nationally in January 1980. In the early and mid-1980s the interest rate on NOW accounts was capped at 5 1/2%; the cap was phased out in the late 1980s. See also super negotiable order of withdrawal (NOW) account. 나우(NOW)계좌는 양도할 수 있는 증권(negotiable instrument)인 은행 또는 저축대출조합(savings and loan association)의 예금인출표(withdrawal ticket)를 말한다. 이런 종류의 환급할 수 있는 계좌는 NOW계좌라고 하며, 실질적으로는, 이자가 붙는 당좌예금계좌라 말할 수 있다. NOW계좌는 1970년대 후반에 처음으로 도입되어 1980년 1월부터 미국 전역에서 이용될 수 있게 되었다. 1980년대 초두에서 중반까지 NOW계좌의 금리는 5.5%에 묶어두었으나, 상한금리는 1980년대 후반에 단계적으로 폐지되었다. super negotiable order of withdrawal (NOW) account(수퍼NOW예금계좌)도 참조할 것.

negotiate 협정하다, 유통시키다, 돈으로 바꾸다, 교섭하다 ***negotiating bank*** (어음의) 매입은행 ¶ The *negotiating bank* is a bank which voluntarily purchases a draft drawn under a letter of credit, whether it be a straight letter of credit or a negotiation letter of credit. (어음의) 매입은행은 지시식 신용장이든 양도할 수 있는 신용장이든, 신용장 하에 발행된 환어음을 자발적으로 매수하는 은행을 말한다. ***negotiated commission*** 교섭베이스의 증권위탁수수료 ¶ *Negotiated commission* is brokerage commission that is determined through negotiation, Prior to 1975, commissions were fixed. Since then, brokerage firms have been free to charge what they want and, although they have minimums and commission schedules, will negotiate commissions on large transactions. 교섭베이스의 증권위탁수수료는 요율이 고객과의 교섭으로 결정되는 증권회사(brokerage firm)의 증권위탁수수료(brokerage commission)를 이른다. 위탁수수료는 1975년까지는 고정제였으나, 그 후 위탁수수료가 자유화되어 증권회사는 수수료율을 자유로 청구할 수 있게 되었다. 각 증권회사마다 최저요율기준이나 일정한 수수료기준을 설정하고 있지만, 대형거래에서는 적용수수료율은 교섭사항이 된다. ***~d market*** 상대매매시장 ¶ The *negotiated market* is a market of sale other than the real exchange market. It is similar to the over-the-counter market. 상대매매시장이란 거래소시장 이외의

매매시장을 말한다. 「장외시장(場外市場)」과 거의 같은 의미이다. ***~d underwriting*** [증권] 협의인수(증권발행에 있어서, 발행자와 인수 측과의 개별교섭에 의해서 발행조건을 결정하는 방식) ¶ *Negotiated underwriting* is underwriting of new securities issue in which the spread between the purchase price paid to the issuer and the public offering price is determined through negotiation rather than multiple competitive bidding. The spread, which represents the compensation to the investment bankers participating in the underwriting (collectively called the syndicate), is negotiated between the issuing company and the managing underwriter, with the consent of the group. Most corporate stock and bond issues and municipal revenue bond issues are priced through negotiation, whereas municipal general obligation bonds and new issues of public utilities are generally priced through competitive bidding. Competitive bidding is mandatory for new issues of public utilities holding companies. See also competitive bid. 협의인수는 신규발행증권(new issue)을 인수(引受)할 때에, 발행자(issuer)에게 지급하는 매수가격과 공모가격(public offering price)과의 차액(spread)이 복수의 인수업자(underwriter)에 의한 경쟁입찰(competitive bid)이 아니라, 발행자와 인수업자간의 교섭에 의하여 결정되는 것을 이른다. 이 스프레드는 인수에 참가하고 있는 투자은행그룹(syndicate라고 한다)에 대한 보수에 상당하는 것인데, 발행자와 인수주간회사(managing underwriter)와의 교섭에 의하여 신디케이트멤버의 동의하에 결정된다. 많은 주식이나 채권, 지방특정재원채(municipal revenue bond) 등의 발행조건을 교섭베이스에서 결정되고, 지방일반재원채(general obligation bond)나 새로운 공공사업채의 발행조건은 통상 경쟁입찰에서 결정난다. 공공사업지주회사(public utilities holding company)에 의하여 발행되는 증권의 발행조건은 경쟁입찰에서 행하는 것이 의무사항으로 되어 있다. competitive bid(경쟁입찰)도 참조할 것.

negotiation (*pl.*) 교섭, 상의(商議), 협의, (어음의) 유통양도 ¶ *negotiation* charge 매입수수료 /*negotiation* or acceptance commission 매입 또는 인수(引受)수수료 /*negotiation* of bill for collection by an overseas branch of a Korean bank 외국주재 한국은행 외국지점용의 B/C유전스 /*negotiation* of a draft (with a bank) 어음의 양도[매입] /*negotiation* of export bill 수출어음의 매입 ***negotiation [open, straight] credit*** 어음매입은행 무지정신용장, 매입신용장 ¶ A *negotiation letter of credit* is a letter of credit in which the engagement of the issuer is extended to drawers, indorsers, and bona fide holders of drafts drawn on or demands for payment made under the credit by the beneficiary. This engagement is usually made by including in the credit a phrase similar to the following: "We hereby engage with the drawers, indorsers, and bona fide holders of drafts' documents drawn under and in compliance with the terms and conditions of this credit that such drafts/documents will be duly honored on due presentation. …" 매입신용장은 수익자가 발행인, 배서인, 및 신용장에 의거하여 발행한 환어음이나 지급지서서(demand for payment)의 선의의 소지인(bone fide holders)에 제시된 개설인(issuer)의 약속이 있는 신용장이다. 이 약속은 통상 다음과 유사한 문구가 신용장에 포함된다. 「폐사(弊社)는 발행인, 배서인, 및 이 환어음/서류가 만기에 제시된 때에 적정하게 지급된다는 이 신용장의 조건에 따라 발행된 환어음의 서류의 선의의 소지인에게 약속합니다.…」

Nellie Mae corporation 넬리메이 코퍼레이션 ¶ The *Nellie Mae corporation* is a division of Sallie Mae providing education financing for undergraduate and graduate students and families. 넬리메이 코퍼레이션은 대학생이나 대학원학생 및

가족을 위하여 교육금융을 제공하는 샐리메이(Sallie Mae)채(債)의 1 부문이다.

NEO → **n**on**e**quity **o**ptions [약] 비(非)주식옵션 ¶ *NEO* is an abbreviation for nonequity options. This refers to options contracts on foreign currencies, bonds and other debt issues, commodities, metals, and stock indexes. In contrast, equity options have individual stocks as underlying values. NEO(비주식옵션)은 nonequity options의 약어이다. 이것은 외화(foreign currency), 채권(bond), 상품(commodity), 금속, 주가지수(stock index) 등을 기초증권(underlying security)으로 하는 옵션(option)계약을 의미한다. 이와 대조하여 equity option(주식옵션)은 개별주식을 기초증권으로 한다.

Nepal currency 네팔 화폐 ¶ Nepalese rupee (NPR), divided into 100 paisa. 1 네팔 루피(rupee) = 100 파이사(paisa) (*pl.* paisha).

nest egg 장래를 위한 저금, 비축(備蓄) ¶ The *nest egg* is assets put aside for a person's retirement. Such assets are usually invested conservatively to provide the retire with a secure standard of living for the rest of his or her life. Investment in an individual retirement account would be considered part of a *nest egg*. 비축은 퇴직 후를 대비하여 저금에 돌리는 자산을 말한다. 이러한 자산은 일반적으로 퇴직자가 정년 후 안심하고 살게 하도록 신중하게 투자된다. 개인퇴직계좌(individual retirement account)에의 투자는 비축(nest egg)의 일부라고 생각된다.

net; nett ⓐ 에누리가 없는, 정미(正味)의, 순수한 ¶ In general, the word *net* means figure remaining after all relevant deduction have been made from the gross amount. For example: *net* sales are equal to gross sales minus discounts, returns, and allowance; *net* profit is gross profit less operating (sales, general, and administrative) expense; *net* worth is assets (worth) less liabilities. 일반적으로, net(순수한)라는 말은 총액에서 관련공제액을 뺀 금액을 의미한다. 예를 들면, 순총매상액(net sales)는 총매상액(gross sales)에서 할인액(discount), 반품액(return), 값을 깎아준 금액(allowance)을 공제한 금액을 말한다. 순이익(net profit)은 매상 총이익(gross profit)에서 영업비용(판매비, 일반관리비)을 공제한 것이다. 순자산(net asset)은 자산에서 부채를 공제한 것이다. ¶ In investments: the word *net* means dollar difference between the proceeds from the sale of a security and the seller's adjusted cost of acquisition – that is, the gain or loss. 투자에 있어서, net라는 의미는 증권매각 수취금(proceeds)과 매도인의 수정취득원가(adjusted acquisition cost)의 차액이다. 즉, 양도익 또는 양도손(capital gain, capital loss)이다. /the *net* amount 순수금액 /*net* asset value 순자산가치 /*net* avail 어음매도수령액 /*net* external asset 대외순자산 /*net* income before depreciation 상각전 이익 /*net* lease 부수비용을 제외한 금융비용을 대금으로 한 리스 /*net* liabilities 순부채, 부채초과 /the *net-net* 순수최종숫자(the bottom line) /*net-net* income 순이익 /*net* operating loss (세법상 이월해야 하는) 순영업손실 /*net* profits on *net* sales 매상총액 순이익률 /*net* realizable value 순실현가능가격 /a *net* result 순공제 잔액 /*net* returns 순이율 /*net* sales 순총매상액 /*net* savings 순저축 /*net* working capital 순운전자금 /*net* yield 순이익률 ***net aftertax gain*** 세액공제 후 양도익 ¶ *Net aftertax gain* is capital gain after income taxes. 세액공제 후 양도익은 소득세공제 후의 양도익(capital gain)을 말한다. ~ ***assets*** 순자산 ¶ *Net assets* are difference between a company's total assets and liabilities; another way of saying owner's equity or net worth. See asset coverage for a discussion of net asset value per unit of bonds, preferred stock, or common stock. 순자산은 회사의 총자산에서 부

채를 공제한 차액을 이른다. 자기자본(owner's equity)이라든가 순수한 자산(net worth)이라고도 한다. 채권의 단위당 순자산가치, preferred stock(우선주), 또는 common stock(보통주)을 검토할 때에는 자산담보율(asset coverage)도 참조할 것. ~ ***asset value (NAV)*** 순자산가치[가격] ¶ In mutual funds, the *net asset value* (*NAV*) is the market value of a fund share, synonymous with bid price. In the case of no-load funds, the *NAV*, market price, and offering price are all the same figure, which the public pays to buy shares; load fund market or offer prices are quoted after adding the sale charge to the *net asset value*. *NAV* is calculated by most funds after the close of all the exchanges each day by taking the closing market value of all securities owned plus all other assets such cash, subtracting all liabilities, then dividing the result (total net assets) by the total number of shares outstanding. The number of shares outstanding can vary each day depending on the number of purchases and redemptions. 뮤추얼펀드(mutual fund)에서는, 순자산가치[가격]는 펀드 1주당의 시장가치(market value)를 말하고, 매수호가(bid)와 동의어이다. 판매수수료(sales charge)가 붙지 않는 논로드펀드(no-load fund)에서는, 순자산가치(NAV), 시장가격(market price), 공모가격(offering price)은 수수료가 모두 동액으로 되어, 이 가격에서 투자자는 증권을 구입한다. 판매수수료가 붙는 로드펀드(load fund)의 시장가치 또는 공모가격은 순자산가치에 판매수수료를 부가하여 가격이 표시된다. 펀드의 NAV의 대부분은 거래소 폐장 후 매일 산정된다. 순자산가치는 보유하고 있는 모든 증권의 종가로 계산한 가치와 현금 등의 자산의 합계액에서 부채액을 공제하고 그 결과(순자산총액)를 금고주(treasury stock)를 제외한 발행주식수로 나누어 구한다. 금고주를 제외한 발행주식수는 주식의 구입수와 상환수에 따라 매일 변동한다. ¶ The *net asset value* (*NAV*) is a book value of a company's different classes of securities, usually stated as *net asset value* per bond, net asset value per share of preferred stock. and net book value per common share of common stock. The formula for computing *net asset value* is total assets less any intangible asset less all liabilities and securities having a prior claim, divided by the number of units outstanding (i.e., bonds, preferred shares, or common shares). See book value for a discussion of how these values are calculated and what they mean. See also defined asset funds; exchange traded funds. 순자산가치[가격]는 회사가 소유하는 수종의 유가증권의 장부가격으로, 각각 1채권당의 순자산가치라든가, 우선주 1주당의 순자산가치, 보통주 1주당의 순장부가와 같이 표기된다. 순자산가치의 산출방법은 총자산에서 무형자산(intangible asset)을 공제하고, 다시 대상자산보다 우선하는 모든 부채를 공제하여 그것을 대상증권의 잔액수(殘額數)(채권, 우선주 또는 보통주 등)로 나눈다. 장부가액의 산출 방법이나 의미에 관하여는, book value(장부가격)도 참조할 것. 또한 exchange traded funds(상장지수펀드)도 참조할 것. ~ ***capital requirement*** 순(純)자본요건 ¶ The *net capital requirement* is a Securities and Exchange Commission requirement that member firms as well as nonmember broker-dealers in securities maintain a maximum ratio of indebtedness to liquid capital of 15 to 1; also called net capital rule and net capital ratio. Indebtedness covers all money owed to a firm, including margins loans and commitments to purchase securities, one reason new policy issues are spread among members of underwriting syndicates. Liquid capital includes cash and assets easily converted into cash. 순자본요건이란 미증권거래위원회(Securities and Exchange Commission)가 의무사항으로 하고 있는 조건으로, 회원증권회사도 비회원증권회사도 부채 대 유동자본비율은 15 : 1 이하를 유지하는 것으로 하고 있고, net capital rule이라든가 net capital ratio라고도 한다. 부채(indebtedness)에는 신용거래(margin)용 차입금이나 유가증권의 인수액도 포함한다. 신규공모증권의 인수를 증권회사 단독이 아니라, 인수신디케이트(underwriting group syndicate)의 참가멤버에 분산하고 있는 것도 순자본규제가 배경에 있다. 유동자본(liquid capital)에는 현금이나 바로 현금화할 수 있는 자산도 포함된다. ~ ***change*** 전일비(前日比) 변동폭 ¶ The *net change* is a difference between the last trading price on a stock, bond, commodity, or mutual fund from one day to the next. The *net change* in individual stock prices is listed in newspaper financial pages. The designation +2 1/2, for example, means that a stock's final price on that day was $2.50 higher than the final price on the previous trading day. The *net changes* in prices of NASDAQ stock market stocks is usually the difference between bid prices from one day to the next. 전일비(前日比) 변동폭은 주식, 채권, 상품, 뮤추얼펀드(mutual fund) 등의 종가(last trading price)의 전일비 차액(前日比差額)이다. 각 종목의 전일비 변동폭은 신문의 금융란에 게재된다. 예를 들면, +2 1/2이라고 기재되어 있는 경우는, 전일의 주식의 종가가 전전일(前前日)보다 2달러 50센트 높았다는 것을 나타내고 있다. 나스닥 주식시장(NASDAQ stock market) 종목에서는, 통상적으로 가격의 전일비 변동폭은 매수호가(BID)의 차이를 말한다. ~ ***current assets*** 순유동자산 ¶ *Net current assets* are difference between current assets and current liabilities; another name for working capital. Some security analysts divide figure (after subtracting preferred stocks, if any) by the number of common shares outstanding to arrive at working capital per share. Believing working capital per share to be a conservative measure of liquidating value (on the theory that fixed and other noncurrent assets would more than compensate for any shrinkage in current assets if assets were to be sold), they compare it with the market value of the company's shares. If the *net current assets* per share figure, or "minimum liquidating value," is higher than the market price, these analysts view the common shares as a bargain (assuming, of course, that the company is not losing money and that its assets are conservatively valued). Other analysts believe this theory ignores the efficiency of capital markets generally and, specifically, obligations such as pension plans, which are not reported as balance sheet liabilities under present accounting rules. 순유동자산은 유동자산(current assets)에서 유동부채(current liabilities)를 공제한 차액으로, 운전자본(working capital)이라고도 한다. 증권애널리스트(analyst) 중에는, 이 수치를 (우선주가 있으면 그것을 공제한 다음에) 발행된 보통주식수(common shares outstanding)로 나누어 1주당 운전자본(working capital per share)을 산출하는 경우도 있다. 이와 같은 애널리스트는 1주당 운전자본을 약간 되게 견적한 청산가치(liquidation value)라고 생각하므로, 그것과 주식의 시장가치(market value)를 비교한다(되게 견적하여도 고정자산이나 다른 비유동자산(noncurrent asset)은 유동자산 매각시의 가치의 감소를 메울 수 있다는 이론에 기초한다.). 만약, 1주당의 순유동자산(net current asset)이 혹은 「최소청산가치」(minimum liquidating value)가 시장가격보다 높으면 이러한 애널리스트는 그 보통주는 의외로 싸게 산 물건으로 본다(물론 회사가 적자가 아니라, 자산이 조금 되게 평가되고 있다고 가정하는 것이지만). 다른 애널리스트는 이 이론은 일반적으로 자본시장의 효율성을 무시하고 있고, 특히 현행의 회계규칙에서는 연금제도(pension plan) 등의 채무를 대차대조표상의 채무로서 계상하고 있지 않음을 무시하고 있는 점이 문제라고 하고 있다. ~ ***domestic product*** 순국내생산 ¶ The *net domestic product* is the gross domestic product (GDP) less the depreciation of the country's capital goods. A shortfall between GDP and *net domestic product* is an indication of obsolescence and enables users of the country's national accounts to estimate the amount of capital spending necessary to maintain the current GDP. 순국내생산은 총국내생산(gross domestic product: GDP)에서 1국의 자본재(capital goods)에서의 감가상각액(depreciation)을 공제한 것을 이른다. 국내총생산과 순국내생산과의 부족분은 퇴보의 징표이고, 1국의 국민계정의 사용자가 현재의 총국민생산을 유지하는 데 필요한 자본지출액을 예측할 수 있게 한다. ~ ***earnings*** 순이익 → net income (순이익). ~ ***estate*** 세금공제후 상속재산 → gross estate (총유산). ~ ***income*** 순이익 ¶ In general, the *net income* is a sum remaining after all expenses have been met or deducted; synonymous with net earnings and with net profit or net loss (depending on whether the figure is positive or negative). 일반적으로, 순이익이란 총경비지급 후 또는 공제 후의 잔액을 이르며, net earnings, net profit 혹은 net loss와 같은 의미이다. (수치가 플러스인 경우는 이익이고 마이너스인 경우는 손실이다.) ¶ For a business, the *net income* is a difference between total sales and total costs and expense. Total costs comprise cost of goods sold including depreciation; total expenses comprise selling, general, and administrative expenses, plus income deductions. *Net income* is usually specified as to whether it is before income taxes or after income taxes. *Net income* after taxes is the bottom line referred to in popular vernacular. It is out of this figure that dividends are normally paid. See also operating profit (or loss). 비즈니스에 있어서, 순이익이란 매상총액에서 총비용과 총경비를 뺀 차액을 말한다. 총비용이란 감가상각비(depreciation)를 포함하는 매상원가(cost of goods sold)로 구성되고, 총경비에는, 일반관리판매비(selling, general, and administrative: SG&A), 그리고 영업외비용(income deductions)이 포함된다. 순이익은 통상 세액공제 전인지 세액공제 후인지가 명기된다. 세액공제 후 순이익(net income after taxes)은 잘 알려진 업계용어로 bottom line(순손익)이라고 한다. 배당(dividend)은 세액공제 후 순이익에서 지급된다. operating profit (or loss)(영업손익)도 참조할 것. ¶ For an individual; the *net income* is the gross income less expenses incurred to produce gross income. Those expenses are mostly deductible for tax purposes. 개인의 입장에서 보면, 순이익은 총소득에서 그것을 얻기 위하여 들인 경비를 공제한 금액을 말한다. 이러한 경비는 대개의 경우 세무상 공제될 수 있다. ~ ***income per share of common stock*** 보통주식 1주당 순이익 ¶ *Net income per share of common stock* is an amount of profit or earnings allocated to each share of common stock after all costs, taxes, allowances for depreciation, and possible losses have been deducted. Net income per share is stated in dollars and cents and is usually compared with the corresponding period a year earlier. For example, XYZ might report that second-quarter net income per share was $1.20, up from 90 cents in the previous year's second quarter. Also known as earnings per share (EPS). 보통주식 1주당 순이익이란 보통주식 1주당의 이윤 또는 수익으로, 모든 비용, 조세, 감가상각비(depreciation), 일어날 수 있는 손실을 공제한 것이다. 1주당 순이익은 달러와 센트로 표시되며, 전년 동기와 비교된다. 예를 들면, XYZ사의 제2사반기의 1주당 순이익은 1달러 20센트이고, 전년 동기비(同期比) 90센트 상회하였다고 보고할 것이다(XYZ might report that second-quarter net income per share was $1.20, up from 90 cents in the previous year's second quarter.). 이를 earning per share (EPS, 1주당 순이익)라고도 한다. ~ ***income to net worth ratio*** 순이익/순자산비율 → return on equity (주주자본이익률). ~ ***interest cost (NIC)*** 실질발행자지급 총코스트 ¶ The *net income cost* (*NIC*) is a total amount of interest that a corporate or municipal bond entity will end up paying when issuing a debt obligation. The *net income cost* factors in the coupon rate, any premiums or discounts, and reduces this to an average annual rate for the number of years until the bond matures or is callable. Underwriters compete to offer issuers the lowest *NIC* when they bid for the deal. The underwriting syndicate with the lowest *NIC* is normally awarded the contract. 실질발행자지급 총코스트는 법인 또는 지방자치단체가 채권을 발행할 때에 지급하는 이자의 총액을 이른다. NIC는 표면이율(coupon rate)에 발행시의 프리미엄(premium)(채권액면을 상회하는 금액) 내지는 디스카운트(discount)(할인발행시의 할인액)를 산입하여, 당해 채권의 만기(maturity), 또는 조기상환까지의 기간으로 나누어 평균연율(average annual rate)로 환산한다. 인수업자(underwriter)는 신규채권발행의 입찰시에 발행자(issuer)에 대하여 가장 낮은 NIC를 제공하도록 경쟁한다. 가장 낮은 NIC를 붙인 인수신디케이트단(syndicate)이 신규발행채의 인수계약을 쟁취하게 된다. ~ ***investment income per share*** 1주당 자산운용익 ¶ The *net investment income per share* is an income received by an investment company from dividends and interest on securities investments during an accounting period, less management fees and administrative expenses and divided by the number of outstanding shares. Short-term trading profits (net profits from securities held for less than six months) are considered dividend income. The dividend and interest income is received by the investment company, which in turn pays shareholders the net investment income in the form of dividends prorated according to each holder's share in the total portfolio. 1주당 자산운용익은 회사형 투자신탁의 투자회사(investment company)가 1회계연도에 투자증권에서의 배당금이나 이자소득(interest income)에서 운용수탁료(management fee)나 일반관리비를 공제하여 그것을 발행주식수(shares outstanding)로 나눈 것을 이른다. 단기매매익(6개월 미만 보유의 증권의 매매순이익)은 배당수입으로 간주된다. 경비 등 공제 후의 수취배당금과 수취이자는 투자회사의 토탈포트폴리오(total portfolio)에서 각 주주가 차지하는 지분에 따라 배당금으로서 각 주주에게 지급된다. ~ ***lease*** 네트리스 ¶ The *net lease* is a financial lease stipulating that the user (rather than the owner) of the leased property shall pay all maintenance costs, taxes, insurance, and other expenses. Many real estate and oil and gas limited partnerships are structured as *net leases* with escalator clause, to provide limited partners with both depreciation tax benefits and appreciation of investment, minus cash expenses. See also gross lease. 네트리스는 리스자산의 사용자(소유자는 아니다)가 유지비, 세금, 각종 보험 등 리스에 관련된 모든 경비를 지급하는 파이낸셜리스(financial lease)를 이른다. 부동산 리미티드 파트너십(real estate limited partnership)이나 석유 · 가스 리미티드 파트너십(oil and gas limited partnership)의 대부분은 에스컬레이터 조항(escalator clause)이 붙는 네트리스의 구조로 되어 있다. 이 구조에 의하여 리미티드 파트너십은 감가상각(depreciation)에 의한 세제면의 이점과 투하자본의 증가(현금지급후의)를 향유할 수 있다. gross lease(그로스리스)도 참조할 것. ~ ***line limit*** [영] 순보유액한도 ¶ The *net line limit* is the maximum amount of insurance an insurer will write on a given line of risk; a limit is used to control the insurer's exposure and cap potential losses. 순보유액한도는 보험업자가 일정한 위험의 한도에 인수할 최대의 보험금액을 말한다. 한도는 보험자의 리스크부담(exposure)과 잠재손실의 상한을 규제하는 데 사용된다. ~ ***loss*** [영] 순손실 ¶ In insurance, the *net loss* is the actual loss sustained by an insurer in meeting an insured's claims, after taking account of reinsurance coverage and any amount that must be invested on new capital goods to maintain the same level. 보험에서, 순손실은 보험업자가 재보험보증과 동일한 수준을 유지하기 위하여 새로운 자본재(capital goods)에 투자되어야 할 금액을 고려한 다음에 피보험자의 보험청구를 대응하는 데 입은 실제손실을 말한다. ~ ***open position*** 현물시세와 선물시세의 종합포지션 ¶

Net open position is overall position which adds up spot position and futures position. 현물시세와 선물시세의 종합포지션은 현물포지션과 선물포지션을 합산한 종합포지션(overall position)이다. ~ ***operating loss (NOL)*** 순영업손실, 이월결손금 ¶ The *net operating loss* (*NOL*) is a tax term for the excess of business expenses over income in a tax year. Under tax loss carryback, carryforward provisions, NOLs can (if desired) be carriedback two years and forward 20 years. The carryback period for net operating losses caused by casualty and theft losses is three years. 순영업손실은 1세무연도에 있어서 수익을 초과한 영업비용초과분을 이르는 세무용어이다. 세무상의 결손금환원(tax loss carryback)·이월(carryforward) 조항에 기초해서, NOL을 2년간 환원함과 동시에, 또 30년간 이월할 수도 있다. 재해나 도난으로 인한 손실(casualty and theft loss)은 3년간 환원할 수가 있다. ~ ***position*** 순수포지션, 현물과 선물과의 차액 ¶ The *net position* is the difference between an investor's long and short positions in the same security or market. 순수포지션은 시장의 동일한 증권을 두고 매입초과포지션(long position)과 매도초과포지션(short position)간의 차이를 말한다. ~ ***premium*** [영] 순보험료 ¶ The *net premium* is the total amount of an insurer's premiums less premium ceded for any reinsurance cover. Also known as net premium writing; net written premium. See also fair premium; gross premium. 순보험료는 보험자가 보험료에서 재보험보증을 위해서 양도받은 보험료를 뺀 총액을 말한다. 이는 net premium writing(순보험료인수), net written premium(순인수보험료)으로도 알려져 있다. fair premium(공정한 보험료); gross premium(영업보험료)도 참조할 것. ~ ***present value (NPV)*** 순수현재가치 ¶ The *net present value* (*NPV*) is a method used in evaluating investments whereby the net present value of all cash outflows (such as the cost of the investment) and cash inflows (returns) is calculated using a given discount rate, usually a required rate of return. An investment is acceptable if the *NPV* is positive. In capital budgeting, the discount rate used is called the hurdle rate and is usually equal to the incremental cost of capital. 순수현재가치는 모든 현금유출(투자비용 등)과 현금유입(수익)을 일정한 할인율(discount rate)로 할인하여 현재가치를 산출하는 투자안건을 평가하는 방법이다. 통상 필요수익률(required rate of return)이 할인율로서 사용된다. NPV가 플라스가 되는 투자는 바람직하다. 자본예산(capital budget)을 검토할 때에는, 할인율로서 목표수익률(hurdle rate)이 사용된다. 이 필요수익률은 통상 한계자본코스트(incremental cost of capital)와 같다. ~ ***proceeds*** (실제)수령액 ¶ *Net proceeds* are the amount (usually cash) received from the sale or disposition of property, from a loan, or from the sale or issuance of securities after deduction of all costs incurred in the transaction. In computing the gain or loss on a securities transaction for tax purposes, the amount of the sale is the amount of the *net proceeds*. (실제)수령액이란 자산의 판매·처분금액, 차입금, 혹은 증권의 매각금액이나 발행금액에서, 당해 거래에 요한 모든 경비를 공제한 후의 순수수령액(통상은 현금)을 말한다. 세무상, 증권거래의 매각손실액(gain or loss)을 계산할 경우의 매각액은 순수수령액과 같다. ~ ***profit*** 순이익 → net income (순이익). ~ ***profit margin*** 순이익률 ¶ The *net profit margin* is a net income as a percentage of net sales. A measure of operating efficiency and pricing strategy, the ratio is usually computed using net profit before extraordinary items and the taxes – that is, net sales less cost of goods sold and selling, general, and administrative (SG&A) expenses. 순이익률은 순총매상액(net sales)에 대한 순이익(net income)의 비율이다. 영업효율이나 가격전략을 평가할 때에 이용된다. 순이익률은 통상 특별손익(extraordinary item)과 세금을 공제하기 전의 순이

익, 말하자면 순총매상액에서 매상원가(cost of good sold)와 일반관리판매비(selling, general, and administrative expense: SG&A)를 공제한 금액을 사용하여 산출된다. ~ ***quick assets*** 순수당좌자금 ¶ *Net quick assets* are cash, marketable securities, and accounts receivable, minus current liabilities. See also quick ratio. 순수당좌자금은 현금(cash), 시장성이 있는 유가증권(marketable securities), 외상매출금(account receivables) 등에서, 유동부채(current liabilities)를 제외한 것이다. quick ratio(당좌비율)도 참조할 것. ~ ***realized capital gains per share*** 1주당 순수실현캐피탈게인 ¶ The *net realized capital gains per share* is an amount of capital gains that an investment company realized on the sale of securities, net of capital losses, and divided by the number of outstanding shares. Such net gains are distributed annually to shareholders in proportion to their shares in the total portfolio. The distributions are eligible for favorable capital gains tax rates if the positions were held for more than 12 months. If held for 12 months or less, the gains would be subject to regular income taxes at the shareholder's tax bracket. See also regulated investment company. 1주당 순수실현캐피탈게인은 회사형 투자신탁의 투자회사(investment company)가 증권매매에서 얻은 양도익(capital gain)에서, 양도손(capital loss)을 공제한 후, 발행주식수(shares outstanding)로 나눈 것이다. 이 순익은 투자회사의 각 주주의 지분에 따라 매년 주주에게 분배된다. 투자회사주식의 소유기간이 12개월 이상이면, 수취분배금에 대하여 소득세보다 세율이 낮은 양도익세(capital gain tax)가 과세된다. 그러나 소유기간이 12개월 미만인 경우, 주주의 소득세율구분(tax bracket)에 따른 소득세(income tax)가 과세되게 된다. regulated investment company(규제투자회사)도 참조할 것. ~ ***residual value*** [영] 순잔여가치 ¶ The *net residual value* is the residual value of an asset, less any costs associated with disposal. 순잔여가치는 처분과 관련된 어떤 비용을 공제한 자산의 잔여가치를 말한다. ~ ***retained lines*** [영] 순수보유부분 ¶ The *net retained lines* are the net amount of insurance held by an insurer after taking account of any reinsurance coverage. 순수보유부분은 재보험범위를 참작한 후에 보험업자가 보유하는 순보험금액(net amount of insurance)을 말한다. ~ ***single premium*** [영] 순(純)일시급 보험료 ¶ In insurance, the *net single premium* is the core premium designed to cover the present value of future claims, excluding any load factor to account for costs or profit margin. 보험에 있어서, 순일시급 보험료는 비용이나 이윤폭(profit margin)의 부하율(load factor)을 제외하고, 장래의 보험청구의 현재가치를 커버하기 위해서 고안된 핵심 보험료를 말한다. ~ ***sales*** 순매상액 ¶ *Net sales* are gross sales less returns and allowances, freight out, and cash discounts allowed. Cash discounts allowed is seen less frequently than in past years, since it has become conventional to report as *net sales* the amount finally received from the customer. Returns are merchandise returned for credit; allowances are deductions allowed by the seller for merchandise net received or received in damaged condition; freight out is shipping expense passed on to the customer. 순매상액은 총매상액(gross sales)에서, 회복된 시세(return)나 깎아준 값(allowances), 발송비(freight out), 현금할인액(cash discounts)을 공제한 금액을 말한다. 현금할인액은 이전만큼 볼 수 없게 되어 있다. 이것은 고객으로부터 최종적으로 수취한 금액을 순매상액으로서 계상하도록 되어 왔기 때문이다. 회복된 시세는 반품에 의한 매상액의 공제, 깎아준 값은 수취불능 또는 파손상품에 대한 깎아준 값, 발송비는 고객에 부담지우는 송료를 이른다. ~ ***tangible assets per share*** 1주당 순유형자산 ¶ The *net tangible assets per share* are total assets of a company, less any intangible asset such as goodswill, patents, and trademarks, less all liabilities and the par value of preferred stock, divided by the number of common shares outstanding. See book value for a discussion of what this calculation means and how it can be varied to apply to bonds or preferred stock shares. See also net asset value. 1주당 순유형자산은 기업의 총자산에서 영업권(goodwill), 특허권(patent), 상표(trademark) 등의 무형자산(intangible assets)을 공제하고, 다시 부채총액이나 우선주(preferred stock)의 액면금액을 공제하여 이를 금고주(treasury stock)를 제외한 발행보통주(common shares outstanding)수로 나눈 것이다. 이 계산식의 의미나 채권이나 우선주에 적용한 경우의 설명에 관하여는 book value(장부가격)를 참조할 것. net asset value(순자산가치[가격])도 참조할 것. ~ ***transaction*** 순수거래 ¶ *Net transaction* is securities transaction in which the buyer and seller do not pay fees or commissions. For instance, when an investor bus a new issue, no commission is due. If the stock is initially offered at $15 a share, the buyer's total cost is $15 per share. 순수거래란 매수인이나 매도인이나 다 같이 수수료나 중개료(commission)를 지급하지 않는 증권거래를 말한다. 투자자가 신규발행증권(new issue)을 매입한 경우에는 수수료를 지급할 필요는 없다. 예를 들면, 신규발행가격이 처음에 1주 15달러로 하면, 매도인의 총코스트도 1주당 15달러가 된다. ~ ***working capital*** 순수운전자금 ¶ *Net working capital* is current assets minus current liabilities. Usually simply called working capital. 순수운전자금은 유동자산(current assets)에서 유동부채(current liabilities)를 공제한 것을 말한다. 통상은 단순히 운전자본(working capital)이라 한다. ~ ***worth*** 순수자산, 자기자본 ¶ *Net worth* is an amount by which assets exceed liabilities. For a corporation, *net worth* is known as stockholders' equity or net assets. For an individual, *net worth* is the total value of all possessions, such as a house, stocks, bonds, and other securities, minus all outstanding debts, such as mortgage and revolving-credit loans. In order to qualify for certain high-risk investments, brokerage houses require that an individual's *net worth* must be at or above a certain dollar level. 순수자산은 자산(asset)에서 부채(liabilities)를 공제한 것이다. 회사의 경우의 순수자산은 stockholder's equity(주주자본)라든가 net assets(순자산)라고 한다. 개인의 경우의 순수자산은 가옥, 주식, 채권, 기타 증권 등 모든 재산에서 주택론(residential mortgage)이나 리볼빙론(revolving loan) 등의 미지급채무를 공제한 것을 이른다. 증권회사는 개인이 리스크가 높은 투자를 할 경우의 자격요건으로서 일정한 금액 이상의 순수자산을 가지고 있음을 요구하고 있다. ~ ***yield*** 순이율 ¶ The *net yield* is a rate of return on a security net of out-of-pocket costs associated with its purchase, such as commission or markups. See also markdown. 순이율은 증권의 수익률(rate of return)에서, 수수료나 가격상승분(mark up) 등 당해 증권구입에 요한 실질지출분을 공제한 것을 말한다. markdown(인하가격)도 참조할 것. [v.] 이익을 올리다, 획득하다 ¶ As a verb, the word *net* means (1) to arrive at the difference between additions and subtractions or plus amounts and minus amounts. For example, in filing tax returns, capital losses are *netted* against capital gains. (2) to realize a net profit, as in "last year we netted a million dollars after taxes." 동사로서 net의 의미는 (1) 가산액과 공제액의 차액, 또는 정(正)의 총액과 부(負)의 총액의 차액을 산출하는 것이다. 예를 들면, 납세신고서 제출시에, 캐피탈로스(양도손)는 캐피탈게인(양도익)에서 감산(減算)된다. (2) 순이익을 올리는 것이다. 「작년에 우리 회사는 세액공제 후에 100만 달러의 순이익을 올렸다」(last year we netted a million dollars after taxes)와 같이 이용한다.

Netherlands Antilles currency 네덜란드 앤틸리스 제도(諸島) 화폐 ¶ Netherlands Antilles guilder (ANG), divided into 100 cents. 1 네덜란드 앤틸리스 제도

(諸島) 길더(guilder) = 100 센트(cent).

Netherlands currency 네덜란드 화폐 ¶ guilder (florin) (NLG), divided into 100 cents. The 1999 legacy conversion rate was 2.20371 to the euro. It fully changed to the euro/cent from 2002. 1 길더(guilder) [플로린(florin) 화폐] = 100 센트(cent). 1999년 내려오는 전환금리는 1 유로에 대한 2.20371길더였다. 길더는 2002년부터 유로 센트로 변경하였다.

netting 네팅 계약(상호계산, 상계 등에 의하여 채권 · 채무의 순잔액를 산출하는 것. (외환매매의) 차액결제) ¶ The *netting* is the process of setting off matching sales and purchases against each other, especially sales and purchases of futures, options, and forward foreign exchanges. This service is usually provided for an exchange or market by a clearing house. It also provides a means by which a firm can deal with its risks, notably exchange-rate exposure. 네팅 계약은 특히 선물, 옵션 및 선물환율에서 서로 어울리는 매도와 매입을 상쇄하는 과정을 말한다. 이러한 서비스는 통상 청산기관(clearing house)에서 거래소 또는 시장을 위해 마련되고 있다. 그것은 또한 기업이 리스크, 특히 환율 익스포저(exposure)와 거래할 수 있는 수단을 제공한다.

network (사람 · 조직의) 네트워크, 관련조직, 활동망 ***network A*** 네트워크 A → consolidated tape (콘솔리데이티드 테이프). ~ ***B*** 네트워크 B → consolidated tape (콘솔리데이티드 테이프).

new 새로운, 재차(再次)의 ¶ ex *new* 신주락(新株落) /*new* account 신규거래처 /*new* bond 신채권 /*new* business development 신규개척 /*new* delivery 인도기한에 가까운 물건 /*new* face bond 신규채(債), 신규종목 /a *new* high 신고가(新高價) /*new* listed stocks 신규공개주 /a *new* low 신안가(新安價) /*new* note 신어음 /*new* product [merchandise]; *new* item for market 신상품 /*new* service 신상품, 신종업무 /*new* share off 신주락(新株落), 권리락(權利落) /*new* short-term prime rate 신단기 프라임레이트 /*new* technology 신기술 ***new account report*** 신규고객카드 ¶ The *new account report* is a document filled out by a broker that details vitial facts about a new client's financial circumstances and investment objectives. The report may be updated if there are material changes in a client's financial position. Based on the report, a client may or may not be deemed eligible for certain types of risky investments, such as commodity trading or highly leveraged limited partnership deals. See also know your customer. 신규고객카드는 증권회사가 신규고객의 재정상태나 투자목적 등의 중요사항에 관하여 상술한 자료를 정리한 서류이다. 고객의 재정상태에 중요한 변경이 있으면 갱신된다. 상품거래나 레버리지(leverage)가 높은 (차입비율이 높은) 리미티드 파트너십(limited partnership) 등 리스크가 높은 투자를 할 때에, 당해 고객의 적합성을 판단하는 자료로서도 이 레포트가 사용된다. know your customer(고객숙지규칙)도 참조할 것. ~ ***capital securities*** 신종자본증권 ¶ *New capital securities* are hybrid bonds that have medium characteristics between the share and the bond. Although they pay fixed interests like general bonds, they do have no maturities and are obligated to redeem nothing like a share, and then have character of both liabilities and capital. It has no obligation to redeem, but can repay it under the issuing company's selection and the financial authority's approval when 5 years have elapsed since its issuance. Because it is recognized as the equity capital on the measurement of capital adequacy ratio, banks mainly issue *new capital securities* as means to raise up the equity ratio. 신종자본증권은 주식과 채권의

중간적 성격을 가지는 일명 하이브리드 채권을 말한다. 일반채권과 같이 확정된 이자를 지급하지만, 주식과 같이 만기와 상환의무가 없어 부채와 자본의 성격을 함께 지니고 있다. 상환의무는 없지만, 보통 발행 이후 5년이 지나면 발행한 회사의 선택과 금융당국의 승인 하에 중간에 상환할 수 있다. 자기자본비율을 산정할 때에 기본자본으로 인정받을 수 있기 때문에 은행들이 자기자본비율을 높이기 위한 수단으로 주로 발행하고 있다. ~ ***high***/ ~ ***low*** 신고가(新高價)/신저가(新低價) ¶ The *new high/new low* are stock prices that have hit the highest or lowest prices in the last year. Next to the each stock's listing in a newspaper will be an indication of a new high with a letter "u" or a new low with the letter "d." Newspapers publish the total number of *new highs and new lows* each day on the New York and American Stock Exchanges and on the NASDAQ Stock Market.. Technical analysts pay great attention to the trend of *new highs and new lows*. If the number of new highs is expanding, that is considered a bullish indicator, If the number of new lows is rising, that is considered bearish. Many analysts also track the ratio of *new highs to new lows* as a reflection of the general direction of the stock market. 신고가(新高價)/신저가(新低價)는 과거 1년간에 매긴 주가의 최고가와 최저가를 말한다. 신문의 주식란에 신고가는 알파벳의 "u", 신저가는 "d"가 주가의 난에 표시된다. 각 신문은 뉴욕증권거래소(New York Stock Exchange), 아메리칸증권거래소(American Stock Exchange), NASDAQ주식시장(NASDAQ Stock Exchange)의 신고가/신저가의 합계수를 매일 발표한다. 테크니컬 애널리스트(technical analyst)는 이러한 가격동향에 주목하고 있다. 신고가의 수가 늘어나면 강세(bullish)의 징조, 반대로 신저가의 수가 늘어나면 약세(bearish)의 징조로 본다. 많은 애널리스트들은 신고가 대 신저가 비율을 주식시장의 대세의 방향을 반영하는 것으로서 주목하고 있다. ~ ***issue***; ~ ***share*** **[*stock*]** 신규발행 ¶ *New issue* is stock or bond being offered to the public for the first time, the distribution of which is covered by Securities and Exchange Commission (SEC) rules. *New issues* may be initial public offerings by previously private companies or additional stock or bond issues by companies already public and often listed on the exchanges. New public offerings must be registered with the SEC. Private placements avoid SEC registration if a letter of intent establishes that the securities are purchased for investment and not for resale to the public. See also hot issue; letter security; underwrite. 신규발행이란 미증권거래위원회(Securities and Exchange Commission: SEC)의 규칙에 따라 판매되는 신규로 공모되는 주식이나 채권을 이른다. 신규발행은 미공개의 회사가 신규로 주식을 공개하는 신규주식공모(initial public offerin: IPO)를 의미하기도 하고, 또 공개회사나 상장회사가 주식이나 채권을 추가로 공모 발행하는 경우도 의미한다. 신규의 공모(public offering)는 SEC에 등록하여야 한다. 사모(private placement)의 경우, 당해 증권의 구입목적이 투자(investment)이고, 일반투자자에의 전매가 아닌 것을 투자확인서(letter of intent)로 확인할 수 있으면, SEC에의 등록은 필요치 않게 된다. hot issue(초인기종목); letter security(사모증권); underwrite(인수하다)도 참조할 것. ~ ***listing*** 신규상장 ¶ The *new listing* is a security that has just begun to trade on a stock or bond exchange. A *new listing* on the New York or American Stock Exchange must meet all listing requirements, and may either be an initial public offering or a company whose shares have previously traded on the NASDAQ Stock Market. *New listings* on the New York and American Stock Exchanges or a non-U.S. market carry the letter "n" next to their listing in newspaper tables for one year from the date they started trading on the exchange. 신규상장은 증권거래소(exchange)에서 매매가 개시된 채권이나 주식 등

의 유가증권을 말한다. 뉴욕증권거래소(New York Stock Exchange)나 아메리칸증권거래소(American Stock Exchange)에서 신규상장하기 위해서는 모든 상장기준(listing requirements)을 충족하여야 한다. 또 신규주식공모(initial public offering: IPO)의 형식으로 상장한다든지, 또는 나스닥주식시장(NASDAQ Stock Market)에서 이전에 거래실적이 있는 기업인 것이 신규상장의 조건으로 되고 있다. 뉴욕증권거래소와 아메리칸증권거래소, 또는 미국시장 이외의 신규상장주에 관하여는 거래소에서의 매매 개시일로부터 1년간은 신문의 주식 종목란의 세로(横)로 알파벳의 “n”이 붙여진다. ~ ***money*** [국제금융] (채무순연국에 대한) 신규자금, 신규융자 ¶The *new money* is a amount of additional long-term financing provided by a new issue or issues in excess of the amount of a maturing issue or by issues that are being refunded. 신규자금은 신규발행채권 또는 상환금액을 상회하는 채권, 또는 차환채(借換債)에 의하여 조달된 추가적인 장기 자금조달액을 말한다. ~ ***money preferred*** 뉴머니 우선주 ¶*New money preferred* is a preferred stock issued after October 1, 1942, when the tax exclusion for corporate investors receiving preferred stock dividends was raised from 60% to 85%, to equal the exclusion on common stock dividends. The change benefited financial institutions, such as insurance companies, which are limited in the amount of common stocks they can hold, typically 5% of assets. *New money preferreds* offer an opportunity to gain tax advantages over bond investments, which have fully taxable interest. The corporate tax exclusion on dividends is currently 70%. 뉴머니 우선주는 1942년 10월 1일에, 법인투자자가 수취하는 우선주 배당금(dividend)의 면세율이 60%에서 85%로 인상되었으나, 이 시기 이래에 발행된 우선주(preferred stock)를 말한다. 이 변경으로 인하여, 우선주의 배당금(dividend)에 대한 면세율이 보통주(common stock) 배당금의 면세율과 동률이 되었다. 이 세율의 변경은 보통주의 소유권에 상한규제(예컨대, 총자산의 5%)가 부과되고 있는 보험회사 등의 금융기관에게 있어서는 메리트가 되었다. 뉴머니 우선주는 이자가 100%과세되는 채권투자에 비하면 세금면에서 유리하다. 배당금에 대한 법인용 면세율은 현재 70%로 되고 있다.

newly 새로이, 다시 ***newly industrialized country* (*NIC*)** [영] 신생산업국가 ¶The *newly industrialized countries* (*NIC*) is a country that features a strong, and rapidly growing, industrial production base that contributes substantially to both national income and exports. *NICs* generally possess greater industrial development and exports than lesser developed countries. 신생공업국가는 실질적으로 국민소득과 수출에 공헌하는 강력하고 급속하게 성장하는 산업생산기반을 특징으로 하는 국가를 말한다. 신생산업국가들은 일반적으로 저개발국가(less developed country)보다 더 큰 산업발전과 수출량을 가지고 있다. ~ ***issued bond*** 신발행채(債) → new issue (신규발행).

news (신)보도, 뉴스, 정보 ¶*News* crosses the world in a flash nowadays. 오늘날에는 뉴스는 한 순간에 세계를 여기 저기 뛰어다닌다. /financial *news* 금융기사(記事)

New York 뉴욕 ¶*New York* acceptance credit 뉴욕인수신용장 /the *New York* Futures Exchange 뉴욕선물거래소 /*New York* interest 월(月)의 일수(日數)를 30일로 하지 않고 구체적인 일수로 하는 금리계산방식 (*cf.*) Boston interest /the *New York* money market 뉴욕금융시장 /the *New York* offshore center 뉴욕오프쇼어시장(국내계좌와 별도 표시한 비거주자간 거래시장의 계좌명) /the *New York* Stock Exchange Composite Stock Index 뉴욕증권거래소 종합주가지수 ***New York acceptance*** 뉴욕억셉턴스 ¶The *New York acceptance* is an acceptance of usance draft issued by the exporter that a bank in New York has accepted under the usance credit at the U.S. dollar. 뉴욕억셉턴스는 미달러 표시로 유전스크레디트에 근거해서 수출업자가 발행한 기한부 환어음을 뉴욕에 있는 어느 은행이 인수한 것이다. ***New York Curb Exchange*** 뉴욕장외거래소 → American Stock Exchange (아메리칸증권거래소). ***New York Dow*** 다우존스 평균주가 → the Dow Jones average 다우존스 평균주가(지수). ***New York Mercantile Exchange (NYMEX)*** 뉴욕상품거래소 ¶ The *New York Mercantile Exchange* (*NYMEX*) is the largest physical commodity exchange in the world, offering futures and options trading in energy and metals contracts and clearing services for off-exchange energy transactions. *NYMEX* was acquired by the CMX Group, parent company of the Chicago Mercantile Exchange, in 2008. Through a combination of open outcry floor trading and the *NYMEX* ACCESS and *NYMEX* ClearPort electronic trading platforms, a wide range of crude oil, petroleum products, natural gas, coal. electricity, gold, silver, copper, aluminum, and platinum group metals markets are available virtually 24 hours a day. See also securities and commodities exchanges. 뉴욕상품거래소는 세계최대규모의 현물상품선물거래소(physical commodity futures exchange)로, 에너지와 금속관련의 선물(futures contract)과 옵션(option)을 취급하고 있다. NYMEX는 2008년에 시카고상품거래소(Chicago Mercantile Exchange)의 모회사인 CMX Group에 의하여 매수되었다. 공개경쟁매매방식(큰 소리를 지르며 하는 매매주문)(open outcry)에 의한 입회장에서의 거래와 NYMEX ACCESS and *NYMEX* ClearPort라고 하는 전자거래시스템을 통해서, 원유 · 석유제품, 천연가스 · 석탄 · 전력 · 금 · 은 · 동, 알루미늄, 플라티나 등 광범한 상품이 실질적으로 24시간 거래할 수 있다. Securities and Commodities Exchanges(증권거래소/상품거래소)도 참조할 것. ***New York Stock Exchange (NYSE)*** 뉴욕증권거래소(구어로는 통상 the Big Board라고 한다. (*cf.*) AMEX, the Curb Exchange) ¶ Founded in 1792 with the signing of the Buttonwood Agreement, the *New York Stock Exchange* (*NYSE*) is the largest equities marketplace and most liquid exchange group in the world. The *NYSE* is located at 11 Wall Street in New York City and is composed of four rooms used for the facilitation of trading; also known as the Big Board and The Exchange. Approximately 2,700 companies worth $12 trillion in global market capitalization are listed on the exchange, a cross-section of leading blue chip, mid-size, and small capitalization companies that meet the *NYSE's* stringent listing requirements. It merged with Archipelago, an electronic communications network (ECN), in 2006 and became a for-profit, public company. The New York Exchange is a unit of *NYSE* Euronext, the world's most diverse exchange group, formed when the *NYSE* Group and Euronext, the European combined stock market, merged in 2007. *NYSE* Euronext acquired the American Stock Exchange in 2008. The exchange offers an array of financial products and services, including equities, futures, options, interest-rate derivatives, exchange-traded products, bonds, market data, and commercial technology solutions. In 2001 trading in decimals was instituted, replacing trading in fractions. The *NYSE* also operates an automated bond market offering investors corporate, agency, and government bonds. *NYSE*-listed equity issuers can list their bonds without charge on the exchange. Corporate debt represents the largest share of *NYSE* bond volume, with some 85% in nonconvertible bonds and 15% in convertible debt issues. The *NYSE* is expanding its position in the trading of exchange-traded funds (ETFs), structured products, and other derivatives securities and is the largest market for listing iShares ETFs. Additionally, Dow Jones Indexes developed and maintains a family of *NYSE*-branded indices that track the performance of *NYSE*-listed companies in key market sectors and regions. *NYSE* Euronext is part of the S&P 500 index and is the only exchange operator in the S&P 100 index. Certain operational functions are handled by affiliated corporations, such as Depository Trust Company, National Securities Clearing Corporation (NSCC), and Securities Industry Automation Corporation (SIAC). Trading on the *NYSE* is in a continuous auction format, with specialist brokers acting as auctioneers in an open outcry market environment bringing buyers and sellers together – and, on occasion, committing their own capital to a trade. Trading is also conducted electronically. The *NYSE* sells one-year licenses to trade directly on the exchange. See also securities and commodities exchanges. 1792년 버튼우드협약(Buttonwood Agreement)의 서명과 동시에 설립된 뉴욕증권거래소는 미국최대의 증권거래소이자 세계에서 가장 유동자본거래소이다. NYSE는 뉴욕시의 월스트리트 11번지에 소재하며, 거래의 소통을 위하여 사용되는 4개의 방으로 구성되어 있다. NYSE는 또한 Big Board나 The Exchange라고도 한다. 약 2,700사, 글로벌베이스의 시가총액(market capitalization)으로 12조 달러에 달하는 기업들이 상장(上場)되고 있다. NYSE에 상장되고 있는 기업은 블루칩(blue chip)의 유력한 기업이나 중견기업, 소기업이고 간에 어느 것이나 동 거래소의 엄격한 상장기준(listing requirements)을 충족하고 있다. NYSE는 2006년에 전자통신네트워크(ECN)인 Archipelago와 합병하여 영리회사이자 공개회사가 되었다. NYSE는 세계에서 가장 다양한 거래소그룹인 NYSE Euronext의 일원이고, 유럽복합주식시장인 NYSE Group 및 Euronext은 2007년에 합병한 때에 형성된 것이다. NYSE Euronext는 2008년에는 아메리칸증권거래소(American Stock Exchange)를 합병하였다. 뉴욕증권거래소는 주식(equities), 선물, 옵션, 이자부(利子附) 파생상품(interest-rate derivatives), 지수연동형 상장지수상품(exchange-traded products), 채권, 시장데이터 및 상업적 기술해결책을 비롯하여 일련의 금융제품 및 서비스를 제공하고 있다. 2001년에 분수(fractions) 대신에 10진법(decimals)의 거래가 시작되었다. NYSE는 또한 투자자에게 사채(corporate bond), 정부기관채(agency bond) 및 국채(government bond)를 제공하는 자동화된 채권시장을 운영하고 있다. 동 거래소에 상장하고 있는 기업은 수수료를 지급하지 않고서 사채를 상장할 수 있다. 사채의 거래량은 동 거래소의 채권 전체의 거래량에서 최대의 셰어(share)를 차지하고 있으나, 그 중의 약 85%가 보통채이고, 나머지 15%가 전환사채(convertibles)로 되어 있다. NYSE는 지수연동형 상장지수펀드(exchange-traded funds: ETFs)나 구조상품(structured products), 기타 파생상품(derivatives) 관련상품 등의 거래를 확대하고 있고, 상장된 iShares ETFs를 위한 최대의 시장이다. 추가적으로, 다우존스인덱스(Dow Jones Index)는 발전하여, 중요한 시장부문과 지역에서 NYSE에 상장되고 있는 기업의 실적으로 추적하는 NYSE 브랜드인덱스의 가족의 일원을 유지하고 있다. NYSE Euronext는 S&P 500종목 인덱스의 부분이고 S&P 100종목 인덱스의 유일한 거래소 운영자이다. 어떤 운영업무는 예탁신탁회사(Depository Trust Company), 미국증권결제기구(National Securities Clearing Corporation: NSCC), 및 미국증권업자동화공사(Securities Industry Automation Corporation: SIAC)와 같은 관련기관이 취급하고 있다. 뉴욕증권거래소에서의 거래는 매수인과 매도인을 결집시키는 공개경쟁매매방식(open outcry)의 시장환경 속에서 경매업자로서 활동하는 스페셜리스트인 브로커가 참여하는 계속적인 경매방식으로 이루어진다. 거래는 또한 전자방식으로 행해지고 있다. NYSE는 1년간 유효한 거래허가증을 직접 팔고 있다. Securities and Commodities Exchange(증권거래소/상품거래소)도 참조할 것. ***New York Stock Exchange Index*** 뉴욕증권거래소주가지수 → stock indexes and averages (주가

지수와 평균주가).

New Zealand currency 뉴질랜드 화폐 ¶ New Zealand dollar (NZD), divided into 100 cents. 1 뉴질랜드 달러 = 100 센트(cent).

New Zealand Exchange Limited (NZX) 뉴질랜드증권거래소 ¶ The *New Zealand Exchange Limited* (*NZX*) is an operator of New Zealand's sole registered securities exchange. Utilizing its proprietary FASTER technology, *NZX* facilitates fully electronic trading, clearing, and settlements across its three principal market: NZSX-Stock Market, the premier equities market; NZDX-Debt Market, for corporate and government bonds and fixed-income securities; and NZAX-Alternative Market, for smaller and growing companies. In addition, *NZX* offers various data products, indices, and funds and is responsible for the ongoing monitoring, surveillance, and regulation of New Zealand's securities markets. *NZX* demutualized in 2002 and became a publicly listed company. 뉴질랜드증권거래소는 뉴질랜드 유일한 등록된 증권거래소이다. 뉴질랜드증권거래소 산하에 3개의 주요한 시장, 즉 뉴질랜드주식시장(NZSX: stock market), 뉴질랜드채권시장(NZDX: debt market), 뉴질랜드대체시장(NZAX: alternative market)이 있고, 모든 시장은 FASTER라고 부르는 독자적인 시스템을 사용하여, 완전히 전자화된 매매, 청산(clearing), 결제업무(settlement)를 제공하고 있다. 거기다가, 뉴질랜드증권거래소는 여러 가지 데이터, 지수(index), 펀드를 제공하고 있다. 뉴질랜드증권시장의 감시와 규제에 책임을 가지고 있다. 동 증권거래소는 2002년에 주식회사화하여, 공개적으로 상장되었다.

next day funds 익일자금화 자금(翌日資金化資金) ¶ *Next day funds* are funds available for withdrawal or transfer the next business day. This is the earliest date that checks cleared through a local clearinghouse association and most automated clearing house payments are available for use. 익일자금화 자금은 익일(翌日) 인출(withdrawal) 또는 이체(transfer)에 이용할 수 있는 자금을 말한다. 지방어음교환소 협회와 대부분이 자동인 어음교환소지급을 통한 수표는 사용할 수 있다는 것은 최근의 일이다.

next-month delivery [선물] 익월미인도 기한거래(翌月未引渡期限去來)

next nearby contract [영] 익일근사물(翌日近似物) ¶ The *next nearby contract* is an exchange-traded derivative on a reference asset with the second closest maturity. Though generally not as actively traded as the near contract, the next neaby is usually very liquid and becomes even more liquid as the neaby contract approaches maturity and participants start rolling their positions. 익일근사물은 두 번째 가장 가까운 만기를 가진 기준자산에 대한 장내파생상품을 말한다. 일반적으로 근사물(near contract)처럼 활발하게 거래되지는 않지만, 익일근사물은 통상 대단히 유동적이고 근사물이 만기에 다가오고 참가자들이 자신의 포지션을 롤링하기 시작하면 더욱 더 유동적이게 된다.

N/F; N.F. → no funds [약][부도문언] 예금없음, 자금부족 → not sufficient funds (NSF) (자금부족).

NGN (ISO) code Nigeria – currency naira. ¶ NGN (국제표준기구) 약호 나이지리아 — 화폐 나이라(naira).

NGOs → nongovernmental organizations [약] 비정부기구, 민간공익단체

ngultrum 눌트럼 ¶ The standard currency unit of Bhutan. 부탄의 기준화폐단위.

ngwee 응귀 ¶A subdivision (1/100) of the Zambian kwacha. 1 콰차(잠비아 kwacha) = 100 응귀(ngwee).

NIBOR → the **N**ew York **I**nter**b**ank **O**ffered **R**ate [약] 뉴욕은행간 자금운용(대출) 금리(LIBOR에 대하여 시장이 뉴욕인 경우 NIBOR라고 부른다.)

niche 움푹 들어간 곳, 빈틈, 적소(適所) ¶A *niche* is a particular specialty in which a firm has garnered a large market share. Often, the market will be small enough so that the firm will not attract very much competition. For example, a company that makes a line of specialty chemicals for use by only the petroleum industry is said to have a *niche* in the chemical industry. Stock analysts frequently favor such companies, since their profit margins can often be wider than those of firms facing more competition. 니치는 하나의 기업이 커다란 마켓셰어(market share)를 획득하고 있는 가장 자신 있는 분야를 말한다. 시장이 너무 적기 때문에 경쟁상대가 참여하지 못하는 경우가 많다. 예컨대, 석유산업전용의 일련의 특수화학제품을 제조하는 회사는 화학산업분야에서 니치가 있다고 하는 것처럼 말한다. 니치 기업은 경합기업을 가지는 기업에 비하면 이익률이 높은 경우가 많고, 주식애널리스트(stock analyst)는 니치 기업을 추천하는 경우가 많다. /*niche* market 틈새시장

nickel 5센트 백동전(白銅錢), 극히 적은 돈

NICS 신흥공업국 ¶*NICS* is an acronym for newly industrialized countries, which are countries that have rapidly developing industrial economies. Some examples of *NICS* are Hong Kong, Singapore, Malaysia, Korea, Mexico, Argentina, and Chile. *NICS* typically have instituted free-market policies which encourage exports to traditional Western industrialized countries and seek investment from Western corporations. Most *NICS* have increasingly been reducing trade barriers to imports from Western firms. NICS(신흥공업국)는 newly industrialized countries의 머리글자에서 따온 약어로, 공업경제발전이 급속히 진전하고 있는 국가들을 말한다. 이 예로서는 홍콩, 싱가포르, 말레이시아, 한국, 멕시코, 아르헨티나, 칠레 등이 있다. NICS에서는 일반적으로 자유시장정책(free-market policy)을 취하지만, 이것에 의하여 전통적인 선진공업국인 서방측 여러 국가에의 수출이 촉진되고, 동시에 유럽기업으로부터의 직접투자도 유치할 수 있다. NICS의 많은 국가들은 유럽 및 미국의 기업에 대한 수입무역장벽(trade barriers to imports)의 경감을 적극적으로 추진하고 있다.

NIES → **n**ewly **i**ndustrializing [**i**ndustrialized] **e**conomie**s** [약] 신흥공업경제지역

Nifty Fifty (미국에서) 인기 있는 주식 50종목 ¶*Nifty Fifty* is 50 stocks most favored by institutions. The membership of this group is constantly changing, although companies that continue to produce consistent earnings growth over a long time tend to remain institutional favorites. *Nifty Fifty* stocks also tend to have higher than market average price/earnings ratios, since their growth prospects are well recognized by institutional

인기 있는 주식, 50종목입니다.

investors. The *Nifty Fifty* stocks were particularly famous in the bull markets of the 1960s and early 1970s when many of the price/earnings ratios soared to 50 or more. Also price/earnings ratio (미국에서) 인기 있는 주식 50종목은 기관투자자(institutional investor)에게 인기가 있는 주식 50종목을 말한다. 이 그룹에 들어가는 종목은 상시 변화하지만, 오랜 기간에 걸쳐 착실하게 증익(增益)을 계속하는 회사는 기관투자자의 꿋꿋한 인기를 얻는 경향에 있다. 기관투자자가 인기 있는 주식 50종목의 성장에 기대하고 있기 때문에, 이러한 종목의 주가수익률(price/earnings ratio)은 시장평균보다 높은 경우가 많다. 미국에서 인기 있는 주식 50종목은 1960년대와 1970년대 초기의 강세시장에서는 특히 인기를 독차지하고, 주가수익률이 50배를 초과하는 종목도 많았다. 또 price/ earnings ratio(주가수익률)을 참조할 것.

Niger Republic currency 니제르 공화국 화폐 ¶ CFA franc (NEF); there is no subdivision. 중앙아프리카 공화국(Central African Republic) 프랑(NEF). 1 프랑 밑의 화폐단위는 없다.

Nigeria currency 나이지리아 화폐 ¶ naira (NGN), divided into 100 kobo. 1 나이라(naira) = 100 코보(kobo).

night 밤, 야간 ¶ a *night* bag 야간백 /*night* collection boxes [미] 야간금고 /the *night* deposit 야간금고 /*night* exchange 야간교환 /a *night*-latch 야간빗장 /*night* safe; *night* depository safe 야간금고 ***night depository*** 야간금고 ¶ The *night depository* is a bank vault accessible by key for merchant deposits after banking hours and on weekends. Many banks have night collection boxes for deposit of daily cash, checks, and credit card sales drafts. Some even have an Automated Teller Machine next to the street level depository giving the merchant an on-the-spot transaction receipt. Deposits are later proved by bank employees and credited to the merchant's account. 야간금고는 은행의 영업시간 후와 주말에 상인예금을 위하여 열쇠로 접근하기 쉬운 은행의 지하 금고실을 말한다. 많은 은행들은 일과(日課)의 현금, 수표 및 크레디트카드 매상명령서를 위한 야간모금함(night collection box)을 가지고 있다. 일부 은행은 심지어 상인에게 현장거래의 영수증을 발부하는 거리 평지의 저장소(depository) 가까운 곳에 현금자동입출금기(ATM)를 설치하고 있다. 예금은 그 뒤에 은행종업원에 의하여 증명되어 상인의 계정에 대변 처리된다.

Nikkei [일본] 日經의 일본식 발음 ***Nikkei Index*** 日經평균 → Nikkei Stock Average (日經평균주가). ***Nikkei Stock Average*** 日經평균주가 ¶ The *Nikkei Stock Average* is an index of 225 leading stocks traded on the Tokyo Stock Exchange. Called the Nikkei Dow Jones Stock Average until it was renamed in May 1985, it is similar to the Dow Jones Industrial Average because it is composed of representative blue chip companies (termed first-section companies in Japan) and is a price-weighted index. That means that the movement of each stock, in yen or dollars respectively, is weighed equally regardless of its market capitalization. The *Nikkei Stock Average*, informally called the Nikkei Index and often still referred to as the Nikkei Dow, is published by the Nihon Keizai Shimbun (Japan Economic Journal) and is the most widely quoted Japanese stock index. Also widely quoted is the Tokyo Stock Price Index (Topix) of all issues listed in the First Section. 日經평균주가는 동경증권거래소(Tokyo Stock Exchange: TSE)에서 매매되는 225개의 주요종목의 지수(index)를 말한다. 1985년 5월에 현재의 명칭으로 되기 이전에는 日經다우존스 평균주가라고 부르고 있었다. 대표적인 우량기업(blue chip companies)(일본에서는 증권거래소의

1부 상장기업)으로 구성되고 있는 것이나 평균가격가중지수(price weighted index)이라는 것이 다우존스 평균주가(Dow Jones Industrial Average)와 유사하다. 가격가중지수란 엔(円)이든 달러이든, 시가총액(market capitalization)에는 관계없이 주가로 가중평균되는 것을 말한다. 日經평균주가는 일상적으로 日經인덱스(Nikkei Index)라고 한다든지, 아직까지도 日經다우라고 하는 경우도 있다. 日本經濟新聞에 의하여 공표되는 것에서, 일본의 주가지수 중에서는 가장 광범하게 이용되고 있다. 동증(東證) 1부상장의 모든 종목이 대상이 되고 있는 동증(東證)주가지수(Tokyo Stock Price Index: Topix)도 빈번하게 이용된다. ***Nikkei 225*** 日經 225 ¶ The *Nikkei 225* is one of two benchmark indexes of the Japanese stock market (along with the Tokyo Stock Price Index), composed of 225 large cap stocks listed on the Tokyo Stock Exchange. The *Nikkei 225*, which is a price-weighted index, can be traded directly through exchange-traded funds and derivatives. 日經 225는 동경증권시장에 상장되고 있는 225개 대형주(large cap stocks)로 구성되어 있는 (동경증권가격지수와 함께) 일본주식시장의 2개의 기준지수(benchmark index) 중의 하나이다. 가격가중의 지수인 日經 225는 상장지수펀드(exchange-traded fund)와 파생상품(derivative)을 통해서 직접 거래될 수 있다.

nil 무(無), 제로(0) ***nil basis*** 제로기준 ¶ The *nil basis* is a way of calculating earnings per share (after tax) that assumes there is no distribution of profits as dividend. 제로기준은 배당이익으로서 이익배당을 없다는 것을 가정하는 (납세후) 주당 수익률을 계산하는 방법을 말한다.

nina loans 무소득·무자산의 차입자에의 대출 → no documentation loan (서류작성불요의 대출).

nine 9, 9달러[파운드] ***nine-bond rule*** 나인본드룰 ¶ The *nine-bond rule* is a New York Stock Exchange (NYSE) requirement that orders for nine bonds or less be sent to the floor for one hour to seek a market. Since bond trading tends to be inactive on the NYSE (because of large institutional holdings and because many of the listed bond trades are handled over the counter), Rule 396 is designed to obtain the most favorable price for small investors. Customers may request that the rule be waived, but the broker-dealer in such cases must then act only as a broker and not as a principal (dealer for his own account). 나인본드룰은 뉴욕증권거래소(New York Stock Exchange: NYSE)의 규칙에서, 거래의 기회를 늘리기 위하여 액면금액이 9,000달러이하의 채권의 매매주문을 입회장(floor)에 1시간에 내도록 명령받는 경우를 말한다. (기관투자자가 채권의 거액소유자이든, 상장채권의 많음 부분이 장외거래(over the counter: OTC)에서 거래되기 때문에 NYSE에서의 채권거래는 그다지 활발하지는 않다. 이 때문에, 소액투자자(small investor)에게도 유리한 가격으로 채권거래가 가능하도록 이 규칙 396도가 설정되었다. 고객은 이 규칙의 적용을 포기해도 좋다. 그러나, 그 경우 증권회사는 주선업자(broker)로서 위탁거래를 할 수가 있지만, 거래 본인(principal) 즉 딜러(dealer)로서 자기거래는 할 수 없다. ***9/15*** 9월 15일 ¶ *9/15* means Wall Street shorthand for September 15, 2008, the date Lehman Brothers filed bankruptcy and the full force of the financial crisis was unleashed. 9월 15일은 2008년 9월 15일의 월스트리트의 약어이고, 그 날은 리먼브러더스가 파산신청을 하여 금융위기(financial crisis)의 본격적인 위력이 폭발한 날이다. ***19c3 stock*** 19c3 종목 ¶ *19c3 stock* is stock listed on a national securities exchange, such as the New York Stock Exchange or the American Stock Exchange, after April 26, 1979, and thus exempt from Securities and Exchange Commission rule *19c3* prohibiting exchange member from engaging in off-board trading. 19c3 종목은 1979년 4월

26일 이후에, 뉴욕증권거래소(New York Stock Exchange)나 아메리칸증권거래소(American Stock Exchange) 등 모든 미국증권거래소에 상장되기 위하여 거래소회원의 장외(off-board)거래를 금지한 미증권거래위원회 19c3 규칙의 대상에서 제외되어 있는 주식을 말한다.

ninety-day savings account 90일 저축계좌 ¶The *ninety-day savings account* is a passbook savings account with an original maturity of exactly 90 days. The rate paid depositors is sometimes linked to the 90-day Treasury bill. Deposits are subject to a 7-day withdrawal notification, and if left on deposit, are rolled over for another term. 90일 저축계좌는 최초의 만기가 정확히 90일인 은행통장예금계정이다. 예금자에게 지급하는 금리는 90일 미재무부 단기증권과 연계될 때도 있다. 예금을 인출하려면 7일 전에 인출통지를 하여야 하고, 예금으로 남겨두는 경우에는 또 다른 예금기간으로 전환된다.

ninja loan [영속] 닌자론(loan) ¶The *ninja loan* is a loan, often a residential mortgage, granted to a borrower with "no income, no job, or assets," i.e., an applicant with potentially poor creditworthiness. Ninja mortgage loans have historically been part of the subprime mortgage sector. 닌자론(loan)은 「무소득(no income), 무직(no job) 또는 무자산(no assets)」, 즉 대출신청자가 잠재적으로 부족한 신용도를 가진 차입자에게 주는 대출(loan), 종종 주택모기지이다. 닌자모기지론은 역사적으로는 서브프라임모기지분야의 일부였다.

Nippon keidanren 日本經団連 → keidanren (經団連)

NIRI → **N**ational **I**nvestor **R**elations **I**nstitute [약] 전미투자자관계기관

NLG (ISO) code Netherlands – currency guilder (florin). The 1999 legacy conversion rate was 2.20371 to the euro. It has fully changed to the euro/cent from 2002. ¶NLG (국제표준기구) 약호 네덜란드 — 화폐 길더(플로린), 1999년 전래의 환산율은 유로대비 2.20371이었다. 네덜란드는 2002년부터 유로/센트로 완전히 변경하였다.

NMS → **N**ational **M**arket **S**ystem [약] 전미(全美)시장시스템; → **n**ormal **m**arket **s**ize [약][영] 통상시장규모

N.N. → **N**o **N**ame [약][부도문언] (어음에) 서명 없음

no 없는, 적지 아니한, 결코 … 아닌 ¶*no* acceptance [부도문언] 인수하지 않음 /the *no* action clause (소송제기를 하지 않는다는 취지를 나타내는) 불소송조항 /'*no* advice' [부도문언] 발행통지없음 /*no* change 보합(保合) /'*no* date' [부도문언] 무일자(無日字) /*no* dealings 거래불성립 /*no* effects [부도문언] 예금잔액부족, 자금부족 /*no* good check 불량수표 /*no* limits 한도없음 /*no*(-)passbook plan 무통장거래 /*no* passbook saving 무통장예금 /*no* relevant office [부도문언] 해당점포없음 /*no* tax 비과세 /*no* value sample 무대가(無代價)견본 ***No A/C*; '*no account*' (*N/A*)** [부도문언] 거래 없음 ¶The word *no account* means a check returned by the paying bank to the originating bank (the drawee bank) because the check writer has *no account* to pay checks presented for collections. no account(거래 없음)이라는 말은 수표발행인이 추심을 위해 제시된 수표를 지급할 계정이 없기 때문에, 지급은행이 거래은행[수신(受信)은행] 앞으로 되돌려 보낸 수표를 말한다. ***no bid*** 매도일색(으로 매물이 없는 상태) (*cf.*) done ¶The word *no bid* indicates the situation in which the stock market is exclusively swept by the selling orders, and the buying orders nowhere. no bid(매도일색)이라는 말은 주식시장이 매도주문의 일색이고, 매수주문은 전혀 보이지 않는 상태를 가리킨다. ~ ***documentation loan*** 서

류작성불요의 대출 ¶ The *no documentation loan* is a mortgage loan, sometimes called a "no doc," where the borrower is not required to provide proof of income, employment, or assets. Such loans evolved from low documentation loans, which were originally designed for applicants in the alt-loan category, who could satisfy credit standards with high credit scores or low loan to value ratios. As the real estate boom of the 2000s gained momentum, Wall Street firm entered an un-served market by securitizing subprime mortgages. Appraisers, who formerly worked for banks or other originators of qualifying mortgages sold to Fannie Mae or Freddie Mac, were joined by a new breed of appraisers working for mortgage brokers operating on an originate to distribute basis. Those brokers paid appraisers to give properties whatever values satisfied firms securitizing subprime mortgages. These developments defeated the original purpose of *no documentation loans*, and as abuses proliferated after 2006 they not only got a bad name but added new names having negative connotations, such as liar loans (usually a reference to reported income), NINA (no income, no assets) loans, stated income loans, among others. 서류작성불요의 대출은 모기지론(mortgage loan), 종종 "no doc"라고 하고, 차입자(借入者)가 소득(income), 고용(employment) 또는 자산(assets)의 증명을 할 필요가 없는 경우이다. 그러한 대출(loan)은 불충분한 서류작성의 대출에서 발전한 것인데, 이것은 원래 신용평가기준을 높은 신용평가점수나 가격비율대비 낮은 대출요건으로 갖출 수 있었던 대체대출(alt-loan)카테고리의 신청자(applicants)를 위해 고안된 것이었다. 2000년대의 부동산붐(real estate boom)이 탄력이 생겼을 때, 월스트리트의 기업들은 서브프라임모기지를 증권화함으로써 고객을 맞지 않는 시장(un-served market)에 들어섰다. 이전에 패니메이(Fannie Mae) 또는 프레디맥(Freddie Mac)에 팔려진 모기지를 심사하던 은행 기타 창설자(originator)를 위해 일하던 평가자(appraisers)들이 수익배분의 원칙(originate to distribute basis)에서 영업하는 모기지브로커(mortgage broker)를 위해서 일하는 새로운 부류의 평가자로 합류하게 되었다. 그런 브로커들은 부동산의 가격이 얼마이든 서브프라임모기지를 증권화하는 기업을 만족시키면 대금조로 평가자에게 주어버렸다. 이러한 사건의 전개가 서류작성불요의 대출의 원취지를 좌절시켰고, 2006년 이후 남용이 확산되자 악명을 얻었을 뿐만 아니라 다른 무엇보다도, 거짓말쟁이대출(liar loan)(통상 신고된 소득에 관련하여), NINA(무소득, 무자산) 대출, 일정한 소득대출(stated income loans)과 같은 부정적인 의미를 가지는 새로운 이름을 더 얻었다. **'~ *fund*', *no sufficient fund*** [부도문언] 예금없음, 자금부족 → no sufficient fund (자금부족). **~*-par (value) stock*** 무액면주식 ¶ The *no-par stock* is a stock issued with no par value stated in the corporation charter or on the stock certificate; also called no-par-value stock. 무액면주식은 주식회사정관이나 주권(株券)에 기재된 무액면(no par value)으로 발행된 주식을 말한다. 이를 no-par-value stock이라고도 한다. **~*protest*** 거절증서작성면제 → no protest (거절증서작성면제).

no-action letter (이의를 주장할 수 없다고 하는) SEC 등이 내는 승인장, 노액션레터 ¶ The *no-action letter* is a letter requested from the Securities and Exchange Commission wherein the Commission agrees to take neither civil nor criminal action with respect to the specific activity and circumstances. Limited partnership designed as tax shelters, which are frequently venturing in uncharted legal territory, often seek *no-action letters* to clear novel marketing or financing techniques. 노액션레터는 미증권거래위원회(Securities and Exchange Commission: SEC)가 내는 서신으로, 특정한 활동이나 상황에 관하여 SEC는 민사소

송도 형사소송도 하지 않는 것에 동의하는 것이다. 절세상품(tax shelter)으로서 만들어지는 리미티드 파트너십(limited partnership)은 자주 법적으로 미지의 분야에 도전하기 위하여 지금까지 실적이 없는 새로운 마케팅방법이라든가 금융기법에 관한 사항을 명확히 할 목적에서 노액션레터를 구하는 경우가 많다.

no-brainer 노브레이너 ¶ *No-brainer* is a term used to describe a market the direction of which has become obvious, and therefore requires little or no analysis. This means that most of the stocks will go up in a strong bull market and fall in a bear market, so that it does not matter very much which stock investors buy or sell. 노브레이너는 그 동향이 명백하고, 분석의 필요가 거의 또는 전혀 없는 시세를 나타내는 말이다. 이것은 많은 종목이 강세시장(bull market)에서는 가격이 올라가고, 약세시장(bear market)에서는 가격이 내려가는 것이므로, 이와 같은 시세에서는, 매매하는 종목이 무엇인지를 그다지 문제로 삼을 일은 없다.

NOB spread 노브스프레드(시카고상품거래소 상장의 미국장기국채선물계약(T-Bond 20년)과 중기국채선물계약(T-Note 10년)과의 동 한월(限月)간 가격차) ¶ *NOB spread* is an acronym for notes over bonds spread. Traders buying or selling a *NOB spread* are trying to profit from changes in the relationship between yields in Treasury notes, which are intermediate-term instruments maturing in 2 to 10 years, and Treasury bonds, which are long-term instruments maturing 15 or more years. Most people trade the *NOB spread* by buying or selling futures contracts on Treasury notes and Treasury bonds. See also MOB Spread. 노브스프레드는 notes over bonds spread라는 머리글자에서 따온 말이다. 노브스프레드를 매매하는 트레이더는 2~10년 만기의 미재무부 중기증권(Treasury note)과 15년 이상 만기의 미재무부 장기증권(Treasury bond)의 이율(yield)격차로 이익을 얻는다. 많은 사람들은 미재무부 중기증권과 미재무부 장기증권의 선물계약(futures contract)의 매매에서 노브스프레드거래를 행한다. MOB Spread(모브스프레드)도 참조할 것.

no-draft export [import] 무환수출[수입] ¶ *No-draft export* [*import*] is export [import] which is not accompanied with the foreign exchange transactions. 무환수출[수입]은 외국환거래가 수반되지 않는 수출[수입]을 말한다.

no-fault 무과실의 ¶ The word *no-fault* is a concept used in divorce law and automobile insurance whereby the parties involved are not required to prove blame in an action. The concept recognizes irreconcilable difference as a basis for divorce. The automobile insurance, the accident victim collects directly from his or her own insurance company for medical and hospital expenses, regardless of who was at fault. *No-fault* statutes vary widely among states that have them. *No-fault* automobile insurance typically contains provisions aimed at discouraging frivolous lawsuits. 무과실(no-fault)이라는 말은 관련당사자들이 과실책임의 입증을 요구받지 아니한다는 이혼법과 자동차보험법상의 개념이다. 이혼원인에는 서로 용서하지 않는다는 견해의 상위가 있는 것을 이 개념은 용인하고 있다. 또 자동차보험에서는, 사고의 책임의 유무에 상관없이 희생자는 자신이 가입하고 있는 보험회사로부터 직접, 의료비를 받을 수 있다. 무과실책임제정법(no-fault statutes)은 주(州)에 따라 크게 차이가 있다. 무과실책임자동차보험은 안이한 소송을 그만두게 하는 것을 목적으로 한 규정을 포함하고 있는 것이 일반적이다. ***no-fault automobile insurance*** 무과실자동차보험 ¶ The *no-fault automobile insurance* is a type of coverage in which an insured's own policy provides indemnity for bodily injury and/or property damage without regard to fault. In many instances it is difficult if not impossible to determine the original cause – such as who is at fault in a chain car collision. In states with no-fault liability insurance, an insured cannot sue for general damages until special damages including medical expenses exceed a minimum amount. This is an effort to eliminate suits for general damages. 무과실자동차보험이란 피보험자 자신의 보험계약에서 과실에 관계없이 신체적 상해 및 재산손해에 보상(補償)을 해주는 보험의 종류이다. 많은 경우에, 체인차의 충돌시에 누가 과실이 있는가와 같이, 불가능한 일은 아닐지라도, 원래의 원인을 판단하기가 어렵다. 무과실책임보험을 인정하고 있는 주(州)에서는, 피보험자는 의료비를 포함하여 특별손해가 최소의 금액을 초과하기까지는 일반손해를 소구(訴求)하지 못한다. 이것은 일반손해에 대한 소(訴)를 감소시키려는 노력의 결과이다.

no-frill 여분의 서비스 없는, 실질본위의

noise 노이즈[기기(機器)의 작동에 영향을 끼치는 잡음 또는 혼란] ¶ The *noise* is an stock-market activity caused by program trades and news and comment affecting prices that unsubstantiated. 노이즈는 주가에 영향을 주는 프로그램거래(program trades) 또는 뉴스나 코멘트로 인하여 일어나는 주식시장의 움직임이지만, 그 자체 아무런 근거가 없는 경우를 이른다.

NOK (ISO) code Norway – currency Norwegian krone. ¶ NOK (국제표준기구) 약호 노르웨이 — 화폐 노르웨이 크로네(knone).

no-limit order 성립가(成立價)주문 ¶ *No-limit order* is an instruction to a broker to buy or sell only the issues and the numbers of the stocks, commodities, currencies, etc., except the price, which is according to the market price. 성립가주문은 주식, 상품, 통화 등의 종목·수량만 지정하고 값은 시세에 따라 매매하도록 브로커에게 지시하는 경우이다.

no-load 수수료 불요의 ***no-load fund*** 무부하(無負荷) 펀드(판매수수료를 징수하지 않는 타이프의 투자신탁) ¶ The *no-load fund* is a mutual fund offered by an open-end investment that imposes no sales charge (load) on its shareholders. Investors buy shares in no-load funds directly from the fund companies, rather than through a broker, as is done in load funds. Many *no-load fund* families (see family of funds) allow switching of assets between stock, bond, and money market funds. The listing of the prices of a *no-load fund* in a newspaper is accompanied with the designation NL. The net asset value, market price, and offer prices of this type of fund are exactly the same, since there is no sales charge. See also load fund; mutual fund share classes. 무부하(無負荷) 펀드는 오픈앤드형 투자회사(investment company)에 의한 뮤추얼펀드(mutual fund)로, 펀드의 주주가 판매수수료(sales charge, load)를 부담하지 않는 경우를 말한다. 무부하 펀드는 직접 투자회사로부터 구입하여 판매수수료를 취하는 부하(負荷) 펀드(load fund)와 같이 증권회사(broker)를 통하지 않는다. 노로드 펀드패밀리(family of funds)에서는, 주식펀드, 채권펀드, 머니마켓펀드(money market fund) 간에서의 이동이 가능하다. 신문지상에 게재되는 가격 리스트상에 NL의 문자가 붙어 있는 것이 무부하 펀드이다. 이런 종류의 펀드에서는 판매수수료가 부과되지 않으므로, 순자산가격(net asset value), 시장가격(market price), 매출가격(offer price)은 어느 것이나 같게 된다. load fund(부하 펀드); mutual fund share classes(뮤추얼펀드수익증권클래스)도 참조할 것. ~ ***stock*** 무부하(無負荷) 스톡 ¶ The *no-load stock* is shares available for direct purchase from the issuing companies, thus avoiding brokers and sale commissions. Such shares are typically offered as a part of a company's dividend reinvestment plan to encourage long-term investment.

Prices are based on an average of recent market prices and may not be as low as the current market price. Broker commissions are payable if and when the shares are sold. 무부하(無負荷) 스톡은 발행회사로부터 직접 구입(direct purchase)할 수 있는 주식으로, 이것에 의하여 증권회사에 지급하는 수수료(commission)가 필요 없게 된다. 이런 종류의 주식은 장기투자를 촉진하기 위하여, 배당금재투자펀드(dividend reinvestment plan)의 일환으로서 제공되는 것이 일반적이다. 매각가격은 직근(直近)의 평균시장가격(market price)에 기초해서 결정되지만, 시장가격보다 저렴할 수는 없다. 그리고 주식매각 시에는 수수료가 붙는다.

nominal 명목상의, 명의상의 ¶ in *nominal* term 명목으로 /*nominal* account [회계] 명목계정(비용계정과 수익계정을 가리킨다. (*cf.*) real account) /a *nominal* amount 액면가격 /*nominal* economic growth 명목성장률 /*nominal* GNP 명목국민총생산 /a *nominal* price 명목가격 (*cf.*) an actual price 실제가격 /*nominal* (exchange) rate 명목(외)환율 /*nominal* rate; *nominal* interest rate 표면금리 /*nominal* rate of discount 명목할인율 /*nominal* rate of growth 명목성장률 ***nominal dollars*** 명목달러 ¶ *Nominal dollars* are dollars unadjusted for inflation. For example, economists will refer to a product that costs 100 *nominal dollars* several years ago, and now costs $150. However, adjusted for inflation, the product's current price may be much higher or lower. Most financial statements are reported in *nominal dollars*. 명목달러는 인플레이션 요인조정전의 달러이다. 예를 들면, 이코노미스트가 어느 상품에 관하여 수년전의 가격이 100명목달러이고, 현재의 가격은 150달러라고 인용하였다고 하더라도, 인플레이션요인을 조정하면, 그 제품의 현재의 가격은 그보다도 높은 경우도 있는가 하면, 낮은 경우도 있다. 재무제표(financial statement)의 대부분은 명목달러로 계상되고 있다. ~ ***exercise price*** 명목행사가격 ¶ The *nominal exercise price* is an exercise price (strike price) of a Government National Mortgage Association (GNMA or Ginnie Mae) option contract, obtained by multiplying the unpaid principal balance on a Ginnie Mae certificate by the adjusted exercise price. For example, if the unpaid principal balance is $96,000 and the adjusted exercise price is 58, the *nominal exercise price* is $55,680. 명목행사가격은 정부주택모기지협회(Government National Mortgage Association: GNMA)옵션계약(option contract)의 행사가격(exercise price, strike price)으로, GNMA증서의 미지급원금에 조정 후 행사가격(adjusted exercise price)을 곱하여 구한 것이다. 예를 들면, 미지급원금이 96,000달러이고, 조정후 행사가격이 58이라고 하면 명목행사가격은 55,680달러가 된다. ~ ***income*** 명목소득 ¶ The *nominal income* is an income unadjusted for changes in the purchasing power of the dollar. Generally Accepted Accounting Principles (GAAP) require certain large, publicly held companies to provide supplementary information adjusting income from continuing operations for changing prices. Financial Accounting Standards Board (FASB) Statement Number 89 removed the requirement to present general purchasing power and current cost/constant dollar supplement statements, however. 명목소득은 달러의 구매력(purchasing power of the dollar)의 변동요인을 조정하지 않는 소득을 이른다. 일반적으로 공정 타당하다고 인정되는 회계원칙(Generally Accepted Accounting Principles: GAAP)에서는, 주식을 상장하고 있는 대기업에 대하여, 계속적인 사업에서 생기는 물가변동조정후의 소득에 관한 보족설명을 부치는 것이 의무사항으로 되어 있다. 그러나, 재무회계기준심의회(Financial Accounting Standards Board: FASB)보고서 89호에서는, 일반구매력(purchasing power)이나 시가/기준년 달러(current cost/constant dollar)에 관한 보족설명을 제거하였다. ~ ***interest rate*** 표면금리 → nominal yield (명목

이율). ~ ***price*** [영] 명목가격 ¶ The *nominal price* is the price of security at the time it is issued, generally equal to some defined par value. In most cases the *nominal price* has little or no relationship to the market value of the security, particularly over time. 명목가격은 증권이 발행되는 때의 증권의 가격, 일반적으로 일부 일정한 액면가액(par value)과 같다. 대부분의 경우에 명목가격은 특히 시간이 경과하면서 증권의 시장가(market value)와 거의 관계가 없거나 전혀 관계가 없다. ~ ***quotation*** 명목시세, 명목경기 ¶ *Nominal quotation* is bid and offer prices given by a market maker for the purpose of valuation, not as an invitation to trade. Securities industry rules require that *nominal quotations* be specifically identified as such; usually this is done by prefixing the quote with the letters FYI (for your information) or FVO (for valuation only). 명목시세는 마켓메이커(market maker)가 거래를 할 목적이 아니라, 시세의 견적을 할 목적에서 부친 매수호가(bid)와 매도호가(offer price)를 말한다. 증권업규칙에서는, 명목시세는 명확히 그것이라고 알 수 있도록 하여야 한다고 하고 있고, 통상은 호가의 앞에 FYI(for your information, 정보목적을 위하여) 또는 FVO(for valuation only, 견적을 위하여)의 3문자를 표시한다. ~ ***rate of interest*** 명목이자율, 명목금리 ¶ The *nominal rate of interest* is a rate of interest unadjusted for inflation. The actual interest rate charged by a bank on a loan is in nominal dollars. This is in contrast to interest rates that have been adjusted for either past or projected inflation, called real interest rates. 명목이자율은 인플레이션요인을 조정하고 있지 아니한 금리를 말한다. 은행이 청구하는 대출금리는 명목달러에 따른다. 이것에 대하여 과거 혹은 예상인플레이션요인을 조정한 후의 금리를 실질금리(real interest rates)라고 한다. ~ ***scale*** 명목척도 ¶ The *nominal scale* is observations distinguished by name alone. Types of housing would be distinguished on a nominal scale: single-family, patio home, condominium, or townhouse. The *nominal scale* is the weakest of measurements. See also interval scale. 명목척도는 이름만으로 구별되는 관찰보고이다. 주택의 형태는 명목척도를 근거로 구별될 것이다. 즉, 단독가족, 파티오식(스페인식의 안뜰) 주택, 콘도미니엄, 또는 연립(공동)주택 등이다. 명목척도는 측정의 약점이 된다. interval scale(간격척도)도 참조할 것. ~ ***value*** (증권의) 액면가격 (*cf.*) real value → par value (액면가격). ~ ***yield*** 명목이율 ¶ The *nominal yield* is an annual dollar amount of income received from a fixed-income security divided by the par value of the security and stated as a percentage. Thus a bond that pays $90 a year and has a par value of $1,000 has a *nominal yield* of 9%, called its coupon rate. Similarly, a preferred stock that pays a $9 annual dividend and has a par value of $100 has a *nominal yield* of 9%. Only when a stock or bond is bought exactly at par value is the *nominal yield* equal to the actual yield. Since market prices of fixed-income securities go down when market interest rates go up and vice versa, the actual yield, which is determined by the market price and coupon rate (*nominal yield*), will be higher when the purchase price is below par value and lower when the purchase price is above par value. See also rate of return. 명목이율은 확정이자부 증권(fixed-income security)의 연간이자수입을 액면가격(par value)으로 나누어, 퍼센트로 표시한 것이다. 예를 들면, 연간이자수입이 90달러의 채권으로 액면가격이 1,000달러이면, 명목이율은 9%가 된다. 이 금리는 coupon rate(표면금리)라고 한다. 마찬가지로, 배당금이 연 9달러, 액면가격이 100달러의 우선주(preferred stock)의 명목이율도 9%가 된다. 주식이나 채권이 액면가격으로 매매된 경우에만 명목이율과 실질이율(actual yield)이 같게 된다. 시장금리가 오르면 확정이자부 증권의 시장가격(market price)은 내려가고, 반대로 시장금리가 내려간다면 시장가격이 오르기 때문

에, 시장가격과 표면이율(명목이율)로 결정되는 실질금리는 구입가격이 액면가격보다 싸면 높게 되며, 반대로 구입가격이 액면가격을 상회하는 경우에는 낮게 된다. rate of return(수익률)도 참조할 것.

nominative claim 지명채권 ¶ The assignment of a *nominative claim* cannot be set up against the debtor or any other third person, unless the assignor has given notice thereof to the debtor or the debtor has consented thereto. 지명채권의 양도는 양도인이 채무자에게 통지하거나 채무자가 승낙하지 아니하면 채무자 기타 제3자에게 대항하지 못한다.

nominee 피지명인(被指名人), 피임명인, 수취명의인 ¶ The *nominee* is a person or firm, such as a bank official or brokerage house, into whose name securities or other properties are transferred by agreement. Securities held in street name, for example, are registered in the name of a broker (*nominee*) to facilitate transaction, although the customer remains the true owner. 수취명의인은 개인(은행임원 등)이나 회사(증권회사 등)가 증권이나 자산의 진정한 소유자와 계약을 체결하여 당해 증권이나 자산의 명의인이 되는 것이다. 예컨대, 증권회사명의(street name)의 증권이란, 실질적인 소유자는 고객이지만, 고객의 편의상 증권회사(broker)의 명의로 등록되는 자를 말한다.

noming the pipes [영] 파이프의 지정 ¶ *Noming the pipes* is abbreviated form of "nominating the pipes," a scheduling process in natural gas trading where physical delivery of gas is allocated through the network of interconnecting gas pipelines based on supply, demand, time, and price constraints. 파이프의 지정(noming the pipes)은 "nominating the pipes"의 약자형으로, 가스의 현실적 인도가 공급, 수요, 시간 및 가격제약을 기초로 한 서로 연결하는 가스파이프라인의 네트워크를 통해서 배분되는 천연가스거래의 스케줄과정을 말한다.

non- *pref.* (명사 · 형용사 · 부사에 붙어서) 아님(否, 不, 無)의 의미를 나타낸다. ¶ *non*-acceptance 어음의 인수거절 /*non*-assignable L/C 양도불능신용장 /*non*-attended store 무인점포 /*non*-bank bank; *non*bank financial institution 비은행금융기관 /*non*-business days 비영업일 /*non*-callable bond 임의상환금지채권 /*non*-clearing bank 교환조합외은행 /*non*-competitive bidding (입찰자전원의 평균치를 낙찰가격으로 하는) 비경쟁입찰 /*non*-competitive tender 비경쟁입찰 /*non*-cumulative dividend 비누적적 배당 /*non*-cumulative letter of credit 순환신용장 /*non*-cumulative preferred stock 비누적적 우선주 /*non*-delivery 불착(不着) /*non*-depository correspondent 논디포지토리 코레스폰던트(간단히 코레스계약만을 체결하여 계좌개설관계가 없는 코레스은행) /*non*-detachable warrant 비분리형 워런트 /*non*-diversified investment company 비분산투자형 투자회사 /*non*-dividend 무배당 /*non*-exchange 논익스체인지거래(거래통화간의 매매를 수반하지 않는 거래) /*non*-fulfillment 계약불이행 /*non*-fulfillment of contract 계약불이행 /*non*-interest bearing 무이자(의) /*non*-interest bearing bond 비이자부 채권 /*non*-life insurance 손해보험 /*non*-life insurance company 손해보험회사 /*non*-negotiable bill 양도불능어음 /*non*-negotiable B/L 비유통선하증권, 양도금지선하증권 /*non*-operating expense 영업외비용 /*non*-operating revenue [income] 영업외수익 /*non*-order bill 지시금지어음 /*non*-par(value) stock 무액면주식 /*non*-payment of draft 어음의 지급거절 /*non*-performance 계약불이행 /*non*-permanent resident 비영주자 /*non*-profit corporation 비영리법인 /*non*-profit foundation 비영리재단 /*non*-profit-making organization 비영리단체 /*non*-public issue 비공모채(非公募債) /*non*-recourse loan 논리코스론(프로젝팅파이낸싱 등에서 차입금반환의 소급을 행하지 않

는 것을 말한다.) /*non*-registered 등록미필 /*non*-reimbursable loan 무상자금협력 /*non*resident 비거주자 /*non*-resident won account 비거주자원화계좌 /*non*-taxable security 면세증권 /the *non*-taxable system on small savings 소액저축비과세제도 /*non*-voting stock 무의결권주 ***non-bank*** 비은행 ¶A *non-bank* is an organization that transacts financial business outside the commercial banking system. 비은행은 상업은행업무체계 외에서 금융업을 행하는 단체를 말한다. ~ ***-marketable security*** 시장성이 없는 증권 ¶A *non-marketable security* is a security that cannot be traded on the Stock Exchange, such as annuities, and certificates of deposit. 시장성이 없는 증권은 연금채권 및 예금증서와 같이, 증권거래소에서 거래될 수 없는 증권을 말한다. ~***-negotiable instrument*** 비유통증권, 양도금지증권 → negotiable instrument (유통증권). ~***-performing loan*** [미] 연체대금(延滯貸金) ¶A *non-performing loan* is a loan whose interest payment are very overdue (usually taken to be 90 or more days in the USA). 연체대금은 이자지급이 매우 기한이 지난 대출이다(미국에서는 보통 90일 이상 지체됨). ~ ***-tariff barriers*** 비관세장벽 ¶*Nontariff barriers* (*NTBs*) are barriers or restrictions to trade that nontariff in nature. The classes of *nontariff barriers* are: (1) quantitative restrictions such as quotas, "Buy Local Legislation," voluntary export restraints, and orderly marketing arrangements; (2) administrative regulations such as specific permissions requirements, import/export licenses, foreign exchange controls, performance and surety bonds; (3) technical regulations such packing, labeling, and marking requirements; and (4) direct price influences such export subsidies and customs valuation. 비관세장벽이란 성질상 비관세인 무역에 대한 장벽 또는 제한(restrictions)이다. 비관세장벽의 종류로는, (1) 쿼터(quotas), 「바이로컬 입법」(Buy Local Legislation), 자율적 수출제한 및 공정한 마케팅협약과 같은 수량적 제한(quantitative restrictions), (2) 특별허가요건, 수출입허가, 외국환관리, 실적 및 보증서(surety bond)와 같은 행정규제(administrative regulations), (3) 팩킹, 라벨링(labeling), 및 상표요건과 같은 기술적인 규제(technical regulations) 및 (4) 수출보조금과 관세평가와 같은 직접가격작용(direct price influences) 등이 있다.

nonacceptance 인수거절 ¶*Nonacceptance* is the refusal to accept a bill of exchange by the person whom it is drawn. 인수거절은 환어음의 발행을 받은 지급인이 그 어음의 인수를 거절하는 것이다.

nonaccredited investor 비적격투자자 ¶A *nonaccredited investor* is an investor who does not meet the net worth requirements of SEC Regulation D. Such investor tend to be wealthy and sophisticated, and therefore the SEC feels they need less investor protection than smaller, less sophisticated investors. Also called qualified investors. 비적격투자자는 미증권거래위원회(SEC)의 규칙 D에서 규정하고 있는 순자산요건을 충족하고 있지 않은 투자자를 말한다. 그러한 투자자는 부유하고 투자경험이 있고 해서 미증권거래위원회는 투자경험이 그다지 없는 소액투자자와 똑같이 보호할 필요는 없다고 생각하고 있다. 또 이를 qualified investor(적격투자자)라고도 한다.

nonaccrual asset 회수곤란자산

nonaccrual loan 회수곤란대출 ¶The *nonaccrual loan* is an asset, usually a loan, that is not earning the contractual rate of interest in the loan agreement, due to financial difficulties of the borrower. Nonaccrual assets are loans in which interest accruals have been suspended because full collection of principal is in doubt, or interest payments have not been made for a sustained period of time. A reserve for possible loan losses is set aside for these loans, and any payments received from the borrower are applied first to principal, and then to loan interest due. According to the guidelines of banking regulators, a loan with principal and interest unpaid for at least 90 days is considered a *nonaccrual loan*, unless the lender has adequate collateral. Consumer loans and residential mortgage loans are generally exempted from these guidelines. For bank bookkeeping purposes, a *nonaccrual loan* is recorded as a cash basis loan, that is, a loan in which interest is credited as earned income only when payments are collected from the borrower. 회수곤란대출은 차입자(借入者)의 재정적 어려움 때문에, 대출계약에서 한 약정금리를 받을 수 없는 자산(asset), 보통 론(loan)을 말한다. 회수곤란자산이란 원금 전액의 회수가 의심스럽기 때문에 이자지급이 중지되었거나 또는 계속된 기간에 이자지급이 행해지지 않는 대출(loan)이다. 대출손실에 대한 준비금은 이러한 대출(loan)을 위해 대비해 두며, 차입자로부터 수취한 지급액도 원금에 제일 먼저 충당한 다음에 받을 이자에 충당한다. 금융규제당국의 지침에 의하면, 약 90일간 지급되지 아니한 원금과 이자는 대여자(lender)가 적절한 담보를 가지지 않는 한, 회수곤란대출로 본다. 소비자대출(loan)과 주택모기지대출(loan)은 일반적으로 이러한 지침에서 제외되고 있다. 은행부기(簿記)에서 보면, 회수곤란대출은 현금주의 대출(cash basis loan), 즉 이자는 지급액이 차입자로부터 회수되는 경우에만 근로소득(earned income)인 대출(loan)로 대변에 기재된다.

nonadmitted 비인가의 ***nonadmitted insurance*** [영] 비인가보험 ¶ The *nonadmitted insurance* is an insurance policy written by an insurer that is not licensed in the state of jurisdiction where the insured's risk exists. Also known as unauthorized insurance. See also admitted insurance. 비인가보험은 피보험자의 위험이 존재하는 재판관할권의 국가에서 보험허가를 받지 못한 보험업자가 인수한 보험증권을 말한다. 이는 unauthorized insurance(무공인보험)으로도 알려져 있다. admitted insurance(인가보험)도 참조할 것. ~ ***insurer*** [영] 비인가보험회사 ¶ The *nonadmitted insurer* is an insurer that is not licensed to sell an insurance policy in a given state or jurisdiction. Also known as unauthorized insurer. See also admitted insurer. 비인가보험회사는 일정한 국가 또는 재판관할권에서 보험증권을 매도할 허가가 없는 보험회사를 말한다. 이는 unauthorized insurer(무권한보험업자)로도 알려져 있다.

nonbusiness organization 비영리조직

noncallable 조기상환불능 ¶ The word *noncallable* implies preferred stock or bond that cannot be redeemed at the option of the issuer. A bond may offer call protection for a particular length of time, such as ten years. After that, the issuer may redeem the bond if it chooses and can justify doing so. U.S. government bond obligations are not callable until close to maturity. Provisions for noncallability are spelled out in detail in a bond's indenture agreement or in the prospectus issued at the time a new preferred stock is floated. Bond yields are often quoted to the first date at which the bonds could be called. See also yield to call. 조기상환불능이라는 말은 발행자의 옵션시에 상환될 수 없는 우선주 또는 채권(債券)을 나타낸다. 조기상환을 할 수 없는 기간을 거치(据置)기간(call protection)이라고 하지만, 거치기간(예컨대 10년)조건을 달아서 우선주나 채권을 발행할 수도 있다. 이 경우에, 거치기간 중의 조기상환은 할 수 없다. 다만, 거치기간 후에, 이유가 정당화할 수 있다면 앞당긴 상환을 할 수도 있다. 미국국채(government obligation)는 만기 직전까지 조기상환을 할 수 없다. 앞당긴 상환에 관한 조건

은 채권의 신탁증서(indenture), 또는 신규발행 우선주에 관한 사업계획서(prospectus) 중에서 상세하게 규정된다. 이런 종류의 채권의 이율(yield)은 최초의 조기상환일까지의 기간에서 산출되는 경우가 많다. yield to call(조기상환이율)을 참조할 것.
noncallable bond [영] 조기상환불능채권 ¶ The *noncallable bond* is a bond that cannot be called or redeemed by the issuer prior to final maturity under any circumstances. A *noncallable bond* provides the investor with protection against reinvestment risk until final maturity. Also known as straight bond. See also call risk; callable bond; hard call protection; soft call protection. 조기상환불능채권은 발행자가 어떤 상황에서도 최종만기 이전까지 상환청구나 상환될 수 없는 채권을 말한다. 조기상환불능채권은 투자자에게 최종만기까지 재투자위험에 대한 보호를 제공한다. 이는 straight bond[(전환사채를 제외하는) 보통사채]로도 알려져 있다. call risk(조기상환 리스크); callable bond(조기상환 리스크); hard call protection(하드콜 프로텍션); soft call protection(소프트콜 프로텍션)도 참조할 것.

noncash charge 비현금비용 ¶ The *noncash charge* is an accounting charge that reduces taxable income, but does not require an outlay of cash. Examples are depreciation and depletion. 비현금비용이란 조세소득을 감소시키지만, 현금의 지출을 필요로 하지 않는 회계비용이다. 감가상각과 자산의 감소가 그 예이다.

nonclearing member 비청산회원 ¶ A *nonclearing member* is a member firm of the New York Stock Exchange or another organized exchange that does not have the operational facilities for clearing transactions and thus pays a fee to have the services performed by another member firm, called a clearing member. 비청산회원은 뉴욕증권거래소나 다른 증권거래소의 회원증권회사로서, 거래청산기능을 가지지 않기 때문에, 청산회원인 다른 회원회사에게 수수료를 지급하고 청산업무를 의뢰하는 증권회사이다.

noncompetitive 비경쟁의 ***noncompetitive bid*** 비경쟁입찰 ¶ The *noncompetitive bid* is a method of buying Treasury bills without having to meet the high minimum purchase requirements of the regular dutch auction; also called noncompetitive tender. The process of bidding for Treasury bills is split into two parts; competitive and noncompetitive bids. 비경쟁입찰이란 통상의 네덜란드 옥션의 최저구입요건을 충족할 필요가 없는 미재무부 단기증권의 구입방식을 말한다. 미재무부 단기증권의 입찰절차는 경쟁입찰(competitive bid)과 비경쟁입찰의 2가지 방식으로 나뉜다. ~ ***trading*** [영] 비경쟁거래행위 ¶ The *noncompetitive trading* is an illegal practice where a dealer or market maker executes a client order within a proprietary account, without first exposing it to the market. *Noncompetitive trading* reduces transparency into order flows and allows dealers to profit at the expense of client. 비경쟁거래행위는 딜러와 마켓메이커가 고객의 주문을 시장에 노출하지 않고 자기계좌(proprietary account)내에서 집행하는 위법행위이다. 비경쟁거래행위로 인하여 주문의 흐름 속의 투명성이 감축되고 딜러가 고객의 비용으로 이익을 꾀할 수 있게 된다.

nonconference cargo 비동맹화물 ¶ The *nonconference cargo* is a cargo to which a conference does not apply. See also conference. 비동맹화물은 해운동맹이 적용되지 않는 화물을 말한다. conference(해운동맹)도 참조할 것.

noncontestability clause 불가쟁조항(不可爭條項) ¶ A *noncontestability clause* is a provision found in insurance contracts stipulating that policyholders cannot be denied coverage after a specific period of time, usually two years, even if the policyholder provided inaccurate or even fraudulent information in his or her insurance application. In order to contest the policy, the insurer must find out about the incorrect information before the clause goes into effect. 불가쟁조항이란 보험계약 중에 어느 조항이 보험계약자의 신고가 비록 부정확하고 사기와 비슷한 정보를 제공하더라도, 특정기간(통상 2년간)이 경과한 후에는 보험계약을 부인할 수 없다고 하는 조항을 이른다. 보험회사가 보험증권의 무효를 다투기 위해서는, 그 조항이 발효되기 전에 허위의 신고를 한 것임을 찾아내지 않으면 안 된다.

noncontributory pension plan 종업원 비출연연금제도 ¶ The *noncontributory pension plan* is a pension plan that is totally funded by the employer, and to which employees are not expected to contribute. Most defined pension plans are noncontributory. In contrast, defined contributory pension plans offer employees the choice to contribute to a plan such as a 401(k) or 403(b). 종업원 비출연연금제도는 종업원의 출연을 요구하지 않고, 고용주가 전액을 출연하는 연금제도이다. 대부분의 확정출연형 연금제도는 종업원은 비출연이다. 이와 대조하여, 확정출연형 연금제도(defined contributory pension)는 종업원에게 401(k)나 403(b)의 연금제도에의 출연에 선택권을 주고 있다.

noncontvertible currency [영] 불태환통화 ¶ The *nonconvertible currency* is a currency that cannot be freely exchanged into another currency without prior regulatory approval. Some currencies are nonconvertible for all holders, and for any purpose. Others feature restricted convertibility: nonresidents may be able to exchange holdings but residents may require approval, or holders may be permitted to convert freely for current account purposes such as trade, but not for capital account purposes such as loans or asset purposes. *Nonconvertible currencies* are generally associated with command economies, and their prices are often set or influenced by the state central bank or monetary authority. Also known as inconvertible currency. See also convertibility; convertible currency; exchange controls. 불태환통화는 사전의 규제당국의 승인(regulatory approval) 없이는 자유로이 다른 통화와 교환할 수 없는 통화를 말한다. 일부 통화는 모든 보유자 및 어떤 사유로 불태환인 경우도 있다. 다른 통화는 제한된 태환성을 특징으로 한다. 즉, 비거주자는 통화의 교환을 할 수 있으나, 거주자는 보유의 승인을 필요로 할 수 있고, 또는 보유자는 무역과 같은 경상수지의 목적을 위해서 자유로이 태환할 수 있으나, 대출이나 자산소유와 같은 자본계좌(capital account)를 위해서 태환할 수 없다. 불태환통화는 일반적으로 계획경제(command economy)와 연관되어 있고, 불태환통화의 가격은 국가의 중앙은행이나 통화당국에 의해서 정해지기도 하고 영향을 받기도 한다. 이는 inconvertible currency(불태환통화)로도 알려져 있다. convertibility(태환성); convertible currency(태환통화); exchange controls(외국환관리)도 참조할 것.

noncumulative 비누적적인 ¶ The word *noncumulative* implies a term describing a preferred stock issue in which unpaid dividends do not accrue. Such issues contrast with cumulative preferred issues, where unpaid dividends accumulate and must be paid before dividends on common shares. 비누적적(非累積的)이라는 말은 미지급의 배당금이 누적되지 않는 우선주발행을 설명하는 용어이다. 그러한 발행은 미지급의 배당금은 누적되어 보통주에 대한 배당에 앞서 지급되어야 하는 누적적 우선발행과 대조된다.

noncurrent 비유동의 ***noncurrent asset*** 비유동자산, 고정자산, 장기자산 ¶ *Noncurrent asset* is asset not expected to be converted into cash, sold, or exchanged within the normal operating cycle of the firm, usually one year. Examples of *noncurrent assets* include fixed assets, such as real estate, machinery, and other equipment; leasehold improvements; intangible assets, such as goodwill, patents, and trademarks; notes receivable after one year; other investments; miscellaneous assets not meeting the definition of a current asset. 비유동자산은 회사의 영업연도(보통 1년간)내에 환금, 매각, 교환되는 일이 없는 자산을 이른다. 그 예로서 부동산, 기계 · 설비 등의 유형고정자산, 임차점포 부속설비, 영업권(goodwill), 특허권, 상표 등의 무형자산, 1년 이상의 선일자의 수취어음, 기타의 투자, 유동자산에 속하지 않는 잡다한 종류의 자산이 있다. ~ ***liability*** 장기부채 ¶ *Noncurrent liability* means liability due after one year. 장기부채는 1년을 초과하는 부채를 의미한다.

nondeliverable forward (NDF) NDF거래, 논딜리버러블 포워드 ¶ The *nondeliverable forward (NDF)* is a short-term forward contract on a thinly traded or nonconvertible foreign currency not otherwise internationally traded. Contracts in the *NDF* market are settled in cash and the profit or loss is the difference between an exchange rate agreed upon on a fixing date and the spot rate at the time on the settlement date. 논딜리버러블 포워드는 거래액이 적거나 혹은 외화의 교환이 불가능하기 때문에, 국제시장에서의 거래가 불가능한 통화를 대상으로 한 단기의 선도계약(先渡契約)을 이른다. NDF거래의 결제는 현금으로 이루어지며, 계약을 한 때의 외환율과 결제일의 현물환율과의 차액이 거래의 손익으로 된다(차금결제).

nondiscretionary trust 비재량신탁, 한정신탁 ¶ A *nondiscretionary trust* is a trust where the trustee has no power to determine the amount of distributions to the beneficiary. 비재량신탁은 수탁자가 수익자에의 배당액의 결정권을 가기지 않는 신탁을 이른다.

nondiversifiable risk [영] 비분산투자의 리스크 ¶ The *nondiversifiable risk* is a risk that is common to all companies, assets, or markets and cannot therefore be reduced or eliminated through diversification. 비분산투자의 리스크는 모든 회사, 자산 또는 시자에 일반적이기 때문에 분산투자를 통해서 축소하거나 제거할 수 없는 비분산투자의 리스크를 말한다. diversifiable risk(분산투자의 리스크)도 참조할 것.

nondiversified management company 비분산형(非分散型) 투자회사 ¶ According to the Investment Company Act of 1940 (Section 5 b.2), the *nondiversified management company* is any management company tare mutual funds or closed-end funds, often venture capital fuat does not meet the requirements of a diversified investment [management] company. These are mutual funds or closed-end funds, often venture capital funds, operating under policies that permit investment of a relatively large portion of the fund's assets in particular companies or other concentrations. Sometimes also called concentrated funds, focused funds, or undiversified funds. 1940년의 투자회사법(Investment Company Act of 1940)의 5조 2항b의 규정에 의하여, 비분산형 투자회사는 분산형 투자회사(diversified investment [management] company)의 조건을 갖추지 않은 투자회사를 말한다. 이러한 회사는 뮤추얼펀드(mutual funds), 클로즈드엔드형 펀드(closed-end funds)나 벤처캐피탈(venture capital)이 많지만, 펀드의 태반의 자금을 특정한 기업군(企業群)이나 다른 곳에 집중해서 투자한다. 이를 집중펀드(concentrated funds), 포커스트펀드(focused funds), 또는 비분산펀드(undiversified funds)라고도 한다.

nondurable goods 비내구재(非耐久財) ¶ The opposite of durable good is *nondurable goods* which includes food, fuel, cosmetics, drugs, clothing, and services. 내구재의 반대가 비내구재이며, 식품, 연료, 화장품, 약품, 의료, 서비스 등이 포함된다.

nonfeasance 의무불이행, 부작위, 해태(懈怠) ¶ *Nonfeasance* is nonperformance of a duty or responsibility to which one is bound; for example, an unfulfilled contractual duty. 의무불이행은 해야 할 의무나 책임을 이행하지 않는 경우이다. 예를 들면, 불이행계약의 의무이다.

nonfinancial assets 비금융자산(非金融資產) ¶ The *nonfinancial assets* are assets that are physical, such as real estate, personal property. 비금융자산은 부동산, 동산과 같은 물적 자산을 말한다.

nongovernmental organizations (NGOs) 비정부기구, 민간공익단체 ¶ *Nongovernmental organizations* (*NGOs*) are private-sector nonprofit organizations that contribute to development in developing countries through such activities as development cooperation projects, financial aid, material aid, the dispatch of personnel, the acceptance of trainees, and development education. In this context, *NGOs* are accredited by the United Nations or its specialized agencies and can lobby and do business with them. 비정부기구는 개발협력계획, 재정지원, 물자지원, 인원의 파견, 직업훈련생의 채용, 및 개발교육과 같은 활동을 통해서 개발도상국에서 개발에 이바지하는 민간부문 비영리조직을 말한다. 이런 관점에서, NGO는 유엔이나 유엔 산하의 특별기관의 공인을 받고 있으며, 그들과 로비를 하고 사업을 할 수 있다.

NGO는 민간공익단체랍니다.

noninsurance transfer [영] 보험불능이전 ¶ The *noninsurance transfer* is a risk transfer technique that makes use of contractual relationships, such as hold harmless agreements or principal/agent relations, rather than traditional insurance arrangements. 보험불능이전은 전통적인 보험제도보다 오히려 배상책임면제계약(hold harmless agreements) 또는 본인/대리점관계와 같은 계약관계를 이용하는 위험이전기법(risk transfer technique)을 말한다.

noninterest-bearing note 무이자채권(債券) ¶ A *noninterest-bearing note* is a note that makes no periodic interest payments. Instead, the note is sold at a discount and matures at face value. Also called a zero-coupon bond. 무이자채권은 정기적으로 이자지급을 하지 않는 채권을 말한다. 그 대신에 그 채권은 액면이하로 할인 매매되고, 만기에 액면가격으로 상환 받는다. 제로쿠폰채(zero-coupon bond)라고도 한다.

nonledger asset 부외(簿外)자산 ¶ *Nonledger asset* is asset which is not recorded in the ledger. 부외자산이란 원장에 기록되지 아니한 자산을 말한다.

nonlife insurance [영] 손해보험 ¶ In Europe, *nonlife insurance* is insurance coverage for damage or loss to property, which includes both personal line coverage and commercial line coverage. See also general insurance; property and casualty insurance. 유럽에서, 손해보험(nonlife insurance)은 재산에 대한 손해 또는 손실을 대한 보험보장을 말하며, 개인보험(personal line)보장과 기업보험(commercial insurance)보장을 포함한다. general insurance(일반보험); property and casualty insurance(손해보험)도 참조할 것.

nonlinear 직선이 아닌, 비선형(非線型)의 ***nonlinear instrument*** [영] 비선형증권 ¶ The *nonlinear instrument* is a financial contract, such as an option or warrant, with a payout that varies with changes in the movement of the underlying reference market or asset. A unit change in the value of the reference lead to a greater than unit change in the contract, which may be positive or negative depending on whether the instrument has positive convexity or negative convexity. See also convexity; gamma, linear instrument; negative gamma; positive gamma. 비선형증권은 기초대상시장(underlying reference market)이나 자산의 움직임의 변동과 더불어 변화하는 지출금(payout)을 사용하는 옵션이나 워런트(warrant)와 같은 금융계약을 말한다. 기초대상시장의 가격상의 단위변화는 그 증권이 포지티브 콘벡시티냐 네거티브 콘벡시티냐에 따라 적극적일 수 있거나 소극적일 수 있는 계약의 단위변화보다 더 크게 선도한다. convexity(콘벡시티); negative gamma[네거티브 감마치(値)]; positive gamma[포지티브 감마치(値)]도 참조할 것. ~ ***payoff*** [영] 비선형(非線型)수익 ¶ The *nonlinear payoff* is a nonlinear economic gain or loss that may be expected under a derivative (e.g., exotic option) for a given range of market prices. For every unit move up or down in the market price, the gain or loss is a nonlinear function of that unit move. See also asymmetric payoff; linear payoff; symmetric payoff. 비선형수익은 일정한 범위의 시장가를 위한 파생상품(예컨대, 이그조틱옵션) 하에서 예상할 수 있는 비선형의 경제적 손익을 말한다. 시장가에서 상하로 동작하는 모든 단위를 위해서, 손익은 그 단위이행의 비선형기능이다. asymmetric payoff(비대칭적 수익); linear payoff(선형수익); symmetric payoff(대칭적 수익)도 참조할 것.

nonmember firm 비회원(非會員) 증권회사 ¶ A *nonmember firm* is a brokerage firm that is not a member of an organized exchange. Such firms execute their trades either through member firms, on regional exchanges, or in the third market. See also member firm; regional stock exchanges. 비회원 증권회사는 조직화된 증권거래소의 회원이 아닌 증권회사(brokerage firm)를 이른다. 비회원 증권회사가 거래를 하고자 할 경우에는, 회원 증권회사를 통하든지, 지방의 증권거래소에서 거래하든지, 혹은 제3시장(third market)에서 행한다. 또한 member firm(회원회사), regional stock exchange(지방증권거래소)를 참조할 것.

nonpar swap [영] 무액면 스왑 ¶ The *nonpar swap* is an over-the-counter swap, such as premium swap or discount swap, which is transacted at off-market interest rates. Also known as off-market swap. 무액면 스왑은 시장외금리(off-market interest rates)로 거래되는 프리미엄스왑이나 디스카운트스왑과 같은 장외거래스왑을 말한다. 이는 off-market swap(시장외 스왑)으로도 알려져 있다.

nonparticipating 비참가적, 불참가의 ***nonparticipating guaranteed investment contract (GIC)*** [영] 비참가적 보증투자계약 ¶ The *nonparticipating guaranteed investment contract* (*GIC*) is a guaranteed investment contract with a fixed return and a fixed term; the investor does not receive any excess benefit from surplus returns generated by the insurer in managing the asset portfolio. See also participating guaranteed investment contract; synthetic guaranteed investment contract. 비참가적 보증투자계약이란 확정수익(fixed return)과

확정기간(fixed term)이 있는 보증투자계약을 말한다. 투자자는 자산포트폴리오를 관리하는 데 보험업자가 산출하는 잉여수익(surplus return)으로부터 초과급여(excess benefits)를 수취하지 않는다. participating guaranteed investment contract(참가적 보증투자계약); synthetic guaranteed investment contract(합성보증투자계약)도 참조할 것. ~ ***life insurance policy*** 무배당(無配當) 생명보험증권 ¶ The *nonparticipating life insurance policy* is a life insurance policy that does not pay dividends. Policyholders thus do not participate in the interest, dividends, and capital gains earned by the insurer on premium paid. 무배당 생명보험증권은 배당금을 지급하지 않는 생명보험증권을 말한다. 따라서 보험계약자는 보험회사가 납입보험료의 운용으로 얻은 이자, 배당, 자본이득에는 관여하지 않는다. ~ ***preferred stock*** 비참가적(非參加的) 우선주 ¶ The *nonparticipating preferred stock* is a type of preferred stock in which holders are paid a dividend before common stockholders but do not receive additional dividends in a very profitable year. 비참가적 우선주는 그 주식을 소유하는 주주는 보통주식의 주주에 앞서 일정한 배당금을 지급 받지만, 대단히 이익이 많이 생긴 연도(年度)에는 추가적인 배당을 수령하지 않는 우선주의 형태이다.

nonpayment 지급거절 ¶ *Nonpayment* is that one who is bound to pay declines to pay or does not make payment. 지급거절이란 지급할 의무가 있는 자가 지급을 거절하거나 지급을 하지 않는 경우이다.

nonperforming asset 불량(不良)자산 ¶ The *nonperforming asset* is the part of a company's capital that is currently yielding no return. Fixed assets are generally classified as nonperforming. 불량자산은 현재 이익이 생기지 않는 회사자본의 일부이다. 고정자산은 일반적으로 이자가 지급되지 않는 자산(nonperforming)으로 분류되고 있다.

nonprime loan [영] 논프라임 대출 → subprime loan (서브프라임 대출).

nonproductive loan 비생산적 융자 ¶ The *nonproductive loan* is a type of commercial bank loan that increases the amount of spending power in the economy but does not lead directly to increased output; for example, a loan to finance a leveraged buyout. 비생산적 융자는 경제에 있어서 소비력을 증가시키지만, 직접 산출량의 증가를 가져오지 않는 비상업적 융자의 일종이다. 레버리지드 바이아웃(차입에 의한 기업매수)을 위한 대출이 그 예이다.

nonprofit policy 비영리보험증권 ¶ The *nonprofit policy* is a type of life insurance policy whereby the policyholder does not share in the insurance company's profits. It is also referred to as an without-profits policy. 비영리보험증권은 보험계약자가 보험회사의 이익에 참여하지 않는 생명보험증권의 하나의 형태이다. 그것은 또 without-profits policy(무이익배당증권)라고도 한다.

nonpublic information 비공개정보 ¶ The *nonpublic information* is information about a company, either positive or negative, that will have a material effect on the stock price when it is released to the public. Insiders, such as corporate officers and members of the board of directors, are not allowed to trade on material *nonpublic information* until it has been released to the public, since they would have an unfair advantage over unsuspecting investors. Some examples of important *nonpublic information* are an imminent takeover announcement, a soon-to-be-released earnings report that is more favorable than most analysts expect, or the sudden resignation of a key corporate official. See also disclosure; insider. 비공개정보는 확고한 정보든 부정적인 정보든 간에 일반공

중에게 공표되면 주가에 중대한 영향을 끼칠 회사정보를 이른다. 내부자(insider)는 정보를 얻는 입장에 없는 일반투자자에 대해서 부당하게 유리한 입장에 있기 때문에, 중요한 미공개정보를 공개되기 이전에 당해 주식의 매매를 하는 것을 금지하고 있다. 중요한 미공개의 예로서, 임박해서 행해지는 기업매수(takeover)의 발표, 대부분의 애널리스트의 예상보다 더 유리한 수익정보, 또는 주요 간부임원의 돌연한 사임 등을 들 수 있다. disclosure(정보공개); insider(내부자)도 참조할 것.

nonpurpose loan 비특정(非特定) 대출 ¶ The *nonpurpose loan* is a loan for which securities are pledged as collateral but which is not used to purchase or carry securities. Under Federal Reserve Board Regulation U, a borrower using securities as collateral must sign an affidavit called a purpose statement, indicating the use to which the loan is to be put. Regulation U limits the amount of credit a bank may extend for purchasing and carrying margin securities, where the credit is secured directly or indirectly by stock. 비특정 대출이란 자금사용용도가 증권의 구입이나 소유의 목적이 아닌 증권담보대출을 말한다. 미연방준비제도이사회(Federal Reserve Board) 레귤레이션 U(Regulation U)에서는, 증권담보로서 증권을 사용하는 차입자는 자금사용용도를 나타내는 사용목적신고서(purpose statement)라고 하는 선서진술서(affidavit)에 서명해야 한다. 레귤레이션 U는 신용거래계좌(margin account)에서의 증권의 구입이나 소유를 목적으로 한 대출에 관하여는, 담보가 직접적이든 간접적이든 불문하고 은행대출한도액을 설정하고 있다.

nonqualifying annuity 비적격 연금보험(非適格年金保險) ¶ The *nonqualifying annuity* is an annuity purchased outside of an IRS-approved pension plan. The contributions to such an annuity are made with after-tax dollars. Just as with a qualification annuity, however, the earnings from the *nonqualifying annuity* can accumulate tax deferred until withdrawn. Assets may be placed in either a fixed annuity, a variable annuity, or a hybrid annuity. 비적격 연금보험은 미국세입청(Internal Revenue Service: IRS)인가의 연금제도 외로 구입된 연금보험(annuity)을 이른다. 적격 연금보험(qualifying annuity)과는 달리, 비적격 연금보험의 출연금은 조세공제 후의 급여에서 이루어진다. 그러나 적격 연금보험과 마찬가지로, 비적격 연금보험의 운용수익에 대한 과세는 인출시점까지는 순연(順延)된다. 자산은 정액연금(fixed annuity), 변액연금보험(variable annuity), 혹은 복합형 연금보험(hybrid annuity)의 어느 것에서 투자 운용된다.

nonqualifying stock option 비적격스톡옵션 ¶ A *nonqualifying stock option* is an employee stock option not meeting the Internal Revenue Service criteria for qualifying stock options (incentive stock options) and therefore triggering a tax upon exercise. (The issuing employer, however, can deduct the non-qualifying option during the period when it is exercised, whereas it would not have a deduction when a qualifying option is exercised.) 비적격스톡옵션은 미국세입청(Internal Revenue Service: IRS)이 정하는 적격스톡옵션(qualifying stock option)(incentive stock option)의 기준을 충족하지 못하는 종업원스톡옵션으로, 옵션의 행사(exercise)시에 과세된다.(그렇지만, 비적격스톡옵션의 경우, 고용주는 옵션이 행사된 때에 과세소득공제(tax deduction)를 할 수 있음에 대하여, 적격스톡옵션의 경우에는 옵션의 행사만으로는 공제의 대상이 되지 아니한다.)

nonrated 무신용등급 채권 ¶ The *nonrated* are bonds that have not been rated by one or more of the major rating agencies such as Standard & Poor's, Moody's Investors Service or Fitch Rating. Issues are usually *nonrated* because they are too small to justify the expense of getting a rating. *Nonrated* bonds are not necessarily better or worse than rated bonds, though many institutions cannot buy them because they need to hold bonds with an investment-grade rating. 무신용등급 채권은 스탠더드앤드푸어스(Standard & Poor's), 무디스인베스터스서비스(Moody's Investors Service) 또는 피치레이팅(Fitch Rating)과 같은 주요한 신용등급기관의 하나 이상이 등급을 하지 않는 채권을 말한다. 일반적으로 발행액이 너무 소액이기 때문에 신용등급을 매기는 데에 드는 비용이 상응하지 않는 경우 등에 무신용등급이 된다. 무신용등급 채권이 신용등급 채권보다 반드시 좋고, 나쁘다고 하는 것은 아니지만, 많은 금융기관들은 내부규준에 따라 투자적격 채권(investment-grade)을 보유하여야 하기 때문에, 무신용등급 채권을 구입할 수가 없다.

nonrecombining tree [영] 비재결합 트리 ¶ The *nonrecombining tree* ia a lattice model used to price options where the assumed upward and downward movements are not equal. This yields an uneven or skewed lattice, and causes option value to be weighted more heavily in the direction of the larger market moves. See also binomial model. 비재결합 트리란 상상 속의 상하변동은 균일하지가 않다는 옵션을 값을 매기는 데에 사용되는 래티스 모형(lattice model)이다. 이것은 균일하지가 않거나 뒤틀어진 래티스를 만들고 옵션평가를 더 큰 시장변동의 방향에 더 심하게 가중되게 하는 원인이 된다. binomial model(이항(二項) 모형)도 참조할 것.

nonrecourse 논리코스 ¶ The *nonrecourse* is the lack of a claim on a contracting party. A *nonrecourse* transaction is dependent solely on the assets or cash flows associated with the transaction, indicating that the financial position/capabilities of the sponsor or contracting party are irrelevant and cannot be considered. See also nonrecourse loan; recourse. 논리코스는 계약당사자에 대한 청구권이 없는 경우이다. 논리코스거래는 오직 그 거래와 관련된 자산이나 자금흐름에 달려 있는데, 이는 스폰서나 계약당사자의 금융포지션/능력과는 무관하며 생각할 수도 없다는 뜻이다. nonrecourse loan(논리코스대출); recourse(리코스)도 참조할 것. ***nonrecourse loan*** 상환청구권없는 대출 ¶ The *nonrecourse loan* is a type of financial arrangement used by limited partners in a direct participation program, whereby the limited partners finance a portion of their participation with a loan secured by their ownership in the underlying venture. They benefit from the leverage provided by the loan. In case of default, the lender has no recourse to the assets of the partnership beyond those held by the limited partners who borrowed the money. 상환청구권없는 대출은 리미트파트너(limited partner)의 직접참가 프로그램(direct participation program)에서 이용하는 금융협정의 하나의 형태인데, 이로써 리미티드파트너는 그들이 투자하고 있는 벤처기업의 소유권을 담보로 하여 그들의 참가부분을 차입하는 것이다. 리미티드파트너는 차입을 이용(레버리지, leverage)함으로써 투자액을 증가시키는 메리트를 얻는다. 차입이 채무불이행(default)이 된 경우에도, 대여자는 리미티드파트너가 담보로서 제공한 자산을 초과하는 금액의 반환청구를 하지 못한다.

nonrecurring charge 경상외 비용(經常外費用), 일시적 비용, 임시비용 ¶ *Nonrecurring charge* is one-time expense or write-off appearing in a company's financial statement; also called extraordinary charge. 일시적 비용은 회사의 재무제표에 계상되는 1회한의 비용이나 상각(償却)을 말한다. 특별손실(extraordinary charge)이라고도 한다.

nonrefundable 차환금지(借換禁止) ¶ The *nonrefundable* is a provision in a bond indenture that either prohibits or sets limits on the issuer's retiring the bonds with the proceeds of a subsequent issue, called refunding. Such a provision often des not rule out refunding altogether but protects bondholders from redemption until a specified date. Other such provisions may preclude refunding unless new bonds can be issued at a specified lower rate. See also call protection. 차환금지는 후에 발행된 채권의 발행대금을 당해 채권의 상환에 충당하는 것, 말하자면 차환을 금지한다든지 제한하는 채권신탁증서에 있는 규정을 이른다. 이러한 규정은 차환을 아주 금지하는 것은 아니지만, 적어도 특정한 날까지는 상환(redemption)을 제한함으로써, 채권보유자를 보호하는 것이 된다. 일정수준 이하의 저금리로 신채권의 발행이 불가능한 이상 차환을 금지하는 규정도 있다. 또 call protection(거치기간)도 참조할 것.

nonsystematic risk 논시스테매틱 리스크 ¶ *Nonsystematic risk* is opposite of systematic risk. It is also called company-specific risk, nonmarket risk, security-related risk, and residual risk. This risk classification can be eliminated by diversification. See also alpha. 논시스테매틱 리스크는 시스테매틱 리스크의 반대이다. 그것은 회사 특유의 리스크, 비시장리스크, 증권관련 리스크, 잔존 리스크라고도 부른다. 이런 종류의 리스크는 분산에 의해서 제거할 수 있다. alpha(알파)도 참조할 것.

nonuser [법] 권리포기(자), 기권, 비(非)사용자[이용자]

nonvoting stock 무의결권 주식 ¶ *Nonvoting stocks* are corporate securities that do not empower a holder to vote on corporate resolutions or the election of directors. Such stock is sometimes issued in connection with a takeover attempt, when management creates nonvoting shares to dilute the target firm's equity and thereby discourage the merger attempt. Except in very special circumstances, the New York Stock Exchange does not list nonvoting stock. Preferred stock is normally nonvoting stock. See also voting stock; voting trust certificate. 무의결권 주식은 회사의 결의사항이나 이사의 선출에 관하여 의결권이 부여되지 않는 증권을 말한다. 매수를 노린 회사의 경영진(management)이 자본금을 희석화(dilute)할 목적으로 무의결권주를 발행하고, 그럼으로써 매수회사의 매수기도를 억제하는 경우가 있다. 특별한 경우를 제외하고, 뉴욕증권거래소(New York Stock Exchange)에서는, 무의결권 주식의 상장은 하지 않는다. 우선주(preferred stock)는 무의결권주인 경우가 많다. 또 voting stock(의결권주식), voting trust certificate(의결권신탁증서)를 참조할 것.

no-par-value stock 무액면주식 ¶ The *no-par-value stock* is stock with no set (par) value specified in the corporate charter or the stock certificate; also called no-par stock. Companies issuing no-par value shares may carry whatever they receive for them either as part of the capital stock account or as part of the capital surplus (paid-in capital) account, or both. Whatever amount is carried as capital stock has an implicit value, represented by the number of outstanding shares divided into the dollar amount of capital stock. 무액면주식은 회사정관에서 무액면의 취지의 규정이 있다든지 혹은 주권상에 액면액이 기재되어 있지 않는 주식을 말한다. 이를 no-par stock이라고도 부른다. 무액면주식을 발행하는 회사는 자본으로서 수령하는 자금을 자본금(capital stock)계좌, 혹은 자본잉여금(capital surplus)(paid-in capital, 납입자본금)의 어느 계좌에도 계상할 수 있다. 또, 양쪽의 계좌에 계상할 수도 있다. 자본금계좌에 계상되는 금액이 함축적이든 간에, 발행주식수(shares outstanding)로 나눈 금액이 주식가치가 된다.

no protest (NP) 거절증서작성면제 ¶ The words *no protest* (*NP*) mean instructions by one bank to another collecting bank not to object to items in case of nonpayment. The sending bank stamps on the face of the item the letters *NP*. If it cannot be collected, the collecting bank returns the item without objection. no protest(거절증서작성면제)라는 말은 은행이 지급거절이 있는 경우에 추심은행에 대해 지급수단에 이의를 부치지 말 것을 지시하는 경우를 의미한다. 발신은행은 그 지급수단의 액면에 NP라는 문자의 스탬프를 찍는다. 그 지급수단이 추심할 수 없는 경우, 추심은행은 이의 없이 그 지급수단을 반송한다.

NOREX 노렉스 ¶ The *NOREX* is an alliance of Nordic exchanges acting as a single securities market, using the SAXESS electronic system. The alliance was formed in 1998 by the Copenhagen Stock Exchange and the Stockholm Stock Exchange. both of which are now owned by NASDAQ OMX. Today, NASDAQ OMX Nordic and NASDAQ OMX Baltic includes the exchanges in Helsinki, Copenhagen, Stockholm, Iceland, Tallinn, Riga, and Vilnius. See also NASDAQ OMX. 노렉스는 삭세스 전자시스템(SAXESS electronic system)을 이용하는 북구 여러 국가의 증권거래소간의 제휴이다. 이 제휴는 1998년에 코펜하겐 증권거래소와 스톡홀름 증권거래소간에서 형성되었다. 현재 이 2개의 증권거래소는 NASDQQ OMX의 산하(傘下)에 있다. 코펜하겐, 스톡홀름, 아이슬란드, 탈린(Tallin), 리가(Riga) 및 빌니우스(Vilnius)에 소재하는 증권거래소가 북구 및 NASDAQ OMX 발틱(Baltick)에 참가하고 있다. 또한 NASDAQ OMX(나스닥오엠엑스)를 참조할 것.

nonuser [법] 권리포기(자), 기권, 비(非)사용자[이용자]

norm 규범, 표준, 기준 ¶ *Norm* is a standard or pattern, especially of social behavior that is typical or expected of a group. 규범은 조직을 대표하거나 기대되는 특히 사회적 행동의 기준 또는 패턴을 말한다.

normal 표준의, 정규의 ¶ *normal* profit 정상(正常)이윤 /*normal* rate of interest; *normal* interest rate 정상(正常)이자율 /*normal* stock 정상재고량 /*normal* value 정상가치 ***normal market size (NMS)*** [영] 통상거래규모 ¶ The *normal market size* (*NMS*) is a method of classifying the trading volume of stocks on the United Kingdom's London Stock Exchange, based on 12 different categories. The classifications are used to impose certain requirements on market makers and to set requirements for publishing transaction data. 통상거래규모는 12개 상이한 카테고리에 기초하여 영국의 런던주식시장의 주식거래량을 분류하는 방법을 말한다. 그 분류방법은 시장메이커에 대한 일정한 요건을 부과하고 거래자료를 출판하기 위한 요건을 정하는 데 사용된다. ~ ***backwardation*** [영] 역조현상 ¶ The *normal backwardation* is a market state where the spot price on a future or forward is higher than the forward price, often as a result of temporary asset shortage or an excess supply for future delivery. Also known as backwardation. See also contango. 역조현상은 선물(future)이나 선도거래(forward)에 관한 현물가격(spot price)이 이따금 선물인도(future delivery)에 위한 일시적인 자산의 부족이나 과도공급의 결과로서 선도가격(forward price)보다 높은 시장의 상태를 말한다. contango(콘탱고)도 참조할 것. ~ ***investment practice*** 정상적인 투자관행 ¶ The *normal investment practice* is a history of investment in a customer account with a member of the Financial Industry Regulatory Authority (FINRA) as defined in its Rules of Fair Practice. It is used to test the bona fide public offering requirement that applies to the allocation of a hot issue. If the buying customer has a history of purchasing similar amounts in normal circumstances, the sale qualifies as a bona gide public offering and is not in violation of the Rules of Fair Practice. A record of buying only hot issues is not acceptable as *normal investment practice*. See also FINRA Form Fr-1. 정상적인 투자관행은 금융업규제기구(Financial Industry Regulatory Authority: FINRA)의 회원회사의 고객계좌의 투자기록이 동 기구가 정하고 있는 공정한 거래관행규칙(Rules of Fair Practice)에 합치하고 있는가를 보는 것이다. 특히 인기주(hot issue)의 공모・매출(public offering)시에, 판매 배정액이 「성실하게 선의로 실시하는 공모요건」(bona fide public offerings requirements)에 기초해서 행해지는지를 조사하기 위하여 이용된다. 고객의 구매이력이 과거에 동일한 정도의 구매력(購買歷)을 보이고 있다면, 그 매매는 「성실하게 선의로 실시하는 공모」라고 인정되고, 공정한 관행규칙위반으로는 되지 아니한다. 그러나 인기주만을 구입하고 있는 구매기록이 있는 경우, 정상적인 투자관행으로는 인정되지 아니한다. 또한 FINRA Form Fr-1(핀라 FR-1 형식)을 참조할 것. ~ ***retirement*** 통상의 퇴직 ¶ The *normal retirement* is a point at which a pension plan participant can retire and immediately receive unreduced benefits. Pension plans can specify age and length-of-service requirements that employees must meet to be eligible for retirement. 통상의 퇴직은 연금제도(pension plan) 가입자가 퇴직 후 바로 예정금액(unreceived benefits)을 받을 수 있는 시점을 이른다. 연금제도는 피고용자가 통상의 퇴직자격으로서 채워야 할 연령이나 근속연수를 규정하고 있다. ~ ***trading unit*** 거래단위 ¶ The *normal trading unit* is a standard minimum size of a trading unit for a particular security; also called a round lot. For instance, stocks have a *normal trading unit* of 100 shares, although inactive stocks trade in 10-share round lots. Any securities trade for less than a round lot is called an odd lot trade. 거래단위는 특정한 증권의 표준적인 최소거래단위로, round lot(거래단위)라고도 한다. 예를 들면, 주식에서는, 100주가 거래단위로 되어 있으나, 소액으로 매매되는 주식에서는 최저거래단위가 10주로 되어 있다. 최저거래단위 이하의 증권의 거래는 전부 단주(odd lot)라고 부르고 있다.

normalized earnings 표준화 수익(收益) ¶ *Normalized earnings* are earnings, either in the past of the future, that are adjusted for cyclical ups and downs in the economy. Earnings are normalized by analysts by generating a moving average over several years including up and down cycles. Analysts refer to *normalized earnings* when explaining whether a company's current profits are above or below its long-term trend. 표준화 수익은 주기적인 경기변동요인을 조정한 과거 또는 장래의 수익이다. 애널리스트(analysts)들은 경기의 주기적인 변동을 고려하여 수년간의 이동평균선(moving average)을 그림으로써 수익을 표준화한다. 기업의 현상의 이익이 장기적인 트렌드에서 보아서 좋고 나쁜지를 설명하는 경우에, 애널리스트들은 이 표준화 수익을 인용한다.

north 북쪽, 북부[지방] ***North American Free Trade Agreement (NAFTA)*** 북미자유무역협정(나프타) ¶ The *North American Free Trade Agreement (NAFTA)* is a law passed in 1993. Affects trade, investment, and social conscience (environment, labor abuses, retraining). *NAFTA* is to completely end U.S. and Mexican tariffs, and quotas on imports and agricultural products mostly over the mid-1990s, with some requiring 15 years from 1993 to phase out. Applies only to goods made from labor and materials originated within the countries; other imports are acceptable only if they are substantially transformed within the United States, Mexico, or Canada. Major commodities affected are automobiles, textiles and apparel, and agriculture. 북미자유무역협정

(나프타)은 1993년에 통과된 법률이다. 통상, 투자, 및 사회적 양심(환경, 노동학대, 재훈련)에 영향을 준다. 나프타는 미국과 멕시코의 관세, 대체로 1990년대 중반까지 수입물과 농산물에 대한 쿼터를 완전히 종결하고, 일부는 그런 제도를 철폐하는 데에 1993년부터 15년이 필요하였다. 나프타는 체약국 내에 노동과 생산된 자료로만 제조된 물건에 대해서만 적용된다. 다른 수입품은 미국, 멕시코 또는 캐나다 내에서 실질적으로 변형되는 경우에만 수용될 수 있다. 이런 영향을 받는 주요 상품은 자동차, 섬유류, 의복(apparel) 및 농산물이다. ***North American Industrial Classification System (NAICS)*** 북미산업분류시스템 → Standard Industrial Classification (SIC) System (표준산업분류시스템). ***North American Securities Administrators Association (NASSA)*** 북미증권감독자협회 ¶ Organized in 1919, The *North American Securities Administrators Association* (*NASSA*) is a voluntary association whose membership consists of 67 state, provincial, and territorial securities administrators in the 50 states, the District of Columbia, Puerto Rico, the U.S. Virgin Islands, Canada, and Mexico. Members license firms and their agents, investigate violations of state and provincial law, file enforcement actions, and educate the public about investment fraud. 북미증권감독자협회는 미국 50주, 컬럼비아특별구, 푸에르토리코(Puerto Rico), 미국영토 버진제도(Virgin Islands), 캐나다, 및 멕시코의 67에 달하는 주(州) 및 준주(準州)(영토)의 증권감독기관이 회원으로 되어 있는 1919년에 조직화된 임의단체이다. 회원인 감독기관은 증권업자의 인허가, 미국이나 캐나다주법(州法)의 위반행위의 조사, 제재조치(enforcement action)의 신청, 투자사기행위에 관한 투자자교육 등을 행하고 있다.

North-South problem 남북문제 ¶ The *North-South problem* is a general term signifying various problems relating to the economic and social development of the developing countries, particularly the problems of trade and aid.

The year 1972 is the fourth year since the second U.N. Conference on Trade and Development (UNCTAD) was held in New Delhi, and the third UNCTAD is scheduled to be held for about five weeks from April 13, 1972, in Santiago, the capital of Chile, at the invitation of the Chilean Government. Tentative items on the agenda, which will receive emphasis, include such new problems for UNCTAD as international finance, the problem of the developing countries that have made a late start, export promotion, economic cooperation between the developing countries, transfer of technology, and environment versus development, in addition to primary products, finished products, semi-finished products, development loans, marine transportation and other subjects of the *North-South problem* which have traditionally been discussed as key issues. 남북문제는 개발도상국의 경제와 사회적 발전에 관한 여러 가지 문제, 특히 통상과 원조를 의미하는 일반용어이다.

1972년은 제2차 유엔통상개발회의(UNCTAD)가 뉴델리에 개최된 이후 4년째 되는 해이고, 제3차 UNCTAD가 칠레정부의 초청으로 칠레의 수도 산티아고에서 1972년 4월 13일부터 약 5주간 개최될 예정이었다. 강조할 의제(議題)의 임시항목은 전통적으로 주요한 문제로서 토의해 온 제1차 산품, 완제품, 반제품, 개발금융, 해상운송 및 기타 남북문제의 주제에 덧붙여서, 뒤늦게 스타트한 개발도상국의 문제인 국제금융, 수출촉진, 개발도상국간의 경제협력, 기술이전, 환경 대 발전과 같은 새로운 문제들을 포함하고 있었다.

Norway currency 노르웨이 화폐 ¶ Norweigian knone (NOK), divided into 100 öre. 1 노르웨이 크로네(knone) = 100 외레(öre).

nose dive [구] 급락, 폭락

nostro [이탈] 우리들의(our) (*cf.*) vostro ***nostro account*** 당행당좌계정(our account), 한 은행이 다른 환거래은행에 개설된 당좌계정 ¶ *Nostro account* is our account in Latin, meaning an account kept by a bank or company in the currency of the country where the money is held, with the equivalent dollar amount noted in another column. For example, a U.S bank has a won *nostro account* with a Korean bank to manage its won inflows and outflow. Contrast with vostro account. 당행당좌계정이란 라틴어로 우리들 계정(our account)이라는 것이고, 의미는 또 다른 난(欄, column)에 기재되고 있는 등가(等價)의 달러금액과 함께, 통화가 보관되고 있는 국가의 통화로 은행이나 기업이 보유하는 계정을 이른다. 예를 들면, 미국은행이 자신이 보유하는 원화의 유입과 유출을 관리하기 위하여 한국은행에 원화 당행당좌계정을 가지는 경우이다. vostro account(상대방당좌계정)도 대조할 것.

not …하지 않는[은], …가 아닌 ¶ '*not* good' check 부도수표 /*not* in order [부도문언] 형식불비 /*not* negotiable 양도금지 /*not* provided for [부도문언] 자금부족 /*not* subject to call; *not* subject to previous redemption 만기전 상환에 응하지 않는 ***not held*** [주식] 책임을 지지 않는, 일임의, 재량권부 성립가(成立價)주문 ¶ The term *not held* means an instruction (abbreviated NH) on a market order to buy or sell securities, indicating that the customer has given the floor broker time and price discretion in executing the best possible trade but will not hold the broker responsible if the best deal is not obtained. Such orders, which are usually for large blocks of securities, were originally designed for placement with specialists, who could hold an order back if they felt prices were going to rise. The Securities and Exchange Commission no longer allows specialists to handle *NH* orders, leaving floor brokers without any clear alternative except to persuade the customer to change the order to limit order. The broker can then turn the order over to a specialist, who could sell pieces of the block to floor traders or buy it for his own account. See also specialist block purchase and sale. An order variation of NH is DRT, meaning disregard tape. 재량권부 성립가(成立價)주문은 증권매매의 성립가주문(market order)의 지시로, 약해서 NH 라고 한다. 될 수 있으면 최량의 거래를 실행하기 위하여 거래의 시기와 가격에 재량권을 주는 주문방법을 가리킨다. 최량의 거래가 가능하지 않는 경우라도, 브로커의 책임은 묻지 아니한다. 이와 같은 주문은 통상 대형의 증권거래에 이용되고, 원래는 스페셜리스트(specialists)에게 주문을 내는 것을 상정하여 고안된 것이었다. 말하자면, 재량권부 성립가주문을 받은 스페셜리스트는 가격이 오를 것 같다고 생각하면, 그 주문은 실행하지 않고 보류할 수 있었다. 현재에는 미증권거래위원회(Securities and Exchange Commission: SEC)는 스페셜리스트가 재량권부 성립가주문을 취급하는 것을 허가하지 않고, 재량권부 성립가주문을 받은 입회장 브로커는, 고객에 대하여 이를 지정가주문(limit order)으로 변경하는 것을 제의하여야 한다. 입회장 브로커는 그 지정가주문을 스페셜리스트(specialist)에게 인도하고, 스페셜리스트는 그 대형주문을 분할하여 입회장 트레이더(floor trader)에게 매각할 수도 있으며, 자기계정에서 구입할 수도 있다. specialist block purchase and sale(스페셜리스트의 대형 매매)도 참조할 것. NH보다 이전의 주문 방법으로 NH에 유사한 것에 DRT가 있다. DRT는 disregard tape(주가테이프를 무시해 주십시오)를 의미한다. ~ ***rated*** 신용등급이 없는, 무등급(無等級) ¶ The term *not rated* means an indication used by securities rating services (such as Standard & Poor's Investors Service, or Fitch Ratings) and mercantile agencies (such as Dun & Bradstreet) to show that a security or a company has not been rated. It has neither negative nor positive implications. The abbreviation NR is used. not rated(무신용 등급)라는 말은 증권신용등급회사(Standard & Poor's, Moody's Investors Service, Fitch Investors Service)나 신용조사회사(Dun & Bradstreet 등)가 사용하고 있는 표시로, 증권이나 기업이 신용 등급이 되고 있지 않음을 표시한다. 무신용 등급인 것은 호재(好材)로도 악재(惡材)로도 되지 아니한다. NR이라는 약자로 사용된다. ~ ***sufficient funds (NSF)*** [부도문언] 자금부족, 예금부족 ¶ The term *not sufficient funds* (*NSF*) indicates a check that may not be paid or honored because the balance in the payor's account is less than the written amount on the check. Synonymous with insufficient funds. not sufficient funds(자금부족)라는 말은 지급인의 계정차액이 수표상에 기재된 금액보다 적기 때문에 지급되지 않거나 부도가 날수 있는 수표를 말한다. insufficient funds(예금부족)는 동의어이다.

notarial 공증의, 공증인의 ¶ *notarial* act 공증절차 /*notarial* deed 공정(公正)증서 /*notarial* protest certificate 공증인작성거절증서

notarize (공증인이) 인증[증명]하다

notary 공증인 ¶ a *notary('s)* office 공증인사무소 ***notary public*** 공증인 ¶ A *notary public* is a public official authorized to attest to the authenticity of signatures. 공증인은 서명의 진정성을 인증할 권한이 있는 공무원이다.

notation 표기, 표시, 주석(註釋) ¶ the 'on board' *notation* [무역] 「적재종료」의 표시, 선적증명추기(追記)

note 각서, (*pl.*) 어음, 증권, [영] 지폐 → municipal note [(주・지방자치단체가 발행하는) 지방채]; promissory note (약속어음); Treasuries (미재무부 증권) ¶ The *note* is: (1) in the capital markets, the notes is a financial obligation representing the issuer's liability to repay capital provided by investors. *Notes* are defined by form of interest rate (e.g., fixed rate, floating rate, structured), coupon frequency, currency, maturity, collateral, price, redemption. amortization, transfer, and market of issue. *Notes* are generally floated with maturities ranging from 1 to 10 years. They may be issued onshore or offshore, as registered securities or bearer securities, in any one of several currencies; securities are often listed on an exchange, although most trading occurs over-the-counter. See also bond; Euronote; medium-term note; Euro medium-note; floating rate note; government bond; leveraged note; note issuance facility; structured note. (2) a promissory note. (3) a banknote. [영] 중기증권(note)이란 (1) 자본시장에서, 중기증권은 투자자가 제공한 자본을 상환할 발행자의 채무를 표창하는 금전채무를 말한다. 중기증권은 금리의 형태(예컨대, 확정금리, 변동금리, 구조금리), 이자지급빈도(coupon frequency), 통화, 만기, 담보물가격, 상환, 상환, 양도 및 발행시장에 따라 확정된다. 중기증권은 일반적으로 1년에서 10년까지 이르는 만기에 따라 변동한다. 중기증권은 여러 국가 중의 한 국가에서 등록방식의 증권 또는 소지인식 증권으로 국내외로 발행될 수 있다. 중기증권은 대부분의 거래가 장외거래로 행해지더라고, 종종 증권거래소에 등록되기도 한다. bond(채권); Euronote(유로노트); medium-term note(중기사채); Euro medium-note(유로 미디엄텀노트); floating rate note(변동이자부 채권); government bond(정부채); leveraged note(레버리지드 노트); note issuance facility(채권발행보증서비스); structured note[구조채(債)]도 참조할 것. /contract *note* 매매계약서 /credit *note* 대변표(貸邊票) /debit *note* 차변표(借邊票) /delivery *note* 화물인도통지서 /dispatch *note* 발송통지 /a half *note* (찢어진) 반쪽 지폐 /*note* bill 지폐 /*note* in (active) circulation 은행권총발행액 /*note* issued 발행수표 /*note* [bill] payable 지급어음/*note* loan 어음대출

/*note* of small denomination 소액지폐 /*note* to order 지시식 약속어음 /payment by *note* 약속어음지급 /*pound* note 파운드지폐 /small *note* 소액지폐 /a system of *note* issue 발권(發券)제도 /a wad of pound *note* 파운드의 지폐뭉치 ***cover note*** 보험승인장, 커버노트 ¶ The *cover note* is a statement made by agent or broker in written form attesting to the insured that the insurance policy is in effect. The statement is prepared by the agent or broker, unlike the binder, which is prepared by the insurance company (insurer). 커버노트는 보험증권이 유효함을 피보험자에게 증명하는 서식에서 보험대리인이나 보험브로커가 작성한 진술서이다. 그 진술서는 보험회사(보험자)가 준비하는 가계약서(binder)와는 달리, 보험대리인이나 보험브로커가 준비한다. ~ ***issuance facility (NIF)*** 채권발행보증서비스 ¶ The *note issuance facility* (*NIF*) is a type of medium-term credit guarantee in which a bank provides funds to an issuer of promissory notes before the notes are actually issued; the guarantor usually buys any unsold notes. 채권발행보증서비스는 실제로 약속어음이 발행되기 전에 은행이 약속어음의 발행인에게 자금을 제공하는 중기(中期) 신용보증의 하나의 형태이다. 이 경우에 보증인은 팔리지 않은 채권을 매입하는 것이 보통이다. ¶ The *note issuance facility* is a Euronote program where a borrower issues unsecured notes to investors via a tender panel. If the notes cannot be successfully placed, the underwriting banks agree to purchase them through the extension of medium-term loans, thus guaranteeing the borrower good funds. 채권발행보증서비스는 차입자가 입찰자격자집단을 통해서 무담보채권을 투자자에게 발행하는 유로노트의 프로그램이다. 만약 그 채권이 성공적으로 팔릴 수 없다면, 은행이 중기(중기)대출의 확장을 통해서 그 채권을 매입하기로 약속하고, 이로써 차입자에게 유리한 자금의 제공을 보증하는 것이다. ~ ***of hand*** 약속(約束)어음 ¶ *A note of hand* is an alternative term for a promissory note a note of hand는 약속(約束)어음을 의미하는 다른 말이다. ~ ***receivable*** 수취어음 ¶ In bookkeeping, *notes receivable* are an account containing evidence of indebtedness for which promissory notes have been given to the account of the party making the entry. 부기(簿記)에서, 수취어음은 약속어음을 기장하는 당사자의 계정에 기입된 부채의 근거를 내재하는 계정이다. ~ ***to bearer*** 소지인출급 약속어음 ¶ A *note to bearer* is a written promise made by one person (the maker) to pay a fixed sum of money to bearer. 소지인출급 약속어음은 발행인이 일정한 금액을 소지인에게 지급하기로 하는 약속증서이다. ***promissory*** ~ 약속어음 ¶ A *promissory note* is a written promise made by one person (the maker) to pay a fixed sum of money to another person (the payee or a subsequent holder) on demand or on a specified date. 약속어음이란 어느 사람(작성자)이 타인(수취인 또는 그 후의 소지인)에게 청구가 있거나 혹은 특정한 기일에 일정한 금액을 지급하기로 한 약속증서를 이른다. ***Treasury*** ~ 미재무부 증권 ¶ The *Treasury note* is an immediate-term (one to 10 years) obligation of the U.S. government that bears interest paid by coupon. Like all direct U.S. government obligations, *Treasury notes* carry the highest domestic credit standing and thus have the lowest taxable yield available at equivalent maturity. 미재무부 증권은 쿠폰에 의하여 이자를 부담하는 미국정부의 중기(1년에서 10년) 채무증서이다. 미재무부 증권은 최고의 국내신용상태를 유지하고 따라서 같은 만기에 적용되는 최저과세율을 적용 받는다.

not-for-profit ⓐ 영리목적이 아닌 ¶ the *not-for-profit* corporation 비영리법인 ⓝ 비영리법인 ¶ The *not-for-profit* is a type of incorporated organization in which no stockholder or trustee shares in profits or losses and which usually exists to accomplish some charitable, humanitarian, or educational purpose; also called nonprofit. Such groups are exempt from corporate income taxes but are subject to other taxes on income-producing property or enterprises. Donations to these groups are usually tax deductible for the donor. Some examples are hospitals, colleges and universities, foundations, and such familiar groups as the Red Cross and Girl Scouts. 비영리법인은 손익을 분배하는 주주(stockholder)나 수탁자(trustee)가 없는 타이프의 법인조직으로, 그 손익은 통상, 자선적, 인도적 또는 교육적 목적으로 사용된다. nonprofit라고도 한다. 이런 종류의 단체는 법인소득세(corporate income tax)를 면제받지만, 소득을 낳는 자산이나 사업에 대하여는 다른 세금이 붙는다. 이러한 법인에의 기부금은 기부자의 과세소득에서 면제될 수 있다(tax deductible). 비영리법인의 예로서는, 병원, 대학, 사회사업단체나 잘 알려지고 있는 적십자나 걸스카우트가 있다.

nothing 없음, 중지 [딜러용어] 없던 것으로 함[흥미없음] (*cf.*) done 거래성립 ¶ In the capital transaction, "*nothing*" is said, when the rate is not bargained with, and the deal is designed to stop. 자금거래에서 레이트가 타협이 되지 않고, 딜을 중지하려고 할 때는 Nothing!이라 한다.

notice 통지, 정보, 주의, 예고, 게시 ¶ deposit at (short) *notice* 통지예금(deposit at call) /*notice* deposit 통지예금 /a deposit at 7 days' *notice* 7일전의 인출예고를 요하는 (통지)예금 /a *notice* of acceptance 인수통지 /a *notice* of protest 지급거절 통지 /Seven Days *Notice* Account 7일간 전 예고(통지예금)계정 ***note notice*** 주의통지 ¶ The *note notice* is a notice of a maturing loan, stating the amount due, the maturity date, and collateral pledged, that a lender mails as a reminder to the borrower several days before the maturity date. Also called notice of maturity. Typically, the lender may notify the borrower ten days before the loan matures and becomes payable in full. 주의통지는 대여자가 만기일 여러 날 전에 차입자(借入者)에게 독촉장으로 우송하는, 만기가 되는 대출, 지급한 금액의 명시, 및 담보물의 통지를 말한다. 일반적으로, 대여자는 대출이 만기가 되어 전액 지급되기 10일전에 차입자에게 통지할 수 있다. **~ *of dishonor*** 부도통지 ¶ The *notice of dishonor* is a declaration signed by a notary public that a check, draft, or bill of exchange has been presented for collection and the drawee bank declined to make payment. See also protest. 부도통지는 수표, 환어음, 또는 외국환어음이 추심을 위하여 제시되었고, 수신(受信)은행이 지급하기를 거절하였다는 선언(declaration)으로, 공증인이 서명한 것이다. protest(지급거절)도 참조할 것. **~ *of sale*** 신발채(新發債) 판매통지 ¶ The *notice of sale* is an advertisement placed by an issuer of municipal securities announcing its intentions to sell a new issue and inviting underwriters to submit competitive bids. 신발채(新發債) 판매통지는 신규채권발행(new issue)의 예정을 발표하여 경쟁입찰(competitive bid)에 응하는 인수업자(underwriter)를 모집하는 지방채(municipal bond)의 발행단체(issuer)가 내는 광고이다. **~ *of withdrawal*** 인출통지 ¶ The *notice of withdrawal* is a written notice of a depositor's intention to withdraw funds from an interest bearing account. Banks may require customers to give notice seven days before withdrawals from time deposit accounts, and also Negotiable Order of Withdrawal (NOW) accounts. Most banks, however, waive the notice requirement to NOW accounts. 인출통지는 이자부 당좌계정(interest bearing account)에서 자금을 인출하려는 예금자의 의도를 서면 통지하는 경우이다. 은행은 고객이 정기예금 계좌에서 인출하기 7일전에 통지해 주도록 요구할 수 있고, 또 양도가능환급지시서 예금(Negotiable Order of Withdrawal: NOW)계좌가 있다. 그렇지만, 대부분의 은

행들은 NOW계좌의 통지요건을 포기하고 있다.

notices [유로예금] 통지물, [딜러용어] notice물(자금거래에서 call, 2 days notice, 7 days notice 등이 있다.)

notification of credit 입금통지

notify 통지하다, 신고하다 ¶ the *notifying* bank (신용장)통지은행 ***'notify' party*** [무역] [착하(着荷)]통지처 ¶ The *notify party* is a name and address of a party in the transport document to which the carrier is to give notice when goods are due to arrive. 착하통지처는 하물이 도착할 예정인 경우에 운송인이 통지를 하여야 할 운송서류상의 성명과 주소를 말한다.

noting (공증인에 의한) 어음부도증명 ¶ (the) *noting* of protest 어음거절증서작성

notional (사고, 계획 등이) 이론상의, 관념적인, 가공(架空)의 ***notional principal*** 관념상의 원금(元金) ¶ The *notional principal* is a principal balance underlying a swap transaction, and the amount used to compute swap payments in an interest rate swap or currency swap. Once the obligation to pay interest is separated from the principal on the underlying security, it becomes a notional amount, and is the fictitious principal generating the cash flows in a swap agreement. The two parties to a swap agreement trade the cash flow yield, not the notional amount. Interest payments accrue as with any ordinary interest-bearing security, even though the investor in fact receives only interest payments. 관념상의 원금이란 스왑거래의 기초가 되는 원금의 잔액으로서, 금리스왑이나 통화스왑에 있어서 스왑지급액을 계산하는 데 사용되는 금액이다. 일단 이자를 지급할 의무가 기초증권에서 분리된다면, 그것은 관념상의 금액이 되고, 스왑약정(swap agreement)에서 현금흐름(cash flow)을 발생하는 가상의 원금이다. 스왑약정의 2 당사자는 캐시플로의 이율(yield)을 거래하는 것이지, 관념상의 금액을 거래하는 것이 아니다. 투자자가 사실상 이자지급만을 수취하더라도, 이자지급은 통상의 이자부 증권(interest-bearing security)에서는 발생하는 것이다. ~ ***value*** 관념상의 가치 ¶ The *notional value* is the unrealized value of a derivative or, in other words, the total face value of the underlying security that is controlled by the derivative net of the derivative's cost. For example, an interest-rate swap is a derivative arrangement whereby two counterparties agree to exchange periodic interest rate payments based on a predetermined principal amount, which is called the *notional value* or, in the particular case of an interest-rate swap, the notional principal amount. The fact that the notional amount does not change hands gives it the name. 관념상의 가치는 파생상품의 미실현가치 이자 또는 다른 말로 말하면, 파생상품의 코스트의 파생상품의 정가(正價)에 의해 컨트롤되는 기초증권의 총액면가격(total face value)을 말한다. 예를 들면, 금리스왑(interest-rate swap)은 두 상대당사자들이 사전에 결정된 원금액에 기초해서 정기적인 금리지급을 교환하기로 하는 파생상품약정(derivative arrangement)이고, 이것은 관념상의 가치이다. 또는 금리스왑의 특별한 경우에서는, 관념상의 원금액이라고 한다. 관념상의 금액은 매매되지 않는 사실이 그런 이름을 달아 준 것이다.

not-sufficient-funds (NSF) 잔액부족 ¶ *Not sufficient funds* (*NSF*) is a check that may not be paid or honored because the balance in the payor's account is less than the written amount on the check. Synonymous with insufficient funds. 잔액부족은 수표발행인의 예금잔액이 수표상에 기재한 금액보다 적기 때문에 지급되지 않거나 지급거절될 수 있는 수표를 말한다. ***not-sufficient-fund (NSF) check*** 잔액부족수표 ¶ The *not-sufficient-funds* (*NSF*) *check* is a bank check written against an inadequate balance. Also called insufficient-funds check and informally, a bounced check. 잔액부족수표는 잔액부족의 은행계정에 대하여 발행되는 수표를 이른다. insufficient-funds check라고도 한다. 비공식적으로 bounced check(반환수표)라고도 한다.

Nouveau Marche 누보마르쉐 ¶ The *Nouveau Marche* is an equity market unit of the Paris Bourse dedicated to innovative, high-growth companies. *Nouveau March*, in turn, is linked to other European markets in Euro. NM, which is modeled on the NASDAQ market in the United States. 누보마르쉐는 혁신적인 고성장의 기업용으로 특화한, 파리증권거래소(Paris bourse)의 주식시장단위를 말한다. 누보마르쉐는 미국의 나스닥(NASDAQ)을 모델로 한 유럽NM(Euro NM)에 가맹하고 있는 다른 유럽증권거래소와 링크되고 있다.

novation (채무의) 경개(更改), 대출계약갱신 ¶ The *novation* is: (1) an agreement to replace one party to a contract with a new party. The *novation* transfers both rights and duties and requires the consent of both the original and the new party. (2) a replacement of an older debt or obligation with a newer one. 경개란 (1) 계약자가 새로운 계약자에게 대신 떠맡는 계약(contract)을 하는 것을 말한다. 권리도 의무도 다 함께 이전되는 것이므로 앞의 계약자와 새로운 계약자의 양자의 승낙이 필요하게 된다. (2) 옛 채무(debt) 또는 채무지급의무(obligation)를 갱신하는 것이다.

novelty 기념품, 답례품 ¶ A personal computer is a bit of *novelty* for people my age. 퍼스널 컴퓨터는 내 연대의 사람들에게는 다소 진기한 물건이다.

NOW → **n**egotiable **o**rder of **w**ithdrawal [약][은행] 양도가능환급지시서(환급청구서에 양도성을 부여하여 수표와 같은 기능을 가지게 한 것.)

NOW account [미] NOW계좌(수표발행가능저축성예금계정) ¶ The *negotiable order of withdrawal* is a bank or savings and loan withdrawal ticket that is a negotiable instrument. The accounts from which such withdrawals can be made, called *NOW accounts*, are thus, in effect, interest-bearing checking accounts. They were first introduced in the late 1970s and became available nationally in January 1980. In the early and mid-1980s the interest rate on *NOW accounts* was capped at 5 1/2%; the cap was phased out in the late 1980s. See also super negotiable order of withdrawal (NOW) account. 나우(NOW)계좌는 은행 또는 저축대출조합(savings and loan association)의 양도가능증권(negotiable instrument)을 이른다. 이런 종류의 환급가능계좌는 NOW계좌라고 하며, 실질적으로는, 이자가 붙는 당좌예금계좌라고 말할 수 있다. NOW계좌는 1970년대 후반에 처음으로 도입되어 1980년 1월부터 미국 전역에서 이용될 수 있게 되었다. 1980년대 초두에서 중반까지 NOW계좌의 금리는 5.5%에 묶어두었으나, 상한금리는 1980년대 후반에 단계적으로 폐지되었다. super negotiable order of withdrawal (NOW) account(수퍼NOW예금계좌)도 참조할 것. → negotiable order of withdrawal (양도가능환급지시서예금).

N.P. → **n**o **p**rotest [약] 거절증서작성면제

N.P.F. → **n**ot **p**rovided **f**or [약] [부도문언] 자금부족

NPR (ISO) code Nepal – currency Nepalese rupee. ¶ NPR (국제표준기구) 약호 네팔 — 화폐 네팔 루피(rupee).

NPV → **n**et **p**resent **v**alue [약] 순현재가치 ¶ The *net present value* (*NPV*) is a method used in evaluating investments whereby the net present value of all cash outflows (such as the cost of the investment) and cash inflows (returns) is calculated using a given discount rate, usually a required rate of return. An investment is acceptable if the *NPV* is positive. In capital budgeting, the discount rate used is called the hurdle rate and is usually equal to the incremental cost of capital. 순수현재가치는 모든 현금유출(투자비용 등)과 현금유입(수익)을 일정한 할인율(discount rate)로 할인하여 현재가치를 산출하는 투자안건을 평가하는 방법이다. 통상 필요수익률(required rate of return)이 할인율로서 사용된다. NPV가 플라스가 되는 투자는 바람직하다. 자본예산(capital budget)을 검토할 때에는, 할인율로서 목표수익률(hurdle rate)이 사용된다. 이 필요수익률은 통상 한계자본코스트(incremental cost of capital)와 같다.

N.S.; n.s.; N/S → **n**ot **s**ufficient (fund) [약][부도문언] 자금부족(insufficient fund)

n-th-default swap [영] n번째의 디폴트스왑, 몇 번째인지 모를 정도의(umpteenth) 디폴트스왑 ¶ The *n-th-default swap* is a generalized version of an over-the-counter default swap comprised of a basket of reference entities that entitles the purchaser to a payout on the n-th one to defaults, where n is agreed between the two parties to the contract in advance; once the n-th reference entity occurs, the transaction terminates. See also first-to-default swap. n번째의 디폴트스왑은 n번째의 디폴트가 일어난 경우에, 구매자에게 지출할 권리를 인정하는 신용조회처의 바스켓(basket)으로 구성되는 장외거래의 디폴트스왑이 일반화된 버전이며, 그 경우에 n번째는 사전에 계약의 2당사자간에 합의된다. n번째의 신용조회처가 나타나면, 거래는 종료된다. first-to-default swap(디폴트가 첫째인 스왑)도 참조할 것.

nuclear 원자핵의 ¶ *nuclear* energy 원자력 /*nuclear* fuel 핵연료 /*nuclear* power generation 원자력발전 /*nuclear* reactor 원자로(原子爐)

null 무효의, 무가치의, 제로의 ¶ a *null* symbol 제로기호(0) ***null and void*** 무효 ¶ *Null and void* is that which can not be legally enforced, as with a contract provision that is not in conformance with the law. null and void(무효)는 법률에 어긋나는 계약규정과 같이, 법적으로 강제 이행할 수 없는 경우이다.

nullification 무효화, 폐기

number 수, 숫자, 번호, 제(몇)범[호], [약] No. (*pl.*) Nos. ¶ by *number* 번호순으로 /the *number* of items [cases, accounts] 건수(件數), 인원수 /*number* ticket; *number* card 번호패

numbered account (예금자명이 나오지 않는) 번호계좌

numeraire 평가기준, 가치기준재(財)(EUC(European Currency Unit)가 그 예.)

numeral 숫자 ¶ discount *numeral* [product] 할인적수(積數)

numerically 번호순으로

numismatic(al) 화폐의, 경화(硬貨)의 ***numismatic coin*** 옛날동전, 수집동전 ¶ The *numismatic coin* is a coin that is valued based on its rarity, age, quantity originally produced, and condition. These coins are bought and sold as individual items within the coin collecting community. Most *numismatic coins* are legal tender coins that were produced in limited quantities to give them scarcity value. They are historic coins which also can be rare. The current price of gold is a minor factor when dealing with *numismatic coins*. Premiums are traditionally far higher than those of bullion coins, and values fluctuate to a much wider extent. For example, A $5 gold piece may contain $60 worth of gold and may sell for as much as $700. The minimum amount received from *numismatic coin* investments is always either its face value or its metal content. Most coins, however, sell substantially above these amounts. Since the markup over bullion value can vary widely from one dealer to another, investors need to shop around diligently to avoid paying exhorbitant markups. 옛날동전은 희소성, 발행연대의 오래됨, 발행시의 생산량, 상태 등에서 그 가치가 평가되는 경화(硬貨)를 말한다. 이러한 것들은 특정물로서 코인수집가들 사이에서 매매된다. 그 많은 것은 희소가치를 부가하기 위하여 한정수량 발행된 법정화폐(legal tender)이다. 진기한 연대의 코인도 있다. 이러한 코인을 거래할 때, 코인에 함유되어 있는 금의 시가는 감정에는 그다지 영향이 없다. 코인에 지급되는 프리미엄(추가금액, premium)은 언제든지 금화(bullion coins)의 가치보다 훨씬 높고, 또 코인의 가치는 크게 변동한다. 예컨대, 5달러 금화에는 시가 60달러 상당분의 금이 포함되고 있다면, 700달러 정도로 매도되는 경우도 있다. 이러한 코인에 투자한 자금은 최저라도, 코인의 액면가격이든지 금속함유량 상당액으로 회수할 수 있으나, 그 가격보다도 높게 매도되는 경우도 많다. 순금가치보다도 어느 정도 높은 가격을 부칠지는 업자에 따라서 크게 다르므로, 투자하는 경우에는 좋은 거래조건을 찾아내어, 이상하게 높은 추가액(mark up)을 지급하지 않도록 주의를 할 필요가 있다.

numismatics (*pl.*) 화폐수집

nursery finance 상장준비기업에의 융자

NY CHIPS → The **N**ew **Y**ork **C**learing **H**ouse **I**nterbank **P**ayment **S**ystem [약] 뉴욕어음교환은행간지급방식

NYSE → the **N**ew **Y**ork **S**tock **E**xchange [약] 뉴욕증권거래소(구어로는 the Big Board라도 한다.) ¶ Founded in 1792 with the signing of the Buttonwood Agreement, the *New York Stock Exchange* (*NYSE*) is the largest equities marketplace and most liquid exchange group in the world. The *NYSE* is located at 11 Wall Street in New York City and is composed of four rooms used for the facilitation of trading; also known as the Big Board and The Exchange. Approximately 2,700 companies worth $12 trillion in global market capitalization are listed on the exchange, a cross-section of leading blue chip, mid-size, and small capitalization companies that meet the *NYSE's* stringent listing requirements. It merged with Archipelago, an electronic communications network (ECN), in 2006 and became a for-profit, public company. The New York Exchange is a unit of *NYSE* Euronext, the world's most diverse exchange group, formed when the *NYSE* Group and Euronext, the European combined stock market, merged in 2007. *NYSE* Euronext acquired the American Stock Exchange in 2008. The exchange offers an array of financial products and services, including

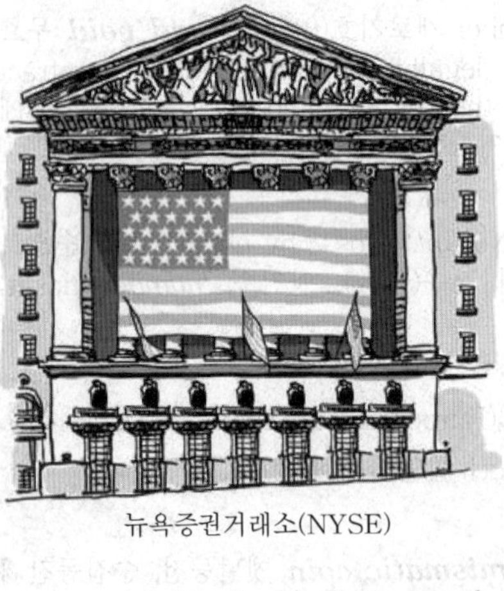

뉴욕증권거래소(NYSE)

equities, futures, options, interest-rate derivatives, exchange-traded products, bonds, market data, and commercial technology solutions. In 2001 trading in decimals was instituted, replacing trading in fractions. The *NYSE* also operates an automated bond market offering investors corporate, agency, and government bonds. *NYSE*-listed equity issuers can list their bonds without charge on the exchange. Corporate debt represents the largest share of *NYSE* bond volume, with some 85% in nonconvertible bonds and 15% in convertible debt issues. The *NYSE* is expanding its position in the trading of exchange-traded funds (ETFs), structured products, and other derivatives securities and is the largest market for listing iShares ETFs. Additionally, Dow Jones Indexes developed and maintains a family of *NYSE*-branded indices that track the performance of *NYSE*-listed companies in key market sectors and regions. *NYSE* Euronext is part of the S&P 500 index and is the only exchange operator in the S&P 100 index. Certain operational functions are handled by affiliated corporations, such as Depository Trust Company, National Securities Clearing Corporation (NSCC), and Securities Industry Automation Corporation (SIAC). Trading on the *NYSE* is in a continuous auction format, with specialist brokers acting as auctioneers in an open outcry market environment bringing buyers and sellers together – and, on occasion, committing their own capital to a trade. Trading is also conducted electronically. The *NYSE* sells one-year licenses to trade directly on the exchange. See also securities and commodities exchanges.
1792년 버튼우드협약(Buttonwood Agreement)의 서명과 동시에 설립된 뉴욕증권거래소는 미국 최대의 증권거래소이자 세계에서 가장 유동적인 자본거래소이다. NYSE는 뉴욕시의 월스트리트 11번지에 소재하며, 거래의 소통을 위하여 사용되는 4개의 방으로 구성되어 있다. NYSE는 또한 Big Board나 The Exchange라고도 한다. 약 2,700사, 글로벌베이스의 시가총액(market capitalization)으로 12조 달러에 달하는 기업들이 상장되고 있다. NYSE에 상장되고 있는 기업은 블루칩(blue chip)의 유력한 기업이나 중견기업, 소기업이고간에 어느 것이나 동 거래소의 엄격한 상장기준(listing requirements)을 충족하고 있다. NYSE는 2006년에 전자통신네트워크(ECN)인 Archipelago와 합병하여 영리회사이자 공개회사가 되었다. NYSE는 세계에서 가장 다양한 거래소그룹인 NYSE Euronext의 일원이고, 유럽복합주식시장인 NYSE Group 및 Euronext은 2007년에 합병한 때에 형성된 것이다. NYSE Euronext는 2008년에는 아메리칸증권거래소(American Stock Exchange)를 합병하였다. 뉴욕증권거래소는 주식(equities), 선물, 옵션, 이자부(利子附) 파생상품(interest-rate derivatives), 지수연동형 상장지수상품(exchange-traded products), 채권, 시장데이터 및 상업적 기술해결책을 비롯하여 일련의 금융제품 및 서비스를 제공하고 있다. 2001년에 분수(fractions) 대신에 10진법(decimals)의 거래가 시작되었다. NYSE는 또한 투자자에게 사채(corporate bond), 정부기관채(agency bond) 및 국채(government bond)를 제공하는 자동화된 채권시장을 운영하고 있다. 동 거래소에 상장하고 있는 기업은 수수료를 지급하지 않고서 사채를 상장할 수 있다. 사채의 거래량은 동 거래소의 채권전체의 거래량에서 최대의 셰어(share)를 차지하고 있으나, 그 중의 약 85%가 보통채이고, 나머지 15%가 전환사채(convertibles)로 되어 있다. NYSE는 지수연동형 상장지수펀드(exchange-traded funds: ETFs)나 구조상품(structured products), 기타 파생상품(derivatives)관련상품 등의 거래를 확대하고 있고, 상장된 iShares ETFs를 위한 최대의 시장이다. 추가적으로, 다우존스 인덱스(Dow Jones Index)는 발전하여, 중요한 시장부문과 지역에서 NYSE에 상장되고 있는 기업의 실적으로 추적하는 NYSE브랜드 인덱스의 가족의 일원을 유지하고 있다. NYSE Euronext는 S&P 500종목인덱스의 부분이고 S&P 100종목 인덱스의 유일한 거래소

운영자이다. 어떤 운영업무는 예탁신탁회사(Depository Trust Company), 미국증권결제기구(National Securities Clearing Corporation: NSCC), 및 미국증권업자동화기구(Securities Industry Automation Corporation: SIAC)와 같은 관련기관이 취급하고 있다. 뉴욕증권거래소에서의 거래는 매수인과 매도인을 결집시키는 공개경쟁매매방식(open outcry)의 시장환경 속에서 경매상인으로서 활동하는 스페셜리스트인 브로커가 참여하는 계속적인 경매방식으로 이루어진다. 거래는 또한 전자방식으로 행해지고 있다. NYSE는 1년간 유효한 거래허가증을 직접 팔고 있다. Securities and Commodities Exchange(증권거래소/상품거래소)도 참조할 것. ***NYSE Euronext*** [영] 뉴욕증권거래소 유로넥스트 ¶The *NYSE Euronext* is an international holding company formed from the 2007 merger of the New York Stock Exchange and Euronext, itself the product of a merger of the stock exchanges of Amsterdam, Brussels. Paris, and Lisbon, and derivatives exchange London International Financial Futures and Options Exchange. The NYSE Euronext group exchanges are active in trading, settlement, and clearing of stocks, bonds, and a range of derivatives. 뉴욕증권거래소 유로넥스트(NYSE Euronext)는 뉴욕증권거래소와 그 자체가 암스테르담, 브뤼셀, 파리 및 리스본과 파생상품거래소 런던국제금융선물옵션거래소의 합병작품인 유로넥스트(Euronext)의 2007년 합병에서 구성된 국제지주회사를 말한다. 뉴욕증권거래소 유로넥스트그룹거래소는 거래, 결산, 및 주식, 채권과 일정한 범위의 파생상품의 거래, 결산 및 청산에 활동하고 있다.

NZD (ISO) code New Zealand – currency New Zealand dollar. ¶NZD (국제표준기구) 약호 뉴질랜드 — 화폐 뉴질랜드 달러(dollar).

O

OA → **O**ffice **A**utomation [약] 오피스오토메이션

OAS → **o**ption-**a**djusted **s**pread [약] 옵션 수정스프레드

Obamanomics 오바마노믹스 ¶ *Obamanomics* is economic recovery and reform policies championed by President Barak Obama that call for increased involvement by the government in the private sector in areas such as health care, banking, autos, college education finance, consumer protection, and environmental protection where the private sector is not able to function efficiently and effectively on its own. These policies also call for higher tax rates on higher income earners. These policies stand in sharp contrast to politically conservative policies promoted by President Ronald Reagan. See also Reaganomics. 오바마노믹스는 건강관리(health care), 은행, 자동차, 대학교육재정, 소비자보호, 및 환경보호와 같은 영역의 민간부문이 자체의 영역에서 효율적이고 유효하게 기능을 발휘할 수 없는 경우에, 정부에 의한 증가된 관련을 요구하는, 버락 오바마 대통령(President Barak Obama)이 주창한 경제회복 및 개혁 정책이다. 이러한 정책들은 또한 고소득자에게 고율의 세율을 요구한다. 이러한 정책들은 로널드 레이건 대통령이 추진하였던 정치적인 보수정책과는 날카롭게 대조를 보이고 있다.

오바마노믹스를 주창한 대통령

object 대상, 목적 ¶ the *object* clause of a company 회사의 목적조항 /the *object* of a company 회사의 목적

objection 반대, 이의(異議) ¶ an *objection* to title 권리의 흠[결정](a cloud on title) /raising of an *objection* 이의신청

objective 목표, 목적 ¶ *Objective* means: (1) free of personal bias and opinion, as in an objective evaluation. (2) an ultimate goal or target of an individual's or a group's efforts and strategy, as in final objective. Objective는 (1) 객관적인 평가에 있어서와 같이, 개인적인 편견과 의견으로부터 자유롭다는 뜻이고, (2) 최종목표와 같이, 개인이나 단체의 노력과 전략의 궁극적(窮極的)인 목적과 목표를 말한다. /*objective* tax 목적세 ***objective value*** 객관적 가치 ¶ *Objective value* is value set by the market. See also market value 객관적 가치는 시장이 설정한 가치를 말한다. market value(시장가격)도 참조할 것.

objectivity 객관성 ¶ The *objectivity* is an accounting concept attempting to ensure that any subjective actions taken by the preparer of accounts are minimized. The aim of the rules and regulations required to achieve *objectivity* is that users should be able to compare financial statements for different companies over a period with some confidence that the statement have been prepared on the same basis. One of the major advantages claimed for historical cost accounting is that it is objective, but necessarily some subjective decisions will have been made. 객관성은 계좌를 작성하는 자가 주관적인 행동을 최소화해야 한다는 것을 보장하려고 하는 회계학 개념이다. 객관성을 달성하는 데 필요한 원칙과 규정의 목적은 이용자가 일정한 기간에 걸쳐 그 재무제표가 동일한 기준 위에서 작성되었다는 어떤 신념을 가지고 상이한 회사의 재무제표를 비교할 수 있어야 한다는 것이다. 실제원가회계(historical cost accounting)를 위해 주장되는 주요한 이점의 하나는 그것이 객관적이지만, 그러나 반드시 어떤 주관적 결단(subjective decisions)을 내린다는 점이다.

O

obligation 의무, 채무, 채권[채무]관계 ¶ *Obligation* is legal responsibility, as for debt. 채무는 부채(debt)에 관한 법적 책임이다. /financial *obligation* 금전상의 의무 /an *obligation* to disclose 고지의무(告知義務) /an *obligation* with a named obligee 지명채권 /perform an *obligation* 채무를 변제하다 ***joint and several liability*** (연대 및 단독의) 연대채무 ¶ *Joint and several liability* is liability under which a creditor can demand full repayment from any and all of those who have borrowed. Each borrowers is liable for the full debt, not just the prorated share. 연대채무는 채권자가 채무를 진 채무자 중의 어느 누구와 모든 채무자에게 채권전액을 청구할 수 있는 채무를 말한다. 각 채무자는 각자의 몫만을 책임지는 것이 아니라, 채무전액에 대해서 책임을 진다. ~ ***bond*** (담보액보다도 금액이 큰) 담보부 채권(債券)(사채권자의 추가코스트를 예상하여 발행되는 것) ¶ The *obligation bond* is a type of mortgage bond in which the face value is greater than the value of the underlying property. The difference compensates the lender for costs exceeding the mortgage value. 담보부 채권이란 액면(face value)이 담보자산(underlying property)가치보다 큰 부동산담보사채(mortgage bond)의 일종이다. 그 차액이 부동산담보가치를 초과하는 대여자의 비용(cost)을 보상해준다.

obligatory maturity (임의만기에 대한) 강제만기

obligee [법] 채권자(creditor), 저당권자 ¶ The *obligee* is the person to whom an obligation is owed. A creditor (lender) is an obligee. obligee(채권자)는 의무가 귀속되는 자이다. 채권자(대여자)가 바로 obligee이다.

obligor [법] 채무자(debtor) ¶ The *obligor* is one who has an obligation, such as an issuer of bonds, a borrower of money from a bank or another source, or a credit customer of a business supplier or retailer. The *obligor* (obligator, debtor) is legally bound to pay a debt, including interest, when due. 채무자는 채권(bond)의 발행자(issuer), 은행 기타 다른 재원(財源)에서 자금을 차입하고 있는 자(borrower), 공급업자나 소매업자로부터 신용거래(외상매입)에서 구입하고 있는 고객이 채무(obligation)를 부담하는 경우이다. 채무자는 기일이 도래하면, 부채액에 이자(interest)를 부쳐서 상환할 법적 의무를 진다. /the primary *obligor* 주된 채무자

obsolescence 구식화(舊式化), 진부화(陳腐化) ¶ The *obsolescence* is the process by which property becomes useless, not because of physical deterioration, but because of scientific or technological advances. 구식화는 재산이 물질적 노후화로가 아니라 과학적·기술적 진보로 인해 무용화(無用化)가 되는 과정이다.

obsolete asset 진부화(陳腐化)자산 ¶ The *obsolete asset* is an asset that is economically becoming useless. 진부화자산은 경제적으로 무용화되어 가고 있는 자산이다.

obstacle 장애(물), 방해(물) ¶ It constitutes an *obstacle* to progress. 그것은 전진하는 데에 하나의 장애가 되고 있다. /The size of the population poses an *obstacle* to long-term economic development. 인구의 규모가 장기적인 경제발전에 중대한 장애를 만든다.

obverse 화폐의 표면, (어음의) 표면 (*cf.*) reverse, verso 화폐의 표면 ¶ The *obverse* of rising unemployment is continued gains in productivity. 상승하는 실업의 이면에는 생산성의 계속적인 증가가 있다.

occupancy 점유, 점령, 거주, 점유기간[건물] ***occupancy level*** [영] 점유수준 ¶ The *occupancy level* is a percentage of currently rented units in a building, city, neighborhood, or complex. Generally hotels need a 60% occupancy rate to break even, whereas office buildings, shopping centers, and apartments break even at 80% to 90%. See also vacancy rate. 점유수준은 건물, 시(市), 이웃 또는 단지(complex) 내의 현재 임실단위(賃室單位)의 퍼센트를 말한다. 일반적으로 호텔은 손익분기점이 60%의 점유수준이 필요한 반면에, 사무실빌딩, 쇼핑센터 및 아파트는 손익분기점이 80%에서 90%가 필요하다. vacancy rate(공실률)도 참조할 것.

occupant 점유자, 현존자(現存者) ¶ The *occupant* is one who hold possession and exercise dominion (or control) over thing. 점유자는 물건을 소지하고 지배를 하는 자이다.

occupation 점유, 직업 ¶ be in (a) gainful *occupation* 수입이 있는[유급의] 직업에 종사하다 /The house is ready for *occupation*. 그 집은 바로 입주할 수 있다.

occupational annuity 직업연금 ¶ An *occupational annuity* is an annuity which is given to employees upon an occupation or the prosecution of business or profession. 직업연금은 직업 또는 어떤 사업 또는 전문직에 종사한 근로자에게 주는 연금이다.

occurrence limit [영] 보험사고한도 ¶ The *occurrence limit* is the maximum amount an insurer is required to pay the insured for a loss occurrence that leads to a claim, even if the total loss is larger than the amount specified by the limit. See also claims occurrence basis. 보험사고한도는 보험업자가 전체의 손해가 한도금(limit)에 의해서 특정한 금액보다 많더라도 피보험자에게 보험청구에 이르는 손해발생에 대해서 지급해야 하는 최대금액을 말한다. claims occurrence basis(청구권발생주의)도 참조할 것.

ocean 대양(大洋)의 ¶ *ocean* and rail 해륙운송 /*ocean* development 해양개발 ***ocean B/L***; ~ ***bill of lading (OBL)*** 오션 B/L, 해양선하증권, 외항선(外航船) 선하증권 ¶ The *ocean bill of lading* (*OBL*) is a receipt for the cargo and a contract for transformation between a shipper and the ocean carrier. It may also be used as an instrument of ownership that can be bought, sold, or traded while the goods are in transit. To be used in this manner, it must be a negotiable order bill of lading. See also clean bill of lading; on-board bill of lading. 해양선하증권은 하주(荷主)와 해양운송인 간의 하물 및 우송계약에 관한 증서(receipt)를 말한다. 그것은 화물이 운송중에 매입, 매도 또는 거래할 수 있는 소유권을 표창하는 증권으로서 사용될 수도 있다. 이와 같이 사용되기 위해서는, 그것은 유통할 수 있는 지시식 선하증권이어야 한다. clean bill of lading(클린선하증권); on-board bill of lading(적재선하증권)도 참조할 것.

ODA → **O**fficial **D**evelopment **A**ssistance [약] 정부개발원조(선진국의 정부기관에 의한 개발도상국이나 국제기관에의 원조) ¶ The *Official Development Assistance*

(*ODA*) is a U.S. funds provided to developing countries and multilateral institutions provided by official agencies of national, state, or local governments. Each transaction must be: (1) administered with the promotion of the economic development and welfare of developing countries as its main objectives and (2) concessional in character and contain a grant element of at least 25% of the total amount. 정부개발원조는 개발도상국과 국민, 주(state) 또는 지방정부의 정부기관이 제공하는 다국적 기관에 제공되는 미국기금을 말한다. 각 업무처리는 (1) 그의 주요한 목표로서 개발도상국의 경제적 발전과 복지의 촉진과 함께 집행되어야 하고, (2) 성격상 무료이며 총금액 중에서 적어도 25%가 증여 상당분(grant element)을 내포하여야 한다.

O

odd ⓐ 단수(端數)의 ¶ 100-*odd* won 100원 남짓 /*odd* lot dealer 단주(端株)전문업자 /*odd*-lot share 단주(端株) /*odd* money [change] 거스름돈, 잔돈 /*odd* months 큰 달(31일이 있는 달) /*odd* number 기수(奇數) (*cf.*) even number 우수(偶數), whole number 정수(整數) /*odd* [broken] terms [외환] 특정기간인도, [딜링] (자금거래의) 기일물(期日物)이 아닌 거래(odds) /three pounds *odd* 3파운드 남짓 ***odd [fractional] lot*** 단주(端株)(미국에서는 100주 이하의 경우) ¶ An *odd lot* is securities trade made for less than the normal trading unit (termed a round lot). In stock trading, any purchase or sale of less than 100 shares is considered an *odd lot*, although inactive stocks generally trade in round lots of 10 shares. An investor buying or selling an *odd lot* pays a higher commission rate than someone making a round-lot trade. This *odd-lot* differential varies among brokers but for stocks is often 0.125 per share. For instance, someone buying 100 shares of XYZ at $70 would pay $70 a share plus commission. At the same time, someone buying only 50 shares of XYZ would pay $70.125 a share plus commission. 단주(端株)란 최저의 거래단위(normal trading unit, round lot) 미만의 증권거래단위를 말한다. 주식매매에 있어서는, 100주 미만인 경우에는 단주가 되지만, 유동성이 낮은 주식에 관하여는 통상 10주가 거래단위가 된다. 투자자가 단주를 매매할 경우, 거래단위로 매매를 하는 것보다도 수수료율(commission rate)이 높게 된다. 단주매매수수료(odd lot differential)는 증권회사에 따라 다르지만, 1주당 1/8포인트(12.5센트)가 일반적이다. 예컨대, XYZ주(株)를 1주당 70달러로 100주를 구입하면, 1주에 관하여 70센트와 매매수수료를 지급하는 것이 되지만, 동시에 같은 주식을 50주밖에 구입하지 않는 경우에는, 1주당 70달러 12.5센트에 보태서 통상의 매매수수료를 지급하게 된다.

ⓝ 개수가 모자라는 물건, (*pl.*) 기일물(期日物) 아닌 거래

odd-lot 단주(端株)의 ***odd-lot dealer*** 단주전문업자 ¶ The *odd-lot dealer* is originally a dealer who bought round lots of stock and resold it in odd lots to retail brokers who, in turn, accommodated their smaller customers at the regular commission rate plus an extra charge, called the odd-lot differential. The assembling of round lots from odd lots is now a service provided free by New York Stock Exchange specialists to member brokers, and odd-lot transactions can be executed through most brokers serving the retail public. Brokers handling odd lots do, however, receive extra commission; it varies with the broker, but 0.125 per share in addition to a regular commission is typical. See also odd lot. 단주전문업자는 원래는 거래단위(round lot)로 주식을 구입하여 이를 단주(odd lot)로 분할해서 소매전문증권회사(retail broker)에 전매하는 딜러(dealer)를 이른다. 소매전문증권회사는 통상의 수수료에 추가수수료(odd-lot differential, 이를 단주매매수수료라고 한다.)를 가산하여 매매한다. 현재로는, 뉴욕증권거래소의 스

페셜리스트(specialist)가 회원의 증권회사용으로 단주를 거래단위로 정리하는 서비스를 무료로 행하고 있으므로, 대부분의 증권회사가 일반고객용의 단주거래를 취급하고 있다. 단주를 취급하는 증권회사는 할증요금을 청구하지만, 이것은 증권회사에 따라서 다른 것이지만, 통상의 수수료에 보태어, 1주당 12.5센트를 추가하는 것이 일반적이다. odd lot(단주)도 참조할 것. ~ ***short-sale ratio*** 단주공매(空賣)비율 ¶ The *odd-lot short-sale ratio* is a ratio obtained by dividing odd lot short sales by total odd-lot sales, using New York Stock Exchange (NYSE) statistics; also called the odd-lot selling indicator. Historically, odd-lot investors – those who buy and sell in less than 100-share round lots – react to market highs and lows; when the market reaches a low point, odd-lot short sales reach a high point, and vice versa. The odd-lot ratio has followed the opposite pattern of the NYSE member short sale ratio. See also odd-lot theory. 단주공매(空賣)비율은 공매단주를 단주매도총수로 나누어 산출하는 비율로, 뉴욕증권거래소(New York Stock Exchange: NYSE)의 통계에 사용되고 있고, odd-lot selling indicator(단주매도지표)라고도 한다. 역사적으로는, 단주투자자(거래단위(round lot) 미만의 매매를 하는 투자자)는 종래부터 시장의 가격동향에 민감하게 반응해 왔다. 말하자면, 주가가 싼값인 경우에 단주공매가 증가하고, 반대로 높은 가격대에 이르면, 감소한다. 단주공매비율은 뉴욕증권거래소 회원공매비율(member short sale ratio)과는 반대의 패턴을 보인다. odd-lot theory(단주이론)도 참조할 것. ~ ***theory*** 단주이론 ¶ The *odd-lot theory* is a historical theory that the odd lot investor – the small personal investor who trades in less than 100-share quantities – is usually guilty of bad timing and that profits can be made by acting contrary to odd-lot trading patterns. Heavy odd-lot buying in a rising market is interpreted by proponents of this theory as a sign of technical weakness and the signal of a market reversal. Conversely, an increase of odd-lot selling in a declining market is seen as a sign of technical strength and a signal to buy. In fact, analyses of odd-lot trading over the years fail to bear out the theory with any real degree of consistency, and it has fallen into disfavor in recent years. It is also a fact that odd-lot customers generally, who tend to buy market leaders, have fared rather well in the upward market that has prevailed over the last fifty years or so. See also odd-lot short sale ratio. 단주이론은 단주(odd lot)투자자 — 100주 미만의 소액거래를 하는 개인투자자 — 는 일반적으로 거래의 타이밍이 나쁜데도, 단주거래를 역으로 한다면 이익을 얻을 수 있다고 하는 예부터 내려오는 이론이다. 이 단주이론의 지지자는 상승시세에 있어서 단주의 대량매입은 테크니컬 분석(technical analysis)상으로는 내림세의 징조이고 시세가 하락으로 굴러가는 시그널이라고 해석한다. 반대로, 하락시세(declining market)에서의 단주매도의 증가는 오름세의 징조로 매수의 시그널이라고 본다. 그러나, 단주거래의 장기간에 걸치는 분석에서는, 실제로 이 학설을 일관성을 가지고 뒷받침할 수 없고, 최근에는 이 이론은 그다지 지지를 받지 못하고 있다. 단주투자자는 인기주를 매입하는 경향에 있지만, 과거 50년 이상이나 계속 걸치는 상승시세에 있어서 그럭저럭 잘 해온 것도 사실이다. odd-lot short sale ratio(단주공매(空賣)비율)도 참조할 것.

oddment (*pl.*) 개수가 모자라는 물건 ¶ *oddment* of food [information] 잡다한 음식[정보]

OECD → the **O**rganization for **E**conomic **C**ooperation and **D**evelopment [약] 경제협력개발기구 ¶ The *Organization for Economic Cooperation and Development (OECD)* is an organization that provides a forum for discussion of common economic and social issues facing the United States, Canada, Western

Europe, Japan, Australia, and New Zealand. *OECD* was founded in September 1960 as successor to the Organization for European Economic Cooperation (OEEC), which had administered European participation in the Marshall Plan. *OECD* seeks "to achieve the highest sustainable economic growth and employment and a rising standard of living in member countries while maintaining financial stability and thus contribute to the world economy." Members include Australia, Austria, Belgium, Canada, Denmark, Finland, France, Germany, Greece, Iceland, Ireland, Italy, Luxembourg, Korea, Japan, the Netherlands, New Zealand, Norway, Portugal, Spain, Sweden, Switzerland, Turkey, the United Kingdom, and United States. *OECD* headquarters is in Paris, France. 경제협력개발기구는 미국, 캐나다, 서유럽, 일본, 오스트레일리아 및 뉴질랜드가 직면하는 공통된 경제사회문제의 토론을 위한 포럼을 제공하는 기구이다. OECD는 1960년 9월에 마샬플랜의 유럽의 참여를 시행한 유럽경제협력기구(Organization for European Economic Cooperation: OEEC)의 후계조직(successor)으로 창설되었다. OECD는 「회원국에 있어서 지속가능한 최고의 경제성장과 고용 및 고도의 생활수준」을 달성하는 데 노력하는 것이다. 현재의 회원국은 오스트레일리아, 오스트리아, 벨기에, 캐나다, 덴마크, 핀란드, 프랑스, 독일, 그리스, 아이슬란드, 아일랜드, 이탈리아, 룩셈부르크, 한국, 일본, 네덜란드, 뉴질랜드, 노르웨이, 포르투갈, 스페인, 스웨덴, 스위스, 터키, 영국 및 미국 등이다. OECD의 본부는 프랑스의 파리에 있다.

OEM → **O**riginal **E**quipment **M**anufacturer [약] 주문자상표부착생산[생산회사] ¶ *OEM* is an acronym for Original Equipment Manufacturer. A company assembles complete pieces of equipment from parts. *OEM* is also used as an adjective to describe software bundled with a computer or supplies provided initially with computer peripherals or sold by the manufacturer for use in its product. The term is also often used to avoid responsibility; for example, software publishers usually do not provide support for (bundled) software. OEM은 Original Equipment Manufacturer(주문자상표부착생산회사)의 머리글자에서 따온 용어이다. 회사는 부품에서 설비의 완전한 부속물을 조립한다. OEM은 또한 컴퓨터의 세트로 된 소프트웨어(software) 또는 처음부터 컴퓨터주변에 제공되거나 생산회사가 그 생산물을 이용하기 위하여 판매하는 비품을 표현하는 형용사로고 사용되는 경우도 있다. 그 용어는 또 책임을 회피하기 위하여 사용되는 수도 있다. 예를 들면, 소프트웨어의 발표자는 통상적으로 (세트로 된) 소프트웨어를 위하여 지원(support)을 제공하지 않는다.

OEX 오이엑스 ¶ *OEX* is Wall Street shorthand for the Standard & Poor's 100 stock index, which comprises stocks for which options are traded on the Chicago Board Options Exchange (CBOE). *OEX* index options are traded on the Chicago Board of Trade (CBOT), and futures are traded on the Chicago Mercantile Exchange (CME). See also stock indices and average. 오이엑스는 스탠더드앤드푸어스 100종목 주가지수(Standard & Poor's 100 stock index)를 의미하는 월스트리트(Wall Street)를 간략하게 표기하는 말이다. OEX는 시카고옵션거래소(Chicago Board Options Exchange: CBOE)에서 거래되는 옵션(option)의 기초주식(underlying stock)으로 구성되는 지수(index)이다. OEX지수옵션은 시카고상품거래소(Chicago Board of Trade: CBOT)에서 거래되고, 선물은 시카고상업거래소(Chicago Mercantile Exchange: CME)에서 거래되고 있다. stock indices and average(주가지수와 평균지수)도 참조할 것.

off *prep.* …에서, …로, …에서 떼어내어
a. 저쪽의, 휴식의, 불활발한 ¶ The market is *off*. 시황(市況)은 활발치 않다. (딜링에

서 off는 "지금까지 quote되고 있던 레이트를 일단 취소합니다"의 뜻이 된다.) *ad.* 떨어져서, 쉬고서, 떠나서

off-balance 밸런스시트 위에 계상되지 않는, 부외(簿外)거래의(통화스왑, 금리스왑, 금융선물거래, 옵션거래 등의 부외거래를 오프밸런스라고 한다.) ¶ *off-balance* exposure 오프밸런스거래잔액 /*off-balance* sheet financing 부외(簿外)거래금융 /*off-balance* sheet transaction (선물, 스왑, 옵션 등의) 시장외(市場外)거래, 부외(簿外)거래 ***off-balance sheet finance*** 오프밸런스금융 ¶ The *off-balance sheet finance* is a type of company finance such that some or all of it (and associated assets) do not appear on the company's balance sheet. Although legally allowable, the practice can give a very distorted view of a company's financial status. The most of common example would be a lease structured as an operating lease rather than a capital lease and where management's intent is, in fact, to acquire an asset and corresponding liability without reflecting either on its balance sheet. Other examples include the sale of receivables with recourse, take-or-pay contracts, and bank financial instruments such as guarantees, letters of credit, and loan commitments. Generally Accepted Accounting Principles (GAAP) require that information be provided in financial statements about off-balance-sheet financing involving credit, market, and liquidity risk. 오프밸런스금융이란 회사금융의 일부 또는 전부(와 관련자산)가 그 회사의 대차대조표에 나타나지 않는 그런 유형의 회사금융을 말한다. 법률적으로 허용된다고 하더라도, 그런 관행은 회사의 재무사정에 대해서 왜곡된 인상을 줄 수 있다. 전형적인 예로서, 자본리스(capital lease)라기보다도 도리어 오퍼레이팅리스(operating lease)로 짜여진 리스가 있을 것인데, 회사경영진의 의도는 사실상 대차대조표에 영향을 미치지 않고 자산을 얻고, 이에 대응하는 채무(liability)를 부담하는 것이다. 또 다른 예로서는 소구권(遡求權)을 붙여서 수취채권을 매각하는 경우(sale of receivables with recourse)나, 인취보증계약(take-or-pay contract), 또 은행이 제공하는 보증(guarantee), 신용장(letter of credit), 론코미트먼트(loan commitment)도 오프밸런스금융에 포함된다. 일반적으로 인정된 회계원칙(Generally Accepted Accounting Principles: GAAP)에서는, 신용리스크(credit risk), 시장리스크(market risk), 유동성리스크(liquidity risk)를 포함하는 부외(簿外)자금조달에 관하여는, 그 정보를 재무제표에 기재하도록 요구하고 있다.

off-board 장외(場外)거래의 ¶ The term *off-board* describes off the exchange (the New York Stock Exchange is known as the Big Board, hence the term). The term is used either for a trade that is executed over the counter or for a transaction entailing listing securities that is not completed on a national exchange. Over-the-counter trading is handled by telephone, with competitive bidding carried on constantly by market makers in a particular stock. The other kind of *off-board* trade occurs when a block of stock is exchanged between customers of a brokerage firm, or between a customer and the firm itself if the brokerage house wants to buy or sell securities from its own inventory. See also third market. 장외거래라는 용어는 증권거래소외에서 행해지는 거래를 표현하는 것이다(뉴욕증권거래소를 Big Board라고 부르는 것에서 이 용어가 유래한다). 이 용어는 상장증권을 증권거래소의 장외에서 행하는 경우에 사용된다. 장외거래(over-the-counter trading)는 전화로 행해지며, 마켓메이커(market maker)는 특정한 종목에 대해서 언제나 경쟁적 호가(呼價)를 제시하고 있다. 증권회사의 고객간, 혹은 자기계정에서 거래를 행하는 증권회사와 고객간에서 직접 대형의 상장주식을 거래할 때에도, 장외거래가 행해진다. third market(제3시장)도 참조할 것. /*off-board*

O

market 장외(場外)시장(the over-the-counter market)

off-book; off-the-book(s) 장부외(帳簿外)의, 기장(記帳)되지 않는, 부정공작의 ¶ an *off-the-book* account 장부외계좌 /*off-book* loan 장부외대출 /*off-the-book* loan 부외부채(簿外負債) /*off-the-book* property 부외(簿外)자산

off-budget 예산외의 제도 ¶ *Off-budget* is federal programs not counted toward budget limits due to provisions in current law. For example, Social Security and the postal service are *off-budget* based on the their intended self-funding. Also, supplemental appropriations, meaning funds needed to meet emergencies, such as disaster relief, are *off-budget*. Iraq War-related expenses, following similar logic, have been treated as *off-budget* to the consternation of people who view the Iraq War as a "war of choice." 예산외의 제도란 것은 현행법상의 규정에 얽매이는 예산상의 한계를 고려치 않는 연방프로그램이다. 예를 들면, 사회보장(Social Security)과 우편업무는 계획된 자체자금조달에 기초한 예산외의 제도이다. 또한, 재해구호와 같은 긴급사항에 대처하는 데 필요한 기금을 의미하는 추가예산(supplementary appropriations)도 예산외의 제도이다. 이라크 전쟁관련비용은 유사한 논리를 따른다면, 이라크전쟁을 「선택의 전쟁」(war of choice)으로 보는 사람들에게 놀랄 일이지만 예산외의 제도이다.

offer ⓝ 신청, 청약, 제의, (상품의) 제공, 사는 사람이 부르는 값, 매도호가(呼價) ¶ The *offer* is a price at which someone who owns a security *offers* to sell it; also known as the asked price. This price is listed in newspapers for stocks traded over the counter. The bid price – the price at which someone is prepared to buy – is also shown. The bid price is always lower than the *offer* price. See also offering price. 매도호가(呼價)는 증권소유자의 매도희망가격을 가리킨다. asked price라고도 한다. 장외(over the counter)거래주식의 매도호가는 신문에 게재된다. 매수호가(bid) — 구입희망가격을 말한다. — 도 또 공표된다. 매수호가는 언제나 매도호가보다 낮다. offering price(공모가격)도 참조할 것. /an *offer* document [TOB] 주식공개매입공시문서 /an *offer* for subscription 모집 /an *offer* on approval 점검매매 /an *offer* on sale or return 잔품공제조건부 오퍼 /an *offer* subject to prior sale; an *offer* subject to being unsold 선매면허조건부 매도청약 /an *offer* subject to seller's final confirmation 매도인의 최종확인조건부 매도청약 /an *offer* without engagement 불확정매도청약 ***counter offer*** [무역] 반대청약(a counteroffer) ¶ *Counter offer* is rejection of an offer to buy or sell with a simultaneous substitute offer. For example, a property is put on the market. An investor offers $75,000 in cash. The owner rejects the offer but submits a *counter offer* to sell for $80,000. Offers and *counter offers* may be negotiated on factors other than price, such as financing arrangements, apportionment of closing costs, and inclusion of personal property. 반대청약은 매수청약 또는 매도청약을 거절하는 동시에 대체청약(substitute offer)을 제기하는 경우이다. 예를 들면, 재산을 시장에 내놓았다고 하자. 투자자는 현금으로 75,000달러를 청약한다. 소유자는 그 청약을 거절하면서 80,000달러면 팔겠다는 반대청약을 제의한다. 청약과 반대청약은 융자협정(financing arrangements), 마지막 코스트의 분배 및 동산을 포함할 것인지 등 가격 이외에 여러 요인에 관하여 타협될 수 있다. ***firm*** ~ 확정청약, 회답기한부 제공 ¶ The *firm offer* is an offer in writing that it is irrevocable for a set time. As long as it is stipulated in a signed writing that the offer is to be held open, it need not be supported by consideration to be binding. 확정청약은 일정한 기간 동안 취소불능이라고 문서로 한 청약을 이른다. 청약이 미정인 상태로 유지될 수 있다는 것을 서명 있는 문서로 규정하고 있는 이상, 구속력 있는 약인(consideration)에

의하여 뒷받침될 필요는 없다. ~ ***by prospectus*** [영] 사업계획서에 의한 모집 ¶ The *offer by prospectus* is the offering of a new issue of securities directly by the issuer to investors by means of a prospectus. An *offer by prospectus* is a relatively uncommon method of placing new securities. See also offer by sale. 사업계획서에 의한 모집은 사업계획서(prospectus)에 의해서 증권의 발행자가 투자자에게 직접 증권의 신규발행으로 모집하는 경우이다. 사업계획서에 의한 모집은 신증권을 매도하는 데 비교적 드문 방법이다. offer by sale(매도에 의한 모집)도 참조할 것. ~ ***price*** [주식] 모집가격, 매도가격 ¶ The *offer price* is: (1) the price at which a security is offered for sale by a market maker. (2) the price at which an institution will sell units in a unit trust. Compare bid. 매도가격은 (1) 증권이 마켓메이커에 의해서 매도하기로 내놓은 가격을 말한다. (2) 기관이 단위형 신탁에 단위로 매도하는 가격을 말한다. bid(매수가격)와 비교할 것. ~ ***by sale*** [영] 매도에 의한 모집 ¶ The *offer by sale* is the offering of a new issue of securities through one or more intermediaries (e.g., a syndicate of underwriters), and the most common means of placing new securities with investors. See also offer by prospectus. 매도에 의한 모집은 1 이상의 중개업자(intermediary)(예컨대, 인수업자의 신디케이트)를 통해서 증권의 신규발행으로 모집하는 경우이고, 신증권을 투자자에게 매도하는 가장 일반적인 방법이다. offer by prospectus(사업계획서에 의한 모집)도 참조할 것. ~ ***wanted (OW)*** 매도주문 ¶ The *offer wanted* (*OW*) is a notice by a potential buyer of a security that he or she is looking for an offer by a potential seller of the security. The abbreviation *OW* is frequently seen in the pink sheets (listing of stocks) and yellow sheets (listing of corporate bonds) published by the National Quotation Bureau for securities traded by over the counter dealers. See also bid wanted. 매도주문은 특정한 증권의 구입희망자가 당해 증권의 매도청약을 구하면서 내는 통지를 이른다. OW라는 생략형은 미국시세사무소(National Quotation Bureau)가 장외거래(over the counter) 유가증권딜러(dealers)용으로 발행하고 있는 핑크시트(pink sheet, 주가일람)나 옐로시트(yellow sheet, 사채가격일람)에서 자주 볼 수 있다. bid wanted[호가모집(呼價募集)]도 참조할 것. *v.* 제공하다, 제시하다 ¶ an *offered* market 매수인시장 /an *offering* memorandum (사채 등의) 모집요령 /*offered* price 청약가격, 호가(呼價) (*cf.*) an asked price (매도인이 말하는) 호가, 부르는 값, a bid price 지정가 ***offered rate*** (자금의) 제공자[매도인] 레이트[5-4 7/8(five-four and seven eights)] ¶ The *offered rate* is five-four and seven eights. For instance, it means that if it is 5%, it will be an provider of capital, and if 4 7/8, there is a bank that becomes a seller. (자금의) 제공자[매도인] 레이트. 예를 들면, 5-4 7/8(five-four and seven eights)라고 하자. 그것은 5%이면 자금의 제공자가 되고, 4 7/8이면, 매도인이 되는 은행이 있다는 뜻이다.

offeree 청약의 상대방, 피청약자 ¶ An *offeree* is a person to whom an offer is made. 피청약자는 청약이 이루어진 상대방을 말한다.

offering 매도청약, 매물(賣物), 모집 → public offering (공모). ¶ *offering telex* [신디케이트론] (차입자에 대한) 조건제시의 텔렉스(an invitation telex) ***offering circular*** 사업계획서 → prospectus (사업계획서). ~ ***date*** 공모개시일 ¶ The *offering date* is a date on which a distribution of stocks or bonds will first be available for sale to the public. See also dated date; public offering. 공모개시일은 일반투자자(the public)에게 공모주식이나 공모채권을 판매할 수 있는 초일(初日)을 이른다. dated date(이자기산일); public offering[공모(公募)]도 참조할 것. ~ ***[issue] price*** [주식] 공모가격, 매출가격 ¶ The *offering price* is a price per share at which a new or secondary distribution of securities is offered for sale to the public; also called price offering. For instance, if a new issue of XYZ stock is priced at $40 a share, the *offering price* is $40. When mutual fund shares are made available to the public, they are sold at net asset value, also called the *offering price* or the asked price, plus a sales charge, if any. In a no-load fund, the *offering price* is the same as the net asset value, to arrive at the *offering price*. See also offer. 공모가격은 신규증권의 모집(primary distribution)이나 기존 증권의 매출(secondary distribution)에서 일반투자자(the public)에게 판매되는 1주당의 가격을 이른다. 이를 public offering price(공개공모가격)이라고도 한다. 예를 들면, 신규발행의 XYZ사 주식이 1주당 40달러로 가격을 매기면, 공모가격은 40달러가 된다. 뮤추얼펀드(mutual fund)주식이 공모되는 경우에는, 순자산가치(net asset value)—매출가격(offering price)이라든가 매도호가(asked price)라고도 한다.—로 판매되고, 필요에 따라서 판매수수료(sales charge)가 가산된다. 노로드펀드(no-load fund)에서는, 공모가격은 순자산가치와 같다. 로드펀드(load fund)에서는, 순자산가치에 판매수수료가 가산된 것이 공모가격이 된다. offer[매도호가(呼價)]도 참조할 것. ~ ***scale*** 매출가격대(帶) ¶ The *offering scale* is prices at which different maturities of a serial bond issue are offered to the public by an underwriter. The *offering scale* may also be expressed in terms of yield to maturity. 매출가격대(帶)는 증권업자가 만기(maturity)가 다른 연속상환채권(serial bond)을 공모할 때의 가격대를 말한다. 이 매출가격대는 최종이율(yield to maturity)에서도 표시된다.

offeror 청약자(offerer) ¶ An *offeror* is a person who makes an offer. 청약자는 청약을 하는 자이다.

off-floor order 장외위탁주문 ¶ The *off-floor order* is an order to buy or sell a security that originates off the floor of an exchange. These are customer orders originating with brokers, as distinguished from orders of floor members trading for their own accounts (on-floor orders). Exchange rules require that *off-floor orders* be executed before orders initiated on the floor. 장외위탁주문은 거래소(exchange)의 입회장 외에서 오는 유가증권의 매매위탁주문을 이른다. 이러한 것은 증권회사가 고객으로부터 받는 위탁주문을 가리키고, 자기계정에서 거래를 하는 입회장 회원으로부터의 주문(장내주문, on-floor order)과는 구별된다. 거래소규칙에서는 장외로부터의 주문은 장내주문에 우선하여 집행해야 한다고 규정하고 있다.

office 사무소, 영업소 ¶ the banking *office* 은행영업소 /in [during] *office* hour 영업시간중 /*office* management 사무관리 /*Office* of the Comptroller of the Currency [미] 통화감독국 /an *office* of notary public 공증인사무소 /*office* work [labor] 사무(事務) /registered *office* 등기상의 사무소 ***business office*** 영업소 ¶ The *business office* is a location devoted to the conduct of business. A *business office* is dedicated to the purpose of promoting a particular business and is a cost of doing business. 영업소는 영업행위를 전문으로 취급하는 장소이다. 영업소는 특정한 영업을 촉진한 목적을 위한 것이고 영업활동비가 된다. ***Office of Management and Budget*** **(*OMB*)** 행정관리예산실 ¶ At the federal level, the *Office of Management and Budget* (*OMB*) is an agency within the Office of the President responsible for (1) preparing and presenting to Congress the president's budget; (2) working with the Council of Economic Advisers and the Treasury Department in developing a fiscal program; (3) reviewing the administrative policies and performance of government agencies; and (4) advising the president on legislative matters. 행정관리예산실은 미연방정부의 대통령실(Office of the President)에 있는 정부기관으로, 다음과 같은 업무를 행하고 있다. (1) 대통령

의 예산안을 작성하여, 의회에 제출하고, (2) 대통령경제자문위원회(Council of Economic Advisers)나 재무부(Treasury Department)와 공동으로 재정프로그램(fiscal program)을 다듬는다. (3) 정부자문기관의 행정정책이나 그 성과를 검토하며, (4) 입법문제들에 관한 대통령에의 조언(助言)을 한다. ***Office of Thrift Supervision (OTS)*** 저축금융기관감독청 ¶ The *Office of Thrift Supervision* (*OTS*) is an agency of the U.S. Treasury Department created by the Financial Institutions Reform, Recovery and Enforcement Act of 1989 (FIRREA), the bailout bill enacted to assist depositors that became law on August 9, 1989. The *OTS* replaced the disbanded Federal Home Loan Bank Board and assumed responsibility for the nation's savings and loan industry. The legislation empowered *OTS* to institute new regulations, charter new federal savings and loan associations and federal savings banks, and supervise all savings institutions and their holding companies insured by the Savings Association Insurance Fund (SAIF). See also bailout bond. 저축금융기관감독청은 1989년의 금융기관개혁회복시행법(Financial Institutions Reform, Recovery and Enforcement Act of 1989: FIRREA)에 의하여 설립된 미연방재무부의 정부기관이다. 이 기업구제법법안(bailout bill)은 예금자지원의 목적으로, 1989년 8월 9일에 제정되었다. OTS는 해산한 미연방주택대출은행이사회(Federal Home Loan Bank Board)를 대신해 설립되어 미국저축대출업(national savings and loan industry)의 감독책임을 맡고 있다. 법률은 OTS에게 다음과 같은 권한을 부여하였다. 즉, 새로운 규제책을 세워서, 새로운 연방저축대출조합과 연방저축은행을 설립하며, 저축금융기관보험기금(Savings Association Insurance Fund: SAIF)에 의하여 보증받는 모든 저축기관과 그 지주회사(holding company)를 감독한다. bailout bond[구제채권(救濟債券)]도 참조할 것.

officer 직원, (고급)임원 ¶ *officer's* check 은행수표, 자기앞수표(a cashier's check)

official 공식의, 직무상의 ¶ *official* deposit 공금예금 /the *official* discount rate policy 공정금리정책 /*official* fund 공금 /*official* invoice (세관송장, 영장송장 등의) 공용송장 /*official* money 공금 /the *official* source 공적 부문 /*official* support point (현물환변동폭의) 상한 · 하한 ***official check*** 은행수표 → cashier's check (자기앞수표). ***Official Development Assistance (ODA)*** 정부개발원조 ¶ The *Official Development Assistance* (*ODA*) is a U.S. funds provided to developing countries and multilateral institutions provided by official agencies of national, state, or local governments. Each transaction must be: (1) administered with the promotion of the economic development and welfare of developing countries as its main objectives and (2) concessional in character and contain a grant element of at least 25% of the total amount. 정부개발원조는 개발도상국과 국민, 주(state) 또는 지방정부의 정부기관이 제공하는 다국적 기관에 제공되는 미국기금을 말한다. 각 업무처리는 (1) 그의 주요한 목표로서 개발도상국의 경제적 발전과 복지의 촉진과 함께 집행되어야 하고, (2) 성격상 무료이며 총금액 중에서 적어도 25%가 증여 상당분(grant element)을 내포하여야 한다. ~ ***notice of sale*** 신규채권발행통지 ¶ The *official notice of sale* is a notice published by a municipality inviting investment bankers to submit competitive bids or an upcoming bond issue. The notice provides the name of a municipal official from whom further details can be obtained and states certain basic information about the issue, such as its par value and important conditions. The Bond Buyer regularly carries such notices. 신규채권발행통지는 예정발행채권에의 응찰(competitive bid)을 투자은행(investment banker)에 권유하는 지방자치단체가 발행하는 신규발행채권에 관한 통지서이다. 그 통지서에는 상세한 기재사항이 요구되는 경우 지방자치단체담당자의

성명이나 발행예정채권에 관한 기본적인 정보, 예를 들면 그 채권의 액면(par value) 가격이나 중요조건 등이 쓰여 있다. 본드바이어지(紙)(Bond Buyer)에는 이런 종류의 통지가 정기적으로 게재된다. ~ ***exchange rate*** 공정환율 ¶ The *official exchange rate* is an exchange rate of a country's currency as set by the government of that country. Many countries, including the United States, do not have *official exchange rate* for their currencies. 공정환율은 그 국가의 정부가 정하는 국가통화의 환율이다. 미국을 포함해서 많은 국가들은 자국의 통화의 공정환율을 가지고 있지 않다. ~ ***(discount) rate*** 공정이율 ¶ In foreign exchange trading, the *official rate* is the lawful rate at which an exchange rate is set. If the official rate differs from the market rate, the government has to be prepared to support its official rate by buying or selling in the open market to make the two rates coincide. 외국환거래에서, 공정이율은 환율이 결정되는 법정이율을 말한다. 만약 공정이율이 시장이율과 다르다면, 정부는 두 이율을 일치시키기 위하여 공개시장(open market)에 매입이나 매도를 통해서 그 공정이율을 지원할 준비를 해야 한다. ~ ***record*** 등기부, 공적 기록물 ¶ The *official record* refers to th recordings of documents such as a deeds or mortgages with the appropriate entity as well as to the testimony recorded as the official transcript of a case. 공적 기록물은 사건의 공적 복사물로 기록된 증언뿐만 아니라, 적절한 실체와 함께 날인증서 또는 모기지증서와 같은 문서의 기록에 관한 것이다. ~ ***seal*** 공인(公印), 임원인(任員印) ¶ The *official seal* is a seal that is put for the official purpose. 공인(公印)은 공적인 목적으로 날인하는 인장을 말한다. ~ ***statement*** 공식견해 → legal opinion (법률의견서).

off-line [컴] 오프라인의(컴퓨터의 중앙처리장치에서 독립, 또는 그것에 직결되지 않고 작동하는 것을 말한다.) ¶ *Off-line* means not connected. A printer is offline when it does not have an active connection to the computer; Internet user can download mail and newsgroup messages and work offline, that is, not connected to their ISP. 오프라인은 (컴퓨터 중앙처리장치에) 직결되지 않는 것을 의미한다. 프린터는 컴퓨터에 적극적으로 직결되고 있지 아니한 경우에는 오프라인이다. 인터넷 사용자는 메일과 뉴스그룹 메시지를 다운로드(download)하여 오프라인으로, 즉 인터넷서비스제공자(ISP: Internet Service Provider)에 접속하지 않고 작업할 수 있다. /an *off-line* operation 오프라인조작 /*off-line* processing 오프라인처리 /*off-line* system 오프라인 시스템

off-premise 점포외의, 장외의 ¶ *off-premise* machine 점외기(店外機)

offset *n.* 상계(相計), 차감잔액계좌, [외환] 오프셋 (커버거래에 의해서 포지션을 스퀘어화하는 것) ¶ In accounting, the *offset* is: (1) an amount equaling or counter-balancing another amount on the opposite side of the same ledger or the ledger of another account. See also absorbed. (2) an amount that cancels or reduces a claim. 회계에 있어서, 차감잔액계좌란 (1) 동일원장 또는 다른 거래처원장의 반대계좌와 같거나 균형이 잡히는 금액이다. absorbed(흡수)도 참조할 것. ¶ In banking, the *offset* is: (1) a bank's legal right to seize deposit funds to cover a loan in default – called right of offset. (2) a number stored on a bank card that when related to the code number remembered by the cardholder, represents the depositor's identification number, called PAN-PIN pair. 은행업무에 있어서, 상계란 (1) 채무불이행(default)의 대출금을 커버하기 위하여 예금을 압수하는 은행의 법적 권리로, right of offset(상계권)라고 하는 것이다. (2) 은행카드에 기억된 숫자에서 그 소유자가 기억하고 있는 암증 번호를 입력함으로써, 예금자 본인을 확인하는 번호가 된다. PAN-PIN pair(계좌번호와 인증번호의 조합)이라 하는 것이다. ¶ In securities, commodities, options, the *offset* is: (1) a closing transaction involving the purchase or sale of an option having the same features as one already held. (2) hedge, such as the short sale of a stock to protect a capital gain or the purchase of a future to protect a commodity price, or a straddle representing the purchase of offsetting put and call options on a security. 증권 · 상품옵션에 있어서, 오프셋이란 (1) 이미 소유하고 것과 같은 특징의 옵션의 매입이나 매도에 관련되는 거래를 끝내는 것이고, (2) 캐피탈게인(capital gain)을 보호하기 위한 주식공매(short sale), 상품의 장래가격을 방어하기 위하여 행하는 선물(futures)구입, 기초증권(underlying securities)의 풋옵션(put option)과 콜옵션(call option)을 상계하는 구입을 의미하는 스트래들(straddle)과 같은 헤지(hedge)를 이른다. /an *offset* account 상계계좌

v. 상계하다

offshore; off-shore 국외의, 오프쇼어의 ¶ *Offshore* is a term used in the United States for any financial organizations with a headquarters outside the country. A mutual fund with a legal domicile in the Bahamas or the Cayman Islands, for instance, is called an *offshore* fund. To be sold in the United States, such funds must adhere to all pertinent federal and state regulations. Many banks have *offshore* subsidiaries that engage in activities that are either heavily regulated or taxes or not allowed under U.S. law. 오프쇼어라는 것은 해외에 본사가 있는 금융기관을 의미하는 미국 내에서 사용되는 용어이다. 예를 들면, 바하마(Bahamas)나 케이맨(Cayman)제도(諸島)에 법적인 주소를 두고 있는 뮤추얼펀드(mutual fund)는 offshore fund(오프쇼어펀드)라고 한다. 이런 종류의 펀드를 미국 내에서 판매하려 한다면, 관계 있는 모든 미연방이나 주(州)의 규칙을 준수하여야 한다. 많은 은행이 해외에 자회사를 가지고 있고, 미국의 법률 밑에서는 많은 규제를 받는다든지, 과세된다든지, 또는 허가받지 않는 업무를 그 자회사에서 다루어지고 있다. /*offshore* account (국내거래와 구분한) 오프쇼어 특별계좌 /*offshore* banking center 오프쇼어 센터(해외거래를 목적으로 하여 설치된 국제금융시장) /*offshore* fund 역외(域外)투자자금 /*offshore* loan 역외(域外)융자 ***offshore banking*** 해외의 국제금융시장간 거래 ¶ *Offshore banking* is specific categories of financial transactions taking place outside the domestic jurisdiction of a country. 해외의 국제금융시장간 거래는 국가의 국내관할권 외에서 일어나는 금융거래의 특수한 카테고리이다. ~ ***banking unit* (*OBU*)** 오프쇼어 은행계정 ¶ The *offshore banking unit* (*OBU*) is a shell branch owned by a nonresident bank in an international financial center that, by accepting deposits from foreign banks and other *OBUs*, makes loans in the Eurocurrency market, unrestricted by local monetary authorities or government. An *offshore banking unit* cannot, however, take domestic deposits. Since the 1970s these financial units have sprung up in major European cities, the Mideast, Asia, and the Caribean. The major offshore banking centers for U.S. banks are the Bahamas, the Cayman Islands, Hong Kong, Panama, and Singapore, which offer favorable political, regulatory, and tax treatment. Since 1981, U.S. banks have been permitted many of these same advantages through International Banking Facilities, located in major U.S. financial centers. 오프쇼어 은행계정은 외국은행 및 다른 오프쇼어 은행계정(OBUs)에서 예금을 인수함으로써 지역통화당국이나 정부로부터 규제를 받지 않고, 유로통화시장에서 대출을 하는 국제금융센터에서 비거주자(nonresident)은행이 소유하는 겉치레지점(shell branch)이다. 그렇지만, 오프쇼어 은행계정은 국내예금을 취급할 수 없다. 1970년대 이후, 이런 은행계정은 주요한 유럽도시, 중동, 아시아, 및 캐리비언에서 생기기 시작하였다. 미국은행의 주요한 오프쇼어 은행센터는 바하마와 케이맨제도

(諸島), 홍콩, 파나마, 및 싱가포르인데, 정치적, 규제적 및 조세적 취급을 유리하게 해준다. 1981년 이후, 미국은행들은 주요한 미국금융센터에 소재하는 국제은행업무를 통해서 많은 분야의 동일한 유리한 점을 부여받아 오고 있다. ~ **[*investment*] *funds*** 역외(域外)투자자금국제투자신탁 ¶ *Offshore funds* are cash or other negotiable instruments deposited in accounts at financial institutions situated outside the domestic jurisdiction of a country. See also offshore banking unit (OBU). 역외(域外)투자자금국제투자신탁은 국가의 국내관할권 외에 소재하는 금융기관에서 계좌에 예금되어 있는 현금 또는 기타 유통증권을 말한다. offshore banking unit(오프쇼어 은행계정)도 참조할 것. ~ ***lease*** 오프쇼어리스 ¶ The *offshore lease* is a method of lease by which an overseas local subsidiary grants a lease to another overseas local subsidiary of the third party. 오프쇼어리스는 리스회사의 해외현지법인이 제3자의 해외현지법인에 리스하는 방식이다. ~ ***market*** 오프쇼어 시장 ¶ The *offshore market* is a market that is set for the purpose of foreign transactions. 오프쇼어 시장은 해외거래를 목적으로 설치된 시장이다.

off-the-record 비공개의, 비공식의, 오프더레코드의 ¶ an *off-the-record* report 비공개 보고[브리핑]

off-the-run securities [영속] 주변종목(種目) ¶ The *off-the-run securities* are security that has been issued at some time in the past. *Off-the-runs* continue to trade until they mature or are redeemed, but often feature less liquidity and wider spreads than *on-the-run securities*. 주변종목은 과거에 어느 시점에서 발행되는 증권을 말한다. 주변종목은 그 종목이 만기가 되거나 상환되기까지 계속 거래되지만, 이따금 적은 유동성과 활황종목(on-the-run securitie)보다 더 많은 마진을 특징으로 하기도 한다.

oil 기름, 석유 ¶ the *oil* crisis 석유위기 /*oil* dollar [money] 오일달러(petrodollar, sheik dollar) /*oil*-exporting country 석유수출국 /*oil* field 유전(油田) /*oil*-importing country 석유수입국 /*oil* money 오일머니 /*oil* poor country 석유가 부족한 국가 /*oil*-producing country 석유산출국 /*oil*-rich country 석유가 풍부한 국가 /*oil* tanker 오일탱커 유조선(油槽船) /*oil* well 유정(油井) ***oil and gas limited partnership*** 석유 · 천연가스 리미티드 파트너십 ¶ The *oil and gas limited partnership* is a partnership consisting of one or more limited partners and one or more general partners that is structured to find, extract, and market commercial quantities of oil and natural gas. The limited partners, who assume no liability beyond the funds they contribute, but units in the partnership, typically for at least $5,000 a unit, from a broker registered to sell that partnership. All the limited partners' money then goes to the general partner, the partner with unlimited liability, who either searches for oil and gas (an exploratory or wildcat well), drills for oil and gas in a proven oil field (a developmental drilling program), or pumps petroleum and gas from an existing well (a completion program). The riskier the chance of finding oil and gas, the higher the potential reward or loss to the limited partner. Conservative

오일달러를 퍼올리는 광경

investors who mainly want to collect income from the sale of proven oil and gas reserves are safest with a developmental or completion program. 석유・천연가스 리미티드 파트너십은 1인 이상의 리미티드파트너(limited partner)와 1인 이상의 제너럴파트너(general partner)로 구성되는 리미티드 파트너십으로, 상업베이스로 만나서 석유와 천연가스를 발견, 채굴, 판매할 목적으로 만들어진다. 리미티드파트너는 출연금액 이상의 채무를 부담할 필요는 없다. 리미티드파트너는 판매허가를 가지는 브로커(broker)로부터 파트너십 단위수(數)를 구입한다. 통상은 단위당 5,000달러가 최저액으로 되어 있다. 모든 리미티드파트너의 자금은 제너럴파트너, 즉 무한으로 책임을 부담하는 파트너가 행하는 사업활동자금에 충당된다. 이 사업에는 석유・천연가스의 탐사(시굴정, 試掘井)나 기존의 유정폴링(개발굴천, 開發掘穿, development drilling program), 기존의 유전에서의 석유나 천연가스를 퍼 올리는 작업(완성프로그램, completion program)이 있다. 석유나 천연가스발견의 리스크가 높으면 높은 만큼 리미티드파트너가 얻는 이익 혹은 입는 손해도 크게 된다. 기존의 석유나 천연가스의 판매로부터의 수입을 기대하는 신중한 투자자에게 있어서는, 개발프로그램이나 완성프로그램이 안전하다. ~ ***patch*** 유전지대(油田地帶) ¶ The *oil patch* is states in America that produce and refine oil and gas. This includes Texas, Oklahoma, Louisiana, California, and Alaska. Economists refer to *oil patch* states when assessing the strength or weakness of a region of the country tied to movements in oil prices. 유전지대는 석유나 천연가스의 산출・정제를 하는 미국의 주를 이른다. 텍사스주, 오클라호마주, 루이지애나주, 캘리포니아주, 알래스카주가 포함된다. 석유가격의 변동에 영향을 받는 지역의 경제적인 강점과 약점을 평가할 때에, 경제학자들은 유전지대를 근거로 삼는다.

old 늙은, 오래된 ¶ *old* account 장기미결계좌 /*old* age pension 노령연금 /*old* issue 구주(舊株) /the *old* note 구(舊)어음 /*old* stock 팔다 남은 물건 /*old* share [stock] 구주(舊株) ***Old Lady of Threadneedle Street*** 잉글랜드은행(the Bank of England)의 통칭 ¶ The *Old Lady of Threadneedle Street* is an affectionate name for the Bank of England, coined by the English politician and dramatist R.B. Sheridan (1751-1816). The street in which the Bank stands (since 1734 in a Renaissance building by George Sampson) probably takes its name from the thread and needles used by the Merchant Taylors, a guild whose hall is in the same street. 올드래디오브 쓰레드니들스트리트(Old Lady of Threadneedle Street)는 영국의 정치가요 극작가인 R.B. 쉐리던(1751-1816)이 신조어로 만들어낸 잉글랜드은행의 애칭이다. (1734년 이래 조지 샘슨이 지은 르네상스빌딩에) 잉글랜드은행이 들어선 거리는 아마도 동일한 이름의 거리에 홀(hall)이 있는 길드(guild)인 머천트 테일러즈(Merchant Taylors)가 사용한 쓰레드앤드니들(thread and needles)에서 이름을 따온 것이다.

잉글랜드은행, "아 옛날이여!"

oligopolistic market 과점시장(寡占市場)

oligopoly 과점(寡占) ¶ The *oligopoly* is a market situation in which a small number of selling firms control the market supply of a particular good or service and are therefore able to control the market price. All *oligopoly* can be perfect – where all firms produce an identical good or service (cement) – or imperfect – where each firm's product has a different identity but is essentially similar to the others (cigarettes). Because each firm in an *oligopoly* knows its share of the total market for the product or service it produces, and became any change in price or change in market share by one firm is reflected in the sales of the others, there tends to be a high degree of interdependences among firms; each firm must make its price and output decisions with regard to the responses of the other firms in the oligopoly, so that *oligopoly* prices, once established, are rigid. This encourages nonprice competition, through advertising, packaging, and service – a generally nonproductive form of resource allocation. Two examples of oligopoly in the United States are airlines serving the same routes and tobacco companies. See also oligopsony. 과점이란 소수의 매도인 기업이 특정한 상품이나 서비스의 공급을 하고 있기 때문에, 시장가격(market price)을 지배할 수 있는 시장의 상태를 이른다. 매도인이 모두 같은 제품이나 서비스(시멘트)를 제공하는 경우에는, 완전히 과점상태가 되고, 또 각사(各社)의 제품에는, 각각 개성이 있지만, 본질적인 내용은 다른 회사의 제품과 그다지 변하지 않는(담배의 경우에는) 불완전과점이 된다. 과점상태에서는, 각사는 자사제품이나 서비스의 시장셰어를 알고 있고, 또 1사의 가격변동이나 시장셰어의 변화는 다른 회사의 매상에 영향을 주는 것이므로, 각사간의 상호의존관계가 밀접하게 되는 경향이 있다. 각사는 가격이나 생산량을 과점한 다른 회사의 반응을 보면서 결정하여야 하게 되고, 과점가격이 한번 결정나면, 간단히는 변경되지 않는다. 이 결과 가격에서 경쟁하는 것이 아니라, 광고나 포장의 디자인이나 서비스라는 비생산적인 자원의 활용에서 셰어확대를 도모하려고 한다. 미국 내에 있어서의 과점산업의 예로서는, 동일한 항로는 운행하는 항공회사와 담배회사가 있다. oligopsony(소수매수인독점)도 참조할 것.

oligopsony 소수매수인독점(소수의 매수인에 의한 시장의 독점), 수요과점 ¶ The *oligopsony* is a market situation in which a few large buyers control the purchasing power and therefore the output and market price of a good or service; the buy-side counterpart of oligopoly. *Oligopsony* prices tend to be lower than the prices in a freely competitive market, just as oligopoly prices tend to be higher. For example, the large tobacco companies purchase all the output of a large number of small tobacco growers and therefore are able to control tobacco prices. 소수매수인독점은 소수의 거액매수인이 구매력을 지배하여 그 결과 제품이나 서비스의 생산량이나 가격을 지배하는 시장상태를 이른다. 소수의 매도인독점(oligopoly)의 대칭어이다. 매수인독점가격은 자유경쟁시장에서의 가격보다도 저렴하게 되는 경향이 있으나, 이것은 매도인독점(oligopoly)시장에서의 가격이 높게 되는 현상과 마찬가지이다. 예컨대 규모 큰 담배회사는 다수의 영세생산업자의 담배를 전부 매입하는 것이므로, 담배의 가격을 지배할 수 있다.

Oman currency 오만 화폐 ¶ Omani rial (OMR), divided into 1000 baiza. 1 오만 리알(rial) = 1000 바이자(baiza).

omega 오메가 ¶ *Omega* is a derivative pricing model that measures the effect of volatility. Used interchangeably with vega and also with kappa. sigma prime, and zeta. 오메가는 파생상품가격결정모형(derivative pricing model)에서 변동성(volatility)의 정도를 계측하는 값을 이른다. 베가(vega), 카파(kappa), 시그마프라임(sigma prime), 제타(zeta)와 호환해서 사용된다.

omission 태만, 생략, 부작위 ¶ An *omission* is a neglect or failure to do something, that which is left undone. 부작위란 어떤 것을 하는 것을 소홀히 하거나 하지

않아 그대로 남겨두는 경우이다. /errors and *omissions* excepted 오자(誤字)·탈루(脫漏)를 제외함

omitted dividend 무배당 ¶The *omitted dividend* is a dividend that was scheduled to be declared by a corporation, but instead was not voted for the time being by the board of directors. Dividends are sometimes omitted when a company has run into financial difficulty and its board decides it is more important to conserve cash than to pay a dividend to shareholders. The announcement of an *omitted dividend* will typically cause the company's stock price to drop, particularly if the announcement is a surprise. 무배당은 회사가 배당금지급을 예정하고 있었으나, 이사회(board of directors)에서 당면 배당을 하지 않기로 결의한 경우를 가리킨다. 회사가 업적부진에 빠져서, 이사회는 주주(shareholders)에의 배당금지급보다도 현금보유의 필요성을 우선하는 경우에 배당을 하지 않는다. 무배당의 공표는 주가의 하락을 초래하는 것이지만, 그것이 갑작스런 발표라면 특히 그 영향은 대단히 크다.

omnibus account 옴니버스계좌 → futures commission merchant (FCM) (선물거래업자).

OMR (ISO) code Oman – currency Omani rial. ¶OMR (국제표준기구) 약호 오만 — 화폐 오만 리알(rial).

OMX 오엠엑스 ¶*OMX* owns and operates the largest integrated securities market in Northern Europe and is a leading provider of marketplace services and solutions to financial and energy markets around the world. *OMX* was acquired by NASDAQ in 2008 to form the NASDAQ OMX Group. Among its units are NASDAQ OMX Nordic and NASDAQ OMX Baltic, which offer customers access to about 80% of the Nordic and Baltic securities markets. Included are the stock exchanges in Helsinki, Copenhagen, Stockholm, Iceland, Tallinn, Riga, and Vilnius. 오엠엑스(OMX)는 북유럽최대의 통합된 증권거래소로서, 세계의 금융시장이나 에너지시장에 관한 서비스나 솔루션(solution)의 최대의 제공자이다. OMX는 나스닥 오엠엑스그룹을 설립하기 위해서 2008년에 나스닥(NASDAQ)이 매수하였다. 그룹의 구성부문 중에는 나스닥 오엠엑스노르딕(NASDAQ OMX Nordic)과 나스닥 오엠엑스발틱(NASDAQ OMX Baltic)이 있고, 노르딕 및 발틱의 증권시장의 약 80%에 달하는 고객에게 접근을 제공하고 있다. 증권거래소부문에는 헬싱키(Helsinki), 코펜하겐(Copenhagen), 스톡홀름(Stockholm), 아이슬란드(Iceland), 탤린(Tallinn), 리가(Riga), 빌니우스(Vilnius)의 증권거래소들이 이에 포함된다.

on …의 위에, …에(게), …에 참여하여, …의 목적으로 ¶*on* and after … …이후 /*on* approval 점검매매조건에서 /*on* arrival 착하(着荷)인도조건으로 /*on* balance sheet transaction (오프밸런스거래에 대하여) 재무제표에 실리는 거래 /*on* or before … … 이전 ***on account*** 외상으로, 신용으로 ¶In general, the words *on account* mean in partial payment of an obligation. 일반적으로, on account라는 말은 채무의 일부지급으로 한다는 의미이다. ¶In finance, the words *on account* mean on credit terms. The term applies to a relationship between a seller and a buyer wherein payment is expected sometimes after delivery and the obligation is not documented by a note. Synonymous with open account. 금융에서, on account라는 말은 외상으로라는 용어이다. 매도인과 매수인 간의 지급조건에서, 대금의 지급은 상품의 인도와 동시에 이루어지는 것이 아니고, 상품인도 후에 특정한 시점에서 행해진다. 이 경우에, 어음(note)이 첨부되지 아니한다. open account와 동의어이다. ~

a scale 단계적 주문 → scale order (단계적 주문). ~ ***call*** 당좌대출[차]로, 청구한 대로 ¶ The term *on call* describes a repayment that must be made whenever the lender requires it (without notice). 청구한 대로(on call)라는 용어는 대여자가 (통지하지도 않고) 청구한 때면 즉시 상환되어야 하는 것을 나타내다. ~ ***demand*** 요구출급, 일람출급의 ¶ The word *on demand* describes a bill of exchange that is payable to the bearer immediately on presentation, such as an uncrossed check. 요구출급(on demand)이라는 용어는 횡선이 없는 수표처럼 제시가 있으면 바로 소지인에게 지급되는 환어음을 나타낸다. ~ ***margin*** 신용거래로 → margin (거래증거금). ~ ***the close order*** 종가매매주문 ¶ *On the close order* is an order to buy or sell a specified number of shares in a particular stock as close as possible to the closing price of the day. Brokers accepting *on the close orders* do not guarantee that the trade will be executed at the final closing price, or even that the trade be completed at all. On an order ticket, *on the close orders* are abbreviated as "OTC" orders. See at the close order; market-on-close order. 종가매매주문은 특정한 주식수의 특정한 종목을, 될 수 있으면 당일의 종가(closing price)에 가까운 주가로 하는 매입(또는 매도)주문을 말한다. 증권회사(broker)는 이 종가매매주문을 인수하여도, 주문대로 거래가 종가로 행해지자마자 그 주문 자체가 성립하는 것을 보증하는 것은 아니다. 종가매매주문은 매매지시서에서는 OTC로 약(略)해서 기재된다. at the close order(거래종료직전의 매매주문); market-on-close order(종가주문)를 참조할 것. ~ ***the opening order*** 첫 개시가격주문 ¶ *On the opening order* is an order to buy or sell a specified number of shares in a particular stock at the price of the first trade of the day. It the trader cannot buy or sell shares at that price, the order is immediately cancelled. 첫 개시가격주문은 특정한 주식수의 특정한 종목을 당일의 첫 개시가격(始價)으로 매수(또는 매도)주문을 이른다. 트레이더가 시가(始價)로 매매할 수 없는 경우에는, 그 거래는 바로 취소된다. ~ ***the sidelines*** 관망중의[에] ¶ Investors who refrain from investing because of market uncertainty are said to be *on the sidelines*. The analogy is to a football game, in which spectators on the sidelines do not actively participate in the game. Investors *on the sidelines* normally keep their money in short-term instruments such as money market mutual funds, which can be tapped instantly if the investor sees a good opportunity to reenter the stock or bond markets. Market commentators frequently say that trading activity was light "because investors stayed *on the sidelines*." 시장의 상황이 불투명하기 때문에 거래를 유보하고 있는 투자자를 관망중에(on the sidelines) 있다고 한다. 풋볼(football)시합에서 관망중에 시합을 보고 있는 선수는 시합에 참가하고 있지 않은 것에서 나온 표현이다. 투자를 유보하고 있는 투자자는 통상 머니마켓펀드(money market funds)의 단기상품에 자금을 맡겨두고, 주식・채권시장에 다시 참여할 호기라고 보면 바로 이러한 단기상품에서 바꿔 탄다[換乘한다]. 시장해설자는 「투자자가 매매를 관망중이었기 때문에」(because investors stayed on the sidelines) 거래활동이 경미하였다고 자주 얘기한다. ~ ***us item*** 자행(自行)지급수단 ¶ An *on-us item* is: (1) a check payable from funds on deposit at the same bank where it is presented for collection. If there are sufficient funds in the account on which it is drawn (the drawee's account), the check can be cashed or deposited into another account. Also called a house check. (2) electronic fund transfer where the paying and receiving accounts are at the same bank. 자행(自行)지급수단이란 (1) 추심을 위해 제시된 동일한 은행에서 예금되어 있는 자금에서 지급되는 수표를 말한다. 만약 발행된 계좌(지급인계좌)에 충분한 자금이 있는 경우에, 수표는 현금화되거나 다른 사람의 계좌로 예치될 수 있다. 이를 house check(하우스첵)이라고도

한다. (2) 지급은행과 수취은행이 동일한 은행인 경우 전자자금이체(electronic fund transfer)를 말한다.

on-balance volume 온밸런스볼륨 ¶ The *on-balance volume* is a technical analysis method that attempts to pinpoint when a stock, bond, or commodity is being accumulated by many buyers or is being distributed by many sellers. The *on-balance volume* line is superimposed on the stock price line on a chart, and it is considered significant when the two lines cross. The chart indicates a buy signal when accumulation is detected and a sell signal when distribution is spotted. The on-balance method can be used to diagnose an entire market or an individual stock, bond, or commodity. 온밸런스볼륨은 주식 · 채권, 상품 등의 가격이 상승(집적, accumulation)한 때나 하락(분포, distribution)한 때를 특정하는 테크니컬 분석(technical analysis)의 하나이다. 온밸런스볼륨의 차트를 주가 차트에 겹쳐서 2개의 차트가 교차하는 시점이 중요한 의미를 가진다고 한다. 집적이 보이면 매수의 사인이고, 반대로 분포가 표시된다면 매도의 사인이 된다. 온밸런스볼륨은 시장 전체뿐만 아니라, 개별의 주식, 채권, 상품의 동향분석에 이용된다.

on-board (선내[기내, 차내]에) 적재(탑재)한, 내장(內藏)한 ***on-board bill of lading*** 적재선하증권, 클린 선하증권 ¶ An *on-board bill of lading* is a cargo certification that has been placed aboard the named vessel and is signed by the master of the vessel or his representative. On letter of credit transactions, an *on-board bill of lading* is usually necessary for the shipper to obtain payment from the bank. When all Bills of Lading (B/L) are processed, a ship's manifest is prepared by the steamship line. This summarizes all cargo aboard the vessel by port of loading and discharge. 적재선하증권은 지정선박에 적재된 것의 화물증명이고 그 선박의 선장이나 그 대리인이 서명한 것이다. 신용장거래에서, 적재선하증권은 일반적으로 하주가 은행에서 지급을 받는 데에 필요하다. 모든 선하증권이 처리되는 경우에, 선박의 운송목록(ship's manifest)은 선박회사가 준비한다. 이것은 적재항과 하역항에 있는 동안 선박이 적재하는 모든 하물을 개괄하는 것이다.

one 하나의, 일방의 ¶ a *one*-bank holding company [미] 단일은행지주회사 /*one*-day loan [증권] 익일물대금(翌日物貸金)(day loan) /*one* month delivery 1개월인도 /*one*-sided contract 편무(片務)계약 /*one*-side(d) trade 편무(片務)무역 /*one*-way trade; *one*-sided [lopsided] trade 편무(片務)무역 /*one* week fixed 1주간물(週間物)(유로예금) /*one* year … 1년물(年物) ***one-cancels-the-other order*** 양자택일주문 → alternative order (양자택일주문). ~ ***decision stock*** 원디시전스톡 ¶ The *one-decision stock* is a stock with sufficient quality and growth potential to be suitable for a buy and hold strategy. 원디시전스톡은 장기보유의 투자전략(buy and hold strategy)에 적합한 우량하고 성장전망이 있는 주식을 말한다. ~ ***hundred percentage statement*** 백분율표 → common size statement (백분율재무제표). ~***-month money*** 1개월물 자금 ¶ *One-month money* is money placed on the money market that cannot be withdrawn without penalty for one month. 1개월물 자금이란 자금시장에서 1개월간 위약금 없이는 회수할 수 없는 자금을 이른다. ~***-name [single name, single named] paper [bill]*** 단명어음 ¶ An *one-name bill* is a bill of exchange which is drawn to one person. 단명어음이란 환어음이 한 사람의 수취인에게 발행된 어음을 말한다. ~***-share-~ vote rule*** 1주1의결권원칙 ¶ The *one-share-one vote rule* is the principle that public companies should not reduce shareholder voting rights. Originally, the New York Stock Exchange had a one-share, one-vote requirement for its listed companies. In 1988, the SEC adopted Rule 10c-4, which prohibited companies listed on a national securities exchange or quoted on the National Association of Securities Dealers Automated Quotation System (NASDAQ) from disenfranchising existing shareholders through, for example, issuance of super voting stock. The rule, however, was struck down by the Court of Appeals in Business Roundtable v. SEC in 1990. In December 1994, the SEC approved rules proposed by the New York Stock Exchange, American Stock Exchange, and National Association of Securities Dealers that establish a uniform voting standard. This new standard prohibits companies listed on the NYSE, the AMEX, or the NASDAQ system from taking any corporate action or issuing any stock that has the effect of disparately reducing or restricting the voting rights of existing common stock shareholders. 1주 1의결권원칙이란 상장기업(public company)은 주주의 의결권(voting right)을 축소해서는 안 된다고 하는 원칙을 말한다. 원래 뉴욕증권거래소(New York Stock Exchange: NYSE)는 NYSE의 상장기업(listed firms)에 1주 1의결권룰(one-share, one-vote requirement)을 적용하고 있었다. 1988년에 미증권거래위원회(Securities and Exchange Commission: SEC)는 19c-4 룰을 채용하여 국내의 증권거래소의 상장기업 또는 미국장외주식시장(National Association of Securities Dealers Automated Quotation System: NASDAQ)의 장외공개기업에 대하여 특별의결권주식(super voting stock)을 발행하는 등의 방법으로 기존주식의 권리를 박탈하는 것을 금지하였다. 그러나, 1990년에 실업가원탁회의(Business Roundtable) 대 증권거래위원회와의 항소법원(Court of Appeal)에서 이 룰은 취소되었다. 1994년 12월에, 뉴욕증권거래소, 아메리칸증권거래소(AMEX), 전미증권업협회(National Association of Securities Dealers: NASD)가 통일된 주주의결권행사기준의 설정을 SEC에 제안하여 승인을 받았다. 이 신기준의 아래에서는, NYSE, AMEX, NASDAQ의 상장기업이나 공개기업이 기존의 보통주주의 의결권을 축소 또는 제한하는 활동이나 주식의 발행을 금지하고 있다. ***~-sided market*** [영] 일방적 시장 ¶ The *one-sided market* is a market in which only one price, either a bid or offer, is quoted. This tends to be characteristic of illiquid markets or those that are undergoing a period of financial stress, when dealers and speculators are unwilling to put up risk capital. 일방적 시장은 매입호가든 매도호가든 오직 하나의 가격만이 제시되는 시장을 말한다. 이것은 딜러와 투기업자가 마지못해 리스크자본을 올리는 경우에 현금부족의 시장(illiquid market)이나 자금압박의 기간을 경험하는 사람들을 특색으로 하는 경향이 있다. ***~-stop banking*** 원스톱뱅킹(1개소에서 용무가 끝나는 은행절차) → full service bank (정규은행). ***~ touch option*** 원터치옵션 → binary barrier option (바이너리배리어옵션). ***~-year money*** 1년물 자금 ¶ *One-year money* is money placed on the money market that cannot be withdrawn without penalty for one year. 1년물 자금은 자금시장에서 1년간 위약금 없이는 회수할 수 없는 자금을 말한다.

OneChicago LLC 원시카고거래소 ¶ *OneChicago LLC* is a joint venture of IB Exchange Corporation, Chicago Board Options Exchange, and CME Group Chicago Board of Trade to trade single-stock-traded futures – futures contracts on individual stocks, exchanged traded funds (ETFs), and narrow-based indices. It was founded in 2001 and is headquartered in Chicago. The more than 185 stocks are all included in the S&P 500. *OneChicago* operates exclusively as an electronic exchange. Products trade on the CBOEdirect system and are accessible through GLOBEX. Physical settlement of single stock and ETF futures will be done at expiration. Narrow-based indices are cash settled at expiration. *OneChicago* uses a Lead Market Maker system, where LMMs are responsible for providing continuous two-sided markets for the products to which they are assigned. Security futures can be traded in either a securities or futures brokerage account. 원시카고거래소는 아이비익스체인지 회사(IB Exchange Corporation), CME그룹(Group)에 의한 조인트벤처로, 개별주(single stock), 상장지수펀드(exchange-traded fund: ETF), 업종별 주가지수(narrow-based stock indices)의 선물거래(futures contract)를 취급하고 있다. 그 거래소는 2001년에 설립되고 현재 본부를 시카고에 두고 있다. 선물거래의 대상이 되는 185개를 상회하는 주식은 모두 스탠더드앤드푸어스 500종목 종합지수(Standard & Poor's 500)에 포함되고 있다. 선물거래는 CBOEdirect시스템으로 행해지고, GLOBEX를 통해서 이용할 수 있다. 개별주와 ETF의 선물거래에서는 기일(expiration)에 현물결제(physical settlement)가 이루어져 업종별 주가지수에서는 기일에 현금결제(cash settlement)가 행해진다. 원시카고거래소는 리드마켓메이커(Lead Market Maker: LMM)라고 하는 시스템을 채용하고 있다. LMM은 담당하고 있는 상품의 선물매매가 계속적으로 행해지도록 할 의무를 부담한다. 증권의 선물거래는 증권 자체 또는 선물중개계좌의 어느 것으로도 행할 수 있다.

onerous contract 유상(有償)계약 ¶ *Onerous contracts* are those in which something is given or promised as a consideration for the engagement or gift, or some service, interest, or condition is imposed on what is given or promised, although unequal to it in value. 유상계약이란 어떤 것이 계약이나 증여에 대한 대가(對價)로서 제공되거나 약속되는 계약 또는 금액상 동등하지는 않으나 제공되거나 약속된 것에 대해 어떤 노무, 이자, 또는 조건이 부과되는 계약이다.

on-floor order 장내거래 ¶ *On-floor order* is security order originating with a member on the floor of an exchange when dealing for his or her own account. The designation separates such orders from those for customers' accounts (off-floor orders), which are generally given precedence by exchange rules. 장내거래란 증권거래소의 입회장 회원 증권회사가 자기계좌로 행하는 증권거래를 말한다. 장내거래로 표기하여 행하는 고객으로부터의 위탁거래(off-floor orders)와 구별한다. 통상 거래소규칙에 의하여 위탁거래가 우선한다.

online 온라인(의), 컴퓨터의 네트워크(에서) ¶ be available *online* 온라인에서 입수가능한 ***online banking*** 온라인뱅킹 ¶ *Online banking* is home banking systems available through the Internet, provided at their own web sites by traditional banks that also have brick and mortar locations (and related overhead), or by banks that exist exclusively on the Internet, call E-Banks, or Virtual Banks. *Online banking* services, which are accessible through passwords, typically include up-to-date account information; transfers of funds between savings, checking, and credit card accounts; electronic bill paying; the purchase and tracking of certificates of deposit (CDs), and other investment services. Some banks charge fees, but all offer the cost savings afforded by instant transfers of funds; once deposits clear, funds can be held in interest-paying accounts until the last minute and miscellaneous fees, such as overdraft charges, are more easily avoided. 온라인뱅킹이란 실제의 (인터넷을 사용하는 않는) 전통적인 기업(brick & mortar)이나 종업원이 있는 전통적인 은행의 웹사이트, 혹은 인터넷상에서만 존재하는 은행 — E-뱅크라든가 버추얼뱅크(virtual bank)라고 부르지만 — 웹사이트에서 서비스를 제공하는 인터넷을 통해서 이용할 수 있는 홈뱅킹이다. 온라인뱅킹은 패스워드를 사용하여 이용할 수 있지만, 최신의 계좌정보, 저축성예금계좌(savings account), 당좌예금계정(checking account), 크레디트카드계좌(credit card account)간의 송금, 전자청구서결제(electronic bill paying), 양도성예금

(certificate of deposit)의 구입이나 최신정보의 제공 기타의 투자관련 서비스 등의 서비스를 제공한다. 수수료를 취급하는 은행도 있으나, 모든 온라인뱅크는 계좌간 즉시자금이체(instant transfers of funds)를 통해서 경비절약을 위한 서비스를 제공하고 있다. 예금에의 입금이 현실화되면, 그 자금은 필요에 따라 인출되는 최후의 순간까지 이자가 붙는 예금계정에 체류된다. 따라서 당좌대월의 수수료(overdraft charges)와 같은 수수료를 용이하게 회피하게 된다. ~ ***broker*** 온라인브로커 ¶ In general, an *online broker* is any broker that provides trading services to its customers over the Internet, which includes established full-service brokers such Merrill Lynch as well as a range of discount- and deep discount broker. The connotation of the term *on-line broker*, which is used interchangeably with electronic broker and cyberbroker, is a deep discount broker whose principal, if not only, existence, is on-line. These *on-line brokers* typically charge flat rates, usually for transactions up to 1,000 shares, with additional fees for larger or more complicated orders, a fraction of the amounts charged by full-service brokers. 일반적으로, 온라인브로커는 인터넷을 통해서 고객에게 증권(security)의 거래에 관한 서비스를 제공하는 브로커(증권회사)를 말하는데, 온라인브로커에는 메릴린치(Merrill Lynch)와 같은 종래부터 존재하는 종합증권회사(full-service broker)나, 일련의 디스카운트브로커(discount broker) 혹은 디프 디스카운트브로커(취급수수료를 대폭 할인하는 브로커)가 있다. 온라인브로커라는 말은 electronic broker 혹은 cyberbroker와 같은 의미이지만, 그것은 동시에 온라인뿐만 아니라고 하더라도, 온라인을 주된 활동분야로 하고 있는 디프 디스카운트브로커를 언외(言外)로 의미하고 있다. 이러한 온라인브로커는 1,000주까지의 거래에는 추가수수료를 부과하는 일이 많지만, 그래도 종합적인 서비스를 제공하는 증권회사(full-service broker)의 수수료와 비하면 상당히 낮은 편이다. ~ ***trading*** 온라인거래 ¶ *Online trading* is buying and selling securities using the Internet or broker-provided proprietary software that works through the Internet. *Online trading* is distinguished from wireless trading, a nascent area of service where brokerage customers can trade via cell phones, pagers, and hand-held organizers. 온라인거래란 인터넷, 또는 증권회사가 제공하는 독자적인 소프트를 사용하여 인터넷을 경유로 증권의 매매를 하는 경우를 말한다. 온라인거래는 와이어리스 거래(wireless trading)와는 구별된다. 와이어리스 거래란 것은 투자자가 휴대전화, 무선호출 수신기(pager, beeper), 휴대전자노트를 사용하여 증권의 매매를 행한다는 새로운 서비스를 말한다.

onshore [ad.] 육지에서, 국내에서
[a.] 물가에 있는, 육지에서의, 국내에서의 ¶ on *onshore* market 국내금융시장과 오프쇼어 시장이 차단되지 않고 일체화하고 있는 시장 (*cf.*) offshore 국외에서의

onsite examination 현장검사

on-the-job training (OJT) 직장내 교육[훈련] ¶ *On-the-job training* (*OJT*) is job-related training that occurs on the actual job site while engaged in the occupation. 직장내 교육이란 업무에 종사하면서 실제의 직장현장에서 일어나는 직장관련 교육을 말한다.

on-the-run securities [영] 활황종목 ¶ The *on-the-run securities* are the most recently auctioned issue of government bills or government bonds or the recently issued bond from a corporate or financial issuer from a standing program. *On-the-run securities* tend to become the most actively traded issues in the market, replacing previously issued securities, which become off-the-run securities. The relatively more liquid characteristics lead to narrower spreads.

Also known as current issue. 활황종목은 가장 최근에 경매로 판매된 정부단기증권(government bill)이나 정부채(government bond) 또는 일정한 프로그램에서 회사나 금융기관의 발행자에 의해서 최근에 발행된 채권(bond)을 말한다. 활황종목은 시장에서 가장 활발하게 거래되는 발행주식(issues)으로 되는 경향이 있고, 주변종목(off-the-run securities)이 되기 이전에 발행된 증권을 대체한다. 상대적으로 가장 유동적인 특성이 있다 보니 더 적은 마진(narrow spread)으로 이끈다. 이는 current issue(현재발행)로도 알려져 있다.

onus of proof 입증책임(the burden of proof), 증명책임 ¶ The *onus of proof* lies on the plaintiff. 입증책임은 원고에게 있다.

onus probandi (L) 입증책임, 증명책임(the burden of proof) ¶ The mode of suing for and receiving penalties and forfeitures does not necessarily include any rules as to *onus probandi.* 벌금과 몰수에 대해 제소하고 이를 받아들이는 방법은 반드시 입증책임에 관한 원칙을 포함하는 것은 아니다.

OPD 주식시세의 부호 ¶ *OPD* is a ticker tape symbol designating (1) the first transaction of the day in a security after a delayed opening or (2) the opening transaction in a security whose price has changed significantly from the previous day's close – usually 2 or more points on stock selling at $20 or higher, 1 or more points on stocks selling at less than $20. 주식시세의 부호는 주식시세표시(ticker tape)의 마크로서 다음의 경우에 표시된다. (1) 개시가 지연된(delayed opening) 후의 최초의 증권거래, (2) 시가(始價)가 전일의 종가(終價)와 대폭 다른 경우. 일반적으로 주가가 20달러 이상의 주식의 경우 2포인트 이상, 20달러 미만이면 1포인트 이상의 가격차가 있던 경우가 이에 상당하다.

OPEC → **O**rganization of **P**etroleum **E**xporting **C**ountries [약] 석유수출국기구 ¶ The *Organization of Petroleum Exporting Countries* (*OPEC*) is an international organization of eleven developing countries dependent on oil exports as a source of revenues. Members are Algeria, Indonesia, Iran, Iraq, Kuwait, Libya, Nigeria, Qatar, Saudi Arabia, the United Arab Emirates, and Venezuela. *OPEC* members supply about 40% of the world's oil output and claim to possess over three quarters of known oil reserves. Twice a year, or more often if required, the Oil and Energy Ministers of the *OPEC* Members meet to determine production quotas aimed at optimizing world oil prices given supply and demand conditions. 석유수출국기구는 수입원으로서 석유에 의존하는 개발도상국 11개국으로 구성되는 국제조직이다. 가맹국은 알제리, 인도네시아, 이란, 이라크, 쿠웨이트, 리비아, 나이지리아, 카타르, 사우디아라비아, 아랍 에미리트 연합 및 베네수엘라이다. OPEC가맹국은 세계원유의 산출량의 약 40%를 차지하고, 원유매장량의 4분의 3을 보유하고 있다고 한다. 연 2회, 혹은 필요에 따라 회수를 증가하지만, OPEC 가맹국의 석유·에너지담당각료가 회합을 가져서, 원유의 수급을 감안, 세계의 원유가격을 최적화할 목적으로 산출량할당을 결정한다.

OPEC표 석유류 팝니다.

open ⓐ 개방의, 미해결의, 미결정의, 무방비의 ¶In securities, the word *open* indicates a status of an order to buy or sell securities that has still not been executed. A good-till-cancelled order that remains pending is an example of an *open* order. 증권거래에서, 미결정의(open) 단어는 증권(security)의 매매주문이 미결정의 상태를 가리킨다. 취소까지는 유효주문(good-till-cancelled)으로 거래가 아직 결정되지 아니한 주문이 이에 해당된다. /*open* bid 공개입찰 /*open* cargo [무역] (쌀, 시멘트 등의) 제외화물, 비동맹화물 /*open* check (횡선수표에 대하여) 보통수표 /*open* cover 포괄예정보험 /an *open* economy 개방경제 /*open* endorsement 무기명배서 /*open* exposure 언커버 포지션 /*open* fund 추가설정형 투자신탁회사(open-end investment company) /*open* ledger 미결산 원장(元帳) /*open* letter of credit; *open* credit 매입은행무지정 신용장 /*open* market quotation 시중시세 /*open* market selling operation 매도조작 /*open* mortgage (페널티 없이 기한 전에 반환이 가능한) 상환가능 모기지 /an *open* note 무담보 어음 /an *open* system 개방체제 ***open account*** 미결산계좌, 청산계좌(clearing account) ¶The *open account* is an alternative to letter of credit in international financing, usually extended without formal written contract or promissory note, and represented on the records of the seller as unsecured accounts receivable for which payment is expected within a specified period after purchase. Also called open book account. 미결산계좌는 국제금융에 있어서 신용장에 대체하는 것으로, 보통 형식적 서명계약이나 약속어음 없이 제공되고 지급이 매입 후 일정한 기간 내에 기대되는 무담보 외상매출금 계좌로서 매도인의 기록 위에 나타난다. 이를 open book account 라고도 한다. ~ ***book*** [영] 오픈북 ¶The *open book* is a general financial strategy of borrowing on a short-term basis and lending on a long-term basis. Banks routinely run an *open book* in a normal positive yield curve environment in order to maximize net interest margin. In doing so, however, they are subject to curve risk, and possible losses should the curve begin to flatten or invert. Securities firms and broker/dealers may follow a similar strategy with their repurchase agreement/reverse repurchase agreement operations. See also mismatch. 오픈북은 단기베이스로 차입하고 장기베이스로 대여하는 일반적인 금융 전략을 말한다. 은행들은 순이익마진을 극대화하기 위하여 정기적으로 정상적인 정(正)의 이율곡선환경에서 오픈북을 진행한다. 그렇지만, 그렇게 함으로써, 은행들은 커브곡선에 당하게 되고 곡선이 고르거나 뒤집어지기 시작하면 잠재적 손실을 입게 된다. 증권회사와 브로커/딜러는 환매특약(repurchase agreement)/역(逆)레포조작을 하는 유사한 전략을 따를 수 있다. ~ ***contract*** (선물거래의) 미정계약, 네이키드 포지션 ¶The *open contract* is futures market contracts that have not been liquidated by subsequent sale or purchase of the underlying instrument, by taking delivery of the instrument, or by taking an offsetting position in futures. Also called open interest. (선물거래의) 미정계약이란 증권의 인도를 취하거나 혹은 선물의 상계포지션을 취함으로써 기초증권(underlying instrument)의 그 후의 매도나 매입에 의해 청산되지 않는 선물시장계약이다. ~ ***credit*** 무담보거래, 외상판매계정, 오픈크레디트 ¶The *open credit* is a type of credit extended by a financial institution that requires no security (because of the high creditworthiness of the borrower). 무담보거래는 (차입자의 높은 차금반환 능력 때문에) 금융기관이 무담보로 제공하는 금융의 하나의 형태이다. ~ ***interest*** [신용거래] 미결제계약총액(未決濟契約總額) ¶*Open interest* is total number of contracts in a commodity or options market that are still open; that is, they have not been exercised, closed out, or allowed to expire. The term also applies to a particular commodity or, in the case of options, to the number of contracts outstanding on a particular underlying security. The level of *open interest* is reported daily in newspaper commodity and options pages. 미결제계약총액(未決濟契約總額)은 상품(commodities)이나 옵션(option)거래에 있어서, 매매계약이 되었지만, 미결제의 총계약총액을 말한다. 즉, 미행사계약, 미해약계약, 한월(限月)전 계약의 총액을 이른다. 이 용어는 특정한 상품이라든가, 특정한 기초증권(underlying securities)의 옵션미결제계약총액을 의미하는 경우도 있다. 미결제계약총액의 수준은 신문의 상품이나 옵션란에 매일 게재된다. ~ ***market*** (금융기관 이외의 자라도 자유로이 참가할 수 있는) 공개시장, 오픈마켓 ¶ An *open market* is a market in which goods are available to be bought and sold by anybody who cares to. Prices on an *open market* are determined by the laws of supply and demand. 공개시장은 원하는 사람은 누구나 물품을 구입하고 매도할 수 있는 시장을 말한다. 공개시장에서 가격결정은 수요공급의 법칙에 의존한다. ¶ An *open market* is a shopping mall broadcasting in the Internet in which the goods are freely traded on line by an individual and the trader. Typical sites of an open market are G market, Auction, No. 11 Street and so forth. 오픈마켓은 개인과 판매업체가 온라인상에서 자유롭게 상품을 거래하도록 해주는 중개형 인터넷 쇼핑몰을 말한다. G마켓, 옥션, 11번가 등의 대표적 사이트이다. ~ ***market operations*** 공개시장조작 ¶ *Open market operations* are activities by which the securities department of the Federal Reserve Bank of New York – popularly called the Desk – carries out instructions of the Federal Open Market Committee (FOMC) designed to regulate the money supply. Such operations involve the purchase and sale of government securities, which effectively expands or contracts funds in the banking system. 공개시장조작은 뉴욕의 연방준비은행 증권부(securities department) — 이를 일반적으로 데스크(Desk)라고 한다. — 가 화폐공급을 규율하려는 연방공개시장위원회(Federal Open Market Committee: FOMC)의 지시를 수행하는 활동을 말한다. 이러한 조작은 정부증권(government securities)의 매입과 매도와 관련되는데, 이는 결과적으로 은행체계에서 자금을 확충하거나 도급하는 것이다. ~ ***market rates*** 시중(市中)금리 ¶ *Open market rates* are interest rates on various debt instruments bought and sold in the open market that are directly responsive to supply and demand. Such *open market rates* are distinguished from the discount rate, set by the Federal Reserve Board as a deliberate measure to influence other rates, and from bank commercial loan rates, which are directly influenced by Federal Reserve policy. 시중금리는 수요공급에 직접 감응하는 공개시장에서 매입과 매도하는 여러 가지 채무증권(debt instruments)에 대한 금리를 말한다. 이러한 시중금리는 다른 금리에 영향을 주기 위한 계획적인 조치로서 미연방준비위원회(Federal Reserve Board)가 정한 할인율(discount rate)과 구별되고, 미연방준비위원회제도의 정책에 의해 직접 영향을 받는 은행의 상업대출금리와 구별된다. ~ ***on the print*** 오픈 온더프린트 ¶ The *open on the print* indicates a block positioner's term for a block trade that has been completed with an institutional client and "printed" on the consolidated tape, but that leaves the block positioner open – that is, with a risk position to be covered. This usually happens when the block positioner is on the sell side of the transaction and sells short what he lacks in inventory to complete the order. 오픈 온더프린트는 기관투자자와 대형거래(block trade)를 실행한 것이 통합테이프(consolidated tape)에 인자(印字)(프린트)되고는 있으나, 포지션(position)이 커버되어 있지 아니한 상태를 의미한다는 대형거래에서 포지션을 가지는 딜러(block positioner)가 사용하는 용어이다. 대형거래에서 포지션을 가지는 딜러(block positioner)가 매도사이드에서 매수주문에 응할 때에, 재고(inventory)가 없는 공매

(selling short)를 하는 케이스가 전형적인 예이다. ~ ***order*** 주문이 취소되지 않는 한 기존주문이 유효하다는 주문방식, 오픈 방식의 주문 ¶ *Open order* describes an order that remains in force unless it is expressly cancelled. Cancellation is usually dependent upon a satisfactory profit level being reached. It is also known as order good-till-cancelled. 오픈 방식의 주문은 그것이 명백히 취소되지 않는 한, 유효한 주문을 말한다. 취소는 보통 만족스런 이익수준이 도달하고 있어야 한다. 그것은 또 order good-till-cancelled(취소가 있기까지 유효한 주문)라고도 알려지고 있다. ~ ***outcry*** 오픈아웃크라이, 공개경쟁매매방식(큰 소리를 지르며 하는 매매주문) ¶ The *open outcry* is a method of trading on a commodity exchange. The term derives from the fact that traders must shout out their buy or sell offers. When a trader shouts he wants to sell at a particular price and someone else shouts he wants to buy at that price, the two traders have made a contract that will be recorded. 공개경쟁매매방식은 상품거래소에서의 매매방식을 말한다. 트레이더(trader)가 매매의 제시를 큰 소리를 지르며 한다는 데에서 이런 말이 생겼다. 어느 트레이더가 매도호가를 부르고, 그 값으로 매입하려는 다른 트레이더가 그것에 응한다면, 거기서 양자는 등록될 계약을 성사시킨 것이다. ~ **[*insurance*] *policy*** 포괄예정보험 ¶ The *open policy* is a coverage normally used on an indefinite basis under ocean marine insurance and inland marine insurance (transportation insurance): business risks for the damage or destruction of a shipper's goods in transit. While the policy is in force, the shipper is required each month to submit to the insurance company reports on goods being shipped to be covered by the policy; premiums are also submitted at that time. 포괄예정보험이란 해양해상보험(ocean marine insurance)과 내륙해상보험(inland marine insurance)(운송보험)에 의하여 운송중인 하주의 화물의 손해나 훼손에 대한 비즈니스리스크(business risk)를 통상 포괄적 베이스로 사용되는 보험범위를 말한다. 보험이 유효하는 동안에, 하주(荷主)는 매월 보험회사에 대하여 보험에 의하여 부보되는 선적화물에 관하여 보고를 하여야 한다. 보험료는 그때 지급하여야 한다. ~ ***position*** 오픈포지션(외환의 커버가 취하여져 있지 아니한 상태), (매도초과포지션 또는 매입초과포지션의) 네이키드포지션 ¶ The *open position* is the exposed position of a speculator who has bought or sold without making any hedging transactions, and who therefore gambled that the market will rise or fall as he or she predicted. 오픈포지션이란 어떤 거래에 헤지도 취하지 않고 매입하거나 매도하였으므로 자본시장이 투자자가 예측한대로 상승한다든지 하락한다든지 도박을 하는 투자자의 네이키드포지션을 이른다. ¶ The *open position* is a long-position or a short position in a financial asset, commodity, or derivative, which exposes the holder to one or more risk factors. The risk of an *open position* can only be offset through a hedge, closeout, or offsetting position. See also open contract. 오픈포지션은 금융자산, 상품, 파생상품의 보유자에게 하나 이상의 리스크의 요인을 노출시킨 매수초과포지션(long-position)이나 매도초과포지션(short-position)을 말한다. 오픈포지션의 리스크는 오직 헤지(hedge), 재고정리(closeout), 또는 상쇄포지션(offsetting position)을 통해서 상쇄될 수 있다. open contract(미정계약)도 참조할 것. ~ ***repo*** 오픈레포, (환매일이 특정되어 있지 아니한) 취소가능한 환매약관 ¶ The *open repo* is a repurchase agreement in which the repurchase date is unspecified and the agreement can be terminated by either party at any time. The agreement continues on a day-to-day basis with interest rate adjustments as the market changes. 오픈레포는 환매일이 지정되어 있지 아니하여 어느 계약당사자라도 언제든지 해약할 수 있는 환매거래(repurchase agreement)약정을 이른다. 이런 종류의 환매거래는 시장이 변하면, 매일 매일의 금리를 기준으로 계속해

서 금리를 조정해 간다.
[v] 열다, 개방하다 ¶ In securities, to *open* is to establish an account with a broker. 증권에서, 개설한다는 것은 증권회사(broker)에게 거래계좌를 개설하는 경우이다. ¶ In banking, to *open* is to establish an account or a letter of credit. 은행거래에서, 개설한다는 말은 계정 또는 신용장(letter of credit)을 개설하는 것이다. /*open* an account 계좌를 개설하다 /*open* a crossing 횡선을 취소하다

open-end [금융] 추가채무(채권발행)가 허용되는, 무제한의, [증권] (투자신탁 등) 개방형의, 자본금액이 고정되지 아니하는 구조의 ¶ *open-end* contract 미정수량매매계약 /*open-end* fund 참가자유의 투자신탁 /an *open-end* investment company 추가설정형 투자신탁회사 /*open-end* investment trust 추가설정형 투자신탁 /*open-end* mortgage bond 분할발행형 담보부사채 /an *open-end* policy 가변보험증권 ***open-end credit*** 회전[순환]신용장, 오픈엔드 크레디트 ¶ An *open-end credit* is an alternative term for revolving credit. 오픈엔드 크레디트는 회전[순환]신용장의 다른 용어이다. ¶ An *open-end credit* is a revolving line of credit offered by banks, savings and loans, and other lenders to consumers. The line of credit is set with a particular limit, after which consumers can borrow using a credit card, check, or cash advance. Every time a purchase or cash advance is made, credit is extended on behalf of the consumer. Consumers may pay off the entire balance each month, thereby avoiding interest charges. Or they may pay a minimum amount, with interest accruing on the outstanding balance. 오픈엔드 크레디트는 은행, 저축대출조합(savings and loan association), 기타 소비자금융업자가 제공하는 회전신용공여범위(revolving credit)이다. 신용공여범위(line of credit)는 일정한 한정액에 설정되고 그 한도액까지 소비자는 크레디트카드(credit card)나 수표(check), 현금선대(現金先貸)를 이용하여 차입할 수 있다. 매물(買物)이나 현금선대가 행해질 때마다 여신이 공여되는 것이 된다. 소비자가 매월 잔액을 전액상환하면 이자는 붙지 아니한다. 전액상환이 아니라, 소비자는 최저필요상환액을 상환할 수도 있으나, 그 경우에는 미지급잔액에 이자가 부과된다. ~ ***lease*** 오픈엔드 리스 ¶ An *open-end lease* is a lease agreement providing for an additional payment after the property is returned to the lessor, to adjust for any change in the value of the property. 오픈엔드 리스는 리스자산가치의 변동분을 조정하기 위하여, 리스자산을 대여자에게 상환 후에도 추가지급이 있다는 뜻을 규정하고 있는 리스(lease)계약을 이른다. ~ ***management company*** 오픈엔드형 투자회사 ¶ The *open-end management company* is an investment company that sells mutual funds to the public. The term arises from the fact that the firm continually creates new shares on demand, although an open-end fund may close itself to new investors when its management decides that it is too large. Mutual fund shareholders buy the shares at new asset value and can redeem them at any time at the prevailing market price, which may be higher or lower than the price at which the investor bought. The shareholder's funds are invested in stocks, bonds, or money market instruments, depending of the type of mutual fund company. The opposite of an *open-end management company* is a closed-end management company, which issues a limited number of shares, which are then traded on a stock exchange. See also exchange-traded funds. 오픈엔드형 투자회사는 일반투자자에게 뮤추얼펀드(mutual fund)를 판매하는 투자회사(investment company)를 이른다. 수요에 따라 계속적으로 신주를 발행하는 것에서 오픈엔드라고 하지만, 자산규모가 너무 크다고 투자회사가 판단한 경우에는, 신규투자자에의 판매를 마감하는 경우도 있다. 뮤추얼펀드의 주주는 순자산가치(net asset value)로 펀드의 주식을

구입하여 언제라도 시가(market price)로 상환하지만, 시가가 구입가격보다 높은 경우도 낮은 경우도 있을 수 있다. 주주의 자금은 뮤추얼펀드투자회사의 타이프에 따라 주식(stock), 채권(bond), 단기금융시장상품(money market instruments) 등에 투자된다. 오픈엔드형 투자회사에 대칭하는 것이 클로즈드엔드형 투자회사(closed-end management company)로서 펀드의 발행주식수가 한정되어 있는 것을 말하고, 이 주식은 증권거래소에서 거래된다. exchange-traded funds(상장지수펀드)도 참조할 것. ~ ***mortgage*** (추가차입권부) 개방담보채, 오픈엔드 모기지 ¶ In real estate finance, the *open-end mortgage* is a mortgage that allows the issuance of additional bonds having equal status with the original issue, but that protects the original bondholders with specific restrictions governing subsequent borrowing under original mortgage. For example, the terms of the original indenture might permit additional mortgage-bond financing up to 75% of the value of the property acquired, but only if total fixed charges on all debt, including the proposed new bonds, have been earned a stated number of times over the previous 5 years. The *open-end mortgage* is a more practical and acceptable (to the mortgage holder) version of the open mortgage, which allows a corporation to issue unlimited amounts of bonds under the original first mortgage, with no protection to the original bondholders. 부동산융자에 있어서, 오픈엔드 모기지는 같은 조건으로 추가사채의 발행은 인정하는 담보부 사채(mortgage)이지만, 앞에 발행한 사채의 보유자를 보호하기 위하여, 신탁증서(indenture)에 몇 개의 제한조항이 붙어있다. 예를 들면, 추가사채의 발행은 취득한 부동산가치의 75%를 한도로 하여 인정하지만, 이 경우라도 추가발행채도 포함하여 모든 채무(debt)의 데드커버리지레이쇼(수입이 채무금리의 몇 배인지를 나타내는)가 과거 5년간에 걸쳐서 규정의 배수(倍數)를 초과할 것의 조건이 붙는다. 오픈엔드 모기지(무제한개방모기지)는 앞에 발행된 담보부 채권과 같은 조건으로 무제한으로 사채를 추가 발행할 수 있으므로, 앞의 사채보유자를 보호하는 것으로는 되지 아니한다. ¶ In trust banking, an *open-end mortgage* is a corporate trust indenture that permits the trustee to authenticate and deliver bonds from time to time in addition to the original issue. See also authentication. 신탁은행업무에 있어서, 오픈엔드 모기지는 수탁은행에 사채발행업무뿐만 아니라, 필요에 따라서 사채의 인증이나 인도를 할 것을 인정하는 법인신탁계약서(corporate trust indenture)이다. authentication(인증)을 참조할 것. ~ ***(mutual) fund*** 오픈엔드 (뮤추얼)펀드 → open-end management company (오픈엔드형 투자회사).

opening ⓐ 처음의, 최초의 ¶ an *opening* balance 개시잔액, 이월잔액 /an *opening* [initial] capital 최초자본금 /an *opening* charge 신용장개설수수료 /an *opening* rate [외환] 외화시장의 그날그날의 최초환율 /*opening* stock 어느 기간의 최초재고 ***opening [issuing] bank*** 신용장개설은행[발행은행] ¶ The *opening bank* is a bank issuing a letter of credit. 신용장개설은행은 신용장을 개설하는 은행을 말한다. ~ ***price [quotation]*** 시가(始價), 개시가격 (*cf.*) closing price 종가(終價) ¶ The *opening price* is the initial price at which a security trades for the day. Also called initial price. 시가(始價)는 증권이 당일에 거래할 때에 개시가격을 말한다. 이를 initial price(개시가격)라고도 한다.

ⓝ 개업, 개시, 개척(開拓) ¶ The *opening* is: (1) a price at which a security or commodity start a trading day. Investors who want to buy or sell as soon as the market opens will put is an order at the opening price. (2) a short time frame of market opportunity. For instance, if interest rates have been rising for months, and for a few days or weeks they fall, a corporation that has wanted to float bonds at lower interest rates might seize the moment to issue the bonds. This short time frame would be called an *opening* in the market or a window of opportunity. See also window. 개시란 것은 (1) 증권이나 상품의 거래일의 시가(始價)이다. 투자자(investor)가 시장개시와 동시에 거래를 하려고 하는 경우에는, 개시가격(opening price)으로 주문을 낸다. (2) 단기간의 시장호기(好機)를 이른다. 예컨대, 이율이 수개월간 상승을 계속한 후에 2~3일 또는 수주간 내려가면, 낮은 이율로 채권을 발행(float)하고자 생각하고 있던 회사는 이 호기(好機)를 잡고 채권발행을 실현할 수도 있다. 이 짧은 기간을 opening in the market이라든가 window of opportunity라고도 한다. window(창)도 참조할 것.

open-market 공개시장의 ***open-market committee*** 미공개시장위원회 → Federal Open Market Committee (FOMC, 연방공개시장위원회). ~ ***operation*** 공개시장조작 ¶ *Open-market operations* are activities by which the Securities Department of the Federal Reserve Bank of New York – popularly called the Desk – carries out instructions of the Federal Open Market Committee designed to regulate the money supply. Such operations involve the purchase and sale of government securities, which effectively expands or contracts funds in the banking system. This, in turn, alters bank reserves, causing a multiplier effect on the supply of credit and, therefore, on economic activity generally. *Open-market operations* represent one of three basic ways the Federal Reserve implements monetary policy, the others being changes in the member bank reserve requirements and raising or lowering the discount rate charged to banks borrowing from the Fed to maintain reserves. 공개시장조작은 뉴욕연방준비은행(Federal Reserve Bank of New York)의 증권부 — 통상 데스크(Desk)라고 한다. — 이 연방공개시장위원회(Federal Open Market Committee)의 지시 아래에 머니서플라이(money supply)의 조정을 도모하는 활동을 이른다. 이 조작의 하나로서 정부증권(government securities)의 매매가 있으나, 이를 통해서 시장의 자금을 효과적으로 늘린다든지, 축소한다든지 한다. 이로써 은행준비금(reserve)을 변경시키고, 그 결과 대출의 공급량, 나아가서는 경기에의 승수(multiplier)효과를 가져오게 된다. 공개시장조작은 미연방준비제도(Federal Reserve System)가 실시하는 통화정책(monetary policy)의 기본적인 3정책의 하나이다. 다른 정책에는 (연방은행) 가맹은행의 준비율(reserve requirements)을 변경하는 것이나, 준비금보유를 위하여 가맹은행이 미연방준비제도로부터 차입할 때의 공정이율(discount rate)을 변경하는 경우가 있다. ~ ***rates*** 시중금리 ¶ *Open-market rates* are interest rates on various debt instruments bought and sold in the open market that are directly responsive to supply and demand. Such open, market rates are distinguished from the discount rate, set by the Federal Reserve Board as a deliberate measure to influence other rates, and from bank commercial loan rates, which are directly influenced by Federal Reserve policy. The rates on short-term instruments like commercial paper and banker's acceptances are examples of *open-market rates*, as are yields on interest-bearing securities of all types traded in the secondary market. 시중금리는 공개시장에서 매매되는 여러 가지의 채무증권(debt instrument)의 금리로, 수급의 실세에 직접 반응한다. 시중금리는 미연방준비제도이사회(Federal Reserve Board)가 다른 금리에 영향을 미칠 목적에서 결정하는 공정이율(discount rates)과는 구별된다. 또 미연방준비제도이사회의 정책에 직접 영향을 받는 은행의 상업대출금리(commercial loan rate)와도 구별된다. 커머셜페이퍼(commercial paper)나 은행인수어음(banker's acceptance) 등의 단기증권의 금리는 시중금리이고, 유통시장(secondary market)에서 거래되는 모든 이자부 증권의 이율(yield)도 마찬가지로

시중금리이다.

open-priced issue 공개가격발행 ¶ The *open-priced issue* is an issue of bonds, the issuing requirements of which is not determined such as the price, and so forth at the point of public offering. 공개가격발행은 모집시점에서 가격 등의 발행조건이 결정되지 않는 채권발행을 말한다.

operating 운전하는, 경영[운영]상의 ¶ *operating* asset 영업자산, 운용자산 /*operating* audit 업무감사 /*operating* capital 경영자본 /*operating* company 영업회사 /*operating* cost 영업비, 운전비용 /*operating* fund 운전자금 /*operating* income 영업수입 /*operating* procedure 사무절차 /*operating* surplus 이익잉여금 ***operating cash flow*** [영] 영업상의 현금흐름 ¶ The *operating cash flow* is the portion of the statement of cash flows that reflect the cash activities of a firm's core operations, and can be computed as net income plus depreciation, benefits, and provisions, and debit/credit adjustments related to changes in accounts receivable, inventories, accrued liabilities, and deferred income taxes. It can also be computed as earnings before interest and taxes minus taxes plus depreciation, or net operating profit after tax plus depreciation. See also financing cash flow; investing cash flow. 영업상의 현금흐름은 기업의 핵심영업의 자금활동을 나타내는 현금흐름계산서(statement of cash flows)의 한 부분이고, 순이익(net income) + 감가상각(depreciation), 급여금(benefits), 충당금(provisions)과 외상매출금(account receivable)의 변동과 관련된 차변/대변의 조정(adjustments), 재고자산(inventories), 미지급채무(accrued liabilities)와 이연소득세(deferred income tax)로 계산될 수 있다. 그것은 이자와 조세전의 이익-조세 + 감가상각, 또는 조세 + 감가상각후의 순영업상의 이익으로 계산될 수도 있다. financing cash flow(금융현금흐름); investing cash flow(투자현금흐름)도 참조할 것. ~ ***cycle*** [영] 영업순환 ¶ The *operating cycle* is the time between the acquisition of raw materials or other resources needed to prepare goods and the sale of goods to customers. The difference between cash outflows in support of raw material acquisition and cash inflows from sales must be financed through internal (e.g., cash on hand) or external sources (e.g., loans). The *operating cycle* can be viewed as the sum (in days) of the inventory cycle (as measured through, e.g., days sales inventory) and the cash flow cycles (as measured through, e.g., days sales outstanding). See also cash conversion cycle; cash flow cycle. 영업순환은 제품을 준비하는 데 필요한 원재료 기타 다른 자원의 취득과 고객에의 제품의 매상간의 기간을 말한다. 원재료의 지원에 드는 현금유출과 매상에서 현금유입간의 차이는 (예컨대 현급보유액) 내부재원 또는 (예컨대 대출) 외부재원을 통해서 자금조달되어야 한다. 영업순환은 (예컨대 일일매상재고를 통해서 측정되는) 재고순환의 [일일(日日)] 총액과 (예컨대 일일매상미지급을 통해서 측정되는) 현금흐름순환으로 생각될 수 있다. cash conversion cycle(현금화주기); cash flow cycle(현금흐름순환)도 참조할 것. ~ ***expense*** 영업비용, 운전비용 ¶ *Operating expense* is amount paid to maintain property, such as property taxes, utilities, hazard insurance. It excludes financing expenses, depreciation, and income taxes. 영업비용은 고정자산세(property tax), 이용설비(utilities), 위험보험(hazard insurance)과 같은 재산을 유지하는 데 지급한 금액을 말한다. 그것에는 금융비용, 감가상각비(depreciation) 및 소득세(income tax)는 제외된다. ~ ***income*** 영업이익 → operating profit (or loss) [영업이익 (또는 손실)]. ~ ***in the red*** 영업적자 ¶ *Operating in the red* is operating at a loss. See also operating profit (or loss). 영업적자는 영업에서 손실을 입는 경우이다. operating profit (or loss)(영업손익)도 참조할 것. ~ ***lease*** 단기리스, 운

영리스(리스대상물건의 임대를 목적으로 하는 리스. 그런 의미에서 true lease라고도 부른다.) (*cf.*) financial lease (장기의) 금융리스 ¶ The *operating lease* is a type of lease, normally involving equipment, whereby the contract is written for considerably less than the life of the equipment and the lessor handles all maintenances and servicing, also called service lease. *Operating leases* are the opposite of capital leases, where the lessee acquires essentially all the economic benefits and risks of ownership. Common examples of equipment financed with *operating leases* are office copiers, computers, automobiles, and trucks. Most *operating leases* are cancelable, meaning the lessee can return the equipment if it becomes obsolete or is no longer needed. 오퍼레이팅리스란 통상은 설비리스가 많고, 리스계약기간은 리스설비의 내용연수(耐用年數)보다 상당히 짧게 설정되는 리스(lease)의 1종류이다. 또, 리스설비의 유지나 서비스는 대여자(lessor)가 행한다. service lease(서비스리스)라고도 한다. 오퍼레이팅리스와 대조적인 리스가 캐피탈리스(capital lease)인데, 이 경우에, 임차인(lessee)이 리스자산소유에 수반하는 경제적 이익과 리스크의 전부를 실질적으로 취득한다. 오퍼레이팅리스에서 제공되는 설비로서는, 사무용 복사기, 컴퓨터, 자동차, 트럭 등이 있다. 오퍼레이팅리스의 대부분은 해약가능하고, 빌리고 있는 설비가 진부화한다든지, 필요 없게 된다든지 하는 경우에는 반납할 수 있다. ~ ***leverage*** 영업 레버리지 ¶ *Operating leverage* is an extent to which a company's costs of operating are fixed (rent, insurance, executive salaries) as opposed to variable (materials, direct labor). In a totally automated company, whose costs are virtually all fixed, every dollar of increase in sales is a dollar of increase in operating income once the breaking point has been reached, because costs remain the same at every level of production. In contrast, a company whose costs are largely variable would show relatively little increase in operating income when production and sales increased because costs and production would rise together. The leverage comes in because a small change in sales has a magnified percentage effect on operating income and losses. The degree of *operating leverage* – the ratio of the percentage change in operating income to the percentage change in sales or units sold – measures the sensitivity of a firm's profits to changes in sales volume. A firm using a high degree of *operating leverage* has a breakeven point at a relatively high sales level. 영업 레버리지는 변동비(자재, 직접 노동비)에 대한, 회사의 고정적 영업경비(임대료, 보험, 임원보수)의 비율을 이른다. 완전히 자동화된 회사에서는, 실질적으로 모든 코스트는 고정되어 있고, 일단 손익분기점(breaking point)에 도달하면, 매상이 1달러 증가하는 것에 영업이익(operating profit)이 1달러 증가한다. 왜냐하면 어느 생산수준에서도 비용은 일정하기 때문이다. 이에 대하여, 그 경비가 주로 변동경비인 회사는 생산과 판매가 증가하더라고, 영업이익의 증가는 상대적으로 적다. 왜냐하면 비용과 생산량이 함께 증가하기 때문이다. 매상의 조그만 변화가 영업손익에 비율적으로 다대한 효과를 가져오기 때문에, 레버리지라고 한다. 영업 레버리지의 정도(degree of operating leverage), 즉 매상 혹은 판매개수의 변화율에 대한 영업이익의 변화율의 비율은 총매상액의 변화에 대한 회사수익의 감도(感度)를 나타낸다. 영업 레버리지가 높은 회사의 손익분기점(breakeven point)은 상대적으로 높은 매상수준에 달려 있다. ~ ***loss*** 영업손실 ¶ The *operating loss* is an amount by which the cost of goods sold plus operating expenses exceeds operating revenues. The net loss from operations applies only to the normal business activities of the entity. Excluded are financial revenue and expense items and ancillary operations of the firm (i.e. extraordinary items). However, interest would be an includable expense in calculating net *operating loss* for carryforward purposes. 영업손실은 판매물건의 원가 플러스 영업비가 영업수익을 초과하는 금액을 말한다. 영업상의 순손실은 법적 실체(entity)의 정상적인 기업활동에만 적용된다. 제외되는 것은 금융상의 수입(收入), 비목(費目)(expense items) 및 기업의 부대영업이다. 그렇지만, 금리는 차기이월(次期移越)을 위해서 영업손실을 계산할 때에 포함되는 비용이다. ~ ***profit margin*** 영업이익률 → net profit margin (순이익률). ~ ***margin (OM)*** [영] 영업마진 ¶ The *operating margin* (OM) is a measure of a company's ability to translate revenues into operating income, computed as:

$$OM = \frac{OI}{Rev}$$

OI is operating income, Rev is revenue

The higher the margin, the more efficient a company is in managing the costs of its business. 영업마진은 회사의 수입(revenues)을 영업이익으로 환산하는 능력의 측정치(値)이고, 다음과 같이 계산된다. 마진이 높으면 높을수록 회사가 사업의 비용을 관리하는 데 더 능률적이다. OI은 영업이익(operating income), Rev는 수입(revenue)이다.

$$\text{영업마진} = \frac{\text{영업이익}}{\text{수입}}$$

~ ***profit (or loss)*** 영업손익 ¶ *Operating profit* (*or loss*) is difference between the revenues of a business and the related costs and expense, excluding income derived from sources other than its regular activities and before income deductions; synonymous with net *operating profit* (*or loss*), operating income (or loss), and net *operating income* (*or loss*). Income deductions are a class of items comprising the final section of a company's income statement, which, although necessarily incurred in the course of business and customarily charged before arriving at net income, are more in the nature of costs imposed from without than costs subject to the control of everyday operations. They include interest; amortized discount and expense on bonds; income taxes; losses from sales of plants, divisions, major items of property; prior-year adjustments; charges to contingency reserves; bonuses and other periodic profit distributions to officers and employees: write-offs of intangibles: adjustments arising from major changes in accounting methods, such as inventory valuation and other material and noncurrent items. 영업손익은 비즈니스에서의 수입(revenue)과 그것과 관련되는 코스트나 경비와의 차이를 말한다. 다만, 통상의 영업 이외의 수익은 포함되지 않고, 또 영업외비용(income deduction)을 공제하기 전의 손익을 이른다. net operating profit (or loss)나 operating income (or loss), net operating income (or loss)와 같은 의미이다. 영업외비용이란 손익계산서(profit and loss statement: P&L)의 최후에 표시되는 항목이지만, 이것은 당기순이익(net profit)전의 공제항목이고, 회사운영상 필연적으로 발생하는 비용이지만, 일상의 영업활동에 관계하는 성질의 비용이 아니다. 예컨대, 다음과 같은 항목이 영업외비용에 상당하다. 이자(interest), 채권의 할인 · 경비상각비(amortized discount and expense on bonds), 소득세(income tax), 공장 · 사업부 · 기타 주요자산의 매각으로 인한 손실(losses from sales of plants, divisions, major items of property), 과년도 수정(prior-year adjustments), 우발손실적립금(charges to contingency reserve), 임원이나 종업원에의 보너스나 정기적인 이익분배금, 무형재산의 감가상각(write-off of intangible asset), 재고자산평가 등의 회계방식의 대폭 변경에 수반되는 조정, 기타 중요한 임시비용항목 등이다. ~ ***profit margin*** 영업이익률 → net profit margin (순이익률).

~ ***rate*** 가동률(稼動率) ¶ The *operating rate* is a percentage of production capacity in use by a particular company, an industry, or the entire economy. While in theory a business can operate at 100% of its productive capacity, in practice the maximum output is less than that because machines need to be repaired, employees take vacations, etc. The *operating rate* is expressed as a percentage of the ideal 100% production output. For example, a company may be producing at an 85% *operating rate*, meaning its output is 85% of the maximum that could be produced with its existing resources. If a company has a low *operating rate* of under 50%, it usually is suffering meager profits or losses, though it has large potential for profit growth. A company operating at 80% of capacity or more is usually highly profitable, though it has less opportunity for improvement. 가동률(稼動率)은 특정한 기업, 산업 또는 경제 전체의 생산능력의 가동(稼動)비율을 이른다. 기업이 그 생산능력을 100% 가동시키는 것은 이론상 가능하지만, 실제로는 기계의 수리가 필요하다든지, 종업원이 휴가를 얻는다든지 하는 것 때문에, 최대가동률은 언제나 100%를 하회하게 된다. 이상적인 가동상태를 100%로 하고, 그것에 대한 비율이 가동률로서 표시된다. 예컨대, 85%의 가동률로 생산하고 있다고 하는 것은, 그 생산량은 현재의 자원으로 생산할 수 있는 최대량의 85%인 것을 의미한다. 또 가동률이 50%에 차지 않는 기업은 장래 큰 수익을 늘릴 가능성이 있는 것이지만, 현상으로는 저수익이나 영업손실에 빠지고 있는 경우가 많다. 반대로, 가동률이 80% 이상의 기업은 일반적으로 수익성은 높지만, 다시 신장할 기회는 적다고 말할 수 있다. ~ ***ratio*** 영업비율 ¶ The *operating ratio* is any of a group of ratios that measure a firm's operating efficiency and effectiveness by relating various income and expense figures from the profit and loss statement to each other and to balance sheet figures, Among the ratios used are sales to cost of goods sold, operating expenses to operating income, net profits to gross income, net income to net worth. Such ratios are most revealing when compared with those of prior periods and with industry averages. 영업비율은 기업의 영업효율이나 효율성을 도모하는 여러 가지의 비율로, 손익계산서(profit and loss statement)상의 수입이나 경비의 비율이나, 대차대조표(balance sheet)상의 관련항목과의 비율을 말한다. 예컨대, 매상원가매상금비율, 영업비용영업수입비율, 순이익총수입비율, 순이익순자산비율 등이 있다. 이러한 비율은 전기(前期)비율이나 업계평균치와 비교하는 것에서 의미를 가지게 된다. ~ ***risk*** [영] 영업리스크 ¶ The *operating risk* is the risk of loss arising from temporary or permanent disruption in the daily physical operating and production activities of a firm and/or changes in nonfinancial inputs and outputs. See also financial risk. 영업리스크는 비금융의 투입산출에 있어서 일상의 실제 기업의 실제영업과 생산활동과 변화에서 임시적 또는 영구적 중단에서 생기는 손해의 리스를 말한다. financial risk(재정리스크)도 참조할 것. ~ ***statements*** 영업손익계산서 ¶ *Operating statements* are financial reports on the cash flow of a business or property. See also cash flow; rent roll. 영업손익계산서는 기업이나 재산의 현금흐름(cash flow)에 관한 재무보고서이다. cash flow(현금흐름); rent roll(집세장부)도 참조할 것.

operation 실시, 운영 ¶ *operation* rate 조업도(操業度), 가동률(稼動率) /a rate of *operation;* an *operation* rate 조업도(操業度), 가동률(稼動率) ***open market operations*** 공개시장조작 ¶ *Open market operations* are activities by which the securities department of the Federal Reserve Bank of New York – popularly called the Desk – carries out instructions of the Federal Open Market

Committee (FOMC) designed to regulate the money supply. Such operations involve the purchase and sale of government securities, which effectively expands or contracts funds in the banking system. 공개시장조작은 뉴욕의 연방준비은행 증권부(securities department)—이를 일반적으로 데스크(Desk)라고 한다.—가 화폐공급을 규율하려는 연방공개시장위원회(Federal Open Market Committee: FOMC)의 지시를 수행하는 활동을 말한다. 이러한 조작은 정부증권(government securities)의 매입과 매도와 관련되는데, 이는 결과적으로 은행체계에서 자금을 확충하거나 도급하는 것이다. **~*s department*** 사업부문 ¶ The *operations department* is a back office of a brokerage firm where all clerical functions having to do with clearance, settlement, and execution of trades are handled. This department keeps customer records and handles the day-to-day monitoring of margin positions. 사업부문은 증권회사의 후방사업부문(back office)을 말하며, 청산(clearance), 결제(settlement), 거래집행(execution)에 관련되는 사무절차 전부를 취급한다. 이 부문은 고객의 고객기록을 작성하고, 신용거래계좌의 증거금(margin)의 상황을 매일 모니터링한다. **~*s* [*operational*] *research* (*OR*)** 오퍼레이션 리서치, OR(수학적인 분석방법에 의한 경영관리 등의 효과적인 실행방법의 분석) ¶ *Operations research* (*OR*) is research concerned with the development of mathematical models of repetitive activities, using numerous variables, such as the traffic flows, assembly lines, military campaigns, and optional productions scheduling. *Operations research* makes extensive use of computer simulation. 오퍼레이션 리서치는 교통량의 흐름, 조립라인, 군사훈련 및 선택적인 생산예정과 같은 수많은 변수(variables)를 이용하여 반복적인 활동에 대하여 수학적인 모형을 전개하는 조사방법을 말한다. 오퍼레이션 리서치는 컴퓨터 시뮬레이션을 확대이용한다.

operational 조작상의, 운용상의 ***operational analysis*** 작업분석 → operations research (오퍼레이션 리서치). **~ *control*** 작업관리 ¶ *Operational control* is power of management over the daily activities of a business. 작업관리란 기업의 일상업무에 대한 경영진의 권한을 이른다. **~ *risk*** [영] 오퍼레이셔널리스크 ¶ The *operational risk* is the risk of loss arising from control/process inadequacies or failures, including disaster recovery risk, business recovery risk, collateral risk, key man risk, operational error risk, and regulatory compliance risk. Also known as process risk. 오퍼레이셔널리스크는 재해회복리스크(disaster recovery risk), 사업회복리스크(business recovery risk), 담보리스크(collateral risk), 기업간부 리스크(key man risk), 오퍼레이셔널 에러리스크(operational error risk) 및 관리(管理)/공정(工程)의 불충분 또는 실패로부터 발생하는 손실의 리스크를 말한다. 이는 과정상의 리스크(process risk)로도 알려져 있다.

operative 작용하는, 효과 있는, 효력을 발생하는 ¶ *operative* procedure 업무절차 /*operative* words 효력 발생문언, 중요한 뜻을 지닌 말

operator 투기업자, 주식중매인, 큰손 ¶ Nota bene *operator*! 투기업자를 조심하라!

opinion 의견, 견해 → accountant's opinion (회계사의 감사의견). ¶ *opinion* letter (변호사의) 의견서 ***opinion of title*** 권원(權原)에 관한 변호사의 의견 ¶ The *opinion of title* is a written opinion, generally by an attorney, about the validity of a property title. The opinion details research that was undertaken along with any encumbrances that were uncovered. 권원(權原)에 관한 변호사의 의견은 부동산권리증(property title)의 정당성에 관한, 일반적으로 변호사의 서면의견을 말한다. **~ *shopping*** 오피니언쇼핑 ¶ *Opinion shopping* is dubious practice of changing outside auditors until one is found that will give an unqualified accountant's opinion. 오피니언쇼핑은 재무내용이 일반적으로 공정 타당하다고 인정되는 회계원칙(GAAP)에 따르고 있다고 하는 무한정적정의견(unqualified accountant's opinion)을 내는 외부감사인을 찾기까지 회계사를 변경한다고 하는 미심적인 행위를 말한다.

OPM; O.P.M.; o.p.m. → **o**ther **p**eople's **m**oney [약] 타인의 돈, 차금, 차입금 ¶ *OPM* is: (1) other people's money; Wall Street slang for the use of borrowed funds by individuals or companies to increase the return on invested capital. See also financial leverage. (2) options pricing model. See also Black-Scholes options pricing model. OPM(차입금)이란 (1) **o**ther **p**eople's **m**oney(타인의 돈)의 머리글자이다. 차입금을 사용하여 투자수익률(return)을 높인다는 월가(Wall Street)에서 사용하는 속어이다. financial leverage(재무레버리지)도 참조할 것. (2) **o**ptions **p**ricing **m**odel(옵션가격모형)의 머리글자이다. Black-Scholes options pricing model(블랙-숄즈 프라이싱모형)도 참조할 것.

opportunity 기회, 호기(好機) ¶ investment *opportunity* 투자기회 /*opportunity* loss 기회손실 ***opportunity cost*** 기회비용, 대체비용(alternation cost) ¶ In general, the *opportunity cost* is revenue foregone by using an asset for one purpose rather than another. For example, a company owning a building which it uses as storage space could rent it to someone else. That rent is the *opportunity cost* of the building. 일반적으로, 기회비용이란 다른 무엇보다 차라리 하나의 목적을 위해서 어떤 자산을 이용함으로써 얻는 확실한 수익을 말한다. 예를 들면, 저장장소로 이용하는 건물을 소유하고 있는 회사는 그 건물을 타인에게 임대할 수도 있을 것이다. 그 경우에 그 임대는 그 건물의 기회비용이 된다. ¶ In corporate finance, an *opportunity cost* is a concept widely used in business planning; for example, in evaluating a capital investment project, a company must measure the projected return against the return it would earn on the highest yielding alternative investment involving similar risk. See also cost of capital. 기업재무에 있어서, 기회비용이란 사업계획 중에서 널리 사용되는 개념이다. 예를 들면, 자본투자(capital investment)의 프로젝트를 평가하는 경우에, 그 투자의 예측수익을 같은 정도의 리스크에서 최고의 이익을 가져올 다른 투자기회의 수익(return)과 비교하여 판단한다. cost of capital(자본비용)도 참조할 것. ¶ In securities investments, the *opportunity cost* is a cost of forgoing a safe return on an investment in hopes of making a larger profit. For instance, an investor might buy a stock that shows great promise but yields only 2%, even though a higher safe return is available in a money market fund yielding 5%. The 3% yield difference is called the opportunity cost. 증권투자에 있어서, 기회비용이란 보다 높은 이익을 기대하여 확실한 이율(return)의 투자를 단념함으로써 생긴 비용을 말한다. 예를 들면, 어느 투자자가 이율 5%의 머니마켓펀드(money market fund)로 보다 확실한 이익을 얻을 수 있을지라도, 이율은 겨우 2%인 장래 유망한 주식에 투자한 경우의 3%의 이율격차를 기회비용이라 한다.

optimistic 낙천적인 ¶ The above estimate seems to us to be very *optimistic*. 위의 예측은 우리에겐 매우 낙천적인 것처럼 생각된다.

optimization 최적화(最適化), 최적조건 ¶ The *optimization* of life space largely depends on the natural environment and human efforts. 생활공간의 최적화는 크게는 자연환경과 인간의 노력에 달려 있다.

optimum ⓝ 최적조건(最適條件), 최대한
ⓐ 최적의, 최선의 ¶ an *optimum* quantity of money; *optimum* money supply 최적

통화량 /an *optimum* reserve of gold and foreign exchange 적정(適正)외화총준비액 ***optimum capacity*** 최적조업도 ¶ The *optimum capacity* is a level of output of manufacturing operations that produces the lowest cost per unit. For example, a tire factory may produce tires at $30 apiece if it turns out 10,000 tires a month, but the tires can be made for $20 apiece if the plant operates at its *optimum capacity* of 100,000 tires a month. See also marginal cost. 최적조업도는 단위당 최소코스트로 생산하는 조업수준을 이른다. 예를 들면, 타이어 공장에서 1개월 10,000개의 타이어를 생산하면 1개당 30달러이지만, 1개월 100,000개의 최적조업도에서 가동(稼動)한다면 1개당 20달러로 생산이 가능하게 된다. marginal cost(한계비용)도 참조할 것.

option 선택, (매도 또는 매입의) 선택권, 선택매매권, 옵션(선택권부 거래) ¶ An investor may pay a premium in return for the *option* to buy (a call *option*) or sell (a put *option*) a certain number of securities at an agreed price (known as the exercise price), on or before a particular date. The dealer may exercise his or her *option* at any time within the specified period and normally does so at an advantageous time depending on market prices. Otherwise the dealer may allow the *option* to lapse. 투자자는 일정한 수의 증권을 특정한 기일에 미리 정한 가격(행사가격이라 한다.)으로 매입할 것인지(콜옵션) 또는 매도할 것인지(풋옵션)에 관하여 그 옵션에 대한 대가로 프리미엄을 지급할 수 있다. 딜러는 일정한 기간 내에는 언제든지 자신의 옵션을 행사할 수 있으며, 보통 시가에 따른 유리한 시기에 옵션을 행사할 수 있다. 그렇지 않고 투자자는 그 옵션을 실효하도록 놓아 둘 수도 있다. ¶ The *option* is a derivative contract granting the buyer the right, but not the obligation, to buy or sell a reference asset at a predefined strike price; in exchange for the right, the buyer pays the seller a premium. *Options* are available on many underlying asset references from the fixed income, equity, foreign exchange, commodity, and a credit markets, and can be bought or sold as over-the-counter derivatives or exchange-traded derivatives. See also call option; put option; complex option. [영] 옵션이란 사전에 정한 행사가격으로 매수인에게 대상자산을 매수하거나 매도할 의무가 아니라, 권리를 부여하는 파생상품계약을 말한다. 그 권리와 교환으로 매수인은 매도인에게 프리미엄을 지급한다. 옵션은 확정수입, 주식, 외국환, 상품 및 크레디트마켓에서 많은 기초자산대상 위에서 이용되고, 장외파생상품, 또는 장내파생상품으로서 매입되거나 매도될 수 있다. call option(콜옵션); put option(풋옵션); complex option(복잡한 옵션)도 참조할 것. /at buyer's [seller's] *option* 매수인[매도인]선택으로 /*option* agreement (선택권부의) 옵션계약 /*option* buyer (옵션프리미엄을 지급하고) 옵션의 권리를 취득한 자 /*option* contract [dealing, trading] 선택권부 계약[거래] /*option* forward 옵션선도 /*option* income fund 통상의 배당 이외에 콜옵션에 의한 이익 등을 예측한 높은 이율의 투자신탁 /an *option* on stock index futures 주가지수선물옵션 /an *option* period 선택권행사기간 /*option* seller 옵션바이어에 대한 매도인(옵션의 권리가 행사된 경우에 실시하는 의무를 부담한다.) /*option* spreading 동종의 옵션매매에 의해서

콜옵션인가 풋옵션인가.

얻어지는 프리미엄 /an *option* to purchase [sell] 매입[매도]선택권 /over-the-counter *option* 장외(場外)옵션 ***call option*** 콜옵션, 특권부 매입[매도] ¶ A *call option* gives it buyer the right to buy 100 shares of the underlying security at a fixed price before a specified date in the future – usually three, six, or nine months. For this right, the *call option* buyer pays the *call option* seller, called the writer, a fee called a premium, which is forfeited if the buyer does not exercise the option before the agree-upon date. A call buyer therefore speculates that the price of the underlying shares will rise within the specified time period. For example, a *call option* on 100 shares of XYZ stock may grant its buyer the right to buy those shares of $100 apiece anytime in the next three months. To buy that option, the buyer may have to pay a premium of $2 a share, or $200. If at the time of the option contract XYZ is selling for $95 a share, the option buyer will profit if XYZ's stock price rises. If XYZ shoots up to $120 a share in two months. for example, the option buyer can exercise his or her option to buy $120 each, keeping the difference as profit (minus the $2 premium per share). On the other hand, if XYZ drops below $95 and stays there for three months, at the end of that time the *call option* will expire and the call buyer will receive no return on the $2 a share investment premium of $200. 콜옵션(call option)이란 장래의 특정일 이전 — 통상은 3, 6, 9개월 — 에 기초가 되는 증권(underlying security)(예컨대 100주)을 특정한 가격으로 매수할 권리를 의미한다. 이런 권리를 얻기 위하여, 콜옵션의 매수인은 콜옵션의 매도인 — 콜라이터(call writer)라고 한다. — 에게 옵션료(premium)라고 하는 수수료를 지급한다. 합의한 날까지 옵션의 권리를 행사하지 않는 경우에는, 옵션의 매수인은 옵션료를 포기한 것이 된다. 특정한 주식가격이 특정한 기일까지 높게 될 것을 예상한 경우에, 그 주식을 기초자산으로 한 콜옵션을 매입한다. 예컨대, XYZ사의 100주를 3개월 이내의 임의의 날에 1주당 100달러로 매수하는 권리(콜옵션)를, 1주에 대해서 2달러의 옵션료, 즉 200달러로 매입한다고 하자. 옵션계약을 체결한 때의 XYZ사의 주식의 주가가 95달러라고 할 때에, XYZ사의 주식의 주가가 장래 오르면 옵션의 매수인은 이익을 얻게 된다. 예컨대, XYZ사의 주식이 2개월에서 120달러로 급등한다면, 옵션의 매수인은 콜옵션을 행사하여(exercise) 100주를 1주당 100달러로 매수하고, 바로 120달러로 매도함으로써, 그 차액(다만, 1주당 2달러의 옵션료를 공제한 후의 차액)을 이익으로서 얻을 수 있다. 이에 반하여, XYZ사의 주식이 95달러 이하로 내려가서 그것이 3개월의 옵션행사 실효일(失效日)까지 계속하였다고 하면, 콜옵션은 실효하여 콜의 매수인은 옵션료로서 투자한 1주당 2달러, 합계 200달러의 리턴(return)은 제로가 될 것이다. ***listed*** ~ (거래소에서 거래되는) 상장옵션 ¶ The *listed option* is a put or a call option that an exchange has authorized for trading, properly called an exchange-traded option. 상장옵션이란 거래소(exchange)가 거래를 인가한 풋옵션(put option)이나 콜옵션(call option)을 이른다. 정식으로는 거래소거래옵션이라 한다. ~ ***account*** 옵션계좌 ¶ The *option account* is an account at a brokerage firm that is approved to contain option positions or trades. Since certain option strategies require margin, an option account may be a margin account or a cash account. There are several prerequisites. The client must be given a copy of "Characteristics and Risks of Standardized Options Contracts," known as the Options Disclosure Documents, before the account can be approved. The client must complete an option agreement for options transactions, both in financial resources and investing experience, before the brokerage firm will approve the account for options trading. 옵션계좌는 옵션포지션 등 옵션(option)거래를 행하기 위한 증권회사에 있는 계좌를 이른다. 옵션거래에

따라서는 증거금(margin)이 필요한 경우도 있으므로, 옵션계좌는 신용거래계좌(margin account)나, 혹은 현금거래계좌(cash account)일 수도 있다. 옵션계좌개설을 위한 필요조건은 다음과 같다. 고객은 계좌개설 전에, 옵션개시서류(Option Disclosure Documents)로서 알려진 「표준적 옵션거래의 특징과 리스크」(Characteristics and Risks of Standardized Options Contracts)의 사본을 받는다. 고객은 옵션계좌의 개설시에 옵션거래약정(option agreement)에 서명하고 자금면, 투자경험면에서 옵션거래에 적합하다는 것을 나타내어야 한다. ~**-*adjusted analysis*** [영] 옵션수정분석 ¶ *Option-adjusted analysis* is quantitative analysis that is performed on a security that has one or more embedded options. The analysis may focus on determining the option-adjusted duration, option-adjusted convexity, and/or option-adjusted spread. 옵션수정분석은 1 이상의 편입옵션(embedded option)을 가지는 증권에 이행되는 정량(定量)분석을 말한다. 그 분석은 옵션수정듀레이션(option-adjusted duration), 옵션수정콘벡시티 및 옵션수정스프레드를 결정하는 데 초점을 맞출 수 있다. ~**-*adjusted convexity*** [영] 옵션수정콘벡시티 ¶ The *option-adjusted convexity* is the convexity of a callable bond, putable bond, or other fixed income security with optionality, which reflects the actual convexity of the security after adjusting for the effects of the embedded option(s). 옵션수정콘벡시티는 내재옵션의 효과를 수정한 후에 증권의 실제콘벡시티를 나타내는 선택성(optionality)을 가지는 임의상환채권(callable bond), 상환청구권부 채권(putable bond) 또는 다른 확정금리증권의 콘벡시티를 말한다. ~**-*adjusted spread* (*OAS*)** (옵션조항에 의한 프리미엄을 스프레드에서 공제한) 옵션수정스프레드 ¶ The *option-adjusted spread* (*OAS*) is a method used in calculating the relative value of a fixed-income security containing an embedded option, such as borrower's option to prepay a loan. *OAS* models, taking into account the effects of prepayments under various interest-rate scenarios, attempt to estimate the future value of a security. The methodology makes it easier to work out a side-by-side comparison of two different bonds, one of which has a call option (or prepayment option) and one that does not. The callable bond often has a higher yield to compensate for the early redemption feature. 옵션수정스프레드는 차입자(借入者)의 조기대출상환옵션과 같은 편입옵션(embedded option)을 포함하는 확정소득증권의 상대적 가치(relative value)를 산출하는 데 사용되는 방법이다. 옵션수정스프레드(OAS)는 여러 가지 금리계획안(interest-rate scenarios) 아래에서 기한전 상환의 효과를 고려하면서, 증권의 장래 가격을 예상하려고 기도한다. 이런 방법론이야말로 2개의 상이한 채권을 평행해서 비교하는 방안을 계획하기가 수월하게 만드는데, 하나의 방안은 콜옵션(call option) (또는 기한전 지급옵션)이요 다른 하나는 그렇지 않은 것이다. 임의상환채권(callable bond)은 조기상환상품(feature)을 보상하는 더 높은 이율을 가지기도 한다. ~**-*adjusted yield*** [영] 옵션수정수익률 ¶ The *option-adjusted yield* is the yield of a callable bond, putable bond, or other fixed income security with optionality that results if the security is held until maturity, i.e., the yield that makes the present value of the cash flows from the bond (held to maturity) equal to the implied price of a bond with no call option or put option features. 옵션수정수익률은 증권을 만기까지 보유하는 경우 선택성(optionality)을 가지는 임의상환채권(callable bond), 상환청구권부 채권(putable bond) 기타 확정수익증권의 수익율, 즉 임의상환채권이나 상환청구권부 채권이 아닌 조기상환상품(features)인 채권의 내재가격(implied price)과 같은 (만기까지 보유한) 채권에서 현금흐름의 현재가치를 만드는 수익률을 말한다. ~ ***agreement*** 옵션거래약정 ¶ The *option agreement* is a form filled out by a brokerage firm's customer when opening an option account. It details financial information about the customer, who agrees to follow the rules and regulations of options trading. This agreement, also called the option information form, assures the broker that the customer's financial resources are adequate to withstand any losses that may occur from options trading. The customer must receive a prospectus from the options clearing corporation before he or she can begin trading. 옵션거래약정은 옵션계좌를 개설할 때에, 증권회사의 고객이 기입하는 서식이다. 그 서식에 고객이 옵션거래의 규칙이나 규정에 따를 것을 동의하는 것이나 고객의 재정정보가 상세하게 기재된다. 이 약정서는 option information form(옵션거래에 관련된 정보서식)이라고도 하며, 이것에 의하여 증권회사는 옵션거래의 손실발생에도 견딜 만큼의 충분한 재력이 고객에게 있다는 것을 확실하게 한다. 고객은 거래개시 전에, 옵션청산회사(option clearance corporation)로부터 사업계획서(prospectus)를 받아야 한다. ***option ARM*** 옵션암 ¶ *Option arm* is adjustable rate mortgages (ARM) where the interest adjusts monthly and the payment adjusts annually. Borrowers have several options affecting the size of their payments, including interest only, and a "minimum" payment that may be even lower than the interest only payment, because it is added to the principal of the loan, a gimmick called negative amortization. 옵션암은 금리는 달마다 수정되고 지급은 연년이 행해지는 변동금리모기지(adjustable rate mortgage: ARM)이다. 차입자는 금리만을 포함해서 지급의 규모에 영향을 미치는 여러 개의 옵션을 가지기도 하고, 금리지급을 포함하여 더 낮은 「최소」지급을 할 때도 있는데, 그것은 금리가 대출금의 원금(principal)에 추가되기 때문이다. 이러한 꼼수(gimmick)는 소극적 분할금상환(negative amortization)이라 한다. ~ ***bonds*** 옵션본드 ¶ *Option bonds* are optional payment bonds that can receive another currency other than currency at the payment of principal and interest. They often indicate bonds with put option, the right of which investors can voluntarily be redeemed. 옵션본드는 원금이나 이자가 지급을 발행시의 통화 이외의 다른 통화로 받을 수 있는 것이 가능한 채권(optional payment bond)이다. 그것은 풋옵션(투자자가 임의로 상환을 받을 수 있는 권리)부의 채권을 가리키는 경우도 있다. ***Options Clearing Corporation (OCC)*** 옵션청산회사 ¶ The *Option Clearing Corporation* (*OCC*) is the largest clearing organization in the world for financial instruments. *OCC* issues, guarantees, and clears options on underlying financial assets including common stocks, foreign exchange, stock indices, U.S. Treasury securities, and interest rate composites. As the issuer and guarantor of every options contract executed on every securities options exchange in the United States, *OCC* serves as the counter party for all transactions. *OCC's* ability to meet its obligations arising from its options contracts earned it an AAA rating by Standard & Poor's Corporation. *OCC* is the only securities clearinghouse in the world to receive this accreditation. Its options disclosure document, "Characteristics and Risks of Standardized Options," is required reading for all investors prior to trading options. *OCC* is owned by all but one of the U.S exchanges that trade options. See also option. 옵션청산회사는 금융파생상품(financial derivative instruments)을 취급하는 세계최대의 결제기관이다. 옵션청산회사는 보통주(common stock), 외국환(foreign exchange), 주가지수(stock indices), 미재무부증권(Treasuries), 금리상품(interest rate) 등의 기초금융자산(underlying financial assets)을 대상으로 하는 옵션(option)의 발행, 보증, 청산을 행한다. 미국내의 모든 유가증권옵션거래소에서 행해지는 모든 옵션계약의 발행인 및 보증인으로서, 옵션청산회사는 모든 거래의 상대방이 된다. 옵션청산회사의 옵션거래이행 신용도에 관하여는, 스탠더드앤드푸어스(Standard & Poor's Corporation)

가 최고급의 신용평가인 AAA를 붙이고 있다. 이 신용평가를 얻고 있는 것은 세계의 유가증권청산회사 중에서도 옵션청산회사 1사(社)만이다. 옵션거래의 개시 전에, 모든 투자자는 옵션청산회사의 옵션개시서류인 「표준적 옵션의 특징과 리스크」(Characteristics and Risks of Standardized Options)를 읽어야 한다. 옵션청산회사는 미국에서 옵션거래를 행하는 4개의 거래소에 의하여 소유되고 있다. option(옵션)도 참조할 것. ~ ***cycle*** 행사기간 사이클 ¶ The *option cycle* is a cycle of months in which option contracts expire. These cycles are used for options on stocks and indices, as well as options on commodities, currencies, and debt instruments. The three most common cycles are: January, April, July, October (JAJO); February, May, August, November (FMAN); and March, June, September, December (MJSD). In addition to these expiration months, options on individual stocks and indices generally also expire in the current months and subsequent month. 행사기간 사이클이란 옵션계약(option contract)이 만기가 되는 달(限月)의 사이클을 말한다. 이 행사기간 사이클은 상품(commodities), 통화(currencies), 채무증서(debt instrument)의 옵션뿐만 아니라, 주식(stock)이나 주가지수의 옵션에도 사용된다. 가장 일반적인 3개의 사이클은 1월·4월·7월·10월(JAJO), 2월·5월·8월·11월(FMAN), 3월·6월·9월·12월(MJSD)이다. 한월(限月) 사이클에 부가하여, 개별주식이나 주가지수의 옵션의 경우에는, 일반적으로 당월 만기나 익월 만기도 있다. ~ ***holder*** 옵션 보유자 ¶ The *option holder* is someone who has bought a call or put option but has not yet exercised or sold it. A call *option holder* wants the price of the underlying security to rise; a put *option holder* wants the price of the underlying security to fall. 옵션 보유자는 콜 또는 풋옵션을 매수하여 아직 권리를 행사한다든지, 매도한다든지 하고 있지 아니한 투자자를 말한다. 콜옵션(call option)의 보유자는 기초증권(underlying securities)이 가격이 올라가는 것을 원하고, 풋옵션(put option)의 보유자는 반대로 가격이 내려갈 것을 기대한다. ~ ***margin*** 옵션마진 ¶ *Option margin* is margin requirement applicable to options, as set forth in Regulation T and in the internal policies of individual brokers. Requirements vary with the type of option and the extent to which it is in-the-money, but are strictest in the case of naked options and narrow-based index options. There, Regulations T requires the option premium plus 20% of the underlying value as the minimum. Merrill Lynch, for example, would also require a minimum of $10,000 per account and $1,000 per position. 옵션마진은 옵션에 적용되는 증거금률(margin requirement)을 의미하고, 레귤레이션(Regulations)이나 개개의 증권회사의 내규에 의하여 규정된다. 필요한 증거금률은 옵션의 타이프나 인더머니(in-the-money)의 정도에 따라 다르지만, 네이키드옵션(naked option)이나 폭이 좁은 인덱스옵션(index option)에서는 가장 엄격한 것으로 되어 있다. 레귤레이션 T는 최고증거금으로서 옵션프리미엄에 기초증권 금액의 20%를 덧붙인 금액, 또 최저증거금액으로서, 옵션프리미엄에 기초증권 금액의 10%를 더한 금액으로 규정하고 있다. 메릴린치(Merrill Lynch)사의 경우에는. 예를 들면, 1계좌에 관하여 10,000달러의 증거금과 1포지션당 1,000달러의 증거금을 최저조건으로 하고 있다. ~ ***method*** [영] 옵션수법 ¶ The *option method* is a methodology where the fractional exposure of a swap is estimated through an option pricing framework. The swap is viewed as a package of options giving the holder the right to buy a fixed rate bond and sell a floating rate note (or vice-versa); the options are exercised jointly in the event of default by the counterparty, but only if they are in-the-money. See also historical method; simulation method. 옵션수법은 스왑의 부분적 노출이 옵션가격결정체계를 통해서 예측되는 방법론이다. 스왑은 옵션의 보유자에게 확정금리채

권(fixed rate bond)을 매입하고 변동금리부 채권(floating rate note)(또는 그 반대)을 매도할 권리를 부여하는 옵션의 한 꾸러미라고 생각한다. 그런 옵션은 거래상대방에 의한 디폴트인 경우에 합동으로 행사되지만, 그러나 그들이 인더머니(내가격, 현재가격이 행사가격과의 관계에서 이익이 나는 상태)인 경우에 한한다. historical method(과거실적수법); simulation method(시뮬레이션수법)도 참조할 것. ~ ***mutual fund*** 옵션뮤추얼펀드 ¶ *Option mutual fund* is mutual fund that either buys or sells options in order to increase the value of fund shares. *Option mutual funds* may be either conservative or aggressive. For instance, a conservative fund may buy stocks and increase shareholders' income through the premium earned by selling put and call options on the stocks in the fund's portfolio. This kind of fund would be called an option income fund. At the opposite extreme, an aggressive option growth fund may buy puts and calls in stocks that the fund manager thinks are about to fall or rise sharply; if the fund manager is right, large profits can be earned through exercise of the options. The leverage that options provide makes it possible to multiply the return on invested funds many times over. 옵션뮤추얼펀드는 펀드의 주가를 높이는 목적에서 옵션(option)매매를 하는 옵션펀드(mutual fund)를 이른다. 옵션뮤추얼펀드에는 견실하게 운용하는 것이 있는가 하면, 적극적인 것도 있다. 견실한 펀드에서는, 펀드의 포트폴리오(portfolio) 중에 있는 주식의 풋옵션(put option)이나 콜옵션(call option)을 매도하는 것에서 옵션료(premium)를 벌고, 펀드의 수익을 늘리려 한다. 이런 종류의 펀드는 option income fund(옵션인컴펀드)라고 한다. 반대로 적극적 운용을 하는 option growth fund(옵션그로우쓰펀드)의 운용책임자(fund manager)는 큰 가격 움직임을 보인다고 예상하는 주식의 풋이나 콜옵션을 매수하는 것에서, 운용책임자의 예상이 들어맞으면, 옵션을 행사(exercise)하는 것으로부터 다대한 이익을 얻을 수 있다. 옵션이 가져오는 레버리지(leverage)에 의하여 투하자본수익(return on invested capital)을 몇 배나 증가하는 것이 가능하게 된다. ~ ***on the maximum/minimum*** [영] 최고금액/최소금액에 대한 옵션 ¶ The *option on the maximum/minimum* is an over-the-counter complex option that grants the buyer a maximum gain by "looking back" over the price path of the asset and determining the point that creates the greatest economic value. This version of the lookback option carries a preset strike price and produces a gain based on the difference between the strike and the maximum price (for a call on the maximum) or minimum price (for a put on the minimum) achieved by the asset. Also known as fixed strike lookback option. 최고금액/최소금액에 대한 옵션은 자산의 가격경로(price path)에 관하여 「되돌아보고」(look back) 최대의 경제적 가치를 창조하는 포인트를 결정함으로써 매수인에게 최대의 이익을 부여하는 장외거래의 복잡한 옵션을 말한다. 이런 회고옵션(lookback option)의 버전은 미리 정한 행사가격을 수반하고 행사가격과 자산에 의해서 달성된 (최대금액에 대한 콜을 위한) 최대가격이나 (최소금액에 대한 풋을 위한) 최소가격간의 차이에 기초한 이익을 생산한다. 이는 fixed strike lookback option(고정적 행사가격회고옵션)으로도 알려져 있다. ~ ***premium*** 옵션프리미엄(옵션을 구입할 때에 매수인이 매도인에게 지급하는 금액) ¶ The *option premium* is an amount per share paid by an option buyer to an options seller for the right to buy (call) or sell (put) the underlying security at a particular price within a specified period. *Option premium* prices are quoted in increments of eighths or sixteenths of 1% and are printed in the options tables of daily newspapers. A premium of $5 per share means an option buyer ould pay $500 for an option on 100 shares. See also call option; put option. 옵션프리미엄은 기초증권(underlying securities)을 일정한 기간 내에, 일정한 가격에서

매수한다든지(콜, call), 혹은 매도한다든지(풋, put) 하는 권리를 얻기 위하여, 옵션(option)의 매수인이 옵션의 매도인에게 지급하는 1주당의 금액을 말한다. 옵션프리미엄 가격은 1%의 1/8라든가 1/16의 증가분의 형식으로 부쳐지고, 신문의 옵션란(欄)에 매일 게재된다. 1주당 5달러의 옵션료(premium)라고 하는 경우, 옵션의 매수인은 그 주식 100주의 구입권을 얻기 위해서는, 500달러의 옵션수수료를 지급하는 것을 의미한다. call option(콜옵션); put option(풋옵션)도 참조할 것. ~ ***price*** 옵션가격 ¶ The *option price* is a market price at which an option contract is trading at any particular time. The price of an option on a stock reflects the fact that it covers 100 shares of a stock. So, for example, an option that is quoted at $7 would cost $700, because it would be an option for 100 shares of stock at a $7 cost per share covered. The *option price* is determined by many factors, including its intrinsic value, time to expiration, volatility of the underlying stock, interest rates, dividends, and marketplace adjustments for supply and demand. Options on indices, debt instruments, currencies and commodities also have prices determined by many of the same forces. *Options prices* are published daily in the business pages of may newspapers. 옵션가격은 특정일에 거래되는 옵션 계약의 시장가격(market price)을 이른다. 주식의 옵션가격은 100주 단위의 취급이 된다. 예를 들면, 옵션가격이 7달러라고 하는 경우에는, 700달러를 지급한다. 말하자면, 1주당 7달러로 100주의 옵션이라고 하는 것이 된다. 옵션가격은 여러 가지의 요인에서 결정된다. 주된 요인에는, 본래가격(intrinsic value), 만기까지의 기간(time to expiration), 기초주식(underlying stock)가격의 변동성(volatility), 금리(interest rate), 배당(dividend), 시장의 수급관계 등이 있다. 주기지수(stock index)·채무증권(debt instrument)·통화(currency)·상품(commodities) 등의 옵션가격도 같은 요인에서 결정된다. 옵션가격은 많은 신문의 비즈니스란에서 매일 게재되고 있다. ~ ***repricing*** [영] 옵션의 재가격결정 ¶ The *option repricing* is the practice of converting an option that is out-of-the-money into one with intrinsic value by resetting the strike so that the contract is in-the-money. See also underwater. 옵션의 재가격결정은 계약이 인더머니(현재가격이 행사가격과의 관계에서 이익이 나는 상태)가 되도록 행사가격을 재결정함으로써 본질적 가치가 있는 옵션 속에 있는 아웃오브더머니(out-of-the-money)인 옵션을 전환하는 실무를 말한다. ~ ***series*** 옵션시리즈 ¶ *Options series* are options of the same class (puts or calls with the same underlying security) that also have the same exercise price and maturity month. For instance, all XYZ October 80 calls are a series, as are all ABC July 100 puts. See also option. 옵션시리즈는 같은 클래스(class)의 옵션(같은 기초증권(underlying securities)에 대한 풋이나 콜옵션)에서, 행사가격(exercise price)이나 한월(maturity month)이 같은 경우이다. 예를 들면, 10월 한월의 XYZ사의 주식 80달러의 모든 콜(call option)은 옵션시리즈이고, 똑같이 모든 7월 한월 ABC사의 주식 100달러의 풋(put option)도 시리즈이다. option(옵션)도 참조할 것. ~ ***spread*** 옵션스프레드 ¶ The *option spread* is buying and selling of options within the same class at the same time. The investor who uses the *option spread* strategy hopes to profit from the widening or narrowing of the spread between the various options. *Option spreads* can be designed to be profitable in either up or down markets. Some examples:

(1) entering into two options at the same exercise price, but with different maturity dates. For instance, an investor could buy an XYZ April 60 call and sell an XYZ July 60 call.

(2) entering into two options at different strike prices with the same expiration

month. For example, an investor could buy an XYZ April 60 can and sell an XYZ April 70 call.

(3) entering into two options at different strike prices with different expiration months. For instance, an investor could buy an XYZ April 60 call and sell an XYZ July 70 call.

옵션스프레드는 같은 클래스(class)의 옵션(option)을 매입하고, 동시에 매도하는 거래를 이른다. 옵션스프레드전략을 취하는 투자자는 각 옵션간의 스프레드(spread)(2개의 옵션가격의 격차)가 확대 또는 축소하는 것에서 이익을 얻을 것을 기대한다. 오르는 시세의 경우에 이익이 나오도록 옵션스프레드를 조합하는 것도, 또는 내리는 시세의 경우에 이익이 나오도록 옵션스프레드를 조합하는 것도 가능하다. 몇 가지 예를 들어보자.

(1) 행사가격(exercise price)이 동일하고, 한월(maturity month)이 다른 2개의 옵션거래를 행하는 경우이다. 예를 들면, 4월 한월 XYZ사의 주식 행사가격 60달러의 콜옵션을 매입하고, 동시에 7월 한월의 XYZ사의 주식: 행사가격의 60달러의 풋(put option)을 매도하는 경우이다.

(2) 행사가격(strike prices)이 다르고, 한월이 같은 2개의 옵션거래를 하는 경우이다. 예를 들면, 4월 한월의 XYZ사의 주식 행사가격 60달러의 콜을 매수하고, 4월 한월의 XYZ사의 주식: 행사가격 60달러의 콜을 매수하고, 4월 한월의 XYZ사의 주식 행사가격 70달러의 풋을 매도하는 경우이다.

(3) 행사가격도 한월도 다른 2개의 옵션거래를 하는 경우이다. 예를 들면, 4월 한월의 XYZ사의 주식: 행사가격 60달러의 콜을 매수하고, 7월 한월 XYZ사의 주식: 70달러의 풋을 매도하는 경우이다.

~ ***writer*** [옵션거래] 옵션라이터(옵션프리미엄을 취득하여 옵션을 인수, 매도하는 자), 풋 또는 콜옵션을 매도하는 자, 옵션의 매도인(option seller) ¶ The *option writer* is a person or financial institution that sells put and call options. A writer of a put option contracts to buy 100 shares of stock from the put option buyer by a certain date for a fixed price. For example, an *option writer* who sells XYZ April 50 put agrees to buy XYZ stock from the put buyer at $50 a share any time until the contract expires in April. A writer of a call option, on the other hand, guarantees to sell the call option buyer the underlying stock at a particular price before a certain date. For instance, a writer of an XYZ April 50 call agrees to sell stock at $50 a share to the call buyer any time before April. In exchange for granting this right, the *option writer* receives a payment called an option premium. For holders of large portfolios of the premiums from stocks, option writing therefore is a source of additional income. 옵션의 매도인은 풋옵션(put option)이나 콜옵션(call option)을 매도하는 개인이나 금융기관을 말한다. 풋옵션의 매도인은 풋옵션의 매수인이 행사기한(expiration)까지 풋옵션을 행사하면, 사전에 결정된 행사가격(exercise price)으로 100주를 구입한다고 하는 계약을 한다. 예를 들면, 4월 한월(限月) XYZ사의 주식, 행사가격 50달러(XYZ April 50 put)의 풋옵션의 매도인은 풋의 매수인으로부터 XYZ사의 주식을 4월의 행사기한까지의 기간이면 언제라도 1주 50달러로 매수하는 것에 동의한다. 반대로 콜옵션의 매도인은 콜옵션의 매수인이 행사기한 전에 옵션을 행사한다면, 기초주식(underlying stock)을 행사가격으로 매도할 것을 약속한다. 예를 들면, 4월 한월 XYZ사의 주식, 행사가격 50달러의 콜을 매도한 옵션의 매도인은 콜의 매수인에게 XYZ사의 주식을 4월의 행사기간 전이면 언제든지 1주 50달러로 매도할 것에 동의한다. 옵션의 권리를 매도하는 대상(代償)으로서, 옵션의 매도인은 옵션료 또는 옵션프리미엄(option premium)이라고 하는 수수료를 받는다. 따라서 포트폴리오(portfolio)에 많은 주식을 소유하고

있으면, 그것을 기초주식으로 한 옵션을 매각함으로써 옵션료라는 추가수입을 올릴 수 있다. ***put*** ~ 풋옵션, 특권부 매도 ¶ A *put option*, the opposite of a call option, gives its buyer the right to sell a specified number of shares of a stock at a particular price within a specified time period. Put buyers expect the price of the underlying stock to fall. Someone who thinks XYZ's stock price will fall might buy a three-month XYZ put for 100 shares at $100 apiece and pay a premium of $2. If XYZ falls to $80 a share, the put buyer can then exercise his or her right to sell 100 XYZ shares at $100. The buyer will first purchase 100 shares at $80 each and then sell them to the *put option* seller (writer) at $100 each, thereby making a profit of $18 a share (the $20 a share profit minus the $2 a share cost of the option premium). 콜옵션의 대칭(對稱)인 풋옵션(put option)은 주식의 일정한 수량을 특정한 가격으로 일정한 기간 내에 매도하는 권리를 이른다. 풋옵션의 매수인은 기초주식의 가격이 내려가는 것을 기대하고 있다. XYZ사의 주식이 내려간다고 생각하고, 2달러의 옵션료를 지급하고 3개월 이내에 XYZ사의 주식을 100달러로 100주를 매도한다고 하는 풋옵션을 매수하는 투자자가 있다고 하자. 만약, XYZ사의 주식이 80달러로 내려가면, 풋의 매수인은 XYZ사의 주식 100주를 100달러로 매도하는 권리를 행사할 수 있게 된다. 말하자면, 풋옵션을 행사하여 시장에서 XYZ사의 주식을 80달러로 100주를 매입하고, 바로 풋옵션을 행사하여 그것을 풋옵션의 매도인(라이터, writer)에게 100달러로 매도한다면, 1주당 18달러(1주당 20달러의 이익에서 프리미엄료의 2달러를 공제한다)의 이익을 얻는 것이 된다. ***stock*** ~ (임원에 대한) 주식매수선택권, 스톡옵션 ¶ The *stock option* is: (1) a right to purchase or sell a stock at a specified price within a stated period. Options are a popular investment medium, offering an opportunity to hedge positions in other securities, to speculate in stocks with relatively little investment, and to capitalize on changes in the market value of options contracts themselves through a variety of options strategies. See also call option; put option. (2) a widely used form of employee incentive and compensation, usually for the executives of a corporation. The employee is given an option to purchase its shares at a certain price (at or below the market price at the time the option is granted) for a specified period of years. See also incentive stock option; qualified stock option. 스톡옵션이란 (1) 일정한 기간 내에 특정한 가격으로 주식(stock)을 매수할 권리, 또는 매도하는 권리를 말한다. 옵션(option)은 인기가 있는 투자수단이고, 다른 증권의 포지션을 헤지(hedge)한다든지, 비교적 축소된 자본으로 주식의 투기를 한다든지, 각종의 옵션전략으로 옵션 자체의 시장가격(market value)의 변동에서 이익을 올린다든지 할 수 있다. call option(콜옵션); put option(풋옵션)도 참조할 것. (2) 종업원의 동기부여와 보수에 널리 사용되고 있는 수법으로, 통상은 간부사원을 대상으로 한다. 종업원은 일정한 기간내에 특정한 가격(통상은 옵션이 부여된 때의 시장가격이든, 그 이하의 가격)으로 자사주를 구입할 수 있는 옵션(option)을 수취한다. incentive stock option(자사주저가격구입권); qualified stock option(적격스톡옵션)도 참조할 것.

optional 자유선택의, 자신이 선택해야 할 ¶ *optional* redemption [증권] 수시(隨時)상환, 임의상환 ***optional call*** 선택 콜 ¶ The *optional call* is the call of a bond by an issuer who wishes to terminate a loan, generally because interest rates have declined since the time of issuance. *Optional calls* are frequently made at prices slightly higher than par value. Some bond issues are not subject to call; most issues provide a period of years after issuance during which optional calls are prohibited. See also call protection. 선택 콜은 일반적으로 금리가 채권발

행의 시기이래 하락하였기 때문에 대출을 끝내려고 하는 발행단체(issuer)에 의하여 행하는 채권의 콜을 말한다. 선택 콜은 액면가격 보다 약간 높은 가격으로 이루어지기도 한다. 어떤 채권발행은 콜에 따르지 않지만, 대부분의 발행은 선택 콜이 금지되는 기간 후에 수년 동안 제공된다. ~ ***dividend*** 선택배당 ¶ The *optional dividend* is a dividend that can be paid either in cash or in stock. The shareholder entitled to the dividend makes the choice. 선택배당은 현금(cash)이나 또는 주식(stock)에 의하여 지급되는 배당을 이른다. 배당금수급자격이 있는 주주가 어느 것인가를 선택한다. ~ ***payment bond*** 수취통화 선택권부 채권 ¶ The *optional payment bond* is a bond whose principal and/or interest are payable, at the option of the holder, in one or more foreign currencies as well as in domestic currency. 수취통화 선택권부 채권은 원리금 또는 그 어느 것인가를 자국통화뿐만 아니라, 외화(복수의 외화의 경우도 있다)로 받는 선택권이 채권소유자에게 주어지는 채권(bond)을 말한다. ~ ***redemption*** [영] 임의상환 ¶ The *optional redemption* is the right granted to the issuer of a security, particularly those with long or perpetual maturities, to repurchase or redeem the outstanding securities at a predefined fixed price, or a price that steps up over time. *Optional redemption* may be incorporated into the terms of hybrid capital securities. 임의상환은 특히 장기 또는 영구만기를 가지고, 사전에 정한 고정가격 또는 시간이 지나면서 올라가는 가격으로 미지급증권을 환매하거나 상환하는 증권의 발행자에게 부여되는 권리를 말한다. 임의상환은 혼합자본증권(hybrid capital securities) 약정 속에 편입될 수 있다.

oral contract 구두(口頭)계약 ¶ An *oral contract* is a contract representing an oral agreement between two parties, not written down or signed by them. Most oral contracts are enforceable by law, if they can be proved. It is also called a verbal contract. 구두계약은 양당사자간에 구두로 약정된 계약으로서 문서로 작성되지 않고 양당사자의 서명이 있는 계약을 이른다. 대부분의 구두계약은 증명될 수 있으면, 법에 의해서 집행될 수 있다. 구두계약은 영어로는 verbal contract라고도 한다.

orange goods 오렌지 상품, 회전율 · 이익 등이 중 정도의 상품(의류 등) (*cf.*) red goods(이익률이 낮으나 회전율이 빠르고 널리 팔리는 상품, 식료품), white goods(대형 가구용구), yellow goods(냉장고, 텔레비전 등 이익률이 비교적 높은 상품) ¶ In merchandising, *orange goods* are consumer goods, such as clothing, that will last for a period of time but will be replaced, at a moderate rate, because of wear and tear, desire to change, or change in season, or at the discretion of the consumer. See also red goods; yellow goods. 상품화계획에 있어서, 오렌지 상품은 일정한 기간동안 지속되지만, 소모된다든지, 변하려는 요망이나 계절에 따라 바꾸려 한다든지, 또는 소비자의 재량 때문에 일정한 속도로 대체되는 의류(clothing)와 같은 소비재(consumer goods)를 말한다. red goods(레드상품); yellow goods(내구소비재)도 참조할 것.

or better (OB) 지정가격이상 ¶ The words *or better* is an indication, abbreviated OB on the order ticket of a limit order to buy or sell securities, that the broker should transact the order at a price better than the specified limit price if a better price can be obtained. 지정가격이상이라는 말은 유가증권매매에서 지정가격주문(limit order)의 주문전표(order ticket)상에 OB라고 생략 기재되고, 지정가격(limit price)보다 유리한 가격이 부쳐지면 증권회사(broker)는 명기된 지정가격이상의 가격으로 그 주문을 실행하여야 한다.

order (*pl.*) 명령, 주문, 지시(指示) ¶ In investments, *order* is instruction to a broker or dealer to buy or sell securities or commodities. Securities orders fall

오더 대령이오.

into our basic categories: market order, limit order, time order, and stop order. 투자에 있어서, order(지시)는 유가증권이나 상품(commodities)을 매매할 때에 브로커(broker)나 트레이더(trader)에게 내는 지시를 이른다. 유가증권의 주문은 기본적으로, 성립가(價) 주문(market order), 지정가격주문(limit order), 기한부 주문(time order), 가격지정주문(stop order) 4 경우로 분류된다. ¶ In law, *order* is direction from a court of jurisdiction, or a regulation. 법률에 있어서, order(명령)는 관할권을 가지는 법원이나 규칙에 나오는 지시(directions)를 이른다. ¶ In negotiable instruments, the *order* is a payee's request to the maker, as on a check stating, Pay to the order of (when presented by) Jone Doe. 양도할 수 있는 증권에 있어서, order(지시)는 수취인(payee)이 발행인(maker)에 대하여 하는 지시이며, 수표(check)의 문언으로서 「존 도우씨에게 (제시된 때에) 지급해 주십시오」(Pay to the order of (when presented by) Joe Doe)와 같이 나타나고 있다. ¶ In trade, an *order* is a request to buy, sell, deliver, or receive goods or services which commits the issuer of the order to the terms specified. 매매거래에 있어서, 주문은 상품이나 서비스의 매매, 배달수취의 약속으로, 발주자에게 명기된 조건의 거래를 약속하는 것이다. /back *order* 이월주문, 후적(後積)주문 /cash with *order* 선급조건(cash in advance) /a check drawn payable to the *order* of self 자기 앞으로 지급되도록 발행된 수표 /a garnishee *order* 압류영장 /mail and cable payment *order* 우편 · 전신환 /an open *order* 기존주문이 취소되지 않는 한 유효하다는 주문방식 /*order* bill 지시식 어음 /an *order* for payment 지급명령 /an *order* of attachment 압류명령 /an *order* of credit 채권의 순위 /an *order* on a bank 은행 앞의 지시 /an *order* paper 지시증권 /*order* policy 지시식 보험증권 /an *order* to sell 매도주문 /Pay to Mr. Brown or *order*. [수표의 문언] 브라운씨 또는 그의 지시인에게 지급해 주세요. /purchase *order* 매입주문 /a "stop payment" *order* (수표의) 지급정지지시 ***delivery order*** 하도지시서(荷渡指示書) ¶ A *delivery order* is a document from the consignee, shipper, or owner of freight ordering the delivery of freight to another party. 하도지시서는 하물의 인도를 다른 당사자에게 지시하는 하물의 수하인(consignee), 하주(荷主), 또는 소유자로부터 나온 서류이다. ***firm*** ~ 확정주문 ¶ In commerce, a *firm order* is a written or verbal order that has been confirmed and is not subject to cancellation. 상거래에 있어서, 확정주문은 확정적이어서 취소되지 않는 서면 또는 구두주문을 말한다. ¶ In securities, the *firm order* is: (1) an order to buy or sell for the proprietary account of the broker-dealer firm; (2) a buy or sell order not conditional upon the customer's confirmation. 증권거래에 있어서, 확정주문은: (1) 브로커/딜러 회사의 자기계정(proprietary account)으로 매입하거나 매도하는 주문을 말하고, (2) 고객의 확인에 따라 조건적이지 않은 매입주문 또는 매도주문을 말한다. ***limit*** ~ 지정가주문 ¶ The *limit order* is an order to buy or sell a security or commodity at a specified price or better. The broker will execute the trade only within the price restriction. For example, a customer puts in a *limit order* to buy XYZ Corp. at 30 when the stock is selling at 32. Even if the stock reached 30.1 the broker will not execute the trade. Similarly, if the client put in a *limit order* to sell

XYZ Corp. at 33 when the price is 31, the trade will not be executed until the stock price hits 33. 지정가주문은 증권security)이나 상품(commodity)을 특정한 가격 또는 그 보다도 유리한 가격으로의 매매를 명하는 주문을 이른다. 중개업자(broker)는 그 제한가격 내에서만 거래를 집행한다. 예컨대, XYZ사주(社株)가 32달러로 매매되고 있는 때에, 고객이 30달러의 지정가로 매입주문을 하였다고 하자. 주식이 예컨대 30.01달러로 되어도 중개업자는 거래를 집행하지 아니한다. 마찬가지로, 만약 XYZ사주(社株)가 31달러로 매매되고 있는 때에 고객이 33달러의 지정가로 매도주문을 낸 경우, 주식가격이 33달러로 되기까지 거래는 집행되지 아니한다. ***market*** ~ (증권거래에서) 성립가(成立價)주문 ¶ A *market order* is an order to buy or sell a security at the best available price. Most orders executed on the exchanges are *market orders*. 성립가주문이란 것은 가장 유리한 가격으로 주식을 사거나 파는 주문을 말한다. 거래소에서 실시되는 대부분의 주문은 성립가 주문인 것이다. ***money*** ~ 우편환 ¶ The *money order* is a financial instrument that orders a specified sum of money paid to a named party. *Money orders* are widely available through convenience stores and the U.S. Postal Service. 우편환은 지명된 자에게 일정한 금액을 지급하도록 지시하는 금융증권이다. 우편환은 편의점과 미우정공사(U.S. Postal Service)에서 널리 이용할 수 있다. ~ ***B/L***; ~ ***bill of lading*** 지시식 선하증권 ¶ *Order bill of lading* is a negotiable bill of lading made out to the order of the shipper. 지시식 선하증권은 하주(荷主: shipper)의 지시에 따라 작성되는 유통선하증권을 말한다. ~ ***check*** 지시식 수표 ¶ An *order check* is one made payable to a named recipient or order, enabling the payee to either deposit it in an account or indorse it to a third party., i.e., transfer the rights to the check by signing it on the reverse. 지시식 수표는 지명된 수령인이나 지시식으로 지급되는 수표로, 수취인은 수표금을 어느 계정에 예금하든지 제3당사자에게 배서한다. 즉, 수표배면에 서명함으로써 그 수표의 권리를 양도하는 경우이다. ~ ***-driven market*** [영] 주문주도형 시장 ¶ The *order-driven market* is a physical or electronic marketplace where securities orders are grouped in the books of intermediaries such as principals, specialists, or agents, and are then matched according to certain auction-based rules, often related to price-time priority; many public equity markets are order-driven. See also auction; quote-driven market. 주문주도형 시장은 증권주문이 본인, 스페셜리스트 또는 대리인과 같은 중개업자의 장부에 분류되고 있고, 일정한 경매에 기초한 규범에 따라 종종 가격-시간우선의 원칙에 관련하여 경쟁하는 현물이나 전자방식에 의한 시장터를 말한다. 많은 공공의 주식시장은 주문주도형으로 진행된다. auction(경매); quote-driven market (호가주도형 시장)도 참조할 것. ~ ***imbalance*** 주문의 불균형 ¶ The *order imbalance* is a large number of buy or sell orders for a stock, causing an unusually wide spread between bid and offer prices. Stock exchanges frequently halt trading of a stock with a significant *order imbalance* until more buyers or sellers appear and an orderly market can occur when there is an announcement of an impeding takeover of the company, better-than-expected earnings, or other unexpected positive news. A significant *order imbalance* on the selling side can occur when a takeover offer has fallen through, a key executive has left the company, earnings came in far worse than expected, or there is other unexpected negative news. 주문의 불균형은 주식의 매도 또는 매수주문이 쇄도하여 매수호가(bid)와 매도호가(offer price)의 차액이 이상하게 큰 경우이다. 불균형이 현저한 경우에는, 매수인 또는 매도인이 늘어나서 질서 있는 시장이 돌아오기까지 증권거래소(stock exchange)가 주식매매를 중지하는 경우도 자주 본다. 매수인 측의 주문이 많기 때문에 현저한 불균형이 일어나는 것은 기업매수

(takeover)가 머지않아 행해진다는 뉴스가 공표된 때나 수익이 예상 이상으로 호조를 띤 때, 또는 예상외의 호재가 발표된 때 등이다. 반대로, 매도인 측의 주문이 많기 때문에 불균형이 생기는 것은, 매수가 실패로 끝난 때, 중심적 역할을 하고 있는 경영자가 퇴사한 때, 수익이 예상을 훨씬 하회한 때, 기타 예상외의 악재가 발표된 때 등이다. ~ ***paper*** 지시증권 ¶ The *order paper* is a negotiable instrument that by its term is payable to a specified person or his assignee, rather than, for instance, to cash or to bearer. The payee must be named or otherwise indicated with reasonable certainty. 지시증권은, 예를 들면 현금으로 또는 지참인이라기보다 그 명칭으로 보아 특정한 사람 또는 그의 양수인에게 지급되는 유통증권을 말한다. 수취인은 상당한 확실성으로 지정되거나 달리 지정되어야 한다. ~ ***room*** 오더룸 ¶ The *order room* is the department in a brokerage firm that receives all orders to buy or sell securities. Order tickets are processed through the *order room*. 오더룸은 증권회사에서 고객의 매매주문 전부를 받는 부문을 말한다. 주문전표(order ticket)는 오더룸에서 처리된다. ~ ***splitting*** 주문분할 ¶ The *order splitting* is a practice prohibited by rules of the Financial Industry Regulatory Authority (FINRA) whereby brokers might split orders in order to qualify them as small orders for purposes of automatic execution by the Small Order Execution System (SOES). 주문분할은 증권회사가 소액주문처리시스템(small order execution system: SOES)에서 자동적으로 처리하기 위하여, 소액주문취급을 하도록 하나의 주문을 분할하는 것이다. 이 행위는 금융업규제기구(Financial Industry Regulatory Authority: FINRA)의 규칙에서 금하고 있다. ~ ***ticket*** 주문전표 ¶ The *order ticket* is a form completed by a registered representative (account executive) of a brokerage firm, upon receiving order instructions from a customer. It shows whether the order is go buy or to sell, the number of units, the name of the security, the kind of order (order market, limit order or stop order) and the customer's name or code number. After execution of the order on the exchange floor or in the firm's trading department (if over the counter), the price is written and circled on the *order ticket*, and the completing broker is indicated by number. The *order ticket* must be retained for a certain period in compliance with federal law. 주문전표는 고객의 주문지시를 받은 시점에서, 증권회사의 등록외무원(registered representative, account executive)이 작성하는 서식을 이른다. 거기에는 매수주문, 매도주문의 구별, 매매수량, 종목, 주문의 종류(성립가주문, order market; 지정가주문, limited order; 가격지정주문, stop order), 고객명 또는 고객의 코드넘버 등이 기재된다. 거래소의 장내(floor) 또는 증권회사의 거래부문(장외거래, over the counter)에서 주문이 집행(execution)되는 것, 주문전표에 가격이 기입되고 ○표로 둘러싼다. 거래를 집행한 브로커의 코드넘버도 기재된다. 미연방법에 의하여, 주문전표는 일정한 기간 보관하는 것이 의무로 되어 있다.

ordering bank (거래의) 지시은행

orderly 규율 있는, 질서를 지키는 ¶ *orderly* marketing agreement (OMA) 시장질서유지협정 ***orderly market*** 질서정연한 시장 ¶ The *orderly market* is the market in which prices are continually provided by buyers and sellers, and price changes between transactions are relatively small. 질서정연한 시장은 가격이 매수인과 매도인에 의해서 제공되고 거래 사이에 가격변동이 비교적으로 작은 시장을 가리킨다.

ordinal number 서수(序數)(first, second, third, fourth, …) (*cf.*) cardinal number 기수(基數)(1, 2, 3, 4, …)

ordinance 법령, 조례(條例) ¶ The *ordinance* is a law enacted by authority of a county, or town. For example, a city enacts an *ordinance* to prohibit overnight parking on the street. 조례는 시(市), 타운(town)의 당국이 제정한 법이다. 예를 들면, 시당국은 거리 위에 야간주차를 금지하는 조례를 제정하는 경우이다.

ordinary 보통의, 통상(通常)의 ¶ *ordinary* bank 보통은행 /*ordinary* bill 보통어음 /an *ordinary* check 보통수표 /*ordinary* creditor 통상의 채권자 /*ordinary* day 평일(平日) /*ordinary* deposit [영] 보통예금 /*ordinary* depreciation 보통상각(償却) /ordinary dividend 보통배당 /*ordinary* general meeting 정기(주주)총회 /*ordinary* interest rate 통상의 이자율 /*ordinary* profit 경상이익 /*ordinary* [recurring] profit and loss 경상손익 /(an) *ordinary* remittance 보통환(普通換) /*ordinary* stock 보통주식 /*ordinary* telegram 보통전보 ***ordinary income*** 경상소득 ¶ *Ordinary income* is any income from the normal activities of an individual or business, as distinguished from the sale or exchange of a capital asset held for more than 12 months. *Ordinary income* is taxed at regular income tax rates, not preferential capital gains rates. 경상소득은 개인이나 비즈니스에 있어서 통상의 활동에서 얻는 소득으로, 12개월 이상 보유한 자산의 매각이나 교환에 의한 소득과는 구별된다. 경상이익에는 통상의 소득세(income tax)의 세율이 부과되고, 우대취급의 양도익세(capital gain tax)세율은 적용되지 아니한다. ~ ***interest*** (1년 360일 계산의) 통상이자 (*cf.*) exact interest (1년 365일 계산의) 정확한 금리 ¶ *Ordinary interest* is simple interest based on a 360-day year rather than on a 365-day year (the latter is called extra interest). The difference between the two bases when calculating daily interest on large sums of money can be substantial. The ratio of *ordinary interest* to exact interest is 1.0139. 통상이자는 1년 365일 기준으로 하는 계산(추가이자, extra interest)이 아니라, 360일 기준으로 계산하는 단리(單利)(simple interest)이다. 큰 금액의 이자를 일변(日邊)계산하면 365일 계산과 360일 계산에서는 상당한 차액이 생긴다. 정확한 이자에 대한 통상이자의 비율은 1.0139가 된다. ~ ***life insurance*** 보통생명보험 → whole life insurance (종신보험). ~ ***shares*** [영] 보통주식 ([미] common stock) ¶ *Ordinary shares* are the equivalent of common stock in England, Australia, and certain other English-speaking countries other than the United States. *Ordinary shares* may be voting or nonvoting. Preferred *ordinary shares* rank between a preference share (the British equivalent of preferred stock) and *ordinary shares* in the payment of dividends. Deferred *ordinary shares* fall into two categories: *ordinary shares*, typically issued to founders, that pay dividends only after ordinary and preferred ordinary dividends are paid, and *ordinary shares* that pay little or no dividend for a fixed period of years, then rank with other *ordinary shares*. Also called ordinaries. 보통주식은 영국, 오스트레일리아나 미국을 제외하는 몇 개의 영어권에서 사용되는 말로, common stock에 상당하다. 보통주식에는 의결권(voting right)이 있는 주식과 의결권이 없는 주식이 있다. 우선보통주(preferred ordinary shares)는 배당금(dividend)의 지급에 관하여, 우선주식(reference share)(preferred stock에 상당하는 영국의 주식)과 보통주식의 중간에 위치한다. 후배보통주(deferred ordinary shares)에는 2개의 종류가 있다. 하나는 주로 창업자를 위하여 발행되는 후배보통주로, 보통주주와 우선보통주주에게 배당이 지급된 후에 비로소 배당이 지급되는 것이다. 다른 하나는 일정한 기간 무배당 혹은 소액의 배당지급인데, 그 기간을 경과하면 보통주와 동격이 되는 것이다.

organization 조직, 단체, 기구 ***Organization for Economic Cooperation and Development (OECD)*** 경제협력개발기구 ¶ The *Organization for Econo-*

mic Cooperation and Development (*OECD*) is an organization that provides a forum for discussion of common economic and social issues facing the United States, Canada, Western Europe, Japan, Australia, and New Zealand. *OECD* was founded in September 1960 as successor to the Organization for European Economic Cooperation (OEEC), which had administered European participation in the Marshall Plan. *OECD* seeks "to achieve the highest sustainable economic growth and employment and a rising standard of living in member countries while maintaining financial stability and thus contribute to the world economy." Members include Australia, Austria, Belgium, Canada, Denmark, Finland, France, Germany, Greece, Iceland, Ireland, Italy, Luxemburg, Korea, Japan, the Netherlands, New Zealand, Norway, Portugal, Spain, Sweden, Switzerland, Turkey, the United Kingdom, and United States. *OECD* headquarters is in Paris, France. 경제협력개발기구는 미국, 캐나다, 서유럽, 일본, 오스트레일리아 및 뉴질랜드가 직면하는 공통된 경제사회문제의 토론을 위한 포럼을 제공하는 기구이다. OECD는 1960년 9월에 마샬 플랜의 유럽의 참여를 시행한 유럽경제협력기구(Organization for European Economic Cooperation: OEEC)의 후계조직(successor)으로 창설되었다. OECD는「회원국에 있어서 지속가능한 최고의 경제성장과 고용 및 고도의 생활수준」을 달성하는 데 노력하는 것이다. 현재의 회원국은 오스트레일리아, 오스트리아, 벨기에, 캐나다, 덴마크, 핀란드, 프랑스, 독일, 그리스, 아이슬란드, 아일랜드, 이탈리아, 룩셈부르크, 한국, 일본, 네덜란드, 뉴질랜드, 노르웨이, 포르투갈, 스페인, 스웨덴, 스위스, 터키, 영국 및 미국 등이다. OECD의 본부는 프랑스의 파리에 있다. ***organization chart*** 회사기구도, 조직도 ¶ The *organization chart* is a chart showing the interrelationships of positions within an organization in terms of authority and responsibility. There are basically three patterns of organization: line organization, in which a single manager has final authority over a group of foremen or middle management supervisors; functional organization, in which a general manager supervises a number of managers identified by function; and line and staff organization, which is a combination of line and functional organization, with specialists in particular functions holding staff positions where they advise line officers concerned with actual production. 조직도는 조직내의 직위자간의 상호관계를 권한(authority)이나 책임(responsibility)을 기초로 나타내는 차트를 말한다. 기본적으로, 조직은 다음의 3 패턴으로 대별할 수 있다. 1인의 관리자(manager)가 직장(foremen)이나 중간관리자(middle management supervisors)에 대하여 최종적인 권한을 가지는 line organization(라인조직). 1인의 제네럴매니저가 많은 직능별 책임자를 통괄하는 functional organization(직능조직). 전문가로 편성된 스탭 부문이 현장의 생산에 참여하는 라인의 관리자에게 조언하는 라인조직과 직능조직을 조합한 line and staff organization(라인스탭조직)이 그것이다. ***Organization of Petroleum Exporting Countries (OPEC)*** 석유수출국기구 ¶ The *Organization of Petroleum Exporting Countries* (*OPEC*) is an international organization of eleven developing countries dependent on oil exports as a source of revenues. Members are Algeria, Indonesia, Iran, Iraq, Kuwait, Libya, Nigeria, Qatar, Saudi Arabia, the United Arab Emirates, and Venezuela. *OPEC* members supply about 40% of the world's oil output and claim to possess over three quarters of known oil reserves. Twice a year, or more often if required, the Oil and Energy Ministers of the *OPEC* Members meet to determine production quotas aimed at optimizing world oil prices given supply and demand conditions. 석유수출국기구는 수입원으로서 석유에 의존하는 개발도상국 11개국으로 구성되는 국제조직이다.

가맹국은 알제리, 인도네시아, 이란, 이라크, 쿠웨이트, 리비아, 나이지리아, 카타르, 사우디아라비아, 아랍 에미리트 연방 및 베네수엘라이다. OPEC가맹국은 세계원유의 산출량의 약 40%를 차지하고, 원유매장량의 4분의 3을 보유하고 있다고 한다. 연 2회, 혹은 필요에 따라 횟수를 증가하지만, OPEC 가맹국의 석유·에너지담당각료가 회합을 가져서, 원유의 수급을 감안, 세계의 원유가격을 최적화할 목적으로 산출량할당을 결정한다.

organized securities exchange 조직화된 증권거래소 ¶ The *organized securities exchange* is a stock exchange as distinguished from an over-the-counter market. See also securities and commodities exchanges. 조직화된 증권거래소는 장외거래(over-the-counter market)와는 구별되는 증권거래소(stock exchange)이다. securities and commodities exchanges(증권거래소/상품거래소)도 참조할 것.

orientation 경향, 적응 ¶ The *orientation* is a program of activities designed to acquaint a new employee with an organization. 오리엔테이션(적응훈련)이란 신입사원을 조직에 익숙하게 하려는 활동계획을 말한다.

-oriented …지향(志向)의, …에 중점을 둔 ¶ land-*oriented* 토지 지향의 /profit-*oriented* 이익 지향의 /diploma-*oriented* 학력 편중의

origin 기원(起源), 원산지 ***certificate of origin*** 원산지증명서 ¶ The *certificate of origin* is a signed statement required by certain nations as to the origin of an export item. Such certificates are usually obtained through a semiofficial organization such as a local chamber of commerce. A certificate may be required even though the commercial invoice contains the information. 원산지증명서는 수출물품의 원산지에 관하여 일정한 국가가 요구하는 서명 있는 명세서(statement)이다. 이러한 증명서는 통상 지방상업회의소와 같은 준(準)공공기관을 통해서 발행된다. 이 증명서는 상업송장에 그런 정보가 기재되고 있더라도 요구하는 경우가 있다. ***country of ~*** 원산국(原産國) ¶ The *country of origin* is the country where an article was wholly grown, manufactured, or produced, or, if not wholly grown, cultivated or produced in one country, the last country in which the article underwent a substantial transformation. Duty rates vary according to the *country of origin*. 원산국은 어느 상품이 완전히 산출, 제조, 또는 생산된 국가, 또는 1국가에서 완전히 산출, 경작, 생산되지 않더라도, 상품이 실질적인 변형을 경험한 최종국가를 이른다. 원산국에 따라 관세율은 상이하다.

original ⓐ 최초의, 본래의 ¶ an *original* and a duplicate 정부(正副) /*original* credit 원신용장(原信用狀) /*original* equipment manufacturer (OEM) 주문자상표부착생산회사 /*original* issue discount [증권] 발행시 할인율 /*original* tender 론(loan) 채권매매에 있어서 원(原)대출은행 /*original* purchaser [CD] 최초구입자 ***original cost*** 취득원가 ¶ In accounting, the *original cost* is all costs associated with the acquisition of an asset. 회계에 있어서, 취득원가는 자산취득에 수반하는 모든 지출액을 말한다. ¶ In public utilities accounting, the *original cost* the acquisition cost incurred by the entity that first devotes a property to public use; normally, the utility company's cost for the property. It is used to establish the rate to be charged customers in order to provide the utility company with a fair rate of return on capital. 공공사업회계에 있어서는, 취득원가는 사업체가 처음에 공적사용에 제공한 자산의 취득비용으로, 통상은 자산취득원가(acquisition cost)를 말한다. 투하자본에 대한 공정한 수익률(fair rate of return)을 얻을 목적에서, 이 취득원가를 이용하여 공공기업의 고객부담액이 설정된다. ~ ***exposure***

method [영] 오리지널 익스포저 메소드 ¶ The *original exposure method* is a regulatory method of computing swap credit risk, under the original 1988 Basle Accord put forth by the Bank for International Settlements, which focuses solely on future credit exposure (de facto ignoring actual exposure or mark-to-market value). Since the methodology takes no account of ongoing mark-to-market value, it features higher future exposure risk factors. See also current exposure method; internal rating-based approach. 오리지널 익스포저 메소드는 국제결제은행(Bank for International Settlements)이 최초에 제시한 1988년 바젤협정(Basle Accord)에 의하여 (사실상 실제의 익스포저나 시세평가가격를 경시하는) 스왑크레디트 리스크를 계산하는 규제방법을 말한다. 그런 방법론은 계속적인 시세평가가격을 고려하지 않기 때문에, 그것은 더 높은 장래익스포저 리스크요인을 특징으로 한다. current exposure method(커런트익스포저 메소드); internal rating-based approach(내부등급에 기초한 방법)도 참조할 것. ~ ***issue discount* (*OID*)** 발행시 할인 ¶ The *original issue discount* (*OID*) is a discount from par value at the time a bond or other debt instrument, such as a strip, is issued (Although the par value of bonds is normally $1,000. $100 is used when traders quote prices.) A bond may be issued at $50 ($500) per bond instead of $100 ($1,000), for example. The bond will mature at $100 (1,000), however, so that an investor has a built-in gain if the bond is held until maturity. The most extreme version of an *original issue discount* is a zero-coupon bond, which is originally sold at far below par value and pays no interest until it matures. The Revenue Reconciliation Act of 1993 extended *OID* rules to include stripped preferred stock. 발행시 할인(OID)은 스트립채(債)(strip) 등의 채권이나 채무증권(debt instrument)이 발행될 때의 액면(par value)으로부터의 할인(discount)을 말한다. 채권의 액면은 통상 1,000달러이지만, 트레이더(trader)가 시세를 말하는 경우에는, 100달러 단위로 표시되므로, 예를 들면, 「100달러(채권 액면 1,000달러)의 채권이 50달러(발행액 500달러)로 발행된다」(A bond may be issued at $50 ($500) per bond instead of $100 ($1,000))라고 한다. 할인 발행된 채권은 만기(maturity)에 100달러(채권액에서는 1,000달러)로 상환되기 때문에, 만기까지 가지고 있으면 채권에 편입되고 있는 수익을 얻을 수 있다. 발행시 할인의 궁극적인 형식이 제로쿠폰채(zero-coupon bond)로, 이 채권은 만기까지 이자(interest)가 붙지 않는 대신에, 액면보다 대폭 낮은 가격으로 매출된다. 1993년의 세입조정법(Revenue Reconciliation Act of 1993)에 의하여 OID규칙이 스트립 우선주에도 적용되도록 되었다. ~ ***maturity*** 최초의 만기 ¶ The *original maturity* is an interval between the issue date and the maturity date of a bond, as distinguished from current maturity, which is the time difference between the present time and the maturity date. For example, in 2001 a bond issued in 1999 to mature in 2014 would have an *original maturity* of 15 years and a current maturity of 13 years. 최초의 만기는 채권(bond)의 발행일(issue date)에서 만기일까지의 기간을 의미하고, 현재에서 만기일까지의 잔존기간(current maturity)과는 구별된다. 예컨대, 1999년에 발행되어 2014년에 만기가 되는 채권은 2001년 시점에서는, 최초의 만기 15년, 잔존기간 13년이라고 하게 된다.
n. 원본(原本), 정본(正本)

origination fee 부동산담보론(mortgage loan)의 취급수수료 ¶ The *origination fee* is a lender's charge to a borrower, especially for a mortgage loan to cover the costs of issuing the loan, such as the salesman's commission. It may cover a credit check, appraisal, and title expense. If the fee is a discount point and is only for the use of money, the fee is considered interest and may be deductible (for purchase of a home) or amortizable (for refinancing of a home). 부동산담보론(loan)의 취급수수료는 세일즈맨의 수수료와 같이, 특히 모기지론을 위하여, 그 대출을 할 때의 비용을 커버할 것을, 대여자가 차입자에게 물리는 부과금이다. 그것은 신용조사, 평가 및 권원조사비용을 커버할 수 있다. 그 취급수수료가 할인포인트이고 대여금을 사용할 때에만 부과된다면, 그 수수료는 이자로 생각되며 (주택구매로 인하여) 공제 받을 수 있거나, (주택을 위한 차환(借換)일 경우에는) 분할 상환될(amortizable) 수도 있다.

originator 창시자, 원작자, 선구자, 원조 ¶The *originator* is: (1) a bank that initiates a wire transfer or automated clearing house payment. (2) a bank, mortgage banker or saving institution that makes mortgage loans and then assembles the loans into a pool for resale to an institutional investor. See also asset-backed securities; secondary mortgage market. 오리지네이터는 (1) 전신송금(wire transfer)이나 자동청산기관지급(automated clearing house payment)을 개시한 은행. (2) 모기지론(mortgage loan)을 만든 다음에 기관투자자에게 재판매할 목적으로 모기지풀(mortgage pool)을 결성하는 은행, 모기지 은행 또는 저축기관을 말한다.

orphan stock 고아주(孤兒株) ¶The *orphan stock* is a stock that has been neglected by research analysts. Since the company's story is rarely followed and the stock infrequently recommended, it is considered an orphan by investors. *Orphan stocks* may not attract much attention because they are too small, or because they have disappointed investors in the past. Because they are followed by so few investors, *orphan stocks* tend to trade at low price/earnings ratios. However, if the company assembles a solid record of rising profitability, it can be discovered again by research analysis, boosting the stock price and price/earnings ratio significantly. Investors who buy the stock when it is still a neglected orphan can thereby earn high returns. Called also a wallflower. 고아주란 리서치애널리스트(research analyst)가 경시해 온 주식을 말한다. 회사의 업적보고가 주목받는 일이 거의 없고, 권장할 만한 주식으로 추천되는 경우도 전혀 없기 때문에, 투자자가 고아(orphan)로 보는 것이다. 고아주는 너무 고액이거나, 또는 과거에 투자자를 실망시킨 경우가 있는 등 투자자의 주의를 끄는 일이 그다지 없다. 투자자가 주목을 하지 않기 때문에, 고아주의 주가수익률(price/earnings ratio)은 낮은 셈이다. 그러나 회사가 증수실적을 착실히 쌓아 가면, 재차 리서치애널리스트의 눈에 띄어, 주가나 주가수익률이 현저히 상승하는 경우도 있다. 투자자가 주목하지 않는 고아주 중에 투자하면, 높은 수익(return)을 얻을 수가 있다. wallflower(인기가 없게 된 종목)도 참조할 것.

Osaka Stock Exchange (OSE) [일본] 오사카증권거래소 ¶The *Osaka Stock Exchange* is the second largest stock exchange of Japan, originally established in 1878, consolidated in 1943, and reformed in 1949. In addition to electronic trading of individual stocks, the *OSE* lists and trades futures and options on the benchmark Nikkei 225 Index, in both standard and mini form. See also Tokyo Stock Exchange. 오사카증권거래소는 원래 1878년에 설립되어 1943년에 통합되었다가 1949년에 개편된 일본에서 2번째로 큰 증권거래소이다. 개인주식의 전자거래에 덧붙여서, 오사카증권거래소는 표준방식과 약식방식으로 기준인 일경(日經) 225지수에 선물과 옵션을 상장하여 거래하고 있다. Tokyo Stock Exchange(도쿄증권거래소)도 참조할 것.

oscillator 오실레이터 ¶In technical analysis, an *oscillator* is a measure of market movements used to identify overbought or oversold conditions; different oscillators exist, including the relative strength of the market (average number of days ending up divided by number of days ending down). 기술적 분석에 있어서, 오실레이터는 매수초과조건이나 매도초과조건을 확인하는 데 사용되는 시장변동의 측정치(値)이다. 시장(하향결말의 회전일수로 분할된 상향결말의 회전평균일수)의 상대적 상대력(relative strength)을 포함하여 상이한 오실레이터가 존재한다. → momentum indicators (모멘텀 지표).

Oslo [딜러용어] 노르웨이 크로네(Norwegian krone)

Oslo Stock Exchange (OSE) 오슬로증권거래소 ¶ The *Oslo Stock Exchange* is a Norway's major exchange, dating from 1819, which trades in commodities, options and securities using an electronic dealing system. 오슬로증권거래소는 1819년부터 시작한 노르웨이의 주된 거래소로서, 전자거래시스템을 사용하여 상품, 옵션과 증권을 거래하고 있다.

OTC → **o**ver-the-**c**ounter [약] 장외거래(場外去來) ***OTC bulletin board (OTCBB)*** 장외거래 게시판 ¶ The *OTC bulletin board* is an electronic listing of bid and asked quotations of over-the-counter stocks not meeting the minimum net worth and other requirements of the NASDAQ stock-listing system. The new system, which was approved by the Securities and Exchange Commission in 1990, provides continuously updated data on domestic stocks and twice-daily updates on foreign stocks. It was designed to facilitate trading and provide greater surveillance of stocks traditionally reported on once daily in the PINK SHEETS published by Pink Sheet LLC. 장외거래 게시판은 나스닥(NASDAQ)의 상장기준(최저순자산기준의 조건)을 충족하지 않는 장외거래 주식(over the counter stock)의 매수호가나 매도호가(bid and asked)를 전자표시(電子表示)한 것을 말한다. 나스닥의 새로운 시스템은 1990년에 미증권거래위원회(Securities and Exchange Commission: SEC)에 의하여 인가를 받은 것이고, 미국의 주식에 대하여 계속해서, 또는 외국의 주식에 관하여는 하루 2회씩 최신정보를 제공하고 있다. 이 시스템은 거래를 촉진할 목적과 핑크쉬트사(Pink Sheet LLC)가 발행하는 핑크쉬트(PINK SHEETS)(장외주식 주가표)에 하루 1회씩 전통적으로 보고되는 주식에 관하여 더 많은 감시를 행할 목적이었다. ***OTC margin stock*** 신용거래적격 장외주식 ¶ The *OTC margin stock* is shares of certain large firms traded over the counter that qualify as margin securities under Regulation T of the Federal Reserve Board. Such stock must meet rigid criteria, and the list of eligible OTC shares is under constant review by the Fed. See also margin security. 신용거래적격 장외거래는 미연방준비이사회(Federal Reserve Board: Fed)의 레귤레이션 T(Regulation T)에 의하여 신용거래적격 증권이 되는 장외거래(over the counter)의 대기업주식을 이른다. 신용거래적격 장외종목은 엄격한 기준을 충족하여야 하며, Fed에 의하여 항시 재조사 받고 있다. margin security(신용거래증권)도 참조할 것. ***OTC market*** → **o**ver-the-**c**ounter market [약] 장외(場外)시장 ¶ The *OTC market* is a widespread aggregation of dealers who make markets in many

장외거래가 시원하군요.

different securities. Unlike an organized exchange on which trading take place at one physical location, OTC trading occurs through telephone or computer negotiations between buyers and sellers. Although stocks traded over the counter are often more speculative than listed stocks, virtually all government and municipal bonds and most corporate bonds are traded in the *OTC market*. 장외시장은 많은 상이한 증권을 거래하는 딜러(dealers)들의 광범한 집합체이다. 실체적인 장소에서 거래가 일어나는 조직화된 거래소와는 달리, 장외시장에서의 거래를 매수인과 매도인 간에 전화 또는 컴퓨터를 통해서 일어난다. 장외시장에서 거래되는 주식이 상장주식보다 더 투기적인 때가 자주 있지마는, 사실상 모든 국채 및 지방채와 대부분의 사채(社債)가 장외시장에서 거래된다.

other 다른, 딴 것의, 그 밖의 ¶ *other* clearing books 교환어음반출장(搬出帳) /*other* income 영업외수익 /the *other* [opposite] party 상대방 /*other* reserve 별도적립금 ***other capital*** 기타 자본수지 ¶ The *other capital* is a residual category in balance of payments capital account that groups capital transactions not included in direct investment, portfolio investment, and reserves. Other long-term capital includes bank loans, mortgages, and nonnegotiable instruments with a life of year or more; other short-term capital includes financial assets converting to cash in under one year. 기타 자본수지는 국제수지(balance of payments)의 자본수지(capital accounts)로, 직접투자(direct investment), 증권투자(portfolio investment), 준비금(reserve)에 포함되지 않는 자본수지의 잔여개념(residual category)을 이른다. 기타의 자본계좌 중에서 장기자본수지에는, 기간 1년 이상의 은행론(loan), 모기지대출(mortgage), 양도할 수 없는 금융상품(nonnegotiable instruments) 등이 있고, 단기자본수지에는 1년 이내에 현금화할 수 있는 금융자산(financial assets) 등이 있다. ~ ***income*** 영업외 수익 ¶ *Other income* is heading on a profit and loss statement for income from activities not in the normal course of business: sometimes called other revenue. Examples: interest on customer's notes, dividends and interest from investment, profit from the disposal of assets other than inventory, gain on foreign exchange, miscellaneous rent income. See also extraordinary item. 영업외 수익은 통상의 영업 이외의 활동에서 얻어지는 수익을 표시하는 손익계산서(profit and loss statement)상의 항목을 이른다. 예를 들면, 고객발행수표의 이자, 투자로부터의 배당금이나 이자수입, 상품재고(inventory) 이외의 자산의 매각익, 외국환차익금, 잡화수입 등이다. extraordinary item(특별손익[이익, 손실]항목)도 참조할 것. ~ ***people's money (OPM)*** 차입금 ¶ *OPM* is: (1) other people's money; Wall Street slang for the use of borrowed funds by individuals or companies to increase the return on invested capital. See also financial leverage. (2) options pricing model. See also Black-Scholes options pricing model. OPM(차입금)이란 (1) **o**ther **p**eople's **m**oney(타인의 돈)의 머리글자이다. 차입금을 사용하여 투자수익률(return)을 높인다는 월가(Wall Street)에서 사용하는 속어이다. financial leverage(재무레버리지)도 참조할 것. (2) **o**ptions **p**ricing **m**odel(옵션가격모형)의 머리글자이다. Black-Scholes options pricing model(블랙-숄즈 프라이싱모형)도 참조할 것.

our account; our a/c 당행계정(當行計定) (*cf.*) nostro account 당행당좌계정

out *ad.* 밖으로, 벗어나, 없어져 ¶ check on *out*-of-town banks-transit item 타소(他所)지급수표 /*out* of court 법정 외에서 /*out*-of-date check 기일경과수표 /*out* of debt 차금이 없는 /*out*-of-pocket cost [expense] 현금지급비용, 부대비용 /*out* of stock 품절(品切) /*out*-of-town check 시외(市外)수표 /*out*-of-town clearing 시외은행어음교환 /*out*-of-town item 시외은행용 어음류 /*out* to in external bond [외-

내] 외채(外債) /*out*-(of-)town bill 이지(異地)어음, 타소(他所)지급어음 ***out-of-favor industry or stock*** 비인기산업, 비인기주식 ¶ The *out-of-favor industry or stock* is an industry or stock that is currently unpopular with investors. For example, the investing public may be disenchanted with an industry's poor earnings outlook. If interest rates were rising, interest-sensitive stocks such as banks and savings and loans would be out of favor because rising rates might harm these firms' profits. Contrarian investors – those who consciously do the opposite of most other investors – tend to buy out-of-favor stocks because they can be bought cheaply. When the earnings of these stocks pick up, contrarians typically sell the stocks. *Out-of-favor stocks* tend to have a low price/earnings ratio. 비인기산업, 비인기주식은 투자자(investor)에게 인기가 없는 산업이나 주식을 말한다. 예를 들면, 일반 투자자는 수익전망이 나쁜 산업에 환멸을 느끼는 경우가 있다. 만약 금리가 상승하는 일이 있으면, 금리상승으로 인하여 수익상 타격을 입는 은행이나 저축대출기관(savings and loan association) 등의 금리 민감한 주식은 인기가 없게 된다. 통상과는 반대의 주식매매를 하는(contrarian) 투자자 — 의식적으로 다른 투자자와 반대의 투자를 하는 사람 — 는 싸게 매수할 수 있으므로, 인기 없는 주식을 매입하는 경향에 있다. 이러한 주식의 수익이 상향될 때에, 통상과는 반대의 주식매매를 하는 투자자는 일반적으로 이를 매도한다. 일반적으로 인기 없는 주식의 주가수익률(price/earnings ratio)은 낮다. ~ ***of line*** 비교적 쌈 · 비교적 비쌈 ¶ The word *out of line* is a term describing a stock that is too high or too low in price in comparison with similar-quality stocks. A comparison of this sort is usually based on the price/earnings ratio (PE), which measures how much investors are willing to pay for a firm's earnings prospects. If most computer industry stocks had PEs of 15, for instance, and XYZ Computers had a PE of only 10, analysis would say that XYZ's price is *out of line* with the rest of the industry. 비교적 쌈 · 비교적 비쌈이라는 말은 동격의 주식과 비교하여, 주가가 너무 높다든지 낮다든지 하는 주식을 나타내는 용어이다. 주가 비교에는 주가수익률(price/earnings ratio: PE)이 잘 사용되지만, 이것은 장래의 수익 전망액에 대하여, 투자자가 몇 배의 돈을 투자하려고 하고 있는지를 보는 것이다. 예를 들면, 많은 컴퓨터관련 기업주식의 PE가 15배인 경우에, 동업의 XYZ사의 PE가 10배밖에 아니 된다면, XYZ사의 주가는 동업의 다른 회사보다 비교적 싸다고 애널리스트(analysts)는 말할지도 모른다. ~ ***of the money*** 아웃오브더 머니 ¶ The word *out of the money* is a term used to describe an option whose strike price for a stock is either higher than the current market value, in the case of a call, or lower, in the case of a put. For example, an XYZ December 60 call option would be out of the money when XYZ stock was selling for $55 a share. Similarly, an XYZ December 60 put option would be out of the money when XYZ stock was selling for $65 a share. 아웃오브더 머니라는 말은 주식의 옵션행사가격(strike price)이 콜옵션(call option)의 경우에, 시가(market value)보다 높고, 풋옵션(put option)의 경우에는 시가보다 낮은 상태를 나타내는 용어이다. 예를 들면, XYZ사의 주식의 시장가격이 55달러인 경우, XYZ사의 주식 December 60 call option(XYZ사의 주식을 행사가격 60달러로 12월 한월까지 매수옵션)은 아웃오브더 머니라고 하게 된다. 마찬가지로, 주가가 65달러인 경우, XYZ사의 주식 December 60 put option (XYZ사의 주식 60달러로 12월 한월까지 매도옵션)은 아웃오브더 머니가 된다. ~ ***of the money option*** 아웃오브더 머니옵션 (옵션을 행사하여도 이익이 나오지 않는 상태) ¶ An *out-of-the money option* is an option to buy shares (call option) for which the current price is lower than when the price was fixed. Equally, it is an option to buy (put option) for which the market price has risen above the agreed exercise price. In either case, the dealer makes a loss if he or she exercises the option. 아웃오브더 머니옵션은 시가(時價)가 고정가보다 낮을 때 매입하는 옵션(콜옵션)이다. 이와 마찬가지로, 그것은 시장가격이 약정 행사가격보다 상승한 때 매입하는 옵션(풋옵션)이기도 하다. 어느 경우이든 딜러는 옵션을 행사하면 손실을 입는다. ~ ***the window*** 완전판매상태 ¶ The word *out the window* is a term describing the rapid way a very successful new issue of securities is marketed to investors. An issue that goes out the windows is also called a blowout. See also hot issue. 완전판매상태는 인기가 높은 신규발행채권(new issue)이 순식간에 투자자(investor)에게 판매되는 모양을 나타내는 용어이다. 매출과 동시에 완전판매상태가 되는 채권은 순식간의 증발(blowout)이라고 한다. hot issue(초인기종목)도 참조할 것.

ⓐ 밖의 ¶ *out* clearing 교환반출어음

outage (적출・보관 중에 생긴 상품의) 감량, 감소 ¶ The island suffers from daily power *outage*. 그 섬에서는 매일 정전(停電)이 있다.

outbid (상대보다도) 높은 가격을 붙이다, 보다 좋은 조건을 보이다 ¶ To *outbid* is placing a higher bid than a competitor. A person who has been *outbid* has lost the auction to the highest bidder. 높은 가격을 제시하는 것은 경쟁자보다 더 높은 가격을 제시하는 경우이다. 자기보다 더 높은 가격을 제시한 자가 있으면, 그는 최고 입찰자에게 입찰에서 지게 된다.

outcry 아웃크라이, 외치며 팔기, 경매 ***outcry market*** 외치며 파는 시장 ¶ The *outcry market* is buying and selling assets in a face-to-face setting in which bids to buy and offers to sell are shouted to participants. Outcry markets have historically been linked to commodities, but the efficiency of electronic trading is increasingly gaining favor in these markets. 외치며 파는 시장은 매수호가(bids to buy)와 매도호가(offers to sell)가 참가자에게 큰 소리로 외치는 대면자세에서 이루어지는 매수자산과 매도자산을 말한다. 외치며 파는 시장은 역사적으로는 상품과 연계되어 왔지만, 전자상거래의 효율성이 점차로 이러한 시장의 매력을 얻고 있다.

outdated 시대에 뒤진, 날짜가 지난 ¶ *outdated* check 기한경과[실효]수표(out-of-date check)

outfit 준비, 채비, 용품 ¶ finance *outfit* 금융수단

outgoing 나가는, 출발하는 ¶ the *outgoing* tide 썰물

outgoings [영] 출비(出費), 지출

outlay 지출, 지출액, 경비(經費) ¶ *Outlay* is expenditure; also called outgo. For example, in capital budgeting, initial cash outlay for a machine is the amount of the purchase price and the normal incidental costs to put it into operation, such as charges for the delivery, taxes, installation, and flooring. 지출은 경비이다. 이를 출비(出費)라고도 한다. 예를 들면, 자본지출예산에서, 기계를 위한 초기의 현금지출은 구입가격과 인도, 세금, 설치 및 정치(定置)시키는 비용과 같은, 기계를 작동하는 데 정상적으로 수반되는 비용의 총액이다. ***capital outlay*** 자본지출 → capital expenditure (설비투자).

outlet 출구, 판로 ¶ retail *outlet* 소매창구 ***outlet store*** 직영 소매점, 직매[직영]점 ¶ *Outlet store* is retail store, operated by a manufacturer, which provides an outlet for selling the manufacturer's irregular, overrun, or end-of-season merchandise. Although it is not always the case, outlet stores are often located close to the manufacturer. 직영 소매점은 제조업자가 운영하는 소매점으로, 제조업

자의 파격적이고, 사이즈에 안 맞거나 계절의 끝물인 상품을 팔기 위한 판로이다. 항상 그런 것은 아니더라도, 직영 소매점은 제조업자와 가까운 곳에 위치하기도 한다.

outlier 본체에서 떨어진 부분, 이상한 가격, [BIS] 높은 금리 리스크를 부담하고 있는 은행

outlook 조망(眺望), 예상 ¶ The *outlook* for the petroleum industry is bright. 석유산업에 대한 전망은 밝다. /In spite of these defects, his *outlook* seems to me fundamentally sound. 이러한 결점에 있음에도 불구하고, 그의 예상은 기본적으로 건전하다고 생각된다.

outnumber …보다 수가 많다, 수적으로 우세하다

outperform …보다 성능이 우수하다, (사람이) …보다 기량이 위다 ¶ To *outperform* is to achieve a better return than the relevant benchmark. A portfolio manager who aims to outperform the Standard & Poor's 500 Stock Index, for example, or an investor will buy a mutual fund in the hope of outperforming the Lipper Mutual Fund Industry Average or one of its sub-categories. The term is also used as a research opinion. See also broker recommendations (or opinions or ratings.) 아웃퍼폼(outperform)은 관련되는 벤치마크(benchmark)보다 우수한 수익률(return)을 달성하는 것이다. 예를 들면, 포트폴리오운용책임자(portfolio manager)가 스탠더드앤드푸어스 500종합지수(Standard & Poor's 500 Stock Index)를 아웃퍼폼하는 것을 목표로 한다든지, 뮤추얼펀드(mutual fund)를 구입하는 투자자(investor)가 리퍼뮤추얼펀드업계평균(Lipper mutual fund industry average) 혹은 그 하위의 펀드를 아웃퍼폼하는 것을 기대한다든지 하는 식으로 사용한다. 아웃퍼폼이라는 용어는 조사의견(research opinion)으로서도 이용된다. broker recommendations (or opinions or ratings.)(브로커의 추천)도 참조할 것. /*outperform* the market 시장평균을 상회하다

outperformance option [영] 아웃퍼포먼스옵션 ¶ The *outperformance option* is an over-the-counter complex option that grants the buyer a payoff based on the degree to which a market reference or spread outperforms a predefined strike price. See also spread option; underperformance option. 아웃퍼포먼스옵션은 시장기준이나 스프레드가 사전에 정한 행사가격의 정도에 기초를 두는 수익(payoff)을 매수인에게 부여하는 장외거래의 복잡한 옵션을 말한다. spread option (스프레드옵션); underperformance option(불량옵션)도 참조할 것.

output *n.* 생산, 출력 ¶ The *output* is the amount produced; also, results provided by a computer, as in computer output. 출력은 생산량을 말한다. 또한, 컴퓨터 출력과 같이, 컴퓨터에 의해서 제공된 결과를 말하기도 한다.
v. 출력하다, 산출하다

outright 즉좌(卽座)의[로], 확정일인도조건의[으로] ¶ buy [sell] *outright* 즉금(卽金)으로 매입[매도]하다 /*outright* operation 아웃라이트 조작, 선물조작 ***outright cover*** [외환] 아웃라이트 거래의 커버 ¶ *Outright cover* is to cover single transaction of the outright forward fixed date delivery. 아웃라이트 거래의 커버는 확정일인도조건의 단독거래의 커버를 취하는 경우이다. ***outright forward*** 아웃라이트 선물환 ¶ The *outright forward* is a forward market purchase or sale of foreign exchange without a corresponding spot market purchase. For example, buying a one-month, two-month, or three-month contract in a given currency. 아웃라이트 선물환은 대응하는 현물시장의 매입 없이 외국환의 선물시장의 매입이나 매도를 말한다. 예를 들면, 일정한 통화로 1월물, 2월물, 또는 3월물의 계약을 매입하는 경우

이다. ~ ***swap*** (인도기일은 달리하는) 선물간의 스왑 ¶ An *outright swap* is a swap among futures contracts, the delivery date of which is different. 선물간의 스왑은 인도기일을 달리하는 선물간의 스왑이다. ~ ***transaction* [*operation, dealing*]** [외환] 아웃라이트 거래, 반대거래가 없는 매도 또는 매입의 단독거래 ¶ *Outright transaction* is outright forward fixed date delivery of buying or selling exchanges. 아웃라이트 거래는 순월(順月) 확정일인도의 선물환의 매매를 말한다.

outside 외부의, 외측의 ¶ *outside* broker [주식] 장외중매인 /*outside* dealing 장외거래 /*outside* security 장외거래증권 /*outside* share [영] 비상장주식 /*outside* stock 비상장주식(unlisted stock) ***outside director*** 사외이사 ¶ The *outside director* is a member of a company's board of directors who is not an employee of the company. Such directors are considered important because they are presumed to bring unbiased opinions to major corporate decisions and also can contribute diverse experience to the decision-making process. A retailing company may have *outside directors* with experience in finance and manufacturing, for instance. To avoid conflict of interest, *outside directors* never serve on the boards of two directly competing corporations. Directors receive fees from the company in return for their service, usually a set amount for each board meeting they attend. See also board of directors. 사외이사는 회사의 이사회(board of directors)의 멤버로서, 그 회사의 종업원이 아닌 자를 이른다. 사외이사는 중대한 회사결정을 할 때에 공평한 의견을 말할 수 있는데다가, 의사결정 과정에 있어서도 풍부한 경험을 발휘할 수 있기 때문에, 중시된다. 소매회사가 금융업이나 제조업에서의 경험자를 사외이사에 영입하는 것이 그 예이다. 이해의 대립(conflict of interests)을 피하기 위하여, 사외이사는 경합하는 다른 회사의 이사회에서 근무해서는 안 된다. 사외이사는 이사로 근무하는 대가로서 보수를 받지만, 통상 보수액은 출석한 이사회를 기준으로 지급된다. board of directors(이사회)를 참조할 것.

outsider 비회원, 부외자(部外者), 일반투자자 ¶ The *outsider* sees most of the game. 본인보다 제3자가 사물의 시비곡직(是非曲直)을 더 잘 안다. /Society here is still very closed to *outsiders*. 이곳 사회는 아직도 부외자에 대해서는 매우 폐쇄적이다. ***outsider system*** [영] 부외자(部外者) 체제 ¶ The *outsider system* is a corporate ownership system where no significant controlling interests exist and shareholder influence over the governance and management processes is theoretically strong. The *outsider system* is found in the United States, the United Kingdom, Canada, and Australia. See also insider system. 부외자 체제는 뚜렷한 경영지배권이 존재하지 않고 주주가 회사의 지배구조(governance)에 영향을 끼치어 경영과정이 이론상 강력한 회사의 소유체제를 말한다. 부외자 체제는 미국, 영국, 캐나다 및 오스트레일리아에서 존재한다. insider system(내부자 체제)도 참조할 것.

outsourcing 조립부품의 외부조달 ¶ *Outsourcing* is contracting out to another manufacturer or supplier work that would otherwise be done by a company's own employees. *Outsourcing* by General Motors to avoid high wages paid to auto workers was a major issue in negotiations with the United Auto Workers union in the 1990s. 아웃소싱이란 자사의 종업원이라도 할 수 있는 일을 다른 제조업자나 납품업자에게 위탁하는 경우이다. 제너럴모터스(General Motors)가 자사 종업원의 높은 임금을 피할 목적에서 행한 아웃소싱이 1990년대의 전미자동차노동조합(United Auto Workers union)과의 주요한 노사교섭사항이었다.

outstanding ⓐ 미지급의, 미해결의, 미결제의 ¶ *Outstanding* means: (1) unpaid;

used of accounts receivable and debt obligations of all types. (2) not yet presented for payment, as a check or draft. (3) a stock held by shareholders, shown on corporate balance sheets under the heading of capital stock issued and *outstanding*. outstanding(미지급의, 미결제의)이란: (1) 미지급의; 외상매출금(accounts receivable)이나 모든 채무(debt)로 이용되는 것이다. (2) 지급을 위한 제시가 아직 이루어지고 있지 아니함; 수표(check)나 어음(draft)을 말하고, (3) 회사의 대차대조표(balance sheet)상에 발행된 자본금(capital stock)과 미납입된 자본금의 항목으로 표시되고, 주주가 보유하고 있는 주식이다. /*outstanding* account 미결산계좌 /*outstanding* amount 발행잔액 /*outstanding* balance 미지급잔액, 잔액 /*outstanding* debt 미상환부채 /*outstanding* exchange 미결제환(換) /*outstanding* loan 대출금잔액 /*outstanding* [unredeemed] security 미상환증권 ***outstanding capital stock*** 자본금현재금액 ¶ The *outstanding capital stock* is the number of shares of capital stock that have been issued and that are in public hands. Outstanding stock excludes shares issued but subsequently repurchased by the issuer as treasury stock. Outstanding stock is used in the calculation of book value per share and earnings per share. 자본금현재금액이란 발행되어 일반대중이 소유하고 있는 자본금주식수를 이른다. 미지급주식은 발행되어 그 후 자기주식(treasury stock)으로서 발행자가 환매한 주식을 제외한다. 미지급주식은 주당(per share) 장부가(帳簿價)와 주당 수익을 계산할 때에 이용된다. ~ ***check*** 미지급수표 ¶ The *outstanding check* is a check that is not presented for payment. 미지급수표는 지급을 위한 제시가 되지 않은 수표를 말한다. ~ ***debt*** 미상환부채 ¶ *Outstanding debt* is debt that has not yet been paid. For example, outstanding receivables are debts owed to a firm by its customers. Outstanding payables are debts owed by a firm to its suppliers. 미상환부채는 아직 상환되지 않은 부채를 말한다. 예컨대, 미상환매출금은 고객이 기업에 대하여 빚지고 있는 부채이다. 미상환매입금은 기업이 납품업자에게 빚지고 있는 부채이다. ~ ***stock*** 발행예정 주식수 ¶ *Outstanding stock* is stock held by shareholders, shown on corporate balance sheet under the heading of capital stock ISSUED AND OUTSTANDING. 발행예정 주식수는 회사의 대차대조표상 자본주식(capital stock): 발행된 주식과 미납입주식(ISSUED AND OUTSTANDING)이라는 표제하에 표시되는 주주소유의 주식을 말한다.

ⓝ (*pl.*) 미상환부채

outstrip 초월하다, 능가하다

outward 밖으로, 밖으로 향하는 ¶ *outward* check 은행인도수표 /*outward* exchange 당발환(當發換) /*outward* processing 해외가공 · 조립(foreign processing) /*outward* remittance 당발송금(當發送金)

outworker 외근자(外勤者), 사외(社外)근무자

over ⓟⓡⓔⓟ ···의 위에, ···을[를] 넘어, ···에 관하여 ¶ *over*-month-end loan 월초물(月超物) (콜) ***over par*** [증권] 오버파 ¶ The *over par* indicated a situation that the prices of bond issue and its distribution are exceeding 100% of par value of bond. 오버파는 채권발행가격과 유통가격이 액면의 100%를 초과하고 있는 상태를 가리킨다.

ⓐ 위의, 외의 ¶ an *over* and short account 과부족금 계정

ⓝ 과도, 여분(餘分) ***over and short*** 과부족 ¶ The word *over and short* implies a general ledger account where differences in transaction journals are recorded, such as a teller's cash difference. Also known as a difference account.

Transaction journals that refuse to balance are one of the daily hazards of banking; the causes usually are bookkeeping or clerical errors, for example, a transposed digit in a teller's transaction log. 과부족이라는 말은 금전출납계원의 현금차액과 같이, 거래분개장에 차액이 기록되는 총계정원장계좌(general ledger account)를 가리킨다. 이는 또한 차액계정(difference account)으로도 알려져 있다. 결산이 맞지 않는 거래분개장은 일상의 은행업무의 위험요소 중의 하나이다. 통상 그 원인은 부기(簿記)나 사무원의 착오, 예를 들면 금전출납계원의 거래기록상 숫자의 환치(換置)인 것이다.

overage 과잉공급, 연수(年數)초과 ***overage and shortage*** 과부족 → over and short (과부족).

overall 전부의, 총체적인 ¶ *overall* balance (of payment) 종합수지(收支) /*overall* position 현물시세와 선물시세의 종합포지션 ***overall market price coverage*** 시가채무 커버리지 ¶ *Overall market price coverage* is total assets less intangibles divided by the total of (1) the market value of the security issue to question and (2) the book value of liabilities and issues having a prior claim. The answer indicates the extent to which the market value of a particular class of securities is covered in the event of a company's liquidation. 시가채무 커버리지는 총자산에서 무형자산(intangible asset)을 공제한 금액을, (1) 문제의 증권발행의 시가, 및 (2) 특정한 채무증권에 우선하는 채무나 증권의 장부가(book value)의 총액으로 나눈 것이다. 그 해답은 특정한 채무증권의 시가(market value)가 회사가 청산(liquidation)한 경우의 잔존가치에서 어느 정도 커버되고 있는지를 가리킨다.

overbid (다른 사람보다) 높은 가격을 매기다

overbooked 응모초과 → oversubscribed (응모초과의).

over-borrowed situation of commercial bank 오버론 ¶ The *over-borrowed situation of commercial bank* is a situation in which a commercial bank is depending on the borrowing from the central bank in excess of the credit. 오버론(loan)은 시중은행이 여신초과로 중앙은행차입에 의존하고 있는 상태이다.

over-borrowing 오버보로잉, (기업의) 과다차입 ¶ Because of the *over-borrowing* from the bank, the company is on the brink of bankruptcy. 그 회사는 은행으로부터 차입과다 때문에 파산 일보직전이다.

overbought 매입초과의, 이상하게 높은 가격으로 된 ¶ The word *overbought* means description of a security or a market that has recently experienced an unexpectedly sharp price rise and is therefore vulnerable to a price drop (called a correction by technical analysts). When a stock has been overbought, there are fewer buyers left to drive the price up further. See also momentum indicators; oversold. 매입초과라는 말은 주가가 예상외로 너무 높아져버린 증권(security)이나 시세(market)에서, 주가하락(테크니컬 애널리스트는 이를 조정(correction)이라 한다.)이 일어나기 쉬운 상태를 이른다. 주가가 급격하게 상승하고 있는 때에는, 그 주가를 다시 인상하도록 내버려두는 매수인은 거의 없다. momentum indicators(모멘텀 지표); oversold(지나치게 팔린)도 참조할 것. /*overbought* stock 높은 가격을 매기고 있는 주식 ***overbought position*** 매입초과포지션 ¶ The *overbought position* is a situation in which asset balance denominated in foreign currency exceeds outstanding liability. 매입초과포지션은 외화표시의 자산잔액이 부채잔액을 초과하고 있는 상태이다.

overcharge [v.] …에 부당한 가격을 요구하다
[n.] 에누리, 부당한 가격 ¶ *Overcharge* is retail price charged that is greater than the actual retail price of an item. *Overcharges* are usually the result of errors and must be refunded to the customer. 부당한 가격이란 품목의 실제 소매가격보다 더 많은 소매가격을 매기는 경우이다. 부당한 가격은 보통 과오의 결과이고 고객에게 환급해 주어야 한다.

overcheck 수표를 과잉으로 발행하다, 잔액부족이 되다 ¶ The *overcheck* inevitably incurs dishonor. 수표를 과잉으로 발행하는 것은 필연적으로 부도를 초래한다.

overdraft (O/D) 당좌대월, 잔액부족 ¶ If a bank customer withdraws more money from a bank account that is actually deposited with the bank, the excess is a bank *overdraft*. An overdraft facility must normally be agreed in advance with the bank and interest on the *overdraft* is charged on a day-to-day basis. It attracts high rates of interest and is ideally used only for short-term borrowing. An unauthorized *overdraft* attracts even higher interest (and the displeasure of the bank). 은행고객이 실제로 은행에 예금되어 있는 이상으로 은행계정에서 인출한다면, 그 초과액은 은행의 잔액부족이 된다. 당좌대월은 보통 사전에 은행과 약정을 맺어야 하며, 1일 1일의 기준으로 당좌대월에 대한 이자를 물어야 한다. 그것은 고율의 이자수입을 끌어오지만, 단기차입에만 이용하는 것이 이상적이다. 무권한의 당좌대월은 심지어 더 높은 이자(와 은행의 불쾌감)를 끌어온다. /incidental temporary *overdraft* 우발적인 일시잔액부족 /*overdraft* facility 당좌대월

overdraw 차월(借越)하다, 잔액부족이 되다 ¶ an *overdrawn* account 잔액부족계좌

overdrawing 예금잔액을 넘어 수표를 발행하는 것, 신용장잔액을 넘어 어음을 발행하는 것

overdressing 오버드레싱 ¶ *Overdressing* is adjusting up the agreed price in the sale of bonds higher than the actual market price. 오버드레싱은 채권매매 등에서 약정가격을 시장실세가격보다 높게 조정하는 것이다.

overdue 지급기한의 도과, 미지급의, 연체의 ¶ *overdue* account 기한경과계좌 /*overdue* check [bill, note] 기한경과수표[어음, 약속어음] /*overdue* interest 연체이자 /*overdue* loan 상환기간경과대출금 /an *overdue* [outstanding] payment 지급연체분

overexposure 과다대출, 과잉노출 ¶ An *overexposure* is an overabundance of risk. For example, if a stockbroker is paid a salary largely dependent on the performance of the company and maintains a substantial shareholding in that company, he or she is overexposed to the possibility of a downturn in the company's business. 과잉노출은 위험의 과다이다. 예컨대 주식중매인이 주로 회사의 실적에 따라 봉급을 받고 그 회사에 실질적인 주식보유를 유지하는 경우, 그는 그 회사의 사업침체가능성에 크게 노출되고 있는 셈이다.

over-exuberant economy 과열경제 ¶ Owing to the *over-exuberant economy*, the people suffer economical difficulties. 과열경제로 인하여 서민들이 경제적 어려움을 겪는다.

overhang 유가증권 등의 공급과잉 ¶ *Overhang* is a sizable block of securities or commodities contracts that, if released on the market, would put downward pressure on prices. Examples of *overhang* include shares held in a dealer's inventory, a large institutional holding, a secondary distribution still in registration, and a large commodity position about to be liquidated. *Overhang* inhibits buying activity that would otherwise translate into upward price movement. 유가증권의 공급과잉은 만약 시장에 팔려고 내놓으면 가격의 하강압력이 될 수 있는 거액의 유가증권이나 상품계약을 이른다. 예컨대, 딜러(dealer)가 재고로서 보유하는 대량의 주식, 기관투자자(institutional investor)에 의한 거액의 보유주, 등록(registration)중의 기존주식의 매출(secondary distribution), 청산되려고 하고 있는 대량의 상품의 포지션(position) 등이 있다. 유가증권 등의 공급과잉은 가격상승이 될 구매활동을 억제하는 경우가 있다.

overhead ⓐ 전반적인, 평균의 ¶ *overhead* cost [expense] 간접비, 제경비 /an *overhead* price 경비포함가격
ⓝ [영] (*pl.*) 간접비(overhead cost), 고정비, 경영비 ¶ *Overhead* is: (1) costs of a business that are not directly associated with the production or sale of goods or services. Also called indirect cost and expense, burden and, in Great Britain, on costs. (2) sometimes used in a more limited sense, as in manufacturing or factory *overhead*. See also direct overhead. 간접비용이란 (1) 상품이나 서비스의 생산 · 판매에 직접 관계가 없는 사업비용이다. 이를 indirect costs and expenses라든가 burden, 영국에서는 on costs라고 한다. (2) 제조간접비라든가 공장간접비와 같이, 다시 한정된 의미에서 사용되는 경우도 있다. indirect overhead(공통비용)도 참조할 것. /administrative and sales *overheads* 간접관리판매비

overheating 경기과열 ¶ The *overheating* is a term describing an economy that is expanding so rapidly that economists fear a rise in inflation. In an overheated economy, too much money is chasing to few goods, leading to price rises, and the productive capacity of a nation is usually nearing its limit. The remedies in the United States are usually a tightening of the money supply by the Federal Reserve and curbs in federal government spending. See also monetary policy; optimum capacity. 경기과열이란 경제의 확대속도가 너무 빨라서 이코노미스트가 인플레이션(inflation)에 인한 물가상승을 염려할 상황을 표현하는 말이다. 경기가 과열된 상황에서는, 너무 많은 돈이 남아돌아서 재화가 없기 때문에 물가가 너무 많이 올라 국가의 생산능력은 일반적으로는 한계에 가깝게 된다. 이와 같은 경우의 구제책으로서, 미국에서는 통상, 미연방준비이사회(Federal Reserve Board)에 의한 통화공급량(money supply)의 긴축이나 미연방정부재정지출의 억제가 행해진다. monetary policy(금융정책); optimum capacity(최적조업도)도 참조할 것.

overinsurance 초과보험 ¶ The *overinsurance* is a situation in which insurance benefits exceed the actual loss of an insured. *Overinsurance* can be a problem for the insurer because it may tempt the insured to make a false claim in order to profit financially. Various safeguards are designed to prevent overinsurance. For example, in group health insurance, companies break down benefits paid by the primary carrier and the secondary carrier through coordination of benefits. Still, some types of coverage, particularly disability income insurance, are subject to *overinsurance* abuse. 초과보험은 보험급여가 피보험자의 실제손실을 초과하는 상황이다. 초과보험은 피보험자가 금전적으로 이익을 보기 위하여 거짓 청구를 할 유혹이 있기 때문에 보험자로서는 문제가 될 수 있다. 여러 가지 안전판이 초과보험을 예방하기 위하여 고안되고 있다. 예를 들면, 단체건강보험에 있어서, 회사는 제1 보험업자와 제2 보험업자 협업(coordination)을 통해서 지급하는 보험급여금을 분류한다. 그래도, 어떤 유형의 보험보장, 특히 취업불능소득보상보험(disability income insurance)은 초과보험의 남용이 되기 쉽다.

over-investment 과잉투자 ¶ The *over-investment* brings about the failure of investment. 과잉투자는 투자의 실패를 가져온다.

overissue 한외(限外)발행 ¶ *Overissue* is shares of capital stock issued in excess of those authorized. Preventing *overissue* is the function of a corporation's registrar (usually a bank acting as agent), which works closely with the transfer agent in canceling and reissuing certificates presented for transfer and in issuing new shares. 한외(限外)발행은 수권주식수(authorized shares)를 초과하여 발행된 주식자본(capital stock)을 이른다. 한외발행종목을 방지하는 것은 회사의 등록기관(registrar)(통상은 은행이 대행한다)의 기능이고, 등록기관은 증권대행업자(transfer agent)와 함께, 증권의 명의개서나 신주발행시의 취소·증서의 재발행에 관계한다.

over-issue of bill [note] 어음의 난발(亂發)

overkill 과잉, 지나친 행동, 금융의 과잉긴축 ¶ *Overkill* is expensive promotional effort that produces diminishing returns because it repels rather than attracts consumer interest. 지나친 행동은 소비자의 이익을 끌기보다 오히려 이를 쫓아내기 때문에 수확체감(diminishing returns)을 생산하는 과도한 선전용의 수고이다.

over-land bill of lading 오버랜드(육해통운송) B/L ¶ The *over-land bill of lading* is a single bill of lading covering receipt of the cargo at the point of origin for delivery to the ultimate consignee, using two or more modes of transportation over land and sea. 오버랜드 B/L은 육상과 해상의 2이상의 운송수단을 이용하여, 최종의 수하인(consignee)에게 인도하기 위하여 출발의 장소에서 화물의 수령을 표창하는 단 하나의 선하증권을 말한다.

overlap 겹치다, 포개지다 ¶ *overlapping* account 중복계정 /an *overlapping* time 국제금융시장간에 있어서 각각의 시차의 관계로 겹친 영업시간 ***overlapping debt*** 중복채무 ¶ The *overlapping debt* is a municipal accounting term referring to a municipality's share of the debt of its political subdivisions or the special districts sharing its geographical area. It is usually determined by the ratio of assessed valuation of taxable property lying within the corporate limits of the municipality to the assessed valuation of each overlapping district. *Overlapping debt* is often greater than the direct debt of municipality, and both must be taken into account in determining the debt burden carried by taxable real estate within a municipality when evaluating municipal bond investment. 중복채무는 지방자치단체가 그 하부행정기관 또는 지역을 공유하는 특별지구가 발행한 채무(debt)의 일부를 분담하는 경우에 이용하는 회계용어이다. 분담액은 통상 중복지역의 과세자산평가액에 대한, 공동구역내의 과세자산평가액(assessed valuation)의 비율로 결정된다. 중복채무는 지방자치단체의 직접채무보다도 다액인 경우가 많다. 지방채(municipal bond)의 투자를 검토할 경우에, 자치단체내의 과세대상자산으로 커버되는 채무부담액을 구할 때에는 자치단체의 직접채무와 중복채무의 양쪽을 고려해야 한다.

~ping insurance [영] 중복보험 ¶ The *overlapping insurance* is a situation where an insured has two or more insurance policies covering the same risk. If a claim is made, the insured will not be able to receive payment under all policies, since insurance cannot result in a net profit; the amount of the claim is generally divided on pro-rata basis between the policies. See also apportionment; divided cover; primacy. 중복보험은 피보험자가 동일한 위험을 커버하는 2개 이상의 보험계약을 가지는 상태를 말한다. 하나의 보험청구가 행해진다면, 피보험자는 보험은 순수한 이익으로 될 수 없으므로 모든 보험증권으로 지급을 수취할 수 없는

것이다. 보험청구금액을 일반적으로 비례배분의 방식(pro-rata basis)으로 보험계약간에서 분할된다. apportionment(할당); divided cover(분할보험담보); primacy(프라이머시)도 참조할 것.

overlimit account 한도초과계정

overload 과부하(過負荷), 과적(過積) ¶ electrical [power] *overload* 전기의 과부하

overloan; over-loan 대출초과, 오버론 ¶ The *overloan* is a situation in which a bank is in the constant state of excessive loan and is always depending on the borrowing from the central bank or the call loan. 오버론은 은행이 항상적으로 대출초과의 상태에 있어 상시 중앙은행차입이나 콜 도입에 의존하고 있는 현상이다.

overlying mortgage 저차(低次)모기지부 담보, 후순위 모기지

overmonth 월초물(月超物)의 (콜)

overnight ⓐ 전야(前夜)의, 밤새도록의, 하룻밤의, 익일물(翌日物)의 (콜) ¶ *overnight* delivery 익일인도 /*overnight* limit 야간허용포지션 /an *overnight* loan 익일물(콜), 야간대출 ***overnight index swap*** **(*OIS*)** [영] 익일물지수스왑 ¶ The *overnight index swap* (*OIS*) is an interest rate swap which exchanges a fixed rate for a floating rate, where the floating rate index is computed on an overnight basis as a geometric mean of a specific reference such as Federal Funds, EONIA, SONIA, and so forth. No interim payments are made during the life of the transaction, but are settled at maturity, which is generally 1 week to 2 years from inception. The *OIS* essentially functions as a form of synthetic lending/borrowing (e.g., the fixed rate receiver is de facto a lender, and vice-versa). 익일물지수스왑은 변동금리가 페더럴펀드(Federal Fund), 에오니아(EONIA, 유로 오버나잇인덱스 에버리지), 소니아(SONIA, 영파운드 오버나잇인덱스 에버리지) 등과 같은 특정자산의 기하평균(geometric average)으로서 익일물을 기준으로 계산되는 확정금리와 변동금리를 교환하는 금리스왑을 말한다. 그 거래의 유효기간 중에 중간지급은 행해지지 않지만, 일반적으로 개시부터 1주일에서 2년간 동안의 만기에는 결제된다. 익일물지수스왑은 기본적으로 합성대여/차입(예컨대, 확정금리수취인은 사실상 대여자이고, 그 반대도 같다.)의 형식으로 기능을 발휘한다. ~ ***money*** 익일물의 자금 ¶ *Overnight money* is money that is sold in the interbank market by banks with idle funds to those needing temporary funds. The Fed Funds market, where financial institutions sell excess reserves from reserve accounts kept at Federal Reserve Banks to one another, is the largest source of overnight funds. Fed funds are due back at the selling bank at the start of business the following day. 익일물의 자금은 유휴자금을 가지는 은행들이 은행간 시장에서 임시자금을 필요로 하는 은행에 대하여 매도하는 자금을 말한다. 페더럴펀드 시장은 금융기관들이 연방준비은행에 보관중인 준비금계정에서 과잉준비금을 다른 은행에 매도하는 곳인데, 익일물의 자금 최대의 출처가 된다. 페더럴펀드는 거래일 다음 날에 매도은행에 돌아오는 만기가 된다. ~ ***position*** 오버나이트포지션, 익일포지션 ¶ *Overnight position* is broker-dealer's long position or short position in a security at the end of a trading day. 오버나이트포지션이란 거래일 종료시의 증권회사(broker-dealer)의 증권(security)의 매수초과포지션(long position), 또는 매도초과포지션(short position)을 말한다. ~ ***rate*** [영] 오버나이트레이트 ¶ The *overnight rate* is any interest rate reference that is computed on, and reflective of, an overnight period, e.g., EONIA, SONIA. 오버나이트레이트는 예컨대 에오니아(EONIA, 유로 오버나이트인덱스 애버리지), 소니아(SONIA, 영파운드 오버나이트인덱스 애버리지)와 같은 야간기간에 계산되고 반영되는 금리기준을 말한다. ~

repo (증권을 매도한 익일에 환매하는) 익일물(翌日物) 레포 ¶ The *overnight repo* is an overnight repurchase agreement; an arrangement whereby securities dealer and banks finance their inventories of Treasury bills, notes, and bonds. The dealer or bank sells securities to an investor with a temporary surplus of cash, agreeing to buy them back the next day. Such transactions are settled in immediately available federal funds, usually at a rate below the federal funds rate (the rate charged by banks lending funds to each other). 익일물(翌日物) 레포는 익일물의 현선(現先)거래(repurchase agreement)를 말하며, 증권회사나 은행이 재고로서 보유하고 있는 미재무부 단기증권(Treasury bill)이나 중기증권(Treasury note), 장기증권(Treasury bond)을 매도하여 행하는 일시적인 자금조달수단을 말한다. 이 경우에 익일(翌日)의 환매를 조건으로 증권을 투자자(investor)에게 매도한다. 레포 거래는 즉일(卽日)환금할 수 있는 페더럴펀드(federal fund)로 결제된다. 레포 거래의 금리는 페더럴펀드레이트(은행간에서의 대출금리)보다도 낮은 경우가 많다. ~ ***transaction* (*O/N, O-NITE*)** [외환] 오버나이트 거래 ¶ The *overnight transaction* (*O/N*) is a short-term swap that the spot selling (buying) is done at the business day, and the forward buying (selling) of the same amount at the following business day after the transaction. 오버나이트 거래는 거래일 당일에 직물매도[매입]를 행하고, 다음 영업일에 동액의 선물매입[매도]를 행하는 단기스왑거래이다.

Ⓝ [딜링] 1일물(자금거래에서 거래일을 예금일로 하고 그 익일영업일을 만기일로 하는 1일물(Today/Tomorrow)의 예금을 말한다.) [약] o/n

overpayment 과지급(過支給), 과불(過拂) ¶ *Overpayment* is payment that exceeds the amount due. For example, a taxpayer experiences an *overpayment* of taxes when withholding credits and prepayments exceed the tax liability for the year. Homeowners sometimes make *overpayments* in order to reduce the balance on a mortgage more rapidly. 과지급은 응당 치러야 할 금액을 초과 지급하는 경우이다. 예를 들면, 납세자는 원천징수의 공제(withholding credit)와 기한전 납부금이 당해 조세채무를 초과하는 경우에 세금의 과지급을 경험하게 된다. 주택소유자는 보다 빨리 모기지의 잔액을 감소하기 위하여 과지급을 하기도 한다.

overprice 높은 가격을 너무 부르다, 고가를 매기다

overproduction 과잉생산, 생산과잉 ¶ *Overproduction* is excessive production; supply beyond market demand at remunerative price; glut. 과잉생산은 과도한 생산을 말한다. 유리한 가격으로 시장수요를 초과하는 공급이요, 공급과잉(glut)이다.

overrate 과대평가하다, (실질 이상으로) 평가하다

over (short) 과잉금(과소금) ¶ *Over* (*short*) is difference between initially recorded store sales figures and actual cash or audited figure. The discrepancy might be caused by human error in making change or recording sales slips. If a cash register contains more money than expected, it is *over*; if less, it is *short*. 과잉금(과소금)은 애초에 기록된 상점판매숫자와 실제 현금이나 감사받은 숫자 사이의 차이를 말한다. 그 불일치는 변경할 때나 매상전표를 기록할 때에 인간의 착오가 원인일 수 있다. 현금등록기가 예상보다 많은 돈이 담겨 있다면, 그것은 과잉금(over)이고, 모자란다면 과소금이 된다.

oversaving 과잉저축

overseas; oversea[영] Ⓐ 해외(海外)의, 외국의 ¶ *overseas* branch 해외지점 /the *Overseas* Economic Cooperation Fund 해외경제협력기금 /*overseas* invest-

ment bank 해외투자은행 /*overseas* investment insurance 해외투자보험 /*overseas* office 해외사무소 /*overseas* remittance 해외송금 /*overseas* representative office 해외주재원사무소 ***overseas asset*** 해외자산 ¶ *Overseas asset* is asset which individuals or organizations possess in the foreign country. 해외자산은 개인이나 단체가 외국에 있는 소유하고 있는 자산을 말한다. ~ ***investment*** 대외투자, 해외투자 ¶ *Overseas investment* is investment by the government, industry, or members of the public of a country in the industry of another country. For members of the public this is often achieved by investing through foreign stock exchanges. 해외투자는 다른 국가의 산업에 정부, 산업계, 또는 사회구성원이 투자하는 것이다. 사회의 구성권을 위해서 투자는 외국증권거래소를 통해서 투자함으로써 달성되기도 한다. ***Overseas Private Investment Corporation*** **(*OPIC*)** [영] 해외민간투자공사 ¶ The *Overseas Private Investment Corporation* (*OPIC*) is a U.S. government agency created in 1971 to help U.S. companies invest in foreign countries and to provide financing and political risk insurance for those dealing in both developed and emerging markets. 해외민간투자공사는 미국회사가 외국에 투자하는 것을 조력하고 개발국가와 신흥시장에서 거래를 할 때에 금융 및 정치적 위험보험을 제공하기 위하여 1971년에 창설된 미국정부기관이다.
ad. 해외로

oversell 다량으로 너무 많이 팔다, 공매(空賣)하다, 초과 매매하다 ¶ To *oversell* is: (1) to promise more than can be delivered. For example, a salesperson in an appliance store may *oversell* the performance of a plasma television in an effort to earn a large sales commission. (2) to continue promoting a good or service after the initial sale has been consummated. Overselling may turn off an impatient buyer. 오버셀이란 것은 (1) 인도할 수 있는 것 이상을 약속하는 경우이다. 예를 들면, 가전제품상회의 세일즈맨은 많은 판매수수료를 버는 노력에서 플라스마 텔레비전의 성능을 지나치게 판매 광고할 수 있다. (2) 애초의 판매가 끝난 후에 제품이나 서비스의 판매 광고를 계속하는 경우이다. 지나친 판매광고는 성급한 고객을 쫓아버릴 수 있다.

overshoot (목표를) 지나쳐 쏘다, …의 도를 넘다 ¶ *Overshoot* is to exceed a target figure, such as an economic goal or an earnings projection. 목표돌파란 경제목표나 수익전망과 같은 목표수치를 초과하는 경우이다.

overshooting 지나친 의욕으로 인한 실수, 목표돌파 ¶ The *overshooting* is a jump in the value of an asset followed by a slow adjustment to equilibrium. *Overshooting* has been used as an explanation of exchange-rate movements arising from adjustment problems in economies. 목표돌파는 균형에 대한 완만한 조정에 의해 이어지는 자산의 가치상의 급등(jump)을 말한다. 목표돌파는 경제에 있어서 조정문제로부터 일어나는 환율의 움직임을 설명하는 데 사용되어 왔다.

oversold 지나치게 팔린, 실제보다 높이 평가된 ¶ The word *oversold* describes a market in which there are too many sellers, with the result that prices fall to an artificially low point, too rapidly. oversold(지나치게 팔린)라는 말은 팔려는 사람이 너무 많아서 (물건)가격이 인위적으로 낮은 포인트까지 너무 빨리 하락하는 시장을 표현하는 것이다. ¶ The word *oversold* means a situation where a security or market has been the focus of aggressive selling over a short period of time, and which may be due for price rebound due to a lack of additional sellers. See also overbought. [영] oversold(지나치게 팔린)의 말은 증권이나 시장이 단기간이 경과함에 따라 공격적 매도의 초점이었고, 추가적인 매도인의 부족으로 인하여

반등가격(price rebound)을 지급할 수 있는 상황을 말한다. overbought(매입초과)도 참조할 것. /*oversold* stock 매도초과주식 /*oversold* market 매도초과시장 /*oversold* position 매도초과포지션(외화의 포지션이 채무초과인 상태)

overspending 너무 (돈의) 많은 사용, 낭비

overstock ⓥ 공급이 지나치다 ¶The shops are *overstocked* with electrical goods, but there is no food. 각 상점은 전기제품의 공급이 지나치고 있으나, 식료품은 전혀 없다.
ⓝ 공급과다, 재고과잉

oversubscribed 응모초과의 ¶The word *oversubscribed* is a underwriting term describing a new stock issue for which there are more buyers than available shares. An oversubscribed, or overbooked, issue often will jump in price as soon as its shares go on the market, since the buyers who could not get shares will want to buy once the stock starts trading. In some cases, an issuer will increase the number of shares available if the issue is oversubscribed. See also green shoe; hot issue. oversubscribed(응모초과의)라는 말은 신주발행에 대하여 발행주식수 이상에 구입청약이 있는 경우를 나타내는 인수(underwriting)라는 용어이다. overbooked라고도 한다. 발행시에 주식을 취득할 수 없었던 투자자가 유통시장(secondary market)에서 응모초과주식을 구입하려고 하기 위하여, 유통시장에서의 거래가 시작하면 바로 주가가 뛰어 오른다. 응모초과의 경우, 발행주식수를 증가하는 경우도 있다. green shoe(그린슈); hot issue(초인기종목)도 참조할 것.

oversubscription [증권] 응모초과 ¶The *oversubscription* is a situation where the number of orders for a new issue of securities is greater than the available supply, suggesting the price of the security will rise sharply at launch.. If an equity issue is oversubscribed, the underwriters may exercise the green shoe and float more shares; If a debt issue is oversubscribed, the issuer may authorize the underwriter to increase the size of the deal. See also undersubscription. 응모초과는 증권의 신규발행에 대한 주문의 수가 가용할 수 있는 공급량보다 많다는 경우인데, 이는 발행시에 증권의 가격이 급격하게 올라가는 것을 시사하는 것이다. 만약 주식발행에 과도한 신청이 있으면, 인수업자는 그린슈(greenshoe)를 행사하여 더 많은 주식을 발행한다. 만약 채권발행에 과도한 신청에 있다면, 발행회사는 인수업자가 그 거래의 규모를 증가하도록 수권할 수 있다. undersubscription(응모미달)도 참조할 것. ***oversubscription privilege*** 초과응모특권 ¶ In a rights issue, *oversubscription privilege* is privilege given shareholders to apply for shares not purchased. 초과응모특권은 기존의 주주에 대한 신주인수권발행(rights issue)에서, 기존의 주주가 팔다 남긴 주식을 응모할 수 있는 권리를 부여받는 특권을 말한다.

oversupply ⓝ 공급과잉
ⓥ 과잉으로 공급하다

over-the-counter 오버더카운터, 장외의, 장외거래(場外去來)의, 직접거래의 ¶ The *over-the-counter* (*OTC*) is any financial transaction that is arranged or traded away from a formal exchange. Dealing may be done in telephonic form or in electronic form (via electronic communications networks, alternative trading systems, and other network-based platforms), and may feature varying degrees of price transparency. Most trading in fixed income, foreign exchange, and customized derivatives occurs the counter rather than via exchange [영]

장외거래는 형식적인 거래소로부터 떨어져서 주선되거나 거래되는 금융거래(financial transaction)를 말한다. 거래행위는 전화방식으로나 전자방식(전자통신네트워크, 대체거래시스템 및 다른 네트워크에 기반을 둔 플랫폼)으로 행해질 수 있고, 가격의 투명성의 변화하는 정도를 특색으로 한다. 확정소득, 외국환 및 고객취향의 파생상품의 대부분의 거래는 거래소를 경유하기보다 오히려 장외거래에서 일어난다. /*over-the-counter* sale of government bond 국채창구판매 /*over-the-counter* security 장외거래종목(種目) /*over-the-counter* transaction 장외거래 ***over-the-counter (OTC) derivatives*** [영] 장외파생상품 ¶ *Over-the-counter* (*OTC*) *derivatives* are customized derivative contracts that are traded directly between parties rather than via a formal exchange. The flexibility regarding transaction size, trade and settlement dates, maturities, underlying market references, and payoff profiles makes *OTC derivatives* extremely popular with institutional hedgers and speculators. However, the lack of standardized dealing terms means many OTC contracts are not as liquid as exchange-traded derivative contracts; in addition, the lack of margins or clearinghouses means that many OTC contracts feature some amount of counterparty credit risk. Broad classes of *OTC derivatives* include swaps, forwards, options, complex options, and complex swaps. Contracts are regularly purchased and sold on reference from the fixed income, equity, foreign exchange, commodity, and credit markets. See also commodity derivative; credit derivative; currency derivative; equity derivative; interest rate derivative; weather derivative. 장외파생상품은 형식적인 거래소를 경유하기 보다 오히려 당사자간에서 직접 거래하는 고객취향의 파생상품계약이다. 거래규모, 거래와 결제일, 만기, 기초시장자산(underlying market reference) 및 이익윤곽에 관한 유연성 때문에 장외파생상품을 기관 헤저 및 투기자들에게 매우 인기있게 만든다. 그렇지만, 표준화된 거래조건이 없다는 것은 많은 장외파생상품이 장내파생상품(exchange-traded derivative contracts)처럼 유동성이 없다는 것을 의미한다. 거기다가, 마진(margins)이나 청산기관(clearinghouse)이 없다는 것은 많은 장외파생상품이 거래상대방의 신용리스크(credit risk)의 일부 금액을 특징으로 하는 것을 의미한다. 광범한 종류의 장외파생상품에는 스왑, (장외)선물(forward), 옵션, 복합옵션(complex option)과 복잡한 스왑(complex swap)이 포함된다. 파생상품은 확정소득(fixed income), 주식(equity), 외국환(foreign exchange), 상품 및 크레디트시장의 참고로 정기적으로 구매되고 매도된다. commodity derivative(상품파생상품); currency derivative(통화파생상품); equity derivative(주식파생상품); interest rate derivative(금리파생상품); weather derivative(기상 파생상품)도 참조할 것. ***over-the-counter (OTC) market*** 장외시장 ¶ An *over-the-counter* (*OTC*) *market* is a market in which securities not listed on any stock exchange may be bought and sold. In Practice, the *OTC market* is operated by a limited number of market-makers, often on the basis of matched bargains. There, securities transactions are conducted through a telephone and computer network connecting dealers in stocks and bonds, rather than on the floor of an exchange. 장외시장은 증권거래소에 비상장된 증권을 사고 파는 시장을 이른다. 실제로, 장외시장은 제한된 수의 시장선도자들에 의해서 경쟁매매의 기초 위에서 운영되고 있다. 거기서 증권거래는 증권거래소의 입회장(floor)에서보다 도리어 증권이나 채권(bond)을 취급하는 딜러(dealer)와의 거래가 전화나 컴퓨터네트워크를 통해서 행해진다. ***over-the-counter stock*** 비상장주, 장외거래주(場外去來株) ¶ *Over-the-counter stocks* are traditionally those of smaller companies that do not meet the listing requirements of the New York Stock Exchange or the American Stock Exchange. In recent years, however, many companies that qualify for listing have chosen to remain with over-the-counter trading, because they feel that the system of multiple trading by many dealers is preferable to the centralized trading approach of the New York Stock Exchange, where all trading in a stock has to go through the exchange specialist in that stock. The rules of *over-the-counter stock* trading are written and enforced largely by the Financial Industry Regulatory Authority (FINRA), a self-regulatory group. Prices of *over-the-counter stocks* are published in daily newspapers. Other over-the-counter markets include those for government and municipal bonds. See also NASDAQ OMX. 장외거래주(場外去來株)는 전통적으로 뉴욕증권거래소(New York Stock Exchange: NYSE)나 아메리칸증권거래소(American Stock Exchange: AMEX)의 상장기준(listing requirements)을 충족하지 못하는 중소회사 주식들이다. 그렇지만 근년에는, 상장자격이 있더라도, 장외거래주인 채로 머무는 회사가 많다. 왜냐하면 많은 딜러가 참가하는 동시거래시스템의 쪽이 스페셜리스트(specialist)를 통해서 집중거래를 행하는 뉴욕증권거래소보다도 바람직하다고 생각하는 회사들이 늘어 왔기 때문이다. 장외거래주 규칙은 주로 자율규제기관(self-regulatory organization)인 금융업규제기구(Financial Industry Regulatory Authority: FINRA)가 작성, 실시하고 있다. 장외거래종목의 주가는 일간신문에 공표된다. 다른 장외거래시장에서는 국채(government bonds) 및 지방채(municipal bonds)를 포함한다. NASDAQ OMX group(나스닥 오엠엑스그룹)도 참조할 것.

overtrading 무리한 매입, 과도한 거래 ¶In finance, *overtrading* is practice of a firm that expands sales beyond levels that can be financed with normal working capital. Continuous overtrading leads to delinquent account payable and ultimately to default on borrowings. 자금조달에 있어서, 과도한 거래란 통상의 운전자본(working capital)으로 조달하는 범위를 넘어 거래확대를 꾀하는 경우이다. 이와 같은 무리한 거래확대를 계속하면 외상매입금(account payable)이 연체하여 채무불이행(default)을 초래하는 결과가 된다. ¶In new issue underwriting, *overtrading* is practice whereby a member of an underwriting group induces a brokerage client to buy a portion of a new issue by purchasing order securities from the client at a premium. The underwriter breaks even on the deal because the premium is offset by the underwriting spread. 신규발행증권인수에 있어서, 무리한 매입은 인수그룹(underwriting group)의 증권회사가 고객이 보유하는 증권을 프리미엄(premium)을 부쳐 매수함으로써 인수신규발행주식의 일부를 매수하게 작용하는 경우이다. 고객에게 지급한 프리미엄은 인수수수료(underwriting spread)로 상계되기 때문에, 인수증권회사에게 있어서는 손득(損得)없는 거래(break even)라 할 것이다. ¶In securities, *overtrading* is excessive buying and selling by a broker in a discretionary account. See also churning. 증권에 있어서, 과도한 거래는 매매일임계정(discretionary account)에서 증권회사가 과도하게 매매하는 경우이다. churning(과당거래)도 참조할 것.

overvaluation (환율의) 과대평가

overvalued 과대 평가된 ¶The word *overvalued* is a description of a stock whose current price is not justified by the earnings outlook or the price/earnings ratio. It is therefore expected that the stock will drop in price. Overvaluation may result from an emotional buying spurt, which inflates the market price of the stock, or from a deterioration of the company's financial strength. The opposite of *overvalued* is undervalued. See also fully valued. overvalued(과대평가된)라는 말은 수익전망(earnings outlook) 또는 주가수익률(price/earings ratio)에서 보아, 현재의 주가를 정당화할 수 없는 (과대하게 평가되고

있는) 주식을 나타내는 것이다. 이와 같은 주식의 주가는 결국 내려가게 된다. 과대평가는 감정적 구매를 박차를 가하게 되는 결과 주가를 올린다든지, 또는 회사의 재무체질을 악화시키는 경우가 많다. 과대평가의(overvalued) 반대가 과소평가(undervalued)이다. fully valued(호재와 악재를 반영한)도 참조할 것. ***overvalued currency*** 과대 평가된 통화 ¶ An *overvalued currency* is a currency that trades on foreign exchange markets at a price that makes exports uncompetitive, usually leading to a balance of trade deficit. 과대 평가된 통화는 외환시장에서 수출이 경쟁이 되지 않는 가격으로 거래되는 통화이며, 보통 국제수지를 무역적자로 이끈다.

overwithholding 과대원천과세 ¶ *Overwithholding* is a situation in which a taxpayer has too much federal, state, or local income tax withheld from salary. Because they have overwithheld, these taxpayers will usually be due income tax refunds after they file their tax returns by April 15. *Overwithholding* is not desirable for the taxpayer, because it is, in effect, granting the government an interest-free loan. To reduce *overwithholding*, a taxpayer must file a new W-4 form with his or her employer, increasing the number of dependents claimed, which will reduce the amount of tax withheld. See also underwithholding. 과대원천과세는 급여에서 원천징수된 미연방·주소득세 또는 지방소득세가 너무 많은 상태를 말한다. 원천징수세를 지나치게 납부하는 경우에는, 4월 15일까지 납세신고를 한다면 소득세(income tax)의 환부를 받을 수 있다. 원천징수세의 납부가 지나친 것은 정부에게 무이자로 대출한 것과 같은 것이고, 납세자에게 있어서는 바람직하지 않다. 과대 원천과세를 없애려면, 부양가족이 늘어날 때마다, 납세자개인이 고용주와 함께 새로이 W-4 서식(W-4 form)을 제출하여야 한다. 그러면 원천과세액은 감액할 수 있다. underwithholding(과소 원천징수)도 참조할 것.

overwriting 옵션의 과대매도 ¶ *Overwriting* is speculative practice by an option writer who believes a security to be overpriced or underpriced and sells call options or put options on the security in quantity, assuming they will not be exercised. See also option. 옵션의 과대매도는 옵션의 매도인(option writer)에 의한 투기거래에서, 주가가 과대 평가되고 있다든지, 또는 과소 평가되고 있다고 믿고 콜옵션(call option) 또는 풋옵션(put option)을, 옵션이 행사되지 않는다고 전망하고 대량으로 매도하는 경우이다. option(옵션)도 참조할 것.

owe …에 지급의 의무가 있다, …에 차금이 있다 ¶ I *owe* you (약식의) 차용증서 (*cf.*) IOU; I.O.U.

owing 빚지고 있는, 미지급의(to) ¶ money *owing* to bank 은행차입 /money *owing* and overdue 차금으로 기한초과의 /The accident occurred *owing* to careless driving. 사고의 원인은 부주의한 운전이었다.

own ⓐ 자기의 ¶ *own* acceptance 자기인수어음 /*own* bill 자행인수어음 /*own* fund 자기자금

ⓥ 소유하다 ¶ a 50 percent *owned* company 50% 소유회사 /*own*-brand (제조원이 아니라) 판매업자의 상표를 붙인 (*cf.*) private brand /*own* paper 자사어음에 의한 무담보대출 /*owned* capital 자기자본 /a wholly-*owned* subsidiary 100% 자회사

owner 소유자, 소유권자, 하주(荷主) ¶ The *owner* is the person who has legal title to property; the person in whom ownership, dominion, or title of property is vested. 소유자는 재산에 대한 법률상의 권원을 가지는 자이다. 재산에 대한 소유권, 지배권 또는 타이틀을 가지는 자이다. /*owner* financing 자기금융 /an *owner*-manager 소유경영자 (*cf.*) a professional manager 전문경영자 /an *owner* of record 명의상의 소유자 /at *owner's* risk 하주 위험부담으로 /registered *owner* 등기상의

소유자 ***owner's equity*** 자기자본, 주주자본 ¶ *Owner's equity* is paid-in capital, donated capital, and retained earnings less the liabilities of a corporation. 자기자본은 납입자본금(paid-in capital), 수증자본(donated capital)이나 유보이익(retained earnings)에서 회사의 부채(liabilities)를 공제한 금액을 이른다.

ownership 소유, 소유권 ¶ The *ownership* is an exclusive right of possessing, enjoying, and disposing of a thing; often said to include the concepts of possession and of title, thus being broader than either. 소유권은 물건을 소유하고, 향유하며 처분하는 전용권(專用權)(exclusive right)이다. 점유권과 권원(title)의 개념을 포함하여 말하기도 하며, 따라서 점유와 권원의 개념보다 더 넓다. /joint *ownership* 공유권(共有權) /legal *ownership* 법률상의 소유권

Ozzie [구] 오스트레일리아(인) (Aussie의 다른 용어. Ossie라고도 한다.) [딜러용어] 오스트레일리아 달러(Australian dollar)

P

p.a. → per annum [약] 1년씩, 1년마다 ¶ *Per annum* is once each year, annual, annually. per annum은 1년에 한번씩, 1년의, 1년마다를 뜻한다. /*per annum* rate 연리

P/A → Pay on Application [약] [송금] 청구출금(청구가 있을 때마다 지급하는 것)

pa'anga 파앙가 ¶ The standard currency unit of Tonga, divided into 100 setini. 통가의 기준화폐단위, 1 파앙가(pa'anga) = 100 세니티(seniti).

PAC bond 팩본드 ¶ *PAC bond* is an acronym for planned amortization class bond, *PAC* is a tranche class offered by some collateralized mortgage obligations (CMOs), which is unlike other CMO classes in that (1) it has a sinking fund mortgages remain within a broad range of speeds and (2) its ability to make principal payments is not subordinated to other classes. *PAC bonds* thus offer certainty of cash flow except in extreme prepayment situations, and because of this they trade at a premium to comparable traditional CMOs. See also TAC bonds. *PAC bond*(팩본드)는 planned amortization class bond에서 따온 머리글자이고, 팩(PAC)은 모기지담보 채무증서(collateralized mortgage obligation: CMOs)의 트랑슈(tranche)의 하나이며, 다른 종류(CMOs)와는 다음의 점에서 다르다. (1) 팩본드에는 감채기금(sinking fund)이 있고, 기초모기지(underlying mortgage)의 기한 전 상환(prepayment)의 속도가 일정한 범위(이 범위는 상당히 넓게 설정되어 있다.)에 머무는 한, 감채기금은 예정대로 계속된다. (2) 팩본드의 원금(principal)상환은 다른 트랑슈에 열후(subordinated)하지 않는다. 이와 같이 팩본드에서는 극단적인 기한 전 상환이 발생하지 않는 한 안정적인 캐시플로를 팩본드의 보유자에게 제공한다. 이 때문에 팩본드는 종래형의 CMO에 비하여 프리미엄(premium)이 붙은 가격으로 거래된다. TAC bonds(태크본드)도 참조할 것.

Pacific 태평양(the Pacific Ocean) ¶ *Pacific* basin countries 태평양연안국가

***Pacific Exchange* (*PCX*)** 퍼시픽거래소 ¶ Founded in 1882 as the San Francisco Stock and Bond Exchange, the *Pacific Exchange* (*PCX*) was a regional market for securities of companies formed during the California Gold Rush. It is now the fourth largest stock options exchange in the world, with average daily volume of more than 500,000 options contracts on more than 1,800 stocks. More than 95% of *PCX* options trades are handled electronically. In 2005 the *PCX* was bought by Archipelago Holdings, an electronic communications network (ECN) and owner of the ArcaEx platform. In 2006 Archipelago was acquired by the New York Stock Exchange. The *Pacific Exchange* was the first U.S. exchange to demutualize, converting from a nonprofit memberships organization into a for-profit corporation in 1999. See also securities and commodities exchanges; stock indices and averages. 1882년에 샌프란시스코의 주식 및 채권거래소로서 설립된 퍼시픽거래소는 캘리포니아의 골드러시(Gold Rush)시대에 창설된 회사들의 증권을 위한 지방시장이었다. 퍼시픽거래소는 현재 세계 제4위의 주식옵션(stock option)의 거래량을 과시하는 거래소로서,

1일 평균으로 1,800에 달하는 주식의 500,000을 넘는 옵션계약(option contract)을 취급하고 있다. PCX의 옵션거래의 95% 이상이 전자적으로 행해지고 있다. 2005년에 PCX는 전자통신 네트워크(ECN)인 아키펠라고홀딩스(Archipelago Holdings)와 ArcaEx 플랫폼의 소유자가 매입하였다. 2006년에 아키펠라고(Archipelago)는 뉴욕증권거래소(NYSE)에 의하여 매수되었다. 퍼시픽거래소는 주식회사화한 미국의 최초의 거래소였고, 1999년에 비영리회원조직에서 영리주식회사로 전환하였다. securities and commodities exchanges(증권거래소/상품거래소); stock indices and averages(주가지수와 평균지수)도 참조할 것. ***Pacific Rim*** 환태평양지역 ¶ The *Pacific Rim* is Far Eastern countries and market bordering the Pacific Ocean, including Hong Kong, South Korea, Singapore, Taiwan, China, Malaysia, Indonesia, the Philippines, New Zealand, and Australia. Japan, because of its singular economic importance, is not usually included in the definition. Previously termed an economic miracle, *Pacific Rim* markets collapsed in the late 1990s. 환태평양지역은 홍콩, 한국, 싱가포르, 타이완, 중국, 말레이시아, 인도네시아, 필리핀, 뉴질랜드 및 오스트레일리아를 비롯하여, 태평양에 인접하는 극동국가들과 마켓을 이른다. 일본은 단일의 경제로서 중요한 것이므로, 이 정의에는 포함되지 아니한다. 환태평양지역의 마켓은 이전에는 경제상의 기적을 표상하는 용어이기도 하였으나, 1990년대 후반에 파탄하였다.

pack *n.* 소포
v. 짐을 싸다[꾸리다]

package 보따리, 싼 물건 ¶ The *package* is: (1) several products sold as a single unit, usually at a price less than the combined prices of the individual components. For example, a communication company might offer a package of local and long distance telephone service, broadband Internet access, and cable or satellite television. (2) a combination of television and/or radio ads offered as a group to a potential advertiser. (3) a sealed and wrapped container. 패키지는 (1) 유일한 단위로서 판매되는 여러 제품이고, 통상 개별적인 구성부분의 종합가격보다 싼값으로 거래된다. 예를 들면, 통신회사는 지역장거리 텔레비전 서비스, 광대역(廣大域)의 인터넷 접근 및 케이블 또는 인공위성 텔레비전의 패키지를 제공할 수 있다. (2) 잠재적인 광고주에 대한 그룹으로 제공되는 텔레비전 및 라디오 광고이다. (3) 봉인, 포장된 컨테이너이다. /the best financial *package* 최선의 금융상품(의 편성) /*package* count 포장한 채로의 계산 /a *package* deal 일괄거래 /*package* licensing 포괄허가 /a *package* policy [보험] (복수의 위험을 담보하는) 패키지 보험 ***package mortgage*** 가재(家財)포괄모기지 ¶ The *package mortgage* is a mortgage on both a house and durable personal property in the house, such as appliances and furniture. The borrower therefore repays one mortgage loan instead of having to carry two loans. In construction lending, interim and takeout loans made by the same investor. 가재(家財)포괄모기지는 가옥과 옥내(屋內)의 설비나 가구의 양쪽에 모기지(mortgage)를 설정하는 경우이다. 이 방법이면, 차입자는 2개의 론(loan)이 아니라 1개의 론(loan)만을 빌리면 충분한 것이 된다. 건설론(construction loan, 건설용도가 건설 목적의 론)에서, 동일한 투자자가 연계융자(interim loan; 건설이 완료하기까지의 단기융자)와 테이크아웃론(takeout loan, 건설 완료 후의 장기융자)의 양쪽을 공여하는 경우에는, 가재포괄모기지를 설정한다.

packer 하조인(荷造人), 짐 꾸리는 사람

packing 포장, 짐 꾸리기 ¶ the *packing* industry 통조림산업 ***packing credit*** 수출전대신용장(轉貸信用狀)(a red clause letter of credit) → red clause letter of credit (수출)선대(先貸)신용장. ~ ***list*** 포장내용명세서 ¶ The *packing list* is a list showing the number and kinds of items being shipped, as well as other information needed for transportation purposes. 포장내용명세서는 운송목적을 위해 필요한 다른 정보와 함께, 어떤 물품의 수와 종류가 현재 선적되고 있는가를 보여주는 명세서이다.

Pac-Man strategy [약][M&A] 패크맨 전략, 대항매수전략(기업매수를 당하는 기업이 역으로 매수인측에 대해서 행하는 기업방위책) ¶ The *Pac-Man strategy* is a technique used by a corporation that is the target of a takeover bid to defeat the acquirer's wishes. The target company defends itself by threatening to take over the acquirer and begins buying its common shares. For instance, if company A moves to take over company B against the wishes of the management of company B, company B will begin buying shares in company A in order to thwart A's takeover attempt. The *Pac-Man strategy* is named after a popular video game of the early 1980s, in which each character that does not swallow its operations is itself consumed. See also takeover; tender offer. 패크맨전략은 매수 타겟으로 된 기업(타겟회사, target company)이 매수대항책으로서 채택하는 방법이다. 타겟회사가 매수를 노리고 있는 회사(acquirer)를 역으로 매수한다고 위협하여, 실제로 매수(買收)측에게 보통주를 매수하기 시작한다고 하는 자기방위전략이다. 예를 들면, B사의 경영진(management)의 의향에 반하여 A사주(株)를 매수하기 시작하는 것이다. 이 패크맨 전략이라고 하는 부르는 방법은 1980년대에 유행하고 있던 비디오게임(적을 삼키지 않는 캐릭터가 역으로 먹히고 만다고 하는 게임)에서 온 용어이다. takeover(회사의 매수); tender offer(주식공개매수)도 참조할 것.

paid 유급의, 지급된 ¶ *paid* check 지급수표 /*paid* vouchers 지급증표 /*paid* waste books 타점어음지급장(支給帳) /partially [fully] *paid* 일부[전액] 지급된 /*prepaid* interest *paid* back 환(還)이자 ***carriage (pre)paid to (CPT)*** [영] 운임선급조건, 운임지급조건(carriage forward) (*cf.*) freight (pre)paid 선급운임 ¶ The word *carriage paid to* is a term indicating that carriage is paid to the named place of destination. The term applies in place of C&P or CFR(cost and freight), for shipment by a mode other than water. See also terms of sale. 운임선급조건이라는 용어는 운임이 지정된 목적지에서 지급됨을 가리키는 용어이다. 그 용어는 바다(water) 이외의 방법으로 운송하기 위하여 C&P(운임포함조건) 또는 CFR(운임포함조건) 대신에 적용된다. terms of sale(판매조건)도 참조할 것.

paid-in 지급된, 이미 결제된 ¶ *paid-in* capital allotment 유상(증자)배정 /*paid-in* surplus 납입잉여금 ***paid-in capital*** 납입자본금 ¶ The *paid-in capital* is a capital received from investors in exchange for stock, as distinguished from capital generated from earnings or donated. The *paid-in capital* account includes capital stock and contributions of stockholders credited to accounts other than capital stock, such as an excess over par value received from the sale or exchange of capital stock. It would also include surplus resulting from recapitalization. *Paid-in capital* is sometimes classified more specifically as additional *paid-in capital*, paid-in surplus, or capital surplus. Such accounts are distinguished from retained earnings or its older variation, earned surplus. See also donated stock. 납입자본금은 수익(收益)이나 증여로부터 생기는 자본금과 구별되고 주식(stock)과 상환으로 투자자(investor)로부터 수취하는 자본금이다. 납입자본금계좌는 「자본금」(capital stock)과 「자본금계좌 이외에 계상된 주주출연금」(contributions of shareholders)으로 구성된다. 주주출연금에는 주식발행이나 주식교환거래에서 액면(par)을 초과하여 수취한 금액이나 자본재편(recapitalization)의

결과 생긴 잉여금(surplus)이 포함된다. 납입자본금은 다시 나누어 주식납입자본금(additional paid-in capital), 납입잉여금(paid-in surplus) 또는 자본잉여금(capital surplus)과 같이 분류되기도 한다. 납입자본금계좌는 유보이익금(retained earnings)이라든가 이전에 변형되어 사용되고 있던 이익잉여금(earned surplus)과는 구별된다. donated stock(증여주)도 참조할 것. ~ ***surplus*** 납입잉여금 → paid-in capital (납입자본금).

paid-up 납입된 ¶ The word *paid-up* implies a situation in which all payments due have been made. For example, if all premiums on a life insurance policy have been paid, it is known as a paid-up policy. 납입된이라는 말은 지급금액이 전액납입된 경우를 이른다. 예컨대, 지급이 전액납입된 생명보험증권(life insurance policy)은 납입된 보험(paid-up policy)이라는 의미이다. ***paid-up insurance*** 납입보험 ¶ The *paid-up insurance* is a life insurance policy in which all premiums have been paid. Some policies require premium payments for a limited number of years, and if all premium payments have been made over those years, the policy is considered paid in full and requires no more premium payments. Such a policy remains in force until the insured person does or cancels the policy. 납입보험이란 보험료가 전액 납입된 생명보험증권(life insurance policy)을 말한다. 보험료(insurance premium)를 일정한 기간 납입한다고 하는 보험계약에서, 약정대로 보험료전액이 납입되면(paid in full), 납입보험계약이 되어 그 이후의 보험료지급 의무는 없게 된다. 납입보험은 피보험자(insured)가 사망하거나 보험계약이 취소될 때까지는 유효하다.

painting the tape 주가조작, 가상매매에서 시세를 성황(盛況)으로 보이게 하는 것 ¶ *Painting the tape* is: (1) an illegal practice by manipulators who buy and sell a particular security among themselves to create artificial trading activity, causing a succession of trades to be reported on the consolidated tape and luring unwary investors to the "action." After causing movement in the market price of the security, the manipulators hope to sell at a profit. (2) a consecutive or frequent trading in a particular security, resulting in its repeated appearances on the ticket tape. Such activity is usually attributable to special investor interest in the security. 주가조작은 (1) 투기꾼(manipulator)이 특정한 증권을 끼리끼리 한패가 되어 공모(共謀)하는 거래를 하는 부정행위이다. 이 공모거래는 통합테이프(consolidated tape)에 계속적 거래로서 기록되기 때문에, 부주의한 투자자가 휩쓸려서 작전(action)을 한 것처럼 대한다. 투기꾼은 공모거래에서 주가를 움직인 후에 팔고 빠지는 것을 의도하고 있다. (2) 특정한 증권(security)을 계속적 또는 빈번하게 거래하는 결과, 틱테이프(tick tape, 주식시세표시테이프)에 당해 주가가 반복해서 표시되게 된다. 특정한 투자자가 특별한 목적에서 의도적으로 이와 같은 거래를 행하는 경우가 많다.

어라, 주가조작 아냐?

paired shares 1대주(一對株) ¶ *Paired shares* are common stocks of two companies under the same management that are sold as a unit, usually appearing as a single certificate printed front and back. Also called Siamese shares or stapled stock. 1대주(一對株)란 경영진이 같은 2개의 회사의 보통주식(common stock)이 1단위로서 판매되는 것인데, 같은 주권(certificate)의 겉(表)과 속(裏)에 회사명이 인쇄되는 일이 많다. Siamese shares(샴 주식)이라든가 stapled stock(호치키스로 철한 주식)이라고도 한다.

pairs trading 페어트레이딩 ¶ The *pairs trading* is an investment strategy that involves going long of one stock (perceived to be cheap) and short of a second stock (rich) in expectation of capturing the spread movements between the two over some time horizon, typically based on some impending event (e.g., earnings announcements). Since the investor hopes to capture the spread, the strategy is market neutral, meaning the absolute level of the market is not relevant to success. *Pair trading* is often done within a specific industry sector, e.g., one automobile stock versus a second one, but is also characteristic of takeover and acquisition stocks in risk arbitrage. 페어트레이딩은 일반적으로 방해되는 사태(예컨대, 이익발표)를 기초해서 일부 거래기간(time horizon)을 거치면서 2종의 주식간의 스프레드의 움직임을 붙잡을 것을 예상하여 (가격이 낮다고 느끼는) 1종의 주식을 예상매수(going long)와 (가격이 높다고 느끼는) 다른 종의 주식을 예상매도(going short)하는 것을 수반하는 주식투자전략을 말한다. 투자자는 스프레드를 붙잡을 것을 희망하기 때문에, 그 전략을 시장 중립적(market neutral)인데, 그 의미는 시장의 절대수준(absolute level)은 성공과 관련이 없다는 뜻이다. 페어트레이딩은 예컨대 1종의 자동차주식 대 타종의 자동차주식과 같이 특수한 산업부분 안에서 행해지기도 하지만, 리스크 아비트라지(risk arbitrage)에서 주식공개매수(takeover)와 기업매수(acquisition)를 특징으로 하기도 한다. → market-neutral investing (시장중립형투자).

paisa 파이사 ¶ A subdivision (1/100) of the indian, Pakistani and Nepalese rupee; and of the Bangladeshi taka. 인도, 파키스탄과 네팔의 1 루피(rupee) = 100 파이사(paisa)이고, 방글라데시의 1 타카(taka) = 100 파이사(paisa)이다.

Pakistan currency 파키스탄 화폐 ¶ Pakistani rupee (PKR), divided into 100 paisa. 파키스탄 1 루피(rupee) = 100 파이사(paisa).

pallet 하대(荷台), 화물의 깔판 ¶ The *pallet* is a platform upon which a shipment rests or on which goods are assembled and secured before being shipped. The use of *pallets* in shipping goods ensures greater ease in handling and reduces the chance of damage. 화물의 깔판(pallet)은 화물이 놓이거나 물건이 집하되고 선적되기 전에 점검하는 평갑판(platform)을 말한다. 선적시에 팔레트를 사용하는 것은 화물취급을 훨씬 용이하게 확보하여 손해가 생길 여지를 줄이는 데에 있다.

P&I 피앤드아이 ¶ *P&I* is abbreviations for principal and interest on bonds or mortgage-backed securities. A traditional debt instrument such as a bond makes periodic interest payments and returns bondholders' principal when the bond matures. But in many cases, the principal payment and each of the interest payments are separated from each other by brokerage firms and sold in prices. When accomplished with Treasury bonds, each of the individual interest payments and the final principal payment is sold as a "stripped" zero-coupon bond known as a strip. In the case of a mortgage-backed security, each of the interest payments and principal repayments from mortgages is packaged into a collateralized mortgage obligation. A security composed of only interest payments is known as an interest-only or IO security. A security composed of just principal repayments is known as a principal-only or PO security. Both IOs and POs are forms of derivative securities. P&I (피앤드아이)는 채권(bond)이나 모기지담보증권(mortgage-backed security)의 Principal(원금)과 Interest(이자)의 머리글자에 따온 약어이다. 전통적으로 채권의 채무증권(debt instrument)에서는, 이자는 정기적으로 지급되고, 원금은 만기 시에 반환된다. 원금지급부분과 각 이자지급부분을 증권회사가 분리하여 따로따로 매각하는 일도 많다. 미재무부 장기증권(Treasury bonds)의 금리부분과 최종원본지급부분을 분리하여(stripped), 각각 제로쿠폰채(zero-coupon bond)로 한 것이 스트립채(strip)라고 하는 상품이다. 모기지담보증권의 경우에는, 이자지급부분과 모기지권자로부터 수취하는 원본반환부분을 하나로 묶어서(packaged) 주택모기지 채무증서(collateralized mortgage obligation: CMO)라고 하는 금융상품이 조성된다. interest-only 혹은 IO라고 하는 금융상품은 금리부분만으로 구성하는 증권(security)이고, principal-only 혹은 PO라고 하는 것은 원금반환부분만으로 구성하는 증권이다. IO도 PO도 모두 파생증권(derivative securities)의 범주에 들어간다.

P&L → profit and loss Statement [약] 손익계산서 ¶ The *profit and loss statement* (P&L) is a summary of the revenues, costs, and expenses of a company during an accounting period; also called income statement, opening statement, statement of profit and loss, income and expense statement. Together with the balance sheet as of the end of the accounting period, it continues a company's financial statement. See also cost of goods sold; net income; net sales. 손익계산서는 일정한 회계기간의 매상, 매상원가, 비용을 통합한 것이다. 이를 또한 income statement, opening statement, statement of profit and loss, income and expense statement라고도 한다. 기말시점의 대차대조표(balance sheet)와 함께 재무제표(financial statement)를 구성한다. cost of goods sold(매상원가); net income(순이익); net sales(순총매상액)도 참조할 것.

PANDA 판다금화 ¶ *PANDA* is gold coin issued by Peoples Republic of China. 판다금화는 중화인민공화국(People's Republic of China)이 발행한 금화이다.

panel discussion 패널토론회 ¶ The *panel discussion* is a discussion using a constant set of people and comparing each individual's opinions at different times. 패널토론회는 다른 시간대에 일정한 수의 사람들을 이용하고 각 개인들의 의견들을 비교하면서 하는 토론회를 말한다.

panic 공포, 공황(恐慌), 패닉 ¶ a commercial *panic* 상업공황 /*panic* market 시장의 공황상태 /a stock exchange *panic* 주식공황 ***financial*** [***money, monetary***] ***panic*** 금융공황 ¶ The *financial panic* is a situation in which the financial transaction is fallen into the uncontrollable disorder and confusion and the function of the financial institutions is paralyzed. 금융공황이란 제어할 수 없는 금융거래가 무질서와 혼란 속으로 빠져서 금융기관의 기능이 마비된 상태이다. ~ ***buying or selling*** 여기저기서 매집하기, 사재기 또는 투매(投賣) ¶ *Panic buying or selling* is flurry of buying or selling accompanied by high volume done in anticipation of sharply rising or falling prices. A sudden news event will trigger panic buying or selling, leaving investors little time to evaluate the fundamentals of individual stocks or bonds. *Panic buying* may be caused by an unexpected cut in interest rates or outcome of a political election. Short sellers may initially add to the problem then later be forced into *panic buying* if stock prices start to rise quickly, and they have to cover their short positions to prevent further losses. *Panic selling* may be set off by an international crisis such as a war or currency devaluation, the assassination of a head of state, or other unforeseen event. If stock prices start to fall sharply, investors may start to *panic sell* because they fear prices will fall much farther. See also circuit breakers. 사재기 또는 투매(投賣)는 주가의 급등이나 폭락을 예상하여 일어나는 대량의 사재기나 투매를 말한다. 돌발적인 사건이 보도되면, 투자자는 개개의 주식이나 채권의 실체요인을 분석할 여유도 없는 채로, 사재기나 투매로 내달린다. 사재기는 금리인하나 정치선거의 결과로 인하여 일어나는 경우도 있다. 또한 주가의 급등이 시작하면, 공매(short sale)를 하고 있는 투자자는 가일층의 손실을 회피하기 위하여 매도초과포지션(short position)의 커버를 행하려고 하고, 사재기를 어쩔 수 없이 한다. 투매행위는 전쟁, 통화절하(devaluation), 국가원수의 암살 등의 불측의 사태로 인하여 일어난다. 주가가 폭락하기 시작하면 투자자는 다시 주가가 내려가는 것을 두려워하여 투매를 한다. circuit breakers(거래정지조치)도 참조할 것.

paper 종이, 신문, (*pl.*) 서류(書類), 어음 ¶ The *paper* is a shorthand for short-term commercial paper, which is an unsecured note issued by a corporation. The term is also more loosely used to refer to all debt issued by a company, as in "ABC has $100 million in short- and long-term *paper* outstanding." 페이퍼는 엄밀히 말하면, short-term commercial paper(단기커머셜페이퍼)의 간단한 표기이고, 회사가 발행하는 무담보(unsecured)의 어음(note)을 의미한다. 또한 그 말은 더 부정확하게 사용하여, 회사가 발행하는 채무증서(debt) 전부를 가리켜서 사용되는 일도 있다. 예컨대, 「ABC사는 1억 달러의 단기, 장기부채의 잔액이 있다」(ABC has $100 million in short- and long-term paper outstanding.)와 같이 표현한다. /bank *paper* 은행어음, 은행권 /bankable *paper* 은행할인가능어음 /commercial *paper* (*C/P*) 커머셜페이퍼, 일류기업어음(기업, 금융기관이 공개시장에서 운전자금조달을 목적으로 발행하는 단기의 무담보약속어음) /commodity *paper* 상품어음 /corporation *paper* 회사어음 /first [second, third] class *paper* 일[이, 삼]류어음 /mercantile *paper* 무역어음 /negotiable *paper* 유통어음 /*paper* bearing on the affair 관계[일건]서류 /*paper* chase [TOB] 매수측기업이 대량의 신주를 발행하여 피매수주식과의 교환을 하는 것 /*paper* credit 증권신용 /a *paper* crisis (거래량의 증대로 사무처리의 한계를 넘는) 종이홍수 /*paper* gain (미실현의) 장부상의 이익 /*paper* gold SDR(국제통화기금의 특별인출권)을 가리킨다. /*paper* loss (미실현의) 장부상의 손실 /*paper* money 지폐 /*paper* profit (미실현의) 장부상의 이익 /the *paper* standard 지폐본위제 /*paper* tape 종이테이프 /a *paper* title (사실이 아닐지도 모르는) 서류상의 권리 (*cf.*) a cloud on title /second-class *paper* 이류어음 /single name *paper* 단명(單名)어음(one name paper) /small *paper* money 소액권지폐 /trade *paper* 무역어음 /two-name *paper* 복명(複名)어음(double name paper)
accommodation paper 융통어음 ¶ An *accommodation paper* is a bill of exchange signed by one person in order to help another to raise a loan. The signatory (accommodation party) is acting as guarantor, and normally does not expect to pay the bill when it falls due. *Accommodation papers* are known variously as kites, windbills or windmills. 융통어음은 차입(借入)을 구하는 다른 사람을 도우려는 사람이 서명한 환어음을 말한다. 서명인(융통어음관계인)은 보증인으로 행동하며, 보통 지급기일이 도래한 경우 그 어음을 지급할 것을 기대하지 않는다. 융통어음은 kite(융통어음), windbill(공(空)어음) 또는 windmill(융통어음) 등 여러 가지로 부르기도 한다. ***eligible paper*** 적격어음 ¶ The *eligible paper* is a commercial and agricultural paper, drafts, bills of exchange, banker's acceptance, and other negotiable instruments that were acquired by a bank and that the Federal Reserve Bank will accept for rediscount. 적격어음은 은행이 취득하고

미연방준비은행이 재할인을 위하여 인수하는 상업 및 농업어음, 어음, 환어음, 은행인수어음과 기타 유통증권을 말한다. ***gilt-edged*** ~ 일류어음 → gilt-edged security (일류증권). ~ ***company*** 페이퍼컴퍼니 ¶ The *paper company* is a corporation formed in order to accomplish a specific financial task rather than to produce a good or service. Such a firm usually has few assets other than those of a financial nature. 페이퍼컴퍼니는 상품이나 서비스를 생산하기보다 특정한 금융상의 업무를 달성하기 위하여 성립된 회사를 말한다. 그러한 회사는 보통 금융상의 성격 외에 자산(assets)도 거의 없다. ~ ***currency*** **[*money*]** 지폐 ¶ *Paper money* is certificates issued by government (and, at times, private entities) that are generally accepted within the economy as reliable media of exchange. 지폐는 일반적으로 신뢰할 수 있는 교환의 수단으로서 정부(때로는 사적 단체)가 발행하여 일반적으로 경제기구 내에서 용인되도록 하는 증서이다. ~ ***dealer*** 페이퍼딜러 ¶ The *paper dealer* is a brokerage firm that buys commercial paper at one rate of interest, usually discounted, and resell it at a lower rate to banks and other investors, making a profit on the difference. 페이퍼딜러는 커머셜페이퍼(commercial paper)를 일정한 이율(interest)(통상은 할인)로 매수하여, 그 이하의 이율로 은행이나 다른 투자자에게 전매(轉賣)하여 차액을 돈벌이하는 증권회사(brokerage firm)를 말한다. ~ ***profit or loss*** 평가손익 ¶ *Paper profit or loss* is unrealized capital gain or capital loss in an investment or portfolio. *Paper profits or losses* are calculated by comparing the current market prices of all stocks, bonds, mutual funds, and commodities in a portfolio to the prices at which those assets were originally bought. These *profits or losses* become realized only when the securities are sold. 평가손익은 투자(investment)나 포트폴리오(portfolio)에서 아직 실현하고 있지 아니한 양도익(capital gain)이나 양도손실(capital loss)을 이른다. 평가손익은 포트폴리오에 있는 모든 주식(stock), 채권(bond), 뮤추얼펀드(mutual fund), 상품의 시가(current market price)와 취득원가(price originally bought)의 차액을 말한다. 평가손익은 증권이 매각된 경우에 비로소 실현손실이 된다. ~ ***swap*** [영] 지면(紙面)스왑 ¶ The *paper swap* is: (1) an over-the-counter swap based on a physical commodity (often an energy product) that is transacted strictly on paper, with no attempt or intent to make or take delivery of the underlying physical goods; *paper swaps* are always settled on a cash, or financial, basis, or are offset prior to expiry. Also known as paper market. (2) a commodity derivative involving the exchange of fixed and floating prices related to paper products, such as pulp, paperboard, and newsprint. The paper swap can serve as a hedge for firms exposed to the selling or buying price of paper products. 지면스왑은 (1) 기초현물을 인도하거나 인도수령을 하려는 기도나 의도없이 엄격히 지면상으로 거래되는 실물상품(physical commodity)(에너지제품이라고도 한다)에 기초를 둔 장외스왑을 말한다. 지면스왑은 항시 현금베이스로 또는 금융베이스로 결제되거나 또는 만기 이전에 상쇄된다. 이를 paper market(지면시장)로도 알려지고 있다. (2) 펄프, 판지(paperboard) 및 신문용지와 같은 종이제품과 관계가 있는 고정가격과 변동가격의 교환을 수반하는 상품파생상품을 말한다. 지면스왑은 종이제품의 매도가 또는 매수가에 노출된 기업을 위한 헤지(hedge)로서 도움이 될 수 있다. ~ ***trading*** 가공거래 → mock trading (모의거래). ***prime*** ~ 우량 커머셜페이퍼, 일류어음 ¶ *Prime paper* is highest quality commercial paper, as rated by Moody's Investor's Service and other rating agencies. *Prime paper* is considered investment grade, and therefore institutions with fiduciary responsibility can invest in it. Moody's has three ratings of prime paper: P-1: Highest quality, P-2: Higher quality, P-3: High quality, Commercial paper below P-3 is not considered prime paper. 우량 커머셜페이퍼는 무디스(Moody's Investors Service) 기타 신용평가기관에 의하여 평가되는 최우량 커머셜페이퍼(commercial paper)를 말한다. 우량 커머셜페이퍼는 투자적격(investment grade)이라고 생각되기 때문에, 수탁자(fiduciary)책임을 지는 기관투자자가 투자할 수 있다. 무디스의 우량 커머셜페이퍼는 3종류가 있다. 즉, P-1; 최상급, P-2; 극히 우량함, P-3; 우량. P-3보다 하위의 CP는 우량으로 보지 않는다.

paperhanger [미속] 위조수표를 사용하는 자

paperhanging [미속] 수표남발, 수표위조

paperwork 사무처리

Papua New Guinea currency 파푸아뉴기니 화폐 ¶ kina (PGK), divided into 100 toea. 1 키나(kina) = 100 토이아(toea).

par 동등, 평가(平價), 액면가격, 환평가(換平價) ¶ The *par* is equal to the nominal or face value of a security. A bond selling at par, for instance, is worth the same dollar amount it was issued for or at which it will be redeemed at maturity – typically, $1,000 per bond. 액면가격은 증권의 표면가격(nominal value) 또는 액면가격(face value)과 같은 것이다. 예컨대, 액면가격(par)으로 매도되는 채권은 발행시 또는 만기상환시의 액면과 동액(同額)이라는 것이다. 덧붙여 말하면, 채권의 액면은 1,000달러가 일반적이다. /*par* issue 액면발행(미국에서는 증권의 액면은 100달러가 보통) /the *par* of exchange 법정평가 /*par* rate 파레이트(액면가격으로 거래되고 있는 채권의 복리베이스의 최종이율) /*par* value (of exchange) 환평가(換平價) /*par* value stock 액면(이 있는) 주식 ***above* [*over*] *par*** 액면 이상으로, 할증금[프리미엄]으로 → par value (액면가격). ***below* [*under*]** ~ 액면 이하로, 할인되어 ¶ *Below par* means at a price below the face, or nominal, value of a security, especially a bond. Generally, the difference between the price paid and the amount received upon sale or maturity is taxed as a capital gain. 액면 이하로의 뜻은 증권, 특히 채권의 액면, 또는 정상적인 가격 이하의 가격을 의미한다. 일반적으로 지급한 가격과 매매 또는 만기시에 수취한 금액간의 차이는 캐피탈게인(capital gain)으로서 과세대상이 된다. ~ ***bond*** 파본드 ¶ The *par bond* is a bond that is selling at par, the amount equal to its nominal value or face value. A corporate bond redeemable at maturity for $1,000 is a *par bond* when it trades on the market for $1,000. 파본드는 액면가격(face value)과 같은 금액(par)으로 유통하고 있는 채권을 말한다. 만기시(maturity)의 상환액이 1,000달러의 사채(corporate bond)가 1,000달러로 유통시장에서 거래되고 있는 경우, 이 채권은 파본드이다. ~ ***value*** 액면가격, 환평가(換平價) ¶ With common stock, *par value* is set by the company issuing the stock. At one time, *par value* represented the original investment behind each share of stock in goods, cash, and services, but today this is rarely the case. Instead, it is an assigned amount (such as $1 a share) used to compute the dollar accounting value of the common shares on a company's balance sheet. *Par value* has no relation to market value, which is determined by such considerations as net asset value, yield, and investor's expectations of future earnings. Some companies issue no-par value stock. See also stated value. *Par value* has more importance for bonds and preferred stock. The interest paid on bonds is based on a percentage of a bond's par value – a 10% bond pays 10% of the bond's *par value* annually. Preferred dividends are normally stated as a percentage of the *par value* of the preferred stock issue. 보통주를 두고 말하면, 액면가격은 주식발행회사가 설정한다. 상품, 현금, 서비스의

형식으로서 지급된 최초의 투자액이 주식의 액면가격을 의미하고 있던 경우도 있었으나, 현재는 매우 드문 경우이다. 그 대신에, 단순히 대차대조표(balance sheet)에 기재되는 회계상의 보통주의 금액을 산출하기 위하여 부쳐진 금액(예컨대, 1주 액면은 1달러)으로 되어 있다. 액면가격은 시가(market value)와는 관계가 없다. 주식의 시가는 순자산가치(net asset value), 이율(yield)이나 장래의 수익기대의 요인으로 결정된다. 무액면주식(no-par value stock)을 발행하는 회사도 있다. stated value(표시가격)도 참조할 것. 액면가격은 채권이나 우선주(preferred stock)에서는 중요하다. 사채의 이자는 채권의 액면가격의 비율로 표시된다. 예를 들면, 이자가 10%의 채권에서는 액면가격의 10%가 매년 이자로서 지급된다. 우선주의 배당액도 우선주의 액면가격의 비율로 결정된다. ~ ***value of currency*** 외환평가 ¶ The *par value of currency* is a ratio of one nation's currency unit to that of another country, as defined by the official exchange rates between the two countries: also called par of exchange or par exchange rate. Since 1971, exchange rates have been allowed to float; that is, instead of official rates of exchange, currency values are being determined by the forces of supply and demand in combination with the buying and selling by countries of their own currencies in order to stabilize the market value, a form of pegging. 외환평가는 일국(一國)의 통화의, 다른 국가의 통화에 대한 비율이고, 공정환율(official exchange rate)로서 정의를 내릴 수 있다. 또한 par of exchange(법정평가)라든가 par exchange rate(법정평가율)라고도 한다. 1971년이래 환율(exchange rate)은 변동환율제(floating exchange rate)를 채택하도록 되었다. 변동환율제에서는 국가의 통화가치는 공정평가가 아니라, 당해 통화에 대한 수급관계나 시장가치를 안정시키는 목적에서 자국통화를 매매하는 것(안정조작, pegging)에 의하여 결정된다.

para 파라 ¶ A subdivision (1/100) of the Bosnia-Herzegovina and the Yugoslavian dinar. 보스니아 헤르체고비나와 유고슬라비아 디나르(dinar)의 하부단위이다.

paradox of savings (or thrift) 저축(또는 절약)의 역설 ¶ The *paradox of savings (or thrift)* is an irony observed by John Maynard Keynes that the more people save, the less they consume, which increases the likelihood of recession, which causes incomes to fall with the result that national savings may be lower than when the process started. The idea got diminished attention as in recent years confidence grew in the ability of the modern Federal Reserve to engineer economic stability. It gained renewed relevance after events of 2007 revealed the limitations of the Fed. See also liquidity trap. 저축(또는 절약)의 역설이란 존 메이나드 케인즈가 관찰한 아이러니(irony)를 말한다. 즉 사람들이 저축을 많이 하면 할수록 소비를 덜 하게 되며, 이것은 불황(recession)의 가능성을 증가시키고, 불황은 소득을 떨어뜨리는 원인이 되어 그 결과 국민의 저축행위는 저축이 진행되기 시작한 때보다 더 낮아질 수 있다는 것이다. 최근에 현대적인 미연방준비제도이사회가 경제적인 안정성을

저축의 역설이 뭐드라?

교묘히 처리할 능력이 늘어나면서 그 아이디어는 주의를 감소시켰다. 그러나 2007년의 금융위기사태가 미연방준비제도이사회의 한계를 드러내었기 때문에 새롭게 타당성을 획득하였다. liquidity trap(유동성의 함정)도 참조할 것.

Paraguay currency 파라과이 화폐 ¶1 guarani 과라니 = 100 centimos 센티모.

parallel 평행(平行)의, 같은 방향의 ¶a *parallel* market 제2시장(새로운 금융시장) ***parallel importing*** 병행수입 ¶The *parallel importing* is the trading of a product by independent operators who are outside the manufacturer's official channel of distribution. The parallel importer may compete with the manufacturer's authorized distributors or subsidiaries, yet the operations are still legal. 병행수입은 제조업자의 공식적인 유통채널 외에 있는 독립된 중매인(仲買人, operator)에 의해 이루어지는 제품의 거래를 말한다. 병행수입업자는 제조업자가 인정하는 유통업자 또는 자회사와 경쟁할 수 있지만, 그 작업은 역시 적법하다. ~ ***loan*** 패러렐론 (다른 통화로 대출·차입을 동시에 행하는 2당사자간의 거래) ¶The *parallel loan* is a four-party loan involving parent companies and their subsidiaries in different countries. A *parallel loan* is an arrangement to borrow in the currency of one country with a promise to pay interest and principal at a later date. The loan is collateralized by a concurrent loan from a multinational parent company to its affiliate in a foreign country. A *parallel loan* is similar to a back-to-back loan, or two-party loan, in that it transfers surplus liquidity from one country to another. Its main disadvantage is that the lender's right of offset in event of default is unclear, and it is less flexible than a back-to-back loan. The two-party loan is safer from the lender's view because, if the subsidiary defaults, the multinational parent normally is obligated to make good on the loan. See also back-to-back loan. 패러렐론은 각기 외국에 소재하는 모회사(parent company)와 그들의 자회사(subsidiary)가 관련되는 4당사자 론(loan)이다. 패러렐론은 후에 원금과 이자를 지급한다는 약속과 함께 어느 국가의 통화로 차입하는 약정이다. 그 론은 다국적 모회사가 외국에 있는 계열회사(affiliate)에 대해서 동시에 행하는 론에 의해서 담보를 서게 된다. 패러렐론은 한 국가의 잉여유동성을 타국에 이전한다는 점에서 백투백 론(loan), 또는 2당사자 론(loan)과 유사하다. 패러렐론(loan)의 주요한 불리한 점은 차입자가 디폴트에 빠진 경우에 대여자의 상쇄권(right to offset)이 분명치 않다는 점이고, 백투백 론(loan)보다 유연성이 적다는 것이다. 2당사자 론(loan)은 자회사가 디폴트(default)가 되면, 다국적 모회사가 보통은 그 론(loan)을 변제할 의무가 있으므로 대여자의 입장에서는 더 안전하다. back-to-back loan(백투백 론)도 참조할 것. ~ ***money markets*** [영] 병행시장 ¶*Parallel money markets* are a sector of the financing market that occurs between users and suppliers of short-term funds without the use of specialized intermediaries, such as discount houses. The development of *parallel money markets* is a form of disintermediation. 병행시장은 할인상사(discount houses)와 같은 특수중개업자의 이용을 하지 않고 단기자금의 사용자와 공급자간에 일어나는 자금조달시장(financing market)의 한 부분이다. 병행시장의 개발은 금융중개기능의 저하(disintermediation)의 한 형태이다.

parametric trigger [영] 파라메트릭 트리거 ¶The *parametric trigger* is a conditional event in an insurance-linked security that results in suspension of interest and/or principal when a specific damage metric reaches a certain value. The metric is generally based on location and severity parameters. See also indemnity trigger; index trigger. 파라메트릭 트리거는 특정한 손해측정규준(damage metric)이 일정한 가액에 달하는 경우 이자와 원금의 정지가 생기는 보험연계

증권상의 조건부 사유를 말한다. 측정규준은 일반적으로 장소와 간소함의 특성에 근거를 둔다. indemnity trigger(보상사유); index trigger(인덱스트리거)도 참조할 것.

parastatal 반관반민(半官半民)의, 준국영의 ¶ a *parastatal* enterprise 반관반민의 기업

parcel 소포, 한 몫, 1회의 거래총액(去來總額), 1구획[1필]의 토지 ¶ a *parcel* of bank note 은행권 봉지 /a *parcel* of land 1필의 토지 ***parcel post*** 우편소포 ¶ The *parcel post* is a class of mail offered by the U.S. Postal Service that is used for merchandise, books, circulars, catalogs, and other printed matter. *Parcel post* packages can weigh up to 70 pounds and measure up to 130 inches in combined length and distance around the thickest part. Bulk rates are available for firms that send large quantities of packages via *parcel post*. 우편소포는 상품, 책, 광고전단(circulars), 기타 인쇄물(printed matter)의 우송을 위해 이용하는 미국우정공사(U.S. Postal Service)가 제공하는 1등급의 우편물이다. 우편소포포장은 무게는 70파운드, 부피는 제일 두터운 부분의 둘레가 길이와 간격 합쳐서 130인치까지 될 수 있다. 포장하지 않은 화물(bulk)의 요금은 우편소포에 의하여(via Parcel Post) 대량의 포장물을 발송하는 회사들에 유용하다. ~ ***post receipt*** 우편소포 수취증 ¶ The *parcel post receipt* is the postal authorities' signed acknowledgment of delivery to them of a shipment made by parcel post. 우편소포 수취증은 우편소포에 의하여 꾸려진 위탁화물의 수하인에게 인도한다는 우정(郵政)당국이 서명한 영수증이다.

parent 어버이, (*pl.*) 양친(兩親) ¶ a *parent* bank 모(母)은행 ***parent company [concern]*** 모(母)회사 ¶ The *parent company* is a company that owns or controls subsidiaries through the ownership of voting stock. A *parent company* is usually an operating company in its own right; where it has no business of its own, the term holding company is often preferred. 모(母)회사는 의결권주식(voting stock)의 소유를 통해서, 자회사(subsidiary)를 소유 또는 지배하는 회사를 말한다. 모회사 자신도 사업을 영위하는 사업회사인 경우가 많지만, 사업활동은 하지 않고 자회사의 주식을 소유할 뿐인 모회사도 있다. 이 경우는 지주회사(holding company)라는 용어가 자주 선호된다.

Pareto's law 파레토의 법칙 ¶ The *Pareto's law* is a theory that the pattern of income distribution is constant, historically and geographically, regardless of taxation or welfare policies; also called law of the trivial many and the critical few or 80-20 law. Thus, if 80% of a nation's income will benefit only 20% of the populations, the only way to improve the economic lot of the poor is to increase overall output and income levels. Other applications of the law include the idea that in most business activities a small percentage of the work force produces the major portion of output or that 20% of the customers account for 80% of the dollar volume of sales. The law is attributed to Vilfredo Pareto, an Italian-Swiss engineer and economist (1848-1923). 파레토의 법칙이란 소득분포의 형태가 과세나 복지정책에 관계없이 역사적으로나 지역적으로나 일정하다고 하는 이론을 말한다. 이를 또한 law of the trivial many and the critical few라든가 80-20 law(80-20의 법칙)라고도 한다. 따라서 1국의 총소득의 80%를 총인구의 겨우 20%의 사람들이 차지하고 있다고 하면, 빈곤층의 경제상태를 개선하는 유일한 방법은 나라 전체의 생산량을 증가시키고 소득수준을 올리는 것이다. 이 법칙을 응용한다면, 비즈니스에서도 소수의 노동력이 대부분의 생산량을 산출한다고 하는 것이 되고, 전체의 20%의 고객이 80%의 매상총액을 차지한다는 아이디어에 연결된다. 이 법칙은

이탈리아계(系) 스위스인 엔지니어이자 이코노미스트인 빌프레도 파레토(Vilfredo Pareto: 1848-1923)의 업적이다.

pari passu (L) 동일한 보조로, 보조를 맞추어서, 불공평 없이, 응분하게(without partiality) ¶ *Pari passu* implies literally "on equal standing." In finance, it applies to granting a party the same right/seniority that have been granted to others. 파리 파수는 문자 그대로 "동등한 지위에서"라는 뜻을 가진다. 금융에서는, 이 용어는 다른 사람에게 부여한 만큼의 동일한 권리 내지 우선권을 당사자에게 부여한다는 경우에 적용된다. ***pari passu clause*** 동순위조항, 평등조항, 담보차입제약조항, 파리 파수조항 ¶ A *pari passu clause* is often included in venture capital, bond, and loan agreements to ensure that seniority classes remain unaffected by future financial transaction. 동순위조항은 장래의 금융거래에서는 영향을 미치지 않는다는 것을 확실히 하기 위해서 파리 파수조항이 종종 벤처캐피탈, 본드 및 융자협정에 포함되는 경우가 있다.

Paris (프랑스의 수도) 파리 [딜러용어] 프랑스의 프랑(French franc) ¶ What's your spot Paris? 프랑스의 프랑의 현물가격은 얼마나 합니까? ***Paris Bourse*** 파리증권거래소 ¶ *Paris Bourse* is France's principal and since 1991, only stock exchange (incorporating those at Bordeaux, Lille, Lyons, Marselles, Nancy and Nantes). It has had an electronic trading system (Cotation Assistée en Coninue (CAC), based on Toronto's Computer-Assisted Trading System (CATS) since 1988, later upgraded to SUPERCAC. 파리증권거래소는 프랑스의 본점(principal)이고 1991년 이래 (보르도, 릴, 리옹, 마르세이유, 낭시 및 낭떼의 증권거래소를 합병하여) 유일한 증권거래소이다. 파리증권거래소는 1988년 이래 토론토(Toronto) 컴퓨터지원거래시스템(CATS)에 기반을 두는 전자거래시스템(CAC)을 운영하고 있고, 그 후 수퍼캐크(SUPERCAC)로 업그레이드되었다. ***Paris Inter-Bank Offered Rate (PIBOR)*** 파리은행간 자금운용금리(대출자금운용금리) ¶ *Paris Inter-Bank Offered Rate* (*PIBOR*) is French equivalents of the United Kingdom's London Inter-bank Offered Rate. 파리은행간 자금운용금리(대출자금운용금리)는 영국의 런던은행간 자금운용금리(대출자금운용금리)와 같은 프랑스제도(equivalents)이다. ***Paris club meeting*** [영] 파리클럽회의 ¶ The *Paris club meeting* is a meeting between a sovereign debtors and government creditors and banks (generally those from Group of 10 countries), to consider bilateral reschedulings of the debtor country's debt in order to avoid moratorium or default. So named as the meetings are coordinated via the French finance ministry. 파리클럽회의는 채무국의 모라토리엄 또는 디폴트를 피하기 위하여 쌍방간의 채무국의 채무재조정을 검토하는 채무국과 채권국 및 은행(일반적으로 10개국 그룹의 은행들)간의 회의이다. 그 회의를 프랑스의 재무부를 경유하여 조정한다는 것이 그런 이름이 붙여졌다.

parity 등가(等價), 동률(同率), (다른 국가의 통화와의) 평가(平價), (전화사채의) 현재가치 → conversion parity (전환패리티). ¶ the *parity* quotation [rate] [외환] 재정환율(裁定換率) /*parity* rate of exchange 환평가(換平價) /the *parity* value 패리티가격, 이론상의 균형가치 ***parity price*** 패리티가격 ¶ The *parity price* is a price for a commodity or service that is pegged to another price or to a composite average of prices based on a selected prior period. As the two sets of prices vary, they are reflected in an index number on a scale of 100. For example, U.S. farm prices are pegged to prices based on the purchasing power of farmers in the period from 1910 to 1914. If the parity ratio is below 100, reflecting a reduction in purchasing power to the extent indicated, the government compensates the farmer by paying a certain percentage of parity, either in the form of a direct cash payment, in the purchase of surplus crops, or in a nonrecourse loan. 패리티가격은 상품 또는 서비스의 가격을, 다른 상품 또는 서비스의 가격, 혹은 과거의 특정한 기간에 있어서 복합평균가격으로 고정시키는 것이다. 2세트의 가격은 변동하기 때문에, 100을 기준으로 한 지수로 비교된다. 예컨대, 미국내의 농산물가격은 1910년에서 1914년의 사이의 농민의 구매력(purchasing power)을 나타내는 가격에 연동하고 있다. 다시 말하면, 패리티비율이 100미만이 되면, 농민의 구매력이 하락하고 있음을 보이고 있고, 정부는 패리티의 일정한 비율을, 직접 현금으로 지급한다든지, 잉여농산물을 매입한다든지, 논리코스대출(nonrecourse loan)을 공여하여 보상한다.

park 공원, …장(場) ¶ an industrial *park* 공업단지 /a science *park* 첨단과학집중단지

parking 시세의 모양을 보는 것, 자금의 일시적 운용 ¶ *Parking* is placing assets in a safe investment while other investment alternatives are under considerations. For instance, an investor will park the proceeds of a stock or bond sale in an interest-bearing money market fund while considering what other stocks or bonds to purchase. Term also refers to an illegal practice whereby ownership of stock is concealed, and disclosure requirements circumvented, by holding stock in the name of a conspiring party. 자금의 일시적 운용은 다른 투자처를 검토하는 동안, 자금을 일시적으로 안전한 상품에 투자하는 경우이다. 예를 들면, 투자자가 주식이나 채권을 매각하여 얻은 자금을, 다음의 투자처를 검토하고 있는 사이에, 이자부(利子附)의 머니마켓펀드(money market fund: MMF)에 투자하는 경우가 상당하다. 이 용어는 또한 공모자명의로 주식을 보유하여, 진정한 주식소유자를 감추어 개시(disclosure)요건을 회피하려고 하는 위법행위의 의미이기도 하다.

parol 구두의(oral), 서류에 의하지 않는 ¶ a *parol* agreement 구두합의 ***parol contract*** 구두계약, 날인계약에 의하지 않은 계약 ¶ The *parol contract* is an oral agreement, or a written agreement without official authentication by seal. A parol contract generally requires valid consideration to be legally binding. 날인계약에 의하지 않은 계약은 날인(seal)에 의한 공적인 인증이 없는 구술계약 또는 서면계약이다. 그런 계약은 일반적으로 법적인 구속력이 있는 확실한 사정을 요구한다.

part 부분, 일부, 부품 ¶ a *part* cost 부품비 /*part* delivery 일부인도(引渡) /*part* installment 일부할부 /*part* payment 일부지급 ***part shipment*** 일부선적, 분할선적 → partial shipment (분할선적).

partial 일부분의, 불완전한 ¶ *partial* acceptance 일부인수 /*partial* endorsement 일부배서 /*partial* payment 일부지급 /*partial* payment bond 분할지급채(債) ***partial barrier option*** [영] 부분장애옵션 ¶ The *partial barrier option* is a barrier option with a barrier that is only in effect during a portion of the option's life, often one week, month, or quarter of a multiquarter or multiyear deal. See also point barrier option. 부분장애옵션이란 옵션기간의 일부가 오직 유효한 장애가 딸린 장애옵션, 이따금 일주일, 한달, 또는 4개월 또는 수년간의 4분의 1 거래이기도 하다. point barrier option(포인트장애옵션)도 참조할 것. ~ ***delivery*** 분할인도(引渡) ¶ The *partial delivery* is a term used when a broker does not deliver the full amount of a security or commodity called for by a contract. If 10,000 shares were to be delivered, for example, and only 7,000 shares are transferred, it is called a *partial delivery*. 분할인도(引渡)는 증권회사가 계약에 정해진 증권(stock)이나 상품(commodities)을 전액 인도되지 않는 경우를 가리키는 용어이다. 예컨대, 10,000주가 인도되어야 하는데, 7,000주만이 인도된 경우, 이를 분할인도라고 한다. ~ ***insurance*** [영] 일부보험 ¶ The *partial insurance* is an insurance policy providing fractional risk transfer in exchange for a smaller premium. For insureds with the proper risk tolerance, the lower cost of protection achieved via *partial insurance* may be preferable under a cost/benefit framework. Fractional coverage is generally achieved through deductibles. exclusions, and/or policy cap. See also full insurance. 일부보험은 더 적은 보험료의 대가로 부분적 위험이전을 제공하는 보험증권을 말한다. 적절한 위험허용도(risk tolerance)를 가진 피보험자를 위하여, 일부보험을 경유하여 획득한 보험보호의 낮은 비용은 비용/편익의 체계에서는 차라리 나을지도 모른다. 부분적 보험보장(coverage)은 일반적으로 공제항목(deductibles), 면책조항(exclusions) 및 보험계약의 상한(policy cap)을 통해서 달성된다. full insurance(완전보험)도 참조할 것. ~ ***loss*** [해상보험] 분손(分損) (*cf.*) total loss 전손(全損) ¶ *Partial loss* is damage of property that is not total; average (in sense of partial) loss. 분손(分損)이란 전체의 손해가 아닌 재물의 손해이다. 즉 (분손이라는 의미의) 평균손실(average loss)이다. ¶ The *partial recourse loan* is a loan where the lending bank must initially rely on cash flows from the asset or project being financed for repayment but may then turn to borrower for repayment. Also known as limited recourse loan. See also full recourse loan; nonrecourse; nonrecourse loan; recourse. 분할구상대출은 대여은행이 초기에는 상환을 위해서 금융을 받고 있는 자산이나 프로젝트로부터 자금흐름에 의지하여야 하지만, 다음에는 상환을 위해서 차입자에 전환할 수 있는 대출을 말한다. 이는 제한적 구상대출(limited recourse loan)로도 알려져 있다. full recourse loan(조기구상대출); nonrecourse(논리코스대출); recourse(상환청구권)도 참조할 것. ~ ***shipments*** 일부선적, 분할선적(part shipment) ¶ *Partial shipments* are when the goods being transported do not represent the whole order as requested by the buyer. Example: Exporters should always request that the letter of credit specify that partial shipments be allowed. 분할선적이란 운송중의 하물이 매수인이 요구한 바와 같은 전체의 오더를 표시하지 못하는 경우이다. 예컨대, 수출업자는 항상 신용장에 분할선적이 허용될 수 있다고 특기할 것을 요구하여야 한다.

participant (파티시페이션 론의) 일반참가은행

participate 관계하다, 참가하다 ¶ *participating* bank (파티시페이션 론의) 일반참가은행 /*participating* mortgage loan 이익참가권부 모기지융자 ***participating dividend*** 참가배당 ¶ The *participating dividend* is a dividend paid from participating preferred stock. 참가배당은 이익참가형 우선주(participating preferred stock)에서 지급되는 배당금을 이른다. ***~ing forward*** [영] 참가적 선도거래 ¶ The *participating forward* is a forward contract with a feature that allows the first party to share in any gains earned by the second party on a predetermined basis. In exchange, the second party receives a more favorable forward price. 참가적 선도거래란 사전에 결정한 방식으로 제1당사자는 제2당사자가 가득(稼得)한 이득(gains)에 참여할 수 있는 특징이 있는 선도거래를 말한다. 거래소에서, 제2당사자는 더 유리한 선도가격을 수취하게 된다. ***~ing guaranteed investment contract (GIC)*** [영] 참가적 보증투자계약 ¶ The *participating guaranteed investment contract* (*GIC*) is a form of a guaranteed investment contract granting the investors a share of any investment earnings from the asset portfolio exceeding the guaranteed rate. See also nonparticipating guaranteed investment contract; synthetic guaranteed investment contract. 참가적 보증투자계약이란 투자자에게 보증률(guaranteed rate)을 초과하는 자산포트폴리오로부터 가득한 투자수익의 지분(share)을 허락하는 보증투자계약의 하나의 형태이다. nonparticipating guaranteed investment contract(비참가적 보증투자계약);

synthetic guaranteed investment contract(종합보증투자계약)도 참조할 것. ***~ing life insurance policies*** 배당부 생명보험계약 ¶ *Participating life insurance policies* are a life insurance that pays dividends to policyholders. The policyholders participate in the success or failure of the company's underwriting and investment performance by having their dividends rise or fall. The fewer claims the company experiences and the better its investment performance, the higher the dividends. Policyholders have many choices in what they can do with the dividends. They can have them paid in cash, in which case the income is taxable in the year received; they can use them to reduce policy premiums; they can buy more paid-up insurance, either cash value or term; or they can put them in an account with the insurance company that earns interest. The opposite of a participating policy is a nonparticipating life insurance policy. 배당부 생명보험계약은 보험계약자(policyholder)에게 배당금(dividend)이 지급되는 생명보험이다. 보험회사의 인수업무나 운용실적의 성적에 따라서, 보험계약자가 수취하는 배당금이 증감한다. 보험지급 청구액(insurance claim)이 적게 되면, 또 운용성적이 양호하다면, 그 만큼 수취배당액도 크게 된다. 배당금의 수령방법에는 많은 선택지가 있다. 예를 들면, 과세취급으로 현금배당을 수취할 수 있고, 배당금을 보험료지급에 충당하여 보험료(insurance premium)를 감액할 수도 있다. 또, 저축보험(cash value insurance)이나 정기생명보험(term life insurance)을 사서 늘리는 경우도 있다. 혹은 보험회사의 부리계정(附利計定)에 돌리는 일도 있다. 배당부 생명보험증권의 반대가 비참가배당 생명보험증권(nonparticipating life insurance policy)이다. ***~ing option*** [영] 참가옵션 ¶ The *participating option* is an option contract with a feature that allows the buyer to only benefit from a certain amount of any gains earned; the option seller retains a portion of the profits, in return for levying a smaller premium. 참가옵션은 매수인에게 가득(稼得)된 이득의 일정한 금액에서 이익(benefit)만을 주는 특징이 있는 옵션계약을 말한다. 옵션매도인은 더 적은 프리미엄을 부과하는 대신에 이익의 일부분을 보유한다. ***~ing preferred stock*** 참가형 우선주식 ¶ The *participating preferred stock* is a preferred stock that, in addition to paying a stipulated dividend, gives the holder the right to participate with the common stockholders in additional distributions of earnings under specified conditions. One example would be an arrangement whereby preferred shareholders are paid $5 per share, then common shareholders are paid $5 per share, and then preferred and common shareholders share equally in further dividends up to $1 per share in any one year. 참가형 우선주식은 규정의 배당지급에 더하여, 일정한 조건 아래에서, 보통주주와 함께 이익의 추가분배에 참가하는 권리가 주어진 우선주를 말한다. 예를 들면, 어떠한 연도에서도, 우선 우선주의 주주에게 1주당 5달러의 배당을 지급하고, 그 후 보통주(common stock)의 주주에게 1주당 5달러의 배당을 지급하며, 다시 남은 이익을 우선주와 보통주의 주주에게 1주당 1달러까지 등분(等分)한다고 하는 규정이 있는 것이 참가형 우선주식이다. 실제로는, 참가형 우선주식의 발행은 드물고, 투자자(investor)의 관심을 일으키는 것이 필요한 경우에 발행된다. 태반의 우선주는 규정된 배당금만을 지급한다고 하는 비참가형 우선주(nonparticipating preferred stock)이다.

participation 참여, 관계, 참가, 파티시페이션(동일한 차입인에게 동일한 조건에서 복수의 은행이 대출을 행하는 것) ¶ *participation* in management 경영참가 ***participation certificate*** 참가증서 ¶ The *participation certificate* is a certificate representing an interest in a pool of funds or in other instruments, such as a mortgage pool. The following quasi-government agencies issue and/or guarantee such certificates (also called pass-through securities): Federal Home Loan Mortgage Corporation, Federal National Mortgage Association, Government National Mortgage Association, Sallie Mae. 참가증서는 자금풀이나 부동산 모기지대출을 집합한 풀(mortgage pool)의 금융상품에 있어서 권익지분을 나타내는 증서이다. 패스트루증권(pass-through securities)이라고도 하며, 이하의 준정부기관이 발행한다든지, 혹은 보증을 선다. 미연방주택금융모기지공사(Federal Home Loan Mortgage Corporation), 연방전국모기지협회(Federal National Mortgage Association), 정부주택모기지협회(Government National Mortgage Association: 지니메이), 샐리메이(Sallie Mae)이다. ~ ***financing*** 협조융자 ¶ The *participation financing* is a large loan, exceeding the lending limit of an individual bank, that is shared among a group of lenders. 협조융자는 개별적인 은행의 대여한도를 넘는 대형 대출로, 개별적인 은행은 대여자(lenders) 그룹의 일원으로 공유하게 된다. ~ ***in* [*out*]** 기존의 대출금(의 일부)을 매입하는 것[매각하는 것] 파트인[아웃] (파티시페이션계약에는 차입자가 불지급의 경우에 참가계약은행이 환매를 조건을 요구할 수 있는 것(with recourse)과 요구할 수 없는 것(without recourse)이 있다.) ¶ *Participation in* is buying out a part of existing loan amounts and *participation out* selling out a part thereof. In the case of borrower's nonpayment, the participation contract has two types; the participating bank can require the requirement of redemption to borrower (with recourse), and the bank can not do it (without recourse). 파티시페이션인은 기존의 대출금(의 일부)을 매입하는 것이고, 파티시페이션아웃은 기존의 대출금(의 일부)을 매각하는 것이다. 차입자가 상환을 하지 않는 경우에, 파티시페이션 계약에는 2가지 유형이 있다. 하나는 참가계약은행이 차입자에게 환매를 조건으로 요구할 수 있는 것(상환청구권부)과 그것을 요구할 수 없는 것(상환청구권 없음)이 있다. ~ ***loan*** 협조융자, 공동융자(syndicated loan), 참가대출은행이 본래의 대출은행에 구상을 요구할 수 있는 파티시페이션론 ¶ In commercial lendings, the *participation loan* is a loan made by more than one lender and serviced (administered) by one of the participations, called the lead bank or lead lender, Participation loans make it possible for large borrowers to obtain bank financing when the amount involved exceeds the legal lending limit of an individual bank (approximately 10% of a bank's capital). 상업대출에 있어서, 협조융자는 복수의 은행에 의한 융자로, 참가은행 중의 하나의 은행이 lead bank(주간사) 또는 lead lender(간사대출은행)로서 융자에 관한 관리업무를 행한다. 협조융자를 함으로써 차입액이 개개의 은행의 법정대출한도액(자본의 약 10%)을 초과하는 큰손의 차입자라도 은행융자를 받을 수 있다. ¶ In real estate, the *participation loan* is a mortgage loan, made by a lead lender, in which other lenders own an interest. 부동산에 있어서, 협조융자는 간사은행이 부동산모기지대출(mortgage)을 조성하고, 다른 은행이 참가하는 형식의 융자형태를 이른다.

participative management 참가적 경영 ¶ *Participative management* is an open form of management where employees have a strong decision-making role. *Participative management* is developed by managers who actively seek a strong cooperative relationship with their employees. The advantages of *participative management* include increased productivity, improved quality, and reduced costs. 참가적 경영이란 종업원들이 강력한 의사결정의 역할을 하는 열린 형식의 경영이다. 참가적 경영은 종업원들과 강력한 협력관계를 활발하게 추구하는 매니저에 의하여 발전되었다. 참가적 경영의 이점은 생산성의 증가, 품질의 개선, 및 경비의 절감이 들어간다.

particular ⓐ 특별한, 특정한, 개개의, 상세한 ¶ a *particular* column 전말(顚末)란

/a *particular* lien 특수한 리엔 /a *particular* successor 특정상속인 ***particular average*** 단독해손 ¶ In marine insurance, the *particular average* is a partial loss sustained on damages to goods that have been insured. 해상보험에서, 단독해손이란 부보한 하물에 생긴 손실을 입은 분손(partial loss)이다.
[n.] 건(件), 사항, (*pl.*) 명세, 상세

partition 구분, 분할, 분배 ¶ In a quarter of a century the *partition* of Africa was completed. 4반세기 동안 아프리카의 분할은 완료되었다.

partner 상대, 동료, 공동경영자, 조합원(組合員) ¶ The *partner* is a member of a partnership, which may be a syndicate, association, pool, joint venture, or other unincorporated organization. *Partners* generally include in their personal tax returns their quo rata share of partnership ordinary income, capital gain, charitable contributions, etc. See general partner; limited (special) partnership. 파트너는 파트너십의 멤버로서, 그 파트너십은 신디케이트, 조합, 풀(pool), 조인트벤처, 기타 법인격 없는 단체가 될 수 있다. 파트너는 일반적으로 개인적인 세금신고서에는 파트너십의 일반수입, 캐피탈게인, 자선출연금 기타를 포함시킨다. general partner(제너럴파트너); limited (special) partnership(리미티드 파트너십)을 참조할 것. /a *partner's* risk (현지 상대방의) 파트너즈리스크

partnership 공동경영, 파트너십 ¶ The *partnership* is a contract between two or more people in a joint business who agree to pool their funds and talent and share in the profits and losses of the enterprise. Those who are responsible for the day-to-day management of the *partnership's* activities, whose individual acts are binding on the other partners, and who are personally liable for the *partnership's* total liabilities are called general partners. Those who contribute only money and are not involved in management decisions are called limited partners; their liability is limited to their investment. 파트너십은 2인 이상의 개인이 공동사업을 하는 경우의 계약으로, 그것에 기초해서 서로 자금이나 인재를 제공하고, 수익(profit)이나 손실(loss)을 분배한다고 하는 것이다. 파트너십의 일상적인 운영에 책임을 가지고, 그 활동이 다른 파트너에 대하여 구속력이 가지며, 그리고 파트너십의 부채총액에 대하여 개인적으로 책임을 가지는 자를 제너럴파트너(general partner)라고 한다. 한편, 자금제공뿐이지 경영의 결정에는 관여하지 않는 자는 리미티드파트너(limited partner)라고 하며, 투자한도 내에서 책임만을 부담한다. /*partnership* firm 파트너십펌 ***general* [*unlimited*] *partnership*** 제너럴 [언리미티트] 파트너십 ¶ The *general partnership* is an organization with only general partners. Each partner is liable beyond the amount invested, and each may bind the entire partnership. Typically, a general partner is not a taxable entity because its income and losses are passed through to the partners. Contrast limited partnership. 제너럴파트너십은 오직 제너럴파트너만으로 구성되는 단체이다. 각 파트너는 투자한 금액 이상으로 책임을 지며, 각 파트너는 전체의 파트너십을 구속하는 행위를 할 수 있다. 일반적으로 제너럴파트너는 그의 소득과 손실은 다른 파트너에게 패스트루되기 때문에, 납세주체가 되지 않는다. limited partnership(리미티드 파트너십)과 대조할 것. ***limited* [*special*]** ~ 리미티드 파트너십 ¶ *Limited partnerships* are also sold to investors by a brokerage firms, financial planners, and other registered representatives. These partnership may be either public (meaning that a large number of investors will participate and the partnership's plans must be filed with the Securities and Exchange Commission) or private (meaning that only a limited number of investors may participate and the plan need not be filed with the SEC). 리미티드 파트너십은 증권회사(brokerage firms),

파이낸셜플래너(financial planners), 등록증권외무원(registered representatives)에 의하여 투자자에게 판매된다. 리미티드 파트너십은 공모(公募)베이스(다수의 일반투자자가 응모하는 형식으로, 파트너십의 투자계획은 증권거래위원회(SEC)에의 등록이 필요하다.)로 판매되는 경우도 있고, 사모(私募)베이스로(한정된 투자자만이 참가하므로, SEC에의 등록을 필요로 하지 않는다.) 하는 경우도 있다. ~ ***agreement*** 파트너십 계약서 ¶The *partnership agreement* is a written agreement among partners specifying the conduct of the partnership, including the division of earnings, procedures for dividing up assets if the partnership is dissolved, and steps to be followed when a partner becomes disabled or dies. Investors in limited partnerships also receive *partnership agreements*, detailing their rights and responsibilities. 파트너십 계약서는 파트너십(partnership)의 당사자간에서 서로 교환되는 계약서로, 파트너십운영에 관하여 명기하여, 이익배분이나 파트너십이 해산한 경우의 자산분할절차, 파트너가 장애자로 된다든지, 사망한다든지 하는 경우에 따라야 할 수순에도 언급하고 있다. 투자자가 리미티드 파트너십(limited partnership)에 투자하는 경우에도, 투자자의 권리·책임이 상세하게 규정하고 있는 파트너십 계약서를 받는다.

party 당사자, 관계자 ¶interest *party* 이해관계인 /the opposite *party*; the other *party* 상대방 /a *party* at interest (회사의) 주주, 이해관계인 /*parties* concerned [interested] 이해당사자 /the *party* entitled to recourse 구상권자 /*parties* in bankruptcy 파산관계인 /*parties* in [to] the bill of exchange 환어음관계인 /a *party* insuring 보험계약자 /*parties* primarily [secondly] liable 제1차[제2차] 채무자 /the *parties* in the contract 계약당사자 /*parties* to a bill [contract] 어음[계약]의 관계인, 어음[계약]관계인 /third *party* 제3자

parvenu [프] 벼락부자

pass 통과하다, 지나가다, 움직이다, 넘겨주다 ¶*pass* a dividend 무배당으로 하다 /*pass* [go, run] current 일반적으로 통용하다 /*pass* (booking) entries (장부의) 기록을 하다 /*pass* into a book 장부에 기장하다 /*pass* to the credit [debit] (of …) (…의 계좌에[에서) 입금[인락]하다 ***passed dividend*** 무배당 → omitted dividend (무배당); cumulative preferred (누적배당우선주). ~ ***the book*** 트레이딩북을 돌리다 ¶To *pass the book* is a system to transfer responsibility for a brokerage firm's trading account from one office to another around the world as trading ends in one place and begins in another. For example, a firm may start the day with the "book" of the firm's securities inventory controlled in London. As the London market closes, the book will be passed to New York, then Los Angeles, then Tokyo, then Singapore, and back to London. *Passing the book* is necessary because markets are now traded 24 hours a day. Customers wanting to trade at any time will often be referred to the office handling the book at that time. 트레이딩북을 돌리다는 것은 증권회사의 트레이딩계좌의 운용책임을, 거래시간이 종료하는 장소에서 거래시간이 시작하는 다른 장소에 옮기는 체제를 말한다. 예를 들면, 어느 기업이 런던에서 관리를 받고 있는 수중에 가지고 있는 증권의 트레이딩북(book)을 시작할 수 있다고 하자. 런던시장이 폐쇄하면, 그 북은 뉴욕지점에서 로스앤젤레스지점, 동경지점, 싱가포르지점으로 돌려져 런던지점으로 되돌아온다. 시장이 24시간 열려져 있는 현재에서는, 북을 돌리는 것이 필요하다. 매매를 하려는 고객이 있으면, 그 시점에서 북을 가지고 있는 (트레이딩을 하고 있는) 지점에 문의하는 일이 종종 있다.

passable 유통될 수 있는, 통용되는 ¶*passable* money 유통화폐

passage (여객)운임, 선박료, 통행료 ¶ book one's *passage* to New York 뉴욕까지의 승선권(乘船權)을 예약하다 /a free *passage* 무료통행

passbook 은행통장([영] handbook) ¶ The *passbook* is a book issued by a bank to record deposits, withdrawals, and interest earned in a savings account, usually known as a *passbook* savings account. The *passbook* lists the depositor's name and account number as well as all transactions. *Passbook* savings accounts, though usually offering low yields, are safe because deposits in them are insured up to $100,000 by the Federal Deposit Insurance Corporation. The basic limit on federal insurance coverage for all ownership categories was temporarily increased to $250,000 through at least 2013. There are many alternatives to *passbooks* today, including ATM machines, telephone banking services, and unlimited transfers. 은행통장은 예금액(deposit), 인출액, 보통예금(savings account)의 이자를 기록해 두기 위하여 은행이 발행하는 통장으로, 보통 은행예금통장(passbook savings account)으로 알려져 있다. 예금통장에는 예금자명, 계좌번호, 모든 거래명세가 기재된다. 은행의 보통예금(pass book account)은 일반적으로 이율(yield)은 낮지만, 10만 달러까지는 미연방예금보험공사(Federal Deposit Insurance Corporation)가 보증하고 있기 때문에 안전하다. 최근에는 은행예금통장의 대체수단(alternatives)으로서, ATM(현금자동입출금기), 텔레폰뱅킹, 상한액의 제한이 없는 이체 등 여러 가지 방법이 있다. /a checking account *passbook* 당좌예금통장 /deposit *passbook* 예금통장 /no-*passbook* transaction 무통장거래 /*passbook* loan 종합계좌대월 /savings *passbook* 보통예금통장

passing 양도하는, (속여서) 부정행위를 하게 하는 ¶ *passing* off 부정경쟁수단의 행사 /*passing* title 부동산의 권리의 이전

passive 소극적인, 수동적인 ¶ The word *passive* implies income or loss from activities in which a taxpayer does not materially participate, such as limited partnerships, as distinguished from (1) income from wages and active trade or business or (2) investment (or portfolio) income, such as dividends and interest. Starting with the Tax Reform Act of 1986, and after modification by the Revenue Reconciliation Act of 1993, losses and credits from *passive* activities, although one *passive* activity can offset and tax from *passive* activities are deductible only against income and tax from passive activities, although one *passive* activity can offset another and unused *passive* losses can be carried forward until the earlier of (1) your realization of *passive* income to offset such losses; or (2) your sale of your entire interest in the activity, at which time suspended losses from that activity can be used without limitation. Under the 1986 Act, real estate rental activities were considered *passive* regardless of material participation. The 1993 Act liberalized that provision for tax years after 1993 by making an exception for professionals spending at least half their time or at least 750 hours involved in real property trade or services or for anyone, apparently including a landlord, meeting the same tests of material participation. Regular corporations (as opposed to S corporation) are exempt from *passive* activity rules unless they are closely held. 수동적이라는 말은 납세자가 적극적으로 활동에 참가하고 있지 아니한 리미티드 파트너십(limited partnership)의 사업에서 생기는 수익(income)이나 손실(loss)을 가리킨다. 수동적 손익(passive income or loss)은 (1) 급여소득이나 적극적으로 관여한 거래·상거래에서의 소득, 또는 (2) 배당금이나 이자의 투자수익(investment income 또는 portfolio income)과

는 구별된다. 1986년의 미세제개혁법(Tax Reform Act of 1986)에서 시작하여, 1993년의 미세입조정법(Revenue Reconciliation Act of 1993)에서 수정된 후에는, 수동적 사업에서의 손실이나 세액공제는 수동적 사업에서의 소득이나 세금밖에 공제할 수 없게 되었다. 그러나, 미사용의 수동적 손실은 이하의 어느 것인가가 빠른 시기까지 이월할 수 있다. (1) 수동적 손실을 상쇄할 수 있는 수동적 소득이 발생한다, 혹은 (2) 수동적 활동의 권익전부를 매각한다(이 경우에는 이월손실액을 상한 없이 이용할 수 있다.). 1986년의 법률 밑에서는, 부동산임대업무는 적극적으로 참가하고 있지 않음에도 불구하고, 수동적 활동으로 간주되고 있었다. 1993년의 법률에서는 이 규정을 완화하여 1993년의 세제연도 이후, 전체의 업무의 반분 이상 또는 750시간 이상을 부동산매매나 서비스에 종사하는 부동산업자나 가주(家主)는 수동적 활동규제의 적용외로 하였다. 마찬가지로 주식회사(다만, 에스회사(S corporation)는 제외한다.)도 수동적 사업규칙의 적용외가 된다. /*passive* balance 국제수지의 적자 /*passive* damages 과실이익 ***passive activity loss* (*PAL*)** 수동적 사업손실 ¶ *Passive activity loss* (*PAL*) is loss produced by passive investment activities. See also passive income generator (PIG). 수동적 사업손실은 수동적(passive) 투자활동에서 생기는 손실(loss)을 말한다. passive income generator(수동적 소득원)도 참조할 것. ~ ***bond*** 무이자사채(社債) ¶ The *passive bond* is a bond that yields no interest. Such bonds arise out of reorganizations or are used in not-for-profit fund raising. 무이자사채는 이자(interest)와 연결되지 않은 채권(bond)을 이른다. 이런 종류의 사채는 회사갱생(reorganization)의 과정에서 발행된다든지, 비영리(not-for-profit)의 목적에서 자금조달을 하는 경우에 발행된다. ~ ***income generator* (*PIG*)** 수동적 소득원(所得源) ¶ The *passive income generator* (*PIG*) is an investment whose main attraction is passive income. The most common example is an income-oriented real estate limited partnership, especially an unleveraged program. Since Tax Reform passive activity losses (PALs) are deductible to the limit of passive activity income, so an investor with excess PALs might buy a PIG as a source of tax-sheltered income. 수동적 소득원(所得源)은 수동적 소득을 얻는 것을 목적으로 한 투자를 말한다. 잘 알려진 투자방법에, 배당수입 등 소득(income)을 목적으로 한, 외부차입금을 이용하지 않는(unleveraged program) 형태의 부동산 리미티드 파트너십(real estate limited partnership)이 있다. 세제개혁 이후, 수동적 사업손실(passive activity losses)은 수동적 소득액을 한도로 하여 소득공제(tax deductible)할 수 있으므로, 다액의 수동적 손실을 떠안고 있는 투자자는 절세대책으로서 PIG에 투자할 수도 있다. ~ ***investing*** 수동적 투자, 패시브 운용 ¶ *Passive investing* is: (1) putting money in an investment deemed passive by the Internal Revenue Service, such as a limited partnership. (2) investing in a mutual fund that replicates a market index, such as the Standard & Poor's index, thus assuring investment performance no worse (or better) that the market as a whole. An index fund charges a much lower management fee than an ordinary mutual fund. 수동적 투자는 (1) 미국세입청(IRS)이 passive(수동적)라고 인정하는 리미티드 파트너십(limited partnership)에 투자하는 것. (2) 스탠더드앤드푸어스 500종목 통합지수(Standard & Poor's 500 Composite Index)와 같은 시장지수에 연동하는 뮤추얼펀드(mutual fund)에 투자하는 것. 이와 같은 인덱스펀드(index fund)의 운용이율은 전체적인 시장이율보다 유리하게 되는 경우도 나쁘게 되는 경우도 없다. 인덱스펀드(index fund)의 운영보수(management fee)는 통상의 뮤추얼펀드보다 훨씬 낮게 되어 있다. ~ ***investment strategy*** 소극적 투자전략 ¶ The *passive investment strategy* is a process of managing a portfolio of securities by relying on a minimum amount of asset reallocation; passive strategies are often implemented through indexing. See also active investment strategy; index fund. 소극적 투자전략은 자산재배정의 최소한 금액에 의거함으로써 증권의 포트폴리오를 관리하는 과정을 말한다. 소극적 전략은 인덱스운용을 통해서 이행되기도 한다. active investment strategy(액티브 투자전략); index fund(인덱스펀드)도 참조할 것. ~ ***management*** (지나치게 손보지 않는다는 의미에서) 소극적 운용(컴퓨터를 사용한 지수중심의 운용수법) ¶ The *passive management* is a type of portfolio management that involves holding assets over the long term and, in many cases, tracking a market index. See also active management. 소극적 운용은 장기간에 걸쳐 자산을 보유하여, 많은 경우에 시장지수를 따라가게 되는 포트폴리오의 한 유형이다. active management(액티브운용)도 참조할 것.

pass-through 한쪽에서 다른 한쪽으로 빠져나가는, (가액상승분) 전가의 ¶ The *pass-through* is a type of asset securitization in which payments on the underlying asset are *passed-through* to the holders of security. See Ginne Mae. 패스트루는 기초자산(underlying asset)을 근거로 하는 지급이 증권의 보유자에게 패스트루(통과)하는 자산증권화의 하나의 유형이다. Ginne Mae(지니메이)도 참조할 것. ***pass-through certificate*** 패스트루증서 (모기지의 차입자가 지급하는 원리금은 모기지의 최초 대여자의 손을 패스트루(통과)하여 그대로 패스트루증권 보유자에 대하여 지급된다는 뜻에서) ¶ The *pass-through certificate* is an investment that receives income from another form. For example, a group of mortgages, called a pool, may be represented by certificates of equal face amounts. The mortgage receipts are collected and passed through to the certificate owners. 패스트루증서는 다른 형식에서 수입을 수취하는 투자이다. 예를 들면, 하나의 집합체(pool)라고 하는 모기지의 그룹은 동일한 액면금액의 증서에 의해서 표창될 수 있다. 모기지 수령증(mortgage receipt)은 한데 모아져서 증서보유자에게 지급된다. ~ ***security*** 패스트루증권 ¶ A *pass-through security* is a security, representing pooled debt obligations repackaged as shares, that passes income from debtors through the intermediary to investors. The most common type of pass-through is a mortgage-backed certificate, usually government-guaranteed, where homeowners' principal and interest payments pas from the originating bank or savings and loan through a government agency or investment bank to investors, net of service charges. Pass-through representing other types of assets, such as auto loan paper or student loans, are also widely marketed. See also certificate of automobile receivables (CARS); collateralized mortgage obligation; REMIC. 패스트루증권은 복수의 채무(debt)를 통합하여 풀(pool, 집합체)로서 증권화한 것인데, 채무자로부터의 변제를 중개기관경유로 투자자에게 이전하는 것이다. 가장 알려진 패스트루증권으로서는 모기지 담보증서(mortgage-backed certificate: MBC)가 있으며, 정부보증의 뒷받침이 있는 것이 일반적이고, 주택소유자로부터 융자은행 혹은 저축대출조합(savings and loan association)에 변제한 원리금은 정부기관이나 투자은행경유로, 수수료를 공제한 후 투자자에게 이전된다. 자동차론(loan) 증서라든가 학생론(loan) 등 여러 가지의 자산을 통합한 패스트루증권도 널리 유통되고 있다. certificate of automobile receivables(CARS)[자동차론(loan)담보증권]; collateralized mortgage obligation(모기지 담보채무증서); REMIC[부동산 모기지투자 도관체(導管體)]도 참조할 것.

password 암호(말) ¶ The *password* is a secret character string that is required to log onto a computer system, thus preventing unauthorized persons from obtaining access to the computer. Computer users may password-protect their files in some system. 암호는 컴퓨터 시스템에 로그 온(log on)하는 비밀문자열(文字列)이고, 이런 식으로 권한 없는 자가 컴퓨터에 접근하는 것을 방지한다. 컴퓨터

사용자는 어떤 시스템의 파일을 암호로 방지를 할 수 있다.

past 지나간, 옛날의 ¶ amount *past* due 기한경과의 금액 /*past* due bill 부도어음 /*past* due bill books 부도어음기입장 /*past* service liabilities 과거근무성적 ***past due*** 연체(延滯) ¶ *Past due* is loan payment not made as of the scheduled payment date, and subject to late charges after an allowable grace period. Continued lateness is noted in the borrower's credit history, and may be reported to a credit bureau or credit reporting agency. *Past due* loans are reported on a bank's call report. 연체는 예정지급일 현재 행해지지 않은 대출납입금이고, 허용될 수 있는 유예기간 후에 지연과태료를 물어야 한다. 계속되는 지체는 차입자의 신용기록에 주기(注記)되어, 신용대출사무소(credit bureau) 또는 신용보고기관에 보고될 수 있다. 연체대출은 은행의 상환보고서에 기록된다. /*past* due check 부도수표 /*past*-due interest 연체이자 /*past*-due item [bill] 기한경과물건[어음] /*past* due note 기일경과어음

patent 특허(권) ¶ The *patent* is an exclusive right to use a process or produce or sell a particular product for a designated period of time. In the United States the Patent and Trademarks Office issues design patents good for 14 years and plant and utility patents good for 20 years. 특허권은 특정한 제품의 생산공정의 사용권이나 제조·판매권을 일정한 기간 독점적으로 가지는 권리를 말한다. 미국에서는 Patent and Trademarks Office(특허청)가 14년간 존속하는 디자인특허와 20년간 존속하는 공장과 공공설비에 관련되는 특허를 주고 있다. /*patent* piracy 특허권침해 ***patent troll*** 특허괴물 ¶ The *patent troll* is a business company which has bought in a large number of patents at cheap prices and then been gotten royalties for patents of technologies or compromise money reached by mutual concession. It does not produce or sell the manufactured goods directly. Typical companies are IV (Intellectual Venture), Interdigital, and NTP. 특허괴물이란 싼 값에 대량으로 특허를 사들인 다음에 기업을 상대로 기술특허사용료나 소송 합의금을 챙기는 기업을 이른다. 직접 제품을 생산·판매하지는 않는다. IV(Intellectual Venture), Interdigital, NTP 등이 대표적 회사이다.

path 경로(經路) ***path-dependent option*** [영] 경로의존형 옵션 ¶ The *path-dependent option* is a vanilla or complex option whose payoff at expiry or exercise is dependent on the price path of the underlying reference asset at previous points in time. Common path-dependent options include barrier options, Asian options, floating strike lookback options, high-low options, ladder options. cliquet options, shout options and installment options. See also path-independent option. 경로의존형 옵션은 만기시의 이득 또는 행사가격이 이전 시점까지 기초대상자산(underlying reference asset)의 가격경로에 의존하는 바닐라 옵션 또는 복잡한 옵션을 말한다. 일반가격의존형 옵션에는 장애옵션(barrier option), Asian option(아시아형 옵션), floating strike lookback option(변동적 행사가격회고옵션). high-low options(하이로옵션), ladder options(래더옵션). cliquet options(클리께 옵션), shout options(샤웃옵션)과 installment options(인스톨먼트옵션)이 포함된다. path-independent option(경로독립형 옵션)도 참조할 것. ~***-independent option*** [영] 경로독립형 옵션 ¶ The *path-independent option* is a vanilla or complex option whose payoff at expiry or exercise is dependent solely on the price of the underlying reference asset at expiry or exercise. Common *path-independent options* include binary options, multi-index options, compound options, chooser options, contingent premium options, deferred payment American options, exploding options, and forward start options. See also path-dependent option. 경로독립형 옵션은 만기시의 수익 또는 행사가격이 오로지 만기시 또는 행사가격의 기초대상자산의 가격에 의존하는 바닐라 옵션 또는 복합한 옵션을 말한다. 일반경로독립형 옵션에는 바이너리옵션(binary option), 다지수옵션(multi-index option), 혼합옵션(compound option), 선택자 옵션(chooser options), 우발프리미엄옵션(contingent premium option), 아메리칸형 연지급옵션(deferred payment American option), 폭발 옵션(exploding option)과 forward start option(포워드스타트옵션)이 들어간다. path-dependent option(경로의존형 옵션)도 참조할 것.

patrimonial 세습재산의, 조상전래의, 세습적인

patrimony 세습재산, (집합적으로) 전재산 ¶ *Patrimony* is such estate as has descended in the same family. 세습재산은 동일한 가족 내에서 전해오는 재산을 말한다.

patronize 역성을 들어주다, 특별히 돌봐주다, …와 거래하다, 후원하다 ¶ the *patronizing* [parent] bank 모(母)은행

patriot bond 패트리엇본드 ¶ The *patriot bond* is a special designation given the Series EE savings bonds after the September 11, 2001 World Trade Center terrorist attack. 패트리엇본드는 세계무역센터(World Trade Center)에 대한 테러공격을 받은 2001년 9월 11일 이후에 발행된 시리즈 EE 저축채권(Series EE savings bonds)을 이른다.

pattern 패턴 ¶ The *pattern* is a technical chart formation made by price movements of stocks, bonds, commodities, or mutual funds. Analysts use *patterns* to predict futures price movements. Some examples of *patterns* include ascending tops; double bottom; flag; head and shoulders; rising bottoms; saucer; and triangle. See also technical analysis. 패턴은 주식(stock), 채권(bond), 상품(commodities), 또는 뮤추얼펀드(mutual fund)의 가격변동을 이용한 테크니컬 차트의 편성방법을 말한다. 애널리스트(analysts)는 이 패턴을 이용하여 금후의 가격동향을 예측한다. 패턴의 예로서는 어센딩톱(ascending tops), 더블보텀(double bottom), 플래그(flag), 헤드앤드숄더(head and shoulders), 라이징보텀(rising bottom), 소서(saucer), 삼각보합(保合)(triangle)이 있다. technical analysis(테크니컬분석)도 참조할 것.

pawn *n.* 질물(質物), 인질, 볼모 ¶ The *pawn* is an individual or organization at the mercy of another's will. For example, a company may be a *pawn* in a takeover battle between several larger companies. 볼모는 타인의 의사에 달려있는 개인이나 단체이다. 예를 들면, 회사는 여러 대형회사간의 흡수합병의 전쟁에서 볼모가 될 수 있다. /put a thing in *pawn* 입질하다
v. 입질(入質)되다 ¶ *pawned* stocks 입질주식

pawnbroker 전당포 주인 ¶ The *pawnbroker* is an individual or employee of a pawn shop who lends money at a high rate of interest to a borrower leaving collateral such as jewelry, furs, appliances, or other valuable items. If the loan is repaid, the borrower gets the collateral back. If the loan is not repaid, the *pawnbroker* keeps the collateral, and in many cases, sells it to the public. Borrowers who turn to *pawnbrokers* and pawn shops typically do not have access to credit from banks or other financial institutions because that is paid for as it is used. 전당포 주인은 보석, 모피, 전기제품, 기타 금전적으로 가치가 있는 물건을 담보(collateral)로 하여 맡겨 고리(高利)로 돈을 빌려 주는 개인 또는 전당포의 종업원을 이른다. 대출금(loan)을 상환하면 담보물건은 차입자가 되돌려 받는다.

상환하지 않는 경우에는, 전당포는 담보물건을 그대로 보관하고, 많은 경우, 일반인에게 매각한다. 경제상태가 나쁘기 때문에, 은행 기타 금융기관에서 융자를 받을 수 없는 점에서, 전당포에서 돈을 빌리는 사람이 많다.

pay *v.* 지급하다, …에 이익을 주다, (주의를) 기울이다 ¶I *pay* ten. [딜러의 용어] (일본 円의 경우) …円 10전 지급합니다. /*pay* as you go 급료에서 세금을 원천지급으로 징수하다 ([영] *pay* as you earn), 원천과세(withholding tax) /*pay* back 환급하다, 반환하다 /*pay* by [in] installments 월부로 지급하다 /*pay* a call on shares 주식의 납입을 하다 /*pay* down [즉금(卽金)으로] 지급하다 /*pay* in (대체계좌에) 납입하다 /*pay* in advance 선급하다 /*pay* in cash 현금지급을 하다 /*pay* in full [part] 전액[일부]지급하다 /*pay* off 완납하다 /*pay* off a mortgage 모기지를 완납하다 /*Pay* on application [demand] 청구가 있는 대로 지급하다 [송금] 청구지급 /*pay* on account 내입금(內入金)을 지급하다 /*pay* up 전액을 지급하다, 청구대로 지급하다 *n.* 지급, 급료 ¶in a *pay*-as-I-go policy 현금지급(방법)으로 /*pay* by phone 전화로의 지급 /*Pay* cash [수표] 「현금지급」 /a *pay* day [영] (주식시장의) 청산일 /*pay* envelopes [미] 급료봉지 /*paying* up of shares 주식납입 /a *pay* list 임금지급장부 /*pay* packet [영] 급료봉지 /a *pay* sheet [영] 급료지급명부 ([미] payroll) /*Pay* to bearer [수표] 「소지인출급」 ***pay later option*** [영] 페이레이터옵션 → contingent premium option (우발프리미엄옵션).

payable 지급할 수 있는 ¶bill *payable* 지급어음 /a check made *payable* to order [bearer] 지시인지급의 수표 /*payable* at a bank 은행지급의 /*payable* at sight 일람출급 /*payable* in advance 선급의 /*payable* in arrear (이자 등의) 후지급의 /*payable* on delivery 현물상환지급 /*payable* on demand; *payable* at call; *payable* at sight (어음) 요구출급 /*payable* on a fixed date 확정일출급의 /*payable* through items 은행경유지급수표 /*payable* to a specified person 기명식의, 특정지급의 /*payable* to bearer 소지인출급의 /(*payable*) to order 지시인지급의 ***accounts payable*** 지급계좌, 외상매입금계좌 ¶*Accounts payable* is amounts owing on open account to creditors for goods and services. Analysts look at the relationship of accounts payable to purchase for indications of sound day-to-day financial management. 외상매입금계좌는 미결산계좌에서 구입한 물품이나 서비스에 대해서 채권자에게 부담지우는 금액을 말한다. 애널리스트는 구입액에 대한 외상매입금의 비율을 매일 매일의 재무관리의 건전성을 나타내는 지표로서 주목하고 있다. ***~ to bearer*** 지참인지급 ¶*Payable to bearer* is describing a bill of exchange in which neither the payee or endorser are named. A holder, by adding his or her name, can make the bill payable to order. 지참인지급이라는 것은 수취인이나 배서인이 기명되지 않는 환어음을 표시한 것이다. 소지자는 자신의 성명을 부가함으로써 지시지급어음으로 만들 수가 있다. ***~ to order*** 지시지급 ¶*Payable to order* is describing a bill of exchange in which the payee is named and on which there are no restriction or endorsement; it can therefore be paid to the endorsee. 지시지급이란 것은 수취인이 기명되어 있고 배서에 아무런 제한이 없는 환어음을 표현한 것이다. 따라서 그 환어음은 피배서인에게 지급될 수 있다.

pay-as-you-earn (PAYE) [영] 원천과세(withholding tax) ¶*Pay-as-you-earn (PAYE)* is a system for collecting income tax under which the onus is placed on employers to deduct the tax from their employees as payments are made to them. There is an elaborate system of administration to ensure that broadly the correct amount of tax is deducted week by week or month by month and that the employer remits the tax collected to HM Revenue and Customs very quickly. (영국식의) 원천과세는 근로자에게 봉급이 지급되기 때문에

근로자로부터 세금을 공제하는 데에 사용자에게 입증책임(onus)이 있다는 전제 하에 소득세를 징수하는 제도이다. 대체로 세금의 정확한 총액이 주마다 또는 달마다 공제되고 사용자는 징수된 세금을 대단히 신속하게 영국왕실의 세입·관세청(HM Revenue and Customs)에 송금할 것을 확보하는 정교한 행정제도가 있다.

pay-as-you-go basis [미] 현금지급방식, 원천징수방식([영] pay as you earn 원천과세) ¶The *pay-as-you-go basis* is an income tax payment option, whereby an employer deducts and remits to the Internal Revenue Service a portion of an employee's monthly salary. Also refers generally to any service that is paid for as it is used. 원천징수방식은 소득세(income tax)지급방법의 하나로, 고용주가 종업원의 급여에서 매월 일정액을 공제하여(원천 징수하여) 미국세입청(Internal Revenue Service)에 송금하는 것이다. 이 용어는 일반적으로 서비스를 이용할 때마다 현금으로 지급하는 경우에도 사용된다.

payback 원금[자본]회수, 환급금 ¶a *payback* period 원금회수기간 ***payback period*** 자본회수기간 ¶In capital budgeting; the *payback period* is the length of time needed to recoup the cost of a capital investment. The payback period is the ratio of the initial investment (cash outlay) to the annual cash inflows for the recovery period. The major shortcoming of the *payback period* method is that it does not take into account cash flows after the *payback period* and is therefore not a measure of the profitability of an investment project. For this reason, analysts generally prefer the discounted cash flow methods of capital budgeting – namely, the internal rate of return and the net present value methods. 자본회수기간은 자본예산(capital budget)을 작성할 때에 이용되는 방법으로, 자본투자(capital investment) 코스트를 회수하는 데에 요하는 기간을 말한다. 자본회수기간은 회수에 요하는 연간현금유입에 대한 초기투자(현금지출) 비율로 표시한다. 자본회수기간방식의 커다란 결점은 회수기간후의 현금유입이 고려되지 않기 때문에 투자계획의 수익성의 척도가 되지 않는다는 점이다. 이런 이유에서, 애널리스트는 자본예산작성에서는 디스카운티드 캐시플로방식(discounted cash flow method), 말하자면 내부수익률방식(internal rate of return method)이나 순수현재가치방식(net present value method)을 이용하는 것이 일반적이다.

pay-by-phone 전화이체 → telephone bill payment [전화료자동인락(引落)].

paycheck 급료지급수표, 급료 ¶The *paycheck* is a check paying an employee's wages from an organization. The net wages contained in the *paycheck* are those after deductions for social security and union dues and other benefits adjustments have been made. *Paychecks* are made on payday. 급료지급수표는 조직에서 근로자의 임금을 지급하는 수표를 말한다. 급료지급수표에 포함되는 순임금은 사회보장비(양로연금·실업보험 등)와 노동조합비 기타 급여금의 정산(精算)에서 공제가 행해진 후의 임금이다. 급료지급수표는 봉급일에 작성된다.

paydown 채무의 일부상환 ¶In bonds, *paydown* is refunding by a company of an outstanding bond issue through a smaller new bond issue, usually to cut interest costs. For instance, an company that issued $100 million of 12% bonds a few years ago will pay down (refund) that debt with a new $80 million issue with an 8% yield. The amount of the net deduction is called the *paydown*. 채권에 있어서, 채무의 일부상환이란 기존의 채권 발행액보다 적은 금액으로 신규로 채권을 발행하여, 그 자금으로 기존채권의 일부를 상환하는 경우이다. 통상은 금리코스트를 경감할 목적에서 행한다. 예를 들면, 이율(yield) 8%로 8,000만 달러의 신규채권을 발행하여 수년 전에 발행한 1억 달러 12% 이자부 채권의 일부를 차환한다. 이 차환

(借換)에 의하여 행해진 순상환을 페이다운(paydown)이라 한다. ¶ In lending, *paydown* is repayment of principal short of full payment. See also on account. 대출에 있어서, 채무의 일부상환이란 원금부분의 일부상환을 말한다. on account(외상으로)도 참조할 것.

payee 피지급인, 수취인 ¶ The *payee* is a person receiving payment through a check, bill, money order, promissory note, credit card, cash, or other payment method. 수취인은 수표(check), 어음(bill), 송금환(money order), 약속어음(promissory note), 크레디트카드, 현금 기타 여러 가지 지급방법에 의하여 지급을 받는 자를 말한다.

payer; payor 지급인 ¶ The *payer* is a person making a payment to a payee through a check, bill, money order, promissory note, cash, credit card, or other form of payment. 지급인은 수표(check), 어음(bill), 송금환(money order), 약속어음(promissory note), 현금, 크레디트카드 기타 여러 가지의 지급방법에 의하여 수취인(payee)에 대하여 지급을 하는 자를 말한다. /a *payor's option* (금리스왑에서 고정금리의) 지급인의 옵션 ***payor bank*** 지급인은행 ¶ The *payor bank* is a bank that is the drawee of a draft or check. See also collecting bank. 지급인은행은 환어음이나 수표의 수취인(drawee)인 은행을 말한다. collecting bank(추심은행)도 참조할 것. ***payer extendable swap*** [영] 페이어 익스텐더블스왑 ¶ The *payer extendable swap* is an extendable swap that is formed from a combination of a fixed payer swap and a payer swaption. 페이어 익스텐더블스왑은 고정페이어스왑과 페이어스왑션의 결합에서 구성된 익스텐더블스왑을 말한다. ~ ***swaption*** [영] 페이어스왑션 ¶ The *payer swaption* is a swaption granting the buyer the right to enter into an over-the-counter interest rate swap to pay fixed rates and receive floating rates. The buyer is likely to exercise the swaptions as floating rates rise above a particular strike price. Also known as put swaption. See also receiver swaption. 페이어스왑션은 고정금리를 지급하고 변동금리를 수리하는 장외거래금리스왑을 맺는 권리를 매수인에게 수여하는 스왑션을 말한다. 매수인은 변동금리가 특정한 행사가격 이상으로 상승할 때에 스왑션을 행사할 것이다. 이를 put swaption(풋스왑션)이라고도 한다. receiver swaption(수취인스왑션)도 참조할 것.

paying 지급하는, 유리한 ¶ a *paying* and conversion agent 지급전환대리인 /*paying* back prepaid interest 환급이자 /*paying* bank(er) 지급은행 /*paying*-in book (예금)입금장 /*paying* in slip 입금표(a credit slip) /*paying*-in slip book 이체장부 /*paying*-in slip for current deposit 당좌계정입금표 ***paying agent*** 지급대리인 ¶ The *paying agent* is an agent, usually a bank, that receives funds from an issuer of bonds or stocks and in turn pays principal and interest to bondholders and dividends to stockholders, usually charging a fee for the service. Sometimes called disbursing agent. 지급대리인은 채권이나 주식의 발행회사로부터 자금을 맡겨서, 그 자금으로 채권보유자(bondholder)에게 원리금(principal and interest)을 지급한다든지, 주주(stockholder)에게 배당금(dividend)을 지급하여 대리인으로, 통상은 은행이 수수료를 받고 이 업무를 제공한다. disbursing agent라고도 한다.

payload 적하(積荷), 급료부담, 인건비 ¶ *Payload* is: (1) cargo or freight producing revenue or income, usually expressed in weight. Any kind of merchandise that a carrier transports and that will be sold for profit is considered a payload. (2) returned merchandise transported by truck to a wholesaler, while en route to another merchandise delivery. Since the truck did not have to make an extra trip to return the unwanted products, its trip was not considered unprofitable. 적하(積荷)는 (1) 수익이나 소득을 만들어내는 화물 또는 선하(船荷)인데, 보통 무게로 표시된다. 운송인이 운반하고 이익을 내고 판매되는 상품은 어떤 종류이든 적하로 생각된다. (2) 다른 상품인도도중에, 트럭이 도매상에게 운송한 반품된 상품이다. 트럭이 하자 있는 제품을 반품하기 위하여 특별운송을 해야 하는 것이 아니었기 때문에, 그런 운송은 이익을 낸다고 생각되지 않았다.

paymaster 회계과장, (급료) 지급담당자

payment 지급, 지급액 ¶cash *payment* 현금지급 /deferred *payment* 연지급, 후지급 /delayed *payment* 지급지연 /easy *payment* 분할지급 /final *payment* 최종지급 /full *payment* 전액지급 /interest *payment* 이자지급 /means [mode] of *payment* 지급방법[수단] /*payment* against acceptance [delivery] 인수[인도]지급 /*payment* arrears 지급지연 /*payment* before maturity 기한전 반환 /*payment* bill 지급어음 /*payment* by acceptance 인수지급 /*payment* by check 수표지급 /*payment* commissions [charges] 지급수수료 /*payment* a compte 내입금 지급 /a *payment* deadline 지급기일 /*payments* imbalance 국제수지의 불균형 /*payment* is arrears 반환지연 /*payment* in cash 현금지급 /*payment* in [at] full 전액지급 /*payment* in part 일부지급 /*payment* in substitution 대물변제 /*payment* means 지급수단 /*payment* on account 내입금 지급 /*payment* on arrival 도착지급 /*payment* order; *payment* instruction 지급지시서 /a *payment* period 지급기한 /*payment* received 지급액영수 /*payment* slip 지급전표 /*payment* stopped 지급정지 /*payment* under guarantee 대위변제 /*payment* voucher 지급증표 /semi-annual *payment* 반년지급 /'a stop *payment*' (수표의) 「지급정지」 ***balance of payments*** 국제수지 ¶The *balance of payments* is a system of recording all of a country's economic transactions with the rest of the world during a particular time period. Double-entry bookkeeping is sued, and there can be no surplus or deficit on the overall balance of payments. The *balance of payments* is typically divided into tree accounts – current, capital, and gold – and these can show a surplus or deficit. The current account covers imports and exports of goods and services; the capital account covers movements of investments; and the gold account covers gold movements. The *balance of payments* helps a country evaluate its competitive strengths and weaknesses and forecast the strength of its currency. 국제수지는 한 나라가 다른 여러 나라와 일정한 기간 내에 행한 모든 경제거래의 기록을 말한다. 복식부기(double-entry bookkeeping)가 사용되고, 국제수지 전체로서는 흑자로도 적자로도 되지 아니한다. 국제수지는 일반적으로 경상수지(current account), 자본수지(capital account), 금수지(gold account)의 셋으로 나누어지고, 각 수지는 적자나 흑자로 되는 일이 있다. 경상수지는 상품과 서비스의 수출입을, 자본수지는 투자자본의 이동을, 금(金)수지는 금의 이동을 나타낸다. 국제수지는 그 나라의 국제경쟁력의 강약을 평가하여, 그 나라의 통화의 강세를 예측하는 데에 도움을 준다. ***balloon*** ~ 잔액기한 일괄지급(large terminal payment) ¶*Balloon payment* is final payment on a loan when that payment is greater than the preceding installment payments and pays the loan in full. For example, a debt requires interest-only payments annually for five years, at the end of which time the principal balance (a balloon payment) is due. [차환(借換)에 의한] 잔액기한 일괄지급이란 대출에 대한 지급이 직전의 분할지급보다 다액이고 대출의 전액을 지급하는 경우에 대출에 대한 최종지급이 된다. 예를 들면, 채무가 5년간 매년 이자만의 지급을 요하되, 최종연도에는 원금전액(잔액기한 일괄지급)을 지급하는 경우이다. ***lump sum*** ~ 일괄지급 → lump sum (일괄). ~ ***date*** 지급일, 이자지급일 ¶The *payment date* is a date on which a declared stock dividend or a bond interest payment is scheduled to be paid. 지급일은 주식의 배당금(dividend)이나 채권이자(interest)의 지급이 예정되고 있는 기일을 이른다. ~ ***for honer*** 참가지급 → acceptance supra protest (인수거절증서작성후의 참가인수). ~ ***in advance (prepayment)*** 선급 ¶ *Payment in advance* (*prepayment*) is payment for goods or service before they have been received. In company accounts, this often refers to rates or rents paid for periods that carry over into the next accounting period. 선급은 상품이나 서비스를 받기 전에 지급하는 것이다. 회사의 계좌에 있어서, 이것은 다음 회계연도에 이월하는 기간에 지급하는 사용료 또는 집세를 의미한다. ~ ***in due course*** 만기지급 ¶ *Payment in due course* is payment of funds to the holder of a bill of exchange or promissory note on the due date. The payment is made in good faith on the assumption that title to the bill or note is not defective. See also holder in due course 만기지급은 만기에 환어음이나 약속어음의 소지인에게 어음금의 지급하는 경우이다. 그 지급은 환어음이나 약속어음이 하자가 없다는 가정 하에 선의로 이루어진다. holder in due course(정당한 소지인)도 참조할 것. ~ ***in kind*** 현물지급 ¶ *Payment in kind* is payment for goods and services made in the form of other goods and services, not cash or other forms of money. Usually, *payment in kind* is made when the payee returns with the same kind of goods or services. For example, if someone's tire blows out, the payee will buy another tire to replace the first one. In the securities world, *payment-in-kind* securities pay bondholders in more bonds instead of cash interest. *Payment in kind* is different from barter because the payer gets the same goods and services in return, not other goods or services of equivalent value, as is in case in barter. 현물지급이란 상품이나 서비스에 대한 지급이 현금이나 현금등가의 수단에 의하여가 아니라, 다음 상품이나 서비스로 행해지는 경우를 말한다. 일반적으로는, 현물지급은 수취인이 동종의 상품 또는 서비스를 돌려보낼 때 행해진다. 예를 들면, 자동차의 타이어가 펑크 난 때에 수취인이 교환한 타이어 대신에 다른 타이어를 수취하는 경우이다. 증권업에서 말하는 현물지급유가증권(PIK증권, payment-in-kind securities)이란 이자를 현금이 아니라 채권(bond)의 형식으로 채권보유자에게 지급하는 경우를 말한다. 현물지급은 같은 종류의 상품이나 서비스를 받는 것을 의미하고, 가치는 같지만, 다른 종류의 상품이나 서비스를 받는 물물교환(barter)과는 다르다. ~ ***in kind (PIK) security*** [영] 현물지급유가증권 ¶ The *payment-in-kind* (*PIK*) *security* is a security that pays coupons or dividends in the form of additional securities rather than cash (e.g., PIK bonds pay interest in the form of additional PIK bonds, PIK preferred stock pays dividends with additional PIK preferreds). *PIK securities* are generally issued by companies that have difficulty raising cash or are attempting to preserve cash to fund corporate operations. See also reset payment in kind bond. 현물지급유가증권은 현금(예컨대, 현물지급(PIK)채권이 추가적 현물지급채권의 형식으로 금리를 지급한다)보다 오히려 추가적 증권의 형식으로 쿠폰이나 배당금을 지급하는 증권을 말한다. 현물지급 우선주는 추가적 현물지급우선주와 함께 배당금을 지급한다. 현물지급증권은 일반적으로 현금조달하기가 어렵다든지 또는 회사영업에 자금을 대기위하여 현금을 유지할 기도하는 회사가 발행한다. reset payment in kind bond(리셋대물변제채권)도 참조할 것. ~ ***netting*** [영] 지급네팅 ¶ The *payment netting* is a netting arrangement where an institution and the counterparty agree to net all payments in the normal course of business. See also novation; set-off. 지급네팅은 금융기관과 거래상대방이 거래의 정상적인 과정에서 생긴 모든 지급내용을 한데 묶기로 약정하는 네팅약정을 말한다. novation(경개); set-off(상쇄)도 참조할 것. ~

order (PO) 지급지시서 ¶ The *payment order* is: (1) an order directing transfer of funds to a designated account or beneficiary. Payment orders may be sent by mail (or private courier), telex message, or through the Society for Worldwide Interbank Financial Telecommunication (SWIFT), a communication network widely used in international banking. (2) a check-like instrument directing payment of a specified amount to a third party. Drafts written against a Negotiable Order of Withdrawal (NOW) account are a common type of payment order. payment order(지급지시서)는 (1) 지정계정이나 수익자(beneficiary)에 자금이체를 명하는 지시서이다. 지급지시서는 메일 [또는 개인급사(急使)], 텔렉스 메시지 또는 국제은행간 통신협회인 국제은행업에서 널리 사용되는 통신 네트워크를 통해서 발송될 수 있다. (2) 제3자에게 일정한 금액의 지급을 지시하는 수표 같은 증권이다. NOW 계정을 배경으로 발행된 환어음은 일반유형의 지급지시서이다. ~ ***supra protest*** 참가인수지급 → acceptance supra protest (인수거절증서작성 후의 참가인수).

payoff 완납, 청산, 뇌물, 이득(利得) ¶ The *payoff* is the economic result generated by a derivative contract based on the market price of the underlying at a point in time or at the maturity of the contract. See also payoff profile. [영] 이득(利得)은 적절한 시점 또는 선물계약의 만기에 기초자산의 시가를 기초로 하는 파생적 계약이 가져오는 경제적 성과이다. payoff profile(페이오프프로파일)도 참조할 것. /*a pay-off* [payout] period 원금회수기간 ***payoff profile*** [영] 페이오프프로파일 ¶ The *payoff profile* is the economic gain or loss that may be expected under a derivative contract for a given range of market prices, providing a relative gauge of upside and downside risk. Common *payoff profiles* include the asymmetric payoff characteristic of options and the symmetric payoff characteristic of futures and forwards; contracts may further be characterized as having linear payoffs or nonlinear payoffs. 페이오프프로파일은 일정한 범위의 시가를 위한 파생상품계약 하에서 예상될 수 있는 경제적 이득 또는 손실을 의미하고, 상하 리스크의 상대적 평가를 제공한다. 일반적인 페이오프프로파일은 옵션이 특징인 불균형의 페이오프프로파일과 균형의 선물계약과 선도계약을 포함한다. 계약은 나아가 선형(線型) 페이오프 또는 비선형(非線型) 페이오프로 특징지울 수 있다.

payor bank [영] 지급은행 ¶ The *payor bank* is a bank that is the drawee of a draft or check. See also collecting bank. 지급은행은 환어음 또는 수표의 지급인인 은행을 말한다. collecting bank(추심은행)도 참조할 것.

payout 지출(금), 보조금 ***payout ratio*** 배당성향, 배당유출률 ¶ *Payout ratio* is percentage of a firm's profits that is paid out to shareholders in the form of dividends. Young, fast-growing companies reinvest most of their earnings in their business and usually do not pay dividends. Regulated electric, gas, and telephone utility companies have historically paid out larger proportions of their highly dependable earnings in dividends than have other industrial corporations. Since these utilities are limited to a specified return on assets and are thus not able to generate from internal operations the cash flow needed for expansion, they pay large dividends to keep their stock attractive to investors desiring yield and are able to finance growth through new securities offerings. See also retention rate. 배당성향은 회사이익 중에서 배당금(dividend)의 형식으로 주주(shareholder)에게 지급되는 비율을 이른다. 급성장하고 있는 신흥회사는 이익의 대부분을 재투자하는 것이므로, 통상 배당금은 지급되지 아니한다. 정부의 규제를 받고 있는 전기, 가스, 전화 등의 공공사업회사는 극히 안정된 수익성을 가지고 있는 경우

도 있고, 전통적으로 다른 제조업에 비해서 고율의 배당금을 지급해 왔다. 공공사업회사의 경우, 자산수익률(return on assets)의 상한이 정해져 있기 때문에, 사업확대에 필요한 현금수입을 내부자금으로 전부 조달할 수는 없다. 따라서 높은 배당금을 지급하는 것으로 높은 리턴(return)을 바라는 투자자를 끌어들여서, 사업확대자금조달을 위한 신규증권의 발행을 하기 쉽게 하는 방책을 채택하고 있다. retention rate(내부유보율)도 참조할 것.

payroll 급료지급명부, 종업원총수 ¶ *Payroll* is aggregate periodic amount a business pays its workers; list of employees and their compensation. 급료지급명부는 기업이 그의 근로자에게 지급하는 총정기금액이다. /bank *payroll* deduction 은행급료공제 /*payroll* credit 급여이체 /*payroll* deduction plan (연금, 신탁 등의) 급료공제적립 /*payroll* plan 급여대행서비스 /*payroll* processing 급여계산 /*payroll* service 급여계산 /through *payroll* deduction 급료공제 ***payroll withholding*** 급여에서의 원천징수 → withholding (under Taxes: 1) [원천징수 (세무에서 1)].

pay-through bond 페이트루본드 ¶ A *pay-through bond* is a mortgage-backed security in which the cash flows of the underlying asset are paid to the bond holders. 페이트루본드는 기초자산(underlying asset)의 캐시플로(cash flows)가 채권보유자에게 지급되는 모기지를 담보로 하여 발행되는 채권이다.

pay-to-play 인수업자에 의한 정치헌금 ¶ The *pay-to-play* is a practice in the municipal bond underwriting business in which underwriters feel compelled to contribute to the political campaigns of elected officials who decide which underwriters are awarded the municipality's business. Rules curtailing the practice were promulgated by the Municipal Securities Rulemaking Board (MSRB), though underwriters still seek to gain influence with elected officials through other means. 인수업자에 의한 정치헌금은 지방의 인수업자지명의 결정권을 가지는 선거직 공무원의 정치운동에 대하여, 인수업자가 정치헌금을 하지 않을 수 없는 지방채(municipal bond)인수업자(underwriter)간의 상관행이다. 지방채규칙제정위원회(Municipal Securities Rulemaking Board: MSRB)가 이 관행을 규제하는 규칙을 공포한 것이지만, 인수업자는 아직까지도 갖은 수단을 사용하여 의원의 조언을 얻으려고 하고 있다.

pay up 페이업, 추가지급 ¶ *Pay up* is; (1) a situation when an investor who wants to buy a stock at a particular price hesitates and the stock begins to rise. Instead of letting the stock go, he "*pays up*" to buy the shares at the higher prevailing price. (2) when an investor buys shares in a high quality company at what is felt to be a high price. Such an investor will say "I realize that I am *paying up* for this stock, but it is worth it because it is such as fine company." 페이업은 (1) 특정한 주식을 특정한 가격으로 구입하려고 주저하고 있는 사이에 그 주가가 오른 경우로, 결국은 구입을 보류하는 것이 아니라, 「당초 예정하고 있던 가격 이상으로 지급하여(pay up)」 높은 시가로 그 주식을 매수하는 것을 말한다. (2) 투자자(investor)가 우량기업의 주식을 높다고 느끼는 가격으로 구입하는 경우이다. 이러한 때, 투자자는 다음과 같이 말할지도 모른다. 「이 주식을 높은 가격으로 매수하려고 하고 있는 것은 알고 있지만, 그만큼의 우량기업이기 때문에 그 가치는 있다(I realize that I am paying up for this stock, but it is worth it because it is such as fine company.)」.

PB → **p**rivate **b**rand [약] 자체 상표 ¶ The *private brand* (*PB*) is distributor's brand of commodities for which the distributor such as a large-scale mart contracts with a manufacturer. 자체 상표는 대형마트 등 유통업체가 제조업체와

계약을 맺고 제조업체가 만든 상품에 붙여진 유통업체의 상표를 이른다.

PB → **p**rivate **b**anker [약] 프라이빗뱅커 ¶ A *private banker* (*PB*) is a professional working at a bank that is primarily responsible for managing the investment portfolios of high net worth individuals on a discretionary or nondiscretionary basis, and providing associated trust and credit services. 프라이빗뱅커는 주로 고가의 자산을 보유하는 개인의 투자포트폴리오를 재량으로나 비재량으로나 관리하여 관계된 신탁 및 금융을 제공할 책임이 있는 은행내의 전문부서(部署)이다.

PBR → **p**rice **b**ook value **r**atio [약] 주가순자산비율[주가를 주당순자산가치(BPS: Book value Per Share)로 나눈 비율로, 주가와 1주당순자산을 비교한 지표이다.] ¶ *PBR* is an abbreviation for price to book value ratio, which is the market value of a company's stock divided by its tangible net worth. This ratio is especially significant to securities analysts where the real estate not used in operation is a significant portion of assets, such as in the case of a typical Japanese company. PBR(주가순자산비율)은 price to book value ratio의 약어로, 회사의 주가를 1주당 유형순자산(tangible net worth)에서 나누어 산출한다. 전형적인 일본기업의 케이스와 같이, 사업활동에 사용되고 있지 아니한 부동산(real estate)이 자산의 대부분을 차지하는 경우, 증권애널리스트에게 이 비율은 특히 중요하다.

PC 참가증서, 수수료포함 ¶ *PC* is common used abbreviation for participation certificate and, in brokerage parlance, for plus commission (which are added to purchases and subtracted from sales). PC는 통상 참가증서(participation certificate)의 약어로 사용되며, 증권업계용어에서는 plus commission(수수료포함: 구입시에는 가산되고, 매각시에는 감액된다.)으로 사용된다.

PCC → **p**ure **c**ar **c**arrier [약] 승용차 전용선

PCTC → **p**ure **c**ar and **t**ruck **c**arrier [약] 승용차 · 트럭 전용선

peace dividend 평화의 배당 ¶ The *peace dividend* is a term used to describe the reallocation of spending from military purposes to peacetime priorities. After the end of World War II and at the end of the Cold War, government officials spoke of the *peace dividend*, which they presumed could be spent on housing, education, social initiatives, deficit reduction, and other programs instead of on maintaining the military establishment. 평화의 배당은 재정지출을 군사목적에서 평화목적으로 재배분하는 경우에 사용되는 용어이다. 제2차 세계대전 종결 후나 냉전 후에 정부고관이 평화의 배당을 입에 올렸다. 평화의 배당이란 군사제도의 유지를 위한 것이 아니라, 주택이나 교육, 사회정책, 재정적자삭감 등의 계획에 재정지출을 배분하는 것을 말한다.

peak ⓝ 절정, 최고점, 경기의 정점 ¶ *Peak* is high point of the business cycle of some particular phase of economic activity. For example, summer is the time of *peak* electrical demand for utilities as people run their air conditioners. 피크는 경제활동의 어느 특정한 국면 하에서 경기순환의 최고점을 말한다. 예를 들면, 여름은 사람들이 에어컨을 돌리기 때문에 전력사업에 대한 최고절정의 전력수요의 시기이다. ⓐ 절정의, 최고점의 ¶ *peak* days 피크데이 /*peak* hours 피크시간(rush hours), 최고출력시간 /*peak* load 피크부하(負荷) /a *peak* output 최대산출량 /a *peak* season 이익 · 매상이 많을 때, 대목 /*peak* times 피크타임 (*cf.*) at non-peak time; in the rush-hours; overcrowding /a *peak* year 피크의 해

pearl game 진주게임 ¶ The *pearl game*, speaking simply, is a M&A that combines the good company with the bad one. The word pearl means a unlisted company which has prospective business model and good profits in the KOSDAQ. Conversely, if the company that remains in shell indicates a listed company, a *pearl game* is ways and means that the combination of a peal-like good company and a remained-in-shell company raises stock prices. 진주게임이란 쉽게 말해서 좋은 회사와 나쁜 회사를 연결시켜주는 기업 간 인수·합병(M&A)이다. 영어로 진주를 뜻하는 펄(pearl)은 코스닥 시장에서 사업모델이 좋고 매출과 영업이익이 발생하는 비상장회사를 일컫는다. 반대로 껍데기(shell)만 남아있는 회사가 상장회사인 경우에, 진주게임은 진주같이 좋은 회사와 껍데기만 남은 회사를 잘 결합시켜 주가를 올리는 방법이다.

두 회사가 합쳐서 주가를 올린다!

peculation (공금)횡령 ¶ The *peculation* is the fraudulent misappropriation by one to his own use of money or goods intrusted to his care. 공금횡령은 자기관리에 맡겨진 금전이나 재물을 자신의 사용으로 부정 착복하는 경우이다.

pecuniary 금전상의, 금전에 의한 ¶ *pecuniary* claim 금전채권 /*pecuniary* difficulty [difficulties] 금전상의 곤란, 재정난 /*pecuniary* embarrassment 금전상의 곤란

PEF → **p**rivate **e**quity **f**und [약] 사모펀드 ¶ The *private equity fund* (*PEF*) is funds which are privately raised from small number of large investors to acquire the company, if it grows up thereafter, making profits by selling the company. *PEF* is a leader of the M&A, who judges and determines synthetically which company to invest and profit therefrom, or together with which company to invest and entrust the management, or draw up the money from which pension funds or banks. When the acquired company grows up in the particular period of time and the stock prices are rising, *PEF* usually disposes of the stocks of the company under the arrangement with the strategical investors operating in the substantial management and gets out of the acquired company. 사모펀드는 소수의 거액투자자들로부터 비공개적으로 자금을 모아 기업을 인수한 후 훗날 기업이 더 성장하면 주식을 팔아 이득을 내는 펀드다. 어느 기업에 투자해야 이득을 낼 수 있을지, 어느 기업과 공동으로 투자해서 경영을 맡길지, 어느 연기금이나 은행에서 돈을 끌어올지를 종합적으로 판단·결정하는 기업인수·합병(M&A)의 총지휘관이 PEF이다. PEF는 일정기간 투자한 후 기업이 성장하고 주가가 오르면 실질적 경영을 하는 전략적 투자자와의 협약 하에 주식을 처분하고 기업에서 빠져나오는 것이 보통이다.

peg [n] 못, 소폭의 평가변동제도 ¶ In foreign exchange, the *peg* is the process by which a government ties the value of its own currency to the currency of another country, usually the currency the strongest trading partner, or a basket of currencies. For example, the exchange rate of the Mexican peso was pegged for many years to the U.S. dollar. An adjustable *peg* allows periodic adjustments in exchange rates, to adjust for currency fluctuations; a crawling *peg* adjusts the pegged currency rate on a more frequent basis, even daily. 외국환거래에 있어서, 소폭의 평가변동제도(peg)는 정부가 자신의 통화의 가치를 다른

국가, 통상 가장 강력한 교역상대국 또는 통화바스켓(basket of currencies)과 연계하는 절차를 이른다. 예를 들면, 멕시코화폐 페소(peso)의 환율은 오랫동안 미국의 달러화에 연계되고 있었다. 조절가능한 소폭의 평가변동제도(adjustable peg)는 통화의 변동을 조절하기 위하여, 환율의 정기적 조절(periodic adjustment)을 허용한다. 단계적인 소폭의 평가변동제도(crawling peg)는 고정된 통화율(currency rate)을 더욱 빈번하게 일어나는 것을 근거로, 심지어는 매일 조절한다. ***peg ratio*** 페그레이쇼 → prospective **e**arnings **g**rowth **ratio** (예상수익성장률).
Ⓥ 못을 박다 ¶ *pegged* exchange rate 고정환율

pegging 안정화조작 ¶ *Pegging* is stabilizing the price of a security, commodity, or currency by intervening in a market. For example, until 1971 governments pegged the price of gold at certain levels to stabilize their currencies and would therefore buy it when the price dropped and sell when the price rose. Since 1971, a floating exchange rate system has prevailed, in which countries use *pegging* – the buying or selling of their own currencies – simply to offset fluctuations in the exchange rate. The U.S. government uses *pegging* in another way to support the prices of agricultural commodities. See also parity price. In floating new stock issues, the managing underwriter is authorized to try to peg the market price and stabilize the market in the issuer's stock by buying shares in the open market. With this one exception, securities price *pegging* is illegal and is regulated by the Securities and Exchange Commission. See also stabilization. 안정화조작은 시장개입(intervention)을 하여 유가증권(security)이나 상품(commodities) 또는 통화의 가격을 안정시키는 것이다. 예를 들면, 1971년 이전은 정부가 자국통화의 안정성을 지키기 위하여 통화를 일정한 수준의 금가격에 고정하고 있었다. 따라서 통화가치가 내려가면 금을 구입하고, 올라가면 매각하고 있었다. 1971년 이후는 변동환율제(floating exchange rate)가 널리 도입되었으므로, 자국통화의 대폭적인 변동을 억제하는 목적에서 안정조작(pegging), 말하자면 자국통화의 매매를 하고 있다. 미연방정부는 농산물가격을 유지하는 방법의 하나로서 안정화정책을 취하고 있다. parity price(패리티 가격)도 참조할 것. 신규주식 발행 시에 인수한 주식의 주가를 고정시켜서(peg the market price), 주가를 안정시켜야 할 인수주간사(managing underwriter)가 당해 주식을 공개시장에서 구입하는 것이 인정되고 있다. 그러나 이것은 오히려 예외적 조치이고, 일반적으로 유가증권가격의 가격안정조작거래는 위법이며, 미증권거래위원회(Securities and Exchange Commission: SEC)에서 규제하고 있다. stabilization(안정조작)도 참조할 것.

PEN (ISO) code Peru – currency Peru new sol. ¶ PEN (국제표준기구) 약호 페루 — 화폐 페루 누에보 솔(nuevo sol).

penal 형벌의, 형사상의 ¶ *penal* interest 위약이자 /*penal* rates 징벌적 금리 /a *penal* sum 위약금액

penalty 벌금, 위약금 ¶ a *penalty* clause 벌칙조항 /*penalty* interest 지연이자 /*penalty* money 과태료 /*penalty* rates 벌칙이율 ***penalty clause*** 위약조항 ¶ The *penalty clause* is a clause found in contracts, borrowing agreements, and savings instruments providing for penalties in the event a contract is not kept, a loan payment is late, or a withdrawal is made prematurely. See also prepayment penalty. 위약조항은 여러 가지의 계약서(contract), 차입약정(borrowing agreement), 저축증서(savings instruments)약정에서 볼 수 있는 조항으로, 계약조항이 지켜지지 않는다든지, 차입금의 상환이 지체된다든지, 만기전 인출이 행해진다든지 하는 경우의 벌칙을 규정하고 있다. prepayment penalty(기한전 상환위약금)도

참조할 것.

pence 펜스 ¶A *pence* is a subdivision (1/100) of the pound sterling, the Gibraltar pound, and the legacy current the Irish punt. 1 펜스는 1/100 파운드(pound sterling), 지브롤터 파운드 및 전해오는 화폐 아이리시 펀트(punt)이다. /*pence* rate [영] 자국통화표시환율

penetration 관통, 침투 ¶market *penetration* 시장침투

pennant 페넌트(시세의 차트가 삼각기 모양을 나타내는 것) (*cf.*) triangle ¶The *pennant* is a technical chart pattern resembling a pointed flag, with the point facing to the right. Unlike a flag pattern, in which rallies and peaks occur in a uniform range, it is formed as the rallies and peaks that give it its shape become less pronounced. A *pennant* is also characterized by diminishing trade volume. With these difference, this pattern has essentially the same significance as a flag; that is, prices will rise or fall sharply once the pattern is complete. 페넌트는 길고 가느다란 삼각형의 깃발과 같은 형태를 띤 시세의 차트패턴으로, 정점이 우측으로 향하고 있는 것이다. 피크(peak)와 반발(rallies)을 반복하는 평행사변형의 플래그(flag)의 패턴과는 다르며, 페넌트에서는 피크와 반발이 점차 불명료하게 되기 때문에 그와 같은 길고 가느다란 삼각형이 된다. 매상액이 감소한 경우에도 페넌트의 형태가 된다. 이와 같은 차이가 있지만, 페넌트는 플래그와는 본질적으로는 같은 의미를 가진다. 요컨대 한번 이 형태가 완성하면, 주가는 급등하거나 급락하게 된다.

페넌트(pennant)

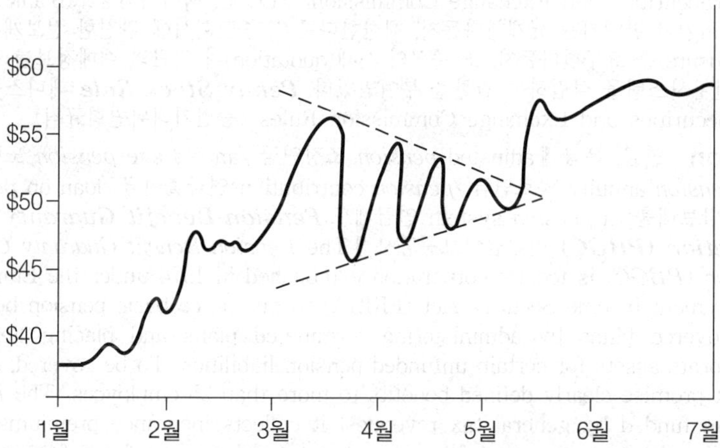

pennia 페니아 ¶A subdivision (1/100) of the Finnish markka. 페니아는 핀란드 마르카(markka)의 하부단위이다. 1 마르카(markka) = 100 페니아(pennia).

penny 페니(영국의 화폐단위. 100분의 1파운드), [미 · 캐나다] 1센트 동화(銅貨), (*pl.*) pence ***penny jumping (or pennying)*** 페니점핑 (페니잉) → negative obligation (네거티브오블리게이션). ~ ***stock*** 페니스톡, 저액면주(株) ¶The *penny stock* is defined by the SEC as a security that sold for less than $5 per share and was not listed or authorized for quotation on a NASDAQ market exchange. *Penny stocks* are issued by companies with a short of erratic history of revenues and earnings, and therefore such stocks are more volatile than those of large, well-established firms traded on the New York or American stock exchanges. Many brokerage houses therefore have special precautionary rules about trading in these stocks and the Securities and Exchange Commission (SEC) requires that brokers implement suitability rules in writing and obtain written consent from investors. 저액면주는 미국의 증권거래위원회(Securities and Exchange Commission: SEC)에 의한 정의에서는, 통상 1주당 5달러 미만으로 매각되고, 나스닥 주식시장(NASDAQ Market)에 상장되고 있지 않거나, 혹은 시세(quotation)를 표시하는 것이 허용되지 않는 증권(securities)을 말한다. 저액면주는 설립후 일천(日淺)하지만, 과거에 불안정한 업적밖에 남기지 않는 기업이 발행하는 것이므로, 뉴욕증권거래소(New York Stock Exchange: NYSE)나 아메리칸증권거래소(American Stock Exchange: AMEX)에 상장하고 있는 안정된 대기업의 주식에 비하여 가격움직임이 격렬하다(volatile). 그 때문에 저액면주의 매매에 관하여는 특별한 예방적 사내규칙을 설정하는 증권회사가 많다. 미증권거래위원회(SEC)도 증권회사에 대하여 적합성의 원칙(suitability rules)을 문서화하여 저액면주의 투자자(investor)로부터 서면으로 동의를 얻도록 요구하고 있다. ***Penny Stock Reform Act of 1990*** 1990년의 저액면주개혁법 ¶ The *Penny Stock Reform Act of 1990* is a congressional act to protect unsophisticated investors from unsuitable high-risk investments. It gave the SEC authority to regulate promoters, restrict blank check offering, require fuller disclosure by broker-dealers, and establish an electronic system providing quotations and last-sale information. 1990년의 저액면주개혁법은 경험이 얕은 투자자(unsophisticated investor)를 리스크가 높은 부적절한 투자로부터 보호할 목적의 법률을 이른다. 이 법률에 의하여 미증권거래위원회(Securities and Exchange Commission: SEC)는 백지위임공모(blank check offering)의 판매자를 규제한다든지, 제한한다든지, 증권회사에 완전한 정보개시(full disclosure)를 요구한다든지, 또 주식의 시세(quotation)나 직근의 매매정보를 표시하는 전자시스템을 설립하는 권한을 부여받았다. ***Penny Stock Rule*** 페니스톡규칙 → Securities and Exchange Commission Rules (증권거래위원회규칙).

pension 연금, 은급 ¶ adjusted *pension* 조정연금 /an old age *pension* 노령연금 /a *pension* annuity 양로연금 /*pension* contribution 연금출연금 /loan on *pension* 은급담보대출 /a *pension* system 연금제도 ***Pension Benefit Guaranty Corporation (PBGC)*** 연금급여보증공사 ¶ The *Pension Benefit Guaranty Corporation* (*PBGC*) is federal corporation established in 1974 under the Employee Retirement Income Security Act (ERISA) to guarantee basic pension benefits in covered plans by administering terminated plans and placing liens on corporate assets for certain unfunded pension liabilities. To be covered, a plan must promise clearly defined benefits to more than 25 employees. The *PBGC* is not funded by general tax revenues; it collects insurance premiums from pension plans, earns money from investments, and receives funds from pension plans it takes over to fund its operations. When *PBGC* terminates a pension plan, it pays benefits to pensioners according to the provisions of the plan up to *PBGC* maximum guarantees. This includes early retirement, disability, and survivor benefits. Under the single employer program, the *PBGC* limit is adjusted annually based on changes in Social Security contributions and benefit bases. 연금급여보증공사는 1974년에 종업원퇴직소득보장법(에리사법, ERISA: Employee Retirement Income Security Act)의 토대 위에 설립된 미연방공사로, 해산한 연금기금의 관리를 한다든지, 연금기금이 적립부족에 빠지고 있는 기업의 자산에 리엔(lien)을 설정한다든지 하는 것에서 연금의 기본급여를 보증한다. 보증공사로부터 보증을 받기 위해서는 25인 이상의 종업원에 확정급여연금제도(defined benefit pension plan)를 제공하고 있는 것이 필요하다. 연금급여보증공사는 일반조세수입으로부터 기금을 공급받는 것이 아니다. 보증공사는 연금제도에서 보험료를 징수하고, 투자에서 수익을 올리며, 연금제도의 운영자금에 충당하기 위하여 양도한 연금제도로부터 기금을 수취한다. 보증공사가 연금기금이 해산할 때에는, 보증공사의 규정에 따라 보증한도액까지 급여금을 수급자에게 지급한다. 이것은 조기퇴직, 장애의 경우나 유족부조금에도 적용된다. 단독사업주 프로그램 하에서는 PBGC의 보증한도액은 사회보장부담액이나 급여기준의 변경에 기인하여 매년 조정된다. ~ ***fund*** 연금기금 ¶ The *pension fund* is a fund set up by a corporation, labor union, governmental entity, or other organization to pay the pension benefits of retired workers. *Pension funds* invest billions of dollars annually in the stock and bond markets, and are therefore a major factor in the supply-demand balance of the markets. Earnings on the investment portfolios of *pension funds* are tax deferred. Fund managers make actuarial assumptions about how much they will be required to pay out to pensioners and then try to ensure that the rate of return on their portfolio equals or exceeds that anticipated payout need. See also approved list; Employee Retirement Income Security Act (ERISA); prudent-man rule; vesting. 연금기금은 기업, 노동조합, 정부관련단체 등의 조직이 퇴직자에의 연금급여를 목적으로 설립한 기금이다. 연금기금은 매년 수십억 달러에 달하는 자금을 주식이나 채권시장에 투자하기 위하여, 시장의 수급밸런스에 커다란 영향을 준다. 연금기금의 투자포트폴리오(portfolio)의 수익에 대한 과세는 순연된다(tax deferred). 펀드매니저들은 연금수급자에의 예상지급액을 보험수리법(保險數理法)으로 산출하여 포트폴리오의 수익률(rate of return)이 예상지급액 이상이 되도록 운용한다. approved list(투자승인리스트); Employee Retirement Income Security Act (ERISA)(종업원퇴직소득보장법); prudent-man rule(신중한 관리자의 원칙); vesting[수급권(受給權) 부여]도 참조할 것. ~ ***parachute*** 연금 패러슈트 ¶ The *pension parachute* is a pension agreement that specifies that in the event of a hostile takeover attempt, any excess assets in a company pension plan can be used for the benefit of pension plan participants, such as increasing pension payments. This prevents the raiding firm or individual from using the pension assets to finance the takeover, and therefore acts as an additional deterrent to help the firm ward off the acquisition. A *pension parachute* is a form of poison pill. 연금 패러슈트는 적대적 매수(hostile takeover) 공세를 받은 경우에, 기업의 연금제도(pension plan)에 적립된 잉여자산은 연금지급액을 늘리는 등, 연금가입자의 이익이 되도록 사용하여야 할 것을 명기한 연금조항을 말한다. 이 조항은 기업매수를 꾀하는 기업이나 개인이 연금자산을 기업매수를 위한 자금조달에 충당하는 것을 방지하는 것이므로, 회사가 적대적 매수에서 면하기 위한 억지력이 되기도 한다. 연금 패러슈트는 독약조항(poison pill)의 한 형태이다. ~ ***plan*** 연금제도 ¶ The *pension plan* provides replacement for salary when a person is no longer working. In the case of a defined benefit *pension plan*, the employer or union contributions to the plan, which pays a predetermined benefit for the rest of the employee's life based on length of service and salary. Payments may be made either directly or through an annuity. Pension payments are taxable income to recipients in the year received. The employer or unions has fiduciary responsibility to invest the pension funds in stocks, bonds, real estate, and other assets; earn a satisfactory rate of return; and make payments to retired workers. Pension funds holding trillion of dollars are one of the largest investment forces in the stock, bond, and real estate markets. If the employer defaults, *pension plan* payments are usually guaranteed by the Pension Benefit Guaranty Corporation (PBGC). 연금제도는

사람이 퇴직 후 급료에 갈음하는 일정액을 제공하는 제도이다. 확정급여연금제도(defined benefit pension plan)의 경우, 고용주 또는 조합이 자금을 출연하여 종업원의 근속연수나 급료에 따라 일정액을 남은 여생에 걸쳐 급여한다. 지급은 직접 혹은 연금보험을 통하여 행해진다. 급여연금은 그 연도의 과세소득(taxable income)이 된다. 고용주 또는 조합은 연금기금(pension fund)을 주식, 채권, 부동산 등의 자산에 투자하여, 충분한 투자수익을 올려서 퇴직자에게 지급한다고 하는 수탁자책임(fiduciary responsibility)을 부담한다. 수조(數兆) 달러의 자금을 가지는 연금기금은 주식, 채권, 부동산(real estate)시장에서 최대의 투자자의 1인이 되고 있다. 고용주가 디폴트(default)에 빠져도, 연금의 지급은 연금급여보증공사(Pension Benefit Guaranty Corporation: PBGC)가 보증하고 있다. ***Pension Protection Act of 2006*** 2006년의 연금보호법 ¶The *Pension Protection Act of 2006* is a congressional pension reform legislation designed to encourage individual retirement savings and to make employer-funded plans subject to stricter regulation. Provisions also affected charitable contributions, long-term care, college savings plans, and assistance to employees in setting up 403(b) and 401(k) plans. 2006년의 연금보호법은 개인의 퇴직저축을 장려하여 보다 엄격한 규제에 따르는 고용주기금제도(employer-funded plan)를 만들려고 하는 미의회가 시도한 연금개혁입법이다. 미내국세입법 제403조 b항 및 제401조 k항 제도를 창설하면서, 여러 조항이 자선기부(charitable contribution), 장기간 개호(介護)(long-term care), 대학저축제도(college savings plan) 및 근로자에 대한 지원(assistance to employee)에 영향을 주었다. ~ ***scheme*** 연금계획, 퇴직연금(플랜) ¶The *pension scheme* is any arrangement the main purpose of which is to provide a defined class of individuals (called members of the scheme) with pensions. A *pension scheme* may include benefits other than a pension and may provide a pension for dependants of deceased members. See also occupational annuity. 연금계획은 특정한 계층의 개인들(연금계획의 구성원이라 함)에게 연금을 제공하는 것이 주된 제도이다. 연금계획은 연금 이외에 급여급(benefits)을 포함할 수 있고 사망한 구성원의 부양가족에게 연금을 지급할 수 있다. occupational annuity(직업연금)도 참조할 것. ***retirement*** ~ 퇴직연금 → pension (연금).

people pill 피플필 ¶The *people pill* is a defensive tactic to ward off a hostile takeover. Management threatens that, in the event of a successful takeover, the entire management team will resign at once, leaving the company without experienced leadership. This is a version of the poison pill defense. 피플필은 적대적 매수(hostile takeover)에 대한 방어책을 말한다. 만약 매수가 성공하면, 바로 경영진(management) 전원이 사직하여 지도력을 발휘할 수 있는 자는 아무도 없게 된다고 경영진은 위협한다. 이것은 독약조항(poison pill)의 변형이다.

People's Bank of China (PBOC) [영] 중국인민은행 ¶The *People's Bank of China* (*PBOC*) is the central bank of the People's Republic of China, established in 1948 and granted central banking power in 1983. *PBOC* is responsible for issuing and enforcing regulations impacting its domestic financial markets and institutions, developing and implementing monetary policy, issuing currency and managing foreign exchange activities, managing official reserves and operating national payment settlements. 중국인민은행은 1948년에 설립되어 1983년에 중앙은행권한을 부여받은 중국인민공화국의 중앙은행을 말한다. 중국인민은행은 국내금융시장과 금융기관에 영향을 미치는 규정을 제정, 시행하고 통화정책을 개발, 시행하며 통화를 발행하고, 외국환업무를 관리하며, 공적인 준비금을 관리하고 국가지급결제를 운영할 책임이 있다.

PER → **p**rice **e**arnings **r**atio [약] 주가수익률(한 기업의 주당순이익 1원이 투자자들에 의해 실제 얼마의 가격으로 평가받고 있는가를 나타내는 수치이다.) ¶ The *price/earnings (P/E) ratio* is a price of a stock divided by its basic earnings per share. The *P/E ratio* may either use the reported earnings from the latest year (called a trailing *P/E*) or employ an analyst's forecast of next year's earnings (called a forward *P/E*). The trailing *P/E* is listed along with a stock's price and trading activity in the daily newspapers. For instance, a stock selling for $20 a share that earned $1 last year has a trailing *P/E* of 20. If the same stock has projected earnings of $2 next year, it will have a forward *P/E* of 10. 주가수익률이란 주가를 1주당 이익에서 나눈 것이다. 직근의 연도의 공표이익을 사용하는 전기(前期)기준 P/E(이를 trailing P/E이라 한다.)와 애널리스트가 예상하는 익년도의 이익을 사용하는 선도 P/E(이를 forward P/E라고 한다.)가 있다. 만기기준 P/E는 주가나 매매상황과 더불어 신문에 매일 게재된다. 예를 들면, 주가가 20달러로 전기의 이익이 1주당 1달러라면, 전기기준 P/E는 20배가 된다. 이 주식의 내년도의 선도이익이 2달러라면, 선도 P/E는 10배가 된다.

per …로, …에 의하여, …에 관하여 ¶ as *per* … …에 의하여 /*per* capita GNP 1인당 국민총생산 /*per* capita income 1인당 소득 /*per* cent 100분에 관하여[백분율] /*per* contra accounts 상대계좌, 대조계좌(對照計座) ***per annum*** (L) 1년에 관하여, 1년마다 ¶ *Per annum* is once each year, annual, annually. per annum은 1년에 한번씩, 1년의, 1년마다를 뜻한다. /*per annum* rate 연리 ~ ***capita*** (L) 1인당의, 머릿수로 나눈 ¶ In Latin translation, *per capita* is per head. In other words, per person. 라틴어의 번역으로, per capita(1인당)이란 per head(머릿수의)이다. 다시 말해서 per person(사람수의)이다. ¶ The *per capita* is by or for each individual. Anything figured *per capita* is calculated by the number of individuals involved and is divided equally among all. For example, if property taxes total $1 million in a town and there are 1,000 inhabitants, the *per capita* property tax is $1,000. per capita(1인당의)는 각 개인에 의하여 또는 각 개인을 위하여라는 뜻이다. per capita(1인당의)로 셈하는 것에는 관련된 개인들의 수로 나누되 모든 사람 중에서 똑같이 나누는 경우이다. 예를 들면, 재산세(property tax)가 어느 마을에 합계 1백만 달러가 되고 주민이 1,000인 경우에, 1인당 재산세는 1,000달러가 된다. ~ ***capita debt*** 1인당 공채발행 잔액 ¶ The *per capita debt* is the total bonded debt of a municipality, divided by its population. A more refined version, called net per capita debt, divided the total bonded debt less applicable sinking funds by the total population. The result of either ratio, compared with ratios of prior periods, reveals trends in a municipality's debt burden, which bond analysts evaluate, bearing in mind that, historically, defaults in times of recession have generally followed overexpansion of debts in prior booms. 1인당 공채발행 잔액은 지방자치단체의 공채발행 잔액을 인구로 나눈 금액을 이른다. 더 엄밀히 한 것에, net per capita debt(1인당 순공채발행 잔액)가 있고, 이것은 공채발행잔액에서 감채자금(sinking fund)을 빼고, 인구수로 나눈 금액이다. 어느 수치도, 전기의 수치와 비교하는 것에서 자치단체의 채무부담의 동향을 현저히 보여준다. 채권의 애널리스트는 옛부터 호경기에 다대한 채무(debt)를 부담하면 그 후의 경기후퇴 시에 채무불이행(default)이 되는 일이 많다는 것을 염두에 두고, 이러한 수치를 평가한다. ~ ***capita income*** [영] 1인당 소득 ¶ The *per capita income* is the average amount of income earned by a defined group, system, or country, which is determined by dividing total income by the number of people in the group, system, or country. *Per capita income* can be used for comparative purposes across groups and over time. 1인당 소득은 일정한 단체, 시스템 또는 국가에서 가득(稼得)된 소득의 평균금액을 말하며, 이는 단체, 시스템 또는 국가에서 인구수에 의해서 전체소득을 나눔으로써 결정된다. 1인당 소득은 단체와 시간을 뛰어 넘어 비교목적을 위해서 사용될 수 있다. ~ ***diem*** (L) 1일당(per day), 일할(日割)의(by the day) ¶ The term *per diem* denotes a fee charged by a professional person who is paid a specified fee for each day of employment. per diem(1일당)의 용어는 고용될 때마다 특별수당을 받는 전문가에 의해 부과되는 보수이다. /a *per diem* form 일할(日割)방식 /*per diem* rate 일변(日邊) ~ ***pro*** (L) 대리에 의하여, 대리인으로서(by proxy) ¶ The term *per pro* is an abbreviated form of per procurationem, signifying an act by an agent who is authorized to deal on behalf of a principal. per pro라는 용어는 per procurationem의 약자인데, 본인(principal)을 대리하여 대리행위를 할 권한이 있는 대리인(agent)이 한 행위를 의미한다.

percent; per cent 퍼센트, 백분율 (기호는 %) ¶ The *percent* is a statistical term to express a portion of the whole, which is assigned a value of 100. Price changes are often reported as percentage increases or declines. 퍼센트는 전체의 일부분을 나타내는 통계상의 개념으로, 100의 값이 주어진다. 가격변동은 백분율의 증가 또는 감소로 공표되기도 한다. /at LIBOR plus 7/8% LIBOR(런던은행간 거래금리) 플러스 7/8%로 /from 10+% to 10% 10퍼센트초(超)에서 10퍼센트까지 /on a 60 *per cent* basis 중량 60퍼센트에서 /… *percent* over prime 프라임레이트(최우대 금리)의 …%초(超)

percentage 백분율, 비율, 수수료 ¶ a *percentage* point 1퍼센트 /*percentage* analysis 비율분석법(ratio analysis) / *percentage* balance sheet 비율대차대조표, 백분율 대차대조표 /*percentage* of capital structure 자본구성비율 (ratio of capital structure) /*percentage* discount 할인비율 /the *percentage* of appraised value that may be loaned. 담보중량 /a *percentage* of profits 이익률 ***annual percentage rate*** 연율법(年率法) ¶ An *annual percentage rate* is cost of credit that consumers pay, expressed as a simple annual percentage. 연이율은 소비자가 지급하는 차입금리로, 단리(單利)기준의 연이율(simple annual percentage)로 표시되는 금리를 말한다. ***~-of-completion capitalized cost method*** 공사진행자본화기준 → completed contract method (공사완성기준방식). ~ ***order*** 퍼센티지 주문 ¶ The *percentage order* is an order to a securities broker to buy or sell a specified number of shares of a stock after a fixed number of these shares have been traded. It can be a limit order or a market order and usually applies to one trading day. 퍼센티지 주문은 특정한 주식(stock)의 거래량이 일정한 양에 달한 후에, 그 주식의 주수(株數)를 지정하여 증권브로커에 대하여 매매주문을 내는 경우이다. 지정가주문(limit order)의 형식으로도 성립가(價)주문(market order)의 형식으로도 가능하다. 이 주문은 통상 1거래일에만 한정된다. ~ ***of loss deductible*** [영] 손해공제의 비율 ¶ In insurance, the *percentage of loss deductible* is a contract with a percentage-based deductible that increases as the insured's losses grow greater. Through this feature the insured preserves, or even increases, its risk retention. 보험에서, 손해공제의 비율이란 피보험자의 손해가 더 크게 늘어나기 때문에 증가하는 비율에 근거한 공제항목이 있는 보험계약을 말한다. 이런 특징을 통해서 피보험자는 그의 위험유보를 유지하고, 심지어 증가하게 된다.

percentile [n.] 백분위수(百分位數) ¶ *Percentile* is statistical ranking designation. The *p*th percentile of a list is the number such that *p* percent of the elements in the list are less than that number. For example, if a student scores in the 85th percentile on a standardized test, then 85% of those taking the test has lower scores. 백분위수(百分位數)는 통계상의 등급호칭이다. 명부상 100명 중의 *p*번째는 명부상의 구성분자의 *p*백분율이 그 번호보다 못한 그런 숫자이다. 예를 들면, 표준시험에서 85등의 학생성적이면, 시험을 친 학생 중의 85%는 낮은 성적이다. ⓐ 백분위수(百分位數)의

percents [영] (일정한 이율이 표시된) 이자부 채권[공채(公債)]

PERCS 퍽스 ¶ *PERCS* is acronym for preferred equity – redemption cumulative stock. A form of preferred stock that allows common shareholders to exchange common stock for preferred shares, thereby retaining a high dividend rate. *PERCS* usually have little appreciation potential, however. 퍽스는 preferred equity – redemption cumulative stock의 머리글자이다. 보통주주가 보통주(common stock)를 우선주(preferred share)와의 교환을 허용하는 우선주의 형태이고. 그럼으로써 높은 배당을 유지할 수 있다. 그렇지만, 통상적으로 퍽스(PERCS)의 주가가 상승할 가능성은 거의 없다.

perfect 완전한 ***perfect competition*** 완전경쟁 ¶ The *perfect competition* is a market condition wherein no buyer or seller has the power to alter the market price of a good or service. Characteristics of a perfectly competitive market are a large number of buyers and sellers, a homogeneous (similar) good or service, an equal awareness of prices and volume, an absence of discrimination in buying and selling, total mobility of productive resources, and complete freedom of entry. *Perfect competition* exists only as a theoretical ideal. Also called pure competition. 완전경쟁은 어떠한 매도인이나 매수인도 상품·서비스의 시장가격을 변경하는 영향력을 가지지 않는 시장을 이른다. 완전한 경쟁시장의 특색은 다수의 매도인과 매수인, 동질(동류)의 상품이나 서비스, 가격이나 거래량에 관한 인식의 일치, 매매거래에서의 차별화의 결여 등의 생산자원의 이동의 완전한 자유, 시장참여가 완전한 자유 등이다. 그러나 완전경쟁은 이론상의 이상(ideal)에 불과하다. 이를 pure competition(순수한 경쟁)이라고도 한다. ~ ***hedge*** 완전한 헤지 → hedge/hedging (헤지). ~ ***(pure) monopoly*** 완전(순수한)독점 ¶ The *perfect (pure) monopoly* is a market dominated by a single producer, where no competition of any kind to that producer can arise. 완전(순수한)독점은 단독의 제조업자가 지배하는 시장으로, 그런 제조업자에 대한 어떤 종류의 경쟁도 나타날 수 없다.

performance 실행, 이행, 변제, 운용성적 ¶ market *performance* 시장성과 /*performance* fund 성장형 투자신탁 /*performance* of duties 의무의 이행 /*performance* of obligation 채무의 이행 ***performance attribution analysis*** 퍼포먼스 요인분석 ¶ The *performance attribution analysis* is an analysis of the performance results of a portfolio manager to determine which elements of the strategy, such as market timing or security selection, were responsible for the results and why. See also Barra's performance analysis (PERFAN). 퍼포먼스 요인분석은 포트폴리오 운용책임자(portfolio manager)의 퍼포먼스(운용실적)의 분석으로, 어떤 전략의 요인 — 예컨대, 투자의 타이밍이나 투자종목의 선택 — 이 운용실적에 영향을 준 것이지만, 또 그것은 어째서인가에 관하여 분석한다. Barra's performance analysis (PERFAN)(배러퍼포먼스분석)도 참조할 것. ~ ***benchmarking*** [영] 업적지표설정 ¶ The *performance benchmarking* is the process of analyzing the financial performance of an investment portfolio against a predefined benchmark. Proper *performance benchmarking* requires selection of the correct benchmark index and proper consideration of exogenous factors including commissions and taxes levied on the portfolio. 업적지표설정은 사전에 정한 지표

(benchmark)에 대해서 투자포트폴리오의 금융실적을 분석하는 과정을 말한다. 적절한 업적지표설정에는 정확한 지표지수(benchmark index)의 선택과 포트폴리오에 부과되는 수수료와 조세를 비롯하여 외생적 요인(exogenous factor)의 적절한 고려를 필요로 한다. ~ ***bond*** 계약이행보증, 퍼포먼스본드 ¶A *performance bond* is surety bond given by one party to another, protecting the second party against loss in the event the terms of a contract are not fulfilled. The surety company is primarily liable with the principal (the contractor) for nonperformance. For example, a homeowner having a new kitchen put in may request a *performance bond* from the home improvement contractor so that the homeowner would receive cash compensation if the kitchen was not done satisfactorily within the agreed upon time. 계약이행보증이란 계약조건이 이행되지 않는 경우에, 일방의 당사자가 손실을 입지 않도록 계약의 타방당사자가 제출하는 계약이행보증을 말한다. 계약이행보증을 발행하는 보증회사는 계약당사자와 더불어 계약불이행에 대해서 주된 채무책임을 부담한다. 예를 들면, 자기 집 부엌을 새로 꾸밀 때에 완성예정일 내에 만족스런 형태로 꾸며지지 않는 경우에는 발주자가 위약금을 수취하도록 개장업자(改裝業者)에게 계약이행보증을 요구할 수 있다. ~ ***fee*** 퍼포먼스피 → incentive fee (인센티브피, 성공보수). ~ ***fund*** 퍼포먼스펀드 ¶The *performance fund* is a mutual fund designed for growth of capital. A performance fund invests in high-growth companies that do not pay dividends or that pay small dividends. Investors in such funds are willing to take higher-than-average risks in order to earn higher-than-average returns on their invested capital. See also growth stock; performance stock 퍼포먼스펀드는 캐피탈게인(capital gain)을 목적으로 하는 뮤추얼펀드(mutual fund)로, 무배당이 저배당의 고성장기업에 투자한다. 이런 종류의 펀드의 투자자는 평균 이상의 투자수익을 얻기 위하여는 평균 이상의 리스크도 마다하지 않는다. growth stock(성장주); performance stock(성장주)도 참조할 것. ~ ***stock*** 성장주(成長株) ¶The *performance stock* is a high-growth stock that an investor feels will significantly rise in value. Also known as growth stock, such a security tends to pay either a small dividend or no dividend at all. Companies whose stocks are in this category tend to retain earnings rather than pay dividends in order to finance their rapid growth. See also performance fund. 성장주(成長株)는 주가가 앙등한다고 투자자가 느끼는 고성장주식이고, 이를 growth stock(성장주)라고도 하며, 이런 성장주는 저배당이나 무배당인 경우가 많다. 성장주로 간주되고 있는 기업은 급성장을 위한 자금조달수단으로서, 이익을 배당금(dividend)으로 하여 외부에 유출시키지 않고, 내부 유보하는 경향에 있다.

peril 위험 ¶The *peril* is a cause of loss, and an exposure that individual and institutions often seek to protect against through insurance. See also hazard 위험(peril)은 손해의 원인이고, 보험을 통해서 개인이나 기관이 보호하려고 하는 익스포저(exposure)이기도 한다. hazard(해저드)도 참조할 것. /the *peril* clause [해상보험] 위험점조항 /*perils* covered 담보위험 /*peril* insured against 담보위험 ***peril point*** 위험점 ¶The *peril point* is an estimated limit beyond which a reduction in tariff protection would cause material injury to a domestic industry. See also peril point provision. 위험점은 관세보호에 있어서 감면이 국내산업에 중대한 침해의 원인이 되는 예상한계를 말한다. peril point provision(위험점조항)도 참조할 것. ~ ***point provision*** 위험점조항 ¶The *peril point provision* is a provision in U.S. legislation forbidding the President from negotiating any reduction in U.S. tariffs that might result in any injury to any U.S. domestic industry. The Trade Expansion Act of 1962 explicitly eliminated the *Peril Point provision* that had limited U.S. negotiating positions in earlier GATT Rounds, and instead called on the Tariff Commission, the U.S. International Trade Commission (ITC), and other federal agencies to provide information regarding the probable economic effects of specific tariff concession. 위험점조항은 미국대통령에게 미국내국산업에 결과적으로 손해를 입히게 될지도 모르는 미국관세율상의 감면을 통상교섭에서 금지하도록 하는 입법상의 조항이다. 1962년의 미통상확대법(Trade Expansion Act of 1962)은 명시적으로 일찍이 가트라운드(GATT Round)에서 미국의 통상교섭상의 지위를 제한한 위험점조항을 배제하였고, 그 대신 관세율위원회(Tariff Commission), 미국국제통상위원회(ITC), 기타 연방기관에 대하여 특별관세양허(specific tariff concession)의 상당한 경제적 효과에 관한 정보를 제공해 주도록 요구하였다. *~s of the sea* 바다 고유의 위험 ¶ The *perils of the sea* is a marine insurance term that designates heavy weather, stranding, sinking, collision, and sea water damages as *perils of the sea*. They are elemental risks of ocean transport. It does not refer to damage resulting from fire, explosion, etc. 바다 고유의 위험은 거칠고 사나운 일기(heavy weather), 좌초(stranding), 침몰(sinking), 충돌(collision)과 해수침해(sea water damages)를 나타내는 해상보험용어이다. 바다 고유의 위험은 해상운송의 자연적인 위험이다. 그것은 화재, 폭발 등의 결과로 입은 손해를 의미하지 않는다.

perimeter 경계선, 주위의 길이, 둘레 ¶ An embarkment circled the *perimeter* of the storage tank. 저장탱크의 주위에는 제방(堤防)이 둘러싸여 있었다. /set up a defense *perimeter* 방위선을 수립하다

period 시간, 기간, 시대, 종결, (*pl.*) [딜링] (자본거래의) 기일물(期日物)(fixed dates, fixtures)(1, 3, 6, 9, 12개월물 등이 있다.) ¶ an accounting *period* 회계기간 /a *period* analysis 기간분석 /a *period* of capital turnover 자본의 회전기간 /*period* of deferment 거치기간 ***period of digestion*** 소화기간 ¶ The *period digestion* is a time period after the release of a new issue of stocks or bonds during which the trading price of the security is established in the marketplace. Particularly, when an initial public offering is released, the period of digestion may entail considerable volatility, as investors try to ascertain an appropriate price level for it. 소화기간은 신규발행(new issue)주식(stock)이나 채권(bond)이 공모된 후에, 당해 증권의 거래가격이 확립되기까지 요하는 기간을 말한다. 특히 신규주식공모(initial public offering: IPO)의 경우에는, 투자자가 적정가격수준을 확인하려고 하는 것에서, 소화기간에서는 대폭적인 주가의 변동(volatility)을 수반하는 경우도 있다. *~ of grace* 지급유예기간 → grace period (지급유예기간).

period-certain annuity 기간한정 연금보험 ¶ The *period-certain annuity* is an annuity that guarantees payments to an annuitant for a particular period of time. For example, a 10-year *period-certain annuity* will make annuity payments for 10 years and no more. If the annuitant dies before the 10 years have expired, the payments will continue to the policy's beneficiaries for the remaining term. The monthly payment rate for a *period-certain annuity* is generally higher than the rate for a life annuity because the insurance company knows its maximum liability in advance. 기간한정 연금보험은 연금보험금의 수급자(annuitant)에의 지급보증이 특정기간에 한정되고 있는 연금보험(annuity)을 이른다. 예를 들면, 10년 한정연금보험에서는 연금보험금이 10년 만에 지급된다. 연금보험 수급자가 10년의 기간만료 전에 사망한 경우에는, 잔여기간의 연금보험금은 보험금수익자(beneficiary)에게 인계되어 지급된다. 기간한정연금보험금의 수취 연금월액은 종신연금보험(life annuity)의 수취 연금액에 비하여 일반적으로 높게 되어 있다. 이

것은 기간한정연금의 경우, 부담한도액이 사전에 알았기 때문이다.

periodic 주기적인, 정기(定期)의 ¶ a *periodic* audit 정기감사, 기말감사 /*periodic* balance sheet 기말대차대조표 /a *periodic* crisis 주기적 공황 /*periodic* rates [월리(月利) 등의] 기간대응의 요율 ***periodic cap*** [영] 정기상한금리 ¶ The *periodic cap* is an interest rate cap embedded in a long-term contract that relates to a specific period of time. A new *periodic cap* may come into force once a previous one has expired, and this process may continue for the entire life of the contract. The *periodic cap* is a common feature of adjustable rate mortgages, and prevents the borrower's mortgage cost from rising too rapidly from period to period in a rising rate environment. See also caplet; floorlet; lifetime floor. 정기상한금리는 특정한 기간과 관계가 있는 장기계약에 내재하는 금리상한금리이다. 새로운 정기상한금리는 일단 이전의 정기상한금리가 소멸하면 효력이 생길 수 있고, 이러한 과정은 계약의 전기간동안에 계속될 것이다. 정기상한금리는 변동금리모기지(adjustable rate mortgage)의 일반적 특징이고, 차입자의 모기지 비용이 상승금리환경에서 주기적으로 너무 급속하게 상승하는 것을 방지한다. caplet(캐플릿); floorlet(플로어렛); lifetime floor(최고의 하한가격)도 참조할 것. ~ ***collateral*** [영] 기간담보 ¶ The *periodic collateral* is a process where a financial institution extending credit to a counterparty takes a smaller amount of initial collateral but revalues the credit exposure and collateral periodically and makes necessary adjustments (i.e., calling for additional collateral if in deficit, returning excess collateral if in surplus). See also upfront collateral. 기간담보는 거래상대방에게 여신을 제공하는 금융기관이 최초담보의 소액을 취하지만, 정기적으로 여신노출과 담보를 재평가하고 필요한 조정(즉, 적자인 경우에는 추가담보를 요구한다든지, 흑자인 경우에는 과잉담보를 반환하는 경우)을 하는 과정을 말한다. upfront collateral(선급담보)도 참조할 것. ~ ***payment plan*** 정기납입플랜 ¶ The *periodic payment plan* is a plan to accumulate capital in a mutual fund by making regular investments on a monthly or quarterly basis. The plan has a set pay-in period, which may be 10 or 20 years, and a mechanism to withdraw funds from the plan after that time. Participants in *periodic payment plans* enjoy the advantages of dollar cost averaging and the diversification among stocks or bonds that is available through a mutual fund. Some plans also include completion insurance, which assures that all scheduled contributions to the plan will continue so that full benefits can be passed on to beneficiaries in the event of the participants dies or is incapacitated. 정기납입플랜은 매월 또는 1반기마다 정기적으로 뮤추얼펀드(mutual fund)에 투자하는 플랜이다. 이 정기납입플랜에서는 10년이라든가 20년이라는 하는 납입기간이 설정되어 있고, 납입기간경과 후에 자금을 인출시키는 구조로 되어 있다. 이 정기납입플랜에의 가입자는 달러코스트평균법(dollar cost averaging)에서의 투자 메리트와 뮤추얼펀드에 의한 분산(diversification)투자 메리트의 양쪽을 향유할 수 있다. 이 플랜 중에는 만기보험이 걸려 있는 것도 있고, 가입자의 사망이나 무능력자가 된 경우에도, 만기까지의 연금부금(敷金)을 예정대로 계속해서 지급함으로써 수익자(beneficiary)가 전액(全額)급여를 받을 수 있는 구조가 되어 있다. ~ ***purchase deferred contract*** 정기납입거치(据置) 연금보험 ¶ The *periodic purchase deferred contract* is an annuity contract for which fixed-amount payments, called premiums, are paid either monthly or quarterly and that does not begin paying out until a time elected by the holder (the annuitant). In some cases, premium payments may continue after payments from the annuity have begun. A *periodic purchase deferred contract* can be either fixed or variable.

See also fixed annuity; variable annuity. 정기납입거치(据置) 연금보험은 일정한 금액의 프리미엄(보험료, premium)을 매월 또는 4반기마다 지급하는 연금보험(annuity)계약에서, 연금수급자(annuitant)가 선택한 시점까지 연금보험의 지급이 거치(据置)되는 경우이다. 연금보험금지급개시 후도 부금(敷金)의 지급이 계속하는 경우도 있다. 정기납입거치(据置) 연금보험에는 정액연금보험과 변액연금보험이 있다. fixed annuity(정액연금보험); variable annuity(변액연금보험)도 참조할 것.

periodical 주기적인, 정기적인 ¶ *periodical* inspection [examination] 정기검사

peripheral 주변의, 외면의 ¶ *peripheral* business [lines, fields] 주변업무 /*peripheral* equipment 주변기기(周邊機器)

perishable (음식물이) 부패하기 쉬운, (물건이) 무너지기 쉬운 ¶ The word *perishable* means something liable to perish, decay, or spoil rapidly. Fresh fish, for example, is a very *perishable* commodity requiring great care in handling. perishable(부패하기 쉬운)이라는 말은 썩어 없어지다(perish), 썩다(decay), 또는 빨리 상하다(spoil rapidly)라고 말하기 쉬운 것을 의미한다. 예를 들면, 신선한 생선은 취급에 있어서 많은 주의를 필요로 하는 부패하기 쉬운 상품이다. /*perishable* foods [foodstuffs, provisions] 부패하기 쉬운 식료품 /*perishable* goods 소모품

perjury 위증, 위증죄 ¶ The *perjury* is a criminal offense of making false statements under oath. In common law, only a willful and corrupt sworn statement made without sincere belief in its truth, and made in a judicial proceeding regarding a material matter, was perjury. Today, statutes have broadened the offense so that in some jurisdiction any false swearing in a legal instrument or legal setting is *perjury*. 위증죄는 선서(oath)를 하고 거짓진술을 하는 형사범(刑事犯)을 말한다. 커먼로에 있어서는, 진실에 대한 정직한 믿음 없이 행해지고, 중요한 문제에 관하여 재판절차에서 행해진 선서한 진술로서 고의적이고 부정한 경우에만 위증죄가 성립하였다. 오늘날에는, 제정법에서는 그 범죄의 범위를 넓혔으므로 일부 사법관할권에서는 법적 문서나 법적 배경에서 거짓 선서를 하게 되면 위증죄가 성립한다.

perk [미] 임직원의 특전 [perquisite에서 상급관리직에게 주어지는 급료 이외의 특전(회사용차, 가옥수리, 건강보험 등)] → perquisite (우대급여).

PERLS 원금환 링크증권 ¶ *PERLS* is an acronym for principal exchange-rate-linked securities. Debt instrument that is denominated in U.S, dollars and pays interest in U.S. dollars, but with principal repayment linked to the performance of the U.S. dollar versus a foreign currency. For example, a *PERLS* offering by the Student Loan Marketing Association (Sallie Mae), underwritten by Morgan Stanley, links the principal repayment to the exchange rate of the Australian dollar versus the U.S. dollar. If the Australian dollar gains value against the U.S, dollar when the bond matures, redemption will be at a premium to par value. If the Australian dollar is weaker, redemption will be at a discount. PERLS는 Principal exchange-rate-linked securities(원금환 링크증권)의 두문자(頭文字)를 취한 용어이다. 그것은 미달러 표시의 채무증권(debt instrument)으로서, 이자(interest)의 지급은 미달러로 행하지만, 원금(principal)상환은 외국통화에 대한 미달러의 환율에 연동시킨다. 예를 들면, 미연방장학금융자협회(Student Loan Marketing Association; 샐리메이(Sallie Mae)가 제공하는 PERLS는 모건스탠리(Morgan Stanley)가 인수회사로 되어 있으나, 원금상환액이 미달러의 오스트레일리아 달러에 대한 환율에 연동시키고 있다. 만기시점에서 미달러보다 오스트레일리아 달러가 높은 경우에는, 상환액은 액면 이상(premium)이 되지만, 반대로 오스트레일리아 달

러가 낮으면 상환액은 액면 이하(discount)가 된다.

permanent 영구의, 불변의 ¶ the bank's *permanent* records 영구보존문서 /*permanent* address 본적 /*permanent* domicile 본적지 /*permanent* files 영구(보존)문서 ***permanent financing*** (15년, 20년, 20년 이상의) 장기고정금리 양도저당, 장기자본조달 ¶ In corporate finance, the *permanent financing* is a long-term financing by means of either debt (bonds or long-term notes) or equity (common or preferred stock). 기업금융에 있어서, 장기자본조달은 채무(debt)(장기채권 또는 장기어음) 또는 주식(equity)(보통주 또는 우선주)에 의한 장기적 자금조달을 말한다. ¶ In real estate, the *permanent financing* is a long-term mortgage loan or bond issue, usually with a 15-, 10-, 30-year term, the proceeds of which are used to repay a contribution loan. 부동산에 있어서, 장기자본조달은 건설론(construction loan)의 상환에 충당할 목적에서 통상, 15년 · 20년 · 30년의 담보부 장기차입 또는 채권발행으로 자금조달을 하는 경우이다. ~ ***income*** 항상(恒常)소득 ¶ The *permanent income* is long-term measurement of average income, in which temporary fluctuations in income do not have much effect upon consumption. Many economists believe that consumers view their incomes in this way, and do not change their consumption pattern much in response to what they believe are temporary income changes. 항상소득은 평균소득(average income)을 장기적으로 계상하는 것으로, 소득의 일시적 변동이 소비에 많은 영향을 주지 않는다는 것이다. 많은 경제학자들에 의하면 소비자는 그들의 소득을 이런 식으로 보고 있으며, 그들이 믿는 일시적 소득변화에 맞추어 소비패턴을 많이 변화하지 않는다고 생각한다. ~ ***life insurance*** 종신보험 → whole life insurance (종신생명보험).

permillage 천분비(千分比), 천분율(千分率)

per mille [mill, mil] (L) 1000에 관하여(per thousand), 천분율(千分率)로 ¶ *Per mille* denotes that the premium on an insurance policy is the stated figure per $1000 of insured value. *Per mille* is also used to mean 0.1% in relation to interest rates. per mille(1000에 관하여)은 보험증권의 보험료가 보험가격의 1,000달러의 규정숫자를 말한다. per mille은 금리(interest rates)와 관련하여 0.1%를 의미하는 데에 사용되기도 한다.

permission 허가, 면허 ¶ *permission* for exportation 수출허가 ***permission to deal*** [영] 거래허가 ¶ *Permission to deal* is permission by the London Stock Exchange to deal in the shares of a newly floated company. It must be sought three days after the issue of a prospectus. 거래허가는 새로 설립된 회사주식의 거래를 런던증권거래소(London Stock Exchange)가 허가하는 것을 말한다. 거래허가는 사업계획서(prospectus)의 발행 후 3일에 신청되어야 한다.

permit *v.* 허다하다, …하게 하다

n. 허가증, 면허장 ¶ The *permit* is a document, issued by a government regulatory authority, that allows the bearer to take some specific action. See also building permit. 허가증은 소지자에게 일정한 행위를 할 수 있도록 하는 정부 규제당국이 발부한 문서를 말한다. building permit(신축[개축]허가)도 참조할 것. /an exchange *permit* 외환허가 /an export [import] *permit* 수출[수입]허가 ***permit bond*** 면허보증증서 ¶ The *permit bond* is a bond that guarantees that the person who is licensed by a city, county, or state agency will perform activities for which the bond was granted, according to the regulations governing the license. See also license permit. 면허보증증서는 시(city), 카운티(county) 또는 주(州)의

기관으로부터 허가를 받은 자가 그 허가를 규제하는 규정(regulations)에 따라 보증증서가 인정하는 행위를 이행한다는 것을 보증하는 증서이다. license permit(면허보증증서)도 참조할 것.

perpendicular spread 수직 스프레드 ¶ The *perpendicular spread* is an option strategy using options with similar expiration dates and different strike prices (the prices at which the options can be exercised). A *perpendicular spread* can be designed for either a bullish or a bearish outlook. 수직 스프레드는 권리행사기일(expiration dates)이 같고, 스트라이크 가격(행사가격)(strike price)이 다른 몇 가지의 옵션(option)을 이용하는 전략을 이른다. 수직 스프레드는 강세시세용으로도, 또는 약세시세용으로도 설계된다.

perpetual 영속하는, 영구의, 종신의 ¶ *perpetual* floating rate notes 상환기한이 설정되고 있지 않은 변동이자부 채권 ***perpetual annuity*** 종신연금 ¶ The *perpetual annuity* is the receipt or payment of a constant annual amount in perpetuity. Although the word annuity refers to an annual sum, in practice the constant sum may be for periods of less than a year. The present value of an annuity is obtained from the formula: $P = (a \times 100)/i$, where P is the present value, a is the annual sum, and i is the interest rate. 종신연금은 영구히 일정한 연수금(年收金)을 수령하는 경우 또는 지급하는 경우이다. 연금(年金)이라는 말이 연수금(annual sum)을 의미하더라도, 실제는 일정한 금액은 1년이 못되어서 받을 수 있다. 연금의 현재가치는 다음과 같은 공식에 의해서 얻는다. $P = (a \times 100)/i$. 여기서 P는 현재가치, a는 연수금, 그리고 i는 금리이다. ~ ***bond* [*debenture*]** 영구채권, 무기사채 ¶ The *perpetual bond* is a bond that has no maturity date, is not redeemable and pays a steady stream of interest indefinitely; also called annuity bond. The only notable perpetual bonds in existence are the consols first issued by the British Treasury to pay off smaller issues used to finance the Napoleonic Wars (1814). Some persons in the United States believe it would be more realistic to issue perpetual government bonds than constantly to refund portions of the national debt, as is the practice. 영구채권은 상환기일이 없는 채권으로, 원금은 상환되지 않고, 일정한 이자가 무기한으로 지급되는 것이다. 이를 annuity bond (연금채권)라고도 한다. 현존하는 영구채권으로서 유일하게 알려져 있는 것은 영국재무부가 최초로 발행한 콘솔공채(consols)로서, 나폴레옹 전쟁(1814년)의 자금조달을 위하여 소액 발행된 채권의 청산을 목적으로 한 것이다. 미국에서는, 국채를 정기적으로 상환하는 현행과 같은 방식보다도, 영구정부공채를 발행하는 편이 현실에 맞는다고 하는 견해도 있다. ~ ***debt*** [영] 영구부채 ¶ The *perpetual debt* is a bond that is issued without a stated final maturity. The debt acts as a perpetuity, paying investors regular coupons but never repaying the principal balance. See also consol; irredeemable security; perpetual floating rate note; undated security. 영구부채는 일정한 최종만기가 없이 발행된 채권(bond)을 말한다. 부채는 투자자에게 정규의 쿠폰을 지급하지만, 결코 원금잔액을 상환하지 않는 영구채(債)로서 작용한다. consols(콘솔); irredeemable security(불상환증권); perpetual floating rate note(영구변동금리부 채권); undated security[(만기)일자없는 증권]도 참조할 것. ~ ***floating rate note* (*FRN*)** [영] 영구변동금리부 채권 ¶ The *perpetual floating rate note* (*FRN*) is a hybrid security comprised of a floating rate note and perpetual debt that is issued without a stated final maturity. The *perpetual FRN* pays investors a regular floating rate coupon, often based on LIBOR or EURIBOR, but does not repay principal. See also capped floating rate note; inverse floating rate note; range floating rate note. 영구변동금리부 채권은 일정한

최종만기가 없이 발행된 변동금리부 채권과 영구채(perpetual debt)로 구성된 하이브리드증권이다. 영구변동금리부 채권은 투자자에게 종종 런던은행간 자금운용금리(LIBOR) 또는 유럽은행간 자금운용금리(EURIBOR)에 근거하여 통상의 변동금리쿠폰을 지급하지만, 원금은 상환하지 않는다. capped floating rate note(상한변동금리부 채권); inverse floating rate note(역(逆)변동금리부 채권); range floating rate note(가격폭 변동금리부 채권)도 참조할 것. ~ ***inventory*** 계속기록 재고조사법 ¶ The *perpetual inventory* is an inventory accounting system whereby book inventory is kept in continuous agreement with stock on hand, also called continuous inventory. A daily record is maintained of both the dollar amount and the physical quantity o inventory, and this is reconciled to actual physical counts at short intervals. *Perpetual inventory* contrasts with periodic inventory. 계속기록 재고조사법은 재고자산회계시스템에서, 재고를 장부에 계속적으로 기록하여 재고품과 일치시켜 두는 것이다. continuous inventory(계속 재고조사)라고도 한다. 매상액과 재고 현품량이 매일 기록되고, 단기간마다 실제의 재고량을 셈하여 장부와 대조한다. 계속기록 재고조사법은 periodic inventory(정기적 재고조사)에 대한 용어이다. ~ ***preferred stock*** [영] 영구우선주 ¶ The *perpetual preferred stock* is a form of cumulative preferred stock with no fixed maturity date, optional redemption that makes the securities callable at the issuer's option, and a ranking in default that is senior to common stock and pari passu with other preferred stock. See also hybrid capital security; trust preferred stock. 영구우선주는 고정적 만기일이 없고, 발행자의 임의로 증권을 상환하게 하는 임의상환, 디폴트에 있어서 보통주보다 우선하고 다른 우선주와 동순위(pari passu)인 누적적 우선주를 말한다. hybrid capital securities(하이브리드자본증권); trust preferred stock(신탁우선주)도 참조할 것. ~ ***warrant*** 영구 신주인수권증서 ¶ The *perpetual warrant* is a investment certificate giving the holder the right to buy a specified number of common shares of stocks at a stipulated price with no expiration date. See also subscription warrant. 영구 신주인수권증서는 주주가 보통주를 일정량, 일정액으로 무기한으로 구입할 수 있는 권리를 가지는 투자증권을 말한다. subscription warrant(신주인수권증서)도 참조할 것.

per pro (L) 퍼프로 ¶ *Per pro* is abbreviated form of per procurationem, signifying an act by an agent who is authorized to deal on behalf of a principal. 퍼프로는 per procurationem의 생략한 형태이고, 의미는 본인(principal)을 대리하여 거래를 할 권한이 있는 대리인(agent)이 한 행위를 뜻한다.

perquisite 우대급여, 후생복지급여 ¶ The *perquisite* is commonly known as a perk. A fringe benefit offered to an employee in addition to salary. Some examples of *perquisites* are reimbursement for educational expenses, legal services, vacation time, pension plans, life insurance coverage, company cars and aircraft, personal financial counseling, and employee assistance hotlines. In general, the higher an employee's position and the more valued he or she in a company, the more perks he or she receives. 우대급여는 통상은 퍼크(perk)로서 알려지고 있다. 사원이 급여 이외에 수취하는 부가급여로, 교육비 보조, 법률상담, 휴가, 연금플랜, 생명보험, 사용(社用)자동차・사용기(社用機)의 사용, 개인융자상담, 사원전화상담 등이 있다. 일반적으로는, 사원의 지위가 올라가면, 회사에 대하여도 중요하게 되며, 받는 특전(特典)도 많게 된다.

person 사람(人), 인물(人物) ¶ an insured *person*; a *person* insured 피보험자 /interested *person* 관계자 /a natural *person* (법인에 대하여) 자연인 /the *person* himself 본인 /a *person* in parental authority 친권자 /a *person* insuring 보험계약

자 /the *person* named in the policy 증권에서 지명되고 있는 인물 /*person*-to-person calls 지명통화 ***artificial person*** 법인 ¶ An corporation is an association of shareholders (or even a single shareholder) created by law and regarded as an *artificial person*. 주식회사는 법에 의해 설립한 주주(또는 심지어 단독주주)의 결합체이며 법인으로 간주되고 있다. ***legal [juridical]*** ~ 법인 → artificial person (법인). ***third*** ~ 제3자 ¶ A statement in the *third person* is a statement about another person or thing, and not directly about yourself or about the person you are talking to. 제3자의 진술서는 다른 사람이나 물건에 관한 진술서로서, 당신 자신이나 당신과 이야기를 걸고자 하는 자와 직접 관계되는 것이 아니다.

personal 개인의 ¶ *personal* assets [estates] 동산 /*personal* bankruptcy 개인파산 /*personal* calls 지명통화 /*personal* chattel 사유동산, 재산동산 /*personal* deposit 개인예금 /*personal* finance 개인[가계]의 금융활동 /*personal* immunity (개인의) 비밀보유권 /*personal* income 개인소득 /*personal* income tax 개인소득세 /*personal* ledger 인명별 원장 /*personal* liability 개인적 책임 /*personal* reference 개인의 신용조회(처), 신원보증 /*personal* savings 개인저축 /the *personal* sector 개인부문 /*personal* security 개인보증, 인적 보증 ***personal article floater*** 개인소유동산 포괄보험 ¶ The *personal article floater* is a policy or an addition to a policy, used to cover personal valuables, such as jewelry and furs. 개인소유동산 포괄보험은 보석이라든가 모피와 같이, 개인이 소유하는 귀중품에 거는 보험 또는 보험증권(policy)의 부가사항을 이른다. ~ ***exemption*** 기초공제, 인적공제 ¶ The *personal exemption* is an amount of money a person can exclude from personal income in calculating federal and state income tax. Taxpayers can claim one exemption for every person in their household. The amount of the personal exemption is adjusted for inflation each year. In 2008 it was $3,500. Taxpayers can also claim additional exemptions for a spouse, a qualifying child, and a qualifying relative. Exemptions are phased out for certain high-income taxpayers. For married couple filing jointly, exemptions begin to be phased out when adjusted gross income reaches $239,950. 기초공제는 미연방·주소득세를 산출할 때, 개인소득(personal income)에서 공제될 수 있는 금액을 말한다. 납세자는 1세대의 가족전원에 대하여, 각각 공제를 받을 수 있다. 기초공제액은 연도마다 인플레이션이 조정된다. 2008년의 기초공제액은 3,500달러였다. 납세자와 동거하고 있는 배우자, 미성년자인 자녀, 및 적격자인 친척에 대한 추가적인 공제를 청구할 수 있다. 기초공제는 고소득의 납세자에게는 점차로 감소하고 있다. 부부가 합산해서 공동으로 신고하는 경우에는, 수정후 총소득(adjusted gross income)이 239,950달러에 달하면, 공제액은 단계적으로 감소해 간다. ~ ***income*** 개인소득 ¶ *Personal income* is income received by persons from all sources from participation in production, from both governmental and business transfer payments and from government interest (which is treated like a transfer payment). "Persons" refer to individuals, nonprofit institutions that primarily serve individuals, private noninsured welfare funds, and private trust funds. *Personal income* is calculated as the sum of wages and salary disbursements, other labor income, proprietors' income with inventory valuation and capital consumption adjustment, rental income of persons, with capital consumption adjustment, personal dividend income, personal interest income, and transfer payments to persons, less personal contributions to Social Security. 개인소득은 사람들이 생산에 참여하여 얻는 모든 수입원(收入源), 정부나 기업으로부터의 이전소득(transfer payment)이나 정부로부터의 이자(interest)(이전소득과 같이 생각된다.)로부터 받는 소득을 말한다.

여기서 말하는「사람들」중에는, 개인, 개인상대 서비스를 주로 하는 비영리기관, 민간의 비보험후생기금, 민간의 신탁기금(trust fund)이 포함된다. 개인소득이란 임금·급여지급, 기타 노동소득, 재고품평가, 자본감모조정 후의 개인업주소득, 자본소모조정 후의 개인임대소득, 개인배당소득, 개인수취이자, 개인이전소득의 합계로부터 사회보장보험료를 공제한 것을 말한다. ~ ***identification number* (*PIN*)** 개인식별번호 ¶ The *personal identification number (PIN)* is a secret number used by individuals when using an automated teller machine or a debit card. 개인식별번호는 현금자동입출금기(ATM)이나 데빗카드(debit card)를 사용할 때 개인이 사용하는 비밀번호이다. ~ ***inflation rate*** 개인 인플레이션율 ¶ The *personal inflation rate* is a rate of prices increase as it affects a specific individual or couple. For example, a young couple with children who are buying and furnishing a home probably will have a much higher *personal inflation rate* than an elderly couple with their home paid off and self-supporting children, because the young couple needs to buy many more things that are likely to rise in price than the elderly couple. The *personal inflation rate* is far more relevant for most people than the general inflation rate tracked by the Labor Department's consumer price index. 개인 인플레이션율은 특정한 개인이나 부부에게 영향을 주는 물가상승률을 이른다. 예를 들면, 자녀가 있는 젊은 부부가 집을 사서 가구를 장만하려고 하면, 론(loan)의 지급도 완료하고 자녀도 자립한 숙련부부보다도 개인 인플레이션율(率)을 훨씬 높게 가지게 될 것이다. 그것은 젊은 부부는 물가가 상승하는 상품을 숙련부부보다도 많이 구입하여야 하기 때문이다. 소비자로 보아서는 이 개인 인플레이션율이 노동청이 발표하는 소비자물가지수(consumer price index)보다도 훨씬 적절하게 느낀다. ~ ***pension scheme*** [영] 개인[사적]연금계획 ¶ The *personal pension scheme* is an arrangement in which an individual contributes part of his or her salary to a pension provider, such as an insurance company or a bank. The pension provider invests the funds so that at retirement a lump sum is available to the pensioner. This is used to purchase an annuity to provide regular pension payments. In the UK the system is that an employee who chooses a personal pension instead of the Second State Pension, or their employer's pension scheme, must pay National Insurance contributions at the full ordinary rate and the employer's share must be paid at the same rate. The state pays the difference between the lower contracted-out rate and the full ordinary rate direct to the personal pension scheme. The administration of pensions is scrutinized by the Financial Ombudsman Service, which is empowered to deal with complaints relating to *personal pension scheme*. 개인[사적]연금계획은 개인이 보험회사 또는 은행과 같은 연금제공자(pension provider)에게 자신의 봉급의 일부를 출연하는 약정을 말한다. 연금제공자는 그 자금을 투자하기 때문에 퇴직 시에 상당한 대금을 연금수령자에게 제공할 수 있다. 이것은 정액의 연금지급을 지급하기 위하여 연금배당을 구입하는 데 사용된다. 영국에서 그 제도는 제2의 국가연금(Second State Pension), 또는 고용주연금계획(employer's pension scheme) 대신에 개인연금을 선택하는 근로자는 전액 통상이자로 국가보험출연금(National Insurance contributions)을 납부해야 하고 고용주의 몫은 동일한 금리로 지급되어야 한다. 국가는 낮은 약정금리와 개인연금계획에 대한 전액 보통금리와의 차액을 지급한다. 연금의 관리는 개인연금계획과 관련된 고충을 처리할 권한을 가지고 있는 투자 옴부즈만 서비스기관(Financial Ombudsman Service)으로부터 정사(精査)를 받는다. ~ ***property*** 사유동산, 개인재산 ¶ *Personal property* is tangible and intangible goods, such as furniture, manufacturing equipment, and other assets that are not legally considered as real property. *Personal property* is owned by the borrower, and is not fixed or immovable. Also called personalty. Personal property can be pledged as loan collateral under a financing statement filed with a public records office. 사유동산은 가구, 제조장비, 및 법적으로 부동산으로 간주되고 있지 아니한 기타 자산과 같은 유형·무형의 재화이다. 사유동산은 차입자의 소유이고, 고정되지 않거나 움직일 수 있다. 이를 personalty(동산)이라고도 한다. 사유동산은 공문서 보관소(public records office)에 제출된 재무제표상에 대출담보로서 잡힐 수 있다.

perspective 전망, 관점, 견해 ¶ The change in the rate comes into *perspective*. 시세의 변동이 앞을 내다보게 한다. /From a longer *perspective*, Korea's trade imbalance with the United States and the rest of the world will inevitably shrink. 보다 장기적인 전망에서 보면, 한국과 미국이나 여타 세계 여러 국가와의 무역불균형은 축소될 수밖에 없을 것이다.

per stirpes 법정상속 ¶ The *per stirpes* is a formula for distributing the assets of a person of a person who dies intestate (without a will) according to the "family tree." Under such a distribution, the estate is allocated according to the number of children the deceased had, and distributed according to the those surviving the decedent. If any children predeceased the decedent, the shares allocated to them would be equally divided among the their children and so on. 법정상속은 유언(will)을 남기지 않고 (유서 없이) 사망한 사람의 재산을 가계도(家系圖, family tree)에 따라 분배하는 방법을 말한다. 이 방법에 의하면, 고인(故人)의 자산은 유아(遺兒)의 수에 따라서 분배되고, 생존하는 자녀에게 분배된다. 만약 해당하는 자녀가 고인보다 먼저 사망한 경우에는, 유산의 배정분은 손자녀(孫子女) 사이에서 균등하게 배분되게 된다.

Peru currency 페루화폐 ¶ Peru nuevo sol (PEN), divided into 100 centavos. 1 누에보 솔(nuevo sol) = 100 센타보(centavos).

peseta 페세타 ¶ The standard currency unit of Spain (including the Canary Islands) and Andora. 스페인(카나리아 제도를 포함)과 안도라의 기준화폐단위이다.

pesewa 페세와 ¶ A subdivision (1/100) of the Ghanaian cedi. 가나의 세디(cedi)의 하부단위이다. 1 세디(Ghanaian cedi) = 100 페세와(pesewa).

peso 페소 ¶ The standard currency unit of Argentina, Chile, Columbia, Cuba, the Dominican Republic, Guinea-Bissau, Mexico, and the Philippines, divided into 100 centavos; and of Uruguay, divided into 100 centesimos. The latter is also known as the peso Uruguayo. 페소는 아르헨티나, 칠레, 컬럼비아, 쿠바, 도미니카공화국, 기니-비사우, 및 필리핀과 우루과이의 기준화폐단위, 1 페소(peso) = 센타보스(centavos). 그리고, 1 페소(우루과이 peso) = 센테시모스(centesimos), 또한 우루과이의 화폐는 페소 우루과이라고도 알려져 있다.

pessimism 비관, 비관론 ¶ The steep market drop was caused by *pessimism* about the U.S. economy. 주식시장의 급락은 미국경제에 관한 비관론이 원인이었다.

petition 청원서, (채무자의) 신청 ¶ The *petition* is: (1) a written request to a court that it take a specific action. (2) a formal request accompanied by signatures of individuals who support the request. 청원서는 (1) 특별한 조치를 취해 달라고 법원에 대하여 제출하는 서면청원서이다. (2) 청원서를 지지하는 개개인의 서명을 받아 제출하는 형식적인 청원서이다. /a *petition* of objection 이의신청

petition for* [*in*] *bankruptcy 파산신청 ¶ The *petition in bankruptcy* is the petition by which an insolvent debtor declares bankruptcy and invokes the protection of the bankruptcy court from creditors. 파산신청은 지급불능채무자가

파산을 선언하고 채권자로부터 파산법원의 보호를 호소하는 신청이다.

petrobond 원유가격연동형 사채

petrocurrency 오일화폐 ¶ *Petrocurrency* is money (usually U.S. dollars) paid to that exporters of petroleum in exchange for their product. After the OPEC countries markedly increased prices, the amount of petrocurrency in circulation exceeded the oil-exporting countries' economies to absorb it. As a result, much of it was invested in the world's financial markets, where it helped to offset the trade deficits caused by the OPEC price rises. 오일화폐는 석유제품과의 교환으로 석유수출업자에 지급되는 화폐(보통 미국달러)이다. 오펙(OPEC) 여러 국가들이 석유가격을 현저하게 올린 후에, 유통되는 석유화폐의 금액은 그것을 흡수하는 석유수출국가의 경제를 상회하였다. 그 결과로서, 석유화폐의 많은 부분이 세계의 금융시장에 투자되었고, 그것은 오펙의 가격상승이 원인이 된 무역적자를 상계하는 데 도움이 되었다.

petrodollar 오일달러(oil dollar) ¶ *Petrodollars* are dollars paid to oil-producing countries and deposited in Western banks. When the price of oil skyrocketed in the 1970s, Middle Eastern oil producers built up huge surpluses of *petrodollars* that the banks lent to oil-importing countries around the world. In the mid-1980s and 1990s, these surpluses had shrunk because oil prices fell and oil exporters spent a good deal of the money on development projects. By the mid-2000s, the sharp rise in oil prices had again filled the coffers of oil-producing countries, who reinvested billions of dollars back into the West. The flow of *petrodllars*, therefore, is very important in understanding the current world economic situation. Also called petrocurrency or oil money. 오일달러는 산유국에 대하여 지급되어 서구의 은행에 예금되고 있는 달러를 말한다. 석유가격이 앙등한 1970년대에는, 중동의 산유국들은 거액의 잉여자금을 쌓아 올리고, 그 자금은 서구의 은행을 통하여 세계 중의 석유수입국에 대출되었다. 1980년대 중반과 1990년대까지는, 석유수출국의 소비가 증대하고, 또 개발의 프로젝트에 다액의 자금이 주입되는 일도 있고, 지난날의 잉여자금은 감소하였다. 2000년대 중반까지는, 원유가격이 급등하여, 석유수출국의 재원을 다시 윤택하게 하였기 때문에, 그 수십억 달러에 달하는 자금을 서구 여러 국가에 재투자하였다. 이와 같이, 오일달러의 흐름은 현재의 세계의 경제정세를 이해하는 데에 중요하다. 이를 petrocurrency(오일화폐)라든가 oil money(오일머니)라고도 한다.

petroleum 석유, 원유 ¶ *Petroleum* Exporting Countries 석유수출국

PETS → **p**referred **e**quity **t**raded bond**s** [약] 우선주거래채권(債券) ¶ *Preferred equity traded bonds* (*PETS*) are corporate bonds or bond-backed preferred shares that trade on exchanges like stocks in small lots, typically $25, They have the safety of bonds (90% are AAA or AA rated) with higher yields, and dividends/interest payments are typically monthly or quarterly, which tends to keep market prices stable. They are known by a variety of proprietary acronyms such as QUIBS (Morgan Stanley) and PINES (Smith Barney). 우선주거래채권(債券)이란 일반적으로 25달러와 같이 소량으로 주식처럼 거래소에서 거래되는 사채(corporate bond) 또는 사채담보 우선주이다. 그것들은 고수익(90%는 AAA 또는 AA의 등급평가 받는다) 사채의 안전성을 가지고, 배당금/이자가 일반적으로 매달 또는 4분기마다 지급되어, 시가가 안정적인 경향을 띠고 있다. 우선주거래채권(債券)은 QUIBS(모건스탠리의 경우) 및 PINES(스미스바니의 경우)와 같이, 여러 종류의 특허상표명의 약어로 알려지고 있다.

petty 작은, 얼마 되지 않는 ¶ *petty* cash 소액현금 /*petty* deposit 소액예금 /*petty* expense 잡비 /*petty* loan 소액대출 /*petty* savings 소액저축금 ***petty cash fund; petty cash voucher*** 소액자금펀드, 소액자금증서 ¶ *Petty cash fund* is small cash fund used to make impromptu cash payments. A voucher or piece of paper is used for each payment. See also imprest. 소액자금펀드는 즉석에서 현금지급을 하는 데 이용되는 소액현금자금을 말한다. 증서(voucher) 또는 종이 한 장은 각 지급할 때마다 사용된다. imprest(소액지급자금)도 참조할 것.

PF → project financing [약] 프로젝트파이낸싱, PF 대출 ¶ The *project financing* is a financial technique that the financial institutions appraise the development of real estates in itself other than the credit or real securities of undertakers and lend money to them, and later recover the loans from the proceeds of undertakings. 프로젝트파이낸싱은 금융기관이 사업시행자의 신용이나 물적 담보가 아닌 부동산 개발프로젝트 자체의 경제성을 평가해 돈을 빌려주고 나중에 사업의 수익금으로 대출을 회수하는 금융기법이다.

phantom 유령, 팬텀 ¶ *phantom* company 유령회사 /The *phantom* of world depression shadows us. 세계적인 불황의 그림자가 우리들을 어둡게 뒤덮고 있다. ***phantom income*** 팬텀인컴 ¶ *Phantom income* is limited partnership income that arises from debt restructuring and creates taxability without generating cash flow. *Phantom income* typically occurs in a tax shelter created prior to the Tax Reform Act of 1986 where real estate properties, having declined in market value, are refinanced; income arises from portions of the debt that are forgiven and recaptured. 팬텀인컴은 리미티드 파트너십(limited partnership)의 채무(debt)를 재구축함으로써 생기는 소득으로, 캐시플로(cash flow)를 수반하지 않는 소득이지만, 과세의무가 생기는 것이다. 팬텀인컴은 1986년의 미세제개혁법(Tax Reform Act of 1986) 이전에 생긴 조세회피장소(tax shelter)에서 잘 발생한다. 예를 들면, 시장가격(market value)이 하락한 부동산의 차환(借換)을 한 결과, 면제・회수된 채무액에서 소득이 생긴다. ~ ***stock plan*** 팬텀스톡플랜 ¶ The *phantom stock plan* is an executive incentive concept whereby an executive receives a bonus based on the market appreciation of the company's stock over a fixed period of time. The hypothetical (hence phantom) amount of shares involved in the case of a particular executive is proportionate to his or her salary level. The plan works on the same principle as a call option (a right to purchase a fixed amount of stock at a set price by a particular date). Unlike a call option, however, the executive pays nothing for the option and therefore has nothing to lose. 팬텀스톡플랜은 경영자(executives)에의 인센티브플랜의 하나로, 마치 자사주(自社株)를 가지고 있었던 것처럼, 자사주의 주가상승분과 동등한 금액을 보너스로서 수취하는 경우이다. 경영자에게 부여되는 가정의 (즉, 가공의) 주수는 임원의 급여액에 비례한다. 이 플랜은 콜옵션(call option)(일정한 기일 내에 일정한 금액으로 일정한 주식수를 구입하는 권리)과 원칙적으로 마찬가지의 구조이다. 그렇지만, 콜옵션과 달리, 경영진은 옵션에 대해서 아무 금액도 지급하지 않으므로 실손(實損)은 입지 않는다.

phase ⓝ 형상, 국면, 단계 ¶ the expansion *phase* of a business cycle 경기순환의 확대국면 /enter upon a new *phase* 새로운 단계에 들어서다 /the closing *phase* 최종단계
ⓐ 조정한, 동조한

Pfennig 페니히 ¶ A subdivision (1/100) of German legacy currency the

Deutschmark. 페니히는 독일의 전래의 화폐 독일 마르크의 하부단위이다.

PFF (ISO) code French Pacific Islands – currency CFP (French Pacific Islands) franc. ¶ PFF (국제표준기구) 약호 프랑스 퍼시픽제도(諸島) — 화폐 CFP(프랑스 퍼시픽제도) 프랑(franc).

PGK (ISO) code Papua New Guinea – currency kina. ¶ PGK (국제표준기구) 약호 파푸아뉴기니 — 화폐 키나(kina).

phenomenon 현상, (*pl.*) phenomena ¶ It is a *phenomenon* associated with this syndrome. 그것은 일련의 징후와 관련이 있는 현상이다. /The *phenomenon* cuts across the whole range of human activities. 그 현상은 인간활동 전분야에 미치고 있다.

Philadelphia 필라델피아 ***Philadelphia Board of Trade (PBOT)*** 필라델피아상품거래소 ¶ The *Philadelphia Board of Trade* (*PBOT*) is a futures trading subsidiary of the Philadelphia Stock Exchange. The *PBOT* trades currency futures on the Australian dollar, British pound, Canadian dollar, Euro, Japanese yen, and Swiss franc and is adding additional noncurrency futures products as well. 필라델피아상품거래소는 필라델피아증권거래소(Philadelphia Stock Exchange)의 자회사(subsidiary)이다. 필라델피아상품거래소는 오스트레일리아달러, 영국의 파운드, 캐나다달러, 유로(Euro), 일본의 엔(yen), 스위스의 프랑의 통화선물(currency futures)거래를 다루고 있다. 또, 통화 이외의 선물거래도 매매하고 있다. ***Philadelphia Stock Exchange (PHLX)*** 필라델피아증권거래소 ¶ Founded in 1790 as the first organized stock exchange in the United States, The *Philadelphia Stock Exchange* (*PHLX*) trades more than 2,000 stocks, 1703 equity options, 26 proprietary industry sectors index options, a group of exchange-traded funds, and currency options and currency futures on its *Philadelphia Board of Trade* (*PBOT*) subsidiary. Equity trading is a conducted through floor brokers or the electronic order entry and execution system called PACE (Philadelphia Automated Communication and Execution System). In 2005 the Philadelphia Stock Exchange became the floor-based exchange to trade all of its options and sector indexes electronically using *PHLX* XL, the exchange's electronic trading platform. 미국에서 처음으로 조직화된 증권거래소로서 1790년에 설립된 필라델피아증권거래소는 2,000종목을 넘는 주식(stock), 1703의 주식옵션(equity option), 26개의 동 증권거래소 독자의 부문별주가지수옵션(industry sectors index option), 일단(一團)의 지수연동형 상장지수펀드(exchange-traded funds), 그것에 필라델피아상품거래소에서의 통화옵션(currency option)이나 통화선물(currency futures)을 거래하고 있다. 주식의 거래는 입회장 브로커(floor broker), 또는 *PACE* (Philadelphia Automated Communication and Execution System; 소액투자자를 위한 전자인도결제시스템)을 통해서 행해진다. 2005년에, *PHLX*는 동 거래소의 옵션과 산업별 인덱스(sector index)의 전부를, 전자거래시스템인 *PHLX* XL를 통해서 행하는 미국에서 최초의 입회장의 베이스의 전자거래소가 되었다.

Philippine currency 필리핀 화폐 ¶ Philippines peso (PHP), divided into 100 sentimos. 1 페소(peso) = 100 센티모(sentimos).

Philippine Stock Exchange (PSE) 필리핀증권거래소 ¶ The *Philippine Stock Exchange* (*PSE*) is an operator of the primary stock exchange in the Philippines and founded in 1992. The exchange traces its roots to the Manila Stock Exchange, established in 1927, and the Makati Stock Exchange, established in 1963. It has two trading floors – the main one in Pasig City and another in Makati City. It uses the MakTrade trading system, a single-order-book system. The exchange began bond trading in 2001. 필리핀증권거래소는 필리핀의 유일한 증권거래소로서 1992년에 설립되었다. 필리핀증권거래소의 기원은 1927년에 설립된 마닐라증권거래소(Manila Stock Exchange)와 1963년에 설립된 마카티증권거래소(Makati Stock Exchange)까지 거슬러 올라간다. 필리핀증권거래소는 2개의 입회장을 운영하고 있고, 주요한 입회장은 파시그시(市)(Pasig City)에, 다른 하나가 마카티시(市)(Makati City)에 있다. 동 거래소는 MakTrade System이라고 하는 single-order-book system(어느 거래소에서 발주(發注)되어도 최량의 호가로 매매를 집행하는 시스템)을 채용하고 있다. 그 거래소는 2001년부터 채권(bond)의 매매도 개시하였다.

Phillips curve 필립스커브 ¶ The *Phillips curve* is a chart curve showing that inflation tends to rise as the natural rate of unemployment declines. 필립스커브는 인플레이션은 자연실업률(natural rate of unemployment)이 감소할 때에 올라가는 경향이 있음을 보여주는 차트커브이다.

phishing 피싱 ¶ The *phishing* is a form of Internet fraud that attempts to trick victims into providing sensitive personal information such as bank or credit card account details, social security numbers, pins, or passwords. The usual approach is to send an e-mail message purporting to be from a financial institution or online auction site, often an alarming notice that the user's account is threatened in some way. The message contains a link to a Web site that misleadingly appears to be that of the purported sender of the message, where the information can be captured. 피싱은 피해자를 속여서 은행 또는 크레디트카드계좌 세부사항, 사회보장번호, (은행카드의) 비밀번호(pin) 또는 여권번호(password)와 같은 민감한 개인정보를 제공하려고 하는 인터넷 사기의 하나의 형태이다. 통상적인 접근은 금융기관 또는 온라인 옵션사이트, 자주 이용자의 계좌가 어떤 방식이든 위협을 받고 있다고 하는 경계통지를 받은 것처럼 e-mail 메시지를 발송하는 것이다. 그런 메시지에는 거짓 발송자의 것으로 잘못 보이게 하는 웹사이트(Web site)에 연결로(link)가 포함된다. 거기서 정보를 빼앗길 수 있다.

phone bill 전화요금

phony money 가짜 돈, 위폐

physical 물질의, 신체적인 ¶ *physical* hazard [보험] 실체적 위험, 물적 위험 /*physical* (count) inspection 실사(實査) /a *physical* life 물리적 내용연수 ***physical commodity*** 실물상품 ¶ The *physical commodity* is an actual commodity that is delivered to the contract buyer at the expiration of a commodity contract in either the spot market or the futures market. Some examples of *physical commodities* are corn, cotton, gold, oil, soybeans, and wheat. The quality specifications and quantity of the commodity to be delivered are specified by the exchange on which it is traded. 실물상품은 현물(직물)시장(spot market)이나 선물시장(futures market)에서 계약된 상품의 인도기일에 설제로 매수인에게 인도되는 상품의 현물을 이른다. 옥수수(corn), 면화, 금, 석유, 대두(大豆), 소맥(小麥)이 그 실례이다. 인도상품의 품질특성(quality specification)이나 수량은 상품거래가 행해지는 거래소에서 특정된다. ~ ***inventory*** 현품재고정리[조사] → physical verification (현물검사). ~ ***settlement*** [영] 현물결제 ¶ The *physical settlement* is a settlement process where two parties to a trade or derivative contract exchange cash for a physical asset (such as a commodity or physical form security). Also known as physical delivery. See also cash settlement. 현물결제는 거래 또는 파생

계약의 2당사자가 (상품이나 현물형태의 증권과 같은) 현물자산에 대한 현금을 교환하는 결제과정을 말한다. 이는 physical delivery(현물인도)로도 알려져 있다. cash settlement(현금결제)도 참조할 것. ~ ***verification*** 현물검사 ¶ The *physical verification* is a procedure by which an auditor actually inspects the assets of a firm, particularly inventory, to confirm their existence and value, rather than relying on written records. The auditor may use statistical sampling in the verification process. 현물검사는 기업의 자산, 특히 상품의 재고(inventory)나 가치를, 장부만에 의존하는 것이 아니라, 실제로 감사인(auditor)이 조사하여 확인하는 방법이다. 대조과정에서, 감사인은 통계적 샘플링법(statistical sampling)을 사용하는 경우도 있다.

physicals 현물상품, 유형상품(actuals) ¶ The *physicals* is a commodity or physical good that can be bought and sold, and which can be settled through physical delivery. 현물상품은 매입과 매도가 될 수 있고, 현물인도를 통해서 결제될 수 있는 상품이나 현물제품이다.

piastre 피아스터 ¶ A subdivision (1/100) of the Egyptian, Lebanese and Syrian pound, and of the Sudanese dinar. 피아스터는 이집트, 레바논과 시리아의 파운드, 그리고 수단의 디나르(dinar)의 하부단위(1/100)이다.

pickup (시황 등의) 회복, 이율의 개선 ¶ The *pickup* is a value gained in a bond swap. For example, bonds with identical coupon rates and maturities may have different market value, mainly because of a difference in quality, and thus in yields. The higher yield of the lower quality bond received in such a swap compared with the yield of the higher-quality bond that was exchanged for it results in a net gain for the trader, called his or her *pickup* on the transaction. 픽업이란 본드스왑(채권스왑, bond swap)거래에서의 수익을 이른다. 예를 들면, 쿠폰레이트(coupon rate)와 만기일(maturity)이 같은 채권이라도, 발행자의 신용도가 다르기 때문에 이율(yield)격차가 생기므로 시장가격이 다르게 된다. 이와 같은 경우에, 신용도가 높은(이율이 낮고, 따라서 가격이 높은) 채권과 신용도가 낮은 채권(이율이 높고, 가격이 낮은)을 스왑함으로써 이익을 얻는다. 이와 같은 스왑거래에서 순이익을 얻는 것을 pickup on the transaction(거래상의 이율개선)이라고 한다. ***pickup bond*** 픽업채(債) ¶ The *pickup bond* is a bond that has a relatively high coupon (interest) rate and is close to the date at which it is callable – that is, can be paid off prior to maturity – by the issuer. If interest rates fall, the investor can look forward to picking up a redemption premium, since the bond will in all likelihood be called. 픽업채(債)는 쿠폰(coupon)레이트(이율)가 비교적 높고, 기한전상환기일(call date)이 비교적 가까운 채권(bond)을 이른다. 시장금리가 내려가면 이와 같은 채권은 틀림없이 기한전 상환되는 것이므로, 채권보유자는 기한전 상환프리미엄(redemption premium)(기한전 상환시에 지급되는 프리미엄)을 기대하게 된다.

picture 상황, 상세(狀勢) ¶ The *picture* is a Wall Street jargon used to request bid and asked prices and quantity information from a specialist or from a dealer regarding a particular security. For example, the question "What's the *picture* on XYZ? "might be answered, "58 3/8 [best bid] to ¾[best offer is 58 3/4], 1000 either way [there are both a buyer and a seller for 1000 shares]." 픽쳐(picture)는 월가(Wall Street)에서 사용되는 전문어로, 스페셜리스트(specialist)나 채권전문의 딜러(dealer)로부터 매수호가나 매도호가(bid and asked), 거래량의 정보를 얻고 싶을 때에 사용한다. 예를 들면, 「XYZ사는 어떤 상황이냐」(What's the picture on XYZ?)와 같이 묻고, 「58 3/8(베스트의 매수호가)에서 58 3/4(베스트의 매도호가)로,

매수와 매도가 1,000주(1,000주의 매도인과 매수인이 있다」(58 3/8 [best bid] to ¾[best offer is 58 3/4], 1000 either way [there are both a buyer and a seller for 1000 shares].)와 같이 답한다.

piece 단편, 1개 ¶ the one pound *piece*, the one pence *piece* 파운드, 펜스 경화 1개

pie chart 파이 도표, 원(圓)그래프 ¶ The *pie chart* is a graph where a circle represents the whole amount, and wedge-shaped sectors indicate the fraction in each category. 파이 도표는 하나의 원이 전체의 금액을 나타내고, V자 꼴의 소(小) 부분이 각 카테고리의 부분을 가리킨다.

piercing the corporate veil [영] 법인격의 부인(否認) ¶ The *piercing the corporate veil* is an exceptional legal circumstance where the tenet of limited liability is suspended and shareholders become liable for paying for corporate losses from their personal assets. Actual instances of such "piercing" are rare, occurring primarily when the principals of very closely held companies have violated their duties and generated losses. See also unlimited liability. 법인격의 부인이란 무한책임의 교의(教義, tenet)가 일시 중지되어 주주가 개인의 자산에서 회사의 손실을 변상할 책임을 지게되는 예외적인 법적 상황을 말한다. 이러한 「법인장막의 꿰뚫림」(piecing the corporate veil)의 실제경우는 드믄 일이고, 대단한 폐쇄회사의 주체(principal)들이 자신들의 의무를 위반하여 손해를 발생시킨 경우에 비로소 생긴다.

PIG → **p**assive **i**ncome **g**enerator [약] 수동적 소득원(所得源) ¶ The *passive income generator* (*PIG*) is an investment whose main attraction is passive income. The most common example is an income-oriented real estate limited partnership, especially an unleveraged program. Since Tax Reform passive activity losses (PALs) are deductible to the limit of passive activity income, so an investor with excess PALs might buy a *PIG* as a source of tax-sheltered income. 수동적 소득원(所得源)은 수동적 소득을 얻는 것을 목적으로 한 투자를 말한다. 잘 알려진 투자방법에, 배당수입 등 소득(income)을 목적으로 한, 외부차입금을 이용하지 않는(unleveraged program) 형태의 부동산 리미티드 파트너십(real estate limited partnership)이 있다. 세제개혁 이후, 수동적 사업손실(passive activity losses)은 수동적 소득액을 한도로 하여 소득공제(tax deductible)할 수 있으므로, 다액의 수동적 손실을 떠안고 있는 투자자는 절세(節稅) 대책으로서 PIG에 투자할 수도 있다.

piggyback *v.* 편승(便乘)하다(곁들어 하는 방식), 기대다 ¶ To *piggyback* is to transport truck trailers and containers designed to ride as rail cargo from terminal to terminal. Piggybacking combines the fuel- and labor-saving advantages of rail cargo with the point-to-point movement of truck cargo. 편승한다는 것은 철도화물을 터미널에서 터미널까지 타고 가도록 트럭 트레일러와 컨테이너를 운송하는 것이다. 피기백 방식은 철도화물의 연료 및 노동력 절약의 이점을 트럭 화물이 접점에서 접점으로 이동하는 것과 결합한 것이다.

a. 편승방식(유명한 사람이나 물건에 곁들여서 하는)의, 곁들인 ***piggyback loans*** 피기백론 ¶ *Piggyback loans* is second mortgage loans "piggybacked" onto first mortgage after home improvements have added value or, in a rapidly inflation housing market, to compensate for a small or nonexistent down payment and save the higher expense of private mortgage insurance (PMI). The first and second loans, which close simultaneously, typically represent 80% and 10% of home value, respectively, with the remaining 10% a down payment, hence the term, "80-10-10%." Some lenders, however, will allow the *piggyback loan* to represent 20% and some will structure it as homeowner's equity account. 피기백론은 제1순위 모기지(first mortgage)의 위에, 제2순위 모기지를 부쳐서 추가대출을 하는 주택론을 말한다. 피기백론은 주택을 개수(改修)하였기 때문에 가치가 올라간 후에 행해지지만, 또는 주택시장이 급속히 앙등하기 때문에, 계약금(down payment)을 소액 또는 제로로 할 목적에서 행해진다. 이 경우, 계약금을 지급하지 않는 경우에 필요한 주택론 보험(private mortgage insurance: PMI)의 보험료(피기백론 금리보다도 높은)를 절약할 수 있다. 제1순위 모기지부 주택론과 제2순위 모기지부 주택론은 동시에 실행되어, 각각 주택가격의 80%, 10%의 대출액이 되고, 잔금(10%)이 계약금이 되는 일이 많다. 그러므로 이를 80-10-10라고 한다. 그렇지만, 피기백론을 20%라고 하는 대출업자도 있으며, 그것을 주택소유자 지분융자계좌(homeowner's equity account)로 하는 업자도 있다. ~***ing*** 편승식(便乘式) 매매, 합승, 끼워 팔기 ¶ The *piggybacking* is an illegal practice by a broker who buys or sells stocks or bonds in his personal account after a customer buys or sells the same security. The broker assumes that the customer is making the trade because of access to material, nonpublic information that will make the stock or bond rise or fall sharply. Trading following customer orders is a conflict of interest, and may be disciplined by the broker's firm or regulatory authorities if discovered. 편승식 매매는 고객이 매매한 것과 같은 주식(stock)이나 채권(bond)을 브로커가 자기계좌에서 매매하는 위법행위이다. 브로커는 주가나 채권가격의 앙등 또는 폭락을 초래하는 중요한 비공개정보를 고객이 입수하고 있다고 추측하여 편승식 매매거래를 한다. 고객으로부터의 주문을 수령한 후에 자기거래를 하는 것은 이익위반행위(conflict of interests)가 되어, 발견되면 증권회사나 감독당국으로부터 징계처분을 받는다. ~ ***registration*** 피기백 등록 ¶ The *piggyback registration* is a situation when a securities underwriter allows existing holdings of shares in a corporation to be sold in combination with an offering of new public shares. The prospectus in a *piggyback registration* will reveal the nature of such a public/private share offering and name the sellers of the private shares. See also public offering. 피기백 등록은 신규발행주식모집을 할 때에, 증권인수업자(underwriter)가 미등록의 기존주식도 함께 판매하는 것을 허가하는 것이다. 공동의 등록이 사업계획서(prospectus)에서는, 신규공개주식 및 미등록주식에 관한 모집내용이나 기존주식의 매도인명(名)이 기재된다. public offering(공모)도 참조할 것.

piggy bank 돼지 저금통(어린이용), 저축상자

PIK (payment-in-kind) securities 현물지급유가증권 ¶ *PIK (payment-in-kind) securities* are bonds or preferred stock that pay interest/dividends in the form of additional bonds or preferred. *PIK securities* have been used in takeover financing in lieu of cash and are highly speculative. 현물지급유가증권은 이자(interest)나 배당(dividend)을 채권이나 우선주의 추가발행의 형식으로 지급하는 형식의 채권(bond)이나 우선주(preferred stock)를 이른다. 기업매수(takeover) 자금을 조달할 목적으로 현금 대신에 사용하고 있고, 대단히 투기성이 높다.

pile 쌓아 올린 것, 더미, [구] 큰돈, 재산 ¶ *piles* of money 거액의 돈

pilferage [해상] (수송중의 화물에서 몰래 빼는) 도둑질[절도] ¶ The *pilferage* is any cargo transit loss or damage. To avoid *pilferage*, a shipper should avoid mentioning contents or brand names on packages. In addition, strapping, seals, and shrink wrapping are effective means of deterring theft. 필퍼리지(pilferage)

는 어떤 화물운송의 손실 또는 손해이다. 이런 손실을 피하기 위하여, 선주는 포장 위에 브랜드 이름이나 내용물을 설명하는 것을 피해야 한다. 게다가, 끈으로 묶는 것(strapping), 봉인(封印, seals)과 수축 포장(shrink wrapping)도 절취를 방지하는 데 효과적인 수단이 된다.

Pillar I 필라 I ¶ *Pillar I* is one of three "pillar" under the Basle II framework, centered on the computation of minimum capital requirements for banks. *Pillar I* provides for greater precision in defining credit risk (under the internal ratingsbased approach, standardized approach) and operational risk; market risk is covered under the Basle Market Risk Amendment. See also Pillar II; Pillar III. 필라 I은 은행의 최소자본요건의 산정에 중심을 두는 바젤 II (Basle II)체제하에서 3개의 「필라(pillars)」 중의 하나이다. 필라 I은 (내부등급기준의 방법론, 표준화방법론 하에서) 신용리스크(credit risk)와 운영리스크(operational risk)를 규정함에 더 정밀도를 대비하고 있다. 시장리스크는 바젤 시장관리개선(Basle Market Risk Amendmen)에서 커버되고 있다. Pillar II(필라 II); Pillar(필라 III)도 참조할 것.

Pillar II 필라 II ¶ *Pillar II* is one of three "pillars" under the Basle II framework, centered on capture of risks that may not be covered by Pillars I or the Basle Market Risk Management. The intent of *Pillar II* is to ensure a participating bank has adequate control processes in place to capture unusual or nonstandard risks that may appear over time. The internal capital adequacy assessment process and the supervisory review and examination process are use to verify adherence to *Pillar II*. See also Pillar I; Pillar III. 필라 II는 필라 I(Pillar I) 또는 바젤 시장리스크관리(Basle Market Risk Management)에서 커버될 수 없는 리스크를 잡는 것에 중심을 두는 바젤 II(Basle II)체제하의 3개의 「필라」(pillars) 중의 하나이다. 필라 II의 의도는 참가은행들이 오랫동안 나타날 수 있는 색다르고 비표준적인 리스크를 잡는 데에 적절한 감독체계를 갖추고 있음을 보장하는 것이다. 내부자본적절성 평가과정(internal capital adequacy assessment process)과 감독심사와 심사과정(supervisory review and examination process)은 필라 II(Pillar II)에 충실하는 것임을 확인하는 데 이용된다. Pillar I(필라 I); Pillar III (필라 III)도 참조할 것.

Pillar III 필라 III ¶ *Pillar III* is one of three "pillars" under the Basle II framework, based on ensuring improved market discipline through detailed public disclosures. A participating bank is required to provide additional qualitative comments on its risk management policies, processes and methologies, and quantitative details on its key credit risk, market risk, and operational risk exposure. See also Pillar I; Pillar II. 필라 III은 상세한 공개개시(public disclosure)를 통해서 개선된 시장원리(market discipline)를 확인하는 것에 기초를 두는 바젤 II 체제(Basle II)하의 3개의 「필라」(pillars) 중의 하나이다. 참가은행은 리스크관리정책, 과정과 방법론에 관한 추가적인 질적 코멘트와 주요한 신용리크스, 마켓리스크 및 운영리스크 익스포저(operational risk exposure)에 관한 질적 명세서를 마련하여야 한다. Pillar I(필라 I); Pillar II(필라 II)도 참조할 것.

pilotage 수로안내, 수로 안내료 ¶ The *pilotage* is to guide ships, particularly along a coast, or into and out of a harbor. 수로안내는 특히 해안을 따라, 또는 항구에 출입하는 선박을 안내하는 일이다.

pin 잔돈, 소액(少額), 용돈 ***pin risk*** [영] 핀리스크 ¶ The *pin risk* is the risk of loss that arises when a very large option position (or many small ones) trades near the strike price as expiry approaches. A small move above/below the strike price can dramatically change the hedge requirement and potentially induce large losses (or gains). 핀리스크는 만료일이 다가오면서 매우 큰 옵션포지션(또는 작은 옵션포지션들이 많이 모인 옵션포지션)이 행사가격에 가깝게 거래되는 손실의 리스크이다. 행사가격의 상하로 움직이는 작은 변동은 극적으로 헤지요건(hedge requirement)을 변화하여 잠재적으로는 큰 손실(또는 이득)을 야기할 수가 있다.

PIN number 개인식별번호 ¶ *PIN number* is acronym for personal identification number. Customers use *PIN numbers* to identify themselves, such as when performing transactions with a debt card at an automatic teller machine. PIN number는 Personal Identification Number(개인식별번호)의 두문자(頭文字)이다. 고객은 현금자동예금지급기(automatic teller machine: ATM)에서 카드로 거래를 할 때와 같이, 자신인 것을 확인하기 위하여 이 번호를 사용한다.

Pink Sheets LLC 핑크시트 LLC ¶ *Pink Sheets LLC* is the name change of National Quotation Bureau, Cedar Grove, New Jersey, which provides daily bid and offer quotes from market makers on over-the-counter stocks (pink sheets) and bonds (yellow sheets) to subscribers. Its web site, www.pinksheet.com provides electronic services. 핑크시트 LLC는 뉴저지주(New Jersey)의 세다 그로브(Cedar Grove)에 소재하는 전미가격고시국(全美價格告示局)(National Quotation Bureau)의 변경된 명칭이며, 마켓메이커에 의한 장외시장(over-the-counter)의 주식(stock)과 채권(bond)의 매입호가(bid)와 매도호가(offer)를, 주식은 핑크시트(핑크색의 종이)에, 또 채권은 옐로시트(yellow sheets)(노란색의 종이)에 매일 표시하여 구독자에게 제공하고 있다. 핑크시트의 웹사이트 www.pinksheet.com은 전자거래서비스를 제공하고 있다.

pioneer ⓝ 개척자, 주창자 ¶ a *pioneer* project 첨단계획
ⓥ 개척하다, 솔선하다 ¶ *pioneering* industries 첨단산업 /*pioneering* technology 첨단기술

pip [외국환] 소수점 제5위의 숫자(the fifth place after the decimal point) 0.00001, 피프(1/10 포인트)(1 point = 10 pips. 선물환에서 직물환 가격과의 차이를 표시하기 위해서 사용한다.) ¶ *Pip* is a smallest currency unit, a United States penny for example. 피프는 최소의 화폐단위로서, 예컨대 미합중국의 페니와 같다. /5 *pips* 5피프

pipeline [미속] [증권] 발행예정, 증권매출전의 준비단계 ¶ The *pipeline* is a term referring to the underwriting process that involves securities being proposed for public distribution. The phrase used is "in the *pipeline*." The entire underwriting process, including registration with the Securities and Exchange Commission, must be completed before a security can offered for public sale. Underwriters attempt to have several securities issues waiting in the *pipeline* so that the issues can be sold as soon as market conditions become favorable. In the municipal bond market, the *pipeline* is called the "Thirty Day Visible Supply" in the Bond Buyer newspaper. 증권매출전의 준비단계는 공모를 계획하고 있는 증권(security)의 인수과정을 가리킨다. 「발행준비중」(in the pipeline)이라는 표현으로 사용된다. 미증권거래위원회(Securities and Exchange Commission: SEC)에의 등록(registration), 인수과정이 전부 완료하지 아니하면 증권의 모집·매출은 할 수 없다. 인수업자(underwriter)는 발행안건을 몇 개나 준비해 두고, 시장환경이 호전되면 바로 모집이나 매출이 가능하도록 한다. 지방채(municipal bond)시장의 경우, 파이프라인(발행준비중)의 채권 Bond Buyer지(紙)에서 "Thirty Day Visible Supply"라고 하고 있다. /in the *pipeline* 진행 중에, 발행을 기다리는

PIPES → **p**rivate **i**nvestment in **p**ublic **e**quity **s**ecurities [약] 공개기업의 사모증자 ¶ *Private investment in public equity securities* (*PIPES*) is deal, popular in the early 2000s with cash-strapped high-growth, small capitalization tech and telecom companies, in which investors, usually institutions, buy equity-linked securities of a company in a private placement, typically at a discount of 5% to 15% from the current market price of the company's common, with the understanding that the company will promptly effect registration of the security with the SEC. The company affords the discount because it avoids the time and expense of a public offering and gets immediate cash. The investor gets the discount and trades-off immediate liquidity for a short period, typically 90 to 120 days. The initial experience with *PIPES* was bad, giving rise to the term death spiral. By the mid-2000s, with greater transparency and new rules controlling short selling and limiting potential dilution, *PIPES* experienced a revival. In 2008, 1,283 PIPES transactions closed, with gross proceeds of $177.3 billion. 공개기업의 사모증자는 2000년대 초기에 유행한 투자방법이다. 급성장하고 있지만, 자금융통이 어려운 소자본의 테크놀로지관련이나 통신관련기업이 사모(private placement)의 형식으로 주식전환형 증권(equity-linked securities)을 발행하고 그것을 기관투자자(institutional investor)가 구입한다고 하는 것이다. 그 사모증권은 발행 후 바로 미증권거래위원회(Securities and Exchange Commission: SEC)에 등록(registration)한다고 하는 이해 하에 발행되고, 발행가격은 발행회사의 시장가격보다도 일반적으로 5~15% 하회하는 수준이 되고 있다. 발행회사는 공모(public offering)에 걸리는 시간과 경비를 절약하여 바로 자금을 얻을 수가 있으므로, 시장가격을 하회하는 가격으로의 발행도 의미가 있게 된다. 한편, 투자자는 시장을 하회하는 주가를 얻는 대상(代償)으로서, 단기간(90일~120일간이 많다.) 유동성(liquidity)을 향유할 수 없게 된다. 당초 PIPES의 경험은 좋은 것은 아니었다. 그것도 그런 것이 PIPES의 발행 후 데쓰스파이럴(death spiral)이라는 말이 생기게 되었기 때문이다. 2000년대 중반까지에는, PIPES의 구조가 보다 투명성(transparency)을 늘리고 공매(空賣)(selling short)규제나 희석화(dilution)의 제한 등 새로운 규제가 도입됨으로써, PIPES의 부활을 경험하였다. 2008년에는, 1,283개의 PIPES거래가 종료하여, 1,773억 달러의 큰 매상금을 올렸다.

piracy [해상보험] 해적행위 ¶ The *piracy* is the illegal use of property rights protected by patents, copyrights, and trademarks. Protection for brand names varies from one country to another. In some developing countries barriers to the use of foreign brands or trademarks may exist. In other countries *piracy* of a company's brand names and counterfeiting of its products are widespread. To protect its products and brand names, a company must comply with local laws on patents, copyrights, and trademarks. 해적행위는 특허권, 저작권과 상표권에 의해서 보호되는 재산권의 불법사용을 말한다. 상표명(brand names)에 대한 보호는 국가마다 다르다. 어떤 개발도상국에서는 외국의 상표명과 상표권에 대한 장벽이 존재할 수 있다. 다른 개발도상국에서는 어느 회사의 상표명의 해적행위와 그 회사제품의 위조행위가 만연(蔓延)되고 있다. 그 회사의 제품과 상표명을 보호하기 위하여, 회사는 특허권, 저작권과 상표권에 관한 국내법률을 준수하여야 한다.

pit 피트 ¶ The *pit* is a location at a futures or options exchange in which trading takes place. *Pits* are usually shaped like rings, often with several levels of steps, so that a large number of traders can see and be seen by each other as they conduct business. 피트는 선물거래소나 옵션거래소 중에서 매매가 행해지는 장소를 이른다. 통상 원(圓)형이고, 단차(段差)(levels of steps)가 있는 경

우도 있어서 다수의 트레이더(trader)가 서로 거래를 할 때에 모습이 보이도록 되어 있다.

PITI 원리금·세금·보험포함상환액 ¶ *PITI* is an acronym for principal, interest, taxes and insurance, the primary components of monthly mortgage payments. Many mortgage lenders, to ensure that property taxes and homeowner's insurance premiums are paid on schedule, require that borrowers include these amounts in their monthly payments. The funds are then placed in escrow until needed. When calculating how much a house will cost a borrower on a monthly basis, the payment is expressed for *PITI*. PITI는 주택론(residential mortgage)의 월차상환의 대부분을 차지하는 principal, interest, taxes and insurance(원리금·세금·보험포함상환액)의 머리글자에서 따온 약어이다. 고정자산세(property tax)와 보험료(insurance premium)의 지급이 기일에 확실하게 행해지는 것과 같이, 주택론의 대여자는 차입자에 대하여 이러한 금액도 매월의 상환액에 포함하도록 요구하는 일이 많다. 고정자산세나 보험료지급용의 자금은 지급기일까지 에스크로(escrow)계정에 임치된다. 주택을 론으로 매입한 때의 매월의 상환액은 PITI의 금액으로 나타난다.

pivot(al) rate 중심시세, 기준시세

PKR (ISO) code Pakista – currency Pakistani rupee. ¶ PKR (국제표준기구) 약호 파키스탄 — 화폐 파키스탄의 루피(rupee).

place [n.] 장소, 공간, 지위, 자리 ¶ a banking *place* 은행의 영업소 /the fourth *place* after the decimal point 소수점 제4위(four decimal places)(0.0001 point가 이에 해당한다.) /*place* of issue 발행지 ***place of business*** 영업장소 ¶ The *place of business* is an establishment where business is conducted. The business may be an office, a retail store, a manufacturing plant, or any other type of commercial or industrial establishment. 영업장소는 영업이 행해지는 시설을 이른다. 점포는 사무소, 소매점, 제조플랜트 기타 다른 유형의 상업 또는 산업시설을 말한다. [v.] 놓다, (주문을) 내다, 예치하다 ¶ To *place* is to market new securities. The term applies to both public and private sales but is more often used with reference to direct sales to institutional investors, as in private placement. The terms float and distribute are preferred in the case of a public offering. place(시장에 내놓다)란 것은 신규증권을 매매하는 것(market new securities)이다. 그 용어는 공모에도 사모에도 사용되지만, 사모(private placement)에 의한 기관투자자(institutional investor)에의 직접판매를 가리키는 경우가 많다. 공모(public offering)의 경우는 float(공개)나 distribute(판매)라는 표현이 사용된다. /*place* a new issue 신주를 발행하다 /*place* … to their account …를[을] 그들의 계좌에 기입하다 /a *placing* memorandum (사모채의) 사모요령

placement 판매, 알선, 운용, 발행 ¶ The *placement* is: (1) the distribution of new shares of common stock, either via an initial public offering or a rights issue. (2) the first stage in the money laundering process, in which cash derived from illegal sources is deposited in banks or other financial institutions or money broking operations. Once deposited, the cash is used in the layering and integration stages. [영] placement(발행)는 (1) 신규주식공모(initial public offering)를 경유하든 주주배정발행(rights issue)에 의하든 보통주의 신규발행의 배정을 말한다. (2) 위법한 재원에서 시작된 현금이 은행이나 기타 금융기관 또는 금융업자의 운영에 맡겨지는 돈 세탁과정의 첫 단계를 말한다. 일단 맡겨지면, 그 현금은 레이어링(layering)과 통합단계에서 사용된다. /*placement* power (채권의) 판매력 ***placement ratio*** 판매비율 ¶ The *placement ratio* is a ratio, compiled by the Bond

Buyer as of the close of business every Thursday, indicating the percentage of the past week's new municipal bond offerings that have been bought from the underwriters. Only issues of $1 million or more are included. 판매비율은 과거 1주간에 인수업자(underwriter)가 판매한 신규발행지방채(municipal bond)의 발행액에 대한 비율이다. Bond Buyer지(紙)가 매주 목요일의 마감 후에 산출한다. 발행규모가 100만 달러 이상의 것만이 대상이다.

placing (주식의) 끼워 넣기

plain vanilla [구] ⓐ 간소한, 장식이 없는
ⓝ (스왑이나 옵션 등이 붙지 않는) 단순한 파이낸스형태 ¶ a *plain vanilla* swap 스탠더드한 스왑 → vanilla (바닐라).

plaintiff 원고 ¶ The *plaintiff* is one who initially brings the suit. In a personal action, he seeks a remedy in a court of justice for an injury to, or a withholding of, his rights. 원고는 처음에 소송을 제기하는 자이다. 인적 소송(personal action)에 있어서, 원고는 자신의 권리침해 또는 권리행사의 보류에 대한 구제를 요구한다.

plan ⓝ 계획, 방식, 도면, 제도 ¶ an investment *plan* 투자계획 ***amortization plan*** 할부방식, 상환계획 ¶ The *amortization plan* is the repayment plan of debt by a borrower in a series of instalments over a period. Each payment includes interest and part repayment of the capital. 할부방식은 차입자(borrower)가 일정한 기간에 걸쳐 일련의 할부금으로 채무를 상환하는 방식을 말한다. 각 납입에는 이자와 자본상환의 일부가 포함된다. ~ ***participants*** 급여제도가입자 ¶ *Plan participants* are employees or former employees of a company, members of an employee organization or beneficiaries who may become eligible to receive benefits from an employee benefit plan. Participants are eligibly to receive benefits from an employee benefit plan. Participants are legally entitled to certain information about the plan and the benefits, including a summary annual report and summary plan description. 급여제도가입자는 종업원이나 전의 종업원, 종업원단체의 회원, 수익자(beneficiary) 등, 종업원급여제도의 수급자격의 가능성이 있는 사람을 이른다. 가입자는 연차보고나 제도의 개황 설명을 포함하여 제도와 급여에 관하여 일정한 정보를 얻을 권리가 법률에서 인정하고 있다. ~ ***sponsor*** 급여제도 스폰서 ¶ The *plan sponsor* is an entity that establishes and maintains a pension or insurance plan. This may be a corporation, labor union, government agency, or nonprofit organization. *Plan sponsors* must follow government guidelines in the establishment and administration of these plans, including informing plan participants about the financial health of the plan and the benefits available. 급여제도 스폰서는 연금제도(pension plan)나 보험제도(insurance plan)를 설립하고 유지하는 조직을 이른다. 회사(corporation), 노동조합, 정부기관, 비영리조직(not-for-profit)이 있을 수 있다. 급여제도 스폰서는 제도의 설립과 관리에 있어서는 정부의 규정을 지킬 필요가 있다. 예를 들면, 제도의 재무상황이나 급여내용에 관하여 가입자에게 알려 주어야 한다.
ⓥ 계획하다, 입안하다 ¶ economic *planning* 경제계획 ***planned amortization class bond*** 팩본드 → PAC bond (팩본드). ~***ned economy*** 계획경제 ¶ *Planned economy* is economy in which government planning dominates the direction of economic activity, and market forces are not allowed to do so to any considerable degree. Socialist and, especially, communist economies are planned economies, whereas capitalist economies are much less so. 계획경제란 정부의 계획이 경제적 활동의 방향을 지배하고, 시장의 힘이 상당한 정도로도 그것을 하도록

용납하지 않는 경제를 이른다. 사회주의의 경제, 특히 공산주의의 경제는 계획경제인 반면에, 자본주의의 경제는 더욱더 그렇지 아니하다.

plant 공장설비 ¶ *Plant* is assets comprising land, building, machinery, natural resources, furniture and fixtures, and all other equipment permanently employed. Synonymous with fixed asset. In a limited sense, the term is used to mean only buildings or only land and buildings: "property, plant, and equipment" and "plant and equipment." 공장설비는 토지, 건물, 기계, 천연자원, 집기(什器), 비품, 기타 장기간 사용하는 설비로 구성되는 자산(assets)을 말한다. 고정자산(fixed asset)과 같은 뜻이다. 좁은 의미로는, 건물만, 또는 토지와 건물만을 가리킨다. "property, plant, and equipment"라고 할 때의 plant는 건물만을 가리키고, "plant and equipment"라고 할 때의 plant는 토지와 건물을 가리킨다. /*plant* and equipment investment 설비투자 /*plant* export 플랜트수출

plastic 플라스틱 ***plastic bond*** 플라스틱본드 → card (카드). ~ ***money*** 플라스틱머니(크레디트카드를 말한다.) ¶ The *plastic money* is a slang for credit card; He paid for the airline ticket with plastic money. Also called plastic. 플라스틱머니는 크레디트카드에 대한 속어이다. 즉, 그는 항공기 탑승권을 플라스틱머니로 구입하였다. 이를 플라스틱(plastic)이라고도 한다.

plateau 대지(臺地), 고수준

platform 무대, 단(壇) ¶ a loan *platform* 융자석 /an officers *platform* (은행의) 임원석 /*platform* officer (은행의) 임원

playing the market 초보자의 투기적인 주식매매 ¶ *Playing the market* is unprofessional buying and selling of stocks, as distinguished from speculation. Both players and speculators are seeking capital gains, but while playing the market is more akin to gambling, speculating is done by professionals taking calculated risks. 초보자의 투기적인 주식매매는 프로의 투기(speculation)와 구별하는 초보자의 비전문가적인 주주매매를 이른다. 초보자도 프로의 투자자도 가격상승으로 인한 이익(capital gains)을 목표로 하지만, 초보자의 경우는 도박에 가깝고, 투기는 프로가 리스크를 계산한 다음에 행한다.

Plaza Accord 플라자 합의 ¶ The *Plaza Accord* is an agreement in August of 1985 in which the finance minister of the Group of 5 – the United States, Great Britain, France, Germany, and Japan – met to reduce the value of the U.S. dollar against the months earlier, the *Plaza Accord* accelerated the move. The action was necessary because the dollar had become so strong that it was difficult for U.S. exporters to sell the their products abroad, weakening the American economy. 플라자 합의는 1985년 8월에 뉴욕시의 플라자호텔(Plaza Hotel)에서 G5(미, 영, 프, 독, 일)의 재무장관이 도달한 합의를 이른다. 미달러를 다른 주요통화에 대하여 인하하기 위하여 협조하여 대처하기로 결정하였다. 그 바로 전부터 달러는 이미 내리기 시작하고 있었으나, 플라자 합의가 그 움직임을 가속화시키는 것이 되었다. 달러고(高)가 너무 진행하여 미국의 수출업자들이 어렵게 되자 국내경기가 여의치 않게 되었으므로, 이 합의가 필요하게 되었다.

PLC 공개유한책임회사 ¶ *PLC* is a limited company that offers shares or securities to the public whose name ends in *p.l.c.* PLC는 유한책임회사(limited company)이지만, 주식(stock)을 일반에게 공개하고 있는 회사로, 회사명의 끝에 p.l.c.라고 붙는다.

plea 변명, 항변 ¶ change one's *plea* to guilty (처음에는 무죄주장을 하고 있던)

주장을 유죄로 변경하다 /*plea* bargaining 유죄답변거래, 사법거래(가벼운 구형과 상환으로 유죄를 인정한다든지 하는 거래)

pledge [n.] 입질(入質), 저당, 담보물 ¶ *Pledge* or pledging is deposit of personal property as security for a debt; delivery of goods by a debtor to a creditor until the debt is repaid; generally defined as a lien or a contract that calls for the transfer of personal property only as security. See also bailment; collateral. 입질(pledge)은 채무를 위한 담보로서 하는 동산의 예탁을 말한다. 그것은 채무가 상환되기까지 채무자가 채권자에게 물건을 인도하고, 일반적으로 담보로서만 동산의 양도를 요구하는 리엔(lien) 또는 계약이라고 정의를 내린다. bailment(임치); collateral(담보물)도 참조할 것. /as a *pledge* for … …의 담보로서 /an endorsement for *pledge* 입질배서 /establishment of the right of *pledge* 질권설정 /instruments of *pledge* 입질증권 /*pledge* arrangements 입질절차 / a *pledge* certificate of goods in warehouse 재고품입질증 /a *pledge* founder 질권설정자 /a *pledge* of movables [immovables] 동산[부동산]질 /right of *pledge* 질권(質權) /unredeemed *pledges* 유질(流質)

[v.] 질물(質物)로 잡다, 담보로 넣다, 보증하다 ¶ an agreement to *pledge* additional property 추가물 입질의 합의 /authorization to *pledge* or hypothecate 입질 또는 담보차입의 수권

pledgee (동산)질권자 ¶ A *pledgee* is a person who takes property to hold as a security for a debt in accordance with a contract. 동산질권자는 계약에 따라 채무에 대한 담보로서 보유하는 재산을 취하는 자이다.

pledger; pledgor 질권설정자 ¶ A *pledgor* is a person who delivers the property as a security for debt. 질권설정자는 채무에 대한 담보로서 부동산을 인도하는 자이다.

pledging 담보차입(差入) ¶ *Pledging* is transferring property, such as securities or the cash surrender value of life insurance, to a lender or creditor as collateral for an obligation. Pledge and hypothecate are synonymous, as they do not involve transfer of title. Assign, although commonly used interchangeably with pledge and hypothecate, implies transfer of ownership or of the right to transfer ownership at a later date. See also hypothecation. 담보차입(差入)이란 증권(security)이나 생명보험(life insurance)의 해약상환금(cash surrender value)과 같은 자산을 채무(obligation)의 담보(collateral)로 하여 대여자(lender)나 채권자(creditor)에게서 차입하는 것이다. pledge와 hypothecate는 동의어이고, 어느 것이나 「소유권을 양도한다」는 의미는 없다. assign도 pledge나 hypothecate와 호환적으로(interchangeably) 사용되는 경우가 많지만, 소유권의 양도나, 후일 소유권을 양도할 권리의 양도의 의미를 포함한다. hypothecation(담보권설정)도 참조할 것.

plenary 완전한, 전원출석의 ¶ a *plenary* meeting 전원출석의 총회

plot 소지면(小地面), 소구획, 토지 ¶ The *plot* is a piece of land. 소구획이란 토지의 한 구획을 말한다.

plottage 부지(敷地), 토지(土地)의 평가 ***plottage value*** 합필(合筆) 부동산의 증가액 ¶ The *plottage value* is an increment in the value of land resulting from assemblage of smaller plots into one ownership. 합필 부동산의 증가액이란 소구획의 부동산을 하나의 소유권으로 합필한 결과 토지부동산의 가격이 증가한 부분을 이른다.

plow back; plough back [영] (이익의) 재투자, 재투자자금 ¶ To *plow back* is to reinvest a company's earnings in the business rather than pay out those profits as dividends. Smaller, fast-growing companies usually *plow back* most or all earnings in their businesses, whereas more established firms pay out more of their profits as dividends. 재투자한다는 것은 회사가 이익을 배당으로서 지급하지 않고 사업에 재투자하는 것이다. 소규모로 한창 성장하는 회사는 이익의 대부분, 또는 전부를 재투자하는 일이 많다. 이에 대하여, 사업기반을 공고히 한 회사는 배당(dividend)에 돌리는 몫이 크다. ***plowback ratio* (*PBR*)** [영] 재투자비율 ¶ The *plowback ratio* (*PBR*) is the amount of capital a firm reinvests in its operations, such as earnings that are retained and reinvested rather than paid to shareholders in the form of dividends. The formula is given as:

PBR = 1 - Payout

where Payout is the payout ratio. 재투자비율은 회사가 이익배당의 형식으로 주주에게 지급하기보다 오히려 보유하고 재투자하는 수익(收益)과 같이, 회사운영에 재투자하는 자본금액을 말한다. 그 공식은 다음과 같다. 여기서 Payout는 payout ratio(지급비율)이다.

재투자비율 = 1 - 지급비율

plug 플러그, [구] (라디오·TV 등 프로 사이에 넣는) 짧은 광고방송, 선전(문구) ¶ The *plug* is the favorable mention of a company, product, or service in a nonadvertising setting. For example, the host of a television show offers a *plug* for a new movie starring one of the show's guests. 선전문구(plug)는 비광고자막에 회사, 제품, 또는 서비스에 대한 호의적인 언급을 말한다. 예를 들면, 텔레비전 쇼 사회자가 쇼게스트의 한 사람인 새로운 영화주연 배우를 위한 짧은 광고를 한다.

plug-in 플러그 접속식의 (전기제품) ***plug-in hybrid vehicle*** 플러그인 하이브리드차 ¶ A *plug-in hybrid vehicle* is a vehicle equipped with the battery, which is chargeable with electricity for home use and can be operated with the gasoline or diesel engine if the battery goes out. 플러그인 하이브리드차는 충전할 수 있는 배터리를 단 하이브리드차이다. 그 자동차는 가정용 전기로 충전이 가능하고 전기가 떨어지면 휘발유나 디젤엔진으로 운행할 수 있다.

plummet *n.* 추(錘)

v. 수직으로 떨어지다 ¶ Stock prices *plummeted* in late trading 주가는 막장 거래에서 급락하였다.

plunger 무모한 투자자[투기꾼]

plus 플러스 ¶ The *plus* is: (1) a *plus* sign (+) that follows a price quotation on a Treasury note or bond, indicating that the price (normally quoted as a percentage of par value refined to 32ds) is refined to 64ths. Thus 95.16+(95 16/32+ or 95 32/64+) means 95 33/64. (2) a *plus* sign after a transaction price in a listed security (for example, 39.50+), indicating that the trade was at a higher price than the previous regular way transaction. See also plus tick. (3) a *plus* sign before the figure in the column labeled "Change" in the newspaper stock table, meaning that the closing price of the stock was higher than the previous day's close by the amount stated in the "Change" column. 플러스는 (1) 중장기재무부증권(Treasury bond, treasury note)의 시세표시의 뒤에 붙이는 플러스 기호(+)를 말한다. 중장기재무부증권의 시세는 (통상, 액면(par)에 대하여 32분의 1소수점으로 표시되지만,) 플러스기호를 붙인다면 64분의 1 소수점으로 분자가 1포인트 오르는 것을 나타낸다. 예를 들면, 95.16+(이것은 95 16/32+를 의미한다. 결국 95 32/64+)는 95 33/64를 말한다. (2) 상장증권(listed security)의 거래가격의 뒤

에 붙이는 플러스기호(예컨대 39.50+)이다. 이것은 거래가격이 직근의 통상(regular way) 거래의 가격보다 상승한 것을 표시한다. plus tick(플러스틱)도 참조할 것. (3) 신문의 주식란에서 「전일비(前日比)」(change)란의 숫자의 앞에 플러스가 붙어 있으면, 그 종목의 종가(closing price)가 전일의 종가에 비해서 그 금액만큼 상승한 것을 표시한다. ***plus tick*** [주식] 값이 오름(an uptick), 플러스틱 ¶ The *plus tick* is an expression used when a security has been traded at a higher price than the previous transaction in that security. A stock price listed as 28+ on the consolidated tape has had a *plus tick* from 27.94 or below on previous trades. Also called uptick. See also minus tick; tick; short-sale rule; zero-coupon tick. 플러스틱이란 증권의 거래가격이 직근(直近)의 거래보다 상승한 때에 사용하는 표현이다. 통합테이프(consolidated tape)에 28+라고 표시된 경우, 직근의 거래가격이 27.94이하로, 플러스틱의 상태인 것을 나타낸다. 이를 uptick이라고도 한다. minus tick(주가의 하락); tick(틱); short-sale rule(공매규칙); zero-coupon tick(제로마이너스틱)도 참조할 것.

plutocracy 금권정치, 재벌

PO → **p**ayment **o**rder [약] 지급지시서 ¶ The *payment order* (*PO*) is: (1) an order directing transfer of funds to a designated account or beneficiary. Payment orders may be sent by mail (or private courier), telex message, or through the Society for Worldwide Interbank Financial Telecommunication (SWIFT), a communication network widely used in international banking. (2) a check-like instrument directing payment of a specified amount to a third party. Drafts written against a Negotiable Order of Withdrawal (NOW) account are a common type of payment order. payment order(지급지시서)는 (1) 지정계좌나 수익자(beneficiary)에 자금이체를 명하는 지시서이다. 지급지시서는 메일 [또는 개인급사(急使)], 텔렉스 메시지 또는 국제은행간 통신협회인 국제은행업에서 널리 사용되는 통신 네트워크를 통해서 발송될 수 있다. (2) 제3자에게 일정한 금액의 지급을 지시하는 수표 같은 증권이다. NOW 계좌를 배경으로 발행된 환어음은 일반유형의 지급지시서이다.

P.O. → **p**ostal **o**rder [약] 우편환; **P**ost **O**ffice [약] 우체국

point 장소, 소수점, 시세표시를 할 때의 최종숫자(1센트의 100분의 1, 0.0001), (환율의) 세분(예컨대 1/8 point) ¶ In bonds, the *point* is a percentage change of the face value of a bond expressed as a point. For example, a change of 1% is a move of one *point*. For a bond with a $1,000 face value, each *point* is worth $10, and for a bond with a $5,000 face value, each *point* is $50. 채권에 있어서, 포인트는 채권액면(face value)의 퍼센트의 증감을 포인트라고 한다. 예를 들면, 1%의 변동인 것을 1포인트의 변동이라고 한다. 액면 1,000달러의 채권(bond)이면 1포인트는 10달러, 5,000달러의 채권이면 50달러에 상당한다. ¶ In futures/options, the *point* is a measure of price change equal to one one-hundredth of one cent in most futures traded in decimal units. In grains, it is one quarter of one cent; In Treasury bonds, it is 1% of par. See also tick. 선물/옵션에 있어서, 포인트는 0.01에 상당하는 소수(少數)의 단위로, 10진법(十進法) 단위로 거래되는 선물(futures contract)의 대부분의 경우에 사용된다. 1포인트는 곡물의 소수단위로는 0.25센트로 사용된다. 또 장기재무부증권에서는 액면의 1%를 의미한다. tick(틱)도 참조할 것. ¶ In real estate and other commercial lending, the *point* is an upfront fee charged by a lender, separate from interest but designed to increase the overall yield to the lender. A *point* is 1% of the total principal amount of the loan. For example, on a $100,000 mortgage loan, a charge of 3 *points* would equal $3,000. Since *points* are considered a form of prepaid mortgage interest, they are tax-deductible, usually over the term of the loan, but in some cases in a lump sum in the year they are paid. 부동산 기타 상업융자에 있어서, 포인트는 대여자가 요구하는 선급수수료이다. 금리(interest)와는 별도로, 대여자의 종합이율(yield)을 높이는 목적에서 요구한다. 1포인트는 융자원금의 1%를 의미한다. 예를 들면, 10만 달러의 주택론(mortgage)이면, 3포인트는 3,000달러가 된다. 이자의 선급으로 간주되기 때문에, 통상은 융자기간에 평균해서 세금이 공제(tax deductible)되지만, 지급한 해에 일괄 공제되는 경우도 있다. ¶ In stocks, the *point* is a change of $1 in the market price of a stock. If a stock has risen 5 points, it has risen by $5 a share. The movements of stock market averages, such as the Dow Jones Industrial Average, are also quoted in points. However, those points refer not to dollar amount but to units of movement in the average, which is a composite of weighted dollar values. For example, a 20-point move in the Dow Jones Average from 8000 to 8020 does not mean the Dow now stands at $8020. 주식에 있어서, 포인트는 주가의 1달러의 변동이다. 주가가 5포인트 상승하면, 1주당 5달러의 가격상승이 된다. 다우존스 공업주 평균(Dow Jones Industrial Average)과 같이, 평균주가의 움직임도 포인트로 표시된다. 그러나 이 포인트는 금액이 아니라, 주가를 가중 평균하여 합성한 평균주가의 변동단위이다. 예를 들면, 다우 평균이 8,000에서 8,020으로 20포인트 움직여도, 8,020달러가 되었다고 하는 의미는 아니다. /A basis *point* is one hundredth of a percentage point. (0.01%). 1b.p.은 1%의 1/100. 즉, 0.01%이다. /decimal *point* 소수점 / a percentage *point* 1퍼센트 /a *point* of destination [무역] 목적지 /a *point* of loading [무역] 선적지 /0.03 *points* higher 0.03포인트 높이의 ***basis point*** 베이시스포인트(외환 · 금리변동계산의 기준단위) 1/100퍼센트 ¶ A *basis point* is a smallest measure used in quoting yields on bills, notes, and bonds. One *basis point* is 0.1%, or one-hundredth of a percent of yield. Thus, 100 *basis points* equals 1%. A bond's yield that increased from 8.00% to 8.50% would be said to have risen 50 *basis points*. 베이시스포인트는 단기채권(bill)이나 중장기채권(note, bond)의 수익률(yield)을 나타낼 때에 사용되는 최소단위를 이른다. 1베이시스포인트는 0.01%, 또는 100분의 1%를 의미한다. 100베이시스포인트는 1%가 된다. 수익률이 8.00%에서 8.50%로 증가하면 50베이시스포인트 상승하였다고 한다. ***break-even*** ~ 손익분기점 ¶ *A break-even point* determines the volume of sales at which fixed and variable costs will be covered. All sales over the *break-even point* produce profits; any drop in sales below that point will produce losses. 손익분기점은 고정비(fixed cost)와 변동비(variable cost)를 커버하는 데에 필요한 매상총액을 결정하고, 손익분기점분석에서 구해진다. 매상총액이 손익분기점을 초과하면 초과한 부분은 전부 이익으로 되지만, 매상총액이 분기점을 하회한다면 손실로 된다. ~ ***and figure chart*** [주식] 시세의 괘선방식(상승은 ×선, 하강은 ○인으로 표시한다.), 포인트앤드피겨 차트 ¶ *Point and figure chart* is graphic technique used in technical analysis to follow the up or down momentum in the price moves of a security or sector. Point and figure charting disregards the element of time and is solely used to record changes in price. Every time a price move is upward, an X is put on the graph above the previous point. Every time the price moves down, an O is placed one square down. When direction changes, the next column is used. The resulting lines of Xs and Os will indicate whether the security or sector being charted has maintained an up or a down momentum over a particular time period. 포인트앤드피겨 차트는 어느 종목이나 섹터(sector)의 가격변동을 따르는 테크니컬 분석

포인트앤드피겨 차트(point and figure chart)

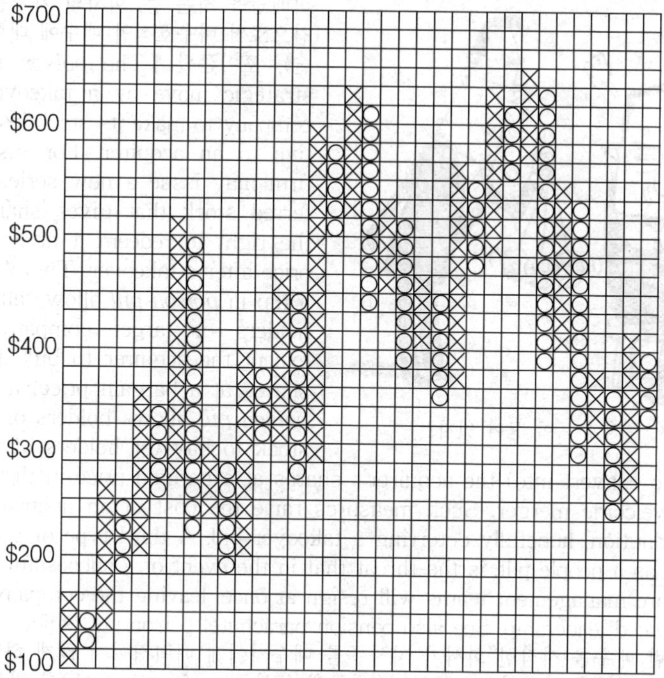

(technical analysis)에서 사용되는 그래프분석을 이른다. 포인트앤드피겨차트는 시간의 요소는 무시하고 가격변동만을 기록한다. 가격이 오르면 앞의 포인트 위의 그래프상에 X표를 적고, 가격이 내리면 1포인트 밑에 O표를 적는다. 가격변동의 방향이 변한다면 다음의 열을 사용한다. 이리하여 생긴 X와 O의 선에서, 그 종목이나 섹터가 일정한 기간에 오름세 기조(基調)이었든지 내림세 기조이었든지를 알 수 있다. ~ ***barrier option*** [영] 포인트장애옵션 ¶ The *point barrier option* is a barrier option with a barrier that is only in effect at a single point in time, often maturity, rather than the entire life of the transaction. Also known as European barrier option. See also partial barrier option. 포인트장애옵션은 거래의 전기간이기보다 오히려 기간의 한 시점에만 유효한 장애가 딸린 장애옵션을 말한다. 이는 European option(유럽형 장애옵션)으로도 알려져 있다. partial barrier option(부분장애옵션)도 참조할 것.

point-of-sale (POS) 매장(賣場)(장외), 판매촉진 ***point-of-sale (POS) system*** 판매촉진제도, POS의 제도(컴퓨터로 판매 시점에서 판매활동을 관리하는 시스템) ¶ The *point-of-sale* (*POS*) *system* is a comprehensive computerized checkout system that includes a bar-code scanner, receipt printer, cash drawer, credit and debit card scanner, monitor, and inventory management software. A *point-of-sale system* tracks sales and identifies inventory levels in real time. 판매촉진(POS)제도는 바코드스캐너(bar scanner), 수령프린터(receipt printer), 현금서랍(cash drawer), 크레디트데빗카드(credit and debit card), 모니터(monitor) 및 재고관리 소프트웨어를 포함하여 포괄적으로 컴퓨터로 검색하는 제도이다. POS의 제도는 현시점에서 판매를 추적하여 재고수준을 확인하는 것이다.

poison 독약 ***poison pill*** [M&A] 독약조항(미리 전환형 우선주를 기존주주에게 주식배당을 하는 등, 회사의 가치를 감소시킴으로써 비우호적인 매수에 대항하는 전술), 포이즌필 ¶The *poison pill* is a strategic move by a takeover-target company to make its stock less attractive to an acquirer. For instance, a firm may issue a new series of preferred stock that gives shareholders the right to redeem it at a premium price after a takeover. Two variations: a flip-in *poison pill* allows all existing holders of target company shares except the acquirer to buy additional shares at a bargain price; a flip-over *poison pill* allows holders of common stock to buy (or holders of preferred stock to convert into) the acquirer's shares at a bargain price in the event of an unwelcome merger. Such measures raise the cost of an acquisition, and cause dilution, hopefully deterring a takeover bid. A third type of *poison pill*, known as a people pill, is the threat that in the event of a successful takeover, the entire management teams will resign at once, leaving the company without experienced leadership. See also pension parachute; poison put; suicide pill. 포이즌필이란 매수를 시작한 회사가 자사주를 매수자에게 매력적이지 않게 하려고 하는 전략적인 행동을 말한다. 예를 들면, 새롭게 우선주(preferred stock)를 발행하고, 매수(takeover)가 성립한다면, 높은 가격으로 상환(redemption)을 받는 권리를 주주에게 부여하는 것과 같다. 포이즌필에는 매수자를 제외한 모든 주주에게 주식을 싸게 늘리는 권리를 주는 flip-in poison pill(플립인 독소조항)이나, 적대적 매수가 성립한다면 보통주의 주주에게 매수회사의 주식을 싸게 매입하는(또는 우선주의 주주가 싼 값으로 매수회사의 주식으로 전환할 수 있는) 권리를 주는 flip-over poison pill(플립오버 독소조항)이 있다. 이러한 방법을 취한다면 매수(acquisition) 코스트가 증가하여 1주당의 가치가 하락한다고 하는 희석화(dilution)가 일어나기 때문에, 매수를 저지할 가능성도 있다. people pill(피플필)이라는 독소조항도 있다. 이것은 매수가 성공한다면 경영진이 일제히 사직하고 경험 있는 간부가 없게 되는 것을 의미한다. pension parachute(연금 패러슈트); poison put(포이즌풋); suicide pill(자살약 조항)도 참조할 것. ~ ***put*** 독약상환조항, 포이즌풋 ¶The *poison put* is a provision in an indenture giving bondholders the privilege of redemption at par if certain designated events occur, such as a hostile takeover, the purchase of a big block of shares, or an excessively large dividend payout. *Poison puts*, or superpoison puts as the more stringent variations are called, are popular antitakeover devices because they create an onerous cash obligation for the acquirer, they also protect the bondholders from the deterioration of credit quality and rating that might result from a leveraged buyout that added to the issuer's debt. See also event risk. 포이즌풋은 특정한 상황이 발생하면, 채권보유자(bondholder)에게 액면(par)으로 상환(redemption)을 받는 권리를 부여하는 채권신탁증서(indenture)의 조항을 말한다. 특정한 상황이란 적대적 매수(hostile takeover), 주식의 대량구입, 과잉배당 등을 가리킨다. 포이즌풋보다 엄격한 수퍼포이즌풋(superpoison put)도 있

저 주식에 독이 묻어 있지?

다. 이 조항이 발동되면, 매수자에게 다액의 현금이 필요하게 되기 때문에, 적대적 매수방지책으로서 널리 사용되고 있다. 또, 차입에 의한 기업의 매수(leveraged buyout)에서 매수가 행해진 경우, 발행자의 채무(debt)가 증가하고, 그 결과 채권의 신용도와 신용등급(rating)이 저하할 가능성이 있으나, 그 리스크로부터 채권보유자를 보호하는 효과도 있다. event risk(이벤트리스크)도 참조할 것.

Poland currency 폴란드 화폐 ¶ zloty (PLN), divided into 100 groszy. 1 즐로티(zloty) = 100 그로시(groszy).

polarization 분화, 대립(對立) ¶ The growing *polarization* made management difficult. 점점 높아져 가는 대립으로 인하여 경영이 곤란하게 되었다. /The *polarization* between the position of the South and the North cannot be reconciled. 남과 북의 입장이 양극화되어 버린 상태는 화해할 수가 없다.

policy 정책, 방침, 보험증권(insurance policy) ¶ a financial [fiscal] *policy* 재정정책 /an income *policy* 소득정책 /a monetary [credit] *policy* 금융정책 /named *policy* 특정보험증권 /the *policy* board of the Bank of Korea 한국은행정책위원회 /*policy* conditions 보험약관 /a *policy* holder 보험증권소지인 ***floating policy*** 포괄적 보험증권 ¶ The *floating policy* is an insurance policy that has only one sum insured although it may cover many items. No division of the total is shown on the policy and the policyholder is often able to add or remove items from the cover without reference to the insurers, provided that the total sum insured is not exceeded. 포괄적 보험증권은 그것이 많은 항목을 커버할 수 있더라도, 부보된 금액만을 대상으로 하는 보험증권을 말한다. 총액의 분할은 증권상에 표시되고 있지 않고, 증권소유자는 보험에 든 총액금액을 초과하지 않는 이상, 보험업자에 구애되지 않고 항목을 부가하거나 제거할 수 있다. ***insurance*** ~ 보험증권 ¶ An *insurance policy* is a legally binding document issued by an insurance company that defines the terms of an insurance contract. Policies also spell out deductibles and other terms. Policies for life insurance specify whose life is insured and which beneficiaries will receive the insurance proceeds. Homeowner's insurance policies specify which property and casualty perils are covered. Health insurance policies detail which medical procedures, drugs, and devices are reimbursed. Auto *insurance policies* describe the conditions under which car owners will be covered in case of accidents, theft, or other damage to their cars. Disability policies specify the qualifying conditions of disability and how long payments will continue. Business *insurance policies* describe which liabilities are reimbursable. 보험증권이란 것은 법적으로 구속력 있는 보험계약의 내용을 규정하는 증권으로서, 보험회사가 발행한 것이다. 보험증권은 또한 면책금액(deductibles) 등의 조건도 기재하고 있다. 생명보험의 보험증권에는 누가 피보험자이고, 어느 수익자(beneficiary)가 그 보험금을 수령하게 되는 것인지 명기하고 있다. 주택보유자 보험증권(homeowner's insurance policy)에는 어떤 재산, 그리고 어떤 재해피해가 보험의 대상이 되는 것인가를 명기하고 있다. 건강보험증권(health insurance policy)에는 어떠한 의학적 처치, 약, 그리고 의료기기에 관하여 비용이 보상되는지가 상세한 기술이 있다. 자동차보험증권(auto insurance policy)에는 자동차의 소유자가 사고나 도난 혹은 그들의 자동차에 대한 기타의 손상의 경우, 어떠한 조건에서 보상되는지 상세하게 기재하고 있다. 장애보험증권(disability insurance policies)에는 지급대상이 되는 장애의 상태, 그리고 지급기간은 얼마만큼 계속되는 것인지에 관하여 명기하고 있다. 사업보험증권(business insurance policies)에는 어떤 책임에 대해서 보험금 지급이 가능한 것인지를 기재하고 있다. ***open*** ~ 포괄예정보험 ¶ The *open policy* is a coverage normally used on an indefinite basis under ocean marine insurance and inland marine insurance (transportation insurance): business risks for the damage or destruction of a shipper's goods in transit. While the policy is in force, the shipper is required each month to submit to the insurance company reports on goods being shipped to be covered by the policy; premiums are also submitted at that time. 포괄예정보험이란 해양해상보험(ocean marine insurance)과 내륙해상보험(inland marine insurance)(운송보험)에 의하여 운송중인 하주의 화물의 손해나 훼손에 대한 비즈니스 리스크(business risk)를 통상 포괄적 베이스로 사용되는 보험범위를 말한다. 보험이 유효하는 동안에, 하주(荷主)는 매월 보험회사에 대하여 보험에 의하여 부보되는 선적화물에 관하여 보고를 하여야 한다. 보험료는 그때 지급하여야 한다. ~ ***cap*** [영] 보험금상한금리 ¶The *policy cap* is the maximum amount payable by an insurer to an insured, or a reinsurer to a ceding insurer, under an insurance or reinsurance contract. Also known as aggregate limit. 보험금상한금리는 보험계약 또는 재보험계약에서 보험업자가 피보험자에게 또는 재보험업자가 출재(出再)보험회사에게 지급하는 최고금액을 말한다. aggregate limit(총액한도)로 알려져 있다. ~ ***limit*** 급여한도액 ¶The *policy limit* is a limit of coverage provided by an insurance policy, known as a maximum lifetime benefit. For coverage of individuals, roughly two-thirds of existing policies have a limit of $1 million or more, 21% have no limit. Most employee plans are based on maximum lifetime coverage. 급여한도액은 보험계약(insurance policy)에서 보상되는 한도액을 이른다. 이를 maximum lifetime benefit(최고종신급여금)라고도 한다. 개인용의 보험에서는 기존의 보험계약의 약 3분의 2가 100만 달러이상의 한도액으로 되어 있고, 21%는 무제한이다. 한편, 대부분의 종업원 급여제도는 상한부(上限附) 급여한도방식에 기초하고 있다. ~ ***loan*** [보험] 보험증권 대출 ¶The *policy loan* is a loan from an insurance company secured by the cash surrender value of a life insurance policy. The amount available for such a loan depends on the number of years the policy has been in effect, the insured's age when the policy was issued, and the size of the death benefit. Such loans are often made at below-market interest rates to policyholders, although more recent policies usually only allow borrowing at rates that fluctuate in line with money market rates. If the loan is not repaid by the insured, the death benefit of the life insurance policy will be reduced by the amount of the loan plan accrued interest. 보험증권 대출은 보험회사가 생명보험의 해약상환금(cash surrender value)을 담보로 계약자에게 자금을 대출하는 경우이다. 대출한도액은 보험에 가입한 이후의 기간, 보험계약시의 피보험자(insured)의 연령, 사망급여금(death benefit)의 금액에 달려 있다. 대출금리는 시장금리(money market rate)를 하회하는 경우가 많지만, 최근에는 단기시장(money market)금리에 연동하는 것이 일반적으로 되고 있다. 피보험자가 상환하지 않는 경우는, 사망급여금에서 대출금과 미지급이자(accrued interest)가 공제된다. ~ ***mix*** 폴리시믹스(복수의 정책수단을 조합하여 실행하는 것) ¶The *policy mix* is a combination of fiscal, monetary, and other policies employed by a government to achieve an economic objective. 폴리시믹스는 정부가 경제적 목적을 달성하기 위하여 사용하는 재정, 통화 기타의 정책의 결합을 말한다.

policyholder 보험계약자 ¶The *policyholder* is an owner of an insurance contract (policy). Term is commonly used synonymously with insured, although the two can be different parties and insured is the preferred designation for the person indemnified by the insurance company. 보험계약자란 보험(insurance)의 계약자(보험증권의 보유자)이다. 일반적으로 insured(피보험자)와 같은 의미에서

사용되지만, 다른 사람을 지칭하는 경우도 있다. 피보험자는 보험의 대상자를 가리킨다. ***policyholder loan bonds*** 보험계약자대출담보채(債) ¶ *Policyholder loan bonds* are packaged policyholder loans. Life insurance policyholders borrow against the cash surrender value of their policies. The policyholder loan will be repaid either by the policyholder while alive or from the proceeds of the insurance policy if the policyholder dies before repayment. These loans are packaged by a broker/dealer that offers these asset-backed securities as *policyholder loan bonds.* 보험계약자대출담보채(債)는 보험계약자 대출을 뒷받침하는 채권을 이른다. 생명보험의 해약상환금(cash surrender value)을 담보로 한 보험계약자용의 대출은 계약자 자신이 생전에 상환하든가, 상환 전에 계약자가 사망한 경우는 보험금으로 상환한다. 증권회사가 이러한 융자를 정리하여 자산담보증권(asset-backed securities)의 일종인 보험계약자 대출담보채(債)로서 판매한다.

politeness 정중(鄭重), 예의바름 ¶ feigned *politeness* 은근히 무례함

political risk insurance [영] 정치적 리스크보험 ¶ The *political risk insurance* is a form of insurance that provides the insured with coverage against losses arising from various sovereign risks, including political disruption, expropriation, nationalization, contract repudiation, capital controls, and, in some instances, acts of terrorism. See also wraparound insurance. 정치적 리스크보험은 피보험자에게 정치적 혼란, 수용(收用, expropriation), 국유화, 계약거절, 자본규제, 및 어떤 경우에는, 테로행위를 비롯하여 여러 가지 주권리스크에서 발생하는 손실에 대해서 보증담보를 제공하는 보험을 말한다. wraparound insurance(랩어라운드보험)도 참조할 것.

pollution 오염 ¶ *pollution* export 공해수출 /Only man causes environmental *pollution.* 환경오염을 일으키는 것은 인간뿐이다. /*Pollution* in the air causes stonework to crumble away. 대기중의 오염은 석조건물을 허물어뜨릴 원인이 된다.

polycentric 다원(多元)의 ¶ *polygenetic* firm (다국적기업의) 현지지향형 기업

ponzi scheme [영] 폰지스킴, 폰지책략 ¶ The *ponzi scheme* is a fraud perpetrated on unwitting investors, named after Charles Ponzi who operated a large scheme in the early twentieth century. *Ponzi scheme* can take various forms, but often involve some form of pyramiding structure, where new client funds are used to repay funds placed by original clients; the scheme can only work as long as new funds continue to flow in. 폰지책략은 아무 것도 모르는 투자자에게 수작을 부리는 사기행위이며, 이는 20세기 초에 큰 책략을 조종한 찰스 폰지의 이름을 딴 것이다. 폰지책략은 여러 가지 형태를 취할 수 있으나, 종종 일종의 피라미드 형태를 동반하기도 한다. 거기서는 새로운 고객자금은 당초의 고객에 의해서 맡긴 자금을 상환하는 데 사용된다. 그런 책략은 새로운 자금이 계속 흘러 들어오는 한에서만 작용할 수 있다. → pyramiding (피라미딩).

pool ⓝ 공동투자, 풀(모기지론의 집합체 등) ¶ As used in the phrase "*pool* of financing," in capital budgeting, the term *pool* is the concept that investment projects are financed out of a *pool* of funds rather than out of bonds, preferred stock, and common stock individually. A weighted average cost of capital is thus used in analyses evaluating the return on investment projects. 「자본조달의 풀」(pool)이라는 표현이 있는 것처럼, 자본계획에 있어서, 풀은 특정한 투자 프로젝트의 자금조달을, 채권, 우선주, 보통주 등 각각의 단독으로 행하는 것이 아니라, 이들을 합계해서 자금 풀로 만들어서 행한다고 하는 개념이다. 따라서 투자수익률(return on invested capital)을 산정할 때에는 이러한 조달 코스트를 가중평균한 자본코스트

(weighted average cost of capital)를 사용한다. ¶ In investments, the *pool* is: (1) a combination of resources for a common purpose or benefit. For example, an investment club pools the funds of its members, giving them the opportunity to share in a portfolio offering greater diversification and the hope of a better return on their money than they could get individually. A commodities *pool* entrusts the funds of may investors to a trading professional and distributes profits and losses among participants in proportion to their interests. (2) a group of investors joined together to use their combined power to manipulate security or commodity prices or to obtain control of a corporation. Such *pools* are outlawed by regulations governing securities and commodities trading. 투자에 있어서, 풀은 (1) 공통의 목적이나 이익을 가지는 자금을 모은 것이다. 예컨대, 투자클럽(investment club)은 회원으로부터 자금을 모아서, 개인으로는 바랄 수 없는 포트폴리오(portfolio)에 의한 분산투자(diversification)나 높은 이율(return)을 실현할 수 있도록 한다. commodities pool은 다수의 투자자의 자금을 상품매매의 전문가에게 위탁하여 출자액에 따라 이익을 분배하고 손실을 분담한다. (2) 투자자가 모여서, 증권(security)이나 상품(commodities)의 가격을 조작한다든지, 기업의 지배권을 장악한다든지 하는 경우이다. 증권거래나 상품거래규제에서 금지되고 있다. mortgage pool(모기지풀)도 참조할 것. /*pool* account 풀계산 /*pool* of financing 자금조달의 풀(pool)

ⓥ 가입하다, 공동출자하다 ¶ a *pooled* deposit 합동예금 ***pooled portfolio collateral*** [영] 합동포트폴리오담보 ¶ The *pooling portfolio collateral* is a collateral management technique where assets securing a portfolio of derivatives or other credit-sensitive transactions are held in a general pool that can be applied to incremental transactions as thy arise; pooled collateral can generally be managed on a dynamic basis through the right of substitution. See also cross collateral agreement; transaction-specific collateral. 합동포트폴리오담보는 파생상품이나 기타 신용에 민감한 거래의 포트폴리오를 담보하는 자산이 그것이 발생할 때 증가하는 거래에 적용될 수 있는 일반적인 공동투자(pool)에서 보유되고 있는 담보운용기법을 말한다. cross collateral agreement(교차담보약정); transaction-specific collateral(거래특유의 담보)도 참조할 것.

pooling [영] 풀링, 공동출자[계산] ***pooling of interests*** [M&A] 지분풀링법, 관계회사의 순자산을 산출하는 법 ¶ The *pooling of interests* is an accounting method formerly used in the combining or merging of companies following an acquisition, whereby the balance sheets (assets and liabilities) of the two companies are simply added together, item by item. This tax-free method contrasts with the purchase acquisition method, in which the buying company treats the acquired company as an investment and any premium paid over the fair market value of the assets is reflected on the buyer's balance sheet as goodwill. Because reported earnings are higher under the *pooling of interests* method, most companies preferred it to the purchase acquisition method, particularly when the amount of goodwill is sizable. 지분풀링법은 주식매수에 이은 회사간의 결합 내지 합병에 사용되던 이전의 회계방법인데, 2회사의 대차대조표(자산과 부채)가 항목마다 합계되는 것이다. 이 면세방법은 매수회사가 피매수회사를 투자로 취급하여 자산의 공정시장가격에 대하여 지급된 프리미엄을 매수인의 대차대조표상에 영업권(goodwill)으로 반영하는 매수형식에 의한 합병(purchase acquisition)과 대비된다. 보고된 수익은 지분(持分) 풀링법(pooling of interest method)에서는 더 높기 때문에, 대부분의 회사들은 매수형식에 의한 합병보다 이를 선호한다.

특히 영업권의 금액이 상당히 큰 경우가 그러하다.

poop and scoop 푸프앤드스쿠프 ¶ *Poop and scoop* is an illegal scheme whereby unfavorable information about a stock is circulated, usually on the Internet, to drive down its price so it can be bought cheaply and later converted into a profit. In earlier years, bear raids did essentially the same thing using selling short instead of, or along with, negative publicity to drive down prices. The opposite of *poop and scoop* is pump and dump, a practice that had it s pre-Internet counterparts in the boiler room and bucket shop. 푸프앤드스쿠프는 특정한 주가를 하락시킬 목적에서 그 주식(stock)에 관한 나쁜 정보를 의도적으로 인터넷에 흘려서, 주가가 하락한 다음에 주식을 매수하고, 후에 주가가 상승한 때에 이익을 얻으려고 하는 위법적인 행위를 말한다. 예전에는 매물(賣物)을 마구 내놓아 시세를 떨어뜨리는 행위(bear raids)가 실질적으로 같은 행위를 하고 있었다. 다시 말하면 나쁜 정보를 흘리는 것이 아니라 (혹은 나쁜 정보를 흘리는 동시에) 공매(selling short)를 하는 것에서 주가를 떨어트리는 행위였다. 푸프앤드스쿠프와는 반대로 거짓의 정보를 흘려서 주가를 추켜올리는 행위를 펌프앤드덤프(pump and dump)라고 부르지만, 이 행위는 인터넷이 보급하기 전의 시대에 보일러룸(boiler room)이나 버킷숍(bucket shop)이라고 부른 악질적인 증권회사가 행하고 있었다.

popular 대중적인, 일반인의 ¶ *popular* bank 신용조합 /*popular* loan 공모공채(公募公債) /*popular* subscription 주식공모

porcupine provisions 포큐파인[호저(豪豬)] 규정, 기업매수방어책 → shark repellents (기업매수방지책).

port 항구 ¶ a discharging *port* 하역항 /a loading *port* 선적항 /*port* authorities 항만당국 /a *port* of debarkation 양륙항 /a *port* of delivery 하역항 /a port of destination 목적항 /a *port* of exit 출국항 /a *port* of shipment 선적항 /a *port* of transshipment 환적항 /a shipping *port* 선적항 ***port charge* [*dues*]** 항만료, 항만수수료 ¶ The *port charge* is a charge for services performed at ports. See also keelage. 항만수수료는 항구에서 이루어지는 서비스에 대한 부과금이다. keelage(입항세)도 참조할 것. ~ ***of arrival*** 도착항 ¶ The *port of arrival* is a port at which importing goods come to arrive. 도착항은 수입화물이 도착하게 되는 항구를 이른다. ~ ***of discharge*** 양륙항 ¶ The *port of discharge* is a port at which a shipment is off-loaded by a transportation line. 양륙항이란 운송회사에 의해서 화물이 양륙되는 항구를 이른다. ~ ***of entry*** 입국항 ¶ The *port of entry* is a port at which foreign goods are admitted into a receiving country. 입국항이란 외국화물이 구입국가에 들여오는 항구를 말한다. ~ ***of loading*** 선적항 ¶ The *port of loading* is a port at which exporting goods are loaded. 선적항이란 수출화물이 선적되는 항구이다.

portability 통산(通算)가능성 ¶ The *portability* is an ability of employees to retain benefits from one employer to the next when switching jobs. The term is most frequently used in connection with pension and insurance coverage. Credits earned toward pension benefits in a defined benefit pension plan are rarely portable from one company to another. Conversely, accumulated assets in a defined contribution pension plan may be transferable to the defined contribution plan of another employer through a rollover. Under the Consolidated Omnibus Budget Reconciliation Act (COBRA), employees have the right to carry their group health insurance coverage with them to a new job for up to 18 months. An employee may wish to do so if the new employer's health plan is inferior to the previous employer's plan. Employees choosing to continue coverage with a previous employer's group plan under the COBRA provision pay the full premium, which is subject to change. Generally, this continued coverage costs considerably less than a policy at individual rates. 통산(通算)가능성은 전직(轉職)하여 고용자가 변하더라도 급여내용을 그대로 유지할 수 있는 경우이다. 이 용어는 연금이나 보험에 관하여 사용되는 경우가 많다. 확정급여형 연금제도(defined benefit pension plan)에서는, 많은 경우 적립한 자산을 전직을 할 때에 전직처에 이관하는 경우는 드물다. 이에 대하여 확정출연형 연금제도(defined contribution pension plan)에서 적립한 자산은 전직처의 확정출연형 제도에 이관할 수 있다. 포괄예산조정강화법(Consolidated Omnibus Budget Reconciliation Act: COBRA)에 의하여 피고용자는 새로운 회사에서 그때까지의 단체건강보험(group health insurance coverage)을 18개월을 한도로 계속하는 권리가 인정되고 있다. 새로운 회사의 건강보험제도가 전의 회사의 것에 뒤떨어지는 경우에 계속을 희망할 수 있다. 전의 제도를 계속하는 경우는 COBRA의 규정에 의하여 보험료(premium)를 전액 지급하지만, 이것은 변경될 가능성이 있다. 일반으로 계속비용은 개인이 하는 계약보다도 훨씬 적다.

portable alpha [영] 이용할 수 있는 알파(*α*) ¶The *portable alpha* is: (1) an investment management technique that involves separating alpha (specific performance) from beta (market performance) and neutralizing the latter, so that pure market risk no longer factors into the investment performance of the fund manager. When alpha can be decomposed from beta, it is said to be portable, as it is no longer dependent on market performance and can be created in any investment setting. (2) a set of securities representing a collection of active bets, with expected returns that are theoretically uncorrelated with market returns. 이용할 수 있는 알파는 (1) 베타(시장의 성과)에서 알파(특정이행)를 분리하고 베타를 중립화하여 순수한 시장리스크가 더 이상 펀드매니저의 운용실적의 요인이 되지 않도록 하는 투자운용기법을 말한다. 알파가 베타에서 분해될 수 있는 경우에, 그것이 더 이상 시장의 성과에 의존하지 않고 투자설정(investment setting)에서 창출될 수 있기 때문에, 이용할 수 있다고 한다. (2) 이론적으로는 마켓리턴과 상호연관이 없는 기대수익(expected return)이 있는 적극적인 베타의 집단을 나타내는 일단의 증권을 말한다.

portfolio 소유유가증권, 금융자산, 투자산업, 포트폴리오 ¶The *portfolio* is a combined holding of more than one stock, bond, commodity, real estate investment, cash equivalent, or other asset by an individual or institutional investor. The purpose of a *portfolio* is to reduce risk by diversification. See also portfolio beta score; portfolio theory. 포트폴리오란 개인투자자(individual investor)나 기관투자자(institutional investor)가 보유하는 주식(stock), 채권(bond), 상품(commodities), 부동산(real estate), 현금등가물(cash equivalent)과 같은 복수의 자산의 편성을 말한다. 포트폴리오는 분산투자(diversification)로 리스크를 억제하는 것이 목적이다. portfolio beta score(포트폴리오 베타스코어); portfolio theory(포트폴리오이론)도 참조할 것. /*portfolio* analysis 자산구성분석 /*portfolio* investment 증권투자, 간접투자 /*portfolio* liquidity 보유유가증권의 유동성 /*portfolio* managers 자산관리담당자 /a *portfolio* of investment trusts 투신종목 /*portfolio* mix (최적 포트폴리오를 위한) 유가증권의 내용 /*portfolio* selection 주식종목선택, 자산선택

portfolio beta score 포트폴리오 베타스코어 ¶The *portfolio beta score* is a relative volatility of an individual securities portfolio, taken as a whole, as measured by beta. Beta measures volatility relative to the market as a whole, as represented by an index such as Standard & Poor's 500 Stock Index. A beta of 1 means the stock or stock portfolio has about the same volatility as the market. 포트폴리오 베타스코어는 개개의 증권포트폴리오(securities portfolio)의 상대적인 변동성(volatility)을 전체와의 비교에서 파악되는 것이다. 포트폴리오를 구성하는 증권의 베타(beta)계수로 측정한다. 베타는 특정한 주식의 변동성을 스탠더드앤드푸어스 500종목 주가종합지수(Standard & Poor's 500 Composite Stock Price Index)에서 나타내는 시장전체의 변동성과 비교하여 측정한다. 베타가 하나이면, 그 주식(stock) 또는 주식의 포트폴리오의 변동성은 시장전체의 변동성과 대략 같다. ~ ***construction*** [영] 포트폴리오의 구성 ¶ The *portfolio construction* is the general process used by hedge fund, mutual fund, and investment managers to create a portfolio of investments with particular risk and return characteristics. The construction process, which may be led by a fund's chief investment officer or investment committee, takes account of the fund's specific mandate, its ability to take risk, and its return targets. 포트폴리오구성은 특정한 리스크와 수익특성을 가지고 투자의 포토폴리오를 창출하기 위하여 헤지펀드, 뮤추얼펀드 및 투자의 매니저에 의해서 사용되는 일반적인 과정을 말한다. 구성과정은 펀드의 최고투자담당자 또는 투자위원회에 의해서 주도(主導)될 수 있고, 펀드의 특수한 요구(specific mandate), 리스크를 무릅쓸 능력 및 수익목표를 고려한다. ~ ***dedication*** 포트폴리오 데디케이션 ¶ *Portfolio dedication* is matching the returns on an investment portfolio with estimated liabilities. Related usually to a pension fund or insurance company portfolio. See also matched maturities. 포트폴리오 데디케이션은 투자포트폴리오(investment portfolio)의 수익을, 예상되는 채무(liability)와 일치시키는 것으로, 연금기금(pension fund)이나 보험회사(insurance company)의 포트폴리오에 관하여 사용되는 경우가 많다. matched maturity(만기의 일치)도 참조할 것. ~ ***depositary receipt*** 포트폴리오 예탁증서 ¶ The *portfolio depositary receipt* is one of two broad categories of exchange-traded funds, based on four widely used indices; SPDRS, based on Standard & Poor's 500 Composite Stock Price Index; MidCap SPDRS, based on the S&P MidCap 400 Index; the Nasdaq-100 Index Tracking Stock SM; and Diamonds, based on the Dow Jones Industrial Average. See also exchange-traded funds; index shares. 포트폴리오 예탁증서는 지수연동형 상장지수펀드(exchange-traded fund: EFT)에는 넓은 의미에서 2개의 분야가 있으나, 그 중의 하나이다. 4개의 폭넓게 사용되고 있는 지수(index)에 기초해서 다음과 같은 EFT가 있다. 스탠더드앤드푸어스 500종목 주가종합지수(Standard & Poor's 500 Composite Stock Price Index)를 기준으로 한 스탠더드앤드푸어스의 예탁증서(SPDR: Standard & Poor's Depositary Receipt), S&P 중형주 400종목지수(S&P MidCap 400 Index)를 기준으로 한 MidCap SPDR, 금융을 제외한 나스닥시장의 시장총액(market capitalization) 100사로 구성하는 나스닥 100종목지수를 기준으로 한 NASDAQ-100 Index Tracking Stock SM, 다우존스 공업주 30종목 평균주가(Dow Jones Industrial Average)를 기준으로 한 Diamonds이다. exchange-traded funds(상장지수펀드); index shares(인덱스펀드에 속하는 주식)도 참조할 것. ~ ***diver-***

증권포트폴리오를 측정하는 방법

sification [영] 포트폴리오의 분산투자 ¶ The *portfolio diversification* is the practice of combining securities that are not correlated with one another in order to diffuse risk. See also diversification; diversifiable risk; nondiversifiable risk; portfolio theory. 포트폴리오의 분산투자는 위험을 분산시키기 위하여 서로 연관이 없는 증권을 결합하는 행위이다. diversification(분산투자); diversifiable risk (분산가능리스크); nondiversifiable risk(비분산투자의 리스크); portfolio theory(포트폴리오이론)도 참조할 것. ~ ***income*** 포트폴리오인컴 → investment income (투자수익). ~ ***insurance*** 포트폴리오 인슈런스(컴퓨터관리에 의한 안정운용을 목적으로 한 투자수법) ¶ The *portfolio insurance* is the use, by a portfolio manager, of stock index futures to protect stock portfolio against market decline. Instead of selling actual stocks as they lose value, managers sell the index futures; if the drop continues, they repurchase the futures at a lower price, using the profit to offset losses in the stock portfolio. The inability of the markets on Black Monday to process such massive quantities of stock efficiently and the subsequent instituting of circuit breakers all but eliminated portfolio insurance. See also program trading. 포트폴리오 인슈런스는 포트폴리오 운용책임자(portfolio manager)가 주가지수선물(stock index futures)을 사용하여 주식 포트폴리오를 시세의 하락에서 지키는 것이다. 시세가 하락한다면, 현물주식이 아니라 지수선물을 매도한다. 하락이 계속하면 선물을 매도가(賣渡價)보다 싸게 환매하고 그 이익으로 포트폴리오의 손실을 메운다. 암흑의 월요일(Black Monday)에는, 너무나 대량의 거래가 발생하여 처리할 수가 없고, 그 후 거래정지조치(circuit breakers)가 취해져서, 포트폴리오 인슈런스는 어떤 기능도 없었다. program trading(프로그램트레이딩)도 참조할 것. ~ ***investment*** 포트폴리오 투자 ¶ The *portfolio investment* is: (1) any foreign investment that is not a direct investment. Foreign *portfolio investment* includes the purchase of voting securities (stocks) at less than a 10% level, bonds, trade finance, and government lending or borrowing, excluding transactions in official reserves. (2) any managed group of investments including stocks, bonds, or trusts. 포트폴리오 투자는 (1) 직접투자가 아닌 해외투자이다. 해외포트폴리오 투자에는 10% 수준미만의 의결권 있는 증권(주식)의 매입, 채권, 무역금융, 정부대여 또는 차입을 포함하며, 공식적인 준비금거래는 제외한다. (2) 주식, 채권 또는 신탁을 포함하는 운영그룹의 투자를 말한다. ~ ***manager*** 포트폴리오 운용책임자 ¶ The *portfolio manager* is a professional responsible for the securities portfolio of an individual or institutional investor. Also called a money manager or, especially when the personalized service is involved, an investment counsel. A *portfolio manager* may work for a mutual fund, pension fund, profit-sharing plan, bank trust department, or insurance company. In return for a fee, the manager has the fiduciary responsibility to manage the assets prudently and choose whether stock, bonds, cash equivalents, real estate, or some other assets present the best opportunities for profit at any particular time. See also portfolio theory; prudent-man rule; separately managed accounts. 포트폴리오 운용책임자는 개인투자자(retail investor, individual investor)나 기관투자자(institutional investor)의 증권포트폴리오의 운용에 책임을 가지는 전문가를 이른다. 이를 money manager(자금운용책임자)라고도 하며, 개개의 고객의 요망에 맞춘 서비스를 제공하는 경우는 투자자문(investment counsel)이라 한다. 포트폴리오 운용책임자는 뮤추얼트러스트(mutual trust), 연금기금(pension fund), 이익분배플랜(profit-sharing plan), 은행의 신탁부문(bank trust department), 보험회사에서 근무한다. 운용수수료를 받는 대상(代償)으로서, 자산을 신중하게 운용하고, 주식(stock), 채권(bond), 현금 등가물(cash equivalents), 부동

산(real estate)에서, 그 시점에서 가장 이익을 만들어낼 가능성이 있는 자산을 선택하는 수탁자책임(fiduciary responsibility)을 진다. portfolio theory(포트폴리오이론); prudent-man rule(신중한 관리자의 원칙); separately managed accounts(세퍼리틀리 매니지드어카운트)도 참조할 것. ~ ***pumping*** [영속] 포트폴리오펌핑 ¶ The *portfolio pumping* is a quarter-end or year-end practice where investment managers purchase additional amount of common stock to supplement existing holdings in order to push up prices and improve end-of-period performance statistics. See also window dressing. 포트폴리오펌핑은 투자매니저가 가격을 올리고 기말업적통계를 개선하기 위하여 기존보유량을 보충할 보통주의 추가금액을 매입하는 4반기말 또는 연말실무를 말한다. ~ ***reinsurance*** [영] 포트폴리오 재보험 ¶ The *portfolio reinsurance* is a reinsurance contract granted over a ceding insurer's total portfolio of risks; the contract effectively provides the insurer with macro protection against all lines of insurance business written. 포트폴리오 재보험은 출재(出再)보험업자의 위험의 총포트폴리오를 인정하는 재보험계약을 말한다. 그 계약에서 효과적으로 보험업자에게 인수된 종합보험사업에 대해서 거시적 보호를 제공한다. ~ ***return*** [영] 포트폴리오리턴 ¶ The *portfolio return* is the income generated by a group of assets over a defined horizon. Income may be derived from dividends, yield, and/or capital gains, depending on the characteristics of the securities. 포트폴리오리턴은 일정한 기간을 거치는 동안 일단의 자산에 의해서 산출되는 소득을 말한다. 소득은 증권의 성질에 따라, 이익배당, 이율(yield) 및 자본이득에서 끌어낼 수 있다. ~ ***risk*** [영] 포트폴리오리스크 ¶ The *portfolio risk* is the risk of loss arising from adverse movements in a portfolio of assets or businesses. *Portfolio risks* can often be managed or mitigated through diversification techniques, including those that make use of uncorrelated exposure, and through certain macrohedges. *Portfolio risk* between assets in a portfolio can be managed through the use of a variance/covariance matrix. 포트폴리오리스크는 자산이나 사업의 포트폴리오상의 역(逆)변동에서 발생하는 손실의 리스크를 말한다. 포트폴리오리스크는 무상관의 익스포저를 이용하는 투자분산을 비롯하여 투자분산기법을 통해서와 일정한 매크로 헤지를 통해서 운영될 수도 완화될 수도 있다. 포트폴리오상의 자산간의 포트폴리오리스크는 분산/공분산(variance/covariance)의 이용을 통해서 운용될 수 있다. ~ ***theory*** 포트폴리오 이론 ¶ The *portfolio theory* is more formally termed modern portfolio theory (MPT), a sophisticated investment decision approach that permits an investor to classify, estimate, and control both the kind and the amount of expected risk and return; also called portfolio management theory. Essential to *portfolio theory* are its quantification of the relationship between risk and return and the assumption that investors must be compensated for assuming risk. *Portfolio theory* departs from traditional security analysis in shifting emphasis from analyzing the characteristics of individual investments to determining the statistical relationship among the individual securities that comprise the overall portfolio. The *portfolio theory* approach has four basic steps: security valuation – describing a universe of assets in terms of expected return and expected risk; asset allocation decision – determining how assets are to be distributed among classes of investment, such as stocks or bonds; portfolio optimization – reconciling risk and return in selecting the securities to be included, such as determining which portfolio of stocks offers the best return for a given level of expected risk; and performance measurement – dividing each stock's performance (risk) into market-related (systematic) and industry/security-related (residual) classifications. 포트폴리오이론은 정식으로는 현대 포트폴리오이론(modern portfolio theory: MPT)을 말한다. 예상되는 리스크(risk)와 수익(return)의 종류와 양의 양쪽을 분류, 예측, 컨트롤할 수 있는 고도의 투자결정법이다. 이를 portfolio management theory(포트폴리오 운용이론)라고도 한다. 리스크와 수익 관계의 수량화와, 리스크는 리턴을 수반한다고 하는 가정이 이론의 기본으로 되어 있다. 종래의 증권분석에서는 개개의 투자의 특징을 분석하고 있었으나, 포트폴리오이론에서는 포트폴리오를 구성하는 개별종목 간의 통계적인 관계를 본다. 포트폴리오이론에는 4개의 기본적인 단계가 있다. 먼저 security valuation(증권평가)인데, 이것은 예상수익과 예상리스크라는 점에서 자산의 모집단(母集團)을 평가한다. 다음이 asset allocation decision(자산배분결정)으로, 주식이나 채권 등 각각의 투자분야에 자산을 어떻게 배분할 것인지를 결정한다. 다음의 포트폴리오의 optimalization(포트폴리오의 최적화)에서는, 리스크와 수익(return)의 밸런스를 맞춰서 투자할 종목을 선택한다. 예를 들면, 일정한 예상리스크에서, 어떤 주식 포트폴리오가 가장 큰 수익을 생기는가를 확인한다. 최후의 performance measurement(주가동향평가)에서는, 개별종목의 주가동향(리스크)을 시장전체(systematic risk)와 업계·증권관련(기타)의 리스크로 분류한다.

portion 부분, 분배재산, 상속분 ¶ A sizable *portion* of outstanding debt has been refinanced at reduced rates. 미지급의 부채의 상당부분은 할인된 이율로 차환(借換)되었다.

Portugal currency 포르투갈 화폐 ¶ Portuguese escudo (PTE), divided into 100 centavos. The 1999 legacy conversion rate was 200.482 to the euro. It fully changed to the euro/cent from 2002. 1 에스쿠도(escudo) = 100 센타보(centavos). 1999년 내려오는 전환금리는 1 유로에 대한 200.482 에스쿠도였다. 에스쿠도는 2002년부터 유로 센트로 변경하였다.

POS → **p**oint-**o**f-**s**ale [약] 판매시점, 판매촉진 ¶ The *point-of-sale* (*POS*) system is a comprehensive computerized checkout system that includes a bar-code scanner, receipt printer, cash drawer, credit and debit card scanner, monitor, and inventory management software. A *point-of-sale system* tracks sales and identifies inventory levels in real time. 판매촉진(POS)제도는 바코드스캐너(bar scanner), 수령 프린터(receipt printer), 현금서랍(cash drawer), 크레디트데빗카드(credit and debit card), 모니터(monitor) 및 재고관리 소프트웨어를 포함하여 포괄적으로 컴퓨터로 검색하는 제도이다. POS의 제도는 현시점에서 판매를 추적하여 재고수준을 확인하는 것이다.

position 지위, 입장, 포지션, 외환의 포지션(외화표시자산과 외화표시부채의 차액) ¶ In banking, the *position* is a bank's net balance in a foreign currency. 은행업무에 있어서, 포지션은 은행의 순수한 외화포지션을 이른다. ¶ In finance, the *position* is a firm's financial condition. 재무에 있어서, 포지션은 기업의 재무상태를 이른다. ¶ In investments, the *position* is: (1) an investor's stake in a particular security or market. A long position equals the number of shares owned; a short position equals the number of shares owed by a dealer or an individual. The dealer's long positions are called his inventory of securities. (2) Used to a verb, to *position* is to take on a long or a short position in a stock. 투자에 있어서, 포지션이란 (1) 증권(security)이나 시장(market)에 있어서 투자자(investor)의 포지션을 이른다. 매입초과포지션(long position)은 증권업자나 개인이 보유하는 주식수와 같고, 매도초과포지션(short position)은 차입하고 있는 주식수를 말한다. 증권업자의 매수초과포지션은 inventory securities(증권재고)라고 한다. (2) 포지션을 동사로 사

용하여, 주식을 매입초과포지션 또는 매도초과포지션의 상태로 하는 경우를 말한다. /Dealers take a *position.* 딜러는 자신의 포지션을 가진다(는 것이 인정된다). /have *long position* 매입초과포지션의 상태에 있다 /net *position* 순수포지션 /*position* making 포지션을 가지는 것 /a *position* of market 시황(市況) /a *position* sheet 외국통화채권의 계산서 /a *position* statement 재정상태표, 대차대조표 /take a short *position* 매도초과포지션이 되어 있다 /take a wrong *position* 잘못된 포지션을 가지다 ***cash position*** 현금포지션(현금화가 되어 있는 외환매입액과 외환매도액의 차액) ¶ The *cash position* is an amount of cash or equivalent instruments held at any point in time. A commodity or securities trader or an investment company needs to monitor its *cash position* carefully to maintain adequate liquidity. 현금포지션이란 필요한 때는 언제든지 보유한 현금 또는 등가증권(equivalent instrument)의 총액을 이른다. 상품이나 증권의 트레이더 또는 투자회사는 적정한 유동성을 유지하기 위하여 조심스럽게 현금포지션을 점검할 필요가 있다. ***long*** ~ 매입초과포지션, 매입포지션. 롱포지션 ¶ The *long position* is: (1) the net ownership position of a particular security. For example, if an investor owns 500 shares of Wal-Mart common stock, that person is said to be long 500 shares of Wal-Mart. Likewise, the more unusual situation of owning 1,000 shares of a particular stock at time when 300 shares of the same stock have been sold short produces a long position of 700 shares. Being long indicates an expectation of rising shares prices. –Compare short position (1). –Also called long. (2) net ownership of assets in a brokerage account. 매입초과포지션은 (1) 특정한 증권의 순수소유포지션을 말한다. 예를 들면, 투자자가 월마트(Wal-Mart)의 500주를 소유하는 경우, 그 사람은 월마트의 500주의 롱(long)이라 한다. 마찬가지로, 같은 주식 300주가 공매(空賣, sold short)된 당시에 특정한 주식 1,000주를 소유하는 더 유별난 상황은 700주의 매입초과포지션을 만들어낸다. 롱(long)이라는 것은 상승하는 주가를 예상하는 것을 가리킨다. short position(매도초과포지션)과 비교할 것. 이를 롱(long)이라고도 한다. (2) 브로커계좌에 들어있는 자산의 순수소유권을 의미한다. ***open*** ~ 오픈포지션 ¶ *Open position* is a portion exposed to foreign exchange risk as a long position or a short position. 오픈포지션은 매입초과 또는 매도초과포지션으로서 환리스크에 놓여 있는 부분이다. ~ ***building*** 포지션 쌓기 ¶ The *position building* is a process of buying shares to accumulate a long position or of selling shares to accumulate a short position. Large institutional investors who want to build a large position in a particular security do so over time to avoid pushing up the price of the security. 포지션 쌓기는 주식을 매증(買增)하여 매입초과포지션(long position) 잔액을 쌓아올리고, 역(逆)으로 매증(賣增)함으로써 매도초과포지션(short position) 잔액을 늘린다든지 하는 경우이다. 큰손의 기관투자자(institutional investor)는 특정한 종목의 포지션을 크게 쌓아올리고 싶은 경우에도, 가격을 밀어 올리지 않도록 서서히 쌓아 올려간다. ~ ***limit*** 포지션제한 ¶ In commodities trading, the *position limit* is a number of contracts that can be acquired in a specific commodity before a speculator is classified as a "large

어떤 종류의 포지션을 가지는가?

trader." Large traders are subject to special oversight by the Commodity Futures Trading Commission (CFTC) and the exchanges and are limited as to the number of contracts they can add to their positions. The *position limit* varies with the type of commodity. 상품거래에 있어서, 포지션제한이란 투자자(investor)가 「큰손 트레이더」(large trader)로 분류되는 일이 없이, 1종류의 상품(commodities)을 대상으로 체결하는 계약의 수를 말한다. 큰손 트레이더로 간주되면, 상품선물거래위원회(Commodity Futures Trading Commission: CFTC)와 거래소(exchange)로부터 특별한 감시를 받아 적증(積增)할 수 있는 계약수가 제한된다. 포지션제한은 상품의 종류에 따라 다르다. ¶ In options trading, the *position limit* is a maximum number of exchange-listed option contracts that can be owned or controlled by an individual holder, or by a group of holders acting jointly, in the same underlying security. The current limit is 2,000 contracts on the same side of the market (for example, long calls and short puts are one side of the market); the limit applies to all expiration dates. 옵션거래에 있어서, 포지션제한은 개인투자자나 공동으로 투자하는 투자자그룹이 동일한 기초증권(underlying securities)의 상장옵션(option)을 보유할 수 있는 상한을 말한다. 현시점에서는 같은 방향의 포지션은 2,000매의 계약수가 한도로 되어 있다(예컨대, 콜(call option)의 매수와 풋(put option)의 매도는 같은 방향이다). 행사기일(expiration dates)에 관계없이 적용된다. ~ ***trader*** 포지션트레이더 ¶ The *position trader* is a commodities trader who takes a long-term approach – six months to a year or more – to the market. Usually possessing more than average experience, information, and capital, these traders ride through the ups and downs of price fluctuations until close to the delivery date, underwriters than gamblers, they hope to achieve long-term profits from calculated risks as distinguished from pure speculation. 포지션트레이더는 6개월에서 1년 이상의 장기적인 투자를 하는 상품(commodities) 트레이더를 이른다. 보통의 트레이더보다 경험, 정보, 자본이 풍부한 경우가 많고, 극단적인 상황의 악화가 발생하지 않는 한, 가격변동이 있었다고 하더라도, 인도일까지 보유한다. 도박꾼보다도 보험회사에 가깝고, 리스크를 계산하여 장기적인 이익을 올리는 것을 목표로 하고, 순수한 투기(speculation)와는 다르다.

positioning 자행(自行)[자사(自社)]의 포지션을 가지는 것, 상품의 자리매김

positive 적극적인, 확신하는 ¶ *positive* adjustment policy 적극적 조정정책 /*positive* financial policy 적극재정 /*positive* interest 플러스의 이자 /a *positive* list 자유화품목 목록 ***positive basis*** [영] 적극적 기준 ¶ The *positive basis* is a market state where the price of the cash or spot market security is greater than the price of the underlying futures contract. See also basis risk; negative basis. 적극적 기준은 현금 또는 현물시장증권의 가격이 기초선물계약의 가격보다 높은 시장의 실세(實勢)를 말한다. basis risk(기준위험); negative basis[부(負)의 기준]도 참조할 것. ~ ***carry*** 포지티브캐리(증권보유기간중의 자금수익이 플러스로 되어 있는 것) ¶ The *positive carry* is a situation in which the cost of money borrowed to finance securities is lower than the yield on the securities. For example, if a fixed-income bond yielding 10% is purchased with a loan bearing 8% interest, the bond has *positive carry*. The opposite situation is called negative carry. 포지티브캐리는 증권의 구입에 충당하는 차입금의 코스트가 증권의 이율을 하회하고 있는 상태를 이른다. 예컨대, 8%의 금리로 자금을 차입하여 10%의 이율(yield)의 고정이자부 채권(fixed-income bond)을 구입하는 경우, 이 채권은 정(正)의 캐리(carry)가 된다. 역(逆)의 상태는 부(負)의 캐리(네거티브캐리, negative carry)를 말한다. ~ ***convexity*** [영] 포지티브콘벡시티 ¶ The *positive convexity* is a characteristic of certain financial assets where gains are greater, and losses are smaller, than those of linear instruments or those with negative convexity. Long options, and bonds with no optionality feature positive convexity. See also negative convexity; nonlinear instrument. 포지티브콘벡시티는 이득(gains)이 선형(線型)증권의 이득이나 네거티브콘벡시티의 이득보다 더 크고 손실은 더 적다는 일정한 금융자산의 특징을 말한다. 롱옵션과 선택성(optionality)이 없는 채권(bond)은 포지티브콘벡시티를 특징으로 한다. negative convexity(네거티브콘벡시티); nonlinear instrument(비선형증권)도 참조할 것. ~ ***gamma*** [영] 포지티브감마치(値) ¶ *Positive gamma* is market risk exposure to large price moves in the underlying generated through the purchase of put options or call options. In common with other positive convexity instruments, *positive gamma* positions feature gains that are greater and losses that are smaller than instruments with negative convexity. See also gamma; negative gamma. 포지티브감마치(値)는 풋옵션 또는 콜옵션의 매입을 통해서 산출되는 기초자산의 큰 가격변동에 대한 시장위험노출을 말한다. 다른 포지키브콘벡시티증권과 같이, 포지티브감마포지션은 네거티브콘벡시티가 있는 증권보다 큰 이득과 적은 손실을 특징으로 한다. gamma[감마치(値)]; negative gamma[네거티브감마치(値)]도 참조할 것. ~ ***gap*** [영] 포지티브갭 ¶ The *positive gap* is a general measure of a company's exposure to interest rate repricing risk. A *positive gap* arises when rate sensitive assets reprice faster than liabilities (e.g., have shorter duration), meaning a company will experience a loss if rates fall and a gain if rates rise. Also known as asset sensitive. See also gap; gapping; negative gap. 포지티브갭은 회사의 금리가격안정리스크의 일반적 측정치(値)를 말한다. 포지티브갭은 시세에 민감한 자산이 부채(예컨대, 더 짧은 기간)보다 빨리 가격안정할 경우에 생긴다. 이는 회사는 금리가 하락하면 손실을 경험하고, 금리가 상승하면 이득을 경험한다는 것을 의미한다. asset sensitive(자산 센시티브)로도 알려져 있다. gap(갭); gapping(갭핑); negative gap(네거티브갭)도 참조할 것. ~ ***list*** 포지티브리스트 ¶ The *positive list* is a list of those items, entities, and products, to which an agreement applies, with no commitment to apply the agreement to anything else. See also negative list. 포지티브리스트는 국제협정이 적용되는 품목, 실재물, 및 제조물의 품목표이고, 그밖에 어느 것도 국제협정을 적용할 것을 위임하지 않는다. negative list(수입제한품목표)도 참조할 것. ~ ***yield curve*** 포지티브일드 커브 ¶ The *positive yield curve* is a situation in which interest rates are higher on long-term debt securities than on short-term debt securities of the same quality. For example, a *positive yield curve* exists when 20-year Treasury bonds yield 10% and 3-month Treasury bills yield 6%. Such a situation is common, since an investor who ties up his money for a longer time is taking more risk and is usually compensated by a higher yield. When short-term interest rates rise above long-term rates, there is called an inverted yield curve. 포지티브일드 커브는 신용리스크가 같은 경우, 장기채권(long-term debt securities)의 금리가 단기채권(short-term debt securities)의 금리보다도 높은 상태를 이른다. 예컨대 20년물(物)미국채의 이율(yield)이 10%이고, 3개월물(物) 미국채의 이율이 6%인 경우가 그것이다. 장기간 자금을 고정하는 투자는 그만큼 리스크가 높게 되므로, 그 대상(代償)으로서 높은 이율을 얻는 것이 보통이기 때문에 일반적으로 순(順)일드 커브는 통상의 상태라고 말할 수 있다. 역으로, 단기금리가 장기금리를 상회하면, 네거티브일드 커브(negative yield curve)가 된다. 이것은 역(逆)일드 커브(inverted yield curve)라고도 한다.

포지티브일드 커브(positive yield curve)

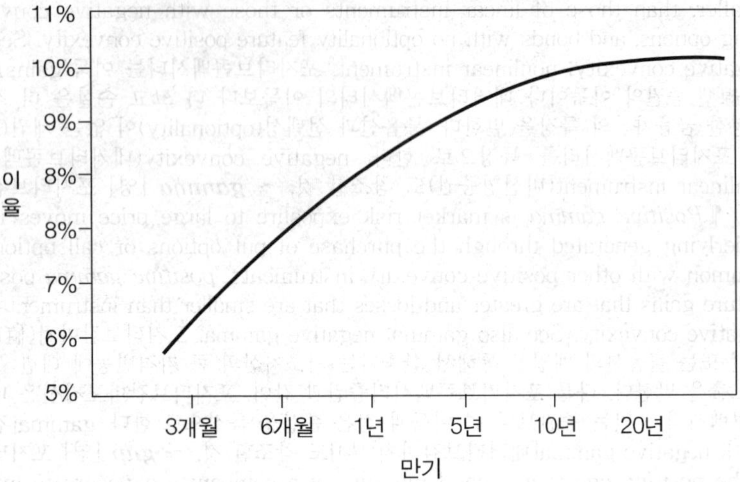

possession 소유, 점유, 소유물, (*pl.*) 재산 ¶ preserve *possession* 소유권을 유지하다 /relinquish *possession* 소유권을 포기하다 /resume *possession* at all hazards 모든 위험을 무릅쓰고 소유권을 회복하다 /transfer one's *possession* to someone 어떤 사람에게 재산권을 양도하다 /The confiscated goods are now in Government *possession.* 몰수된 물품은 현재 정부의 소유로 되어 있다.

possessor 소유자, 점유자

possessory right 점유권

possible 가능한, 일어날 수 있는 ¶ reserve for *possible loan loss* 대손(貸損)충당금

post [n.] 우편, 우편물, (증권거래소의) 입회권 ¶ lost in the *post* 우송중의 분실 ¶ In investments, the *post* is a horseshoe-shaped structure on the floor of the New York Exchange where specialists trade specific securities. Video screens surround the post, displaying the bid and offer prices available for stocks traded at that location. Also called trading post. 투자에 있어서, 거래포스트는 스페셜리스트(specialists)들이 담당종목을 매매하는 뉴욕증권거래소(New York Stock Exchange)의 입회장(floor)에 있는 반원형의 공간을 이른다. 주위에는 비디오스크린이 있고, 거기서 거래되고 있는 주식의 호가(bid and offer)가 표시된다. trading post(거래포스트)라고도 한다.

[v.] 전기(轉記)하다, 분개하다 ¶ In accounting, to *post* is to transfer from a journal of original entry detailed financial data, in the chronological order in which it was generated, into a ledger book. Books post checking account deposit and withdrawals in a ledger, then summarize these transactions on the monthly bank statement. 회계에 있어서, 전기(轉記)하다는 것은 분개장(journal)에 기입한 상세한 재무데이터를 발생순서에 원장(ledger)에 전기(轉記)하는 것이다. 은행은 당좌예금의 기입과 인출을 원장에 전기하여 매월, 이러한 거래를 정리하여 거래보고서를 작성한다. /*post* the journal into the ledger; *post* up the ledger from the journal 원장(元帳)에 전기하다 /a *posting* date [day] 우송일자, 투함일(投函日)

postage 우편요금, 우송료 ¶ domestic *postage* 국내우편요금 /Packing and *postage* are included. 포장대(代)와 우편료는 포함된다. /the rates for foreign [overseas] *postage* 외국우편요금

postal 우편의 ¶*postal* note [미] 소액환(少額換) /*postal* (money) order 우편환 /*postal* receipt 우편수령증 /*postal* savings 우편저금 /*postal* transfer saving 이체예금

postdate ⓥ 일자를 늦추다, (수표 등을) 선일자로 하다(date forward) ***postdated check*** 선일자수표 ¶The *postdated check* is a check dated in the future. It is not negotiable until the date becomes current. 선일자수표는 실제의 발행일이 아니라 장래의 날짜를 발행일로 한 수표를 말한다. 발행일이 오기 전까지 양도하지 못한다. ⓝ 늦춰진 일자, 사후일자(事後日字), 선일자(先日字)(실제의 서류작성일보다 후의 일자를 기입하는 것) (*cf.*) antedate, predate(발행인이 그 동안 인출자금을 조달하는 것을 기대하여. 다만 우리의 법률에서는 기재된 발행일의 일자 전에 지급제시를 할 수 있는 것으로 하고 있다.)

posted price 고시가격

post-funded policy [영] 사후운영보험 → retrospective finite policy (소급유한보험계약).

post-industrial 탈공업화의 ¶*post-industrial* society 탈공업화사회, 정보화사회

posting 전기(轉記), 기장 ¶In bookkeeping terminology, the *posting* is the transfer of data from a journal to a ledger. 부기 전용용어에 있어서, 전기(轉記)는 간행물부터 원장까지 데이터의 전환을 하는 경우이다. /the electronics *posting* 전산기장 /*posting* operations 기장조작

post-loss financing [영] 손해후 자금조달 ¶*Post-loss financing* is funding that is arranged in response to, rather than in anticipation of, a loss event, and which may come from cash or reserves, retained earnings, loans or debt, or equity issuance. In some instances post-loss financing may prove more expensive and uncertain than *pre-loss financing*, as capital may not be available and/or the company may have entered a period of financial distress. See also loss financing. 손해후 자금조달은 손실사고를 예상한 경우보다 오히려 이에 대응하여 마련하는, 현금이나 준비금, 이익잉여금, 대출이나 부채, 또는 주식발행에서 나올 수 있는 자금조달(funding)이다. 일부의 경우에는, 손해후 자금조달은 손해전 자금조달(pre-loss financing)보다 더 비용이 많이 들고 불확실한 것이 증명될 수 있는 것이, 자본을 이용할 수 없다든지 회사가 재무적으로 곤궁한 시기에 들어섰기 때문이다. loss financing(로스파이낸싱)도 참조할 것.

postmark ⓝ 소인(消印)
ⓥ 소인을 찍다 ¶a *postmarking* stamp 소인기(消印器)

post office 우체국 ¶*post-office* annuity 우편연금 /*post-office* stamp 우편소인

postponement 연기, 유예 ¶*postponement* of payment 지급연기, 지급유예

postponing income 수입(收入)의 유예 ¶The *postponing income* is a technique to delay receipt of income into a later year to reduce current tax liability. For example, if it seems likely that Congress or the state legislature may reduce income tax rates in the upcoming year, it may be advantageous to receive income in that year instead of in the current year when tax rates are higher. Salespeople can appeal to their managers to pay their commissions in the next year, and small business owners can send invoices after the first of the year so that they are paid in the next year. In addition to qualifying for a lower tax rate, the full tax on the income may be delayed until April 15 of the following year, unless the taxpayer receiving the income is required to file quarterly estimated tax payments. See also managed earnings. 수입(收入)의 유예는 수입의 수취를 유예하여 당해연도의 납세의무(tax liability)를 적게 하는 방법이다. 예를 들면, 미연방의회가 익년도에 소득세율(income tax rate)을 인하할 가능성이 있으면, 금년도가 아니라, 세율이 내리는 내년도에 수입을 얻는 것이 유리하다. 영업담당자가 급료의 지급을 익년도에 연기하도록 회사에 탄원한다든지, 소기업의 경영자가 익년도에 지급을 받기 위하여 신년도에 들어선 이후 청구서를 보낸다든지 하는 경우도 있다. 이 결과 세율이 낮을 뿐만 아니라 납세를 다음해 4월 15일까지 연기할 수도 있다. 다만, 4반기마다의 예정납세를 의무로 하고 있는 납세자는 연기하지 못한다. managed earnings(이익조작)도 참조할 것.

post-print 인자(印字)기장

postulate 가정 ¶His economic reasoning is based on the *postulate* that economic instability is a function of the relationship between savings and investment. 그의 경제적 이론구성은 경제적 불안정이 저축과 투자와의 관계가 어떤 기능인가라고 하는 가정 위에 기초를 두고 있다.

pot [신디케이트론] 폿(주간사가 신디케이트단에 대하여 행하는 우선적 배정) ¶The *pot* is securities underwriting term meaning the portion of a stock or bond issue returned to the managing underwriter by the participating investment bankers to facilitate sales to institutional investors. Institutions buying from the *pot* designate the firms to be credited with *pot* sales. See also retention. 폿이란 증권인수(securities underwriting)용어로서, 기관투자자(institutional investor)에의 판매를 목적으로 하여, 인수증권회사(underwriter)로부터 인수주간사(managing underwriter)에 반환된 주식(stock)이나 채권(bond)을 이른다. 폿에서 구입한 기관투자자는 당해 증권의 판매수수료를 수취할 권리가 있는 인수증권회사를 지명할 수 있다. retention(보류지분)도 참조할 것. / *pot* protection 폿의 우선적 배정의 약정 ***pot is clean*** 폿이 잘 팔린다 ¶That *pot is clean* is a managing underwriter's announcement to members of the underwriting group that the pot – the portion of the stock or bond issue withheld to facilitate institutional sales – has been sold. 폿이 잘 팔린다는 것은 인수주간사(引受主幹事)(managing underwriter)가 폿(pot)이 팔린다는 말을 인수단(underwriting group)에게 전달할 때의 표현이다. 폿(pot)이란 기관투자자(institutional investor)에의 판매목적에서 따로 떼어놓은 주식이나 채권을 말한다.

potential 잠재적인, 장래 …할 가능성이 있는 ¶*potential* unemployment 잠재실업 ***potential exposure*** [영] 잠재적 익스포저 ¶The *potential exposure* is a measure of the current and future credit risk exposure of a financial contract with uncertain or variable value, such as a derivative, repurchase agreement, or loan commitment. It is often calculated as the sum of actual exposure (mark-to-market value) and fractional exposure (an estimate of future value obtained through statistical or simulation-based models). Also known as risk equivalent exposure. 잠재적 익스포저는 파생상품, 환매특약(repurchase agreement) 또는 론코미트먼트(loan commitment)와 같은 불확실하거나 변동이 심한 가치가 있는 금융계약의 현재 · 장래의 여신리스크 익스포저를 측정하는 것이다. 그것은 종종 실제익스포저(시가평가가치)와 부분익스포저(통계적 또는 시뮬레이션에 근거한 모형을 통해서 얻은 장래가치의 예측)의 합계액으로 계산되기도 한다. risk equivalent exposure(리스크등가물익스포저)로도 알려져 있다.

pound 파운드(중량 · 화폐의 단위) 1파운드화(貨)(영국통화의 파운드의 기호는 £. 알파벳의 L에 적당히 처리하는 경우도 있다. 금액의 숫자 앞에 둔다.) ¶ The standard currency unit of Cyprus, divided into 100 cents; Egypt, Lebanon, Sudan and Syria, divided into 100 piastres; and the Falkland Islands, Gibraltar and the United Kingdom, divided into 100 pence. See also punt. 파운드는 사이프러스의 기준화폐단위, 1 파운드 = 100 센트; 이집트, 레바논, 수단과 시리아의 기준화폐단위, 1 파운드 = 100 피아스터; 포크랜드 제도(諸島), 지브롤터와 영국의 기준화폐단위, 1 파운드 = 100 펜스. punt(펀트)도 참조할 것. /by the *pound* [중량] 1 파운드 정도로 /in the *pound* [화폐] 1파운드에 대해서 /the *pound* crisis 파운드 위기 ***pound sterling*** 파운드 스털링, 영국(the United Kingdom) 파운드의 정식표현방법(기호는 Stg.£. 금액을 문자로 표현할 때에는 five hundred pound sterling과 같이 뒤에 온다.) ¶ The *pound sterling* is the standard currency unit of the United Kingdom, so called to distinguish it from other currencies called the pound (see pound). 파운드 스털링은 영국의 기준화폐단위이고, 파운드라고 하는 다른 화폐와 구별하기 위하여 그렇게 명칭하는 것이다(파운드 참조).

power 능력, 권력, 위임(장) ¶ a borrowing *power* 차입능력 /(an) earning *power* 수익력 /a *power* of sale 매각권 ***power barrier option*** [영] 파워장애옵션 ¶ The *power barrier option* is an over-the-counter complex option with an exponential payoff that is either created (i.e., knocks-in) or extinguished (i.e., knocks-out) when a particular barrier is breached. See also power option; barrier option. 파워장애옵션은 특정의 배리어가 위반되는 경우 지수(指數) 페이오프(exponential payoff)가 발생되거나[즉, 녹인(knocks-in)] 소멸되는[즉, 녹아웃(knocks-out)] 장외거래의 복잡한 옵션을 말한다. power option(파워옵션); barrier option(장애옵션)도 참조할 것. ~ ***of attorney*** 위임장 ¶ In general, the *power of attorney* is a written document that authorizes a particular person to perform certain acts on behalf of the one signing the document. The document, which must be witnessed by a notary public or some other public officer, may bestow either full *power of attorney* or limited power of attorney. It becomes void upon the death of the signer. 일반적으로 위임장이란 서명자가 자신의 대리인으로서 제3자에게 일정한 행동을 취하는 권리를 부여하는 서류이다. 공증인(notary public) 등의 공무원(public officer)에게 인증을 받을 필요가 있는 경우가 있다. 전면적인 위임장(full power of attorney)과 한정적인 위임장(limited power of attorney)이 있다. 서명자가 사망하면 실효한다. ¶ In investments, full *power of attorney* might, for instance, allow assets to be moved from one brokerage or bank account to another. A limited *power of attorney*, on the other hand, would only permit transactions within an existing account. A broker given a limited *power of attorney*, for instance, may buy and sell securities in an account but may not remove them. Such an account is called a discretionary account. See also discretionary order; proxy; stock power. 투자에 있어서, 전면적인 위임장(full power of attorney)이란 예를 들면, 자산을 증권회사나 은행의 계좌에서 다른 계좌에 이체하는 권리를 부여한다. 이것에 대하여 한정적인 위임장(limited power of attorney)은 기존의 계좌에서 거래하는 권리밖에 부여하지 않는다. 한정적인 위임장을 받은 증권회사는 일정한 계좌에서 증권을 매매할 수 있으나, 다른 계정에 이체하는 것은 불가능하다. 이와 같은 계좌를 매매일임계좌(discretionary account)라 한다. discretionary order(일임주문); proxy(위임장); stock power(주식양도위임장)도 참조할 것. ~ ***option*** [영] 파워옵션 ¶ The *power option* is: (1) an option that grants the buyer an exponential payoff if the contract moves/finishes in-the-money. A *power option* raises the price of the underlying reference to a prespecified exponent (or power) and compares the result against a predefined strike price to determine any economic gain. Also known as leveraged option, turbo option. (2) an option contract with an underlying that references electricity prices in a particular pool or grid. *Power options* can be traded over-the-counter and via certain exchanges. See also electricity swap. 파워옵션은 (1) 계약이 인더머니로 움직이거나/끝나는 경우 매수인에게 지수 페이오프(exponential payoff)를 부여하는 옵션을 말한다. 파워옵션은 기초자산(underlying reference)의 가격을 사전에 정한 지수(또는 파워)까지 끌어올리고 경제적 이익을 결정하기 위하여 사전에 정한 행사가격에 대한 결과를 대조한다. 이는 leveraged option(레버리지드옵션), turbo option(터보옵션)으로도 알려져 있다. (2) 특수한 풀(pool) 또는 그리드(grid)의 탄력성 가격을 예시하고 있는 기초자산의 옵션계약을 말한다. 파워옵션은 장외거래와 일정한 거래소를 경유하여 거래될 수 있다. electricity swap(탄력성스왑)도 참조할 것. ~ ***swap*** 파워스왑 ¶ The *power swap* is: (1) an over-the-counter complex swap that generates a payoff by multiplying the fixed rate or floating rate payments by a leverage factor; the use of leverage compounds the upward or downward movement of the market reference, magnifying potential risk and return. Leverage can be applied to any swap and can be defined in any fashion. Also known as leveraged swap, ratio swap. (2) see electricity swap. 파워스왑은 (1) 레버리지 계수(leverage factor)로 고정금리 또는 변동금리지급금을 배가시킴으로써 이익(payoff)을 산출하는 장외거래의 복잡한 스왑을 말한다. 레버리지의 사용은 시장매물(market reference)의 상승·하락변동을 조정하여 잠재적인 리스크와 수익률(return)을 확대한다. 레버리지는 어떤 스왑에도 적용될 수 있고, 어떤 방식으로도 정할 수 있다. 이는 leveraged swap(레버리지드스왑), ratio swap(레이쇼스왑)으로도 알려져 있다. (2) electricity swap(전기스왑)도 참조할 것.

PPP → purchasing power parity [약] 구매력평가 ¶ The *purchasing power parity* (*PPP*) is a theory that currency exchange rates are in equilibrium when purchasing power in the countries is equalized. For example, if a basket of goods costing 100 euros in Germany costs $140 in Valdosta, Georgia, the currencies should exchange at a rate of 1.40 dollars to the euro. *Purchasing power parity* can be thwarted by transportation costs, trade barriers, and a lack of competitive markets. Also called law of one price. 구매력평가는 여러 국가의 구매력이 평준화된 경우 통화환율은 균형을 이룬다는 이론을 말한다. 예를 들면, 독일에서 100유로로 값나가는 한 바구니의 물건이 미국 조지아주 밸도스타에서 값이 140달러라고 하면, 통화는 1유로에 대한 1.40달러의 비율로 교환되어야 한다. 구매력평가는 운송비, 무역장벽과 경쟁시장의 결여로 인하여 방해를 받을 수 있다. 이를 law of one price(1가격의 원칙)라고도 한다.

practice 관례, 관습 ¶ banking *practice* 은행업무의 취급 /uniform *practices* 통일관습

Prague Stock Exchange 프라하증권거래소 ¶ The *Prague Stock Exchange* is the main securities market in the Czech Republic and the second largest In Central and Eastern Europe. It was formed in November 1992 and began trading seven securities in April 1993. The exchange has two basic trading system: SPAD for big and medium investors and trading modules auction, and continual for small investors. In May 2004 the U.S. Securities and Exchange Commission granted the exchange the status of a "designated offshore securities market" and included it on the list of offshore exchanges reliable for investors. 프라하증권거래소는 체코공화국(Czech Republic)의 주요한 증권시장을 말한다. 1992년 11월에 창설되어 1993년 4월에 7개의 증권의 매매로부터 시작하였다. 프라하증권거래소는 2개의 기본적인 거래시스템을 가지고 있다. 하나는 큰손이나 중견투자자(investor)용의 SPAD(Share and Bond Market Supporting System)에 의한 경쟁매매방식이고, 다른 하나는 소액투자자를 위한 계속매매이다. 2004년 5월에는 미국의 증권거래위원회(Securities and Exchange Commission)가 동 거래소에 「지정오프쇼어증권시장」(designated offshore securities market)의 지위를 수여하여 투자자가 신뢰할 수 있는 외국증권거래소의 리스트에 포함시켰다.

preamble 전문(前文), 서론, 머리말 ¶ the *preamble* to the Constitution 헌법전문

prearranged trading 사전가격결정거래 ¶ The *prearranged trading* is a questionable and probably fraudulent practice whereby commodities dealers arrange risk-free trades at predetermined prices, usually to gain tax advantages. 사전가격결정거래는 통상 절세(節稅)의 목적으로, 상품(commodities)의 딜러(dealer)가 사전에 결정된 가격으로 리스크없는 거래를 성립시키는 의심스럽고, 아마도 부정행위인 경우이다.

preauthorized 사전에 승인된 ¶ *preauthorized* transfer 사전약정에 의한 예금이체 ***preauthorized payment*** 사전지급지시 ¶ *Preauthorized payment* is prearranged deductions from a bank account for the payment of a third party. 사전지급지시란 제3자의 지급을 위하여 은행계좌에서 자금을 공제(deduction)할 것을 사전에 지시하는 경우를 이른다.

precautionary 예방의 ¶ *precautionary* measure 예방조치

precedence 선행, 우선권, 주문집행의 우선순위 ¶ The *precedence* is a priority of one order over another on the floor of the exchanges, according to rules designed to protect the double-auction system. The rules basically are that the highest bid and lowest offer have *precedence* over other bids and offers, that the first bid or first offer at a price has priority over other bids or offers at that price, and that the size of the order determines *precedence* thereafter, large orders having priority over smaller orders. Where two orders of equal size must compete for the same limited quantity after the first bid is filled, the impasse is resolved by a flip of the coin. See also matched and lost. Exchange rules also require that public orders have *precedence* over trades for floor members' own accounts. See also off-floor order; on-floor order. 주문집행의 우선순위는 거래소(exchange)의 입회장(floor)에서 주문의 우선순위를 이른다. 경쟁매매제도(double-auction system)를 지키기 위하여 만들어진 원칙에 따른다. 기본원칙은 매수호가(bid)는 가격이 가장 높은 것, 매도호가(offer)는 가장 낮은 것을 우선하고, 같은 가격의 경우는 최초로 낸 주문을 우선하며, 그 위에서 주문의 규모로 우선순위를 결정한다. 다시 말하면 대량주문을 우선한다. 같은 규모의 2개의 매수주문이 있는데, 매도주문이 부족하여 한쪽의 매수주문을 실행한다면 다른 하나의 매수주문에 응하지 않게 되는 경우에는, 코인(coin)을 던져서 어느 쪽의 주문부터 실행할 것인지를 결정한다. matched and lost(매치트앤드로스트)도 참조할 것. 또한 거래소규칙에 따라 일반의 주문이 거래소회원의 자기계정거래주문에 우선된다. off-floor order(장외위탁주문); on-floor order(장내거래)도 참조할 것.

preceding 앞서는, 전술의 ¶ a *preceding* endorser 전(前)배서인

precious metals 귀금속 ¶ *Precious metals* are gold, silver, platinum, and palladium. These metals are valued for their intrinsic value, backing world currencies, as well as their industrial applications. Fundamental issues of supply and demand are important factors in their prices, along with political and economic considerations, especially when producing countries are involved. Inflation fears will stimulate gold accumulation and higher prices, as will war and natural disaster, especially in major producing or consuming countries or regions. *Precious metals* are held by central banks and are considered a storehouse of value. 귀금속은 금, 은, 플라티나(platinum), 팔라디움(palladium)을 이른다. 이런 귀금속은 세계의 통화(currency)를 보완하는 것뿐만 아니라, 각각의 고유의 가치와 공업적인 이용가치로 평가를 받고 있다. 수요와 공급이라는 기본적인 요인이 가격을 좌우하지만, 특히 산출국이 관련되어 정치, 경제적인 요인도 영향을 준다. 인플레이션의 염려가 대두되면 금을 사들여서 가격이 치솟게 되며, 전쟁이나 자연재해가 특히 주요한 생산국(지역)이나 소비국(지역)에서 일어나면 그와 같은 현상이 현저하다. 귀금속은 각국의 중앙은행(central bank)에 보유되어 가치보장(保藏) 수단으로 간주되고 있다.

precipitation derivative [영] 기상(氣象)파생상품 ¶ The *precipitation derivative* is an over-the-counter weather derivative that provides protection against, or exposure to, snowfall or rainfall based on the amount of solid or liquid precipitation falling in a given location over a set period of time. *Precipitation derivatives* can be used to hedge inputs or outputs that are sensitive to, or impacted by, rainfall or snowfall. See also temperature derivative. 기상파생상품은 일정한 기간에 걸쳐서 일정한 지역에 내리는 눈이나 비의 하강을 금액으로 환산한 것을 근거로 하는 장외파생상품을 말한다. 기상파생상품은 강우량(rainfall)이나 강설량(snowfall)에 민감하거나 영향을 받는 투입량(inputs)이나 산출량(outputs)을 최소화하는 데 이용된다. temperature derivative(기온파생상품)도 참조할 것.

precompute 애드온(add-on)방식 또는 금리선취방식 ¶ In installment lending, the *precompute* is a method of charging interest whereby the total amount of annual interest either is deducted from the face amount of the loan at the time the loan proceeds are disbursed or is added to the total amount to be repaid in equal installments. In both cases, the effective rate to the borrower is higher than the stated annual rate used in the computation. "Truth in lending" laws require that the effective annual rate be expressed in simple interest term. 할부융자에 있어서, 애드온(add-on)방식 또는 금리선취방식은 할부론(installment lending)의 이자지급의 방법을 말한다. 연간의 이자지급액이 융자실행 시에 원금에서 공제되지만, 융자금액에 더해진 정액(定額)의 분할상환이 행해진다. 어느 방법의 경우에도, 차입자에게 실효적인 금리(effective rate)는 표면금리보다 높다. 「대출진실법」(Truth Lending laws)에서는 실효적 금리를 단리(simple interest)의 방법으로 표시할 것을 요구하고 있다.

predate 사전일자로 하다(antedate), 실제발행일보다 앞선 날짜로 하다 (*cf.*) antedate 선일자로 하다

predatory lending [영] 약탈적 대출(반환불능을 전망하여 담보물건을 빼앗는 것을 목적으로 한 대출) ¶ *Predatory lending* is unethical, and sometimes illegal, lending practices followed by certain financial institutions that seek to take advantage of retail clients through excessive fees and charges or through unfavorable and prejudicial terms. 약탈적 대출이란 과도한 수수료와 비용이나 불리하고 편파적인 조건을 통해서 소액거래고객을 이용하려고 하는 어떤 금융기관이 저지르는 비윤리적이고 종종 위법적인 대출행위이다.

predecessor 전임자, 앞의 물건 (*cf.*) successor 후임자, 계승자 ¶ The punched card is the *predecessor* of the microchip. 펀치카드는 마이크로칩의 전신(前身)이다. /A *predecessor* of EC was the ECSC. 유럽공동체[European Community]의 전신은 유럽석탄철강공동체[European Coal and Steel Community]였다.

predicament 곤경, 궁지 ¶ the energy *predicament* of Korea 한국 에너지의 위기적 상황 /stand in a serious *predicament* 심각한 곤경에 처하다

prediction 전망, 장래의 예측 ¶ Managers do not have to issue absolute *prediction* of the next year's earnings per share. 경영자는 내년도의 주당 이익금의 절대적인 예상을 발표할 필요가 없다. /He was downcast by the national *prediction* of a landslide for Labour. 노동당이 선거에서 압도적으로 승리한다고 하는 전국적인 선거에 관한 예상에 그는 낙담하였다. /an optimistic [a pessimistic] *prediction* 낙관적[비관적] 예측

preemptive right 우선인수권, 선매권, 신주인수권, ¶ The *preemptive right* is a right giving existing stockholders the opportunity to purchase shares of a new issue before it is offered to others. Its purpose is to protect shareholders from dilution of value and control when the new shares are issued. Although 48 U.S. states have *preemptive right* statutes, most states also either permit corporations to pay stockholders to waive their *preemptive rights* or state in their statutes that the *preemptive right* is valid only if set forth in the corporate charter. As a result, *preemptive rights* are the exception rather than the rule. Where they do exist, the usual procedure is for each existing stockholder to receive, prior to a new issue, a subscription warrant indicating how may new shares the holder is entitled to buy – normally, a proportion of the shares he or she already holds. Since the new shares would typically be priced below the market, a financial incentive exists to exercise the *preemptive rights*. See also subscription right. 우선인수권은 신규발행(new issue)주식이 공모되기 전에 기존의 주주가 그 주식(stock)을 구입할 수 있는 권리를 말한다. 증자에 의한 주식가치의 희석화(dilution)와 지배력의 저하로부터 주주를 보호할 것을 목적으로 하고 있다. 미국에서는 48주에 우선인수권에 관한 법률이 있으나, 대부분의 주에서는 회사의 정관에서 정하고 있는 경우에만 유효하다고 하고 있다. 다시 말하자면, 우선인수권은 원칙이 아니라 예외적 취급을 받고 있다. 우선인수권이 있는 경우, 통상의 수순으로서는, 기존의 주주는 공모에 앞서 신주인수권증서(subscription warrant)를 받는다. 증서에는 구입할 수 있는 주식수가 기재되어 있고, 그 수는 통상 보유주식수에 따라 정해진다. 시장가격(market price)보다 싸게 구입할 수 있는 경우가 많기 때문에, 경제적으로는 인수권의 행사를 촉구하는 효과가 있다. subscription right(신주인수권)도 참조할 것.

prefer 오히려 …을(를) 선택하다 ¶ a *preferred* dividend 우선배당 /*preferred* liability 우선채무 ***preferred creditor*** 우선채권자 ¶ A *preferred creditor* is a creditor with preferential right to payment over junior creditors. 우선채권자는 하순위의 채권자보다 지급의 우선권을 가지는 채권자를 말한다. ***~red dividend coverage*** 우선주배당배율(倍率) ¶ *Preferred dividend coverage* is net income after interest and taxes (but before common stock dividends) divided by the dollar amount of preferred stock dividends. The results tells how many times over the preferred dividend requirement is covered by current earnings. 우선주배당배율(倍率)은 금리와 과세 후(다만, 보통주배당전의) 순이익(net income)을 우선주의 배당금액으로 나눈 것이다. 그 결과는 우선주배당기준의 몇 배나 현재의 수익이 커버하고 있는가를 말해준다. ***~ed equity traded bonds (PETS)*** 우선주거래채

권(債券) ¶ *Preferred equity traded bonds* (*PETS*) are corporate bonds or bond-backed preferred shares that trade on exchanges like stocks in small lots, typically $25, They have the safety of bonds (90% are AAA or AA rated) with higher yields, and dividends/interest payments are typically monthly or quarterly, which tends to keep market prices stable. They are known by a variety of proprietary acronyms such as QUIBS (Morgan Stanley) and PINES (Smith Barney). 우선주거래채권(債券)이란 일반적으로 25달러와 같이 소량으로 주식처럼 거래소에서 거래되는 사채(corporate bond) 또는 사채담보 우선주이다. 그것들은 고수익(90%는 AAA 또는 AA의 등급평가 받는다) 사채의 안전성을 가지고, 배당금/이자가 일반적으로 매달 또는 4분기마다 지급되어, 시가가 안정적인 경향을 띠고 있다. 우선주거래채권(債券)은 QUIBS(모건 스탠리의 경우) 및 PINES(스미스 바니의 경우)와 같이, 여러 종류의 특허상표명의 약어로 알려지고 있다. ***~ed ordinary shares*** 우선보통주식 → ordinary shares ([영] 보통주식). ***~ed risk*** [영] 우선위험 ¶ The *preferred risk* is an insured with a lower probability of generating a loss and claim than a standard applicant; insurers attempt to identify such risks for inclusion in their portfolio in order to maximize underwriting income and minimize settlements. 우선위험은 표준적인 신청자보다 손실과 보험청구를 발생시킬 더 낮은 확률을 가지는 피보험자를 말한다. 보험업자는 보험인수소득을 최대화하고 결제를 최소화하기 위하여 그들의 포트폴리오에의 산입을 위한 그러한 위험을 확인하려고 한다. ***~ed share(s)*** [미] 우선주([영] preference share) (*cf.*) common stock(s) 보통주 ¶ *Preferred shares* are shares that have preferential rights to dividends or to amounts distributable on liquidation, or to both, ahead of common shareholders. 우선주는 이익배당 또는 청산 시에 배당가능총액, 혹은 그 양자에 대한 우선권을 보통주에 앞서 가지는 주식을 말한다. ***~ed stock*** 우선주 ¶ *Preferred stock* is a class of capital stock that pays dividends at a specified rate and that has preference over common stock in the payment of dividends and the liquidation of assets. *Preferred stock* does not ordinarily carry voting rights. Most preferred stock is cumulative; if dividends are passed (not paid for any reason), they accumulate and must be paid before common dividends. 우선주란 주식(capital stock)의 종류의 하나로, 일정한 비율에서 배당(dividend)을 지급하고, 보통주(common stock)보다도 이익배당과 잔여재산(liquidation of assets)의 분배에서 우선되는 주식을 이른다. 통상은 우선주에는 의결권(voting rights)이 없다. 대부분의 우선주는 누적형(cumulative)이다. 다시 말하면, 어떤 이유에서 배당이 지급되지 않는 경우, 배당은 누적되어 차기 이후에 보통주의 배당에 우선하여 지급된다. ***~ed stock ratio*** 우선주 비율 ¶ The *preferred stock ratio* is a preferred stock at par value divided by total capitalization; the result is the percentage of capitalization – bonds and net worth – represented by preferred stock. 우선주 비율은 우선주(preferred stock)의 액면(par)을 총자본(capitalization)에서 나눈 것이다. 즉, 총자본(장기부채와 순자산의 합계)에 차지하는 우선주의 비율이 나온다.

preference 더 좋아함, 선택, 우선 ¶ *preference* for gold 금의 선호(選好) ***preference item*** 조세우대항목 → tax preference item (조세우대항목). ***~ shares*** [영] 우선주([미] preferred stock) ¶ *Preference shares*, also known as preferred stock, offer the shareholder preferential claims to dividends, usually at a fixed rate, and a prior claim to ordinary shareholders on the company's assets in the event of liquidation. The market price for the *preference shares* tends to be more stable than that of ordinary shares. Preference shareholders may not vote at the meetings of ordinary shareholders. 우선주는 영어로는 preferred stock이라고 하며, 보통 고정률에 의하여 이익배당금에 대한 우선청구권과 청산 시에 회사재산에 대한 우선청구권을 보통주의 주주보다 앞서 제공한다. 우선주에 대한 시가는 보통주보다 안정적인 경향이 있다. 우선주주들은 보통주주들의 총회에서 의결권을 행사할 수 없다.

preferential 우선의 ¶ *preferential* bill 우대어음 /*preferential* debt 우선채무 /*preferential* (low) interest rate 우대금리 /*preferential* payment 우선지급 /*preferential* treatment of saving 저축우대조치 ***preferential creditor*** 우선채권자 → preferred creditor (우선채권자). ~ ***right*** 우선권, 선취특권 ¶ A preferred creditor is a creditor with *preferential right* to payment over junior creditors. 우선채권자는 하순위의 채권자보다 지급의 우선권을 가지는 채권자를 말한다. ~ ***tariff*** 특혜관세 ¶ The *preferential tariff* is a tariff that imposes lower rates of duty on goods imported from some countries. 특혜관세란 어떤 국가로부터 수입되는 화물에 대해서 다른 나라의 화물에 비하여 낮은 세율을 과세하는 관세를 이른다.

preliminary 예비의, 서두(序頭)의 ¶ *preliminary* advice 프리어드바이스(pre-advice), 신용장개설의 예고통지 /*preliminary* commitment 대출예약 /*preliminary* notification 수출신용장의 예고통지서(프리어드바이스와 다른 책임을 지우지 않는 통지서) /a *preliminary* prospectus 가(假)사업계획서 ***preliminary expenses*** [영] 예비경비 ¶ *Preliminary expenses* are expenses involved in the formation of a company. They include the cost of producing a prospectus, issuing shares, and advertising the flotation. 예비경비는 회사의 성립과 관련된 경비를 말한다. 예비경비는 사업계획서의 제작, 주식발행과 기채(起債)광고의 경비를 포함한다. ~ ***prospectus*** 예비사업계획서 ¶ The *preliminary prospectus* is a first document released by an underwriter of a new issue to prospective investors. The document offers financial details about the issue but does not contain all the information that will appear in the final or statutory prospectus, and parts of the document may be changed before the final prospectus is issued. Because portions of the cover page of the *preliminary prospectus* are printed in red ink, it is popularly called the red herring. 예비사업계획서는 신규발행(new issue)의 인수업자(underwriter)가 증권을 구입할 가능성이 있는 투자자를 대상으로 최초로 제시하는 서류를 이른다. 증권의 재무정보가 상세하게 기재되고 있으나, 최종사업계획서(법적 사업계획서, statutory prospectus)에 기재되는 정보가 전부 포함되는 것은 아니다. 또 최종사업계획서가 발행되기까지 내용이 변경될 가능성도 있다. 예비사업계획서는 표지의 일부가 붉은 색으로 인쇄되고 있으므로, 평이하게 red herring이라고도 부르는 경우도 있다.

pre-loss financing [영] 손실전 자금조달 ¶ *Pre-loss financing* is funding that is arranged in advance of a loss situation, typically through mechanisms such as insurance, derivatives, and contingent capital. 손실전 자금조달은 일반적으로 보험, 파생상품, 및 우발자본(contingent capital)과 같은 메커니즘을 경유하여 손실의 상황 앞서서 마련된 자금조달을 말한다.

pre-market trading 주식시장개시전의 거래 ¶ The *pre-market trading* is any trading that takes place before the official opening of a market. 주식시장개시전의 거래는 공식적인 시장의 개시 전에 일어나는 거래를 뜻한다.

pre-mature delivery [drawing] 기일전(期日前) 실행

pre-maturity payment 기한전 반환금

premise 전제, (*pl.*) 전술의 사항, 가옥, (가옥)부지, 구내(構內) ¶bank [banking] *premise* 은행영업소

premium 할증금, 상금, 보험료, 이자, 프리미엄(선물시세가 현물시세에 대해서 높은 경우를 말한다.), 옵션료 ¶In bonds, the *premium* is: (1) an amount by which a bond sells above its face (par) value. For instance, a bond with a face value of $1,000 would sell for a $100 *premium* when it cost $1,100. The same meaning also applies to preferred stock. (2) an amount by which the redemption price to the issuer exceeds the face value when a bond is called. See also call premium. 채권에 있어서, 프리미엄이란 (1) 채권(bond)의 판매액 중에서 액면(par value)을 초과한 부분은 이른다. 예를 들면, 액면 1,000달러의 채권이 1,100달러로 판매되면, 프리미엄은 100달러이다. 우선주에서도 똑같이 사용된다. (2) 채권이 기한전 상환(call)될 때의 상환가격(redemption price)으로서, 액면을 초과하는 부분을 이른다. call premium(콜프리미엄)도 참조할 것. ¶In closed-end and exchange-traded funds, the *premium* is an amount by which the fund's share value exceeds net asset value. 클로즈드엔드형 펀드(closed-end fund)나 지수연동형 상장지수펀드(exchange-traded fund: ETF)에서는, 프리미엄은 펀드의 주가가 순자산가액(net asset value)을 초과하는 금액을 말한다. ¶In insurance, a *premium* is a fee paid to an insurance company for insurance protection. Also, the single or multiple payments made to build an annuity fund. 보험에 있어서, 프리미엄이란 보험을 걸기 위하여 보험회사에 지급하는 금액을 이른다. 연금보험(annuity)기금을 설정하기 위한 일괄 또는 분할납입금도 의미한다. ¶In options, the *premium* is a price a put of call buyer must pay to a put or call seller (writer) for an option contract. The premium is determined by market supply and demand forces. See also options; premium income. 옵션에 있어서, 프리미엄이란 옵션계약에서 풋옵션(put option)이나 콜옵션(call option)의 매수인이 매도인에게 지급하는 옵션료이다. 금액은 수급(需給)으로 결정한다. options(옵션); premium income(프리미엄료수입)도 참조할 것. ¶In stocks, the *premium* is: (1) a charge occasionally paid by a short seller when stock is borrowed to make delivery on a short sale. (2) an amount by which a stock's price exceeds that of other stocks to which its is comparable. For instance, securities analysts might say that XYZ Foods is selling at a 15% *premium* to other food company stocks – an indication that the stock is more highly valued by investors than its industry peers. It does not necessarily mean that the stock is overpriced, however. Indeed, it may indicate that the investment public has only begun to recognize the stock's market potential and that the price will continue to rise. Similarly, analysts might say that the food industry is selling for a 20% *premium* to Standard & Poor's 500 index, indicating the relative price strength of the industry group to the stock market as a whole. (3) in new issues, an amount by which the trading price of the shares exceeds the offering price. (4) an amount over market value paid in an acquisition or promised in a tender offer. See also premium raider. 주식에 있어

프리미엄 상자에 무엇이 있나요?

서, (1) 공매(空賣)(short sale)의 결제용으로 주식(stock)을 차용할 때에 지급하는 요금(무료인 경우도 있다.)이다. (2) 어느 주식이 비교대상이 되는 다른 종목의 주가를 상회하고 있는 금액을 이른다. 예컨대, 증권애널리스트(securities analysts)는 「XYZ사의 식품주가 다른 식품주에 대하여 15%의 프리미엄으로 매매되고 있다」(XYZ Foods is selling at a 15% premium to other food company stocks)고 하는 말하는 것과 같다. 이것은 XYZ사의 식품주가 동업의 다른 회사보다 투자자에게 높게 평가되고 있음을 나타낸다. 그러나 그 주식이 반드시 더 비싸다(overpriced)고는 말할 수 없다. XYZ사의 식품주가 더 비싼 여지가 주목되기 시작한 것뿐이지 주가가 상승을 계속할지도 모를 일이다. 또 식품업계가 스탠더드앤드푸어스 500종목 지수(Standard & Poor's 500 Composite Index)에 대하여 20%의 프리미엄으로 거래되고 있다고 하는 경우에는, 식품업계의 주가가 시장전체와 비교해서 높다는 것을 나타낸다. (3) 신규주식발행에서 발행후의 거래가격이 공모가격(offering price)을 상회하고 있는 금액을 이른다. (4) tender offer(주식공개매수)에서 시장의 주가(market value)에 더하여 지급되는 금액을 이른다. premium raider(고가제시에 의한 기업매수)도 참조할 것. /exchange *premium* 환율의 프리미엄 /a *premium* for lease 부금(敷金) /a *premium* from new issue of market price; a *premium* from spread between market price and par value 증자프리미엄 /*premium* on bond 채권의 액면을 상회하는 금액, 사채발행차금(差金) /a *premium* on capital stock 주식의 액면을 상회하는 금액, 주식프리미엄 /*premium* over conversion value 전환사채의 전환가격을 상회하는 초과액 /to be at a *premium* 프리미엄부(附)이다, 액면이상이 되다 ***insurance ~s*** 보험료 ¶ *Insurance premiums* are amounts paid to an insurance company to cover potential hazards. Most *insurance premiums* are tax deductible to a business, except life *insurance premiums* when the company is the beneficiary. Most *insurance premiums* are not deductible by an individual, except that medical *insurance premiums* may be considered an itemized medical expense. 보험료는 잠재적인 위험을 커버하기 위하여 보험회사에 지급하는 금액을 말한다. 대부분의 보험료는 회사가 수익자인 경우에 생명보험료를 제외하고, 기업에 대하여 조세공제항목이다. 대부분의 보험료는 개인에 의해서 공제되지 않지만, 다만 의료보험료가 항목상 의료경비로 간주되는 이상 예외이다. ~ ***bond*** 프리미엄 채권 ¶ The *premium bond* is a bond with a selling price above face or redemption value. A bond with a face value of $1,000, for instance, would be called a *premium bond* if it sold for $1,050. This price does not include any accrued interest due when the bond is bought. When a *premium bond* is called before scheduled maturity, bondholders are usually paid more than face value, though the amount may be less than the bonds is selling for at the time of the call. 프리미엄 채권은 액면(face value)이나 상환가액(redemption value)을 상회하는 가격에서 거래되는 채권(bond)을 말한다. 예를 들면, 액면 1,000달러의 채권이 1,050달러로 거래되고 있으면, 프리미엄 채권이라고 한다. 이 가격에는, 채권을 구입한 경우의 경과이자(accrued interest)는 포함하지 않는다. 기한전 상환(call)되는 경우, 채권보유자(bondholder)는 액면가격보다 높은 금액을 받는 경우가 많지만, 기한전 상환시의 시장가격보다 낮은 경우도 있다. ~ ***income*** 프리미엄료 수입 ¶ *Premium income* is income received by an investor who sells a put option or a call option. An investor collects premium income by writing a covered option, if he or she owns the underlying stock, or a naked option, if he or she does not own the stock. An investor who sells options to collect premium income hopes that the underlying stock will not rise very much (in the case of a call) or fall very much (in the case of a put). 프리미엄료 수입은 풋옵션(put option)이나 콜옵션(call option)을 매도하는 투자자(investor)가 받는 수입을 말한다. 기초주식

(underlying stock)을 보유하고 있는 경우는 커버드옵션(covered option)을, 기초주식을 보유하고 있지 아니하는 경우는 네이키드옵션(naked option)을 단번에 팔아서 옵션료를 얻는다. 콜옵션은 기초주식의 가격이 크게 오르지 않을 것을, 또 풋옵션은 가격이 크게 내려가지 않을 것을 기대하며 매각한다. ~ ***loading*** [영] 부가보험료 ¶ The *premium loading* is the margin an insurer requires in order to cover overhead expense (expense loading) and generate an appropriate profit; *premium loading* is one of two components, along with pure premium, used to determine fair premium. 부가보험료는 경영비(overhead expense)(부가보험료)를 커버하고 적절한 이익을 산출하기 위하여 보험업자가 필요로 하는 판매수익(margin)이다. 부가보험료는 공정한 보험료를 산정하는데 사용되는 순수보험료(pure premium)와 더불어 2구성요소 중의 하나이다. ~ ***over bond value*** 대(對)보통사채 프리미엄 ¶ The *premium over bond value* is an upward difference between the market value of a convertible bond and the price at which a straight bond of the same company would sell in the same open market. A convertible bond, eventually convertible to common stock, will normally sell at a *premium over its bond value* because investors place a value on the conversion feature. The higher the market price of the issuer's stock is relative to the price at which the bond is convertible, the greater the premium will be, reflecting the investor's tendency to view it more as a stock than as a bond. When the stock price falls near or below the conversion price, investors then tend to view the convertible as a bond and the premium narrows or even disappears. 대(對)보통사채 프리미엄은 전환사채(convertible bond)의 시장가격(market price)이 같은 공개시장(open market)에서 거래되는 같은 회사의 보통사채(straight bond)의 가격을 상회하고 있는 금액을 이른다. 전환사채는 후에 보통주로 전환할 수 있는 사채로, 통상은 보통사채의 가격에 더 프리미엄이 붙는다. 이것은 주식에의 전환권이 평가되기 때문이다. 발행자의 주가가 당초 설정된 전환가격(conversion price)에 대하여 상승하면, 전환사채는 채권(bond)이 아니라 주식으로 간주되는 경향이 있으며, 프리미엄이 확대한다. 반대로, 주가가 전환가격에 가깝거나 그 이상으로 내려가면, 전환사채는 채권으로 간주되어 프리미엄이 축소된다든지 없어져 버린다. ~ ***over conversion value*** 대(對)전환가격 프리미엄 ¶ The *premium over conversion value* is an amount by which the market price of a convertible preferred stock or convertible bond exceeds the price at which it is convertible. Convertibles (CVs) usually sell at a premium for two basic reasons: (1) if the convertible is a bond, the bond value – defined as the price at which a straight bond of the same company would sell in the same open market – is the lowest value the CV will reach; it thus represents downside risk protection, which is given a value in the marketplace, generally varying with the volatility of the common stock; (2) the conversion privilege is given a value by investors because they might find it profitable eventually to convert the securities. 대(對)전환가격 프리미엄이란 전환우선주(convertible preferred stock)나 전환사채(convertible bond)의 시장가격(market price)이 당초 설정된 전환가격(convertible price)을 상회하고 있는 금액을 이른다. 전환증권(convertibles)은 통상 2가지 이유에서 프리미엄을 붙여 판다. (1) 전환사채의 경우, 가격이 하락하여도 사채가치(같은 공개시장에서 매매되는 같은 회사의 보통사채(straight bond)의 가격을 떨어뜨리는 일은 없다. 다시 말하면 아래쪽 위험은 제한되어 있고, 그것이 시장에서 평가된다. 가격은 보통주의 변동(volatility)에 좌우되는 경우가 많다. (2) 전환권(conversion privilege)이 투자자에 의해서 평가된다. 왜냐하면 후에 주식으로 전환하는 것에서 이익이 올라갈 가능성이 있기 때문이다. ~ ***raid*** 고가제시에 의한 기업매수 ¶ *Premium raid* is surprise attempt to acquire a position in a company's stock by offering holders an amount – or premium – over the market value of their shares. The term raid assumes that the motive is control and not simply investment. Attempts to acquire control are regulated by federal laws that require disclosure of the intentions of those seeking shares. See also tender offer; Williams Act. 고가제시에 의한 기업매수는 시장가격(market value)을 상회하는 프리미엄(premium)을 예고 없이 제시함으로써 어느 회사의 주식을 불시에 취득하려고 하는 경우이다. raid(불의의 침입, 요컨대 탈취함)의 말은 단순한 투자가 아니라, 회사의 지배가 목적인 것을 나타내고 있다. 지배권탈취는 미연방법에서 규제를 받고 있고, 매수의 의도를 공개하도록 요구받는다. tender offer(공개매수); Williams Act(윌리엄즈법)도 참조할 것. ~ ***swap*** [영] 프리미엄스왑 ¶ The *premium swap* is an over-the-counter nonpar swap where the receiver of fixed rates grants an upfront payment to the floating rate payer in exchange for a higher ongoing fixed rate inflow. See also discount swap. 프리미엄스왑은 확정금리의 확정금리 수취인(receiver)이 더 높은 조정적(ongoing) 확정금리 유입(inflow)과 교환하여 변동금리 지급인(payer)에게 선지급금(upfront payment)을 주는 장외무액면스왑을 말한다. 디스카운트스왑(discount swap)도 참조할 것.

prenuptial contract 혼전의 계약 ¶ The *prenuptial contract* is an agreement between a future husband and wife that details how the couple's financial affairs are to be handled both during the marriage and in the event of divorce. The agreement may cover insurance protection, ownership of housing and securities, and inheritance rights. Such contracts may not be accepted in a court of law. 혼전의 계약이란 혼인을 앞에 둔 남녀가 혼인 후와 이혼한 경우의 두 사람의 경제적인 문제에 관하여 상세하게 결정하는 것이다. 보험, 주택이나 증권의 소유, 상속권(inheritance rights)에 관하여 결정한다. 이와 같은 약정을 법원에서는 유효하지 않다고 할 가능성이 있다.

prepackaged bankruptcy 정식파산에 들어가기 전의 절차 ¶ *Prepackaged bankruptcy* is a Chapter 11 Bankruptcy in which the terms of reorganization are agreed upon by creditors and owners prior to filling. 정식파산에 들어가기 전의 절차란 회사갱생의 조건이 파산신청을 하기 전에 채권자와 소유자간에 체결되는 제11장의 파산을 의미한다.

prepaid 선급의, 선납의, 운임지급의 ¶ carriage *prepaid* 운임선급 /freight *prepaid* 운임선급 (*cf.*) freight collect 운임도착지지급 /a *prepaid* discount 선급할인료 /*prepaid* expense 선급비용 /*prepaid* freight 선급운임 /*prepaid* interest paid back 환급이자 ***prepaid income*** 선급수익 ¶ *Prepaid income* is compensation received in advance of a promised service or delivery of a good. *Prepaid income* is generally taxable in the year in which it is received, unless a taxpayer uses the accrual method of accounting, in which case the income is reported as the service is performed. 선급수익은 약속된 서비스나 물건의 인도 이전에 수령하는 보수를 말한다. 선급수익을 일반적으로 수령 받은 해에 과세된다. 단, 납세자가 발생주의의 회계를 사용하는 경우에는 그렇지 아니한다. 그 경우에는 수익은 서비스가 이행된 때에 보고되기 때문이다. ~ ***interest*** 선급이자 ¶ *Prepaid interest* is an asset account representing interest paid in advance. The interest is expensed, that is, charged to the borrower's profit and loss statement (P&L), as it is earned by the lender. Synonymous with unearned interest, which is the preferred term when discount is involved. 선급이자는 선급한 이자(interest)를 나타내는 자산계좌를 이른다. 이자는 차입자 측에서는 처리비용, 말하자면 손익계산서(profit and loss statement: P&L)에서 손실로 계상된다. 대여자 측에서는 수익(收

益)으로 처리된다. unearned interest와 동의어지만, 이것은 할인(discount)과 관련되는 우선적인 용어이다.

prepay 선급(先給)하다 ¶*prepay* a reply to a telegram 전보의 반신료를 선급하다

prepayment 선급, 선납, 기한전 상환, 만기전 상환 ¶In general, *prepayment* is paying a debt obligation before it comes due. 일반적으로, 기한전 상환이란 앞당겨 채무(debt)를 상환하는 경우이다. ¶In accounting, *prepayment* is expenditure for a future benefit, which is recorded in a balance sheet asset account called a deferred charge, then written off in the period when the benefit is enjoyed. For example, prepaid rent is first recorded as an asset, then charged to expense as the rent becomes due on a monthly basis. 회계에 있어서, 선급이란 장래의 이익을 위한 비용이다. 대차대조표(balance sheet)의 이연자산(deferred charge)계좌에 계상하여, 이익이 실현하는 기간 내에 상각한다. 예를 들면, 선급임차료는 우선 자산으로서 계상하여, 실제로 매달의 임차료가 발생한다면 비용으로서 처리한다. ¶In banking, *prepayment* is paying a loan before maturity. Some loans (particularly mortgages) have a prepayment clause that allows prepayment at nay time without penalty, while others charge a fee if a loan is paid off before due. 은행업무에 있어서, 기한전 상환이란 앞당겨 융자를 상환하는 경우이다. 주택론(mortgage) 기타 융자의 종류에 따라서는 기한전 상환조항(prepayment clause)이 정해져서, 위약금(prepayment penalty) 없이도 언제든지 기한전 상환할 수 있는 론(loan)이 있는가 하면, 기한전 상환수수료가 딸리는 론도 있다. ¶In installment credit, *prepayment* is making payment before they are due. 할부신용에 있어서, 기한전 상환은 앞당겨 상환하는 경우이다. ¶In securities, *prepayment* is paying a seller for a security before the settlement date. 증권에 있어서, 기한전 상환이란 결제일(settlement date)보다 앞에 매도인에게 증권의 대금을 지급하는 경우이다. ¶In taxes, *prepayment* is prepaying taxes, for example, to have the benefit of deducting state and local taxes from one's federal income tax return in the current calendar year rather than in the next year. 세무에 있어서, 선납은 세금을 선급으로 납부하는 경우이다. 예를 들면, 내년도가 아니라 금년도의 미연방소득세의 신고에서 주세와 지방세를 공제하고, 조세효과를 얻는 것이 목적이다. /a *prepayment* privilege 기한전 상환권 ***prepayment penalty*** 기한전 상환위약금 ¶The *prepayment penalty* is a fee paid by a borrower to a bank when a loan or mortgage that does not have a prepayment clause is repaid before its scheduled maturity. *Prepayment penalties* are prohibited in many states, and by Fannie Mae and Freddie Mac. Also called prepayment fee. 기한전 상환위약금은 기한전 상환조항(prepayment clause)이 없는 주택론(mortgage) 기타 융자를 앞당겨 상환할 때에 지급하는 위약금을 이른다. 기한전 상환위약금의 징수는 많은 주에서 금지되고, 미연방주택모기지협회(Fannie Mae)와 미연방주택금융모기지협회(Freddie Mac)도 금지하고 있다. 이를 prepayment fee(기한전 상환수수료)라고도 한다.

prerefunding 채권의 사전차환(借換) ¶The *prerefunding* is a procedure, called a pre-re on Wall Street, in which a bond issuer floats a second bond in order to pay off the first bond at the first call date. The proceeds from the sale of the second bond are safely invested, usually in Treasury securities, that will mature at the first call date of the first bond issue. Those first bonds are said to prerefunded after this operation has taken place. Bond issuers prerefund bonds during periods of lower interest rates in order to lower their interest costs. See also advance refunding; refunding; refunding escrow deposits (REDS). 채권의 사전차환(借換)은 월가(Wall Street)에서 pre-re라고 하는 수법이

다. 새로이 채권(bond)을 발행하고 그 전에 발행한 채권의 최초의 기한전 상환(call)의 재원에 충당하는 것이다. 후에 발행한 채권의 수령금(proceeds)은 앞에 발행한 채권의 최초의 기한전 상환일이 도래하기까지의 기간, 미재무부 증권(Treasuries)의 안전한 상품에 투자된다. 이로써 앞에 발행한 채권이 차환된 상태가 된다. 채권의 발행단체는 저금리의 시기에 사전차환을 행하여 금리코스트를 인하한다. advance refunding(만기전 차환); refunding(차환); refunding escrow deposits (REDS)(차환 에스크로예금)도 참조할 것.

prerogative 특권, 특전 ¶ retain the *prerogative* 그 특권을 보유하다 /the *prerogative* of the legislature 입법부의 특권 /He believes that the President's *prerogative* should be strictly limited to his right to dissolve parliament. 그는 대통령의 특권은 의회의 해산권에만 엄밀히 제한되어야 한다고 믿고 있다.

presale order 공모전의 매수주문 ¶ The *presale order* is an order to purchase part of a new municipal bond issue that is accepted by an underwriting syndicate manager before an announcement of the price or coupon rate and before the official public offering. Municipals are exempt from registration requirements and other rules of the Securities and Exchange Commission, which forbids preoffering sales of corporate bond issues. See also presold issue. 공모전의 매수주문은 발행가격(issue price)이나 표면이율(coupon)을 발표하기 전이나, 정식의 공모(public offering)절차를 취하기 전에, 인수단간사(syndicate manager)가 인수하는 신규발행지방채(municipal bond)의 부분적인 매수주문을 이른다. 사채(corporate bond)는 미증권거래위원회(Securities and Exchange Commission)의 등록(registration)의무의 규제에 의하여 공모전의 판매가 금지되고 있으나, 지방채는 이러한 규제의 적용면제취급을 받고 있기 때문에 공모전 판매가 허용되고 있다. presold issue[공모전 완매(完賣)]도 참조할 것.

prescribe 규정하다, 시효를 주장하다 ¶ as *prescribed* by the law 법률의 규정대로 /Beat writers rejected socially *prescribed* roles and socially approved forms of behavior. 비트세대의 작가들은 사회적으로 규정된 역할과 사회적으로 승인된 행동의 형식을 거부했다.

prescription 규정, 처방, 시효, 취득시효 ¶ A *prescription* is a means of acquiring an easement in or on the land of another by continued regular use over a statutory period. 취득시효는 타인의 토지 내에서 제정법이 정한 기간 이상을 계속 정상적인 사용을 사용함으로써 지역권을 취득하는 방법이다. /acquisitive [positive] *prescription* 취득시효 /completion of *prescription* 시효의 완성 /extinctive [negative] *prescription* 소멸시효 /interruption of *prescription* 시효의 중단 /*prescription* of duty (채무의) 시효면제 /a *prescription* period 시효기간 /suspension of *prescription* 시효의 정지, 시효중단

prescriptive right 시효에 의하여 취득한 권리 → prescription (취득시효).

presence 입회, 존재, 영향력 ¶ The newly industrialized economies (NIEs) are developing a strong *presence* in th auto industry. 신흥공업국[니즈]은 자동차산업계에 있어서 강력한 존재가 되어 가고 있다. /It is our international *presence* in several aspects of commerce that keeps us so successful. 우리 회사가 쭉 성공하고 있는 것은 상업 몇 가지 부분에서 국제적인 영향력을 가지고 있는 탓이다.

present ⓐ 현재의, 당면한 ¶ the *present* period 당기(當期) /*present* value of an annuity 연금의 현재가격 ***present value (PV)*** 현재가치, 현가(現價) ¶ The *present value* (*PV*) is a value today of a future payment, or stream of

payments, discounted at some appropriate compound interest – or discount – rate. For example, the *present value* of $100 to be received 10 years from now is about $38.55, using a discount rate equal to 10% interest compounded annually. The *present value* method, also called the discounted cash flow method, is widely used in corporate finance to measure the return on a capital investment project. In security investment, the method is used to determine how much money should be invested today to result in a certain sum at a future time. *Present value* calculations are facilitated by *present value* tables, which are compound interest tables in reverse. Also called time value of money. 현재가치는 장래의 지급이나 일련의 지급에서 생기는 가치를 현시점에 적용한 것이고, 적절한 복리(compound interest)(할인율, discount rate)로 산출한다. 예를 들면, 10년 후에 받는 100달러의 현재가치는 연 10%의 복리로 계산하면 약 38달러 55센트가 된다. 현재가치법은 디스카운티드 캐시플로(discounted cash flow)법이라고 하며, 기업재무에서 자본투자(capital investment)의 이익률의 산출에 널리 사용되고 있다. 증권투자에서는, 장래 일정한 금액을 확보하기 위하여 현재 투자할 금액을 결정하는 데에 사용된다. 복리표를 역(逆)으로 한 현재가치표를 사용한다면 현재가치를 간단히 산출할 수 있다. 이를 time value of money(화폐의 시간적 가치)라고도 한다.
[n.] (*pl.*) 이 서류, 본 증서 ¶ by these *presents* 본 서류에 의하여
[v.] 제출하다, 내다, 제시하다 ¶ check issued but not yet *presented* 발행되었으나 미제시된 수표 ***present again*** [부도사유] (기일미도래에 대해서) 재제출할 것 ¶ *Present again* is a term used in the check law that the check can be presented before the presentation date written on it although it is a pre-date check. 재제출할 것이라는 말은 선일자 수표의 경우라도 기재된 제출일의 일자 전에 지급제시를 할 수 있다고 하는 수표법에서 사용하는 용어이다. ***~ing bank*** (지급을 구하는) 제시은행 ¶ A *presenting bank* is any bank presenting an item except a payor bank, i.e., a bank that demands of drawee or other payor that she pay or accept a draft or other instrument. 제시은행은 지급은행 이외에 지급수단을 제시하는 은행, 즉 환어음·수표의 지급인 기타 지급인에게 환어음 기타의 증권을 지급하거나 인수할 것을 요구하는 은행을 말한다.

presentation 제시, 제출 ¶ a period of *presentation* 제시기간 /on *presentation* 제시한 대로 /*presentation* for acceptance 인수제시 /*presentation* for payment 지급제시 /*presentation* of a bill 환어음의 제시 /*presentation* of document [draft] 서류[어음]의 제시 /*presentation* of a draft 어음의 제시 /*presentation* period 제시기간

presentment 제출, (어음 등의) 제시 ¶ *presentment* for payment 지급제시

preservative 보존하는, 보존력 있는 ¶ *preservative* attachment 채권보전압류

president 회장, 사장(직함일 경우에는 President라고 대문자로 시작한다.) ¶ The *president* is a highest-ranking officer in a corporation after the chairman of the board, unless the title chief executive officer (CEO) is used, in which case the *president* can outrank the chairman. The *president* is appointed by the board of the directors and usually reports directly to the board. In smaller companies, the *president* is usually the CEO, having authority over all other officers in matters of day-to-day management and policy decision-making. In large corporations the CEO title is frequently held by the chairman of the board, leaving the *president* as chief operating officer, responsible for personnel and administration on a daily basis. 사장이란 이사회회장(chairman of the board)에

이은 지위의 임원이다. 다만, 최고경영자책임자(chief executive officer: CEO)라는 타이틀이 사용되는 경우에는, 회장보다 지위가 높게 된다. 이사회(board of directors)에 의하여 선임되고, 통상은 이사회에 직접 보고한다. 소규모회사에서는, CEO도 겸하는 일이 많고, 일상의 운영이나 방침결정에 있어서 다른 집행임원(officer)보다 권한이 크다. 대회사에서는, 이사회회장이 CEO의 직함을 가지는 경우가 많고, 사장은 최고집행책임자(chief operating officer: COO)가 되어 일상의 인사나 운영에 책임을 진다. /*President* Emeritus 전(前) 사장

presidential election cycle theory 대통령선거 사이클이론 ¶The *presidential election cycle theory* is a hypothesis of investment advisers that major stock market moves can be predicted based on the four-year presidential election cycle. According to this theory, stocks decline soon after a president is elected, as the chief executive takes the harsh and unpopular steps necessary to bring inflation, government spending, and deficits under control. During the next two years or so, taxes may be raised and the economy may slip into a recession. About midway into the four-year cycle, stocks should start to rise in anticipation of the economic recovery that the incumbent president wants to be roaring at full steam by election day. The cycle then repeats itself with the election of a new president or the reelection of an incumbent. 대통령선거사이클이론은 주된 주가변동은 4년간의 대통령선거사이클을 기초로 예상할 수 있다고 하는 투자자문이 세운 가설이다. 이 가설에 의하면, 대통령선출 후 바로 주가는 하락한다. 이것은 대통령이 인플레이션(inflation), 세출(government spending), 적자(deficit)의 제어(制御)에 필요한 인기가 없는 정책을 엄격하게 취하기 때문이다. 그 후 2년 정도, 증세가 실시되어 경기가 후퇴(recession)한다. 그러나, 임기인 4년간의 사이클의 중반에 들어설 즈음에는, 차기 대통령선거까지 차기대통령후보로서 경기회복을 위하여 전력을 다할 것이라는 기대에서 주가가 오르기 시작한다. 새로운 대통령이 선출되든가 현직대통령이 재선되어도, 이 주기(周期)는 반복된다.

presold issue 공모전 완매(完賣) ¶*Presold issue* is issue of municipal bonds or government bonds that is completely sold out before the price or yield is publicly announced. Corporate bond issues, which must be offered to the public with a Securities and Exchange Commission registration statement, cannot legally be presold. See also presale order. 공모전 완매(完賣)는 발행가격(issue price)이나 이율(yield)이 공표되기 전에 완매(完賣)가 되는 지방채(municipal bond)나 정부채(government bond)를 말한다. 사채(corporate bond)의 경우는 미증권거래위원회(Securities and Exchange Commission: SEC)에 등록(registration)하고 공모하여야 하며, 공모전의 판매는 위법이다. presale order(공모전의 매수주문)도 참조할 것.

pressing 절박한, 긴급한, 급한 ¶*pressing* payment 독촉 받는 지급

pressure 압력, 압박, 곤란, 궁박 ¶financial *pressure* 금융궁박상태 /*pressure* for money 금융핍박

presumptive 추정의, 추정상의 ¶a *presumptive* title (실제로는 않을지도 모르는) 추정상의 권리

pretax 세금공제전의, 세금포함의(before tax) ¶*pretax* income 세금공제전의 수입 ***pretax earnings or profits*** 조세공제전 이익 ¶*Pretax earnings or profits* are net income (earnings or profits) before federal income taxes. 조세공제전 이익이란 연방소득세(federal income taxes)를 공제하기 전의 순이익(net income)을 이른다. ~ ***rate of return*** 조세공제전 이익률 ¶*Pretax rate of return* is yield or capital gain on a particular security before rating into account an individual's tax situation. See also rate of return. 조세공제전 이익률이란 개인의 소득세(income taxes)를 공제하기 전의 증권의 이율(yield)이나 자본이득(capital gain)을 이른다.

prevailing 일반의, 보통의 ¶ a *prevailing* rate 중심시세

previous 앞의, 이전의 ¶ against the *previous* year 전년비(前年比) /*previous* [preceding] term 전기(前期) ***previous balance method*** 전월잔액베이스 금리산출방식 ¶ The *previous balance method* is a method of charging credit card interest that uses the outstanding balance at the end of the previous month as the basis for the current month's interest computation. See also adjusted balance method. 전월잔액베이스 금리산출방식이란 전월(前月)말의 잔액을 기준으로 하여 익월(翌月)의 금리를 산출하는 크레디트카드의 금리결정방법이다. adjusted balance method(잔액수정방식)도 참조할 것.

price 가치, 가격, 대가, 시세, 물가 ¶ an all-round *price* 전반적 가격 /an ex factory *price* 공장인도가격 /a going [current] *price* 시가(時價) /the highest, lowest, and final [closing] *prices* of … …의 고가(高價), 저가(低價) 및 종가(終價) /a market *price* 시가(市價) /net *price* 정가(正價) /an official *price* 공정가격 /a *price* agreement 가격협정 /*price* asked [charged] 부르는 가격 /*price* bid 매수호가 /a *price* book value ratio 주가순자산배율(株價純資産倍率) /a *price* cartel 가격카르텔, 가격협정 /*price* concession 가격의 양보, 가격인하 /*price* current 시세표, 현행가격 /*price* elasticity 가격탄력성 /*price* fluctuation reserve 가격변동준비금 /a *price* leader 특별세일상품 /*price* level 가격수준, 물가수준 /*price* limit 지정가(指定價), 가격폭제한 /a *price* list 가격표 /*price* maker 가격형성자 /*price* range 가격대(價格帶), 가격폭 /*price* rigidity 가격의 경직성 /*price* risk 가격변동 리스크 /*price* stabilization 가격안정화 /*price* support 가격지지[유지] /*price* taker 가격수용자, 가격추수자(價格追隨者) /*price* term 가격변동조건 /*price* variation 물가변동 /the *price*-wage spiral 임금-물가의 악순환 ***asking price*** (상대방이) 부르는 가격, 제시가격 ¶ The *asking price* is the price at which something is offered for sale. The actual price paid may be different from the asking price, which is often negotiable. 제시가격이란 어떤 것을 팔기 위해서 제시하는 가격이다. 지급한 실제가격은 제시가격과 다를 수 있는데, 그것은 협정되는 경우가 있기 때문이다. ***bid*** ~ 입찰가격, 매수호가 ¶ A *bid price* is a price that a market-maker is prepared to buy at (e.g., for a currency). 매수호가는 시장조성자가 (예컨대 통화를) 매수하려는 가격을 말한다. ***closing*** ~ 종가(終價), 거래소 파장 때의 시세 ¶ The *closing price* [*quote*] is a price of the last transaction completed during a day's trading session on an organized exchange. For purposes of valuation of stock, as in the case of charitable contributions and estates, the closing quote is used. 종가란 조직화된 거래소에서 1일의 입회기간 중 마지막의 거래가 종료한 때의 가격을 말한다. 자선기부금 및 부동산의 경우에 있어서와 같이, 주식의 평가를 할 때에, (closing price가 아닌) closing quote(최종시세가격)가 사용된다. ***offering [offered]*** ~ 공모가격 ¶ The *offering price* is a price per share at which a new or secondary distribution of securities is offered for sale to the public; also called price offering. For instance, if a new issue of XYZ stock is priced at $40 a share, the offering price is $40. When mutual fund shares are made available to the public, they are sold at net asset value, also called the offering price or the asked price, plus a sales charge, if any. In a no-load fund, the offering price is the same as the net asset value, to arrive at the offering price. See also offer.

공모가격은 신규증권의 모집(primary distribution)이나 기존증권의 매출(secondary distribution)에서 일반투자자(the public)에게 판매되는 주당의 가격을 이른다. 이를 public offering price(공개공모가격)이라고도 한다. 예를 들면, 신규발행의 XYZ사 주식이 1주당 40달러로 가격을 매기면, 공모가격은 40달러가 된다. 뮤추얼펀드(mutual fund)주식이 공모되는 경우에는, 순자산가치(net asset value) — 매출가격(offering price)이라든가 매도호가(asked price)라고도 한다. — 로 판매되고, 필요에 따라서 판매수수료(sales charge)가 가산된다. 노로드펀드(no-load fund)에서는, 공모가격은 순자산가치와 같다. 로드펀드(load fund)에서는, 순자산가치에 판매수수료가 가산된 것이 공모가격이 된다. offer[매도호가(呼價)]도 참조할 것. ***~/book ratio*** 주가순자산비율 ¶ The *price/book ratio* is a ratio of a stock's price to its book value per share. This number is used by securities analysts and money managers to judge whether a stock is undervalued or overvalued. A stock selling at a high *price/book ratio*, such as 3 or higher, may represent a popular growth stock with minimal book value. A stock selling below its book value may attract value-oriented investors who think that the company's management may undertake steps, such as selling assets or restructuring the company, to unlock the hidden value on the company's balance sheet. 주가순자산비율이란 주가를 1주당 순자산액(book value)으로 나눈 것이다. 증권애널리스트나 운용책임자(money manager)는 이 수치로 주식이 비교적 싼지 비교적 비싼지를 판단한다. 주가순자산배율이 예컨대 3배 이상으로 높은 경우에는, 장부가(帳簿價)가 대단히 낮아서 인기가 있는 성장주(growth stock)일지도 모른다. 장부가(book value)를 내리고 있는 경우에는, 비교적 싼 주식을 노리는 투자자(value-oriented investors)를 유인할 가능성이 있다. 이것은 경영진이 자산매각이나 사업재편(restructuring)을 실행하여 대차대조표(balance sheet)의 함축된 자산(hidden value)을 활용할지도 모른다고 보기 때문이다. ***~ change*** 가격변동 ¶ The *price change* is a net rise or fall of the price of a security at the close of a trading session, compared to the previous session's closing price. A stock that rose $2 in a day would have a +2 after its final price in the newspaper stock listings. A stock that fell $2 would have a -2. The average of the price changes for groups of securities, in indicators such as the Dow Jones Industrial Average and Standard & Poor's 500 Stock Index, is calculated by taking into account all the price changes in the components of the average or index. 가격변동은 증권(security)의 종가를 전회의 거래의 종가(closing price)와 비교할 때의 순수한 상승폭 또는 하락폭을 이른다. 1일에 2달러의 가격상승이 있다면 신문의 주식란에 +2, 2달러의 가격하락이 있으면 -2라고 표시한다. 증권의 그룹의 가격움직임의 평균이나 다우존스 공업주 평균(Dow Jones Industrial Average)이나 스탠더드앤드푸어스 500종목(Standard & Poor's 500 Composite Index)의 주가지수(stock indices and averages)에서는, 평균주가나 주가지수를 구성하고 있는 전종목의 가격움직임을 고려하여 산출한다. ***~ discovery*** 가격의 발견 ¶ The *price discovery* is a free market process by which an illiquid asset eventually attracts a buyer and discovers what price it will fetch. 가격의 발견이란 비유동자산(illiquid asset)이 결국 바이어를 끌어들여서 그 자산이 얼마의 가격을 매겨 줄 자유시장의 과정을 이른다. ***~/earning(s) (P/E) ratio*** 주가수익률 ¶ The *price/earnings (P/E) ratio* is a price of a stock divided by its basic earnings per share. The *P/E* ratio may either use the reported earnings from the latest year (called a trailing *P/E*) or employ an analyst's forecast of next year's earnings (called a forward *P/E*). The trailing *P/E* is listed along with a stock's price and trading activity in the daily newspapers. For instance, a stock selling for $20 a share that earned $1 last year has a trailing *P/E* of

20. If the same stock has projected earnings of $2 next year, it will have a forward *P/E* of 10. 주가수익률이란 주가를 1주당 이익에서 나눈 것이다. 직근(直近)의 연도의 공표이익을 사용하는 전기(前期)기준 P/E(이를 trailing P/E이라 한다.)와 애널리스트가 예상하는 익년도의 이익을 사용하는 선도P/E(이를 forward P/E라고 한다.)가 있다. 만기기준 P/E는 주가나 매매상황과 더불어 신문에 매일 게재된다. 예를 들면, 주가가 20달러로 전기의 이익이 1주당 1달러라면, 전지기준 P/E는 20배가 된다. 이 주식의 내년도의 예상이익이 2달러라면, 선도P/E는 10배가 된다. ~ ***gap*** 프라이스갭 ¶ The *price gap* is a term used when a stock's price either jumps or plummets from its last trading range without overlapping that trading range. For instance, a stock might shoot up from a closing price of $20 a share, marking the high point of an $18-$20 trading range for that day, and begin trading in a $22-$24 range the next day on the news of a takeover bid. Or a company that reports lower than expected earnings might drop from the $18-20 range to the $13-$15 range without ever trading at intervening prices. *Price gaps* are considered significant movements by technical analysts, who note them on charts, because such gaps are often indications of an overbought or oversold position. 프라이스갭은 주가가 직근(直近)의 거래권을 빠져나가 급등 또는 급락하는 것이다. 예를 들면, 18-20달러의 고가의 거래권에서 기록한 주식(stock)이 20달러의 종가(closing price)를 부쳐, 익일 주식공개매수(takeover bid)의 뉴스를 받고 느닷없이 22-24달러로 거래가 시작하는 경우가 이것에 해당한다. 예상을 하회하는 이익을 발표하여 주가가 18-20달러의 거래권에서 한번에 13-15달러로 내리는 경우도 마찬가지이다. 차트분석을 하는 테크니컬 애널리스트(technical analyst)는 프라이스갭의 이와 같은 움직임을 매수초과포지션(overbought position), 또는 매도초과포지션(oversold position)을 나타내는 중요한 움직임이라고 생각한다. ~ ***indexes*** 물가지수 ¶ The *price indexes* are indices that track levels of prices and rates of inflation. The two most common *price indexes* published by the government are the consumer price index (CPI) and the producer price index (PPI). 물가지수란 물가수준과 인플레이션율의 지표를 이른다. 정부가 발표하는 2종류의 가장 일반적인 물가지수는 소비자물가지수(consumer price index: CPI)와 생산자물가지수(producer price index: PPI)이다. ~ ***leadership*** 가격지배력 ¶ The *price leadership* is an establishment of a price by a leading producer of product that becomes the price adopted by other producers. 가격지배력은 유력한 생산자가 설정한 상품가격에 의하여 다른 생산자의 가격이 결정되는 경우이다. ~ ***limit*** [영] 지정가격 ¶ The *price limit* is a boundary placed on certain exchange-traded assets (e.g., futures, options, common stocks) that limits the amount of upward and downward price movement that can occur during a trading session. A *price limit* is a form of circuit breaker that is intended to control excessive volatility and/or market overreaction. 지정가격은 입회시간대 동안에 발생할 수 있는 상하가격변동의 금액을 제한하는 일정한 상장거래의 자산(예컨대, 선물, 옵션, 보통주)에 설정한 경계선을 말한다. 지정가격은 과도한 변동성(volatility)과 시장의 과민반응을 제어하려는 거래정지조치의 형식이다. → limit price (지정가). ~***-linked government securities*** 물가연동 국채(물가채) ¶ The *price-linked government securities* are type of securities which the Government issues, and bonds that guarantees the investor's substantial purchasing power by linking the principal and interest with the price and hedge the risk of price change. Such bonds are now being issued in the 24 countries of all the world and the amount has exceeded two trillion. However, in the most of countries, the *price-linked government securities* are below 10% of the whole market of government

securities, so that they are yet high in growth potentiality. In 2007 bonds have been introduced in Korea. 물가연동 국채(물가채)는 정부가 발행하는 국채의 한 종류로, 원금과 이자를 물가에 연동시켜 물가변동위험을 상쇄(해지, hedge)함으로써 투자자의 실질적인 구매력을 보장해 주는 채권을 말한다. 이 채권은 현재 전세계 24개국에서 발행되고 있으며, 발행금액이 2조 달러를 넘었다. 그럼에도 대부분의 국가에서는 물가채가 전체 국채시장규모의 10%를 밑돌아 아직 성장 잠재력이 높다. 우리나라에는 2007년에 도입되었다. ~ ***range*** 주가변동폭 ¶ The *price range* is a high/low range in which a stock has traded over a particular period of time. In the daily newspaper, a stock's 52-week *price range* is given. In most companies' annual reports, a stock's *price range* is shown for the fiscal year. 주가변동폭은 일정한 기간의 주식의 고가(高價)와 염가(廉價)의 폭(high/low range)을 말한다. 과거 1년간(52주간)의 고가와 염가가 신문에 매일 게재되고 있다. 대부분의 회사는 연차보고서(annual report)에서 회계연도간(fiscal year)의 고가와 염가를 공표하고 있다. ~ ***/sales (P/S) ratio*** 주가매출액 비율 ¶ The *price/sales ratio* is a ratio of a stock's price to its per-share sales. The ratio is used by financial analysts to gauge whether a stock's current market price is expensive or cheap. Some analysts maintain that investors consistently buying stock's with low price/book ratios will outperform those buying stocks with low price/book value, price/cash flow, or price/earnings ratios. Advocates of *P/S ratio* analysts say it works because it relates the popularity of a company's stock to the size of its business. Since sales are more difficult to manipulate than earnings, *P/S ratios* are less subject to accounting gimmicky. Sales are typically less volatile than earnings or cash flow, so *P/S ratios* work particularly well on companies that stumble temporarily. 주가매출액 비율이란 1주당의 매출액에 대한 주가의 비율을 말한다. 그 비율은 주식의 경상시장가격(current market price)이 비싼 것인지 싼 것인지를 판단하는 데에는 금융애널리스트가 이용된다. 일부 애널리스트들은 주가매출액비율이 낮은 종목은 주가순자산비율(price/book ratio), 주가캐시플로 비율(price/cash flow ratio), 주가수익률(price/earnings ratio)이 낮은 종목보다도, 가격상승이 크다고 한다. 주가매출액 비율의 옹호자는 주가매출액 비율이 사업규모에서 비교한 주식의 인기도를 나타내기 때문이라고 한다. 매출액은 이익보다도 조작이 어렵기 때문에, 주가매출액비율은 분식의 영향을 받기 어렵다. 일반적으로 매출액은 이익이나 캐시플로(cash flow)보다도 변동성이 낮기 때문에 일시적으로 사업에 실패한 회사에는 잘 작용한다. ~ ***spread*** 프라이스스프레드 ¶ The *price spread* is an option strategy in which an investor simultaneously bus and sells two options covering the same security, with the same expiration months, but with different exercise prices. For example, an investor might buy an XYZ May 100 call and sell an XYZ May 90 call. 프라이스스프레드는 기초증권(underlying security)도 한월(限月, expiration month)도 같은데, 행사가격(exercise price)이 다른 옵션(option)의 매도와 매수를 동시에 행하는 옵션전략을 이른다. 예를 들면, XYZ사의 주식의 5월 인도(引渡)의 콜옵션을 행사가격 100달러로 매수하여, XYZ사의 주식의 5월 인도의 콜옵션을 행사가격 90달러로 매도하는 경우이다. ~ ***support*** 가격유지 ¶ The *price support* is a government-set price floor designed to aid farmers or other producers of goods. For instance, the government sets a minimum price for sugar that it guarantees to sugar growers. If the market price drops below that level, the government makes up the difference. See also parity price. 가격유지는 정부가 하한가격을 설정하고, 농민 기타 농산물의 생산자를 지원하는 가격구조를 이른다. 예를 들면, 정부가 설탕의 최저가격을 결정하여 생산자에게 보증하고, 시장가격(market price)이 그것을 하회하면 정부가 그 차액을 메워준다. parity price

(패리티가격)도 참조할 것. ~***-to-cash flow ratio*** 주가캐시플로배율(倍率) ¶ The *price-to-cash flow ratio* is a market capitalization divided by net earnings plus noncash charges, or market price per share divided by cash flow (earnings plus noncash charges) per share. (Both calculations yield the same ratio.) Dividends are paid out of cash flow, not earnings. 주가캐시플로배율(倍率)은 시가총액(market capitalization) 또는, 순이익(net earings)과 감가상각(depreciation)의 현금의 유출을 수반하지 않는 경비(비현금경비)(noncash expenses)의 합계액으로 나누어 얻어진다. (시장가격을 1주당 캐시플로(cash flow)(이익과 비현금경비의 합계)로 나누어도 같은 결과가 얻어진다.) 배당(dividend)은 이익이 아니라, 캐시플로로부터 지급된다. ~***-weighted index*** 평균가격 가중지수 ¶ The *price-weighted index* is an index in which component stocks are weighted by their price. Higher-priced stocks therefore have a greater percentage impact on the index than lower-priced stocks. In recent years, the trend of using *price-weighted indexes* has given way to the use of market-value weighted indexes. The Dow Jones Industrial Average remains the most prominent example of a *price-weighted index*, although, strictly speaking, it is an average as distinguished from an index. 평균가격 가중지수는 구성하는 주식의 가중평균 주가로 나타내는 지수(index)이다. 따라서 지수에 주는 비율상의 영향은 고가주(高價株) 쪽이 저가주(低價株)보다도 크다. 근년에는 시가(market capitalization)(지수×주가)를 가중 평균하는 시가가중 평균지수(market-value weighted index) 쪽이 잘 사용되고 있다. 다우존스 공업주 30종목 평균(Dow Jones Industrial Average: DJIA)은 가장 잘 알려진 평균가격 가중지수의 예이다. 다만, 엄밀히 말하면, 다우존스 공업주 30종목 평균은 지수와 구별되는 평균주가이다.

pricing (증권 등의) 가격결정[평가] ¶ The *pricing* is the determination of the price at which something will be sold. For example, an investment banking firm will establish the price at which a new issue of bonds will sell. If the price is set too high or the yield is set too low, the issue will not sell out. If the price is set too low or the yield is set too high, the issuer will pay more than necessary in interest to sell the bonds. (채권의) 가격결정은 어떤 물건이 얼마로 팔릴 것이라고 하는 가격의 결정을 말한다. 예를 들면, 투자은행회사가 신규발행의 채권을 팔 가격을 확립한다고 하자. 가격이 너무 높게 정해지거나 이율이 너무 낮게 정해지면, 채권의 발행은 팔리지 않는다. 가격이 너무 낮게 정해지거나 이율이 너무 높게 정해진다면, 발행자는 그 채권을 팔기 위해서 이익내기에 필요한 것보다 더 많은 것을 치러야 할 것이다.

pricey 극단적인 호가(呼價) ¶ The *pricey* is a term used of an unrealistically low bid price or unrealistically high offer price. If a stock is trading at $15, a *pricey* bid might be $10 a share, and a *pricey* offer $20 a share. 극단적인 호가는 극단적으로 낮은 매수호가(bid)나 높은 매도호가(offer)를 이른다. 만약 15달러로 거래되고 있는 종목이면, 10달러의 매수호가나 20달러의 매도호가가 될 것이다.

prima facie (L) 일견(一見)한 바로는, 일응의 ¶ *Prima facie* is appearance of truth that is taken as fact, until there is evidence to the contrary. 프리마・파시는 반대의 증거가 나오기까지 사실로 받아들이는 진실의 외견(外見)을 말한다.

primacy [영] 프라이머시 ¶ In insurance, the *primacy* is a rule that indicates which specific insurance coverage takes precedence when multiple coverage exists, in order to avoid dispute or conflict. See also apportionment; divided cover; overlapping insurance; pro-rate. 보험에 있어서, 프라이머시는 분쟁과 충돌

을 피하기 위하여 다수의 보험담보가 존재하는 경우, 어느 특수한 보험담보가 우선하는가를 가리키는 법칙을 말한다. apportionment(할당); divided cover(분할보험담보); overlapping insurance(중복보험); pro-rate(비례배분)도 참조할 것.

primary 1차의, 주요한 ¶ *primary* capital [손실을 커버하기 위한 원자(原資)로서의] 제1차 자본 /*primary* commodity 1차 상품 /*primary* distribution 신규발행증권의 판매 /*primary* industry (농림, 수산, 광업 등의) 제1차 산업 /*primary* product 1차 산품 /*primary* reserve asset 제1차 준비자산 ***primary account number (PAN)*** 본원적 계좌번호 ¶ The *primary account number* (*PAN*) is a 14-digit or 16-digit numeric code embossed on the face side of a bank card, and also encoded in the magnetic stripe. The *primary account number* is a composite number containing: the major industry identifier of the card issuer; an individual account identifier, which includes part the of the account number; and a check digit or code that verifies the authenticity of the embossed account number. 본원적(本源的) 계좌번호는 은행카드의 앞면에 돋음 새김으로 하고, 또 전자자기대(電子磁氣帶)에 암호화한 14자릿수 또는 16자릿수의 코드이다. 본원적 계좌번호는 합성수가 들어가 있다. 즉, 카드발행자의 주요산업 인식표, 계좌번호의 일부를 포함하는 개인계좌 인식표, 및 돋음 새김을 한 계좌번호의 진정성을 확증하는 체크숫자 또는 코드이다. ~ ***CBO (collateralized bond obligation)*** 프라이머리 회사채담보부증권 ¶ The *primary CBO*(*collateralized bond obligation*) is a security which is issued by heightening the credit rating after gathering corporate bonds issued by various companies and adding the guarantee of the Korea Credit Guarantee Fund (KCGF), a public corporation. The proceeds from sale of securities which flow into the companies issuing corporate bonds, ease the companies' the financial difficulty. It is a method of helping companies that have independently difficulty to issue corporate bonds in the bond market as credit rating is low. Originally, *CBO* is made by various companies which have gathered the issued bonds, whereas primary *CBO* is called in that the issuance of corporate bonds from the beginning is designed to make *CBO*. 프라이머리 회사채담보부 증권은 여러 기업이 발행하는 회사채를 모은 뒤 공기업인 신용보증기금(KCGF)의 보증을 덧붙여 신용도를 높여서 발행하는 증권이다. 매각대금은 회사채 발행기업으로 흘러들어 자금난을 덜어주게 된다. 신용도가 낮아 채권시장에서 단독으로 회사채를 발행하기 어려운 기업들을 돕는 방식이다. 원래 회사채담보부 증권(CBO)은 이미 발행해 놓은 채권을 모아서 만드는 것인데, 처음부터 CBO를 만들고자 회사채를 발행하는 경우를 "프라이머리 CBO"라고 한다. ~ ***dealer*** [미] 정부공인 딜러 ¶ The *primary dealer* is one of the three dozen or so banks and investment dealers authorized to buy and sell government securities in direct dealings with the Federal Reserve Bank of New York in its execution of Fed open market operations. Such dealers must be qualified in terms of reputation, capacity, and adequacy of staff and facilities. 정부공인 딜러는 공개시장조작(open market operations)에서 뉴욕연방준비은행(Federal Reserve bank)과 정부채(government securities)를 직접 매매하는 권한을 부여받는 36인 이상의 은행이나 증권회사의 1인이다. 그러한 딜러는 평판, 능력, 적절한 인재와 설비가 인정되어야 한다. ¶ In Korea, the *primary dealer* is a finance company authorized to underwrite preferentially government securities from the Government. The finance companies designated as *primary dealers* are obligated to "market development." In other words, they must always offer the sale prices in the secondary markets and buy or sell the particular amounts of securities. The *primary dealer* plan has been introduced in the year of 1999 in order that the Government activates the trading of government securities. As of April, 2012, 12 securities companies and 8 banks are designated as the *primary dealers*. 한국에서, 국채전문 딜러는 정부로부터 국채를 우선적으로 인수할 수 있는 권리를 부여받은 금융회사를 말한다. 국채전문 딜러로 지정된 금융회사는 국채유통시장에서 「시장조성」의무도 지게 된다. 즉, 유통시장에서 항상 매매가격을 제시해야 하고, 일정한 물량을 사거나 팔아야 한다. 정부가 국채매매를 활성화시킬 목적에서 지난 1999년에 도입했다. 올 4월 현재 12개 증권사와 8개의 은행이 지정되어 있다. ~ ***deposit*** 본원적 예금 → core deposit (코어디포짓). ~ ***distribution*** 제1차적 분매(分賣) ¶ The *primary distribution* is a sale of a new issue of stocks or bonds, as distinguished from a secondary distributions, which involves previously issued stock. All issuances of bonds are *primary distributions*. Also called primary offering, but not to be confused with initial public offering, which refers to a corporation's first distribution of stock to the public. 제1차적 분매(分賣)는 새로이 발행하는 주식이나 채권을 판매하는 경우이고, 이미 발행된 기존의 주식과 관련되는 제2차적 분매(secondary distribution)와는 구별된다. 이는 제1차적 모집(primary offering)이라고도 하며, 주식회사의 주식을 공중에게 제1차적 분매하는 것을 의미하는 신규주식공모(initial public offering: IPO)와는 혼동해서는 안 된다. ~ ***earnings per (common) share*** 보통주 1주당 기본적 이익 ¶ The *primary earnings per (common) share* is an earnings available to common stock (which is usually net earnings after taxes and preferred dividends) divided by the number of common shares outstanding. This figure, called basic earnings per share after 1998, contrasts with earnings per share after dilution, which assumes warrants, rights, and options have been exercised and convertibles have been converted. See also convertible; earnings per share; fully diluted earnings per (common) share; subscription warrant. 보통주 1주당 기본적 이익은 보통주의 배당에 충당할 수 있는 이익(통상은 조세와 우선주배당금을 공제한 후의 이익)을 보통주의 발행주식으로 나눈 것이다. 1998년 이후는 「기본적 1주당 이익」(basic earnings per share)이라 하고 있다. 이에 대하여, 희석화(dilution) 후의 1주당 이익(earnings per share after dilution)은 발행보통주에 더하여 신주인수권증서, 신주인수권, 옵션이 행사되고, 또 전환증권이 보통주에 전환되는 것을 전제로 하여 산출한다. convertible(전환증권); earnings per share(1주당의 수익); fully diluted earnings per (common) share(완전히 희석화된 보통주 1주당 이익); subscription warrant(신주인수권증서)도 참조할 것. ~ ***market*** 1차 시장, 발행시장 ¶ The *primary market* is a market for new issues of securities, as distinguished from the secondary market, where previously issued securities are bought and sold. A market is primarily if the proceeds of sales go to the issuer of the securities sold. The term also applies to government securities auction and to opening option and futures contract sales. 발행시장은 신규발행증권의 시장을 이른다. 이에 대하여, 유통시장(secondary market)에서는 이미 발행된 증권(security)을 매매한다. 발행시장에서의 판매대금(proceeds)은 증권발행자(issuer)의 것이 된다. 정부채(government securities)의 입찰이나 옵션(option)과 선물(futures contract)의 매출도 발행시장에서 거래된다. ~ ***offering*** [영] 제1차 모집 ¶ The *primary offering* is the sale of a corporate or sovereign issuer's securities in the primary market, including initial public offerings and debt new issues. Subsequent new issues launched in the primary market are considered secondary offerings. 제1차 모집은 신규주식공모(initial public offering)와 채무신규발행(debt new issues)을 비롯하여 발행시장에서 회사 또는 서버린 발행단체의 증권의 매출(賣出)을 말한다. 발행시장에 낸 그 후의 신규발행은 제2차 모집으로 간주

된다.

prime ⓐ 주된, 우량한 ¶ *prime* bankers' acceptance 일류은행 인수어음 /*prime* bill 우량[우대]어음 /*prime* borrower 우대차입자 /*prime* business 우량기업 /*prime* cost 주요비용, 원가, 직접비 /a *prime* credit 원(原)신용장 /*prime* customer 우량거래처 /*prime* endorsed acceptance 일류은행배서 인수어음 /*prime* interest (rate) 우대금리 /*prime* loan 일류(고객용)대출 /*prime* maker 당초발행인 /*prime* mover 원동기 /*prime* name CD 최고위로 등급매긴 CD /*prime* name 일류어음 /*prime* paper 일류어음 /x percent over *prime* 프라임레이트 플러스 x% ***prime broker*** [영] 프라임 브로커 ¶ The *prime broker* is a bank, investment bank, or securities dealer that provides hedge funds and other institutional investors with a full range of prime brokerage services. 프라임 브로커는 헤지펀드 기타 기관투자자에게 광범한 범위의 프라임 브로커업무를 제공하는 은행, 투자은행 또는 증권딜러를 말한다. ~ ***brokerage*** [영] 프라임 브로커업무 ¶ The *prime brokerage* is a suite of services provided by a prime broker to institutional clients (including hedge funds and other large investors) that includes trade execution, securities lending and financing, trade settlement, custody, portfolio analysis, and valuation and reporting. See also synthetic prime brokerage. 프라임 브로커업무는 거래의 집행, 증권의 대여와 조달, 거래결제, 보관, 포트폴리오의 분석과 평가와 보고를 포함하는 프라임 브로커가 (헤지펀드와 다른 대투자자를 비롯하여) 기관고객에게 제공하는 서비스 세트를 말한다. ~ ***paper*** 우량 커머셜페이퍼 ¶ *Prime paper* is a highest quality commercial paper, as rated by Moody's Investor's Service and other rating agencies. *Prime paper* is considered investment grade, and therefore institutions with fiduciary responsibility can invest in it. Moody's has three ratings of *prime paper*: P-1: Highest quality, P-2: Higher quality, P-3: High quality, Commercial paper below P-3 is not considered *prime paper*. 우량 커머셜페이퍼는 무디스(Moody's Investors Service) 기타 신용평가기관에 의하여 평가되는 최우량 커머셜페이퍼(commercial paper)를 말한다. 우량 커머셜페이퍼는 투자적격(investment grade)이라고 생각되기 때문에, 수탁자(fiduciary)책임을 지는 기관투자자가 투자할 수 있다. 무디스의 우량 커머셜페이퍼는 3종류가 있다. 즉, P-1: 최상급, P-2: 극히 우량함, P-3; 우량. P-3보다 하위의 CP는 우량으로 보지 않는다. ~ ***rate*** 최우대 대출금리 ¶ The *prime rate* is a base rate that banks use in pricing commercial loans to their best and most creditworthy customers. The rate is determined by the Federal Reserve's decision to raise or lower prevailing interest rates for short-term borrowing. Though some banks charge their best customers more and some less than the official *prime rate*, the rate tends to become standard across the banking industry when a major bank moves its prime up or down. The rate is a key interest rate, since loans to less-creditworthy customers are often tied to the *prime rate*. For example, a Blue Chip company may borrow at a *prime rate* of 5%, but a less-well-established small business may borrow from the same bank at prime plus 2, or 7%. Many customers loans, such as home equity, automobile, mortgage, and credit card loans, are tied to the *prime rate*. Although the major bank *prime rate* is the definitive "best rate" reference point, many banks, particularly those in outlying regions, have a two-tier system, whereby smaller companies of top credit standing may borrow at an even lower rate. 최우대 대출금리는 은행이 가장 우수하고 신용이 있는 고객에 대한 융자를 적용하는 기준금리(base rate)를 말한다. 그 금리는 단기 실세금리의 인상이나 인하에 연동하기 위하여 미연방준비제도이사회

(Federal Reserve Board)의 결정에 따른다. 우대고객에의 대출금리는 은행에 의하여 공식적인 최우대 대출금리보다 높다든지 낮다든지 하지만, 유력한 은행이 금리를 변경하면, 업계 전체에서 따라가는 경향이 있다. 신용력이 낮은 고객에의 대출금리는 최우대 대출금리에 연동하는 일이 많기 때문에, 최우대 대출금리는 기준금리로서 이용된다. 예를 들면, 우량기업(Blue Chip)이 5%의 최우대 대출금리로 차입하는 경우, 아직 기반을 확립하지 못한 소규모의 기업은 같은 은행에서 최우대 대출금리보다 2포인트 높은 7%에서 차입하게 된다. 홈에퀴티론(home equity loan, 제2순위 저당차입), 자동차론(loan), 주택론(mortgage), 크레디트카드론 등, 개인의 론의 대부분은 최우대 대출금리에 연동한다. 유력한 은행의 최우대 대출금리가 문자 그대로「최우대금리」(best rate)임에 대하여, 도시 이외의 지역에 있는 은행의 대부분은 2단계 체제를 취하여, 신용력이 높은 소기업에는 다시 낮은 금리로 대출을 공여할 수 있다. ~ ***rate fund*** 프라임레이트펀드 ¶ The *prime rate fund* is a mutual fund that buys portions of corporate loans from banks and passes along interest, which is designed to approximate the prime rate, to shareholders, net of load charges and management fees. Although the bank loans are senior obligations and fully collateralized, they are subject to default, particularly in recessions. *Prime rate funds* thus pay 2-3% more than the yield on one-year certificates of deposit (CDs), and management fees tend to be higher than those of other mutual funds. Another possible disadvantage is limited liquidity; the only way investors can get out is to sell back their shares to the funds once each quarter. 프라임레이트펀드는 은행의 기업용 융자를 매입하여 최우대 대출금리(prime rate)에 가까운 수준의 금리수입에서 판매수수료(load)와 운용수수료(management fee)를 공제하고 투자자에게 분배하는 뮤추얼펀드(mutual fund)를 말한다. 은행융자는 우선채무로 전액 담보부이지만, 특히 경기후퇴기에는 채무불이행(default)을 당하게 된다. 그 때문에 프라임레이트펀드는 1년물(物) 예금증서(certificate of deposit: CD)보다 금리가 2-3% 높고, 다른 뮤추얼펀드에 비해서 운용수수료가 높은 경우가 많다. 또 다른 불리함은 유동성(liquidity)이 그 정도로 높지 않다는 것이다. 투자를 중지할 수 있는 유일한 방법은 4반기에 한번 펀드에 대하여 지분을 매각할 수밖에 없다.
[n.] 프라임(레이트)(일류기업에 대한 단기대출금리) ¶ at *prime* 프라임레이트로 ¶ In banking, the *prime* is a prime rate. 은행업무에 있어서, 프라임은 최우대 금리(prime rate)를 의미한다. ¶ In investments, *PRIME* is an acronym for Prescribed Rights to Income and Maximum Equity. *PRIME* was a unit investment trust, sponsored by the Americus Shareowner Service Corporation, which separated the income portion of stock from its appreciation potential. The income-producing portion, called *PRIME*, and the appreciation potential, called SCORE (an acronym for Special Claim on Residual Equity) together made up a unit share investment trust, known by the acronym USIT. Both *PRIME* and SCORE were traded on the American Stock Exchange. 투자에 있어서, 프라임은 Prescribed Rights to Income and Maximum Equity의 머리글자에 따온 약자이다. 프라임은 Americus Shareowner Service Corporation이 발행하는 단위형 주식투자신탁(unit investment trust: USIT)으로, 주식의 가격상승익과 배당을 분리한 상품이다. 배당이익의 부분을 PRIME, 가격상승익의 부분을 SCORE(Special Claim on Residual Equity(잔여지분특별청구권)의 머리글자)라고 한다. PRIME과 SCORE에서 단위형 주식투자신탁이 형성되어 양자 모두 아메리칸증권거래소(American Stock Exchange)에 상장되었다.

priming (펌프에의) 마중물 (*cf.*) pump priming (공공투자에 의한) 펌프에 마중물 붓기식의 경기회복책

principal ⓐ 주된, 중요한 ¶*principal* banker 주력은행 /the *principal* paying agent 주지급대리인 /the *principal* seal 실인(實印) /the *principal* security 주된 담보(擔保) /*principal* shareholder 주요주주
ⓝ 회장, 원금, 본인 ¶In general, the *principal* is: (1) a major party to a transaction, acting as either a buyer or a seller. A *principal* buys and sells for his or her own account and risk. (2) a balance or debt, separate from interest. See also principal account. 일반적으로 본인이란 (1) 거래의 주된 당사자를 말하며, 매수인 또는 매도인을 가리킨다. 자기계정에서 리스크를 받으며 매매한다. (2) 본인은 비공개회사의 소유자이다. principal account(원금)도 참조할 것. ¶In banking and finance, the *principal* is (1) a face amount of a debt instrument or deposit on which interest is either owed or earned. (2) a balance of a debt, separate from interest. See also principal amount. 은행업무 및 재무에 있어서, 원금은 (1) 채무증서(debt instrument)나 예금의 원금을 말한다. 원금에 대하여 지급금리 또는 수취금리가 발생한다. (2) 금리를 포함하지 않는 채무잔액을 가리킨다. principal amount(원금)도 참조할 것. ¶In investments, the *principal* is a basic amount invested, exclusive of earnings. 투자에 있어서, 원금은 투자원금이고, 이익(earnings)은 포함되지 않는다. /*principal* amount 원금금액 /*principal* and interest (charges) 원리(元利) /*principal* and interest added together 원리합계액 /*Principal* Only (*PO*) 패스트루증권의 분리형 모기지증권 중에서 원금부분의 증권 /*principal* value 원금금액 ***principal amount*** 원금 ¶The *principal amount* is a face value of an obligation (such as a bond or a loan) that must be repaid at maturity, as separate from the interest. 원금이란 채권(bond)이나 융자(loan) 등, 기일(maturity)에 상환하여야 하는 채무(obligation)의 액면(face value)이다. 금리(interest)는 포함되지 않는다. ~ ***exchange-rate-linked securities* (*PERLS*)** 원금환링크증권 → PERLS (원금환링크증권). ***~-only* (*PO*) *strip*** [영] 원금만의 스트립채(債) ¶The *principal-only* (*PO*) *strip* is a component of a stripped mortgage-backed security or collateralized mortgage obligation that is entitled only to principal payments from the underlying securities; interest coupons are redirected to the interest-only (IO) strip. The price of a *PO strip* declines as interest rates rise since higher rates slow refinancing and result in slower principal repayments. Since *PO strips* lack the additional cash flow buffer generated by the coupons, they feature more price volatility than other fixed income securities. 원금만의 스트립채(債)는 기초증권에서 원금만의 지급을 청구할 수 있는 스트립형 모기지담보 증권(stripped mortgage-backed security)이나 담보부 모기지담보 채무증서(collateralized mortgage obligation)의 구성을 말한다. 금리쿠폰(interest coupon)은 이자만의 스트립으로 재구성된다. 높은 금리는 차환(refinancing)을 늦추어 원금상환을 더 늦추게 되기 때문에 금리가 올라가면 원금만의 스트립채(債)의 가격은 하락한다. 원금만의 스트립채(債)는 쿠폰이 산출하는 추가적인 캐시플로의 완충역이 없기 때문에 다른 확정소득증권(fixed income securities)보다 더 가격변동성을 특징으로 한다. ~ ***stockholder*** 주요주주 ¶The *principal stockholder* is a stockholder who owns a significant number of shares in a corporation. Under Securities and Exchange Commission (SEC) rules, a *principal stockholder* owns 10% or more of the voting stock of a registered company. These stockholders are often on the board of directors and are considered insiders by SEC rules, so that they must report buying and selling transactions in the company's stock. See also affiliated person; control stock; insider. 주요주주는 회사의 다수주식을 가지는 주주를 이른다. 미증권거래위원회

(Securities and Exchange Commission: SEC)규칙에 의하면, 등록회사(registered company)의 의결권부 주식(voting stock)을 10%이상 보유하는 주주를 가리킨다. 이사(directors)의 지위에 관련되고 있는 경우가 많고, SEC규칙에서 내부자(insider)로 되어 있기 때문에, 그 주식을 매매한 경우는 보고하여야 한다. affiliated person(특별관계인); control stock(지배주식); insider(내부자)도 참조할 것. ~ ***sum*** 원금금액, 보험급여액 ¶ In finance, the *principal sum* is also used a synonym for principal, in the sense of the obligation due under a debt instrument exclusive of interest. Synonymous with corpus. See also trust. 자금조달에 있어서, 원금금액은 원금(principal)과 같이, 금리를 제외한 채무증서(debt instrument)의 상환액을 가리킨다. 이를 corpus(원금)라고도 한다. trust(트러스트)도 참조할 것. ¶ In insurance, the *principal* is an amount specified as payable to the beneficiary under a policy, such as the death benefit. 보험에 있어서, 보험급여액은 사망급여금(death benefit)과 같이, 보험계약(insurance policy)에 기초해서 수익자(beneficiary)에게 지급되는 금액이다.

principle 원리, 원칙 ¶ accepted accounting *principles* 인정된 회계원칙 /sound banking *principles* 건전은행경영의 원칙

print [v.] 인쇄하다, 간행하다 ¶ a *printed* form of authority and mandate 수권위임양식 /a standard *printed* contract 인쇄된 표준약정서
[n.] 인쇄(물)(printed matter) ***print money*** 지폐통화 ¶ Strictly speaking, the *print money* is to engrave and produce physical currency. Connotatively, it means adding to the supply of money and credit for purposes of monetizing debt or stimulating spending, impliedly leading to inflation or, at worst, hyperinflation. Concept is also called the quantitative easing. See also monetary policy. 지폐통화는 엄격히 말하면, 현실의 통화를 인쇄하여 제조한 것이다. 함축적으로 이야기하자면, 그것은 암암리에 인플레이션 혹은 최악의 경우에 초(超)인플레이션을 유도하도록 부채를 화폐로 하거나 소비를 자극할 목적에서 화폐와 신용의 공급에 부가하는 것을 의미한다. 컨셉은 또 정량적인 완화(quantitative easing)라고 한다. 또 화폐정책(monetary policy)을 참조할 것.

prior 전의, 앞의 ¶ an offer subject to *prior* sale 선매공인조건부 매도청약 /*prior* bond 우선권부 채권(債券) /*prior* endorsement 선행배서 /*prior* lien 선취특권 /*prior* endorser 전(前)배서인 /*prior* (preferred) stock 제1우선주 ***prior-lien bond*** 우선담보권부 채권 ¶ The *prior-lien bond* is a bond that has precedence over another bond of the same issuing company even though both classes of bonds are equally secured. Such bonds usually arise from reorganization. See also junior issue. 우선담보권부 채권은 담보가 같더라도, 같은 회사가 발행한 다른 채권보다도 우선되는 채권을 이른다. 회사갱생(reorganization)에 의하여 생기는 경우가 많다. junior issue(열후증권)도 참조할 것. ***~-preferred stock*** 제1우선주 ¶ The *prior-preferred stock* is a stock that has a higher claim than other issues of preferred stock on dividends and assets in liquidation; also known as preference shares. 제1우선주는 우선주(preferred stock) 중에서, 배당(dividend)이나 회사청산(liquidation) 시의 잔여재산에 대한 청구권이 다른 우선주보다도 우선되는 주식을 이른다. 이를 preference shares(우선주)라고도 한다.

priority 우선, 우선권, 우선순위 ¶ The *priority* is a system used in an auction market, in which the first bid or offer price is executed before other bid and offer prices, even if subsequent orders are larger. Orders originating off the floor (see off-floor order) of an exchange also have *priority* over on-floor orders. See also matched and lost; precedence. 우선순위는 경매시장(auction market)에서 사용되는 시스템이다. 그것은 주문의 규모에 관계없이 최초로 받은 주문호가(bid and offer)부터 먼저 집행한다(executed)는 것이다. 또, 고객으로부터의 위탁주문(off-floor order 참조)은 업자의 자기매매주문(on-floor order)보다 우선된다. matched and lost(매치트앤드로스트); precedence(우선권)도 참조할 것. /creditor by *priority* 우선채권자 /*priority* between mortgages 모기지의 순위 /*priority* of attachment 우선압류권 (*cf.*) preferential right 선취특권, 우선권

private 사적인, 사용(私用)의, 민간의 ¶ bond offered through *private* placement 사모채(私募債) /*private* bill 개인어음 /a *private* brand 자가상표상품 / *private* capital 민간자본 /*private* [secret] code 암증(暗證)(번호), 암호 /*private* company 비공개회사 /*private* convertible note 사모(私募)전환사채 /*private* corporation 사법인(私法人) /*private* deed 사서증서(私署證書) /*private* deposit 개인예금 /*private* discount 시중은행할인 /*private* document 사서증서(私署證書) /*private* enterprise 사기업 /*private* financial institution 민간금융기관 /*private* financing 민간금융 /*private* flow at market term 민간자금의 흐름 /*private* housing finance company 주택금융(전문)회사 /*private* note 사모채(私募債) /*private* pension 기업[사적]연금 /*private* property 사유재산 /*private* risk 민간의 특정채무자의 신용상태에 관련된 리스크 /*private* seal 도장, 실인(實印) /the *private* sector 민간부문 /the *private* source 민간부문 /*private* subscription 연고모집 ***private activity bond*** 비공공목적채(債) → private purpose bond [비공공목적채(債)]. ~ ***bank*** 프라이빗뱅크, 민간은행 ¶ The *private bank* is a bank that specializes in wealth management services for high net worth clients, including investment management, trust and custody services, foreign exchange, and so forth. 프라이빗뱅크는 투자관리, 신탁 및 보관업무, 외환 등을 포함해서 고가의 자산을 보유하는 고객을 위한 재산관리업무를 전문적으로 취급하는 은행이다. ~ ***banker*** 프라이빗뱅커 ¶ A *private banker* is a professional working at a bank that is primarily responsible for managing the investment portfolios of high net worth individuals on a discretionary or nondiscretionary basis, and providing associated trust and credit services. 프라이빗뱅커는 주로 고가의 자산을 보유하는 개인의 투자포트폴리오를 재량으로나 비재량으로나 관리하여 관계된 신탁 및 금융을 제공할 책임이 있는 은행내의 전문 부서(部署)이다. ~ ***equity*** [영] 프라이빗에퀴티 ¶ The *private equity* is a proprietary investment by a venture capital fund, investment bank, or merchant bank in the capital of a private company or public company. *Private equity* stakes are generally held for several years, and exit is generally arranged through an initial public offering or the sale of the company to a third party. *Private equity* activities can involve direct investment in the pre-IPO equity of a company, or it may relate to investment in leveraged buyouts, bridge equity, venture capital, distressed assets, or restructurings. Also known as principal investment. See also J-curve; private investment in public equity. 프리이빗에퀴티는 벤처캐피탈펀드, 투자은행, 또는 상업은행이 사회사(private company) 또는 공개회사(public company)에 하는 자기분(自己分, proprietary)투자를 말한다. 프라이빗에퀴티 투자금액(stakes)은 일반적으로 수년간 보유되고, 신규주식공개모집(IPO)이나 제3자에게 회사의 매각을 통해서 일반적으로 정리된다. 프라이빗에퀴티 활동은 회사의 사전의 신규주식모집 에퀴티에의 직접투자를 수반할 수 있거나, 혹은 그것은 차입에 의한 기업매수(leveraged buyout), 브릿지에퀴티(bridge equity), 벤처캐피탈(venture capital), 투매자산(distressed asset) 또는 리스트럭처링(restructuring)과 관련될 수 있다. J-curve(J곡선); private investment in public equity securities(공

개기업의 사모증자)도 참조할 것. ~ ***equity fund*** 프라이빗에퀴티펀드 ¶The *private equity fund* is a limited partnership controlled by a private equity firm that acts as the general partner and that gets specific dollar commitments from qualified institutional investors and individual accredited investors. These passive limited partners fund pro rata portions of their commitments when the general partner has identified an appropriate opportunity, which may be venture capital to finance new products and technologies, expanding working capital, making acquisitions, financing leveraged buyouts (LBOs), and other investments in which the equity is not publicly traded. A fund will typically make between 15 and 25 separate investments over a ten-year life, with no single investment exceeding 10% of the total commitment. Well-known examples of private equity funds are Blackstone Group and Carlyle Group. 프라이빗에퀴티펀드는 프라이빗에퀴티 운용회사(private equity firm)가 지배하는 리미티드 파트너십(limited partnership)형의 펀드(fund)로, 프라이빗에퀴티 운용회사가 제너럴파트너(무한책임사원)(general partner)가 되고, 적격기관투자자(qualified institutional investor)나 개인의 적격투자자(accredited investor)가 리미티드파트너(유한책임사원)(limited partner)로서 출자를 약속한다. 리미티드파트너는 운영에는 참가하지 않고, 제너럴파트너가 적절한 투자대상을 특정한 때에 출자배분에 따라 자금을 출연한다. 투자대상으로서는, 새로운 제품이나 테크놀로지에 자금을 필요로 하는 벤처캐피탈(venture capital)에의 투융자, 운전자본(working capital)의 확대를 위한 융자, 매수(acquisition)를 위한 투융자, 레버리지드 바이아웃(leveraged buyout)에의 융자, 그밖에 비상장회사에의 투자 등이 있다. 프라이빗에퀴티펀드는 일반적으로 10년간에 걸쳐서 15건에서 25건의 투자를 행하지만, 1건당의 투자액이 투자예정총액의 10%를 초과하는 일은 없다. 잘 알려진 프라이빗에퀴티펀드에는, 블랙스톤그룹(Blackstone Group)이나 카아라일그룹(Carlyle Group)이 있다. ~ ***investment in public equity securities (PIPES)*** 공개기업의 사모증자 ¶*Private investment in public equity securities* (*PIPES*) is deal, popular in the early 2000s with cash-strapped high-growth, small capitalization tech and telecom companies, in which investors, usually institutions, buy equity-linked securities of a company in a private placement, typically at a discount of 5% to 15% from the current market price of the company's common, with the understanding that the company will promptly effect registration of the security with the SEC. The company affords the discount because it avoids the time and expense of a public offering and gets immediate cash. The investor gets the discount and trades-off immediate liquidity for a short period, typically 90 to 120 days. The initial experience with *PIPES* was bad, giving rise to the term death spiral. By the mid-2000s, with greater transparency and new rules controlling short selling and limiting potential dilution, *PIPES* experienced a revival. In 2008, 1,283 *PIPES* transactions closed, with gross proceeds of $177.3 billion. 공개기업의 사모증자는 2000년대 초기에 유행한 투자방법이다. 급성장하고 있지만, 자금융통이 어려운 소자본의 테크놀로지관련이나 통신관련기업이 사모(private placement)의 형식으로 주식전환형 증권(equity-linked securities)을 발행하고 그것을 기관투자자(institutional investor)가 구입한다고 하는 것이다. 그 사모증권은 발행 후 바로 미증권거래위원회(Securities and Exchange Commission: SEC)에 등록(registration)한다고 하는 이해 하에 발행되고, 발행가격은 발행회사의 시장가격보다도 일반적으로 5~15% 하회하는 수준이 되고 있다. 발행회사는 공모(public offering)에 걸리는 시간과 경비를 절약하여 바로 자금을 얻을 수가 있으므로, 시장가격을 하회하는 가격으로의 발행도 의미가 있게 된다. 한편, 투자자는 시장을 하회하는 주가를 얻는 대상(代

償)으로서, 단기간(90일~120일간이 많다.) 유동성(liquidity)을 향유할 수 없게 된다. 당초 PIPES의 경험은 좋은 것은 아니었다. 그것도 그런 것이 PIPES의 발행 후 데쓰 스파이럴(death spiral)이라는 말이 생기게 되었기 때문이다. 2000년대 중반까지에는, PIPES의 구조가 보다 투명성(transparency)을 늘리고 공매(空賣)(selling short)규제나 희석화(dilution)의 제한 등 새로운 규제가 도입됨으로써, PIPES의 부활을 경험하였다. 2008년에는, 1,283개의 PIPES거래가 종료하여, 1,773억 달러의 큰 매상금을 올렸다. ~ ***label pass-through*** 민간발행패스트루증권 → conventional pass-through (일반적 패스트루증권). ~ ***letter ruling*** 개별통달 ¶ The *private letter ruling* is an Internal Revenue Service (IRS) response to a request for interpretation of the tax law with respect to a specific question or situation. Also called letter ruling, revenue ruling. 개별통달은 미국세입청(Internal Revenue Service: IRS)이 구체적인 질문이나 상환에 관한 세법의 해석을 요구받아 보이는 회답(response)을 이른다. letter ruling, revenue ruling라고도 한다. ~ ***limited partnership*** 프라이빗리미티드 파트너십 ¶ The *private limited partnership* is a limited partnership not registered with the Securities and Exchange Commission (SEC) and having a maximum of 35 limited partners. See also accredited investor. 프라이빗리미티드 파트너십은 미증권거래위원회(Securities and Exchange Commission)에 등록되고 있지 아니한 리미티드 파트너십(limited partnership)이다. 리미티트파트너의 수는 35인이 상한이다. accredited investor(적격투자자)도 참조할 것. ~ ***market value (PMV)*** 프라이빗마켓밸류 ¶ The *private market value (PMV)* is an aggregate market value of a company if each of its parts operated independently and had its own stock price. Also called breakup value or takeover value. Analysts look for high *PMV* in relation to market value to identify bargains and potential target companies. *PMV* differs from liquidation value, which excludes going concern value, and book value, which is an accounting concept. 프라이빗마켓밸류는 기업의 각 부문이 따로따로 운영되어 각각에 부친다고 가정하고, 그 가격을 쌓아 올려서 산출한 기업의 시가(market value)를 말한다. 이를 breakup value(해산가격), takeover value(매수가격)이라고도 한다. 애널리스트가 값이 비교적 싼 주식(bargains)이나 매수대상(targer company)의 후보기업을 찾을 때에는, 시장가격과 비교해서 PMV가 높은 종목을 찾는다. PMV가 청산가치(liquidating value)나 장부가가 순자산(book value)과는 다르다. 청산가치에는, 계속기업가치(going concern value)는 제외되고, 장부가(book value)는 회계상의 개념이다. ~ ***mortgage insurance (PMI)*** 주택론(loan)보험 ¶ The *private mortgage insurance (PMI)* is a type of insurance available from lenders that insures against loss resulting from a default on a mortgage loan and can substitute for down payment money. 주택론(loan)보험은 주택론의 채무불이행(default)으로 인한 손실을 보상하는 보험으로, 대여자(貸與者)를 통해서 가입할 수 있다. 계약금(down payment money)의 대신이다. ~ ***offering*** [주식] 직접모집, 연고모집 → private placement (사모발행). ~ ***placement*** 사모(私募)발행 ¶ The *private placement* is a sale of stocks, bonds, or other investments directly to an institutional investor like an insurance company. A private limited partnership is also considered a *private placement*. A *private placement* does not have to be registered with the Securities and Exchange Commission, as a public offering does, if the securities are purchased for investment as opposed to resale. See also letter security; private investment in public equity securities (PIPES). 사모(私募)발행은 주식(stock), 채권(bond) 등의 투자증권을 직접, 보험회사(insurance company) 등의 기관투자자(institutional investor)에 판매되는 경우이다. 프라이빗리미티드 파트너십(private limited partnership)도 사모의 일종이라고 생각되고 있다. 사모는 공모(public offering)와 달리, 증권을 미증권거래위원회(Securities and Exchange Commission)에 등록할 필요는 없다. 다만, 그 경우는 전매(轉賣)가 아니라, 투자를 목적으로 하는 구입이라는 것이 조건이다. letter security(사모증권); private investment in public equity securities (PIPES)(공개기업의 사모증자)도 참조할 것. ~ ***purpose bond*** 비공공목적채(債) ¶ The *private purpose bond* is a category of municipal bond distinguished from public purpose bond in the Tax Reform Act of 1986 because 10% or more of the bond's benefit goes to private activities or 5% of the proceeds (or $5 million if less) are used for loans to parties other than governmental units. Private purpose obligations, which are also called private activity bonds or nonessential function bonds, are taxable unless their use is specifically exempted. 비공공목적채(債)는 1986년의 세제개혁법(Tax Reform Act of 1986)에서 정해진 지방채(municipal bond)의 일종으로, 공공목적채(public purpose bond)와 구별된다. 조달자금의 10% 이상이 비공공목적의 활동에 충당된다든지, 5% (또는 500만 달러) 이상이 정부기관 이외에의 융자에 사용된다든지 하는 지방채를 가리킨다. 이를 private activity bond, nonessential function bond라고도 하며, 특별히 면제되는 용도가 아닌 한 과세된다. ***Private Securities Litigation Reform Act of 1995* (PSLRA)** 1995년의 사모증권소송개혁법 ¶ The *Private Securities Litigation Reform Act of 1995* (*PSLRA*) is a law passed over presidential veto that discourages frivolous class-action lawsuits by disenchanted investors by raising the pleading standards for fraud action; introducing proportionate liability for defendants; making disclaimer cautionary language a protection against liability for unintentional errors in forecasting performance; limiting attorneys' fees and liberalizing the related Statute of Limitations; and creating new responsibilities for auditors. Main beneficiaries are syndicators in the high-technology sector, where fast-changing technology makes financial forecasting difficult. 1995년의 사모증권소송개혁법은 미대통령의 거부권을 뒤엎고 성립한 법률로, 실망한 투자자(investor)에 의한 법적 근거가 약한 집단대표소송(class-action lawsuit)을 제한할 목적에서, 허위행위에 대한 소답(訴答) 기준(pleading standard)의 엄격화, 피고의 채무의 비례부담제의 도입, 업적예상에 관하여 의도하지 않는 차이에서 생길 수 있는 채무(liability)로부터 보호하기 위한 면책조항의 삽입, 변호사수수료의 상한설정과 관련하는 시효(statute of limitation)의 완화, 감사(auditor)에 대한 새로운 책임의 창설이 규정되었다. 주된 수혜자는 빠르게 변화하고 있는 기술이 금융상의 예측을 어렵게 만드는 하이테크부문의 신디케이트조직원들이다.

privately-placed bond 사모채(私募債)

privatization 민영화 ¶ The *privatization* is a process of converting a publicly operated enterprise into a privately owned and operated entity. For example, many cities and states contract with private companies to run their prison facilities instead of managing them with municipal personnel. Many countries around the world have privatized formerly state-run enterprises such as banks, airlines, steel companies, utilities, phone systems, and large manufacturers. A wave of *privatization* swept through Russia and Eastern Europe after the fall of Communism in the 1990s, and through some Latin American countries such as Peru, as new, democratic governments were established. When a company is privatized, shares formerly owned by the government, as well as management control, are sold to the public. The theory behind *privatization* is that these enterprises run far more efficiently and offer better service to customers when owned by stockholders instead of the government. 민영화는 공적 부문이 운영하는 사업을 민간의 소유·운영으로 전환하는 것이다. 예를 들면, 시(市)나 주(州)는 교도소의 운영에 공무원을 쓰지 않고, 민간기업과 위탁계약을 체결하는 경우가 그 예이다. 은행, 항공, 철강, 에너지, 전환, 대형메이커 등의 국영기업의 민영화가 세계적으로 진행되어 왔다. 1990년대의 공산주의의 붕괴 후, 러시아와 동구권에서 민영화의 물결이 넘실거리고, 중남미의 일부 국가에서도 같은 현상이 일어났다. 예를 들면, 페루에서는 민주정권이 수립하여 민영화가 진행되었다. 기업이 민영화된다면, 정부가 보유하고 있던 주식(shares)과 경영권이 민간에게 넘어간다. 민영화의 배경이론에는, 정부가 보유하기보다도 운영이 훨씬 효율화되고 서비스가 향상한다고 하는 사고이다.

privilege ⓝ 특권, 특전, 은전(恩典), 권리 ¶ overdraft *privilege* 당좌대월특전 /trust receipt *privilege* 담보하물보관증(에 의한 하물인취)의 특전
ⓥ …에 특권을 부여하다 ¶ *privileged* bond 워런트부 전환사채 /*privileged* [preferential] debt 우선채무 /*privileged* issue 주식전환 등의 특권부 사채

privity of contract 직접의 계약관계 ¶ The *privity of contract* is the relationship that exists between the promisor and the promisee of a contract. 직접의 계약관계는 약속자와 피약속자 간에 존재하는 관계이다.

pro- *pref.* 대신의, …을[를] 위한[해서], …에 응해서

probability [영] 확률, 개연성 ¶ The *probability* is a statistical measure that indicates the likeliness or chance that an event will occur. *Probability* is widely used to measure uncertain or risky events, including those impacting the financial markets. 확률은 사건(event)이 발생할 유사점 또는 우연한 기회를 가리키는 통계적 측도(測度)이다. 확률은 금융시장에 영향을 미치는 사건을 포함하여 불확정적이거나 위험이 많은 사건을 측정하는 하는데 널리 이용된다. ***probability of default*** 디폴트의 확률 → default rate (디폴트율).

probable life 예상내용연수 ¶ The word *probable life* is a term used at the price measurement and calculation of the insured object in the liability insurance. 예상내용연수라는 말은 손해보험에서 보험의 목적물의 가격측정과 산출에서 사용되는 용어이다.

probate 검인(檢認) ¶ The *probate* is a judicial process whereby the will of a deceased person is presented to a court and an executor or administrator is appointed to carry out the will's instructions. 검인(檢認)은 유언장(will)이 법원에 제시되고 유언집행인(executor)이나 유산관리인(administrator)이 임명되어 유언장의 지시를 실행하는 법절차를 말한다.

problem 문제, 의문, 난문(難問) ¶ a financial *problem* 재정적 문제 /*problem* credit 문제여신 ***problem bank*** 문제은행 ¶ The *problem bank* is a bank with a high ratio of nonperforming loans to total capital, also a bank with a CAMELS rating of 4 or 5 on the 1-5 rating scale of bank performance assigned by a supervisory agency. These ratings are not disclosed publicly. *Problem banks* are examined on a more frequent basis than banks that are in healthy condition. 문제은행은 총자본에 대해서 불이행대출의 비율이 높은 은행을 말하며, 또 감독기관이 할당한 은행업무의 1-5 등급일람표상에서 4 또는 5의 캐멀스 등급(CAMELS rating)을 받는 은행이기도 하다. 이러한 등급은 일반대중에게 공개되지는 않는다. 문제은행은 건강한 상태에 있는 은행보다 더 자주 일어나는 기준에 관하여 검사를 받는다. ~ ***loan*** 문제대금(貸金) → nonaccrual loan (회수곤란대출).

procedure 절차, 수순(手順) ¶ bankruptcy *procedure* 파산절차 /bookkeeping *procedure* 기장(記帳)절차 /import and export *procedure* 수출입절차 /*procedure* for the suspension of banking transactions 거래정지처분 /*procedure* of bankruptcy [winding up] 파산[해산]의 절차 /rules of *procedures* 소송절차 /the stop payment *procedure* (수표의) 지급정지절차 ***accounting procedure*** 회계절차 ¶ The *accounting procedure* is an accounting method that a company uses to handle routine accounting matters. These procedures may be written in a manual to assist new employees in learning the system. 회계절차는 회사에서 정상적인 회계문제를 다룰 때에 사용하는 회계방법을 말한다. 이러한 절차는 신입사원이 그 체제를 배울 때에 도와주는 매뉴얼에서 기재될 수 있다.

proceeding 처치, (*pl.*) 소송절차 ¶ court *proceedings* 공판(公判) /take [institute] *proceedings* against … …를 상대로 소송을 제기하다

proceeds 수입(收入), 매상총액, 수익(收益), 매상금, 수령액 ¶ *Proceeds* are: (1) funds given to a borrower after all costs and fees are deducted. (2) money received by the seller of an asset after commissions are deducted – for example, the amounts a stockholder receives from the sale of shares, less broker's commission. See also proceeds sale. 수령액이란 (1) 비용이나 수수료를 전부 공제한 후 차입자(借入者)에게 인도되는 자금이다. (2) 자산의 매도인이 수수료를 공제하고 받은 금액이다. 예를 들면, 주식을 매각한 경우에는, 매각대금에서 증권회사의 수수료를 공제한 것이다. proceeds sale(매상수령액)도 참조할 것. /collection *proceeds* 추심대금 /the net *proceeds* 순매상금 /*proceeds* of discount 할인대금(割引代金) /*proceeds* of sale 매상수령액 ***proceeds sale*** 주식매환(買換) ¶ *Proceeds sale* is over-the-counter (OTC) securities sale where the proceeds are used to purchase another security. Under the Five Percent Rule of the Financial Industry Regulatory Authority (FINRA), such a trade is considered one transaction and the FINRA member's total markup or commission is subject to the 5% guideline. 주식매환(買換)이란 장외거래(over-the-counter)종목을 매각하고, 그 매각대금(proceeds)을 다른 종목의 구입에 충당하는 경우이다. 금융업규제기구(Financial Industry Regulatory Authority: FINRA)의 5%규정(Five Percent Rule)에서 1건의 거래로 보고 있고, FINRA의 회원이 청구할 수 있는 가격상승폭(markup) 또는 수수료(commission)에는 5%의 가이드라인이 적용된다.

process [n.] 진행, 과정, 방법 ¶ in *process* of collection 추심의 과정에서 [v.] 가공하다, 처리하다, [외환] 중개업을 하다 ¶ *process* city collection items 시내추심물건을 처리하다 /*process* control 공정관리하다 /*process* deal trade 가공무역을 하다 ***batch processing*** [컴] 배치[일괄]처리 ¶ The *batch processing* is a procedure whereby a user gives a computer a batch of information, referred to a job – for example, a program and its input data on punched cards – and waits for it to be processed as a whole. *Batch processing* contrasts with interactive processing, in which the user communicates with the company by means of a terminal while the program is running. 배치[일괄]처리는 유저(user)가 컴퓨터에 대해서 작업(a job) — 예를 들면, 프로그램과 천공 카드(punched card) 상의 입력데이터 — 이라고 하는 한 묶음의 정보를 주고 전체로서 자료가 처리되는 것을 기다리는 절차를 말한다. 배치[일괄]처리는 유저가 프로그램이 진행되는 동안에 터미널(terminal)에 의하여 회사와 통신하는 대화식의 처리(interactive processing)와 대조된다. ***data ~ing*** 데이터처리 ¶ The *data processing* is the processing of information by computers. This term dates back to the 1960s and often describes the part of a business organization that handles repetitive computerized tasks such as billing and payroll. 데이터처리는 컴퓨터에 의해서 정보를 처리하는 경우이다. 이 용어는 1960년대로 거슬러 올라가서 청구서작성(billing)과 종업원임금대장(payroll)과 같은 반복적으로 컴퓨터로 처리하는 작업을 행하는 회사조직의 한 부분을 표현하기도 한다.

proctor [법] 대리인, 대소인(代訴人) ¶ A *proctor* is an attorney who is admitted to practice in a probate, admiralty, or ecclesiastical court. proctor는 검인재판소, 해사재판소 또는 교회재판소에서 법률실무를 하도록 허락받은 변호사이다.

procuration 획득, 대리, 위임 ¶ If a bill be drawn by *procuration*, no acceptor of the bill is permitted to deny the authority of the agent, by whom it purports to be drawn, to draw in the name of the principal. 환어음이 대리에 의하여 발행되는 경우, 그 환어음의 인수인은 대리인의 그 권한으로 본인의 명의로 환어음이 발행되거나 이를 발행할 대리인의 권한을 거부하지 못한다. /holder of full [general] *procuration* 전대리권(全代理權)보유자 /a letter of *procuration* 위임장 /limited [restricted, special] *procuration* 제한된 [일부, 특별]대리권 /per [by] *procuration* (per pro., p.p.) 대리로서 /a power of *procuration* 대리권

produce [n.] 생산액, 농산물, 제품 ¶ *Produce* is fruits and vegetable. 천연산물은 과일과 채소를 말한다.
[v.] 생산하다, 산출하다, 제출하다 ¶ To *produce* is to make, fabricate, or bring forth something. For example, farmers produce wheat and corn. Automobile manufactures produces cars. 프로듀스(produce)는 만들고, 가공하며, 또는 산출하는 것이다. 예를 들면, 농부는 밀과 곡류(corn)를 산출한다. 자동차 제조업자는 자동차를 제작한다. /*produce* documents [figures] 서류[숫자]를 제출[제시]하다

producer 생산자, 제작자 ¶ primary *producer* 제1차산품국(產品國) /*producers' cartel* 생산국카르텔(기업연합) ***producers goods*** 생산재 ¶ *Producers goods* are new machinery and equipment bought for business use; durable goods used in business production. See also capital goods. 생산재는 기업용으로 산 새로운 기계류와 장비이다. 즉, 기업생산에서 사용되는 내구재(durable goods)이다. capital goods(자본재)도 참조할 것. ~ ***price index (PPI)*** [미] 생산자 물가지수 ¶ The *producer price index* (*PPI*) is a measure of change in wholesale prices (formerly called the wholesale price index), as released monthly by the U.S. Bureau of Labor Statistics. The index is broken down into components by commodity, industry sector, and stage of processing. The *PPI* tracks prices of foods, metals, lumber, oil and gas, and many other commodities, but does not measure the price of services. Economists look at trends in the *PPI* as an accurate precursor to changes in the CPI, since upward or downward pressure on wholesale prices is usually passed through to consumer prices over time. The *PPI*, published by the Bureau of Labor Statistics in the Department of Labor, is based at 100 in 1982 and is released monthly. Economists also look at the *PPI* excluding the volatile food and energy components, which they can the "core" *PPI*. The consumer equivalent of this index is the consumer price index. 생산자 물가지수는 미국의 노동청 노동통계국(U.S. Bureau of index)이 매월 발표하는 도매물가의 변동의 척도(이전에는 도매물가지수(wholesale price index)라고 하였다)이다. 상품, 산업부문, 가공단계마다의 내역도 발표된다. 식품, 금속, 목재, 석유·가스 등 여러 가지의 상품을 대상으로 하고 있으나, 서비스는 포함되지 않는다. 이코노미스트들은 PPI를 소비자 물가지수(consumer price index: CPI)의 정확한 선

행지표라고 보고 있다. 도매물가에의 상승압력이나 하강압력의 영향은 오랫동안 소비자물가에 나타나는 경우가 많기 때문이다. PPI는 1982년의 수준을 기준치의 100으로 잡고 미노동청 노동통계국에 의하여 매월 발표된다. 이코노미스트들은 또 변동성이 높은 식품과 에너지를 제외한 PPI(코어지수)에도 주목한다. 소비자부문의 PPI에 상당하는 것이 소비자 물가지수이다.

product 산출물, 제작품, 소산(所產), (*pl.*) 이자적수(積數) ¶ gross domestic *product* (GDP) 국내총생산 /gross national *product* (GNP) 국민총생산 /*product* differentiation 제품의 차별화 /*product* introduction 시장에의 제품도입 /*product* line 제품그룹, 제품군(製品群) /*product* merchandising 제품의 상품화 /secondary *product* 제2차 제품 /tertiary *product* 제3차 제품 ***financial product*** 금융상품 ¶ The *financial product* is any good or service provided by a financial institution. *Financial products* include loans, mortgages, insurance policies, advice, derivatives, etc. 금융상품은 금융기관이 제공하는 상품 또는 서비스를 이른다. 금융상품에는 론(loans), 모기지(mortgages), 보험증권(insurance policies), 거래증서(advice), 파생상품(derivatives) 등이 포함된다. ~ ***guarantee insurance*** [영] 제조물보증보험 ¶ The *product guarantee insurance* is a form of insurance cover that provides the insured with restitution in the event a product it introduces to the marketplace is found to be defective, and which requires as recall and refund or repair. See also product liability insurance. 제조물보증보험은 시장에 소개된 제조물에 하자가 있음이 발견되어 회수(recall)와 환급(refund) 또는 수리(repair)가 필요한 경우에 피보험자에게 보상(restitution)을 해주는 보험보장의 형식이다. product liability insurance(제조물책임보험)도 참조할 것. ~ ***liability*** 제조물책임, 생산물책임 ¶ The *product liability* is the legal responsibility of a manufacturer or distributor of a product to make restitution for injuries or damage resulting from use of the product. 제조물책임이란 제조품의 사용에서 생긴 손상(損傷)이나 손해에 대하여 제조업자나 판매업자가 보상하여야 하는 법적 책임을 말한다. ~ ***liability insurance*** [영] 제조물책임보험 ¶ The *product liability insurance* is a form of insurance cover that provides the insured with restitution in the event a product it introduces into the marketplace is found to be defective, and creates a legal liability. See also product guarantee insurance. 제조물책임보험은 시장에 소개된 제조물에 하자가 있음이 발견되어 법적 책임이 생기는 경우에 피(被)보험자에게 보상을 해주는 보험보장의 형식을 말한다. product guarantee insurance(제조물보증보험)도 참조할 것.

production 생산, 저작, 제시 ¶ The word *production* means: (1) using labor and materials to create and build a product. (2) extracting natural resources from the ground. (3) customer orders generated by a salesperson; Each person in the office had a *production* goal for the month. 생산(production)이라는 말은 (1) 물품을 제작하고 짜맞추기 위해서 노동과 재료를 사용하는 것이다. (2) 지하에서 천연자원을 발굴하는 것이다. (3) 판매원이 만들어낸 고객의 주문이다. 말하자면, 사무실에서 각자가 그 달의 판매목표를 세웠다는 경우이다. /*production* goods 생산재 /a *production* index 생산지수 /*production* loan 생산융자, 프로젝트파이낸스융자 ***production rate*** 프로덕션레이트 ¶ The *production rate* is a coupon (interest) rate at which a pass-through security guaranteed by the Government National Mortgage Association (GNMA), popularly known as a Ginnie Mae, is issued. The rate is set a half percentage point under the prevailing Federal Housing Administration (FHA) rate, the maximum rate allowed on residential mortgages insured and guaranteed by the FHA and the Veterans Administration. 프로덕션

레이트는 정부주택모기지협회(government national mortgage association: GNMA, 통칭 지니메이)가 보증하는 패스트루증권(pass-through security)의 표면이율(coupon rate)을 말한다. 미연방주택청(Federal Housing Administration: FHA)의 실세금리보다 0.5포인트 낮게 설정된다. FHA의 실세금리는 FHA와 퇴역군인청(Veteran Administration)이 보증하는 주택론(loan)(residential mortgage)이율의 상한금리가 된다.

productive 생산적인, 생산력 있는 ¶ The word *productive* describes the degree to which a person, machine, factory, land, or some other thing is able to produce goods and services. productive(생산적인)라는 말은 사람, 기계, 공장, 토지 또는 어떤 물건이 생산물과 서비스를 만들어 낼 수 있는 정도를 표현하는 경우이다. /*productive* capital 생산자본 /*productive* property 생산재

productivity 생산성 ¶ In labor and other areas of economics, the *productivity* is the amount of output per unit of imput, for example, the quantity of a product produced per hour of labor. 노동 및 경제학의 다른 분야에서, 생산성이란 1단위의 투입에 대하여 얻어지는 산출량을 이른다. 예컨대 1시간의 노동으로 생산되는 제품의 양이 그것이다. /*productivity* of capital 자본의 생산성

professional ⓐ 전문직업의, 본직의 ¶ *professional* ethics 직업윤리 /*professional* heckler and blackmailer 총회꾼 /*professional* speculator 투기꾼 /*professional* trader 전문가뻴 ***professional indemnity insurance* (*PII*)** 전문직업책임보험 ¶ The *professional indemnity insurance* (*PII*) is a form of third-party insurance that covers a professional person, such as a lawyer, surveyor, or accountant, against paying compensation in the event of being sued for negligence. This can include giving defective advice if the person professes to be an expert in a given field. There have been a number of very high awards made to plaintiffs (especially in the U.S. where *PII* is known as malpractice insurance) and this has greatly increased the cost of obtaining cover. 전문직업책임보험은 업무상의 과실로 소송을 당한 경우에 보수를 지급하는 것에 대하여 변호사, 검사인(surveyor), 또는 회계사와 같은 전문적 직업인을 보험에 넣는 제3자 보험의 형태이다. 이 경우는 어느 분야에서 전문가인 체하는 사람이 부족한 조언을 한 것까지 포함한다. 고소인에게 대단히 높은 판정금이 내려진 사건이 몇 건 있었고(특히 전문직업책임보험을 직업적 비행보험(非行保險)이라고 하는 미국에서 특히 그러하다.), 이런 경우는 보험보호를 받는 비용을 매우 증가시켰다.
ⓝ 전문가, 프로선수

profile 옆모습, 윤곽, 개요(概要) ¶ the *profile* of monthly payment 매월의 지급방식

profit 이익, 이득, 이윤 ¶ In finance, *profit* is positive difference that results from selling products and services for more than the cost of producing these goods. See also net profit. 재무에 있어서, 이익이란 제품이나 서비스의 매상액에서 그것을 산출하는 비용을 공제한 것이다. 다만, 이 결과가 플러스인 경우만을 말한다. net profit(순이익)도 참조할 것. ¶ In investments, *profit* is difference between the selling price and the purchase price of commodities or securities when the selling price is higher. 투자에 있어서, 이익이란 상품(commodities)이나 증권(security)의 판매가격과 구입가격과의 차액을 이른다. 다만, 판매가격 쪽이 높은 경우에만 사용한다. /at a *profit* 이익을 얻고 /pre-tax *profit* 조세포함이익 /*profit* after tax 조세공제이익 /a *profit* and loss budget 손익예산 /*profit* control 이익관리 /*profit* for the current term 당기이익금 /*profit* from redemption 상환차익 /*profit* from sale 규모의 이익(economies of scale) /*profit*-making enterprise [institution]

영리법인 /*profit* maximization 이윤극대화 /*profit* on paper 가공이익 /*profit* ratio 이익률 /*profit* sharing 이익분배 /*profit* squeeze 이익의 압축 /*profit*-taking sale [selling] 이자놀이양도 /a ratio of *profit* to sale 매상총액 이익률 /an undivided [undistributed] *profit* account [statement] 손익계좌[계산서] ***profit and loss explain*** [영] 손익설명 ¶The *profit and loss explain* is a financial process commonly used by banks, investment banks, and securities firms following mark-to-market accounting rules where the sources of daily profits and losses are examined in detail. The process involves decomposing profits and losses and relating them to specific activities, including trading, market-making, commission, and fee-generating business; this allows an institution to understand how it earns and loses money and assists in the risk management control process. *Profit and loss explain* is also a central component of the backtesting of value-at-risk models. 손익설명은 1일 손익의 출처가 상세히 검사되는 시세평가 회계기준(mark-to-market accounting rules)을 준수하는 은행, 투자은행 및 증권회사가 일반적으로 사용하는 재무설명과정(financial process)을 말한다. 그 과정에는 거래행위, 시장조정, 보수 및 수수료산출사업을 포함하여, 이익과 손실을 분해하고 특별한 활동에 연결시키는 것이 수반된다. 이것은 기관이 어떻게 돈을 벌고, 손실을 내며 위험관리통제과정에 조력을 할지를 이해할 수 있게 한다. 손익설명은 또한 밸류 앳리스크 백테스팅모형(backtesting of value-at-risk model)의 구성부분이기도 한다. (backtesting은 상품값을 올린 후 일부를 원값으로 팔아 보아 값을 올린 영향을 가늠하는 판매 테스트) ~ ***(P&L) statement*** 손익계산서 ([영] profit and loss account) ¶The *profit and loss (P&L) statement* is a summary of the revenues, costs, and expenses of a company during an accounting period; also called income statement, opening statement, statement of profit and loss, income and expense statement. Together with the balance sheet as of the end of the accounting period, it continues a company's financial statement. See also cost of goods sold; net income; net sales. 손익계산서는 일정한 회계기간의 매상, 매상원가, 비용을 통합한 것이다. 이를 또한 income statement, opening statement, statement of profit and loss, income and expense statement라고도 한다. 기말시점의 대차대조표(balance sheet)와 함께 재무제표(financial statement)를 구성한다. cost of goods sold(매상원가); net income(순이익); net sales(순매상총액)도 참조할 것. ~ ***center*** 프로핏센터 ¶The *profit center* is a segment of a business organization that is responsible for producing profits on its own. A conglomerate with interests in hotels, food processing, and paper may consider each of these three businesses separate *profit centers*, for instance. 프로핏센터는 채산성이 요구되는 사업부문의 단위를 말한다. 예를 들면, 호텔, 식품가공, 제지사업을 취급하는 복합기업(conglomerate)은 이 3가지의 사업부문을 각각 다른 프로핏센터로 볼 수 있다. ~ ***forecast*** 예상이익 ¶*Profit forecast* is prediction of future levels of profitability by analysts following a company, as well as company officials. Investors base their buy and sell decisions on such earnings projections. Stock prices typically reflect analysts' profit expectations – companies expected to produce rapidly growing profits often have high price/earnings ratios. Conversely, projections of meager earnings result in lower P/E ratios. The company will often guide analysts so that their *profit forecasts* are not too high or too low, preventing unwelcome surprises. Analysts *profit forecasts* are tracked by the institutional brokers estimate system (I/B/E/S) and zacks estimate system. 예상이익은 담당 애널리스트(analyst)나 회사의 간부에 의한 회사의 장래의 이익수준을 예상하는 것이다. 투자자(investor)는 이와 같은 예상을 기초로 해서 매매를 결정한다. 애널리스트

의 예상이익은 주가에 반영되기 쉽다. 급속한 증익이 예상되는 기업은 주가수익률(price/earnings ratio: P/E)이 높은 기업이 많고, 반대로 예상이익이 낮으면 주가수익률은 낮게 된다. 기업은 달갑지 않는 놀라움을 방지하기 위하여도, 애널리스트의 예상이익이 너무 높다든지 너무 낮다든지 하는 일이 없도록 애널리스트에게 적절한 정보를 제공한다. 애널리스트의 예상이익은 institutional brokers estimate system (I/B/E/S) 및 zacks estimate system(잭스 예측시스템)에서 얻을 수 있다. ~ ***margin*** 이익 폭 → margin of profit (이익률). ~***-sharing plan*** 이익분배제도 ¶ The *profit-sharing plan* is an agreement between a corporation and its employees that allows the employees to share in company profits. Annual contributions are made by the company, when it has profits, to a profit-sharing account for each employee, either in cash and in a deferred plan, which may be invested in stock, bonds, or cash equivalents. The funds in a profit-sharing account generally accumulate tax deferred until the employee retires or leaves the company. Many plans allow employees to borrow against profit-sharing accounts for major expenditures such as purchasing a home or financing children's education. Because corporate *profit-sharing plans* have custody over billions of dollars, they are major institutional investors in the stock and bond markets. 이익분배제도는 종업원이 기업이익의 분배를 받을 수 있다는 기업과 종업원간의 합의이다. 기업은 이익이 나면, 연 1번, 각 종업원의 이익분배계정에 배분한다. 배분방법은 현금으로 지급되지만, 주식(stock), 채권(bond), 현금등가물(cash equivalents)에 일단 투자하는 방법(거치플랜)도 행해진다. 일반적으로 이익분배제도에 배분된 자금에 대한 과세는 종업원이 퇴직할 때까지 순연된다. 주택구입이나 자녀의 교육 등 큰돈의 지출 때문에, 이익분배계정을 담보로 하여 차입이 가능할 수 있도록 하고 있는 제도가 많다. 거액의 자금이 예치되고 있으므로, 기업의 이익분배제도는 주식시장이나 채권시장에서 유력한 기관투자자(institutional investor)가 되고 있다. ~ ***taking*** 가격차이로 이문 얻기 ¶ *Profit taking* is action by short-term securities or commodities traders to cash in on gains earned on a sharp market rise. *Profit taking* pushes down prices, but only temporarily; the term implies an upward market trend. 가격차이로 이문 얻기는 증권이나 상품의 단기거래에서 시세의 급상승을 이용하여 이익을 올리는 행동을 이른다. 주식이익을 노려서 매도하게 되면 시세를 압박하여 내리게 만들지만, 일시적인 현상이다. 가격차이로 이문 얻기라는 말은 상승시세인 추세인 것을 가리킨다.

profitability 수익성 ¶ *profitability* ratio 이익률 ***profitability index*** [영] 수익성지수 ¶ The *profitability index* is a method of determining the advisability of making a capital investment based on the net present value framework. The profitability index can be computed as:

$$\mathrm{PI} = \frac{\mathrm{PV}_{in}}{\mathrm{PV}_{out}}$$

where PV_{in} is the present value of cash inflows, PV_{out} is the present value of cash outflows. In general, if $\mathrm{PI} > 1.0$ the investment is expected to create value for shareholders and should be accepted; if $\mathrm{PI} < 1.0$ the investment should be rejected, and if $\mathrm{PI} = 1.0$, then the company should be indifferent. See also internal rate of return. 수익성지수는 순현재가치 체계(net present value framework)에 근거하여 자본투자의 권고를 어떻게 할 것인가를 결정하는 수단이다. 수익성지수는 다음과 같이 계산될 수 있다.

$$\text{수익성지수} = \frac{\text{현금유입의 현재가치}}{\text{현금유출의 현재가치}}$$

PV$_{in}$는 현금유입이고 PV$_{out}$는 현금유출이다. 일반적으로 수익성지수 > 1.0일 때 투자는 주주를 위하여 가치를 창출할 것으로 기대되고 이를 받아 들여야 한다. 반면에 수익성지수 < 1.0인 경우에 투자는 거절되어야 하고 만약 수익성지수 = 1.0인 경우에는 그러면 회사에게 공평한 입장을 취하여야 한다. internal rate of return(내부수익률)도 참조할 것. ~ ***ratio*** 이익률 ¶ The *profitability ratio* is a comparison of two or more financial variables that provide a relative measure of a firm's income-earning performance. *Profitability ratios* are of interest to creditors, managers, and especially owners. Compare return on common stock equity; return on equity; return on investment; return on sales. See also common-size statements; gross profit margin; net profit margin. 이익률은 기업의 수입을 올리는 행위의 상대적 기준을 제공하는 2 이상의 금융변수(financial variables)와의 비교를 말한다. 이익률은 채권자, 매니저와 특히 소유자에게는 중요하다. return on common stock equity(보통주주자본이익률); return on equity(주주자본이익률); return on investment(투자수익률); return on sales(매상고이익률)과 대조할 것. common-size statement(백분율재무제표); gross profit margin(총매상이익률); net profit margin(순이익률)도 참조할 것. ***profitability index*** 수익성지수 → capital rationing (자본배분).

profitable 유리한, 이문이 있는 ¶ *profitable* investment 투자

profiteering 부당이득행위, 모리배노릇 ¶ *Profiteering* is making excessive profits, often to the detriment of others. One who is *profiteering* is pursuing the act of making excessive profits. 부당이득행위는 과도한 이익을 내면서, 타인에게 손해를 끼치기도 하는 행위이다. 부당이득행위를 하는 자는 과도한 이익을 내는 행위를 추구하는 것이다.

pro forma (L) 형식상의, 견적의 ¶ *Pro forma* is Latin for "as a matter of form"; refers to a presentation of data, such as a balance sheet or income statement, where certain amounts are hypothetical. For example, a *pro forma* balance sheet might show a debt issue that has been proposed but has not yet been consummated. 프로포마는 「형식상」(as a matter of form)이라는 의미의 라틴어이다. 그 의미는 가정의 수치(數値)를 사용하여 대차대조표(balance sheet)나 손익계산서(income statement)의 데이터를 작성하는 것이다. 예를 들면, 견적대차대조표에는, 제안되고 있지만, 아직 발생하고 있지 아니한 채권발행(debt issue)이 기재된다. ***pro forma invoice*** 프로포마 인보이스, 견적송장 ¶ *Pro forma invoice* is an invoice provided by a supplier prior to the shipment of merchandise, informing the buyer of the kinds and quantities of goods to be sent, their value, and important specifications (weight, size, and similar characteristics). 견적송장은 상품의 선적전에 공급자가 매수인에게 발송할 화물의 종류와 수량, 그 가격 및 중요한 사항(중량, 크기, 이와 유사한 특성)을 알리기 위해서 제공하는 송장을 이른다.

program 프로그램, 계획, 예정표 ¶ The *program* is: (1) an organized event, typically over a set time period, such as a training program. (2) a set of instruction for a computer to execute. A *program* can be written in a programming language, such as BASIC or Pascal, or in an assembly language. 프로그램은 (1) 연습프로그램과 같은, 일반적으로 정규의 기간에 걸쳐 조직화된 이벤트이다. (2) 컴퓨터가 집행하는 일련의 지시를 말한다. 프로그램은 베이식(BASIC) 또는 파스칼(Pascal)과 같은 프로그램 언어(programming language) 또는 어셈블리 언어(assembly language)로 기재될 수 있다. /*program* [*programmed*] control 프로그램제어(制御) ***program sale*** 프로그램 매매 ¶ The *program sale* is to buy and sell the stock automatically on the condition that it is already inputted in the computer. The computer program will control the stock market. It is classified by arbitrage trading, which is traded owing to the movement of futures and spot commodities, and nonarbitrage trading, which at once buys and sells 15 or more stock. 프로그램 매매는 컴퓨터에 미리 입력해 둔 조건에 따라 주식을 자동으로 사고 파는 매매이다. 컴퓨터 프로그램이 증시를 좌지우지하는 셈이다. 프로그램 매매는 선물과 현물의 움직임에 따라 거래되는 차익거래와 15개 종목 이상의 많은 주식을 한꺼번에 사고 파는 비차익거래로 나뉜다. ~ ***trading*** 프로그램트레이딩, 프로그램 매매(주가지수와 마찬가지의 움직임을 이루는 현물주식의 포트폴리오를 만들어 컴퓨터에 의해서 시장가격의 변동을 보면서 매매주문서를 내는 투자수법. 이로써 시장평균보다도 나쁘지 않는 운용실적을 목표로 한다.) ¶ *Program trading* is computer-driven buying (buy program) or selling (sell program) of baskets of 15 or more stocks by index arbitrage specialists or institutional traders. "Program" refers to computer programs that constantly monitor stock, futures, and options markets, giving buy and sell signals when opportunities for arbitrage profits occur or when market conditions warrant portfolio accumulation or liquidation transactions. *Program trading* has been blamed for excessive volatility in the markets, especially on Black Monday in 1987, when portfolio insurance – the since discredited use of index options and futures to hedge stock portfolios – was an important contributing factor. 프로그램트레이딩은 지수차익거래(index arbitrage)의 전문가나 기관투자자가 15종목 이상의 주식의 배스킷(basket)에 컴퓨터를 사용하여 매도(sell program), 매수(buy program)하는 것이다. 「프로그램」은 컴퓨터프로그램을 가리킨다. 프로그램은 언제나 주식(stock), 선물(futures), 옵션(option)시세를 감시하여 차익거래에서 이익을 올릴 기회나 포트폴리오(portfolio)를 확대 또는 축소할 시장환경이 된 때에, 매도나 매수의 사이트를 드러낸다. 프로그램거래에서 시세변동이 과잉되게 크게 되었다고 비난받고 있다. 특히 1987년의 암흑의 월요일(Black Monday)에는 주식지수옵션(index option)과 선물을 사용하여 주식포트폴리오를 헤지(hedge)하는 포트폴리오인슈어런스(portfolio insurance)가 시세에 크게 영향을 주었다. 포트폴리오인슈어런스의 평판은 이 이후 악화하였다.

programming language [컴] 프로그램언어 ¶ The *programming language* is a language used to give instructions to computers. During the 1960s and 1970s, a huge variety of programming languages were developed, most of which are no longer in wide use. Moreover, a substantial amount of programming is now done with special program development tools (e.g., Visual Basic), or in *programming languages* that pertain to specific piece of software (e.g., Maple) rather than by simply writing instructions in a general-purpose language. 프로그램언어는 컴퓨터에 지시를 내리기 위하여 사용되는 언어이다. 1960년대와 1970년대의 기간에, 대단히 많은 종류의 프로그램언어가 발전되었으나, 그 대부분의 언어는 현재 광범하게 이용되고 있지 않는다. 더구나, 프로그래밍의 실질적인 양은 오늘날 일반목적의 언어로 지시를 단순히 기재하기보다 도리어 특별한 프로그램발전도구(development tools)(예컨대 Visual Basic) 또는 소프트웨어의 특별한 부분에 속하는 프로그래밍언어(예컨대 Maple)로 행해지고 있다.

progress [n.] 전진, 진행, 발전 ¶ work in *progress* 제작중의 물건 ***progress payments*** 성과지급 ¶ *Progress payments* are: (1) periodic payments to a supplier, contractor, or subcontractor for work satisfactorily performed to date. Such schedules are provided in contracts and can significantly reduce the

amount of working capital, required by the performing party. 성과지급이란 (1) 납품업자, 도급업자, 하도급업자의 일이 일정대로 만족할 만한 수준인 것을 조건으로, 작업의 단락마다 대금을 지급하는 것이다. 지급일정은 계약에 담겨진다. 업자는 운전자본(working capital)의 필요액을 대폭 삭감할 수 있다. (2) disbursements by lenders to contractors under construction loan arrangements. As construction progresses, bills and lien waivers are presented to the bank or savings and loan, which advances additional funds. 건설융자(construction loan)계약에 근거로 해서 대여자(貸與者)가 건설업자에게 자금을 인도하는 경우이다. 건설작업의 진전상황에 맞춰서 청구서나 담보권포기증서(lien waiver)가 은행이나 저축금융기관에 제시되고, 추가대출이 지급된다.
v. 진행하다, 진척되다

progressive 진행하는, 점진적인 ¶ *progressive* payment 순연(順延)지급 /*progressive* taxation 누진세 ***progressive tax*** 누진과세 ¶ The *progressive tax* is an income tax system in which those with higher incomes pay taxes at higher rates than those with lower incomes; also called graduated tax. The U.S. income tax system is based on the concept of progressivity. There are several tax brackets, based on the taxpayer's income, which determine the tax rate that applies to each taxpayer. See also consumption tax; flat tax; regressive tax. 누진과세는 소득이 높으면 높을수록 세율이 높게 되는 소득세(income tax)제도이다. 이를 graduated tax라고도 한다. 미국의 소득세제도는 누진과세방식을 취하고 있다. 소득세에 따라서 몇 가지의 세율구분(tax bracket)이 있으며, 이로써 적용세율이 결정된다. consumption tax(소비세); flat tax(균일과세); regressive tax[역진세(逆進稅)]도 참조할 것.

prohibited goods (수입)금제품

prohibitive tariff 금지관세(고세율 때문에 수입이 곤란하게 되는) ¶ The *prohibitive tariff* is a tariff that is set at a high enough level that is reduces or eliminate trade in the product subject to the duty. 금지관세는 관세에 적용을 받아 통상을 축소하거나 고려하지 않을 수준만큼 높게 책정된 관세를 말한다.

project *n.* 기획, 사업 ¶ *project* loan 개발계획융자, 조건부 융자 /*project* risk (프로젝트파이낸스로 인해 생기는) 프로젝트리스크 ***project finance [financing]*** 대규모 부동산 개발사업 등에서 주로 사용되는 자금조달방법 ¶ *Project finance* is loan funding that is provided by a bank to an entity that is developing an infrastructure project, and where the project is typically designed to generate cash flows that can be used in the repayment of the loan. Project finance transactions may be partially or totally arranged on a nonrecourse basis, though they may also feature credit enhancement provided by the sponsor (e.g., third party guarantees). 프로젝트파이낸스는 사회기반시설을 개발하고 있는 실체에 대해서 은행이 마련한 대출자금제공이며, 그 프로젝트는 전형적으로 그 대출금의 상환에 사용될 수 있는 현금의 흐름을 유발하는 것을 상정하고 있다. 프로젝트파이낸스거래는 또한 스폰서(예컨대 제3당사자보증)에 의해서 마련된 신용증진을 특색으로 하더라도, 일부분 또는 전체적으로 차입금반환의 불소급 베이스로 계획될 수도 있다. ~ ***link*** 프로젝트링크 ¶ The *project link* is an econometric model linking all the economies in the world and forecasting the effects of changes in different economies on other economies. The project is identified with 1980 Nobel Memorial Prize in Economics winner Lawrence R. Klein. See also econometrics. 프로젝트링크는 세계 각국의 경제를 결부시켜, 여러 국가의 경제의 변화가 다른 국가

의 경제에 어떤 영향을 미치는가를 예측하는 계량경제의 모형이다. 1980년에 노벨 경제학상을 수상한 로렌스 알 클라인(Lawrence R. Klein)이 제창한 것과 동일하다. econometrics(계량경제학)도 참조할 것. ~ ***note*** 프로젝트노트 ¶ The *project note* is a short-term debt issue of a municipal agency, usually a housing authority, to finance the construction of public housing. When the housing is finished, the notes are redeemed and the project is financed with long-term bonds. Both *project notes* and bonds usually pay tax-exempt interest to note- and bondholders, and both are also guaranteed by the U.S. Department of Housing and Urban Development. 프로젝트노트는 지방정부기관발행의 단기채권(short-term debt)을 말한다. 주택기관이 공용주택의 건설자금을 조달하기 위하여 발행하는 경우가 많다. 건설이 끝나면 상환되고, 장기채권(project bond)으로 프로젝트자금을 조달한다. 프로젝트노트도 장기의 프로젝트본드도 일반적으로는 이자가 면세취급(tax-exempt)이 되고 미국주택도시개발청(U.S. Department of Housing and Urban Development)의 보증이 붙는다.

v. 계획하다 ¶ *projected* sales 매상예상 ***projected benefit obligation* (*PBO*)** 퇴직급여채무 → accumulated benefit obligation (누적급여채무).

projection 견적, 예측 ¶ *Projection* is estimate of future performance made by economists, corporate planners, and credit and securities analysts with the help of available software. Economists use econometric models to project gross domestic product (GDP), inflation, unemployment, and many other economic factors. Corporate financial planners project a company's operating results and cash flow, using historical trends and making assumptions where necessary, in order to make budget decisions and to plan financing. Credit analysts use *projections* to forecast debt service ability. Securities analysts tend to focus their *projections* on earnings trends and cash flow per share in order to predict market values and dividend coverage. See also econometrics. 예측이란 이코노미스트, 기업의 경영기획부문, 신용애널리스트(credit analyst), 증권애널리스트(securities analyst)에 의한 장래의 업적에 대한 예측을 이른다. 이코노미스트는 경제모형을 사용하여 국내총생산(gross domestic product: GDP), 인플레이션(inflation), 실업 기타 많은 경제요소를 예측한다. 경영기획부문은 과거의 동향과, 필요한 경우에는 전제조건을 부쳐서 영업손익, 캐시플로(cash flow)를 예측하여 예산을 결정하고, 자금조달계획을 세운다. 신용애널리스트는 예측에 의하여 채무상환(debt service)능력을 추정한다. 증권애널리스트는 수익동향과 1주당 캐시플로(cash flow per share)에 주목하여 주가나 배당수준을 예측한다. econometrics(계량경제학)도 참조할 것.

prolongation 연장, 연기, 유예 ¶ *prolongation* of a bill 어음의 연장

promissory note 약속어음 ¶ A *promissory note* is a written promise made by one person (the maker) to pay a fixed sum of money to another person (the payee or a subsequent holder) on demand or on a specified date. 약속어음이란 어느 사람(작성자)이 타인(수취인 또는 그 후의 소지인)에게 청구가 있거나 혹은 특정한 기일에 일정한 금액을 지급하기로 한 약속증서를 이른다.

promote (사업을) 발기하다, 촉진하다 ¶ *promote* a corporation 회사를 발기하다

promoter (신회사의) 발기인, 창립자, 추진인 ¶ A *promoter* is a person who takes the preliminary steps in organizing a corporation, including (usually) issuing a prospectus, procuring stock subscriptions, making contract purchases, securing a corporate charter, and the like. 발기인은 사업계획서의 발포, 주식모집의 대비, 계약서양식의 구입, 회사설립의 인가증(認可證)확보 등을 비롯해서, (주식)

회사를 설립하는 데에 사전조치를 취하는 자이다.

promotion 승진, 승격, 조장, 증진, 판매촉진, (회사)창립 ¶ The *promotion* is: (1) an advancement in job rank, generally at higher pay. (2) an activity designed to increase the demand for a good or service. For example, an advertising firm designs a *promotion* for a new hybrid vehicle being introduced by an automobile manufacturer. 프로모션(promotion)은 (1) 높은 직업신분의 승진으로 더 많은 봉급을 받는다. (2) 물품이나 서비스에 대한 수요증진을 꾀하는 활동이다. 예를 들면, 광고회사는 자동차제조업자가 소개하고 있는 하이브리드 신차(新車)의 판매촉진을 계획하는 경우이다. /*promotion* expense 창업비 /sales *promotion* 판매촉진 /the *promotion* of one's products 자사제품의 판매촉진

promotion(al) shares (*pl.*) 발기인주

prompt 즉좌(卽座)의, 즉시지급의 ¶ *prompt* cash discount 즉시현금할인 /*prompt* exchange 직물환(直物換)(spot exchange) /*prompt* payment 즉시지급 ***prompt month*** 당월(當月) → nearby contract [직근(直近)계약].

proof 증명, 증거, 시험, 검산(檢算) ¶ bear a *proof* mark 검인(檢印)이 있다 /in *proof* 일치하여 /*proof* machine 수표분류조회기 /*proof* mark 검인(檢印) /*proof* sheet 검산표(檢算表) ***proof of loss*** [영] 손해의 증명 ¶ *Proof of loss* is documentary evidence an insured must present an insurer when submitting a claim under an insurance policy. Since an insurance contract requires the insured to have an insurable interest, *proof of loss* is an essential element in ensuring validity. 손해의 증명은 피보험자가 보험증권에 의하여 보험청구를 제기하는 경우에 보험업자에 반드시 제출하여야 하는 서류상의 증거를 말한다. 보험계약은 피보험자가 피보험이익(insurable interest)을 가져야 할 것을 요구하기 때문에, 손해의 증명은 보험청구의 타당성을 확보하는 데에 필수적인 요소가 된다.

propensity 성향, 성질 ¶ a *propensity* for consumption 소비성향 /a *propensity* to consume 소비성향 /a *propensity* to save 저축성향 /Our true enemy is our *propensity* to make enemies. 적을 만들려고 하는 우리들의 성벽(性癖)이야말로 우리들의 진정한 적이다.

property (*col.*) 재산, 자산, 소유 ¶ divide one's *property* among … (…간에서) 재산을 분배하다 /freehold or leasehold *property* 자유보유권 또는 차지권(借地權) /landed *property* 토지보유, 부동산 /mortgaged *property* 모기지부동산 /movable *property* 동산 /personal *property* 동산, 개인재산 /private *property* 사유재산, 사적 소유 /*property* accumulation 재산형성 /*property* accumulation saving 재산형성저축 /*property* insurance 재물보험, 손해보험 /*property* ownership 재산소유 /*property* tax 고정자산세 /public [national] *property* 공유[국유]재산 ***property and casualty insurance*** [영] 손해보험 ¶ In the United States, *property and casualty insurance* is insurance coverage for damage or loss to property. The standard contract specifies perils, limits, and duration, and whether coverage includes consequential losses or is restricted to direct losses. Certain perils, such as damage or destruction from war, terrorism, or neglect in preserving damaged property from further loss, are often excluded from coverage. *Property and casualty insurance* generally requires the insured to agree to subrogation. Also known as property insurance. See also property and liability insurance. 미국에서 손해보험은 재산(property)의 손해 또는 손실에 대한 보험보장을 말한다. 표준적인 계약에는 위험(perils), 한도액(limits), 보험계약기간(duration)과 보험보장이 간접손해를 포함하는지 직접손해로 제한되는지 여부를 명기한다. 전

쟁, 테로 또는 더 큰 손해로부터 파손된 재산을 유지하는 것을 해태한 것으로 인한 손해나 파괴와 같은 일정한 위험은 보험보장에서 면책되기도 한다. 손해보험은 일반적으로 피보험자가 보험자대위(subrogation)를 요구한다. 이는 property insurance(재산보험)로도 알려져 있다. property and liability insurance(재물책임보험)도 참조할 것. ~ ***and casualty equipment*** 유형고정자산 → fixed asset (고정자산). ~ ***and liability insurance*** [영] 재물책임보험 ¶ *Property and liability insurance* is insurance coverage for an insured whose property is damaged or destroyed by a peril, or whose negligence causes another property to be destroyed. See also property and casualty insurance. 재물책임보험은 위험으로 인하여 피보험자의 재물이 손해를 입거나 파손된 것 또는 그 손해나 파손을 유지하는데 해태한 것(negligence)이 다른 재물의 손해의 원인이 된 것에 대한 보험보장을 말한다. property and casualty insurance(손해보험)도 참조할 것. ~ ***inventory*** 취득소유동산일람표 ¶ The *property inventory* is a personal finance term meaning a list of personal property with cost and market values. A property inventory, which should be accompanied by photographs, is used to substantiate insurance claims and tax losses. 취득소유동산일람표는 취득원가(cost)와 시가(market value)를 기재한 동산(personal property)의 리스트를 가리키는 개인재무용어이다. 사진도 송부하여 보험청구나 세무상의 손실의 실증에 사용된다. ~ ***tax*** 고정자산세 ¶ The *property tax* is a tax assessed on property such as real estate. The tax is determined by several factors, including the use of the land (residential, commercial, or industrial), the assessed valuation of the property, and tax rate, expressed in mills. *Property taxes* are usually assessed by county and local governments, school districts, and other special authorities such as for water and sewer service. *Property taxes* are usually deductible on federal income tax returns. If a mortgage lender requires that it pay all property taxes, borrowers must remit their *property taxes* as part of their monthly mortgage payment and the lender keeps the money in escrow until *property taxes* are due. See also ad valorem; PITI. 고정자산세는 부동산(real estate)과 같은 자산에 과세되는 조세이다. 세액은 토지의 용도(주택, 상업, 공업), 평가액(assessed valuation), 세율(tax rate) 등 몇 가지 요소로 결정된다. 0.1센트(mill) 단위로 산출된다. 카운티(county) 및 지방자치단체나 학군구(學群區), 상하수도의 특별기관에 의하여 과세된다. 통상은 미연방소득세(Federal Income Tax) 신고에서는, 소득공제(tax deduction)된다. 주택론(loan)의 대여자로부터 고정자산세를 전액지급하도록 요구받는 경우, 차입자는 매월의 론상환시에 고정자산세분을 지급해야 하고, 대여자는 그것을 납세기일까지 에스크로 계정(escrow)에 임치한다. ad valorem(가격에 따라서); PITI(원리금 · 세금 · 보험포함상환액)도 참조할 것. ***real*** ~ 부동산 ¶ The *real property* is: (1) a land and whatever is erected or growing on it, or affixed to it. (2) rights issuing out of, annexed to, and exercisable within or about the land. real property(부동산)이란 (1) 토지와 그 위에 무엇이든 건립되거나 성장하고 있든지, 또는 부착된 것이다. (2) 토지로부터, 토지 내에서 또는 토지와 관하여 발생되고 행사할 수 있는 권리이다. → real estate (부동산).

proportion 비율, 할당, 배당, (*pl.*) 크기 ¶ The *proportion* of cost to wages was estimated at [to be] £100 to £ 135 in 1915. 코스트와 임금의 비율은 1913년에는 100파운드 대 135파운드로 개산(槪算)되었다. /Imports make up a large *proportion* of the goods sold during the holidays. 수입품이 휴가기간에 매도상품의 대부분을 차지한다. /The *proportion* of multinational stocks traded on the market has expanded steadily. 시장에서 거래되는 다국적 주식이 차지하는 비율은 착실하게 확

대되고 있다.

proportional 비례의 ¶ Intensity and duration are inversely *proportional* to each other. 일에 집중하고 오래 지속하는 것은 서로 반비례한다. ***proportional agreement*** [영] 비례배분계약 ¶ The *proportional agreement* is a quota share or surplus share reinsurance agreement requiring the insurer and reinsurer to share premiums, risks, losses, and loss adjustment expenses on the basis of a predefined formula, such as a fixed or variable percentage of policy limits, or a monetary value amount. Also known as proportional treaty. See also excess of loss agreement. 비례배분계약은 보험자와 재보험자가 고정적 혹은 변동적인 비율의 급여한도액(policy limit)과 같은 사전에 정한 공식을 기초로 하여 보험료(premium), 위험(risk), 손실(loss) 및 손실조정비용(loss adjustment expense)을 분담할 것을 요구하는 비례특약(quota share) 또는 잉여금분담(surplus share) 재보험을 말한다. excess of loss agreement(손실초과액 약정)도 참조할 것. ~ ***representation*** 비례대표제 ¶ The *proportional representation* is a method of stockholder voting, giving individual shareholders more power over the election of directors than they have under statutory voting, which, by allowing one vote per share per director, makes it possible for a majority shareholder to elect all the directors. The most familiar example of *proportional representation* is cumulative voting, under which a shareholder has as many votes as he has shares of stock, multiplied by the number of vacancies on the board, all of which can be cast for one director. This makes it possible for a minority shareholders or a group of small shareholders to gain at least some representation on the board. Another variety provides for the holders of specified classes of stock to elect a number of directors in certain circumstances. 비례대표제는 법정의결제(statutory voting)보다 개인주주가 이사(director)의 선출에 영향력을 발휘할 수 있는 주주의결방법의 하나이다. 법정의결제에서는, 각 이사에게 1주 1의결투표권을 던지기 때문에, 과반수를 획득하는 주주가 이사전원을 선임할 수가 있다. 비례대표제의 가장 일반적인 실례는 누적투표(cumulative voting)이다. 주주는 보유주식수로 선출하는 이사의 인원수(人員數)를 곱한 수의 표를 좋아하는 1인만의 이사에게 던질 수가 있다. 이로써 소수주주(minority shareholder)나 보유주식수가 적은 주주가, 적어도 어느 정도는 이사회에 대표를 보낼 수 있다. 또, 특정한 종류의 주주가 어떤 상황에서 이사회의 일부를 선임하도록 하는 방법도 있다. ~ ***tax*** [영] 비례세(比例稅) ¶ The *proportional tax* is a tax scheme where the tax rate is fixed as the amount subject to taxation increases, implying an equal burden on high- and low-income households, though in practice may be regressive in certain areas, e.g., consumption. In practice *proportional taxes* are relatively uncommon. Also known as flat tax. See also progressive tax; regressive tax. 비례세는 세율(tax rate)이 과세증가를 조건으로 하는 금액으로 고정되는 조세제도인데, 이는 실제로 예컨대 소비세(consumption)와 같이, 일정한 영역에서 역진(逆進)적일 수 있지만, 고소득과 저소득의 가계(家計)에 대한 균일과세부담을 의미한다. 실제로 비례세는 비교적 드문 경우이다. 또 flat tax(균일과세)로도 알려져 있다. progressive tax(누진세); regressive tax(역진세)도 참조할 것. ~ ***treaty*** [영] 비례배분약정 → proportional agreement (비례배분계약). ~ ***taxation*** 비례과세 ¶ The *proportional taxation* is a tax whose burden is applied at the same rate to the poor as the wealthy. Contrast progressive tax; regressive taxation. 비례과세는 조세부담이 부유층과 같은 비율로 빈곤층에게 적용되는 조세를 말한다. progressive tax(누진과세); regressive taxation[역진세(逆進稅)]도 비교할 것.

proportionate [proportional] 균형 잡힌, 비례를 이룬, 적응한 ¶ *proportionate* tax 비례세 /The profit is *proportionate* to the creativity and effort expended on the product. 이익은 그 제품에 들인 창조성과 노력에 준(準)한다.

proportionately 비례하여 ¶ Efficiency rose *proportionately* with the increase in production. 생산성의 증가에 비례하여 효율이 높았다.

proposal 청약, 제의, 제안 ¶ a *proposal* for subscription 주식응모의 청약 ***proposal letter [telex]*** 조건제출의 레터[텔렉스] ¶ *The proposal letter [telex]* is a letter or telex issued by the bank or the securities company to the issuer of bond and the borrower of loan. 조건제출의 레터[텔렉스]는 채권발행자론 차입자에 대해서 은행이나 증권회사가 발행하는 레터[텔렉스이다.

proprietary 소유의, 독점의 ¶ The word *proprietary* means of or relating to private ownership with exclusive rights of use protected by copyright, patent, or trademark. For example, a *proprietary* good such as the antidepressant drug Prozac is protected by patent such that it can be manufactured and sold only Eli Lilly & Co. proprietary라는 말은 저작권, 특허권 또는 상표권에 의하여 보호되는 독점적 사용권이 있는 사적 소유권의 또는 사적 소유권에 관하여 라는 의미이다. 예를 들면, 항우울증약 프로작(Prozac)과 같은 독점적인 제품은 엘리 릴리앤드컴파니(Eli Lilly & Co.)에 의해서만 제조되어 판매될 수 있는 그런 특허권에 의해서 보호를 받는다. /*proprietary account* 자본주계정, 소유주계정, 출자자계정 /*proprietary* capital 자기자본 /*proprietary* right 소유권 ***proprietary company (Pty)*** [영] 비공개회사 ¶ The *proprietary company* (*Pty*) is an Australian limited company. proprietary company(비공개회사)는 오스트레일리아의 유한책임회사(limited company)이다. ~ ***trading*** 자기계좌에 의한 매매 ¶ The *proprietary trading* is a trading by securities firms using their own, as opposed to client's, funds. Such trading, like hedge funds, involves higher risk and potentially greater returns than would be gained from commission. 자기계좌에 의한 매매란 증권회사가 고객의 자금과 대칭되는 자기 자신의 계좌자금을 이용하는 매매거래를 이른다. 이러한 거래는 헤지자금(hedge funds)과 같이, 수수료로 얻어지는 수익보다도 더 큰 위험과 잠재적으로 더 많은 수익과 관련된다.

proprietor 소유자(所有者), 개인사업자 ¶ Since *proprietors* are considered self-employed, they are eligible for Keogh accounts for their retirement funds. Herein called Keogh account means tax-deferred pension account designated for employees of unincorporated businesses or for person who are self-employed. 개인사업자는 자영영업자라고도 간주되기 때문에, 퇴직금을 키오(Keogh)계정에서 운영할 수 있다. 여기서 말하는 키오계정은 비법인기업의 종업원이나 자영업자를 위해서 설정된 납세순연 연금계정을 말한다.

proprietorship 소유권, 개인사업 ¶ The *proprietorship* is unincorporated business owned by a single person and sometimes called a proprietorship. The individual proprietor has the right to all the profits from the business and also the responsibility for all the firm's liabilities. 개인사업이란 개인이 소유하는 비법인조직의 사업을 이른다. 개인사업주는 사업의 모든 이익을 얻는 권리를 가지고, 동시에 모든 부채에 책임을 진다.

pro rata (L) ⓐ 비례로 결정된 ¶ *Pro rata* is Latin for "according to the rate"; a method of proportionate allocation. For example, a *pro rata* property tax rebate might be divided proportionately (prorated) among taxpayers based on

their original assessments, so that each gets the same percentage. pro rata(비례배분)는 「비율에 따라서」(according to the rate)라는 의미의 라틴어이다. 예를 들면, 비례배분에 의한 고정자산세(property tax)의 환부금의 경우, 원래의 평가가액에 근거해서 납세자에게 분배하여 전원이 납세액과 동일한 비율로 수취한다. ¶ *pro rata* payment 안분비례지급(按分比例支給) /*pro rata* rate 안분비율
[ad.] 비례하여, 일정한 비율에 따라, 안분(按分)하여

prospect 조망, 예상, 전망, 후보자 ¶ noncustomer *prospect* 비고객예상객 /*prospect* call(s) 예상객방문 /*prospect* of the market 시황(市況)의 전망 /production *prospect* 생산예상

prospective 장래의, 전망이 있는 ¶ *prospective* client 예상 손님 /*prospective* dividend rate 예상배당률 /*prospective* yield 예상이율 ***prospective earnings growth ratio* (*PEG ratio*)** 예상수익성장률 ¶ The *prospective earnings growth ratio* (*PEG ratio*) is a projected one-year annual growth rate, determined by taking the consensus forecast of next year's earnings, less this year's earnings, and dividing the result by this year's earnings (sometimes seen as price-earnings growth ratio). 예상수익성장률은 차년도의 수익에 관한 콘센서스예상(consensus forecast)(복수의 애널리스트예상의 평균치)에서 금년도의 수익을 공제하여 금년도의 수익을 나누어서 얻는 율인 연간의 예상성장률이다(이를 price-earnings growth ratio로서 하고 있는 경우도 있다). ~ ***finite policy*** [영] 예상유한(有限)보험계약 ¶ The *prospective finite policy* is an insurance policy that seeks primarily to shift the timing risk of losses that are expected to occur in the future. In common with other finite risk policies, the prospective agreement is primarily a risk financing rather than risk transfer vehicle. See also retrospective finite policy. 예상유한보험계약을 장래에 발생할 것으로 예상되는 손실의 때맞은 위험을 주로 이동하려는 보험계약을 말한다. 다른 유한위험보험계약과 같이, 예상보험계약은 리스크이전수단(risk transfer vehicle)이라기보다도 오히려 주로 위험자금조달(risk financing)이다. retrospective finite policy(소급유한보험계약)도 참조할 것.

prospectus 취지서, 발기서, 사업계획서, 설명, 안내 ¶ A *prospectus* is a document required by federal or state securities laws that describes the financial operation of the corporation, thus allowing investors to make informed decisions. *Prospectuses* are also issued by mutual funds, describing the history, background of managers, fund objectives, a financial statement, and other essential data. A *prospectus* for a public offering must be filed with the Securities and Exchange Commission and given to prospective buyers of the offering. The *prospectus* contains financial information and a description of a company's business history, officers, operations, pending litigation (if any), and plans (including th use of the proceeds from the issue). 사업계획서는 회사의 자본운영을 설명함으로써 투자자가 상황판단을 할 수 있도록, 연방 및 주(州)증권법에서 요구하는 서류이다. 뮤추얼펀드(mutual funds)도, 연혁, 운용책임자(fund manager)의 정보, 펀드의 목표, 재무상황(financial statement) 기타 중요한 데이터의 필요정보를 기재한 사업계획서를 발행한다. 공모(public offering)의 사업계획서는 미증권거래위원회(Securities and Exchange Commission)에 등록하고, 구입할 가능성이 있는 투자자(prospective buyers)에게 배포된다. 재무정보, 회사의 연혁, 임원, 운영, 계쟁중의 소송, 사업계획(조달자금의 용도를 포함한다.) 등을 기재한다.

prosperity 번영, 성공 ¶ In economics, the *prosperity* is a period of relative abundance with strong business profits and little unemployment. 경제학에서, 번영이란 높은 기업이익과 소량의 실업으로 상당한 풍요의 기간을 이른다.

protect 보호하다, 방지하다, (어음의) 지급준비를 하다 ¶ *protect* a bill [draft] 어음의 지급준비를 하다, 어음을 지급[인수]하다 /*protected* check 개변(改變)방지수표 /*protect* signature 서명을 (바른 것이라고) 보증하다 ***protected bid*** [영] 보호받는 매수호가 ¶ The *protected bid* is a bid quotation on a stock that is displayed via an electronic trading center, is disseminated via a national market system and is the best bid available in the market. See also protected offer. 보호받는 매수호가는 전자거래센터를 경유하여 전시되어 전국시장체제를 경유하여 보급되고 시장에서 이용될 수 있는 최대의 매수가인 주식의 매수시세(bid quotation)를 말한다. protected offer(보호받는 매도호가)도 참조할 것. ~ ***offer*** [영] 보호받는 매도호가 ¶ The *protected offer* is an offer quotation on a stock that is displayed via an electronic trading center, is disseminated via a national market system and is the best offer available in market. See also protected bid. 보호받는 매도호가는 전자거래센터를 경유하여 전시되어 전국시장체제를 경유하여 보급되고 시장에서 이용될 수 있는 최대의 매도가인 주식의 매도시세(bid quotation)를 말한다. protected bid(보호받는 매수호가)도 참조할 것.

protection 보호, 옹호, 프로텍션(해외시장에서의 파이낸스의 경우, 주간사회사가 부여하는 주요사업의 확보를 말한다.) ¶ *protection* buyer 보장매입자 /*protection* depositors 예금자보호 /*protection* seller 보장매도자

protectionism 보호주의 ¶ *Protectionism* is practice of protecting domestic goods and service industries from foreign competition with tariff and non-tariff barriers. *Protectionism* causes higher prices for consumers because domestic producers are not exposed to foreign competition, and can therefore keep prices high. But domestic exporters also may suffer, because foreign countries tend to retaliate against *protectionism* with tariffs and barriers of their own. Many economists say that the Depression of the 1930s was precipitated by the protectionist trade barriers erected by the United States under the Smoot-Hawley Act, which led to retaliation by many countries throughout the world. In more recent years, many protectionist trade barriers have fallen through the passage of GATT, the General Agreement on Tariffs and Trade, which went into effect in 1995, and the creation of the World Trade Organization (WTO). 보호주의는 국내의 제조업이나 서비스산업을 관세장벽이나 비관세장벽(tariff and non-tariff barriers)으로부터 외국과의 경쟁에서 보호하는 것이다. 보호주의를 취한다면, 국내생산자가 대외경쟁에 노출되지 않고 가격을 높게 유지할 수 있기 때문에, 소비자의 구입가격이 높아진다. 또 국내의 수출업자도 타격을 입을 가능성이 있다. 외국도 관세나 비관세장벽으로 대항하는 경향이 있기 때문이다. 1930년대의 대공황(great Depression)의 동기가 된 것은 스무트-홀리법(Smoot-Hauley Act)에서 미국에 도입된 보호주의적인 무역장벽이며, 이에 대한 보복으로서 세계의 많은 국가들이 무역장벽을 쌓아올렸다고 많은 이코노미스트가 주장하고 있다. 근년에는, GATT (General Agreement on Tariffs and Trade)(1995년 폐지)나 WTO(World Trade Organization, 세계무역기구)가 설립된 경우도 있고, 보호주의적인 무역장벽의 도입은 실패하는 예가 많다.

protective 방어하는, 보호의 ¶ *protective* tariff [duty] 보호관세 /*protective* trade 보호무역 ***protective covenant*** 보호조항 → covenant (커비넌트).

protest ⓥ 주장하다, 항의하다 [어음] 거절증서[부도의 사실을 증명하는 공정증서)

를 작성하다, 지급을 거절하다 ¶ *protested* check 부도수표 /*protested* for non-acceptance or non-payment 인수거절 또는 지급거절에 대해서 거절증서작성의 주장 /*protested* in default of acceptance 인수불이행에 대해서 항의의 주장
[n.] 이의의 신청, 불복, 지급거절 ¶ *Protest* is formal notice that a bank has refused to pay a check or other negotiable instrument properly and legally presented for payment. *Protest* is a means of legally proving that presentment was made, but rarely is used. Modern banking systems provide a sufficient audit trail to verify the conditions under which presentment was made. When a check is dishonored by the drawee bank, it can be presented a second time by a notary public or other public official. If the drawee bank still refuses to pay, an official statement is attached to the instrument, legally certifying that presentment was made and that the instrument was dishonored. 지급거절은 적기에 적법하게 지급을 위하여 제시된 수표 기타 유통증권의 지급을 은행이 거절하였다는 공식적인 통지서이다. 지급거절은 지급을 위한 제시가 이루어졌으나, 좀처럼 지급이 되지 않는다는 것을 법적으로 증명하는 방법이다. 현대은행제도는 지급제시가 이루어졌다는 조건을 확증하는 충분한 감사추적(audit trail)을 제공하고 있다. 수표가 지급은행이 지급거절하는 경우에, 그것은 공증인 기타 공무원에 의해서 두 번째로 제시될 수 있다. 만약 지급은행이 그래도 지급을 거절한다면, 지급제시가 이루어졌는데 유통증권은 지급거절되었음을 법적으로 인증하는 공식문서가 그 증권에 첨부된다. /notarial *protest* certificate 공증인에 의한 지급거절증명서 /*protest* for non-acceptance [dishonor, non-payment] 인수거절[부도, 지급거절]증서 /a *protest* of a bill 어음거절증서 /*Protest* waived 거절증서작성면제 /under *protest* 조건부로, 마지못해 /without *protest* 거절하지 않고 ***no protest* (*NP*)** 거절증서불요(不要) ¶ *No protest* (*NP*) is instructions by one bank to another collecting bank not to object to items in case of nonpayment. The sending bank stamps on the face of the item the letters *NP*. If it cannot be collected, the collecting bank returns the item without objection. 거절증서불요는 지급거절(nonpayment)이 있는 때에 그 어음이나 수표들을 문제삼지 말라는 은행이 다른 추심은행(collecting bank)에 대하여 지시하는 경우이다. 발송은행(sending bank)은 그 지급거절된 어음이나 수표에 NP라는 글자의 스탬프를 찍는다. 만약 그 어음이나 수표가 추심이 불가능한 경우에, 추심은행은 이의없이 그 어음이나 수표를 반송한다.

protestation 주장, 단언, 이의신청

protocol 의정서(議定書), 외교상의 의례(儀禮), 조서(調書)

prove 증명하다, 판명하다, 분석하다 ¶ *proving* cash 현금조회

provide 준비하다, 규정하다 ¶ *provide* against bad debt 대손(貸損)에 대비하다 /*provide* cover for … …의 대금을 준비하다 /*provide* protection for a draft 어음에 보호를 부여하다[어음을 지급하다, 어음을 인수하다]

provision 준비, 충당금, (*pl.*) 식료(食料), 규정 → allowance (공제금액). ¶ *provision* for loan loss(es) 대손(貸損)충당금 ***provision for income taxes*** 법인세 등 충당금, 납세충당금 ¶ The *provision for income taxes* is an item on a company's profit and loss statement (P & I) representing its estimated income tax liability for the year. Although taxes are actually paid according to a timetable determined by the Internal Revenue Service and a certain portion of the liability may be accrued, the provision gives an indication of the company's effective tax rate, which analysts compare to other companies as one measure of effective management and profitability. Earnings before taxes is the net earnings figure before provision for income taxes. 법인세 등 충당금은 회계연도의 법인세지급채무의 예상액을 나타내는 손익계산서(profit and loss statement: P & I)의 항목을 이른다. 실제의 납세는 미국세입청(Internal Revenue Service)이 정한 일정에서 행해지고, 또 납세채무의 일부가 미납세로 되는 경우도 있으나, 법인소득세 충당액은 회사의 실효세율을 나타내므로, 애널리스트(analyst)는 경영효율과 수익성을 다른 회사와 비교하는 지표로서 사용한다. 조세공제전 이익(earnings before taxes)은 소득세충당금을 계상하기 전의 이익을 가리킨다.

provisional 가(假)의, 임시의 ¶ *provisional* disposition 가처분 /*provisional* execution 가집행 /*provisional* policy 예정보험 /*provisional* record 가등기 /*provisional* registration 가등기 ***provisional attachment*** 가압류 ¶ The *provisional attachment* is a only a restriction on the owner not to sell or otherwise transfer the property. 가압류는 유일하게 소유자에게 그 재산을 팔지 말라든가 달리 양도하지 말라는 제한이다. ~ ***call feature*** 조건부 기한전 상환조항 ¶ The *provisional call feature* is a provision found in convertible bonds that allows the issuer to call the bond during the period of call protection if the underlying common stock should trade at a specified multiple of the conversion price, called the provisional call trigger price. A typical provisional call feature might be triggered when the stock trades at 150% of the conversion price for 30 consecutive days. 조건부 기한전 상환조항이란 전환사채(전환사채형 신주예약권부 사채)(convertible bond)에서 볼 수 있는 조항인데, 채권(bond)의 발행자(issuer)는 콜프로텍션(기한전 상환의 금지)(call protection)의 기간이라도, 전환사채의 근거가 되는 보통주식(underlying common stock)의 주가가 전환가격(conversion price)의 일정한 배율이 된 경우에는, 기한전 상환을 할 수 있다고 하는 조항이다. 그리고, 주가가 기한전 상환을 가능하게 하는 가격을 기한전 상환 트리거가격(provisional call trigger price)이라고 한다. 전형적인 기한전 상환조항에서는 기초주가 30일간 계속해서 전환가격의 150%의 가격으로 매매된다면, 트리거(trigger)가 된다. ~ ***call trigger price*** 조건부 기한전상환의 트리거가격 → provisional call feature (조건부 기한전 상환조항). ~ ***rating*** 프로비져널 등급 → conditional rating (조건부 등급).

proviso 조건, 단서 ¶ The *proviso* is a condition or stipulation. Its general function is to except something from the basic provision, to qualify or restrain its general scope, or to prevent misinterpretation. 단서는 조건 또는 조항(stipulation)을 말한다. 그 일반적인 기능은 기본규정에서 무엇인가를 제외하는 것이고, 일반적 범위를 제한하거나 금하는 것이며, 또는 오해를 방지하는 것이다.

proxy 대리(권), 위임장, 대리인 ¶ In corporation law, the *proxy* is a written agreement between a stockholder and another under which the stockholder authorizes the other to vote the stockholder's shares in a certain manner. 회사법에서, 위임장은 주주와 타인간에서 그 주주가 자신의 주식을 일정한 방법으로 의결하도록 권한을 부여하는 합의서를 말한다. /a joint [single] *proxy* 공동[단독]위임장 /per [by] *proxy* 대리인으로써 /a *proxy* statement 의결권위임장권유, 위임장설명서 /*proxy* vote 위임장에 의한 투표 ***proxy fight*** [M&A] 위임장쟁탈전 ¶ A *proxy fight* is a conflict between an individual and, group, or firm attempting to take control of a corporation and the corporation's management for the votes of the shareholders. 위임장쟁탈전은 주주의 의결에 있어서 회사의 지배를 장악하려는 개인, 그룹, 회사와 회사의 경영진과의 충돌을 이른다. ~ ***statement*** 위임장권유서류 ¶ The *proxy statement* is an information that the Securities and Exchange Commission requires must be provided to shareholders before they vote by proxy on company matters. The statement contains proposed members of the board of directors, inside directors' salaries, and pertinent information regarding their bonus and option plans, as well as any resolutions of minority stockholders and of management. 위임장권유서류는 미증권거래위원회(Securities and Exchange Commission)가 정하는 바에 의하여, 위임장으로 투표를 행하는 주주(shareholder)에 대하여 사전에 일러주어야 하는 정보를 말한다. 이사회(board of directors)의 이사후보 리스트, 사내이사(inside director)에의 급여, 사내이사를 대상으로 하는 보너스(bonus)와 스톡옵션(stock option), 소수주주(minority stockholders)나 경영진에 대한 결의안 등이 기재된다.

prudent 분별있는, 사려깊은 ¶ the *prudent*-man rule for trust investment 신탁된 투자에 대항 신중한 관리자의 원칙 ***prudent-man rule*** [투자] 신중한 관리자의 원칙, [미] 연금운용에 관련한 선량한 관리자로서의 주의의무 ¶ The *prudent-man rule* is a standard adopted by some U.S. states to guide those with responsibility for investing the money of others. Such fiduciaries (executors of wills, trustees, bank trust departments, and administrators of estate) must act as a prudent man or woman would be expected to act, with discretion and intelligence, to seek reasonable income, preserve capital, and, in general, avoid speculative investments. States not using the prudent-man system use the legal list system, allowing fiduciaries to invest only in a restricted list of securities, called the legal list. 신중한 관리자의 원칙은 타인의 자산을 운용하는 책임을 지는 사람을 대상으로, 일부의 주(州)에서 도입하는 기준이다. 유언집행인(executor), 관재인(trustee), 은행의 신탁부문(bank trust department), 유산관리인(administrator of estate)의 수탁자(fiduciary)는 신중한 관리자(prudent-man)로서 지식에 기초해서 신중하게 행동하여 적절한 이익을 추구하고, 자산을 보전하며, 일반적으로 투기적인 투자를 피할 것이 기대되고 있다. 이 제도가 없는 주는 적법한 투자리스트(legal list) 제도를 도입하고 있다. 수탁자는 적법한 투자리스트라고 하는, 제한된 증권리스트내의 상품밖에 투자하지 못한다.

PSLRA → **P**rivate **S**ecurities **L**itigation **R**eform **A**ct of 1995 [약][미] 1995년의 사적증권소송개혁법 (미국의 1933년의 증권법과 1934년의 증권거래법의 일부를 개정하는 내용으로 되어 있는 법) ¶ The *Private Securities Litigation Reform Act of 1995* (*PSLRA*) is a law passed over presidential veto that discourages frivolous class-action lawsuits by disenchanted investors by raising the pleading standards for fraud action; introducing proportionate liability for defendants; making disclaimer cautionary language a protection against liability for unintentional errors in forecasting performance; limiting attorneys' fees and liberalizing the related Statute of Limitations; and creating new responsibilities for auditors. Main beneficiaries are syndicators in the high-technology sector, where fast-changing technology makes financial forecasting difficult. 1995년의 사모증권소송개혁법은 미대통령의 거부권을 뒤엎고 성립한 법률로, 실망한 투자자(investor)에 의한 법적 근거가 약한 집단대표소송(class-action lawsuit)을 제한할 목적에서, 허위행위에 대한 소답 기준(pleading standard)의 엄격화, 피고의 채무의 비례부담제의 도입, 업적예상에 관하여 의도하지 않는 차이에서 생길 수 있는 채무(liability)로부터 보호하기 위한 면책조항의 삽입, 변호사수수료의 상한설정과 관련하는 시효(statute of limitation)의 완화, 감사(auditor)에 대한 새로운 책임의 창설이 규정되었다. 주된 수혜자는 빠르게 변화하고 있는 기술이 금융상의 예측을 어렵게 만드는 하이테크부문의 신디케이트조직원들이다.

P/S ratio → **p**rice **s**ales ratio [약] 주가매출액비율 ¶ The *price/sales* (*P/S*) *ratio* is a ratio of a stock's price to its per-share sales. The ratio is used by financial analysts to gauge whether a stock's current market price is expensive or cheap. Some analysts maintain that investors consistently buying stock's with low price/book ratios will outperform those buying stocks with low price/book value, price/cash flow, or price/earnings ratios. Advocates of *P/S ratio* analysts say it works because it relates the popularity of a company's stock to the size of its business. Since sales are more difficult to manipulate than earnings, *P/S ratios* are less subject to accounting gimmickry. Sales are typically less volatile than earnings or cash flow, so *P/S ratios* work particularly well on companies that stumble temporarily. 주가매출액 비율이란 1주당의 매출액에 대한 주가의 비율을 말한다. 그 비율은 주식의 경상시장가격(current market price)이 비싼 것인지 싼 것인지를 판단하는 데에는 금융애널리스트가 이용된다. 일부 애널리스트들은 주가매출액비율이 낮은 종목은 주가순자산비율(price/book ratio), 주가캐시플로 비율(price/cash flow ratio), 주가수익률(price/earnings ratio)이 낮은 종목보다도, 가격상승이 크다고 한다. 주가매출액 비율의 옹호자는 주가매출액 비율이 사업규모에서 비교한 주식의 인기도를 나타내기 때문이라고 한다. 매출액은 이익보다도 조작이 어렵기 때문에, 주가매출액비율은 분식의 영향을 받기 어렵다. 일반적으로 매출액은 이익이나 캐시플로(cash flow)보다도 변동성이 낮기 때문에 일시적으로 사업에 실패한 회사에는 잘 작용한다.

psycological 심리적인 ¶ *psycological* effect 심리적 효과

PTE (ISO) code Portugal – currency Portuguese escudo. The 1999 legacy conversion rate was 200.482 to the euro. It has fully changed to euro/cent from 2002. PTE (국제표준기구) 약호 포르투갈 에스쿠도. 1999년 내려오던 환산율은 유로대비 200.482이었다. 에스쿠도는 2002년부터 유로/센트로 완전히 변경하였다.

Pty. → proprietary company [약] [영] (주식이 공개되지 않고 있는) 비공개회사 ¶ *Pty.* is an abbreviation for proprietary company, the name given to a private limited company in Australia and the South Africa. The abbreviation *Pty.* is used after the name of the company as Ltd. is used in the UK. It is also used in the U.S. for an insurance company owned by outside shareholders. Pty.는 proprietary company(비공개회사)의 약자로, 오스트레일리아와 사우스 아프리카에서 사적유한책임회사(private limited company)에 부쳐지는 명칭이다. 약자 Pty.는 유한책임(Ltd.)으로서 회사의 명칭이 영국에서 사용된 후 사용되었다. 그것은 또 외부주주가 소유하는 보험회사(insurance company)에 대하여 미국에서 사용되기도 한다.

public ⓐ 공적인, 공공의, 공개의 ¶ charge for *public* utility 공공요금(지급) /go *public* 주식을 공개하다 /*public* and corporate bond 공사채(公社債) /*public* bond; *public* loan 공채(公債) /*public* business 공기업 /*public* corporation 공공기업체 /*public* credit 공공여신 /*public* enterprise 공기업 /*public* finance policy 재정정책 /*public* holiday 공휴일 /*public* interest 공익(公益) /*public* investor 대중투자자 /*public* investment 공공투자 /*pubic* issue; *public* loan 공모채 /*public* loan 국채 /*public* money 공금 /*public* offering of stocks 주식의 공개 /*public* record [미] 공부(公簿) /the *public* sector 공공부문 /*public* utility charge [rate] 공공요금 /*public* utility company (전기, 가스 등의) 공익기업 /*public* welfare 공공복지 /*public* work [utility] 공공사업, 공공토목사업 ***public corporation*** 공개회사, 공사(公社) ¶ The *public corporation* is a corporation with shares of stock that are publicly traded on an exchange or in the over-the-counter market. 공개회사는 증권거래소나 장외시장에서 공개로 거래되고 있는 주식을 가지는 회사를 말한다. ¶ The *public corporation* is a corporation established for a specific public purpose by government, but with a large degree of financial and operational independence from the government authority that created it; for example, a municipal hospital. 공사(公社)란 정부에 의하여 특수목적을 위하여 설립된 법인이지만, 공사를 창설한 정부당국으로부터 광범하게 재정 및 운영사의 독립성을 가진다. ~ ***company accounting oversight board (PCAOB)*** 공개회사감시위원회 ¶The *public company accounting oversight board* (*PCAOB*) is a private-sector nonprofit corporation created by the Sarbanes-Oxley Act of 2002 to oversee the auditors of public companies in order to protect the interests of investors and further the public interest in the preparation of informative, fair, and independent audit report. 공개회사감시위원회는 2002년의 사베인즈-옥슬리법(Sarbanes-Oxley Act of 2002)에 의하여 창설된 민간부분의 비영리법인(non-profit organization)을 이른다. 투자자(investor)뿐만 아니라 공공의 이익을 보호할 목적에서 유익, 공정, 또 독립된 감사보고(auditor's report)를 작성하는 동시에, 주식공개회사(public company)의 감사(auditor)도 감독한다. ~ ***debt*** 공적 채무 ¶*Public debt* is borrowings by governments to finance expenditures not covered by current tax revenues. See also agency securities; municipal bond; Treasuries. 공적 채무란 당년도의 세수(稅收)에서 처리할 수 없는 세출을 메우기 위한 정부차입을 이른다. ~ ***finance*** 재정 ¶The *public finance* is: (1) the financing of the goods and services provided by national and local government through taxation or other means. (2) the economic study of the issues involved in raising and spending money for the public benefit. 재정(학)은 (1) 국가, 지방정부가 조세 또는 기타의 수단을 통하여 제공하는 재화와 서비스의 자금조달을 말한다. (2) 공익(public benefit)을 위하여 자금을 조달하고 소비하는 데 관련되는 문제들의 경제적 연구를 말한다. ~ ***housing authority bond*** 공영주택공사채(公社債) ¶The *public housing authority bond* is an obligation of local public housing agencies, which is centrally marketed through competitive sealed bid auctions conducted by the U.S. Department of Housing and Urban Development (HUD). These obligations are secured by an agreement between HUD and the local housing agency that provides that the federal government will loan the local authority a sufficient amount of money to pay principal and interest to maturity. 공영주택공사채(公社債)는 지방의 공영주택공사의 채무(obligation)를 이른다. 미연방주택도시개발청(U.S. Department of Housing and Urban Development: HUD)이 실시하는 경쟁봉함입찰(競爭封緘入札, competitive sealed bid auction)에서 일원적으로 매매된다. 만기(maturity)까지의 원금(principal)과 금리(interest)의 상환자금은 미연방정부가 대출한다고 하는 합의에 뒷받침되고 있다. ~ ***limited partnership*** 퍼블릭리미티드 파트너십 ¶The *public limited partnership* is a real estate, oil and gas, equipment leasing, or other limited partnership that is registered with the Securities and Exchange Commission and offered to the public through registered broker/dealers. Such partnerships may be oriented to producing income or capital gains, or within passive income rules, to generating tax advantages for limited partners. The number of investors in such a partnership is limited only by the sponsor's desire to cap the funds raised. A *public limited partnership*, which does not have an active secondary market, is distinguished from an private limited partnership, which is limited to 35 limited partners plus accredited investors, and a master limited partnership (MPL) that is publicly traded, often on the major stock exchanges. 퍼블릭리미티드 파트너십은 부동산(real estate), 석유・가스(oil and gas), 설비리스(equipment lease)의 리미티드 파트너십(limited partnership)으로, 미증권거래위원회(Securities and Exchange Commission: SEC)에 등록되고, 등록증권업자(dealer/brokers)를 통해서 공모되는 리미티드 파트너십이다. 투자물건에서의 배당수입이나 가격상승이익을 얻는 것에 더하여, 수동적(passive) 소득규정의 범위내에서 리미티드파트너(limited partner)가 절세효과를 얻도록 하는 것을 목적으로 하고 있다. 파트너십의 투자자의 수는 파트너십을 조직하는 스폰서(sponsor)가 조달금액의 상한을 결정하지 않는 한, 무제한이지만, 활발하게 매매되는 유통시장(secondary market)은 없다. 기타 투자자가 35인 이하의 리미티드파트너와 적격투자자(accredited investors)에 한정되는 프라이빗리미티드 파트너십(private limited partnership)과 주요증권거래소에 공개되고 있는 경우가 많은 마스터리미티드 파트너십(master limited partnership: MLP)이 있다. ~ ***offering* [*subscription*]** 공모(公募), 매출 ¶ *Public offering* is: (1) offering to the investment pubic, after registration requirements of the Securities and Exchange Commission (SEC) have been complied with, of new securities, usually by an investment banker or a syndicate made up of several investment bankers, at a public offering price agreed upon between the issuer and the investment bankers. (2) secondary distribution of previously issued stock. See also secondary offering. 공모란 (1) 일반투자자를 대상으로 신규발행의 증권(new issue)을 매출하는 경우이다. 미증권거래위원회(SEC)의 등록요건을 충족하고, 투자은행(investment banker) 1사(社)나 복수의 투자은행으로 구성되는 인수단(syndicate)이 발행단체(issuer)와 합의한 공모가격(public offering price)으로 판매한다. 이에 대하여 사모(private placement)의 신규발행증권에는 다른 SEC규칙이 적용된다. (2) 이미 발행되어 있는 주식의 매출(secondary distribution)을 이른다. secondary offering[제2차 분매(分賣)]도 참조할 것. ~ ***offering price*** 공모가격 ¶ The *public offering price* is a price at which a new issue of securities is offered to the public by underwriters. See also offering price; underwriter. 공모가격이란 인수업자(underwriter)가 신규발행(new issue)의 증권을 일반투자자(the public)에게 매출할 때의 가격을 이른다. offering price(공모가격); underwriter(인수업자)도 참조할 것. ~ ***ownership*** 공유(公有), 공개주식 ¶ In government, *public ownership* is government ownership and operation of a productive facility for the purpose of providing some good or service to citizens. The government supplies the capital, controls management, sets a prices, and generally absorbs all risks and reaps all profits – similar to a private enterprise. When public ownership displaces private ownership in a particular instance, it is called nationalization. 정부에 있어서, 공유(公有)란 정부가 시민에게 재화나 서비스를 제공할 목적에서 생산설비를 소유하여 운영하는 것이다. 정부가 자본을 공급하고, 경영을 지배하고, 가격을 정하며, 금리를 부담하고, 전이익을 얻는다. 민간기업의 경우와 동일하다. 민간소유에서 공유(公有)로 관여하는 경우를 국유화(nationalization)라 한다. ¶ In investments, *public ownership* is a publicly traded portion of a corporation's stock. 투자에 있어서, 공개주식은 발행주식 중에서, 시장에서 매매되고 있는 주식을 이른다. ~ ***private investment program* (*PPIP*)** 공사(公私)투자계획 ¶ The *public private investment program* (*PPIP*) is a program proposed by the Treasury department under President Obama to entice private institutional investors to buy up toxic assets from banks at deep discounts from face value. The concept was to relieve banks of the burden of these defaulted and delinquent loans and provide private hedge funds and private equity funds an opportunity to profit by buying these assets at attractive prices. 공사(公私)투자계획은 오바마 대통령정부의 재무부가 제기한 계획으로, 사적(private)인 기관투자자들이 은행으로부터 액면가격에서 대폭 할인해서 악성자산(toxic assets)을 매점하도록 유인하는 계획이다. 그 발상은 매력적인 싼 가격으로 이러한 자산을 매입함으로써

은행들의 불이행되고(defaulted) 지체된(delinquent) 대출의 부담을 덜어주고, 사적 헤지펀드(private hedge fund)와 사적 에퀴티펀드(private equity fund)에 대해서 이익의 기회를 제공하는 데에 있었다. ~ ***purpose bond*** 공공목적채(公共目的債) ¶ The *public purpose bond* is a category of municipal bond, as defined in the Tax Reform Act of 1986, which is exempt from Federal Income Taxes as long as it provides no more than 10% benefit to private parties and no more than 5% of the proceeds or $5 million are used for loans to private parties; also called public activity; traditional government purpose; and essential purpose bond. *Public purpose bonds* include purposes such as roads, libraries, and government buildings. 공공목적채란 1986년 미세제개혁법(Tax Reform Act of 1986)에서 말하는 지방채(municipal bond)의 일종이다. 조달자금의 10% 이상이 민간부문에 사용되는 경우나 5% 이상 또는 500만 달러 이상이 민간부문에의 융자로 사용되는 경우를 제외하고, 연방소득세(Federal Income Taxes)가 면제된다. public activity; traditional government purpose; and essential purpose bond라고도 한다. 공공목적채는 도로, 도서관, 정부의 건물 등의 재원을 마련하는 것이 목적이다. ~ ***syndicate*** 공모 신디케이트단(團) → purchase group (인수단). ~ ***utility*** 공익기업 ¶ The *public utility* is a for-profit company that, because of the nature of its business, has characteristics of a natural monopoly. For instance, an electric company will have a natural monopoly over the sale of electric power in a given area, since having a single supplier of electricity for that area is the most efficient method of producing and distributing electricity. Because no free market or competition exists for the services or goods sold by *public utilities,* they are subject to government regulation of the price they may charge and the means by which they may distribute their goods. The concept of natural monopoly is currently being challenged, and deregulation of utilities, permitting competition, is now occurring in certain segments. 공익기업은 사업의 성질상 당연한 독점의 특성을 가지는 영리를 위한 회사이다. 예를 들면, 전력회사는 일정한 지역 내의 전력의 매매에 대한 당연한 독점권을 가진다. 왜냐하면 그 지역에 대한 단독의 전기공급자의 지위를 가지므로 전기를 생산하고 이를 분배하는 것이 가장 효율적인 방법이기 때문이다. 공익기업에 의하여 매도되는 서비스나 제품에 대해서는 자유로운 시장이나 경쟁이 존재하지 않으므로, 전력회사가 부과할 수 있는 가격과 그들의 제품을 분배할 수 있는 수단의 정부규율에는 따라야 한다. 당연한 독점권의 개념은 현재 도전을 받고 있으며, 공익의 탈규제화는 경쟁을 허용하면서 현재 어떤 분열이 일어나고 있다. ***Public Utility Holding Company Act of 1935*** 1935년의 공공사업지주회사법(持株會社法) ¶ The *Public Utility Holding Company Act of 1935* is a major landmark in legislation regulating the securities industry, which reorganized the financial structures of holding companies in the gas and electric utility industries and regulated their debt and dividend policies. Prior to the Act, abuses by holding companies were rampant, including watered stock, top-heavy capital structures with excessive fixed-debt burdens, and manipulation of the securities markets. 1935년의 공공사업지주회사법(持株會社法)은 공공사업(전기·가스)지주회사(holding company)의 재무구조를 개선하여 그러한 회사의 부채(debt) 및 배당정책(dividend policy)에 규제를 가한, 증권업계를 규제하는 획기적인 입법이다. 그 법이 시행되기 전에는, 물타기주식(watered stock)이나 과도한 고정채무의 부담을 지는 불안정한 자본구성, 주가조작(manipulation) 등 지주회사에 의한 지위남용은 만연(蔓延)되고 있었다.

n. [the ~] 국민, 세상, 공중(公衆), 일반투자자 ¶ The *public* is a term for individual investors, as opposed to professional investors. Wall Street analysts like to deride *the public* for constantly buying at the top of a bull market and selling at the bottom of a bear market. The *public* participants in stock and bond markets both by buying individual securities and through intermediaries such as mutual funds and insurance companies. The term *public* is also used to describe a security that is available to be bought and sold by individual investors (as opposed to just large institutions or wealthy people, in which case the offering is a private one). Stocks that offer shares to the *public* are known as publicly held, in contrast to privately held concerns in which shares are owned by founders, employees, and a few large investors. 일반투자자는 개인투자자(investor)를 의미하는 용어이다. 이와 구별되는 프로투자자와는 구별하여 사용한다. 오름세 시세(bull market)의 정점에서 매수하여, 내림세 시세(bear market)의 밑바닥에서 매도하면, 월가(Wall Street)의 애널리스트들에게 업신여김을 당한다. 일반투자자는 개별종목을 직접 매수하는 방법과, 뮤추얼펀드(mutual fund)나 보험회사를 통한 간접적인 방법으로 주식시장이나 채권시장에 참가하고 있다. public이라는 용어는 개인투자자가 매매할 수 있는 공모의 증권(security)을 가리키는 경우도 있다. 이에 대하여, 기관투자자나 부유층만을 대상으로 하는 것은 사모(private)의 증권을 말한다. 또, 주식이 일반 공개되고 있는 경우에 publicly held(공개)라고 하고, 이와 대조적으로 창업자, 종업원, 소수의 거액투자자가 주식을 보유하는 경우를 privately held(비공개)라고 한다.

publicity 주지(周知), 평판, 명성, 공표, 광고 ¶ *publicity* agent 광고대리업자 /ensure adequate *publicity* for the project 그 계획의 충분한 선전을 보증하다

publicly 공연하게, 공식으로 ¶ *publicly* held corporation (주식을 공개하고 있는) 공개회사 /*publicly* held stock 공개주식 /*publicly* offered bond 공채(公債) /*publicly* subscribed share 공모주(公募株) ***publicly held*** 주식공개회사, 상장회사 ¶ The *publicly held* is a company with shares outstanding that are held by public investors. A company converts form a privately held firm to a *publicly held* one through an initial public offering (IPO) of stock. 주식공개회사는 일반투자자(public investors)가 주식을 보유하는 회사이다. 주식비공개회사(privately held)로부터 주식공개회사로의 전환은 신규주식공모(initial public offering: IPO)에서 행한다. ~ ***traded*** 시장에서 매매되는 (주식) ¶ The *publicly traded* is publicly held securities that are bought and sold in a public market, such as a stock market. 시장에서 매매되는 주식은 주식시장(stock market)의 공개시장에서 매매되는 주식공개회사(publicly held)의 증권(security)이다.

pul 풀 ¶ A subdivision (1/100) of the afghani. 아프가니의 하부단위. 1 아프가니(afghani) = 100 풀(puls)[또는 풀리(puli)].

pula 풀라 ¶ The standard currency unit of Botswana, divided into 100 thebe. 보츠와나의 기준화폐단위, 1 풀라(pula) = 100 테베(thebe).

pull 끌어당기다, 떼어놓다 ¶ *pull* out (예금을) 인출하다 ***pulling in their horns*** 슬금슬금 꽁무니를 빼기, 전매(轉賣) 등을 마쳐 거래관계를 끝내기 ¶ *Pulling in their horns* is move to defensive strategies on the part of investors. If the stock or bond market has experienced a sharp rise, investors may want to lock in profits by selling part of their positions or instituting hedging techniques to guard against a downturn. If stock prices fall after a steep runup, commentators will frequently say that "investors are pulling in their horns" to describe the reason for the downturn. 슬금슬금 꽁무니를 빼기는 투자자(investor) 쪽에서 방어전략으로 이행하는 경우이다. 주식시장이나 채권시장에서 시세가 급등하면, 투자자는 포지션

(position)의 일부를 매도한다든지, 하강국면에 대비하여 헤지(hedge/hedging)를 함으로써 이익을 확정하려고 한다. 주가가 급상승한 후 하락하는 경우에, 해설자들은 하강의 이유를 「투자자가 슬금슬금 꽁무니를 빼기 때문」(investors are pulling in their horns)이라고 설명할 때가 많다.

pullback 시세의 반락(反落) ¶ *Pullback* is reversal of an upward price trend when a stock or market rises in price for several trading sessions and then declines in price. 시세의 반락이란 수회의 거래입회의 기간 주가나 채권가격이 상승한 다음에 반전하여 하락하는 경우를 이른다.

pump 펌프 ***pump and dump*** 주가조작, 펌프앤드덤프 ¶ The *pump and dump* is an illegal scheme whereby a large stockholder hires a promoter to help publicize. or pump, the stock, often by means of spam emails or junk faxes. The shareholder then makes a profit by dumping his investment at an artificially inflated price. Contrast poop and scoop. 펌프앤드덤프(주가조작)는 손 큰 주주가 선동꾼(promoter)을 고용하여 이따금 스팸 e-메일(spam email)이나 쓰레기 같은 팩스(fax)를 통해서 주식을 광고하거나 또는 퍼붓는 것을 도와주는 식의 불법적인 계획이다. 주주는 그런 다음에 인위적으로 거품 낀 가격으로 투자를 퍼부어 이익을 챙긴다. poop and scoop(푸프앤드스쿠프)와 대조할 것. ~ ***priming*** (공공투자에 의한) 펌프에 마중물 붓기식의 경기회복책(미국 대통령 F.D. Roosevelt가 경기회복을 위해 공익토목공사를 시행한 데서) ¶ The *pump priming* is an economic policy of increasing government expenditures and/or reducing taxes in order to stimulate the economy to higher levels of output. *Pump priming* measures are supposed to be temporary existing only until the economy spontaneously develops and sustains growth on its own. 경기진흥책은 더 높은 생산량수준을 독려하기 위하여 정부지출을 늘리고 조세를 감소하는 경제정책이다. (정부의) 경기진흥조치(*pump-priming* measure)는 경제가 자연적으로 발전하여 스스로 성장을 유지하기까지만 잠정적으로 존재한다고 되어 있다. /*pump* priming policy 경기진흥책

punch ⓝ 타인기(打印器) ¶ a letter *punch* 문자타인기 ***punch card*** 펀치[천공]카드 ¶ The *punch card* is an index card punched with holes representing data. *Punch cards* were the dominant way of feeding information into computers in the 1960s but became obsolete as interactive terminals became widely used. 펀치[천공]카드는 데이터를 나타내는 구멍을 뚫은 인덱스 카드이다. 펀치카드는 1960년대 정보를 컴퓨터에 입력하는 주된 방법이었으나, 쌍방향의 터미널이 널리 사용되면서 쓸모 없이 되었다.

ⓥ 구멍을 뚫다 ¶ a *punching* machine 숫자(數字)타인기

punctual 시간을 잘 지키는, 착실하고 꼼꼼한 ¶ the *punctual* fulfillment of a contract 계약의 기한대로의 실행 /*punctual* payment 기한대로의 지급

punitive 징벌적인 ¶ *punitive* high rate 징벌적 고금리 ***punitive duty*** 징벌적 관세 → countervailing duty (상계관세). ~ ***damages*** 징벌적 손해배상 ¶ *Punitive damages* are compensation in excess of actual damages that is a form of punishment to the wrongdoer and reparation to the injured. *Punitive damages* are awarded only in rare instances of malicious and willful misconduct. They are taxable unless the damages arise from physical injury or sickness; such damages are excludable from income taxes. 징벌적 손해배상은 가해자(wrongdoer)에 대한 처벌과 피해자(the injured)에 대한 보상의 형식인 실제 손해보다 많은 배상(compensation)을 말한다. 징벌적 손해배상은 부당하고 악의적인 부정행위(misconduct)의 드문 경우에만 지급된다. 그 손해배상은 손해가 육체적 상해 또는

병(病)이 아닌 이상 과세대상이 된다. 즉 그러한 손해배상은 소득세로부터 제외될 수 있다.

punt 펀트 ¶ The standard legacy currency unit of Ireland, divided into 100 pence. 아일랜드의 기준전래의 화폐단위, 1 펀트(punt = 100 펜스(pence).

pup company [영속] 퍼프(강아지) 컴퍼니, 자(子)회사 ¶ The *pup company* is the subsidiary of an insurer that writes special risk insurance on behalf of the parent company or other group companies. 퍼프 컴퍼니는 모회사나 다른 그룹회사를 대신하여 특별위험보험을 인수하는 보험회사의 자회사이다.

purchase ⓝ 구입, 매물(買物), 취득 ¶ a forward *purchase* or sale of foreign exchange 선물외환의 매매 /*purchase* agent 매입대리인 /a *purchase* agreement 매수계약, 여행수표의 구입에 관한 규약 /*purchase* fund 구입자금, (기발행채의) 매입기금 /*purchase* money 내금(內金), 착수금, 구입자금 /*purchase* of export bill 수출어음매입 /*purchase* of futures 선물의 매입 /*purchase* of share 주식의 구입 /*purchase* on account 외상매입 /*purchase* price 구입가격, 매입가격 ***authority to purchase*** 매입수권서(買入授權書) ¶ The *authority to purchase* is an advice used in the Far East trade, authorizing a correspondent bank to purchase drafts on an importer rather than the importer's bank. Many banks add their own guarantee, giving the advice the same authority as a letter of credit. 매입수권서는 수입자 측의 은행보다도 도리어 코레스은행(correspondent bank)에게 수입자 앞으로 발행된 어음(drafts)을 구입할 권한을 위임한다는, 극동무역(Far East trade)에서 사용되는 통지서(advice)이다. 많은 은행들은 신용장(letter of credit)과 동일한 권한을 통지하면서, 자신의 보증(guarantee)을 추가한다. ***hire ~ (HP)*** [영] 분할지급구입 ¶ The *hire purchase* (*HP*) is a method of buying goods in which the purchaser takes possession of them as soon as an initial instalment of the price (a deposit) has been paid; ownership is obtained when all the agreed number of subsequent instalments have been completed. A *hire-purchase* agreement differs from a credit-sale agreement and sale by instalment (or a deferred payment agreement) because in these transactions ownership passes when the contract is signed. It also differs from a contract of hire, because in this case ownership never passes. *Hire-purchase* agreements in the UK were formerly controlled by government regulations stipulating the minimum deposit and the length of the repayment period. These controls were removed in 1982. *Hire-purchase* agreements were also formerly controlled by the *Hire-Purchase* Act 1965, but most are now regulated by the Consumer Credit Act 1974. In this Act a *hire-purchase* agreement is regarded as one in which goods are bailed in return for periodical payment by the bailee; ownership passes to the bailee if the terms of the agreement are complied with and the option to purchase is exercised. 분할지급구입은 대금(예금)에 대해서 분할지급의 최초의 납입금을 지급하자마자 구매자가 물건의 점유를 취득하는 물품구매방법을 말한다. 즉, 소유권은 약정된 분할납입금 모두를 완납한 경우에만 취득된다. 분할지급구입약정은 신용판매약정(credit-sale agreement)과 분할지급판매(sale by instalment)(또는 연지급약정, deferred payment agreement)와는 다르다. 왜냐하면 이러한 거래에서는 소유권은 계약에 서명한 경우에 이전되기 때문이다. 그것은 또 임차계약(contract of hire)과는 구별된다. 왜냐하면 이 경우에 소유권은 결코 이전하지 않기 때문이다. 영국에서 임차약정은 이전에는 최소한의 예치금과 상환기간의 범위를 규정하는 정부의 규제에 의해서 제한을 받았다. 분할지급구입(Hire-purchase)약정도 또한 이전에는 1965년의 분할지급구입법(Hire-Purchase Act 1965)의 규제를 받았으나, 현재는

1974년의 소비자신용법(Consumer Credit Act 1974)의 규제를 받는다. 이 법률에서 분할지급구매약정은 물품이 수치인에게 정기적 납부를 위한 보답으로 위탁되는 것으로 간주되고 있다. 즉, 소유권은 약정의 조건에 따르고 구매옵션이 행사된다면 수취인에게 이전된다. ~ ***acquisition*** 매수형식에 의한 합병, 흡수합병 ¶ The *purchase acquisition* is an accounting method used in a business merger whereby the purchasing company tends the acquired company as an investment and adds the acquired company's assets to its own at their fair market value. Any premium paid over and above the fair market value of the acquired assets is reflected as goodwill on the buyer's balance sheet. Financial Accounting Standards Board (FASB) statements effective June 30, 2001 required that the purchase method of accounting be used for all business combinations (eliminating tax-free pooling-of-interests mergers) and that goodwill, previously amortizable under IRS rules, be subject to an impairment only accounting approach. 매수형식에 의한 합병은 매수회사는 피매수회사를 투자로서 취급하여 피매수회사의 자산을 공정시장가격(fair market value)으로 환산한 다음에 자신의 자산에 더하는 식으로, 기업의 합병(기업결합)(merger)에 이용되는 회계방식이다. 취득자산의 공정한 시장가격을 초과하여 지급된 프리미엄(premium)은 전부 매수인의 대차대조표(balance sheet)상에서 영업권(goodwill)으로서 기재된다. 재무회계기준심의회(Financial Accounting Standards Board: FASB)는 2001년 6월 30일에 공표한 기준서에서, 모든 기업결합을 매수형식에 의한 회계방식에 의하여 처리할 것을 요구하였다(즉, 비과세베이스의 지분(持分)풀(pool)합병방식의 제거). 또 영업권(goodwill)은 종래 미국세입청(Internal Revenue Service: IRS)의 규칙에 따라서 감가상각(amortization)할 수 있었으나, 이번의 기준서에서 감손(減損)회계어프로치(impairment accounting approach)로 할 것도 요구하였다. ~ ***acquisition accounting*** 매수형식에 의한 합병회계 → acquisition accounting (기업매수회계). ~ ***fund*** 매입기금 ¶ The *purchase fund* is a provision in some preferred stock contracts and bond indemnities requiring the issuer to use its best efforts to purchase a specified number of shares or bonds annually at a price not to exceed par value. Unlike sinking fund provisions, which require that a certain number of bonds be retired annually, *purchase funds* require only that a tender offer be made; if no securities are tendered, none are retired. *Purchase fund* issues benefit the investor in a period of rising rates when the redemption price is higher than the market price and the proceeds can be put to work at a higher return. 매입기금은 우선주(preferred stock) 계약이나 채권(bond) 신탁증서(indenture)로, 발행단체(issuer)는 특정한 수의 주식 또는 채권을 액면가격(par value)을 초과하지 않는 가격으로 매년 매입 상환할 최선의 노력을 할 것을 규정한 조항이다. 일정한 수의 채권을 매년 소각(retirement)하여야 한다고 하는 감채기금(sinking fund) 조항과 달리, 매입기금은 공개매수에 의한 오퍼(tender offer)를 할 것만을 요구한다. 따라서, 매수청약이 없었던 경우에는 증권은 상환되지 않는다. 매입기금조항은 매입상환가격(redemption price)이 시장가격(market price)보다 높고, 매각자금으로 보다 높은 이율의 다른 투자에 충당할 수 있는 금리상승기에 투자자에 있어서 유리하다. ~ ***group*** 인수단(引受團) ¶ The *purchase group* is a group of investment bankers that, operating under the agreement among underwriters, agrees to purchase a new issue of securities from the issuer for resale to the investment public; also called the underwriting group of syndicate. The *purchase group* is distinguished from the selling group, which is organized by the purchase group and includes the members of the *purchase group* along with other investment bankers. The selling group's function is distribution. 인수단이란 인수단계약

(agreement among underwriters)에 기초해서 조성된 투자은행(investment banker)의 그룹으로, 일반투자자에게 전매할 목적으로 발행체(issuer)로부터 신규발행(new issue)증권을 매입하는 것에 합의한다. 이를 underwriting group 또는 syndicate라고 한다. 판매단(selling group)은 인수단에 의하여 조성되고, 인수단의 멤버뿐만 아니라 다른 투자은행도 포함하는 그룹으로, 인수단과는 구별된다. 판매단의 기능은 판매(distribution)에만 한정된다. ~ ***group agreement*** 인수단계약 → purchase group (인수단). ~ ***loan*** 구매론(loan) ¶ In consumer credit, the *purchase loan* is a loan made at a rate of interest to finance a purchase. 소비자금융에 있어서, 구매론(loan)은 구매자금을 융통하기 위한 론으로 일정한 금리가 부과된다. ~ ***-money mortgage*** 구입대금 모기지 ¶ The *purchase-money mortgage* is a mortgage given by a buyer in lieu of cash for the purchase of property. Such mortgages make it possible to sell property when mortgage money is unavailable or when the only buyers are unqualified to borrow from commercial sources. 구입대금 모기지는 매수인이 고정자산구입을 할 때에 현금지급 대신에 매도인에게 차입(差入)하는 모기지(mortgage)증서이다. 모기지 증서의 상환이 이루어지지 않았다든지, 상업금융기관으로부터의 차입(借入)이 불가능하였다든지 한 경우에 당해 모기지증서에 기초해서 매도인은 자산의 매각이 가능하게 된다. ~ ***order*** 구입주문서 ¶ The *purchase order* is a written authorization to a vendor to deliver specified goods or services at a stipulated price. Once accepted by the supplier, the *purchase order* becomes a legally binding purchase contract. 구입주문서는 특정한 재화나 서비스를 특정한 가격으로 인도하도록 매도인에게 요구하는 문서이다. 공급업자(매도인)가 이를 승낙하면, 이 구입주문서는 법적으로 구속력 있는 구입계약서(contract)가 된다.

v. 사다, 구입하다 ¶ foreign bill *purchased* 구입외환어음 /own acceptance *purchased* 구입자기인수어음

purchasing power 구매력 ¶ In economics, *purchasing power* is value of money as measured by the goods and services it can buy. For example, the *purchasing power* of the dollar can be determined by comparing an index of consumer prices for a given base year to the present. 경제에 있어서, 구매력은 구입할 수 있는 재화 · 서비스로 측정된 화폐가치를 이른다. 예를 들면, 달러의 구매력(purchasing power of the dollar)은 현재의 소비자물가지수(consumer price index: CPI)를 기준연도의 지수와 비교해서 산출할 수 있다. ¶ In investments, *purchasing power* is an amount of credit available to a client in a brokerage account for the purchase of additional securities. *Purchasing power* is determined by the dollar amount of securities that can be margined. For instance, a client with purchasing power of $20,000 in his or her account could buy securities worth $40,000 under the Federal Reserve's currently effective 50% margin requirement. See also margin security. 투자에 있어서, 구매력이란 고객이 추가의 증권(security)을 매수하기 위하여 증권거래계좌에서 이용할 수 있는 신용액을 이른다. 구매력은 위탁보증금으로서 차입(差入)된 증권의 달러금액에 의하여 결정된다. 예를 들면, 고객이 신용계좌에 20,000달러의 증권을 보유한다면, 미연방준비제도이사회의 50% 증거금규칙(margin requirement)에 따라서, 40,000달러까지 증권을 매수할 수 있다. margin security(신용거래증권)도 참조할 것. /a *purchasing power* of money 화폐의 구매력 /the *purchasing power* parity theory 구매력평가설 /the *purchasing power* theory of money 화폐구매력설 ***purchasing power of the dollar*** 달러의 구매력 ¶ *Purchasing power of the dollar* is measure of the amount of goods and services that a dollar can buy in a particular market, as compared with prior periods, assuming always an inflation or a deflation factor and using an index of consumer prices. It might be reported, for instance, that one dollar in 1982 has 62 cents of purchasing power in the late 1990s because of the erosion caused by inflation. Deflation would increase the dollar's purchasing power. 달러의 구매력은 특정한 시장에 있어서 달러로 구입할 수 있는 재화·서비스의 양을 종래와의 비교에서 측정하는 경우를 말한다. 일정한 인플레이션(inflation) 또는 디플레이션(deflation)계수(係數)를 상정하고, 또 소비자물가지수(consumer price index: CPI)를 이용하여 산출한다. 예컨대, 1982년 시점의 1달러는 인플레이션으로 인한 감액 때문에, 1990년대 후반시점에서는 67센트의 구매력밖에 없다고 보도가 될 수 있다. 반대로 디플레이션은 달러의 구매력을 증가시키게 될 것이다. ~ ***risk*** 구매력위험 ¶ The *purchasing power risk* is the risk that inflation will have eroded the value of the currency in which a deal has been made. For example, a country may be willing to print the money necessary to satisfy a future payment, but if its currency is losing value to inflation, the creditor country has a *purchasing power risk* as opposed to a default risk. 구매력위험은 거래가 이루어진 통화의 가치를 인플레이션이 감퇴할 것이라는 위험을 말한다. 예를 들면, 어느 국가가 장래의 지급에 대비할 필요한 통화를 찍을 각오를 할 수 있으나, 만약 그 통화가 인플레이션 때문에 가치를 잃고 있으면, 채권국은 디폴트 위험(default risk)에 반대되는 구매력 위험을 가지게 된다. ~ ***parity*** 구매력평가 ¶ The *purchasing power parity* is a theory that currency exchange rates are in equilibrium when purchasing power in the countries is equalized. For example, if a basket of goods costing 100 euros in Germany costs $140 in Valdosta, Georgia, the currencies should exchange at a rate of 1.40 dollars to the euro. *Purchasing power parity* can be thwarted by transportation costs, trade barriers, and a lack of competitive markets. Also called law of one price. 구매력평가는 여러 국가의 구매력이 평준화된 경우 통화환율은 균형을 이룬다는 이론을 말한다. 예를 들면, 독일에서 100유로로 값나가는 한 바구니의 물건이 미국 조지아주 밸도스타에서 값이 140달러라고 하면, 통화는 1유로에 대한 1.40달러의 비율로 교환되어야 한다. 구매력평가는 운송비, 무역장벽과 경쟁시장의 결여로 인하여 방해를 받을 수 있다. 이를 law of one price(1가격의 법칙)라고도 한다.

pure 순수한 ¶ *pure* gold 순금 /*pure* interest 순수이자(net interest, true interest) /*pure* profit 순이익 ***pure arbitrage*** [영] 순수차익거래 ¶ The *pure arbitrage* is: (1) any arbitrage strategy that makes use of external, or borrowed, funds rather than internal funds. See also quasi-arbitrage. (2) any arbitrage strategy that is executed in a truly riskless manner, by simultaneously buying and selling the same asset in different markets to take advantage of a price discrepancy. See also quasi-arbitrage. 순수차익거래는 (1) 내부자금(internal funds)보다 오히려 외부 또는 차입자금(external or borrowed funds)을 이용하는 차익거래전략을 말한다. quasi-arbitrage(준차익거래)도 참조할 것. (2) 시장의 가격차이를 이용하기 위하여 동일한 자산을 동시에 다른 시장에서 매수·매도함으로써 진실로 위험없는 방법이면 어떻게든 집행되는 차익거래전략을 말한다. quasi-arbitrage(준차익거래)도 참조할 것. ~ ***index fund*** 퓨어인덱스펀드 ¶ The *pure index fund* is an index fund that is managed with the aim of exactly replicating the performance of a market index. Contrast with enhanced indexing. 퓨어인덱스펀드는 시장지수(market index)의 퍼포먼스(performance, 실적)와 정확히 동일하게 할 목적으로 운용되는 인덱스펀드를 말한다. enhanced indexing(인핸스트인덱싱)과 대조할 것. ~ ***monopoly*** 순수독점 ¶ The *pure monopoly* is a situation in which one firm controls the entire market for a product. This may occur because the firm has a patent on a product or a license from the government to be a monopoly. For example, an electric utility in a particular city may be a monopoly licensed by the city. 순수독점은 하나의 기업이 하나의 생산품을 두고 전시장(entire market)을 지배하는 상황을 말한다. 예를 들면, 어느 특정한 시(市)의 전력사업은 그 시당국에 의하여 허가받은 독점사업일 수 있다. ~ ***no-load fund*** 퓨어노로드펀드 ¶ The *pure no-load fund* is a mutual fund that has a management fee but sales charge, redemption fee or 12b-1 mutual fund fees. 퓨어노로드펀드는 운용보수(management fee)를 징구하지만, 판매수수료(sales charge), 상환수수료(redemption fee) 혹은 12b-1 뮤추얼펀드수수료(12b-1 mutual fund fees)가 없는 뮤추얼펀드(mutual fund)를 말한다. ~ ***play*** 전업회사 ¶ The *pure play* is a stock market jargon for a company that is virtually all devoted to one line of business. An investor who wants to invest in that line of business looks for such a *pure play*. For instance, Sears Roebuck may be considered a *pure play* in the retail business after spinning off its real estate and financial services businesses in the mid-1990s. Weyerhauser is a *pure play* in the forest products business. The opposite of a *pure play* is a widely diversified company, such as a conglomerate. 전업회사는 주식시장의 전문용어로서, 하나의 사업분야에만 사실상 전문화하고 있는 회사를 말한다. 그 사업분야에 투자할 것을 바라는 투자자는 그와 같은 전업회사를 찾게 된다. 예를 들면, 시어즈 로우벅(Sears Roebuck)은 1900년대의 중엽에 부동산과 금융서비스의 사업을 분리한 이래는, 소매업의 전업회사로 볼 수 있다. 또, 와이어하우저(Weyerhauser)는 입업에 특화한 전업회사로 말할 수 있다. 전업회사의 반대는 광범하게 사업을 다각화한 콩글로머리트(conglomerate)이다. ~ ***premium*** 순수보험료 ¶ The *pure premium* is the amount an insurer needs to charge to cover expected losses and loss adjustment expenses; *pure premium* is one of two components, along with premium loading, used to determine fair premium. See also expense loading. 순수보험료는 보험업자가 예상손실과 손해사정비(loss adjustment expense)를 커버하기 위하여 부과하는 데 필요로 하는 금액이다. 순수보험료는 부가보험료(premium loading)와 더불어, 공정한 보험료를 산정하는 데 사용되는 2개 구성요소 중의 하나이다. expense loading(부가보험료)도 참조할 것. ~ ***risk*** [영] 순수한 위험 ¶ The *pure risk* is a risk exposure that can result only in a loss or no loss, but possibility of a gain. Also known as standard risk. See also speculative risk. 순수한 위험은 그저 손실이나 무손실이지만 이득의 가능성을 생길 수 있는 위험노출을 말한다. 이는 standard risk(표준위험)으로도 알려져 있다. speculative risk(투기적 위험)도 참조할 것.

purity 청정(淸淨), 순도(純度) ¶ the *purity* of a metal 금속의 순도 /silver refined to 99.9 percent *purity* 99.9 퍼센트의 순도까지 정제(精製)된 은

purpart(y) (공유재산의) 지분(持分)

purpose 목적, 의도, 용도 ¶ loan for educational *purpose* 교육목적의 론 /*purpose* for fund 자금의 용도 /the *purpose* of the loan [borrowing] 자금용도 ***purpose loan*** 목적융자, (증권구입을 위한) 증권담보융자, 퍼포스론 ¶ *Purpose loan* is loan backed by securities and used to buy other securities under Federal Reserve Board margin and credit regulations. 퍼포스론이란 미연방준비제도이사회(Federal Reserve Board)의 위탁보증금 및 신용규제(margin and credit regulations)를 기초해서, 다른 증권을 매수할 수 있는 증권담보부 대출(loan backed by security)을 말한다. ~ ***statement*** 목적신고서 ¶ The *purpose statement* is a form filed by a borrower that details the purpose of a loan backed by securities. The borrower agrees not to use the loan proceeds to buy securities in violation of any Federal Reserve regulations. See also nonpurpose loan; Regulation U. 목적신고서는 증권에 의하여 담보되는 론(loan)의 목적을 상술한 차입자(借入者)가 제출하는 신고서류를 말한다. 차입자는 미연방준비제도이사회의 규칙을 위반하면서 증권을 매수하기 위하여 대출수취금(loan proceeds)을 사용하지 않기도 약속한다. nonpurpose loan(비특정(非特定)대출); Regulation U(레귤레이션 U)도 참조할 것.

purposely 고의로, 의도적으로

push money 매출장려금 ¶ *Push money* is money or other incentives given by a manufacturer to retail salespeople for selling its own products. *Push money*, also called promotional money or prize money, is additional compensation given to salespeople by the manufacturer. It is controversial with retailers because of possible divided loyalties. 매출장려금은 제조업자가 소매판매원들에게 자신의 제품을 파는 데에 주는 금전 기타 장려금을 말한다. 매출장려금을 또한 판매촉진비(promotional money) 또는 상금(prize money)이라고 하는데, 이는 제조업자가 판매원들에게 주는 추가보수이다. 그것은 제각각의 충직성이 있을 수 있으므로 소매업자들 사이에서 논쟁의 대상이 되고 있다.

put ⓥ 두다, 기입하다 ¶ *put* down 선급금으로서 지급하다 /*put* in 예금하다 /*put* into circulation 유통시키다 /*put* up money for … …을 위하여 자금을 융통하다 ⓝ [주식] (선택)특권부 매도 ¶ *put* bonds 상환청구권부 사채(puttable bonds) /*puts* and calls 특권부 매매 ***put bond*** 풋본드 ¶ The *put bond* is a bond that allows its holder to redeem the issue at specified intervals before maturity and receive full face value. The bondholders may be allowed to *put bonds* back to the issuer either only once during the lifetime of the issue or far more frequently. In return for this privilege, a bond buyer sacrifices some yield when choosing a *put bond* over a fixed-rate bond, which cannot be redeemed before maturity. 풋본드는 만기일(maturity) 이전에 특정한 간격에서 상환청구하고, 액면금액(face value)으로 상환금을 받는 권리가 채권보유자(bondholder)에 부여된 채권을 말한다. 채권보유자는 당해 채권의 만기일까지의 사이에 조기상환청구를, 한번 또는 여러 번에 할 권리가 주어진다. 조기상환청구권을 얻는 대상(代償)으로서, 채권매수인은 조기상환이 불가능한 고정금리채권에 비해서, 낮은 풋본드의 이율(yield)을 희생한다. ***~-call parity*** 풋콜패리티 ¶ The *put-call parity* is a principle that at any given underlying stock price, a call or put option with the same expiration will have a static price relationship because variations will be eliminated by arbitrage. 풋콜패리티는 옵션(option)에서 같은 행사기간 만료일(expiration)을 가지는 콜옵션(call option) 또는 풋옵션(put option)의 기초주식(underlying stock)의 주가는 재정(arbitrage)에 의한 변수가 제거되는 것이므로 균형가격관계가 된다고 하는 것이다. ***~-call ratio*** (옵션시장에서의) 풋(put)과 콜(call)의 비율 ¶ A *put-call ratio* is a ratio of trading volume in put options to the trading volume in call options. The ratio provides a quantitative measure of the bullishness or bearishness of investors. A high volume of puts relative to calls indicates investors are bearish, whereas a high ratio of calls to puts shows bullishness. 풋(put)과 콜(call)의 비율은 풋옵션거래금액의 콜옵션거래금액에 대한 비율을 말한다. 이 비율은 투자자의 강세 또는 약세의 양적 척도가 된다. 콜(call)에 비해서 풋(put)의 금액이 크지 않은 것은 투자자의 약세를 나타낸다. 반대로 풋(put)에 대한 콜(call)의 비율이 높다는 것은 강세를 보이는 것이다. ~ ***guarantee letter*** 풋개런티레터 ¶ The *put guarantee letter* is a letter from a bank certifying that the person writing a put option on an underlying security or index instrument has sufficient funds on deposit at the bank to cover the exercise price of the put if needed. On a short put, the obligation is to pay the aggregate exercise price. There are tow forms, as required under New York Stock Exchange Rule 431; the market index option deposit letter for index options, and the equity/Treasury option deposit letter for security option. 풋개런티레터는 증권 또는 인덱스(index)를 기초증권(underlying security)으로 하는 풋옵션(put option)을 매도하는 사람이 풋옵션의 행사 시에 풋 행사가격(exercise price)의 조달하기에 족한 충분한 자금을 은행예금으로서 가지고 있음을 증명하는 은행의 문서를 이른다. 숏풋(short put, 풋의 공매포지션)의 경우는, 만약 풋옵션이 행사되면 행사가격총액을 지급하여야 한다. 문서에는, 뉴욕증권거래소 규칙 431(New York Stock Exchange Rule 431)에서 요구하는 2개의 양식이 있다. 하나는 주가지수옵션에 관한 「마켓주가지수 옵션예금증명서」(market index option deposit letter)이고, 다른 하나는 증권옵션에 관한 「에퀴티/재무부증권 옵션예금증명서」(equity/Treasury option deposit letter)이다. ~ ***on a call*** [영] 풋온어콜 ¶ The *put on a call* is a compound that grants the buyer the right to sell an underlying call option to the seller of the compound. See also call on a call; call on a put; put on a put. 풋온어콜은 복합옵션의 매도인에게 기초콜옵션을 매도할 권리를 매수인에게 수여하는 복합옵션이다. call on a call(콜온어콜); call on a put(콜온어풋); put on a put(풋온어풋)도 참조할 것. ~ ***on a put*** [영] 풋온어풋 ¶ The *put on a put* is a compound option that grants the buyer the right to sell an underlying put option to the seller of the compound. 풋온어풋은 복합옵션의 매도인에게 기초풋옵션을 매도할 권리를 매수인에게 수여하는 복합옵션이다. call on a call(콜온어콜); call on a put(콜온어풋); put on a call(풋온어콜)도 참조할 것. ~ ***option*** 풋옵션(미래 특정 시점에 주가가 일정한 범위 밑으로 하락하면 수익이 나도록 짜여진 파생상품) ¶ A *put option* is a contract that grants the right to sell at a specified price a specific number of shares by a certain date. The *put option* buyer gains this right in return for payment of an option premium. The *put option* seller grants this right in return for receiving this premium. For instance, a buyer of an X May 70 put has the right to sell 100 shares of X at $70 to the put seller at any time until the contract expires in May. A *put option* buyer hopes the stock will drop in price, while the *put option* seller (called a writer) hopes the stock will remain stable, rise, or drop by an amount less than his or her profit on the premium. 풋옵션이란 특정한 날까지 일정한 수의 주식을 지정가격으로 매도할 권리를 부여하는 계약을 말한다. 풋옵션의 매수인은 옵션료를 지급하고 이 옵션을 매수한다. 풋옵션의 매도인은 옵션료(option premium)와 상환으로 이 옵션을 매도한다. 예를 들면, X주식 5월 한월(限月) 70달러의 매수인은 5월의 옵션의 한월(限月)까지면 언제든지 X주식 100주를 70달러로 풋옵션의 매도인에게 팔 권리를 가진다. 풋옵션의 매수인은 주가가 하락하기를 기대하지만, 풋옵션의 매도인(라이터라고 불린다.)은 주가가 안정하고 있다든지, 오른다든지, 아니면 옵션료의 범위 내에서의 하락이 머무르기를 기대하고 있다. ~ ***price*** [영] 풋가격 ¶ The *put price* is the price investor can expect to receive for putable bond if the option to put the securities back to the issuer is exercised. Also known as redemption price. 풋가격은 발행자에게 증권을 되돌리는 옵션이 행사되는 경우 투자자가 조기상환요구권부 채권(putable bond)에 대해서 수취할 것으로 기대할 수 있는 가격을 말한다. 이는 redemption price(상환가격)로도 알려져 있다. ~ ***protected equity*** [영] 특정일까지 보호받는 보통주 ¶ The *put protected equity* is a contingent equity facility where a company buys a put option on its own company stock from an intermediary, generating an economic gain which increases retained earnings if the value of stock declines (such as in the aftermath of a large loss resulting from a catastrophic hazard). See also loss equity put. 특정일까지 보호받는 보통주는 회사가 중개업자로부터 자신의 회사주에 대해서 행사하는 풋옵션을 매입하는 불확정적인 보통주기능을 말하며, 이는 주식의 가치가 (대재난으로 인한 대손해의 직후에 있어서와 같이) 하락하는 경우 이익잉여금(retained earnings)을 증가하는 경제적 이득을 산출한다. loss equity put(손해보통주의 풋옵션)도 참조할 것. ~ ***provision*** [영] 풋조항 ¶ The *put provision* is a clause contained in the indenture of a bond that specifies the terms under which the investor may put the outstanding securities to the issuer. The provision indicates the put price and any relevant lockout period. See also call provision. 풋조항은 투자자가 발행자에게 미지급증권을 제출할 수 있는 조건을 명기하는 채권의 신탁증서(indenture)에 포함된 조항을 말한다. 그 조항은 풋가격과 로크아웃 기간(lockout period)을 가리킨다. call provision(조기상환조항)도 참조할 것. ~ ***spread*** [영] 풋스프레드 ¶ The *put spread* is an option position created by buying and selling put options with the same expiry but different strike prices (i.e., the purchaser of a put spread buys a closer-to-the money put option and sells a farther out-of-the-money put option (a bearish strategy), the seller of a put spread does not reverse (a bullish strategy). The spread limits the gain/liability to an area defined by the two strikes. See also bull spread; bear spread; call spread). 풋스프레드는 동일한 만료일을 가지지만, 상이한 행사가격을 가지는 매매풋옵션에 의해서 창출되는 옵션포지션을 말한다(예컨대, 풋스프레드의 구매자는 현금에 가까운 풋옵션을 매입하고 금전과 멀리 떨어진 풋옵션을 매도하며 (약세전략), 풋스프레드의 매도인은 역진(reverse)하지 않는다(강세전략). 스프레드는 2개의 행사가격에 의해서 정해진 분야로 이득/부채를 제한한다. bull spread(불스프레드); bear spread(베어스프레드); call spread (콜스프레드)도 참조할 것. ~ ***swaption*** [영] 풋스왑션 → payer swaption (페이어 스왑션). ~ ***to seller*** 풋투셀러 ¶ The *put to seller* is a phrase used when a put option is exercised. The option writer is obligated to buy the underlying shares at the agreed upon price. If an XYZ June 40 put were "put to seller," for instance, the writer would have to buy 100 shares of XYZ at $40 a share from the put holder even though the current market price of XYZ may be far less than $40 a share. 풋투셀러는 풋옵션(put option)이 행사(execution)될 때에 사용되는 관용구이다. 옵션의 매도인(option writer)은 기초주식(underlying shares)을 사전에 합의된 가격으로 매수할 의무를 부담하고 있다. 예컨대, 「XYZ사의 주식 6월한월 40달러 풋」(XYZ June 40 put)이 「풋투셀러」된 경우, 옵션의 매도인은 XYZ사의 주식의 현재주가가 1주당 40달러를 훨씬 하회하고 있더라도, XYZ사의 주식 100주를 40달러로 풋 보유자로부터 매수하여야 한다.

putable 상환청구할 수 있는 ***putable asset swap*** [영] 상환청구권부 애셋스왑 ¶ The *putable asset swap* is a structured derivative comprised of a putable swap and an underlying bond. The investor in the structure retains a put option on the bond, allowing it to sell the package back to the seller at a given strike credit spread. If the spread widens during the life of the transaction (e.g., the price of the asset falls as a result of specific or general market/credit conditions), the investor puts the package to the seller, receiving principal and interest defined by the strike spread. See also callable asset swap. 상환청구권부 애셋스왑은 상환청구권부 스왑과 기초채권으로 구성되는 구조파생상품이다. 그 구조에 있는 투자자는 채권에 대한 풋옵션을 보유하고 이는 일정한 행사가격신용스프레드로 매도인에게 패키지를 되파는 것을 허용하는 것이다. 만약 그 스프레드가 (예컨대, 자산의 가격이 특유하거나 일반적인 시황/여신상황의 결과로서 하락하는) 거래의 유

효기간동안 넓어진다면, 투자자는 그 패키지를 매도인에게 넘기고, 권리행사스프레드가 정하는 원금과 금리를 수취한다. callable asset swap(상환가능자산스왑)도 참조할 것. ~ ***bond*** [영] 상환청구권부 채권(put bonds) ¶ The *putable bond* is a bond with embedded put options which gives investors the right to sell the security back to the issuer at a predetermined put price, generally a premium to par value; in exchange for granting investors the put, the issuer obtains a lower coupon. An investor may choose to put the bond when the present value of the future cash flows from the bond is lower than the put price. From the issuer's perspective, a *putable bond* can be considered the equivalent of a nonputable bond and a short position in a put option with a strike price equal to the bond's put price. 상환청구권부 채권은 일반적으로 액면가(par value)에 프리미엄을 더한, 사전에 정한 가격으로 발행자(issuer)에 증권을 되파는 권리를 투자자에게 수여하는 내재풋옵션(embedded put option)을 가지는 채권이다. 투자자에게 풋옵션을 수여하는 대신에 발행자는 낮은 쿠폰(coupon)을 획득한다. 투자자는 채권에서 장래 캐시플로(cash flow)의 현재가치(present value)가 풋가격(put price)보다 낮은 경우 채권을 매도하기로 결심할 수 있다. 발행자의 시각에서 보면, 상환청구권부 채권은 비상환청구권부 채권과 채권의 풋가격과 동등한 행사가격(strike price)을 가지는 풋옵션의 매도초과포지션(short position)의 등가물(equivalent)로 생각될 수 있다. ~ ***swap*** [영] 퍼터블 스왑 ¶ The *putable swap* is an over-the-counter swap structure that gives the institution receiving fixed rates the option to cancel the transaction at a future date. See also callable swap; cancellable swap. 퍼터블 스왑은 고정금리(fixed rates)을 받는 금융기관에게 장래 기일에 거래를 해약할 수 있는 옵션을 주는 장외스왑구조이다. callable swap(콜러블 스왑)도 참조할 것.

PV → **p**resent **v**alue [약] 현재가격 ¶ The *present value* (*PV*) is a value today of a future payment, or stream of payments, discounted at some appropriate compound interest – or discount – rate. For example, the *present value* of $100 to be received 10 years from now is about $38.55, using a discount rate equal to 10% interest compounded annually. The *present value* method, also called the discounted cash flow method, is widely used in corporate finance to measure the return on a capital investment project. In security investment, the method is used to determine how much money should be invested today to result in a certain sum at a future time. *Present value* calculations are facilitated by *present value* tables, which are compound interest tables in reverse. Also called time value of money. 현재가치는 장래의 지급이나 일련의 지급에서 생기는 가치를 현시점에 적용한 것이고, 적절한 복리(compound interest)(할인율, discount rate)로 산출한다. 예를 들면, 10년 후에 받는 100달러의 현재가치는 연 10%의 복리로 계산하면 약 38달러 55센트가 된다. 현재가치법은 디스카운티드·캐시플로(discounted cash flow)법이라고 하며, 기업재무에서 자본투자(capital investment)의 이익률의 산출에 널리 사용되고 있다. 증권투자에서는, 장래 일정한 금액을 확보하기 위하여 현재 투자할 금액을 결정하는 데에 사용된다. 복리표를 역(逆)으로 한 현재가치표를 사용한다면 현재가치를 간단히 산출할 수 있다. 이를 time value of money(화폐의 시간적 가치)라고도 한다.

pya 피아 ¶ A subdivision (1/100) of the Myanmar (formerly Burmese) kyat. 미얀마(이전의 버마)의 키아트(kyat)의 하부단위(1/100)이다.

pyramid 피라미드, 금자탑 ¶ *pyramid* selling (scheme) 피라미드식 판매(연쇄판매거래)

pyramiding [증권] (상품거래에서 이익을 쏟아 붓는) 주식매매, 피라미딩 ¶In general, *pyramiding* is practice using financial leverage to build expanded corporate structures. 일반적으로, 피라미딩은 사업확대의 하나의 형식으로, 외무채무를 늘린다고 하는 재무레버리지(leverage)를 철저히 사용하여, 복잡한 기업조직을 구축하는 것이다. ¶In fraud, *pyramiding* is scheme that builds on nonexistent values, often in geometric progression, such as a chain letter, now outlawed by mail fraud legislation. Famous examples were the Ponzi scheme, perpetrated by Charles Ponzi in the late 1920s and the recent Madoff scandal. Investors were paid "earnings" out of money received from new investors until the scheme collapsed. 사기행위에 있어서, 오늘날에는 우편사기법에 의하여 금지되고 있는 연쇄편지(chain letter)와 같이, 이따금 기하급수적으로 실재하지 않는 가치 위에 구축되는 스킴(scheme)을 이른다. 유명한 예로서는, 1920년대 말기에 찰스 폰지(Charles Ponzi)에 의하여 악용된 폰지스킴(Ponzi Scheme)과 매도프(Madoff) 스캔달(scandal)이 있었다. 이 스킴에서는, 투자자(investor)는 신규로 개척한 투자자가 지급하는 자금에서 「이익」을 받는 것인데, 스킴이 붕괴할 때까지 계속된다. ¶In investments, *pyramiding* is using unrealized profits from one securities or commodities position as collateral to buy further positions with funds borrowed from a broker. This use of leverage creates increased profits in a bull market, and causes margin calls and large losses in a bear market. 투자에 있어서, 피라미딩은 보유하고 있는 증권(securities) 또는 상품(commodities)의 미실현이익(unrealized profit)을 담보로 하여 증권회사(broker)로부터 자금을 차용하고, 다시 차용을 늘려 가는 것을 이른다. 이 레버리지(leverage)의 사용은 오르는 시세(bull market)에서는 이익의 증가를 가져오고, 내리는 시세(bear market)에서는 추증(追證)(margin calls)과 큰 손실을 가져온다. ¶In marketing, *pyramiding* is legal marketing strategy whereby additional distributorships are sold side-by-side with consumer products in order to multiply market reach and maximize profits to the sales organization. 마케팅에 있어서, 피라미딩은 시장범위를 확대하여 판매조직의 이익을 최대화하기 위하여, 소비자제품과 병행해서 추가적 판매권이 팔려지는 적법한 마케팅전략을 말한다.

Q

QAR (ISO) code Qatar – currency Qatar rial. ¶ QAR (국제표준기구) 약호 카타르 — 화폐 카타르 리알(rial).

Qatar currency 카타르 화폐 ¶ Qatar rial (QAR), divided into 100 dirham. 1 리알(Qatar rial) = 100 디르함(dirham).

qindarka 킨다르카 ¶ A subdivision (1/100) of the Albanian lek. 알바니아 1 렉(lek) = 100 킨다르카(단수는 킨다르(qindar)).

QQQQ 큐비즈 → Qubes (QQQQ) ¶ *Qubes (QQQQ)* are an exchange-traded fund (ETF), whose ticker symbol is QQQQ, that tracks the technology-heavy NASDAQ 100 index and trades on the NASDAQ stock market. Qubes are structured as unit investment trusts. 큐비즈는 상장지수펀드(exchange-traded fund)의 티커심볼(ticker symbol)로서 나스닥(NASDAQ stock market)에서 매매되고 있는 테크놀로지 관련의 나스닥 100인덱스를 대상으로 하고 있다. 큐비즈는 단위형 투자신탁(unit investment trust)의 형식을 취하고 있다.

Q ratio 큐 레이쇼 ¶ The *Q ratio* is a ratio of the market value of a firm's assets to their replacement cost. Sometimes called Tobin's Q ratio after its inventor, the late James Tobin of Yale University. 큐 레이쇼는 회사의 자산의 시장가격(market value)의 재취득원가(replacement cost)에 대한 비율을 이른다. 이 지표의 창시자인 예일대학의 고(故) 제임스 토빈의 이름을 붙여 토빈큐 레이쇼(Tobin's Q ratio)라고 한다.

Q-tip trust 큐팁 신탁 ¶ The *Q-tip trust* is a qualified terminable interest property trust, which allows assets to be transferred between spouses. The grantor of a *Q-tip trust* directs income from the assets to his or her spouse for life but has the power to distribute the assets upon the death of the spouse. Such trusts qualify the grantor for the unlimited marital deduction if the spouse should die first. 큐팁 신탁은 부부간의 재산의 이전을 허용하는 신탁을 말한다. 큐팁 신탁에서는 배우자가 생존 중에 신탁재산에서의 수익이 배우자에게 배분되지만, 배우자가 사망한 후의 신탁재산의 배분권에 관하여는 배우자가 아니라 증여자(grantor)가 가지고 있다. 만약 배우자가 먼저 사망한 경우에는, 증여자가 무제한 배우자공제(unlimited marital deduction)를 향유할 수 있다.

qualification 자격, 제한 ¶ *qualification* standard for bond issuing 적채(適債)기준 ***qualification period*** 인정기간 ¶ The *qualification period* is a period of time during which an insurance company will not reimburse a policyholder for a claim. The *qualification period*, which may be several weeks or months, gives the insurance company time to uncover fraud or deception in the policyholder's application for coverage. Such periods, which are stated in the insurance contract, are commonplace in health insurance plans. 인정기간은 보험회사가 보험계약자(policyholder)의 청구에 대하여 지급을 하지 않는 기간을 이른다. 인정기간은 수주간에서 수개월에 미치는 경우가 있고, 보험계약자의 보험계약신청 중의 사기나 속임

수를 발견할 시간을 보험회사에 주는 셈이다. 인정기간에 관한 조항은 보험계약 중에 기재되어 있고, 의료보험(health insurance)제도에 있어서는 극히 보통의 경우이다.

qualified 적격의, 제한된, 조건부의 (*cf.*) absolute 무조건의 ¶ a *qualified* opinion (회계사의) 한정의견, 조건부 감사보고 /a *qualified* prospect 유자격의 전망 있는 고객 /a *qualified* report 한정조건부 보고서 ***qualified acceptance*** 제한인수 ¶ The *qualified acceptance* is an acceptance of a bill of exchange that varies the effect of the bill as drawn. If the holder refuses to take a *qualified acceptance*, the drawer and any endorsers must be notified or they will no longer be liable. If the holder takes a *qualified acceptance*, all previous signatories who did not assent from liability are released. 제한인수는 발행된 어음의 효과를 변경하는 환어음의 인수이다. 만약 소지인이 제한된 인수를 하는 것을 거절한다면, 발행인과 어떤 배서인은 통지를 받아야 하거나 또는 더 이상 책임을 지지 아니한다. 만약 소지인이 제한된 인수를 하는 경우, 동의하지 아니한 모든 이전의 서명자는 책임으로부터 해방된다. ~ ***endorsement*** 제한배서 ¶ *Qualified endorsement* is endorsement (signature on the back of a check or other negotiable instrument transferring the amount to someone other than the one to whom it is payable) that contains wording designed to limit the endorser's liability. "Without recourse," the most frequently seen example, means that if the instrument is not honored, the endorser is not responsible. Where *qualified endorsements* are restrictive (such as "for deposit only") the term restricted endorsement is preferable. 제한배서는 배서인의 채무(liability)를 제한하는 문언을 포함하는 (수표나 유통증권(negotiable instrument)의 수취인 이외의 자에게 양도할 목적에서 그 배면(背面)에 하는 서명하는) 배서를 말한다. 가장 많이 볼 수 있는 제한배서의 예로서는 「소구권(遡求權)없음」(without recourse)인데, 이것은 증권(security)이 지급되지 않는 경우에도 배서인은 책임을 부담하지 않는 것을 의미한다. 제한배서는 한정적(「예금을 위하여서만」(for deposit only)과 같은 경우)인 경우는 한정적 배서(restricted endorsement)라는 용어법이 보다 적절하다. ~ ***foreign institutional investor* (*QFII*)** [영] 적격외국기관투자자 ¶ The *qualified foreign institutional investor* (*QFII*) is an investor that is authorized to purchase A-shares (Yuan-denominated) on the Shanghai Stock Exchange or the Shenzhen Stock Exchange. The program was authorized by the Chinese money authorities in 2003 and places quotas on the amount of shares each *QFII* is permitted to acquire. 적격외국기관투자자는 상하이증권거래소 또는 쉔젠증권거래소에서 (위안화 표시) A-주식을 구입할 권한을 가지는 투자자이다. 그 프로그램은 2003년에 중국통화당국에 의해서 수권되고 각 적격외국기관투자자가 취득할 수 있는 주식금액에 관하여 쿼타를 정한다. ~ ***institutional investor*** 적격기관투자자 ¶ The *qualified institutional investor* is an institutional investor permitted by the Securities and Exchange Commission (SEC) to trade private placement securities with other *qualified institutional investors* without registration. 적격기관투자자는 미증권거래위원회(Securities and Exchange Commission: SEC)에 의하여 등록(registration)을 하지 않고, 사모채(private placement)를 매매하는 것이 허용된 기관투자자(institutional investor)를 말한다. ~ ***opinion*** 한정의견, 조건부 감사보고 ¶ The *qualified opinion* is an auditor's opinion accompanying financial statements that calls attention to limitations of the audit or exceptions the auditor takes to the statements. Typical reasons for *qualified opinions*: a pending lawsuit that, if lost, would materially affect the financial condition of the company; an indeterminable tax liability relating to an unusual transaction; inability to confirm a portion of the inventory because of inaccessible location. See also accountant's opinion. 한정의견은 재무제표(financial statement)에 첨부되는 감사인(auditor)의 의견으로, 감사의 한계나 감사인이 재무제표에 첨부하는 예외사항에 주의를 환기하는 것이다. 한정의견이 되는 전형적인 케이스는: 계쟁 중의 소송에서 패소하면 회사의 재정상태에 심대한 영향을 미칠 가능성이 있는 경우, 통상 발생하지 않는 거래 때문에 관련되는 조세부담이 확정할 수 없는 경우, 재고자산(inventory)의 일부가 접근할 수 없는 장소에 있기 때문에 확인할 수 없는 경우이다. accountant's opinion(회계사의 감사의견)도 참조할 것. ~ ***plan or trust*** 적격연금플랜 또는 적격연금신탁 ¶ The *qualified plan or trust* is a tax-deferred plan set up by an employer for employees under 1954 Internal Revenue Service rules. Such plans usually provide for employer contributions – for example, a profit-sharing or pension plan – and may also allow employees contributions. They build up savings, which are paid out at retirement or on termination of employment. The employees pay taxes only when they draw the money out. When employers make payments to such plans, they receive certain deductions and other tax benefits. See also 401(k) plan; salary reduction plan. 적격연금플랜 또는 적격연금신탁은 1954년 미국세입청규칙(1954 Internal Revenue Service rules)에 근거해서, 고용주가 종업원을 위하여 설비하는 조세순연(tax-deferred)제도를 말한다. 이익분배제도(profit-sharing)나 연금제도(pension plan)와 같이, 고용주의 출연이 정해져 있는 것이 일반적이지만, 종업원의 출연도 인정된다. 이 제도에서 적립된 자금은 퇴직 또는 고용종료 시에 환급되지만, 환급된 때에 비로소 과세(課稅)된다. 고용주가 이 제도하에서 행한 출연액은 손금공제(deduction)와 같은 세무상의 특전을 받는다. 401(k) plan(401(k) 연금제도); salary reduction plan(급여공제제도)도 참조할 것. ~ ***tuition program (529 plan)*** 529 플랜 ¶ The *qualified tuition program (529 plan)* is an investment vehicle created under the Small Business Job Protection Act of 1996 that allows individuals to make contributions to accounts that accumulate tax-free income if used to cover a beneficiary's qualified educational expenses. No tax is due on the distribution from a *qualified tuition program* unless the amount distributed is greater than the beneficiary's qualified educational expenses. Contributions to such a plan cannot be more than the amount necessary to provide for those expenses. There are two types of 529 plans: College Savings Plans that permit that establishment of an account for the purpose of paying the beneficiary's qualified educational expenses, and Prepaid Tuition Plans that allow savers to purchase credits at participating colleges, thereby locking in costs for future tuition and, in some cases, room and board. Investing in a 529 plan will generally reduce a student's eligibility to participate in need-based financial aid. See also coverdell educations savings account. 529플랜은 적격한 교육비에 사용되는 것을 조건으로 개인이 개설한 계좌에 소득세공제취급으로 자금을 출연할 수 있다고 하는 1996년의 소기업고용보호법(Small Business Job Protection Act of 1996)에 근거로 해서 창설된 투자수단이다. 이 계좌의 배당금이 수익자의 적격한 교육비보다 많지 않는 한 과세되지 않는다. 이러한 플랜에의 출연금은 그러한 교육비에의 제공에 필요한 금액 이상일 수 없다. 529플랜에는 2개의 유형이 있다. 고등교육 적립플랜(저축형, college savings plans)에서는 수혜자의 적격한 교육비의 지급을 목적으로 계좌의 설치를 허용하는 경우이고, 프리페이드형(prepaid tuition program)에서는, 사전에 저축자가 참가대학에서 선급을 하는 것을 허용함으로써 장래의 수업료, 및 경우에 따라서는 식사를 제공하는 하숙을 위한 비용을 챙기어 넣는다. 529플랜에 투자하는 것은 일반적으로 가난을 기초하는 금융지원에 참가할 학생의 적격성을 떨어뜨린다. coverdell educations savings account(커버델 교육저축계좌)도 참조할 것.

qualifying 자격[적격]의 ¶ *qualifying* condition 적격조건 ***qualifying annuity*** 적격연금 ¶ The *qualifying annuity* is an annuity that is purchased under, and forms the investment program for, a qualified plan or trust, including pension and profit sharing plans, individual retirement accounts (IRAs), 403(b)s, and 457s. See also Keogh plan. 적격연금은 출연금으로 투자를 하는 적격연금플랜 또는 적격연금신탁(qualified plan or trust)에 근거해서 창설되는 연금이다. 이익배분플랜(profit sharing plan), 개인퇴직연금(individual retirement accounts: IRAs), 403(b), 및 457이 이 연금의 범주에 들어간다. Keogh plan(키오플랜)도 참조할 것. ~ ***ratios*** 차입자격비율 ¶ *Qualifying ratios* are ratios used by mortgage lenders to determine maximum mortgage amount for a particular home buyer. 차입자격비율은 주택론(mortgage)의 대여자가 청약인에 대하여 허용할 수 있는 한도액을 결정할 때에 사용하는 비율을 이른다. ~ ***share*** 자격주 ¶ The *qualifying share* is a share of common stock owned in order to qualify as a director of the issuing corporation. 자격주란 발행회사의 이사자격을 얻을 목적에서 소유하는 보통주(common stock)를 말한다. ~ ***stock option*** 적격스톡옵션 ¶ The *qualifying stock option* is a privilege granted to an employee of a corporation that permits the purchase, for a special price, of shares of its capital stock, under conditions sustained in the Internal Revenue Code. The law states (1) that the option plan must be approved by the stockholders, (2) that the option is not transferable, (3) that the exercise price must not be less than the market price of the shares at the time the option is issued, and (4) that the grantee may not own stock having more than 10% of the company's voting power unless the option price equals 110% of the market price and the option is not exercisable more than 5 years after the grant. No income tax is payable by the employee either at the time of the grant or at the time the option is exercised. If the market price falls below the option price, another option with a lower exercise price can be issued. There is a $100,000 per employee limit on the value of stock covered by options that are exercisable in any one calendar year. See also incentive stock option. 적격스톡옵션은 내국세입법(Internal Revenue Code)의 조건을 근거로 하여, 회사의 자본금(capital stock)의 주식을 특정가격으로 구입할 권리(옵션, option)를 회사의 종업원에 부여하는 것이다. 동법의 정함에 의하면, (1) 스톡옵션제도는 주주에 의하여 승인되어야 하며, (2) 옵션은 양도할 수 없고, (3) 옵션의 행사가격(exercise price)은 옵션발행 시의 주식의 시장가격(market price)보다도 낮아서는 안되며, (4) 옵션을 부여받은 자는 옵션의 행사가격이 시장가격의 110%이고, 또 옵션이 부여된 후 5년 이상 행사할 수 없는 경우를 제외하고, 10%를 초과하는 의결권주를 소유할 수는 없다. 옵션이 부여된 때에도 옵션을 행사한 때에도 소득세(income tax)는 과세되지 않는다. 시장가격이 행사가격을 하회하는 경우는, 행사가격이 보다 낮은 옵션을 새로이 발행할 수 있다. 1역년(曆年)의 동안에 행사할 수 있는 옵션의 기초주식의 총액은 종업원 1인당 100,000달러가 한도이다. incentive stock option[자사주저가격구입권(自社株低價格購入權)]도 참조할 것.

qualitative 성질의, 질적인 ¶ *qualitative* control 질적 통제 /*qualitative* credit control 질적 신용통제 ***qualitative analysis*** 정성(定性)분석 ¶ In general, the *qualitative analysis* is an analysis that evaluates important factors that cannot be precisely measured. 일반적으로, 정성(定性)분석이란 숫자로는 정확하게 측정할 수 없는 중요한 요인의 분석을 이른다. ¶ In securities and credit analysis, the *qualitative analysis* is an analysis that is concerned with such questions as the experience, character, and general caliber of management; employee morale;

and the status of labor relations rather than with the actual financial data about a company. See also quantitative analysis. 증권 및 신용분석에 있어서, 정성(定性)분석은 회사의 실제의 재무데이터가 아니라, 경영자의 경험, 종합적 수완, 종업원의 근로의욕, 노사관계와 같은 사항의 분석을 이른다. quantitative analysis(정량분석)도 참조할 것.

quality 품질 ¶ certificate of *quality* 품질증명서 /*quality* assurance 품질보증 /*quality* goods [products] 양질품(良質品), 고급품 /*quality* guarantee 품질보증 /*quality* of credit 신용도 ***quality control*** 품질관리 ¶ The *quality control* is a process of assuring that products are made to consistently high standards of quality. Inspection of goods at various points in their manufacture by either a person or a machine is usually an important part of the *quality control* process. 품질관리는 제품을 일관하여 높은 품질기준에서 확실하게 제조하는 절차를 말한다. 제조의 여러 가지의 단계에서 사람이나 기계가 제품을 검사하는 것은 품질관리절차상 중요하다. ~ ***cost*** 품질원가 ¶ *Quality cost* is cost resulting from imperfection in products, services, systems, or processes. 품질원가는 제품, 서비스, 시스템, 프로세스의 결함에서 생기는 코스트를 이른다. ~ ***of earnings*** 이익의 질, 수익의 내용 ¶ The *quality of earnings* is a phrase describing a corporation's earnings that are attributable to increased sales and cost controls, as distinguished from artificial profits created by inflated values in inventories or other assets. In a period of high inflation, the *quality of earnings* tends to suffer, since a large portion of a firm's profits is generated by the rising value of inventories. In a lower inflation period, a company that achieves higher sales and maintains lower costs produces a higher *quality of earnings* – a factor often appreciated by investors, who are frequently willing to pay more for a higher *quality of earings*. In the wake of the Enron debacle in 2001, *quality of earnings* became in issue of high priority and a variety of accounting reforms were under consideration. See also Financial Accounting Standards Board (FASB); operating profit (or loss). 이익의 질은 재고자산(inventory)이나 기타 자산(asset)의 가격상승으로 인한 표면적인 이익증가와는 구별되는 매상총액의 증가나 코스트의 관리에 돌아가게 할 회사이익을 말할 때의 관용구이다. 격심한 인플레이션의 시기에는, 회사이익의 대부분은 재고자산가격의 상승으로 인해서 산출되기 때문에, 이익의 질은 악화된다. 온화한 인플레이션의 시기에는, 높은 매상총액과 낮은 코스트를 유지하는 회사는 보다 질이 높은 이익을 산출한다. 투자자(investor)는 양호한 이익을 평가하므로, 질이 높은 이익을 올리는 회사의 주가는 상승한다. 2001년의 엔론(Enron)의 파탄을 받아, 이익의 질을 우선하여야 한다는 논의가 일어나서, 현재 각종 회계원칙의 개정이 검토되고 있다. Financial Accounting Standards Board (FASB)(재무회계기준심의회); operating profit (or loss)(영업손익)도 참조할 것. ~ ***spread*** 대(對)국채이율 스프레드 ¶ The *quality spread* is a difference between yields (spread) on Treasury securities and non-Treasury securities due to difference in quality or rating, all other characteristics being identical. 대(對)국채이율 스프레드는 국채 이외의 채권의 이율(yield)과 같은 조건의 국채의 이율과의 격차(spread)를 말한다. 이 이율(yield)의 격차는 채권의 질(quality)의 격차에서 생긴다.

quant 퀀트 ¶ The *quant* is a person with mathematical and computer skills who provides numerical and analytical support service in the securities industry. 퀀트는 수학과 컴퓨터의 전문지식을 가지고, 증권업계에서 수량적 및 분석적인 서포트(support)업무를 담당하는 사람이다.

quantise 퀀타이즈하다 ¶ To *quantise* is to denominate an asset or liability in a currency other than the one in which it usually trades. 퀀타이즈하다는 것은 자산(asset) 또는 부채(liability)를 통상 거래되고 있는 통화(currency) 이외의 통화 단위로 표시하는 것이다.

quantification 정량화, 수량화

quantitative 양적인 ¶ *quantitative* credit control 양적 신용통제 /*quantitative* economic policy 양적 경제정책 /*quantitative* export restraint 수출수량규제 /*quantitative* monetary policy 양적 화폐정책 /*quantitative* restriction of import 수입수량규제 ***quantitative analysis*** 정량(定量)분석 ¶ The *quantitative analysis* is an analysis dealing with measurable factors as distinguished from such qualitative consideration as the character of management or the state of employee morale. In credit and securities analysis, examples of quantitative considerations are the value of assets; the cost of capital; the historical and projected patterns of sales, costs, and profitability and a wide range of considerations in the areas of economics; the money market; and the securities markets. Although quantitative and qualitative factors are distinguishable, they must be combined to arrive at sound business and financial judgments. See also qualitative analysis. 정량분석이란 계량할 수 있는 요인을 분석하는 것인데, 경영자의 성격이라든가 종업원의 근무의욕을 조사하는 질적 분석과는 구별된다. 신용력이나 유가증권의 양적 분석을 하는 경우에는, 예를 들면 이하의 요인을 검토한다. 자산가치(asset value), 자본코스트(cost of capital), 매상총액 · 비용 · 수익성의 실적 및 계획, 광범위에 걸친 경제, 금융시장, 증권시장동향. 양적분석 요인과 질적분석 요인은 구별되지만, 비즈니스나 금융거래에서 건전한 판단을 하기 위해서는, 양적 분석과 질적 분석을 다 같이 할 필요가 있다. qualitative analysis(정성분석)도 참조할 것. ***quantitative easing*** 양적 완화 ¶ The *quantitative easing* is a form of money policy where government authorities purchase government securities from the open market, thereby increasing money supply. This policy tends to be enacted when further easing is required but interest rates are already near 0% and cannot be reduced further. 양적 완화는 정부당국이 공개시장에서 국채를 구입함으로써 통화공급을 늘리는 통화정책의 한 형태이다. 이 정책은 더 이상의 완화가 필요하지만 금리가 이미 0%에 가깝고 더 이상 감소할 수 없는 때에 시행되는 경향이 있다.

국채 삽니다.

quantity 양(量), 수량 ¶ *quantity* buying 대량구입(volume discount) /a *quantity* limit 수량제한 /*quantity* order 대량주문 /*quantity* production 다량생산 ***quantity discount*** 수량할인 ¶ *Quantity discount* is discount in dollars or percent, allowed on the basis that the buyer will purchase a given quantity of merchandise; called also volume discount. For example, the unit price of an item may be $10.00. If more than 10 are bought at a time, the unit price drops to $7.50 for a 25% discount. 수량할인은 매수인이 일정한 양의 상품을 구입한다는 기초 위에 허용되는 달러나 백분율로 하는 할인을 말한다. 이를 양적 할인(volume discount)이라고도 한다. 예를 들면, 어느 품목의 단위가격이 10달러라고 하자. 만약 한번에 10달

러 이상으로 구입한다면, 단위가격은 25% 할인에 7달러 50펜스로 하락한다. ***quantity theory of money*** 화폐수량설 → velocity (유통속도).

quanto [영] 콴토 ¶ The *quanto* is an option that converts gains from an underlying derivative into a target currency at a predetermined foreign exchange rate. The *quanto* allows an investor to participate in a foreign market/asset while protecting it from exchange rate risk. Also known as guaranteed exchange rate option; quantity adjusted option. 콴토는 이득을 사전에 결정한 외국환율로 기초파생상품에서 목표통화로 전환하는 옵션을 말한다. 콴토는 투자자를 환율리스크로부터 보호하면서 투자자가 외환시장/자산에 참여하는 것을 허용한다. 이는 guaranteed exchange rate option(보증환율옵션); quantity adjusted option(수량조정옵션)으로도 알려지고 있다. ***quanto option*** 콴토옵션 ¶ The *quanto option* is an option in one currency or interest rate that pays out in another. A *quanto option* can be used when an investor favors a foreign index, but is bearish on the outlook for that country's currency. 콴토옵션이란 다른 통화표시로 되어 있는 특정한 통화 또는 금리의 옵션을 이른다. 콴토옵션은 외국시장의 지수(index)를 좋아하지만, 그 국가의 통화 전망에 약세인 경우에 이용된다.

quantum 양(量), 액(額), (*pl.*) quanta

quarantine 검역 ¶ a *quarantine* certificate 검역증명서

quarter 4분의 1, 15분, 1년의 4분의 1, 1기(期) ¶ the first [second, third, fourth] *quarter* 제1[2, 3, 4] 4반기(四半期) /the last *quarter* 제4사반기 /*quarter* days 사계(四季)지급일 /*quarter* of the year 사반기(四半期) ***quarter stock*** 25달러주(株) ¶ The *quarter stock* is a stock with a par value of $25 per share. 25달러주(株)란 것은 액면가(par value)가 1주당 25달러의 주식을 말한다.

quarterage 사계(四季)지급, 사반기(四半期)지급

quarterly ⓐ 연 4회의, 사반기의 ¶ *quarterly* report 사반기보고서 /*quarterly* settlement days 사계(四季)지급일 ***quarterly income capital securities (QUICS)*** 4반기지급수익배당 캐피탈게인형 증권 → income preferred securities (수익배당형 우선증권). ~ ***income debt securities (QUIDS)*** 4반기지급수익배당형 채무증권 → income preferred securities (수익배당형 우선증권).
ⓝ 연 4회, 계절마다 ¶ In general, *quarterly* means every three months (one quarter of a year). 일반적으로 연 4회(quarterly)란 것은 3개월(1년의 4분의 1)을 의미한다. ¶ In securities, *quarterly* is a basis on which earnings reports to shareholders are made; also, usual time frame of dividend payment. 증권에서, 연 4회란 것은 주주에 대하여 이익보고(earnings report)가 이루어지는 기간을 가리킨다. 또 배당금지급의 기간이기도 하다.

quartile [도수(度數)분포에서] 사분위수(四分位數) (25%, 50%, 75%에 해당한다.) ¶ *Quartile* is statistical measurement. The first *quartile* of a list is the number that has three quarters of the numbers in the list below it; the fourth *quartile* is the number that has three quarters of the numbers above it; the second *quartile* is the same as the median. 사분위수(四分位數)는 통계상의 측정법이다. 리스트의 첫째 사분위수는 리스트 하위에 있는 숫자의 4분의 3의 숫자를 가지고 (25%), 리스트의 넷째 사분위수는 리스트 상위에 있는 숫자의 4분의 3의 숫자를 가지며(75%), 리스트의 둘째 사분위수는 중앙값의 동일한 숫자(50%)이다.

quasi- *pref.* 유사의, 준(準)··· ¶ *quasi*-corporation 준법인 /a *quasi*-incompetent 준금치산자 ***quasi-arbitrage*** [영] 준차익거래 ¶ The *quasi-arbitrage* is any arbitrage strategy that makes use of internal, rather tan external or borrowed, funds. See also pure arbitrage. 준차익거래는 외부펀드나 차입펀드보다도 오히려 내부펀드를 이용하는 차익거래전략을 말한다. pure arbitrage(순수차익거래)도 참조할 것. *~-money* 준화폐(準貨幣), 예금통화 → near money (준통화). *~-public corporation* 반관반민기업 ¶ The *quasi-public corporation* is a corporation that is operated privately and often has its stock traded publicly, but that also has some sort of public mandate and often has the government's backing behind its direct debt obligations. Some examples: COMSAT (Communications Satellite Corporation), which was sponsored by the U.S. Congress to foster the development of space; the Federal National Mortgage Association (Fannie Mae), which was founded to encourage growth in the secondary mortgage market; and the Student Loan Marketing Association (Sallie Mae), which was started to encourage the growth of a secondary market for student loans. 반관반민기업은 민간이 운영하는 주식회사이지만, 어떤 종류의 공적 역할을 부여되고 있는 회사를 이른다. 주식(stock)이 공개되고 있는 경우도 많지만, 또 직접차입 시에는 정부의 지원을 받는 일도 많다. 예를 들면, 우주개발을 촉진할 목적으로 미합중국의회의 후원을 얻어 설립된 콤사트(COMSAT: Communication Satellite Corporation), 모기지(주택론)의 유통시장의 성장을 촉진할 목적으로 설립된 패니매이(Fannie Mae: Federal National Mortgage Association), 학생론(student loans)의 유통시장의 성장을 촉진할 목적에서 발족한 샐리메이(Sallie Mae: Student Loan Marketing Association)가 있다.

Q

quay 부두, 안벽(岸壁) ¶ ex *quay* 부두인도조건 /free alongside *quay* 부두측 인도

quayage 부두세, 부두사용료

Qubes (QQQQ) 큐비즈 ¶ *Qubes (QQQQ)* are an exchange-traded fund (ETF), whose ticker symbol is QQQQ, that tracks the technology-heavy NASDAQ 100 index and trades on the NASDAQ stock market. Qubes are structured as unit investment trusts. 큐비즈는 상장지수펀드(exchange-traded fund)의 틱커심볼(ticker symbol)로서 나스닥(NASDAQ stock market)에서 매매되고 있는 테크놀로지 관련의 나스닥 100 인덱스를 대상으로 하고 있다. 큐비즈는 단위형 투자신탁(unit investment trust)의 형식을 취하고 있다.

query [n.] 질문 ¶ answer a *query* 질문에 답하다 /A lot of *queries* have come in about the new model. 신형차[신제품]에 관하여 많은 문의가 왔다.
[v.] 추궁하다

question 의문, 질의, 문제, 논점, 의제 ¶ *questions* and answers 질의응답 /Time will decide this *questions* one way or the other. 여하튼 이 문제는 시간이 해결할 것이다. /pose a *question* 문제를 제기하다

questionnaire 질문표, 앙케이트, 질문사항 ¶ a confidential *questionnaire* 타인에게 성명 등을 명확히 하지 않는 [비밀엄수의] 앙케이트 /a *questionnaire* about consumer satisfaction 소비자의 만족도에 관한 앙케이트

queue [n.] 열(列) ¶ A long *queue* formed in front of the shop. 점포 앞에 긴 행렬이 생겼다. /people standing in *queues* waiting for their turn 순번을 기다려서 열을 짓고 있는 사람들
[v.] 열을 만들다 ¶ *queuing* system [증권] 발행순번대기방식

quick 신속한 ¶ *quick* cash 즉시현금 /*quick* liabilities 단기부채 ***quick asset*** 당좌자산 ¶ The *quick asset* is a current asset that is easily convertible into cash with no loss of value. *Quick assets* are often calculated as current assets minus inventories. See also net quick assets. 당좌자산은 가치의 손실 없이 쉽게 현금으로 전환할 수 있는 유동자산(current asset)을 말한다. 당좌자산은 유동자산 마이너스 재고자산(inventories)으로 계산되기도 한다. net quick assets(순수당좌자금)도 참조할 것. ~ ***(assets) ratio*** 당좌비율 ¶ The *quick ratio* is a cash, marketable securities, and accounts receivable divided by current liabilities. By excluding inventory, this key liquidity ratio focuses on the firm's more liquid assets, and helps answer the question "If sales stopped, could this firm meet its current obligations with the readily convertible assets on hand?" Assuming there is nothing happening to slow or prevent collections, a *quick ratio* of 1 to 1 or better is usually satisfactory. Also called acid-test ratio; quick asset ratio. 당좌비율은 현금(cash)+시장성이 있는 유가증권(marketable security)+외상매출금(account receivable)의 합계액을 유동부채(current liabilities)로 나눈 비율을 말한다. 재고자산(inventory)을 계산식에서 제외함으로써, 이 주요한 유동비율은 기업의 보다 높은 유동자산에 초점을 맞추고, 「매상이 스톱하면, 바로 현금화할 수 있는 유동자산으로 유동채무를 지급할 수 있는가?」라는 질문에 대답하는 경우에, 도움이 된다. 대금회수의 지연이나 방해가 발생하지 않는다고 가정하면, 일반적으로 1대1 이상의 당좌비율로 충분하다고 말할 수 있다. acid-test ratio(산성시험비율); quick asset ratio (당좌자산비율)라고도 한다. ~ ***turn*** 단기매매 ¶ *Quick turn* is purchase and sale of a security only briefly held, as in a day trade. 단기매매는 데이트레이드(a day trade)와 같이, 단시간(단기간)에 증권을 매매하는 경우를 이른다.

QUICS 퀵스 → income preferred securities (수익배당형 우선증권). ¶ Trust Originated Preferred Securities (TOPrS), which make quarterly payments guaranteed by the parent company, although they are direct obligations of the trust; and Quarterly Income Capital Securities (*QUICS*), which are similar to QUIDS. Related, are Exchangeable Notes, which, after an initial period and at the company's option, can be exchanged or converted into the issuer's preferred stock. 신탁의 직접채무이긴 하지만, 매월지급을 모회사가 보증하게 하는 신탁근거우선주(Trust Originated Preferred Securities: TOPrS)와 4분기지급수익증권(Quarterly Income Capital Securities: QUICS)은 퀴즈(QUIDS)와 유사하다. 신규공모기간 후와 회사의 선택지(option)로 발행자의 우선주로 교환 또는 전환될 수 있는 교환가능연동채(exchangeable note)는 관련이 있다.

quid [영속] 1파운드 지폐 ¶ The *quid* is a British slang for one pound currency unit. 퀴드는 영국의 1파운드를 의미하는 속어이다. ***quid pro quo*** 대상물(代償物), 보수 ¶ In general, *quid pro quo* comes from the Latin, meaning "something for something." By mutual agreement, one party provides a good or service for which he or she gets another good or service in return. 일반적으로 quid pro quo란 「무엇에 대한 무엇」이라는 의미의 라틴어에서 온 말이다. 서로의 합의 하에, 재화·서비스를 상대에게 제공하고, 그 반대급부로 상대로부터 다른 재화·서비스를 얻는 것이다. ¶ In securities industry, *quid pro quo* is an arrangement by a firm using institutional research that it will execute all trades based on that research with the firm providing it, instead of directly paying for the research. This is known as paying in soft dollars. 증권업계에서, quid pro quo라는 것은 증권회사가 발행하는 조사레포트를 이용하고 있는 기관투자자가 조사레포트료를 직접 지급하는 대신에, 그 조사레포트에 근거하는 거래는 모두 그 증권회사가 행하는 것에 합의하는 것이다. 이것은 소프트달러(soft dollars)로 지급한다고 한다.

QUIDS 퀴즈 → income preferred securities (수익배당형 우선증권). ¶ Hybrids of hybrids now include Monthly Income Debt Securities (MIDS), which are subordinated debentures with 30-50-year maturities, issued directly by the parent company, which guarantees monthly payments; the quarterly version of MIDS, called *QUIDS*. 하이브리드의 하이브리드증권으로서는, Monthly Income Debt Securities(월간지급채무증권)이 있다. 이것은 만기(maturity)가 30년에서 50년의 최장기의 열후무담보채권(subordinated debenture)으로, 모회사가 직접 발행하고 매월의 지급을 보증하고 있다. 미즈(MIDS)의 월간버전을 퀴즈(QUIDS)(4분기수익배당형 채무증권, Quarterly Income Debt Securities)라고 한다.

quiet 조용[고요]한, 활발치 못한 ¶ a *quiet* market (거래가) 한산한 시장 ***quiet period*** 휴면기간 ¶ The *quiet period* is a period an issuer is "in registration" and subject to an SEC embargo on promotional publicity. It dates from the preunderwriting decision to 40 or 90 days after the effective date. 휴면기간은 발행회사가 SEC에 발행등록(registration)을 신청중인 기간을 말하며, 이 기간은 SEC의 규정에 의하여 발행회사에 관한 판촉광고를 하지 못한다. 발행증권의 인수를 결정하기 전의 단계에서 SEC등록발효일(effective date)후 40일에서 90일까지의 기간을 가리킨다.

Q

quietus 채무의 결제, 채무면제

QUIPS 큅스 → income preferred securities (수익배당형 우선증권). ¶ The first hybrid securities of income preferred securities to be issued were Monthly Income Preferred Securities (MIPS), which typically have a $25 par value, are NYSE-listed, and make cumulative monthly payments. Quarterly Income Preferred Securities (*QUIPS*) are similarly structured but pay dividends quarterly. 수익배당형 우선증권의 하이브리드증권으로서 최초로 발행된 것이 Monthly Income Preferred Securities (MIPS)으로, 액면가액(par value)이 25달러인 것이 많고, 뉴욕증권거래소(NYSE)에 상장되어 매월 지급이 행해지는 누적형 배당(cumulative monthly payment)으로 되고 있다. 4분기지급우선증권(큅스)(Quarterly Income Preferred Securities: QUIPS)은 4분기소득 우선증권(MIPS)과 같은 구조를 띠지만, 배당지급은 매 4분기로 되어 있는 증권을 말한다.

quitclaim [법] 권리포기, 권리양도 ***quitclaim deed*** 권리포기형 날인증서, 권리양도 ¶ A *quitclaim deed* is a deed which conveys only that right, title, or interest which the grantor has, or may have, and which does not require that the grantor thereby pass a good title. 권리포기형 날인증서는 양도인이 가지고 있거나 또는 가질 수 있는 권리, 권원 또는 권익만을 양도하는 날인증서로, 그 양도인이 정당한 권원을 양도하는 것을 필요치 않는 날인증서이다.

quorum 정족수 ¶ The *quorum* is a minimum number of people who must be present at a meeting in order to make certain decisions go into effect. A *quorum* may be required at a board of directors, committee, shareholders, legislative, or other meeting for any decisions to have legal standing. A *quorum* may be achieved by providing a proxy as well as appearance in person. 정족수란 회의의 결의사항이 효력을 가지기 위하여 최소한으로 필요한 출석수를 말한다. 정족수는 이사회(board of directors), 위원회, 주주총회, 의회의 회의에서 행해지는 결의사항이 법적 효력을 가지기 위하여 필요하게 된다. 본인의 출석뿐만 아니라, 위임장(proxy)의 제출이 정족수에 계산된다.

quota 할당액, 분담분 ¶ The *quota* is all allotment or maximum amount; in the context of trade it relates to the specific amount of a good or commodity that can be imported or exported. 쿼타는 모든 할당 내지 최고한도금액을 말한다. 무역

과 관련지워서 보면, 그것은 수입 또는 수출될 수 있는 특별한 양의 물품이나 상품과 관계된다. /*quota* cartel 할당카르텔 /*quota* restriction 수입할당제한 /the *quota* system 수입할당제도 ***quota share*** [영] 비례특약 ¶ In reinsurance, the *quota share* is a proportional agreement where an insurer and reinsurer agree to split premiums, risks, losses, and loss adjustment expenses as a fixed percentage of the policy limit rather than a specific monetary amount. See also surplus share. 재보험에 있어서, 비례특약은 보험자와 재보험자가 특수한 화폐액보다 오히려 고정비율의 급여한도액(policy limit)으로서 보험료(premium), 위험(risk), 손실(loss) 및 손실조정비용(loss adjustment expense)을 분할하기로 합의하는 비례배분계약(proportional agreement)이다. surplus share(잉여금분담)도 참조할 것.

quotation 시세, 견적가격, 호가(呼價), 경기 ¶ In business, the *quotation* is a price estimate on a commercial project or transaction. 비즈니스에 있어서, 견적가격은 사업 또는 상거래에 있어서의 가격견적을 이른다. ¶ In investment, the *quotation* is a highest bid and lowest offer (asked) price currently available on a security or a commodity. An investor who asks for a quotation ("quote") on XYZ might be told "60 to 60.50," meaning that the best bid price (the highest price may be any buyer wants to pay) is currently $60 a share and that the best offer (the lowest price any seller is willing to accept) is $60.50 at that time. Such quotes assume round lot transactions – for example, 100 shares for stocks. 투자에 있어서, 견적가격은 현시점에서 가장 높은 증권이나 상품의 매수호가(highest bid)와 가장 낮은 매도호가(lowest offer)를 말한다. XYZ사의 주식에 관하여 견적가격(quote)을 듣고서, 「60달러에서 60.50달러」("60 to 60.50")라는 답이 되돌아 온 때에는, 베스트의 매수호가(best bid price)(매수인이 지급하는 최고가)는 목하 1주당 60달러이고, 베스트의 매도호가(best offer)(매도인이 승낙하는 최고 싼 값)는 60.50달러인 것을 의미한다. 일반적으로 호가는 최저거래단위(round lot — 주식거래에서는 100주 —)를 전제로 하고 있다. /bid and asked *quotation* 매수호가와 매도호가 /exchange *quotation* 환율시세 /giving *quotation* 원화표시시세, 방화(邦貨)표시환율(giving rates) /the price of *quotation* system 자국통화표시제도 /*quotation* of price 기준가격 /*quotation* ticker 시세수신기 /receiving *quotation* 외화표시시세 /stock market quotation 주식시황 /the volume *quotation* system 외국통화표시제도 ***closing quotation*** 최종시세, 종가(終價), 마감률 ¶ A *closing quotation* is a price of the last transaction completed during a day's trading session on an organized securities exchange. 종가란 증권거래소(organized securities exchange)의 입회시간(trading session)의 최후에 행해진 거래의 가격을 이른다. ***open*** ~ 시가(始價) ¶ The *open quotation* is the initial price at which a security trades for the day. Also called opening quotation. 시가(始價)는 증권이 당일에 거래할 때에 최초의 가격을 말한다. 이를 opening quotation라고도 한다. ~ ***board*** 시세게시판 ¶ The *quotation board* is an electronically controlled board at a brokerage firm that displays current price quotations and other financial data such as dividends, price ranges of stocks, and current volume of trading. 시세게시판이란 전자적으로 관리된 증권회사의 게시판으로, 현재의 시세(current price)나 배당금(dividends), 주가의 변동폭, 현재의 거래수량의 데이터를 표시한다.

quote Ⓥ (가격을) 말하다, 견적하다 ¶ *quoted* company 상장회사 /*quoted* securities 상장증권 /*quoted* customers 대고객시세 /*quoted* value 시가(時價) /We *quote* … …의 호가가 됩니다 ***quoted price*** 최종거래가격 ¶ The *quoted price* is a price at which the last sale and purchase of a particular security or commodity took place. The terms quoted price and quotation are, in practice, both shortened to "quote," which therefore connotes either or both. 최종거래가격이란 직근(直近)에 집행된 증권이나 상품의 매매가격을 말한다. 실제로는, quoted price나 quotation도 어느 것이나 quote라고 단축되어 사용되는 경우가 많으므로, 어느 것을 의미하는지를 유의할 필요가 있다. ***~d spread*** [영] 호가 스프레드 ¶ The *quoted spread* is the difference between the bid and the offer before a transaction occurs; the *quoted spread* may be a firm quote or an indicative quote. 호가 스프레드는 거래가 생기기 전에 매수호가와 매도호가간의 차액을 말한다. 호가 스프레드는 확약호가(firm quote) 또는 암시적인 호가(indicative quote)일 수 있다.

[n.] 시세, 표시가격, 기세가격, (*pl.*) 호가(bid and asked prices) ***firm quote*** 확약호가 ¶ The words *firm quote* is a securities industry term referring to any round lot bid or offer price of a security stated by a market maker and not identified as a nominal (or subject) quote. Under Financial Industry Regulatory Authority (FINRA) rules and practices, quotes requiring further negotiation or review must be identified as nominal quotes. See also nominal quotation. 확약호가(firm quote)라는 말은 마켓메이커(market maker)가 제시하는 증권의 최저거래단위(round lot)의 매도나 매수의 호가로서, 명목호가(nominal quote)라고 명시되고 있지 않는 것을 가리키는 증권업계의 용어이다. 증권업규제기관(Financial Industry Regulatory Authority: FINRA)의 규칙과 관행에 따라, 교섭과 검토가 필요한 호가는 명목호가(nominal quote)라고 명시하여야 한다. nominal quotation(명목시세)을 참조할 것. ***~-driven market*** [영] 호가주도형 시장 ¶ The *quote-driven market* is a marketplace where dealers or market makers give prices to brokers or traders, who can then buy or sell. Prices are typically adjusted to reflect order flow and supply and demand forces. Institutional over-the-counter markets are often quote driven. 호가주도형 시장은 딜러 또는 마켓메이커가 브로커나 트레이더에게 가격을 내고, 그러면 브로커나 트레이더는 사거나 팔 수 있다. 가격은 일반적으로 주문흐름과 공급과 수요세력을 반영하도록 조정된다. 기관장외(場外)시장은 종종 호가주도형으로 행해진다. ***subject ~*** 교섭전제의 시세(subject to negotiation) → nominal quotation (명목시세).

quotient [수학] 몫, 상(商) ¶ differential *quotient* 미분 몫

qurshi 쿠르시 ¶ A monetary unit of Saudi Arabia, equal to one twentieth of a rial. 사우디아라비아의 화폐단위, 1 리얄(riyal) = 20 쿠르시(qurshi).

R

Rabbi trust 래비트러스트, 래비 신탁 ¶ The *Rabbi trust* is an irrevocable trust used to fund deferred compensation benefits for key employees in the absence of a qualified plan or trust. Name derives from an IRS letter ruling involving a Rabbi whose congregation had made contributions to such a trust for his benefit. As a grantor trust, income is taxed to the grantor or employer. The employer receives no deduction for payments of compensation to the trust, but receives a deduction when the trust pays the funds to the employee. The *Rabbi trust* protects the employee's benefits from many company hazards, but not from insolvency or bankruptcy. See also secular trust. 래비트러스트는 적격연금신탁(qualified plan or trust)의 적용이 없는 주요한 종업원을 위한 순연보수급여를 적립하는 데 이용되는 취소불능의 신탁을 말한다. 이 신탁의 명칭은 어느 종교단체가 그 단체에 소속하는 래비(유대교의 종교지도자)의 보수를 이 형식의 신탁에 출연한 것에 대한 미국세입청(IRS)의 통첩(letter ruling)에서 유래한다. 이 신탁은 그랜터트러스트(grantor trust)(위탁자과세신탁)로서, 소득에 대한 과세는 위탁자(grantor), 즉 고용주에 대하여 행해진다. 고용주가 종업원의 보수를 이 신탁에 출연할 때에는 소득공제(deduction)를 받지 않지만, 이 신탁에서 자금을 종업원에 급여할 때에 소득공제를 받을 수 있다. 래비 신탁은 고용주인 회사를 둘러싼 여러 가지의 리스크로부터 종업원을 보호하지만, 회사의 채무초과(insolvency) 또는 파산(bankruptcy)의 경우는 그렇지 아니하다. secular trust(세큘러트러스트)도 참조할 것.

racket 밀매, 공갈협박, 부정한 돈벌이 ¶ The *racket* is an activity designed for the purpose of achieving gains, often involving extortion or the sale of illegal substances or services. Racketeering is an organized conspiracy to accomplish such activities. 부정한 돈벌이는 이득을 얻고자 하는 행동이고, 이따금 금품강요행위(extortion) 또는 부정한 물질이나 서비스를 판매하는 것을 포함한다. 부정한 돈벌이 행위는 그러한 활동을 달성하기 위한 조직적인 공모(共謀)이다.

racketeer Ⓝ 공갈범 ***Racketeer Influenced and Corrupt Organization Act*** 부정부패방지법 → RICO (부정부패방지법). ¶ *RICO* is an acronym for *Racketeer Influenced and Corrupt Organization Act*, a federal law used to convict firms and individuals of insider trading. Many critics have charged that the law was excessively enforced, and several indictments were dismissed for lack of evidence. Rico는 Racketeer Influenced and Corrupt Organization Act(부정부패방지법)의 머리글자를 따온 약어로, 내부자거래(insider trading)에서 기업이나 개인을 유죄로 몰 때에 적용하는 연방법이다. 동법은 도가 지나치다는 비판도 많고, 사실 몇 건의 기소가 증거부족으로 기각된 적이 있었다.
Ⓥ (사람을) 공갈 협박하다

radar alert 기업매수경보 ¶ *Radar alert* is close monitoring of trading patterns in a company's stock by senior managers to uncover unusual buying activity that might signal a takeover attempt. See also shark watcher. 기업매수경보는 기업매수(takeover)의 기도를 보이는 이상한 주식(stock)매수의 움직임을 발견할 목

적에서 간부사원이 주식의 거래동향을 주의 깊게 감시하는 것이다. shark watcher (상어감시인)도 참조할 것.

radical 근본적인, 철저한, 급진적인 과격한 ¶ *radical* measure 철저한 수단

radioactive waste 방사성폐기물 ¶ It is not easy to settle the dispute surrounding the location of *radioactive waste* around. 방사성폐기물의 장소를 둘러싼 분쟁을 해결하는 것인 쉬운 일이 아니다.

radiogram 무선전보(radiotelegram) ¶ *Radiogram* is message sent by radio, often to and from ships while they are at sea. 무선전보는 라디오에 의해서 전송되는 메시지로, 가끔 해상에 있는 동안 선박에서 선박으로 전송되기도 한다.

rag 쓰레기, [미속] 지폐 ¶ *rag* money 지폐, 해진 지폐 /*rag* paper 지폐

raid 습격, 단속, [주식] 매물(賣物)을 시장에 쏟아내는 것

raider 기업사냥꾼, 적대적 매수자 ¶ The *raider* is an individual or corporate investor who intends to take control of a company by buying a controlling interest in its stock and installing new management. *Raiders* who accumulate 5% or more of the outstanding shares in the target company must report their purchase to the Securities and Exchange Commission, the exchange of listing, and the target itself. See also bear raid; Williams Act. 기업사냥꾼은 지배권(controlling interest)을 얻는 데에 필요한 주식을 매수하고 새로운 경영진(management)을 선임하여 회사의 경영권을 획득을 꾀하는 개인 또는 법인투자자이다. 매수대상회사(target company)의 발행주식(shares outstanding)의 5% 이상을 축적하는 기업사냥꾼은 미증권거래위원회(Securities and Exchange Commission), 상장거래소(exchange of listing), 매수대상회사 자체에 보고하여야 한다. bear raid(주식투매); Williams Act(윌리엄스법)도 참조할 것. ***corporate raider*** 기업사냥꾼 → raider (기업사냥꾼). ¶ A *corporate raider* is a person or firm that attempts a takeover of a company. 기업사냥꾼은 회사의 매수(買收)를 기도하는 사람이나 회사를 이른다.

기업사냥꾼을 알아보는데…

railroad [railway[영]] bill of lading [미] 철도화물상환증 ¶ The *railroad bill of lading* is a bill of lading that indicates goods have been received for shipment by rail. 철도화물상환증은 화물이 철도에 의한 선적으로 수취되었음을 나타내는 선하증권을 말한다.

rainmaker 레인메이커, 수완 있는 사원 ¶ The *rainmaker* is an individual who brings significant amounts of new business to a financial services organization. The *rainmaker* may bring in wealthy brokerage customers who generate a large dollar volume of commissions. Or he or she may be an investment banker who attracts corporate or municipal finance underwritings or merger and acquisition business. Because they are so important to the firm, *rainmakers* are usually given special perquisites and bonus compensation. 레인메이커는 금융기관에 대량의 신규비즈니스를 가지고 들어오는 사원을 말한다. 레인메이커는 다액의

거래수수료(commission)를 지급하는 부유층을 고객으로서 데리고 온다든가, 투자은행가(investment banker)로서 사채(corporate bond)나 지방채(municipal bond)의 인수업무(underwriting), 매수·합병업무(merger and acquisition)를 가져오는 경우도 있다. 이러한 업무는 금융기관으로 보아서는 대단히 중요한 것이므로, 레인메이커는 통상 급여 이외의 특별한 수당(perquisites)이나 보너스보수를 지급받는다.

raise [v.] 올리다, 조달하다, 모집하다 ¶ *raise* a bill 어음을 발행하다 /*raised* note 변조수표 /*raise* money 금전을 조달하다 ***raised check*** (액면을 올린) 변조수표 ¶ The *raised check* is a check with the written dollar amount fraudulently changed to a higher figure. To protect consumers and financial institutions the dollar amount is written twice: in numeric form after the word "pay to the order of," and in the maker's handwriting on the line below. When the two amounts differ, the paying bank usually accepts the written out amount – for example, "one thousand one hundred dollars" – as the check writer's intention. (액면을 올린) 변조수표는 부정하게 더 높은 숫자의 문자로 쓴 달러금액의 수표를 말한다. 소비자와 금융기관을 보호하기 위하여 달러금액은 2번 쓰게 되어 있다. "pay to the order of," 문구 다음에 숫자형식으로, 그리고 바로 아래에 발행인의 육필로 쓰는 것이다. 만약 2개의 금액이 다르면, 지급은행은 보통 육필로 쓴 금액, 예를 들면 수표의 발행인의 의도대로 "ONE THOUSAND ONE HUNDRED DOLLARS"라고 쓴 금액을 인용한다.

[n.] 가격상승 ¶ a *raise* in the rate of interest 이자율인상 /*raising* of [increase in] interest rate 금리인상

rake-off 부정이득, 리베이트, (이익의) 몫

rally [n.] (시황 등의) 반발, 만회, 회복, 매매의 응수에 의한 시세의 상승 ¶ *Rally* is marked rise in the price of a security, commodity future, or market after a period of decline or sideways movement. 시세의 반등(反騰)은 가격이 하락 또는 비스듬하게 움직이던 기간 후에 증권, 상품선물(commodity futures) 또는 시장의 가격이 두드러지게 상승하는 경우를 말한다.

[v.] 반발하다, 회복하다

R & D → **R**esearch and **D**evelopment [약] 연구개발 ¶ *Research and development* (*R&D*) is scientific and marketing evolution of a new product or service. Once such a product has been created in a laboratory or other research setting, marketing specialists attempt to define the market for the product. Then, steps are taken to manufacture the product to meet the needs of the market. *Research and development* spending is often listed as a separate item in a company's financial statements. In industries such as high-technology and pharmaceuticals, *R&D* spending is quite high, since products are outdated or attract competition quickly. Investors looking for companies in such fast-changing fields check on *R&D* spending as a percentage of sales because they consider this an important indicator of the company's prospects. See also research and development limited partnership. 연구개발은 신제품이나 서비스를 과학적으로 또는 마케팅으로 발전시키는 것을 말한다. 예를 들면, 신제품이 실험실 기타 연구실에서 창조되면, 마케팅전문가들이 그 신제품의 시장을 특정한다. 그리고 특정한 시장의 필요에 맞춘 제품의 제조를 개시해 간다. 연구개발비는 재무제표(financial statement) 상에서 독립항목으로서 기재되는 일이 많다. 첨단기술이나 의약품과 같은 산업에서는, 제품이 빨리 진부화(陳腐化)한다든지 다른 회사와의 경쟁을 초래하기 때문에, R&D경비는 매우 크게 된다. 급속하게 변화하는 사업분야에서 투자처를 찾고 있는

투자자(investor)는 R&D 경비의 매상총액에 대한 비율을 체크한다. 이 비율이 회사의 장래성을 예측하는 데에 중요한 지표라고 생각하고 있기 때문이다. research and development limited partnership(연구개발 리미티드 파트너십)도 참조할 것.

random 임의의, 일정치 않는 ***random variable*** [영] 확률변수 ¶ The *random variable* is an event or observation with an uncertain outcome; a random variable may be discrete (appearing at specified time intervals) or continuous (appearing at any time), and it may be limited to a defined value or carry any value. Samplings of *random variables* are often used in simulation processes that generate asset prices or distributions. 확률변수는 불확실한 결과의 사건이나 관측을 말한다. 확률변수는 (특유한 시간간극으로 나타나는) 개별적이거나 (언제든지 나타나는) 계속적일 수 있고, 그것은 일정한 가치에 제한된다든지 어떤 가치를 지닌다든지 할 수 있다. 확률변수의 샘플링은 자산가격이나 분포를 만들어내는 시뮬레이션 과정에서 사용되기도 한다. ~ ***walk*** 랜덤워크[난보(亂步)](시세의 불규칙적인 움직임) ¶ The *random walk* is a theory about the movement of stock and commodity futures prices hypothesizing that past prices are of no use in forecasting future price movements. According to the theory, stock prices reflect reactions to information coming to the market in random fashion, so they are no more predictable that the walking pattern of a drunken person. The *random walk* theory was first espoused in 1900 by the French mathematician Louis Bachelier and revived in the 1960s. It is hotly disputed by advocates of technical analysts, who say that charts of past price movements enable hem to predict future price movements. See also efficient market. 랜덤워크(시세의 불규칙적인 움직임)란 과거의 가격은 장래의 가격동향의 예측에 아무런 도움이 되지 않는다고 하는 가설에 근거를 두는 주식(stock)이나 상품선물(commodity futures contract)의 가격의 움직임에 관한 이론이다. 이 이론에 의하면, 주가는 시장에 랜덤(불규칙)에 들어가는 정보에 대한 반응을 표시하므로, 주가는 벌써 술 취한 사람의 갈지자걸음 이상으로 예측불능이라고 할 수 있다. 랜덤워크이론은 1900년에 프랑스의 수학자 루이 바셸리에(Louis Bachelier)가 최초로 지지하고, 그 후 1960년에 부활하였다. 이에 대하여서는, 테크니컬 분석(technical analysis)의 지지자들이 격렬하게 이론(異論)을 제기하였다. 테크니컬 분석 지지자들은 과거의 가격의 움직임을 나타내는 차트를 분석하면 장래의 가격동향을 예측할 수 있다고 주장한다. efficient market(효율적 시장)도 참조할 것.

range 가격 폭, 가격대(帶), 가격변동폭 ¶ The *range* is a high and low end of a security, commodity future, or market's price fluctuations over a period of time. Daily newspapers publish the 52-week high and low price *range* of stocks traded on the New York Stock Exchange, American Stock Exchange, and over-the-counter markets. Advocates of technical analysts attach great importance to trading *ranges* because they consider it of great significant if a security breaks out of its trading *range* by going higher or lower. See also breakout. 가격변동폭은 일정기간에 있어서의 증권, 상품선물(commodity futures contract), 또는 시장가격(market price)의 고가와 저가의 폭을 이른다. 일간지에는 뉴욕증권거래소(New York Stock Exchange: NYSE), 아메리칸증권거래소(American Stock Exchange: AMEX), 장외시장(over the counter)에 있어서 과거 52주간의 최고가와 최저가가 게재되고 있다. 테크니컬 분석(technical analysis)의 지지자들은 주가가 변동폭을 뚫고 상승 또는 하강하는 국면에는 커다란 의미가 있다고 생각하기 때문에, 가격(價格)변동폭을 특히 중요시한다. breakout(브레이크아웃)도 참조할 것. ***range floating rate note (FRN)*** [영] 가격폭 변동금리부 채권 ¶ The *range floating rate note* (*FRN*) is a structured note that provides the investor with an enhanced coupon if the floating rate reference the trades within a predefined range; for every day the reference falls outside the band the investor loses one day's interest. The security is effectively a standard *FRN* with a strip of embedded binary options. Also known as accrual note. day count note. range floater. See also capped floating rate note; inverse floating rate note; perpetual floating rate note; range knock-out floating rate note. 가격폭 변동금리부 채권은 변동금리가 사전에 정한 가격폭 내에서 거래의 기준이 되는 경우 투자자에게 높은 쿠폰을 제공하는 구조채(債)를 말한다. 왜냐하면 기준금리가 변동폭(bank) 외로 하락하는 일상용으로 투자자는 하루치의 금리를 상실하기 때문이다. 그런 증권은 효과적으로 약간 섞인 바이너리옵션(binary option)을 가지는 표준 가격폭 변동금리부 채권이 된다. 이는 accrual note(이자증식채권). day count note(일할채권). range floater(가격폭 변동채권)로도 알려져 있다. ~ ***knock-out floating rate note* (*FRN*)** [영] 가격폭담합경매 변동금리부 채권 ¶ The *range knock-out floating rate note* (*FRN*) is a structured note that provides the investor with larger coupons than a range floating rate note but ceases paying interest for an entire period (typically one quarter) if the reference trades outside the range for a single day. The security is effectively a standard FRN with a strip of embedded knock-out options. Also known as range knock-out floater. See also capped floating rate note; inverse floating rate note; perpetual floating rate note. 가격폭담합경매 변동금리부 채권은 투자자에게 변동금리부 채권보다 더 큰 쿠폰을 제공하지만, 기준채(reference)가 단 하루동안 가격폭 외에서 거래되는 경우 전기간(일반적으로 4개월간)동안 지급을 중지하는 구조채(債)를 말한다. 그런 증권은 효과적으로 약간 담합경매가 섞인 옵션을 가지는 표준가격폭담합경매 변동금리부 채권이 된다. 이는 range knock-out floater(가격폭담합경매 변동채권)로도 알려져 있다. capped floating rate note(상한변동금리부 채권); inverse floating rate note(역(逆)변동금리부 채권); perpetual floating rate note(영구변동금리부 채권)도 참조할 것.

rank 순위 ¶ the *rank* of a debt 채무의 순위 /hold first *rank* 제1위를 차지하다

rapid ⓐ 급격한, 급속한, 민속(敏速)한 ¶ *rapid* amortization 가속상각
ⓝ 급류, 여울 ***rapid in and out trading*** 단기간의 매매 → market timing (시장타이밍).

rare 드문, 진기한 ¶ *rare* metal 희소금속 /*rare* stock 품귀주

ratable 평가할 수 있는, 비례하는, 비율에 따른, 과세대상이 되는 ¶ *Ratable* means proportionate; capable of estimation; taxable. 레이터블(ratable)은 비례가 잡힌(proportionate), 평가할 수 있는(capable of estimation), 과세할 수 있다는(taxable) 뜻이다. /*ratable* distribution 비례배분

ratchet 깔쭉톱니바퀴, 제동기(制動機) ***ratchet option*** 제동(制動) 옵션 → cliquet option (끌리께 옵션).

rate 비율, 율, 시세, 레이트, 요금, 요율 ¶ the apparent *rate* 표면금리 /at the best prevailing *rate* 최우대비율로 /buying *rate* 매입시세 /bank base *rate* 은행기준시세 /buying *rate* 매입시세 /cross *rate* 크로스레이트, 크로스시세 /depreciation *rate* 감가상각률 /effective interest *rate* 실효금리 /exchange *rate* 환율 /floating-*rate* loan 변동금리론(loan) /foreign currency *rate* 외화표시시세 /forward *rate* 선물시세 /giving *rate* [quotation] 원화표시시세 /going *rate* 현행요율 /interest *rate* 금리 /a legal *rate* of interest 법정금리 /a long *rate* 장기환어음시세 /official *rate* 공정시세 /a pegged *rate* 고정된 시세, 낙착되고 있는 가격 /a preferential *rate* 우대요율 /the prime loan [loaning] *rate* 최우대대출금리 /a *rate* hike 금리상승 /*rate* in domestic currency 자국통화표시시세 /*rate* in foreign currency; *rate* in foreign money 외국통화표시시세, 외화표시시세(receiving quotation) /*rate* in home currency [money] 원화표시시세(giving quotation) /a *rate* of call 당좌대출이자 /*rate* of capacity utilization 조업도(操業度) /a *rate* of dependence on imports of goods 수입의존도 /*rate* of discount 할인요율 /the *rate* of dividend 배당률 /a *rate* of economic growth 경제성장률 /a *rate* of growth 성장률 /a *rate* of increase 신장률 /the *rate* of interest on deposits 예금이자율 /*rate* of operation 조업도(操業度) /*rate* of premium 보험료율 /a *rate* of return on investment 투자수익률 /a *rate* of yield 이율 /*rate* per annum [diem, month] 연리(年利)[일변(日邊), 월리(月利)] /*rate* raising 요율인상 /*rate*-sensitive 금리에 민감한 /*rate* setting 요율설정 /the real *rate* of interest 실질금리 /*rate* war 금리전쟁, 가격인하경쟁 /a sales profit *rate* 매상총액수익률 /a short *rate* 단기(일람출급을 포함하는) 환어음시세 /short-term and long-term *rate* 장단기금리 /variable-*rate* mortgage 변동금리 모기지융자 ***prime rate*** 프라임레이트, 최우대 대출금리 ¶The *prime rate* is a base rate that banks use in pricing commercial loans to their best and most creditworthy customers. The rate is determined by the Federal Reserve's decision to raise or lower prevailing interest rates for short-term borrowing. Though some banks charge their best customers more and some less than the official *prime rate*, the rate tends to become standard across the banking industry when a major bank moves its prime up or down. The rate is a key interest rate, since loans to less-creditworthy customers are often tied to the *prime rate*. For example, a Blue Chip company may borrow at a *prime rate* of 5%, but a less-well-established small business may borrow from the same bank at prime plus 2, or 7%. Many customers loans, such as home equity, automobile, mortgage, and credit card loans, are tied to the prime rate. Although the major bank *prime rate* is the definitive "best rate" reference point, many banks, particularly those in outlying regions, have a two-tier system, whereby smaller companies of top credit standing may borrow at an even lower rate. 최우대 대출금리는 은행이 가장 우수하고 신용이 있는 고객에 대한 융자에 적용하는 기준금리(base rate)를 말한다. 그 금리는 단기 실세금리의 인상이나 인하에 연동하기 위하여 미연방준비제도이사회(Federal Reserve Board)의 결정에 따른다. 우대고객에의 대출금리는 은행에 의하여 공식적인 최우대 대출금리보다 높다든지 낮다든지 하지만, 유력한 은행이 금리를 변경하면, 업계 전체에서 따라가는 경향이 있다. 신용력이 낮은 고객에의 대출금리는 최우대 대출금리에 연동하는 일이 많기 때문에, 최우대 대출금리는 기준금리로서 이용된다. 예를 들면, 우량기업(Blue Chip)이 5%의 최우대 대출금리로 차입하는 경우, 아직 기반을 확립하지 못한 소규모의 기업은 같은 은행에서 최우대 대출금리보다 2포인트 높은 7%에서 차입하게 된다. 주택담보융자(home equity loan), 자동차론(loan), 주택론(mortgage), 크레디트카드론 등, 개인의 론의 대부분은 최우대 대출금리에 연동한다. 유력한 은행의 최우대 대출금리가 문자 그대로 「최우대 금리」(best rate)임에 대하여, 도시 이외의 지역에 있는 은행의 대부분은 2단계 체제를 취하여, 신용력이 높은 소기업에는 다시 낮은 금리로 대출을 공여할 수 있다. ~ ***base*** 기본요금 ¶The *rate base* is a value established for utility by a regulatory body such as a Public Utility Commission on which the company is allowed to earn a particular rate of return. Generally the *rate base* includes the utility's operating costs but not the cost of constructing new facilities. Whether modernization costs should be included in the *rate base*, and thus passed on to customers, is a subject of continuing controversy. See also fair rate of return. 기본요금은 공익사업위원회(Public Utility Commission)와 같은 규

제단체에 의하여 설정되는 공익단체의 기본요금으로, 이 요금에 근거로 해서 특정한 이익률(rate of return)을 올리는 것이 인정된다. 일반적으로, 기본요금에는 공익단체의 사업코스트는 포함되고 있으나, 새로운 시설의 건설코스트는 포함되지 않는다. 시설의 근대화코스트를 기본요금에 포함하여 고객에게 전가할 것인가의 여부에 관하여는 언제나 논의의 대상이 되고 있다. fair rate of return(공정수익률)도 참조할 것. ~ ***cap*** 금리캡 → cap (상한금리). ~ ***covenant*** 요금조항 ¶ The *rate covenant* is a provision in municipal revenue bond agreements or resolutions covering the rates, or methods of establishing rates, to be charged users of the facility being financed. The *rate covenant* usually promises that rates will be adjusted when necessary to cover the cost of repairs and maintenance while continuing to provide for the payment of bond interest and principal. 요금조항이란 특정재원지방채(municipal revenue bond)의 채권계약서 또는 결의(resolution) 중에 있는 조항으로, 당해 채권에서 자금공급을 받는 시설의 공급자가 부담할 요금 또는 요금의 설정방법에 관하여 정하고 있다. 일반적으로, 채권의 원리금(interest and principal)을 계속적으로 지급할 뿐만 아니라, 수선비용이나 유지비용을 조달하는 데에 필요한 요금조정을 할 수 있다고 규정하고 있다. ~ ***lock*** [영] 레이트로크 ¶ The *rate lock* is a mechanism that guarantees a borrower an underlying interest rate on a loan for a period ranging from 30 to 90 days. The *rate lock* ensures the borrower faces a known financing cost, as long as the loan is concluded during the effective period. Also known as lock-in provision. See also drop lock; spread lock. 레이트로크는 차입자에게 30일에서 90일에 이르는 기간동안 론(loan)에 관한 기초금리를 보장하는 메카니즘을 말한다. 레이트로크는 론(loan)이 유효기간동안 종결되는 한, 차입자가 이른바 금융비용(financial cost)에 직면할 것임을 확실히 한다. 이는 lock-in provision(확정조항)으로도 알려져 있다. drop lock(드롭로크); spread lock(스프레드로크)도 참조할 것. ~ ***making*** 요금산정 ¶ In insurance, the *rate making* is the process of establishing premium rates so that they adequately cover expected losses and are reasonable and nondiscriminatory. When supplemented by relevant load factors, the insurer obtains the fair premium that it charges insureds. See also expense loading; premium loading; pure premium. 보험에 있어서, 요금산정은 보험요율이 적절히 예상손실을 커버하여 합리적이고 차별대우를 하지 않도록 보험요율을 확립하는 과정을 말한다. 적절한 부하율(負荷率)이 추가되는 경우, 보험업자는 피보험자에게 부과하는 상당한 보험료를 얻게 된다. expense loading(부가보험료), premium loading(부가보험료)도 참조할 것. ~ ***of (foreign) exchange*** 외화환산율, 외국환시세, 환율 → exchange rate (외국환시세); par value of currency (외환평가). ~ ***of inflation*** 인플레이션율 → consumer price index (소비자물가지수); inflation rate (물가상승률); producer price index (생산자물가지수). ~ ***of interest*** 이자율, 금리 ¶ *Rate of interest* is same as interest rate. 이자율은 금리(interest rate)와 같은 뜻이다. ~ ***of return*** 이율, 수익률 ¶ In fixed-income securities (bonds and preferred stock), the *rate of return* is a current yield, that is, the coupon or contractual dividend rate divided by the purchase price. See also yield to average life; yield to call; yield to maturity. 확정이자부 증권(채권 및 우선주)에 있어서, 수익률이란 직접이율(current yield), 즉 쿠폰(coupon) 또는 약정배당액(contractual dividend)을 구입가격으로 나눈 비율을 이른다. yield to average life(평균잔존기간이율); yield to call(조기상환이율); yield to maturity(만기수익률)도 참조할 것. ¶ In common stock, the *rate of return* is: (1) a dividend yield, which is the annual dividend divided by the purchase price. (2) a total return rate, which is the dividend and other distributions plus capital appreciation. 보통주에 있어서, 이율은 (1) 연간배당금을 구입가격으로 나눈 배당이

율(dividend yield)을 이른다. (2) 배당금 기타 수입에 캐피탈게인(capital gain)을 부가한 금액을 구입가격으로 나눈 총이율(total return)이다. ¶ In corporate finance, the *rate of return* is a return on equity or a return on invested capital. 기업재무에 있어서, 이율이란 주주자본 이익률(return on equity), 또는 투하자본 이익률(return on invested capital)을 이른다. ¶ In capital budgeting, the *rate of return* is an internal rate of return. 자본예산에 있어서, 이율이란 내부수익률(internal rate of return)을 말한다. **~-*sensitive assets*** [영] 시세에 민감한 자산 ¶ *Rate-sensitive assets* are assets of a financial institution that are exposed to changes in interest rates (e.g., fixed income investments, reverse repurchase agreements, loans). Measurement of *rate-sensive assets* is an essential component of gap management; by determining sensitivity to changes in interest rates, a financial institution can manage its exposure to directional risk, curve risk, and repricing risk. See also asset management; rate-sensitive liabilities. 시세에 민감한 자산은 금리(interest rate)[예컨대, 확정이자부 증권, 리버스레포, 론(loan)]의 변동에 노출된 금융기관의 자산을 말한다. 시세에 민감한 자산의 척도는 갭관리(gap management)의 필수적 구성이다. 금리의 변동의 민감성을 결정함으로써, 금융기관은 방향성 리스크, 커브 리스크 및 금리개정 리스크에 대한 노출을 관리할 수 있다. asset management(자산관리); rate-sensitive liabilities(시세에 민감한 부채)도 참조할 것. **~-*sensitive liabilities*** [영] 시세에 민감한 부채 ¶ *Rate-sensitive liabilities* are liabilities of a financial institutions that are exposed to changes in interest rates (e.g., deposit, repurchase agreements, bonds). Measurement of *rate-sensitive liabilities* is an essential component of gap management; by determining sensitivity to changes in interest rates, a financial institution can manage its exposure to directional risk, curve risk, and repricing risk. See also asset management, rate-sensitive assets. 시세에 민감한 부채는 금리변동에 노출되는 금융기관의 부채를 말한다(예컨대, 예금, 레포, 채권). 시세에 민감한 부채의 척도는 갭관리(gap management)의 필수적 구성이다. 금리변동에 민감성을 결정함으로써 금융기관은 방향성 리스크, 커브 리스크 및 금리개정 리스크에 대한 노출을 관리할 수 있다. asset management(자산관리); rate-sensitive assets(시세에 민감한 자산)도 참조할 것.

ratification 추인(追認), 승인, 비준 ¶ The *ratification* is the act of accepting and giving legal force to an obligation that previously was not enforceable. 추인은 이전에 강제이행되지 않은 채무에 대해 법적 효력을 승인하고 부여하는 행위이다.

rating 등급, 신용평가, 평점 ¶ In credit and investments, *rating* is evaluation of securities investment and credit risk by rating services such as Fitch Rating, Moody's Investment Service, Morningstar Rating System, Standard & Poor's Corporation, and Value Line Investment Survey. See also credit rating; Credit Rating Agency Reform Act of 2006; event risk; not rated. 신용 및 투자에 있어서, 신용평가는 피치레이팅(Fitch Rating), 무디스(Moody's Investors Service), 모닝스타 등급(Morning Star Rating Systems), 스탠더드앤드푸어스(Standard & Poor's Corporation), 밸류라인(Value Line Investment Survey)과 같은 신용평가회사에 의한 증권투자 및 신용 리스크의 평가를 이른다. credit rating(신용등급); Credit Rating Agency Reform Act of 2006(2006년의 신용등급기관개혁법); event risk(이벤트리스크); not rated(무신용등급)도 참조할 것. ¶ In insurance, *rating* is using statistics, morality tables, probability theory, experience, judgment, and mathematical analysis to establish the rates on which insurance premiums are based. There are three basic rating system: *class rate*, applying to a homogeneous grouping of clients; *schedule system*, relating positive and negative factors in the case of a particular insured (for example, a smoker or nonsmoker in the case of a life policy) to a base figure; and *experience rating*, reflecting the historical loss experience of the particular insured. Also called rate-making. 보험에 있어서, 신용평가란 통계, 사망표, 확률이론, 경험, 판단, 수학적 분석을 활용하여 보험료(insurance premium)의 기초가 되는 기초율을 결정하는 것이다. 기초율에는 다음과 같은 분류가 있다. 동일보험군위험요율(class rate): 동질의 고객그룹에 적용되는 요율이다. 보험요율제(schedule system): 특정한 피보험자(예컨대, 생명보험의 경우의 끽연자(喫煙者) 또는 비끽연자)에게 적용되는 요율로서, 기본요율에 플러스 또는 마이너스한다. 경험평가(experience rating): 특정한 피보험자의 과거의 손실실적을 반영시킨 요율. rate-making(요율 매기기)라고도 한다. /an AA *rating* AA의 신용등급 /*rating* of securities 증권의 신용평가 /a share with an average *rating* 평균적 신용도의 주식(株式) /a triple-A credit *rating* AAA의 신용등급 ***rating agencies*** 신용평가기관 ¶ *Rating agencies* are companies that grade securities so as to indicate the quality of the securities for investors. The two major rating services are Moody's Investor Services and Standard & Poor's Corporation. 신용평가기관이란 투자자들에게 증권의 신용도를 표시하기 위하여 증권을 평가하는 기관을 이른다. 2개의 주요신용평가기관은 무디스와 스탠더드앤드푸어스사(社)이다. ~ ***migration*** [영] 등급이동 ¶ The *rating migration* is the evolution of a company's credit rating over time, providing potential creditors and investors with a historical view on how the company's financial strength has fared over time, and how it might evolve in the future. The *rating migration* is typically shown as a percentage probability that a rating will remain unchanged, be downgraded, or be upgraded over particular time horizons that range from one to several years. Also known as migration, transition. 등급이동은 잠재적 채권자와 투자자에게 회사의 재무력(financial strength)이 기간이 경과하면서 어떻게 진척되었고, 그것은 앞으로 어떻게 진화할 것인지에 관한 경험적 견해를 제공하면서 기간이 경과함에 따라 회사의 신용등급이 진화하는 경우이다. 등급이동은 1년에서 수년에 이르는 특정한 거래기간(time horizon)에 걸쳐서 일반적으로 불변, 격하, 또는 상승한다는 백분율의 확률로 표시된다. 이는 migration(이동), transition(추이)으로도 알려

주요 채권평가기관(leading bond rating services)

주요한 채권등급취급 회사 사채/지방채	신용등급평가기관		
	피치	무디스	스탠더드앤드푸어스
최우량(gilt-edged) 우량 상위중급	AAA AA A	Aaa Aa A	AAA AA A
중급 대개 투기적 투기적, 저급	BBB BB B	Baa Ba B	BBB BB B
채권불이행의 우려 최고도로 투기적 최저급, 이자지급없음	CCC CC C	Caa Ca C	CCC CC C
채권불이행중 연체중 의심스러운 가치	DDD DD D	DDD DD D	DDD DD D

※ 피치와 스탠더드앤드푸어스는 등급의 미조정으로서 + 또는 - 를 사용한다.
무디스는 Aa1에서 Ca3까지의 범위의 등급의 미조정으로 1, 2, 및 3의 숫자를 사용한다.

져 있다. ~ ***trigger*** 신용평가트리거 ¶ The *rating trigger* is a provision in a loan or indenture agreement that precipitates a specified action in the event of a downgrade of the borrower's credit rating. 신용평가트리거는 차입자의 신용등급(credit rating)이 인하된 때에 특정한 행동을 취할 수 있다고 하는 융자(loan)나 채권(bond)의 신탁증서(indenture)에 기재되고 있는 규정을 말한다.

ratio 비율 ¶ the inventory-sale *ratio* 재고매상비율 /operating *ratio* 조업도(操業度) /*ratio* of capital to fixed assets 고정장기적합률 /a *ratio* of checks and bills to total deposit 수표·어음보유율 /a *ratio* of current assets to current liabilities (금융기관의) 유통비율 /a *ratio* of current income to current expense 경상수지율 /a *ratio* of doubtful loans to total loans 요주의대출금비율 /*ratio* of earnings to dividends 배당성향 /the *ratio* of financial cost to net sales 매상총액금융비용률 /a *ratio* of general expenses to deposits 예금대일반경비율 /a *ratio* of interest and expenses on deposits to deposits 예금코스트 /a *ratio* of interest expenses to interest-bearing liabilities 지급이자비율 /a *ratio* of liabilities to net worth 부채비율 /a *ratio* of (bank's) loans to deposits; a deposit-loan *ratio* 예대율(預貸率) /a *ratio* of net income to common stock 자본금이익률 /a *ratio* of net worth (to deposits of bank) (은행의) 자기자본비율 /*ratio* of net worth to total capital 자기자본비율 /a *ratio* of operation 조업도(操業度) /a *ratio* of owned capital to borrowed capital 자본부채비율 /a *ratio* of profit to capital 자본이익률 /a *ratio* of profits to net worth 자기자본이익률 /a *ratio* of reserve requirements 준비율 /the *ratio* of stocks to sales 재고율 /the reserve *ratio* 준비율 ***price/earnings ratio***; ***P/E ratio*** 주가수익률 ¶ The *price/earnings ratio* (*P/E*) is a price of a stock divided by its basic earnings per share. The *P/E ratio* may either use the reported earnings from the latest year (called a trailing P/E) or employ an analyst's forecast of next year's earnings (called a forward P/E). The trailing P/E is listed along with a stock's price and trading activity in the daily newspapers. For instance, a stock selling for $20 a share that earned $1 last year has a trailing P/E of 20. If the same stock has projected earnings of $2 next year, it will have a forward P/E of 10. 주가수익률이란 주가를 1주당 이익에서 나눈 것이다. 직근의 연도의 공표이익을 사용하는 전기(前期)기준 P/E(이를 trailing P/E이라 한다.)와 애널리스트가 예상하는 익년도의 이익을 사용하는 선도 P/E(이를 forward P/E라고 한다.)가 있다. 만기기준 P/E는 주가나 매매상황과 더불어 신문에 매일 게재된다. 예컨대 주가가 20달러로 전기의 이익이 1주당 1달러라면, 전기기준 P/E는 20배가 된다. 이 주식의 내년도의 예상이익이 2달러라면, 선도 P/E는 10배가 된다. ~ ***analysis*** (재무제표의) 비율분석 ¶ The *ratio analysis* is a method of analysis, used in making credit and investment judgments, which utilizes the relationship of figures found in financial statements to determine values and evaluate risks and compare such ratios to those of prior periods and other companies to reveal trends and identify eccentricities. Ratio analysis is only one tool among many used by analysts. (재무제표의) 비율분석은 신용심사나 투자판단에서 이용되는 분석수법을 말한다. 재무제표(financial statement)의 여러 가지의 계정과목간의 비율을 이용하여 회사가치를 산출한다든지 리스크(risk)를 평가한다든지 한다. 또 전년도의 비율과 비교하는 것에서 동향을 알 수가 있으며, 다른 회사의 비율과 비교하는 것에서 업계에서의 지위를 확인할 수도 있다. 재무제표의 비율 분석은 애널리스트가 이용하는 많은 수법 중의 하나에 불과하다. ~ ***swap*** [영] 레이쇼스왑 → power swap (파워스왑). ~ ***vertical spread*** [영] 레이쇼버티컬 스프레드 ¶ The *ratio vertical spread* is an option spread that is designed to generate profits from volatility. *Ratio vertical spreads* are created through the purchase of a smaller quantity of closer-to-the-money put options or call options and the sale of a larger quantity of farther-from-the-money puts or calls. See also backspread. 레이쇼버티컬 스프레드는 가격변동성(volatility)으로부터 이익을 유발하려고 하는 옵션스프레드이다. 레이쇼버티컬 스프레드는 소량의 자금과 가까운 풋옵션 또는 콜옵션의 매입(purchase)과 대량의 자금으로부터 멀어진 풋 또는 콜의 매도(sale)를 통해서 만들어진다. backspread(백스프레드)도 참조할 것. ~ ***writer*** 레이쇼라이터 ¶ The *ratio writer* is a options writer who sells more call contracts than he has underlying shares. For example, an investor who writes (sells) ten calls, five of them covered by 500 owned shares and the other five of them uncovered (or "naked"), has a 2 for 1 ratio write. 레이쇼라이터는 보유하는 기초주식(underlying shares)이상으로 콜(call)계약을 매도하는 옵션(option)의 매도인(라이터, writer)을 이른다. 예를 들면, 500주의 보유주식으로 커버되는 5매의 콜옵션과 보유주식으로 커버되고 있지 않은(네이키드포지션, naked position) 5매로 구성되는 10매의 콜을 매도하는 투자자는 2 : 1의 레이쇼라이트(ratio write)를 가지게 된다.

ration ⓝ 일정 배분량, 정량(定量) ¶ the minimum subsistence *ration* 최저생활을 유지하기 위한 식량배급
ⓥ 할당하다, 배정(配定)하다 ¶ Our energies must be *rationed* efficiently. 우리들의 에너지는 효율적으로 분배되어야 한다.

rationale (L) 근본적 이유, 논리적 기초 ¶ However, the *rationale* for such initiatives is not, of course, solely economic. 그렇지만, 그런 창안에 대한 이론적 설명이 물론 단지 경제적이지만은 아니하다.

rationalization 합리화 ¶ No *rationalization* could be generated [given] for spending such large amounts of money. 이만큼의 큰돈을 사용한 것을 아무리 합리화하려고 해도 무리다.

raw 원료의, 미처리의 ***raw land*** 미개간의 토지 ¶ The *raw land* is a property in its natural state, prior to grading, construction, and subdividing. The property has no sewers. electricity, streets, buildings, water service, telephone service, or other amenities. Investors in raw land hope that the land's value will rise in the future if it is developed. While they wait, however, they must pay property taxes on the land's value. 미개간의 토지는 정지(整地), 조성, 구획전의 자연상태의 토지이다. 그런 토지에는 하수, 전기, 가로(街路), 건물, 수도, 전화시설과 같은 생활시설이 설치되지 않고 있다. 미개간의 토지의 투자자는 장래 그것이 개발된 때에 지가가 상승할 것을 기대하고 있다. 그러나, 투자자들은 그 동안에 지가를 기초로 하는 고정자산세(property tax)를 납부하여야 한다. ~ ***material*** 원재료, 원료 ¶ *Raw material* is unfinished goods used in the manufacture of a product. For example, a steelmaker uses iron ore and other metals in producing steel. A publishing company uses paper and ink to create books, newspapers, and magazines. *Raw materials* are carried on a company's balance sheet as inventory in the current assets section. 원재료는 제품의 제조에 사용되는 미완성의 재화이다. 예컨대, 제철업자는 철강판을 제조하기 위하여 철광석 기타의 금속을 사용한다. 출판회사는 책이나 신문, 잡지를 제작하는 데에 종이와 잉크를 사용한다. 회사의 대차대조표(balance sheet)상의 유동자산(current assets)계좌과목으로 재고자산(inventory)으로서 계상된다. ~ ***material inventory*** [영] 원재료재고자산 ¶ The *raw material inventory* is a class of inventory held by a company that includes all materials and resources used in the production of goods intended for sale. See also finished goods inventory; work-in-process inventory. 원재료재고자산은 판매를 목적으로 하는 제품의 생산에 사용되는 모든 재료와 자원을 포함하는 회사가 보유하는 재고자산의 일종이다. finished goods inventory(완성품재고자산); work-in-process inventory(제작중의 재고자산)도 참조할 것.

RCS → **R**ich **C**ommunication **S**uite [약] 통합커뮤니케이션서비스 ¶ *RCS* is an acronym for the *Rich Communication Suite* meaning that it is a service of the next integrating telecommunication which exceeds the basic functions that the telephone can be made in a voice or written messages. This service provides the functions – reach messaging – by which while telephoning, moving images and pictures are simultaneously transmitted to the other party, or persons are selected among an address book to chat with other party directly as if one to one. RCS는 Rich Communication Suite(통합커뮤니케이션서비스)의 두자어(頭字語)로서, 음성으로 통화하거나 문자메시지를 주고받는 기본기능을 능가하는 차세대 통합커뮤니케이션 서비스이다. 이 서비스는 전화통화를 하면서 동시에 동영상·사진을 상대방에게 보내거나 주소록에서 인물을 선택해 곧바로 1대1 채팅을 하는 기능(리치 메시징)을 제공한다.

R/D → **r**efer to **d**rawer [약] (부도문언) 발행인조회

reacquired stock 자사주(treasury stock)

react 반응을 보이다, 반락(反落)하다 ¶ Iron and water *react* together to produce rust. 철과 물은 서로 반응하여 녹을 생기게 한다.

reaction 반락(反落), 급락 ¶ *Reaction* is drop in securities prices after sustained period of advancing prices, perhaps as the result of profit taking or adverse developments. See also correction. 시세의 반등은 증권가격(security price)이 일정한 기간 지속적으로 상승한 후에 어쩌면 이식(利殖)(profit taking) 또는 악재가 되어 하락하는 경우이다.

reading the tape 테이프를 읽기 ¶ *Reading the tape* is to observe security prices and volume information as it appears on the consolidated tape. Some traders read the tape in an attempt to spot irregular trades or price movements that signal buying or selling opportunities. 테이프를 읽기는 콘솔리데이디트 테이프에 나타나는 증권가격과 수량정보를 관찰하는 것이다. 일부 트레이더는 매수 또는 매도의 기회를 신호로 알리는 비정규적인 거래 또는 가격동향을 찾아낼 작정으로 이 테이프를 읽는다.

readjustment 재정리, 재건(再建)

ready 준비할 수 있는, 즉좌(卽座)의 ¶ *ready* cash 즉금(卽金)지급(net cash) /*ready* money 현금, 즉금 /*ready* money payment 현금지급 /*ready* reckoners 이자조견표(早見表)

reaffirm 재확인하다, 재단언하다 ¶ Parliament overwhelmingly *reaffirmed* its commitment to law and order. 의회는 법과 질서를 지킬 것을 압도적인 다수로 재확인하였다.

Reaganomics 레이거노믹스 ¶ *Reaganomics* is an economic program followed by the administration of President Ronald Reagan beginning in 1980. Reagonomics stressed lower taxes, higher defense spending, and curtailed spending for social services. After a reduction of growth in the money supply by the Federal Reserve Board combined with Reaganomics to produce a severe recession in 1981-82, the Reagan years were characterized by huge budget deficits, low interest and inflation rates, and continuous economic growth. 레이거노믹스는 1980년부터 시작하는 대통령 로널드 레이건 행정부가 시행한 경제프로그램이다. 레이거노믹스는 낮은 과세, 높은 국방비지출, 그리고 사회서비스의 감소된 지출을 강조하였다. 1981년에서 1982년까지 가혹한 경기후퇴(recession)를 만들어낸 레이거노믹스와 결합한 미연방준비제도이사회(Federal Reserve Board)에 의하여 머니서플라이(money supply) 속에서 성장률의 감소 후에, 레이건 시대는 엄청난 적자예산, 낮은 금리 및 인플레이션율과 계속적인 경제성장으로 특징짓게 되었다.

레이거노믹스를 시행한 대통령

real 실제의, 사실의, 부동산의 ¶in *real* terms 실질적으로 (*cf.*) in money terms 명목적으로 /*real* [permanent] account 실제계정(자산, 부채, 자본계정을 가리킨다) (*cf.*) nominal accounts /*real* assets 부동산 /*real* capital 실물자본, 실질자본 /*real* cost 실질비용 /*real* deposits (except checks, bills and government deposits) 실세예금 /*real* distress 부동산압류 /*real* gain (인플레이션의 영향을 제외한) 실질이득 /*real* GNP growth 실질경제성장률 /*real* growth rate 실질성장률 /*real* income 실질소득 /*real* money 정금(正金), 실질화폐 /*real* national income 실질국민소득 /the *real* phase of the economy 실질경기국면 /*real* property 물적재산, 부동산 /*real* rate 실효금리 /*real rate* of exchange 환의 실제레이트 /*real* rate of interest 실질이자율 /*real* securities 부동산담보, 물상담보 /*real* servitude 지역권 /*real* value (증권의) 실질가격 /*real* wage 실질임금 /*real* worth 실질자산 ***real gain or loss*** 실질손익 ¶*Real gain or loss* is gain or loss adjusted for inflation. See also inflation accounting. 실질손익이란 인플레이션을 감안하여 조정된 이익 또는 손실을 말한다. 또 inflation accounting(인플레이션회계)을 참조할 것. ~ ***income*** 실질소득 ¶*Real income* is income of an individual, group, or country adjusted for change in purchasing power caused by inflation. A price index is used to determine the difference between the purchasing power of dollar in a base year and the purchasing power now. The resulting percentage factor, applied to total income, yields the value of that income in constant dollars, termed real income. For instance, if the cost of a market basket increases from $100 to $120 in ten years, reflecting a 20% decline in purchasing power, salaries must rise by 20% if real income is to be maintained. 실질소득은 인플레이션(inflation)으로 인한 구매력(purchasing power)의 변동조정 후의 개인, 그룹, 또는 국가의 소득을 이른다. 기준년(base year)의 1달러의 구매력과 현재의 구매력의 격차를 보는 경우에 물가지수(price indexes)가 사용된다. 물가지수의 변화율을 총소득에 적용하여 실질소득이라고 하는 인플레이션조정 후의 소득가치를 산출한다. 예를 들면, 마켓바스켓(market basket)이 10년간에 100달러에서 120달러로 상승한 결과, 구매력이 20% 저하하였다고 하면, 실질소득수준을 유지하기 위하여서는 급여는 20% 증가할 필요가 있다. ~ ***interest rate*** 실질금리 ¶The *real interest rate* is a current interest rate minus inflation rate. The *real interest rate* may be calculated by comparing interest rates with present, or, more frequently, with predicted inflation rates. The *real interest rate* gives investors in bonds and other fixed-rate instruments a way to see whether their interest will allow them to keep up with or beat the erosion in dollar values caused by inflation. With a bond yielding 10% and inflation of 3%, for instance, the *real interest rate* of 7% would bring a return high enough to beat inflation. If inflation were at 15%, however, the investor would fall behind as prices rise. 실질금리는 현재의 금리에서 인플레이션율(rate of inflation)을 뺀 것이다. 실질금리는 현재의 금리를 현상의 인플레이션율(많은 경우 예측 인플레이션율을 사용한다.)과 비교함으로써 산출된다. 채권(bond)과 같은 확정 이자부 상품에 투자하는 경우에는, 그 금리가 인플레이션으로 인한 달러 가치의 하락에 견디는지, 혹은 그것을 상회할 것인지를 판단하는 것에 실질금리를 이용한다. 예를 들면, 채권이율(yield)이 10%로 인플레이션율이 3%라면 7%의 실질금리는 인플레이션이상의 리턴을 가져온다. 그러나 인플레이션율이 15%이면, 투자자는 인플레이션으로 인한 가격상승에 뒤따라 붙게 될 것이다. ~ ***investment*** 실물투자 ¶ The *real investment* is an investment in tangible assets rather than in paper assets such as securities and so on. 실물투자는 증권 등과 같은 서면자산(paper assets)보다 유형자산(tangible asset)에 투자하는 것이다. ~ ***money account*** 실질화폐계좌 → real money investor (실물화폐투자자). ~ ***money investor*** 실물화폐투자자 ¶ The *real money investor* is an institutional investor, such as a pension fund or insurance fund, that tends to have a stable, medium/long-term investment outlook, is unlikely to use significant leverage and is unlikely to quickly enter and exit specific assets or markets. Hedge funds, though classed as institutional investors, are not considered to be real money investors. Also known as real money account. 실물화폐투자자는 안정적이고, 중·장기 투자전망을 띠는 경향이 있는 중요한 레버리지를 이용할 것 같이 않고, 재빠르게 특정자산 또는 시장에 등록하고 빠질 것 같지 않을 연금기금(pension fund) 또는 보험기금(insurance fund)과 같은 기관투자자이다. 헤지펀드는 기관투자자로 분류되고 있지만, 실질화폐투자자로 생각되지는 않는다. 이는 real money account(실질화폐계좌)로도 알려져 있다. ~ ***option*** [영] 실질옵션 ¶ The *real option* is the right, but not obligation, a company has to enter into a new capital investment or to exit an existing capital investment. The general concept is based on the framework developed for financial options, though real option decisions tend to be much more complex and opaque. The associated real option valuation process is used as an alternative or supplement to more traditional capital budgeting and discounted cash flow exercises. In general, real options cannot be traded between parties, though some real options can be sold to other parties. 실질옵션이란 회사가 새로운 자본투자에 들어가거나 또는 기존의 자본투자에서 빠져야 하는지는 권리이지 의무는 아니다. 일반적 개념은 실질옵션의 결정이 많이 복잡하고 불투명하더라고, 금융옵션을 위해 발전된 구조를 기반으로 하고 있다. 이와 연관된 실질옵션 평가과정은 더 전통적인 설비투자계획(capital budgeting)과 할인된 캐시플로의 행사의 대체(alternative) 또는 추가(supplement)로서 이용된다. 일반적으로, 실질옵션은 일부 실질옵션이 다른 당사자에게 매도될 수 있더라도, 당사자간에서는 거래될 수 없다. ~ ***option analysis*** [영] 실질옵션분석 → real option valuation (실질옵션평가). ~ ***option valuation*** [영] 실질옵션평가 ¶ The *real option valuation* is a framework used to evaluate real options that attempts to factor in the multiplicity of decisions that exist in a typical investment project (e.g., initial investment, expansion, abandonment, deferral of funding, and so forth). In order to take account of these multiple decisions, their associated uncertainties and an array of exercise possibilities, the *real option valuation* framework employs risk-adjusted probabilities and lattice models to generate a quantitative result. Also known as real option analysis. 실질옵션평가는 일반적인 투자계획(예컨대,

최초의 투자, 팽창, 포기, 자금조달의 지급유예 등)에 존재하는 결정의 다양성 속에 집어넣으려는 실질옵션을 평가하기 위하여 사용되는 구조이다. 이러한 다양한 결단, 그와 연관된 불확실성과 행사가능성을 배열을 고려하기 위하여, 실질옵션평가의 구조는 양적 결과(quantitative result)를 발생시키는 데에 리스크 조정의 개연성과 격자(格子)모형(lattice model)을 이용한다. 이를 또한 실질옵션분석(real option analysis)이라고도 한다. ~ ***property*** 부동산 ¶ *Real property* is land and all property attached to the land, such as houses, trees, fences, and all improvements. 부동산은 토지와 가옥, 수목, 펜스 기타 토지에 부착한 모든 건조물을 말한다. ~ ***rate of return*** 실질이익률 ¶ *Real rate of return* is return on an investment adjusted for inflation. 실질이익률이란 인플레이션(inflation) 조정 투자이익률(return)을 말한다. ~ ***time*** 리얼타임 ¶ *Real time* is: (1) said of historical data based on actual experience rather than back-testing. (2) quotation based on latest bid/offer information as opposed to a delayed quote, which reports 15 or 20 minutes after a trade. 리얼타임이란 (1) 실제의 숫자에 기초하는 과거의 데이터로, 가상으로 행하는 백테스팅(back testing)과는 다르다. (2) 직근의 매수호가(bid) 혹은 매도호가(offer)를 기초로 한 시세가(quotation)로, 거래 후 15분에서 20분에 발표되는 거래 후의 주가(delayed quote)와는 구별된다. ~ ***yield*** [영] 실질이윤, 실질금리 ¶ *Real yield* is the yield on a security that has been calibrated to take account of inflation. *Real yield* is lower than the computed or nominal yield in an inflationary environment. 실질이윤은 인플레이션을 고려하여 조정된 증권상의 이윤을 말한다. 실질이윤은 인플레이션의 환경 속에서는 어림잡은 이윤 또는 명목상의 이윤보다 낮다.

real estate 부동산, 토지 ¶ *Real estate* is piece of land and all physical property related to it, including houses, fences, landscaping, and all rights to the air above earth below the property. Assets not directly associated with the land are considered personal property. 부동산은 가옥, 펜스, 조경공사, 부동산 위의 공중권과 지하권을 포함하여, 토지와 그 위에 부착하는 모든 물적 재산을 말한다. 토지와 직접 부착하고 있지 않는 자산은 동산(personal property)으로 본다. /*real estate* investment 부동산투자 /*real estate* loan 부동산융자 /*real* estate mortgage 부동산모기지 /*real estate* mortgage loan 부동산모기지융자 /*real estate* security 부동산담보 /*real estate* tax 고정자산세 ***real estate agent*** 부동산업자 ¶ The *real estate agent* is a licensed salesperson working for a licensed broker. The agent may hold an individual real estate broker's license. 부동산업자는 부동산면허를 받은 부동산중개업자(real estate broker)로 일하는 부동산면허자격을 가지는 영업사원이다. 부동산업자는 개인이라도 중개업면허를 취득할 수 있다. ~ ***appraisal*** 부동산감정 ¶ The *real estate appraisal* is an estimate of the value of property, usually required when a property is sold, financed, condemned, taxed, insured, or partitioned. An appraisal is not determination of value. Three approaches are used. To produce an accurate resale price for a residence, appraisers compare the price of the property to the prices of similar nearby properties that have sold recently. For new construction and service properties such as churches and post offices, appraisers look at the reproduction or replacement cost of the improvements, less depreciation, plus the value of the land. For investment properties such as apartment buildings and shopping centers, an estimated value is based on the capitalization of net operating income from a property at an acceptable market rate. 부동산감정은 부동산가치를 평가하는 것인데, 부동산의 매각, 부동산담보차입, 부동산의 수용(收用), 고정자산세의 설정, 부동산보험, 토지

분할의 경우에서 부동산의 감정이 필요하게 된다. 다만, 부동산감정은 부동산가격을 결정하는 것이 아니다. 부동산감정에는 3가지의 접근방법이 이용된다. 주택의 전매가격을 감정할 때에 이용되는 방법으로, 유사한 근린의 부동산의 직근 거래가격과의 비교하여 산정한다. 신축건물이나 교회나 우체국과 같은 서비스시설의 경우에는, 건축물이나 부대설비의 재취득비용에서 감가상각비(depreciation)를 공제하고, 그것에 토지의 가치를 플러스하여 산정한다. 아파트나 쇼핑센터와 같은 투자부동산의 경우에는, 부동산에서 영업순이익(net operating income)을 적절한 시장금리(market rate)를 사용하여 수익을 환원한다(capitalization). ~ ***broker*** 부동산중개업자 ¶ The *real estate broker* is a person who arranges the purchase or sale of property for a buyer or seller in return for a commission. Brokers may help arrange financing of the purchase through contacts with banks, savings and loans, and mortgage bankers. Brokers must be licensed by the state to buy or sell real estate. 부동산중개업자는 수수료(commission)를 받고 매도인과 매수인을 위하여 부동산매매를 중개하는 업자이다. 부동산중개업자는 은행, 저축대출조합(savings and loan association), 모기지 뱅커(mortgage banker)와 접촉을 통해서 부동산구입 자금조달을 돕기도 한다. 부동산중개업으로서 부동산을 매매하기 위해서는 주(州)의 면허를 취득하여야 한다. ~ ***estate investment trust*** **(*REIT*)** [미] 부동산 투자신탁 ¶ The *real estate investment trust* (*REIT*) is a company, usually traded publicly, that manages a portfolio of real estate to earn profits for shareholders. Patterned after investment companies, *REITs* make investments in a diverse array of real estate such as shopping centers, medical facilities, nursing homes, office buildings, apartment complexes, industrial warehouses, and hotels. Some *REITs,* called equity *REITs*, take equity positions in real estate; shareholders receive income from the rents received and from the properties and receive capital gains as buildings are sold at a profit. Other *REITs* specialize in lending money to building developers; such mortgage *REITs* pass interest income on to shareholders. Some *REITs*, called hybrid *REITs,* have a mix of equity and debt investments. To avoid taxation at the corporate level, 75% or more of the *REITs* income must be from real property and 95% of its net earnings must be distributed to shareholders annually. Because *REITs* must distribute most of their earnings, they tend to pay high yields of 5% to 10% or more. See also national association of real estate investment trusts (NAREIT). 부동산 투자신탁은 부동산투자 포트폴리오(portfolio)로부터의 운용익을 목적으로 하는 회사형 투자신탁으로, 투자신탁의 주식은 통상 시장에서 매매할 수 있다. 투자회사(investment company)와 마찬가지로, REIT는 쇼핑센터나, 의료시설, 간호시설(nursing home), 오피스빌딩, 아파트, 산업용 창고, 호텔과 같은 여러 가지의 종류의 부동산에 투자한다. 에퀴티 REIT(자본참가형 REIT, equity REIT)라고 하는 REIT는 부동산을 소유하고 소유부동산의 임대료(rent)수입(인컴게인, income gain)을 얻고 건물이 매각되어 이익을 올린 때에 양도익(캐피탈게인, capital gain)을 얻는다. 한편, 부동산 개발업자에의 융자를 전문으로 하는 모기지형 REIT(mortgage REIT)라고 하는 REIT도 있다. 이 REIT는 융자로부터의 이자수입을 그대로 주주에게 양도한다. 하이브리드 REIT(혼합형 리트, hybrid REIT)라고 하는 REIT는 소유와 금융의 양쪽을 행한다. 회사를 기준으로 과세를 회피하려면, REIT의 이익 중의 75% 이상이 부동산과 관련된 것이어야 하고, 또 순이익(net income)의 95%를 매년 주주에게 분배하여야 한다. REIT는 그 이익의 태반을 분배하기 때문에, REIT의 이율(yield)은 5%에서 10%이상의 높은 것이 된다. national association of real estate investment trusts (NAREIT)(전미부동산투자신탁협회)도 참조할 것. ~ ***limited partnership*** 부동산 리미티드 파트너십 ¶ The *real estate limited partnership* is a limited partnership that invests in real estate. The partnership buys properties such as apartment or office buildings, shopping centers, industrial warehouses, and hotels and passes rental income through to limited partners. If the properties appreciate in value over time, they can be sold and the profit passed through to limited partners. A general partner manages the partnership, deciding which properties to buy and sell and handling administrative duties, such as distributions to limited partners. 부동산 리미티드 파트너십은 부동산에 투자하는 리미티드 파트너십(limited partnership)이다. 이 파트너십은 아파트나 오피스빌딩, 쇼핑센터, 산업용창고, 호텔과 같은 부동산을 구입하여, 거기서부터 나오는 임대료(rent) 수입을 리미티드파트너에게 넘긴다. 장래 부동산의 가치가 상승하면 매각하여 그 캐피탈게인(양도익, capital gain)도 리미티드파트너에게 지급된다. 제네럴파트너(general partner)는 파트너십을 관리하여 매매부동산을 결정하고 리미티드파트너에의 배분과 같은 사무관리를 총괄한다. ~ ***mortgage investment conduit*** 부동산 모기지 투자도관체(導管體) → REMIC (부동산모기지투자도관체).

realignment 재편성

realistic 현실적인, 실제적인 ¶ *realistic* exchange rate 현실적 환율

realizable 실현할 수 있는, 환가할 수 있는 ¶ *realizable* assets 환금가능자산

realization 환가, 환금(성), 환금처분 ***realization principle*** 현실주의의 원칙, 실현원칙 ¶ The *realization principle* is an accounting standard that recognizes revenue only when it is earned. Generally, realization occurs when goods are sold or a service is rendered. 실현원칙은 이익을 올릴 경우에만 수입(收入)을 인정하는 회계기준이다. 일반적으로, 환가는 물품이 팔리거나 또는 서비스가 제공된 경우에 일어난다.

realize; realise[영] 실현하다, 현금으로 환전하다, (이익을) 얻다 ¶ *realized* return 실현수익 /a *realized* yield 실효이율 ***realized profit (or loss)*** 실현손익 ¶ *Realized profit* (*or loss*) is profit or loss resulting from the sale or other disposal of a security. Capital gains taxes may be due when profits are realized: *realized losses* can be used to offset realized gains for tax purposes. Such profits and losses differ from a paper profit or loss, which (except for option and futures contracts) has no tax consequences. 실현손익은 증권(security)의 매각이나 처분에 의하여 실현한 이익 또는 손실을 이른다. 캐피탈게인(양도익, capital gain) 과세는 실현이익에 대하여 과세된다. 세제상, 실현손실은 실현이익과 상계할 수 있다. 평가손익(paper profit or loss)은 양도과세의 대상이 아니라, 실현이익이나 실현손실과는 구별된다[다만, 옵션 및 선물계약(option and futures contracts)의 경우는 과세대상이 된다]. ***~d spread*** [영] 실현스프레드 ¶ The *realized spread* is the difference between the weighted average of the bids and offers of executed securities transactions over a specific period of time. See also effective spread; quoted spread. 실현스프레드는 특정한 시기에 걸쳐 시행된 증권거래의 매수호가와 매도호가의 가중평균치간의 차이를 말한다. effective spread(실효스프레드); quote spread(호가스프레드)도 참조할 것. ***~d volatility swap*** [영] 실현가격변동성 스왑 ¶ The *realized volatility swap* is an over-the-counter complex swap involving the exchange of realized, or actual, volatility and implied volatility on a given reference. Realized volatility is the floating volatility of the underlying reference index evident over the life of the transaction, while implied volatility is the fixed volatility rate contracted between buyer and seller at the start of the transaction. *Realized volatility swaps* are used in the equity and foreign exchange markets. See also variance swap. 실현가격변동성 스왑은 일정한 대상에 대한 실현 또는 실제가격변동성과 묵시적 가격변동성의 교환을 수반하는 장외복잡한 스왑을 말한다. 실현가격변동성은 거래의 유효기간을 거치면서 명확한 기초대상지수의 변동가격변동성인 반면에, 묵시적 가격변동성은 그 거래의 출발시에 매수인과 매도인간에 약정된 고정가격변동성 스왑이다. 실현가격변동성 스왑은 주식시장과 외국환시장에서 사용된다. variance swap(불일치스왑)도 참조할 것.

realtor 부동산업자(Realtor라고 대문자로 한 것은 상표명이고, 공인부동산업자의 의미이다. 특히 전미부동산업협회 가입자이다.) ¶ The *realtor* is a registered trade name that can be used only by members of state and local real estate boards affiliated with the National Association of Realtors (NAR). A *realtor*-associate is trained and licensed to help clients buy and sell real estate. *Realtors* must follow a strict code of ethics and receive ongoing training from the NAR. Any complaints about a particular *realtor* are dealt with at the local real estate board affiliated with the NAR. 공인부동산업자는 전미부동산업협회(National Association of Realtors: NAR)에 가맹하고 있는 주(州)와 지방의 부동산업협회의 가맹업자에만 허용된 등록상호이다. 부동산업협회 회원은 교육을 받고, 면허를 얻어 고객의 부동산 매매를 지원한다. 공인부동산업자는 엄격한 윤리관에 따라 NAR의 계속적인 교육을 받아야 한다. 특정한 공인부동산업자에 관한 고충은 NAR가맹의 지방부동산업협회에서 접수한다.

realty 물적 재산, 부동산(real estate) ¶ the law of *realty* 물권법

reapproval 재시인, 재허가

reason 이유, 사유 ¶ *reason* for non-payment [non-acceptance] 부도(인수거절)사유

reasonable 합리적인, 정당한 ¶ *reasonable* care 상당한 주의 /a *reasonable* (length of) time 상당한 기간 /*reasonable* price 적정가격 /*reasonable* profit 적정이윤 /a *reasonable* time 상응한 시간 ***reasonable care*** 상당한 주의 ¶ *Reasonable care* is the degree of care that a person of ordinary prudence would exercise in the same or similar circumstances. 상당한 주의란 통상적인 신중함이 있는 사람이 동일하거나 유사한 정황에서 행사할 것이라는 주의의 정도를 말한다. ~ ***man***; ~ ***person*** 합리적인 사람 ¶ The *reasonable man* is a phrase used to denote a hypothetical person who exercises qualities of attention, knowledge, intelligence, and judgment that society requires of its members for the protection of their own interest and the interests of others. See also prudent-man rule. 합리적인 사람이란 사회가 자신의 이해와 타인의 이해를 지키기 위하여 구성원들에게 요구하는 주의력, 지식, 사고력, 판단력을 행사하는 가설적인 인물을 표현하기 위하여 사용하는 문구이다. prudent-man rule(신중한 관리자의 원칙)도 참조할 것.

reassessment 재평가, 재과세(再課稅) ¶ In general, *reassessment* means reviewing a policy or a decision. 일반적으로 재평가란 정책이나 결정을 재검토하는 것이다. ¶ In real estate, *reassessment* is process of revising or updating the value estimate of property for ad valorem tax purposes. Local property tax assessors are required to periodically conduct a *reassessment* of all property. Value estimates are revised based on recent sales and other data, and tax assessments are based on the new estimates. 부동산에 있어서, 재평가란 종가세(ad valorem tax)의 논점에서 재산의 가격감정을 개정하거나 업데이트하는 과정을 말한다. 지역재산세의 평가사는 주기적으로 모든 재산의 재평가를 행하여야 한다. 가격감정은 최근의 매매와 기타 데이터에 입각하여 수정되고, 조세평가는 새로운 평가에 근거를 둔다.

rebalance [투자] (포트폴리오의 내용을) 재조정하다 ¶ To *rebalance* is to buy and sell securities that have changed values in order to restore their original proportions in a portfolio. 재조정한다는 것은 당초의 포트폴리오(portfolio)의 투자 배분의 비율로 되돌리기 위하여, 가격이 변동한 증권을 매각한다든지, 매증(買增)하는 것을 말한다.

rebalancing [영] 재조정, 리밸런싱 ¶ The *rebalancing* is: (1) the process of adjusting an investment portfolio by adding or removing certain securities or asset to reflect a change in the market. (2) the process of adjusting an existing hedge after a market move in order to preserve its efficacy in neutralizing risk. 리밸런싱은 (1) 시장의 변동을 반영하기 위하여 일정한 증권이나 자산의 추가 또는 제거를 함으로써 투자포트폴리오를 조정하는 과정을 말한다. (2) 위험을 중화하는 데 효력을 유지하기 위하여 시장움직임 후에 현존하는 헤지(hedge)를 조정하는 과정을 말한다.

rebate [v] 반려하다, 환급하다 ¶ interest on loan *rebated* 대출금이자환급
[n] 환급, 환급이자, 리베이트 ¶ In lending, *rebate* is unearned interest refunded to a borrower if the loan is paid off before maturity. (2) in consumer marketing, *rebate* is payment made to a consumer after a purchase is completed, to induce purchase of a product. For instance, a customer who buys a television set for $500 may be entitled to a rebate of $50, which is received after sending a proof of purchase and a rebate form to the manufacturer. See also rule of the 78s. 대출에 있어서, 리베이트는 차입금원금(principal)이 기한 전(before maturity)에 상환된 경우에, 차입자에게 환급되는 불로소득이자(unearned interest)이다. (2) 소비자 마케팅에 있어서, 리베이트는 상품구입의 권유수단으로서, 상품구입 후에 환급되는 돈을 이른다. 예를 들면, 텔레비전을 500달러로 매입한 소비자가 구입증명서와 할인 서식을 제조업자에게 송부하면 50달러의 리베이트를 받을 수 있다. rule of the 78s(78분모의 룰)도 참조할 것. /as a form of *rebate* 환급의 형식으로 /a *rebate* of interest (어음)이자의 환급

rebound [v] 제자리로 되돌아가다, 회복하다, 다시 일어나다 ¶ Seoul stocks *rebounded* from Wednesday's slide. 서울의 주식은 수요일의 하락에서 회복하였다.
[n] 반등, 회복

recall 되돌아오게 함, 철회 ¶ beyond *recall*; past *recall* 변경할 수 없는, 회복불능으로 /*recall* of advance 대금(貸金)회수

recapitalization 자본변경, 자본재구성 ¶ *Recapitalization* is alteration of a corporation's capital structure, such as exchange of bonds for stock. Bankruptcy is a common reason for *recapitalization*; debentures might be exchanged for reorganization bonds that pay interest only when earned. A healthy company might seek to save taxes by replacing preferred stock with bonds to gain interest deductibility. See also defeasance. 자본재구성은 사채(bond)를 주식(stock)으로 변환하는 것과 같이, 회사의 자본구성(capital structure)을 변경하는 것이다. 파산(bankruptcy)은 자본재구성에 대한 이유가 된다. 무담보사채(debenture)도 수익이 계상되는 경우에만 이자를 지급하는 재건채(再建債)와 교체될 수 있다. 건전한 회사가 세금대책을 목적으로 하여 우선주(preferred stock)를 사채로 바꾸어 금리손금산입액(deductibility)을 늘리는 경우도 있다. defeasance(채무의 실질적인 상환)도 참조할 것.

recapitulation 요점의 반복, 요약

recapture 점유회복조항, 회복[회수] ¶ *Recapture* (1) a contract clause allowing one party to recover some degree of possession of an asset. In leases calling for a percentage of revenues, such as those for shopping centers, the *recapture* clause provides that the developer get a percentage of profits in addition to a fixed rent. (2) In the tax code, the *recapture* is the reclamation by the government of tax benefits previously taken. For example, where a portion of the profit on the sale of a depreciable asset represented accelerated depreciation or the investment credit, all or part of that gain would be "recaptured" and taxes as ordinary income, with the balance subject to the favorable capital gains tax. *Recapture* also has specialized applications in oil and other industries. *Recapture* assumed a new meaning under the 1986 Act whereby banks with assets of $500 million or more were required to take into income the balance of their reserve for bad debts. The Act called for *recapture* of income at the rate of 10%, 20%, 30%, and 40% for the years 1987 through 1990 respectively. 점유회복조항은 (1) 일방의 당사자의 점유권의 회복을 어느 정도 인정하는 계약조항을 이른다. 쇼핑센터 임대계약과 같은 수익액의 일정한 비율을 임대료(rent)로서 요구하는 임대계약에서는, 디벨로퍼(developer)는 고정임대료에 추가하여 이익의 일정한 율의 추가임대료를 취한다고 하는 점유회복조항이 정해져 있다. (2) 세법상에 있어서, 회수란 이전에 수여된 조세우대조치를 정부가 환수하는 것을 의미한다. 예를 들면, 가속감가상각(accelerated depreciation) 또는 투자세액공제(investment credit)를 향유한 감가상각자산의 매각익(賣却益)에 대해서는, 매각익의 일부 또는 전부에 통상의 소득(ordinary income)으로서 법인세가 과세되고, 잔액에는 세율이 낮은 양도익세(譲渡益稅)(capital gain tax)가 과세된다. 환급과세는 또 석유산업 기타 다른 산업에도 특별히 적용된다. recapture는 1986년의 세제개혁법(Tax Reform Act of 1986)에서 새로운 의미를 가지게 되었다. 말하자면, 5억 달러 이상의 자산을 가지는 은행은 동법에 의하여 불량채권(bad debt)을 위한 충당금(reserve)잔액을 이익에 산입하여야 하였다. 동법은 1987년부터 1990년까지 해마다 각각 10%, 20%, 30% 및 40%의 율로 이익의 산입을 요구하였다.

recast 다시 정리하다, 다시 계산을 하다 ¶ *recast* a mortgage 다시 취결하다 ***recasting a debt*** 부채의 재정리 ¶ *Recasting a debt* is a process of adjusting a loan arrangement, especially under the threat of default. See also workout. 부채의 재정리는 특히 채무불이행의 위협을 받으면서 대출약정(loan arrangement)을 조정하는 절차를 말한다. workout(워크아웃)도 참조할 것.

receipt 수취, 영수증 ¶ cash *receipt* 현금수취총액(受取總額) /a deposit *receipt* 예금수령증 /postal *receipt* 우편수령증 /*receipt* and payment; *receipts* and disbursements 출납(出納) /a *receipt* book 수취장(受取帳), 수취한 증인(證印)을 받아두는 장부 /*receipt* note 화물상환증 /*receipt* slip 수납전표, 입금전표 /a *receipt* stamp 수입인지(收入印紙) /savings withdrawal *receipt* form 예금인출수령증 ***mate's receipt*** 본선수취증 ¶ The *mate's receipt* is a receipt issued by a deck officer on a merchant ship acknowledging receipt of cargo. This form of receipt is normally seen in instances where cargo is being shipped via chartered vessel. 본선수취증은 하물의 수령을 인정하는 상선의 갑판장이 발행하는 수령증이다. 이런 형식의 수령은 보통 하물이 용선선박에서 선적중인 경우에 볼 수 있다. ***trust ~ (T/R)*** 수입담보하물보관증 ¶ The *trust receipt* (*T/R*) is a release of merchandise by a bank to a buyer in which the bank retains title to the merchandise. The buyer, who obtains the goods for manufacturing or sales purposes, is obligated to maintain the goods (or the proceeds from their sale) distinct from the remainder of his/her assets and to hold them ready for repossession by the bank. 수입담보하물보관증은 은행이 상품의 권원을 보유하고 있는 상품을 매수인에게 인도하는 경우이다. 제조나 판매의 목적에서 그 물건을 취득하는 매수인은 그 물건(또는 판매의 수령금)을 자신의 재산과 구별하여 유지하고 은행에 의하여 재점유가 되도록 소지할 의무가 있다. ***warehouse*** ~ 창고증권 ¶The *warehouse receipt* is a receipt issued by a warehouser listing goods received for storage. 창고증권은 저장을 위해서 화물을 적재하는 창고업자가 발행하는 수령증이다.

receivable ⓐ 수취되는, 수취될
ⓝ (*pl.*) 수취계좌, 매상채권 ¶bill [note] *receivable* 수취어음 /customer's *receivable* 매상채권 /*receivable* financing 수취채권담보금융 /*receivable* turnover 매상채권회전율 ***account receivable*** 수취계좌, 외상매출금 ¶*Account receivable* is money owned to a business for merchandise or services sold on open account, a key factor in analyzing a company's liquidity – its ability to meet current obligations without additional revenues. 외상매출금은 미결산계좌에서 매각한 상품이나 서비스에 대해서 수취할 대가이고, 기업의 유동성, 말하자면 추가수입이 없어도 현재의 채무를 변제할 능력의 분석한 데에 중요한 요소가 된다. accounts receivable turnover(외상매출금회전율); aging schedule(외상매출금경과기간표); collection ratio(매상채권회수기간)도 참조할 것. ***receivables*** 수취채권 → accounts receivable (외상매출금). ***receivables securitization*** [영] 수취채권의 증권화 ¶ The *receivables securitization* is a securitization structure where the underlying collateral pool comprises of eligible short-term account receivable. In a standard structure a special purpose entity is created by the seller to hold the receivables, which serve as collateral for notes issued by investors. Funding can also be obtained via conduits, which issue receivable-backed commercial paper to investors. Stand-alone term *receivables securitizations* are also arranged on occasion. In all structures the pool of receivables must conform to specific eligibility criteria related to credit quality, maturity, and concentration; standard reserves are typically established to provide additional protection. 수취채권의 증권화는 기초담보풀(collateral pool)이 적격단기외상매출금으로 구성되고 있는 증권화구조를 말한다. 표준적인 구조에 있어서 특별목적법인(special purpose entity)은 투자자가 발행한 어음에 대한 담보로 작용하는 수취채권을 보유하는 매도인에 의해서 창출된다. 자금조달은 투자자에게 수취채권담보부 상업어음을 발행하는 매출기관(賣出機關, conduit)을 경유하여 획득될 수도 있다. 독립조건 수취채권의 증권화는 경우에 따라서 개작되기도 한다. 모든 구조에 있어서 수취채권의 집합체(pool)는 여신의 질(credit quality), 만기 및 자원의 집중과 관련된 특수한 적격기준에 일치하여야 한다. 표준준비금(standard reserves)은 일반적으로 추가보호를 제공하기 위하여 설정된다.

receive 수취하다, 받다 ¶*receiving* quotation 수취계좌표시시세, 외화표시시세 /*receiving* teller (예금)수납계 /Value *received* 대금수취 /when *received* 수취일자 ***"Received" B/L; ~d form B/L; ~d (for shipment) B/L; ~d-for-shipment B/L*** 수취선하증권 ¶The *received for shipment bill of lading* is a bill of lading (B/L) that conforms the receipt of goods by the carrier for transportation on a particular vessel, but not their actual loading on board the vessel nor their actual shipment. 수취선하증권은 실제로 선내에 적재하거나 실제로 선적하는 것이 아니라, 특정한 선박에 운송을 하려는 운송인이 하물을 수령한 것과 일치하는 선하증권을 말한다. ***~ing bank*** 수취은행 ¶In the nationwide automated clearing house (ACH) system, a *receiving bank* is a bank or other depository institution eligible to receive electronic credit and debit entries from another bank, the originator of an ACH transaction, for posting to a customer's account. 전국규모의 자동청산결제소(ACH)제도에 있어서, 수취은행은 고객계정에의 기장을 위하여 자동청산결제소 거래의 시발자(始發者, originator)인 다른 은행으로부터 전자적인 입금·인락의 기입을 받을 자격이 있는 은행 기타 예탁기관을 말한다. ~ ***versus payment*** 현금결제조건매각 ¶ The *receive versus payment* is an instruction accompanying sell orders by institutions that only cash will be accepted in exchange for delivery of the securities as the time of settlement. Institutions are generally required by law to accept only cash. Also called receive against payment. 현금결제조건매각은 기관투자자(institutional investor)가 증권의 매도주문을 낼 때에 행하는 지시에서, 증권의 인도(delivery)는 현금과의 상환에 의한 결제방법(settlement)에만 한정하는 경우이다. 기관투자자의 경우, 법령에 의하여 현금결제밖에 인정되지 않는 일이 많다. receive against payment(현금지급상환수취)라고도 한다.

receiver 수취인, 관재인, 파산관재인 ¶ The *receiver* is a court-appointed person who takes possession of, but not title to, the assets and affairs of a business or estate that is in a form of bankruptcy called receivership or is enmeshed in a legal dispute. The *receiver* collects rents and other income and generally manages the affairs of the entity for the benefit of its owners and creditors until a disposition is made by the court. 파산관재인은 파산(bankruptcy)하여 보전관리(receivership)하에 놓여진 자산이나 사업, 또는 법적 분쟁중의 자산이나 사업을 점유하지만 소유권은 없는 자로서 법원이 임명한다. 파산관재인은 법원에 의한 최종처리까지의 사이에, 임료나 기타의 수입을 회수하는 것과 같이 회사의 소유자와 채권자(creditor)를 위하여 당해 회사를 운영한다. /a *receiver* in bankruptcy 파산관재인 /a *receiver* in lunacy 심신상실자의 관재인 /*receiver* quotation 수취계좌표시시세(receiving quotation) /*receiver's* option (금리 스왑션에서) 고정금리의 수취인의 옵션 ***receiver's certificate*** 관재인 채무증서 ¶ The *receiver's certificate* is a debt instrument issued by a receiver who uses the proceeds to finance continued operations or otherwise to protect assets in receivership. The certificate constitutes a lien on the property, ranking ahead of all other secured or unsecured liabilities in liquidation. 관재인 채무증서는 보전관리(receivership)하에 있는 회사의 운영이나 재산보전을 목적으로 하여 발행되는 관재인(receiver)이 발행하는 채무증서(debt instrument)이다. 관재인 채무증서는 당해 회사의 재산에 선취특권(lien)을 가지고 있고, 회사청산(liquidation)시에는 다른 모든 담보채권 또는 무담보채권(secured or unsecured liabilities)에 우선한다. ~ ***extendible swap*** [영] 수취인 익스텐더블스왑 ¶ The *receiver extendible swap* is an extendible swap that is formed from a combination of a fixed receiver swap and a receiver swaption. 수취인 익스텐더블스왑은 고정수취인스왑과 수취인스왑션의 결합으로 형성된 익스텐더블스왑을 말한다. ~ ***swaption*** [영] 수취인스왑션 ¶ The *receiver swaption* is a swaption granting the buyer the right to enter into an over-the-counter interest rate swap to receive fixed rates and pay floating rates. The buyer will exercise the *receiver swaption* as floating rates fall below a particular strike price. Also known as call swaption. See also payer swaption. 수취인스왑션은 고정금리를 수리하고 변동금리를 지급하는 장외거래 금리스왑을 맺는 권리를 매수인에게 수여하는 스왑션을 말한다. 매수인은 변동금리가 특별한 행사가격 밑으로 하락할 때에 수취인스왑션을 행사하기 마련이다. payer swaption(페이어스왑션)도 참조할 것.

receivership 재산관리 ¶The *receivership* is the state of an organization whose operations and assets have been placed in the legal custody of a receiver for the protection of creditors and other affected parties. An organization in *receivership* may be liquidated, or it may eventually emerge to continue operations, although likely in a different form. 재산관리는 채권자와 기타 이해관계인의 보호를 위하여 조직체의 운영과 자산이 법적 관리에 놓여진 상태를 말한다. 재산관리 하에 있는 조직체는 비록 다른 형식을 취할 가능성이 있지만, 청산할 수도 있고, 혹은 경우에 따라서는 곤란에서 벗어나 계속 운영할 수도 있다.

recession 경기후퇴, 불황, 리세션 ¶*Recession* is downturn in economic activity, defined by many economists as at least two consecutive quarters of decline in a country' gross domestic product. 경기후퇴는 경제활동의 하강상황을 의미하고, 많은 경제학자들은 한 나라의 국내총생산(gross domestic product: GDP)이 적어도 2사분기 연속해서 감소하면 경기후퇴라고 정의한다.

recessionary 경기후퇴의, 불황에 관련된 ¶*recessionary* trend 경지후퇴의 경향 /*recessionary* trough 경기의 골짜기

recharacterization 리캐릭터라이제이션 ¶*Recharacterization* is treatment of an IRA contribution of one type as a contribution to another type, such as a conversion of assets from a traditional IRA to a ROTH IRA. 리캐릭터라이제이션은 개인의 연금자금을 전통적인 IRA에서 ROTH 개인퇴직계좌(ROTH IRA)로 이관하는 등 개인퇴직계좌(IRA)에의 출연을 어느 타입의 연금에서 다른 타입의 연금으로 변경하는 경우이다.

recipient 수취인, 수령인, 수납자 ¶A donee is the *recipient* of a gift or trust. 수증자는 증여 또는 신탁의 수령자이다.

reciprocal 상호의, 호혜적인 ¶*reciprocal* account 상호계정 /*reciprocal* credit 포괄신용장, 상계신용장 /*reciprocal* duties 상호관세 /*reciprocal* proportion 반비례 /*reciprocal* trade 호혜적 통상, 구상무역 ***reciprocal rate*** 상호환율 ¶The *reciprocal rate* is the inverse of the commonly quoted foreign exchange rate for a given currency pair. While the foreign exchange markets typically quote in terms of currency per U.S. dollar or U.S. dollar per currency, the reciprocal rate denominates the same quote in inverse terms. See also American terms; European terms. 상호환율은 일정한 2개의 통화에 대한 보통 고시된 외국환율의 반대를 이른다. 외국환시장은 일반적으로 미달러당 통화 또는 통화당 미달러로 고시되는 반면에, 상호환율은 반대의 관점에서 동일한 시세를 표시한다. American terms(아메리칸방식); European terms(유럽방식)도 참조할 것.

reciprocity 호혜주의, 상호주의 ¶In general, the *reciprocity* is the exchange between two parties of certain actions or services for receipt of substantial similar actions or services. In banking reciprocity is commonly encountered in capital-raising, deposit, and underwriting activities. 일반적으로, 상호주의는 2당사자간에서 실질적으로 유사한 행위 또는 서비스를 수령한 것에 대하여 일정한 행위 또는 서비스를 교환하는 경우이다. 은행업무에 있어서, 상호주의는 자금조달, 예금 또는 인수(引受)활동에 있어서 마주치게 된다.

recision (협정 등의) 취소(cancellation), 폐기 ¶The customary legal incidence of voidance would follow, including the availability of a suit for *recision* or for an injunction against continued operation of the contract. 관례적으로 법률상의 취소가 빈발하는 것은 계약의 취소나 계약의 계속적인 작용에 대한 금지처분소송의

이용을 포함하여 일어날 것이다.

recital 상설(詳說), 기술, [보험] 설명부분, 비고(備考)부분 ¶ give a brief *recital* of the course of events 사건의 경위를 간결하게 설명하다

reckless 무모한, 분별없는 ¶ *reckless* advance [loan] 부당대출 /*reckless* lending [loan] 방만한 대출

reckon 계산하다, 기산(起算)하다 ¶ Our losses were *reckoned* loosely at a hundred thousand dollars. 우리들의 손해는 대충 10만 달러로 되었다.

reckoning 계산, 결제(決濟) ¶ *Reckoning* is settling accounts through counting. *Reckoning* involves computations to achieve a final total or conclusion. 레코닝은 계산을 통해서 계좌를 정리하는 것(settling account)이다. 레코닝은 최종의 합계나 결론을 달성하는 계산과 관련된다.

reclamation 개척, 갱정, 반환조건, (교환위산(交換違算)으로 인한) 금액차이의 정정(訂正) ¶ In banking, *reclamation* is restoration or correction of a negotiable instrument – or the amount thereof – that has been incorrectly recorded by the clearing house. 은행업무에 있어서, 금액상위의 정정이란 어음교환소(clearing house)에 의하여 오기된 유통증권(negotiable instrument) — 또는 그 금액 — 의 정정을 이른다. ¶ In finance, *reclamation* is restoration of an unproductive asset to productivity, such as by using landfill to make a swamp developable. 재무에 있어서, 재생이란 비생산적 자산을 생산적 자산으로 복원하는 것이다. 예를 들면, 습지를 개발할 수 있는 토지로 하기 위하여 매립하는 것을 말한다. ¶ In *securities*, *reclamation* is right of either party to a securities transaction to recover losses caused by bad delivery or other irregularities in the settlement process. 증권에 있어서, 갱정이란 부적격한 인도(bad delivery), 혹은 잘못된 결제절차(settlement process)로 인하여 생긴 증권거래의 손실을 커버할 증권거래의 일방당사자의 권리를 이른다.

recognition 승인, 인증 ¶ *Recognition* is: (1) formal acknowledgment granted by the various publications or broadcast media to an advertising agency after the agency has proven financially able, competent, ethical, and bona fide. *Recognition*, which is also known as agency *recognition*, entitles the agency to receive commissions for the time and space it sells and also entitles the agency to make purchases on credit. (2) consumer awareness of having seen or heard an advertising message. 인증이란 (1) 광고회사(advertising agency)가 재정적으로 능력, 역량이 있고, 도덕적이며 선의(bona fide)임을 증명한 후에 여러 가지 출판물이나 방송미디어에 의하여 수여하는 공식적인 인정을 말한다. 인증은 광고회사의 인증으로도 알려지고 있지만, 광고회사가 판매한 시간과 공간에 대한 보수(commission)를 받을 수 있고, 또 외상으로 구매할 수 있도록 한다. (2) 그것은 소비자가 광고메시지를 보고 들었다는 인지(認知, awareness)를 이른다.

recommendation 추천, 권고, 조언 ¶ The board of directors vetoed my *recommendation*. 이사회는 나의 권고를 거부했다.

reconcile 조화시키다, 일치시키다 ¶ *reconcile* accounts 계좌를 조회하다

reconciliation 조정(調停), 화해, 조정(調整), (본지점의) 계좌조회 ¶ The *reconciliation* is the process of balancing two or more things: Consumer should take time for a monthly reconciliation of their bank statement and check register. 계좌조회는 2이상의 장부를 대조하는 절차이다. 즉 소비자는 시간을 내어 월별 은행계좌보고서와 수표기입장을 대조해 보아야 한다. /*reconciliation* of bank statement

은행계좌보고서의 대조(對照)

reconfirmation 재확인

reconstruction 재건, 부흥 ¶ *Reconstruction* of the company's main office has recently been initiated. 본사의 개조(改造)에 최근 착수하였다.

record [v.] 기록하다, 등록하다
[n.] 기록, 등기 ¶ In data processing, *record* is collection of related data items. A collection of records is called a file. For example, a company may store informations about each employees in a single record consisting of a field to represent the name, a field to represent the Social Security number, and so on. 데이터프로세싱에 있어서, 레코드는 관련된 데이터항목의 수집을 말한다. 기록의 수집을 파일(file)이라고 한다. 예를 들면, 회사는 성명을 표시하는 필드(field), 사회보장번호(Social Security number) 등을 나타내는 필드로 구성하는 단일레코드에서 각 근로자에 관한 정보를 저장할 수 있다. /*record* card 거래처카드 /*Recorded* Delivery [영] 배달증명 /*record* high 기왕(旣往)최고 ***record date*** [주식] 배당기준일, 배정일 → date of record (배당기준일, 등록일); ex-dividend date [배당락일(配當落日)]; payment date (지급일). ***track*** ~ (어느 특정한 분야에서의) 성적, 실적 ¶ The *track record* is a businessman's reputation for producing on a timely and economical basis. A good *track record* can be helpful in arranging financing or attracting investors for a new venture. (회사의) (현재까지의) 업적은 적시의 경제적인 기초에 근거를 두고 제시하기 위한 기업인의 평판을 말한다. 훌륭한 트랙은 신규사업을 위해서 자금을 조달한다든지 투자자를 끈다든지 하는 데에 도움이 될 수 있다.

recording 기록, 등기 ¶ The *recoding* is an act of entering a transaction in a book of public records, notably instruments affecting the title to real property. *Recording* in this manner gives notice to the world of facts recorded. See also constructive notice. 등기는 특히 부동산의 권원에 영향을 주는 증서인 공문서기록부에 거래를 기록하는 행위이다. 이런 식의 등기는 기록사실의 세계에 통지를 하는 셈이다. constructive notice(의제통지)도 참조할 것. /a *recording* fee (서류의) 등기료 /a *recording* office [미] 등기소

recount 다시 계산하다, 고쳐 계산하다

recoup (손실 등을) 회수하다, (손해 등을) 변상하다 ¶ To *recoup* is regaining what was lost. 회수하는 것은 잃은 것을 되찾는 것이다.

recouponing [영] 리쿠포닝 ¶ The *recouponing* is the process of marking-to-market and settling a portfolio of derivatives in order to reduce actual exposure between counterparties. A net cash settlement is paid to the party holding the contract with current value and the derivatives are then rewritten, or recouponed, at current market levels. The process is then repeated at a future settlement period. 리쿠포닝은 거래상대방간의 실제익스포저를 축소하기 위하여 파생상품의 포트폴리오를 시세평가하고 청산하는 과정을 말한다. 순현금결제는 현금가치가 있는 계약을 보유하고 있는 당사자에게 지급되고 파생상품은 그러면 현재의 시장가 수준으로 다시 작성되거나 리쿠폰된다. 그러면 그 과정은 장래의 청산기간 중에도 반복된다.

recourse 소급(遡及), 소구(遡求), 상환청구(권) ¶ *Recourse* is legal ability the purchaser of a financial asset may have to fall back on the original creditor if the current debtor defaults. For example, an account receivable sold with recourse enables the buyer of the receivable to make claim on the seller if the account doesn't pay. 상환청구권(소구권)은 구입한 금융자산(financial assets)이 채무불이행(default)에 빠진 경우에, 구입자는 그 금융자산의 원래의 채권자(creditor)에게 소구할 수 있는 법적 권리를 말한다. 예컨대, 구입한 소구권부(遡求權附) 외상매출금(account receivable with recourse)이 지급되지 않았던 경우, 매수인은 외상매출채권의 매도인에게 소구할 수 있다. /endorse without *recourse* 소구에 응하지 않고 배서하다 /endorse with *recourse* 소구에 응하여 배서하다 /a party entitled to *recourse* 구상자(求償者) /*recourse*-book (부도어음의) 상환청구권 /*recourse* repudiation 어음상환거절 /(a) right of *recourse* 상환청구권 /with *recourse* 상환청구권부로 /without *recourse* to drawer and/or bona fide holder 발행인 또는 선의의 소지인에게 상환청구하지 않고 ***recourse loan*** 상환청구가능융자 ¶The *recourse loan* is: (1) a loan for which an endorser or guarantor is liable for payment in the event the borrower defaults. (2) a loan made to a direct participation program or limited partnership whereby the lender, in addition to being secured by specific assets, has recourse against the general assets of the partnership. See also nonrecourse loan. 상환청구가능융자는 (1) 차입자가 채무불이행(default)의 경우, 배서인(endorser) 또는 보증인(guarantor)이 지급채무를 부담하는 론(loan)을 이른다. (2) 직접참가프로그램(direct participation program), 말하자면 리미티드 파트너십(limited partnership)에 대하여 행해지는 론(loan)으로, 대여자는 특정한 자산(specific asset)에 대한 담보권(security)에 추가하여, 파트너십의 일반자산에 대하여도 소구청구를 할 수도 있다. nonrecourse loan(논리코스론)도 참조할 것. ***without*** ~ 상환청구에 응하지 않고 ¶*Without recourse* is the words used in factoring receivables or endorsing a note or bill to denote that the holder is not to look to the debtor personally in the event of nonpayment. The creditor has recourse only to the property. This is a form of exculpation, synonymous with nonrecourse. See also endorsement; exculpatory. without recourse(상환청구에 응하지 않고)는 외상매출채권(receivables)을 매입하거나(factor) 소지인이 지급거절의 경우에 개인적으로는 채무자에 기대하지 않는다는 점을 표시하기 위하여 수표나 환어음을 배서하는 경우에 사용되는 용어이다. endorsement(배서); exculpatory(무죄를 증명하는)도 참조할 것.

recovery 복구, 경기회복 ¶In economics, *recovery* is a period in a business cycle when economic activity picks up and the gross national product grows, leading into the expansion phase of the cycle. 경제학에서, 경기회복은 경제활동이 활발하여 국민총생산(gross national product: GNP)이 성장하는 경기순환의 시기이고, 확대순환국면에 들어가고 있는 경우를 말한다. ¶In finance, *recovery* is (1) absorption of cost through the allocation of depreciation; (2) collection of an account receivable that has been written off as a bad debt; (3) residual cost, or salvage value, of a fixed asset after all allowable depreciation. 재무에 있어서, 회수할 수 있는 원가란 (1) 감가상각(depreciation)의 배분에 의하여 원가를 흡수하는 것이다. (2) 불량채무(bad debt)로서 이미 대손(貸損)상각(write-off)한 외상매출금(account receivable)의 횟수를 이른다. (3) 감가상각을 전부 행한 후의 고정자산(fixed assets)의 잔존가액(residual value)을 이른다. ¶In investment, *recovery* is a period of rising prices in a securities or commodities market after a period of falling prices. 투자에 있어서, 회복은 증권시장 또는 상품시장(commodities markets)에서 가격이 하락후에 상승하는 시기를 이른다. /a *recovery* high [주식] 회복강세 /*recovery* of bad debt 대손(貸損)회수 /*recovery* of loan 대금(貸金)회수 /the *recovery* phase of a business cycle 경기의 회복과정 ***recovery period*** 회복

기, 원가회수기간 ¶ The *recovery period* is a period of time in which a stock that has fallen sharply in price begins to rise again, thereby recovering some of its value. 회복기는 급락한 주가가 다시 상승하기 시작한 시기이며, 하락한 주가가 어느 정도 회복하는 것이다. ~ ***rate*** [영] 회수율 ¶ The *recovery rate* is the percentage of an obligation or claim recovered by a creditor following debtor's bankruptcy proceedings. See also loss-given default; recovery. 회수율은 채무자의 파산절차에 따르는 채권자에 의하여 회수된 채무 또는 채권의 비율을 말한다. loss-given default(티폴트가 주는 손해); recovery(회수)도 참조할 것.

rectification 경정(更正) ¶ Such *rectification* of mistakes cannot easily be done. 이러한 오류의 경정은 쉽게 할 수 없다.

rectify 개정(改正)하다, 고치다 ¶ *rectify* an account 수정분개(分介)를 하다

recurring 되풀이하여 발생하는 ¶ *recurring* profit 경상이익

recycle 순환사용하다, 재이용하다 ¶ *recycling* of petrodollar 오일머니의 환류

red ⓐ 붉은, 적자의, 이익이 오르지 아니한 ¶ *red* figure 적자 /*red* gold 순금, 금전, 화폐 /*red* goods 회전율이 빠른 상품(식료품 등) (*cf.*) orange goods, white goods, yellow goods /*red* ink bond 적자공채(公債) /*red* ink figure 적자 /*red* tape 관료적 형식주의 ***red clause letter of credit*** (수출)선대(先貸)신용장 ¶ The *red clause letter of credit* is a letter of credit allowing the beneficiary of a documentary credit to receive fund for the purchase of merchandise described in the credit. These funds, known as advances, are deducted from the face amount of the draft when the beneficiary presents the letter for payment. Most *red clause letters* are opened in transactions where the beneficiary is acting as agent for the buyer in the exporting country, and purchases merchandise destined for export. (수출)선대(先貸)신용장은 하환신용장의 수익자가 신용장에 기재된 상품의 구입을 위한 자금을 수령할 수 있도록 허용하는 신용장이다. 이런 자금은 선대자금(先貸資金)이라고 하며, 수익자가 지급을 위한 서류를 제시하는 경우에 환어음의 액면액에서 공제된다. 대부분의 (수출)선대(先貸)신용장은 수익자가 수출국에서 매수인의 대리인(agent)으로 행동하여 수출목적으로 하는 상품을 구입하는 거래에서 개설된다. ~ ***goods*** 레드상품 ¶ *Red goods* are consumer goods, such as food products, that are consumed and replaced at a fast rate and have a low profit margin. See also orange goods; yellow goods. 레드상품은 소비가 되고 빠른 속도로 대체되며 낮은 이윤폭(profit margin)을 가지는 식료품과 같은 소비재이다. orange goods (오렌지상품); yellow goods(내구소비재)도 참조할 것. ~ ***herring (prospectus)*** (인수업자가 배포하는) 예비사업계획서 ¶ The *red herring* is a colloquial name in the U.S. for a pathfinder prospectus. red herring은 미국에서 선도자의 예비사업계획서(pathfinder prospectus)를 의미하는 구어체이다. /The *red herring* is a prospectus that is given to potential investors in a new security issue before the selling price has been set, and before the issuer's registration statement has been approved for accuracy and completeness by the SEC. This document, which provides details of the issue and facts concerning the issuer, is so named because of a statement on it, printed in red, that the issue has not yet been approved by the SEC. Also called preliminary prospectus. 예비사업계획서(red herring)는 매도가가 정해지기 전과 그 발행단체의 증서서류가 미증권거래위원회(SEC)에 의하여 그 서류의 정확성과 완결성에 대해서 승인을 받기 전에 신규증권발행에서 잠재적인 투자자에게 제기되는 사업계획서이다. 이 문서는 발행의 구체적 사항과 발행단체에 관한 사실을 정하는 것이어서, 그 문서상에 기재된 것임을 밝히고

아직 SEC에 의하여 승인이 나지 않았다는 점에서 붉은 색으로 인쇄된다. 이를 preliminary prospectus(예비사업계획서)라고도 한다.
[n] 붉음, 적자(赤字), [통례로 the ~] 적자, 결손 (*cf.*) the black 흑자 ¶ go [get] into the *red* 적자가 되다 /go [get] out of the *red* 적자에서 벗어나다 /in the *red* 적자를 내어 /a *red* balance 적자잔액

redeem 환매하다, (모기지 재산을) 환수하다, 회수하다, 보상하다 ¶ *redeem* a bond 사채를 상환하다 /*redeem* a loan 융자를 완제하다 /*redeem* a mortgage 모기지를 환수하다 /when and how *redeemed* [어음] 상환일자 및 그 적요(摘要)

redeemable 환매할 수 있는, 상환할 수 있는 ¶ *redeemable* preferred stock 상환가능우선주 ***redeemable bond*** 조기(早期)상환조항부 채권 → callable (상환가능한).

redemption 환매, 채무의 반환, 상환, 상각, 보상 ¶ *Redemption* is repayment of a debt security or preferred stock issue, at of before maturity, at par or at a premium price. Mutual fund shares are redeemed at net asset value when a shareholder's holdings are liquidated. 상환이란 채무증권(debt security) 또는 우선주(preferred stock)를 액면(par) 또는 프리미엄(premium)가격으로 만기일(maturity) 또는 그 이전에 환급하는 것이다. 뮤추얼펀드(mutual fund)의 주식이 청산될 때에는, 순자산가치(net asset value)로 환급된다. ***redemption date*** 상환일 ¶ the *redemption date* is a date on which a bond is scheduled to mature or be redeemed. If a bond is called away before scheduled maturity, the redemption date is the day the bond will be taken back. 상환일은 채권의 만기예정일(maturity date) 또는 상환(redemption)이 예정되어 있는 날을 이른다. 채권이 예정의 만기일 이전에 조기상환되는(called away) 경우는, 채권의 조기상환일이 상환일이 된다. ~ ***fees*** 상환수수료 ¶ The *redemption fees* is fees charged by a mutual fund on shareholders within a short period of time. The time limit and size of the fee vary among funds, but the *redemption fee* usually is a relatively small percentage (1% or 2% of the amount withdrawn). Some mutual funds charge a small flat *redemption fee* of $5 or $10 to cover administrative charges. The intent of the redemption fee is to discourage rapid-fire shifts from one fund to another is an attempts to "time" swings in the stock or bond market. This fee often is confused with the contingent deferred sales charge, or back end sales charge, typically a feature of the broker-sold fund. See also mutual fund share classes. 상환수수료는 뮤추얼펀드(mutual fund)가 펀드의 주식을 단기간에서 매도하는 주주에 대하여 청구하는 수수료를 말한다. 상환수수료가 부과되는 기간과 수수료율은 펀드에 따라 다르지만, 일반적으로 상환수수료는 비교적 적다(인출액의 1%나 2%). 관리비용을 조달하기 위하여 5달러에서 10달러라고 하는 소액의 균일된 수수료를 청구하는 펀드도 있다. 상환수수료의 목적은 주식 또는 채권시장의 동향에 맞추어서 하나의 펀드(fund)에서 다른 펀드로 연달아 시프트(shift)하는 것을 단념시키는 데에 있다. 이 수수료는 증권회사 기타 브로커(broker)가 판매하는 펀드에서 잘 볼 수 있는 해약수수료(back and load)와 자주 혼동된다. mutual fund share classes(뮤추얼펀드수익증권클래스)도 참조할 것. ~ ***price*** 상환가격 → call price (조기상환가격).

redeployment 배치전환

redevelopment 재개발 ¶ The *redevelopment* is the rehabilitating or clearing and improving of already developed urban property. For example, a *redevelopment* project may rehabilitate an abandoned warehouse and convert it into retail shops and loft apartments. 재개발이란 이미 개발된 도시의 부동산을 재이용하거나 제거하여 개량하는 것이다. 예를 들면, 재개발 프로젝트는 버려진 창고를 재이

용한다든지 그것을 소매상점과 로프트(loft) 아파트로 전환할 수 있다.

rediscount [n.] 재할인 ¶*Rediscount* is discount short-term negotiable debt instrument, such as banker's acceptances and commercial paper, that have been discounted with a bank – in other words, exchanged for an amount of cash adjusted to reflect the current interest rate. The bank then discounts the paper a second time for its own benefit with another bank or with a Federal Reserve bank. Rediscounting was once the primary means by which banks borrowed additional reserves from the Fed. Today most banks do this by discounting their own notes secured by government securities or other eligible paper. But *rediscount* rate is still used as a synonym for discount rate, the rate charged by the Fed for all bank borrowings. 재할인은 은행에서 이미 할인된 은행인수어음(banker's acceptance)이나 커머셜페이퍼(commercial paper)와 같은 단기유통채무증서(short-term negotiable debt instrument)를 재차 할인하는 것이다. 할인(discount)이란 현재의 시장금리로 증권을 할인하여 현금화하는 것을 이른다. 은행은 일단 할인한 증권을 은행 자신의 자금조달을 위하여, 다른 은행 또는 미연방준비은행(Federal Reserve banks)에서 재차 할인한다. 이전에는, 재할인은 은행이 연방은행으로부터 추가적 준비금을 차용하기 위한 주요한 수단이었다. 오늘날에는 대부분의 은행은 미정부증권(government securities)으로 담보된 은행 자신의 어음이나 다른 재할인적격어음(eligible paper)을 할인하는 것에서 그 목적을 달성한다. 재할인율(rediscount rate)은 미연방은행이 모든 은행차입에 적용하는 할인율(discount rate)의 동의어로 오늘날에도 사용되고 있다. /*rediscount* bill 재할인어음 /*rediscount* policy 재할인정책 /*rediscount* rate 공정비율 /a *rediscount*-rate policy 재할인율정책 [v.] 재할인하다

rediscounting 재할인

redistribution 재분배, 재배분 ¶land *redistribution* 토지의 재분배 /the *redistribution* of wealth [income] 부(富)[소득]의 재분배

redlining (주택론 등) 특정지구에의 융자 · 보험거부 ¶*Redlining* is discrimination in the pattern of granting loans, insurance coverage, or other financial benefits. Lenders or insurers who practice *redlining* "draw a red line" around a troubled area of a city and vow not to lend or insure property in that neighborhood because of poor economic conditions and high default rates. Insurance companies withdraw from an area because of high claims experience and widespread fraud. With mortgage and business loans and insurance hard to obtain, *redlining* therefore tends to accelerate the decline of such neighborhoods. *Redlining* is illegal because it discriminates against residents of an area on the basis of where they live. Congress has enacted legislation such as the Community Reinvestment Act, which forces banks to lend to underprivileged areas, to combat *redlining*. 특정지구에의 융자 · 보험거부는 대출이나 보험 기타 금융서비스에서 행해지는 차별을 이른다. 금융기관이나 보험회사는 시(市)의 위험구역의 주변에 「직선을 친다」(draw a line), 빈곤한 경제상태와 높은 채무불이행(default)율을 이유로, 그 구역에의 융자나 보험을 거부한다. 보험회사는 보험청구실적이 현저하게 높은 점이나 사기행위가 만연하고 있는 점을 이유로 그 지역에서 철수한다. 모기지융자, 사업융자나 보험을 드는 것이 곤란하기 때문에, 당해 구역의 경제상태는 더욱 더 쇠퇴하게 된다. 특정구역에의 융자 · 보험거부는 구역에서 사람을 차별하는 것이므로 위법이다. 미의회는 특정구역에의 융자 · 보험거부와 싸우기 위하여, 은행에 대하여 혜택을 받지 못하는 지역에의 융자를 강제하는 지역재투자법(Community

Reinvestment Act)과 같은 법률을 제정하였다.

redraft 역(逆)환어음, 재발행어음, 역(逆)어음

REDS → refunding escrow deposits [약] 차환(借換)에스크로예금

reduction 축소, 할인, 절감 ¶ *reduction* of operation 조업단축 ***reduction of capital*** 감자(減資) ¶ The *reduction of capital* is a reduction in the issued stock capital of a corporation. 감자(減資)는 회사의 발행주식자본의 감소를 말한다. ~ ***-option loan* (*ROL*)** 금리경감선택론(loan) ¶ The *reduction-option loan* (*ROL*) is a hybrid between a fixed-rate and adjustable mortgage and a cheaper alternative to refinancing, whereby the borrower has the one-time option from the second through the fifth year to match the current mortgage rate, which then becomes fixed for the rest of the term. The reduction is usually permitted if rates drop more than 2% in any one year. 금리경감선택론(loan)은 고정금리(fixed rate)와 변동금리(adjustable rate mortgage)를 혼합(hybrid)한 모기지대출(mortgage loan)로, 보다 저리의 차환선택권이 부여되고 있다. 차입자는 2년째부터 5년째까지 기간내에, 금리를 그 당시의 시장금리로 변경하는 한번의 선택권(one-time option)을 부여받는다. 변경후의 금리는 잔존기간 고정된다. 1년 동안에 2%를 초과하는 금리의 저하가 있었던 경우에 경감이 허용되는 것이 일반적이다.

redundancy [영] 잉여인원, 실업(상태), 일시해제

reendorsement 역(逆)배서

reexchange 역(逆)환어음(redraft)

re-export 재수출

REF (ISO) code Reunion – currency French franc, It has adopted the euro/cent from 2002. ¶ REF (국제표준기구) 약호 리유니온(reunion) — 화폐 프랑스의 프랑. 리유니온은 2002년부터 유로/센트를 채용하였다.

REFCORP → **Re**solution **F**unding **Corp**oration [약] 정리자금조달공사 ¶ The *Resolution Funding Corporation* (*REFCORP*) is a U.S. government agency created by Congress in 1989 to (1) issue bailout bonds and raise industry funds to finance activities of the Resolution Trust Corporation (RTC) and (2) merge or close sick institutions inherited from the disbanded Federal Savings and Loan Insurance Corporation (FSLIC). See also Office of Thrift Supervision (OTS). 정리자금조달공사는 (1) 정리신탁공사(Resolution Trust Corporation: RTC)의 활동을 금융지원할 구제채권(bailout bond)을 발행하여 산업기금을 조달하고, (2) 해산한 연방저축대출보험공사(Federal Savings and Loan Insurance Corporation: FSLIC)로부터 물려받은 경영악화의 기관을 합병하거나 폐쇄하기 위하여 1989년에 미의회가 창설한 미정부기관(U.S. government agency)이다. Office of Thrift Supervision (OTS) (저축금융기관감독청)도 참조할 것.

referee 심판원, 조정자, 파산관재인, [영] 신원조회인 ¶ a *referee* in bankruptcy 파산관재인 /a *referee* in case of need 예비지급인

reference 조회(照會), 신용조회, 인물증명서 ¶ bank(ing) *reference* 은행조회 /(a) personal *reference* 개인의 신용조회 /*reference* asset 기준자산 /*reference* bank 신용조회은행, 거래은행, 시세의 경기를 제공하는 은행 /*reference* document 기준서류 /*reference* entity 신용조회처 /*reference* obligation 기준채무 /*reference* period 기준기간 /*reference* point 기준점 /*reference* portfolio 기준포트폴리오 /*reference* range 기준시세표 /*reference* statistics 참고통계 /*reference* value 참조치(値)

/*reference* yield 기준이율 /trade [commercial] *reference* 동업자신용조회 ***reference credit*** 레퍼런스크레디트 → reference entity (신용실체) ~ ***entity*** [영] 신용실체 ¶ The *reference entity* is the issuer to whose default a credit derivative contract refers. Default on any of the issuer's debt obligations will trigger a payout under the credit derivative contract. Also known as reference credit. See also reference obligation. 신용실체는 신용파생상품계약이 디폴트라는 것을 나타내는 발행자이다. 신용실체의 부채채무에 관한 디폴트는 신용파생상품계약에서 지출(payout)을 유발한다. 이를 레퍼런스크레디트(reference credit)라고도 한다. reference obligation(기준채무)도 참조할 것. ~ ***index*** [영] 기준지수 ¶ The *reference index* is an index that is used as the pricing indicator in a derivative transaction, such as those related to equities or commodities. 기준지수는 주식 또는 상품과 관련되는 것과 같은 파생상품거래에서 가격지표(pricing indicator)로서 사용되는 지수(指數)를 말한다. ~ ***obligation*** [영] 기준채무 ¶ The *reference obligation* is the specific debt obligation of an issuer to whose default a credit derivative contract refers. In order to trigger a payout under the credit derivative contract the specific obligation must be in default. See also reference entity. 기준채무는 신용파생상품계약이 디폴트임을 나타내는 발행자의 특별부채채무이다. 신용파생상품계약에서 지출을 유발하기 위하여 특별채무는 디폴트상태에 있어야 한다. reference entity(신용실체)도 참조할 것. ~ ***rate*** [영] 기준시세 ¶ The *reference rate* is an interest rate that is used as the pricing indicator in a financing or derivative transaction. In most cases the *reference rate* is a well-established and transparent benchmark, such as LIBOR, EURIBOR, EONIA, prime rate, and so forth. 기준시세는 금융거래 또는 파생상품거래에서 가격지표로서 사용되는 금리를 말한다. 대부분의 경우에, 기준시세는 LIBOR(런던은행간 자금운용금리); EURIBOR(유럽은행간대출금리); EONIA(유로 오버나잇인덱스 애버리지), prime rate(최우대 대출금리) 등과 같이 안정되고 투명한 표준가격(benchmark)이다.

referral 참조, 조회, 소개

refer to drawer (R/D) [부도문언] 발행인조회

refinance [v] 차환하다, 자금을 보충하다 ¶ *refinance* draft 수입자발행기한부 어음 /*refinanced* loan 재융자
[n] 재융자, 리파이낸스

refinancing 재금융, 리파이낸싱 차환(借換), 빚의 인수 ¶ In banking, *refinancing* is extending the maturity date, or increasing the amount of existing debt, or both. 은행업무에 있어서, 리파이낸싱이란 현재의 채무(debt)의 만기일(maturity date)을 연장하든가, 차입금액을 증가시키든가 하는 것을 말한다. 양쪽을 행하는 경우도 있다. ¶ In bonds, *refinancing* is retiring existing bonded debt by issuing new securities to reduce the interest rate, or to extend the maturity date, or both. 채권에 있어서, 리파이낸싱은 지급금리(interest rate)의 경감 또는 만기일(maturity date)의 연장, 혹은 그 양쪽을 목적으로 하여 신규증권을 발행하여 기발(既發)증권을 상환(retirement)하는 것이다. ¶ In personal finance, *refinancing* is replacing a debt obligation, typically a home mortgage, with another having more favorable terms, and sometimes releasing cash (called a cash out refi). 개인금융에 있어서, 리파이낸싱은 통상 주택용모기지인 채무증서(debt obligation)를 유리한 기간을 가지는 다른 모기지로 바꾸는 것이고, 현금을 포기하는 경우[이를 현금인출차환(cash out refi.)]도 있다.

reflation (디플레이션 후의) 통화재팽창, 리플레이션 ¶ *Reflation* is reversal of deflation by deliberate government monetary action. 리플레이션은 의도적인 정부의 금융조치로 디플레이션(deflation)을 반전시키는 경우이다.

refund [v.] 반환하다, 환급하다 ¶ *refunding* bond 상환사채
[n.] 반환, 환급, 차환 ¶ In bonds, *refund* is retirement of an existing bond issue through the sale of a new bond issue. When interest rates have fallen, issuers may want to exercise the call feature of a bond and replaces it with another debt instrument paying a lower interest rate. See also prerefunding. 채권에 있어서, 차환이란 신발채(新發債)를 발행하여 기발채(既發債)를 상환(retirement)하는 것이다. 금리가 떨어진 때에, 채권의 발행자(issuer)가 채권의 조기상환권(call feature)을 행사하여 보다 낮은 금리의 채권으로 바꿔 놓는 것이다. prerefunding [채권의 사전차환(借換)]도 참조할 것. ¶ In commerce, *refund* is return of merchandise for money. For example, a consumer who is not happy with a product has the right to return it for a refund of his money. 상거래에서, 환급은 상품을 되돌려주고 환급을 받는 것이다. 예컨대, 제품에 불만이 있는 소비자는 그 제품을 되돌려주고 대금의 환급을 받을 수 있다. ***refund annuity*** 원금(元金)보장형 연금 ¶ The *refund annuity* is a contract that guarantees payment equal to the premiums paid, even if the annuitant dies. Also called life income with refund annuity. 원금(元金)보장형 연금은 연금보험수취인(annuitant)이 사망한다고 하더라도, 지급한 보험료(premium)와 동액의 지급을 받는 것이 보증된 계약이다. 이를 life income with refund annuity(원금보장형 연금생명보험)이라고도 한다.

refunding 차환(借換), 환급 ¶ *Refunding* is: (1) replacing an old debt with a new one, usually in order to lower the interest cost of the issuer. For instance, a corporation or municipality that has issued 10% bonds may want to refund them by issuing 7% bonds if interest rates have dropped. See also prerefunding; refinancing. (2) in merchandising, returning money to the purchaser, e.g., to a consumer who has paid for an appliance and is not happy with it. 차환(借換)이란 (1) 통상은 발행자(issuer)의 금리코스트(interest cost)를 경감할 목적에서 구채무(old debt)를 신채무로 바꿔 놓는 것이다. 예컨대 금리 10%의 채권을 발행한 회사나 지방자치단체가 금리가 저하한 때에 7%의 채권을 발행하여 앞에 발행한 채권을 차환하려고 한다. prerefunding[채권의 사전차환(借換)]; refinancing(리파이낸싱)도 참조할 것. (2) 상거래에서 예컨대 가정전기제품을 구입하였으나, 그 제품이 마음에 들지 않는 소비자인 구매자에게 대금을 되돌려주는 것이다. ***refunding escrow deposits (REDs)*** 차환에스크로 예금 ¶ *Refunding escrow deposits* (*REDs*) is financial instruments used to circumvent 1984 tax restrictions on tax-exempt prerefunding for certain kinds of state or local projects, such as airports, solid-waste disposal facilities, wharves, and convention centers. The object of prerefundings was to lock in a lower current rate in anticipation of maturing higher-rate issues. *REDs* accomplish this by way of a forward purchase contract obligating investors to buy bonds at a predetermined rate when they are issued call date on existing high-rate bonds. In the interim, investors' money is invested in Treasury bonds bought in the secondary market. The Treasuries are held in escrow, in effect security the investor's deposit and paying taxable annual income. The Treasuries mature around the call date on the existing bonds, providing the money to buy the new issue and redeem the old one. Also called municipal forwards. 차환에스크로 예금은 1984년의 세제에 의하여, 공항, 고형폐기물처리시설, 부두, 컨벤션센터와 같은 주(州)나 지방프로젝트를 위하여 발행한 지방채(地方債)(municipal bond)를 비과세(tax-exempt)베이스로

사전차환(prerefunding)하는 것이 제한되었으나, 그 대체물로서 이용되는 금융상품이다. 사전차환이란 것은 시장금리가 낮은 때에 저리(低利)의 채권을 사전에 발행해 두고, 고금리의 기존채권의 상환일에 갈아타는 것(換乘)을 의미한다. 차환에스크로 예금자는 장래의 시점에 사전에 결정된 금리로 발행되는 채권을 구입할 것을 의무로 하는 선도(先渡)구입계약(forward purchase contract)을 체결한다. 이리하여 사전차환의 목적이 달성된다. 신규채권의 발행시기는 기존채권의 최초의 조기상환일(call date)에 일치시킨다. 에스크로 예금에 예탁된 자금은 신규채권발행까지의 기간, 유통시장(secondary market)에서 미재무부증권(Treasuries)에 투자된다. 미재무부증권은 에스크로 계좌에서 보유되어 예금자의 자금을 보호하는 동시에 금리를 예금자에게 지급한다(이 금리는 과세취급된다.). 투자할 미재무부증권의 만기를 기발채(既發債)의 조기상환일 부근에 맞춰서 기한전 상환일에 발행하는 신채권의 구입자금에 충당한다. municipal forwards(지방채선도거래)라고도 한다.

refundment 환급, 상환 ¶ *refundment* bond 선수금반환보증

refusal 거절, 사퇴 ¶ *refusal* to pay 지급거절

regardless of …을 개의[괘념]치 않고; …에 관계없이 ¶ *regardless of* the purpose 목적을 묻지 않는[고]

regeneration 갱생, 개심 ¶ *regeneration* plan 갱생계획

regional 지방(地方)의, 지역의 ¶ *regional* development 지역개발 ***regional* [*provincial*] *bank*** 지방은행 ¶ The *regional bank* is a bank that specializes in collecting deposits and making loans in one region of the country, as distinguished from a money center bank, which operates nationally and internationally. 지방은행은 특정한 지역에서의 예금이나 대출에 특화한 은행으로, 전국적이고 국제적으로 영업을 전개하는 머니센터뱅크(money center bank)와는 구별된다. ~ ***exchange*** [영] 지역거래소 ¶ In certain countries, the *regional exchange* is an exchange that serves as an additional exchange in the local marketplace fulfilling a specific function for listing and trading but not holding dominant market shares. *Regional exchanges* exist for both stocks and commodities. 일부 국가에서, 지역거래소는 상장과 거래를 위하지만 지배적인 시장쉐어는 보유하지 않는 특별한 기능을 수행하는 지역시장에서 추가거래소로서 작용하는 거래소이다. 지역거래소는 주식과 상품을 위하여 존재한다. ~ ***mutual fund*** 리저널뮤추얼펀드 ¶ The *regional mutual fund* is a mutual fund that buys securities from just one region of the country. There are *regional mutual funds* specializing in the Southwest, Southeast, Northwest, Midwest and other regions. Investors may be interested in such funds because they provide a pure play on the economic growth in a particular region. People living in these regions may also want to invest in nearby companies because of their firsthand experience with such firms. *Regional mutual funds* also specialize in different regions of the world. There are funds limited to investments in Latin America, Europe, Asia, and other regions. Regional funds, whether domestic or international, tend to be more volatile than funds with more geographically diversified holdings. See also exchange-traded funds (ETF). 리저널뮤추얼펀드는 하나의 지역에 특화하여 증권투자를 행하는 뮤추얼펀드(mutual fund)이다. 미국서남부, 동남부, 북서부, 중서부와 같은 지역에 특화하는 리저널뮤추얼펀드도 있다. 특정한 지역의 경제에 특화한 투자방침을 평가하여 리저널펀드에 흥미를 가지는 투자자(investor)가 있다. 또 거주지역내의 회사에 관하여 직접적인 지식이 있음을 이유로, 리저널펀드에 투자를 하고 싶은 투자자도 있다. 세계의 다른 지역에 특화하여 투자를

행하는 리저널뮤추얼펀드도 있다. 라틴아메리카, 유럽, 아시아 기타 지역에 한정하고 있는 펀드가 이것에 상당하다. 리저널펀드는 국내의 특정지역에 특화하거나 국제적인 지역에 특화하거나를 불문하고, 분산된 지역에 투자하는 펀드에 비하여, 가격의 변동폭은 크다. exchange-traded fund (ETF)(상장지수펀드)도 참조할 것. ~ ***stock exchanges*** 지방증권거래소 ¶ The *regional stock exchanges* are organized national securities exchanges located outside of New York City and registered with the Securities and Exchange Commission. They include the Boston, Chicago, National, Pacific, and Philadelphia stock exchanges. These exchanges list both regional issues and many of the securities listed on the New York exchanges. Companies listed on the New York Stock Exchange, the American Stock Exchange, and the NASDAQ Stock Market broaden the market for regional exchanges' securities. Using the Intermarket Trading System (ITS), regional exchanges can see competing prices for the securities traded on video screens. Regional exchanges have increased their competitive positions by adopting electronic trading and clearing systems, demutualizing and adding products such exchange-traded funds. See also dual listing; graduated security; securities and commodities exchanges. 지방증권거래소는 뉴욕시 이외에 소재하는 조직화된 전국증권거래소로서 미증권거래위원회(Securities and Exchange Commission: SEC)에 등록한 증권거래소이다. 보스턴(Boston Stock Exchange), 시카고 증권거래소(Chicago Stock Exchange), 내셔널(National), 퍼시픽(Pacific) 및 필라델피아증권거래소(Philadelphia Stock Exchange)가 들어간다. 이러한 거래소는 지역의 증권뿐만 아니라, 뉴욕의 증권거래소에 상장되고 있는 증권도 많이 상장하고 있다. 뉴욕증권거래소(New York Stock Exchange: NYSE), 아메리칸증권거래소(American Stock Exchange: AMEX)나 나스닥증권시장(NASDAQ Stock Market)에 상장하고 있는 회사는 시장을 넓히는 목적에서 지방거래소에 상장하고 있는 경우가 많기 때문이다. 시장간 거래시스템(Intermarket Trading System: ITS)을 이용하여 지방의 거래소는 거래대상의 증권의 경쟁가격을 스크린에서 볼 수 있다. 지방의 거래소는 전자거래나 전자결제시스템을 채용한다든지, 주식회사화(demutualizing)한다든지 지수연동형 상장지수펀드(exchange-traded funds)와 같은 금융상품을 부가한다든지 하여, 그 경쟁력을 높이고 있다. dual listing(복수의 거래소에의 상장); graduated security(졸업종목); securities and commodities exchanges(증권거래소/상품거래소)도 참조할 것.

register [n.] 기록, 등기, 등기부 ¶ commercial *register* 상업등기 /land *register* 토지등기부 /the Lloyd's *Register* 런던선급협회선명부(船級協會船名簿) /an official *register* of … …의 정식등기부 /*register* book 등기원부 /a *register* of mortgage 모기지설정등기 /a *register* of securities 증권등록부 /a *register* of settlement of a mortgage 모기지말소등기 /*register* of title deed 부동산권리의 등기 /*register* office 등기소 /a *register* of stockholders [shareholders] 주주원부

[v.] 등기하다, 기록하다 ¶ *registered bond* or share 기명채권 또는 주권 /the *registered* capital of a company 등기자본금 /*registered* check 고객의 의뢰로 제3자 앞으로 발행하는 은행수표 /a *registered* office (회사의) 등기상의 주소 /*registered* seal 실인(實印) /*registered* share 등록주 /*registered* stock 기명주 /*register* a mortgage 모기지를 등기하다 ***registered bond*** 기명채권 ¶ The *registered bond* is a bond that is recorded in the name of the holder on the book of the issuer or the issuer's registrar and can be transferred to another owner only when endorsed by the registered owner. A bond registered for principal only, and not for interest, is called a registered coupon bond. One that is not registered is called a bearer bond; one issued with detachable coupons for presentation to the issuer or paying agent when interest or principal payments are due is termed a coupon bond. Bearer bonds are negotiable instruments payable to the holder and therefore do not legally require endorsement. Bearer bonds that may be changed to *registered bonds* are called interchangeable bonds. 기명채권은 보유자(사채권자)의 성명이 발행자(issuer) 또는 발행자의 등록기관(registrar)의 사채원부에 기록되어 있고, 등록사채권자에 의한 배서(endorse)가 없는 한 양도(transfer)할 수 없는 채권을 말한다. 원금(principal)만이 등록되고 이자(interest)는 등록되고 있지 않은 채권을 기명쿠폰채권(registered coupon bond)이라고 한다. 등록되어 있지 않은 채권은 무기명채권(bearer bond)이라고 한다. 지급기일에 원금과 이자를 분리하여, 발행자나 채권지급대행기관(paying agent)에 제시할 수 있는 쿠폰(coupon)분리형 채권을 이자부 채권(coupon bond)이라고 한다. 무기명채권은 채권의 보유자에게 지급되는 양도할 수 있는 증권(negotiable instrument)이고, 법적으로는 배서를 필요치 않는다. 기명채권으로 변경할 수 있는 무기명채권은 기명으로 전환할 수 있는 채권(interchangeable bonds)이라고 한다. ***~ed check*** 등록수표 ¶ The *registered check* is a check issued by a bank for a customer who places funds aside in a special register. The customer writes in his name and the name of the payee and the amount of money to be transferred. The bank, which collects a fee for the service, then puts on the bank's name and the amount of the check and gives the check a special number. The check has two stubs, one for the customer and one for the bank. The *registered check* is similar to a money order for someone who does not have a checking account at the bank. 등록수표는 자금을 특별한 등록계좌에 예탁하고 있는 고객을 위하여 은행이 발행하는 수표(check)를 말한다. 고객은 자기 자신의 명의와 수취인(payee)의 명의, 지급금액을 기입한다. 은행은 수수료를 징구하고, 그 수표에 은행명과 금액, 수표의 특별번호를 기입한다. 고객과 은행이 수표장(手票帳)을 1매씩 보유한다. 등록수표는 은행에 당좌예금계좌를 가지고 있지 않은 사람을 위한 송금환(money order)과 유사하다. ***~ed company*** 등록회사 ¶ The *registered company* is a company that has filed a registration statement with the Securities and Exchange Commission in connection with a public offering of securities and must therefore comply with SEC disclosure requirements. 등록회사는 증권의 공모발행(public offering)시에 미증권거래위원회(Securities and Exchange Commission: SEC)에 등록계출서(registration statement)를 제출한 회사를 말한다. 따라서 등록회사는 SEC의 개시(disclosure)요건에 따라야 한다. ***~ed competitive trader*** 등록한 컴페터티브 트레이더 ¶ The *registered competitive trader* is one of a group of New York Stock Exchange members who buy and sell for their own accounts. Because these members pay no commissions, they are able to profit on small changes in market prices and thus tend to trade actively in stocks doing a high volume. Like specialists, *registered competitive traders* must abide by exchange rules, including a requirement that 75% of their trades be stabilizing. This means they cannot sell unless the last trading price on a stock was up, or buy unless the last trading prices was down. Orders from the general public take precedence over those of *registered competitive traders*, which account for less than 1% of volume. Also called floor trader or competitive trader. 등록한 컴페터티브 트레이더는 자기계좌로 매매하는 뉴욕증권거래소 회원업자(New York Stock Exchange members)이다. 이러한 회원업자는 주식취급수수료(commission)를 지급하지 않으므로 주가의 근소한 변동에서 이익을 올릴 수 있고, 따라서 거래량이 많은 주식을 적극적으로 매매하는 경향이 있다. 스페셜리스트와 마찬가지로, 등록한 컴페터티브

트레이더는 거래량의 75%가 주가안정적(stabilizing)이어야 한다는 규칙을 비롯하여, 거래소의 여러 가지의 규칙을 준수하여야 한다. 구체적으로는 직근의 주가가 오르지 않으면 매도할 수 없고, 마찬가지로 직근의 주가가 내려가지 않으면 매입할 수 없다는 의미이다. 일반투자자로부터의 위탁주문은 전체의 거래량의 1%에도 충족하지 않지만, 등록한 컴페터티브 트레이더의 거래보다 우선 처리된다. 이를 또한 floor trader (입회장트레이더) 또는 competitive trader(컴페터티브 트레이더)라고도 한다. ***~ed competitive market maker*** 등록컴페터티브 마켓메이커 ¶The *registered competitive market maker* is a securities dealer registered with the Financial Industry Regulatory Authority (FINRA) as a market maker in a particular over-the-counter stock – that is, one who maintains firm bid and offer prices in the stock by standing ready to buy or sell round lots. Such dealers must announce their quotes through NASDAQ, which requires that there be at least two market makers in each stock listed in the system; the bid and asked quotes are compared to ensure that the quote is a representative spread. See also make a market; market maker. 등록컴페터티브 마켓메이커는 특정한 장외시장(over-the-counter)주식의 마켓메이커로서 금융업규제기구(Financial Industry Regulatory Authority: FINRA)에 등록하고 있는 증권회사(securities dealer)이고, 담당하는 장외시장주식을 언제든지 매매할 수 있는 태세를 갖추어 확정적인 매매거래가(bid and asked)를 거래단위(round lot)로 제시한다. 이러한 증권회사는 나스닥(NASDAQ)을 통해서 시세가격(quote)을 발표해야 하며, 나스닥은 장외거래에서는 적어도 2사의 마켓메이커가 존재하는 것을 요구하고 있다. 마켓메이커의 매입시세가격과 매도시세가격이 대표스프레드(representative spread)인 것을 확인하기 위하여 비교되고 있다. make a market(거래를 이루다); market maker(마켓메이커)도 참조할 것. ***~ed coupon bond*** 기명쿠폰채권 → registered bond (기명채권). ***~ed equity market maker*** 등록주식마켓메이커 ¶The *registered equity market maker* is an American Stock Exchange member firm registered as a trader for its own account. Such firms are expected to make stabilizing purchases and sales when necessary to correct imbalances in particular securities. See also registered competitive market maker. 등록주식마켓메이커는 자기계좌에서 주식을 거래하는 트레이더(trader)로서 등록된 아메리칸증권거래소(American Stock Exchange)의 회원증권회사(member firm)이다. 마켓메이커는 특정한 증권의 거래수요에 불균형이 생긴 때에는, 가격안정화를 위한 매매를 하는 것이 기대되고 있다. registered competitive market maker(등록컴페터티브 마켓메이커)도 참조할 것. ***Registered Investment Adviser (RIA)*** 등록투자자문업자 ¶The *Registered Investment Adviser* (*RIA*) is an investment adviser registered with the Securities and Exchange Commission. An *RIA* must fill out a form detailing educational and professional experience and pay an annual fee to the SEC. The *Registered Investment Adviser* (*RIA*) designation carries no endorsement from the SEC, which regulates *RIAs'* activities. *RIAs* may pick stocks, bonds, mutual funds, partnerships or other SEC-registered investments for clients. They may be paid on a fee-only or fee-plus-commission basis. Usually, fees are based on a fixed percentage of assets under management. 등록투자자문업자는 미증권거래위원회(Securities and Exchange Commission)에 등록된 투자자문업자를 말한다. 등록투자자문업자(RIA)는 교육·직업경험을 소정의 서식에 기입하고 연회비를 SEC에 지급한다. RIA자격이 있다고 해서, RIA의 활동을 규제하는 SEC로부터 보증을 받고 있는 것은 아니다. RIA는 주식, 채권, 뮤추얼펀드(mutual fund), 파트너십(partnership) 기타 고객을 위하여 SEC에 등록되고 있는 증권을 투자대상으로 하고 있다. 투자자문업자에의 보수는 보수제(fee) 또는 보수 플러스 수수료(fee-plus-commission)로 되어 있다. 보수액은 운용자산(assets under management)에 일정한 비율을 곱한 것이 된다. ***~ed investment company*** 등록투자회사 ¶ The *registered investment company* is an investment company, such as an open-end or closed-end mutual fund, which files a registration statement with the Securities and Exchange Commission and meets all the other requirements of the Investment Company Act of 1940. 등록투자회사는 미증권거래위원회(Securities and Exchange Commission: SEC)에 등록계출서(registration statement)를 제출하여 1940년의 투자회사법(Investment Company Act of 1940)의 요건을 갖춘 오픈엔드형 펀드(open-end fund) 또는 클로즈드엔드형 펀드(closed-end fund)를 말한다. ***~ed options trader*** 등록옵션트레이더 ¶ The *registered options trader* is a specialist on the floor of the American Stock Exchange who is responsible for maintaining a fair and orderly market in an assigned group of options. 등록옵션트레이더는 담당하는 옵션(option)의 공정하고 질서 있는 가격의 유지에 책임을 지는 아메리칸증권거래소(American Stock Exchange) 입회소(floor)의 스페셜리스트(specialist)이다. ***~ed representative*** 등록증권외무원 ¶ The *registered representative* is an employee of a stock exchange member broker/dealer who acts as an account executive for clients. As such, the registered representative gives advice on which securities to buy and sell, and he collects a percentage of the commission income he generates as compensation. To qualify as a *registered representative*, a person must acquire a background in the securities business and pass a series of tests, including the General Securities Examination and state securities tests. "Registered" means licensed by the Securities and Exchange Commission and by the New York Stock Exchange. 등록증권외무원은 어카운트 이그제커티브(고객담당자, account executive)로서 고객을 담당하는 증권거래소회원 증권회사(broker/dealer)의 종업원이다. 등록증권외무원은 증권매매에 관하여 고객에게 조언을 주어 담당고객이 지급하는 수수료(commission)의 일정한 율을 보수로서 받는다. 등록증권외무원자격을 얻기 위하여는, 증권업무를 경험하고, 「증권일반시험」이나 주(州)의 증권시험 기타 일련의 시험에 합격하여야 한다. 「등록」(registration)이란 미증권거래위원회(SEC)와 뉴욕증권거래소(New York Stock Exchange: NYSE)로부터 면허를 취득한 것을 의미한다. ***~ed retirement savings plan (RRSP)*** 등록퇴직금저축제도 ¶ The *registered retirement savings plan* (*RRSP*) is a tax-deductible and tax-sheltered retirement plan for individuals in Canada, similar in concept to the individual retirement plan (IRA) in the United States. 등록퇴직금저축제도는 캐나다에서 개인을 위한 퇴직금적립제도로, 세액공제(tax deductible)·경감대상이 되어, 개념적으로는 미국의 개인연금퇴직제도(individual retirement plan: IRA)와 유사하다. ***~ed secondary offering*** 등록매출(賣出) ¶ *Registered secondary offering* is offering, usually through investment bankers, of a large block of securities that were previously issued to the public, using the abbreviated Form S-16 of the Securities and Exchange Commission. Such offerings are usually made by major stockholders of mature companies who may be control persons or institutions who originally acquired the securities in a private placement. Form S-16 relies heavily on previously filed SEC documents such as the S-1, the 10-K, and quarterly filings. Where listed securities are concerned, permission to sell large blocks off the exchange must be obtained from the appropriate exchange. See also letter security; secondary distribution; secondary offering; shelf registration. 등록매출(賣出)은 이전에 공모발행(public offering)된 기존의 증권을 한데 묶어서 일반투자자(the public)에게 매출하는 것인데, 투자은행(investment banker)을 경유해서 매도(賣渡)하는 경우가 많다. 매출의 등록은 미증권거래위원회(SEC)의 간략한 등록양식인 Form S-16을 사용한다. 발행회사의 지배관계자(control persons)의 입장에 있는 성숙기업의 대주주나 초기단계에 사모베이스(private placement)로 그 증권을 취득한 기관투자자가 매출하는 경우가 많다. Form S-16은 이미 SEC에 제출한 서식 S-1, 연차보고서(Form 10-K), 4반기 보고서를 베이스로 작성한다. 상장증권을 증권거래소 외에서 대형으로 판매하는 경우에는, 관할 증권거래소의 허가를 얻어야 한다. letter security(사모증권); secondary distribution[제2차 분매(分賣)]; secondary offering[제2차 분매(分賣)]; shelf registration(일괄등록)도 참조할 것. ***~ed security*** 등록증권, 기명증권 ¶ The *registered security* is: (1) a security whose owner's name is recorded on the books of the issuer or the issuer's agent, called a registrar – for example, a registered bond as opposed to a bearer bond, the former being transferable only by endorsement, the latter payable to the holder. (2) securities issue registered with the Securities and Exchange Commission as a new issue or as a secondary offering. See also registered secondary offering; registration. 기명증권은 (1) 발행자(issuer), 또는 등록기관(registrar)이라고 하는 발행자의 대리인(agent)의 등록원부에 소유자명이 기록되고 있는 증권(security)을 말한다. 예를 들면, 기명채권(registered bonds)은 무기명채권(bearer bond)과 대조되고 있고, 기명채권은 배서(endorse)에 의하여서만 양도가능한 것인데 대하여, 무기명채권은 채권의 보유자에게 지급된다. (2) 증권의 신규모집(new issue) 또는 매출(secondary offering) 시에 미증권거래위원회(SEC)에 등록되는 증권을 말한다. registered secondary offering [등록매출(賣出)]; registration(등록)도 참조할 것.

registrar 등기계(登記係), 등록기관 ¶ The *registrar* is an agency responsible for keeping track of the owners of bonds and the issuance of stock. The *registrar*, working with the transfer agent, keeps current files of the owners of a bond issue and the stockholders in a corporation. The *registrar* also makes sure that no more than the authorized amount of stock is in circulation. For bonds, the *registrar* certifies that a bond is a corporation's genuine debt obligation. 등록기관은 사채권자나 주식발행의 기록을 추적하는 기관을 이른다. 등록기관은 증권대행기관(transfer agent)과 협력하여 사채권자나 회사주주의 등록사무를 계속적으로 취급한다. 수권발행총수(authorized shares)를 초과하는 주식이 유통되고 있지 않는 것을 확인하는 것도 등록기관의 역할이다. 또 등록기관은 채권에 관하여도, 그것이 발행회사의 진정한 채무(debt obligation)인 것도 인증한다.

registration 기재, 등기 ¶ The *registration* is a process set up by the Securities and Exchange Act of 1933 and 1934 whereby securities that are to be sold the public are reviewed by the Securities and Exchange Commission. The registration statement details pertinent financial and operational information about the company, its management, and the purpose of the offering. Incorrect or incomplete information will delay the offering. 등록이란 1933년의 증권법(Securities Act of 1933) 및 1934년의 증권거래법(Securities Exchange Act of 1934)에 의하여 규정된 절차로, 동법에 의하면 공모(public offering)예정의 증권은 미증권거래위원회(Securities and Exchange Commission: SEC)에 의하여 심사된다. 등록계출서(registration statement)에는, 등록회사의 재무 · 사업정보, 경영진, 모집목적이 기술된다. 기재된 정보가 부정확하거나 불완전한 경우에는 공모가 지연된다. /land *registration* 토지등기 /*registration* formalities 등기절차 /*registration* incorporation [establishment] 설립등기 /*registration* of alteration 변경등기 /a *registration* office 등기장소, 등기소 /*registration* of mortgage 모기지의 등록

/*registration* of a ship 선박등기 ***registration fee*** 등기료, 명의개서료 ¶ *Registration fee* is charge made by the Securities and Exchange Commission and paid by the issuer of a security when a public offering is recorded with the SEC. 등기료는 미증권거래위원회(Securities and Exchange Commission: SEC)가 청구하는 수수료로, 공모(public offering)를 미증권거래위원회에 등록할 때에 증권의 발행자가 지급하는 수수료이다. ~ ***statement*** [증권] 등록계출서, 등록설명서 ¶ The *registration statement* is a document detailing the purpose of a proposed public offering of securities. The statement outlines financial details, a history of the company's operations and management, and other facts of importance to potential buyers. See also registration. 등록계출서는 증권의 공모(public offering)의 목적을 기술한 서류를 말한다. 발행회사의 재무제표, 업적이나 경영의 연혁, 기타 그것에 잠재적인 투자자에 대한 중요사실이 기재된다. registration(등록)도 참조할 것.

registry 기재등기, 등기소

regression analysis [통계] (변수간의 관계를 분석하는) 회귀분석(回歸分析) ¶ The *regression analysis* is a statistical technique used to establish the relationship of a dependent variable, such as the sales of a company, and one or more independent variables, such as family formations, gross domestic product, per capita income, and other economic indicators. By measuring exactly how large and significant each independent variable has historically been in its relation to the dependent variable, the future value of the dependent variable can be predicted. Essentially, *regression analysis* attempts to measure the degree of correlation between the dependent and independent variables, thereby establishing the latter's predictive value. For example, a manufacturer of baby food might want to determine the relationship between sales and housing starts as part of a sales forecast. Using a technique called a scatter graph, it might plot on the X and Y axes the historical sales for ten years and the historical annual housing starts for the same period. A line connecting the average dots, called the regression line, would reveal the degree of correlation between the two factors by showing the amount of unexplained variation – represented by the dots falling outside the line. Thus, if the regression line connected all the dots, it would demonstrate a direct relationship between baby food sales and housing starts, meaning that one could be predicted on the basis of the other. The proportion of dots scattered outside the regression line would indicate, on the other hand, the degrees to which the relationship was less direct, a high enough degree of unexplained variation meaning there was no meaningful relationship and that housing starts have no predictive value in terms of baby food sales. This proportion of unexplained variation is termed the coefficient of determination, and its square root the correlation coefficient. The correlation coefficient is the ultimate yardstick of regression analysis: a correlation coefficient of 1 means the relationship is direct – baby food and housing starts move together; −1 means there is a negative relationship – the more housing starts there are, the less baby food is sold; a coefficient of zero means there is no relationship between the two factors. *Regression analysis* is also used in securities' market analysis and in the risk-return analyses basic to portfolio theory. 회귀분석(回歸分析)은 회사의 매상총액과 같은 종속변수와, 가족구성, 국내총생산(gross domestic product), 1인당 소득, 기타의 경제지표(economic

회귀분석 산포도(regression analysis scatter graph)

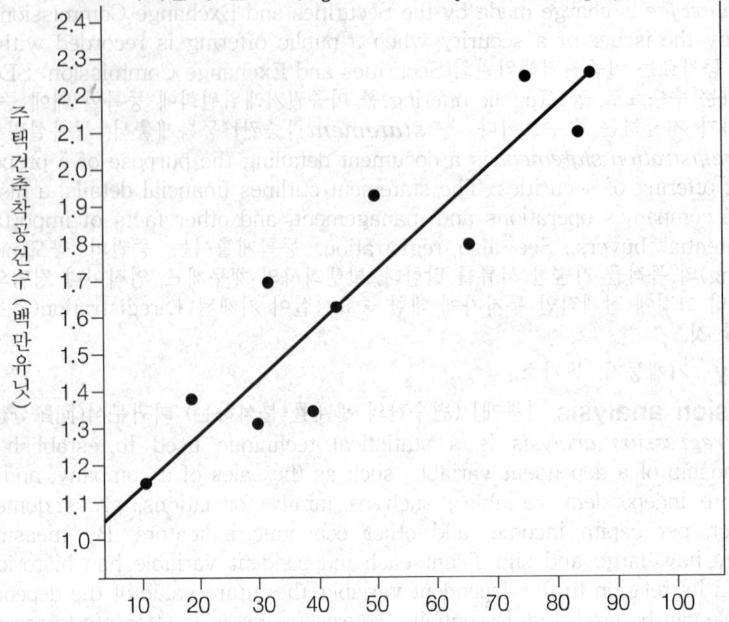

indicator)와 같은 1 또는 복수의 독립변수와의 관련을 조사하기 위하여 이용되는 통계수법을 말한다. 종속변수와의 관계에 있어서, 각 독립변수가 역사적으로 얼마나 중요하고 유의(有意)한 것인지를 측정함으로써, 종속변수의 장래가치가 예측된다. 본질적으로 회귀분석은 종속변수와 독립변수와의 상관관계의 정도를 측정하여 후자의 예측가치를 입증하려고 하는 것이다. 예를 들면, 베이비푸드(baby food)의 제조업자가 매상총액예측의 일환으로서, 매상총액(sales)과 주택건축착공건수(housing starts)와의 관련을 확정하고 싶다고 하자. 그 제조업자는 산포도(散布圖, scatter graph)라고 하는 수법을 이용하여, X축과 Y축상에, 10년간의 역사적 매상총액과 같은 시기의 주택건축착공건수를 좌표에 기입한다. 복수의 평균점을 연결하는 직선은 회귀직선이라고 하며, 그 직선에서 벗어나서 흩어지는 점이 표시하는 설명할 수 없는 변동량을 나타냄으로써 2개의 요인간에 있어서 상관의 정도를 명확히 한다. 만약 회귀선이 모든 점을 연결하는 경우는, 그것은 베이비푸드매상총액과 주택건축착공건수와의 간의 직접적 관련을 증명하는 것이 되어, 일방이 타방에 기초해서 예측할 수 있음을 의미한다. 다른 한편, 회귀직선을 벗어나 흩어지는 점의 비율은 관련이 직접적이 아닌 정도를 표시하여 설명할 수 없는 변동의 정도가 충분히 높으면 유의(有意)한 관련이 없었던 것과 주택건축착공건수는 베이비푸드매상총액에 관하여는 예측가치가 없음을 의미한다. 설명할 수 없는 변수의 비율은 결정계수(coefficient of determination)라고 하고, 그 평균근(平均根)은 상관계수(correlation coefficient)라고 한다. 상관계수는 회귀분석의 최종적인 척도이고, 1의 상관계수는 관련이 직접적인(베이비푸드와 주택건축착공건수는 함께 움직인다.) 것을 의미하고, −1은 역상관(逆相關)의 관계가 있는(주택건축착공건수가 높으면 높을수록, 베이비푸드는 팔리지 않게 된다.) 것을 의미한다. 0의 계수는 2개의 요인간에 관련이 없음을 의미한다. 회귀분석은 증권시장분석이나 포트폴리오 이론(portfolio theory)의 기초를 이루는 리스크리턴분석에서도 이용될 수 있다.

regressive tax 역진세(逆進稅) ¶ The *regressive tax* is: (1) a system of taxation in which tax rates declines as the tax base rises. For example, a system that taxed value of $1,000 to $5,000 at 5%, $5,000 to $10,000 at 4% and so on would be regressive. A *regressive tax* is the opposite of a progressive tax. (2) a tax system that results in a higher tax for the poor than for the rich, in terms of percentage of income. In this sense, a sales tax is regressive even though the same rate is applied to all sales, because people with lower incomes tend to spend most of their incomes on goods and services. Similarly. payroll taxes are regressive because they are borne largely by wage earners and not by higher income groups. Local property taxes also tend to be regressive because poorer people spend more of their incomes on housing costs, which are directly affected by property taxes. See also flat tax. 역진세(逆進稅)는 (1) 과세기준(tax base)이 증가함에 따라 세율(tax rate)이 저하하는 과세방식을 이른다. 예를 들면, 과세액이 1,000달러에서 5,000달러까지는 세율이 5%로, 마찬가지로 5,000달러에서 10,000달러까지는 세율이 4%로 되어 가는 제도를 역진적이라고 한다. 역진과세는 누진과세(progressive tax)의 반대이다. (2) 부유한 사람보다도 가난한 사람에게 결과적으로 보다 높은 소득세율이 되는 제도이다. 그런 의미에서는, 매상세(sales tax)는 모든 매상총액에 같은 세율이 적용된다고는 할 수 있고, 역진적이라 말할 수 있다. 왜냐하면 저소득층의 사람들은 소득의 태반을 매상세가 과세되는 상품이나 서비스에 소비하기 때문이다. 마찬가지로, 급여세(payroll tax)도, 고액소득자가 아니라 태반이 임금노동자(wage earners)의 부담이 되고 있으므로 역진적이라 말할 수 있다. 지방고정자산세(local property tax)도 또한 역진적이 되기 싶다. 왜냐하면 가난한 사람들은 그들의 소득의 커다란 부분을 고정자산세의 직접적인 영향을 받는 주택비에 소비하기 때문이다. flat tax(균일과세)도 참조할 것.

regular 규칙적인, 계통이 선, 정기(定期)의, 정규(正規)의 ¶ *regular* checking account (수표발행매수) 제한부 당좌계정 /a *regular* dividend 정기[보통]배당 /*regular* investing 정기적인 투자 /*regular* lot [주식] 거래단위(the full lot, the round lot) /*regular* pay 기본급 /a *regular* spread 시중은행의 할인율이 중앙은행의 할인율을 상회하는 경우 ***regular way delivery (and settlement)*** 통상인도결제 ¶ *Regular way delivery (and settlement)* is completion of securities transactions at the office of the purchasing broker on (but not before) the third full business day following the date of the transaction, as required by the New York Stock Exchange. Government transactions are an exception; for them, regular way means delivery and settlement the next business day following a transaction. 통상인도결제란 뉴욕증권거래소(New York Stock Exchange)가 규정하는 바와 같이, 거래집행일로부터 3영업일째(그 전에는 안 된다)에, 거래를 행한 증권회사의 사무소에서 증권의 인도(delivery)와 결제(settlement)를 완료한다는 것이다. 국채거래(government transactions)는 예외이고, 거래일의 다음 영업일이 통상의 인도와 결제일이 된다.

regulated 규제된 ¶ *regulated* interest rate 규제금리 ***regulated commodities*** 통제상품 ¶ *Regulated commodities* are all commodity futures and options contracts traded on organized U.S. futures exchanges. See also Commodity Futures Trading Commission. 통제상품이란 조직화된 미국의 선물거래소(futures exchange)에서 거래되는 모든 상품선물계약(commodity futures contract)이나 옵션계약(option contract)을 말한다. Commodity Futures Trading Commission(상품선물거래위원회)을 참조할 것. ~ ***electronic communications network (ECN)*** [영] 규제전자통신네트워크 ¶ The *regulated electronic communications network* (*ECN*) is an electronic communications network that is authorized by regulators to operate as an exchange. *Regulated ECNs* must adhere to financial and reporting requirements imposed by authorities, and may be required to arrange for clearing of transactions through an independent clearinghouse. See also dealer market electronic communications network; hybrid electronic communications network. 규제전자통신네트워크는 규제당국에 의해서 거래소로서 작용하도록 수권받은 전자통신네트워크이다. 규제전자통신네트워크는 당국이 과하는 금융 및 보고체계요건을 고수하여야 하고, 독립된 청산기관을 통해서 거래의 청산을 준비하여야 할 것이다. dealer market electronic communication network(딜러마켓 전자통신네트워크); hybrid electronic communication network(하이브리드전자통신네트워크)도 참조할 것. ~ ***investment company*** 규제투자회사 ¶ The *regulated investment company* is a mutual fund or unit investment trust eligible under Regulation M of the Internal Revenue Service to pass capital gains, dividends, and interest earned on fund investments directly to its shareholders to be taxed at the personal level. The process, designed to avoid double taxation, is called the conduit theory. To qualify as a *regulated investment company*, the fund must meet such requirements as 90% minimum distribution of interest and dividends received on investments less expenses and 90% distribution of capital gains net income. To avoid a 4% excise tax, however, a *regulated investment company* must pay out 98% of its net investment income and capital gains. Shareholders must pay taxes even if they reinvest their distributions. 규제투자회사는 미국세입청(Internal Revenue Service: IRS)의 레귤레이션 M에 근거해서 투자에서 생기는 캐피탈게인(양도익, capital gain), 배당금(dividend), 및 경과이자(interest earned)가 투자회사의 단계에서 과세되지 않고, 그대로 주주에게 직접 이전할 수 있는 뮤추얼펀드(mutual fund) 또는 단위형 투자신탁(unit investment trust)을 이른다. 펀드의 투자자의 단계에서 과세된다. 이중과세를 피하기 위하여 설계된 이 절차는 도관(導管)이론(conduit theory)이라 한다. 규제투자회사로서의 인가를 받기 위하여, 펀드는 비용공제후의 수취이자 · 배당금이나 캐피탈게인 순익의 90%이상을 투자자에게 분배하는 요건을 충족하여야 한다. 그렇지만, 4%의 물품세를 피하기 위해서는, 규제투자회사는 순투자 수입과 캐피탈게인의 98% 이상을 주주에게 분배하여야 한다. 주주는 받은 분배금을 그래도 펀드에 재투자하는 경우라도 납세하여야 한다.

regulation 규칙, 법규 ¶ the *regulation* of bank's foreign exchange position 외환포지션규제 /*regulation* on conversion of foreign fund into won 외국자금의 원(won)전환규칙 ***Regulation A*** 레귤레이션 A ¶ *Regulation A* is: (1) a Securities and Exchange Commission provision for simplified regulations of small issues of securities. A *Regulation A* issue requires a shorter form of prospectus and carries lesser liability for officers and directors for false or misleading statements. (2) Federal Reserve Board statement of the means and conditions under which Federal Reserve banks make loans to member and other banks at what is called the discount window. See also rediscount. 레귤레이션 A는 (1) 간소화한 등록(registration)을 인정하는 증권(securities)의 소액발행에 관한 미증권거래위원회(Securities and Exchange Commission: SEC)의 규정이다. 레귤레이션 A에 의한 발행에서는, 사업계획서(prospectus)는 보다 간이양식으로 하고, 임원이나 이사(director)의 허위 또는 오인을 초래하는 보고서에 대한 책임도 경미하다. (2) 미연방준비은행(Federal Reserve bank), 할인창구(discount window)를 통해서 회원은행이나 다른 은행에 대출을 공여할 때의 방법이나 조건을 규정하고 있는 미연방준비제도이사회(Federal Reserve Board: FRB)의 성명이다. rediscount(재할인)도 참

조할 것. ***Regulation D*** [미] 레귤레이션 D(연방준비제도 이사회의 지급준비의무에 관한 규정) ¶ *Regulation D* is: (1) Federal Reserve Board rule pertaining to the amount of reserves banks must maintain relative to deposits. (2) Securities and Exchange Commission (SEC) rules concerning private placements and defining related concepts such as accredited investor. 레귤레이션 D는 (1) 은행이 예금과의 관련에서 유지하여야 할 준비금액(reserve)에 관하여 규정하고 있는 미연방준비제도 이사회(Federal Reserve Board)의 규칙이다. (2) 미증권거래위원회(Securities and Exchange Commission: SEC)의 사모발행(private placement)에 관한 규칙으로, 적격투자자(accredited investor)와 같은 관련된 개념을 정의하고 있다. ***Regulation FD*** 레귤레이션 FD ¶ *Regulation FD* is Securities and Exchange Commission regulation requiring simultaneous disclosure to investors of material information and disclosure within 24 hours of material information released inadvertently. 레귤레이션 FD는 미증권거래위원회(Securities and Exchange Commission: SEC)의 규칙으로, 중요정보(material information)를 투자자에게 동시에 개시(disclosure)하는 것이나 부주의로 누락된 중요정보는 24시간 이내에 개시할 것을 요구하고 있다. ***Regulation G*** 레귤레이션 G ¶ *Regulation G* is a Federal Reserve Board rule regulating lenders other than commercial banks, brokers or dealers who, in the ordinary course of business, extend credit to individuals to purchase or carry securities. Special provision is made for loans by corporations and credit unions to finance purchases under employee stock option and stock purchase plans. 레귤레이션 G는 상업은행이나 증권회사(broker/dealer) 이외의 대여자가 통상의 영업활동으로서 증권구입・보유목적의 자금을 개인에게 대출하는 것에 관한 미연방준비제도이사회(Federal Reserve Board: FRB)의 규칙을 말한다. 회사나 신용조합(credit union)이 종업원 스톡옵션(stock option)제도나 종업원주식구입제도(employee stock purchase plan)에 기초해서 공여하는 대출에 관하여는 특별한 규정이 정해져 있다. ***Regulation NMS*** [영] 레귤레이션 엔엠에스 ¶ In the Unites States, *Regulation NMS* is Regulation National Market System (NMS) put forth by the Securities and Exchange Commission, which seeks to consolidate and strengthen the framework for trading and execution on a variety of exchanges and electronic platforms. The key elements of the regulation focus on order protection (via trade-through and protected bids and offers), order access, pricing increments, and market data/information display. 미국에서 레귤레이션 엔엠에스는 여러 가지의 거래소와 전자플랫폼에서 거래와 집행을 위한 체계(framework)를 통합하고 강화하려는 미증권거래위원회(SEC)가 제안한 레귤레이션전미시장시스템(Regulation National Market System: NMS)을 말한다. 그 레귤레이션의 주요한 요소는 (트레이드트루와 보호받는 호가매수와 호가매도를 경유하여) 주문보호, 주문접근, 가격증대 및 시장 데이터/정보 전시에 초점을 맞춘다. ***Regulation S*** 레귤레이션 S ¶ *Regulation S* is a Securities and Exchange Commission regulation that permits foreign sales to foreign investors by U.S. companies without registration. 레귤레이션 S는 미증권거래위원회(Securities and Exchange Commission: SEC)의 규칙으로, 미국기업이 등록(registration)하는 일이 없이 외국의 투자자에게 외국시장에서 자사(自社)의 주식을 매도할 것을 허가하는 것이다. ***Regulation SHO*** 레귤레이션 SHO → short-sale rule [공매규칙(空賣規則)]. ***Regulation T*** 레귤레이션 T ¶ *Regulation T* is a Federal Reserve Board regulation covering the extension of credit to customers by securities brokers, dealers, and members of the national securities exchanges. It establishes initial margin requirements and defines registered (eligible), unregistered (ineligible), and exempt securities. See also margin requirements; margin securities. 레귤레

이션 T는 증권회사(broker/dealer)나 미전국증권거래소의 회원(member firm)에 의해서 고객에 대한 신용공여를 규정하는 미연방준비제도이사회(Federal Reserve Board: FRB)의 규칙을 말한다. 당초 증거금률(initial margin)이나 등록(적격)증권[registered (eligible) securities], 무등록(부적격)증권[unregistered (eligible) securities], 및 등록상용증권(exempt securities)에 관하여 정의를 내리고 있다. margin requirements(증거금); margin securities(신용거래증권)도 참조할 것. ***Regulation U*** 레귤레이션 U ¶ *Regulation U* is a Federal Reserve Board limit on the amount of credit a bank may extend a customer for purchasing and carrying margin securities. See also nonpurpose loan. 레귤레이션 U는 고객이 신용거래적격증권(margin securities)을 구입·보유하기 위하여 은행이 공여할 수 있는 신용한도(limit on the amount of credit)에 관한 미연방준비제도이사회(Federal Reserve Board)의 규칙을 말한다. nonpurpose loan(비특정(非特定)대출)도 참조할 것. ***Regulation Z*** 레귤레이션 Z ¶ *Regulation Z* is a Federal Reserve Board regulation covering provisions of the Consumer Credit Protection Act of 1968, known as the Truth in Lending Act. 레귤레이션 Z는 대출진실법(Truth in Lending Act)으로서 알려지고 있는 1968년의 소비자신용보호법(Consumer Credit Protection Act of 1968)의 조항에 관한 미연방준비제도이사회(Federal Reserve Board)의 규칙을 말한다.

regulator 조절자, (*pl.*) 감독관청

regulatory 규제하는, 조정[조절]하는 ¶ *regulatory* power 감독권한 ***regulatory agency*** 감독기관 ¶ The *regulatory agency* is a government body responsible for control and supervision of a particular activity or area of public interest. 감독기관은 특정한 활동 또는 공익분야의 통제 및 감독에 책임이 있는 정부기관을 말한다. ~ ***capital*** [영] 규제자본 ¶ *Regulatory capital* is capital resources that financial institutions must allocate to their financial risks in order to comply with applicable national regulatory requirements. Regulators often establish minimum thresholds to ensure solvency under a range of stress loss scenarios. See also economic capital; risk-adjusted capital; tier 1 and tier 2. 규제자본은 적용할 국내규제요건을 준수하기 위하여 금융기관이 그들의 금융위험을 배분하여야 하는 자본의 원천(capital resources)을 말한다. 규제당국은 긴박한 손실시나리오의 범위에서 지급능력을 확보하기 위하여 최소한계를 설정하기도 한다. economic capital(경제적 자본); risk-adjusted capital(리스크조정후 자본); tier 1 and tier 2 (기본적 자기자본과 보완적 자기자본)도 참조할 것. ~ ***compliance risk*** [영] 규제준수리스크 ¶ The *regulatory compliance risk* is the risk of loss arising from failure to comply with regulatory rules related to business, trading, lending, authorized dealing personnel, reporting, disclosure, or capitalization. Subcategory of operational risk. 규제준수리스크는 영업(business), 거래행위(trading), 대출(lending), 공인딜러인원(authorized dealing personnel), 리포팅(reporting), 개시(disclosure), 또는 자본구성(capitalization)과 관련되는 규제규범을 준수하기 않아서 발생하는 손실의 리스크를 말한다. 오퍼레이셔널 리스크(operational risk)의 하부개념이다. ~ ***forbearance*** [영] 법규상의 보류 ¶ The *regulatory forbearance* is a decision by a national regulator or authority not to enforce a specific regulation, generally to avoid destablizing or aggravating an unstable market or situation. 법규상의 보류는 일반적으로 불안정한 시장이나 상황을 동요하거나 악화하는 것을 회피하기 위하여 특수한 규율을 강행하지 아니할 것을 국가의 규제담당관이나 규제기관이 내리는 결정을 말한다.

rehabilitation 갱생, 재건 ¶ *Rehabilitation* is restoring something, such as a structure, to a good condition. 재건은 구조물과 같은 어떤 것은 좋은 상태로 복구하는 것이다.

rehypothecation 추가담보, 재담보, 이중담보 ¶ The *rehypothecation* is pledging by brokers of securities in customers' margin accounts to banks as collateral for broker loans under a general loan and collateral agreement. Broker loans cover the positions of brokers who have made margin loans to customers for margin purchases and selling short. Margin loans are collateralized by the hypothecation of customers securities to the broker. Their *rehypothecation* is authorized when the customer originally signs a general account agreement. 재담보는 일반대출·담보계약(general loan and collateral agreement)에 근거해서 증권회사(broker)가 고객의 신용거래계좌(margin accounts)의 증권을, 브로커론(은행으로부터의 차입, broker loan)의 담보(collateral)로서 은행에 차입하는 것이다. 브로커론은 고객의 신용매입이나 공매(空賣, selling short)의 마진론(신용거래를 위한 대출, margin loans)에 충당한다. 마진론(margin loan)의 담보로서 고객은 증권을 증권회사에 차입한다(hypothecation). 재담보차입은 고객이 원래 증권회사와 일반거래계좌(general account)계약을 체결하고 있는 경우에 인정된다.

reimbursable 변제할 수 있는, 상환할 수 있는

reimburse 변제하다, 반환하다, 상환하다, 환급하다 ***reimbursing bank*** 보상지급은행 ¶ The *reimbursing bank* is a bank instructed and/or authorized to provide reimbursement pursuant to a reimbursement authorization issued by an issuing bank. 보상지급은행은 신용장개설은행이 개설한 보상지급수권서(reimbursement authorization)에 의거하여 환급을 제공할 권한이 있는 은행을 말한다.

reimbursement 반환, 상환, 환급 ¶ *Reimbursement* is paying someone back for out-of-pocket expense. For example, a company reimburses employees for their out-of-pocket business-related expenses when employees file expense reports. Insurance companies reimburse policyholders for out-of-pocket expenses incurred paying medical bills (for health insurance) or for home repairs (homeowner's insurance). 환급이란 현금으로 지급한 경비를 환급하는 것이다. 예를 들면, 종업원이 업무관련경비를 자신이 현금으로 지급한 경우에, 회사는 경비보고서의 제출에 기초해서 종업원에게 환급한다. 보험회사는 보험계약자가 현금으로 지급한 의료비(건강보험의 경우)나 가옥수선비(주택보험의 경우)를 환급한다. */reimbursement* draft 구상(求償)어음 ***reimbursement credit*** 상환보상신용장 ¶ If the issuing bank does not have an account with the paying bank, or for some other reason choose not to have his account debited to reimburse the paying bank, the paying bank could draw his own draft on the issuing bank and present it for payment. If this method of reimbursement is followed, the credit is referred to as a *reimbursement letter of credit*. Reimbursement may also be made through a third person, usually a bank, usually a bank, known as a reimbursing bank. 신용장개설은행이 지급은행에 계좌를 가지지 않거나, 또는 어떤 이유로 그의 계좌를 지급은행에 보상하기 위하여 차변에 기입하기를 택하지 않는 경우에, 지급은행은 환어음을 개설은행 앞으로 발행하여 지급을 위해 제시할 수 있을 것이다. 보상의 방법이 잇따라 일어난다면, 그런 신용장은 상환보상신용장이라고 한다. 상환보상은 통상 보상지급은행(reimbursing bank)이라고 하는 은행인 제3자를 통해서 행해질 수 있다.

reimport 재수입

reimportation 재수입(품)

reinstatement 수복(修復), 복원(復元), 보험계약의 부활 ¶ In insurance, the *reinstatement* is the restoration of coverage after a policy has lapsed because premium payments have not been made. Typically, life insurance can be reinstated within a three-year period if premiums are paid and subject to evidence of continued insurability. 보험에 있어서, 보험계약의 부활은 보험료(insurance premium)의 불지급으로 인하여 보험계약(insurance policy)이 실효한 후에 부활하는 경우이다. 전형적인 예로서, 생명보험(life insurance)에서는 실효후 3년 이내이면, 보험료가 지급되고, 또 계속적인 보험적격성이 입증되는 것을 조건으로 보험계약이 부활한다.

reinsurance 재보험 ¶ The *reinsurance* is a sharing of risk among insurance companies. Part of the insurer's risk is assumed by other companies in return for a part of the premium fee paid by the insured. By spreading the risk, *reinsurance* allows an individual company to take on clients whose coverage would be too great a burden for one insurer to carry alone. 재보험은 복수의 보험회사간에서 보험리스크(risk)를 분담하는 것이다. 피보험자(insured)가 지급하는 보험료(insurance premium)의 일부 상환으로 다른 보험회사가 피보험자의 보험리스크의 일부를 인수한다. 재보험은 보험리스크를 분산시킴으로써 하나의 보험회사만으로 담당하기에는 너무나 보험범위가 크게 되는 경우, 개개의 보험회사가 인수할 수 있게 된다.

reintermediation 재간접금융화현상(대중자금의 직접투자경향이 은행예금 등에 다시 환류하는 현상) (*cf.*) disintermediation ¶ *Reintermediation* is flow of funds into banks and other depository financial institutions from competing nonbank investments. This occurs when consumers move funds from money market funds and direct investments into bank money market and time deposit accounts, sometimes to take advantage of federal deposit insurance on accounts in depository institutions. The opposite is disintermediation. 재간접금융화현상은 경쟁하는 비은행투자기관으로부터 은행 기타 예탁금융기관으로 자금이 흘러 들어오는 현상을 이른다. 이것은 소비자들이 종종 예금수입금융기관의 계좌에 있는 미연방 예금보험을 이용하기 위하여, 머니마켓펀드(money market fund)로부터 자금을 빼서 투자자금을 은행머니마켓과 정기예금계정에 옮길 때에 일어난다. 그 반대가 disintermediation(금융중개기능의 저하)이다.

reinvestment 재투자 ***reinvestment privilege*** 재투자특전 ¶ The *reinvestment privilege* is the right of a shareholder to reinvest dividends in order to buy more shares in the company or mutual fund, usually at no additional sales charge. 재투자특전은 주식(stock)이나 뮤추얼펀드(mutual fund)에서의 배당금(dividend)을 그대로 재투자하는 경우에, 판매수수료(sales charges)없이 재투자할 수 있다고 하는 주주의 권리를 이른다. ~ ***rate*** 재투자이익률 ¶ The *reinvestment rate* is a rate of return resulting from the reinvestment of the interest from a bond or other fixed-income security. The *reinvestment rate* on a zero-coupon bond is predictable and locked in, since no interest payments are ever made, and therefore all imputed interest is reinvested at the same rate. The *reinvestment rate* on coupon bonds is less predictable because it rises and falls with market interest rates. 재투자이익률은 채권이나 다른 확정이자부 증권(fixed-income security)의 이자를 재투자할 수 있는 이익률이다. 제로쿠폰채(zero-coupon bond)의 경우, 이자는 지급되지 않고, 모든 귀속이자는 당초의 금리로 그대로 재투자한다는 계산이 되어 있으므로, 재투자이익률은 예측할 수 있는 것으로 확정하고 있다.

쿠폰채(債)를 재투자할 때의 이익률이 그 시점의 시장금리에 의하여 변동하기 때문에, 재투자이익률을 예측하기란 어렵다. ~ ***risk*** 재투자리스크 ¶ The *reinvestment risk* is a risk that rates will fall causing cash flows from an investment (dividends or interest), assuming reinvestment, to earn less than the original investment. 재투자리스크는 금리가 떨어진 결과, 배당(dividend)이나 이자(interest)수입 등 투자로부터의 캐시플로(cash flow)에 의한 재투자수익이 당초의 투자수익보다 적게 되는 리스크를 말한다.

reissue 재발행, 복각(復刻)

REIT → **r**eal **e**state **i**nvestment **t**rust [약] 리츠, 부동산투자신탁 ¶ A *real estate investment trust* is a company, usually, traded publicly, that manages a portfolio of real estate to earn profits for shareholder. The weight of real estates is more than 70% of all the assets and it is a duty to pay a dividend of 90% of distributable profit. 부동산투자신탁은 부동산투자 포트폴리오로부터의 운용익(運用益)을 주주에게 배당하는 회사형 투자신탁인데, 투자신탁의 주식은 통상 시장에서 거래될 수 있다. 부동산의 비중이 총 자산의 70% 이상이어야 하고, 배당가능한 이익의 90% 이상을 의무적으로 배당한다.

rejected check 부도수표

rejection 거절 ¶ In banking, *rejection* is refusal to grant credit to an applicant because of inadequate financial strength, a poor credit history, or some other reason. 은행업무에 있어서, 거절이란 융자청약자에 대하여 재무력이 충분치 않다든가 상환이행실적이 좋지 않거나 기타의 이유로 신용공여(credit)를 거절하는 경우이다. ¶ In insurance, *rejection* is refusal to underwrite a risk, that is, to issue a policy. 보험에 있어서, 거절이란 리스크를 인수하지 않는, 즉 보험증권(insurance policy)의 발행을 거절하는 것이다. ¶ In securities, *rejection* is refusal of a broker or a broker's customer to accept the security presented to complete a trade. This usually occurs because the security lacks the necessary endorsements, or because of other exceptions to the rules for good delivery. 증권에 있어서, 거절이란 증권회사나 고객이 거래의 인도(delivery)·결제(settlement)시에 제시된 증권의 수령을 거절하는 것이다. 제시된 증권에 필요한 배서가 없는 경우나, 적격인도(good delivery)조건을 충족하지 않는 경우에 일어난다.

related company 관계회사, 관련회사

relationship 관계, 관련, 친족관계 ¶ *Relationship* Manager 거래처관계담당자 /the third degree of *relationship* by blood 3친등(親等)의 친족[혈연관계] ***relationship banking*** (거래처종합관리에 의한) 은행거래관리 ¶ *Relationship banking* is a concept in financial services marketing whereby all account officer or customer service representative tries to meet all of a customer's needs, or to the extent permitted by regulation. *Relationship banking* is an attempt to advance the sales culture in bank marketing beyond order taking to a more pro-active form of direct selling. Instead of selling financial services one at a time, an account officer attempts to gain an understanding of the customer's needs and offer services that fulfill those needs. Commercial banks and other financial institutions have attempted to apply the concept of *relationship banking* through personal banker and private banking programs. (거래처종합관리에 의한) 은행거래관리란 모든 출납담당자 또는 고객서비스책임자는 고객의 모든 욕구를 맞추거나 또는 규정이 허용하는 범위로까지 노력한다는 금융서비스 마케팅상의 개념이다. 은행거래관리는 은행마케팅에서 주문을 받는 것을 뛰어넘어 보다 진취

적인 형태인 직접판매(direct selling)로 판매문화를 진척시키는 시도이다. 한번에 금융서비스를 판매하는 대신에, 출납담당자는 고객의 욕구의 이해를 얻어서 그 욕구를 달성하는 서비스를 제공하려고 기도한다. 상업은행 기타 금융기관은 개인은행(personal banker)과 프라이빗뱅킹 프로그램을 통해서 은행거래관리를 이용하려고 시도해 왔다. ~ ***management* (*RM*)** 리레이션십 매니지먼트 ¶ *Relationship management* (*RM*) is a technique designed to control a group of enterprises uniformly through the affiliation and classification of businesses. 리레이션십 매니지먼트는 기업을 계열 · 업종 등에 의하여 하나의 팀으로 해서 일원적으로 그룹 관리하는 수법이다.

relative 관계가 있는, 비례하고 있는 ¶ *relative* performance 상대적 퍼포먼스 /the *relative* price 상대가격 /*relative* valuation 상대적 주가평가 ***relative strength*** 상대력(相對力) ¶ The *relative strength* is a rate at which a stock falls relative to other stocks in a falling market or rises relative to other stocks in a rising market. Analysts reason that a stock that holds value on the downside will be a strong performer on the upside and vice versa. Comparative *relative strength*, as the concept is more accurately called, compares a security's price performance with that of a "base security," which is often a market index. The security price is divided by the base security's price to get the ratio between the two, which is called the comparative *relative strength* indicator. When the indicator is moving up, the security is outperforming the base security and vice versa. 상대력(相對力)은 내림세 시세의 상대적인 하락정보나 오름세 시세에서의 상대적인 상승정도를 말한다. 애널리스트(analysts)에 의하면, 내림세 시세에서 주가를 유지하는 주식은 오름세 시세에서는 보다 강한 상승을 보이고, 반대도 또한 같다. 이 개념을 보다 정확히 표현한 비교상대력(comparative relative strength)은 특정한 주식의 가격동향을 「기준주가」(base security)(시장지수, market index가 더 사용된다.)와 비교한다. 주가를 기준주가로 나눔으로써 비교상대력지표(comparative relative strength indicator)를 산출한다. 이 지표가 상승할 때에 그 증권은 기준증권을 능가하는 움직임을 나타낸다. 역(逆)의 경우도 같다고 말할 수 있다. ~ ***valuation*** [영] 상대평가 ¶ The *relative valuation* is a quantitative valuation method used to estimate the stock price of a company based on the use of multiples rather than discounted cash flows. The framework is based on identifying peer ratios that reflect the price of the stock and some underlying cash flow measure (the "base," such as net earnings, earnings before interest and taxes, sales, and so forth), computing the average of those peer multiples, and then applying the multiples to the base of the ratio of the target company that is being valued; the end result is the estimated price of the target company's stock. Also known as comparables transaction analysis. 상대평가는 할인수익(discounted cash flow)보다 오히려 주가수익률(multiples)에 기초한 회사의 주가를 예측하는 계량적 평가방법을 말한다. 평가방법체계는 주식의 가격과 일부 기초현금흐름의 측정[순수익률, 금리와 조세전의 수익률, 매상총액 등과 같은 「기초수익」(base)]을 반영하는 동업비율(peer ratios)을 확인하는 것에 기초를 두고, 동업주가수익률의 평균을 계산한 다음에 주가수익률을 평가받고 있는 대상회사의 비율의 기초수익에 적용하는 것이다. 최종결과가 대상회사의 주식의 예상주가이다. 이는 comparables transaction analysis(비교거래분석)으로도 알려져 있다.

release 해제 ¶ *release* of mortgage 모기지의 해제 /*release* of security 담보해제 /*release order* 화물인도지시서 ***release clause*** 해제조항 ¶ The *release clause* is a provision in a mortgage agreement allowing the freeing of pledged property after a proportionate amount of payment has been made. 해제조항은 상당한 금액의 상환이 행해지지 않으면 담보설정재산(pledged property)을 해방한다는 모기지(mortgage)계약의 조항을 말한다.

relevance 목적적합성 ¶ The *relevance* is an item that is capable of making a difference in decision making. The three elements of *relevance* follow. Information is available in a timely fashion before it loses its value in decision making. Data have predictive value about outcomes past, present, and future. Information has feedback value that provides information about earlier expectations. 목적적합성이란 의사결정에 있어서 차이를 낼 수 있는 항목이다. 목적적합성의 3가지의 요소가 뒤를 잇는다. 정보가 의사결정에서 그 가치를 상실하기 전에 시의적절한 방식으로 이용할 수 있어야 한다. 데이터는 성과의 과거, 현재 및 미래에 관한 예측적인 가치가 있어야 한다. 정보는 남보다 먼저 예상할 수 있는 것에 관한 정보를 제공하는 피드백(feedback)가치가 있어야 한다.

reliability 신뢰성, 신뢰도

relief 구조, 구제 ¶ *relief* [emergency] loan 구제융자, 연계융자

relinquish 포기하다, 양도하다

relocate 재배치하다, (주거 · 공장 · 주민 등을) 새 장소로 옮기다 ¶ To *relocate* is to move to another location, such as to move a business or a residence. 새 장소로 옮긴다는 것은 사무실이나 주거를 옮기는 것과 같이, 다른 장소로 옮기는 경우이다.

remainder 잔액(殘額), 잔품(殘品), 잔여권(殘餘權) ¶ The *remainder* is a remaining interest in a trust or estate after expenses and after prior beneficiaries have been satisfied. See also charitable remainder trust. 잔여권(殘餘權)은 경비와 우선수익자(prior beneficiary)에의 지급이 행해진 후에, 신탁(trust) 또는 상속재산(estate)에 남은 권리를 이른다. charitable remainder trust(잔여공익신탁)도 참조할 것.

remaining monthly balance 미결제월차잔액(未決濟月次殘額) ¶ The *remaining monthly balance* is an amount of debt remaining unpaid on a monthly statement. For example, a credit card customer may charge $300 worth of merchandise during a month, and pay $100, leaving a remaining monthly balance of $200, on which interest charges would accrue. 미결제월차잔액(未決濟月次殘額)은 월차(月次)계산서상에서 결제되지 않고 남아 있는 채무(debt)액을 말한다. 예를 들면, 크레디트카드 고객이 1개월간에 300달러의 상품대금을 카드로 지급하여 100달러의 결제를 한다면, 200달러의 월차잔액이 되어 그 잔액에 대하여 이자가 붙는다.

remand [v.] 환송하다 ¶ The court *remanded* the case back to the circuit court for a new hearing. 법원은 새로이 심리를 하기 위하여 순회법원에 환송하였다. [n.] [법] 환송(還送)

remargining 추가증거금, 추증(追證) ¶ *Remargining* is putting up additional cash or eligible securities to correct a deficiency in equity deposited in a brokerage margin account to meet minimum maintenance requirements. *Remargining* usually is prompted by a margin call. 추가증거금은 신용거래계좌(margin account)의 증거금이 부족하여 최저유지율(minimum maintenance requirements)을 충족할 수 없는 경우에, 현금이나 적격증권(eligible security)을 추가증거금으로서 차입하는 것이다. 추가증거금은 추증(추가증거금청구)(margin call)에 의하여 촉구된다.

remarks (*pl.*) 비고(備考), 적요(摘要), 단서 ¶ passing *remarks* 부수적인 의견

remedy 구제수단, 배상, 변상 ¶ *Remedy* is relief available from a court by which the violation of a legal right is prevented or a legal wrong is redressed. 구제수단이란 법적인 권리의 침해가 예방된다든지 법적인 부정행위가 제거된다든지 하여 법원으로부터 받는 구제를 이른다.

reminder 독촉장 ¶ *reminder* letter 독촉장 /*reminder* notice 독촉장

remise [법] (권리 · 재산 등을) 타인에게 양도하다

remission 용서, 면제, 경감 ¶ *remission* of debt 부채의 면제 /*remission* of taxes 세금의 환부(還付)

REMIC → **r**eal **e**state **m**ortgage **i**nvestment **c**onduit [약] 부동산모기지 투자도관체(導管體) ¶ *REMIC* is an acronym for real estate mortgage investment conduit, a pass through vehicle created under the Tax Reform Act of 1986 to issue multiclass mortgage-backed securities. *REMICs* may be organized as corporations, partnerships, or trusts, and those meeting qualifications are not subject to double taxation. Interests in *REMICs* may be senior or junior, regular (debt instruments) or residual (equity interests). The practical meaning of *REMICs* has been that issuers have more flexibility than is afforded by the collateralized mortgage obligation (CMO) vehicle. Issuers can thus separate mortgage pools not only into different maturity classes but into different risk classes as well. Whereas CMOs normally have AAA bond ratings, *REMICs* represent a range of risk levels. See also re-REMIC. REMIC(레믹)는 real estate mortgage investment conduit[부동산모기지 투자도관체(導管體)]의 머리글자를 따온 약어로, 1986년의 조세개혁법(Tax Reform Act of 1986)에 근거해서, 다종류의 모기지 담보증권(mortgage-backed security)을 발행하기 위하여 만들어진 도관체(導管體)(담보증권발행을 목적으로 하는 매체(媒體)(pass-through vehicle)이다. 레믹은 주식회사(corporation), 파트너십(partnership), 신탁(trust)의 형태로 할 수 있고, 조건을 충족한 경우에는, 이중과세(double taxation)를 면제한다. REMIC의 소유권은 우선순위별로 우선지분(senior)과 열후지분(junior)으로 분류할 수도 있고, 통상(regular)(채무증서, debt instrument)과 잔여(residual)(주식, equity)지분으로 분류할 수도 있다. 모기지 담보채무증서(collateralized mortgage obligation: CMO)에 비하여, 레믹의 쪽이 높은 유연성을 가지고 있다. 따라서 레믹의 발행자는 부동산모기지의 풀(pool)을 만기일마다 리스크마다 재구성하므로, 폭이 넓은 리스크의 증권을 발행할 수 있다. 반면에 모기지 담보채무증서(CMO)는 통상 AAA의 채무등급밖에 가지지 않는다. re-REMIC[재(再)레믹]도 참조할 것.

remit [n.] 구입대금의 송금 ¶ *Remit* is pay for purchased goods or services by cash, check, or electronic payment. 구입대금의 송금이란 재화나 서비스의 구입대금을 현금(cash), 수표(check), 전신이체(electronic payment)로 송금하는 경우이다. [v.] 송금하다 ¶ *remitting* bank 송금은행

remittance 송금, 송금환, 송금액 ¶ airmail *remittance* order 우편송금지시 /a cable [telegraphic, wire] *remittance* 전신송금 /cable *remittance* order 전신송금환 /invisible trade *remittance* 무역외거래송금 /a mail [postal] *remittance* 우편송금 /*remittance* abroad 외국송금, 발송송금환 /*remittance* bank 송금은행 /*remittance* bill [draft] 송금환 /*remittance* check 송금수표 /*remittance* instruction 송금취결의 통지 /*remittance* letter 송금통지서

remuneration 대가, 보수 ¶ *Remuneration* is direct or indirect compensation for services performed, Wages are a form of direct *remuneration*, while fringe benefits are a form of indirect *remuneration*. 보수는 행한 서비스에 대한 직접·간접의 보상이다. 임금이 직접보상의 형태인 반면에, 부가급여(fringe benefits)는 간접 보상의 형태이다.

renege (약속 등에) 배반하다, 위약하다 ¶ *renege* on one's promise 약속을 깨다

renegotiate (법적으로) 수정하다, 재검토하다 ¶ To *renegotiate* is to legally revise the terms of a contract. 법적으로 수정하다는 것은 계약의 조건을 수정하는 경우이다. ***renegotiated loan*** [영] 금리감면대출(金利減免貸出) ¶ The *renegotiated loan* is a loan where the original terms of contract (i.e., maturity, amount, interest rate, repayment frequency) are altered to avoid forcing the lending bank to commence foreclosure proceedings. A *renegotiated loan* may involve an extension of the maturity, a lowering of the interest rate, or a change in the principal amortization schedule. Although the loan may perform under the new terms, the bank may still be required to establish loan loss reserves. See also rescheduling; restructuring; soft loan. 금리감면대출은 대출은행이 담보권집행절차를 시작하도록 강제하는 것을 회피하기 위하여 원래의 계약조건(예컨대, 만기, 금액, 금리, 상환횟수)을 변경하는 경우의 대출을 말한다. 금리감면대출은 만기의 연장, 금리의 인하, 또는 주요한 채무상환계획(amortization schedule)상의 변경을 수반할 수 있다. 대출이 새로운 조건 아래에서 이행될 수 있더라도, 은행은 여전히 대출손실준비금을 설정하여야 할 것이다. rescheduling(채무상환기간의 완화); restructuring(리스트럭처링); soft loan(완만한 대출조건의 융자)도 참조할 것.

renew 개서(改書)하다, 갱신하다 ***renewed bill*** 개서어음 ¶ The *renewed bill* is a bill issued to substitute a new bill for maturing one. 개서어음이란 만기가 된 어음을 신규어음으로 대체하기 위하여 발행된 어음이다.

renewable term life insurance 갱신할 수 있는 정기생명보험 ¶ The *renewable term life insurance* is a term life insurance policy offering the policyholder the option to renew for a specific period of time – frequently one year – for a particular length of time. Some term life policies stipulate a maximum number of years, usually ten, after which they are renewable at a higher premium rate. Other term policies are renewable every year, and charge escalating premium rates as the policyholder ages. 갱신할 수 있는 정기생명보험은 특정한 연한내이면, 일정한 기간(대부분은 1년간) 보험기간을 갱신하는 선택권을 보험계약자(policyholder)에게 부여하는 정기생명보험계약을 말한다. 최고급여연령을 규정하는 정기생명보험도 있고, 일정한 연수(통상 10년)의 동안에는 고정보험료율(fixed premium rate)로, 그 후는 보다 높은 요율로 갱신되는 정기보험도 있다. 매년 갱신할 수 있지만, 보험증권 보유자가 가령(加齡)하면서 보험료가 점증하는 정기보험도 있다.

renewal 갱신, 개서(改書), 차환(借換) ¶ *renewal* of an exchange contract 환(換)예약의 갱신 /*renewal* and extension of (of loan) 차환(借換)계속 /*renewal* bond 차환채권 /*renewal* note 개서약속어음 /*renewal* of a loan 융자의 차환 /a *renewal* premium 계속보험료 ***renewal of a draft*** 어음의 개서 ¶ *Renewal of a draft* is substitution of a new draft for a maturing one. If the old draft is surrendered, it legally is considered a novation. 어음의 개서는 만기가 된 어음을 위하여 신규어음으로 대체하는 경우이다. 구어음이 양도된 경우에는 그것은 법적으로 경개(novation)로 본다.

rent 지대(地代), 집세(家賃), 임대료, 연금지급액 ¶ *Rent* is payment from a tenant to a building owner for use of the specified property. For example, an apartment dweller must pay monthly *rent* to a landlord for the right to inhabit the apartment. A commercial tenant in an office or store must pay monthly *rent* to the building owner for the use of the commercial space. 집세는 부동산의 사용료로서 임차인(tenant)으로부터 건물소유자에 대하여 행해지는 지급이다. 예를 들면, 아파트의 주민은 아파트에 사는 권리에 대하여 집주인(landlord)에게 매월 월세를 지급한다. 사무소나 점포의 상업임차인은 상업공간의 사용의 담보로서 빌딩주인에게 매월 월세를 지급한다. /a *rent* of an annuity 매회의 연금지급액 ***rent control*** 임대료통제 ¶ *Rent control* is state and local government regulation restricting the amount of rent landlords can charge their tenants. *Rent control* is used to regulate the quality of rental dwellings, with controls implemented only against those units that do not conform to building codes, as in New York City; or used across the board to deal with high rents resulting from a gross imbalance between housing supply and demand, as in Massachusetts and California. If a landlord violates rent control laws, the tenant may protest at the local housing authority charged with enforcing the law. While tenants may like *rent control*, landlords argue that it reduces their ability to earn a profit on their property, thereby discouraging them from investing any further to maintain or upgrade the property. In some cases, landlords argue that *rent control* encourages owners to abandon their property altogether since it will never be profitable to retain it. 임대료통제는 집주인(landlord)이 임차인(tenant)에게 청구할 수 있는 집세(rent)를 제한하는 주 및 지방정부의 규제를 이른다. 뉴욕시의 경우와 같이, 임대주택의 질을 규제할 목적에서 건물기준을 따르지 않는 주택에 대하여만 임대료 통제를 실시하는 경우도 있다. 또, 매사추세츠주나 캘리포니아주와 같이, 주택의 수요・공급간의 총체적 불균형으로 인하여 일어나는 높은 임대료에 대응하기 위하여 임대료통제를 전반적으로 실시하고 있는 주도 있다. 집주인이 임대료통제법에 위반하면, 임차인은 법을 집행하는 지방주택당국에 항의할 수 있다. 임차인이 임대료 통제를 환영하는 반면에, 집주인은 통제법이 보유부동산에서 이익을 올리는 능력을 빼앗아서, 그 결과 부동산을 유지・개량하기 위한 투자의욕을 감퇴시킨다고 주장한다. 또, 임대료통제를 위하여 부동산을 보유하더라도, 채산이 맞지 않고, 결과적으로 보유부동산을 처분하게 될 수밖에 없다고도 주장한다. ~ ***roll*** 집세장부 ¶ The *rent roll* is a list of tenants, generally with the lease rent and expiration date for each. 집세장부는 일반적으로 각각 리스임대료와 종료날짜가 기재되어 있는 임차인명부이다.

rental 총(總)지대, 총사용료, 임대[임차]료 ***rental rate*** 임대료 ¶ The *rental rate* is a periodic charge per unit for the use of a property. The period may be a month, quarter, or year. The unit may be a dwelling unit, square foot, or other unit of measurement. For example, the *rental rate* for a two-bedroom apartment might be $1,200 per month. The *rental rate* for office space could be $28 per square foot per year. 임대료는 부동산의 사용에 대한 단위당 정기적 요금을 말한다. 그 기간은 월, 4분기(3월), 또는 연(年)이 될 수 있다. 단위는 가구단위, 제곱 피트 기타 특정단위이다. 예를 들면, 침실 2개의 아파트에 대한 임대료는 매월 1,200달러일 수 있다. 사무실 공간에 대한 임대료는 매년 제곱 피트당 28달러일 수 있다.

rentier [프] 이자생활자, 불로소득자 ¶ *rentier* class 불로소득자층(層)

renunciation [영] 포기, 기권, 부인(否認), 거절 ¶ The *renunciation* is: (1) the surrender to someone else of rights to shares in a rights issue. The person to whom the shares are allotted by letter of allotment fills in the *renunciation* form (usually attached) in favor of the person to whom the rights are renounced.

(2) the disposal of a unit-trust holding by completing the *renunciation* form on the reverse of the certificate and sending it to the trust managers. 포기란 (1) 주주배정발행에서 주식에 대한 누군가의 권리를 양도하는 경우이다. 주식의 할당통지서를 배정받은 자는 신주인수권리를 포기한 자를 위하여 포기서식(보통 첨부서류)을 갖춘다. (2) 주권의 배면(背面)에 포기서식을 전부 갖추어 이를 트러스트 매니저에게 발송함으로써 단위형 트러스트 홀딩을 처분하는 것이다.

R.E.O. 법적으로 소유한 부동산 ¶ *R.E.O.* is designation for real estate owned, meaning property in foreclosure and owned by a bank. Homes can be bought at a big discounts through agents handling R.E.O.s. Sales at prices below the mortgage balance are termed short sales. R.E.O는 real estate owned(법적으로 소유한 부동산)의 호칭이고, 그 의미는 모기지 실행절차에 있고 은행이 소유하는 재산이다. 가옥은 R.E.O.를 취급하는 대리인을 통해서 헐값에 매입할 수 있다. 모기지잔액(mortgage balance) 이하의 가격으로 매도하는 것을 short sales[공매(空賣)]라고 한다.

reorder ⓥ 재주문하다, 추가주문하다
ⓝ 재주문, 추가주문 ***reorder point*** 재주문 시점 ¶ The *reorder point* is a minimum level of inventory at which a new order must be placed. The *reorder point* considers the time delay in receiving new inventory, the typical rate of inventory consumption, and the stockout cost. 재주문 시점은 새로운 주문을 해야 할 최소한의 재고품수준을 가리킨다. 재주문 시점에서 고려할 점은 새로운 재고품을 받는 데에 시간지체, 재고품소비의 전형적인 비율과 출고경비이다.

reorganization 재편성, 회사갱생[회생] ¶ *Reorganization* is financial restructuring of a firm in bankruptcy. See also trustee in bankruptcy bond; voting trust certificate. 회사회생은 파산(bankruptcy)에 빠진 회사의 재정적 재건을 이른다. trustee in bankruptcy(파산관재인); voting trust certificate(의결권신탁증서)도 참조할 것. /a company in need of *reorganization* 정리회사 /*reorganization* and integration of bank 은행재편성 /*reorganization* procedure 회생절차 /*reorganization* scheme 회생계획 ***reorganization bond*** 회사회생채권 ¶ The *reorganization bond* is a debt security issued by a company in reorganization proceedings. The bonds are generally issued to the company's creditors on a basis whereby interest is paid only if and when it is earned. See also adjustment bond; income bond. 회사회생채권은 회사회생절차(reorganization proceedings) 중의 회사가 발행하는 채무증권(debt security)을 이른다. 수익이 올라간 경우에만 이자가 지급된다고 하는 것이 일반적이고, 회사채권자(creditor)에 대하여 발행된다. adjustment bond(정리사채); income bond(수익채권)도 참조할 것.

repackaged bond (기발행채권을 재편성한) 리패키지드 채권(債券) ¶ The *repackaged bond* is a new issue that uses an existing bond as its baking. 리패키지드 채권(債券)은 기존채권의 보증으로 새로운 채권을 발행한 채권을 말한다.

reparation 손해배상, (*pl.*) 배상금 ¶ Several states have adopted the Uniform Crime Victims *Reparation* Act. 여러 주에서는 통일범죄회생자보상법을 채용했다.

repatriate 본국에 송환하다, 모국에 환송(還送)하다 ¶ war prisoners *repatriated* from overseas 해외에서 송환된 전쟁포로

repatriation (자본이나 이익의) 본국송금(送金) ¶ *Repatriation* is return of the financial assets of an organization or individual from a foreign country to the home country. 본국송금은 단체 또는 개인의 금융자산(financial asset)을 외국에서

본국에 반송하는 것이다.

repay 환급하다, 상환하다 ¶(an) amount *repaid* 상환액

repayment 환급, 상환 ¶level-line *repayment* 동일한 수준의 [동액의] 상환, 균등 반환 /a monthly *repayment* figure 매월상환액 /*repayment* capacity 상환능력

repeater loan 순환 재융자

repercussion 반향, (간접적) 영향 ¶*repercussion* effect 파급효과 /unexpected *repercussion* 예상외의 반응[파문]

replacement 대체 ¶the *replacement* method (고정자산의 상각의) 대체법 ***replacement cost*** 대체원가, 재취득원가 ¶*Replacement cost* is cost to replace an asset with another of similar utility at today's prices. Also called current cost and replacement value. See also book value; replacement cost insurance. 재취득원가는 특정한 자산을 유사한 효용의 새로운 자산으로 현재의 가격에서 대체할 경우에 요하는 코스트를 이른다. current cost나 replacement value라고도 한다. book value(장부가격); replacement cost insurance(재취득원가보험)도 참조할 것. ~ ***cost accounting*** 재취득원가회계 ¶The *replacement cost accounting* is an accounting method allowing additional depreciation on part of the difference between the original cost and current replacement cost of a depreciable asset. 재취득원가회계는 상각자산의 취득원가(original cost)와 현재의 재취득원가(replacement cost)와의 차액부문에 관하여 추가적 감가상각(additional depreciation)을 인정하는 회계방법이다. ~ ***cost insurance*** 재취득원가보험 ¶The *replacement cost insurance* is a property and casualty insurance that replaces damaged property. Replacement cost contents insurance pays the dollar amount needed to replace damaged personal property with items of like kind and quality, without deducting for depreciation. Replacement cost dwelling insurance pays the policyholder the cost of replacing the damaged property without deduction for depreciation, but limited by the maximum dollar amount indicated on the declarations page of the policy. See also replacement cost. 재취득원가보험은 손상을 받은 재산의 재취득을 보장하는 손해·화재보험을 말한다. 재취득원가보험은 손상을 받는 동산(personal property)과 동종·동질의 품목을 재취득하는 데에 요하는 금액을, 감가상각액(depreciation)의 공제를 하지 않고 지급한다. 재취득원가주택보험은 손상을 받은 주택의 재취득원가를 감가상각액을 공제하지 않고 보험계약자에게 지급한다. 그러나 보험증권의 통지란에 나타나고 있는 최고금액이 한도가 된다. replacement cost(재취득원가)도 참조할 것.

replenishment 보충, 보급(물)

replevin [법] 동산점유권회복소송 ¶*Replevin* is legal action to recover possession of personal property. For example, a secured creditor institutes *replevin* to gain possession of assets used as collateral for a loan for default. 동산점유권회복소송은 동산의 점유를 회복하는 법적 소송을 이른다. 예를 들면, 담보권 있는 채권자는 채무불이행을 위한 담보로서 사용된 재산의 점유를 회복하기 위하여 동산점유권회복소송을 제기한다.

repo 레포 ¶*Repo* is: (1) a slang for repossessed or foreclosed property. (2) see repurchase agreement. repo는 회수되거나(repossessed) 환가처분된(foreclosed) 재산의 속어를 말한다. (2) 환매특약(a repurchase agreement)을 참조할 것.

report *n.* 보고, 보고서 ¶a business *report* 영업보고서 /a credit *report* 신용조서 /a financial *report* 회계[재무]보고서 /a market *report* 시황(市況)보고 /report *form* 보고서식, 보고양식 ***annual report*** (회사의) 연차보고서, 연보(年報) ¶An *annual report* is a yearly record of a corporation's financial condition that must be distributed to shareholders under Securities and Exchange Commission regulations. Included in the report is a description of the company's operations as well as its balance sheet and income statement. 연차보고서는 회사의 연간 재무상황기록인데, 미증권거래위원회(Securities and Exchange Commission: SEC) 규칙에 따라 주주에게 배포되지 않으면 안 된다. 연차보고서에는 대차대조표(balance sheet), 손익계산서(income statement) 및 회사의 영업보고가 기재된다. ***auditor's ~*** 감사인 보고서 ¶*An auditor's report* is a public accountant's declaration following the completion of an examination of corporate financial statements. Also called accountant's opinion. 감사인 보고서는 기업의 재무제표(financial statement)의 감사완료 후에 내놓는 공인회계사(public accountant)의 보고서를 말한다. 감사의견(accountant's opinion)이라고도 한다.

[v.] 공표하다, 보도하다 ¶*reported* income 공표이익

reporting (신문·라디오 등의) 보도, 전달 ¶*reporting* requirements 보고의무 /*reporting* service (주식시장정보 등의) 뉴스배신(配信)

repossess (지급이 지연되고 있는 상품 등을) 회수하다

repossession 회수, 회복 ¶*Repossession* is act by which a seller takes back property for which payments have not been made according to contract. See also foreclosure. 회수는 매도인이 계약에 따라 지급이 행해지지 않은 재산을 되돌려 받는 행위를 말한다. foreclosure(유질)도 참조할 것.

represent (수표 등을) 재제시하다

representation 설명, 표시, 대표 ¶a power of *representation* 대리권 /*representation right* 대표권

representative [n.] 대리인, 대표자

[a.] 대표하는, 대리(代理)의 ¶*representative* commissioned company 대표수탁회사 /*representative* company 간사(幹事)회사 /*representative* office 출장소 /a *representative* rate (for …) (…의) 중심시세, 대표레이트 /a *representative* underwriter 대표인수회사

representing director 대표이사

repricing risk [영] 가격개정위험 ¶The *repricing risk* is the risk that a maturing asset or liability will be reinvested or refinanced at a less favorable rate. Assets that reprice in a lower-rate environment and liabilities that reprice in a higher-rate environment create an opportunity cost or loss. Also known as refinancing risk, reinvestment risk. See also negative gap; positive gap; rate-sensitive assets; rate-sensitive liabilities. 가격개정위험은 만기도래자산이나 부채가 유리하지 못한 금리로 재투자되거나 재융자되는 위험을 말한다. 낮은 금리의 환경 속에서 가격을 재개정하는 자산과 더 높은 금리의 환경속에서 가격을 재개정하는 부채(負債)는 기회비용이나 기회손실을 창출한다. 이는 refinancing risk(재금융위험), reinvestment risk(재투자위험)으로도 알려져 있다. negative gap(네거티브갭); positive gap(포지티브갭); rate-sensitive assets(금리에 민감한 자산); rate-sensitive liabilities(금리에 민감한 부채)도 참조할 것.

reproduction 재생산 ¶*Reproduction* cost is valuation of property according to the cost of replacing it with identical property at the same location. 재생산비용은 같은 물건을 같은 장소에 대체하는 비용에 따른 물건의 평가를 말한다.

repudiation 거절, 부인, 지급거절 ¶*Repudiation* is refusal by one party to perform a contractual obligation to another party. 거절은 계약상의 의무를 이행할 당사자가 다른 당사자에게 이행을 거절하는 경우이다. /*repudiation* of a debt 채무의 부인

repurchase *v.* 환매하다, 다시 사다
n. 환매 ¶the right of *repurchase* 환매(청구)권 ***repurchase agreement* (*Repo, RP*)** 레포, 환매특약(후일 환매하거나 또는 환매조건부의 증권의 매도오퍼 또는 매수오퍼. 그것에 의하여 일정기간 자급을 조달하는 거래이다. 오버나이트(1일물)가 대부분이다.) ¶The *repurchase agreement* (*Repo, RP*) is an agreement between a seller and a buyer, usually of U.S. government securities, whereby the seller agrees to repurchase the securities at an agreed upon price and, usually, at a stated time. *Repos*, also called *RPs* or buybacks, are widely used both as a money market investment vehicle and as an instrument of Federal Reserve monetary policy. When a *repurchase agreement* is used as a short-term investment, a government securities dealer, usually a bank, borrows from an investor, typically a corporation with excess cash, to finance it inventory, using the securities as collateral. Such *RPs* may have a fixed maturity date or be open *Repos*, callable at any time. Rates are negotiated directly by the parties involved, but are generally lower than rates on collateralized loans made by New York banks. The attraction of *Repos* to corporations, which also have the alternatives of commercial paper, certificates of deposit, Treasury bills and other short-term instruments, is the flexibility of maturities that makes them an ideal place to "park" funds on a very temporary basis. Dealers also arrange reverse repurchase agreements, whereby they agree to buy the securities and the investor agrees to repurchase them at a later date. 환매조건부거래란 통상은 미국정부증권(U.S. government securities)의 매도인과 매수인간의 계약으로, 매도인은 증권을 특정가격에서 통상은 사전에 지정된 날에 환매하는 것에 동의한다. 레포(Repo)는 RPs 또는 buyback(환매)라고도 하고, 단기금융시장(money market)의 투자수단이나 미연방준비제도이사회(Federal Reserve Board)에 의한 금융정책(monetary policy)수단으로서 널리 이용되고 있다. 레포가 단기투자수단으로서 이용되는 경우, 정부증권 딜러(보통은 은행)가 환매조건부로 증권을 담보에 넣고 투자자(잉여현금이 있는 회사)로부터 단기의 자금조달을 한다. 이 경우에, 레포의 만기일이 정해져 있는 경우도 있다. 언제라도 기한전 상환이 가능(callable)한 오픈레포(open Repos)가 되는 일도 있다. 금리는 관계당사자간의 교섭으로 결정되지만, 뉴욕의 은행이 공여하는 담보부 대출(collateralized loan)의 금리보다 저렴한 것이 일반적이다. 레포는 커머셜페이퍼(commercial paper), 양도성 예금증서(certificate of deposit), 미재무부 단기증권(Treasury bills)과 같은 단기증권의 대체적 투자대상으로서도 매력이 있다. 말하자면 레포의 만기일은 유연하게 설정할 수 있으므로, 극히 단기간이라도 자금을 「존치(存置)」(park)할 수 있는 이상(理想)의 운용상품이 된다. 리버스레포(reverse repurchase agreement)라고 하는 것도 있으나, 이것은 딜러가 증권을 구입하고 투자자는 후일 그 증권을 환매하는 것에 동의하는 경우이다. ***reverse ~ agreement*** 리버스레포, 역(逆)레포(일정한 기간후의 환매조건으로 채권을 구입하는 경우) ¶The *reverse repurchase agreement* is the purchase of an asset with a simultaneous agreement to resell the asset on a given date at a specified price. The result is simply a loan at a prescribed rate for a predetermined period while holding the asset as collateral Compare repurchase agreement. 리버스레포는 일정한 기간에 일정한 가격을 재산을 재매도한다는 동시계약을 맺고 재산을 구입하는

경우이다. 그 결과는 단순히 재산을 담보로서 보유하는 동안 사전에 정한 기간에 미리 정한 가격의 론(loan)에 불과한 셈이다. repurchase agreement(환매조건부 거래)와 비교할 것.

reputation 평판, 신용 ¶ *Reputation* is esteem, position, character, distinction, or renown someone or something enjoys in society. A *reputation* is a distinction earned in a society by meeting approved societal standards. 평판이란 어떤 사람이나 물건이 사회에서 즐기는 존중(esteem), 지위, 성격, 특성 또는 명성을 말한다. 평판은 공인된 사회규범을 충족함으로써 사회에서 가져오는 구별이라 할 수 있다.

require 필요로 하다, 요구(要求)하다 ¶ *required* reserve percentage (지급)준비율 /*required* reserve ratio against deposit 예금준비율 ***required rate of return*** 요구이익률 ¶ The *required rate of return* is a return required by investors before they will commit money to an investment at a given level of risk. Unless the expected return exceeds the required return, an investment is unacceptable. See also hurdle rate; internal rate of return; mean return. 요구이익률은 일정한 리스크(risk)가 있는 안건에 투자할 때에, 투자자(investor)가 요구하는 이익률이다. 기대이익률(expected return)이 요구이익률을 상회하지 않는 한 투자는 용납되기 어렵다. hurdle rate(필요수익률); internal rate of return(내부수익률); mean return (운용수익기대치)도 참조할 것. ***~ed reserve rate*** 최저(最低)지급준비율 ¶ The *required reserve rate* is a factor used to determine the amount of reserves a bank must maintain on its deposits. 최저지급준비율은 은행이 예금(deposit)에 대하여 유지하여야 할 지급준비금액을 결정하기 위하여 사용되는 비율을 말한다.

requirement 필요물, (*pl.*) 필요요건, 요건 ¶ Stricter *requirements* have been established. 다시 엄격한 필요요건이 정해졌다. /impose new *requirements* 새로운 요건을 부과하다

requisite condition 필요조건 ¶ Decisiveness is a quality as *requisite condition* to a leader. 결단력은 지도자에게는 필요조건으로서 자질이다.

requisition 요구, 필요요건 ¶ A Special General Meeting shall be called by the General Committee upon the written *requisition* of ten members. 특별총회는 회원 10인의 문서에 의한 공식요구에 근거해서 일반위원회가 소집한다.

re-REMIC 재(再)레믹 ¶ *Re-REMIC* is a post-2008 Wall Street product that re-securitizes existing REMICs to create higher-rated ones. 재(再)레믹은 고율의 레믹을 창조하기 위하여 기존의 레믹(existing REMICs)을 재증권화(resecuritize)하는 2008년 이후의 월가(Wall Street)의 창작물이다.

resale 전매(轉賣), 재판매 ¶ *resale* price 재판매가격

reschedule Ⓝ 채무순연, 리스케줄
Ⓥ 채무를 순연(順延)하다 ***rescheduled loans*** 상환이 순연된 대출 ¶ *Rescheduled loans* are bank loans that, as an alternative to default, were restructured, usually by lengthening the maturity to make it easier for the borrower to meet repayment terms. 상환이 순연된 대출은 채무불이행(default)을 회피할 목적에서 대출조건이 변경된 은행대출(bank loan)을 말한다. 일반적으로 차입자가 상환조건을 이행할 수 있도록 만기(maturity)를 순연하는 것이다.

rescheduling 채무상환기간의 완화, 리스케줄링(연간상환감액) ¶ *Rescheduling* is negotiation between a creditor and debtor on an existing loan with new terms and conditions, including those that may be more favorable to the debtor, in order to avoid any instance of nonaccrual or foreclosure. Also known as debt restructuring. See also debt forgiveness; renegotiated loan; restructuring. 채무 상환기간의 완화는 회수곤란대출(nonaccrual)이나 담보권집행(foreclosure)의 요구를 피하기 위하여, 채무자에게 좀 더 유리할 수 있는 조건을 포함하여 채권자와 채무자간에 기존대출에 관하여 새로운 조건의 교섭을 하는 경우이다. /*rescheduling* of debt 채무의 순연

rescind 해제하다, 취소하다 ¶ To *rescind* is to cancel a contract agreement. The Truth in Lending Act confers the right of rescission, which allows the signer of a contract to nullify it within three business days without penalty and have any deposits refunded. Contracts may also be rescinded in cases of fraud, failure to comply with legal procedures, or misrepresentation. For example, a contract signed by a child under legal age may be *rescinded*, since children do not have the right to take on contractual obligations. 해제하다는 것은 계약을 해제한다는 것이다. 대출진실법(Truth in Lending Act)에서는 해제권(right of rescission)의 규정이 있으나, 이것은 계약의 체결자가 3영업일 이내에 페널티 없이 계약을 파기하여 예탁금의 환급을 받는 것을 인정하는 것이다. 또, 사기(fraud), 법적 절차위반, 또는 부실표시가 있던 경우에도 계약을 취소할 수 있다. 예를 들면, 어린 아이는 계약상의 채무(obligation)를 인수하는 권리가 없으므로, 법정연령(legal age)에 달하지 아니하는 어린 아이가 체결한 계약은 취소할 수 있다.

rescission 폐지, 계약의 취소, 합의해제, 철폐 ¶ The *rescission* is the cancellation of a contract by mutual agreement or court order, which returns the parties to their positions prior to the commencement of the contract. 취소는 쌍방의 합의 또는 법원의 명령에 의한 계약의 취소를 말하고, 그 결과 당사자들을 계약의 개시 이전의 지위로 되돌려 놓는다. /*rescission* before maturity 중도해약 /right of *rescission* 취소권

rescript 포고, 사본, 부본(副本)

rescue loan 구제융자 ¶ *Rescue loan* is providing funds in the form of equity or debt to a financially troubled business facing insolvency or attempting to emerge from bankruptcy. Also called rescue financing. 구제금융은 지급불능을 직면하고 있다든지 또는 파산에서 빠져나오려고 하는 재정상 어려운 기업에 대해서 주식이나 채무의 형식으로 자금을 제공하는 경우이다. 이를 rescue financing(구제금융)이라고도 한다.

research 연구, 조사(調査) ***research and development* (*R&D*)** 연구개발 ¶ *Research and development* (*R&D*) is scientific and marketing evolution of a new product or service. Once such a product has been created in a laboratory or other research setting, marketing specialists attempt to define the market for the product. Then, steps are taken to manufacture the product to meet the needs of the market. *Research and development* spending is often listed as a separate item in a company's financial statements. In industries such as high-technology and pharmaceuticals, *R&D* spending is quite high, since products are outdated or attract competition quickly. Investors looking for companies in such fast-changing fields check on *R&D* spending as a percentage of sales because they consider this an important indicator of the company's prospects. See also research and development limited partnership. 연구개발은 신제품이나 서비스를 과학적으로 또는 마케팅으로나 발전시키는 것을 말한다. 예컨대, 신제품이 실험실 기타 연구실에서 창조되면, 마케팅전문가들이 그 신제품의 시장을 특정한다. 그리고 특정한 시장의 필요에 맞춘 제품의 제조에 개시해 간

다. 연구개발비는 재무제표(financial statement)상에서 독립항목으로서 기재되는 일이 많다. 첨단기술이나 의약품과 같은 산업에서는, 제품이 빨리 진부화(陳腐化)한다든지 다른 회사와의 경쟁을 초래하기 때문에, R&D 경비는 극히 크게 된다. 급속하게 변화하는 사업분야에서 투자처를 찾고 있는 투자자(investor)는 R&D 경비의 매상총액에 대한 비율을 체크한다. 이 비율이 회사의 장래성을 예측하는 데에 중요한 지표라고 생각하고 있기 때문이다. research and development limited partnership(연구개발 리미티드 파트너십)도 참조할 것. ~ ***and development limited partnership*** 연구개발 리미티드 파트너십 ¶ The *research and development limited partnership* is a plan whose investors put up money to finance new product research and development. In return, the investors get a percentage of the product's profits, if any, together with such benefits as depreciation of equipment. *R&D partnerships* may be offered publicly or privately, usually through brokerage firms. Those that are offered to the public must be registered with the Securities and Exchange Commission. See also limited partnership. 연구개발 리미티드 파트너십은 투자자들이 신제품의 연구개발(research and development: R&D)에 금융지원을 하기 위하여 자금을 대는 계획을 이른다. 그 대가로, 투자자는 투자한 설비의 감가상각(depreciation)에서의 절세(節稅) 메리트에 덧붙여서, 신제품에서 생기는 이익의 일정한 비율을 얻는다. R&D 파트너십은 증권회사를 경유하여 공모(publicly) 또는 사모(privately)방식으로 판매된다. 공모파트너십은 미증권거래위원회(Securities and Exchange Commission: SEC)에 등록을 하여야 한다. limited partnership(리미티드 파트너십)도 참조할 것. ~ ***department*** 리서치 부분, 조사부문 ¶ The *research department* is a division within a brokerage firm, investment company, bank trust department, insurance company, or other institutional investing organization that analyzes markets and securities. *Research departments* include analysts who focus on particular securities, commodities, and whole industries as well as generalists who forecast movements of the markets as a whole, using both fundamental analysis and technical analysis. An analyst whose advice is followed by many investors can have a major impact on the prices of individual securities. 리서치 부분은 증권회사, 투자신탁회사, 은행의 신탁부문, 보험회사 기타 투자를 취급하는 회사에서, 금융시장이나 증권을 분석하는 부문을 이른다. 리서치 부분에는, 특정한 증권・상품이나 산업 전체를 분석하는 애널리스트(analysts)와 전체적인 시장동향을 예측하는 제네럴리스트(generalists)가 있다. 애널리스트나 제네럴리스트는 펀더멘탈 분석(fundamental analysis)이나 테크니컬 분석(technical analysis)의 수법을 이용한다. 투자자(investor)의 대부분을 따라 가면서 투자 어드바이스를 하는 애널리스트는 개개의 증권의 가격에 커다란 영향력을 가지고 있다.

reservation 보류, 유보(조항) ¶ A *reservation* is a clause in any instrument of conveyance, such as a deed, which creates a lesser estate, or some right, interest, or profit in the estate granted, to be retained by the grantor. 유보조항은 부동산양도인이 보유할 소액의 자산, 또는 어떤 권리, 권익 또는 양도된 부동산상의 이익을 설정하는 날인증서와 같은 부동산양도의 문서상의 조항을 말한다.

reserve 준비금(reserve는 상황에 따라 단수형으로도 복수형으로도 사용된다. 회계과목으로서는 a를 생략하고 사용되는 경우가 많다.) ¶ *Reserve* is: (1) segment of retained earnings to provide for such payouts as dividends, contingencies, improvements, or retirement of preferred stock. (2) valuation reserve, also called allowance, for depreciation, bad debt losses, shrinkage of receivables because of discounts taken, and other provisions created by charges to the profit and loss statement. (3) hidden reserves, represented by understatements of balance sheet values. (4) deposit maintained by a commercial bank in a federal reserve bank to meet the Fed reserve requirement. 준비금이란 (1) 배당금(dividend), 우발채무(contingent liabilities), 개량비(improvement), 우선주상환(retirement of preferred stock)과 같은 지급에 대비하여 유보이익(retained earnings)을 분별한 것이다. (2) 충당금(allowance)이라고 하는 평가성충당금(valuation reserve)으로, 감가상각(depreciation), 불량채권손실(bad debt losses), 할인(discount)에 의한 외상매출금(account receivable)의 감가 기타 손익계산서(profit and loss statement)에서 손금산입되는 충당금을 이른다. (3) 대차대조표(balance sheet)상의 자산이 실제의 가격보다 과소하게 계상되는 것에서 생기는 은익적립금(hidden reserves)을 이른다. (4) 지급준비율(reserve requirements)을 충족하기 위하여 상업은행이 미연방준비은행(Federal Reserve bank)에서 유지하는 예금(deposit)을 이른다. /capital *reserves* 자본잉여금 /cash *reserves* 현금준비, 정화(正貨)준비 /(foreign) currency *reserves* 외화준비 /gold and dollar *reserves* 금달러준비 /legal *reserves* 법정적립금, 법정준비금 /percentage *reserve* requirements 준비율 /*reserve* bank [미] (연방)준비은행 /*reserve* cash 현금준비 /a *reserve* city (미국연방준비제도의) 준비(도)시 /*reserve* currency (강한) 준비통화 /*reserve* deposit requirement system [미] (예금지급준비제도의) 준비예금제도 /*reserve* for bad debts 대손(貸損)준비금 /*reserve* for credit losses 대손(貸損)준비금 /a *reserve* for employees' retirement allowances 퇴직급여충당금 /a *reserve* for possible loan losses 대손(貸損)준비금 /a *reserve* for price fluctuation 가격변동준비금 /*reserve* for taxes 납세충당금 /a *reserve* for uncollectible account 대손(貸損)충당금 /*reserve* fund 준비적립금 /*reserve* rate [ratio, percentage, requirement] 준비율 /*reserve* requirement policy 지급준비조작 /*reserve* requirement ratio 예금준비율 /*reserve* (requirement) system 지급준비제도 /*reserve* tranche 리저브 트랑슈(IMF 가맹국의 출자금을 한도로 한 차입범위) ***bank reserves*** 은행지급준비금 ¶*Bank reserves* are bank deposits allocated for a specific purpose. Legal reserves are funds that banks maintain in a noninterest earning account at a Federal Reserve Bank or a correspondent bank, plus vault cash, to meet their reserve requirements. Legal reserves protect depositors' assets, and also permit the Federal Reserve System to more easily regulate bank credit, the funds that banks have available for lending, by controlling the total supply of reserves in the banking system through Federal Reserve monetary policy. 은행지급준비금은 특정한 목적으로 위하여 배정된 은행예금을 이른다. 법정의 지급준비금은 은행이 지급준비율을 맞추기 위하여 시재금(時在金)(vault cash) 플러스로 미연방준비은행이나 그 거래은행에 비금리수익계좌에서 유지하는 기금이다. 법정의 준비금은 예금자의 자산을 보호하고, 또한 연방준비제도의 통화정책을 통해서 은행제도에서 준비금의 전체공급량을 컨트롤함으로써 연방준비제도가 은행이 대출을 위하여 이용하는 기금인 은행신용을 더 용이하게 규율하도록 허용하는 것이다. ~ ***assets*** 준비자산 ¶*Reserve assets* are (1) any assets that are available to a country for financing balance of payments imbalances and for intervening in the foreign exchange markets. (2) funds held by a bank with a central bank. 준비자산은 (1) 국제수지의 불균형을 재정지원하고 외환시장에서 간섭하는 데에 국가의 유용한 자산을 이른다. (2) 은행이 중앙은행에 맡겨서 보유하는 기금을 이른다. ~ ***currency*** [영] 준비통화 ¶The *reserve currency* is a currency featuring full currency convertibility on the current account and capital account, and which is widely used in international trade, finance, and foreign exchange transactions. *Reserve currencies* are typically associate with national economies that have strong industrial bases and low inflation rates. Dollars, Euro, sterling, and yen are examples of reserve currencies. Also known as hard currency. See also convertible currency; exotic currency. 준비통화는 당좌계좌(current account)와 자본계좌(capital account)상의 완전통화태환성을 특징으로 하고, 국제무역, 재정, 및 외국환거래에서 널리 사용되는 통화이다. 준비통화는 일반적으로 강한 산업기반과 낮은 인플레이션율을 가지는 국민경제와 관련이 있다. 달러, 유로, 파운드 및 일본엔화가 준비통화의 실례이다. 이는 hard currency(경화)로도 알려져 있다. convertible currency(교환가능통화); exotic currency(외래통화)도 참조할 것. ~ ***fund*** 준비자금 ¶ In real estate, the *reserve fund* is an account maintained to provide funds for anticipated expenditures required to maintain a building. A reserve may be required by a lender in the form of an escrow to pay upcoming taxes and insurance costs. A replacement reserve may be maintained to provide for replacement cost of short-lived components, such as carpets, heating equipment, or roofing. Deposit of money into such a fund does not achieve a tax deduction. 부동산에서, 준비자금은 빌딩을 유지하는 데에 필요한 예상되는 비용을 위한 자금을 공급하기 위하여 유지되는 계정이다. 준비금은 다가올 세금과 보험료를 지급하는 에스크로의 형식으로 대여자가 필요할 수 있다. 대체준비금은 카펫, 난방장치, 또는 지붕과 같은 수명이 짧은 구성부분의 대체비용을 제공하기 위하여 유지될 수 있다. 이러한 자금에의 예금은 조세공제가 되지 않는다. ***(legal)*** ~ ***requirements*** (법정)지급준비율, 예금준비율 ¶ The *reserve requirements* is a Federal Reserve System rule mandating the financial assets that member banks must keep in the form of cash and other liquid assets as a percentage of demand deposits and time deposits. This money must be in the bank's own vaults or on deposit with the nearest regional federal reserve bank. *Reserve requirements*, set by the Fed's Board of Governors, ar one of the key tools in deciding how much money banks can lend, thus setting the pace at which the nation's money supply and economy grow. The higher the *reserve requirements*, the tighter the money – and therefore the slower the economic growth. See also monetary policy; money supply; multiplier. 지급준비율은 회원은행이 요구불예금(demand deposit)과 정기성예금(time deposits)의 일정한 비율을 현금이나 다른 유동자산으로 유지할 것을 요구하는 미연방준비제도(Federal Reserve System)의 규칙이다. 준비금은 은행 자신의 금고실이나 인근의 지방연방준비은행(federal reserve bank)에 예탁하여야 한다. 미연방준비제도이사회(Federal Reserve Board)가 정하는 지급준비율은 은행의 여신량을 결정하는 중요한 수단의 하나이고, 이 결과 머니서플라이(money supply)나 경제성장의 속도가 설정되게 된다. 지급준비율이 높으면 높을수록 금융은 타이트하게 되어 경제성장은 더디게 된다.

reserved 보류된, 예약의, 예비의 ¶ *reserved* profit 사내유보

reset ⓥ 고쳐 놓다, [컴] 리셋하다, 재(再)기동하다 ***reset bonds*** 리셋채권 ¶ *Reset bonds* are bonds issued with a provision that on specified dates the initial interest rate must be adjusted so that the bonds trades at their original value. Although reset provisions can work in an issuer's favor by lowering rates should market rates fall or credit quality improve, they were designed as a protective feature for investors to enhance the marketability of junk bond issues. Should market rates rise or credit quality decline (causing prices to decline), the interest rate would be increased to bring the bond price to par or above. The burden of increased interest payments on a weak issuer could prompt default. 리셋채권은 발행후의 특정일에 채권가격이 당초의 가격이 수정되어

야 하기 때문에 당초의 가격으로 거래된다는 규정으로 발행된 채권을 이른다. 시장금리가 내려간다든지 발행자의 신용력(credit quality)이 향상한다든지 하면 리셋규정은 채권의 금리를 내림세로 조정함으로써 발행자(issuer)에게 유리하게 작용하더라도, 리셋규정은 원래가 정크채(junk bonds)의 유동성을 높여서 투자자를 보호할 목적에서 설계된 것이다. 시장금리가 상승하거나, 발행자의 신용력이 저하하면(이 경우, 채권가격을 저하한다.), 리셋규정이 작용하여 당해 채권의 금리가 인상된다. 그 결과 신용력이 약체인 발행자에 대해서 금리지급부담은 채무불이행(default)을 촉발하게 할 것이다. ~ ***payment in kind (PIK) bond*** [영] 리셋대물변제채권 ¶ The *reset payment in kind* (*PIK*) bond is a payment in kind security with a requirement that the issuer float additional bonds to investors in order to keep the original securities trading at par value. *Reset PIKs* are generally issued by weaker companies that are unable to secure better financing terms, and can prove risky: if the issuer' credit deteriorates and the price of the original bonds declines, it will have to issue more bonds, which will increase leverage, lower credit quality, and result in further price declines and more issuance, in a self-fulfilling cycle. See also reset bond. 리셋대물변제채권은 최초의 증권거래를 액면가치로 지키기 위하여 발행자가 추가적인 채권을 투자자에게 발행하는 요건을 갖춘 대물변제증권을 말한다. 리셋대물변제채권은 일반적으로 더 좋은 자금조달조건을 확보할 수 없고 위험스러움을 증명할 있는 재무구조가 약한 회사가 발행한다. 발행자의 여신이 저하하여 당초의 채권이 하락하면, 레버리지를 증가하여 여신능력을 낮추는 바람에 더 많은 채권을 발행할 수밖에 없으며, 결과는 더욱 가격하락으로 이어져서 더 많은 채권발행을 하게 되어 발행자 스스로 자금조달의 주기(self-fulfilling cycle)에 빠지게 된다. reset bond(리셋채권)도 참조할 것.
[n.] 바꿔놓기, 환승(융자)

reshipment 환적, 재선적

resident 거주자, 거류민 ¶ The *resident* is a person who is liable for tax in a county or state because of domicile, residence, citizenship, place of incorporation, or other similar criteria. A person is not a *resident* merely by having income derived from a source in a county or state, even though the income is subject to tax. 거주자란 주소(domicile), 거소(residence), 회사의 설립장소 기타 유사한 기준 때문에 카운티 또는 주(州)에서 납세의무를 지는 자이다. 소득이 세금부과가 된다고 하더라고, 카운티나 주의 세원(稅源)에서 생기는 소득을 가지는 것만으로 거주자가 되는 것은 아니다.

residential 주택의, 주택에 적합한, 숙박시설이 있는 ***residential energy credit*** 주택에너지 세액공제 ¶ The *residential energy credit* is a tax credit granted to homeowners prior to 1986 by the federal government for improving the energy efficiency of their homes. Installation of storm windows and doors, insulation, or new fuel-saving heating systems before the end of 1985 meant a maximum federal credit on expenditures of $300. Equipping a home with renewable energy devices such as solar panels or windmills meant a maximum federal credit of $4,000. Many states offer incentives for installing such devices. 주택에너지 세액공제는 주택의 에너지 효율개선을 목적으로 하여, 1986년 이전의 주택소유자에 적용된 미연방세액공제(tax credit)를 이른다. 1985년말 이전에 설치된 방풍창 · 도어, 단열재, 신연료 절약형 난방시설의 비용에 대하여, 300달러를 한도로 미연방세액 공제가 인정되었다. 태양 전지판이나 풍차와 같은 에너지 재생장치에 관하여는, 마찬가지로 4,000달러를 한도로 미연방세액공제가 인정되었다. 많은 주가 그러한 장치의 설치에 대하여 우대조치(incentives)를 취하고 있다. ~ ***mortgage*** 주택모기

지 ¶ The *residential mortgage* is a mortgage on a residential property. Interest on such mortgages is deductible for federal and state income tax purposes up to $1 million; for home equity loans, interest up to $100,000 is deductible. 주택모기지는 주택자산에 대한 모기지이다. 이러한 모기지에 관한 이자는 연방 및 주(州) 과세소득세산출 시에 100만 달러까지 공제할 수 있다. 주택담보융자(home equity loan)에 관하여는, 10만 달러까지의 이자는 소득 공제할 수 있다. ~ ***property*** 주택자산 ¶ The *residential property* is a property zoned for single-family homes, townhouses, multifamily apartments, condominiums, and coops. *Residential property* falls under different zoning and taxation regulations than commercial property. 주택자산은 1가족용의 주택, 타운하우스, 다가족용 아파트, 콘도미니엄, 공동주택으로 구분되는 자산을 이른다. 주택자산은 상업자산과는 다른 구분과 과세의 적용을 받는다.

residual ⓐ 잔여의, 미처리의 ¶ *residual* import restrictions 잔여수입제한품목 /*residual* interest 잔여지분 ***residual income*** [영] 잔여이익 ¶ *Residual income* is: (1) income earned from intellectual property, such as royalties. (2) income earned over and above some risk-free rate or minimum hurdle rate. 잔여이익이란 (1) 로열티(royalty)와 같은 지적재산권으로부터 수익한 이익을 말한다. (2) 일부 위험없는 비율 또는 최저 허들레이트(hurdle rate)에 더하여 수익한 이익을 말한다. ~ ***risk*** [영] 잔여리스크 → basis risk (기준리스크). ~ ***right*** [영] 잔여권 ¶ The *residual right* is discretionary powers and authorities delegated by directors to executive management, allowing executives to act as agents and make decisions related to the daily management of the firm, including financing plans, acquisitions, investments, production and marketing, and employee matters. 잔여권은 이사에 의해서 집행경영진에게 위임받은 재량권과 권한을 말하며, 집행부가 대리인으로서 행동하고 자금조달계획, 기업매수, 투자, 생산과 마케팅 및 고용자문제를 포함하여 일상의 경영과 관련된 결정할 수 있게 하는 것이다. ~ ***security*** 잠재적 증권(CD, 워런트 등) ¶ The *residual security* is a security that has a potentially dilutive effect on earnings per common share. Warrants, rights, convertible bonds, and preferred stock are potentially dilutive because exercising or converting them into common stock would increase the number of common shares competing for the same earnings, and earnings per share would be reduced. See also dilution; fully diluted earnings per (common) share. 잠재적 증권은 보통주 1주당 수익(earnings per share)이 희석화(dilution)할 잠재성을 가지는 증권(security)을 가리킨다. 워런트(warrant), 신주인수권(right), 전환사채(convertible bonds), 우선주(preferred stock)는 권리가 행사된다든지 또는 보통주에의 전환이 행해진다든지 하면 보통주발행잔액이 증가하고 그 결과 보통주 1주당 수익이 감소하게 되기 때문에, 잠재적 주식이다. dilution(희석화); fully diluted earnings per (common) share(완전히 희석화된 보통주 1주당 이익)도 참조할 것. ⓝ 잔여, 잔류물 ¶ *Residual* is cash balance resulting from the difference between the income stream generated by a pool of mortgages and the cash flow necessary to fund a series of collateralized mortgage obligation bonds. Also known as equity. These excess amounts accrues to the CMO issuer, or to a CMO trustee if it has been sold. 잔류물은 모기지의 풀(pool)에 의해 생기는 수입흐름과 일련의 모기지담보 채무증서(collateralized mortgage obligation bond)로 전환하는 데 필요한 현금흐름(cash flow)간의 차이의 결과로 생기는 캐시밸런스(cash balance, 차액)를 말한다. 이를 순자산액(equity)이라고도 한다. 이러한 과도한 금액은 모기지담보 채무증서의 발행단체, 또는 그것이 매도된 경우에 모기지담보 채무증

서의 수탁자(trustee)에게 생긴다.

residual value [영] 잔류가치, 잔존가치 ¶ The *residual value* is the anticipated value of an asset at the conclusion of a lease; value may be determined by prior agreement or through an independent appraisal at the conclusion of lease or at the end of the asset's useful life. Also known as disposal value. See also net residual value; residual guarantee; residual value securitization. 잔존가치는 리스의 체결시에 자산의 예상가치를 말한다. 가치는 리스의 체결시 또는 그 자산의 내용연수(asset's useful life)말에 사전의 약정에 의하여 또는 독립된 평가를 통해서 결정될 수 있다. 이는 disposal value(처분가치)로도 알려져 있다. net residual value(순잔여가치); residual guarantee(잔존가치 개런티); residual value securitization(잔존가치의 증권화)도 참조할 것. ~ ***guarantee*** 잔존가치 개런티 ¶ The *residual value guarantee* is a contingent financial guarantee that provides a company with a capital infusion if it experiences a shortfall in the residual value of assets that have been leased. See also residual value securitization. 잔존가치 개런티는 회사가 리스한 자산의 잔존가치에 부족분을 경험하는 경우에, 회사에 자본의 주입(capital infusion)을 제공하는 우발적 금융보증이다. residual value securitization(잔존가치의 증권화)도 참조할 것. ~ ***securitization*** [영] 잔존가치의 증권화 ¶ The *residual value securitization* is an insurance-linked security that protects an issuing firm from the residual value risks embedded in a variety of fixed asset leases by shifting exposure to capital market investors. If the issuer experiences a shortfall in residual value, it reduces or suspends principal and/or coupons payable on the securities, thus protecting itself against the economic shortfall. See also catastrophe bond; life acquisition cost securitization; mortgage default securitization; weather bond. 잔존가치의 증권화는 익스포저(exposure)를 자본시장투자자에게 전가시킴으로써 여러 가지의 고정자산 리스(fixed asset leases)에 내재하는 잔존가치의 위험으로부터 발행회사를 보호하는 보험연계 증권을 말한다. 만약 발행자가 잔존가치의 부족액을 체험한다면, 그 발행자는 증권에 지급하는 원금과 쿠폰을 감소하거나 보류한다. 그럼으로써 경제적 부족액에 대해서 자신을 보호하는 것이다. catastrophe bond(대재해연계 채권); life acquisition cost securitization(생명보험취득비용의 증권화); mortgage default securitization(모기지 디폴트의 증권화); weather bond(기상채권)도 참조할 것.

residuary bequest 잔여(재산)유증 ¶ *Residuary bequest* is bequest consisting of that which is left in an estate after the payment of debts and general legacies and other specific gifts. 잔여재산유증이란 부채의 지급과 일반적 유산 및 다른 특별증여를 제외한 후에 잔여의 유산으로 구성되는 유증을 말한다.

residue 나머지, [법] 잔여재산 ¶ The *residue* is the surplus of a testator's estate remaining after all debts, taxes, costs of administration, and particular legacies have been discharged. 잔여재산은 모든 부채, 조세, 유산관리비용 및 특별한 유산이 반환된 후 남는 유언자의 유산 중 잉여분이다.

resistance 저항 ¶ *resistance* point (증권의) 가격, 저항점 ***resistance level*** [증권] (주식시세 등의) 저항선 (*cf.*) support level 지지선 ¶ The *resistance level* is a price ceiling at which technical analysts note persistent selling of a commodity or security. If XYZ's stock generally trades between a low of $50 and a high of $60 a share, $50 is called the support level, and $60 is called the *resistance level*. Technical analysts think it significant when the stock breaks through the *resistance level* because that means it usually will go on

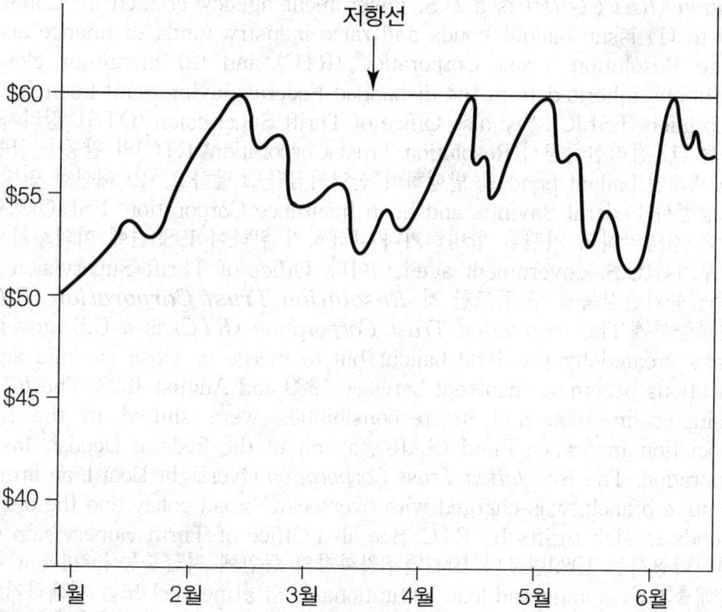

to new high prices. See also breakout; technical analysis. 저항선이란 상품이나 증권의 매도가 집요하게 계속하는 가격의 최고한도(천정가격, price ceiling)로, 테크니컬 애널리스트가 이 상한에 주목한다. 예를 들면, XYZ사의 주식이 일반적으로 1주당 50달러의 싼값과 60달러의 비싼 값의 사이에서 거래되고 있는 경우, 50달러를 지지선(support level)이라고 하고, 60달러를 저항선(resistance level)이라고 한다. 테크니컬 애널리스트는 주가가 저항선을 돌파하면 주가가 새로운 높은 가격권으로 돌입할 가능성이 높기 때문에 이 동향을 중요시한다.

resolution 결의 ¶ The *resolution* is: (1) in general, an expression of desire or intent. (2) a formal document representing an action of a corporation's board of directors – perhaps a directive to management, such as in the declaration of a dividend, or a corporate expression of sentiment, such as acknowledging the services of a retiring officer. A corporate *resolution*, which defines the authority and powers of individual officers, is a document given to a bank. (3) a legal order or contract by a government entity – called a bond *resolution* – authorizing a bond issue and spelling out the rights of bondholders and the obligations of the issuer. 결의는 (1) 일반적으로 요구나 의사의 표명이다. (2) 그것은 회사의 이사회(board of directors)에서의 결의를 나타내는 정식문서로, 배당결의(declaration of a dividend)에 있어서와 같은 경영에의 지시, 혹은 퇴임임원의 노고를 인정하는 회사의 사의(謝意)표명이 포함된다. corporate resolution(회사결의서)은 은행에 제출되는 서류로, 집행임원(officers)의 권한을 명확히 규정한다. (3) bond resolution(채권결의)은 정부기관에 의한 법적 명령 또는 계약으로, 채권발행의 인가와 더불어, 채권보유자(bondholders)의 권리와 발행단체(issuer)의 의무에 관하여 규정하고 있다. /corporate *resolution* for the account of … …의 계좌에 대한 회사결의 /general *resolution*, including authority to borrow 차입권한을 포함하는 일반적 결의 /*resolution* of the board of directors 이사회의 결의 ***Resolution Funding Corporation (REFCORP)*** 정리자금조달공사 ¶ The *Resolution Funding Cor-*

poration (*REFCORP*) is a U.S. government agency created by Congress in 1989 to (1) issue bailout bonds and raise industry funds to finance activities of the Resolution Trust Corporation (RTC) and (2) merge or close sick institutions inherited from the disbanded Federal Savings and Loan Insurance Corporation (FSLIC). See also Office of Thrift Supervision (OTS). 정리자금조달공사는 (1) 정리신탁공사(Resolution Trust Corporation: RTC)의 활동을 금융 지원할 구제채권(bailout bond)을 발행하여 산업기금을 조달하고, (2) 해산한 연방저축대출보험공사(Federal Savings and Loan Insurance Corporation: FSLIC)로부터 물려받은 경영악화의 기관을 합병하거나 폐쇄하기 위하여 1989년에 미의회가 창설한 미정부기관(U.S. government agency)이다. Office of Thrift Supervision (OTS)(저축금융기관감독청)도 참조할 것. ***Resolution Trust Corporation (RTC)*** 정리신탁공사 ¶ The *Resolution Trust Corporation* (*RTC*) is a U.S. government agency created by the 1989 bailout bill to merge or close savings and loan institutions becoming insolvent between 1989 and August 1992. The *RTC* was terminated in 1996 and its responsibilities were shifted to the Savings Association Insurance Fund (SAIF), a unit of the Federal Deposit Insurance Corporation. The *Resolution Trust Corporation* Oversight Board, an arm of the executive branch, was charged with overseeing broad policy and the dispensing of funds to sick thrifts by RTC. See also Office of Thrift Supervision (OTS). 정리신탁공사는 1989년부터 1992년 8월까지의 동안에 지급불능(insolvent)에 빠진 저축대출기관(savings and loan institutions)을 합병(merger) 또는 폐쇄하기 위하여 1989년의 구제법안(bailout bill)에 의하여 창설된 미합중국 정부기관이다. 정리신탁공사는 1996년에 그 역할을 종료하여 그 임무는 미연방예금보험공사(Federal Deposit Insurance Corporation)의 일부문인 저축금융기관보험기금(Savings Association Insurance Fund: SAIF)으로 이관되었다. 행정부의 일부문인 정리신탁공사감시위원회(Resolution Trust Corporation Oversight Board)는 종합정책과 정리신탁공사에 의한 경영악화의 저축금융기관에의 자금분배를 감시하는 책임을 부담한다. Office of Thrift Supervision(OTS, 저축금융기관감독청)도 참조할 것.

resolutive condition 해제조건 ¶ The *resolutive condition* is that which, when accomplished, operates the revocation of the obligation, placing matters in the same state as though the obligation has not existed. 해제조건이란 조건이 달성되는 경우, 채무의 철회로 작용하여 문제를 마치 그 채무가 존재하지 않은 것과 같은 상태로 두는 것이다.

resolve 결의하다 ¶ *Resolved* … … (위와 같이) 결의하다 /The House *resolved* to take up the bill. 의회는 그 법안의 채택을 결의했다.

resource (*pl.*) 자원, 재원, 자산 ¶ *Resource* is money, people, time, and equipment necessary for any organization. *Resource* allocation is one the most critical of the manager's decisional roles. 자원이란 어떤 조직을 위해 필요한 자금, 인원, 시간 및 장비를 말한다. 자원배분은 매니저의 결단력 있는 역할을 가늠하는 가장 결정적인 것의 하나이다. ***resource allocation*** 자원배분 ¶ *Resource allocation* is the manner in which scarce resources are distributed. From a business standpoint, this relates to how management distributes capital among its various operations. From a consumer's viewpoint, *resource allocation* relates to how good and services are distributed among consumers. Efficient *resource allocation* results in a more productive economy. Also called allocation of resources. 자원배분은 부족한 자원을 배분하는 방법을 말한다. 기업의 입장에서 보면, 이것은 경영진이 여러 가지의 경영 중에서 자금을 어떻게 배분하는가와 관련된다.

소비자의 입장에서 보면, 자원배분은 상품과 서비스가 소비자 속에서 어떻게 배분되는가와 관계가 있다. 효율적인 자원배분은 보다 더 생산적인 경제를 가져온다. 이를 allocation of resources(자원의 배분)라고도 한다. /*resources* and liabilities 자산과 부채 /*resources* provided 조달자금 /*resources* used 운용자금

resource-saving technology 자원절약기술

respite 휴지, 유예, 연기 ¶days of *respite* [grace] 지급유예기간 /*respite* of [for] payment 지급의 유예

respondeat superior (L) 상급자책임, 사용자책임, 대위책임(代位責任)(let the superior reply) ¶In agency law, *respondeat superior* is a doctrine that a principal is liable for the acts of an agent. 대리법에서, 대위책임은 대리인의 행위에 대하여 본인이 책임을 진다고 하는 원칙을 말한다.

respondent 답변자, 회답자, 피상소인(被上訴人) ¶In equity practice, the *respondent* is the party who answers a bill or other proceeding. 에퀴티상의 소송에서, respondent(피고)는 소장 혹은 다른 절차에 대응하는 당사자이다. ¶The *respondent* is a bank that regularly buys check processing and other services from a correspondent bank. Also known as a downstream bank. Purchased services can include securities clearing and trading, check processing, and foreign exchange trading. A *respondent* bank, which usually is a community bank, may also maintain its reserve account in a pass-through account at a correspondent, or sell participations in loans exceeding its legal lending limit, or buy participations in loans originated by other banks. 회답은행은 거래은행으로부터 정기적으로 수표처리 기타 서비스를 받아내는 은행을 말한다. 이는 하류은행(downstream bank)이라고도 한다. 구입하는 서비스에는 증권청산과 거래, 수표처리, 및 외환거래가 포함될 수 있다. 회답은행은 보통 지역은행이기도 하고, 거래은행에 패스트루계좌 안에 준비금계정을 유지한다든지 또는 법정의 대여한도를 초과하는 대출에서는 참가권(participation)을 매도한다든지, 혹은 다른 은행이 시작한 대출에 참가권을 매입할 수도 있다.

responsibility 책임, 채무, 의무이행능력, 지급능력 ¶corporate *responsibility* 기업책임 /corporate social *responsibility* (CSR) 기업의 사회적 책임 /legal *responsibility* 법적 책임 /moral and financial *responsibility* 도덕적 및 금융사의 책임 ***joint and several responsibility*** 연대책임 → joint and several liability (연대책임). ***unlimited [unrestricted]*** ~ 무한책임 → unlimited liability (무한책임).

restatement 결산서의 수정, 결산수정 ¶*Restatement* is correction of a previously issued financial statement, usually because of an accounting irregularity or misrepresentation. Although *restatement* can result from honest error, the practice became notorious during the wave of corporate scandals in the early 2000s. 결산서의 수정은 이미 발표한 재무제표(financial statement)의 수정으로, 회계상의 부정조작(accounting irregularity) 혹은 부실표시(misrepresentation) 때문에 행해지는 일이 많다. 결산서의 수정은 악의가 없는 잘못으로 인하여 행해지는 것이지만, 2000년대 초두에 빈발한 회사의 불상사로, 결산서의 수정에 대한 평가는 극히 나쁘게 되고 말았다.

restitution 손해배상, (권리의) 원상회복 ¶*Restitution* is act of making good or of giving the equivalent for loss, damage, or injury. 원상회복이란 손실, 손해 또는 손상을 보상하거나 동등한 것을 주는 행위이다. ¶The *restitution* is an equitable remedy under which a person is restored to his or her original position prior to loss or injury, or placed in the position he or she would have been in had the breach not occurred. 원상회복이란 사람이 손실이나 손상 전 원래의 상태로 회복되거나 또는 위반사실이 일어나지 않았다면 있어 온 상태로 놓이는 에퀴티상의 구제책이다.

restraining 금지적, 억제의, 규제의 ¶ *restraining* measure 긴축의 조치

restraint 억제수단, 제동(制動) ***restraint of trade*** 거래제한 ¶ *Restraint of trade* is interference with free market competition in violation of Federal Trade Commission regulations. 거래제한이란 미연방거래위원회(Federal Trade Commission)의 규칙에 위반하여 자유로운 시장에서의 경쟁을 간섭하는 경우를 이른다.

restricted 한정된, 제한된 ¶ The term *restricted* is said of stock brokered by a firm that is actively involved with the issuing company in nonpublic investment banking activities representing potential conflict of interest, such as a merger/acquisition defense or an underwriting. A firm can handle transactions in *restricted* stock only as an agent performing a brokerage function. In cannot trade for its own account, give indications, or solicit orders with reference to restricted stock. Lists of restricted stock cannot be disclosed outside the trading area of the firm. See also letter security. 제한부 주식이라는 용어는 공표되고 있지 않은 투자은행(investment banker)업무 중에서 이익상반이 될지도 모르는 거래, 예를 들면 합병(merger)이나 매수(acquisition)에서의 방위, 혹은 주식(stock)과 같은 증권(security)의 인수(underwriting)에 있어서, 당해 고객기업과 깊게 관여하고 있는 증권회사(investment banker 또는 broker-dealer)가 주선하는 주식을 두고 하는 말이다. 당해 증권회사는 주선업무만을 행하는 대리인(agent)으로서만 제한부 주식을 취급하는 것이 허용된다. 자기계정에서의 거래, 시세가격의 제시(indication), 권유하는 것은 허용되지 않는다. 제한부 주식의 리스트는 트레이딩 부문 이외에 개시하지 못한다. letter security(사모증권)도 참조할 것. /*restricted* business category 제한업종 /*restricted* deposit 봉쇄예금 /*restricted* credit 어음매입은행지정신용장, 리스트릭티트 L/C ***restricted account*** 제한계좌 ¶ The *restricted account* is a margin account with a securities broker in which the equity is less than the initial margin requirements set by the Federal Reserve Board's Regulation T. A customer whose account is restricted may not make further purchase and must, in accordance with Regulation T's retention requirement, retain in the account a percentage of the proceeds of any sales so as to reduce the deficiency (debit balance). The retention requirement is currently set at 50%. See also margin call. 제한계좌는 미연방준비제도이사회(Federal Reserve Board)의 레귤레이션 T(Regulation T)에 의하여 규정된 개시증거금율(initial margin requirements)을 충족하고 있지 않는 신용거래계좌(margin account)를 말한다. 제한계좌의 고객은 새로운 매수(買收)를 할 수 없고, 레귤레이션 T의 증거금 유지율(retention requirement)에 따라서 제한계좌의 증권을 매각한 경우에는 반드시 매각수령금 중의 일정한 비율에 유보하여, 증거금유지율에 대한 부족액(차변잔액)을 감하여야 한다. 이 증거금 유지율은 현재는 50%로 설정되어 있다. margin call(추가증거금)도 참조할 것. ~ ***endorsement*** 제한배서 → restrictive endorsement (제한배서). ~ ***stock*** (의결권제한에 관한) 제한주(制限株) → restricted securities (제한부 증권); letter security (사모증권). ~ ***securities*** 제한부 증권 ¶ *Restricted securities* are securities acquired from an issuer in a nonpublic transfer, that is, on terms and at a price not offered to the general public through an underwriter. Because the securities were not part of a public offering and thus not subject to the safeguards of the Securities Act of 1933, such as the registration of the securities and the issuing of a prospectus, their sale to the public is restricted. See letter security. 제한부 증권은 인수업자를 통해서 일반대중에게 제공된 조건과 가격이 아닌 특정한 양도방법으로 발행단체로부터 취득한 증권을 말한다. 그 증권은 공모(public offering)의 일부분이 아니고, 따라서 증권의 등록과 사업계획서(prospectus)의 발행과 같은 1933년의 미증권법(Securities Act of 1933)의 보호조항(safeguards)에 따라야 하는 것은 아니기 때문에, 그런 증권을 일반대중에게 판매하는 것은 제한적이다. letter security(사모증권)도 참조할 것. ~ ***stock award*** 제한부 주식에 의한 보상(報償) ¶ The *restricted stock award* is a plan whereby registered company stock is granted as compensation but ownership rights await vesting. 제한부 주식에 의한 보상(報償)은 등록회사(registered company)의 주식을 보수로서 수여하는 제도이다. 다만, 수급권(vesting)의 시기가 되어야 비로소 당해 주식의 소유권이 생기게 되어 있다. ~ ***surplus*** 제한부 잉여금 ¶ The *restricted surplus* is a portion of retained earnings not legally available for the payment of dividends. Among the circumstances giving rise to such restriction: dividend arrearages in cumulative preferred stock, a shortfall in the minimum working capital ratio specified in an indenture, or simply a vote by the board of directors. Also called restricted retained earnings. 제한부 잉여금은 법적으로 배당금(dividend)지급에 충당할 수 없는 이익잉여금(retained earnings)의 부분을 이른다. 배당이 제한되는 상황으로서는, 누적우선주(cumulative preferred stock)에 배당금미지급이 있고, 채권신탁증권(indenture)에 규정되고 있는 최저운전자본비율(working capital ratio)을 충족하고 있지 않으며, 이사회(board of directors)에서 그 뜻의 결의가 행해진 경우가 있다. restricted retained earning(제한부 이익잉여금)라고도 한다.

restriction 제한, 한정(限定) ¶ import [export] *restriction* 수입[수출]제한 /trade *restriction* 무역제한

restrictive 제한하는, 한정적인 ¶ *restrictive* [qualified] indorsement 제한배서 /*restrictive* lending policy 대출억제책 /*restrictive* loaning (중앙은행의) 창구규제 /*restrictive* measure 억제책 /*restrictive* monetary policy 금융긴축의 정책 /*restrictive* trade practice 제한적 상관행 ***restrictive covenant*** 제한조항 ¶ The *restrictive covenant* is a covenant or deed restriction that limits the property rights of the owner. 제한조항은 소유자의 재산권을 제한하는 날인계약 또는 부동산양도증서상의 제한조항을 말한다. → covenant (커비넌트). ~ ***endorsement*** 제한배서 ¶ The *restrictive endorsement* is a signature on the back of a check specifying the transfer of the amount of that check, under specific conditions. The most common type of restrictive endorsement is "for deposit only," meaning the check must be deposited in the payee's bank account and cannot be cashed. 제한배서는 수표의 배면(背面)에 행해지는 서명으로, 수표금액의 양도조건이 붙어있는 경우이다. 전형적인 제한배서는 「예금을 위해서만」(for deposit only)이고, 이것은 수표를 피지급인의 은행계좌에 예금할 것은 조건으로 되어 있어 현금지급은 할 수 없음을 의미한다.

restructuring 리스트럭처링, 사업재구축, 기구개혁 ¶ The *restructuring* is a general term for major corporate change aimed at greater efficiency and adaptation to changing markets. Spin-offs, recapitalizations, strategic buyouts, and major management realignments are all developments frequently associated with corporate restructurings. See also downsizing. 리스트럭처링은 더 높은 효율과 변화하는 시장에의 대응을 목적으로 하여, 회사조직을 대폭 변경하는 것을 의미한

다. 스핀오프(분할)(spin-off), 자본재구성(recapitalization), 전략적 매수(strategic buyouts) 및 주요한 경영의 재편성은 많은 경우 사업재구축을 수반한다. downsizing(사업규모축소)도 참조할 것. ***restructuring charge*** 리스트럭처링 관련비용 ¶ *Restructuring charge* is nonrecurring but not extraordinary (i.e., it must be deducted from current earnings) charge to earnings resulting from restructuring. See also managed earnings. 리스트럭처링 관련비용은 리스트럭처링(사업재구축)의 결과 생기는 경비로, 경상외 비용(nonrecurring charge)이지만, 특별손실(extraordinary item)이 아닌 비용을 말한다. 따라서, 이 비용은 경상이익(current earnings)의 손실항목이 된다. managed earnings(이익조작)도 참조할 것.

result 결과, (*pl.*) 성적, 업적, 결산내용

résumé [프] 적요(摘要), 요약, [미] 이력서 ¶ The *résumé* is a statement of one's background, education, and work experience. A *résumé* can be structured chronologically or free form. The basic purpose of a *résumé* is to market the individual to obtain an interview for employment. 이력서는 사람의 배경, 교육 및 작업경험을 기술한 것이다. 이력서의 기본목적은 고용을 위한 인터뷰를 받기 위해서 개인을 내보이는 데에 있다.

resyndication limited partenrship 재조성 리미티드 파트너십 ¶ The *resyndication limited partnership* is a partnership in which existing properties are sold to new limited partners, who can gain tax advantages that had been exhausted by the old partnership. For instance, a partnership with government-subsidized housing may have given partners substantial tax benefits give five years ago. Now the same housing development may be sold to a resyndication partnership, which will start the process of depreciation over again and claim additional tax benefits for its new limited partners. Resyndication partnerships are usually offered as private placement through brokerage houses, although a few have been offered to the public. 재조성 리미티드 파트너십은 구(舊)리미티드파트너가 소유하는 자산을 새롭게 조성한다든지 리미티드파트너에 매각하는 경우이다. 새로운 리미티드 파트너십은 구(舊)리미티드 파트너십이 다 써버린 세금우대조치를 얻을 것을 목적으로 한다. 예를 들면, 5년 전에 구(舊)리미티드 파트너십에게 다액의 세금 메리트를 준 정부보조주택자산을, 재조성된 파트너십에게 매각한다. 재조성 파트너십은 동 자산의 감가상각(depreciation)절차를 다시 개시하여, 새로운 리미티드파트너에게 세금 메리트를 제공한다. 재조성 파트너십은 공모(public offering)방식도 얼마 안되지만, 많은 경우, 통상 사모(private placement)방식으로 증권회사가 판매한다.

retail 소매 ***retail banking (business)*** 소매은행업무, 리테일뱅킹 (*cf.*) wholesale banking 도매은행업무 ¶ *Retail banking* is banking services offered to the general public. *Retail banking* services are a group of financial services that includes installment loans. residential mortgages, equity credit loans, deposit services, and individual retirement accounts. In contrast with wholesale banking or corporate banking, *retail banking* is a high volume business with many service providers competing for market shares. Some *retail banking* services, for example, credit cards, are among the most profitable services offered by financial institutions. 소매은행업무란 일반공중에게 제공되는 은행업무를 가리킨다. 소매은행업무는 할부대출, 주택모기지, 주식신용대출, 예금업무, 및 개인퇴직계정을 포함하는 일단의 금융업무이다. 도매은행업무, 또는 회사업무와 대비하여, 소매은행업무는 시장점유율을 가지고 경쟁하는 많은 업무제공자와 더불어 많은

양의 업무이다. 어떤 소매은행업무, 예를 들면 크레디트카드는 금융기관들이 제공하는 가장 수익이 나는 업무 중에 들어간다. ~ ***house*** 리테일하우스, 개인투자자 상대의 증권회사 ¶ The *retail house* is a brokerage firm that caters to retail investors instead of institutions. Such a firm may be a large national broker called a wire house, with a large research department and a wide variety of products and services for individuals, or it may be a small boutique serving an exclusive clientele with specialized research or investment service. 리테일하우스는 기관투자자(institutional investor)가 아니라 개인투자자(retail investor)를 거래상대로 하는 증권회사(brokerage firm)이다. 리테일하우스에는 규모가 큰 조사부문(large research department)이나 광범한 개인을 위한 상품・서비스를 제공하는 전국적 규모의 대회사(wire house라고 한다)나 특별히 한정한 고객에게 특별한 조사・투자서비스를 제공하는 소규모의 부티크(boutique)(전문회사)가 있다. ~ ***investor*** 개인투자자 ¶ The *retail investor* is an investor who buys securities and commodities futures on his own behalf, not for an organization. *Retail investors* typically buy shares of stock or commodity positions in much smaller quantities than institutions such as mutual funds, bank trust departments, and pension funds and therefore are usually charged commissions higher than those paid by the institutions. In recent years, market activity has increasingly been dominated by institutional investors. 개인투자자는 증권(security)이나 상품선물(commodity futures contract)을 조직하기 위한 것이 아니라, 자기 자신을 위하여 매매하는 투자자이다. 뮤추얼펀드(mutual fund), 은행신탁부문(bank trust department), 연금기금(pension fund)과 같은 기관투자자(institutional investor)와 비교하여 개인투자자의 증권거래량은 극히 적다. 따라서 기관투자자보다 높은 취급수수료(commission)가 부과되는 것이 일반이다. 최근의 시장은 점점 기관투자자의 비중이 높아가고 있다. ~ ***price*** 소매가격 ¶ The *retail price* is a price charged to retail customers for goods and services. Retailers buy goods from wholesalers, and increase the price to cover their costs, plus a profit. Manufacturers list suggested retail prices fro their products; retailers may adhere to these prices or offer discounts from them. 소매가격이란 소매고객에게 청구하는 재화나 서비스의 가격을 말한다. 소매업자(retailer)는 상품을 도매업자(wholesaler)로부터 매입하여, 그 원가(cost)에 이익(profit)을 플러스한 것을 소매가격으로 한다. 제조업자는 그 제품에 소매지시가격을 표시하지만, 소매업자는 이러한 가격을 지키는 일도 있지만, 가격을 깎아 주는 경우도 있다. ~ ***price index (RPI)*** [영] 소매물가지수 ¶ In the United Kingdom, the *retail price index* (*RPI*) is an inflation measure based on the retail prices of goods and services (and also including rents, utilities, and mortgage payments); all computations are inclusive of value-added tax. A separate index (RPI), which excludes mortgage payments, is also tabulated. See also consumer price index; harmonized index of consumer prices; producer price index. 영국에서 소매물가지수는 상품과 서비스(그리고 임대료, 공공요금 및 모기지납부금도 포함함)의 소매물가를 기초로 하는 인플레이션의 측정치이다. 모든 계산에는 부가가치세(value-added tax)가 포함된다. 모기지납부금을 제외한 개별적인 소비물가지수(RPI)는 표로 만들어진다. consumer price index(소비자물가지수); harmonized index of consumer prices(통합물가지수); producer price index(생산자물가지수)도 참조할 것.

retain 보유하다, 유지하다 ¶ *retained* account 관리계좌 /*retained* profit [earnings] 유보이익 /*retained* profit ratio 사내유보율 ***retained earnings*** 이익잉여금, 내부유보 ¶ *Retained earnings* are net profit kept to accumulate in a business after dividends are paid. Also called undistributed profits or earned surplus. *Retained* *earnings* are distinguished from contributed capital – capital received in exchange for stock, which is reflected in capital stock or capital surplus and donated stock or donated surplus. Stock dividends – the distribution of additional shares of capital stock with no cash payment – reduce retained earnings and increase capital stock. *Retained earnings* plus the total of all the capital accounts represent the net worth of firm. See also accumulated profits tax; paid-in capital. 이익잉여금은 배당금(dividend)지급 후에 기업에 누적되는 순이익(net profit)을 말한다. 미처분이익(undistributed profits) 또는 이익잉여금(earned surplus)이라고도 한다. 이익잉여금은 납입자본(contributed capital)과는 구별된다. 납입자본이란 것은 주식과 상환으로 실제로 납입된 자본을 의미하고, 자본금(capital stock) 또는 자본잉여금(capital surplus)이나, 증여주(donated stock), 또는 증여잉여금(donated surplus)이 납입자본에 상당하다. 현금이 아니라 신주를 배당으로서 분배하는 주식배당(stock dividend)은 이익잉여금을 감소하여 자본금을 늘린다. 잉여금에 모든 자본계좌를 플러스한 것이 순자산(net worth)이 된다. accumulated profits tax(유보이익세); paid-in capital(납입자본금)도 참조할 것. ~ ***earnings statement*** 이익잉여금계산서 ¶ The *retained earnings statement* is a reconciliation of the beginning and ending balances in the retained earnings account on a company's balance sheet. It breaks down changes affecting the account, such as profits or losses from operations, dividends declared, and any other items charged or credited to retained earnings. A *retained earnings statement* is required by Generally Accepted Accounting Principles whenever comparative balance sheets and income statements are presented. It may appear in the balance sheet, in a combined profit and loss statement and *retained earnings statement*, or as a separate schedule. It may also be called statements of changes in earned surplus (or retained income). 이익잉여금계산서는 회사의 대차대조표(balance sheet)상의 이익잉여금(retained earnings)계정에 있어서 기수(期首)잔액과 기말(期末)잔액을 대조하는 계산을 이른다. 영업손실(operating profit or loss)이나 배당금(dividend)과 같은 이익잉여금계정에 영향을 주는 모든 계정과목의 변동명세를 기재한다. 일반적으로 공정타당하고 인정되는 회계원칙(Generally Accepted Accounting Principles: GAAP)에서는, 비교대차대조표와 손익계산서(income statement)가 제시될 때에는, 손익잉여금계산서의 제시도 요구하고 있다. 이익잉여금계산서는 대차대조표, 손익계산서와 이익잉여금계산서의 결합계산서, 또는 개별명세서의 어느 것인가에서 표시된다. statement of changes in earned surplus (or retained income)(이익잉여금(또는 유보소득) 변동계산서)라고도 한다.

retaliation 보복 ¶ The *retaliation* is an action taken by a country whose exports are adversely affected by the raising of tariffs or other trade-restricting measures by another country. The GATT permits an adversely affected contracting party (CP) to impose limited restraints on imports from another CP that has raised its trade barriers (after consultations with countries whose trade might be affected). In theory, the volume of trade affected by such retaliatory measures should approximate the value of trade affected by the precipitating change in import protection. 보복이란 다른 국가가 취한 관세의 인상이나 기타 통상제한조치로 인하여 수출이 역풍을 만난 국가가 취하는 조치를 말한다. 가트(GATT)는 역풍을 만난 체약국(contracting party: CP)이 (역풍을 만난 체약국과 협의를 한 후) 관세장벽을 높인 다른 체약국에 대해서 수입에 관한 제한된 조치를 취할 것을 허용하고 있다. 이론상, 그와 같은 보복적 조치로 인해서 영향을 받은 교역량은 수입보호로 추락하는 변화로 인하여 영향을 받은 교역량에 가까울 것이다.

retaliatory 보복적인 ¶ *retaliatory* duties 보복관세

retention 보류지분 ¶ In securities underwriting, the *retention* is the number of units allocated to a participating investment banker (syndicate member) minus the units held back by the syndicate manager for facilitating institutional sales and for allocation to firms in the selling group that are not also members of the syndicate. See also underwrite. 증권(securities)의 인수에서, 보류지분은 기관투자자에의 판매분과 인수단(syndicate)에 들어가 있지 아니한 판매단(selling group) 멤버에의 배정분(配定分)을 공제한 후에, 인수단의 투자은행(investment banker)에 배정되고 있는 증권의 수를 이른다. underwrite(인수하다)도 참조할 것. /*retention* (money) bond 유보금 보증(保證) ***retention rate*** 내부유보율 ¶ The *retention rate* is a percentage of after-tax profits credited to retained earnings. It is the opposite of the dividend payout ratio. 내부유보율은 이익잉여금(retained earnings)을 대변(貸邊)에 기입한 세금공제 후 이익의 비율을 이른다. 그것은 배당성향(dividend payout ratio)에 반대되는 것이다. ~ ***requirement*** 증거금유지율 → restricted account (제한계좌).

retire 회수하다 ¶ *retired* bank note 폐기은행권 /*retire* a bill 어음을 (결제하여) 회수하다 /*retired* debt 회수부채

retirement 소각, 퇴직, 회수, 상환 ¶ *Retirement* is: (1) cancellation of stock or bonds that have been reacquired or redeemed. See also callable; redemption. (2) removal from service after a fixed asset has reached the end of its useful life or has been sold and appropriate adjustments have been made to the asset and depreciation accounts. (3) repayment of a debt obligation. (4) permanent withdrawal of an employee from gainful employment in accordance withy an employer's policies concerning length of service, age, or disability. A retired employee may have rights to a pension or other *retirement* provisions offered by the employer. Such benefits may in some circumstances supplement payments from an individual *retirement* arrangement (IRA) or Keogh plan. (1) 소각이란 주식 또는 채권을 환매하거나, 혹은 상환함으로써 소각하는 것이다. callable(상환가능한); redemption(상환)도 참조할 것. (2) 소각이란 고정자산(fixed asset)이 내용연수(useful life)에 도달하였다든가 매각된 경우에, 자산·상각(depreciation)계정을 적절히 수정 후 폐기하는 것이다. (3) 상환이란 채무(debt)의 변제이다. (4) 퇴직이란 근무기간이나 연령, 능력상실 등 고용주의 규정에 따라 종업원이 유급고용자가 아니게 되어 퇴직하는 것이다. 퇴직종업원은 고용주가 제공하는 퇴직연금의 퇴직규정상의 급여를 받는 일도 있다. 이런 종류의 급여는 개인퇴직금계좌(individual retirement account: IRA)나 키오플랜(Keogh plan)을 보완하는 목적에서 급여되는 경우도 있다. /*retirement* allowance 퇴직급여 /*retirement* of debt 채무의 변제 /*retirement* of a draft 어음의 철회[회수] /*retirement* payment [allowance, benefit] 퇴직수당 ***retirement age*** 정년 ¶ The *retirement age* is an age at which employees no longer work. Though there is no longer any mandatory *retirement age*, many institutions do impose a *retirement age*. The federal government has a *retirement age* of 70. Many corporations have a *retirement age* of 65, although this has become more flexible and is not longer standard. Employees reaching age 62 may start to receive Social Security benefits, though the minimum age for receiving full Social Security benefits starts at age 65 and is gradually increasing to age 67. For example, for those born from 1943 through 1954, the age to receive full Social Security benefits is 66. For those born in 1960 or later, the age for full benefits rises to 67. 정년은 종업원이 노동하는 것을 그만 두는 연령이다. 법적인 정년이라는 것은 존재하지 않지만, 정년제를 과하고 있는 회사나 기관은 많다. 예를 들면, 미연방정부의 정년은 70세로 되어 있고, 또 많은 회사는 65세가 정년으로 되고 있으나, 정년은 유연하게 되고 있어서 표준적인 것이 아니다. 62세가 되면 사회보장(social security)의 급여를 받을 수 있지만, 급여전액을 받는 것은 65세 이후 67세까지 단계적으로 인상된다. 예를 들면, 1943년~1954년 사이에 출생한 사람은 66세가 전액급여의 연령이 되고, 1960년 이후에 출생한 사람은 전액 지급되는 연령이 67세까지 인상된다. **(*company*)** ~ ***pension*** (회사)퇴직연금 → pension (연금). ***Retirement Protection Act of 1994*** 1994년의 퇴직연금보호법 ¶ The *Retirement Protection Act of 1994* is a legislation designed to protect the pension benefits of American workers and retirees by increasing funding of underfunded pension plans and strengthening the pension insurance program administered by the Pension Benefit Guaranty Corporation (PBGC). 1994년의 퇴직연금보호법은 재원부족에 빠져 있는 연금기금(pension plan)의 적립금의 강화와, 연금급여보증공사(Pension Benefit Guaranty Corporation: PBGC)가 관리하는 연금보험제도의 강화를 통해서 미국의 노동자와 퇴직자의 연금급여를 보호할 목적에서 제정된 법률이다.

retortion; retorsion 복수(retaliation), 보복

retraction 철회, 취소, 사죄(謝罪) ¶ The *retraction* is the withdrawing of a plea, declaration, accusation, promise, etc. 철회는 소답(訴答), 소장, 기소장, 약속 등을 철회하는 것이다.

retrenchment 경비절감 ¶ *retrenchment* finance 긴축재정

retroactive (효력이) 소급하는 ¶ The word *retroactive* means applicable to a previous time. For example, an employer grants an especially productive employee a raise retroactive to the beginning of the calendar year. 소급한다는 말은 이전에 기간에 적용하는 것을 의미한다. 예컨대, 고용주가 특별히 생산직 종업원에게 급여인상을 역년(曆年)의 초에 소급하여 수여하는 경우이다. /*retroactive* effect 소급효(遡及效)

retroactively 소급하여 ¶ be applied *retroactively* 소급하여 적용되다

retrocedant [영] 양도재보험업자 ¶ The *retrocedant* is a reinsurer that cedes risk to another reinsurer through a retrocession contract. 양도재보험업자는 재재보험계약을 통해서 위험을 양도하는 재보험자를 말한다.

retrocede [영] 재재양도(再再讓渡) ¶ The *retrocede* is the process of transferring risk from one reinsurer to another reinsurer through a retrocession contract. See also cede; retrocedant; retrocessionaire. 재재양도는 한 사람의 재보험업자로부터 다른 사람의 재보험업자에 재재보험계약(retrocession contract)을 통해서 위험을 양도하는 과정을 말한다. cede[출재보험(出再保險)]; retrocedant(양도재보험업자): retrocessionaire(양수재보험업자)

retrocession [영] 재재보험(再再保險) ¶ The *retrocession* is a form of reinsurance contract that allows a reinsurer to transfer designated risks to another reinsurer in order to manage and diversify its portfolio of reinsurance exposures. See also retrocedant; retrocessionaire. 재재보험은 재보험업자가 재보험의 익스포저(reinsurance exposure)의 포트폴리오를 관리하고 분산시키기 위하여 다른 재보험자에게 일정한 위험의 양도를 허용하는 재보험의 하나의 형태이다. retrocedant(양도재보험업자); retrocessionaire(양수재보험업자)도 참조할 것.

retrocessionaire [영] 양수재보험업자 ¶ The *retrocessionaire* is a reinsurer accepting risk from another reinsurer through a retrocession contract. See also retrocedant. 양수재보험업자는 재재보험계약을 통해서 다른 재보험업자로부터 위험을 양수하는 재보험업자를 말한다. retrocedant(양도재보험업자)도 참조할 것.

retrospective 소급하는, 소급의 ***retrospective aggregate loss cover*** [영] 소급총손실커버 ¶ The *retrospective aggregate loss cover* is a finite insurance contract that allows the insured to finance existing losses and losses incurred but not reported by paying the insurer a premium and ceding its liabilities. The insured must still pay for losses above a specified amount when they are incurred, and thus retains some timing risk. See also loss portfolio transfer; retrospective finite policy. 소급총손실커버는 보험자에게 보험료를 지급하고 그 책임을 양도함으로써 피보험자가 기발(既發)손실과 유발(誘發)손실에 자금을 공급할 수 있다고 보고는 할 수 없는 유한(有限)보험계약을 말한다. 피보험자는 손실이 유발되고 따라서 일부 시기에 맞는 위험을 보유하는 경우 여전히 특정한 금액 이상으로 손실에 대하여 지급하여야 한다. loss portfolio transfer(손실의 포괄적 이전); retrospective finite policy(소급유한보험계약)도 참조할 것. ~ ***finite policy*** [영] 소급유한보험계약 ¶ The *retrospective finite policy* is a finite insurance contract that allows the insured to manage the timing risks of liabilities that already exist and losses that have already occurred. Common structures include the adverse development cover, loss portfolio transfer, and retrospective aggregate loss cover. Also known as a post-funded policy. See also prospective finite policy. 소급유한보험계약은 피보험자에게 이미 존재하는 책임과 이미 유발한 손실의 시기에 맞는 위험을 관리할 수 있도록 하는 유한(有限)보험계약을 말한다. 일반적인 계약구조는 역(逆)개발커버(adverse development cover), 손실의 포괄적 이전(loss portfolio transfer) 및 소급총손실커버(retrospective loss cover)를 포함한다. 이는 post-funded policy(사후운영보험)로도 알려져 있다. prospective finite policy(예상유한보험계약)도 참조할 것.

retrospectively rated policy [영] 소급요율보험계약 ¶ The *retrospectively rated policy* is a loss-sensitive insurance contract requiring the insured to pay an initial premium to an insurer and, at some future time, make an additional premium payment (i.e., a retrospective premium) or receive a refund (i.e., a retrospective refund), depending on the size of any losses that occur. 소급요율보험계약은 피보험자가 최초의 보험료를 보험업자에게 지급하여야 하고 머지 않은 장래에 발생하는 손실의 규모에 따라, 추가보험료(예컨대 소급보험료)를 지급하거나 또는 환부금(還付金)(예컨대 소급환부금)을 수취하여야 하는 손실에 민감한 보험계약을 말한다.

return *v.* 되돌아오다, 반환하다 ¶ a *returned* cargo 반송화물 /*returned* check 부도어음 /*returned* check and bill 부도어음 /*returned* item 반려물건 /*returned* letter 배달불능우편(물) /*returning* of premium 프리미엄환원 /*returned* on request [부도어음] 의뢰반환

n. 반환, (*pl.*) 이율, 수익률, 보고서, 총매상총액 ¶ In finance and investments, *return* is profit on a securities or capital investment, usually expressed as an annual percentage rate. See also rate of return; return on equity; return on invested capital; return on sales; total return. 재무와 투자에 있어서, 수익률은 증권이나 자본투자(capital investment)에서 생기는 이익으로, 통상은 연율(annual percentage rate)로 표시된다. rate of return(이익률); return on equity(주주자본이

익률); return on invested capital(투하자본이익률); return on sales(매상총액이익률); total return(종합투자수익률)도 참조할 것. ¶ In retailing, *return* is exchange of previously sold merchandise for refund or credit against futures sales. 소매에 있어서, 매상환급금(return)은 이전에 매도된 상품을 반품하여 환급(refund)을 받거나, 또는 장래의 매상총액에 대한 대변기입(credit)을 한다. ¶ In taxes, *return* is form on which taxpayers submit information required by the government when they file with the Internal Revenue Service. For example, Form 1040 is the tax return used by individual taxpayers. 조세에 있어서, 신고서(return)는 납세자가 미국세입청(Internal Revenue Service)에 납세신고서류를 제출할 때에, 필요정보를 기입하는 서류를 이른다. 예를 들면, 서식 1040호(Form 1040)는 개인납세자용의 신고서류이다. ¶ In trade, *return* is physical return of merchandise for credit against an invoice. 거래에 있어서, 반품(返品)은 송장에 대변기장(credit)하여, 상품을 물리적으로 반납하는 경우이다. /an official *return* [report] 정식보고서 /the rate of *return* 투자이익률 /*return* bill 환(還)환어음(redraft) /*return* item exchange 부도반환교환 /*return* on risk adjusted capital 리스크 조정후 자본수익률 ***annual return*** 연차보고서 ¶ An *annual return* is a yearly record of a corporation's financial condition that must be distributed to shareholders under Securities and Exchange Commission regulations. Included in the report is a description of the company's operations as well as its balance sheet and income statement. 연차보고서는 회사의 연간 재무상황기록인데, 증권거래위원회(Securities and Exchange Commission: SEC)규칙에 따라 주주에게 배포되지 않으면 안 된다. 연차보고서에는 대차대조표(balance sheet), 손익계산서(income statement) 및 회사의 영업보고가 기재된다 ~ ***items*** 부도어음 ¶ *Return items* are checks, drafts, or notes returned unpaid to the originating bank because they may result in a loss if honored. They are returned by the drawee bank so that the originator can correct any errors or irregularities and then present the items as second time for collection. 부도어음은 수표, 환어음 또는 약속어음이 지급되면 손실이 결과할 수 있으므로, 발행은행에 지급되지 않고 되돌아온 수표, 환어음 또는 약속어음을 말한다. 그 수표 등은 수취은행(drawee bank)에 의하여 되돌아오기 때문에 발행은행은 그 수표 등의 하자 또는 잘못을 바로 잡은 다음에 재차 추심을 위하여 그 지급수단을 제시할 수 있다. ~ ***of capital*** 자본배당 ¶ *Return of capital* is distribution of cash resulting from depreciation tax savings, the sale of a capital asset or of securities in a portfolio, or any other transaction unrelated to retained earnings. *Returns of capital* are not directly taxable but may result in higher capital gains taxes later on if they reduce the acquisition cost base of the property involved. Also called return of basis. 자본배당은 감가상각(depreciation)에서 생긴 절세액(tax savings), 자본자산(capital assets)이나 포트폴리오(portfolio)보유증권의 매각금, 기타 이익잉여금(retained earnings)과 관계없는 거래에서 생긴 현금을 주주(shareholders)에게 분배하는 것이다. 자본배당 자체는 직접 과세되지 않지만, 자본배당에 의하여 관련산업의 취득원가(acquisition cost)베이스가 저하하는 경우는, 더 높은 캐피탈게인(capital gain)세가 뒤에 과세된다. 이를 return of basis(기준의 환원)라고도 한다. ~ ***on assets (ROA)*** 총자산이익률 → return on investment (투자수익률). ~ ***on common (stock) equity*** 보통주주자본이익률 → return on equity (주주자본이익률); return on invested capital (투하자본이익률). ~ ***on assets (ROA)*** 총자산이익률 → return on investment (투자수익률). ~ ***on equity [capital] (ROE)*** 주주자본이익률, 자기자본이익률, 투자수익률 ¶ The *return on equity* (*ROE*) is an amount, expressed as a percentage, earned on a company's common stock investment for a given period. It is calculated by dividing common stock equity (net worth) at the beginning of the accounting period into net income for the period after preferred stock dividends but before common stock dividends. *Return on equity* tells common shareholders how effectually their money is being employed. Comparing percentages for current and prior periods reveals trends, and comparison with industry composites reveals how well a company is holding its own against its competitors. 주주자본이익률은 일정한 기간의 이익을 보통주(common stock), 자본금(capital)으로 나누어 산출하는 비율이다. 여기서 말하는 우선주(preferred stock)의 배당금(dividend)지급 후에 보통주의 배당금지급 전의 순이익(net income)을 의미한다. 분모의 주주자본금액은 기수(期首)보통주지분(순자산, net worth)을 사용한다. 주주자본이익률은 보통주주자본이 얼마나 효율적으로 사용되고 있는가를 나타낸다. 금기(今期)와 전기(前期)의 비율을 비교함으로써 추세가 명확히 되고, 경합하는 타사(他社)와 비교함으로써 회사의 경쟁력이 명확히 된다. **~ *on invested capital*** 투하자본이익률 ¶ The *return on invested capital* is an amount, expressed as a percentage, earned on a company's total capital – its common and preferred stock equity plus its long-term funded debt – calculated by dividing total capital into earnings before interest, taxes, and dividends. *Return on invested capital*, usually termed return on investment, or ROI, is a useful means of comparing companies, or corporate divisions, in terms of efficiency of management and viability of product lines. 투하자본이익률은 일정한 기간의 이익을 투하자본으로 나누어 산출하는 비율이다. 여기서 말하는 이익은 이자·세금·배당금공제전의 이익(earnings before interest, taxes, and dividends)을 의미한다. 또 분모의 투하자본은 보통주(common stock)와 우선주(preferred stock)에 장기채무(funded debt)를 가산한 것을 말한다. 투하자본이익률은 return on investment 또는 ROI라고도 하지만, 경영의 효율성이나 생산라인의 활력에 관하여, 회사간 또는 사내부문간 비교를 하기 위한 유용한 수단이다. **~ *on investment (ROI)*** 투자에 대한 이익, 투자수익률 ¶ The *return on investment* (*ROI*) is a measure of the net income a firm's management is able to earn with the firm's total assets. *Return on investment* is calculated by dividing net profits after taxes by total assets. Compare profitability ratio. See also return on common stock equity. 투자수익률은 기업의 경영진이 기업의 총자산을 가지고 이익을 올릴 수 있는 순이익의 정도를 말한다. 투자수익률은 과세 후의 순이익을 전체자산으로 나눔으로써 계산된다. profitability ratio(이익률)과 대조할 것. 이를 return on common stock equity(보통주주자본이익률)를 참조할 것. **~ *on sales*** 매상총액이익률 ¶ *Return on sales* is net pretax profits as a percentage of net sales – a useful measure of overall operational efficiency when compared with prior periods or with other companies in the same line of business. It is important to recognize, however, that return on sales varies widely from industry to industry. A supermarket chain with a 2% *return on sales* might be operating efficiently, for example, because it depends on high volume to generate an acceptable return on invested capital. In contrast, a manufacturing enterprise is expected to average 4% to 5%, so a *return on sales* of 2% is likely to be considered highly inefficient. 매상총액이익률은 순매상총액(net sales)에 대한 세금공제 전의 이익(pretax net profits)의 비율을 이른다. 전기업적비교나 동업하는 타사(他社)와의 비교에 의하여, 전체적인 영업효율을 평가할 수 있는 유용한 지표이다. 그렇지만, 매상총액이익률은 개개의 산업에 의하여 크게 다른 것에 유의할 필요가 있다. 예를 들면, 슈퍼마켓의 경우, 투하자본이익률(return on invested capital)을 높이기 위해서는, 다액의 매상총액을 계상할 필요가 있으므로, 2%수준의 매상총액이익률은 효율적인 영업을 하고 있다고 생각된다. 대조적으로 제조회사의 경우에는, 평균

해서 4%에서 5%의 매상총액이익률이 기대되고 있기 때문에, 2%의 매상총액이익률로서는 극히 비효율적이라고 생각할 수 있다.

Reunion currency 리유니온 화폐 ¶French franc (REF), divided into 100 centimes. It has adopted the euro/cent from 2002. 1 프랑스의 프랑(franc) = 100 상팀(centimes). 프랑스의 프랑은 2002년부터 유로/센트를 채용하였다.

Reuters 로이터(영국의 국제통신사) ¶*Reuters* is a worldwide agency dealing in news, financial information, and trading services. It was founded in 1851 as a subscription information service for newspapers. It now provides a wide range of financial prices and dealing services. 로이터는 뉴스, 금융정보 및 거래업무를 취급하는 세계적인 기관이다. 그 기관은 1851년에 신문의 예약구독정보서비스로 설립되었다. 오늘날 그 기관은 광범한 금융상품가격과 거래업무를 제공하고 있다. ***Routers index of commodity prices*** 로이터 상품가격지수 ¶The *Reuters index of commodity prices* is an indicator used to measure and report value changes in representative commodities by Reuters. 로이터 상품가격지수는 로이터가 대표적인 상품의 측정과 가격변화를 보고하는 데에 사용하는 지표이다.

revalorization of currency 통화의 가치변경 ¶The *revalorization of currency* is the replacement of one currency unit by another. A government often takes this steps if a nation's currency has been devalued frequently or by a large amount. The practice is usually associated with high rates of inflation. 통화의 가치변경이란 한 나라의 통화단위를 다른 나라의 통화단위로 바꾸는 경우이다. 어느 국가의 통화가 자주 또는 큰 금액으로 평가절하될 때에 그 국가의 정부가 이러한 조치를 취하는 경우가 있다. 이런 조치의 실행은 통상적으로 높은 인플레이션율과 관련된다.

revaluation 재평가, 평가절상 ¶*Revaluation* is change in the value of a country's currency relative to others that is based on the decision of authorities rather than on fluctuation in the market. *Revaluation* generally refers to an increase in the currency's value; devaluation refers to a decrease. See also floating exchange rate; par value of currency. 평가절상은 시장(market)의 변동에 따른 것이 아니라 정부당국의 결정에 따라, 한 나라의 통화의 다른 나라의 통화에 대한 가치가 변하는 경우이다. 평가절상이란 일반적으로 그 나라의 통화가치를 인상하는 것이다. 이에 대하여 평가절하(devaluation)는 가치를 인하하는 경우이다. floating exchange rate(변동환율); par value of currency(외환평가)도 참조할 것. /*revaluation* of currency 통화절상 /*revaluation* [upvaluation] of the won 원화의 절상

revalue 재평가하다, (평가를) 절상하다

revenue 세입(歲入), 수입(收入) ¶*revenue* agencies 세입대리점, [미] 내국세입청 (Internal Revenue Service) /*revenue* and expenditure 세입세출 /*revenue* tariff 재정관세, 수입(收入)관세 ***revenue anticipation note (RAN)*** 예정세수재원채권 ¶The *revenue anticipation note* (*RAN*) is a short-term debt issue of a municipal entity that is to be repaid out of anticipated revenues such as sales taxes. When the taxes are collected, the *RAN* is paid off. Interest from the note is usually tax-free to *RAN* holders. 예정세수재원채권은 매상세(sales tax)의 예정세수를 상환재원으로 하는 지방자치단체의 단기채무채권(short-term debt issue)이다. 예정세수재원채권(RAN)세는 징수된 때에 완제된다. 예정세수재원채권(RAN)의 이자는 비과세(tax-free)인 경우가 많다. ~ ***bond*** [미] 수익사업채(債), 세입담보채(債) → municipal revenue bond (지방특정재원채). ~ ***enhancement*** 세입의 증가

¶ The *revenue enhancement* is a synonym for taxation, including such less-direct measures as eliminating tax credits and curtailing deductions. 세입의 증가는 세액공제(tax credit)를 폐지한다든지, 소득공제(deduction)를 축소하는 등 간접적인 방법으로 세입을 증대시키는 경우를 말한다. ~ ***neutral*** 세입중립 ¶ The *revenue neutral* is a guiding criterion in drafting the Tax Reform Act of 1986 whereby provisions estimated to add revenue were offset by others estimated to reduce revenue, so that on paper the new bill would generate the same amount of revenue as the old tax laws. The concept, which has guided subsequent tax legislation, was theoretical rather than real, since estimates are subject to variation. 세입중립은 1986년의 조세개혁법(Tax Reform Act of 1986)을 기안할 때의 지도기준으로, 세입증가가 전망되는 조항은 세입감소가 전망되는 조항에 의하여 상쇄되므로, 이론상 새로운 법안에 의한 세입액은 구세법과 같은 세입액이 된다. 세입견적액은 실제의 세입액과 다른 경우가 많기 때문에, 다음의 세법에 인계된다는 이런 사고방식은 현실적이라기보다도 이론적이었다. ***Revenue Reconciliation Act of 1993*** 1993년의 세입조정법 ¶ The *Revenue Reconciliation Act of 1993* is a landmark legislation signed into law by President Clinton in August 1993 to reduce the federal budget deficit by curtailing spending and raising taxes. 1993년의 세입조정법은 지출삭감과 증세에 의하여 미연방재정적자를 감소할 목적에서, 1993년 8월, 클린턴 대통령이 서명하여 시행된 획기적인 법률이다. ~ ***ruling*** 통달 ¶ The *revenue ruling* is a letter from the Internal Revenue Service accepting a way of treating a transaction for tax purposes. Also called a letter ruling. 통달이란 세제상의 목적에서 특정한 경제활동을 하는 방법을 인정하는 취지의 미국세입청(Internal Revenue Service: IRS)으로부터 온 문서를 의미한다. 이를 letter ruling이라고도 한다. ***revenues*** 총세입 ¶ In a general business sense, *revenues* is synonymous with sales except that "*revenues*" is often preferred where a service, such as a money loaned, is being exchanged as opposed to a tangible product. Large, diversified companies often report "sales and revenues," both on a gross and net basis. Receipts from taxes and government services are always called *revenues*. 총세입은 일반적인 비즈니스용어로서는 매상총액(sale)과 동의어지만, "revenues"라는 단어는 유형적인 제품의 대가로서가 아니라, 융자(loan)와 같은 서비스제공의 대가로서 사용되는 경향이 있다. 사업을 다각화하고 있는 대기업은 총매상총액(gross sales)이나 순매상총액(net sales)을 표시하는 경우에, "sales and revenues"와 양쪽의 단어를 기재하기도 한다. 세수(稅收)나 정부와 관련되는 서비스에서 생기는 수입(收入)은 언제나 "revenues"라고 한다. ~ ***sharing*** 수익(收益)분배, 세입교부 ¶ In limited partnerships, *revenue sharing* is percentage split between the general partner and limited partners of profits, losses, cash distributions, and other income or losses which result from the operation of a real estate, oil and gas, equipment leasing, or other partnership. See also limited partnership. 리미티드 파트너십에 있어서, 수익분배는 부동산, 석유, 가스, 설비리스 기타 리미티드 파트너십에서 발생하는 이익, 손실, 현금분배 기타 수익(收益)이나 손실을 무한책임파트너(general partner)와 유한책임파트너(limited partner)간에서 일정한 비율로 분배하는 것이다. limited partnership(리미티드 파트너십)도 참조할 것.

reversal 반대기입, 갱정취소(장부의 오류를 정정(訂正)하는 것), 시세의 반전 ¶ *Reversal* is change in direction in the stock or commodity futures markets, as charted by technical analysts. If the Dow Jones Industrial Average has been climbing steadily from 7400 to 7900, for instance, charities would speak a

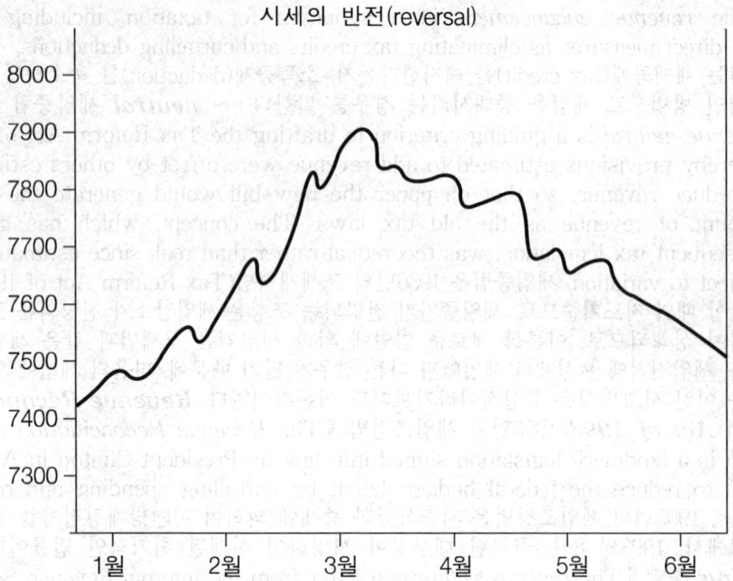

reversal if the average started a sustained fall back toward 7400. 시세의 반전이란 주식시장(stock market)이나 상품선물시장(commodity futures market)의 방향성이 변화하는 것이고, 테크니컬 애널리스트(technical analysts)가 차트를 제시한다. 예를 들면, 7,400에서 7,900에 착실히 상승해 가는 다우존스 공업주 평균치(Dow Jones Industrial Average)가 7,400에 향해서 지속적인 하강을 개시한 경우에, 차트 애널리스트는 「시세반전」이라는 말을 사용한다. /effect the *reversal* of the transaction 계정갱정(취소)을 하다

reverse ⓝ 역(逆), 반대, 화폐의 이면(裏面) (*cf.*) verso, obverse → reverse repurchase agreement (레포).

ⓐ 역(逆)의 ¶*reverse* bill 역환(逆換) /*reverse* dual currency bond 납입, 상환과 이자지급의 통화가 상이한 이중통화표시채권 /*reverse* face 화폐의 이면(裏面) /a *reverse* remittance 역환(逆換) ***reverse annuity mortgage* (*RAM*)** 역(逆)연금 모기지 ¶The *reverse annuity mortgage* (*RAM*) is a mortgage instrument that allows an elderly person to live off the equity in a fully paid-for house. Such a homeowner would enter into a *reverse annuity mortgage* agreement with a financial institution such as a bank, which would guarantee a lifelong fixed monthly income in return for gradually giving up ownership of the house. The longer the payments continue, the less equity the elderly owner would retain. At the owner's death the bank gains title to the real estate, which it can sell to offset outstanding claims. The law also permits such arrangements between relatives, so that, for instance, a son or daughter might enter into a *reverse annuity mortgage* transaction with his or her retiring parents, thus providing the parents with cash to invest in income-yielding securities and the son or daughter with the depreciation and other tax benefits of real estate ownership. See also arm's length transaction; lifetime reverse mortgage. 역(逆)연금 모기지는 주택론을 완납한 주택의 소유권을 담보로 하여 고령자가 생활비를 조달하는 모기지(mortgage)계약(주택을 담보로 한 융자계약)을 이른다. 금융기관과 역

(逆)연금 모기지계약을 체결하면, 자택의 소유권을 단계적으로 포기하는 대상(代償)으로서, 종신까지 고정액의 월수(月收)를 수급할 수 있다. 수급기간이 장기화되면, 고령소유자에게 남는 순수자산액은 적어지게 된다. 소유자가 사망하면, 금융기관은 당해 부동산의 권리를 취득·매각하여 대출잔금의 상환에 충당한다. 법적으로는, 이와 같은 결정을 친족간에서 체결할 수도 있다. 예를 들면, 아들이나 딸들로부터 모은 자금으로 증권투자를 할 수가 있고, 자녀들은 부동산을 소유함으로써 감가상각(depreciation)이나 다른 조세우대조치를 받을 수가 있다. arm's length transaction(대등거래); lifetime reverse mortgage(종신 리버스모기지)도 참조할 것. ~ ***barrier option*** [영] 리버스 장애옵션 ¶ The *reverse barrier option* is a complex derivative contract that creates or extinguishes an underlying in-the-money European option as the price of the market reference moves through a specified barrier. Four versions of the barrier option are commonly used, including the down and in option, down and out option, up and in option, and up and out option. See also reverse knock-in option; reverse knock-out option. 리버스 장애옵션은 시장자원의 가격이 특수한 장애를 통해서 움직이기 때문에, 기초인더 머니 유럽형 옵션을 발생하거나 소멸시키는 복잡한 파생상품계약을 말한다. 다운앤드인 옵션(down and in option), 다운앤드아웃 옵션(down and out option), 업앤드인 옵션(up and in option) 및 업앤드아웃 옵션(up and down option)을 포함하여, 4개의 버전의 장애옵션이 사용된다. reverse knock-in option(리버스 녹인옵션); reverse knock-out option(리버스 녹아웃옵션)도 참조할 것. ~ ***cash and carry arbitrage*** [영] 리버스 현금지급방식의 차익거래 ¶ The *reverse cash and carry arbitrage* is an arbitrage strategy where a profit can be secured by buying a forward or future, selling the underlying asset, and lending the proceeds until maturity. The arbitrage only works when the forward price is less than the spot price plus the cost of carry. See also cash-and-carry arbitrage. 리버스 현금지급방식의 차익거래는 이익이 만기까지 선도물(forward)이나 선물(future)을 매수하고 기초자산을 매도하며, 수취금을 대여함으로 확보될 수 있는 차익거래의 전략을 말한다. 차익거래는 선도가격이 현물가격 + 자산보유비용(cost of carry)보다 적을 때 비로소 작용한다. cash-and-carry arbitrage(현금지급방식의 차익거래)도 참조할 것. ~ ***conversion*** 리버스컨버전 ¶ The *reverse conversion* is a technique whereby brokerage firms earn interest on their customers' stock holdings. A typical reverse conversion would work like this: A brokerage firm sells short the stocks if holds in customers' margin accounts, then invests this money in short-term money market instruments. To protect against a sharp rise in the markets, the firm hedges its short position by buying call options and selling put options. To unwind the reverse conversion, the firm buys back the stocks, sells the call, and buys the put. See also margin account; option. 리버스컨버전은 증권회사(brokerage firm)가 보유하고 있는 고객의 주식에서 금리를 가득(稼得)하는 경우이다. 전형적인 리버스컨버전은 다음과 같다. 증권회사가 고객의 신용거래계좌(margin account)에 있는 주식을 공매(selling short)하여, 매각자금을 단기금융시장(money market)에서 운용한다. 동시에, 금리급등 리스크를 헤지(hedge)하기 위하여, 콜옵션(call option)을 매입하여, 풋옵션(put option)을 매도한다. 리버스컨버전을 해약하기 위해서는, 주식을 환매하는 동시에 콜을 매도하여 풋을 매수한다. margin account(신용거래계좌); option(옵션)도 참조할 것. ~ ***convertibles*** 리버스컨버터블스 ¶ *Reverse convertibles* are short-term bonds coupled to well-known stocks, often paying double-digit yields. When the notes mature, typically in three months to one year, investors get their principal back as with any other bonds as long as the stock price of the underlying company stays where it is or rises from the time of the bond's issuance. But if the underlying stock plunges in value to a certain point called the knock-in-level, usually at least 20% below the stock's price when the security was first issued, investors receive stock instead of their principal back. So in return for the high yield, investors are taking the risk that the underlying stock will not fall very far between when they buy the security and when it matures. 리버스컨버터블스는 종종 2자리 숫자의 이율(double-digit yields)을 지급하는 잘 나가는 주식과 결합한 단기채권(short-term bonds)을 말한다. 일반적으로 3개월에서 1년 안에 단기채권의 만기가 차면, 투자자는 채권이 발행된 때부터 그대로이거나, 또는 상승한 경우에 기초회사의 주가가 버티고 있는 동안 다른 어떤 채권과 더불어 원금을 회수한다. 그러나 기초가 되는 주식이 그 증권이 처음 발행된 때의 주가 밑으로 적어도 통상 20%로 어느 수준에 꽉 잡혔다고 하는 어느 시점까지 가격이 내려 빠진 경우에, 투자자는 원금회수 대신에 주식을 받는다. 높은 이율에 대한 보답으로, 투자자들은 기초가 되는 주식이 그 증권을 매입할 때와 그 증권이 만기가 도래한 때 사이에 너무 많이 하락하지 않을 것이라는 위험을 무릅쓰려고 한다. ~ ***floater swap*** 역(逆)변동금리채스왑 → inverse floater swap (역(逆)변동금리채스왑). ~ ***hedge*** 역(逆)헤지 ¶ The *reverse hedge* is also called a Chinese hedge, owning a common stock and selling short a convertible with the same underlying common stock in the hope that the convertible's premium will fall. A real hedge would be the other way around, that is, long the convertible and short the stock. 역(逆)헤지란 보통주식(common stock)의 현물을 소유하고, 동시에 전환사채(convertible bond)의 전환프리미엄(convertible premium)이 하락할 것을 기대하여 같은 주식의 전환사채를 공매(空賣)(selling short)하는 것을 말하는데, 이를 차이니즈헤지(Chinese hedge)라고도 한다. 진정한 의미의 헤지와는 반대의 형식을 취하는 것이고, 결국 전환사채를 매입초과포지션(long position)으로 하고, 보통주를 매도초과포지션(short position)으로 해두는 경우를 말한다. ~ ***index principal swap*** [영] 역(逆)지수원금스왑 ¶ The *reverse index principal swap* is an over-the-counter complex swap with a notional principal that increases as a floating rate reference declines through prespecified barrier levels. As the notional increases, fixed and floating rate payments associated with the swap become larger. A reverse index principal swap can be used to hedge cash flows associated with an accreting assets. See also accreting swap; amortizing swap; index principal swap; variable principal swap. 역(逆)지수원금스왑은 사전에 명기한 장해수준을 통해서 변동금리부 기준이 하락하기 때문에 증가하는 관념상의 원금을 가지는 장외거래스왑(over-the-counter swap)이다. 관념상의 원금이 증가하므로, 스왑과 관련되는 고정 내지 변동금리의 지급은 더 많게 된다. 역(逆)지수원금스왑은 증가하는 자산과 관련된 캐시플로(cash flow)를 헤지하는 데 이용될 수 있다. accreting swap(증가하는 스왑); amortizing swap(약정상환부 스왑); index principal swap(지수원금스왑); variable principal swap(변액원금스왑)도 참조할 것. ~ ***knock-in option*** [영] 리버스 녹인옵션 ¶ The *reverse knock-in option* is a barrier option that creates an underlying in-the-money option once the barrier is breached, i.e., the barrier is above the strike price in the case of a reverse knock-in call, and below the strike in the case of the reverse knock-in put. Also known as kick-in option. See also reverse knock-out option. 리버스 녹인옵션은 예를 들면, 장애가 리버스 녹인콜의 경우에 행사가격을 상회하고, 리버스 녹인풋의 경우에 행사가격에 하회하는 것처럼, 배리어가 깨지면, 기초인더머니 옵션을 발생시키는 장애옵션을 말한다. 이는 킥인옵션(kick-in option)으로도 알려지고 있다. 리버스 녹아웃옵션도 참조할 것. ~ ***knock-out option*** [영] 리버스 녹아웃옵션 ¶ The *reverse knock-out option* is a barrier option that extinguishes an underlying in-the-money option once the barrier is breached, i.e., the barrier is above the strike price in the case of a reverse knock-out call, and below the strike in the case of the reverse knock-out put. Also known as a kick-out option. See also reverse knock-in option. 리버스 녹아웃옵션은 예를 들면, 장애가 리버스 녹아웃콜의 경우에 행사가격을 상회하고 리버스 녹아웃풋의 경우에 행사가격을 하회하는 것처럼, 배리어가 무너지면, 기초인더머니 옵션을 발생시키거나 소멸시키는 배리어옵션을 말한다. 이를 kick-out option(킥아웃옵션)으로도 알려지고 있다. reverse knock-in option(리버스 녹인옵션)도 참조할 것. ~ ***leverage*** 역(逆)레버리지 ¶ The *reverse leverage* is a situation, the opposite of financial leverage, where the interest on money borrowed exceeds the return on investment of the borrowed funds. 역(逆)레버리지란 파이낸셜 레버리지(financial leverage)의 반대되는 경우로, 차입금으로 투자를 한 때에, 차입이자가 투자수익(return on investment)을 상회하는 상황을 이른다. ~ ***leverage buyout*** 역(逆)레버리지 바이아웃 ¶ The *reverse leverage buyout* is a process of bringing back into publicly traded status a company – or a division of a company – that had been publicly traded and taken private. In the 1980s, many public companies were taken private in leveraged buyouts by corporate raiders who borrowed against the companies' assets to finance the deal. When some or all of the deb incurred in the leveraged buyout was repaid, many of these companies were in sufficiently strong financial condition to go public again, enriching the private stockholders as well as the investment bankers who earned fees implementing these deals. 역(逆)레버리지 바이아웃은 주식공개회사(또는 부문)를 일단 비공개(private)로 한 다음에, 다시 공개(publicly held)하는 프로세스를 말한다. 1980년대에는 많은 공개회사가 레버리지드 바이아웃(leveraged buyout)의 수법으로 기업사냥꾼(raider)에 의하여 매수(買收)되고, 그 결과 비공개회사가 되었다. 레버리지드 바이아웃(leveraged buyout)이란 매수를 하는 회사의 자산을 담보로 하여 자금조달을 하는 것을 말한다. 그 후 부채의 일부 또는 전액을 상환하여 재정상태가 충분히 강화되면, 다시 주식공개(going public)를 한다. 이 일련의 거래에 의하여, 수수료를 번 투자은행(investment banker)뿐만 아니라, 매수에 참가한 출자자(stockholders)도 부(富)를 얻게 된다. ~ ***mortgage*** 리버스모기지 ¶ The *reverse mortgage* is an arrangement whereby a homeowner borrows against home equity and receives regular payments (tax-free) from the lender until the accumulated principal and interest reach the credit limit of equity; at that time, the lender either gets repayment in a lump sum or takes the house. *reverse mortgages* are available privately and through the Federal Housing Administration (FHA). They are appropriate for cash-poor but house-rich older borrowers who want to stay in their homes and expect to live long enough to amortize high upfront fees but not so long that the lender winds up with the house. Lower income but greater security is provided by a variation, the reverse annuity mortgage (RAM). 리버스모기지는 주택의 소유자가 자기의 소유권을 담보로 차입 범위(credit limit)를 설정하고, 금융기관으로부터 정기적으로 자금(면세취급)을 수령하는 제도를 말한다. 금융기관으로부터 융자의 원금(principal)과 이자(interest)의 합계가 차입 범위의 한도액에 달하면, 금융기관은 일괄 상환을 받거나, 혹은 담보주택을 취득한다. 리버스모기지는 민간금융기관에서도, 미연방주택청(Federal Housing Administration: FHA)에도 이용할 수 있다. 이 제도는 자금상으로 어렵지만, 주택을 소유하고 있고, 계속해서 자택에 주거하는 것을 희망하는 사람들에게 적합하다. 특히, 다액의 선급수수료를 상각해 줄 정도로 오래 살지만, 대여자가 집을 처분하지 않을 수 없는 기간만큼 살 수 없는 고령자에게 적합한 것이라 말할

수 있다. 수취금은 낮지만, 안전도가 높은 역(逆)연금모기지(reverse annuity mortgage: RAM)와 같은 배리에이션(variation)도 있다. ~ ***repo*** 리버스 레포 → reverse repurchase agreement (리버스 레포). ~ ***repurchase agreement*** 리버스 레포, 역(逆)레포 ¶ The *reverse repurchase agreement* is a financial transaction involving the purchase, and future resale, of securities for cash. Through the exchange, the *reverse repurchase agreement* party effectively lends funds to the repurchase agreement party on a collateralized basis, charging a financing rate (repo rate) for doing so. *Reverse repurchase agreements* have maturities ranging from overnight to several months, and are generally secured by high-quality collateral such as treasury notes, treasury bonds, Japanese government bonds, bunds, or gilts. *Reverse repurchase agreements* are generally marked-to-market daily via the lending party, and margin is called or returned as needed. Also known as resale; reverse; reverse repo. See also dollar roll; general collateral; gensaki; open repurchase agreement; overnight repurchase agreement; reverse to maturity; special; term repurchase agreement. 리버스 레포는 현금으로 사는 증권의 매입과 장래의 전매(轉賣)를 포함하는 금융거래이다. 거래소를 통해서, 레포 쪽은 유담보(有擔保)를 근거로 환매조건부 거래 당사자에게 자금을 대여하고, 그것에 대가로 금융요금(레포금리)을 부과한다. 레포는 하룻밤부터 여러 달에 이르는 만기가 있고, 일반적으로 미재무부 중기증권(Treasury note), 미재무부 장기증권(Treasury bond), 일본국채(Japanese government bond), 분트(Bund), 또는 영국국채(gilt)와 같은 고질(high-quality)의 담보에 의해서 보증되고 있다. 리버스 레포는 일반적으로 대여자 쪽을 통해서 매일 시세평가(mark to market)가 되며, 증거금(margin)은 필요하면 요구되거나 되돌려준다. resale(전매), reverse (레포), reverse repo(리버스 레포)라고도 한다. dollar roll(달러 롤); general collateral(일반담보); gensaki(겐사키); open repurchase agreement(오픈 레포); overnight reverse agreement(익일물(翌日物) 레포); reverse to maturity(리버스 레포의 만기); special(특별담보); term repurchase agreement(타임 리버스레포)도 참조할 것. → repurchase agreement (환매특약). ~ ***(stock) split*** 주식병합(a reverse splitup) ¶ The *reverse split* is a procedure whereby a corporation reduces the number of shares outstanding. The total number of shares will have the same market value immediately after the reverse split as before it, but each share will be worth more. For example, if a firm with 10 million outstanding shares selling at $10 a share executes a reverse 1 for 10 split, the firm will end up with 1 million shares selling for $100 each. Such splits are usually initiated by companies wanting to raise the price of their outstanding shares because they think the price is too low to attract investors. Also called split down. See also split. 주식병합은 회사가 발행주식(shares outstanding)의 수를 감소하는 절차를 말한다. 주식병합 후에도 주식총수의 시가(market value)는 종래와 같지만, 1주의 주가는 높게 된다. 예를 들면, 주가가 10달러의 주식을 1,000만주를 발행하고 있는 회사가 10 대 1의 주식병합을 행하면, 그 회사의 발행주수는 100만주가 되어 1주당의 주가는 100달러가 된다. 주가가 너무 낮아서 투자자를 유치할 수 없다고 생각하고 있는 회사가 주가를 올리는 목적으로 주식병합을 행하는 경우가 많다. 이를 또 split down(주식병합)이라고도 한다. split(주식분할)도 참조할 것. ~ ***to maturity*** [영] 리버스 레포의 만기 ¶ The *reverse to maturity* is a reverse repurchase agreement with a maturity equal to the maturity of the underlying asset being lent; a *reverse to maturity* often involves collateralization of high coupon securities that the holder does not want to sell. 리버스 레포의 만기는 임대되고 있는 기초자산(underlying asset)의 만기와 같은 만기가 있는 레포(reverse repurchase agreement)를 말한다. 리버스 레포의 만기는 증권의 보유자가 매도하기를 원치 아니하는 하이 쿠폰의 증권의 담보화를 포함하기도 한다. ~ ***tying*** [영속] 리버스 연계대출 ¶ The *reverse tying* is a practice where a bank or investment bank agrees to purchase goods or services from a company in exchange for the company's agreement to award it with lucrative fee-based new issue or corporate finance mandates. In some jurisdictions the practice is illegal, as it constitutes a violation of fair trading practices. See also tying. 리버스 연계대출은 은행이나 투자은행이 회사가 돈벌이가 되는 수수료에 바탕을 둔 신규주식발행이나 회사금융권한을 증여하기로 하는 약정을 해 주는 대가로 회사로부터 상품이나 서비스를 매입하기로 약정하는 책략이다. 일부재판관할권에서, 그런 책략은 공정한 거래관행의 위반이 되기 때문에 위법이다. tying(연계대출)도 참조할 것.

[v.] 역(逆)으로 하다, 반대로 하다, 정정(訂正)기입하다 ¶ *reverse* the transaction 계정을 갱정(취소)하다 /*reversing* entries 재정리분개(分介), 반대기입 ***reverse a swap*** 반대방향의 스왑을 하다 ¶ To *reverse a swap* is to restore a bond portfolio to its former position following a swap of one bond for another to gain the advantage of a yield spread or a tax loss. The reversal may mean that the yield differential has disappeared or that the investor, content with a short-term profit, wishes to say with the original bond for the advantages that may be gained in the future. See also bond swap. 반대방향의 스왑을 하다는 것은 이율격차(yield spread)에 의한 이익을 노린다든지, 과세상의 손실을 이용한다든지 할 목적에서 실행한 채권의 스왑(bond swap)을, 반대스왑거래를 함으로써 재차 이전의 포지션(position)으로 돌아가는 것이다. 이율의 격차가 소실하였지만, 또는 투자자가 단기적인 투자이익에 만족하여, 다시 한번 장래의 이익을 구하여 당초 보유하고 있던 채권으로 회귀(回歸)할 때에 반대방향의 스왑을 행한다. bond swap(본드스왑)도 참조할 것. ***~ing trade*** 반대매매 ¶ *Reversing trade* is offsetting options or further transaction to close a position. 반대매매란 거래를 청산하기(close a position) 위하여, 옵션(options) 또는 선물거래(futures contract)를 상계하는 경우를 말한다.

reversion 역전, 재산의 복귀 ¶ The *reversion* is the return of property to the prior owner or grantor. For example, leased property goes back to the lessor at the termination of the lease. Under a *reversion* clause, unspent funds from a federal grant must be returned to the government. 재산의 복귀는 앞선 소유자 또는 증여자에의 재산의 반환을 말한다. 예를 들면, 리스된 물건은 리스의 종료시에 임대인(lessor)에게 반환된다. 반환조항에 의하여, 연방보조금(federal grant)의 미사용된 자금은 연방정부에 반환되어야 한다.

reversionary 장래 향유할, 제자리로 돌아갈 ¶ a *reversionary* annuity 생존연금

revision 수정, 경개(更改), 재검토 ¶ *revision* of the cash 현금의 실사(實查)

revisionary trust 수정가능신탁 ¶ The *revisionary trust* is an irrevocable trust that becomes a revocable trust after a specified period, usually over 10 years or upon the death of the grantor. 수정가능신탁이란 취소불능신탁(irrevocable trust)이지만, 일정한 기간(통상 10년 이상)후, 혹은 증여자(grantor)의 사망시에 취소가능신탁(revocable trust)으로 되는 신탁을 이른다.

revival 보험계약의 부활 → reinstatement (보험계약의 부활).

revocable 취소가능한 ***revocable (letter of) credit*** 취소가능신용장 (*cf.*) irrevocable letter of credit 취소불능신용장 ¶ The *revocable letter of credit* is a letter of credit that can be canceled or altered by the drawee (buyer) after it has been issued by the drawee's bank. 취소가능신용장은 지급은행에 의해서 발행

된 후 지급인(매수인)에 의해서 취소되거나 변경될 수 있는 신용장을 말한다. ~ ***trust*** 취소가능신탁 ¶ The *revocable trust* is an agreement whereby income-producing property is deeded to heirs. The provisions of such a trust may be altered as many times as the grantor pleases, or the entire trust agreement can be canceled, unlike irrevocable trusts. The grantor receives income from the assets, but the property passes directly to the beneficiaries at the grantor's death, without having to go through probate court proceedings. Since the assets are still part of the grantor's estate, however, estate taxes must be paid on this transfer. This kind of trust differs, from an irrevocable trust, which permanently transfers assets from the estate during the grantor's lifetime and therefore escapes estate taxes. 취소가능신탁은 수익을 낳는 재산(income-producing property)을 상속인(heir)에게 양도하는 신탁계약이다. 그러한 신탁의 조항은 증여자(grantor)의 임의로 신탁내용을 수정하는 일도, 신탁계약 자체를 해약할 수도 있다. 한편, 취소불능신탁(irrevocable trust)에서는 수정도 해약도 할 수 없다. 증여자는 생존 중에 신탁재산으로부터의 소득을 수취하지만, 증여자가 사망하면 유언장검인법원(probate court)의 절차를 거치지 않고, 당해 자산이 수익자(beneficiary)에게 직접 이전된다. 그렇지만, 신탁재산은 증여자의 유산(estate)으로 간주되기 때문에, 수익자에 양도될 때에 상속세(estate tax)가 부과된다. 한편, 취소불능신탁의 경우에는, 위탁자의 생존 중에 자산이 수익자에게 항구적으로 이전되므로, 상속세가 부과되지 아니한다.

revolving 회전하는 ¶ *revolving* (check) credit 회전신용계정 /*revolving* loan 회전융자 ***revolving (letter of) credit*** 회전[순환]신용장 ¶ In commercial banking, the *revolving credit* is a contractual agreement between a bank and its customer, usually a company, whereby the bank agrees to make loans up to a specified maximum for a specified period, usually a year or more. As the borrower repay a portion of the loan, an amount equal to the repayment can be borrowed again under the term of the agreement. In addition to interest borne by notes, the bank charges a fee for the commitment to hold the funds available. A compensating balance may be required to addition. 상업은행업무에 있어서, 리볼빙크레디트는 은행과 고객(통상은 회사)간의 계약에서, 은행은 일정한 기간(통상은 1년 이상), 일정한 한도액까지 대출하는 것에 동의한다. 리볼빙크레디트에서는, 차입자가 상환액과 동일한 금액을 다시 차입할 수 있다. 차입잔액에 대하여 이자가 부과되지만, 그것에 덧붙여서, 리볼빙크레디트의 이용에 대비하여 자금을 준비하는 것에 대한 수수료(fee for the commitment: 커미트먼트피)가 청구된다. 추가로 보상예금(compensating balance)이 요구되는 일도 있다. ¶ In consumer banking, the *revolving credit* is a loan account requiring monthly payments of less than the full amount due, and the balance carried forward is subject to a financial charge. Also, an arrangement whereby borrowings are permitted up to a specified limit and for a specified period, usually a year, with a fee charged for the commitment. Also called open-end credit, or revolving line of credit. 소비자금융에 있어서, 리볼빙크레디트는 예정상환액 이하의 월차상환을 인정하는 대출방식으로, 이월된 차입잔액에는 수수료가 붙는다. 또, 일정한 기간(통상은 1년), 일정한 한도까지의 차입범위를 설정하는 방식을 말한다. 차입범위에 대하여는 커미트먼트가 청구된다. open-end credit(오픈엔드 크레디트), 또는 revolving line of credit (회전신용한도)이라고도 한다. ~ ***line of credit*** 회전신용한도 → revolving credit (리볼빙크레디트). ~ ***underwriting facility (RUF)*** [유로시장에서의] 중장기자금조달방식 (*cf.*) note issuance facilities 채권발행보증범위 ¶ The *revolving under-*

writing facility (*RUF*) is a medium-term Euronote facility, usually between three and seven years maturity, that guarantees the overseas sale of short-term promissory notes (the Euronotes) issued by the borrower at or below a predetermined interest rate. The revolving credit portion of an *RUF* is usually done through a single bank, known as the arranger. Typically, the arranger commits itself to a very small share of the total financing (less than 10%) and acts as placement agent for marketing the Euronotes. The Euronotes generally have maturities of one to six months, and are sold through a tender panel of commercial banks and investment banks. The revolving credit banks agree to purchase any unsold notes at a given Eurodollar spread over LIBOR. The borrower pays interest only on amounts actually drawn. [유로시장에서의] 중장기자금조달방식은 사전에 결정된 이율이나 그 이하로 차입자에 의해서 발행된 단기간의 약속어음(유럽어음)의 해외판매를 보증하는 보통 3년과 7년간의 만기의 중기유럽어음조달방식을 말한다. 중장기자금조달방식의 리볼빙크레디트의 몫은 보통 알선기관(arranger)이라고 하는 단일은행을 통해서 이루어진다. 일반적으로는, 알선기관은 전체금융의 매우 작은 몫(10% 이하)에만 참여하고 유럽어음의 마케팅을 위한 알선대리인으로서 행동한다. 유럽어음은 일반적으로 1 내지 6개월의 만기어음이고, 상업은행과 투자은행의 텐더 패널(tender panel)을 통해서 판매된다. 리볼빙크레디트 은행은 런던은행간 자금운용금리(London Interbank Offer(ed) Rate: LIBOR) 이상 일정한 유럽어음 마진으로 미판매된 어음을 구입하기로 약정한다. 차입자는 실제로 발행된 금액에 대해서만 이자를 지급한다.

rewrite 개서(改書)하다, 고쳐 쓰다

RG → **R**efund **G**uarantee [약] 선수금 환급보증 ¶ *RG* is an acronym for the Refund Guarantee, meaning that it is a payment guarantee whereby a bank pays back the advanced receivables from the shipowner in lieu of him, when the shipbuilding company has not built the ship at appointed time, or has been bankrupt. After the shipowner has confirmed the *RG* issue, it begins to pay for the ship price, while the shipbuilding circles purchase the raw materials by this funds. RG(선수금 환급보증)는 Refund Guarantee의 머리글자에서 따온 용어이고, 그 의미는 조선업체가 선박을 제때 건조하지 못하거나 파산했을 경우, 선주로부터 받은 선수금을 은행이 대신 물어주는 지급보증이다. 선주는 RG를 발급 확인 후 대금지급을 시작하고 조선업체는 이 자금으로 원자재를 구매한다.

rial 리알 ¶ The standard currency unit of Iran, divided into 100 dinars; Oman, divided into 1000 baiza; Qatar, divided into 100 dirham; and the Republic of Yemen, divided into 100 fils. 이란의 기준화폐단위 1 리알(rial) = 100 디나르(dinars); 오만의 기준화폐단위 1 리알(rial) = 1000 바이자(baiza); 카타르의 기준화폐단위 1 리알(rial) = 100 디르함(dirham); 그리고 예멘공화국의 기준화폐단위, 1 리알(rial) = 100 필스(fils).

riba [아랍] 리바 ¶ *Riba* is interest payable or receivable on a contract, which is prohibited under the rules of Islamic finance. See also gharar 리바는 계약상의 지급이자 또는 수취이자이고, 이는 이슬람 금융의 법칙에서 금지되고 있다. gharar(가라르)도 참조할 것.

rich ⓐ 비교적 비싼, 부자의 ¶ *Rich* is: (1) a term for a security whose price seems too high in light of its price history. For bonds, the term may also imply that the yield is too low. (2) a term for rate of interest that seems too high in relation to the borrower's risk. (3) a synonym for wealthy. 리치는 (1) 가격(price)이 그

가격실적에서 판단하여 너무 높은 증권(security)을 나타내는 용어이다. 채권(bond)에 관하여는, 이율(yield)이 너무 낮은 경우를 의미한다. (2) 차입자의 리스크(risk)에 대하여 차입금리(interest)가 너무 높은 때에 사용하는 용어이다. (3) 부유한(wealthy)과 동의어이다.

[n.] [영속] 고가물(高價物) ¶ The *rich* is an asset that is perceived by market participants to be expensive compared with alternatives (i.e., the spread is too narrow in the case of a risky bond or the price too high in the case of a common stock, currency, or commodity). Those believing the asset is rich will seek to profit by selling it, either directly or through an arbitrage transaction. See also cheap. 고가물은 시장참가자들이 대체물(즉, 스프레드가 위험이 큰 채권의 경우에 너무 좁다거나 그 가격이 보통주, 통화 또는 상품의 경우에 너무 높다)에 비교하여 값비싸다고 느끼는 자산을 말한다. 자산이 고가물이라고 믿는 사람들은 그 자산을 직접이든 차익거래(arbitrage transaction)를 통해서든 매도함으로써 이익을 남기려고 한다. cheap(저가물)도 참조할 것.

RICO Act 부정부패방지법 ¶ *RICO* is an acronym for *Racketeer Influenced and Corrupt Organization Act*, a federal law used to convict firms and individuals of insider trading. Many critics have charged that the law was excessively enforced, and several indictments were dismissed for lack of evidence. Rico는 Racketeer influenced and Corrupt Organization Act(부정부패방지법)의 머리글자를 따온 약어로, 내부자거래(insider trading)에서 기업이나 개인을 유죄로 몰 때에 적용하는 연방법이다. 동법은 도가 지나치다는 비판도 많고, 사실 몇 건의 기소가 증거부족으로 기각된 적이 있었다.

rider 첨서(添書), 첨부서류, (보험계약의) 부전(附箋), 부가(附加)조항 (*cf.*) (어음의) 보전(補箋), addendum 보험계약의 추인장(追認狀) ¶ The *rider* is an amendment or addition attached to a document usually found as an attachment to an insurance policy identifying charges or increases in coverage. See also floater. 부가조항은 보험범위의 변경 또는 증가를 명확히 하는 보험증권의 부속문서로 보통 볼 수 있는 문서에 부착된 수정문구 또는 추가사항을 말한다. floater(주택종합보험특약조항)도 참조할 것. /add a *rider* to a contract 계약에 부가조항을 늘리다

Riegel-Neal Interstate Banking and Branching Efficiency Act of 1994 1994년의 주제(州際)은행업무효율화법 ¶ The *Riegel-Neal Interstate Banking and Branching Efficiency Act of 1994* is a law allowing interstate banking in America. The legislation permitted banks to establish branches nationwide by eliminating all barriers to interstate banking at the state level. Before this legislation went into effect, banks had been required to set up separate subsidiaries in each state to conduct business and it was illegal for banks to accept deposits from customers out of their home states. 1994년의 주제(州際)은행업무효율화법은 미국에서 주제(州際)은행업무를 인정하는 법률이다. 동법은 각주가 정하고 있던 주제은행업무에 대한 모든 장벽을 제거함으로써 은행의 전국적 규모의 지점설치를 허가하였다. 이 법률이 발효하기 이전에는, 은행이 각주에서 영업을 하는 데에는 다른 자회사(subsidiary)를 설립할 필요가 있었다. 자기주(自己州) 이외의 고객으로부터 예금(deposit)을 받는 일도 위법이었다.

riel 리엘 ¶ The standard currency unit of Cambodia. 리엘은 캄보디아의 기준화폐 단위이다.

rig 부정수단으로 조정하다, 매점(買占)하다 ¶ *rigging* 시세조종 /*rig* prices 가격을 조작하다 ***rigged market*** 조작된 시장 ¶ The *rigged market* is a situation in which the prices for a security are manipulated so as to lure unsuspecting buyers or sellers. See also manipulation. 조작된 시장은 선의의 매도인이나 매수인을 유인할 목적에서 증권가격의 시세를 조종(manipulation)하는 상황을 이른다. manipulation(시세조작)도 참조할 것.

right 권리, 권한, (*pl.*) 신주인수권 → subscription right (신주인수권). ¶ acceleration *right* 기한의 이익을 상실시키는 권리 ***right in rem*** 대물적 권리 ¶ A *right in rem* is one which imposes on obligation on persons generally. 대물적 권리란 일반적으로 사람에 대해 의무를 부과하는 권리이다. ***~s issue*** [영] 주주배정발행 ¶ *Rights issue* is a method by which quoted companies on a stock exchange raise new capital, in exchange for new shares. The name arises from the principle of pre-emtion rights, according to which existing shareholders must be offered the new shares in proportion to their holding of old shares (a rights offer). For example in a 1 for 4 *rights issue*, shareholders would be asked to buy one new share for every four they already hold. As rights are usually issued at a discount to the market price of existing shares, those not wishing to take up their rights can sell them in the market. See rights letter; renunciation. 주주배정발행이란 증권거래소에 상장된 회사가 신주와 교환으로 새로운 자본을 조달하는 방법이다. 기존주주는 구주식(주주배정발행)의 보유비율로 신주를 청약하여야 한다는 우선인수권(pre-emption rights)의 원칙에서 주주배정발행이라는 이름이 생겨난다. 4주주배정발행에 대한 1주식의 예를 들면, 기존주주가 이미 4주식을 보유하는 주주마다 1주의 신주를 매수하도록 청구받는다. 주주배정발행은 기존주식의 시가(market price)에 대한 할인가격으로 발행되는 것이 보통이므로, 그 주주배정발행주식을 응모하고자 하지 않는 자는 시장에서 그 주식을 매도할 수 있다. rights letter(주주배정통지서); renunciation(포기)을 참조할 것. ***~s letter*** [영] 주주배정통지서 ¶ *Rights letter* is a document sent to an existing shareholder of a company offering shares in a rights issue on advantageous terms. If the recipient does not wish to take advantage of the offer, the letter and the attendant rights may be sold on a stock exchange See renunciation. 주주배정통지서는 주주배정발행에서 유리한 조건으로 주식을 매도하는 회사의 기존주주에게 보내는 서류이다. 만일 수취인이 그 매도청약을 수취하기를 원하지 않으면, 그 통지서와 부속된 권리는 증권거래소에서 매도될 수 있다. renunciation(포기)을 참조할 것. ***~ of first refusal*** 우선선매권 ¶ The *right of first refusal* is a right of someone to be offered a right before it is offered to others. For example, a baseball team may have the right of first refusal on a ballplayer's contract, meaning that the club can make the first offer, or even match other offers, before the player plays for another team. A company may have the right of refusal to distribute or manufacture another company's product. a publishing company may have the right of refusal to publish a book proposed by one of its authors. 우선선매권은 타인에게 오퍼되기 전에, 우선적으로 오퍼를 할 수 있는 권리를 이른다. 예를 들면, 야구의 구단은 선수와의 계약에 관하여 우선선매권을 가진다. 말하자면, 어느 구단의 소속선수가 다른 팀으로 이적하고 싶다고 하는 경우, 그 구단은 최초로 조건을 제시할 수 있고, 다른 구단의 조건과 동등한 조건을 제시하여 대항할 수도 있다. 회사는 다른 회사의 제품의 판매 또는 제조에 관하여 우선권을 가지는 경우에도 사용된다. 출판사가 그 출판사의 저자의 한 사람이 제안한 책을 출판할 우선권을 가지는 경우도 마찬가지이다. ***~ of redemption*** 환수권 ¶ The *right of redemption* is a right to recover property transferred by a mortgage or other lien by paying off the debt either before or after foreclosure. Also called equity of redemption. 환수권은 담

보권행사(foreclosure) 전에, 혹은 뒤에라도 채무(debt)를 변제하여, 모기지(mortgage)나 다른 리엔(lien)에 의하여 이전된 재산을 환취하는 권리를 이른다. equity of redemption(상환권)이라고도 한다. ~ ***of rescission*** 취소권 ¶ The *right of rescission* is a right granted by the Federal Consumer Credit Protection Act of 1968 to void a contract within three business days with full refund of any down payment and without penalty. The right is designed to protect consumers from high-pressure door-to-door sales tactics and hastily made credit commitments which involve their homes as collateral, such as loans secured by second mortgages. 취소권은 3영업일 이내이면, 선급계약금(down payment)의 환급을 받고, 또 위약금(penalty)없이 계약을 무효로 할 수 있는 1968년의 소비자신용보호법(Consumer Credit Protection Act of 1968)에서 부여된 권리이다. 강압적인 방문판매책략이나 성급하게 자택을 2번 모기지에 의한 대출과 같은 담보로서 주택이 관련되는 대출승낙을 하는 것에서 소비자를 보호할 것을 목적으로 한 권리를 이른다. ~ ***of survivorship*** 생존자 취득권 ¶ The *right of survivorship* is a right entitling one owner of property held jointly to take title to it when the other owner dies. See also joint tenants with right of survivorship; tenant in common. 생존자 취득권은 공동소유자의 일방이 사망한 때에, 그 재산의 소유권을 타방의 공동소유자에게 부여하는 권리이다. joint tenants with right of survivorship(생존자권부 공동부동산권); tenant in common(TIC)(공유부동산권)도 참조할 것. ***~s offering*** [미] 주주배정발행 ¶ *Rights offering* is offering of common stock to existing shareholders who hold rights that entitle them to buy newly issued shares at a discount from the price at which shares will later be offered to the public. *Rights offerings* are usually handled by investment bankers under what is called a standby commitment, whereby the investment bankers agree to purchase any shares not subscribed to by the holders of rights. See also oversubscription privilege; preemptive right; subscription right. 주주배정발행은 기존의 주주에 대하여 보통주(common stock)를 배정하고 발행하는 것이다. 신주인수권(subscription right)을 가지는 기존주주는 신규발행주식을 일반공모 전에 공모가격(public offering price)보다 싸게 구입할 권리를 가지고 있다. 주주배정발행은 투자은행(investment banker)이 잔액인수(standby commitment)를 하는 경우가 많다. 인수한 투자은행은 신주인수권을 가지는 기존주주가 응모하지 않고 남은 주식을 전부 매수하는 것에 동의한다. oversubscription privilege(초과응모특권); preemptive right(신주인수권); subscription right(신주인수권)도 참조할 것. ***subscription ~*** 신주인수권, 주식청약권 ¶ The *subscription right* is a privilege granted to existing shareholders of a corporation to subscribe to shares of a new issue of common stock before it is offered to the public; better known simply as a right. Such a right, which normally has a life of two to four weeks, is freely transferable and entitles the holder to buy the new common stock below the public offering price. While in most cases one existing share entitles the stockholder to one right, the number of rights needed to buy a share of a new issue (called the subscription ratio) varies and is determined by a company in advance of an offering. To subscribe, the holder sends or delivers to the company or its agent the required number of rights plus the dollar price of the new shares. Rights are sometimes granted to comply with state laws that guarantee the shareholders' preemptive right – their right to maintain a proportionate share of ownership. It is common practice, however, for corporations to grant rights even when not required by law, protecting shareholders from the effects of dilution is seen simply as good business. 신주인수권이란 신규 발행

되는 보통주를 기존 주주가 공모(public offering) 전에 구입하는 권리이다. 이를 단순히 right라고도 하는 일이 많다. 기간은 2~4주간이 주(主)이고, 자유로 양도할 수 있으며, 보유자는 신규발행의 보통주를 공모가격(public offering price)을 하회하는 가격으로 구입할 수 있다. 통상은 보유주 1주에 대하여 인수권 1단위가 배정되지만, 신주 1주를 매입하는 데에 필요한 인수권 비율(subscription ratio)은 여러 가지이고, 회사가 발행 전에 결정한다. 신주를 구입하기 위해서는, 필요한 수의 인수권과 신주의 구입대금을 회사나 대행기관에 인도한다. 신주인수권은 주주의 우선인수권(preemptive right)을 보증하는 주법(州法)을 준수하기 위하여 발행되는 경우도 있다. 이것은 주주가 (신주발행 후에도) 일정한 주식비율을 유지하는 권리이다. 그러나 법의 정함이 없더라도, 희소화(dilution)의 결과로부터 주주를 지키는 것은 좋다고 생각하여 신주인수권을 인정하는 회사도 많다.

rigidity 경직성 ¶ remove *rigidities* in the job market 노동시장의 경직성을 제거하다 /bureaucratic *rigidity* 관료적인 경직성

ring 링 ¶ The *ring* is a location on the floor of an exchange where trades are executed. The circular arrangement where traders can make bid and offer prices is also called a pit, particularly when commodities are traded. 링이란 거래가 행해지는 입회장(floor)의 장소를 이른다. 상품이 거래되는 경우, 트레이더(trader)가 매수호가와 매도호가(bid and offer)를 큰 소리로 외치는 원형의 시설은 피트(pit)라고도 한다. ***ring fence*** 링 펜스 ¶ The *ring fence* is a strategy used to isolate an asset from outside risks, such as taxes, inflation, market fluctuations, and other factors. For example, a bank might use an offshore subsidiary to avoid onerous regulations that would otherwise threaten. 링 펜스는 특정한 자산(asset)을 외부의 리스크(세금, 인플레이션, 시장의 변동과 같은 요인)에서 격리하기 위한 전략을 말한다. 예를 들면, 은행에게 위협이 될 수 있는 국내의 번거로운 규제를 회피하기 위하여, 은행은 오프쇼어의 자회사(offshore subsidiary)를 이용할 수도 있다.

ringgit 링기트 ¶ The standard currency unit of Malaysia, divided into 100 sen. It is also known as the Malaysian dollar. 링기트는 말레이시아의 기준화폐단위, 1 링기트(ringgit) = 100 센(sen). 그것은 또 말레이시아 달러(Malaysian dollar)로도 알려져 있다.

riot 소동, 폭동 ¶ The *riot* spread with a violence and speed unsurpassed in the history of U.S. racial troubles, 그 폭동은 미국의 인종소동의 역사상 전례가 없는 격렬함과 빠른 속도로 확대되었다. /political *riot* 정치분쟁 /a race *riot* 인종폭동

ripple 잔물결, 파문 ¶ *ripple* effect 파급효과, 연쇄작용

rise ⓥ 등귀하다 ¶ *rising* market 등귀하는 시황(市況) ***rising bottoms*** 상승트렌드라인 ¶ The *rising bottoms* are technical chart pattern showing a rising trend in the low prices of a security or commodity. As the range of prices is charted daily, the lows reveal an upward trend. Rising bottoms signify higher and higher basic support levels for a security or commodity. When combined with a series of ascending tops, the pattern is one a following of technical analysis would call bullish. 상승트렌드라인은 증권이나 상품의 바닥시세가 상승경향을 나타내는 테크니컬 분석(technical analysis)의 차트패턴이다. 차트에서 도시(圖示)되는 매일의 가격대(價格帶)를 보이는 바와 같이, 낮은 바닥시세가 상승트렌드를 드러내고 있다. 상승트렌드라인은 그 증권이나 상품의 내림세 가격지지선(support levels)이 높게 되어 가는 것을 의미한다. 일련의 어센딩톱(ascending top)과 결부된 때에, 그 패턴은 테크니컬 분석에서 말하는 강세(bullish)가 된다.

ⓝ 등귀 ¶ *rise* and fall 상하변동

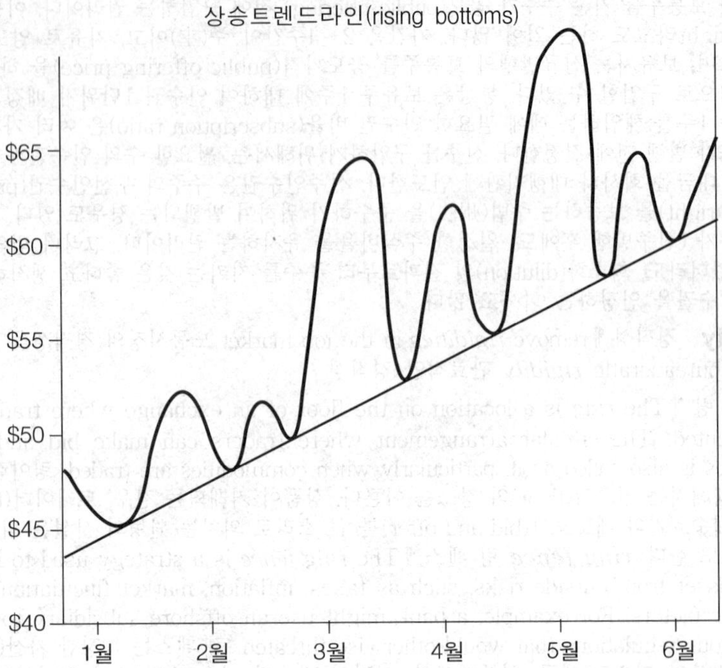

risk 위험, 모험, 위험도(risk는 개별적인 위험에 관하여는 가산(加算)명사로서 사용하고, 추상적인 위험일반을 가리키는 경우는 불가산(不可算) 명사로서 사용한다.) ¶ a bad credit *risk* 악한 신용위험 /*risk* assets 위험 있는 자산 /*risk* asset ratio 리스크에셋 레이쇼(신용리스크를 가미한 자기자본비율산출방식) /*risk* exposure 리스크익스포저(여러 가지 리스크의 퍼짐) /*risk* weight (보유자산의) 리스크의 정도 ¶ (1) With reference to fluctuating market values of securities and portfolio, *risk* means exposure to uncertainty, which is manifest as variability (or, synonymously, volatility), and is measured by standard deviation. (2) in its stricter and narrower senses, *risk* means the potential for loss of value. Among the commodity encountered types of *risk* are these; Actuarial *risk* (*risk* an insurance underwriter covers in exchange for premiums, such as the *risk* of premature death), Exchange *risk* (chance of loss on foreign currency exchange), Inflation *risk* (chance that the value of assets or of income will be eroded as inflation shrinks the value of a country' currency), Interest rate *risk* (possibility that a fixed-rate debt instrument will decline in value as a result of a rise in interest rates), Inventory *risk* (possibility that price changes, obsolescence, or other factors will shrink the value of inventor.), Liquidity *risk* (possibility that an investor will not be able to buy or sell a commodity or security quickly enough or in sufficient quantities because buying or selling opportunities are limited), Political *risk* (possibility of nationalization or other unfavorable government action), Repayment (credit) *risk* (chance that a borrower or trade debtor will not repay an obligation as promised), *Risk* of principal (chance that invested capital will drop in value), and Underwriting *risk* (*risk* taken by an investment banker that a new issue of securities purchased outright will not be bought by the public and/or that the market price will drop during the offering period). (1) 유가증권(security)이나 포트폴리오(portfolio)의 변동하는 시장가격과 관련지어 보면, 리스크는 불확실성(uncertainty)에 노출되어 있는 것을 의미한다. 불확실성이란 변화성(variability)(같은 의미로서 변동성)처럼 일목요연하고 표준편차(標準偏差)(standard deviation)로 측정된다. (2) 보다 엄밀하고 좁은 뜻으로 말하면, 리스크란 가치가 손상될 가능성을 의미한다. 일반적으로 마주치는 리스크의 유형은 다음과 같다. 보험수리 리스크(Actuarial *risk*): 예상보다 일찍 사망하는 리스크와 같이, 보험업자가 보험료(insurance premium)와 상환으로 부담하는 리스크이다. 환리스크(Exchange risk): 외국환거래에 있어서 손실의 가능성이다. 인플레이션 리스크(Inflation risk): 인플레이션에 의하여 1국의 통화가치가 저하하는 결과, 자산(asset)이나 소득(income)의 가치가 감소할 가능성이다. 재고자산 리스크(Inventory risk): 가격변화, 진부화와 같은 요인으로 재고자산(inventory)의 가치가 저하할 가능성이다. 유동성 리스크(Liquidity risk): 매매의 기회가 제한되는 결과, 상품(commodities)이나 증권(security)이 신속하게, 또는 충분한 거래량으로 매매될 수 있게 되는 가능성이다. 정치적 리스크(Political risk): 국유화(nationalization) 기타 바람직하지 못한 행동을 정부가 취할 가능성이다. 상환(신용) 리스크(repayment (credit) risk): 차입자나 채무자(debtor)가 약속대로 채무의 상환을 이행하지 않을 가능성이다. 원금 리스크(risk of principal): 투자자본의 가치가 내릴 가능성이다. 그리고 인수 리스크(Underwriting risk): 투자은행(investment banker)이 부담하는 리스크로, 인수한 신규발행(new issue)증권이 일반공모로 팔다 남거나, 혹은 모집기간 내에 신규발행증권의 시장가격이 하락하거나, 어느 것의 일방 또는 그 쌍방의 리스크이다. ***country risk*** 국별신용도, 컨트리리스크 ¶ *Country risk* is financial risk of a transaction that relates to the political, economic, or social instability of a country. 컨트리리스크는 1국가의 정치적, 경제적 또는 사회적 불안정과 관계되는 거래의 금융 리스크를 말한다. ***~-adjusted assets*** 리스크 조정후 자산 → risk-weighted assets (위험가중자산). ~ ***adjusted discount rate*** 리스크 조정후 할인율 ¶ In portfolio theory and capital budget analysis, the *risk-adjusted discount rate* is the rate necessary to determine the present value of an uncertain or risky stream of income; it is the risk-free rate (generally the return o short-term U.S. Treasury securities) plus a risk premium that is based on an analysis of the risk characteristics of the particular investment or project. 포트폴리오이론(portfolio theory)이나 자본예산(capital budget) 분석에서, 리스크 조정후 할인율은 불확실하거나 위험스런 수입(收入)의 흐름에 대한 현재가치를 결정하는 데에 필요한 할인율이다. 그것은 리스크 없는 이자율(risk-free rate)(통상은 미국재무부단기증권의 이율)에 특정한 투자 또는 프로젝트의 리스크 특성의 분석에 기초한 리스크프리미엄(risk premium)을 플러스한 것이다. ~ ***adjusted return*** 리스크조정후 수익 → excess return (과도리턴). ***~-adjusted capital*** [영] 리스크조정후 자본 ¶ *Risk-adjusted capital* is economic capital, calibrated for specific dimensions of financial risk and/or operating risk, which a company allocates internally to support unexpected losses. Riskier activities attract a greater amount of capital since they have the potential of generating larger financial losses; speculative risks that a company assumes or preserves for profit reasons must therefore generate a greater return than those that are less risky. *Risk-adjusted capital* is often estimated by applying a risk weighting to a class of exposure and then ensuring a minimum level of capital is kept against the risk-weighted exposure at all times. See also regulatory capital. 리스크조정후 자본은 회사가 예상치 못한 손실을 지원하기 위하여 내부적으로 배정하는 금융리스크와 운영리스크의 구체적 범위를 위해서 조정된 경제적 자본(economic capital)을 말한다. 더 위험스런 활동은

더 큰 재무손실을 발생시킬 가능성이 있기 때문에 더 많은 양의 자본을 끌어들인다. 따라서 회사가 이익이라는 이유로 떠맡거나 지키는 투기적 위험은 위험에 못지 않게 더 많은 수익을 발생하여야 한다. 리스크조정후 자본은 일종의 노출에 가중되는 위험을 가함으로써 예측되기도 하며, 다음에 최소수준의 자본을 확보하는 것이 언제든지 위험이 가중된 노출에 대비되는 것이다. regulatory capital(규제자본)도 참조할 것. ~ ***arbitrage*** 리스크를 수반하는 차익(差益)거래 (기업매수에서 매수대상회사의 주식을 매수하여 매수회사의 주식을 매도하여 이익을 꾀한다.)(takeover arbitrage) ¶ *Risk arbitrage* is arbitrage involving risk, as in the simultaneous purchase of stock in a company being acquired and sale of stock in its proposed acquirer. Also called takeover arbitrage. Traders called arbitrageur attempt to profit from takeovers by cashing in on the expected rise in the price of the target company's shares and drop in the price of the acquirer's shares. If the takeover plans fall through, the traders may be left with enormous losses. *Risk arbitrage* differs from riskless arbitrage, which entails locking in or profiting from the difference in the prices of two securities or commodities trading on different exchanges. See also riskless transaction. 리스크를 수반하는 차익(差益)거래는 매수대상회사의 주식을 매각하는 동시에 매수회사의 주식을 구입하는 차익거래와 같이, 리스크를 수반하는 차익거래(arbitrage)이다. 이를 takeover arbitrage(기업매수차익거래)라고도 한다. 차익거래업자(arbitrageur)라고 하는 트레이더는 매수(takeover)가 실현되면, 매수대상회사의 주가가 상승하는 한편, 매수회사의 주가는 하락한다고 하는 예상으로 차익거래를 한다. 기업매수계획이 실패로 끝난 경우는, 막대한 손실을 입게 된다. 다른 거래소에서 취급되는 같은 증권 또는 상품의 가격차를 이용하여 이익을 확정하는 거래는 리스크 없는 차익거래이고, 리스크를 수반하는 차익거래와는 구별된다. ~ ***averse*** 리스크 회피 ¶ The *risk averse* is a term referring to the assumption that, given the same return and different risk alternatives, a rational investor will seek the security offering the least risk – or, put another way, the higher the degree of risk, the greater the return that a rational investor will demand. See also behavior finance (or investing); capital asset pricing model; efficient portfolio; mean return; portfolio theory. 리스크 회피란 수익률(return)은 같지만, 리스크(risk)의 정도가 다른 투자선택지가 있는 경우, 합리적인 투자자는 가장 적은 리스크가 있는 증권에 투자한다고 하는 가설을 말한다. 환언하면, 합리적인 투자자는 리스크의 정도가 높으면 높을수록 보다 높은 수익률을 요구한다. behavior finance (or investing)(행동파이낸스); capital asset pricing model(자본자산평가모델); efficient portfolio(효율적 포트폴리오); mean return(운용수익기대치); portfolio theory(포트폴리오이론)도 참조할 것. ~***-based capital ratio*** 리스크 기준자본비율 ¶ The *risk-based capital ratio* is a FIRREA-imposed requirement that banks maintain a minimum ratio of estimated total capital to estimated risk-weighted assets. 리스크 기준자본비율은 1989년의 금융기관개혁회복시행법(FIRREA: Financial Institutions Reform, Recovery and Enforcement Act of 1989)이 부과한 조건에서 은행은 리스크 가중된 자산(risk-weighted assets)에 대하여 일정한 최저자본비율을 유지한다고 하는 것이다. ~ ***capital*** 위험자본(venture capital) → venture capital (벤처캐피탈). ~ ***category*** 리스크 카테고리 ¶ *Risk category* is classification of risk elements used in analyzing mortgages. 리스크 카테고리는 모기지(mortgage)의 리스크를 분석할 때에 사용되는 리스크 요인의 분류항목을 이른다. ~***-free return*** 리스크 없는 수익률 ¶ A *risk-free return* is a yield on a risk-free investment. The 3-month Treasury bill is considered a riskless investment because it is a direct obligation of the U.S. government and its term is short enough to minimize the risks of inflation and market interest rate changes. The capital asset pricing model (CAPM) used in modern portfolio theory has the premise that the return on a security is equal to the *risk-free returns* plus a risk premium. See also excess return. 리스크 없는 수익률은 리스크가 없는 투자에서 생기는 이율(yield)을 말한다. 3개월물(物) 미재무부 단기증권(Treasury bill)은 미국정부의 직접채무이고, 기간도 3개월과 인플레이션리스크나 시장금리변동 리스크를 대부분 수용하지 않을 만큼 단기간이기 때문에, 리스크 없는 투자로 간주되고 있다. 현대 포트폴리오 이론(portfolio theory)에서 사용되는 자본자산평가 모형(capital asset pricing model: CAPM)에서는, 증권의 이율은 리스크 없는 수익률에 당해 증권의 리스크프리미엄(risk premium)을 플러스한 것과 같다는 것이 전제가 된다. excess return(과도리턴)도 참조할 것. ~ ***management*** 리스크관리 ¶ *Risk management* is to identify potential risks and make decisions so as to reduce the possibility and/or impact of the risks. For example, an investor attempts to reduce risk by choosing conservative investments or assembling a diversified portfolio. Businesses sometimes use futures contracts to avoid risk in the foreign exchange market. Household products companies try to avoid major mistakes by introducing new products in test markets. 리스크 관리는 리스크의 가능성과 영향을 감소하기 위하여 잠재적인 리스크를 확인하고 결단을 내리는 것이다. 예를 들면, 투자자는 보수적인 투자를 선택하거나 분산된 포트폴리오(diversified portfolio)를 조합함으로써 리스크를 줄이려고 기도한다. 기업은 종종 외국환시장에서 리스크를 회피하기 위하여 선물계약(futures contracts)을 이용한다. 가구제품회사는 시험시장에서 신제품을 매출함으로써 주요한 미스테이크를 회피하려고 노력한다. ~ ***premium*** 리스크프리미엄 ¶ In portfolio theory, the *risk premium* is the difference between the risk-free return and the total return from a risky investment. In the capital asset pricing model (CAPM), the risk premium reflects market-related risk (systematic risk) as measured by beta. Other models also reflect specific risk as measured by alpha. See also excess return. 리스크프리미엄은 포트폴리오 이론(portfolio theory)에서, 리스크 없는 수익률(risk-free return)과 리스크 있는 투자에서의 총이율(total return)과의 차이를 의미한다. 자본자산평가모델(capital asset pricing model: CAPM)에서는, 리스크프리미엄은 베타(beta)로 측정되는 시장관련 리스크(systematic risk)를 나타낸다. 알파(alpha)로 특정한 리스크를 나타내는 모형도 있다. excess return(초과리턴)도 참조할 것. ~ ***retention*** [영] 리스크 유보 ¶ The *risk retention* is a loss financing technique where a company chooses to preserve, rather than transfer or hedge, a portion of its financial risk and/or operating risk. See also hedging, retention; risk retention group; risk transfer; self-insurance. 리스크 유보는 회사가 이체(transfer)나 헤지보다 오히려 금융리스크와 운영리스크의 일부를 유지할 것을 선택하는 로스 파이낸싱기술을 말한다. hedging(헤징), retention(보류지분); risk retention group(리스크 유보그룹); risk transfer(리스크이전); self-insurance(자가보험)도 참조할 것. ~ ***retention group*** [영] 리스크 유보그룹 ¶ The *risk retention group* is a retention vehicle, conceptually similar to a group captive, where several companies with similar risks combine and then spread their exposures via risk pooling. 리스크 유보그룹은 작은 리스가 있는 여러 개의 회사가 리스크 풀링(risk pooling)을 경유하여 그들의 익스포저를 결합한 다음 퍼뜨리는 개념상 그룹자회사(group captive)에 유사한 유보매체이다. ~***-return trade-off*** 리스크리턴 트레이드오프 ¶ The *risk-return trade-off* is a concept, basic in investment management, that risk equals (varies with) return; in other words, the higher the return the greater the risk and vice versa. In practice, it means that a speculative investment, such as stock in a newly formed company, can be expected to provide a higher potential return than a more conservative investment, such as blue chip or a bond. Conversely, if you don't want the risk, don't expect the return. See also portfolio theory. 리스크리턴 트레이드오프란 리스크(risk)는 투자관리에 있어서 기본인 수익률(return)과 같다(같음으로 인하여 변동한다)는 개념이다. 달리 말하자면, 수익률이 높으면 높을수록 리스크는 크고, 반대도 또한 마찬가지다. 예를 들면, 신설회사의 주식에 투자하는 투기적(speculative)인 투자는 블루칩(blue chip, 우량주)이나 채권(bond)과 같은 견실한 투자에 비하여 보다 높은 잠재적 수익률이 기대할 수 있음을 의미한다. 역으로 말한다면, 리스크를 부담하고 싶지 않으면, 수익도 기대해서는 안 된다고 하는 말이 된다. portfolio theory(포트폴리오 이론)도 참조할 것. ~ ***tolerance*** 리스크 허용도 ¶ The *risk tolerance* is the extent to which an investor is risk averse. The concept is used by investment advisers and financial planners, who ask questions or administer tests attempting to determine an individual's risk comfort level, which involves emotional as well as rational factors. See also behavioral finance (or investing). 리스크 허용도는 투자자가 어느 정도의 리스크를 회피하고 싶은가(risk averse)라는 정도를 말한다. 이 개념은 투자자문(investment adviser)이나 파이낸셜 플래너(financial planner)가 사용한다. 그들은 개인의 투자자가 리스크에 대하여 안심을 가질 정도(comfort level)를 정하는 것을 목적으로 하여, 합리적 요소나 감정적 요소를 포함하는 질문을 한다든지, 테스트를 한다든지 한다. behavioral finance (or investing)(행동파이낸스)도 참조할 것. ~ ***transfer*** 리스크 이전 ¶ *Risk transfer* is shifting of risk, as with insurance or the securitization of debt. 리스크 이전은 보험(insurance)이나 채무(debt)의 증권화(securitization)에 의하여 리스크를 이전하는 경우이다. ~***-weighted assets (RWA)*** [영] 위험가중자산 ¶ *Risk-weighted assets* are assets of a bank that have been adjusted or weighted, by specific risk weights that are designed to reflect their relative degree of risk. The weights are governed by Basel II for participating banks, and range from 0% for cash and high-quality government securities to 100% for loans to less creditworthy borrowers. Off-balance sheet contracts are included in the risk adjustment process. Also known as risk-adjusted assets. 위험가중자산은 위험의 상대적 정도를 반영하려는 고유한 위험압박으로 조정되거나 가중받는 은행의 자산을 말한다. 그 압박은 바젤 II(Basel II) 협정에 의하여 참가은행에 대해서 조정되고 현금과 고품질의 국채(government securities)를 위해서는 0%에서 신용력이 떨어지는 차입자에 대한 대출에는 100%까지 이른다. 부외(簿外)거래계약에는 위험관리과정에서 포함된다. 이는 risk-adjusted assets(위험조정후 자산)으로도 알려져 있다.

riskless 위험이 없는 ***riskless arbitrage*** 위험이 없는 차익거래 → arbitrage (차익거래); risk arbitrage (리스크를 수반하는 차익거래). ~ ***transaction*** 위험이 없는 거래 ¶ The *riskless transaction* is: (1) a trade guaranteeing a profit to the trader that initiates it. An arbitrageur may lock in a profit by trading on the difference in prices for the same security or commodity in different markets. For instance, if gold were selling for $927 an ounce in New York and $925 in London, a trader who acts quickly could buy a contract in London and sell it in New York for a riskless profit. (2) a concept used in evaluating whether dealer markups and markdowns in over-the-counter transactions with customers are reasonable or excessive. In what is known as the five percent rule, the Financial Industrial Regulatory Authority (FINRA) takes the position that markups (when the customer buys) and markdowns (when the customer sells) should not exceed 5%, the proper charge depending on the effort and risk of the dealer in completing a trade. The maximum would be considered excessive for a *riskless transaction*, in which a security has high marketability and the dealer does not simply act as a broker and take a commission but trades from or for inventory and charges a markup or markdown. Where a dealer satisfies a buy order by making a purchase in the open market for inventory and then sells the security to the customer, the trade is called a simultaneous transaction. To avoid FINRA criticism, broker-dealer commonly disclose the markups and markdowns to customers in transactions where they act as dealers. 위험이 없는 거래는 (1) 거래를 행하는 트레이더(trader)가 확실히 이익을 보장할 수 있는 거래를 말한다. 차익거래업자(arbitrageur)는 다른 시장에서 거래되는 같은 증권(security) 또는 상품(commodity)의 가격차를 이용하여 이익을 확정한다. 예를 들면, 금(金)의 가격이 뉴욕에서 1온스에 927달러, 런던에서는 925달러인 경우, 런던에서 매입하여 뉴욕에서 바로 매도함으로써 리스크를 부담하지 않고 이익을 본다. (2) 장외거래(over the counter transaction)에서, 딜러(dealer)가 고객에게 제시하는 가격 상승폭(markup)이나 가격 하락폭(markdown)이 합리적인지 혹은 도를 넘는지를 평가하는 데에 사용하는 개념이다. 5퍼센트 룰(five percent rule)로서 알려진 것인데, 금융업규제기구(Financial Industrial Regulatory Authority: FINRA)는 가격 상승폭(고객이 매수할 때)과 가격 하락폭(고객이 매도할 때)은 5%를 초과해서는 안되고, 청구액은 딜러가 거래를 완결할 때의 노력과 리스크를 적절히 반영한 것이어야 한다고 한다. 딜러가 브로커(주선업자, broker)로서 단순히 수수료를 받는 것이 아니라, 유동성(marketability)이 높은 증권을 일단 자기계정을 통해서 고객과 거래를 하는 경우에도, 리스크가 없는 거래에서 5퍼센트 룰을 초과하는 가격상승폭이나 가격 하락폭을 청구하는 것은 도를 넘는 것으로 본다. 예를 들면, 고객의 매수주문을 받은 때에, 그 증권을 시장에서 일단 자기계정에서 매수하고 동시에 그 증권을 고객에게 매도한다고 하는 동시거래(simultaneous transaction)도 위험 없는 거래가 된다. 금융업규제기구(FINRA)의 비판을 회피하기 위하여, 딜러로서 행동하는 경우에 가격상승폭과 가격 하락폭을 개시하는(disclose) 증권회사(broker-dealer)가 많다.

risky 위험한 ¶ *risky* asset 위험자산 /*risky* investment 위험한 투자

rival ⓝ 경쟁자, 라이벌, 적수 ¶ defy all *rivals* 모든 경쟁상대를 얼씬도 못하게 하다 /A new *rival* for control of the domestic market has appeared. 국내시장의 지배를 둘러싸고 새로운 라이벌이 출현하였다.

ⓐ 경쟁자의, 서로 싸우는 ¶ *rival* company [firm] 경쟁회사 /Seoul is fast *rivaling* Tokyo and Hong Kong as a world money center. 서울은 세계의 금융중심지로서 급속히 신장하여 도쿄와 홍콩과 격렬한 승부를 벌리고 있는 바이다.

riyal 리얄 ¶ The standard currency unit of Saudi Arabia, divided into 100 halalas. 리얄은 사우디아라비아의 기준화폐단위, 1 리얄(riyal) = 100 할라라스[단수는 halala(할라라)]

ROA → return on assets [약] 총자산이익률 → return on investment (투자수익률).

road show 로드쇼 ¶ The *road show* is a presentation by an issuer of securities to potential buyers about the merits of the issue. Management of the company issuing stocks or bonds doing a *road show* travels around the country presentation financial information and an outlook for the company and answering the questions of analysts, fund managers, and other potential investors. Also known as a dog and pony show. 로드쇼는 주식(stock)이나 채권(bond)의 증권의 발행자(issuer)가 잠재적 투자자에 대하여 발행증권의 매리트에 관하여 프레젠테이션을 행하는 것이다. 로드쇼는 전국에 걸쳐 개최되며, 거기서는 발행회사의 경

영자가 회사의 재무정보나 전망을 설명하여, 애널리스트나 펀드매니저(fund manager)와 같은 잠재적 투자자의 질문에 답한다. 겉만 요란한 선전(PR)(dog and pony show)이라고 알려져 있다.

robbery 도난, 절도 ¶ *Robbery* is use of the threat of violence, or of actual violence, in taking property from someone else's possession. This peril is covered on a personal basis through the purchase of a homeowner's insurance policy or renter's insurance or on a business basis through a special multiperil policy (SMP). Specialty items such as art works, jewelry, and coin and stamp collections must be specifically scheduled on a property policy in order for this insured to receive full value for a loss. 도난은 타인 소유의 재물을 탈취하는 데에 폭력위협이나 실제 폭력을 사용하는 경우이다. 이러한 위험은 자가거주자보험증권(homeowner's insurance policy) 또는 임차인보험(renter's insurance)의 구입을 통한 개인적 베이스 또는 특별다수위험보험증권(special multiperil policy: SMP)을 통한 기업베이스로 보험을 든다. 예술작품, 보석, 및 화폐 · 우표의 소장품과 같은 전문품목(specialty items)은 피보험자가 손실에 대한 최고가격으로 보상을 받기 위해서는 손해보험(property insurance)에서 구체적으로 기재하여야 한다. /*robbery* insurance 도난보험

robotics 로봇공학, 인조(人造)공학 ¶ *Robotics* is science and study of robots; developing applications for robots. 로봇공학이란 로봇에 관한 과학이고 연구분야이다. 그리고 로봇에 관한 발전된 응용이다.

robot-retailing store 무인점포(non-attended store)

rock-bottom 맨 밑바닥의, 최저의, 가장 근본적인 ¶ *rock-bottom* price 최저가격, 바닥시세(底價)

rocket (가격이) 갑작스레 치솟다 ¶ *rocketing* price 급상승하는 가격

rocket scientist 로켓과학자(가격차에 의한 이익을 얻는 금품상품이나 기획을 입안하는 자) ¶ The *rocket scientist* is an investment firm creator of innovative securities. 로켓과학자는 혁신적인 증권을 고안하는 투자회사의 창안자를 이른다. ¶ The *rocket scientist* is an individual with high intelligence who may develop new techniques or products. Often used negatively, as in the phrase "It doesn't take a rocket scientist …," meaning that individuals of normal intelligence can understand the subject in question. 로켓과학자는 새로운 기술이나 제품을 발전시킬 수 있는 지능이 높은 사람을 말한다. 「로켓과학자도 이해시키지 못하는군…」과 같은 문구가 있는 것처럼, 종종 부정적으로 사용되는데, 정상적인 지능을 가진 사람이면 그런 문제를 이해할 수 있다는 뜻이다.

ROI → return on investment [약] 투자수익률 ¶ The *return on investment* (*ROI*) is a measure of the net income a firm's management is able to earn with the firm's total assets. *Return on investment* is calculated by dividing net profits after taxes by total assets. Compare profitability ratio. See also return on common stock equity. 투자수익률은 기업의 경영진이 기업의 총자산을 가지고 이익을 올릴 수 있는 순이익의 정도를 말한다. 투자수익률은 과세 후의 순이익을 전체자산으로 나눔으로써 계산된다. profitability ratio(이익률)과 대조할 것. 이를 return on common stock equity(보통주주자본이익률)를 참조할 것.

role 역할, 임무 ¶ The *role* of administrator demands the ability to compromise. 행정관의 임무에는 타협의 능력이 요구된다. /play a critical *role* in … …에서 결정적인 역할을 하다 /Korea is playing a leading *role* in the development of Internet industry. 한국은 인터넷 산업의 발달에서 주도적인 역할을 하고 있다.

roll *v.* 구르다, 굴리다 ¶ *roll* over a debt 차금을 차환하다 ***roll down*** 돌려 열다 ¶ To *roll down* is to move from one option position to another one having a lower exercise price. The term assumes that the position with the higher exercise price is closed out. 롤다운이란 옵션(option)의 포지션(position)을, 행사가격(exercise price)이 낮은 다른 옵션의 포지션으로 옮기는 것이다. 그 말은 더 높은 행사가격을 가진 포지션이 끝나는 것을 가정한 것이다. ~ ***forward*** 롤포워드 ¶ To *roll forward* is to move from one option position to another with a later expiration date. The term assumes that the earlier position is closed out before the later one is established. If the new position involves a higher exercise price, it is called a roll-up and forward; if a lower exercise price, it is called a roll-down and forward. Also called rolling over. 롤포워드하는 것은 옵션(option)의 포지션(position)을, 행사기일(expiration date)이 보다 긴 다른 옵션의 포지션으로 옮기는 것이다. 새로운 포지션이 더 높은 행사가격과 관련되면, 그것은 롤업앤드포워드(roll-up and forward)라고 하고, 행사가격과 관련된다면, 롤다운앤드포워드(roll-down and forward)라고 한다. 이를 또 rolling over라고도 한다. ~***ing stock*** 롤링스톡 ¶ The *rolling stock* is an equipment that moves on wheels, used in the transportation industry. Examples include railroad cars and locomotives, tractor-trailers, and trucks. 롤링스톡은 운송산업에서 사용되는 수레바퀴로 움직이는 장치이다. 예컨대, 철도차량, 기관차, 트랙터 · 트레일러, 화물자동차가 포함된다. ~ ***up*** 롤업 ¶ The *roll up* is a move from one option position to another having a higher exercise price. The term assumes that the earlier position is closed not before new position is established. See also master limited partnership. 롤업은 특정한 옵션(option)의 포지션(position)을, 행사가격(exercise price)이 높은 다른 옵션포지션으로 옮기는 것이다. 이 용어는 새로운 포지션이 확정되기 전에 이전의 포지션이 끝나고 있음을 상정하고 있다. master limited partnership(마스터리미티드 파트너십)도 참조할 것.

n. 1권, 뭉치, 회전 ¶ a *roll* of dimes 10센트 동전 하나 /a *roll* of notes 어음뭉치

roll-down, roll forward [옵션거래] 보다 낮은 가격의 옵션에의 환승(換乘)

rolling hedge [영] 롤링 헤지 ¶ The *rolling hedge* is a hedging strategy, generally applied to long-term risk exposure, that requires the hedger to purchase or sell the neaby or next derivative contract, close it out prior to maturity, reestablish it with the next contract, and so forth, until the final exposure being protected enters the liquid part of the market. Through this process the hedger effectively stacks, and then “rolls” the hedge from one contract to the next. Though the strategy reduces or eliminates directional risk, it creates curve risk: if the near term futures price is below the expiring contract price (e.g., the market is in backwardation), stacking and rolling is profitable, otherwise it is unprofitable. Also known as a stack and roll. See also strip hedge. 롤링 헤지는 보호받는 최종익스포저가 시장의 유동부분에 들어서기 까지 헤저가 근사물 파생상품(nearby derivative contract)이나 익일근사물 파생상품(next derivative contract)을 매입하거나 매도하고, 만기 이전에 그 계약을 종결지우며 다음 계약을 재설정할 것을 요구하는, 일반적으로 장기리스크 익스포저에 적용되는 헤징전략을 말한다. 이런 과정을 통해서 헤저는 효과적으로 주위를 살핀 다음에 하나의 계약에서 다음 계약으로 헤지를 「진행한다」(roll). 비록 그런 전략이 방향성 위험을 축소하거나 제거하더라도, 그것은 곡선위험을 창출한다. 만약 가까운 기간 선물가격이 만기에 가까운 계약가격 밑인 경우(예컨대, 시장이 실물가격과 선물가격의

역전현상(backwardation)에 있다.) 스택킹(stacking)과 롤링(rolling)은 이익이 되지만, 그렇지 않으면 불이익이 된다. 이는 stack and roll(스택앤드롤)으로도 알려져 있다. strip hedge(스트립 헤지)도 참조할 것.

rollover 개서(改書), 갱신, 차환, 전매(轉賣) ¶ The *rollover* is: (1) a movement of funds from one investment to another. For instance, an individual retirement arrangement may be rolled over when a person retires into an annuity or other form of pension plan payout system. Balances in regular IRAs can be rolled over into Roth IRAS, although income taxes will be due on untaxed earnings in the regular IRA account. When a bond or certificate of deposit matures, the funds may be rolled over into another bond or certificate of deposit. A stock may be sold and the proceeds rolled over into the same stock, establishing a different cost basis for the shareholders. See also thirty-days wash rule. (2) a term often used by banks when they allow a borrower to delay making a principal payment on a loan. Also, a country that has difficulty in meeting its debt payments may be granted a *rollover* by its creditors. With governments themselves, *rollovers* in the form of refunding or refinancing are routine. See also certificate of deposit rollover. 롤오버는 (1) 투자자금이 그대로 재투자하는 경우이다. 예를 들면, 퇴직 시에 개인퇴직계좌(individual retirement account: IRA)의 적립금은 연금보험(annuity)이나 다른 연금지급제도에 롤오버할 수 있다. 통상의 IRA의 적립잔액을 로쓰 개인퇴직계좌(Roth IRA)를 롤오버할 수도 있지만, 롤오버를 할 때에 통상의 IRA계좌에서 비과세취급하고 있던 소득은 과세된다. 만기가 된 채권(bond)이나 양도성예금증서(negotiable certificate of deposit)의 자금을 다른 채권이나 양도성예금증서에 재투자하는 경우도 롤오버라고 한다. 주식의 매각자금으로 같은 주식에 재투자하면 주식의 취득원가(cost basis)가 다르게 된다. thirty-days wash rule(30일 대체(代替)법칙)도 참조할 것. (2) 은행이 대출(loan)원금(principal)의 상환연기를 인정할 때에 사용하는 용어이다. 마찬가지로, 채무상환(debt payment)의 실행이 곤란한 국가가 채권자(creditor)로부터 상환기간연장을 인정받는 경우에도 사용한다. 정부 자신도 차환(refunding, refinancing)의 형태로 일상적으로 롤오버를 하고 있다. ***rollover loan*** 차환융자 ¶ The *rollover loan* is an unusual loan with a long amortization period and a fixed interest rate that is periodically reset on the basis of some stipulated standard. 차환융자는 일정한 약정기준에 근거하여 정기적으로 다시 정하는 장기간의 원금상환기간과 고정금리부의 특별융자를 말한다.

Romania currency 루마니아 화폐 ¶ leu (plural lei) (RON), divided into 100 bani. 1 레우(leu) = 100 바니(bani).

RON (ISO) code Romania – currency leu (plural lei) ¶ RON (국제표준기구) 약호 루마니아 — 화폐 레우(leu) [복수 레이(lei)].

RORO ship → roll on roll off ship [약] 로로선(船) ¶ *RORO ship* is acronyms for roll on roll off ship, meaning that it is a ship which transports automobiles and trucks technically. Terms comes from that cars roll on, and roll off the ship. RORO ship(로로선)은 roll on roll off ship의 머리글자에서 따온 용어이고, 그 의미는 자동차 · 트럭을 전문적으로 수송하는 선박이다. 자동차가 올라가고 내려온다고 해서 '로로선'이라고 불린다.

rotation 로테이션 → sector rotation (섹터로테이션).

Roth IRA (Individual Retirement Arrangements) 로쓰 개인퇴직계좌 ¶ *Roth IRA* (*Individual Retirement Arrangements*) are created by the Taxpayer

Relief Act of 1997 permitting account holders to allow their capital to accumulate tax-free under certain conditions. The *Roth IRA* is named after Delaware Senator William V. Roth, Jr., who championed the idea of expanded IRAs. Individuals can invest up to $5,000 per year ($6,000 for those age 50 and older). There are income limitation on who can contribute to a *Roth IRA*. In 2008 a married couple filing jointly could make the full contribution if their modified adjustable gross income (MAGI) was less than $159,000. For a MAGI between $159,000 and $169,000, the amount they could contribute is reduced, and they could not contribute to a *Roth IRA* at all once their MAGI reached $169,000 or more. For singles, heads of household, and married couples filing separately, a full contribution could be made if their MAGI was less than $101,000. 로쓰 개인퇴직계좌는 1997년의 납세자구제법(Taxpayer Relief Act of 1997)에 의하여 창설된 개인퇴직계좌(individual retirement account: IRA)로, 계좌 소유자가 일정한 조건에 근거해서 비과세로 적립하는 것을 허용하고 있다. Roth IRA는 델라웨어주 상원의원으로서 확대개인퇴직계좌의 구상을 옹호한 윌리엄 V. 로쓰 주니어(William V. Roth Jr.)의 이름을 따서 명명되었다. 개인은 연간 5,000달러까지 투자할 수 있다(50세 이상은 6,000달러). Roth IRA에의 출연에 관하여는 소득제한이 있다. 2008년에는 합산 신고하는 부부(married couples filing jointly)의 수정후 신고총소득(modified adjustable gross income: MAGI)이 159,000달러 미만의 경우에는 한도액까지 출연할 수 있다. 수정후 신고총소득(MAGI)이 159,000달러와 169,000달러 사이에 있는 경우, 그들이 출연할 수 있던 금액은 감액되어 MAGI가 단번에 169,000달러 이상에 이르게 된 때에는 Roth IRA에는 출연하지 못한다. 독신자(singles), 특정세대주(heads of household) 및 개별로 신고하는 부부(married couples filing separately)에 관한 한, 그들의 수정후 신고총소득(MAGI)이 101,000달러 미만인 경우에 전액 출연할 수 있다.

Roth 401(k) plan 로쓰 401(k) 플랜 ¶The *Roth 401 (k) plan* is a type of retirement account, first introduced in 2006, allowing employees to designate part or all of their 401(k) contribution as Roth 401(k) contributions. As with a Roth IRA, these contributions will not be tax deductible, but all of the income and earnings that accumulate in the plan will be tax free when distributed. Participants have to meet the same requirements as the Roth IRA – 5 years of participation, distributions taken after age 59 1/2, and disability or use of up to $10,000 for a first-time home purchase. 로쓰 401(k) 플랜은 퇴직연금계좌(individual retirement account)의 하나로서, 2006년에 처음으로 도입되었다. 이 플랜에서는 종업원이 401(k) 연금제도(401(k) plan)에 있어서 출연금(contribution)의 전액 또는 일부를 로쓰 401(k) 플랜으로서 출연할 수 있다. 로쓰 개인퇴직연금(Roth 401(k) plan)과 똑같이, 출연금은 소득공제항목(tax deductible)으로는 되지 않지만, 적립된 출연금과 수익을 인출할 때에는 전액비과세(tax free)로 취급된다. 이 플랜에는 로쓰 개인퇴직연금계좌와 똑같은 조건이 붙여져 있다. 말하자면, 5년 이상의 적립을 할 것, 59.5세 이후 혹은 신체장애의 경우에만 인출이 가능하고, 다만 최초의 주택구입 시에는 10,000달러를 한도로 하여 인출이 가능하게 되어 있다.

rough 대략적인, 개략(槪略)의 ¶payment by *rough* estimate 개산(槪算)지급 /*rough* balance sheet 가(假)대차대조표 /a *rough* estimate [calculation] 개산(槪算), 어림셈 /*rough* number 개수(槪數) /a *rough* standard 대중, 기준, 표준

round ⓐ 둥근, 단수가 없는 ¶in *round* amount [number, figure] 개수(槪數)로 /*round* figure (단수 없는) 개수(槪數) /a *round(ed)* amount [number] 개수(槪數) /*round* lot share 단위주 /a *round* number 정수(整數) ***round [full, regular] lot***

[주식] 거래단위, 단위주 [미국에서는 100주 (*cf.*) odd lot 단주(端株)] ¶ The *round lot* is a generally accepted unit of trading on a securities exchange. On the New York Stock Exchange, for example, a *round lot* is 100 shares for stock and $1,000 or $5,000 par value for bonds. In inactive stocks, the *round lot* is 10 shares. Increasingly, there seems to be recognition of a 500-share *round lot* for trading by institutions. Large denomination certificates of deposit trade on the over the counter market in units of $1 million. Investors who trade in *round lots* do not have to pay the differential charged on odd lot trades. 거래단위는 증권거래소에서, 일반적으로 수입(受入)되고 있는 최소의 거래단위이다. 뉴욕증권거래소(New York Stock Exchange)에서 거래단위는 주식이 100주이고 채권이 액면(par) 1,000달러 또는 5,000달러가 되어 있다. 다만, 유동성(liquidity)이 낮은 주식의 거래단위는 10주가 된다. 기관투자자(institutional investor)에 의한 거래에서는 거래단위를 500주로 하는 경향에 있다. 액면금액(denomination)이 큰 양도성예금증서(negotiable certificate of deposit)는 장외거래시장(over the counter market)에서 100달러단위로 거래된다. 거래단위로 거래를 하는 경우에는, 투자자는 단주(端株, odd lot)거래로 청구되는 추가수수료(differential)를 지급할 필요가 없다. ~ ***trip trade*** 왕복거래 ¶ *Round trip trade* is purchase and sale of s security or commodity within a short time. For example, a trader who continually is making short-term trades in a particular commodity is making round trip or round turn trades. Commissions for such a trader are likely to be quoted in terms of the total for a purchase and sale – $100 for the round trip, for instance. Excessive round trip trading is called churning. 왕복거래는 증권이나 상품의 매매를 단시간에 행하는 것이다. 예를 들면, 특정한 상품의 단기매매를 계속해서 행하는 트레이더(trader)는 왕복거래(round trip or round turn)를 행하고 있는 것이다. 예컨대 왕복거래에 대하여 100달러라고 하는 것처럼, 매도와 매수를 하나의 거래로 간주하여 거래수수료(commission)가 청구되는 일이 있을 것이다. 과도한 왕복거래행위는 처닝(churning, 과도한 매매권유)이라고 한다.

[*v.*] 둥글게 하다, 사사오입(四捨五入)하다 ¶ *round* down [off] 단수(端數)를 절사(切捨)하다 /*round* off downwards (단수를) 절사하다 /*round* off a sum 금액의 단수를 절사하다 /*round* off upwards (단수를) 절상(切上)하다 /to be *rounded* 사사오입(四捨五入)이란

rounding 사사오입(四捨五入) ¶ *rounding* error 사사오입에 의한 오차

Rounds 라운드, (관세 등의) 일괄협상 ¶ The *Rounds* is cycles of multilateral trade negotiations under the General Agreement of Tariffs and Trade (GATT), culminating in simultaneous agreements among participating countries to reduce tariff and non-tariff barriers; 1st *Round*: 1947, Geneva (creation of the GATT); 2nd *Round*: 1949, Annecy, France (tariff reduction); 3rd *Round*: 1951, Torquay, England (accession and tariff reduction); 4th *Round*: 1956, Geneva (accession and tariff reduction); 5th *Round*: 1960-1962, Geneva (Dillon Round, revision of GATT, addition of more countries); 6th *Round*: 1964-1967, Geneva (Kennedy Round); 7th *Round*: 1973-1979, Geneva (Tokyo Round); 8th *Round*: 1986-1993, Geneva (Uruguay Round). 라운드는 통상 및 비통상장벽을 제거하기 위하여 참가국가간의 동시협정의 정점에 달하는 관세 및 통상에 관한 일반협정(General Agreement of Tariffs and Trade: GATT) 하의 다변통상협상의 주기를 말한다. 1차 라운드는 1947년, 제네바(가트의 창설); 2차 라운드는 1949년, 프랑스 아네시(관세율감소); 3차 라운드는 1951년 영국의 토퀴(가트가입과 관세율감소); 4차 라운드는 1956년의 제네바(가트가입과 관세율감소); 5차 라운드는 1960-1962년 제네

바(딜론 라운드, 가트의 수정, 다수국가의 추가가입); 6차 라운드는 1964-1967년 제네바(케네디라운드); 7차 라운드는 1973-1979년 제네바(도쿄라운드); 8차 라운드는 1986-1993년 제네바(우루과이라운드)이다.

routine 관례, [형용사적으로] 판에 박은 듯한, 틀에 박힌 ¶ a *routine* account 흔히 있는[너무 잔액이 크지 않은] 계좌

royalty 사용료, 특허권사용료 ¶ *Royalty* is payment to the holder for the right to use property such as a patent, copyright material, or natural resources. For instance, inventors may be paid *royalties* when their inventions are produced and marketed. Authors may get *royalties* when books they have written are sold. Land owners leasing their property to an oil or mining company may receive royalties based on the amount of oil or minerals extracted from their land. *Royalties* are set in advance as a percentage of income arising from the commercialization of the owner's right or property. 로열티는 특허(patent)나 저작권(copyright)이 있는 저작물, 천연자원과 같은 자산을 사용하는 권리로서, 그 소유자에게 지급되는 것이다. 예를 들면, 발명가는 그 발명품이 생산되어 판매될 때에 로열티를 받는다. 저자는 그 책이 판매될 때에 로열티를 얻는다. 석유회사나 광업회사에 부동산을 리스하고 있는 토지소유자는 그 토지에서 추출된 석유나 광물의 양에 근거해서 로열티를 받는다. 로열티는 소유자의 권리나 재산을 상업화하여 생기는 소득에 일정한 비율로서 사전에 규정된다. ***royalty trust*** 로열티 신탁 ¶ The *royalty trust* is an oil or gas company spin-off of oil reserves to a trust, which avoids double taxation, eliminates the expense and risk of new drilling, and provides depletion tax benefits to shareholders. In the mid-1980s, Mesa Royalty Trust, which pioneered the idea, led other trusts in converting to a master limited partnership form of organization, offering tax advantages along with greater flexibility and liquidity. 로열티 신탁은 석유나 가스회사가 석유매장량을 분리하여 신탁화하는 것이다. 신탁화하는 것에서, 이중과세(double taxation)를 회피하고, 새로운 채굴의 리스크와 비용을 제거하여 신탁의 주주에게 감가상각(depletion)에 의한 조세우대조치를 제공한다. 1980년대 중반에 이 로열티를 개발한 메사 로열티신탁(Mesa Royalty Trust)은 다른 신탁에도 호소하여 마스터리미티드 파트너십(master limited partnership)이라고 하는 조직형태로 전환시켜 높은 유연성과 유동성에 모두 세무상의 이점을 주었다.

RP → **rep**urchase agreement [약] 환매특약, 환매조건부 증권판매 ¶ The *repurchase agreement* (*Repo, RP*) is an agreement between a seller and a buyer, usually of U.S. government securities, whereby the seller agrees to repurchase the securities at an agreed upon price and, usually, at a stated time. Repos, also called RPs or buybacks, are widely used both as a money market investment vehicle and as an instrument of Federal Reserve monetary policy. When a repurchase agreement is used as a short-term investment, a government securities dealer, usually a bank, borrows from an investor, typically a corporation with excess cash, to finance it inventory, using the securities as collateral. Such RPs may have a fixed maturity date or be open Repos, callable at any time. Rates are negotiated directly by the parties involved, but are generally lower than rates on collateralized loans made by New York banks. The attraction of repos to corporations, which also have the alternatives of commercial paper, certificates of deposit, Treasury bills and other short-term instruments, is the flexibility of maturities that makes them an ideal place to "park" funds on a very temporary basis. Dealers also arrange reverse repurchase agreements, whereby they agree to buy the securities and the investor agrees to repurchase them at a later date. 환매조건부거래란 통상은 미국정부증권(U.S. government securities)의 매도인과 매수인간의 계약으로, 매도인은 증권을 특정가격에서 통상은 사전에 지정된 날에 환매하는 것에 동의한다. 레포(repo)는 RPs 또는 buyback(환매)라고도 하고, 단기금융시장(money market)의 투자수단이나 미연방준비제도이사회(Federal Reserve Board)에 의한 금융정책(monetary policy)수단으로서 널리 이용되고 있다. 레포가 단기투자수단으로서 이용되는 경우, 정부증권딜러(보통은 은행)가 환매조건부로 증권을 담보에 넣고 투자자(잉여현금이 있는 회사)로부터 단기의 자금조달을 한다. 이 경우에, 레포의 만기일이 정해져 있는 경우도 있다. 언제라도 기한전 상환이 가능(callable)한 오픈레포(open repos)가 되는 일도 있다. 금리는 관계당사자간의 교섭으로 결정되지만, 뉴욕의 은행이 공여하는 담보부대출(collateralized loan)의 금리보다 저렴한 것이 일반적이다. 레포는 커머셜페이퍼(commercial paper), 양도성예금증서(certificate of deposit), 미재무부 단기증권(Treasury bills)과 같은 단기증권의 대체적 투자대상으로서도 매력이 있다. 말하자면 레포의 만기일은 유연하게 설정할 수 있으므로, 극히 단기간이라도 자금을 「존치(存置)」(park)할 수 있는 이상(理想)의 운용상품이 된다. 리버스레포(reverse repurchase agreement)라고 하는 것도 있으나, 이것은 딜러가 증권을 구입하고 투자자는 후일 그 증권을 환매하는 것에 동의하는 것이다.

R-squared 결정계수, 알스퀘어[R의 2승(乘)] ¶ The *R-squared* is a mutual fund term that indicates, on a scale of 0 to 100, the percentage of a fund's performance that is explained by movements of its benchmark index. An S&P index fund would thus have an *R-squared* at or close to 100, *R-squared* is useful in evaluating the significance of beta. The higher the *R-squared*, the more meaningful the beta. 알스퀘어[R의 2승(乘)]는 펀드의 실적(performance)을 벤치마크(benchmark)한 지수(index)와 비교하여 0~100의 척도로 표시하는 뮤추얼펀드(mutual fund)에서 사용되는 용어이다. 따라서, 스탠더드앤드푸어스(S&P) 500 인덱스펀드의 알스퀘어는 100 또는 100에 가까운 숫자가 된다. 알스퀘어는 베타(beta)의 신뢰성을 계획할 때에도 사용된다. 알스퀘어가 높으면 높은 만큼 베타의 의미를 중요하게 만든다.

rubber check [미구] 부도수표 ¶ The *rubber check* is a check for which insufficient funds are available. It is called a rubber check because it bounces. See also overdraft. 부도수표는 자금부족의 계좌에서 발행된 수표이다. 그것은 부도로서 되돌아온다고 해서 rubber check(고무수표)라고 한다. overdraft(당좌대월)도 참조할 것.

rubber-stamp 무턱대고 찍는 도장 ¶ *rubber-stamp* affair 무턱대고 도장을 찍는 일

rufiya 루피야 ¶The standard currency unit of Maldives, divided into 100 lari. 몰디브의 기준화폐단위, 1 루피야(rufiya) = 100 라리(lari).

rule 규칙, 습관, (*pl.*) 내규 ¶ by *rule* of thumb 어림셈으로 /the Federal Reserve *rules* or regulations [미] 연방준비규칙 내지 규정 /*rules* of banking 은행업무규정 /the *rule* of free nondiscriminatory trade 자유무차별무역의 원칙 ***Rule 405*** 룰 405 ¶ The *Rule 405* is a New York Stock Exchange codification of an ethical concept recognized industry wide by those dealing with the investment public. These Know Your Customer Rules recognizes that what is suitable for one investor may be less appropriate for another and require investment people to obtain pertinent facts about a customer's other security holdings, financial condition, and objectives. See also suitability rule. 룰 405는 증권회사가 일반투자

자(the public)와 거래할 때에 요구되는 윤리개념인 뉴욕증권거래소(New York Stock Exchange: NYSE)의 규칙이다. 고객숙지규칙(Know Your Customer Rules) 이라고 하는 이 규칙에서는, 업계에서 널리 인지되고 있다. 이 규칙은 어느 투자자에 적합하고 있는 것이 반드시 다른 투자자에 적합하다고는 할 수 없으므로, 고객과 거래를 할 때에는, 개개의 고객의 보유증권, 재정상태, 목적과 관련사실을 입수하도록 요구하고 있다. suitability rule(적합성의 원칙)도 참조할 것. ***Rule of 72*** 72의 룰 ¶ The *Rule of 72* is a formula for approximating the time it will take for a given amount of money to double at a given compound interest rate. The formula is simply 72 divided by the interest rate. In six years $100 will double at a compound annual rate of 12%, thus: 72 divided by 12 equals 6. 72의 룰은 72를 이자율로 나누어 구하는 특정한 금액이 특정한 복리(compound interest)로 2배가 되는 데에 요하는 기간을 개산(概算)하는 공식이다. 예를 들면, 복리가 12%로 하면, 72÷12=6이고, 100달러가 2배가 되는 데에 6년간을 필요로 한다는 것을 알 수 있다. ***Rule of the 78s*** 78분모의 룰 ¶ The *Rule of the 78s* is a method of computing rebates of interest on installment loans. It uses the sum-of-the-year's-digits basis in determining the interest earned by the finance company for each month of a year, assuming equal monthly payments, and gets its name from the fact that the sum of the digits 1 through 12 is 78. Thus interest is equal to 12/78ths of the total annual interest in the first month, 11/78ths in the second month, and so on. 78분모의 룰은 분할상환대출(installment loan)에서 이자의 일부상환(rebates)을 계산하는 방법을 이른다. 금융회사(finance company)는 각월의 이자를 결정할 때에, 균등액의 월차상환을 상정하여 연차합계법(年次合計法)(sum-of-the-year's-digits) 기준을 사용한다. 78분모의 룰은 1에서 12까지의 급수총화가 78인 것에서 유래한다. 이 계산방식에서는, 1개월째의 이자는 연이자 총액의 12/78와 같고, 2개월째는 11/78로 이어진다. ***Rule 144*** 룰 144 → investment letter (투자확인서); Securities and Exchange Commission rules (증권거래위원회규칙). ***rules of fair practice*** 공정거래규칙 ¶ The *rules of fair practice* are a set of rules established by the Financial Industry Regulatory Authority (FINRA), a self-regulatory organization comprising investment banking houses and firms dealing in the securities market. As summarized in the FINRA bylaws, the rules are designed to foster just and equitable principles of trade and business; high standards of commercial honor and integrity among members; the prevention of fraud and manipulative practices; safeguards against unreasonable profits, commissions, and other charges; and collaboration with governmental and other agencies to protect investors and the public interest in accordance with Section 15A of the Maloney Act. See also five percent rule; immediate family; know your customer; markdown; riskless transaction. 공정거래규칙은 장외거래시장(over the counter market)에서 거래하고 있는 투자은행(investment banker)이나 증권업자로 구성되는 자율규제단체(self-regulatory organization)인 금융업규제기구(Financial Industry Regulatory Authority: FINRA)가 정한 일련의 규칙을 말한다. 금융업규제기구(FINRA)의 부속정관에서 요약하고 있지만, 이 규칙은 거래와 영업에 관한 공정하고 공평한 규칙을 조장하는 것을 목표로 하고 있다. 즉, 회원간의 거래에서 높은 신뢰와 성실성, 사기행위 및 기망거래(fraud and manipulative practices)의 방지, 부당한 이익·수수료·청구로부터의 투자자보호, 맬로니법(Maloney Act) 15A조에 따라 투자자와 공공의 이익을 수호하기 위한 정부 및 다른 기관과의 협력이다. Five Percent Rule(5퍼센트규칙); immediate family[근친자(近親者)]; know your customer(고객숙지규칙); markdown (인하가격); riskless transaction(위험이 없는 거래)도 참조할 것.

ruling ⓐ 지배하는, 유력한, 일반의 ¶ *ruling* price 통용하는 시세, 시가(時價) (the current price)
ⓝ (*pl.*) 통달(通達)

rummage (세관공무원의) 임검(臨檢) ¶ *rummage* sale 재고품 정리판매

rumortrage 루머트라지 ¶ The *rumortrage* is a stock trader's term, combining rumor and arbitrage, for buying and selling based on rumor of a takeover. See also deal stock; garbatrage. 루머트라지는 기업매수(takeover)의 소문을 근거로 매매한다는, 루머(rumor)와 차익거래(arbitrage)를 결합시키는 주식트레이더(stock trader)의 용어이다. deal stock(매수관련종목); garbatrage(가바트라지)도 참조할 것.

run ⓥ 미치다, 경영하다 ¶ *running* the book [신디케이트론] (리드매니저에 의한) 참가은행의 선정 /*running* off the (collateral) margin 담보부족분 /*run* into debt 차금에 빠지다 /six months sight to *run* [어음] 기간이 6개월의
ⓝ 연속, 흥행, 형세, 추세, 큰 수요, 인기, (은행에의) 예금인출쇄도(on), (증권가격의) 급상승, 뱅크런, (은행의 지급불능을 예상하여) 다수의 예금자가 예금을 인출하려고 쇄도하는 것 ¶ In the case of banking, the *run* is demand for their money by many depositors all at once. If large enough, a *run* on a bank can cause it to fail, as hundreds of banks did in the Great Depression of the 1930s. Such a *run* is caused by a breach of confidence in the bank, perhaps as result of large loan losses or fraud. 은행업무에 있어서, 뱅크런은 많은 예금자로부터 동시에 예금인출의 청구를 받는 경우를 말한다. 뱅크런의 규모가 크게 된 것이면, 1930년대의 대공황(Great Depression)에서 수백 개의 은행이 떨어져 나간 것처럼 은행이 파탄하는 일도 있다. 뱅크런은 거액융자(large loan)의 회수불능이나 사기행위(fraud) 등으로 인하여 은행에 대한 신뢰감이 상실되었을 때에 일어날 수 있다. ¶ In securities, the *run* is: (1) a list of available securities, along with current bid and asked prices, which a market maker is currently trading. For bonds the run may include the par value as well as current quotes. (2) when a security's price rises quickly, analysts say it had a quick run up, possibly because of a positive earnings report. 증권에 있어서, 런은 (1) 마켓메이커(market maker)가 취급하고 있는 거래할 수 있는 증권의 매수호가와 매도호가(bid and asked)를 기재한 리스트를 이른다. 채권(bond)에 관하여는, 액면(par value)과 현재의 시세(quotation)가 게재된다. (2) 증권가격이 급격히 상승한 때에, 애널리스트(analyst)는 다분히 플러스의 이익보고의 덕분에 급등하였다(it had a quick run up, possibly because of a positive earnings report)고 말한다. /the *run* of the market 시황(市況)의 정세 /*run* (up)on a bank 뱅크런 ***run to settlement*** [영] 결제실행 ¶ The *run to settlement* is any exchanged-traded derivative contract that has been allowed to mature without being offset by an equal and opposite option or otherwise closed out, indicating that a physical or cash settlement will result. 결제실행은 균등옵션과 반대옵션에 의해서 상쇄됨이 없이 만기가 되는 것이 허용되거나 그렇지 아니하면 종결된 어떤 장내파생계약인데, 이는 현물결제나 현금결제가 일어나는 것을 가리킨다.

runaway 마구 뛰어오르는, 끝없는 ¶ *Runaway* means out of control; usually used in reference to inflation or other undesirable economic phenomena. 런어웨이는 구제할 수 없다는 뜻이다. 그 말은 인플레이션 기타 바람직하지 않은 경제현상과 관련해서 사용되기도 한다. /*runaway* inflation 악성인플레이션

rundown 요약, 상황설명 ¶ In general, the *rundown* is a status report or a summary. 일반적으로 런다운은 현상보고(status report) 또는 개요설명을 말한다. ¶ In municipal bonds, the *rundown* is a summary of the amounts available and the prices on units in a serial bond that has not yet been completely sold to the public. 지방채에 있어서, 런다운은 일반공중에게 완전히 매각하지 않은 공모연속 상환채권(serial bond)의 입수가능액과 가격에 관한 요약을 이른다.

running 작동하고 있는, 유지에 필요한 ¶ *running* account 사용중의 계정, 당좌계정 /*running* bill 유통어음 /*running* cost [expense] 운영비 /*running* day 연일수(延日數), 연속일수(일요, 휴일도 들어가는) /*running* form 보고형식 /*running* stock 정상재고(正常在庫) /a *running* yield 현재이율 ***running ahead*** 러닝어헤드 ¶ *Running ahead* is a illegal practice of buying or selling a security for a broker's personal account before placing a similar order for a customer, also called front running. For example, when a firm's analyst issues a positive report on a company, the firm's brokers may not buy the stock for their own accounts before they have told their clients the news. Some firms prohibit brokers from making such trades for a specific period, such as two full days from the time of the recommendation. 러닝어헤드는 고객의 주문을 내기 전에 외무원(broker)의 자기계좌에서 매매를 행하는 위법한 매매거래를 말한다. 이를 front running이라고도 한다. 예를 들면, 증권회사의 애널리스트(analyst)가 있는 회사에서 적극적인 전망을 내는 경우에, 그 회사의 외무원은 고객에게 그 뉴스를 말하기 전에 자기의 계좌에서 주식을 매입할 수 없다. 회사에 따라서는, 애널리스트가 추천할 때로부터 일정한 기간 (예컨대 2일간) 외무원이 자기거래를 하는 것을 금지하고 있다.

runoff 장기적 감소, 시세의 최종가(最終價) ¶ The *runoff* is a printing of an exchange's closing prices on a ticker tape after the market has closed. The *runoff* may take a long time when trading has been very heavy and the tape has fallen behind the action. 런오프는 시장이 종료한 후에 티커테이프(주식시세표테이프)에 거래소의 종가(closing price)를 인자(印字)하는 것이다. 거래량이 너무 많아서 테이프인자(印字)가 실제의 거래보다 크게 늦은 때에는, 런오프에 오랜 시간이 걸리는 경우도 있다.

rupee 루피 ¶ The standard currency unit of India, Pakistan, and Nepal, divided into 100 paisa; and of Mauritius, the Seychelles, and Sri Lanka, divided into 100 cents. 인도, 파키스탄, 및 네팔의 기준화폐단위, 1 루피(rupee) = 100 파이자(paiza). 모리셔스, 세이셸 및 스리랑카의 기준화폐단위, 1 루피(rupee) = 100 센트(cents).

rupiah 루피아 ¶ The standard currency unit of Indonesia, divided into 100 sen. 인도네시아의 기준화폐단위, 1 루피아(rupiah) = 100 센(sen).

rupture 결렬(決裂), 불화 ¶ unable to avoid a fundamental *rupture* 근본적인 결렬을 피할 수 없는 /The negotiation came to a *rupture*. 교섭은 결렬되었다. /a *rupture* in a storage tank 저장탱크의 파열

rush 어수선한 활동상황, 거래 등의 쇄도 ¶ Rising land values resulted in a great *rush* to sell. 토지의 가격이 올라서 매도가 쇄도했다. /A sudden *rush* of business kept us working hard, 갑자기 일거리가 많아져서 우리를 계속 정신없이 일하게 하였다.

rushed 급한, 어수선한, 서두르는 ¶ *rushed* buying 서두르는 매입 /*rushed* selling 서두르는 매도

Russel Indices 러셀 지수군(指數群) ¶ The *Russel Indices* are float market-capitalization-weighted U.S. equity indices launched in 1984 by the Russel Investment Group of Tacoma, Washington, to measure market segments and better tract the performance of investment managers. The *Russel Indices* are widely quoted on TV and radio and in newspapers, and are used as benchmarks for more than $2.5 trillion invested in mutual and pension funds. The company offers a family of 24 U.S. equity indices, all of them subsets of the Russel 3000 index, a broad index that measures the performance of the 4,000 largest U.S. companies based on market capitalization, approximately 99% of the U.S. equity market. The stocks in the index have a market capitalization range of approximately $55 million to $387 billion, with a weighted average of $73.8 billion; the median market capitalization is approximately $540 million. 러셀 지수군(指數群)은 주식시장의 구석구석을 평가하고 투자운용자의 실적을 더 잘 추적하기 위하여, 워싱턴주 타코마(Tacoma)의 러셀 인베스트먼트그룹(Russel Investment Group)이 발표하는 부동주(浮動株) 베이스의 시가가중(market-capitalization-weighted)방식의 미국의 주가지수(equity index)를 말한다. 러셀지수는 텔레비전, 라디오, 신문에서 널리 인용되며, 25조 달러에 달하는 뮤추얼펀드(mutual fund)나 연금기금(pension fund)의 기관투자자는 투자성적의 척도(benchmark)로서 잘 이용된다. 동사(同社)는 24개의 미국주가지수를 제공하고 있으나, 어느 것이나 러셀 3,000종목 지수(Russel 3,000 Index)의 소그룹이다. 러셀 3,000종목 지수란 것은 시가총액(market capitalization) 베이스에서 미국 주식시장의 약 98%를 차지하는 상위 4,000사의 주가실적을 측정한다. 이 지수에 들어가 있는 회사의 시가총액은 약 5,500만 달러에서 3,870억 달러에 이르고, 시가총액의 가중평균치는 738억 달러, 중간치(median)의 시가총액은 약 5억4,000만 달러로 되고 있다.

Russia currency 러시아 화폐 ¶ rouble, divided into 100 kopecks. 1 루블(rouble) = 100 코펙(kopecks).

Russian Trading System Stock Exchange (RTS) 러시아증권거래소 시스템 ¶ The *Russian Trading System Stock Exchange* (*RTS*) is an electronic system established in Russia in 1995, consolidating various regional trading floors into one exchange. Originally *RTS* was modeled on NASDAQ's trading and settlement software, but in 1998 is switched to an in-house product. The *RTS* Index is the main benchmark for the 50 most liquid and capitalized companies on the exchange. The *RTS* product line includes *RTS* Classic Market, the only trading platform in Russia that allows for settlement in both rubles and dollars; *RTS* T+O Market, securities trading for retail investors; RTS Board, for securities not listed on the exchange; and FORTS, for futures and options trading. 러시아증권거래소 시스템은 러시아의 여러 지방의 증권거래소(trading floor)를 통합하여 1995년에 창설한 전자시스템이다. RTS는 원래 나스닥(NASDAQ)의 거래와 결제에 관한 소프트웨어를 모형으로 하고 있었으나, 1998년에 자신의 제품으로 전환하였다. RTS의 지수는 증권거래소에 상장되고 있는 50개의 가장 유동자본을 갖춘 회사들의 주된 지표(指標)가 되고 있다. RTS의 전자 시스템에는 러시아에서 루블과 달러의 결제를 허용하는 유일한 거래장소인 RTS의 Classic Market(전통적인 시장), 소매투자자들의 증권거래소인 RTS T+O Market, 증권거래소에 상장되어 있지 아니한 증권을 위한 RTS Board(보드)와 선물 및 옵션거래를 FORTS를 포함한다.

rust belt 쇠퇴한 공업지대 ¶ The *rust belt* is a geographical area of the United States, mainly in Pennsylvania, West Virginia, and the industrial Midwest, where iron and steel is produced and where there is a concentration of industries that manufacture products using iron and steel. Term is used broadly to mean traditional American manufacturing with its largely unmodernized plants and facilities. 쇠퇴한 공업지대는 주로 펜실베이니아, 웨스트버지니아, 중서부 공업지대의 지역이고, 거기서는 철강이 생산되고 철강제품의 제조업이 집중되어 있다. 이 용어는 전체적으로 전근대적인 공업설비를 갖춘 미국의 전통적 제조업을 의미하는 것으로서 널리 사용되고 있다.

철강제조업의 몰락이여!

S

sa → **s**easonally **a**djusted [약] 계절조정치(季節調整值)

s.a. → semi-**a**nnual [약] 연 2회의

S.A. → **s**ociedad **a**nonima [약] [스페인] 주식회사; **s**ociété **a**nonyme [프] 주식회사

sabotage [프] 사보타주 ¶ *Sabotage* is direct interference with or destruction of productive capabilities in a plant or factory by those opposed to a company's management or to the country in time of warfare. Saboteurs perform such acts. Disgruntled employees can often be industrial saboteurs. 사보타주는 회사의 경영진이나 전시중의 국가에 반대하는 사람들이 플랜트 또는 공장에서 생산능력에 직접 간섭하거나 이를 파괴하는 것을 말한다. 사보타주를 하는 자들은 이러한 행위를 하는 자들이다. 불만이 있는 근로자들은 종종 산업현장의 사보타주를 하는 자들일 수 있다.

sacrifice 희생 ¶ *sacrifice* price 희생가격, 투매가격 /*sacrifice* sale 투매

safe ⓐ 안전한, 차이가 없는, 확실한 ¶ *safe* alarm 안전경보기 /*safe* bill 안전한 어음 /*safe* custody receipt 보호예치증 /*safe* custody 보호예치, 보관 /*safe* custody register 보호예치장(預置帳) /*safe* custody vault 보호예치금고 /*safe* deposit 보호예치, 보관 /*safe* deposit box 대여금고(貸與金庫) /*safe* deposit vault 보호예치금고, 대여금고실 /*safe* investment(s) 안전한 투자 /*safe* keeping 안전한 보관 /*safe* receipt 보호예치증 /*safe* register 보호예치장(預置帳) ***safe harbor*** 세이프하버, 적접기준, 피난장소 ¶ The *safe harbor* is: (1) in general, any recourse offering protection from threatened loss. For example, during the global financial debacle following the bankruptcy of Lehman Brothers in 2008, foreign investors bought U.S. treasury securities in the belief they were free of default risk and thus represented a *safe harbor*. (2) a provision in a law that excuses liability if the attempt to comply in good faith can be demonstrated. For example, *safe harbor* provisions would protect management from liability under Securities and Exchange Commission rules for financial protections made in good faith. (3) a form of shark repellent whereby a target company acquires a business so onerously regulated it makes the target less attractive, giving it, in effect, a *safe harbor*. 세이프하버는 (1) 일반적으로 절박한 손실로부터 보호를 제공하는 의지(recourse)를 말한다. 예를 들면, 리먼 브러더스(Lehman Brothers)의 도산에 이어진 글로벌 금융위기기간에, 외국의 투자자들은 미국의 재무부증권(U.S. treasury securities)은 디폴트의 위험에서 자유롭고 그러므로 안전한 피난장소가 된다고 믿고 그 미재무부증권을 매입하였다. (2) 시도(試圖)가 선의로 한다는 것이 입증되면 책임을 면한다는 법률상의 조항을 이른다. 예를 들면, 세이프하버 조항은 경영자가 선의로 금융행위를 한 것에 관한 미증권거래위원회(Securities and Exchange Commission: SEC)규칙에 의하여 경영자의 책임을 보호한다. (3) 기업사냥에 대한 방어책인 상어구축제(shark repellent)의 하나의 방법이다. 매수대상회사(target company)가 번거로운 규제를 받는 사업을 매수하는 경우인데, 이로써 매수대상으로서의 매력을 감소시키는 것을 말한다. 이 대책을 강구함으로써 사실상 세이프하버를 제공하게 되는 셈이다. ~ ***harbor rule*** [영] 세이프 하버룰 ¶ The *safe harbor rules* is a provision in law or regulation that permits a company to avoid liability if it is attempting to comply with rules in good faith. Examples include: the repurchase of treasury stock is permissible under rules that normally prohibit a company from repurchasing it own securities; the disposal of collateral upon default by a counterparty to a derivative contract (or repurchase agreement) is allowed under automatic stay rules that normally forbid disposal; the limited resale of securities that have not been registered is permissible under rules that otherwise ban such sales. 세이프 하버룰은 회사가 선의로(at good faith) 규정을 따르기로 기도하고 있는 경우에 책임을 회피하도록 하는 법률의 조항 또는 규정(規定, regulation)을 말한다. 실례로서는, 회사가 자신의 증권을 환매하는 것을 통상 금지하는 룰 하에서는 금고주(treasury stock)의 환매는 허용된다. 통상 담보물의 처분을 금지하는 자동정지규범(automatic stay rule) 하에서는 파생계약(또는 환매약정)에 대한 거래상대방에 의해서 채무불이행시에 담보물의 처분을 허용된다. 등록되지 않은 증권의 제한적 전매(轉賣)는 그렇지 않으면 그러한 매각을 금지하는 규범하에서 허용된다. ~ ***haven currency*** 세이프헤이븐 커런시 ¶ The *safe haven currency* is a national currency that is secured politically. 세이프헤이븐 커런시는 정치적으로 안정된 국가의 화폐를 말한다.

[n.] 금고 ¶ fire-proof *safe* 내화(耐火)금고 /loaned *safe* 임차한 금고 /night-*safe* facility 야간금고설비 /*safe*-alarm 금고용 자동경보기 /*safe* cracker 금고털이 ***safe burglary insurance*** 금고도난보험 ¶ The *safe burglary insurance* is a coverage against a loss resulting from the forcible entry of a safe. In order for this coverage to be applicable, there must be signs of forcible entry into the premises in which the safe is located. 금고도난보험은 금고의 강제침입으로 인한 손실에 대한 보험범위를 말한다. 이런 보험범위가 적용되기 위하여는, 금고가 놓여 있는 자리(premises)에 강제 침입한 흔적이 있어야 한다.

safeguards [무역] (GATT규정의) 긴급수입제한 ¶ Two forms of multilateral *safeguards* are permitted by the General Agreement on Tariffs and Trade (GATT). (1) a country's right to impose temporary import controls or other trade restrictions to prevent commercial injury to domestic industry. (2) the corresponding right of domestic exporters not to be deprived arbitrarily of access to markets. 관세 및 무역에 관한 일반협정(GATT)에 의해서 허용되는 다변적인 긴급수입제한(safeguards)은 2가지의 형태가 있다. (1) 국내산업에 미치는 상업적 손해를 방지하기 위하여 임시수입규제 또는 기타의 통상제한을 가하는 권리, (2) 시장접근을 임의로 빼앗기지 않도록 하는 국내수출업자의 상응하는 권리이다.

safekeeping 보관, 보호, 보호예치 ¶ *Safekeeping* is storage and protection of a customer's financial assets, valuables, or documents, provided as a service by an institution serving as agent and, where control is delegated by the customer, also as custodian. An individual, corporate, or institutional investor might rely on a bank or a brokerage firm to hold stock certificates or bonds, keep track of trades, and provide periodic statements of changes in position. Investors who

물샐틈 없는 대여금고

provide for their own *safekeeping* usually use a safe deposit box, provided by financial institution for a fee. See also selling short against the box; street name. 보호예치는 대리인(agent)을 맡는 금융기관이 제공하는 서비스로, 고객의 금융자산, 귀중품, 서류 등을 보관·보호하는 것이다. 고객으로부터 위임을 받은 경우에는, 보관자(custodian)로서 보관업무에 종사한다. 개인, 법인, 기관투자자(institutional investor)는 주권(stock certificate)이나 채권(bond)의 보관, 거래의 기록, 포지션(position)의 변화에 관한 정기보고를 은행이나 증권회사에 맡기는 경우가 많다. 자기자신이 증권을 보관하는 투자자는 통상 금융기관이 수수료를 받고 제공하는 대여금고(貸與金庫, safe deposit box)를 이용한다. selling short against the box(보호예치중의 증권의 신용판매); street name(증권회사명의)도 참조할 것. /a *safekeeping* charge 보호예치료 /*safekeeping* deposit 보호예치 /*safekeeping* receipt 보호예치증

safety 안전 ¶ *safety* custody 보호예치 /*safety* deposit 보호예치 /*safety* deposit box 대여금고(貸與金庫) /*safety* factor (금리와 수입의) 안전비율 /a *safety* margin 안전계수 /*safety* stock 안전재고량 ***safety net*** 안전망, (금융상의) 안전조치, 금융위기에의 사후적 대응책(구제합병, 중앙은행융자, 예금보험 등) ¶ The *safety net* is umbrella protections given bank customers by federal banking regulations. In general, these protections are the following: federal deposit insurance insuring depositor accounts up to $100,000 from the Federal Deposit Insurance Corporation; access to the Federal reserve discount window, a source of short-term credit to Financial Institutions; and access to the Federal Reserve payment system for clearing checks and other inter-bank payments. The Gramm-Leach-Billey Act of 1999 did not change the focus of the *safety net*, but it segregated the non-banking services such as broker-dealer activities, merchant banking, and insurance sales by bank subsidiary companies from insured financial institutions. (금융상의) 안전망은 연방은행규정들이 은행고객에게 부여하는 포괄적인 보호장치를 말한다. 일반적으로, 이러한 보호장치는 다음과 같다. 예금자를 보험가입자로 하는 연방예금보험은 연방예금보험공사(Federal Deposit Insurance Corporation: FDIC)에서 10만 달러까지 보장하며, 연방준비은행 할인창구, 금융기관의 단기금융의 재원의 이용방법, 수표교환 기타 은행간 지급을 위한 연방준비금제도의 이용방법 등이다. 1999년의 그램-리치-빌리법(Gramm-Leach-Billey Act of 1999)에서는 금융상의 안전망의 핵심을 변경하지 않았으나, 브로커-딜러의 업무와 같은 비은행업무, 상업은행업무와 보험가입의 금융기관의 은행자회사에 의한 보험판매(insurance sales)를 분리시켰다. ***safety net return*** 세이프티 네트리턴 → contingent immunization (콘틴전트 이뮤니제이션전략).

sag [v.] 하락하다 ¶ a *sagging* market 내림세 시황(市況)
[n.] 소하락(小下落), 내림세

SAIF → Savings Association Insurance Fund [약] 저축금융기관보험기금 ¶ The *Savings Association Insurance Fund* (*SAIF*) is a U.S. government entity created by Congress in 1989 as part of its savings and loan association bailout bill to replace the Federal Savings and Loan Insurance Corporation (FSLIC) as the provider of deposit insurance for thrift institutions. *SAIF* (rhymes with safe) was administered by the Federal Deposit Insurance Corporation (FDIC) separately from its bank insurance program, called the Bank Insurance Fund (BIF). 저축금융기관보험기금은 저축대출조합(Savings and Loan Association)구제법안의 일부로서, 미연방저축대출보험공사(Federal Savings and Loan Insurance Corporation: FSLIC)에 갈음하는 저축금융기관을 위한 예금보험제공자로서, 1989년의 의회에서 설립된 미합중국정부기관이다. (safe와 같은 운(韻)으로 발음되는) SAIF

는 은행보험기금(Bank Insurance Fund: BIF)으로 이름을 바꾼 은행보험프로그램과는 별개로, 미연방예금보험공사(Federal Deposit Insurance Corporation: FDIC)에 의하여 관리된다.

salable; saleable 팔기에 적합한, (값이) 적당한

salam [아랍] 살람 ¶The *salam* is a prepaid forward contract used in Islamic finance in order to adhere to rules which prohibits the exchange of riba (interest). See also ijara; murabaha; sukuk. 살람은 리바(이자)의 교환을 금지하는 법규를 지키기 위하여 이슬람금융에서 사용되는 선급선물계약(prepaid forward contract)이다. ijara(이자라); murabaha(무라바하); sukuk(수쿡)도 참조할 것.

salary 급여 ¶*Salary* is regular wages received by an employee from an employer on a weekly, byweekly, or monthly basis. Many salaries also include such employee benefits as health and life insurance, savings plans, and Social Security. *Salary* income is taxable by the federal, state, and local government, where applicable, through payroll withholding. 급여는 매주, 격주, 또는 매월 고용주로부터 종업원에게 지급되는 임금을 이른다. 많은 경우, 급여에는, 건강·생명보험, 저축플랜, 및 사회보장(Social Security)의 종업원복리(employee benefits)가 포함되고 있다. 급여소득에는 연방, 주, 지방세가 과세되고, 적용할 수 있는 한, 원천징수(payroll withholding)가 된다. /*salary* deposit 급여납입 /*salary* sheet 임금지급장(帳) ***salary freeze*** 급여동결 ¶*Salary freeze* is cessation of increase in salary throughout a company for a period of time. Companies going through a business downturn will freeze salaries in order to reduce expenses. When business improves, salary increases are frequently reinstated. 급여동결은 전회사 베이스로 급료의 증가가 일정한 기간 정지되는 경우이다. 업적이 저하하고 있는 회사는 경비삭감을 위하여 급여를 동결하는 일이 있다. 업적이 개선되면 급료의 증가가 부활하는 경우가 많다. ~ ***reduction plan*** 급여공제제도 ¶The *salary reduction plan* is a plan allowing employees to contribute pretax compensation to a qualified tax deferred retirement plan. Until the Tax Reform Act of 1986, the term was synonymous with 401(k) plan, but the 1986 act prohibited employees of state and local governments and tax-exempt organizations from establishing new 401(k) plans and added restrictions to existing government and tax-exempt unfunded deferred compensation arrangements and tax-sheltered annuity arrangements creating, in effect, a broadened definition of *salary reduction plan.* 급여공제제도는 종업원의 조세공제전 급여에서 적격과세순연퇴직금제도(qualified tax deferred retirement plan)에의 공제출연을 인정하는 제도이다. 1986년의 조세개혁법(Tax Reform Act of 1986)이 시행되기까지는, 이 용어는 401(k)플랜(401(k) plan)과 동의어였다. 그러나 1986년의 법률은 주·지방정부와 면세단체(tax-exempt organization)의 피고용자가 새로운 401(k)제도를 설정하는 것을 금지하여 사실상 급료공제제도의 정의를 확대함으로써 기존의 정부나 면세단체에 의한 자금적립을 수반하지 않는 과세순연급여제도(unfunded deferred compensation arrangement)나 절세연금제도(tax-sheltered annuity arrangement)에 제한을 가하였다. ~ ***reduction simplified employee pension plan (SARSEP)*** 급여공제간이종업원연금제도 ¶The salary *reduction simplified employee pension plan* (*SARSEP*) is the simplified employee pension plan (SEP) allowing employees to contribute pretax through salary reduction. *SARSEP* is a simpler alternative to a 401(k) plan and is also know as a 408(k) Plan. 급여공제간이종업원연금제도는 조세공제전의 출연금(pre-tax contribution)을 급여공제로 할 수 있도록 하는 간이종업원연금제도(simplified employee pension plan: SARSEP)이다. 급

여공제간이종업원연금제도(SARSEP)는 401(k)연금제도(401(k) plan)를 보다 간단하게 한 제도로, 408(k) plan으로서 알려져 있다.

sale 판매, 매매, 팔리는 상태, (*pl.*) 매상총액 ¶In general, *sale* is any exchange of goods or services for money. Contrast with barter. 일반적으로, 매매는 금전과의 교환으로 상품 또는 서비스를 제공하는 것이다. 물물교환(barter)과 대비된다. ¶In finance, *sale* is income received in exchange for goods and services recorded for a given accounting period, either on a cash (as received) or on an accrual basis (earned). See also gross sales. 재무에 있어서, 매상은 상품 및 서비스와 상환으로 받는 수입으로, (실현한) 현금베이스 또는 (가득(稼得)된) 발생베이스의 어느 방법으로 소여(所與)의 회계연도에 기록되는 경우이다. gross sales(총매상액)도 참조할 것. ¶In securities, a *sale* is executed when a buyer and a seller have agreed on a price for the security. 증권에 있어서, 매매는 매도인과 매수인이 거래가격에 합의한 때에 집행된다. /dollar *sale* 달러매도 /forward *sale* 선매(先賣) /a *sale* amount 매매총액 /*sale* and repurchase agreement 환매특약부 매각 /*sale* and [or] return 판매하지 않았다면 반품해도 상관없는) 해제조건부 매매 /a *sale* budget 매상총액예산 /*sale* by actual inspection 실견(實見)매매 /*sale* by credit 외상매매(계좌) /*sale* by description 표시에 의한 매매, 설명매매 /*sale* by sample 견본매매 /*sale* by specification 명세서매매, 사양서(仕樣書)매매 /*sale* by standard 표준품매매 /*sale* credit 외상매출금 /*sale* discount 매상(현금)할인 /*sale* finance company 판매금융회사 /*sale* forecasting 판매예측 /*sale* for future delivery 선물매매 /*sale* literature (투자 등의) 설명자료 /*sale* mix 판매조합, 상품구성 /*sale* of currency 통화의 매매 /*sale* on commission 위탁판매 ***matched sale-purchase transaction* [*operation*]** 환매조건부 매도오퍼 ¶*Matched sale purchase transaction* is federal open market committee procedure whereby the Federal Reserve Bank of New York sells government securities to a nonbank dealer against payment in federal funds. The agreement requires the dealer to sell the securities back to a specified date, which ranges from one to 15 days. The Fed pays the dealer a rate of interest equal to the discount rate. These transactions, also called reverse repurchase agreements, decrease the money supply for temporary periods by reducing dealer's bank balance and thus excess reserves. The Fed is thus able to adjust an abnormal monetary expansion due to seasonal or other factors. See also repurchase agreement. 환매조건부 매도오퍼는 뉴욕연방준비은행(Federal Reserve Bank of New York)이 정부증권(government securities)을 논뱅크딜러에게 페더럴펀드(federal funds)로의 결제에 의하여 매도하는 연방공개시장위원회(federal open market committee)의 절차를 이른다. 이 약정은 그 딜러에게 1일에서 15일 후의 지정된 날에 그 증권을 환매하는 것을 의무로 하고 있다. 연방준비은행(Federal Reserve Bank)은 딜러에게 공정비율과 같은 금리를 지급한다. 이러한 거래는 리버스 레포거래(reverse repurchase agreement)라고도 하며, 딜러의 예금잔액을 감하고 나아가서는 과잉준비금(excess reserves)을 감해줌으로써 머니서플라이(money supply)를 일시적으로 감소시킨다. 이렇게 하여 연방준비은행은 계절적인 요인이나 기타의 요인에 의한 머니서플라이의 이상(異常)한 확대를 조정할 수 있다. repurchase agreement(환매특약)를 참조할 것. ***sale(s) and lease back*; ~*-leaseback*** [부동산] 리스계약부 매각, 세일앤드 리스백 ¶The *sale and leaseback* is a form of lease arrangement in which a company sells an asset to another party – usually an insurance or finance company – in exchange for cash, then contracts to lease the asset for a specified term. Typically, the asset is sold for its market value, so the lessee has really acquired capital that would otherwise have been tied up in a long-term asset. 세일앤드 리스백은 회사가 거래상대(통상은 보험, 금융회사)에게 현금과 상환으로 자산을 매각하고, 동시에 특정기간에 그 자산을 임차할 것을 약정하는 리스형태를 말한다. 일반적으로, 자산은 시장가격으로 매각되는 것이므로, 임차인은 매각치 않으면 장기자산으로서 고정화하고 있던 자본을 현금화할 수 있다. ***~s charge*** 판매수수료 ¶ The *sales charge* is a fee paid to a brokerage house by a buyer of shares in a load mutual fund or a limited partnership. Normally, the *sales charge* for a mutual fund starts at 4.5% to 5% of the capital invested and decreases as the size of the investment increases. The *sales charge* for a limited partnership can be even higher – as much as 10%. In return for the *sales charge*, investors are entitled to investment advice from the broker on which fund or partnership is best for them. A fund that carries non sales charge is called a no-load fund. See also back-end load; front-end load; letter of intent; load fund; redemption fees; 12B-1 mutual fund. See also mutual fund share class. 판매수수료는 로드뮤추얼펀드(load mutual fund)나 리미티드 파트너십(limited partnership)의 주식구입자가 증권회사에 지급하는 수수료를 이른다. 일반적으로 뮤추얼펀드의 판매수수료는 투하자본액의 4.5%에서 5%이지만, 투자액이 크게 된다면 감소한다. 리미티드 파트너십의 수수료는 가장 높고, 10%나 되는 경우도 있다. 판매수수료에 대한 반대급부로서, 어느 펀드나 파트너십이 투자자에게 베스트인지, 증권회사로부터 투자어드바이스를 받는다. 판매수수료를 지급할 필요가 없는 펀드는 노로드펀드(no-load fund)라고 한다. back-end load(해약수수료); front-end load(판매수수료); letter of intent(의사통지서); load fund(판매수수료부 펀드); redemption fees(상환수수료); 12B-1 mutual fund(12B-1 뮤추얼펀드)도 참조할 것. mutual fund share class(뮤추얼펀드수익증권클래스)도 참조할 것. ***~ contract*** 매매계약서(a contract sheet), 판매계약 ¶ A *sale contract* is a contract for the sale of goods under which the ownership of goods is transferred from a seller to a buyer for a price. 매매계약서는 물품의 소유권이 대가를 받고 매도인으로부터 매수인에게 이전되는 물품매매의 계약서를 이른다. ***~s literature*** 판매자료 ¶ In general, *sales literature* is written material designed to help sell a product or s service. 일반적으로, 판매자료는 제품이나 서비스의 판매촉진용으로 작성된 문서에 의한 자료를 말한다. ¶ In investments, *sales literature* is written material issued by a securities brokerage firm, mutual fund, underwriter, or other institution selling a product that explains the advantages of the investment product. Such literature must be truthful and must comply with disclosure regulations issued by the Securities and Exchange Commission and state securities agencies. 투자에 있어서, 판매자료는 증권회사(brokerage firm), 뮤추얼펀드(mutual fund), 인수업자(underwriter), 기타 상품판매회사가 발행하는, 투자상품의 메리트에 관하여 설명한 문서자료이다. 이런 종류의 자료는 진실이어야 하고, 미증권거래위원회(Securities and Exchange Commission: SEC)나 주(州)증권당국(state securities agencies)이 정하는 개시규제(disclosure regulations)에 따른 것이어야 한다. ***~s load*** 판매수수료 → sales charge (판매수수료). ***~s tax*** 매상세 ¶ The *sales tax* is a tax based on a percentage of the selling price of goods and services. State and local government assess sales and decide what percentage to charge. The retail buyer pays the *sales tax* to the retailer, who passes it on the *sales tax* collection agency of the government. For an item costing $1,000 in a state with a 5% *sales tax*, the buyer pays $50 in *sales tax*, for a total of $1,050. Individuals can deduct state and local general *sales taxes*, including compensating use taxes, instead of state and local income taxes on their federal income tax returns. 매상세는 상품이나 서비스의 판매가격에 일정한

S

비율을 곱한 세금이다. 주(州)와 지방정부가 매상세를 부과하고, 세율을 결정한다. 소비자는 소매업자에게 매상세를 지급하고, 소매업자는 그것을 매상세징수사무소(sales tax collection agency)에 인도한다. 매상세율이 5%의 주에서 1,000달러의 물품을 구입한다면 50달러의 매상세가 부과되어 총액은 1,050달러가 된다. 개인은 연방소득세신고할 때 주(州) 및 지방소득세 대신에, 보상사용세((compensating use tax)를 비롯하여 주와 지방의 일반매상세를 공제할 수 있다. ***short*** ~ 공매(空賣) ¶ *Short sale* is sale of security without ownership in the hopes of a price decline that will allow repurchase at a lower price. The broker typically borrows the stock from another customer to deliver for the *short sale*. Those who maintain short positions are responsible for dividends and face constant threats of a price rise; they face the risk that the security can no longer be borrowed, especially for thinly traded securities. 공매는 가격하락이 낮은 가격으로 환매를 허용하리라는 희망 아래에서 증권의 소유권 없이 증권을 매도하는 경우이다. 브로커는 일반적으로 공매에 대한 인도를 하기 위하여 다른 고객으로부터 주식을 차입한다. 매도초과포지션(short position)을 유지하는 브로커는 이익배당에 책임을 지게 되고 끊임없이 가격인상의 위협에 직면한다. 말하자면 그들은 특히 드문드문 거래되는 증권에 관하여 증권이 더 이상 차입될 수 없다는 위협에 직면하게 된다.

Sallie Mae 샐리메이, 미국장학금융자공사 ¶ The *Sallie Mae* is a publicly traded stock corporation, formally called the SLM Corporation, that guarantees student loans traded in the secondary market. It was created by Congress in 1972 to increase the availability of education loans to college and university students made under federally sponsored Guaranteed Student Loan Program and the Health, Education Assistance Loan Program. *Sallie Mae* began privatization in 1997 and at the end of 2004 terminated its GSE charter, cutting its ties to the federal government. *Sallie Mae* purchases student loans from originating financial institutions and provides financing to state student loan agencies. 샐리메이(미국장학금융자공사)는 유통시장에서 학생채권(student loan)을 보증하는 공개주식회사이고, 이를 정식으로는 SLM(Student Loan Marketing Corporation)공사라고 한다. 샐리메이는 1972년에 연방정부가 후원하는 학자금융자보증프로그램과 의료·교육지원융자프로그램에 의하여 교육채(債)를 칼리지 및 유니버시티학생에게 이용하게 하는 것을 늘리기 위하여 미국의회가 창설한 것이었다. 샐리메이는 1997년에 사유화(privatization)를 시작하여 2004년 말에 연방정부와의 연관을 끊고 정부계 기업(GSE: Government sponsored enterprises)의 정관을 마무리 지었다. 샐리메이는 참신한 금융기관으로부터 학생채권를 구입하여 주(州)학생채권기관(student loan agency)에 대하여 자금조달을 제공한다.

salvage ⓝ 해난구조, 재화의 구출 ***salvage value*** 처분가격, 전용(轉用)가격, 잔존가격 ¶ *Salvage value* is estimated value of a property when the taxpayer completes his use of the property. In determining the amount of depreciation allowable, salvage value must be subtracted from basis. *Salvage value* is ignored by the MACRS and ACRS rules. 처분가격은 납세자가 재산의 사용을 완료하는 경우에 재산의 예상가격을 말한다. 감가상각 준비금액을 결정함에 있어서, 처분가격은 기준에서 공제되어야 한다. 처분가격은 수정가속상각제도(MACRS: Modified Accelerated Cost Recovery System)와 가속상각제도(ACRS: Accelerated Cost Recovery System)에 의하여 무시된다. → residual value (잔존가액)
ⓥ 구출하다

same 같은, 동일한 ¶ over the *same* period of the preceding year 전년동기비(前年同期比) /*same*-day settlement 동일일(同一日)결제(외국은행에서의 지급지시에 대

한 동일일커버자금입금을 말한다.) ***same-day funds settlement (SDFS)*** 동일일(同一日)자금결제 ¶The *same-day funds settlement* is a method of settlement in good-the-same-day federal funds used by the depository trust company for transactions in U.S. government securities, short-term municipal notes, medium-term commercial paper notes, collateralized mortgage obligations (CMOs), dutch auction preferred stock, and other instruments when both parties to the trade are properly collateralized. 동일일자금결제는 미국채, 단기지방채, 중기커머셜페이퍼, 모기지 담보채권, 네덜란드옥션 우선주 등의 거래에서, 양당사자 모두 자산의 뒷받침이 있는 경우에, 예탁신탁회사에 의해서 페더럴펀드 금리로 행하는 동일일자 결제방법을 말한다. ***~-day substitution*** 동일대체 ¶*Same-day substitution* is offsetting changes in a margin account in the course of one day, resulting in neither a margin call nor a credit to the special miscellaneous account. Examples: a purchase and a sale of equal value; a decline in the market value of some margin securities offset by an equal rise in the market value of others. 동일대체는 1일의 과정에서 신용거래계좌(margin account)에서 차감계산이 일어나는 변화이고, 결과적으로 추증(追證)(margin call)에도, 신용거래특별각서계좌(special miscellaneous account)에의 입금에도 변화는 생기지 않는다. 예를 들면, 같은 가액의 증권의 매도와 매수를 한 경우라든가, 어느 보유증권의 시장가격(market value)의 하락이 다른 보유증권의 가격상승에서 상쇄되는 경우가 상당하다.

sample 견본, 시공품(試供品) ¶*Sample* is group of items chosen from a population. In statistics, it is used to estimate the properties of a population. 견본은 모집단(母集團)에서 추출된 항목의 그룹을 말한다. 통계학에서, 그것은 모집단의 특성을 예상하는 데 이용된다.

sampling 견본추출, 표본추출 ¶*Sampling* is selecting and examining a subset of a population in order to reach certain conclusions about the characteristics of the population: The manufacturer found that extensive sampling of its products allowed it to pinpoint quality problems and improve its manufacturing process. 견본추출은 인구특성에 관한 어떤 결론에 도달하기 위하여 어떤 부류의 인구를 선택하여 조사하는 경우이다. 즉, 제조업자는 자신들의 제조품의 광범한 견본추출로 인하여 품질문제를 꼭 집어내어 제조품의 제조과정을 개선할 수 있었음을 알아차렸다. ¶In sales promotion, *sampling* is offering a product or a small portion of it to consumers at little or no cost in order to stimulate regular usage. 판매촉진에 있어서, 견본추출은 정기적인 사용을 촉진하기 위하여 소비자에게 조금씩 또는 무료로 제품이나 그 제품의 일부분을 제공하는 것이다. /*sampling* inspection 견본검사

Samurai [일본] 무사(武士) ***Samurai bonds*** 일본의 엔화표시의 외채(일본의 채권시장에서 엔화표시에 의해서 발행된 외국발행자의 채권을 말한다.), 사무라이 본드 ¶*Samurai bonds* are bonds denominated in yen issued by non-Japanese companies for sale mostly in Japan. The bonds are not subject to Japanese withholding taxes, and therefore offer advantages to Japanese buyers. 사무라이 본드는 외국의 발행단체가 발행하는 엔화표시의 채권이고, 대부분이 일본시장에서 판매된다. 동 채권은 일본의 원천징수과세(withholding tax)가 일어나지 않으므로, 일본의 투자자에게는 유리하다. ***Samurai CP*** 사무라이 CP ¶*Samurai CP* is commercial papers that are issued in the Japanese domestic market by non-residents such as foreign companies. 사무라이 CP는 외국기업 등 비거주자가 일본 국내시장에서 발행하는 커머셜페이퍼(commercial paper)를 말한다.

sanction ⓝ 재가(裁可), 제재 ¶economic [trade] *sanctions* 경제[통상]제재 /impose [lift, remove] *sanctions* against Cuba 쿠바에 대한 제재를 가하다[해제하다] /legal *sanctions* 법적 처벌

[v.] 재가하다, 시인하다, 제재하다

sandwich 샌드위치 ***sandwich generation*** 샌드위치세대 ¶ The *sandwich generation* is a middle-aged working people who feel squeezed by the financial pressures of supporting their aging parents, the costs of raising and educating their children, and the need to save for their own retirement. 샌드위치세대는 고령화한 부모의 부양, 자녀의 양육 · 교육비용, 자기 자신의 은퇴후의 대비의 필요 등, 재정적 압력에 뭉개져 버리고 있다고 느끼는 중년의 근로자들이다. ~ ***lease*** [영] 샌드위치 리스 ¶ The *sandwich lease* is a lease transaction where a party leases equipment from one party and then sublease the same equipment to a second party, becoming a lessor and lessee in the process both earning and paying lease payments during the life of the transaction. 샌드위치 리스는 한 당사자로부터 설비를 리스받아 다음 당사자에게 같은 설비를 재리스하여 계약의 유효한 기간중에 수익(earning)과 리스료를 지급하는 과정에서 임대인(lessor)과 임차인(lessee)이 되는 리스거래를 말한다.

Santa Claus rally 산타클로스 랠리 ¶ The *Santa Claus rally* is a rise in stock prices in the week between Christmas and New Year's Day. Also called the year-end rally. Some analysts attribute this rally to the anticipation of the January effect, when stock prices rise in the first few days of the year as pension funds add new money to their accounts. 산타클로스 랠리는 크리스마스에서 다음 해의 설날까지의 1주간에 있어서 주가의 상승으로, year-end rally(연말 랠리)라고도 한다. 신년의 수일간에 새로운 자금이 연금기금(pension fund)에 들어오는 것에서 발생하는 「1월 효과」(January effect)에의 기대가 급상승의 원인이라고 하는 애널리스트(analyst)도 있다.

santimi 산티미 ¶ A subdivision (1/100) of the Latvian lats. 라트비아의 라트(lats)의 하부단위, 1 라트(lats) = 100 산티미(santimi).

SAR (ISO) code Saudi Arabia – currency Saudi Arabian riyal. ¶ SAR (국제표준기구) 약호 사우디아라비아 — 화폐 사우디아라비아의 리얄(riyal).

S&L → **S**avings and **L**oan Association [약] [미] 저축대출조합 ¶ The *Savings and Loan Association* is a depository financial institution, federally or state chartered, that obtains the bulk of its deposits from consumers and holds the majority of its assets as home mortgage loans. (미국의) 저축대출조합은 연방법면허 또는 주법면허를 받은 저축금융기관으로서, 예금의 대부분을 소비자로부터 조달하고, 자산의 대부분을 주택모기지론으로 운영되고 있다.

S&P/ASX 200 S&P/ASX 200종목 주가지수 ¶ The *S&P/ASX 200* is an Australia's premier large capitalization index, launched in April 2000. It has replaced the All Ordinaries Index on the Australian Stock Exchange (ASX) as the leading indicator on the exchange. The index is made up of 200 stocks selected by the *S&P/ASX* Australian Index Committee, based on liquidity and size. The number of companies is always fixed at 200. When an index constituent is removed, it will be replaced immediately by a company in the *S&P/ASX* 300, but that is not the *S&P/ASX* 200 index. The index's liquidity supports derivatives trading and fund composition, and it is sufficiently broad to attract international investors. S&P/ASX 200종목 주가지수는 2000년 4월에 등장한 오스트레일리아의 유력한 대형주로 구성하는 지수이다. 동 거래소를 대표하는

지표로서, 오스트레일리아증권거래소(Australian Stock Exchange: ASX)의 오스트레일리아 종합보통주가지수(All Ordinaries Index)를 대신하였다. 유동성(liquidity)과 규모를 베이스로, S&P/ASX 오스트레일리아 지수위원회(S&P/ASX Australian Index Committee)가 이 지수를 구성하는 200종목을 선택한다. 구성종목은 200개로 고정되고 있다. 지수를 구성하는 종목이 제외되는 경우에는, 바로 S&P/ASX 300종목 주가지수 중에서 S&P/ASX 200종목 주가지수에 포함되지 않는 종목을 대체종목으로 선택한다. 이 지수의 유동성은 높고, 파생상품(derivative)거래나 펀드(fund)의 구성지수로서 활용되고 있다. 또한, 구성종목의 폭도 상당히 넓은 셈이므로, 국제적인 투자자에게도 매력적이다.

S&P 500 index S&P (Standard & Poor's) 500종목 주가지수 ¶ The *S&P 500 index* includes a representative sample of 500 leading companies in leading industries of the U.S. economy, Although the S&P 500 focuses on the large-cap segment of the market, with over 80% coverage of U.S. equities, it is also an ideal proxy for the total market. More than $4.85 trillion is benchmarked to S&P indices and approximately $1.7 trillion is directly tied to S&P indices. The selection of stocks, their relative weightings to reflect difference in the number of outstanding shares, and publication of the index itself are services of Standard & Poor's. Stocks in the index are chosen for market size, liquidity, and industry group representation. Like all S&P indices, the S&P 500 is classified according to the Global Industry Classification System (GICS), which consists of 10 sectors – Energy, Materials, Industrials, Consumer Discretionary, Consumer Staples, Health Care, Financials, Information Technology, Telecommunication Services, and Utilities. S&P 500종목 주가지수는 미국의 유력산업 중의 유력기업 500사로 구성되고 있다. S&P 500종목 지수는 대형주로 구성되더라도, 시장의 시가총액의 80%를 초과하는 셰어를 차지하고 있으므로, 시장 전체의 동향을 나타내는 이상적인 지수이기도 하다. 4조8천5백억 달러를 넘는 자금이 S&P 500종목 지수를 벤치마크(benchmark)하고 있고, 1조 7천억 달러를 초과하는 자금이 S&P 500종목 지수에 직접 투자되고 있다. S&P사는 지수에의 편입종목의 선택이나, 발행주식수를 근거로 한 상대적 가중평균치의 결정, 지수의 공표를 행하고 있다. 편입종목은 시가총액, 유동성(liquidity), 섹터를 고려하여 결정된다. 그 밖의 모든 S&P 지수와 마찬가지로, S&P 500종목주가지수도 세계산업분류기준(Global Industry Classification Standard: GICS)에 따라, 에너지, 소재, 자본재·서비스, 생활필수품, 일반소비재, 헬스케어(Health Care), 금융, 정보기술, 통신서비스, 공익의 10개의 섹터(sector)로 분류되고 있다.

S&P/Citigroup Global Equity Indices S&P시티그룹 글로벌주가지수 ¶ The *S&P/Citigroup Global Equity Indices* is a comprehensive top-down, float capitalization-weighted index that includes shares of more than 9,000 companies in 52 countries. The index includes all companies with available market capitalization greater than $100 million. Each issue is weighted by the proportion of its available equity capital, its float, rather than by its total equity capital. The index is he successor to the *Citigroup Global Equity Indices*. S&P 시티그룹 글로벌주가지수는 52개국의 9,000사를 넘는 주식종목으로 구성되는 종합적인 톱다운 어프로치(top-down approach)에 의한 부동주(浮動株) 시가가중 평균지수(float-capitalization-weighted index)이다. 이 지수에는, 시장에서 입수할 수 있는 주식의 총액(market capitalization)이 1억 달러를 초과하는 기업 모두를 포함하고 있다. 각각의 종목은 모든 주주자본(equity capital)이 아니라, 부동주(浮動株) 베이스의 주주자본으로 가중되어 있다. 이 지수는 시티그룹 글로벌 주가지수(Citigroup Global Equity Indices)의 뒤를 이어가는 지수이다.

S&P Global 100 Index S&P 글로벌 100종목 주가지수 ¶ The *S&P Global 100 Index* measures the performance of the world's largest 100 multinational companies whose business is global in nature and who derive a substantial portion of their operating income from multiple countries. It was jointly developed by Standard & Poor's and the New York Stock Exchange, and maintained by Standard & Poor's. S&P 글로벌 100종목 주가지수는 세계의 상위 100개의 다국적기업(multinational companies), 즉 그의 사업이 사실상 글로벌하게 전개되고 있고, 영업이익(operating income)을 복수의 국가에서 올리고 있는 기업의 업적을 측정하는 지수이다. 스탠더드앤드푸어스(Standard & Poor's: S&P)와 뉴욕증권거래소(New York Stock Exchange: NYSE)가 공동개발하고, S&P의 관리를 받고 있다.

S&P Global 1200 Index S&P 글로벌 1200종목 주가지수 ¶ The *S&P Global 1200 Index* is the first real-time, free-float weighted world index, covering 29 countries and approximately 70% of global market capitalization. It is comprised of seven regional indices: the S&P 500; S&P/TSX 60 (Canada); the S&P Latin America 40 (Mexico, Brazil, Argentina, Chile), the S&P/TOPIX 150 (Japan); the S&P Asia 50 (Hong Kong, Korea, Singapore, Taiwan); the S&P/ASX 50 (Australia), and the S&P Europe 350. The European index is divided into three subindices: the S&P Euro, covering the Euro zone markets; the S&P Euro Plus, adding Denmark, Norway, Sweden, and Switzerland, and the S&P United Kingdom. Constituents of the *S&P Global 1200* are selected to ensure sectoral and county balance. Constituent weights are determined by a company's free-float market capitalization; corporate cross-holdings, government ownership, strategic holders, and foreign investment restrictions are removed. The component indices are maintained by an index committee consisting of Standard & Poor's worldwide staff, using the same index governance and maintenance principles sued by the S&P 500. S&P 글로벌 1200종목 주가지수는 부동주(浮動株)(free float)베이스로 산출한 시가총액(market capitalization) 가중평균지수로, 세계에서 처음으로 리얼타임(real-time)으로 표시하고 있다. 20개국의 주식으로 구성되어 세계의 시가총액의 70%를 차지하고 있다. 7개의 지역지수, 즉 S&P 500종목 주가지수(S&P 500), S&P/TSX 60종목 주가지수(캐나다)(S&P/TSX 60), S&P 라틴아메리카 40종목 주가지수(멕시코, 브라질, 아르헨티나, 칠레)(S&P Latin America 40), S&P/TOPIX 150종목 주가지수(일본)(S&P/TOPIX 150), S&P 아시아 50종목 주가지수(홍콩, 한국, 싱가포르, 타이완)(S&P Asia 50), S&P 유럽 350종목 주가지수(유럽)(S&P Europe 350)로 구성되고 있다. 유럽의 지수는 다시 3개의 하위지수(subindices)로 분류된다. 첫째는 S&P 유로(S&P Euro)로 유로권(圈)(Euro zone)을 커버하고, 두 번째는 S&P 유로플러스(S&P Euro Plus)로 유로권에 덴마크, 노르웨이, 스웨덴, 스위스를 가한 지수, 세 번째는 S&P 영국(S&P United Kingdom)이다. S&P 글로벌 1200종목 주가지수의 구성종목은 섹터(sector)와 그 국가의 밸런스를 고려하여 선택된다. 또, 부동주 베이스에 의한 시가총액이 구성종목의 선택요소가 된다. 부동주란 기업간의 주식의 상호보유(cross-holding)주식, 정부의 보유주식, 전략적 보유주식, 외국주주에 의한 보유제한주식을 제외한 것을 말한다. 구성종목은 스탠더드앤드푸어스(Standard & Poor's)의 세계 중의 스탭(staff)으로 구성되는 지수위원회(index committee)가 S&P 500종목 주가지수와 같은 관리방법으로 관리하고 있다.

S&P phenomenon S&P 현상 ¶ The *S&P phenomenon* is a tendency of stocks newly added to the Standard & Poor's Composite Index to rise temporarily in price at S&P-related index funds adjust their portfolios, creating heavy buying activity. S&P 현상은 스탠더드앤드푸어스 종합지수(Standard & Poor's Composite Index)에 새로이 편입된 주식(stock)의 가격이 일시적으로 상승하는 경향을 말한다. 이것은 S&P관련의 인덱스펀드(index fund)가 포트폴리오(portfolio)를 다시 짜기 위하여, 새로이 인덱스에 편입된 주식을 대량으로 구입하는 데에서 발생한다.

S&P/TSX 60 Index S&P 토론토 60종목 주가지수 ¶ The *S&P/TSX 60 Index* is a capitalization-weighted index of 60 large, liquid companies in Canada that trade on the Toronto Stock Exchange (TSX). It was developed jointly by S&P and TSX and is a constituent index of the S&P Global 1200. The index is the underlying instrument for futures and options traded on the Montreal Exchange/Bourse de Montreal. Like all S&P indices, the S&P/TSX 60 is classified according to the Global Industry Classification System (GICS), which consists of 10 sectors – Energy, Materials, Industrials, Consumer Discretionary, Consumer Staples, Health Care, Financials, Information Technology, Telecommunication Services, and Utilities. S&P 토론토 60종목 주가지수는 토론토증권거래소(Toronto Stock Exchange: TSX)에 상장되고 있는 캐나다의 기업으로, 유동성(liquidity)이 높고, 시가총액(market capitalization)의 상위 60개사로 구성되는 시가총액 가중평균지수(capitalization-weighted index)이다. 스탠더드앤드푸어스(Stadard & Poor's: S&P)와 TSX가 공동 개발하여 S&P 글로벌 1200종목지수(S&P Global 1200)의 구성요소로도 되고 있다. 이 지수는 몬트리올증권거래소(Montreal Exchange: Bourse de Montreal)에서 매매되고 있는 선물(futures contract)과 옵션(option)의 기초증권(underlying securities)으로 되어 있다. 모든 S&P 인덱스와 같이, 이 지수는 세계산업분류기준(Global Industry Classification Standard: GICS)에 따라 분류되고 있다. 이 분류의 10개의 분류항목(sector)으로 나누고 있다. 즉, 에너지, 소재(素材), 자본재, 서비스, 생활필수품, 일반소비재, 헬스케어(Health Care), 금융, 정보기술, 통신서비스, 공익(Utilities)이다.

sans [프] …없이, …가 아니고(without) ¶ *sans* frais 수수료 없이(without expenses) /*sans* protest 거절증서작성면제 /*sans* recours 상황책임 없음(without recourse)

São Tomé and Principe currency 상투메 프린시페(서아프리카 기니만의 두 섬으로 된 공화국) 화폐 ¶ São Tomé and Principe dobra (Db), divided into 100 centavos. 1 도브라(dobra) = 100 센타보(centavos).

Sarbanes-Oxley Act of 2002 (SOX) 2002년의 사베인-옥슬리법 ¶ The *Sarbanes-Oxley Act of 2002 (SOX)* is known also as the Corporate Responsibility Act of 2002, signed July 30, 2002 in the wake of Enron and other accounting and corporate governance scandals, introducing radical reforms in four key areas; (1) Corporate responsibility, (2) New criminal penalties, (3) Accounting regulation, and (4) New protections. 2002년의 사베인-옥슬리법은 엔론(Enron) 기타 회계불상사나 기업지배구조(corporate governance)의 불상

기업지배구조의 개혁법률

사를 계기로 2002년 7월 30일에 서명된 기업책임법(Corporate Responsibility Act of 2002)으로도 알려지고 있다. 이 법률은 4개의 주요영역에서 발본적인 개혁을 도입하였다. 즉, (1) 기업의 책임(Corporate responsibility), (2) 새로운 벌칙규정(New criminal penalties), (3) 회계규칙(Accounting regulation), 및 (4) 새로운 보호정책(New Protections)이다.

SARSEP → salary reduction simplified employee pension plan [약] 급여공제간이종업원연금제도 ¶ The salary *reduction simplified employee pension plan* (*SARSEP*) is the simplified employee pension plan (SEP) allowing employees to contribute pretax through salary reduction. *SARSEP* is a simpler alternative to a 401(k) plan and is also know as a 408(k) Plan. 급여공제간이종업원연금제도는 조세공제 전의 출연금(pre-tax contribution)을 급여공제로 할 수 있도록 하는 간이종업원연금제도(simplified employee pension plan: SARSEP)이다. 급여공제간이종업원연금제도(SARSEP)는 401(k)연금제도(401(k) plan)를 보다 간단하게 한 제도로, 408(k) plan으로서 알려져 있다.

satellite communication 위성통신 ¶ *Satellite communication* is use of orbital satellite to send voice, data, video, and graphics from one location to another. 위성통신은 어느 장소에서 다른 장소로 음성, 데이터, 비디오 및 그래픽을 전송하는 데 궤도위성을 이용하는 경우이다.

satisfaction [법] (채무의) 변제, (법적 의무의) 이행 ¶ *satisfaction* of judgment 판결의 이행, 차금의 반환 /*satisfaction* of mortgage 모기지의 소멸

satisfactory 만족한, 납득이 가는 ¶ *satisfactory* account 만족스런 거래

saturation of the market 시장의 포화상태

Saturday night special 전격적인 주식매입, 새터데이나이트 스페셜 ¶ A *Saturday night special* is a sudden attempt by one company to take over another by making a public tender offer. The term was coined in the 1960s after a rash of such surprise maneuvers, which were often announced over weekends. It was ended by the William Act of 1968. 새터데이나이트 스페셜은 어느 회사가 주식의 공개매입을 함으로써 다른 회사를 인취하려는 불의의 시도를 말한다. 그런 용어는 자주 주말을 지나서 발표되는 그런 전격작전을 따서 1960년대에 만들어졌다. 그 용어는 1968년의 윌리엄법(William Act of 1968)에 의해서 사라졌다.

saucer 소서(받침접시) ¶ The *saucer* is a technical chart pattern shaped like a *saucer* signaling that the price of a security or commodity has formed a bottom and is moving up. An upside-down *saucer* shows a top in the security's price and signals a downturn. See also technical analysis. 소서는 증권(security) 또는 상품(commodities)의 가격이 바닥가격(bottom price)에서 상승으로 전환하는 것을 알려주는 테크니컬 분석(technical analysis)상의 차트로서, 소서(saucer)의 형태를 취하고 있다. 소서의 역(逆)의 형태(upside-down saucer)는 증권가격의 정점에서 금후의 가격하락의 시그널을 나타낸다. technical analysis(테크니컬 분석)도 참조할 것.

Saudi Arabia currency 사우디아라비아 화폐 ¶ Saudi Arabia riyal (SAR), divided into 100 halalas. 1 리얄(riyal) = 100 할랄라(halalas).

save-as-you earn (SAYE) [영] 급료공제저금(법) ¶ The *save-as-you-earn* (*SAYE*) is a method of making regular savings (not necessarily linked to earnings), which carries certain tax privileges. This method has been used to encourage tax-free savings in building societies or National Savings and also to encourage employees to acquire shares in their own organizations. 급료공제

저금(법)은 정기적인 저축을 하게 하는 방법(반드시 수입(收入)과 연계시키지 아니함)으로, 일정한 조세상의 특전을 수반한다. 이러한 방법은 주택금융조합(building societies)과 국민저축(National Savings)에서 면세된 저축을 장려하는 데에 이용되어 왔고, 또 근로자가 자신의 단체에서 몫(shares)을 취득할 것을 장려하는 데에 이용되기도 하였다.

saver 절약자, 저축가 ¶ All *savers* certificate [미] (이자 비과세의) 저축증서 /small *saver* 소액예금자

saving 절약, 검약(儉約), (*pl.*) 저축, 저금 ¶ *Savings* are the process of setting aside a certain amount of income after expenses have been paid and placing the funds in a savings account or some other investment vehicle for the future use. 저축은 비용의 지급을 한 후 일정량의 수입금을 별도로 축적하여 그 기금을 저축성예금에 적립하거나 장래의 용도로 다른 투자대상에 투자하는 과정이 할 수 있다. /life-insurance *savings* account 생명보험부 저축계좌 /a rate of *savings* 저축률 /*savings* account loan 저축계좌담보융자 /*savings* bond [미] 저축채권 /a *savings* book 보통예금통장 /a *savings* box [bank] 저축상자 /*savings* certificate [영] 저축증서 /*savings* deduction at the source 공제저금 /*Savings* Deposit 보통예금입금표 /*savings* deposit [account] 저축성예금 /*savings* institution 저축예금기관 /*savings* of households and private non-profit institution 개인저축 및 비영리단체예금 /*savings* passbook 보통예금통장 /*savings* ratio [rate] 저축률 /*savings* with a certain object 목적저금 /*savings* withdrawal form [receipt] (보통예금의) 환급청구서 /school *savings* (account) 어린이은행(계좌) /thrift *savings* a/c 적립예금계좌 /vacation club *savings* a/c 휴가(休暇)클럽저축계좌 /personal *savings* 개인저축 ***savings account*** 저축성예금 ¶ *Savings account* is deposit account at a commercial bank, savings bank, or savings and loan association that pays interest, usually on a day-of-deposit today-of-withdrawal basis. Financial institutions can pay whatever rate they like on *savings account*, but this rate tends to be in relation to the actions of the money center banks in repricing their prime rate. Traditionally, *savings accounts* offered passbooks, but in recent years alternatives such a ATMs, monthly account statements, and telephone banking services have been added to credit deposits and interest earned. *Savings accounts* are insured up to $100,000 per account if they are on deposit at banks insured by the bank insurance fund (BIF) or a savings and loan insured by the Savings Association Insurance Fund (SAIF). 저축성예금이란 상업은행(commercial bank), 저축은행(savings bank), 또는 저축대출조합(savings and loan association)의 예금계정으로, 통상은 예입일로부터 인출일까지의 기간에 대한 이자를 지급한다. 금융기관은 저축성예금에 관하여 임의의 이율을 지급할 수 있으나, 머니센터뱅크(money center bank)가 설정하는 프라임레이트(prime rate)에 영향을 받는 경우가 많다. 전통적으로, 저축성예금에는 통장(passbook)이 발행되고 있었으나, 최근에는, ATM(현금자동예입기)이나 월차계산서(monthly account statements), 텔레폰뱅킹서비스가 예금과 이자의 기장을 위한 대체수단이 되어 왔다. 은행보험기금(bank insurance fund: BIF)이 보증하는 은행이 저축금융기관보험기금(Savings Association Insurance Fund: SAIF)이 보증하는 저축대출조합에 예금된 것이면 1계좌당 100,000달러까지 보증을 받는다. ***Savings and Loan Association (S&L)*** [미] 저축대출조합 ¶ The *Savings and Loan Association (S&L)* is a depository financial institution, federally or state chartered, that obtains the bulks of its deposits from consumers and holds the majority of its assets as home mortgage loans. A few such specialized institutions were organized in the 19th century under state charters but with minimal regulation. Reacting to the crisis in the banking and home building industries precipitated by the Great Depression. Congress in 1932 passed the Federal Home Loan Bank Act, establishing the Federal Home Loan Bank System to supplement the lending resource of state-chartered Savings and Loans (*S&Ls*). The Home Owners' Loan Act of 1933 created a system for the federal chartering of *S&Ls* under the supervision of the Federal Home Loan Bank Board. Deposits in federal S&Ls were insured with the formation of the Federal Savings and Loan Insurance Corporation in 1934. A second wave of restructuring occurred in the 1980s. The Depository Institutions Deregulation and Monetary Control Act of 1980 set a six-year timetable for the removal of interest rate ceilings, including the *S&Ls*' quarter-point rate advantage over the commercial bank limit on personal savings accounts. The act also allowed *S&Ls* limited entry into some markets previously open only to commercial banks (commercial lending, nonmortgage consumer lending, trust services) and, in addition, permitted mutual associations to issue investment certificates. In actual effect, interest rate parity was achieved by the end of 1982. The Garn-St. Germain Depository Institutions Act of 1982 accelerated the pace of deregulation and gave the Federal Home Loan Bank Board wide latitude in shoring up the capital positions of *S&Ls* weakened by the impact of record-high interest rates on portfolio of old, fixed-rate mortgage loans. The 1982 act also encouraged the formation of stock savings and loans or the conversion of existing mutual (depositor-owned) associations to the stock form, which gave the associations another way to tap the capital markets and thereby to bolster their net worth. In 1989, responding to a massive wave of insolvencies caused by mismanagement, corruption, and economic factors, Congress passed the Financial Institutions Reform, Recovery and Enforcement Act of 1989 (FIRREA) that revamped the regulatory structure of the industry under a newly created agency, the Office of Thrift Supervision (OTS). Disbanding the Federal Savings and Loan Insurance Corporation (FSLIC), it created the Savings Association Insurance Fund (SAIF), which later merged with the Bank Insurance Fund (BIF) to form the Deposit Insurance Fund (DIF) under the administration of the Federal Deposit Insurance Corporation (FDIC). It also created the Resolution Trust Corporation (RTC) and Resolution Funding Corporation (REFCORP) to deal with insolvent institutions and scheduled the consolidation of their activities with SAIF after 1996. The Federal Home Loan Bank Board was replaced by the Federal Housing Finance Board, which in 2008 was replaced by the Federal Housing Finance Agency (FHFA). See also saving bank. 저축대출조합은 연방법면허 또는 주법면허를 부여받은 저축금융기관으로, 예금의 대부분을 소비자로부터 조달하고, 자산의 대부분을 주택모기지론으로 운용한다. 19세기에 소수의 저축・대출에 특화한 금융기관이 주법면허로 설립되었으나, 규제는 최소화에 그쳤다. 대공황으로 인하여 일어난 은행위기와 주택산업위기에 대응하기 위하여, 미국의회는 1932년에 연방주택대출은행법(Federal Home Loan Bank Act)을 제정하여, 주법면허의 저축대출조합(S&L)의 대출자금을 보완할 목적으로, 연방주택대출은행제도(Federal Home Loan Bank System)를 창설하였다. 1933년 주택소유자대출법(Home Owners' Loan Act of 1933)에서는, 연방주택대출은행이사회의 감독 하에 놓여진 연방법면허 S&L에 관한 제도를 창설하였다. S&L의 예금은 1934년에 설립된 연방저축대출보험공사(Federal Savings and Loan Insurance Corporation)에 의해서 부보(附保)되었다. 재구축의

제2의 물결은 1980년대에 일어났다. 1980년의 금융제도개혁법(Depository Institutions Deregulation and Monetary Control Act of 1980)은 이자율의 최고한도철폐를 위한 6개년계획을 설정하였다. 이 철폐계획에는, S&L의 저축이자가 상업은행의 개인저축성예금에 대한 이자보다 0.25% 유리한 것도 포함하고 있었다. 동법은 또한 이전에 상업은행에만 개방되고 있던 몇 개의 분야(상업론, 비모기지소비자론, 신탁업무)에 S&L이 조건부로 참여하는 것을 인정하고, 덧붙여서 공제조합(mutual association)이 투자증서(investment certificates)를 발행하는 것을 인가하였다. 그 결과 1982년 말까지 이자의 격차해소가 달성되었다. 1982년 가안-세인트 저매인 예금금융기관법(Garn-St. Germain Depository Institutions Act of 1982)은 규제완화(deregulation)의 페이스(步幅)를 가속하였다. 기록적인 고금리의 영향으로 인하여, 고정금리표시(fixed rate)의 모기지 대출을 하고 있었던 S&L의 자기자본은 약체화하였으나, 이를 강화하기 위하여, 연방주택대출은행이사회에 대하여 광범한 자유재량권이 부여되었다. 또, 동법은 주식회사조직에 의한 저축대출조합의 설립이나 기존의 예금자소유의 상호회사로부터 주식회사조직에의 전환을 촉구하였다. 주식회사로 되면서 자본시장에서 자금조달을 하여 자기자본을 증강하는 선택지가 부여되었다. 1989년에는, 경영의 실패나 부패, 경제적 요인으로 인하여 생긴 저축금융가관파탄의 큰 물결에 대응하여, 의회는 1989년 금융기관개혁·구제·집행법(Financial Institutions Reform, Recovery and Enforcement Act of 1989: FIRREA)을 제정하였다. 동법은 신설의 저축금융기관감독청(Office of Thrift Supervision: OTS)의 감독 하에서 업계의 규제구조를 개혁하였다. 동법은 연방저축대출보험공사(Federal Savings and Loan Insurance Corporation: FSLIC)를 해산하고, 저축금융기관보험기금(Savings Association Insurance Fund: SAIF)을 설립하여 연방예금보험공사(Federal Deposit Insurance Corporation: FDIC)의 관리 하에서 예금보험제도를 제공하였다. 동법은 또 파탄기관을 처리하기 위하여 정리신탁공사(Resolution Trust Corporation: RTC)와 정리자금조달공사(Resolution Funding Corporation: REFCORP)를 설립하여 이 2개의 공사를 1996년 이후에 SAIF와 통합할 것을 계획으로 잡았다. 연방주택대출은행이사회(Federal Home Loan Bank Board)는 연방주택금융이사회(Federal Housing Finance Agency: FHFA)로 대체되고, 2008년에는 연방주택금융청(Federal Housing Finance Agency: FHFA)에 의하여 다시 대체되었다. 저축은행(savings bank)을 참조할 것. ***Savings Association Insurance Fund (SAIF)*** 저축금융기관보험기금 ¶ The *Savings Association Insurance Fund* (*SAIF*) is a U.S. government entity created by Congress in 1989 as part of its savings and loan association bailout bill to replace the Federal Savings and Loan Insurance Corporation (FSLIC) as the provider of deposit insurance for thrift institutions. *SAIF* (rhymes with safe) was administered by the Federal Deposit Insurance Corporation (FDIC) separately from its bank insurance program, called the Bank Insurance Fund (BIF). In 2008 Congress passed the Emergency Economic Stabilization Act that temporarily increased the basic limit on deposit insurance for all ownership categories from $100,000 to $250,000. In the following year, Congress extended the expiration date on this temporary increase from 2010 to 2013. 저축금융기관보험기금은 저축대출조합(Savings and Loan Association)구제법안의 일부로서, 미연방저축대출보험공사(Federal Savings and Loan Insurance Corporation: FSLIC)에 갈음하는 저축금융기관을 위한 예금보험제공자로서, 1989년의 의회에서 설립된 미합중국정부기관이다. (safe와 같은 운(韻)으로 발음되는) SAIF는 은행보험기금(Bank Insurance Fund: BIF)으로 이름을 바꾼 은행보험프로그램과는 별개로, 미연방예금보험공사(Federal Deposit Insurance Corporation: FDIC)에 의하여 관리되었다. 2008년에 의회는 모든 소유자개념으로 예금보험의 기준한도를 임시로 10만 달러에서 25만 달러로 늘리는

긴급경제안정화법(Emergency Economic Stabilization Act)을 통과하였다. 그리고 의회는 이 임시증가액에 관한 만기일을 2010년에서 2013년까지 연장하였다. **~s bank** 저축은행 ¶ A *savings bank* is a depository financial institution that primarily accepts consumer deposits and makes home mortgage loans. Historically, *savings banks* were of the mutual (depositor-owned) form and chartered in only 16 states; the majority of savings were located in the New England states, New York, and New Jersey. Prior to the passage of the Garn-St Germain Depository Institutions Act of 1982, state-chartered *savings bank* deposits were insured along with commercial bank deposits by the Federal Deposit Insurance Corporation (FDIC). The Garn-St Germain Act gave *savings banks* the options of a federal charter, mutual-to-stock conversion, supervision by the Federal Home Loan Bank Board, and insurance from the Federal Savings and Loan Insurance Corporation (FSLIC). In 1989 the Federal Home Loan Bank Board was replaced by the Federal Housing Finance Board (FHFB), and the FSLIC by the newly created Savings Association Insurance Fund (SAIF), the bank insurance program in 2005, and the FHFB was replaced by the Federal Housing Finance Agency (FHFA) in 2008. See also mutual savings bank; savings and loan association. 저축은행은 주로 소비자로부터 예금을 수입하여 주택모기지론을 공여하는 저축금융기관이다. 역사적으로, 저축은행은 (예금자소유의) 상호회사로, 16주에서만 면허가 부여되고 있었다. 대다수의 저축은행은 뉴잉글랜드주, 뉴욕주, 뉴저지주에 거점이 있었다. 1982년의 가안-세인트 저메인 예금금융기관법(Garn-St Germain Depository Institutions Act of 1982) 제정 전에는, 주법면허에 의한 저축은행의 예금은 연방예금보험공사(Federal Deposit Insurance Corporation: FDIC)에 의하여, 상업은행의 예금과 마찬가지로 부보되고 있었다. 가안-세인트 저메인법은 저축은행에 대하여, 연방법면허은행으로의 전환, 상호조직에서 주식회사로의 전환, 연방주택대출은행이사회의 감독 하에의 이행, 및 연방저축대출보험공사(Federal Savings and Loan Insurance Corporation: FSLIC)에 의한 부보에 관하여 선택권을 부여하였다. 1989년에, 연방주택대출은행이사회는, 연방주택금융이사회(Federal Housing Finance Board: FHFB)에 의하여, 또 FSLIC는 2005년의 은행보험제도인 신설된 저축금융기관보험기금(Savings Association Insurance Fund: SAIF)에 의해서 대체되었고, 연방주택금융이사회는 2008년에는 연방주택금융청(Federal Housing Finance Agency: FHFA)에 의하여 대체되었다. mutual savings bank(상호저축은행); savings and loan association(저축대출조합)을 참조할 것. **~s bond** 저축채권 ¶ The *savings bond* is a U.S. government bond issued in face value denominations ranging from $50 to $10,000. From 1941 to 1979, the government issued series E bonds. Starting in 1980, Series EE and HH bonds were issued. Series EE bonds, issued at a discount of half their face value, range from $50 to $10,000; interest bearing Series HH bonds range from $500 to $10,000. Series EE bonds earn interest for 30 years; Series HH bonds earn interest for 20 years. Series EE bonds, if held for five years, pay 90% of the average yield on 5-year Treasury securities based on the previous six months. Series HH bonds are no longer issued. For many years, the government guaranteed a minimum yield on *savings bonds*. This yield decreased from 7.5% to 6% and then 4%. 저축채권은 50달러에서 10,000달러까지의 액면(face value)으로 발행되는 미합중국정부채권을 이른다. 1941년에서 1979년에 걸쳐서, 미정부는 시리즈 E채권(Series E bonds)을 발행하였다. 1980년에서, 시리즈 EE채권(Series EE bonds)과 HH채권(Series HH bonds)의 발행이 개시되었다. 시리즈 EE채권은 액면 50달러에서 10,000달러의 범위에서 액면의 반분으로 할인하여 발행된다. 이자부 시리즈인 HH채권은 액면 500달러

에서 10,000달러의 범위에서 발행된다. 시리즈 EE채권의 기간은 30년이고, 시리즈 HH채권은 20년이다. 시리즈 EE채권은 5년간 보유하면, 5년물(物) 미재무부 증권의 직전 6개월 간의 평균이율의 90%의 이율이 된다. 시리즈 HH채권은 더 이상 발행되고 있지 않는다. 오랜 동안, 미정부는 저축채권의 최저이율을 보증해 왔으나, 이 보증 최저이율은 당초의 7.5%에서 6%로, 그리고 현행의 4%로 인하되었다. ***~s deposits*** 저축예금 ¶ The *savings deposits* are interest-earning cash balances that can be withdrawn on demand, kept for the purpose of savings, in commercial banks, savings banks, credit unions, and savings and loans. Passbook savings, statement savings, and money market accounts are examples of *savings deposits*. 저축예금은 상업은행(commercial banks), 저축은행(savings banks), 신용조합(credit unions), 저축대출조합(Savings and Loan Association)에 저축의 목적으로 예치된 요구출급예금으로서 이자가 붙는다. 통장예금(passbook savings), 계산서예금(statement savings), 머니마켓 어카운트(money market account)가 저축예금의 예이다. ***~s element*** 저축부분 ¶ The *savings element* is a cash value accumulated inside a life insurance policy. A cash value policy has two components: a death benefit paid to beneficiaries if the insured dies, and a *savings element*, which is the amount of premium paid in excess of the cost of protection. This excess is invested by the insurance company in stocks, bonds, real estate, and other ventures and the returns build up tax-deferred inside the policy. A policyholder can borrow against this cash value or take it out of the policy, at which point it becomes taxable income. Once a policyholder reaches retirement age, he or she can annuitize the accumulated cash value and receive a regular payment from the insurance company for life. Insurance companies encourage people to buy policies with a *savings element* because if provided a disciplined way to save. 저축부분은 생명보험증권(life insurance policy)에 적립된 현금가격(cash value)을 말한다. 저축형 생명보험(cash value insurance)은 2개의 요소를 가진다. 하나는 피보험자(insured)가 사망한 때에 수익자(beneficiary)에게 지급되는 사망급여금(death benefit)이요, 다른 하나는 생명보험의 보장에 관련되는 코스트를 상회하는 보험료(premium)에서 이것이 저축요소가 된다. 이 초과자금은 주식(stock), 채권(bond), 부동산(real estate)에 투자되고, 이 투자수익에 대한 세금은 순연된다. 보험계약자(policyholder)는 저축부분을 균형을 맞추어 차입을 할 수 있다. 저축부분을 인출할 수도 있으나, 이 경우에는 소득에 과세된다. 보험계약자가 정년(retirement)에 도달하면, 적립된 저축부분을 연금화하여(annuitize), 정기적인 지급을 종신에 걸쳐서 받을 수도 있다. 보험회사는 착실한 저축수단으로서 저축형 보험증권을 사람들에게 권한다. ***Savings Incentive Match Program for Employees (SIMPLE)*** 간이퇴직연금플랜 ¶ The *Savings Incentive Match Program for Employees (SIMPLE)* is a matching funds retirement plan for companies with fewer than 100 employees that can be structured either as an individual retirement arrangement (IRA) or a 401(k) plan. Also called simple IRA or SIMPLE 401(k) Plan. 간이퇴직연금플랜은 종업원이 100인 미만의 회사를 위한 회사출연형의 퇴직연금플랜(matching funds retirement plan)이고 개인퇴직연금계좌(individual retirement arrangement: IRA) 또는 401(k) 연금제도(401 (k) pension plan)의 어느 방식에도 적용할 수 있다. 이를 IRA 또는 SIMPLE 401 (k) Plan이라고도 한다. ***~s rate*** 저축률 ¶ The *savings rate* is a rate of personal saving to disposable personal income. Disposable personal income is personal income less personal tax and nontax payments. Personal saving is disposable personal income less personal outlays. 저축률은 개인이 처분할 수 있는 소득(disposable personal income)에 대한 개인저축(personal savings)

의 비율을 말한다. 개인이 처분할 수 있는 소득은 개인소득(personal income)에서 소득세(personal income tax)와 조세 이외의 부담액을 공제한 것이다. 개인저축은 개인이 처분할 수 있는 소득에서 개인지출을 공제한 것이다.

scalage 평가비율, 감소비율 ¶ The *scalage* is: (1) an allowance given a buyer for the likelihood that a product will shrink or leak prior to delivery. (2) a proportional reduction in size. scalage는 (1) 제품이 인도 전에 줄어든다든지 누설된다든지 하는 가능성에 대해서 매수인에게 주어지는 허용오차를 말한다. (2) 크기에 비례하여 감소하는 경우이다.

scale 규모, (세)율, 등급표 ¶ In production economics, *scale* is amount of production, as in "economy or diseconomy of scale." See also marginal cost. 생산경제학에 있어서, 스케일은 생산량을 의미하고, 「규모의 경제 또는 불경제(economy or diseconomy of scale)」로 사용한다. marginal cost(한계비용)도 참조할 것. ¶ In serial bonds, *scale* is vital data for each of the scheduled maturities in a new serial bond issue, including the number of bonds, the date they mature, the coupon rate, and the offering prices. See also scale order. 연속상환채권에 있어서, 스케일은 신규발행의 연속상환채권(new serial bond)의 예정만기마다의 채권에 관한 중요한 데이터이며, 채권수, 만기일(maturity), 쿠폰(coupon), 모집가격(offering price)을 포함하고 있다. scale order(단계적 주문)를 참조할 것. /economies of *scale* 규모의 경제 /*scale* merit 규모의 이익 /a *scale* of forward exchange rate 선물스케일 /*scale* of charge [price] 수수료[가격]표 /a *scale* of wages 임금률 /*scale* order 분할주문 /*scale* trading 물타기매매 ***scale order*** 단계적 주문 ¶ The *scale order* is an order for a specified number of shares that is to be executed in stages in order to average the price. Such an order might provide for the purchase of a total of 5,000 shares to be executed in lots of 500 shares at each quarter-point interval as the market declines. Since *scale orders* are clerically cumbersome, not all brokers will accept them. 단계적 주문은 거래가격을 평균화하기 위하여, 한번에 매매를 집행(execution)하는 것이 아니라, 단계적으로 집행한다고 하는 주문을 말한다. 예를 들면, 합계 5,000주의 매수주문을, 주가가 4분의 1포인트 내려갈 때마다 500주씩 매수해 간다고 하는 경우이다. 단계적 주문은 사무적으로 번잡하기 때문에, 모든 브로커(broker)가 받아들이는 것은 아니다.

scalp *n.* [미구] (시세의) 작은 이윤, 소폭의 이익
v. [미구] (주식 등을) 사고 팔아 작은 이윤을 남기다, (증권 등을) 차익금을 남기고 팔다

scalper [미구] 스캘퍼, 초단타(超短打) 매매자(컴퓨터 프로그램을 이용, 초단타 매매기법을 통해 하루 최소 100회 이상 주식을 사고 팔아 수익을 올리는 전문투자자들을 말한다. 금융감독원 조사에 따르면 거래대금이 일일평균 100억원이 넘는 극소수의 계좌가 하루 거래량의 76%를 차지한다.) ¶ In general, the *scalper* is a speculator who enters into quasi-legal or illegal transactions to turn a quick and sometimes unreasonable profit. For example, a scalper buys tickets at regular prices for a major event and when the event becomes a

한방의 초단타 매매자

sellout, resells the tickets at the highest price possible. 일반적으로, 스캘퍼는 간신히 적접 또는 위법한 거래를 하여, 재빠르게 때로는 부당하게 이익을 버는 투기자를 말한다. 예를 들면, 스캘퍼는 큰 흥행의 티켓을 정규의 가격으로 구입하여 티켓이 완매한 후 가능하면 높은 가격으로 그 티켓을 판다. ¶ In securities, the *scalper* is: (1) an investment adviser who takes a portion in a security before recommending it and then sells out after the price has risen as a result of the recommendation. See also Investment Advisers Act. (2) a market maker who, in violation of the Rules of Fair Practice of the Financial Industry Regulatory Authority (FINRA), adds an excessive markup or takes an excessive markdown on a transaction. See also five percent rule. (3) a commodity trader who trades for small gains, usually establishing and liquidating a position within one day. 증권에 있어서, 스캘퍼는 (1) 어느 증권을 추천하기 전에 그 증권의 매수초과포지션(long position)을 취하여, 추천의 결과 가격이 상승한 다음에 그것을 매도하는 투자어드바이저이다. Investment Advisers Act(투자자문업법)도 참조할 것. (2) 고객과 증권거래를 할 때에, 금융업규제기구(Financial Industry Regulatory Authority: FINRA)의 공정한 거래규칙(Rules of Fair Practice)에 위반하여 대폭적인 가격인상(markup)이나 지나친 가격인하(markdown)를 정하는 마켓메이커(market maker)이다. Five Percent Rule(5퍼센트규칙)도 참조할 것. (3) 통상 1일 내의 포지션을 설정하고 청산하면서, 소액의 이익을 노려서 거래하는 상품트레이더이다.

scalping 매매차익금을 노리는 거래

scarce 드문, 희소한 ¶ *scarce* currency 희소통화 /*scarce* stock 희소주식

scarcity 희소, 부족, 결핍 ¶ The *scarcity* is an insufficient supply of something relative to the demand. *Scarcity* results in higher prices to buyers and, generally, higher profits to sellers. 부족이란 수요에 대한 상대적으로 공급이 충분치 않는 경우이다. 부족은 매수인에게 더 높은 가격을 유발하고, 일반적으로 매도인에게는 더 많은 이익을 가져온다. /*scarcity* of stock 주식부족 ***scarcity value*** 희소가치 ¶ The *scarcity value* is relative abundance of a commodity or good. The *scarcity value* of a commodity is that element of its value that is due to its scarcity. Scarcity is only one element of value; smallbox is very scarce, but has no value because nobody wants it. 희소가치는 상품이나 재화의 상대적인 다수를 말한다. 이 상품의 희소가치는 그의 희소로 인한 가치의 요소이다. 희소성은 가치의 요소일 따름이다. 100만 달러의 상자(smallbox)는 매우 드문 일이지만, 아무도 원치 않기 때문에 값이 없을 뿐이다.

scatter diagram 산포도(散布圖) ¶ The *scatter diagram* is a chart that displays two sets of data, one represented on the horizontal axis and the other on the vertical axis. Each observation is represented by a dot on the chart. Scatter *diagrams* are used to study possible relationships between two variables. 산포도(散布圖)는 2세트의 데이터를 나타내는 차트로, 1세트의 데이터는 수직축이고 다른 세트의 데이터는 수평축이다. 각 관찰결과는 차트상의 점으로 나타난다. 산포도는 2개의 변수간의 가능한 관계를 연구하는 데 이용된다.

scenario analysis [영] 시나리오 분석 ¶ *Scenario analysis* is hypothetical "what if" computations that reveal the profit or loss impact from any risk exposures that are subject to a particular market shock, such as a movement in equity prices or foreign exchange rates, a shift in a yield curve, or a change in volatility or credit spreads. Scenarios are widely used by financial institutions to understand how portfolios of market risks or credit risks react under various low-probability/high severity stress situations. The most extreme scenarios ignore any benefits obtained from diversification and can be computed through techniques such as maximum loss. Also known as stress testing. 시나리오 분석은 주식가격이나 외국환율의 변동, 수익률곡선의 변화나 가격 변동성의 변동 또는 크레디트스프레드와 같은 특수한 시장충격에 영향을 받아야 하는 위험노출로부터 손익충격을 드러내는 가정적인 「만약이라는 문제」(what if)의 평가를 말한다. 시나리오는 금융기관들이 시장위험이나 여신위험의 포트폴리오가 여러 가지 낮은 확률/높은 엄격성압박 사정에서 어떻게 반작용하는지를 이해하는 데 널리 이용된다. 가장 극단적인 시나리오는 다양화속에서 얻어지는 이점을 무시하는 것이고 최대손실과 같은 기법을 통해서 평가될 수 있다. 이는 stress testing(스트레스 테스팅)으로도 알려져 있다.

Schatz [독] 샤쯔, 재화, 연방국채 ¶ *Schatz* is abbreviated form of Bundesschatz, a subcategory of German government bonds (Bunds), issued in the 2-year sector with fixed coupons. Two-year federal savings notes (Bundesschatz-briefe) are also available for purchase by the retail sector. 샤쯔는 연방국채(Bundesschatz)의 약자이고, 고정이표가 붙어있는 2년짜리로 발행된다. 2년짜리 연방저축채권(Bundeschatzbrief)도 개인이 구입하는 데 이용된다.

Schatzwechsel [독] 샤쯔벡셀, 독일정부단기채(債) ¶ The *Schatzwechsel* is a treasury bill issued by the German government, generally carrying a maturity of 3 months. 독일정부단기채(債)는 일반적으로 3개월의 만기로 되어 있는 독일정부가 발행한 재무부단기채(債)이다.

schedule 예정, 계획, 표, 일람표, 부속명세서 ¶ aging *schedule* 만기표 /*schedule* of charges [prices] 수수료[가격]표 /*schedule* of terms and conditions 거래조건서 ***Schedule C*** 스케줄 C ¶ The *Schedule C* is a common reference to a section of the bylaws of the Financial Industry Regulatory Authority (FINRA) concerned with membership requirements and procedures. 스케줄 C는 회원의 자격요건과 절차에 관련된 금융업규제기구(Financial Industry Regulatory Authority: FINRA)의 규정(規程)의 1조문의 일반조회를 가리킨다. ~ ***13D*** 스케줄 13D ¶ The *Schedule 13D* is a form required under Section 13D of the Securities Act of 1934 within ten business days of acquiring direct or beneficial ownership of 5% or more of any class of equity securities in a publicly held corporation. In addition to filing with the Securities and Exchange Commission, the purchaser of such stock must also file the 13D with the stock exchange on which the shares are listed (if any) and with the company itself. Required information includes the way the shares were acquired, the purchaser's background, and future plans regarding the target company. The law is designed to protect against insidious takeover attempts and to keep the investing public aware of information that could affect the price of their stock. See also Williams Act. 스케줄 13D는 주식의 종류를 불문하고, 직접 또는 실질적으로(beneficial ownership) 공개회사(publicly held corporation)의 주식을 5% 이상 취득한 경우에 10영업일 이내에 제출할 것이 의무로 되어 있는, 1934년의 증권거래법(Securities Act of 1934) 13조 D항에서 정해진 서식이다. 제출처는 미증권거래위원회(SEC) 이외에, 주식이 공개되고 있는 경우에는 그 증권거래소, 그것에 당해 주식의 발행회사이다. 게출서식에는 주식의 취득방법, 취득자의 기초정보, 매수대상기업(targer company)에 관한 금후의 계획 등을 기재한다. 불의의 매수(takeover)를 방해하여 주가에 영향을 미치는 가능성이 있는 정보를 일반투자자에게 사전에 알리는 것이 동법의 목적이다. Williams Act(윌리엄스법)도 참조할 것. ~ ***rating*** [영] 예정요율 ¶ The *schedule* *rating* is a pricing method for insurance that involves modification of a general premium-rate class based on the specific characteristics of the coverage; the adjustment is typically based on charges or credits to a base premium. See also experience rating. 예정요율은 보험보장의 특유한 특성에 기초한 일반요율의 등급의 수정을 수반하는 보험의 가격결정방식이다. 요율수정시에는 일반적으로 기준보험료(base premium)에 대한 요금이나 대변(credit)을 근거로 한다.

scheduled territories [영] (외국환관리상의) 지정지역

schema 개요, 도식

scheme 계획, 대요(大要) ¶ a pension *scheme* 연금계획 /the data based exports *scheme* 데이터에 의거한 수출계획 /merit *scheme* 우선(優先)제도

school 학교 ¶ *school* bank [savings] 학교은행 /*school* savings account 학교저금, 어린이은행

Schuldschein [독] 채무증서 ¶ *Schuldschein* is abbreviated form of Schuldscheindarlehen, or German certificates of indebtedness. *Schuldschein* represents transferable interests in loans between borrowers and banks; the certificates allow loan interests to be transferred to other investors, creating a certain amount of secondary trading and liquidity in the contracts. Schuldschein(채무증서)은 Schuldscheindarlehen(채무증서대출) 또는 독일 채무증서의 약자형식이다. 채무증서는 차입자와 은행간의 대출에서 양도가능금리를 나타낸다. 그 증서는 대출금리가 다른 투자자에게 양도되는 것을 허용하며, 이는 계약에서 제2차 거래와 유동성의 일정한 금액을 창출한다.

science park 첨단과학집중지역

scienter *ad.* (L) 알면서(knowingly), 악의로(with guilty knowledge), 사기의 의도로

n. (L) 사전인식(previous knowledge) ¶ *Scienter* refers to knowledge by the misrepresenting party that material facts have been falsely represented or omitted with an intent to deceive. 사전인식은 중요한 사실이 기망할 의도로 거짓으로 표시되거나 또는 생략된 것으로 잘못 설명하는 당사자가 인지(認知)하는 경우이다.

scoop (금전 등의) 큰 벌이, 대성공, (신문의) 특종, 새로운 정보 ¶ *Scoop* is news story published before one by a rival news organization. 특종은 경쟁뉴스사(社)보다 앞서 발행된 뉴스기사를 말한다.

scope of authority 수권(授權)범위 ¶ In the law of agency, the *scope of authority* is those acts proper for the accomplishment of the goal of the agency, including not only the actual authorization conferred upon the agent by his or her principal but also that which has apparently or implicitly been delegated to the agent. 대리법(代理法)에서, 수권범위는 본인에 의해서 부여된 경우뿐만 아니라 대리인에게 명시적 또는 묵시적으로 수여된 실제의 수권(actual authorization)을 포함하여, 대리권의 목적의 완수를 위해서 적절한 행위를 말한다.

SCOR → **s**mall **c**orporate **o**ffering **r**egistration [약] 소규모회사증권발행등록

scorched-earth defense 초토방위책 ¶ The *scorched-earth defense* is a disposal by the target of a corporate acquisition of its crown jewels for the purpose of thwarting a hostile takeover. Such a strategy often results in a permanent impairment of its earning power and value. 초토방위책은 적대적 공개매수(hostile takeover)를 좌절시킬 목적으로 핵심인 기업매수의 대상을 처분하는 경

우이다. 이러한 전략은 수입능력(earning power)과 가치를 영원히 훼손하는 결과가 되기도 한다.

scorched earth policy 초토작전, (기업사냥대항책으로서의) 경영기반초토작전 (묘미가 있는 자산의 매각, 이문이 없는 자산의 구입, 불이익한 차입 등 기업의 매력을 감쇄하는 수단을 취한다.) ¶ The *scorched-earth policy* is a technique used by a company that has become the target of a takeover attempt to make itself unattractive to the acquirer. For example, it may agree to sell off the most attractive parts of its business, called the crown jewels, or it may schedule all debt to become due immediately after a merger. See also Jonestown defense; poison pill; share repellent. 초토작전이란 매수(takeover) 기도의 표적이 된 기업이 자사의 매력을 저하시켜서 매수하려고 하는 기업의 의욕을 꺾는 작전을 이른다. 예를 들면, 최우량자산(crown jewels)의 매각을 결정한다든지, 합병(merger) 직후에 모든 채무(debt)의 지급기한이 오도록 한다든지 하는 경우이다. Jonestown defense(존스타운 방위작전); poison pill(포이즌필); shark repellent(기업매수방지책)도 참조할 것.

기업볼을 차기 어렵게 하는 작전

SCORE 스코어 ¶ The *SCORE* is an acronym for Special Claim on Residual Equity, a certificate issued by the Americus Shareowner Service Corporation, a privately held company formed to market the product. A *SCORE* gave its holder the right to all the appreciation on an underlying security above a specified price, but none of the dividend income from the security. Its counterpart, called PRIME, passed all dividend income to its holders, who got the benefit of price appreciation up to the limit where *SCORE* began. PRIME and *SCORE* together formed a unit share investment trust (USIT), and both were listed on the American Stock Exchange. A buyer of a *SCORE* unit hoped that the underlying stock would rise steeply in value. 스코어는 Special Claim on Residual Equity(잔여지분특별청구권)의 머리글자에서 따온 약어로, 그 상품(SCORE)을 판매할 목적으로 설립된 비공개회사인 Americus Shareowner Service Corporation이 발행하는 수익증권(certificate)이다. 기초증권(underlying security)의 가격이 일정한 수준을 초과하면 SCORE의 보유자는 초과한 부분의 가격상승익을 모두 얻는 권리가 있으나, 주식의 배당은 전혀 얻지 못한다. SCORE와 대칭되는 것이 PRIME인데, PRIME의 보유자는 기초증권의 배당을 전부 얻을 수 있지만, 가격상승익은 SCORE가 발효하는 가격수준까지밖에 얻지 못한다. PRIME과 SCORE는 유닛셰어 인베스트먼트트러스트(unit share investment trust: USIT)를 형성하고, 양자 모두 아메리칸증권거래소(American Stock Exchange)에 상장되었다. SCORE 단위의 매수인은 기초증권의 가격이 급등할 것을 기대하였다.

S corporation 에스회사 → subchapter S (에스조항).

scrap value 잔존가격 → salvage value (처분가격, 전용(轉用)가격, 잔존가격). ¶ *Salvage value* is estimated value of a property when the taxpayer completes his use of the property. In determining the amount of depreciation allowable, salvage value must be subtracted from basis. Salvage value is ignored by the MACRS and ACRS rules. 처분가격은 납세자가 재산의 사용을 완료하는 경우에 재산의 예상가격을 말한다. 감가상각 준비금액을 결정함에 있어서, 처분가격은 기준에서 공제되어야 한다. 처분가격은 수정가속상각제도(MACRS: Modified Accelerated Cost Recovery System)와 가속상각제도(ACRS: Accelerated Cost Recovery System)에 의하여 무시된다.

scratch 막 쓰는 용의 (종이) ¶ *scratch* paper; a *scratch* pad 메모용지

screen (stocks) 스크린하다, 투자주식을 선정하다 ¶ To *screen* (*stocks*) is to look for stocks that meet certain predetermined investment and financial criteria. Often, stocks are screened using a computer and a data base containing financial statistics on thousands of companies. For instance, an investor may want to *screen* for all those companies that have a price/earnings ratio of less than 10, an earnings growth rate of more than 15%, and a dividend yield of more than 4%. 스크린한다는 것은 주식투자를 할 때에 사전에 결정된 투자기준과 재무기준을 충족하는 주식을 탐색하는 것이다. 많은 기업의 재무데이터가 수록된 데이터베이스를 사용하여 컴퓨터에서 행하는 경우가 많다. 예를 들면, 주가수익률(price/earnings ratio)이 10배 이하, 증익률(增益率)이 15% 이상, 배당이율(dividend yield)이 4% 이상의 기업을 전부 골라내는 것이다.

screening 심사 ¶ *screening* (loans)(대출)심사 /*screening* of applications for loans 대출신청심사

scrip 스크립, 가(假)주권, 가증권, 증서, 보증서 ¶ In general, *scrip* is receipt, certificate, or other representation of value reorganized by both payer and payee. Scrip is not currency, but may be convertible into currency. 일반적으로, 스크립은 수령증(receipt), 증서, 기타 지급인(payer)과 수취인(payee)의 양자가 인정하는 가치를 표창하는 것이다. 스크립은 화폐는 아니지만, 화폐와 상환할 수 있는 것이다. ¶ In securities, the *scrip* is a temporary document that is issued by a corporation and that represents a fractional share of stock resulting from a split, exchange of stock, or spin-off. *Scrip* certificates may be aggregated or applied toward the purchase of full shares. *Scrip* dividends have historically been paid in lieu of cash dividends by companies short of cash. 증권에 있어서, 스크립은 회사가 발행하는 가증권(假證券)으로, 주식분할(split), 주식교환(exchange of stock), 스핀오프(spin-off)에서 생기는 단위 미만주(fractional share)를 표시하는 것이다. 스크립권(券)을 모아서 단위주(full shares)의 구매에 이용할 수 있다. 스크립으로 배당하는 일은 이전부터 현금이 부족한 회사에서는 현금배당 대신에 지급되어 왔다. /*scrip* dividend 가증권배당 /*scrip* holder 가주주 ***scrip issue*** [영] 무상신주(bonus issue) (*cf.*) [미] stock dividend 주식배당 ¶ The *scrip issue* is the issue of new share certificates to existing shareholders to reflect the accumulation of profits in the reserves of a company's balance sheet. It is thus a process for converting money from the company's reserves into issued capital. The shareholders do not pay for the new shares and appear to be no better off. However, in a 1 for 3 *scrip issue*, say, the shareholders receive one new share for every three existing shares they own. This automatically reduces the price of the shares by 25%, catering to the preference of shareholders to hold lower-priced shares rather than heavy shares; it also encourages them to hope that the price will gradually climb to its former value, which will, of course, make them 25% better off. In the USA this is known as a stock split. 무상신주는

회사의 대차대조표상의 준비금에 이익적립을 반영하기 위하여 현재의 주주들에게 신주권(新株券, new share certificate)을 발행하는 경우이다. 따라서 그것은 회사의 준비금의 금전을 발행자본으로 전환하는 과정이다. 주주들은 신주에 대해서 현금을 지급하지 않으며 형편이 나아지는 것처럼 보이지 않는다. 그렇지만, 말하자면, 3주당 1 무상신주와 같이, 주주들은 3주식을 소유하는 것에 대해서 1무상주를 받는다. 이것은 자동적으로 주식의 가격을 25%를 감소하여 대량의 주식보다 오히려 저가의 주식을 보유하는 편에 주주의 우선권에 영합하는 것이다. 즉, 그것은 주주에게 주가는 점차 이전의 가격으로 상승할 것이라는 희망을 가지게 한다. 물론 무상신주들은 25% 이상 상승할 것이다. 미국에서 이것은 주식분할(stock split)으로 알려져 있다.

scripophily 고증권의 수집 ¶ The *scripophily* is a practice of collecting stock and bond certificates for their scarcity value, rather than for their worth as securities. The certificate's price rises with the beauty of the illustration on it and the importance of the issuer in world finance and economic development. Many old certificates, such as those issued by railroads in the 19th century or by Standard Oil before it was broken up in the 20th century, have risen greatly in value since their issue, even though the issuing companies no longer exist. 고증권의 수집은 주권이나 채권을 증권으로서의 가치보다 오히려 희소성의 가치로 수집하는 것이다. 도안의 아름다움이나, 세계의 금융·경제발전사상 발행체가 발휘해 온 역할의 중요성에서 가격이 상승한다. 19세기에 철도회사가 발행한 것이라든가, 스탠더드 석유가 20세기 초의 해체전에 발행한 것이라든가, 오랜 증권의 대부분은 발행회사가 존재하지 않음에도 불구하고 발행이래 가격이 대폭 상승하고 있다.

scruting 정사(精査), 음미 ¶ a *scruting* of endorsement 배서의 음미

scud [딜러용어] 포르투갈 에스쿠도(Portuguese escudo)

SDD (ISO) code Sudanese Republic – currency Sudanese dinar. ¶ SDD (국제표준기구) 약호 수단공화국 — 화폐 수단의 디나르(dinar).

SDR → **s**pecial **d**rawing **r**ight [약] 특별인출권[IMF(국제통화기금)가 1969년에 브레튼 우즈체제의 고정환율제도를 지원하기 위해 창설한 국제적 준비자산(international reserve asset)을 말한다.] ¶ The *special drawing rights* (*SDRs*) are a measure of a nation's reserve assets in the international monetary system; known informally as "paper gold." First issued by the International Monetary Fund (IMF) in 1970, *SDRs* are designed to supplement the reserves of gold and convertible currencies (or hard currencies) used to maintain stability in the foreign exchange market. For example, if the U.S. Treasury sees that the British pound's value has fallen precipitously in relation to the dollar, it can use its store of *SDRs* to buy excess pounds on the foreign exchange market, thereby raising the value of the remaining supply of pounds. The IMF allocates to each of its more than 140 member countries an amount of *SDRs* proportional to its predetermined quota in the fund, which in turn is based on its gross national product (GNP). Each member agrees to back its *SDRs* with the full faith and credit of its government, and to accept them in exchange for gold or convertible currencies. IMF의 특별인출권은 국제통화제도에 있어서 국가의 준비자산의 자산으로, 통칭 「페이퍼골드」(paper gold)로 알려져 있다. 1970년에 처음으로 국제통화기금(International Monetary Fund: IMF)에 의해 발행되었으므로, 외환시장의 안정의 유지에 사용되는 금(金)이나 교환가능한 통화(硬貨) 등의 준비자산의 보완을 목적으로 하고 있다. 예를 들면, 미국 재무부가 영국의 파운드화(貨)가 대 달러에서 급락하고 있다고 판단한다면, SDR을 인출하여 외환시장에서 파운드화를 매입

하여 파운드화의 가치를 인상할 수 있다. IMF는 140여개국 이상의 가맹국에 대해서 기정의 IMF출자할당액에 비례하여 SDR을 할당한다. IMF출자할당액은 국민총생산(gross national product: GNP)을 기준으로 하고 있다. 각 가맹국은 자국의 SDR를 자국정부의 충분한 신뢰와 신용(full faith and credit)으로 뒷받침되어 금이나 교환가능한 통화와 상환하여 수입(受入)한다. /*SDR*-linked deposit SDR연계예금

sea B/L 해양선하증권

sea-borned goods 박래품(舶來品)

seal [n.] 인장, 검인, 봉인(封印) ¶ affix a *seal* 봉인을 찍다 /certification of a *seal* impression 인감증명 /commission *seal* 공인(公印) /a common *seal* 법인의 인장 /company *seal*; corporation *seal* 사인(社印) /a facsimile of a *seal*; a *seal* impression 인감(印鑑) /filing of a *seal* impression; presentation of a *seal* impression 인감계(印鑑屆) /a notarial *seal* 공증인인(公證人印) /an official *seal* 직인(職印), 행인(行印) /place a *seal* to …; put [set] one's *seal* to … …에 날인(捺印)하다 /pur a *seal* to [on] …; put under *seal* …에 봉인(封印)하다 /*seal* book 인감부(印鑑簿) /a *seal* of approval 검인 /*seal* off 봉인없음 /under one's *seal*; under *seal*; stamped with one's *seal* 조인(調印)하여 /under *seal* 조인되어서, 압인(押印)[증명]한 /written contract under *seal* 날인계약서 ***contract under seal*** 날인계약 ¶ A court will not invalidate a *contract under seal* for lack of consideration. 법원은 약인의 결여로 날인계약을 무효로 하지 않는다. ¶ A *contract under seal* is a contract that is signed and has the (wax) seal of the signer attached. 날인계약서는 서명되고 서명자의 (밀랍)봉인이 첨부된 계약서를 말한다.
[v.] 검인을 찍다, 봉인(封印)하다

search [v.] 조사하다, 점검하다
[n.] 검사, 조사

season 계절 ¶ a busy *season* 번망기(繁忙期) /the off *season* 시즌오프 /*season* dating 계절지급조건 /a slack [dull] *season* 불경기의 계절

seasonal 계절의, 계절적인 ¶ after *seasonal* allowance 계절조정을 끝내고 /before *seasonal* allowance 계절조정을 하기 전에 /*seasonal* credit needs 계절적 신용수요 /*seasonal* demand 계절적 수요 /*seasonal* exchange movement; *seasonal* fluctuation in exchange 계절적 외환변동 /*seasonal* fund 계절자금 /*seasonal* lending 계절적 대출 /without *seasonal* adjustment 계절조정을 끝내지 않고 /with *seasonal* adjustment 계절조정을 끝내고 ***seasonal adjustment(s)*** 계절조정 ¶ *Seasonal adjustment* is statistical procedure for time series data to remove seasonal variations, allowing a clearer view of nonseasonal changes in the data. For example, the seasonal variation in the prices of fruits and vegetables can have a substantial impact on the consumer price index unless the index calculation includes a *seasonal adjustment*. 계절조정이란 기간시리즈 데이터가 계절적 변동을 제거하는 통계적 절차로서, 데이터상의 비계절적 변화의 더 명확한 전망을 허용하는 경우이다. 예를 들면, 과일과 채소의 물가에 있어서 계절적 변동은 지수계산에 계절조정을 포함하지 않는 한 소비자물가지수에 실질적 영향을 가질 수 있다. ~ ***variation*** (시세의) 계절변동 ¶ The *seasonal variation* is a regularly recurring change in the value of a variable. For example, electric utilities generally experience significant seasonal sales variations in electricity. Likewise, toy manufacturers have sales increases before Christmas. (시세의) 계절변동은 가변물(variable)의 가격에 정기적으로 되풀이되는 변화를 말한다. 예를 들면, 전기사업은 일반적으로 전기의 뚜렷한 계절적 판매상의 변동을 경험한다. 마찬가지로, 장난감 제조업자는 크리

스마스 전에 판매상의 증가를 맛본다.

seasonality 계절성, 계절변동 ¶ *Seasonality* is variations in business or economic activity that recur with regularity as the result of changes in climate, holidays, and vacations. The retail toy business, with its steep sales buildup between Thanksgiving and Christmas and pronounced dropoff thereafter, is an example of *seasonality* in dramatic form, though nearly all businesses have some degree of seasonal variation. It is often necessary to make allowances for *seasonality* when interpreting or projecting financial or economic data, a process economists call seasonal adjustment. 계절변동은 기후, 행사, 휴가로 인하여 규칙적으로 반복되는 사업활동이나 경제활동의 변동을 이른다. 완구소매업은 추수감사절로부터 크리스마스에 걸쳐서 매상이 급증하고, 그 후 확실히 하락하는 것이 계절변동이 현저한 실례이지만, 거의 모든 사업이 어느 정도의 계절변동을 볼 수 있다. 재무지표 또는 경제지표의 분석이나 예측에서는, 계절변동을 고려할 필요가 있는 경우가 많다. 이 작업을 프로세스 이코노미스트(process economist)는 계절조정(seasonal adjustment)라고 한다.

seasonally 계절적으로 ¶ *seasonally* adjusted figure (sa) 계절조정이 끝난, 계절조정치(値).

seasoned 숙련된, 익숙한 ¶ The word *seasoned* means securities that have been trading in the secondary market for a lengthy period of time, and have established a track record of significant trading volume and price stability. Many investors prefer buying only *seasoned* issues instead of new securities that have not stood the test of time. 숙련된(seasoned)이라는 말은 유통시장(secondary market)에서 장기간 거래되고 있는 증권으로, 거래량이 큰 점과 가격안정성이 높은 점을 보유해 온 실적이 있는 증권이다. 많은 투자자는 시간의 시련을 겪지 않은 신발(新發)증권(new securities) 대신에 기발증권(旣發證券)만을 구입한다. /*seasoned* operator 숙련된 전문가 /*seasoned* stock 안정주식 ***seasoned issue*** 우량기발증권(優良旣發證券) ¶ The *seasoned issue* is securities (usually from established companies) that have gained a reputation for quality with the investing public and enjoy liquidity in the secondary market. 우량기발증권(優良旣發證券)이란 주로 실적이 있는 회사가 발행한 증권(security)으로, 일반투자자 사이에서 그 질이 높게 평가되어, 유통시장(secondary market)에서의 유동성(liquidity)이 높은 증권을 이른다. ~ ***securities*** 확실[안전]한 증권 ¶ *Seasoned securities* are securities that have a track record, that have been on the books at least one year, and that are traded in the secondary market. *Seasoned securities* are worth more to investors than securities that are less well known to investors. 확실한 증권은 실적(track record)이 있고, 적어도 1년 동안 장부상에 기재되고 있으며, 유통시장(secondary market)에서 거래되고 있는 증권을 말한다. 확실한 증권은 투자자에게 적게 알려진 증권보다 더 가치 있는 증권이다.

seat 좌석, 지위, 회원권 ¶ The *seat* is a figurative term for a membership on a securities or commodities exchange. Seats are bought and sold at prices set by supply and demand. A *seat* on the New York Stock Exchange, for example, traded for over $1 million prior to Black Monday in 1987 and just over $400,000 in late 1989. seat(회원권)란 증권거래소나 상품거래소의 회원임을 나타내는 수식어다. 회원권은 수요와 공급에 근거해서 매매된다. 예컨대, 뉴욕증권거래소의 회원권은 블랙먼데이 이전 1987년에는 100만 달러 이상으로 거래되고 1989년 말에는 40만 달러로 거래되었다. /a *seat* on the exchange (주식거래소의) 회원권 /*seat* on the

Stock Exchange 주식거래소의 회원

sea transportation 해상운송

SEC → Securities Exchange Commission [약] [미] 증권거래위원회 → Securities Exchange Commission (증권거래위원회). ***SEC EDGAR*** 에드가, 전자정보개시시스템 ¶ Known simply as EDGAR, *SEC EDGAR* is the electronic data gathering analysis, and retrieval system that performs automated collection, validation, indexing, acceptance, and forwarding of submission by companies and others who are required by law to file forms with the Securities and Exchange Commission. SEC documents can be read or downloaded from the web site www. sec. gov. 간단히 에드가로 알려지고 있는 SEC EDGAR는 법률상 미국증권거래위원회(Securities and Exchange Commission: Sec)에 게출하게 되어 있는 기업 기타의 기관이 게출하는 서류를 컴퓨터를 사용하여 수취, 인증, 인덱스화, 승인, 전송하는 것을 전자 데이터의 수집, 분석, 및 검색하는 시스템이다. SEC서류는 웹사이트 www.sec.gov.에서 읽을 수 있고 다운로드받을 수 있다. ***SEC fee*** SEC수수료 ¶ *SEC fee* is small (one cent per several hundred dollars) fee charged by the Securities and Exchange Commission (SEC) to sellers of equity securities that are exchange traded. SEC수수료는 미국증권거래위원회가 증권거래소에서 거래되는 주식(equity)의 매매가에 부과하는 소액(수백 달러당 1센트)의 수수료를 이른다.

second 제2의, 2순위의 ¶ a *second* company 제2회사 /a *second* half year; the *second* half of the year 하반기 /a *second* mortgage 2번 모기지담보 /*second* teller 2번 텔러, 수납텔러, 수납계 [(*cf.*) a receiving teller 수납텔러와 동의어. the first teller는 지급텔러를 가리킨다.] ***second banking directive*** [영] 제2 은행업무지침 ¶ In the European Union, the *second banking directive* is a directive governing the ability and process for licensing of banks within the Union. 유럽연합에서, 제2 은행업무지침은 유럽연합내에서 은행의 허가를 위한 능력과 과정에 적용되는 지침을 말한다. ~ ***mortgage*** 제2순위 모기지론 ¶ The *second mortgage* is a real estate mortgage with a subordinate claim to another mortgage on the same property. The *second mortgage* is more risky to the lender than the first mortgage; thus it carries a higher rate of interest. Also called piggyback loan. 제2순위 모기지론이란 동일한 부동산을 두고 다른 모기지에 비해서 하위의 청구권을 가지는 부동산의 모기지론이다. 제2순위의 모기지론은 제1순위의 모기지보다 대여자(貸與者)에게는 더 위험하다. 따라서 그것은 더 높은 금리(金利)를 수반한다. 이를 piggyback loan(피기백 론)이라고도 한다. ~ ***mortgage lending*** 제2순위 모기지 대출 ¶ The *second mortgage lending* is advancing funds to a borrower that are secured by real estate previously pledged in a first mortgage loan. In the case of default, the first mortgage has priority of claim over the second. 제2순위 모기지 대출은 제1순위 모기지론(loan)에서 이미 담보된 부동산(real estate)에 의하여 담보된 차입자(借入者)에게 자금을 선급하는 경우이다. 디폴트의 경우에는 제1순위의 모기지가 제2순위의 모기지보다 우선청구권을 가진다. ~ ***round*** 제2라운드 ¶ The *second round* is an intermediate stage of venture capital financing, coming after the seed money (or start-up) and first round stages and before the mezzanine level, when the company has matured to the point where it might consider a leveraged buyout by management or an initial public offering (IPO). 제2 라운드는 벤처캐피탈 파이낸싱의 중간단계로, 시드머니(seed money) 또는 회사개업(start-up), 그 후의 제1라운드(first round)단계를 거쳐, 메자닌 레벨(mezzanie level)에 들어가는 직전의 단계를 말한다. 메자닌 레벨에서는 기업은 경영진에 의한 레버리지드 바이아웃(leveraged buyout)이나 신규주식공모(IPO)를 고려할 때까지

성숙하고 있다. ~ ***31 fee*** 31조 수수료 ¶ The *second 31 fee* is transaction fees self-regulatory organizations, such as the national securities exchanges, are required, under Section 31 of the Securities Exchange Act of 1934, to pay the Securities and Exchange Commission based on the volume of securities sold on their markets. Fees cover the SEC's costs for supervising and regulating the markets and securities professionals. 31조 수수료는 전국증권거래소(national securities exchanges)와 같은 자율규제단체가 1934년의 증권거래소법(Securities Exchange Act of 1934) 제31조에 의하여 증권시장에서 판매된 증권의 수량에 기초하여 미증권거래위원회(SEC)에 지급하여야 하는 거래비용을 말한다. 이 비용은 증권시장과 증권프로페셔널을 감독하고 규제하는 데에 들어가는 SEC의 경비에 충당한다.

second- 제2의, 둘째 번의 ¶ *second*-class paper 2류 어음 /*second*-rate 질이 나쁜, 2류의 /*second*-rate goods 2등품 ***second-preferred stock*** 열후우선주 ¶ The *second-preferred stock* is a preferred stock issue that ranks below another preferred issue in terms of priority of claim on dividends and on assets in liquidation. *Second-preferred shares* are often issued with a convertible feature or with a warrant to make them more attractive to investors. See also junior security; preferred stock; prior-preferred stock; subscription warrant. 열후우선주는 배당이나 잔여재산(asset in liquidation)의 분배가 다른 우선주(preferred stock)에 열후하는 우선주를 말한다. 열후우선주는 전환청구권(convertible feature)이나 신주인수권(warrant)을 부가하여 투자자에게 매력이 있는 주식이 많다. junior security(열후증권); preferred stock(우선주); prior-preferred stock(제1우선주); subscription warrant(신주인수권증서)도 참조할 것. ~***-to-die insurance*** 유족보험 ¶ The *second-to-die insurance* is an insurance policy that pays a death benefit upon the death of the spouse who dies last. Such insurance typically is purchased by a couple wanting to pass a large estate on to their heirs. When the first spouse dies, the couple's assets are passed tax-free to the second spouse under the marital deduction. When the second spouse dies, the remaining estate could be subject to large estate taxes. The proceeds from the *second-to-die insurance* are designed to pay the estate taxes, leaving the remaining estate for the heirs. Such insurance is appropriate only for those facing large estate tax liabilities. Because the policy is based on the joint life expectancy of both husband and wife, premiums typically cost less than those on traditional cash value policies on both lives insured separately. Also called survivorship life insurance. 유족보험이란 부부 중의 남은 1인이 사망하면 사망급여금(death benefit)이 지급되는 보험을 말한다. 주로 상속인에게 거액의 유산을 남기고 싶은 부부가 가입한다. 부부 중의 누군가가 사망한다면, 부부의 재산은 배우자공제(marital deduction)에 의하여 남은 1사람은 비과세로 상속한다. 남은 1사람도 사망하면 유산에 거액의 상속세가 나올 가능성이 있지만, 이 보험의 급여금이 상속세(estate tax)의 지급에 충당되어 남은 유산이 상속인에게 돌아간다. 부부 2사람의 수명이 보험료계산의 기초가 되기 때문에 종래의 저축형 생명보험(cash value insurance)을 개별로 들기보다도 보험료가 낮은 경우가 많다. survivorship life insurance(유족보험)이라고도 한다.

secondarily 제2로, 제2위로 ¶ *secondarily* liable 당사자 다음에 책임이 있는 제3채무자로서

secondary 제2의, 부(副)의, 2차적인 ¶ *secondary* distribution [offering] 유통시장에서의 판매 /*secondary* industry (광공업, 건축토목, 가스, 전기, 수도 등의) 제2차산업 /*secondary* liquidities 제2차 유동자산 /*secondary* reserves 제2선 지급준비

secondary bank [영] 세컨더리 은행(머천트뱅크, 영국계 해외은행, 일부 파이낸스 회사를 포함한다.) ¶ In the United Kingdom, the *secondary bank* is non-bank financial institution that performs many of the functions of a bank but does not typically offer checking accounts or saving accounts. 영연합왕국에서 세콘더리 뱅크는 은행의 많은 기능을 수행하는 비은행 금융기관이지만, 전형적인 것은 당좌예금이나 저축성예금을 내놓고 있지 않다는 것이다. ~ ***distribution*** 제2차 분매(分賣) ¶ *Secondary distribution* is public sale of previously issued securities held by large investors, usually corporations, institutions, or other affiliated person, as distinguished from a new issue or primary distribution, where the seller is the issuing corporation. As with a primary offering, secondaries are usually handled by investment bankers, acting alone or as a syndicate, who purchases the shares from the seller at an agreed price, then resell them, sometimes with the help of a selling group, at a higher public offering price, making their profit on the difference, called the spread. Since the offering is registered with the Securities and Exchange Commission, the syndicate manager can legally stabilize – or peg – the market price by bidding for shares in the open market. Buyers of securities offered this way pay no commission, since all costs are borned by the selling investor. If the securities involved are listed, the consolidated tape will announce the offering during the trading day, although the offering is not made until after the market's close. Among the historically large secondary distributions were the Ford Foundation's offering of Ford Motor Company stock in 1956 (approximately $658 million) handled by 7 firms under a joint management agreement and the sale of Howard Hugh's TWA shares ($566 million) through Merill Lynch, Pierce, Fenner & Smith in 1966. 제2차 분매(分賣)는 보통 회사, 금융기관(financial institution), 특별관계자(affiliated person) 등의 대형투자자가 보유하고 있는 발행주식을 공모로 판매하는 경우이다. 주식발행의 주식회사가 매도인이 되는 신규발행(new issue), 말하자면 모집(primary distribution)과 대비하여 사용되는 표현이다. 신주발행의 경우와 마찬가지로, 제2차 분매도 통상 투자은행(investment banker)이 취급한다. 투자은행은 단독으로, 또는 신디케이트(syndicate)를 결성하여 합의한 가격으로 매도인으로부터 주식을 구입하여 전매(轉賣)한다. 이 때에 판매단(selling group)을 조직하는 일도 있다. 공모가격(public offering price)을 구입가격보다도 높게 설정하기 때문에, 이 가격차(스프레드, spread)가 투자은행의 이익이 된다. 제2차 분매는 미증권거래위원회(SEC)에 등록되어 있기 때문에, 신디케이트단 간사(syndicate manager)가 공개시장에서 주식을 매입하여 시장가격을 안정(peg)시키는 안정조작거래(stabilization)가 법적으로 인정되고 있다. 제2차 분매에서 주식을 구입하는 경우에는, 비용은 전부 매도인의 부담으로 되므로, 매수인은 수수료를 지급할 필요가 없다. 공개주식이 대상이 되는 경우, 거래시간중에 종합증권시세표시 테이프(consolidated tape)에서 제2차 분매가 고지되고 있으나, 제2차 분매는 막장 후까지 실시되지 않는다. 주된 대형안건으로서는, 1956년의 포드재단에 의한 포드자동차주(株)(약 6억 5,800만 달러)의 매각(7개사로 구성되는 신디케이트단이 담당)이나 1966년의 하워드 휴즈(Howard Hughes)에 의한 트랜스월드(TWA)항공주(5억 6,600만 달러)의 매각(메릴린치, 피어스, 페너 및 스미스가 담당)이 있다. ~ ***market*** 유통시장 ¶ A *secondary market* is exchanges and over-the-counter markets where securities are bought and sold subsequently to original issuance, which took place in the primary market. Proceeds of *secondary market* sales accrue to the selling dealers and investors, not to the companies that originally issued the securities. 유통시장이란 발행시장(primary market)에서 발행된 증권이 그 후 매매되는 거래소나 장외시장(over-the-counter)을 이른다. 매각대금은 매도인의 딜러나 투자자가 수취하고, 증권의 발행회사로는 들어가지 않는다. ¶ A *secondary market* is a market in securities that have been listed for some time, rather than in new issues, *Secondary market* trading occurs on a stock exchange. 유통시장은 신주발행의 시장이라고 하기보다도 언젠가 상장된 증권의 시장을 이른다. 이런 시장거래는 주식거래소에서 일어난다. ~ ***mortgage market*** 모기지 유통시장 ¶ The *secondary mortgage market* is buying, selling, and trading of existing mortgage loans and mortgage-backed securities. Original lenders are thus able to sell loans in their portfolios in order to build liquidity to support additional lending. Mortgages originated by lenders are purchased by government agencies (such as the Federal Home Loan Mortgage Corporation and the Federal National Mortgage Association) and by investment bankers. These agencies and bankers, in turn, create pools of mortgages, which they repackage as mortgage-backed securities, called pass-through securities or participation certificates, which are then sold to investors. The *secondary mortgage* market thus encompasses all activity beyond the primary market, which is between the homebuyers and originating mortgage lender. 모기지 유통시장은 기존의 모기지 대출(주택론)채권이나 모기지담보증권(mortgage-backed security)의 구입, 판매나 매매(trading)을 말한다. 당초의 대여자(original lender)는 대출채권을 매각함으로써 유동성(liquidity)을 높이고, 다시 추가융자가 가능하도록 한다. 대여자가 실행한 모기지(부동산담보부 채무증권)(mortgage)는 미연방주택모기지대출공사(Federal Home Loan Mortgage Corporation)나 미연방모기지협회(Federal National Mortgage Association) 등의 정부기관이나 투자은행(investment banker)이 구입하여 패스트루증권(pass-through security)이나 참가증권(participation certificate) 등의 모기지담보증권에 리패키지(repackage)하여 투자자에 판매된다. 그러므로 모기지 유통시장에는 주택구입자와 당초의 모기지 대출의 대여자간에서 형성되는 발행시장(primary market) 이래의 모든 활동이 포함된다. ~ ***offering*** 제2차 분매(分賣) → secondary distribution [제2차 분매(分賣)]. ~ ***reserves*** [영] 제2차적 준비금 ¶ *Secondary reserves* are reserves in excess of those that financial institutions are required to hold for regulatory reasons. *Secondary reserves* are often used as an emergency buffer to meet unexpected obligations; accordingly, they are generally held in the form of very liquid, low-risk securities that can be converted into cash very quickly. 제2차적 준비금은 금융기관들이 규제적 이유로 보유하여야 하는 준비금을 넘은 준비금을 말한다. 제2차적 준비금은 예상치 못한 채무에 대비하기 위하여 긴급완충역으로 사용될 때가 종종 있다. 따라서, 제2차적 준비금은 일반적으로 매우 빠르게 전환할 수 있는 매우 유동적이고 위험이 낮은 증권의 형식으로 보유된다. ~ ***stocks*** 2류주식 ¶ *Secondary stocks* are used in a general way to mean stocks having smaller market capitalization, less quality, and more risk than blue chip issues represented by the Dow Jones Industrial Average. *Secondary stocks*, which often behave differently than blue chips, are tracked by the Amex Market Value Index, the NASDAQ Composite Index, and broad indexes, such as the Standard & Poor's Index. Also called second-tier stocks. 2류주식은 다우존스 공업주식 평균(Dow Jones Industrial Average)을 구성하는 우량주(blue chip)와 비교하여 시가총액(market capitalization)이 적고, 질이 낮으며, 리스크가 높은 주식의 일반적인 호칭이다. 우량주와는 다른 가치변동을 하는 경우가 많아 AMEX 마켓밸류지수(AMEX Market Value Index), 나스닥 종합지수(NASDAQ Composite Index)나 스탠더드앤드푸어스 주가지수(Standard & Poor's Index) 등의 폭넓은 종목으로 구성되는 주가지수에 채용되고 있다. 이를 second-tier stock(2류주식)라고도 한다. ~ ***trading***

[영] 2차적 거래 ¶ The *secondary trading* is any trading in securities or loans that occurs after primary market issuance is completed. *Secondary trading* may take place through an exchange or over-the-counter. In certain cases market makers make two-way prices in order to ensure a minimum level of activity. 2차적 거래는 발행시장발행이 종료한 후에 발생하는 증권이나 대출의 거래를 말한다. 2차적 거래는 거래소나 장외거래를 통해서 일어날 수 있다. 어떤 경우에는 마켓메이커가 자기활동의 최소수준을 확보하기 위하여 매도호가와 매수호가동시의 가격(two-way price)을 나타낸다.

second-tier 2류의 ¶ *second-tier* market 비상장증권거래시장 ***second-tier stock*** 이류주식 → secondary stock (2류주식).

secrecy 비밀, 비밀엄수

secret 기밀, 비밀 ¶ banking *secret* 은행비밀 /*secret* asset 부외(簿外)자산 /*secret* commission 뒷구멍 수수료

secretarial 서기[비서]의 ¶ *secretarial* firm 업무대행회사

secretary 비서, [미] (S~) (각 부처의) 장관(다른 국가의 Minister에 해당한다.), [영] 국무장관

sector 부문 → industrial sectors (산업섹터) ¶ the private *sector* 사적 섹터, 민간부문 /public *sector* 공적 섹터, 공공부문 ***sector fund*** 섹터펀드 → specialized mutual fund (업계한정 뮤추얼펀드). ~ ***neutral indexing*** 섹터 뉴트럴인덱싱 ¶ The *sector neutral indexing* is a type of enhanced indexing where sectors comprising an index are replicated but individual stocks are varied with the aim of outperformance. 섹터 뉴트럴인덱싱은 인핸스트인덱싱(enhanced indexing)의 일종으로, 인덱스를 구성하는 섹터는 반복되지만, 개별적인 주식은 투자수익을 올릴(outperformance) 목적에 따라 다르다. ~ ***option*** [영] 섹터옵션 ¶ The *sector option* is a over-the-counter or exchange-traded option that reference the price or volatility of an entire industrial or regional sector (e.g., banks, automobile manufacturers, technology companies, emerging markets). Although the sector contract provides diversification among individual common stocks, it still creates a concentration in a broad group. 섹터옵션은 전산업이나 지역부분(예컨대, 은행, 자동차제조업자, 기술회사, 신흥시장)의 가격이나 가격변동성을 예시하는 장외거래 또는 장내거래의 옵션이다. 섹터계약이 개인보통주간의 분산화를 제공하더라도, 그래도 광범한 그룹에서 집중력을 창출한다. ~ ***rotation*** 섹터 로테이션 ¶ The *sector rotation* is a stock investment strategy in which money is moved from one industrial sectors to another in an effort to catch respective upcycles and thus outperform the overall market. Also called group rotation. 섹터 로테이션은 투자할 섹터(industrial sector)를 변경해 하는 주식투자전략으로, 경기의 순환에 따라 그 때에 인기가 오른다고 예상되는 섹터에 투자하게 된다. 이를 group rotation(그룹 로테이션)이라고도 한다.

secular 구조요인, 장기적 변동요인 ¶ *Secular* is long-term (10–50 years or more) as distinguished from seasonal or cyclical time frames. 구조요인이란 장기적(10 내지 50년 또는 그 이상)인 변동요인을 이른다. 단기적인 계절요인(seasonal)이나 순환요인(cyclical)과는 대비되어 사용된다. /*secular* stagnation 장기적 정체 /*secular* trend 장기적 경향 ***secular trust*** 세큘러 트러스트 ¶ The *secular trust* is a variation of the irrevocable Rabbi trust arrangement used with a nonqualified deferred compensation plan. Because the assets in a *secular trust* are not subject to the claims of creditors, it offers an executive more security than a Rabbi trust. 세큘러 트러스트는 부적격의 이연보수제도(deferred compensation plan)와 더불어 사용되는 취소불능의 래비트러스트(Rabbi trust)의 변형이다. 세큘러 트러스트에서 자산은 채권자의 청구에 따르는 것은 아니기 때문에, 그것은 래비 트러스트보다 신탁의 관리인(executive)에게 많은 담보력을 제공한다.

secure ⓐ 안전한, 견실한
ⓥ 보증하다, …에 담보를 부치다 ¶ *secured* accommodation 담보부 융통[융자] /*secured* bill 담보부 어음 /*secured* creditor 유담보채권자 /*secured* debenture [bond] 담보부 사채 /*secured* loan 담보부 대출 /*secured* mortgage 물상담보, 담보부 모기지 ***secured bond*** 담보부 채권(債券) ¶ The *secured bond* is a bond backed by the pledge of collateral, a mortgage, or other lien. The exact nature of the security is spelled out in the indenture. *Secured bonds* are distinguished from unsecured bonds, called debentures. 담보부 채권은 담보(collateral), 모기지(mortgage), 리엔(lien)을 뒷받침하는 채권(債券)을 말한다. 구제적인 조건은 채권신탁증서(indenture)에 기재된다. 채권은 debenture라고 부르는 무담보채(無擔保債)와 대비하여 사용한다. ***~d debt*** 담보부 채무 ¶ *Secured debt* is debt guaranteed by the pledge of assets or other collateral. See also assign; hypothecation. 담보부 채무는 자산 등의 담보(collateral)의 뒷받침이 있는 채무를 말한다. assign(양도하다); hypothecation(담보권설정)도 참조할 것. ***~d lease obligation bond (SLOB)*** 리스자산담보채권(債券) ¶ The *secured lease obligation bond* (*SLOB*) is bonds, typically issued by electric utilities to finance power plants, where payments are made from an assigned lease. Some *SLOBs* are additionally secured by a lien on the facility. 리스자산담보채권(債券)은 주로 전력회사가 발전소에 관한 자금조달을 할 목적에서 발행하는 채권(bond)이고, 전력회사에 의한 리스(lease) 지급금이 상환자원이 된다. 리스지급금에 부가하여 당해 자산에 리엔(lien)을 부치는 경우도 있다.

securities 증권, 유가증권 (*cf.*) security ¶ *Securities* is a general term that includes not only traditional securities such as shares of stock, bonds, and debentures, but also a variety of interests that involve an investment with the return primarily or exclusively dependent on the efforts of a person other than the investor. 유가증권(securities)은 주식, 담보부사채 및 무담보사채와 같은 전통적 증권뿐만 아니라, 투자를 투자자 이외의 어느 사람의 노력에 주로 또는 전적으로 의존하는 수익(收益)과 관련되는 여러 가지의 이권(利權)을 포함하는 일반적 용어이다. /asset-backed *securities* 자산을 담보로 발행되는 증권(의 총칭) /blue chip *securities* 우량의 증권 /foreign *securities* 외국증권 /foreign short-term *securities* 외국단기증권 /high-grade senior *securities* 고급상위증권 /purchase and sale of *securities* 증권의 매매 /secondhand *securities* 시장에 유통하고 있는 채권 /*securities* analysis 증권분석 /*securities* analysts 증권시장분석의 전문가, 증권애널리스트 /*Securities* and Futures Authority (SFA) [영] 영국증권선물위원회, 영국증권업협회 /*securities* broker 증권중매인 /*securities* business 증권업무 /*security* collateral loan(s) 증권금융, 증권담보대출 /*securities* company 증권회사 /*security* corporation 증권회사 /*security* credit 증권금융 /*securities* custodian 증권보관업자 /*securities* custody agreement 증권보관계약 /*security* dividend 증권배당 /*Securities* Exchange Act (SEA) [미] 증권거래소법 /*securities* finance 증권담보금융 /*securities* finance company [corporation] 증권금융회사 /*securities* financing 증권금융 /*Securities* Industry Association (SIA) [미] 증권업협회 /*securities* investment 증권투자, 유가증권투자 /*securities* investment trust 증권투자신탁

/*securities* investment trust management company; *securities* investment trust depositary company 증권투자신탁수탁회사 /*securities* investor 증권투자자 /*securities* let 대출유가증권 /*securities* trading 증권거래 /(*securities*) transfer agent 증권대행업무자 /*securities* transferred 증권명의개서 ***gilt-edged security*** 일류(一流)증권[주(株)], 우량증권[주식] ¶ The *gilt-edged security* is a security or bond of a company that has demonstrated over a number of years that it is capable of earning sufficient profits to cover dividends on stocks and interest on bonds with great dependability. The term is used with corporate bonds more often than with stocks, where the term blue chip is more common. 우량증권이란 오랜 세월에 걸쳐서 주식의 배당(dividends)이나 사채(corporate bond)의 이자지급(interest payment)을 행하는 데에 충분한 이익을 확실히 올려 온 실적있는 회사의 주식이나 채권을 말한다. 이 용어는 주식에 대해서라기보다도, 사채에 대해서 사용되는 일이 많다. 주식에 관하여는 블루칩(blue chip)이라는 호칭이 더 일반적이다. ***listed* [*quoted*]** ~ 상장증권, 상장유가증권 ¶ *Listed security* is stock or bond that has been accepted for trading by one of the organized and registered securities exchanges in the United States, which list more than 6,000 issues of securities of some 3,500 corporations. Generally, the advantages of being listed are that the exchange provide (1) an orderly marketplace; (2) liquidity; (3) fair price determination; (4) accurate and continuous reporting on sales and quotations; (5) information on listed companies; and (6) strict regulations for the protection of security holders. Each exchange has its own listing requirements, those of the New York Stock Exchange being most stringent. *Listed securities* include stocks, bonds. convertible bonds, preferred stocks, warrants, rights, and options, although not all form of securities are accepted on all exchanges. Unlisted securities are traded in the over-the-counter market. See also listing requirements; stock exchange. 상장증권은 미국에서 조직·등록된 증권거래소 중의 하나에서 거래가 인정되고 있는 주식(stock)이나 채권(bond)을 말한다. 미국의 거래소에서는 전부가 약 3,500사(社)의 6,000을 넘는 증권이 상장되어 있다. 일반적으로 상장의 이점은 거래소가 (1) 질서가 있는 시장, (2) 유동성(liquidity), (3) 공정한 가격의 결정, (4) 거래 및 시세의 정확과 계속적인 개시(disclosure), (5) 상장기업의 정보, (6) 증권투자자보호의 엄격한 규칙을 제공하고 있는 것이다. 이 중에서 뉴욕증권거래소(New York Stock Exchange)의 상장기준이 가장 엄격하다. 상장증권에는 주식, 채권, 전환사채(convertible bond), 우선주(preferred stock), 워런트(warrants), 신주인수권(right), 그리고 옵션(option)이 있으나, 모든 종류의 증권이 모든 증권거래소에서 인정되고 있는 것은 아니다. 비상장증권은 장외거래(over-the-counter)시장에서 거래된다. listing requirements(상장기준); stock exchange(증권거래소)도 참조할 것. ***Securities Act of 1933*** 1933년의 증권법 ¶ The *Securities Act of 1933* is the first law enacted by Congress to regulate the securities markets, approved May 26, 1933, as the Truth in Securities Act. It requires registration of securities prior to public sale and adequate disclosure of pertinent financial and other data in a prospectus to permit informed analysis by potential investors. It also contains antifraud provisions prohibiting false representations and disclosures. Enforcement responsibilities were assigned to the Securities Exchange Commission by the Securities Exchange Act of 1934. The 1933 act did not supplant Blue Sky Laws of the various states. 1933년의 증권법은 1933년 5월 26일에 제정된 증권시장을 규제하는 최초의 법률로서, 증권진실법(Truth in Securities Act)이라고도 한다. 그 법률은 공모(public offering)나 제2차 분매(secondary distribution) 전의 증권의 등

록(registration)이나 투자자가 정보에 기초해서 분석할 수 있도록 사업계획서(prospectus)에 의한 재무상의 데이터의 적절한 개시(disclosure)를 의무로 하고 있다. 그 법률은 또한 허위의 진술이나 개시(開示)를 금지하는 부정방지조항도 있다. 동법은 1934년 증권거래법(Securities Exchange Act of 1934)에 의거한 증권거래위원회(Securities and Exchange Commission)가 집행한다. 1933년법은 각주의 증권법인 블루스카이법(Blue Sky Laws)을 보완하는 것은 아니다. ***Securities Acts Amendments of 1975*** 1975년의 증권개정법 ¶ The *Securities Acts Amendments of 1975* is a federal legislation enacted by on June 4, 1975, to amend the Securities Exchange Act of 1934. The 1975 amendments directed the Securities Exchange Commission to work with the industry toward establishing a national market system together with a system for the nationwide clearance and settlement of securities transactions. Because of these provisions, the 1975 laws are sometimes called the National Exchange Market System Act. New regulations were also introduced to promote prompt and accurate securities handling, and clearing agencies were required to register with and report to the SEC. The 1975 amendments required transfer agents other than banks to register with the SEC and provided that authority with respect to bank transfer agents would be shared by the SEC and bank regulatory agencies. The Municipal Securities Rulemaking Board was created to regulate brokers, dealers, and banks dealing in municipal securities, with rules subject to SEC approval and enforcement shared by the Financial Industry Regulatory Authority (FINRA) and bank regulatory agencies. The law also required the registration of broker-dealers in municipals but preserved the exemption of issuers from registration requirements. The amendments contained the prohibition of fixed commission rates, adopted earlier by the SEC in its Rule 19b-3. 1975년의 증권개정법은 1975년 6월 4일에 제정된 연방법으로, 1934년 증권거래법(Securities Exchange Act of 1934)을 개정한 법률이다. 증권거래위원회(Securities and Exchange Commission; SEC)가 증권업계와 협력하여 전미시장 시스템(National Market System)을 설립할 것을 정하고 있다. 이 때문에 전미거래시장시스템법(National Exchange Market System Act)이라고도 한다. 또 증권의 신속하고 정확한 취급의 촉진도 목적으로 하고 있으며, 결제기관의 SEC에의 등록과 보고가 정해졌다. 증권대행기관(transfer agent)에 관하여는, 은행 이외의 경우는 SEC에 등록을 하고, 은행의 경우는 SEC와 은행규제당국이 공동으로 감독하도록 하게 되었다. 지방채를 거래하는 브로커(broker), 딜러(dealer), 은행을 규제하는 지방채규칙제정위원회(Municipal Securities Rulemaking Board)가 설치되고 동위원회가 제정한 규칙은 SEC의 승인을 얻어 금융업규제기구(Financial Industry Regulatory Authority)과 은행규제당국이 공동으로 집행하는 것이 정해졌다. 지방채의 브로커-딜러의 등록(registration)이 필요하게 되었으나, 발행단체의 등록은 면제되었다. 일찍이 SEC 규칙 19조b-3항에 의해서 채택된 고정수수료제(fixed commission rates)가 금지되었다. ~ ***analyst*** 증권애널리스트 ¶ The *securities analyst* is an individual, usually employed by a stock brokerage house, bank, or investment institution, who performs investment research and examines the financial condition of a company or group of companies in an industry and in the context of the securities markets. Many analysts specialize in a single industry or sector and make investment recommendations to buy, sell, or hold in that area. Among a corporation's financial indications most closely followed by analysts are sales and earnings growth, capital structure, stock price trend and price/earnings ratio, dividend payouts, and return on invested capital. *Securities analysts* promote corporate financial disclosure by sponsoring forums through associations, such as the Association for Investment Management and Research and its member societies and chapters, such as the New York Society of Security Analysts. See also forecasting; fundamental analysis; qualitative analysis; quantitative analysis; technical analysis. 증권애널리스트는 보통 증권회사(stock brokerage house), 은행(bank), 투자회사(investment company)에 의해 고용되어 투자관련의 조사를 행한다든지, 개개의 기업이나 기업군(企業群)의 재무상황을 업계 전체 또는 증권시장 전체와 비교하여 분석한다든지 하는 개인을 말한다. 하나의 업계나 섹터(sector)를 전문으로 하는 애널리스트가 많고, 그 분석의 투자에 대해서 매입하라(buy), 매도하라(sell), 또는 보유(hold)하라고 권장한다. 애널리스트가 주목하는 주된 재무지표에는 매상(sales)과 수익의 신장률(earnings growth), 자본구성(capital structure), 배당(dividend payout), 투자자본이익률(return on invested capital)이 있다. 애널리스트는 지역의 협회나 협회의 전국조직인 미국투자관리조사협회(Association for Investment Management and Research)와 같은 협회나 뉴욕증권애널리스트협회(New York Society of Security Analysts)와 같은 애널리스트에 의한 회원조직을 통해서 기업의 재무내용개시를 촉진한다. forecasting(예측); fundamental analysis(펀더멘탈 분석); qualitative analysis(정성(定性)분석); quantitative analysis(정량(定量)분석); technical analysis(테크니컬 분석)도 참조할 것. ~ ***and commodities exchanges*** 증권거래소/상품거래소 ¶ The *securities and commodities exchanges* are organized, national exchanges where securities, options, and futures contracts are traded by members for their own accounts and for the accounts of customers. In the United States, the stock exchanges are registered with and regulated by the Securities and Exchange Commission (SEC); the commodities exchanges are registered with and regulated by the Commodity Futures Trading Commission (see regulated commodities); where options are traded on an exchange, such activity is regulated by the SEC. Stocks, bonds, subscription rights, subscriptions warrants, stock options, index options, and other derivative products are traded on various stock exchanges in the United States as well as over the counter. Commodity futures, futures options, and financial futures are traded on commodities exchanges and also over the counter. 증권거래소는 회원이 증권, 옵션, 선물을 자기계좌나 고객계좌로 거래하는 조직화된 국법거래소를 말한다. 미국의 경우, 증권거래소는 미증권거래위원회(Securities and Exchange Commission: SEC)에 등록하고, SEC의 규제를 받는다. 마찬가지로, 상품거래소는 상품선물거래위원회(Commodity Futures Trading Commission)에 등록하고, 동 위원회의 규제를 받는다(regulated commodities 참조). 거래소에서의 옵션거래는 SEC의 규제를 받는다. 미국에서는 주식(stock), 채권(bond)이나 신주인수권(subscription right), 신주인수권증서(subscription warrant), 주식옵션(stock option), 지수옵션(index option) 등의 금융파생상품(derivative products)은 여러 가지의 증권거래소(stock exchange)나 장외시장(over the counter)에서 거래되고, 상품선물(commodity futures), 선물옵션(futures option), 금융선물(financial futures)은 주된 상품거래소(commodities exchange)나 장외시장에서 거래되고 있다. ***Securities and Exchange Commission* (*SEC*)** [미] 증권거래위원회 ¶ The *Securities and Exchange Commission* (*SEC*) is a U.S. federal agency created in 1934 that is responsible for regulatory matters related to the public securities markets, including registration, issuance, and trading of bonds and equity, oversight of intermediaries participating in the markets, and protection of investors. The SEC is made up of five commissioners, appointed by the President of the United States on a rotating basis for five-year terms.

The chairman is designated by the President and, to insure its independence, no more than three members of the commission may be of the same political party. The statutes administered by the SEC are designed to promote full public disclosure and protect the investing public against malpractice in the securities markets. All issuers of securities offered in interstate commerce or through the mails must be registered with the SEC; all national securities exchanges and associations are under its supervision, as are investment companies, investment counselors and advisers, over the counter brokers and dealers, and virtually all other individuals and firms operating in the investment field. (미국의) 증권거래위원회는 사채 및 주식의 등록, 발행과 거래, 시장에 참여하는 중개자의 감시와 투자자의 보호를 비롯하여, 공채시장에 관한 규제사항에 책임이 있는 1934년에 창설된 연방기관이다. SEC는 대통령에 의해서 임명되는 5인의 위원으로 구성되고, 임기는 5년이며 매년 1인씩 개선(改選)된다. 위원장은 대통령에 의해서 지명되고, 독립성을 지키기 위하여 같은 정당의 위원은 3인까지 한정되어 있다. SEC가 집행하는 법은 충분한 정보개시(disclosure)를 촉진하여 증권시장에서의 부정행위로부터 일반투자자를 보호하는 것을 목적으로 하고 있다. 주제간(州際間)거래와 우편으로 분매(分賣)되는 증권은 전부 SEC에 등록하여야 한다. 또 전미의 모든 증권거래소와 협회(association), 투자회사(investment company), 투자자문(investment advisor), 장외시장(over the counter)의 브로커(broker)와 딜러(dealer) 등 투자업계에서 업무를 영위하는 모든 개인과 기업이 SEC의 감독을 받는다. ~ ***exchanges*** 증권거래소 ¶ *Securities exchanges* are markets for the purchase and sale of traditional securities. The New York Stock Exchange is the best known and largest securities exchange. 증권거래소는 전통적인 증권을 사고 파는 시장이다. 뉴욕주식거래소는 가장 알려진 최대의 증권거래소이다. ***Securities Enforcement Remedies and Penny Stock Reform Act of 1990*** 1990년의 증권집행구제 및 저가주식개혁법 ¶ The *Securities Enforcement Remedies and Penny Stock Reform Act of 1990* is an act that empowered the SEC directly to impose civil penalties on violation of securities laws. 1990년의 증권집행구제 및 저가주식개혁법은 증권법의 위반행위에 대해서 SEC가 직접 민사벌(civil penalties)을 부과할 권한을 부여한 법률이다. ***Securities Exchange Act of 1934*** 1934년의 증권거래법 ¶ The *Securities Exchange Act of 1934* is a law governing the securities markets, enacted June 6, 1934. The act outlaws misrepresentation, manipulation, and other abusive practices in the issuance of securities. It created the Securities and Exchange Commission (SEC) to enforce both the Securities Act of 1933 and the Securities Exchange Act of 1934. 1934년의 증권거래법은 1934년 6월 6일에 제정된 증권시장을 규제하는 법률이다. 이 법률은 증권발행에 있어서의 허위의 표시, 시세조종(manipulation) 기타 부정행위를 금지한다. 동법에서 미증권거래위원회(Securities and Exchange Commission: SEC)가 설립되어 1933년 증권법(Securities Act of 1933)과 1934년의 증권거래법의 운영권한이 부여되었다. ***Securities Industry and Financial Markets Association (SIFMA)*** 전미증권업 및 금융시장협회 ¶ The *Securities Industry and Financial Markets Association* (*SIFMA*) is a nonprofit trade group for participants in the global and financial markets, including more than 650 securities firms, banks, and asset managers. Formed in 2006 from the merger of the Bond Market Association and the Securities Industry Association, *SIFMA* represents the industry on regulatory and legislative issues and serves as a forum for training and investor education. 전미증권업 및 금융시장협회(SIFMA)는 650개 이상의 증권회사, 은행, 및 자산운영자(asset manager)를 포함하여 글로벌 금융시장에 참여하는

자를 위한 비영리업계 단체이다. 2006년 채권시장협회(Bond Market Association)와 증권업협회(Securities Industry Association)가 합병하여 성립한 SIFMA는 규제와 입법의 문제에 관하여 업계를 대변하고 트레이닝과 투자자의 교육에 위한 포럼으로 봉사한다. ***Securities Industry Automation Corporation (SIAC)*** 증권업자동화공사 ¶ The *Securities Industry Automation Corporation* is a subsidiary of the New York Stock Exchange (NYSE) that provides technical services for the exchanges, members, and other financial institutions. Established in 1972 by the NYSE, which owned two-thirds, and the American Stock Exchange (AMEX), which owned one-third. The NYSE purchased the AMEX stake in 2006 and NYSE Euronext, its parent company, acquired the AMEX in 2008. 증권업자동화공사는 증권거래소, 회원사, 기타 금융기관에 대해서 기술적 서비스를 제공하는 뉴욕증권거래소(NYSE)의 자회사(subsidiary)이다. 이 공사는 1972년에 뉴욕증권거래소에 의해서 설립되어 뉴욕거래소가 3분의 2를 소유하고, 아메리칸증권거래소(AMEX)가 3분의 1을 소유하였다. 뉴욕거래소(NYSE)는 2006년에 AMEX의 지분을 매입하고 그의 모회사(parent company)인 NYSE Euronext가 2008년에 AMEX를 매수하였다. ***Securities Industry Committee on Arbitration (SICA)*** 증권업중재협회 ¶ The *Securities Industry Committee on Arbitration* is a private body that applies its arbitration code in cases of customer complaints against securities firms. 증권업중재협회는 중재조항에 근거해서 증권회사에 대응하는 고객의 고충에 대응하는 민간조직을 말한다. ***Securities Information Center (SIC)*** 증권정보센터 ¶ The *Securities Information Center* is an organization that operates the Securities and Exchange Commission Lost and Stolen Securities Program. 증권정보센터는 미증권거래위원회(SEC)의 분실・도난증권프로그램(Lost and Stolen Securities Program)을 운영하고 있는 조직을 말한다. ***Securities Investor Protection Corporation (SIPC)*** 증권투자자보호공사 ¶ The *Securities Investor Protection Corporation* (*SIPC*) is a nonprofit corporation, established by Congress under the Securities Investor Protection Act of 1970 that insures the securities and cash in the customer accounts of member brokerage firms against the failure of those firms. All brokers and dealers registered with the Securities and Exchange Commission and with national stock exchanges are required to be members of *SIPC*. The Corporation acts similarly to the Federal Deposit Insurance Corporation (FDIC), which insures banks, and the Savings Association Insurance Fund (SAIF), which insures savings and loans. When a brokerage firm fails, SIPC will first try to merge it into another brokerage firm. If this fails, *SIPC* will liquidate the firm's assets and pay off account holders up to an overall maximum of $500,000 per customer, with a limit of $100,000 on cash or cash equivalents. *SIPC* does not protect investors against market risk. See also separate customer. 증권투자자보호공사는 1970년 증권투자자보호법(Securities Investor Protection Act of 1970)에 근거해서 미의회에 의해서 설립된 비영리기업으로, 회원증권회사의 고객계좌에 있는 증권과 현금을 증권회사의 파탄으로부터 보호한다. 미증권거래위원회(Securities and Exchange Commission)와 증권거래소에 등록하는 브로커(broker)와 딜러(dealer)는 모두 SIPC의 회원이 되는 것이 정해져 있다. 공사는 은행의 예금지급을 보증하는 미연방예금공사(Federal Deposit Insurance Corporation: FDIC), 저축금융기관의 예금지급을 보증하는 저축금융기관보험기금(Savings Association Insurance Fund: SAIF)과 유사한 행동을 한다. 증권회사가 파탄을 한다면, SIPC는 우선 다른 증권회사와의 합병을 시도한다. 이에 실패한 경우, SIPC는 파탄회사의 자산을 청산하여 계정보유자에게 1인당 50만 달러를 상한으로 환급하지만, 현금과 현금등가물은 10만 달러가 상한이 된다. 시장

리스크(market risk)에 대해서는 투자자를 보호하지 아니한다. separate customer [별인격(別人格)고객]도 참조할 것. ***Securities Law Enforcement Remedies Act of 1990*** 1990년 증권법무집행구제법 ¶ The *Securities Law Enforcement Remedies Act of 1990* is an act amending the Securities Act of 1933 and 1934, the Investment Company Act of 1940, and the Investment Advisers Act of 1940, to establish tiered civil money penalties and other enforcement measures relating to "unfit" officers and directors of securities-issuing entities. 1990년의 증권법무집행구제법은 1933년과 1934년의 증권법(Securities Act), 1940년의 투자회사법(Investment Company Act of 1940), 및 1940년의 투자자문업법(Investment Advisers Act of 1940)을 개정하는 법률로서, 증권의 발행회사의 간부사원이나 이사(board of directors)의 부적절한 행위에 대해서, 단계적인 제재금(civil money penalty)이나 기타 법규집행조치(enforcement)를 규정한 것이다. ~ ***loan*** 증권대출, 증권담보론(loan) ¶ *Securities loan* is: (1) loan of securities by one broker to another, usually to cover a customer's short sale. The lending broker is secured by the cash proceeds of the sale. (2) in a more general sense, a loan collateralized by marketable securities. These would include all customer loans made to purchase or carry securities by broker-dealers under Federal Reserve Board Regulation T margin rules, as well as by banks under Regulation U and other lenders under Regulation G. Loans made by banks to brokers to cover customers' positions are also collateralized by securities, but such loans are called broker's loans or all loans. See also hypothecation; lending at a premium; lending at a rate; lending securities; rehypothecation; selling short. 증권대출이란: (1) 브로커(broker)간의 증권의 대출로서, 통상 그 증권은 고객의 공매(空賣, short sale)에 충당된다. 공매대금이 대여자측 브로커의 담보가 된다. (2) 일반적으로는, 시장성 있는 증권(marketable securities)을 담보로 하는 대출을 가리킨다. 증권을 구입 또는 보유하는 고객을 대상으로 한 대출로서, 미연방준비제도이사회(Federal Reserve Board)의 증거금규제인 레귤레이션 T(Regulation T)에 의거해서 브로커-딜러(broker-dealer)가 실행하는 경우이다. 레귤레이션 U(Regulation U)에 의거해서 은행이 실행하는 경우, 레귤레이션 G (Regulation G)에 의거해서 기타의 대여자가 실행하는 경우가 있다. 고객의 포지션(position)을 커버하기 위하여 브로커가 은행차입을 할 때에도 증권을 담보로 하지만, 이것은 브로커론(broker's loan), 또는 콜론(call loan)이라고 한다. hypothecation(담보권설정); lending at a premium(프리미엄부 대출); lending at a rate(금리부 대출); lending securities(대출증권); rehypothecation(재담보); selling short[공매(空賣)]도 참조할 것. ~ ***markets*** 증권시장 ¶ The *securities markets* are a general term for markets in which securities are traded, including both organized securities exchanges and over-the-counter (OTC) markets. 증권시장이란 증권이 거래되는 시장을 가리키는 일반적인 표현으로, 조직화된 증권거래소(organized securities exchange)와 장외거래(over-the-counter)시장이 있다.

securitization 금융의 증권화, 유동화(流動化) ¶ *Securitization* is the process of repackaging assets, liabilities, or cash flows into tradable securities for risk transfer or capital arbitrage reasons. So it is a tendency of companies to use security markets to raise finance rather than taking loans (borrowing) from the more traditional financial intermediaries such as banks. 금융의 증권화는 위험이전이나 자본의 차익거래라는 이유로 자산, 부채, 또는 현금의 흐름을 거래할 수 있는 증권으로 재포장하는 과정이라 할 수 있다. 따라서 그것은 회사가 은행과 같은 더 전통적인 금융기관에서 융자를 받기보다 차라리 자금을 조달하기 위해서 증권시장을

이용하는 경향이다.

securitized paper 증권화 상품 ¶ The *securitized paper* is a financial instrument, such as a bond or note, which results from a borrower and investor agreeing on a exchange of funds by means of securitization. 증권화 상품이란 차입자(借入者)와 투자자가 증권화의 방법에 의하여 자금의 교환에 합의한 결과 생기는 채권(債券)이나 증권(note)과 같은 금융상품(financial instrument)을 말한다.

security 담보, 보증, 보장, 담보물, 보증인, 보증금, (*pl.*) securities 증권, 유가증권 ¶ In finance, *security* is collateral offered by a debtor to a lender to secure a loan called collateral security. For instance, the *security* behind a mortgage loan is the real estate being purchased with the proceeds of the loan. If the debt is not repaid, the lender may seize the *security* and resell it. Personal security refers to one person or firm's guarantee of another's primary obligation. 금융에 있어서, 담보란 채무자가 대여자에게 채무의 상환을 보증하기 위하여 제공하는 것을 담보(collateral security)라고 한다. 예를 들면, 주택론(mortgage loan)에서는 대출금으로 구입하는 부동산이 담보가 된다. 채무가 상환되지 아니하는 경우, 대여자는 담보를 압류하여 전매(轉賣)할 수 있다. 인적 담보(personal security)란 것은 타인의 채무에 대해서 개인이나 기업이 보증(guarantee)을 서는 경우를 말한다. ¶ In investment, *security* is instrument that signifies an ownership position in a corporation (a stock), a creditor relationship with a corporation or governmental body (a bond), or rights to ownership such as those represented by an option, subscription right, and subscription warrant. 투자에 있어서, 유가증권은 회사의 소유권을 표창하는 주식, 회사나 정부기관에 대한 채권을 나타내는 채권이나 옵션(option), 신주인수권(subscription right), 신주인수권증서(subscription warrant)과 같은 소유권을 나타내는 증서를 말한다. /collateral *security* 보증담보, 부담보(副擔保) /enforcement of *security* 담보의 실행 /give *security* 담보를 제공하다 /*security* [hypothecation] agreement 담보계약 /*security* capital 안전자본 /*security* facility 보호예치 /*security* for an obligation 채권(債券)담보 /*security* loan 증권금융, 증권담보융자 /*security* [hand] money 착수금 /*security* on combined property 공동담보 /without *security* 무담보로 ***security deposit*** 예탁금, 부금(敷金), 거래보증금 ¶ The *security deposit* is a money paid in advance to protect the provider of product or service against damage or nonpayment by the buyer. For example, landlords require a *security deposit* of one month's rent when a tenant signs a lease, to cover the possibility that the tenant will move out without paying the last month's rent, or that the tenant will inflict substantial damage on the property while living there. In such a case, the money from the *security deposit* is used to cover repairs. If all payments are made on time and there is no damage, *security deposits* must be returned to those who paid them. 보증금은 상품이나 서비스의 제공자를 구입자에 의한 손상이나 불지급으로부터 지키기 위한 선급금을 말한다. 예를 들면, 집주인(landlord)이 입주자(tenant)와 임대계약을 체결할 때에 집세 1개월분의 보증금을 요구하여 세입자가 최후의 1개월분의 집세를 지급하지 아니하고 전출한다든지, 입주 중에 물건에 커다란 손해를 준다든지 한 경우에 대비한다. 실제로 문제가 일어난 경우는 보증금을 그 비용에 충당한다. 마찬가지로, 자동차 리스회사는 자동차의 손해나 리스료의 불지급에 대비하여 최종월의 리스료와 동액의 보증금을 요구하는 일이 많다. 지급이 완납하여 손상이 없으면, 보증금은 반환되어야 한다. ~ ***interest*** 담보권 ¶ *Security interest* is interest in real property or personal property that secures the payment of an obligation. In common law, security interests are either consensual (by agreement) or arise by operation of law, as in the case of judgment liens and statutory liens. 담보권은 채무의 지급을 보증하는 부동산 또는 동산상의 이권(利權)을 말한다. 커먼로에 있어서, 담보권은 재판상의 리엔과 제정법상의 리엔의 경우와 같이, 합의에 의하거나(약정에 의하여) 또는 법의 작용에 의하여 발생한다. ~ ***market line*** [영] 증권시장선 ¶ The *security market line* is a relationship between the required rate of return on an investment and its systematic risk. 증권시장선은 투자의 기대이익률(required rate of return)과 시스테매틱 리스크(systematic risk)의 관계를 나타내는 선을 말한다. ~ ***ratings*** 증권등급 ¶ *Security ratings* are evaluation of the credit and investment risk of securities issued by commercial rating agencies. 증권등급은 민간의 등급기관(rating agency)에 의한 증권의 신용리스크(credit risk)와 투자리스크(investment risk)의 평가를 말한다.

seed money (상거래의) 종자돈, 원금, 당초투자자금(사업을 시작하기 위한 목돈), 시드머니 ¶ The *seed money* is funds put up by venture capitalists to finance a new business. A major purpose of seed money is to form a basis for additional financing to aid in the firm's growth. See also mezzanine level; second round; venture capital. 시드머니는 새로운 사업에 자금을 조달하기 위해서 벤처 캐피탈리스트가 조성한 기금을 말한다. 이런 자금의 주된 목적은 추가적인 자금융자로 회사의 성장에 도움을 주기 위한 기초를 마련하는 데에 있다. mezzanine level(메자닌 레벨); second round(제2라운드); venture capital(벤처캐피탈)도 참조할 것.

seek a market 거래상대탐색하다 ¶ To *seek a market* is to look for a buyer (if a seller) or a seller (if a buyer) of securities. 거래상대탐색하다란 증권의 매도인이면 매수인을, 매수인이면 매도인을 탐색하는 것을 말한다.

segment (용이하게 구별할 수 있는) 부분, 구분 ¶ *segment* of business 영업구분 ***segment reporting*** 사업분야별 보고 → business segment reporting (사업분야별 보고).

segregated account 분리계좌

segregation 분리 ¶ the *segregation* of duty 책임(의무)의 분리 ***segregation of securities*** 증권의 분별보관 ¶ *Segregation of securities* is Securities and Exchange Commission rules (8c and 15c2-1) designed to protect customers' securities used by broker-dealers to secure broker loans. Specifically, broker-dealers may not (1) commingle the securities of different customers without the written consent of each customer, (2) commingle a customer's securities with those of any person other than a bona-fide customer, or (3) borrow more against customers' securities than the customers, in the aggregate, owe the broker-dealer against the same securities. See also commingling; hypothecation; rehypothecation; Securities and Exchange Commission rule 15c2-1. 증권의 분별보관이란 브로커-딜러(broker-dealer)가 브로커론의 담보로서 사용하는 고객의 증권을 보호하려고 하는 미증권거래위원회 규칙 8조c항과 15조c2-1항을 말한다. 분명한 것은, 브로커-딜러는 (1) 고객의 동의서 없이 복수의 고객의 증권을 혼장임치하는 것, (2) 고객의 증권을 선의의 고객 이외의 증권과 혼장하는 것, (3) 증권을 담보로 한 고객에의 대출 총액을 상회하는 금액을 동일한 증권을 담보로 차입하는 것을 금하고 있다. commingling[혼장(混藏)]; hypothecation(담보권설정); rehypothecation (재담보)도 참조할 것.

seigniorage 주조세(鑄造稅), 화폐주조 이차(利差)금액 ¶ The *seigniorage* is the difference between the face value and the manufacturing cost of coins and currency. A central bank enjoys substantial positive *seigniorage* from printing and issuing currency, but can suffer negative *seigniorage* from minting coins. 화폐주조 이차(利差)금액은 경화(硬貨)와 화폐의 액면금액과 제조경비간의 차액을 말한다. 중앙은행은 화폐를 인쇄하고 발행하는 데에서 실질적인 적극적인 화폐주조 이차(利差)금액을 얻지만, 그러나 경화를 주조하는 데에서 소극적인 화폐주조 이차(利差)금액을 놓칠 수 있다.

seisin; seizin [법] (봉건법상의) 점유, 시진 ¶ In early English property law, the concept *seisin* embraced more than mere possession, involving as well some legal right to hold; an ouster effected a disseisin of the original holder, requiring the original holder to resort to self-help or the legal process to regain his land. 초기 영국의 물권법에서는, 시진이라는 개념은 어떤 보유할 법적 권리도 관련되는, 단순한 점유 이상의 뜻을 포함하였다. 즉, 부동산의 점유박탈은 원래의 보유자의 불법침탈에 영향을 주어, 원래의 보유자가 자력구제에 호소한다든지 그 토지를 회복하기 위한 법적 절차를 필요로 하였다.

seize 붙잡다, 강탈하다, 파악하다, 압수하다, 몰수하다, 압류시키다, 체포하다, (토지를) 점유하게 하다 ¶ *seized* goods 압류된 물건

seizor 점유자, 압류인

seizure 압수, 압류 ¶ *Seizure* is the act of forcibly dispossessing an owner of property, under actual or apparent authority of law. 압수는 법률의 실제적이거나 외견적(外見的)인 권한에 의하여 소유자로부터 강제로 재산을 몰수하는 행위이다. /*seizure* note 압류[압수]통지서 /*seizure* of shipment 화물의 압류

SEK (ISO) code Sweden – currency Swedish krona. ¶ SEK (국제표준기구) 약호 스웨덴 — 화폐 스웨덴의 크로나(krona).

selected dealer agreement 판매단계약 ¶ The *selected dealer agreement* is an agreement governing the selling group in a securities underwriting and distribution. See also underwrite. 판매단계약은 증권의 인수와 판매(distribution)에 참여하는 판매단(selling group)에 관하여 규정하는 계약을 말한다. underwrite (인수하다)도 참조할 것.

selective 선택적인 ¶ *selective* buying 유망주나 비교적 싼 주식을 물색하여 매수함 /*selective* credit control 선택적 신용규제 /*selective* lending 선별융자 /*selective* loan 융자규제 ***selective disclosure*** 선별적 정보개시 ¶ *Selective disclosure* is practice, made illegal in 2000 by SEC Regulation FD, whereby a public company would disclose material information to selected groups of people, such as institutional investors, prior to making the information public. *Selective disclosure* provided opportunities for insider trading. 선별적 정보개시는 공개회사(public company)가 정보를 일반에게 공표하기 전에, 기관투자자(institutional investor)와 같은 선별적인 판매단에게 중요한 정보를 개시한다는 관행인데, 이는 2000년에 미증권거래위원회(SEC) 선별적 정보개시금지원칙 레귤레이션 FD(Regulation FD: Fair Disclosure)에 의하여 위법으로 되었다. 선별적 정보개시는 내부자거래(insider trading)에 기회를 제공하였다.

self [pron.] [상용문] 본인, 나(我) ¶ a foreign bill payable to "*self* or order" 본인 또는 그 지시인앞지급의 외국어음 /Pay *self.* [수표] 나에게 지급해 주세요. /Pay *selves.* [수표] 우리들에게 지급해 주세요.

self- [pref.] …자신의 ¶ be [become] *self*-employed 자영하다[하게 되다] /*self*-active curtailment 자주조단(自主操短) /*self*-addressed bill 자기앞어음 /*self*-check 입금수표, 제시수표 /*self*-dealing 자기매매의 /*self*-dealing transaction 자기거래 /*self*-

employed worker 자영업주 /*self*-finance 자기금융 /*self*-finance ratio 자기금융비율 /*self*-financing 자기금융(auto-financing)(의) /*self*-insurance 자가보험 /*self*-liquidating loan 자기변제융자 /*self*-order bill 자기지시어음 /self-regulation 자주규제 /*self*-regulatory organization 자주규제기관 /*self*-service banking 셀프서비스은행업무 /*self*-service deposit envelop 셀프서비스입금봉투 /*self*-supporting 자립한, 자영의 ***self-amortizing mortgage*** 원리균등반환 주택모기지 ¶ The *self-amortizing mortgage* is a mortgage in which all principal is paid off in a specified period of time through periodic interest and principal payments. The most common *self-amortizing mortgages* are for 15 and 30 years. Lenders will provide a table to borrowers showing how much principal and interest is being paid off each month until the loan is retired. 원리균등반환 주택모기지는 이자와 원금의 균등반환으로, 일정한 기간에 전액을 반환하는 주택모기지(mortgage)를 말한다. 기간은 15년과 30년이 일반적이다. 대여자(lenders)는 차입자(borrowers)에게 전액반환까지 매월의 원금과 금리의 반환액을 나타내는 표를 제시한다. ***~-directed IRA*** 자주운영형 개인퇴직계좌 ¶ The *self-directed IRA* is the Individual Retirement Account (IRA) that can be actively managed by the account holder, who designates a custodian to carry out investment instructions. The account is subject to the same conditions and early withdrawal limitations as a regular IRA. Investors who withdraw money from a qualified IRA plan have 60 days in which to roll over the funds to another plan before they become liable for tax penalties. Most corporate and U.S. government securities, stocks, mutual funds, and metals such as gold, silver, platinum, and palladium are eligible to be held by a *self-directed IRA*. See also Roth IRA. 자주운영형 개인퇴직계좌는 계좌의 보유자 본인이 적극적으로 운용에 가담할 수 있는 개인퇴직계좌(individual retirement account: IRA)이다. 보유자는 관리인(custodian)을 지정하여 투자를 지시한다. 조건이나 기한전 해약제한은 통상의 IRA와 같다. 적격의 IRA제도의 자금을 다른 제도에 이체하는 경우는 60일 이내에 이관하지 않으면 납세의무가 발생한다. 사채(corporate bond), 정부채(government securities), 주식, 뮤추얼펀드, 금, 은, 플라티나(platinum), 및 팔라듐(palladium)의 금속의 태반은 자주운용형 IRA의 투자대상으로서 적격이다. Roth IRA(로쓰 개인퇴직계좌)도 참조할 것. ***~-directed portfolio*** 자율형 포트폴리오 ¶ The *self-directed portfolio* is an investment product introduced experimentally in mid-2002 and called a folio. which consists of a basket of stocks's professionally selected that an investor can modify. Folios have been described as a cross between exchange-traded funds and customerized portfolios. 자율형 포트폴리오는 2002년 중반에 매출된 투자상품으로 folio라고 불렀다. 이 금융상품은 운용의 프로페셔널이 선정한 주식의 포트폴리오(portfolio)를 투자자가 자신이 수정할 수 있다고 하는 것이다. 폴리오(folio)는 (지수연동형) 상장지수펀드(exchange-traded funds)와 고객별의 개별포트폴리오(customerized portfolios)의 중간형(cross)이라 할 수 있다. ***~-employed income*** 자영업과세소득 ¶ *Self-employed income* is net taxable income of a self-employed person, as reported on Schedule C of IRS Form 1040. Self-employment may be generated by freelance work, royalties, consulting, or income from sole proprietorship businesses. Social Security taxes must be paid on self-employment income. 자영업과세소득은 미국세입청(IRS)서식 1040스케쥴C로 신고하는 자업업자의 과세소득(taxable income)이다. 자영업은 일용직(日傭職: freelance work), 로열티(royalties), 컨설팅업무의 수입이나 개인사업수입 등이 그 대상으로 한다. 사회보장세(social security tax)는 자영업과세소득에 근거해서 지급되어야 한다. ***~-employed retirement plan*** 자영업자퇴직연금제도 → Keogh plan (키오플

랜). ~***-employment tax*** 개업사업자세(稅) ¶ The *self-employment tax* is a tax paid by self-employed people to Social Security, qualifying them for receiving Social Security benefits at retirement. The tax is filed on Schedule SE of IRS Form 1040, which indicates the type of business generating self-employment income, net earnings, and the amount of self-employment tax. 개인사업자세(稅)는 자영업자가 사회보장제도(Social Security)에 지급하는 세금으로, 이를 지급하면 퇴직시에 사회보장급여금을 수취할 자격을 얻을 수 있다. 세금은 사업의 종류, 과세소득, 개인사업자세(稅)의 금액 등 미국세입청(IRS) 서식 1040스케줄 SE에 기입하여 신고한다. ~***-financing*** [영] 자기금융 ¶ The *self-financing* is a state where a company is able to raise the financing it requires through its own operations, indicating that it does not need to rely on banks or the capital markets for financing. In practice, companies often rely on a combination of *self-financing* and external funding to run their operation. 자기금융은 회사가 자신의 영업활동을 통해서 필요로 하는 자금을 조달할 수 있는 상황을 말하고, 이는 금융을 위해서 은행이나 자본시장에 의지할 필요가 없다는 것을 말해준다. 실제로, 회사는 자신의 영업을 경영하기 위하여 자기금융과 외부자금조달의 결합에 의지하기도 한다. ~***-insurance*** [영] 자가보험 ¶ The *self-insurance* is a method of risk retention where an institution preserves particular type and amounts of risk and finances expected losses by creating an internal fund or establishing a captive. *Self-insurance* is generally applied to exposures that are highly predictable and noncatastrophic, or which cannot be covered by traditional insurance contracts as a result of excessive cost. Also known as self-funding. 자가보험은 기관이 내부자금을 만들거나 전속기관(captive)을 설치함으로써 특수한 유형과 금액의 위험을 보호하는 리스크유보의 방법을 말한다. 자가보험은 일반적으로 매우 예상할 수 있고 비재앙적이며, 또는 과도한 비용의 결과로 전통적인 보험에 의해서 커버될 수 없는 익수포저(exposure)에 적용된다. 이는 self-funding(자기자금조달)으로도 알려져 있다. ***Self-Regulatory Organization* (*SRO*)** 자율규제기구 ¶ The *Self-Regulatory Organization* (*SRO*) is a principal means contemplated by the federal securities laws for the enforcement of fair, ethical, and efficient practices in the securities and commodities futures industries. It is these organizations that are being referred to when “industry rules” are mentioned, as distinguished from the regulatory agencies such as The Securities and Exchange Commission or the Federal Reserve Board. The *SROs* include all the National Securities and Commodities Exchanges and the Municipal Securities Rulemaking Board, creating under the Securities Acts Amendments of 1975 to regulate brokers, dealers, and banks dealing in municipal securities. 자율규제기구는 증권업계와 상품선물업계에 공정하고, 윤리적, 효율적인 관행을 지키도록 하기 위하여 미연방증권법에서 정해진 주요한 수단을 말한다. 그것은 「업계규칙」(industry rules)이라고 하는 경우는 이러한 기구를 가리키고 있고, 미증권거래위원회(SEC)나 연방준비제도이사회(Federal Reserve Board)와 같은 규제당국과 대비하여 사용한다. SRO에는 모든 국법증권거래소와 상품거래소(Securities and Commodities Exchange)와, 지방채를 거래하는 브로커, 딜러, 및 은행을 규제하기 위하여 1975년의 증권개정법(Securities Acts Amendments of 1975)에 의해서 설립된 지방채규칙제정위원회(Municipal Securities Rulemaking Board)가 포함된다. ~***-supporting debt*** 특정재원채(債) ¶ *Self-supporting debt* is bonds sold for a project that will produce sufficient revenues to retire the debt. Such debt is usually issued by municipalities building a public structure (for example, a bridge or tunnel) that will be producing revenue through tolls or other charges. The bonds are not supported by the taxing power of the municipality issuing them. See also revenue bond. 특정재원채(財源債)는 채무를 상환하는 데에 충분한 수익을 올리는 사업의 자금조달을 위하여 발행되는 채권(bond)을 말한다. 지방자치단체가 교량이나 터널과 같이 이용료수입을 올리는 공공건조물을 만들 때에 발행하는 일이 많다. 채권은 발행하는 자치단체의 징수권에 의해서 뒷받침되지는 않는다. ~-***tender*** (M&A에 대항하는) 자사주(自社株)환매 → share repurchase plan (자사주환매).

sell *v.* 팔다, 매도하다, 장사하다 ¶I *sell* to you … [딜링] 나는 귀사(貴社)에 …를 판매합니다. /*sell* at the market 시장에서 정해진 가격으로 팔다 /*sell* dollars forward 달러를 선매(先賣)하다 /*sell* for cash [future delivery] 현금 [선도(先渡)]으로 팔다 /*sell* futures 선물매도를 하다 /*sell* long 강세로 예상하고 팔다 /*sell* off 값싸게 팔아 지급하다, 시세가 하락하다 /*sell* short 공매(空賣)하다
n. 판매(술), 잘 팔리는 물건 ***sell down*** [영] 셀다운(간사단 이외에의 판매) ¶The *sell down* is the process of reducing exposure on a new loan or bond, through syndications, participants, and sub-underwritings; The *sell-down* process generally applies to financial intermediaries that are not part of the original syndicate or underwriting group. 셀다운은 신디케이트단, 참가자 및 자(子)인수단을 통해서 신대출이나 채권(bond)에 관한 익스포저를 축소하는 과정을 말한다. 셀다운과정은 일반적으로 원래의 신디케이트 또는 인수단(underwring group)의 일부가 아닌 금융중개업자에게 적용된다. ~-***off*** 대매출(大賣出) ¶*Sell-off* is massive selling of stocks or bonds after a steep decline in prices. Traders sell quickly in order to avoid further losses. 대매출(大賣出)은 시세의 급락을 받아 주식이나 채권을 대량으로 매도하는 경우를 말한다. 트레이더(trader)는 손실이 늘어나는 것을 피하기 위해서 빨리 매도한다. ~ ***order*** 매도주문 ¶*Sell order* is order by an investor to a broker to sell a particular stock, bond, option, future, mutual fund, or other holding. There are several kinds of sell orders, including day order, good-till-canceled orders (GTC), limited orders, market-on-close orders, market orders, on the close orders, on the opening orders, stop-limit orders, stop loss orders, and stop orders. 매도주문은 투자자가 브로커(broker)에 대해서 주식, 채권, 옵션, 선물, 뮤추얼펀드(mutual fund) 기타 보유하는 것의 매각을 지시하는 것이다. 매도주문에는 당일주문(day order), 취소까지의 유효주문(good-till-canceled orders: GTC), 지정가 주문(limited orders), 종가주문(market-on-close orders), 성립가(成立價) 주문(market orders), 종가매매주문(on the close orders), 첫개시가격주문(on the opening orders), 가격역지정주문(stop-limit orders), 손절매(損切賣)(stop-loss orders) 및 가격지정주문(stop orders) 등 여러 가지가 있다. ~ ***out*** 청산, 투매, 완매(完賣) ¶*Sell out* is: (1) liquidation of a margin account by a broker after a margin call has failed to produce additional equity to bring the margin to the required level. See also close a position; margin requirement; minimum maintenance. (2) an action by a broker when a customer fail to pay for securities purchased and the securities received from the selling broker are sold to cover the transaction. Term also applies to commodities futures transactions. (3) expression used when all the securities in a new issue underwriting have been distributed. sell out(청산)은: (1) 추가증거금청구(margin call)가 발생하여 증거금률을 충족하기 위한 추가자금을 준비할 수 없었던 경우에 브로커(broker)가 신용거래계정(margin account)을 청산하는 것이다. close a position(포지션을 청산하다); margin requirement(증거금); minimum maintenance(최저위탁보증금)도 참조할 것. (2) 고객이 증권의 구입대금을 지급하지 않은 때; 브로커가 매도인의 브로커로부터 수취한 증권을 매각하여 거래를 끝내는 것이다. 그 용어는 상품선물거래(com-

modities futures contract)에서도 사용되는 표현이다. (3) 인수한 신규발행(new issue)증권이 완매하는 것이다. ~ ***plus*** 셀플러스주문 ¶ *Sell plus* is sell order with instructions to execute only if the trading price in a security is higher than the last different preceding price. See also short-sale rule. 셀플러스주문은 증권의 거래가격이 직근(直近)의 거래가격보다 높게 된 때에만 실행하는 매도주문을 말한다. short-sale rule(공매규칙)도 참조할 것. ~***-side analyst*** 매도인측의 애널리스트 ¶ *Sell-side analyst* is the opposite of buy-side analyst. 매도인측의 애널리스트는 매수인측의 애널리스트의 반대되는 개념이다. ~ ***signal*** 매도사인(賣渡社印) ¶ *Sell signal* is opposite of buy signal. 매도사인(賣渡社印)은 매수사인(買受社印)의 반대 개념이다. ~ ***stop order*** 가격지정주문 → stop order (스톱오더, 가격지정주문). ~ ***the book*** 대형주식 성립가주문 ¶ *Sell the book* is order to a broker by the holder of a large quantity of shares of a security to sell all that can be absorbed at the current bid price. The term derives from the specialist's book – the record of all the buy and sell orders members have placed in the stock he or she handles. In this scenario, the buyers potentially include those in the specialist's book, the specialist for his or her own account, and the broker-dealer crowd. 대형주식 성립가주문은 대형주식보유자가 현재의 매수호가(bid)로 소화할 수 있는(absorbed) 최대한의 주식을 매각하려고 브로커(broker)에게 지시하는 경우이다. 스페셜리스트(specialist)가 취급한 회원의 주식매매주문이 전부 기록되고 있는 주문장(注文帳, specialist's book)에서 유래하는 표현이다. 이런 구도(構圖)에서, 스페셜리스트의 주문장에 기록되고 있는 회원, 자기계좌로 구입하는 스페셜리스트, 크라우드(crowd)를 형성하는 브로커-딜러(broker-dealer)가 매수인이 될 가능성이 있다.

seller 매도인, 팔리는 물건 ¶ at *seller's* risk 매도인 위험으로 /*seller's* option transaction 특약일(결제)거래 매도인 선택권부로, 매도인 임의(任意)인도로 ***seller financing*** 매도인에 의한 신용공여 ¶ *Seller financing* is financing provided by the owner/seller of real estate, who takes back a secured note. The buyer may be unable to qualify for a mortgage from a lending institution, or interest rates may have risen so high that the buyer is unwilling to take on a market-rate loan. In order to sell their property, sellers offer to lend the buyer the money needed, often at a below-market interest rate. The buyer takes full title to the property when the loan is fully repaid. If the buyer defaults on the loan, the seller can repossess the property. Also called creative financing. 매도인에 의한 신용공여는 부동산을 매매할 때에, 부동산의 보유자, 말하자면 매도인이 매수인에게 자금을 대출하여, 담보부 약속어음(secured note)을 받는 경우이다. 매수인이 금융기관으로부터 주택론(mortgage loan)을 받는다든지, 금리가 너무 높아서 시장금리로 차입하기가 어려운 경우에 이용된다. 부동산을 매각하려는 매도인이 매수인에게 필요자금을 보통은 시장금리 이하로 대출한다. 매수인은 전액을 상환한 시점에서 완전히 부동산의 소유권을 취득한다. 만약 상환이 지체된 경우에, 매도인은 부동산을 압류할 수 있다. 이를 창조적 신용공여(creative financing)라고도 한다. ~***'s market*** 매도인 시장 ¶ The *seller's market* is a situation in which there is more demand for a security or product than there is available supply. As a result, the prices tend to be rising, and the sellers can set both the prices and terms of sale. It contrasts with a buyer's market, characterized by excess supply, low prices and terms suited to the buyer's desires. 매도인 시장이란 주식(stock)이나 상품(commodities)의 수요가 공급을 상회하고 있는 상태를 말한다. 그 결과, 가격은 상승으로 향하고, 매도인은 가격과 판매조건의 양쪽을 결정할 수 있게 된다. 반대로, 매수인 시장의 경우는 공급이 과잉이어서, 가격이 저하하고, 판매조건이 매수인의 수요에

따라서 결정된다. ***~'s option*** 매도인 선택인도 ¶The *seller's option* is a securities transaction in which the seller, instead of making regulatory way delivery, is given the right to deliver the security to the purchaser on the date the *seller's option* expires or before, provided written notification of the seller's intention to deliver is given to the buyer one full business day prior to delivery. *Seller's option* deliveries are normally not made before 6 business days following the transaction or after 60 days. 매도인 선택인도는 통상 방법의 인도(regular way delivery) 대신에, 매도인이 인도 전 만약 영업일에 매수인에게 서면으로 인도의 의향을 전하는 경우에는, 매도인의 선택인도가 기한이 만료하거나 그 날에 매수인에게 증권을 인도할 권리를 가지는 증권거래를 말한다. 매도인의 임의인도는 통상적으로 거래 다음 6영업일 전 또는 영업일 이후 60일에는 행해지지 않는다.

selling ⓝ 매각, 판매, [증권] 모집, 매출, 셀링업무 ⓐ 판매의 ¶*selling* agreement 판매계약 /*selling* contract 매도예약 /*selling* exchange 매도환 /*selling* expense 판매비 /*Selling* Group (증권공모의) 판매단, 분매단(分賣團) /*selling* off 투매 /*selling* offer 매도오퍼 /*selling* operation 투기매매, 매도조작 /a *selling* operation under a rebuying agreement 환매조건부 매도조작 /a *selling* operation under a repurchase agreement 환매조건부 매도조작 /*selling* order 매도주문 /*selling* price 매가(賣價) /*selling* rate 매도시세 /*selling* syndicate 인수 신디케이트단(團) ***selling agent*** 판매대리점 ¶The *selling agent* [broker] is a person who sells something for someone else, generally in return for a commission based on a percentage of the sale price. 판매대리점은 일반적으로 판매대금의 몇 %라는 것에 기초하여 보수로 대가를 받고 어떤 사람을 위하여 어떤 물건을 파는 사람을 말한다. ***~ climax*** 셀링클라이맥스 ¶The *selling climax* is a sudden plunge in security prices as those who hold stocks or bonds panic and decide to dump their holdings all at once. Technical analysts see a climax as both a dramatic increase in volume and a sharp drop in prices on a chart. To these analysts, such as a pattern usually means that a short-term rally will

셀링클라이맥스(selling climax)

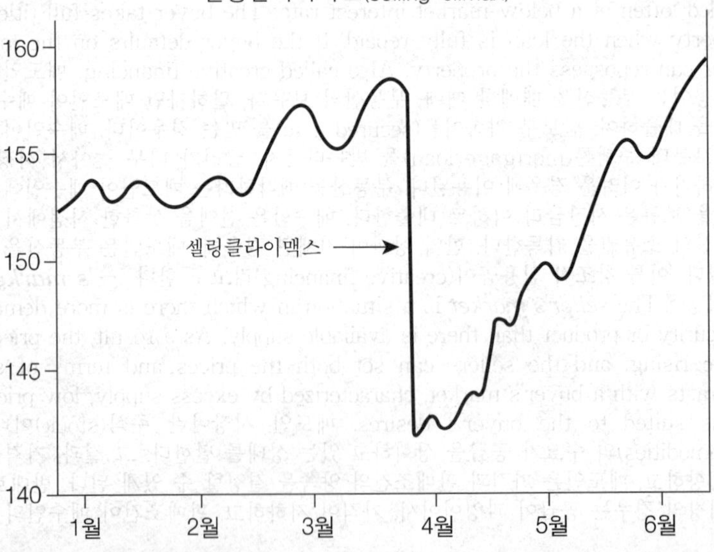

soon follow since there are few sellers left after the climax. Sometimes, a *selling climax* can signal the bottom of a bear market, meaning that after the climax the market will start to rise. 셀링클라이맥스는 주식이나 채권을 보유하는 투자자(investor)가 당황하여 한꺼번에 보유증권을 투매하려고 결심하는 경우와 같이 증권가격이 돌연히 하락하는 장세를 말한다. 테크니컬 애널리스트는 차트 위에서 극적으로 양적인 증가와 시세의 가파른 급락의 클라이맥스를 판단한다. 이런 패턴인 경우에는, 셀링클라이맥스를 지나면 떠나는 매도인이 적기 때문에 단기적으로 반등하는 일이 많다고 테크니컬 애널리스트는 생각한다. 셀링클라이맥스는 하락시장의 바닥세(bottom of a bear market)를 알릴 수가 있는데, 그것은 클라이맥스 후에 시장은 오르기 시작한다는 것을 의미한다. ~ ***concession*** (증권의 매매업자가 수취하는) 판매수수료 ¶ The *selling concession* is a discount at which securities in a new issue offering (or a secondary distribution) are allocated to the members of a selling group by the underwriters. Since the selling group cannot sell to the public at a price higher than the public offering price, its compensation comes out of the difference between the price paid to the issuer by the underwriters and the public offering price, called the spread. The selling group's portion, called the concession, is normally one half or more of the gross spread, expressed as a discount off the public offering price. See also flotation cost; underwrite; underwriting spread. 판매수수료는 신규발행(new issue) 증권의 모집(offering)이나 제2차 분매(secondary distribution)에 있어서 인수단(underwriter)이 증권을 판매단(selling group)에 할당할 때의 할인액(discount)을 말한다. 판매단은 공모가격(public offering price)보다 높게 판매할 수 없으므로, 인수단이 발행단체(issuer)에 지급한 가격과 공모가격의 차이인 그로스스프레드(gross spread)의 일부가 보수가 된다. 판매단의 몫인 판매수수료는 그로스스프레드의 반분 이상을 차지하는 일이 많고, 공모가격의 몇%라고 하는 형식으로 표시한다. flotation cost(발행비); underwrite(인수하다); underwriting spread(인수스프레드)도 참조할 것. ~ ***dividends*** 배당을 미끼로 한 판매 ¶ *Selling dividends* are questionable practice by sales personnel dealing in mutual funds whereby a customer is induced to buy shares in a fund in order to get the benefit of a dividend scheduled in the near future. Since the dividend is already part of the net asset value of the fund and therefore part of the share price, the customer derives no real benefit. 배당을 미끼로 한 판매는 뮤추얼펀드(mutual fund)의 판매에서 행해지고 있는 문제가 있는 영업관행으로, 가까운 시일에 배당(dividend)이 예정되고 있다고 하여 고객에게 펀드의 구입을 권하는 경우이다. 배당은 이미 펀드의 순자산가치(net asset value)의 일부로서 주가에 반영되어 있기 때문에, 고객은 실제로 이익을 얻는 것이 아니다. ~***, general, and administrative (SG&A) expenses*** 일반관리판매비 ¶ *Selling, general, and administrative* (*SG&A*) *expenses* are grouping of expenses reported on a company's profit and loss statement between cost of goods sold and income deductions. Included are such items as salespersons' salaries and commissions, advertising and promotion, travel and entertainment, office payroll and expenses, and executives' salaries. *SG&A expenses* do not include such items as interest or amortization of intangible assets, which would be listed as income deductions. See also operating profit (or loss). 일반관리판매비는 회사의 손익계산서(profit and loss statement)상의 비용의 분류로, 매상원가(cost of goods sold)와 영업외 비용(income deduction)간에 있는 항목이다. 판매원의 급료·수당, 광고선전비, 교통비·접대비, 사무원의 급료·사무경비, 간부의 급료와 같은 항목이 포함된다. 금리(interest)나 무형자산(intangible assets)의 상각(amortization) 비용은 판매비가 아니라 영업외 비용에 포함된다. operating profit (or loss)(영업손

익)도 참조할 것. ~ ***group*** 판매단 ¶ The *selling group* is a group of dealers appointed by the syndicate manager of an underwriting group, as agent for the other underwriters, to market a new or secondary issue to the public; also called selling syndicate. The *selling group* typically includes members of the underwriting group but varies in size with the size of the issue, sometimes running into several hundred dealers. The *selling group* is governed by the *selling group* agreement, also called the selected dealer agreement. It sets forth the terms of the relationship, establishes the commission (or selling concession, as it is called), and provides for the termination of the group, usually in 30 days. The *selling group* may or may not be obligated to purchase unsold shares. See also underwrite. 판매단은 인수단(underwriting group)에서 다른 인수업자의 대리인(agent)의 역할을 하는 신디케이트단 간사(syndicate manager)에 의하여 임명된 딜러(dealer)의 단체로, 신발증권(新發證券)이나 기발증권(旣發證券)을 일반투자자(the public)에게 판매한다. selling syndicate라고도 한다. 판매단에는 인수단의 멤버로 포함되는 일이 많고, 규모는 발행규모에 따라 여러 가지인데, 딜러의 수가 수백사(數百社)가 되는 수도 있다. 멤버의 역할, 판매수수료(selling concession), 판매단의 해산(통상은 30일 이내)에 관해서 정한 판매단계약(selected dealer agreement)에 따라 행동한다. 판매단은 팔다 남은 주식을 매취할 의무를 부담하는 경우와, 부담하지 않는 경우가 있다. underwrite(인수하다)도 참조할 것. ~ ***off*** 대매출(大賣出) ¶ *Selling off* is selling securities or commodities under pressure to avoid further decline in prices. Technical analysts call such action a sell-off. See also dumping. 대매출은 시세가 더욱 하락하여 타격을 입는 것을 방지하기 위하여, 증권이나 상품을 매도하는 경우이다. 테크니컬 애널리스트(technical analyst)는 이를 sell-off이라고 한다. dumping(투매)도 참조할 것. ~ ***on the good news*** 호재(好材)를 믿고 주식을 매도하기 ¶ The *selling on the good news* is a practice of selling a stock soon after a positive news development is announced. Most investors cheered by the news of a successful new product or higher earnings, buy a stock because they think it will go higher: this pushes up the price. Someone *selling on this good news* believes that the stock will have reached its top price once all those encouraged by the development have bought the stock. Therefore, it is better to sell at this point than to wait for more good news or to be holding the stock if the next announcement is disappointing. 호재를 믿고 주식의 매도하기는 호재가 발표된 후에 주식을 매각하는 것이다. 대부분의 투자자는 새로운 상품개발의 성공이나 높은 수익의 뉴스에 기분이 고무되어 가격이 더 오를 것이라고 생각하고 주식을 산다. 이것이 가격을 밀어 올린다. 이런 호재를 믿고 주식을 파는 사람은 일단 모든 사실의 전개에 용기를 얻어 주식을 매입하였다면, 주식은 천정 값에 도달할 것이라고 믿는다. 그러므로, 다음 발표가 실망스럽다면, 다른 호재가 나오기까지 기다리거나 주식을 보유하는 것보다, 차라리 이 시점에서 주식을 매도하는 편이 나을 것이다. ~ ***short*** 공매(空賣) ¶ *Selling short* is sale of security or commodity futures contract not owned by the seller; a technique used (1) to take advantage of an anticipated decline in the price or (2) to protect a profit in a long position. An investor borrows stock certificates for delivery at the time of short sale. If the seller can buy that stock later at a lower price, a profit results; if the price rises, however, a loss results. A commodity sold short represents a promise to deliver the commodity at a set price on a future date. Most commodity short sales are covered before the delivery date. Example of a short sale involving a stock: An investor, anticipating a decline in the price of XYZ shares, instructs his or her broker to sell short 100 XYZ when XYZ is trading at $50. The broker then loans the investor 100 shares of XYZ, using either its own inventory, shares in the margin account of another customer, or shares borrowed from another broker. These shares are used to make settlement with the buying broker within five days of the short sale transaction, and the proceeds are used to secure the loan. The investor now has what is known as a short position – that is, he or she still does not own the 100 XYZ and, at some point, must buy the shares to repay the lending broker. If the market price of XYZ drop to $40, the investor can buy the shares for $4,000, repay the lending broker, thus covering the short sale, and claim a profit of $1,000, or $10 a share. Short selling is regulated by Regulation T of the Federal Reserve Board. See also lending at a rate; lending at a premium; loaned flat; margin requirement; short sale rule. 공매(空賣)는 보유하고 있지 않은 증권이나 상품선물계약을 매각하는 수법인데, (1) 예상되는 가격하락에서 이익을 본다든지, 혹은 (2) 매입초과포지션의 이익을 수호하기 위해 사용된다. 투자자는 주식의 공매시에는 인도하기 위해 주권을 빌린다. 만약 매도인이 나중에 더 낮은 가격으로 그 주식을 매수할 수 있다면 이익이 생기지만, 그 주식의 가격이 오른다면 손실을 입는다. 상품의 공매는 장래 결정된 가격으로 상품을 인도할 약속을 한다. 대부분의 상품의 공매는 인도일(delivery date)보다 전에 결제를 끝낸다. 주식의 공매에 관한 예는 다음과 같다. 투자자가 XYZ의 주가가 하락할 것이라고 예상하고, 현재 50달러로 거래되고 있는 XYZ주 100주를 공매하도록 브로커(broker)에게 지시한다. 브로커는 자신의 보유주이든, 다른 고객의 증거금거래계좌(margin account)의 주식이든, 다른 브로커로부터 빌린 주식에서 XYZ주 100주를 투자자에게 빌려준다. 이 주식은 공매거래성립의 5일 이내에 행해지는 매도인의 브로커와의 결제에 충당되어 공매대금은 차입자(借入者)의 담보가 된다. 이 때의 투자자의 상태를 매도초과포지션(short position)이라고 한다. 즉, XYZ주 100주를 보유하지 않고 어느 시점에서 구입하여 브로커에게 되돌려 주어야 하는 상태를 말한다. XYZ주가 40달러로 내린다면, 100주를 4,000달러로 매입하여 브로커에게 되돌려 주어 공매를 마무리하고, 1,000달러(1주 10달러)의 이익이 생긴다. 공매는 미연방준비제도 이사회의 레귤레이션 T(Regulation T)에서 규제 받고 있다. 또한 lending at a rate(금리부 대출), lending at a premium(프리미엄부 대출), loaned flat(무이자대출), margin requirement(증거금), short sale rule(공매규칙)을 참조할 것. ~ ***short against the box*** 보호예치중의 증권의 신용판매 ¶ *Selling short against the box* is selling short stock actually owned by the seller but held in safekeeping, called the box in Wall Street jargon. The motive for the practice, which assumes that the securities needed to cover are borrowed as with any short sale, may be simply inaccessibility of the box or that the seller does not wish to disclose ownership. The main motive is to protect a capital gain in the shares that are owned, while deferring a long-term gain into another tax year. This technique was curtailed as a way to defer taxes by the Taxpayer Relief Act of 1997. Under the law, shorting against the box after June 8, 1997 is considered a "constructive sale," resulting in capital gains liability. 보호예치중의 증권의 신용판매는 실제로는 보유하고 있지만, 보호예치(safekeeping)로 되고 있는 주식을 공매(selling short)하는 것이다. 보호예치란 것은 월가의 용어로서 보관금고(box)를 말한다. 보호예치중의 증권의 신용판매도 통상의 공매와 마찬가지로, 결제(cover)에 필요한 증권을 빌린다. 이런 실제의 동기는 단순히 예치되어 있는 주식이 사용할 수 없는 경우나 보유를 명확히 하기 싫은 경우를 생각할 수 있으나, 주목적은 보유주식의 매각익(capital gain)을 확보하면서, 장기보유자산매각익(long-term gain)의 계상을 다음 과세연도에 연장시키는 데 있다. 이 수법에 의한 조세의 순연은 1997년의 납세자구제법(Taypayer Relief Act of 1997)에서 무효가

되어 1997년 6월 8일 이후는「관념상의 매각」(constructive sale)으로 간주되어 자산 매각익으로서 과세되도록 하였다. ~ ***the spread*** 옵션료 스프레드거래 ¶ *Selling the spread* is a spread where the sold option is trading at a higher premium than the purchased option. For example, purchasing a shorter term option and selling a longer term option (assuming both options have the same exercise price) would usually result in a net credit. See calendar spread. Another example would be purchasing a call with a higher exercise price and selling a call with a lower exercise price, assuming both options have the same expiration date. See also credit spread. 옵션료 스프레드거래는 옵션(option)의 매도와 그보다 옵션료(option premium)가 싼 옵션의 매수를 조합하여 차익금을 취하는 것이다. 예를 들면, 행사가격(exercise price)이 같은 단기의 옵션을 사서 장기의 옵션을 팔면, 통상은 차익거래로서 이익이 나온다. calendar spread(한월간가격폭)를 참조할 것. 다른 예를 들어보면, 행사가격이 높게 콜을 구입하고 낮은 행사가격으로 콜(call)을 매도하는 것도 양자의 옵션이 같은 행사기한이면 그 실례가 된다. credit spread(크레디트스프레드)도 참조할 것.

sellout 매절(賣切), [증권] (추증(追證)이 없어지지 않는 등의 이유로 인한) 처분매매 ¶ The *sellout* is the process of liquidating a margin loan or exchange-traded derivative when payment is not received for securities or a variation margin call is not met. *Sellout* leads to de facto cancellation of the underlying loan or derivative. [영] 처분매매는 증권에 대한 지급이 수취되지 않거나 변동추가증거금(variation margin call)이 지급되지 않은 경우에 한계대출이나 장내파생상품을 청산하는 과정을 말한다. 처분매매는 선순위의 대출(underlying loan)이나 파생상품의 사실상 취소와 연결된다.

semi- *pref.* 반(半)의 ¶ *semi*-advanced country 중진국 /*semi*-annual interest 반기(半期)이자지급 /*semi*-manufactured goods 반제품 /*semi*-processed goods 반제품 /*semi*-public corporation 반관(반민)기업 ***semi-annual*** 연 2회의(half-yearly), 연 2회지급의 ¶ *Semi-annual* is twice per year. For example, bond interest is typically paid on a semiannual basis. Also called biannual. semi-annual의 뜻은 연 2번이라는 의미이다. 예를 들면, 채권의 이자는 일반적으로 1년에 2번 지급하는 식으로 지급된다. 이를 biannual이라고도 한다. ~-***variable costs*** 준변동경비(準變動經費) ¶ *Semi-variable costs* are costs that change in response to changes in volume, but by less than a proportionate amount. 준변동경비는 양의 변화에 따라 변하는 경비이지만, 비례금액보다는 적은 경비다.

semiconductor 반도체 ¶ The *semiconductor* is a material, such as silicon, that is neither a good conductor nor a good insulator. *Semiconductor* device, such as diodes, transistors, and integrated circuits, are the essential parts that make it possible to build computers and other small, inexpensive electronic machines. 반도체는 좋은 도체(導體)도 아니고 좋은 절연체도 아닌 실리콘 같은 자료에 불과하다. 이극(二極) 진공관(diodes), 트랜지스터 및 통합회로(integrated circuits)와 같은 반도체 장치는 컴퓨터와 기타 작고, 값비싸지 않은 전자기기를 조립할 수 있는 본질적인 부속품이다.

sen 센 ¶ A subdivision (1/100) of the Malaysian ringgit, the Indonesian rupiah and the Japanese yen. 센(sen)은 말레이시아의 링기트(ringgit), 인도네시아의 루피아(rupiah), 및 일본의 엔(yen)의 하부단위(1/100)이다.

SENAF 금융자산거래전자제도 ¶ The *SENAF* is the electronic trading platform for Spanish public debt bonds, part of the integrated Financial Markets Holding that includes the country's derivatives and fixed-income markets. The *SENAF* operates a blind bond-trading system and a single order book. Its main shareholders are the majority of the Spanish banks through the AIAF (Asociación de Intermediarios de Activos Financieros, or the Association of Financial Assets Intermediaries) and the four blind brokers officially authorized by the Bank of Spain. In addition to Barcelona, Madrid, and Valencia, *SENAF* also has operative terminals in London, Paris, Frankfurt, and Milan. 금융자산거래전자제도는 스페인의 공모채권(public debt bonds)의 전자거래 플랫폼으로, 금융시장 총괄회사(integrated Financial Markets Holding)의 일부이다. 금융시장 총괄회사에 의한 파생상품(derivative)이나 확정이자부 증권(fixed income)의 시장을 포함한다. SENAF는 blind-trading system(거래의 상대방을 알지 못한 상태에서 매매를 하는 전자시스템)이나 single order book(복수의 거래소에서 상장되어 있는 증권의 매매를 1개소로 통합하는 시스템)을 행하고 있다. SENAF의 주요한 주주는 AIAF (Asociación de Intermediarios de Activos Financieros, 또는 영어로는 Association of Financial Assets Intermediaries, 금융자산중개업자협회)이지만, 동 협회에는 스페인의 은행의 과반수가 가입하고 있다. 또, 스페인중앙은행(Bank of Spain)의 승인 받는 4개의 알지 못하는 증권회사(blind brokers)도 공식적으로 출자하고 있다. 바르셀로나(Barcelona), 마드리드(Madrid) 및 발렌시아(Valencia) 이외에, 런던(London), 파리(Paris), 프랑푸르트(Frankfurt) 및 밀라노(Milan)에 거점(據點)을 가지고 있다.

send 보내다 ¶ *sending* bank 발송은행 /a *sending* office 발송점

sene 세네 ¶ A subdivision (1/100) of the Western Samoan tala. 세네(sene)는 서사모아의 탈라(tala)의 하부단위(1/100)이다.

Senegal currency 세네갈 화폐 ¶ CFA franc (SNF); there is no division. 중앙아프리카(Central African Republic: CFA) 프랑(SNF; franc). 프랑의 하위단위는 없다.

senior 상급의, 상위의 (*cf.*) junior 하위의 ¶ *senior* creditor 선순위채권자 /*senior* lien 상위의 리엔 /*senior* subordinated 상위열후(上位劣後)의 ***senior debt*** 선순위채무 ¶ *Senior debt* is loans or debt securities that have claim prior to junior obligations and equity on a corporation's assets in the event of liquidation. *Senior debt* commonly includes funds borrowed from banks, insurance companies, or other financial institutions, as well as notes, bonds, or debentures not expressly defined as junior or subordinated. 선순위 채무는 기업의 청산(liquidation)시에 청구권(claim)이 열후인 채무(junior obligation)나 주식보다도 우선되는 대출(loan)이나 채무증권(debt security)을 말한다. 일반적인 선순위 채무에는 은행, 보험회사의 금융기관의 대출금이나 후순위(junior) 또는 열후(劣後, subordinated)라고 표기하지 아니하는 중기채(中期債, bond), 무담보채(debenture)가 있다. ~ ***mortgage bond*** 선순위모기지부 채권(債券) ¶ The *senior mortgage bond* is a bond with the highest claim on the assets of the issuer in case of bankruptcy or liquidation. Senior mortgage bondholders are paid off in full before any payments are made to junior bondholders. 선순위 모기지부 채권(債券)은 발행단체의 파산(bankruptcy)나 청산(liquidation) 시에 청구권이 최우선되는 채권을 말한다. 선순위 담보부 채권을 상환하고 난 다음에 열후증권(junior security)의 지급이 행하여진다. ~ ***refunding*** 장기채무로의 차환(借換) ¶ *Senior refunding* is replacement of securities maturing in 5 to 12 years with issues having original maturities of 15 years or longer. The objectives may be to reduce the bond issuer's interest costs, to consolidate several issues into one, or to extend the maturity date. 장기채무로의 차환(借換)은 5년에서 12년으로 만기(maturity)가 되는 증권을 15년 이상의 장기증권의 발행에 의하여 차환하는 것이다. 목적은 발행단체의 금리부담의 경감, 복수의 증권의 일원화, 만기의 연기를 생각할 수 있다. ~ ***security*** 선순위 증권, 우선증권 ¶ The *senior security* is a security that has claim prior to a junior obligation and equity on a corporation's assets and earnings. *Senior securities* are repaid before junior securities in the event of liquidation. Debt, including notes, bonds, and debentures, is senior to stock; first mortgage bonds are senior to second mortgage bonds; and all mortgage bonds are senior to debentures, which are unsecured. 선순위 증권은 회사의 자산(asset)이나 이익(earnings)에 대한 청구권이 열후채무(junior obligation)나 주식(equity)보다도 우선되는 증권을 말한다. 회사의 청산(liquidation)시에 열후증권(junior security)보다도 먼저 변제된다. 변제가 주식보다 우선되는 중기채, 장기채, 무담보채를 포함하는 채권, 제2순위 모기지부 채권보다도 우선되는 제1순위 모기지부 채권, 무담보채보다 우선되는 모기지부 채권(mortgage bond)는 선순위 증권에 해당된다.

seniority 연장(年長), 선임권(先任權), 연공서열법 ¶ The *seniority* is the basis of an employment system in which a worker's status derives from his length of service. Some organizations use *seniority* to determine salary, layoffs, office location, job preference, promotions, and so forth. 연공서열법(年功序列法)은 근로자의 지위가 그 근무기간에서 유래한다고 하는 고용제도의 기본이다. 일부 단체에서는 급료, 해고(layoff), 직원위치, 직업호감, 승진 등을 결정하는 데 연공서열법을 이용한다. ¶ The *seniority* is the condition or status of a security that has priority over other securities by the same issuer with respect to the payment of income (that is, interest or dividends) and repayment of principal. As an example, for the same issuer, bonds have *seniority* over preferred stock, and preferred stock has priority over common stock. See also junior security. 선순위권은 수입의 지급(즉, 이자 또는 배당금)과 원금의 상환에 관하여 동일한 발행단체(issuer)에 의해서 다른 증권보다 우선권을 가지는 증권의 상황 또는 지위를 말한다. 실례로서, 동일한 발행단체를 놓고 보더라도, 채권은 우선주(preferred stock)보다 선순위권을 가지고, 우선주는 보통주(common stock)보다 선순위권을 가진다. junior security(열후증권)도 참조할 것.

seniti 세니티 ¶ A subdivision (1/100) of the Tongan pa'anga. 세니티(seniti)는 통가의 파앙가(pa'anga)의 하부단위(1/100)이다.

sensitive 민감한, 신경질적인 ***sensitive market*** 민감한 시황(市況) ¶ The *sensitive market* is a market easily swayed by good or bad news. 민감한 시황이란 시세가 호재나 악재에 흔들리기 쉬운 경우를 말한다.

sensitivity analysis 감응도(感應度)분석(금리 · 시세를 시뮬레이션하는 분석수법) ¶ The *sensitivity analysis* is a study measuring the effect of a change in a variable (such as sales) on the risk or profitability of an investment. 감응도 분석은 투자의 리스크 또는 그 수익성의 변동(판매와 같은)에 따른 변화의 효과를 측정하는 연구분야이다.

sentiment (시장의) 시세의 전반적인 상황 ***sentiment indicators*** 시장심리지표 ¶ *Sentiment indicators* are measures of the bullish or bearish mood of investors. Many technical analysts look at these indicators as contrary indicators – that is, when most investors are bullish, the market is about to drop, and when most are bearish, the market is about to rise. Some financial newsletters measure swings in investor sentiment by tabulating the number of investment advisory services that are bullish or bearish. 시장심리지표는 투자자의 강세의 심리 또는 약세의 심리를 나타내는 척도를 말한다. 이 지표를 역으로 읽는 테크니컬 애널리스트도 많다. 말하자면, 투자자의 대부분이 강세인 때에 시세는 바로 하락하고, 대부분이 약세인 때에는 바로 상승한다고 생각한다. 투자정보전문회사(investment advisory service)의 시세관을 조사하여, 강세파와 약세파의 수를 집계하고 투자자의 심리의 동향을 측정하는 투자정보지도 있다.

sentimo 센티모 ¶ A subdivision (1/100) of the Philippines peso. 센티모(sentimo)는 필리핀의 페소(peso)의 하부단위(1/100)이다.

SEP → Simplified Employee Pension (SEP) Plan [약] 간이종업원연금제도 ¶ The *Simplified Employee Pension (SEP) Plan* is a pension plan in which both the employee and the employer contribute to an Individual Retirement Arrangement (IRA). Under the Tax Reform Act of 1986, employees (except those participating in SEPs of state or local governments) may elect to have employer contributions made to the SEP or paid to the employee in cash as with cash or deferred arrangements (401(k) plans). Elective contributions, which are excludable from earnings for income tax purposes but includable for employment tax (FICA and FUTA) purposes, are limited to 25% of net wages up to a certain maximum, which was $245,500 in 2009, or $49,000, whichever is less. *SEPs* are limited to small employers (25 or fewer employees) and at least 50% of employees must participate. Special provisions pertain to self-employed persons, the integration of *SEP* contributions and Social Security benefits, and limitations on tax deferrals for highly compensated individuals. 간이종업원연금제도(SEP)는 고용주와 근로자 양쪽에서 개인퇴직제도(individual retirement arrangement: IRA)에 출연하는 연금제도를 말한다. 1986년의 세제개혁법(Tax Reform Act of 1986)에 의하여, 401k 연금제도(cash or deferred arrangement)와 마찬가지로, 근로자는 고용주에게 SEP제도에의 출연이거나, 현금의 지급을 요구할 수 있다(주 또는 지방자치단체의 SEP에 가입하고 있는 경우를 제외한다). 근로자 본인이 출연하는 출연금은 소득세의 과세대상이 되지 않지만, 고용보험세법(연방보험연금세법(Federal Insurance Contribution Act: FICA)과 연방실업보험세법(Federal Unemployment Tax Act: FUTA))이 부과되어 출연금액의 상한은 순급여액의 25%(다만 대상이 되는 급여의 상한은 2009년에는 24만 5,500달러), 혹은 4만 9천 달러 중 어느 것이든 적은 쪽이 된다. SEP제도는 근로자 25인 이하의 소규모 고용주만이 대상이 되고, 근로자 반수 이상이 가입하여야 한다. 자영업자, SEP제도 출연과 사회보장급출을 합치는 경우, 고소득자를 대상으로 하는 과세순연제한에 관하여는 특별조치가 규정되어 있다.

separate ⓥ 분리하다, 구분을 짓다

ⓐ 나누어진, 독립한 ¶ *separate* combination (금고의) 조합자물쇠 /*separate(d)* taxation (at source) (원천)분리과세 ***separate customer*** 별개인격(別個人格) 고객 ¶ The *separate customer* is a concept used by the Securities Investor Protection Corporation (SIPC) in allocating insurance coverage. If there is a difference in the way investment accounts are owned, each account is viewed as a *separate customer* entitled to the maximum protection; thus two accounts, one in the name of John Jones and the other in the name of John Jones and his wife Mary Jones, would be treated as separate accounts and separate persons. On the other hand, a cash account, a margin account, and a special convertible bond account all owned by John Jones are not treated as separate customer accounts but as one. 별개인격 고객은 증권투자자보호회사(securities investor protection corporation: SIPC)가 보험을 적용할 때에 취하는 방법을 말한다. 투자계좌의 보유명의에 차이가 있으면, 각각의 계좌는 최대한의 보호를 받는 권리를 가지는 별개인격으로 간주한다. 예를 들면, 존 존스 명의의 계좌와 존 존스와 그의 아내 메리 존스 명의의 계좌로 2개의 계좌가 있는 경우, 다른 계좌로 별개인격으로 취급한다. 이와 반면에, 존 존스가 보유하는 현금계좌(cash account), 신용거래계좌(margin account), 특별전환사채계좌(special convertible bond account)는 별개인격계좌가 아니라 하나의 계좌로 취급한다. ~ ***tax returns*** 부부개별납세신고 ¶ *Separate tax returns* are tax returns filed by a married couple choosing the married, filing separately, status. Each person reports his or her own income, deduction, exemptions, and credits. Couples may choose to file separately instead of with a joint tax return for several reasons. A couple may choose to keep all of their financial affairs, including tax filing, separate. In some cases, a couple may find that the total amount of tax paid is less if they file separately than if they file jointly. This is usually the case when there is a wide disparity between the earnings of the husband and wife. 부부개별납세신고는 부부가 기혼자로서 개별적으로 납세신고를 하는 방법을 말한다. 각자가 자신의 소득(income), 소득공제(deduction), 인적·부양자공제(exemption), 세액공제(credit)를 신고한다. 부부는 여러 가지 이유로 합산소득신고를 대신하여 개별로 신고하는 것을 선택할 수 있다. 부부는 조세신고를 포함하여 개별적으로 자신의 재무사정(financial affairs) 전부를 신고할 수 있다. 어떤 경우에는, 부부는 합산보다 개별적으로 신고하는 편이 납세액이 적게 되는 것을 발견할 수도 있다. 이것은 통상 부부의 소득격차가 큰 경우 개별신고의 편이 유리한 경우이다. ***Separate Trading of Registered Interest and Principal of Securities* (*STRIPS*)** 등록된 증권의 이자·원금의 분리거래 ¶ *Separate Trading of Registered Interest and Principal of Securities* (*STRIPS*) is Treasury securities that have had their coupons and principal repayments separated into what effectively become zero-coupon Treasury bonds. The components, issued in book-entry form, carry the full backing of the U.S. Treasury. Like other zero-coupon bonds, these securities are subject to wide price fluctuations. They also subject the owner to an annual federal income tax liability even though no direct interest is paid. 등록된 증권의 이자·원금의 분리거래는 효과적으로 제로쿠폰 미재무부 장기증권이 된 것 속에서 분리된 쿠폰과 원금의 상환을 받은 미재무부 증권을 말한다. 이체결제방식으로 발행된 구성부분은 미재무부 증권(U.S. Treasury)의 충분한 지원을 받는다. 다른 제로쿠폰 증권과 같이, 이러한 증권들은 폭넓은 가격변동을 겪어야 한다. 그것들은 또 직접 이자가 지급되지 않더라고, 소유자에게 1년에 한번 연방소득세채무를 부담하게도 된다.

separately 각각, 별개로, 단독으로 ***separately managed account* (*SMA*)** 세퍼리틀리 매니지드 어카운트, 전용자산운용관리계좌 ¶ The *separately managed account* (*SMA*) is a professionally managed portfolio of securities that uses pooled money to buy investments owned directly by the account holder. *SMAs*, also called separate accounts, individually managed accounts, or managed accounts, are usually marketed by broker-dealers, who select money managers, called subadvisors, for clients from a selected list. (An alternative to subadvisor programs, called open architecture programs, allows investors to choose from a much broader menu of managers with more flexible pricing arrangements.) A phenomenon of computer technology and mass affluence, *SMAs* offer customized professional management to clients with as little as $100,000 for fees of 2% or less. The chief advantage of *SMAs* over mutual funds is direct ownership of securities in the portfolio. This permits customization (the investor can, for example, restrict investments to tobacco and gambling without having to buy a socially conscious fund), and provides individual costs basis for income tax purpose; the investor, unlike a mutual fund investor, thus has control of the tax consequences of the timing of purchases and realized profit or loss. 전용자산운용관리계좌는 계좌의 보유자에 의하여 직접 소유한 자금을 매수하기 위하여 공동출자자금을 사용하는 증권의 포트폴리오를 전문적으로 운용하는 것이다. SMA는 이를 separate accounts(개별계좌), individually managed accounts (개인적 관리계좌), 또는 managed accounts(매니지드 어카운트)라고도 하고, 증권회사(broker-dealer)가 판매활동을 행하고 있다. 또 증권회사는 계좌소유자를 위하여 자금운용매니저(money manager)를 선택리스트에서 서브어드바이저(subadvisor)로 선택한다. (서브어드바이저 시스템의 대체방법으로서도, 계좌의 소유자가 운용수수료도 포함하여 보다 폭넓은 운용매니저 후보리스트 중에서 운용매니저를 선택할 수 있는 시스템, open architecture programs도 있다.) 컴퓨터기술의 발전이나 대중부유층(mass affluence)의 출현을 배경으로, 고객별로 자산운용매니지먼트에 의한 운용프로그램(SMA)은 최소 10만 달러, 수수료 2% 이하로 판매되고 있다. 뮤추얼펀드(mutual fund)에 대한 SMA의 우위성은 계좌로 운용되고 있는 포트폴리오 (portfolio) 중의 증권을 계좌의 소유자가 직접 소유할 수 있다고 하는 것이다. 이것은 투자자 자신의 특별한 포트폴리오가 가능할 수 있고(예를 들면, 연초산업이나 도박산업에의 투자를 제한하고자 할 때는 사회적 양심펀드(socially conscious fund)를 구입하지 않고도 가능하다.), 소득세(income tax)상의 원가기준(cost basis)을 자기 자신이 결정할 수 있다. 따라서 투자자는 뮤추얼펀드의 투자자와는 달리, 증권투자의 시기나 증권매각에 의한 실현손익(realized profit or loss)을 내는 시기의 조세효과 (tax consequences)를 관리한다. ~ ***reportable segment*** 사업분야별 보고 → business segment reporting (사업분야별 보고).

separation 분리, 이직(離職) ¶ *separation* between capital and administration 자본과 경영의 분리 /*separation* of ownership and control 소유와 관리의 분리

sequence 연달아 일어남, 연속, 계속, 결과, 귀추 ¶ *Sequence* is order of occurrence; process or fact of following in order. For example, a production-line *sequence* requires that bottles of soda be filled before the caps are secured. 연속이란 일련의 사건이 일어나거나, 순번대로 뒤이어 일어나는 진행 또는 사안을 말한다. 예를 들면, 생산라인의 연속과정은 소다 병은 뚜껑이 고정되기 전에 채워져야 할 필요가 있다. /*sequence* analysis 기간분석

sequential comparison 전기(前期)비교 ¶ In financial analysis, *sequential comparison* is comparing one period to the period immediately preceding it. Comparing the fourth quarter to the third quarter of the same year would be sequential, for example. In contrast, comparing the fourth quarter to the fourth quarter of the prior year would be called a year-to-year comparison. 재무분석에 있어서, 전기(前期)비교는 어느 기간을 직전의 기간과 비교하는 것이다. 예를 들면, 제4 사반기(四半期)를 동년의 제3 사반기와 비교하는 경우를 말한다. 이에 대하여, 제4 사반기와 전년의 제4 사반기를 비교하는 경우는, 전년 동기비교(year-to-year comparison)이라고 한다.

sequester (재산을) 일시 압류하다 ¶ property *sequestered* [sequestrated] 가압류 재산 ***sequestered account*** (가)압류를 받은 (상호계산)계좌 ¶ In accounting, a *sequestered account* is an account which has been ordered separated and impounded by order of the court. 회계학에서, (가)압류를 받은 계좌는 법원의 명령으로 분리되거나 폐쇄를 명령받은 계좌이다.

sequestrate (재산을) 일시 압류하다, 압수하다 ¶ The practice of *sequestrating* the property of the defendant to coerce his obedience to the decree was soon developed. 에퀴티 재판소의 판결에 피고의 복종을 강요하기 위해 피고의 재산을 가압류하는 관행이 곧 발전했다. /*sequestrated* account 몰수계좌

sequestration (재산의) 가압류, 몰수 ¶ In equity, the *sequestration* is the act of seizing or taking possession of the property belonging to another, and holding it until the profits have paid the demand for which it was taken. 에퀴티에서, 재산의 가압류는 그 가압류의 이익이 그 점유를 하는 요구에 만족할 때까지 타인의 소유인 재산을 압류하거나 점유하는 경우이다.

serial 일련의 ¶ *serial* issue 연속상환발행 /the *serial* number 일련번호 ***serial bond*** 연속상환채(債) ¶ The *serial bond* is a bond issue, usually of a municipality, with various maturity dates scheduled at regular intervals until the entire issue is retired. Each bond certificate in the series has an indicated redemption date. *Serial bonds* are distinguished from term bonds, where the bonds in an issue have the same maturity date, although municipalities will often issue a combination of both types. 연속상환채(債)는 채권(bond) 전체의 최종만기일까지의 사이에, 만기일(maturity date)이 정기적으로 다가오는 채권으로, 주로 지방채(municipal bond)에서 사용된다. 각 채권면(bond certificate)에는 상환일(redemption date)이 기재되고 있다. 연속상환채는 상환일이 같은 일괄상환채(term bond)와는 다르지만, 지방자치단체는 연속상환채와 일괄상환채를 조합하여 발행하는 일이 많다. ~ ***redemption*** 연속상환채의 상환 ¶ *Serial redemption* is redemption of a serial bond. 연속상환채의 상환이란 연속상환채(serial bond)의 상환을 이른다.

series 일련의, 연속되는 ¶ the designation of the *series* (지폐의) 연속번호 ***Series E bond*** 시리즈 E채권 ¶ The *Series E bond* is a savings bond issued by the U.S. government from 1941 to 1979. The bonds were then replaced by Series EE and Series HH bonds. Outstanding Series E bonds, which may be exchanged for Series HH bonds, continue to pay interest for between 30 and 40 years from their issue date. Those issued from 1941 to November 1965 accrue interest for 40 years; those issued from December 1965 and later, for 30 years. Their interest is exempt from state and local income and personal property taxes. See also savings bond. 시리즈 E채권은 1941년에서 1979년까지 미국정부가 발행한 저축국채를 말한다. 그 후 시리즈 E채권에 갈음하여 시리즈 EE채권과 시리즈 HH채권이 발행되었다. 현존하는 시리즈 E채권은 시리즈 HH채권과 교환할 수 있고, 발행일로부터 30년간 또는 40년간 이자지급이 행하여진다. 1941년부터 1965년 11월까지의 발행분은 40년간, 1965년 12월 이후의 발행분은 30년간 이자지급이 계속된다. 이자는 주와 지방의 소득세(income tax)와 동산세(personal property tax)가 면제된다. saving bond(저축채권)도 참조할 것. ***Series EE bond*** 시리즈 EE채권→ savings bond (저축채권). ***Series fund*** 시리즈 펀드 ¶ The *Series fund* is a mutual fund with multiple portfolios. 시리즈 펀드는 복수의 포트폴리오(portfolio)로 구성되는 뮤추얼펀드를 말한다. ***Series HH bond*** 시리즈 HH채권 → savings bond (저축채권). ***series of option*** 일련의 동일옵션 ¶ The *series of option* is a class of option, either all call options or all put options, on the same underlying security, all of which have the same exercise price (strike price) and maturity date. For example, all XYZ May 50 calls would form a *series of* *options.* 일련의 동일옵션은 기초증권(underlying security)이 동일한 콜옵션(call option) 또는 풋옵션(put option)으로, 행사가격(exercise price, or strike price)도 만기일(maturity)도 동일한 것의 전부를 가리킨다. 예를 들면, XYZ의 5월한월의 행사가격 50달러의 모든 콜옵션은 일련의 동일옵션을 구성한다. ***Series 6 registered*** 시리즈 6등록 외무원(미국증권외무원자격) ¶ The *Series 6 registered* is a broker who has passed the Investment Company/Variable Contracts Products Limited Representative Qualification Examination administered by the Financial Industry Regulatory Authority (FINRA) and is licensed to trade redeemable securities of companies registered pursuant to the Investment Company Act of 1940, securities of similarly registered closed-end management companies during the period of initial distribution only, and variable contracts and insurance premium funding programs and other contracts issued by an insurance company except exempt securities. *Series 6 registered* brokers cannot trade corporate securities, direct participation programs, municipal securities, or options. See also corporate securities (limited) representative; Series 7 registered. 시리즈 6등록 외무원(미국증권외무원자격)은 금융업규제기구(Financial Industry Regulatory Authority: FINRA)가 주최하는 투자회사·변액보험관련상품한정 증권외무원자격시험(Investment Company/Variable Contracts Products Limited Representative Qualification Examination)을 합격한 외무원에 수여되는 자격을 말한다. 시리즈 6등록 외무원자격을 취득하게 되면, 1940년의 투자회사법(Investment Company Act of 1940)에 의거하여 등록된 상환기간이 있는 증권(redeemable securities), 최초의 판매기간에 한정하여서만, 유사하게 등록된 클로즈드엔드회사형 투자신탁(closed-end investment company)과 보험회사가 발행하는 변액보험(variable contract), 보험료(insurance premium)를 위한 융자를 취급한다. 다만 적용제외증권(exempt securities)은 판매할 수 없다. 시리즈 6등록 외무원은 기업이 발행하는 증권(corporate securities), 직접참가형 투자(direct participation program), 지방자치단체가 발행하는 증권(municipal securities) 또는 옵션(option)은 취급할 수 없다. corporate securities (limited) representative(기업발행증권 증권외무원); Series 7 registered(시리즈 7등록외무원)도 참조할 것. ***Series 63 registered*** 시리즈 63등록외무원(미국증권외무원자격) → Uniform Securities Agent State Law Examination (통일증권외무원주법시험). ***Series 7 registered*** 시리즈 7등록외무원(미국증권외무원자격) ¶ The *Series 7 registered* is a broker who has passed the General Securities Registered Representative Examination, commonly called the Series 7, and who is a registered representative. In addition to the Series 7, which is a six-hour multiple-choice test developed by the New York Stock Exchange (NYSE) and administered by the Financial Industry Regulatory Authority (FINRA), many states require that registered representatives pass a Uniform Securities Agent State Law Examination. 시리즈 7등록외무원은 일반증권등록외무원시험(통칭 시리즈 7)에 합격한 증권외무원을 말하며, 등록증권외무원(registered representative)이라고 한다. 시리즈 7은 뉴욕증권거래소(NYSE)가 개발한 6시간의 다지선다식(多肢選多式) 시험인데, 금융업규제기구(Financial Industry Regulatory Authority: FINRA)가 관리하고 있다. 많은 주에서는 등록외무원은 증권대리인 주법통일시험(Uniform Securities Agent State Law Examination)에도 합격할 것을 요구하고 있다.

service ⓝ 봉사, 서비스, (*pl.*) 진력, 공공사업 ¶ bookkeeping *service* 기장(記帳)서비스 /customer *service* 고객에의 서비스 /modern banking *service* 현대은행업무 /*service* agreement 용역계약 /the *service* fee and rate 봉사요금과 요율 /*service* industry 서비스산업 /*service* lease [메인티넌스부(附)의] 서비스 리스 /*service* life 내용(耐用)연수 /*service* office 영업소 /*service* rate 우대이율 /*service* transaction 서비스거래 /*service* value 부가(簿價) /*service* year 근속연수 /unattended *service* 무인(無人)서비스 ***debt service*** 채무원리금지급 ¶ *Debt service* is cash required in a given period, usually one year, for payments of interest and current maturities of principal on outstanding debt. In corporate bond issues, the annual interest plus sinking fund payments; in government bonds, the annual payments into the debt service fund. 채무원리금지급은 미지급부채에 대한 일정한 기간(통상 1년)의 이자지급과 원금상환에 필요한 금액을 이른다. 사채(corporate bond)에서는 1년분의 이자에 감채기금(sinking fund)에의 적립금을 가한 금액이고, 국채(government bond)에서는 차입반환기금(debt service fund)에의 1년분의 적립금이다. ~ ***charge*** 서비스료 ¶ The *service charge* is a fee, either a fixed amount or a percentage of a bill, charged to customers for service. For example, a restaurant may levy a 15% *service charge* on the food and drink bill of parties with six or more customers. A utility may include a monthly *service charge* to cover meter reading and billing. A credit card company is likely to levy *service charges* for late payments or for exceeding the credit limit on the account. 서비스료는 고객에 위한 서비스에 부과하는 고정금액이든 청구금액의 몇 %이든 수수료를 말한다. 예를 들면, 식당은 6인 이상의 고객의 당사자에게 음식 및 음료청구액의 15%의 서비스료를 부과할 수 있다. 설비공익사업(utility)은 미터를 읽고 청구서작성을 커버하기 위하여 매월 서비스료를 포함할 것이다. 크레디트카드회사는 지급이 지체되거나 외상대금의 한도를 초과하면 서비스료를 부과할 것이다. *v.* …에 이자를 지급하다

servicing 원리(元利)의 지급 ¶ The *servicing* is: (1) the process of collecting principal and interest on loans generally, and mortgages specifically. The function is generally performed by a financial institution acting as a trustee or servicing agent. In the mortgage sector the originator of the loan may retain the servicing rights, charging a fee for performing the function, or it may sell the rights to a third party. Also known as loan servicing. (2) within the securitization market, services to ensure timely and accurate payment processing, tax and compliance reporting, asset tracking, delinquency monitoring, investor reporting, and similar functions, all of which are used to ensure the operational integrity of the securitization structure. The servicing functions may be carried out by primary servicers, master servicers, specialized servicers, or backup servicers, each with its own set of functions. 서비싱은 (1) 일반적으로는 대출에 관한 원금과 이자를 추심하는 과정이고, 특별하게는 모기지를 행사하는 과정이다. 그 기능은 일반적으로 수탁자(trustee) 또는 채권회수대행업자(servicing agent)로서 행동하는 금융기관에 의해서 수행된다. 모기지부분에서 보면, 대출수여자는 그 기능을 수행하는 데 채권회수대행권(servicing right), 수수료부과권을 보유할 수 있거나 제3자에게 그 권리를 매도할 수 있다. 이는 loan servicing(대출서비싱)으로도 알려져 있다. (2) 증권의 증권화 시장내에서, 적기에 정확한 지급과정, 조세와 법규준수의 보고, 자산추적, 직무위반의 감시, 투자자의 보고, 및 이와 유사한 기능을 확보하는 업무들은 모두가 증권화구조의 운영상의 통합을 확보하는 데 이용된다. 이러한 서비싱의 기능은 각기 자신의 기능을 가지는 주요서비서(primary servicer), 마스터 서비서(master servicer), 전문서비서(specialized servicer) 및 백업 서비서(backup servicer)에 의해서 실행될 수 있다. /loan *servicing* (이자지급 등의) 융자처리

servitude 노역(勞役), 고역(苦役), 용역권(재산에 대한 타인의 사용권, 지역권(地役權), 채굴권 등) ¶ *servitude* holder 지역권자 ***equitable servitude*** [미] 에퀴티상의 지역권 ¶ *Equitable servitude* is building restrictions and restrictions relating to land-use that are enforceable in equity by and between landlords. 에퀴티상의 지역권은 지주(地主)들간에서 에퀴티로 강제 이행될 수 있는 건물제한 및 토지이용과 관계가 있는 제한이다.

session [주식] 입회, 장[전장(前場), 후장(後場)] → trading session (입회, 입회시간대).

set 일조(一組), 세트 ¶ a complete [full] *set* of bills of lading 선하증권의 전통(全通) /a *set* bill 일조(一組) 어음 /a *set* of exchange 일조 환어음 ***set-aside*** 중소기업우선범위 ¶ The *set-aside* is a percentage of a job *set aside* for bidding to minority contractors. In the securities business, many municipal and some corporate bond underwritings require that a certain percentage of the offering be handled by a minority-owed broker/dealer underwriting firm. Other government and corporate contracts for products and services also stipulate that a certain percentage of the business must be handled by minority firms. *Set-aside* programs are designed to help minority firms become established more quickly than they might if they had to compete on an equal footing with entrenched competitors. 중소기업우선범위는 중소의 건축업자에게 우선적으로 입찰권리가 할당되는 조치를 말한다. 증권업에서는, 많은 지방채(municipal bond)와 일부의 사채(corporate bond)의 인수업자로서, 중소의 브로커(broker)나 딜러(dealer)가 모집업무의 일정비율을 취급하는 것이 요구되고 있다. 또 정부나 기업이 상품이나 서비스의 계약을 체결하는 경우도, 업무의 일정한 비율을 중소기업에 의뢰할 필요가 있다고 되어 있다. 이 제도는 중소기업이 지위를 확립한 경합기업과 동일한 조건에서 경쟁하지 않고 잘 되게 되고, 보다 빨리 발판을 굳히도록 지원하는 것을 목적으로 한다. ~ ***clause*** 세트조항 ¶ The *set clause* is a provision in many business and personal policies that loss or damage to one of the a pair or set of individual items does not represent the loss of the pair or set. For example, the loss of one diamond earing would not entitle an insured to be reimbursed for a pair of earings, but for only the resulting decrease in the overall pre-loss value of the pair. 세트조항은 많은 기업보험증권과 개인보험증권에서 한 쌍의 또는 한 세트의 개인물품 중의 하나에 손실이나 손해가 한 쌍이나 세트의 손실을 나타내지 않는다고 하는 조항을 말한다. 예를 들면, 한쪽의 다이아몬드 귀걸이의 손실은 피보험자가 한 쌍의 귀걸이 값으로 보상받을 권리가 없고, 다만 한 쌍의 전체 원래손실가격의 감퇴분만 보상받을 것이다.

setoff (차금의) 말소함, (환리스크의) 상쇄, [증권] 증권청산거래에서 거래관계를 끝내는 것 ¶ The *set-off* is a netting arrangement where an institution and a counterparty in default agree to terminate all transactions and net payment due or owed under all existing contracts. See also novation; payment netting. 거래관계를 끝내는 것은 디폴트에서 금융기관과 거래의 상대방이 모든 거래와 기존계약에 의하여 지급하거나 변제할 순지급관계를 종결짓기로 합의한 네팅약정을 말한다.

settle 지급하다, 청산하다 ¶ In general, to *settle* is to pay an obligation. 일반적으로, 지급하다는 것은 채무(obligation)를 변제하는 것이다. ¶ In estates, to *settle* is distribution of an estate's assets by an executor to beneficiaries after all legal procedures have been completed. 유산(estates)에서는, 분배하는 것은 법률상의 절차가 완료한 후, 유언집행자(executor)가 수익자(beneficiary)에게 유산을 분배하는

것이다. ¶ In law, to *settle* is: (1) to resolve a legal dispute short of adjudication, (2) to arrange for disposition of property, such as between spouses or between parents and children, if there has been a dispute such as a divorce. 법률에서, 해결하다는 것은 (1) 판결이 내려지지 않는 법적 분쟁을 해결하는 것이다. (2) 이혼과 같은 분쟁이 일어난 경우에, 부부나 친자간에서 재산의 분배를 약정하는 것이다. ¶ In securities, to settle is to complete a securities trade between brokers acting as agents or between a broker and his customer. A trade is settled when the customer has paid the broker for securities bought or when the customer delivers securities that have been sold and the customer receives the proceeds from the sale. See also continuous net settlement. 증권에서, 청산하다는 것은 대리인(agent)으로서 행동하는 증권업자(broker)간, 또는 증권업자와 고객간의 사이에서 증권거래가 완료되는 것이다. 구체적으로는, 고객이 증권의 구입대금을 증권업자에게 지급한다든지, 고객이 매각한 증권을 인도를 받고 매각대금을 수취한다든지 하는 경우를 말한다. continuous net settlement(계속차액 청산방식)도 참조할 것. /*settled* account 지급거래 /*settle* in full 전액을 지급하다

settlement 해결, 결산, 지급, 청산, 처분, 양도 ¶ In general, a *settlement* is a resolution of differences among various parties. For example, a labor dispute resulting in a strike may finally be settled by a new contract, or a conflict between a landlord and tenant may be settled in a housing court. 일반적으로, 해결(settlement)이란 여러 당사자간에서 대립을 해결하는 것을 말한다. 예를 들면, 노동쟁의에서 발생한 스트라이크를 새로운 계약을 체결하여 해결한다든지, 집주인과 세입자의 분쟁을 주택법원(housing court)에서 해결한다든지 하는 것이다. ¶ In securities, *settlement* is conclusion of a securities transaction in which a broker/dealer pays for securities bought for a customer or delivers securities sold and receives payment from the buyer's broker regular way delivery and *settlement* is completed on the third full business day following the date of the transaction for stocks, called the settlement date. Government bonds and options trades are settled the next business day. See also continuous net settlement. 증권에서, 완료는 브로커(broker)나 딜러(dealer)가 고객의 주문에서 구입한 증권의 대금을 지급한다든지, 매각한 증권을 인도하여 매수인의 브로커로부터 지급을 받는다든지, 증권거래를 완료하는 것이다. 통상 인도하고 결제(regualr way delivery and settlement)는 매매계약 체결일로부터 기산하여 3영업일째에 행해지지만, 이 날을 결제일(settlement date)이라고 한다. 국채(government security)나 옵션의 거래는 다음 영업일에 결제된다. continuous net settlement(계속차액청산방식)도 참조할 것. ¶ In futures/options, the *settlement* is the final price, established by exchange rule, for the prices prevailing during the closing period and upon which futures contracts are marked to market. 선물/옵션에서, 결제(settlement)는 거래소규칙에서 정하는 최종거래기간 중의 실세가격의 최종가격을 말하고, 선물거래는 이것에 의거하여 시가 평가한다. /a *settlement* check 청산수표 /*settlement* currency 결제통화 /a *settlement* day 결제일, 결산일 /*settlement* duty 증여세 /settlement in cash 현금결제 /*settlement* of accounts 결산, 결산보고 /*settlement* of claim 채무변제 /*settlement* of clearing balance 교환 후 결제 /*settlement* of mortgage 모기지의 처분 /the *settlement* period 결제기한 /*settlement* price 청산가격 ***settlement date*** 인도(引渡)일, 결제일 ¶ The *settlement date* is a date by which an executed order must be settled, either by a buyer paying for the securities with cash or by a seller delivering the securities and receiving the proceeds of the sale for them. In a regular-way delivery of stocks and bonds, the settlement date is three business days after the trade was executed. For listed options and government securities, settlement is required by the next business day. See also seller's option. 결제일은 약정한 주문을 결제하는 기한을 말한다. 매수인이 현금으로 증권의 대금을 지급하고, 매도인이 증권을 인도하여 대금을 수취한다. 주식과 채권의 통상 인도거래(regular way delivery)에서는, 결제일은 거래 성립일로부터 기산하여 3영업일째가 된다. 옵션이나 국채는 다음 영업일에 결제하여야 한다. seller's option(매도인 선택인도)도 참조할 것. ~ ***options*** 보험금의 수취방법 ¶ *Settlement options* are options available to beneficiaries when a person insured by a life insurance policy dies. The death benefit may be paid in one lump sum, in several installments over a fixed period of time, or in the form of an annuity for the rest of the beneficiary's life, among other options. 보험금의 수취방법은 생명보험의 피보험자가 사망한 때의 사망급여금(death benefit)의 수취방법의 선택지(選擇肢)를 말한다. 사망급여금은 일괄지급, 일정한 기간의 분할지급, 수취인이 사망할 때까지의 연금(annuity)방식이 있을 수 있다. ~ ***risk*** 결제 리스크 ¶ The *settlement risk* is the risk that the delivering party will not deliver or that the paying party will not pay. In foreign exchange trading the risk that either party to a contract will fail to perform is called Herstatt risk. 결제 리스크는 증권거래에서 증권을 인도하는 쪽이 인도를 행하거나, 또는 금전을 지급하는 쪽이 계약을 이행하지 아니하는 리스크를, 외국환거래(foreign exchange trading)에서는, 헤어스타트 리스크(Herstatt risk)라고 한다. (1974년에 독일의 헤어스타트은행이 도산한 때에 결제가 불가능하였던 것에서, 이와 같이 부르게 되었다.)

settlor [법] 설정자, 재산양도자 ¶ The *settlor* is a person who creates an inter vivos trust as distinguished from a testamentary trust. Also called donor, grantor, or trustor. 생전신탁설정자는 생전신탁(inter vivos trust)의 설정자로, 생전신탁이 설정자의 생존중에 설정되는 것임에 대하여, 유언신탁(testamentary trust)은 사망시에 설정된다. donor, grantor, or trustor라고도 한다.

Seven Sisters (the ~) 석유 메이저사(社) (*cf.*) the Majors 국제석유자본

several 여러 사람의[여러 개의, 몇 번의], [법] 연대책임자 각각의, 개별의 ¶ joint and *several* liability [responsibility] 연대 및 다수인채무[책임]

severally 개별로, 따로따로, 각각 ¶ jointly and *severally* liable 전체로서도 개인으로서도 책임이 있는 ***severally but not jointly*** 비연대보증으로, 연대책임이 아니라 개별책임으로 ¶ The phrase *severally but not jointly* indicates a form of agreement used to establish the responsibility for selling a portion of the securities in an underwriting. Underwriting group members agree to buy a certain portion of an issue (severally) but do not agree to joint liability for shares not sold but other members of the syndicate. In a less common form of underwriting arrangement, called a several and joint agreement, syndicate members agree to sell not only the shares allocated to them, but also any shares not sold by the rest of the group. See also underwrite. 연대책임이 아니라 개별책임으로라는 문구는 인수업무(underwriting)에서의 증권(security)판매의 책임분담의 방법을 가리킨다. 인수단(underwriting group)의 멤버는 각자(severally) 인수한 주식을 구입할 의무를 지지만, 다른 멤버의 판매중 잔여분에 대하여 연대책임을 부담하지 아니한다. 너무나 일반적이지는 않지만, several and joint agreement(연대책임계약)라고 하는 형식도 있다. 이 경우에, 인수단의 멤버가 각자의 할당분 뿐만 아니라, 다른 멤버의 판매중 잔여분도 판매한다. underwrite(인수하다)도 참조할 것.

severance pay 퇴직급여, 퇴직금, 해고수당 ¶ The *severance pay* is the money paid to an employee who has been laid off by an employer. The money may be paid in the form of a lump sum, as an annuity, or in the form of paychecks for a specified period of time. The size of the termination benefit is based on the length of service and job level of the employee, union contracts, and other factors. Also called termination benefit. 해고수당은 해고된 피고용자에게 고용주가 지급하는 수당을 말한다. 수당의 지급방법에는 일괄지급(lump sum), 연금(annuity) 방식, 일정기간의 지급수표(check)방식이 있다. 금액은 근무연수, 지위, 노동협약 기타 여러 요소로 결정한다. termination benefit(퇴직수당)이라고도 한다.

SG&A expenses 일반관리판매비 → selling, general, and administrative expenses (일반관리판매비). ¶ *Selling, general, and administrative* (*SG&A*) *expenses* are grouping of expenses reported on a company's profit and loss statement between cost of goods sold and income deductions. Included are such items as salespersons' salaries and commissions, advertising and promotion, travel and entertainment, office payroll and expenses, and executives' salaries. *SG&A expenses* do not include such items as interest or amortization of intangible assets, which would be listed as income deductions. See also operating profit (or loss). 일반관리판매비는 회사의 손익계산서(profit and loss statement)상의 비용의 분류로, 매상원가(cost of goods sold)와 영업외비용(income deduction)간에 있는 항목이다. 판매원의 급료・수당, 광고선전비, 교통비・접대비, 사무원의 급료・사무경비, 간부의 급료와 같은 항목이 포함된다. 금리(interest)나 무형자산(intangible assets)의 상각(amortization)비용은 판매비가 아니라 영업외비용에 포함된다. operating profit (or loss)(영업손익)도 참조할 것.

SGD (ISO) code Singapore – currency Singapore dollar. ¶ SGD (국제표준기구) 약호 싱가포르 — 화폐 싱가포르 달러(dollar).

shadow 그림자, (거울에 비친) 영상 ¶ *shadow* account 기장정리계좌 ***shadow banking system*** 그림자 금융시스템 ¶ The *shadow banking system* is the miscellany of non-deposit-taking financial institutions that exist between investors and borrowers but are not subject to the reserve requirements and other disciplines that banks are. Examples include investment banks, hedge funds, special investment vehicles (SIVs), money market funds, insurance companies, and a host of other nonbank financial institutions and the complex world of derivative products they produced. In total, as many dollars were available through the *shadow banking system* as were held by banks. Essentially the problem with the *shadow banking system* (in addition to its lack of regulation) was that it was borrowing on a highly leveraged basis from short-term investors and lending to institutions financing long-term, illiquid assets, such as collateralized debt obligations. When the mortgage market melted, short-terms financing dried up and long-term obligations became writeoffs. 그림자 금융시스템이란 투자자와 차입자(borrowers)간에 존재하는 비예금수수(non-deposit-taking)의 금융기관을 통틀어 말하지만, 은행이 준수해야 하는 지급준비율(reserve requirements) 기타 규제를 따르지 않는 금융기관이다. 실례로서 투자은행, 헤지펀드, 특수투자기구(special investment vehicles: SIVs), 시장금리연동형 투자신탁(money market fund), 보험회사, 많은 비은행금융기관과 이러한 기관들이 만들어낸 파생상품의 복잡한 세계를 포함한다. 전체로 보아서, 은행이 보관한 만큼의 많은 달러가 그림자 금융제도를 통해서 이용되었다. 기본적으로는, (그 규율부재에 추가하여) 그림자 금융제도에 관한 문제는 단기투자자로부터 매우 높은 비율의 차입금을 근거로(on highly leveraged basis) 차입하여 사채(채무)담보채무증서

(collateralized debt obligations)와 같은 장기간 현금화할 수 없는 금융자산을 기관에 대출하고 있었다. 모기지 시장이 서서히 사라진 경우에, 단기금융은 바닥나고, 장기채무는 결손 처분되었다. ~ ***calendar*** 섀도 캘린더 ¶ The *shadow calendar* is a backlog of securities issues in registration with the Securities and Exchange Commission for which no offering date has been set pending clearance. 섀도 캘린더는 미증권거래위원회(Securities and Exchange Commission)에 등록되고 있지만, 아직 공모개시일(offering date)이 설정되어 있지 아니한 증권의 리스트를 말한다.

shakeout 시장환경의 변화 ¶ The *shakeout* is a change in the market conditions that results in the elimination of marginality financed participants in an industry. For example, if the market for microcomputer suddenly becomes glutted because there is more supply that demand, a *shakeout* will result, meaning that companies will fall by the wayside. In the securities markets, a *shakeout* occurs when speculators are forced by market event to sell their positions, usually at a loss. 시장환경의 변화란 업계내의 재무기반이 약한 기업이 배제되게 되는 시장의 변화를 이른다. 예를 들면, 마이크로컴퓨터의 시장이 돌연히 공급 과잉되자 시장환경의 변화가 일어나 낙오하는 기업이 나오게 된다. 증권시장에서는, 시장환경의 변화로 투자자가 포지션(position)매도의 압박을 받아 시장환경의 변화가 일어나는 경우에, 보통 손실이 발생하는 일이 많다.

shaking-out [주식] (투기꾼의) 투매(投賣)

sham 가짜, 속임, 위선, 탈세거래 ¶ The *sham* is a transaction conducted for the purpose of avoiding taxation. Once discovered by tax authorities, it will be considered null and void, and the parties to the transaction will have to pay the taxes due. Some limited partnerships have been ruled to be "*sham* transactions" in the past, causing limited partners to owe back taxes, penalties, and interest to the Internal Revenue Service. 탈세거래는 탈세를 목적으로 행해지는 거래를 이른다. 일단 세무당국에 적발되면, 거래는 무효가 되고, 거래의 당사자는 세금을 납부하여야 한다. 어떤 리미티드 파트너십의 거래가 「탈세거래」(sham transaction)라고 판단되어 리미티드파트너가 미국세입청(IRS)에의 세금, 벌금, 금리의 지급을 요구받은 예도 있다. ***sham trust*** 가장신탁 ¶ The *sham trust* is an abusive trust that lacks economic substance and serves no legitimate purpose. Income and expenses are assigned to the true owner, not the trust. 가장신탁이란 경제적 실체가 없어서 적법한 목적이 없는 엉터리신탁을 말한다. 소수입과 경비는 진정한 소유자에게 할당되지 신탁에 귀속되는 것이 아니다.

Shanghai Stock Exchange (SHSE) 상하이(上海)증권거래소 ¶ The *Shanghai Stock Exchange* is established in late 1990 as a nonprofit organization, regulated by the China Securities Regulatory Commission. A shares are restricted to domestic investors, while B shares are open to all investors. Bonds traded on the exchange include government, corporate, and convertible. Trading hours for B shares are 9:30 a.m. to 11:30 a.m. and 1 p.m. to 3 p.m. Monday through Friday. 상하이증권거래소는 1990년 말에 설립된 비영리조직으로, 중국증권감독관리위원회(China Securities Regulatory Commission)에 의하여 규제되고 있다. A주(A shares)의 거래는 국내투자자에 한정되어 있으나, B주(B shares)의 거래는 국내외 모든 투자자에게 개방되어 있다. 상해증권거래소에서는 국채(government bond), 사채(corporate bond), 전환사채(convertibles)가 매매되고 있다. B주의 거래시간은 월요일에서 금요일의 오전 9시 30분에서 11시 30분과 오후 1시부터 3시까지이다.

share ⓝ 출자, 주식, 지분(持分), (*pl.*) [영] 주식([미] stock)(법률용어로서는 주권은

share이고, 영국식의 표현이기도 하지만, 미국에서는 주식을 집합적으로 stock로 사용하는 경우가 많다. 물론 주식수 등 stocks라고 복수형으로 사용할 수 있다. 또 주식수라고 하는 경우에는 미국에서도 복수형으로 사용하는 일이 많다.) ¶ The *share* is: (1) a unit of equity ownership in a corporation. The ownership is represented by a stock certificate, which names the company and the shareowner. The number of shares a corporation is authorized to issue is detailed in its corporate charter. Corporations usually do not issue the full number of authorized shares. (2) a unit of ownership in a mutual fund. See also investment company. (3) an interest normally represented by a certificate, in a general or limited partnership. 쉐어(share)란; (1) 회사의 주식지분을 표시하는 단위이다. 지분은 주권으로 나타나고, 주권은 회사명과 주주명이 표시된다. 회사가 발행권한을 가지는 주수(株數)인 수권주식수(authorized share)는 정관에 기재되어 있다. 수권주식수의 상한까지 발행하는 일은 적다. (2) 뮤추얼펀드(mutual fund)의 지분을 표시하는 단위(unit)이다. investment company(투자회사)도 참조할 것. (3) 일반의 파트너십(partnership)이나 리미티드 파트너십(limited partnership)에 대한 권리를 증권에 의하여 표시한 것을 말한다. /buy *shares* of a company 어느 회사의 주식을 사다 /common *share* 보통주 /cumulative preference *share* 누가적 우선주 /deferred *share* 후배주(後配株) /founders' [promoters'] *shares* 발기인주 /introduction of *shares* 주식공개 /minority *shares* 소수주식 /ordinary *share* 보통주 /preference [preferred] *share* 우선주 /the price of *share* 주식의 가격 /sell *shares* of a company 어느 회사의 주식을 팔다 /*share* allotment [allocation] 주식배정 /*share* capital 주식자본 /*share* collateral 주식담보 /*share* held 지주(持株) /*share*-holding 지주(持株) /*share* holding ratio 주식보유율 /*share* issue 주식발행 /*shares* listed on the first section of the stock exchange 일부상장종목 /*share* outstanding 발행주식수 /*share* price 주식가격 ***bearer share*** 무기명주식 ¶ *Bearer shares* are securities ownership certificates that are not registered in a name. As with other bearer securities, *bearer share* is a negotiable certificate that can be transferred between owners without endorsement. *Bearer shares* is popular in Europe but not in the United States. 무기명주식은 기명으로 등록되지 아니하는 증권소유증서이다. 다른 무기명증권과 같이, 무기명주식은 배서 없이 소유자간에서 양도할 수 있는 양도성증서이다. 무기명주식은 미국에서 인기가 없지만, 유럽에서는 인기가 있다. ***control*** ~ 지배적 비율(출자비율), 지배주주 ¶ The *control shares* are shares owned by holders who have a controlling interest. 지배주식은 지배적 주식지분(controlling interest)을 가지는 주주가 소유하는 주식을 이른다. ~ ***broker*** 쉐어브로커 ¶ The *share broker* is a discount broker whose charges are based on the number of shares traded. The more shares in a trade, the lower the per-share cost will be. Trading with a share broker is usually advantageous for those trading at least 500 shares, or for those trading in high-priced shares, who would otherwise pay in percentage of the dollar amount. Those trading in small numbers of shares, or lower-priced ones, may pay lower commissions with a value broker, the other kind of discount brokerage firm. ¶ 쉐어브로커는 거래주식수를 기초로 수수료(commission)를 취하는 디스카운트 브로커(discount broker)를 말한다. 1건의 거래에서 취급하는 주식수가 많은 만큼 1주당의 비용은 저하한다. 거래액의 일정비율의 수수료를 지급하는 방식이 아니기 때문에, 500주 이상의 거래나 고액주의 거래에서는, 쉐어브로커를 사용하면 유리하게 된다. 반대로, 주식수가 적은 거래나 저액주의 거래에서는, 밸류브로커(value broker)라고 하는 다른 종류의 디스카운트브로커를 이용하는 편이 수수료가 싸게 될 가능성이 있다. ~ ***certificate*** [영] 주권 ¶ The *share certificate* is a document that provides evidence of ownership of shares in a company. It states the number and class of shares owned by the shareholder and the serial number of the shares. It is stamped by the common seal of the company and usually signed by at least one director and the company secretary. It is not a negotiable instrument. See bearer security. 주권은 회사의 주식의 소유권증명을 제공하는 증서이다. 그것은 주주가 소유하는 주식의 수와 종류와 일련의 주식수를 나타낸다. 주권에는 회사의 사인(社印, common seal)과 보통 적어도 1인 이상의 이사와 회사서기(company secretary)가 서명한다. 그것은 유통증권(negotiable instrument)이 아니다. bearer security(무기명증권)도 참조할 것. ~ ***draft*** 쉐어드래프트 The *share draft* is an instrument similar to a bank check that is used by credit unions to withdraw from interest-bearing share draft accounts. 쉐어드래프트는 신용조합이 이자부 쉐어 드래프트 계좌에서 인출하기 위하여 사용하는 은행수표와 유사한 증권을 말한다. ~ ***option*** 쉐어옵션 ¶ The *share option* is a benefit sometimes offered to employees, especially new employees, in which they are given an option to buy shares in the company for which they work at a favourable fixed price or at a stated discount to the market price. The difference between the value of the share acquired (or its sale proceeds) and the amount paid to exercise the option is subject to income tax. The arrangement under which certain Revenue-approved share option schemes enabled the employee to pay capital gains tax rather than income tax on any gains was ended by the Finance Act of 2006. 쉐어옵션은 종종 근로자에게 주어진 특전(特典), 특히 신규근로자에게 유리한 고정가 또는 시가(市價)에 대한 일정한 할인으로 자기들이 근무하는 회사의 주식을 매입할 옵션을 주는 것이다. 취득주식의 가격(또는 그 주식의 판매수익)과 그 옵션을 행사하기 위하여 지급한 금액과의 차액에 대해서는 소득세를 납부하여야 한다. 일정한 수익(收益)인정의 쉐어옵션제도가 어느 이익에 대한 소득세(income tax)라기보다도 자본익세(資本益稅)를 지급할 수 있었던 제도는 2006년의 재정법(財政法, Finance Act of 2006)에 의하여 종료되었다. ~ ***register*** 주주명부 ¶ The *share register* is the register kept by a limited company in which ownership of shares in that company is kept, together with the full names, addresses, extent of holding, and class of shares for each shareholder. Entry in the register constitutes evidence of ownership. Thus, a shareholder who loses a share certificate can obtain a replacement from the company provided that proof of identity is supplied and that the holding is recorded in the register. 주주명부는 유한책임회사(limited company)가 회사의 주식소유가 각 주주의 풀네임, 주소, 보유범위 및 주식의 종류와 함께 기입되고 있는 것을 보관하는 장부를 말한다. 장부에의 기입은 소유의 증거가 된다. 따라서, 주권을 상실하는 주주는 동일성의 증거가 보충되어 그 보유가 장수에 기록되는 한 회사로부터 대체물을 확보할 수 있다. ~ ***repurchase plan*** 자사주 환매제도 ¶ The *share repurchase plan* is a program by which a corporation buys back its own shares in the open market. It is usually done when shares are undervalued. Since it reduces the number of shares outstanding and thus increases earnings per share, it tends to elevate the market value of the remaining shares held by shareholders. See also going private; treasury stock. 자사주 환매제도는 공개시장에서 자사주(自社株)를 환매하는 것이다. 통상은 주식(share)이 과소평가되고(undervalued) 있는 때에 행한다. 금고주(金庫株, treasury stock)를 제외하는 발행주식수가 감소하기 때문에, 1주당 이익(earnings per share)이 상승하고, 주주가 보유하는 (환매되지 아니한) 주식의 시장가격이 올라가는 경향이 있다. going private(비공개회사화); treasury stock(금고주)도 참조할 것. ~***s authorized*** 수권주식수 ¶ *Shares authorized* are the number of shares of stock provided for in the articles of incorporation of a company. This figure is ordinarily indicated in the capital accounts section of a company's balance sheet and is usually well in excess of the shares issued and outstanding. A corporation cannot legally issue more shares than authorized. The number of authorized shares can be changed only by amendment to the corporate charter, with the approval of the shareholders. The most common reason for increasing authorized shares in a public company is to accommodate a stock split. 수권주식수는 기본정관(articles of incorporation)에서 규정되고 있는 주식수의 발행상한을 말한다. 수권주식수는 통상 대차대조표(balance of sheet)상 자본의 부(capital account sector)에 표시되고, 발행주식수(issued and outstanding)를 대폭 상회하는 일이 많다. 수권주식수를 초과한 주식의 발행은 위법이 된다. 수권주식수를 변경함에는 정관의 변경이 필요하며, 주주들의 승인을 얻어야 한다. 공개회사(publicly held)가 수권주식수를 증가하는 가장 일반적인 이유는 주식분할(split)하기 위함이다. ~***s outstanding*** 발행주식 → issue and outstanding (발행주식). [v.] 서로 나누다, 공동분담[부담]하다(with, in), …에 참가하다, 나눈 몫에 참여하다

shared appreciation mortgage **(*SAM*)** 쉐어드 어프리시에이션 모기지, 가격상승익공유 모기지대출 ¶The *shared appreciation mortgage* (*SAM*) is a mortgage in which the borrower receives a below-market rate of interest in return for agreeing to share part of the appreciation in the value of the underlying property with the lender in a specified number of years. If the borrower does not want to sell at that time, he or she must pay the lender its share of the appreciation in cash. If the borrower does not have the that amount of cash on hand, the lender may force the borrower to sell the property to satisfy their claim. 가격상승익공유 모기지대출은 차입금리가 시장금리보다 낮지만, 그 대신에 일정한 기간 중에 담보부동산(기초재산, underlying property)에서 생기는 가치상승익을 대여자와 나누는 방식의 부동산담보대출(mortgage)을 말한다. 만약 그 시점에서 자산을 매각하고 싶지 않은 경우에는, 차입자는 가치상승익 중에서 대여자의 지분을 현금으로 지급하여야 한다. 차입자의 수중에 그만한 자금이 없으면, 대여자는 차입자에게 자산을 매각시켜서 지급을 받는 일도 있다.

shareholder [영] 주주([미] stockholder) ¶A *shareholder* is a one who purchases shares of a corporation's stock, thus acquiring an equity interest in the corporation. 주주는 어느 회사의 주식을 매입하여 그 회사의 주주권을 가지는 자이다. ¶*Shareholders* or stockholders are the persons who own shares of common or preferred stock. The Model Business Corporation Act (1984) and modern usage generally prefers "*shareholder*" to "stockholder" but the latter word is deeply ingrained in common usage. shareholder라고 하든 stockholder라고 하든 주주는 보통주나 우선주를 소유하는 자이다. 모델비즈니스회사법(1984년)과 현대의 관용은 일반적으로 주주를 뜻하는 stockholder보다도 shareholder를 더 선호하지만, 후자의 용어가 일반인의 관행 속에 깊이 몸에 배어 있다. ¶A *shareholder* is an owner of one or more shares or units in a mutual fund. Mutual fund investors have voting rights similar to those of stock owners. *Shareholders'* rights can vary according to the articles of incorporation or bylaws of the particular company. See also preferred stock. 지분소유자(shareholder)는 뮤추얼펀드(mutual fund)의 지분(share), 말하자면 투자단위를 1계좌 이상을 보유하는 사람이다. 뮤추얼펀드의 투자자에게는 주주와 같은 의결권(voting right)이 있다. 주주의 권리는 회사의 정관(articles of incorporation)이나 부속정관(bylaws)에 따라 다르다. preferred stock(우선주)도 참조할 것. /a general meeting of *shareholders* 주주총

회 /ordinary [preference] *shareholder* 보통[우선]주주 /*shareholders'* account 주주계좌 /a *shareholders'* list; a *shareholders'* register 주주명부 ***majority* [*minority*] *shareholder*** 다수주주 ¶ *Majority shareholder* is one of the shareholders who together control more than half the outstanding shares of a corporation. 다수주주는 주식회사의 발행주식의 과반수 이상을 함께 지배하는 주주들의 한 사람이다. ~ ***derivative suit*** 주주의 파생소송, 주주의 대표소송 ¶ A *shareholder derivative suit* is a suit brought by a shareholder to enforce a corporate cause of action against a third person. 주주의 파생소송은 제3자를 상대로 회사의 소인(訴因)을 강제이행하기 위해 단독주주가 제기한 소송을 말한다. → derivative suit(주주대표소송). ~ ***report*** 주주보고서 → stockholder's report (주주보고서). ~***s' equity*** 자기자본, 주식자본, 순자본, 주주자본(자산에서 부채를 공제한 자본의 부에 해당한다.) ¶ *Shareholder's equity* is total assets minus total liabilities of a corporation. Also called stockholder's equity, equity, and net worth. 주주자본이란 회사의 총자산에서 총부채를 공제한 것이다. 이를 stockholder's equity(주주자본), equity(에퀴티), net worth(순수자산, 자기자본)라고도 한다.

share-out (이익 등의) 배당, 분배

shark 탐욕스러운 사람, 사기꾼, 상어 ¶ loan *shark* 고리대금업자(高利貸金業者) ***shark repellent*** 기업매수방지책 ¶ *Shark repellent* is measure undertaken by a corporation to discourage unwanted takeover attempts. Also called porcupine provision. For example: (1) fair price provision requiring a bidder to pay the same price to all shareholders. This raises the stakes and discourages tender offers designed to attract only those shareholders most eager to replace management. (2) golden parachute contract with top executives that makes it prohibitively expensive to get rid of existing management. (3) defensive merger, in which a target company combines with another organization that would create antitrust or other regulatory problems if the original, unwanted takeover proposal was consummated. See also safe harbor. (4) staggered board of directors, a way to make it more difficult for a corporate raider to install a majority of directors sympathetic to his or her views. (5) supermajority provision, which might increase from a simple majority to two-thirds or three-fourths the shareholder vote required to ratify a takeover by an outsider. See also poison pill; scorched-earth policy. 기업매수방지책은 기업이 적대적 매수(敵對的 買收, unwanted takeover)를 방지하기 위한 수단을 말한다. 이를 porcupine provision(기업매수방어책)이라고도 한다. 예를 들면, (1) 주주(shareholder) 전원에게 동일한 금액을 지급하려고 하는 매수자에게 요구하는 공정가격(fair price)조항. 이것은 이해관계를 제기하여 경영진을 대체하려고 가장 열망하는 주주들만을 노리는 공개매수를 방해한다. (2) 경영간부와 골든 패러슈트(golden parachute)계약을 체결하고, 현경영진을 퇴진시키는 것을 대단히 비싸게 먹히도록 한다. (3) 방위목적의 합병(merger). 매수(買收)의 대상이 된 기업(target company)이 다른 기업과 합병하여 적대적 매수(hostile takeover)가 실행되면 반트러스트법(antitrust laws) 기타 법적 문제를 생기도록 한다. safe harbor(세이프 하버)도 참조할 것. (4) 이사(director)의 임기의 분산화(staggered board of directors). 기업사냥꾼(raider)이 이사의 과반수를 자기에게 동조하는 사람으로 고정시키는 것이 어렵게 만든다. (5) 초과반수조항(supermajority provision). 외부자(outsider)에 의한 매수(買收)을 인정하는 것에 필요한 주주의 의결권(voting right)수를 과반수에서 3분의 2나 4분의 3으로 인상하는 경우이다. poison pill(포이즌 필); scorched-earth policy(초토작전)를 참조할 것. ~

watcher 기업매수감시인 ¶ A *shark watcher* is a firm specializing in the early detection of takeover activity. Such a firm, whose primary business is usually the solicitation of proxies for client corporations, monitors trading patterns in a client's stock and attempts to determine the identity of parties accumulating shares. 기업매수감시인은 매수(買收, takeover)활동의 조기발견을 전문으로 하는 기업을 말한다. 고객기업을 위한 위임장(proxy)권유를 주요업무로 하는 일이 많다. 주식의 거래패턴을 감시하고, 주식을 매집(買集)하고 있는 사람의 신원특정을 꾀한다.

sharing clause [신디케이트론] 쉐어링클로즈 ¶ The *sharing clause* is a clause that a participating bank is equal to the payment of principal. Also called pro-rata clause. 쉐어링클로즈는 참가은행이 원리금지급에서는 평등해야 한다고 하는 규정. 프로라타 배분조항(pro-rata clause)이라고도 한다.

sharp 예리한, 급한, 변명이 없는 ¶ a *sharp* advance 시세의 급등 /*sharp* cash 정금(正金), 즉금(卽金), 현금 /a *sharp* decline 사세의 급락

sharpe ratio 샤프 레이쇼 ¶ The *sharpe ratio* is an average return, less the risk-free return, divided by the standard deviation of return. The ratio measures the relationship of reward to risk in an investment strategy. The higher the ratio, the safer the strategy. See also information ratio. 샤프 레이쇼는 평균수익률(average return)에서 리스크 없는 수익률(risk-free return)을 빼고, 수익률의 표준편차(standard deviation)로 나눈 것을 말한다. 비율은 투자전략에서의 리턴(수익률)과 리스크(risk)의 관계를 나타낸다. 비율이 높으면 높은 만큼 투자전략의 안전성이 높다. information ration(인포메이션 레이쇼)도 참조할 것.

shed 세관구내 임시창고(부두, 역구내 등에 설치된 화물의 짐처리 또는 임시 두게 하도록 하는 건물) ¶ a bonded *shed* (외국화물을 위한) 보세임시창고

sheddage 세관구내 창고의 사용료

sheik (아랍의 이슬람 국가에서) 가장(家長), 족장(族長), 교주(敎主)

shekel 쉐켈 → sheqel. ¶ unit of currency, Israel (100 agora equal 1 sheqel). 이스라엘 통화단위[1 쉐켈(sheqel) = 100 아고라(agora)].

shelf registration [미] 셀프 리지스트레이션(신발증권에 관한 SEC에의 포괄사전등록)(등록한 금액의 범위 내에서 몇 번이라도 증권 발행할 수 있다.) ¶ The *shelf registration* is a term used for Securities and Exchange Commission Rule 415 adopted in the 1980s, which allows a corporation to comply with registration requirements up to two years prior to a public offering of securities. With the registration on the shelf, the corporation, by simply updating regularly filed annual, quarterly, and related reports to the SEC, can go to the market as conditions become favorable with a minimum of administrative preparation. The flexibility corporate issuers enjoy as the result of shelf registration translates into substantial savings of time and expense. 포괄사전등록은 1980년대에 도입된 증권거래위원회규칙(Securities and Exchange Commission Rule) 415조에서 사용되고 있는 용어로, 공모(public offering)의 2년 전부터 발행증권의 등록(registration)을 신청할 수 있다. 등록을 마쳐 두면, 미증권거래위원회(SEC)에 정기적으로 제출하는 연차보고(annual report)나 4반기보고의 보고서를 갱신하는 것만으로, 시장환경이 잘 돌아간 때에 사소한 사무절차로 증권의 공모발행이 가능하다. 일괄등록하는 것에서 증권발행의 유연성이 늘어나서, 시간과 경비를 대폭 절약할 수 있다.

shell 외관(外觀), 겉보기, 더미(dummy) ***shell corporation*** 부정축재를 위한 회사, 세금도피를 위한 실체가 없는 회사 ¶ The *shell corporation* is a company that is incorporated but has no significant assets or operations. Such corporations may be formed to obtain financing prior to starting operations, in which case an investment in them is highly risky. The term is also used of corporations set up by fraudulent operators as fronts to conceal tax evasion schemes. 껍데기 회사는 설립은 되어 있으나, 뚜렷한 자산이나 활동이 없는 회사를 말한다. 그러한 회사는 영업을 시작하기 전에 금융을 취득하기 위하여 설립될 수 있으나, 그러한 경우에 그러한 회사에 투자하는 일은 매우 위험하기 짝이 없다. 껍데기 회사라는 용어는 또한 탈세계획을 감추기 위한 정면에 사기성 있는 투기자가 세우는 회사로서 사용되기도 한다.

shelter [n.] 피난처 ¶ *shelter*, food, and clothing 의식주 /a tax *shelter* 탈세를 위한 피난처, 조세회피지(tax haven)
[v.] 보호하다 ¶ a *sheltered* industry 보호산업(a protected industry)

shenanigan [미구] (*pl.*) 눈속임, 속임수, 부정사건

Shenzhen Stock Exchange (SZSE) 심천(深圳)증권거래소 ¶ The *Shenzhen Stock Exchagne* (*SZSE*) is one of China's three stock exchanges and created in 1990 in the Shenzhen province of China. In 2004, the exchange launched the Small and Medium Enterprise Board, which is a market exclusively for small- and mid-caps. Trading hours are from 9:30 a.m. to 3 p.m., Monday through Friday. Settlement period is T+1 for securities traded in local currency and T+3 for B-shares. 심천(深圳)증권거래소는 중국의 3개 증권거래소의 하나로, 1990년에 중국의 심천시(深圳市)에서 설립되었다. 2004년에 소형주(小型株)(small cap)와 중형주(mid cap)만을 위한 제2부(the Small and Medium Enterprise Board)를 출범하였다. 거래시간은 오전 9시 30분부터 오후 3시까지, 월요일에서 금요일까지 개점한다. 결제(Settlement)는 국내통화로 결제하는 경우는 거래일의 다음 영업일(T+1), B주식(B-shares)의 경우는 거래일에서 3영업일째(T+3)로 되어 있다.

sheqel (sheqalim) 쉐켈(쉐칼림) ¶ unit of currency, Israel (100 agora equal 1 sheqel). 이스라엘 통화단위[1 쉐켈(sheqel) = 100 아고라(agora)].

Sherman Anti-trust Act of 1980 1980년의 셔먼독점금지법 → anti-trust laws [반(反)트러스트법].

shibosai [일본] 사모채(私募債) ¶ The *shibosai* is a private placement denominated in Japanese yen, issued by a foreign company in Japan. See also Daimo; Geisha; Samurai; Shogun. 사모채는 일본에 있는 외국회사가 발행하는 엔화표시의 사모채이다. Daimo bond (대명채); geisha bond(게이샤채); Samurai(사무라이채); Shogun security(쇼군채)도 참조할 것.

shikko yakuin [일본] 집행임원(執行役人) ¶ The *shikko yakuin* is the corporate executive officer under the Japanese single board system, responsible for separating the supervisory and executive duties embedded in the board of directors. 집행임원은 이사회가 간직하고 있는 감독의무와 집행의무를 분리할 책임이 있는 일본의 획일적인 이사회제도하의 회사의 집행임원을 말한다.

shinplaster [미구] 값어치가 없는 돈

ship [n.] 선박 ¶ cargo *ship* 화물선 /merchant *ship* 상선 /a *ship's* manifest 적하명세서(積荷明細書) /*ship* service 선편(船便) ***container ship*** 컨테이너 선박 ¶ The *container ship* is a ship used for carrying cargo that has been packaged in large, standardized containers. 컨테이너 선박은 표준화된 대형컨테이너에 적재된 화물을 운송하는 데 사용되는 선박을 말한다.

ⓥ 선박에 적재하다, 운송하다 ¶ *shipped* B/L 선적선하증권, 선적 B/L

shipbuilding 조선(造船)

shipment 선적, 운송, 적하(積荷), 적송(積送)(화물) ¶ The *shipment* is all the cargo carried under the terms of a single bill of lading (B/L). 적하(積荷)는 단일 선하증권의 조건에 따라 운송되는 모든 화물을 말한다. /currency or coin *shipment* 통화 내지 경화(硬貨)적송 /part(ial) *shipment* 부분선적, 분할선적 /*shipment* of paper currency and coin 현금운송 /*shipment* service 선편(船便)

shipper 하주(荷主), 송하인(送荷人), 매도인 ¶ The *shipper* is the party named on a shipping document responsible for shipping merchandise. The *shipper* is the party that consigns or receives goods for transportation. 하주(荷主)는 선적화물에 대하여 책임을 지는 선적서류(shipping document)상의 당사자이다. 하주는 운송의 하물을 탁송하거나 수취하는 당사자이다. /*shipper's* credit 하주(荷主)금융 /*shipper's* usance 하주에 의한 기한부 어음금융, 쉬퍼즈 유전스, 연지급수입

shipping 선적, 적출(積出), 적재(積載) ¶ *shipping* agent 선박회사대리점 /*shipping* company [line] 선박회사 /*shipping* documents [papers] 선적서류 /*shipping* and landing agent 회조업자(回漕業者) /*shipping* charge [cost, expense] 선적비용 /*shipping* conference 해운동맹 /*shipping* instruction (수하인으로부터 송하인에의) 선적지시서 / *shipping* invoice (pro-forma invoice에 대해서) 실제로 적재한 물품에 대해서 작성된 송장 /*shipping* mark 하인(荷印) /*shipping* order (선박회사로부터 본선에의) 선적지시서 ***shipping broker*** 을종 중개업자 ¶ The *shipping broker* is an agent who acts the operation and customs formalities on the loading and unloading of cargoes for the shipper. 을종 중개업자는 하주를 위해서 화물의 선적·양륙에 관한 여러 작업이나 통과절차를 대행하는 중개업자이다. ~ ***order*** 선적지시 ¶ *Shipping order* is instructions of shipper to carrier for forwarding of goods. See also delivery order. 선적지시는 화주(荷主)가 운송인에게 하물의 발송을 하라는 지시를 말한다. delivery order(하물인도지시서)도 참조할 것.

shock 충격, 쇼크, 완충 ***shock absorbers*** 완충장치 → circuit breakers (거래정지조치). ~ ***loss*** [영] 쇼크로스 ¶ The *shock loss* is a catastrophic loss that is so severe that an insurer providing insurance coverage related to the loss may suffer financial distress. In practice insurers protect against *shock loss* by using reinsurance mechanisms and diversification techniques, and establishing internal limits related to maximum underwriting exposures. See also clash loss. 쇼크로스는 너무 엄청나서 그 손해와 관련된 보험범위를 제공하는 보험업자가 재정상의 곤궁을 입을 수 있는 대재앙손해이다. 실무상 보험업자는 재보험메카니즘과 분산화테크닉을 사용하고 최대보험인수의 익스포저와 관련된 내부적 한도를 설정함으로써 쇼크로스에 대해 보호한다. clash loss(중복손해)도 참조할 것.

shoestring [미속] (구두끈을 살 정도의) 매우 적은 돈

shogun security [일본] 쇼군(장군)채(債)[일본 이외의 차입자가 일본에서 발행한 비엔화표시채(債)] ¶ The *shogun security* is a security issued and distributed exclusively in Japan by a non-Japanese company and denominated in a currency other than yen. 쇼군(장군)채(債)는 일본기업 이외의 기업이 일본시장만을 대상으로 발행, 판매하는 증권으로 엔(円)화 표시 이외의 것을 말한다(엔화표시의 경우는 사무라이채(債)라고 한다.).

shoken [일본] 증권(證券) ¶ The *shoken* is a Japanese securities firm. 쇼켄은 일본증권회사를 말한다.

shop 작업장, 점포 ¶ The *shop* is: (1) an area of a business location where production takes place, as distinguished from the office or warehouse areas. (2) a factory work force of an employer, as in a "union shop." (3) an office of a broker-dealer in securities. (4) the act of canvassing dealers for the most favorable price, as in shopping securities dealers for the best bid or offer. (5) a small retail establishment. 작업장이란 (1) 사업소 중의 제조가 행하여지는 부분을 가리키고, 사무소나 창고의 부분과 대비하여 사용한다. (2) 「유니온숍」(union shop)과 같이, 한 사람의 고용주 밑에서 노동하는 공장노동자를 말한다. (3) 증권의 브로커-딜러(broker-dealer)의 사무소를 말한다. (4) 「가장 유리한 호가(呼價)를 구하여 증권 딜러에 타진(shopping)한다」(shopping securities dealers for the best bid or offer)와 같이, 제일 유리한 가격을 구하여 여러 딜러에게 타진하는 것을 말한다. (5) 소규모의 소매시설을 말한다.

shopping credit 쇼핑크레디트[매물(買物)금융]

short ⓐ 단기의, 불충분한, 매도초과포지션의, 공매(空賣)의 ¶ *short* bill 대금추심어음 /*short* cash 현금부족 /*short* check 예금부족수표 /*short* credit 단기신용대출 /a *short* credit (deposit) balance 예금잔액부족 /*short* date 단기물(短期物)(유로예금) /*short* delivery 인도품(引渡品)부족 /*short* exchange 단기환, 단기어음 /*short* exchange bill 단기어음 /*short* exchange rate; *short* rate 단기환율 /*short* item 단기항목 /*short* loan 단기대출 /*short* money 단기차입 /*short* maturity 기간이 가까운 물건 /*short* of cash 현금부족 /*short* of exchange 외환의 공매 /*short* rate 단기이율; 단기환율 /*short* seller 공매관계자 /*short* shipment 싣다 남은 선적화물 /the *short* side 공매의 약세를 예상하는 사람들 /*short* stock 재고부(在庫簿) /*short* stocks 공매주(空賣株) /*short* supply 공급부(供給簿) /*short*-supply stocks 품귀주(品貴株) /*short* weight 중량부족 ***short against the box*** [영속] 신용매매보충(주식거래에서 소유주식의 하락세가 예상될 때 신용거래로 매도하여 그 손실을 메우는 일) ¶ The *short against the box* is a practice of borrowing securities from a securities firm or broker/dealer and selling them short in order to protect gains embedded in an offsetting long position.. From a tax perspective, *shorting against the box* is generally considered a "constructive sale" that generates a capital gains liability. 신용매매보충은 상쇄매도초과포지션(offsetting long position)에 내재하는 이득을 보호하기 위하여 증권회사나 증권브로커/딜러로부터 증권을 차입하여 그 증권을 공매하는 관행을 말한다. 조세의 관점에서 보면, 신용매매보충은 일반적으로자본이득채무를 발생시키는 「의제매각」(constructive sale)이라고 생각된다. ~ ***arbitrage*** [영] 매도차익거래 ¶ The *short arbitrage* is an arbitrage strategy employed in the futures market when the forward rate is higher than the futures rate, indicating that the cash market is underpriced to the futures market; the strategy calls for buying the underlying assets and selling futures. See also long arbitrage. 매도차익거래는 선도금리(forward rate)가 선물금리(futures rate)보다 높을 경우에 선물시장에서 사용하는 차익거래전략을 말한다. 이는 현물시장(cash market)이 선물시장에 대해서 낮게 평가되는 것을 가리킨다. 그런 전략은 기초자산을 매입하고 선물을 매도할 것을 필요로 한다. ~ ***bond*** (1년 이내의) 단기채권(債券) ¶ The *short bond* is: (1) a bond with a short maturity; a somewhat subjective concept, but generally meaning two years or less. See also short term. (2) a bond repayable in one year or less and thus classified as a current liability in accordance with the accounting definition of short debt. (3) a short coupon bond. 단기채권(債券)은 (1) 만기까지의 기간이 단기인 채권이다. 다소 주관적인 견해이긴 하지만, 일반적으로는 2년 이내의 것을 말한다. short term

(단기)도 참조할 것. (2) 1년 이내에 반환기한이 도래하는 채권이다. 회계상 단기채무(short-term debt)로 정의가 되며, 유동부채(current liability)로 분류된다. (3) 숏쿠폰(short coupon)채이다. ~ ***call*** 숏콜 ¶ *Short call* is to sell the call to the third party, or the selling position thereof. 숏콜은 콜을 제3자에게 매도하는 것, 또는 그 경우의 매도초과포지션을 이른다. ~ ***carry*** 숏캐리 ¶ The *short carry* is the carry generated by a short position, defined for fixed income associated with the first interest payment on a bond or note; subsequent coupons generally revert to a normal monthly, semiannual, or annual cycle. 숏캐리는 장기채권(bond)이나 중기채권(note)에 대한 첫 이자지급과 연관되는 확정이자를 위해서 규정된 매도초과포지션이 창출한 캐리이다. 그 이후의 쿠폰은 일반적으로 정상적인 월별, 반년 또는 1년 주기로 되돌아간다. ~ ***coupon*** 숏쿠폰(제1회째의 이자지급이 발행일로부터 반년 이내가 되는 이자부 채권) ¶ The *short coupon* is: (1) a bond interest payment covering less than the conventional six-month period. A *short coupon* payment occurs when the original issue date is less than a half year from the first scheduled interest payment date. Depending on how short the coupon is, the accrued interest makes a difference in the value of the bond at the time of issue, which is reflected in the offering price. (2) a bond with a relatively short maturity, usually two years or less. See also long coupon. 숏쿠폰은 (1) 통상의 채권은 발행일로부터 제1회 이자지급일까지의 기간이 6개월이지만, 그보다 단기인 것을 숏쿠폰이라 한다. 쿠폰의 기간의 장단에 따라서 경과이자(accrued interest)가 다르고, 이것이 공모가격(offering price)에 반영된다. (2) 만기까지의 기간이 비교적 단기인 채권을 이른다. 통상은 2년 이내이다. long coupon(롱쿠폰)도 참조할 것. ~ ***covering*** 숏커버링 ¶ *Short covering* is actual purchase of securities by a short seller to replace those borrowed at the time of a short sale. See also lending securities; selling short. 숏커버링은 공매(空賣)로 차입한 증권의 반환에 충당하기 위하여 실제로 증권을 구입하는 경우이다. lending securities(대출증권); selling short[공매(空賣)]도 참조할 것. ~ ***end*** [영속] 단기만기제한 ¶ The *short end* is the short maturities of the yield curve, generally considered to include those less than 1 years. See also belly of the curve; long end. 단기만기제한은 일반적으로 1년 미만의 만기를 포함하는 것이라고 생각되는 이율곡선의 단기만기를 말한다. belly of the curve(곡선의 복부); long end(장기만기제한)도 참조할 것. ~ ***exempt*** 숏 적용제외 ¶ The *short exempt* is an order to sell short that is exempt from the short-sale rule and its tick test. Term has traditionally appled to special trading situations, such as that where the owners of a convertible security trading at parity can sell the equivalent amount of common short on a minus tick, assuming they have the firm intention to convert. Regulation SHO was adopted to 2005 to update short-sale regulation in light of numerous market developments since short sales were first regulated in 1938. In 2008 the Securities and Exchange Commission adopted amendments to Regulation SHO to eliminate an exception extending the delivery time for market makers in options. 숏 적용제외는 공매규칙(short sale rule)과 티켓 테스트(ticket test)의 규칙의 적용제외로 하여, 주식을 공매(selling short)할 수 있는 상황을 말한다. 이 용어는 특수한 상황, 예를 들면, 전환증권(convertibles)의 소유자가 그 증권을 등가(at parity)로 주식으로 전환할 수 있는 경우에는, 전환증권을 주식으로 전환하는 것이 상정되기 때문에, 마이너스틱(minus tick, down tick)의 경우라도 공매할 수 있다. SHO(SEC Regulation affecting Short Sale Rule: 미증권거래위원회의 공매규칙에 관한 규정)규정은 공매가 1938년에 처음으로 규제된 이래 수많은 시장발전의 관점에서 공매규정을 업데이트하기 위하여 2005년에 채용하였다. 2008년

에 미증권거래위원회는 옵션에 있어서 마켓메이커를 위한 인도시기를 연장하는 예외를 줄이는 SHO규정의 수정을 채용하였다. ~ ***form bill of lading (B/L)*** 약식선하증권 ¶ The *short form bill of lading* (*B/L*) is a bill of lading on which the detailed conditions of transportation are not listed in full. 약식선하증권은 운송의 상세한 조건이 전부 기재되고 있지 아니한 선하증권을 이른다. ~ ***hedge*** (현물에 대한) 단기 헤지, 매도 헤지 ¶ *Short hedge* is transaction that limits or eliminates the risk of declining value in a security or commodity without entailing ownership. For example, purchasing a put option to protect the value of a security that is owned limits loss to the cost of the option. 매도 헤지는 소유권을 제한하지 않고 증권이나 상품의 가격하락을 한정한다든지 제거하는 거래를 이른다. 예를 들면, 보유증권의 가치를 유지하기 위해서 풋옵션을 구입하는 것은 손실을 옵션의 가격으로 한정하는 것이다. ~ ***interest*** 공매(空賣)잔액 ¶ The *short interest* is the total amount of shares of stock that have been sold short and have not been repurchased to close out short position. The higher the short interest, the more people are expecting a downturn. Such *short interest* also represents potential buying pressure, however, since all short sales must eventually be covered by the purchase of shares. 공매잔액은 주식이 공매되어 매도초과포지션을 매듭짓기 위해서 환매가 아직 끝나지 않은 주식의 잔액을 말한다. 매도잔액이 크면 클수록, 주가하락을 예상하는 사람들이 많다. 그러나 공매는 모두 최종적으로 주식의 매입에 의해서 커버되어야 하기 때문에, 공매잔액은 잠재적인 매입압력도 나타내고 있다. ~ ***interest theory*** 공매잔액이론 ¶ The *short interest theory* is a theory that a large short interest in a stock presages a rise in the market price. It is based on the reasoning that even though short selling reflects a belief that prices will decline, the fact that short positions must eventually be covered is a source of upward price pressure. It is also called the cushion theory, since short sales can be viewed as a cushion of imminent buy orders. See also members short-sale ratio; odd-lot short-sale ratio; selling shore; specialist's short-sale ratio. 공매(空賣)잔액(short interest)이론이란 공매잔액이 크게 되면 주가가 상승한다고 하는 이론이다. 공매는 주가가 하락한다는 판단을 반영하고 있는 것이지만, 최종적으로 매도초과포지션이 커버된다는 사실이 주가상승압력이 된다고 하는 사고방식이다. 공매를 매수주문이 발생하기 전의 쿠션(cushion)이라고 생각할 수 있으므로, 쿠션이론(cushion theory)이라고도 한다. members short-sale ratio(거래소회원공매비율); odd-lot short-sale ratio(단주공매(空賣)비율); selling short[공매(空賣)]; specialist's short-sale ratio(스페셜리스트의 공매(空賣)비율)도 참조할 것. ~ ***position*** (외환의) 매도초과포지션, 공매총액 ¶ *Short position* is stock shares that an individual has sold short (by delivery of borrowed certificates) and has not covered as of a particular date. (외환의) 매도초과포지션이란 개인이 (빌린 주권의 인도에 의하여) 공매하고 특정일 현재로 아직 커버하지 않은 재고(在庫) 주식을 말한다. ¶ *Short position* in: (1) a net investment position in a security in which the security has been borrowed and sold out but not yet replaced. Essentially, it is a short sale that has not been covered. – Compare long position (1). – Also called short. (2) an investment position in which the investor either has written an option or has sold a commodity contract, with the obligation remaining outstanding. – Also called short. 매도초과포지션은 (1) 증권이 차입되고 매도되었으나 아직 대체되지 아니한 증권에 있어서의 순수투자포지션을 말한다. 본질적으로, 그것은 조달되지 않은 공매(空賣, short sale)이다. 매입초과포지션 (1)과 비교할 것. (2) 투자자가 미지급의 채무를 가지고, 옵션(option)을 썼거나 상품계약(commodity contract)을 매도한 투자포지션을 말한다. 이를 숏(short)

이라고도 한다. ~ ***put*** 숏풋 ¶ *Short put* is the sale of a put to the third party or a short position thereof. 숏풋은 풋을 제3자에게 매도하는 것, 또는 그 경우의 매도초과포지션이다. ~ ***sale* [*selling*]** 공매(空賣), 단기예측매매 ¶ *Short sale* is sale of security or commodity futures contract not owned by the seller; a technique used (1) to take advantage of an anticipated decline in the price or (2) to protect a profit in a long position. An investor borrows stock certificates for delivery at the time of short sale. If the seller can buy that stock later at a lower price, a profit results; if the price rises, however, a loss results. 공매(空賣)는 보유하고 있지 않은 증권이나 상품선물계약을 매각하는 수법인데, (1) 예상되는 가격하락에서 이익을 본다든지, 혹은 (2) 매입초과포지션의 이익을 수호하기 위해 사용된다. 투자자는 주식의 공매시에는 인도하기 위해 주권을 빌린다. 만약 매도인이 나중에 더 낮은 가격으로 그 주식을 매수할 수 있다면 이익이 생기지만, 그 주식의 가격이 오른다면 손실을 입는다. ~ ***squeeze*** 공매(空賣)의 고가환매 ¶ The *short squeeze* is a situation when prices of stock or commodity futures contract start to move up sharply and many traders with short positions are forced to buy stocks or commodities in order to cover their positions and prevent losses. 공매의 고가환매는 주식이나 상품선물계약의 가격이 급상승하여 다수의 매도초과포지션의 트레이더가 포지션을 커버하여 손실을 방지하기 위해서 주식이나 상품의 매입을 해야 할 상황을 이른다. ~ ***tender*** 숏텐더 ¶ *Short tender* means using borrowed stock to respond to a tender offer. The practice is prohibited by Securities and Exchange Commission Rule 10b-4. 숏텐더는 차입자(借入者)가 주식공개매수(tender offer)에 응하는 것이다. 이러한 실무는 미증권거래위원회규칙(SEC Rule) 10조b-4항에서 금지하고 있다. ~ ***term*** 단기 ¶ In accounting, *short term* is assets expected to be converted into cash within the normal operating cycle (usually one year), or liabilities coming due in one year or less. See also current assets; current liability. 회계에 있어서, 단기는 통상의 사업사이클(보통 1년)의 범위 내에서 현금화되는 예정의 자산(asset)이나 1년 이내에 지급기한이 도래하는 부채(liability)를 말한다. ¶ In investment, *short term* is investment with a maturity of less than one year. This includes bonds, although in differentiating between short-, medium-, and long-term bonds, short-term often is stretched to mean two years or less. See also short-term bond fund; short-term debt; short-term gain (or loss). 투자에 있어서, 단기란 1년 이내에 만기가 되는 투자를 이른다. 이것에는 채권도 포함되지만, 단기채, 중기채, 장기채로 분류하는 경우는, 단기채는 2년 이내를 가리키는 경우가 많다. short-term bond fund(단기채(短期債)펀드); short-term debt(단기채무); short-term gain (or loss)[단기보유자산매각익(단기보유자산매)]도 참조할 것. ¶ In taxes, a *short term* is a holding period of less than 12 months, used to differentiate short-term gain or loss from long-term gain or loss. See also capital gains tax. 세무에 있어서, 단기란 단기보유자산 매각손익(short-term gain or loss)과 장기보유자산 매각손익(long-term gain (or loss))의 구분에 사용되어 보유기간(holding period)이 12개월 미만의 경우를 가리킨다. capital gain tax(양도익세(讓渡益稅)]도 참조할 것.

[ad.] 짧게, 불충분하게 ¶ borrow *short* 단기간 차입하다 /sell *short* 공매(空賣)하다

[n.] (*pl.*) 부족, 흠결, [주식] 공매(空賣)

[v.] 거스름돈을 조금 주다, 공매(空賣)하다 ¶ I *shortened* the dollar against the lira, 리라에 대해서 달러를 공매(空賣)했다.

short- 짧은, 단기의, 마지막의 ¶ *short*-list 최종후보자명부 /*short*-range 단기적인 /*short*-run 단기의 /*short*-swing profit 단기매매익(短期賣買益) /*short*-time 단기의

short-change …에게 거스름돈[잔돈]을 조금 건네다, 부정하게 거래하다, 속이다 ¶I was *short-changed.* 잔돈이 충분치 않다. ~***-dated*** 단기의 ¶*short-dated* bill 단기어음 /*short-dated* security 단기증권 ~***-period*** 단기의 ¶very-*short-period* 초단기의

shortage 부족 ¶dollar *shortage* 달러부족 /*shortages* and overages 과부족 /*shortage* of dollars 달러부족 /*shortage* of fund 자금부족 /till *shortages* 재고현금 부족

shortfall 부족, 적자 ¶A *shortfall* is an amount by which a financial objective has not been met. For example, a municipality expecting $100 million in tax revenue will say there is a $10 million *shortfall* if it collects only $90 million. For individual investors,. a *shortfall* is the amount by which investment objective have not been reached. For instance, investors exceeding to earn 15% a year will have a 5% *shortfall* if they earn 10% a year. 부족이란 자금목표에 도달하지 못한 금액을 말한다. 예를 들면, 1억 달러의 세수(稅收)를 예상하고 있던 지방자치단체의 실제의 세수가 9,000만 달러에 그친다면 1,000만 달러의 부족이 생긴다. 개인투자자의 경우는 투자목표에 도달하지 못한 금액을 가리킨다. 예를 들면, 연간 15%의 운용예측에 대하여 10%의 실적이면, 5%의 미달이 된다.

short-sale rule 공매규칙(空賣規則) ¶The *short-sale rule* is the Securities and Exchange Commission Rule requiring that short sales be made only a rising market; also called plus tick rule. Under this rule, first adopted in 1938, a short sale could be transacted only under these condition: (1) if the last sale was at a higher price than the sale preceding it (called an uptick or plus tick); (2) if the last sale price is unchanged but higher than the last preceding different sale (called a zero-plus tick). But in 2007, the rule was abolished. 공매규칙은 공매란 것은 상승하는 시장에서만 행해져야 한다고 규정한 증권거래위원회(Securities and Exchange Commission: SEC)의 규칙을 말한다. 또한 이 규칙을 플러스틱규칙(plus tick rule)이라고 한다. 1938년에 처음으로 채용된 이 규칙에 의하면, 공매는 다음과 같은 조건에서만 행해질 수 있었다. (1) 직전의 거래가격이 그 전의 거래가격보다 상승하고 있는 경우(업틱(uptick) 또는 플러스틱(plus tick)이라고 한다.), (2) 직전의 거래가격은 보합(保合)세이지만, 그 전의 거래가격은 상승하고 있는 경우[제로플러스틱(zero-plus tick)이라고 한다.]이다. 그러나 2007년에 이 규칙은 폐지되었다.

short-term 단기의(1년 이내에 기한이 도래하는 경우를 가리킨다), 조업단축의 ¶*short-term* and long-term rate of interest 장단기금리 /*short-term* capital account 단기자본수지 /*short-term* capital transaction 단기자본거래 /*short-term* credit 단기신용대출 /*short-term* credit dealer 단자회사 /*short-term* external assets and liabilities 대외단기자산부채잔액 /*short-term* finance 단기금융 /*short-term* foreign capital 단기외자 /*short-term* fund 단기자금 /*short-term* government security 정부단기증권, 단기국채 /*short-term* interest rate 단기금리 /*short-term* investment 단기투자 /*short-term* liabilities; *short-term* debts 단기부채 /*short-term* loan; *short-term* credit; *short-term* loan receivable 단기대출, 단자(短資), 콜론 /*short-term* loan payable; *short-term* borrowing 단기차입금 /*short-term* money market 단기금융시장 /*short-term* rate of interest; *short-term* money [interest] rate 단기금리 /*short-term* security 단기채권(債券) ***short-term bond fund*** 단기채(短期債)펀드 ¶The *short-term bond fund* is a bond mutual fund investing in short-to-intermediate term bonds. Such bonds, maturing in 3 to 5 years, typically pay higher yields than the shortest maturity bonds of 1 year or less, which are held by ultra-short-term bond funds. *Short-term bond funds* also usually pay higher yields than money market mutual funds, which buy short-term commercial paper maturing in 90 days or less. However, *short-term bond funds* usually yield less than long-term bond funds holding bonds maturing in 10 to 30 years. *Short-term bond funds*, while yielding less than long-term bonds funds, are also considerably less volatile, meaning that their value falls less when interest rates rise and rises less when interest rates fall. Many short-term bond funds offer checkwriting privilege, making them a source of easy liquidity. However, shareholders should remember that such checks will likely result in the realization of short- or long-term capital gains or losses. 단기채(短期債)펀드는 채권의 뮤추얼펀드(mutual fund)로, 단기에서 중기의 채권에 투자하는 것이다. 단기채펀드에 들어가는 채권은 3년에서 5년 만기의 채권이고, 초단기 채권펀드(ultra-short-term bond fund)가 투자할 가장 단기의 1년 이하의 채권보다 이율이 높은 경우가 많다. 또 통상 단기채 펀드는 90일 이내에 만기가 되는 단기 커머셜페이퍼(CP)에 투자하는 머니마켓 뮤추얼펀드(MMM)보다 이율이 높다. 그렇지만, 10년에서 30년물(物)의 채권에 투자하는 장기채 펀드보다는 낮다. 또 장기채 펀드(long-term bond fund)와 비교하여 변동성(volatility)은 훨씬 낮다. 수표발행기능이 있는 것이 많고, 손쉽게 인출된다. 그러나 이러한 인출은 단기 또는 장기의 자산매각익(capital gain)이나 매각손(capital loss)의 발생과 연관되기 쉬운 것에 주의할 필요가 있다. ~ ***capital gain*** 단기양도소득 ¶ *Short-term capital* is gain acquired from the transfer of property owned for less than a year. 단기양도소득은 1년을 넘지 않는 기간 소유한 재산의 양도에서 얻은 소득을 이른다. ~ ***debt*** 단기채무, 단기차입금 ¶ *Short-term debt* is debt obligations which are due and payable on demand or within a year of issuance. See also current liabilities. 단기채무는 요구시 또는 발행 후 1년 이내에 지급되는 부채채무이다. current liabilities(유동부채)도 참조할 것. ~ ***gain (or loss)*** 단기보유자산매각익, 단기보유자산 매각손(賣却損) ¶ For tax purposes, the *short-term gain (or loss)* is the profit or loss realized from the sale of securities or other capital assets held for less than 12 months. *Short-term gains* are taxable at ordinary income rates to the extent they are not reduced by offsetting capital losses. See also capital gain (or loss). 세법의 입장에서 보면, 단기보유자산 매각익, 단기보유자산 매각손(賣却損)은 증권 또는 다른 자본자산(capital asset) 중에서 보유기간이 12개월 미만의 것을 매각한 때에 생기는 손익을 가리키는 경우이다. 다른 매각손에서 상계할 수밖에 없는 단기보유자산 매각익에는 통상의 소득(ordinary income)세율이 적용된다. capital gain (or loss)(캐피탈게인)(또는 캐피탈로스)도 참조할 것. ~ ***investment*** 단기투자 → short-term (단기).

shout option 샤웃옵션 ¶ The *shout option* is an over-the-counter complex option that allows the buyer to lock in any gains when a "shout" is declared (i.e., the buyer formally declares its intention to lock in); gains are not lost if the market subsequently retraces. See also cliquet option; fixed strike shout option; floating strike shout option; ladder option. 샤웃옵션은 「샤웃」(shout)이라고 선언되는 경우(예컨대, 매수인은 정식으로 보존하려는 의도를 선언한다.) 매수인엑 어떤 이득이든 보존하도록 허용하는 장외거래의 복잡한 옵션이다. 이득은 그 후 시장이 후퇴하더라도 상실되지 않는다. cliquet option(걸쇠 옵션); fixed strike shout option(고정적 행사샤웃옵션); floating strike shout option(변동적 행사샤웃옵션); ladder option(래더옵션)도 참조할 것.

show 흥행, 품평회, 표현, 경관 ¶ *show* money 믿도록 하기 위해서 상대방에게 보이는 돈 ***show stopper*** 쇼스토퍼 ¶ The *show stopper* is a legal barrier erected to prevent a takeover attempt from becoming successful. For example, a target company may appeal to the state legislature to pass laws preventing the takeover. Or the company may embark on a scorched-earth policy, making the company unappealing to the suitor. See also shark repellent. 쇼스토퍼는 매수(買收)를 저지하기 위하여 법적인 장벽을 구축하는 것이다. 예를 들면, 매수의 대상이 되는 회사가 매수를 방해하는 법률의 제정을 주(州)의회에 어필할 수 있는 것이다. 또는 대상회사는 초토작전(scorched-earth policy)에 착수하여 매수자에게 매력이 없는 기업으로 만드는 방법도 있다. shark repellent(기업매수방지책)도 참조할 것.

shrinkage 재고감모(在庫減耗) ¶ *Shrinkage* is difference between the amount of inventory recorded in a firm's books and the actual amount of inventory on hand. *Shrinkage* may occur because of theft, deterioration, loss, clerical error, and other factors. 재고감모(在庫減耗)는 장부상의 재고와 실제의 재고와의 차이를 말한다. 재고감모는 도난, 열화(deterioration), 분실, 사무상의 실수 기타의 요인에 인하여 발생할 수 있다. /*shrinkage* loss 감손

shrivel 줄게 하다, 시들게 하다 ¶ *shrivel* up 시세의 변화로 가치가 감소하다

shutdown 일시폐쇄, 조업정지 ¶ *Shutdown* is production stoppage. A *shutdown* occurs due to the installation or breakdown of equipment, shortage of work orders, lack of materials or skilled labor, and so on. 조업정지는 생산중지이다. 조업중지는 장비의 설치 혹은 고장, 작업주문의 부족, 재료나 숙련노동의 결핍 등을 원인으로 하여 발생한다.

shutout 공장폐쇄, 쫓아냄

SI → **s**trategic **i**nvestor [약] 전략적 투자자

SIBOR → the **S**ingapore **I**nterbank **O**ffered **R**ate [약] 싱가포르의 ACU(**A**sian **C**urrency **U**nit)시장에서 은행간의 자본운용(대출)금리 (*cf.*) LIBOR

side 측, 방면, 란(欄) ¶ the asset *side* 자산란(欄) /the credit [debit] *side* 대변(貸邊)[차변(借邊)] /the creditor's [debtor's] *side* 대변[차변] /on either *side* of the middle rate 미들 레이트 상하의 /*side* collateral 부담보(副擔保), 첨부담보 /a *side* line 부업(副業) ***side-by-side trading*** 사이드바이사이드 트레이딩 ¶ The *side-by-side trading* is a trading of a security and an option on that security on the same exchange. 사이드바이사이드 트레이딩은 증권(security)과 그 증권의 옵션(option)이 같은 거래소(exchange)에서 매매되는 경우이다.

sideways market 사이드웨이 마켓 ¶ The *sideways market* is a period in which prices trade within a narrow range, showing only small changes up or down. Also called horizontal price movement. See also flat market. 사이드웨이 마켓은 거래가격이 좁은 폭에서 움직이고, 상승이나 하락도 근소하게 변할 뿐인 경우이다. 이를 horizontal price movement(수평적 가격변동)라고도 한다. flat market (제자리걸음인 시장)도 참조할 것.

Sierra Leone currency 시에라리온 화폐 ¶ leone (SLL), divided into 100 cents. 1 레오네(leone) = 100 센트(cents).

SIFI → **S**ystematically **I**mportant **F**inancial **I**nstitution [약] [미] 시스템상으로 중요한 금융회사 ¶ *SIFI* is an acronym for the *Systematically Important Financial Institution* meaning a financial institution that influences serious impact on the overall financial systems as well as other financial company when a finance company goes bankrupt. SIFIF는 시스템상으로 중요한 금융회사(Systematically Important Financial Institution)의 두음어(頭音語)이고, 그것은 한 금융회사가 파산할 경우 다른 금융회사는 물론 금융시스템 전체에 심각한 충격을 미칠 수 있는 금융회사를 가리킨다.

SIFMA 시프마 → **S**ecurities **I**ndustry and **F**inancial **M**arkets **A**ssociation [약] 전미증권업 및 금융시장협회 ¶ The *Securities Industry and Financial Markets Association* (*SIFMA*) is a nonprofit trade group for participants in the global and financial markets, including more than 650 securities firms, banks, and asset managers. Formed in 2006 from the merger of the Bond Market Association and the Securities Industry Association, *SIFMA* represents the industry on regulatory and legislative issues and serves as a forum for training and investor education. It has offices in New York, Washington, D.C., London, and Hong Kong, where its sister organization, the Asia Securities and Financial Markets Association, is located. 전미증권업 및 금융시장협회(SIFMA)는 650개 이상의 증권회사, 은행, 및 자산운영자(asset manager)를 포함하여 글로벌금융시장에 참여하는 자를 위한 비영리업계 단체이다. 2006년 채권시장협회(Bond Market Association)와 증권업협회(Securities Industry Association)가 합병하여 성립한 SIFMA는 규제와 입법의 문제에 관하여 업계를 대변하고 트레이닝과 투자자의 교육에 위한 포럼으로 봉사한다. SIFMA는 뉴욕, 워싱턴 D.C., 런던 및 홍콩에 사무소를 두고 있고, 홍콩에는 자매기관인 아시아증권 및 금융시장협회(Asia Securities and Financial Markets Association)가 소재하고 있다.

sight [n.] 일람(一覽) ¶ 120 days *sight* 일람후 120일 지급 /(at) … days after *sight* 일람후 …일지급 [약] d/s, d.s. /three months after *sight* 일람후 3개월 ***at sight*** 일람출급의, 보자마자, 제시하자마자 ¶ *At sight* denotes a negotiable instrument, such as a bill of exchange or draft payable when presented to the drawee. at sight(일람출급의)는 지급인(drawee)에게 제시된 때에 지급되는 환어음이나 어음과 같은 유통증권을 표시한다.

[a.] 일람출급(一覽出給)의 ¶ at *sight* buying rate 일람출급어음매수시세 /*sight* bill [draft] 일람출급환어음, 도착출급어음 /*sight* exchange 일람출급환 /*sight* rate 일람출급환율 ***sight credit*** 사이트크레디트(일람출급환어음발행조건신용장) ¶ The *sight credit* is a letter of credit in which the engagement of the issuer is to honor the credit by payment of sight drafts or demands for payment upon presentation. 사이트크레디트는 신용장개설인의 약속이 일람출급어음 또는 요구출급 환어음(demands for payment)이 제시된 때에 지급함으로써 지킨다는 신용장을 말한다. ~ ***draft*** 일람출급어음 ¶ The *sight draft* is a bill of exchange or draft that is payable when presented. Used when the seller of goods wants to retain control of the goods being shipped to an importer or exporter, either for credit reasons or to retain title. Money is payable at sight, or when the completed documents are presented, or within a specified period called days of grace. See also time draft. 일람출급어음은 어음이 제시되는 때에는 지급되는 환어음을 말한다. 이런 어음은 금융상의 이유 또는 권원(title)을 보유하기 위하여, 물품의 매도인이 수입업자 또는 수출업자에게 운송중의 물품에 대한 지배권을 보유하기를 원할 경우에 사용된다. 대금은 일람될 때(at sight) 또는 완비된 선적서류가 제시되거나, 혹은 지급유예기간이라고 하는 일정한 기간 이내에 지급된다. time draft(기한부 어음)도 참조할 것.

[v.] 제시하다, 일람시키다

sigma prime 시그마프라임 ¶ The *sigma prime* is a derivative pricing model that measures effect of volatility. Used interchangeably with vega and also with kappa, omega, and zeta. 시그마프라임은 가격변동성(volatility)의 효과를 계획하는 파생상품 프라이싱 모형(derivative pricing model)이다. 베가(vega)와 카파(kappa), 오메가(omega), 그리고 제타(zeta)가 호환적으로 사용된다.

sign *n.* 부호, 징후 ¶ *signs* and countersigns 암호 /*sign* and seal 서명날인하다, 기명날인 /a *sign* by mark (글자를 쓰지 않는 사람의) 기명서명
v. …에 서명하다, 사인하다 ¶ *signed* and dated 서명된 일자를 넣은 /*signed* document (정식의) 서명서류 /*Signed,* sealed, and delivered [증서] 서명, 날인한 다음 교부함 /*sign* in blank 백지식으로 서명하다 /*signing* authority 서명권한 /*signing* official 서명권한자 /*sign* jointly[individually] 공동으로[개별적으로] 서명하다 /*sign* unread [blindly] 잘 보지 않고 사인하다, 무턱대고 도장을 찍다

signal 신호 ¶ a prearranged *signal* 사전에 합의한 신호 /The wage cut was a *signal* for workers to strike. 그 임금삭감은 근로자가 동맹파업(strike)하는 데 하나의 계기[신호]가 되었다.

signatory *n.* 서명자[국] ¶ *signatories* of the General Agreement on Tariffs and Trade 가트(GATT)의 가맹국
a. 서명한 ¶ one of the powers *signatory* to the Hague Convention 헤이크 협정에 서명 날인한 열강(列强)의 하나

signature 서명, 사인 ¶ Under the Uniform Commercial Code, a *signature* is "any symbol executed or adopted by a party with a present intention to authenticate a writing." 미통일상법전에 의하면, 서명이라 함은 "서면을 인증하는 현실의 의사로써 당사자가 사용하거나 채용하는 일체의 형상(形象)"을 말한다. /an autographic *signature* 자필서명 /carry the *signature* of … …서명이 되어 있다 /forged *signature* 위조서명 /a genuine *signature* 진정한 서명 /an indecipherable *signature* 난독(難讀)의 서명 /joint *signature* 공동서명 /a mark *signature* 기호서명 /the record of the customer's *signature* 인감부(印鑑簿) /*signature* and seal 기명날인 /*signature* book 서명감(署名鑑) /a *signature* by mark 기호서명 /*signature* by procuration 대리서명 /*signature* guarantee 서명보증 /*signature* loan 서명대출(차입인의 신용에 의존하는 무담보융자) /*Signature* Missing [부도문언] 서명없음 /a *signature* register 서명등록부 /*signature* slip 서명표 /*Signature* Unknown [부도문언] 서명불명 /specimen *signature* 서명견본 /a stamped *signature*; a *signature* stamp 서명판 /a valid *signature* 유효한 서명 ***signature card*** 서명카드 ¶ A *signature card* is a card which a bank or other financial institution require of its customers and on which the customer puts his signature and other information. 서명카드는 은행 기타 금융기관이 그의 고객에 대해 요구하는 카드로, 그 카드에 고객들은 자신의 서명과 기타 정보를 기재하는 것이다. ~ ***guarantee*** 서명확인서 ¶ The *signature guarantee* is a written confirmation by a financial institution such as a bank or brokerage firm that a customer's signature from a customer with the signature on file. Transfer agents require signature guarantees when transferring stocks, bonds, mutual funds, or other securities from one party to another to ensure that the transactions are legitimate. 서명확인서는 고객의 서명이 유효한 것임을 나타내는 은행이나 증권회사와 같은 금융기관의 확인서(written confirmation)를 말한다. 금융기관은 고객이 새로이 쓴 서명을 수중에 가지고 있는 서명감(署名鑑)의 것과 비교한다. 증권대행기관(transfer agent)은 주식, 채권, 뮤추얼펀드(mutual fund) 기타 증권이 고객에서 다른 고객으로 이전할 때에 위법한 거래를 방지하기 위하여 서명을 요구한다. ~ ***loan*** 무담보대출 ¶ The *signature loan* is a unsecured loan requiring only the borrower's signature on a loan application. The lender agrees to make the loan because the borrower has good credit standing. Collateral is not required. Also known as a good-faith or character loan. 무담보대출은 대출신청서에 차입자의 서명밖에 요구하고 있지 아니한 무담보의 대출(unsecured loan)를 말한다. 대여자는 차입자의 신용력만으로 대출하지, 담보는 요구하지 않는다. 이를 good-faith loan(선의대출) 또는 character loan(인격대출)이라고도 한다.

significant 중요한 의미를 가지는, 특별한 의미가 있는 ***significant influence*** 중대한 영향력 ¶ *Significant influence* means holding of a large enough equity stake in a corporation to require accounting for it in financial statements. Usually, a company that holds at least 20% of the voting stock in another company is considered a holder of *significant influence*. A company with such a large holding is likely represented on the board of directors of the other firm. The company owing such a stake has to declare its equity holdings, and all dividends received from the position, in its financial reports. 중대한 영향력은 회사의 주식을 재무제표(financial statement)의 보고가 필요하게 될 정도로 대량으로 보유되고 있는 상태를 말한다. 통상, 다른 회사의 의결권주(voting stock)를 20% 이상 보유하고 있는 회사는 중대한 영향력을 가진다고 생각된다. 이러한 대형주식의 보유회사는 보유하고 있는 회사의 이사회에 이사를 보내는 일이 많다. 이와 같은 회사는 주식의 보유액과 수취한 배당을 재무보고(financial report)에서 개시(開示)하여야 한다. ~ ***order imbalance*** 매도주문과 매수주문의 대폭적인 불균형 ¶ The *significant order imbalance* is a large number of buy or sell order for a stock, causing an unusually wide spread between bid and offer prices. Stock exchanges frequently halt trading of a stock with a *significant order imbalance* until more buyers or sellers appear and an orderly market can be reestablished. A *significant order imbalance* on the buying side can occur when there is an announcement of an impending takeover of the company, better-than-expected earnings, or other unexpected positive news. A *significant order imbalance* on the selling side can occur when a takeover offer has fallen through, a key executive has left the company, earnings came in far worse than expended, or there is other unexpected negative news. 매도주문과 매수주문의 대폭적인 불균형은 주식의 매도주문 또는 매수주문이 많고, 매도와 매수의 호가(bid and asked)의 차이가 대단히 확대되는 경우이다. 주문의 균형이 대폭 붕괴하면, 충분한 매도인과 매수인이 나타나서 질서 있는 매매가 재개될 수 있도록 되기까지 증권거래소는 그 종목의 거래를 중지하는 일이 많다. 매수주문이 대폭 증가하는 것은 그 회사의 매수(買收, takeover offer)에 가깝다는 점, 예상 이상으로 업적이 호조를 보인다는 점, 예상외의 호재가 발표된 때 등이다. 반대로 매도주문은 매수의 실패, 주요간부의 사직, 예상 이상의 업적부진 등 예상외의 악재로 인하여 발생된다.

signer 서명자

signet 인감, 날인, 인형(印形), 옥새(玉璽)

silent 조용한, 침묵한 ***silent partner*** 익명사원(경영에 관여하지 않는 공동경영자)(secret partner) ¶ A *silent partner* is an investor in a business enterprise who either does not take an active role in the management of the business, or whose identity is not revealed to third parties. Such partners are called silent because, unlike general partners, they have direct rule in management and no liability beyond their individual investment. 익명사원은 기업의 경영에 적극적인

역할을 하지 않거나 그의 정체성이 제3당사자에게 드러나지 않는 기업의 투자자이다. 그러한 사원은 무한책임사원과는 다르게, 경영에 직접 관여하지 않고, 출자액을 초과한 책임을 지지 않기 때문에, 익명사원이라고 부르는 것이다.

Silicon Valley 실리콘밸리(캘리포니아의 반도체 공장지대), (일반적으로) 일렉트로닉스 산업지대 ¶ The *Silicon Valley* is an area in California where a significant amount of high-tech research is conducted. Silicon is a component in advanced computer chips. 실리콘밸리는 상당한 양의 하이테크의 연구가 행해지는 캘리포니아의 한 지역이다. 실리콘은 고급 컴퓨터칩(computer chip)의 구성부분이다.

silver Ⓝ 은, 은화
Ⓐ 은의, 은제의 ¶ *silver* bullion 은지금(銀地金) /*silver* certificate 은증권(은으로 태환되는 증권), 은권(銀券) /*silver* coin 은화 ***Silver Thursday*** 은(銀)의 목요일 ¶ The *Silver Thursday* is the day – March 27, 1980 – when the extremely wealthy Hunt brothers of Texas failed to meet a margin call by the brokerage firm of Bache Halsey Stuart Shields (which later became Prudential-Bache Securities and then Prudential Securities) for $100 million in silver futures contracts. Their position was later covered and Bache survived but the effects on the commodities markets and the financial markets in general were traumatic. 은의 목요일은 텍사스의 대부호인 헌트 형제(Hunt brothers)가 은(銀)의 선물거래(futures contract)에서 증권회사의 바쉬 홀시 스튜어트 쉴드(Bache Halsey Stuart Shields)(뒤의 프루덴셜 바쉬증권과 그 다음에 프루덴셜증권이 되었다.)로부터 청구받은 1억 달러의 추가증거금(margin call)을 차입하지 않았던 1980년 3월 27일을 가리킨다. 그들의 포지션은 뒤에 청산되어 바쉬는 구제는 되었지만, 상품시장과 금융시장 전체에 커다란 타격을 주었다.

simple 단순한, 단일의 ¶ on a *simple* interest basis 단리(單利)베이스로 /*simple* bond 무조건채권 /a *simple* method 간편법(簡便法) /*simple* majority (과반수의) 단순다수 /a *simple* yield 단순이율 ***simple compound growth method*** 내부수익률 → compound annual return (연복리수익률). ~ ***401(k) plan*** 심플 401(k)플랜 → savings incentive match plan for employers (SIMPLE, 심플퇴직연금플랜). ~ ***interest*** 단리(單利) (*cf.*) compound [compounded] interest 복리(複利) ¶ The *simple interest* is an interest calculation based only on the original principal amount. *Simple interest* contrasts with compound interest, which is applied to principal plus accumulated interest. For example, $100 on deposit at 12% *simple interest* would yield $12 per year (12% of $100). The same $100 at 12% interest compounded annually would yield $12 interest only in the first year. The second year's interest would be 12% of the first year's accumulated interest and principal of $112, or $13.44. The third year's payment would be 12% of $125.44 – the second year's principal plus interest – or $15.05. For computing interest on loans, *simple interest* is distinguished from various methods of calculating interest on a precomputed basis. See also precompute; Consumer Credit Protection Act of 1968. 단리(單利)는 당초(original principal) 원금만을 기초로 한 이자계산이다. 단리는 복리와 대조되는데, 복리(compound interest)는 원금과 누적이자의 합산을 근거로 계산한다. 예를 들면, 단리 12%의 예금 100달러는 연간의 이자가 12달러이다(100달러의 12%). 같은 100달러의 예금이라도 복리 12%와, 이자가 12달러가 되는 것은 1년째뿐이지, 2년째는 1년째의 누적이자와 원금의 합계인 112달러의 12%, 말하자면 13달러 44센트가 된다. 3년째의 이자는 원금과 2년째의 누적이자의 합계인 125달러 44센트의 12%, 즉 15달러 5센트가 된다. 대출금의 이자계산의 방법에는, 이 밖에 애드온 또는 금리선취방식(precompute)에 의한 여러 가지의 방법이

있다. precompute[애드온(add-on)]방식 또는 금리선취방식); Consumer Credit Protection Act of 1968(1968년의 소비자금융보호법)도 참조할 것. ***SIMPLE IRA*** 심플개인퇴직계좌 ¶ The *SIMPLE IRA* is a form of salary reduction plan that qualifying small employers may offer to their employees. *SIMPLE* stands for **S**avings **I**ncentive **M**atch **Pl**ans for **E**mployees. Employers with no more than 100 employees earnings $5,000 or more in a year who do not offer any other retirement plan can offer *SIMPLE IRAs*. Self-employed workers also are eligible to establish these accounts. Workers offered a *SIMPLE IRA* may contribute up to $10,500 per year into the account. Employees age 50 or older can contribute up to $13,000. Employee contributions are excluded from taxable pay on Form W-2 and are not subject to income tax withholding, although Social Security taxes are paid on those earnings. While the employer may pick the financial institution in which to deposit the simple IRA funds, employees have the right to transfer the funds to another financial institution of their choice without cost or penalty. Employers must make either a matching contribution or a fixed "nonelective" contribution to their employees' account each year. 심플개인퇴직계좌는 적격의 소규모고용주가 종업원에게 제공하는 급여공제제도(salary reduction plan)의 방식이다. SIMPLE은 Savings Incentive Match Plans for Employees의 두자어(頭字語)이다. 심플개인퇴직계좌는 연수 5,000달러 이상의 종업원수가 100인 이하의 고용자로서, 타른 퇴직급여제도를 도입하고 있지 아니한 경우에 도입할 수 있다. 자영업자에게도 적용된다. SIMPLE IRA의 가입자는 연간 10,500달러를 상한으로 출연할 수 있다. 50세 이상의 종업원은 연간 13,000달러까지 출연이 가능하게 된다. 종업원에 의한 출연금은 고용자로부터의 소득증명서인 Form W-2의 과세급여에서는 제외되어 원천세 징수의 대상으로는 되지 않는다. 다만, IRA에서 생긴 이익에 대하여는 사회보장세(Social Security Tax)가 과세된다. 고용자는 SIMPLE IRA의 출연금을 예탁할 금융기관(financial institution)을 선택할 수 있으나, 종업원은 추가적인 코스트를 지급하지 않고 다른 금융기관에 출연금을 이체할 수 있다. 종업원은 매년 종업원의 계좌에 급여에 대하여 일정한 비율로 추가금을 출연(matching contribution)하든가, 출연금이 확정된「비선택형」(non-elective) 출연금을 납입한다. ~ ***rate of return*** 단리베이스 수익률 ¶ The *simple rate of return* is a rate of return that results from dividing the income and capital gains from an investment by the amount of capital invested. For example, if a $1,000 investment produced $50 in income and $50 in capital appreciation in one year, the investment would have a 10% *simple rate of return.* This method of calculation does not factor in the effects of compounding. 단리베이스 수익률은 투자수입(income)과 캐피탈게인(capital gain)을 투하자본(capital invested)으로 나누어 산출한 수익률(return)을 말한다. 예를 들면, 1,000달러를 투자하여 1년에 50달러의 수익과 50달러의 가격상승익이 생기면, 연리베이스 수익률은 10%가 된다. 이 계산방법에서는 복리이율의 영향은 고려하지 않는다.

Simplified Employee Pension (SEP) Plan 간이종업원연금제도 ¶ The *Simplified Employee Pension (SEP) Plan* is a pension plan in which both the employee and the employer contribute to an Individual Retirement Arrangement (IRA). Under the Tax Reform Act of 1986, employees (except those participating in SEPs of state or local governments) may elect to have employer contributions made to the SEP or paid to the employee in cash as with cash or deferred arrangements (401(k) plans). Elective contributions, which are excludable from earnings for income tax purposes but includable for employment tax (FICA and FUTA) purposes, are limited to 25% of net wages up to a certain maximum, which was $245,500 in 2009, or $49,000, whichever is less. *SEPs* are limited to small employers (25 or fewer employees) and at least 50% of employees must participate. Special provisions pertain to self-employed persons, the integration of *SEP* contributions and Social Security benefits, and limitations on tax deferrals for highly compensated individuals. 간이종업원연금제도는 고용주와 근로자 양쪽에서 개인퇴직제도(Individual Retirement Arrangement: IRA)에 출연하는 연금제도를 말한다. 1986년의 세제개혁법(Tax Reform Act of 1986)에 의하여, 401k 연금제도(cash or deferred arrangement)와 마찬가지로, 근로자는 고용주에게 SEP제도에의 출연이거나, 현금의 지급을 요구할 수 있다(주 또는 지방자치단체의 SEP에 가입하고 있는 경우를 제외한다.). 근로자 본인이 출연하는 출연금은 소득세의 과세대상이 되지 않지만, 고용보험세[연방보험연금법(Federal Insurance Contribution Act; FICA)]와 연방실업보험세(Federal Unemployment Tax Act; FUTA)가 과세되어 출연금액의 상한은 순급여액의 25%(다만 대상이 되는 급여의 상한은 2009년에는 24만 5,500달러), 혹은 4만 9천 달러 중 어느 것이든 적은 쪽이 된다. SEF 제도는 근로자 25인 이하의 소규모 고용주만이 대상이 되고, 근로자 반수 이상이 가입하여야 한다. 자영업자, SEF제도 출연과 사회보장급여를 합치는 경우, 고소득자를 대상으로 하는 과세순연제한에 관하여는 특별조치가 규정되어 있다.

simulation 모의실험, (이율계산 등의) 시뮬레이션 ¶ The *simulation* is a mathematical exercise in which a model of a system is established, then the model's variables are altered to determine the effects on other variable. For example, a financial analyst might construct a model for predicting a stock's market price and then manipulate various determinants of the price, including earnings, interest rates, and the inflation rate, to determine how each of the changes affects the market price. *Simulation* is widely used in scenario analysis and computation of derivative prices and risks. 시뮬레이션은 시스템의 모형이 확립된 다음에 그 모형의 변수가 다른 변수에 대한 효과를 결정하기 위하여 변경되는 수리연습을 말한다. 예를 들면, 재무분석자는 주식의 시가(stock's market price)를 예상하기 위한 모형을 구성하고, 그 다음에 각 모형의 변화가 시가에 어떻게 영향을 미치는가를 결정짓는 데에 수익(earnings), 금리(interest rate) 및 인플레이션율(inflation rate)을 포함해서 여러 가지 가격의 결정요소(determinants)를 조작할지도 모른다. 시뮬레이션은 시나리오분석과 파생상품가격과 위험의 계산에 널리 이용된다.
simulation method [영] 시뮬레이션수법 ¶ The *simulation method* is a process of estimating the fractional exposure of an interest rate swap through the simulation of future interest rates. Given a predefined statistical distribution, confidence levels, starting interest rate, time intervals, and mathematical relationship of future rate movements, a random generation of an artificial future path can be created, with swap replacement costs calculated at each interval. Thousands of realizations yield a set of discounted swap replacement costs, and the average can be used as a representation of the discounted replacement cost at each time interval during the life of the swap. The sum of average discounted replacement costs generates a percentage risk factor that can be applied to the notional principal to obtain the fractional exposure. See also historical method; option method. 시뮬레이션수법은 장래금리의 시뮬레이션을 통해서 금리스왑의 부분적 노출을 예측하는 과정을 말한다. 사전에 정한 통계적 분포, 신뢰성수준, 당초금리, 기간의 간격 및 장래금리변동의 수학적 관계가 주어진다면, 인위적 장래동향의 임의적 발생은 각 간격별로 계산된 스왑재취득가격(swap re-

placement cost)을 사용하여 창출될 수 있다. 수많은 실현(realizations)은 일련의 할인스왑재취득가격을 낳고 평균치(値)는 스왑이 유효한 동안에 기간의 간격별로 할인스왑재취득가격의 표현으로 사용될 수 있다. 평균할인재취득가격의 총액은 부분적 노출을 얻기 위하여 관념상의 원금에 적용될 수 있는 백분율위험요인을 산출한다. historical method(과거실적수법); option method(옵션수법)도 참조할 것.

sine die (L) 무기한으로 ¶The court adjourned *sine die.* 법정(法廷)은 무기 연기되었다.

sine qua non (L) 필요조건, 요건 ¶causa *sine qua non* 불가결한 원인(a cause without which it would not have occurred)

Singapore Exchange Limited (SGX) 싱가포르증권거래소 ¶The *Singapore Exchange Limited* (*SGX*) is an Asia-Pacific's first demutualized and integrated securities and derivatives exchange. The exchange was established on December 1, 1999, with the merger of the Stock Exchange of Singapore and the Singapore International Monetary Exchange. On November 23, 2000, *SGX* became the first exchange in he Asia-Pacific region to be listed via a public offering and a private placement. The stock is listed on its own exchange and is a component of benchmark indices such as the MSCI Singapore Free Index and the Straits Times Index. 싱가포르증권거래소(SGX)는 아시아·태평양지역에서 최초로 주식회사로 개편된 거래소이고, 또 최초로 증권(securities)과 파생상품(derivative)을 통합한 거래소이기도 하다. SGX는 1999년 12월 1일에, 싱가포르주식거래소(Stock Exchange of Singapore)와 싱가포르국제금융거래소(Singapore International Monetary Exchange)가 통합하여 설립되었다. 2002년 11월 23일에는, 아시아에서 처음으로, 공모(public offering)와 사모(private placement)를 통해서 주식을 공개하였다. SGX의 주식은 동 거래소에 상장되어 있고, MSCI Singapore Free Index와 Straits Times Index를 벤치마크(benchmark)로 되어 있는 지수를 구성하는 주식으로도 되고 있다.

single 단일의, 유일한 ¶a method of *single* interest 단리(계산)법 /a *single* bill 단일어음 /*single*-digit[-figure] inflation 한 자릿수 인플레이션 /*single*-entry bookkeeping 단식부기 /a *single* exchange rate 단일환율 /a *single* isolated transaction 단발(單發)의 거래 /*single*-lump-sum credit 최종일괄지급융자 /*single* name account 개인명의의 계좌 /*single*(-)name(d) paper 단명(單名)어음(one name paper) /*single* payment 일시지급, 1회 지급대출 /*single*-payment loan 1회 지급대출 /a *single* [straight] piece rate plan 단순거래량 지급제 /*single* premium endowment life insurance 일시지급양로보험 /*single* product production 단일제품생산 /*single* proprietorship 개인사업 /a *single* rate 단일시세, 단일요율 /a *single* tariff 단일세율 ***single-country mutual funds*** 단독국가한정 뮤추얼펀드 ¶*Single-country mutual funds* are mutual funds investing in the securities of just one country. Such funds may be open-end, meaning they continue to create new shares as more money comes into the fund, or closed-end, meaning they issue a limited number of shares which then trade on the stock exchange at a premium or discount to net asset value. *Single-country funds* offer investors a pure play on the futures of securities in that country. This means that these funds typically are far more volatile than regional mutual funds holding securities in a wider region, or global mutual funds investing in markets around the world. There are many *single-country funds*, including funds for Argentina, Australia, Canada, China, France, Germany, Israel, Japan, Korea, Mexico, Spain,

Switzerland, and the United Kingdom. See also iShares. 단독국가한정 뮤추얼펀드는 1개국만의 증권에 투자하는 뮤추얼펀드(mutual fund)를 말한다. 오픈엔드형(펀드에 신규자금이 유입한다고 주식을 추가 발행하는 방식)과 클로즈드엔드형(결정된 수의 주식을 발행하고, 증권거래소에서 순자산가치(net asset value)를 베이스로 매매되는 방식)이 있다. 1개국 한정펀드를 사용하면 그 국가의 증권동향에 특화한 투자(pure play)가 가능하다. 따라서, 보다 넓은 지역의 증권에 투자하는 지역한정 뮤추얼펀드(regional mutual fund)나, 세계 각국의 시장에 투자하는 글로벌 뮤추얼펀드(global mutual fund)보다도 훨씬 크게 가격이 변동하는 일이 많다. 1개국 한정펀드의 수는 많아서, 아르헨티나, 오스트레일리아, 캐나다, 중국, 프랑스, 독일, 이스라엘, 일본, 한국, 멕시코, 스페인, 스위스, 영국 등이 있다. iShares(i쉐어즈)도 참조할 것. ~ ***factor model*** [영] 단일요소모형 ¶The *single factor model* is a form of mathematical model used in the pricing of interest rate derivatives in which all of the uncertainty related to the future movement of interest rates is captured in a single factors, generally a short-term rate. The entire term structure is evolved from the single rate. Also known as one factor model. See also forward rate model; multifactor model; short rate model. 단일요소모형은 금리의 장래변동과 관계가 있는 모든 불확실성이 일반적으로 단기금리인 단일요소로 손에 잡힌다는 금리파생상품의 가격결정에 사용되는 수학적 모형의 형식을 말한다. 전체의 기간구성은 단일금리로부터 도출된다. 이는 one factor model(1개의 요인모형)로도 알려져 있다. forward rate model(선도금리모형); multifactor model(복수요인모형); short rate model(단기금리모형)도 참조할 것. ~ ***option*** 단체(單體)의 옵션거래, 싱글옵션(콜 또는 풋의 어느 것인가의 가장 기본적인 형태로서의 거래) ¶The *single option* is a term used to distinguish a put option or a call option from a spread or a straddle, each of which involves two or more put or call options. See also option. 싱글옵션은 복수의 풋옵션(put option) 또는 콜옵션(call option)을 사용한 투자수법인 스프레드(spread)나 스트래들(straddle)과 구별할 때의 호칭방법이다. option(옵션)도 참조할 것. ~***-premium deferred annuity (SPDA)*** 일시지급과세순연 연금보험 ¶*Single-premium deferred annuity* (*SPDA*) is tax-deducted investment similar to an individual retirement account, without many of the IRA restrictions. An investor makes a lump-sum payment to an insurance company or mutual fund selling the annuity. That lump sum can be invested in either a fixed-return instrument like a CD or a variable-return portfolio that can be switched among stocks, bonds, and money market accounts. Proceeds are taxes only when distributions are taken. In contrast to an IRA, there is no limit to the amount that may be invested in an SPDA. Like the IRA, the tax penalty for withdrawals before age 59 1/2 is 10%. 일시지급과세순연 연금보험은 퇴직연금계좌(individual retirement account; IRA)와 유사한 과세순연투자로, 퇴직연금계좌의 제한은 적다. 투자자는 보험회사나 뮤추얼펀드에 일괄하여 자금을 납입한다. 납입한 자금으로 양도성 예금(certificate of deposit; CD)과 같은 수익확보형 상품에 투자할 수도 있고, 수익변동형 포트폴리오에 투자하여 주식, 채권, 머니마켓계좌에서 자금을 이동할 수 있다. 지급을 받을 때 수취금에 과세가 된다. IRA와 비교하여, 일시지급과세순연에의 출연액에 상한은 없으나, 59.5세보다 전에 지급을 받으면 IRA와 마찬가지로 10%의 벌칙이 따른다. ~***-premium life insurance*** 일시지급 생명보험 ¶The *single-premium life insurance* is a whole life insurance policy requiring one premium payment. Since this large, up-front payment begins accumulating cash value immediately, the policy holder will earn more than holders of policies paid up in installments. With its tax-free appreciation (assuming it remains in force); and low or no net-cost; tax-free access to funds through policy loans; and tax-free proceeds to beneficiaries, this type of policy emerged as a popular tax shelter under Tax Reform Act of 1986. 일시지급 생명보험은 보험료를 요하는 일시지급의 종신보험계약(whole life insurance policy)을 말한다. 이런 다액의 자금을 선급하는 것에서 곧 운용을 시작하기 때문에, 보험계약자는 분할지급(installment)보다도 수익이 높게 된다. 비과세의 평가익(계약이 유효함을 가정할 때)이라든가, 코스트가 소액이거나 제로인 것, 계약자 대출(policy loan)을 통해서 자금을 빌리면, 실질적으로 비과세취급으로 자금을 사용하는 것, 수익자(beneficiary)가 수취할 보험금이 비과세인 것에서, 1986년의 세제개혁법(Tax Reform Act of 1986) 하에서 인기를 모으는 절세대책(tax shelter)으로서 나타났다. **~-*state municipal bond fund*** 1주(州)한정지방채(債)펀드 ¶ The *single-state municipal bond fund* is a mutual fund that invests entirely in tax-exempt obligations of governments and government agencies within a single state. Therefore, dividends paid on fund shares are not taxable to residents of that state when they file state tax returns although capital gains, if any, are taxable. 1주(州)한정지방채(債)펀드는 하나의 주(州)의 지방정부나 정부기관의 면세채(tax-exempt obligations)에만 투자하는 뮤추얼펀드(mutual fund)를 말한다. 그러므로, 펀드의 배당은 그 주의 거주자이면 세무신고서를 제출하여 면세된다. 다만, 캐피탈게인(capital gain)은 과세된다. **~ *stock future* (*SSF*)** 개별주식선물 ¶ The *single stock future* (*SSF*) is only recently legalized in the United States, a future contract with one stock, basket of stocks, or narrow-based index as the underlying security. *SSFs* are traded in 100 share blocks. The holder gives up the rights and dividends that come with stock ownership, but gains a number of significant advantages: *SSFs* can be sold short without any of the restrictions of the short-sale rule; margin buying can be done on a 20% basis (vs. 50% for stocks) and with not interest costs; transaction costs are less; and cross-border transactions avoid the expense of foreign clearing system. 개별주식선물은 개별주식 혹은 그룹화된 복수의 주식, 업종별 주가지수(narrow-based index)를 기초증권(underlying security)으로 하는 선물로, 최근 미국에서 합법화된 선물상품이다. SSF는 100주를 1단위로 하여 매매된다. SSF의 보유자는 주식투자에 부수해 오는 주주의 권리나 배당(dividend)을 포기하게 되지만, 많은 의미가 있는 메리트를 얻을 수 있다. 즉, 공매규칙(short-sale rule)의 제한에 관계없이 공매할 수 있고, 20%의 증거금률(margin)에서 거래할 수 있다(주식의 경우의 증거금률은 50%). 더군다나 증거금에 대해서 금리를 지급할 필요가 없다. 또 거래코스트도 낮고, 국제간의 거래에서는 외국결제시스템(foreign clearing system)의 비용을 회피할 수도 있다. **~ *tranche collateralized debt obligation* (*CDO*)** [영] 단일트랑슈 채무담보부 채무증서 ¶ The *single tranche collateralized debt obligation* (*CDO*) is a form of synthetic collateralized debt obligation (*CDO*) where the transaction is created with reference to only one specific tranche of the *CDO* rather than the full capital structure. The single tranche, which can reference any portion of the structure (from the residual tranche to the super senior tranche), is created by pooling individual credit default swaps, which serve as the reference pool. In some cases the transaction allows for dynamic substitution of reference credits in the pool. 단일트랑슈 채무담보부 채무증서는 완전자본구조(full capital structure)보다도 오히려 채무담보부 채무증서(CDO) 하나의 특유한 트랑슈만에 관하여 거래가 창출되는 종합채무담보부 채무증서이다. 단일트랑슈는 (잔존트랑슈에서 초상위 트랑슈까지) 자본구조의 어느 부분을 인용할 수 있지만, 기준풀(reference pool)로서 역할을 하는 개별크레디트 디폴트스왑에 공동출자함으로써 창출된다. 어떤 경우에는 그 거래가 풀(pool)속에 있는 기준크레디트(reference credit)의 동적인 대체를 고려한다.

singular 단일의, 단독의 ¶ What's the *singular* of people? people의 단수형은 무엇인가?

sink 감소하다, 상환하다 ***sinking fund*** 감채(減債)기금(공채를 상환하기 위한 적립금), 부채상각적립금, 정기감채 ¶ The *sinking fund* is a money accumulated on a regular basis in a separate custodial account that is used to redeem debt securities or preferred stock issues. A bond indenture or preferred stock charter may specify that payments be made to a *sinking fund*, thus assuring investor that the issues ares safer than bonds (or preferred stocks) for which the issuer must make payments all at once, without the benefit of a *sinking fund*. See also purchase fund. 감채(減債)기금은 전용의 보호예치계좌(custodial account)에 정기적으로 자금을 적립하여, 채권이나 우선주(preferred stock)의 상환(redemption)에 충당하는 자금을 말한다. 채권신탁증서(bond indenture)나 우선주계약서(preferred stock charter)에, 지급은 감채기금에서 행한다고 명기된 채권은 발행단체가 감채기금을 사용하지 않고 즉각 기일에 일괄 상환하여야 하는 채권이나 우선주보다도 안전하다고 말할 수 있다. purchase fund(매입기금)도 참조할 것.

sinker 감채기금채권(減債基金債券) ¶ The *sinker* is a bond on which interest and principal payments are made from the proceeds of a sinking fund. 감채기금채권은 금리(interest)와 원금(principal)이 감채기금(sinking fund)의 자금에 의해서 지급되는 채권(bond)을 말한다.

sin tax 죄악세(罪惡稅) ¶ The *sin tax* is an informal term for a tax on products considered vices, such as liquor or cigarettes. See also luxury tax. 죄악세(罪惡稅)는 주류(酒類)나 연초(煙草)와 같은 악습과 관계가 있다고 볼 수 있는 상품에의 과세를 의미하는 비공식적인 용어이다.

sister company 자매회사

site 용지(用地), 부지(敷地) ¶ The *site* is: (1) a piece of property. (2) land on which some development is being undertaken. 용지는 (1) 부동산의 한 구획이다. (2) 개발이 진척되고 있는 토지이다.

situation 위치, 입장, 형세 ¶ *situation* report 현황보고

situs [법] 장소, 위치 ¶ The *situs* of real property and tangible personal property is determined by its physical location. 물적 재산과 유형의 인적재산의 소재지는 그 실제적 장소에 의해 결정된다.

six 식스, 6 ¶ *six* 6개월 지급어음 /a *six* month(s) period 6개월, 반기(半期) ***SIX Group*** 식스 그룹 ¶ The *SIX Group* is an owner of the SIX Swiss Exchange, Switzerland's principal stock exchange and formerly called the SWX Swiss Exchange. The group also holds financial interests in EUREX, the world's largest futures and derivatives exchange, as well as STOXX, Europe's leading provider of securities market indices. The SIX Swiss Exchange has more than a 150-year-history and ranks among the world's most technologically advanced securities exchanges. In 1995 fully electronic trading replaced traditional floor trading at the stock exchanges of Geneva (founded in 1850), Zurich (founded in 1873), and Basel (founded in 1876). Another *SIX Group* subsidiary, SWX Europe, is a cross-border electronic exchange operating on the trading platform developed by the SIX Swiss Exchange. London-based SWX Europe has the status of an FSA "Recognized Investment Exchange" and is the home market for all constituent stocks of the capital-weighted Swiss Market Index (SMI), which comprises the largest and most liquid blue chip Swiss companies representing 80% of total market capitalization. See also Eurex; Stoxx. 식스 그룹은 스위스의 주요한 증권거래소와 이전에 SWX 스위스거래소라고 한 식스 스위스거래소(SIX Swiss Exchange)의 소유자이다. 그 그룹은 또한 유럽의 증권시장지표(securities market indices)의 주요한 제공자인 스톡스(STOXX)뿐만 아니라, 세계 최대인 선물 및 파생상품거래소인 유렉스(EUREX)에 재정상의 이해관계를 가지고 있다. 식스 스위스거래소(SIX Swiss Exchange)는 150년 이상의 역사와 세계 최고의 기술적으로 발전된 증권거래소라는 랭킹을 가지고 있다. 1995년에, 완전히 전자식의 거래방식이 (1850년에 설립된) 제네바, (1873년에 설립된) 취리히, 및 (1876년에 설립된) 바젤의 전통적인 입회장 거래 방식을 대체하였다. 또 다른 식스그룹의 자회사인 SWX 유럽이 식스 스위스거래소에 의해 발전된 거래플랫폼에서 운영하고 있는 국제적인 전자거래소(cross-border electronic exchange)이다. 런던에 본거지를 두는 SWX 유럽은 영국의 금융서비스기관의 「공인된 투자거래소」(FSA "Recognized Investment Exchange")의 위치를 가지고, 자본가중된(capital-weighted) 스위스시장 지표(Swiss Market Index: SMI)의 모든 구성주식의 국내시장(home market)이기도 한데, 이는 전체시장의 자본구성의 80%를 나타내고 있는 최대이고 가장 현금화할 수 있는 블루칩(blue chip)인 스위스 회사들로 구성한다. Eurex(유렉스); Stoxx (스톡스)도 참조할 것.

size 사이즈, 크기, 규모 ¶ The *size* means: (1) a number of shares or bonds available for sale. A market maker will say, when asked for a quote, that a particular number of shares (the *size*) is available at a particular price. (2) a term used when a large number of shares are for *size* – a trader will say that "shares are available in *size*." for instance. 규모(size)는: (1) 판매할 수 있는 주식(share)이나 채권(bond)의 수를 의미한다. 마켓메이커는 값을 물어오면 특정한 주식수는 특정한 값으로 충분하다고 답할 것이다. (2) 주식이 대량으로 매출(賣出)되고 있는 때에 사용하는 표현이다. 예를 들면, 트레이더가 「시장에 주식이 대량으로 출하되고 있다」(Shares are available in size.)는 식은 말한다. /*size* of enterprise 기업규모

skewness [통계] 비대칭도, 왜도(歪度) ¶ The *skewness* is a measure of the symmetry of a statistical distribution. A distribution with positive *skewness* has a right-hand tail that is longer than the left-hand tail, while one with negative *skewness* has a longer left-hand tail. In a positively skewed distribution the probability that the outcome is higher is larger than the probability that it is lower, and vice-versa in the case of a negatively skewed distribution. *Skewness* is often referred to as the third moment about the mean. Skewness is given by: 적극적인 비대칭도의 분포는 그 성과가 높은 확률이 낮은 확률보다 크며, 소극적인 비대칭도의 분포의 경우는 그 반대이다. 비대칭도는 평균(mean)에 관한 제3의 모멘트라고도 한다. 비대칭도는 다음과 같이 인정된다.

$$\frac{1}{N\sigma^2}\sum_{i=1}^{N}(\chi_i-\mu)^3$$

where N is the number of observations, x_1 is an observation, µ is the mean, σ is the standard deviation. 비대칭도는 통계적 분포의 대칭적 측정을 말한다. 적극적 비대칭도가 있는 분포(distribution)는 왼쪽편 꼬리보다 긴 오른편 꼬리를 가짐에 대하여, 소극적 비대칭도가 있는 분포는 왼쪽편의 긴 꼬리를 가진다. N는 관측(observation)의 수이고, χ_i는 관측이며, μ는 평균이고, σ는 표준편차(standard deviation)이다.

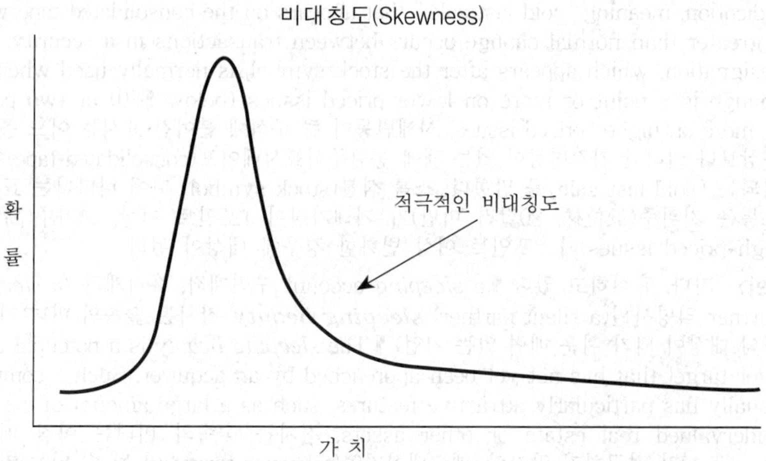

skill 숙련, 기술 ¶ management *skill* 관리기술

skilled labor 숙련노동(자)

skimming 스키밍 ¶ The *skimming* is: (1) an illegal practice of failing to account for some sales, frequently with the intent of tax evasion or cheating a partner. (2) a marketing strategy where a high initial price is charged for a newly introduced product in order to expedite the development cost recovery. At a later point the price is reduced to offset competitive products and slowing demand. 스키밍이란: (1) 이따금 탈세(tax evasion)나 파트너를 속일 의도로써 어떤 판매금액을 기장(記帳)하지 않는 위법적인 관행이다. (2) 최초의 고가(高價)가 개발비 상환을 진척시키기 위하여 새로 매출품에 부과하는 마케팅 전략이다. 더 나중의 시점에서 그 가격은 경쟁제품과 수요를 늦추는 것을 상쇄할 만큼 감소된다. /*skimming* price (소득의) 상층흡수가격

skip-payment privilege 스킵 반환특권 ¶ The *skip-payment privilege* is: (1) a clause in some mortgage contracts and installment loan agreements allowing borrowers to miss payments if ahead of schedule. (2) an option offered some bank credit-card holders whereby they may defer the December payment on balance due. 스킵 반환특권은 (1) 일부의 모기지(mortgage) 대출(주택론)이나 할부론(installment loan)의 계약에 사용되는 조건으로, 차입자(borrower)가 기일전 상환하고 있는 경우에는 월차상환을 건너뛰어도 상관없다는 것이다. (2) 일부 은행의 크레디트카드 보유자에게 적용되는 선택권(option)으로, 12월분의 지급을 연기할 수 있는 경우이다.

skycraper indicator 마천루(摩天樓)지표 → Elliott Wave Theory (엘리엇 파동이론).

skyrocketing (시세 등이) 급등하는, (물가 등이) 자꾸 올라가는

slack 느슨한, 느린, 더딘(low), 경기가 없는 ¶ *slack* money market 완만한 금융환경 /*slack* period 한산기(閑散期)

slaughter sale 염가대매출, 투매

SLD last sale 시세변동이 큰 주식에 붙여진 표시 ¶ The *SLD last sale* is an indication, meaning "sold last sale," that appears on the consolidated tape when a greater than normal change occurs between transactions in a security. The designation, which appears after the stock symbol, is normally used when the change is a point or more on lower-priced issues (below $20) or two points or more on higher-priced issues. 시세변동이 큰 주식에 붙여진 표시는 어느 종목에 통상보다 커다란 가격변동이 있는 때에 통합주식표시테이프(consolidated tape)에 표시되는 「sold last sale」를 말한다. 스톡 심볼(stock symbol) 뒤에 나타나는 표시는, 보통은 저위주(低位株, 20달러 미만)가 거래가격이 1포인트 이상, 고가주(高價株, high-priced issues)가 2포인트 이상 변화한 경우에 대상이 된다.

sleep 자다, 휴식하고 있다 ¶a *sleeping* account 수면계좌, 휴지계좌 /a *sleeping* partner 익명사원(a silent partner) ***sleeping beauty*** 잠자는 숲속의 미녀(기업사냥의 대상이 되기 쉬운 매력 있는 기업) ¶The *sleeping beauty* is a potential takeover target that has not yet been approached by an acquirer. Such a company usually has particularly attractive features, such as a large amount of cash, or undervalued real estate or other assets. 잠자는 숲속의 미녀는 아직 매수자(acquirer)가 접근하지 않지만, 매수대상기업(takeover target)이 될 수 있는 기업을 말한다. 이러한 기업은 거액의 현금이나 과소평가 받고 있는 부동산을 보유하고 있는 것과 같이, 매력적인 특징을 가지는 기업이 많다.

sleeper 슬리퍼, 의외로 싸게 산 주식 ¶The *sleeper* is a stock in which there is little investor interest but which has significant potential to gain in price once its attractions are recognized. *Sleepers* are most easily recognized in retrospect, after they have already moved up in price. 슬리퍼는 투자자(investor)의 관심은 낮지만, 매력이 인식되기만 하면 가격이 상승할 가능성이 큰 주식(stock)을 말한다. 가격이 상승한 이후에야 슬리퍼였다고 아는 경우가 많다.

sliding 미끄러지는 ¶*sliding* scale method 슬라이드제도(制度) /*sliding* scale of charge 증감수수료율

slip 전표, 부전(附箋), (환예약의) 슬립 ¶a *slip* system 전표제도

slippage 슬립피지 ¶In securities, the *slippage* is: (1) a price erosion between a quoted price and an execution due to selling pressure. (2) higher than expected transaction costs. 증권거래에서, 슬립피지는: (1) 시장의 매각압력이 높기 때문에, 시장에서 표시되고 있는 최종거래가격(quoted price)과 실제의 거래가격(execution)간의 차가 생길 수 있는 것이고, (2) 예상하고 있던 거래코스트를 상회하는 것이다. ¶In corporate finance, the *slippage* is a shortfall in projected revenues, sales, earnings, or other target figure. 기업금융에 있어서, 슬립피지는 예상된 수입(revenue), 매상총액(sales), 이익(earnings) 기타 목표수입이 부족한 경우이다. ¶In the United Kingdom, the *slippage* is an excess expenditure of investment capital (in U.S. called burn rate). 영국에서 슬립피지는 투하자본을 상회하여 지출하는 것이다(미국에서는 burn rate이라고 한다).

SLOB → **s**ecured **l**ease **o**bligation **b**ond (SLOB) [약] 리스자산담보채권(債券) ¶The *secured lease obligation bond* (*SLOB*) is bonds, typically issued by electric utilities to finance power plants, where payments are made from an assigned lease. Some *SLOBs* are additionally secured by a lien on the facility. 리스자산담보채권(債券)은 주로 전력회사가 발전소에 관한 자금조달을 할 목적에서 발행하는 채권(bond)이고, 전력회사에 의한 리스(lease) 지급금이 상환자원이 된다. 리스지급금에 부가하여 당해 자산에 리엔(lien)을 부치는 경우도 있다.

Slovakia currency 슬로바키아 화폐 ¶ koruna, divided into 100 haleru. 1 코루나(koruna) = 100 할레루(haleru).

Slovenia currency 슬로베니아 화폐 ¶ tolar (plural tolarji; SIT), divided into 100 stotin. 슬로베니아 기준통화는 1 톨라(tolar, 복수 tolarji; SIT) = 100 스토틴(stotins).

slow 늦은, 활기가 없는 ¶ *slow* account 불활발계좌 /*slow* asset 환금에 시간이 걸리는 자산 /*slow* paper 지급이 늦는 어음 ***slow loan*** 상환이 늦어지고 있는 융자, 불량대금(貸金) ¶ *Slow loan* is: (1) classification of loans that are considered doubtful, with questionable repayment. A bank may set aside cash assets against such loans in its loan loss reserves. (2) working capital loan to a firm with an extended account receivable cycle; i.e., a firm that takes a long time to convert assets into cash. For example, an agricultural loan. 불량대금(不良貸金)이란: (1) 상환이 의심스러워서 확실치 않다고 생각되는 대출등급이다. 은행은 그러한 대금(貸金)에 대비하여 대출손실준비금에 현금자산을 별도 예치해 둘 수 있다. (2) 연장수취금계좌를 가지는 기업에 대한 운전자금론(loan)이다. 즉, 현금으로 전환하는 데에 장기간이 걸리는 기업을 말한다. 예컨대, 농업대출(agricultural loan)이다.

sluggish market 활발하지 못한 시장

slump 부진, 불경기, 폭락, 슬럼프 (*cf.*) boom 호황 ¶ The *slump* is short-term drop in performance. The economy may enter a *slump* when it goes into a recession. An individual stock or mutual fund may be in *slump* if its price falls over several weeks or months. A normally productive employee may go into a *slump* and be less productive if he or she is having financial or emotional difficulties. A *slump* is considered to be a temporary phenomenon, from which the economy, investment or employee will soon recover. 슬럼프란 업적이 단기적으로 갑자기 뚝 떨어지는 것이다. 경제가 경기후퇴(recession)기에 들어서면, 경제활동이 슬럼프에 빠지는 일이 있다. 개인의 주식(stock)이나 뮤추얼펀드(mutual fund)의 가격이 수주간이나 수개월간 하락하면, 슬럼프의 가능성이 있다. 보통은 생산성이 높은 종업원이라도, 금전이나 내면적인 문제를 안으면, 슬럼프에 빠져서 생산성이 저하하는 수가 있다. 슬럼프는 일시적인 현상이라 생각되고, 경제도 투자(investment)도 종업원도 잠시면 회복한다.

slush fund [money] 부정자금, 뇌물 ¶ The *slush fund* is an account with excess money, formerly used to provide small treats for employees; now generally has the connotation of a fund used for paying bribes. 부정자금은 이전에 종업원에게 사소하게 대접하기 위해 사용하고 남은 돈의 계좌이다. 현재는 일반적으로 뇌물을 주기 위해 사용한 자금이라는 의미를 가지고 있다.

smacker [미구] (*pl.*) 달러

small 적은, 작은 ¶ *small* and medium(-sized) enterprise 중소기업 /a *small* bank 저금상자 /*small* bond 소액국채 /*small* change 잔돈, 거스름돈 /*small* coin 소액경화(硬貨), 잔돈 /*small* depositor 소액예금자 /*small* government bond 소액국채 /*small* investor 소액투자자 /*small* loan 소액대출, 소액융자 /a *small* lot 소액 /*small*-lot loan 소액대출 /*small* note 소액지폐 /*small* profit and quick return 박리다매 /*Small* Repos 소액현물과 선물 /*small* saver CD's [certificate] [미] 소액예금자정기예금증서, 국채금리기준증서 /the *small*-savings tax exemption system 소액저축비과세제도 /*small* scale enterprise 소규모기업 ***small and medium enterprise (SME) loan*** [영] 중소기업대출 ¶ The *small and medium enterprise*

(*SME*) loan is a loan arranged and extended by a bank or financial institution to a small or medium-sized company. The loan may have a fixed or floating interest rate and principal repayment that amortizes according to a set schedule or is repayable in the form of a balloon loan or bullet loan. Since SMEs may not have the resources and credit ratings of large, multinaitonal companies, they may be required to secure the loan through a pledge on specific assets. 중소기업대출은 은행이나 금융기관이 중소규모의 회사에 마련하여 제공하는 대출을 말한다. 그 대출은 일정한 반환계획에 따라 분할상환된다든지 만기잔액일괄반환방식의 대출(balloon loan)이나 만기일괄반환방식(bullet loan)의 형식으로 상환되는 고정적이거나 변동적인 원리금상환방식을 취할 수 있다. 중소기업대출은 대형회사, 다국적 회사의 재원과 신용등급을 가질 수 없기 때문에, 특유한 자산에 대한 담보물을 통해서 대출을 확보하여야 할 것이다. ~ ***business*** 중소기업 ¶ According to the U.S. Department of Commerce, a *small business* is a business employing less than 100 people. *Small businesses* play a disproportionately important role in innovation as well as in the economic and employment growth in the United States. 미국의 상무부에 의하면, 중소기업은 100인 미만의 종업원을 고용하고 있는 기업을 말한다. 중소기업은 미국의 경제성장 및 고용성장에 있어서뿐만 아니라 기술혁신에서 대수롭지 않은 역할을 하고 있다. ***Small Business Administration (SBA)*** 중소기업청 ¶ The *Small Business Administration* (*SBA*) is a federal agency created in 1953 to provide financial assistance (through direct loans and loan guarantee) as well as management assistance to businesses that lack the access to capital markets enjoyed by larger more creditworthy corporations. Further legislation authorized the *SBA* to contribute to the venture capital requirements of start-up companies by licensing and funding small business investment companies (SBICs), to maintain a loan fund for rehabilitation of property damaged by natural disasters (flood, hurricanes, etc), and to provide loans, counseling and training for small businesses owned by minorities, the economically disadvantaged, and the disabled. The *SBA* finances its activities through direct grants approved by Congress. 중소기업청은 1953년에 설치되어, 신용력 있는 대기업과는 달리 자본시장(capital market)에서의 자금조달이 불가능한 기업에 대출(loan)이나 채무보증(guarantee)에 의한 자급원조나 경영지원을 행하는 미연방정부기관이다. 그 후의 입법을 통해서 중소기업투자회사(Small Business Investment Company; SBIC)를 인가한다든지, SBIC에 자금을 출연한다든지 하여, 창업기의 기업(start-up)의 벤처캐피탈(venture capital)수요에도 대응한다. 또, 자연재해(홍수, 허리케인 등)에서 타격을 입은 자산을 수복하기 위한 대출기금의 관리나, 소수민족(minorities), 경제적 약자, 장애자에 의한 소규모사업을 대상으로 한 대출, 상담, 연수도 행한다. SBA의 활동자금은 미의회의 승인을 얻어 국고보조금으로 조달하고 있다. ***Small Business Investment Company*** 소규모기업투자회사 → Small Business Administration (중소기업청). ~ ***cap*** 스몰캡, 소형주 ¶ The *small cap* is a shorthand for small capitalization stocks or mutual funds holding such as stocks. *Small cap* stocks usually have a market capitalization (number of shares outstanding multiplied by the stock price) of $500 million or less. Those under $500 million in market cap are known as microcap issues. Small capitalization stocks represent companies that are less well established. but in many cases faster-growing than mid-cap stocks (from $500 million to $3 billion-$5 billion) or large cap stocks ($1 billion or more). (Range vary somewhat and may overlap, depending on the funds or indexer defining them.) Since they are less established, *small cap* stocks are usually more volatile than blue chips. 스몰캡은 small capitalization stock(소형주)의 약칭, 또는 소형주에 투자하는 뮤추얼펀드(mutual fund)를 말한다. 소형주(small cap stock)는 통상 시가총액(market capitalization)(발행주식수×주가)이 5억 달러 미만의 주식을 가리킨다. 시가총액이 5,000만 달러 미만의 주식은 초소형주(microcap issues)라고 한다. 소형주를 발행하는 기업은 그다지 지위가 확립되어 있지 않지만, 중간주(mid-cap stock)(시가총액 5억 달러 이상 30억~50억 달러 이하)나 대형주(large-cap stock)(10억 달러 이상)의 기업보다도 고성장의 경우가 많다(펀드나 지수에 의하여 분류는 조금 다른다든지, 중복하는 수도 있다.) 소형주는 발행기업의 지위가 그다지 확립되어 있지 않기 때문에, 우량주(blue chip)보다 변동성(volatility)이 높은 경우가 많다. ~ ***corporate offering registration (SCOR)*** 소규모회사증권발행등록 → small issues exemption (소액발행등록면제). ~ ***firm effect*** 소형주 효과 ¶ The *small firm effect* is a tendency of stocks of smaller firms, defined by market capitalization, to outperform larger firms. Theories to explain this phenomenon vary, but include the following: (1) smaller companies tend to have more growth potential; (2) small capitalization groupings include more companies in financial difficulty; when fortunes recover, price gains are dramatic and lift the return of the group as a whole; (3) small firms are generally neglected by analysts and hence by institutions; once discovered, they become appropriately valued, registering dramatic gains in the process. The term is also used to describe th tendency of lower priced stocks to rise or fall in greater percentage increments than higher priced share, market capitalization, and other factors being equal. See also ankle biter. 소형주 효과는 시가총액(market capitalization)이 적은 기업이 큰 기업보다 높은 퍼포먼스(outperformance)를 나타내는 경향이 있는 경우를 말한다. 이 현상을 설명하는 이론은 여러 가지지만, 예를 들어보면, 다음과 같다. (1) 소기업이 일반적으로 성장여력이 크고, (2) 시가총액이 적은 기업은 자금난을 겪는 일이 많으며, 업적이 회복하면 주가가 대폭 상승하여 소기업 전체의 주가가 끌려 올라간다. (3) 또 소기업은 애널리스트와 기관투자자에게 주목받지 못하는 경우가 많고, 일단 주목받는다면 주가가 대폭 상승하여 적정수준이 된다. 또한, 소기업 효과는 시가총액과 같은 요소가 같으면, 저위주(低位株)가 고가주보다도 변동이 크게 되는 경향을 가리키는 경우도 있다. ankle biter[소형주(小型株)]도 참조할 것. ~ ***investor*** 소액투자자 ¶ The *small investor* is an individual investor who buys small amoun of stock or bonds, often in odd lot quantities; also called the retail investor. Although there are millions of *small investors*, their total holdings are dwarfed by the share ownership of large institutions such as mutual funds and insurance companies. Together with the proliferation of mutual funds, recent developments in the brokerage industry and its diversification along full-service lines have brought new programs specifically designed to make investing more convenient for *small investors*. Thus, much cash traditionally kept in savings banks has found its way into the stock and bond markets. See also odd-lot short-sale ratio; odd-lot theory. 소액투자자는 주식이나 채권을 소액[많은 경우, 단수(odd lot)]으로 매수하는 투자자를 말하며, retail investor(개인투자자)라고도 한다. 소액투자자의 수는 많지만, 보유증권을 전부 합치더라도, 뮤추얼펀드(mutual fund)나 보험회사와 같은 대규모기관의 보유분을 훨씬 하회한다. 뮤추얼펀드의 보급, 최근의 증권업계의 발전이나 서비스의 다양화에 따라, 개인투자자들의 투자하기 쉬운 신상품이 나오게 되었다. 그 때문에 저축은행에 예금되고 있던 자금이 주식시장이나 채권시장에 대량으로 유입하고 있다. odd-lot short-sale ratio(단주공매(空賣)비율); odd-lot theory(단주이론)도 참조할 것. ~ ***issues exemption*** 소액발행등록면제 ¶ *Small issues exemption* is securities issues under 1.5 million that qualify for simplified registration under Securities and Exchange Commission Regulation A. 소액발행등록면제는 미국증권거래위원회(Securities and Exchange Commission)의 규칙 A에서 정해진 간이등록(simplified Registration)이 인정되는 발행액 150만 달러 미만의 증권을 말한다. ~ ***order entry (or execution) system*** 소액 주문처리시스템 ¶ The *small order execution system* (*SOES*) is an electronic execution system that bypasses brokers for agency orders of less than 1,000 shares on any NASDAQ-listed security. [영] 소액주문처리시스템은 나스닥에 등록된 회사의 1,000주미만의 대리인 주문을 위하여 브로커를 우회하는(bypass) 전자처리시스템을 말한다. → SOES (소액주문처리시스템).

smaller 보다 적은[작은] ¶ *smaller* business; *smaller* and medium-sized business; *smaller* enterprise 중소기업

smart 지적인, 현명한, 돋보이는, 교활한 ¶ *smart* rich 똑똑한 부자들 ***smart card*** [영] 스마트카드 ¶ The *smart card* is a plastic card with an embedded microchip that contains details of the holder's financial and other records, and which can be used for a variety of purposes, including withdrawal or transfer of money. 스마트카드는 보유자의 회계 및 기타 기록이 들어있고, 자금의 회수나 이체를 포함하여 여러 가지의 목적으로 사용될 수 있는 마이크로칩이 내장된 플라스틱카드이다. ~ ***money*** 스마트머니, 교활한 투자자, (그의) 도박자금(주가가 낮을 때 발빠르게 매수에 나서는 자금) ¶ *Smart money* is investors who make profitable investment moves at the right time, no matter what the investing environment. In a bull market, such investors buy the stocks that go up the most. In bear markets, they sell stocks short that fall the most. *Smart money* investors also have access to information about companies, either positive or negative, in advance of when the typical small investor learns of it. The term is also used in a more general sense to convey what sophisticated investors are doing now. Analysts will say "the *smart money* is buying cyclical stocks now because the economy is improving," for example. 스마트머니는 투자환경에 좌우되지 않고, 적절한 타이밍에서 이익이 나오는 투자행동을 취하는 투자자를 말한다. 강세시장(bull market)에서는 가장 상승하는 주식을 매수하고, 약세시장(bear market)에서는 가장 하락하는 주식을 공매(selling short)한다. 또, 보통의 개인투자자보다도 기업정보는 호재이든, 악재이든 접근하는 수단을 가지고 있다. 스마트머니라는 말은 더 일반적인 의미에서, 고도의 지식을 가지는 투자자의 행동을 나타내는 데에도 사용한다. 예를 들면, 애널리스트는 「경기가 개선되어 가고 있으므로, 스마트머니가 순환주(循環株)를 매수하고 있다」(The smart money is buying cyclical stocks now because the economy is improving.)라는 말을 할 것이다. ~ ***order router (SOR)*** 스마트오더 루터 ¶ The *smart order router* (*SOR*) is a coding mechanism in an electronic trading platform that divides an order according to the rules defined in an algorithm and then selects the proper destination(s) so that execution can be fulfilled. A *SOR* maintains compliance with order protection and best execution requirements and generally permits prioritization of venues based on transaction costs. 스마트오더 루터는 알고리듬에서 정한 룰(rules)에 따라 주문을 분리한 이행할 수 있도록 다음 적절한 목적지를 선택하는 전자거래플랫폼의 부호화체계(coding mechanism)를 말한다. 스마트오더 루터는 주문보호의 응락과 최고의 실시요건을 유지하고 일반적으로 거래비용에 근거를 두는 행위지(venues)의 우선권을 허용한다.

smash [v.] 파산[도산]하다
[n.] 폭락, 파산, 도산

Smithsonian Agreement 스미스소니언 협정(닉슨 쇼크 후의 1971년 12월, 워싱턴 스미스소니언 박물관에서 행하여진 10개국 재무장관회의의 결과 성립한 변동환율제도) ¶ The *Smithsonian Agreement* is December 1971 agreement that ended the fixed exchange rates established at the Bretton Woods Conference of 1944 and substituted a floating exchange rate. In the Agreement, the group of ten countries, meeting at the Smithsonian Institution, agreed to appreciate their currencies against the United States dollar. This became necessary when the United States removed the gold backing of the dollar in August 1971. 스미스소니언 협정은 1944년의 브레튼 우즈 회의(Bretton Woods Conference)에서 확립된 고정환율제도를 종료하고 변동환율제도로 대체한 1971년 12월의 협정을 말한다. 이 협정에서, 10개국의 그룹은 스미스소니언 박물관에서 미국 달러에 대한 자국의 통화를 평가하기로 약정하였다. 이것이 필요하게 된 것은 미국이 1971년 8월에 달러의 금본위배경을 제거하였기 때문이다.

변동환율제도가 합의된 곳

smokestack industries (전자공업 등에 대해서) 중공업, 굴뚝산업 ¶ *Smokestack industries* are basic manufacturing industries, such as auto, chemicals, steel, paper, and rubber, which typically have smokestacks on their plants. The fate of these industries, when viewed by Wall Street analysts, is closely tied to the ups and downs of the economy – they are therefore called cyclical stocks. Many *smokestack industries* are located in what is known as the rust bell. 굴뚝산업은 자동차, 화학, 철강, 제지, 고무와 같은 공장에 많은 굴뚝이 있는 기초적 제조업이다. 월스트리트(Wall Street)의 애널리스트는 굴뚝산업의 동향을 경기의 변동과 밀접하게 결부하여 생각하고 있다. 그 때문에 경기순환(cyclical)주라고 한다. 많은 굴뚝산업은 녹지대(rust belt)라고 하는 지역에 있다.

smoothing [영속] 스무딩 ¶ The *smoothing* is the process of manipulating financial statements in order to create a more appealing, less volatile, picture of earnings. Though such smoothing is contrary to accounting principles that mandates a true and fair evaluation of the financial position, it can be difficult to detect and prevent in all cases. 스무딩은 더 매력적이고 변동적이지 않은 수익(收益)의 개요를 만들어내기 위하여 재무제표를 조작하는 과정을 말한다. 그러한 스무딩은 재무포지션의 진실되고 공정한 평가를 요구하는 회계원칙에는 위반하더라도, 모든 경우에서 찾아내고 방지하는 일은 어려울 수 있다. /*smoothing* operation [intervention] (환율이 상하로 심하게 변동하는 것을 방지하기 위한) 중앙은행의 시장개입

smurfing [영속] 스머핑 ¶ The *smurfing* is a process in money laundering where a large sum of money is divided into many small transactions in order to integrate it into the financial system without detection by the authorities. 스머핑은 당국에 의한 탐색이 없는 금융제도로 완성하기 위하여 큰 금액의 돈을 수많은 소액거래로 분산하는 돈 세탁의 과정을 말한다.

SNF (ISO) code Senegal – currency CFA franc. ¶ SNF (국제표준기구) 약호 세네

갈 — 화폐 CFA(아프리카경제공동체)의 프랑(franc).

snake 공동변동환율제 ¶ The *snake* is an exchange rate system in the Western European countries, adopted in 1972 as a more flexible form of fixed exchange rates. The exchange rate of each country in the European Community was allowed to fluctuate up or down within certain upper or lower limits, called a currency band. See also European Monetary System. 공동변동환율제는 1972년에 채용된 고정환율제(fixed exchange rate)의 보다 변동양식인 서유럽 각국의 환율제도이다. 유럽공동체 각국의 환율은 일정한 최고상한 또는 최저하한 이내라는 통화변동폭(currency band)에서 상하로 변동하는 것이 허용되었다. European Monetary System(유럽통화제도)를 참조할 것. /*snake* system 공동변동환율제

snap lock 찰깍하고 채워지는 걸쇠(a spring lock)(문이 닫히면 저절로 걸림)

snowballing 눈덩이가 불어나는 식 ¶ The *snowballing* is a process by which the activation of stop orders in a declining or advancing market causes further downward or upward pressure on prices, thus triggering more stop orders and more price pressure, and so on. 눈덩이가 불어나는 식은 하강시세 또는 상승시세의 가격지정주문(價格指定注文)(stop order)으로 주가에 하강 또는 상승압력이 가해지고, 다시 가격지정주문과 가격압력을 불러일으키는 과정을 말한다.

SNS → **S**ocial **N**etwork **S**ervice [약] 소셜네트워크 서비스 ¶ The *Social Network Service* is a service that the on-line users can exchange opinions together and connect their relationships between them, whose providers are representative of the domestic Cyworld, the Paperbook and the Twitt of U.S. 소셜네트워크 서비스란 온라인에서 이용자들이 서로 의견을 교환하고 관계를 맺을 수 있는 서비스이다. 국내의 싸이월드, 미국의 페이퍼북과 트윗 등이 대표적인 SNS 제공업체다.

S/O → **s**hipping **o**rder [약] 선적지시서 ¶ The *shipping order* (*S/O*) is instructions of shipper to carrier for forwarding of goods. See also delivery order. 선적지시서는 화주(荷主)가 운송인에게 하물의 발송을 하라는 지시를 말한다. delivery order(하물인도지시서)도 참조할 것.

soaring 급상승하는, 마구 치솟는 ¶ *soaring* market 폭등시황(市況)

social 사회의, 사교적인 ¶ *social* dumping 소셜덤핑(임금이나 노동조건을 부당하게 절하하여 코스트를 싸게 하고, 해외시장에서 값싸게 매매하는 행위) /*social* imbalance 사회적 불균형 /*social* insurance 사회보험 /*social* security 사회보장 ***social responsibility*** 사회적 책임 ¶ The *social responsibility* is a principle that businesses should actively contribute to the welfare of society and not only maximize profits. Most corporate annual reports will highlight what the company has done to further education, help minorities, give to the arts and social welfare agencies, and in general improve social conditions. The concept is also used by investors in picking or build weapons, and make beneficial products. See also socially conscious mutual fund. 사회적 책임이란 기업은 이익을 확대할 뿐만 아니라, 사회에 적극적으로 공헌하여야 한다고 하는 원칙을 말한다. 많은 기업이 교육조성, 소수계층(minorities)에의 지원, 예술이나 사회복지단체의 원조, 사회상황 전반의 개선의 실적을 연차보고서(annual report)에서 강조하고 있다. 또, 사회적 책임의 관점에서, 종업원에 대하여 공정한 기업, 오염을 일으키지 않는 기업, 병기를 제조하지 않는 기업, 사회에 도움이 되는 상품을 제조하는 기업을 투자대상으로 선택하는 투자자도 있다. socially conscious mutual fund(사회공헌형 뮤추얼펀드)도 참조할 것. ***Social Security*** 사회보장 ¶ The *Social Security* is benefits provided under the Social Security Act (1935), financed by Social Security tax authorized by the Federal Insurance Contributors Act (FICA), and administered by the Social Security Administration. Term usually refers to retirement income benefits, but other benefits include Social Security disability income insurance; Aid to Families with Dependent Children (AFDC); the Food Stamp program; Unemployment insurance; Medicare; Medicaid; Public Assistance for the Aged, Blind and Disabled; Veterans' Compensation and Pensions; Housing Subsidies and Public Housing; Nutritional Programs for Children; and Student Aid. 사회보장은 사회보장법(Social Security Act of 1935)에 의하여 지급되는 급여금으로, 미연방보험연금법(Federal Insurance Contributions Act: FICA)에서 정해진 사회보장세(social security tax)를 재원으로 하고, 사회보장청(Social Security Administration)에 의해서 관리된다. 퇴직급여금을 가리키는 경우가 많지만, 사회보장잘애소득보상보험(Social Security disability income insurance), 부양아동이 있는 가족에의 원조(Aid to Families with Dependent Children: AFDC), 식권표 프로그램(Food Stamp program), 실업보험(unemployment insurance), 메디케어(medicare)(노인의료보험제도), 메디케이드(medicaid)(의료부조제도), 고령자·맹인·장애자의 공적 지원, 퇴역군인보수·연금, 주택보조·공적주택공급, 자녀를 위한 영양계획, 장학금을 포함한다. ***Social Security disability income insurance*** 사회보장장애소득보상보험 ¶ The *Social Security disability income insurance* is an insurance financed by the Social Security tax that provides lost income to qualifying employees whose disabilities are expected to last at least one year. Benefits are payable until death. 사회보장장애소득보상보험은 사회보장세(Social Security tax)를 재원으로 하는 보험으로, 장애가 적어도 1년간 계속한다고 예상되는 적격종업원에게 일실(逸失)소득(lost income)을 지급한다. 급여금은 사망시까지 지급받을 수가 있다. ***Social Security number*** 사회보장번호 ¶ The *Social Security number* is an identifying number for individuals that is furnished by the Social Security Administration rather than the IRS. *Social Security numbers* are required for all individual taxpayers and dependents. It is the counterpart of the Employer Identification Number (EIN) that is used for non-individual entities such as businesses, trusts, and partnerships. 사회보장번호는 미국세입청(IRS)보다 오히려 사회보장청(Social Security Administration)에 의해서 도움을 받는 개인들을 위한 신원확인번호이다. 사회보장번호는 모든 개인납세자와 부양가족(dependent)에게 필요하다. 그것은 개인사업, 신탁 및 파트너십과 같은 비개인업체에게 사용되는 고용주신분확인번호(Employer Identification Number: EIN)의 대응물(counterpart)이다. ***Social Security tax*** 사회보장세 ¶ The *Social Security tax* is a federal tax created by the Social Security Act (1935) that is shared equally by employers and their employees, is levied on annual income up to a maximum level, and is invested in Social Security trust funds. Employees then qualify for retirement benefits based on years worked. amounts paid into the fund, and retirement age. 사회보장세는 고용자와 종업원이 절반씩 부담하고, 연간 소득을 기준으로 일정한 한도액까지 과세되며, 사회보장신탁기금에 적립되는 연방세로서, 사회보장법(1935년)에 의하여 신설되었다. 종업원은 근무연수, 납입금액, 퇴직연령을 기준으로 하여 퇴직연금의 자격을 얻는다.

socialism 사회주의 ¶ The *socialism* is a political-economic doctrine that, unlike capitalism, which is based on competition, seeks a cooperative society in which the means of production and distribution are owned by the government or collectively by the people. 사회주의는 자본주의가 경쟁을 기초로 하는 것과는 달리,

생산과 분배의 수단은 정부가 소유하든가, 또는 국민이 공유하는 협동적인 사회(cooperative society)를 지향하는 정치·경제적 교의(教義)를 말한다.

socialist *n.* 사회주의자
a. 사회주의의 ¶ *socialist* [socialistic] economy 사회주의경제 /*socialist* planned economy 사회주의계획경제

socialistic 사회주의의, 사회주의적인 ¶ His proposal is *socialistic* in tenor. 그의 제안은 요지가 사회주의적이다.

socially 사회적으로 ***socially conscious mutual fund*** 사회공헌형 뮤추얼펀드 ¶ The *socially conscious mutual fund* is a mutual fund that is managed for capital appreciation while at the same time investing in securities of companies that do not conflict with certain social priorities. As a product of the social consciousness movements of the 60s and 70s, this type of mutual funds might not invest in companies that drives significant profits from defense contracts or whose activities cause environmental pollution, nor in the companies with significant interests in countries with repressive or racist governments. See also green investing. 사회공헌형 뮤추얼펀드는 값이 올라 이익을 얻는 것을 목적으로 운용하지만, 일정한 사회적 가치관에 반하지 않는 기업의 증권에만 투자하는 뮤추얼펀드(mutual fund)를 말한다. 60년대와 70년대의 사회운동에서 생겨난 사회공헌운동으로서, 이러한 뮤추얼펀드는 방위산업에서 커다란 이익을 올리는 기업, 환경을 오염시키는 기업, 억압적 또는 차별적인 정책을 취하는 국가와 관계가 깊은 기업에는 투자를 하지 않는다. green investing(그린투자)도 참조할 것. ~ ***responsible investment*** [영] 사회적 책임있는 투자 ¶ The *socially responsible investment* is a form of investment strategy that considers social or environmental issues (in addition to risk and return parameters) during the portfolio construction process. *Socially responsible investment* may be effected by specifically excluding certain types of corporate investments from a portfolio or by constructively engaging with corporate investment, via shareholder activism and management dialog, in the promotion of certain behaviors or actions perceived to be socially beneficial. Fiduciary duties may preclude the involvement of certain institutional investors in this sector, since this form of investment may not lead to a maximization of returns. In certain jurisdictions, legal restrictions may also place limits on the amount of *socially responsible investment* that can be undertaken. Also known as ethical investment. 사회적 책임있는 투자는 포트폴리오 구성과정 중에 (리스크와 수익률 변수(parameter) 이외에) 사회적 문제 혹은 환경문제를 고려하는 투자전략의 한 형태를 말한다. 사회적 책임있는 투자는 특히 포트폴리오에서 어떤 종류의 기업투자를 배제한다든지 혹은 사회적으로 유익하다고 생각하는 어떤 행동이나 조치를 추진하는 중에 주주의 행동주의(shareholder activism)와 경영진의 대화를 경유하여 효과적으로 기업투자(corporate investment)에 개입한다든지 함으로써 완수할 수 있을 것이다. 수탁자의 의무는 이 부분에서 어떤 기관투자자의 관련을 제외할 수 있다. 왜냐하면 이런 형태의 투자는 수익률의 극대화를 이끌 수 없는 까닭이다. 일부 관할구역(jurisdiction)에서는, 법적 제한으로 떠맡을 사회적 책임있는 투자에 한계를 가하기도 한다. 이는 ethical investment(윤리적 투자)로도 알려져 있다.

sociedad anonima (SA) [스페인] 주식회사 ¶ In Mexico, Portugal, and certain other countries *sociedad anonima* (*SA*) is a corporation that is publicly traded. In all countries minimum capital requirements must be met in order to qualify. 멕시코, 포르투갈 및 일부 다른 국가에서 소시에다드 아노니마(sociedad anonima)는 공개적으로 거래되는 주식회사(corporation)를 말한다. 모든 국가에서 최소자본요건은 법인격을 취득하는 데에 준수되어야 한다.

societa a responsabilita limitata (SrL) [이탈] 유한책임회사 ¶In Italy, *societa a responsabilita limitata* (*SrL*) is a limited liability company. 이탈리아에서, 소시에타 아 레스폰사빌리타 리미타타(societa a responsabilita limitata)는 유한책임회사(limited liability company)이다.

societa per azioni (SpA) [이탈] 소시에타 페르 아지오니 ¶In Italy, *societa per azioni* (*SpA*) is a limited share company. 이탈리아에서 소시에타 페르 아지오니는 유한주식회사(limited share company)이다.

societe anonyme (SA) [프] 주식회사 ¶In France, Belgium, Luxembourg, and certain other countries, *societe anonyme* (*SA*) is a corporation that is publicly traded. In all countries minimum capital requirements must be met in order to qualify. 프랑스, 벨기에, 룩셈부르크 및 일부 다른 국가에서 소시에트 아노님(societe anonyme)은 공개적으로 거래하는 주식회사를 말한다. 모든 국가에서 최소자본요건은 법인격을 취득하는 데 준수되어야 한다.

society 단체, 사회 ***Society Worldwide Interbank Financial Telecommunications (SWIFT)*** 국제은행간 통신협회 → SWIFT(국제은행간 통신협회). ¶The *Society Worldwide Interbank Financial Telecommunications* (*SWIFT*) is a nonprofit cooperative organization that facilitates the exchange of payment messages between financial institutions around the world. *SWIFT* was organized in 1973 by a group of European bankers who wanted a more efficient method than telegraph wire (telex) or mail to send payment instructions to correspondent banks. Among its voting members are U.S. money center and regional banks, and major banks in Europe, Latin American, Africa, Asia, and Australia. *SWIFT* began operations in 1977, providing the framework for an international communication system between financial institutions. Recent changes in *SWIFT* rules gave multinational cooperations and broker-dealer securities firms direct access (but nonvoting membership) to confirmations of foreign exchange and money market securities trades, and derivative securities transactions. In 2005, the *SWIFT* network boasted 76,00 member institutions operating in 200 countries. 국제은행간 통신협회는 세계의 금융기관간에 지급지시(payment message)의 교환을 용이하게 하는 비영리협력단체이다. SWIFT는 거래은행에 대해서 이체의뢰(payment instruction)를 발송하는 데에 전선(텔렉스)이나 메일보다 더 효율적인 방법을 원하던 유럽은행들의 그룹에서 1973년에 조직화된 것이다. 의결권있는 회원들 중에는 머니센터(money center)와 지방은행과, 유럽, 라틴아메리카, 아프리카, 아시아 및 오스트레일리아의 은행들이 있다. SWIFT는 1977년에 업무를 시작하면서, 금융기관간의 국제통신제도의 구조를 구축하였다. SWIFT 규칙의 최근의 변화는 다국적기업과 브로커-딜러 증권회사에 대해서 외국환의 확인과 금융시장의 증권거래, 및 파생상품거래에 직접접근을 허용하였다(단 의결권 없는 회원은 제외). 2005년에, SWIFT 네트워크는 200여국에서 영업하고 있는 7,600 회원기관을 거느리고 있었다.

socio- 사회의 ¶*socio*-economic policy 사회경제정책 /*socio*-economics 사회경제학

SOES → **s**mall **o**rder **e**ntry (or execution) **s**ystem [약] 소액주문처리시스템 ¶The *SOES* is an acronym for the computerized *small order entry* (*or execution*) *system* used by NASDAQ, in which orders for under 1000 shares bypass brokers and are aggregated and executed against available firm quotes by market makers on the NASDAQ system. See also order splitting. SOES(소액주문처리시스템)는 나스닥(NASDAQ)이 사용하는 Small Order Entry (또는 Execution) System의 두문자이다. 이는 1,000주 이상의 주문을 증권업자를 통하지 않고, 나스닥의 마켓메이커(market maker)에 의한 확정호가(firm quote)에 기초해서 처리한다. order splitting(주문분할)도 참조할 것.

soft 연약한, 지폐의, 연화(軟貨)의, 금으로 태환되지 않는 ***soft call protection*** [영] 소프트콜 프로텍션 ¶ The *soft call protection* is a call protection provision in an indenture that prevents the issuer from calling and redeeming an outstanding security unless a certain price has been reached (for a standard bond) or the stock price exceeds the conversion price by a defined percentage (for a convertible bond). See also hard call protection; noncallable bond. 소프트콜 프로텍션은 (표준채권을 위한) 일정한 가격이 이르지 못하거나 주가가 (전환사채를 위한) 일정한 비율로 전환가격을 초과하지 않는다면 발행자가 미지급증권을 상환청구와 상환을 하지 못하게 하는 신탁증서(indenture)상의 콜프로텍션조항을 말한다. hard call protection(하드콜 프로텍션); noncallable bond(조기상환불능 채권)도 참조할 것. ~ ***currency*** (강한 통화에 대하여) 연화(軟貨) ¶ The *soft currency* is national currencies in which exchange may be made only with difficulty. *Soft currency* countries typically have minimal exchange reserves and deficits in their balance of payments. 연화는 교환(交換)에 어려움이 있어야만 이루어질 수 있는 국가의 통화를 이른다. 연화의 국가들은 일반적으로 국제수지에서 최소한의 교환준비금과 적자를 가지고 있다. ~ ***dollars*** 소프트 달러 ¶ *Soft dollars* are means of paying brokerage firms for their services through commission revenue, rather than trough direct payments, known as hard-dollar fees. For example, a mutual fund may offer to pay for the research of a brokerage firm by executing trades generated by that research through that brokerage firm. The broker might agree to this arrangement if the fund manager promises to spend at least $100,000 in commissions with the broker that year. Otherwise, the fund would have to pay a hard-dollar fee of $50,000 for the research. Following the mutual fund scandals of the early 2000s, the investment company institute came out in favor of limiting soft dollars to proprietary research, and a number of large funds followed by curtailing soft money arrangements or eliminating them entirely. Compare with hard dollars. 증권회사(brokerage firm)로부터 받은 서비스에 대한 지급을 직접 현금으로 지급할 것을 하드 달러수수료(hard-dollar fee)라고 함에 대하여, 소프트 달러라 함은 증권거래를 행하고 그 거래수수료로 지급하는 방법을 말한다. 예를 들면, 뮤추얼펀드(mutual fund)가 증권회사로부터 조사정보를 얻은 경우, 그 조사정보 서비스료를 직접 현금으로 지급하는 것이 아니라, 그 조사정보를 바탕으로 하여 그 증권회사를 통하여 증권을 매매하는 것에서 정보료의 지급에 충당하는 것이다. 펀드매니저(fund manager)가 증권회사로부터 조사정보 서비스를 얻기 위하여, 소프트 달러로서 연간 10만 달러 이상의 거래수수료를 지급한다고 약속하고, 증권회사의 동의를 얻는다. 동의를 얻지 않으면, 펀드매니저는 정보료로서 5만 달러의 하드 달러수수료를 직접 지급한다. 2000년대 초의 뮤추얼펀드를 둘러싼 불상사를 받아들이고, 투자회사협회(investment company institute)는 비공식의 조사정보(proprietary research)에 대하여 소프트 달러의 지급을 억제하는 것에 찬동하고, 그 결과 많은 펀드가 소프트 달러의 지급을 제한하거나 혹은 완전히 중단하게 되었다. ~ ***goods*** 비내구 소비재 ¶ *Soft goods* are consumer nondurable, such as textile. See also durable goods. 비내구 소비재는 섬유제품과 같은 비내구재를 말한다.

durable goods(내구재)도 참조할 것. ~ ***landing*** 연착륙 ¶The *soft landing* is a term used to describe a rate of growth sufficient to avoid recession but slow enough to prevent high inflation and interest rates. When the economy is growing very strongly, the Federal Reserve typically tries to engineer a *soft landing* by raising interest rates to head off inflation. If the economy threatens to fall into a recession, the Fed may lower rates to stimulating growth. See also goldilocks economy. 연착륙이란 경기후퇴에 빠지지 않고, 높은 인플레이션·고금리에도 연결되지 않는 낮은 수준의 성장률(growth rate)을 말한다. 고성장이 계속하면, 미연방준비제도이사회(Federal Reserve Board)는 인플레이션 예방을 위하여 금리를 인상하여 연착륙으로 유도하려고 한다. 연방준비제도이사회는 경기후퇴에 빠질 것 같으면, 금리를 인하하여 경기를 인위적으로 저지할 수 있다. goldilocks economy(골디락스 이코노미)도 참조할 것. ~ ***loan*** (장기·저리의) 완만한 대출조건의 융자, 연화차관 ¶Commonly, a *soft loan* is a loan from a government or multilateral development bank with a long repayment period and below-market interest. 일반적으로 완만한 대출조건의 융자는 장기의 상환기간과 시장금리보다 낮은 금리의 정부나 다국적 개발은행차관을 말한다. ~ ***market*** 연조(軟調)시장 ¶The *soft market* is a market characterized by an excess of supply over demand. A *soft market* to securities is marked by inactive trading, wide bid-offer spread, and pronounced price drops in response to minimal selling pressure. Also called buyer's market. 연조(軟調)시장은 공급이 수요를 상회하고 있는 상태의 시장을 말한다. 증권의 경우는, 거래가 활발치 못하여 매매가의 폭이 확대하고, 근소한 매도압력으로 가격이 현저히 하락하는 상태를 말한다. buyer's market(매수인시장)도 참조할 것. ~ ***patch*** 소프트패치 ¶At the end of the year 2002, Allan Greenspan, the pre-chairman of the Federal Reserve Board, made the newly-coined word "*soft patch*", meaning that the economy then was not so dangerous as it was fallen in large patch and the word had been widely used. It denotes that recession is not double-deep, minus growth, but it does not bring alive. maintaining the plus growth. 2002년 말 앨런 그린스펀(Greenspan) 전 미연방준비위원회 의장이 당시 경제가 라지패치(large patch)에 빠질 정도로 위험하지는 않다는 의미에서 '소프트패치'라는 신조어를 만들면서 널리 쓰이게 되었다. 경기 후퇴가 마이너스 성장인 더블딥 정도는 아니지만, 플러스 성장을 유지하면서도 시원시원하게 살아나지 않는 모습을 가리킨다. ~ ***spot*** 저미(低迷)한 주식 ¶*Soft spot* is weakness in selected stocks or stock groups in the face of a generally strong and advancing market. 저미(低迷)한 주식은 전반적으로 시세가 견조(堅調)하여 상승기조 속에서 일부의 주식(stock) 혹은 주식군(群)이 저미(低迷, weakness)한 경우이다.

soften 부드럽게[연하게] 하다 ¶Iron *softens* with heat. 쇠는 가열로 연해진다. /*softening* 연화(軟化)

softs 열대원산의 상품 ¶The *softs* are a term used to refer to tropical commodities – coffee, sugar, and cocoa – but in a broader sense could include grans, oilseeds, cotton, and orange juice. Metals, financial futures, and livestock generally are excluded from this category. 열대원산의 상품은 커피, 설탕, 코코아 등 열대원산의 상품을 가리키는 용어이다. 넓은 뜻으로는, 곡물, 지방종자(脂肪種子), 면(綿), 오렌지과즙도 포함한다. 보통은 금속, 금융선물, 가축은 이 범주(範疇)에서 제외된다.

software (*col.*) [컴] 소프트웨어(시스템이나 서비스의 통칭) ¶In a computer system, the *software* is a set of programs that tell the computer what to do. By contrast, the hardware is the actual physical machines that make up a computer system. 컴퓨터 시스템에서, 소프트웨어는 컴퓨터에 대해서 무엇을 하라고 명령하는 일단의 프로그램을 말한다. 대조하건대, 하드웨어는 컴퓨터 시스템을 구성하는 실제물체인 기계이다.

sole 단독의, 단일의 ¶ *sole* bill 단독 환어음 (*cf.*) a set bill 1조(組) 어음 /a *sole* proprietor 개인사업자 ***sole [individual] proprietorship*** [영] 개인기업, 개인상인 ¶ The *sole proprietorship* is a form of business organization that features a single owner, who bears unlimited personal liability with regard to incurred debts and the actions of employee. A *sole proprietorship* does not exist as a separate tax-paying entity, meaning all income generated by the operations is incorporated in the owner's personal tax returns. See also general partnership; limited partnership; limited liability partnership. sole proprietorship(개인기업)은 기발생채무와 피용자의 행위에 관한 인적 무한책임을 부담하는 단독소유자를 특징으로 하는 사업체의 일종이다. 개인기업은 개별납세주체로 존재하지 않는다, 그 의미는 영업에서 생긴 모든 수입은 소유자의 개인납세신고에 합계된다는 뜻이다. general partner(제너럴파트너); limited partnership(리미티드 파트너십); limited liability (유한책임)도 참조할 것.

sold sell(팔다)의 과거 · 과거분사형 ¶ *sold* bill 할인된 어음 /*sold* for account 외상판매 /a *sold* ledger 매상(賣上)원장 /*sold* on credit 외상매매 ***sold-out market*** 품귀(品貴)시장 ¶ The *sold-out market* is a commodities market term meaning that futures contracts in a particular commodity or maturity range are largely unavailable because of contract liquidations and limited offerings. 품귀시장은 계약이 청산된다든지, 공급이 한정되고 있다든지, 어느 상품이나 어느 기일의 선물이 거의 입수되지 않는 것을 나타내는 상품시장용어이다.

solicitation 간원(懇願), 권유 ¶ This testimonial is written by me without *solicitation.* 이 증명서[추천서]는 (의뢰에 의한 것이 아니라) 자기 스스로 자진해서 쓴 것이다.

solicitor [미] 권유원(勸誘員), [영] 사무변호사 (*cf.*) barrister 법정변호사

solidarity 연대책임 ¶ human *solidarity* 인류의 연대 /a sense of social *solidarity* 사회적 연대감

solidary 공동의, 연대[책임]의 ¶ *solidary* guarantee 연대보증

solvency 지급능력, 변제능력 ¶ *solvency* ratio 지급능력비율(총자본에 차지하는 부채의 비율) ¶ *Solvency* is state of being able to meet maturing obligations as they come due. See also insolvency. 지급능력이란 만기가 온 채무를 변제할 능력이 있는 상태이다. insolvency(지급불능)도 참조할 것.

solvent 지급능력이 있는 (*cf.*) insolvent 지급불능의 ¶ The word *solvent* means able to meet debts or discharge liabilities. Compare insolvent. It also describes the situation of having assets in excess of liabilities. 지급능력이 있다는 말은 금전채무나 면책채무를 결제할 수 있는 것을 의미한다. insolvent(지급불능의)와 비교할 것. 그것은 또한 채무이상의 자산을 가지는 상태를 표현하기도 한다.

som 솜 ¶ The standard currency unit of Kyrgyzstan. 키르기스스탄의 기준화폐단위.

Somali Republic currency 소말리아 공화국 화폐 ¶ Somali shilling (SOS), divided into 100 cents. 1 실링(shilling) = 100 센트(cents).

SONIA → **S**terling **O**vernight **I**ndex **A**verage [약] 영파운드 오버나잇 인덱스에버

리지

sophisticated (기계・기술이) 정교한, 고성능의 ¶ *sophisticated* product 고(高)가공제품

sort ⓝ 분류, 종류
ⓥ 구분[정리]하다 ¶ To *sort* is to arrange a group of items in numerical or alphabetical order. Many computer operating systems include built-in sorting programs. 구분하다는 것은 숫자의 순서 또는 알파벳 순서로 일단의 항목을 정리하는 것이다. 많은 컴퓨터의 운영시스템은 장치된 구분프로그램을 포함한다.

SOS (ISO) code Somali Republic – currency Somali shilling. ¶ SOS (국제표준기구) 약호 소말리아 공화국 — 화폐 소말리아의 실링(shilling).

soum 소움 ¶ The standard currency unit of Uzbekistan. 우즈베키스탄의 기준화폐 단위.

sound 건전한, 자산이 있는 ¶ a *sound* bank 건전한 은행 /*sound* banking 사운드뱅킹(은행경영의 건전성 또는 안전성중시의 이념) /*sound* bill 확실어음, 일류어음 /*sound* business 우량기업 /*sound* finance 건전재정 /*sound* investment 안전투자

sour bond 불이행채권(債券) ¶ The *sour bond* is a bond in default on its interest or principal payments. The issue will typically trade at a deep discount and have a low credit rating. Traders say that the bond has "gone sour" when it defaults. 불이행채권(債券)은 금리와 원금의 상환이 불이행(default)하게 된 채권을 말한다. 통상, 대폭적인 할인(discount)으로 거래되고, 신용등급(credit rating)이 인하된다. 이와 같은 불이행채권에 관하여 트레이더들은 「사정이 마땅치 않게 되었다」(went sour)는 말을 한다.

source 원천(源泉), 원인, 출소(出所) ¶ *source* document 원시자료 /the *source* of fund [funding] 자금원(資金源) /the *source* of revenue 수익원천 /taxed at *source* 원천에서 과세(課稅)되다 ***sources and applications (or uses) of funds statement*** 자금운용표 ¶ The *sources and applications (or uses) of funds statement* is a financial statement section that analyzed changes affecting working capital (or, optionally, cash) and that appeared as part of the annual reports of the publicly held companies prior to 1988. In that year, the Financial Accounting Standard Board (FASB) supplanted this statement with the statement of cash flows, which analyzes all changes affecting cash in the categories of operations, investment, and financing. 자금운용표는 운전자본(working capital)(또는 선택적으로 현금)에 영향을 주는 변화를 분석하고, 1988년 이전의 공개기업의 연차보고서에 포함되고 있던 재무제표상의 부분을 말한다. 동년에, 재무회계기준심의회(Financial Accounting Standard Board: FASB)는 이에 갈음하여 캐시플로계산서(statement of cash flows)를 도입하였다. 캐시플로계산서는 영업활동, 투자, 자금조달의 각 분야의 현금에 영향을 주는 변화를 분석한 것이다.

South Africa currency 남아프리카 화폐 ¶ rand (ZAR), divided into 100 cents. 1랜드(rands) = 100센트(cents).

sovereign ⓝ 군주, 독립국
ⓐ 주권을 가지는, 독립의 ¶ *sovereign* borrower 차입자의 국가기관(국가가 최종적인 차입인이 되는 론의 차입자) ***sovereign debt*** 국가채무 ¶ *Sovereign debt* is any debt obligation of, or guaranteed by, an autonomous government and therefore subject to sovereign risk. 국가채무는 자치능력을 갖춘 정부 자신의 채무, 혹은 정부보증채무이고, 따라서 신용 리스크로서는 국가 리스크(sovereign risk)가

된다. ~ ***loan*** 국가가 책임지는 론, 소버린 론 ¶ The *sovereign loan* is a loan, the final risk of which is subject to an autonomous government. 국가가 책임지는 론(loan)은 최종적인 여신 리스크가 국가에 귀속한다고 볼 수 있는 론이다. ~ ***risk*** 국가 리스크, 소버린 리스크(국가가 최종적인 채무를 부담하는 론에 있어서의 리스크) ¶ *Sovereign risk* is risk that a foreign government will default on its loan or fail to honor other business commitments because of a change in national policy. A country asserting its prerogatives as an independent nation might prevent the repatriation of a company or country's funds through limits on the flow of capital, tax impediments, or the nationalization of property. *Sovereign risk* became a factor in the growth of international debt that followed the oil price increases of the 1970s. Several developing countries that borrowed heavily from Western banks to finance trade deficits had difficulty later keeping to repayment schedules. Banks had to reschedule loans to such countries as Mexico and Argentina to keep them from defaulting. These loans ran further risk of renunciation by political leaders, which also would have affected loans to private companies that had been guaranteed by previous governments. Beginning in the 1970s, banks and other multinational corporations developed sophisticated analytical tools to measure *sovereign risk* before committing to lend, invest, or begin operations in a given foreign country. Throughout period of worldwide economic volatility, the United States has been able to attract foreign investment because of its perceived lack of *sovereign risk*. Also called country risk or political risk. 국가 리스크는 국가정책의 변화 때문에, 외국정부가 융자를 상환하지 않는다든지, 사업계약을 준수하지 않는다든지 하는 리스크를 말한다. 국가가 독립국가의 권리를 주장하고, 자본이동의 제한, 조세규제, 자산국유화에 의하여 기업이나 국가의 자금의 본국송금(repatriation)을 방해하는 경우도 있다. 소버린 리스크는 1970년대의 원유가격인상 후에 대외채무가 증가하는 동안에 문제가 되었다. 서구(西歐)의 은행으로부터 거액의 차입으로 무역적자를 메우고 있던 일부의 발전도상국은 상환기일을 준수하는 것이 곤란하게 되었다. 은행은 채무불이행(default)을 피하기 위하여 멕시코나 아르헨티나와 같은 국가의 상환을 연기하지 않을 수가 없었다. 이러한 융자는 채무국정부에 의한 채무포기의 리스크를 거듭 부담하고, 또 구정권의 보증을 받고 있던 민간기업이 책임지는 융자에도 영향이 나타났다. 은행이나 다국적 기업은 1970년대 이후, 외국에서의 융자, 투자, 사업개시를 결정하기 전에 소버린 리스크를 특정하는 고도의 분석수법을 개발하고 있다. 소버린 리스크가 없다고 간주되고 있던 미국은 세계경제가 불안정한 시기를 통해서, 외자를 끌어들이고 있다. 컨트리 리스크(country risk), 정치 리스크(political risk)라고도 한다. ~ ***wealth funds*** 국부(國富)펀드 ¶ *Sovereign wealth funds* are government-owned pools of investment funds in the currency of another sovereign entity. They are funded by foreign currency reserves – the currency that is accumulated when the fund holder runs current account surpluses – but they are managed separately from official currency reserves. The funds are often invested in foreign companies. Recent examples: China's $3 billion investment in 2007 in the Blackstone private equity group and Dubai's $7.5 billion investment in Citigroup, also in 2007. See also committee on foreign investment. 국부(國富)펀드는 다른 주권국가의 통화에 투자펀드를 가지는 국가소유의 풀(pool)을 말한다. 그 풀은 외국통화준비금(foreign currency reserves) — 펀드보유자가 (국제수지의) 경상계좌 잉여금(current account surplus)을 운영할 때 축적되는 통화 — 에 의하여 자금공급을 받고 있지만, 공식적인 통화준비금으로부터 분리되어 관리되고 있다. 그 펀드는 외국회사에 투자되기도 한다. 최근의 실례로서는, 2007년에 중국의 자금 30억

달러가 블랙스톤 프라이빗 에퀴티그룹(Blackstone private equity group)에 투자된 경우와 같은 해에 두바이의 자금 75억 달러가 시티그룹(Citigroup)에 투자한 경우가 있다. Committee on Foreign Investment in the United States(미국외국투자위원회)도 참조할 것.

SPAC → **s**pecial **p**urpose **a**cquisition **c**ompany [약] 스팩 ¶ The *SPAC* is a paper company on the accounting book which effects its purpose of enterprise acquisition. It is a paper company which offers stocks for public subscription from an unspecific large number of people and is particularly listed under the condition of M&A that it merges unlisted good company. 스팩은 기업인수를 목적으로 하는 장부상의 회사(페이퍼컴퍼니)이다. 스팩은 불특정 다수투자자로부터 자금을 공모해 비상장 우량업체를 합병하는 방식의 인수합병(M&A)을 조건으로 특별 상장되는 명목상의 회사(paper company)이다. paper company(페이퍼컴퍼니)도 참조할 것.

space contract 선복(船腹)예약

spaghetti [딜링용어] 이탈리아 리라(Italian lira)

Spain currency 스페인 화폐 ¶ peseta (ESP); there is no subdivision. The 1999 legacy conversion rate was 166.386 to the euro. It has fully changed to the euro/cent from 2002. 페세타, 하부단위는 없다. 1999년 내려오는 전환금리는 1유로에 대한 166.386였다. 스페인 화폐는 2002년부터 유로/센트화로 완전히 변경하였다.

spare 여분의, 따로 남겨둔 ¶ *spare* capital 여유자본

spark spread [영] 스파크 스프레드 ¶ The *spark spread* is a spread in the energy market reflecting the price differential between natural gas and electricity; the spread can be traded through a single future or option contract on certain exchanges. A hedger or spaculator can buy the *spark spread* (e.g., purchase gas and sell electricity) to take advantage of positive margins in generation, and sell the spread (e.g., sell gas and purchase electricity) to profit from negative margins. See also crack spread. 스파크 스프레드는 천연가스와 전기간의 가격차를 나타내는 에너지시장에서의 스프레드를 말한다. 그 스프레드는 일정한 거래소에서 단일의 선물계약 또는 옵션계약을 통해서 거래될 수 있다. 헤저(hedger) 또는 투기자(speculator)는 생산중의 적극적 마진을 활용하기 위하여 스파크 스프레드(예컨대, 가스를 구매하고 전기를 매도한다.)를 매수하고 소극적 마진에서 이익을 내기 위하여 스프레드(예컨대, 가스를 매도하고 전기를 구매한다.)를 매도한다. crack spread(크랙 스프레드)도 참조할 것.

SPC → **s**pecial **p**urpose **c**ompany [약] 특수목적법인 ¶ The *special purpose company* (*SPC*) is a paper company only on the document, which has been established for the special purpose of asset backed securitization and then is dissolved automatically if the purpose is accomplished. It makes the best use of the developments other than asset backed securitization, which starts with the commencement of undertaking and automatically goes into liquidation if the developments are finished. From the legal and accounting standpoint, the *Special Purpose Company* is an independent identity of loan. 특수목적법인은 자산유동화 등 특정한 목적만을 위하여 설립하였다가 그 목적이 달성되면 자동적으로 해산하는 특수법인으로서 서류상으로만 존재하는 페이퍼컴퍼니이다. 특수목적법인은 자산유동화 외에 개발사업 등에도 널리 활용되는데, 사업의 시작과 함께 출범한 후 사업이 완료되면 자동적으로 해산되며, 법률적 · 회계상으로 독립된 차입의 주체가

된다.

SPDR → **S**tandard & **P**oor's **D**epositary **R**eceipt [약] 스탠더드앤드푸어스 예탁증서 ¶ *SPDR* is an acronym for Standard & Poor's Depositary Receipt, traded on the American Stock Exchange under the ticker symbol "SPY." Called spiders, they are securities that represent ownership in a long-term unit investment trust that holds a portfolio of common stocks designed to track the performance of the S&P 500 Index. A *SPDR* entitles a holder to receive proportionate quarterly cash distributions corresponding to the dividends that accrue to the S&P 500 stocks in the underlying portfolio, less trust expenses. Like a stock, *SPDRs* can be traded continuously throughout the trading day, or can be held for the long-term. In contrast, S&P 500 Index mutual funds are priced only once, at the end of each trading day. AMEX also trades MidCap SPDRs, which trade the S&P MidCap 400 index. See also diamonds; exchange traded funds (ETFs). SPDR은 아메리칸증권거래소에서 「SPY」의 표시기호로 거래되고 있는 Standard & Poor's Depositary Receipt(스탠더드앤드푸어스 예탁증서)의 두문자(頭文字)이다. 스파이더(spider)라고 하는 증권으로서, S&P 500종목 주가지수(S&P 500 INDEX)에 연동하는 것처럼 설정된 보통주의 포트폴리오(portfolio)인 장기단위형 투자신탁(long-term unit investment trust)의 지분을 나타낸다. SPDR의 보유자는 포트폴리오 중의 S&P 500종목 주가지수의 배당에 연동한 현금배당에서 트러스트의 경비를 공제한 액을 4반기마다 보유액에 응하여 받는다. 주식과 같이, 거래시간중에 관하여도 매매할 수 있고, 장기간의 보유도 가능하다. 이에 대하여, S&P 500종목 주가지수의 뮤추얼펀드(mutual fund)는 1일 1회, 거래시간의 최종에 한번만 시세가 선다. 아메리칸증권거래소에서는 S&P 미드캡(중형주, MidCap) 400종목 주가지수(S&P MidCap 400 Index)에 연동하는 뮤추얼펀드 SPDR도 거래되고 있다. diamonds(다이아몬즈); exchange traded funds (ETFs)(상장지수펀드)도 참조할 것.

special ⓐ 특별한 ¶ *special* acceptance (어음의) 제한인수 /a *special* account 특별회계 /*special* bank 특수은행 /a *special* bid 매매의 상대방이 결정하고 있는 형식상 시장을 통하는 거래 /*special* corporation 특수법인 /*special* credit 어음매입은행지정신용장(restricted credit) /*special* crossed check 특정횡선수표 /*special* deposit 별단예금 /*special* deposit account 종합계좌 /*special* dividend 특별배당 /*special* endorsement 지시식 배서, 기명배서 /*special* loan 특별기준융자 /*special* note 기명식 약속어음 /*special* partner 특별사원, 유한책임사원(limited partner) (*cf.*) general partner 무한책임사원 /*special* reserve 별도적립금, 특별적립금 ***special arbitrage account*** 특별차익(特別差益)거래계좌 ¶ The *special arbitrage account* is a special margin account with a broker reserved for transactions in which the customer's risk is hedged by an offsetting security transaction or position. The margin requirement on such a transaction is substantially less than in the case of stocks bought on credit and subject to price decline. See also hedge/hedging. 특별차익(特別差益)거래계좌는 고객의 리스크가 반대증권거래나 포지션(position)에서 헤지(hedge)되고 있는 차익거래가 증권업자에게 개설되는 신용거래계좌(margin account)를 말한다. 이러한 거래는 가격하락의 영향을 받기 쉬운 주식의 신용매매보다도 대체로 저렴하다. ~ ***assessment bond*** 특별세수채(特別稅收債) ¶ The *special assessment bond* is a municipal bond that is repaid from taxes imposed on those who benefit directly from the neighborhood oriented public works project funded by the bond; also called special assessment limited liability bond. special district bond, special purpose bond, special tax bond. For example, if a bond finances the construction of a sewer system, the homeowners and businesses hooked up to the sewer system pay a special levy that goes to repay the bonds. The interest from *special assessment bonds* is tax free to resident bondholders. These are not normally general obligation bonds, and the full faith and credit of the municipality is not usually behind them. Where the full faith and credit does back such bonds, they are called general obligation *special assessment bonds*. 특별세수채(特別稅收債)는 지역의 공공사업의 자금조달에 사용되고, 그 사업의 은혜를 직접 받는 사람에의 과세로 상환하는 지방채(municipal bond)를 말한다. 이를 special assessment limited liability bond, special district bond, special purpose bond, special tax bond(특별세채권)이라고도 한다. 예를 들면, 특별세수채로 수도의 건설비를 조달하면, 하수도를 이용하는 주택소유자나 기업이 특별세를 지급하고, 그것을 채권의 지급에 충당한다. 그 주의 거주자(resident)가 특별세수체를 보유하는 경우는 채권의 이자가 면세된다. 통상은 일반재원채(一般財源債)(general obligation bond)가 아니라, 지방자치단체의 충분한 신뢰와 신용(full faith and credit)은 없다. 충분한 신뢰와 신용이 있는 경우에는, 일반재원특별세수채(general obligation special assessment bonds)라고 한다. ~ ***bid*** 특별매수(特別買收) ¶ The *special bid* is a infrequently used method of purchasing a large block of stock on the New York Stock Exchange whereby a member firm, acting as a broker, matches the buy order of one client, usually an institution, with sell orders solicited from a number of other customers. It is the reverse of an exchange distribution. The member broker makes a fixed price offer, which is announced in advance on the consolidated tape. The bid cannot be lower than the last sale or the current regular market bid. Sellers of the stock pay no commissions; the buying customer pays both the selling and buying commissions. The transaction is completed during regular trading hours. 특별매수는 뉴욕증권거래소에서 사용되는 그다지 일반적이지 않은 대형주식 구입방법으로, 회원회사(member firm)가 브로커(broker)가 되어 고객(통상은 기관투자자)의 매수주문을 다른 많은 고객으로부터 모집한 매도주문과 결부한다. 그것은 거래소 대량 분매(exchange distribution)의 반대이다. 회원브로커는 고정매수가격을 제시하고, 사전에 통합증권시세표시테이프(consolidated tape)에서 통지한다. 직전의 거래가격이나 그 때의 실세매수호가(current market bid)를 하회하는 가격설정은 불가능하다. 매수인이 매도와 매수 양쪽의 수수료를 부담한다. 거래는 통상의 거래시간 내에 행해진다. ~ ***bond account*** 특별채권계정 ¶ The *special bond account* is a special margin account with a broker that is reserved for transactions in U.S. government bonds, municipals, and eligible listed and unlisted nonconvertible corporate bonds. The restrictions under which brokers may extend credit with margin securities of these types are generally more liberal than in the case of stocks. 특별채권계좌는 미정부채, 지방채, 상장·비상장의 적격보통사채(eligible listed and unlisted corporate bond)의 거래용으로 증권업자간에 개설하는 특별한 신용거래계좌(margin account)이다. 이러한 증권의 신용거래에서 적용되는 신용공여규칙은 일반적으로 주식의 경우보다 완화된다. ~ ***cash account*** 특별현금계좌 ¶ The *special cash account* is the same as cash account. 특별현금계좌는 현금계좌(cash account)와 같은 종류이다. ~ ***district bond*** 특별세수채권(特別稅收債券) → special assessment bond [특별세수채(特別稅收債)]. ~ ***dividend*** 특별배당 → special assessment bond [특별세수채(特別稅收債)]. ~ ***drawing rights (SDR)*** IMF의 특별인출권 ¶ The *special drawing rights* (*SDR*) are a measure of a nation's reserve assets in the international monetary system; known informally as "paper gold." First issued by the International Monetary Fund (IMF) in 1970,

SDRs are designed to supplement the reserves of gold and convertible currencies (or hard currencies) used to maintain stability in the foreign exchange market. For example, if the U.S. Treasury sees that the British pound's value has fallen precipitously in relation to the dollar, it can use its store of *SDRs* to buy excess pounds on the foreign exchange market, thereby raising the value of the remaining supply of pounds. The IMF allocates to each of its more than 140 member countries an amount of *SDRs* proportional to its predetermined quota in the fund, which in turn is based on its gross national product (GNP). Each member agrees to back its *SDRs* with the full faith and credit of its government, and to accept them in exchange for gold or convertible currencies. IMF의 특별인출권은 국제통화제도에 있어서 국가의 준비자산의 자산으로, 통칭 「페이퍼골드」(paper gold)로 알려져 있다. 1970년에 처음으로 국제통화기금(International Monetary Fund: IMF)에 의해 발행되었으므로, 외환시장의 안정의 유지에 사용되는 금(金)이나 교환가능한 통화(硬貨) 등의 준비자산의 보완을 목적으로 하고 있다. 예를 들면, 미국 재무부가 영국의 파운드화(貨)가 대 달러에서 급락하고 있다고 판단한다면, SDR을 인출하여 외환시장에서 파운드화를 매입하여 파운드화의 가치를 인상할 수 있다. IMF는 140여국 이상의 가맹국에 대해서 기정의 IMF출자할당액에 비례하여 SDR을 할당한다. IMF출자할당액은 국민총생산(gross national product: GNP)을 기준으로 하고 있다. 각 가맹국은 자국의 SDR를 자국정부의 충분한 신뢰와 신용(full faith and credit)으로 뒷받침되어 금이나 교환 가능한 통화와 상환하여 수입(受入)한다. ~ ***Lombard rate*** 특별롬바드이율 ¶ The *special Lombard rate* is the interest rate charged by the German Bundesbank when lending against the Lombard rate is suspended. 특별롬바드이율은 롬바드이율에 의한 대출이 중지되는 경우 독일연방은행이 부과하는 금리를 말한다. ~ ***miscellaneous account*** **(*SMA*)** 신용거래특별각서계좌 ¶ The *special miscellaneous account* (*SMA*) is a memorandum account of the funds in excess of the margin requirement. Such excess funds may arise from the proceeds of sales, appreciation of market values, dividends, or cash or securities put up in response to a margin call. An *SMA* is not under the jurisdiction of Regulation T of the Federal Reserve Board, as is the initial margin requirement, but this does not mean the customer is free to withdraw balances from it. The account is maintained essentially so that the broker can gauge how far the customer might be from a margin call. Any withdrawals require the broker's permission. 신용거래특별각서계좌는 증거금률(margin requirement)을 초과한 자금의 비망계정(memorandum account)이다. 증거금률을 상회하는 자금은 매각대금, 시가평가익, 수취배당, 추가증거금청구(margin call)에 대하여 차입한 현금이나 증권에서 발생한다. 신용거래특별각서계좌는 개시증거금(initial margin)률과 다른 미연방준비제도이사회(Federal Reserve Board)의 레귤레이션 T(Regulation T)의 대상이 되지 않지만, 이것이 고객은 자유로이 인출한다는 것을 의미하지 않는다. 고객은 추가증거금청구까지 어느 정도의 여유가 있는가를 브로커(broker)가 판단하지 때문에, 기본적으로는 그대로 둔다. 인출하는 경우는 브로커의 승낙을 요한다. ~ ***offering*** (입회시간내에 가격을 정하여 행하는) 특별대량매출 ¶ The *special offering* is a method of selling a large block of stock that is similar to a secondary distribution but is limited to New York Stock Exchange members and takes place during normal trading hours. The selling member announces the impending sale on the consolidated tape. indicating a fixed price. which is usually based on the last transaction price in the regular market. All costs and commissions are borne by the seller. The buyers are member firms that may be buying for customer account or for their own inventory. Such offerings must have approval from the Securities and Exchange Commission. 특별대량매출은 매출(secondary distribution)과 마찬가지로, 대량의 주식을 판매하는 방법이다. 뉴욕증권거래소(New York Stock Exchange)의 회원간에서만, 통상의 거래시간 내에 행해진다. 매도인의 회원은 통합주식표시테이프(consolidated tape)에서 매출을 예고하고, 보통은 일반시장에서의 직전의 거래가격에 기인하여 고정가격을 제시한다. 비용과 수수료는 모두 매도인이 부담한다. 매수인은 회원회사(member firm)이고, 고객계정에서, 또는 자기의 재고에서 매입한다. 특별매출은 증권거래위원회(Securities and Exchange Commission)의 승인을 얻을 필요가 있다. ~ ***purpose entity* (*SPE*)** 특별목적사업체 ¶ The *special purpose entity* (*SPE*) is: (1) also known as special purpose vehicles, or variable interest entities. *SPE's* are finite life entities created by corporation, usually as subsidiaries but sometimes as partnerships, trusts, or other forms of unincorporated structures, for a single, well-defined, and narrow-purpose, such as those (sometimes also called derivative products companies) established to issue income preferred securities. *SPEs* got a bad name when they were used by Euron to conduct illegal off-balance-sheet financing activities. *SPEs* are subject to complicated accounting rules designed to assure that if any risks taken by *SPEs* expose the parent company, financial disclosure must be made on a consolidated basis. (2) structures, also called bankruptcy remote vehicles, devised by attorneys and investment bankers to circumvent the bankruptcy laws. 특별목적사업체는: (1) special purpose vehicles, 또는 variable interest entities로도 알려져 있다. SPE는 기업에 따라, 그 자회사(subsidiary), 혹은 법인격 없는 파트너십(partnership)이나 신탁(trust)의 조직으로 만들어진다. 사업목적은 예를 들면, 정기수입우선증권(income preferred securities)의 발행만을 목적으로 하는 것처럼, 단일 명쾌하게, 또 좁은 활동목적으로 하고 있다(이 경우에서는 derivative products companies라고도 한다.). 특별목적사업체는 엔론(Enron)이 SPE를 부외(簿外)자금조달(off-balance-sheet financing)활동에 이용한 것에서, SPE는 나쁜 평가를 받게 되었다. SPE가 부담하는 리스크(risk)가 모회사에 미치는 경우에는, 연결재무제표(consolidated financial statement)에 그 뜻의 개시(disclosure)를 구하도록 의도된 복잡한 회계원칙에 따라야 한다. (2) 파산법(bankruptcy laws)을 교묘하게 회피하기 위하여 또 변호사와 투자은행이 고안해 낸 bankruptcy remote vehicle(파산원격매체)이라고도 불리는 구성체이다. ~ ***purpose vehicle* (*SPV*)** 특별목적법인 ¶ The *special purpose vehicle* (*SPV*) is a legal entity established for the sake of a single transaction, for example in the credit enhancement of a securitization. 특별목적법인은 예를 들면, 증권화(securitization)의 신용증진에 있어서 개개의 거래를 위하여 설치된 법인체(legal entity)를 말한다. ~ ***risk insurance*** [영] 특별위험보험 ¶ The *special risk insurance* is a customized insurance coverage that is unique and situation-specific, and which cannot be priced through standard actuarial techniques or managed via risk pooling. The insurer underwriting the special risk policy generally attempts to price the exposure as conservatively as possible and limit the amount underwritten. Also known specific insurance. See also pup company. 특별위험보험은 독특하고 환경에 특별한 고객용 보험보장으로, 표준보험수리상의 기법을 통해서 계산될 수 없거나 위험풀링을 경유하여 관리될 수 없는 보험을 말한다. 특별위험보험증권을 인수하는 보험회사는 일반적으로 가능한 한 조심스럽게 위험노출을 평가하려고 하고 인수금액을 제한한다. specific insurance(특수보험)으로도 알려져 있다. pup company(퍼프 컴퍼니)도 참조할 것. ~ ***situation*** 특별한 사정이 있는 주식 ¶ The *special situation* is: (1) an undervalued stock that should soon rise in value because of an imminent favorable turn of events. A *special situation* stock may be about to introduce a revolutionary new product or be undergoing a needed management change. Many securities analysts concentrate on looking for and analyzing *special situation* stocks. (2) a stock that fluctuates widely in daily trading, often influencing market averages, because of a particular news development, such as the announcement of a takeover bid. 특별한 사정이 있는 주식은: (1) 호재료에 의하여 바로 가격이 상승할 법한 값이 싼(undervalued) 주식을 말한다. 획기적인 신상품의 발매나 필요한 경영진의 교체기 진행하고 있는 기업의 주식이 특별한 사정이 있는 주식일 것이다. 많은 증권애널리스트들은 이러한 종목의 발굴과 분석에 힘을 쏟고 있다. (2) 주식공매매수(takeover bid)의 발표와 같은 구체적인 재료의 전개로 가격이 매일 크게 변동하는 종목을 말한다. 이러한 주식은 시장평균주가에 영향을 주는 일이 많다. ~ ***tax bond*** 특별목적세채권 ¶ The *special tax bond* is: (1) a municipal revenue bond that will be repaid through excise taxes on such purchases as gasoline, tobacco, and liquor. The bond is not backed by the ordinary taxing power of the municipality issuing it. The interest from these bonds is tax free to resident bondholders. (2) a special assesment bond. 특별목적세채권이란: (1) 개솔린, 연초, 및 주류와 같은 소비세를 재원(財源)으로 하는 지방특정재원채(municipal revenue bond)이다. 그 채권은 발행단체인 지방자치단체의 통상의 징세권에 의해서 뒷받침되지 않는다. 거주가가 보유하는 경우, 이자는 과세되지 않는다(tax-exempt). (2) 특별세수채(特別稅收債, special assessment bond)이다. *n.* 특별제공품, 특별담보 ¶ *Special* is collateral in the repurchase agreement market that is in tight supply, and which therefore allows a repurchase agreement borrower to obtain a lower borrowing rate. See also general collateral. [영속] 특별담보는 품귀한 공급상태에 있고, 따라서 환매조건부 차입자가 낮은 조달금리(borrowing rate)를 얻는 것을 허용하는 환매조건부거래(repurchase agreement) 시장의 담보를 말한다. general collateral(일반담보)를 참조할 것.

specialist [증권] 전문업자, 스페셜리스트 ¶ The *specialist* is a member of a stock exchange who maintains a fair and orderly market in one or more securities. A *specialist* or *specialist* unit performs two main functions: executing limit orders on behalf of other exchange members for a portion of the floor broker's commission, and buying or selling – sometimes selling short – for the *specialist's* own account to counteract temporary imbalances in supply and demand and thus prevent wide swings in stock prices. The *specialist* is prohibited by exchange rules from buying for his own account when there is an unexecuted order for the same security at the same price in the *specialist's* book, the record kept of limit orders in each price category in the sequence in which they are received. *Specialists* must meet strict minimum capital requirements before receiving formal approval by the New York Stock Exchange. See also negative obligations; specialist block purchase and sale; specialist's short sale ratio. 스페셜리스트는 하나 이상의 주식에서 공정하고 질서 있는 시장을 유지하는 증권거래소(stock exchange)의 회원이다. 스페셜리스트 또는 스페셜리스트 유닛(specialist unit)은 2개의 기능을 수행한다. 다른 거래소회원을 대리하여 입회장 브로커(floor broker)의 수수료의 일부를 받고 지정가주문(limit order)을 실행하는 것과, 자기계좌에서 매매하고 — 공매도(selling short) 경우도 있다 — 수급의 일시적인 불균형을 흡수하여 주가의 커다날 변동을 방지하는 것이다. 스페셜리스트는 자기의 주문장(specialist's book, 지정가주문을 가격대마다 접수순으로 기록한 것)에 미집행의 주문이 있는 경우에는, 같은 가격으로 같은 종목을 자기

계좌에서 매매하는 것은 거래소규칙에 금지되고 있다. 스페셜리스트는 엄격한 최저자본요건을 충족하여 뉴욕증권거래소(New York Stock Exchange)의 허가를 받아야 한다. negative obligation(네거티브 오블리게이션); specialist block purchase and sale(스페셜리스트의 대형매매); specialist's short sale ratio(스페셜리스트의 공매(空賣)비율)도 참조할 것. ***specialist block purchase and sale*** 스페셜리스트의 대형매매 ¶ The *specialist block purchase and sale* is a transaction whereby a specialist on a stock exchange buys a large block of securities either to sell for his own account or to try and place with another block buyer and seller, such as a floor trader. Exchange rules require that such transaction be executed only when the securities cannot be absorbed in the regular market. See also not held. 스페셜리스트의 대형매매는 증권거래소의 스페셜리스트(specialist)가 증권을 대량으로 구입하여, 자기계좌로 매각한다든지, 입회장 트레이더(floor trader)와 같은 대형의 매수인(block buyer)과 매도인에게 끼워 넣으려고 하는 것이다. 이러한 거래는 증권이 일반시장에서는 소화(absorbed)할 수 없는 경우에만 실시되어야 한다고 증권거래소규칙은 정하고 있다. not held(재량권부 성립가(成立價) 주문)도 참조할 것. ***~'s book*** 스페셜리스트의 주문장(注文帳) ¶ The *specialist's book* is a record maintained by a specialist that includes the specialist's own inventory of securities, market orders to sell short, and limit orders and stop orders that other stock exchange members have placed with the specialist. The orders are listed in chronological sequence. For example, for a stock trading at 57 a broker might ask for 500 shares when the price falls to 55. If successful at placing the limit order, the specialist notifies the member broker who entered the request, and collects a commission. The specialist is prohibited from buying the stock for his own account at a price for which he has previously agreed to execute a limit order. 스페셜리스트의 주문장(注文帳)은 스페셜리스트가 자신의 증권재고나 거래소회원으로부터 위탁을 받은 공매(空賣)의 성립가(成立價)주문(market order), 지정가주문(limit order), 가격지정주문(stop order)을 기록한 것이다. 주문은 순서대로 기록된다. 예를 들면, 57달러로 거래되고 있는 주식이 55달러로 하락한 이후 500주 매수하려는 증권업자의 주문을 받았다고 하자. 이 지정가주문에서 매매가 성립하면, 스페셜리스트는 발주(發注)한 업자에게 통지하여 수수료(commission)를 받는다. 스페셜리스트가 지정가주문과 같은 가격으로 자기계좌에서 매매하는 것은 금지되고 있다. ***~'s short-sale ratio*** 스페셜리스트의 공매(空賣)비율 ¶ The *specialist's short-sale ratio* is a ratio of the amount of stock sold short by specialists on the floor of the New York Stock Exchange to total short sales. The ratio signals whether specialists are more or less bearish (expecting prices to decline) on the outlook for stock prices than other NYSE members and the public. Since specialists must constantly be selling stock short in order to provide for an orderly market in the stocks they trade, their short sales cannot be entirely regarded as an indication of how they perceive trends. Still, their overall short sales activity reflects knowledge, and technical analysts watch the *specialist's short-sale ratio* carefully for a clue to imminent upturns or downturns in stock prices. Traditionally, when the ratio rises above 60%, it is considered a bearish signal. A drop below 45% is seen as bullish and below 35% is considered extremely bullish. See also odd-lot short-sale ratio; selling short; specialist. 스페셜리스트의 공매(空賣)비율은 뉴욕증권거래소의 입회장(floor)의 스페셜리스트에 의한 주식의 공매(空賣)가 공매 전체에 차지하는 비율을 말한다. 그 비율은 거래소의 다른 회원이나 일반투자자와 비교하여 스페셜리스트의 주가전망이 약세(bear)(주가하락을 예상)인지 어떤지를 나타내는 것이다. 스페셜리스트는 자

신이 담당하는 주식의 시세의 질서를 유지하기 위하여 언제나 공매를 해서는 안되기 때문에, 공매 전부가 스페셜리스트의 입장을 나타내는 것은 아니다. 그러나, 전반적으로 스페셜리스트의 공매는 지식에 뒷받침되어 있고, 테크니컬 애널리스트는 당면의 주가동향을 예상하는 안내로서 스페셜리스트의 공매비율에 주목한다. 비율이 60%를 초과하면 약세의 신호라고 생각하고 있다. 45%보다 낮으면 강세이고, 35%를 하회하면 대단한 강세(bull)로 간주되고 있다. odd-lot short-sale ratio(단주공매(空賣)비율); selling short(공매); specialist(스페셜리스트)도 참조할 것. ~ ***unit*** 스페셜리스트 유닛 ¶ The *specialist unit* is a stock exchange specialist (individual, partnership, corporation, or group of two or three firms) authorized by an exchanges to deal as principal and agent for other brokers in maintaining a stable market in one or more particular stocks. A *specialist unit* on the new York Stock Exchange is required to have enough capital to buy at least 5000 shares of the common stock of a company it handles and 1000 shares of the company's convertible preferred stock. 스페셜리스트 유닛은 증권거래소의 인가를 받고 있는 거래소의 스페셜리스트(개인, 파트너십, 법인 또는 2~3 그룹의 형태가 있다.)로서, 본인(principal), 또는 다른 증권업자의 대리인(agent)으로서 매매하고, 담당종목의 시세의 안정을 유지한다. 뉴욕증권거래소의 스페셜리스트 유닛은 담당하는 회사의 보통주를 5,000주 이상과 전환우선주(convertible preferred stock)를 1,000주 이상을 구입할 수 있는 자본(capital)을 가져야 한다.

specialization 특화(特化)

specialized 특수한, 특정한 ¶ *specialized* financial institution 전문금융기관 ***specialized mutual fund*** 특정종목투자신탁(특정종목에의 투자에 한정한 투자신탁) ¶ The *specialized mutual fund* is a mutual fund concentrating on one industry. By so doing, shareholders have a pure play on the fortunes of that industry, for better or worse. Some of the many industries with *specialized mutual funds* include banking, biotechnology, chemicals, energy, environment service, natural resources, precious metals, technology, telecommunications, and utilities. These funds tend to be more volatile than funds holding a diversified portfolio of stocks in many industries. Also called sector funds or specialty funds. 특정종목투자신탁은 하나의 업계에 집중하고 있는 뮤추얼펀드(mutual fund)이다. 그렇게 함으로써, 주주들은 좋든 나쁘든, 한 업계의 성쇠에 특화(pure play)하여 투자한다. 특정종목투자신탁이 다수의 업계를 대상으로 포함하는 업종은 은행, 바이오테크놀로지, 화학, 에너지, 환경서비스, 천연자원, 귀금속, 바이테크, 통신, 공공사업이다. 이러한 투자신탁은 여러 가지의 업계의 주식에 분산투자(diversified investment or management)하기보다 변동성이 크기 쉬운 경향이 있다.

specially 특별히 ¶ a check crossed *specially* to X Bank X은행을 지정한 특정횡선수표

specialty; speciality [영] 전문, 특제품, [법] 날인담보증서

specie 정화(正貨), 정금(正金)(gold money) ¶ *Specie* is money with intrinsic value, such as gold and silver coins. 정화(正貨)는 금화와 은화와 같은 본질적인 가치가 있는 화폐이다. /*specie* point 현금수송점, 정화현송점(現送點) /a *specie* reserve 태환준비

specific risk [영] 특유한 리스크 → diversifiable risk (분산투자의 리스크).

specification 명세서, 시방서(示方書) ¶ *Specification* is description or detailed instruction provided in conjunction with product plans or a purchase order.

Specifications may stipulate the type of materials to be used, special constructions techniques, dimensions, colors, or a list of the qualities and characteristics of a product. 명세서는 생산계획이나 구매주문과 관련되어 제시된 설명서 또는 상세한 지시서이다. 명세서에서는 사용할 재료의 종류, 특별건축기술, 치수, 색깔, 또는 품질목록과 제품의 특성을 약정할 수 있다.

specified specify(명기하다)의 과거 · 과거분사형 ¶ *specified* check 기명식 수표 /*specified* enterprise 제한업종

specimen 견본, 실례 ¶ *specimen* signature 서명감(署名鑑)

spectail 스펙테일 ¶ The *spectail* is a term for broker-dealer who is part retail broker but preponderantly dealer/speculator. 스펙테일(spectail)은 일부분은 브로커지만, 압도적으로는 딜러/투기자인 브로커/딜러를 나타내는 용어이다.

speculate 투기하다, 예상매입[매도]하다 ¶ *speculate* for a fall [rise] 하락[등귀]을 예상하고 투기하다 /*speculate* in exchange [stock] 외환[주식]의 투기를 하다 /*speculate* on a fall [rise] 하락[등귀]을 예상하고 투기하다

speculation 예상, 투기, 시세 ¶ *Speculation* is assumption of risk in anticipation of gain but recognizing a higher than average possibility of loss. *Speculation* is a necessary and productive activity. It can be profitable over the long-term when engaged in by professionals, who often limit their losses through the use of various hedging techniques and devices, including options trading, selling short, stop loss orders, and transactions in futures contracts. The term *speculation* implies that a business or investment risk can be analyzed and measured, and its distinction from the term investment is one of degree of risk. It differs from gambling, which is based on random outcomes. See also venture capital. 투기는 이익을 기대하고 리스크(risk)를 떠맡는 것이지만, 손실의 가능성이 보통보다도 높은 것을 인식하는 것이다. 투기는 필요하고 생산적인 행위이다. 그것은 전문가가 행하면, 장기적으로는 흑자로 될 가능성이 있다. 전문가는 옵션(option)거래, 공매(selling short), 손절주문(損切注文)(stop loss order), 선물거래(future contract)를 포함하여 여러 가지의 헤지(hedging)수법과 방법으로 손실을 억제한다. 투기라는 말에는 사업이나 투자의 리스크는 분석과 측정이 가능하다고 하는 의미가 포함되고 있고, 투자(investment)와의 차이는 단순히 리스크의 정도차이에 있다. 투기는 우연의 결과에 좌우되는 도박(gambling)과는 다르다. venture capital(벤처캐피탈)도 참조할 것. /buy [sell] on *speculation* 예상하고 매입[매도]하다 /*speculation* in futures 선물투기

speculative 투기적인 ¶ *speculative* activities 투기행위 /*speculative* buying [purchase] 예상매입 /*speculative* demand 가수요(假需要) /*speculative* interest 시세예측금리 /*speculative* market 예측시황, 투매시장 /*speculative* money 투기자금 /a *speculative* position 언커버의 포지션 /*speculative* sale 예측매매 /*speculative* stock; *speculative* leader 대량투기대상의 주식 /*speculative* transaction 예측거래 ***speculative grade*** 투기적 등급 → rating (등급). ~ ***risk*** [영] 투기적 위험 ¶ The *speculative risk* is a risk exposure that yields the possibility of either a profit or a loss. See also pure risk. 투기적 위험은 이익이나 손실의 가능성을 산출하는 위험노출을 말한다.

speculator 투기자, 투기꾼, 주식거래의 큰손 ¶ The *speculator* is a market participant who tries to profit from buying and selling futures and options contracts by anticipating future price movements. *Speculators* assume market risk and add liquidity and capital to the futures markets. *Speculators* may purchase volatile stocks or mutual funds, and hold them for s short time in order to reap a profit. They may also sell stocks short and hope to cash in when the stock price drops quickly. 투기자는 장래의 가격변동을 예상하여 선물이나 옵션의 매매에서 이익을 노리는 시장참가자이다. 투기자는 시장가격 리스크를 취하고, 선물시장에 유동성(liquidity)과 자금을 제공한다. 투기자는 변동이 큰 주식이나 뮤추얼펀드(mutual fund)를 구입하고, 단기간에 매도하여 이익을 올린다든지 한다. 또, 주식을 공매하여 주가의 급락에서 이익을 노린다.

spending 지출, 소비 ¶ a *spending* boom [spree] 소비경기

sphere 영역, 범위 ¶ *sphere* of business 업무범위

spiders 스파이더스 → SPDR (스탠더드앤드푸어스 예탁증서).

spillover 일출(溢出)효과(공공지출에 의한 간접적인 영향), 부작용, 여파 → externality (외부충격).

spinning 스피닝 ¶ The *spinning* is a dubious investment banking practice whereby shares in an initial public offering are allocated to senior managers of the issuing company to profit them personally and entice them to direct future business to the investment bank. 스피닝은 신규주식공모(initial public offering: IPO)의 주식을 발행회사의 간부사원에게 배분하여 개인적인 이익을 취하여 그들을 투자은행에 대한 장래의 비즈니스와 결부시키도록 부추기는 의심스러운 투자은행(investment banking)의 관행을 말한다.

spin-off 회사분할, (회사의 일부문의) 분리독립 (*cf.*) split-off, split-up ¶ The *spin-off* is a form of corporate divestiture that results in a subsidiary or division becoming an independent company. In a traditional spin-off, shares in the new entity are distributed to the parent corporation's shareholders of record on a pro rata basis. *Spin-offs* can also be accomplished through a leveraged buyout by the subsidiary or division's management, or through an employee stock ownership plan (ESOP). 스핀오프는 자회사(subsidiary)나 회사의 부분(division)을 독립회사로 만드는 회사분할(divestiture)의 일종이다. 전통적인 스핀오프에 있어서, 분할된 신회사의 주식(share)은 주주명부에 기재되어 있는 모회사의 주주에게 비례배분(pro rata)된다. 또 자회사나 부분의 간부에 의한 레버리지드 바이아웃(leveraged buyout)이나 종업원지주제도(employee stock ownership plan; ESOP)에서 스핀오프를 실시하는 것도 가능하다.

SPINS → **S**tandard & **P**oor's 500 **I**ndex Subordinated **N**otes [약] 스탠더드앤드푸어스 500 종목지수 열후주(劣後株) ¶ *SPINS* is an acronym for Standard & Poor's 500 Index Subordinated Notes, a Salomon Brothers' product combining features of debt, equity, and options. SPINS은 Standard & Poor's 500 Index Subordinated Notes(스탠더드앤드푸어스 500 종목지수 열후주)의 두음어(頭音語)로서, 채권(bond), 주식(stock), 옵션(option)을 조합시킨 솔로먼 브러더스(Salomon Brothers')의 상품이다.

spiral [n.] 악순환, 연쇄적 변동 ¶ wage-price *spiral* 임금과 물가의 악순환
[v.] 소용돌이치는 형상으로 나아가다 ¶ *spiraling* inflation 연쇄적 인플레이션

split [v.] (돈을) 잔돈으로 헐다
[n.] 주식분할 ¶ The *split* is an increase in a corporation's number of outstanding shares of stock without any change in the shareholders' equity or the aggregate market value at the time of the *split*. In a *split*, also called a *split* up, the share

price declines. If a stock at $100 par value splits 2-for-1, the number of authorized shares doubles (for example, from 10 million to 20 million) and the price per share drops by half, to $50. A holder of 50 shares before the *split* now has 100 shares at the lower price. If the same stock splits 4-for-1, the number of shares quadruples to 40 million and the share price falls to $25. Dividends per share also fall proportionately. Directors of a corporation will authorize a *split* to make ownership more affordable to a broader base of investors. Where stock *splits* require an increase in authorized shares and/or a change in par value of the stock, shareholders must approve an amendment of the corporate charter. See also reverse split. 주식분할은 주주자본(equity)이나 시가총액(aggregate market value)이 변하지 않고, 회사의 발행할(outstanding) 주식수를 증가하는 것이다. 주식분할을 split up라고도 하며, 주식분할을 행하면 주가는 저하한다. 액면 100달러의 주식을 2주로 분할한다면, 발행할 주식의 수는 2배가 되며 (예를 들면, 1,000만주에서 2,000만주로 되어) 주가는 반분의 50달러가 된다. 분할전에 50주를 보유하고 있으면, 주가가 반분의 주식을 100주 보유하는 것이 된다. 같은 주식을 4주로 분할한다면, 주식수는 4배의 4,000만주가 되고, 주가는 25달러가 된다. 1주당의 배당(dividends per share)도 그것에 비례하여 감소한다. 이사회(board of directors)가 주식분할을 승인하는 목적은 주식을 구입하기 쉽도록 하여 투자자기반을 확대하는 것이다. 주식분할로 수권주식수(authorized shares)의 증가나 액면가격(par value)의 변경이 필요한 경우는 주주의 승인을 얻어 정관(corporate charter)을 변경한 필요가 있다. reverse split(주식병합)도 참조할 것. ***split-off*** 분리, 회사의 일부분할 ¶ The *split-off* is either of two types of tax-free reorganizations. Under a Type No.1 exchange, a corporation transfer part of its assets to a new corporation in exchange for stock of the new corporation. The original corporation then distributes the same stock to its shareholders, who in turn surrender part of their stock in the original corporation. A Type No. 2 contraction occurs when a parent company transfers stock of a controlled corporation to its stockholders in redemption of a similar portion of their stock. "Control" refers to the ownership of 80% or more of the corporation whose shares are being distributed. 회사의 일부분할은 면세의 회사의 조직변경(reorganization)의 2가지 유형 중의 하나이다. 타입 제1 교환(Type No.1 exchange)에 의하면, 회사가 신회사의 주식과 교환하여 그 자산의 일부를 신회사에 양도한다. 그러면 원래의 회사는 같은 주식을 주주들에게 배분하고, 그 주주들이 이번에는 원래의 회사의 주식부분을 포기한다. 타입 제2 축소(Type No. 2 contraction)는 모회사가 주식을 상환하는 주주들에게 지배회사의 유사한 분량의 주식을 양도할 때에 발생한다. 여기서 「지배」라는 말은 현재 배분되고 있는 주식의 회사의 80%의 소유권을 의미한다. ***~-up*** 주식분할, 회사분할 ¶ The *split-up* is a form of reorganization by which a corporation splits into two or more smaller corporations and the stock of the new corporation is distributed tax free to the shareholders of the old corporation, who in turn surrender the stock of the old corporation. 회사분할은 주식회사가 2 이상의 적은 회사로 분할하고 신회사의 주식은 구회사의 주주들에게 면세로 배분되고, 이에 구회사의 주주들은 구회사의 주식들을 포기하는 조직변경(reorganization)의 형태이다.

ⓐ 나누어진 ¶ *split* check 일부현금지급수표 /*split* deposit 일부현금지급입금 /*split* order (거액주문을 소액으로 나눈) 분할주문 /*split* stock 분할주권 ***split commission*** 수수료의 분배 ¶ The *split commission* is a commission divided between the securities broker who executes a trade and another person who brought the trade to the broker, such as an investment counselor or financial planner. *Split commissions* between brokers are also common in real estate transactions. 수수료의 분배는 거래를 실행하는 증권업자(broker)와 투자자문업자(investment counselor)나 파이낸셜 플래너(financial planner)와 같은 거래를 증권업자에 가지고 온 업자간에서 수수료를 나누는 것이다. 업자간에서의 수수료의 분배는 부동산거래에서도 잘 행해진다. ~ ***coupon bond*** 스플릿 쿠폰본드 ¶ The *split coupon bond* is a debt instrument that begins as a zero-coupon bond and converts to an interest-paying bond at a specified date in the future. These bonds, issued by corporations and municipalities, are advantageous to issuers because they do not have to pay out cash interest for several years. They are attractive to investors, particularly in tax-sheltered accounts like IRAs and Keoghs, because they have locked in a reinvestment rate for several years, and then can receive cash interest. For example, a 55-year-old investor may want a *split coupon bond* because it will appreciate in value for 10 years, and then pay interest when he is retired and needs regular income. Also known as zero-coupon convertible security. 스플릿 쿠폰본드는 제로쿠폰채(債)(zero-coupon bond)로 시작하여 장래 어느 시점에서 이자부 채권으로 전환하는 채무증서(debt instrument)이다. 수년간 현금으로 이자를 지급할 필요가 없기 때문에 회사와 지방자치단체가 발행하는 이러한 채권은 이점이 있다. 그런 채권은 개인퇴직계좌(IRA)나 키오플랜(Keogh plan)과 같은 조세우대조치가 있는 계정의 투자자에게 대해서는, 수년간 재투자이율이 고정되고, 그 후에 현금으로 이자를 받는 것이 가능하기 때문에, 특히 매력이 높다. 예를 들면, 55세인 사람에게 있어서는, 퇴직까지 10년간은 채권의 상환가격이 상승하고, 그 후 퇴직하여 정기수입이 필요하게 된 무렵 채권이자가 들어오기 때문에, 이런 채권에 투자하고 싶을지도 모른다. zero-coupon convertible security(제로쿠폰 전환증권)라고도 알려져 있다. ~ ***down*** 주식병합 → reverse split (주식병합). ~ ***offering*** 분할발행 ¶ The *split offering* is a new municipal bond issue, part of which is represented by serial bonds and part by term maturity bonds. 분할발행은 연속상환채(serial bond)와 단일만기채(term-maturity bond)로 구성되는 신발행의 지방채이다. ~ ***off IPO*** 스플릿오프IPO, 회사분할형 IPO → equity carve out (주식카브아웃). ~ ***order*** 주문의 분할실행 ¶ The *split order* is a large transaction in securities that, to avoid unsettling the market and causing fluctuations in the market price, is broken down into smaller portions to be executed over a period of time. 주문의 분할실행이란 시장의 동요나 시세변동을 방지하기 위하여, 거액의 증권거래를 소액으로 나누어 시간을 두고 실행하는 것이다. ~ ***rating*** 상이한 등급 ¶ The *split rating* is a situation in which two major rating agencies, such as Standard & Poor's and Moody's Investors Service, assign a different rating to the same security. 상이한 등급이란 스탠더드앤드푸어스와 무디스 인베스터와 같은 대형등급기관 2사(社)가 같은 증권을 두고 상이한 등급을 매기는 경우이다. ~ ***up*** 주식분할 → split (주식분할).

spoilage 손상물(損傷物), 망친 물건(spoilaged goods)

sponsor 발기인, 후원자, 출자자, 보증인 ¶ In limited partnerships, the *sponsor* is a general partner who organizes and sells a limited partnership. *Sponsors* (also called promoters) rely on their reputation in past real estate, oil and gas, or other deals to attract limited partners to their new deals. 리미티트 파트너십에 있어서, 스폰서는 리미티트 파트너십을 조직하고 출자를 모집하는 제너럴 파트너(general partner)이다. 스폰서[이를 발기인(promoter)이라고도 한다.]는 새로운 거래에 리미티트파트너를 끌어모으기 위하여 과거의 부동산, 석유와 가스 기타 거래의 실적에 의지한다. ¶ In mutual funds, the *sponsor* is an investment company that offers shares in its funds. Also called the underwriter. 뮤추얼펀드에 있어서, 스폰서는 펀드의 지분을 판매하는 투자회사(investment company)이다. 이를 underwriter(인수업자)라고 한다. ¶ In stocks, the *sponsor* is an important investor – typically, an institution, mutual fund, or other big trader – whose favorable opinion of a particular security influences other investors and create additional demand for the security. Institutional investors often want to make sure a stock has wide sponsorship before they invest in it, since this should ensure that the stock will not fall dramatically. 주식에서, 스폰서는 자기가 내린 평가에서 다른 투자자가 영향을 받고, 평가한 증권의 수요가 높은 만큼의 영향력을 가지는 투자자 — 일반적으로 기관투자자, 뮤추얼펀드(mutual fund) 또는 대형투자자를 말한다. 기관투자자(institutional investor)는 투자하기 전에 그 주식이 폭 넓게 스폰서를 얻고 있는 것을 확인하고 싶은 경우가 많다. 스폰서가 많은 주가는 급락할 가능성이 적기 때문이다.

sponsored (모금을 수집할 목적으로) 스폰서를 모집한 ***sponsored ADR*** 스폰서가 딸린 ADR → American Depository Receipt (미국예탁증서).

spot ⓐ 즉석의, 현금지급의, 현물의 ¶ the *spot* and forward (three months) (3개월의) 직물과 선물 /*spot* cash 즉석지급 /*spot*-cash term 즉시현금지급조건 /*spot* check 느닷없이 하는 검사 /*spot* delivery 현장인도, 현물 /*spot* exchange 현물환 /*spot* (exchange) rate 현물환율 /*spot*-forward transaction 스왑거래, 현물・선물거래 /*spot* fund 스폿펀드 (주식시장이나 채권시장의 동향을 보면서 설정되는 단위형의 투자신탁) /*spot* oil market price 석유스폿가격(장기계약에 의하지 않은 원유, 석유제품을 거래하는 시장가격) /*spot* operation 현물거래, 직물조작 /*spot* position 현물포지션 /*spot* rate 현물환율, 스폿레이트(현물환거래에 적용되는 외국환율) /*spot* sale; *spot* transaction 현물매매, 현물거래 /*spot* (exchange) transaction 현물거래, 직물거래 /*Spot* Won 1050. 25-35 [딜링용어] (달러를) 1,050원 25전에 매입하고 35전에 매도함. ***spot commodity*** 현물 ¶ The *spot commodity* is a commodity traded with the expectation that it will actually be delivered to the buyer, as contrasted to a futures contract that will usually expire without any physical delivery taking place. *Spot commodities* are traded in the spot market. 현물은 실제로 매수인에 인도(引渡)될 것을 전제로 거래되는 상품(commodities)이다. 상품의 인도가 행해지지 않고 실효(失效)(expire)하는 것이 많은 상품선물(futures contract)과 대비하여 사용한다. 현물은 현물시장(spot market)에서 거래된다. ~ ***delivery month*** 직근(直近)의 한월(限月) ¶ The *spot delivery month* is a nearest month of those currency being traded in which a commodity could be delivered. In late January, therefore, the spot delivery month would be February for commodities with a February contract trade. 직근(直近)의 한월(限月)은 현재 매매되고 있는 상품의 인도(引渡)가 가능한 가장 가까운 달이다. 그러므로, 1월말에서 2월의 상품거래의 직근의 한월은 2월이 된다. ~ ***exchange transaction*** 현물환거래(거래 당시의 환율로 외환거래를 체결하며, 통상 거래일 이틀 내에 거래당사자들이 실제 외환을 주거나 받는 거래이다.) ¶ *Spot exchange transaction* is a transaction in which foreign exchange transaction is contracted at the exchange rate of the date and the trading parties give and receive the real foreign exchange within two days from the regular business day. 현물환거래는 거래 당시의 환율로 외환거래를 체결하며, 통상 거래일 이틀 내에 거래당사자들이 실제 외환을 주거나 받는 거래이다. ~ ***market*** 현물시장, 직물시장 ¶ The *spot market* is a market in which commodities or currencies are sold for cash and delivered immediately. Trades that take place in futures contracts expiring in the current month are also called spot market trades. The *spot market* tends to be conducted over-the-counter – that is, through telephone trading – rather than on the floor of an organized commodity exchange. Also called actual market, cash market or physical market. See also futures market. 현물시장은 상품이나 화폐가 현금과 상환으로 판매되고, 바로 인도되는 상품시장을 말한다. 그 달 중에 기한이 오는 선물(futures contract)거래도 현물시장거래(spot market trade)라고 한다. 현물시장은 조직화된 상품거래소의 입회장(立會場, floor)에서라기보다도 오히려 장외거래(over-the-counter), 즉 전화로 거래되는 일이 많다. 이를 actual market, cash market or physical market라고도 한다. futures market(선물시장)도 참조할 것. ~ ***next*** [딜링] 스폿 넥스트(2영업일 후에서 익일까지의 금리 또는 스왑레이트) ¶ The *spot next* is a rate of interest and swap from the two business days to the next. 스폿 넥스트(2영업일 후에서 익일까지의 금리 또는 스왑레이트이다. ¶ *Spot next* is foreign exchange term for purchase of currency for delivery on the day after the spot date. For example, U.S. dollars purchased on Monday for delivery on Thursday, three days after the trade date. The delivery price is adjusted for the extra day. A spot one week contract calls for delivery one week after the trade date; a spot fortnight contract calls for two-week delivery. See also tomorrow next. 스폿 넥스트는 현물인도일 후의 날짜에 인도하기로 하는 통화의 구입을 일컫는 외환용어이다. 예를 들면, 거래일(trade date)후 3일째 날짜인 목요일에 인도하기로 월요일에 미국달러를 구입하였다는 경우이다. 인도결제가격(delivery price)은 여분의 날을 두고 조정된다. 현물1주일계약(spot one week contract)은 거래일 후 일주일의 인도를 요구하는 셈이다. 현물2주일계약(spot fortnight contract)에서는 2주일의 인도를 요구한다. tomorrow next(투모로 넥스트)도 참조할 것. ~ ***price*** 현물가격 ¶ The *spot price* is a current delivery price of a commodity traded in the spot market. Also called cash price. 현물가격은 현물시장(spot market)에서 매매되고 있는 상품의 현재의 인도가격을 말한다. 이를 cash price(현금가격)이라고도 한다. ~ ***rate*** [영] 현물시세 ¶ The *spot rate* is: (1) a foreign exchange rate in the current, or cash, market. (2) the theoretical rate on zero coupon bond, derived from stripping the yield curve. Also known as cash rate. See also forward rate. 현물시세는 (1) 현물시장 또는 현금시장의 외국환율(foreign exchange rate)을 말한다. (2) 이율곡선을 떼어내는 것에서 얻어지는 제로쿠폰채(債)의 이론적 금리를 말한다. 이는 cash rate(현금시세)로도 알려져 있다. forward rate(선도금리)도 참조할 것. ~ ***start*** [스왑거래] 스왑의 개시일(통상 약정일에서 2영업일후를 개시일로 잡는 날이다.) ¶ A *spot start* is a date which is fixed from regular stipulated date to two business days. 스왑의 개시일은 통상 약정일에서 2영업일 후를 개시일로 잡는 날이다.

[n.] 현물(거래) ¶ The *spot* is a transaction in the current, or cash, market. See also spot market; spot price; spot rate. 현물거래는 현물시장(current market)이나 현금시장에서의 거래를 말한다. spot market(현물시장); spot price(현물가격); spot rate(현물시세)도 참조할 것.

spousal 배우자의 ***spousal IRA*** 배우자개인퇴직계좌 ¶ The *spousal IRA* is a type of individual retirement arrangement that may be opened in the name of a nonworking spouse. The maximum annual IRA contribution for a married couple, only one of whom is employed, is $10,000 in 2008. The husband and wife can each contribute up to $5,000, as long as their combined compensation is at least than much. If one spouse is 50 or older, the couple can contribute as much as $11,000; if both are 50 or older, the couple can contribute as much as $12,000. Contributions are deductible only if both husband and wife are not actively participating in a qualified retirement plan. 배우자개인퇴직계좌는 근로하지 않는 배우자의 명의로 개설되고 있는 개인퇴직약정(individual retirement arrangement: IRA)의 일종이다. 한쪽만 근로하고 있는 부부의 경우, 연간 IRA의 출연액의 상한은 2008년 10,000달러가 된다. 부부의 연수액(年收額)의 합계가 5,000달러 이상이면, 각각 5,000달러까지 출연할 수 있다. 부부 한쪽이 50세 이상의 경우에는, 부부는 각각 11,000달러까지 출연할 수 있고, 부부 양쪽이 50세 이상이면, 부부는 12,000달러까지 출연할 수 있다. 부부 양쪽이 세제적격퇴직급여제도(qualified retirement plan)를 현실적으로 참여하고 있지 아니한 경우에 한하여 출연금은 소득공제된다. ~ ***remainder trust*** 배우자잔여권(殘餘權)신탁 ¶ The *spousal remainder trust* is an irrevocable trust that may be set up for any length of time in order to pass assets to a spouse. Between this time that the trust becomes effective and the time that the assets are passed, income earned by the trust is taxable to a named beneficiary at the beneficiary's tax rate. 배우자잔여권(殘餘權)신탁은 배우자에게 자산을 이전하기 위하여 오랜 기간동안 설정할 수 있는 취소불능신탁이다. 신탁이 유효한 기간과 자산이 이전되는 기간 사이에 신탁으로 얻은 소득은 수익자의 세율로 지명된 수익자에게 과세된다.

spouse 배우자

spread (원가와 매매가의) 차이, 이자의 폭, 차익금, 상승금리, 스프레드 ¶ In futures trading of commodities, the *spread* is the difference in price between delivery months in the same market, or between different or related contracts. See also mob spread; nob spread; ted spread. 상품의 선물거래(future trading)에서, 스프레드는 동일한 시장에서의 한월(限月)의 차이, 또는 상이한 종류의 거래나 관련되는 거래의 가격의 차이를 말한다. ¶ In fixed-income securities, the *spread* is: (1) a difference between yields on securities of the same quality but different maturities. For example, the *spread* between 6% short-term Treasury bills and 10% long-term Treasury bonds is 4% points. (2) a difference between yields on securities of the same maturity but different quality. For instance, the *spread* between a 10% long-term Treasury bond and a 14% long-term bond of B-rated corporation is 4 percentage points, since an investor's risk of default is so much less with the Treasury bond. See also yield spread. 확정이자부 증권에 있어서, 스프레드는, (1) 발행자의 신용도는 같지만, 기간이 상이한 증권의 이율의 차이이다. 예를 들면, 이율 6%의 단기국채(Treasury bill)와 이율 10%의 장기국채(Treasury bond)의 스프레드는 4포인트이다. (2) 기간이 같고 발행자의 신용도가 상이한 증권의 이율의 격차이다. 예를 들면 이율 10%의 장기국채와 이율이 14%로 등급 B격의 장기사채의 스프레드는 4포인트이다. 이 이율의 격차는 국채가 사채에 비해서 채무불이행(default) 리스크가 훨씬 적기 때문에 생긴다. yield spread(수익률격차)도 참조할 것. ¶ In foreign exchange, the *spread* implies spreading one currency versus another, or multiple *spreads* within various currencies. An example would be a long position in the U.S, dollar versus a short position in the Japanese yen or the Euro. An example of an intermonth *spread* would a long March spot position in Swiss franc versus a short March position in the same currency. *Spread* are frequently done in cash and futures markets. Interest rate differentials often have significant impact. 외국환에서, 스프레드는 상이한 통화간의 가격차의 포지션(position)을 취하는 경우이다. 다통화 간에서 행하는 경우는 멀티플 스프레드(multiple spread)라고 한다. 예를 들면, 미달러를 매입초과포지션(long position)으로 하고, 엔화 또는 유로를 매도초과포지션(short position)으로 한다고

하자. 또 인터먼쓰 스프레드(intermonth spread)란 것은 3월 한월의 스위스 프랑 직물(直物)을 매입초과포지션으로 하고, 3월 한월의 같은 스위스 프랑을 매도초과포지션으로 하는 등을 가리킨다. 스프레드는 현물(現物)과 선물(先物)로 자주 행해진다. 금리차가 크게 영향을 주는 일이 많다. ¶In options, the *spread* is a position usually consisting of one long call and one short call option, or one long put and one short put option, with each option representing one "leg" of the *spread*. The two legs, if taken independently, would profit from opposite directional price movements. *Spreads* usually have lower cost and lower profit potential than an outright long option. They are entered into to reduce risk, or to profit from the change in the relative prices of the options. See also bear spread; bull spread; butterfly spread; calendar spread; credit spread; debit spread; diagonal spread; option; price spread; selling the spread; vertical spread. 옵션에 있어서, 스프레드는 콜옵션(call option)의 매수와 매도나, 풋옵션(put option)의 매수와 매도로 통상 구성되는 포지션을 말한다. 이 경우, 각 옵션은 스프레드의 레그(leg)를 구성한다. 2개의 레그(옵션)와는 단독으로 역방향의 가격변동에서 이익이 생긴다. 스프레드·옵션은 옵션을 완전히 긴 것으로 하기보다 코스트가 적지만, 잠재적인 이익도 적는 경우가 많다. 스프레드는 리스크를 저감(低減)시킨다든지, 옵션의 상대가격의 변화에서 이익을 얻는다든지 하는 것에 사용한다. bear spread(베어 스프레드); bull spread(불 스프레드); butterfly spread(버터플라이 스프레드); calendar spread(한월간 가격폭); credit spread(크레디트 스프레드); debit spread(데빗 스프레드); diagonal spread(다이어고널 스프레드); option(옵션); price spread(프라이스 스프레드); selling the spread(옵션료 스프레드거래); vertical spread(버티컬 스프레드)도 참조할 것. ¶In stocks and bonds, the *spread* is: (1) a difference between the bid and offer price. If a stock is bid at $45 and offered at $46, the spread is $1. This *spread* narrows or widens according to supply and demand for the security being traded. See also bid-asked spread; dealer spread. (2) In underwriting, the *spread* is: a difference between the proceeds an issuer of a new security receives and the price paid by the public for the issue. This *spread* is take by the underwriting syndicate as payment for its services. A security issued at $100 may entail a *spread* of $2 for the underwriter, so the issuer receives $98 from the offering. See also underwriting spread. 주식과 채권에 있어서, 스프레드는 (1) 매수호가(bid)와 매도호가(offer)의 차이다. 주식의 매수호가가 45달러에서 매도호가가 46달러가로 되면, 스프레드는 1달러가 된다. 스프레드는 매매되는 증권의 수요에 따라 확대된다든지 축소된다든지 한다. bid-asked spread(호가(呼價)스프레드); dealer spread(딜러 스프레드)도 참조할 것. (2) 인수(引受)에 있어서, 스프레드는 증권의 발행에서 발행자(issuer)가 손에 넣는 금액과 투자자가 지급하는 금액의 차이이다. 이 차액을 인수단(引受團: underwriting syndicate)이 수수료로서 수취한다. 예를 들면, 증권이 100달러로 발행되고 인수단이 그 중의 2달러를 받고, 발행단체의 조달액이 98달러가 된다. underwriting spread(인수스프레드)도 참조할 것. /interest rate *spread* 금리폭 /a positive [regular] *spread* 순차익금 /spot-forward *spread* 현물·선물의 차액 /*spread* banking 스프레드 뱅킹(일정한 차익금을 확보하여 안정수익을 도모하는 은행경영) /a *spread* between domestic and overseas interest rates 내외금리차 /*spread* lending 스프레드융자 /the *spread* of rates in swap 스왑의 금리폭 /the *spread* of risk 위험분산 ***spread lock*** [영] 스프레드 록 ¶The *spread lock* is a financial contract that guarantees a bond issuer or an interest rate swap party a fixed spread over a reference benchmark for a specific period of time prior to issuance or trade execution. The *spread lock* ensures that the issuance or execution price will be a function solely of the reference benchmark rather than of the credit spread. See also drop lock; rate lock. 스프레드 록은 채권발행 또는 거래의 집행 이전에 채권발행자 또는 금리스왑당사자에게 일정기간동안 기준벤치마크에 관한 고정스프레드를 보장하는 금융계약을 말한다. 스프레드 록은 발행가격 또는 집행가격이 크레디트 스프레드보다 기준벤치마크(reference benchmark)만의 기능이란 것을 확실히 한다. drop lock(드롭 록); rate lock(레이트 로크)도 참조할 것. ~ ***loss*** [영] 스프레드 로스 ¶ The *spread loss* is a form of finite reinsurance where the ceding insurer pays a premium into an experience account every year of a multiyear contract period; the experience account generates an agreed rate and is used to pay losses as they occur. If a deficit arises in the account at the end of any year, the ceding insurer covers the shortfall through an additional contribution; if a surplus results, the reinsurer returns the excess. If the spread loss account is in surplus at the end of the contract, the ceding insurer and reinsurer share profits on a preagreed basis. 스프레드 로스는 출재(出再)보험업자가 보험료를 다년간 계약기간중의 매년 경험계좌(experience account)에 집어넣는 유한재보험의 한 형태이다. 경험계좌는 약정이율을 산출하여 손실에 발생할 때에 손실에 지급할 때에 이용된다. 어느 연말에 계좌에 적자가 생기면, 출재(出再)보험업자는 추가출연을 통해서 부족분을 커버한다. 잉여금이 나오면, 재보험업자는 그 초과액을 반환한다. 만약 스프레드 로스계좌가 계약말에 잉여금이 나오면, 출재보험업자와 재보험업자는 사전에 정한 비율로 이익금을 분배한다. ~ ***option*** 스프레드 옵션 ¶ The *spread option* is a spread position involving the purchase of an option at one exercise price and the simultaneous sale of another option on the same underlying security at a different exercise price and/or expiration date. See also diagonal spread; horizontal spread; vertical spread. 스프레드 옵션은 어느 행사가격(exercise price)의 옵션(option)을 매입하고, 동시에 행사가격이나 행사기한(expiration)이 상이한 같은 기초증권(underlying security)의 옵션을 매도하는 스프레드 포지션(spread position)을 말한다. diagonal spread(다이어고널 스프레드); horizontal spread(호리존탈 스프레드); vertical spread(버티컬 스프레드)도 참조할 것. ~ ***order*** 스프레드 주문 ¶ The *spread order* is an options market term for an order designating the series of listed options the customer wishes to buy and sell, together with the desired spread – or difference in option premiums (prices) – shown as a net debit or net credit. The transaction is completed if the floor broker can execute the order at the requested spread. 스프레드 주문은 매매하려고 하는 상장옵션군(群)을 지정하여 주문을 하는 옵션(option)시장용어이다. 이 때에, 희망하는 스프레드(spread), 말하자면 옵션료(option premium)의 차이(수취초과액 또는 지급초과액)도 지정한다. 희망하는 스프레드로 입회장 브로커(floor broker)가 주문을 집행(execute)할 수 있다면 거래는 완료된다. ~ ***position*** 스프레드 포지션 ¶ The *spread position* is a status of an account in which a spread has been executed. 스프레드 포지션은 스프레드가 집행된 계좌의 상태를 말한다. ~ ***risk*** [영] 스프레드 리스크 ¶ The *spread risk* is the risk of loss due to adverse changes between two reference assets with a common link, such as a risk-free asset and a credit-risky asset pegged to the risk-free asset. A subcategory of market risk. 스프레드 리스크는 위험이 없는 자산과 위험이 없는 자산에 고정된 신용의 위험성이 있는 자산과 같은 공통의 연계가 있는 2개의 기준자산(reference assets) 사이에 역(逆)변화로 인한 손실의 위험을 말한다. 시장리스크(market risk)의 하부개념이다.

spreading 스프레딩 ¶ The *spreading* is a practice of buying and selling option contracts of the same class on the same underlying security in order to profit from moves in the price of that security. See also spread. 스프레딩은 동일한 기초증권(underlying security)의 같은 종류(class)의 옵션(option)을 매매하고 증권 가격의 변동을 이용하여 이익을 올리는 것이다. spread(스프레드)를 참조할 것.

spreadsheet 매트릭스정산표(精算表), [컴] 스프레드 시트(분석표) ¶ The *spreadsheet* is a ledger sheet on which a company's financial statement, such as balance sheets, income statement, and sales reports, are laid out in columns and rows. *Spreadsheets* are used by securities and credit analysts in researching companies and industries. Since the advent of personal computers, *spreadsheets* have come into wide use, because software makes them easy to use. In an electronic spreadsheet on a computer, any time one number is changed, all the other numbers are automatically adjusted according to the relationship the computer operator sets up. For instance, in a *spreadsheet* of a sales report of a company's many divisions, the updating of a single division's sale figure will automatically change the total sales of the company, as well as the percentage of total sales that division produced. 스프레드 시트(분석표)는 대차대조표(balance sheet), 손익계산서(income statement), 매상보고서(sale report)와 같은 기업의 재무제표(financial statement)가 세로줄과 행(行)으로 진열되어 나타낸 원장(元帳, ledger sheet)이다. 스프레드 시트(분석표)는 증권애널리스트(securities analyst)나 신용애널리스트(credit analyst)가 기업이나 업계의 분석에 사용한다. 컴퓨터가 등장한 이후부터는, 스프레드 시트(분석표)는 소프트웨어가 사용하기 쉽기 때문에 널리 보급되게 되었다. 컴퓨터상의 전자식 스프레드 시트라면, 하나의 수치가 변하면, 컴퓨터 운영자가 설정하는 관계에 따라 자동적으로 조정된다. 예를 들면, 기업의 부문별 매상보고서의 스프레드 시트에서, 어느 부문의 매상수치를 변경한다면, 기업전체의 매상과 그 부문의 매상구성비가 자동적으로 수정된다.

springing up 반등(反騰)

sprinkling trust 분배신탁 ¶ The *sprinkling trust* is a trust under which no beneficiary has a right to receive any trust income. Instead, the trustee is given discretion to divide, or "sprinkle," the trust's income as the trustee sees fit among a designated group of persons. *Sprinkling trusts* can be created both by living trust agreements and by wills. 분배신탁은 신탁의 수익을 받는 권리를 가지는 수익자(beneficiary)가 있지 않은 신탁을 말한다. 그 대신에, 수탁자는 지정된 사람들 중의 적절하다고 인정한 사람들에게 신탁수익을 분배하거나, 또는 「스프링클」(sprinkle)하는 재량권을 가진다. 생전신탁(living trust)에서도 유언(will)에서도 분배신탁은 설정할 수 있다.

spurious 모조(模造)의, 위조의 ¶ *spurious* ten-dollar bill 모조 10달러지폐

SPX 시피엑스, 스탠더드앤드푸어스 500종목 주식지수옵션 ¶ The *SPX* is a ticker symbol for the Standard & Poor's 500 stock index options traded on the Chicago Board Options Exchange. The European-style index options contract is settled in cash, and can be exercised only on the last business day before expiration. The *SPX* is one of the most heavily traded of all index options contracts. 시피엑스는 시카고옵션거래소에서 거래되는 스탠더드앤드푸어스 500종목 주식지수옵션의 티커심볼(ticker symbol)이다. 유럽형 지수옵션(index options)은 현금으로 결제되고, 기일전의 최종영업일에만 행사할 수 있다. 시피엑스는 매매가 가장 왕성한 지수옵션의 하나이다.

square 대차가 없는, 계좌가 끝난, 매매포지션이 제로의 ***square position*** 스퀘어 포지션(매입초과포지션, 매도초과포지션이 같은 상태) ¶ The *square position* is a foreign exchange term indicating a dealer's purchase commitments in a given currency are offset by sell commitments. The dealer's inventory is balanced, neither a long position nor a short position. 스퀘어 포지션은 일정한 통화로의 딜러의 구매위탁이 매도위탁에 의해서 상쇄되고 있음을 가리키는 외국환용어이다. 딜러의 재고(dealer's inventory)는 매입초과포지션(long position)이나 매도포지션(short postion)에 의해서 ***Square Mile*** 런던 시티(the City)의 중심부 ¶ The City is the district of London in which the head offices of many financial institutions are situated. Occupying the so-called *Square Mile* on the north side of the River Thames between Waterloo Bridge and Tower Bridge, the City has been an international merchanting centre since medieval times. Although many institutions remains in the *Square Mile*, others have migrated east along the river, to new offices in the Docklands area. or westwards to former newspaper offices in Fleet Street. 더 시티는 많은 금융기관의 주요사무소가 자리하고 있는 런던시의 지역이다. 워털루루 브릿지(Waterloo Bridge)와 타워 브릿지(Tower Bridge) 사이의 테임즈강 북쪽에 위치하는 소위 스퀘어 밀(Square Mile)을 차지하는 더 시티(the City)는 중세이래 국제상업중심지로 내려 왔다. 많은 기관들이 스퀘어 밀에 남아 있지만, 다른 기관들은 독크런드 지구(Docklands area)에 있는 새 사옥으로, 혹은 서쪽으로 플리트 스트리트(Fleet Street)에 있는 이전 신문사로, 테임즈강변을 따라 동쪽으로 이전하였다. ~ ***root rule*** [영] 제곱근법칙 ¶ The *square root rule* is a statistical property used in financial mathematics indicating that the standard deviation of the changes in a market variable, such a stock or bond price, is proportional to the square root of time. 제곱근법칙은 주식가격이나 채권가격과 같은 시장변수의 변화의 표준편차(standard deviation)는 시간의 제곱근(根)에 비례한다는 것을 가리키는 금융수학에서 사용되는 통계적 자산을 말한다.

런던시의 상업중심지역

squarz 스쿼즈 → negative interest rate (마이너스금리).

squawk box 사내용 스피커 ¶ The *squawk box* is an intercom system used by brokerage firms to communicate with brokers about current analysts' recommendations and other matters relating to the market, the firm's activities, and particular stocks. Box refers to the speaker typically located on a broker's or trader' desk. 사내용 스피커는 애널리스트(analyst)의 추천주(推薦株)나 마켓, 회사의 활동내용, 특정한 주식종목과 관련된 정보를 증권판매원(broker)에 연락하기 위하여 증권회사(brokerage firm)가 이용하고 있는 사내 시스템이다. box는 증권판매원이나 트레이더(trader)의 책상 위에 놓여 있는 스피커를 말한다.

squeeze 경제의 긴축, 삭감 ¶ In finance, the *squeeze* is: (1) a tight money period, when loan money is scarce and interest rates are high, making borrowing difficult and expensive – also called a credit crunch; (2) any situation where increased costs cannot be passed on to customers in the form of higher prices. 금융에 있어서, 긴축이란 (1) 금융이 긴축하여, 대출자금이 부족하고, 금리(interest rate)가 높으며, 차입이 어렵고 코스트가 높은 금융긴축(tight money)의 기간이다. 이를 크레디트 크런치(credit crunch)라고도 한다. (2) 증가된 코스트가 더

높은 가격의 형태로 고객에게 전가될 수 없는 상태이다. ¶In investments, the *squeeze* is a situation when stocks or commodities futures start to moeve up in price, and investors who have sold short are forced to cover their short positions in order to avoid large losses. When done by many short sellers, this action is called a short squeeze. See also selling short; short position. 투자에 있어서, 긴축은 주식이나 상품의 선물가격이 상승하기 시작하여, 공매(selling short)하고 있던 투자자가 거액의 손실을 방지하기 위하여 매도초과포지션(short position)을 커버할 수밖에 없는 상황이다. 다수의 투자자가 되사기와 전매를 되풀이할 때, 이런 행동을 short squeeze(공매 되사기)라고 한다. /monetary *squeeze* 금융긴축

profit squeeze 이익폭 삭감 ¶*Profit squeeze* is expression that indicates more difficulty to maintain the same amount or rate of profit as in the past, due to reduced prices or rising production costs, financing costs, general and administrative expense, or taxes. 이익폭 삭감은 할인가격(reduced prices), 또는 상승하는 생산비, 금융비용, 일반·행정비용 또는 조세로 인하여 과거와 같이 동일한 금액 또는 이익률을 유지하기가 더욱 곤란함을 가리키는 표현을 말한다.

SRI → **s**ocial **r**esponsibility **i**nvesting [약] 사회적 책임투자 ¶The *social responsibility investing* (*SRI*) is investing activities on the basis of the social results such as the human rights, environments, labor and the contribution to the local community as well as the financial results of enterprises. 사회적 책임투자란 기업의 재무적 성과뿐만 아니라, 인권, 환경, 노동, 지역사회 공헌도 등 사회적 성과를 잣대로 투자하는 활동을 말한다.

Sri Lanka currency 스리랑카 화폐 ¶Sri Lankan rupee (LKR), divided into 100 cents. 1 스리랑카의 루피(rupee) = 100 센트(cents).

SrL → societa a responsabilita limita [약] 유한책임회사

SRO → **s**elf-**r**egulatory **o**rganization [약] 자율규제기구

SSAP → **S**tatements of **S**tandard **A**ccounting **P**ractice [영] 회계원칙 스테이트먼트 (*cf.*) [미] GAAP

SS1 에스에스원 ¶The *SS1* is a speaker box that transmits sales communications to the regional trading and sales desks of investment bankers. 에스에스원은 투자은행의 지역거래와 판매데스크에 판매통신을 전달하는 스피커박스를 말한다.

SSM → **S**uper **S**uper-**M**arket [약] 기업형 슈퍼마켓 ¶*SSM* is an acronym for Super Super-Market, meaning a distribution center which is smaller than a large-scale mart and larger than a downtown's supermarket. 기업형 슈퍼마켓이란 대형마트보다 작고, 일반 동네 슈퍼마켓보다 큰 유통매장을 말한다.

stability 안전성(의 원칙) ¶The system will promote monetary *stability* in Europe. 그 제도는 유럽의 통화안정을 조장할 것이다.

stabilization 안정, 고정, 안정조작 ¶In currency, the *stabilization* is the buying and selling of a country's own currency to protect as exchange value, also called pegging. 통화에서, 안정조작은 외국환시세를 보호하기 위하여 자국통화를 매매하는 것이다. 이른바 페깅(pegging)이라고도 한다. ¶In economics, the *stabilization* is the leveling out of the business cycle, unemployment, and prices through fiscal and monetary policies. 경제학에서, 안정조작은 재정정책을 통해서 경기순환, 실업 및 물가를 억제하는 것이다. ¶In market trading, The *stabilization* is an action taken by registered competitive traders on the New York Stock Exchange in accordance with an exchange requirement that 75% of their trades be stabilizing – in other words, that their sell orders follow a plus tick and their buy orders a minus tick. 시장거래에서, 안정조작은 거래의 75% 이상은 시세를 안정시키는 거래이어야 한다고 하는 거래소규칙에 의거하여 뉴욕증권거래소의 등록 컴페티티브 트레이더(registered competitive trader)가 취하는 행동이다. 시세를 안정시키는 거래란 것은 직전의 거래가격이 상승(플러스틱, plus tick)한 후에 매도주문을 내고, 마찬가지로 하락(마이너스틱, minus tick)한 후에 매수주문을 내는 것을 말한다. ¶ In new issues underwriting, the *stabilization* is an intervention in the market by a managing underwriter in order to keep the market price from falling below the public offering price during the offering period. The underwriter places order to buy at a specific price, an action called pegging that, in any other circumstance, is a violation of laws prohibiting manipulation in the securities and commodities markets. 신주인수에 있어서, 안정조작은 인수주간사(引受主幹事)(managing underwriter)가 시장에 개입하여 공모기간 중에 주가가 공모가격(public offering price)에 하회하지 않도록, 일정한 가격으로 매수주문을 내어 시세변동을 막는 것이다. 이 행동을 pegging(페깅)이라고 한다. 주식공모기간중의 매입을 통해서 시세변동을 막는 것은 증권시장과 상품시장에서의 가격조작(manipulation)을 금지하는 법률의 위반이다.

stabilize 안정시키다 ¶ *stabilized* growth 안정성장 /*stabilized* world 안정된 세계

stabilizing 안정화하는, 안정장치가 있는 ¶ *stabilizing* effect 안정화효과 /*stabilizing* operation 안정조작

stable 안정된, 변동이 없는 ¶ *stable* economy 안정경제 /*stable* growth 안정성장 /*stable* money 안정통화 /*stable* stockholder 안정주주

stack (…의) 산, 겹친 것 ¶ a *stack* of notes 어음뭉치

staff (집합적으로) 직원 ¶ the teaching *staff* 교수진

stag [영] 매매투기꾼 ¶ A *stag* is a person who buys new issues of shares in the hope that he or she will be able to make a fast profit by selling them soon after trading opens on the stock exchange. It should not be confused with STAGS (sterling accruing government securities) 투기꾼은 주식거래소에서 거래가 시작된 후 바로 신주를 매도함으로써 빠른 수익을 거둘 수 있다는 희망 아래에 신주를 매입하는 자를 이른다. stag라고 해서 (파운드 지급의 영국국채를 뜻하는) STAGS와는 혼동해서는 안 된다.

stage 무대, 단계, 시기 ¶ *stage* of growth (경제의) 성장단계 /*stage* of production 생산단계

stagflation 스태그플레이션(불경기와 인플레이션의 병존) ¶ The *stagflation* is a term coined by economists in the 1970s to describe the previously unprecedented combination of slow economic growth and high unemployment (stagnation) with rising prices (inflation). The principal factor was the fourfold increase in oil prices imposed by the Organization of Petroleum Exporting Countries (OPEC) cartel in 1973-74, which raised price levels throughout the economy while further slowing economic growth. As is characteristic of *stagflation*, fiscal and monetary policies aimed at stimulating the economy and reducing unemployment only exacerbated the inflationary effects. 스태그플레이션은 저성장・고실업률(스태그네이션)과 물가상승(인플레이션)이 조합된 전례가 없는 상황을 표시하기 위하여, 1970년대에 에코노미스트가 작출한 용어이다. 1973-74년에 석유수출국기구(OPEC)에 의해서 부과된 석유가격이 4배가 된 것이 주된 요인

이었고, 물가는 상승하여, 경기가 점점 감속하였다. 스태그플레이션에서 잘 볼 수 있는 현상이지만, 경기자극과 실업률저하를 목적으로 하는 재정·금융정책은 인플레이션의 효과를 오로지 악화시켰다.

stagger 비틀거리다, 시간을 서로 엇갈리게 하다 ¶ *staggered* holidays 날짜를 서로 엇갈리게 한 휴일 ***staggered board of directors*** 이사임기의 분산화 ¶ The *staggered board of directors* is a board of directors of a company in which a portion of the directors are elected each year, instead of all at once. A board is often staggered in order to thwart unfriendly takeover attempts, since potential acquirers would have to wait a longer time before they could take control of a company's board through the normal voting procedure. Normally, all directors are elected at the annual meeting. 이사임기의 분산화는 이사를 한번에 전원을 교체하는 것이 아니라, 매년 일부를 교체하는 방식을 말한다. 잠재적인 매수자(買收者)가 정상적인 투표절차를 통해서 회사의 이사회를 지배할 수 있기까지는 장기간을 기다려야 하기 때문에, 적대적 매수(unfriendly takeover)를 저지하기 위해서는 이사들의 일부는 시차제를 두고 교체되기도 한다. ~***ing maturities*** 투자기간의 분산, 만기의 차이(만기일을 분산하는 투자수법에 연결짓다.) ¶ *Staggering maturities* are a technique used to lower risk by a bond investor. Since long-term bonds are more volatile than short-term ones, an investor can hedge against interest rate movements by buying short-, medium-, and long-term bonds. If interest rates decline, the long-term bonds will rise faster in value than the short-term bonds. If rates rise, however, the short-term bonds will hold their value better tan the long-term debt obligations, which could fall precipitously. Also called laddering; liquidity diversification. 투자기간의 분산은 채권투자자(bond investor)가 리스크를 경감하기 위하여 취하는 수법을 말한다. 장기채(long-term bond)는 단기채(short-term bond)보다도 가격변동이 크기 때문에, 단기, 중기, 장기의 채권을 매입함으로써 금리변동에 대해서 헤지(hedge)를 걸 수가 있다. 만약 금리가 하락하면, 장기채의 가격은 단기채보다도 상승한다. 그렇지만, 금리가 상승한다면, 단기의 채권만큼 가격이 하락하기가 어려운 것임에 대하여, 장기채는 급락할 가능성이 있다. laddering(래더링); liquidity diversification(유동성의 분산)이라고도 한다.

stagnancy 정체, 부진(不振) ¶ *stagnancy* of business activities 경기침체

stagnant 정체한, 불경기의 ¶ a *stagnant* economy 정체된 경제 /a *stagnant* market 침체시황(市況)

stagnation 정체, 불경기, 스태그네이션 ¶ In economics, the *stagnation* is a period of no or slow economic growth or of economic decline, in real (inflation-adjusted) terms. Economic growth of 3% or less per year – as was the case in the late 1970s, measured according to increases in the U.S. gross national product – generally is taken to constitute *stagnation*. 경제학에서, 스태그네이션은 실질(인플레이션 조정 후)상황에서 보면, 경제성장이 없는 기간이거나 저경제성장 또는 경제하락의 기간이다. 매년 3% 이하의 경제성장은 미국의 국민총생산(gross national product)의 증가에 따라 측정된, 1970년대말의 경우와 같이, 일반적으로 스태그네이션을 구성한다고 생각된다. ¶ In securities, the *stagnation* is a period of low volume and inactive trading. 증권에서, 스태그네이션은 낮은 거래량과 활발치 못한 거래의 기간이다.

STAGS 스택스 ¶ *STAGS* is an acronym for Sterling Transferable Accruing Government Securities. A British version of U.S. government strips, STAGS are deep discount zero-coupon bonds backed by British Treasury securities. See also zero-coupon security. STAGS는 Sterling Transferable Accruing Government Securities의 두문자(頭文字)이다. 미국국체 스트립(strip)의 영국버전(version)인 스택스(STAGS)는 영국재무부증권(British Treasury securities)에 의해서 뒷받침되는 할인율이 큰 제로쿠폰채(債)를 말한다. zero-coupon security(제로쿠폰증권)도 참조할 것.

stain 더럼, 흠, 오점(on), 하자 ¶ The affair left no *stain* on his character. 이 사건은 달리 그의 명성에 상처를 남기지 않았다.

stake 내기, 이해관계, (개인적) 관여, 주(株)의 보유분 ¶ The *stake* is an ownership in an enterprise. For example, an individual has a stake in a the company. The term originated in the colonial era when one would mark one's property by putting *stakes* in the ground, thus acquiring a *stake* in the community. 보유분은 기업에서 차지하는 몫이다. 예를 들면, 개인은 회사에서 주의 보유분을 가진다. 그 용어는 땅위에 지분(stake)을 표시하고, 공동사회에서 자신의 보유분을 획득하여 자신의 재산임을 표시하는 식민지시대에 생겨났다. /have a large *stake* in a company 어느 회사에 커다란 이해관계를 가지고 있다

stakeholder 이해관계인 ¶ The *stakeholder* is any party having an interest in an enterprise. For example, *stakeholders* in the healthcare industry would include doctors, hospitals, medical employees, insurers, patients, drug companies, medical equipment manufacturers, governments, and many others, even including taxpayers. 이해관계인은 기업에 대해서 이해관계를 가지고 있는 당사자를 말한다. 예를 들면, 헬스케어 산업에 대한 이해관계인은 의사, 병원, 의료근로자, 보험업자, 환자, 제약회사, 의료장비제조업자, 정부 및 기타 많은 사람이 포함되며, 심지어 납세자까지 포함된다.

stale (술 따위가) 김빠진, (청구권 등이 장기간 행사되지 않아) 실효된 ¶ *stale* check 장기경과수표 /*stale*-dated check 지연수표 ***stale B/L*** 스테일 비엘(발행일이 너무 일수가 경과한 후에 은행에 제출된 선하증권을 말한다.) ¶ The *stale B/L* is a bill of lading, the issuing date of which expired too late and which is presented to the bank. 스테일 비엘은 발행일이 너무 일수가 경과한 후에 은행에 제출된 선하증권을 말한다.

stalking horse 들러리 입찰자 ¶ In a bankruptcy auction, the *stalking horse* is the lead bidder designated by the debtor to set the minimum price it will receive for its asset in the sale. The *stalking horse* bidder takes a risk that the auction will be disappointing and the asset sold at a lower price, and is usually given an incentive to take that risk. 들러리 입찰자는 파산후의 경매(bankruptcy option sale)에서 경매대상자산에 대한 수취할 최소가격을 내기 위하여 채무자(debtor)로부터 지명된 입찰자를 말한다. 들러리 입찰자는 경매에 부쳐진 자산의 입찰가격이 너무 낮다고 하는 기대 외의 결과가 될 리스크도 있으나, 보통 그 리스크를 감수할 인센티브도 주어진다.

stamp *n.* 티켓, 인지(印紙), 소인(消印) ¶ a date *stamp* 일자판(日字判) /revenue *stamp* 수입인지 /*stamp* duty 인지세 /*stamp* of approval 검인(檢印) /the *stamp* of the firm 사인(社印), 공인(公印) ***stamp duty*** [영] 수입인지 ¶ The *stamp duty* is a tax levied by authorities on specific types of financial transactions. The duty may be applied to an issuer of securities in the primary market, a buyer and/or seller of securities in the secondary market, or a borrower of funds through a loan or other credit mechanism. 수입인지는 특수한 금융거래에 과세당

국이 부과하는 조세이다. 수입인지는 발행시장의 증권의 발행자, 유통시장의 증권의 매수인 및 매도인, 또는 대출이나 다른 신용체계를 통해서 자금의 차입자에게 적용될 수 있다.
(v.) …에 인장을 찍다, 인지를 부치다 ¶ insufficiently *stamped* 우세(郵稅)부족의 /*stamped* document 압인(押印)된 증서 /a *stamped* endorsement 인판(印判)서명 배서 /a *stamped* receipt 인지부(印紙附) 영수증

stance 스탠스, 자세 ¶ *stance* in lending 융자태도

stand 서다, (어느 상태) 이다 ¶ *stand* liable for … …에 대하여 책임이 있다 /*stand* [go] surety for … …의 보증인이 되다

stand-alone 독립의 ¶ *stand-alone* system 독립 시스템 /*stand-alone* computer 독립계산기 ***stand-alone company*** 독립기업 ¶ The *stand-alone company* is an independent operating firm. For example, a large diversified firm may consider spinning off a subsidiary because, as a *stand-alone company*, the subsidiary would command a higher price-earnings ratio than the parent. 독립기업은 독립적으로 운영하는 기업을 말한다. 예를 들면, 대규모로 사업을 다각화하는 기업은 자회사(subsidiary)를 분리 신설할 것을 생각할 수 있다. 왜냐하면, 독립기업으로서 자회사는 모회사(parent)보다 더 높은 주가수익률(P/E)을 전망할 것이기 때문이다.

standard 표준, 기준, (형용사적으로) 표준의, 권위있는 ¶ *standard* coin 본위화폐 (화폐의 명목가치와 금속의 가치가 일치하고 있는 것을 말한다.) /*standard* coinage 본위화폐제도 /*standard* cost 표준원가 /*standard* costing 표준원가계산 /the *standard* cost of living 표준생계비 /*standard* money 본위화폐 /*standard* rate 표준금리 /the *standard* of living 생활수준(the living standard) /the *standard* rate of interest 표준금리 /the *standard* yield 표준이율 ***gold* [*silver*] *standard*** 금[은]본위제 ¶ The *gold standard* is a monetary system under which units of currency are convertible into fixed amounts of gold. Such a system is said to be anti-inflationary. The United States has been on the *gold standard* in the past but was taken off in 1971. See also hard money. 금본위제는 통화단위가 어느 일정량의 금과 태환성을 가지는 금융제도를 이른다. 이와 같은 제도는 인플레이션을 억제하는 것이라고 한다. 미합중국은 과거에 금본위제를 채택하고 있었으나, 1971년에 이탈하였다. hard money(경화)도 참조할 것. ~ ***cost*** 표준원가 ¶ The *standard cost* is an estimate, based on engineering and accounting studies of what costs of production should be, assuming normal operating conditions. *Standard costs* differ from budgeted costs, which are forecasts based on expectations. Variances between *standard costs* and actual costs measure productive efficiency and are used in cost control. 표준원가는 과학적, 통계적 조사에 기초해서 통상의 운영상황을 전제로 산출되는 추정된 제조비용을 말한다. 이에 대하여, 기대에 기초해서 예상되는 원가(原價)는 예산원가(budged costs)라고 한다. 표준원가와 실적베이스의 원가와의 차이는 생산효율을 나타내고 있고, 원가관리(cost control)에 사용된다. ~ ***deduction*** 기초공제, 표준공제 ¶ The *standard deduction* is an individual taxpayer alternative to itemizing deductions. Current tax rules index the standard deduction to inflation, adjusting annually. 기초공제는 개인납세자가 항목별 공제항목(itemizing deduction) 중의 어느 것을 선택할 수 있는 공제이다. 현재의 세제에서는 기초공제는 인플레이션에 연동하고, 매년 조정되고 있다. ~ ***deviation*** [통계] 표준편차 ¶ The *standard deviation* is a statistical measure of the degree to which an individual value in a probability distribution tends to vary from the mean of the distribution. It is widely appled to modern portfolio theory, for example, where the past performance of securities is used to determine the range of possible future performances and a probability is attached to each performance. Mutual fund analysts average the returns over three years. then determine the range in which returns have varied from that mean. So, if the mean return is 10% and the range has been +25% to -5%, *standard deviation* is 15. See also regression analysis; risk. 표준편차는 각각의 수치(數値)가 확률분포의 평균치에서 어느 정도 괴리되어 있는가를 나타내는 통계적인 척도(尺度)를 말한다. 그것은 현대포트폴리오이론(portfolio theory)에 널리 응용되고 있다. 예를 들면, 증권의 과거의 변동확률치(變動確率値)를 사용하여 장래의 가격변동범위를 확정하고, 각각의 증권의 변동확률치가 산출된다. 그것과 더불어, 개별종목이든 포트폴리오 전체이든, 가격변동에 관한 표준편차가 산출될 수 있다. 뮤추얼펀드(mutual fund)의 애널리스트(analyst)는 과거 3년간의 수익률의 평균을 산출하고, 평균수익률이 평균치로부터의 변동폭을 계산한다. 만약 평균수익률이 10%이고, 변동폭이 +25%에서 -5%가 된 경우에는, 표준편차는 15가 된다. regression analysis[회귀분석(回歸分析)]; risk(리스크)도 참조할 것. ***Standard Industrial Classification (SIC) System*** 표준산업분류시스템 ¶ The *Standard Industrial Classification* (*SIC*) *System* is a federally designed standard numbering system identifying companies by industry and providing other information. Gradually being replaced by North American Industry Classification System (NAICS). Both are widely used by market researchers, securities analysts, and data bases. 표준산업분류시스템은 업종별의 기업분류의 정보를 제공하는 미연방정부가 만든 표준채번(採番)시스템이다. 북미산업분류시스템(North American Industry Classification System: NAICS)에 서서히 대체되고 있다. 2개의 시스템은 시장연구자(market researcher)나 증권애널리스트(security analyst)에 널리 사용되고 있다. 컴퓨터의 데이터베이스도 이 분류시스템을 이용하는 일이 많다. ~ ***of living*** 생활수준 ¶ The *standard of living* is a degree of prosperity in a nation, as measured by income levels, quality of housing and food, medical care, educational opportunities, transportation, communications, and other measures. The *standard of living* in different countries is frequently compared based on annual per capita income. On an individual level, the *standard of living* is a measure of the quality of life in such areas as housing, food, education, clothing, transportation, and employment opportunities. 생활수준은 소득수준, 주택과 색생활의 질, 의료, 교육기회, 교통, 통신 등으로 측정하는 국가의 풍요로움의 정도이다. 복수의 국가의 생활수준을 비교하는 경우는 국민 1인당의 연간소득을 기준으로 하는 일이 많다. 개인레벨에서는, 생활수준은 주택, 음식, 교육, 의복, 교통, 고용기회와 같은 분야에 있어서 생활의 질(質)(quality of life)의 척도이다. ~ ***rate*** [영] 표준금리, 표준요율 ¶ The *standard rate* is a flat rate of value-added tax (VAT) that is applied to any good or service in a VAT system unless it is specifically exempt, which varies by countries. 표준요율은 국가마다 다르지만, 특별히 면세되지 않는 한, 부가가치제제도에서 물품이나 서비스에 적용되는 부가가치세(value-added tax; VAT)의 균일세율(flat rate)을 말한다.

Standard & Poor's [미] 스탠더드앤드푸어스 ¶ The *Standard & Poor's* is a division of The McGraw-Hill Companies. Well known and trusted in the financial community for its independent credit ratings and indices, as well as risk evaluation, investment research, data, and valuations. The New York-based company, which has offices in 21 countries, was founded in 1860 and acquired by McGraw-Hill in 1966. Among other things, it compiles the globally known Standard & Poor's 500 Index as well as numerous other indices. See also Standard & Poor's rating, stock indices and averages. 스탠더드앤드푸어스는 맥그로힐회사(McGraw-Hill Companies)의 1부문으로, 독립적인 신용등급(credit rating), 증권의 지수화(indexing), 리스크평가, 투자에 관한 조사(investment research), 각종의 데이터의 제공, 기업의 가치평가(valuation)의 분야에서 금융업계에서는 잘 알려지고, 또는 신뢰도 받고 있다. 뉴욕에 본사를 두고, 21개국에 거점을 가지고 있다. 1890년에 창설되고, 1966년에 맥그로힐(McGraw-Hill)에 매수되었다. 많은 업무 중에는 세계적으로 잘 알려진 스탠더드앤드푸어스 500종목지수 등 많은 지수의 산출도 포함하고 있다. Standard & Poor's rating(스탠더드앤드푸어스 등급); stock indices and averages(주가지수와 평균지수)도 참조할 것. ***Standard & Poor's rating*** 스탠더드앤드푸어스 등급 ¶ The Standard & Poor's rating is a Standard & Poor's opinion on the general creditworthiness of an obligor, or the creditworthiness of an obligor with respect to a particular debt security or other financial obligation. A Standard & Poor's long-term rating reflects a borrower's capacity to meet its financial commitments on a timely basis. Long-term ratings range from the highest category, AAA, to the lowers. D Ratings from AA to CCC categories may also include a plus or minus sign to show relative standing within the category. A short-term rating is an assessment of the likelihood of timely repayment of obligations considered short-term in relevant markets. Short-term ratings are graded into several categories, ranging from A-1 for the highest quality obligations to D for the lowest. The A-1 rating may also be modified by a plus sign to distinguish the stronger credits in that category. In addition to longs-term and short-term ratings, Standard & Poor's has specific rating definitions for preferred stock, money market funds, mutual bond funds, financial strength, and financial enhancement ratings of insurance companies and program ratings for derivative product companies. 스탠더드앤드푸어스 등급은 채무자(obligor)의 종합적인 신용력(creditworthiness) 및 특정한 채무증서(debt security) 등의 금융채무(financial obligation)의 변제에 관한 신용력에 대한 스탠더드앤드푸어스사(社)의 견해를 말한다. 스탠더드앤드푸어스사(社)의 장기등급(long-term rating)은 차입자(채무자)가 채무를 기일대로 이행할 능력이 있는지 없는지를 반영하고 있고, 등급은 최고등급인 AAA에서 최저등급인 D까지 순위등급으로 되어 있다. AA에서 CCC까지의 등급에는 + 혹은 -의 기호가 붙어 있으나, 이것은 같은 등급 중에서 상대적인 자리 매김을 나타내고 있다. 단기등급(short-term rating)은 단기(1년 미만)에 반환기간이 도래하는 증권에 대한 지급능력을 사정(査定)한 것이다. 단기등급은 최고등급인 A-1에서 최저등급이 D까지에서 순위등급으로 되고 있으나, +기호가 붙은 A-1은 그 중에서도 보다 신용력이 높다는 것을 나타낸다. 장기등급과 단기등급 외에도, 우선주식(preferred stock)의 등급, 머니마켓펀드(money market fund)의 등급, 뮤추얼채권펀드(mutual bond fund)의 등급, 보험회사(insurance company)의 재무력 등급(financial strength), 금융보험등급(credit enhancement), 특정한 파생금융상품(derivative product)을 발행하기 위해서 설립된 특별목적사업체(derivative product companies)에 대한 프로그램등급(program rating)의 특별등급도 있다.

standardized approach [영] 표준화방식 ¶ The *standardized approach* is a method of computing credit risk exposure under Pillar I of Basel II, which follows the framework established under the original Basel Accord, where various classes of risks are assigned risk weights to determine capital requirements. 표준화방식은 자본수요(capital requirements)를 결정하기 위하여, 여

러 가지 종류의 위험을 리스크 웨이트로 할당하는 최초의 바젤협정(Basel Accord)에서 설치된 기본구조(framework)를 따르는 바젤 II의 필라 I(Pillar I of Basel II)의 밑에서 신용위험부담을 계산하는 방식을 말한다.

standby ⓝ 예비물, 예비, 대기(선수), 대역 ⓐ 예비의, 대역(代役)의 ¶ *standby* arrangement [facility] 예비적 (통화원조)약정 /*standby* equipment 예비장치(裝置) /*standby* machine 예비기기(機器) ***standby agreement*** [영] 잔액인수계약 ¶ The *standby agreement* is: (1) an agreement where the underwriters of a rights issue agree to purchase any unsold shares after shareholders exercise their preemptive rights, thereby ensuring the company gains the full amount of anticipated proceeds. Also known as standby underwriting. (2) agreements between the International Monetary Funds and its member countries that allow the members to immediately access supplemental funds for emergency purposes. 잔액인수계약이란 (1) 주주배정발행의 인수업자가 주주가 자신의 신주인수권을 행사한 후에 아직 매도되지 않은 주식을 매입하기로 계약하여 회사가 예상수취금의 전액을 획득할 것을 확보하는 계약을 말한다. 이는 standby underwriting(잔액인수발행)으로도 알려져 있다. (2) 국제통화기금과 그 회원국간에 긴급목적을 위하여 회원국이 직접 추가적 기금을 접근할 수 있도록 하는 협정을 말한다. ~ ***commitment*** 잔액인수, 스탠바이 커미트먼트 ¶ In securities, the *standby commitment* is an agreement between a corporation and an investment banking firm or group (the standby underwriter) whereby the latter contracts to purchase for resale, for a fee, any portion of a stock issue offered to current shareholders in a rights offering that is not subscribed to during the two- to four-week standby period. A right, often issued to comply with laws guaranteeing the shareholder's preemptive right, entitles its holder, either an existing shareholder or a person who has bought the right from a shareholder, to purchase a specified amount of shares before a public offering and usually at a price lower than the public offering price. 증권에 있어서, 잔액인수는 회사와 투자은행(investment banker) 또는 투자은행 그룹(잔액인수업자, standby underwriter)간의 약정으로, 주주할당증자(rights offering)에서 기존주주에게 할당되어 있던 주식이 2~4주간의 스탠바이기간 후에 매도하고 남은 경우, 그 몫은 인수업자가 수수료를 받고 구입하고, 재판매한다. 주주할당에서는 주주의 우선인수권(preemptive right)을 보증하는 법률을 지키기 위하여 행해지는 일이 많다. 우선인수권의 보유자(기존주주, 또는 주주로부터 우선인수권을 구입한 자)는 공모(public offering) 전에 일정한 수의 주식을, 통상은 공모가격(public offering price)보다 싸게 구입할 수 있다. ¶ In lending, the *standby commitment* is a bank commitment to loan money up to a specified amount for a specified period. to be used only in a certain contingency. The most common example would be a commitment to repay a construction lender in the event a permanent mortgage lender cannot be found. A commitment fee is normally charged. 대출에 있어서, 잔액인수는 은행이 금액의 상한을 설정하고 일정기간 내에 일정한 조건으로만 대출(loan)를 실행한다고 약속하는 것이다. 가장 일반적인 예로서는, 장기주택론(loan)의 대여자가 발견되지 않는 경우에, 건설론(건설완료까지의 단기의 대출로, 통상은 장기론(loan)에 차환(借換)된다)의 대여자에게 상환을 보증하는 것이다. 통상은 커미트먼트피(수수료, commitment fee)를 받는다. ~ ***credit*** (금융 · 보증을 위한) 스탠바이 신용장, 자금인출신용공여 ¶ The standby (letter of) credit is a letter of credit (L/C) that a bank issues on behalf of its customer to serve as a guarantee to the beneficiary of the L/C that the bank's customer will perform a specified contract with the beneficiary. If the customer defaults, the beneficiary may draw funds against the L/C as penalties or as payments, whichever the terms of the credit provide. 스탠바이 신용장은 당행(當行)이 고객을 대신하여, 당행의 고객은 수익자와 특정한 계약을 이행한다고 하는 것을 수익자(beneficiary)에 대한 보증인으로서 편의를 봐 주기 위하여 발행한 신용장이다. 만약 고객이 이행을 하지 않는 경우에, 수익자는 과태료이든, 또는 지급금이든 신용장의 조건이 정하는 바에 따라 신용장을 대응하여 자금을 인출할 수 있다. ~ ***underwriter*** 잔액인수업자 → standby commitment (잔액인수).

standing ⓐ 상설(常設)의, 지속적인 ¶ *standing* authorization [미] 자동인낙(自動引落) /*standing* credit 상설의 신용범위 /*standing* order 자동인낙, 정기적 지급지시 ⓝ 입장, 지위, 명성 ¶ business *standing* 신용상태 /financial *standing* 재정상태 /(general) *standing* of a firm 회사의 (일반적) 신용평가

standstill agreement 거치(据置)합의 ¶ The *standstill agreement* is an accord by a raider to abstain from buying shares of a company for a specified period. See also greenmail. 거치(据置)합의는 기업사냥꾼(raider)이 일정한 기간, 매수대상기업(target company)의 주식을 매수하지 않기로 그 회사와 합의하는 경우이다. greenmail(그린메일)도 참조할 것.

staple 주요한, 대량생산의 ¶ *staple commodity* 주요상품 /*staple* industry 중요산업

start date (스왑거래 등의) 개시일(the effective date)

start-up ⓐ 조업개시의, 신진의 ¶ *start-up* finance (벤처에 대한) 기업(起業)자금융자 ***start-up costs*** 창업(創業)비용 ¶ *Start-up costs* are expenses that will be incurred before a new business is able to open its doors or start production and generate revenues. *Start-up costs* include fees, paying for a place to conduct business, acquiring equipment, living expenses while getting a business ready for operation, and so forth. 창업비용은 새로운 기업이 문을 열고, 생산을 시작하며 수입을 올리기 전에 들어가는 비용을 말한다. 창업비용에는 영업을 위한 준비사업을 준비하면서, 사업을 행할 장소에 대한 대가, 장비구입비, 생활비 등이 포함된다.

ⓝ (다시 가동된) 신규사업, 신규회사 ¶ The *start-up* is a new business venture. In venture capital parlance, start-up is the earliest stage at which a venture capital investor or investment pool will provide funds to an enterprise, usually on the basis of a business plan detailing the background of the management group along with market and financial projections. Investments or loans made at this stage are also called seed money. 스타트 업은 신규사업이다. 벤처 캐피탈(venture capital)의 용어에서는, 통상 경영진에 관한 설명이나 시장과 재무의 계획(projection)을 상세히 설명한 경영계획에 의거하여 벤처캐피탈이나 투자펀드(fund)에서 자금을 조달하는 사업의 제1단계이다. 이 단계에서의 투자나 융자는 시드머니(seed money)라고도 한다.

state ⓝ 상태, 국가, 주(州), (형용사적으로) 국가의, [the States] 미국 (the States는 주로 미국인이 국외에서 자국의 나라를 부를 때에 사용된다.) ¶ *State* aid 국고보조금 /*state* capitalism 국가사회주의 /*state*-controlled trade 국영무역 /*state* enterprise 국영기업 /*state*-owned bank 국유은행 /*state*-owned enterprise 국유기업 /*state*-run bank 국영은행 /a *state* tax [미] 주세(州稅) ***state bank*** 주법은행 [미] 스테이트뱅크 ¶ A *state bank* is a corporation chartered by a state to engage in commercial banking, and subject to supervision under banking laws in the chartering state. State banks differ from national banks, which are chartered and supervised by the Comptroller of the Currency. State banks have access to Federal Reserve services, such as check collection, currency and coin delivery, and the Federal Reserve Fed Wire, and can become member institutions in the Federal Reserve System. Only about 1,000 state banks have become Federal Reserve member banks. 주법은행은 주(州)에 의한 인가를 받은 상업은행업무에 관계하는 은행으로 인가받은 주에서 은행법에 의해서 감독을 받아야 한다. 주법은행은 통화감사관의 인가를 받아 그 감독을 받는 내셔널은행과는 구별된다. 주법은행은 수표추심, 통화운반과 같은 연방준비업무의 기회도 가지고, 연방은행전신결제통신망(Fed Wire)을 이용하며, 연방준비제도의 가맹은행으로 될 수 있다. ~ ***banking department*** 스테이트 금융과(課) ¶ The *state banking department* is an agency that charters and supervises state banks. The chief officer in this department is the designated superintendent of banks or has a similar title. The Conference of State Bank Supervisors is the national association of state bank superintendents. 스테이트 금융과(課)는 스테이트 뱅크에 설립인가를 해 주고 감독하는 기관이다. 이 금융과의 과장(chief officer)은 은행의 지명감독자(designated superintendent)이거나 유사한 명칭을 가지고 있다. 스테이트 금융감독자회의는 스테이트 뱅크감독자의 전국협회이다.

ⓥ …을 명확히 말하다, (서류에) 기재하다, (문서가) …라고 쓰여 있다 ***stated interest rate*** 표면이율 ¶ In banking, the *stated interest rate* is a rate paid on savings instruments, such as passbook savings accounts and certificates of deposit. The stated interest rate does not take into account any compounding of interest. 은행업무에 있어서, 표면이율은 통장(passbook)이 발행되는 예금계좌나 정기예금증서(CD)와 같은 저축상품에 적용되는 이율을 말한다. 표면이율은 복리 계산되지 않는다. ¶ In bonds, the *stated interest rate* is an interest rate stated on a bond coupon. A bond with a 7% coupon has a 7% stated interest rate. This rate is applied to the face value of the bond, normally $1,000, so that bondholders will receive 7% annually for every $1,000 in face value of bonds they own. 채권에 있어서, 표면이율은 채권의 쿠폰(coupon)에 표시되는 이율이다. 쿠폰 7%의 채권은 표면이율이 7%이다. 이 이율은 채권의 액면(face value)(통상 1,000달러)에 대하여 적용되기 때문에, 채권보유자는 권면액 1,000달러마다 연간 7%의 이자를 받는다. ~ ***value*** 표시가액 ¶ The *stated value* is an assigned value given to a corporation's stock for accounting purposes in lieu of par value. For example, the *stated value* may be set at $10 million. The *stated value* of the stock has no relation to its market price. It is, however, the amount par share that is credited to the capital stock account for each share outstanding and is therefore the legal capital of the corporation. Since state law generally prohibits a corporation from paying dividends or repurchasing shares when doing so would impair its legal capital, *stated value* does offer stockholders a measure of protection against loss of value. 표시가액은 회계상의 목적에서 액면가액(par value) 대신에 1주마다 할당되는 가액을 말한다. 예를 들면, 표시가액을 1주 1달러로 설정하고, 1,000만주를 발행한다면 표시가액은 전체가 1,000만달러가 된다. 표시가액은 시장가격과는 관계가 없지만, 금고주(treasury stock)를 제외하고 발행할 주식(shares outstanding) 1주당의 표시가액으로 계산된 금액이 자본금(capital stock)계정에 계상되어 회사의 법정자본(legal capital)이 된다. 일반적으로 주법에서는, 법정자본을 손상하는 배당이나 주식환매가 금지되고 있기 때문에, 표시가액은 주주에 대하여 자산가치저하를 방지하는 수단으로 되고 있다.

statement 계산서, 계좌계산서, 명세서, 대차표(貸借表) ¶ The *statement* is: (1) a summary for customers of the transactions that occurs over the preceding month. A bank *statement* lists all deposits and withdrawals, as well as the running account balance. A brokerage *statement* shows all stock, bond, commodity futures, or options trades, interest and dividends received, margin debt outstanding, and other transactions, as well as a summary of the worth of the accounts at month end. A trade supplier provides a summary of open account transactions. See also asset management account. (2) a *statement* drawn up by businesses to show the status of their assets and liabilities and the results of their operations as of a certain date. See also financial statement. 거래보고서는 (1) 고객을 위한 전월에 일어나는 거래의 보고서를 말한다. 은행의 거래잔액보고서에는 예금(deposit), 인출, 현재의 계좌잔액이 기록되어 있다. 증권회사의 거래잔액보고서에는 주식(stock), 채권(bond), 상품선물(commodity futures contract), 옵션(options), 수취이자(interest)와 채무잔액 등, 월말시점의 계좌잔액의 개요가 기재되고 있다. 상품을 판매한 회사는 미결제거래의 개요를 보고서에 통합한다. asset management account(자산관리종합계좌)를 참조할 것. (2) 기업이 어느 시점에서의 자산(asset)과 부채(liabilities)의 상황과 업적을 나타내기 위하여 작성하는 보고서를 이른다. /bank *statement* 은행보고서 /comparative *statement* of financial condition 비교대차대조표 /a published *statement* of condition 영업보고서 /*statement* issuance 계산서의 발행 /a *statement* of affairs (청산시의) 자산부채표 /a *statement* of assets and liabilities [미] 대차대조표 /a *statement* of changes in financial position 재정상태변동표, 자금운용표 /a *statement* of income and expenses 수지일람표, 손익계산서 /the *statement* of profit and loss 손익계산서 /a *statement* of retained earnings 이익잉여금계산서 ***financial statement*** 재무제표 ¶ A *financial statement* is a written record of the financial status of an individual, association, or business organization. The *financial statement* includes a balance sheet and an income statement (or operating statement or profit and loss statement) and may also include a statement of cash flows, a statement of changes in retained earnings, and other analyses. 재무제표는 개인, 단체, 기업의 재무상황을 기재한 문서를 말한다. 대차대조표(balance sheet)와 손익계산서(income statement)(operating statement, profit and loss statement라고도 한다)가 포함되고, 캐시플로계산서(statement of cash flow), 이익잉여금계산서(statement of changes in retained earning) 등이 포함될 수도 있다. ***operating ~s*** 영업보고서 ¶ *Operating statements* are financial reports on the cash flow of a business or property. See also cash flow; rent roll. 영업보고서는 기업이나 부동산의 자금흐름에 관한 재무보고서를 말한다. cash flow(현금흐름); rent roll(집세장부)도 참조할 것. ***profit and loss ~*** 손익계산서 ¶ The *profit and loss statement* (*P&L*) is a summary of the revenues, costs, and expenses of a company during an accounting period; also called income statement, opening statement, statement of profit and loss, income and expense statement. Together with the balance sheet as of the end of the accounting period, it continues a company's financial statement. See also cost of goods sold; net income; net sales. 손익계산서는 일정한 회계기간의 매상, 매상원가, 비용을 통합한 것이다. 이를 또한 income statement, opening statement, statement of profit and loss, income and expense statement라고도 한다. 손익계산서는 대차대조표(balance sheet)와 함께 재무제표(financial statement)를 구성한다. cost of goods sold(매상원가); net income(순이익); net sales(순매상총액)도 참조할 것. ***~ of account*** 당좌계산서 → account statement (계좌계산서). ***~ of cash flows*** 현금흐름표, 자금수지표, 자금운용표 ¶ The *statement of cash flows* is an analysis of cash flow included as part of the financial statements in annual reports of publicly held companies as set forth in Statement 95 of the Financial Accounting Standard Board (FASB). The statement shows how changes in balance sheet and income accounts affected cash and cash equivalents and breaks the analysis down according to operating, investing, and financing activities. As an analytical tool, the statement of cash flows reveals healthy or unhealthy trends and makes it possible to predict futures cash requirements. It also shows how actual cash flow measured up to estimates and permits comparisons with other companies. 현금흐름표는 재무회계기준위원회(Financial Accounting Standard Board: FASB)의 기준서 제95호에 의거하여 공개기업(publicly held companies)의 연차보고서(annual report)의 재무체표(financial statement)에 포함되는 캐시플로(cash flow)의 분석을 말한다. 현금흐름표는 대차대조표(balance sheet)와 손익계산서의 변화가 현금과 현금등가물(cash equivalents)에 어떤 영향을 주었는가를 보이고, 그 분석결과를 영업, 투자, 재무의 각 활동으로 분류한다. 분석수단으로서, 현금흐름표는 건전한 움직임이나 불건전한 움직임이 분명하게 되고, 금후의 현금수요를 예상할 수 있다. 또, 그것은 실제의 캐시플로와 예상과 비교한다든지, 다른 회사와 비교할 수 있음을 보여준다. ~ ***of condition*** 대차대조표 ¶ In banking, the *statement of condition* is a sworn accounting of a bank's resources, liabilities, and capital accounts as of a certain date, submitted in response to periodic "calls" by bank regulatory authorities. 은행업무에 있어서, 대차대조표는 은행감독당국에 의한 정기적인 「요청」에 응하여 제출되는 어느 일자의 은행의 재원(resources), 부채(liabilities) 및 자본계좌(capital accounts)를 기재한 선서부(宣誓附) 계산서를 말한다. ¶ In Finance, the *statement of condition* is a summary of the status of assets, liabilities, and equity of a person or a business organization as of a certain date. See also balance sheet. 금융에 있어서, 대차대조표는 어느 일자의 개인이나 기업의 자산(assets), 부채, 자본의 상황을 정리하는 것이다. balance sheet(대차대조표)도 참조할 것. ~ ***of financial condition*** 재무보고서, 재무제표, 대차대조표 → balance sheet (대차대조표). ~ ***of income*** 손익계산서 → profit and loss statement (손익계산서). ~ ***of operations*** 손익계산서 → profit and loss statement (손익계산서). ~ ***savings account*** 무통장거래계좌 ¶ The *statement savings account* is a savings account where deposits, withdrawals, and interest credited are recorded as computer entries. The customer receives a periodic statement of account, showing deposits, withdrawals, and interest earned up to the posting date, but does not receive a passbook evidencing ownership of the account. 무통장거래계좌는 예금, 인출, 및 대변(貸邊)에 기입하는 이자, 컴퓨터 항목으로서 기록되는 저축계좌이다. 고객은 예금, 인출 및 등재된 날까지 수익한 이자를 나타내는 정기적인 계정보고서를 받지만, 그러나 계좌의 소유권을 증명하는 은행통장을 받지 않는다. ***Statement of Standard Account Practice*** [영] 회계원칙 스테이트먼트 ¶ In the United Kingdom, the *Statement of Standard Account Practice* is a series of accounting standards developed by the Accounting Standards Committee, many of which have been superseded by the Financial Reporting Standards. 영국에서, 회계원칙 스테이트먼트는 회계기준위원회(Accounting Standards Committee)가 발전시킨 일련의 회계기준이며, 그 중의 많은 부분은 재무보고기준(Financial Reporting Standards)이 대신하고 있다.

static 정적(靜的)인, 고정된, 활기가 없는 ¶ *static* ratio 정태비율(靜態比率) ***static analysis*** 정태분석(靜態分析) ¶ *Static analysis* is economic model that does not consider or allow for changes over time, and within which all variables are simultaneously solved. Economists use *static analysis* in supply and demand models for goods and services. 정태분석(靜態分析)은 시간외의 변화를 생각하거나 허용하지 않고, 모든 변수(variables)는 동시에 해결되는 시간 내에서 생각하거나 고려하는 경제적 모형을 말한다. 경제학자들은 재화와 서비스에 대한 수요·공급모형의 정태분석을 사용한다. ~ ***budget*** 고정예산, 정적 예산 ¶ *Static budget* is fixed budget that does not allow for changes. See also flexible budget. 정적(靜的) 예산은 변화를 허용하지 않는 고정예산을 말한다. flexible budget(탄력성예산)도 참조할 것.

station-to-station call 번호통화(station call)

statistic 통계량(치) ¶ A *statistic* is a number calculated from data representing a population. For example, the annual revenue of Microsoft is *statistic*. 통계치는 인구를 표시하는 데이터에서 산출한 수치를 이른다. 예를 들면, 마크로소프트의 연 총수입(總收入)은 통계치이다.

statistical 통계상의, 통계학의 ¶ *statistical* distribution 통계적 분포 /*statistical* economics 통계경제학 ***statistical arbitrage*** [영] 통계적 차익(差益)거래 ¶ The *statistical arbitrage* is a quantitative arbitrage strategy where an investor or hedge fund manger makes use of mathematical and statistical techniques to analyze certain indicators of individual stocks (e.g., dividend yields, price/book value, and so on) and how these impact market performance in order to create a statistical model that can consistently outperform a benchmark or market index. Once a statistical arbitrage model has been developed and tested, it can be programmed to handle selections and buying/selling executions automatically. A successful implementation of this strategy yields small and consistent, rather than large and infrequent, profits. 통계적 차익거래는 투자자 또는 헤지매니저가 일정한 개별주식(예컨대, 배당률, 가격/장부가 등)을 분석하는 수학적·통계적 기법을 활용하여, 지표(benchmark) 또는 시장지표(market indicator)보다 시종일관 성능이 뛰어날 수 있는 통계적 모형을 창조하기 위하여 이것들이 시장의 성과에 영향을 미치는 양적 차익거래전략(quantitative arbitrage strategy)을 말한다. 통계적 차익거래모형이 일단 발전되고 시험된다면, 그것은 선택과 매수/매도를 자동적으로 처리할 수 있도록 계획을 세울 수 있다. 이러한 전략을 성공적으로 시행하게 되면 많고 빈번한 이익이라기보다 오히려 적지만 일관된 이율을 낳는다. ~ ***factor model*** [영] 통계적 요인모형 ¶ The *statistical factor model* is a multifactor risk model based on historical stock price data that seeks to explain observable returns through identification of linear combinations of risk factors. The sensitivity of a stock price to each linear factor can be estimated through such a model, allowing the projection of expected returns. See also fundamental factor model; macroeconomic factor model. 통계적 요인모형은 리스크 요인의 선형(線型)결합의 식별을 통해서 관측가능한 이익률(returns)을 설명하려고 하는 과거의 주가데이터에 근거한 복수리스크 모형을 말한다. 각 선형 요인에 대한 주가의 민감성은 기대이익률의 예측을 허용하는 이러한 모형을 통해서 예측될 수 있다. fundamental factor model(기본적 요인모형); macroeconomic factor model(거시경제적 요인모형)도 참조할 것.

statistics (단수취급이면) 통계학, (복수취급이면) 통계 ¶ *Statistics* is the branch of mathematics that deals with the collection, organization, and evaluation of data. Statistics is useful to businesses that wish to evaluate the characteristics of various populations. For example, *statistics* might be used to determine what types of advertising are most effective in attracting the attention of wealthy retirees. 통계학은 수집(collection), 조합(organization), 데이터의 평가(evaluation of data)를 다루는 수학의 분야이다. 통계학은 여러 모집단(母集團, population)의 특성을 평가하려는 기업에게 유익하다. 예를 들면, 어떤 방법의 광고가 돈 많은 은퇴자의 주의를 끄는 데에 가장 유효한가를 결정하는 데에 통계학이 이용될지 모른다.

status 신용상태, 지위, 신망 ¶ *Status* is position, class, standing, or rank achieved in a society by virtue of achievement or financial wealth. 신분은 학력(achievement) 또는 재산상의 부(富, wealth)에 의하여 사회에서 성취한 지위(position), 계급(class), 명성(standing) 또는 등급(rank)을 말한다. /*status* inquiry 신용조사 /*status* report 신용조사보고서

statute 법률, 법령, 규칙, 정관 ***statute of limitations*** 출소기한법(出訴期限法), 시효 ¶ The *statute of limitations* is a statute describing the limitations on how many years can pass before someone gives up their right to sue for a wrongful action. For example, the Internal Revenue Service has up to three years to assess back taxes from the time the return is filed, unless tax fraud is charged. Most states impose a *statute of limitations* of six years to challenge the violation of a written contract. Therefore, a suit claiming damages filed seven years after the alleged contract violation would be thrown out of court because the *statute of limitations* had run out. 출소기한법(出訴期限法)은 부정행위를 제소하는 권리를 포기하기 전에 몇 년이나 경과할 수 있는지 그 한도를 규정하는 제정법이다. 예를 들면, 미세입청(Internal Revenue Service: IRS)이 조세의 재사정을 할 권리는 부정납세로 고발되지 않는 한, 납세신고서의 제출후 3년 동안에 한정된다. 대부분의 주는 계약위반을 제소하는 경우의 시효는 6년으로 정하고 있다. 그러므로, 계약위반의 7년 후에 제소하더라도, 시효가 성립하고 있기 때문에, 법원은 기각할 것이다.

statutory 법정의 ¶ *statutory* holiday 법정휴일 ***statutory damages*** [영] 법정손해액 ¶ *Statutory damages* are damages awarded to a plaintiff that are limited by some relevant statute. See also liquidated damages; unliquidated damages. 법정손해액은 일부 관련제정법에 의하여 한정된 배상액으로 원고에게 판정된 것을 말한다. liquidated damages(손해배상액); unliquidated damages(불확정배상액)도 참조할 것. ~ ***investment*** 주법상의 투자 ¶ The *statutory investment* is a investment specifically authorized by state law for use by a trustee administering a trust under that state's jurisdiction. 주법상의 투자는 주의 관할 하에 있는 신탁(trust)을 관리하는 수탁자(trustee)에게 그 주의 법률에서 특별히 인정된 투자를 말한다. ~ ***merger*** [M&A] (다수주주에 의한) 법적 흡수합병 ¶ The *statutory merger* is a legal combination of two or more corporations in which only one survives as a legal entity. It differs from statutory consolidation, in which all the companies in a combination cease to exist as legal entities and a new corporate entity is created. See also merger. 법적 흡수합병은 1인 이상의 회사가 법적으로 결합하여 1사(社)만이 법적 실체(legal entity)로서 남는 경우이다. 이에 대하여, 법적 신설합병(statutory consolidation)에서는, 결합하는 회사는 모두 법적 실체를 상실하여, 새로운 법인체가 설립된다. merger(흡수합병)도 참조할 것. ~ ***prospectus*** 법정사업계획서 → prospectus (사업계획서). ~ ***voting*** 법정의결권 ¶ The *statutory voting* is an one-shares, one-vote rule that governs voting procedures in most corporations. Shareholders may cast one vote per share either for or against each nominee for the board of directors, but may not give more than one vote to one nominee. The result of *statutory voting* is that, in effect, those who control over 50% of the shares control the company by ensuring that the majority of the board will represent their interests. Compare with cumulative voting, See also proportional representation. 법정의결권은 대부분의 주식회사가 1주 1의결권의 원칙을 채용하고 있다. 주주는 이사회 이사후보에 대하여 찬성이든 반대이든 1주당 1표를 던질 수 있지만, 1인의 후보자에게 1표 이상을 주지는 못한다. 법정의결권의 결과는 결국 이사회의 다수가 그들의 이해를 대변한다는 것을 확인함으로써, 주식의 50% 이상을 지배하는 주주들이 회사를 지배하는 것이 된다. proportional representation(비례대표제)도 참조할 것.

staying power 지구력(持久力) ¶The *staying power* is an ability of an investor to stay with (not sell) an investment that has fallen in value. For example, a commodity trader with *staying power* is able to meet margin calls as the commodities futures contracts he has bought fall in price. He can afford to wait until the trade ultimately becomes profitable. In real estate, an investor with *staying power* is able to meet mortgages and maintenance payments on his or her properties and is therefore not harmed as interest rates rise or fall, or as the properties become temporarily difficult to sell. 지구력(持久力)은 투자자(investor)가 가치가 하락한 투자를 매각하지 않고, 계속보유하는 능력을 말한다. 예를 들면, 지구력이 있는 상품 트레이더는 구입한 상품선물(commodities futures contract)의 가격이 하락하더라도, 추가증거금청구(margin call)에 응할 수 있다. 그는 거래가 결국 이익을 낳을 때까지 기다릴 여유가 있는 셈이다. 부동산(real estate)에 있어서, 지구력 있는 투자자는 보유부동산의 주택론(mortgage)과 유지비를 지급할 능력이 있고, 금리가 변동한다든지, 부동산의 매각이 일시적으로 어렵게 되더라도, 견딜 수 있는 경우를 말한다.

steady market 견실한 시황(市況)

steenth 스틴쯔 ¶*Steenth* implies a slang for 1/16 of a point. See also teenyo. 스틴쯔는 1포인트의 1/16를 의미하는 속어이다. teenyo(티뇨)도 참조할 것.

step [n.] (환율의) 단계, 등급 ¶*step* down loan 스텝다운 론(지급금리를 뒤가 될 만큼 낮게 한 고정금리형 론) /*step*-down swap 고정금리가 선행할 만큼 낮게 되는 캐시플로의 스왑 /*step*-up loan 스텝업 론(지급금리를 뒤가 될 만큼 높게 한 고정금리형 론) /*step*-up swap 고정금리가 선행할 만큼 높게 되는 캐시플로의 스왑 ***step down note*** 스텝다운채(債) ¶The *step down note* is a type of floating rate whose interest rate declines at specified times in the course of the loan. 스텝다운채(債)는 만기까지의 동안의 특정한 시기에 금리가 내려가는 구조되어 있는 변동금리(floating rate)채이다. ***~-lock option*** 스텝록 옵션 ¶The *step-lock option* is the same as ladder option. 스텝록 옵션은 래더옵션(ladder option)과 같다. ***~-up notes*** 스텝업채(債) ¶The *step-up notes* are bonds, usually callable, with a rate that applies for a specific period of time and a second, higher rate that applies after the initial period. Also called dual coupon bond; rising coupon security; stepped coupon bond; step-up coupon security. 스텝업채(債)는 최초의 특정한 기간에 특정한 금리(interest rate)가 설정되어 있지만, 그 후의 기간에는 그보다 높은 금리가 적용되는 통상은 임의상환가능한 채권이다. dual coupon bond[이중쿠폰채(債)]; rising coupon security(상승쿠폰증권); stepped coupon bond(스텝드 쿠폰채); step-up coupon security(스텝업쿠폰증권)이라고도 한다.

[v.] 일보 전진하다, 한 발짝 움직이다 ***stepped-up basis*** 과세평가액의 인상, 스텝드업베이시스 ¶The *stepped-up basis* is an Internal Revenue Service provision that allowed the tax basis of securities left to heirs to be determined by the market value at the time of the benefactor's death rather than at the benefactor's original cost. The Economic Growth and Tax Relief Reconciliation

Act of 2001 ended the step-up provision for securities left to heirs in excess of the lifetime transfer exemption. Heirs must now calculate capital gains based on original cost. 과세평가액의 인상은 상속인에게 남긴 증권(security)의 과세평가액을, 피상속인이 취득한 원가(original cost)가 아니라 피상속인의 사망시의 시가(market value)로 한다는 미세입청(Internal Revenue Service: IRS)의 규정이다. 2001년의 경제성장을 위한 감세조정법(Economic Growth and Tax Relief Reconciliation Act of 2001)에 의하여, 비과세생전증여액(lifetime transfer exemption)을 초과하는 금액에 대한 과세평가액의 인상조치는 폐지되었다. 이 결과, 상속인은 피상속인의 취득원가를 근거로 하여 지금은 캐피탈게인(capital gain)을 계산하여야 한다.

sterilization 불태화(不胎化) ¶ The *sterilization* means a policy by which the central bank again absorbs the liquidity through other means when the policies of the bank results in the expansion of liquidity and it is fearful for the prices to rise. In English meaning, the term *sterilization* is originally disinfection or sterile operation and further to prevent the coming problems beforehand. If the European Central Bank (EBC) buys the Government bonds with no limit, the amount of eurocurrency will largely increase in the Eurozone. Due to this measures, the value of eurocurrency declines, on the other hand the prices can rise correspondingly. In order to protect the value of Eurocurrency, the ECB will again gather up the liquidity spreaded by issuing and selling the currency stabilization securities. 불태화는 중앙은행이 취한 정책의 결과로 시중유동성이 크게 늘어나 물가상승이 우려될 경우 중앙은행이 다른 수단을 통해 유동성을 다시 흡수하는 정책을 의미한다. 원래 영어로 살균소독이나 불임시술을 의미하며, 앞으로 나타날 문제를 미연에 방지한다는 뜻이다. ECB(유럽중앙은행)가 무제한으로 국채매입을 실시하면 유로존에는 유로화 통화량이 크게 증가한다. 이로 인해 유로화의 가치가 떨어지고, 물가가 오를 수가 있다. 이를 막기 위해 ECB가 통화안정증권을 발행해 매각하는 등의 방법으로 시중에 풀린 유동성을 다시 거두어들이겠다는 것이다. /*sterilization* of gold 금의 불태화(不胎化)

sterling ⓝ 영국화폐(English money), 파운드, 순은(純銀) ¶ buy Deutsche marks against *sterling* 영파운드를 팔아 독일 마르크를 사다
ⓐ 영국화폐의, 영국화폐에 의한 순은제(純銀製)의 스털링지역, 파운드권(圈) /*sterling* balance 파운드잔액(殘額) /*sterling* bill [draft] 영파운드 어음 /*sterling*-dollar cross rate 영미크로스 레이트 ***Sterling Overnight Index Average (SONIA)*** [영] 영파운드 오버나이트 인덱스 애버리지 ¶ The *Sterling Overnight Index Average* (*SONIA*) is the sterling overnight index average of interest rates on unsecured deposits between banks in the London market. 영파운드 오버나이트 인덱스 애버리지는 런던시장에서 은행간의 무담보예금금리에 대한 영파운드 오버나이트 인덱스 애버리지를 말한다.

stevedorage 하역인부임(賃), 하역감독인수수료

stevedore 하역인부, 항만노동자 ¶ The *stevedore* is a person in charge of the loading and unloading of ships in port. 항만노동자는 항구에 입항한 선박에서 선적과 하역을 담당하는 사람을 말한다.

sticky (가격 등의) 변동이 없는 ***sticky deal*** 귀찮은 거래 ¶ The *sticky deal* is a new securities issue that the underwriter fears will be difficult to sell. Adverse market conditions, bad news about the issuing entity, or other factors may lead underwriters to say, "This will be a *sticky deal* at the price we have set." As a result, the price may be lowered or the offering withdrawn from the market. 귀찮은 거래는 판매가 어렵다고 인수업자(underwriter)가 염려하는 신발증권(新發證券, new issue)이다. 시장환경이 엄격하다든지, 발행단체(issuer)에 악재가 나온다든지 하면, 인수업자가 「이 가격설정으로는 귀찮은 거래일걸」(“This will be a *sticky deal* at the price we have set.”)이라고 말하게 될 것이다. 그 결과, 가격은 내리게 된다든지, 발행을 철회한다든지 할 것이다.

stiff 굳은, 시세가 오를 듯한 기세

stiffen (가격 등을) 올리다, (물가가) 오르다 ¶ *stiffening* rate 상향하는 시세

stimulus plan 경기(景氣)자극제도 ¶ The *stimulus plan* is federal government programs designed to counteract weak economic activity with stimulus in form of government spending on infrastructure and other initiatives, tax breaks, and subsidies. Central banks stimulate the economy with loose monetary policy, which drives down interest rates to encourage businesses and consumers to borrow and spend. In the late 2000s, governments around the world enacted aggressive fiscal and monetary stimulus plans to counteract the recession and financial crisis. See also American Recovery and Reinvestment Act of 2009. 경기자극제도는 인프라에 대한 정부지출과 기타 주도정책(initiatives), 세제상의 우대조치(tax breaks)와 보조금(subsidies)의 형태로 자극을 주어서 약한 경제활동에 반작용을 주려는 미연방정부의 프로그램을 말한다. 중앙은행은 느슨한 통화정책으로 경제에 자극을 주고, 이런 통화정책으로 금리를 떨어뜨려서 기업과 소비자에 차입과 소비를 격려한다. 2000년대 말에 세계 각국의 정부들은 경기후퇴와 재정위기를 저지하기 위하여 공격적인 재정과 통화자극제도를 법률로 규정하였다. American Recovery and Reinvestment Act of 2009(2009년의 미국경제회복 및 재투자법)도 참조할 것.

stipulation 약정, 약관, 계약, 조항, 문언 ¶ The *stipulation* is: (1) an agreement between the parties or attorneys engaged in a legal dispute. (2) a restriction to an agreement. For example, a person agrees to buy a used car, but only if the power steering is repaired. stipulation은 (1) 법적 분쟁에 관여한 당사자 또는 변호인간의 약정이다. (2) 합의에 대한 조건이다. 예를 들면, 어느 사람이 중고차를 사기로 약정하였지만, 그러나 파워 스티어링이 수리되는 경우에 한한다는 조건을 단 경우이다.

stirp (L) 혈통, 일족(一族), 가계, (*pl.*) stirpes (*cf.*) per stirpes ¶ Figuratively, *stirps* in law that person from whom a family is descended and also the kindred or family. 비유적으로, 혈통은 가족에서 유래한 자와 친족 또는 가족도 의미한다. /in *stirpes* 대습상속(代襲相續)으로(per stripes)(in stirpes는 선조(先祖)에 좇아서라는 뜻. 대습상속은 대승상속(代承相續)이라고도 한다. 상속인이 상속개시 전에 사망한 때, 생존하고 있는 사자(死者)의 자손이 대신해서 상속하는 것을 말한다.)

stochastics index 스토캐스틱스(확률) 인덱스 ¶ The *stochastics index* is a computerized technical analysis tool, or oscillator, that measures overbought and oversold conditions in a stock, using moving averages and relative strength techniques. In its simplest form, the *stochastics index* is expressed as a percentage of the difference between the low and high stock price during the stochastics period. For example, if the stochastics period is 14 days and the high in that period was 50 and the low 40, the difference would be 10. On the day it is calculated, the stochastics is the percentage of the difference that the current price represents. If the price at the time of calculation was 40, the stochastics reading would be zero. At a price of 50, the stochastics reading would be 100. At 45, the stochastics reading would be 50. 스토캐스틱스(확률) 인덱스는 이동평균(moving averages)과 상대력(relative strength)수법을 사용하여 주식의 과잉매입(overbought)과 과잉매도(oversold)를 측정하는 컴퓨터에 의한 테크니컬 분석(technical analysis) 또는 오실레이터(oscillator)분석수법을 말한다. 가장 단순한 방법으로, 스토캐스틱스(확률) 인덱스는 산출의 대상이 되는 기간의 주가의 저가와 고가의 차이에 대한 비율로 표시된다. 예를 들면, 확률 기간이 14일인데 그 기간의 고가가 50이고 저가가 40이면, 차이는 10이 된다. 산출일에, 확률은 현재의 가격이 나타내는 차이의 몇 %이다. 만약 산출일의 가격이 40이었다면, 확률의 해석은 0이 되었을 것이다. 50인 가격에서, 확률의 해석은 100이 될 것이다. 45에서는 해석은 (저가와 고가의 한 가운데의 위치인) 50이 되었을 것이다.

stock 저장, 재고품, 재화의 비축, [영] 공채(公債), [미] 주식([영] share) ¶ The *stock* is an ownership of a corporation represented by shares that are a claim on the corporation's earnings and assets. Common *stock* usually entitles the shareholder to vote in the election of directors and other matters taken up at shareholder meetings or by proxy. Preferred *stock* generally does not confer voting rights but it has a prior claim on assets and earnings – dividends must be paid on preferred *stock* before any can be paid on common *stock*. A corporation can authorize additional classes of *stock*, each with its own set of contractual rights. 스톡(stock)은 주식회사의 이익과 자산의 청구권을 가지는 몫(share)으로 표시되는 주식회사의 소유권을 말한다. 일반적으로 보통주(common stock)는 주주(shareholder)가 이사의 선출과 주주총회에서 다루어지는 사항에 관하여 투표권을 행사하게 하거나 위임장(proxy)을 제출하게 할 수 있다. 우선주(preferred stock)는 통상은 결의권을 부여하지 않지만, 자산과 이익을 우선적으로 청구할 수 있고, 배당도 보통주보다 먼저 지급받는다. 이외에도, 주식회사는 독자의 계약상의 권리를 부여한 종류주식을 발행할 수 있다. ¶ The *stock* is inventories of accumulated goods in manufacturing and retailing businesses. 스톡은 제조업과 소매업에서 축적된 상품의 재고(inventory)를 의미한다. /cumulative preferred *stock* 누적적 우선주 /debenture *stock* 사채권 /a holding ratio for a company's *stock* 주식보유율 /issue *stock* [share] 주식을 발행하다 /joint *stock* company 조인트스토크 회사 /pay up one's *stock* 주식의 납입을 하다 /penny *stock* 저액면주식 /preferred *stock* 우선주 /registered *stock* 기명주식 /*stock* and bond 유가증권 /*stock* average 주가 평균 /*stock* build-up 재고수당 /*stock* certificate to bearer 무기명주권 /*stock* collateral loan 주식담보금융 /*stock* dividend; *stock* split 주식무상교부 (*cf.*) [영] bonus (scrip) issue 무상주식 /*stock* exchange; *stock* [security] market 증권거래소 /*stock* issues at the current price (주식의) 시가발행 /*stock* jobber 주식중매인 /*stock* loan 재고융자, 대주(貸株) /*stock* margin trading 신용거래 /a *stock*-market boom 주식붐 /a *stock*-market crash 주식공황 /a *stock* market line 주식시장선(線) /*stock* option contract 주식매수선택권 계약 /*stock* option plan 주식매수선택권제도 /the *stock* payment date (주식의) 납입기일 /the *stock* price average 주가평균 /*stock* price index 주가지수, 주가인덱스 /*stock* purchase 재고수당 /*stock* record date (주식의) 명의개서정지일 /*stock* purchase right 신주인수권 /*stock* selection 주식종목선택 /*stock* split-down 주식병합 /*stock* split-up 주식분할 /a *stock* subscription form 주식청약서 /*stock* symbol 주식종목의 약칭 /*stock* (transfer) register 주주명부 /*stock* purchase warrant 신주인수권증서 /*stock* subscription 주식청약 /*stock* transfer 주식명의개서 /*stock* with [without] par value 무액[무액면]주식 /*stock* yield 주식이율 /They had a *stock* interest in … 그들은 …의 주식을 보유하고 있었다. /watered *stock* 물탄 주식, 수할주(水割株)

capital stock 주식자본 ¶ A *capital stock* is a stock authorized by a company's charter and having par value, stated value, or no par value. The number and value of issued shares are normally shown, together with the number of shares authorized, in the capital accounts section of the balance sheet. 주식자본은 회사의 정관(charter)에 의해서 인정된, 액면가격(par value), 표시가격(stated value), 혹은 무액면(no par value)주식을 말한다. 발행주식(issued and outstanding)의 수와 총액은 대차대조표의 자본계좌의 항에, 통상은 수권주식수(number of shares authorized)와 함께, 인정된다. ***common*** [***ordinary***] ~ 보통주 ¶ The *common stock* is units of ownership of a public corporation. Owners typically are entitled to vote on the selection of directors and other important matters as well as to receive dividends on their holdings. In the event that a corporation is liquidated, the claims of secured and unsecured creditors and owners of bonds and preferred stock take precedence over the claims of those who own *common stock*. 보통주는 공개된 주식회사(public corporation)의 소유권(ownership)의 단위를 가리킨다. 이 소유자는 통상 이사(directors)의 선출이나 다른 중요사항에 대한 의결권(voting right)이나 지분에 대한 배당(dividend)을 수취할 권리가 있다. 회사의 청산에 있어서는, 유담보채권자(secured creditors), 무담보채권자(unsecured creditors), 사채권자(owner of bonds)나 우선주주(owners of preferred stock)의 청구권(claims)이 보통주주의 청구권보다 우선(precedence)한다. ***listed*** [***non-listed***] ~ 상장[비상장]주 ¶ The *listed stock* is a stock listed and traded on the exchange. 상장주란 증권거래소에 상장되어 거래되는 주식을 이른다. ~ ***ahead*** 우선거래 주식 ¶ The *stock ahead* is a situation in which two or more orders for a stock at a certain price arrive about the same time, and the exchange's priority rules take effect. New York Stock Exchange rules stipulate that the bind made first should be executed first or, if two bids came in at once, the bid for the larger number of shares receives priority. The bid that was not executed is then reported back to the broker, who informs the customer that the trade was not completed because there was *stock ahead*. See also matched and lost. 우선거래 주식은 같은 종목에 동일가격으로 복수의 주문이 거의 동시에 발생한 경우는 거래소의 우선(exchange's priority)원칙이 적용된다. 뉴욕증권거래소(New York Stock Exchange)규칙에서는 주문이 나온 순서로 처리하고, 동시에 2개의 주문이 있었던 경우는 주식수가 많은 쪽부터 처리한다고 정하고 있다. 처리되지 않은 주문은 증권업자에게 보고되고, 증권업자는 거래가 우선되는 주식이 있었기 때문에 거래가 성립하지 않은 뜻을 고객에게 통지한다. matched and lost(매치드앤드로스트)도 참조할 것. ~ ***bonus plan*** 주식상여금제도 ¶ The *stock bonus plan* is a plan established and maintained by an employer to provide benefits similar to those of a profit-sharing plan. Contributions by the employer, however, are not necessarily dependent on profits, and the benefits are distributed in shares of stock in the employer company. *Stock bonus plans* reward employees performance, and by giving employees a stake in the company they are used to help motivate them to perform at maximum efficiency. 주식상여금제도는 이익분배제도(profit-sharing plan)와 유사한 급여금을 제공하는 고용주가 설치하고 유지하는 제도이다. 그렇지만, 고용주가 급여금은 반드시 이익에 연동하는 것이 아니고, 고용주 회사의 주식으로 급여되는 것이다. 주식상여금제도는 종업원의 업적에 보답하는 것이고, 종업원에게 회사와의 관련을 가짐으로써, 사기를 높이고 최대한으로 효율을 높이도록 돕는 데에 이용된다. ~ ***broker*** 주식중개인 → registered representative (등록증권외무원). ~ ***buyback*** 자사주환매(自社株還買) ¶ The *stock buyback* is the corporation's purchase of its own outstanding stock. A buyback may be financed by borrowings, sale of assets, or operating cash flow. Its purpose is commonly to increase earnings per share and thus the market price, often to discourage a takeover. When a buyback involves a premium paid to an acquirer in exchange for a promise to desist from takeover activity, the payment is called green-mail. A buyback having a formula and schedule may also be called a share repurchase plan or self-tender. See also treasury stock. 자사주환매는 발행할 자사주식을 매입하는 것이다. 환매는 차입, 자산매각, 또는 영업매수(takeover)로 재원을 조달할 수 있다. 그 목적은 종종 매수(買收)를 저지하기 위하여, 일반적으로 1주당 이익(earnings per share)을 인상하여 주가를 높이는 것이다. 환매가 매수활동을 단념하는 약속과 교환으로 매수자에게 지급되는 프리미엄(premium)과 관련되는 경우, 그 지급을 그린메일(greenmail)이라고 한다. 일정을 정하여 계획적으로 행하는 환매는 자기주식취득계획(share repurchase plan) 또는 자사주공개매수(self-tender)라고도 할 수 있을 것이다. treasury stock(금고주)도 참조할 것. ~ ***buyback plan*** 자사주환매계획, 자사주식취득계획 → stock repurchase plan (or program) (자기주식취득계획). ~ ***certificate*** 주권(株券) ¶ The *stock certificate* is a documentation of a shareholder's ownership in a corporation. *Stock certificates* are engraved intricately on heavy paper to deter forgery. They indicate the number of shares owned by an individual, their par value (if any), the class of stock (for example, common or preferred), and attendant voting rights. To prevent theft, shareholders often store certificates in safe deposit boxes or take advantage of a broker's safekeeping service. *Stock certificates* become negotiable when endorsed. 주권이란 주주의 회사에 대한 소유권을 나타내는 증서를 말한다. 주권은 위조방지를 위하여, 두터운 종이에 정교한 가공을 입히고 있다. 그것은 보유주식수, 액면(par value)(무액면의 경우도 있다.), 주식의 종류(class)(보통주, 우선주 등), 부수하는 의결권이 기재되어 있다. 도난을 방지하기 위하여, 주권은 대여금고(貸與金庫)에 보관한다든지, 증권업자에게 보호예치(safekeeping)를 의뢰하는 경우가 많다. 주권은 배서(indorse)를 하면 양도(negotiable)할 수 있다. ~ ***dividend*** [미] 주식배당 ¶ The *stock dividend* is a payment of a corporate dividend in the form of stock rather than cash. The *stock dividend* may be additional shares in the company, or it may be shares in a subsidiary being spun off to shareholders. The dividend is usually expressed as a percentage of the shares hold by a shareholder. For instance, a shareholder with 100 shares would receive 5 shares as the result of a 5% *stock dividend.* From the corporate point of view, *stock dividends* conserve cash needed to operate the business. From the stockholders point of view, the advantage is that additional stock is not taxed and sold, unlike a cash dividend, which is declarable as income in the year it is received. 주식배당은 현금이 아니라 주식(stock)에 의한 배당(dividend)을 이른다. 신규발행한 자사주 외에 분사화(分社化)한 자회사(subsidiary)의 주식도 사용된다. 통상은 보유주식수에 대한 비율로 나타난다. 예를 들면, 100주를 보유하는 주주는 5%의 주식배당에서 5주를 수취한다. 회사의 입장에서 보면, 사업의 운영에 필요한 현금의 유출을 억제할 수 있다. 주주의 입장에서 살펴보면, 현금배당은 수취한 해에 소득(income)으로서 신고할 필요가 있는 데에 대하여, 주식배당은 매각하기까지 과세되지 않는 점에서 유리하다. ~ ***exchange*** 증권거래소 ¶ The *stock exchange* is an organized marketplace in which stocks, common stock equivalents, and bonds are traded by members of the exchange, acting both as agents (brokers) and as principals (dealers or traders). Most exchanges have a physical location when brokers and dealers meet to execute orders from institutional and individual investors to buy and sell securities. Each exchange sets its own requirements for membership; the New York *Stock Exchange* has the most stringent requirements. See also American *Stock Exchange*; listing requirements; New York Exchange; regional stock exchange; Securities and Commodities Exchanges. 증권거래소는 거래소의 회원이 대리인(브로커)으로서, 또 본인(dealer, trader)으로서, 주식(stock), 준보통주식(common stock equivalents), 채권(bond)을 매매하는 조직화된 시장을 말한다. 대부분의 거래소에는 입회장이 있고, 브로커와 딜러가 실제로 모여서 기관투자자나 개인투자자로부터의 증권의 매매주문을 집행한다. 거래소는 각각 독자의 회원기준을 정하고 있다. 뉴욕증권거래소(New York Stock Exchange)의 기준이 가장 엄격하다. American Stock Exchange(아메리칸증권거래소); listing requirements(상장기준); New York Stock Exchange(뉴욕증권거래소); regional stock exchange(지방증권거래소); Securities and Commodities Exchanges(증권거래소/상품거래소)도 참조할 것. ***Stock Exchange Alternative Trading Service* (*SEATS*)** [영] 증권거래소대체거래업무 ¶ The *Stock Exchange Alternative Trading Service* (*SEATS*) is a screen-based service used on the London Stock Exchange's alternative investment market. 증권거래소대체거래업무는 런던증권거래소의 대체투자시장에서 사용되는 스크린장치에 의거하는 업무를 말한다. ***Stock Exchange of Thailand* (*SET*)** 타일랜드 증권거래소 ¶ Established in 1975 as the Securities Exchange of Thailand, it changed its name in 1991 to The *Stock Exchange of Thailand* (*SET*). Major indices include the *SET* Index, a market capitalization-weighted price index that compares the current market value of all listed common shares on the main board with its value on the base date of April 30, 1975, which was when the SET Index was established and set at 100 points. Trading is conducted through Friday from 10 a.m. to 12:30 p.m. and 2 p.m. to 4:30 p.m. 1975년에 Securities Exchange of Thailand로서 설립되었으나, 1991년에 현재의 Stock Exchange of Thailand로 명칭을 변경하였다. 주요한 지수(index)에 SET지수(SET Index)가 있다. 이 지수는 시가총액가중 평균주가지수(market capitalization-weighted price index)는 동 거래소의 제1부(Mainboard)에 상장되어 있는 모든 주식의 시가를 SET 지수가 스타트한 1975년 4월 30일 기준의 주가를 100으로 하여 비교한 것이다. 월요일에서 금요일까지의 오전 10시에서 오후 12시 30분과 오후 2시에서 4시 30분까지 행해진다. ***Stock Exchange Trading System* (*SETS*)** [영] 증권거래소거래시스템 ¶ The *Stock Exchange Trading System* (*SETS*) is an electronic order-driven trading system of the London Stock Exchange that matches bids and offers of the FTSE: Financial Times Stock Exchange 100 Index) 100 companies and certain other large cap stocks. 증권거래소거래시스템은 파이낸셜 타임즈 주식거래소 100 종목의 회사와 일부 다른 대형회사의 주식의 매수호가와 매도호가를 대결시키는 런던증권거래소의 전자적 주문주도 거래시스템을 말한다. **~ *index*** 주가지수 ¶ The *stock index* is the relative value of a stock in comparison with itself on a different date. Many stock price indicators such as the Standard & Poor's series and the New York Stock Exchange series are constructed as indexes. See also base period. 주가지수는 상이한 날에 자체 주식과 비교한 주식의 상대가치를 말한다. 스탠더드앤드푸어스의 시리즈(Standard & Poor's series)와 뉴욕증권거래소의 시리즈(New York Stock Exchange series)와 같은 많은 주가지표(stock price indicator)는 지수로 해석된다. base period(기준기간)도 참조할 것. **~ *index futures* [*option*]** 주가지수선물[옵션] ¶ The *stock index futures* is a security that combines features of traditional commodity futures trading with securities trading using composite stock indices. Investors can speculate on general market performance or buy an index future contract to hedge a long position or short position against a decline in value. Settlement is in cash, since it is obviously impossible to deliver an index of stocks to a futures buyer. Among the most popular *stock index futures* traded are the electronically traded E-mini S&P 500 contract as well as the NASDAQ 100 on the Chicago Mercantile Exchange, the Dow Jones Industrial Average on the Chicago Board of Trade, the New York Stock Exchange Composite Index on the New York Board of Trade (NYBOT), and the Value Line Composite Index on the Kansas City Board of Trade (KCBT). It is also possible to buy options on *stock index futures*. Unlike stock index futures or index options, however, futures options are not settled in cash; they are settled by delivery of the underlying stock index futures contracts. See also futures contract; hedge/hedging; securities and commodities exchanges. 주가지수선물은 전통적인 상품선물거래(commodity futures contract)의 특징을, 종합주식지수(composite stock indices)를 사용한 증권거래(securities trading)에 종합한 증권을 말한다. 투자자(investor)는 주가하락에 대비하여 매입초과포지션(long position)이나 매도초과포지션(short position)을 헤지(hedge)하기 위해서 일반시장업적에 투기할 수 있거나 주가지수선물(index future contract)을 매입할 수 있다. 선물매수자에게 주가지수를 인도하는 것은 명백히 불가능하기 때문에 결제는 현금으로 한다. 가장 인기 있게 거래되는 주가지수선물에는 시카고상업거래소(Chicago Mercantile Exchange)에서 전자거래되고 있는 나스닥 100(NASDAQ 100)뿐만 아니라, 전자적으로 거래되는 E-mini S&P 500 선물, 시카고상품거래소(Chicago Board of Trade)의 다우존스 공업주평균(Dow Jones Industrial Average), 뉴욕상품거래소의 뉴욕증권거래소 종합지수(the New York Stock Exchange Composite Index on the New York Board of Trade), 및 캔사스 시티 상품거래소의 밸류라인통합지수(Value Line Composite Index on the Kansas City Board of Trade)가 있다. 주가지수선물을 매수하는 것도 가능하다. 그러나 주가지수선물 또는 주가지수옵션과는 달리, 선물옵션(futures option)은 현금으로 결제되지 않는다. 말하자면, 선물옵션은 기초주가지수선물(underlying stock index futures contracts)을 인도하여야 지급된다. futures contract(선물); hedge/ hedging(헤지); securities and commodities exchanges(증권거래소/상품거래소)도 참조할 것. ~ ***indices and averages*** 주가지수와 평균주가 ¶ *Stocks indices and averages* are indicators used to measure and report value changes in representative stock groupings. Strictly speaking, an average is simply the arithmetic mean of a group of prices, whereas an index is an average expressed in relation to an earlier established base market value. (In practice, the distinction between indices and averages is not always clear; the AMEX Major Market Index is an average, for example.) Indices and averages may be broad based – comprised of many stocks representative of the overall market – or narrowly based, meaning they are composed of a smaller number of stocks reflecting a particular industry or market sector. Selected indices and averages are also used as the underlying value of stock index futures, index options, or options on index futures; these derivative instruments enable investors to hedge a position against general market movement at relatively low cost. An extensive number and variety of indices and averages exist. Among the known and most widely used are; AMEX Composite Index (XAX), AMEX Major Market Index (XMI), Dow Jones Industrial Average, Dow Jones STOXX Indices, Dow Jones Titans Indices, Dow Jones Wilshire 5000, NASDAQ Composite Index, NASDAQ-100 Index, the NYSE Composite Index (NYA), PSE/PCX 100 Index, Russel Indices, S&P 500 Index, S&P Global 1200 Index, Standard & Poor's 100

Index (OEX), and Value Line Composite Averages. 주가지수와 평균주가는 대표적인 주식군(群)의 가격변화의 특징이나 보고에 사용하는 지표(indicator)를 말한다. 엄밀히 말하면, 평균주가는 단순히 과거의 주가의 산술평균(arithmetic mean)인 반면에, 지수(index)는 과거의 기준시장가격(base market value)과 비교한 평균이다. (실제로는 주가지수와 평균주가간의 차이가 항시 분명치가 않다. 아멕스 주요시장지수(AMEX Major Market Index)가 평균주가의 한 예이다.) 주가지수와 평균주가에는 전체시장을 대표하는 다수의 종목으로 구성되는 종합적인 것과, 특정한 산업이나 시장섹터를 대표하는 소수의 종목으로 구성되는 좁은 범위의 것이 있다. 선택된 주가지수와 평균주가는 주가지수선물(stock index futures), 지수옵션(index option), 또는 지수선물옵션(option on index futures)을 기초가치로 사용한 것이기도 하다. 이러한 파생상품지수(derivative instruments)는 투자자가 비교적 낮은 코스트로 시장전체의 움직임에 대하여 헤지할 수 있다. 지수와 평균주가의 수나 종류는 많지만, 잘 사용되는 유명한 것은 다음과 같다. 아멕스종합지수[AMEX Composite Index (XAX)], 아멕스메이저 마켓지수(AMEX Major Market Index)(XMI), 다우존스 공업주 30종목 평균(Dow Jones Industrial Average)(DJIA), 다우존스STOXX지수(Dow Jones STOXX Indices), 다우존스 타이탄지수(Dow Jones Titans Indices), 다우존스 윌셔5000종목지수(Dow Jones Wilshire 5000), 나스닥종합지수(NASDAQ Composite Index), 다스닥100종목 주가지수(NASDAQ-100 Index), 뉴욕증권거래소 종합지수(the NYSE Composite Index)(NYA), PSE/PCX 100종목주가지수(PSE/PCX 100 Index), 럿셀지수(Russel Indices), 스탠더드앤드푸어스 500종목 종합지수(S&P 500 Index), S&P글로벌 1200종목주가지수(Global 1200 Index), 스탠더드앤드푸어스 100종목주가지수(Standard & Poor's 100 Index)(OEX), 및 밸류라인 종합평균(Value Line Composite Averages)이다. ~ ***insurance company*** 주식회사조직의 보험회사 ¶ The *stock insurance company* is an insurance company that is owned by stockholders, as distinguished from a mutual company that is owned by policyholders. Even in a stock company, however, policyholders interests are ahead of shareholder's dividends. 주식회사조직의 보험회사는 보험계약자(policyholder)가 보유하는 상호회사(mutual company)와는 대비하여, 주주가 보유하는 보험회사이다. 그러나, 주식회사라도, 보험계약자의 이익은 주주에의 배당(dividend)에 우선된다. ~ ***jockey*** 스톡쟈키 ¶ The *stock jockey* is a stockbroker who actively follows individual stocks and frequently buys and sells shares in his client's portfolios. If the broker does too much short-term trading in accounts over which he has discretion, he may be accused of churning. 스톡쟈키는 개개의 주식(stock)의 움직임을 적극적으로 추적하여, 고객계좌의 주식을 빈번하게 매매하는 주식중개인이다. 만약 중개인이 운용을 위임받고 있는 계좌에서 과잉으로 단기매매를 행한다면, 그는 과당거래(churning)로 소추될 수 있다. ~ ***list*** 주식상장심사 ¶ The *stock list* is a function of the organized stock exchanges that is concerned with listing requirements and related investigations, the eligibility of unlisted companies for trading privileges, and the delisting of companies that have not complied with exchange regulations and listing requirements. The New York Stock Exchange department dealing with listing of securities is called the Department of Stock List. 주식상장심사는 상장기준(listing requirements)과 그것에 관련하는 심사, 비상장주식의 거래특권(unlisted trading privilege)의 적격성의 심사, 거래소의 규칙과 상장기준을 충족하고 있지 않는 회사의 상장폐지와 관계가 있는 조직화된 증권거래소의 기능이다. 뉴욕증권거래소(New York Stock Exchange)의 증권상장심사를 담당하는 부문을 스톡리스트 부문(Department of Stock List)이라 한다. ~ ***market*** 주식시장 ¶ The *stock market* is a general term referring to the organized trading of securities through the various physical and electronic exchanges and the over the counter market. The securities involved include common stock, preferred stock, bonds, convertibles, options, rights, and warrants. The term may also encompass commodities when used in its most general sense, but more often than not the stock market and the commodities (or futures) market are distinguished. They query "How did the market do today?" is usually answered by a reference to the Dow Jones Industrial Average, comprised of stocks listed on the New York Stock Exchange. See also Securities and Commodities Exchanges. 주식시장은 입회장이나 전자장비를 사용한 거래소(exchange)에서의 거래, 장외거래(場外去來, over the counter)시장에서의 거래를 통한 증권을 조직화한 구조에서 매매하는 것을 의미한다. 이에 관련되는 증권에는 보통주(common stock), 우선주(preferred stock), 채권(bond), 전환사채(convertibles), 옵션(option), 신수인수권(right), 신수인수권증서(warrant)가 들어간다. 주식시장이라는 용어에는 가장 넓은 의미가 사용될 때에는 상품(commodities)도 들어갈 수 있으나, 주식시장과 상품 (또는 선물)시장(commodities or futures market)은 구별되는 편이 많다. 「오늘의 시세는 어떻든가?」(How did the market do today?) 라는 질문에는 뉴욕증권거래소(New York Exchange: NYSE)의 상장주로 구성되는 다우존스 공업주가평균(Dow Jones Industrial Average)을 인용하여 나온 답인 경우가 많다. Securities and Commodities Exchanges(증권거래소/상품거래소)도 참조할 것. ~ ***option*** [미] 주식매수선택권 ¶ The *stock option* is: (1) a right to purchase or sell a stock at a specified price within a stated period. Options are a popular investment medium, offering an opportunity to hedge positions in other securities, to speculate in stocks with relatively little investment, and to capitalize on changes in the market value of options contracts themselves through a variety of options strategies. See also call option; put option. (2) a widely used form of employee incentive and compensation, usually for the executives of a corporation. The employee is given an option to purchase its shares at a certain price (at or below the market price at the time the option is granted) for a specified period of years. See also incentive stock option; qualified stock option. 주식매수선택권은 (1) 일정한 기간 내에 특정한 가격으로 주식(stock)을 매수하는 권리, 또는 매도하는 권리이다. 옵션(option)은 인기가 있는 투자수단으로, 다른 증권의 포지션(position)을 헤지(hedge)한다든지, 비교적 적은 자본으로 주식의 투기를 한다든지, 각종의 옵션전략에서 옵션 자체의 시장가격(market value)의 변동으로부터 이익을 올린다든지 할 수 있다. call option(콜옵션): put option(풋옵션)도 참조할 것. (2) 종업원의 동기부여와 보수에 널리 사용되는 방법으로, 통상은 간부사원을 대상으로 한다. 종업원은 일정한 기간 내에 특정한 가격(통상은 옵션이 부여된 때의 시장가격이 그 이하의 가격)으로 자사주(自社株)를 구입하는 옵션(option)을 받는다. incentive stock option[자사주저가격구입권(自社株低價格購入權)]; qualifying stock option(적격 스톡옵션)도 참조할 것. ~ ***power*** 주식양도위임장 ¶ The *stock power* is a power of attorney form transferring ownership of a registered security from the owner to another party. A separate piece of paper from the certificate, it is attached to the latter when the security is sold or pledged to a brokerage firm, bank, or other lender as loan collateral. Technically, the *stock power* gives the owner's permission to another party (the transfer agent) to transfer ownership of the certificate to a third party. Also called stock/bond power. 주식양도위임장은 제3자에의 등록증권(registered security)의 소유권을 양도하는 위임장을 말한다. 증권(certificate)과는 다른 문서로서, 증권을 매각한다든지, 융자의 담보(collateral)로 삼아 증권회사, 은행 등의 대여자에게 차입을 한다든지 할 때에 증권에 첨부된다. 전문적으로 말하면, 증권대행기관

(transfer agent)은 증권양도증서를 수취한다면, 증권의 소유권을 제3자에게 양도할 수 있게 된다. 이를 stock/bond power(주식/채권양도위임장)이라고도 한다. ~ ***purchase plan*** 자사주구입제도 ¶ The *stock purchase plan* is an organized program for employees of a company to buy shares of its stock. The plan could take the form of compensation if the employer matches employee stock purchase. In some companies, employees are offered the chance to buy stock in the company at a discount. Also, a corporation can offer to reinvest dividends in additional shares as a service to shareholders, or it can set up a program of regular additional share purchases for participating shareholders who authorize periodic, automatic payment from their wages for this purpose. See also automatic investment program. Another form of *stock purchase plan* is the employee stock ownership plan (ESOP), whereby employees regularly accumulate shares and may ultimately assume control of the company. 자사주구입제도는 자사주의 구입을 하는 회사의 종업원을 위한 조직화된 제도이다. 고용주가 종업원에게 자사주매입을 결정하면, 그 계획은 보수의 형태를 취할 수 있을 것이다. 어떤 회사에 있어서는, 종업원에게 할인값으로 주식을 매입하도록 기회가 주어지기도 한다. 또, 어떤 회사는 배당(dividend)을 재투자하여 주식을 늘려 매입한다든지, 급여자동인낙에 동의한 종업원을 대상으로 정기적으로 늘려 매입하는 제도를 설정할 수도 있다. automatic investment program(자동투자프로그램)도 참조할 것. 자사주구입제도의 다른 형태는 종업원지주제도(employee stock ownership plan: ESOP)로, 종업원이 주식을 늘려 매입해 가고, 그 결과 최종적으로 회사의 지배권(controlling interest)을 장악할 수도 있다. ~ ***rating*** 주식등급 ¶ The *stock rating* is an evaluation by rating agencies of common stocks, usually in terms of expected price performance or safety. Standard & Poor's and Value Line's respectively qualify and timeliness ratings are among the most widely consulted. 주식등급은 등급기관(rating agencies)이 예상되는 가격의 움직임이나 안전성을 기준으로 하여 보통주(common stock)를 평가하는 것이다. 스탠더드앤드푸어스(Standard & Poor's)와 밸류라인(Value Line Investment Survey)의 등급이 질이 높고, 타이밍이 좋아서 특히 폭넓게 이용되고 있다. ~ ***record*** 주식기록 ¶ The *stock record* is a control, usually in the form of a ledger card or computer report, used by brokerage films to keep tract of securities held in inventory and their precise location within the firm. Securities are recorded by name and owner. 주식기록은 증권회사(brokerage firm)가 재고에 보유하고 있는 증권의 기록과 그 보관장소를 기록한 원장이나 컴퓨터에 의한 기록을 말한다. 증권은 명칭과 보유자마다 기록된다. ~ ***repurchase plan*** **(*or program*)** 자기주식취득계획 ¶ The *stock repurchase plan* (*or program*) is an action taken by a board of directors that authorize but does not obligate corporate management to go into the open market and repurchase its own shares up to a specified limit within a specified period of time. Upon retirement of the shares repurchased, the company has a lesser number of issued and outstanding shares, thereby theoretically increasing its earnings per share. With higher earnings per share, the company's shares theoretically rise in value, giving shareholders long-term capital gains. Stock buybacks, which often fall short of the amount authorized and are announced partly for psychological effect to boost the stock price, have been a popular use of cash built up by companies that do not want to initiate mergers or acquisitions, reinvest in their businesses, or raise their dividends any further. 자기주식취득계획은 이사회(board of directors)의 결의로 경영진(management)에 대하여 특정한 기간 내에 특정한 한도까지 시장에서 자기주식을 환매하는 권한(다만 의무가

아니다.)을 주는 경우이다. 환매한 자기주식을 소각(retirement)을 하면, 발행할 주식(issued and outstanding)수는 적게 되므로, 이론상으로는 1주당 이익(earnings per share: EPS)이 높게 된다. EPS가 높게 되면, 이론적으로는 주가가 높게 되어 투자자에게는 장기적인 캐피탈게인(capital gain)을 얻을 수가 있다. 자기주식의 환매는 많은 경우에 환매예정액에 달하지 못하는 것이 많고, 또 주가를 올리기 위하여 심리적인 효과를 노려서 발표되는 일도 있지만, 현금이 쌓아 올라서, 합병이나 매수(merger or acquisition)나 사업에의 재투자, 혹은 더 이상 배당의 증가(raise dividends)를 행할 의사가 없는 기업에게는 인기가 있는 정책으로 되고 있다. ~ ***right*** 주식매수청구권 → subscription right (신주인수권). ~ ***room*** 저장실 ¶ The *stock room* is an area or room where stock of goods and materials and other supplies are maintained. 저장실은 상품과 재료 기타 공급물품이 보존되는 구역이나 공간을 말한다. ~ ***screening*** 주식의 스크리닝 ¶ *Stock screening* is using computer program, such as Telescan, to apply stock selection criteria to a data base of thousands of companies. Corporate financial and stock performance data, both fundamental and technical, are the thus screened to exclude stocks that fail to match criteria, resulting in a handful of promising investment prospects. *Stock screening* is part of the nascent and quickly developing field called cyber-investing. 주식의 스크리닝은 텔레스캔(Telescan)과 같은 컴퓨터프로그램을 사용하여 수천에 달하는 주식의 데이터베이스에 주식선택의 기준을 적용하는 것이다. 회사의 재무데이터(financial data)와 실적데이터(performance data)를 펀더멘탈 분석(fundamental analysis)이나 테크니컬 분석(technical analysis)을 통하여 스크리닝하는 것에서, 선택기준을 클리어할 수 없는 종목이 제외되고, 그 결과 소수의 장래성 있는 투자종목으로 좁힐 수 있다. 주식의 스트리닝은 사이버투자(cyber-investing)라고 하는 아직 미성숙한 단계지만, 급속하게 발전하는 분야의 일부이다. ~ ***split*** 주식분할 → split (주식분할). ~ ***swap*** [영] 주식스왑 ¶ The *stock swap* is: (1) a merger or acquisition involving the exchange of common stock between two companies; the transaction is generally accounted for as a pooling of interests. (2) a tax-motivated transaction where an investor with unrealized losses in a stock portfolio sells the positions, realizes the losses, and uses the losses to offset capital gains on other securities; excess losses from the *stock swap* can be carried forward to future periods, subject to certain limitations. See also tax carryback; tax carryforward. 주식스왑은 (1) 2회사간에 보통주의 교환을 수반하는 회사합병 또는 기업매수(acquisition)이다. 그 거래는 일반적으로 지분풀(pooling of interests)로서 설명된다. (2) 주식포트폴리오에서 미실현손실이 있는 투자자는 다른 증권상의 자본이득(capital gains)을 상쇄하기 위하여, 포지션을 매도하고 손실을 실현하여 손실을 이용하는 조세유발거래(tax-motivated transaction)이다. 주식스왑에서 생기는 초과손실은 일정한 제한은 따르지만, 장래기간까지 이월(carryforward)될 수 있다. tax carryback(세무상의 손급환급); tax carryforward(세무상의 손실이월)도 참조할 것. ~ ***symbol*** 주식코드, 스톡심볼 ¶ The *stock symbol* is letters used to identify listed companies on the securities exchanges, on which they trade. These symbols, also called trading symbols, identify trades on the consolidated tape and ar used in other reports and documents whenever such shorthand is convenient. Symbols for stocks listed on the New York Stock Exchange and the American Stock Exchange range from one to three letters. AT&T's symbol, for example is T; Alcoa's is AA; 3M Company's is MMM. A fourth letter indicates a special class or category. Over-the-counter stock symbols have four or five letters. A fifth letter indicates that the security has something special about it. The following is a guide: A = Class A; B = Class B; D = New; E

= Delinquent in SEC filings; F=Foreign, except ADRs; G, H, I = Additional warrants of preferreds; J = Voting; K = Nonvoting; L = Miscellenous situations, such as stubs, depositary receipts, additional warrants or preferred; M = Fourth preferred; N = Third referred; O = Second preferred; P = First preferred; Q = bankruptcy; R = Rights; S = Beneficial interest; T = Delinquent in filing; U = Units; V = When issued and when-distributed; W = Warrants; Y = ADRs; Z = Miscellaneous situations, similar to L. Stock symbols are not necessarily the same as abbreviations used to identify the same companies in the stock tables of newspapers. See also Committee on Uniform Securities Identification Procedures (CUSIP). 주식코드는 증권거래소에서 거래되고 있는 공개기업을 특정하는 문자를 말한다. 이러한 심볼은 거래심볼(trading symbol)이라고도 하며, 통합주식표시테이프(consolidated tape)에서의 거래의 표시나, 코드에서의 표시가 편리한 경우에는 레포트나 서류에서도 사용된다. 뉴욕증권거래소(New York Stock Exchange; NYSE)나 아메리칸증권거래소(American Stock Exchange)에 상장되어 있는 기업의 주식코드는 1문자에서 3문자로 표시된다. 예를 들면, AT&T의 주식코드는 T, Alcoa는 AA, 3M Company는 MMM으로 되어 있다. 4문자는 특별한 종류나 카테고리를 가리킨다. 장외거래(over-the-counter)주식의 코드는 4문자 혹은 5문자로 표시된다. 5번째 문자는 그 주식이 주식의 특별한 것을 가리킨다. 다음은 하나의 안내이다. A는 클래스A주식(Class A), B는 클래스B주식(Class B), D는 신규발행주식(New), E는 증권거래위원회(Securities and Exchange Commission: SEC)에의 등록지연(Delinquent in SEC filings), F는 외국주식(Foreign), 다만 미국예탁증서(American Depositary Receipt: ADR)는 제외함), G, H, I는 우선주식(preferred stock)의 추가적인 워런트(warrant), J는 의결권없는 주식(Voting), K는 비의결권주식(Non-voting), L는 정리주(stub stock), 예탁증권, 추가적인 워런트나 유가증권과 기타의 의미, M은 제4종 우선주식, N는 제3종 우선주식, O는 제2종 우선주식, P는 제1종 우선주식, Q는 파산기업, R은 신주인수권(RIGHT), S는 수익권(Beneficial interest), T는 SEC에의 게출의 지연(Delinquent in filing), U는 유니트(UNIT), V는 조건부 매매 혹은 조건부 매출(When issued and when-distributed), W는 워런트(Warrant), Y는 미국예탁증서(American Depositary Receipt: ADR), Z는 L과 마찬가지로 기타의 항목이다. 주식코드는 신문의 주식란에 사용되고 있는 약칭과는 반드시 같은 것은 아니다. Committee on Uniform Securities Identification Procedures (CUSIP)(통일증권식별절차위원회)도 참조할 것. ~***-transfer agent*** 주식대행기관 → transfer agent (명의개서대리인). ~ ***warrant*** 스톡워런트, 주식매수권증서 → subscription warrant (신주인수권증서). ~ ***watch (NYSE)*** (뉴욕증권거래소) 시장감시시스템 ¶ The *stock watch* (*NYSE*) is a computerized service that monitors all trading activity and movement in stocks listed on the New York Stock Exchange. The system is set up to identify any unusual activity due to rumors or manipulation or other illegal practices. The *stock watch* department of the *NYSE* is prepared to conduct investigations and to take appropriate action, such as issuing clarifying information or turning questions of legality over to the Securities and Exchange Commission. See also Surveillance Department of Exchanges. 뉴욕증권거래소 시장감시시스템은 상장주(listed stock)의 거래와 가격 동향을 모니터링하는 뉴욕증권거래소(New York Stock Exchange: NYSE)의 컴퓨터 시스템이다. 그 시스템은 루머나 시제조종(manipulation) 기타 위법행위로 인한 이상한 거래를 발견하기 위해서 도입된 것이다. NYSE의 시장감시부문은 조사를 하고, 정보를 개시한다든지, 법적인 문제를 증권거래위원회(SEC)에 인도하는 등 적절한 조치를 취하는 체제를 갖추고 있다. Surveillance Department of Exchanges(거래소의 감시부문)도 참조할 것.

stockbroker 주식중개인, 주식외무원 → registered representative (등록증권외무원).

stockbuilding 재고수당

stockholder [미] 주주([영] shareholder) ¶ The *stockholder* is an individual or organization with an ownership position in a corporation; also called a shareholder or shareowner. *Stockholders* must own at least one share, and their ownership is confirmed by either a stock certificate or a record by their broker, if shares are in the broker's custody. 주주는 주식회사의 소유권지위에 있는 개인이나 단체를 가리키고, 이를 shareholder 또는 shareowner라고도 한다. 주주는 적어도 1주를 가져야 하며, 그의 소유자의 지위는 그의 주식이 중개인의 보호예치 중에 있다고 하더라도, 주권이나 중개인에 의한 등록부에 의해 확인된다. /an ordinary [extraordinary] meeting of *stockholders* 통상[임시]주주총회 /*stockholder's* account 주주계정 /a *stockholders'* list 주주명부 /a *stockholders'* meeting 주주총회 /a *stockholder's* right 주주권 ***stockholder derivative suit*** 주주대표소송 → derivative suit (주주대표소송). ~ ***of record*** 주주명부상의 주주 ¶ The *stockholder of record* is a common or preferred stockholder whose name is registered on the books of a corporation as owning shares as of a particular date. Dividends and other distributions are made only to shareholders of record. Common stockholders are usually the only ones entitled to vote for candidates for the board of directors or on other matters requiring shareholder approval. 주주명부상의 주주는 보통주(common stock)나 우선주(preferred stock)를 보유하고, 어느 시점에서 회사의 주주명부에 주식보유자로서 성명이 등록되어 있는 주주를 말한다. 배당(dividends) 기타의 분배는 주주명부에 등록된 주주만을 대상으로 한다. 이사의 선출 기타 주주의 승인이 필요한 사안의 의결권은 통상은 보통주에만 부여된다. ~***'s equity*** 주주자본, 자기자본, 순자산 → owner's equity (자기자본, 주주자본). ~***'s report*** 주주보고서 ¶ The *stockholder's report* is a company's annual report and supplementary quarterly reports giving financial results and usually containing an accountant's opinion. Special *stockholder's reports* are sometimes issued covering major corporate developments. Also called shareholder's report. See also disclosure. 주주보고서는 회계결산과 통상적으로 회계감사인의 감사의견을 담고 있는 회사의 연차보고서(annual report)나 4반기보고서(quarterly report)를 가리킨다. 회사에 주요한 발전의 결과가 있으면 임시주주보고서(special stockholder's report)가 발표되는 경우도 있다. 이를 shareholder's report(주주보고서)라고도 한다. 또한 disclosure(정보공개)도 참조할 것.

stockpile ⓝ 비축[축적](량), (자재 등의) 재고(在庫), 저장원료, 보급재료의 더미 ¶ *stockpile* financing 체화금융, 재고금융 /*stockpiling* 재고수당, 비축 /The *stockpile* grows ever larger. 저장량은 점점 증가하고 있다.
ⓥ 비축[저장]하다

Stocky [딜러용어] 스웨덴 크로나(Swedish krona)

stolen 도난당한 ¶ *stolen* card 도난카드 /*stolen* check 도난수표

stop ⓥ 정지하다, 중지하다 ¶ payment *stopped* 지급중지, 지급금지 /a request for *stopping* of payment 지급정지청구 /*stopped* [cancelled] check 지급정지수표 ***stopped out*** 스톱트아웃 ¶ The word *stopped out* means a term used when a customer's order is executed under a stop order at the price predetermined by the customer, called the stop price. For instance, if a customer has entered a stop-loss order to sell XYZ at $30 when the stock is selling at $33, and the stock then falls to $30, his or her position will be *stopped out*. A customer may also be *stopped out* if the order is executed at a guaranteed price offered by a specialist. See also gather in the stops; stopped stock. 스톱트아웃이라는 말은 고객이 사전에 결정한 역지정가(stop price)로 가격지정주문(stop order)이 집행되는 경우에 사용되는 말이다. 예를 들면, XYZ주가 33달러로 거래되고 있는 때에, 고객이 XYZ주를 30달러로 매도손절주문(stop loss order)을 내고, 그 후 주가가 30달러로 저하할 때에 스톱트아웃한다. 또 스페셜리스트(specialist)가 보증한 가격으로 주문이 집행되는 경우에도 고객은 스톱트아웃할 수 있다. gather in the stops(역[逆]지정가격매도); stopped stock[스톱주(株)]도 참조할 것. ***~ed stock*** 스톱주(株) ¶The *stopped stock* is a guarantee by a specialist that an order placed by a floor broker will be executed at the best bid or offer price then is the specialist's book unless it can be executed at a better price within a specified period of time. 스톱주(株)는 스페셜리스트(specialist)가 그 시점의 스페셜리스트의 주문장(specialist's book)의 제일 유리한 가격으로 입회장 브로커(floor broker)의 주문을 집행한다고 보증하는 것이다. 다만, 일정한 기간 내에 그 이상으로 유리한 가격으로 집행할 수 있는 경우를 제외한다.

[n.] 중지, 정지 ¶*stop* price 가격지정 ***stop-limit order*** 가격역지정주문 ¶The *stop-limit order* is an order to a securities broker with instruction to buy or sell at a specified price or better (called the stop-limit price) but only after a given stop price has been reached or passed. It is a combination of a stop order and a limit order. For example, the instruction to the broker might be "buy 100 XYZ 55 STOP 56 LIMIT" meaning that if the margin price reaches $55, the broker enters a limit order to be executed at $56 or a better (lower) price. A *stop-limit order* avoids some of the risks of a stop order, which becomes a market order when the stop price is reached; like all price-limit orders, however, it carries the risk of missing the market altogether, since the specified limit price or better may never occur. The American Stock Exchange prohibits *stop-limit orders* unless the stop and limit prices are equal. 가격역지정주문(스톱리미트주문)은 일정한 가격이 그보다 유리한 가격(스톱 리미트가격)(stop-limit price)으로 매수하거나 매도하도록 증권업자에게 지시하는 주문방법을 말한다. 다만, 역지정가(stop price)에 달하거나 그것을 초과하는 않으면 집행하지 않는다. 그것은 가격지정주문(stop order)과 지정가주문(limit order)의 결합품(combination)이다. 예를 들면, 브로커에 대한 지시가「XYZ주 100주를 매입하고, 스톱 55, 리미트 56」라고 지시하면, 주가(market price)가 55달러에 달한다면, 56달러나 그보다 유리한(낮은) 가격으로 주문이 집행된다는 의미이다. 가격역지정 주문은 스톱가격(지정가)에 도달하면 성립가주문(market order)이 되지만, 스톱 리미트주문에서는 그 리스크의 일부가 회피된다. 그러나 다른 지정가주문과 마찬가지로, 지정한 리미트가격이나 그보다 유리한 가격이 실현된다고는 한정할 수 없으므로, 매매는 전혀 성립하지 않을 리스크가 있다. 아메리칸증권거래소(American Stock Exchange: AMEX)는 스톱가격과 리밋가격이 동일하지 않는 한, 스톱 리미트주문을 금지하고 있다. ~ ***loss*** 스톱로스재보험, 손절매(損切賣) ¶In insurance, the stop loss is a promise by a reinsurance company that it will cover losses incurred by the company it reinsures over and above an agreed-upon amount. 보험에 있어서, 스톱 로스재보험은 재보험의 가입회사가 입은 손해가 일정한 가격을 초과하면, 보상하는 재보험계약을 말한다. ¶In stocks, the *stop loss* is a customer order to a broker that sets the sell price of a stock below the current market price. A stop-loss order therefore will protect profits that have already been made or prevent further losses if the stock drop. 주식에 있어서, 손절매(損切賣)는 현재의 시장가격(market price)을 하회하는 일정한 가격으로의 매도를 증권업자에게 지시하는 것이다. 손절매주문(stop loss order)에 의하여 이익을 확보한다든지, 주가가 다시 하락하여 손실이 확대하는 것을 방지할 목적에서 행한다. ~ ***order*** (법원의) 유지명령, 가격지정주문 ¶ The *stop order* is an order to a securities broker to buy or sell at the market price once the security has traded at a specified price called the stop price. A *stop order* may be a day order, a good-till-canceled order, or any other form of time-limit order. A *stop order* to buy, always at a stop price above the current market price, is usually designed to protect a profit or to limit a loss on a short sale (see selling short). A *stop order* to sell, always at a price below the current market price, is usually designed to protect a profit or to limit a loss on a security already purchased at a higher price. The risk of *stop orders* is that they may be triggered by temporary market movements or that they may be executed at prices several points higher of lower than the stop price because of market orders placed ahead of them. Also called stop-loss order. See also gather in the stops; stop limit order; stop loss (stocks). 가격지정주문은 주가가 가격지정가(stop price)라고 하는 일정한 가격으로 거래되었다면, 시장가격(market price)으로 매수하거나 매도하도록 증권업자에게 지시하는 것이다. 가격지정주문은 당일유효주문(day order), 취소까지의 유효주문(good-till-canceled order) 기타 기한부 주문(time-limit order)의 형태일 수 있다. 현재의 주가를 상회하는 가격지정가로 설정되는 가격지정주문의 매수는 통상은 이익확정공매(selling short 참조)의 손실액을 억제하는 것을 목적으로 한다. 현재의 주가를 하회하는 가격으로 설정되는 가격지정주문은 통상은 이익확정이거나, 현재보다 높은 가격으로 구입한 주식의 손실액을 억제하는 것을 목적으로 한다. 가격지정주문의 리스크로서는, 일시적인 커다란 시세변동으로 주문이 집행된다든지, 가격지정주문에 우선하는 성립가주문(market order)이 먼저 집행된 결과, 가격지정주문보다 몇 포인트 높은 (또는 낮은) 가격으로 집행되는 일이 있다. 이를 손절매주문(stop loss order)이라고도 한다. gather in the stops(역[逆]지정가격매도); stop limit order(가격역지정주문); stop loss (stocks)(스톱 로스재보험)도 참조할 것. ~***-out price*** 최저낙찰가격 ¶ The *stop-out price* is a lowest dollar price at which Treasury bills are sold at a particular auction. This price and the beginning auction price are averaged to establish the price at which smaller purchasers may purchase bills under the Noncompetitive Bid System. See also bill; Dutch auction. 최저낙찰가격은 미재무부 단기증권(Treasury bill)이 특정한 옥션에서 판매되는 최저낙찰가격을 이른다. 이 최저낙가격과 당초 입찰가격의 평균치가 비경쟁입찰(Noncompetitive Bid)제도에서 소액매수인이 구입할 수 있는 가격이 된다. bill(증서); Dutch auction(네덜란드옥션)도 참조할 것. ~ ***payment*** 지급위탁의 취소, 지급금지, (송금수표의) 지급정지 ¶ The *stop payment* is a revocation of payment on a check after the check has been sent or delivered to the payee. So long as the check has not ben cashed, the writer has up to six months in which to the request a stop payment. The *stop payment* right does not carry over to electronic funds transfers. 지급정지는 수표(check)가 수취인(payee)에게 송부 또는 인도된 후에 지급을 취소하는 경우이다. 수표가 환금될 수 없는 한 발행인(writer)은 6월 이내이면 지급정지를 구할 수 있다. 이 권리는 전신송금에는 적용하지 아니한다. ~ ***price*** 역지정가격 → stop order (가격지정주문).

stopgap 임시변통의, 당분간의 ¶ *stop(-)gap* loan; *stop(-)gap* fund 가까운 장래에 입금이 예정되어 있는 경우 그때까지 받는 융자

stop-loss (손실의 계속을 단절하기 위한) 손절매(損切賣)(a loss cut) ¶ *stop-loss* order 손실한정주문 /*stop-loss* selling (주식의) 손실한정매도(시세가 예상대로 되지 않아 지겨워서 팔아치움)

stoppage 정지, 중지, 지급정지

storage 저장, 보관 ¶ The *storage* is the keeping of goods in a warehouse or other repository. 저장은 창고나 저장소(repository)에 물건을 보관하는 것이다.

store 상점, 저장, 축적 [컴] 데이터기억(재생)장치 ¶ an old-established *store* 노포(老鋪), 오래된 점포

story stock/bond 스토리주(株)/스토리채권(債券) ¶ The *story stock/bond* is a security with values or features so complex that a "story" is required to persuade investors of its merits. *Story stocks* are frequently from companies with some unique product or service that is difficult for competitors to copy. In a less formal sense, term is used by news organizations to mean stocks most actively traded. 스토리주(株)/스토리채권(債券)은 증권의 가치나 특징이 너무 어려워서 투자자에게 그 장점을 설득하려면 「이야기(설명」(story)가 필요한 주식 또는 채권을 말한다. 스토리주는 경쟁기업이 베끼기 어려운 독특한 제품이나 서비스를 가지는 기업이 주식을 발행한 것이 많다. 덜 형식적인 의미로 얘기하면, 활발하게 거래되고 있는 주식이라는 의미에서 보도기관이 사용하는 말이다.

storekeeper [미] 상점주인([영] shopkeeper)

stowage 적하(積荷), 적재료(積載料) ¶ The *stowage* is a manner in which freight is arranged in a ship's storage area so as to minimize the risk to ship or cargo. 적하는 선박과 화물에 대한 위험을 최소화하기 위하여 선적화물(freight)을 선박내의 저장구역에 배열하는 방법을 말한다.

STOXX Limited 스톡스사(社) ¶ *STOXX Limited* is a joint venture of Deutsche Boerse AG, Dow Jones & Company, and the SWX Group in the development, maintenance, distribution and marketing of the Dow Jones STOXX indices, a rules-based, transparent, and free-float weighted family of indices globally integrated into that of the Dow Jones Indices. Launched in 1998 in advance of, the introduction of the Euro, and the creation of the Eurozone, the Dow Jones STOXX indices have become Europe's leading regional equity indices in a fast and impressive success story. *STOXX Limited* expanded its strategy beyond Europe by purposefully responding to market requirements. Today, *STOXX Limited* is a global index provider covering the world markets and providing investors with access to Europe, Asia/Pacific, and the Americas. *STOXX Limited* issues licenses for the commercial use of the Dow Jones STOXX indices and has more than 350 licenses worldwide, selling more than 4,000 financial products based on the DJ STOXX indices. STOXX holds a 40% market share in the ETF segment and has a leading edge over all other index providers in Europe. STOXX has also held a very strong position in the derivatives segment. With 560 billion Euros in open interest for futures and options (as of July 2005), STOXX ranks first in Europe and second worldwide. See also stock indices and averages. 스톡스사(社)는 독일증권거래소(Deutsche Boerse AG), 다우존스사(社)(Dow Jones & Company), SWX그룹의 3사(社)에 의한 조인트벤처로, 다우존스 STOXX지수군(指數群)(DJ STOXX indices)의 개발, 관리, 판매, 마케팅을 행하고 있다. 다우존스 STOXX지수군이란 연혁에 따라 운영되며,

투명성이 높고 부동주가중(free-float weighted)으로 산출된 지수군으로, 세계적으로 통합된 다우존스지수군(指數群)의 하나이다. 유럽경제통화동맹(European Monetary Union)의 창설, 단일공통통화인 유로(Euro)의 채용, 유로권(圈)(Eruozone)의 창설(어느 것이나 1999년)에 앞장서고, 1998년에 다우존스 STOXX지수군(指數群)이 시장에 등장하며, 그 후 급속하고 순조롭게 유럽의 대표적인 지수가 되었다. STOXX사(社)는 마켓의 요청에 응할 목적에서 유럽을 넘어선다고 하는 확대전략을 세웠다. 오늘날에는, 세계의 시장을 망라하는 글로벌지수제공회사로 성장하여 유럽뿐만 아니라, 아시아·태평양, 아메리카시장에서의 투자기회를 투자자에게 제공하고 있다. STOXX사(社)는 350개를 넘는 업자에 대하여, 다우존스 STOXX지수군(指數群)의 상업적인 이용에 관한 사용허가(라이센스)를 제공하고 있고, 4,000개를 넘는 다우존스 STOXX지수군(指數群)을 베이스로 한 금융상품이 팔리고 있다. STOXX사(社)는 지수연동형 상장지수펀드(Exchange-Traded Fund: ETF)의 분야에서 40%의 마켓쉐어를 차지하고 있으며, 유럽의 지수제공회사 중에서는 최첨단을 걷고 있다. STOXX사(社)는 파생금융상품(derivatives)의 분야에서도 확고한 지위를 차지하고 있다. 선물(futures contract)이나 옵션(option)의 미결제계약총액(未決濟契約總額)(open interest)에서는 STOXX사(社)는 5,600억 유로로 유럽에서는 톱, 글로벌베이스에서도 제2위의 위치에 있다(2005년 7월 현재). stock indices and averages(주가지수와 평균주가)도 참조할 것.

straddle 양건(兩建), 복합선택권부 거래, 복합[양건]옵션, 스트래들(옵션거래에서, 동일한 행사가격과 행사기간 만료일을 가지는 call option과 put option을 조합한 것) ¶ The *straddle* is a strategy consisting of an equal number of put options and call options on the same underlying stock, stock index, or commodity future at the same strike price and maturity date. Each option may be exercised separately, although the combination of options is usually bought and sold as a unit. 스트래들은 동일한 행사가격(strike price)과 만기일(maturity date)이 설정된 동일한 기초증권(주식, 주가지수, 상품선물)의 동수의 풋옵션(put option)과 콜옵션(call option)으로 구성되는 투자전략을 말한다. 옵션은 별개로 행사할 수 있으나, 보통 조합하여 1단위로 매매된다.

straight 쭉 곧은, 곧장, 직통의 ¶ the fourth *straight* day of advance [주식] 4일 연속의 인상 /*straight* currency swap 스트레이트 커런시스왑(중장기선물환예약부 직물매매통화교환거래) /*straight* debt 사채(社債) /the *straight* line method 정액법(定額法) /*straight* loan 통상[직접]대출, 무담보어음 /*straight* paper 무담보대출, 단명(單名)어음(single name paper) ***straight B/L* [*bill of lading*]** 기명식 선하증권 (cf.) order B/L 지시식 선하증권 ¶ A *straight bill of lading* is a nonnegotiable bill of lading in which the goods are consigned directly to a named consignee. 기명식 선하증권은 하물이 지명된 수하인(受荷人)에게 직접 탁송되는 비양도성 선하증권을 말한다. ~ ***bond*** (전환사채를 제외하는) 보통사채 ¶ The *straight bond* is a noncallable bond, such as a Treasury bond, Eurobond, or saving bond. 보통사채는 미재무부 채권(Treasury bond), 유로채권(Eurobond) 또는 저축채권(saving bond)과 같은 조기상환불능(noncallable)의 채권을 말한다. ~ ***credit*** 할인[매입]은행지정신용장, 스트레이트신용장 ¶ The *straight credit* is a letter of credit requiring presentation on or before the expiration date at the office of the paying bank. Drafts are honored in favor of the beneficiary only. 스트레이트신용장이란 만기일 또는 만기일 전에 지급은행의 사무소에 신용장의 제시를 필요로 하는 신용장을 말한다. 환어음은 수익자에게만 인수된다. ¶ The *straight credit* is a loan that is backed or secured only by the borrower's promise to pay. Also known as a good faith loan. 스트레이트 금융이란 차입자의 지급약속에 의해서만 뒷받침되

거나 담보가 되는 대출을 말한다. 이는 good faith loan(선의의 대출)로도 알려져 있다. ~***-line depreciation*** 정액감가상각법 ¶ The *straight-line depreciation* is a method of depreciating a fixed asset whereby the asset's useful life is divided into the total cost less the estimated salvage value. The procedure is used to arrive at a uniform annual depreciation expense to be charged against income before figuring income taxes. Thus, if a new machine purchased for $1,200 was estimated to have a useful life of ten years and a salvage value of $200, annual depreciation under the straight-line method would be $100, charged at $100 a year. This is the oldest and simplest method of depreciation and is used by many companies for financial reporting purposes, although faster depreciation of some assets with greater tax benefits in the early years is allowed under the Modified Accelerated Cost Recovery System (MACRS). 정액감가상각법은 취득원가에서 견적잔존가액(estimated salvage value)을 공제한 액을 자산의 내용연수로 나누어 산출하는 고정자산(fixed asset)의 상각방법이다. 그 방법은 소득세(income tax)를 산출하기 전에 공제할 감가상각(depreciation)비가 매년 일정액으로 되게 하는 것이다. 따라서, 내용연수(useful life)가 10년이고 견적 잔존가액이 200달러의 신기계를 1,200달러로 구입한다면, 연간 감가상각비는 100달러이고, 매년 100달러를 계상한다. 이것은 가장 오래되고, 단순한 감가상각법이며, 많은 회사가 재무보고에서 채용하고 있다. 그러나, 수정가속상각제도(Modified Accelerated Cost Recovery System: MACRS)를 사용하면, 일부의 자산의 상각을 앞당길 수 있고, 세무상 유리하게 된다. ~ ***term insurance policy*** 정액보장 정기생명보험 ¶ The *straight term insurance policy* is a term life insurance policy for a specific number of years in which the death benefit remains unchanged. A level premium policy will charge the same premium for a number of years, usually ten, and then increase. An annual renewable term policy will charge slightly higher premiums each year. 정액보장 정기생명보험은 사망급여금(death benefit)이 변화하지 않는 일정한 기간이 정해진 생명보험이다. 평균보험료방식의 경우는 보험료는 일정한 기간(통상 10년) 같고, 그 후 인상된다. 1년갱신의 정기보험의 경우는 보험료가 매년 조금씩 상승한다. ~***-through processing*** 정면처리방법 ¶ The *straight-through processing* is a direct exchange of cash for securities, common with cross-border transactions where settlement is often costly. 정면처리방법이란 대금결제에 종종 비용이 너무 드는 경우인 국경을 넘는 거래와 같이, 증권과 현금의 직접교환을 하는 경우를 이른다.

strangle 스트랭글(스트래들(straddle)을 변형한 것인데, 동일재화, 동일만기일이지만, 행사가격이 다른 콜(call)과 풋(put)을 조합한 것이다.) ¶ The *strangle* is a sale or purchase of a put option and a call option on the same underlying instrument, with the same expiration, but at strike prices equally out the money. A *strangle* costs less than a straddle because both options are out of the money, but profits are made only if the underlying instrument moves dramatically. 스트랭글은 기초증권(underlyng security)도 기간도 동일하지만, 행사가격(strike price)이 동시에 아웃오브더 머니(out of the money)의 풋옵션(put option)과 콜옵션(call option)의 매도와 매수를 말한다. 옵션이 양쪽 모두 아웃오브더 머니(out of the money)이기 때문에, 스트래들(straddle)보다도 비용이 싸지만, 기초증권의 가격이 대폭 움직여야만 이익이 생긴다.

strap 스트랩(동일재화, 동일만기일, 동일행사가격을 가지는 2개의 콜(call)과 하나의 풋(put)을 조합한 것이다.) ¶ The *strap* is an option contract combining one put option and two call options of the same series, which can bought at a lower total premium than that of the three options bought individually. The put has the same features as the calls – same underlying security, exercise price, and maturity. Also called triple option. Compare with strip. 스트랩은 동일한 시리즈(series of option)의 하나인 풋옵션(put option)과 2개의 콜옵션(call option)을 조합시킨 옵션계약을 말한다. 3개의 옵션을 별개로 구입하기보다 옵션료(premium)가 싸다. 풋옵션과 콜옵션은 기초증권(underlying security), 행사가격(exercise price), 만기(maturity) 모두 동일하다. triple option(트리플옵션)이라고도 한다. strip(스트립)과 비교할 것.

strategic 전략적인 ***strategic asset allocation*** [영] 전략적 자산분배 ¶ The *strategic asset allocation* is one of two phases in the asset allocation process, where an investor or investment manager develops a weighting of asset classes for the portfolio that is intended to be preserved over a long-term horizon. By doing so, the manager is effectively defining a benchmark. See also tactical asset allocation. 전략적 자산배분이란 투자자 또는 투자매니저가 장기간에 걸쳐서 유지되어야 할 포트폴리오를 위한 자산클래스의 배분을 개발하는 자산분배과정에서 나타나는 2국면 중의 하나이다. tactical asset allocation(전략적 자산분배)도 참조할 것. ~ ***buyout*** 전략적 매수(買收) ¶ The *strategic buyout* is an acquisition based on analysis of the operational benefits of consolidation. Implicitly contrasts with the type of takeover based on "paper values" that characterized the "merger mania" of the 1980s – undervalued stock bought using junk bonds ultimately repayable from the liquidation of acquired assets and activities. A *strategic buyout* focuses on how companies fit together and anticipates enhanced long-term earning power. See also synergy. 전략적 매수(買收)는 통합의 메리트를 경영의 관점에서 분석한 다음에 행해지는 매수(acquisition)를 말한다. 1980년대의 「M&A 열광」(mania)을 상징하는 「장부상의 가치」(paper values)에 기인한 매수(takeover)와 대비하는 의미를 포함하여 사용된다. 후자의 매수(買收)에서는 정크채(債)(junk bond)를 재원으로 저가평가주(undervalued stock)를 매수하고, 매수대상의 자산이나 사업을 매각하여 정그채(債)의 상환에 충당하였다. 전략적 매수는 회사의 조합이 적절한지 어떤지를 중시하여 장기적인 수익력이 높아지는 것을 전제로 행해진다. synergy(상승효과)도 참조할 것. ~ ***investment appraisal*** 전략적 투자평가 ¶ The *strategic investment appraisal* is an appraisal of an investment decision based on wider grounds than that provided by a purely financial appraisal. It is also necessary to evaluate possible long-term strategic benefits and any intangible factors that may be relevant to the decision, particularly if advanced manufacturing technology is concerned. 전략적 투자평가는 순수한 재무상의 평가가 제공하는 광범한 근거에 기초한 투자결정의 평가를 말한다. 특히 진보된 제조기술이 관계된 것이면, 가능한 한 장기적 전략적 이익(strategic benefits)과 그런 결정에 관련된 무형의 요소를 평가하는 것도 또한 필요하다.

strategist 스트래티지스트, 전략가, 투자전략의 전문가 ¶ an investment *strategist* 투자전략가

strategy 투자(投資)전략, 거래전략 ¶ business *strategy* 사업전략 /entrepreneurial *strategy* 기업의 전략 /marketing *strategy* 마케팅전략

street 거리, [the S~] (상업이나 경제 등의) 중심지구 ¶ *street* broker 장외(場外)거래인 /*street* paper 가두(街頭)어음 /*street* price 장외(場外)거래가격 /*street* value 말단(末端)가격 ***Street*** 금융가 ([미] Wall Street, [영] Lombard Street) ¶ The *Street* is a short for Wall Street, referring to the financial community in New

York City and elsewhere. It is common to hear "The *Street* likes XYZ." This means there is a national consensus among securities analysis that XYZ's prospects are favorable. See also street name. 스트리트는 월스트리트(Wall Street)의 약칭으로, 뉴욕시와 다른 곳의 금융업계를 가리킨다. 「스트리트는 XYZ주가 인기다.」(The Street likes XYZ.)라는 말을 듣는 일이 보통이다. 이것은 XYZ주의 전망은 밝다고 하는 국내의 증권애널리스트의 의견이 일치하고 있음을 나타낸다. street name(증권회사명의)도 참조할 것. ***street name*** 증권회사 명의, 명의대여 ¶ The *street name* is a phrase describing securities held in the name of a broker or another nominee instead of a customer. Since the securities are in the broker's custody, transfer of the shares at the time of sale is easier than if the stocks were registered in the customer's name and physical certificates had to be transferred. 증권회사 명의는 고객 대신에 증권회사(broker) 혹은 또 다른 지명인의 명의로 보유한 증권을 나타내는 어법이다. 증권은 증권회사의 보호예치 중에 있으므로, 주식이 고객의 명의로 등록되었고, 실질적인 주권이 이전되어야 한다면 증권의 매매시에 주권의 이전은 용이하다.

strength 힘, 체력, 강함, 장점 ¶ the dollar's *strength* 달러의 힘 /financial *strength* 재력(財力) /industrial and economic *strength* 산업 및 경제의 힘 /national *strength* 국력

strengthening 시세가 오를 듯한 기세, 활성화 ¶ the *strengthening* of won currency against the dollar today 오늘날 달러에 대한 원화의 강세

stress test 스트레스 테스트 ¶ The *stress test* is a requirement of the Obama administration's financial rescue plan announced in the Spring of 2009 that certain large banks undergo a series of tests to assess their ability to survive a protracted slump without requiring additional capital infusions from the government or private sources. Under the plan, banks must test the resilience of their portfolios and capital assuming a 3.3% contraction in gross domestic product in 2009 and home price declines of 22% in 2009 and 7% in 2010. The test also assumes an unemployment rate averaging 8.9% in 2009 and 10.3% in 2010. 스트레스 테스트는 일정한 대형은행들은 정부나 민간재원(財源)으로부터 추가적인 자본의 주입을 할 필요 없이 연장된 슬럼프에서 살아남을 능력을 평가하기 위하여 일련의 테스트를 받아야 한다는 2009년 봄에 발표된 오바마 행정부의 재정구제제도(financial rescue plan)의 필요조건이다. 그 제도에 의하여, 은행들은 2009년에 3.3% 국내총생산(GDP)의 축소와 2009년에 22%와 2010년의 7%의 국내물가하락을 가정할 때에 그들의 포트폴리오와 자본의 회복력(resilence)을 테스트하여야 한다. 그 테스트는 또 실업률을 평균하여 2009년에 8.9%와 2010년에 10.3%로 가정하고 있다. → scenario analysis (시나리오 분석).

stretch IRA 스트레치 IRA, 기간연장가능개인퇴직계좌 ¶ The *stretch IRA* is an individual retirement arrangement (IRA) set up in a way that extends the period of tax-deferred earnings beyond the lifetime of the owner, typically over several generations. The benefits of stretching IRAs can be maximized by leaving as much in the IRA to grow tax-deferred as is legal and by designating beneficiaries who are young enough to exhaust the maximum legal distribution period, defined as the original non-spouse beneficiary's life expectancy. For example: A 29-year-old contributes $2,000 a year to a traditional IRA for 40 years, taking no withdrawals and earning a compound annual return of 7%. That IRA owner dies at age 69 and his spouse, who is 20 years younger, now owns the IRA, which has grown to a value of $399,400. The spouse, again taking no withdrawals and watching the value grow at a compound annual rate of 7%, dies at 69, leaving an account worth $1,612,547, to a baby granddaughter. With 70 years of compounding, and earning the same 7%, the granddaughter would have $213,487,584 on her retirement. With contributions scheduled to rise to $5,000 in 2008, that value could be conservative, assuming the 7 percent return is realistic, inflation is minimal, the tax laws don't change, nobody takes any distributions, and the owners die before required minimum distribution kick in at age 70 1/2. 스트레치 IRA는 개인퇴직계좌(individual retirement account; IRA)이지만, 그 계좌의 소유자의 생애를 초월하여, 이익에 대한 순연과세기간을 연장할 수 있도록 한 것을 말한다. 몇 세대에도 걸쳐서 연장되는 일이 많다. 이 개인퇴직계좌에 법적으로도 유효한 범위에서 가능한 한 다액의 자금을 놓아두는 것, 또, 비배우자인 수익자의 평균여명(non-spouse beneficiary's life expectancy)에서 정의되고 있는 기간을 최대로 활용할 수 있는 젊은 사람을 수익자로 함으로써, 스트레치 IRA의 메리트를 최대로 활용할 수 있게 된다. 예를 들면, 29세의 사람이 종래의 IRA(개인퇴직계정)에 연간 2,000달러의 출연을 40년간 계속하고, 그 동안 인출하지 않고, 또 복리(compound interest)로 연율 7%의 리턴(return)이 생긴다고 하자. 그 계좌의 소유자가 69세에 사망하고, 20세 연하의 부인이 그 계좌를 인계하였다고 할 때에는, 그 IRA의 잔액은 399,400달러가 되어 있다. 그 부인도 그 계좌에서 인출을 하지 않고, 연율복리 7%로 이익을 축적하였다고 하면, 그녀는 69세에 사망하였다고 할 때에는, 잔액은 1,612,547달러가 된다. 그것을 손녀딸이 인계하여, 그녀가 70년간 같은 이율(복리 연율 7%)로 이익을 축적하였다고 한다면, 그녀의 퇴직시에는 그 계좌의 잔액은 213,487,548달러가 되어 있는 것이 된다. 2008년부터 출연금의 한도액이 5,000달러로 인상되었기 때문에, 위의 금액은 상당히 견고하게 축적되고 있을 수 있다. 다만, 7%의 리턴이 현실적일 것, 물가상승률(inflation)이 적을 것, 세법이 변경되지 않을 것. 누구도 도중에 인출하지 않을 것, 최초의 인출이 개시하는 70세 6개월이 되기 전에 그 계좌의 소유자가 사망할 것 등이 분명할 것이 전제조건이다.

strict liability [영] 엄격책임 ¶ The *strict liability* is a liability motion requiring that the plaintiff need only prove harm in a specific manners in order to collect damages and need not demonstrate the methods, motivations, or intent leading to the damage. 엄격책임은 원고가 손해배상금을 받기 위하여는 특수한 방법으로 손해(harm)를 증명하기만 하고, 손해에 이르는 방법, 동기 또는 의도를 증명할 필요가 없다고 하는 책임신청(liability motion)을 말한다.

strike *v.* 때리다, 결제하다, 계산하다 ¶ *strike* a balance 청산하다 /*strike* a bargain 상담을 계약하다 /*strike* out indorsement 배서를 말소하다 /*striking* price 옵션의 행사가격, 옵션거래의 매매를 위해서 사전에 정해진 가격

n. 타격, 동맹파업, 스트라이크, (옵션의) 행사가격 ***strike price*** 옵션의 행사가격 → exercise price (행사가격). ***~s, riots, and civil commotions clause (SR&CC)*** [해상보험] 파업, 폭동 및 내란조항 ¶ The *strikes, riots, and civil commotion clause* (*SR&CC*) is an exemption in ocean marine policy for losses caused by strikes, riots, and civil commotion. 파업, 폭동 및 내란조항은 파업, 폭동, 및 내란으로 인한 손실에 대한 해양해상보험증권상의 면책조항을 이른다.

stringency 절박, 자금의 궁색[핍박] ¶ monetary *stringency* 금융핍박

stringent 절박한, (자금이) 핍박한 ¶ *stringent* market 핍박시황(市況)

strip[1] *v.* 가죽을 벗기다, 빼앗다, 제거하다 ¶ asset *stripping* 회사매수에 의한 자산의 수탈(收奪)

strip[2] ⓥ 길쭉하게 자르다 ¶ In stocks, to *strip* is to buy stocks with the intention of collecting their dividends. Also called dividend stripping. See also dividend rollover plan. 주식에서, 스트립하는 것은 배당을 목적으로 주식(stock)을 구입하는 것이다. dividend stripping이라고도 한다. dividend rollover plan(권리락 전후의 주식매각방법)을 참조할 것. ***stripped bond*** 스트립채(債)(strips bond, strip bond) (*cf.*) strips ¶ The *stripped bond* is a bond separated into two components, periodic interest payments and principal repayment. Each of the interest payments and the principal repayment are stripped apart by a brokerage firm and sold individually as zero-coupon securities. Investors therefore have a wide choice of maturities to pick from when shopping for a zero-coupon bond. When a U.S. government bond is stripped, it is often called a strip, which stands for separate trading of registered interest and principal of securities. Such bonds are also called CATS AND TIGERS. 스트립채(債)는 정기적으로 이자지급이 발생하는 부분과 원금부분으로 2분되는 채권이다. 증권회사가 개별적으로 제로쿠폰채(zero-coupon securities)로 하여 판매한다. 그러므로 투자자로 보아서는, 제로쿠폰채를 구입할 때에 만기까지의 기간의 선택지(wide choice)가 넓어진다. 미재무부 증권(Treasuries)을 스트립채(債)로 할 때에 이를 자주 스트립채(債)라고 하고, 이것은 증권의 등록된 이자와 원금의 별개의 거래를 나타낸다. 그러한 채권을 CATS AND TIGERS라고도 한다. ***~ed mortgage-backed securities*** 스트립형 부동산담보증권 ¶ *Stripped mortgage-backed securities* are mortgage-backed certificates representing separated principal and interest companies of the underlying mortgages. 스트립형 부동산담보증권은 부동산담보증권(mortgage-backed security)으로, 부동산담보증권의 뒷받침이 되고 있는 부동산담보부 채무증권(mortgage)을 원금(principal)부분과 금리(interest)부분으로 분리하고 있는 형태를 말한다.
ⓝ 작은 조각, (사채의 쿠폰 등을) 분리하는 것, 스트립(스트립이란 복수의 옵션을 조합시킨 복합옵션 포지션의 하나로, 통화, 주식, 상품 등의 동일재화, 동일만기일, 동일행사가격의 둘의 풋(put)과 하나의 콜(call)을 조합한 것을 이른다.) ¶ In bonds, the *strip* is a brokerage house practice of separating a bond into its corpus and coupons, which are then sold separatedly as zero-coupon securities. The 1986 Tax Act permitted municipal bond *strips*. Some, such as Solomon Brothers' tax-exempt M-CATS, represent prefundings backed by U.S, Treasury securities hold in escrow. Other *strips* include Treasuries stripped by broker, such as TIGERS, and stripped mortgage-backed securities of government-sponsored issues like Fannie Mae. A variation known by the acronym STRIPS (Separate Trading of Registered Interest and Principal of Securities) is a prestripped zero-coupon bond that is a direct obligation of the U.S. Treasury. 채권에 있어서, 스트립이란 증권회사가 채권(bond)을 원금(corpus)부분과 이표(利票, coupon)부분으로 나누는 것을 가리킨다. 이것은 개별로 제로쿠폰채(債) (zero-coupon securities)로서 판매한다. 1986년의 세제개혁에서 지방채(municipal bond)의 스트립이 인정되었다. 예를 들면 솔로몬 브러더스의 비과세M-CATS는 에스크로(escrow)계좌에서 보유하고 있는 미재무부 증권(Treasuries)에 뒷받침된 사전차환채(事前借換債: prefunding)의 스트립이다. 이와 달리, TIGER 등의 미재무부 증권의 스트립이나, 패니메이(Fannie Mae)(연방모기지협회) 등의 정부계통기관의 모기지담보증권(mortgage-backed securities)의 스트립 등이 있다. STRIPS(Separate Trading of Registered Interest and Principal of Securities)의 두문자)는 스트립의 일종이고, 미재무부의 직접채무의 원금과 금리부분을 사전에 분리한 제로쿠폰채(債)이다. ¶ In options, the *strip* is an option contract consisting of two put options

and one call option on the same underlying stock or stock index with the same strike and expiration date. Compare with strap. 옵션에 있어서, 스트립은 동일한 기초증권(주식 또는 주가지수)에 근거로 해서, 행사가격과 기한이 동일한 2개의 풋옵션(put option)과 1개의 콜옵션(call option)으로 구성되는 옵션계약(option contract)이다. ***strip hedge*** [영] 스트립 헤지 ¶ The *strip hedge* is a hedge based on the use of sequential over-the-counter or exchange-traded contracts that match or approximate future cash flows associated with the underlying risk being hedged. A successful *strip hedge* can eliminate directional risk and curve risk. See also rolling hedge. 스트립 헤지는 현재 헤지되고 있는 기초위험과 관련된 장래의 현금흐름을 비교하거나 접근하는 일련의 장외거래계약이나 장내거래계약의 이용에 기인하는 헤지이다. 스트립 헤지를 성공하면 방향성 위험과 곡선위험을 감소할 수 있다. rolling hedge(롤링 헤지)도 참조할 것. ~ ***yield curve*** 스트립일드 커브 ¶ The *strip yield curve* is a curve representing the theoretical tendency of interest rate among the delivery months in the interest-rate futures such as Euro-won and Euro-dollar. 스트립일드 커브는 유로원화와 유로달러 등의 금리선물의 수한월(數限月)간의 이론적 금리추이를 나타내는 커브를 말한다.

strips 스트립채(債) ¶ The *strips* are a brokerage house practice of separating a bond into its corpus and coupons, which are then sold separatedly as zero-coupon securities. 스트립채(債)란 증권회사가 채권(bond)을 원금(corpus)부분과 이표(coupon)부분으로 나누는 것을 가리킨다. 이것은 개별로 제로쿠폰채(債)(zero-coupon securities)로서 판매한다. ***strip(s) bond*** 스트립채(債), 미국국채의 제로쿠폰채(債) → stripped bond [스트립채(債)].

strong 강한, 힘이 있는, 자신이 있는, 강세의 ¶ a *strong* feeling [sentiment] 강세(強勢) /a *strong* [bull, bullish] market 강세시장 /*strong* tones 시세가 오를 듯한 기세, 경조(硬調) ***strong dollar*** 강세달러 ¶ The *strong dollar* is a dollar that can be exchanged for a large amount of foreign currency. The dollar can gain strength in currency markets because the United States is considered a haven of political and economic stability, or because yields on American securities are attractive. A *strong dollar* is a blessing for American travelers going abroad, because they get more pounds, Euros, and yen and other currencies for their greenbacks. However, a *strong dollar* makes it difficult for American firms to export their goods to foreign countries because it raises the cost to foreigners of purchasing American products. In 1985, the dollar became so strong that the Plaza Accord was signed to bring the dollar down. See also exchange rate; weak dollar. 강세달러는 달러를 다액의 외화와 교환할 수 있는 달러를 가리킨다. 달러는 미국이 정치적·경제적 안정의 안식처라고 생각된다든지, 미국증권의 이율(yield)이 매력적이기 때문에, 통화시장에서 힘을 얻을 수 있다. 강세달러는 외국에 나가는 미국여행객에게는 하나의 축복이 아닐 수 없다. 왜냐하면 그들은 달러지폐(greenback)에 대해서 더 많은 파운드화, 유로화, 엔화와 기타 통화를 얻기 때문이다. 그렇지만, 강세달러는 미국제품을 구매하는 외국인에게 많은 비용을 올리기 때문에 미국기업이 그들의 제품을 외국에 수출하는 것을 어렵게 만든다. 1985년에, 달러가 너무 강세이므로, 플라자합의(Plaza Accord)에서 달러의 인하가 결정되었다. exchange rate(외국환시세); weak dollar(약세 달러)도 참조할 것. ~ ***hands*** [영속] 스트롱 핸드 ¶ *Strong hands* is a holder of an exchange-traded derivative that expects to receive the underlying asset at expiry or exercise. See also weak hands. 스트롱 핸드는 만료일이나 행사시에 기초자산을 수취할 것을 기대하는 장내파생상품의 보유자를 말한다.

strongbox 금고, 보호예치금고

strongroom [영] 금고실

structural 구조적 ¶ *structural* bond 구조적 본드 (*cf.*) structured bond /*structural* inflation 구조적 인플레이션 /a *structural* recession 구조적 불황 ***structural model*** [영] 구조적 모형 ¶ The *structural model* is a form of credit default model that defines the probability of counterparty default in terms of a firm's assets, liabilities, and capital structure. Default occurs when a boundary value, such as a liability or negative net worth threshold, is reached. See also intensity model. 구조적 모형은 기업의 자산, 채무, 및 자본구성에서 보아 거래상대방의 디폴트의 확률을 나타내는 크레디트 디폴트모형의 형식이다. 디폴트는 채무 또는 소극적 자기자본의 한계(negative net worth threshold)와 같은 한계가치(boundary value)에 도달하는 경우에 발생한다. intensity model(집약도 모형)도 참조할 것.

structure 구조, 구성, 건조물 ¶ the *structure* of money rate of interest 금리체계 /*structure* of interest rate 금리체계

structured 조직화된, 조직적[구조적]인 ¶ *structured* transaction 구조적 거래 ***structured bond*** 구조적 본드(structural bond) ¶ The *structured bond* is a newly-coined bond attaching the special conditions to the demand of investor. 구조적 본드는 투자자의 수요에 따라 특수한 조건을 붙인 신형(新型)채권이다. ~ ***finance*** 구조(構造)금융 ¶ *Structured finance* is the creation of complex debt instruments by securitization or the addition of derivatives to existing instruments. Structured finance typically involves the pooling of assets, the tranching of liabilities (see tranche), and the creation of special purpose vehicles to limit risk. See also asset-backed security; collateralized debt obligation. 구조금융이란 복잡한 채무증서(debt instrument)를 창설하거나 기존의 증권에 파생상품을 부가하는 것이다. 일반적으로 구조금융은 자산의 집합체(pooling), 채무의 분할화(tranching)(트랑슈(tranche)를 참조) 및 리스크를 제한하기 위한 특수목적사업체(special purpose vehicle)의 창설을 수반한다. asset-backed security(자산유동화증권); collateralized debt obligation(사채(채무)담보채무증서)도 참조할 것. ~ ***investment vehicle (SIV)*** 구조투자사업체 ¶ The *structured investment vehicle* (*SIV*) is a type of investment fund that had a huge role in the building of the financial crisis but then self-destructed in 2008. Its modus operandi was to borrow money by issuing short-term securities, such as commercial paper, at low rates and lending it out by buying long-term securities, such as collateralized debt obligations (CDOs) and other asset backed securities, at higher rate, rewarding investors with the difference. Originated by Citigroup in 1988, *SIVs* were part of what was called the shadow banking system. *SIVs* were dependent on a continuous source of short-term investment to fund their long-term exposure. When the credit crunch came, commercial paper and other short-term investors fled to the quality of bonds and government-guaranteed bank deposits. Forced as a result to sell long-term assets into a nonexistent market, the *SIVs* had to default. 구조투자사업체는 2008년에 금융위기(financial crisis)을 만들어내는 데에 커다란 역할을 하였으나 당시 자멸한(self-destructed) 투자펀드의 형태이다. 그 작업방식(modus operandi)은 커머셜페이퍼(commercial paper)와 같은 단기성 증권을 낮은 금리로 발행하고, 사채(채무)담보채무증서(collateralized debt obligations: CDOs) 기타 자산유동화증권(asset backed securities)과 같은 장기성 증권(long-term securities)을 고리로 대출하며 그 차액을 투자자에게 보상함으로써 차금하는

것이었다. 1988년에 시티그룹에 의해서 창설된 구조투자사업체(SIVs)는 잠재은행업무제도(shadow banking system)라고 하는 것의 일부였다. 구조투자사업체(SIVs)는 장기의 익스포저(long-term exposure)에 투자하는 단기투자의 계속적 재원에 의존하는 것이었다. 금융붕괴가 온 경우, 커머셜페이퍼와 기타 단기의 투자자들은 채권(bonds)과 정부보증의 은행예치(bank deposits)의 우수성으로 몰려갔다. 결과적으로 장기의 자산을 존재하지 않는 시장에 팔 수밖에 없어서, 구조투자사업체(SIVs)는 채무불이행(default)에 빠질 수밖에 없었다. ~ ***note*** 구조채(債) ¶ The *structured note* is a derivative instrument based on the movement of an underlying index, stock price, interest rate benchmark, or other financial asset. For example, a *structured note* issued by a corporation may pay interest to noteholders based on the rise and fall of oil prices. This gives investors the opportunity to earn interest and profit from the change in price of a commodity at the same time. 구조채(債)는 기초증권지수(underlying index), 주가, 금리기준(interest rate benchmark)의 움직임에 기초를 둔 파생상품(derivative instrument)이다. 예를 들면, 회사가 발행한 구조채(債)는 유가(oil prices)의 등락을 기준으로 하여 구조채(債)의 보유자에게 이자를 지급할 수 있다. 이것은 동시에 상품가격의 변화에 따라 이자와 이익을 얻는 기회를 제공한다. ¶ The *structured note* is a complex debt instrument, usually a medium-term note, in which the issuer enters into one or more swap arrangements to change the cash flows it is required to make. A simple form utilizing interest-rate swaps might be, for example, a three-year floating rate note paying the London Interbank Offered Rate (LIBOR) plus a premium semiannually. The issuer arranges a swap transaction whereby it agrees to pay a fixed semiannual rate for three years in exchange for the LIBOR. Since the floating rate payment (cash flows) offset each other, the issuer has synthetically created a fixed-rate note. 구조채(債)는 발행단체(issuer)가 1 또는 복수의 스왑(swap arrangements)을 약정하여, 상환의 캐시플로우(cash flow)를 변화시키는 복잡한 채무증서(debt instrument)인 보통 중기채(中期債)이다. 예를 들면, 금리스왑을 이용한 단순한 구조채의 예로서는, 런던은행간 자금운용금리(LIBOR)에 일정한 수준의 차익금(premium)을 얹어 반년마다 지급하는 3년물 변동이자부채권(floating rate note)이 있을 수 있다. 발행단체는 3년간 반년마다 고정금리(fixed rate)를 지급하는 것과 상환으로 LIBOR의 수취로 교환하는 스왑거래를 약정한다. 스왑계약에서 수취하는 변동금리(LIBOR)와 채권으로 지급하는 변동금리(LIBOR+스프레드)의 캐시플로우가 상계되기 때문에, 발행단체에 대하여는 사실상 고정금리채를 발행한 것이 된다. ~ ***product*** 구조금융상품 ¶ The *structured product* is a name covering a broad range of novel investment products, many with proprietary name or acronyms, that combine two or more financial instruments, at least one of which must be a derivative. 구조금융상품은 폭넓은 새로운 투자상품의 총칭으로서, 이러한 투자상품은 적어도 하나의 파생상품(derivative)을 포함하는 복수의 금융상품(financial instrument)을 조합한 것이므로, 이러한 상품에는 대체로 독자적인 명칭, 혹은 두자어(頭字語, acronym)가 붙어 있다. ~ ***settlement*** 분할지급 ¶ The *structured settlement* is an agreement to pay a designated person a specified sum of money in periodic payments, usually for his or her lifetime, instead of in a single lump sum payment. *Structured settlements* typically are used to pay court-ordered or privately-agreed upon damages to injured claimants or their survivors. *Structured settlements* are also used to pay lottery winners. In both cases, the settlement is funded with an annuity. 분할지급은 지정된 사람에게 일정한 금액을 정기적으로 지급하는 약정이다. 일괄(lump sum)지급이 아니라, 통상은 생존중에 쭉 지급된다. 분할지급은 일반적으로 법원의 명령이나

비공식적인 동의를 좇아서 피해자나 유족의 손해배상에 사용되는 일이 많다. 분할지급은 또한 복권당첨자에게 지급할 때에도 이용된다. 양자 모두 연금(annuity)형식으로 지급된다.

stub 부본(副本), 반권(半券), 수표의 부본 ¶ check [checkbook] *stub* 수표[수표장]의 부분 /*stub* of a check 수표의 부본 ***stub stock*** 스터브주(株) ¶ *Stub stock* is common stocks or instruments convertible to equity in a company that is overleveraged as the result of a buyout or recapitalization and may have deficit net worth. *Stab stock* is highly speculative and highly volatile but, unlike junk bonds, has unlimited potential for gain if the company succeeds in restoring financial balance. 스터브주(株)는 매수(buyout)나 자본재구성(recapitalization)의 결과, 부채비율이 지나치게 높아서(overleveraged), 채무초과(deficit net worth)에 빠질 가능성이 있는 회사가 발행한 보통주(common stock)나 주식전환증권(instrument convertible)을 말한다. 스터브주(株)는 투기성과 변동성이 높지만, 정크채(債)(junk bond)와 달라서, 회사가 재무체질의 회복에 성공하면 무한의 수익을 올릴 가능성이 있다.

stuck deal 스턱딜 → hung deal (헝딜).

study 공부, 연구 ¶ a feasibility *study* 실행가능성조사 /*studies* among the tenements of New York City 뉴욕시의 (슬램가 등의) 공동주택의 실태조사

style 칭호, 상호 → investment philosophy (투자철학). ¶ under the *style* of … …라고 하는 상호로 /*style* of a firm 회사의 상호 ***Style Box*** 스타일박스 ¶ The *Style Box* is a Morningstar's compact graphic representation of the two variable that comprise a mutual fund's or exchange-traded fund's holdings and risk; its investment methodology and the size of the companies in which the fund invests. The Domestic-Equity *Style Box* is a nine box grid resembling a tic-tac-toe square. The vertical boxes indicate whether the stocks the fund holds are small-, medium-, or large-capitalization. The horizontal boxes indicate whether the fund's investment methodology is value-based, growth-based, or a blend of value and growth. A fund's location on the matrix provides a quick take on the fund. The *Style Box* also helps an investor identify the different funds that meet his or her objectives. By going to the www. morningstar.com web site, an investor can simply click on a *Style Box* square to get a list of the funds meeting desired capitalization and methodology criteria. Morningstar also has an International-Equity *Style Box* and a Fixed-Income *Style Box*. The latter uses variables of interest-rate sensibility (short, intermediate, and long durable) and credit quality (high, medium, low). See also Morningstar Rating System. 스타일박스는 모닝스타(Morning Star)에 의한 도표에서, 뮤추얼펀드(mutual fund)와 상장지수펀드(exchange-traded fund)의 보유나 리스크에 관련되는 필요한 2가지의 변수, 즉 펀드나 투자신탁의 투자수법(investment methodology)과 투자대상기업의 규모에 관하여 알기 쉽게 도표에 정리한 것이다. 국내주식 스타일박스는 종축(縱軸) 3개와 횡축(橫軸) 3개의 9개의 정사각형의 상자(matrix)로 구성된다. 종축의 상자는 펀드가 투자하는 주식의 규모, 즉 소형주(small cap), 중형주(medium cap), 또는 대형주(large cap)를 나타내고, 횡축의 상자는 투자수법, 즉 밸류주(value stock)를 기준으로 하는 것이든, 성장주(growth stock)를 기준으로 하는 것이든, 혹은 밸류주와 성장주를 혼합한 것(blend)으로 것인가를 나타낸다. 이 매트릭스(matrix)의 어느 위치에 있는가에 따라, 펀드의 성격을 간단히 알 수 있다. 또, 스타일박스를 사용하는 것에서, 투자자는 자기의 목적에 합치하는 여러 가지의 펀드를 특정

할 수 있다. 모닝스타의 web 사이트(www. morningstar.com)에서, 스타일박스를 명확히 할 뿐이지 간단히 자기가 목적으로 하는 투자주식의 규모와 투자수법에 맞는 펀드의 리스트가 얻어진다. Morningstar Rating System(모닝스타등급제도)도 참조할 것. ~ ***drift*** [영] 스타일 드리프트 ¶ The *style drift* is a phenomenon when a hedge fund or investment company deviates from its original investment focus and expertise in an attempt to find new opportunities to deploy capital. *Style drift* can introduce additional risk into a fund, as a managers may lack the requisite base of knowledge needed to effectively manage the assets. 스타일 드리프트는 헤지펀드나 투자회사가 본래의 투자초점에서 벗어나서 자본을 활용할 새로운 기회를 찾으려는 기획에서 연구하는 국면을 말한다. 스타일 드리프트는 매니저가 자산을 효과적으로 운용하는 데 필요한 적절한 기반의 지식이 없을 수 있기 때문에, 추가적인 위험을 펀드에 끌어들일 수 있다. → investment philosophy (투자철학).

subadvisor 서브어드바이저, 부(副)운용회사 ¶ In some mutual funds, the fund advisors, the company or companies that have primary responsibility for managing a fund, will hire another company, called the *subadvisor,* to handle the fund's day-to-day management. In such cases, the portfolio manager will report to the *subadvisor*, not the advisor. 일부 뮤추얼펀드(mutual fund)에 있어서, 펀드의 운용에 주된 책임을 부담하는 운용어드바이저(fund advisor)나 회사가 서브어드바이저(subadvisor)라고 하는 회사를 채용하는 경우가 있다. 이러한 서브어드바이저는 매일의 운용을 담당한다. 이 경우, 펀드의 포트폴리오운용책임자(portfolio manager)는 어드바이저가 아니고, 서브어드바이저에게 보고하게 된다.

subchapter 서브챕터, 조항(條項) ***subchapter M*** 서브챕터 M조항 ¶ The *Subchapter M* is an Internal Revenue Service regulation dealing with what is commonly called the conduit theory, in which qualifying investment companies and real estate investment trust avoid double taxation by passing interest and dividend income and capital gains directly through, without taxation, to shareholders, who are taxed as individuals. See also real estate investment trust; regulation investment company. 서브챕터 M조항은 이른바 도관이론(導管理論)(conduit theory)을 규정하는 미국세입청(IRS)의 규제로서, 적격투자회사(qualifying investment company)와 부동산투자신탁(real estate investment trust)은 이중과세를 방지하기 위하여, 금리, 배당수입, 캐피탈게인(capital gain)을 지급할 필요 없이 그대로 주주(투자자)에게 줄 수 있다는 뜻을 정하고 있다. 투자자가 받은 수익(收益)을 개인소득세로서 납세한다. See also real estate investment trust(부동산투자신탁); regulated investment company(규제투자회사)도 참조할 것. ~ ***S*** 서브챕터 S조항 ¶ The *Subchapter S* is a section of the Internal Revenue Code giving a corporation that has 35 or fewer shareholders and meets certain other requirements the option of being taxed as if it were a partnership. Thus a small corporation can distribute its income directly to shareholders and avoid the corporate income tax while enjoying the other advantages of the corporate form. These companies are known as *Subchapter S* corporations, tax-option corporations. or small business corporation. 서브챕터 S조항은 주주수가 35인 이하로서, 일정한 기준을 충족하는 회사가 파트너십(partnership)과 마찬가지의 과세체계를 선택할 것을 정한 미국세입법(Internal Revenue Code)의 규정이다. 이로써 소규모의 주식회사는 파트너십과 같이 이익을 과세받지 아니하고 그대로 주주에게 분배하고, 법인세를 회피하면서, 주식회사로서의 이점을 향유할 수 있다. 그와 같은 회사를 *Subchapter S* corporations(서브챕터 S주식회사); tax-option corporations(조세옵션 주식회사); 또는 small business corporation(소규모주식회사)라고 한다.

subindex 서브지수(指數), 서브인덱스 ¶ The *subindex* is an index representing a sector of a larger index. For example, the NASDAQ Telecommunications Index is one of 11 subindexes of the NASDAQ Composite Index. See also stock indices and averages. 서브인덱스는 광범위한 증권을 대상으로 하고 있는 지수(index) 중의 하나의 섹터로 구성하는 지수를 말한다. 예를 들면, 나스닥통신지수(NASDAQ Telecommunications Index)는 나스닥종합지수의 11개 서브인덱스의 하나이다. stock indices and averages(주가지수와 평균주가)도 참조할 것.

subinvestment grade [영] 하위투자등급 ¶ The *subinvestment grade* is a credit rating designation applied to any issuer of securities that is rated below BBB- by Standard and Poor's or Baa3 by Moody's Investor Services. Sub-investment-grade credits have weaker financial profiles than investment grade credits, and thus a greater likelihood of encountering financial distress leading to default. 하위투자등급은 스탠더드앤드푸어스에 의한 BBB 이하로 등급을 받거나 무디스 인베스터 서비스에 의한 Baa3 이하로 등급을 받은 증권의 발행자에게 적용되는 신용등급지정을 말한다. 하위투자등급신용은 투자등급신용보다 약한 금융프로파일을 가지므로, 디폴트에 이르는 금융상의 조난을 조우할 가능성이 더 많다.

subject *n.* 주제, 시세, 시장 ¶ The *subject* is a Wall Street term referring to a bid and/or offer that is negotiable – that is, a quotation that is not firm. For example, a broker looking to place a sizable order might call several dealers with the question, "Can you give me a subject quote on 20,000 shares of XYZ?" 서브젝트(subject)는 교섭의 여지가 있는 매수나 매도의 호가(呼價)를 가리키는 월스트리트의 용어이다. 말하자면, 확정적이지 않는 시세(quotation)를 말한다. 예를 들면, 대량주문을 내려고 하는 증권업자가 복수의 딜러에게 전화를 넣어서, 「XYZ사의 주식 20,000주의 시세를 제시해 주시겠습니까?」("Can you give me a subject quote on 20,000 shares of XYZ?")라고 한다. ¶ *Subject* is unknown to us. 그 회사는 당행에서는 잘 알고 있지 않습니다(거래가 없다). (여기서 subject는 the subject (company)의 생략형이고, 주제의 회사, 당해 회사의 뜻이다.) ***subject to mortgage*** 인수불능 모기지 ¶ The *subject to mortgage* is a condition of sale whereby the purchaser takes land encumbered by a preexisting mortgage. The purchaser's obligation to the mortgagee is limited to the property *subject to the mortgage*, unless the purchaser becomes personally liable on the debt by assuming the mortgage. 인수불능 모기지는 구매자가 기존 모기지에 의하여 제한을 받는 토지를 취득한다는 매매의 조건이다. 구매자가 그 모기지를 인수함으로써 그 채무에 개인적으로 부담하게 되지 않는 한, 모기지 채권자에 대한 구매자의 의무는 인수불능 모기지에 의거하여 그 재산에 한정된다.

a. 조건으로 하는 ¶ *subject* to (prior) sale 우선구입이 없는 한 /*subject* to tax 과세되는 /*subject* to particular average 단독해손분담조건(單獨海損分擔條件) ***subject quote*** 교섭전제의 경기(景氣)(subject to negotiation) → subject [시세(時勢)]. ~ ***to option*** 유보사항부 한정의견 → qualified opinion (한정의견, 조건부 감사보고).

ad. …을 (얻는 것을) 조건으로 하여

subjective 주관적 가치

sublease 전대차(轉貸借), 전대(轉貸), 전대차계약, 부동산전대차(subletting)

sublet *n.* 전대(轉貸)

v. 전대하다, 하도급 주다 ¶ We *sublet* our apartment to a businessman. 우리는 어느 실업가에게 아파트를 전대하였다.

sub-LIBOR LIBOR보다 낮은 금리수준(under-LIBOR)

submission 의뢰, 제안, [법] 중재계약 ¶ The lawyer made a *submission* that the case be dismissed immediately. 변호사는 그 소송이 즉각 기각되어야 한다는 제안을 하였다.

subnormal earning 저소득

subordinate ⓐ 하위의, 종속의 ¶ *subordinate* ledger 보조원장 /*subordinate* organization 계통기관
ⓥ 하위에 두다, 경시하다 ¶ The word *subordinated* means junior in claim on assets to other debt, that is, repayable only after other debts with a higher claim have been satisfied. Some *subordinated* debt may have less claim on assets than other *subordinated* debt; a junior *subordinated* debenture ranks below a *subordinated* debenture, for example. 열후(劣後)라는 말은 청구권이 다른 채권보다 후순위, 즉 선순위의 청구권이 있는 채권의 이행 후가 아니면 상환되지 않는다는 의미다. 일부 열후채(劣後債) 중에서도 다시 후순위의 열후채도 있다. 예를 들면, 후순위 열후채(junior subordinated debenture)는 열후무담보채(subordinated debenture)보다도 상환순위가 낮다. /a *subordinated* clause 열후조항 /*subordinated* debenture 열후조적부 사채 /*subordinated* debt 열후적 채무 ***subordinated bond*** 열후채(劣後債) ¶ The *subordinated bond* is a junior bond which ranks below a secured creditor and a general creditor. 열후채(債)는 담보채권자 · 일반채권자에게 우선순위에 있어서 열후하는 채권을 말한다. ***~ed debt*** [영] 열후채(債) ¶ The *subordinated debt* is a liability that ranks below secured debt and senior debt in claims priority in the event of default by the debtor. *Subordinated debt* can be issued with varying levels of subordination, making a given obligation senior to one liability and subordinate to another one. *Subordinated debt* holders do not receive any restitution in bankruptcy until all senior debt holders have been compensated; in exchange for accepting the subordinated position, they demand a higher risk premium on capital invested. Also known as junior debt, mezzanine financing. See also subordinated perpetual debt. 열후채(債)는 채무자에 의한 디폴트의 경우에 청구의 순위에서 담보된 채무와 상위채무보다 하위인 채무를 말한다. 열후채는 하위순위의 여러 가지의 수준에서 발행되어, 일정한 채무를 어떤 채무부담보다 높게 하고 다른 채무부담보다 낮게 할 수 있다. 열후채보유자는 모든 상위채무보유자가 보상을 받을 때까지 어떤 보상도 받지 못한다. 열후적 지위를 수용하는 대신에, 그들은 투자한 자본에 대해서 높은 리스크 프리미엄을 요구한다. 이는 junior debt(하위채권), mezzanine financing(메자닌 파이낸싱)으로도 알려져 있다. subordinated perpetual debt[열후영구채(債)]도 참조할 것. ***~ed perpetual debt*** [영] 열후영구채(債) ¶ The *subordinated perpetual debt* is a coupon-bearing bond that has no principal redemption feature and ranks junior to all other debt claims. The bond functions as permanent financing or quasi-equity (although it ranks senior to common stock). See also subordinated debt. 열후영구채(債)는 원금상환특징을 가지지 않고 다른 모든 채권청구에서 순위가 하위인 쿠폰부 채권(bond)을 말한다. 그런 채권은 영구대출(perpetual financing) 또는 (순위가 보통주보다 상위에 있더라도) 준자기자본(quasi-equity)으로서 기능을 한다. subordinated debt(열후채)도 참조할 것.

subordination [영] 후순위(매김), 종속 ¶ The *subordination* is the ranking of claims priority of a note, bond, or loan in the event of default by the issuer or borrower; the greater the *subordination*, the lower the claims priority, and the lower the creditor recovery rate following bankruptcy proceedings. The degree of creditor *subordination* may also be influenced by an issuer's or borrower's corporate structure, with holding company creditors generally subordinate to operating company creditors as a result of structural subordination *Subordination* is also commonly used in the structuring of a range of asset-backed securities, where distinct tranches are created by establishing a specific level of *subordination* within the capital structure. Tranches with the most *subordination* bear the first losses in default and thus carry the lowest credit ratings and highest returns; those with the least *subordination* bear the last losses and feature the highest credit ratings and lower returns. See also absolute priority rule. 후순위 매김은 발행자나 차입자(借入者)에 의한 디폴트의 경우에 수표, 채권 또는 대출(loan)의 청구우선권의 등급을 말한다. 즉, 후순위 매김이 뒤면 뒤일수록 청구우선권은 낮고, 파산절차에 이은 채권자 회수율은 낮다. 채권자의 후순위의 정도는 구조적 후순위의 결과로서 회사채권자를 다룸에 있어서 일반적으로 하위에 놓이는 지주회사의 채권자와 같이, 채권자의 후순위의 정도는 발행자(issuer)나 차입자(borrower)의 회사구조에 의해서 영향을 받을 수도 있다. 후순위 매김은 독특한 트랑슈가 자본구조내에 특수한 수준의 후순위를 설치함으로써 발생하는 경우 일정한 범위의 자산담보부 증권(asset-backed securities)의 구축에서 보통 이용되기도 한다. 대부분의 후순위의 트랑슈는 디폴트의 첫 번째 손실을 입고 따라서 가장 낮은 신용등급과 최고의 수익률을 수반한다. 즉, 가장 낮은 후순위에 있는 자는 최후의 손실을 입고 최고의 신용등급과 낮은 수익률을 특징으로 한다. absolute priority rule(절대우선의 원칙)도 참조할 것. ***subordination clause*** 열후조항 ¶ The *subordination clause* is a clause in mortgage loan agreement that permits a mortgage recorded at a subsequent date to have preference over the original mortgage. 열후조항은 후순위로 설정한 모기지(mortgage)가 당초의 담보권보다 우선된다고 하는 모기지(mortgage)대출계약의 조항이다.

subpoena 소환영장, 호출장 ¶ The *subpoena* is a document commanding a person to appear at a certain time and place or give testimony concerning a certain matter. 소환영장은 어느 사람에게 일정한 시기와 장소에 출두하거나 또는 일정한 사안에 관하여 증언을 하라고 명령하는 문서이다.

subprime 서브프라임 ¶ *Subprime* is having poor credit quality and descriptive of mortgages not meeting the standards of Fannie Mae and Freddie Mac but that were bought and securitized by Wall Street investment banks leading to the real estate crisis that began in 2006. 서브프라임(subprime)은 좋지 않은 신용자질을 가지고, 2006년에 시작한 부동산의 위기를 끌고 간 월스트리트(Wall Street) 투자은행에 의하여 매수되고 증권화된 패니메이(Fannie Mae)채(債)와 프레디맥(Freddie Mac)의 기준(standards)을 못맞춘 모기지를 기술(記述)하는 것이다. Alt-A loan(알트-어 론)도 참조할 것. ***subprime loan*** [영] 서브프라임 대출 ¶ The *subprime loan* is a loan granted to a weak individual or corporate borrower, including one that may have had a history of prior loan delinquency or default. *Subprime loans,* which are generally secured against a specific asset (e.g., a residence, commercial property), typically have much lower loan-to-value ratios than a conventional loans in order to protect the lender in the event of default. Also known as B & C loan, nonprime loan. 서브프라임 대출은 이전의 지급불이행이나 디폴트의 경력을 가지는 경제력이 약한 개인이나 회사 차입자에게 수여하는 대출을 말한다. 서브프라임 대출은 일반적으로 특수한 자산(예컨대, 주택, 상업빌딩)을 담보로 잡지만, 디폴트의 경우에 대여자를 보호하기 위하여 전통적 대출보다 훨씬

낮은 융자비율(loan-to-value ratios)을 가진다. B & C loan(B 앤드 C 대출), non-prime loan(논프라임 대출)도 참조할 것.

subrogated performance 대위변제 ¶ *Subrogated performance* is one's payment or assumption of an obligation for which another is primarily liable. 대위변제는 타인이 첫째로 책임을 질 채무를 지급하거나 이를 인수하는 것이다.

subrogation 대위(代位), 보험대위, 대위변제 ¶ The *subrogation* is a legal process by which an insurance company, after paying for a loss, seeks to recover the amount of the loss from another party who is legally liable for it. 보험대위(保險代位)는 보험회사가 손해에 대하여 지급한 후 법률상 그 손해에 책임을 다른 당사자에게 손해금액의 보상을 청구하는 법적 절차를 말한다.

subscribe 응모하다, 예약하다 ¶ *subscribed* capital 응모자본, 인수주식 /*subscribe* to the stock 주식의 응모를 하다

subscription 예약청약, 응모, 서명, [주식] 인수, 납입취급 ¶ The *subscription* is an agreement of intent to buy newly issued securities. See also new issue; subscription right; subscription warrant. 인수(引受)는 신발(新發)증권의 구입에 동의하는 것이다. new issue(신규발행); subscription right(신주인수권); subscription warrant(신주인수권증서)도 참조할 것. /*subscription* agreement 응모계약, (외채의) 매입계약 /a *subscription* blank 주식청약용지 /*subscription* certificate 출자증권 /*subscription* for shares 주식청약 /the *subscription* period 모집기간 /the *subscription* price 응모가격, 매입가격 /*subscription* to the capital 출(금) /*subscription* to [for] a new share 신주발행청약 /*subscription* warrant 신주인수권증서 ***subscription agreement*** 응모계약서 ¶ The *subscription agreement* is an application submitted by an investor seeking to join a limited partnership. All prospective limited partners must be approved by the general partner before they are allowed to become limited partners. 응모계약서는 리미티드 파트너십(limited partnership)에의 참가를 희망하는 투자자가 제출하는 신청서이다. 리미티드 파트너(limited partner)가 되고자 하는 자는 반드시 제너럴파트너(general partner)의 승인이 필요하다. ~ ***price*** 인수가격, 응모가격 ¶ The *subscription price* is a price at which existing shareholders of a corporation are entitled to purchase common shares in a rights offering or at which subscription warrants are exercisable. See also subscription right; subscription warrant. 인수가격은 기존주주(existing shareholder)가 주주할당발행(rights offering)에서 보통주를 구입할 수 있는 가격, 또는 신주인수권증서를 행사할 수 있는 가격을 말한다. subscription right(신수인수권); subscription warrant(신주인수권증서)도 참조할 것. ~ ***privilege*** 신주인수특권 ¶ The *subscription privilege* is a right of existing shareholders of a corporation, or their transferees, to buy shares of a new issue of common stock before it is offered to the public. See also preemptive right; subscription right. 신주인수특권은 기존주주(existing shareholder), 또는 그 권리를 양수한 사람(transferee)이 신규발행되는 보통주(common stock)를 공모전에 구입할 권리를 말한다. preemptive right(우선인수권); subscription right(신주인수권)도 참조할 것. ~ ***ratio*** 신주인수권비율 → subscription right (신주인수권). ~ ***right*** 신주인수권 ¶ The *subscription right* is a privilege granted to existing shareholders of a corporation to subscribe to shares of a new issue of common stock before it is offered to the public; better known simply as a right. Such a right, which normally has a life of two to four weeks, is freely transferable and entitles the holder to buy the new common stock below the public offering price.

While in most cases one existing share entitles the stockholder to one right, the number of rights needed to buy a share of a new issue (called the subscription ratio) varies and is determined by a company in advance of an offering. To subscribe, the holder sends or delivers to the company or its agent the required number of rights plus the dollar price of the new shares. Rights are sometimes granted to comply with state laws that guarantee the shareholders' preemptive right – their right to maintain a proportionate share of ownership. It is common practice, however, for corporations to grant rights even when not required by law, protecting shareholders from the effects of dilution is seen simply as good business. 신주인수권은 신규 발행되는 보통주를 기존주주가 공모전(public offering)에 구입하는 권리를 말한다. 단순히 right라고 하는 일이 많다. 이러한 권리는 기간은 2~4주간이 주이고, 자유로 양도할 수 있으며, 보유자는 신규발행의 보통주를 공모가격(public offering price)을 하회하는 가격으로 구입할 수 있다. 통상은 보유주 1주에 관하여 인수권 1단위가 할당되지만, 신주 1주를 매수하는 데에 필요한 인수권비율(subscription ratio)은 여러 가지이며, 회사가 발행 전에 결정한다. 신주를 구입함에는, 필요한 수의 인수권과 신주의 구입대금을 회사가 대행기관에 인도한다. 신주인수권은 주주의 선매권(先買權)(preemptive right)을 보증하는 주법을 준수하기 위하여 발행되는 일도 있다. 이것은 주주가 (신주발행 후에도) 일정한 지분비율을 유지하는 권리이다. 그러나 법의 정함이 없더라고, 희석화(dillution)로부터 주주를 지키는 것은 좋은 일이라고 생각하여 신주인수권을 인정하는 회사가 많다. ~ ***warrant*** 신주인수권증서 ¶ The *subscription warrant* is a type of security, usually issued together with a bond or preferred stock, that entitles the holder to buy a proportionate amount of common stock at a specified price, usually higher than the market price at the time of issuance, for a period of years or to perpetuity; better known simply as a warrant. In contrast, rights, which also represent the right to buy common shares, normally have a subscription price lower than the current market value of the common stock and a life of two to four weeks. A warrant is usually issued as a sweetener, to enhance the marketability of the accompanying fixed income securities. Warrants are freely transferable and are traded on the major exchanges. They are also called stock purchase warrants. See also perpetual warrant; subscription right. 신주인수권증서는 채권(bond)이나 우선주(preferred stock)와 함께 발행되는 일이 많은 증서이다. 이 증권의 보유자는 특정한 가격으로 (통상은 발행시의 시장가격보다도 높게) 지분에 비례한 수의 보통주(common stock)를 구입하는 권리를 가지고, 유효기간은 수년간에서 영구의 경우까지이다. 간단히 워런트(warrant)라고 하는 일이 많다. 이에 대하여 신수인수권(right)도 마찬가지로 보통주의 구입권을 나타내지만, 통상은 구입가격이 발행시의 보통주의 시장가격보다도 낮고, 유효기간은 2~4주간으로 짧다. 신주인수권증서(warrant)는 확정이자부 증권의 시장성을 높이는 감미료(sweetner)로서, 확정이자부 증권과 함께 발행되는 경우가 많다. 자유로이 양도할 수 있고, 주요거래소에서 매매되고 있다. 주식매입권(stock purchase warrant)이라고도 한다. perpetual warrant(영구 신주인수권증서); subscription right(신수인수권)도 참조할 것.

subsequent 다음의, 차(次)의 ¶ a *subsequent* endorser 차위(次位)배서인

subsidiary ⓐ 보조의, 종속의, 보조적인, 모회사에 종속된 ¶ *subsidiary* banking business 은행주변업무 /*subsidiary* ledger 보완원장 /a *subsidiary* market 부차적 시장 /*subsidiary* money [coin] 보조화폐 ***subsidiary company*** 자회사 ¶ The *subsidiary company* is a company whose voting stock is more than 50% owned by another firm. For tax purposes, a parent company must own at least 80% of a subsidiary to file a consolidated tax return. 자회사는 회사의 의결주식을 다른 회사가 50% 이상을 소유하는 회사이다. 조세의 입장에서 보면, 모회사(parent company)는 종합납세신고서(consolidated tax return)를 하려면 적어도 자회사 80%의 의결주식을 소유하여야 한다.

[n] 자회사, 방계회사, 부수담보 ¶ The *subsidiary* is a company of which more than 50% of the voting shares are owned by another corporation, called the parent company. See also affiliate. 자회사는 모회사라고 하는 다른 회사가 소유하는 의결권주식의 50% 이상인 회사이다. affiliate(관계회사)도 참조할 것. /a wholly-owned *subsidiary* 100% 자회사

subsidize …에게 보조금[조성금]을 주다 ¶ *subsidized* industry 조성산업 /a government *subsidized* grant 정부교부금 /International flights are *subsidized* with profits earned on domestic flights. 국제항공산업은 국내항공산업이 벌어들인 이익으로 보조를 받고 있다.

subsidy 보조금[장려금], 조성금 ¶ The *subsidy* is a payment or other favorable economic stimulus (such as remission of taxation) given by government to certain individuals or groups of economic entities, usually to encourage their continued existence, growth, development, and profitability. In the United States, *subsidies* are given to the agricultural industry, the very poor, and many other group. 보조금은 보통 일정한 개인이나 경제단체의 그룹의 계속적인 존재, 성장, 발전 및 수익성을 장려하기 위하여 정부가 주는 지급금 또는 기타의 호의적인 경제적 격려금이다. 미국에서는, 보조금은 농산물업, 극빈자 및 많은 기타의 단체에게 준다. /government *subsidy* 정부보조금

subsistency economy 자급자족경제

substandard 표준 이하의, 불충분한, 약간의 문제가 있는 (대출) ¶ a *substandard* rate 표준 이하의 임차율(賃借率)

substantial 실질적인, 상당한 ¶ *substantial* means 상당한 자산(資産) /*substantial* surety 실질적 보증

substitute 대리의, 가름하는 ¶ *substitute* [substitutional, substitutive] goods 대체재 /*substitute* security 대용증권 /*substitute* slip 대용전표

substitution 대용, 교체, (담보의) 환차(換差) ¶ In banking, the *substitution* is a replacement of collateral by other collateral. 금융업무에 있어서, substitution(교체)은 담보(collateral)을 다른 담보로 교체하는 경우이다. ¶ In contracts, *substitution* is replacement of one party to a contract by another. See also novation. 계약에 있어서, substitution(경개)은 계약의 당사자를 다른 당사자로 경개하는 것이다. ¶ In economics, the *substitution* is a concept that, if one product or service can be replaced by another, their prices should be similar. 경제학에 있어서, substitution(대체)은 어느 생산물이나 서비스가 다른 것으로 대체할 수 있다면, 그 가격은 유사하여야 한다고 하는 개념이다. ¶ In law, *substitution* is replacement of one attorney by another in the exercise of stock powers relating to the purchase and sale of securities. See also stock power. 법에 있어서, substitution(대리)은 주식의 매매에 수반하는 증권양도위임장의 행사에서, 대리인을 대체하는 것이다. ¶ In securities, *substitution* is: (1) exchange or swap of one security for another in a client's portfolio. Securities analysts often advise substituting a stock they currently favor for a stock in the same industry that they believe has less favorable prospects. (2) replacement of another security of equal vale for a security acting as collateral for a margin account. See also same-day-substitution. 증권에 있어서, substitution(대체)은: (1) 고객의 포트폴리오(portfolio)의 증권의 대체나 스왑(swap)을 말한다. 증권애널리스트는 장래성이 낮다고 생각하는 주식을, 현재 유망시되고 있는 동일한 업계의 종목으로 대체하도록 조언을 하는 일이 많다. (2) 신용거래계좌(margin account)의 담보(collateral)증권을 동일한 가격의 증권으로 교체하는 것이다. same-day-substitution(동일대체)도 참조할 것. /*substitution* in collateral 담보의 교환 /*substitution* of securities 증권의 교환

subtenancy 전차(轉借) ¶ *subtenancy* underletting 전대(轉貸)

subterranean 지하의, 숨은 ¶ *subterranean* economy 지하경제

sub-underwriting (외채인수 신디케이트) 하인수 계약

subvention 보조금, (정부의) 조성금

succeed 성공하다, 후임이 되다, 상속(相續)하다 ¶ They tried, but they did not altogether *succeed*. 그들은 노력하였지만, 전면적으로는 성공한 것이 아니다. /Nothing *succeeds* like success. 성공이 성공을 부른다(하나가 잘 되면 모든 것이 잘 된다).

successful 성공한 ¶ *successful* bid 낙찰 /They're *successful* economically. 그들은 경제적으로 성공하고 있다.

succession 계승, 상속 ¶ *succession* duty 상속세 /*succession* of a business 사업계승 /*succession* of property 유산상속 /a *succession* tax 상속세

successive 잇따른, 계속되는, 연속하는 ¶ *successive* beneficiary 유산수취인

successor 후임, 후계자, 상속인 ¶ *successor* institution 후계회사 /a lineal *successor* 직계상속인

sucre 수크레 ¶ The standard currency unit of Ecuador, divided into 100 centavos. 에콰도르의 기준화폐단위이고, 1 수크레(sucre) = 100 센타보(centavos)이다.

sudden 돌연한, 급(急)한 ¶ a *sudden* drop 급락 /a *sudden* rise 급등

sufficient 충분한, 족한 ¶ Not *Sufficient* (N/S) [부도문언] 자금부족 (지급거절수표 등에 쓴다) /*sufficient* condition 충분한 조건 /*sufficient* fund 충분한 자금

suggestion 시사, 제안 ¶ The management will be delightful to receive any *suggestions* for improvements. 당사(當社)는 서비스개선에 관하여 고객의 제안을 환영하는 바이다.

suicide pill 자살약 조항 ¶ The *suicide pill* is a poison pill with potentially catastrophic implications for the company it is designed to protect. An example might be a poison pill providing for an exchange of stock for debt in the event of a hostile takeover; that would discourage an acquired by making the takeover prohibitively expensive, but its implementation could put the target company in danger of bankruptcy. 자살약 조항은 지키려는 회사를 위한다는 것이 혹시 파국으로 몰고 갈지 모를 독약(poison pill)이다. 예를 들면, 적대적 매수(hostile takeover)의 경우에 채무(debt)를 주식과 교환하려 들면 독약이 될지도 모른다. 그것은 매수(takeover)를 높게 쳐서 매수를 방해하는 것이 되지만, 매수의 대상이 된 기업(target company)은 파산의 위험으로 몰아 갈 수 있을 것이다.

suitability rules 적합성의 원칙 ¶ The *suitability rules* are guidelines that those selling sophisticated and potentially risky financial products, such as limited partnerships or commodities futures contracts, must follow to ensure that investors have the financial means to assume the risks involved. Such rules are enforced through self-regulation administered by such organizations as the National Association of Securities Dealers, the Securities and Commodities Exchanges, and other groups operating in the securities industry. Individual brokerage firms selling the products have their own guidelines and policies. They typically require the investor to have a certain level of new worth and liquid assets, so that he or she will not be irreparably harmed if the investment sours. A brokerage firm may be sued if he has allowed an unsuitable investor to buy an investment that goes sour. See also know your customer. 적합성의 원칙이란 리미티드 파트너십(limited partnership)이나 상품선물(commodity futures contract)과 같은 고도의 리스크가 높은 금융상품의 판매자가 투자자에게 금융상품에서 생길 수 있는 리스크를 떠맡을 자금력이 있음을 확인하기 위하여 지켜야 한다는 기준을 말한다. 이러한 원칙은 전미증권업협회(National Association of Securities Dealers), 증권거래소/상품거래소(Securities and Commodities Exchanges) 기타 업계단체가 관리하는 자율구제에 의해서 강제된다. 상품을 판매하는 증권회사에 각각 독자적 기준이나 방침을 정하고 있다. 일반적으로, 투자자에게 일정한 수준의 순자산(net worth)과 유동자산(liquid assets)을 요구하는 경우가 많은 것이, 투자에 실패하더라도, 투자자가 치명적인 타격을 입는 일이 없도록 하기 위함이다. 부적합한 투자자에게 상품을 구입시켜서 투자가 실패하면, 증권회사는 제소받을 가능성이 있는 것이다. know your customer(고객숙지규칙)도 참조할 것.

sukuk [아랍] 수쿡 ¶ The *sukuk* is a rent certificate or bond alternative used in Islamic finance which adheres to restrictions related to riba and gharar. See also ijara, murabaha, salam. 수쿡은 riba(이자)와 gharar(가라르)와 관계되는 구속을 준수하는 이슬람 금융에서 사용되는 임대료증서(rent certificate) 또는 채권대체증서(bond alternative)를 말한다. ijara(이자라), murabaha(무라바하), salam(살람)도 참조할 것.

sum ⓝ 합계, 총계[액, 수] ¶ the *sum* insured 보험금액 /a *sum* of money 합계금액 /the *sum* total 총계 ***lump sum*** 일괄금액 ¶ A *lump sum* is a large payment of money received at one time instead of a periodic payments. People retiring from or leaving a company may receive a *lump-sum* distribution of the value of their pension, salary reduction or profit-sharing plan. (Special tax rules apply to such lump-sum distributions unless the money is rolled into an IRA rollover account.) Some annuities, called single premium deferred annuities (SPDAs) require one upfront *lump sum* which is invested. Beneficiaries of life insurance policies may receive a death benefit in a *lump sum*. A consumer making a large purchase such as a car or boat may decide to pay in one *lump sum* instead of financing the purchase over time. 일괄금액은 정기적인 지급(periodic payment)이 아니라, 다액의 금전을 한번에 수취하는 경우이다. 예를 들면, 정년퇴직 혹은 퇴직 시에, 연금제도(pension plan), 급여공제연금제도(salary reduction plan), 혹은 수익분배제도(profit sharing plan) 등에서 일괄로 급여금을 받는다. 다만, 급여금이 개인퇴직연금계정(individual retirement account)에 롤오버(IRA rollover)하는 경우를 제외하고 특별한 세금이 부과된다. 보험료일괄지급과세 순연연금보험(single premiums deferred annuities: SPDA)이라고 하는 연금보험에서는 보험료를 투자자금으로서 최초로 일괄지급한다. 또 생명보험계약(life insurance policy)의 수익자는 사망보험금(death benefit)을 일괄로 받는다. 자동차나 보트 등 대형의 매물(買物)을 사는 사람은 자동차론(loan) 등의 차입을 이용하지 않고 일괄로 지급할 것을 선택한다.

~*-of-the-years'-digits method* **(*SOYD*)** 연수합계법(年數合計法) ¶The *sum-of-the-years' method-digits* (*SOYD*) is a method of accelerated depreciation that results in higher depreciation charges and greater tax savings in the earlier years of a fixed asset's useful life than the straight-line depreciation method, where charges are uniform throughout. Sometimes called just sum-of-digits method, it allows depreciation based on an inverted scale of the total of digits for the years of useful life. Thus, for four years of life, the digits 4, 3, 2, and 1 are added to produce 10. The first year's rate becomes 4/10ths of the depreciable cost of the asset (cost less salvage value), the second year's rate 3/10ths, and so on. The effects of this method of accelerated depreciation are compared with the straight-line method in the illustration, which assumes an asset with a total cost of $1,000, a useful life of four years. and no salvage value. 연수합계법(年數合計法)은 매년의 상각비가 일정하게 되는 정액법(straight-line depreciation)에 비하여, 고정자산(fixed asset)의 내용연수(useful life)의 이른 시기에 상각비가 크게 되어 그 분납세액이 억제된다고 하는 가속상각(accelerated depreciation)의 방법이다. 이를 sum-of-digits method라고도 하는 이 방법은 내용연수를 합계한 것을, 역순(逆順)의 연수로 상각해 간다. 따라서, 내용연수가 4년이면, 급수(級數)(digit)의 4, 3, 2, 1을 합계하여 10이 된다. 1년째의 상각액은 자산의 상각가능액, 즉 취득원가에서 잔존가액(saving value)을 공제한 금액의 10분의 4, 2년째는 10분의 3이 된다. 취득가액 1,000달러, 내용연수 4년, 잔존가액 제로인 자산에서, 가속상각법이 정액법에 대조된 것은 아래와 같다.

ⓥ 합계하다 ¶*sum* up 계상(計上)하다, (장부를) 마감하다

연수합계법(sum-of-the-years'-digits method: SOYD)

연	정액법		급수법	
	상각비	누계	상각비	누계
1	$250	$250	$400	$400
2	$250	$500	$300	$700
3	$250	$750	$200	$900
4	$250	$1,000	$100	$1,000
계	$1,000		$1,000	

sundry 여러 가지의, 잡다한 ¶*sundry* account 여러 가지 계정 /*sundry* assets 잡다한 자산 /*sundry* bill 잡어음 /*sundry* expense 잡비 /*sundry* item 각종 항목

sunk sink의 과거분사형 ***sunk capital*** 매몰자본 ¶*Sunk capital* is expenditure, usually on capital items, that once having been incurred can be included in a company's book of account as an asset, although this value cannot be recovered. 매몰자본이란 이런 자본의 가치를 되찾을 수는 없더라도, 일단 발생한 것이기 때문에 자산(asset)으로서 회사의 회계장부에 들어갈 수 있는 보통 자본항목(capital items)상의 비용을 말한다. ~ ***costs*** 매몰원가(초기투자 등), 회복불능원가 ¶*Sunk costs* are costs that have already been expended and therefore have little or no relevance in considering whether to continue with a business operation. The term originated in the oil industry, where the decision to abandon an oil well depends on expected future benefits, not the past costs of drilling. 매몰원가는 이미 사용해 버려서 사업을 계속할지를 고려할 때에 거의 또는 전혀 관련이 없는 원가를 말한다. 유정(油井)을 포기하는 결심은 과거의 채굴원가가 아니라, 기대되는 장래의 이익에 달려 있다는 석유산업에서 그 용어가 유래한 것이다.

sunrise industries 신흥산업 ¶ *Sunrise industries* are a figurative term for he emerging growth sectors that some believe will be the mainstays of the future economy, taking the place of declining *sunset industries*. Although the latter, including such mature industries as the automobile, steel and other heavy manufacturing industries, will continue to be important, their lead role as employers of massive numbers of workers is expected to be superseded by the electronics and other computer-related high-technology, biotechnology, and genetic engineering sectors and by services industries. 신흥산업은 쇠퇴해 가는 사양산업(sunset industries)에 갈음하여 경제의 중심이 된다고 생각되는 급성장산업(mature industries)을 가리키는 비유표현이다. 자동차, 강철과 같은 중공업을 중심으로 하는 성숙산업(mature industries)도 계속해서 중요하지만, 엄청나게 많은 수의 근로자를 이끄는 고용자의 역할(employers of massive number of workers)은 전자산업(electronics) 기타 컴퓨터관련의 첨단기술, 생물공학(biotechnology) 및 유전자공학(genetic engineerin)부문과 서비스산업이 대신하고 있다.

sunset 일몰(시간), 석양 ***sunset industry*** 사양(斜陽)산업 ¶ The *sunset industry* is a mature industry at the end of the product life cycle. For example, the buggy whip industry was a sunset industry. 사양산업은 제품의 수명이 끝자락에 있는 노령산업을 이른다. 예를 들면, 가늘고 긴 자동차의 안테나산업은 사양산업이었다. ~ ***provision*** 기한부 조항, 선셋 조항 ¶ The *sunset provision* is a condition in a law or regulation that specifies an expiration date unless reinstated by legislation. For example, a *sunset provision* in the Tax Reform Act of 1986 prohibited tax-exempt single-family mortgage bonds after 1988. 선셋 조항은 법률이나 규칙에서 법률로 재규정하지 않는 한, 유효기간(expiration date)을 규정한다는 조항이다. 예를 들면, 1986년의 세제개혁법(Reform Act of 1986)은 1988년 이후의 단독가정 주택용의 모기지(부동산모기지부) 비과세채(tax-exempt single-family mortgage bond)를 금지하는 기한부 조항(sunset provision)이었다.

sunshine laws 선샤인법(法) ¶ *Sunshine laws* are state or federal laws (also called government in the *sunshine laws*) that require most meetings of regulatory bodies to be held in public and most of their decisions and records to be disclosed. Many of these statutes were enacted in the 1970s because of concern about government abuses during the Watergate period. Most prominent is the federal Freedom of Information (FOI) Act, which makes a possible to obtain documents relating to most federal enforcement and rule-making agencies. 선샤인법(法)은 규제기관의 대부분의 회합을 공개하고, 결정과 기록내용의 대부분을 개시할 것을 요구하는 미국의 주법 또는 연방법[이를 선샤인법에 있어서는 정부(government)라고도 한다]이다. 이러한 많은 제정법들은 워터게이트사건이 일어난 기간에 정부의 권력남용에의 염려가 높아진 것을 계기로 1970년대에 제정되었다. 가장 저명한 것이 연방정보자유법(federal Freedom of Information (FOI) Act)인데, 이 법률은 대부분의 연방집행기관과 규칙제정기관에 관련된 문서를 입수할 수 있다고 정하고 있다.

super 최고의, 특대의 ¶ *Super* Sector Leader 업종선도기업 ***Super Bowl indicator*** 수퍼볼지표(指標) ¶ The *Super Bowl indicator* is a technical indicator that holds that if a term from the old American Football League pre-1970 wins the Super Bowl, the stock market will decline during the coming year. If a team from the old pre-1990 National Football League wins the Super Bowl, the stock market will end the coming year higher. The indicator has been a remarkably accurate predicator of stock market performance for many years. 수퍼볼지표(指標)는 1970년 이전의 구아메리칸 풋볼리그에 소속하고 있던 팀이 수퍼볼(Super Bowl)에 승리하면, 다음 해는 주식시세가 내려간다고 하는 테크니컬 지표(technical indicator)이다. 만약 90년 이전의 구 내셔널 풋볼리그(National Football League)가 승리하면, 다음 해의 시세가 올라서 끝난다. 이 지표는 장기간 놀랄 만큼 들어맞고 있다. ~ ***dot*** 수퍼닷 → designated order turnaround (DOT) (소량주문집행시스템). ~ ***NOW account***; ~***-Now*** 수퍼NOW예금계좌 (소정의 최저예금잔액존치를 조건으로 하여 시장연동의 자유금리를 부치는 당좌예금계좌. 수표의 발행이 무제한으로 가능하다. (*cf.*) NOW(negotiable order of withdrawal) 양도가능환급지시서 ¶ The *super NOW account* is a deregulated transaction account authorized for depository institutions in 1982. It paid interest higher than on conventional *NOW* (negotiable order of withdrawal) *account* but slightly lower than that on the money market deposit account (MMDA). With the deregulation of baning deposit accounts in 1986, however, banks are free to pay whatever rates they feel cost considerations and competitive conditions warrant. Although some banks continue to offer MMDA accounts which pay a slightly higher rate to compensate for the fact that checkwriting is limited to three checks a months, most banks now offer one transaction account with unlimited checkwriting. 수퍼NOW예금계좌는 1981년에 규제완화조치에 의하여 은행에 허가된 거래계좌를 말한다. 그 계좌는 종래의 NOW(negotiable order of withdrawal, 양도가능환급지시서)계좌보다는 금리가 높지만, 시장금리연동예금(money market deposit account: MMDA)보다는 조금 낮다. 그렇지만, 1986년의 은행예금계좌의 규제완화에서, 은행은 코스트와 경쟁의 상황을 견디고 난 다음에 금리를 자유로이 설정할 수 있게 되었다. 금리자유화 이후에도, 계속 수표(check)의 발행을 월 3회까지 제한한다는 조건부로 약간 높은 금리를 지급하는 MMDA계좌를 취급하는 은행도 있으나, 현재로는 대부분의 은행이 무제한으로 수표의 발행이 가능하다는 계좌만을 취급하고 있다. ~ ***sinker bond*** 수퍼싱커본드 ¶ The *super sinker bond* is a bond with long-term coupons (which might equal a 20-year-bond's yield) but with short maturity. Typically, super sinkers are housing bonds, which provides home financing. If homeowners move from their homes and prepay their mortgages, bondholders receive their principal back right away. Super sinkers may therefore have an actual life of as little as three to five years, even though their yield is about the same as bonds of much longer maturities. See also coupon bond. 수퍼싱커본드는 (20년채의 이율과 같은) 장기의 쿠폰(long-term coupon)이 붙어 있지만, 단기의 만기가 돌아오는 채권(bond with short maturity)이다. 전형적으로, 수퍼싱커는 주택자금을 조달하는 주택채(住宅債)이다. 만약 주택소유자가 그 주택에서 이사하고 주택론(loan)을 기한전에 상환하면, 채권보유자는 원금(principal)을 바로 수취한다. 그러므로, 기간이 훨씬 오랜 채권과 같은 수준의 이율로 되고 있지만, 실제로는 3년이나 5년에서 상환이 되는 일도 있다. coupon bond(이표부 채권(債券))도 참조할 것.

supercomputer 수퍼컴퓨터, 초고속계산기 ¶ The *supercomputer* is an extremely powerful and technologically advanced computer used for solving complex and computationally extensive scientific or engineering problems. These computers are extremely expensive. 수퍼컴퓨터는 복잡하고 컴퓨터 방법의 집약적이고 과학적 · 공학적인 문제를 해결하기 위해 사용되는 대단히 강력하고 기술적으로 진보한 컴퓨터를 말한다. 이러한 컴퓨터는 값이 대단히 비싸다.

superficies [법] 지상권, 정착물(定着物)

superintendent 관리자, 지배인

supermajority 압도적 다수, 대다수(통상 발행주식의 80% 이상의 찬성투표를 가리킨다.) ***supermajority amendment*** 절대다수의 수정조항 ¶The *supermajority amendment* is a corporate amendment requiring that a substantial majority (usually 67% to 90%) of stockholders approve important transactions, such as mergers. 절대다수의 수정조항은 실질적 다수(보통 67%에서 90%)의 주주가 회사의 합병(merger)과 같은 중요한 사항을 승인하여야 할 것을 필요로 하는 회사법의 수정조항(corporate amendment)을 말한다.

supernational corporation 초국가[다국적]기업

superscription 위에 쓰기, 수취인 주소, 성명, 표제

supertanker 초대형 유조선(油漕船), 맘모스탱커

supervisory 감독의 ¶*supervisory* authority 감독당국 ***supervisory analyst*** 감독자격이 있는 애널리스트 ¶The *supervisory analyst* is a member firm research analyst who has passed a special New York Stock Exchange examination and is deemed qualified to approve publicly distributed research reports. 감독자격이 있는 애널리스트는 뉴욕증권거래소(NYSE)의 회원기업(member firm)의 조사애널리스트(analyst)로, 거래소의 특별시험을 통과한 자이다. 그에게는 공개되는 조사레포트를 승인하는 자격이 주어진다. ~ ***review and evaluation process (SREP)*** [영] 감독심사평가과정 ¶The *supervisory review and evaluation process* (*SREP*) is an element of Pillar II of the Basel II framework, in which a national regulator reviews the internal capital adequacy assessment process of a participating bank. 감독심사평가과정은 국내규제당국이 참가은행의 내부자기자본비율평가과정을 심사하는 바젤 II의 필라 II(Pillar II of Basel II)의 구성요소이다.

supplemental 보충의, 추가의(supplementary) ***supplemental agreement*** 보충계약 ¶The *supplemental agreement* is an agreement that amends a previous agreement that contains additional conditions. 보충계약은 추가조건을 포함하는 등 이전의 계약을 수정하는 계약을 말한다. ~ ***security income*** 추가적 소득보상 ¶The *supplemental security income* is a social security program benefiting the blind, disabled, and indigent. 추가적 소득보상은 맹인, 장애인, 극빈자를 급여대상으로 하는 사회보장제도(social security program)를 말한다.

supplementary 보충의, 추가의 ¶*supplementary* budget 보정(補正)예산, 추가예산 /*supplementary* security 증담보(增擔保) /a *supplementary* statement 부속명세서 ***supplementary financing program*** 추가융자계획 ¶The *supplementary financing program* is a temporary program set up in 2008 by the Treasury department at the request of the Federal Reserve whereby the Treasury would sell special short-term "cash management bills" and put the proceeds in an account at the Fed for the purpose of financing crumbling U.S. financial institutions. The program was set up that way apparently to avoid the appearance of the Fed's printing money, although the program was reportedly being scaled back in 2009 because of fears that the Treasury would hit its $12.1 trillion debt ceiling adding to concerns about the size of the federal debt. At its peak, the program reached about $560 billion, mainly backing up commercial paper, its balance had dropped to $200 billion in 2009. 추가융자계획은 2008년에 연방준비금제도 이사회(Federal Reserve Board)의 요청으로 미재무부에 의하여 설정한 임시계획이다. 그 계획은 미재무부가 특별단기의 「자금관리명세서」(cash management bills)를 팔아서 수익금(proceeds)을 미국의 금융기관(financial institutions)을

박살낼 자금의 목적으로 연방준비금제도 이사회의 계정에 입금한다는 것이었다. 그 계획은 표면적으로는 연방준비금제도 이사회의 화폐인쇄의 모양세를 피하기 위하여 그런 식으로 설정한 것이었다. 그러나 그 계획은 보도에 의하면, 미재무부가 연방정부 채무의 규모에 관한 걱정에 더하여 12조 1천억 달러에 달할 것이라는 우려 때문에 2009년에 축소되고 있었다. 정점에 이르러서는, 그 계획은 대략 5,600억 달러에 이르고, 주로 커머셜페이퍼의 보증을 서는 것이었고, 2009년에 나머지 잔액은 2,000억 달러까지 하락하였다.

supplier('s) credit 서플라이어즈 크레디트(수출업자 또는 매도인에의 신용공여), 연지급신용, 수출연지급금융

supply 공급, (*pl.*) 지출 ¶money *supply* 화폐공급, 머니서플라이 /*supply* and demand 수요공급 /*supply* and demand of funds 자금수요 /a *supply*-demand gap in GNP GNP의 수요갭 /*supply* of investible fund 자금공급 **~*-side economics*** 서플라이사이드 경제학(공급면 중시의 경제학. 세제개혁, 정부지출증가 등의 정책을 취한다.) ¶The *supply-side economics* is a theory of economics contending that drastic reductions in tax rates will stimulate productive investment by corporations and wealthy individuals to the benefit of the entire society. Championed in the late 1970s by Professor Arthur Laffer (see Laffer curve)and others, the theory held that marginal tax rates had become so high (primarily as a result of big government) that major new private spending on plant, equipment, and other "engines of growth" was discouraged. Therefore, reducing the size of government, and hence its claim on earned income, would fuel economic expansion. 서플라이사이드 경제학은 환율을 대폭 인하하면 회사나 부유층에 의한 생산적인 투자가 촉구되어 사회전체에 이익이 미친다고 하는 경제학이론이다. 1970년대말 아더 래퍼 교수(Professor Arthur Laffer)(Laffer curve를 참조)가 제창한 이 이론은 (큰 정부가 주된 원인이 되어) 한계세율(marginal tax rate)이 지나치게 높아서 공장, 설비 등의 「성장의 원동력」(engines of growth)에의 민간부문의 신규투자가 억제되었다고 주장하였다. 따라서 정부의 규모를 축소하고, 감세를 실시하면 경기확대에 연결된다고 주장하였다.

support ⓥ 유지하다, 원조하다 ¶*supporting* data 기초자료 /*supporting* order 매입주문 /*supporting* price 지지가격

ⓝ 지지, 원조, 증권시장의 시세변동(특히 하락)을 인위적으로 저지함 ¶price *support* 가격유지 /*support* buying; *support* operation 매입촉진 /*supporting* document 부속서류 /*support* industry 관련산업 /*support* level price (시세의) 지지가격 /*support* point 개입점 ***support level*** [증권] (가격하락)지지선 (*cf.*) resistance level ¶The *support level* is a price level at which a security tends to stop falling because there is more demand than supply. Technical analysts identify *support levels* as prices at which a particular security or market has bottomed in the past. When a stock is falling towards its *support level*, these analysts say it is "testing its support," meaning that the stock should rebound as soon as it hits the *support level*, its outlook is considered very bearish. The opposite of a *support level* is resistant level. (가격하락)지지선은 수요가 공급을 상회하여, 주가의 하향경향이 멈추는 가격수준을 말한다. 테크니컬 애널리스트(technical analyst)는 특정종목이나 시세가 과거에 밑바닥을 친 가격을 지지선이라고 하고 있다. 주가가 지지선 수준에 향하여 내려가는 것을 애널리스트는 「지지선을 시험하고 있다」(testing its support)고 한다. 이것은 주가가 지지선(support line)에 도달하면 바로 반전하는 셈이라고 하는 의미이다. 지지선을 꿰뚫고 나가서 하락하면, 그 종목의 전망은 대단한 약세라고 생각된다. 지지선의 반대를 저항선(resistance level)이라 한다.

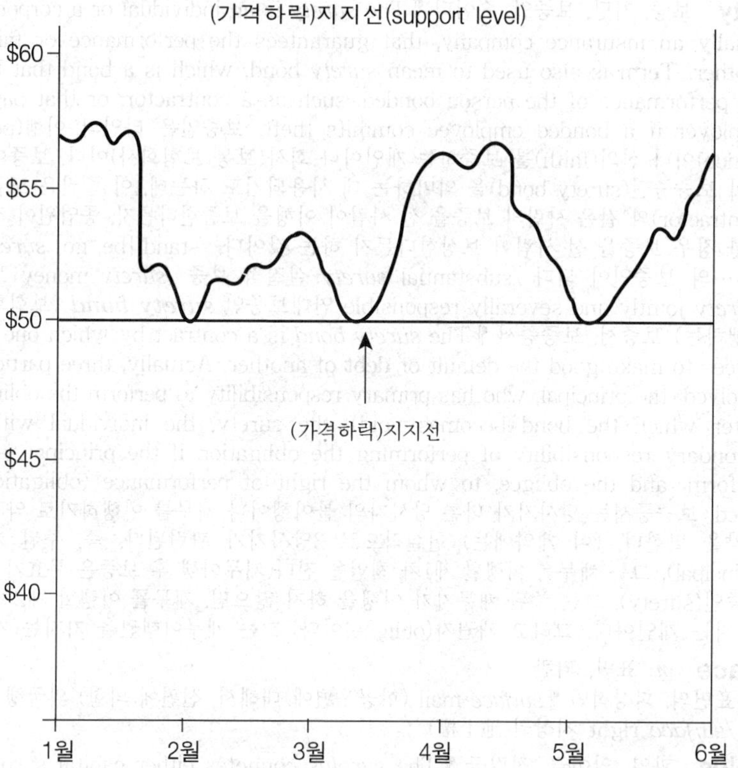

supranational 초국가적인 ¶ *supranational* bond (아시아 개발은행채(債) 등의) 국제기관채(債)

supra protest [법] 인수거절증서작성후의 추가인수, 거절후 참가(拒絶後參加) ¶ Where a bill of exchange has been protested or dishonored by non-acceptance, or protested for better security, and is not overdue, any person, not being a party already liable thereon, may, with consent of the holder, intervene and accept the bill *supra protest*, for the honor of any party liable thereon, or for the honor of the person for whose account the bill is drawn. 환어음이 불인수로 인해 인수거절 또는 지급거절되거나 혹은 유리한 담보를 위해 인수거절되어 지급기일이 경과하지 않은 경우, 이미 책임을 져서 당사자가 아닌 어느 사람이 그 소지자의 동의를 얻어 인수거절증서작성후의 추가인수어음에 대해 책임을 지는 어느 당사자의 인수 또는 그 어음이 발행된 자의 인수에 대해 이에 참가하고 인수할 수 있다.

surcharge 특별[부가]요금, 부족세(不足稅), (은행의) 차익금(수지부분), 할증요금 ¶ The *surcharge* is a charge added to a charge, cost added to a cost, or tax added to a tax. See also surtax. 과징금은 추가하여 지급하는 대가나 비용이나 세금을 말한다. surtax(부과세)도 참조할 것. ***import surcharge*** 수입과징금 ¶ *An import surcharge* is a uniformly levied tax on most or all imports, in addition to existing tariffs. 수입과징금은 현행관세에 추가해서 대부분의 수입품 또는 모든 수입품에 대해서 일률적으로 부과되는 조세이다.

surety 보증, 저당, 보증인, 슈어티 ¶ The *surety* is an individual or a corporation, usually an insurance company, that guarantees the performance or faith of another. Term is also used to mean *surety* bond, which is a bond that backs the performance of the person bonded, such as a contractor, or that pays an employer if a bonded employee commits theft. 보증인은 타인의 이행(performance)이나 신의(faith)를 보증하는 개인이나 회사(보통 보험회사)이다. 보증이라는 말이 보증증권(surety bond)을 의미하는 데 사용되기도 하는데, 이 증권은 도급업자(contractor)와 같은 사람의 보증을 선 사람이 이행을 보증한다든지, 종업원이 절도를 범한 경우 보증을 선 사람이 보상한다든지 하는 것이다. /stand [be, go] *surety* for … …의 보증인이 되다 /substantial *surety* 실질적 보증 /*surety* money 보증금 /*surety* jointly and severally responsible 연대보증인 ***surety bond*** (보험회사가 발행하는) 보증서, 보증증서 ¶ The *surety bond* is a contract by which one party agrees to make good the default or debt of another. Actually, three parties are involved: the principal, who has primary responsibility to perform the obligation (after which the bond becomes void), the surety, the individual with the secondary responsibility of performing the obligation if the principal fails to perform; and the obligee, to whom the right of performance (obligation) is owed. 보증증서는 당사자가 다른 당사자의 불이행이나 채무를 이행하기로 약정하는 계약을 말한다. (이 계약에는) 현실적으로 3당사자가 관련된다. 즉, 주된 채무자(principal), 그는 채무를 이행할 제1차 책임을 진다(채무이행 후 보증은 무효가 된다). 보증인(surety). 그는 주된 채무자가 이행을 하지 않으면, 채무를 이행할 제2차 책임을 지는 개인이다. 그리고 채권자(obligee)이다. 그는 채무이행권을 가지는 자이다.

surface Ⓝ 표면, 외관
Ⓐ 표면의, 피상적인 ¶ *surface* mail (항공우편에 대해서, 선편에 의한) 외국행보통우편 /*surface* right 지상권(地上權)

surplus 과잉, 잉여금, 적립금 ¶ The *surplus* connotes either capital surplus or earned surplus. See also federal deficit (surplus); paid-in capital; retained earnings. 잉여금은 자본잉여금(capital surplus)이나 이익잉여금(earned surplus)을 말한다. federal deficit (surplus)(미연방정부재정적자[흑자]); paid-in capital(납입자본금); retained earnings(이익잉여금)도 참조할 것. /an earned *surplus* 이익잉여금 /an operating *surplus* 당기이익잉여금 /*surplus* and undivided profits 잉여미처분이익 /*surplus* [profit] available for dividends 배당가능이익 /*surplus* country 흑자국(黑字國) (*cf.*) deficit country 적자국(赤字國) /*surplus* finance 흑자재정 /a *surplus* fund 잉여금 /*surplus* in long-term capital 장기자본수지의 초과수입 /*surplus* profit 초과이윤, 잉여이익 /*surplus* statement 잉여금계산서 /*surplus* value 잉여가치 ***surplus share*** [영] 잉여금분담 ¶ In reinsurance, the *surplus share* is a proportional agreement where an insurer and reinsurer agree to split premiums, risks, losses, and loss adjustment expenses as a fixed percentage of the policy limit rather than a specific monetary amount. See also quota share 잉여금분담은 보험자와 재보험자가 특정한 화폐금액보다 오히려 고정비율의 급여한도액(policy limit)으로서 보험료(premium), 위험(risk), 손실(loss) 및 손실조정비용(loss adjustment expense)을 분할하기로 합의하는 비례배분계약(proportional agreement)이다. quota share(비례특약)도 참조할 것.

surrender Ⓝ 인도(引渡), 보험해약, [법] 권리포기 ¶ the *surrender* of a bill 어음의 교부(交付) ***surrender value*** [보험] 해약환급금 → cash surrender value (해약환급금).

v. 인도하다, 양도하다, 포기하다

surtax 부가세 ¶ The *surtax* is a tax applied to corporations or individuals who have earned certain level of income. For example, the Revenue Reconciliation Act of 1993 provided for a 10% *surtax* on adjusted gross incomes over $250,000. 부가세는 일정한 수준의 수입을 얻은 회사나 개인에 부과되는 세금이다. 예를 들면, 1933년의 연세입조정법(Revenue Reconciliation Act of 1933)에서는 수정후 총소득(adjusted gross income)이 25만 달러를 초과한 경우에 10%의 부과세를 과세하고 있다.

surveillance 감시, 감독, [국제경제] 서베일런스(각국의 경제정책을 상호 감시하는 제도) ***surveillance department of exchanges*** 거래소의 감시부서 ¶ The *surveillance department of exchanges* is a division of a stock exchange that is constantly watching to detect unusual trading activity in stocks, which may be a tipoff to an illegal practice. These departments cooperate with the Securities and Exchange Commission in investigating misconduct. See also stock watcher(NYSE). 거래소의 감시부서는 이상한 주식의 거래가 없는지 어떤지 계속해서 감시하는 증권거래소의 부서이다. 이 감시부서는 위법행위를 조사하는 데에 미증권거래위원회(Securities and Exchange Commission: SEC)와 협력한다. stock watcher (NYSE)[(뉴욕증권거래소) 시장감시시스템]도 참조할 것.

survey 조사, 검사, 감정 ¶ *survey* report 감정(보고)서

surveyor 검사관, 감정인 ¶ The *surveyor* is one who prepares surveys. 감정인은 감정을 차비하는 자이다. /*surveyor's* certificate 감정증명서 /*surveyor's* report 감정보고서

surviving 생존하는, 존속하는 ***surviving corporation*** 생존자, 존속회사 ¶ The *surviving corporation* is the remaining, or continuing, corporation following a merger. The surviving corporation is vested with the merged corporation's legal rights and obligations. 존속회사는 합병 이후에 잔존하거나 계속하는 회사이다. 존속회사는 합병된 회사의 법적 권리와 의무를 떠맡는다. ~ ***spouse*** 생존배우자 ¶ The *surviving spouse* is a spouse remaining alive when his or her spouse dies (in other words, the spouse who lives longer.) In most states, the surviving spouse cannot be totally disinherited, but has a right to receive a share of the deceased spouse's estate, with the size of that share determined by state law. 생존배우자는 부(夫) 또는 처(妻)가 사망하여 남은 배우자(다른 말로 하면 더 오래 산 배우자)이다. 대부분의 주에서 생존배우자는 완전히 상속권을 박탈되는 일이 없이 사망한 배우자의 유산을 주법에서 정한 비율로 받는 권리를 가진다.

survivor 생존자, 유족 ¶ *survivor's* insurance 유족보험, 생잔보험(生殘保險)

survivorship 생존, 존명(存命), [법] 잔여생존자의 재산권 ¶ The *survivorship* is a right whereby a person with an interest in property becomes entitled to the whole property by reason of his or her having survived another person who also had an interest in it. 잔여생존자의 재산권은 재산에 관한 권익을 가진 사람이 또 그 재산에 관한 권익을 가지는 다른 사람보다 장생(長生)한다는 이유로 전체재산에 대한 권한을 가지는 권리이다. ***survivorship account*** 유족계좌 → joint tenants with right of survivorship (생존자권부 공동부동산권). ~ ***life insurance*** 유족보험 → second-to-die insurance (유족보험).

sushi bond 스시본드(스시는 일본인밖에 먹지 않는 음식이라는 의미에서), 일본의 유러달러표시의 채권 ¶ The *sushi bonds* are Eurodollar bonds issued by Japanese corporations on the Japanese market for Japanese investors. 스시본드는 일본의 회사들이 일본인의 투자자를 상대로 일본시장에 발행한 유로달러채권을 말한다.

suspended trading [주식] 거래정지 ¶*Suspended trading* is temporary halt in trading in a particular security, in advance of a major news announcement or to correct an imbalance of orders to buy and sell. Using telephone alert procedure, listed companies with material developments to announce can give advance notice to the New York Stock Exchange Department of Stock List or the American Stock Exchange Securities Division. The exchanges can then determine if trading in the securities affected should be suspended temporarily to allow for orderly dissemination of the news to the public. Where advance notice is not possible, a floor governor may halt trading to stabilize the price of a security affected by a rumor or news development. Destabilizing developments might include a merger announcement, an unfavorable earings report, or a major resource discovery. See also circuit breaker; disclosure; form 8-k; investor relations department. 주식거래정지는 중요한 뉴스공표에 앞서서 혹은 매입주문과 매도주문간의 불균형을 시정하기 위해서 특정한 주식거래를 일시 정지하는 경우를 말한다. 전화경고절차를 이용하여 뉴욕증권거래소(NYSE)의 주식상장부서(Department of Stock List)나 아메리칸증권거래소(AMEX)의 증권국(局) (Securities Division)에 사전에 통지할 수 있다. 이로써 정보의 공식발표가 질서 있게 행하여지도록, 그 회사의 주식의 거래를 일시 정지할 것인가 여부를 거래소가 결정한다. 사전통지가 불가능한 경우에는, 루머나 뉴스가 확대되어 불안정으로 된 주식의 가격을 안정시키기 위하여, 입회장 책임자(floor governor)가 거래를 정지하는 경우가 있다. 불안정한 요인에는 기업합병(merger)발표, 사업부진, 대규모의 자원의 발견 등과 같은 것이 있다. circuit breaker(거래정지조치); disclosure(정보공개); Form 8-K(서식10-K); investor relations department(인베스터 릴레이션부문)도 참조할 것.

suspense 미결, 미정 ¶*suspense* receipt 가수금(假受金) /*suspense* payment 가지급(假支給) ***suspense account* [*payment, receipt*]** 가계좌[가지급, 가수금(假受金)], 미결제계좌 ¶In accounting, a *suspense account* is an account used temporarily to carry receipts, disbursements, or discrepancies, pending their analysis and permanent classification. 회계학에서, 가계좌는 분석과 상용의 분류가 끝날 때까지 수취금(receipt), 지급금(disbursement) 또는 불일치금(discrepancy)으로 일시적으로 잡아주는 계좌이다.

suspension 중단, 정지 ¶*suspension* of business transaction with bank 은행거래정지 /*suspension* of payment; bank suspension 지급정지 /*suspension* of stock transaction 주식의 매매정지

sustained [sustainable] growth 지속적 성장

swap *v.* 교환[교역]하다, 스왑거래하다

n. 교환, 환승, 스왑(외환현물 선물의 동시등액 매매), 금리나 통화 등의 교환거래(스왑은 금액, 기간, 통화, 금리 등의 여러 요소 등을, 복수의 당사자의 합의 하에서 교환거래하고, 효율적이고 유리한 자금조달을 꾀하는 것이다.) ¶Traditionally, the *swap* is an exchange of one security for another to change the maturities of a bond portfolio or the quality of the issues in a stock or bond portfolio, or because investment objectives have shifted. Investors with bond portfolio losses often *swap* for other higher-yielding bonds to be able to increase the return on their portfolio and realize tax losses. Recent years have seen explosive growth in more complex currency *swaps*, used to link increasingly global capital markets, and in interest-rate *swaps*, used to reduce risk by synthetically matching the duration of assets and liabilities of financial institutions as interest rates got higher and more volatile. In a single currency *swap* (*swaps* can be done with varying degrees of complexity), two parties sell each other a currency with a commitment to re-exchange the principal amount at the maturity of the deal. Originally done to get around the problems of exchange controls, currency *swaps* are widely used to tap new capital markets, if effect borrow funds irrespective of whether the borrower requires funds within that market. The International Bank for Reconstruction and Development (World Bank) has been an active participant in currency *swaps* with U.S. corporations. 전통적으로 스왑은 채권포트폴리오(portfolio)의 잔존기간(maturity)을 변경한다든지, 주식이나 채권의 포트폴리오내의 신용 리스크를 변경할 목적에서, 또는 투자목적 자체가 변화하였기 때문에, 어느 증권을 다른 증권으로 교체하는 것이다. 손실이 나고 있는 채권포트폴리오를 가지고 있는 투자자는 이율이 높은 채권과 교환하여, 포트폴리오의 이율을 올린다든지, 세무상의 결손금(tax loss)을 실현시킨다든지 하는 일이 많다. 근래는 좀 더 복잡한 스왑이 급증하고 있다. 예를 들면, 자본시장의 글로벌화를 이용한 통화스왑(currency swap)이 있다. 금리가 상승하여, 변동폭이 크게 되는 가운데에, 금융기관은 자산과 부채의 듀레이션(duration)을 인위적으로 매치시켜 리스크를 적게 하는 금리스왑(interest-rate swap)을 사용하고 있다. 스왑(swap)은 단순한 것에서 복잡한 것까지 여러 가지가 있으나, 단순한 통화스왑은 2조(組)의 당사자가 기일에 원금(principal)액을 다시 교환하는 약속에서 서로 통화를 매도한다. 통화스왑은 원래 외환규제를 회피할 목적에서 시작한 거래지만, 외국의 자본시장(capital market)에서 처음으로 자본조달을 할 때에, 그 시장에서 자금조달을 할 필요성이 있는지 없는지는 관계없이 폭넓게 사용되고 있다. 국제부흥개발은행(International Bank for Reconstruction and Development: World Bank)(세계은행)은 (미국시장에서 미달러로 자금조달을 행한 다음에) 미국기업과의 활발한 통화스왑 거래를 하여 다른 통화로 교환하고 있다. /have more advantageous *swap* 보다 유리한 스왑이 있다 /a *swap* contract 스왑계약 /*swap* house 스왑전문업자 /(a) *swap* [forward] margin [spread] 직물선물의 격차 /*swap* of bonds 채권의 대체거래 /*swap* operation 스왑조작 /(a) *swap* profit 스왑 프리미엄 /*swap-swap* (인도기일을 달리하는) 선물끼리의 스왑 /*swap* transaction 스왑거래 (스왑거래에는 환스왑거래, 통화스왑거래, 금리스왑거래 등이 있다.) ***asset swap*** 애셋 스왑(금리나 통화를 달리하는 금융자산을 교환하여 자산의 형태를 변경하는 수법) ¶ An *asset swap* is an over-the-counter interest rate swap that exchanges bond coupons from fixed rates into floating rates, or vice versa, creating a synthetic investment that meets an investor's specifications. An asset swap can thus be viewed as a package of an interest rate swap and a risky bond, where the bondholder pays the fixed coupon from the risky bond. 애셋 스왑이란 채권이표를 고정금리에서 변동금리로, 또는 그와 반대로 교체하여, 투자자의 특정사항을 맞추는 종합적인 투자를 창설하는 장외거래의 금리스왑을 이른다. 그러므로 애셋 스왑은 금리스왑과 위험한 채권의 통합체로 볼 수 있으며, 이 경우에 채권소유자는 위험한 채권에서 고정이표를 지급한다. ***currency ~*** 통화스왑(달러와 원화 등, 다른 외화표시의 채무를 교환하는 금융거래) ¶ A *currency swap* is an exchange of currencies between two financial entities that is reversed at a specific rate and time in the future. 통화스왑은 역전(逆轉)이 된 2 경제적 실체간에 일정한 비율로 장래의 어느 시점에서 통화를 교환하는 것이다. ***interest rate ~*** 금리스왑 ¶ The *interest rate swap* is a contractual agreement entered into between two counterparties under which each agrees to make periodic payments to the other for an agreed period of time based upon an amount of principal. A common form occurs when a series of payments calculated by applying a fixed rate of interest to a notional principal amount is exchanged for a stream of payments similarly calculated but using a floating rate of interest. A swap may also be used to effectively change the maturity term of a debt. The two parties are often a corporation and a bank; the bank in turn likely hedges the transaction with a derivative product tied to U.S. Treasury bonds. 금리스왑이란 각자가 원금총액에 기초해서 약정된 기간동안에 다른 당사자에게 정기적인 지급을 하는 2거래당사자간에 맺는 계약상의 합의를 이른다. 금리스왑의 일반적인 형태는 관념상의 원금총액에 대해서 고정금리를 적용함으로써 계산되는 일련의 지급이 변동금리를 이용하는 것 이외에 유사하게 계산된 계속되는 지급과 교환되는 경우에 발생한다. 스왑은 또한 채무의 만기기간을 효과적으로 변경하는 데에 이용될 수도 있다. 2당사자는 회사와 은행인 때가 있다. 이 때에 은행은 아마도 차례차례 미재무부 증권(U.S. Treasury bonds)과 연계된 파생금융상품과의 거래를 제한할 것이다. ~ ***agreement [arrangement]*** (중앙은행의) 스왑협정(상호통화교환협정), 스왑계약 ¶ A *swap agreement* is based on a notional principal, amount, or an equivalent amount of principal, that sets the value of the swap at maturity, but is never exchanged. The notional principal sets the value of the interest payments in a swap. Rules governing financial swaps are set by the International Swap Dealers Association, a self-regulatory organization. 스왑협정은 만기에 스왑의 가격을 정하지만, 결코 교환되지 않는 관념상의 원금(notional principal amount), 또는 원금과 대등한 금액을 기초로 한다. 관념상의 원금은 스왑에서 이자지급의 가격을 정한다. 금융스왑에 관한 규칙은 자율규제기구인 국제스왑딜러협회(International Swap Dealers Association)가 정한다. ~ ***bond*** 스왑채(債) ¶ The *swap bond* is the issuing of bonds at the denomination of foreign currency, making the swap transactions to avoid the exchange risk and cost-hedging at the denomination of hoping currency potentially. Contrast currency swap. 스왑채(債)는 외화표시로 채권을 발행하는 것인데, 환리스크 회피를 위해서 스왑거래를 행하여 조달희망통화표시로 코스트 헤지하는 것이다. currency swap(통화스왑)과 비교할 것. ~ ***cost*** 스왑코스트 ¶ If the swap transaction is made in which the spot is bought and the futures sold when the future price of a certain currency is lower than the spot price thereof, loss occurs to that extent the lower portion of the futures price is discounted. It is called the *swap cost*. The opposite is swap premium. 스왑코스트는 어떤 통화의 선물시세가 직물시세보다 낮은 경우에 직물을 사서 선물로 파는 스왑거래를 하면, 선물시세의 낮은 부분의 디스카운트 폭만큼 손해가 발생한다. 이를 스왑코스트라고 한다. 반대의 경우가 스왑프리미엄이다. ~ ***order*** 대체주문 → contingent order (조건부 주문). ~ ***premium [profit]*** 스왑프리미엄 ¶ The *swap premium* is the profit which arises from the swap transaction. Contrast swap cost. 스왑프리미엄은 스왑거래에 의해서 생기는 이익이다. 스왑코스트(swap cost)와 비교할 것. ~ ***rate*** 스왑레이트 ¶ The *swap rate* is an annual rate which is converted by changing the difference between the spot price and the futures price (spot/futures spread) into the percentage to the spot price. 스왑레이트는 직물시세와 선물시세와의 가격차(직물선물 스프레드)를 직물시세에 대한 백분율로 고쳐서 연율로 환산한 것이다. ~ ***spread*** [영] 스왑스프레드 ¶ The *swap spread* is the differential between an interest rate swap or currency swap rate (representing the credit risk of bank counterparties), and a benchmark government bond rate (representing a sovereign risk-free rate). The *swap spread* serves as a proxy for the credit quality of large banks that actively quote and trade swaps, with a widening of spreads reflecting credit deterioration in the sector, and a narrowing reflecting improvement. See also asset swap spread; bond swap spread. 스왑스프레드는 금리스왑 또는 (은행 거래상대방의 신용리스크를 나타내는) 통화스왑금리와 (서버린 리스크면제금리를 나타내는) 기준정부채(債)금리와의 차액을 말한다. 스왑스프레드는 그 부분에서 신용악화를 나타내는 스프레드의 확대와 개선을 나타내는 축소와 함께, 적극적으로 호가(呼價)하고 스왑을 거래하는 대형은행의 여신의 질(質)을 위한 대용물로 소용이 된다. asset swap spread(애셋 스왑스프레드); bond swap spread(본드스왑 스프레드)도 참조할 것.

swaption 금리통화 스왑거래옵션(swap option), 금리스왑 옵션계약(고정금리채무와 변동금리채무를 교환하는 선택권), 스왑션(기간 3년의 고정금리와 변동금리의 스왑을 2년 후에 발동할 것인가 어떤가의 권리를 매매하는 것이 그 예이다.) ¶ The *swaption* is an over-the-counter option on a swap, available in the form of a receiver *swaption* and a payer *swaption*. The purchaser of a swaption has the right, but not the obligation, to enter into an underlying swap transaction at a predetermined rate at a future time. 스왑션은 스왑에 대한 장외(場外)거래의 옵션으로, 리시버(receiver)의 스왑션과 페이어(payor)의 스왑션의 형식으로 이용되고 있다. 스왑션의 구입자는 장래에 미리 결정한 가격으로 기본적인 스왑거래를 시작할 권리를 가지지만, 의무는 없다.

sweat equity 스웨트 에퀴티 ¶ The *sweat equity* is an equity created in a property by the hard work of the owner. For example, a small business may be built up more on the efforts of its founders than on the capital raised to finance it. 스웨트 에퀴티는 열심히 땀흘려 일한 탓에 재산으로 쌓아올린 자금을 말한다. 예를 들면, 소규모사업은 조달한 자본에 의해서가 아니라, 창업자의 노력(efforts of its founder) 위에서 쌓아올린 것일 수 있다.

sweep [영] 스위프 ¶ The *sweep* is a service provided by certain banks to their customers, which takes excess cash balances out of deposit accounts and reinvests them in overnight funds, thereby generating a yield. 스위프는 어떤 은행이 고객에게 제공하는 업무로서, 예금계정에서 잉여자금잔액을 인출하여 익일물(翌日物)펀드에 재투자하여 수익률을 산출하는 서비스를 말한다. ***sweep account*** [미] 스위프 어카운트(NOW 계좌와 MMF를 링크한 종합금융상품)(2종류의 예금계약을 세트로 하여 일방이 부족하면 타방에서 자동적으로 이체할 수 있는 운용을 행하는 것) ¶ A *sweep account* is a bank or other depository account that provides for automatic overnight investment of all or a portion of idle balances. See also asset management account. 스위프 어카운트는 유휴자금의 전부, 혹은 일부를 자동적으로 다음 날까지(overnight) 투자한다고 하는 은행 등의 예금[저축]계좌를 말한다. asset management account(자산관리종합계좌)를 참조할 것.

sweetener 감미료(kicker), 스위트너(유가증권의 매력을 증가하는 재료. 예컨대 워런트채는 보통사채에 워런트라고 하는 감미료를 부가한 것이다.) ¶ The *sweetner* is a feature added to a securities offering to make it more attractive to purchasers. A bond may have the sweetner of convertibility into common stock added, for instance. See also kicker. 스위트너는 매수인에게 매력을 높이기 위하여 증권에 부가되는 조건을 말한다. 예를 들면, 채권에 보통주(common stock)에의 전환권(convertibility)을 부가하는 경우를 가리킨다. kicker(키커)도 참조할 것.

sweetening a loan [미속] 증권의 담보가격의 하락에 따르는 추가담보의 차입

SWIFT → the **S**ociety for **W**orldwide **I**nterbank **F**inancial **T**elecommunications [약] 스위프트, 국제은행간 통신협회 ¶ The *SWIFT* is an acronym for *Society for Worldwide Interbank Financial Telecommunications*, an industry-owned cooperative supplying funds transfer messages via a dedicated computer network internationally to more than 7,000 financial institutions in 197 countries. SWIFT(국제은행간 통신협회)는 Society for Worldwide Interbank Financial Telecommunications의 머리글자(頭字語)이다. SWIFT는 금융업계에 의한 협동조합형식의 단체로, 전용의 국제적인 컴퓨터 네트워크를 통해서 197개국의 7,000개를 넘는 금융기관(financial institution)에 금융메시지 서비스를 제공하고 있다.

swindle; swindling 사기, 사취

swing 진동, 진폭, (주가의) 변동 ¶exchange rate *swing* 환율의 변동 ***swing account*** 스윙계좌, 진자(振子)계좌 ¶The *swing account* is an arrangement of no cash settlement made to certain line of balance in the debt-credit account between bilateral countries. 스윙계좌는 국가간의 대차에서, 일정한도내의 대차범위를 현금결제를 하지 않는다고 한 약정이다. ~ ***line*** (고객에 대한) 신용공여범위 ¶The *swing line* is a short-term backup line of credit that can be called at very short notice, and normally is arranged by a bank for an issuer of commercial paper. The line provides contingency financing to cover potential shortfalls that may result if the proceeds of a sale are insufficient to retire the debt incurred in issuing the paper, or if the issuer is unable to roll over an issue of maturing paper. (고객에 대한) 신용공여범위는 단기간의 통지로 지급청구받을 수 있고, 보통은 커머셜페이퍼의 발행자를 위하여 은행이 약정하는 단기간의 백업라인이다. 매각의 수익이 커머셜페이퍼의 발행에서 초래된 채무를 상환하는 데 충분치 못하거나, 또는 커머셜페이퍼의 발행자가 만기가 도래한 페이퍼의 발행에 상환을 연기할 수 없는 경우에 결과되는 잠재적인 부족액을 커버하기 위하여 신용공여범위(line)는 조건부 금융(contingency financing)을 제공하는 것이다. ~ ***loan*** 일시적 단기융자금 → bridge [bridging] loan (브릿지론). ~ ***trading*** 스윙트레이딩 ¶The *swing trading* is a short-term (one day to two weeks) trading guided by momentum indicator. 스윙트레이딩이란 모멘텀 지표(momentum indicators)에 기초한 단기(1일에서 2주간)간의 거래를 이른다.

Swiss Options and Financial Futures Exchange (SOFFEX) 스위스옵션금융선물거래소 ¶The *Swiss Options and Financial Futures Exchange (SOFFEX)* is a financial futures exchange in Zürich that was set up by the Zürich, Basel, and Geneva stock exchanges in 1988. In 1988 it merged with Deutsche Terminbörse to form Eurex. 스위스 옵션금융선물거래소는 1988년에 취리히, 바젤, 및 제네바증권거래소에 의해서 설치된 취리히에 있는 금융선물거래소(financial futures exchange)이다. 1988년에 그 금융거래소는 독일증권거래소와 합병하여 유렉스(Eurex)을 설립하였다. → Eurex Zürich AG (유렉스 취리히).

switch *n.* 전환, 스위치, 갱신, 환승 ¶*switch* commission (스위치무역의) 중개수수료 /*switch* finance 스위치금융(무역금융에서 통화를 현지통화로 갱신하는 것) ***switch order*** 대체주문 → contingent order (조건부 주문). ~ ***transactions*** 스위치 거래 (매매계약은 수출입국 업자간에 행해지고, 물품도 직행하지만, 대금결제에 관해서는 제3국의 업자를 중개시키는 거래를 말한다.) ¶*Switch transactions* are the practice of exporting (or importing) goods through an intermediary country to final destinations. This is done when the destination country is short of U.S. dollars and the intermediary country has available U.S. dollars and is willing to exchange them for the destination country's currency on goods. *Switch transactions* must be performed within the various laws concerning export licenses. 스위치 거래는 최정목적지에 중개국(intermediary country)을 통해서 물품

을 수출(또는 수입)하는 업무를 말한다. 이 업무는 목적지국가가 미국의 달러화가 부족하며, 중개국이 미국의 달러화를 손에 넣을 수 있고, 목적지국가의 통화와 물품을 교환하려고 할 경우에 이루어진다. 스위치 거래는 수출허가에 관한 여러 법률 내에서 이행되어야 한다.

[v.] 교환하다, 전환하다

switching 환승, (자금의) 이체, 전매(轉賣) ¶ In mutual funds, *switching* means moving assets from one mutual fund to another, either within a fund family or between different fund families. There is no charge for *switching* within a no-load family of mutual funds, which offer a variety of stock, bond, and money market funds. A sales charge might have to be paid when *switching* from one load fund to another. Customers of many discount brokerage firms can switch among fund families, sometimes at no fee and sometimes by paying a brokerage commission. *Switching* usually occurs at the shareholder's initiative, as a result of changes in market conditions or investment objectives. Some investment advisers and investment advisory newsletters recommend when to switch into or out of different mutual funds. See also no-load fund. 뮤추얼펀드에 있어서, 환승은 동일한 펀드패밀리(fund family)내에서 또는 다른 펀드패밀리의 펀드로 자산을 옮기는 것이다. 뮤추얼펀드에는 주식(stock), 채권(bond), 머니마켓(money market)의 여러 가지 상품이 있고, 판매수수료가 부과되지 않는 노로드 패밀리(no-load family) 내이면, 환승수수료는 붙지 아니한다. 판매수수료(sale charge)가 부과되는 로드 패밀리(load family)의 환승에는 매각수수료가 붙는 경우가 있다. 동일한 펀드패밀리 간에의 환승에 응하는 할인브로커(discount brokerage firm)는 많고, 수수료는 무료인 경우도 있고, 유료인 경우도 있다. 환승은 시장환경이나 투자목적의 변화에 따라서, 통상은 투자자(shareholder)가 자발적으로 행한다. 투자자문(investment adviser)이나 투자고문이 발행하는 뉴스레터가 환승시기를 추천하는 경우도 있다. no-load fund(노로드 펀드)도 참조할 것. ¶ In securities, *switching* means selling stocks or bonds to replace them with other stocks and bonds with better prospects for gain or higher yields. See also swap. 증권에 있어서, 환승은 수중의 주식이나 채권을 매도하여, 가격이나 이율(yield)의 전망이 좋은 주식이나 채권으로 대체하는 것이다. swap(스왑)도 참조할 것.

symbol 증권코드 → stock symbol (주식기호); mutual fund symbol (뮤츄얼펀드 심벌).

symmetric payoff 대칭적 수익 ¶ The *symmetric payoff* is a payoff profile on a derivative where the gain or loss is the same for given market price changes; the gain or loss may be linear or nonlinear. A future and a forward are characterized by symmetric profiles, gaining or losing equally for a range of market prices. See also asymmetric payoff; linear payoff; nonlinear payoff. 대칭적 수익은 손익이 일정한 시장가를 위해서 동일한 경우에 파생상품상의 수익윤곽을 말한다. 즉 손익은 선형적이든 비선형적이든 할 수 있다. 선물과 선도물은 대칭적 윤곽을 특색으로 하는 것이, 손익은 일정한 시장가를 위해서 같기 때문이다. asymmetric payoff(비대칭적 수익); linear payoff(선형수익); nonlinear payoff(비선형수익)도 참조할 것.

syndicate [n.] 신디케이트, 기업연합, 기업가합동, 융자단, 채권[주식]인수조합은행단 → purchase group[인수단(引受團)] ¶ The *syndicate* is: (1) a group of bankers, insurers, contractors, etc., who join together to work on a large project. Notable activities undertaken by such a group may include syndicated loans and underwriting (see also syndicated loan). (2) a number of Lloyd's underwriters who accept insurance risks as a group; such *syndicate* is run by a *syndicate* manager or agent. The names in the *syndicate* accept an agreed share of each risk in return for the same proportion of the premium. The names do not take part in organizing the underwriting business but treat their involvement with the *syndicate* as an investment. Since the reorganization of Lloyd's in the 1990s, limited companies have been allowed to become names. Although a *syndicate* underwrites as a group, each member is financially responsible for only his or her own shares. 신디케이트는 (1) 대규모 공사에 공동으로 참여하는 은행, 보험자, 건설업자(contractor), 등의 하나의 그룹을 말한다. 이러한 그룹이 착수한 거대한 사업에는 신디케이트론(loan)과 인수주선업무가 포함될 수 있다. (2) 신디케이트는 그룹으로서 보험위험(insurance risk)을 인수하는 수많은 로이드의 보험인수업자를 말한다. 그러한 신디케이트는 신디케이트단 간사(manager) 또는 대리인(agent)에 의해서 운영된다. 로이드 신디케이트(Lloyd's syndicate)라는 이름값으로 보험료의 동일한 비율에 의한 대가로 각 보험위험의 약정한 몫을 받는다. 로이드의 신디케이트가 인수하는 사업을 조직화하는 데에 관여하지 않지만, 투자로서 신디케이트의 관련성은 취급받는다. 1990년대에 로이드(Lloyd)가 재조직한 이후, 유한책임회사(limited company)는 로이드의 이름을 허용하게 되었다. 신디케이트 그룹으로서 인수하더라도, 각 회원은 자기 자신의 몫에만 금전적으로 책임을 진다. /banking *syndicate* 은행 신디케이트단(團) /an issuing *syndicate* of banks 은행의 발행인수단(團) /*syndicate* bank 신디케이트은행 /*syndicate* bankers 사채인수은행단(團) /syndicate financing 공동융자 /*syndicate* of banks 은행단 /underwriting *syndicate* 모채(募債) 인수단 ***syndicate manager*** 신디케이트단(團)간사 → managing underwriter [간사(幹事)회사].

Ⓥ 신디케이트를 조직하다, 신디케이트로 관리하다 ¶ *syndicated* lending 협조융자 /*syndicated* term loan (중장기의) 협조텀론 ***syndicated loan*** 신디케이트론(은행단에 의한 협조융자), 국제협조융자 ¶ The *syndicated loan* (syndicated bank facility) is a very large loan made to one corporate borrower by a group of banks headed by one lead manager, which usually takes only a small percentage of the loan itself, syndicating the rest to other banks and financial institutions. The loans are usually made on small margin. The borrower can reserve the right to know the names of all the members of the syndicate. If the borrower states which banks are to be included, it is known as a club deal. A syndicated bank facility, another name of a syndicated loan, is usually a revolving bank facility. There is only one loan agreement. 신디케이트론(loan)은 보통 자신은 론의 조그만 비율을 차지하고, 남은 부분은 다른 은행과 금융기관에게 분배하여 신디케이트를 조직한 주간사 은행(lead manager)이 이끄는 은행그룹에 의하여 1인의 회사차입자(corporate borrower)에게 제공되는 대형의 론(loan)이다. 그 론(loan)은 소액의 수익(small margin)이 보통이다. 차입자는 신디케이트단의 회원의 성명을 아는 권리를 유보할 수 있다. 차입자가 어느 은행들이 신디케이트에 포함되는지를 말하는 경우, 그것은 클럽 딜(club deal)로 알려져 있다. 신디케이트의 다른 명칭인 신디케이트 은행대출(syndicated bank facility)은 회전은행대출(revolving bank facility)인 것이 보통이다. 오직 하나의 론 약정(loan agreement)만 있을 뿐이다.

synergy 상승효과, 상호보완작용(기업합병 등에 의하여 상호보완의 효과를 올리는 것.) ¶ The *synergy* is an ideal sought in corporate mergers and acquisitions that the performance of a combined enterprise will exceed that of its previously separate parts. For example, a merger of two oil companies, one with a superior distribution network and the other with more reserves, would have *synergy* and would be expected to result in higher earnings per share than previously. See also strategic buyout. 상승효과는 기업의 합병 전보다 합병 후의 기업의 업적이 높아지는 것이 기업합병·매수(merger and acquisition)에서 구하는 숭고한 이상이다. 예를 들면, 2개의 석유회사의 합병에서, 1사(社)는 우수한 판매망을 가지고 있고, 다른 1사(社)는 원유매장량이 많으면, 상승효과로서 합병전보다 1주당 이익(earnings per share)이 높을 것이라고 예상된다. strategic buyout[전략적 매수(買收)]도 참조할 것.

synthetic 종합적인, 합성의 ¶ *synthetic* floating rate note (애셋 스왑을 이용한) 합성변동이자부 채권(債券) ***synthetic asset*** 합성자산 ¶ The *synthetic asset* is a value that is artificially created by using other assets, such as securities, in combinations. For example, the simultaneous purchase of a call option and sale of a put option on the same stock creates synthetic stock having the same value, in terms of capital gain potential, as the underlying stock itself. 합성자산은 증권과 같은 다른 자산을 이용하여 합성한 인위적으로 창출한 가치를 말한다. 예를 들면, 동일한 주식의 콜옵션(call option)의 구입과 풋옵션(put option)의 매각을 조합하면, 기초증권(underlying security)인 주식과 동일한 캐피탈게인(capital gain)을 기대할 수 있는 합성주식(synthetic stock)을 창출하는 것이다. ~ ***bond*** 신쎄틱 본드(스왑, 옵션 등을 사용하여 다른 형식의 사채로 변형하는 것) ¶ The *synthetic bond* is a bond that is changed into other type by using other assets, such as the swap, or the option. 신쎄틱 본드는 스왑, 옵션 등을 사용하여 다른 형식의 사채로 변형된 채권이다. ~ ***collateralized debt obligation (CDO)*** [영] 합성채무담보부 채무증서 ¶ The *synthetic collateralized debt obligation* (*CDO*) is a collateralized debt obligation (CDO) that is created on an unfunded basis through the use of credit derivatives, including total return swaps, basket options, and/or basket swaps. Under a synthetic structure, the economic risk of the reference asset pool is transferred, but the legal ownership remains on the balance sheet of the sponsoring bank. A *synthetic CDO* may be managed statically or dynamically. See also cash collateralized debt obligation. 합성채무담보부 채무증서는 토털리턴 스왑(total return swap), 바스켓옵션과 바스켓스왑을 포함하여 신용파생상품(credit derivative)의 사용을 통해서 무기금(無基金)의 베이스로 만들어진 채무담보부 채무증서이다. 종합구조하에서, 대상자산(reference asset) 풀의 경제적 리스크는 양도되지만, 법적 소유권은 후원은행의 대차대조표상에 남는다. 합성채무담보채무증서(CDO)는 정적으로나 동적으로도 관리될 수 있다. cash collateralized debt obligation(현금채무담보부 채무증서)도 참조할 것. ~ ***guaranteed investment contract*** [영] 합성보증투자계약 ¶ The *synthetic guaranteed investment contract* is a guaranteed investment contract (GIC) where the asset portfolio that underlies the contract is owned by the contract holder and held in a trust account. The actual assets are managed by a third party investment manager. This stands in contrast to a standard GIC, where the asset portfolio is owned and managed by the insurer. See also participating guaranteed investment contract; nonparticipating guaranteed investment contract. 합성보증투자계약은 투자계약의 기초가 되는 자산포트폴리오가 계약보유자가 소유하고 신탁계좌(trust account)에 보관되고 있는 보증투자계약을 말한다. 실제자산은 제3당사자인 투자매니저가 운용한다. 이것은 자산포트폴리오가 보험업자가 소유, 관리하는 표준적인 보증투자계약과 대비된다. participating guaranteed investment contract(참가적 보증투자계약); nonparticipating guaranteed investment contract(비참가적 보증투자계약)도 참조할 것. ~ ***prime brokerage*** [영] 합성프라임 브로커업무 ¶ The *synthetic prime brokerage* is a service offered by certain prime brokers to institutional clients that makes use of total return swaps to synthetically reproduce a desired portfolio. 합성프라임 브로커업무는 일정한 프라임 브로커가 종합적으로 바람직한 포트폴리오를 재생산하기 위하여 전체스왑을 이용하는 기관고객에게 제공하는 업무를 말한다. ~ ***securities*** 합성증권 → structured note [구조채(債)]; synthetic asset(합성자산). ~ ***securitization*** [영] 합성적인 증권화 ¶ The *synthetic securitization* is a form of securitization where a special-purpose entity (SPE) or trust issues notes to investors with an economic return that is linked to the performance of a pool of reference assets. The SPE uses the proceeds of the notes to purchase unrelated high-quality qualifying assets, and simultaneously provides the originator with risk protection in exchange for a premium. The coupons from the qualifying assets and the premium are used to service the notes, while the qualifying assets are used to secure the investors' interests. Under the synthetic structure the originator retains the actual assets on its balance sheet. See also true sale securitization. 합성적인 증권화는 특수목적사업체(SPE) 또는 신탁이 대상자산의 풀(pool)의 실적과 연결되는 경제적 수익을 가진 투자자에게 채권을 발행하는 증권화의 형식을 말한다. 특수목적사업체는 관련되지 않은 고품질의 적격자산(qualifying assets)을 매입하기 위하여 채권의 수취금을 사용하고, 동시에 오리지네이터에게 프리미엄을 대가로 위험보호를 제공한다. 적격자산과 프리미엄에서 나온 쿠폰은 채권판매를 마무리하는 데 사용되는 반면에, 적격자산은 투자자의 이권(利權)을 담보하는 데 사용된다. 종합구조에 의하여, 오리지네이터는 대차대조표상의 실제자산으로 보유한다. true sale securitization(진정매각증권화)도 참조할 것.

system 조직, 시스템, 제도, 방법 ¶ the banking *system* 은행제도 /computer *system* 전산조직, 컴퓨터 시스템 /a quota *system* 할당방식 /*system* analysis 시스템분석 /*system* engineering 조직공학, 시스템 엔지니어링 /the *system* for publicizing urban land prices 지가공시제도 ***monetary system*** 통화제도 ¶ The *monetary system* is: (1) the system used by a country to provide the economy with money for internal use and to control the exchange of its own currency with those of foreign countries. It also includes the system used by a country for implementing its monetary policy. (2) a system used to control the exchange rate of a group of countries, such as the Exchange Rate Mechanism of the European Monetary System and its successor. 통화제도란 (1) 1국이 경제에 대하여 국내사용을 위한 통화를 제공하고 외국의 통화와 자국의 통화와의 교환을 관리하는 데에 이용하는 제도이다. 이것에는 1국이 그 통화정책을 수행하는 데 이용하는 제도도 포함한다. (2) 유럽통화제도와 그 후속조치의 환율메커니즘과 같이, 국가집단의 환율을 관리하는데 이용되는 제도이다.

systematic 조직적인, 체계적인, 계획적인 ¶ *systematic* investing 정기적 투자(regular investing) ***systematic investment plan*** 누적(累積)투자플랜 ¶ The *systematic investment plan* is a plan at which investors make regular payments into a stock, bond, mutual fund, or other investment. This may be accomplished through an automatic investment program, such as a salary reduction plan with an employer, a dividend reinvestment plan with a company or mutual fund, or an automatic investment plan in which a mutual fund withdraws a set amount from a bank checking or saving account on a regular basis. By investing systematically, investors are benefiting from the advantages of dollar-cost averaging. 누적투자플랜은 주식, 채권, 뮤추얼펀드(mutual fund) 기타의 투자에 투

자자가 정기적으로 자금을 투입하는 방법을 말한다. 이것은 고용자에 의한 급여공제제도(salary reduction plan), 회사나 뮤추얼펀드에 의한 배당금의 재투자제도(dividend reinvestment plan), 은행의 당좌예금이나 저축예금에서 일정한 금액을 정기적으로 인출하여 투자하는 자동투자플랜(automatic investment plan)과 같은 자동투자프로그램(automatic investment program)을 통해서 달성할 수 있다. 조직적으로 투자함으로써, 투자자는 달러코스트평균법(dollar-cost averaging)의 효과를 얻는다. ~ ***risk*** 시스테매틱 리스크(market risk) ¶ The *systematic risk* is a degree of risk that is common to all the market of the same general class securities, and thus it is not the individual security's risk but a variable risk of all the market. 시스테매틱 리스크는 동종증권의 시장 전체에 대한 리스크의 정도를 말한다. 증권 개개의 리스크가 아니라 시장전체의 변동리스크이다.

systemic 조직의 ***systemic risk*** (금융시스템에 대한) 시장관련 리스크(금융기관의 채무불이행이 금융시스템 전체의 안정성에 혼란을 일으킬지도 모르는 리스크를 말한다.) ¶ The *systemic risk* is that part of a security's risk that is common to all securities of the same general class (stocks and bonds) and thus cannot be eliminated by diversification; also known as market risk. The measure of *systemic risk* in stocks is the beta coefficient. nonsystemic risk; portfolio beta score; portfolio theory. 시장관련 리스크는 동일한 종류의 (주식, 채권) 증권 전체에 공통되고, 분산투자(diversification)에서는 제거되지 않는 리스크부분이다. 이를 시장리스크(market risk)라고도 한다. 주식의 시장관련 리스크의 척도는 베타계수(係數)(beta coefficient)라고 한다. nonsystemic risk(논시스테매틱 리스크); portfolio beta score(포트폴리오 베타 스코어); portfolio theory(포트폴리오 이론)도 참조할 것. ~ ***withdrawal plan*** 정액인출플랜 ¶ The *systemic withdrawal plan* is a mutual fund option whereby the shareholder receives specified amounts at specified intervals. 정액인출플랜은 뮤추얼펀드(mutual fund)의 투자자(주주)가 일정한 간격으로 일정한 금액을 수취할 수 있는 구조를 말한다.

SYP (ISO) code Syria – currency Syrian pound. ¶ SYP (국제표준기구) 약호 시리아 — 화폐 시리아의 파운드(pound).

Syria currency 시리아 화폐 ¶ Syrian pound (SYP), divided into 100 piastres. 1 파운드(pound) = 100 피애스트레(piastres).

Swaziland currency 스와질란드 화폐 ¶ lilangeni (plural emalangeni), divided into 100 cent. 1 릴란게니(lilangeni) = 100 센트(cents).

SZL (ISO) code Swaziland – currency lilangeni (plural emalangeni). ¶ SZL (국제표준기구) 약호 스와질란드 — 화폐 릴란게니(lilangeni) [(*pl.*) 에말란게니(emalangeni)]

T

tab 물표(物標), 계좌, 부전(tag, label)

TAB → **t**ax **a**nticipation **b**ill [약] 납세준비증권 ¶ The *tax anticipation bill* (*TAB*) is a short-term obligation issued by the U.S. Treasury in competitive bidding at maturities ranging from 23 days to 273 days. *TABs* typically come due within five to seven days after the quarterly due dates for corporate tax payments, but corporations can tender them at par value on those tax deadlines in payment of taxes without forfeiting interest income. Since 1975, *TABs* have been supplemented by cash management bills, due in 30 days or less, and issued in minimum $10 million blocks. These instruments, which are timed to coincide with the maturity of existing issues, provide the Treasury with additional cash management flexibility while giving large investors a safe place to park temporary funds. 납세준비증권은 기간이 23일부터 273일까지 미재무부(U.S. Treasury)가 경쟁입찰(competitive bidding)에서 발행하는 단기채무(short-term obligation)를 이른다. 납세준비증권은 4반기의 법인납세기일의 5~7일 후에 만기가 되는 경우가 많다. 회사는 납세기일에 TAB를 액면(par)으로 세금의 지급에 충당할 수 있고, 이자도 받을 수 있다. 1975년 이후는, TAB에 부가하여 기간이 30일 이내에서 1,000만 달러 단위의 캐시 매니지먼트빌(cash management bill)도 발행되고 있다. 양 증권 모두 기존증권의 만기(maturity)에 맞추어서 발행된다. 미재무부는 자금융통의 유연성을 높일 수 있고, 또 대형투자자는 일시 자금을 안전하게 운용할 수 있다고 하는 메리트가 있다.

table 표, 리스트 ¶ The *table* is a coherent and systematic presentation of data and data calculations combined with textual descriptions for the purpose of conveying understanding of particular findings and information. A spreadsheet is a typical example. 테이블이란 특수한 조사와 정보에 대한 이해를 전할 목적으로 자료의 일관되고 체계적인 표시와 원문의 표현과 결합된 자료를 산출한 것을 말한다. 매트릭스 정산표(spreadsheet)가 대표적인 실례이다. /amortization *table* 할부상환표 /conversion *table* 환산표 /exchange *table* 외환환산표 /interest *table* 이자표

T-account [회계] T자형 계좌(T 모양의 계좌분개법[좌측차기(借記), 우측대기(貸記)]) ¶ In accounting, *T-account* is an account which uses two perpendiculars lines that look like the capital letter T to represent an account of any title. The account name is put above the horizontal line, debits are on the left side below the line and credits on the right. 회계학에서, T자형 계좌는 어떤 타이틀의 계좌를 표시하기 위하여 대문자 T형과 같이 보이는 2개의 수직선을 사용하는 계좌를 말한다. 계좌의 이름은 수평선 위에 놓이는데, 차변(debits)은 왼쪽 편에 대변(credits)은 오른 편에 차지한다.

TAC bonds 태크본드 → **t**argeted **a**mortization **c**lass (TAC) bonds (태크본드). ¶ *Targeted amortization class* (*TAC*) *bonds* are bonds offered as a tranche class of some collateralized mortgage obligations (CMOs). *TACs* are similar to Pac bonds in that, unlike conventional CMO classes, they are based on a sinking-fund schedule. The differ from PAC bonds, however, in that whereas a PAC's amortization is guaranteed as long as prepayments on the underlying mortgages do not exceed certain limits, a *TAC's* schedule will be met at only one prepayment rate. At other prepayment rates, the *TAC* will experience either excesses or shortfalls. A *TAC bond* provides more cash flow stability than a regular CMO class but less than a PAC, and trades accordingly. 태크본드는 일부의 모기지 담보채권(collateralized mortgage obligation: CMO)의 하나의 종류(트랑슈 클래스, tranches class)로서 발행되는 채권(bond)을 말한다. 통상의 CMO클래스와는 달리, 감채기금(sinking fund)의 상환계획에 근거로 하고 있고, 그 점에서 패크채(PAC bond)와 유사하다. 다만 패크채(債)는 채권의 뒷받침이 되고 있는 기초모기지(underlying mortgage)의 기한전 상환(prepayment)이 일정한 한도를 초과하지 않는 한, 만기상환이 보증받고 있는 것에 대하여, TAC는 일정한 기한전 상환율에만 적용된다. 결국, 이 기한전 상환율을 초과한 경우는 초과자금으로서 다른 트랑슈에 이관되는 것이고, 반대로 부족한 경우에는 상환자금부족이 된다. TAC채는 통상의 CMO클래스보다도 캐시플로(cash flow)의 안정성을 제공하지만, 패크채(PAC)만큼은 아니고, 그것에 상응한 조건에서 거래된다.

tacit 암묵의, 묵시의 ¶ a *tacit* agreement 암묵의 협정 /a *tacit* approval 암묵의 찬성 /*tacit* consent 암묵의 동의 /*tacit* mortgage 묵시모기지/*tacit* permission 묵인

tactical asset allocation 전술적 자산배분 ¶ *Tactical asset allocation* is shifting percentages of portfolios among stocks, bonds, or cash, depending on the relative attractiveness of the respective markets. See also asset allocation. 전술적 자산배분은 각 시장의 매력을 비교하여 포트폴리오(portfolio) 속의 주식(stock), 채권(bond), 현금(cash)의 배분을 변경하는 것이다. asset allocation(자산배분)도 참조할 것.

Taft-Hartley Act 태프트-하틀리법 ¶ The *Taft-Hartley Act* is a federal law (in full, Labor Management Relations Act) enacted in 1947, which restored to management in unionized industries some of the bargaining power it had lost in prounion legislation prior to World War II. 태프트-하틀리법은 1947년에 제정된 미연방법으로, 정식명칭은 노사관계법(Labor Management Relations Act)을 말한다. 제2차 세계대전 전에 조합에 유리한 법이 제정되었으나, 태프트-하틀리법에 의하여 노동조합을 포용하는 업계의 경영자측이 교섭력을 회복하였다.

tag 부전(附箋) ¶ a price *tag* 가격표 ***tag sale*** 중고가정용품 판매 ¶ *Tag sale* is garage sale where individuals mark used household items with tags displaying the price. *Tag sales* are commonly held on weekends at the vendor's home, often having the merchandise displayed in the driveway. *Tag sales* are an American tradition. 중고가정용품 판매는 개인들이 가격을 나타내는 부전을 붙인 중고가정용품을 표시하는 중고품 염가판매이다. 중고가정용품 판매는 판매자의 주택에서 주말에 개최되는 것이 보통이고, 차도에서 전시되는 상품일 때가 많다. 중고가정용품 판매는 미국전통의 하나이다.

tail 꼬리, (화폐의) 뒷면(reverse), 소수점 이하의 숫자([미] TB입찰에서 평균입찰가격과 최저입찰가격과의 차이) ¶ In insurance, the *tail* is a spread between receipt of premium income and payment of claims. For example, reinsurance companies have a long *tail* as compared to casualty insurance companies. 보험에 있어서, 테일은 보험회사가 보험료(premium)를 받고 나서 보험금을 지급하기까지의 기간을 이른다. 예를 들면, 재보험(reinsurance)회사는 손해보험(casualty insurance)회사보다도 테일이 길다. ¶ In Treasury auctions, the *tail* is a spread between the lower competitive bid accepted by the U.S. Treasury for bills, bonds, and notes and the average bid by all those offering to buy such Treasury securities. See also Treasuries. 국채입찰에 있어서, 테일은 단기, 장기, 중기의 미국채(Treasuries)의 최저경쟁낙찰가격(lowest competitive bid accepted)과, 전응모자의 평균입찰가격(average bid)의 차액이다. Treasuries(미재무부 증권)도 참조할 것. ¶ In underwriting, the *tail* is decimal places following the round-dollar amount of a bid by a potential underwriter in a competitive bid underwriting. For example, in a bid of $97.3347 for a particular bond issue, the tail is .3347. 인수에 있어서, 테일은 인수경쟁입찰(competitive bid underwriting)에서 인수업자(underwriter)후보에 의한 입찰금액 중 소수점 이하의 부분을 말한다. 예를 들면, 채권발행에 97.3347 달러로 응모가 있었던 경우, 테일은 .3347의 부분이다.

tailgating (증권브로커가) 동승(同乘)(고객주문에 공동으로 이익을 보는 것) ¶ The *tailgating* is an unethical practice of a broker who, after a customer has placed an order to buy or sell a certain security, places an order for the same security for his or her own account. The broker hopes to profit either because of information the customer is known or presumed to have or because the customer's purchase is of sufficient size to put pressure on the security price. 테일게이팅이란 증권회사(broker)가 고객으로부터 증권(security)의 매도 또는 매수의 주문을 받은 후, 자기계좌에서 똑같은 증권의 매매주문을 내는 윤리에 어긋나는 행위를 말한다. 증권회사는 고객이 알고 있는 정보나 알고 있다고 생각되는 정보, 또는 고객의 매수가 거액(block)이어서 가격영향력이 있는 것을 이용하여 이익을 올리려고 희망한다.

내가 받아 놓은 주문 받으시죠.

T

Taiwan currency 타이완 화폐 ¶ Taiwanese dollar (TWD), divided into 100 cents. 1 (타이완) 달러(dollar) = 100 센트(cents).

Taiwan Stock Exchange Corporation (TSEC) 타이완증권거래소 ¶ The *Taiwan Stock Exchange Corporation* (*TSEC*) is founded in 1961 and located in Taipei. The Taiwan Stock Exchange Capitalization Weighted Stock Index is the oldest and most widely quoted of all *TSEC* indices, and is comparable to the Standard & Poor's 500 Index in terms of its construction. In August 1985, the exchange's open trading floor was gradually replaced by a computer-aided trading system (CATS), which was eventually upgraded to a fully automated securities trading (FAST) system in 1993. The centralized market trading session is 9 a.m.-1:30 p.m., Monday through Friday. (Orders can be entered from 8:30 a.m. to 1:30 p.m.) 타이완증권거래소는 타이페이(台北)를 소재지로 하여, 1961년에 설립되었다. 타이완증권거래소 시가총액가중주가지수(Taiwan Stock Exchange Capitalization Weighted Stock Index)가 가장 오래되고, 가장 널리 사용되고 있으며, 산출방법은 스탠더드앤드푸어스 500종목 통합지수(Standard & Poor's 500 Composite Index)와 비교할 수 있다. 1985년 8월에 거래소의 공개거래입회장은 컴퓨터에 의한 매매시스템(computer-aided trading system: CATS)으로 단계적으로 이행하고 있고, 1993년에는 완전한 자동화증권매매시스템(fully automated securities trading: FAST) 시스템으로까지 기능이 높아졌다. 집중거래시간은 월요일에서 금요일이 오전 9시부터 오후 1시 30분까지이다(주문은 오전 8시 30분부터 오후 1시 30분까지이다).

tailor-made ⓐ 특제의, 꼭 알맞은 ¶ This camera is *tailor-made* for people who want to travel light. 이 카메라는 홀가분하게 여행을 떠나려 하는 사람들에게는 꼭 알맞다.
ⓝ 특제품

Tajikistan currency 타지키스탄 화폐 ¶ rouble, divided into 100 tanga. 1 루블(rouble) = 100 탕가(tanga).

taka 타카 ¶ The standard currency unit of Bangladesh, divided into 100 poisha. 타카는 방글라데시의 기준화폐단위이고 1 타카(taka) = 100 포이샤(poisha)이다.

take 취하다, 받다, [딜러용어] 사다(buy) ¶ In general, the word *take* means: (1) a profit realized from a transaction. (2) gross receipts of a lottery or gambling enterprise. (3) open to bribery, as in being on the take. 일반적으로, 테이크(take)라는 말은 (1) 거래에서 실현한 이익을 이른다. (2) 추첨이나 도박기업의 총수입을 이른다. (3) 뇌물의 기회를 노린다(being on the take)라는 표현이 있는 것처럼, 뇌물(bribery)을 환영한다는 것이다. ¶ In law, to *take* is to seize possession of property. When a debtor defaults on a debt backed by collateral, that property is taken back by the creditor. 법에서, 테이크(take)하는 것은 재산을 압류하는 것이다. 담보(collateral)부 채무가 불이행(default)이 되면, 채권자(creditor)는 채무자(debtor)로부터 담보의 재산을 취한다. ¶ In securities, the *take* is an act of accepting an offer price in a transaction between brokers or dealers. 증권에 있어서, 테이크(take)란 것은 브로커(broker)나 딜러(dealer)간의 거래에서 매도호가(offer price)를 받아들이는 행위이다. /*take* delivery (of …) (…의) 화물을 수취하다 /*take* an inventory of … …의 재고조사를 하다 /*take* over his debt 채무를 대신 떠맡다 /*take* stock 재고조사를 하다, 재고정리를 하다 /*taken* together 합계해서 /*take* up 처리하다, (환어음을) 인수하다, (차금을) 전부 갚다 ***take a bath* (on …)** (…에서) 큰 손해를 보다 ¶ To *take a bath* is to suffer a large loss on a speculation or investment, as in "I *took a bath* on my XYZ stock when the market dropped last week." 큰 손해를 보다는 것은 「지난주에 시세하락으로 인하여 XYZ사의 주식에서 큰 손해를 입었다」(I *took a bath* on my XYZ stock when the market dropped last week)와 같이, 투기(speculation)나 투자(investment)에서 거액의 손실을 입는 경우이다. ~ ***a flier*** [미] 분별 없는[경솔한] 투기를 하다 ¶ To *take a flier* is to speculate, that is, to buy securities with the knowledge that the investment is highly risky. 투기를 하다는 것은 투기(speculation)거래를 하는 것, 말하자면 대단히 리스크(risk)가 높은 투자인 것을 알고 증권을 매입하는 경우이다. ~ ***over*** (사업 등을) 인수하다, 떠맡다, (직무 등을) 인계하다 ¶ The new minister *took over* the job on Monday. 신임장관은 월요일에 직무를 인계하였다. ~ ***a position*** 포지션을 가지다 ¶ To *take a position* is: (1) to buy stocks in a company with the intent of holding for the long term or, possibly, of taking control of the company. An acquirer who *takes a position* of 5% or more of a company's outstanding stock must file information with the Securities Exchange Commission, the exchange the target company is listed on, and the target company itself. (2) a phrase used when a broker/dealer holds stocks or bonds in inventory. A position may be either long or short. See also long position; short position. 포지션을 가지다는 것은 (1) 장기간 보유하거나 회사의 지배권을 장악할 목적에서 주식을 매입하는 것이

다. 회사의 금고주(treasury stock)를 제외하고 발행주식(outstanding stock)을 5% 이상 취득한 경우에는, 미증권거래위원회(Securities and Exchange Commission: SEC)에 정보를 제출하여야 하고, 매수대상회사가 상장되어 있는 거래소와 매수대상회사 자체도 통지하여야 한다. (2) 브로커(broker)나 딜러(dealer)가 주식이나 채권(bond)을 재고로서 보유하는 때에 사용하는 표현이다. 포지션(position)은 매입초과(long)와 매도초과(short)의 포지션일 수 있다. long position(매입초과포지션); short position(매도초과포지션)도 참조할 것. ~ **[run] a risk** 위험을 무릅쓰다 ¶ The stockbroker *takes risks* with other people's money. 주식브로커는 타인의 돈으로 위험을 무릅쓴다.

takedown (인수업자의 책임이 되는) 주식 · 사채의 구분[분류] ¶ The *takedown* is: (1) each participating investment banker's proportionate share of the securities to be distributed in a new or a secondary offering. (2) a price at which the securities are allocated to members of the underwriting group, particularly in municipal offerings. See also underwrite. 테이크다운은 (1) 신규발행(new issue)이나 매출(secondary offering)에서 참가하는 투자은행(investment banker) 각행에 판매가 배정된 증권의 비율이다. (2) 인수단(underwriting group)의 멤버에 대한 증권의 배정가격이다. 특히 지방채(municipal bond)의 발행에서 사용한다. underwrite(인수하다)도 참조할 것.

take-home pay 실수령급여 ¶ The *take-home pay* is an amount of salary remaining after all deductions have been taken out. Some of the most common deductions are for federal, state, and local income tax withholding; Social Security tax withholding; health care premiums, flexible spending account contributions; and contributions salary reduction or other retirement savings plans. 실수령급여는 모든 공제항목(deduction)을 공제하여 남은 금여액을 이른다. 가장 일반적인 공재항목 중의 어떤 것은 미연방, 주, 지방세, 사회보장세(social security tax), 의료보험료, FSA(flexible spending account, 의료 · 양육비용으로 임의의 금액을 적립하는 제도)출연금, 급여공제제도(salary reduction plan) 기타 퇴직연금제도(retirement saving plan)에의 출연금이 있다.

T

take-off (비행기의) 이륙, 출발, [미] (경제성장의) 출발점, 급등 ¶ *Take-off* is to rise sharply. For example, when positive news about a company's earnings is released, traders say that the stock *takes off*. The term is also used referring to the overall movement of stock prices as in "When the Federal Reserve lowered interest rates, the stock market took off." 급등은 상승하는 경우이다. 예컨대, 어느 회사의 수익에 관한 좋은 뉴스가 발표되자마자, 시장에서는 주가가 급등한다(stocks take off)는 표현을 사용한다. 「미연방준비제도 이사회가 금리인하를 하여, 주식시세가 급등하였다」(When the Federal Reserve lowered interest rates, the stock market took off)고 같이, 이 말은 시세 전반의 움직임에도 사용된다. ***take-off option*** 테이크오프옵션 ¶ The *take-off option* is an option that occurs when the original asset value reaches a take-off price until its execution maturity, as opposed to knock-out option. 테이크오프옵션은 옵션의 행사기한까지 기초자산 가치가 일정한 가치(a take-off price)에 달하면, 그 옵션이 발생하는 것이다. knock-out option(녹아웃옵션)의 반대이다. /a *take-off* period (경제의) 급상승기

take-or-pay contract 테이크오어 페이계약, 인취보증계약 ¶ The *take-or-pay contract* is an agreement between a buyer and a seller that obligates the buyer to pay a minimum amount of money for a product or a service, even if the product or service is not delivered. These contracts are most often used in the utility industry to back bonds to finance new power plants. A *take-or-pay contract* stipulates that the prospective purchaser of the power will take the power from the bond issuer or, if construction is not completed, will repay bondholders the amount of their investment. *Take-or-pay contracts* are a common way to protect bondholders. In a precedent-setting case in 1983, however, the Washington State Supreme Court voided take-or-pay contracts that many utilities had signed to support the building of the Washington Public Power Supply System (known as WHOOPS) nuclear plants. This action caused WHOOPS to default on some of its bonds, putting a cloud over the validity of the *take-or-pay concept*. 테이크오어 페이계약은 매수인이 계약한 상품이나 서비스를 수취할 수 없는 경우에도, 최저한의 금액을 매도인에게 지급하여야 한다고 하는 매수인과 매도인이 체결하는 계약이다. 이러한 계약은 발전소의 건설자금조달용의 채권(bond)을 뒷받침하기 위하여 전력업계(utility industry)에서 잘 사용된다. 예를 들면, 전력의 구입예정자는 발전소 완성 후에 발행단체(전력회사)로부터 전력을 수취하지만, 만약 건설이 완료되지 않는 경우에도, 채권보유자(bondholder)에게 투자자금을 상환하여야 한다. 테이크오어 페이계약은 채권보유자를 보호하는 방법으로서 널리 사용되고 있다. 그러나 1983년의 판례에서는, 워싱턴주 대법원은 다수의 전력회사가 워싱턴공공전력공급시스템(WHOOPS라고 한다.)의 원자력발전소건설을 위하여 체결한 테이크오어 페이계약을 무효라고 하였다. 이 소송은 WHOOPS의 채권의 일부가 불이행(default)이 되는 바람에 테이크오어 페이계약의 유효성에 찬물을 끼얹었다.

takeout 단기차환(借換)장기론(loan), 테이크아웃 ¶In real estate finance, the *takeout* is a long-term mortgage loan made to refinance a short-term construction loan (interim loan). See also standby commitment. 부동산금융에 있어서, 단기차환(借換)장기론(loan)은 단기의 건설융자(construction loan), 즉 연계융자(interim loan)를 차환하기 위한 장기의 모기지(mortgage)대출을 이른다. standby commitment(스탠바이 커미트먼트)도 참조할 것. ¶In securities, the *takeout* is a withdrawal of cash from a brokerage account, usually after a sale and purchase has resulted in a net credit balance. 증권에 있어서, 테이크아웃은 주식위탁거래계좌(brokerage account)에서 현금을 인출하는 것이다. 매매에서 신용거래계좌가 흑자(credit balance)가 된 후에 행하는 일이 많다.

takeover 회사의 매수, 주식공개매수, 흡수합병 ¶The *takeover* is a change in the controlling interest of a corporation. A *takeover* may be a friendly acquisition or an unfriendly bid that the target company may fight with shark repellent techniques. A hostile *takeover* (aiming to replace existing management) is usually attempted through a public tender offer. Other approaches might be unsolicited merger proposals to directors, accumulations of shares in the open market, or proxy fights that seek to install new directors. 회사의 매수는 회사의 지배권(controlling interest)이 변경되는 경우이다. 매수(買收)는 합의에 기초하는 경우와 매수대상회사(target company)가 기업매수방지책(shark repellent)작전으로 싸우는 적대적인 경우가 있다. 적대적 매수(hostile takeover)는 현경영진(management)을 갈아치우는 것을 목적으로 주식공개매수(tender offer)를 통해서 행하는 일이 많다. 다른 접근방법은 이사(director)에게 적대적 매수안을 제시한다든지, 시장에서 주식의 매입을 늘린다든지, 위임장쟁탈전(proxy fight)에서 새로운 이사를 선임하는 방법이 있다. /contested *takeover* 적대적 매수 /make a *takeover* bid 주식의 공개매수(TOB)를 하다 /a potential *takeover* target TOB의 대상회사 /a *takeover* of other's credit claim 채권의 양수 ***takeover arbitrage*** 매수(買收)를 이용한 차익거래(差益去來) → risk arbitrage (리스크차익거래). ~ ***bid (TOB)*** (주식의) 공

T

개매수, 테이크오버 비드 ¶ *Takeover bid* (*TOB*) is to purchase stocks from the large number of stockholders for the purpose of taking the controlling interest of the target company; called also tender offer. As it is done out of the securities market, the proposal can be cancelled, if *takeover bid* does not reach the proposed number of stocks. 테이크오버 비드는 회사의 지배권을 탈취할 목적으로 불특정다수의 주주로부터 주식을 매입하는 행위. tender off라고도 한다. 유가증권시장 외에서 행하는 것이므로, 목표주식수에 미달한 때에는 제안을 취소할 수 있다. ~ ***target*** 매수대상기업 ¶ The *takeover target* is a company that is the object of a takeover offer, whether the offer is friendly or unfriendly. In a hostile takeover attempt, management tries to use various defensive strategies to repel the acquirer. In a friendly takeover situation, management cooperates with the acquirer, negotiating the best possible price, and recommends that shareholders vote to accept the final offer. See also takeover. 매수대상기업은 매수제안을 받고 있는 회사를 말한다. 제안이 우호적(friendly takeover)인지 적대적(hostile takeover)인지는 묻지 않는다. 적대적 매수(hostile takeover)를 착수하면, 경영진은 여러 가지 방어전략을 세워 격퇴를 꾀한다. 우호적인 매수의 경우, 경영진은 매수자(acquirer)와 협력하여 될 수 있으면 유리한 가격을 실현하도록 교섭하여 최종제안에 찬성하도록 주주에게 호소한다. takeover(주식공개매수)도 참조할 것.

taking 취하는 것, 획득 ¶ *taking* of … 받아들임, 도입, 수확 /*taking* of property into custody 압류 /*taking* over 대신하여 떠맡음, 인수 ***taking delivery*** 수취 ¶ In general, *taking delivery* is accepting receipt of goods from a common carrier or other shipper, usually documented by signing a bill of lading or other form of receipt. 일반적으로, 수취란 것은 일반운송업자 기타 다른 선적인으로부터 상품을 수취하는 경우이다. 통상은 선하증권 기타 수령증을 서명함으로써 수취를 증명한다. ¶ In commodities, *taking delivery* is accepting physical delivery of a commodity under a futures contract of spot market contract. Delivery requirements, such as the size of the contract and the necessary quality of the commodity, are established by the exchange on which the commodity is traded. 상품에 있어서, 수취란 선물계약(futures contract)이나 현물계약(spot market contract)에 따라 상품(commodity)의 현물을 수령하는 것이다. 계약금액이나 상품에 요구되는 성질의 수취요건은 상품이 매매되는 거래소에서 정하게 되어 있다. ¶ In securities, *taking delivery* is accepting receipt of stock or bond certificates that have recently been purchased or transferred from another account. 증권에 있어서, 수취는 최근 구입한다든지, 양도된 주권이나 채권을 수취한다든지 하는 경우이다.

tala 탈라 ¶ The standard currency unit of Western Samoa, divided into 100 sene. 서사모아의 표준화폐단위, 1 탈라(tala) = 100 세네(sene).

tally *n.* 부절(符節)(후일에 맞춰 보아서 증거로 하는 문서나 감찰 따위), 검수(檢數), 계좌 ¶ *Tally* is count of some specific items; usually associated with keeping a vote tally. 검수(檢數)는 어떤 특수한 품목의 셈을 말한다. 보통 그것은 투표검수와 연관된다. /*tally* impression 할인(割印), 계인(契印)
v. 계산하다, 조회하다

TALISMAN 탈리스만 ¶ *TALISMAN* is abbreviation of Transfer Accounting, Lodgement for Investors, Stock Management for Jobbers. 탈리스만(TALISMAN)은 Transfer Accounting, Lodgement for Investors, Stock Management for Jobbers(이체회계, 투자자를 위한 예탁, 저버를 위한 주식관리제도)의 약자이다.

tambala 탐발라 ¶ A subdivision (1/100) of the Malawian kwacha. 탐발라는 말라

T

위 콰차(Malawian kwacha)의 1/100 하부단위이다.

tamper with the book 장부를 개찬(改竄)하다

tanga 탕가 ¶ A subdivision (1/100) of the Tajikistan rouble. 탕가는 타지키스탄 1 루블(rouble)의 1/100 단위이다.

tangible 유형의 ¶ *tangible* fixed asset 유형고정자산 /*tangible* net worth 유형순자산 ***tangible asset* [*property*]** 유형자산[재산] ¶ A *tangible asset* is any asset not meeting the definition of an intangible asset, which is a nonphysical right to something presumed to represent an advantage in the marketplace, such as a trademark or patent. Thus *tangible assets* are clearly those having physical existence, like cash, real estate, or machinery. Yet in accounting, assets such as accounts receivables are considered tangible, even though they are no more physical than a license or a lease, both of which are considered intangible. In summary: if an asset has physical form it is tangible; if it doesn't, consult a list of what accountants have decided are intangible assets. 유형자산이란 무형자산(intangible asset)의 정의에 들어맞지 않는 자산이다. 무형자산이란 시장에서의 우위를 표시한다고 생각되는 것에 대한 형태가 없는 권리(nonphysical right)로, 상표(trademarks)나 특허(patent)와 같은 것이 이에 해당한다. 이것에 대하여 형태가 있는 것은 유형자산이고, 현금(cash), 부동산(real estate), 기계(machinery)와 같은 것이 있다. 그렇지만 회계상에서는, 외상매입금(account receivable)과 같은 자산은 형태가 없는 것이지만, 유형자산으로 간주된다. 또 면허(license)나 리스(lease)가 형태가 없는 점에서는 외상매입금과 같지만, 무형자산으로 분류된다. 결국, 형태가 있는 자산은 유형자산이 되지만, 형태가 없는 자산은 회계기준의 무형자산리스트를 확인할 필요가 있다. ~ ***cost*** 유형비용 ¶ The *tangible cost* is an oil and gas drilling term meaning the cost of items that can be used over a period of time, such as castings, well fittings, land, and tankage, as distinguished from *intangible cost* such as drilling, testing, geologist's expenses. In the most widely used limited partnership sharing arrangements, *tangible costs* are borne by the general partner (manager) while intangible costs are borne by the limited partners (investors), usually to be taken as tax deductions. In the event of a dry hole, however, all costs become intangibles. See also intangible cost. 유형비용은 원유나 가스의 채굴에 관한 용어로, 강관(鋼管), 광정용(鑛井用)장치, 토지, 탱크와 같이, 장기간 사용할 수 있는 물품(items)의 비용을 가리킨다. 이에 대하여 채굴 · 시굴비용이나, 지질학자에의 지급하는 것과 같은 것은 무형비용이 된다. 리미티드 파트너십(limited partnership)에서는, 유형자산은 파트너십의 운용책임자인 제네럴파트너(general partner)가 부담하고, 무형자산은 리미티드파트너(limited partner)(투자자)가 부담하는 것이 일반적이고, 통상은 비과세취급이 된다. 그러나, 빈우물[空井]인 경우, 비용은 전부 무형자산이 된다. intangible cost(무형비용)도 참조할 것. ~ ***common equity*** 유형의 보통주 ¶ The *tangible common equity* is a measure of capital used by banking regulators to judge the financial soundness of a bank. *Tangible common equity* places greater emphasis on liquid resources that a bank has at its disposal than more traditional tier 1 and tier 2 capital. *Tangible common equity* is widely used in evaluating a bank's financial strength during a stress test. 유형의 보통주란 은행의 감독기관이 은행의 재무건전성을 판단하기 위하여 사용되는 자본의 척도이다. 유형의 보통주는 은행이 더 전통적인 기본적 자기자본(tier 1)과 보완적 자기자본(tier 3 capital)보다 임의로 가지는 유동성 자원(liquid resources)에 더 강조점을 둔다. 유형의 보통주는 스트레스 테스트 동안에 은행의 재무력(financial power)을 평가하는 데에 널리 사용되고 있다. ~ ***net worth*** 유형의

순자산 ¶ The *tangible net worth* is a total assets less intangible assets and total liabilities; also called net worth tangible assets. Intangible assets include non-material benefits such as goodwill, patents, copyrights, and trademarks. 유형의 순자산은 총자산(total assets)에서 무형자산(intangible assets)과 총부채(total liabilities)를 뺀 것이다. net tangible assets라고도 한다. 무형자산이란 영업권(goodwill), 특허권(patent), 저작권(copyright), 상표(trademark)와 같은 형태가 없는 자산을 말한다.

Tanzania currency 탄자니아 화폐 ¶ Tanzanian shilling (TZS), divided into 100 cents. 1 탄자니아 실링(Tanzanian shilling) = 100 센트(cents).

takeunder 저가의 기업매수청약 ¶ The *takeunder* is an offer to take over a company at a price below the current market value of its stock. Such an offer might be attractive to shareholders when the stock is in a clear downward trend and they believe the lower price offered will be higher than the price at which they could get market orders successfully traded. 저가의 기업매수청약은 매수대상회사의 주가의 현재시장가격보다 낮은 가격으로 회사를 매수하려는 청약이다. 그러한 청약은 그 주식이 분명히 내림세에 있고 주주들이 제시된 낮은 가격이 성공적으로 거래된 시장주문을 할 수 있는 가격보다 높다고 믿는 경우에 주주들에 매력적인 것이 될지도 모른다.

tap [n.] 탭(채) ¶ *tap* bond [bill] 분할발매방식의 증권(tap issues, tap stocks), 탭채(債), [영] (유휴자금 흡수목적의) 국채 ¶ When the UK government makes a new issue on the gilt-edged security (gilt) market, it is very rarely fully subscribed. The remaining gilts in the issue are gradually released by the government broker and this action is known as a *tap*. 영국정부가 우량증권시장에서 신규공채를 발행할 때에, 예약이 꽉 차는 경우는 매우 드문 경우이다. 나머지의 우량채권은 정부브로커에 의해서 서서히 발매되고 이러한 실행이 탭이라고 하는 것이다. ***tap issue*** 탭발행 ¶ A *tap issue* is an issue of government securities direct to government departments rather than onto the open market. 탭발행은 공개시장에 대한 발행이라기보다도 도리어 직접 정부부처에 대한 정부채권의 발행을 뜻한다. ~ ***stock*** 탭주식 ¶ The *tap stock* is gilt-edged stock released onto the market in a tap. 탭주식은 공개시장에서 분할발매방식으로 발매되는 우량주식을 이른다. [v.] 자금을 조달하다

tape 테이프 ¶ The *tape* is: (1) a service that reports prices and size of transactions on major exchanges. Also called composite tape and ticker *tape* (because of the sound made by the machine that printed the *tape* before the process was computerized). (2) a *tape* of Dow Jones and other news wires, usually called the broad *tape*. See also consolidated tape. 테이프란 (1) 주요거래소의 거래가격과 거래량을 보고하는 서비스를 이른다. 또한 주식시세표시테이프(composite tape), 또는 틱커테이프(ticker tape)라고도 한다(틱커테이프의 호칭은 컴퓨터화되기 전의 기계에 의한 인자음(印字音)에서 온 것이다.). (2) 다우존스의 테이프 기타 정보통신사의 뉴스 서비스를 이른다. 통상은 브로드테이프(broad tape)라고도 한다. consolidated tape(콘솔리데이디트 테이프)도 참조할 것. ***tape is late*** 테이프가 따라잡지 못하다 ¶ The phrase that *tape is late* explains a situation in which trading volume is so heavy that the consolidated tape is running more than a minute behind when the actual trades are taking place on the floor of the exchange. The tape will not run faster than 900 characters a minute because the human eye cannot take in information any faster. When trading volume is heavy and the *tape is* running *late*, some price digits will first be deleted, and then volume digits will be deleted. 테이프가 따라잡지 못하다는 문구는 거래량이 너무 많아서 통합증권시세표시테이프(consolidated tape)의 표시가 입회장에서의 실제의 거래보다 1분 이상 지체되고 있는 상태를 설명한다. 사람의 눈으로 너무 빠른 정보를 판독할 수 없기 때문에 테이프의 표시는 1분간 900자보다 더 빠를 수는 없다. 거래량이 활발하여 테이프가 지체하는 경우, 우선 가격숫자가 생략되고, 다음에 거래량숫자가 생략된다.

tare 겉포장 ¶ *tare* and tret 겉포장 견적법

target ⓝ 목표, 표적 ¶ a *target* price 목표가격 /*target* yield 목표이율 /*target* zone 목표시세권 ***target company*** 매수(買收)대상회사 ¶ The *target company* is a firm that has been chosen as attractive for takeover by a potential acquirer. The acquirer may buy up to 5% of the target's stock without public disclosure, but it must report all transactions and supply other information to the Securities and Exchange Commission, the exchange the *target company* is listed on, and the *target company* itself once 5% or more of the stock is acquired. See also toehold purchase; schedule 13D; sleeping beauty; tender offer; Williams Act. 매수(買收)대상회사는 매수(takeover)대상으로서 매력이 있다고 매수회사가 눈독을 들인 회사이다. 매수자는 공표하지 않고 매수대상회사의 주식은 5%까지 취득할 수 있지만, 5%이상에 달하면 미증권거래위원회(Securities and Exchange Commission: SEC), 매상회사의 주식이 공개되고 있는 거래소(exchange), 매수대상회사에 대하여 모든 거래를 보고하고, 정보제공을 하여야 한다. toehold purchase(토우홀드 퍼처즈); schedule 13D(스케줄 13D); sleeping beauty(잠자는 숲속의 미녀); tender offer(주식공개(시장)매수); Williams Act(윌리엄스법)도 참조할 것. ~ ***price*** 목표가격 ¶ In finance, the *target price* is a price at which an acquirer aims to buy a company in a takeover. 자금조달에 있어서, 목표가격이란 기업매수(takeover)에서 매수자(acquirer)가 의도하고 있는 매수가격을 이른다. ¶ In options, the *target price* is a price of the underlying security after which a certain option will become profitable to its buyer. For example, someone buying an XYZ 50 call for a premium of $200 could have a *target price* of 52, after which point the premium will be recouped and the call option will result in a profit when exercised. 옵션에 있어서, 목표가격이란 옵션(option)의 매수인에게 이익이 돌아가는 기초증권(underlying security)의 가격을 말한다. 예를 들면, XYZ사의 주식 50달러의 콜옵션(call option)을 프리미엄(premium) 200달러로 구입하여 목표가격을 52달러로 한다. 이 가격이 집행되면 옵션료가 회수되어 이익도 나온다. ¶ In stocks, the *target price* is a price that an investor is hoping a stock he or she has just bought will rise to within a specified period of time. An investor may buy XYZ at $20, with a *target price* of $40 in one year's time, for instance. Broker recommendations are often accompanied by a *target price* predicated on research analysis. 주식에 있어서, 목표가격이란 투자자가 구입한 주식의 일정한 기간에서 가격상승에 대한 기대를 가지고 있는 가격을 이른다. 예컨대, 투자자는 1년에 40달러로 가격 상승한다는 목표가격을 가지고 XYZ사의 주식을 20달러로 구입하는 경우이다. 증권회사의 매입권유(broker recommendation)가 그 목표가격에 관한 조사분석에 수반되는 일이 많다. ~ ***rate*** 목표비율 → federal funds rate (페더럴펀드적용금리).

ⓥ 매수(買收)대상으로 하다, …의 대상을 …하다 ***targeted amortization class (TAC) bonds*** 태크본드 ¶ *Targeted amortization class* (*TAC*) *bonds* are bonds offered as a tranche class of some collateralized mortgage obligations (CMOs).

TACs are similar to Pac bonds in that, unlike conventional CMO classes, they are based on a sinking-fund schedule. The differ from PAC bonds, however, in that whereas a PAC's amortization is guaranteed as long as prepayments on the underlying mortgages do not exceed certain limits, a *TAC's* schedule will be met at only one prepayment rate. At other prepayment rates, the *TAC* will experience either excesses or shortfalls. A *TAC bond* provides more cash flow stability than a regular CMO class but less than a PAC, and trades accordingly. 태크본드는 일부의 모기지 담보채권(collateralized mortgage obligation: CMO)의 하나의 종류(트랑슈 클래스, tranches class)로서 발행되는 채권(bond)을 말한다. 통상의 CMO클래스와는 달리, 감채기금(sinking fund)의 상환계획에 근거로 하고 있고, 그 점에서 패크채(PAC bond)와 유사하다. 다만 패크채(債)는 채권의 뒷받침이 되고 있는 기초모기지(underlying mortgage)의 기한전 상환(prepayment)이 일정한 한도를 초과하지 않는 한, 만기상환이 보증받고 있는 것에 대하여, 태크(TAC)는 일정한 기한전 상환율에만 적용된다. 결국, 이 기한전 상환율을 초과한 경우는 초과자금으로서 다른 트랑슈에 이관되는 것이고, 반대로 부족한 경우에는 상환자금부족이 된다. 태크채(TAC bond)는 통상의 CMO클래스보다도 캐시플로(cash flow)가 안정되어 있지만, 패크(PAC)만큼은 아니고, 그것에 상응한 조건에서 거래된다.

tariff 관세, 관세율표, 세율표, 요금표, 거래조건서 ¶ (1) The *tariff* is a federal tax on imports or exports usually imposed either to raise revenue (called a revenue *tariff*) or to protect domestic firms from import competition (called a protective tariff). A *tariff* may also be designed to correct an imbalance of payments. The money collected under *tariffs* is called duty or customs duty. (2) the *tariff* is a schedule of rates or charges, usually for freight. 관세란 (1) 수출입에 부과되는 미연방세(federal income taxes)로, 세수를 늘리는 것이 목적인 재정관세(revenue tariff)이거나, 수입품과의 경쟁에서 국내기업을 보호할 목적인 보호관세(protective tariff)를 말한다. 관세는 국제수지(balance of payment)의 불균형을 시정할 목적의 관세도 있다. 관세에서 징수한 돈은 duty 또는 customs duty라고 한다. (2) 요금표(tariff)는 요금의 일람표를 말한다. 특히 화물운송에 사용된다. /customs *tariff* 관세율 /differential [discriminative] *tariff* 차별관세 /General Agreement on *Tariffs* and Trade (GATT) 관세 및 무역에 관한 일반협정 /trade *tariff* 무역품의 세율 /*tariff* escalation 경사(傾斜)관세 /*tariff* negotiation 관세교섭 /a *tariff* quota 관세할당 /a *tariff* war 관세전쟁 ***tariff barrier*** 관세장벽 ¶ *Tariff barrier* means any tariff imposed by a country on goods being imported into the country, regardless of its legitimacy, that prohibits, restricts, or impedes the free flow of goods and services. 관세장벽은 그 합법성에도 불구하고 물품 및 서비스의 자유로운 흐름을 금지, 제한 또는 방해하는 국가에 수입되는 물품에 대해서 그 국가가 부과하는 관세를 의미한다. ~ ***wall*** 관세장벽 ¶ The *tariff wall* is a trade barrier based on the taxation of imported goods, erected by a protectionist country to protect its industries from global competition, to generate revenues, and to create a motivation for direct investment by the foreign exporter. 관세장벽은 글로벌 경쟁에서 자국의 산업을 보호하기 위하여 보호주의국가가 설치하고, 수입(收入)을 발생시키며, 외국수출업자가 직접투자를 위한 동기유발을 위하여, 수입물품에 대한 과세에 기초하는 무역장벽을 말한다.

T

TARP → **T**roubled **A**ssets **R**elief **P**rogram [약] 불량자산구제프로그램 → Emergency Economic Stabilization Act of 2008 (2008년 긴급경제안정화법). ¶ The *Troubled Assets Relief Program* is a U.S. Treasury program set up and funded with $700 billion by the Emergency Economic Stabilization Act of 2008. Originally H.R. 1424, this was the ballyhooed "bailout bill," enacted October 1, 2008, when the credit markets were frozen and the American economy seemed to be on the brink of implosion. *TARP's* initial intention was to buy toxic assets directly from ailing banks to restore their solvency and get them lending again. Within days, however, that plan was replaced by Capital Purchase Program whereby instead of buying toxic assets, the Treasury would buy senior nonvoting preferred stock and equity warrants in the nine largest American banks reasoning that fattening their capitalization would spur a general unlocking of the credit freeze. Participants would agree to a series of strict restrictions on executive compensation. The Treasury would also use the first $250 billion of the allotment to bolster the capitalization of hundreds of smaller banks. Other plans for using the money to aid the recovery of financial institutions were announced within a period of two or three months. Secretary Paulson announced that reviving the securitization market for consumer credit would be a priority in the allotment. Paulson's successor, Timothy Geithner, announced March 23, 2009, the public-private investment program (P-PIP). 불량자산구제계획은 2008년의 긴급경제안정화법(Emergency Economic Stabilization Act of 2008)에 의하여 7,000억 달러의 재원을 가지고 설정된 미연방정부 재무부계획이다. 원래 미하원 접수번호 1424호, 이것은 금융시장이 꽁꽁 얼어붙고 미국의 경제가 과열의 벼랑에 섰을 때, 2008년 10월 2일 떠들썩한 「구제조치법안」(bailout bill)이 법률로 제정되었다. 불량자산구제계획의 최초의 의도는 건전치 못한 은행들의 지급능력을 회복시켜 주고 대출을 주기 위하여 은행으로부터 악성의 자산을 직접 매입하는 것이었다. 그렇지만, 며칠 지나 그 제도가 자금구입프로그램(Capital Purchase Program)으로 대체되면서 미연방정부 재무부는 악성자산을 구입하는 대신에, 미국의 9개 최대은행들의 자본총액을 늘려주는 것은 금융동결의 일반적인 해금(解禁)에 박차를 가하는 것이라고 판단하여 은행들의 상위의 무의결권 우선주(nonvoting preferred stock)와 주식워런트(equity warrants)를 매입하게 되었다. 참여은행들은 임원들의 보수에 대한 일련의 엄격한 제한을 가할 것에 동의하였다. 미연방정부 재무부는 또한 수백의 소규모은행들의 자본총액을 지원하기 위하여 1차 2,500억 달러의 할당금액을 사용하였다. 금융기관의 회복을 지원하기 위하여 자금사용의 다른 플랜이 2, 3개월 이내에 발표되었다. 폴슨 장관(Secretary Paulson)은 소비자금융을 위한 증권화시장을 부활시키는 것은 2차 배정에 있어서 우선순위라고 발표하였다. 폴슨 장관의 후임인 티모티 가이트너(Timothy Geithner)는 2009년 3월 23일에 공사투자계획(public-private investment program, P-PIP)을 발표하였다.

tax 조세, 세금 ¶an ad valorem *tax* 종가세 /a certificate for paid *tax* 납세증명서 /corporation *tax* 법인세 /defraudation of *tax* 탈세 /estate *tax* 유산상속세 /evade (paying) *tax* 탈세하다 /gift *tax* 증여세 /income *tax* 소득세 /inheritance *tax* [미] 상속세 /land *tax* 토지세 /legacy *tax* [영] 상속세 /a municipal [city] *tax* 시세 /national [state, local] *tax* 국[주, 지방]세 /…, plus 10% *tax* and 10% service charge 각 10%의 조세서비스포함 /sale *tax* 판매세 /separate *tax* withheld at source 원천(분리)과세 /succession tax 상속세 /*taxes* and other public charges 공조공과(公租公課) /*tax* avoidance 탈세, 조세회피 /a *tax* bracket (과세대상자의) 소득층별 세율의 단계 /*tax* convention 조세조약 /*tax* deducted at source 원천과세 /*tax*-deductible 소득공제할 수 있는 /*tax* delinquency 체납 /(a) *tax* dodge [dodging] 조세회피, 탈세 /*tax* evasion 탈세, 납세기피 /*tax*-exempt 면세의 /*tax*-exempt bond 면세채(債) /the *tax* exemption application 비과세신고서 /*tax*-free corporation 비과세법인 /*tax* haven country 조세피난국 /a *tax* holiday (발전도상국에서 행해지는 창시(創始)산업이나 수출산업에 대한) 면세기간 /*tax* loophole 조세의 피할 길 /*tax* on deposit (interest) 예금이자세 /*tax* payment 납세 /*tax* penalty 조세과료(科料) /*tax* rate 세율 /*tax* reform 세제개혁 /*tax* return 납세신고서 /*tax* sparing credit 외국조세공제 /*tax* surcharge on import 수입과징금 /a *tax* swap 조세효과를 노리는 금리 · 통화스왑 /a *tax* yield 조세수입 /value-added *tax* 부가가치세 ***tax and loan account*** 세금 및 대출계좌 ¶ The *tax and loan account* is an account in a private-sector depository institution, held in the name of the district Federal Reserve Bank as fiscal agent of the United States, that serves as a repository for operating cash available to the U.S. Treasury. Withheld income taxes, employers' contributions to the Social Security fund, and payments for U.S. government securities routinely go into a *tax and loan account*. 세금 및 대출계좌는 지역의 미연방준비은행(Federal Reserve Bank)이 국가의 재무대리인(fiscal agent)으로서 민간은행에서 보유하는 계좌이다. 미재무부(U.S. Treasury)가 관할하는 국가의 운영자금이 보관된다. 원천증시소득세(withheld income taxes), 사회보장기금(Social Security fund)에의 고용자출연금(employer's contribution), 국채의 납입금이 일상적으로 이 계좌에 들어가는 구조로 되어 있다. ~ ***amnesty*** 조세특사(特赦) ¶ The *tax amnesty* is a program by government to offer a period of amnesty to taxpayers who have not paid their taxes to come forward and volunteer to pay their back taxes without fear of prosecution. After the amnesty period expires, the state pursues the taxpayers and prosecutes them for tax fraud. This program is carried out on the state level and also on the federal level when the IRS offered a period of *tax amnesty* for Americans who had been hiding assets in tax havens such as Switzerland before it began to prosecute them. 조세특사는 납세를 하지 않은 납세자에게 형사소추의 불안 없이 자진하여 자발적으로 체납세(back taxes)를 납부하도록 일정한 기간의 특사를 정부가 내리는 프로그램이다. 특사기간이 만료된 다음에, 주(州)정부는 체납자를 추적하여 조세범(租稅犯)으로서 기소한다. 이 프로그램은 주정부 수준에서 수행되고 있고, 또한 내국세입청(IRS)이 기소하기 시작하기 전에 스위스와 같은 세금회피지(tax havens)에 자산을 은닉하고 있는 미국인에게 조세특사기간을 내린 경우에는 연방정부 수준에서 이 프로그램을 수행한다. ~ ***anticipation bill (TAB)*** 납세준비증권 ¶ The *tax anticipation bill* (*TAB*) is a short-term obligation issued by the U.S. Treasury in competitive bidding at maturities ranging from 23 days to 273 days. *TABs* typically come due within five to seven days after the quarterly due dates for corporate tax payments, but corporations can tender them at par value on those tax deadlines in payment of taxes without forfeiting interest income. Since 1975, *TABs* have been supplemented by cash management bills, due in 30 days or less, and issued in minimum $10 million blocks. These instruments, which are timed to coincide with the maturity of existing issues, provide the Treasury with additional cash management flexibility while giving large investors a safe place to park temporary funds. 납세준비증권은 기간이 23일부터 273일까지 미재무부(U.S. Treasury)가 경쟁입찰(competitive bidding)에서 발행하는 단기채무(short-term obligation)를 이른다. 납세준비증권은 4반기의 법인납세기일의 5~7일 후에 만기가 되는 경우가 많다. 회사는 납세기일에 TAB를 액면(par)으로 세금의 지급에 충당할 수 있고, 이자도 받을 수 있다. 1975년 이후는, TAB에 부가하여 기간이 30일 이내에서 1,000만 달러 단위의 캐시 매니지먼트빌(cash management bill)도 발행되고 있다. 양 증권 모두 기존증권의 만기(maturity)에 맞추어서 발행된다. 미재무부는 자금융통의 유연성을 높일 수 있고, 또 대형투자자는 일시 자금을 안전하게 운용할 수

있다고 하는 메리트가 있다. ~ ***anticipation note (TAN)*** 조세선행증권 ¶ The *tax anticipation note* (*TAN*) is a short-term obligation of a state or municipal government to finance current expenditures pending receipt of expected tax payments. *TAN* debt evens out the cash flows and is retired once corporate and individual tax revenues are received. 조세선행증권은 주(州)나 지방자치단체가 세금을 수령하기까지의 경상지출을 조달하기 위하여 발행하는 단기채(短期債)를 말한다. 조세선행증권의 채무는 캐시플로(cash flow)의 평준화를 목적으로 하여 발행된다. 회사나 개인으로부터 징세(徵稅)한 시점에서 상환한다. ~ ***audit*** 세무조사 ¶ The *tax audit* is an audit by the Internal Revenue Service (IRS), or state or local tax collecting agency, to determine if a taxpayer paid the correct amount of tax. Returns will be chosen for audits if they have suspiciously high claims for deductions or credits, or if reported income is suspiciously low, or if computer matching of income uncovers discrepancies. Audits may be done on a relatively superficial level, or in great depth. If the auditor finds a tax deficiency, the taxpayer may have to pay back-taxes, as well as interest and penalties. The taxpayer does have the right of appeal through the IRS appeals process and, if warranted, to the U.S. Tax Court and even the U.S. Supreme Court. 세무조사는 미국세입청(Internal Revenue Service: IRS)이나 주(州), 지방자치단체의 징세기관(tax collecting agency)이 납세액이 적절한지에 관하여 행하는 조사를 이른다. 신고한 공제액(deduction)이 이상하게 많다든지, 수입(收入)이 이상하리만치 적다든지, 컴퓨터에 의한 수입의 대조가 일치하지 않으면 조사대상이 된다. 조사는 비교적 표면적인 것으로 끝나는 경우도, 깊이 파고드는 경우도 있다. 납세액부족이라고 판단되면, 체납세(back-taxes)와 금리(interest)와 벌금(penalty)을 지급하지 않으면 안될 가능성도 있다. 다만, IRS의 이의신청제도를 이용하여 이의를 신청하는 권리가 있다. 또 정당하다고 인정된다면 연방조세법원(U.S. Tax Court)에 제소한다든지 연방대법원(U.S. Supreme Court)까지 상고할 수도 있다. ~ ***avoidance*** 절세 ¶ The *tax avoidance* is a strategy to pay the least amount of tax possible through legal means. For example, taxpayers may buy tax-free municipal bonds; shelter gains inside tax-deferred IRA, Keogh accounts, salary reduction plans or tax free Roth IRA accounts; shift assets to children who need not pay taxes on part of their income; make legitimate charitable contributions to generate tax deductions; and establish trusts to avoid estate taxes. Illegal strategies to avoid paying taxes are called tax evasion. 절세는 합법적이 수단을 통해서 납세액을 최소로 지급하는 전략을 이른다. 예를 들면, 납세자는 면세지방채(tax-free municipal bond)를 구입할 수 있고, 절세대책이 세금순연(tax-deferred)대상이 되는 개인퇴직계좌(IRA), 키오플랜(Keogh)계좌, 급여공제제도(salary reduction plan), 면세의 로쓰개인퇴직계좌(Roth IRA) 안에서 이득을 본다든지, 수입(收入)부분에 세금을 납부할 필요가 없는 자녀에게 자산을 이전한다든지, 자선사업에 합법적인 증여를 하여 세액공제(tax credit)를 받는다든지, 상속세(estate taxes)를 회피하려고 신탁(trust)을 설정하기도 한다. 위법한 납세회피는 탈세(tax evasion)라고 한다. ~ ***base*** 세수기반(稅收基盤) ¶ The *tax base* is a total amount of taxable property, assets, and income that can be taxed within a specific jurisdiction. A town's *tax base* is the assessed value of the homes and apartments (minus exempted property), income from businesses, and other sources of taxable activity. If a business moves out of the town, the *tax base* shrinks, shifting the tax burden onto remaining homeowners and businesses. 세수기반(稅收基盤)은 관할지역내의 과세대상이 되는 부동산(taxable property), 자산(asset), 소득(income)의 합계액을 말한다. 지역의 세수기반은 주택과 아파트의 평가액(다만 면세

부동산분을 공제한 것)과 사업소득이나 기타 과세대상이 되는 소득의 합계이다. 기업이 그 지역에서 빠져나가면 세수기반은 축소하여 남은 주택보유자나 기업의 세수부담이 증가하게 된다. ~ ***basis*** 취득비 ¶ In finance, the *tax basis* is an original cost of an asset, less accumulated depreciation, that goes into the calculation of a gain or loss for tax purposes. Thus, a property acquired for $100,000 that has been depreciated by $40,000 has a *tax basis* of $60,000 assuming no other adjustments; sale of that property for $120,000 results in a taxable capital gains of $60,000. See also stepped-up basis. 재무에서 취득비는 자산(asset)의 취득원가(original cost)에서 감가상각누계액(accumulated depreciation)을 공제한 것이고, 이것은 세금의 신고에서 손익의 계산에 사용된다. 그러므로, 100,000달러로 취득한 재산이 40,000달러로 감가상각된 것이면 아무런 조정이 없다고 가정하여 취득비는 60,000달러가 된다. 이 자산을 120,000달러로 매각하면 과세대상이 되는 캐피탈게인(capital gains)은 6만 달러(12만 달러-6만 달러)가 된다. stepped-up basis(과세평가액의 인상)도 참조할 것. ¶ In investments, the *tax basis* is a price at which a stock or bond was purchased, plus brokerage commission. The law requires that a premium paid on the purchase of an investment be amortized. 투자에서, 취득비는 주식(stock)이나 채권(bond)의 구입가격에, 증권업자에 지급한 수수료(commission)를 부가한 것이다. 액면을 초과하여 지급한 프리미엄(premium)은 상각(amortization)하도록 법률에서 정하고 있다. ~ ***bracket*** 세율구분, 세율등급 ¶ The *tax bracket* is a point on the income-tax rate schedules where taxable income falls; also called marginal *tax bracket*. It is expressed as a percentage applied to each additional dollar earned over the base amount for that bracket. Under a progressive tax system, increases in taxable income lead to higher marginal rates in the form of higher brackets. There are six *tax brackets* for individuals: 10%, 15%, 25%, 28%, 33%, and 35%. A deduction comes off the last marginal dollar earned: thus the 33% taxpayer would save $33 in taxes with each additional $100 of deductions until he worked his way back into the 28% bracket where each $100 deduction would save $28, (A deduction should not be confused with a tax credit.) 세율구분은 과세소득(taxable income)에 적용되는 소득세율(income tax rate)표상의 구분을 이른다. 이를 marginal tax bracket라고도 한다. 그것은 각 구분의 기준액을 초과하는 소득에 적용되는 세율을 퍼센티지로 표시하고 있다. 누진과세(progressive tax)제도에서는 과세소득이 증가하면 세율구분이 올라가서, 한계세율이 높아진다. 현행의 세법에서는 개인에는 10%, 15%, 25%, 28%, 33%, 및 35%의 6가지의 세율구분이 있다. 공제(deduction)는 납세자가 들어맞는 최고세율구분에서 순서로 적용된다. 요컨대 세율구분이 33%의 납세자는 100달러의 공제액에 대해서 33달러의 세금이 감액되고, 29%의 세율구분까지 감액된다면 100달러의 공제액에 대하여 28달러의 세금이 감액된다[deduction(소득공제)과 tax credit(세액공제)은 혼동해서는 안 된다]. ~ ***court*** 조세법원 ¶ The *tax court* is the U.S. Tax Court, a federal court whose sole jurisdiction is litigation involving individuals and the Internal Revenue Service. It has locations in the different states and an Electronic (North) Courtroom in Washington, D.C. 조세법원은 개인과 미국세입청(Internal Revenue Service)간의 소송이 유일한 재판관할권을 가지는 미연방법원인 미연방조세법원(U.S. Tax Court)을 말한다. 그 법원은 여러 주에 소재하고, 워싱턴 D.C.에는 전자(북)법정(Electronic (North) Courtroom)이 있다. ~ ***credit*** 세액공제 ¶ The *tax credit* is a direct, dollar-for-dollar reduction in tax liability, as distinguished from a tax deduction, which reduces taxes only by the percentage of a taxpayer's tax bracket. (A taxpayer in the 33% tax bracket would get a 33-cent benefit from each $1 deduction, of example.) In the case of a *tax credit*, a taxpayer owing $10,000 in tax would owe $9,000 if he took advantage of a $1,000 tax credit.) 세액공제는 납세채무(tax liability)에서 직접, 실제액에서 공제한 공제를 이른다. 이에 대하여 소득공제(deduction)는 세율구분(tax bracket)의 율에서 감액한다(예컨대, 세율구분이 33%인 사람의 경우, 1달러의 공제에 관하여 33센트가 감액된다.). 세액공제의 경우에는, 납세채무가 1만 달러인 납세의무자가 1,000달러의 납세공제를 받으면 납세액은 9,000달러가 된다. ~ ***deductible*** 공제항목 ¶ The *tax deductible* is an expense that generates a tax deduction. For individuals, some *tax deductible* items include charitable contributions, mortgage interest, investment interest, state, local and foreign taxes, casualty and theft losses, medical expenses, and unreimbursed business expense. In some cases, taxpayers must meet a minimum threshold before an expense is deductible. For example, unreimbursed medical expenses are deductible if they exceed 7.5% of adjusted gross income (AGI) in a tax year, and casualty and theft losses must exceed 10% of AGI before they are deductible. In order to deduct miscellaneous expenses, they must total at least 2% of adjusted gross income. 공제항목이란 소득공제(tax deduction)가 되는 경비를 이른다. 개인의 경우는, 자선사업에의 증여금, 주택론(mortgage)의 금리, 주세(州稅), 지방세, 외국세, 재해(災害)나 도난으로 인한 손해, 의료비, 회사의 경비가 공제항목에 들어간다. 항목에 따라서는 최저기준을 충족하지 못하면 공제를 받지 못한다. 예컨대, 미환급(未還給)의 의료비는 과세연도의 수정후 총소득(adjusted gross income: AGI)의 7.5%, 재해나 도난으로 인한 손해는 10%를 초과하지 않으면 공제받지 못한다. 또, 잡비는 2%를 초과하지 아니하면 공제되지 않는다. ~ ***deduction*** 소득공제 ¶ The *tax deduction* is a deductible expense that reduces taxable income for individuals or businesses. 소득공제는 개인이나 기업의 과세소득을 감액하는 공제할 수 있는 비용을 말한다. ~ ***deferred*** 조세의 순연 ¶ The words *tax deferred* is a term describing an investment whose accumulated earnings are free from taxation until the investor takes possession of them. For example, the holder of an individual retirement arrangement postpones paying taxes on interest dividends, or capital appreciation if he or she waits until after age 59½ to cash in those gains. Other examples of *tax-deferred* investment vehicles include Keogh plans; annuities; variable life insurance, whole life insurance, and universal life insurance; stock purchase or dividend reinvestment plans; simple IRAs; salary reduction plans and series EE and series HH U.S. savings bonds. 조세의 순연이라는 말은 투자자(investor)가 투자의 누적이익을 실제로 받기까지 과세되지 않는 것을 가리키는 말이다. 예컨대, 개인퇴직계좌(individual retirement account)의 경우, 59.5세가 되기까지 손에 쥐지 않으면 이자(interest), 배당(dividend), 캐피탈게인(capital gains)에의 과세가 연기된다. 세금이 순연되는 다른 예로서는, 키오플랜(Keogh plans), 연금(annuities), 변액생명보험(variable insurance), 종신보험(whole life insurance), 유니버설생명보험(universal life insurance), 자사주구입제도(stock purchase plan)와 배당재투자플랜(dividend reinvestment plan), 시리즈 EE채권(series EE)과 시리즈 HH채권(series HH)의 미국정부발행의 저축증권(savings bond)이 포함된다. ***Tax Equity and Fiscal Responsibility Act of 1982* (*TEFRA*)** 1982년의 조세공평재정책임법 ¶ The *Tax Equity and Fiscal Responsibility Act of 1982* (*TEFRA*) is a federal legislation to raise tax revenue, mainly through closing various loopholes and instituting together enforcement procedure. 1982년의 조세공평재정책임법은 주로 여러 가지 빠져나갈 수단을 메우고 세제절차의 운용강화를 통해서 조세수입을 올리려는 미연방법을 말한다. ~***-equivalent yield*** 과세환산이율 ¶ The *tax-equivalent yield* is a pretax yield that a taxable bond would have to pay to equal the tax-free yield of a municipal bond in an investor's tax bracket. To figure out the *tax-equivalent yield*, an investor must subtract his or her marginal tax bracket from 100, which results in the tax bracket reciprocal. This figure must then be divided by the yield of the tax-free municipal bond. The result is the yield that a taxable bond would have to pay to give the investor the same dollars in his or her pocket after all taxes were paid. 과세환산이율은 과세채권(taxable bond)이 투자자의 세율구분(tax bracket)에서 면세지방채(tax-exempt security)와 같은 수준의 이율로 지급하여야 할 세액공제전 이율(pretax yield)을 이른다. 투자자는 과세환산이율을 계산하기 위하여, 세율구분을 100에서 빼서 세액공제후 상당세 구분(tax bracket reciprocal)을 계산하고, 이 숫자는 다음에 면세지방채의 이율로 나누어야 한다. 그 결과는 과세채권에서 모든 세금이 지급받은 다음에 투자자에게 똑같은 이익을 주기 위하여 지급하여야 할 이율이 된다. ~ ***evasion*** 탈세 ¶ The *tax evasion* is an illegal practice of intentionally evading taxes. Taxpayers who evade their true tax liability may underreport income, overstate deductions and exemptions, or participate in fraudulent tax shelters. If the taxpayer is caught, *tax evasion* is subject to criminal penalties, as well as payment of back taxes with interest, and civil penalties. *Tax evasion* is different from tax avoidance, which is the legal use of the tax code to reduce tax liability. 탈세는 의도적으로 세금의 지급을 회피하는 위법행위를 말한다. 납세채무(tax liability)를 회피하는 방법에는, 납세자가 소득의 과소 신고를 한다든지, 공제(deduction)나 면제(exemption)의 과대 신고를 하거나, 택스쉘터(절세대책, tax shelter)의 부정사용을 하는 경우이다. 탈세로 체포되면 체납세(back taxes)와 금리(interest)를 지급해야 할 뿐만 아니라, 형사벌의 대상이 되고, 또 민사벌의 대상이 되기도 한다. 합법적으로 납세채권을 감하는 절세(tax avoidance)와는 다르다. ~ ***haven*** 조세피난처 ¶ A *tax haven* is a country offering outside businesses and individuals an environment with little or no taxation. Depositors and businesses not only lower the tax burdens in their home countries, but also subject to less regulation and increased privacy for their financial affairs. 조세피난처는 국외의 기업과 개인의 소유에 대해서 낮은 세율(tax rate)만 부과하거나 혹은 비과세취급을 하는 국가를 이른다. 예금자나 기업은 자국에서의 조세부담을 경감할 뿐만 아니라, 여러 가지의 규제를 면하고, 재무에 관한 프라이버시를 지킬 수 있다. ~ ***liability*** 납세채무 ¶ *Tax liability* is income, property, sales, or other taxes owned to a government entity. See also provision for income taxes. 납세채무는 소득세(income tax), 재산세(property tax), 매상세(sales tax) 기타 정부당국에 납부하는 의무가 있는 조세를 이른다. provision for income taxes(법인세 등 충당금, 납세충당금)도 참조할 것. ~ ***lien*** 조세선취특권 ¶ The *tax lien* is a statutory right obtained by a government to enforce a claim against the property of a person owing taxes until the debt is paid. 조세선취특권이란 납세의무자가 조세채무(tax liability)를 지급하기까지 그 재산에 대하여 청구권을 강제할 수 있다고 하는 정부의 법적 권리이다. ~ ***loophole*** 세금이 빠지는 구멍 → loophole (빠져나가는 구멍). ~ ***loss carryback, carryforward*** 세무상의 손금환급, 순연(順延), 이월(移越) ¶ A *tax loss carryback, carryforward* is a tax benefit that allows a company or individual to apply losses to reduce tax liability. A company may offset the current year's net operating losses against profits in the two immediately preceding years, with the earliest year first. After the carryback, it may carry forward (also called a carryover) net operating losses up to 20 years. By then it will presumably have regained financial health. Individual may carry over capital losses until they are used up for an ultimated number of years to offset capital gains. Unlike corporations, however, individuals generally cannot carry back losses to apply to prior years's tax returns. 세무상의 손금환급이란 것은 회사나 개인이 입은 손실을 조세채무의 경감에 충당할 수 있는 조세우대조치를 말한다. 회사의 경우, 당기의 순영업손실(net operating losses)은 직전 2년간의 이익과 상계(offset)할 수 있다(상쇄방법은 전년도에서 순차로 행한다). 그리고 환급한 후에도 남아 있는 손실은 20년간 이월(carry forward 또는 carryover)할 수도 있다. 이 기간 내에 재무내용이 회복할 것이라는 가정에 근거한다. 개인의 경우, 모든 캐피탈로스를 캐피탈게인(capital gain)으로 상쇄하기까지 캐피탈 로스를 이월할 수 있다. 그러나 회사와는 달리, 전년도의 납세신고에 손실을 되풀이할 수는 없다. ~ ***planning*** 세무계획 ¶ The *tax planning* is a strategy of minimizing tax liability for an individual or company by analyzing the tax implications of various options throughout a tax year. *Tax planning* involves choosing a filing status, figuring out the most advantageous time to realize capital gains and losses, knowing when to accelerate deductions and postpone income or vice versa, setting up a proper estate plan to reduce estate taxes, and other legitimate tax-saving moves. 세무계획은 과세연도 중의 여러 가지 조세관련사항에 관한 선택지를 분석하여 개인이나 회사의 조세부담을 최소화하는 전략을 이른다. 세무계획에는 적절한 납세신고구분(filing status)을 선택하고, 가장 유리하게 캐피탈게인 및 로스(capital loss)를 실현할 시기를 분석하며, 소득공제(deduction)를 조기집행에서 실현하여 소득을 순연할 시기, 또는 그 반대의 행위를 할 시기를 알고, 상속세(estate tax)를 절세하기 위한 상속계획과 그 밖에 합법적인 절세대책의 입안이 관련된다. ~ ***preference item*** 조세우대항목 ¶ The *tax preference item* is an item specified by the tax law that a taxpayer must include when calculating the alternative minimum tax (AMT). Preference items include: (1) addition of personal exemptions, (2) addition of the standard deduction, (3) addition of itemized deductions claimed for state and local taxes, certain interest, most miscellaneous deductions, and part medical expenses, (4) subtraction of any refund of state and local taxes included in gross income, (5) changes to accelerated depreciation of certain property, (6) difference between gain and loss on the sale of property reported for regular tax purposes and AMT purposes, (7) addition of certain income for incentive stock options, (8) change in passive activity loss deductions, (9) private activity bond interest, (10) addition of certain depletion that is more than the adjusted basis of the property, (11) addition of part of the deduction for certain intangible drilling costs, and (12) addition of tax-exempt interest on certain private activity bonds. 조세우대항목은 납세자가 대체(代替)미니멈세(alternative minimum tax: AMT)를 계산할 때에 포함하여야 하는 항목으로, 세법에 의하여 규정되어 있다. 우대항목은 아래의 항목을 포함한다. (1) 인적 공제의 가산, (2) 표준(개산)공제(standard deduction)의 가산, (3) 주세(州稅)나 지방세, 특정한 지급금리, 기타 비용, 의료비의 일부의 개별공제(itemized deduction)의 가산, (4) 총소득(gross income)에 포함된 주세(州稅)나 지방세의 환부금의 감산, (5) 특정한 자산의 가속도상각(accelerated depreciation)의 변경, (6) 통상의 소득세상의 자산의 매매손익과 대체미니멈세상의 매매손익의 차액, (7) 인센티브 스톡옵션(incentive stock option)에 의한 소득의 가산, (8) 수동적 사업손실(passive activity loss)공제의 변경, (9) 사적활동채(private activity bond)의 이자(interest), (10) 자산의 수정가격을 초과하는 일정한 상각의 가산, (11) 특정한 무형자산인 굴착비용(intangible drilling costs)공제액의 일부의 가산, (12) 사적 활동채의 면세이자(tax-exempt interest)의 가산이다. ~ ***preparation services*** 납세신고서작성서비스 ¶ *Tax preparation services* are businesses that specialize in preparing tax returns. Such services may range from national tax preparation chains such as H&R Block to local tax preparers, enrolled agents, CPA accountants, and tax lawyers. Services normally charge based on the complexity of the tax return and the amount of time needed to fill it out correctly. Many services can arrange to file a tax return with the Internal Revenue Service electronically, which can result in a faster tax refund. 납세신고서작성서비스는 납세신고서작성을 전문으로 하는 업무를 이른다. 이 업무의 제공자는 에치앤드알 블록(H&R Block)과 같은 전국적인 규모로 하고 있는 신고서작성체인에서, 지방신고서작성업자, 등록대행자(enrolled agent), 공인회계사(CPA accountant), 세무변호사(tax lawyer) 등 다채롭다. 업무보수는 통상 납세신고서의 복잡성, 정확히 기입하기 위하여 요하는 시간을 근거로 한다. 많은 서비스업자는 신속한 조세환급(tax refund)을 받을 수 있도록 미국세입청(Internal Revenue Service)에의 납세신고서제출을 컴퓨터에서 행해지고 있다. ~ ***rate*** 세율 ¶ The *tax rate* is a percentage of tax paid on a certain level of income. The U.S. uses a system of marginal *tax rates*, meaning that the rates rise with taxable income. The top rate is paid only on the portion of income over the threshold. The federal government imposes six *tax rates* on individuals – 10%, 15%, 25%, 33%, and 35%. It imposes six tax rates on corporations – 15%, 25%, 34%, 35%, and 39%. See also tax bracket. 세율은 일정한 소득수준에 대한 지급세액의 비율을 말한다. 미합중국은 과세소득의 증가에 수반하여 세율이 증가하는 한계세율제도(system of marginal tax rate)를 채용하고 있다. 말하자면 각각의 세율구분(tax bracket)의 한계수준을 초과하는 소득부분에 대해서, 일단 높은 세율이 적용된다. 현재, 미연방정부는 10%, 15%, 25%, 33%, 및 35%의 6구분의 세율을 부과하고 있다. 또, 법인에 대하여는 15%, 25%, 34%, 35%, 및 39%의 6단계의 세율을 과세하고 있다. tax bracket (세율구분)도 참조할 것. ***Tax Reform Act of 1976*** 1976년의 조세개혁법 ¶ The *Tax Reform Act of 1976* is a federal legislation that tightened several provisions and benefits relating to taxation, beginning in the 1976 tax year. 1976년의 조세개혁법은 조세에 관하여, 몇 가지의 조항과 과세우대조치를 엄격화한 미연방법으로, 1976년 과세연도부터 적용되었다. ***Tax Reform Act of 1984*** 1984년의 조세개혁법 ¶ The *Tax Reform Act of 1984* is a legislation enacted by Congress as part of the Deficit Reduction Act of 1984 to reduce the federal budget deficit. 1984년의 조세개혁법은 미연방차익적자를 감소시키기 위하여 1984년 재정적자삭감법(Deficit Reduction Act of 1984)의 일부로서 의회에 의하여 제정된 법률이다. ***Tax Reform Act of 1986*** 1986년의 조세개혁법 ¶ The *Tax Reform Act of 1986* is a landmark federal legislation enacted that made comprehensive changes in the system of U.S. taxation. 1986년의 조세개혁법은 미합중국의 과세제도에 폭넓은 변경을 가져온 획기적인 미연방제정법이다. ***Tax Reform Act of 1993*** 1993년의 조세개혁법 → Revenue Reconciliation Act of 1993 (1993년의 세입조정법). ~ ***refund*** 조세환급 ¶ The *tax refund* is a refund of overpaid taxes from the government to the taxpayer. Refunds are due when the taxpayer has been overwithholding, or has overestimated income or underestimated deductions, exemptions, and credits. Though taxpayers may like the fact that they are getting a *tax refund*, in fact they granting the government an interest-free loan for most of the year, which is mot astute tax planning. 조세환급은 과지급세금을 납세자에게 환급하는 경우이다. 납세자가 과대하게 원천징수(overwithholding)되었다든지, 소득을 과대평가하였다든지, 혹은 소득공제(tax deduction), 세액공제(tax credit)나 조세면제(exemption)를 과소평가한 때에 조세의 환부를 받는다. 납세자는 조세환급을 받는다고 기뻐하지만, 실제로는 그 연도의 태반의 기간, 무이자로 정부에

돈을 빌려주고 있었던 것과 같으며, 현명한 세무계획(tax planning)이라고는 말할 수 없다. ~ ***schedules*** 납세신고명세서 ¶ *Tax schedules* are tax forms used in addition to the Form 1040 to report itemized deductions (Schedule A); dividend and interest income (Schedule B); profit or loss from business (Schedule C); capital gains and losses (Schedule D); supplemental income and loss (Schedule E); and Social Security Self-employment tax (Schedule SE). 납세신고명세서는 서식 1040호에 추가하여 사용되는 신고서식으로 다음의 사항이 기재된다. 항목별공제(명세서 A), 배당금(dividend) 및 이자(interest)수입(명세서 B), 사업손익(명세서 C), 캐피탈게인 및 로스(capital gains and losses)(명세서 D), 보완손익(supplemental income and loss)(명세서 E), 및 사회보장자영세(Social Security Self-employment tax)(명세서 SE)이다. ~ ***selling*** 절세목적으로 하는 매도 ¶ *Tax selling* is selling of securities, usually at year end, to realize losses in a portfolio, which can be used to offset capital gains and thereby lower an investor's tax liability. 절세목적으로 하는 매도는 증권매각손익을 실현할 목적으로, 포트폴리오(portfolio)에 편입되고 있는 일부의 증권을 매각하는 경우이다. 이와 같은 거래는 통상 연도말에 행해진다. 이것은 포트폴리오에서 캐피탈게인을 상쇄함으로써 투자자의 조세채무를 낮춰주기 위하여 사용될 수 있다. ~ ***shelter*** 절세대책, 조세회피장소 ¶ The *tax shelter* is a method used by investors to legally avoid or reduce tax liabilities. Legal shelters include those using depreciation of assets like real estate or equipment, or depletion allowances for oil and gas exploration. Limited partnerships traditionally offered investors limited liability and tax benefit including "flow through" operating losses which offset income from other sources. The Tax Reform Act of 1986 dealt a severe blow to such *tax shelters* by ruling that passive losses could only offset passive income, lengthening depreciation schedules, and extending at risk rules to include real estate investments. Vehicles that allow tax-deferred capital growth, such as individual retirement accounts (IRAs) and Keogh plans (which also provide current tax deductions for qualified taxpayers), salary reduction plans, simple IRAs, and life insurance, are also popular *tax shelters* as are tax-exempt municipal bonds. The Roth IRA, created in the Taxpayer Relief Act of 1997, allows tax free accumulation of earnings on assets held in the account for at least five years. 절세대책은 조세채무(tax liabilities)를 합법적으로 회피 또는 경감할 목적에서 사용되는 수법이다. 적법한 절세대책에는, 부동산이나 설비와 같은 자산의 감가상각(depreciation)이나, 석유・가스의 탐사를 위한 감모상각(depletion)충당금을 사용하는 방법이 있다. 유한책임(limited liability)에 의한 투자형태인 리미티드 파트너십(limited partnership)은 전통적으로 리미티드파트너로부터의 손실을 그대로 투자자에게 이전(flow through)하여 투자자의 다른 이익과 상쇄(offset)한다는 세제상의 우대조치를 투자자에게 주어 왔다. 1986년의 세제개혁법(Tax Reform Act of 1986)은 이러한 절세대책에 강렬한 타격을 가하였다. 예를 들면, 수동적 손실(passive losses)은 수동적 이익(passive income)만을 상계할 수 있다고 하는 규정이나, 감가상각기간을 오래 두는 규정, 그리고 앳리스크(at risk)를 (리미티드파트너에의 투자에 투자 리스크가 없는 경우에는, 우대조치를 주지 않는다고 하는 규정)을 부동산투자에도 확대 적용하는 조치가 포함되었다. 개인퇴직계좌(IRA)와 (적격납세자에 대해 당기세금공제를 제공하기도 하는) 키오계좌(Keogh plan), 급여공제제도(salary reduction plan), 단순개인퇴직계좌(simple IRA)와 생명보험과 같은 과세순연자본증가를 허용하는 방법은 비과세지방채(債)로서 대중적인 절세대책이기도 하다. 1997년의 납세자구제법에서 창안된 로쓰개인퇴직계좌(Roth IRA)는 최소 5년간 계좌에 들어있는 수익의 비과세적립을 허용하고 있다. ~ ***shield*** 택스 쉴드 ¶ *Tax shield* is deductions that reduce tax liabilities. For example, mortgage interest, charitable contributions, unreimbursed business expenses, and medical expenses can be considered *tax shields* if a taxpayer qualifies for the deduction. The higher the marginal tax rate, the more the deduction is worth. 택스 쉴드는 조세채무(tax liability)를 감하는 공제항목(deduction)을 이른다. 예를 들면, 주택론금리(mortgage interest), 자선증여(charitable contribution), 비보전사업경비, 의료비는 납세자에게 공제가 인정된다면, 택스 쉴드로 간주할 수 있다. 한계세율(marginal tax rate)이 높으면 높은 만큼 공제의 효과는 크다. ~ ***software*** 세무소프트웨어 ¶ The *tax software* is a software that helps taxpayers plan for and prepare their tax returns. Software such as TurboTax and TaxCut helps taxpayers analyze their tax situation and take actions to minimize tax liability. Different versions of *tax software* are appropriate for large and small businesses. partnerships, individuals, and estates. The software also comes in state-specific versions to aid in preparation and planning for state taxes. When integrated with a personal finance software package, a taxpayer does not have to reenter data, which can easily be exchanged from the personal finance side into the tax preparation side of the package. 세무소프트웨어는 납세자가 납세신고서를 작성하는 데에 도움이 되는 소프트웨어이다. 터보택스(TurboTax)와 택스컷(TaxCut)과 같은 소프트웨어는 납세자가 자기 자신의 과세상황을 분석하여 조세채무를 최소화하는 대책의 도움이 된다. 대기업이나 소기업, 파트너십(partnership), 개인, 유산(estate)에 관하여 각각에 적합한 유형이 있고, 주세(州稅)에 관한 신고서와 플랜에 도움이 되는 주(州)전용의 소프트도 있다. 개인의 재산관리용의 소프트와 세무소프트를 통합할 때에도, 납세자는 개인재무소프트의 데이터를 납세신고서작성소프트에 인풋(input)할 필요 없이 간단히 데이터로 교환될 수 있다. ~ ***status election*** 납세신고구분의 선택 ¶ The *tax status election* is a selection of filing status. Individuals may choose single, married filing jointly, married filing separately, or head of household. Businesses may elect C corporations, S corporation, limited partnership, limited liability corporation (LLC), or sole proprietorship status. Taxpayers may choose to figure their tax return under two filing status categories to find out which status is most advantageous. 납세신고구분의 선택은 납세를 위한 신고구분의 선택을 이른다. 개인은 독신자(single), 부부합산신고자(married filing jointly), 부부개별신고서(married filing separately), 세대여자(head of household)에서 선택한다. 기업은 C법인(C corporation), S법인(S corporation), 리미티드 파트너십(limited partnership), 유한책임회사(limited liability corporation), 개인사업체(sole proprietorship)에서 선택한다. 납세자는 2종의 구분에서 신고액을 계산한 다음에 가장 유리한 방안을 찾을 수 있다. ~ ***straddle*** 택스 스트래들 ¶ The *tax straddle* is a technique whereby option or futures contracts are used to eliminate economic risk while creating an advantageous tax position. In its most common use, an investor with a capital gain would take a position creating an offsetting "artificial" loss in the current tax year and postponing the gain until the next tax year. The Economic Recovery Tax Act of 1981 curtailed this practice by requiring traders to mark to the market at year-end and include unrealized gains in taxable income. The Tax Reform Act of 1986 introduced a change whereby an exception for covered writers of calls is denied if the taxpayer fails to hold the covered call option for 30 days after the related stock is disposed of at a loss, if gain on the termination or disposition of the option in included in the next year. 택스 스트래들은 조세부담상의 유리한 포지션을 구축하는 한편, 경제적 리스크를 배제하기 위하여 옵션(option)이나 선물계약(futures contract)이

사용되는 수법이다. 가장 일반적인 활용법의 하나에 캐피탈게인(capital gains)을 올리고 있는 투자자가 그 캐피탈게인을 다음 과세연도까지 순연할 목적에서 「인위적」인 손실(artificial loss)을 계상하고, 그 손실에서 캐피탈게인을 상계한다고 하는 것이 있다. 1981년의 경제재건세법(Economic Recovery Tax Act of 1981)은 이와 같은 포지션을 연도말에 시장의 시가로 시가평가(mark to market), 미실현이익(unrealized gain)을 과세소득(taxable income)에 포함할 것을 의무로 함으로써 세금순연수법을 무력화하였다. 1986년의 조세개혁법(Tax Reform Act of 1986)에서 도입된 변경된 내용은 옵션의 종료나 처분에 관련되는 이득이 차년도에 포함되는 경우, 납세자가 커버드 콜옵션(covered call option)을 매도한 사람(covered writer)을 위한 제외조항은 부인되게 되었다. ~ ***treaty*** 조세조약 ¶ The *tax treaty* is an agreement between nations as to what income will or will not be taxed by the country where the income is earned. 조세조약은 소득이 발생하는 국가에 의해서 어떤 소득이 과세되고 또는 과세되지 않는가에 관하여 국가간에서 맺는 협약을 말한다. ~ ***umbrella*** 택스 엄브렐러 ¶ The *tax umbrella* is a tax loss carryforwards stemming from losses of a firm in past years, which shield profits earned in current and future years from taxes. See also tax loss carryback, carryforward. 택스 엄브렐러는 과년도(過年度)의 기업의 손실에서 발생하는 세금상의 이월손금을 말한다. 이 이월손금에서 당년도(當年度) 및 차년도(次年度) 이후에 생긴 이익을 상계(offset)하여 과세를 회피할 수 있다. tax loss carryback, carryforward(세무상의 손금환급)도 참조할 것. ***withholding*** ~ 원천과세 ¶ *Withholding tax* is deduction from salary payments and other compensation to provide for an individual's tax liability. 원천과세는 급여나 기타 보수에서 개인의 납세채무분(分)을 공제(deduction)하는 경우이다.

taxable 과세대상이 되는, 과세할 수 있는 ***taxable estate*** 과세유산 ¶ The *taxable estate* is a portion of an estate subject to the unified transfer tax of the federal government and to state taxes where applicable. The estate, not the recipients, is taxed on what remains after all expenses, contributions, transfers to a surviving spouse, debts, taxes, and losses. There is a federal exclusion on property transferred by the person who died. According to the Economic Growth and Tax Relief Reconciliation Act of 2001, the amount of assets that each person can exclude from federal taxes is $2 million from 2006 through 2008, rising to $3.5 million in 2009. In 2010, the estate tax is completely repealed and in 2011 the estate tax law returns using 2001 rules, except that the exemption returns to $1 million. Any assets passed to beneficiaries over these limits that are not protected by trusts are assessed estate taxes at a 46% rate, falling to 45% from 2007 through 2009. 과세유산은 미연방정부의 재산이전세(transfer tax)나 경우에 따라서는 주세(州稅)가 과세되는 유산(遺産)을 이른다. 수취인에 대하여서가 아니라 재산에 대하여서 과세되고, 비용, 증여금, 살아있는 배우자(surviving spouse)에의 양도, 채무, 세금, 및 손실을 공제하고 남은 재산이 과세대상이 된다. 유산에는 망인이 이전한 재산에 대한 미연방세의 공제(exclusion)제도가 있다. 2001년의 경제성장과 감세조정법(Economic Growth and Tax Relief Reconciliation Act of 2001)에서는, 미연방세의 공제액은 2006년에서 2008년까지는 1인당 200만 달러로, 2009년에는 350만 달러로 증가한다. 2010년에는 유산세(estate tax)는 완전히 폐지되고, 2011년에 2001년의 유산세법으로 돌아간다. 다만, 공제액은 100만 달러로 되돌아간다. 피상속인(beneficiary)에게 상속되는 재산이 위에 설명한 공제액을 초과하거나 또는 신탁(trust)에 위탁되고 있지 아니한 경우에는, 최고실효한계세율로서 46%의 유산세가 과세된다. 그러나 이 세율은 2007년에서 2009년까지는 45%로

경감된다. ~ ***event*** 과세대상의 발생 ¶The *taxable event* is an occurrence with tax consequences. For example, if a stock or mutual fund is sold at a profit, capital gains taxes may be due. Withdrawal of asset from a tax-deferred retirement account like an IRA, Keogh, or salary reduction plan is a *taxable event* because some or all of the proceeds may be considered taxable income in the year withdrawn. Proper tax planning can help taxpayers time *taxable events* to maximum advantage. 과세대상의 발생은 납세채무가 발생하는 경우이다. 예컨대, 주식이나 뮤추얼펀드(mutual fund)를 매각하여 이익이 나온 경우, 캐피탈게인세(capital gains tax)가 과세된다. 또, 개인퇴직계좌(individual retirement account: IRA), 키오계좌(Keogh plan), 급여공제제도(salary reduction plan)와 같은 조세순연퇴직계정(tax-deferred retirement account)에서 자금을 인출하면, 인출한 자금의 일부 또는 전부가 당년도(當年度)의 과세소득(taxable income)으로 간주되어 납세채무가 발생한다. 적절한 세무계획(tax planning)을 세운다면, 납세채무의 발생 시기를 조정하여 최대한의 이점을 볼 수 있다. ~ ***goods*** 과세품 ¶In general, *taxable goods* are goods levied subject to the tax laws. 과세품이란 일반적으로 세법에 의하여 과세되는 물품이다. ~ ***income* [*earning*]** 과세소득 ¶The *taxable income* is an amount of income (after all allowable deductions and adjustments to income) subject to tax. On an individual's federal income tax return, *taxable income* is adjusted gross income (the sum of wages, salaries, dividends, interest, capital gains, business income, etc., less allowable adjustments that, in part, include individual retirement account contributions, alimony payments, unreimbursed business expenses and capital losses up to $3,000) less itemized or standard deductions and the total of personal exemptions. Once *taxable income* is known, the individual taxpayer finds the total income tax obligation for his or her tax bracket by checking the Internal Revenue Service tax tables or by calculating the tax according to a rate schedule. Tax credits reduce the tax liability dollar-for-dollar. 과세소득은 (모든 소득공제(deduction)의 조정을 행한 후의) 과세대상이 되는 소득액을 이른다. 개인의 미연방소득세(federal income tax)의 경우, 과세소득은 수정후 총소득(adjusted gross income)[임금, 급여, 배당, 받을 이자, 캐피탈게인(capital gains), 자영업소득에서 개인퇴직계좌(individual retirement account)에의 출연금, 이혼·별거수당(alimony payment), 미환급의 피고용자의 사업경비, 3,000달러를 상한으로 하는 캐피탈로스(capital loss)]에서 항목별공제(itemized deduction)의 어느 공제액과, 인적 공제액(personal exemption)이나 개산액(概算額)공제(standard deduction)의 총액을 공제한 것이다. 과세소득이 나오면, 미국세입청(Internal Revenue Service: IRS)의 세액표를 본다든지, 세율표에 따라 계산한다면 자신의 세율구분(tax bracket)의 소득세율을 알 수 있다. 세액공제(tax credit)는 (달러표시로) 납세채무를 감소시킨다. ~ ***municipal bond*** 과세지방채 ¶The *taxable municipal bond* is a taxable debt obligation of a state or local government entity, an outgrowth of the Tax Reform Act of 1986 (which restricted the issuance of traditional tax-exempt securities). *Taxable municipal bonds* are issued as private purpose bonds to finance such prohibited projects as a sports stadium; as municipal revenue bonds where caps apply; or as public purpose bonds where the 10% private use limitation has been exceeded. 과세지방채는 주(州)나 지방자치단체가 발행하는 과세채권을 가리킨다. 1986년의 세제개혁법(Tax Reform Act of 1986)의 제정으로 종래의 면세증권(tax-exempt securities)의 발행이 규제된 것에서 생겼다. 과세지방채는 스포츠 경기장(sport stadium), 상한규정을 초과하는 지방특정재원채(municipal revenue bond), 또는 조달자금의 10% 이상이 비공공적인 목적에 사용되는 공공목적채(public purpose bond)와 같이 금지

되고 있는 사업의 자금조달을 위하여 비공공목적채(private purpose bond)로서 발행되고 있다.

taxation 과세 ¶ double *taxation* 이중과세 /special *taxation* measure 조세특별조치 /a *taxation* convention 조세협약 /*taxation* upon total income 종합과세

tax-exempt 면세(免稅)의, 비과세의 ¶ The word *tax-exempt* is to be free from tax liability. This status is granted to most municipal bonds, which pay interest that is totally free from federal taxes. Municipal bond interest is also usually *tax-exempt* to bondholders who are residents of the issuing state. However, other state may impose taxes on interest earned from out-of-state bonds. Certain organizations, such as registered charities, religious organizations, educational institutions, and nonprofit groups, also hold *tax-exempt* status, meaning they are exempt from federal, state, or local government taxes. Earnings on assets held for at least five years inside a Roth IRA also accumulate tax-free, as long as they are withdrawn after the account holder reaches age 59½. 면세라는 말은 납세채무(tax liability)가 면제된다는 뜻이다. 지방채(municipal bond)의 태반이 적용되며, 이자에 연방세(federal taxes)가 과세되지 않는다. 또 지방채를 발행하는 주의 거주자가 보유하는 경우는 주세가 과세되지 않는 경우가 많다. 그러나 다른 주가 발행한 채권의 이자는 과세되는 경우가 있다. 등록된 자선단체, 종교단체, 교육기관, 비영리단체 등도 연방세, 주세, 지방세가 면제된다. 로쓰 개인퇴직계좌(Roth IRA)에서 5년 이상 보유하고 있는 자산의 이익도 59.5세를 지나서부터 인출시키면 면세가 된다. ***tax-exempt money market fund*** 면세머니마켓펀드 ¶ A *tax-exempt money market fund* is a money market fund invested in short-term municipal securities that are tax-exempt and that thus distributes income tax-free to shareholders. Such funds pay lower income than taxable funds and should be evaluated on an after-tax basis. 면세머니마켓펀드는 이익에 과세되지 않는 단기의 지방채에 투자하는 머니마켓펀드를 말한다. 따라서 면세의 수익을 주주에게 배당한다. 그런 펀드는 과세펀드보다도 수익률이 낮게 되지만, 조세공제후의 기준(after-tax basis)으로 평가할 필요가 있다. ~ ***security*** 면세증권 ¶ A *tax-exempt security* is an obligation whose interest is exempt from taxation by federal, state, and/or local authorities. It is frequently called a municipal bond (or simply a municipal). 면세증권은 이자에 미연방소득세(federal income taxes), 주세, 또는 지방세가 과세되지 않는 증권을 말한다. 지방채(municipal bond 또는 municipal)라고도 불리는 경우도 있다.

tax-free 비과세(의), 면세(의) → 1031 tax-free exchange (1031 면세교환).

taxpayer 납세자 ¶ a *taxpayer* identification number 납세자등록번호 ***Taxpayer Relief Act of 1997*** 1997년의 납세자구제법 ¶ The *Taxpayer Relief Act of 1997* is the landmark legislation signed into law by President Clinton in August 1997 as part of a larger act designed to balance the federal budget. The major contents of the law is: (1) Tax credits for children, (2) Estate tax exclusion raised, (3) Gift tax limit indexed to inflation, (4) Lower capital gains tax rates, (5) New tax rate for property that received accelerated depreciation. (6) Longer-term capital gains rates created, (7) Changed holding period fro capital gains, (8) Expanded tax deductibility for individual retirement account contributions, (9) Introduction of the Roth IRA, (10) "Cash-out" threshold for 401(k) plans raised, (11) More investments allowed in IRAs, (12) Repeal of the "short-short" rule, (13) Eliminated "short against the box" as a tax delay technique, (14) Simplifies reporting of taxes on foreign investments, (15) Repeal of excess accumulation and excess distributions tax, (16) New capital gains rules for home sales, (17) Tax credits for college education, (18) Deductible education-related interest, (19) Tax-free employer-paid education, (20) Creation of Education IRA, (21) Tax relief for children, (22) Bigger deductions for health insurance premiums for the self-employed, (23) Creation of the Medical Savings Account (MSA), (24) Social Security and Medicare taxes, (25) Liberalization of the home office deduction, (26) Higher exemption from filing quarterly estimated taxes, (27) Higher deduction for charitable use of your car, (28) Repeal of motorboat gas tax, (29) Paying taxes by credit card, (30) Higher cigarette taxes, (31) Higher airline ticket taxes. 1997년의 납세자구제법은 1997년 8월에 미연방예산의 균형을 목적으로 한 법체계의 일부로서 클린턴 대통령이 제정한 획기적인 법률이다. 동법의 주요한 내용은 다음과 같다. (1) 자녀를 위한 세액공제(tax credit), (2) 상속세액공제액(estate tax exclusion)의 인상, (3) 증여세한도액의 인플레이션조정, (4) 캐피탈게인세율(capital gains tax)의 인하, (5) 가속감가상각(accelerated depreciation)이 인정된 자산에 대한 신세율, (6) 초(超)장기캐피탈게인세율의 창설, (7) 캐피탈게인세율을 적용하기 위한 보유기간의 변경, (8) 개인퇴직계정(individual retirement account)출연금에 대한 공제적용범위의 확대, (9) 로쓰 개인퇴직계좌(Roth IRA)의 도입, (10) 401(k) 플랜「현금지급」최저수준("cash-out" threshold)의 인상, (11) 개인퇴직계좌의 투자범위의 확대, (12)「숏트숏트」룰(short-short rule)의 폐지, (13) 과세순연에의 수법으로서의「매도연계」(short against the box)의 배제, (14) 외국투자소득에 관한 세무신고의 간소화, (15) 초과적립 및 초과분배세의 폐지, (16) 주택매각에 의한 양도익규칙, (17) 대학교육을 위한 세액공제, (18) 교육관련차입이자의 과세소득공제, (19) 비과세교육용 보조, (20) 교육개인퇴직계좌(IRA)의 창설, (21) 자녀를 위한 세금경감, (22) 자영업자가 지급하는 건강보험료의 과세소득공제액인상, (23) 의료저축계좌(MSA: Medical Savings Account)의 창설, (24) 사회보장세(Social Security tax) 및 의료보장세(medicare tax), (25) 홈오피스 과세소득공제(home office deduction)제한의 완화, (26) 4반기예정납세신고면제한도액의 인상, (27) 자가용차의 자산목적사용에 관한 과세소득공제액인상, (28) 모터보드 개솔린세의 폐지, (29) 크레디트카드에 의한 납세, (30) 담배세의 인상, (31) 항공권세의 인상.

T-bill → **T**reasury **bill** [약] [미] 재무부 단기증권, 정부단기증권(재무부 단기증권(기간은 13주, 26주, 52주 등이 있다.), [영] 재무부 증권 ¶ The *Treasury bill* (*T-bill*) is a U.S. government promissory note issued by the U.S. Treasury, having a maturity period of up to one year. Notes having longer maturities are called Treasury notes, and those with very long maturities are called Treasury bonds. *Treasury bills* are sold at a discount to face value, which is paid at maturity. The difference is the interest income to the owner. 미재무부 단기증권(T-bill)은 만기가 1년까지의 기간을 가지는 미국 재무부가 발행하는 미국정부약속어음이다. 1년 이상의 만기의 어음을 재무부 중기증권(Treasury notes)라고 하고, 더 긴 만기를 가진 미재무부 증권을 장기증권(Treasury bond)이라고 한다. 미재무부 단기증권은 액면가격의 할인가격으로 판매되고, 만기에는 액면가격이 지급된다. 차이가 있다면 소유자에 대한 이자소득(interest income)이라 할 수 있다. /*T-bill* futures 금융선물 T빌

T-bond [미] (기간 30년물의) 재무부 장기증권(Treasury bond)(일반적으로 기간 10년 초의 장기국채에 관해서 말하는 미국국채, T본드 *T-bond* futures 금융선물 T본드) ¶ The *Treasury bond* (*T-bond*) is: (1) a long-term (more than 10 years)

debt instrument issued by the U.S. government. Issues of the U.S. government have the highest rating among so-called fixed income or debt securities and, therefore, offer the lowest taxable yield of any bonds. (2) a bond that has been bought back by the issuing corporation. Such *Treasury bonds* are usually retired as part of sinking fund requirements or held in the corporate treasury, which reduces interest expense. 미재무부 장기증권이란: (1) 미정부가 발행한 장기(10년 이상) 채무증서(debt instrument)이다. 미정부의 발행은 소위 고정소득 또는 채무증권(debt securities) 중에서 최고등급을 가지며, 따라서 어떤 채권의 최저의 과세이율을 제공한다. (2) 발행회사가 재구입한 채권(bond)을 말한다. 이러한 미재무부 장기증권은 통상 감채기금(減債基金, sinking fund)의 요건의 일부로서 회수되거나 이자비용을 축소하는 회사의 금고주(treasury stock)로 보유된다.

T/C → **t**raveler's [**t**ravelers'] **c**heck; **t**raveller's [**t**ravellers'] **c**heque [약] 여행자수표 ¶ The *traveller's check* is a sight draft issued through banks acting as sales agents, or sold directly to the public. The purchaser pays for the checks in advance, and signs the drafts twice – once when ordering the drafts and once when cashing them. The drafts are payable by the issuing company, sold in denominations of $10 to $100 and in numerous foreign currencies, and insured against loss or theft. They readily are accepted in lieu of cash by merchants, and may be cashed at bank offices in the United States and most foreign countries. *Travelers' checks* were first issued by American Express Co., which uses the spelling *traveler's cheque*. 여행자수표는 판매대리인으로 활동하는 은행을 통해서 발행되거나 일반인에게 직접 판매된 일람출급환어음(sight draft)을 말한다. 여행자수표의 구매자는 사전에 수표대금을 치루고 그 환어음에 두 번 서명한다. — 한번은 그 환어음을 주문을 할 때이고 다른 한번은 대금을 치룰 때이다. 그 환어음은 발행회사가 지급하며, 10달러에서 100달러의 액면과 수많은 외화로 판매되고, 손실이나 절도에 대해 보험이 걸린다. 여행자수표는 상인이면 현금 대신으로 바로 수리되고, 미국과 대부분의 외국에서 은행사무소에서 현금화될 수 있다. 여행자수표는 처음으로 아메리칸 익스프레스사(社)(American Express Co.)가 발행하였고, traveler's cheque라는 철자를 사용한다.

TDF (ISO) code Chad – currency CFA franc. ¶ TDF (국제표준기구) 약호 차드 — 화폐 CFA(아프리카경제공동체) 프랑(franc).

tear sheet 가제식(假製式)의 주식보고서 ¶ The *tear sheet* is a sheet from one of a dozen loose-leaf books comprising Standard & Poor's Stock Reports, which provide essential background and financial data on several thousand companies. Brokers often tear and mail these sheets to customers (hence the name). 가제식(假製式)의 주식보고서란 12책의 가제식(加除式, loose-leaf books)의 서류로 구성되어 있는 스탠더드앤드푸어스(Standard & Poor's) 주식보고서의 1페이지를 말한다. 이 주식보고서에는, 수천의 회사의 중요한 업적이나 재무의 데이터가 게재되고 있으며, 브로커는 자주 이러한 페이지를 찢어서 고객에게 송부한다(그러므로 이런 이름이 생겼다).

tear-up price [영] 파장가격 ¶ The *tear-up price* is the price at which a bank or dealer will close out, or buy out, a client's derivative transaction. The *tear-up price* is generally a function of the transaction's current mark-to-market value and a profit spread. Also known as unwind price. 파장가격은 은행이나 딜러가 고객의 파생상품거래를 종결하거나 매절(買切)하는 가격을 말한다. 파장가격은 일반적으로 거래의 현시세 평가가격과 이익스프레드의 기능을 말한다. 이는 끝내기 가격

(unwind price)으로도 알려져 있다.

teaser rate 티저금리, 고객권유목적의 금리 ¶ The *teaser rate* is an introductory interest rate on an adjustable rate mortgage (ARM) designed to entice borrowers. The *teaser rate* may last for a few months, or as long as a year, before the rate returns to a market level. In a competitive mortgage market, some mortgage lenders may offer competing teaser rates to try to win over potential borrowers. In addition to the marketing rationale for *teaser rates*, homeowners to settle into a new home, with all the expense entailed in moving in. Only portfolio lenders can offer *teaser rates*. Mortgage bankers cannot because they comply with investor guidelines. 티저금리는 변동금리모기지(adjustable rate mortgage: ARM)로 차입자를 끌어들일 것을 목적으로 하여 매력적인 수준으로 설계된 개시 당초의 금리를 이른다. 티저금리는 수개월, 내지는 1년간 계속하고, 그 후 시장금리가 적용된다. 경쟁이 격심한 모기지 시장에서는, 잠재적 차입자를 획득하기 위하여, 극히 경쟁력이 있는 티저금리를 제시하는 대여자도 있다. 티저금리를 제공하는 대여자는 고객획득상의 마케팅의 이유에서뿐만 아니라, 당초 금리가 낮으면, 그 만큼 주택소유자에게 새 집 입주가 용이하게 되는 것을 이유로 들고 있다. 자기계좌에서 모기지를 실행하는 포트폴리오 렌더(portfolio lender)만이 티저금리를 제공할 수 있다. 모기지를 유통시장(secondary market)에서 전매하는 모기지뱅커(mortgage banker)는 투자가이드라인을 준수하여야 하기 때문에, 티저금리를 제공할 수 없다.

technical 전문의, 기술의 ¶ *technical* cooperation insurance 기술제공 등 보험 /*technical* trading 차익거래 등의 금융기술을 활용한 매매거래수법 ***technical analysis*** 테크니컬 분석(주식수급, 시장인기, 투자자심리 등 시장내부요인을 중시한 주가예측의 수법), 기술적 분석 ¶ *Technical analysis* is research into the demand and supply for securities and commodities based on trading volume and price studies. Technical analysts use charts or computer programs to identify price trends in a market, security, or commodity future, which they think will foretell price movements. 테크니컬 분석은 거래량과 가격조사에 근거해서 주식과 상품의 수급관계를 조사하는 것이다. 테크니컬 분석가들은 시장, 주식 또는 상품선물의 가격 흐름을 인정하기 위해서 차트나 컴퓨터 프로그램을 이용하는데, 그들은 가격의 동향을 예측하려고 한다고 생각한다. ~ ***default*** (사무적인 차질로 인한) 테크니컬 디폴트 ¶ *Technical default* is default under an indenture agreement for other than nonpayment of interest or principal. For example, a borrower may fail to maintain a stipulated level of net working capital. 테크니컬 디폴트는 이자나 원금의 불지급 이외에 신탁증서약정(indenture agreement) 하에서의 디폴트를 말한다. 예를 들면, 차입자는 순수운영자금의 약정수준을 유지할 수가 없을 수 있다. ~ ***rally*** 기술적 반등 ¶ *Technical rally* is short rise in securities or commodities futures prices within a general declining trend. Such a rally may result because investors are bargain-hunting or because analysts have noticed a particular support level at which securities usually bounce up. 기술적 반등(反騰)이란 전반적인 하락의 국면에서 주식이나 상품선물이 일시 상승하는 경우를 말한다. 그러한 반등이 일어나는 것은 투자자들이 거래를 탐색하고 있기 때문이든가 혹은 분석가들은 주식이 보통 널뛰기를 하는 특정한 가격하락의 지지선을 알아챘기 때문이다. ~ ***risk*** 기술적 리스크 → systematic risk (시스테매틱 리스크). ~ ***sign*** 테크니컬 사인 ¶ The *technical sign* is a short-term trend that technical analysis can identify as significant in the price movement of a security or a commodity. See also technical analysis. 테크니컬 사인은 증권이나 상품의 가격동향 중에서, 테크니컬 애

널리스트가 중요하다고 특정하는 단기적인 트렌드를 이른다. technical analysis(테크니컬 분석)도 참조할 것.

technician 전문가, 전문기술자 ¶ The *technician* is a person who uses technical analysis to determine the selection and timing of security purchases and sales. Also called market *technician*. 전문가란 증권의 구입과 판매의 선택을 결정하는 데에 테크니컬 분석을 이용하는 자이다. 이를 시장전문가(market technician)라고도 한다.

technique (전문)기술, 수법(手法) ¶ It is not yet possible to apply this *technique* in industry. 이 기술을 산업에 응용하는 것은 아직 불가능하다. /a newly-developed *technique* 새로이 개발한 기술

technological renovation 기술혁신 ¶ With *technological renovation*, the civilization of the world is progressing. 기술혁신과 더불어, 세계의 문명은 발전하고 있다.

technology 공업기술, 응용과학 ¶ *Technology* is developed applications for industry and the industrial arts; use of applied science for the development of technical applications. For example, desktop computers represent advanced electronic *technology*. 공업기술은 공업과 공예기술을 위한 발달된 응용법이다. 즉, 기술적인 응용법의 발전을 위한 응용과학의 사용이 그것이다. 예를 들면, 탁상의 (desktop) 컴퓨터가 진보한 전자공업기술을 대변한다. /New *technology* brings many benefits. 신기술은 많은 수혜를 베푼다.

Ted spread 테드 스프레드 ¶ A *Ted spread* is a difference between interest rates on U.S. Treasury bills and Eurodollars. The term Ted refers to Treasuries over Eurodollars. Many traders in the futures markets actively trade the *Ted spread*, speculating that difference between U.S. Treasuries and Eurodollars will widen or narrow. The *Ted spread* also is used as an indicator of confidence in the U.S. government and the general level of fear or confidence in the markets for private financing. 테드 스프레드는 미재무부 단기증권과 유로달러의 금리격차를 이른다. 테드라는 말은 Treasuries over Eurodollars를 의미한다. 선물시장의 많은 트레이더들은 미재무부 증권과 유로달러간의 격차의 확대나 축소를 예상하여 테드 스프레드를 적극적으로 거래한다. 테드 스프레드는 또한 미국정부에 대한 신뢰나 민간금융시장에 대한 불안이나 신뢰의 전반적인 수준을 나타내는 지표로서 활용된다.

teeny [영속] 티니 ¶ The *teeny* is the smallest trading unit in U.S. Treasury bonds and agency securities, i.e., 1/64th of $1. 티니는 미재무부 장기증권과 미정부증권의 최소거래단위, 즉 1달러의 1/64를 말한다.

teenyo 티뇨 ¶ The *teenyo* is a Wall Street slang for 1/16th of a point. Also called Steenth. 티뇨는 1포인트의 1/16을 의미하는 월스트리트의 속어이다. 또 Steenth(스틴쓰)를 참조할 것.

TEFRA → The **T**ax **E**quity and **F**iscal **R**esponsibility **A**ct of 1982 [약] 1982년의 조세공평재정책임법 ¶ The *Tax Equity and Fiscal Responsibility Act of 1982* (*TEFRA*) is a federal legislation to raise tax revenue, mainly through closing various loopholes and instituting together enforcement procedure. 1982년의 조세공평재정책임법은 주로 여러 가지 빠져나갈 수단을 메우고 세제절차의 운용강화를 통해서 조세수입을 올리려는 미연방법을 말한다.

Tel-Aviv Stock Exchange (TASE) 텔아비브증권거래소 ¶ The *Tel-Aviv*

Stock Exchange (*TASE*) is an only stock exchange in Israel; equity trading is the primary business. The *TASE* trades 1,100 securities, including shares, warrants, and convertible bonds, government bonds and corporate bonds; and futures and options. Futures and options are traded on the TA 25 Index, and the shekel exchange rate v. U.S. dollar and Euro. The exchange trades six major indices measured by market capitalization. The TA 25 Index is comprised of the 25 largest companies traded on the exchange that account for more than 50% of the *TASE's* total market capitalization. The TA 100 Index, the exchange's benchmark index, comprises the largest 100 shares that account for more than 60% of the exchange's total market capitalization. Weighting for the TA 75 Index, like the TA 100, are capped. Tel-Tech index reflects the performance of 50 listed companies from the electronics, computer, and life sciences sectors and publicly traded venture capital, funds, accounting for 10% of the *TASE's* total capitalization. Tel-Tech-15 index covers the 15 largest high-tech shares. The TA Banking Index reflects the performance of the exchange's five largest commercial banks. All products are traded on the exchange's electronic TACT (Tel Aviv Continuous Trading) system, adapted from the system developed by the Chicago Stock Exchange. Trading is conducted Sunday through Thursday. 텔아비브증권거래소(TASE)는 이스라엘 유일의 증권거래소이다. 주식거래가 주된 거래로 되고 있다. 텔아비브증권거래소에서는, 주식(stock), 워런트(warrant), 전환사채(convertibles), 국채(government bond), 사채(corporate bond), 선물(futures), 옵션(option)을 포함하여 1,100개 증권이 거래되고 있다. 선물이나 옵션은 TA 25지수나 이스라엘의 통화 쉐켈(shekel)의 대 달러·유로시세에 대하여 행해지고 있다. 시가(market capitalization)베이스를 기준으로 한 6개의 지수도 거래되고 있다. TA 25지수는 거래소에 상장되고 있는 상위 25사(社)로 구성되고 있고, 이 25사로 상장회사전체의 시가의 50% 이상을 차지하고 있다. TA 100지수는 상위 100사로 구성되고 있고, 상장회사 전체의 시가 60%를 초과한다. 또한 이 TA 100은 벤치마크(지표)적인 지수로 되어 있다. TA 75지수의 가중(加重)에는 TA 100지수와 똑같이, 상한이 설정되어 있다. Tel-Tech지수는 전자관련, 컴퓨터관련, 라이프사이언스 관련분야의 상장회사로 상장하고 있는 벤처캐피탈(venture capital)로 구성되고 있고, 전체의 시가의 10%를 차지한다. Tel-Tech-15지수는 상위 15의 하이테크 관련회사를 커버하고 있다. TA banking지수는 5대 상업은행으로 구성한다. 모든 금융상품은 증권거래소의 전자거래시스템(TACT: Tel Aviv Continuous Trading)을 통해서 이루어진다. 이 시스템은 시카고증권거래소(Chicago Stock Exchange)가 개발한 시스템을 채용한 것이다. 거래시간은 일요일에서 목요일까지이다.

telecommunication(s) 전기통신, 원거리통신 ¶ The *telecommunications* is the transmission and reception of voice, data, and video through electronic means. 원거리통신은 전자적 방법을 통해서 음성, 데이터 및 비디오를 전송하고 수신하는 것이다.

telegram 전보, 전문(telegraphic messages) ¶ The *telegram* is a message sent by telegraphic equipment, which involves using coded signals over electronic wires. The message is phoned or delivered to the receiver within hours. Still used for money transfers; information transfers are now usually made by FAX. 전문은 전송시설에 의하여 전송된 메시지이고, 전자적 와이어를 통해서 코드화한 시그널을 수반한다. 메시지는 수 시간 이내에 수신자에게 전화로 전달된다든지 송달된다. 텔레그램은 자금이체(money transfer)에도 이용된다. 정보이동은 현재 팩스

(FAX)로 이루어지는 것이 보통이다.

telegraph 전신기, 전신 ¶ *telegraph* exchange 텔렉스(telex)

telegraphic 전송의, 전신[전보]의 ¶ *telegraphic* cost [charge] 전신료 /a *telegraphic* key 전신건(電信鍵), 테스트키 /*telegraphic* money order 전신송금환 /*telegraphic* payment [remittance] 전신환, 전신송금 /*telegraphic* test code 전신용 테스트암호 /*telegraphic* test key 전신건(電信鍵), 테스트키 /*telegraphic* transfer 전신환 /*telegraphic* transfer buying (TTB) 전신매입 /*telegraphic* transfer payable 전신송금환 /*telegraphic* transfer rate TT 레이트 /*telegraphic* transfer selling (TTS) 전신매도 ***telegraphic [wire, cable] transfer (TT)*** 전신송금, [영] 전신환, 전신송금환 ([미] cable transfer) ¶ The *telegraphic transfer* (*TT*) is a method of transmitting money overseas by means of a transfer between banks by cable or telephone. The transfer is usually made in the currency of the payee and may be credited to the payee's account at a specified bank or paid in cash to the payee on application and identification. 전신송금은 케이블이나 전화로 은행간의 이체(transfer)의 수단으로 해외에 돈을 송금하는 것이다. 이체는 보통 수취인(payee)의 화폐로 이루어지고, 특정한 은행의 수취인의 계좌대변에 기재되거나 신청과 신분확인이 되면 수취인에게 현금으로 지급될 수 있다.

telephone 전화, 전화기 ¶ a *telephone* market 전화를 사용하여 거래가 행해지는 시장 ***telephone banking*** 전화에 의한 은행거래 ¶ *Telephone banking* is that banking service such as transfer of account is made by a customer's telephone order. 전화에 의한 은행거래는 계좌의 이체와 같은 은행업무가 고객의 전화에 의한 지시에 의해 이루어지는 경우를 말한다. ~ ***bill payment*** 전화료자동인낙(引落) ¶ *Telephone bill payment* is banking service allowing customers to pay merchant bills, verify account balances, and transfer funds between accounts by giving verbal instructions to a customer service representative or using the a touch-tone telephone. 전화료자동인낙(引落)은 고객이 가맹점청구서를 지급하고, 계좌잔액을 인증하며, 고객서비스담당자에게 구두(口頭)지시를 하거나 푸시버튼식(touch-tone) 전화를 사용함으로써 계좌간에 자금이체를 허용하는 은행서비스이다. ~ ***switching*** 텔레폰스위칭 ¶ *Telephone switching* is process of shifting assets from one mutual fund or variable annuity portfolio to another by telephone. Such a switch may be among the stock, bond, or money-market funds of a single family of funds, or it may be from a fund in one family to a fund in another. 텔레폰스위칭은 뮤추얼펀드 또는 변액연금의 포트폴리오에서 다른 포트폴리오로 환승하는 절차를 전화로 행하는 것이다. 그러한 환승은 동일한 뮤추얼펀드 패밀리 속의 주식펀드, 채권펀드, 또는 금융시장펀드간에 일어날 수 있고, 다른 패밀리의 펀드간에서도 가능하다. ~ ***transfer*** 전화이체(전화지시에 의한 예금이체) ¶ *Telephone transfer* is transfer of account balances from one account to another, or from payer to recipient made by telephone order, rather than traditional written authorization or instrument. 전화이체는 전통적인 위임장 내지 증서라기보다 전화에 의한 지시에 의하여 계좌잔액이 한 계좌에서 다른 계좌로 혹은 지급인으로부터 수취인에게 행해지는 이체를 말한다.

telephoto; telephotography 사진전송

teleprinter 전신타이프라이터, 텔레라이터(telewriter)

Telerate 텔레레이트 ¶ The *Telerate* is a subsidiary of the U.S. Dow Jones, which distributes news like financial informations. It is a rival of the Reuter's News Agency. 텔레레이트는 미국의 다우존스사(社)의 자회사이고, 금융정보와 같

은 뉴스를 배신(配信)한다. 로이터(Reuter)뉴스통신사의 라이벌이다.

teletype 텔레타이프(teletypewriter)통신

telex 텔렉스, 가입자전화 ¶ The *telex* is a system of national and international telecommunication whereby messages can be sent from one typewriter to another, provided both users subscribe to the electronic service. The FAX machine has generally replaced the *telex*. 텔렉스는 양쪽 이용자가 전자서비스를 신청하면, 메시지가 하나의 타이프라이터에서 다른 타이프라이터로 전송되는 국내 및 국제간의 원거리통신체계이다. 팩스기계는 일반적으로 텔렉스를 바꾸어 놓았다.

tell 말하다, 알게 하다, 나타내다, 표시하다 ¶ The machine *tells* you your balance. 기계가 잔액조회를 합니다[잔액을 나타냅니다].

teller (은행의) 금전출납계, 창구계(窓口係), 텔러 ¶ all-around *teller* 서무계(庶務係) /auto-*teller* 자동입출금기 /a bill *teller* 어음계(係) /curb-*teller* 자동입출금기 /a deposit *teller* 예입창구 /first *teller* 지급계원[텔러] /foreign *teller* 외국(환)계(係) /loan *teller* 융자계(係) /a note *teller* 어음계(係) /paying *teller* 지급창구 /receiving *teller* 수납계 /a saving *teller* 저축창구 /second *teller* 수납계원[텔러] /a *teller's* cargo 출납실, 출납창구 /a *teller's* check 은행수표 /*teller* manager 창구계장 /*teller's* machine 텔러스 머신, 당좌예금기장기(記帳機) /a vault *teller* 금고실계(係) ***automated [automatic] teller machine (ATM)*** 현금자동입출금기(自動入出金機), 현금자동수급기(受給機) ¶ The *automated teller machine* (*ATM*) is a computer terminal activated by a magnetically encoded bank card. allowing consumers to make deposits, obtain cash from checking or savings accounts, pay bills, transfer money between accounts, and do other routine transactions as they would at a bank teller window. Today bank *ATMs* do much more than dispense cash in preset increments. Some *ATM* machines cash checks to the penny, accept envelop-free deposits, and print monthly statements for mortgages, brokerages, or regular banking accounts. Some U.S. banks have programmed their machines to offer *ATM* customers access to all of the banking services available on the bank's Internet Web site, effectively duplicating the bank's Web site on the *ATM* display screen. 현금자동입출금기(自動入出金機)(ATM)는 암호화된 은행의 자기카드에 의하여 활성화되는 컴퓨터 터미널이고, 소비자가 예금하고, 수표 및 저축계좌에서 현금을 인출하며, 청구서상의 금액을 지급하고, 계좌간의 계좌에서 자금을 이체하며, 기타 은행창구에서 하는 것처럼 통상적인 거래를 행할 수 있게 한다. 오늘날, 은행의 ATM은 사전에 정한 업무량에서 현금의 역할을 덜어주는 이상의 역할을 다한다. 어떤 자동입출금기는 계산서를 센트로까지 현금을 바꿔주고, 포장하지 않은 예금을 수입(受入)하고, 또 매달 주택론(mortgage)에 관한 명세서(statement), 소개료, 또는 정상적인 은행계좌를 인쇄하는 경우도 있다. 미국은행 중에는 자신들의 현금자동입출금기(ATM)가 소비자에게 은행의 인터넷 웹사이트에서 이용할 수 있는 모든 은행서비스에 접근하도록 하는 프로그램을 마련한 경우도 있고, 실제상 은행의 웹사이트를 현금자동입출금기(ATM) 디스

현금자동입출금기 아시죠.

플레이 스크린에 복제하고 있다.

tel quel rate 텔켈레이트, 조정환율 ¶ The *tel quel rate* is an adjusted rate which is suited to actual bill's days. It is a market price calculated by adjusting the interest rates at the buying of usance bill before maturity. It often implies the market price which becomes higher a little at the specific date of future exchange. 텔켈레이트(tel quel rate)는 실제의 어음일수에 맞는 조정환율이다. 그것은 기한부어음의 기일전매입시에 금리 등을 조정하여 산출한 시세이다. 선물환에서 특별기일에 다소 값이 비싸게 된 시세를 가리키는 경우도 있다.

temperature 온도, 기온 ***temperature derivative*** [영] 기온(氣溫)파생상품 ¶ The *temperature derivative* is an over-the-counter or exchange-traded weather derivative that reference the movement of a temperature index, such as cumulative average temperatures, heating degree days, or cooling degree days. A *temperature derivative* involves the exchange of payments based on the actual movement of the temperature index against a predefined level. Most contracts are traded on a seasonal basis (e.g., the summer cooling season and the winter heating season) and are based on a particular reference city. Since temperature is not tradable commodity, all contracts feature financial settlement. See also temperature-linked bond. 기온(氣溫)파생상품은 누적평균기온, 열도일(heating degree days), 또는 냉도일(冷度日)과 같은 기온지수의 변동을 예시하는 장외 또는 장내의 기상파생상품을 말한다. 기온파생상품은 사전에 정한 수준에 대해서 기온의 실제변동을 근거로 하는 지급의 교환을 수반한다. 대부분의 계약은 계절기준으로 거래되고(예컨대, 여름 서늘한 계절과 겨울 따뜻한 계절), 특정한 기준도시(reference city)를 근거로 삼는다. 기온은 거래상품이 아니기 때문에, 모든 계약은 금융결제가 특징이다. temperature-linked bond(기온연계 채권)도 참조할 것. ~***-linked bond*** [영] 기온연계 채권 ¶ The *temperature-linked bond* is an insurance-linked security with coupon interest and/or principal redemption contingent on the level of cumulative temperatures in a particular city, group of cities, or region. The bond provides investors with an alternative investment opportunity and the issuer with a hedge or risk transfer mechanism. See also temperature derivative. 기온연계 채권은 특정한 도시, 일단의 도시들 또는 지역의 누적적 기온의 수준에서 일어날 수 있는 쿠폰금리 및 원금상환을 하는 보험연계증권을 말한다. 그 채권은 투자자에게 선택적 투자기회를, 발행자에게는 헤지 또는 위험이전의 메카니즘을 제공하게 된다. temperature derivative(기온파생상품)도 참조할 것.

temporary 일시의, 임시(臨時)의, 당좌의 ¶ *temporary* accommodation [loan] 일시융통[융자] /*temporary* account 일시적 계정, 명목계정 /*temporary* advance 가불금(假拂金) /*temporary* [terminable] annuity 유한연금 /*temporary* bond 일시적으로 발행되는 사채(글로벌본드 등을 가리킨다) /*temporary* bridging finance 일시적 단기융자 /*temporary* custody 일시예치 /*temporary* deposit 일시예치금 /a *temporary* injunction 가(假)유지명령 /*temporary* investment 일시투자(유가증권투자를 가리킨다.) /*temporary* overdraft 일시의 당좌대월 /*temporary* staffing 인재파견 ***temporary investment*** 일시적 투자 ¶ The *temporary investment* is an investment designed to be held for a short period of time, typically a year or less. Some examples of *temporary investments* are money market mutual funds, money market deposit accounts, NOW checking accounts, Treasury bills, and short-term CDs. Investors shifting money into such investments may have sold stocks, bonds, or mutual funds, and are keeping their assets liquid while they decide which investments to buy next. They also may be fearful that securities prices are about to fall, and they want to keep their assets in *temporary investments* to sidestep such as a downdraft. While their money is in *temporary investments*, it continues to earn interest at prevailing market interest rates. See also parking. 일시적 투자는 통상 1년 이하의 단기보유를 목적으로 한 투자를 말한다. 일시적 투자의 예로서는, 머니마켓 뮤추얼펀드(money market mutual fund), 시장금리연동형 예금계좌(money market deposit account), NOW수표발행계좌, 미재무부 단기증권(Treasury bill), 단기양도성예금증서(certificate of deposit: CD)(정기예금증서)가 있다. 주식이나 채권, 뮤추얼펀드를 매각한 투자자가 다음의 투자안건을 결정하기까지의 기간, 유동성을 확보하기 위하여 자금을 단기적 투자에 돌리는 경우도 있다. 일시적 투자에 투하되고 있는 자금은 계속해서 단기시장 실세레벨의 이자를 번다. parking(자금의 일시적 운용)도 참조할 것. ~ ***liquidity guarantee program*** 일시적 유동성보장플랜 ¶ The *temporary liquidity guarantee program* is a debt-guarantee program initiated by the Federal Depository Insurance Corporation (FDIC) during the financial crisis of the late 2000s which allowed banks, for a fee, to issue new debt with government backing that protected investors in case of a collapse by the issuing bank. The program covered promissory notes, commercial paper, and unsecured portions of secured debt. Government officials believe that the program allowed banks access to short-term funding at a time when they would otherwise have been frozen out of the credit markets. 일시적 유동성보장플랜은 2000년대말 금융위기의 기간에 미연방예금보험공사(Federal Depository Insurance Corporation: FDIC)에 의하여 창설된 채무보장플랜(debt-guarantee program)이다. 그 내용은 발행은행에 의한 파탄의 경우에 투자자를 보호한다는 정부보장이 있는 신채무증서를 은행이 수수료를 받고 발행하는 것을 허용하는 것이었다. 그 프로그램은 약속어음, 커머셜페이퍼, 및 담보부채무의 무담보부분을 커버하였다. 정부관리들은 은행들이 다른 방법으로 꽁꽁 얼어붙은 금융시장에서 빠져나온 때에 그 프로그램이 단기자금조달에 접근하게 하였다고 믿고 있다.

tenancy 차가권(借家權), 차지기간(借地期間) ***tenancy at will*** 임의부동산권 ¶ The *tenancy at will* is a tenancy where a person holds or occupies real estate with the permission of the owner, for an unspecified term. A *tenancy at will* could occur when a lease is being negotiated, or under a valid oral lease or contract of sale. All the duties and obligations of a landlord-tenant relationship exist. Notice of termination is required by either party. The *tenancy* is not assignable. 임의부동산권은 소유자의 허가를 얻어 부동산(real estate)을 불특정기간(임대인, 임차인 양쪽에 대해서 임의의 기간), 보유 또는 점유할 때의 부동산권을 말한다. 임의부동산권은 부동산리스계약을 교섭한 때, 구두에 의한 유효한 리스의 약속, 또는 부동산의 매매계약이 성립한 때에 발생한다. 이 경우에서도, 통상의 임대인 대 임차인으로서의 모든 의무, 채무관계가 존재한다. 어느 쪽이든 일방의 통고에 의하여 계약이 종료한다. 이 부동산권은 양도하지 못한다. ~ ***by the entirety (TBE)*** 부부공유의 연대소유부동산권 ¶ The *tenancy by entirety* (*TBE*) is a form of individual (versus corporate or partnership) co-ownership in which ownership passes automatically at the death of one co-owner to the surviving co-owner. The person with a *TBE* co-ownership interest lacks the power to freely dispose of that interest by will. In this respect, it is similar to joint tenancy with right of survivorship (JTWROS). Unlike JTWROS, however, the *TBE* ownership interests are limited to ownership by two persons who are husband and wife at the time the property is acquired. If the married couple then divorces, the form of ownership automatically changes to tenancy in common (TIC). Generally, *TBE* ownership is limited to real estate, although about a dozen states permit *TBE* ownership of personal property. 부부공유의 연대소유부동산권은 공동소유자의 일방이 사망한 때에는, 생존공동소유자에게 자동적으로 소유권이 이전하는 경우이고, 법인(corporation)이나 파트너십(partnership)이 아니라, 개인에 의한 공동소유권의 형태이다. 부부공유의 연대소유부동산권(TBE)의 공동소유권을 가지는 사람은 그 권리를 유언(will)에 의하여 자유로이 처분할 권한을 가지지 않는다. 이 점에 관하여는, 생존자권부 공동부동산권(joint tenancy with right of survivorship: JTWROS)과 유사하다. 그렇지만, JTWROS와는 달리, 부부공유의 연대소유부동산권(TBE)의 소유권은 부동산취득시에 당해 부동산을 공유하는 2인이 부부인 것이 전제조건이 되고 있다. 부부가 이혼하면, 소유권형태는 자동적으로 공유부동산권(tenancy in common: TIC)이 된다. 일반적으로 부부공유의 연대소유부동산권(TBE)의 소유권은 부동산에 한정되지만, 약 12개의 주가 동산의 부부공유의 연대소유부동산권(TBE)의 소유권을 인정하고 있다. ~ ***in common* (*TIC*)** 공유부동산권 ¶ The *tenancy in common* (*TIC*) is an ownership of real or personal property by two or more persons in which ownership at the death of one co-owner is part of the owner's disposable estate, and does not pass to the co-owner(s). There is no limit to the number of persons who can acquire property as *TIC*, and those persons could be, but need not be married to each other. 공유부동산권이란 2인 이상이 가지는 부동산 또는 동산의 소유권으로, 공동소유자의 1인이 사망한 경우라도, 사망한 소유자의 소유권은 처분할 수 있는 유산이 되어, 다른 공동소유자에게 이전하지 않는다. 공유부동산권(TIC)을 공유할 수 있는 사람의 수에 제한은 없고, 또 공유자가 부부일 필요는 없다.

tenant 임차인, 차가[차지]인, 점유자 ¶ In real estate, the *tenant* is: (1) a holder or possessor of real property; (2) a lessee. 부동산에서, 테넌트는 (1) 부동산의 보유자(holder) 또는 점유자(possessor)이다. (2) 임차인(lessee)이다. ¶ In securities, the *tenant* is a part owner of a security. 증권에 있어서, 테넌트는 증권의 부분소유자(part owner)이다. ***tenant right*** 차지권(借地權), 차용권(借用權) ¶ In England, the *tenant right* is the right of tenant on termination of tenancy to payment for unexhausted improvements made on his holding. 영국에서, 부동산임차인의 권리는 부동산권이 종료할 때에 임차인이 그 보유시에 행한 아직 없어지지 않은 개량부분을 지급한 것에 대해 임차인이 가지는 권리이다. ~***s in common*** 공유(共有)부동산권자 ¶ *Tenants in common* are tenants who hold the same land together by several and distinct titles, but by unity of possession, because none knows his own severalty, therefore they all occupy promiscuously. 공유(共有)부동산권자는 동일한 토지를 여러 개별적인 권원(權原)으로 공동 보유하지만, 점유의 동일성으로 하는 것이므로, 그들은 모두 어중이떠중이로 차지하는 것이다.

tenbagger 텐배거(10루타) ¶ The *tenbagger* is a stock that grows in value by ten times. The term comes from baseball lingo, since a double is called a two-bagger because it earns the hitter the right to two bases, or bags. Similarly, a triple is a three-bagger and a home run a four-bagger. The term, as applied to investing, is also used in larger multiples, such as a twenty-bagger, for a stock that grows twenty-fold. 텐배거는 가격이 10배가 되는 주식을 이른다. 이 용어는 야구용어에서 유래한 것이고, 2루타는 타자가 투베이스, 즉, 2개의 백(bags)을 나아갈 수 있는 것이므로, 투배거(two-bagger)라고 한다. 마찬가지로, 3루타는 쓰리배거이고, 홈런은 포배거(four-bagger)이다. 이 용어는 투자(investment)에 사용될 때에는, 보다 큰 배수(倍數)라고 사용되고, 20배의 성장을 달성한 주

식(stock)은 투엔티배거(twenty-bagger)라고 한다.

tendency 경향, 보조, 발자취 ¶a bearish *tendency* 내려가는 기미의 경향 /a downward *tendency* 가격하향의 경향 /an upward *tendency* 가격상향의 경향

tender ⓥ 제출하다, 입찰하다

ⓝ 제출, 입찰, 입찰인수, 법화(法貨) ¶(1) The *tender* is an act or surrendering one's shares in a corporation in response to an offer to buy them at a set price. See also tender offer. (2) The *tender* is to submit a formal bid to buy a security, as in a U.S. Treasury bill auction. See also Dutch auction. (3) The *tender* is an offer of money or goods in settlement of a prior debt or claim, as in the delivery of goods on the due date of a futures contract. (4) The *tender* is an agree-upon medium for the settlement of financial transactions, such as U.S. currency, which is labeled "legal tender for all debts, public and private." (1) 텐더는 자신의 주식을 지정가로 매입하고 싶다고 하는 청약(offer)에 대하여 인도하는 행위이다. tender offer(주식공개매수)도 참조할 것. (2) 제출(tender)은 미재무부 단기증권(U.S. Treasury bill)의 경쟁입찰(auction)에 있어서와 같이, 정식으로 증권매입부 입찰을 제시하는 것이다. Dutch auction(네덜란드옥션)도 참조할 것. (3) 텐더(tender)란 선물계약(futures contract)의 인도기일(delivery date)에 상품을 인도하는 것과 같이, 이전에 이루어진 채무(debt)나 청구권을 변제[이행]하기 위하여 금전이나 상품을 인도하는 것이다. (4) 텐더(tender)란「공사(公私)에 걸쳐 모든 채무의 결제에 사용할 수 있는 법정화폐」(legal tender for all debts, public and private)라고 부르고 있는 미국통화(U.S. currency)와 같이, 금융거래결제에 이용할 수 있는 합의된 매체(媒體)이다. /a *tender* panel 경쟁입찰의 입찰자격자의 모임 ***legal tender*** 법화(法貨), 법정화폐 ¶*Legal tender* is money recognized by law as acceptable payment for debts owed to creditors. In the United States, *legal tender* (also called lawful money) is all forms of circulating paper money, mostly Federal Reserve Notes, and coins. The term means that money offered as payment has the backing of the government and must be accepted by a creditors, unless a contract calls for another method of payment. See also fiat money. 법정통화는 채권자에게 지급할 의무가 있는 부채에 대해 수용될 수 있는 지급으로서 인정되는 통화이다. 미국에서 법정통화(lawful money라고도 함)는 지폐, 주로 미연방준비은행어음 및 경화(硬貨)를 유통시키는 형식이면 모두가 법정통화이다. 그 용어의 의미는 지급으로 제공된 통화는 정부의 보증이 있고 계약에서 별개의 지급방법을 요구하지 않는 한, 채권자가 수용하여야 한다. fiat money(명목화폐)도 참조할 것. ~ ***offer*** 주식공개(시장)매수(takeover bid) ¶The *tender offer* is an offer to buy shares of a corporation, usually at a premium above the shares' market price, for cash, securities, or both often with the objective of taking control of the target company. A *tender offer* may arise from friendly negotiations between the company and a corporate suitor or may be unsolicited and possibly unfriendly, resulting in countermeasures being taken by the target firm. The Securities and Exchange Commission requires any corporate suitor accumulating 5% or more of a target company to make disclosures to the SEC, the target company, and the relevant exchange. See also Schedule 13D; takeover; Treasury stock. 주식공개(시장)매수는 많은 경우, 매수대상회사(target company)의 지배권을 취득할 목적으로 당해 회사의 주식의 매수(買收)를 청약하는 것이다. 통상, 매수청약가격은 시장가격에 프리미엄(premium)을 덧붙이고, 결제방법은 현금의 지급 또는 증권의 교환, 혹은 양쪽의 편성으로 한다. 주식공개(시장)매수는 기업매수자와 매수대상회사(target company)간의 우호적(friendly)인 교섭에서 생기는 경우도 있는가 하면, 매수대

상회사에 있어서 환영받지 못하는, 다분히 적대적(unfriendly)인 경우도 있다. 적대적 매수의 경우, 매수대상회사는 대항책을 취하게 된다. 미증권거래위원회(Securities and Exchange Commission: SEC)가 과하는 조건에 따라, 매수대상회사의 5%이상의 주식을 취득한 경우는, SEC, 매수대상회사 및 매수대상회사가 상장하고 있는 증권거래소에 대하여 그 취지를 개시하여야 한다. Schedule 13D(스케쥴 13D); takeover(주식공개매수); Treasury stock(금고주)도 참조할 것.

tenderer 입찰자 ¶ The *tenderer* is a person who submits a formal bid to buy a security, as in a U.S. Treasury bill auction. See also Dutch auction. 입찰자는 미재무부 단기증권(U.S. Treasury bill)의 경쟁입찰(auction)에 있어서와 같이, 정식으로 증권매입부 입찰을 제시하는 자이다.

1040 EZ Form 1040 EZ서식 ¶ The *1040 EZ Form* is a simplified alternative to the 1040 Form for taxpayers who (1) have single or "married filing jointly" status; (2) are under age 65; (3) are not blind; (4) claim no dependents; (5) have taxable income under $50,000; (6) have income only from salaries, wages, tips, taxable scholarship or fellowship grants, unemployment compensation and taxable interest income below $400; and (7) did not receive any advance earned income credit payments. 1040 EZ서식은 납세자가 (1) 독신자이거나, 합산신고를 하고 있는 부부, (2) 65세 미만인 자, (3) 맹인(盲人)이 아닌 자, (4) 신고부양가족이 없는 자, (5) 과세소득이 5만 달러 미만인 자, (6) 소득이 급여, 임금, 팁, 과세대상장학금, 실업수당, 및 400달러 미만의 과세대상이자소득만의 소득이 있는 자, (7) 근로소득공제(earned income credit)의 선급지급을 일체 받지 않는 자인 경우 1040 서식에 갈음하는 간소화서식이다.

1040 Form 1040 서식 ¶ The *1040 Form* is a basic form issued by the Internal Revenue Service for individual tax returns. See also tax schedules. 1040 서식은 개인의 납세신고를 위하여 미국세입청(Internal Revenue Service)이 발행한 기본서식이다. tax schedule(납세신고명세서)도 참조할 것.

10-K Report 10-K 보고서 → Form 10-K (서식 10-K호).

tenner [구] [영] 10파운드 지폐, [미] 10달러 지폐

1099 1099 통지서 ¶ The *1099* is an annual statement sent to the Internal Revenue Service and to taxpayers by the payers of dividends (1099-DIV) and interest (1099-INT) and by issuers of taxable original issue discount securities (1099-OID). 1099 통지서는 배당금(1099-DIV) 및 이자(1099-INT)의 지급자나 과세대상의 할인발행증권(original issue discount securities)(1099-OID)의 발행자가 미국세입청(Internal Revenue Service)과 납세자에게 송부하는 연차통지서이다.

tenor (어음)지급기간, 등본 ¶ The *tenor* is the time period between issuance and maturity of a security. [영] 만기까지의 지급기간은 증권의 발행과 만기간의 기간을 말한다. /a *tenor* of a bill [draft] 어음의 지급기간

ten percent guideline 10퍼센트 가이드라인 ¶ The *ten percent guideline* is a municipal bond analysts' guideline that funded debt over 10% of the assessed valuation of taxable property in a municipality is excessive. 10퍼센트 가이드라인은 지방자치단체에서 과세대상고정자산의 사정가격(assessed valuation)의 10%를 초과하는 차입채무(debt)는 과대하다고 하는 지방채(municipal bond) 애널리스트의 가이드라인을 말한다.

10-Q → Form 10-Q (서식 10-Q호).

tentative balance sheet 잠정적 대차대조표, 시산표(試算表)

1031 tax-free exchange 1031 면세교환 ¶ The *1031 tax-free exchange* is a "like-kind" exchange of business or investment property that is free of capital gain taxation under Section 1031 of the Internal Revenue Code. Properties held for rental income, for business purposes, as investment property, or as vacation homes may be exchanged for qualifying like-kind property (a piece of land and a building can be traded because both are real estate), provided certain conditions are met: (1) the seller must identify the replacement property within 45 days after escrow on the old property and (2) the seller must take title to the new property within the earlier of 180 days of the old property's close of escrow or the seller's tax deadline. The extent boot, meaning cash or additional property, is part of the exchange, the transaction is taxable. 1031 면세교환은 미국세입법(Internal Revenue Code) 1031조에 근거하는 규정에 의하여 캐피탈게인(capital gain)과세가 면제되는 「동종의」(like-kind) 사업자산 또는 투자자산의 교환을 이른다. 임료수입목적, 사업목적, 투자목적, 혹은 별장으로서 보유하고 있는 부동산은 엄격한 동종자산과 교환할 수 있다(토지와 가옥은 적격동종자산이라고 말할 수 있으므로 교환할 수 있다). 다만, 다음의 조건을 충족하여야 한다. (1) 매도인은 매각부동산을 제3자에게 예탁 후 45일 이내에 교환부동산(신규구입부동산)을 찾아야 하고, 또한 (2) 매도인은 매각부동산의 소유권이 정식으로 매수인에게 이전후 180일이거나 혹은 매도인의 납세기한의 어느 것이든 빠른 시기까지에, 새로운 부동산에 대한 소유권을 취득하여야 한다. 교환거래의 일부로서 현금 또는 추가적 자산이라고 하는 이득(boot)이 부가되는 거래는 과세된다.

tenure (부동산의) 보유, 임기 ¶ The *tenure* is: (1) a nature of an occupant's ownership rights; indication of whether one is an owner or a tenant. (2) a length of time one has been employed by a certain company, with important implications in cases of layoffs. (3) an academic privilege granted to associate and full professors, allowing freedom of speech (academic freedom) and conveying implications of continued employment except in extraordinary circumstances. 테뉴어란 (1) 점유자의 소유권의 성격을 말한다. 즉 점유자가 소유자 또는 테넌트(tenant)에 따라 테뉴어의 의미가 달라진다. (2) 일정한 회사에 고용된 기간인데, 일시해고(layoff)의 경우에 중요한 연관관계가 문제가 된다. (3) 부교수와 정교수에게 주어지는 학문의 특권으로, 언론의 자유(학문의 자유)를 허용하고 특수한 환경에 처하는 경우를 제외하고 계속적인 고용의 연관관계를 유지한다.

term 기간, 술어, 말투, (*pl.*) (지급 · 요금 등의) 조건, 가격 ¶ The *term* is: (1) a period of time during which the conditions of a contract will be carried out. This may refer to the time in which loan payments must be made, or the time when interest payments will be made on a certificate of deposit or a bond. It also may refer to the length of time a life insurance policy is in force. See also term life insurance. (2) a provision specifying the nature of an agreement or contract, as in *terms* and conditions. (3) a period of time an official or board member is elected or appointed to serve. For example, Federal Reserve governors are appointed for 14-year *terms*. 텀(term)은 (1) 계약조건이 실행될 것이라는 기간을 이른다. 예를 들면, 차입이 반환되어야 하는 기간이나 정기예금(term deposit)이나 채권(bond)의 이자(interest)가 지급되는 기간을 이른다. 그것은 생명보험(life insurance policy)이 유효하다는 기간도 말한다. term life insurance(정기생명보험)도 참조할 것. (2) 텀(term)은 terms and conditions와 같이, 합의나 계약의

성질을 명기하는 규정(provision)이다. (3) 선임 또는 임명된 임원이나 위원의 임기가 텀(term)이다. 예를 들면, 미연방준비제도이사회(Federal Reserve Board)의 이사(governor)는 14년의 임기(14-year terms)로 임명된다. /(on) cash [credit] *terms* 현금지급[외상판매]조건(으로) /in *terms* of dollars 달러표시로 /medium-*term* 중기(의) /on draft *terms* 어음지급조건으로 /on easy *terms* 좋은 조건으로 /payment *terms* 지급조건 /*term* account 정기예금 /*terms* and conditions of business 거래조건 /*terms* and conditions of a contract 계약조건 /a *term* annuity (기한부) 정기연금 /*term* bill 정기지급어음(time bill) /*term* bond 장기채(債) /*term* certificate of deposit 양도가능정기예금증서 /a *term* day 지급기일 /*term* Fed (30일, 60일, 90일 등의) 장기의 페더럴펀드(federal fund)거래 /*term* financing 중·장기금융 /a *term* insurance 정기보험 /a *term* insured 보험기간 /a *term* of a "bill of exchange" 어음문언 /*terms* of contract 계약조건 /a *term* of deferment 거치(据置)기간 /*terms* of issue 발행조건 /the *terms* of payment 지급조건 /*terms* of reference 적용조건 /*terms* of trade 교역조건 /*term* structure of yield 이율의 기간구조 /this *term* 당기(當期) ***long [short] term loan*** 장기[단기]대출 ¶ The *long term loan* is a long term, typically two to ten years, secured credit granted to a company by a commercial bank, insurance company, or commercial finance company, usually to finance capital equipment or provide working capital. 장기대출은 상업은행, 보험회사, 또는 상업금융회사가 장기간, 일반적으로 2년에서 10년간 담보부 금융을 해 주는 경우인데, 회사에게 통상 자본설비에 자금공급을 하거나 운전자금을 제공해 준다. ***~s and conditions*** 계약[매매]조건, 거래조건 ¶ *Terms and conditions* are arrangements specified in a contract. A sales contract will generally include terms relating to the price, financing available to the buyer, contingencies based on the condition of the property, how to prorate closing costs, and items of personal property included in the sale, 거래조건은 계약서에서 특기한 약정을 말한다. 매매계약에는 일반적으로 가격, 매수인이 이용할 수 있는 금융, 목적물의 상황에 기인한 불의의 사고(contingencies), 권리이전비용(closing costs)을 비례 배분하는 방법, 및 매매계약에 포함된 개인물품의 항목에 관한 조건이 들어간다. ***~ asset-backed securities loan facility (TALF) program*** 정기자산담보증권론 퍼실리티프로그램 ¶ The *term asset-backed securities loan facility (TALF)* program is a program created by the U.S. Federal Reserve Board, announced on November 25, 2008. The facility will support the issuance of asset-backed securities (ABS) collateralized by student loans, auto loans, credit card loans, and loans guaranteed by the Small Business Administration (SBA). Under the *TALF*, the Federal Reserve Bank of New York (FRBNY) will lend up to $1 trillion on a non-recourse basis to holders of certain AAA-rated ABS backed by newly and recently originated consumer and small business loans. 정기자산담보증권론 퍼실리티(TALF)프로그램은 미연방준비제도이사회에 의하여 창설되어 2008년 11월 25일에 발표된 프로그램이다. 이 퍼실리티는 중소기업청(Small Business Administration: SBA)이 보증을 선 학자금대출, 자동차대금대출, 크레디트카드대출에 의하여 담보된 자산담보증권(asset-backed securities: ABS)의 발행을 지원한다는 것이다. 정기자산 담보증권론 퍼실리티(TALF)에 의하여, 뉴욕의 연방준비은행은 1조 달러까지 무상환의 베이스로 새로이 최근에 시작된 소비자 및 소기업대출이 보증한 일정한 AAA등급의 자산담보증권(ABS)의 보유자에게 대출한다는 것이다. ***~ auction facility*** 정기옥션퍼실리티 ¶ The term *auction facility* is a temporary program instituted in December 2007 by the Federal Reserve whereby the Fed auctions a set amount of funds to depository institutions against the same wide range of collateral as it accepts for discount window loans. 정기옥션퍼실리티는 예탁기관이 할인창구대출을 위하여 인수한 것과 같은 광범위한 담보물을 잡고 예탁기관들에게 연방준비제도이사회가 일정한 자금을 경매에 붙인다고 하면서, 2007년 12월에 처음 실시한 임시프로그램이다. ~ ***bonds*** 일괄상환채권 → serial bonds [연속상환채(債)]. ~ ***certificate*** 정기예금증서 ¶ The *term certificate* is a certificate of deposit with a long-terms maturity date. Such CDs can range in length from one year to ten years, though the most popular term certificates are those for one or two years. Certificate holders usually receive a fixed rate of interest, payable semiannually during the term, and are subjected to costly early withdrawal. Penalties if the certificate is cashed in before the scheduled maturity. 정기예금증서는 만기(maturity)가 장기의 양도성 정기예금증서(certificate of deposit: CD)를 말한다. 장기의 CD의 기간은 1년에서 10년까지지만, 1년물이나 2년물의 정기예금이 가장 인기가 있다. 정기예금이자는 통상, 고정금리(fixed rate of interest)이고 반년마다 지급된다. 예정된 만기일 이전에 정기예금을 현금화한 경우에는, 높은 만기전 인출페널티(early withdrawing penalty)가 붙는다. ~ ***deposit*** 정기예금(fixed deposit, time deposit) → time deposit (정기예금). ~ ***life insurance*** 정기생명보험 ¶ The *term life insurance* is a form of life insurance, written for a specified period, that requires the policyholder to pay only for the cost of protection against death; that is, no cash value is built up as in whole life insurance. Every time the policy is renewed, the premium is higher, since the insured is older and therefore statistically more likely to die. Term insurance is far cheaper than whole life, giving policyholders the alternative of using the savings to invest on their own. 정기생명보험은 보험기간이 특정한 기간에 한정된 생명보험(life insurance)으로, 보험계약자(policyholder)는 사망보험을 커버하는 보험료만을 지급한다. 말하자면, 종신생명보험(whole life insurance)과는 달리, 해약환급금(cash value)은 축적되지 않는다. 정기생명보험의 경우, 보험이 갱신될 때마다, 보험료(premium)는 높아진다. 이것은 갱신 때마다, 피보험자(insured)가 나이를 먹고 있고, 그 만큼 통계적인 사망의 확률이 높아지기 때문이다. 정기생명보험료는 종신생명보험에 비해서 대단히 싸기 때문에, 보험계약자는 절약한 보험료를 아껴서 달리 투자에 돌릴 수 있다는 이점이 있다. ~ ***loan*** 텀론(기간 1~10년간의), 중 · 장기대출 ¶ The *term loan* is an intermediate – to long term (typically, two to ten years) secured credit granted to a company by a commercial bank, insurance company, or commercial finance company usually to finance capital equipment or provide working capital. The loan is amortized over a fixed period, sometimes ending with a balloon payment. 중 · 장기대출은 중기 내지 장기(일반적으로 2년에서 10년)의 담보대출로서, 상업은행, 보험회사, 상업금융회사 등이 자본설비투자나 운전자금으로 공여하는 것이 일반적이다. 대출은 소정의 기간을 거쳐서 분할 상환되며, 때로는 마지막 회에 일괄 상환되는 경우도 있다. ~***s of sale*** 판매조건 ¶ The *terms of sale* is a delivery and payment terms in a sales agreement. The terms in international business transactions often sound similar to those used in domestic business, but they frequently have very different meanings. Confusion over *terms of sale* can result in a lost sale or a loss on a sale. 판매조건은 매매계약에서 인도(引渡) 및 지급조건을 이른다. 국제상품거래에서 판매조건은 이따금 국내거래에서 사용되는 조건과 유사하게 생각되지만, 그것은 매우 다른 뜻을 가지고 있다. 판매조건에 대한 혼동은 손해를 입게 되는 매매나 매매상의 손실을 결과할 수 있다. ~***s of trade*** 교역조건 ¶ *Terms of trade* are the relative price of a country's exports compared to the cost of its imports. A country's terms of trade improve when its export price rise relative to its import prices. 교역조건은 1국가의 수입원가에 비교되는 수출의 상대가격을 말한다.

1국가의 교역조건은 그 수출가격이 수입가격에 비해서 올라갈 때 개선된다. ~ ***repurchase agreement*** 텀 레포(7~30일의 term repo, 환급특약) ¶ The *term repurchase agreement* is a repurchase agreement with a final maturity ranging from 7 to 30 days; the opposite side of the transaction is referred to as a term reverse repurchase agreement. See also open repurchase agreement; overnight repurchase agreement. [영] 텀 레포는 최종만기가 7일에서 30일에 이르는 레포를 말한다. 그 거래의 반대편은 텀 리버스레포(term reverse repurchase agreement)라고 한다. open repo(오픈레포); overnight repurchase agreement(익일물(翌日物)레포)를 참조할 것. ***trade ~s*** (무역)거래조건 ¶ *Trade terms* are a listing of terms used to establish a basis for carrying out the responsibilities and obligations for buyers and sellers in international transactions. (무역)거래조건이란 국제거래에서 매수인과 매도인의 책임과 의무를 수행하기 위한 기초를 설정하기 위하여 사용하는 조건의 일람표이다.

term(-)end 기말(期末)의 ¶ the *term-end* balance 기말잔액 /*term-end* settlement of account 기말결산

terminable 기한이 있는, 유한(有限)의 ¶ a *terminable* annuity [bond, contract] 유한연금[공채, 계약]

terminal *n.* 단말(端末), 단말장치, 최종적인 ¶ teller *terminal* 은행용 단말장치 /*terminal* equipment 단말기기 ¶ *terminal* unit 단말장치
a. 정기의, 일정기간의 ¶ *terminal* payment 매기(每期)의 지급

termination 종료, 결말, 만기 ¶ a *termination* clause 계약종료조항 /a *termination* date 만기일 ***termination benefit*** 퇴직수당 → severance pay (퇴직급여). ~ ***option*** [영] 해약옵션 ¶ The *termination option* is an option embedded in an over-the-counter swap that permits one or both parties to terminate the transaction based on the passage of time or the occurrence of a triggering credit event (often a credit rating downgrade). A firm might employ a *termination option* to help mitigate the effects of counterparty credit risk on very long-term transactions. 해약옵션은 당사자 또는 양당사자가 기간의 경과 또는 해약하기 쉬운 여신사건의 발생(종종 여신등급격하)에 근거하여 거래를 종결하게 하는 장외스왑에 내재하는 옵션이다. 회사는 매우 장기간의 거래에 관한 거래상대방의 신용리스크의 효과를 경감하는 데 도와주기 위하여 해약옵션을 이용할 수 있을 것이다.

territory bond 준주(準州)발행채 ¶ The *territory bond* is a debt instrument issued by a U.S. Territory (for instance, Guam). Interest is generally triple tax exempt in any state of the United States. 준주(準州)발행채는 미국의 준주(準州)(예컨대 괌)가 발행한 채권(bond)이다. 이 채권의 이자(interest)는 미국의 어느 주에 있어서도 3중 면세(triple tax exempt)되는 경우가 많다.

tertiary industry 제3차 산업

test *n.* 검사, 고사(考査) ¶ In general, the *test* is an examination to determine knowledge, competence, or qualification. 일반적으로, 테스트는 지식, 능력, 또는 자격을 결정하기 위한 시험을 이른다. ¶ In finance, the *test* is a criterion used to measure compliance with financial ratio requirements of indentures and other loan agreements (e.g., a current asset to current liability test or a debt to net worth test.) See also quick ratio. 재무에서, 테스트는 신탁증서(indenture)나 대출계약서(loan agreement)에서 요구되고 있는 재무비율조건(financial ratio requirements)을 만족하고 있는지를 측정하는 데에 이용되는 기준(예컨대, 유동자산・유동

부채비율테스트, 부채 · 자본비율테스트)이다. quick ratio(당좌비율)도 참조할 것. ¶ In securities, the *test* is a term used in reference to a price movement that approaches a support level or resistance level established earlier by a commodity future, security, or market. A *test* is passed if the levels are not penetrated and is failed if prices go on to new lows or highs. Technical analysts say, for instance, that if the Dow Jones Industrials last formed a solid base at 11,000, and prices have been falling from 12,000, a period of testing is approaching. If prices rebound once the Dow hits 11,000 and go up further, the *test* is passed. If prices continue to drop below 11,000, however, the *test* is failed. See also technical analysis. 증권에 있어서, 테스트는 상품선물(commodity future), 증권(security) 또는 시장(market)에 의하여 이전에 설정된 지지선(support level)이나 저항선(resistance level)에 접근할 때에 사용되는 용어이다. 만약, 가격이 지지선(支持線)이나 저항선을 뚫고 나가지 않는다면, 테스트는 합격이고, 가격이 새로운 고가(高價)나 저가(低價)로 드러난다면 테스트는 실패하였다고 말하게 된다. 예를 들면, 최근의 다우존스공업주 평균(Dow Jones Industrials)이 11,000로 견고하게 바닥시세를 고정하였다고 생각되고 있었던 때에, 시세가 12,000에서 하강해 가는 상황에서, 애널리스트는 테스트의 시기가 접근하고 있다(a period of testing is approaching)고 말한다. 다우평균이 11,00에 도달한 순간에 반발하는 것 같으면, 테스트는 합격이다. 그러나 가격이 11,000을 끊었어도 아직 계속 하강하는 것 같으면, 테스트에 실패하였다고 말하게 된다. technical analysis(테크니컬 분석)도 참조할 것. /a telegraphic *test* code 전신용 테스트암호 /*test* checking 시험체킹 /*test* cypher 비수(秘數) /*test* number (전신열쇠로 산출한) 확인을 위한 숫자(test cypher)
v. 시험하다, 검사하다 ¶ *tested* cable 검인전보 /*tested* message 테스트 넘버부 통신

testacy 유언이 있는 상태(사망자가 유효한 유언을 남긴 상태) (*cf.*) intestacy 무유언사망

testament 유언, 유서(遺書) ¶ A *testament* is a synonym for a will, a document that will dispose of property a person owns at his or her death. The *testament* is created by the testator or testatrix, usually with the aid of an estate planning lawyer or will-writing software. 유언서(testament)는 will과 동의어로, 사망시의 소유재산의 처분에 관한 문서이다. 유언서는 통상 유산계획전문의 변호사 또는 유언서 작성 소프트웨어의 도움을 빌어 유언자(남성: testator, 여성: testatrix)에 의하여 작성된다.

testamentary 유언의, 유언에 의한 ***testamentary trust*** 유언신탁 ¶ The *testamentary trust* is a trust created by a will, as distinguished from an inter vivos trust created during the lifetime of the grantor. 유언신탁은 유언에 의해서 설정된 신탁으로, 재산양도자의 생존 중에 설정되는 생전신탁(生前信託)과는 구별된다.

testate 유언을 한 (*cf.*) intestate 무(無)유언의 ¶ A person who dies with a will is said to die *testate*. A person who dies without a will is said to die intestate. 유언서를 작성하고 사망한 자를 유언서를 남기고 사망한다고 한다. 유언서를 작성하지 않고 사망한 자를 무유언으로 사망한다고 한다.

testator/testatrix 유언자 ¶ The *testator/testatrix* is a man/woman who has made and left a valid will at his/her death. 유언자는 사망시에 유효한 유언서(will)를 작성하고 남기고 있던 자이다.

testimony 선서증언, 증거 ¶ expert *testimony* 전문가의 증언 /reliable *testimony* 신뢰할 수 있는 증언

TEU → Twenty-Foot-Equivalent Units [약] 티이유(1 TEU는 컨테이너 1개(길이 20피트, 약 6m)를 의미한다.)

TGF (ISO) code Togo Republic – currency CFA franc. ¶ TGF (국제표준기구) 약호 토고공화국 — 화폐 CFA(아프리카경제공동체) 프랑(franc).

Thailand currency 타일랜드 화폐 ¶ baht (THB), divided into 100 satang. 1 바트(THB) = 100 사탱(satang).

THB (ISO) code Thailand – currency baht. ¶ THB (국제표준기구) 약호 타일랜드 — 화폐 바트(baht).

thebe 테베 ¶ A subdivision (1/100) of the Botswana pula. 테베는 보츠와나의 1 풀라(pula)의 1/100 단위이다.

theft 도난, 절도죄 ¶ *theft,* pilferage and non-delivery (TPND) [해상보험] 도난, 좀도둑질, 인도불능, 도난불착손해

their account [a/c] 선방(先方)계좌 (*cf.*) a vostro account 다른 환거래은행이 자기은행에 개설한 당좌예금계좌, our account 당방계좌, a nostro account 한 은행이 다른 환거래은행에 개설한 당좌예금계좌

theoretical 이론적인 ***theoretical future price*** 이론적 선물가격 → fair value (공정가격). ~ ***value (of a right)*** (신주인수권의) 이론적 가치 ¶ The *theoretical value (of a right)* is a mathematically determined market value of a subscription right after the offering is announced but before the stock goes ex-rights. The formula includes the current market value of the common stock, the subscription price, and the number of rights required to purchase a share of stock. (신주인수권의) 이론적 가치는 공모의 발표 후에, 또 권리락(權利落)전의, 수학적으로 산출된 신주인수권의 시장가격을 말한다. 그 수식(數式)에는 보통주의 시가, 인수가격, 1주의 주식구입에 요하는 신주인수권의 수가 포함된다.

theory 이론, 학설 ¶ the *theory* of the balance of international indebtedness 국제대차설 /the *theory* of comparative costs 비교생산비설 /the *theory* of infant industry protection 유치산업보호론 /*theory* of portfolio selection 자산선택이론 /the *theory* of purchasing power parity 구매력평가설

theta pricing model 세타 프라이싱모형 → derivative pricing model (파생상품가격모형).

thin 얇은, 활기가 없는 ¶ a *thin* margin 박리(薄利) /*thin* [light] trading 거래소에서의 소액의 매매 ***thin market*** 바닥이 드러난 시황(市況), 한산(閑散)한 시장 ¶ The *thin market* is a market in which there are few bids to buy and few offers to sell. A *thin market* may apply to an entire class of securities or commodities futures such as small over the counter stocks or the platinum market – or it may refer to a particular stock, whether exchange-listed or over-the-counter. Prices in *thin markets* are more volatile than in markets with great liquidity, since the few trades that take place can affect prices significantly. Institutional investors who buy and sell large blocks of stock tend to avoid *thin markets*, because it is difficult for them to get in or out of a position without materially affecting the stock's price. 한산(閑散)한 시장은 매수청약(bid)과 매도청약(offer)이 극히 적은 시장을 이른다. 한산한 시장은 장외시장(over the counter)의 소형주(small cap)나 플라티나 시장(platinum market)과 같은 증권시장이나 상품선물시장 전체를 가리키는 경우도 있으며, 상장주식(listed stock)이나 장외시장 주식(over the counter)을 불문하고, 특정한 주식에 대해서 말하는 경우도 있다. 유동성(liquidity)이 높은 시장에 비해서, 한산한 시장의 가격변동폭은 크다(volatile). 원래 거래가 적기 때문에, 적은 거래라도 가격이 큰 영향을 주기 때문이다. 대형거래(large block of stock)를 하는 기관투자자는 한산한 시장을 피하는 경향이 있다. 대형거래가 될 만치, 가격에 현저한 영향을 미치는 일이 없고 주식의 매매를 행하는 것이 어렵기 때문이다.

thing (*pl.*) 사물, 문제, 소지품, 가재(家財), 재산 ¶ *things* insured 부보물건 /*things* mortgaged 모기지물건 /*things* personal 동산 /*things* real 부동산

third 제3의, 3분의 1의 ¶ *third* class paper 3류 어음 /*third* country bill 제3국 어음 /the *third* debtor 제3 채무자(보증인, 배서인 등) /the *third* mortgage 3번 모기지 /a *third* person 제3자 /the *third* sector 제3섹터 /the *Third* World countries 제3 세계 여러 국가 ***third market*** [미] 제3 시장(상장주의 장외거래), (1부, 2부 상장시장에 이은) 장외시장(거래소에서 상장종목을 거래하는 것을 가리키는 경우도 있다.) ¶ The *third market* is a nonexchange-member broker/dealers and institutional investors trading over the counter in exchange-listed securities. The *third market* rose to importance in the 1950s when institutional investors began buying common stocks as an inflation hedge and fixed commission rates still prevailed on the exchanges. By trading large blocks with nonmember firms, they both saved commission and avoided the unsettling effects on prices that large trades on the exchanges produced. after commission rates were deregulated in May 1975, a member of the firms active in the *third market* became member firms so they could deal with members as well as nonmembers. At the same time, member firms began increasingly to move large blocks of stock off the floor of the exchanges, in effect becoming participants in the *third market.* Before selling securities off the exchange to a nonmember, however, a member firm must satisfy all limit orders on the specialist's book at the same price or higher. See also off-floor orders. 제3 시장은 거래소비회원(nonexchange-member)의 브로커-딜러(broker-dealer)와 기관투자자(institutional investor)가 상장증권을 상장하고 있는 거래소가 아니라, 장외시장(over the counter)에서 거래하는 것이다. 제3시장은 기관투자자가 인플레이션헤지(inflation hedge)로서 보통주(common stock)의 투자를 시작한 1950년대에 그 중요성을 증대하였다. 당시의 거래소에서의 거래는 고정수수료율(fixed commission rate)이 지배적이었다. 기관투자자는 비회원업자와 거래소 외에서 대형거래를 함으로써, 수수료의 절약뿐만 아니라, 거래소내의 대형거래에서 생길 수 있는 가격변동을 회피할 수도 있었다. 1975년 5월에 수수료율의 규제완화(deregulation) 이후, 제3시장에서 활동하고 있던 많은 업자는 회원업자가 되어, 비회원뿐만 아니라, 회원과도 거래를 할 수 있게 되었다. 동시에, 회원업자에 의한 거래소 외에의 대형(block)의 주식거래가 증가하여 회원업자도 사실상 제3시장의 참가자가 되었다. 그렇지만, 회원업자는 거래소외에서 비회원에게 증권을 매도하기 전에 스페셜리스트의 주문장(注文帳)에 있는 모든 지정가주문(limit order)을 동액 이상의 가격으로 먼저 집행하여야 한다. off-floor orders(장외위탁주문)도 참조할 것. ~ ***party*** (당사자가 아닌) 제3당사자 ¶ *Third party* is someone other than the parties directly involved in the action or transaction. 제3당사자는 직접 소송이나 거래에 관련된 자 이외의 자이다. ~ ***-party check*** 제3자 수표 ¶ The *third-party check* is: (1) a check negotiated through a bank, except one payable to the writer of the check (that is, a check written for cash). The primary party to a transaction is the bank on which a check is drawn. The secondary party is the drawer of the check against funds on deposit in the bank. The third party is the payee who endorses the check.

(2) a double-endorsed check. In this instance, the payee endorses the check by signing the back, then pass the check to a subsequent holder, who endorses it prior to cashing it. Recipients of checks with multiple endorsers are reluctant to accept them unless they can verify each endorser's signature. (3) payable-through drafts and other negotiable orders not directly serviced by the providing company. For example, a check written against a money market mutual fund is processed not by the mutual fund company but typically by a commercial bank that provides a "third-party" or "payable-through" service. Money orders, credit union share drafts, and checks drawn against a brokerage account are other examples of payable-through or third-party items. 제3자 수표는 (1) 수표(check)를 끊은 사람에게 지급되는 것(즉, 환금을 위하여 발행된 수표)을 제외하고, 은행을 통하여 환금되는 수표를 이른다. 거래의 제1당사자(primary party)는 수표가 발행되는 상대방인 은행이다. 제2당사자(secondary party)는 수표의 발행인(drawer)이고, 그 발행인의 은행예금에서 인락(引落)된다. 제3당사자(third party)는 수표에 배서하는 수취인(payee)이다. (2) 이중배서수표(double-indorsed check). 예컨대 수취인이 수표의 배면에 서명함으로써 수표의 배서를 한 다음에, 다음의 사람(보유자)에게 수표를 양도하고, 그 보유자가 다시 배서를 하여 환금하는 경우를 말한다. 각각의 배서인의 서명이 확인할 수 없는 한, 다중배서(多重背書)수표의 수취를 싫어하는 사람들이 많다. (3) 발행한 회사가 직접 지급하지 않는 지급지시수표 기타 양도할 수 있는 지급지시서(payable-through draft)이다. 예를 들면, 머니마켓 뮤추얼펀드(money market mutual fund)에 대하여 발행된 수표는 뮤추얼펀드회사에 의하여서가 아니라, 통상은 「제3자」(third party) 또는 「지급지시」(payable-through) 서비스를 제공하는 상업은행에 의하여 처리된다. 송금환(money orders), 신용조합발행의 쉐어드래프트(share draft), 증권회사계좌에 대하여 발행된 수표도 다른 실례이다. ~ ***party (acting) in good faith*** 선의의 제3자 ¶ *Third party in good faith* is considered as an honest man in fact who observes reasonable standards of fair dealing in the trade. 선의의 제3자는 거래에 있어서 공정거래에 관한 합리적인 기준을 준수하는 사실상 정직한 사람으로 간주되는 자이다. ***Third World*** 제3세계 ¶ The *Third World* is a name for the less-developed countries of Africa, Asia, and Latin America. 제3세계는 아프리카, 아시아 및 라틴 아메리카의 발전도상국에 대한 명칭이다.

Thirty-day 30일(의) ***Thirty-day visible supply*** 30일 이내에 기채(起債)예정의 지방채발행총액 ¶ The *Thirty-day visible supply* is a total dollar volume of new municipal bonds carrying maturities of 13 months or more than are scheduled to reach the market within 30 days. The figure is supplied on Thursdays in the BOND BUYER. 30일 이내에 기채(起債)예정의 지방채발행총액은 30일 이내에 신규 발행되는 예정의 지방채(municipal bond)로, 만기가 13개월 이상의 채권 발행총액을 이른다. 이 숫자는 매주 목요일에 본드 바이어(the Bond Buyer)지에 게재된다. ***Thirty-day Wash Rule*** 30일 대체(代替)법칙 ¶ The *Thirty-day Wash Rule* is an Internal Revenue Service rule stating that losses on a sale of stock may not be used as losses for tax purposes (that is, used to offset gains) if equivalent stock is purchased within 30 days before or 30 after the date of sale. 30일 대체(代替)법칙은 주식매각에 수반하는 손실이 생긴 경우에도, 같은 종목의 주식이 매각일의 전후 30일 이내에 구입되고 있다면, 매각손실을 조세목적(즉, 매각익의 상계(offset)를 위하여 사용되는 것)을 위한 손실로 이용할 수 없다는 미국세입청(Internal Revenue Service)의 규칙이다.

Thirty-year Bond [미] 상환기간 30년의 미재무부 장기증권

Thomson Reuters 톰슨 로이터 ¶ *Thomson Reuters* is established in 2008 as a worldwide provider of critical information to businesses and professionals by the merger of the Reuters Group, which dates back to 1851, and the Thomson Corporation, which traces its roots to 1934. Reuters, founded as a news and stock price information service in London, grew to include such services as financial information, text newswires, video, pictures, and graphics. Thomson, following its beginning as a newspaper owner in Canada, expanded to become an integrated information provider in such fields as financial, legal, accounting science, and healthcare. *Thomson Reuters* is organized in two divisions: Markets, which includes such major brands as Lipper, First Call, Reuters Knowledge, Thomson ONE, and StreetEvents; and Professional, which includes such major brands as Westlaw, Sweet & Maxwell, Hubbard One, Checkpoint, and Web of Science. 톰슨 로이터는 2008년에 1851년까지 역사가 오래된 로이터그룹(Reuters Group)과 1934년까지 역사의 뿌리를 간직하고 있는 톰슨 코퍼레이션(Thomson Corporation)과의 합병에 의하여 세계적으로 기업과 프로페셔널에의 중대한 정보의 제공자로서 설립되었다. 런던에 뉴스와 주가정보서비스로서 설립된 로이터(Reuters)는 금융정보, 텍스트 뉴스서비스(text newswires), 비디오, 영상 및 그래프와 같은 서비스를 포함하게 되었다. 톰슨은 캐나다에서 신문사의 소유자로서의 최초를 따라 가면서, 금융, 법률, 회계학 및 헬스케어(healthcare)와 같은 분야에까지 확대하여 통합적인 정보제공자가 되었다. 톰슨 로이터는 2개의 부분으로 조직화되어 있다. 시장부분(Markets), 즉 리퍼(Lipper), 퍼스트 콜(First Call), 로이터 날리지(Reuters Knowledge), 톰슨 원(Thomson ONE) 및 스트리트 이벤트(Street Events)와 같은 주요한 브랜드가 들어간다. 다른 부분은 Professionals, 즉 웨스트 로(Westlaw), 스위트앤드맥스웰(Sweet & Maxwell), 헙바드원(Hubbard One), 체크포인트(Checkpoint) 및 웹오브사이언스(Web of Science)와 같은 주요한 브랜드가 들어간다.

그 유명한 톰슨 로이터.

three 3개의, 3인의 ¶ *three*-cornered relation 삼각관계 /*three-cornered* trade 삼각무역 /*three*-name paper 3인 서명(署名)어음 ***three-phase DDM (Dividend Discount Model)*** 3단계배당할인모형 ¶ The *three-phase DDM (Dividend Discount Model)* is a dividend discount model that uses a different expected dividend rate depending on whether a company is in a growth, transition, or maturity phase. 3단계배당할인모형은 회사의 성장단계(성장기, 과도기, 성숙기)에 따라서, 다른 기대배당을 사용하여 산출하는 배당 할인모형을 이른다. ***Three Steps and a Stumble Rule*** 공정비율의 3연속인상법칙 ¶ The *Three Steps and a Stumble Rule* is a rule holding that stock and bond prices will fall if the Federal Reserve raises the discount rate three times in a row. By raising interest rates, the Federal Reserve both raises the cost of borrowing for companies and makes alternative investments such as money market funds and CDs relatively more attractive than stocks and bonds. Many market historians have tracked this rule, and found it to be a good predictor of drops in stock and bond prices. 공정비율의 3연속인상법칙은 미연방준비제도이사회(Federal Reserve Board: FRB)가 할

인율(discount rate)을 3년 계속하여 인상하면, 주식이나 채권의 가격은 내려 갈 것이라 고 하는 법칙이다. 공정비율을 인상함으로써, 미연방준비제도이사회는 회사의 차입코스트를 올리고, 머니마켓펀드(money market fund)나 양도성정기예금증서(certificate of deposit: CD)와 같은 대체투자상품(alternative investments)이 주식이나 채권보다 비교적으로 매력적인 것이 된다. 많은 시장관찰자는 이 법칙을 검증하고, 그것이 주식이나 채권의 가격하락을 정확하게 예언하는 것임을 발견하였다.

threshold 출발점, 경계 ¶ We stand on the *threshold* of a new age. 우리는 신시대의 입구에 서 있다.

thrift 절약, 저축, [미] 저축금융기관 ¶ a *thrift* account 저축예금([미] a savings account) /*thrift* savings account 정기적금 ***thrift institution*** [미] 저축금융기관 (a thrift) ¶ The *thrift institution* is an organization formed primarily as a depository for consumer savings, the most common varieties of which are the savings and loan association and the savings bank. Traditionally, savings institutions have loaned most of their deposit funds in the residential mortgage market. Deregulation in the early 1980s expanded their range of depository services and allowed them to make commercial and consumer loans. Deregulation led to widespread abuse by savings and loans that used insured deposits to engage in speculative real estate lending. This resulted in the Office of Thrift Supervision (OTS), established in 1989 by the Financial Institutions Reform and Recovery Act (FIRREA), popularly known as the "bailout bill." Credit unions are sometimes included in the thrift institution category, since their principal source of deposits is also personal savings, though they have traditionally made small consumer loans, not mortgage loans. See also Depository Institutions deregulation and Monetary Control Act; mutual association; mutual savings bank. 저축금융기관은 주로 소비자의 저축수입(受入)을 위하여 설립된 조직으로, 가장 일반적인 것은 저축대출조합(savings and loan association)과 저축은행(savings bank)이다. 전통적으로, 저축금융기관은 그 저축자금의 태반을 주택론(residential mortgage)시장에서 융자를 충당하였다. 1980년대 초기의 규제완화(deregulation)에 의하여 저축금융기관의 업무범위가 확대되어 상업론(loan)과 소비자론(loan)도 취급하게 되었다. 규제완화는 저축대출조합에 예금된 부보(附保)예금을 사용한 투기적인 부동산대출의 난용(亂用)을 만연시켰다. 이 결과, 일반적으로「구제법안」(bailout bill)으로서 알려지고 있는 금융기관개혁회복시행법(Financial Institutions Reform and Recovery Act: FIRREA)에 기초해서 1989년에 저축금융기관감독청(Office of Thrift Supervision: OTS)이 설립되었다. 신용조합(credit union)은 그 예금의 주된 자금원이 개인저축인 것이므로 저축금융기관의 부류에 포함된다. 그러나 신용조합은 전통적으로 주택론(residential loan)이 아니라, 소액소비자론(small consumer loan)을 다룬다. Depository Institutions deregulation and Monetary Control Act(금융제도개혁법); mutual association(상호조합); mutual savings bank(상호저축은행)도 참조할 것.

through 통하는, 직통의 ¶ *through* fare [freight] 통(通)화물 ***through bill of lading; Through B/L*** 통(通)선하증권 ¶ The *through bill of lading* is a single bill of lading covering receipt of the cargo at the point of origin for delivery to the ultimate consignee, using two or more modes of transportation. 통(通)선하증권은 최종수하인에게 인도하기 위하여 2개 이상의 운송방법을 사용하여 원산지(point of origin)에서 하물의 수령을 커버하는 일방(一方)선하증권을 이른다.

throughput contract [영] 총생산액보증계약 ¶ The *throughput contract* is a form of take-or-pay contract often used in project finance deals in the energy industry that obliges producers to pipeline for a fixed period of time. The existence of such a contract serves as a form of guarantee in support of a project financing. See also tolling contract. 총생산액보증계약은 생산업자가 고정기간에 파이프라인으로 운송할 의무가 있는 에너지산업에서 프로젝트 파이낸스거래에서 종종 사용되는 테이크오어 페이계약(take-or-pay contract)의 하나의 형식이다. 그러한 계약이 존재한다는 것은 프로젝트 파이낸싱을 지원하는 보증(guarantee)의 형태로서 역할을 하는 것이다.

TIBOR → the **T**okyo **I**nter**B**ank **O**ffered **R**ate [약] 도쿄외환시장에서 은행간 자금운용(대출)금리 (*cf.*) LIBOR, SIBOR ¶ The *Tokyo InterBank Offered Rate* is the Japanese equivalent of the London Inter Bank Offered Rate. 도쿄외환시장에서 은행간 자금운용(대출)금리는 런던은행간 자금운용금리의 일본판이다.

tick [증권] 가격변동단위, [미] 미국재무부증권 · 정부기관증권의 가격표시(통상 1/32 단위)의 1단위가격, 틱 ¶ The *tick* is: (1) an upward or downward price movement in a security's trades. Technical analysts watch the *tick* of a stock's successive up or down moves to get a feel of the stock's trend. The term also applies to the overall market. In futures and options trading, a minimum change in price up or down. (2) a market indicator representing the difference between the number of stocks whose last sale was on an up-tick and the number of stocks whose last sale was on a down-tick. A negative low *tick*, for example, would be a short-term technical signal of a weak market. See also closing tick; downtick; minus tick; plus tick; short sale rule; technical analysis; trin; uptick; zero-minus tick; zero-plus tick. 틱이란 (1) 증권거래에서의 가격상승 또는 가격하락의 가격동향을 이른다. 테크니컬 애널리스트는 주가의 계속적인 상승 또는 하락의 가격동향을 주시하는 것에서, 주가동향에 관한 방향감각을 얻는다. 가격동향은 시장 전체의 동향을 볼 때에도 들어맞는다. 선물(futures contract)이나 옵션(option)거래에서는, 가격의 상하변동의 최소단위를 의미한다. (2) 주가가 직전의 주가를 상회한(업틱, uptick) 주식수와 반대로 직전의 주가를 하회한(주가의 하락국면, 다운틱, downtick) 주식수의 차이를 나타내는 시장지표이다. 예컨대 이 지표가 마이너스(말하자면 주가하락주식수가 상승주식수를 약간 상회하는(negative low tick) 경우에는, 테크니컬 분석(technical analysis)상 시장이 하강경향(weak market)을 나타내는 단기적인 징조가 된다. closing tick(클로징틱); downtick(주가의 하락국면); minus tick(주가의 하락); plus tick(플러스틱); short sale rule[공매규칙(空賣規則)]; technical analysis(테크니컬 분석); trin(트린); uptick(업틱); zero-minus tick(제로마이너스틱); zero-plus tick(제로플러스틱)도 참조할 것. /*tick* mark 틱마크(check mark) ***tick test*** 틱테스트(가격규제) ¶ The *tick test* is a trading curb that permits only uptick and zero-plus tick transactions in a falling market and downtick or zero-minus tick transactions in a rising market. See also short-sale rule. 틱테스트(가격규제)는 내림세시세의 경우에는 업틱(uptick) 혹은 제로플러스틱(zero-plus tick)의 매매거래에만 한정하고, 오름세시세의 경우에는 다운틱(downtick) 혹은 제로마이너스틱(zero-minus tick)의 매매거래에만 한정한다는 일시적인 거래규제(trading curb)를 이른다. short-sale rule[공매규칙(空賣規則)]도 참조할 것. ~ ***value*** [영] 틱 가치 ¶ The *tick value* is the value of a single price increment of an exchange-traded derivative contract. 틱 가치는 장내거래의 파생계약을 단일가격 증가의 가치를 말한다.

ticker 전신수신인자기(印字機), 시세속보기, 티커 ¶ The *ticker* is a system that produces a running report of trading activity on the stock exchanges, called the *ticker* tape. The name derives from machines that, in times past, printed information by punching holes in a paper tape, making an audible ticking sound as the tape was fed forth. Today's *ticker* tape is a computer screen and the term is used to refer both to the consolidated tape, which shows the stock symbol, latest price, and volume of trades on the exchanges, and to news *ticker* services. See also quotation board; ticker tape. 티커는 증권거래소(stock exchange)의 거래를 계속적으로 보고하는 시스템으로, 티커 테이프라고 하다. 이전, 종이테이프에 구멍을 내는 장치를 이용하여 정보를 인자(印字)하고 있었으나, 그 장치가 테이프를 감아가면서 톡톡 소리(ticking sound)를 내는 것에서 그런 이름이 붙은 것이다. 현재의 티커 테이프는 컴퓨터 스크린이고, 티커라는 단어는 거래소의 스톡심볼(stock symbol), 최신가격, 주식의 거래량(volume)을 표시하는 통합테이프(consolidated tape)와 뉴스에 의한 주가정보서비스(뉴스티커, news ticker)의 양쪽을 의미한다. quotation board(시세게시판); ticker tape(티커 테이프)도 참조할 것.

ticker symbol 티커심볼 → stock symbol (주식기호); ticker tape (티커 테이프).

~ ***tape*** 티커 테이프 ¶ The *ticker tape* is a device that relays the stock symbol and the latest price and volume on securities as they are traded to investors around the world. Prior to the advent of computers, this machine had a loud printing device that made a ticking sound. Since 1975, the New York Exchange and the American Stock Exchange have used a consolidated tape that indicates the New York or regional stock exchanges on which a trade originated. Other systems, known as news tickers, pass along the latest economic, financial and market news developments. See also tape. See illustration of consolidated tape, following. 티커 테이프는 거래증권의 티커심볼(ticker symbol), 주식의 최신가격 및 거래량을 세계 속의 투자자(investor)에게 중계전달하는 장치를 말한다. 컴퓨터가 출현하기 이전, 이 기계장치는 톡톡 소리를 내는 시끄러운 인자장치(印字裝置)였다. 1975년이래, 뉴욕증권거래소(New York Stock Exchange: NYSE)와 아메리칸증권거래소(American Stock Exchange: AMEX)는 통합테이프(consolidated tape)를 사용하고 있다. 이 통합테이프는 주식거래가 행해진 뉴욕 또는 지방증권거래소(regional stock exchange)의 주식정보를 표시한다. 뉴스 티커(news tickers)로서 알려지는 또 하나의 시스템은 최신의 경제, 금융, 시장에 관한 뉴스를 제공한다. tape(테이프)도 참조할 것.

다음과 같은 통합테이프의 실례를 참조할 것.

MMM&P	IBM&T	XOM&C
110.50	4S100.25	2S41

Sample section of the consolidated tape.

Trades in Minnesota Mining & Manufacturing, IBM, and Exxon Mobil are shown. Letters following the ampersands in the upper line indicate the marketplace in which the trade took place. P signifies the Pacific Exchange, T the third market, C the Chicago Stock Exchange; no indication means th New York Stock Exchange. Other codes not illustrated are X for Philadelphia Stock Exchange, B for Boston Stock Exchange, O for other markets, including instinet. In the lower line, where a number precodes the letter S, a multiple of 100 shares is indicated. Thus, 100 shares of Minnesota Mining & Manufacturing were traded on the Pacific Exchange at 110.50, and so on.

MMM&P	IBM&T	XOM&C
110.50	4S100.25	2S41

통합테이프의 견본부분.

미네소타 마이닝앤드매뉴팩처링(Minnesota Mining & Manufacturing), 아이비엠(IBM), 및 엑슨모빌(Exxon Mobil)의 각 거래가 표시되고 있다. 위의 앰퍼샌드(&) 다음의 문자는 거래가 일어난 거래소를 나타내고 있다. P는 퍼시픽거래소(Pacific Exchange)를 의미하고, T는 거래소외 거래(Third market), C는 시카고증권거래소(Chicago Stock Exchange)를 의미한다. 무표시는 뉴욕증권거래소를 의미한다. 예시되고 있지 아니한 다른 코드는 필라델피아증권거래소(Philadelphia Stock Exchange)를 표시하는 X, 보스턴증권거래소를 표시하는 B, 인스티넷(instinet)을 포함하는 기타의 시장을 표시하는 O이다. 하단의 문자 S의 앞에 숫자가 있는 경우에는, 100배수 주식을 표시하고 있다. 따라서, 퍼시픽거래소에서 미네소타 마이닝앤드매뉴팩처링의 100주가 110달러 50센트로 거래되고, 등등이라고 하는 것이다.

ticket 표, 약식전표 ¶ *Ticket* is short for order ticket. 티켓은 오더티켓(order ticket)의 약자이다. ¶ comparison *ticket* 조회표 /white *ticket* 지급표 /deposit *ticket* 예금첨부표

tickler 비망록, (어음)메모장 ¶ acceptance *tickler* 어음인수메모장 /a bill [discount, maturity, note] *tickler* 환어음[할인, 만기, 어음]기일표 /*tickler* file 비망록, 기일기록장 /a *tickler* system 기일관리

tied tie의 과거분사형, (해외원조에) 구속되어 있는, (자구제품을 팔게 하는) 조건을 붙인 ***tied aid*** (자금사용용도가 사전에 지정되고 있는) 조건부 원조 ¶ The *tied aid* is a form of an official development assistance loan made by a government agency of a developed country that requires a foreign borrower from a developing countries to spend the proceeds in the lender's country. 조건부 원조는 개발도상국의 외국인차입자는 대여국가에서 수익금(proceeds)을 소비할 것을 요구하는 선진국정부기관이 제공하는 공식적인 개발지원차관의 형식을 말한다. ~ ***loan*** (자금사용용도가 사전에 지정되고 있는) 조건부 융자(저개발국용의 자금사용용도가 사전에 정해져 있는 융자) ¶ The *tied loan* is a loan made by a government agency that requires a foreign borrower to spend the proceeds in the lender's country. 조건부 융자는 외국인 차입자가 대여국가에서 수익금(proceeds)을 소비할 것을 요구하는 정부기관에 제공하는 차관을 말한다.

tie-in ⓝ [미] 끼워 파는 상품, 결부

ⓐ 끼워 팔기의 ***tie-in agreement*** 끼워 팔기의 합의 ¶ The *tie-in agreement* is an illegal investment banking practice in which investors who buy shares of an initial public offering (IPO) are required to agree to buy shares in the aftermarket to support the price. 끼워 팔기의 합의는 신규주식공모(initial public offering: IPO)에서 주식을 구입한 투자자는 유통시장(after market)에서도 주가를 유지하기 위하여 그 주식을 매수할 것을 요구받게 된다는 위법한 투자은행(investment banker)에 의한 관행이다.

tier (관람석의) 1단, 열, 층 ¶ *Tier* 1 capital ratio 기본적 자기자본비율(보완자본을 제외한 기본자본을 위험자산으로 나눈 비율) ***Tier 1 and Tier 2*** 기본적 자기자본과 보완적 자기자본 ¶ In computing the capital adequacy of banks, *Tier 1* refers to core capital, the sum of equity capital and disclosed reserves as adjusted, while *Tier 2* refers to undisclosed reserves, revaluation reserves, general provisions and loan loss reserves, hybrid debt-equity instruments, and subordinated long-term debt. 은행의 자본의 충족도를 측정할 때에, 기본적 자기자본(Tier 1)은 주식자본(equity capital)과 수정개시준비금(disclosed reserve as adjusted)의 합계액인 중핵적 자본금(core capital)을 의미하고, 이에 대하여 보완적 자기자본(Tier 2)은 비개시준비금, 재평가준비금, 충당금(provision), 대손충당금(貸損充當金), 채권·주식합성증권(hybrid debt-equity instrument), 및 장기부채(long-term debt)로 구성된다.

TIGER 타이거 ¶ *TIGER* is an acronym for *Treasury Investors Growth Receipt*, a form of zero-coupon security first created by the brokerage firm of Merrill Lynch. *TIGERs* are U.S. government-backed bonds that have been stripped of their coupons. Both the corpus (principal) of the bonds and the individual coupons are sold separately at a deep discount from their face value. Investors receive face value for the *TIGERs* when the bonds mature but do not receive periodic interest payments. Under Internal Revenue Service rules, however, *TIGER* holders owe income taxes on the imputed interest they would have earned had the bond been a full coupon bond. To avoid having to pay taxes without having the benefit of the income to pay them from, most investors put *TIGERs* in Individual Retirement or Keogh accounts, or in other tax deferred plans. Also called TIGR. TIGER(타이거)는 Treasury Investors Growth Receipt의 머리글자에 따온 약어로, 증권회사 메릴린치(Merrill Lynch)가 최초로 개발한 제로쿠폰채(zero-coupon security)의 1종이다. TIGER는 미합중국정부의 뒷받침이 있는 채권(bond)의 이표(coupon)를 분리한 것이다. 채권원금(corpus)도 개개의 이표도 액면가격(face value)으로부터 대폭 할인되어, 별개로 판매된다. 투자자는 TIGER의 액면금액(face value)을 채권의 만기일에 수취하지만, 그 동안의 이자지급은 하지 않는다. 그러나, 미국세입청규칙(Internal Revenue Service Rule)에서는, TIGER가 풀쿠폰채(full coupon bond)이면 가득(稼得)할 것이라는 이자소득에 대한 소득세(income tax)를 보유자에게 과세하고 있다. 과세대상이 되는 소득을 받지 않음에도 불구하고 납세하는 사태를 피하기 위하여, 태반의 투자자는 TIGER를 개인퇴직계좌(individual retirement account)나 키오계좌(Keogh accounts) 기타 세금순연제도(tax deferred plan)에 넣는다. 이를 TIGR라고도 한다.

tight 돈의 융통이 막히는, 엄한 ¶ *tight* cover 엄봉(嚴封) /a *tight* money market 자금융통이 막힌 시황(市況) /a *tight* money policy 금융긴축정책 ***tight market*** 경쟁이 심한 시장, 차익금이 적은 시장, 타이트마켓 ¶ The *tight market* is a market in general or market for a particular security marked by active trading and narrow bid-offer price spreads. In contrast, inactive trading and wide spreads characterize a slack market. See also spread. 타이트마켓이란 시장전반 또는 특정한 증권의 거래가 활발하여 매매호가의 스프레드(bid-offer price spread)가 축소하고 있는 상태를 말한다. 그것과 대조적으로, 거래가 활발치 못하여 매매호가의 스프레드가 확대하고 있는 상태가 한산한 마켓(slack market)의 특징이다. spread(스프레드)도 참조할 것. ~ ***money*** 금융긴축 ¶ The *tight money* is a economic situation in which credit is difficult to secure, usually as the result of Federal Reserve action to restrict the money supply. The opposite is easy money. See also monetary policy. 금융긴축은 통상은 미연방준비제도이사회(Federal Reserve Board: FRB)가 머니서플라이(money supply)를 억제하는 액션을 취한 결과, 차입을 확보하는 것이 어렵게 되는 경제상태를 말한다. 그 반대의 상태가 금융완화(easy money)이다. monetary policy(금융정책)도 참조할 것.

tighten 죄다, (제한을) 엄하게 하다

tightness 금융핍박 ¶ *tightness* of money 자금의 융통이 막힘

till 돈궤, 카운터의 돈서랍 ¶ The *till* is a tray or box where money is kept, as, for example, a cash register. 돈궤는 예를 들면, 금전등록기와 같이, 돈을 보관하는 서류 정리함(tray)이나 상자(box)를 말한다. /a cash *till* 현금상자 /*till* overage or shortage 현금과부족 /*till* shortage 현금부족 ***till cash* [*money*]** 소지한 현금 ¶ The *till money* is a cash register, drawer, or any location where money is kept or stored for business purposes. 소지한 현금은 현금이 사업목적으로 보관되거나 또는 저축된 현금등록기, 서랍, 또는 어떤 공간을 말한다.

time 시간, 기간, (*pl.*) 시대 기본자기자본비율(보완자본을 제외한 기본자본을 위험자산으로 나눈 비율) ¶ bad *time* 불경기 /busy *time* 호경기, 번망기(繁忙期) /dull *time* 불경기 /good *time* 호경기 /hard *time* 불경기 /*time* account 정기예금 /*time* and savings deposit 정기성 및 저축성예금 /a *time* bargain (주식의) 청산거래 /*time* certificate of deposit 정기예금증서, 양도성 정기예금증서 /the *time* change; the *time* difference 시차(時差) /*time* deposit certificate 정기예금증서 /*time* deposit for two years 2년물 정기예금 /a *time* deposit with overdraft facility 당좌대월부 정기예금 /*time* deposit with a premium 할증금부(割增金附) 정기예금 /*time* financing 기한부 금융 /*time* item 기한부물(物) /a *time* limit 기한 /*time* loan [discount, money] 정기대출 /*time* money 기한부 대금(貸金) /*time* note 정기출급 약속어음 /the *time* of presentation 제시기간 /the *time* of shipment 선적기한 /*time* payment 분할지급 /*time* policy 기간보험증권 /a *time* series 시계열(時系列) /the *time* sharing system 시분할(時分割)처리시스템 [약] TSS /*time* transaction 정기거래, 정산거래 ***time and distance reinsurance*** [영] 기간간극재보험 ¶ The *time and distance reinsurance* is a finite reinsurance contract, generally structured as excess of loss (XOL) reinsurance, where the reinsurer agrees to pay the ceding insurer an agreed schedule of loss payments in the future, without assuming any liability for losses in excess of those contained in the schedule. In exchange, the insurer pays the reinsurer a premium that is equal to the present value of the loss payments. 기간간극재보험은 명세표에 포함된 초과손해에 대한 책임을 지지 아니하고, 재보험업자가 장래에 약정된 명세표의 손해부담금(loss payments)을 출재(出再)보험회사(ceding insurer)에게 지급하기로 약정하는 일반적으로 초과손해재보험(excess of loss reinsurance)의 구조를 가지는 유한재보험계약을 말한다. 대신에, 보험업자는 재보험업자에게 손해부담금의 현재가격에 상당하는 프리미엄을 지급한다. ~ ***bill* [*draft*]** 기한부 (환)어음 ¶ The *time bill* is a draft (bill of exchange) payable to a third party on a specified or determinable future date, as opposed to a sight draft. A banker's acceptance is an example of a *time bill*. 기한부 어음은 일람출급어음과 반대되는 어음으로, 특정한 일 또는 장래의 일정한 일에 제3자에게 지급되는 어음(환어음)이다. 은행인수어음은 기한부 어음의 실례이다. ~ ***charter party*** 정기용선계약 ¶ The *time charter party* is where the vessel is chartered for a certain period of time. 정기용선계약이란 선박이 일정한 기간동안 용선되는 경우이다. ~ ***decay*** [영] 타임 디케이 ¶ *Time decay* is daily gain or loss impacting the time value component of option premium due to the passage of time; *time decay* is often used as a practical expression of theta. 타임 디케이는 시간의 경과에 지급되는 옵션프리미엄의 시간적 가치라는 구성요인에 영향을 미치는 매일의 이득이나 손실을 말한다. 타임 디케이는 데타(theta)의 실제적 표현으로 사용되기도 한다. ~ ***deposit*** 정기예금 ¶ *Time* *deposit* is savings account or certificate of deposit held in a financial institution for a fixed term or with the understanding that the depositor can withdraw only by giving notice. While a bank is authorized to require 30 days' notice of withdrawal from savings accounts, passbook accounts are generally regarded as readily available funds. Certificates of deposit, on the other hand, are issued for a specified term of 30 days or more, and provide penalties for early withdrawal. 정기예금이란 일정기간 또는 예금자가 통지를 한 후에만 인출할 수 있다는 양해하에 금융기관에 예치된 저축계정(savings account) 또는 정기예금증서(certificate of deposit)이다. 은행은 저축계정에서 인출시에는 30일전의 통지를 요구할 권한이 있는 반면에, 통장계정(passbook account)은 일반적으로 언제든지 인출가능한 자금으로 인정된다. 다른 한편으로 정기예금증서는 30일 이상의 만기를 정해서 발행되므로, 중도해약에는 페널티를 붙인다. ~ ***discount*** 선급할인 ¶ The *time discount* is a discount which is made against the payment of certain period of time before the maturity of a written claim or a draft. 선급할인은 청구서나 어음의 지급기한 이전의 일정기간중의 지급에 대한 할인이다. ~ **[*usance*] *draft*** 기한부 (환)어음(time bill, usance bill) ¶ The *time draft* is a draft payable at a specified or determinable time in the future, as distinguished from a sight draft, which is payable on presentation and delivery. 기한부 어음은 특정한 일 또는 장래의 일정한 일에 제3자에게 지급되는 어음(환어음)이다. 이는 지급제시와 인도시에 지급되는 일람출급어음(sight draft)과 구별된다. ~ **[*usance*] *letter of credit*** 유전스 L/C ¶ The *time letter of credit* is a letter of credit in which the engagement of the issuer is to accept and pay time drafts drawn on the issuer or on some other person. 유전스 L/C는 개설인 또는 어떤 다른 사람에게 발행된 기한부 어음을 인수 또는 지급한다는 신용장의 개설인의 약속이 있는 신용장을 말한다. ~***s fixed charges*** 고정채무비용커버리지 → fixed-charge coverage (금융비용취급범위). ~ ***order*** [영] 정기적 주문 ¶ The *time order* is an order to purchase or sell securities with a specific time constraints, such as at the close or open of a market, or at some future date. See also limit order; market order; stop order. 정기적 주문은 시장의 종장(close)이나 개장(開場) 또는 일부 장래기일과 같은 특수한 기간제약이 따르는 증권을 매수하거나 매도하는 주문을 말한다. limit order(지정가주문); market order(성립가주문); stop order(가격지정주문)도 참조할 것. ~ ***sharing*** 타임쉐어링 ¶ In computers, the *time sharing* is a practice of renting time on a central computer through a smaller computer, frequently through modems and phone lines. The user can upload or download files, access electronic mail, use computer programs on the central computer, and perform other tasks, for a fee based on usage. 컴퓨터에 있어서, 타임쉐어링은 단말컴퓨터를 통해서, 대부분은 모뎀이나 전화회선에 의하여 중앙컴퓨터의 시간을 임차하는 것이다. 유저는 사용료를 지급하여 파일을 업로드(upload)나 다운로드(download)하고, 전자메일에 엑세스하여 중앙컴퓨터의 컴퓨터프로그램을 사용하여서 다른 사무를 수행할 수 있다. ¶ In real estate, the *time sharing* is a practice of sharing a piece of real estate, such as a condominium, apartment, or house, with other owners. Typically, a buyer will purchase a particular block of time for a vacation, such as the second week of February, during which the buyer will have exclusive use of the property. In returns, the buyer must pay his share of annual maintenance charges, whether he uses the property or not. One condominium may therefore be sold to 52 different parties, each for one week per year. Time share owners have the benefit of changing their weeks with other owners around the world through one of the worldwide exchange companies. Time shares should be viewed as a purchase of one's vacation, and not as a real estate investment. 부동산에 있어서, 타임쉐어링은 콘도미니엄(condominium), 아파트, 가옥과 같은 부동산(real estate)의 일부를 다른 소유자와 공유하는 것이다. 일반적으로는, 예를 들면, 2월의 제2주라고 하는 식으로, 특정한 기간을 휴가용으로 구입하면, 그 기간 그 부동산을 배타적으로 이용할 수 있다. 그 대신에, 구입자는 연간 유지비용의 배정에서 부담부분을 부동산이용의 여하에 상관없이 지급하여야 한다. 1인에 대하여 1주간의 시간을 매도한다고 하면, 하나의 콘도미니엄을 52인의 다른 사람에게 매각할 수 있다는 것이 된다. 타임쉐어링의 소유자는 세계적 규모로 타임쉐어링의 교환서비스를 제공하고 있는 회사를 통해서 세계 속의 타임쉐어링 소유자와 지분기간을 교환할 수 있는 메리트도 있다. 타임 쉐어링은 부동산투자라고 하기보다도 휴가의 구입이라고 생각하여야 한다. ~ ***interest earned*** 인터레스트 커버리지비율 → fixed-charge coverage (금융비용취급범위). ~ ***spread*** 타임스프레드(horizontal spread, calendar spread) (동일통화, 동일타이프, 동일행사가격이지만, 기일이 다른 풋, 콜 두 옵션의 동시매매) ¶ The *time spread* is an option strategy in which an investor buys and sells put option and call option contracts with the same exercise price but with different expiration dates. The purpose of this and other option strategies is to profit from the differences in option premiums – the prices paid to buy the options. See also calendar spread; horizontal spread; spread. 타임스프레드란 행사가격(exercise price)은 같지만, 만기일(expiration date)이 다른 풋옵션(put option)과 콜옵션(call option)을 매매하는 옵션(option)의 전략의 하나이다. 이 옵션 전략의 목적은 옵션료(premiums)(옵션을 매입하는 데에 지급한 가격)의 차액에서 이익을 올리는 것이다. calendar spread(한월간가격폭); horizontal spread(호리존탈 스프레드); spread(스프레드)도 참조할 것. ~ ***value*** 시간가치 ¶ In general, the *time value* is a price put on the time an investor has to wait until an investment matures, as determined by calculating the present value of the investment at maturity, See also yield to maturity. 일반적으로, 시간가치란 투자자(investor)가 투자의 만기도래까지 기다려야 하는 시간을 평가한 가격으로, 만기일(maturity)에 있어서의 투자가치를 현재가치(present value)로 환산함으로써 산출된다. yield to maturity(만기수익률)도 참조할 것. ¶ In options, the *time value* is that part of a stock option premium that reflects the time remaining on an option contract before expiration. The premium is composed of this time value and the intrinsic value of the option. 옵션에 있어서, 시간가치란 옵션행사기한(expiration)까지의 옵션계약잔존기간의 시간가치를 의미하는 주식옵션료(stock option premium)의 일부이다. 옵션료는 이 시간가치와 옵션의 본원적 가치(intrinsic value)로 구성된다. ¶ In stocks, the *time value* is a difference between the price at which a company is taken over and the price before the takeover occurs. For example, if XYZ Company is to be taken over at $30 a share in two months. XYZ shares might presently sell for $28.50. The $1.50 per share difference is the cost of the *time value* those owning XYZ must bear if they want to wait two months to get $30 a share. As the two months pass, the *time value* will shrink, until it disappears on the day of the takeover. The time that investor hold XYZ has a price because it could be used to invest in something else providing a higher return. See also opportunity cost. 주식에 있어서, 시간가치란 회사의 매수가격과 그 매수(takeover)가 실행되기 전의 가격과의 차액을 이른다. 예를 들면, 2개월 후에 1주당 30달러로 매수될 XYZ사의 주가는 현시점에서는 28.50달러로 되고 있는 경우가 있다고 하자. 이 1주당 1.50달러의 차액은 XYZ사의 소유자가 1주당 30달러를 얻기 위하여 2개월을 기다리지 않으면 안 되는 시간가치에 대한 코스트를 의미한다. 2개월이 경과하는 동안에, 이 시간가치는 축소하여 매수 실행일에 완전히 해소된다.

결국, 투자자는 XYZ사의 주식을 보유하고 있는 2개월 동안에, 그 자금을 보다 높은 이율의 다른 투자에 사용할 수 있었기 때문에, XYZ사의 주식을 보유하는 기간에는 시간적 가치가 있다고 말할 수 있다. opportunity cost(기회비용)도 참조할 것. ~ ***-weighting of returns*** 시간가중 수익률법 ¶ The *time-weighting of returns* is an investment performance measurement method that eliminates distortions caused by additions and withdrawals of capital by subdividing reporting periods into smaller time frames that can be geometrically linked. Global Investment Performance Standards (GIPS) adopted February, 2005, require that total returns be reported on a time-weighted basis, specifying that for periods beginning January 2005, firms use approximated rates of return that adjust for daily-weighted external cash flows. Beginning in January 1, 2010, firms must value portfolios on the date of all large external cash flows. 시간가중 수익률법은 투자기간 중에 일어난 투하자본의 증감에서 생기는 왜곡(歪曲)을 배제하고, 또 성과를 측정하는 기간을 기하학적으로 링크할 수 있도록 잘게 분할하여 투자성과를 측정하는 방법이다. 2005년 2월에 채택된 글로벌투자 퍼포먼스기준(Global Investment Performance Standards: GIPS)에서는, 토털리턴(total return)은 시가가중 수익법을 사용하여 보고할 것이 요구되고 있다. 특히 2005년 1월 이후는 회사는 일차가중(日次加重)베이스의 외부캐시플로(cash flow)로 조정한 근사한 수익률(rate of return)을 사용하는 것이 명기되어 있다. 2010년 1월에 시작하여 회사는 커다란 외부캐시플로에 포트폴리오(portfolio)를 평가하여야 한다.

timing 타이밍, 시기의 선택[조정, 기회] ¶ *Timing* is trying to pick the best time to make a decision. For example, market timing involves the analysis of fundamental and technical data to decide when to buy or sell stocks, bonds, mutual funds or futures contracts. *Timing* is also important in making comsumer decisions, such as when to make a major purchase. Consumers might want to time their purchase of real estate when the prices and mortgage rates are especially attractive, or their purchase of a car when dealers are offering particularly good prices. 타이밍이란 의사결정을 위한 최적의 시기를 잡으려고 하는 시도를 말한다. 예컨대, 마켓타이밍에는 언제 주식(stock), 채권(bond), 뮤추얼펀드(mutual fund), 또는 선물계약(futures contract)을 매입하거나 매도할 것인가를 결정하는 펀더멘탈과 테크니컬한 데이터의 분석이 포함된다. 타이밍은 언제 대량의 구매를 할 것인가와 같은 소비자결정을 하는 데에도 중요하다. 소비자는 부동산가격과 주택론(mortgage)금리가 특히 매력적인 때에 부동산을 구입하고, 자동차의 딜러가 특히 좋은 가격을 제시할 때에 자동차를 구입하고 싶다고 생각한다. ***timing difference*** 시간적 차이 ¶ The *timing difference* is the time difference between the point at which a transaction affects items for financial reporting purposes and the point at which it affects the same items for tax purposes. For example, purchase of a fixed asset depreciated by an accelerated method for tax purposes, but by straight-line for reporting purposes, creates a *timing difference* for depreciation expense. 시간적 차이는 거래가 재무보고목적을 위하여 품목에 영향을 끼치는 시점과 그것이 조세목적을 위하여 같은 품목에 영향을 끼치는 시점간의 시간의 차이를 말한다. 예를 들면, 조세의 목적으로 가속상각법에 의하여, 그러나 조세목적으로 정액감가상각법에 의하여 감가상각된 고정자산의 구매는 감가상각비에 대해서는 시간적 차이를 낳는다.

tip [구] 팁, 내밀의 정보, 비밀정보, 정보의 누설, (*pl.*) 힌트 ¶ In general, the *tip* is a payment over and above a formal cost or charge, ostensibly given in appreciation for extra service, to waiter, bellhop, cab-driver, or other person engaged in service. Also called a gratuity. 일반적으로 팁(tip)은 웨이터, (호텔의) 벨보이, 자동차 운전수, 기타 서비스에 종사하는 사람에 대하여 그 추가서비스에 감사하여 주는 금액으로, 정규의 요금이나 청구액에 덧붙여서 지급된다. ¶ In investments, the *tip* is an information passed by one person to another as a basis for buy or sell action in a security. Such information is presumed to be of material value and not available to the general public. The Securities and Exchange Commission regulates the use of such information by so-called insiders, and court cases have established the liability of persons receiving and using or passing on such information (called tippee) in certain circumstances. See also insider; inside information. 투자에 있어서, 팁은 증권매매의 근거가 되는 정보로서, 어느 사람으로부터 다른 사람에게 전달되는 것이다. 그와 같은 정보는 중요한 가치를 가지고, 일반의 사람들에게는 입수할 수 없는 내부자(insider)에 의한 정보라고 생각된다. 미증권거래위원회(Securities and Exchange Commission: SEC)는 이와 같은 내부자에 의한 정보의 이용을 규제하고 있고, 법원의 판례에서도, 일정한 상황 하에서 그와 같은 정보를 받아, 이용하며, 제공하는 사람들(tippee라고 한다.)의 책임을 명확히 하였다. insider(내부자); inside information(내부정보)도 참조할 것.

TIPS → **T**reasury **i**nflation **p**rotected **s**ecurities [약] 인플레이션연동 채권; **T**oronto **i**ndex **p**articipation **s**ecurities [약] 토론토인덱스 파티시페이션증권. ***TIPS spread*** 인플레이션연동 채권스프레드 ¶ The *TIPS* spread is the difference between the nominal U.S. Treasury bond yield and the yield on *Treasury inflation protected securities* (*TIPS*) having the same maturity, usually ten years. The greater the spread, the higher the expected inflation rate. 인플레이션연동 채권스프레드는 동일한 만기(통상 10년)를 가지는 명목상의 미재무부 장기증권(U.S. Treasury bond)이율과 인플레이션연동 채권(TIPS)의 차액을 말한다. 그 차액이 크면 클수록, 인플레이션율이 예상된다.

tipster 예상가, 정보전문가 ¶ The *tipster* is a person who provides inside information. 정보전문가는 내부정보(inside information)를 제공하는 자이다.

title 표제, 직함, 권리, 권원(權原), 토지재산의 소유권, 권리증서 ¶ a claim against [to] a *title* 권리에 대한 주장 /curing *title* 권리의 흠을 제거하는 것 /a marketable *title* (흠이 없는) 매매할 수 있는 권리 /an objection to *title* 권리의 흠 /an outstanding *title* 우선소유권 /a perfect *title* 완전한 권리 /security *title* 담보권한 /a *title* abstract 소유권초본 /*title* defect 권리의 흠결 /*title* insurance 권원보험 /*title* of account 계정과목 /*title* of debt 채무명의 /a *title* of obligation 채무명의 /a *title* to real property 부동산에 대한 권리 ***abstract of title*** 권원요약서 ¶ An *abstract of title* is a summary of title to real property, listing current owners, liens, judicial proceedings, satisfaction of claims, and other information affecting title. A title abstract is a necessary step in obtaining title insurance. 권원요약서는 현재의 소유자, 리엔, 사법절차, 채권의 변제 기타 권원에 영향을 미치는 정보를 기록하고 있는 부동산에 관한 권원의 요약서이다. 권원요약서는 권원보험을 체결하는 데에 필요한 조치이다. ***"clouded"*** ~ 「불투명한」[흠이 있는] 권리(a cloud on title) → cloud on title (소유권에 대한 흠). ~ ***deed; certificate of*** ~ 권리증, 부동산 권리증서, 지권(地劵)(토지권리증서) ¶ The *certificate of title* is a document indicating ownership. It is similar to a bill of sale and is usually associated with the sale of new motor vehicles. 권리증은 소유권을 나타내는 문서이다. 그것은 매도증서(bill of sale)와 유사하고, 보통 신자동차의 매매와 관련되고 있다. ~ ***insurance*** 권원(權原)보험 ¶ *Title insurance* is insurance policies, written by *title insurance* companies, protecting lenders against challenge to the title claim to a property. *Title insurance* protects a policy-holder against loss from some occurrence that already has happened, such as a forged deed somewhere in the chain of title. If, for example, someone came along claiming that her parents formerly owned the house in question, and that, as beneficiary of her parents' estate, she now deserved take possession of the property, the *title insurance* company would defend the present owners's title claim in court. *Title insurance* premiums are usually paid in one lump sum at the time the policy is issued, and the policy remains in force until the property is sold. Mortgage lenders normally require that borrowers obtain *title insurance* to protect the lenders' interest in the property. Property buyers also may purchase an owner's policy to protect their interest in the property. 권원보험이란 재산의 권원주장에 대한 이의신청에서 대여자(lender)를 보호하는 권원보험회사(title insurance company)가 인수하는 보험증권(insurance policy)이다. 권원보험증권은 권원이 위양된 과정의 어느 곳의 시점에서 권리증서가 위조되었다고 하는 것과 같이, 이미 발생한 어떠한 사건에서 생긴 손실로부터 증권보유자(policyholder)를 보호한다. 예를 들면, 어느 가옥의 권원에 관하여, 사망한 부모가 그 가옥을 이전에 소유하였으므로, 그 유산의 수익자(beneficiary)인 자기가 그 가옥을 소유할 자격이 있다고 누군가가 주장해 온 경우, 권원보험회사는 현재의 소유자의 권원을 지키기 위하여 법정에서 주장하는 수도 있다. 권원보험의 보험료(insurance premium)는 보험증권 발행시에 일괄하여 지급되는 것이 일반적이고, 당해 부동산이 매각되기까지 보험증권은 유효하다. 부동산모기지 대여자(mortgage lender)는 당해 부동산에 대한 대여자의 권익을 보호하기 위하여, 차입자에게 권원보험을 들 것을 요구하는 경우가 많다. 부동산의 매수인은 자신의 권익(interest)을 보호하기 위하여 그 부동산의 소유자의 보험증권을 매입할 수도 있다.

TN → **T**reasury **n**ote [약] (기간 1~10년의) T노트, 미국재무부 중기증권 ¶ *Treasury notes* are intermediate securities with maturities of 1 to 10 years. Denominations range from $1,000 to $1 million or more. The notes are sold by cash subscription, in exchange for outstanding or maturing government issues, or at auction. 미재무부 중기증권은 만기가 1년 이상 10년 미만인 증권을 말한다. 발행단위는 1,000달러에서 100만 달러 이상이다. 중기증권은 현금신청으로 판매될 뿐만 아니라, 지급전 또는 만기도래의 재무부 증권과 교환될 수 있고, 입찰로도 판매가 가능하다.

TND (ISO) code Tunisia – currency Tunisian dinar. ¶ TND (국제표준기구) 약호 튀니지 — 화폐 튀니지언 디나르(dinar).

TOB → **t**ake-**o**ver **b**id [약] (주식의) 공개매수, 테이크오버 비드 ¶ *Takeover bid* is to purchase stocks from the large number of stockholders for the purpose of taking the controlling interest of the target company; called also tender offer. As it is done out of the securities market, the proposal can be cancelled, if *takeover bid* does not reach the proposed number of stocks. 테이크오버 비드는 회사의 지배권을 탈취할 목적으로 불특정다수의 주주로부터 주식을 매입하는 행위. tender off라고도 한다. 유가증권시장 외에서 행하는 것이므로, 목표주식수에 미달한 때에는 제안을 취소할 수 있다.

toea 토이어 ¶ A subdivision (1/100) of the Papuan New Guinea kina. 파푸아뉴기니 키나(kina) = 100 토이어(toea).

toehold purchase 토우홀드 퍼처즈, 거점매집(據點買集) (매수대상회사의 주식의 5%까지를 비공개로 매집하는 것. 5%를 초과하면 SEC에의 보고가 의무화되어 있다.) ¶ The *toehold purchase* is an accumulation by an acquirer of less than

5% of the shares of a target company. Once 5% is acquired, the acquirer is required to file with the Securities and Exchange Commission, the appropriate stock exchange, and the target company, explaining what is happened and what can be expected. See also Schedule 13D; William Act. 토우홀드 퍼처즈는 매수(買收)회사가 매수대상회사(targer company)의 주식을 5%미만까지 매집(買集)하는 경우이다. 일단 5% 이상의 주식을 취득한 경우, 매수자는 미증권거래위원회(Securities and Exchange Commission: SEC), 증권거래소(stock exchange), 및 매수대상회사에 대하여 주식취득의 경위나 금후의 계획에 관하여 설명하는 서류를 제출하여야 한다. Schedule 13D(스케줄 13D); Williams Act(윌리엄스법)도 참조할 것.

Togo Republic currency 토고 공화국 화폐 ¶ CFA franc (TGF); there is no subdivision. CFA(아프리카경제공동체) 1 프랑(franc) (TGF). 그 이하의 단위는 없다.

token 표, 징후, 특징, 증거 ¶ *token* coin 대용경화(代用硬貨) /*token* money 대용통화, (지폐 등 소재의 실질적 가치가 낮은) 명목화폐 /*token* payment 일부지급

tokkin [일본] 톡킨(特金) ¶ The *tokkin* is an investment fund held by a corporate client and managed by a bank. 톡킨(特金)은 회사고객이 보유하고, 일반적으로 주식에 투자된 은행의 자산을 관리하는 투자펀드이다.

Tokyo 도쿄 ¶ *Tokyo* Stock Exchange Price Average 도쿄증권거래소 평균주가 ***Tokyo Commodity Exchange* (*TOCOM*)** 도쿄상품거래소 ¶ The *Tokyo Commodity Exchange* (*TOCOM*) is established in 1984 through a merger of the Tokyo Textile Exchange (founded in 1951), the Tokyo Rubber Exchange (founded in 1952), and the Tokyo Gold Exchange (founded in 1982). Demutualized in 2008, *TOCOM* regulates trading of futures contracts and options products on all commodities in Japan. The market introduced a screen-based trading system for the precious metals market in 1991 and revamped its technology again in 2003. Products include gold futures and options, silver futures, platinum futures, palladium futures and options, aluminium futures, gasoline futures, kerosene futures, crude oil futures, and rubber futures. Trading of rubber is conducted on the floor starting at 9:45 a.m. An exchange official indicates a provisional price to members, who place bids. The official lowers or raises the price based on the number of orders. When the number of bids and offers becomes equal, all orders are executed at a single price. 도쿄상품거래소는 도쿄섬유거래소(1951년에 설립), 도쿄고무거래소(1952년에 설립) 및 도쿄금거래소(1982년에 설립)의 합병을 통해서 1984년에 설립되었다. 2008년에 주식회사화된 도쿄상품거래소는 일본의 모든 상품선물과 상품옵션거래를 관리하고 있다. 시장은 1991년에 귀금속시장을 위한 스크린을 배경으로 하는 거래시스템을 도입하였고, 2003년에 그 기술을 개혁하였다. 거래상품에는 금선물과 옵션, 은선물, 플라티나(platinum)선물, 팔라듐선물 및 옵션, 알루미늄선물, 가솔린선물, 등유선물, 원유선물 및 고무선물이 포함된다. 고무거래는 오전 9시 45분에 시작하는 입회장에서 행해진다. 거래소직원이 회원들에게 기준치(provisional price)를 제시하고, 회원들은 호가(呼價)를 낸다. 거래소의 직원은 주문의 수에 기초해서 기준치를 낮추거나 높이거나 한다. 매수와 매도주문의 수가 같은 때, 모든 주문은 단일가격으로 집행된다. ***Tokyo Financial Exchange* (*TXF*)** 도쿄금융거래소 ¶ The *Tokyo Financial Exchange* (*TXF*) is formerly known as the Tokyo International Financial Futures Exchange, or TIFFE. The exchange was established in 1989 to provide a financial futures market and conduct clearing services; it has since grown into a more comprehensive exchange that handles all financial products. Demutualized in 2004, Products include three-month Euroyen futures and Japanese yen-U.S. dollar currency futures. 도쿄금융거래소는 전신(前身)은 도쿄금융선물거래소(Tokyo International Financial Futures Exchange) 또는 TIFFE로 알려지고 있다. 그 거래소는 회원회사나 그 고객에게 결제서비스를 제공하기 위하여 1989년에 설립된 금융선물시장이다. 그 후 그 거래소는 모든 금융상품을 취급하는 보다 포괄적인 거래소로 성장하였다. 2004년에 주식회사로 개편되었고, 거래상품에는 3개월물 유로엔(Euroyen)선물과 일본엔·달러통화선물이 포함된다. ***Tokyo Grain Exchange* (*TGE*)** 도쿄곡물거래소 ¶The *Tokyo Grain Exchange* (*TGE*) is a nonprofit membership organization trading futures and options on soybeans, Azuki Bean, corn, soybean meal, and coffee as well as raw and refined sugar products. The exchange began trading rice futures in 1730 at the Dojima Rice market because clans asked rice traders to commercialize rice produced in their territories. In 1988 the *TGE* was the first Japanese exchange to convert completely to electronic trading. The exchange merged with the Tokyo Sugar Exchanges in 1993, with the Hokkaido Grain Exchange in 1995, and the Yokohama Commodity Exchange in 2006. The morning trading session for futures is from 9 a.m. to 11 a.m. and the afternoon session runs from 1 p.m. to 3:45 p.m. 도쿄곡물거래소는 대두(大豆), 소두(小豆), 옥수수, 대두밀, 커피, 설탕[정당(精糖)과 조당(粗糖)]의 선물과 옵션의 거래를 행하는 비영리의 회원제조직이다. 씨족(clans)들이 곡물상인들에게 그들의 영지(領地)에서 재배된 미곡을 시장에 내놓기를 원하였기 때문에, 그 거래소는 도오지마(當島)미곡시장에서 1730년에 미곡선물거래를 하기 시작하였다. 1988년에 도쿄곡물거래소는 완전히 전자식 거래로 전환하는 최초의 일본거래소가 되었다. 도쿄곡물거래소는 1933년에 도쿄설탕거래소, 1995년에는 홋가이도(北海島)곡물거래소 및 2006년에는 요코하마(橫浜)곡물거래소와 합병하였다. 선물시장을 위한 오전 장은 오전 9시부터 11시까지이고, 오후 장(場)은 오후 1시부터 오후 3시 45분까지 열린다. ***Tokyo Internbank Offered Rate* (*TIBOR*)** [영] 도쿄은행간자금운용금리 ¶The *Tokyo Interbank Offered Rate* (*TIBOR*) is the offer side of the yen-based Tokyo Interbank Deposit market, or the rate at which prime banks are willing to lend funds. *TIBOR*, which is set every business day, is quoted for deposits in a range of maturities and serves as an important base reference for other financial instruments (e.g., derivatives, floating rate notes) with a floating rate component. 도쿄은행간자금운용금리는 엔화표시 도쿄은행간 예금시장의 오퍼사이드 또는 우량은행이 자금을 대여하려고 하는 금리를 말한다. 도쿄은행간자금운용금리(TIBOR)는 영업일마다 정해지고, 만기폭의 예금을 위해서 공시되고 변동금리의 구성부분을 가지는 다른 금융증권(예컨대, 파생상품, 변동금리부 채권)을 위한 중요한 기준대상으로 작용한다. ***Tokyo Stock Exchange* (*TSE*)** 도쿄증권거래소 ¶The *Tokyo Stock Exchange* (*TSE*) is the largest of six stock exchanges in Japan and one of the largest and most active global stock markets. Founded in 1878 and demutualized in 2001, the exchange is a unit of Tokyo Stock Exchange Group. *TSE* is a continuous, all-electronic market. Its trading floor was closed in April 1999 and renovated into *TSE* Arrows, a state-of-the art market center. Trading takes place Monday through Friday in two daily sessions: 9 a.m. to 11 a.m. and 12:30 p.m. to 3 p.m. In 1998 the exchange introduced an off-hours trading system called ToSTNet to supplement its traditional trading hours. *TSE* listed shares settle on the third business day following the trade. *TSE's* principal index is the Tokyo Stock Price Index (TOPIX), a composite stock price index of all stocks listed on the *TSE* first section. TOPIX is supplemented by size-based indices that classify first section companies as small, medium, and large and by subindices for each of 33 industry groups. *TSE's* derivative market is home to both bond and equity-based products. Japanese Government Bond (JGB) futures trading is the cornerstone of *TSE's* fixed-income derivatives market. The JGB futures contract is one of the most active long-term interest rate futures contracts in the world. 도쿄증권거래소는 일본의 6개의 증권거래소 중에서 가장 크고, 세계에서의 증권시장 중에서도 가장 크고 활발한 증권시장 중의 하나이다. 1978년에 설립되고 2001년에 주식회사로 재편된 그 거래소는 도쿄증권시장그룹의 1단위를 구성한다. 도쿄증권거래소는 계속적으로 완전히 전자화된 마켓이다. 그 거래소의 입회장(trading floor)은 1999년 4월에 폐쇄되고, 최첨단의 TSE Arrows로 개장(改裝)되었다. 거래시간은 월요일부터 금요일까지이고, 매일 2회, 즉 오전 9시부터 11시까지와 오후 12시 30분부터 3시까지이다. 1998년에 그 거래소는 종래의 거래시간을 보완하기 위하여 입회시간외 거래시스템인 ToSTNet라는 것을 도입하였다. 도쿄증권거래소에서 매매된 주식은 거래후 3영업일째에 결제된다. 도쿄증권거래소의 대표적인 인덱스는 도쿄주가지수(Tokyo Stock Price Index: TOPIX)이지만, 이것은 거래소 1부(the TSE first session)상장의 모든 주식에 의하여 구성되는 지수이다. TOPIX의 보조지수로서, 거래소 1부의 주식을 소형주(small cap), 중형주(mid cap), 대형주(large cap)로 나눈 규모별 지수와 33의 업종으로 분류한 업종별 지수가 있다. TSE에서는 채권(bond)과 주식(equity)관련의 파생상품(derivatives)을 취급하고 있다. 일본국채(Japanese Government Bond: JGB)의 선물거래(futures contract)의 토대가 되는 존재이다. JGB선물거래는 세계에서도 가장 활발하게 행해지고 있는 장기금리선물거래의 하나로 되고 있다. ***Tokyo Stock Exchange Price Index (TOPIX)*** 도쿄증권거래소 주가지수 ¶ The *Tokyo Stock Exchange Price Index* (*TOPIX*) is a benchmark index of the Japanese stock market comprised of all common stocks listed on first section of the Tokyo Stock Exchange, with further subdivisions by size and industry. The *TOPIX* can be traded directly through exchange-traded funds and derivatives. 도쿄증권거래소 주가지수는 도쿄증권거래소의 제1부에 상장되고 있는 모든 보통주로 구성되고, 규모와 산업에 따라 더욱 내역구분(subdivisions)되는 일본주식시장의 표준지수이다. 도쿄증권거래소 주가지수(TOPIX)는 상장지수펀드(exchange-traded funds)와 파생상품을 통해서 직접 거래가 될 수 있다. → Nikkei Stock Average (日經평균주가).

tolar 톨라 ¶ The *tolar* is standard currency unit of Slovenia. 톨라는 슬로베니아의 기준화폐단위이다.

toll revenue bond 이용료재원채권 ¶ The *toll revenue bond* is a municipal bond supported by revenues from tolls paid by users of the public project built with the bond proceeds. *Toll revenue bonds* frequently are floated to build bridges, tunnels, and roads. See also revenue bond. 이용료재원채권은 채권(bond)의 발행자금으로 건설된 공공시설의 이용자가 지급하는 이용료수입에 의하여 상환되는 지방채(municipal bond)이다. 이용료재원채권은 교량, 터널, 도로의 건설을 위하여 발행되는 경우가 많다. revenue bond[수익사업채(債)]도 참조할 것.

tolling contract [영] 사용료부과계약, 톨링 계약 ¶ The *tolling contract* is a form of take-or-pay contract often used for processing and transportation/distribution in the energy industry that does not require the processor or transporter to purchase input/feedstock or sell the output. See also throughput contract. 사용료부과계약은 가공업자 또는 운송업자가 투입량/원재료를 구입하거나 생산총액(output)을 매도할 필요가 없는 에너지공업에서 가공과 운송/배분을 위해서 종종 사용되는 테이크오어 페이계약(take-or-pay contract)의 하나의 형식을 말한다. throughput contract(생산총액보증계약)도 참조할 것.

toman 토만 ¶ 1 toman = 10 Iranian rials. 1 토만 = 10 이란의 리알(rials).

tombstone 비석, 묘석, 묘석광고(tombstone ad.) ¶ The *tombstone* is an advertisement placed in newspapers by investment bankers in a public offering of securities. It gives basic details about the issue and lists the underwriting group members involved in the offering in alphabetically organized grouping according to the size of their participations. It is not "an offer to sell or a solicitation of a offer to buy," but rather it calls attention to the prospectus, sometimes called the offering circular. A *tombstone* may also be placed by an investment, corporate merger, or acquisition; by a corporation to announce a major business or real estate deal; or by a firm in the financial community to announce a personnel development or a principal's death. See also mezzanine bracket. 묘석광고는 증권의 공모(public offering)시에 투자은행(investment banker)이 신문에 게재하는 광고이다. 이 광고에는 기본적인 발행조건의 상세함과 공모에 참가한 인수단(underwriting group)멤버이름이 그 인수단에 대응하여 알파벳순서로 기재된다. 이 광고는 「매도하는 목적에서의 신청, 혹은 매입의 신청의 권유」(an offer to sell or a solicitation of an offer to buy)가 아니라, 사업계획서(prospectus)에 주의를 기우릴 것을 목적으로 하고 있다(사업계획서를 offering circular라고도 한다). 투자은행이 사모(private placement)나 회사합병(merger), 회사매수(acquisition)에서 수행한 역할을 알리고 싶은 경우, 회사가 커다란 사업거래나 부동산거래를 알리는 경우, 또한 금융업계의 회사가 인사동향이나 사장의 사망을 알리는 경우에도 묘석광고가 이용된다. mezzanine bracket(메자닌 브래킷)도 참조할 것. /a *tombstone* ad [advertisement] 묘석광고, 증권의 발행광고, 기채인수(起債引受)광고(사채발행의 신문고시가 묘석에 색인 문자와 같이 보인다고 해서)

묘석광고, 끔찍하죠.

Tom Next; tomorrow next 톰 넥스트(의 금리 또는 스왑레이트)[자금의 인도일(引渡日)이 익일(翌日) 대 익익일(翌翌日, 영업일베이스)의 외환거래, 다음영업일거래(익일 스타트의 overnight money 거래)] ¶ *Tom Next* is a term used in foreign exchange on Eurodollar markets meaning that the delivery date is the next business day. 톰 넥스트는 유로달러(Eurodollar)시장에서 외국환(foreign exchange)에 사용되는 용어이고, 그 뜻은 인도일(delivery date)이 다음 영업일인 경우를 의미한다. ¶ The *tomorrow next* (*Tom Next*) is a foreign exchange and money market term for trades executed tomorrow for delivery on the next business day. For example, a currency purchased on Tuesday is deliverable on Thursday, or the spot delivery plus one day. Also known as rollover or T/N. The spot market price for two-day delivery is adjusted by a premium to account for the extra day. See also spot next. 투모로 넥스트는 다음 영업일(next business day)의 인도를 위한 내일(tomorrow) 집행되는 거래라는 외환과 단기금융시장상의 용어를 말한다. 예를 들면, 화요일에 구입한 통화가 목요일에 인도되거나 또는 현장인도(spot delivery) 플러스 1일이라는 경우이다. 2일 인도를 위한 현물시장가격(spot market price)은 여분의 날짜가 되는 원인인 프리미엄에 의해서 조정된다.

spot next(스폿넥스트)도 참조할 것.

tomorrow's fund 교환결제자금

ton 톤 ¶ *Ton* is bond traders' jargon for $100 million. 톤이란 1억 달러를 의미하는 채권트레이더들간에 사용되는 전문용어이다.

tone 경향, 시황(市況), 경기(景氣) ¶ a bearish [bullish, firm] *tone* 약세의[강세의, 견실한] 시황(市況) /*tone* [trend] of the market 시장의 기세(氣勢)[상태]

Tonga currency 통가 화폐 ¶ pa'anga, divided into 100 seniti. 1 파앙가(pa'anga) = 100 세니티(seniti).

too big to fail 너무 중대하여 도산하지 않는 ¶ The phrase *too big to fail* is said of an organization whose failure would pose systemic risk. During the months of 2008 and 2009 when government bailouts dominated the news, the phrase was used loosely to include General Motors and Chrysler, where the problem was not systemic risk but saving jobs. In its most significant sense, the phrase refers to global financial institutions, where the problem is interdependence more than the size. Even there, however, the phrase lacks precision. The result of rescuing Bear Stearn and Merill Lynch by combining them with behemoths like J. P. Morgan Chase and Bank of America, for example, was to make the latter companies even bigger and arguably more prone to failure. The *too-big-to-fail* issue will probably be resolved as a part of upcoming regulatory reform where the question will be at what point an organization is too big, or too complex, or too lacking in transparency to regulate. 너무 중대하여 도산하지 않는다는 문구는 실패로 말미암아 시장관련 리스크(systemic risk)에 시달린다는 조직(organization)을 두고 하는 말이다. 정부의 구제조치(bailouts)가 뉴스를 독점하던 2008년과 2009년의 여러 달 동안, 그 문구는 제네럴모터스(General Motors)와 크라이슬러(Chrysler)를 막연히 포함하는 데 사용되었고, 이 두 회사는 시장관련 리스크는 아니지만 일자리를 놓치는 것이 문제였다. 가장 의미심장한 의미에서, 그 문구는 세계적 금융기관을 두고 하는 말인데, 그들의 문제는 규모의 문제라기보다도 독립성이다. 그렇지만, 그곳에서도 문구는 정확도가 결여되고 있다. 예컨대, J. P. 모건체이스(J.P. Morgan Chase)와 뱅크오브 아메리카(Bank of America)와 같은 거수(巨獸)(behemoths)와 결합시킴으로써 베어스턴(Bear Stearn)과 메릴린치(Merrill Lynch)를 구제한 결과 후자의 회사들의 몸집을 더 크게 만들어서 더 도산하기 쉽게 하였다는 것이다. 어느 점에서 보더라도, 하나의 조직이 너무 크거나, 너무 복잡하거나 또는 규제하는 데에 투명성이 너무 결여되는 것이 문제일 경우에, 너무 중대하여 도산하지 않는다는 문제는 아마도 다가올 규제개혁의 일부로서 해결할 일일지도 모른다.

top-down approach to investing 톱다운 어프로치 ¶ The *top-down approach to investing* is a method in which an investor first looks at trends in the general economy and next selects industries and then companies that should benefit from those trends. For example, an investor who thinks inflation will stay low might be attracted to the retailing industry, since consumers' spending power will be enhanced by low inflation. The investor then might look at Sears, Wal-Mart, Macy's, Target, and other retailers to see which company has the best earnings prospects in the near term. Or, an investor who thinks there will be rapid inflation may identify the mining industry as attractive, and then look at particular gold, copper, and other mining companies to see which would benefit most from a trend of rising prices. The opposite method is called the bottom-up approach to investing. 톱다운 어프로치는 투자를 검토할 때에, 우선 일반경제동향을 관찰하고, 다음에 그 경제동향에서 이익을 받을 것이라는 산업을 선택한 다음에, 그 산업 중에서 투자를 하는 회사를 선택하는 방법이다. 예를 들면, 낮은 인플레이션율(inflation rate)이 계속한다고 예상하는 투자자(investor)는 낮은 인플레이션으로 인하여 소비자의 구매력이 높아지기 때문에, 소매산업에 흥미를 가질지도 모른다. 다음에 투자자는 시어즈(Sears), 월마트(Wal-Mart), 페더레이티드 백화점(Federated Department Store), 매시즈(Macy's), 타겟(Target) 기타 소매업자 중에서 어느 회사가 가까운 장래 최고의 이익전망을 가지고 있는지를 확인하려고 한다. 혹은 급격한 인플레이션이 일어난다고 예상하는 투자자는 광업주가 유망하다고 판단하고, 특정한 금, 동, 기타의 광업회사 중에서 물가상승의 동향에서 이익을 가장 향유하는 회사를 찾으려고 한다. 톱다운 어프로치와 반대의 방법은 보텀업 어프로치(bottom-up approach to investing)라고 한다.

top-heavy market 매도압박의 시황(매도자료가 많아 가격상승이 억제되고 있는 시황)

TOPIX → Tokyo Stock Exchange Price Index [약] 도쿄증권거래소 주가지수 → Nikkei Stock Average (日經평균주가). ¶ *TOPIX* future trade 토픽스의 선물거래

topping out 톱핑아웃, 주가의 상승경향이 머무는 것 ¶ The *topping out* is a term denoting a market or a security that is at the end of a period of rising prices and can now be expected to stay on a plateau or even to decline. 톱핑아웃은 물가의 상승이 잠시 계속한 후에, 시세가 별 변동이 없이 추이(推移)하거나, 혹은 하락이 예측되는 시장 또는 증권을 가리키는 용어이다.

toppy [미속] (물가・주가의) 최고가의 감이 있는

TOPr(S) 토퍼즈 → income preferred securities (수익배당형 우선증권).

torn note 찢어진 증권[지폐]

Toronto 토론토 ¶ *Toronto* Futures Exchange (TFX) 토론토선물거래소 ***Toronto Index Participation Securities* (*TIPS*)** 토론토인덱스 파티시페이션증권 ¶ The *Toronto Index Participation Securities* (*TIPS*) is a unit investment trusts that replicate the Toronto 35 Index and trade on the Toronto Stock Exchange. *TIPS* options trade on the TSX. 토론토인덱스 파티시페이션증권은 토론토증권거래소(Toronto Stock Exchange)에서 거래되는 토론토 35종목 주가지수(Toronto 35 Index)와 같은 구성의 단위형 투자신탁(unit investment trust)을 이른다. 토론토인덱스 파티시페이션증권옵션(TIPS option)은 토론토선물거래소(TFX)에서 거래된다. ***Toronto Stock Exchange* (*TMX*)** 토론토증권거래소 ¶ The *Toronto Stock Exchange* (*TMX*) is the largest stock exchange in Canada, established in 1852 and listing about 4,000 companies that are traded electronically. The exchange is part of *TMX* Group, which includes the Montreal Exchange/Bourse de Montreal and the *TMX* Venture Exchange. In 1999 Canada's exchanges were reorganized along product line, with the *Toronto Stock Exchange* handling trading in senior equities. *TMX* Venture Exchange – a merger of the Vancouver Stock Exchange and the Alberta Stock exchange – handling trading in junior equities, and the Montreal Exchange handling trading in derivatives. The *TMX's* benchmark index is the S&P/TMX Composite Index; the exchange also offers a group of S&P/TMX Canadian sector indices for energy, information technology, financial services, consumer discretionary, consumer staples, industrials, telecommunications services, utilities, health care, materials, gold, diversified metals and mining, and real estate. 토론토증권거래소는 전자적으로 거래되고 있는 약 4,000개의 회사가 상장되고 있는, 1852년에 설립된 캐나다 최대의 증권거래소이다. 그 거래소는 몬트리얼증권거래소(Montreal Exchange/Bourse de Montreal)와 TMX벤처증권거래소(TMX Venture Exchange)를 포함하는 TMX그룹의 일부이다. 1999년에 캐나다의 증권거래소는 상위주식거래를 취급하는 토론토증권거래소(Toronto Stock Exchange)와 함께 생산라인에 따라 개편되었다. 밴쿠버증권거래소(Vancouver)와 앨버타증권거래소(Alberta Stock Exchange)의 합병인 TMX 벤처증권거래소는 열후주식거래를 취급하고 몬트리얼증권거래소(Montreal Exchange)는 파생상품(derivatives)거래를 취급한다. TMX의 벤치마크한 지수(benchmark index)는 S&P/TMX 통합지수(S&P/ TMX Composite Index)이다. 그 거래소는 또한 에너지(energy), 정보테크놀로지(information technology), 금융서비스(financial services), 일반소비재(consumer discretionary), 필수소비재(consumer staples), 공업제품(industrials), 통신서비스(telecommunications services), 공익시설(utilities), 헬스케어(health care), 원료(materials), 금(gold), 각종금속과 광업(diversified metals and mining), 및 부동산(real estate)에 관한 일단의 S&P/TMX 캐나다의 업종별지수를 제공하고 있다.

tort 불법행위 ¶The *tort* is a wrongful act that is neither a crime nor a breach of contract, but that renders the perpetrator liable to the victim for damages, such as nuisance. trespassing, or negligence. An example of negligence is a landlord's failure to fix reported defective wiring. The law provides remedy for damages from resulting fire. 불법행위는 범죄도 아니고 계약의 위반도 아니지만, 불법방해(nuisance), 불법침입(trespassing), 또는 과실(negligence)과 같은 손해발생으로 인한 피해자에 대해서 가해자(perpetrator)에게 책임을 지우는 위법한 행위이다. 과실의 실례로서는 집주인이 하자가 있다고 하는 배선(配線)을 설치한 잘못이다. 법은 그로 인한 화재에 대해서 구제책을 마련하고 있다.

total 전체의, 총계의, 완전한 ¶*total* asset 총자산 /a *total* cost 총비용, 전부비용 /*total* deposit 총예금 /*total* financial service 종합금융서비스 /*total* insolvency 완전파산 /*total* liabilities and net worth 총자본 /*total* loss only (TLO) 전손담보 /*total* market value 시가총액 /*total* money supply 통화총공급액 /*total* quality control (TQC) 전면적 품질관리 ***total capitalization*** 총자본구성 ¶*Total capitalization* is capital structure of a company, including long-term debt and all forms of equity. 총자본구성은 회사의 자본구성(capital structure)을 의미하고, 장기채무(long-term debt)와 모든 종류의 주식(equities)으로 구성된다. ~ ***cost*** 총비용 ¶In accounting, *total costs* are sum of fixed costs, semivariable costs and variable costs. 회계에서 총비용이란 고정비(fixed costs), 준변동비용(semivariable costs), 및 변동비용(variable costs)의 합계를 이른다. ¶In investments, the *total cost* is a contract price paid for a security plus the brokerage commission plus any accrued interest due the seller (if the security is a bond.). The figure is not to be confused with the cost basis for the purpose of figuring the capital gains tax, which may involve other factors such as amortization of bond premiums. 투자에 있어서, 총비용은 증권의 구입가격 + 브로커의 수수료(brokerage commission) + (채권의 경우에) 매도인에게 지급하여야 하는 일체의 경과이자(accrued interest)를 지급하는 계약가액을 말한다. 이 숫자는 캐피탈게인세(capital gains tax)를 계산하기 위한 원가기준(cost basis)과 혼동하지 않도록 주의해야 한다. 원가기준은 채권프리미엄(bond premium)의 상각(amortization) 등의 요소를 포함하는 경우도 있다. ~ ***disability*** 완전질병 · 상해 ¶The *total disability* is the physical or mental inability to perform the essential duties of the person's regular occupation or a similar occupation for which the person is generally qualified. The definition of *total disability* can vary and is very important in attempting to qualify for disability benefits from an insurance company. Social Security tends to use a strict definition of disability. 완전질병 · 상해는 사람이 일반적으로 적임자인 정상적인 직업이나 유사한 직업의 기본적 의무를 이행하지 못하는 육체적 · 정신적 무능력을 말한다. 완전질병 · 상해는 그 정의(定義)를 내리기가 사람마다 다를 수 있고, 보험회사로부터 장애급여금의 자격이 있는지를 시도하는 데에는 대단히 중요하다. 사회보장제도(Social Security)에서는 완전질병 · 상해의 정의를 엄격하게 내리는 경향이 있다. ***(absolute) ~ loss*** [해상보험] (절대)전손(全損) (*cf.*) partial loss 분손(分損) ¶ *Total loss* is condition of real or personal property when it is damaged or destroyed to such an extent that it cannot be rebuilt or repaired to equal its conditions prior to the loss. 전손(全損)이란 부동산이나 동산이 손실 이전의 상태의 수준으로 재건이나 수리가 불가능한 정도로 손해를 보거나 파괴된 때의 상태를 이른다. ***~ return*** 종합이율, 종합투자수익률 ¶ *Total return* is comprehensive gain or loss on a security over a stipulated period of time comprised of capital appreciation plus dividend/interest received. For bonds held to maturity, *total return* is yield to maturity. For stocks, future appreciation is projected using the current price/earnings ratio. In options trading, *total return* means dividends plus capital gains plus premium income. 종합투자수익률은 일정기간의 유가증권에 대한 종합적인 이득 또는 손실로서 자본평가 플러스 수취배당/이자로 구성된다. 만기일까지 보유된 채권의 종합투자수익률은 만기이율(yield to maturity)과 같다. 주식의 장래의 가격상승은 주가수익률(price/earnings ratio)을 사용하여 시산(試算)된다. 옵션(option)거래에 있어서의 종합투자수익률이란 배당금 캐피탈게인(capital gains) + 옵션료수입(premium income)이 수입합계가 된다. ***~ return swap*** 토털 리턴스왑 ¶ The *total return swap* is an over-the-counter swap that synthetically replicates the economic flows of a reference asset or index, such as a credit-risky bond or equity index, over a stated maturity (generally ranging from 6 months to 5 years). A generic *total return swap* involves the exchange of a periodic coupon or upfront cash flow plus any appreciation in the price of the reference for any depreciation in the reference. The contract permits balance sheet exposures or investments to be reproduced off balance sheet, on a leveraged basis. Also known as contract for differences, total rate of return swap. 토털 리턴스왑은 (일반적으로 6월에서 5년까지에 이르는) 대상자산(reference asset) 또는 법정만기를 넘어 신용이 위태로운 채권(債券) 또는 주식지수(equity index)와 같은 지수의 경제적 흐름을 종합적으로 복사하는 장외거래 스왑이다. 포괄적인 토털 리턴스왑에는 정기적 쿠폰의 교환 또는 선급의 캐시플로(cash flow) + 대상자산의 감가상각을 위한 대상자산의 가격상의 등귀를 포함된다. 계약에서는 대차대조표상의 노출이나 투자가 타인자본의 차입방식으로 대차대조표에서 떨어져 재생되기를 허용한다. 이를 contract for differences(증거금거래), total rate of return swap(토털레이트 리턴스왑)이라고도 한다. ***~ volume*** 총거래량 ¶ *Total volume* is total number of shares or contracts traded in a stock, bond, commodity future, or option on a particular day. For stocks and bonds, this is aggregate of trades on national exchanges like the New York and American stock exchanges and on regional exchanges. For commodities futures and options, it represents the volume of trades executed around the world in one day. For over-the-counter securities, *total volume* is measured by the NASDAQ index. 총거래량은 주식(stock), 채권(bond), 상품(commodities)선물, 또는 옵션의 1일의 총거래량이다. 주식과 채권거래에서는, 뉴욕증권거래소(New York Stock Exchange: NYSE)나 아메리칸증권거래소(American Stock Exchange: AMEX)와 같은 전국적인 거래소와 지방거래소(regional stock exchanges)에 있어서의 거래의 총수를 말한다. 상품선물과 옵션(option)거래에서는, 하루에 세계에서 집행된 거래량을 말한다. 장외시장(over the counter)의 거래총량은 나스닥(NASDAQ)지수에서 측정된다.

totten trust 토튼트러스트 ¶ The *totten trust* is a trust whose assets are designated for a beneficiary but the grantor retains control, including the right to reclaim the assets. When the grantor dies, the assets pass to the beneficiary but not until the assets have been taxed as part of the grantor's estate. 토튼트러스트는 신탁의 수익에게 자산이 지정되고 있으나, 재산양여자가 그 자산의 상환청구권을 포함해서 자산의 지배권을 보유하고 있는 신탁을 이른다. 재산양여자가 사망하면, 그 자산은 수익자에게 인도되지만, 그것도 그 자산이 재산양여자의 유산의 일부로서 과세된 다음에 가능하다.

tout (주식을) 권유하다, 과하게 권장하다 ¶ To *tout* is to promote a particular security aggressively, usually done by a corporate spokesman, public relations firm, broker, or analyst with a vested interest in promoting the stock. Touting a stock is unethical if it misleads investors. See also Investment Adviser Act; investor relations department. 주식을 권유하다는 것은 통상 주식(stock)을 추천하는 것에 이해관계가 있는 회사의 대변인, 홍보관계자, 브로커 또는 애널리스트(analyst)에 의하여 이루어지는 증권(security)을 적극적으로 촉구하는 행위이다. 주식을 권유하는 것이 투자자를 현혹시킨다면 윤리에 어긋나는 행위가 된다. Investment Adviser Act(투자자문업법); investor relations department(인베스터 릴레이션부문)도 참조할 것.

towage 예선료(曳船料)

town 도회, 도심지구 ¶ *town* bill discounted 당소(當所)할인어음 /*town* clearing 시내(어음) 교환

toxic assets 악성자산 ¶ *Toxic assets* are nontechnical term that supplanted the less dramatic and urgent designation "troubled assets" used during 2007 and 2008 to describe mortgage-related loans and investments that had lost most if not all value in a market that was virtually not functioning. Carried on the books of banks and other financial institutions on a mark-to-market basis, they were "poisoning" balance sheets and causing a wave of insolvencies. TARP was initially going to buy the *toxic assets* from the affected banks directly, but revised its approach in favor of infusing capital. In a later action, the FASB suspended mark-to-market accounting rules. 악성자산이란 실질적으로 기능하지 못하는 시장에서 모든 가격이 평가받지 못한다면 거의 전부를 상실한 것과 같았다는 모기지와 관련되는 대출(loan)과 투자(investment)를 표현하기 위하여, 2007년과 2008년 동안에 사용한 「불량자산」(troubled assets)이라는 극적이지도 못하고 절박하지도 못한 명칭을 몰아낸 비테크니컬(nontechnical)한 용어이다. 은행과 금융기관의 장부를 시가평가기준(mark-to-market basis)에 따라 진행된 악성의 자산은 대차대조표를 「망가뜨려서」(poisoning) 도산의 물결의 원인이 되었다. 불량자산구제프로그램(Troubled Assets Relief Program: TARP)이 초기에 직접 영향을 입은 은행으로부터 악성의 자산을 매입하려고 하였으나, 자금을 유입하는 쪽으로 방법론을 바꿨다. 나중에 내린 조치에서, 재무회계기준심의회(Financial Accounting Standards Board: FASB)는 시가평가기준(mark-to-market basis)규칙을 중지시켰다.

T.P.(&)N.D. → **T**heft, **P**ilferage and **N**on-**D**elivery [약] [해상보험] 도난, 좀도둑

질 및 인도불능, 도난불착손해

T-Plus-Three 티플러스 쓰리 → delivery date [인도일(引渡日)].

T/R → trust receipt [약] 수입담보하물보관증, (수입담보)하물대도(荷物貸渡), 트러스트리시트 ¶ *Trust receipt* is release of merchandise by a bank to a buyer in which the bank retains title to the merchandise. The buyer, who obtains the goods for manufacturing or sales purposes, is obligated to maintain the goods (or the proceeds from their sale) distinct from the remainder of his/her assets and to hold them ready for repossession by the bank. 트러스트리시트는 은행이 제품에 대한 권원(title)을 보유하면서 바이어(buyer)에게 제품을 양도하는 행위이다. 바이어는 제조 또는 판매의 목적으로 그 제품을 확보하지만, 자신의 잔여자산과 구별하여 그 제품(또는 판매로부터의 수령금)을 유지하고 은행이 회수하는 데에 준비를 갖출 의무가 있다.

trace 추적하다, 조사해서 알아내다 ¶ The accident can be *traced* back to various causes. 그 사고의 원인을 조사하면 여러 가지의 원인에 부딪힐 수 있다.

track 통로, 항로(航路) ***track record*** (이제까지의) 실적 ¶ *A track record* is a businessman's reputation for producing on a timely and economical basis. *A* good *track record* can be helpful in arranging financing or attracting investors for a new venture. (이제까지의) 실적은 적절한 시기에 경제적인 근거를 기초로 해서 생산을 위한 기업인의 평가이다. 좋은 실적은 신규사업을 위해서 자금을 준비한다든지 투자자들을 끌어들이는 데에 도움이 될 수 있다.

tracker [영] 추적자금 ¶ The *tracker* is an investment fund that tracks a share index, such as the FTSE 100 Index (FOOTSIE). 추적자금은 FT100종목 주가지수(FOOTSIE)와 같은 주가지수를 추적하는 투자자금을 말한다. ***tracker bond*** [영] 추적자금본드 ¶ The *tracker bond* is a lump-sum account invested in equities that guarantees the capital and often guarantees also a minimum return. 추적자금본드는 자본을 보장하고 또 최소한의 수익률도 보장하는 주식에 투자한 일괄금액계정(lump-sum account)을 말한다.

tracking 트래킹, 추적 ¶ *Tracking* is also called portfolio *tracking*, monitoring the performance of a portfolio, usually to analyze the extent to which its price movements conform or deviate from those of a benchmark. In an indexing strategy, it would be done by determining the standard deviation between the index and the portfolio designed to replicate it. There should be no deviation, so any significant dispersion would comprise a tracking error. 트래킹이란 포트폴리오 트래킹(portfolio tracking)이라고도 하며, 포트폴리오(portfolio)의 실적을 모니터링하는 것이다. 일반적으로는, 가격동향이 포트폴리오의 운용실적을 벤치마크(benchmark)한 것과 어느 정도 일치하거나 괴리하고 있는가를 분석한다. 지수연동화(indexing)전략에서는, 벤치마크로 한 지수(인덱스)(index)의 실적과 포트폴리오의 실적간의 표준편차(standard deviation)를 결정함으로써 이루어진다. 이 편차가 없는 것이 요구되고 있으나, 편차가 있으면 트래킹 에러(연동오차)가 된다. ***tracking error*** [영] 트래킹 에러 ¶ The *tracking error* is: (1) a measure of the divergence between the performance of an investment portfolio and a target or benchmark index, which generally arises as a result of transaction costs, portfolio composition (including a smaller number of securities used in the portfolio), and asset pricing differentials. Minimizing *tracking error* is a central element of successful indexing. (2) The realized volatility of a portfolio's active risk, measured on an ex-post basis as the realized annualized standard deviation of the difference between the portfolio's return and the benchmark's return. See also tracking risk. 트래킹 에러는 (1) 투자포트폴리오의 실적과 목표(target) 또는 벤치마크 지수(benchmak index)간의 괴리(divergence)의 측정치(測定値)로, 목표 또는 벤치마크 지수는 일반적으로 거래비용의 결과, (포트폴리오에서 사용된 소수의 증권을 포함하여) 포트폴리오의 구성과 자산가격평가의 차액의 결과로서 발생한다. 트래킹 에러를 최소화하는 일은 성공적인 지수화(indexing)하는 데 중심적인 요인이 된다. (2) 운용자산수익률(portfolio's return)과 벤치마크의 수익률과의 차이에 대한 실현된 연율환산되는(annualized) 표준편차(standard deviation)로서 사후의 근거로 측정된 포트폴리오의 액티브 리스크의 실현볼러틸리티(realized volatility)이다. tracking risk(트래킹 리스크)도 참조할 것. ~ ***risk*** 트래킹 리스크 ¶ The *tracking risk* is the discrepancy between the actual performance of a security or index and the performance of the product tracking it. 트래킹 리스크는 증권이나 인덱스의 실적과 그것을 따르는 생산물의 실적과의 상위(相違)를 이른다. ~ ***stock*** 트래킹 스톡, 사업수익연동주식 ¶ *Tracking stock* is: (1) a category of common stock that pays a dividend based on the operating performance of a particular corporate segment. *Tracking stock*, which is sometimes informally called "designer stock," exists alongside the issuer's regular common shares, but, unlike the latter, usually has limited or no voting power and does not represent a legal claim on assets of the corporation. When identified with a letter, the stock is also called alphabet stock, but differs from classified stock. (2) a stock that has a high correlation coefficient relative to another stock and can be used as a substitute in a hedging strategy. 트래킹스톡이란 (1) 회사의 특정한 업적에 기초해서 배당금(dividend)이 지급되는 보통주(common stock)의 하나의 카테고리로서, 비공식으로 「디자이너 스톡」(designer stock)이라고 하는 경우도 있다. 트래킹스톡은 통상의 보통주와 병존하지만, 보통주와 달리 의결권(voting right)은 부여되지 않거나, 제한되고 있는 수가 많다. 회사의 자산에 대한 법적 청구권도 가지지 않는다. 주식에 문자가 붙어 있는 때에, 알파벳스톡(alphabet stock)이라고 부른다. 다만, 종류주식(classified stock)과는 다르다. (2) 다른 주식과 높은 상관관계(correlation coefficient)를 가지는 주식이고, 헤지전략(hedging strategy)에서 대체주(substitute)로서 사용된다.

tract 토지의 넓은 지면, 지역 ¶ *Tract* means parcel of land, generally held for subdividing; subdivision. 토지의 넓은 지면은 일반적으로 토지의 분필, 즉 토지의 구획분할을 뜻하는 토지의 구획을 의미한다.

trade 무역, 통상(通商), 상업, 거래, 매매 ¶ In general, the *trade* is: (1) buying or selling of goods and services among companies, states or countries, called commerce. The amount of goods and services imported minus the amount exported makes up a country's balance of trade. See also tariff; trade deficit. (2) those in the business of selling products are called members of the *trade*. As such, they receive discounts from the price the public has to pay. (3) a group of manufacturers who compete in the same market. These companies form *trade* associations and publish *trade* journals. (4) commercial companies that do business with each other. For example, accounts payable to suppliers are called *trade* accounts payable; the term *trade* credit is used to describe accounts payable as a source of working capital financing. Companies paying their bills promptly receive *trade* discount when available. (5) synonymous with barter, the exchange of goods and services without the use of money. 일반적으로 트레이드(trade)란 것은 (1) 회사, 주(州), 국가 간에서 상품이나 서비스를 매매하는 것이

고, 이를 commerce라고 한다. 상품이나 서비스의 수입액에서 수출액을 공제한 것이 그 국가의 무역수지(balance of trade)가 된다. tariff(관세); trade deficit(무역적자) 도 참조할 것. (2) 제품판매사업에 종사하는 자는 members of the trade라고 하고, 일반구입자가 지급하는 가격에서 할인(discount)을 받는다. (3) 같은 시장에서 경쟁하는 동업의 제조업자의 그룹이다. 이러한 회사는 동업조합(trade association)을 조성하여 업계지(業界誌)(trade journals)를 발행한다. (4) 상업회사간에서 서로 거래하는 경우이다. 예컨대, 공급업자에 대하여 외상매입금(accounts payable)은 trade accounts payable라고 하며, 기업간신용(trade credit)이라는 용어는 운전자본(working capital)의 자금원으로서 이용하는 외상매입금을 의미한다. 직접 지급을 한 경우에는 할인(trade discount)을 받는다고 한다. (5) 물물교환(barter)과 같은 말이고, 화폐를 사용하지 않고 상품이나 서비스를 교환하는 것이다. ¶ In securities, a *trade* is to carry out a transaction of buying or selling a stock, a bond, or a commodity futures contract. A *trade* is consummated when a buyer and seller agree on a price at which the trade will be executed. A trader frequently buys and sells for his or her own account securities for short-term profits, as contrasted with an investor who holds his positions in hopes of long-term gains. 증권에 있어서, 거래란 주식(stock), 채권(bond), 상품선물(commodities futures contract)의 매매거래를 하는 것이다. 매수인과 매도인이 거래가격에 관하여 합의한 때에 거래가 성립한다. 트레이더(trader)는 단기적 이익을 목적으로 하여 증권을 자기계좌에서 매매하는 경우가 많지만, 대조적으로 투자자는 장기적 이익을 기대하고 증권을 보유한다. /a change of *trade* name 상호변경 /foreign *trade* 외국무역 /international *trade* 국제무역, 국제통상 /invisible *trade* 무역외거래, 무형무역 /overseas [external] *trade* 해외거래 /*trade* acceptance payable 인수어음 /*trade* [mercantile] agency 상업흥신소 /a *trade* agreement; an agreement on commerce 무역협정 /*trade* balance 무역수지 /*trade* banking 무역금융 /*trade* bill 무역어음 /*trade* cartel 무역카르텔 /*trade* checking 상업조회 /a *trade* cycle [영] 경기순환 ([미] a business cycle) /a *trade* date 거래일 /*trade* deficit 무역적자 /*trade* enquiries [inquiries] 거래조회 /*trade* expansion 통상확대 /*trade* finance [financing] 무역금융 /a *trade* gap 무역불균형 /*trade* imbalance 무역불균형 /*trade* information 무역정보 /*trade* mark 상표 /*trade* name 상호, 옥호(屋號) /*trade* policy 통상정책 /*trade* practice 무역관습 /*trade* price 거래가격, 매매가격 /*trade* receivables 매상채권 /*trade* reference 동업자신용조회 /*trade* sanction 무역제재 /*trade* secret 영업비밀 /*trade* surplus 무역흑자, 출초(出超) /*Trade* Ticket [외환] 거래메모 /*trade*(s) union [영] 노동조합 /visible *trade* 유형무역 ***trade acceptance [bill, paper]*** 무역(인수)어음 ¶ A *trade acceptance* is a time draft drawn by the seller of goods on the buyer, who becomes the acceptor, and which is therefore only as good as the buyer's credit. 무역(인수)어음은 상품의 매도인이 매수인 앞으로 발행하고, 매수인이 인수인이 되는 기한부 어음이고, 매수인의 신용도가 어음의 신용도가 된다. ~ ***association*** 동업조합, 동업자단체 ¶ The *trade association* is an organization, usually a not-for-profit corporation, that is comprised of and supported by members engaged in a particular type of business and thus having common interests. *Trade associations* typically engage in advocacy activities, legislative and congressional lobbying. public and membership information services, research and education and other function promoting the interests of the particular industry group. 동업자조합은 특정한 비즈니스에 종사하고 공통의 이해를 가지는 회원기업에 지원되고 있는 조직이고, 비영리단체(not-for-profit corporation)인 경우가 많다. 동업자조합은 그 권업을 위한 지원활동, 미연방이나 주의회에서의 로비활동, 회원기업이나 공익을 위한 정보활동,

조사연구 및 교육활동 기타 특정산업계의 이익을 촉진하는 기능을 한다. ~ ***balance*** 무역수지 → balance of trade (무역수지). ~ ***barriers*** 무역장벽 ¶ *Trade barriers* are various methods used by government to prevent the importation of specified trade goods. The U.S. Trade Representative (USTR) classifies trade barriers into eight general categories: (1) import policies (tariffs and other import charges, quantitative restrictions, import licensing, and customs barriers), (2) standards, testing, labeling, and certification, (3) government procurement, (4) export subsides, (5) lack of intellectual property protection, (6) service barriers, (7) investment barriers; and (8) other barriers (e.g., barrier encompassing more than one category or barriers affecting a single sector). 무역장벽이란 것은 특정한 무역물품의 수입을 방지하기 위하여 정부가 사용하는 여러 가지 방법을 말한다. 미국의 무역대표부(USTR)는 무역장애를 8가지의 카테고리로 분류하고 있다. (1) 수입정책(관세 기타 수입품에 대한 부과금, 양적 제한, 수입허가 및 관세장벽), (2) 표준화, 검사, 라벨링(labeling), 및 인증제, (3) 정부구매, (4) 수출보조금, (5) 지적재산의 보호결핍, (6) 서비스장벽, (7) 투자장벽 및 (8) 기타의 장벽(예를 들면, 하나의 카테고리 이상을 에워싼 장벽 또는 단일부문에 영향을 미치는 장벽)이다. ~ ***bill*** 무역어음 ¶ The *trade bill* is a bill of exchange that is used to purchase goods. The value and acceptability of a *trade* bill depends on the standing of the accepting trader. 무역어음은 상품을 구입할 때에 사용되는 환어음(bill of exchange)이다. 무역어음의 평가와 만족도는 인수하는 무역업자(accepting trader)의 평판에 달려있다. ~ ***bust*** 트레이드 버스트 ¶ *Trade bust* is cancellation of a trade on an electronic exchange because the price, due to an error, was outside of normal ranges. 트레이드 버스트는 에러(error)로 인하여 주가가 정상범위를 초과하였기 때문에, 전자거래에서 그 매매를 취소하는 경우이다. ~ ***credit*** 무역금융 ¶ *Trade credit* is open-account arrangements with suppliers of goods and services, and a firm's record of payment with the suppliers. Trade liabilities constitutes a company's accounts payable. *Trade credit* is an important external source of working capital for a company, although such credit can be highly expensive. 무역금융은 물품 및 서비스의 공급자와의 미결제금약정이며, 회사의 공급자에 대한 지급기록표이다. 무역채무는 회사의 외상판매대금으로 구성된다. 무역금융은 대단히 높은 부담이 되더라도, 회사에 대해서는 운전자금의 중요한 외부적 공급원의 하나가 된다. ~ ***date*** 거래일 ¶ The *trade date* is a day on which a security or a commodity future trade actually takes place. The settlement date usually follows the *trade date* by three business days but varies depending on the transaction and method of delivery used. See also delayed delivery; delivery date; regular-way delivery (and settlement); seller's option. 거래일이란 증권(security)이나 상품선물의 거래가 실제로 집행되는 날이다. 결제일(settlement date)은 통상 거래일로부터 3영업일이 되지만, 거래내용과 인도방법에 따라 다르다. delayed delivery[특약일인도(引渡)]; delivery date(인도일); regular-way delivery (and settlement)(통상인도결제); seller's option(매도인의 임의인도)도 참조할 것. ~ ***deficit or surplus*** 무역적자 또는 무역흑자 ¶ *Trade deficit or surplus* is excess of imports over exports (trade deficit) or of exports over imports (trade surplus), resulting in a negative or positive balance of trade. The balance of trade is made up of transactions in merchandise and other movable goods and is only one factor comprising the larger current account (which includes services and tourism, transportation, and other invisible items, such as interest and profits earned abroad) in the overall balance payments. Factors influencing a country's balance of trade include the strength or weakness of its currency in relation to those of the countries with which it trades (a strong U.S. dollar, for example, makes goods produced in other countries relatively cheap for Americans), production advantages in key manufacturing areas (Korean automobiles, for instance), or the domestic economy of a trading country where production may or may not be meeting demand. 무역적자 또는 무역흑자는 수입이 수출을 상회하거나(무역적자, trade deficit), 수출이 수입을 상회하는가(무역흑자, trade surplus)에 따라 무역수지(balance of trade)가 적자나 흑자가 된다. 무역수지는 상품이나 그 밖의 동산의 거래로 구성되지만, 전체의 국제수지(balance of payments) 중에서 커다란 비율을 차지하는 경상수지(current account)(서비스, 관광, 운송, 해외에서 얻은 이자·이익과 같은 무역외수지항목(invisible items)을 포함한다.)의 일부분을 차지하는 것에 불과하다. 1국가의 무역수지에 영향을 주는 요인에는, 그 국가의 통화가 무역거래상대국의 통화에 대하여 강세인가 또는 약세인가(예를 들면, 미달러가 타국의 통화에 대하여 강세인 경우는 타국의 생산품은 미국인에게 있어서 상대적으로 싸게 된다), 중요한 제조분야에서의 생산우위성이 있는가(예컨대, 한국의 자동차), 거래상대국의 국내경제(생산이 국내수요를 만족시키고 있는가 어떤가) 등이 있다. ~ ***discount*** 동업자할인 ¶ *Trade discount* is producer discount given to retail trade members to help increase sales. See also cash discount. 동업자할인은 판매증가를 돕기 위하여 소매상거래회원에게 주어지는 제조자할인을 말한다. cash discount(현금할인)도 참조할 것. ~ ***gap*** 무역격차 ¶ The *trade gap* is the difference between a country's imports and exports, which may be either positive (trade surplus) or negative (trade deficit). 무역격차는 수출입이 플러스(무역흑자)이거나 마이너스(무역적자)인 국가의 수출입의 차이를 말한다. ***free ~ zone*** 자유무역지대(地帶) ¶ The *free trade zone* (*FTZ*) is a generic term referring to special commercial and industrial areas at which special customs procedures allow the importation of foreign merchandise including raw materials, components, and finished goods without the requirements that duties be paid immediately. They are sometimes called customs-free zones or duty-free zones. If the merchandise is later exported, duty-free treatment is given to reexports. The zones are usually located in or near ports of entry. Merchandise brought into these zones may be stored, exhibited, assembled, processed, or used in manufacturer prior to reexport or entry into the national customs territory. When manufacturing activity occurs in free-trade zones, it usually involves a combination of foreign and domestic merchandise and usually requires special governmental authority. Types of *free trade zones* include free ports, transit zones, foreign trade zones, and foreign trade subzones. 자유무역지대(地帶)는 특별한 세관절차가 관세는 바로 지급하여야 한다는 요건 없이 원재료, 구성부분(components), 완제품의 수입을 허용하는 특별한 상업 및 공업지역을 의미하는 일반적인 용어이다. 자유무역지대는 무관세지대(customs-free zones) 또는 면세지구(duty-free)라고 할 때도 있다. 만약 상품이 늦게 수출되는 경우, 면세취급은 재수출품(reexport)에 이루어진다. 자유무역지대는 일반적으로 통관항(port of entry) 안에 또는 근처에 위치한다. 이러한 지대에 들여온 상품들은 국내관세영역에 재수출 혹은 통과하기 전에 제조업자가 저장, 전시, 축적, 제조과정 또는 사용할 수 있다. 제조활동이 자유무역지대에서 일어나는 경우, 그것은 보통 외국상품과 내국상품의 결합에 영향을 미치고 일반적으로 특별한 정부기관이 필요하게 된다. 자유무역지대의 종류는 자유항, 통과지대(transit zones), 자유무역지대 및 외국무역의 제2지대를 포함한다.

trade-in *n.* 물건 값 대신으로 주는 물품[거래]
a. 신품 대금의 일부로 내는 중고품의

trademark (등록)상표, 트레이드마크 ¶ The *trademark* is a distinctive name, symbol, motto, or emblem that identifies a product, service, or firm. In the United States, *trademark* rights – the right to prevent competitors from using similar marks in selling or advertising – arise out of use; that is, registration is not essential to establish the legal existence of a mark. A *trademark* registered with the U.S. Patent and Trademark Office is good for 10 years, renewable as long as used. Products may be both patented and protected by *trademark*, the advantage being that when the patent runs out, exclusively can be continued indefinitely with the trademark. A *trademark* is classified on a balance sheet as an intangible asset. 상표는 제품, 서비스, 회사를 특정하는 특징 있는 명칭, 기호, 표어, 또는 문장(紋章)을 이른다. 미합중국에서는, 상표권(경쟁상대자가 유사한 표장(標章)을 판매나 광고에서 사용하는 것을 방지하는 권리)은 사용함으로써 효력이 생기며, 등록은 상표의 법적 존재를 확립하는 절대적인 요건은 아니다. 미국특허상표청(U.S. Patent and Trademark Office)에 등록된 상표의 유효기간은 10년이지만, 사용되는 동안 갱신할 수 있다. 제품은 특허권(patent)과 상표의 양쪽에서 보호받지만, 특허권에는 유효기간이 있는 것에 대하여, 상표의 배타성은 무기한으로 계속한다고 하는 이점이 있다. 상표는 대차대조표상에서 무형재산(intangible asset)으로 분류된다. /the right of *trademark* 상표권 /sale by *trademark* [brand] 상표[브랜드]매매

상표의 배타성은 무기한이랍니다.

trade-off (특히 타협을 위한) 교환(交換), 거래 ¶ *Trade-off* means giving up one advantage in order to gain another. For example, a *trade-off* may be realized by taking a financial loss in order to gain a tax deduction that will lower total tax liability. (타협을 위한) 교환은 다른 이익을 얻기 위하여 하나의 이익을 포기하는 경우이다. 예를 들면, 타협을 위한 교환은 전체조세채무를 낮추는 조세공제(tax deduction)를 얻기 위하여 금전상의 손실을 취함으로써 실현될 수 있다.

trader 무역업자, [미] 트레이더, 증권업자 (*cf.*) dealer ¶ In general, the *trader* is anyone who buys and sells goods or services for profit; a dealer or merchant. See also barter; trade. 일반적으로, 트레이더는 이익(profit)을 목적으로 상품이나 서비스를 매매하는 사람이다. 트레이더는 딜러(dealer) 또는 상인(merchant)이다. barter(바터방식); trade(트레이드)도 참조할 것. ¶ In investments, the *trader* is: (1) an individual who buys and sells securities, such as stocks, bonds, options, or commodities, such as wheat, gold, or foreign exchange, for his or her own account – that is, a dealer or principal – rather than as a broker or agent. (2) an individual who buys and sells securities or commodities for his or her own account on a short-term basis in anticipation of quick profits; a speculator, See also day trade; competitive trader; floor trader; registered competitive market maker; registered competitive trader; speculation. 투자에 있어서, 트레이더는 (1) 주식(stock), 채권(bond), 옵션(option)과 같은 증권, 소맥(小麥), 금과 같은 상품(commodities), 또는 외국환(foreign exchange)을 자기의 계정에서 말하자면 딜러나 본인(principal)으로서 매매하는 개인이다. (2) 단기간에 빠른 이익을 예상하여 자기의 계정에서 증권이나 상품을 매매하는 개인이다. 이를 speculator(투기자)라고 한다. day trade(초단기거래); competitive trader(컴페터티브 트레이더); floor trader(입

회장 트레이더); registered competitive market maker(등록컴페터티브 마켓메이커); registered competitive trader(등록컴페터티브 트레이더); speculation(투기)도 참조할 것. /bearish [bullish] *trader* 약세[강세]를 예상하는 사람들 /commodity *trader* 상품거래업자 /floor *trader* [미] 장내거래인 /*traders'* credit 업자간 신용 /*traders'* transactions 동업자간 거래

trade-through [영] 트레이드쓰루 ¶ The *trade-through* is the purchase or sale of a stock during regular trading hours, either principal or agent, at a price that is lower than a protected bid or higher than a protected offer. 트레이드쓰루는 보호받는 매수호가(bid)보다 낮거나 또는 보호받는 매도호가(offer)보다 높은 가격으로 본인이나 대리인이 정규 입회시간(trading hours)에 주식을 매수하거나 매도하는 것이다. ~ ***rule*** 트레이드쓰루 룰 ¶ The *trade-through rule* is a New York Exchange rule instituted in 1975 and extended to NASDAQ in 2005. Requires that trades, with few exceptions, be sent to whatever market has the best advisable price for immediate execution electronically. Also known as Order Protection Rule. With this rule, no exchange or broker can trade through – execute an order at a price inferior to – a protected quote, wherever that quote resides. 트레이드쓰루 룰은 1975년에 뉴욕증권거래소(New York Stock Exchange)에서 제정된 규칙이고 2005년에 나스닥(NASDAQ)에까지 확대되고 있다. 이 규칙에서는 약간의 예외가 있으나, 거래는 최고 유리한 가격으로 바로 집행하도록 전자적으로 시장에 전송될 것을 요구하고 있다. 이는 오더프로텍션 룰(Order Protection Rule)로도 알려져 있다. 이 규칙이 있음으로써, 어느 거래소나 브로커도 시세가격이 어느 곳의 것이든 보호받는 시세가격을 무시하고 매매할 수 없다. 즉 그 가격보다 낮은 가격으로 주문을 집행할 수 없다.

trading 거래, 상업, 무역 ¶ The *trading* is the process of buying and selling assets in order to generate profits from market movements and bid and offer spreads. *Trading* is a common line of business for banks, investment banks, securities firms, broker/dealers, hedge funds, and certain mutual funds. 거래행위는 시장의 변동에서 이익을 산출하기 위하여 자산을 매수하고 매도하는 과정이고 매수호가와 매도호가는 가격상의 차이가 생긴다. 거래행위는 은행, 투자은행, 증권회사, 브로커/딜러, 헤지펀드 및 일정한 뮤추얼펀드의 일반영업의 범위에 들어간다. /margin *trading* [증권] 신용거래 /*trading* area 상권(商圈) /*trading* concern 상사회사 /*trading* condition 거래상황 /*trading* corporation [미] 상사회사 /*trading* [trade] deficit 무역적자 /*trading* down 높은 리스크투자의 재편[재구성] /a *trading* limit 거래한도, 매매한도(dealing limit) /*trading* market 유통시장 /*trading* on the over-the-counter market 장외(場外)거래 /*trading* post 거래소의 종목구분 /*trading* profit 영업이익 /*Trading* Record Sheet 거래기록표 /*trading* up 낮은 리스크투자의 재편[재구성] ***insider trading*** (내부자정보를 악용한) 내부자거래 ¶ The *insider trading* is a practice of buying and selling shares in a company's stock by that company's management or board of directors, or by a holder of more than 10% of the company's shares. Managers may trade their company's stock as long as they disclose their activity within ten days of the close of the month within the time the transactions took place. However, it is illegal for insiders to trade based on their knowledge of material corporate developments that have not been announced publicly. Developments that would be considered material include news of an impending takeover, introduction of a new product line, a divestiture, a key executive appointment, or other news that could affect the company's stock positively or negatively. *Insider trading* laws have been extended to other people who have knowledge of these developments but who are not members of management, including investment bankers, lawyers, printers of financial disclosure documents, or relatives of managers and executives who learn of these material developments. 내부자거래는 회사의 경영자, 이사, 혹은 10%를 초과하는 주식의 보유자에 의한 당해 회사의 주식의 매매거래를 이른다. 경영자는 주식매매를 행한 달(月)의 최종거래일로부터 10일 이내에 거래에 관한 정보를 개시(disclosure)하면 그들의 회사의 주식을 거래할 수 있다. 그러나 내부자가 공표되고 있지 아니한 회사의 중요한 사실에 근거해서 거래를 하는 것은 위법으로 되어 있다. 중요한 사실이란 임박한 기업매수(takeover), 신제품의 도입, 기업분할(divestiture), 중요한 간부인사, 기타 회사의 주가에 대하여 좋든 나쁘든 영향을 미치는 정보가 포함된다. 내부자거래에 관한 법률은 내부자의 정의범위를 경영진이 아니지만 이러한 사실의 정보에 접하는 다른 사람들에게까지 확대되고 있고, 투자은행원(investment banker), 변호사, 재무내용개시서류(financial disclosure documents)의 인쇄관계자, 및 이러한 중요한 사실을 알고 있는 경영자(managers)나 간부사원(executives)의 친척도 포함되고 있다. ~ ***ahead*** 트레이딩 어헤드 → negative obligation (네거티브 오블리게이션). ~ ***authorization*** 거래위임장 ¶ The *trading authorization* is a document giving a brokerage firm employee acting as agent (broker) the power of attorney in buy-sell transactions for a customer. 거래위임장이란 증권회사의 종업원이 고객의 대리인(브로커)(agent, broker)으로서 매매거래를 할 권한(power of attorney)을 부여하는 문서를 이른다. ~ ***book*** [영] 거래회계처리 ¶ The *trading book* is an account used by a dealer, market maker or proprietary trader that contains all open positions, including securities, derivatives, and other contracts, along with any relevant hedges. 거래회계처리는 관련된 어느 헤지(hedge)와 더불어, 증권, 파생상품 및 기타 선물을 포함하여 모든 오픈포지션을 포함하는 계정으로 딜러, 마켓메이커 또는 자영업자(proprietary trader)가 사용하는 것이다. ~ ***book accounting*** [영] 거래장부회계처리 ¶ The *trading book accounting* is an accounting process used by a bank where certain assets, such as securities and derivatives that are held for trading purposes, follow a mark-to-market approach to profit and loss recognition, with changes in fair value booked to the operating income account within the income statement. See also available for sale accounting; banking book accounting. 거래장부회계처리는 거래의 목적을 위하여 보유하는 증권과 파생상품과 같은 일정한 자산이 손익계산서(income statement) 내의 영업이익회계까지 기장된 공정한 가격상의 변경과 함께 손익인식에 대한 시가평가방법(mark-to-market approach)을 따르는 경우 은행이 이용하는 회계처리를 말한다. available for sale accounting(매매이용가능회계처리); banking book accounting(은행장부회계처리)도 참조할 것. ~ ***credit risk*** [영] 거래상의 신용리스크 ¶ The *trading credit risk* is the risk of loss associated with default by a counterparty on a finanacial transaction that dynamically changes in value, such as a derivative or reverse repurchase agreement. A loss on default is not always certain; when the transaction generates bilateral credit risk (as in a forward or swap), the contract may have value to the counterparty rather than the intermediary at the time of default, indicating that the credit provider sustains no loss. A subcategory of credit risk. See also contingent credit risk; correlated credit risk; direct credit risk; settlement risk; sovereign risk. 거래상의 신용리스크는 파생상품 또는 리버스 레포와 같이 동적으로 가격상 변화하는 금융거래에서 거래상대방으로 인한 디폴트와 연관이 있는 손해의 리스크를 말한다. 디폴트로 인한 손실은 항상 일정치가 않다. 말하자면, 거래가 (선물이나 스왑에서와 같이) 쌍방의 신용리스크에서 발생하는 경우, 선물

계약은 디폴트 당시에 중개업자보다 도리어 거래상대방에 대하여 가치가 있을 수 있다. 이것은 신용제공자가 아무런 손해를 입지 않는다. 신용리스크의 하위범주이다. contingent credit risk(우발적 신용리스크); correlated credit risk(상관신용리스크); direct credit risk(직접신용리스크); settlement risk(결제 리스크); sovereign risk (국가 리스크)도 참조할 것. ~ ***curb*** 일시적 거래규제 → suspended trading (거래정지). ~ ***dividends*** 배당목적의 주식거래 ¶ *Trading dividends* are technique of buying and selling stocks in other firms by a corporation in order to maximize the number of dividends in can collect. This action is advantageous, because 80% of the dividend income it receives from the stocks of other companies is not taxed, according to Internal Revenue Service regulations. See also dividend exclusion. 배당목적의 주식거래란 배당금의 수취목적에서 다른 회사의 주식(stock)을 매매하는 것이다. 미국세입청(Internal Revenue Service: IRS)규칙에서 다른 회사의 주식에서의 배당금수입의 80%는 비과세취급으로 되고 있으므로, 세금면에서는 유리한 투자수법이라 할 수 있다. dividend exclusion(수취배당소득공제)도 참조할 것. ~ ***halt*** 거래의 일시정지 → suspended trading (거래정지). ~ ***limit*** 거래한도 → daily trading limit (일간(日間)가격폭제한); limit up, limit down (상한가, 하한가). ~ ***pattern*** [주식] 트레이딩 패턴 ¶ The *trading pattern* is a long-range direction of a security or commodity future price. This pattern is charted by drawing a line connecting the highest prices the security has reached and another line connecting the lowest prices the security has traded at over the same time frame. These two lines will be pointing either up or down, indicating the security's long-term trading pattern. See also technical analysis, trendline. 트레이딩 패턴은 증권(security)이나 상품선물가격(commodity futures price)의 장기동향을 가리킨다. 이 패턴은 소정의 기간에 있어서의 점을 연결하는 선과 최고 싼값의 점을 연결하는 선을 그리는 것에서 도시(圖示)되고 있다. 이 2개의 선은 위쪽 또는 아래쪽의 어느 것인가를 지시하지만, 그 방향이 증권의 장기동향을 나타낸다. techni-

트레이딩 패턴(trading pattern)

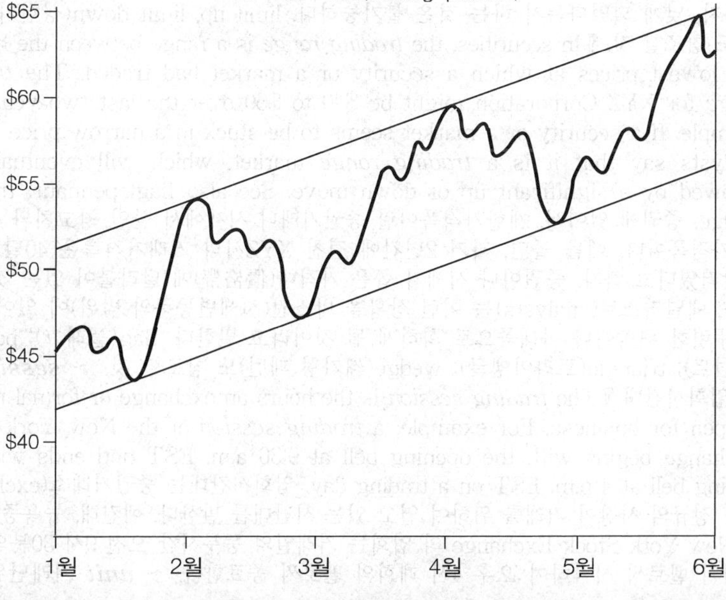

cal analysis(테크니컬 분석); trendline(트렌드라인)도 참조할 것. ~ ***post*** 거래포스트 ¶ The *trading post* is a physical location on a stock exchange floor where particular securities are bought and sold. It is here that the specialist in a particular security performs his market-making functions and that the crowd (floor brokers with orders in that security) congregates. The New York Stock Exchange, for example, has 17 trading posts. See also floor broker; floor trader; make a market. 거래포스트는 증권거래소(stock exchange)의 입회장(floor)에서 특정한 증권이 매매되는 물리적 장소를 이른다. 스페셜리스트(specialist)가 특정한 증권의 마켓메이커(market maker)로서의 기능을 다하여, 크라우드(crowd)(그 증권에 대한 주문을 가진 입회장 브로커)가 모이는 것이 이 장소이다. 예를 들면, 뉴욕증권거래소(New York Stock Exchange: NYSE)에는 17개의 거래포스트가 있다. floor broker(입회장 브로커); floor trader(입회장 트레이더); make a market(거래를 유리하게 이끌다)도 참조할 것. ~ ***profit*** 거래이익 ¶ *Trading profit* is profit earned based on short-term trades. For assets such as stocks, bonds, futures contracts, and mutual funds held under a year, such trading profits are taxed at regular income tax rates. In general commerce, *trading profit* refers to the difference between what a product is sold for by a retailer and what it costs to buy or produce at the wholesale or producer level. 거래이익이란 단기거래에서 가득(稼得)한 이익을 이른다. 주식(stock), 채권(bond), 선물계약(futures contract), 뮤추얼펀드(mutual fund)와 같은 1년 미만의 보유자산에서의 거래이익은 통상의 소득세율(income tax rates)로 과세된다. 상업거래에 있어서의 거래이익이란 소매업자가 판매하는 가격과, 도매나 생산단계에서의 구입가격이나 생산코스트와의 차액을 말한다. ~ ***range*** 제한가격폭, 최고가와 최저가의 가격폭 ¶ In commodities, the *trading range* is a trading limit set by a commodities futures exchange for a particular commodity. the price of a commodity future contract may not go higher or lower than limit during one day's trading. See also limit up, limit down. 상품에 있어서, 제한가격폭이란 상품(commodities)선물시장에 의하여 특정한 상품에 대하여 설정된 제한가격폭을 이른다. 1일 동안의 거래 중에서, 그 가격폭보다도 높게 되었다든지, 낮게 되었다든지 하는 것은 불가능하다. limit up, limit down(상한가, 하한가)도 참조할 것. ¶ In securities, the *trading range* is a range between the highest and lowest prices at which a security or a market had traded. The *trading range* for XYZ Corporation might be $40 to $60 over the last two years, for example. If a security or a market seems to be stuck in a narrow price range, analysts say that it is a *trading range* market, which will eventually be followed by a significant up or down move. See also flag; pennant; triangle wedge. 증권에 있어서, 제한가격폭이란 증권거래나 시세에서 붙인 최고치와 최저치의 가격폭이다. 예를 들면, 과거 2년간에 걸친 XYZ사의 거래가격폭은 40달러에서 60달러였다고 하자. 증권이나 시세가 좁은 가격대(價格帶)에 달라붙어 있는 것 같은 경우, 애널리스트(analysts)는 이런 상황을 박스권(시세변동폭의 범위)에 있어서, 결국 뚜렷한 위쪽이나 아래쪽으로 향하게 될 것이라고 말한다. flag(플래그); pennant(페넌트); triangle(트라이앵글); wedge(쐐기형 패턴)도 참조할 것. ~ ***session*** 입회, 입회시간대 ¶ The *trading session* is the hours an exchange or formal market is open for business. For example, a *trading session* at the New York Stock Exchange begins with the opening bell at 9:30 a.m. EST and ends with the closing bell at 4 p.m. EST on a trading day. 입회시간대는 증권거래소(exchange) 또는 정규의 시장이 거래를 위하여 열고 있는 시간대를 말한다. 예컨대, 뉴욕증권거래소(New York Stock Exchange)의 입회는 거래일의 동부시간 오전 9시 30분의 거래개시의 벨로써 시작하여 오후 4시 폐회의 벨로써 종료한다. ~ ***unit*** 거래단위 The *trading unit* is a number of shares, bonds, or other securities that is generally accepted for ordinary trading purposes on the exchanges. See also odd lot; round lot; unit of trading. 거래단위는 거래소에서, 통상의 거래로서 일반적으로 수입(受入)되고 있는 주식(stock), 채권(bond), 기타의 증권의 수를 말한다. odd lot(단주); round lot(거래단위); unit of trading(거래단위)도 참조할 것.

traffic 교통, 수송 ¶ air *traffic* 공중수송 /goods *traffic* 화물수송 /plane *traffic* 공수(空輸) /rail [railway] *traffic* 철도수송 /shipping *traffic* 선박수송

trailing 실적 ¶ The word *trailing* means historical as opposed to projected, usually referring to performance statistics measured in periods of a year. A *trailing* price/earning ratio (P/E), for example, would be the current price divided by the prior year's earnings, whereas a forward P/E would cover the projected 12-month period. In the case of a *trailing* stop order, the stop price is set at a fixed percentage below the market price and trails it; that is, it increases as the market price increases. It does not decrease, however, so if the market price drops and meets it, the stop loss order is activated. 실적이라는 말은 예상된 것에 반대되는 지난 것을 추적하는 역사적인 뜻이 있어서, 통상 1년간에 측정된 실적통계를 의미한다. 예컨대 실적P/E(price/earnings ratio)는 현재의 주가를 전년도의 당기이익(earnings)으로 나누어 산출한다. 이에 대하여 선도 P/E (forward P/E)는 기말에 예상되는 당기이익을 베이스로 하고 있다. 트레이링 스톱오더(trailing stop order)의 경우에는, 역지정가(stop price)가 현재의 주가보다 일정한 비율로 하회하는 가격으로 설정되어, 주가의 동향에 연동된다. 결국 주가가 상승하면 역지정가도 마찬가지로 상승해 간다. 그렇지만 시장의 가격이 하락한 때에는 역지정가는 하락하지 않고, 주가가 역지정가까지 하락하면 거기서 손절(損切)주문(stop loss order)이 유효하게 된다. ***trailing price/earnings ratio*** [영] 실적주가수익률 ¶ The *trailing price/earnings ratio* is a price/earnings ratio that is computed on a rolling basis based on the most recent 12 months' financial results, with the latest quarterly or semiannual results replacing the oldest data points. See also forward price/earnings ratio. 실적주가수익률은 최고로 오래된 데이터 포인트를 대체하는 최신의 사분기나 반년의 실적과 동시에, 가장 최근의 12달의 금융실적에 기초하여 회전방식으로(on a rolling basis) 계산된 주가수익률을 말한다. forward price/earnings ratio(선물가격수익률)도 참조할 것. ~ ***stop loss*** 트레일링 스톱로스 → trailing (실적).

training 연수, 훈련 ¶ They saw this period in the army as a form of citizenship *training*. 그들은 군대생활의 이 기간을 일종의 시민교육이라고 생각하였다. /Nobody else is as well qualified by general *training* for the job. 이 일을 위하여 전반적인 교육을 받아서 충분한 자격을 가지는 사람은 달리 없다.

tramp [tramp ship; tramp steamer] 부정기화물선 ¶ A *tramp* is a ship that carries cargo and is not operating on regular routes or schedules. 부정기화물선은 화물을 운반하는 선박이지만 정기항로나 정기적으로 운항하지 않는 선박이다.

tranch CD 트랑슈 CD → tranches (트랑슈).

tranche [프] 트랑슈(분할발행되는 채권 등의) 부분, (분할지급의) 1회분 (*cf.*) gold tranche, [IMF] 외화인출방법의 하나 ¶ A *tranche* is a slice or portion; an instalment. In general, a *tranche* is one of a series of payments which when put together add up to the total agreed. Risk, maturity, or other classes into which a multi-class security, such as a collateralized mortgage obligation (CMO) or a REMIC is split. For example, the typical CMO has A, B, C, AND

Z tranches, representing fast pay, medium pay, and slow pay bonds plus an issue (tranche) that bears no coupon but receives the cash flow from the collateral remaining after the other *tranches* are satisfied. More sophisticated CMO versions have multiple Z *tranches* and a Y *tranch* incorporating a sinking fund schedule. 1트랑슈는 하나의 몫 또는 일부분이다. 그리고 분할지급의 경우에는 1회분이다. 일반적으로 1트랑슈는 합계를 내면 약정한 전체금액에 부가되는 연속되는 지급금액의 1부분을 말한다. 모기지 담보증권(CMO: Collateralized Mortgage Obligation)이나 부동산담보투자 도관체(導管體)(REMIC)와 같은 많은 종류의 자산의 집합체(pool)를 근거로 작성된 증권(multi-class securities)을 리스크나 만기마다 나누어 분할발행(split)되는 각각의 부분이다. 예를 들면, 전형적인 CMO에는, A, B, C. 및 Z 트랑슈가 있고, 각각 최초에 지급되는 부분, 다음에 지급되는 부분, 최후에 지급되는 부분, 그리고 이표(利票, coupon)는 붙지 않지만, 모든 트랑슈가 반환 후에 남는 담보재산으로부터의 캐시플로(cash flow)는 모두 수취하는 부분이 된다. 그리고 정치화(精緻化)된 CMO에는 복합 Z트랑슈와 감채기금(sinking fund)계획을 수용한 Y트랑슈를 가지는 경우도 있다. ¶ *Tranches* are subunits of a large ($10-$30 million) Eurodollar certificate of deposit that are marketed to smaller investors in $10,000 denominations. *Tranches* are represented by separate certificates and have the same interest rate, issue date, interest payment date and maturity of the original instrument, which is called a tranche CD. 트랑슈는 소액투자자에게 10,000달러의 액면금액 단위로 판매되는 거액(1,000만 달러에서 3,000만 달러의)의 유로달러 정기예금증서의 서브유니트(subunit)이다. 각 트랑슈는 개별의 증서로 표시되며, 원증권(original instrument)과 이율, 발행일, 이자지급일, 만기가 동일하고, 트랑슈 CD라고도 불린다.

tranchette [영] 트랑슈트 ¶ The *tranchette* is a small issue of gilts issued by the Bank of England, intended primarily for retail investors. 트랑슈트는 주로 소액투자자를 겨냥한 영국은행(Bank of England)이 발행한 영국국채(債)의 소액발행을 말한다. → tranches (트랑슈).

transaction 거래, 업무, 매매 ¶ In accounting, the *transaction* is an event or condition recognized by an entry in the books of account. 회계에 있어서, 거래는 회계장부에의 기입에 의하여 인식되는 사항 또는 조건이다. ¶ In securities, the *transaction* is an execution of an order to buy or sell a security or commodity futures contract. After the buyer and seller have agreed on a price, the seller is obligated to deliver the security or commodity involved, and the buyer is obligated to accept it. See also trade. 증권에 있어서, 거래는 증권(security)이나 상품선물계약(commodity futures contract)에 관한 매매주문의 집행(execution)을 이른다. 매도인과 매수인이 가격에 관하여 합의를 하면, 매도인은 관계되는 증권이나 상품을 인도할 의무가 생기고, 매수인은 그것은 수취할 의무가 생긴다. trade(트레이드)도 참조할 것. /exchange *transaction* 외환거래 /financial *transaction* 금융거래 /forward *transaction* 선물거래 /money *transaction* 금전거래, 현금거래 /speculative *transaction* 투기거래 /trade *transaction* 상거래 /*transaction* fee 거래수수료 /a *transaction* for cash 현금거래 /a *transaction* tax 거래세 ***transaction costs*** 거래코스트 ¶ *Transaction cost* is cost of buying and selling a security, which consists mainly of the brokerage commission, the dealer markdown or markup, or fee (as would be charged by a bank or broker-dealer to transact Treasuries, for example) but also includes direct taxes, such as the SEC fee, and state-imposed transfer, or other direct taxes. 거래코스트는 주로 브로커 위탁수수료(brokerage commission), 딜러(dealer)에 의한 가격 하락폭(markdown) · 가격 상

승폭(markup)으로 구성되는 증권거래에 수반하는 코스트이다. 예컨대, 미재무부증권(Treasuries)을 거래하는 은행이나 브로커-딜러(broker-dealer)에 의하여 청구되는 수수료와 같은 것으로 구성되지만, SEC수수료(SEC fee), 주(州)가 과세하는 이전세(transfer tax) 기타 직접세도 포함된다. ~ ***risk* (*or exposure*)** 거래리스크(또는 익스포저) ¶ The *transaction risk* (*or exposure*) is the risk that charges in exchange rates during the time it takes to settle a cross-border contract will adversely affect the profit of a party to the transaction. Currency swaps and currency futures are designed to reduce transaction risk. See also foreign exchange. 거래리스크(또는 익스포저)는 국경을 넘는(cross-border) 계약을 결제하기까지의 기간에 환율이 변동한 결과, 그 거래의 관계자가 불이익을 입는 리스크를 말한다. 통화스왑(currency swap)이나 통화선물(currency futures)은 거래리스크를 경감할 목적으로 설계되고 있다. foreign exchange(외국환)도 참조할 것. ~***-specific collateral*** [영] 거래특유의 담보 ¶ The *transaction-specific collateral* is a collateral management technique where collateral is taken on an incremental basis in support of each discrete credit-sensitive transaction. Individual pieces of collateral security are thus associated with specific transactions; as transactions mature or are unwound, the specific collateral is released. See also cross collateral agreement; pooled portfolio collateral. 거래특유의 담보는 담보가 이산(離散)여신에 민감한 거래를 옹호하여 증가방식으로 취해지는 담보운용기법을 말한다. 담보증권의 각개의 개수는 이렇게 특유한 거래와 연관되어 있다. 즉, 거래가 완성되거나 해결되면 특유한 담보가 해제된다. cross collateral agreement(교차담보약정); pooled portfolio collateral(합동포트폴리오담보)도 참조할 것.

transcript 사본(寫本), 등본 ¶ The official *transcript* of the trial has not yet appeared. 이 심리(審理)의 기록의 등본은 아직 공표되지 않았다. /an academic *transcript* [미] (대학 등의) 성적증명서

transfer Ⓝ 양도, 환(換), 이체, 대체, 전송(轉送) ¶ *Transfer* is exchange of ownership of property from one party to another. For example, a piece of real estate may be transferred from seller to buyer though the execution of a sales contract. Securities and mutual funds are typically transferred through a *transfer* agent, who electronically switches ownership of the securities. In banking, *transfer* refers to the movement of funds from one account to another, such as from a passbook account to a checking account. 이전(transfer)은 일방의 당사자로부터 타방의 당사자로 재산의 소유권이 이전하는 것이다. 예를 들면, 부동산의 소유권은 매매계약의 체결에 의하여 매도인으로부터 매수인에게 이전된다. 증권과 뮤추얼펀드(mutual fund)의 소유권은 증권대행기관(transfer agent)에 의하여 이전되는 것이 일반적이다. 증권대행기관은 소유권을 전자적으로 이전한다. 은행업무에 있어서는, 이체(transfer)는 통장예금계좌에서 당좌예금계좌로와 같이, 하나의 계좌에서 다른 계좌로 자금이 이동하는 것이다. /airmail *transfer*(*s*) 우편이체, 보통송금 /automatic debt *transfer* 자동인낙(引落), 자동이체 /bank *transfer* 은행대체, 은행송금 /cable [telegraphic] *transfer*(*s*) 전신송금 /an endorsement to *transfer* 양도배서 /mail *transfer* 우편이체, 보통송금 /registration of *transfer* 이전등기 /(postal) *transfer* account 이체계좌 /*transfer* books closed 주식명의개서정지 /*transfer* books open 주식명의개서정지해제 /*transfer* by indorsement [in blank] (어음 등의) 배서[백지식]양도 /*transfer* deed 재산양도증서 /*transfer* entry 이체기입 /*transfer* of business 영업양도 /*transfer* of name 명의변경 /*transfer* [conveyance] of property 소유권의 이전 /*transfer* of share certificate 주권명의개서 /*transfer* of stock 주식의 양도, 주식의 명의개서 /*transfer* of stock certificate 주식의 명의개

서 /*transfer* of title 권리의 양도 /*transfer* payment 이전수지 /*transfer* savings 이체저금 /*transfer* slip 이체전표 /*transfer* tax (유가증권)거래세(去來稅) ***telegraphic ~(s) (TT); cable ~(s)*** 전신송금 ¶ The *telegraphic transfer* (*TT*) is a method of transmitting money overseas by means of a transfer between banks by cable or telephone. The transfer is usually made in the currency of the payee and may be credited to the payee's account at a specified bank or paid in cash to the payee on application and identification. 전신송금은 케이블이나 전화로 은행간의 이체(transfer)의 수단으로 해외에 돈을 송금하는 것이다. 이체는 보통 수취인(payee)의 화폐로 이루어지고, 특정한 은행의 수취인의 계좌 대변에 기재되거나 신청과 신분확인이 되면 수취인에게 현금으로 지급될 수 있다. ~ ***agent*** 명의개서대리인 ¶ The *transfer agent* is an agent, usually a commercial bank, appointed by a corporation, to maintain records of stock and bond owners, to cancel and issue certificates, and to resolve problems arising from lost, destroyed, or stolen certificates. (Preventing overissue of shares of is the function of the registrar.) A corporation may also serve as its own *transfer agent*. 명의개서대리인은 주식(stock)과 채권(bond)의 소유자의 명부를 보관하고, 증권(certificate)을 회수(cancel), 발행(issue)하며, 증권의 분실·파손·도난에서 발생하는 문제의 해결을 담당하는 대리인(agent)(통상은 상업은행)이고, 회사가 임명한다 [주식의 한외(限外)발행(overissue)을 방지하는 것은 등록기관(registrar)의 역할이다.]. 회사가 자사발행의 증권의 명의개서대리인으로서 역할을 할 수도 있다. ~ ***payments*** 이전지출 ¶ *Transfer payments* are money transferred to people from the government. Many payments under government benefit programs are considered transfer payments, including Social Security. disability payments, unemployment compensation, welfare, and veterans' benefits. A large portion of the federal government's yearly budget goes to make *transfer payments*. 이전지출은 정부로부터 사람들에게 이전되는 자금을 이른다. 사회보장(social security), 장애보험급여, 실업보험수당, 복지급여, 군인연금이 포함하여 정부급여제도에 기초로 하는 지급의 대부분은 이전지출로 간주된다. 미연방정부의 연간예산의 큰 부분은 이전지출에 배정된다. ~ ***price*** 이전가격 ¶ *Transfer price* is price charged by individual entities in a multi-entity corporation on transactions among themselves; also termed transfer cost. This concept is used where each entity is managed as a profit center – that is, held responsible for its own return on invested capital – and must therefore deal with the other internal parts of the corporation on an arm's length (or market) basis. See also arm's length transaction. 이전가격은 복수의 사업부분으로 구성되는 회사의 개개의 사업부문간에 있어서의 거래가격이고, 이를 termed transfer cost라고도 한다. 이 개념은 개개의 사업부문이 프로피트센터(profit center)로서 관리되는 경우에는, 각 사업부문은 자신들의 부문의 투하자본이익률(return on invested capital)에 책임을 가져야 한다는 것이다. 그러므로 사업부문간의 거래는 제3자 거래(aim's length)(또는 시장)베이스로 행해진다. arm's length transaction(대등(對等)거래)도 참조할 것. ~ ***pricing*** 이체가격조작, 이전가격조작 ¶ The *transfer pricing* is the setting of prices for intra-group or company transfers of goods and services. The pricing is often based on allocating true profits to the individuals units for purposes of performance measurement. Formerly, *transfer pricing* was sometimes used to move profits from one jurisdiction to another to minimize tax on profits. However, the Finance Act of 2002 has the effect that tax is charged on profits computed by reference to prices that would be paid by an unconnected third party, irrespective of the price actually charged. 이전가격조작은 제품과 서비스의

그룹과 회사내의 이전에 대해서 가격을 매기는 경우이다. 이전가격조작은 업적측정의 목적으로 위해서 개인단위에 대해서 진정한 이익을 할당하는 것을 기초로 하기도 한다. 이전에, 이전가격조작은 이익에 대한 과세를 최소하기 위하여 관할권(jurisdiction)이 다른 곳으로 이익을 이동하는 데에 이용되기도 하였다. 그렇지만, 2002년의 재정법(Finance Act of 2002)은 실제로 징수한 가격에 상관없이, 아무 연관이 없는 제3자가 지급한 가격과 관련 지워 계산한 이익에 조세가 부과된다는 효과가 있게 된다. ~ ***risk*** (국제수지악화 등으로 인한) 대외지급 리스크 ¶ The *transfer risk* is the risk that goods sold on credit to a foreign buyer may not be paid for in full or on time as a result of a charge in exchange-control regulations in the buyer's country. 대외지급 리스크는 외국인 바이어에게 외상으로 판매한 상품 값을 바이어국가의 외환관리규정상의 부담의 결과 전액 또는 적기에 지급할 수 없다는 리스크를 말한다. ~ ***tax*** 재산이전세, 유가증권거래세 ¶ The *transfer tax* is: (1) a combined federal tax on gifts and estates. See estate tax; gift tax. (2) a federal tax on the sale of all bonds (except obligations of the United States, foreign governments, states, and municipalities) and all stocks. The tax is paid by the seller at the time ownership is transferred and involves a few pennies per $100 of value. (3) a tax levied by some state and local governments on the transfer of such documents as deeds to property, securities, or license. Such taxes are paid, usually with stamps, by the seller or donor and are determined by the location of the transfer agent. States with *transfer taxes* on stock transactions include New York, Florida, South Carolina, and Texas. New York bases its tax on selling price; the other states apply the tax to par value (giving no-par-value stock a value of $100). Bonds are not taxed at the state level. 재산이전세(transfer tax)는 (1) 증여세와 상속세를 조합시킨 미연방세이다. estate tax(상속세); gift tax(증여세)도 참조할 것. (2) 유가증권거래세(transfer tax)는 모든 채권(미합중국정부, 외국정부, 주, 지방자치단체의 채권을 제외한다)과 주식을 매각한 때에 과세되는 미연방세를 말한다. 이 세금은 소유권이 이전된 때에 매도인에 의하여 지급되고, 100달러의 가격에 대하여 몇 센트의 과세가 된다. (3) transfer tax는 부동산의 권리증서(deeds to property), 증권(security), 라이센스(license)와 같은 증서의 이전에 대하여 주(州)나 지방정부가 과세하는 세금이다. 그와 같은 세금은 매도인이나 증여자(donor)에 의하여, 보통 인지(印紙)로 지급되고, 명의개서대리인(transfer agent)의 거주지에 따라 결정된다. 주식거래에 대하여 거래세를 부과하는 주는 뉴욕, 플로리다, 사우스캐롤라이나, 및 텍사스가 있다. 뉴욕주는 매각가격에 근거해서 과세하는 것에 대하여, 다른 주는 액면가격(face value)에 근거로 과세한다[무액면주식(no-par-value stock)은 1주 100달러로 한다]. 채권은 주 수준에서는 과세되지 않는다. *v.* (반대기입에 의해서) 장부의 오류를 정정(訂正)하다, 전송(轉送)하다

Transfer Accounting, Lodgement for Investors, Stock Management for Jobbers (TALISMAN) [영] 이체회계, 투자자를 위한 예탁, 저버를 위한 주식관리제도 ¶ The *Transfer Accounting, Lodgement for Investors, Stock Management for Jobbers* (*TALISMAN*) is a settlement and clearing system for equities on the London Stock Exchange. Shares sold by market-makers are transferred into SEPON (Stock Exchange Pool Nominees) and buying orders are met from the same central pool. It was replaced by CREST in 1997. 이체회계, 투자자를 위한 예탁, 저버를 위한 주식관리제도(TALISMAN)는 런던주식시장에 상장되고 있는 주식의 결제 및 청산제도를 말한다. 마켓메이커가 매도한 주식은 세폰(SEPON: Stock Exchange Pool Nominees)에 이체되어 매수주문은 동일한 센트럴풀(central pool)에서 합쳐진다. 그 제도는 1997년에 크레스트(CREST)로 대체되었다.

transferability 이체가능성, 양도성 ¶ The essence of negotiable instrument lies in the *transferability*. 유통증권의 본질은 양도성에 있다.

transferable 이체할 수 있는, 양도할 수 있는 ¶ *transferable* account 이체가능계정 /*transferable* credit 양도가능신용장 /*transferable* loan 양도가능대출 /*transferable* security 양도가능증권 ***transferable letter of credit*** 양도가능신용장 ¶ The *transferable letter of credit* is a letter of credit under which the beneficiary may transfer the right to draw drafts or make demands for payment under the credit. 양도가능신용장이란 수익자(beneficiary)가 신용장에 의거하여 환어음을 발행하거나 지급청구를 발행할 권리를 양도할 수 있는 신용장을 말한다.

transferee 양수인 ¶ The *transferee* is a person to whom an asset is transferred. 양수인은 자산을 양도받는 자이다.

transferor; transferer 양도인 ¶ The *transferor* is a person who transfers an asset to another (the transferee). 양도인은 타인(양수인)에게 자산을 양도하는 자이다.

transit 통과, 수송 ¶ *transit* account 미달계정 /*transit* check 타소출급수표 /the *transit* clause 운송약관 /*transit* damage; damage in *transit* 운송중의 손해 /*transit* goods 통과화물 /*transit* insurance 운송보험 /*transit* letter 추심결제송달장 /*transit* shipment 환적화물 /*transit* trade 통과무역

transition [영] 추이 → rating migration (등급이동). ***transition probability*** [영] 추이확률 ¶ The *transition probability* is the likelihood that a company's credit rating will migrate from one rating class to another; such probabilities are essential components of credit mark-to-market models. See also rating migration. 추이확률은 회사의 신용등급이 등급의 한 단계에서 다른 단계로 이동한다는 가능성이다. 그러한 확률은 신용시세평가모형(credit mark-to-market models)의 본질적인 구성요소이다. rating migration(등급이동)도 참조할 것.

translation risk [영] 환산위험 ¶ The *translation risk* is the risk arising from converting assets and liabilities from one currency to another, with any gains or losses reflected directly in the equity account on the corporate balance sheet. *Translation risk* may arise when a company operates subsidiaries in different countries, and can be protected through a balance sheet hedge. See also transaction risk. 환산위험은 회사의 대차대조표상의 자본계좌(equity account)에서 직접 나타나는 이득과 손실의 상태로 자산과 부채를 한 통화에서 다른 통화로 환산하는 것에서 생기는 위험을 말한다. 환산위험은 회사가 여러 외국국가에서 자회사를 운영할 경우에 발생할 수 있고, 대차대조표 헤지를 통해서 보호받을 수 있다. transaction risk(거래리스크)도 참조할 것.

transmission 전송, 송신, 발신 ¶ The *transmission* of information across the ocean happens at astonishing speed. 바다를 건너는 정보전달은 놀랄 정도의 빠른 속도로 행해진다.

transmit 전송(傳送)하다 ¶ The information is *transmitted* directly to the computers. 그 정보는 컴퓨터에 직접 전송된다.

transmittal letter 전달서신(書信) ¶ The *transmittal letter* is a letter sent with a document, security, or shipment describing the contents and the purpose of the transaction. 전달서신(書信)은 서류, 증권(security), 적하(積荷)와 함께 한꺼번에 송부되어 거래(transaction)의 내용과 목적이 기재되어 있는 서신을 이른다.

transnational corporation (TNC) 초국가기업, 다국적기업 ¶ The *transna-*

tional corporation (*TNC*) is a company that operates in a home country and has an affiliate overseas. *Transnational corporation* and multinational corporation are now used synonymously. Through the 1970s and 1980s the United Nations attempted to assess the impact of *TNCs* on development and international relations in the world economy. These efforts resulted in considerable complexity in attempting to define a *TNC,* including associations with impact on developing countries, size, ownership, and other characteristics. Agreement on a specialized definition was never achieved. 초국가기업은 자국에서 영업을 하고 외국에 관계회사(affiliates)를 가지는 회사를 이른다. 초국가기업과 다국적기업(multinational corporation)은 오늘날 동의어로서 사용된다. 1970년대와 1980년대에 유엔은 세계경제의 발전과 국제적 관계에서 초국가기업의 영향력을 평가하려고 시도했다. 이러한 노력은 개발도상국에 대한 영향력과 관련된 문제, 규모, 소유 기타 특성을 비롯하여 초국가기업의 정의를 기도하는 데에 상당한 복합한 문제들을 들어내었다. 결국 그 정의(definition)를 특화하는 것에 대한 합의는 결코 달성되지 않았다.

transparency 투명성 ¶ In financial reporting, *transparency* is ease of understanding, made possible by the full, clear, and timely disclosure of relevant information. In securities transactions, price *transparency* means access to information concerning the depth of the market that would enable detection of fraud or manipulation. 재무보고에서, 투명성은 관련정보를 완전하게 명확하고 또 시의에 맞게 정보공개(disclosure)에 의하여 이해하기 쉽게 하는 것을 말한다. 증권거래에서 말하는 가격투명성(price transparency)이란 시장의 두터움(depth of the market)에 관한 정보를 얻는 것을 의미한다. 이로써 부정행위(fraud)이나 주가조작(manipulation)을 탐지하는 것이 가능하다.

transport 운송, 수송, 운수(運輸) ¶ air *transport* 항공운송, 공수(空輸) /ocean *transport* 해상운송 /public *transport* 공공운송 /*transport* of bank notes (and coins) 현송(現送) /*transport* insurance 운송보험 ***transport documents*** 운송서류 ¶ *Transport documents* are all types of documents evidencing acceptance, receipt, and shipment of goods. See also bill of lading; air waybill. 운송서류는 운송물의 인수, 수리(受理), 및 선적을 증명하는 모든 종류의 서류를 말한다. bill of lading(선하증권); air waybill(항공화물운송장)도 참조할 것.

transportation 운송, 수송 ¶ The *transportation* is the physical movement of goods between buyer and seller. 운송이란 매수인과 매도인간에 물품의 물리적인 이동을 이른다.

transship; tranship 타선에 옮기다, 환적하다 ¶ To *transship* is (1) to transfer goods from one transportation line to another, from one ship to another, or from airline to another in order to complete a delivery. (2) to ship to one country and then to re-export to another. 환적하다는 것은 (1) 인도(deliver)를 완성하기 위하여 어떤 운송라인에서 다른 운송라인으로, (2) 선박에서 다른 선박으로, 또는 항공편에서 다른 항공편으로 화물을 옮겨 싣는 것이다.

transshipment; transhipment 환적(換積) ¶ The *transshipment* is the process of unloading cargo at an intermediary port and then reloading it for shipment to its final destination. When the cargo is reloaded, it is possible it can be placed on another mode (i.e. from ocean vessel to truck). 환적이란 중계항에서 화물을 양하(揚荷)하고 다음에 최종목적지로 선적하기 위하여 화물을 재양하(再揚荷)하는 과정을 이른다. 화물이 재양하되는 경우, (예컨대 해양선박에서 트럭으로와 같이) 다른 운송방법으로 운송하는 것이 가능하다.

travel 여행, (*pl.*) 외국여행 ¶ *travel* [traveler's] check 여행자수표 ***travel and entertainment account*** 여비 · 접대비계좌 ¶ The *travel and entertainment account* is a separate account set up by an employer to track and reimburse employees' travel and entertainment expenses. Many employers give special credit cards to employees so that all travel and entertainment expenses can be tracked separately from personal expenses. Employers need to track travel and entertainment expenses carefully if they are to claim the appropriate tax deductions for these business expenses. 여비 · 접대비계좌는 고용주가 종업원의 여비 · 접대비를 기록하여 그것을 종업원에게 환급하기 위하여 설정한 계좌를 말한다. 많은 고용주는 종업원에게 특정한 크레디트카드(credit card)를 가져가게 하여 여비 · 접대비가 개인적인 지출과는 별도로 기록할 수 있도록 하고 있다. 이러한 경비를 영업비용으로서 적절히 과세소득공제청구하기 위해서는, 고용주는 여비 · 접대비를 정확히 기록해 두어야 한다. ~ ***entertainment expense*** 여비 · 접대비 ¶ The *travel and entertainment expense* is an expense for travel and entertainment that may qualify for a tax-deduction. Under current tax law, employers may deduct 50% of legitimate travel and entertainment expenses. Expenses are deductible if they are directly related to business. For example, a business meal must include a discussion that produces a direct business benefit. 여비 · 접대비는 소득공제(tax deduction)의 대상이 되는 여비 · 접대비를 이른다. 현행세법에 의하면, 고용주는 기준에 적합한 여비 · 접대비의 50%를 공제받을 수 있다. 비용은 영업에 직접 관계가 있는 것이면 공제될 수 있다. 예를 들면, 영업으로서의 회식(business meal)에서는, 영업상의 이익을 직접 가져오는 대화를 하여야 한다.

traveler; traveller[영] 여행자[객] ¶ *traveler's* credit 여행자신용장 ***traveler's [travelers] check (T/C); traveller's [travellers] check (T/C)*** [영] 여행자수표 ¶ The *traveler's check* (*T/C*) is a check issued by a financial institution such as American Express, Visa, or Mastercard that allows travelers to carry travel funds in a more convenient way than cash. The traveler buys the checks, often for a nominal fee, with cash, a credit card, or a regular check. The check can then be used virtually anywhere in the world once it has been countersigned with the same signature. The advantage to the traveler is that the *traveler's check* cannot be used by someone else if it is lost or stolen, and can be replaced usually anywhere in the world. *Traveler's checks* are also issued in many foreign currencies, allowing a traveler to lock in at a particular exchange rate before the trip begins. 여행자수표는 아메리칸 익스프레스, 비자, 마스터카드와 같은 금융기관(financial institution)이 발행하는 수표(check)를 말한다. 여행자수표에 의하여 여행자는 현금보다도 편리한 방법으로 여행자금을 휴대할 수 있다. 은행이나 여행사대리점에서, 약간의 수수료를 지급하면 현금이나 크레디트카드, 수표에 의하여 여행자수표를 구입할 수 있다. 여행자수표를 구입시에 구입자는 1매1매의 수표에 서명한다. 뒤에 실제로 사용할 때에, 같은 여행자수표면상에 부서명(副署名)을 하면 사실상 세계 어느 곳에서도 사용할 수 있는 것이 된다. 여행자에게 이점은 여행자수표는 분실한다든지 도난을 당한다든지 해도 타인에게 사용될 염려가 없고, 또 세계 어느 곳에서도 재발행이 가능하다는 점이다. 여행자수표는 외화표시로 발행할 수가 있으므로, 여행자는 여행을 떠나기 전에 환율(exchange rate)을 고정시킬 수가 있다. ***~'s letter of credit; traveler's L/C*** 여행자신용장(순회신용장과 같음) ¶ The *traveler's letter of credit* is a letter of credit addressed to the issuing bank's correspondents, authorizing them to honor drafts drawn by the bearer up to the authorized credit line. Also called a circular letter of credit.

Payments are endorsed by the issuer's correspondents on the reverse side of the letter of credit when they negotiate the drafts. This type of credit often is used to cover travel expenses and usually is prepaid by the customer. See also traveler's check. 여행자신용장이란 개설은행의 거래은행 앞으로 개설하여 신용장소지인이 발행한 환어음을 수권받은 신용한도(credit line)까지 인수 지급하도록 (honor) 권한을 준 신용장을 이른다. 이를 순환신용장(circular letter of credit)이라고도 한다. 환어음이 지급 결제되는 경우 지급은 신용장의 배면에 기재되어 있는 개설은행의 거래은행이 보증한다. 이런 종류의 신용장은 흔히 여행경비를 커버하기 위하여 이용되기도 하며, 일반적으로 고객이 선급(prepaid)하기 마련이다. traveler's check(여행자수표)도 참조할 것.

treasurer 금전출납계, 회계계, 수입담당(收入擔當), 재무부장 ¶ The *treasurer* is a company officer responsible for the receipt, custody, investment, and disbursement of funds, for borrowings, and, if it is a public company, for the maintenance of a market for its securities. Depending on the size of the organization, the *treasurer* may also function as the controller, with accounting and audit responsibilities. The laws of many states require that a corporation have a treasurer. See also chief financial officer (CFO). 재무담당책임자란 자금의 수령, 보관(custody), 투자(investment), 지출(disbursement)이나 자금의 차입, 그리고 주식공개회사(publicly held)이면 자사발행증권의 시장성을 유지하는 것에 대하여 책임을 지는 회사간부사원(officer)이다. 조직의 규모에 따라서는, 재무담당책임자는 회계(accounting)와 감사(audit)에 대하여서도 책임을 부담하는 컨트롤러(controller)로서도 기능을 한다. 많은 주의 법률은 회사는 재무담당책임자를 둘 것을 의무로 하고 있다. chief financial officer(CFO)(최고재무책임자)도 참조할 것. /*treasurer's* check 은행수표

treasury 금고, (the T～) 국고, 기금, (the ～) [영] 재무성, [미] 재무부, (*pl.*) treasuries [미] 미재무부 증권 ¶ *Treasuries* are negotiable debt obligations of the U.S. government, secured by its full faith and credit and issued at various schedules and maturities. The income from Treasury securities is exempt from state and local, but not federal, taxes. 미재무부 증권은 여러 가지의 스케줄과 만기(maturity)로 발행되는 미연방정부의 양도성(negotiable)채무(bond)로, 미연방정부에 의한 충분한 신뢰와 신용(full faith and credit)에 보증되어 있다. 미재무부 증권에서의 소득에 대하여, 주와 지방세는 면제되지만, 미연방세(federal income taxes)는 면제되지 않는다. /*treasury* account 차익자금 /*Treasury* check [미] 재무부 수표, 트레저리 체크 /*treasury* investment and loan 차익투융자 /*treasury* remittance 국고송금 ***treasury bill*** [영] 재무성 증권 ¶ In the UK, a *treasury bill* is a government bill of exchange issued in £5,000 denominations to discount on its face value and repayable on a certain date (usually 91 days hence). In the U.S.A., often abbreviated to T-bill, a *treasury bill* is a short-term bill of exchange issued by the U.S. Treasury in $10,000 denominations. 영국에서, 재무성 증권은 액면가격에서 할인하여 일정한 기일 후(보통 91일 후)에 재지급하는 5,000파운드 단위의 정부증권이다. 미국에 있어서, 자주 T-bill이라고 줄여 불리는 재무부 증권은 10,000달러 단위로 미재무부가 발행한 단기증권을 말한다. ¶ *Treasury bills* are short-term securities with maturities of one year or less issued at a discount from face value. Auctions of 91-day and 182-day bills take place weekly, and the yields are watched closely in the money markets for signs of interest rate trends. Many floating-rate loans and variable-rate mortgages have interest rates tied to these bills. The Treasury also auction 52-week bill once every four weeks. At times it also issues very short-term cash management bills, tax anticipation bills, and treasury certificates of indebtedness. *Treasury bills* are issued in minimum denomination of $10,000, with $5,000 increments above $10,000 (except for cash management bills, which are sold in minimum $10 million blocks). Individual investors who do not submit a competitive bid are sold bills at the average price of the winning competitive bids. *Treasury bills* are the primary instrument used by the Federal Reserve in its regulation of money supply through open market operation. See also Dutch auction-repurchase agreement. 미재무부 단기증권은 액면(face value)에서의 할인(discount)방식으로 발행되는 1년 이내 만기의 단기증권이다. 91일물(物), 182일물 미재무부 단기증권(bills)의 경쟁입찰은 매주 열리고, 그 이율(yield)은 금리동향(interest rate trends)을 나타내는 것으로서 단기금융시장(money market)에서 주시된다. 많은 변동금리론(floating rate loan)이나 변동금리형 모기지(variable rate mortgage)의 금리(interest rate)는 미재무부 단기증권에 연동하고 있다. 미재무부는 또한 4주에 1회, 52주물(物)증권에 관하여도 입찰을 연다. 그리고 극히 단기적인 캐시 매니지먼트빌(cash management bill), 세금선행증권(tax anticipation bills)이나 미정부 단기채무증서가 발행되는 일도 있다. 미재무부 증권은 10,000달러를 최저액면으로 하여 10,000달러를 초과하면 5,000달러단위로 증액한 액면으로 발행된다(다만, 캐시 매니지먼트빌의 최저거래단위는 1,000만 달러). 경쟁입찰(competitive bid)에 참가하지 않는 개인투자자에게는 낙찰평균가격으로 증권이 매도된다. 미재무부 증권은 미연방준비은행(Federal Reserve Banks)이 공개시장조작(open market operation)에 의하여 머니서플라이(money supply)를 규제할 때에 이용하는 주요한 금융상품이다. Dutch auction-repurchase agreement(네델란드옥션-환매특약)도 참조할 것. ***Treasury bond (T-bond)*** (기간 10년 이상의) 미재무부 장기증권, T본드, 장기국채 ¶ (1) The *Treasury bond* (*T-bond*) is an alternative term for a government bond. (2) *Treasury bond* is a bond issued by the U.S. Treasury. (1) 재무부 장기증권은 정부채[국채]의 다른 명칭이다. (2) 장기국채는 미재무부가 발행한 채권을 말한다. ¶ *Treasury bonds* are long-term debt instruments with maturities of 10 years or longer issued in minimum denominations of $1,000. 미재무부 장기증권은 1,000달러의 최저액면으로 발행되고, 10년 이상의 만기를 가지는 장기채무증권이다. ***Treasury direct*** 미재무부증권 직접입찰 ¶ The *Treasury direct* is a system through which an individual investor can make a noncompetitive bid on U.S. Treasury securities (Treasuries), thus bypassing middlemen like banks or broker-dealers and avoiding their fees. The system works through Federal Reserve banks and branches, and the minimum purchases is $1,000. 미재무부증권 직접입찰은 개인투자자(retail investor)가 비경쟁입찰(noncompetitive bid)에서 미재무부증권(Treasuries)을 구입할 수 있고, 따라서 은행이나 브로커-딜러(broker-dealers)와 같은 중간업자를 통하지 않는 것이므로 중간수수료를 회피할 수 있는 시스템이다. 이러한 직접입찰제도는 미연방준비은행(Federal Reserve Banks) 및 그 지점을 통하여 행하고, 최저구입액은 1,000달러이다. ***Treasury-Eurodollar (TED) spread*** [영] 미재무부-유럽달러 스프레드 ¶ The *Treasury-Eurodollar* (*TED*) spread is the yield differential between Eurodollar deposits and Treasury bill of the same maturity. The *TED spread* provides an indication of the relative credit performance of the banking sector, with a widening of the spread reflecting weakness or deterioration, and a tightening signaling an improvement. 미재무부-유럽달러 스프레드는 같은 만기의 유로달러 예탁금과 미재무부 단기증권과의 이율격차를 말한다. 미재무부-유럽달러 스프레드는 은행부분의 상대적 은행실적의 표시에 대해서 약점이나 악화를 나타내는 스프레드의 확대와 개선의 신호를

핍박하는 것을 제공한다. ***Treasury inflation protected securities* (*TIPS*)** 미재무부 인플레이션연동채권 ¶ *Treasury inflation protected securities* (*TIPS*) are United States Treasury securities issued at a fixed rate of interest but with principal adjusted every at six months based on changes in the consumer price index. At maturity, *TIPS,* which are issued in January and July as 10-year and 30-year notes, and in October as 30-year bonds, are redeemable either at their inflation-adjusted principal or their face value, whichever is greater. *TIPS* sacrifice some yield as a tradeoff for the inflation protection and the inflation adjustment is federally taxable annually, although nor paid out until maturity. See also 1-bonds; inflation-indexed securities. 미재무부 인플레이션연동채권은 고정금리(fixed rate)지만, 6개월마다 원금(principal)이 소비자물가지수(consumer price index)의 변동에 수반하여 조정되는 미국채(Treasuries)이다. 10년과 20년짜리의 중기채는 1월과 7월에 발행되고, 30년짜리는 10월에 발행되어 만기일(maturity)에 인플레이션조정후의 원금인지, 채권액면 중 어느 것인지가 고액인 만큼의 금액으로 상환(redemption)된다. 미재무부 인플레이션연동채권은 인플레이션 프로텍션에 대한 균형(tradeoff)으로서 약간 금리를 낮추고, 또 원금은 만기일까지 상환되지 않지만, 인플레이션조정후의 원금에는 매년 연방세가 과세된다. I-bonds(I본드); inflation-indexed securities(인플레이션연동증권)도 참조할 것. ***Treasury note*** [미] (기간 1~10년의) 재무부 중기증권 ¶ *Treasury notes* are intermediate securities with maturities of 1 to 10 years. Denominations range from $1,000 to $1 million or more. The notes are sold by cash subscription, in exchange for outstanding or maturing government issues, or at auction. 미재무부 중기증권은 만기가 1년 이상 10년 미만인 증권을 말한다. 발행단위는 1,000달러에서 100만 달러 이상이다. 중기증권은 현금신청으로 판매될 뿐만 아니라, 지급전 또는 만기도래의 재무부 증권과 교환될 수 있고, 입찰로도 판매가 가능하다. ~ ***stock*** (기업이 재취득한) 자사주(自社株), 자기주식, 금고주(金庫株) ¶ *Treasury stocks* are stocks reacquired by the issuing company and available for retirement or resale. They are issued but not outstanding. They cannot be voted and it pays or accrues no dividends. They are not included in any of the ratios measuring values per common share. 금고주는 발행회사에 의해서 다시 매입한 주식으로 주식소각이나 재판매에 이용된다. 금고주는 발행된 것이지만, 유통되지 않는 주식이다. 그것은 의결권이 없고 배당금의 지급도 발생하지 않는다. 금고주는 1주당 가치를 산출하는 비율에도 포함되지 않는다.

treatment 대우 ¶ the most-favored nation *treatment* 최혜국대우

treaty 조약, 특약 ¶ A *treaty* is an agreement formed between two or more independent nations. 조약은 2국 이상의 독립국간의 협정을 말한다. /a *treaty* of commerce (and navigation) 통상조약 ***Treaty of Rome*** [영] 로마조약 ¶ The *Treaty of Rome* is a treaty executed in 1957 that led to the formation of the European Economic Community (as predecessor of the European Union). 로마조약은 (유럽연합의 전신으로서) 유럽경제공동체(EEC)의 결성을 선도(先導)하여 1957년에 작성된 조약을 말한다. ***treaty reinsurance*** [영] 특약재보험 ¶The *treaty reinsurance* is a reinsurance agreement where the primary insurer agrees to cede a reinsurer a portion of all risks conforming to preagreed guidelines. Since conforming risks must be assumed by the reinsurer, the insurer is assumed of necessary coverage; it also means, however, that the insurer cannot retain in its own portfolio a full share of conforming risks that may be especially profitable. See also facultative reinsurance; quota share; surplus share; treaty facility. 특약재보험은 원수보험업자가 사전에 합의한 가이드라인에 따른 모든 위험

의 일부를 재보험업자에게 양도하기로 약정하는 재보험계약을 말한다. 가이드라인에 따른 위험은 재보험업자가 이를 인수하여야 하기 때문에, 보험업자는 필요한 보증범위를 인수한다. 그렇지만, 그것은 보험업자는 특히 이익이 날 수 있는 가이드라인에 따른 위험의 완전한 지분을 자신의 포트폴리오에서 보유할 수 없다는 것을 의미한다. facultative reinsurance(임의재보험): quota share(비례특약); surplus share(잉여금분담)도 참조할 것.

trend 방향, 경향, 변동경향, (주가의) 움직임, 트렌드 ¶ In general, the *trend* is any general direction of movement. For example: "There is an upward (downward, level) *trend* in XYZ sales," or "There is a *trend* toward increased computerization of trading on Wall Street." 일반적으로, 트렌드는 동향의 일반적인 방향성을 이른다. 예컨대, 「XYZ사의 매상총액은 상승(하락)경향에 있다」(There is an upward (downward, level) *trend* in XYZ sales.)라든가, 「월스트리트의 거래의 컴퓨터화는 보다 진보하는 경향에 있다」(There is a *trend* toward increased computerization of trading on Wall Street.)라고 한다. ¶ In securities, the *trend* is a long-term price or trading volume movements either up, down, or sideways, which characterize a particular market, commodity or security. Also applies to interest rates and yields. 증권에 있어서, 트렌드는 특정한 시장(market), 상품(commodities), 증권(securities)의 가격 또는 거래량의 장기적인 상승, 하강, 또는 보합(保合)시세의 움직임을 이른다. 또한 금리(interest rate)나 이율(yield)에도 적용된다. /a downward *trend* 하락경향 /market *trend* 시장동향 /*trend* analysis 경향분석

trendline (주가의) 경향선(傾向線), 트렌드라인 ¶ A *trendline* indicates a line used by technical analysts to chart the past direction os a security or commodity future in order to help predict future price movements. The *trendline* is made by connecting the highest or lowest prices to which a security or commodity has risen or fallen within a particular time period. (주가

(주가의) 트렌드라인(trendline)

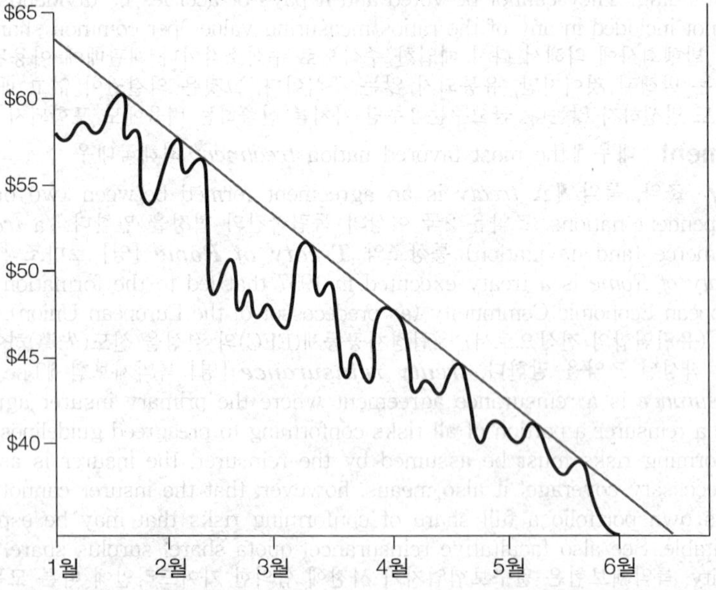

의) 트렌드라인은 증권이나 상품선물의 장래의 가격동향을 예측하는 데에 도움을 줄 목적으로, 테크니컬 애널리스트가 과거의 동향을 도표로 나타내기 위해서 사용하는 선을 가리킨다. 트렌드라인은 어느 특정한 기간에 주가나 상품가격이 상승하거나 하락한 때의 최고가격 또는 최저가격을 묶어서 작성한다.

treynor ratio 트레이노의 측도(測度) ¶The *treynor ratio* is a risk-adjusted return measure used to rate mutual funds and derived by dividing excess return by beta. A fund with a high ratio has high historical returns relative to market-related risk. 트레이노의 측도는 뮤추얼펀드(mutual fund)의 평가에 사용되고 초과수익(excess return)을 베타(beta)로 나누어 얻는 위험조정수익측정치(測定値)이다. 높은 비율을 가지는 펀드는 시장과 관련되는 리스크에 따라 높은 과거의 실적을 가진다.

TRF → **t**arget **r**edemption **f**orwards [약] 타겟 리뎀프션 포워드 ¶The *target redemption forwards* (*TRF*) is an exchange hedge derivative in which man gains return when the value of yuan currency rises and suffers loss when the value falls. The *TRF* commodity has the structure that man gets exchange difference if the value of yuan currency is rising and conversely loss is increasing speedily if the value falls. 타겟 리뎀프션 포워드는 위안화 가치가 올라가면 수익을 내고, 가치가 떨어지면 손실을 보는 환헤지 파생상품이다. TRF상품은 위안화 가치가 상승하면 환차익을 보지만, 거꾸로 위안화 가치가 떨러지면 손실이 빠르게 증가하는 구조를 가지고 있다.

trial 시험, 시도 ¶*trial* counting; *trial* calculation 시산(試算) ***trial balance* [*sheet*]** 시산표(試算表) ¶A *trial balance* is a listing of the account balances from the general ledger, prepared at the end of accounting period. All accounts are listed in the order in which they appear in the ledger. Total debits must equal total credits; otherwise, an error has been made. 시산표는 총계정원장에서 나온 계정잔액의 명세서로서, 회계연도말에 작성된다. 모든 계정은 원장에 나타난 순서대로 게재된다. 차변과 대변은 모두 반드시 일치하여야 한다. 그렇지 않으면 오류가 생긴 것이다.

triangle [주식] (거래에서) 시세변동이 없는 상태, 삼각보합(保合), 트라이앵글 (*cf.*) pennant ¶The *triangle* is a technical chart pattern that has two base points and a top point, formed by connecting a stock's price movements with a line. In a typical *triangle* pattern, the apex points to the right, although in reverse *triangle* the apex points to the left. In a typical *triangle*, there are a series of two or more rallies and price drops where cash succeeding peak is lower than the preceding peak, and each bottom is higher than the preceding bottom. In a right-angled *triangle*, the sloping part of the formation often points in the direction of the breakout. Technical analysts find it significant when a security's price breaks out of the triangle formation, either up or down, because that usually means the security's price will continue in that direction. See chart below. See also pennant; technical analysis; wedge. 트라이앵글은 주가의 동향을 하나의 선으로 연결하여 모양을 만든 2개의 기저점(基底点)과 1개의 정점을 가지는 테크니컬 차트의 패턴(technical chart pattern)이다. 전형적인 트라이앵글에서는, 정점은 오른쪽을 가리키고 있으나, 역의 패턴에서는 왼쪽을 가리키고 있다. 전형적인 트라이앵글 패턴에서는, 일련의 복수회수의 가격상승과 하락이 계속하여 후속의 높은 가격은 앞의 높은 가격보다도 낮고, 반대로 후속의 낮은 가격은 앞의 낮은 가격보다도 높다. 직각삼각형의 트라이앵글에서는, 삼각형의 사선(斜線)이 그 방향으로 주가가

브레크아웃(뚫고 나감)하는 것을 가리키고 있는 경우가 많다. 테크니컬 애널리스트는 증권가격이 트라이앵글형상의 범위를 위로 아래로 뚫고 나갈 때가 중요하다고 판단한다. 그 경우, 증권가격이 뚫고 나간 방향으로 계속해서 향하는 일이 많기 때문이다. 아래의 페이지를 참조할 것. pennant(페넌트); technical analysis(테크니컬 분석); wedge(쐐기형 패턴)도 참조할 것.

트라이앵글(triangle)

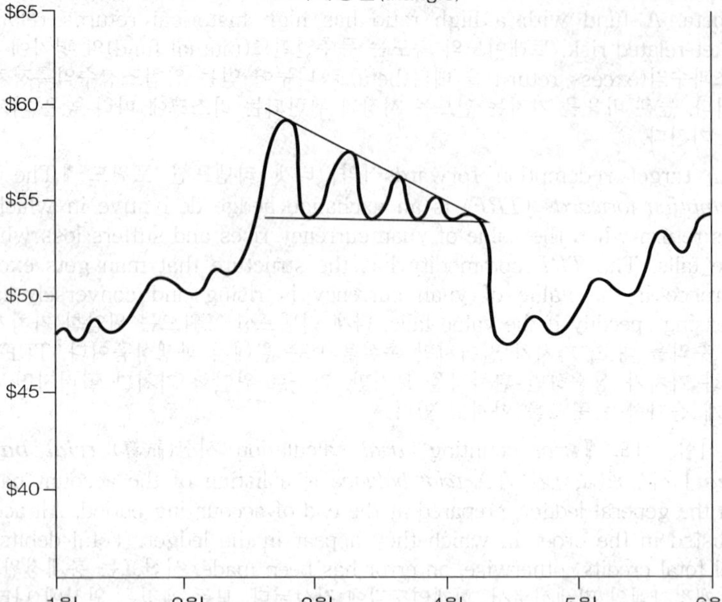

triangular [three-cornered] trade 삼각무역 ¶ *Triangular trade* is trade among 3 countries in which an attempt is made to create a favorable balance for each. 삼각무역은 3국간에서 각각 유리한 국제수지를 만들 시도로 행해지는 무역거래를 이른다.

tribunal 법정(法廷), 심판 ¶ constitutional *tribunal* 헌법법정 /A *tribunal* is an officer or body having authority to adjudicate matters. 법정은 사건을 차익(差益)할 권한을 가지는 공무원 내지 기관이다.

trick 책략, 속임수 ¶ A *trick* of the light made the downtown bridges look much closer to the center of the city. 광선이 부딪히는 상태에서 다운타운의 다리를 도심(都心)부분에 실제보다 훨씬 가깝게 보였다.

trickle down 트리클다운, 침투이론 ¶ The *trickle down* is a theory that economic growth can best be achieved by letting businesses flourish, since their prosperity will ultimately trickle down to middle- and lower-income people, who will benefit by increased economic activity. Proponents say that it produces more long-term growth than direct welfare grants to the middle- and lower income sectors. See also supply-side economics. 트리클다운은 기업을 번영시키면 경제성장이 가장 달성된다고 주장하는 이론이다. 이것은 기업의 번영은 최종적으로 중·저소득층에 침투하고, 그들은 활발한 경제활동의 은혜를 받는다는 이유를 근거로 한다. 이 이론의 주창자들은 중·저소득층에 직접으로 복지급여를 주기보다도, 장기에 걸치는

성장을 낳는다고 한다. supply-side economics(서플라이사이드 경제학)도 참조할 것.

trigger [영] 트리거 ¶The *trigger* is: (1) a value or event threshold embedded in an insurance policy that determines whether an insured (or beneficiary) will receive a compensatory payment in the event of loss. A generic insurance contract has a single *trigger*, i.e., whether a named peril has created a loss. More complex structures, including dual *triggers* and tripple *triggers*, require the onset of additional events (or breach of particular values) before providing loss payments. Similar *triggers* are found in insurance-linked securities, and indicate whether an issuer's principal and/or interest payments will be suspended. (2) a form of covenant in bank credit agreements and bond indentures. (3) the value that must be surpassed in a coverage test on a collateralized debt obligation to continue payments to increasingly subordinated tranches under the cash flow waterfall. 트리거는 (1) 피보험자(또는 수익자)가 손실의 경우에 보상금(compensatory payment)을 수령할지 여부를 결정하는 보험증권에 기재된 가격의 한계 또는 해약사유의 한계를 말한다. 일반적인 보험계약에는 즉, 지정한 위험(peril)이 손실을 발생시킨 여부의 단일의 트리거를 가지고 있다. 이중트리거와 삼중트리거를 비롯하여 더 많은 복잡한 구조적인 것은 손실지급금을 제공하기 전에 추가적인 사태(또는 특정한 가치의 위반)의 발생을 필요로 한다. 유사한 트리거는 보험연계 증권에서 존재하고, 발행자의 원금 및 이자지급은 유예되는지 여부를 가리킨다. (2) 은행여신계약서와 채권계약서에서 계약조항(covenant)의 형식을 말한다. (3) 캐시플로 워터폴(cash flow waterfall)하에서 점점 하위의 트랑슈(tranches)에 계속 지급하는 채무담보채무증서(collaterized debt obligation)상의 담보범위기준에 놀라워할 만한 가치(value)를 말한다. ***trigger price*** 수입과징금을 발동시키는 기준가격, 트리거가격(덤핑판정의 기준가격) ¶*Trigger price* is price of an imported commodity that is well below that charged in the country of origin. When the imported goods price reaches or falls below the trigger point, it results in swift trade restrictions against that particular imported commodity or product. 수입과징금을 발동시키는 기준가격은 원산지국에서 부과되는 기준가격 이하로 팔리는 수입품의 가격을 말한다. 수입품가격이 그 기준가격 이하인 때에는, 그 특정한 수입품 내지 제품에 대해서는 신속한 무역제한이 가해진다.

trilateral trade 삼각무역 ¶The *trilateral trade* is commercial transactions among three nations. 삼각무역은 3국 사이의 상거래를 말한다.

trilemma 트릴레마, 삼각딜레마(인플레이션, 경기후퇴, 국제수지의 적자 등) ¶The *trilemma* is a dilemma in which variables such as exchange rate, interest rate and the price get entangled together, and if one side is solved, other kinks easily. 트릴레마는 환율-금리-물가의 세 가지 변수가 서로 얽혀 한쪽이 풀리면 다른 한쪽이 꼬여버리는 딜레마이다.

trin 트린 ¶The *trin* is a measure of stock market strength that relates the advance-decline ratio (the number of issues that advanced in price divided by the number of issues that declined in price) to the advance volume-decline volume ratio (the total number of shares that advanced divided by the total number of shares that declined). For example, if 800 stocks advanced and 750 issues declined while a total of 68 million shares advanced and 56 million shares declined, the *trin* would be calculated as follows:

$$\frac{\text{Advances } 800 \div \text{Decline } 750}{\text{Advance volume } 68{,}000{,}000 \div \text{Decline volume } 56{,}000{,}000} = \frac{1{,}067}{1{,}214} = 0.88$$

트린이란 등락주 비율(advance-decline ratio)(가격상승한 종목수를 가격 하락한 종목수로 나눈 것)을 가격상승거래량·가격하락거래량비율(advance-decline volume ratio)(가격 상승한 주식총수를 가격 하락한 주식총수로 나눈 것)에 대비시키는 주식시장(stock market)의 강세의 측정치이다. 예를 들면, 800종목이 가격상승하고 750종목이 가격 하락한 때에 6,800만의 주식총수가 가격 상승하고, 5,600만의 주식총수가 가격 하락하였다고 하면, 트린은 다음과 같이 계산된다.

$$\frac{\text{가격상승종목 } 800 \div \text{가격하락종목 } 750}{\text{가격상승거래량 } 68{,}000{,}000 \div \text{가격하락거래량 } 56{,}000{,}000} = \frac{1{,}067}{1{,}214} = 0.88$$

triple 3배의 ¶ *triple* nine 99.9 순도 99.9%의 금 (*cf.*) four nine 99.99 ***triple-A*** 트리플 A ¶ In the rating of U.S. stocks and bonds, *the triple-A* is the highest rating a stock may achieve. 미국의 주식과 채권의 등급에 있어서, 트리플 A는 주식이 달성할 수 있는 최고의 등급이다. ~ ***net lease*** 트리플 네트리스 ¶ The *triple net lease* is a lease requiring tenants to pay all ongoing maintenance expenses such as utilities, taxes, insurance, and upkeep of the property. There are many limited partnerships investing in *triple net lease* real estate deals. In such a deal, the limited partnership owns the property and collects rent, but the tenants pay most of the operating expense. This results in higher returns for limited partners with lower risks, because tenants bear any increased costs for utilities, insurance or taxes. 트리플 네트리스는 공공요금, 세금, 보험료(insurance premium), 자산관리비와 같은 모든 계속적 유지비용을 테넌트(tenant)가 지급하도록 규정되어 있는 리스(lease)이다. 많은 리미티드 파트너십(limited partnership)은 트리플네트 리스로 임대하고 있는 부동산에 투자하고 있다. 이 경우, 리미티드 파트너십은 부동산을 소유하여 그것에서부터의 임대료(rent)를 징수하지만, 부동산유지비의 태반은 테넌트가 지급한다. 이것은 결과적으로 공공요금, 보험료, 세금의 장래의 증가분은 테넌트가 부담하므로, 리미티드파트너는 낮은 리스크(risk)로 보다 높은 수익(return)을 얻을 수 있다. ~ ***tax exempt*** 삼중면세 ¶ The *triple tax exempt* is a feature of municipal bonds in which interest is exempt from federal, state, and local taxation for residents of the states and localities that issue them. Such bonds are particularly attractive in states with high income tax rates. Many municipal bond funds buy only *triple tax exempt* bonds and market them to residents of the state and city of the issuer. See also single-state municipal bond fund. 삼중면세는 지방채(municipal bond)의 이자에 대한 연방, 주(州), 지방세의 3종의 세금이 그 지방채가 발행되는 주와 지구(地區)의 거주자에게 면세 취급하는 지방채의 하나의 특징이다. 그러한 3중 면세채는 높은 소득세율(income tax rate)의 주에서는 특히 매력을 늘린다. 지방채펀드의 대부분은 3중 면세채권에만 투자를 하여 그 주와 도시의 거주자에게 판매한다. single-state municipal bond fund(1주(州)한정지방채(債)펀드)도 참조할 것. ~ ***trigger*** [영] 삼중트리거 ¶ The *triple trigger* is an insurance mechanism that provides the insured with a payout only if three separate trigger events occur; one trigger is often related to a traditional insurance risk (e.g., destruction in plant and equipment leading to business interruption), while the second and third may relate to insurance or financial risks (e.g., a decline in operating revenues of a certain amount and a fall in the stock price to a particular level). Since all three events must occur in order for a settlement to take place, the premium is generally lower than it is on a standard insurance contract. See also dual trigger; multiple trigger product. 삼중트리거는 3개의 별개의 해약사유가 발생하는 경우에만 피보험자에게 지급금

(payout)을 제공하는 보험메커니즘을 말한다. 하나의 해약사유는 전래의 보험위험(예컨대, 사업중단으로 끌고 가는 설비와 장비의 파손)인 것에 대하여, 두 번째와 세 번째의 해약사유는 보험이나 금융상의 위험(예컨대, 일정한 금액의 영업수익(operating revenues)의 하락과 특정한 수준까지 주가의 급락)이다. 모든 세 가지 해약사유가 결제가 일어나기 위하여 발생하여야 하기 때문에, 보험료는 일반적으로 표준적인 보험계약에 있어서보다 낮다. dual trigger(이중트리거); multiple trigger product(복합트리거보험상품)도 참조할 것. ~ ***witching day*** 트리플 위칭데이 ¶ The *triple witching day* is a third Friday in March, June, September, and December when options, index options, and futures contracts all expire simultaneously. At times there may be massive trades in index futures, options, and the underlying stocks by hedge strategists, arbitrageurs, and other investors, resulting in volatile markets on those days. In the past, all contracts expires in the same hour, but steps were taken so that contracts now expire at the open as well as the close of the day instead of all at once. Smaller-scale witching days occur in the other eight months, usually on the third Friday, when other options, index options, and futures contracts expire concurrently. See also double witching day. 트리플 위칭데이는 3월, 6월, 9월, 12월의 제3금요일로, 그 날에는 옵션(option), 주가지수옵션(index option), 선물계약(futures contract)의 모든 기일이 동시에 도래한다. 헤지 전략가나 차익거래업자(arbitrageur) 기타 투자자가 지수선물(index futures), 옵션(option), 기초주식(underlying stock)의 대량거래를 하는 결과, 이 날에는 시세가 몹시 변동하는 일이 있다. 과거에 있어서는, 모든 계약이 같은 시간대에 만료하고 있었으나, 그 후 대책이 강구되어 오늘에 이르러서는 계약은 모두 같은 시간대에 만료하는 것이 아니라, 개시시간이나 종료시간에도 만료하도록 되었다. 트리플 위칭데이보다는 스케일이 적지만, 나머지 8개월의 제3 금요일에도 똑같은 일이 발생하여 옵션, 주가지수옵션, 선물계약(futures contract)이 동시에 만기를 맞이한다. double witching day(더블 위칭데이)도 참조할 것.

troubled 곤란한, 괴로운, 불량의 ¶ *troubled* debt 불량채무 ***Troubled Assets Relief Program* (*TARP*)** 불량자산구제계획 ¶ The *Troubled Assets Relief Program* (*TARP*) is a U.S. Treasury program set up and funded with $700 billion by the Emergency Economic Stabilization Act of 2008. Originally H.R. 1424, this was the ballyhooed "bailout bill," enacted October 2, 2008, when the credit markets were frozen and the American economy seemed to be on the brink of implosion. TARP's initial intention was to buy toxic assets directly from ailing banks to restore their solvency and get them lending again. Within days, however, that plan was replaced by a Capital Purchase Program whereby instead of buying toxic assets, the Treasury would buy senior nonvoting preferred stock and equity warrants in the nine largest American banks reasoning that fattening their capitalization would spur a general unlocking of the credit freeze. Participants would agree to a series of strict restrictions on executive compensation. The Treasury would also use the first $250 billion of the allotment to bolster the capitalization of hundreds of smaller banks. Other plans for using the money to aid the recovery of financial institutions were announced within a period of two or three months. Secretary Paulson announced that reviving the securitization market for consumer credit would be a priority in the second allotment. Paulson's successor, Timothy Geithner, announced March 23, 2009, the public-private investment program (P-PIP). 불량자산구제계획은 2008년의 긴급경제안정화법(Emergency Economic Stabilization

Act of 2008)에 의하여 7,000억 달러의 재원을 가지고 설정된 미연방정부 재무부계획이다. 원래 미하원 접수번호 1424호, 이것은 금융시장이 꽁꽁 얼어붙고 미국의 경제가 과열의 벼랑에 섰을 때, 2008년 10월 2일 떠들썩한 「구제조치법안」(bailout bill)이 법률로 제정되었다. 불량자산구제계획의 최초의 의도는 건전치 못한 은행들의 지급능력을 회복시켜 주고 대출을 주기 위하여 은행으로부터 악성의 자산을 직접 매입하는 것이었다. 그렇지만, 며칠 지나 그 제도가 자금구입프로그램(Capital Purchase Program)으로 대체되면서 미연방정부 재무부는 악성자산을 구입하는 대신에, 미국의 9개 최대은행들의 자본총액을 늘려주는 것은 금융동결의 일반적인 해금(解禁)에 박차를 가하는 것이라고 판단하여 은행들의 상위의 무의결권 우선주(nonvoting preferred stock)와 주식워런트(equity warrants)를 매입하게 되었다. 참여은행들은 임원들의 보수에 대한 일련의 엄격한 제한을 가할 것에 동의하였다. 미연방정부 재무부는 또한 수백의 소규모은행들의 자본총액을 지원하기 위하여 1차 2500억 달러의 할당금액을 사용하였다. 금융기관의 회복을 지원하기 위하여 자금사용의 다른 플랜이 2, 3개월 이내에 발표되었다. 폴슨 장관(Secretary Paulson)은 소비자금융을 위한 증권화시장을 부활시키는 것은 2차 배정에 있어서 우선순위라고 발표하였다. 폴슨장관의 후임인 티모티 가이트너(Timothy Geithner)는 2009년 3월 23일에 공사투자계획(public-private investment program, P-PIP)을 발표하였다.

troubleshooter 고충처리기관 ¶ The *troubleshooter* is a person specializing in finding problems and solving them. *Troubleshooters* are often used in organization to clear up difficulties. 고충처리기관은 문제점을 발견하고 그것들을 해결하는 전문가이다. 고충처리기관은 분규를 해소하는 조직으로 사용되기도 한다.

trough 경기(景氣)의 저점(底点) ¶ *Trough* is bottom of a regression or depression; point at which recovery begins. 경기의 저점은 경기후퇴(regression) 또는 불경기(depression)의 밑바닥이다. 경기회복이 시작되는 단계이다. /the peaks and *troughs* of the stock market 주가시장의 천정(天井)과 바닥

troy weight (금은, 보석 등을 재는) 금형(金衡)(1트로이 온스는 12분의 1파운드, 31.1035그램에 상당하다. 런던금시장의 표시가격은 트로이 온스당 미달러로 가격이 발표된다.) ¶ *The troy weight* is a system of weights in which 12 ounces make a pound (the ounces, at 480 grains, are about 10% heavier than the 437.5-grain avoirdupois ounce); used to measure precious metals, including gold, silver, and platinum. 금형(金衡)은 12온스가 1파운드가 되는(480그레인이 1온스가 되는 것은 437.5그레인이 advp 1온스보다 약 10%가 무겁다.) 무게체계를 말한다. 이 무게체계는 금, 은, 및 플라티나를 비롯한 귀금속을 측정하는 데 사용된다.

true interest 순이익(pure interest)

true sale securitization [영] 진정매각증권화 ¶ The *true sale securitization* is a form of securitization that involves the transfer or assignment of a pool of reference assets from the originator to a special purpose entity (SPE) or trust, which then issues notes to investors; the originator, however, retains legal title to the assets. The trustee, through a power of attorney from the originator, has the ability to transfer legal title to the SPE, if necessary. See also synthetic securitization. 진정매각증권화는 오리지네이터로부터 특별목적사업체(SPE) 또는 신탁으로 대상자산의 풀(pool of reference assets)을 이전하거나 양도하는 것이 수반되는 증권화의 형식으로, 그 다음에 특별목적사업체나 신탁은 투자자에게 채권을 발행한다. 그렇지만 오리지네이터는 자산에 대한 법적 권원(legal title)을 보유한다. 수탁기관(trustee)은 오리지네이터로부터 위임장을 통해서 필요하다면, 특수목적사업체(SPE)에 법적 권원을 인도할 권한을 가진다. synthetic securitization(종합적인 증권화)도 참조할 것.

truncate 절사(切捨)(하다) ¶In computers, to *truncate* is to drop the digits of a number to the right of decimal point. For example, the truncation of 6.45 is 6. and the truncation of 737.984 is 737. 컴퓨터에서, 절사하다는 것은 숫자의 자릿수를 소수점의 오른쪽을 떨어뜨리는 것이다. 예를 들면, 6.45의 절사는 6.이 되고 737.984의 절사는 737이 된다.

truncation 트런케이션, 간략처리 ¶*Truncation* is shortening of processing steps, in an effort to reduce paperwork and operating costs. For example, check *truncation*, or check safekeeping, where the bank holds the checks or microfilm records of them in a central file. 간략처리는 페이퍼워크(paperwork)와 운영비용을 삭감하기 위하여 처리단계를 단축하는 것이다. 예를 들면, 체크 트런케이션(사용한 수표의 전자기록처리시스템)이나 수표보호예치(safekeeping)의 경우는, 은행이 수표 현물이나 그 마이크로필름기록을 센트럴 파일에 보존한다.

trust 신뢰, 신용, 신탁 ¶In business, the *trust* is a type of corporate combination that engaged in monopolies and restraint of trade and that operated freely until the Antitrust Laws of the late 19th century and early 20th century. The name derived from the use of the voting *trust*, in which a small number of trustees vote a majority of the shares of a corporation. The voting *trust* survives as a means of facilitating the reorganization of firms in difficulty. See also investment company; voting trust certificate. 기업에 있어서, 트러스트는 독점(monopoly)과 거래제한(restraint of trade)에 관련된 기업결합(combination)의 형태로, 19세기 말기와 20세기 초기의 독점금지법(Antitrust Laws)이 성립하기까지 자유로이 행해지고 있었다. 트러스트(trust)라는 명칭을 의결권신탁(voting trust)에서 유래한다. 의결권신탁에서는, 소수의 수탁자(trustee)가 회사주식 과반의 의결권을 가지고 있어, 재정곤란에 빠진 회사의 재건을 용이하게 하는 수단으로서 현재도 존속하고 있다. investment company(투자회사); voting *trust* certificate(의결권신탁증서)도 참조할 것. ¶In law, the *trust* is a fiduciary relationship in which a person, called a trustee, holds title to property for the benefit of another person, called a beneficiary. The agreement that establishes the *trust*, contains its provisions, and sets forth the powers of the trustee is called the *trust* indenture. The person creating the *trust* is the creator, settlor, grantor, or donor, the property itself is called the corpus, *trust* res, *trust* fund, or *trust* estate, which is distinguished from any income earned by it. If the *trust* is created while the donor is living, it is called a living *trust* or inter vivos *trust*. A *trust* created by a will is called a testamentary *trust*. The trustee is usually charged with investing *trust* property productively and, unless specifically limited, can sell, mortgage, or lease the property as he or she deems warranted. See also charitable remainder trust; clifford trust; investment trust; revisionary trust; trust company; trustee in bankruptcy; Trust Indenture Act of 1939. 법률에 있어서, 신탁은 수탁자(beneficiary)라고 하는 타인의 이익을 위하여 재산에 대한 권원(權原)을 보유하는 수탁관계(fiduciary relationship)이다. 신탁관계를 확립하고, 그 여러 규정을 포함하여 수탁자의 권한을 정하는 합의서는 신탁증서(trust indenture)라고 한다. 신탁의 설정자는 creator, settlor, grantor, 또는 donor라고 하고, 신탁재산 자체는 corpus, trust res, trust fund, trust estate라고 한다. 신탁재산에서 생기는 이익은 신탁재산으로부터 구별된다. 설정자(유증자)가 생존중에 신탁을 설정하면, 생전신탁(living trust, inter vivos trust)이라고 한다. 유언(will)에 의하여 설정된 신탁은 유언신탁(testamentary trust)이라고 한다. 수탁자는 통상 신탁재산을 생산적으로 투자할 책

임이 있고, 특별히 제한받고 있지 않는 한, 수탁자는 정당한 이유가 있다고 간주되는 경우에 재산을 매각하고, 저당에 넣고, 임대(lease)할 수 있다. charitable remainder trust(잔여공익신탁); clifford trust(클리포드신탁); investment trust(투자신탁); revisionary trust(수정가능신탁); trust company(신탁회사); trustee in bankruptcy (파산관재인); Trust Indenture Act of 1939(1939년의 신탁증서법)도 참조할 것. /car *trust* 차량신탁 /documents against *trust* receipt(s) 서류의 대도(貸渡) /testamentary *trust* 유언신탁 /*trust* agreement 신탁계약 /*trust* asset; *trust* estate(s); *trust* property 신탁재산 /a *trust* business 신탁업 /a *trust* company 신탁회사 /*trust* deposit 신탁예금 /*trust* [fiduciary] estate 신탁재산 /a *trust* executor [administrator] 신탁관리인 /a *trust* fund (IMF의) 신탁기금, 공탁금(共託金) /*trust* indenture 신탁증서 /*trust* inter vivos 생존신탁 /*trust* money 위탁금 /*trust* property 신탁재산 /*trust* receipt financing 담보상품보관증에 의한 금융 /*trust* service 신탁업무 ***charitable trust*** 공익신탁 ¶ The *charitable trust* is a trust organized in an effort to make one or more gifts to a charitable organization. 공익신탁은 공익단체에 대하여 1 이상의 증여를 주는 노력에서 조직된 신탁을 말한다. ***investment*** ~ 투자신탁 → trust company (신탁회사). ~ ***account*** 신탁계좌 ¶ The *trust account* is an account in a financial institution such as a bank, credit union, or trust company that is established under a trust agreement and administered by a trustee for the benefit of another person. For example, an attorney administers a trust account for safekeeping of a client's funds. See also impound account. 신탁계좌는 은행, 신용조합(credit union) 또는 신탁약정에 의해서 설정되고 타인을 위하여 수탁자가 운영하는 신탁회사와 같은 금융기관 내에 있는 계좌를 말한다. 예를 들면, 변호사가 의뢰인의 자금을 보호하기 위하여 신탁계좌를 관리한다. impound account(임치계좌)도 참조할 것. ~ ***bank***; ~ ***and banking company*** 신탁은행 ¶ The *trust bank* is a firm that functions as an intermediary between organizations that need additional funds and individuals and organizations having surplus funds to invest. An trust banker, an expert in the financial markets, sells its expertise to organizations wishing to raise funds. Compare commercial bank. See also primary distribution. 신탁은행은 추가적 자금을 필요로 하는 단체와 투자할 잉여자금을 가지고 있는 개인과 단체간에서 중개자의 역할을 하는 회사이다. 금융시장의 전문가인 투자은행은 자금을 조달하려는 단체에 그의 전문가의 의견(expertise)을 파는 셈이다. commercial bank(상업은행)과 비교할 것. primary distribution(모집의 취급)도 참조할 것. ~ ***certificate*** 신탁증서 → collateral trust bond (증권담보부 신탁사채). ~ ***company*** 신탁회사 ¶ The *trust company* is an organization, usually combined with a commercial bank, which is engaged as a trustee, fiduciary, or agent for individuals or businesses in the administration of trust funds, estates, custodial arrangements, stock transfer and registration, and other related services. *Trust companies* also engage in fiduciary investment management functions and estate planning. They are regulated by state law. 신탁회사는 통상 상업은행과 결부되어 있는 조직으로, 개인이나 회사의 수탁자(fiduciary) 또는 대리인(agent)으로서 신탁기금(trust fund), 유산(estate), 보관설비, 주식의 양도·등록업무 기타 서비스를 제공한다. 신탁회사는 또한 신탁자산운용이나 상속계획지원서비스도 제공한다. 신탁회사는 주법의 규제에 따른다. ~ ***deed*** 신탁증서 ¶ The *trust deed* is a conveyance of real estate to a third party to be held for the benefit of another. It is commonly used in some states in place of mortgages that conditionally convey title to the lender. 신탁증서는 타인을 위하여 보유할 부동산을 제3자에 대해 양도하는 증서이다. 대여자(lender)에게 권원(title)을 조건부로 양도하는 것은 일부 주에서는 모기지 대신에 사

용되는 것이 일반적이다. ~ ***fund*** 신탁기금 ¶ The *trust fund* is an investment fund that holds the assets of a trust, and which is directed by the trustee. [영] 신탁기금은 신탁의 자산을 보유하는 투자기금으로 수탁기관에 의해서 관리된다. → trust (신탁). ***Trust Indenture Act of 1939*** 1939년의 신탁증서법 ¶ The *Trust Indenture Act of 1939* is a federal law requiring all corporate bonds and other debt securities to be issued under an indenture agreement approved by the Securities and Exchange Commission (SEC) and providing for the appointment of a qualified trustee free of conflict of interest with the issuer. The Act provides that indentures contain protective clauses for bondholders, that bondholders receive semiannual financial reports, that periodic filings be made with the SEC showing compliance with indenture provisions, and that the issuer be liable for misleading statements. Securities exempted from regulation under the Securities Act of 1933 are also exempted from the Trust Indenture Act, but some securities not requiring registration under the 1933 Act do fall under the provisions of the Trust Indenture Act, such as bonds issued in reorganization or recapitalization. 1939년의 신탁증서법은 모든 사채(corporate bond)와 기타 채무증서(debt securities)는 미증권거래위원회(Securities and Exchange Commission: SEC)가 승인한 채무신탁증서(indenture)에 근거를 두고 발행되어야 한다고 규정하고, 발행자(issuer)와 이익상반관계에 없는 적격의 수탁자(trustee)의 임명에 관하여 규정하고 있는 미연방법이다. 동법은, 채권신탁증서는 사채보유자(bondholder)를 위한 보호조항을 포함하고, 사채보유자는 반년마다 채권(bond)의 발행자(issuer)의 재무보고를 받으며, 채권신탁증서의 규정에 따라 정기적인 보고를 SEC에 제출할 것과 채권발행단체는 오인을 초래할 만한 진술에 대하여 책임을 부담하여야 한다고 규정한다. 1933년의 증권법(Securities Act of 1933)의 규제를 면제받는 증권은 일반적으로는 신탁증서법에서도 면제받는다. 그러나, 1933년의 증권법에 근거를 두는 등록이 요구되고 있지 않은 경우라도, 회사갱생(reorganization)이나 자본의 재구성(recapitalization)의 상태에 있는 회사에 의하여 발행되는 채권은 신탁증서법의 규정에 따라야 한다. ~ ***preferred stock*** [영] 신탁우선주 ¶ The *trust preferred stock* is a type of hybrid capital security where a trust purchases the junior ranking subordinated debt of the issuing company (generally a bank), and passes through the periodic coupons to investors in the form of cumulative dividends. Trust preferreds generally features a minimum maturity of 30 years with optional redemption, and qualify as regulatory capital. The securities have a ranking in default that is senior to common stock and preferred stock and pari passu with other junior subordinated debt. See also junior subordinated denture; perpetual preferred stock. 신탁우선주는 신탁회사가 발행회사(일반적으로 은행)의 후순위인 열후채를 구입하여 누적적 배당의 형식으로 기간별 쿠폰을 투자자에게 건네는 복합자본증권의 유형이다. 신탁우선주는 일반적으로 임의상환을 할 수 있는 최소만기가 30년이 특징이고 규제자본으로 제한을 받는다. 그런 증권은 디폴트에 있어서 보통주와 우선주에 상위에 있고, 다른 하위의 열후채(債)와 동일한 순위이다(pari passu). junior subordinated denture(하위열후사채); perpetual preferred stock(영구우선주)도 참조할 것. ~ ***receipt (T/R)*** 트러스트리시트, 수입담보하물보관증, (수입담보)하물대도(荷物貸渡) ¶ The *trust receipt (T/R)* is a release of merchandise by a bank to buyer in which the bank retain title to the merchandise. The buyer, who obtains the goods for manufacturing or sales purposes, is obligated to maintain the goods (or the proceeds from their sale) distinct from the remainder of his/her assets and to hold them ready for repossession by the bank. 트러스트 리시트는 은행이 상품에 대한 타이틀을 보유하

는 경우에 바이어에 대해서 은행이 상품을 점유 해제하는 경우이다. 제조나 판매의 목적으로 그 상품을 확보하는 매수인은 그 상품(또는 판매의 수익)을 자신의 재산의 잔존물과 구별되게 유지하여 은행에 의한 재점유가 가능하도록 보유할 의무가 있다. ***unit investment*** ~ 단위형 투자신탁 ¶ The *unit investment trust* is an investment vehicle, registered with the SEC under the Investment Company Act of 1940, that purchases a fixed portfolio of securities, such as corporate, municipal, or government bonds, mortgage-backed securities, common stock, or preferred stock. 단위형 투자신탁은 회사채(corporate bond), 지방채(municipal bond), 또는 정부채(government bond), 모기지 담보증권(mortgage-backed securities), 보통주(common stock) 또는 우선주(preferred stock)와 같은 증권의 고정된 포트폴리오를 구매하는 1940년의 투자회사법(Investment Company Act of 1940)에 의하여 미증권거래위원회(SEC)에 등록한 투자수단(investment vehicle)이다.

trustee 수탁(受託)기관, 수탁자, 관재인, [외채] 수탁은행 ¶ *trustee* bank 수탁은행 /*trustee* business 수탁업무 ***trustee in bankruptcy*** 파산관재인(a liquidator, an official receiver) ¶ The *trustee in bankruptcy* is a trustee appointed by a U.S. district court or by creditors to administer the affairs of a bankrupt company or individual. Under Chapter 7 of the U.S. Bankruptcy Code, the trustee has the responsibility for liquidating the property of the company and making distributions of liquidating dividends to creditors. Under the Chapter 11 provision, which provides for reorganization, a trustee may or may not be appointed. If one is, the trustee is responsible for seeing that a reorganization plan is filed and often assumes responsibility for the company. 파산관재인은 파산회사 또는 파산개인에 관한 사항을 관리하기 위하여 미연방지방법원 또는 채권자(creditor)에 의하여 임명된 수탁자(trustee)를 말한다. 미국연방파산법 제7장(Chapter 7 of the U.S. Bankruptcy Code)에 의하면, 관재인(수탁자)은 회사재산을 청산하고, 채권자에게 청산배당금(liquidation dividend)을 배당하는 역할을 담당한다. 회사갱생(reorganization)을 규정하고 있는 동법 제11장(Chapter 11)에 의하면, 관재인을 임명하여도 임명하지 않아도 상관없다. 만약 임명된다면, 관재인은 갱생계획의 제출에 책임을 지고, 회사의 책임자가 되는 경우가 많다.

truster 기탁자, 임치인(任置人)

trust-issued receipt 신탁발행증서

trustor 위탁자, 신탁설정자 ¶ The *trustor* is one who creates a trust. often called the settlor. 신탁설정자는 신탁을 창설하는 자이다. 종종 settlor라고 한다.

truth in lending 대출조건의 명시[개시] ¶ *truth-in-lending* disclosure statement 신용조건개시법에 의한 설명(실질금리 등) ***Truth in Lending Law*** 대출진실법 ¶ The *Truth in Lending Law* is a legislation stipulating that lenders must disclose to borrowers the true cost of loans and make the interest rate and terms of the loan simple to understand. See also Consumer Credit Protection Act of 1968; right of rescission. 대출진실법은 대여자(lender)가 대출(loan)에 관계되는 비용을 정확하게 차입자(borrower)에 대하여 개시(disclosure)하여 금리(interest rate)나 대출조건(term)을 이해하기 쉽게 단순화하도록 규정하는 법률이다. Consumer Credit Protection Act of 1968(1968년의 소비자금융보호법); right of rescission(취소권)도 참조할 것.

TRY (ISO) code Turkey – currency Turkish lira. ¶ TRY (국제표준기구) 약호 터키 — 화폐 터키 리라(lira).

TSE → Tokyo Stock Exchange [약] 도쿄증권거래소

T.T.; TT → telegraphic transfer [약] 전신환, 전신송금, 발송전신송금, 전신송금환

TT [딜러용어] 홍콩달러(HK$) ¶ What's the *TT* value today, please? 오늘의 홍콩달러는 얼마입니까?

TTB → telegraphic transfer buying (rate) [약] 전신매입률

TT buying [selling] rate 전신매입[매도]률

TTS → telegraphic transfer selling (rate) [약] 전신매도율

tub 목욕통, 욕조(浴槽) ¶ in the *tub* [미속] 파산하여

tughrik 투그릭 ¶ The standard currency unit of Mongolia, divided into 100 mongo. 투그릭은 몽골의 표준화폐단위이고, 1 투그릭 = 100 몽고(mongo)이다.

Tulipmania 튤립매니어 ¶ The *Tulipmania* is a legendary episode that occurred in Holland in the 1600s when at one point 12 acres of land were reportedly exchanged for one tulip bulb and the subsequent crash ruined many investors and had a major effect on Dutch commerce. 튤립매니어는 한순간에 12에이커의 토지가 한 개의 튤립뿌리와 교환되었는데, 그 후의 몰락이 많은 투자자들을 파멸시키며 네덜란드의 상업에 엄청난 영향을 끼친 1600년대에 네덜란드에서 생긴 전설적인 에피소드이다.

Tunisia currency 튀니지 화폐 ¶ Tunisian dinar (TND), divided into 1000 millimes. 1 디나르(Tunisian dinar) = 1000 밀림(millimes).

turkey 실책, 실패 ¶ The *turkey* is a disappointing investment. The term may be used with reference to a business deal that went awry, or to the purchase of a stock or bond that dropped in value sharply, or to a new securities issue that did not sell well or had to be sold at a loss. 터키는 기대 밖의 투자를 이른다. 그 말은 실패한 기업거래, 가격이 급락한 주식이나 채권의 매입, 또는 판매부진이나 손실이 발생한 신규발행증권과 관련하여 사용될 수 있다.

Turkey currency 터키 화폐 ¶ Turkish lira (TRY), divided into 100 kurus. 1 리라(Turkish lira) = 100 쿠루시(kurus).

Turkish Republic of Northern Cyprus currency 북키프로스 터키공화국 화폐 ¶ Turkish lira (TRY), divided into 100 kurus. 1 리라(Turkish lira) = 100 쿠루시(kurus).

Turkmenistan currency 투르크메니스탄 화폐 ¶ manat 마나트.

turn [영] 차익금, 차액, [상업] (자본의) 회전(율), (자산 등의) 회전수 ¶ a dealer's *turn*; a market *turn* 매매폭(시세의 차이)

turnaround 방향전환, (시세의) 상향방향에의 전환, (기업업적의) 흑자전환, (이익을 올리기까지의) 투자기간 ¶ *Turnaround* is favorable reversal in the fortunes of a company, a market, or the economy at large. Stock market investors speculating that a poorly performing company is about to show a marked improvement in earnings might profit handsomely from its *turnaround*. 반전(反轉)이란 회사업적, 시장동향, 전반적인 경제가 유리한 방향으로 돌아서는 경우를 이른다. 업적부진의 회사가 현저한 이익개선을 걸고 있는 주식시장투자자는 그 반전에서 상당한 이익을 볼지도 모른다.

turning point 전환점, 전기(轉機)

turnkey (건설 · 플랜트수출의) 완성품인도방식 ¶ The *turnkey* is any project constructed or manufactured by a company where the company ultimately turns it over in finished form to the client that will use it, so that all the user has to do is turn the key, so to speak, and the project is underway. The term is used of housing projects that after construction, are turned over to property managers. There are also turnkey computer systems, for which the user needs no special computer knowledge and which can therefore be put right to work once they are installed. 완성품인도방식은 건설프로젝트나 제조프로젝트에서, 사용하는 회사(사용자)에게 완성품의 형태로 최종적으로 인도하는 방식을 말한다. 사용자는 말하자면 키를 돌리기(턴키)만 하면 현재 진행중인 프로젝트를 가동(稼動)하게 된다. 턴키라는 용어는 준공후 부동산관리인에게 인도되는 주택건설에 관해서 사용된다. 또 턴키 컴퓨터시스템이라는 것도 있는데, 사용자는 특별한 컴퓨터지식을 필요로 하지 않으므로, 일단 설치되게 되면 바로 작동할 수 있게 된다. ***turnkey base*** 턴키공사 입찰계약 ¶ The *turnkey base* is a specified type of a blanket bid contract with planning and construction; the employer concludes a contract to plan and construct with the contractor, and on the other hand the constructor makes execution contract to provide all the services to the employer, such as the financing of money, the purchases of land, and the planning and construction and operating. 턴키공사 입찰계약이란 설계시공 일괄입찰계약이다. 발주자가 하나의 도급자와 설계 및 시공의 수행계약을 체결하고, 시공자는 재원조달, 토지구매, 설계와 시공 · 운전 등의 모든 서비스를 발주자에게 제공하기로 약정하는 입찰계약이다.

turnover 자금[상품]의 회전율, 총거래량, 총매상금액, 노동이동 ¶ In finance, the *turnover* is: (1) a number of times a given asset is replaced during an accounting period, usually a year. See also accounts receivable turnover; inventory takeover. (2) a ratio of annual sales of a company to its net worth, measuring the extent to which a company can grow without additional capital investment when compared over a period. See also capital turnover. 재무에 있어서, 자금의 회전율은 (1) 통상 1년의 회계연도내에 있어서의 특정한 자산의 회전율을 이른다. accounts receivable turnover(외상매출금회전율); inventory takeover(재고자산회전율)도 참조할 것. (2) 자금의 회전율은 회사의 연도매상금액(sale)의 순자산(net worth)에 대한 비율로, 일정한 기간의 동 비율과 비교함으로써 자본(capital investment)을 추가적으로 투하하지 않고 회사가 성장할 수 있는 정도를 측정할 수 있다. capital turnover(자본회전율)도 참조할 것. ¶ In Great Britain, the *turnover* is an annual sales volume. 영국에서, 턴오버는 연간총매상금액을 말한다. ¶ In industrial relations, the *turnover* is a total employment divided by the number of employees replaced during a given period. 노사관계에 있어서, 노동이동은 일정한 기간 내에 교체된 종업원수로 나눈 총고용종업원수를 이른다. ¶ In securities, the *turnover* is a volume of shares traded as a percentage of total shares listed on an exchange during a period, usually either a day or a year. The same ratio is applied to individual securities and the portfolio of individual or institutional investors. 증권에 있어서, 거래총량은 통상 1일 또는 1년의 일정한 기간내에 있어서 거래소에 상장된 총주식의 비율로서 거래된 주식(share)의 거래량이다. 동일한 비율은 개개의 증권이나, 개인이나 기관투자자(institutional investor)의 포트폴리오(portfolio)에도 적용된다. /*turnover* of capital 자본회전율 /the *turnover* of loans and securities 융자 · 증권의 취급금액 /*turnover* of merchandise 상품회전율 /*turnover* period 회전기간 /*turnover* ratio of assets 자산회전율 /a *turnover* ratio of receivables 매상채권회전율 /turnover tax 총매상액세(稅) /*turnover* volume 거

래총액 ***turnover ratios*** 회전율 ¶ *Turnover ratios* are financial ratios related to sales or volume, for example, accounts receivable turnover; also known as efficiency ratios, for example, assets turnover, conversion of receivables into cash. These measure efficiency of converting assets into cash. See also liquidity ratios. 회전율은 예를 들면, 판매나 분량에 관련된 자금회전율, 외상매출금(account receivable)회전율을 말한다. 말하자면, 이는 유효성회전율(efficiency ratios)이라고 하며, 자산회전율, 외상채권을 현금으로 전환하는 것이다. 이러한 것은 자산을 현금으로 전환하는 유효성을 측정하는 것이다. liquidity ratio(유통성비율)도 참조할 것.

12b-1 mutual fund 12b-1 뮤추얼펀드 ¶ The *12b-1 mutual fund* is a mutual fund that assesses shareholders for some of its promotion expenses. Adopted by the Securities and Exchange Commission in 1980, Rule 12b-1 provides mutual funds and their shareholders with an asset-based alternative method of covering sales and marketing expenses. At least half of the more than 10,000 mutual funds in existence today have a 12b-1 fee typically ranging from .25%, in the case of "no-load" funds that us it to cover advertising and marketing costs, to as high as 8.5%, the maximum "front-end load" allowed under National Association of Securities Dealers (NASD) rules, in cases where annual 12b-1 "spread loads" replaced traditional front-end load. The predominant use of 12b-1 fees is in funds sold through brokers, insurance agent, and financial planners. 12b-1 뮤추얼펀드는 펀드의 판촉비용의 일부를 주주에게 부담지우는 펀드를 이른다. 1980년에 미증권거래위원회(Securities and Exchange Commission: SEC)가 채택한 룰 12b-1에 의하여, 판매·마케팅비용을 펀드의 자산에 기초해서 징구하는 선택지(選擇肢)가 뮤추얼펀드와 그 주주에게 제공되었다. 오늘날 현존하는 10,000개를 넘는 뮤추얼펀드의 적어도 반분(半分)은 12b-1수수료체계를 가지고, 그 범위는 0.25%의 수수료를 징구하여 그것을 광고·마케팅비용에 충당하는 「노로드 펀드」(no-load fund)에서, 전미증권업협회(National Association of Securities Dealers: NASD)규칙이 인정하는 최고이율(당초 판매수수료, front- end load)의 8.5%에 미친다. 다만, 8.5%의 front-end fee는 12b-1에 기초하는 연간베이스의 수수료(spread loads)로 대체되었다. 12b-1수수료는 브로커(broker), 보험대리인(insurance agent), 파이낸셜 플래너(financial planner)를 통해서 판매되는 펀드에서 많이 볼 수 있다.

TWD (ISO) code Taiwan – currency Taiwanese dollar. ¶ TWD(국제표준기구) 약호 타이완 — 화폐 타이완 달러(Taiwanese dollar).

Twenty Bond Index 투엔티 본드인덱스 ¶ The *Twenty Bond Index* is an index tracking the yields on 20 general obligation municipal bonds with 20-year maturities and an average rating equivalent to A1. The Index, published weekly by the Bond Buyer in the newspaper's Friday edition, serves as a benchmark for the general level of municipal bond yields. See also Bond Buyer's Index; Eleven Bond Index. 투엔티 본드인덱스는 20년의 만기와 A1과 동등한 평균등급을 가지는 20의 일반재원채(general obligation bond)의 이율(yield)을 추적하는 지수를 말한다. 이 지수는 신문의 금요판의 The Bond Buyer에 의하여 매주 발표되고, 지방채이율의 일반수준에 관한 기준치(benchmark)로서 이용되고 있다. Bond Buyer's Index(본드 바이어스 인덱스); Eleven Bond Index(11본드 인덱스)도 참조할 것.

Twenty-Day Period 20일간, 심사기간 ¶ The *Twenty-Day Period* is a period required by the Securities and Exchange Commission (SEC) after filing of the registration statement and preliminary prospectus in a new issue or secondary distribution during which they are reviewed and, if necessary, modified. The end of the *Twenty-Day Period* – also called the cooling-off period – marks the effective date when the issue may be offered to the public. The period may be extended by the SEC if more time is needed to respond to a deficiency letter. 20일간은 신규모집(new issue)이나 매출(secondary distribution)의 경우에, 미증권거래위원회(Securities and Exchange Commission: SEC)에 제출되는 등록계출서(registration statement)와 임시사업계획서(preliminary prospectus)를 SEC가 심사하고, 필요하면 수정을 요구하기 위한 기간을 이른다. 냉각기간(cooling-off period)이라고도 하는 이 20일간이 종료하면 공모의 효력발생일(effective date)이 된다. 불비통지서(deficiency letter)에 대응하기 위하여 발행단체에게 다시 시간이 필요한 경우에는, 이 20일간의 기간은 연장될 수 있다.

Twenty-Four-Hour Banking (CD, 온라인 등에 의한) 24시간 은행업무체제 ¶ *24-Hour Banking* is self-service banking extending beyond normal banking hours by obtaining cash, making deposits, and transferring money between accounts at automated teller machines. 24시간 은행업무체제는 자동입출금기에서 현금을 손에 넣고, 예금을 하며, 계좌간에 자금이체가 이루어짐으로써 정상적인 은행업무시간을 초월하는 셀프서비스은행업무이다.

Twenty-Four-Hour Trading 24시간 트레이딩 ¶ *Twenty-Four-Hour Trading* is round-the-clock dealings in securities, bonds, and currency. In practice, it is not normally carried out from any one office of a securities house; instead, the dealers in one time zone pass on their position to associates in another time zone. Thus, a London office may pass its position to its New York office, which is passed, in turn, to Tokyo, and back to London. *Twenty-four-hour trading* has been encouraged by the rise in cross-border share trading. 24시간 트레이딩은 증권, 채권 및 통화의 24시간 연속의 거래를 말한다. 실제로, 그것은 보통 증권회사의 어떤 사무실에서 수행되지 않는다. 그 대신에, 하나의 시간대(時間帶)에 있는 딜러가 다른 시간대에 있는 동료에게 자신의 포지션을 양도한다. 이리하여, 런던사무소는 그의 포지션을 뉴욕사무소에 넘길 수 있고, 뉴욕사무소는 번갈아 도쿄에, 그리고 도쿄는 런던에 넘길 수 있다. 24시간 트레이딩은 국경을 넘는 주식거래에서 주가상승으로 촉진되어 왔다.

Twenty-Five Percent Rule 25퍼센트 룰 ¶ The *Twenty-Five Percent Rule* is a municipal bond analyst's guideline that bonded debt over 25% of a municipality's annual budget is excessive. 25퍼센트 룰은 지방자치단체의 연간예산의 25%를 초과하는 채권발행차입금은 과도하다고 하는, 지방채(municipal bond)의 애널리스트(analysts)의 가이드라인이다.

Twenty Percent Rule [미] 20퍼센트 룰 ¶ The *Twenty Percent Rule* is the commercial bank practice of requiring corporate borrowers to maintain average deposit balances equal to 20% of their borrowings under a revolving line of credit or term loan. Today, fixed balance requirements in bank lending are a thing of the past; in actual practice, compensating balances vary from 10% of borrowings to 25%, or may be waived altogether in lieu of bank service charges. 20퍼센트 룰이란 회전신용공여한도 또는 장기대출의 경우에 회사인 차입자는 그 차입금의 20%에 상당하는 평균예금잔액을 유지해야 한다는 상업은행의 관행을 말한다. (그러나) 오늘날 은행대출의 경우 고정적인 잔액요건은 과거의 일이 되었으며, 실제로는 보상예금은 차입금의 10%에서 25%까지 차이가 있거나 은행서비스수수료 대신에 전부 면제될 수도 있다.

Twenty-Percent Cushion Rule 20퍼센트 쿠션룰 ¶ The *Twenty-Percent*

Cushion Rule is a guideline used by analysts of municipal revenue bonds that estimated revenues from the financed facility should exceed the operating budget plus maintenance costs and debt service by a 20% margin or "cushion" to allow for unanticipated expenses or error in estimating revenues. 20퍼센트 쿠션룰은 지방특정재원채(municipal revenue bonds)의 애널리스트가 사용하는 가이드라인으로, 외부자금(채권발행)으로 자금조달을 한 시설에서의 세입예상액은 당해 시설의 운전자금예산에 유지비용과 채무상환액(debt service)을 가한 금액의 20%를 초과한 금액이어야 한다고 되어 있다. 이 20%분은 불측의 비용지출이나 세입견적의 차이에 대비하는 「쿠션」(cushion)으로서 가산되는 것이다.

twin deficit (차익과 무역수지의) 쌍둥이 적자

twin-in barrier option [영] 트윈인 장애옵션 ¶ The *twin-in barrier option* is an over-the-counter complex option that is created when an upper or lower barrier is breached. The inclusion of two barriers, which increase the probability of triggering, generally makes the structure more expensive than a standard knock-in option. See also barrier option; twin-out barrier option. 트윈인 장애옵션은 상하의 장애가 위반되는 경우 창출되는 장외거래의 복잡한 옵션을 말한다. 2개의 장애의 포섭(inclusion)은 해약사유의 확률을 증가시키지만, 일반적으로 그 구조를 표준적인 녹인 옵션보다 비싸게 만든다. barrier option(장애옵션); twin-out barrier option(트윈아웃 장애옵션)도 참조할 것.

twin-out barrier option [영] 트윈아웃 장애옵션 ¶ The *twin-out barrier option* is an over-the-counter complex option that is extinguished when an upper or lower barrier is breached. The inclusion of two barriers, which increase the probability of triggering, generally makes the structure cheaper than a standard knock-out option. See also barrier option; twin-in barrier option. 트윈아웃 장애옵션은 상하의 장애가 위반되는 경우에 소멸하는 장외거래의 복잡한 옵션을 말한다. 2개의 장애의 포섭은 해약사유의 확률을 증가시키지만, 일반적으로 그 구조를 표준적인 녹아웃 옵션보다 싸게 만든다. barrier opton(장애옵션); twin-in barrier option(트윈인 장애옵션)도 참조할 것.

twisting (억지로 하는 권유에 의한) 거래의 환승모집(換乘募集), (수수료를 목적으로 하는) 과도(過度)매매 ¶ The *twisting* is an unethical practice of convincing a customer to trade unnecessarily, thereby generating a commission for the broker or salesperson. Example: A broker may induce a customer to sell one mutual fund with a sales charge in order to buy another fund, also with a sales charge, thereby generating a commission. A life insurance salesperson may persuade a policyholder to cancel his or her policy or allow it to lapse, in order to sell the insured a new policy, which would be more costly but which would produce sizable commissions for the salesperson. Also called churning. 거래의 환승모집(換乘募集)이란 브로커(broker)나 세일즈맨이 수수료목적으로 고객에 대해서 불필요한 거래를 행하게 하는 행위로서, 비윤리적인 거래관행이다. 예컨대, 판매수수료(sales charge)가 징구되는 뮤추얼펀드(mutual fund)의 매도를 고객에게 권하고, 역시 판매수수료가 징구되는 다른 뮤추얼펀드를 매입케 함으로써 수수료가 발생시키는 경우가 이에 상당하다. 또, 생명보험(life insurance)의 판매원이 보험증권보유자(policyholder)에게 기존의 증권을 해약하거나 실효시키고 새로운 보험증권을 매도하는 경우도 마찬가지이다. 고객에서 보아서는, 많은 부담이 되겠지만, 판매원에게는 상당한 수수료를 생기게 하게 된다. 이를 churning[과당(過當)거래]이라고도 한다.

two 둘의, 2인의 ¶ *two*-earner couples 맞벌이 부부 /a *two*-income family 맞벌이가

정 /a *two*-sided market 매도·매입의 쌍방의 시세가격이 유지되고 있는 시장 /*two*-way quotation [외환] 매입가격과 매도가격의 양건(兩建)표시의 가격(딜링의 자금거래에서 똑같이 행해진다.) /*two*-year time deposit 2년물 정기예금 ***Two and Twenty*** 투앤드 투엔티 ¶ The *Two and Twenty* is a typical formula for compensation of hedge fund managers where 2% of total asset value is charged as a management fee and an additional 20% of profits is taken as a performance fee. See also gate 투앤드 투엔티(two and twenty)는 전체 자산가격의 2%가 운영수수료(management fee)로서 부담지우고 이익의 추가 20%가 실적수수료(performance fee)로서 받는 경우에 헤지펀드운용자의 보수에 관한 대표적인 공식이다. gate(게이트)도 참조할 것. ~***-dollar broker*** 2달러 브로커 ¶ The *two-dollar broker* is a floor broker who executes orders for other brokers too busy to do it themselves; a "broker's broker." Such brokers once were paid two dollars for a round lot trade, hence the name. Today, they receive a negotiated commission rate varying with the dollar value of the transaction. See also independent broker. 2달러 브로커는 대단히 다망한 다른 브로커(broker)를 갈음해서 주문을 집행하는 플로어 브로커(floor broker)이고, 이를 「브로커의 브로커」(broker's broker)라고 한다. 그와 같은 브로커에는 일찍이 1거래단위(round lot)의 거래에 관하여 2달러가 지급되고 있었으므로 이와 같이 부르게 되었다. 현재는, 거래의 금액에 따라 여러 가지의 수수료율이 교섭베이스로 지급된다. independent broker (인디펜던트 브로커)도 참조할 것. ~***-factor interest rate model*** [영] 복수요인금리모형 ¶ The *two-factor interest rate model* is an option pricing model that values bond options by generating an entire yield curve through two variables, such as a short-term rate and a drift or reversion factor. Although such models are more complex to calibrate and implement than one-factor interest rate models, they can generate more precise results. 복수요인금리모형은 단기금리와 완만한 변동(drift) 또는 역전요인과 같은 2개의 변수를 통해서 이율커브(yield curve)를 산출함으로써 채권옵션을 평가하는 옵션가격결정모형이다. 이러한 모형은 단수요인금리모형(one-factor interest rate model)보다 조정하고 실행하는 것이 더 복잡하더라도, 그것은 더 정확한 결과를 산출할 수 있다. ~***-name paper***; ~ **[*double*] *name(d) bill* [*paper*]** 복명(複名)어음, 복수어음 ¶ A *two-name paper* is a popular name for the trade paper – trade acceptances and bankers' acceptances – carrying two signatures, either as drawer or endorser. Also known as double name paper. 복명어음은 무역인수어음 및 은행인수어음이라는 무역어음에 대한 일반용어로서, 발행인이나 배서인의 2인의 서명이 뒤따른다. 또한 이중성명어음이라고도 한다. ~***-sided market*** 쌍방향시장 ¶ The *two-sided market* is a market in which both the bid and asked sides are firm, such as that which a specialist and others who make a market are required to maintain. Both buyers and sellers are thus assured of their ability to complete transactions. Also called two-way market. 쌍방향시장은 스페셜리스트(specialists)나 홍정을 돋우는 마켓메이커(market maker)에 의하여 매수호가와 매도호가(bid and asked)의 쌍방이 확실히 제시되는 시장을 말한다. 이와 같은 시장에서는, 매수인과 매도인 쌍방 모두가 매매거래를 확실히 완료시킬 수 있다. 이를 two-way market이라고도 한다. ~***-tier bid*** 이중가격매수 ¶ The *two-tier bid* is a takeover bid where the acquirer offers to pay more for the shares needed to gain control than for the remaining shares; contrast with any-and-all bid. 이중가격매수는 매수자(買收者)가 회사의 지배권을 얻는 데에 필요한 주식에 대하여, 남은 주식보다도 많이 지급할 것을 신청하는 주식공개매수(takeover bid; tender offer)이다. 전체동일 가격매수(any-and-all bid)와 대조적이다. ~***-foreign exchange market***; ~***-tier market*** 이중외환시장, 이중

환율제 ¶ The *two-tier market* is a exchange rate methodology that normally insulates a country from the balance of payments effects of capital flows while it maintains a stable exchange rate for current account transactions. 이중환율제는 당좌계정거래에서는 안정된 환율을 유지하면서 보통 자본의 흐름을 국제수지에서 격리하는 하나의 환율에 관한 방법론이다. **~-*way trading*** 쌍방향거래 ¶ In general, the *two-way trading* is a contract feature that permits trading bank and forth the two assets involved. Term is used in international finance to mean American Depositary Receipts (ADRs) or Global Depositary Receipts (GDRs) that are interchangeable, respectively, with their underlying common shares. ADRs and GDRs that can be converted to related common shares and vice versa enjoy enhanced liquidity. 일반적으로 쌍방향거래는 2개의 자산(asset)을 쌍방향으로 매매할 수 있다고 하는 계약(contract)을 의미하는 경우가 많다. 이 용어는 국제금융에서 미국예탁증서(American Depositary Receipt: ADR)이나 글로벌예탁증서(Global Depositary Receipt: GDR)을 의미할 때에 사용된다. ADR이나 GDR은 각각 기초주식(underlying common shares)과 교환할 수 있게 된다. 말하자면, ADR이나 GDR을 서로 기초주식으로 교체한다든지, 반대로 기초주식을 ADR이나 GDR로 교체한다든지 하는 것에서 유동성(liquidity)이 높아진다.

200-day moving average 200일 이동평균치 ¶ The *200-day moving average* is an indicator used in technical analysis representing the average closing price of a stock over the most recent 200 days. It represents a long-term trend and is typically superimposed on a line chart. A break above the 200-day moving average is a buy signal and vice versa. See also moving average; momentum indicators. 200일 이동평균치는 직근(直近) 200일의 주가의 종가의 평균치를 표시하는 테크니컬 분석(technical analysis)에서 사용되는 지표이다. 200일 이동선은 장기의 트렌드(trend)를 나타내고, 주가추이를 나타내는 괘선(罫線)위에 중첩해서 표시되는 것이 일반적이다. 주가가 200일 이동선을 상회하면 매수의 신호(buy signal)이고, 하회하면 그 반대가 된다. moving average(이동평균치); momentum indicators(모멘텀지표)도 참조할 것.

200-percent declining balance method 2배 정률법 → double declining-balance depreciation method (DDB) (배액정률감가상각법).

tying [영속] 연계대출 ¶ The *tying* is a practice where a bank, investment bank, or securities firm grants a client a loan with a low margin only if the client agrees to award it more lucrative financial business, such as an underwriting or corporate finance transaction. In some jurisdictions the practice constitutes a violation of fair trading practices and is illegal. See also reverse tying. 연계대출은 은행, 투자은행 또는 증권회사가 고객이 인수 또는 회사금융거래와 같은 돈벌이가 되는 재무사업을 해 주기로 약정하기만 한다면 낮은 증거금(low margin)을 받고 고객에게 대출을 해 주는 책략을 말한다. 일부 재판관할권에서는, 그 책략은 공정한 거래관행의 위반이 되고 위법이다. reverse tying(리버스 연계대출)도 참조할 것.

tyiyn 티인 ¶ A monetary unit of Kyrgyzstan worth one hundredth of a som. 키르기스스탄의 화폐단위로 솜(som)의 100분의 1에 가치가 있다.

TZS (ISO) code United Republic of Tanzania – currency Tanzanian shilling. ¶ TZS (국제표준기구) 탄자니아 공화국 — 화폐 탄자니아 실링(Tanzanian shilling).

U

UAH (ISO) code Ukraine – currency hryvna. ¶ UAH (국제표준기구) 약호 우크라이나 — 화폐 흐리브냐(hryvna).

uberrima fides (L) utmost good faith 최고의 신의(信義) ¶ The phrase *uberrima fides* describes a class of contract in which one party has a preliminary duty to disclose to the other material facts relevant to the subject matter. 최고신의의 용어는 일방의 당사자가 타방의 당사자에게 계약의 목적물에 관련된 중요사실을 공개할 사전의 의무를 지는 종류의 계약을 설명할 때에 쓴다.

Uganda currency 우간다 화폐 ¶ Ugandan Shilling (UGX), divided into 100 cents. 1 실링(Ugandan Shilling) = 100 센트(cents).

Ukraine currency 우크라이나 화폐 ¶ hryvna (plural hryvni) (UA). 흐리브냐(hryvna). 복수는 흐리브니(hryvni)이다.

ULCC → **u**ltra **l**arge **c**rude oil **c**arrier [약] (30만톤급 이상의) 초대형 유조선

ullage 부족량, 누손량(漏損量) ¶ *Ullage* is the amount by which a container lacks being full. For example, ullage indicates available storage space for petroleum products. 부족량은 컨테이너가 꽉 채우지 못하는 양을 말한다. 예를 들면, 부족량은 원유제품을 위한 이용할 수 있는 저장공간을 가리킨다.

ultimate 최종의 ¶ *ultimate* borrowers 궁극적 차입자(기업 등) /*ultimate* customers [consumers] 최종수요자[소비자] /an *ultimate* destination 최종목적지 /*ultimate* lenders 궁극적 대여자(貸與者)(가계 등) ***ultimate net loss*** [영] 최종순손실 ¶ The *ultimate net loss* (*UNL*) is a computation performed by an insurer that reflects the net economic loss sustained in insurance activities, generally calculated via:

UNL = – (Cl + LAE) + (Reins + Sal + Sub)

where Cl is Claims loss, LAE is Loss Adjustment Expense, Reins is recovery from Reinsurance Contracts in force, Sal is recovery from salvage value, and Sub is recovery from Subrogation rights. 최종순손실은 보험행위로 입은 순경제적 손실을 나타내는 계산으로 보험업자가 실행한다. 일반적으로 다음과 같은 공식을 경유하여 계산된다.

최종순손실 = – (보험청구손실 + 손해사정비) + (재보험계약으로부터 회수 + 처분가치로부터 회수 + 보험대위권으로부터 회수)

ultimatum 최후통첩, (연체채무자 등에 대한) 최후통고 ¶ The *ultimatum* is the final and ultimate proposition made in negotiating a treaty, a contract, or the like. 최후통첩은 조약, 계약 등을 체결할 때에 행하는 최종의 궁극적인 제안을 말한다.

ultra …의 범위 외의, 극단적인 ***ultra-short-term bond fund*** 초단기 채권펀드 ¶ The *ultra-short-term bond fund* is a mutual fund buying bonds with maturities typically of one of year or less. Such funds usually pay higher yields than money market mutual funds, but lower yields than short-term bond funds. Their advantage to investors is that they offer more price stability than short-term bond funds, along with a yield that beats money funds. The net asset value of *ultra-short-term bond funds* does fluctuate, however, unlike the net asset value for money market mutual funds, which remains fixed at $1 a share. It is therefore possible to realize capital gains and losses with *ultra-short-term bond funds.* 초단기 채권펀드는 전형적으로는 잔존기간 1년 이하의 채권에 투자하는 뮤추얼펀드(mutual fund)이다. 통상, 초단기 채권펀드의 이율은 머니마켓 뮤추얼펀드(money market mutual fund)보다 높지만, 기간 3년에서 5년의 채권에 투자하는 단기 채권펀드(short-term bond funds)보다는 낮다. 투자자에 대한 이점은 머니마켓 뮤추얼펀드보다 우수한 이율과, 단기 채권펀드보다도 높은 가격안정성이다. 그러나 1주당 1달러로 고정되어 있는 머니마켓 뮤추얼펀드의 순자산가치와는 다르고, 초단기 채권펀드의 순자산가치(net asset value)는 변동한다. 그러므로 초단기 채권펀드에서는 캐피탈게인이나 로스(capital gain, loss)를 실현할 가능성이 있다. ***ultra vires*** (L) [법] 권한외의, 월권행위의 ¶ *Ultra vires* is the common law doctrine relating to the effect of corporate acts that exceed the power or stated purpose of a corporation. 울트라 바이러스는 회사의 권한 또는 정관에 기재된 목적을 초월하는 회사행위의 효과에 관한 커먼로상의 원칙이다. ~ ***vires activities*** 권한외활동 ¶ *Ultra vires activities* are actions of a corporation that are not authorized by its charter and that may therefore lead to shareholder or third-party suits. See also articles of incorporation. 권한외 활동은 기본정관(corporate charter)에 의하여 수권(授權)되어 있지 아니한 회사의 행위로, 주주(shareholder)나 제3자로부터 제소될 가능성이 있는 경우이다. articles of incorporation(설립정관)도 참조할 것.

UMA 유엠에이 → **u**nified **m**anaged **a**ccount [약] 유니파이드 매니지드 어카운트 ¶ The *unified managed account (UMA)* a variation on the separately managed account (SMA) that handles an investor's stocks, bonds, managed accounts, and mutual funds in one diversified, customized, "umbrella" portfolio, designed to minimize the investor' taxes. 유니파이드 매니지드 어카운트는 전용자산운용관리계좌(separately managed account: SMA)의 변형으로, 이 계좌에서는 고객의 세금을 최소화하기 위하여 고안된, 고객(투자자)이 투자하는 주식, 채권, 일임계좌(一任計座)(managed account), 뮤추얼펀드(mutual fund)를 분산형이자 고객전용의 하나인 「포괄적인 포트폴리오」(umbrella portfolio)에서 취급한다

umbrella 우산조직 ¶ *umbrella* organization (밑에 자회사를 가지는) 모체기업 ***umbrella personal liability policy*** 포괄개인책임보험증권 ¶ The *umbrella personal liability policy* is a liability insurance policy providing excess coverage beyond regular liability policies. For example, typical homeowner's policies offer $300,000 in liability coverage against lawsuits and other negligence claims. An umbrella policy may provide $1 million in liability coverage. An umbrella policy will begin to ay claims only after the underlying liability policy's coverage limits have been exceeded. People usually buy umbrella policies to protect themselves against the possibility of a large jury award in a lawsuit. An umbrella policy also protects in situations not covered by a standard liability policy found in homeowner's and automobile insurance, like slander and libel. An umbrella policy also links policies, raising the limits on underlying policies in a cost-effective manner. 포괄개인책임보험증권은 통상의 책임보험을 초월한 초과보험을 제공할 책임보험증권(liability insurance)이다. 예컨대, 주택소유자의 일반적인 보험은 소송과 다른 과실책임청구에 대하여 300,000달러의 책임보험을 제공하지만, 포괄보험증권은 1,000,000달러까지의 책임보험을 제공한다. 포괄책임보험증권은 청구액이 기초보험증권의 보험한도액을 초과하여야 비로소 지급된다. 일반적으로

사람들이 포괄보험증권을 매수하는 것은 소송에 있어서 다액의 배심판정(jury award)에 대비하여 자신을 보호하기 위함이다. 또 포괄보험증권은 구두·문서에 의한 명예훼손과 같은, 주택·자동차보험의 표준적인 책임보험증권에서는 커버되지 않는 상황도 부보(附保)된다. 포괄보험증권은 복수의 기초보험증권을 연결하여 경제적인 방법으로 기초증권의 한도를 인상할 수도 있다. ~ ***reinsurance*** [영] 포괄재보험 ¶ The *umbrella reinsurance* is a reinsurance contract that covers multiple peril policies. All treaties written under the umbrella comprise a single block of business, so reinsurers participating in the agreement can not select which treaty to reinsure. 포괄재보험은 복합위험증권(multiple peril policy)을 커버하는 재보험계약을 말한다. 포괄재보험에서 기재된 모든 특약(treaty)은 단일의 집단거래를 구성하므로, 계약에 참여하는 재보험자는 어느 특약을 재보할지를 선택할 수 없다.

UN → the **U**nited **N**ations [약] 국제연합, 유엔 ¶ The *United Nations* (*UN*) is an international organization established in 1945 to maintain international peace and security; develop friendly relations among nations; achieve international cooperation in solving economic, social, cultural, and humanitarian problems and in promoting respect for human rights and fundamental freedom; and be a center for harmonizing the actions of nations in attaining these common ends. 국제연합은 국제평화와 안전을 유지하고, 국가간의 우호적인 관계를 발전시키며, 경제적, 사회적, 문화적 및 인도주의적인 문제를 해결하고 인권와 기본적인 자유를 촉진함에 있어서 국제적인 협력을 달성하고, 이러한 공통의 목적을 달성하는 데에 국가간의 행동을 조화하기 위한 중심이 되기 위하여 1945년에 설립된 국제기구이다.

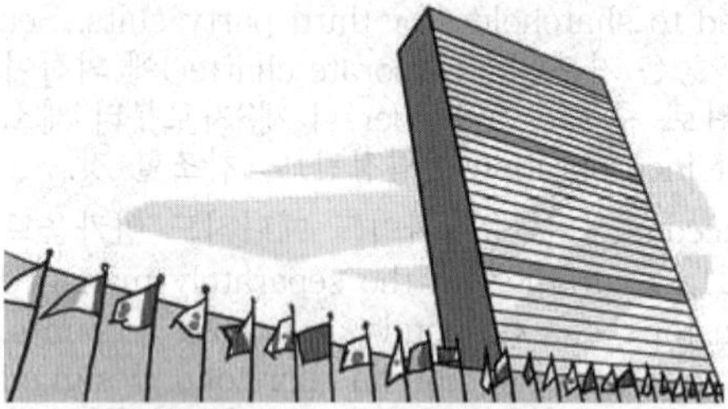

만국기가 휘날리는 유엔빌딩

unamortized 미상각의 ¶ *unamortized* cost 미(未)상각원가 ***unamortized bond discount*** 미상각 사채할인 발행차금(差金) ¶ The *unamortized bond discount* is a difference between the face value (par value) of a bond and the proceeds received from the sale of the bond by the issuing company. less whatever portion has been amortized, that is, written off to expense as recorded periodically on the profit and loss statement. At the time of issue, a company has two alternatives: (1) it can immediately absorb as an expense the amount of discount plus costs related to the issue, such as legal, printing, registration, and other similar expenses, or (2) it can decide to treat the total discount and expenses as a deferred charge, recorded as an asset to be written off over the life of the bonds or by any other schedule the company finds desirable. The amount still to be expensed at any point is the *unamortized bond discount*. 미상각 사채할인 발행차금(差金)은 채권의 액면(face value)과 발행회사가 수령한 채권발행수령금액의 차액에서, 상각의 제비용, 즉 손익계산서(profit and loss statement)에 비용으로서 상각된 것은 공제한 금액을 말한다. 이 항목의 회계처리에 관하여는, 회사에 대해서는 채권발행시에 다음과 같은 2개의 선택지가 있다. (1) 할인액에, 법률관계비용·인쇄비·등록비(registration) 기타 이와 유사한 비용과 같은 발행관련비용을 가산한 금액을 비용으로서 일괄손금 처리한다. 또는 (2) 할인액과 제비용의 합계를 순연비용(deferred charge)으로서 자산(asset)계좌에 계상하여, 채권의 만기까지의 기간, 또는 회사가 바란다고 판단되는 기간에 걸쳐서 상각한다. 또 상각(비용으로서

처리)되지 않는 금액을 미상각 사채할인 발행차금이라고 한다. ~ ***premiums on investments*** 미상각할증 투자차금(差金) ¶ *Unamortized premiums on investments* are unexpensed portion of the amount by which the price paid for a security exceeded its par value (if a bond or preferred stock) or market value (if common stock). A premium paid in acquiring an investment is in the nature of an intangible asset. 미상각할증 투자차금(差金)은 증권투자시에 지급된 금액이 채권(bond)과 우선주(preferred stock)의 경우는 액면, 보통주의 경우는 시가(market value)를 초과하는 금액의 미상각부분을 이른다. 증권투자시에 지급된 할증금(premium)은 무형자산(intangible asset)의 성질을 가진다.

unappropriated 용도에 충당되지 않는 ¶ *unappropriated* deficit 미(未)처리결손금 /*unappropriated* earned surplus 미(未)처분이익잉여금 /*unappropriated* retained earning (당기)미(未)처분이익 /*unappropriated* surplus 미(未)처분이익잉여금 ***unappropriated profit*** 미(未)처분이익잉여금 → retained earnings (이익잉여금).

unattended 보살핌을 받지 않는, 내버려둔 ¶ *unattended* banking terminal (CD 등의) 자동입출금기류(類) /*unattended* service 부재통고 /It is not acceptable for parents to leave children *unattended* at that age. 부모로서 어린 나이의 자녀들을 돌보지 않고 내버려두는 것은 용납할 수 없다.

unaudited statement 비(非)감사재무보고서 ¶ The *unaudited statement* is a financial statement prepared by an auditor but not in accordance with generally accepted auditing standards. *Unaudited statements* are prepared to less rigorous standards than audited statement. 비(非)감사재무보고서는 감사인에 의해서 준비된 재무제표(financial statement)이지만, 일반적으로 인정되는 감사기준에 따른 것은 아니다. 비(非)감사재무보고서는 감사재무보고서보다도 덜 엄격한 기준에 따라 준비된 것이다.

unauthenticated 증명할 수 없는, 진짜가 아닌 ¶ The word *unauthenticated* means not proven or validated. unauthenticated(증명할 수 없는)는 증명되지 않거나 정당함이 인정되지 않는 경우이다. /an *unauthenticated* report 검인되지 않은 보고서

unauthorized 권한 외의, 공인[승인]되지 않은 ¶ The word *unauthorized* means not having official permission or approved. unauthorized(승인되지 않은)의 말은 공식적인 허가나 승인을 받지 아니한 경우를 의미한다. /*unauthorized* person 무권한자

unbalance ⓥ 균형을 잃다 ¶ *unbalanced* account 미(未)결산계좌 ***unbalanced growth*** 불균형성장 ¶ *Unbalanced growth* is economic growth characterized by the expansion of some sectors much more rapidly than other sectors. For example, technology may be advancing at a much more rapid pace than energy or manufacturing. *Unbalanced growth* may result from unequal availability of capital, a poor distribution of entrepreneurial abilities or government policies. 불균형성장은 경제의 일부분이 다른 부분보다 너무 급속하게 팽창한 것으로 특색을 이루는 경제성장을 말한다. 예를 들면, 기술이 에너지나 제조업보다 너무 빠른 속도로 진보할 수 있다. 불균형성장은 자본의 불균형적인 이용가능성, 기업가의 빈곤한 배치 또는 정부정책에서 연유할 수 있다.
ⓝ 불균형, 부적합 (*cf.*) imbalance

unbundling 언번들링 ¶ *Unbundling* means: (1) separating a hybrid security or derivative into the components that were originally bundled to create it; (2) separating returns on an asset into classes or, in the case of the unbundled stock unit (developed in the late 1980s but never successfully marketed), decomposing a common stock into three parts: a dividend claim, a zero coupon bond, and a stock appreciation right; (3) the process by which one Wall Street firm in the 1980s created what it called an unbundled unit, an antitakeover device packaged and sponsored by the investment bank comprising a 30-year bond, a preferred share, and a warrant; the unit was then exchangeable for a voting share of a client corporation's common stock; (4) in Great Britain, divesting a conglomerate of its noncore businesses. 언번들링은 (1) 하이브리드증권(복합증권, hybrid security)이나 파생상품(derivative)을 그러한 상품이 편입되기 전의 부품으로 분해하는 것이다. (2) 투자자산에서의 리턴(return)을 몇 개의 종류로 분해하는 경우이다. 예를 들면, unbundled stock unit(1980년대에 개발된 상품이지만 시장에 나오기에는 이르지 아니하였다.)의 경우에는, 보통주(common stock)를 3개의 리턴(배당청구권, 제로쿠폰채권, 주식가격상승시의 권리)으로 분해하고 있었다. (3) 월가(Wall Street)의 어느 투자은행이 개발한 unbundled unit라고 한 상품의 분해프로세스를 말한다. 이 상품은 피매수(antitakeover)대책으로서 개발되어 30년물(物)의 채권, 우선주(preferred stock), 워런트(warrant)가 편입되어 있고, 이 unbundled unit는 그 회사의 의결권부의 보통주와 교환이 가능하게 되어 있다. (4) 영국에서는. 비중핵 부문을 안고 있는 다각화기업(conglomerate)을 분해하는 경우이다.

uncalled capital 미(未)납입자본 (*cf.*) paid-up capital 납입자본금 ¶ The *uncalled capital* is a money owed to a company on partly-paid stocks. It exists as a reserve to be called upon at any time by the directors of a corporation. 미납입자본은 부분적으로 납입된 주식에 대한 회사에 지급할 주금(株金)이다. 그것은 회사의 이사가 언제든지 청구할 수 있는 준비금(reserve)으로서 존재한다.

uncashed 현금화되지 않는 ¶ *uncashed* check 현금화되지 않는 수표

unchanged 불변의, 보합(保合)의 ¶ an *unchanged* side for tonight's home game. 오늘 저녁 홈경기의 변함없는 쪽

UNCITRAL → The **U**nited **N**ations **C**ommission on **I**nternational **Tra**de **L**aw [약] 국제연합국제상거래법위원회 ¶ The *United Nations Commission on International Trade Law* (*UNCITRAL*) is a UN commission established in 1966 to aid in harmonizing and unifying international trade law. The commission has focused on four principal international areas: sales of goods, payments, commercial arbitration, and legislation pertaining to shipping. The commission issues publications and sponsors training in international trade law. 국제연합국제상거래법위원회는 국제상거래법을 조화롭게 하고 통일화하는 것을 돕기 위하여 1966년에 설치된 국제연합위원회이다. 그 위원회는 4개의 주요한 국제적 분야에 초점을 맞추고 있다. 즉, 물품의 매매, 지급수단(방법), 상사중재, 및 해운에 관련한 입법이다. 위원회는 출판물을 발간하고 국제상거래법의 훈련을 후원한다.

U

unclaimed 청구자가 없는 ¶ *unclaimed* balance (예금의) 무청구잔액(無請求殘額) /*unclaimed* deposit 무청구예금(無請求預金)

uncollected 미(未)추심의 ¶ *uncollected* check 부도수표 /*uncollected* commission 미수(未收)수수료 /*uncollected* income 미수(未收)수익 /*uncollected* interest 미수(未收)이자 ***uncollected fund*** 미(未)추심자금, 미(未)자금화자금, (부도로 인한) 미(未)회수금 ¶ *Uncollected funds* are ports of ban deposit made up of checks that have not been collected by the depository bank – that is, payment has not been acknowledged by the bank on which a check was drawn. A bank will usually not let a depositor draw on *uncollected funds*. See also float. 미(未)추심자금은 은행예금계정에 수표(check)로 입금되었지만, 수표의 추심이 완료되고 있지 아니한 자금을 이른다. 즉, 수표가 발행된 지급은행에 의한 확인이 되어 있지 아니한 자금을 말한다. 은행은 미추심자금이 인출을 확인하지 않는 일이 많다. float(자금화기간)도 참조할 것.

uncollectible 회수불능의 ¶ *uncollectible* loan 회수불능융자 ***uncollectible account*** 회수불능계좌 ¶ The *uncollectible account* is a customer account that cannot be collected because of the customer's unwillingness or inability to pay. A business normally writes off such receivable as worthless after several attempt at collecting the funds. 회수불능계좌는 고객의 지급거절 또는 지급불능으로 인한 수취채권(receivables)을 회수할 수 없는 고객계좌이다. 채권회수의 시도를 여러 번 행하여도 회수할 수 없는 경우에는, 그 수취채권을 무가치한 것으로서 상각(write-off)하는 것이 일반적이다.

unconditional 무조건의 ¶ *unconditional* authority 무조건위임 /*unconditional* call loan 무조건 콜대출 /*unconditional* drawing right [IMF] 무조건인출권

unconfirmed (letter of) credit 무확인신용장 ¶ The *unconfirmed credit* is a documentary letter of credit where the advising bank makes no commitment to pay, accept, or negotiate. 무확인신용장은 통지은행이 지급, 인수 또는 양도의 위임을 받지 아니한 하환신용장을 말한다.

uncovered 알몸의, 무담보의 ¶ *uncovered* bear 공매(空賣)꾼 /*uncovered* bond [debenture] 무담보채권 /*uncovered* interest arbitrage 언커버드의 금리재정(선물환에 있어서, 커버를 취하지 않고 최대한의 이율을 추구하는 거래) /*uncovered* note 무담보어음 ***uncovered option*** 언커버드 옵션, 현물의 뒷받침이 없는 옵션만의 거래 ¶ The *uncovered option* is a short option that is not fully collateralized. A short call position is uncovered if the writer does not have long stock to deliver or does not own another call on the same security with a lower or same strike price, and with a longer or same time of expiration. Also called naked option. See also naked position; covered option; covered writer. 언커버드 옵션은 충분한 뒷받침이 없는 옵션(option)의 매도초과포지션(short position)이다. 콜옵션(call option)의 매도인(writer)이 옵션행사시에 인도하여야 할 기초증권(underlying security)을 매입초과포지션(long position)으로 하지 않거나 혹은 같은 기초증권의 콜옵션(행사가격이 같거나 그 이하이고, 만기가 같거나 보다 긴 콜옵션)을 가지고 있지 않는 것이 된다. 콜옵션의 매도초과포지션은 커버되고 있지 않는 것이 된다. naked option(네이키드 옵션)이라고도 한다. naked position(네이키드 포지션); covered option(커버드 옵션); covered writer(커버드 라이터)도 참조할 것. ~ ***position*** 언커버드 포지션 ¶ *Uncovered position* is where foreign exchange is exposed to short position or long position. 언커버드 포지션은 외환이 매도초과포지션 또는 매입초과포지션에 노출되어 있는 상태이다.

uncrossed (수표가) 횡선(橫線)이 없는 ¶ *uncrossed* check 무횡선수표, 보통수표 (an open check) (*cf.*) a crossed check 횡선수표

UNCTAD → **U**nited **N**ations **C**onference on **T**rade and **D**evelopment [약] 유엔무역개발회의, 운크타드

undated 일자가 없는, 기일을 정하지 않는 ¶ *undated* bill 무일자(無日字)어음 /*undated* check 무일자수표 ***undated security*** (만기)일자 없는 증권 ¶ *Undated* *security* is any security that lacks a defined maturity, such as perpetual debt, common stock, and most forms of preferred stock. 만기일자 없는 증권은 어떤 증권이든 영구채권(債券), 보통주 및 대부분의 형태의 우선주와 같은 분명한 만기일자가 없는 증권을 말한다.

under …의 밑에, …의 중의, …을 받아 ¶ *under* the counter 암시세로 /*under* par [채권] 액면을 할인하여 /*under* protest 조건부로 /*under* reserve 유보조건부로 /*under* the table 뇌물로서, 뇌물을 써서

underbanked 언더뱅크트, 신디케이트단의 조성부조(組成不調) ¶ The word *underbanked* is said of a new issue underwriting when the originating investment banker is having difficulty getting other firms to become members of the underwriting group, or syndicate. See also underwrite. 언더뱅크트라는 말은 거래를 진행하려고 하고 있는 투자은행(investment banker)이 인수은행그룹(underwriting group), 즉 신디케이트단(syndicate)을 조성하는 데에 필요한 인수업자를 모집하는 것이 곤란한 신규발행증권(new issue)을 말한다. underwrite(인수하다)도 참조할 것.

underbooked 언더북트, 응모부족 ¶ The word *underbooked* is said of a new issue securities during the preoffering registration period when brokers canvassing lists of prospective buyers report limited indications of interest. The opposite of *underbooked* would be fully circled. See also circle. 언더북트라는 말은 모집전의 등록(registration)기간중에 잠재매수인에게 타진한 결과, 구입에 흥미가 있다(indications of interest)는 반응이 적다고 보고된 신규발행증권(new issue)을 말한다. 언더북트의 반대는 fully circled이다. circle(증권판매가예약)도 참조할 것.

underbid (경쟁입찰자보다) 싸게 입찰하다 ¶ In an auction or competitive tendering, to *underbid* is to make a lower bid than [someone]. 옵션이나 경쟁적인 입찰에서, 싸게 입찰하는 것은 싸게 입찰가격을 매기는 것이다.

undercapitalization 과소자본 ¶ The *undercapitalization* is a situation in which a business does not have enough capital to carry out its normal business functions. See also capitalization; working capital. 과소자본은 통상의 사업을 수행하는 데에는 충분하지 않은 자본금의 상태를 이른다. capitalization(자본화); working capital(운전자본)도 참조할 것.

underdeveloped 미개발의 ¶ *underdeveloped* area 미개발지역 ***underdeveloped country*** 저개발국가 ¶ The *underdeveloped country* is a nation in which per capita income is proportionately low when contrasted with the per capita real income of nations where industry flourishes. 저개발국가는 1인당 소득이 공업이 번성하는 국가들의 1인당 실제소득과 비교하건대 비교적 낮은 국가를 말한다.

underdressing [채권] 언더드레싱 ¶ *Underdressing* is to adjust the agreed unit-price lower than the actual price. 언더드레싱은 약정단가를 실세보다 낮은 가격으로 조정하는 것이다.

underground economy (공식통계에 나타나지 않는) 지하경제 ¶ *Underground economy* is commerce that escapes notice by the government. Illegal activities, including selling illegal drugs, are included in the *underground economy.* Barter of goods that is not reported and escapes taxation is also a major part of the underground economy. 지하경제는 정부의 통고를 회피하는 상거래이다. 불법적인 약품을 판매하는 것을 비롯한 위법행위는 지하경제에 포함되고 있다. 보도는 되고 있지 않은 물품의 교환과 세금탈세는 지하경제의 주요한 부분이기도 하다.

underinsurance [영] 과소보험 ¶The *underinsurance* is: (1) insufficient insurance to cover an insurable risk, leaving the insured exposed to financial loss. See also overinsurance. (2) failure by the insured to meet coinsurance requirements specified by the insurer. 과소보험은 (1) 피보험위험을 커버하기 불충분한 보험으로, 피보험자에게 재무손실에 노출되게 만든다. overinsurance(초과보험)도 참조할 것. (2) 보험업자에 의해서 명기된 공동보험요건에 피보험자가 대응할 수 없는 경우이다.

underinvest 과소 투자하다 ¶To *underinvest* is to fail to invest sufficient money or resources in a project or enterprise. 과소 투자하다는 것은 프로젝트나 기업에 충분한 자금 또는 자원을 투자하는 않는 경우이다.

underinvestment problem [영] 과소투자문제 ¶The *underinvestment problem* is a situation where a company in financial distress is urged by creditors to invest in projects with low risks and low returns. Such investments are intended to protect the asset position of the firm for the benefit of creditors rather than maximize enterprise value for the benefit of shareholders. 과소투자문제는 재무상의 곤경에 빠진 회사가 채권자들로부터 낮은 위험과 낮은 수익의 프로젝트에 투자하라는 독려를 받는 상황이다. 그러한 투자는 주주의 이익을 위한 기업가치를 극대화한다고 하기보다 오히려 채권자의 이익을 위해서 회사의 자산포지션을 보호하려는 의도이다.

underinvoicing 언더인보이싱(송장의 금액을 실제보다 낮게 신고하는 것) ¶*Underinvoicing* is the provision of an invoice that states price as less than is actually being paid, possibly to reduce the amount that will be collected by an ad valorem tariff. 언더인보이싱은 가능하면 종가세율(ad valorem tariff)에 의하여 징수되는 금액을 축소하기 위하여, 실제로 지급할 금액 보다 적게 기재하는 인보이스의 준비를 말한다.

underkill 불충분한 금융긴축의 (*cf.*) overkill 금융의 과잉긴축의

under-lease 전대차(轉貸借)(sublease) ¶The *under-lease* is another term for sublease. 언더리스(전대차)는 서브리스(sublease)의 다른 용어이다.

under-LIBOR LIBOR보다 낮은 금리수준(sub-LIBOR)

underlying ⓐ 밑에 있는, 기초를 이루는, 근본적인 ¶*underlying* company 자회사(subsidiary) /the *underlying* lien 선순위 압류권 /the *underlying* mortgage 선순위 모기지 ***underlying asset*** (옵션거래에 있어서의) 기초자산 ¶The *underlying asset* is: (1) the physical or financial asset to which a security holder or a class of security holders has a claim. An analyst may believe that a stock is underpriced on the basis of the value of the firm's *underlying assets* and the potential earning power of those assets. (2) the asset that underlies and gives value to a security. The *underlying asset* of a stock option is the stock that the option can be used to purchase. Likewise, the *underlying asset* of a convertible bond is the stock for which the bond can be exchanged. The market value of a security is directly affected by changes in the value of any *underlying asset* into which it may be exchanged. For example, the market value of an option on a futures contract is directly affected by the value of the futures contract. 기초자산이란 (1) 증권의 보유자 또는 종류증권의 보유자가 청구권을 가지는 실체자산 또는 금융자산이다. 애널리스트는 주식이 기업의 기초자산과 그런 자산의 잠재적인 수익력의 가치에 근거해서 저평가되고 있다고 믿을 수 있다. (2)

U

증권에 기초하여 가치를 부여하는 자산이다. 스톡옵션의 기초자산은 옵션이 구매에 이용할 수 있는 주식이다. 마찬가지로, 전환사채(convertible bond)의 기초자산은 사채가 전환될 수 있는 주식을 이른다. 증권의 시가(market value)는 그것이 교환될 수 있는 기초자산의 가격변화로 직접 영향을 받는다. 예컨대, 선물계약에 대한 옵션의 시가는 선물계약의 가격에 의하여 직접 영향을 받는다. ~ ***debt*** 기초채무증권 ¶ The *underlying debt* is a municipal bond term referring to the debt of government entities within the jurisdiction of larger government entities and for which the larger entity has partial credit responsibility. For example, a township might share responsibility for the general obligations of a village within the township, the debt of the village being *underlying debt* from the township's standpoint. The term overlapping debt is also used to describe *underlying debt*, but overlapping debt can also exist with entities of equal rank where, for example, a school district crosses boundaries of two or more townships. 기초채무증권은 커다란 자치단체의 관할 내에 있는 자치단체가 발행하는 채무증서로, 커다란 자치단체가 그 증권의 신용책임을 분담하고 있는 지방채(municipal bond)에 관한 용어이다. 예를 들면, 군(郡(township)은 그 군(郡)내의 읍(village)의 일반 재원채(財源債)에 대하여 책임을 공유하고 있는 것이지만, 군의 입장에서 본다면, 그 읍의 채무증권이 기초채무증권이 된다. 기초증권을 나타내는 데에 중복채무(overlapping debt)라고 하는 용어도 있으나, 중복채무는 동등한 지위(rank)의 발행구역이 발행하는 채권도 의미한다. 예를 들면, 복수의 군(郡)에 걸치는 학군(學群)의 경우가 이것에 상당하다. ~ ***futures contract*** 기초선물계약 ¶ The *underlying futures contract* is a futures contract that underlies an option on that future. For example, the Chicago Board of Trade offers a U.S. Treasury bond futures option. The underlying future is the Treasury bond futures contract traded on the Board of Trade. If the option contracts were exercised, delivery would be made in the *underlying futures contract*. 기초선물계약은 옵션(option)의 기초계약으로 되고 있는 선물계약(futures contract)이다. 예를 들면, 시카고상품거래소(Chicago Board of Trade: CBOT)는 미국재무부 장기증권(Treasury bond)선물옵션을 제공하고 있다. 이 옵션에서는, 시카고상품거래소에서 거래되는 미재무부 중기증권선물계약이 기초선물계약이 되고 있다. 옵션계약이 행사(exercise)된다면, 인도는 기초선물계약으로 행해진다. ~ ***mortgage*** 선위(先位) 모기지 ¶ *Underlying mortgage* is first mortgage when there is a wraparound mortgage. A wraparound mortgage for $100,000 might include a $60,000 underlying first mortgage in its balance, so the additional money provided by the wrap is $40,000. 선위 모기지는 포괄 모기지가 있는 경우에 1번 모기지를 말한다. 10만 달러의 포괄 모기지는 그 잔액에 6만 달러의 선위 1번 모기지를 포함할지도 모르고, 그래서 랩(wrap)에 의해서 준비된 추가금은 4만 달러인 셈이다. ~ ***security*** [옵션거래] 뒷받침이 되는 기초자산, [증권] 기초증권 ¶ In options, the *underlying security* is a security that must be delivered if a put option or call option contract is exercised. Stock index options and stock index futures, however, are settled in cash, since it is not possible to deliver an index of stock. 옵션에서, 기초증권이란 풋옵션(put option)이나 콜옵션(call option)이 행사된 때에, 인도되어야 하는 증권을 이른다. 그렇지만, 주가지수옵션(stock index option)이나 주가지수선물(stock index futures)은 주가지수를 현물로 하여 인도할 수 없으므로, 현금으로 결제된다. ¶ In securities, the *underlying security* is a common stock that underlies certain types of securities issued by corporations. This stock must be delivered if a subscription warrant or subscription right is exercised, if a convertible bond or preferred stock is converted into common shares, or if an incentive stock option is exercised. 증권

에서, 기초증권이란 보통주(common stock)를 기초증권으로 하여 발행되는 특정한 종류의 증권(security)을 말한다. 예를 들면, 신주인수권증서(subscription warrant)나 신주인수권(subscription right)이 행사된 때에, 전환사채(convertible bond)나 우선주(preferred stock)가 보통주(common shares)로 전환된 때에는, 또는 인센티브 스톡옵션(incentive stock option)이 행사된 때에는, 기초증권으로 되어 있는 보통주식이 인도되게 된다.

n. [영] 자산(asset), 시장대상 ¶ The *underlying* is the asset or market reference defining or underpinning a derivative contract. 언더라잉(underlying)은 파생상품 계약을 규정하거나 토대가 되는 자산(asset)이나 시장대상(market reference)을 말한다.

undermargined account 증거금 부족계좌 ¶ The *undermargined account* is a margin account that has fallen below margin requirements or minimum maintenance requirements. As a result, the broker must make a margin call to the customer. 증거금 부족계좌는 증거금율(margin requirement), 또는 최저유지증거금율(minimum maintenance)을 미치지 못하는 신용거래계좌(증거금계좌, margin account)이다. 그 결과 브로커는 고객에 추가증거금(margin call)을 요구하여야 한다.

underpayment 지급부족 ¶ *Underpayment* is less than is deserved; Most people would consider nursing home employees to be underpaid based on the work they are required to perform. 지급부족은 받을 만한 것보다 덜 받는 것이다. 대부분의 사람들은 가정도우미가 이행하여야 할 업무에 기초해서 덜 보상받고 있다고 생각한다.

underperform (시장평균을) 밑돌다, 하회(下回)하다 ¶ *underperform* the market 시장평균을 밑돌다

underperformance option [영] 불량옵션 ¶ The *underperformance option* is an over-the-counter complex option that grants the buyer a payoff based on the underperformance of a market reference or spread against a predefined strike price. See also outperformance option; spread option. 불량옵션은 사전에 정한 행사가격에 대한 시장기준이나 스프레드의 불량(underperformance)에 기초를 두는 수익(payoff)을 매수인에게 부여하는 장외거래의 복잡한 옵션을 말한다.

underpricing 싸게 팔기, 부당하게 싼 가격을 매기기 ¶ The *underpricing* is the pricing of a new security issue at less than the prevailing price of the same security in the secondary market. *Underpricing* helps ensure a successful sale. 부당하게 싼 가격을 매기기는 유통시장에서 같은 증권의 일반가격(prevailing price)보다 낮게 신규발행증권(new security issue)의 가격을 매기는 것을 말한다. 부당하게 싼 가격을 매기기는 확실하게 판매를 성공으로 이끄는 데 도움을 준다.

undersell (경쟁자보다) 싼값으로 팔다 ¶ We can *undersell* them in the American market. 우리들은 미국시장에서는 그것들을 싼값으로 팔 수 있다.

undersubscription [영] 응모미달 ¶ The *undersubscription* is a situation where the number of orders for a new issue of securities is lower than the available supply, suggesting the price of the security could decline at launch. Depending on the nature of the capital commitment, the underwriters may take up a shortfall in orders. See also oversubscription. 응모미달은 증권의 신규발행에 대한 주문수가 이용할 수 있는 공급량보다 낮은 상황을 말하며, 이는 증권의 가격이 발행시에 하락할 수 있음을 시사하는 것이다. 자본지출약정의 성격에 따라, 인수업자

는 주문의 부족분을 떠맡을 수가 있다. oversubscription(응모초과)도 참조할 것.

undertake 인수하다, 보증하다 ¶ Such experiment should only be *undertaken* with the greatest caution. 그와 같은 실험에는 상당한 정도의 신중함이 없으면 착수해서는 안 된다.

undertaking 기업, 공사, 보증 ¶ The Government was forced to abandon the *undertaking* because it became clear that it would cost more money than had been expected. 정부는 예상보다 많은 돈이 들어가는 것이 명백해졌으므로 그 사업을 중지할 수밖에 없었다.

undervaluation (외환시장의) 과소평가 ¶ *Undervaluation* is to underestimate the financial value of (something). 과소평가는 (어떤 것의) 재산적 가치를 낮게 평가하는 경우이다.

undervalue 과소 평가하다, 경시하다 ¶ *undervalue pricing* 가격 매김을 과소평가하다.

undervalued 과소 평가된 ¶ The *undervalued* is a security selling below its liquidation value or the market value analysts believe it deserves. A company's stock may be *undervalued* because the industry is out of favor, because the company is not well known or has an erratic history of earnings, or for many other reasons. Fundamental analysts try to spot companies that are *undervalued* so their clients can buy before the stocks become fully valued. *Undervalued* companies are also frequently targets of takeover attempts, since acquirers can buy assets cheaply this way. See also fundamental analysis. 과소평가된 것이란 애널리스트(analyst)가 평가하고 있는 청산(liquidation)가치나 시장가격(market value)을 하회한 주가로 매매되고 있는 증권(security)을 말한다. 업계 자체가 인기가 없거나, 회계의 지명도가 낮거나, 혹은 과거의 업적이 불안정하였다든가 여러 가지의 이유에서 과소 평가되는 경우이다. 펀더멘탈 애널리스트는 과소평가주가 충분한 평가(fully valued)를 얻기 전에, 고객이 그것을 구입하도록 과소 평가된 주식에 스포트를 비친다. 기업매수자에게도, 과소 평가된 회사는 그 자산을 싸게 매수할 수 있기 때문에 매수(takeover)의 타겟(target)이 되는 일이 많다. fundamental analysis(펀더멘탈 분석)도 참조할 것. /*undervalued* currency 과소 평가된 통화 /Whether an investment is *undervalued* is a subjective judgment. 투자가 과소평가되었는지 여부는 주관적인 판단이다.

U

underwater 언더워터 ¶ The *underwater* is: (1) a loan balance that exceeds the underlying collateral. Since 2007, the term has been widely used to describe mortgage debt in excess of home value, as in upside-down mortgage. (2) options are said to be *underwater* when the exercise price is higher than the market price of the underlying stock. (3) a portfolio of stocks or bonds that is losing value. 언더워터는 (1) 담보물건(underlying collateral)을 초과하는 론(loan)잔액을 이른다. 2007년 이래 그 용어는 엉망이 된 모기지에 있어서와 같이, 모기지 채무가 주택가격을 초과하는 경우를 기술하기 위하여 널리 사용해 온 것이다. (2) 행사가격이 기초증권의 시장가격보다 높은 경우 옵션을 언더워터라고 한다. (3) 값어치를 잃고 있는 주식이나 채권의 포트폴리오(portfolio)를 이른다. ***underwater option*** 언더워터옵션 ¶ The *underwater option* is an out-of-the money option. Being out of the money indicates the option has no intrinsic value; all of its value consists of time value. A call option is out of the money if its exercise price is higher than the current price of the underlying contract. A put option is out of the money if its exercise price is lower than the current price of the underlying contract. 언더워터옵션은 아웃오브더 머니옵션(out-of-the money option)과 같은 뜻이다. 아웃오브더 머니란 것은 옵션이 본질적인 가치(intrinsic value)를 가져오지도 않고, 시간적 가치(time value)밖에 가지고 있지 않은 것을 의미한다. 콜옵션(call option)은 행사가격(exercise price)이 기초계약(underlying contract)의 시가보다 높은 때에 아웃오브더 머니가 되고, 풋옵션(put option)은 행사가격이 기초계약보다 싼 때에 아웃오브더 머니가 된다.

underwithholding 과소 원천징수 ¶The *underwithholding* is a situation in which taxpayers have too little federal, state, or local income tax withheld from their salaries. Because they have underwithheld, these taxpayers may owe income taxes when they file their tax returns. If the *underwithholding* is large enough, penalties and interest also may be due. To correct *underwithholding*, taxpayers must file a new W-4 form with their employers, decreasing the number of dependents claimed. See also overwithholding. 과소 원천징수는 납세자의 급여에서 원천징수(withholding)되고 있는 연방, 주(州), 지방세가 과소인 상태이다. 원천징수 부족액은 납세신고(tax return)를 할 때에 납부하게 된다. 과소 원천징수가 너무 심하면, 페널티나 이자(interest)가 부과되는 일도 있다. 과소 원천징수를 수정함에는, 부양 가족수를 감하여 새로운 서식 W-4호를 고용자에게 제출하여야 한다. overiwthholding(과대원천과세)도 참조할 것.

underwrite (주식, 사채 등을) 인수하다, (보험을) 인수하다 ¶In insurance, to *underwrite* is to assume risk in exchange for a premium. 보험에서, 인수하다는 것은 보험료와 상환하여 리스크부담을 인수(引受)하는 것이다. ¶In investments, to *underwrite* is to assume the risk of buying a new issue of securities from the issuing corporation or government entity and reselling them to the public, either directly or through dealers. The underwriter makes a profit on the difference between the price paid to the issuer and the public offering price, called the underwriting spread. Strictly speaking, *underwrite* is properly used only in a firm commitment underwriting, also known as bought deal, when the securities themselves are purchased outright from the issuer. 투자에 있어서 인수하다는 것은 발행회사나 정부로부터 신규발행증권(new issue)을 매수(買收)하여 직접 또는 딜러(dealer)를 통해서 일반투자자(the public)에게 재판매하는 리스크를 인수하는 것이다. 인수업자(underwriter)는 발행자(issuer)에게 지급되는 가격과 공모가격(public offering price)과의 차액인 인수스프레드(underwriting spread)에서 이익을 본다. 엄밀히 말해서, 「인수하다」(underwrite)는 용어는 인수업자가 발행자로부터 증권(security)을 완전하게 매수하는 경우에, 매수인수(firm commitment, bought deal이라고도 한다.)에서만 적절하게 사용된다.

underwriter 보험(대리)업자, 증권인수인, 인수업자 ¶In insurance, the *underwriter* is a company that assumes the cost risk of death, fire, theft, illness, etc., in exchange for payments, called premiums. 보험에 있어서, 인수업자는 보험료(premium)와 상환하여 사망, 화재, 도난, 질병 기타의 리스크부담을 인수하는 회사이다. ¶In securities, the *underwriter* is an investment banker who, singly or a member of an underwriting group or syndicate, agrees to purchase a new issue of securities from an issuer and distribute it to investors, making a profit on the underwriting spread. See also underwrite. 증권에서, 인수업자는 단독으로 또는 인수신디케이트(underwriting group)의 멤버로서, 발행자(issuer)로부터 신규발행증권(new issue)을 매수하여, 투자자에의 판매에 동의함으로써 인수스프레드(underwriting spread)로부터 이익을 얻는 투자은행(investment banker)을 이른다. underwrite(인수하다)도 참조할 것. /marine *underwriter* 해상보험업자 /*under-*

writer syndication 인수업자의 조성(組成) ***underwriter's liability*** [영] 인수업자의 책임 ¶ The *underwriter's liability* is the liability an underwriter faces in arranging and issuing securities for a company. If due diligence has not been performed (or has been performed with errors), or if financial disclosure contained in the prospectus is incorrect, investors holding securities that ultimately default may be able to recover their losses from the underwriter. 인수업자의 책임은 인수업자가 회사를 위하여 증권을 계획하고 발행하는 데 직면하는 책임을 말한다. 정사(精査, due diligence)가 이루어지지 않았거나(또는 오류로 이루어졌거나), 또는 만일 사업계획서(prospectus)에 포함된 재무내용의 개시가 정확치 않다면, 결국에는 디폴트인 증권을 보유하는 투자자는 인수업자로부터 그들의 손실을 회복할 수 있을 것이다.

underwriting [채권] 인수(引受) ¶ *Underwriting* is the business of investment bankers, who usually form an *underwriting* group (also called a purchase group or syndicate) to pool the risk and assure successful distribution of the issue. The syndicate operates under an agreement among underwriters, also termed a syndicate contract or purchase group contract. 인수란 투자은행(investment banker)의 업무이고, 투자은행은 신규증권의 판매를 성공리에 완료하기 위하여 인수리스크를 공동으로 부담하고, 통상, 인수 신디케이트단(underwriting group, purchase group 또는 syndicate라고도 한다)을 조성한다. 인수 신디케이트단은 인수 신디케이트단간의 계약(agreement among underwriters)(syndicate contract나 purchase group계약이라고도 한다.)에 근거해서 활동한다. /an *underwriting* commission [fee] 모채(募債)인수료 /an *underwriting* group (공모)일반인수단 /*underwriting* shares 인수비율, 인수지분 /an *underwriting* spread 인수업자의 이익 ***underwriting agreement*** [증권] (신규발행증권의 조건 · 가격을 표시한) 인수주간(引受主幹)회사와 발행회사간의 계약, 인수계약(引受契約) ¶ The *underwriting agreement* is an agreement between a corporation issuing new securities to be offered to the public and the managing underwriter as agent for the underwriting group. Also termed the purchase agreement or purchase contract, it represents the underwriters' commitment to purchase the securities, and it details the public offering price, the underwriting spread (including all discounts and commissions), the net proceeds to the issuer, and the settlement date. 인수계약(引受契約)이란 공모되는 신규증권의 발행회사와, 인수단(underwriting group)의 대리인(agent)의 역할을 하는 인수주간사(引受主幹事)(managing underwriter)간의 계약을 이른다. public agreement나 purchase contract라고도 하는 이 계약은 인수업자가 증권을 매수하는 약속을 나타내는 것이고, 공모가격(public offering price), 인수스프레드(underwriting spread)(할인액과 수수료를 포함한다), 발행자의 제비용공제후 수령액(net proceeds), 결제일(settlement date)을 상세하게 규정한다. ***Underwritings for Collective Investment in Transferable Securities (UCITS)*** [영] 양도가능증권집단투자인수 ¶ The *Underwritings for Collective Investment in Transferable Securities* (*UCITS*) is unit trusts that may be traded in any of the EU countries. 양도가능증권집중투자인수란 EU회원국 중의 어느 회원국에 거래할 수 있는 단위형 신탁(unit trust)을 말한다. ~ ***group*** 인수단 ¶ The *underwriting group* is a temporary association of investment bankers, organized by the originating investment banker in a new issue of securities. Operating under an agreement among underwriters, it agrees to purchase securities from the issuing corporation at an agreed-upon price and to resell them at a public offering price, the difference representing the underwriting spread. The purpose of the *underwriting group* is to spread the risk and assure successful distribution of the offering. Most *underwriting groups* operate under a divided syndicate contract, meaning that the liability of members is limited to their individual participations. Also called distributing syndicate, purchase group, investment banking group, or syndicate. See also firm commitment; underwrite; underwriting agreement. 인수단은 증권의 신규발행(new issue)에 당초부터 관여하고 있는 투자은행(originating investment banker)에 의하여 조성된 일시적인 투자은행그룹이고, 인수단간의 계약(agreement among underwriters)에 근거해서 운영되고, 발행회사로부터 합의된 가격으로 증권(security)을 구입하여 공모가격(public offering price)으로 판매하는 것에 동의한다. 발행회사로부터의 구입가격과 공모가격과의 차액이 인수스프레드(underwriting spread)가 된다. 인수단의 목적은 리스크를 분산하여 공모를 성공리에 종료시키는 것이다. 대부분의 인수단은 개별 신디케이트계약(divided syndicate contract)베이스, 즉 인수단 멤버의 인수채무는 개개의 참가액에 한정되는 방식을 채용한다. 인수단은 distributing syndicate, purchase group, investment banking group, 또는 syndicate라고도 한다. firm commitment(인수매입확약); underwrite(인수하다); underwriting agreement(인수계약)도 참조할 것. ~ ***risk*** 인수리스크 ¶ The *underwriting risk* is: (1) the risk that a syndicate of banks or securities firms underwriting a new issue on a bought deal basis will be unable to place securities with investors, indicating that they will be required to fund any shortfall from their own resources. (2) the risk that the premium an insurer charges insureds will prove insufficient to cover future losses, and that losses and loss adjustment expenses will not be properly covered by reserves. 인수리스크는 (1) 일괄매입인수방식(bought deal basis)으로 신규발행을 인수하는 은행이나 증권회사의 신디케이트가 증권을 투자자에게 맡길 수 없다는 리스크는 그들 자신의 재원의 부족분을 자금으로 돌려 넣어야 한다는 것을 가리킨다. (2) 보험자가 피보험자에게 부과하는 보험료는 장래의 손실을 커버하기에 불충분한 것을 증명하고, 손실조정비용이 준비금에 의하여 적절히 커버되지 않는다는 위험이다. ~ ***spread*** 인수 스프레드 ¶ The *underwriting spread* is a difference between the amount paid to an issuer of securities in a primary distribution and the public offering price. The amount of spread varies widely, depending on the size of the issue, the financial strength of the issuer, the type of security involved (stock, bonds rights), the status of the security (senior, junior, secured, unsecured), and the type of commitment made by the investment bankers. The range may be from a fraction of 1% for a bond issue of a big utility company to 25% for the initial public offering a small company. The division of the spread between the managing underwriters, the selling group, and the participating underwriters also varies, but in a two-point spread the manager might typically get 0.25%, the selling group 1%, and underwriters 0.75%. It is usual, though, for the underwriters also to be members of the selling group, thus picking up 1.75% of the spread, and for the manager to be in all three categories, thus picking up the full 2%. See also competitive bid; flotation cost; gross spread; negotiated underwriting; selling concession; underwrite. 인수 스프레드는 신규증권의 모집(primary distribution)에서, 발행자에게 지급되는 금액과 공모가격(public offering price)과의 차액을 이른다. 스프레드(spread)의 금액은 발행규모, 발행자의 재무내용, 증권의 종류[주식(stock), 채권(bond), 인수권(right)], 증권의 지위(상위, 하위, 담보부, 무담보), 투자은행의 코미트먼트의 방식[인수(underwriting)인가 베스트 에포트(best effort)인가]에 따라 대폭 다르게 된다. 예를 들면, 대규모의 공익사업회사에 의한 사채의 인수인 경우에는 1%라는 얼마 되지

않는 인수 스프레드가 되고, 소규모기업에 의한 신규 주식공모(initial public offering)의 경우에는, 25%의 인수 스프레드가 되는 경우도 있다. 인수 주간사(managing underwriter), 판매단(selling group), 참가인수업자간에서의 스프레드 분할방식도 다르다. 예를 들면, 스프레드가 2포인트라고 하면, 인수 주간사가 0.25%, 판매단이 1%, 인수업자가 0.75%를 얻는다. 이 경우, 인수업자가 판매단의 멤버이면, 1.75%(1% 플러스 0.75%)의 스프레드를 얻고, 인수 주간사가 3개의 역할 전부를 겸하고 있다면, 인수 부분에 관하여 2% 전부를 얻는다. competitive bid(경쟁입찰); flotation cost(발행비); gross spread(인수모집수수료); negotiated underwriting(협의인수); selling concession; underwrite(인수하다)도 참조할 것. ~ ***syndicate* [*consortium*]** 인수신디케이트단(團) → syndicate (신디케이트).

undigested securities 미(未)소화증권 ¶ *Undigested securities* are newly issued stocks and bonds that remain undistributed because there is insufficient public demand at the offering price. See also underwrite. 미(未)소화증권은 모집가격(offering price)으로 수요가 충분치 않기 때문에 팔다 남은 신규발행의 주식이나 채권을 말한다. underwrite(인수하다)도 참조할 것.

undischarged 이행되지 아니한, 면책[변제]되지 아니한 ¶ an *undischarged* bankrupt 면책되지 아니한 파산자

undistributed profit (earnings, net income) 미(未)배분이익 → retained earnings (이익잉여금).

undivided profits 미(未)배당이익, 미(未)처분이익 ¶ *Undivided profits* are an account shown on a bank's balance sheet representing profits that have neither been paid out as dividends nor transferred to the bank's surplus account. Current earnings are credited to the *undivided profits* account and are then either paid out in dividends or retained to build up total equity. As the account grows, round amounts may be periodically transferred to the surplus account. 미처분이익은 은행의 대차대조표(balance sheet)상에 계상되어 있는 이익계좌로, 배당금(dividend)으로서 대외지급되지 않고, 또 잉여금(surplus)계좌에 이체되고 있지 않은 이익금을 말한다. 당기이익은 미처분이익계좌에 대변 기입되고, 그 후 배당금으로서 지급되거나, 주주자본(equity)을 적립하기 위하여 내부 유보된다. 미처분이익계좌가 증가해 가면, 금액을 통합하여 정기적으로 잉여금계좌에 이체할 수도 있다.

undo 취소하다, 무효로 하다, 원상태로 돌리다 ¶ What's done cannot be *undone*. 해 버린 것은 원상태로 돌릴 수 없다.

undue 과도의, 부당한, 지급기한이 도래하지 아니한, 기일 미도래(의) ¶ *undue* debt 지급기한미도래채무 /*undue* profit 부당이득 ***undue influence*** 부당위압, 부당압력 ¶ *Undue influence* is influence of another destroying the requisite free will of a testator or donor, which creates a ground for nullifying a will or invalidating an improvident gift. 부당한 위압은 유언자 또는 증여자의 필요하고도 자유로운 의사를 파괴하여 유언을 무효로 한다든지 또는 앞일을 생각하지 않은 증여를 무효로 만드는 원인을 작출하는 타인에 의한 위압을 뜻한다.

unearned 불로(不勞)의, 미수(未收)의 ¶ *unearned* revenue 미수(未收)수익 ***unearned discount*** 미경과할인료 ¶ *Unearned discount* is account on the books of a lending institution recognizing interest deducted in advance and which will be taken into income as earned over the life of the loan. In accordance with accounting principles, such interest initially recorded as a liability. Then, as months pass and it is gradually "earned," it is recognized as income, thus increasing the lender's profit and decreasing the corresponding liability. See also unearned income. 미경과할인료는 대출기관의 계좌에서 사전에 대출이자를 징수한[할인한] 금액을 이른다. 이 할인이자는 대출기간의 경과와 함께 수익 계상될 수 있다. 회계원칙에 의하면, 할인이자는 우선 부채(liability)로서 계상되고, 대출기간의 경과와 함께 「가득(稼得)」됨에 따라 수익으로서 인식되어 이익의 증가에 따라 부채는 감소한다. 또 unearned income(미수이자)을 참조할 것. ~ ***income (revenue)*** 미수이자 ¶ In accounting, *unearned income* is income received but not yet earned, such as rent received in advance or other advances from customers. *Unearned income* is usually classified as a current liability on a company's balance sheet, assuming that it will be credited to income within the normal accounting cycle. See also deferred charge. 회계에 있어서, 미수이자는 선수(先受)한 임대료나 고객으로부터의 선수금과 같이, 수령은 되었지만 아직 가득(稼得)이 되지 않는 이익을 이른다. 미수이자는 통상 대차대조표(balance sheet)에서 유동부채(current liability)로서 분류된다. 이것은 동일한 회계연도내에 이익으로서 대변에 기입된다는 상정에 근거하고 있다. 또 deferred charge(이연비용)를 참조할 것. ~ ***interest*** 미경과수입(受入)이자 ¶ *Unearned interest* is interest that has already been collected on a loan by a financial institutions, but that cannot yet be counted as part of earnings because the principal of the loan has not been outstanding long enough. Also called discount and unearned discount. 미경과수입(受入)이자는 대출기관(financial institution)이 사전에 징수한 대출이자로, 대출원금(principal of the loan)이 대응기간을 경과하고 있지 않은 것이므로 이익의 일부로서 아직 계상될 수 없는 이자이다. discount, 및 unearned discount라고도 한다.

unemployed ⓐ 실직한, 이용되고 있지 않은 (방법 · 도구), 놀려 두고 있는 (자본) ¶ *unemployed* capital 유휴자본(遊休資本)

ⓝ (the ~) 실업자 ¶ *The unemployed or unemployment* is a condition of being out of work involuntarily. The federal-state *unemployment* insurance system makes cash payments directly to laid-off workers. Most states now pay a maximum of 26 weeks; a few duration somewhat farther. In period of very high *unemployment* in individual state, benefits are payable for as many as 13 additional weeks. These "extended benefits" are funded on a shared basis, approximately half from state funds and half from federal sources. In general, to collect *unemployment* benefits a person must have previously held a job and must be actively seeking employment. Unemployed people apply for and collect *unemployment* compensation from their state's Department of Labor. Except in states where there are small employee payments, the system is financed by a payroll tax on employers. 실업자 또는 실업은 본의 아니게 취업을 하고 있지 않은 상태를 이른다. 미연방 · 주실업보험제도에서는, 해고된 노동자에게 직접 현금이 지급된다. 대부분의 주는 최고 26주분을 지급하고, 기간을 다시 연장하는 주도 여럿 있다. 개개의 주에 있어서의 실업률이 대단히 높은 때에는, 최대 13주간의 추가급여가 지급된다. 이러한 「연장급여」(extended benefits)는 주(州)자금과 연방자금이 반반씩 부담한다. 일반적으로, 실업급여를 받기 위해서는, 이전에 취업하고 있었던 점이나, 적극적으로 구직활동을 하고 있는 점이 조건이 된다. 실업자는 자기주(州)의 노동국에 실업보상을 신청하고, 동국(同局)에서 급여를 받는다. 종업원보수가 적은 주를 제외하고, 이 제도는 고용주에 대한 급여세(payroll tax)를 재원으로 하고 있다.

unemployment 실업 ¶ latent [potential] *unemployment* 잠재실업 /*unemployment* compensation 실업보험 ***unemployment rate*** 실업률 ¶ The *unemployment rate* is a percentage of the civilian labor force actively looking for work but unable to find jobs. The rate is compiled by the U.S. Department of Labor, in cooperation with the Labor Departments in all the states, and released to the public on the first Friday of every month. The *unemployment* rate is affected by the number of people entering the workforce as well as the number of unemployed people. An important part of the Labor Department's report is "Payroll Employment," which covers data on hours, earnings, and employment for non-farm industries nationally, by state and for major metropolitan areas. The *unemployment* report is one of the most closely watched of all government reports, because it gives the clearest indication of the direction of the economy. 실업률은 적극적으로 구직활동을 하고 있지만, 직업을 찾을 수가 없는 민간근로자의 비율을 이른다. 실업률은 모든 주의 노동국의 협력하에, 미국노동청이 집계하여 매월 제1금요일에 공표한다. 실업률은 실업자의 수뿐만 아니라, 새로운 노동력인력이 되는 사람의 수에 따라서도 영향을 받는다. 미노동청 발표의 중요한 부분은 「고용자수」(payroll employment)이고, 거기서는, 미국전지역 · 주 · 대도시별의 비농업분야에 있어서, 노동시간, 소득, 고용자수에 관한 데이터가 포함된다. 실업보고는 경제동향을 명확히 나타내고 있으므로, 정부발표 중에서 가장 주목되는 지표의 하나이다.

unencumbered 장해가 없는, (모기지, 채무 등의) 부담이 없는 ***unencumbered property*** 흠이 없는 부동산 ¶ *Unencumbered property* is property free and clear of all liens (creditors' claims). When a homeowner pays off his mortgage, for example, the house becomes *unencumbered property*. 흠이 없는 재산이란 일체의 리엔(채권자로부터의 청구)에 아무런 구속을 받지 않는 재산을 말한다. 예를 들면, 주택소유자가 주택론(mortgage)을 완납한 경우, 그 주택은 흠 없는 재산이 된다.

UNESCO → **U**nited **N**ations **E**ducational, **S**cientific, and **C**ultural **O**rganization [약] 유엔교육과학문화기구 ¶ The *United Nations Educational, Scientific, and Cultural Organization* (*UNESCO*) is a UN organization created in 1945 to promote international cooperation by advancing education, science, and culture for the purpose of achieving justice and human rights and freedom internationally. *UNESCO* meets biennially, and its board has 51 members. The United States withdrew from membership on December 31, 1984, which the United Kingdom and Singapore withdrew on December 3, 1985. Its offices are in Paris, France. 유엔교육과학문화기구는 정의와 인권과 자유를 국제적으로 달성할 목적으로 교육, 과학 및 문화를 증진함으로써 국제간의 협력을 촉진하기 위하여 1945년에 창설된 유엔의 기구이다. 유네스코는 2년에 한번씩 회합하고 회의(board)에는 51국이 참석한다. 미국은 1984년 12월 31일에 유네스코에서 탈퇴하고, 1985년 12월 3일에는 영국과 싱가포르가 탈퇴하였다. 유네스코의 사무실은 프랑스 파리에 있다. /*UNESCO* coupon 유네스코 쿠폰(유네스코 쿠폰은 일종의 국제통화이다.)

uneven 균일치 않은, 질이 고르지 못한 ¶ *uneven* growth 불균형성장 /*uneven* number 기수(奇數)(odd number) (*cf.*) even number 우수(偶數)

unexpected credit loss [영] 우발적 대손(貸損) ¶ The *unexpected credit loss* is the difference between expected credit loss and worst-case credit loss; alternatively, the difference between the mean of the credit loss distribution function and a point represented by multiple standard deviations from the mean. 우발적 대손은 예상대손과 최악의 대손(worst-case credit loss)간의 차액을 말한다. 대손분포함수(分布函數, distribution function)의 중간치(値)와 그 중간치에서 복수의 표준편차(標準偏差)에 의해 반영되는 포인트간의 차액이 대신할 수 있다.

unexpired 만기가 되지 아니한, 기한내의 ¶ *unexpired* expense 미경과비용, 선급

비용 /*unexpired* interest 미경과이자

unfair 불공정한, 불공정의 ***unfair competition*** 부정경쟁, 불공정경쟁 ¶ The *unfair competition* is a commercial activity that confuses or deceives the public about a product or service. For example, in January 2007 Cisco Systems filed a lawsuit claiming trademark infringement and unfair competition relative to Apple, Inc. introducing its "iPhone," a trademark that Cisco registered in June 2000. 부정경쟁은 생산물이나 서비스에 관하여 일반대중을 혼란시키거나 속이는 상행위활동이다. 예를 들면, 2007년에, 시스코 시스템(Cisco System)은 애플사(Apple, Inc.)가 2000년 1월에 등록을 한 자사의 상표인 "iPhone"를 이입(移入)하였다고 하여 상표침해 및 부정경쟁을 청구하는 소송을 제기하였다. ~ ***trade practice*** 불공정거래행위, 불공정무역실무 ¶ The *unfair trade practice* is any act, policy, or practice of a foreign government that (1) violates, is inconsistent with, or otherwise denies benefits to the United States under any trade agreement to which the United States is a party, (2) is unjustifiable, unreasonable, or discriminatory and burdens or restricts U.S. commerce, or (3) is otherwise inconsistent with a favorable section 301 determination by the U.S. Trade Representative (USTR). 불공정거래행위란 (1) 미합중국이 당사자가 되어 있는 무역협정(trade agreement)하에서 미국의 이익을 침해하고, 일치하지 아니하며, 기타 부정한다든지, (2) 미국의 통상에 대해서 불공정하고, 불합리하며, 또는 차별적이고 부담이 되거나 제한하며, (3) 이와 달리 미국통상대표부(U.S. Trade Representative: USTR)의 찬성부분 301 결의와 불일치하는 외국정부의 조치, 정책, 또는 관행을 말한다.

unfavorable; unfavourable [영] 형편이 나쁜, 불리한 ¶ an *unfavorable* balance of trade 수입초과, 입초(入超) /*unfavorable* rate of exchange 불리한 환율

unfilled 차지 않은, 빈, 충전(充塡)되지 않은 ¶ *unfilled* order 현품(現品)이 없는 것을 주문함

unfit 부적당한, 어울리지 않는 ¶ an *unfit* bank note 폐기은행권

unfriendly takeover 적대적 기업매수 ¶ The *unfriendly takeover* is an acquisition of a firm despite resistance by the target firm's management and board of directors. Also called hostile takeover. Compare friendly takeover. See also killer bee; raider. 적대적 기업매수는 대상기업의 경영진과 이사회의 저항에도 불구하고 기업을 매수(買收)하는 것이다. friendly takeover(우호적 기업매수), raider(기업사냥꾼)도 참조할 것.

unfunded 기금이 없는 ¶ *unfunded* accrued pension cost 미지급연금비용 /*unfunded* debt 무담보차입금, 일시차입금, 단기채무 /*unfunded* actuarial reserve 부족책임준비금 /*unfunded* guaranteed benefit 미적립보증급여 /*unfunded* insurance trust 미적립보험신탁 /*unfunded* pension 무기금(無基金)의 연금 /*unfunded* pension liability 미적립연금채무 /*unfunded* pension plan 연금부과(年金賦課)방식 /*unfunded* projected benefit obligation 미적립예상급여채무 ***unfunded pension plan*** 연금부과방식 ¶ The *unfunded pension plan* is a pension that is funded by the employer out of current income as funds are required by retirees or beneficiaries. Also known as a pay-as-you-go pension plan, or a plan using the current disbursement funding approach. This contrasts with an advance funded pension plan, under which the employer puts aside money on a regular basis into a separate fund that is invested in stocks, bonds, real estate, and other assets. 연금부과방식은 퇴직자나 수급자(beneficiaries)로부터 청구가 있었던 때에, 고용주가 현행의 연금보험료에서 지급하는 연금제도(pension plan)를 이른다. pay-as-go pension plan, 또는 pension plan using the current disbursement funding approach라고도 한다. 부과방식은 적립방식(advanced funded pension plan)과는 대조적인 연금출연방식이다. 적립방식에서는 고용주는 연금출연금을 정기적으로 별개의 연금기금에 이체하여 주식(stock), 채권(bond), 부동산(real estate) 기타의 자산에 투자된다.

unguaranteed 무보증의 ¶ *unguaranteed* residual value 무보증잔존액

unhedged 헤지가 없는 ¶ *unhedged* bond 헤지없는 채권 /*unhedged* risk 헤지되어 있지 아니한 리스크

unified 통합[통일]된 ¶ *unified* mortgage 정리(整理)모기지 ***unified credit*** 유니파이드 크레디트 ¶ The *unified credit* is a federal tax credit that may be applied against the gift tax, the estate tax, and, under specified conditions, the generation-skipping transfer tax. 유니파이드 크레디트는 증여세(gift tax), 상속세(estate tax), 그리고 한정적이지만, 세대를 초월하는 상속/증여세(generation-skipping transfer tax)에 대하여 적용할 수 있는 미연방세액공제(tax credit)이다. ~ ***managed account*** **(*UMA*)** 유니파이드 매니지드 어카운트, 통합일임계좌 ¶ The *unified managed account* (*UMA*) a variation on the separately managed account (SMA) that handles an investor's stocks, bonds, managed accounts, and mutual funds in one diversified, customized, "umbrella" portfolio, designed to minimize the investor' taxes. 유니파이드 매니지드 어카운트는 전용자산운용관리계좌(separately managed account: SMA)의 변형으로, 이 계좌에서는 고객의 세금을 최소화하기 위하여 고안된, 고객(투자자)이 투자하는 주식, 채권, 일임계좌(一任計座)(managed account), 뮤추얼펀드(mutual fund)를 분산형이자 고객전용의 하나인 「포괄적인 포트폴리오」(umbrella portfolio)에서 취급한다.

uniform 균등한, 동일한 ¶ *uniform* note 통일어음용지 ***Uniform Commercial Code*** **(*UCC*)** [미] 미국통일상법전 ¶ The *Uniform Commercial Code* (*UCC*) is a U.S. law governing commercial transactions (sales of goods, commercial paper, bank deposits and collections, letter of credit (L/C), bulk transfers, warehouse receipts, bills of lading (B/L), investment securities, and secured transactions) adopted by all states in the United States except Louisiana. Article 8 of the *UCC* applies to transactions in investment securities. 미국통일상법전은 루이지애나주를 제외한 미국의 모든 주가 채용한 상거래(물품의 매매, 상업증권, 은행의 예금과 추심, 신용장, 벌크화물의 인도(引渡), 창고증권, 선하증권, 투자증권 및 담보거래)에 적용되는 미합중국법률이다. UCC의 제8편은 투자증권의 거래에 관한 규정이다. ***Uniform Customs and Practice for Documentary Credit*** **(*UCP*)** 하환신용장에 관한 통일규칙 및 관례, [통칭] 신용장통일규칙 ¶ The *Uniform Customs and Practice for Documentary Credit* (*UCP*) is rules promulgated by the International Chamber of Commerce for letters of credit; frequently referred to as the UCP. 하환신용장에 관한 통일규칙 및 관례는 국제상업회의소(ICC)가 공포한 규칙이며, 자주 UCP로 약칭된다. ***Uniform Gifts to Minors Act*** **(*UGMA*)** [미] 미성년자에의 증여에 관한 통일주법 ¶ The *Uniform Gifts to Minors Act* (*UGMA*) is a uniform law adopted by every state which creates a statutory method for making a gift in trust to minors. In many states, gifts under the *UGMA* can be made both by lifetime gift and by the donor's will. Lifetime *USMA* gifts qualify for the 13,000 annual gift tax exclusion. 미성년자에의 증여에 관한 통일주법은 미성년자에 대해 신탁으로 증여하는 제정법상의 방법을 창안하는 통일법으로 모든 주가 채택하고 있다. 많은 주에서, UGMA에 근거

하는 증여는 생전증여(lifetime gift)와 증여자의 유언(will)의 두 방법이 행해지고 있다. 연간 13,000달러의 생전증여는 증여세(gift tax)가 면제된다. ***Uniform Practice Code*** (미국전국증권업협회의) 미통일영업규칙 ¶ The *Uniform Practice Code* is rules of the Financial Industry Regulatory Authority (FINRA) concerned with standards and procedures for the operational handling of over the counter (OTC) securities transactions, such as delivery, settlement date, ex dividend date, and other ex-dates (such as ex-rights and ex-warrants), and providing for the arbitration of disputes through Uniform Practice Committees. 미통일영업규칙은 장외시장(over the counter)증권거래에 관한 운영거래기준·절차에 관한 금융업규제기구(Financial Industry Regulatory Authority: FINRA)의 규칙으로, 인도(引渡, delivery), 결제일(settlement date), 배당락일(ex-dividend date) 기타 권리락(ex-rights, ex-warrants 등)을 규정하고, 통일영업위원회에 의한 분쟁중재(arbitration)에 관하여도 정하고 있다. ***uniform price auction*** 단일가격옥션 ¶ The *uniform price auction* is a type of auction market in which buyers submit bids reflecting the price they will pay for a given quantity of an item. The orders are then allocated from highest to lowest, until the total supply of items is exhausted. Thereafter, bidders pay a per unit price that is equal to the lowest winning bid, rather than the original bid submitted. 단일가격옥션은 구매인들이 자기네들이 지급하려고 하는 어느 품목의 일정한 물량에 대한 가격을 반영하는 호가(呼價, bids)를 제시하는 옥션시장의 유형이다. 주문은 그러면 품목의 전체공급량이 소진되기까지 최고가에서 최저가로 배정된다. 그 다음에 입찰자는 원래의 제시된 호가보다 오히려, 최저낙찰가와 같은 단위당 가격을 납부한다. ***Uniform Rules for Collection*** 추심(推尋)통일규칙 ¶ The collection and discount of negotiable instruments drawn under an overseas sale are usually governed by the *Uniform Rules for Collection*. The Rules were promulgated by the International Chamber of Commerce in 1967 and were adopted by the bankers in many countries with effect as from January 1, 1968. They were revised in 1979. 무역매매에서 발행되는 유통증권의 추심과 할인은 보통 추심통일규칙에 의하여 규율되고 있다. 이 규칙은 1967년에 국제상업회의소(ICC)에 의하여 공포되어 많은 국가의 은행들이 채택하고 1968년 1월 1일부터 발효하였다. 이 규칙은 1979년에 개정되었다. ***Uniform Securities Agent State Law Examination*** 통일증권외무원주법시험 ¶ The *Uniform Securities Agent State Law Examination* is a Series 63 registered test requested of prospective registered representatives in many U.S. states. In addition to the examination requirements of states, all registered representatives, whether employees of member firms or over the counter (OTC) brokers, must pass the General Securities Representative Examination (also known as the Series 7 Examination), administered by the Financial Industry Regulatory Authority (FINRA). 통일증권외무원주법시험은 미국의 많은 주에서 실시되고 있는 등록외무원(registered representatives)이 되기 위한 자격시험을 이른다. 주의 자격시험에 추가하여, 모든 등록외무원은 거래소의 회원회사(member firm)의 종업원이거나 장외시장(over the counter)브로커이거나에 관계없이, 금융업규제기구(Financial Industry Regulatory Authority: FINRA)가 관리하는 증권외무원일반시험(시리즈 7시험으로서 알려져 있다.)에 합격하여야 한다. ***Uniform Transfers to Minors Act (UTMA)*** 미성년자에의 재산이전에 관한 통일주법 ¶ The *Uniform Transfers to Minors Act* (*UTMA*) revises and replaces the Uniform Gifts to Minors Act (UGMA). The Act allows the transfer of any type of property, real or personal, tangible or intangible, and wheresoever located (within or without the state) to a custodianship. *UTMA* also prohibits the minor from taking control of the assets until age 21 (25 in California). 미성년자에의 재산이전에 관한 통일주법(UTMA)은 미성년자에의 증여에 관한 통일주법을 개정하여 대체하고 있다. 그 법률은 물적재산이든 인적재산이든, 유형재산이든 무형재산이든 어떤 종류의 재산이전을 허용하고 (그 주에 소재하든 안 하든) 후견인에 대하여는 어디에 소재하든 불문한다. UTMA는 미성년자가 21세가 되기 전에 자산을 지배하는 것을 금지한다(캘리포니아주에서는 25세). ***Uniform Trust Code 2000*** 2000년의 통일신탁법전 ¶ The *Uniform Trust Code 2000* is the first national codification of the law of trusts. The primary stimulus to the Commissioners' drafting of the Uniform Trust Code is the greater use of trusts in recent years, both in family estate planning and commercial transactions, both in the United States and internationally. 2000년의 통일신탁법전은 산탁법에 관한 최초의 전국적인 법전화(codification)이다. 통일주법위원들이 통일신탁법전을 기초하게 된 주된 동기는 근년에 들어서 가족유산계획과 상거래, 미합중국과 국제적으로 신탁의 이동이 점증하고 있다는 데에 있다.

unilateral 일방의, 편무적(片務的)인 ***unilateral collateral*** [영] 편무[일방]담보 ¶ The *unilateral collateral* is a collateral agreement where only one party to a transaction is required to post security; this generally occurs when one of the two counterparties to a transaction has a materially lower credit rating than the second party. See also bilateral collateral. 편무[일방]담보는 거래의 일방당사자만이 담보(security)를 제공하여야 하는 담보계약을 말한다. 이것은 일반적으로 거래의 2 거래상대방 중의 한 거래상대방이 다른 거래상대방보다 실질적으로 낮은 신용등급을 받는 경우에 생긴다. bilateral collateral(쌍무담보)도 참조할 것. ~ ***contract*** 편무계약 ¶ The *unilateral contract* is an agreement whereby one makes a promise to do, or refrain from doing, something in return for an actual performance by the other, rather than a mere promise of performance. See also bilateral contract. 편무계약이란 당사자의 일방이 단순한 이행보다 오히려 타방에 의한 실제적인 이행에 대한 대가로 무엇을 하거나 또는 하지 않거나를 약속하는 계약을 말한다. bilateral contract(쌍무계약)을 참조할 것.

unincorporated 법인조직으로 되어 있지 아니한 ¶ *unincorporated* company 비법인회사, 법인격이 없는 회사 /an *unincorporated* enterprise 개인기업 ***unincorporated association*** 비법인단체 ¶ The *unincorporated association* is an organization formed by a group of people. If the organization has too many characteristics of a corporation, it may treat like one for income tax purposes. Unique corporate characteristics are: perpetual life, limited liability, free transferability of interests. and centralized management. 비법인단체는 사람들의 그룹에 의해서 형성되는 단체이다. 단체가 너무 많은 주식회사(corporation)의 특성을 가지는 경우에, 그것은 소득세의 입장에서는 주식회사와 같이 취급될 수 있다. 회사의 특성이라고 할 수 있는 것은 영구성(perpetual life), 유한책임, 이권(利權)의 양도성 및 집권화된 경영조직이다.

uninscribed 무기명의 ¶ *uninscribed* bond 무기명채권(債券) /*uninscribed* deposit 무기명예금 /*uninscribed* stock 무기명주식

uninsured 보험을 걸[들]지 아니한 ***uninsured motorist insurance*** 무보험운전자 보험 ¶ The *uninsured motorist insurance* is a form of insurance that covers the policyholder and family members if insured by a hit-and-run motorist or driver who carries no liability insurance, assuming the driver is at fault. In most instances, reimbursements of costs of property damage and medical expenses resulting from the accident will be rewarded. The premiums for uninsured motorist coverage are usually rather modest, and are included as part of a regular auto insurance policy. 무보험운전자 보험은 뺑소니치기(hit-and-run)나 무보험의 운전자에 의한 사고로 상해를 입은 경우, 그 운전자에게 과실이 있다고 가정하여 보험계약자(policyholder)와 그 가족을 커버하는 보험을 이른다. 대부분의 보험에 있어서, 그 사고로 인한 재산의 손해액과 의료비용이 보험금으로 보전된다. 무보험운전자 보험의 보험료는 통상은 소액이며, 통상의 자동차보험증권의 일부로서 포함되고 있다.

union 동맹, 조합, 노동조합 ¶ a labor *union* 노동조합 /a trade(s) *union* [영] 노동조합 /a *union* agreement [contract] 노동협약 ***credit union*** 신용조합 ¶ The *credit union* is a not-for-profit financial institution typically formed by employees of a company, a labor union, or a religious group and operated as a cooperative. *Credit unions* may offer a full range of financial services and pay higher rates on deposits and charge lower rates on loans than commercial banks. 신용조합은 기업의 종업원, 노동조합, 종교단체에 의해서 일반적으로 결성되어 협동조합으로서 운영되고 있는 비영리목적(not-for-profit)의 금융기관이다. 신용조합은 전반에 걸친 금융서비스를 제공하며, 예금에는 상업은행보다 높은 금리를 지급하고, 융자에서는 낮은 금리를 부과한다.

unissued 미발행의 ¶ *unissued* capital stock 미발행자본금 ***unissued stock*** 미발행주식 ¶ *Unissued stock* is shares of a corporation's stock authorized in its charter but not issued. They are shown on the balance sheet along with shares issued and outstanding. *Unissued stock* may be issued by action of the board of directors, although shares needed for unexercised employees stock options, rights, warrants, or convertible securities must not be issued while such obligations are outstanding. *Unissued shares* cannot pay dividends and cannot be voted. They are not to be confused with treasury stock, which is issued but not outstanding. 미발행주식은 회사정관(charter)에 의하여 수권주식(shares authorized)으로 되었지만, 아직 발행되고 있지 아니한 주식(stock)을 이른다. 대차대조표(balance sheet)상에 발행주식(issued and outstanding)과 함께 병기(併記)된다. 미발행주식은 이사회(board of directors)의 결의에 의하여 발행할 수 있다. 다만, 미사용의 종업원스톡옵션(subscription options), 신주인수우선권(rights), 워런트(subscription warrants), 전환사채(convertible securities)에 필요한 주식은 그 권리가 미사용인 채로 잔존하는 한 발행할 수 없다. 미발행주식에는 배당금지급도 의결권도 없다. 미발행주식을 금고주(treasury stock)와 혼동하지 않도록 주의할 것이다. 금고주란 것은 회사가 보유하고 있는 자사주를 의미하고, 발행되고는 있으나, 유통되지 않는다.

unit 단위, 일정량, 장치 ¶ In general, the *unit* is any division of quantity accepted as standard of measurement or of exchange. For example, in the commodities markets, a *unit* of wheat is a bushel, a *unit* of coffee a pound, and a *unit* of shell eggs a dozen. The *unit* of U.S. currency is the dollar. 일반적으로, 단위란 측정이나 교환의 기준으로서 수입(受入)된 수량단위를 이른다. 예를 들면, 상품시장에서는, 소맥의 1단위는 1부셸(bushel), 커피의 1단위는 1파운드(pound), 껍질채의 달걀은 1다스(dozen)이다 미국통화의 단위는 1달러이다. ¶ In banking, the *unit* is a bank operating out of only one office, and with no branches, as required by states having *unit* banking laws. 은행에서, 단위란 단일점(單一店)은행법(unit banking laws)이 실시되고 있는 주(州)의 규제로, 지점을 일체 가지지 않고 단일의 사무소에서 영업하는 은행을 말한다. ¶ In finance, the *unit* is: (1) a segment or subdivision (division or subsidiary, product line, or plant) of a company. (2) in sales or production, a quantity rather than dollars. One might say, for example, "Unit volume declined but dollar volume increased after prices were raised." 재무에 있어서, 단위란 (1) 회사의 부문 또는 하위부문[부(部) 또는 자회사, 제품라인, 플랜트]을 이른다. (2) 판매나 생산에 있어서, 금액이 아니라 수량을 나타낸다. 예컨대, 「가격의 인상후, 수량(unit volume)은 감소하였지만, 금액(dollars volume)은 증가하였다」(Unit volume declined but dollar volume increased after prices were raised.)라고 말할 수 있을 것이다. ¶ In securities, the *unit* is: (1) a minimum amount of stocks, bonds, commodities, or other securities accepted for trading on an exchange. See also odd lot; round lot; unit of trading. (2) a group of specialists on a stock exchange, who maintain fair and orderly markets in particular securities. See also specialist; specialist unit. (3) more than one class of securities traded together; one common share and one subscription warrant might sell as a unit, for example. (4) in primary and secondary distributions of securities, one share of stock or one bond. 증권에 있어서, 단위란 (1) 주식(stock), 채권(bond), 상품(commodities), 기타의 증권으로, 거래소에서 인정되는 최저거래수량(액)을 말한다. odd lot [단주(端株)]; round lot(단위주); unit of trading (거래단위)도 참조할 것. (2) 증권거래소(stock exchange)의 스페셜리스트 그룹으로, 특정한 증권(stock)에 관하여 공평하게 질서있는 시세를 유지한다. specialist(스페셜리스트); specialist units(스페셜리스트 유닛)도 참조할 것. (3) 복수의 종류의 증권이 한번에 거래되는 경우이다. 예를 들면, 하나의 보통주(common share)와 하나의 신주인수권증서(subscription warrant)를 조합하여 하나의 유닛으로서 매도된다. (4) 증권의 모집과 매출(primary and secondary distribution)에 있어서의 1주, 또는 1채권을 이른다. /a *unit* bank 단일(점)은행 /*unit* banking (system) (지점을 가지지 않는) 단일은행제도 /*unit* cost 단위원가, 단가 /the *unit* (teller) system 단위시스템, (은행의) 유닛 시스템 /*unit* teller [은행] 단일창구텔러 /the *unit* teller system [은행] 단일창구취급제도, 유닛 시스템 ***monetary unit*** 화폐단위 ¶ The *monetary unit* is the standard unit of currency in a country. The monetary unit of each country is related to those of other countries by a foreign exchange rate. 화폐단위는 1국의 화폐의 기준단위를 말한다. 각국의 화폐단위는 외환율에 의하여 타국의 화폐단위와 관계가 있다. ~ ***investment trust* (*UIT*)** [미] (사전에 결정된 종류의 증권을 참작한) 단위형 투자신탁(closed-end fund), [영] (수탁회사가 관리하는) 계약형 투자신탁(open-end fund), (*cf.*) [미] mutual fund 투자신탁, 뮤추얼펀드(오픈엔드형의 투자신탁) ¶ Traditionally, the majority of *unit investment trusts* (*UIT*) held municipal bonds. More recently, however, equity *UITs* have become predominant. Among the most popular variations were those holding high-yield stocks in the Dow Jones Industrial Average (Dogs of the Dow) or the Standard & Poor's 500 Index and their counterparts on foreign exchanges. *UITs* are the legal vehicle for some exchange-traded funds. 전통적으로 대부분의 단위형 투자신탁은 지방채에 투자하고 있었다. 그렇지만, 1990년대 말기에는 주식형 투자신탁이 지배적으로 되었다. 그 중에서도 인기가 있었던 것이 다우존스 공업주 평균주인데, 이율이 높은 주식이나 스탠더드앤드푸어스 500주가지수라든가 해외거래소의 대표적 주가지수에 투자하는 투자신탁이었다. 단위형 투자신탁은 거래소거래펀드를 위한 법적 수단이 되고 있다. ~ ***of trading*** 거래단위 ¶ The *unit of trading* is normal number of shares, bonds, or commodities comprising the minimum unit of trading on an exchange. For stocks, this is usually 100 shares, although inactive shares trade in 10-share units. 거래단위는 거래소의 거래에서 최저단위가 되는 주식, 채권, 상품의 통상적인 수량을 이른다. 주식의 거래단위는 소액의 주식의 경우는

10주 단위이지만, 통상 100주 단위이다. ~ ***share investment trust (USIT)*** 유닛쉐어 인베스트먼트 트러스트 ¶The *unit share investment trust* (*USIT*) is a specialized form of unit investment trust comprising one unit of prime and one unit of score. 유닛쉐어 인베스트먼트 트러스트는 단위형 투자신탁(unit investment trust)의 특수형태로, 1유닛의 프라임(prime)과 1유닛의 스코아(score)로 구성된다. ~ ***trust*** [영] 유닛트러스트 ¶The *unit trust* is: (1) in the United Kingdom, a fund where investors contribute capital that is used to acquire a portfolio of earning assets; investors receive a proportional share of any returns generated. A *unit trust* is legally constructed as a trust, with a trustee appointed as a guardian to hold assets on behalf of the beneficial owners under the terms of a trust deed. A separate investment management company is responsible for managing the portfolios and making investment decisions. Investors purchase individual units in the fund, which can be open-ended; subsequent sales and purchase of units are arranged through the investment manager. (2) See mutual fund. (3) See closed-end fund. 유닛트러스트는 (1) 영국에서, 수익자산(earning asset)의 포트폴리오를 취득하는 데 사용되는 자본을 투자자가 출연하는 기금(fund)을 말한다. 투자자는 생긴 수익이 있으면 비례적 지분을 받는다. 유닛트러스트는 법적으로는 신탁증서(trust deed)의 조건에 따라 실질적 소유자(beneficial owner)를 대리하여 자산을 보유할 후견인(guardian)으로서 임명된 수탁자(trustee)가 있는 신탁(trust)의 구조를 띤다. 개별적인 투자관리회사는 포트폴리오를 관리하고 투자결정을 내리는 것에 책임을 진다. 투자자는 기금에서 미정수량(open-ended)일 수 있는 개별단위상품(individual unit)을 구입한다. 그 후의 단위상품의 매도와 구입은 투자매니저에 의해서 정해진다. (2) mutual fund(뮤추얼펀드)를 참조할 것. (3) closed-end fund(폐쇄형 펀드)를 참조할 것.

unitary 단위의, 단일의 ¶a *unitary* exchange rate system 단일환율제 ***unitary elasticity*** 단위탄력성 ¶The *unitary elasticity* is of or relating to the demand for a good or service when revenues of the seller are unaffected by a change in price. For example, a price increase of 5% will result in a reduction in demand of 5%; a price reduction of 10% will result in an increase in demand of 10%. See also elastic; inelastic. 단위탄력성이란 매도인의 수입이 가격변동에 영향을 받지 않는 경우에 재화나 서비스의 또는 재화나 서비스에 관한 것을 이른다. 예를 들면, 5%의 가격증가는 5%의 수요의 감소로 되고, 10%의 가격감소는 10%의 수요증가로 된다. elastic(탄력적); inelastic(비탄력적)도 참조할 것. ~ ***tax*** [미] 유니터리 택스(합산과세) ¶The *unitary tax* is a state corporate income tax on worldwide income. Although unpopular with corporations, governments institute unitary taxes to foil firms that use creative accounting techniques to transfer their income to states or countries with low income-tax rates. *Unitary taxes* are typically based on a combination of sales, payroll, and property attributed to a state. 유니터리 택스(합산과세)는 세계적인 소득에 대한 주법인소득세(state corporate income tax)이다. 회사에게 인기가 없지만, 낮은 소득세율로 주(州)나 국가에 소득을 이전하는 독창적인 회계기술을 미연에 방지하기 위하여 정부기관들은 유니터리 택스(합산과세)를 선호한다. 유니터리 택스(합산과세)는 일반적으로 판매, (종업원의) 임금총액, 주에 귀속되는 재산을 합산하여 과세기초로 삼는다.

united 합체한, 하나로 통합한 ¶a *united* loan 통합(된) 융자 /*united* security 통합(된) 증권 /*United* States (of America) (U.S., US, U.S.A.) 아메리카합중국, 미국 ***United Arab Emirates currency*** 아랍 에미리트 연방 화폐 ¶dirham (AED), divided into 100 fils. 1 디르함(dirham) = 100 필스(fils). ***United Kingdom***

currency 연합왕국 화폐 ¶ pound sterling (GBP), divided into 100 pence. 1 파운드(pound sterling) = 100 펜스(pence). ***United Nations (UN)*** 국제연합, 유엔 ¶ The *United Nations* (*UN*) is an international organization established in 1945 to maintain international peace and security; develop friendly relations among nations; achieve international cooperation in solving economic, social, cultural, and humanitarian problems and in promoting respect for human rights and fundamental freedom; and be a center for harmonizing the actions of nations in attaining these common ends. 국제연합은 국제평화와 안전을 유지하고, 국가간의 우호적인 관계를 발전시키며, 경제적, 사회적, 문화적 및 인도주의적인 문제를 해결하고 인권와 기본적인 자유를 촉진함에 있어서 국제적인 협력을 달성하고, 이러한 공통의 목적을 달성하는 데에 국가간의 행동을 조화하기 위한 중심이 되기 위하여 1945년에 설립된 국제기구이다. ***United Nations Commission on International Trade Law (UNCITRAL)*** 국제연합국제거래법위원회 ¶ The *United Nations Commission on International Trade Law* (*UNCITRAL*) is a UN commission established in 1966 to aid in harmonizing and unifying international trade law. The commission has focused on four principal international areas: sales of goods, payments, commercial arbitration, and legislation pertaining to shipping. The commission issues publications and sponsors training in international trade law. 국제연합국제거래법위원회는 국제거래법을 조화롭게 하고 통일화하는 것을 돕기 위하여 1966년에 설치된 국제연합위원회이다. 그 위원회는 4개의 주요한 국제적 분야에 초점을 맞추고 있다. 즉, 물품의 매매, 지급수단(방법), 상사중재, 및 해운에 관련한 입법이다. 위원회는 출판물을 발간하고 국제거래법의 훈련을 후원한다. ***United Nations Educational, Scientific, and Cultural Organization (UNESCO)*** 유엔국제교육문화기관 ¶ The *United Nations Educational, Scientific, and Cultural Organization* (*UNESCO*) is a UN organization created in 1945 to promote international cooperation by advancing education, science, and culture for the purpose of achieving justice and human rights and freedom internationally. UNESCO meets biennially, and its board has 51 members. The United States withdrew from membership on December 31, 1984, which the United Kingdom and Singapore withdrew on December 3, 1985. Its offices are in Paris, France. 유엔국제교육문화기관은 정의와 인권과 자유를 국제적으로 달성할 목적으로 교육, 과학 및 문화를 증진함으로써 국제간의 협력을 촉진하기 위하여 1945년에 창설된 유엔의 기구이다. 유네스코는 2년에 한번씩 회합하고 회의(board)에는 51국이 참석한다. 미국은 1984년 12월 31일에 유네스코에서 탈퇴하고, 1985년 12월 3일에는 영국과 싱가포르가 탈퇴하였다. 유네스코의 사무실은 프랑스 파리에 있다. /*UNESCO* coupon 유네스코쿠폰(유네스코쿠폰은 일종의 국제통화이다.) ***United States dollar index (USDX)*** 미국달러 인덱스 ¶ The *United States dollar index* (*USDX*) is an index that compares variances in the U.S. dollar's value on a scale of 100 with a basket of currencies that includes the euro, the yen, the British pound and sterling, the Canadian dollar, the Swedish krona, and the Swiss franc. 미국달러 인덱스는 100의 척도에서 미국달러의 가치의 차이를, 유로(euro), 엔화(yen), 영국의 파운드(pound), 캐나다의 달러(Canada dollar), 스웨덴의 크로나(krona) 및 스위스의 프랑(franc)을 포함하는 통화바스켓(a basket of currencies)과 비교하는 인덱스를 이른다. ***United States Government securities*** 미연방정부증권 ¶ The *United States Government securities* are direct government obligations – that is, debt issues of the U.S. government, such as Treasury bills, notes, and bonds and series EE and series HH savings bonds as distinguished from government-sponsored agency issues. See also government securities; Treasuries. 미연방정부증권은 미연방정부의 직접채무(government obligations), 즉 미재무부단기증권(Treasury bills), 중기증권(Treasury notes), 장기증권(Treasury bonds), 시리즈EE(Series EE), 시리즈HH(Series HH), 저축채권(savings bonds)과 같은 미연방정부의 채무증권이고, 정부보증에 의한 정부기관(agency)증권과는 다르다. government securities(정부증권); Treasuries(미재무부증권)도 참조할 것. ***United States of America currency*** 아메리카합중국 화폐 ¶ U.S. dollar (USD), divided into 100 cents. 1 달러(U.S. dollar) = 100 센트(cents).

universal 일반적인, 만인의, 공통의, 보편적인 ¶ *universal* bank 종합은행, 증권업무겸영은행 /*universal* teller 만능(萬能)텔러(all purpose teller) ***universal banking*** 유니버셜 뱅킹(은행의 증권업무겸영) ¶ The *universal banking* is a banking system in several European countries where commercial banks make loans, underwrite corporate debt, and also take equity positions in corporate securities. For example, in Germany commercial banks accept time deposits, lend money, underwrite corporate stocks, and act as investment advisers to large corporations. In Germany, there has never been any separation between commercial banks and investment banks, as there is in the United States. 유니버셜 뱅킹은 상업은행이 대출을 해주고, 회사의 채무를 인수하며, 또한 회사증권에서 주식이 차지하는 포지션을 취하는 유럽의 여러 국가의 은행제도이다. 예컨대, 독일에서 상업은행은 정기예금을 수입(受入)하고, 대출하며, 회사의 주식을 인수하고, 대형회사에 투자자문인으로서 행동하는 역할을 한다. 독일에 있어서는, 미국에 있어서와 같이, 이제까지 상업은행과 투자은행간의 분리란 결코 없었다. ~ ***default*** 유니버셜 디폴트 ¶ *Universal default* is practice in the credit card industry whereby a customer whose payment record with company A is good but who is penalized by that company because he or she had defaulted with company B. 유니버셜 디폴트란 A회사의 지급기록이 양호한 고객이 B회사의 채무불이행(default) 때문에 그 회사로부터 불이익을 받게 된다고 하는 신용카드업계의 관행을 이른다. ~ ***life insurance*** 유니버셜 생명보험 ¶ The *universal life insurance* is a combination of term life insurance and a tax-deferred savings plan paying a variable return. This combination was developed during the early 1980s when interest rates rose to very high levels and caused the public to view regular whole life policies unfavorably. 유니버셜 생명보험은 정기생명보험과 변액보험금을 지급하는 과세순연저축플랜(tax-deferred savings plan)을 결합한 것이다. 이 결합은 이자율이 대단히 높은 수준으로 올라가서 일반수요자가 정상적인 종신생명보험을 나쁘게 생각하게 만들었던 1980년대에 발전한 것이다.

universe of securities 증권유니버스 ¶ A *universe of securities* is a group of stocks sharing a common characteristic. For example, one analysts may define a *universe of securities* as those with $100 to $500 million in outstanding market capitalization. Another may define it as stocks in a particular industry, such as communications, paper, or airlines. A mutual fund will often define itself to investors as limiting itself to a particular *universe of securities*, allowing investors to know in advance which kinds of securities that fund will buy and hold. 증권유니버스란 공통의 성질을 가지는 주식의 그룹을 이른다. 예를 들면, 시가총액(market capitalization)이 1억 달러에서 5억 달러의 주식을 같은 그룹으로 하는 애널리스트도 있고, 통신, 제지, 항공과 같은 산업별로 주식을 그룹화하는 애널리스트도 있다. 뮤추얼펀드(mutual fund)는 같은 펀드가 투자하는 증권유니버스를 명시하는 것인데, 투자자(investor)에 대하여 사전에 펀드의 자산운용방식을 알려

준다.

unjust enrichment 부당이득 ¶ The *unjust enrichment* is a principal in law of contracts by which "a person who has been unjustly enriched at the expense of another is required to make restitution to the other." 부당이득이란 「타인의 비용으로 부당하게 이득한 자는 그 타인에게 그 이득을 반환하여야 한다」는 계약법상의 원칙이다.

unknown 알지 못하는, 불명의 ¶ *unknown* clause [해운] 부지(不知)약관(선하증권에 Shipper's Load and Count 등 부지문언이 표시된다.) /*unknown* risk 블측의 위험

unlawful [illegal] act 불법행위 → tort (불법행위).

unleveraged program 언레버리지드 프로그램 ¶ The *unleveraged program* is a limited partnership whose use of borrowed funds to finance the acquisition of properties is 50% or less of the purchase price. In contrast, a *leveraged program* borrows 50% or more. Investors seeking to maximize income tend to favor unleveraged partnerships, where interest expense and other deductions from income are at a minimum. Investors looking for tax shelters might favor leveraged programs despite the higher risk because of the greater amount of property acquired with the borrowed money and the greater amount of tax deductible interest but the longer depreciated periods required by tax legislation have substantially reduced the tax benefits from real estate. 언레버리지드 프로그램은 외부차입에 크게 의존하지 않고, 주로 자기자금으로 자산을 취득하는 파트너십으로, 차입비율이 취득액의 50% 이하인 리미티드 파트너십(limited partnership)이다. 이와 대조적으로, 차입비율이 50% 이상인 경우, 레버리지드 프로그램(leveraged program)이라 한다. 이자소득(income)을 중시하는 투자자는 금리비용이나 제경비가 적은 언레버리지드 프로그램을 선호하는 경우가 많다. 절세상품(tax shelter)을 요구하는 투자자는 높은 리스크에도 불구하고, 레버리지드 프로그램을 선호하는 경향에 있다. 이것은 차입을 하는 것에서 보다 다액의 자산을 구입할 수 있는 다음에, 다액의 이자공제(tax deductible)를 얻는다고 하는 메리트가 있기 때문이다. 그러나 부동산(real estate)에 대하여는 보다 장기간의 상각(depreciation)기간이 적용되기 때문에, 그 몫만큼 절세 메리트(효과)는 대폭 줄어든다.

unlimited 무한의, 부정(不定)의 (*cf.*) limited 한정된, 유한의 ¶ *unlimited* company 무한책임회사 /an *unlimited* partnership 무한파트너십 (*cf.*) a limited partnership 유한파트너십 ***unlimited liability*** 무한책임 ¶ *Unlimited liability* denotes full liability for the debt and other obligations of a legal entity. The general partner of a partnership has unlimited liability. 무한책임은 법인체의 채무 기타의 의무에 대한 완전한 책임을 의미한다. 파트너십의 제너럴파트너는 무한책임을 진다. ~ ***marital deduction*** 무제한배우자공제 → marital deduction (배우자공제). ~ ***tax bond*** 무제한세원채(稅源債) ¶ The *unlimited tax bond* is a municipal bond secured by the pledge to levy taxes at an unlimited rate until the bond is repaid. 무제한세원채(稅源債)는 채권(bond)이 상환되기까지 세율에 아무런 제한이 붙지 않는 세수(稅收)를 상환재원으로 하여 발행되는 지방채(municipal bond)를 말한다.

unliquidated damages [영] 불확정배상액 ¶ *Unliquidated damages* are damages awarded to a plaintiff that can only be estimated ex-post by the courts. See also liquidated damages; statutory damages. 불확정배상액은 법원이 사후에(ex-post) 오직 예측할 수 있는 배상액으로 원고에게 판정된 것을 말한다. liquidated damages(손해배상액); statutory damages(법정배상액)도 참조할 것.

unlisted 비상장의 ¶ *unlisted* [hidden] asset 부외(簿外)자산 ***unlisted security*** 비상장증권 ¶ The *unlisted security* is a security that is not listed on an organized exchange, such as the New York Stock Exchange, the American Stock Exchange, or the regional stock exchanges, and is traded in the over the counter market. 비상장증권은 뉴욕증권거래소(New York Stock Exchange), 아메리칸증권거래소(American Stock Exchange)나 지방증권거래소(regional stock exchanges)의 조직화된 증권거래소에 상장되고 있지는 않지만, 장외시장(over the counter market)에서 거래되는 증권(security)을 말한다. ***Unlisted Securities Market (USM)*** [영] 비상장증권시장 ¶ The *Unlisted Securities Market (USM)* was the former market for shares that do not fulfil the requirements for a full quotation on the London Stock Exchange, or that do not wish to be quoted, but which do fulfil certain less stringent requirements. It closed in 1996 to be replaced by the Alternative Investment Market. 비상장증권시장은 런던주식거래소에서 완전한 상장요건을 갖추지 못하거나 또는 상장되는 것을 원치 아니하지만, 미처 엄격한 상장요건을 갖추지 못하는 주식을 위한 이전의 시장이었다. 그 시장은 1996년에 대체투자시장(Alternative Investment Market)으로 대체되면서 문을 닫았다. ~ ***trading*** 비상장증권거래 ¶ *Unlisted trading* is trading of securities not listed on an exchange but traded on that exchange as an accommodation to its members. An exchange wishing to trade unlisted securities must file an application with the Securities and Exchange Commission and make the necessary information available to the investing public. 비상장증권거래는 조직화된 증권거래소에 상장되고 있지 않는 증권(security)이지만 그 증권거래소에서 당해 거래소회원의 편의를 위해서 거래하는 경우이다. 비상장증권거래를 희망하는 거래소는 미증권거래위원회(Securities and Exchange Commission: SEC)에 신청을 하여 일반투자자에게 필요한 정보를 제공하여야 한다. ~ ***stock*** 비상장주 ¶ *Unlisted stock* is stock that are not listed on a major stock exchange. 비상장주는 주요한 증권거래소에 상장되고 있지 않은 주식을 이른다.

unload (상품, 주식 등을) 대량 매각하다 ¶ To *unload* is to put on the market large quantities of certain stocks at a low price. (상품, 주식 등을) 대량 매각하다는 것은 일정한 주식을 낮은 가격으로 시장에 대량으로 내 놓는 경우이다.

unloading [증권] 대량매도 ¶ In finance, *unloading* is selling off large quantities of merchandise inventory at below-market prices either to raise cash quickly or to depress the market in a particular product. 재무에 있어서, 대량매도는 자금을 조기회수할 목적, 혹은 시장을 차분하게 하게 할 목적에서 대량의 제품재고(在庫)를 시장가격이하로 몽땅 팔아버리는 것이다. ¶ In investment, *unloading* is selling securities or commodities when prices are declining to preclude further loss See also pump; profit takings; selling off. 투자에 있어서, 대량매도는 증권(security)이나 상품(commodity)의 가격이 하락하고 있는 때에, 가일층의 손실을 회피할 목적에서 매각하는 경우이다. pump(펌프); profit takings(가격차이로 이문얻기); selling off(대매출)도 참조할 것.

unmargined account 현금거래계좌 → brokerage cash account (브로커현금계좌).

unmatched 상대가 없는, 어울리지 않는 ¶ *unmatched* funding 언매치드 펀딩(수익증대의 목적으로 자금의 운용과 조달의 기간을 의식적으로 불일치하게 하는 것) ***unmatched book*** [영] 언매치트 북 ¶ The *unmatched book* is a portfolio of assets and liabilities (such as the loans and deposits of a bank, or the repurchase agreements and reverse repurchase agreement of a securities firm), with unequal maturities or durations. An *unmatched book* increases an institution's exposure to market risk and/or liquidity risk, but provides for the possibility of a greater return on capital. See also gap; gapping; matched book; mismatch; open book. 언매치트 북은 불일치의 만기나 듀레이션(duration)을 가지는 (은행의 대출과 예탁금, 또는 환매특약과 리버스 레포와 같은) 자산과 부채의 포트폴리오를 말한다. 언매치트 북은 시장리스크와 유동성리스크에 대한 기관의 노출을 증가하지만, 자본에 대한 더 많은 수익(收益)의 가능성을 제공한다. gap(갭); gapping(갭핑); matched book(매치트 북); mismatch(미스매치); open book(오픈북)도 참조할 것.

unmatured 익숙하지 아니한, 기일 미도래의 ¶ *unmatured* coupon 기일 미도래 이표(利票) /*unmatured* foreign bill 기일미도래 외환어음

unmortgaged bond 무담보채권(債券)

unofficial 비공식의, 비공인의 ¶ *Unofficial* report said that dozens of people were injured. 비공식적인 보도에 의하면, 수많은 사람들이 부상을 입었다고 한다.

unpaid 미지급의, 미납의, 부도(不渡)의, 지급거절의 ¶ *unpaid* account 미지급계좌 /*unpaid* bill 부도어음 /*unpaid* draft [check] 부도어음[수표] /*unpaid* interest 미지급이자 ***unpaid dividend*** 미지급배당 ¶ The *unpaid dividend* is a dividend that has been declared by a corporation but has still not been paid. A company may declare a dividend on July 1, for example, payable on August 1. During July, the declared dividend is called an *unpaid dividend*. See also ex-dividend. 미지급배당은 회사에 의해 배당결의가 행해졌지만, 아직 지급되고 있지 않은 배당금을 이른다. 예컨대, 회사가 8월 1일을 지급일로 하는 배당결의를 7월 1일에 행한 경우, 7월의 기간 결의된 배당은 미지급배당이라고 한다. ex-dividend[배당락(配當落)]도 참조할 것.

unproductive 비생산적인 ¶ *unproductive* capital 비생산적 자본 /*unproductive* investment 비생산적 투자

unprofitable 이익이 없는, 불리한

unqualified 무자격의, 부적당한 ***unqualified opinion*** [회계] 무한정 적정의견 ¶ The *unqualified opinion* is an independent auditor's opinion that a company's financial statements are fairly presented, in all material respects, in conformity with generally accepted accounting principles. The justification for the expression of the auditor's opinion rests on the conformity of his or her audit with generally accepted auditing standards and on his or her feelings. Materiality and audit risk underly the application of auditing standards. See also accountant's opinion; adverse opinion; qualified opinion. 무한정 적정의견은 회사의 재무제표(financial statement)에 기재되고 있는 모든 중요사항이 일반적으로 공정 타당하다고 인정된 회계원칙(generally accepted accounting principles)에 준거해서 적정하게 표시되고 있다는 취지의 독립감사인(independent auditor)의 의견을 말한다. 감사인의견표시의 정당성은 감사(監査)가 일반적으로 인정된 감사기준에 적합하고 있는가라는 점과 감사인의 견해에 의존한다. 감사기준의 적용에는 중요성 리스크(materiality risk)와 감사 리스크(audit risk)가 기본이 된다. accountant's opinion(회계사의 감사의견); adverse opinion(부적정의견); qualified opinion(조건부 감사보고)도 참조할 것.

unquoted 비상장의(unlisted) ¶ *unquoted* company 비상장회사 /*unquoted* share 비상장주식

unrealizable asset 환가불능 자산

unrealized 미실현의 ¶ *unrealized* income 미실현이익 /*unrealized* return 미실현수익 ***unrealized profit (or loss)*** 미실현이익, 미실현손실 ¶ *Unrealized profit (or loss)* is profit or loss that has not become actual. It becomes a realized profit (or loss) when the security or commodity future contract in which there is a gain or loss is actually sold. Also called a paper profit or loss. 미실현이익, 미실현손실은 아직 실현하고 있지 아니한 이익 또는 손실을 이른다. 그것은 미실현손익을 안고 있는 증권이나 상품선물계약이 실제로 매각된 때에 실현이익(손실)[realized profit (or loss)]이 된다. paper profit or loss라고도 한다.

unredeemable 환매할 수 없는 ¶ an *unredeemable* defect 완화될 수 없는 하자(瑕疵)

unredeemed 이행되지 아니한, 회수되지 아니한(not redeemed)

unredemption 상환미제(償還未濟), 거치(据置)

unregistered 무등록의, 무기명의 ***unregistered stock*** 비등록주 → letter security (사모증권, 비등록증권).

unrequited transfer (국제간의 대가를 수반하지 아니하는) 무상의 소득이전

unrestricted 무(無)구속의, 자유의(not limited nor restricted)

unsalable goods 팔다 남은 물품(unsold goods)

unsatisfactory account (상환지체가 잦은 등) 하는 태도가 좋지 않는 거래처

unseasoned security 발행후문(發行後聞)도 없는 채권, 불안정주식[채권]

unsecured 무담보의, 안전하게 되어 있지 아니한 ¶ *unsecured* advance 무담보대출 /*unsecured* creditor 무담보채권자 /*unsecured* debenture 무담보사채 /*unsecured* loan stock [영] 무담보사채 ***unsecured bond*** 무담보사채 ¶ An *unsecured bond* is a bond for which no collateral is secured. 무담보사채는 아무런 담보가 설정되고 있지 않은 사채를 말한다. ~ ***debt*** 무담보채무 ¶ *Unsecured debt* is obligation not backed by the pledge of a specific collateral. 무담보채무란 특정한 담보(collateral)가 뒷받침되고 있지 아니한 채무를 이른다. ~ ***loan*** 무담보대출, 신용대출 ¶ *Unsecured loan* is loan without collateral. 무담보대출이란 담보권(collateral)이 설정되어 있지 아니한 론(loan)을 이른다.

unsettled 사람의 서명으로 동일시되거나 권한을 부여받은 ¶ *unsigned* cheque 서명이 없는 수표 /*unsigned* document 무(無)서명서류

unsold 팔다 남은 ¶ *unsold* goods 팔다 남은 상품(unsalable goods)

unsolicited 청탁받지도 않은, 자발적인 ¶ *unsolicited* call (to investor) (투자자에의) 뜻밖의 방문

unsound 건전치 못한, 불합리한 ¶ *unsound* investment 불건전한 투자

unspent 소비되지 않은 ¶ *unspent* fund 미사용자금

unstable 불안정한 ¶ *unstable* economy 불안정한 경제 /*unstable* exchange rate 불안정한 환율

unstamped 표를 붙이지 아니한 ¶ The word *unstamped* means (1) not marked by stamping, (2) not having a postage stamp affixed. 스탬프를 찍지 않다는 말은 (1) 스탬핑에 의해서 표시를 내지 않은 경우, (2) 우편국직인을 찍지 않은 경우를 뜻

한다.

unsystematic 비체계적인, 비조직적인 ***unsystematic risk*** 분산가능한 리스크 ¶ The *unsystematic risk* is a risk to be avoided by diversified investment. 분산가능한 리스크는 분산하여 투자함으로써 회피할 수 있는 리스크이다.

untaxed 과세되지 아니한 ¶ The word *untaxed* means (of an item, income, etc.) not having had the required tax paid on it. untaxed(과세되지 아니한)라는 말은 세금을 부과할 (품목, 소득 등의) 것에 필요한 세금을 부과하지 아니한 경우를 말한다.

untied loan 제약을 받지 아니하는 [용도를 지정하지 않는] 융자, 불구속융자 ¶ The *untied loan* is an international loan or aid that is not given subject to the condition that it should be used for purchases from the donor country. 용도를 지정하지 않은 융자란 것은 그 융자금이 증여국가로부터 구매에 사용되어야 한다는 조건에 따르지 않는 국제적 융자 혹은 지원금이다.

untitled 직함이 없는, 권리가 없는 ¶ The *untitled* official is an official who is not having a title indicating a high social or official rank. 직함이 없는 공직자는 고위직의 사회적 내지 공직의 등급을 가리키는 타이틀을 가지지 않는 공직자이다.

unused 사용되지 아니한, 미(未)사용의 ¶ Any *unused* equipment will be welcomed back. 사용하지 않은 장비는 되돌려 주셔도 됩니다.

unusual 보통이 아닌, 이상(異常)한, 진기한 ¶ *unusual* activity of money 이상입출금(異常入出金)

unutilized capacity 미(未)사용설비

unwarranted 보증되지 아니한, 보증이 없는, 부당한 ¶ I am sure your fears are *unwarranted*. 귀하의 염려는 가당치 않습니다.

unwind (엉킨 것을) 풀다, (혼란 · 분규 등을) 해결하다 ¶ To *unwind* is the process of settling two or more derivative transactions between two counterparties in order to reduce credit risk exposures and crystallize any mark-to-market gain or loss. The unwinding process terminates all affected contracts and is thus a more efficient method than entering into back-to-back swaps. 언와인드(unwind)하는 것은 신용리스크 익포저(credit risk exposure)를 줄이고 시세평가(mark-to-market)손익을 구체화하기 위하여 2거래상대방간에 2이상의 파생상품거래를 해결짓는 과정을 말한다. 해결짓는 과정은 모든 관계계약을 종결하고 따라서 백투백 스왑에 들어가기보다 더 효율적인 방법이다. ***unwind a trade*** 역거래(逆去來)를 하다, (반대거래에 의하여) 포지션을 끝내다, 전매를 마쳐 거래관계를 끝내다 ¶ To *unwind a trade* is to reverse a securities transaction through an offsetting transaction. See also offset. 역거래를 한다는 것은 상계거래(offsetting)를 함으로써 증권거래를 마무리하는 것이다. 또 offset(상계)를 참조할 것.

unwritten 써 있지 아니한, 백지의 ¶ an *unwritten* constitution 불문헌법

up [컴] 사용가능한 (*cf.*) down 고장을 일으켜서 ***up and in option*** 업앤드인 옵션 ¶ The *up and in option* is a complex option that creates a standard European option if the price of the underlying market reference rises above a predefined barrier. See also barrier option; down and in option; down and out option; knock-in option; reverse knock-in option; up and out option. 업앤드인 옵션은 기초시장조회의 가격이 사전에 정한 장애 위로 올라가는 경우에 표준유럽형 옵션을 발생하는 복잡한 옵션이다. barrier option(장애옵션); down and in option(다운앤드인 옵션); down and out option(다운앤드아웃 옵션); knock-in option(녹인옵션);

reverse knock-in option(리버스녹인 옵션); up and in option(업앤드인 옵션); up and out option(업앤드아웃 옵션)도 참조할 것. ~ ***and out option*** 업앤드아웃 옵션 ¶ The *up and out option* is a complex option that extinguishes a standard European option if the price of the underlying market reference rises above a predefined barrier. If the barrier is not breached the European option remains in effect. See also barrier option; down and in option; down and out option; knock-out option; reverse knock-out option; up and in option. 업앤드아웃 옵션은 기초시장조회의 가격이 사전에 정한 장애 위로 올라가는 경우에 표준유럽형 옵션을 소멸시키는 복잡한 옵션이다. 그 장애가 무너지지 않는 경우에는 유럽형 옵션은 유효하게 남는다. See also barrier option(장애옵션); down and in option(다운앤드인 옵션); down and out option(다운앤드아웃 옵션); knock-out option(녹아웃 옵션); reverse knock-out option(리버스녹아웃 옵션); up and in option(업앤드인 옵션)도 참조할 것.

update 새롭게 하다, [컴] 갱신하다 ¶ *Update* is: (1) computerized file maintenance process in an off-line system that applies all necessary transactions against the old file, producing a new file reflecting all adds, deletes, and changes that have become necessary since the last update. (2) to provide current information to an individual or group of persons, or revise printed informations according to the most current information available. 업데이트란 (1) 옛 파일에 대해서 모든 필요한 업무처리에 적용할 오프라인시스템에서 마지막의 업데이트이후 필요하게 된 모든 더하기(adds), 삭제키(deletes) 및 변경을 반영하는 새로운 파일을 장치하는 컴퓨터의 파일유지과정을 말한다. (2) 개인이나 복수인의 단체에 현재의 정보를 제공하거나, 또는 이용할 수 있는 최신의 정보에 따라 인쇄된 정보를 개정하는 것이다.

up-front Ⓐ 선급의, 선지급의 ¶ *up-front* payment 선지급 ***up-front collateral*** [영] 선급담보 ¶ The *upfront collateral* is a process where an institution takes initial collateral from its counterparty in an amount sufficient to cover expected potential exposure for the entire life of the transaction. Under this arrangement no periodic evaluations or collateral calls are required. See also periodic collateral. 선급담보는 거래의 전기간동안에 기대된 잠재적 노출을 커버하기 위하여 금융기관이 거래상대방으로부터 최초의 담보를 취하는 과정을 말한다. 이러한 약정하에서 기간평가(periodic evaluations)나 담보상환(collateral calls)은 필요치 않다. periodic collateral(기간담보)도 참조할 것. ~ ***fee*** 선급수수료 ¶ The *up-front fee* is a payment made in advance. 선급수수료는 미리 지급하는 수수료이다.
ad. 선급으로

upgrade 격상하다, 품질을 좋게 하다 ¶ To *upgrade* is to raise [something] to a higher standard, in particular improve [equipments, or machinery] by adding or replacing components [at, in]. 업그레이드하다는 것은 [무엇을] 더 높은 수준으로 높이는 것, 특히 부속품을 추가하거나 대체하여 [장비 또는 기계류를] 개선하는 것이다.

upgrading 업그레이딩, 격상 ¶ *Upgrading* is increase in the quality rating of a security. An analyst may upgrade a company's bond or stock rating if its finances improve, profitability is enhanced, and its debt level is reduced. For municipal bond issues, *upgrading* will occur if tax revenues increase and expenses are reduced. The *upgrading* of a stock or bond issue may in itself raise the price of the security because investors will feel more confident in the financial soundness of the issuer. The credit rating of issuers is constantly being evaluated, which may lead to further *upgradings*, or, if conditions deteriorate, downgradings. The term *upgrading* is also applied to an entire portfolio of securities. For examples, a mutual fund manager who wants to improve the quality for his bond holdings will say that he is in the process of *upgrading* his portfolio. 업그레이딩은 증권의 신용등급이 올라가는 경우이다. 애널리스트는 발행회사의 재무내용이 개선하고, 수익성이 높아져서 부채수준이 저하한 경우에, 사채(corporate bond)나 주식(stock)의 등급을 인상한다(upgrading). 지방채(municipal bond)에서도, 세수(稅收)가 증가하여 경비가 삭감된다면 등급이 올라간다. 주식이나 채권의 등급이 올라가면, 발행회사의 재무적 건전성에 대한 투자자의 신뢰가 높아져서, 증권의 가격도 상승한다. 발행자(issuer)의 신용등급(credit rating)은 경상적으로 평가 검토되고 있고, 다시 등급이 올라가는 일도 있으며, 반대로 상황이 악화하면 등급이 내려가는 경우(downgrading)도 있다. upgrading이라는 단어는 증권 전체의 포트폴리오(portfolio)에 관하여도 사용된다. 예를 들면, 채권 포트폴리오의 신용 리스크를 개선하고 싶은 뮤추얼펀드 매니저(mutual fund manager)는 자신은 포트폴리오를 업그레이딩하고 있다(in the process of upgrading)라고 말한다.

up-market 고급품(시장)의 ¶ an *up-market* housing estate 고급스런 주택단지

upset price 최저경매가격 ¶ The *upset price* is a term used in auctions that represents the minimum price at which a seller of property will entertain bid. 최저경매가격이란 매도인이 제시한 가격을 수용하려는 최저가격을 나타내는 경매에서 사용되는 용어이다.

upside-down mortgage 역(逆)모기지 → underwater (언더워터).

upside potential 잠재적인 가격상승여지 ¶ The *upside potential* is an amount of upward price movement an investor or an analyst expects of a particular stock, bond, or commodity. This opinion may result from either fundamental analysis or technical analysis. 잠재적인 가격상승여지는 투자자나 애널리스트가 기대하는 특정한 주식(stock), 채권(bond), 상품(commodities)의 상승가격동향의 금액을 이른다. 이러한 견해는 펀더멘탈 분석이나 테크니컬 분석의 결과에서 예측할 수 있다.

upstairs market 거래소외 거래 ¶ The *upstairs market* is a transaction completed within the broker-dealer's firm and without using the stock exchange. Securities and Exchange Commission and stock exchange rules exist to ensure that such trades do not occur at prices less favorable to the customer that those prevailing in the general market. See also off board. 거래소외 거래는 증권거래소(stock exchange)경유가 아니라, 브로커-딜러(broker-dealer)의 사내(社內)에서 거래가 완결하는 거래를 이른다. 미증권거래위원회(Securities and Exchange Commission: SEC)와 증권거래소의 규칙에서는, 고객에게 시장의 시가보다 불리하게 되는 가격으로 거래소외 거래를 하는 것은 금지되고 있다. off-board(장외거래)도 참조할 것.

upstart 벼락부자, 벼락부자가 된 사람 ¶ The *upstart* is a person who has risen suddenly to wealth or high position. 벼락부자는 갑자기 부(富) 또는 고위직에 올라간 사람이다.

upstream 상류(上流)부문, 업스트림 ¶ The *upstream* is: (1) the process of channeling funds from a subsidiary to a parent or holding company. This may occur when the parent or holding company is restricted in some way from raising funds directly. (2) the segment of the energy industry that is focused on exploration, extraction, and production. See also downstream. 업스트림은 (1) 자회사(子會社)로부터 모회사(母會社) 또는 지주회사(持株會社)로 자금을 돌리는 과정을 말한다. 이것은 모회사 또는 지주회사가 어떤 점에서 직접 자금조달의 제한을 받는 경우에 일어날 수 있다. (2) 스트림은 탐사, 채취 및 생산에 초점을 맞추고 있는 에너지산업의 한 부분이다. downstream(다운스트림)도 참조할 것. /The word *upstream* means of or relating to earnings or operations at a firm that are near or at the initial stages of producing a good or service. For example, exploration and production are *upstream* operations for a large integrated oil company. 업스트림이라는 말은 제품이나 서비스를 생산하는 초기의 단계에 있거나 가까이 있는 회사의 이득이나 작업과 관련된다는 뜻이다. 예를 들면, 탐사와 생산은 대통합석유회사에 대해서는 업스트림 작업(upstream operations)이다. ***upstream industry*** 상류부문의 산업 (*cf.*) the downstream industry ¶ The *upstream industry* is, for instance, an industry which exists on the senior sector of motor assembly industry against the motor parts industry. 상류부문의 산업은 예컨대 자동차부품산업에 대하여 자동차조립산업은 상류부문에 존재하는 산업이다.

upswing 향상, 발전, 상승(上昇) ¶ The *upswing* is an upward movement in the price of a security or commodity after a period of falling prices. Analysts will say "that stock has bottomed out and now has started an *upswing* which should carry it to new highs." The term is also used to refer to the general condition of the economy. An economy that is recovering from a prolonged downturn or recession is said to be in an *upswing*. 상승(上昇)이란 일정기간 가격이 하락한 후에, 증권(security)이나 상품(commodities)의 가격이 상승경향을 나타내는 것이다. 예를 들면, 「이 주가는 바닥을 쳐서, 이제 곧 새로운 고가격권에 이르는 상승경향에 들어섰다」("that stock has bottomed out and now has started an upswing which should carry it to new highs.")고 애널리스트는 말한다. 이 용어는 경제의 일반적인 상황에 관하여도 사용된다. 오랜 하강국면이나 경기후퇴(recession)에서 회복해 가고 있는 경제는 상승과정(upswing)에 있다고 한다.

uptick [주식] 가격상승(a plustick), 호경기 ¶ The *uptick* is a transaction executed at a price higher than the preceding transaction in that security; also called plus tick. A plus sign is displayed throughout the day next to the last price of each stock that showed a higher price than the preceding transaction in that stock at the trading post of the specialist on the floor of the New York Stock Exchange. See also short-sale rule. 가격상승은 직전의 거래가보다 높은 가격으로 집행(execution)된 거래를 말한다. 플러스틱(plus tick)이라고도 한다. 뉴욕증권거래소(New York Stock Exchange) 입회장의 스페셜리스트(specialist)거래포스트(trading post)가 직전거래가보다도 높은 주가를 나타낸 주식에는, 플러스의 부호가 거래시간 중 붙여진다. 공매(空賣)는 업틱이나 제로플러스틱(zero-plus ticks)의 경우에만 허용된다. short-sale rule [공매규칙(空賣規則)]도 참조할 것. ***uptick rule*** 업틱룰 ¶ The *uptick rule* is a Securities and Exchange Commission rule that selling short may only be done on an uptick. In 1990 interpretation of the rule was extended to cover program trading. In 2007 the *uptick rule* was repealed. See also short-sale rule. 업틱룰은 공매(selling short)가 업틱(uptick)인 경우에만 허용될 수 있다고 하는 미증권거래위원회(Securities and Exchange Commission: SEC)의 규칙을 이른다. 1990년에 그 규칙은 프로그램매매(program trading)에도 적용되도록 확대 해석되었다. 2007년에는 업틱룰은 폐기되었다. short-sale rule [공매규칙(空賣規則)]도 참조할 것.

uptrend 상승경향 ¶ The *uptrend* is a upward direction in the price of a stock, bond, or commodity future contract or overall market. See also trendline. 상승경향은 주식(stock), 채권(bond), 상품선물계약(commodity future contract), 또는 시장 전체의 가격이 상향하고 있는 경우이다. trendline (트렌드라인)도 참조할 것.

upturn 상승, 향상 ¶ The *upturn* is an improvement or upward trend, especially in economic conditions or someone's fortunes. 상승(upturn)은 특히 경제조건이나 누군가의 재산이 개선이나 위로 향하는 상승경향을 말한다. /an *upturn* in the economy 경제의 상승경향

up(-)valuation 평가절상 (*cf.*) devaluation 평가절하 ¶ *upvaluation* of the won 원화의 절상

upward 위를 향하는 ¶ *upward* revision 윗부분 개정 /*upward* revaluation 평가절상

urban 도시의, 도시에 사는, 도회풍의 ¶ *urban* renewal [redevelopment] 도시재개발

urgent 긴급한, 매우 위급한 ¶ *urgent* telegram 지급전보

Uruguay currency 우루과이 화폐 ¶ peso Uruguayo (UYU), divided into 100 centesimos. 1 페소(peso Uruguayo) = 100 센테시모(centesimos).

Uruguay Round 우루과이 라운드(신다각적 무역교섭, New Round) → Rounds (라운드).

U.S.; US → (the) **U**nited **S**tates (of America) [약] 아메리카합중국, 미국 ¶ *U.S.* corporate bond 미국사업채(債) /*U.S.* Treasury 미국재무부 /*U. S.* terms 미국달러 환산치(換算値) ***U.S. government bond*** 미국정부채(債) ¶ The *U.S. government bond* is a bond issued by the U.S. government. It is the most creditworthy of all debt instruments since it is backed by the full faith and credit of the U.S. government. 미국정부채(債)는 미국정부가 발행한 채권을 이른다. 그것은 충분한 신뢰와 신용(full faith and credit)으로 뒷받침하고 있기 때문에, 모든 채무증서 중에서 가장 신용있는 것이다. ***U.S. savings bond*** 미국저축채권 → savings bond (저축채권). ***U.S. treasury bond*** 미국 재무부장기증권 ¶ *U.S. treasury bonds* are long-term debt instruments with maturities of 10 years or longer issued in minimum denominations of $1,000. 미재무부 장기증권은 1,000달러의 최저액면으로 발행되고, 10년 이상의 만기를 가지는 장기채무증권이다.

USD (ISO) code United States of America – currency U.S. dollar. ¶ USD (국제표준기구) 약호 아메리카 합중국 — 화폐 유에스 달러(U.S. dollar).

usance 어음기간(환어음의 만기일까지의 기간), 유전스 ¶ The *usance* is a period of time between the date a bill of exchange is presented and the date it is paid. In a strick sense, the term means the time allowed by custom for the period of bills of exchange in trade between two particular countries, which can be anywhere from two weeks to two months or longer. Today, it means the time period for which any bill is drawn, or its tenor. 어음기간이란 환어음이 제시되는 날과 지급되는 날 사이의 기간을 말한다. 엄격한 의미에서, 그 기간은 특정한 2국간의 통상에서 환어음의 기간을 위한 관습이 허용하는 기간을 의미하며, 이 기간은 어느 곳이든 2주에서 2달 넘어가 될 수 있다. 오늘날, 유전스의 의미는 어느 환어음이든 발행된 기간(time period) 또는 그런 취지의 기간을 의미한다. /*usance* bill 기한부 환어음 /*usance* bill buying rate 기한부 어음매입률 /*usance* credit 기한부 신용장, 유전스 L/C /*usance* extended by the bank's own fund 자행(自行)유전스, 환유전스 /*usance* facility 유전스금융 /*usance* rate 기한부 환율

usable bond [영] 사용채(債) ¶The *usable bond* is a bond that may be used at face value in combination with a warrant to purchase shares of common stock. Essentially, the issuer allows warrant owners to substitute the bond for cash when the warrants are exercised. Ownership of this type of bond is, like ownership of a convertible bond, a speculation on the direction of interest rates and also on the direction of the price of the underlying stock. 사용채는 보통주의 주식을 구입할 워런트와 결합하여 액면가(face value)로 사용될 수 있는 채권(債券)이다. 본질적으로, 워런트가 행사되는 경우에, 채권의 발행자는 워런트의 소유자가 채권을 현금으로 바꾸는 것을 허용한다. 이러한 유형의 소유는 전환채(轉換債, convertible bond)의 소유와 같이, 금리(interest rates)의 쪽과 또한 기초주식의 가격 쪽으로 투기(speculation)가 된다.

use 사용 ¶loan for *use* 사용대차 ***uses of funds*** 자금사용용도 → sources and applications (or uses) of funds statement (자금운용표).

useful life 내용연수(耐用年數), 유효연수 ¶The *useful life* is an estimated period of time during which an asset subject to depreciation is judged to be productive in a business. Also called depreciable life. The modified accelerated cost recovery system (MACRS) established useful lives for different property classes. See also residual value. 내용연수(耐用年數)는 감가상각(depreciation)대상자산이 사업용 자산으로서 생산적이라고 예상되는 기간을 이른다. depreciable life라고도 한다. 수정가속상각제도(modified accelerated cost recovery system: MACRS)는 상이한 재산분류별로 내용연수를 정한다. residual value(잔존가치)도 참조할 것.

user 사용자 ¶end *user* 최종수요자 /*user*-friendly 사용하기 쉬운

U-shaped recovery U자형의 경기회복 ¶The *U-shaped recovery* is a gradual recovery of economic growth in an economy as measured by decline and then a rebound in the Gross Domestic Product. See also V-shaped recovery. U자형의 경기회복이란 국민총생산에 있어서 감퇴와 다음 번의 회복에 의하여 측정되는 경제에서 점차적인 회복의 경제성장을 이른다. V-shaped recovery(V자형의 경기회복)도 참조할 것.

usufruct 용익권(用益權), 사용권 ¶The *usufruct* means the right of temporary possession, use, or enjoyment of the advantages of property belonging to another. 용익권은 타인에게 속하는 재산을 일시 점유, 이용 또는 그 우선권을 향유하는 권리를 의미한다.

usurer 고리대금(高利貸金)업자 ¶The *usurer* is a person who lends money at unreasonably high rates of interest. 고리대금업자는 상당치 않은 고액의 금리로 돈을 빌려주는 자이다.

usurious 고리(高利)의, 고리(高利)가 되는 ¶*usurious* man 고리대(高利貸) /a *usurious* rate of interest (법률에서 정한) 최고금리 ***usurious loan*** 고리(高利)융자 ¶The *usurious* loan is a loan relating to the practice of usurer. 고리융자는 고리대(高利貸)의 실제에 맞는 융자를 말한다.

usury 고리대(高利貸), 폭리, 고리(高利) ***usury laws*** 고리(高利)제한법 ¶*Usury laws* are state laws limiting excessive interest rates on loans. 고리제한법이란 대출(loan)에 대한 과도한 이율을 제한하는 주법을 말한다.

utility 효용, 전력회사, (*pl.*) 공익사업 ¶The *utility* is a power company that owns or operates facilities used for the generation, transmission, or distribution of electric energy. *Utilities* provide electric, gas, and water to their customers. In the United States, *utilities* are regulated at the state and federal level. State public service and public *utility* commissions regulate retail rates. The Federal Energy Regulatory Commission (FERC) regulates wholesale rates, the sale, resale, and interstate commerce for approximately 200 investor-owned *utilities*. On a percentage and revenue basis, however, the states regulate most of the trade. Rates for the sale of power and its transmission to retail customers, as well as approval for the construction of new plants, are regulated at the state level. The electric *utility* industry came under government regulation in the 1920s because it was a virtual monopoly, vertically integrated, producing energy and transmitting it to customers. The industry has evolved to include public power agencies and electricity cooperatives. Deregulation of the natural gas industry in recent years has served to open that market to more competition, although transmission pipeline still come under FERC jurisdiction. The electric *utility* industry is also undertaking a similar deregulation process. 전력회사란 전력의 발전, 송전, 배전을 위한 시설을 소유 또는 운영하는 전력회사를 이른다. 공익사업에는, 전기, 가스, 수도를 고객에게 공급한다. 미국의 공익사업은 주(州) 또는 연방정부의 양쪽의 규제를 받는다. 주의 공익사업위원회가 소매요금을 규제하고, 연방에너지규제위원회(Federal Energy Regulatory Committee: FERC)는 주식회사조직의 약 200개사(社)의 공익기업에 관하여, 도매요금, 판매, 재판매, 주제(州際) 거래를 규제한다. 그러나, 비율이나 수입베이스로 본다면, 주가 대부분의 거래를 규제하고 있다고 말할 수 있다. 새로운 시설의 건설뿐만 아니라, 전력의 판매요금이나 소매고객에의 송전량은 주 단계에서 규제된다. 전력업계는 발전에서 고객에의 송전에 이르기까지 모든 프로세스를 커버하기 때문에, 사실상 수직통합된 독점기업(monopoly)으로 간주되어, 1920년대에는 정부의 규제 하에 들어갔다. 그 후 전력사업은 발전하여, 공공전력기관이나 전기협동조합을 산하에 두게 되었다. 최근에는, 천연가스업계의 규제완화(deregulation)가 진전되고, 배송파이프라인은 의연히 FERC의 관할하에 있지만, 경쟁원리가 도입되게 되었다. 전력업계도 마찬가지의 규제완화의 프로세스를 밟고 있다. /*utility* bill payment 공공요금지급 /*utility* model right 실용신안권(實用新案權) /*utility* value 효용가치 ***utility bill*** 공공요금 ¶ *Utility bill* is value against the use of public service, such as water, sewages, gas, electricity, and telephones, that is generally required to operate a building. 공공요금은 일반적으로 건물을 운영하는 데 필요한 물, 하수도, 가스, 전기 및 전화와 같은 공공시설의 사용에 대한 대가를 말한다. ~ ***revenue bond*** 공공사업 재원채(財源債) ¶ The *utility revenue bond* is a municipal bond issued top finance the construction of electric generating plants, gas, water and sewer systems, among other types of public utility services. These bonds are repaid from the revenues the project produces once it is operating. Such bonds usually have a reserve fund that contains an amount equal to one year's debt service, which protect bondholders in case there is a temporary cash shortage or revenues are less than anticipated. See also revenue bond. 공공사업 재원채(財源債)는 공공사업서비스 중에서, 발전설비, 가스, 상하수도시스템의 건설자금을 공급하기 위하여 발행되는 지방채(municipal bond)를 말한다. 이 채권은 당해 시설이나 설비가 가동(稼動)후에 생기는 수입(收入)을 상환자금으로 한다. 일시적인 현금부족이나 세입(歲入)이 예상을 밑도는 경우에 대비하여, 채권보유자(bondholder)보호의 목적에서, 통상, 1년분의 채권상환액(debt service)에 동등한 금액이 유보된다. revenue bond[수익사업채(債)]도 참조할 것.

UTP → **U**nlisted **T**rading **P**rivileges [약] 미상장주 거래특권 ¶ The *UTP* is an acronym for Unlisted Trading Privileges meaning that the stock exchange has the right to trade unlisted stocks, for which the exchange must file with the Securities and Exchange Commission and get permission from the SEC. UTP (미상장주 거래특권)은 Unlisted Trading Privileges의 두음어(頭音語)인데, 그 의미는 증권거래소가 비상장주식의 거래를 할 수 있는 권리를 말하며, 그러기 위해서는 SEC(증권거래위원회)에 등록을 하여 인가를 얻어야 한다.

UYU (ISO) code Uruguay – currency peso Uruguayo. ¶ UYU (국제표준기구) 약호 우루과이 — 화폐 페소(peso Uruguayo).

Uzbekistan currency 우즈베키스탄 화폐 ¶ soum 소움.

V

VA → **V**eterans **A**ffairs [약] 퇴역군인사업 ***VA mortgage*** 퇴역군인주택론(loan) ¶ The *Veteran Affairs mortgage* is a home mortgage loan granted by a lending institution to qualified veterans of the U.S. armed forces or to their surviving spouse and guaranteed by the Department of Veteran Affairs (VA). The guarantee reduces risk to the lender for all or part of the purchase price on conventional homes, mobile homes, and condominiums. Because of this federal guarantee, banks and thrift institutions can afford to provide 30-year *VA mortgages* on favorable terms with a relatively low down payment even during periods of tight money. Interest rates on *VA mortgages*, formerly fixed by the Department of Housing and Urban Development together with those on Federal Housing Administration (FHA) mortgages, are now set by the *VA*. *VA mortgages* comprise an important part of the mortgage pools packaged and sold as securities by such quasi-government organizations as the Federal Home Mortgage Corporation (Freddie Mac) and the Government National Mortgage Association (Ginnie Mae). 퇴역군인주택론(loan)은 유자격의 퇴역군인 및 남은 배우자에 대하여 대출기관이 실행하는 주택론이고, 퇴역군인사업청(Department of Veteran Affairs: VA)이 보증하는 것이다. 이 보증에 의하여 전통적 주택, 모빌홈(mobile homes)(이동주택), 콘도미니엄(분양맨션)의 구입가격의 전액 또는 일부에 대한 대출기관의 리스크가 경감된다. 이러한 미국정부에 의한 보증 때문에, 은행 및 저축금융기관은 금융핍박(tight money)시에도, 상대적으로 낮은 계약금으로 유리한 조건의 퇴역군인용 30년론(30-year Veterans Affairs mortgages)을 제공할 수 있다. 퇴역군인주택론(mortgages)의 이율은 이전에는 주택개발청(Department of Housing and Urban Development)에 의하여 미연방주택청(Federal Housing Administration: FHA)의 주택론과 마찬가지로 결정되고 있었으나, 현재는 퇴역군인사업청이 결정하고 있다. 퇴역군인주택론은 미연방주택금융모기지공사(Federal Home Mortgage Corporation: Freddie Mac)나 정부주택모기지금고(Government National Mortgage Association: Ginnie Mae)와 같은 반관반민기업(quasi-government organizations)이 한데 모아 유가증권으로서 매출주택론 풀(mortgage pool)의 중요한 일부분을 이룬다.

V

vacancy rate 공실률(空室率) ¶ The *vacancy rate* is a percentage of all units or space that is unoccupied or not rented. On a pro-forma income statement, a projected *vacancy rate* is used to estimate the vacancy allowance, which is deducted from potential gross income to derive effective gross income. See also absorption rate; break-even point; occupancy level. 공실률은 공실(空室)이나 임대가 되지 않는 모든 단위 또는 공간의 백분율을 나타낸다. 형식상의 손익계산서에서, 계획된 공실률은 유효한 총소득을 끌어내기 위하여 잠재적인 총소득에서 공제되는 공실허용률(vacancy allowance)을 예측하는 데 사용된다. absorption rate(흡수율); break-even point(손익분기점); occupancy level(점유수준)도 참조할 것.

vacant (토지 등) 미사용의, 상속인이 없는 ***vacant land*** 공지(空地) ¶ The *vacant land* is a land not currently being used. It may have utilities and off-site improvements. See also raw land. 공지는 현재 사용하고 있지 않은 땅이다. 그것은 유용성과 교외의 개량의 여지가 있는 땅일 수 있다. raw land(미개간의 토지)도 참조할 것.

vacate (계약 등을) 무효로 하다 ¶In real estate, to *vacate* is to move out. For example, a tenant *vacates* an apartment by terminating occupancy and removing all possession. The tenant is responsible for rent to the end of the lease term. 부동산에서, (집을) 비운다는 것은 이사하는 것이다. 예를 들면, 임차인이 점유를 끝내고 모든 소유물을 이동하여 아파트를 비우는 것이다. 임차인은 리스기간의 종료까지 임대료에 책임을 진다. ¶In law, to *vacate* is to avoid or annul, as to vacate an order. 법에서, (계약 등을) 무효로 하다는 것은 청약을 무효로 하는 것처럼, 무효로 하다(avoid)거나 또는 취소하다(annul)는 것이다.

vacation 휴식, 휴가 ¶compulsory [mandatory] *vacation* 강제휴가 /*vacation* club account 휴가비용적립계좌 /a *vacation* with pay 유급휴가 ***vacation pay*** 휴가수당 ¶The *vacation pay* is any amount paid to employees while they are on vacation. It includes amounts paid even if the employees choose not to take a vacation. 휴가수당은 근로자의 휴가중에 근로자에게 지급되는 금액을 말한다. 그것에는 근로자가 휴가를 취하지 않더라도 지급되는 금액을 포함한다.

즐거운 휴가다! 바다로 달려가자.

valid 정당한, 유효한 (*cf.*) void 무효의 ¶The word *valid* means having legally binding force; legally sufficient and authorized by law. See also null and void; voidable. valid라는 말은 법적으로 구속력을 가진다는 뜻이고, 법률적으로 충분하고 법률에 의하여 수권을 받았다는 뜻이다. /a *valid* deed 유효한 증서 /logically *valid* 논리적으로 타당한

validate 비준하다, 확인하다 ¶All analytical methods should be *validated* in respect of accuracy. 모든 분석적 방법은 정확성의 관점에서 확인되어야 한다. /Acclaim was seen as a means of *validating* one's existence. 그 사람의 존재를 확인시켜주는 수단으로 갈채를 보았다.

validation 인가, 인증 ¶Visas require *validation* upon entering the country. 비자는 그 국가의 입국시에 확인을 받아야 한다.

validity 효력, 유효성 ¶intellectual *validity* 지적 타당성 /the *validity* of an argument 의론의 타당성

valium picnic 발륨 피크닉 ¶The *valium picnic* is a colloquial term for a quiet day on the New York Stock Exchange. 발륨 피크닉은 뉴욕증권거래소의 휴일(quiet day)이라는 구어체(口語體)이다.

valorization 물가안정정책, 공정가격설정 ¶The *valorization* is the raising or stabilization of the value of a commodity or currency by artificial means, usually by government. For example, if a government wishes to increase the price of a commodity that it exports it may attempt to decrease the supply of that commodity by encouraging producers to produce less, by stockpiling the commodity itself, or, in extreme cases, by destroying part of the production.

물가안정정책은 보통 정부에 의해서 인위적인 수단을 통해서 상품이나 통화의 가격을 올린다든지 안정화하는 것이다. 예를 들면, 만약 정부가 수출하는 상품의 가격을 늘리려고 하는 경우에, 정부는 제조업자에게 생산을 줄이도록 격려한다든지, 그 상품 자체를 비축한다든지, 또는 극단적인 경우에는 생산의 일부를 파괴함으로써 그 상품의 공급을 줄이려고 할 수도 있다.

valuable 귀중한, 유가의 ¶ *valuable* goods 귀중품 /*valuable* paper 유가증권

valuables 귀중품 → high-ticket items (고액상품).

valuation 평가, 기업의 가치평가 ¶ *Valuation* is placing a value or worth on an asset. Stock analysts determine the value of a company's stock based on the outlook or earnings and the market value of assets on the balance sheet. Stock *valuation* is normally expressed in terms of price/earnings (P/E) ratios. A company with a high P/E is said to have a high *valuation*, and a low P/E stock has a low *valuation*. Other assets, such as real estate and bonds, are given *valuations* by analysts who recommend whether the asset is worth buying or selling at the current price. Estates also go through the *valuation* process after someone has died. 평가는 자산(asset)을 평가하는 것이다. 주식애널리스트(securities analyst)는 수익전망과 대차대조표상의 자산의 시장가치(market value)에 기초해서, 주식의 가치를 평가한다. 주식의 평가는 주가수익률(price/earnings: P/E)로 표시되는 경우가 많다. 일반적으로, 높은 P/E의 회사는 높게 평가되고, 낮은 P/E의 회사는 낮게 평가되게 된다. 부동산(real estate)이나 채권(bond)과 같은 자산평가는 애널리스트가 행한다. 애널리스트는 당해 자산을 시가로 매매할 것인지의 가부를 권고한다. 상속재산도 피상속인의 사후, 평가프로세스를 거치게 된다. ***valuation reserve*** 평가성 충당금 ¶ *Valuation reserve* is reserve or allowance, created by a charge to expenses (and therefore, in effect, taken out of profits) in order to provide for changes in the value of a company's assets. Accumulated depreciation, allowance for bad debts, and unamortized bond discount are three familiar examples of *valuation reserves*. Also called valuation account. 평가성 충당금은 회사의 자산가치의 변동에 대비하기 위하여, 비용에의 차변 기입되는(따라서, 사실상 이익에서 공제된다.) 충당금이다. 감가상각(depreciation)누계액, 대손(貸損)충당금(allowance for bad debts), 미상각사채 할인액(unamortized bond discount)이 대표적인 예이다. 이를 valuation account(평가계정)라고도 한다.

value *n.* 가치, 가격, 액면 ¶ actual *value* 실가(實價) /asset *value* 자산가치 /at face *value* 액면가격으로 /book *value* 장부가격 /collateral *value* 담보가격 /declared *value* 표기가격 /discounted *value* 할인가격 /hypothetic [hypothetical] *value* 담보가격 /a market *value* 시장가치 /surrender *value* 해약가격 /*value*-added 부가가치 /*value* in account 공제계좌에 대한 대금(어음을 발행한 것을 나타내는 표기용어) /*value* line (investment survey) 기업정보서비스 /*value* next month 익월인도 /*value* of money 화폐의 가치 /*value* on … …앞으로 어음을 발행하다 /*value* received (in cash) (현금으로) 대가영수 /*value* tomorrow 익일인도 ***appraised* [*assessed*] *value*** 감정[사정]가격 ¶ *Appraised value* is estimated by an expert, but not determined. An appraisal is an opinion of value, and is usually required when real property is sold, financed, condemned, taxed, insured, or partitioned. 감정가격은 전문가가 감정하는 것이지 결정하는 것이 아니다. 감정이란 자산가치에 관한 견해인데, 부동산을 매각할 때, 부동산담보로 융자를 받을 때, 부동산을 접수할 때, 부동산을 과세할 때, 보험을 들 때, 부동산을 분할할 때 등에 보통 필요한 것이다. ***face*** ~ 액면가격 ¶ The *face value* is the value of a bond, note, mortgage, or other security as given on the certificate or instrument. Although the bonds fluctuate in price from th time they are issued until redemption, they are redeemed at maturity at their *face value*, unless the issuer defaults. If the bonds are retired before maturity bondholders normally receive a slight premium over face value. 액면가격은 채권, 어음, 모기지 등 증권 또는 증서의 권면에 기재된 증권의 가격을 말한다. 채권은 발행에서 상환까지는 가격변동에 놓여 있더라도, 발행자가 채무불이행에 빠지지 않는 이상, 만기일에 액면대로 상환을 받는다. 만일 기한전에 채권이 상환되는 경우에는 액면금액에 약간 덧붙인 금액으로 지급된다. ***~-added tax (VAT)*** [영] 부가가치세 ¶ The *value-added tax* (*VAT*) is an indirect tax applied in certain national systems that is payable to producers and consumers of goods and services. A tax is levied on each incremental stage of the production process that adds value to the good or service being producted. See also ad valorem. 부가가치세는 일부국가제도에서 재화와 서비스의 생산자와 소비자에게 지급되는 일부국가제도에서 적용되는 간접세이다. 그 조세는 생산중에 있는 재화나 서비스에 가치가 부가되는 생산과정의 각 증가단계에 부과되는 조세이다. ad valorem(가격에 따라서)도 참조할 것. ***~-at-risk (VAR)*** [영] 밸류앳리스크 ¶ The *value-at-risk* (*VAR*) is a statistical measure that estimates how much a portfolio of assets and liabilities might lose in a given time period as a result of market risk. *VAR*, which can be implemented through the variance/covariance, historical, or simulation methods, is based on assumptions related to liquidation period, shape of the statistical distribution, desired confidence level, and volatilities and correlations between portfolio contracts. Though widely used, the measure has shortcomings related to statistical assumptions and uncertainty regarding to the magnitude of potential losses in the tail of the distribution. 밸류앳리스크는 자산과 부채의 포트폴리오가 시장위험의 결과로서 일정한 기간에 얼마나 많은 손해를 입을지를 측정하는 통계적 측정치(値)이다. 밸류앳리스크는 분산(分散, variance)/공분산(共分散, covariance), 경험적이거나 시뮬레이션방법을 경유해서 실행될 수 있지만, 청산기간과 관련된 가정(assumption), 통계적 분포의 형상, 바람직한 신뢰의 수준, 및 포트폴리오계약간의 변동성과 상호관계를 기초로 한다. 널리 이용되고 있더라도, 그 측정치는 통계적 가정에 관련되는 결점과 분포의 끄트머리에서 잠재적 손실의 규모에 관한 불확실성을 가진다. ***~ broker*** 밸류브로커 ¶ The *value broker* is a discount broker whose rates are based on a percentage of the dollar value of each transaction. It is usually advantageous to place order through a *value broker* for trades of low-priced shares or small numbers of shares, since commission will be relatively smaller than if a shareholder used a share broker, another type of discount broker, who charges according to the number and the price of the shares traded. 밸류 브로커는 1건마다의 거래금액에 일정한 비율을 곱한 취급수수료를 청구하는 디스카운트 브로커(discount broker)이다. 쉐어 브로커(share broker)라고 하는 다른 유형의 디스카운트 브로커도 있으나, 저가주식이나 소량의 주식거래를 할 경우에는, 밸류 브로커를 통해서 주문을 내는 쪽이 유리하다고 말할 수 있다. 쉐어 브로커는 거래주식수를 베이스로 수수료를 청구하기 때문이다. ***~ chain*** [영] 가치연결 ¶ The *value chain* is a sequence of linked activities supporting the production of a good, where each activity adds a particular value to the end product. Common *value chain* activities include logistics, production, marketing, and distribution, along with supporting functions such as research and development, human resources, and technology. 가치연결은 각개의 활동이 최종생산물에 특별한 가치를 부가하는 재화의 생산을 지원하는 연결활동의 순서를 말한다. 일반적 가치연결에는 연구개발

(R&D), 인적 자원(human resources) 및 기술과 같은 지원기능과 더불어, 로지스틱(logistics, 물자의 전반적인 관리법), 생산, 마케팅 및 분배가 포함된다. ~ ***change*** 주가변동 ¶ The *value change* is a change in a stock price adjusted for the number of outstanding shares of that stock, so that a group of stocks adjusted this way are equally weighted. A unit of movement of the group – called an index – is thus representative of the average performance. 주가변동은 발행주식총수(shares outstanding)에서 수정산출한 주가의 변동이므로 수정된 일군(一群)의 주식그룹은 균등하게 웨이트를 붙이고 있는 것이 된다. 이와 같은 주식그룹의 움직임을 표시하는 단위를 지수(index)라고 하여 평균적 변수를 나타낸다. ~ ***date*** 결제일 ¶ In banking, the *value date* is an official date when money is transferred, that is, becomes good funds to the depositor. The *value date* differs from the entry date when items are received from the depositor, since the items must then be forwarded to the paying bank or otherwise collected. 은행업무에 있어서, 결제일은 자금이 예금자에게 정식으로 건네지는 날, 즉 예금자에게 있어서는 바로 현금화될 수 있는 자금으로 되는 날이다. 결제일은 은행이 예금자로부터 어음·수표를 수령하는 입금일과는 다르다. 입금일에 수령된 어음·수표는 바로 현금화될 수 있는 것이 아니라, 우선 지급은행에 추심하기 위한 제시를 하거나 추심을 하여 자금화되지 않으면 안 되기 때문이다. ¶ In Eurodollar and foreign currency transactions, the *value date* is synonymous with settlement date or delivery date, which on spot transactions involving North American currencies (U.S. dollar, Canadian dollar, and Mexican peso) is one business day and on spot transactions involving other currencies, two business days. In the forward exchange market, *value date* is the maturity date of the contract plus one business day for North American currencies, two business days for other currencies. See also forward exchange transaction; spot market. 유로달러 및 외환거래에 있어서, 결제일은 결제일(settlement)이나 인도일(delivery date)과 동의어이고, 북미통화(미국달러, 캐나다 달러, 멕시코 페소)의 현물거래에서는 1영업일째이고, 다른 통화를 포함하는 현물거래에서는 2영업일째가 된다. 외환선물예약시장에 있어서의 결제일은 북미통화에 관하여는 선물예약일 후 1영업일째이고, 다른 통화에 관하여는 2영업일째가 된다. forward exchange transaction(선도환거래); spot market(현물시장)도 참조할 것. ~ ***investing*** 염가주 투자 ¶ The *value investing* is an investment philosophy that focuses on buying stocks that are trading at bargain prices based on fundamental analysis, then holding them until they become fully valued. Stocks with low price/earnings ratios, low price/book ratios, or high dividend yield are likely to attract value investors. 염가주 투자는 펀더멘탈 분석(fundamental analysis)을 근거로 하면 염가의 주가가 되고 있는 주식(stock)에 투자하여, 애널리스트에서 보아 여러 요소가 전부 들어온 가격(fully valued)이 되기까지 보유한다고 하는 투자철학(investment philosophy)을 말한다. 주가수익률(price/earnings ratios)이 낮은 주식, 주가순자산배율(price/book ratios)이 낮은 주식, 혹은 배당이율(dividend yield)이 높은 주식이 염가주투자자의 투자대상이 되기 쉽다. ***Value Line Investment Survey*** 밸류라인투자 서베이 ¶ The *Value Line Investment Survey* is an investment advisory service that ranks about 1,700 stocks for "timeliness" and safety. Using a computerized model based on earnings momentum, Value Line projects which stocks will have the best or worst relative price performance over the next 6 to 12 months. In addition, each stock is assigned a risk rating, which identifies the volatility of a stock's price behavior relative to the market average. The service also ranks all major industry groups for timeliness. Value Line's ranking system for both timeliness and safety of an individual stock is as follows: 1 - highest rank, 2 - above average rank. 3 - average rank, 4 - below average rank 5 - lowest rank. 밸류라인투자 서베이는 1,700 종목의 주식에 관하여 「적시성」(適時性, timeliness)이나 안전선에 관한 랭크를 매기는 투자자문서비스를 이른다. 수익동향에 기초한 컴퓨터모형을 사용하여, 밸류라인은 금후 6개월에서 12개월 사이에 최량 또는 최악의 상대적 주가퍼포먼스를 나타낼 종목을 예상한다. 또, 시장평균에 대한 변동폭(volatility)을 나타내는 리스크평가를 각 종목에 매기고 있다. 개개의 주식종목의 적시성과 안정성에 관한 밸류라인의 랭크를 매기는 구성은 다음과 같다. 1 - 최고랭크(highest rank), 2 - 평균을 상회하는 랭크(above average rank), 3 - 평균랭크(average rank), 4 - 평균을 하회하는 랭크(below average rank), 5 - 최저랭크(lowest rank).

[v.] 평가하다, 견적하다, 중요시하다, 존중하다 ***valued contract*** [영] 평가보험계약 ¶ The *value contract* is an insurance policy that provides the insured with a stated payout amount, agreed on an ex-ante basis, in the event of a loss. *Valued contracts* are generally associated with life insurance policies, which specify a certain sum payable to the beneficiary upon the death of the insured. See also indemnity contract. 평가보험계약은 손해가 발생한 경우에 피보험자에게 사전방식(ex-ante basis)으로 약정한 일정한 지급금을 제공하는 보험계약을 말한다. 평가보험계약은 일반적으로 생명보험계약과 관련되고 있는데, 생명보험계약에서는 피보험자의 사망시에 수익자에게 지급할 일정한 금액을 명시하고 있다. indemnity contract (보상계약)도 참조할 것.

value-added tax (VAT) 부가가치세 ¶ The *value-added tax* (*VAT*) is a form of consumption tax levied on the value added to a product at each stage of its manufacturing cycle as well as at the time of purchase by the ultimate consumer. The *value added tax* is a fixture in European countries and a major source of revenue for the European Union (EU). Advocates of a *value-added tax* for the U.S. contend that it would be the most efficient method of raising revenue and that the size of its receipts would permit a reduction in income tax rates. Opponents argue that in its pure form it would be the equivalent of a national sales tax and therefore unfair and regressive, putting the greatest burden on those who can least afford it. As an example, for each part that goes into the assembling of an automobile, the auto manufacturer would pay a *value-added tax* to the supplier, probably a percentage of the purchase price, as is the case with a sale tax. When the finished car is sold, the customer pays a *value-added tax* on the cost of the finished product less the material and supply costs that were taxed at earlier stages. This avoids double taxation and thus differs from a flat sales tax based on the total cost or purchase. 부가가치세는 최종소비자에 의한 구입시뿐만 아니라, 제조사이클의 각 단계에서 부가되는 가치에 대하여 부과되는 소비세를 이른다. 부가가치세는 유럽 여러 국가에서 정착되고 있고, 유럽연합(European Union: EU)에 있어서 주요한 세입원(歲入源)이 되어 있다. 미국에 있어서 부가가치세의 주창자는 부가가치세가 세입증가를 가져오는 가장 효과적인 방법이고, 증수분으로 소득세율을 인하할 수 있다고 주장한다. 반대자는 부가가치세가 이론적으로는 매상세(sales tax)와 같고, 따라서 불공평하게 역진적(regressive)이며, 가장 여유가 없는 자에게 최대한으로 부담을 준다고 주장한다. 부가가치세의 구조는 예컨대 자동차의 조립회사는 매상세의 경우와 마찬가지로, 자동차조립용의 각 부품에 관하여, 그 구입가격에 일정한 비율을 곱한 부가가치세를 부품의 공급자에게 지급한다. 자동차가 완성품으로서 판매될 때에, 소비자는 앞선 단계에서 과세된 재료원가나 공급원가를 공제한 완성품원가에 대하여 부가가치세를 지급하게 된다.

이 결과, 2중과세(double taxation)는 회피하게 되고, 이 점이 구입총액에 대하여 균일세율이 부과되는 매상세와의 차이점이다.

vanilla 바닐라 ¶ The *vanilla* is a standard or conventional financial transaction, rather than one with esoteric or complex parameters, risk, or payoff profiles. Since *vanilla* transactions are common, they tend to feature the greatest liquidity and the narrowest bid-offer spreads. Also known as plain *vanilla*. 바닐라는 비범하거나 복합적인 변수, 리스 또는 이익분배의 측면이 있는 금융거래라기보다 오히려 표준적 내지 전통적인 금융거래이다. 바닐라 거래가 일반적으로 행해지므로, 거래는 최대의 유동성과 가장 협소한 호가(呼價)스프레드의 특질을 이루기 쉽다. 이는 또한 plain vanilla(단순한 바닐라)라고도 한다. ***vanilla bond*** 일반적인 고정금리채권 ¶ The *vanilla bond* is a straight bond, which derives from the meaning that the vanilla's sweet-smelling would taste ordinary. 바닐라채권은 일반적인 고정금리채권인데, 그 말은 바닐라의 고상한 맛이 보통의 맛을 낸다는 의미에서 나온 말이다.

Vanuatu currency 바누아투 화폐 ¶ vatu (VT) 바투.

variability 가격변동률, 배리어빌리티 → volatility (가격변동률, 볼라틸리티).

variable ⓐ 변하기 쉬운, 부정(不定)의 ¶ *variable* insurance 변액보험 /*variable* life insurance 변액생명보험 /*variable* overhead 변동제조간접비 /*variable* rate investment 변동금리투자 /*variable* rate mortgage 변동금리 모기지대출 ***variable annuity*** 변액연금보험 ¶ The *variable annuity* is a life insurance annuity contract whose value fluctuates with that of an underlying securities portfolio or other index of performance. The *variable annuity* contracts with a conventional or fixed annuity, whose rate of return is constant and therefore vulnerable to the effects of inflation. Income on a *variable annuity* may be taken periodically, beginning immediately or at any future time. The annuity may be a single-premium or multiple-premium contract. The return to investors may be in the form of a periodic payment that varies with the market value of the portfolio or a fixed minimum payment with add-on based on the rate of portfolio appreciation. See also single premium deferred annuity. 변액연금보험은 포트폴리오(portfolio)에 편성된 증권이나 지수(index)의 시장가치(market value)에 연동하여 연금의 가치도 변동하는 연금생명보험(life insurance annuity)을 이른다. 변액연금보험계약은 재래의 고정연금(fixed annuity)과는 대조적이다. 고정연금의 경우, 급여금이 고정되고 있으므로, 인플레이션에 대하여는 무방비하다. 변액연금은 정기적으로 수취할 수 있고, 수취를 바로 개시하여도 좋고, 장래의 특정한 시기에 설정할 수도 있다. 연금보험료(premium)는 일시지급계약이라도, 분할지급계약이라도 상관없다. 계약자에의 연금지급방법으로서는, 포트폴리오의 시장가치에 연동하여 정기적으로 지급하는 방식, 최저지급 연금액을 결정해 두고 포트폴리오의 투자성적에 따라 지급액을 추가하는 방식이 있다. single premium deferred annuity(일시지급과세순연연금보험)도 참조할 것. ~ ***cost*** 변동비용, 변동원가 ¶ *Variable cost* is cost that changes directly with the amount of production – for example, direct materials or direct labor needed to complete a product. 변동비용은 생산량과 직접 연동하여 변동하는 비용을 말한다. 예를 들면, 제품을 완성시키기 위해서 필요한 직접재료비나 직접노무비와 같은 것이다. ~ ***interest rate*** 변동금리 ¶ The *variable interest rate* is an interest rate on a loan that rises and falls based on the movement of an underlying index of interest rates. For example, many credit cards charge *variable interest rates*, based on a specific spread over the prime rate. Most home equity loans charge variable rates tied to the price rate. Also called adjustable interest rate. 변동금리는 지표금리에 연동하는 대출변동금리를 말한다. 예를 들면, 크레디트카드는 프라임레이트(prime rate)에 일정한 차익금(스프레드, spread)을 기초로 한 변동금리를 징구한다. 또, 많은 홈에퀴티 론(home equity loan)도 프라임레이트에 연동한 변동금리를 징구한다. adjustable interest rate(수정금리)라고도 한다. ~ ***life insurance*** 변액생명보험 ¶ The *variable life insurance* is an innovation in life insurance that allows policyholders to invest the cash value of the policy in stock, bond, or money market portfolios. Investors can elect to move from one portfolio to another or rely on the company's professional money managers to make such decisions for them. As in whole life insurance, the annual premium is fixed, but part of it is earmarked for the investment portfolio. The policyholder bears the risk of securities investments, meaning that cash values and death benefits will rise if the underlying investment do well and fall if the investments drop in value. *Variable life insurance* is different from universal life insurance. Universal life allows policyholders to increase or decrease premiums and change the death benefit. It also accrues interest at market-related rates on premiums over and above insurance charges and expenses. 변액생명보험이란 생명보험계약자가 보험의 저축부분을 주식이나, 채권(bond), 단기금융시장상품의 포트폴리오(portfolio)에 투자할 수 있는 혁신적인 생명보험(life insurance)이다. 당초 선택한 투자포트폴리오에서 다른 포트폴리오로 환승하는 것도, 또 보험회사의 자산운용매니저(portfolio manager)에게 그 결정을 맡길 수도 있다. 종신생명보험(whole life insurance)과 똑같이, 연간보험료(premium)는 고정되어 있지만, 그 일부가 증권운용에 돌려진다. 변액생명보험에서는, 증권투자의 리스크는 보험계약자(policyholder)가 부담하게 된다. 투자결과가 양호하면 보험금이나 사망급여금(death benefit)은 증가하고, 역으로 투자결과가 좋지 않으면 감소하게 된다. 변액생명보험은 유니버설생명보험(universal life insurance)과는 다르다. 유니버설의 보험계약자는 보험료를 증감한다든지, 사망급여금액을 변경한다든지 할 수가 있다. 또, 보험경비를 초과한 보험료에는 시장금리에 연동한 이자를 붙인다. ~ ***principal swap*** [영] 변액원금스왑 ¶ The *variable principal swap* is the general class of over-the-counter swaps with notional principal amounts that increase or decrease according to time or the movement of a reference index, generally interest rates. Payments made or received vary according to the movement of both the market reference and the notional size of the transaction. Also known as roller coaster. See also accreting swap; amortizing swap; index principal swap; mortgage swap; reverse index principal swap. 변액원금스왑은 시간 또는 참조지수(reference index), 일반적으로 금리(interest rates)의 움직임에 따라 증감하는 관념상의 원금액을 가지는 일반등급의 장외거래스왑을 말한다. 주고 받는 지급액은 시장참조지수와 거래의 관념상의 규모의 움직임에 따라 변한다. 이는 roller coaster(롤러코스터)라고도 한다. accreting swap(증가하는 스왑); amortizing swap (약정상환부 스왑); index principal swap(지수원금스왑); mortgage swap(모기지스왑); reverse index principal swap[역(逆)지수원금스왑]도 참조할 것. ~ ***rate*** 변동금리 → variable interest rate (변동금리). ~ ***rate certificate*** 변동금리형 CD ¶ The *variable rate certificate* is a certificate of deposit (CD) whose rate of interest is periodically adjusted in relation to some benchmark, such as the prime rate or a stock index. 변동금리형 CD란 이율은 프라임레이트(prime rate)나 주가지수(stock index)와 같은 기준으로 하여 정기적으로 변경되는 예금증서(certificate of deposit: CD)의 일종이다. ~ ***rate certificate of deposit*** [영] 변동금리부 예금증서 → floating rate certificate of deposit (변동금리부 예금증서).

~-rate demand note 변동금리요구출급증서 ¶ The *variable-rate demand note* is a note representing borrowings (usually from a commercial bank) that is payable on demand and that bears interest tied to a money market rate, usually the bank prime rate. The rate on the note is adjusted upward or downward each time the base rate changes. 변동금리요구출급증서는 요구가 있으면 상환하게 되는 (통상은 상업은행으로부터의) 차입을 나타내는 증서를 이른다. 금리는 단기금융시장(money market)의 이율(통상은 은행의 최상우대대출금리(prime rate)에 연동한다. 어음의 이율은 기준금리가 변할 때마다 오름세로 혹은 내림세로 수정된다. *~ rate mortgage (VRM)* 변동금리주택론 → adjustable rate mortgage (ARM) (변동금리모기지). *~ rate preferred stock* 변동배당률우선주 → adjustable rate preferred stock (ARPS) (변동배당률우선주).
n. 변수(變數)

variance 불일치, 차이, [통계] 분산 ¶ In accounting, a *variance* is a difference between actual cost and standard cost in the categories of direct material, direct labor, and direct overhead. A positive *variance* (when the actual cost is lower than the standard or anticipated cost) would translate into a higher profit unless offset by negative *variance* elsewhere. 회계에 있어서, 차이란 직접재료, 직접노동, 직접적 간접비(direct overhead)에 있어서의 실제의 원가와 표준원가(standard cost)와의 차이를 이른다. 적극적인 차이(실제의 원가가 표준원가 또는 예상원가보다 낮은 경우)란 소극적인 차이에 의하여 다른 곳에서 상계되지 않는 한 더 높은 이익으로 옮겨 갈 것이다. ¶ In finance, a *variance* is: (1) a difference between corresponding items on a comparative balance sheet and profit and loss statement. (2) a difference between actual experience and budgeted or projected experience in any financial category. For example, if sales were projected to be $2 million for a period and were actually $2.5 million, there would be a positive *variance* of $500,000 or 25%. 재무에 있어서, (1) 불일치란 비교대차대조표(balance sheet)와 손익계산서(profit and loss statement)상에서 대응하는 항목의 차이를 이른다. (2) 불일치란 모든 재무관련분야에서의 실적과 예산 혹은 견적과의 차이를 이른다. 예를 들면, 어느 기간에 200만 달러로 견적이 난 매상이 실제로는 250만 달러가 된 경우, 50만 달러 혹은 25%의 적극적인 차이가 나게 된다. ¶ In real estate, a *variance* is an allowed exception to zoning rules. If a particular neighborhood were zoned for residential use only, a person wanting to open a store would need to be granted a *variance* from the zoning board in order to proceed. 부동산에 있어서, 차이란 토지구획용도규칙에 대한 예외규정을 이른다. 특정한 주택지역이 주거용으로만 구분된 경우에, 점포를 개설하려고 하는 자는 토지구획위원회로부터 특례적 허가(variance)를 얻어야 한다. ¶ In statistics, a *variance* is a measure of the dispersion of a distribution. It is the sum of the squares of the deviation from the mean. See also standard deviation. 통계학에서 분산이란 통계적인 분포의 이산상황(離散狀況)의 척도를 말한다. 산술평균과 개개의 수치와의 차의 2제곱을 합계낸 것이다. standard deviation(표준편차)도 참조할 것. ***variance swap*** [영] 불일치스왑 ¶ The *variance swap* is an over-the-counter complex swap involving the exchange of the difference between the square of realized volatility and the square of implied volatility related to a defined market reference. Realized volatility is the floating volatility of the underlying reference index evident over the life of the transaction, while implied volatility is the fixed volatility rate contracted between buyer and seller at the start of the transaction. Since the contract is a nonlinear instrument it provides the purchaser with positive convexity (i.e., gains are larger when realized volatility is greater than implied volatility, and losses are smaller when the reverse occurs). *Variance swaps* are often used in the equity and foreign exchange markets. See also realized volatility swap. 불일치스왑은 실현가격변동성의 스퀘어와 일정한 시장자산과 관련되는 묵시적 가격변동성의 스퀘어간의 차이의 교환을 수반하는 장외거래의 복잡스왑이다. 실현가격변동성은 거래의 유효기간을 거치면서 명확해진 기초자산지수의 변동가격변동성인 데 대하여, 묵시적 가격변동성은 거래의 출발시에 매수인과 매도인간에 약정한 고정가격변동성이다. 계약은 비선형(非線型) 증권이기 때문에, 그것은 구매자에게 적극적 콘벡시티를 제공한다(즉, 실현가격변동성이 묵시적 가격변동성보다 큰 경우 이득(gains)은 더 크고, 그 반대인 경우가 일어나면 손실이 더 적다). 불일치스왑은 종종 주식시장과 외환시장에서 이용되기도 한다. realized volatility swap(실현가격변동성스왑)도 참조할 것.

variation 변화, 변동, 차(差) ¶ seasonal *variation* 계절변동 /Wide daily *variation* is exchange rate. 매일의 폭 넓은 변동이 환율이다. ***variation margin*** [영] 변동증거금 ¶ The *variation margin* is: (1) incremental security (generally cash, a letter of credit, or high-quality bonds) posted by the buyer or seller of an exchange-traded derivative contract once the maintenance margin level has been breached. If variation margin is not posted with the clearinghouse as required, the underlying contract is closed out. See also initial margin; clearing margin. (2) incremental security (generally cash) posted by a borrower under a margin loan agreement once the trigger level has been breached. 변동증거금은 일단 유지증거금수준이 무너지면 장내파생상품의 매수인이나 매도인이 공탁한 증가증권(incremental security)(일반적으로 현금, 신용장 또는 고품질의 채권)을 말한다. 만약 변동증거금이 필요하다면 청산기관에 공탁되지 않는 경우, 기초계약은 종결된다. initial margin(개시증거금); clearing margin(거래증거금)도 참조할 것. (2) 일단 트리거수준이 무너지면 증거금대출약정하에서 차입자가 공탁한 증가증권(일반적으로 현금)을 말한다.

VAT → value-added tax [약] 부가가치세

vatu 바투 ¶ The standard currency unit of Vanuatu (VT). 바누아투의 표준화폐 단위.

vault (지하)금고실, 귀중품보관실 ¶ a storage *vault* 보관금고 ***bank vault*** 은행의 보관실 ¶ The *bank vault* is an armored storage facility in the bank meeting minimum securities standards set by the Federal Reserve Board (Regulation P). It is used for storage or safekeeping of customer valuables in safe deposit boxes, a bank's portfolio of investment grade securities, such as Treasury bonds, and cash balances (vault cash) sufficient to meet daily cash needs. 은행의 보관실은 미연방준비제도이사회(레귤레이션 P)에서 정한 최소한의 증권기준을 맞추고 있는 은행의 철창을 두른 저장시설이다. 그것은 대금고 내에 고객의 귀중품, 미재무부 장기채권(Treasury bonds)과 같은 투자등급증권의 은행의 포트폴리오와 매일매일의 현금수요에 맞추기에 충분한 현금잔액

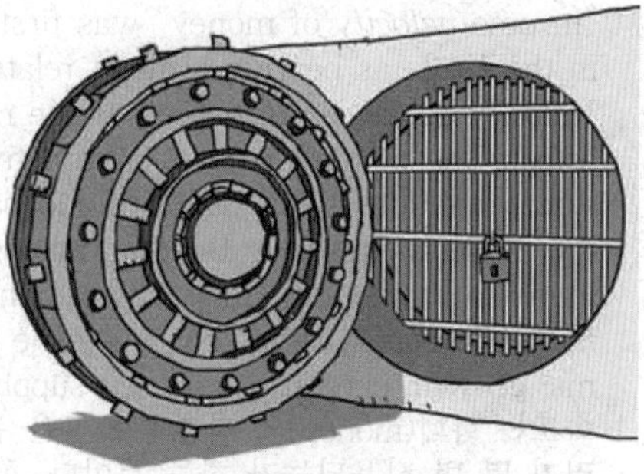

절대 안전한 은행 금고실

(지하보관실의 현금)을 저장 내지 예치하는 데에 이용된다. ~ ***cash*** 금고실내 현금, 소지현금 ¶ *Vault cash* is cash in a bank's vault that is used for day-to-day business needs, such as cashing checks for customers. On premises cash can be counted as a portion of bank legal reserves to meet reserve requirements of the Federal Reserve System. 은행금고실내 현금은 고객을 위해서 수표를 현금으로 바꾸는 것과 같은 매일매일의 영업상의 필요에 사용되는 은행금고실내의 현금을 말한다. 은행부지(敷地)내에서 현금은 미연방준비제도의 준비금요건의 지급준비율을 맞추기 위하여 은행의 법적 준비금의 일부로서 계산될 수 있다.

VEF (ISO) code Venezuela – currency bolivar. ¶ VEF (국제표준기구) 약호 베네수엘라 — 화폐 볼리바르(bolivar).

vega [영] 베가 ¶ The *vega* is the change in the value of an option for a change in volatility, with all other variables held constant. The *vegas* of the call option and put option are computed under the Black-Scholes Option pricing model (which are equivalent). 베가는 일정하게 유지되는 다른 모든 변수(variable)와 함께 가격변동성(volatility)의 변화를 위한 옵션가격의 변화를 말한다. 콜옵션(call option)과 풋옵션(put option)의 베가는 (동등한) 블랙-숄즈가격모형(Black-Scholes pricing model)에 의하여 계산된다. See also Black-Scholes option pricing model(블랙-숄즈옵션가격모형)도 참조할 것. ***vega pricing model*** 베가 프라이싱모형 → derivative pricing models (파생상품가격모형).

vehicle 수단, 매체(媒體), 전달수단 (*cf.*) instrument ¶ Latin was once the universal *vehicle* of culture. 라틴어는 예전부터 문화를 전달하기 위한 수단이었다. /a new cash investment *vehicle* [금융] 새로운 자금투자의 수단

VELDA SUE 과소자본소기업 사업강화 융자개발청 ¶ The *VELDA SUE* is an acronym for Venture Enhancement & Loan Development Administration for Smaller Undercapitalized Enterprises, a federal agency that buys small business loans made by banks, pools them, then issues securities that are bought as investments by large institutions. VELDA SUE는 **V**enture **E**nhancement & **L**oan **D**evelopment **A**dministration for **S**maller **U**ndercapitalized **E**nterprises의 머리글자에서 따온 약어로, 은행의 소액상업대출을 매입한 다음에, 그것을 대형금융기관이 투자대상으로서 구입하는 유가증권(security)을 발행하는 미연방기관의 하나이다.

velocity 유통속도 ¶ The *velocity* is a rate of spending, or turnover of money – in other words, how many times a dollar is spent in a given period of time. The more money turns over, the faster *velocity* is said to be. The concept of "income *velocity* of money" was first explained by the economist Irving Fisher in the 1920s as bearing a direct relationship to Gross Domestic Product (GDP). *Velocity* usually is measured as the ratio of GDP to the money supply. *Velocity* affects the amount of economic activity generated by a given money supply, which includes bank deposits and cash in circulation. *Velocity* is a factor in the Federal Reserve Board's management of monetary policy, because an increase in *velocity* may obviate the need for a stimulative increase in the money supply. Conversely, a decline in *velocity* might reflect dampened economic growth, even if the money supply holds steady. See also fiscal policy. 유통속도는 화폐(money)의 지출속도 혹은 유통의 회전율 — 즉, 어느 일정기간에 각 1달러가 몇 번 사용되는가 하는 것이다. 화폐의 회전율이 높으면 높을수록 유통속도가 빠르다고 말하게 된다. 「화폐의 소득속도」(income velocity of money)라는 개념은

국내총생산(gross domestic product: GDP)과 직접적 관계를 가지는 것으로서, 1920년대에 경제학자인 어빙 피셔(Irving Fisher)에 의하여 비로소 설명되었다. 유통속도는 통상 통화공급량(money supply)에 대한 국내총생산의 비율로서 표시된다. 유통속도는 은행예금 및 유통화폐를 포함하는 소여(所與)의 통화공급량에 따라 초래되는 경제활동의 규모에 영향을 준다. 유통속도는 미연방준비제도이사회의 금융정책(money policy)운영상 판단자료의 하나가 되어 있으나, 그것은 유통속도가 증가하면, 경기자극을 위하여 통화공급량을 증가할 필요가 없기 때문이다. 반대로, 통화공급량이 일정하여도, 유통속도가 저하한다면 경제성장은 둔화한다고 하는 것이다. ***velocity of money*** 통화유통속도 [화폐의 회전율(국민총생산 ÷ 통화공급량)을 나타낸다.] ¶ The *velocity of money* is a number of times that money balances turn over in the economy. According to the monetarist theory of economics, the *velocity of money* should be the principal objective of Federal Reserve monetary policy. The *velocity of money* is computed by dividing the nation's output of goods and services (Gross Domestic Product) by the total money supply (or circulating currency plus checking account deposits). *Velocity of money* is also influenced by interest rates. When the rates are low, people hold more money in cash; when the rates are rising, they put more money in interest paying investments. 통화유통속도는 화폐잔액을 경제에 회전시키는 회수를 이른다. 경제학의 통화주의자의 이론에 의하면, 통화유통속도는 미연방준비제도의 통화정책의 주요 목표가 되어야 한다. 통화유통속도는 한 나라의 재화와 서비스의 생산량(국민총생산량)을 총화폐공급량 (또는 유통통화 + 당좌예금계정)으로 나눔으로써 계산된다. 통화유통속도는 또한 금리에 의하여 영향을 받는다. 금리가 낮으면, 사람들은 더 많은 통화를 현금으로 가지고 있고, 금리가 올라가면 더 많은 통화를 이익을 지급하는 투자물(投資物)에 투자한다.

velvet [미속] 투기 등에서 얻은 돈(the winnings of a gambler), 깡그리 이득을 봄(a profit or gain beyond what is expected or due).

vendee 매수인 ¶ The *vendee* is a buyer, especially in a contract for the sale of real estate. vendee는 특히 부동산의 매매계약에서 매수인(buyer)을 말한다.

vender; vendor 매도인, 벤더 ¶ The *vendor* is: (1) a supplier of goods or services of a commercial nature; may be a manufacturer, importer, or wholesale distributor. For example, one component of the Index of Leading Indicators is vendor performance, meaning the rate at which suppliers of goods are making delivery to their commercial customers. (2) a retailer of merchandise, especially one without an established place of business, as in sidewalk vendor. 벤더는 영업으로서 재화나 서비스를 제공하는 자이다. 벤더는 생산자, 수입상, 유통업자도 될 수 있다. 예컨대, 선행지표(leading indicators)의 지수의 하나로 공급상황이 있으나, 이것은 공급자의 사업법인고객에 대한 출하(出荷)상황을 나타내고 있다. (2) 벤더는 상품의 소매업자이다. 특히 노점상(sidewalk vendor)과 같이 특정한 점포를 가지지 않는 자를 말한다.

Venezuela currency 베네수엘라 화폐 ¶ bolivar (VEF), divided into 100 centimos. 1 볼리바르(bolivar) = 100 센티모스(centimos).

venture 모험, 투기, 벤처, 투기적 사업 ¶ The *venture* is a business undertaking entailing a degree of risk. A business *venture* is an entrepreneurial activity in which capital is exposed to the risk of loss for the possibility of reaping a profit reward. 벤처는 어느 정도의 위험이 수반하는 사업착수를 말한다. 벤처사업은 자본이 이익보답의 획득가능성에 대한 손실의 위험이 노출되는 기업가의 활동이다. /a business *venture* 투기적 사업 /a commercial *venture* 상업적 사업 /a new *venture* 신사업 /a start-up *venture* 신규사업 /*venture* business 벤처 비즈니스 ***joint venture*** 공동사업, 조인트벤처 ¶ A *joint venture* is an agreement by two or more parties to work on a project together. Frequently, a *joint venture* will be formed when companies with complementary technology wish to create a product or service that takes advantage of the strength of the participants. A *joint venture*, which is usually limited to one project, differs from a partnership, which forms the basis for cooperation on many projects. 조인트벤처란 2인 이상의 당사자가 어느 사업에 공동으로 작업하는 계약이다. 자주, 보완적인 기술을 가지고 있는 기업들이 서로의 강점을 살린 제품이나 서비스를 만들고 싶은 경우에, 조인트벤처(합작회사)가 설립된다. 조인트벤처는 하나의 사업에 한정되는 일이 많고, 여러 가지의 사업분야에서의 협력관계의 기초를 이루는 기업제휴(파트너십)와는 다르다. ~ ***capital*** 벤처캐피탈, (모험적) 투하자본(risk capital) ¶ The *venture capital* is an important source of financing for start-up companies or other embarking on new or turnaround ventures that entail some investment risk but offer the potential for above average future profits; also called risk capital. Sources of *venture capital* include wealthy individual investors; subsidiaries of banks and other corporations organized as small business investment companies (SBICs); groups of investment banks and other financing sources who pool investments in venture capital funds or *venture capital* limited partnerships. The Small Business Administration (SBA) promotes *venture capital* programs through the licensing and financing of SBICs. Venture capital financing supplements other personal or external funds that an entrepreneur is able to tap, or takes the place of loans of other funds that conventional financial institutions are unable or unwilling to risk. 벤처캐피탈은 투자리스크를 수반하지만 장래 평균을 상회하는 이익을 올릴 수 있는 창업사업 혹은 신규사업이나 사업의 회생을 꾀하는 기업에 대해 보다 중요한 자금원(資金源)을 이른다. 이를 투하자본이라고도 한다. 부유한 개인투자자, 중소기업투자회사(small business investment companies: SBIC)로서 설립된 은행자회사 등의 기업, 투자자금을 모아서 벤처캐피탈펀드나 벤처캐피탈 리미티드 파트너십(venture capital limited partnership) 등의 풀(pool)을 조성하는 투자은행(investment bank) 등의 금융기관이 벤처캐피탈의 자금원이 된다. 중소기업청(Small Business Administration)은 중소투자회사의 인가나 융자를 통해서 벤처캐피탈제도를 추진하고 있다. 벤처캐피탈은 기업가(entrepreneur) 자신이 타진할 수 있는 개인적 혹은 외부의 자금조달원을 보충한다든지, 기존의 금융기관이 리스크를 입지 않거나 받지 않는 펀드로부터의 론을 인수한다든지 한다. ~ ***capital limited partnership*** 벤처캐피탈 리미티드 파트너십 ¶ The *venture capital limited partnership* is an investment vehicle organized by a brokerage firm or entrepreneurial company to raise capital for start-up companies or those in the early processes of developing products and services. The partnership will usually take shares of stocks in the company in return for capital supplied. Limited partners receive income from profits the company may earn. If the company is successful and goes public, limited partners' profit could be realized from the sale of formerly private stock to the public. This type of partnership differs from a research and development limited partnership in that R&D deals receive revenue only from the particular products they underwrite, whereas a venture capital partnership participates in the profits of the company, no matter what product or services is sold. See also entrepreneur; limited partnership; private equity fund. 벤처캐피탈 리미티드 파트너십은 가동(稼動)할 단계(start-up)

혹은 제품 또는 서비스의 개발초기단계에 있는 기업의 자본을 모으기 위하여, 증권회사 또는 사업육성회사에 의하여 조직된 투자매체(investment vehicle)이다. 이 파트너십은 통상 출자한 금액에 따라 투자대상기업의 주식(stock)을 수취하거나 또는 그 기업이 올린 이익에서 수입(收入)을 받는다. 그 기업이 성공하여 주식공개(going public)에 이르면, 투자자의 이익은 당초 비공개의 주식을 일반투자자(the public)에게 판매함으로써 실현된다. 투자를 한(underwrite) 제품이 낳는 수입만을 수취하는 연구개발투자파트너십(research and development partnership)과 달리, 이 파트너십은 제품 및 서비스의 종류에 불구하고, 투자한 기업의 수입이 배분된다. entrepreneur[기업가(起業家)]; limited partnership(리미티드 파트너십); private equity fund(프라이빗 에퀴티펀드)도 참조할 것.

venue [법] 소송원인발생지, 재판지(裁判地) ¶ The *venue* is the geographical district in which an action is tried and from which the jury is selected., 재판지는 소송이 심리되고 배심이 선발되는 지리적 구역이다.

verbal 구두(口頭)의 ¶ a *verbal* agreement 구두계약 /a *verbal* commitment 구두약속

verbally 구두로 ¶ Usually foreign exchange business is transacted *verbally*. 통상 외국환은 구두로 거래된다.

verify 확인하다, 증거를 세우다 ¶ The driver's statement was *verified* by an eyewitness. 운전자의 진술은 목격자에 의해 확증되었다.

verification 조회, 검증 ¶ *verification* of an account 계좌의 조회 /*verification* of a seal impression 인감조회 /*verification* of a signature 서명조회

verso 화폐의 이면(裏面)(reverse) (*cf.*) obverse 화폐의 표면(face)

versus …대(對), …에 대한 [약] v. vs.

vertical 수직의 (*cf.*) horizontal 수평의 ¶ *vertical* amalgamation [consolidation] 수직적 합병(合倂)[원료기업과 제조기업 등의] /*vertical* combination 수직적 결합 /*vertical* international specialization 수직적 국제분업 /*vertical* spread 상이한 행사가격의 동종류의 옵션을 동시에 매매하는 경우 ***vertical analysis*** 수직적 분석 → common size statement (백분율재무제표). ~ ***line charting*** 수직선 차트 ¶ The *vertical line charting* is a form of technical charting on which the high, low, and closing prices of a stock or a market are shown horizontal mark. Each vertical line represents another day, and the chart shows the trend of a stock or a market over a period of days, weeks, months, or years. Technical analysts discern from these charts whether a stock or a market is continually closing at the high or low end of its trading range during a day. This is useful in understanding whether the market's action is strong or weak, and therefore whether prices will advance or decline in the near future. See also technical analysis. 수직선 차트는 주식이나 시장의 고가(high), 저가(low), 종가(closing price)를 하나의 종선(縱線)상에서 나타내고, 짧은 가로대(橫棒)의 위치가 종가를 나타내는 괘선(罫線)의 일종이다. 이 괘선은 하나의 종선이 1일의 가격움직임을 표시하고, 수일간 수주간, 수개월간 혹은 수년간에 걸쳐서 특정한 주식(stock)이나 시장(market)의 가격움직임을 나타낸다. 테크니컬 애널리스트는 이러한 괘선에서, 주식이나 시장이 그 날의 가격폭의 고가 혹은 저가로 종가를 맞이할 것을 통찰한다. 이것은 시장의 움직임이 강세인지 약세인지, 따라서 가까운 장래에 가격이 상승할 것인지 또는 하락할 것인지를 아는 데에 도움이 된다. technical analysis(테크니컬 분석)도 참조할 것. ~ ***integration*** 수직적 통합 ¶ The *vertical integration* is a company's

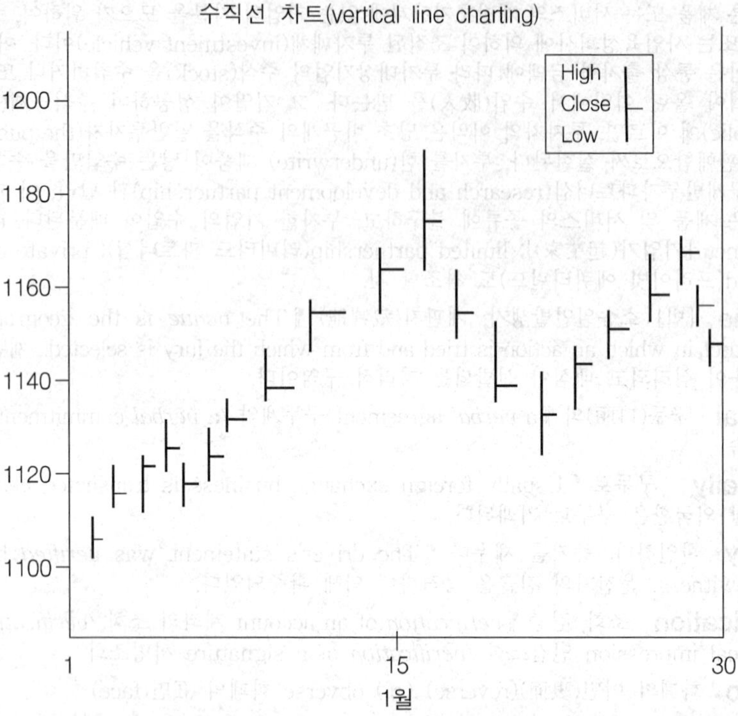

domination of a market by controlling all steps in the production process, from the extraction of raw materials through the manufacture and sale of the final product. Contrast with horizontal integration. 수직적 통합이란 원재료의 추출에서 최종제품의 제조와 판매를 통해서 생산과정의 모든 단계를 관리함으로써 회사가 시장을 지배하는 경우이다. 수평적 통합(horizontal integration)과 대조할 것. ~ ***merger*** 수직적 합병 ¶ The *vertical merger* is a merger between a company that supplies goods and services and a company that buys those goods and services. For example, if a publishing company buys a paper producer, it is considered a *vertical merger* because the publisher buys large amounts of paper. In some cases, *vertical mergers* may be challenged by the government if they are found to violate Antitrust Laws. See also merger. 수직적 합병은 특정한 재화나 서비스를 판매하는 회사와 그러한 것을 구입하는 회사와의 합병을 이른다. 예컨대, 출판사는 대량의 종이를 구입하는 것이므로, 출판사가 제지회사를 매수(買收)하면, 그것은 수직적 합병이라고 생각된다. 독점금지법(Antitrust laws)에 위반한다고 보며, 정부로부터 규제되는 경우도 있다. merger(흡수합병)도 참조할 것. ~ ***spread*** 버티컬 스프레드 ¶ The *vertical spread* is an option strategy that involves purchasing an option at one strike price while simultaneously selling another option of the same class at the next higher or lower strike price. Both options have the same expiration date. For example, a *vertical spread* is created by buying an XYZ May 30 call and selling an XYZ May 40 call. The investor who buys a *vertical spread* hopes to profit as the difference between the option premium on the two option positions widens or narrows. Also called a price spread. See also option premium. 버티컬 스프레드는 특정한 행사가격(option price)으로 옵션

(option)을 매수하고, 동시에 행사가격이 높거나 낮은 가격으로 동일한 종류(class)의 옵션을 매도한다고 하는 옵션전략을 이른다. 어떤 옵션도 행사기한(expiration)은 동일하다. 예컨대, 5월한월(限月)의 XYZ사의 주식의 콜옵션(call option)을 행사가격 30달러로 매입하여, 동시에 5월한월 XYZ사의 주식의 콜옵션을 행사가격 40달러로 매도한다. 버티컬 스프레드전략을 취하는 투자자는 2개의 옵션의 옵션료의 차액이 변동하는 것에서 이익을 얻으려고 한다. 이를 프라이스스프레드(price spread)라고도 한다. option premium(옵션프리미엄)도 참조할 것.

vessel 선박, 배 ¶cargo *vessel* 화물선 /merchant *vessel* 상선(商船) /passenger *vessel* 여객선

vested 기득(既得)의 ¶a *vested* right 기득권, 확정적 권리 ***vested interest*** 기득권 ¶In law, the *vested interest* is an interest in something that is certain to occur as opposed to being dependent on an event that might not happen. In general usage, an involvement having the element of personal gain. See also vesting. 법에서, 기득권이란 일어날지 안 일어날지가 불명한 상황에 의존하는 사태에 대하여, 반드시 일어나는 사태에 관하여 가지는 이권(利權)을 말한다. 일반적으로는, 개인적인 이해가 관련되는 사항이다. vesting[수급권(受給權)부여]도 참조할 것.

vesting 수급권(受給權) 부여 ¶The *vesting* is a right an employee gradually acquires by length of service at a company to receive employer-contributed benefits, such as payments from a pension fund, profit-sharing plan, or other qualified plan or trust. Employees must be vested 100% after five years of service or at 20% a year starting in the third year and becoming 100% vested after seven years. 수급권(受給權) 부여는 연금기금(pension fund), 이익분배제도(profit-sharing plan) 기타의 적격신탁(qualified plan or trust)으로부터의 지급과 같이 종업원이 근무기간 중에 고용자로부터 점차 부여받는 권리이다. 종업원은 5년간 근무한 시점에서 100%, 혹은 3년 후에 20% 또한 7년간의 근무후의 특전을 부여받아야 한다.

Veteran Affairs (VA) mortgage 퇴역군인 주택론(loan) ¶The *Veteran Affairs (VA) mortgage* is a home mortgage loan granted by a lending institution to qualified veterans of the U.S. armed forces or to their surviving spouse and guaranteed by the Department of Veteran Affairs (VA). The guarantee reduces risk to the lender for all or part of the purchase price on conventional homes, mobile homes, and condominiums. Because of this federal guarantee, banks and thrift institutions can afford to provide 30-year *VA mortgages* on favorable terms with a relatively low down payment even during periods of tight money. Interest rates on *VA mortgages*, formerly fixed by the Department of Housing and Urban Development together with those on Federal Housing Administration (FHA) mortgages, are now set by the VA. *VA mortgages* comprises an important part of the mortgage pools packaged and sold as securities by such quasi-government organizations as the Federal Home Mortgage Corporation (Freddie Mac) and the Government National Mortgage Association (Ginnie Mae). 퇴역군인 주택론(loan)은 유자격의 퇴역군인 및 남은 배우자에 대하여 대출기관이 실행하는 주택론이고, 퇴역군인사업청(Department of Veteran Affairs: VA)이 보증하는 것이다. 이 보증에 의하여 전통적 주택, 모빌홈(mobile homes)(이동주택), 콘도미니엄(분양맨션)의 구입가격의 전액 또는 일부에 대한 대출기관의 리스크가 경감된다. 이러한 미국정부에 의한 보증 때문에, 은행 및 저축금융기관은 금융핍박(tight money)시에도, 상대적으로 낮은 계약금으로 유리한

조건의 퇴역군인용 30년론(30-year Veterans Affairs mortgages)을 제공할 수 있다. 퇴역군인 주택론(mortgages)의 이율은 이전에는 주택개발청(Department of Housing and Urban Development)에 의하여 미연방주택청(Federal Housing Administration: FHA)의 주택론과 마찬가지로 결정되고 있었으나, 현재는 퇴역군인사업청이 결정하고 있다. 퇴역군인 주택론은 미연방주택금융모기지공사(Federal Home Mortgage Corporation: Freddie Mac)나 정부주택모기지협회(Government National Mortgage Association: Ginnie Mae)와 같은 반관반민기업(quasi-government organizations)이 한데 모아 유가증권으로서 매출 주택론풀(mortgage pool)의 중요한 일부분을 이룬다.

V formation V자형 ¶ The *V formation* is a technical chart pattern that forms a V. The V pattern indicates that the stock, bond, or commodity being charted has bottomed out and is now in bullish (rising) trend. An upside-down (inverse) V is considered bearish (indicative of a falling market). See also bottom; technical analysis. V자형은 V자형을 이루는 테크니컬 차트패턴[technical chart pattern, 괘선(罫線)]을 이른다. 주식(stock), 채권(bond), 상품(commodity)이 바닥을 치고(bottom out), 현재는 상승기조(오름세)에 있음을 나타낸다. 역(逆)V자형(inverse V)은 선행의 약세(내림세의 표시)를 나타내고 있다고 생각된다. bottom(밑바닥); technical analysis(테크니컬 분석)도 참조할 것.

V자형(V formation)

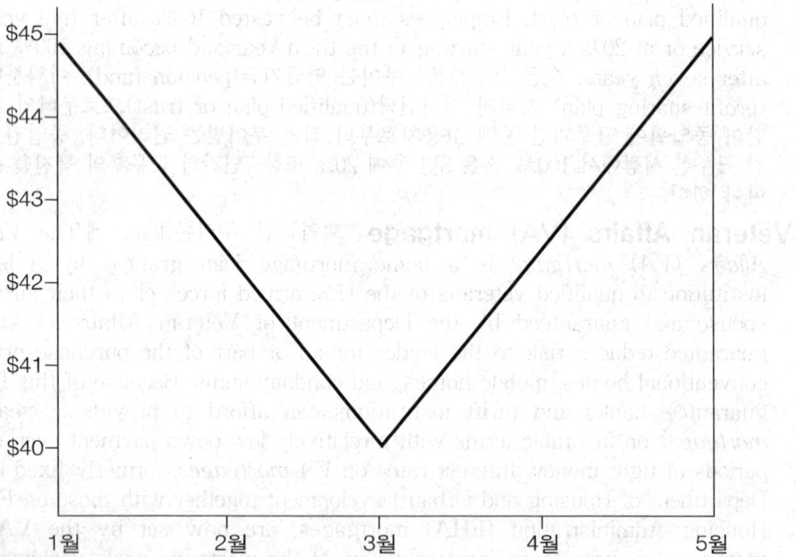

viability 생존능력, 실행가능성 ¶ *Viability* is a term used to denote the power a new-born child possesses of continuing its independent existence. 생존능력은 신생아가 그 독립된 실체를 가지는 힘을 표현하기 위하여 사용되는 용어이다.

viable 생활력 있는 ¶ new *viable* country 신흥국 /a *viable* unit 자립경영체 /a *viable* alternative 실행가능한 대안

vice 악, 결함, 하자(瑕疵) ***vice propre*** [프] 고유의 하자, 잠재하자(潛在瑕疵) ¶ A thing that originally has nature or characteristic often causes damage to the thing. Its nature or characteristic is called *vice propre*; also referred as to inherent vice. 어느 물건이 본래 가지고 있는 성질 내지 특성 때문에 간혹 그 물건에 손해를 미치는 경우가 있다. 그러한 성질 내지 특성을 고유의 하자라고 한다. 이를 또한 내재적 하자(inherent vice)라고도 한다.

vicious 적당치 않은, 잘못된, 위험한 ¶a *vicious* circle 악순환 /*vicious* [runaway] inflation 악성인플레이션

Vienna Stock Exchange (VSX) 비엔나증권거래소 ¶The *Vienna Stock Exchange* (*VSX*) is one of the world's oldest exchanges, established in 1771, it now handles about half of all Austrian share trading using an electronic dealing system. 비엔나증권거래소는 세계에서 가장 오래된 증권거래소의 하나로, 1771년에 설치되었고, 이 증권거래소는 전자환 거래시스템을 이용하여 모든 오스트리아의 주식거래의 반을 취급하고 있다.

Vietnam currency 베트남 화폐 ¶dong, divided into 100 xu. 1 동(dong) = 100 수(xu).

VIFER 바이퍼 ¶The *VIFER* is an exchange-traded fund (ETF) whose underlying asset is one of the many index funds of the Vanguard Group. Acronym is Vanguard Index Participation Receipts. *VIFERs* are traded on the American Stock Exchange. 바이퍼는 기초자산(underlying asset)이 뱅가드 · 그룹(Vanguard Group)의 많은 인덱스펀드의 하나인 상장지수펀드(exchange-traded fund: ETF)를 이른다. 두자어(頭字語, acronym)는 Vanguard Index Participation Receipts이다. 바이퍼는 아메리칸증권거래소(AMEX)에서 거래되고 있다.

violation 위반, 방해 ¶act in *violation* of … …에 위반하여 행동하다 /a *violation* of an agreement [a contract, the regulation] 합의[계약, 규칙]의 위반 /a *violation* of the terms of … …의 조항의 위반

violence 폭력, 불법행위 ¶For every *violence*, there is a victim. 모든 폭력에는 피해자가 있기 마련이다. /*Violence* begets *violence*. 폭력은 폭력을 낳는다.

virtual bank 버츄얼뱅크, 온라인은행 ¶The *virtual bank* is a Web site that provides the consumer and business services available at a walk-in bank. 버츄얼뱅크는 은행의 창구에서 받을 수 있는 서비스를 고객이나 기업에 대하여 제공하는 인터넷상의 홈페이지(Web site)이다.

visible 볼 수 있는, 보이는, 유형의 ¶*visible* import and export 유형의 수입과 수출 /*visible* trade balance 무역수지 ***visible supply*** 발행예정 ¶The *visible supply* is a dollar volume of municipal bonds scheduled to be issued over the coming month. Municipal bond investors, analysts, traders, and investment bankers watch the *visible supply* to determine whether the coming month might provide a good opportunity to buy bonds, sell bonds, or float a new bond issue. A large amount of new issues might depress bond prices and make it difficult to float a new issue. Conversely, a small amount of new issues may help bond prices and make it easier to float a new issue. The *visible supply*, also known as the calendar or the 30-day *visible supply*, is compiled by The Bond Buyer. 발행예정은 다음 달의 지방채(municipal bond)의 발행예정액을 이른다. 지방채의 투자자, 애널리스트(analyst), 트레이더(trader)나 투자은행(investment banker)은 발행예정을 보고, 다음 달이 채권매매나 신규채권발행이 좋은 기회인가를 확인한다. 발행량이 많으면 채권의 가격이 내려가서, 신발채(新發債)의 발행이 어려워진다. 역으로, 발행량이 적으면 채권가격을 밀어올려서 신발채의 발행이 용이하게 된다. 발행예정은 calendar

또는 thirty-day visible supply라고도 하며, 본드 바이어(The Bond Buyer)지(誌)가 발표한다. ~ ***trade*** 유형무역 (*cf.*) invisible trade 무역외수지(收支) ¶ *Visible trade* is trade in goods. 유형무역은 상품무역을 이른다.

vis major (L) 불가항력(force majeure) ¶ *Vis major* is literally, "overpowering force;" an unavoidable calamity or catastrophic event that can impact the financial profit of a firm, causing it to seek risk transfer solutions through insurance, reinsurance, or derivatives. See also force majeure. 불가항력은 문자그대로 「압도적인 힘」(overpowering force)이다. 기업의 재산적 이익에 영향을 미칠 수 있는 불가피한 재난이거나 파국적인 사태이며, 그것은 보험, 재보험 또는 파생상품을 통하여 위험이전해결책(risk transfer solutions)을 찾게 하는 원인이다. force majeure(불가항력)도 참조할 것.

VIX index 빅스지수(指數) ¶ *VIX index* is short for the Chicago Board Options Exchange (CBOE) Volatility Index, which measures traders' expectations of volatility in the stock market by tracking bid/ask quotas on the Standard & Poor's 500 Stock Index. The VIX is determined by a complex formula based on the assumption that, other things being equal, options will trade at higher prices when expected volatility rises. The CBOE terms the VIX an "investor fear gauge." It has a mixed record of forecasting market trends, however, and some contrarians believe a high VIX reading presages a bull market and a low reading a bear market. 빅스지수란 시카고옵션거래소(Chicago Board Option Exchange)(CBOE)의 가격변동성지수(volatility index)의 약어이고, 이것은 스탠더드 앤드푸어스 500종목 주가지수의 매매가격에서 계산하여 트레이더가 예상하는 가격변동성지수를 말한다. VIX지수는 다른 조건이 동일하다면 예상 가격변동성지수가 상승할 때에는 옵션가격은 높게 된다는 가정 하에서 복잡한 공식에 따라 결정된다. 시카고옵션거래소(CBOE)는 빅스지수를 「투자자공포지수」(investor fear gauge)의 이름으로 부른다. 그러나 빅스는 시장동향을 예상한다는 점에서는 뒤섞인 결과를 보이고 있다. 반대의 사고를 가진 주식투자자(contrarians) 중에는 빅스지수가 높으면 강세시장(bull market), 낮으면 약세시장(bear market)의 징조라고 믿고 있는 사람도 있다.

VLCC → **v**ery **l**arge **c**rude oil **c**arrier [약] (20만톤급의) 초대형 유조선(油槽船)

voice 음성, 목소리 ¶ *voice* response 음성응답 /charming *voice* 매력적인 목소리

void ⓐ (계약 등이) 무효인, 공허한, 결여한, (수표 등을 구멍 뚫는 도구로) 희게 하여 무효로 한 (*cf.*) valid 유효한 ¶ The word *void* means deprived of legal force or effect, as a contract. void(무효인)라는 말은 계약(contract)으로서의 법적 효력을 박탈하는 것을 의미한다.

ⓥ 무효로 하다

voidable 취소할 수 있는 ¶ The word *voidable* means a contract that can be annulled by either party after it is signed because fraud, incompetence, or another illegality exists or because a right of rescission applies. voidable(취소할 수 있는)이라는 말은 계약에 서명 후라도 사기, 무능력, 또는 기타 위법성이 존재하거나 혹은 철회권(right of rescission)이 행사된다면 당사자의 일방이 취소할 수 있는 계약을 의미한다.

volatile 휘발성의, 폭발하기 쉬운, 불안정한, 변동성이 높은 ¶ The word *volatile* means tending to rapid and extreme fluctuations. The term is used to describe the size and frequency of the fluctuation in the price of a particular stock, bond, or commodity. A stock may be *volatile* because the outlook for the company is particularly uncertain, because there are only a few shares outstanding (see also thin market), or because of various other reasons. Where the reasons for the variation have to do with the particular security as distinguished from market conditions, return is measured by a concept called alpha. A stock with an alpha factor of 1.25 is projected to rise in price by 25% in a year on the strength of its inherent values such as growth in earnings per share and regardless of the performance of the market as a whole. Market-related volatility, also called systematic risk, is measured by beta. See also duration. volatile(변동성이 높은)이라는 말은 급속하고도 대폭적인 경향을 이른다. 이 말은 어느 특정한 주식, 증권, 혹은 상품의 가격이 변동폭이나 변동이 일어나는 빈도를 나타내는 데에 사용된다. 주가가 크게 변동하는 것은 그 회사의 장래 전망이 불확실하다든지, 발행주식이 적다든지, 기타 여러 가지의 이유에 연유한다. 가격변동의 이유가 시장 전체의 동향과는 관계없이 특정한 증권에만 관계하고 있는 경우, 그 투자이율은 알파(alpha)라고 하는 개념으로 계산할 수 있다. 예를 들면, 알파치(値)가 1.25인 주식은 1주당 이익(earnings per share)의 성장, 그 주식 독자의 요인이기 때문에, 시장의 동향에도 불구하고, 1년에서 25%의 가격상승이 기대된다. 한편, 시스테마틱 리스크(systematic risk)라고도 하는 시장과 관련되는 가격변동률은 베타치(beta)로 측정된다. duration(듀레이션)도 참조할 것. /*volatile* market 가변(可變)시장

volatility 장래의 가격변동성 ¶ *Volatility* is characteristic of a security, commodity, or market to rise or fall sharply in price within a short-term period. Also called variability. A measure of the relative *volatility* of a stock to the overall market is its beta. See also risk; volatile. 가격변동성은 증권(security), 상품(commodity) 또는 시장가격이 단기간에 변동하는 특성을 말한다. 이를 variability라고도 한다. 특정한 주식의 시장 전체에 대한 상대적 가격변동률을 나타내는 것이 베타(beta)치(値)이다. risk(리스크); volatile(변동성이 높은)도 참조할 것. /*volatility* of interest rate 금리의 가변성(可變性) ***volatility index (VIX)*** [영] 가격변동성지수 ¶ The *volatility index* (*VIX*) is an index that is used in the option market that reflects the price movement of an equity index. The *VIX*, which is managed by the Chicago Board Options Exchange, is often used as a proxy of risk aversion, with a high *VIX* level representing market fear and risk aversion, and a low *VIX* level representing market confidence and expanded risk appetite. The value of the *VIX* is obtained through a weighted average of implied volatilities, and results in an estimate of future volatility. 가격변동성지수는 주가지수의 가격변동을 나타내는 옵션시장에서 이용되는 지수를 말한다. 가격변동성지수는 시카고옵션거래소(Chicago Board Options Exchange)에서 운영하지만, 시장불안을 나타내는 높은 가격변동성지수의 수준과 시장신뢰와 확대 리스크 선호(risk appetite)와 함께 리스크의 대용물(proxy)로서 이용된다. 가격변동성지수의 가치는 묵시적 가격변동성의 가중평균치를 통해서 얻어지고, 결과적으로 장래의 가격변동성의 예측으로 나온다. ~ ***strategy*** [영] 가격변동성 전략 ¶ The *volatility strategy* is an option strategy that seeks to take advantage of changes in implied volatility or historical volatility, rather than market direction. Common *volatility strategies* include straddles, strangles, butterfly spreads, condor spreads, calendar spreads, backspreads, and ratio vertical spreads. Similar strategies can be created through volatility swap. 가격변동성 전략은 시장의 방향성보다 오히려 묵시적 가격 변동성 또는 과거의 가격변동성의 변화를 이용하려고 하는 옵션전략을 말한다. 일반적인 가격변동성 전략에는 스트래들(straddles), 스트랭글(strangles), 버터플라이 스프레드(butterfly spread), 레이쇼 버티컬스프레드(ratio vertical spread)가 포함된다. 유사한 전략에는 가격변동성 스왑을 통해서 창출될 수 있다. ~ ***swap*** [영] 가격변동성스왑 ¶ The *volatility swap* is a general class of over-the-counter swaps involving the exchange of realized (actual) volatility of an underlying reference for fixed volatility. *Volatility swaps* provide a mechanism for directly participating in, or protecting against, asset or market movement, obviating the need for indirect participation using options. *Volatility swaps* generally have maturities ranging from 6 months to 5 years, and can be structured in the form of realized *volatility swaps* and variance swaps. 가격변동성스왑은 고정적 가격변동성을 위한 기초자산의 실현[실제]가격변동성의 교환을 수반하는 일반종류의 장외거래의 스왑이다. 가격변동성스왑은 자산이나 시장변동에 직접 참여한다든지 또는 이들을 보호한다든지, 옵션을 이용함으로써 간접 참여할 필요를 제거하기 위한 메커니즘을 제공한다. 가격변동성스왑은 일반적으로 6월에서 5년에 이르는 만기를 가지고 가격변동성스왑과 불일치스왑(variance swap)의 형태로 구조화될 수 있다.

volume 매매총액, 거래총액, 생산량 ¶ *Volume* is total number of stock shares, bonds, or commodities futures contracts traded in a particular period. *Volume* figures are reported daily by exchanges, both for individual issues trading and for the total amount of trading executed on the exchange. Technical analysts place great emphasis on the amount of *volume* that occurs in the trading of a security or a commodity futures contract. A sharp rise in *volume* is believed to signify future sharp rises or falls in price, because it reflects increased investor interest in a security, commodity, or market. See also technical analysis; turnover. 거래총액은 일정기간에 거래되는 주식(stock), 채권(bond), 또는 상품선물계약(commodity futures contract)의 거래량의 총수이다. 개개의 종목 및 거래소 전체의 거래총액은 거래소에 의하여 매일 공표된다. 테크니컬 애널리스트(technical analyst)는 증권이나 상품선물계약의 거래총액에 주목한다. 거래총액의 급격한 증가는 상품, 증권(security) 혹은 시장에 대한 투자자의 관심이 높은 것을 나타내기 때문에, 가까운 장래 가격이 급등하거나 급락한다고 생각되고 있다. technical analysis(테크니컬 분석); turnover(자금의 회전율)도 참조할 것. /New York S.E. *volume* 뉴욕증권거래소의 거래총액 ***volume deleted*** 거래량삭제 ¶ The *volume deleted* is a note appearing on the consolidated tape, usually when the tape is running behind by two minutes or more because of heavy trading, that only the stock symbol and the trading price will be displayed for transactions of less than 5000 shares. 거래량삭제는 취급이 많기 때문에 테이프의 표시가 2분이상 지체되는 경우에, 거래량이 5,000주미만의 주식(stock)에 관하여는 주식기호(stock symbol)와 거래가격만이 표시하는 것을 의미한다고 하는 콘솔리데이티드 테이프(consolidated tape)에 기재되는 주기(注記)이다. ~ ***discount*** 수량할인 ¶ *Volume discount* is any reduction in price based on the purchase of a large quantity. 수량(數量)할인은 대량구입에 대한 가격을 깎는 것이다. ~***-weighted average price (VWAP)*** 거래량 가중평균가격 ¶ The *volume-weighted average price* (*VWAP*) is the price at which the majority of trading in a given stock took place on a given day. It multiplies the price by the shares traded for each transaction and divides the total transaction value by the total shares traded for the day. Pension plans managers reason that if the price of a buy trade is lower than the *VWAP*, it is a good trade, if higher, a bad trade. 거래량 가중평균가격은 특정한 거래일에 있어서 특정한 주식의 거래가격 중에서 가장 많은 주가를 말한다. 그것은 그 날에 거래된 거래마다의 주수(株數)를 주가로 곱해서 총매매대금

을 산출하고, 그것을 그 날의 거래량으로 나누어 산출한다. 연금기금의 운용담당자는 매입가격이 거래량 가중평균가격(VWAP)을 하회하고 있으면 좋은 매수였다고 판단하고, 역으로 상회하면 잘 되지 않은 매수였다고 판단한다.

voluntary 자유의지의, 임의(任意)의 ¶ *voluntary* adjustment 자주조정 /*voluntary* bankruptcy 자발적 신청파산, 임의파산 /*voluntary* export restraint 수출자율규제 /*voluntary* reserve 임의적립금 /*voluntary* restriction on export 수출자율규제 ***voluntary accumulation plan*** 임의적립 플랜 ¶ The *voluntary accumulation plan* is a plan subscribed to by a mutual fund shareholder to accumulate shares in that fund on a regular basis over time. The amount of money to be put into the fund and the intervals at which it is to be invested are at the discretion of the shareholder. A plan that invests a set amount on a regular schedule is called a dollar cost averaging plan or constant dollar plan. 임의적립 플랜은 장기간에 걸쳐서 뮤추얼펀드(mutual fund)를 정기적으로 매증(買增)한다고 하는 플랜이다. 투자금액과 빈도는 투자자(investor)의 재량에 따른다. 결정된 금액을 정기적으로 투자하는 플랜은 달러코스트평균법(dollar cost averaging, constant dollar plan)이라고 한다. ~ ***bankruptcy*** 자발적인 파산, 임의파산 ¶ The *voluntary bankruptcy* is a legal proceeding that follows a petition of bankruptcy filed by a debtor in the appropriate U.S. district court under the Bankruptcy Act. Petitions for *voluntary bankruptcy* can be filed by any insolvent business or individual, except a building and loan association or a municipal, railroad, insurance, or banking corporation. See also Bankruptcy Abuse Prevention and Consumer Protection Act of 2005. 자발적인 파산은 파산법(Bankruptcy Act)에 따라, 미국의 관할권 있는 지방법원에 대하여 채무자(debtor)가 신청하는 파산(bankruptcy)신청을 받아 행해지는 법절차를 이른다. 자발적인 파산은 저축대출조합, 지방공공단체, 철도회사, 보험회사, 은행을 제외하고, 모든 지급능력이 없는 기업 또는 개인이 신청한다. Bankruptcy Abuse Prevention and Consumer Protection Act of 2005(2005년의 파산남용방지 및 소비자보호법)도 참조할 것. ~ ***liquidation*** 임의청산, 임의정리 ¶ *Voluntary liquidation* is liquidation approved by a company's shareholders, as opposed to involuntary liquidation under Chapter 7 Bankruptcy. In the United Kingdom, a distinction is made between creditors' voluntary liquidation (or winding-up), which requires insolvency, and members' voluntary liquidation (or winding-up), which requires a declaration of solvency. See also voluntary bankruptcy. 임의청산은 파산법 제7장(Chapter 7)에 의한 강제청산(involuntary liquidation)과 달리, 주주(shareholder)에게 승인받은 청산(liquidation)절차이다. 영국에서는, 지급능력(insolvency)을 요건으로 하는 채권자(creditor)에 의한 임의청산과, 지급할 수 있는 선언을 요건으로 하는 구성원에 의한 임의청산을 구별된다. voluntary bankruptcy(자발적인 파산)도 참조할 것. ~ ***plan*** 임의플랜 ¶ *Voluntary plan* is short for voluntary deductible employee contribution plan, a type of pension plan where the employee elects to have contributions (which, depending on the plan, may be before- or aftertax) deducted from each paycheck. voluntary plan(임의플랜)은 임의공제종업원 출연플랜(voluntary deductible employee contribution plan)의 약자로, 종업원이 자주적으로 급여에서 출연금을 공제하는 (세금공제전인지 후인지는 플랜에 따른다.) 연금플랜을 말한다. ~ ***settlement*** 무상계승적 부동산처분 ¶ A *voluntary settlement* is a settlement of property upon a wife or other beneficiary, made gratuitously or without valuable consideration. 무상계승적 부동산처분은 처 또는 다른 수익자에게 무상으로 혹은 유가약인(有價約因)없이 행해지는 재산의 승계적 설정을 말한다.

Vorstand [독] 이사회(board of directors) ¶ The *Vorstand* is management board of a German corporation. Vorstand는 독일주식회사의 운영이사회이다. See also Aufsichtsrat. 독일의 주식회사의 경영위원회이다. Aufsichtsrat(감사회)도 참조할 것.

vostro (L) 상대방(their)의 (*cf.*) nostro 당방의(한 은행이 다른 환거래은행에 개설한 당좌예금계정) ***vostro account* [*a/c*]** 상대방당좌계정(their account)(다른 환거래은행이 자기 은행에 개설한 당좌예금계정) ¶ The *vostro account* is an account used by a bank to describe a demand deposit account maintained with it by a bank in a foreign country. It is the nostro account of the other bank, and is used primarily to arrange foreign exchange transfers between the respective banks. 상대방계정이란 외국의 은행이 유지하는 요구출급예금계정(demand deposit account)을 나타내기 위하여 은행이 사용하는 계정을 말한다. 그것은 다른 은행의 당행당좌계정(nostro account)이고, 주로 상대방 은행간에 외국환이체를 설정하는 데 사용된다.

voting 투표, 투표권행사 ***voting right* [*power*]** 투표권, 의결권 ¶ The *voting right* is a right attending the ownership of most common stock to vote in person or by proxy on corporate resolutions and the election of directors. See also nonvoting stock. 의결권은 대부분의 주식에 부대하는 권리로, 본인 자신 혹은 위임장(proxy)에 의하여, 회사의 결의나 임원의 선출을 위하여 투표할 수 있는 권리이다. nonvoiting stock(무의결권주)도 참조할 것. ~ ***stock* [*share*]** 의결권주 (*cf.*) nonvoting stock [share] 무의결권주식 ¶ The *voting stock* is shares in a corporation that entitle the shareholder to voting and proxy rights. When a shareholder deposits such stock with a custodian that acts as a voting trust, the shareholder retains rights to earnings and dividends but delegates voting rights to the trustee. See also common stock; proportional representation; voting trust certificate. 의결권주는 그 소유자에게 의결권 및 위임(proxy)권을 가지게 하는 주식(stock)이다. 주주가 그 주식을 의결권신탁(voting trust)으로서 기능하는 증권보관기관(custodian)에게 예탁한 경우, 그 주주는 수익(earnings)과 배당(dividend)에 대한 권리는 보유하지만, 의결권은 증권보관기관(custodian)에게 위임하게 된다. common stock(보통주); proportional representation(비례대표제); voting trust certificate(의결권신탁증서)도 참조할 것. ~ ***trust certificate*** 의결권신탁증서 ¶ The *voting trust certificate* is a transferable certificate of beneficial interest in a voting trust, a limited-life trust set up to center control of a corporation in the hands of a few individuals, called voting trustees. The certificates, which are issued by the voting trust to stockholders in exchange for their common stock, represent all the rights of common stock except voting rights. The common stock is then registered on the books of the corporation in the names of the trustees. The usual purpose for such an arrangement is to facilitate reorganization of a corporation in financial difficulty by preventing interference with management. *Voting trust certificates* are limited to the five-year life of a trust but can be extended with the mutual consent of the holders and trustees. 의결권신탁증서는 의결권피신탁인(voting trustees)이라고 하는 수인에게 회사의 지배권을 집중시키기 위하여 만들어진 기한부 신탁, 즉 의결권신탁(voting trust)수익권을 양도할 수 있는 증서이다. 이 증서는 의결권신탁이 보통주식과 교환하여 주주에게 발행하며, 의결권을 제외하는 보통주식(common stock)의 모든 권리를 부여한다. 그 후에 이 보통주식은 피신탁인의 명의로 주주명부에 기재된다. 이와 같은 조치의 목적은 재정위기시의 경영개입을 방지하여 회사재건(reorganization)을 신속하게 진행할 수 있다. 의결권신탁증서는 신탁의 기한인 5년을 최장으로 하지만, 주주와 피신탁인

양쪽의 동의로 연장할 수 있다.

voucher 보증인, 증명자, 증거물건, 영수증, 증표(證票), 전표(documentary evidence, documentary proof) ¶ A *voucher* is a document that acknowledges a liability and provides authorization to pay the debt. 전표(傳票)는 부채를 인정하고 그 채무를 변제할 근거를 마련하는 서류를 말한다. /bookkeeping *voucher* (기장을 위한) 증거 /cash *voucher* 현금상환표, 금권(金券), 영수증 /cancelled *voucher* 사용한 증거서류 /expense *voucher* 경비전표 /*voucher* check 전표식 수표, 증표부 수표 /*voucher* copy 증거서류철부본(副本) /*voucher* for disbursement 거출(據出)증표 ***voucher register*** 증표기입장 ¶ A *voucher register* is a book where vouchers are listed, generally chronologically and numerically. 증표기입장은 증표가 보통 연대순으로 숫자를 일람표로 기재한 기입장이다.

voyage charter 항해용선 ¶ A *voyage charter* is where the vessel is chartered for a certain voyage. 항해용선은 일정한 항해를 위하여 선박을 용선하는 경우이다.

V-shaped recovery V자형 경제회복 ¶ The *V-shaped recovery* is a sharp rebound in economic activity as measured by a precipitous decline and then surging recovery in economy activity, as measured by the Gross Domestic Product (GDP). See also U-shaped recovery. V자형 경제회복은 가파른 하락세에 의하여 측정되는 경제활동에서 뚜렷한 반등과 그 다음에 국내총생산(GDP)에 의하여 측정되는 경제활동에서 치고 올라가는 회복세를 이른다. U-shaped recovery(U자형의 경기회복)도 참조할 것.

VSX → **V**ienna **S**tock **E**xchange [약] 비엔나증권거래소 ¶ The *Vienna Stock Exchange* (*VSX*) is one of the world's oldest exchanges, established in 1771, it now handles about half of all Austrian share trading using an electronic dealing system. 비엔나증권거래소는 세계에서 가장 오래된 증권거래소의 하나로, 1771년에 설치되었고, 이 증권거래소는 전자환 거래시스템을 이용하여 모든 오스트리아의 주식거래의 반을 취급하고 있다.

vulture 탐욕스런 사람, 욕심쟁이 ***vulture bid*** 벌처호가(呼價) ¶ The *vulture bid* is a deep-discount bid by an investor or investment group for distressed assets or securities of uncertain worth, or those that must be liquidated by an eager seller. See also fire sale; vulture fund. 벌처호가는 투매대상의 자산이나 값어치가 확실치 않은 증권, 또는 무조건 팔려고 하는 사람이 정리하여야 할 물건에 대해서 투자자나 투자그룹이 할인을 많이 한 호가를 말한다. fire sale(투매); vulture fund(벌처펀드)도 참조할 것. ~ ***capitalism*** 벌처캐피탈리즘 ¶ The *vulture capitalism* is a pejorative view of venture capitalism, whereby investors lure talented people away from established companies, encourage them to set up on their own, work hard and be ingenious, and then face a demand for a high return on the investment. 벌처캐피탈리즘은 투자자들이 재주있는 사람들더러 기존회사를 가지 말라고 불러내어, 자신의 회사를 설립하여 열심히 일하고 독창적이 되도록 지원하고 난 다음 높은 투자수익에 대한 요구에 직면하게 된다는 벤처캐피탈리즘의 경멸적인 시각이다. ~ ***fund*** 벌처펀드 ¶ The *vulture fund* is a type of limited partnership that invests in depressed property, usually real estate, aiming to profit when prices rebound. 벌처펀드는 가격이 하락한 자산(통상은 부동산, real estate)에 투자하여 가격회복에서 생기는 이익을 노리는 리미티드 파트너십(limited partnership)을 말한다.

VWAP → **v**olume-**w**eighted **a**verage **p**rice [약] 거래량가중평균가격 ¶ The *volume-weighted average price* (*VWAP*) is the price at which the majority of trading in a given stock took place on a given day. It multiplies the price by the shares traded for each transaction and divides the total transaction value by the total shares traded for the day. Pension plans managers reason that if the price of a buy trade is lower than the *VWAP*, it is a good trade, if higher, a bad trade. 거래량가중평균가격은 특정한 거래일에 있어서 특정한 주식의 거래가격 중에서 가장 많은 주가를 말한다. 그것은 그 날에 거래된 거래마다의 주수(株數)를 주가로 곱해서 총매매대금을 산출하고, 그것을 그 날의 거래량으로 나누어 산출한다. 연금기금의 운용담당자는 매입가격이 거래량가중평균가격(VWAP)을 하회하고 있으면 좋은 매수였다고 판단하고, 역으로 상회하면 잘 되지 않은 매수였다고 판단한다.

W

WA → **w**ith (particular) **a**verage [약] 단독(單獨)해손담보, 분손(分損)담보 ¶ *With (particular) average* (*WA*) means expense and damages incurred as the result of damage to a ship and its cargo, and/or of taking direct action to prevent initial or further damage to the ship and its cargo. These expenses and damages are paid by the owner of the part of the ship and cargo which actually suffers a loss. 단독해손은 선박과 화물의 손해 및 선박과 화물의 당초의 손해와 그 후 손해를 더 이상 방지하기 위한 직접적인 조치를 취한 결과로 초래한 비용과 손해액을 이른다. 이런 비용과 손해액은 실제로 손실을 입은 선박과 화물부분의 소유자가 부담한다.

wage 임금 ¶ *wage* freeze 임금동결 /*wages* sheet [영] 임금지급장(帳), 종업원명부 ***wage control*** 임금통제 ¶ The *wage control* is the control establishing the extent to which wages can be increased, usually in percentage terms. *Wage controls* usually occur during a period of governmental wage and price restraints. *Wage controls* are established to achieve a particular national priority, often the restraining of inflation. 임금통제는 보통 임금을 백분율로 증가할 수 있는 한도까지 확정하는 통제를 말한다. 임금통제는 일반적으로 정부의 임금·물가제한의 시기에 일어난다. 임금통제는 간혹 인플레이션을 억제하는 특수한 국가의 우선정책을 달성하기 위하여 설정된다. ~ ***assignment*** 급여양도 ¶ The *wage assignment* is a loan agreement provision, prohibited in some states, that authorizes the lender to deduct payments from an employee's wages in the event of default. 급여양도는 차입자가 채무불이행(default)가 된 경우, 대여자측에게 차입자의 종업원급여에서 공제할 권한을 인정하는 융자계약의 항목을 이른다. 주(州)에 따라서는 이 규정은 금지되고 있다. ~ ***garnishment*** 급여압류 → garnishment (급여압류). ~***-price spiral*** 임금과 물가의 악순환 ¶ The *wage-price spiral* is macroeconomic situation in which rising prices push wages higher; the rising wages then increase production costs that lead to further price increases, etc. 임금과 물가의 악순환은 오르는 물가가 임금을 더 많이 밀어 올리고, 상승하는 물가는 그러면 물가등귀 등을 촉진하는 데 앞장서는 생산비를 늘린다는 거시경제적 상황이다. ~***-push inflation*** 임금푸시 인플레이션 ¶ The *wage-push inflation* is an inflationary spiral caused by rapid increases in wages. See also cost-push inflation; demand-pull inflation; inflation. 임금푸시 인플레이션은 임금의 급상승으로 인하여 일어난 물가상승의 악순환을 말한다. cost-push inflation(코스트푸시 인플레이션); demand-pull inflation (디맨드풀 인플레이션); inflation(인플레이션)도 참조할 것.

wager *n.* 노름, 내기, 도박(賭博) ¶ The *wager* is a bet. Essentially, a *wager* is a contract between two parties that one will give the other something of value depending on the outcome of something unpredicable future event. Such a contract is not, however, recognized in Korean law and for this reason gambling debts cannot be resolved through the courts. See gambling. 도박은 내기(bet)이다. 기본적으로, 도박은 2당사자간에서 한 사람이 다른 사람에게 예측할 수 없는 장래 결과의 성과(outcome)에 따라 값나가는 대가를 주기로 한다는 계약이다. 그렇지만, 그러한 계약은 한국법에서는 인정되지 아니하고, 이런 이유로 노름 빚은 법원을 통해

서 해결될 수 없다. gambling(도박)도 참조할 것.

ⓥ (내기에) 걸다, 보증하다 ¶ *wager* a person one dollar 아무에게 1달러를 걸다 ***wagering contract*** 도박계약 → gaming contract (도박계약).

wait and see 관망 ¶ *wait-and-see* attitude 관망자세

waiting 기다리는, 대기하는 ¶ *waiting* line theory 대기행렬이론 /*waiting* time 대기시간 ***waiting period*** 대기기간, 부작위기간 ¶ The *waiting period* is a period of time before something goes into effect. In securities, there is a *waiting period* between the filing of organization statements and the time when securities may be offered for sale to the public. This *waiting period* may be extended if the Securities and Exchange Commission requires revisions to the registration statement. In disability income insurance, there is a *waiting period* of several months from the time the disability occurs to the time when the disability benefits are paid. For insurance claims, the *waiting period* is also known as the elimination period. 대기기간은 어떤 것이 효력이 발생하기까지의 기간을 말한다. 증권업무에서는, 미증권거래위원회(Securities and Exchange Commission: SEC)에 등록게출서(registration statement)를 등록한 날로부터 증권의 공모(public offering)까지의 사이의 대기기간을 말한다. 이 대기기간은 SEC가 유가증권 게출서에 수정을 요구하는 경우에는 연장될 수 있다. 폐질연금보험(disability income insurance)이 생긴 시점과 폐질급여금(disability benefit)이 지급되는 시점과 사이에는 대기기간이 수개월 계속된다. 보험금청구(insurance claim)의 경우에는, 대기기간을 제외기간(elimination period)이라고도 한다.

waive 보류[유보]하다, (권리를) 포기하다 ¶ A person is said to *waive* a benefit when he renounces or disclaims it, and he is said to *waive* a tort or injury when he abandons the remedy which the law gives him for it. 사람이 이익을 단념하거나 거절하는 경우 그 이익을 포기한다고 하며, 그가 불법행위나 권리침해를 입어도 법이 부여하는 구제를 단념하는 경우 이를 포기한다고 말한다.

waiver 기권, 기권증서, 권리의 포기, 임의포기 ¶ *Waiver* is relinquishment of a legal right to act. For example, an insured relies on statement of an agent of an insurance company concerning coverages under an insurance policy. Agents by their actions may have waived certain provisions the insurance company has written in the insurance policy, with the company's authority. 권리의 포기란 행동을 할 법률상의 권리를 포기하는 것이다. 예를 들면, 피보험자는 보험증권상의 보험범위에 관해서 보험회사의 보험대리인이 작성한 보고서에 의존하게 된다. 보험대리인은 그의 행동에 의해서 보험회사의 허가를 받아 회사가 작성한 어떤 규정의 적용을 포기할 수도 있다. /*waiver* of debt 부채의 임의포기 /*waiver* of obligation 채무면제 /*waiver* protest [어음] 거절증서작성의 면제 ***waiver clause*** [해상보험] 포기약관, 면책조항 ¶ The *waiver clause* is a provision in insurance policy providing for waiver of insurance rights upon the occurrence of insured event. 포기약관은 보험사고가 발생한 때에 보험상의 권리의 포기를 규정하는 보험증권상의 조항을 말한다. ~ ***of premium*** 보험료납입면제 ¶ The *waiver of premium* is a clause in an insurance policy providing that all policy premiums will be waived if the policyholder becomes seriously ill or disabled, either permanently or temporarily, and therefore is unable to pay the premiums. Some policies include a *waiver-of-premium* clause automatically, while in other cases it is an optional feature that must be paid additional premiums. During the waiver period, all policy benefits remain in force. 보험료납입면제는 항구적이든, 일시적이든, 보험계

약자(policyholder)가 중병이나 폐질로 인하여 보험료(insurance premium)의 지급이 불가능하게 된 때에, 모든 보험료의 납입을 면제하는 보험계약서(insurance policy)의 조항을 이른다. 보험료납입면제조항을 자동적으로 설정하고 있는 보험계약서도 있으나, 그 중에는, 보험료의 할증을 요하는 추가조항으로 하고 있는 경우도 있다. 면제기간중에도, 보험의 보증조항은 모두 유효하다.

walk 보행 ¶ *walk* check 직접추심수표 /a *walk* clearing 장외제시 /the *walk* clerk 심부름꾼 /*walk* collection [어음교환] 직접추심분(分)

wall 벽 ***Chinese Wall*** [증권] (인수부문과 영업부문과의 사이의) 정보장애 ¶ *The Chinese Wall* is an imaginary barrier between the investment banking, corporate finance, and research departments of a brokerage house and the sales and trading departments. Since the investment banking side has sensitive knowledge of impending deals such as takeovers, new stock and bond issues, divestitures, spinoffs and the like, it would be unfair to the general investing public if the sales and trading side of the firm had advance knowledge of such transactions. So several SEC and stock exchange rules mandate that a *Chinese Wall* be erected to prevent premature leakage of this market-moving informations. 차이니즈월은 증권회사의 투자은행(investment bank)부문, 기업금융(corporate finance)부문 및 조사부문(research department)과 증권회사의 영업부문(sales and trading department)과 사이의 가상장벽을 말한다. 투자은행부문은 기업매수(takeover), 주식이나 사채의 신규발행(new issue), 사업매각(divestiture), 사업분할(spinoff) 등 진행중의 거래에 관한 극비정보를 가지고 있으나, 그 정보가 영업·트레이딩부문에 사전에 유출되는 것은 일반투자자에게 불공평하게 된다. 따라서 미증권거래위원회(Securities and Exchange Commission SEC) 및 몇 개의 증권거래소에서는 시장에 영향을 주는 정보의 사전누설을 방지하기 위해서, 차이니즈월(정보장벽)을 구축하도록 규칙에서 정하고 있다. ***fire*** ~ 방화벽, 파이어월, (모회사·자회사간의) 정보장벽 ¶ The *firewall* is a metaphor for any strictly enforced legal separation of activities. for example, in a securities firm, underwriting and investment banking activities are separated from the firm's research and brokerage functions by a *firewall*, to avoid conflicts of interest. The Glass-Steagall Act created a *firewall* between commercial banking and investment banking until it was eliminated by the Financial Services Modernization Act of 1999. 파이어월은 몇 개의 활동이 법률에 의하여 엄격하게 분리되고 있는 상황을 표현하는 메타포(metaphor)이다. 예를 들면, 증권회사에서는 인수(underwriting)부문이나 투자은행(investment banking)부문의 활동과 조사부문(research department)이나 주선(brokerage)부문의 기능은 이해의 충돌(conflict of interest)을 회피할 목적에서 분리되고 있다. 글래스-스티갈법(Glass-Steagall Act)에서는 상업은행과 투자은행간에 파이어월이 설치되고 있었으나, 1999년 금융서비스근대화법(Financial Services Modernization Act of 1999)에 의해서 폐지되었다. ***tariff*** ~ 관세장벽 ¶ The *tariff wall* is a trade barrier based on the taxation of imported goods, erected by a protectionist country to protect its industries from global competition, to generate revenues, and to create a motivation for direct investment by the foreign exporter. 관세장벽은 글로벌 경쟁에서 자국의 산업을 보호하기 위하여 보호주의국가가 설치하고, 수입(收入)을 발생시키며, 외국수출업자가 직접투자를 위한 동기유발을 위하여, 수입물품에 대한 과세에 기초하는 무역장벽을 말한다. ***Wall Street*** 월가(街)(미국의 금융중심지), 금융가, 뉴욕금융시장, 미국금융계 ¶ The *Wall Street* is: (1) a common name for the financial district at the lower end of Manhattan in New York City, where the New York and

월가의 이정표가 서 있군요.

American Stock Exchanges and numerous brokerage firms are headquartered. The New York Stock Exchange is actually located at the corner of Wall and Broad Streets. (2) an investment community, such as in "*Wall Street* really likes the prospects for that company" or "*Wall Street* law firm," meaning a firm specializing in securities law and mergers. Also referred to as "the Street." 월가는 (1) 뉴욕증권거래소(New York Stock Exchange)나 아메리칸증권거래소(American Stock Exchange), 그리고 수많은 증권회사가 본사를 두고 있는 뉴욕시의 맨해튼(Manhattan) 남쪽에 있는 금융가를 가리키는 일반적인 명칭이다. 뉴욕증권거래소는 실제로 월스트리트(Wall Street)와 브로드 스트리트(Broad Street)의 모퉁이에 있다. (2) 「월가는 저 회사의 장래를 정말 좋게 본다」(Wall Street really likes the prospects for that company)고 하는 경우는 투자업계 일반을 가리키고, 또 「월가의 법률사무소」(Wall Street law firm)와 같이 사용되는 것처럼, 증권거래법이나 회사의 매수를 특화하고 있는 회사를 의미하는 경우도 있다. 월가는 또한 「더 스트리트」(the Street)라고도 한다.

wallflower 벽의 꽃, 인기가 없게 된 종목 → orphan stock [고아주(孤兒株)].

wallpaper 무가치의 유가증권, 휴지 ¶ The *wallpaper* is worthless securities. The implication of the term is that certificates of stocks and bonds that have gone bankrupt or defaulted have no other use than as *wall paper*. However, there may be value in the worthless certificates themselves by collectors of such certificates, who prize rare or historically significant certificates. The practice of collecting such certificates is known as scripophily. 무가치의 유가증권은 가치가 없는 증권이다. 이 말은 파산(bankruptcy)한다든지, 채무불이행(default)이 된 회사의 주식이나 사채는 벽지(wall paper) 이외의 사용의 길이 없다고 하는 것을 의미하고 있다. 그렇지만, 수집가 중에는, 희소성이나 역사적인 의미가 있는 증권으로서, 본래 무가치의 증권 그 자체에 가치를 찾는 사람도 있다. 이처럼 증권을 수집하는 습관은 고증권수집(古證券收集, scripophily)으로서 알려져 있다.

Walrasian market 왈라스시장 ¶ The *Walrasian market* is also known as a call market, a market process that collects buy and sell orders, which are then analyzed to determine a clearing price that will decide the market price. Similar to the method used by New York Stock Exchange specialists when they determine an opening price by analyzing all the orders for a stock and determining the price that will clear the greatest number of trades. Contrasts with a continuous market, which describes the way buy and sell orders are matched as they are received after the opening bell. 왈라스시장은 call market로서도 알려져 있는 증권의 매매프로세스로, 매수주문과 매도주문을 모아서 그러한 주문을 검토한 다음에 주가가 되는 매매가격을 결정하는 것을 말한다. 이 프로세스는 뉴욕증권거래소(New York Stock Exchange)의 스페셜리스트(specialist)가 시초가(최초의 매매가)를 결정하고 있다. 이 매매프로세스와 대비되는 것은 계속거래(continuous market)라고 하는 프로세스인데, 이 경우에는, 거래개시의 종이 울린 후에 나온 때마다 매수주문과 매도주문을 대조해서 매매가를 결정한다.

want 부족 ¶ for *want* of acceptance [advice, cover, fund, money, payment] 인수[통지, 대금, 자금, 돈, 지급]가 없으므로 /"presented but not paid for *want* of fund" [부도문언]「제시가 있어도 자금부족으로 부도가 남」

wanted for cash 현금결제희망 ¶ The *wanted for cash* is a ticker tape announcement that a bidder will pay cash the same day for a specified block of securities. Cash trades are executed for delivery and settlement at the time the transaction is made. 현금결제희망은 특정한 주식을 대량(block)으로 매입할 의향이 있는 매수인이 당일 현금결제를 할 용의가 있다는 뜻을 틱커테이프(ticker tape)에 표시하는 것이다. 이 경우, 주식의 인도와 현금결제는 동시에 행해진다.

war 전쟁 ¶ price *war* 가격전쟁 /trade *war* 무역전쟁 /*war* bond 전쟁공채(公債) ***war babies*** 군수관련종목 ¶ *War babies* are a jargon for the stocks and bonds of corporations engaged primarily as defense contractors. Also called war brides. 군수관련종목은 군수부문을 주로 하는 회사의 주식(stock)이나 사채(bond)를 가리키는 업계의 용어이다. 이를 war brides(군수관련종목)라고도 한다. ~ ***chest*** 군자금(軍資金), 활동자금 ¶ The *war chest* is a fund of liquid assets (cash) set aside by a corporation to pay for a takeover or to defend against a takeover. Traders will say that a company has a *war chest* that it plans to use to take over another company. Or traders might say that a particular company will be difficult to take over because it has a large *war chest* that it can use to defend itself by buying back it stock, making an acquisition of its own, paying for legal fees to mount defenses, or taking other defensive measures. See also takeover. 군자금은 회사가 매수(takeover)자금으로서, 혹은 매수방위자금으로서 비축하고 있는 유동자산(liquid asset)(현금, cash)을 말한다. 트레이더들은 어느 회사가 다른 회사의 매수용으로 군자금을 준비하고 있다고 말한다. 혹은 어느 회사는 자사주식을 환매한다든지, 자기 자신의 매수(買收)에 나선다든지, 방위책을 위한 변호사비용의 지급이나, 다른 방위수단을 위한 군자금이 충분히 있으므로, 매수는 어려울 것이라고 말하는 경우도 있다. takeover(주식공개매수)도 참조할 것. ~ ***clause*** 전쟁약관 ¶ The *war clause* is a provision in a life insurance policy that death benefits will not be paid in the event an insured dies from war-related causes; or in lieu of a death benefit there is a return of premiums plus interest, or a refund equal to the reserve portion (cash value) of the policy. Also called war exclusion clause. 전쟁약관이란 피보험자가 전쟁과 관련된 원인으로 사망한 경우에는 사망급여금을 지급되지 않는다고 하는 생명보험증권상의 조항을 이른다. 혹은 사망급여금 대신에 이미 지급한 보험료에 이자를 더한 금액 또는 보험증권의 준비적립금에 상당하는 반환금(refund)을 지급하는 조항도 있다. 이를 제외조항(exclusion clause)이라고도 한다. ~ ***risk(s) insurance*** 전쟁보험 ¶ The *war risk insurance* is a coverage for damage due to peril of war, usually written as part of an ocean marine insurance policy. 전쟁보험은 전쟁의 위험으로 인한 손해를 커버하는 것인데, 보통 해양보험증권의 일부로서 기재되고 있다.

ward 피후견인, 피보호자 (*cf.*) guardian 보호자 ¶ The *ward* was adjudicated an incompetent. 무능력자에게 피후견인임의 판결이 났다.

warehouse ⓝ 창고, 중개매매인, 객주 ¶ a bonded *warehouse* 보세창고 /*warehouse* certificate 창고증권 /*warehouse* charge 창고료 ***ex warehouse*** 익스웨어하우스 인도조건 ¶ The *clause ex warehouse* is the seller's obligation to place the specified quantity of goods at the specified price at his mill located on trucks, railroad cars, or any other specified means of transport. The buyer must accept

W

the goods in this manner and make all arrangements for transportation. 익스웨어하우스 인도조건은 특별한 가격으로 매도인의 창고에 위치한 트럭, 철도차량 기타 특수한 운송수단에 특정한 양의 물품을 적재할 매도인의 의무를 말한다. 매수인은 이런 방식으로 물품을 인수하고 운송에 관한 모든 약정을 체결한다. ~ ***receipt*** (창고수취)창고증권, [영] warehouse warrant ¶The *warehouse receipt* is a document listing goods or commodities kept for safekeeping in a warehouse. The receipt can be used to transfer ownership of that commodity, instead of having to deliver the physical commodity. *Warehouse receipts* are used with many commodities, particularly precious metals like gold, silver, and platinum, which must be safeguarded against theft. (창고수취)창고증권은 창고에 보호예치(safekeeping)하여 보관된 물품이나 상품을 열기(列記)한 서류를 이른다. 상품의 소유권을 이전할 때에, 실제로 물품을 인도하는 대신에 이 증권을 이용할 수도 있다. 창고증권은 많은 물품이나 상품에 이용되지만, 특히 도난예방이 필요한 금, 은, 플라티나(platinum)와 같은 귀금속에 이용된다. ~***-to-warehouse clause*** 창고간약관 ¶The *warehouse-to-warehouse clause* is a part of an ocean marine policy that provides coverage of goods through all of the stages of a journey. Coverage begins when goods leave the warehouse of a shipper, and continuous until they reach the customer's warehouse. 창고간약관은 여정(旅程, journey)의 모든 단계에서 화물의 보험을 제공한다는 해양해상보험계약의 일부이다. 화물은 송하인(shipper)의 창고를 떠나서 계속해서 고객의 창고에 도착하기까지 보험효력은 시작한다. *v.* 창고에 넣다, 보세창고에 입고하다 ¶*warehousing* charge [cost] 창고료

warehousing [영] 보관업무 ¶The *warehousing* is: (1) the process of holding assets, such as mortgages, account receivable, or corporate bonds and loans, in a conduit until they are repackaged for securitization. The institution warehousing the securities faces full market risk and credit risk on the underlying assets. (2) the process of assuming a risk position (e.g., a block of securities) in advance of a hedge or sale to another party. 보관업무는 (1) 모기지, 외상매출금(account receivable), 또는 회사채(債)와 대출과 같은 자산을 증권화를 위해서 재포장되기까지 콘두잇(conduit)에 보유하는 과정을 말한다. 그런 증권을 보관하는 기관은 기초자산에 관한 완전한 시장위험과 신용리스크에 직면한다. (2) 다른 당사자에 헤지(hedge)나 매도(sale) 이전에 리스크 포지션(risk position)(예컨대, 대량증권)을 인수하는 과정을 말한다.

warrant 지시(서), 위임장, 증명서, 워런트, 신주인수권 → subscription warrant (신주인수권증서). ¶The *warrant* is a security that permits its owner to purchase a specific number of shares of stock at a predetermined price. For example, a *warrant* may give an investor the right to purchase five shares of XYZ common stock at a price of $25 per share until October 1, 2014. *Warrants* usually originates as part of a new bond issue, but they trade separately after issuance. Also called equity *warrant*; stock *warrant*; subscription *warrant*. See also debt warrant; perpetual warrant; usable bond. 워런트는 워런트의 소유자가 사전에 정한 가격으로 특정한 수의 주식을 구입하는 것을 허용하는 증권(security)을 말한다. 예를 들면, 워런트는 투자자에게 2014년 10월 1일까지 주당(株當) 25달러의 가격으로 XYZ사의 주식 5주를 구입할 권리를 부여한다. 워런트는 보통 신규사채발행의 일부로서 발행되지만, 워런트는 발행 후에는 별개로 거래된다. 워런트를 또 equity warrant(에쿼티 워런트), stock warrant(스톡 워런트), subscription warrant(주식인수권증서)라고도 한다. debt warrant(채무 워런트); perpetual warrant(영구 신주인수권증서); usable bond(사용채)도 참조할 것. /dividend *warrant* 배당권 /interest *warrant* 이자지급지시서 /share *warrant* [영] 주식인수권증서 /*warrant* agent 워런트행사대리인 /*warrant*-bearing bond 신주인수권부 사채 /*warrant* money 증거금 /a *warrant* of attachment 압류영장 /with *warrant* 권리부(權利附), 매매권부(賣買權附) ***bond with warrant*** 워런트부 사채, 신주인수권부 사채 ¶A *bond with warrant* is a standard bond that is issued with attached warrants, which can often be detached and traded separately. By selling the package, the issuer lowers its effective cost of capital. The bond, which can be denominated in one of various currencies and carry a maturity ranging from 1 to 10 years, is typically issued at par value, but its ongoing value – with warrants retained – depends on the intrinsic value and time value of the warrants. While attached warrants can be issued on a range of references, they are often linked to the price of the issuer's common stock or a broad equity index. 워런트부 사채란 워런트가 첨부되어 발행된 표준화된 사채를 말하는데, 워런트는 종종 분리되어 거래될 수 있다. 사채와 워런트를 패키지로 매도함으로써, 발행자는 자본의 유효가격을 낮춘다. 사채의 표시통화는 여러 통화중에서 하나로 하고 만기의 범위는 1년에서 10년으로 할 수 있다. 일반적으로 액면가격으로 발행되지만, 워런트가 유지되는 사채의 경상적인 가치는 그 워런트의 고유가치이고 시간적 가치이다. 첨부된 워런트는 여러 가지의 참고사항을 고려해서 발행할 수 있는 반면에, 발행자의 보통주식의 가격과 연계되기도 하고, 또는 광범한 주가지수와 연계되는 수도 있다.

warranty 근거, 정당한 이유, 보증서, 제품보증 ¶The *warranty* is a contract between the seller and the buyer of a product specifying the conditions under which the seller will make repairs or remedy other problems that may arise, at no additional cost to the buyer. The *warranty* document describes how long the *warranty* remains in effect, and which specific repairs will be performed at no extra charge. *Warranties* usually cover workmanship or the failure of the product if used normally, but not negligence, on the part of the user if the product is used in ways for which it was not designed. *Warranties* are commonly issued for automobiles, appliances, electronic gear, and most other products. In some cases, manufacturers will offer extended *warranties* for several years beyond the original *warranty* period, at an extra charge. Consumers should consult federal and state laws for more extensive applications or interpretations of *warranties*. 제품보증은 제품에 문제가 생긴 때에 매수인이 추가비용을 부담하지 않고 매도인이 수선이나 수복(修復)을 한다고 하는 조건을 명기하는 제품의 매도인과 매수인간의 계약이다. 보증서(warranty document)는 보증의 유효기간이나 추가비용 없이 행하는 수선내용을 명기하고 있다. 제품보증은 통상 제조상의 문제나, 정상적으로 취급한 경우의 상태가 좋지 않은 것을 대상으로 하고 있지만, 제품이 본래 의도되고 있지 아니한 방법으로 사용된 때의 사용자측의 과실까지는 대상으로 하고 있지 아니한다. 제품보증은 보통, 자동차, 가전제품, 전자기기와 같은 대부분의 제품에 대하여 부여된다. 때로는, 메이커는 본래의 보증기간 이후에도, 별도요금으로 보증기간을 수년간 연장하는 일도 있다. 소비자는 보증서의 적용범위의 보다 상세한 적용이나 해석에 관하여는 미연방법이나, 주법에서 확인하여야 한다. /*warranty* of clear title 흠 없는 권리의 보증 ***warranty deed*** (토지양도의) 하자담보증서 ¶A grantor in a *warranty deed* who does not have title at the time of the conveyance but who subsequently acquires title is estopped from denying that he had title at the time of the transfer and such after-acquired title inures to the benefit of the grantee or his successors. 권리양도시에 권원을 가지지 않으나 그 후 권원을 취득하는 하자담보증서상의 양도인은 그가 양도당시에 권원은 가진

것을 부정하지 못하며 그러한 양도 후 취득권원은 양수인 또는 그의 승계인들의 이익에 도움이 된다.

Warsaw Stock Exchange (WSE) 와르소증권거래소 ¶ The *Warsaw Stock Exchange* (*WSE*) is an exchange that traces it roots back to 1817, but that began activity in its present form on April 16, 1991. Since 2000, quotations on the *Warsaw Stock Exchange* take place in the WARSET system (Warsaw Stock Exchange Trading system). In 2002 the joint-stock company signed a cross-membership and cross-access agreement with Euronext. In 2003 it launched index options and the first foreign company was listed on the exchange. Products listed on the *WSE* include equities, bonds, options, subscription rights, and derivatives. Trading on the *WSE* also includes futures on three indices – the WIG20, TechWIG, and MIDWIG – as well as on individual stock futures and exchange rate futures on the U.S. dollar and the euro. All trading occurs in electronic form. 와르소증권거래소는 그 기원을 1817년까지 거슬러 올라가는 증권거래소이지만, 거래활동은 1991년 4월 16일에 현재의 모습으로 시작하였다. 2000년이래, 와르소증권거래소의 시세표(時勢表)는 WARSET시스템(와르소증권거래소 거래시스템)으로 행해진다. 2002년에 합작회사(joint-stock company)는 유로넥스트(Euronext)와 상호회원 및 상호접근(cross-access)협정을 체결하였다. 와르소증권거래소에 상장되고 있는 상품은 주식(equities), 채권(bond), 옵션(option), 신주인수권(subscription rights) 및 파생상품(derivatives)이다. 와르소증권거래소에서 거래는 또한 미국달러와 유로의 개인별 주식선물과 환금리선물(exchange rates futures)뿐만 아니라 3지표의 선물(WIG20, TechWIG, 및 MIDWIG)을 포함한다. 모든 거래는 전자방식으로 이루어진다.

wash *n.* 세탁 ***wash sale*** 가장매매, 담합매매 ¶ *Wash sale* is purchase and sale of a security either simultaneously or within a short period of time. It may be done by a single investor or (where manipulation is involved) by two or more parties conspiring to create artificial market activity in order to profit from a rise in the security's price. *Wash sales* taking place within 30 days of the underlying purchase do not qualify as tax losses under Internal Revenue Service rules. 가장매매는 어느 증권(security)을 동시에 또는 단기간 중에 매매하는 것이다. 단독의 투자자(investor)에 의한 가장매매, 혹은 복수의 투자자가 주가를 인위적으로 끌어 올려서 이익을 얻을 목적으로 공모하여 행하는 담합거래(이 경우에는 주가조작, manipulation이 얽힌다.)도 의미한다. 주식구입 후 30일 이내에 행하는 교체거래에서의 손실은 미국세입청(Internal Revenue Service)규칙에서는 세무상의 손실로서 인정되지 않는다. ~ ***trade*** 외양(外樣)거래 ¶ The *wash trade* is a transaction designed to make it appear that a purchase and sale has occurred even though no change in ownership was effected. For example, an investor might simultaneously buy and sell shares in one company through two different brokerage firm in order to create the appearance of substantial trading activity that will draw in other investors. *Wash trades* are illegal. 외양거래는 소유의 변화가 조금도 생기지 않았지만 매입과 매도가 일어난 것처럼 보이려고 하는 거래이다. 예를 들면, 투자자가 다른 투자자를 끌어들이는 실질적 거래활동을 창출하기 위하여 서로 다른 2개의 증권회사를 통해서 한 회사의 주식을 사는 동시에 팔 수 있을 것이다. 외양거래는 위법이다.

v. 세탁하다 ¶ *washing* name 명의대여

waste 소모, 불요물, 쓰레기, (산업) 폐기물 ¶ The *waste* is: (1) unused materials considered undesirable that remain from a production process, as, for example,

W

rock and other excess material that result from mining ore. (2) a reduction in the value of real property because of damage or neglect by a tenant. 웨이스트(waste)는 (1) 예를 들면, 광산의 광석에서 나오는 바위와 다른 과잉물질과 같이, 생산과정에서 남는 탐탁치 못하게 생각되는 불요물질이다. (2) 부동산의 손해 혹은 임치인의 부주의 때문에 부동산의 가치가 감소하는 경우이다. /a *waste* book [영] 당좌치부장(置簿帳), 메모장 /a *waste* sheet 당좌치부표(置簿票)

wasting asset 소모성자산, 감모(減耗)자산 ¶ The *wasting asset* is: (1) a fixed asset, other than land, that has a limited useful life and is therefore subject to depreciation. (2) a natural resource that diminishes in value because of extractions of oil, ores, or gas, or the removal of timber, or similar depletion and that is therefore subject to amortization. (3) a security with a value that expires at a particular time in the future. At option contract, for instance, is a *wasting asset*, because the chances of a favorable move in the underlying stock diminish as the contract approaches expiration, thus reducing the value of the option. 소모성자산이란 (1) 내용연수(useful life)가 한정되어 있어 감가상각(depreciation)의 대상이 되는 토지 이외의 고정자산(fixed asset)을 이른다. (2) 석유, 광석, 가스의 채굴 혹은 목재의 벌채, 또는 기타의 소모방법에 의하여 자산가치가 저하하기 때문에 상각(amortization)의 대상이 되는 천연자원을 이른다. (3) 장래의 특정한 시점에서 무가치가 되는 가치를 가지는 증권(security)을 말한다. 예컨대, 옵션(option)계약은 소모성자산이다. 왜냐하면 기초증권(underlying stock)이 유력한 방향으로 움직일 가능성은 계약이 행사기한(expiration)에 가까울수록 감소하여 옵션의 가격을 감소시키기 때문이다.

watch list 요주의 종목 ¶ The *watch list* is a list of securities singled out for special surveillance by a brokerage firm or an exchange or other self-regulatory organization to spot irregularities. Firms on the *watch list* may be takeover candidates, companies about to issue new securities, or others that seem to have attracted an unusually heavy volume of trading activity. See also stock watcher; surveillance department of exchanges. 요주의 종목은 증권회사(brokerage firm), 증권거래소(exchange), 기타의 자율규제기구(self-regulation organization)가 이상한 가격동향을 관찰하기 위하여 특별한 감시가 필요하다고 지적한 증권의 일람표이다. 매수(takeover)의 대상이 되고 있다든지, 신규증권의 발행이 아주 가까운 회사였다든지, 혹은 이상한 대량거래가 행해지고 있다고 볼 수 있는 회사가 감시종목일람표에 게재된다. stock watch(뉴욕증권거래소 시장감시시스템); surveillance department of exchanges(거래소의 감사부문)도 참조할 것.

water 물타기를 하다 ¶*water* down 물타기를 하다 /*watered* asset 물 탄 자산 ***watered stock*** 물 탄 주식 ¶ The *watered stock* is a stock representing ownership of overvalued assets, a condition of overcapitalized corporation, whose total worth less than their invested capital. The condition may result from inflated accounting values, gifts of stock, operating losses, or excessive stock dividends. Among the negative features of *watered stock* from the shareholder's standpoint are inability to recoup full investment in liquidation, inadequate return on investment, possible liability exceeding the par value of shares, low market value because of poor dividends and possible adverse publicity, reduced ability of the firm to issue new stock, or debt securities to capitalize on growth opportunity, and loss of competitive position because of the need to raise prices to provide a return acceptable to investors. To remedy the situation, a company must either increase its assets without increasing its outstanding shares or reduce outstanding shares without reducing assets. The alternatives are to increase retained earings or to adjust the accounting value of assets or of stock. 물 탄 주식은 자산가치를 과대하게 평가하고 있는 주식(stock), 즉 자본액이 과대하게 평가되고 있으므로 순자산총액(total net worth)이 투하자본보다도 적은 상태에 있는 주식을 말한다. 장부가(book value)를 물 타서 늘리고, 증여주식, 영업손실, 과잉배당과 같은 원인으로 물 탄 주식이 된다. 주주에게 있어서, 물 탄 주식은 다음과 같은 문제를 포함하고 있다. 회사청산(liquidation)시에 투자액 전액을 회수하지 못한다. 투자이율이 낮게 되고, 주식액면(par)을 초과하는 채무가 있을 수 있다. 저배당률이나 평가의 저하에서 주식시가(market value)가 저하하며, 신주나 사채를 발행하기가 어려워지기 때문에 장래의 성장기회에의 투자능력이 저하한다. 투자자(investor)에 대한 투자수익을 올리기 위하여 판매가격을 인상하지 않을 수 없다. 그 결과 경쟁력이 저하한다. 물 탄 주식을 개선하기 위하여는, 발행할 주식총수(shares outstanding)를 증가시키지 않고 자산(asset)을 늘리거나, 혹은 자산을 감소하지 않고 발행주식수를 삭감하여야 한다. 또한 이익잉여금(retained earnings)을 늘리거나, 자산 혹은 주식의 장부가를 수정하는 방법도 있다.

waterfall [영속] 워터폴 ¶ The *waterfall* is the order of cash flow distribution related to a securitization. As the underlying pool in a securitization generates cash, it is paid to investors in a strict order of priority which relates to the level of tranche subordination. The payment to each successive level in the *waterfall* depends on successful passing of relevant coverage tests. In a typical structure the distribution of interest proceeds may be allocated as follows: hedge expenses and fees, and then the senior tranche, after which a coverage test is performed. If successful, the *waterfall* passes cash to the junior tranche; if not successful, cash is redirected to the payment of the principal on the senior tranche. If cash is redirected, the junior tranche receives an incremental future principal payment making it a de-facto payment-in-kind security. Assuming again the first test is successful and junior interest is paid, a second coverage test is performed, with success leading to interest paid to the junior subordinated tranche and ultimately the residual security. Failure of the second test leads to a redirection of the *waterfall* in favor of further reduction in principal of the senior, and then junior, tranches. A similar *waterfall* can be created for the principal repayment proceeds of the pool, though coverage tests are not necessary as cash flow is distributed in order of seniority until proceeds are exhausted. Also known as cash flow *waterfall*. 워터폴은 증권화(securitization)와 관련된 캐시플로의 배분순서를 말한다. 증권화의 기초가 되는 집합체(underlying pool)가 현금을 발생하기 때문에, 현금은 트랑슈의 자리매김의 수준에 관계되는 엄격한 우선순위대로 투자자에게 지급된다. 워터폴에서 각 순차수준의 지급은 당해 부담능력기준(coverage test)의 성공적인 통과에 달려 있다. 일반적인 구조에서 이자수취금의 배분은 다음과 같이 할당될 수 있다. 헤지비용과 수수료, 다음에 부담능력기준이 이행된 후 상위트랑슈. 성공한다면, 워터폴은 하위트랑슈에 대해 현금을 건네준다. 만일 성공하지 못하면, 현금은 상위트랑슈의 원금지급으로 돌려진다. 현금이 돌려질 경우에, 하위트랑슈는 사실상 현물지급유가증권으로 만든 정기적으로 증가하는 장래현금지급을 수취한다. 다시 첫 번째 기준이 성공하고 하위이자가 지급된다고 가정한다면, 두 번째 담보능력기준은 성공적으로 이행되어 하위로 자리매김된 트랑슈와 궁극적으로 잔존유가증권에까지 이자를 지급되게 할 것이다. 만약 두 번째 기준이 실패한다면 상위트랑슈, 다음에 하위트랑슈의 원금의 가일층의 감소를 위하여 워터폴의 방향전환으로 이끈다. 캐시플로는 수취금이 고갈되기까지 상위순서로 배분되기

때문에 비록 담보능력기준이 필요하지 않더라도, 유사한 워터폴은 집합체(pool)의 상환수취금(repayment proceeds)을 위해서 창출될 수 있다.

watermark (종이의) 내비치는 무늬 ¶ a portrait *watermark* 지폐의 내비치는 상(像) /a *watermark* to prevent forgeries 위조방지용의 내비치는 무늬

waybill 화물상환증, 화물운송장, 운송장 ***air waybill [airwaybill, airway bill]*** 항공하물운송장(航空荷物運送狀), 항공송장(air bill) ¶ The *air waybill* (*AWB*) is a bill of lading (B/L) that cover both domestic and international flights transporting goods to a specified destination. Technically, it is nonnegotiable instrument of air transport that serves as a receipt for the shipper, indicating that the carrier has accepted the goods listed therein and obligates itself to carry the consignment to the airport of destination according to specified conditions. 항공하물운송장(航空荷物運送狀)은 하물을 일정한 목적지까지 운송하는 국내 및 국제항공기를 커버하는 선하증권이다. 기술적으로, 그것은 송하인(shipper)을 위한 수령증으로 역할을 하는 항공운송의 비양도성증권으로, 운송인은 그 수령증 내에 기재되고 있는 하물을 인수하여 자신이 특별한 조건에 따라 목적지의 공항까지 적하물(積荷物)을 운송할 책임을 지는 것을 의미한다.

ways and means 조달방법, 재원(財源) ¶ The *Ways and Means* Committee [미] 미국하원 세입(歲入)위원회

weak 약한, 하향(下向)의 ¶ a *weak* demand 적은 수요 /a *weak* [bear(ish)] market 약세시장, 무기력한 시장 ***weak currency*** 약세통화 ¶ The *weak currency* is a currency said to be a less desirable form of payment than other currencies. *Weak currency* countries have frequent currency devaluation against currencies of major trading partners, balance of payment deficits, or political instability. These currencies generally trade at a discount in relation to currencies of economically developed countries. Foreign exchange dealers generally do not make markets in *weak currencies,* except for currency speculation. A dealer who expects a *weak currency* to decline in value may sell that currency short, making a profit from the difference in exchange rates. 약세통화란 다른 국가의 통화보다 달갑지 못한 지급형태라고 하는 통화를 말한다. 약세통화국가는 주요거래상대국의 통화에 대한 빈번한 통화평가절하, 국제수지의 적자 또는 정치적 불안정을 띠고 있다. 이러한 통화는 일반적으로 경제적으로 선진국의 통화에 관련하여 할인하여 거래를 한다. 외환딜러들은 일반적으로 통화투기를 제외하고는, 약세통화로 시장거래를 하지 않는다. 약세통화가 가격하락을 기대하는 딜러는 공매도(空賣渡)를 할 수 있고, 환율상의 차이에서 이익을 본다. ~ ***dollar*** 약세 달러 ¶ A *weak dollar* is a dollar that has fallen in value against foreign currencies. This means that those holding dollars will get fewer pounds, yen, Euro, or other currencies is exchanges for their dollars, A *weak dollar* makes it easier for U.S. companies to export their goods to other countries because foreigners' buying power is enhanced. The dollar may weaken because of loose U.S. monetary policy (creating too many dollars) and lack of confidence in the U.S. government, large trade and budget deficits, unattractive interest rates on dollar-denominated investments compared to investments denominated in other currencies, or other reasons. 약세 달러는 외국통화(foreign currency)에 대하여 가치가 하락한 달러를 말한다. 달러의 보유자는 달러를 파운드, 엔화, 마르크, 프랑 혹은 다른 통화로 바꿀 때에 이전보다도 적은 액수밖에 수취할 수밖에 없다. 달러가 약세가 되면, 외국인의 구매력(buying power)이 강화되기 때문에, 미국기업은 다른 여러 국가에 제품을 수

출하기가 쉽게 된다. 달러가 약세가 되는 원인으로서는, 미국의 금융완화정책(loose monetary policy)(달러의 과잉공급), 미국정부에 의한 신인도의 결여(lack of confidence), 팽대한 무역적자(trade deficit)나 재정적자(budget deficit), 혹은 다른 통화표시의 투자와 비교하여 달러표시로 투자하는 데에 매력이 없는 점이 있다. ~ ***hands*** [영속] 윅핸드 ¶ *Weak hands* is a holder of an exchange-traded derivative that is not expecting to receive or take delivery of the underlying asset, intending instead to close out the position prior to expiry or exercise. Retail investors and speculators typically have "*weak hands.*" See also also strong hands. 윅핸드는 기초자산을 받거나 그 인도를 수취할 것이 기대되고 있지 않고 그 대신에 만료일 또는 행사 이전에 포지션을 결말 지우려는 장내파생상품의 보유자이다. 개인투자자(retail investor)와 투자가는 일반적으로 「윅핸드」를 가진다. strong hands(스트롱핸드)도 참조할 것. ~ ***market*** 약세시장 ¶ The *weak market* is a market characterized by a preponderance of sellers over buyers and a general declining trend in prices. 약세시장은 매수인에 대하여 매도인의 수가 많아서 가격이 총체적으로 저하경향에 있는 시장을 말한다.

weaken 약하게 하다, 약화시키다 ¶ *weakening* of the dollar 달러의 약세

wealth 부(富), 부유 ***wealth effect*** 부(富)의 효과 ¶ In economics, the *wealth effect* is the idea that as wealth increases or decreases, discretionary spending increases or decreases disproportionately. As paper profits increase during a bull market, some economists fear a *wealth effect* could cause stock speculation and other reckless forms of spending to gain momentum and cause dangerous inflation. Conversely, when there is a bear market, investors tend to feel poorer and therefore reign in their spending, potentially causing falling prices and deflation. 경제학에서, 부(富)의 효과는 부가 증가한다든지 감소한다든지 할 때에, 소비지출이 부의 증감과는 상응하지 않고 증감한다고 하는 아이디어를 말한다. 오름세 시세(bull market)에서 평가익(장부상의 이익으로 미실현이익)이 증가한 경우, 부의 효과에 의하여 주식투기나 무모한 소비가 활발화하여, 그 결과 위험스런 인플레이션(inflation)이 야기된다고 경제학자들은 경고하고 있다. 이와 반대로, 내림세 시세(bear market)의 경우에는, 투자자(investor)는 가난하게 되었다고 느끼고 소비생활을 억제하여 가격의 하락이나 디플레이션(deflation)을 야기할지도 모른다. ~ ***tax*** 부유세 ¶ The *wealth tax* is a tax based on the market value of assets that are owned. An ad valorem tax on real estate and an intangible tax on financial assets are both examples of a *wealth tax*. Although many developed countries choose to wealth tax, the United States has generally favored taxing income. 부유세는 소유한 자산의 시가(market value)에 기초하는 세금이다. 부동산에 대한 종가세(ad valorem tax)와 금융자산에 대한 무형자산세가 부유세의 두 실례이다. 많은 선진국에서 부유세를 선호하지만, 미국은 일반적으로 소득에 대하여 과세하는 것을 선호해 왔다.

wear and tear 소모마찰, 자연소모 ***wear and tear exclusion*** 손모제외(損耗除外) ¶ The *wear and tear exclusion* is a denial of coverage for damage, in inland marine insurance, stemming from routine use of the property. Property can be expected to deteriorate somewhat over time from normal use. This is not considered an insurable loss. 손모제외는 국내해상보험에서 재산(property)의 일상적인 사용에서 생기는 손해에 대한 보험적용의 거부를 이른다. 재산은 정상적인 사용으로 시간이 지나면 다소 손모될 것이 예상될 수 있다. 이것은 보험의 대상이 되는 손실로는 생각되지 않는다.

weather 일기, 기상, 기후 ***weather bond*** 기상채권(氣象債券) ¶ The *weather bond* is a securitization of a noncatastrophic weather risk, including temperature and precipitation. Repayment of principal and/or coupons is contingent on the occurrence of a defined loss-making weather event; if a specified loss occurs, the issuer of the bond may delay or cease making payments to investors, meaning that it has hedged its exposure. See also catastrophe bond; life acquisition cost securitization; mortgage default securitization; residual value securitization. 기상채권은 온도와 강우(降雨)를 포함하여 비재앙적(非災殃的) 기상위험을 금융증권화하는 것이다. 원금과 쿠폰의 상환은 일정한 손실을 가져오는 기상이변(異變)이 일어날 때에는 부수적인 것이다. 즉, 특수한 손실이 발생하면, 그 채권의 발행단체는 투자자에게 지급을 지체하거나 중지할 수 있는데, 이는 그의 위험 노출을 방어한 것을 의미한다. catastrophe bond(대재해연계 채권); life acquisition cost securitization(생명보험취득보험의 금융증권화); mortgage default securitization(모기지디폴트 금융의 증권화); residual value securitization(잔존가치의 증권화)도 참조할 것. ~ ***derivative*** 기상파생상품 ¶ The *weather derivative* is an exchange-traded derivative or over-the-counter derivative with an underlying reference based on the performance of noncatastrophic weather references such as temperature, precipitation, wind, and streamflow. Temperature derivatives and precipitation derivatives are the two most common forms of *weather derivatives*. 기상파생상품이란 온도, 강우(降雨), 강풍과 유수(流水)와 같은 비재앙적 기상조회의 성과에 기반을 둔 기초조회가 딸린 상장지수파생상품(exchange-traded derivative) 또는 장외거래의 파생상품(over-the-counter derivative)을 말한다. 온도파생상품과 강우파생상품은 가장 일반적인 두 형태의 기상 파생상품이다.

WebCRD → **C**entral **R**egistration **D**epository (CRD) [약] 중앙등기보관기관 ¶ The *Central Registration Depository* (*CRD*) is also known as *WebCRD*, on-line registration, and licensing data bank, developed by the Financial Industry Regulatory Authority (FINRA) and the North American Securities Administrators Association (NASAA), containing information on some 500,000 registered securities employees of FINRA member, broker/dealer firms. 중앙등기보관기관은 WebCRD라고도 알려져 있는데, 금융산업규제기구(Financial Industry Regulatory Authority: FINRA) 및 북미증권감독자협회(North American Securities Administrators Association: NASAA)가 개발한 온라인상의 등록자 및 라이센스 사용허가자의 데이터뱅크이다. 금융산업규제기구의 회원인 증권회사(브로커/딜러회사)의 약 50만명이 등록한 종업원의 정보가 들어가 있다.

WEBS (World Equity Benchmark Shares) 세계주식지표종목 → iSHARES (i쉐어즈).

wedge 쐐기형 패턴 ¶ The *wedge* is a technical chart pattern similar to but varying slightly from a triangle. Two converging lines connect a series of peaks and troughs fo form a *wedge*. These converging lines move in the same direction, unlike a triangle, in which one rises while the other falls or one rises or falls while the other line stays horizontal. Falling *wedges* usually occur as temporary interruptions of upward price rallies, rising *wedges* as interruptions of a falling price trend. See also technical analysis. 쐐기형 패턴은 괘선(technical chart)에 나타나는 트라이앵글(triangle)과 유사하지만, 그것과는 약간 다른 패턴이다. 일련의 산과 계곡을 결합하는 2개의 선이 수렴하여 쐐기형을 형성한다. 이 2개의 선이 수렴하는 선은 트라이앵글의 경우와는 달리, 같은 방향으로 향하고 있다. 트라이

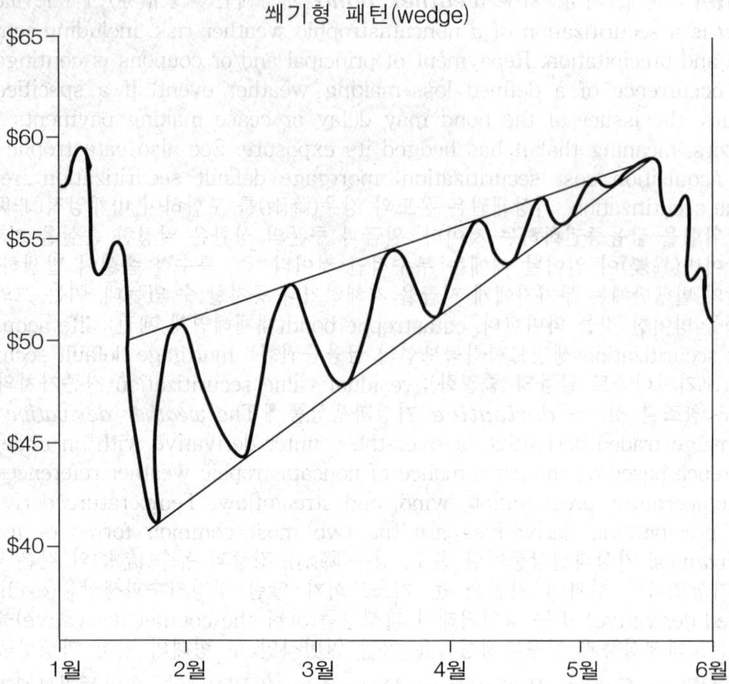

앵글의 경우에는 1개의 선은 상향으로 가고 다른 선은 하향으로 간다든지, 1개의 선은 상향으로 간다든지 하향으로 간다든지 하는 데에 다른 1개의 선은 수평을 유지하고 있다. 하향의 쐐기형은 통상 상승시세(upward price rallies)가 일시적으로 중단할 때에 나타나고, 상향의 쐐기형은 가격의 하락시세(falling price trend)가 중단한 때에 나타난다. technical analysis(테크니컬 분석)도 참조할 것.

weekday 주일, 평일(축일과 토요일, 일요일 이외의 날)

week 주(週) ¶ *Week* fixed [딜링] 1주간물의 금리 /*week* order [주식] 주내(週內)주문

weekend effect 주말효과 ¶ The *weekend effect* is the tendency of securities to perform better on Fridays than on Monday. Some technical analysts contend the *weekend effect* is primarily the result of the Monday auctions of U.S. Treasury securities. 주말효과는 월요일보다 금요일에 더 잘 돌아간다는 증권의 성향을 말한다. 일부 테크니컬 애널리스트는 주말효과는 주로 미재무부 증권의 월요일 옥션의 결과라고 주장한다.

weight 중량, 무거움, 가중치 ¶ The *weight* is (1) a measure of the heaviness of paper, generally on the basis of pounds per 500 sheets. (2) In statistics, the *weight* is the importance assigned to a coefficient. 웨이트는 (1) 일반적으로 종이 500장 단위 파운드를 기초로 하여 종이 무게의 척도이다. (2) 통계학에서 웨이트는 계수(係數)에 지적되는 중요성이다. /dead *weight* 중량품, 중하 /dead *weight* cargo 중량화물 /metric *weight* 미터법 중량 /short [light, under] *weight* 중량부족 /*weight* allowance 감량허용 /*weight* and measurement certificate 중량용적증명서 /a *weight* certificate 중량증명서 /a *weight* list 중량명세표 /a *weight* note 중량명세표 /a *weight* ton 중량 톤

weighted 가중된, 정리된 ¶ *weighted* arithmetic average 가중산술평균 /*weighted* basis trade 가중평균베이스무역 /a *weighted* index 가중지수 /*weighted* mean method 가중평균법 /*weighted* premium 가중보험료 /*weighted* rebalancing 가중재편성 /*weighted* risk asset 가중리스크 자산 /*weighted* stock price average 가중주가평균

weighted average 가중평균 ¶ The *weighted average* is a method of computing the mean of a set of variables by assigning a weight to each observation which is related to its overall contribution to the entire set of variables. 가중평균은 온전한 일련의 변수(variables)에 대한 전반적인 기여와 관계가 있는 각 관측에 가중치를 지정하여 일련의 변수의 평균치(平均値, mean)를 계산하는 방법을 말한다. ***weighted average cost of capital*** 가중평균자본의 비율 → cost of capital (자본의 비용). ~ ***coupon (WAC)*** 가중평균쿠폰 ¶ The *weighted average coupon* (*WAC*) is the average coupon on mortgages, loans, or other assets forming part of a securitization, weighted by value. See also weighted average maturity. 가중평균쿠폰은 증권화(securitization)의 일부를 형성하는 모기지(mortgage), 론(loan) 또는 기타 자산(asset)으로 가치에 의해서 가중되는 평균쿠폰을 말한다. weighted average maturity(가중평균만기)도 참조할 것. ~ ***maturity*** 가중평균만기 ¶ The *weighted average maturity* is also called average life or weighted average life and used in mortgage-backed pass-through securities meaning the weighted-average time to the return of a dollar of principal. It is arrived at by multiplying each portion of principal received by the time at which it is received, and then summing and dividing by the total amount of principal. Fabozzi's Handbook of Fixed Income Securities uses this example: Consider a single annual-pay, four-year bond with a face value of $100 and principal payments of $40 the first year, $30 the second year, $20 the third year, and $10 the fourth year. The average life would be calculated as: Average life = .4 × 1 year + .3 × 2 years + .2 × 3 years + .1 × 4 years = 2 years. An alternative measure of investment life is duration. 가중평균만기는 평균잔존기간(average life), 또는 가중평균잔존기간(weighted average life)이라고도 한다. 이 말은 모기지(mortgage)의 패스트루증권(pass through security)에서 사용되고, 원금(principal)의 상환까지의 가중평균기간을 의미하고 있다. 이 수치는 원금의 각각의 금액에 각각의 상환기간을 곱하여 그 수치를 가산하고, 원금의 총액으로 나누어 구한다. 파보찌의 고정이자부 증권핸드북(Fabozzi's Handbook of Fixed Income Securities) 중에서는 다음과 같은 예를 보이고 있다. 액면 100달러의 연리지급 4년채권에서, 초년도 40달러, 2년째가 30달러, 3년째가 20달러, 최종연도가 10달러의 상환이 있다고 하면, 평균상환기간은 0.4 × 1년 + 0.3 × 2년 + 0.2 × 3년 + 0.1 × 4년 = 2년이 된다. 투자기간을 특정하는 다른 하나의 척도는 듀레이션(duration)이다. /*weighted average* cost 가중평균코스트 /*weighted average* cost method 가중평균원가법(原價法) /*weighted average* discount rate 가중평균할인율 /*weighted average* life 가중평균상환기간 /*weighted average* method 가중평균법 /*weighted average* number of common share outstanding 가중평균보통주수(普通株數) /*weighted average* of market capitalization 시가총액가중평균치(値) /*weighted average* probability 가중평균확률 /*weighted average* rate 가중평균금리 /*weighted average* shares 가중평균주식수

weighting 편입비율 ¶ *weighting* in equity 주식편입비율 /*weighting* ratio 편입률

welfare 복리, 복지 ¶ *welfare* annuity 후생연금 /*welfare* benefit 복지급부 /*welfare* benefit fund 복리후생기금 /*welfare* economics 후생경제학 /*welfare* expense 복리후생비 /*welfare* facilities 복리후생시설 /*welfare* pension insurance 후생연금보험 /*welfare* plan 복리후생제도 /*welfare* reform 복리개혁 /*welfare* social program 복지사회제도 ***welfare state*** 복지국가 ¶ The *welfare state* is the term used to describe the result of a social policy in which government assumes responsibility for the welfare of its citizens. The degree of responsibility can vary but generally includes retirement income, health insurance or care, and employment assistance. A *welfare state* is accompanied by high tax rates to provide funding for government services. 복지국가는 정부가 시민의 복지에 책임을 떠맡는 사회정책의 성과를 표현하기 위해서 사용하는 용어이다. 책임의 정도는 다를 수 있지만, 그러나 일반적으로 퇴직소득, 건강보험 또는 케어(care) 및 고용지원을 포함한다. 복지국가는 정부서비스를 위한 자금조달을 제공하기 위하여 높은 세율을 수반한다.

well's notice 웰즈 노티스 ¶ *Well's notice* is notification by the Securities and Exchange Commission that an investigation has found violation of the law and an enforcement action is being contemplated. The letter also gives the individual or company an opportunity to provide information arguing against the potential action. 웰즈 노티스는 미증권거래위원회(Securities and Exchange Commission: SEC) 혹은 다른 감독당국의 조사에 의하여, 개인 또는 기업에 의한 위법행위가 발견된 경우에 해당자에게 내는 통지서를 말한다. 이 통지를 받은 해당자는 당국이 법적 집행절차를 취하기 전에 감독당국에 한번만 변명의 기회가 주어진다.

Western Samoa currency 서사모아 화폐 ¶ tala, divided into 100 sene. 1 탈라(tala) = 100 세네(sene).

wet 젖은, 습한, 축축한 ¶ *wet* cargo 젖은 화물 /*wet* damage 젖은 화물로 인한 손해 ***wet barrels*** [영속] 습성(濕性)의 배럴 ¶ *Wet barrels* are physically delivered, rather than financially settled, crude oil. Traders dealing in wet barrels generally have need of the physical commodity for production, refining, or supply purposes. 습성의 배럴은 원유를 금전적으로 결제하기보다 오히려 실물로 인도하는 경우이다. 습성의 배럴을 거래하는 트레이더들은 일반적으로 생산, 정제 또는 공급목적을 위하여 실물상품의 필요성을 가진다. ~ ***lease*** [영] 웨트 리스 ¶ The *wet lease* is a lease agreement used in the airline industry, where one airline (acting as lessor) provides an aircraft to a second airline (the lessee), along with associated crew, maintenance, and insurance. The lessee supplies fuel and pays for airport fees and duties. 웨트 리스는 (임대인으로 행동하는) 항공회사가 관련승무원, 정비시설 및 보험설비와 함께 제2의 항공회사(임차인)에 대해서 항공기(aircraft)를 제공하는 계약으로서, 항공산업에서 사용되는 리스계약을 말한다. 임차인은 연료를 채우고 공항사용료와 관세를 지급한다.

W formation W형 시세 ¶ The *W formation* is a technical chart pattern of the price of a stock, bond, or commodity that shows the price has hit a support level two times and is moving up; also called a double bottom. A reverse W is just the opposite; the price has hit a resistance level and is headed down. This is called a double top. W형 시세는 주식(stock), 사채(bond), 상품(commodity)의 괘선에 표시되는 패턴(technical chart pattern)이고, 가격이 지지선(support level)을 두 번 치고 상승으로 바뀌는 것이다. 이를 더블바텀(double bottom)이라고도 한다. 역W형은 정확히 반대이다; 가격이 저항선(resistance level)을 두 번 친 후 하강하는 것이다. 이것은 더블톱(double top)이라고 한다.

W-4 Form 서식 W-4 ¶ The *W-4 Form* is a tax form prepared by an employee

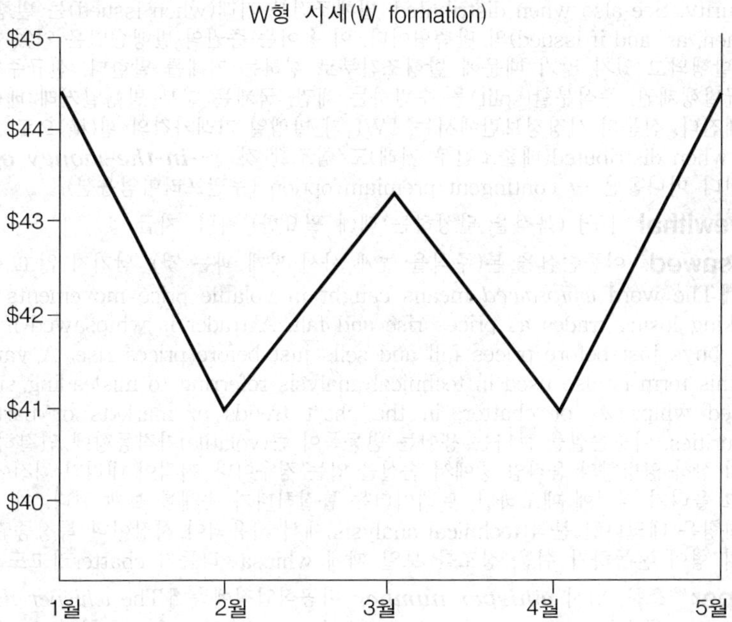

for an employer indicating the employee's exemption and Social Security number and enabling the employer to determine the amount of taxes to be withheld. 서식 W-4는 고용주가 소득세(income tax)의 원천징수액을 결정할 수 있는 것처럼, 종업원이 소득세의 과세액공제(exemption)이나 사회보장번호(Social Security number)를 기재하여 고용주에게 제출하는 세무용의 서류이다.

wharf 선창, 부두 ¶ The *wharf* is a structure next to which ship's moor to load or unload. 부두는 선박이 선적하거나 하역하기 위하여 계류하는 곳에 이은 구조물이다. /ex *wharf* 부두인도(조건)

wharfage 부두료, 선창사용료 ¶ The *wharfage* is a charge assessed by a pier or dock owner for handling incoming or outcoming cargo. 선창사용료는 입하 또는 출하화물의 처리를 하는 데에 잔교(棧橋) 또는 도크의 소유자가 부과하는 사용료이다.

when …할 때, …한 경우 ¶ *when* born 생년월일 ***when distributed*** 매출일(賣出日)거래(의 예약매매), 매출조건부 거래 ¶ The *when distributed* means transactions conditional on the secondary distribution of shares issued and outstanding but closely held, as those of a wholly owned subsidiary, for example. See also when issued. 매출조건부 거래는 예컨대, 100% 보유의 자회사와 같이 소수주주지배회사(closely held)의 발행주식(issued and outstanding)의 매출(secondary distribution)의 실행을 조건으로 하는 거래를 이른다. when issued(발행조건부 거래)도 참조할 것. ~ ***issued*** [증권] (판매승인전의) 잠정적 거래, 발행일거래(의 예약매매), 발행조건부 거래 ¶ The *when issued* is a short form of "when, as, and if issued." Term refers to a transaction made conditionally became a security, although authorized, has not been issued. New issues of stocks and bonds, stocks that have split, and Treasury securities are all traded on a when issued basis. In a newspaper listing, a "WI" is placed next to the price of such a security. See also when distributed. 발행조건부 거래(when issued)는 발행된 때(when, as, and if issued)의 단축형이다. 이 용어는 증권의 발행승인은 얻었지만 아직 발행되고 있지 않기 때문에 발행조건부로 행하는 거래를 말한다. 신규주식이나 신규발행채권, 주식분할(split)을 수반하는 채권, 국채는 전부 발행일거래 베이스로 행해진다. 신문의 시장정보란에서는, 「WI」가 발행일 거래가격의 횡(橫)으로 표시된다. when distributed(매출조건부 거래)도 참조할 것. ~***-in-the-money option*** 웬인더 머니옵션 → contingent premium option (우발프리미엄옵션).

wherewithal [구] (목적을 달성하는 데에 필요한) 자력, 자금

whipsawed 이중손실을 본(주식을 높게 사서 싸게 파는 것), 남기지 않고 손해를 본 ¶ The word *whipsawed* means caught in volatile price movements while making losing trades as prices rise and fall. A trader is whipsawed if he or she buys just before prices fall and sells just before prices rise. A variation of this term is also used in technical analysis referring to misleading signals, called whipsaws or chatter, in the chart trends of markets or particular securities. 이중손실을 보다는 용어는 변동폭이 큰(volatile)가격동향에 연결하여, 가격의 상하 양방향의 움직임 중에서 손실을 입는 경우이다. 가격이 내리기 직전에 매수하고 올리기 직전에 매도하면, 트레이더는 톱질하다가 손해를 보게 된다. 이 용어의 변화형은 테크니컬 분석(technical analysis)에서 사용되어 시장이나 특정증권의 괘선의 형이 혼동하기 쉬운 징조를 보일 때에 whipsaw라든가 chatter라고도 한다.

whisper 소문, 암시 ***whisper number*** 비공식업적예측 ¶ The *whisper number* is an unofficial earnings estimates made by security analysts. If an analyst is more optimistic about a company's earnings prospects than his official profit estimate reveals, he may speak of a "*whisper number*" to his clients that is higher than his published numbers. The opposite can be true on the downside. Investors and the media sometimes start to count on "*whisper numbers*" when earnings are announced. While a company may report profits in line with official estimates, those companies that do not meet their "*whisper numbers*," disappoint investors, which drives stock prices down. 비공식업적예측은 증권애널리스트(securities analyst)에 의한 비공식의 업적예상(earnings estimate)이다. 어느 회사의 업적전망에 관하여, 자신의 공식발표의 숫자이상으로 낙관적인 증권애널리스트는 공개업적전망보다도 높은 「비공식업적예측」(whisper numbers)을 고객에게 귀엣말을 하는 경우가 있다. 하강국면에 있는 때에는, 이 반대도 있을 수 있다. 투자자나 매스컴은 회사의 업적 발표시에 「비공식업적예측」에 의지하는 경우가 자주 있다. 회사가 공식의 업적전망에 따른 업적을 보고하더라도, 「비공식업적예측」을 달성하지 못한 회사는 투자자를 실망시켜서 주가는 하락한다. ~ ***stock*** 평판주 ¶ The *whisper stock* is a stock that is rumored to be a takeover target. Speculators, arbitrageurs, and other investors may buy shares in the company hoping that the "whispers" they have heard are true, allowing them to reap huge profits when the takeover is officially announced. *Whisper stocks* may trade in heavier-than-usual volume once the rumors about the takeover spread widely. Investors in *whisper stocks* is risky, however, because the takeover rumors may prove to be inaccurate. 평판주는 매수대상(takeover target)으로 평판이 도는 주식종목을 이른다. 투기꾼(speculator), 재정거래업자(arbitrageur) 기타 투자자들이 귀에 대고 「소문이 자자하다」(whisper)는 것이 진실이고, 매수가 공표되면 거액의 이익을 획득할 수 있다고 기대하여 소문난 회사의 주식(stock)을 매입한다. 평판주는 매수의 소문이 일단 널리 퍼지면, 통상 이상의 대량거래가 행해진다. 그러나, 매수의 소문이 부정확한 경우도 있으므로 평판주에 투자하는 것은 리스크가 크다.

whistle blower 내부고발자 ¶ The *whistle blower* is an employee or other person with inside knowledge of wrongdoing inside a company or government agency. The employee is supposed to be protected from retribution by the employer by several federal laws protecting whistle blowers, though *whistle blowers* frequently are punished for revealing wrongdoing by their employer. Several employees who disclosed illegal billing practices by defense contractors were demoted or fired, for example. In securities, under the Insider Trading and Securities Fraud Enforcement Act of 1988, *whistle blowers* who provide the SEC with information about illegal insider trading or other illegal activity that leads to a conviction may qualify for bounties. 내부고발자는 회사, 또는 정부기관 내의 부정행위에 관하여 내부정보(inside knowledge)를 가지고 있는 종업원 기타의 사람을 말한다. 고발한 종업원은 고발자를 보호하는 여러 가지의 미연방법에 의하여 고용주의 보복에서 보호받게 되어 있으나, 자주 부정행위를 폭로한 것에서 고용주로부터 처벌을 받는다. 예를 들면, 군수산업에 의해서 불려서 청구하는 실태를 고발한 복수의 종업원은 감봉되거나 해고된다. 증권업계에 있어서는, 1998년의 내부자거래 및 증권사기규제법(Insider Trading Securities Fraud Enforcement Act of 1998)에 의하여 유죄판결에 이르는 불법적인 내부자거래 또는 기타의 불법활동의 정보를 SEC에 제공한 고발자에게는 보상금(bounties)이 나온다.

white 흰, 공백의 ¶ a *white* list 화이트리스트(적당한, 바람직스런 사람의 뜻) (*cf.*) a blacklist 주의인물명부 /*white* money 은화, 세탁한 돈, 세정(洗淨)자금 (*cf.*) launder, money laundering ***white collar worker*** 화이트칼라, 사무계 직원 ¶ The *white collar worker* is an office worker in professional, managerial, or administrative position. Such workers typically wear shirts with while collars. Those working in factories or doing manual labor typically war blue collars, and are therefore called blue-collar worker. 화이트칼라는 전문적(professional), 관리적(managerial), 경영적(administrative)인 지위에 있는 사무에 종사하는 근로자이다. 이러한 종업원은 흰색칼라의 셔츠를 입고 있다. 한편, 공장의 근로자나 육체노동에 종사하는 사람들은 청색 소매의 셔츠를 입기 때문에, 블루칼라(blue-collar workers)라고 한다. ~ ***goods*** 가정용 백색면포, (대형의) 가정용 소비재, 백색가전제품 ¶ In retailing, *white goods* are all those heavy appliances that were originally manufactured with a white enamel finish, such as refrigerators, freezers, washers and dryers, or stoves. Today the term applies to all such goods, even though they are available in a variety of decorator colors and finishes. 소매에서 백색가전제품은 냉장고, 아이스크림 제조기, 세탁기 및 드라이어 또는 스토브와 같이 본래 흰색 에나멜 광내기 칠로 끝마무리 제작된 값나가는 모든 가전제품을 말한다. 오늘날 이 용어는 그런 제품들이 여러 가지 장식용 색깔과 광내기 끝마무리로 되었다고 하더라도, 그러한 제품 모두에 적용된다. ~ ***knight*** 백기사(기업매수공세로부터 구출하는 협력자) ¶ The *white knight* is an acquirer sought by the target of an unfriendly takeover to rescue it from the unwanted bidder's control. The *white knight* strategy is an alternative to shark repellent tactics and is used to avert an extended or bitter fight for control. 백기사는 바람직하지 못한 기업매수자의 지배로부터 회사를 구출하기 위해서 적대적 기업매수의 표적회사가 찾는 해결사를 이른다. 백기사 전략은 적대적 매수를 회피하기 위한 방어조치의 대안(代案)이며, 장기간의 치열한 지배를 위한 싸움을 회피하기 위해서 이용된다. ~ ***sheets*** 화이트시트 ¶ *White sheets* are a list of prices published by the National Quotation Bureau for market makers in over-the-counter stocks traded in Chicago, Los Angels, and San Francisco. 화이트시트는 시카고, 로스앤젤레스, 및

샌프란시스코에서 거래되는 장외주식(over-the-counter)의 마켓메이커(market maker)용으로 전미시세사무소(National Quotation Bureau)가 발행하는 시세표이다. ~ ***squire*** 백기사(a white knight)의 종자(從者) ¶ *White squires* are those that own the majority of shares and are requested by the management of the company to avert the target company from the unfriendly takeover. 백기사의 종자들은 다수의 주식을 보유하는 자로서 적대적 매수를 방지하기 위해서 경영자로부터 의뢰는 받은 다수의 주식을 보유하는 사람들이다. ***~'s rating*** 화이트의 등급 ¶ The *white's rating* is a White's Tax-Exempt Bond Rating Service's classification of municipal securities, which is based on market factors rather than credit considerations and which attempts to determine appropriate yields. See also municipal bond. 화이트의 등급은 화이트면세채 등급회사(White's Tax-Exempt Bond Rating Service)에 의한 지방채(municipal securities)의 분류를 이른다. 이 등급은 신용력평가보다도 오히려 시장요인에 준거하여, 적절한 이율(yield)을 결정하려고 하는 것이다. municipal bond[(주·지방자치단체가 발행하는) 지방채(債)]도 참조할 것.

white-shoe firm 화이트슈 펌 ¶ The *white-shoe firm* is an anachronistic characterization of certain broker-dealers as venerable, "upper-crust" and "above" such practices as participating in hostile takeovers. Derives from the '50s culture of Ivy League colleges, where white buck shoes were de rigueur in elite fraternities and clubs. 화이트슈 펌은 존경받아야 할 상류계급이므로, 적대적 매수(hostile takeover)와 같은 천박한 업무는 하지 않는다고 하는 일부의 증권업자(broker-dealer)의 시대착오적인 행태를 나타낸다. 1950년대 화이트사슴가죽신발(white buck shoes)이 아이비리그의 대학문화의 엘리트(elite) 기숙사나 클럽에서 유행하고 있었던 것에서 유래한다.

whitemail 화이트메일 ¶ The *whitemail* is an anti-takeover device whereby a vulnerable company sells a large amount of stock to a friendly party at below-maker prices. This puts a potential raiders in a position where it must buy a sizable amount of stock at inflated prices to get control and thus helps perpetuate existing management. 화이트메일은 취약한 입장에 있는 회사가 대량의 주식(stock)을 시장가(market price)를 하회하는 가격으로 우호적인 상대에게 매각하는 매수방지책(anti-takeover)이다. 이 결과, 잠재적인 기업사냥꾼(raider)은 경영권을 얻는 데에 상당량의 주식을 고가로 구입하지 않을 수가 없는 상황이 되어 현경영진 존속의 도움이 된다.

Who buys? [딜러용어] 후바이즈(매수인은 누군가)

whole 전체의, 모든 ¶ the *whole* amount borrowed 차입금총액, 총차입액 /*whole* charter 전부 용선계약 /*whole* insurance 저액보험 /*whole* number 정수(整數) (*cf.*) fractional number 분수 /*whole* term insurance 종신보험 ***whole life insurance*** 종신생명보험 ¶ The *whole life insurance* is a form of life insurance policy that offers protection in case the insured dies and also builds up cash value. The policy stays in force for the lifetime of the insured, unless the policy is canceled or lapses. The policyholder usually pays a level premium for whole life, which does not rise as the person grows older (as in the case of term insurance). The earnings on the cash value in the policy accumulate tax-deferred, and can be borrowed against in the form of a policy loan. The death benefit is reduced by the amount of the loan, plus interest, if the loan is not repaid. Traditionally, life insurance companies invest insurance premiums conservatively in bonds, stocks, and real estate in order to generate increases in cash value for policyholders. Policyholders have not input into the investment decision-making process in a whole life insurance policy. Other forms of cash value policies, such as universal life insurance and variable life insurance give policyholders more options, such as stock, bond, and money market accounts, to choose from in investing their premiums. *Whole life insurance* is also known as ordinary life, permanent life, or straight life insurance. 종신생명보험은 피보험자가 사망한 때에는 보상을 하고, 또 해약환급금(cash value)의 증가를 목표로 하는 생명보험증권(life insurance policy)의 일종이다. 이 생명보험은 보험계약이 해약되거나 혹은 실효하지 않는 한, 생애에 걸쳐서 유효하다. 보험계약자(policyholder)는 통상 생애를 통하여 일정한 금액의 보험료(insurance premium)를 지급하고, 정기생명보험(term insurance)과 같이 나이를 먹을수록 보험료가 상승하는 일은 없다. 이 보험의 저축부문에서의 수익은 과세가 순연된다. 그래도, 보험계약자론(policy loan)의 형식으로 저축부문을 담보로 차입을 할 수가 있다. 론(loan)이 미상환인 경우에는, 사망급여금(death benefit)에서 잔액부분과 금리분이 감액된다. 전통적으로 생명보험회사는 보험계약자의 저축가치를 늘리는 목적에서, 보험료를 채권(bond), 주식(stock), 부동산(real estate)에 견실하게 투자하고 있다. 종신보험계약에서는 투자결정의 과정에 보험계약자가 관여할 수 없다. 유니버설보험(universal insurance)이나 변액생명보험(variable life insurance)과 같은 저축형 생명보험에서는, 보험계약자가 보험료의 투자처로서 주식, 공사채, 단기시장금리상품과 같은 많은 선택지(選擇肢)를 주고 있다. 종신생명보험은 ordinary life, permanent life, 또는 straight life insurance라고도 한다. ~ ***loan*** 호울론 ¶ The *whole loan* is a secondary mortgage market term that distinguishes an investment representing an original residential mortgages loan (*whole loan*) from a loan representing a participation with one or more lenders or a pass-through security representing a pool of mortgages. 호울론은 원래주택모기지대출(호울론)을 나타내는 투자를, 모기지풀(pool of mortgages)을 나타내는 1 이상의 대여자(貸與者) 또는 패스쓰루증권(pass-through security)에의 참가를 표현하는 대출(loan)과 구별하는 모기지 유통시장(secondary mortgage market)의 용어이다.

wholesale 도매 ***wholesale banking*** 도매은행업무, 대형금융 (*cf.*) retail banking ¶ The *wholesale banking* is banking services offered to corporations with sound financial statements, and institutional customers, such as pension funds and government agencies. Services include lending, cash management, commercial mortgages, working capital loans, leasing, trust services, and so on. Most banks divide *wholesale banking* into several different businesses: the Fortune 500 and Fortune 1000 market, composed of the 500 and 1,000 largest U.S. corporations, respectively; the Middle Market: and the small business market. 도매은행업무는 건전한 재무제표를 갖춘 주식회사와 연금기금(pension funds)과 정부기관과 같은 기관고객에게 제공되는 은행업무이다. 은행업무는 대출, 현금관리, 상업모기지, 운전자본대출, 리스, 신탁서비스 등을 포함한다. 대부분의 은행들은 도매은행업무를 여러 가지 부문으로 나눈다. 즉, 미국의 500대 회사와 1,000대 회사의 각각의 포춘 500(Fortune 500)과 포춘 1,000 시장(Fortune 1,000), 미들 마켓(Middle Market)과 중소기업시장(small business market)이다. ~ ***price index*** 도매물가지수 → producer price index (생산자물가지수).

wholesaler 도매업자 ¶ In general, the *wholesaler* is a middleman or distributor who sells mainly to retailers, jobbers, other merchants, and industrial, commercial, and institutional users as distinguished from consumers. See also vendor. 일반적으로, 도매업자는 주로 소매업자(retailer), 중개인(jobber), 기타 상인 및 일반소비자와는 구별되는 단체의 이용자에게 매도하는 중간상인(middleman) 혹은 유통업자(distributor)를 말한다. vendor(벤더)도 참조할 것. ¶ In securities, the *wholesaler* is: (1) an investment banker acting as an underwriter in a new issue or as a distributor in a secondary offering of securities. See also secondary distributor. (2) a broker-dealer who trades with other broker-dealers, rather than with the retail investor, and receives discounts and selling commissions. (3) a sponsor of a mutual fund. 증권에 있어서, 도매업자는 (1) 증권의 신규발행(new issue)시에, 인수(underwrite) 또는 기발행증권의 매출을 행하는 투자은행(investment banker)을 말한다. secondary distributor[제2차 분매(分賣)]도 참조할 것. (2) 개인투자자가 아니라, 다른 증권회사와 거래를 하여 할인료나 판매수수료를 받는 증권회사(broker-dealer)를 말한다. (3) 뮤추얼펀드(mutual fund)를 제공하는 투자회사(sponsor)를 말한다.

wholly-owned subsidiary 전액출자자회사 ¶ The *wholly owned subsidiary* is a subsidiary whose common stock is virtually 100%-owned by the parent company. 전액출자자회사는 모회사(parent company)가 그 보통주식(common stock)을 사실상 100% 소유하고 있는 자회사(subsidiary)를 말한다.

Who sells? [딜러용어] 후셀즈(매도인은 누군가)

Wibro 와이브로, 휴대인터넷 ¶ *Wilbro* is a compound word of Wireless and Broadband. It is the technology of communication in which Korea played the trigger role. It is a service that the super high-speedy Internet (maximun 24MB per second) is available in the automobile which runs at 60~100km speed per hour. The service has begun for common use in 2006. 와이브로는 Wireless(무선)와 Broadband(광대역 통신)의 합성어로, 대한민국이 주도해 만든 통신기술이다. 시속 60~100km로 달리는 차안에서도 초고속인터넷(최대 초당 24메가비트)을 쓸 수 있는 서비스다. 2006년 세계 처음으로 국내에서 상용화되었다.

wicket 창구 ¶ the accountant's *wicket* 회계창구

wide opening (매매가 관계가 없는 상태에서 입회가 시작하는 것) 와이드오프닝 ¶ The *wide opening* is an abnormally large spread between the bid and asked prices of a security at the opening of a trading session. 와이드오프닝은 입회개시(opening)시점에서 증권의 매수호가와 매도호가(bid and asked)간에 이상하게 커다란 가격폭(spread)이 있는 경우이다.

wider (wide의 비교급) 보다 넓은 ¶ *wider* band 와이더밴드(환율변동폭의 확대), 와이더밴드예약 /*wider* margin 확대환율변동폭

widget 가공의 제품 ¶ The *widget* is a symbolic American gadget, used wherever a hypothetical product is needed to illustrate a manufacturing or selling concept. 가공의 제품은 제조나 판매에 관한 개념을 설명하기 위하여 가정의 제품이 필요한 때에, 미국에서 전형적으로 사용되는 도구(gadget)이다.

widow-and-orphan stock 고배당 안정주, 자산주 ¶ The *widow-and-orphan stock* is a stock that pays high dividends and is very safe. It usually has a low beta coefficient and is involved in a noncyclical business. For years American Telephone and Telegraph was considered a *widow-and-orphan stock*, but if lost that status after the breakup of the Bell System in 1984. High-quality electric utility stocks are still considered *widow-and-orphan stocks* by and large. 고배당 안정주는 고배당(high dividend)이고 또 대단히 안전한 주식종목을 말

한다. 통상·베타계수(beta coefficient)가 낮고 경기변동의 영향이 없는 업종에 속한다. 장기간 AT&T주식은 이러한 종류의 주식이라고 생각되고 있었으나, 동사(同社)는 1984년에 벨시스템(Bell System)이 해체된 이후 그 지위를 상실하였다. 내용이 좋은 전력회사주식은 현재도 대체로 고배당 안정주로 인식되고 있다.

Wiener Borse AG (Vienna Stock Exchange) 비엔나증권거래소 ¶ The *Wiener Börse AG* (*Vienna Stock Exchange*) is founded in 1771 by Maria Theresa. Wiener Börse is the only securities exchange and listing authority in Austria. Early on, the exchange was primarily a marketplace for trading bonds, bills of exchange, and foreign currencies; shares were traded for the first time in 1818. Today, the market segments are equity market (stocks), bond market (bonds), ÖTOB market (derivatives), structured products (certificates, warrants), and other listings (containing all securities that cannot be allocated to any other segment). All trading on *Wiener Börse* is operated by the fully electronic trading system EQOS (Electronic Quote and Order-Driven System). This system guarantees the greatest possible transparency as well as fast and efficient execution of market transactions. Futures and options are traded on the ÖTOB (Österreichische Termin-und Optionsbörse). The ATX (Austrian Traded Index), representing the continuously traded stocks on the prime market with the highest liquidity and market capitalization, is the largest stock market index on the exchange. The WBI (Wiener Börse Index) represents the performance of all Austrian stocks admitted to listing on the Official Market. The Vienna Dynamic Index (ViDX) includes growth- and technology-oriented companies listed at the Wiener Börse. The CECE indices track the most attractive companies listed on Central and East European stock exchanges. 마리아 테레지아(Maria Theresia)여제에 의하여 1771년에 창설된 비엔나증권거래소(Wiener Börse)는 오스트리아의 유일한 증권거래소이고, 상장심사기관(listing authority)이다. 당초는 주로 채권(bonds), 환어음(bill of exchange), 외국통화(foreign currency)의 거래를 취급하고, 주식(shares)의 매매는 1818년에 처음으로 시작하였다. 현재로는 이하의 시장구분이 이루어지고 있다. 주식(stock)을 취급하는 주식시장(equity market), 채권(bonds)을 취급하는 채권시장(bond market), 파생상품(derivatives)을 취급하는 파생상품시장(ÖTOB market), 각종의 증권(certificates)이나 워런트(warrant)를 취급하는 구조상품(structured products), 기타 금융상품을 취급하는 상장시장(other listings)의 5구분이다. 비엔나증권거래소의 모든 거래는 완전한 전자거래시스템인 EQOS(Electronic Quote and Order-Driven System)로 행해지고 있다. 이 시스템은 시장거래의 신속하고 효율적인 집행뿐만 아니라 가능한 최고의 투명성을 보장한다. 선물과 옵션은 ÖTOB(Österreichische Termin- und Optionsbörse)에서 거래되고 있다. 최고의 유동성과 시장자본총액으로 구성되고 있는 프라임마켓(prime market)에서 계속적으로 거래되는 주식을 대표하는 ATX (Austrian Traded Index)는 거래소에서 최대의 주식시장지수이다. 비엔나거래소지수(WBI: Wiener Börse Index)는 오피셜 마켓(Official Market)에 상장되도록 허용된 모든 오스트리아 주식의 실적을 나타내고 있다. 비엔나 다이내믹 인덱스(Vienna Dynamic Index: ViDX)는 비엔나증권거래소에 상장되고 있는 성장주 및 테크놀로기 지향의 회사들이 구성되고 있는 지수이다. CECE인덱스는 중앙·동유럽의 증권거래소에 상장되고 있는 가장 매력적인 주식으로 구성된 지수이다.

wild (계획이) 난폭한, 무모한 ¶ *wild* market 난조의 시장

wildcat 살쾡이, 성질 잘 내는 사람 ¶ *wildcat* security 가짜 회사주, 무가(無價)증권
wildcat drilling 와일드캣 탐광 ¶ A *wildcat drilling* is an exploring for oil and

gas in an unproven area. A wildcat oil, and gas limited partnership is structured so that investors take high risks but can reap substantial rewards if oil and gas is found in commercial quantities. 와일드캣 탐광은 원유나 천연가스의 매장이 입증되지 않는 지역에서 탐광(探鑛)을 하는 것이다. 와일드캣 석유·천연가스 리미티드 파트너십(wildcat oil, and gas limited partnership)의 투자자(investor)는 높은 리스크를 무릅쓰지만, 가령 상업채굴이 가능한 양의 원유나 가스가 발견된다면, 상당한 이익을 기대할 수 있다.

will 의지, 유언서 ¶ The *will* is a document, also called a testament, that, when signed and witnessed, gives legal effect to the wishes of a person, called a testator, with respect to disposal of property upon death. 유언서는 본인과 입회인의 서명이 있으면, 사망시의 재산처분에 관한 유언자(testator)의 요망에 법적인 효력을 부여하는 서류를 이른다. 이를 testament라고도 한다. /*will* power 의지능력

willful; wilful[영] 계획적인, 고의의 ¶ *willful* misconduct 고의의 불법행위 ***willful negligence*** 고의의 과실 ¶ *Willful negligence* is failure to exercise ordinary care to prevent injury to a person who is actually known to be, or reasonably is expected to be, within range of a known danger. 고의의 과실은 알려진 주의의 범위 내에서, 실제로 알고 있거나 또는 상당히 알 것으로 기대되는 자에 대해 권리침해를 방지할 통상의 주의를 행사하지 않는 경우이다.

Williams Act 윌리엄스법 ¶ The *Williams Act* is a federal legislation enacted in 1968 that imposes requirements with respect to public tender offers. It was inspired by a wave of unannounced takeovers in the 1960s, which caught managers unaware and confronted stockholders with decisions they were ill prepared to make. The *Williams Act* and amendments now comprise Section 13(e) and 14(d) of the Securities and Exchange Act of 1934. The law requires the bidder opening a tender to file with both a statement detailing the terms of the offer, the bidder's background, the cash source, and his or her plans for the company if there is a takeover. The same information is required within 10 days from any person of company acquiring 5% or more of another company. The law mandates a minimum offering period of 20 days and gives tendering shareholders 15 days to change their minds. If only a limited number of shares are accepted, they must be prorated among the tendering stockholders. See also Saturday night special. 윌리엄스법은 1968년에 제정된, 주식공개매수(tender offer)에 관하여 규정한 미연방법이다. 1960년대에 횡행한 예고없는 매수(takeover)에 의하여 경영진은 허를 찔리고, 주주는 준비부족인 채로 의사결정을 강요당한 것에 촉발되어 제정되었다. 이 윌리엄스법과 그 수정조항은 1934년의 미증권거래소법(Securities Exchange Act of 1934)의 13조 e항과 14조 d항을 구성하고 있다. 동법은 공개매수를 시작하는 매수자는 미증권거래위원회(Securities and Exchange Commission: SEC)와 매상대상회사(target company) 양쪽에 제안조건, 매수자에 관한 정보, 자금원, 매수 후의 경영계획에 관하여 상세한 것을 설명한 문서를 제출할 것을 의무로 하고 있다. 그리고, 다른 회사주식의 5% 이상을 취득한 사람이나 회사도 10일 이내에 똑같은 정보를 제출하여야 한다. 동법의 규정에서는, 공개매수의 경우, 최저 20일간의 청약기간을 의무로 하고 있고, 매수에 따른 주주에게 15일간의 재고기간을 주고 있다. 공개매수 주식수가 한정되고 있는 경우에는, 매수에 따른 주주에게 그 청약주식수에 따라 비례배분된다. Saturday night special(새터데이나이트 스페셜)도 참조할 것.

willingness 의사(意思) ¶ *willingness* to pay 지급할 의사

Wilshire indices 윌셔지수 ¶ *Wilshire indices* are performance measurement indices developed by Wilshire Associates, Inc., of Santa Monica, California. The Wilshire 5,000 Total Market Index, named after the nearly 5,000 stocks it contained when it was originally created, is the most widely followed index; it is published in national daily newspapers and is carried by the Associated Press. It measures the performance of all U.S. equity securities with readily available price data; as of June 30, 2009, 4,241 capitalization-weighted security returns were included in the index. The Wilshire 5,000 base is its December 31, 1980, capitalization of $1,404,596; its capitalization is approximately 77.5% New York Stock Exchange (NYSE), 0.3% NYSE Amex Equities (AMEX), and 22.2% National Association of Dealers Automated Quotations (NASDAQ). Equity issues include common stocks and REITs. Additions to the index are made monthly, after the third Friday's close. Initial public offerings (IPOs) are generally added with the monthly adds. The Wilshire 4500 Equity Index is the Wilshire 5000 less the Standard & Poor's 500 composite index; current capitalization is about 62.4% NYSE, 1.3% AMEX, and 36.3% NASDAQ. 윌셔 지수는 캘리포니아주 산타모니카의 윌셔 어소시에이트사(社)(Wilshire Associates, Inc.)와 다우존스 인덱스와의 제휴에 의하여 개발된 투자수익성 측정지수(performance measurement indices)를 말한다. 윌셔 5,000종목 주가지수(Wilshire 5,000 Total Market Index)는 최초로 창설된 때에 보유한 거의 5,000종목 주식에서 이름을 딴 것이지만, 가장 널리 이용되는 지수이다. 그것은 미국 전국적으로 일간지에 게재되고, AP(Associated Press)를 통하여 배신(配信)되고 있다. 이 지수는 용이하게 주가정보가 입수할 수 있는 미국에 본사를 두는 전회사의 주식의 가격동향을 측정하고 있고, 2009년 6월 30일 현재, 4,241회사의 주식의 시가총액 가중평균이율(capitalization-weighted security returns)이 이 지수의 베이스로 되고 있다. 윌셔 5,000의 기준치는 1980년 12월 30일 현재의 1,404,596달러이다. 그 시가구성은 뉴욕증권거래소(NYSE)가 약 77.5%, 아메리칸증권거래소(AMEX)가 0.3%, 나스닥(National Association of Dealers Automated Quotations: NASDAQ)이 22.2%로 되어 있다. 이 지수의 주식에는, 보통주(common stock), 부동산투자신탁(REITs)이 포함되고 있다. 이 지수에의 추가는 매월 제3금요일의 거래종료 후에 행해진다. 신규주식공모(initial public offering: IPO)도 매월의 추가시점에서 추가되는 일이 많다. 윌셔 4,500 주식지수(Wilshire 4,500 Equity Index)는 윌셔 5,000종목 지수에서 스탠더드앤드푸어스 500종목 통합주가지수(Standard & Poor's 500 Composite Index)를 뺀 것인데, 그 시가구성은 약 NYSE 62.4%, AMEX 1.3%, 및 NASDAQ 36.3%이다.

wind 꾸불꾸불하다, 감다, 말다 ¶ *wind* up an account [a contract] 계좌[계약]를 청산하다

windbill 공(空)어음, 융통어음 ¶ The *windbill* is an alternative name for an accommodation bill. windbill(융통어음)은 융통어음(accommodation bill)의 다른 용어이다.

windfall 바람에 떨어진 과실, 생각지도 않은 손에 들어온 횡재, 윈드폴 ¶ The *windfall* is a one-off gain from an investment that cannot be relied on to recur. 윈드폴(windfall)은 투자로부터는 일어날 것으로 기대할 수 없는 1회의 과실(果實)이다. /*windfall* loss 우연의 손실, 의외의 손실 ***windfall profit*** 우발이익, 초과이익 ¶ The *windfall profit* is a profit that occurs suddenly as a result of an event not controlled by the person or company profiting from the event. For example, oil companies profited in the 1970s from an explosion in the price of oil brought about by the Arab oil embargo and the price increases demanded by the Organization of Petroleum Exporting Countries. See also windfall profit tax. 우

발이익은 당사자들과는 아무런 관계가 없는 사건으로 인하여 돌연히 생기는 이익을 이른다. 예를 들면, 1970년대에 아랍산유국에 의한 금수조치 및 석유수출국기구(Organization of Petroleum Exporting Countries: OPEC)의 가격인상요구의 결과 원유가격이 고가로 올라서 석유회사가 향유한 이익과 같은 것이다. windfall profit tax(초과이윤세)도 참조할 것. ~ ***profit tax*** 초과이윤세 ¶ The *windfall profit tax* is a tax on profits that result from a sudden windfall to a particular company or industry. In 1980, federal legislation was passed that levied such a tax on oil companies because of the profits they earned as a result of the sharp increase in oil prices in the 1970s. Since then, the tax has not been reenacted. 초과이윤세는 특정한 회사 혹은 업계의 갑작스런 우연한 이익에 대하여 부과하는 세금을 말한다. 1980년에, 1970년대에 석유가격이 급상승한 결과, 석유회사가 이익을 얻었다고 하여, 이런 종류의 세금을 부과하는 미연방법이 가결되었다. 그 이후 이런 세금이 부과된 일은 없다.

winding(-)up (회사의) 청산, (회사의) 해산, 사업정지 ¶ compulsory [voluntary] *winding-up* 강제[임의]해산 /*winding-up* by the court 강제해산 /*winding-up* of a company 회사의 해산 /a *winding-up* order 해산명령

windmill [속] 융통어음(windbill) → accommodation bill (융통어음)

window 창(窓), 창구 ¶ The *window* is: (1) a limited time during which an opportunity should be seized, or it will be lost. For example, a period when new stock issues are welcomed by the public only lasts for a few months, or maybe as long as a year – that time is called the *window* of opportunity. (2) a discount window of a Federal Reserve bank. (3) a cashier department of a brokerage firm, where delivery and settlement of securities transactions takes place. 창구는 (1) 기회를 잡을 수 있느냐 아니면 놓치느냐로 한정된 시간을 이른다. 예를 들면, 신주발행(new stock issue)에 형편이 좋은 시장환경이 수개월밖에 계속하지 않는 경우도 있는가 하면, 1년 정도 계속하는 경우도 있다. 그러한 기간을 window of opportunity(기회의 창)라고 한다. (2) 미연방준비은행(Federal Reserve bank)의 할인창구(discount window)를 말한다. (3) 증권매매의 인도와 결제(settlement)가 행해지는 증권회사(brokerage firm)의 출납부문(cashier department)을 말한다. /tellers' *window* 텔러의 창구 /*window* items 창구(처리)안건 /(discount) *window* operation; *window*-guidance; *window* guidance 창구지도, 창구규제 /*window* ticket 번호표(番號票), 상환표(相換票) ***window dressing*** 윈도우드레싱(기관투자자들이 분기말이나 연말 결산에 앞서 수익률을 높이기 위하여 보유 종목의 종가를 관리하는 것이다.), 결산대책, 결산조작, 분식결산 ¶ The *window dressing* is: (1) a trading activity near the end of a quarter or fiscal year that is designed to dress up a portfolio to be presented to clients or shareholders. For example, a fund manager may sell losing positions in his portfolio so he can display only positions that have gained in value. (2) an accounting gimmickry designed to make a financial statement show a more favorable condition than actually exists – for example by omitting certain expenses, by concealing liabilities, by delaying write-offs, by anticipating sales, or by other such actions, which may or may not be fraudulent. 윈도우드레싱은 (1) 고객 또는 주주에게 제시하는 포트폴리오(portfolio)의 볼품을 좋게 하기 위하여(dress up), 4반기 말 또는 연도 말에 가까운 때에 행하는 매매(trading activity)를 말한다. 예를 들면, 펀드매니저(fund manager)가 자신의 포트폴리오의 손해가 나고 있는 투자증권을 매도하여 가격이 올라가고 있는 투자증권만을 보이는 행위와 같다. (2) 재무제표(financial statement)를, 현실의 상태보다도 잘 보이기 위하여 행하는 회계조작(accounting gimmickry)을 말

한다. 예를 들면, 비용의 불계상, 채무(liabilities)의 은폐, 상각(write-off)의 순연, 매상의 선취(先取)계상이 있고, 그 중에는 부정한 행위와 그렇지 아니한 행위가 있다. /*window dressing* deposits 분식예금 /*window dressing* settlement 분식결산

wipe 닦다, 훔치다, 닦아 내리다 ¶*wipe* off a debt balance 차기(借記)잔액을 정리하다 /*wipe* off a debt [mortgage] 부채[모기지]를 소각하다 /*wipe* out 상쇄하다

wire [구] 전화, [은행] 자금이동 (*cf.*) Fed wire ¶*Wire*-fate item (추심결과) 전화통지안건 ***wire house*** 대형증권회사, 와이어하우스 ¶The *wire house* is a national or international brokerage firm whose branch offices are linked by a communications system that permits the rapid dissemination of prices, information, and research relating to financial markets and individual securities. Although smaller retail and regional brokers currently have access to similar data, the designation of a firm as a *wire house* dates back to the time when only the largest organizations had access to high-speed communications. Therefore, *wire house* still is used to refer to the biggest brokerage houses. 대형증권회사는 금융시장이나 개별적인 증권(security)에 관련되는 가격, 정보나 리서치를 신속하게 전파할 수 있는 통신시스템으로 지점간을 연결하고 있는 전국적 또는 국제적인 업무전개를 하는 증권회사(brokerage firm)를 말한다. 보다 소규모의 개인 상대나 지역적인 증권회사도 현재에는 유사한 데이터를 입수할 수 있으나, 와이어하우스라고 부르는 것은 가장 큰 조직체만이 고속통신을 이용한 시대에 거슬러 올라간다. 따라서, 와이어하우스(wire house)라는 이름은 현재에도 가장 큰 증권회사를 가리키는 데에 사용되고 있다. ~ ***room*** 와이어룸 ¶The *wire room* is an operating department of a brokerage firm that receives customers' orders from the registered representative and transmits the vital data to the exchange floor, where a floor ticket is prepared, or to the firm's trading department fro execution. The *wire room* also receives notices of executed trades and relays them to the appropriate registered representatives. Also called order department, order room, or wire and order. 와이어룸은 고객의 주문을 등록외무원(registered representative)으로부터 받아, 그 정보를 거래의 집행(execution)을 위하여 플로어티켓(floor ticket)이 작성되는 입회장 또는 자사의 트레이딩부문에 전달하는 증권회사의 후방사무부문(operating department)을 말한다. 와이어룸은 그 거래통지를 받아서 그것을 담당하는 등록외무원에 전달한다. 이를 order department, order room, wire and order라고도 한다. ~ ***transfer*** 전신송금 ¶The *wire transfer* is an electronic order for the payment of funds from one party to another. Various wire mechanisms exist to accommodate such transfers, including the Fed Wire, clearing house automated payment system, and clearinghouse interbank payment system. [영] 전신송금은 당사자로부터 다른 당사자로 자금의 지급을 위해 하는 전자주문을 말한다. 여러 가지의 전신메카니즘이 페드 와이어(Fed wire), 청산기관자동지급제도(clearinghouse automated payment system) 및 청산기관은행간지급제도(clearinghouse interbank payment system)를 비롯하여 이러한 송금을 수용하기 위하여 존재한다. → electronic funds transfer (EFT) (컴퓨터자금이체).

wireless trading 와이어리스거래 → on-line trading (온라인거래).

witching hour 윗칭아우어 → triple witching day (트리플 윗칭데이).

with …와(함께), …와 더불어, …으로, …로써, …하여 ¶*with* dividend [interest] 배당부(配當附)[이자부] /*with* extended cover 연장담보 /*with* (full) recourse [어음] 상환청구권부(附) /*with* recourse credit 상환청구권부 신용장 /*with* recourse loan

(차입금반환의) 청구권을 가지는 론 /*with* rights (신주인수)권리부로(cum rights, [영] cum new) /*with* warrant 권리부, 매매권부 ***with (particular) average (WA, WPA)*** [해상보험] 단독해손담보, 분손담보 ¶ In marine insurance, the phrase *with particular average* (*WPA*) means that a partial loss or damage to goods is insured. Damage and loss generally must be caused by sea water. Policies may have a minimum percentage of damage before payment, and the insurance may be extended to cover loss by theft, pilferage, delivery, leakage, and breakage. 해상보험에서, with particular average(분손담보)라는 문구는 화물에 대한 분손 또는 일부손해가 보험의 대상이 된다는 것을 의미한다. 손해와 손실은 일반적으로 해수(海水)가 원인이 되어야 한다. 보험계약은 보험금의 지급 전에 최소한의 손해를 볼 수 있고, 보험금은 도난, 좀도둑, 인도, 누수(漏水)와 파손으로 인한 손실을 커버할 수 있다. ***with recourse*** [영] 상환청구권 ¶ The *with recourse* is an implicit legal right giving the holder of a bill of exchange legal recourse to the seller of the bill in the event the drawer fails to pay. This right exists unless the bill is specifically endorsed to read without recourse. 상환청구권은 환어음의 발행인이 지급을 하지 않는 경우에 환어음의 소지인에게 환어음의 매도인에 대한 법적 상환청구권을 부여하는 묵시적 법적 권리이다. 이 권리는 환어음에 상환청구권없음이라고 읽히도록 명시적으로 배서되지 않는 한 존재한다.

withdraw 회수하다, 철회하다, 인출하다

withdrawal 회수, 철회, (예금)인출, 환급 ¶ *Withdrawal* is removal of money or the like from the place where it is kept, such as a bank or mutual fund. 인출이란 은행이나 뮤추얼펀드(mutual fund)와 같이 자금이 보관되고 있는 것에서 자금 기타의 물건을 이전하는 것이다. /*bank* [*deposit*] *withdrawal* 은행예금인출 /early [premature] *withdrawal* 기한전 환급 /excess of *withdrawal* over payment 재정자금의 회수가 지출보다 많은 경우 /a minimum notice of *withdrawal* of 7 days 최저 7일전의 인출예고 /*withdrawal* before maturity 만기전 해약 /*withdrawal* notice of fund 자금의 인출통지 /*withdrawal* slip 지출전표 /a *withdrawal* slip for a savings account 보통예금 환급표 /*withdrawal* without a passbook 무통장환급 ***withdrawal plan*** 정액인출제도 ¶ The *withdrawal plan* is a program available through most open-end mutual fund companies in which shareholders can receive fixed payments of income of capital gains (or both) on a regular basis, usually monthly or quarterly. 정액인출제도는 대부분의 오픈엔드형 뮤추얼펀드를 이용하는 제도로, 주주는 정기적으로 통상은 매월 혹은 4반기마다 투자수익 또는 캐피탈·게인(또는 그 양쪽)을 정액으로 수취할 수 있는 것이다.

withhold 보류하다, 휘어잡다, 지배하다

withholding 보류, 매석(賣惜), 공제, 원천징수 ¶ In securities, *withholding* is violation of the rules of fair practice of the Financial Industry Regulatory Authority (FINRA) whereby a participant in a public offering fails to make a bona fide public offering at the public offering price – for example, by *withholding* shares for his or her own account or selling shares to a family member, an employee of the dealer firm, or another broker-dealer – in order to profit from the higher market price of a HOT ISSUE. See also immediate family; investment history. 증권에 있어서, 매석(賣惜)은 공매나 매출(public offering)에 참가한 증권업자가 공모가격(public offering price)으로 성실하게 공모나 매출을 하지 않는 것으로, 금융업규제기구(Financial Industry Regulatory Authority: FINRA)의 공정거래규칙(rules of fair practice)에 대한 위반이다. 예를

들면, 자신을 위하여 공모주를 따로 떼어놓는다든지, 가족, 회사의 종업원, 혹은 다른 동업자에게 판매하여 인기공모주(HOT ISSUE)의 전매(轉賣)로 이익을 올리려고 하는 경우이다. immediate family[근친자(近親者)]; investment history(투자실적기록)도 참조할 것. ¶In taxes, *withholding* is: (1) deduction from salary payments and other compensation to provide for an individual's tax liability. Federal income taxes and Social Security contributions are withheld from paychecks and are deposited in a Treasury tax and loan account with a bank. The yearly amount of *withholding* is reported on an income statement (Form W-2), which must be submitted with the federal, state, and local tax returns. Liability not provided for by *withholding* must be paid in four estimate tax payments. (2) *withholding* by corporations and financial institutions of a flat 10% of interest and dividend payments due securities holders, as required under the Tax Equity and Fiscal Responsibility Act of 1982. The purpose was to levy a tax on people whose earnings escaped tracking by the Internal Revenue Service. The 10% *withholding* requirement was repealed in 1983. As a compromise, "backup *withholding*" was instituted, whereby, using Social Security numbers, payments can be reported to the IRS and matched against the actual income reported. (3) *withholdings* from pension and annuity distributions, sick pay, tips, and sizable gambling winnings, as stipulated by law. (4) 30% *withholding* requirement on income from U.S. securities owned by foreigners – repealed by the Tax Reform Act of 1984. 세무에 있어서, 원천징수는 (1) 급여나 기타의 보수로부터 개인의 납세분을 공제(deduction)하는 경우이다. 미연방소득세(Federal Income Tax) 및 사회보장출연금(Social Security contribution)은 급여에서 원천 징수되어(withheld) 은행에 있는 미재무부의 세금 및 대출계좌(tax and loan account)에 예금된다. 연간의 원천징수액은 연간의 소득계산서(서식 W-2)에 표시되고, 이 서식은 연방, 주(州), 지방세신고서에 첨부되어야 한다. 원천징수를 받지 않는 소득에 관련되는 납세는 4회에 걸친 예정납세액(estimated tax)을 지급하여야 한다. (2) 1982년의 조세지분 및 재정책임법(Tax Equity and Fiscal Responsibility Act of 1982)에 의하여, 회사나 금융기관은 증권보유자에게 지급되는 이자 및 배당금에서 일률적으로 10%의 원천징수를 하는 것이 의무가 되었다. 미국세입청(Internal Revenue Service: IRS)에 의한 소득포착을 면하고 있는 사람들에게 세금을 부과하는 것이 목적이었으나, 이 10%의 원천징수의 규정은 1983년에 폐지되었다. 절충안으로서 「원천징수지원제도」(backup withholding)가 도입되어 사회보장번호(Social Security number)를 이용한 지급기록이 미국세입청에 보고되고, 거기서 실제로 신고된 소득과 대조되도록 되었다. (3) 법의 규정에 기초하여, 연금(pension and annuity)의 분배금, 상병수당(傷病手當)(sick pay), 팁(tip) 및 매우 큰 도박의 벌이에 대한 원천징수이다. (4) 외국인이 보유하는 미국증권에서의 수입(收入)에 대한 30%의 원천징수규정을 이른다. 다만, 1984년의 조세개혁법(Tax Reform Act of 1984)에 의하여 폐지되었다.

within 내부의, 이내(以內) ¶the *within* mortgage 본건 모기지 /the *within* note 본건(이 서류 중에서 언급되고 있는) 어음

without …가 없이 ¶*without* collateral 무담보의 /*without* dividend 배당락(配當落) /*without* documents 선적서류없는, 클린 /*without* engagement 약정가격이 없는, 확약보류의 /*without* interest 이자락(利子落), 무이자의 /*without* L/C transaction 위다웃 L/C거래(결제에 신용장을 이용하지 않는 거래) /*without* particular average (WPA) 단독해손부담보 /*without* a passbook 무통장취급 /*without* recourse credit 무담보문언신용장 ***without recourse*** [어음] 상환청구권없음 (*cf.*) with recourse 상환청구권부(附) ¶The words *without recourse* are words used in factoring receivables or endorsing a note or bill to denote that the holder is not to look to the debtor personally in the event of nonpayment. The creditor has recourse only to the property. This is a form of exculpation, synonymous with non-recourse. See also endorsement; exculpatory. 상환청구불능이란 보유자는 불지급(nonpayment)의 경우에 개인적으로 채무자에게 청구해서는 안된다는 것을 의미하는 뜻으로 받은 어음(receivables)을 매입한다든지 약속어음이나 증서를 보증한다든지 할 때에 사용하는 문구이다. 채권자는 재산에 대해서만 소구권(遡求權)을 가진다. 이것은 상환청구권없음(nonrecourse)과 동의어로서 무죄증명(exculpation)의 형태이다. endorsement(배서); exculpatory(무죄를 주장하는)도 참조할 것.

witness ⓝ 증인 ¶Expert and opinion *witnesses* are usually brought in by the parties to the litigation rather than by the court. 감정 또는 의견을 구하기 위한 증인은 통상 법원에 의해서가 아니라, 소송의 당사자에 의해서 제출된다. /False folk should have many *witnesses.* 거짓말하는 사람들은 많은 증인이 필요하다. ⓥ 증명하다 ¶a *witnessed* signature 증인으로서의 서명, 부서(副署) /*witness* against [for] the accused 피고인에게 불리하게[유리하게] 증언하다

WLB → **W**ork-**L**ife **B**alance [약] (국내 기업의 선진국형의) 일과 삶의 균형근무제 ¶In the domestic business world, the *Work-Life Balance* (*WLB*) which is popular in the advanced nations, is spreading. It is the system of human resources management that the quality of working (result) prefers to the working hours (quantity). It carries the messages to enjoy work, household and personal life harmoniously. There are various patterns: one is to place the focus on the high productivity, the other to measure the specific gravity on the recharging of employee and child-rearing. 국내 기업에 선진국형 '일과 삶의 균형근무제'가 확산되고 있다. 근로시간(양)보다 근로의 질(성과)을 우선시하는 인력관리(HRM) 시스템이다. 일 · 가정 · 개인의 삶을 조화롭게 즐기라는 메시지가 담겨 있다. 유형은 다양하다. 생산성을 높이는 데 초점을 맞춘 제도가 있는가 하면, 근로자의 재충전과 육아에 비중을 둔 조치도 있다.

won 원 ¶The standard currency unit of Korea, divided into 100 chon; and North Korea, divided into 100 zeuns. 한국의 표준화폐단위이고 1 원(won) = 100 전(chon)이고, 북한의 표준화폐단위이기도 한데, 1 원(won) = 100 전(zeuns)이다.

word 말, 단어, 언어, (*pl.*) 알림, 소식, 전언(傳言) ¶The *word* is a popular word processing application sold both separately and as part of Microsoft's popular suite. 워드는 마이크로(Microsoft)의 일반적 쉬트(suite)와는 별도로, 그 일부로 판매되는 일반적인 워드프로세싱 응용(word processing application)을 말한다. /*word* of mouth 구두(口頭)로 /*Words* and figures differ. [부도문언] 문자숫자상위(相違) /*words* of limitation 한정문언 ***word processing*** 워드프로세싱 ¶The *word processing* means using a computer to prepare a letter, manuscript, or other document. Word processing software makes it easy to revise part of a manuscript and then have the computer print out the entire final document. The user retypes only the changes. 워드프로세싱은 편지, 원고(原稿), 기타 문서를 준비하기 위하여 컴퓨터를 사용하는 것을 의미한다. 워드프로세싱 소프트는 쉽게 원고의 일부분을 개고하고 그리고 나서 최종문서 전부를 인쇄하게 한다. 유저는 원고를 고치려고 할 때에만 다시 타이핑을 한다.

wording 언어사용, 어법, 표현 ¶*wording* of a bill 어음문언 /*wording* of a draft 어음의 문언

work 제작(품), (*pl.*) 공장, 토목공사 ¶*work* in process 제작중인 물건 /*work* sheet

작업표, 정산표 ***ex works* (*EWX*)** 익스웍스 인도조건, 제작소 인도조건 ¶ The *ex works* clause means the clause of at a named point of origin (examples: ex factory, ex mill, ex warehouse). Under this term, the price quoted applies only at the point of origin and the seller agrees to place the goods at the disposal of the buyer at a specified place on the date or within the period fixed. All other charges are for the account of the buyer. 익스웍스 인도조건은 발단의 지정된 지점에서(at a named point of origin)(예컨대, 익스팩토리, 익스밀, 익스웨어하우스)라는 의미이다. 이 거래조건에서, 제시된 가격은 발단의 지점에서만 적용되며 매도인은 물품을 지정일 또는 고정기간 내에 특정한 장소에서 매수인이 처분할 수 있게 두기로 동의하는 것이다. 다른 모든 비용은 매수인의 계정에서 나간다. ***~-in-process*** 제조 중인 물품 → inventory(재고품). ***~-in-process inventory*** [영] 제작중의 재고자산 ¶ The *work-in-process inventory* is a class of inventory held by a company that includes goods that are in various stages of production but not yet ready for sale. See also finished goods inventory; raw material inventory. 제작중의 재고자산은 생산의 여러 가지 단계에 있는 제품으로서 아직 판매를 위한 준비가 안된 제품을 포함하는 회사가 보유하는 1종의 재고자산을 말한다. finished goods inventory(완성품재고자산); raw material inventory(원재료재고자산)도 참조할 것.

worker 노동자, 근로자 ***worker buyout*** 근로자매수(買收) ¶ The *worker buyout* is: (1) an attempt by an employer to reduce the size of its workforce by offering financial incentives to employees who agree to terminate their employment with the firm. Workers may be required to surrender retirement and health benefits as a condition for receiving the financial incentives. (2) acquisition of a business by its employees. *Worker buyouts* generally occur when a business is in bankruptcy or severe financial difficulty and employees are concerned about losing their jobs. 근로자매수는 (1) 회사와 고용을 종결하기로 동의한 근로자에게 금융장려금을 제공함으로써 사용자의 사용노동자총수의 규모를 축소하려는 사용자의 기도를 말한다. 근로자들은 금융장려금을 받기 위한 조건으로 퇴직과 의료급여를 포기하여야 할 것이다. (2) 근로자에 의한 기업의 매수(acquisition)이다. 근로자 매수는 일반적으로 기업이 파산할 때 또는 심각한 재정난에 봉착할 때와 근로자들이 자신들의 직장을 상실하는 것을 걱정할 때에 발생한다. ***~s compensation insurance*** 근로자급여보상보험 ¶ The *workers compensation insurance* is an insurance that pays benefits on behalf of an insured employer to employees or their families in the case of injury, disability, or death resulting from occupational hazards. 근로자급여보상보험은 종업원이 직업상의 위험으로 인하여 상해, 폐질, 또는 사망한 경우, 종업원 또는 그 가족에게 피보험자(insured)인 고용자를 갈음하여 급여를 행하는 보험(insurance)을 말한다. ***~s' credit union*** 노동자[근로자]신용조합 ¶ The *workers' credit union* is a not-for-profit institution typically formed by workers, and a labor union and operated as a cooperative. The credit unions may pay higher rates on deposits and charge lower rates on loans than commercial banks. See also credit union. 노동자[근로자]신용조합은 노동자과 노동조합에 의해서 일반적으로 결성되어 협동조합으로서 운영되고 있는 비영리목적(not-for-profit)의 금융기관이다. 그 신용조합은 예금에는 상업은행보다 높은 금리를 지급하고, 융자에서는 낮은 금리를 부과한다. credit union(신용조합)도 참조할 것.

workforce 작업요원(수), 사용노동자총수

working 실용적인, 운영상의 ¶ permanent *working* capital 장기운전자본 /*working* asset 운전자산, 재고정리자산 /*working* capital ratio 유동(성)비율 /*working* day 평일(workday) /*working* paper (on audit) 감사조서 /*working* sheet 정산표

working capital 운전[운영]자본 ¶ *Working capital* is funds invested in a company's cash, accounts receivable, inventory, and other current assets (gross working capital); usually refers to net capital – that is, current assets minus current liabilities. *Working capital* finances the cash conversion cycle of a business – the time required to convert raw materials into finished goods. These factors vary with the type of industry and the scale of production, which varies in turn with seasonally and with sales expansion and contraction. Internal sources of *working capital* include retained earnings, savings achieved through operating efficiencies and the allocation of cash flow from sources like depreciation or deferred taxes to *working capital*. External sources include bank and other short-term borrowings, trade credit, and term debt and equity financing not channeled into long-term assets. See also current ratio; net current assets. 운전[운영]자본은 회사의 현금(cash), 외상매출금(account receivable), 재고(inventory) 기타의 유동자산(current assets)에 투자된 자금을 총운전자본(gross working capital)이라 한다. 통상은 순수운전자금(net working capital)을 말하며, 유동자산에서 유동부채(current liabilities)를 공제한 것을 가리킨다. 운전자본은 원재료를 최종제품으로 마무리하여, 최종제품을 판매하며, 외상매출금을 현금으로 만들어 회수하기까지의 사업의 현금전환사이클(cash conversion cycle)의 자금조달로 한다. 이 사이클은 업종이나 생산규모에 따라 변동하지만, 생산규모는 계절적 요인이나 판매의 확대나 축소에 따라 변동한다. 운전자본의 내부적인 자금원(資金源)으로서는, 이익잉여금(retained earnings), 경영효율개선에 의한 경비절약, 및 감가상각(depreciation)이나 세금의 순연(deferred tax)에서 생기는 캐시플로(cash flow)가 있다. 외부적인 자금원에는, 은행 및 기타의 기관에서의 단기차입, 기업신용(trade credit), 그리고 고정자산투자에 돌리지 않는 장기차입 및 자기자본조달(equity financing)이 있다. current ratio(유동성비율); net current assets(순유동자산)도 참조할 것. ~ ***control*** 실효지배 ¶ *Working control* is effective control of a corporation by a shareholder or shareholders with less than 51% voting interest. *Working control* by a minority holder, or by two or more minority holders working in concert, is possible when share ownership of a firm is otherwise widely dispersed. See also minority interest. 실효지배는 51% 미만의 의결권(voting interest)으로 1인 또는 복수의 주주가 회사를 실효지배하는 경우이다. 1인 또는 수인이 협동하여 행하는 소수주주의 지배는 회사의 주식소유가 그 사람을 제외하고 폭넓게 분산되고 있는 때에 가능하다. minority interest(소수주주지분)도 참조할 것. ***Working Families Tax Relief Act of 2004*** 2004년의 근로가족감세법 ¶ The *Working Families Tax Relief Act of 2004* is a legislation designed to extend a variety of tax breaks for individuals and businesses and simplify certain parts of the tax code. Some of the most important provisions of the law include: (1) continuing the child tax credit at $1,000 for 2005 through 2009, (2) full marriage penalty relief for the basic standard deduction, (3) repeal of the reduction in the 10% tax bracket for 2005 through 2010, (4) no rollback in 2005 AMT exemptions for individuals, (5) uniform definitions of a child, (6) research credit extended through 2005, (7) work opportunity and welfare-to-work tax credit extended through 2005, and (8) energy incentives extended through 2005. 2004년의 근로가족감세법은 개인 및 법인에 대한 여러 가지의 감세조치를 연장할 목적, 및 세법의 내용을 일부 간소화할 목적에서 만들어진 법률이다. 본법에서 가장 중요한 조항은 다음과 같다. (1) 2005년부터 2009년까지 1,000달러의 아동세액공제(child tax credit)의 계속, (2) 기초공제액에 대한 혼인페널티의 해소, (3) 2005년부터 2010년까지, 세율구분 10%에 있어서의 과세상한 금액인하의 철회, (4) 대체미니멈세

의 기초공제액의 인하를 2005년에 관하여는 행하지 않음, (5) 아동의 정의의 통일, (6) 연구개발비세액공제를 2005년까지 연장, (7) 고용기회세액공제(work opportunity tax credit)와 취로지원세액공제(welfare-to-work tax credit), (8) 에너지 인센티브를 2005년까지 연장 등이다. ~ ***interest*** 직접관여투자 ¶ *Working interest* is direct participation with unlimited liability, as distinguished from passive limited partnership shares. The Tax Reform Act of 1986 let investors with *working interests* in drilling ventures, such as general partners, offset losses against all types of income. 직접관여투자는 수동적인 리미티드 파트너십(limited partnership)에의 투자와는 달리, 무한책임(unlimited liability)을 수반하는 직접적인 관여를 말한다. 1986년의 조세개혁법(Tax Reform Act of 1986)에 의하여, 제네럴 파트너(general partners)로서 예컨대 채굴업에 대하여 직접 관여하고 있는 투자자가, 거기서부터 생기는 손실을 모든 종류의 소득과 상쇄하는 것이 인정되었다.

workout 워크아웃, 문제처리 ¶ The *workout* is a situation, such as a bad loan or troubled firm, where remedial measures are being taken. 워크아웃은 부량채권(bed debt)이나 문제를 안고 있는 회사에 대하여 시정조치가 취해지는 상황을 이른다.

worksheet 워크시트 ¶ The *worksheet* is a computerized paper allowing the user to manipulate many columns and rows of numbers. The *worksheet* can contain formulas so that if the number is changed, the entice worksheet is automatically updated, based on those formulas. Analysts, investors, and accountants track a company's financial statements, balance sheets, and other *worksheets*. 워크시트는 컴퓨터 사용자가 많은 행(行)이나 열(列)의 숫자의 조작을 가능하게 하는 컴퓨터상의 페이퍼이다. 워크시트에 계산식을 편입함으로써 하나의 숫자를 변경하면 모든 워크시트의 관련숫자를 자동적으로 그 계산식에 근거해서 갱신할 수가 있다. 애널리스트(analyst), 투자자(investor), 회계사는 워크시트상의 기업의 재무제표(financial statement), 대차대조표(balance sheet) 및 기타의 데이터를 추적하고 있다.

world 세계, 세상 ¶ the banking *world* 은행계 /the economic *world* 경제계 /world corporation 다국적기업 /a *world* crisis 세계공황(恐慌) /*world* debt problem 누적채무문제 /*world* enterprise 다국적기업, 세계기업 /the *world* market 세계시장 ***World Bank*** 세계은행, 국제부흥개발은행(정식명칭은 International Bank for Reconstruction and Development이다.) → International Bank for Reconstruction and Development (국제부흥개발은행). ***World Trade Organization (WTO)*** 세계무역기구 ¶ The *World Trade Organization* (*WTO*) is an independent multilateral agency administering world trade agreements. *WTO*, headquartered in Geneva, Switzerland, resulted from the Uruguay round of General Agreement on Trade and Tariffs (GATT) concluded in 1995. *WTO's* tasks include fostering trade relations among its members resolving disputes, and serving as a forum for future multilateral trade negotiations. WTO는 세계무역협정을 집행하는 독립된 다국가간의 협정인 World Trade Organization(세계무역기구)의 머리글자에서 따온 약어이다. 세계무역기구는 본부를 스위스의 제네바에 두고, 무역관세일반협정(General Agreement on Trade and Tariffs: GATT)의 우루과이라운드의 결과로 1995년에 체결되었다. WTO의 임무는 회원국들간의 통상관계를 촉진하고 분쟁을 해결하며, 장래 다국간의 통상교섭을 위한 포럼(forum)으로서 작용하는 것이다.

worldwide 전세계에 알려진, 세계적인 ¶ the *worldwide* recession 세계적 불황

worn; worn-out 낡은, 진부한, 닳아서 떨어진 ¶ *worn(-out)* coin 손상화폐 /*worn* currency 오손(汚損)지폐 /*worn(-out)* (bank) note 손상권(損傷券)

worry 근심, 노고, (*pl.*) 근심거리 ¶ financial [money, pecuniary] *worry* 재정적[금전상의] 근심거리

worst-case credit loss [영] 최악의 대손(貸損) ¶ The *worst-case credit loss* is a potential extreme credit loss represented by a point multiple standard deviations from the mean value of the credit loss distribution function. Financial institutions allocate capital in support of *worst-case credit losses*. See also expected credit loss; unexpected credit loss. 최악의 대손은 대손분포함수(distribution function)의 중간치에서 포인트 다수의 표준편차(standard deviation)에 의해서 나타나는 잠재적인 과도대손을 말한다. 금융기관은 최악의 대손지원으로 자금을 배분한다. expected credit loss(예상대손); unexpected credit loss(우발적 대손)도 참조할 것.

worth 가치 ¶ He is *worth* eight hundred thousand dollars. 그 재산[자산]은 80만 달러의 가치가 있다. /net *worth* 순가치 /Net *worth* has been reduced to $500,000. 순자산[자기자본]은 50만 달러로 감소하였다. /a statement showing his net *worth* 그의 순자산을 나타낸 보고서 /one hundred dollars *worth* in won 100달러상당의 원화 /$1,000,000 *worth* of products 100만 달러 상당의 제품

WPA → **w**ith **p**articular **a**verage [약] 분손담보 (WP(with average)와도 동일함) ¶ In marine insurance, the term *with particular average* (*WPA*) is partial loss or damage to goods insured. Damage and loss generally must be caused by sea water. Policies may have a minimum percentage of damage before payment, and the insurance may be extended to cover loss by theft, pilferage, delivery, leakage, and breakage. 해상보험에 있어서, 분손담보(WPA)조건은 부보된 화물에 일부 소실 또는 손해가 생긴 경우이다. 손해와 손실은 일반적으로 해수(海水)가 원인이어야 한다. 보험증권에서는 보험금지급전에 최소한의 손해비율이 기재될 수 있고, 보험은 도난, 인도, 누수 및 파손으로 인한 손실까지 커버될 수 있다.

wrap 덮개, 외피, 싸개, (*pl.*) 구속, 억제, 랩 ¶ The *wrap* is any form of guarantee or support applied to a security to enhance its creditworthiness. 랩(wrap)은 증권의 신용도를 고양하기 위하여 증권에 적용되는 보증이나 지원의 형식을 말한다. /*wrap* up 통합하다, 정리하다 /gift-*wrap* 증정용으로 포장하다 ***wrap account*** 랩어카운트(고객이 맡긴 자금을 증권사가 주식 · 채권 · 펀드 등 다양한 금융상품에 투자해 수익을 얻는 금융상품) ¶ The *wrap account* is an investment consulting relationship in which a client's funds are placed with one more managers, and all administrative and management fees, along with commissions, are wrapped into one comprehensive fee, which is paid quarterly. The *wrap account* fee varies, but usually ranges from 1% to 3% of the value of the assets in the account. *Wrap account* usually requires a minimum initial investment of anywhere from $25,000 to $10 million for individual accounts. The term wrap has been expanded to involve mutual fund asset allocation programs. Technically, there are not wrap program because they are not "all inclusive." Transaction commissions in these programs on mutual funds are still a variable and they are pooled accounts as distinguished from individual accounts. 랩어카운트는 고객이 자금을 한 사람 이상의 자금운영자에게 맡겨두고 수수료와 더불어 모든 관리운영비는 하나의 총괄요금에 포함하여 3달에 한번씩 지급하는 투자자문관계이다. 랩어카운트의 수수료는 여러 가지지만, 통상 그 계좌에 있는 자산가치의 1%에서 3%가 많다. 랩어카운트를 개시하는 경우에, 개인의 계좌에 관하여 25,000달러에서 1,000만 달러의 초기투자액이 요구된다. 포괄(wrap)이라는 의미는 확대되어 뮤추얼

펀드(mutual fund)의 운용자산배분 프로그램도 포함하게 되었다. 그러나 기술적으로 말하자면, 펀드의 운용자산배분 프로그램은 수수료를 「전부 포괄」(all inclusive)하는 것은 아니므로, 랩프로그램이라고는 말할 수 없다. 뮤추얼펀드의 자산분산형 프로그램의 수수료는 변동비이고, 개별적인 계좌가 아닌 공통계좌인 점이 랩어카운트와는 다르다.

wraparound 몸에 두르는 식의 ***wraparound annuity*** 투자대상선택연금, 랩어라운드연금보험 ¶ The *wrap-around annuity* is an annuity contract allowing an annuitant discretion in the choice of underlying investments. Wrap-around refers to the protection the annuity vehicle provides through its tax-deferred status, which becomes precarious when the annuity vehicle is being used as a technical way to avoid tax payment. 랩어라운드연금보험은 연금보험 수급권자(annuitant)에게 그 연금자산의 투자대상을 선택할 재량권을 인정하는 연금보험계약을 말한다. 랩어라운드란 연금자산이 순연(tax deferred)조치를 향유할 수 있음을 의미한다. 그러나 이 연금으로서의 구조가 세금의 회피수단으로서 이용될 때에는 문제가 될 수 있다. ~ ***insurance*** [영] 랩어라운드보험 ¶ The *wraparound insurance* is an insurance policy covering various aspects of sovereign risk, including embargo, sanction, loss, abandonment, control, and expropriation. See also political risk insurance. 랩어라운드보험은 금수(禁輸, embargo), 제재(sanction), 손실, 폐기(abandonment), 통제 및 공용징수(expropriation)를 비롯하여 여러 가지의 주권리스크(sovereign risk)를 커버하는 보험계약을 말한다. 정치적 리스크보험(political risk insurance)도 참조할 것. ~ ***mortgage*** 포괄 모기지 ¶ The *wrap-around mortgage* is the second mortgage that increases a borrower's indebtedness while leaving the original mortgage contract in force. The *wrap-around mortgage* becomes the junior mortgage and is held by the lending institution as security for the total mortgage debt. The borrower makes payments on both loans to the wrap-around lender, who in turn makes scheduled installment payments on the original senior mortgage. It is a convenient way for a property owner to obtain additional credit without having first to pay off an existing mortgage. 포괄 모기지는 원래의 모기지 계약을 유효로 한 채로 차입자의 차입을 증가하는 제2 모기지 차입계약(second mortgage)을 말한다. 포괄 모기지는 열후한 모기지지만, 랩어라운드 모기지의 대여자는 모든 채무의 담보로서 취득하게 된다. 차입자는 양쪽의 차입의 지급을 랩어라운드 모기지의 대여자에 대하여 행하고, 이 대여자가 기존의 상위 모기지 차입(senior mortgage)의 분할지급을 예정대로 실행한다. 이 방법은 부동산의 소유권자가 기존의 모기지 차입을 전액 변제하지 않고 추가차입을 할 수 있는 편리한 방법이다.

wrapper 지폐의 대봉(帶封), 포장지 ¶ with current date on *wrapper* 대봉(帶封)에 최근의 일자를 처서

wreck [n.] 파괴, 난파선 ¶ A *wreck* blocked the channel. 난파선이 수로(水路)를 봉쇄하였다.

[v.] 파괴하다, 난선(難船)하다 ¶ The ship was *wrecked* at sea. 그 선박은 바다에서 난파되었다.

wreckage 난파, 난파화물 ¶ We saved whatever we could from the *wreckage*. 우리는 난파한 선박의 잔해에서 구출한 것은 무엇이든 구제하였다.

wrinkle 묘안(妙案) ¶ *Wrinkle* implies novel feature that may attract a buyer for a new product or a security. For examples, zero coupon securities were a new wrinkle when they were introduced but soon thereafter became quite commonplace. 묘안이란 매수인을 신제품이나 신증권에 끌어들이는 것 같은 새로운 특징을 의미한다. 예를 들면, 제로쿠폰채(債)는 당초에는 묘안이었으나, 곧바로 흔해 빠진 것이 되었다.

writ 문서, 기록, 쓴 것 ¶ a *writ* of attachment 압류영장 /a *writ* of execution 강제집행영장

write (글씨를) 쓰다, 서면으로 만들다, [증권] 콜옵션을 매각하다 ¶ *write* "accepted" 「인수함」이라고 쓰다 /*write* back 정정 기입하다 /*write* back an entry [item] 장부기입을 정정하다 /*write* off a bad debt [claim, intangible asset] 불량대금(貸金) [배상금, 무형자산]을 상각하다 /*write* up 기장하다, 장부가격을 인상하다, 과대평가하다 /*writing* back (반대기입에 의해서) 장부의 오류를 정정하는 것

write-down [off] 장부가격인하, 감가상각 ¶ A *write-off* is charging an asset amount to expense or loss. The effect of a *write-off* is to reduce or eliminate the value of the asset and reduce profits. *Write-offs* are systematically taken in accordance with allowable tax depreciation of a fixed asset, and with the amortization of certain other assets, such as an intangible asset and a capitalized cost (like premiums paid on investments). 상각이란 자산액을 경비나 손실에 부과하는 것이다. 상각의 효과는 자산의 가치를 감액 또는 경감하고, 이익을 감소시키는 것이다. 상각은 세법상 인정된 고정자산의 감가상각(depreciation)이나 무형자산이라든가 자본화비용(투자시에 지급된 프리미엄 등) 등의 자산의 상각으로서 체계적으로 행해진다. /*write-off* [charge-off] of a claim 채권상각

write out 라이트아웃 ¶ The *write out* is a procedure followed when a specialist on an exchange makes a trade involving his own inventory, on one hand, and an order he is holding for a floor broker, on the other. The *write out* involves no charge other than the normal broker's commission. 라이트아웃은 거래소의 스페셜리스트가 한편으로는 자신의 재고(inventory)와 관계되는 거래를 하고, 그리고 다른 한편으로는 입회장 브로커로부터의 주문이 있는 때에 행하는 절차를 말한다. 라이트아웃에서는 통상의 브로커 수수료 이외에는 어떠한 비용도 발생하지 않는다.

writer 옵션의 매도인(option writer), 보험인수업자 ¶ A *writer* is a person who sells put option and call option contracts, and therefore collects premium income. The *writer* of a put option is obligated to buy (and the *writer* of a call option is obligated to sell) the underlying security as a predetermined price by a particular date if the option is exercised. 옵션의 매도인은 풋옵션이나 콜옵션 계약을 매도하여 옵션료의 수입을 얻는 자이다. 옵션의 매도인은 특정한 기일까지 옵션이 행사된다면, 기초증권(underlying security)을 사전에 결정된 가격으로 매입할(콜옵션의 매도인은 매도할) 의무가 있다.

write up/write down 평가증(增) · 평가감(減) ¶ *Write up/write down* is upward or downward adjustment of the accounting value of an asset accorging to generally accepted accounting principles GAAP. 평가증(增) · 평가감(減)이란 일반적으로 공평 타당하다고 인정된 회계원칙에 따라 자산평가액을 증가, 감소시키는 것이다.

writing cash-secured puts 현금(現金)예탁 풋매도전략 ¶ The *writing cash-secured puts* is an option strategy that a trader who wants to sell put options uses to avoid having to use a margin account. Rather than depositing margin with a broker, a put writer can deposit cash equal to the option exercise price. With this strategy, the put option writer is not subject to additional margin requirements in the event of changes in the underlying stock's price. The put writer can also be earning money by money by investing the premium he or she receives in money market instruments. 현금예탁 풋매도전략은 풋옵션을 매도할 옵션전략이다. 신용거래증거금(margin)을 증권회사에 예탁하는 대신에, 풋(put)의 매도인(writer)은 옵션의 행사가격(exercise price)과 같은 현금을 예탁한다. 이러한 전략을 쓰게 된다면, 풋옵션의 매도인은 기초증권의 가격이 변동하더라도, 추가증거금의 지급을 요구되는 일은 없다. 풋옵션의 매도인은 수취한 프리미엄을 단기금융시장(money market)의 금융상품에 투자하여 다시 이익을 얻을 수가 있다.

writing naked 네이키드 옵션매도전략 ¶ The *writing naked* is a strategy used by an option seller in which the trader does not own the underlying security. This strategy can lead to large profits if the stock moves in the hoped-for direction, but it can lead to large losses if the stock moves in other direction, since the trader will have to go into the marketplace to buy the stock in order to deliver it to the option buyer. 네이키드 옵션매도전략은 기초증권(underlying security)을 소유하지 않고, 옵션을 매도하는 전략을 이른다. 이 전략은 주가가 기대한 대로 움직이면 커다란 이익을 얻게 되지만, 주가가 반대로 움직이면 옵션의 매수인에게 인도하기 위한 주식을 시장에서 구입하여야 하기 때문에. 커다란 손실을 입는다.

writing puts to acquire stock 주식취득목적의 풋매도전략 ¶ The *writing puts to acquire stock* is a strategy used by an option writer (seller) who believes a stock is going to decline and that its purchase at a given price would represent a good investment. By writing a put option exercisable at that price, the writer cannot lose. If the stock, contrary to his expectation, goes up, the option will not be exercised and he is at least ahead the amount of the premium he received. If, as expected, the stock goes down and the option is exercised, he has bought the stock at what he had earlier decided was a good buy, and he has the premium income in addition. 주식취득목적의 풋매도전략은 주가가 하락할 것이라고 예상하고 있고, 특정한 가격으로 구입한다면 훌륭한 투자가 될 것이라고 믿는 옵션의 매도인이 사용하는 전략이다. 투자해도 좋을 것으로 생각하는 주가를 행사가격(exercise price)으로 하는 풋옵션을 매도하면, 매도인은 결코 손해를 입지 않는다. 주가가 예상을 뒤엎고 상승한다면 옵션은 행사되지 않을 것이고, 매도인은 적어도 수취한 프리미엄분(分)만큼 득을 본다. 만일 예상대로 가격이 하락해서 옵션이 행사된다면, 이전에 매입시기라고 결정하고 있던 주가로 그 주식을 구입할 수 있을 뿐만 아니라, 프리미엄까지 손에 넣게 된다.

written 서면(書面)으로 작성한 ¶ *written* assignment 양도증서 /*written* contract; *written* agreement 서면계약, 약정서 /a written application 서면신청 /a *written* assignment 양도증서 /*written* bid and offer 판자호가(板子呼價) /*written* decision 재결서(裁決書) /*written* evidence 증거서류 /*written* inquiry 서면문의 /*written* option 매도옵션 /a *written* plea 변명서 /*written* premium 계상보험료 /*written* proxy 대리권을 증명하는 서류 /*written* risk management policy 리스크 관리방침문서 /*written* statement of assurance 확약서 /*written* statement of manners of conducting business 업무방법서 /*written*-off accounts receivable 상각채권
written agreement [application, contract, evidence, guarantee, order, report] 서면에 의한 합의 [신청, 계약, 증거, 보증, 주문, 보고] ¶ Whenever possible, try to obtain a *written contract*. Then you can check to make sure that all promises that have been made are included in the final deal. *Written contract* will not only spell out what the merchant is supposed to do and the price, but also let you know what is required to of you. 가능하면 서면계약을

손에 넣도록 하세요. 그러면 귀하는 행한 모든 약속이 최후의 거래에서 포함된 것을 확인하기 위해 체크할 수 있습니다. 서면계약은 상인이 행하고자 하는 것과 그 대금을 명확히 기재할 뿐만 아니라, 귀하에게 필요한 것을 알도록 하는 것입니다.

written-down value 상각후 장부가(帳簿價) ¶ The *written-down value* is a book value of an asset after depreciation or other amortization; also called net book value. For example, if the original cost of a piece of equipment was $1,000 and accumulated depreciation charges totaled $400, the *written-down value* would be $600. 상각후 장부가는 감가상각(depreciation)이나 기타의 상각(amortization) 후의 자산의 장부가(book value)를 이른다. 이를 net book value라고도 한다. 예를 들면, 어느 설비의 취득원가(original cost)가 1,000달러이고, 누적상각액이 400달러인 경우, 상각후 장부가는 600달러가 된다.

wrongdoing 부정사건 ¶ The policeman found no evidence of *wrongdoing*. 경찰은 어떤 부정사건의 증거도 발견하지 못하였다.

wrongful dismissal 부당(不當)해고 ¶ A *wrongful dismissal* is an employer's termination of an employee's employment in violation of an employment contract or laws that protect employees. 부당해고는 사용자가 고용계약 또는 노동자를 보호하는 법률을 위반하여 노동자의 고용을 종료시키는 경우이다.

wrongly 잘못해서, 실수로 ¶ a *wrongly* addressed letter 수신인이 잘못된 편지 /We are *wrongly* informed. 우리는 잘못된 것을 알고 있었다. /The text of this draft appears to be *wrongly* worded. 이 어음의 문언은 틀리게 쓰여 있는 것 같다. /a *wrongly* worded [drafted] bill 문언상위의 어음

WT → **W**arrant [약] 워런트 ¶ *WT* is called warrant or short. WT는 warrant(워런트)의 생략어이다.

W-2 Form 원천징수표, 서식 W-2호 ¶ The *W-2 Form* is a tax form prepared by an employer for an employee to enclose with the 1040 Form, summarizing wages earned for the year, federal and state taxes withheld, and social security tax information. 서식 W-2호는 종업원이 서식 1040호(1040 Form)와 함께 제출할 수 있도록 고용주가 준비하는 세무상의 서식을 말한다. 그 연도의 수취임금, 원천징수된 미연방세나 주세(州稅), 사회보장세에 관한 정보를 요약하고 있다.

WTO → **W**orld **T**rade **O**rganization [약] 세계무역기구 ¶ *WTO* is an acronym for the World Trade Organization which is an independent multilateral agency administering world trade agreements. *WTO*, headquartered in Geneva, Switzerland, resulted from the Uruguay round of General Agreement on Trade and Tariffs (GATT) concluded in 1995. WTO's tasks include fostering trade relations among its members, resolving disputes, and serving as a forum for future multilateral trade negotiations. WTO는 세계무역협정을 집행하는 독립된 다국가간의 협정인 World Trade Organization(세계무역기구)의 머리글자에서 따온 약어이다. 세계무역기구는 본부를 스위스의 제네바에 두고, 무역관세일반협정(General Agreement on Trade and Tariffs: GATT)의 우루과이라운드의 결과로 1995년에 체결되었다. WTO의 임무는 회원국들간의 통상관계를 촉진하고 분쟁을 해결하며, 장래 다국간의 통상교섭을 위한 포럼(forum)으로서 작용하는 것이다.

X

X 엑스, 로마숫자의 10, ex의 약자(통상 소문자의 x로 표시함) ¶ an *X* mark signature X인(印)의 서명(기명서명)

X; XD 엑스 또는 엑스디 ¶ *X* or *XD* is a symbol used in newspapers to signify that a stock is trading ex-dividend, that is, without dividend. The symbol X is also used in bond tables to signify without interest. X 또는 XD는 신문지상에서 주식이 배당락으로, 말하자면 배당없이 거래되고 있음을 의미하기 위해서 사용되는 기호이다. subscription right(신주인수권)도 참조할 것.

x.a. → ex all [약] 전권리락(全權利落) ¶ *Ex-all* is sale of a security without dividends, rights, warrants, or any other privileges associated with that security. 전권리락이란 이익배당(dividends), 신수인수권(rights), 주식매수청구권(warrants) 등 증권과 관련되는 권리가 붙어 있지 아니한 증권(securities)의 판매를 말한다.

x-axis [수학] 횡축(橫軸), x축(軸)(시간 등) (*cf.*) abscissa 횡자표(橫座標), ordinate 종좌표(縱座標), y-axis 종축(縱軸)

XD → ex dividend [약] 배당락(配當落)(ex. div)

x-dividend → ex dividend [약] 배당락 ¶ An *ex-dividend* is an interval between the announcement and the payment of the next dividend. An investor who buys shares during that interval is not entitled to the dividend. Typically, a stock's price moves up by the dollar amount of the dividend as the ex-dividend date approaches, then falls by the amount of the dividend after that date. A stock that has gone *ex-dividend* is marked with an x in the newspaper listings. 배당락이란 배당선언일(announcement)에서 다음 배당의 지급일까지의 기간을 의미한다. 이 기간중에 주식을 구입하는 투자자는 배당을 수취할 권리가 없다. 일반적으로는, 배당락일(ex-dividend date)이 가까워오면서, 주가는 배당분만큼 상승하고, 그 날 이후 배당분만큼 하락한다. 배당락한 주식은 신문의 주가란면에 x의 기호가 부쳐진다.

XEU (ISO) code European Monetary Cooperative Fund – currency ecu. ¶ XEU (국제표준기구) 약호 유럽통화협력기금 — 화폐 에큐(ecu).

x-int. → ex interest [약] 이자락(利子落).

x-mark signature x인(印)의 서명 ¶ The *x-mark signature* is the signature by an individual who is unable to write his or her name. x인(印)의 서명은 자기의 이름을 쓸 수 없는 개인의 서명을 말한다.

Xmas Club account 크리스마스적립계좌 (*cf.*) vacation club account

XOL agreement [영] 손실초과액(excess of loss) 약정 ¶ The *XOL* (*excess of loss*) *agreement* is a reinsurance arrangement where a reinsurer assumes risks and returns in specific horizontal or vertical layers; depending on the magnitude of losses and the sequence and level of attachment, a reinsurer may or may not face some cession and allocation of losses on each loss event. See also proportional agreement; quota share; surplus share. 손실초과액 약정은 재보험자가 특수한 수평적 · 수직적 초과액 레이어에서 위험과 이익률(risk and return)을 인수하는 재보험계약약정이다. 즉, 손실의 규모와 도달의 연속 및 수준에 의존하여, 재보험자는 각 손실사고에 약간의 양여(cession)와 배정(allocation)을 직면할 수도 있고, 직면하지 않을 수도 있다. proportional agreement(비례배분계약); quota share(비례특약); surplus share(잉여금분담)도 참조할 것.

XR 엑스알(ex-rights) ¶ *XR* is symbol used in newspaper to signify that a stock is trading ex-rights, that is, without rights attached. 엑스알은 신문에서 주식이 제권리락(諸權利落)으로, 즉 첨부된 제권리없이 거래되고 있음을 의미하기 위해서 사용되는 기호이다. subscription warrant(신주인수권증서)도 참조할 것.

x-rts. → ex rights [약] 권리락(權利落).

xu 수 ¶ A subdivision (1/100) of the Vietnamese dong. 베트남화폐 동(dong)의 하부단위(1/100)이다.

XW 엑스더블유 ¶ *XW* is symbol used in newspaper to signify that a stock is trading ex-warrants, that is, without warrants attached. 엑스더블유는 신문지상에서 주식이 워런트락(落)으로, 즉 첨부된 워런트없이 거래되고 있음을 의미하기 위해서 사용되는 기호이다.

x-warr. → ex warrants [약] 워런트락(落)(XW). ¶ *Ex-warrants* are stocks sold with the buyer no longer entitled to the warrant attached to the stocks. Warrants allow the holders to buy stocks at some future date at a specified price. Someone buying a stock on June 3 that had gone ex-warrants on June 1 would not receive those warrants. They would be the property of the stockholder of record on June 1. 익스워런트채(債)란 신주인수권(워런트, warrant)이 없는 상태에서 매수인에게 판매되는 주식을 말한다. 워런트의 보유자는 장래의 특정한 시점에서 특정한 가격으로 주식을 구입할 권리를 가진다. 6월 1일에 익스워런트를 6월 3일에 구입한 자는 워런트를 취득할 수 없다. 워런트는 6월 1일에 주주명부에 기재되어 있던 자에게 귀속한다.

Y

Yahoo 야후 ¶ The *Yahoo* is a popular search engine for the world wide web, accessible at http://www.yahoo.com. *Yahoo* also offers Internet services, such as e-mail. 야후는 월드 와일드 웹(world wide web), 접근할 때에는 http://www. yahoo.com으로 널리 보급되어 있는 검색엔진이다. 야후는 또 e-mail과 같은 인터넷 서비스를 제공하고 있다.

「야호」로도 들리겠죠?

Yankee 양키 ¶ The *Yankee* is a colloquial term on the London Stock Exchange for a U.S. security. 양키는 미국의 증권을 두고 런던증권거래소에서 사용하는 구어체(口語體)이다. ***Yankee bond*** 양키본드 ¶ The *Yankee bond* is a dollar-denominated bond sold in the United States by a foreign-domiciled issuer. U.S. investors can thereby purchase the securities of foreign issuer without being subject to price swings caused by variations in currency exchange rates. *Yankee bond* prices are influenced primarily by changes in U.S. interest rates and the financial condition of the issuer. 양키본드는 외국에 주소를 둔 기채자(起債者, issuer)에 의하여 미국 내에 판매되는 미달러 표시의 채권을 말한다. 미국의 투자자는 그래서 통화환율의 변동으로 인한 가격의 진폭에 구애되지 않고 외국인 기채자의 증권을 구입할 수 있다. 양키본드가격은 주로 미국의 금리의 변화와 기채자의 금융조건에 의해서 영향을 받는다. ***Yankee bond market*** 양키본드시장 ¶ The *Yankee bond market* is dollar-denominated bonds issued in the U.S. by foreign banks and corporations. The bonds are issued in the U.S. when market conditions aree more favorable than on eurobond market or in domestic markets overseas. Similarly, Yankee certificates of deposit are negotiable CDs issued in the U.S. by the branches and agencies of foreign banks. 양키본드시장은 외국의 은행이나 기업에 의해서 미국 내에서 발행되는 달러표시채권을 말한다. 양키본드는 미국시장의 쪽이, 유로본드시장이나 자국시장보다도 유리한 경우에 발행된다. 이와 마찬가지로, 양키CD(certificate of deposit, 예금증서)는 외국은행의 지점이나 대리점이 미국내에서 발행하는 양도성예금증서(negotiable certificate of deposit)를 의미한다. ***Yankee CDs*** 양키CD ¶ *Yankee CDs* (Yankee Certificates of Deposit) are negotiable CDs issued in the U.S. by the branches and agencies of foreign banks. 양키CD는 외국은행의 지점이나 대리점이 미국내에서 발행하는 양도성예금증서를 의미한다.

yard [미속] 10억(billion) ¶ The *yard* is used in implying one billion currency units, usually yen. 야드는 어느 통화단위에서 10억을 의미할 때에 사용된다. 보통 엔화의 경우이다. /one *yard* yen 10억엔

yardstick 기준, 척도

y-axis [수학] 종축(縱軸), y축(軸) (*cf.*) ordinate 종좌표(縱座標), x-axis 횡축(橫軸)

year 연(年), 연도(年度) ¶ the base *year* 기준년 /a calendar *year* 역년(曆年) /a financial *year* 회계연도 /a first half (of the *year*); a first half-*year* (period) 상(반)

기 /a fiscal *year* 회계연도 /a leap year 윤년(閏年)(2월 29일로 하고, 1년이 366일이 되는 해) /natural *year* 자연년(365일) /on a *year*-over-*year* basis 전년(동기)에 비해서 /over the *year*-ago month; over the *year*; over a *year* ago; change form a *year* ago 전년(동월)비(比) /360 days *year* 연 360일 계산 /365 days *year* 연 365일 계산 /*year*-ago month 전년 동월 /*year*-on-year rate 전년(동기)비증감률(前年(同期)比增減率) ***year-to-year comparison*** 전년동기대비(對比) ¶*Year-to-year comparison* is contrast with sequential comparison. 전년동기대비란 전기비교(前期比較)(sequential comparison)와 비교하는 것이다. **~*-to-date* (*YTD*)** 연초부터 보고일까지의 기간, YTD ¶The *year-to-date* (*YTD*) is a period from the beginning of the calendar year (or fiscal year (FY) if so indicated) to the reporting date. For example third-quarterly results of a company would be reported for the quarter alone and for the *year-to-date*, which would be nine months. 연초부터는 보고일까지의 기간은 역년 또는 회계연도의 시작부터 보고일까지의 기간을 이른다. 예컨대, 회사의 제3분기의 업적은 제3분기만의 보고와 연초부터 보고일까지(year-to-date)의 9개월간의 결과가 보고되는 것이다.

yearbook 연감(年鑑), 연보(年報)

year-end 연말 ¶*Year-end* is the end of an organization's fiscal year. 연말은 단체의 회계연도의 말일이다. ***year-end bonus*** 연도말 상여(賞與), 연도말 보너스 ¶*Year-end bonus* is bonus payment given to employees at the end of a year, based on the employee's performance and the performance of the company. Most securities firms operate on a bonus system, providing employees with huge bonuses in highly profitable year. 연도말 보너스는 종업원의 실적과 회사업적에 기초로 해서, 연도말에 종업원에게 지급되는 상여(보너스)를 말한다. 대부분의 증권회사는 상여제도를 채용하고 있으며, 업적이 좋은 해에는 종업원에게 다액의 상여를 지급한다. **~ *dividend*** 연도말 배당, 기말배당 ¶The *year-end dividend* is an additional or special dividend declared base on a company's profits during the fiscal year. 연도말 배당은 회계연도의 회사업적에 근거로 결의되는 추가배당금 혹은 특별배당금을 말하다.

yearly 1년의, 연간의, 1년에 1회의 ¶*yearly* installment 연부(年賦) /*yearly* payment 연(年)지급, 연간 지급액 /*yearly* rate 연율(年率)

yellow 옐로 ***yellow goods*** 내구소비재(냉장고, 전자레인지 등) ¶In merchandising, the *yellow goods* are nonconsumable household goods, such as refrigerators or ovens, that are expensive and are usually replaced only after many years of service. Generally, yellow goods have a high profit margin. See also orange goods; red goods. 상품화계획에 있어서, 내구소비재는 값비싸고 통상 여러 해 사용한 다음에야 대체되는 냉장고나 오븐과 같은 비소비재인 가재도구를 말한다. 일반적으로 내구소비재는 높은 이윤폭(profit margin)이 있는 상품이다. orange goods(오렌지상품); red goods(레드소비재)도 참조할 것. ***Yellow Sheets*** 옐로시트 ¶*Yellow Sheets* are daily publication of Pink Sheets LLC that details the bid and asked prices and firms that make a market in corporate bonds traded in the over the counter (OTC) market. Much of this information is not available in the daily OTC newspaper listings. The sheets are named for their color. OTC equity issues are covered separately on Pink Sheets and regional OTC issues of both classes are listed on White Sheets. 옐로시트는 장외거래(over the counter)시장에서 거래되는 사채(corporate bond)의 매매호가(bid and asked price), 및 거래를 유리하게 이끄는(make a market) 증권회사명을 상세하게 보도하고 있는

핑크시트(Pink Sheets LLC)의 일간(日刊)간행물이다. 그 정보의 대부분은 일반지(一般紙)의 장외거래 정보란에는 게재되지 않는다. 옐로시트라는 이름은 그 종이의 색깔에서 이름이 붙여진 것이다. 장외시장의 주식은 별도 발행되는 핑크시트(Pink Sheets)에 게재되고 있고, 지방의 장외시장 종목은 사채, 주식과 함께 화이트시트(White Sheets)에 게재되고 있다.

Yemen Currency 예멘 공화국(Republic of Yemen) 화폐 ¶ Yemeni (YER) rial 예멘

Yen; yen (부호는 ¥) 엔(円) ¶ The standard currency unit of Japan, divided into 100 sen. 엔은 일본의 표준화폐단위이고, 1엔 = 100 센(sen)이다. /appreciation of the *Yen* 엔고(高) /exchange rate in favor of the *Yen* 엔고(円高)시세 /high *yen* rate; higher *yen* quotation 엔고(円高) /low *yen* rate; lower *yen* quotation 엔저(円低) /lower *yen* quotation 엔저(低)(시세) /on the *yen* basis; *yen*-denominated; a *yen* base 엔화표시 /quotation in the *yen* 엔화시세 /What is your (spot) *yen*? [딜링용어] 엔화현물은 얼마입니까. /*yen* appreciation 엔고(円高) /*yen* bill [currency] 엔화어음[통화] /*yen*-based loan 엔화표시차관 /*yen*-denominated bond 엔화표시채권 /*yen*-denominated export 엔화표시 수출 /*yen*-denominated foreign bond 엔화표시외채 /*yen*-denominated loan 엔화표시차관 /a *yen*-dollar rate 엔화 대 달러환율, 엔화의 대달러환율 /*Yen* exchange 엔화환율 /*yen* financing after foreign currency loan for import 수입파급융자 /*yen* loan 엔차관 /*yen* rate 엔화표시시세 /*yen* shift 엔화시프트 /*yen* travelers check 엔화T/C / (in) *yen* terms 엔화베이스(로) ***Yen bond*** 엔화표시채권 ¶ In good terms, a *Yen bond* is any bond issued denominated in Japanese yen. International bankers using the term are usually referring to yen-denominated bonds issued or held outside Japan. 일반적으로는, 엔화표시채권은 어떤 채권이든 엔화표시로 발행되기만 하면 된다. 국제금융관계자들은 이 용어를 사용할 때에는 통상 일본 이외에서 발행되었다든가, 일본 이외에서 보유하고 있는 엔화표시채권(yen-denominated bonds)을 가리킨다. ***Yen carry trade*** 엔캐리거래 ¶ The *Yen carry trade*, as it means, is a transaction that is to borrow the yen currency near to the zero % and invest in the currencies other than the Yen currency which are relatively higher. If the *Yen carry trade* is generated on a large scale, the Yen currency will be bearish as there are many people who want to sell the Yen currency and buy currencies other than the Yen. In the mid-2000s it was the prosperous trend that the *Yen carry trade* took the advantage of the change of global interest rates' environment to borrow the Yen currency at low price and invest all the parts of the world. In such a case, the *Yen carry trade* is fundamentally affected by the difference of interest rates between the Yen currency and other foreign currencies. 엔캐리거래는 말 그대로 금리가 0에 가까운 엔화를 빌려 상대적으로 금리가 높은 엔화 이외의 통화에 투자하는 거래를 말한다. 엔캐리거래가 대규모로 발생하면 외환시장에서 엔화를 팔고 엔화 이외의 통화를 사려는 사람들이 많아지기 때문에 엔화는 약세를 보이게 된다. 2000년대 중반에 글로벌 금리환경 변화에 편승하여 싼값에 엔화를 빌려서 세계 각지에 투자하는 엔캐리거래가 기승을 부렸다. 그러한 경우에, 엔캐리거래는 기본적으로 엔화와 외국통화간의 금리 차이에 의해서 영향을 받는다. ***Yen-hedged bond*** 엔화헤지채(債) ¶ The *Yen-hedged bond* is a bond in which the future yield and redemption is fixed to the yen at its issuance by making use of the swap. 엔화헤지채(債)는 스왑을 통해서 발행시에 장래의 수익률, 상환을 엔화에 고정시킨 사채를 말한다.

YER (ISO) code Republic of Yemen – currency Yemeni rial. ¶ YER (국제표준기

구) 약호 예멘공화국 — 화폐 리알(Yemeni rial).

yield [v.] (이익 등을) 가져오다 ¶ highly-*yielding* share 높은 수익률주식 /*yield* 7 per cent 수익률 7%에 맴돌다.

[n.] 원료에 대한 제품의 수익률, 이율 ¶ In general, the *yield* means the return on an investor's capital investment. A piece of real estate may yield a certain return, or business deal may offer a particular *yield*. 일반적으로 수익률은 투자자의 투자자본에 대한 수익률을 말한다. 부동산은 일정한 수익률을 생기게 하고, 또 특정한 상거래는 일정한 수익을 가져온다. ¶ In bonds, the *yield* is: (1) a coupon rate of interest divided by the purchase price, called current yield. For example, a bond selling for $1,000 with a 10% coupon offers a 10% current *yield*. If that same bond were selling for $500, however, it would offer a 20% yield to an investor who bought it for $500. (As a bond's price falls, its *yield* rises and vice versa.) (2) a rate of return on a bond, taking into account the total of annual interest payments, the purchase price, the redemption value, and the amount of time remaining until maturity; called maturity yield or yield to maturity. See also duration; yield to average life; yield to call. 채권에 있어서, 일드란 (1) 경상수익률(current yield)이라고 한다. 표면금리(coupon)를 구입가격으로 나눈 수익률이다. 예를 들면, 10%의 금리부 채권이 1,000달러로 판매되고 있는 경우, 그 직접수익률은 10%가 된다. 그러나 같은 채권을 500달러로 매수한 투자자에게 있어서는 20%의 직접이율이 된다(채권가격이 내려가면 직접수익률은 상승하고, 올라가면 직접수익률은 하락한다.). (2) 연간이자지급의 합계, 구입가격, 상환가격(redemption value), 만기일(maturity)까지의 잔존기간을 고려에 넣은 다음에 채권의 수익률(rate of return)을 말한다. maturity yield, 또는 yield to maturity라고 한다. duration(듀레이션); yield to average life(평균잔존기간수익률); yield to call(조기상환수익률)도 참조할 것. /an average *yield* 평균수익률 /at an average *yield* of 10 per cent 평균수익률 10%로 /bond *yield* 채권수익률 /dividend *yield* 배당수익률 /earnings *yield* 수익률 /effective *yield* 실효수익률 /good *yield* 좋은 수익률 /high *yield* fund 고수익펀드 /market *yield* 시장수익률 /maturity *yield* curve 만기수익률곡선 /prospective *yield* 예상수익률 /securities *yield* 증권수익률 /target yield 목표수익률 /*yield* auction 수익률입찰 /*yield* book 수익률표 /*yield* curve swap 일드커브스왑, (이자지급일마다 다시 평가되는) 장기변동금리와 단기변동금리를 교환하는 거래 /*yield* differential 수익률격차 /*yield* gap 수익률갭 /*yield* on benchmark three year corporate bond 지표금리인 만기 3년 회사채 수익률 /a *yield* on bond 채권수익률 /a *yield* on investment 운용수익률 /*yield* rate 원료에 대한 제품의 수익률 /a *yield* spread gap 다른 채권의 수익률교차(較差) /a *yield* to subscriber 응모자수익률 /a *yield* to total asset 총자산수익률 /*yield* trading [투자] 수익률 트레이딩 ***current yield*** 경상수익률 ¶ The *current yield* is an annual interest on a bond divided by the market price. It is the actual income rate of return as opposed to the coupon rate (the two would be equal if the bond were bought at par) or the yield to maturity. For example, a 10% (coupon rate) bond with a face (or par) value of $1,000 is bought at a market price of $800. The annual income from the bond is $100. But since only $800 was paid for the bond, the current yield is $100 divided by $800, or 12.5. 경상수익률은 채권의 연간금리(annual interest)를 시장가격(market price)으로 나눈 것인데, 실제의 금리수익률(income rate of return)이라고 한다. 표면금리(coupon rate)(이 둘은 채권이 액면으로 구입된 경우는 동일하게 된다.)나 만기수익률(yield to maturity)과는 대비된다. 예컨대 표면금리 10%인 액면 1,000달러의 채권을 시장가격 800달러로 구입하

였다고 하자. 이 채권의 연간수입액은 100달러지만, 채권구입액이 단지 800달러이므로, 경상수익률은 100달러를 800달러로 나누거나 또는 12.5%가 된다. ***net*** ~ 순수익률 ¶ A *net yield* is a rate of return on a security net of out-of-pocket costs associated with its purchase, such as commissions or markups. 순수익률은 증권의 수익률(rate of return)에서, 수수료나 가치상승분(markup) 등 당해 증권구입에 들어간 실비 지출분을 공제한 것을 말한다. ~ ***advantage*** 수익률우위 ¶ The *yield advantage* is an extra amount of return an investor will earn if he or she purchases a convertible security instead of the common stock of the same issuing corporation. If an XYZ Corporation convertible yields 10% and an XYZ common share yields 5%, the yield advantage is 5%. See also yield spread. 수익률우위는 투자자가 보통주(common stock)를 갈음하여 동일한 회사가 발행하는 전환사채(convertibles)를 구입한 경우에 얻는 수익률의 가외금액(加外金額, extra amount of return)을 이른다. XYZ사의 전환사채의 수익률이 10%이고, 동사의 보통주의 수익률이 5%이면, 수익률우위는 5%가 된다. yield spread(수익률격차)도 참조할 것. ~ ***burning*** 일드버닝 ¶ The *yield burning* is a municipal bond financing practice whereby underwriters in advance refundings (prerefunding) slap excessive markups on U.S. Treasury bonds bought and held in escrow to compensate investors during the time between issuance of the new bonds and repayment of the old ones. Since bond prices and yields move in opposite directions, when underwriters mark up the bonds, they "burn down" the yield, violating federal tax rules and costing the government tax revenues. Under IRS regulations, municipalities, not the underwriters, incur the tax liability. The SEC, which conducted a wide-ranging probe of alleged *yield-burning* abuses by Wall Street firms in the late 1990s, favors making the underwriters responsible, not the municipalities. 일드버닝은 기존의 채권을 조기상환(call)할 목적에서 금리가 낮은 때에 지방자치단체가 새로운 지방채(municipal bond)[차환채(借換債)]를 사전에 발행한다고 하는 사전차환(advance refundings, prerefundings)시에 행해지는 행위를 이른다. 차환채의 발행단체인 지방자치단체는 차환채 발행대금으로 미재부무 증권(Treasureis)을 구입하여 기존채권의 조기상환시까지 에스크로계좌에서 운용하지만, 이때에 차환채의 인수업자(underwriter)가 지방자치단체에 미재무부 증권을 시장가격보다 상당히 높게(마크업, markup) 매도하는 행위를 일드버닝(yield burning)이라고 한다. 채권가격과 수익률(yield)은 역(逆)의 움직임을 하기 때문에, 인수업자가 채권가격을 마크업하면 이율은 「소진(消盡)된다」(burn down). 말하자면, 하락하게 된다. 이것은 미연방정부의 조세규정의 위반이며, 조세채무의 부담이 된다. 1990년대 후반에 월가의 증권회사들이 일드버닝의 남용이라고 하는 경우를 광범하게 조사를 행한 SEC는 지방자치단체가 아니라 인수업자에게 책임을 지우는 것을 지지하고 있다. ~ ***curve*** 수익률곡선 ¶ The *yield curve* is a graph showing the term structure of interest rates by plotting the yields of all bonds of the same quality with maturities ranging from the shortest to the longest available. The resulting curve shows if short-term rates are higher or lower than long-term rates. If short-term rates are lower, it is called a positive *yield curve*. If short-term rates are higher, it is called a negative (or inverted) *yield curve*. 수익률곡선은 신용리스크가 동일하고 잔존기간이 서로 다른 채권의 최단기간에서 최장기간까지의 기간별 수익률을 나타내는 그래프를 말한다. 이 수익률곡선은 단기금리(short-term interest)가 장기금리(long-term interest)보다 높거나 낮음을 보여준다. 단기금리의 쪽이 낮으면 순(順)일드커브(positive yield curve), 높으면 역(逆)일드커브(negative yield curve)라고 부른다. ~ ***equivalence*** 등가수익률 ¶ The *yield equivalence* is the rate of interest at which a tax-exempt bond and a taxable security of similar quality provide the same return. To calculate the yield that must be provided by a taxable security to equal that of a tax-exempt bond for investors in different tax brackets, the tax exempt yield is divided by the reciprocal of the tax bracket (100 less 28%, for example) to arrive at the taxable yield. Thus, a person in the 28% tax bracket who wished to figure the taxable equivalent of a 10% tax free municipal bond would divide 10% by 72% (100 minus 28%) to get 13.9% – the yield a corporate taxable bond would have to provide to be equivalent, after taxes, to the 10% municipal bond. To convert a taxable yield to a tax-exempt yield, the formula is reversed – that is, the tax exempt yield is equal to the taxable yield multiplied by the reciprocal of the tax bracket. See also tax-equivalent yield. 등가수익률은 면세채(tax-exempt bond) 및 그것과 동질의 과세증권(taxable security)이 동일한 수익률을 제공하는 금리수준을 말한다. 상이한 세율구분에 있는 투자자를 위하여 면세채와 동등한 과세증권이 제공하여야 하는 수익률을 계산하려면, 면세채 이율은, 과세구분에 도달하기 위하여 과세구분의 역수(예컨대 100 마이너스 28%)로 나눔으로써 구해진다. 따라서, 10%의 면세채인 지방채(municipal bond)를 계산하려는 28%의 과세구분에 있는 사람은 72%를 10%로 나누어(100% – 28% = 72% = 0.72) 구해지며, 13.9%라는 수치(數値)를 얻는다. — 이 13.9%라고 하는 수익률은 과세사채가 세액공제후 베이스이고, 10%의 면세지방채와 같은 수익률이 되기 위하여 필요한 수익률이다. 과세이율을 면세수익률로 환산함에는, 이 역(逆)의 계산을 하면 된다. 즉, 과세이율에 (100% – 세율)을 곱하면 면세수익률이 된다. tax-equivalent yield(과세환산수익률)도 참조할 것. ~ ***spread*** 수익률격차, 수익률스프레드 ¶ The *yield spread* is a difference in yield between various issues of securities. In comparing bond, it usually refers to issues of different credit quality since issues of the same maturity and quality would normally have the same yields, as with Treasury securities, for example. *Yield spread* also refers to the differential between dividend yield on stocks and the current yield on bonds. The comparison might be made, for example, between the Standard & Poor's Index (of 500 stocks) dividend yield and the current yield of an index of corporate bonds. A significant difference in bond and stock yields, assuming similar quality, is known as a yield gap. 수익률격차는 여러 가지의 증권간의 이율의 격차를 이른다. 채권(bond)을 비교하건대, 예를 들면, 미재무부 증권(Treasuries)과 같은 만기일과 질이 동등한 채권(bond)의 이율은 같기 때문에, 채권의 수익률의 격차란 통상은 신용도가 다른 채권에 관한 것이다. 이 수익률의 격차는 또 주식의 배당수익률(dividend yield)과 채권의 경상수익률(current yield)과의 차이를 표현하기도 한다. 예를 들면, 스탠더드앤드푸어스(500종목) 인덱스(Standard & Poor's 500 Composite Index)의 배당수익률과, 사채지수(bond index)의 직접수익률과의 격차와의 비교가 행해진다. 동질의 채권이나 주식간의 현저한 수익률의 격차는 수익률갭(yield gap)이라고 한다. ~ ***to average life*** 평균잔존기간수익률 ¶ The *yield to average life* is a yield calculation used, in lieu of yield to maturity or yield to call, where bonds are retired systematically during the life of the issue, as in the case of a sinking fund with contractual requirements. Because the issuer will buy its own bonds on the open market to satisfy its sinking fund requirements if the bonds are trading below par, there is to that extent automatic price support for such bonds; they therefore tend to trade on a *yield-to-average-life* basis. 평균잔존기간수익률은 최종수익률(yield to maturity)이나 조기상환수익률(yield to call)에 갈음하여, 계약상 규정되어 있는 감채기금(sinking fund)과 같이, 만기까지 규칙적으로 상환(redemption)되는 채권의 수익률을 계산할 때에 이용되는 방법이다. 감채기금부 채권이

액면(par)을 하회하여 거래되고 있는 때에는, 감채기금규칙에 따라 공개시장에서 채권을 환매하게 된다. 결국, 감채기금부 채권에는 그 한도에 있어서 가격유지기능이 있다고 말할 수 있다. 그러므로, 감채기금부 채권은 평균잔존기간수익률로 거래되는 일이 많다. ~ ***to call*** 조기상환수익률 ¶ The *yield to call* is a yield on a bond assuming the bond will be redeemed by the issuer at the first call date specified in the indenture agreement. The same calculations are used to calculate *yield to call* as yield to maturity except that the principal value at maturity is replaced by the first call price and the maturity date is replaced by the first call date. Assuming the issuer will put the interest of the company before the interest of the investor and will call the bonds if it is favorable to do so, the lower of the *yield to call* and the yield to maturity can be viewed as the more realistic rate of return to the investor. See also duration. 조기상환수익률은 채권이 신탁증서(indenture)에 기재된 제1회 조기상환(call)일에 상환될 것을 전제로 하여 계산한 이율을 말한다. 조기상환수익률계산에는, 최종수익률(yield to maturity)과 동종의 계산식이 이용되고 있으나, 만기에 있어서의 원금의 가치로서 제1회 째의 조기상환가격(first call price)이 사용되어 상환일에는 제1회째의 조기상환일이 사용된다. 채권의 발행단체는 투자자(investor)의 이익보다도, 발행단체의 이익을 우선하여, 조기상환이 회사에게 있어서 유리하다면, 그 채권을 조기 상환한다고 생각할 수 있으므로, 조기상환수익률과 최종수익률의 낮은 쪽의 수익률이 투자자에게 있어서 보다 현실적인 수익률로 볼 수 있다. duration(듀레이션)도 참조할 것. ~ ***to maturity (YTM)*** 만기수익률, 최종수익률 ¶ A *yield to maturity* (*YTM*) is a concept used to determine the rate of return an investor will receive if a long-term, interest-bearing investment, such as a bond, is held to its maturity date. It takes into account purchase price, redemption value, time to maturity, coupon yield, and the time between interest payments. 만기수익률은 예컨대 채권과 같은 금리를 생기게 하는 장기투자를 만기일(maturity date)까지 소유한 경우에, 투자자가 수취하는 수익률을 산출하는 데에 사용되는 개념이다. 만기수익률은 구입가격, 상환(redemption)가치, 잔존기간(time to maturity), 표면수익률(coupon), 각 이자지급의 간격 등을 고려에 넣어 산출한다. ~ ***to put (YPT)*** 풋수익률, 보장수익률(保障收益率) ¶ The *yield to put* (*YPT*) is the annual return on a bond, assuming the security will be put (sold back to the issuer) on the first permissible date after purchase. Bonds are quoted in this manner only if they sell at a price below the put price. Therefore, the yield includes interest and price appreciation. 보장수익률(保障收益率)은 증권이 구입한 후 최초의 허용기일에 풋(발행체에 되파는 것)되는 경우를 상정할 때에 채권의 연간수익률을 이른다. 채권은 풋가격보다 낮은 가격으로 매도되는 때에 한하여 시세가 선다. 따라서 수익률에는 금리와 가격의 상승이 포함된다. ~ ***to worst*** 최저수익률 ¶ A *yield to worst* is a bond yield assuming worst-case scenario, that is, earliest redemption possible under terms of the indenture. 최저수익률은 최악의 사태를 상정한 경우의 채권의 수익률을 이른다. 즉, 신탁증서(indenture)에 기재되어 있는 조건에 따라 채권이 조기 상환될 때의 수익률을 말한다.

your account [a/c] 선방(先方)계좌 (*cf.*) their account 선방계좌, a vostro account 선방계좌

yours [딜링용어] 유어스(I sell의 의미) (*cf.*) Mine「달러를 매도했다」¶ 10 MIO *yours* 100백만 달러(10 MIO) 매도하다

yo-yo stock 요요주식, 가격의 변동이 격심한 주식 ¶ A *yo-yo stock* is a stock that fluctuates in a volatile manner, rising and falling quickly like a yo-yo. 요요

주식은 요요처럼 급작스럽게 오르고 내리는 불안한 방식으로 시세가 변동하는 주식을 말한다.

YTM → yield to maturity [약] 만기수익률 ¶ A *yield to maturity* (*YTM*) is a concept used to determine the rate of return an investor will receive if a long-term, interest-bearing investment, such as a bond, is held to its maturity date. It takes into account purchase price, redemption value, time to maturity, coupon yield, and the time between interest payments. 만기수익률은 예컨대 채권과 같은 금리를 생기게 하는 장기투자를 만기일(maturity date)까지 소유한 경우에, 투자자가 수취하는 수익률을 산출하는 데에 사용되는 개념이다. 만기수익률은 구입가격, 상환(redemption)가치, 잔존기간(time to maturity), 표면수익률(coupon), 각 이자지급의 간격 등을 고려에 넣어 산출한다.

YTP → yield to put [약] 보장수익률(保障收益率), 풋수익률 ¶ The *yield to put* (*YPT*) is the annual return on a bond, assuming the security will be put (sold back to the issuer) on the first permissible date after purchase. Bonds are quoted in this manner only if they sell at a price below the put price. Therefore, the yield includes interest and price appreciation. 보장수익률(保障收益率)은 증권을 구입한 후 최초의 허용기일에 풋(발행체에 되파는 것)되는 경우를 상정할 때에 채권의 연간수익률을 이른다. 채권은 풋가격보다 낮은 가격으로 매도되는 때에 한하여 시세가 선다. 따라서 수익률에는 금리와 가격의 상승이 포함된다.

yuan (renminbi yuan) 위안 ¶ *Yuan* (renminbi yuan) is a monetary unit of the People's Republic of China. 위안(렌민비 위안)은 중국인민공화국의 화폐단위이다. 1 위안(yuan) = 10 지아오(jiaos).

Z

Zacks estimate system 잭스 예측시스템 ¶ The *Zacks estimate system* is a service offer by Zacks Investment Research of Chicago compiling earnings estimates and brokerage buy/hold/sell recommendations from more than 200 Wall Street research firms, covering more than 4,500 stocks. Zacks tracks the number of analysts following each stock, how many analysts have raised or lowered their estimates, and the high, low, and average earnings estimate for each quarter and fiscal year. Zacks offers a multiple selection of databases, print reports, and software for institutional and individual investors. See also Thomson Reuters. 잭스 예측시스템은 200개를 넘는 월가(Wall Street)의 리서치회사에 의한 수익전망, 및 「매수/보유계속/매도」(buy/hold/sell)의 추천을 통합하여 4,500개를 초과하는 주식정보를 망라하고 있는 시카고의 잭스투자리서치(Zacks Investment Research)가 제공하는 서비스이다. 잭스는 각 주식을 조사하고 있는 다수의 애널리스트(analysts)들이 누가 그 평가를 올렸는가 내렸는가를, 또 그들의 각 4반기 및 각 회계연도의 수익전망의 최고가, 최저가, 평균가를 추적조사하고 있다. 잭스는 기관투자자(institutional investor) 및 개인투자자(retail investor)를 위하여 여러 가지의 선택할 수 있는 데이터베이스, 인쇄한 레포트나 소프트웨어를 제공하고 있다.

Z-Bond 제트본드 ¶ *Z-Bond* is the fourth (Z) tranche of bonds in the structure of a typical collateralized mortgage obligation (CMO). Combining features of zero-coupon securities and mortgage pass-through securities, Z bonds receive no coupon payments until the earlier A (fast-pay), B (medium-pay), and C (slow-pay) classes have been paid off. Z holders then receive all the remaining cash flow, although interest has been added to principal as cash was used to repay earlier tranches. Some CMOs have been issued with multiple Z and Y tranches, incorporating sinking-fund schedules. 제트본드는 전형적인 모기지담보채무증서(collateralized mortgage obligation: CMO)의 제4순위(Z) 트랑슈(tranches)의 채권을 말한다. 제로쿠폰증권(zero-coupon securities)과 모기지 패스트루증권(pass-through securities)을 조합시킨 것인데, 제트본드는 A(조기지급 fast- pay), B(중기지급 medium-pay), C(후기지급 slow-pay)의 각 트랑슈가 완납되기까지 이자의 지급이 없다. 우선순위 상위의 트랑슈에의 지급에 자금이 충당되는 동안에, 제트본드보유자에의 금리는 원금(principal)에 추가되고, 제트본드보유자는 우선순위 상위의 트랑슈에의 지급완료 후에 잔존캐시플로(remaining cash flow) 전부를 받는다. 일부의 CMO는 감채기금(sinking fund)을 편성하여, 복수의 제트트랑슈 및 와이트랑슈로서 발행되었다.

zaibatsu [일본] 재벌(財閥) ¶ The *zaibatsu* is a Japanese corporate conglomerate with a central company controlling the ownership and activities of other companies. The *zaibatsu* structure was banned in the mid-1940 and replaced by the keiretsu. zaibatsu(재벌)은 다른 회사의 소유와 활동을 지배하는 중심회사의 일본식 회사의 거대기업집단(conglomerate)이다. zaibatsu의 구성은 1949년 중반에 금지되었고, keiretsu(系列)로 대체되었다.

zaitech [일본] 재(財)테크 ¶ The *zaitech* is a financial speculation undertaken by many Japanese companies in order to boost nonoperating income. The practice was very widespread during the late 1980s and early 1990s, although it continues to feature to some degree. Transactions involving structured notes and derivatives, often with leveraged equity and foreign exchange risks, are popular vehicles for *zaitech* activities. 재(財)테크는 비영업활동의 수입을 증가하기 위하여 많은 일본회사들이 인수하는 금융투기(financial speculation)이다. 그런 관행은 어느 정도 계속 인기가 있어 왔지만, 1980년대말과 1990년대초 사이에는 대단히 만연되었다. 구조채(structured notes)와 파생상품(derivatives)을 비롯하여 간혹 레버리지드 에퀴티(leverage equity) 및 외국환의 리스크와의 거래는 재(財)테크의 활동을 위한 인기 있는 수단이다.

ZAR (ISO) code South Africa – currency rand. ¶ ZAR (국제표준기구) 남아프리카 — 화폐 랜드(rand).

zero 영(零), 제로 → zero coupon [제로쿠폰채(債)]. ¶ *zero* coupon discount securities 제로쿠폰할인채(割引債)(이자는 붙지 않지만, 20% 이상의 할인이 되는 할인채) /*zero* bonds 할인채(에 상당하는 채권) /*zero* (rate of) economic growth 제로경제성장 ***zero- balance account*** 제로밸런스계좌(당좌계좌를 초과하여 수표를 발행할 때에 다른 계좌에서의 이체에 의하여 잔고 0으로 돌리는 방식) ¶ The *zero-balance account* is a checking account used by corporations to accelerate collection of funds from subsidiaries, or control funds disbursed to pay trade creditors. In a zero-balance collection account, collected balances are transferred by depository transfer check or automated clearing house debit from subsidiary accounts into a central concentration accounts, bringing the collecting account to a zero balance at the end of each business day. 제로밸런스계좌는 회사가 자회사(subsidiary)로부터 자금의 추심을 촉진하거나, 또는 동업자채권자에 지급하려고 지출한 자금을 관리하기 위하여 회사들이 이용하는 당좌계좌이다. 제로밸런스 추심계좌에 있어서, 추심잔액은 예금이체수표 또는 자회사계좌에서 중앙집중계좌에의 자동적인 청산거래소의 인낙(引落)에 의하여 이체되며, 각 영업일의 종료시에 추심계좌으로부터 제로계좌로 이전된다. ~ ***-based budgeting (ZBB)*** 제로베이스 예산작성 ¶ The *zero-based budgeting* (*ZBB*) is a method of setting budgets for corporations and government agencies that requires a justification of all expenditures, not only those that exceed the prior year's allocations. Thus all budget lines are said to begin at a zero base and are funded according to merit rather than according to the level approved for the preceding year, when circumstances probably differed. 제로베이스 예산작성은 전년도예산을 상회하는 금액에 대하여 뿐만 아니라, 모든 지출에 대하여 그 타당성을 요구하는 회사나 정부기관의 예산작성방법이다. 이 예산방식에서는, 상황이 대개는 다른 경우에, 전항목의 예산액이 전년도예산의 수준에 기초로 한 것이 아니라, 제로에서 각 항목의 메리트를 감안하여 자금배분이 된다. ~***-bracket amount*** 비과세구분액 ¶ Until the Tax Reform Act of 1986, the *zero-bracket amount* is the standard deduction, that is, the income automatically not subject to federal income tax for taxpayers choosing not to itemize deductions. The *zero-bracket amount* was built into the tax tables and schedules used to compute tax. The 1986 Act replaced the *zero-bracket amount* with an increased standard deduction, which was subtracted from income before computing taxes rather than being part of the rate tables. Current (see Revenue Reconciliation Act of 1993) law indexes the standard deduction to inflation and contains special provisions for the blind and elderly. 1986년의 세제개혁법(Tax Reform Act of 1986)전까지, 비과세구분액은 현재의 기초공제(standard deduction), 즉 항목별 소득공제(itemized deductions)를 선택하지 않은 납세자를 위해 자동적으로 미연방소득세의 대상이 되지 아니한 소득이다. 비과세구분액은 세금계산을 위하여 사용되는 세율표에 기재되어 있다. 1986년의 세법에서는, 비과세구분액을 갈음하여 확대된 기초공제가 채택되었으나, 이것은 세율표의 일부를 구성하는 것이 아니라, 세금을 계산하기 전에 수입에서 공제하는 형식이 되었다. 현행법(1993년의 세입조정법, Revenue Reconciliation Act of 1993 참조)에서는 기초공제액을 물가상승률에 연동시키고 있고, 또 시각장애자나 고령자대상의 특별조항도 포함하고 있다. ~ ***cost option*** 제로코스트옵션 ¶ The *zero cost option* is a transaction in which the option is bought and sold at the same time and the supply and demand of option premium are made to zero. 제로코스트옵션은 옵션의 구입과 매각을 동시에 행하여 옵션료의 수급을 제로로 하는 거래이다. ~***-coupon bond*** 제로쿠폰채(債)[이표(利票)가 없는 디프 디스카운트채(債)의 하나](zero-related bonds) ¶ The *zero-coupon bond* is a bond that provides no periodic interest payments to its owner. A *zero-coupon bond* is issued at fraction of its par value and increases gradually in value as it approaches maturity. Thus, an investor's income from a *zero-coupon bond* comes solely from appreciation in value. *Zero-coupon bonds* are subject to very large price fluctuations. The tax consequences of taxable issues often make *zero-coupon bonds* more suitable for tax-deferred account such as IRAs than for regular investments. Also called accrual bonds; capital appreciation bond; zero. See also separate trading of registered interest and principal of securities. 제로쿠폰채(債)는 채권의 소유자에게 정기적인 이자지급을 제공하지 않는 채권이다. 제로쿠폰채(債)는 채권의 액면가의 일부로서 발행되어 만기에 다가오면서 점차 증가한다. 따라서, 제로쿠폰채(債)로부터 나오는 투자자의 소득은 가격평가에서만 나오게 된다. 제로쿠폰채(債)는 매우 큰 가격변동을 겪어야 한다. 과세발행의 조세효과는 제로쿠폰채(債)를 정규의 투자보다 개인퇴직연금제도(IRA)와 같은 조세이연계좌(tax-deferred account)에 적합하게 만든다. 이를 이자증가형 채권(accrual bonds); 가격인상채(債)(capital appreciation bond); 제로(zero)라고도 한다. Separate Trading of Registered Interest and Principal of Securities(등록된 증권의 이자·원금의 분리거래)도 참조할 것. ~***-coupon certificate of deposit*** 제로쿠폰 예금증서 ¶ The *zero-coupon certificate of deposit* is a certificate of deposit that pays no periodic interest and that is sold at a discount from face value (that is, maturity value). A *zero-coupon CD* is essentially the same as any other CD in which the investor leaves interest to compound. 제로쿠폰 예금증서는 정기적으로 이자를 지급하지 않고 액면가(face value)(즉, 만기가격)에서 할인가로 매매되는 예금증서이다. 제로쿠폰 예금증서(CD)는 본질적으로 이자를 복리로 계산하도록 맡기는 어느 다른 CD와 같다. ~***-coupon convertible security*** 제로쿠폰전환사채 ¶ The *zero-coupon convertible security* is: (1) a zero-coupon bond convertible into the common stock of the issuing company when the stock reaches a predetermined price. Introduced as Liquid Yield Option Notes (LYONS), these securities have a put option that permits holders to redeem the bonds within three years after the initial offering. They tend to trade at a small premium over conversion value and provide a lower yield to maturity than their non-convertible counterparts. (2) a zero-coupon bond, usually a municipal bond, convertible into an interest bearing at some time before maturity. For example, a zero-coupon (tax-free) municipal bond would automatically accumulate and compound interest for its first 15 years at which time it would convert to a regular income-paying bond. Thus, an investor is able to lock in a current interest rate with a small initial investment. Varieties are marketed under the acronym GAINS (Growth and Income Securities) and FIGS (Future Income and Growth Securities). 제로쿠폰전환사채는 (1) 발행회사의 주식(stock)이 사전에 결정된 가격에 도달하면, 보통주식으로 전환할 수 있는 제로쿠폰사채를 이른다. 리퀴드일드옵션노트(Liquid Yield Option Notes: LYONS)로서 도입된 이 증권(security)에는, 발행후 3년 이내에 소유자가 채권을 상환할 수 있는 풋옵션(put option)이 붙어있다. 전환가치를 약간 상회하는 프리미엄(premium over convertsion value)으로 거래되는 일이 많고, 전환권이 없는 것에 비해서 최종이율(yield to maturity)은 낮다. (2) 상환전의 특정한 시점에서 보통의 이자부 채권(interest bearing bond)으로 전환할 수 있는 제로쿠폰채(債)로 지방채(municipal bond)인 경우가 많다. 예컨대, 제로쿠폰(면세)지방채는 당초의 15년간은 복리의 금리가 자동적으로 누과(累課)되고, 15년이 경과한 시점에서 보통의 이자부 채권으로 전환할 수 있다. 이와 같이 해서 투자자는 소액의 초기투자에서 현행금리를 만기까지 고정할 수가 있다. 이런 종류의 채권은 GAINS(Growth and Income Securities)나 FIGS(Future Income and Growth Securities)라고 하는 머리글자로 호칭되어 판매되고 있다. ~ ***coupon inflation swap*** [영] 제로쿠폰인플레이션 스왑 ¶ The *zero coupon inflation swap* is an over-the-counter swap involving the exchange of floating and fixed inflation at maturity, with no intervening payments during the life of the transaction. *Zero coupon inflation swaps*, which generally reference an inflation index of consumer prices, are often structured as long-term transactions, with maturities exceeding 10 years. See also annual inflation swap; inflation swap. 제로쿠폰인플레이션 스왑은 거래의 유효기간 동안 중간에 지급하는 일없이 만기에 변동적이고 고정적인 인플레이션의 교환을 수반하는 장외거래의 스왑을 말한다. 제로쿠폰인플레이션 스왑은 일반적으로 소비자물가의 인플레이션지수를 인용하지만, 10년을 초과하는 만기를 가지는 장기간거래로 구조화되기도 한다. annual inflation swap(연간인플레이션스왑); inflation swap(인플레이션스왑)도 참조할 것. ~***-coupon security*** 제로쿠폰증권 ¶ The *zero-coupon security* is a security that makes no periodic interest payments but instead is sold at a deep discount from its face value. The buyer of such a bond receives the rate of return by the gradual appreciation of the security, which is redeemed at face vale on a specified maturity date. For tax purposes, the Internal Revenue Service maintains that the holder of a zero-coupon bond owes income tax on the interest that has accrued each year, even though the bondholder does not actually receive the cash until maturity. The IRS calls this interest imputed interest. Because of this interpretation, many financial advisers recommend that *zero-coupon securities* be used in individual retirement accounts or Keogh accounts, where they remain tax-sheltered. 제로쿠폰증권은 정기적인 이자지급이 없는 대신에, 액면을 대폭으로 할인하여(discount) 판매되는 증권을 말한다. 이런 종류의 채권(bond)의 구입자는 증권가격이 점차로 상승(appreciation)하여 결정된 만기일에 액면가격(face value)으로 상환되는 것에서 이율을 얻는다. 세무상 미국세입청(Internal Revenue Service)은 제로쿠폰채의 소유자가 만기일까지 현금을 받지 않더라도, 매년의 발생이자에 소득세(income tax)가 붙는다고 주장하고 있다. 미국세입청은 이 이자를 귀속이자(imputed interest)라고 부른다. 이 때문에 많은 파이낸셜 어드바이저는 제로쿠폰채를 수입(收入)에 대한 세금을 순연할 수 있는 개인퇴직계좌(individual retirement account)나 키오플랜(Keogh plan)으로 운용할 것을 추천하고 있다. ~ ***coupon swap*** [영] 제로쿠폰스왑 ¶ The *zero coupon swap* is an over-the-counter swap involving the exchange of periodic interest payments by one party in return for receipt of a single bullet payment at maturity. A *zero coupon swap* acts as a de-facto loan for the party contracting to pay at maturity. 제로쿠폰스왑은 만기에 단일일괄지급의 수령의 대가로 다른 당사자가 정기금리지급의 교환을 수반하는 장외거래스왑을 말한다. 제로쿠폰스왑은 만기에 지급하기로 계약하는 당사자에게는 사실상의 대출(de-facto loan)로서 작용한다. ***~-minus tick*** 제로마이너스 틱 ¶ The *zero-minus tick* is a sale that takes place at the same price as the previous sale, but a lower price than the last different price; also called a zero downtick. For instance, stock trades may be executed consecutively at prices of $52, $51, and $51. The final trade at $51 was made at a zero-minus tick, because it was made at the same price as the previous trade, but at a lower price than the last different price. 제로마이너스 틱은 그 직전의 매도가와 동일한 가격으로 거래되었으나, 그 전의 거래가보다는 낮은 가격으로 행해진 거래를 이른다. 제로 다운틱(zero downtick)라고도 한다. 예컨대, 어느 주식의 거래가 52달러, 51달러, 51달러라는 가격으로 연속해서 행해졌다고 하면, 최후의 51달러로 행해진 거래는 제로 마이너스틱이다. 직전의 거래와 동일한 가격으로 행해지고 있지만, 그 전의 거래보다는 낮은 가격으로 거래되고 있기 때문이다. ***~-plus tick*** 제로플러스 틱 ¶ The *zero-plus tick* is a securities trade that takes place at the same price at the previous transaction but a higher price than the last different price; also called zero uptick. For instance, with trades executed consecutively at $51, $52, and $52, the last trade at $52 was made at a zero-plus tick – the same price as the previous trade but higher price than the last different price. See also short-sale rule. 제로플러스 틱은 직전의 거래와는 동일한 가격이지만, 그 전의 가격보다는 높은 가격으로 행해진 증권거래를 말한다. 제로업틱(zero uptick)이라고도 한다. 예컨대, 51달러, 52달러, 52달러로 연속해서 가격이 붙은 거래에서는, 최후의 52달러의 거래는 제로플러스 틱이다. 즉, 그 직전의 거래와 동일한 가격이지만, 그 전의 거래보다는 높은 가격으로 거래되고 있기 때문이다. short-sale rule[공매규칙(空賣規則)]도 참조할 것. ***~-sum game*** 제로섬 게임 ¶ The *zero-sum game* is a situation in which the gains of the winners are matched by the losses of the losers. For example, futures and options trading are *zero-sum games* because for every investor holding a profitable contract, there is another investor on the other side of the trade who is losing money. The total amount of wealth held by all the traders in a *zero-sum game* remains the same, but the wealth is shifted from some traders to others. 제로섬 게임은 승자의 이익이 패자의 손실과 일치하는 상황을 이른다. 예컨대, 선물(futures)과 옵션(option)거래는 제로 게임이다. 왜냐하면 이익이 나는 계약을 가지고 있는 각 투자자에 대하여, 그 거래의 반대측에 손실을 입는 투자자가 있기 때문이다. 제로섬 게임에 있어서는, 모든 거래참가자에 의하여 소유되는 부(富)의 총액은 불변이고, 부(富)가 단순히 거래관계자간을 이동할 뿐이다.

zeros 제로쿠폰채(債)의 총칭 ¶ The *zeros* is a general term for the zero-coupon bonds. 제로스는 제로쿠폰채의 총칭이다.

zeta 제타 ¶ The *zeta* is a derivative pricing model that measures the effect of volatility. Used interchangeably with vega and also with kappa, omega, and sigma prime. 제타는 파생상품프라이싱 모형(derivative pricing model)에서 가격변동성(volatility)의 정도를 계측하는 값어치를 이른다. 베가(vega), 카파(kappa), 오메가(omega), 시그마 프라임(sigma prime)과 호환적으로 사용된다.

zeun 전 ¶ A subdivision (1/100) of the North Korean won. 북한의 1 원(won) = 100 전(zeun).

Zimbabwe currency 짐바브웨 화폐 ¶ Zimbabwean dollar (ZWD), divided into 100 cents. 1 달러(Zimbabwean dollar) = 100 센트(cents)

zloty 즐로티 ¶ The standard currency unit of Poland, divided into 100 groszy. 폴란드의 표준화폐단위. 1 즐로티(zloty) = 100 그로시(groszy).

ZMK (ISO) code Zambia – currency Zambian kwacha. ¶ ZMK (국제표준기구) 약호 잠비아 — 화폐 잠비아 콰차(kwacha)

zombies 좀비 ¶ *Zombies* are companies that continue to operate even though they are insolvent and bankrupt. For example, during the savings and loan industry bailout, may savings and loans continued to function, awaiting merger into another financial institution or closure by the resolution trust corporation. In the financial crisis of the late 2000s, many banks became *zombies* because of their huge load of toxic assets and had to be supported by a federal government bail-out. Such companies, in addition to being called *zombies*, are called brain dead or living dead. 좀비는 지급불능으로 도산상태(insolvent and bankrupt)에 있음에도 불구하고, 조업(操業)을 계속하고 있는 회사를 이른다. 예를 들면, 저축대출조합업계(savings and loan industry)의 구제기간 중에는, 불량부동산대출(bad real estate loan)로 다액의 손실을 낸 저축대출조합이 다른 금융기관에의 흡수합병이나 정리신탁공사(resolution trust corporation)에 의한 폐쇄를 기다리면서, 영업을 계속하고 있던 상태를 이른다. 이와 같은 회사를 좀비라고 하는 외에, 뇌사상태(brain dead), 혹은 산송장(living dead)이라고도 한다. ¶ The *zombie* is a computer infected by a virus that makes it perform some action on behalf of the virus author, such as distributing spam or carrying out a distributed denial-of-service attack, without the knowledge of the computer owner. [컴] 좀비란 컴퓨터의 소유자는 알지 못하게 스팸을 분포한다든지 분산서비스의 거부공격(DDos)을 수행하는 것처럼, 바이러스 프로그래머 대신에 일정한 행동을 수행하게 하는 바이러스에 감염된 컴퓨터를 말한다.

웃으세요, 복이 옵니다.

zone 지대, 지역 ¶ a foreign trade *zone* (자유)외국무역지역 /target *zone* [외환] 목표시세권(時勢圈) /*zone* pricing 지역별(地域別)가격제 ***free trade zone (FTZ)*** ¶ The *free trade zone* (*FTZ*) is a generic term referring to special commercial and industrial areas at which special customs procedures allow the importation of foreign merchandise including raw materials, components, and finished goods without the requirement that duties be paid immediately. They are sometimes called customs-free zones or duty-free zones. 자유무역지역은 특별관세절차가 원재료, 부품, 및 완제품을 포함하여 외국물품의 수입을 관세가 바로 지급되어야 하는 요건 없이 허용하는 특별상업공업지역을 가리키는 일반적인 용어를 말한다.

zoning 구획설정, 지구분할, 구역별 ***zoning laws*** 토지이용규제법 ¶ *Zoning laws* are municipal ordinances that authorize the establishment of zoning boards to administer regulations concerning the use of property and buildings in designated areas. 토지이용규제법은 특정한 지역의 토지나 건물의 이용에 관한 규칙

을 집행하는 권한을 토지구획위원회에 부여하는 지방조례(municipal ordinances)를 말한다.

zoom (경기(景氣), 물가 등이) 급격히 상승하다 ¶ *zoom* down 급강하하다 /*zoom* up 급상승하다

ZWD (ISO) code Zimbabwe – currency Zimbabwean dollar. ¶ ZWD (국제표준기구) 약호 짐바브웨 — 화폐 짐바브웨 달러(Zimbabwean dollar).

부 록

화폐의 종류

국 명	화 폐 단 위	표준약호
Abu Dhabi (아부다비)	dirham = 100 fils	AED
Afghanistan (아프가니스탄)	afghani = 100 pule	AFN
Albania (알바니아)	Albanian lek = 100 qindarka	ALL
Algeria (알제리)	Algerian dinar = 100 centimes	DZD
Andorra (안도라공화국)	euro = 100 cents	EUR
Angola (앙골라)	kwanza = 100 lwei	AOA
Antigua (안티구아)	East Caribean dollar = 100 cents	XCD
Argenina (아르헨티나)	peso = 100 centavos	ARS
Armenia (아르메니아)	dram	AMD
Australia (오스트레일리아)	Australian dollar = 100 cents	AUD
Austria (오스트리아)	euro = 100 cents	EUR
Azerbaijan (아제르바이잔)	manat = 100 gopik	AZN
Bahamas (바하마)	Bahamian dollar = 100 cents	BSD
Bahrain (바레인)	Bahrainian dinar = 1000 fils	BHD
Bangladesh (방글라데시)	taka = 100 poisha	BDT
Barbados (바베이도스)	dollar = 100 cents	BBD
Belgium (벨기에)	euro = 100 cents	EUR
Belarus (벨라루스)	rouble = 100 kopecks	BYR
Belize (벨리즈)	Belizean dollar = 100 cents	BZD
Benin (베냉)	CFA franc	XOF
Bermuda (버뮤다)	Bermudan dollar = 100 cents	BMD
Bhutan (부탄)	ngultrum	BTN
Bolivia (볼리비아)	boliviano = 100 centavos	BOB

국 명	화 폐 단 위	표준약호
Botswana (보츠와나)	pula = 100 thebe	BWP
Brazil (브라질)	real = 100 centavos	BRL
Brunei (브루나이)	Brunei dollar = 100 cents	BND
Bulgaria (불가리아)	Bulgarian lev = 100 stotinki	BGN
Burkina Faso (부르키나 파소)	CFA franc	XOF
Burundi (부룬디)	Burundi franc = 100 centimes	BIF
Cambodia (캄보디아)	riel = 100 sen	KHR
Cameroon (카메룬)	CFA franc	XAF
Canada (캐나다)	Canadian dollar = 100 cents	CAD
Cape Verde Islands (카보 베르데)	escudo= 100 centavos	CVE
Central African Republic (중앙아프리카 공화국)	CFA franc	XAF
Chad (차드공화국)	CFA franc	XAF
Chile (칠레)	Chilean peso = centesimos	CLP
China (중국)	yuan = 100 jiaos	CNY
Colombia (콜롬비아)	Colombian peso = 100 centavos	COP
Congo (콩고)	Congo franc	CDF
Costa Rica (코스타리카)	colon = 100 centimos	CRC
Côte d'Ivoire (코트디부아르)	CFA franc	XOF
Croatia (Hrvatska) (크로아티아)	kuna	HRK
Cuba (쿠바)	Cuban peso = 100 centavos	CUP
Cyprus (키프로스)	euro = 100 cents	EUR
Czech Republic (체코공화국)	koruna = 100 haleru	CZK
Denmark (덴마크)	Denish knone = 100 ore	DKK
Dominica Republic (도미니카공화국)	Dominican Peso	DOP
Dubai United Arab Emirates (두바이 아랍에미리트연방)	dirham	AED

국 명	화 폐 단 위	표준약호
Ecuador (에콰도르)	US dollar	USD
Egypt (이집트)	Egyptian pound = 100 piastres	EGP
Eritrea (에리트레아)	birr = 100 cents	ERN
Estonia (에스토니아)	euro = 100 cents	EUR
Ethiopia (에티오피아)	birr = 100 cents	ETB
European Monetary Cooperation Fund (유럽통화협력기금)	ecu.	XEU
European Union (유럽연합)	euro = 100 cents	EUR
Fiji (피지)	Fijian dollar = 100 cents	FJD
Finland (핀란드)	euro = 100 cents	EUR
France (프랑스)	euro = 100 cents	EUR
French Pacific Islands (프랑스 태평양제도)	CFP franc = centimes	XPF
Garbon (가봉)	CFA franc	XAF
Gambia (감비아)	dalasi = 100 butut	GMD
Georgia (조지아)	lari	GEL
Germany (독일)	euro = 100 cents	EUR
Ghana (가나)	cedi = 100 pesewa	GHC
Gibraltar (지브롤터)	Gibraltar pound = 100 penoe	GIP
Greece (그리스)	euro = 100 cents	EUR
Greenland (그린란드)	euro = 100 cents	EUR
Haiti (아이티)	gourde	USD
Honduras (온두라스)	Lempira	HNL
Hong Kong (홍콩)	Hong Kong dollar = 100 cents	HKD
Hungary (헝가리)	forint = 100 filler	HUF
Iceland (아이슬란드)	Icelandic knona = 100 aurar	ISK
India (인도)	Indian rupee = 100 paise	INR

국 명	화 폐 단 위	표준약호
Indonesia (인도네시아)	Rupiah = 100 sen	IDR
Iran (이란)	Iranian rial = 100 dinar	IRR
Iraq (이라크)	Iraqi dinar = 100 fils	IQD
Ireland (아일랜드)	euro = 100 cents	EUR
Israel (이스라엘)	shekel = 100 agorot	ILS
Italy (이탈리아)	euro = 100 cents	EUR
Ivory Coast (아이보리 코스트)	CFA franc	XOF
Jamaica (자메이카)	Jamaican dollar = 100 cents	JMD
Japan (일본)	Yen = 100 sen	JPY
Jordan (요르단)	dinar	JOD
Kazakhstan (카자흐스탄)	tenge	KZT
Kenya (케냐)	Kenyan shilling = 100 cents	KES
Korea (대한민국)	Korean won = 100 chon	KRW
Kuwait (쿠웨이트)	Kuwaiti dinar = 100 fils	KWD
Kyrgyzstan (키르기스스탄)	som	KGS
Laos (라오스)	kip = 100 at	LAK
Latvia (라트비아)	euro = 100 cents	EUR
Lebanon (레바논)	Lebanese pound = 100 piastres	LBP
Lesotho (레소토)	loti (pl. maloti) = 100 lisente	LSL
Liberia (라이베리아)	Liberian dollar = 100 cents	LRD
Libya (리비아)	Libyan dinar = 1000 dirham	LYD
Lichtenstein (리히텐슈타인)	euro = 100 cents	EUR
Lithuania (리투아니아)	litas	LTL
Luxembourg (룩셈부르크)	euro = 100 cents	EUR
Macedonia (마케도니아)	denar	MKD

국 명	화 폐 단 위	표준약호
Macao (마카오)	pataca = 100 avo	MOP
Madagascar (마다가스카르)	Madagasy franc	MGA
Malawi (말라위)	Malawian kwacha = 100 tambala	MWK
Malaysia (말레이시아)	Malaysian ringgit = 100 sen	MYR
Mali (말리)	ouguiya	XOF
Malta (말타)	euro = 100 cents	EUR
Maldives (몰디브)	rufiya = 100 laari	MVR
Mauritania (모리타니)	ouguiya = 5 khoums	MRO
Mauritius (모리셔스)	Mauritian rupee = 100 cents	MUR
Mexico (멕시코)	Mexican peso	MXN
Moldova (몰도바)	leu = 100 bani	MDL
Monaco (모나코)	euro = 100 cents	EUR
Mongolia (몽골)	tughrik = 100 moengoe	MNT
Montenegro (몬테네그로)	euro = 100 cents	EUR
Morocco (모로코)	Moroccon dirham = 100 centimes	MAD
Mozambique (모잠비크)	Metical	MZN
Myanmar (미얀마)	kyat = 100 pyas	MMK
Namibia (나미비아)	Namibian dollar	NAD
Nepal (네팔)	Nepalese rupee = 100 paisa	NPR
Netherlands Antilles (네덜란드 앤틸리스제도)	guilder = 100 cents	ANG
Netherlands (네덜란드)	euro = 100 cents	EUR
New Zealand (뉴질랜드)	New Zealand dollar = 100 cents	NZD
Niger Republic (니제르 공화국)	CFA franc	XOF
Nigeria (나이지리아)	naira = 100 kobo	NGN
Norway (노르웨이)	Norweigian krone = 100 öre	NOK

국 명	화 폐 단 위	표준약호
North Korea (북한)	North Korean Won	KPW
Oman (오만)	Omani rial = 1000 baiza	OMR
Pakistan (파키스탄)	Pakistani rupee = 100 paisa	PKR
Palestine (팔레스타인)	NIS (New Israeli Shekel), JD	ILS
Papua New Guinea (파푸아뉴기니)	kina = 100 toea	PGK
Paraguay (파라과이)	guarani	PYG
Peru (페루)	new sol = 100 centavos.	PEN
Philippine (필리핀)	Philippines peso = 100 sentimos	PHP
Poland (폴란드)	Polish zloty = 100 groszy	PLN
Portugal (포르투갈)	euro = 100 cents	EUR
Puerto Rico (푸에르토리코)	US Dollar	USD
Qatar (카타르)	Qatar rial = 100 dirham	QAR
Romania (루마니아)	leu (plural lei) = 100 bani.	RON
Russia (러시아)	rouble = 100 kopecks	RUB
Rwanda (르완다)	Rwandan Franc	RWF
São Tomé and Principe (상투메 프린시페)	dobra = 100 centavos	STD
Saudi Arabia (사우디아라비아)	Saudi Arabia riyal = 100 halalas	SAR
Seychelles (세이셸)	Seychelles Rupee	SCR
Senegal (세네갈)	CFA franc	XOF
Serbia (세르비아)	dinar	RSD
Sierra Leone (시에라리온)	leone = 100 cents	SLL
Singapore (싱가포르)	Singapore Dollar	SGD
Slovakia (슬로바키아)	euro = 100 centst	EUR
Slovenia (슬로베니아)	euro = 100 centst	EUR
Somali Republic (소말리아공화국)	Somali shilling = 100 cents	SOS

국 명	화 폐 단 위	표준약호
South Africa (남아프리카)	rand = 100 cents	ZAR
Spain (스페인)	euro = 100 cents	EUR
Sri Lanka (스리랑카)	Sri Lankan rupee = 100 cents	LKR
Sudan (수단)	Sudanese Pound	SDG
Syria (시리아)	Syrian pound = 100 piastres	SYP
Swaziland (스와질란드)	lilangeni (plural emalangeni) = 100 cent	SZL
Sweden (스웨덴)	Swedish krona	SEK
Switzerland (스위스)	Swiss franc	CHF
Taiwan (타이완)	New Taiwan dollar = 1 yuan	TWD
Tajikistan (타지키스탄)	rouble = 100 tanga	TJS
Tanzania (탄자니아)	Tanzanian shilling = 100 cents	TZS
Thailand (타일랜드)	baht = 100 satang	THB
Togo Republic (토고공화국)	CFA franc	XOF
Tonga (통가)	pa'anga = 100 seniti	TOP
Tunisia (튀니지)	Tunisian dinar = 1000 millimes	TND
Turkey (터키)	Turkish lira = 100 kurus	TRY
Turkish Republic of Northern Cyprus (북키프로스 터키공화국)	Turkish lira = 100 kurus	TRY
Turkmenistan (투르크메니스탄)	manat	TMM
Uganda (우간다)	Ugandan Shilling = 100 cents	UGX
Ukraine (우크라이나)	hryvna (plural hryvni)	UAH
United Arab Emirates (UAE) (아랍에미리트연방)	dirham	AED
United Kingdom (연합왕국)(영연방)	pound sterling = 100 pence	GBP
Uruguay (우루과이)	peso Uruguayo = 100 centesimos	UYU
USA (아메리카합중국)	US dollar = 100 cents	USD
Uzbekistan (우즈베키스탄)	soum	UZS

국 명	화 폐 단 위	표준약호
Vanuatu (바누아투)	vatu	VUV
Vatican (바티칸)	euro = 100 cents	EUR
Venezuela (베네수엘라)	bolivar = 100 centimos	VEB
Vietnam (베트남)	dong = 100 xu	VND
Western Samoa (서사모아)	tala = 100 sene	WST
Yemen (예멘공화국)	Yemeni rial	YER
Zambia (잠비아)	Zambian kwacha = 100 gnwee	ZMW
Zimbabwe (짐바브웨)	US dollar = 100 cents	USD

약어 일람표

약어표시	정식 표시	약어 의미
AAII	American Association of Industrial Investors	미국개인투자자협회
AAR	against all risks	전위험담보
AB	aktiebolag	[스웨덴] 주식회사
ABA	American Bankers Association	미국은행협회
ABC	American Business Conference	미국비즈니스협의회
ABCP	asset backed commercial paper	자산담보부 기업어음
ABO	accumulated benefit obligation	누적급여채무
ABS	asset-backed securities	자산유동화증권
ABS	Automated Bond System	자동채권거래시스템
A/C	account	계좌
ACCs	Asian currency units	아시아통화단위
ACRS	Accelerated Cost Recovery System	가속상각제도
ACUs	Asian currency units	아시아통화단위
A-D	advance-decline	등락레이쇼
A&D	acquisition & development	인수후 개발
ADB	adjusted debit balance	신용거래융자잔액
ADB	Asian Development Bank	아시아개발은행
ADR	American Depository Receipt	미국예탁증서
ADS	American depositary share	미국예탁주식
ADS	advanced detection system	금융업규제감독기구의 감시시스템
ADs	automatic depositors	현금자동예금기
AEX	Amsterdam Exchange	암스테르담거래소
AFDC	Aid to Families with Dependent Children	부양아동이 있는 가족에의 원조
AFS	available for sale	매매이용가능한
AG	Aktiengesellschaft	[독] 주식회사
AGI	adjusted gross income	조정후 총소득
AI	artificial intelligence	[컴] 인공지능

약어표시	정식 표시	약어 의미
AIAF	Asociación de Intermediarios de Activos Financieros	[스페인] 금융자산중개업자협회
AICPA	American Institute of Certified Public Accountants	미국공인회계사협회
AIM	Alternative Investment Market	대체투자시장
AKK	also known as …	별명 …, 일명 …
ALM	assets and liabilities management	자산부채종합관리
A.M.	ante meridiem (before noon)	(L) 오전
AMBAC	American Municipal Bond Assurance Corporation	미국지방채보증공사
AMEX	American Stock Exchange	아메리칸증권거래소
AMEX	American Express Co.	아멕스
AMPS	auction market preferred stock	배당률입찰방식우선주
AMT	alternative minimum tax	대체미니멈세(稅)
AOB	any other business	(의제[議題]의) 기타
AON	All or none	일괄매매주문
A/P	advice and pay	[송금] 통지지급
APR	annual percentage rate	연율(年率)
APS	auction preferred stock	옥션우선주
A/R	all risk	전위험담보
ARM	adjustable rate mortgage	변동금리모기지
ARPS	adjustable rate preferred stock	변동배당률우선주
ASC	all savers certificate	비과세저축증서
ASEAN	Association of South East Nations	동남아시아국가연합
ASX	Australia Stock Exchange	오스트레일리아 증권거래소
ATM	at the money	[옵션] 앳더 머니
ATM	automated teller machine	현금자동입출금기
ATM	automated response machine	자동전화응답기
ATP	arbitrage trading program	차익거래프로그램
ATS	automatic transfer services	자동이체서비스
ATX	Austrian Traded Index	오스트리아거래소지수
av.; avdp.	avoirdupois	파운드 = 16온스로 하는 중량의 체계
AVT	added value tax	부가가치세

약어표시	정식 표시	약어 의미
BA	bank acceptance(s); bankers acceptance(s)	은행인수어음
BAN	bond anticipation note	장기채권차환예정증권
B.B.	bill bought	매입환
BB ratio	book-to-bill ratio	BB 레이쇼
B/C discount	bill for collection discount	추심어음할인
B/C usance	bill for collection usance	B/C 유전스
Bd	bond	채권(債券)
BDR	bearer depository receipt	무기명예탁증서
BEACON	Boston Exchange Automated Communication Order-routing Network	비이콘, 보스턴증권거래소 자동주문회송네트워크
BEARS	Bonds Enabling Annual Retirement Savings	베어즈(연간퇴직저축이 가능한 채권)
Benelux	Benelux Economic Union	베네룩스경제연합
BEP	break-even point	손익분기점
BIA	bureau of indian affairs	인디언사무국
BIBOR	Bahrain Inter-bank Offered Rate	바레인은행간 자금운용(대출)금리
BIC	bank investment contract	은행에 의한 투자수익률의 보증
BIF	Bank Insurance Fund	은행보험기금
BIS	Bank of International Settlements	국제결제은행
B/L	bill of lading	(해상)선하증권
BMO	Business Model Optimization	사업모형최적화
BMV	Bolsa Mexicana de Valores	멕시코증권거래소
BOK	Bank of Korea	한국은행
BOP	balance of payments	국제수지
BOT	bought	매입했다는 생략어
BOX	Boston Option Exchange	보스턴옵션거래소
b.p.	basis point	베이시스포인트
BR	bills receivable	추심환, 수취어음
BRICKS	Brazil, Russia, India, China, South Africa	브릭스
BSE	Bombay Stock Exchange	봄베이증권거래소
BSE	Boston Stock Exchange	보스턴증권거래소
BUBA	Deutsche Bundesbank	독일연방은행

약어표시	정식 표시	약어 의미
Bulis	Bundesliquiditätsschatzwechsel	독일연방유동성재무부증권
BVLP	Bolsa De Valores De Lisboa E Porto	포르투갈증권거래소
BW	bid wanted	호가모집(呼價募集)
CA	certified accountant; chartered accountant	인허회계사, 칙허회계사
CAMPS	Cumulative Auction Market Preferred Stock	배당률입찰방식 누적우선주
CAPM	capital asset pricing model	자본자산평가모형
CAPS	convertible adjustable preferred stock	변동이자부 전환우선주
CARS	certificate for automobile receivables	자동차론 담보증권
CAT bond	catastrophe bond	대재해연계채권
CATS	computer-aided trading system	컴퓨터에 의한 매매시스템
CATS	Certificate of Accrual on Treasury Securities	캣츠, 미재무부증권에 관한 이표증서
CB	convertible bond	전환사채
CBA	capital builder account	캐피탈빌더계좌
CBOE	Chcago Board Options Exchange	시카고옵션거래소
CBOT	Chicago Board of Trade	시카고상품거래소
CCA	Chartered Certified Accountant	[영] 인허회계사, 공인회계사
CCI	continuous commodity index	계속상품지수
CD	certificate of deposit	양도성예금증서
CD	cash dispenser	현금자동지급기
CDO	collateralized debt obligation	채무담보부 채무증서
CDR	continental depositary receipt	유럽예탁증서
CDS	credit default swap	크레디트 디폴트스왑
CEDEL	Centrale de Livraison de Valeurs Mobilières	세델 (룩셈부르크에 있는 유로채 집중결제기구)
CEO	chief executive officer	최고경영책임자
C&F	cost & freight	운임포함가격조건
CFA	Communauté Financière Africaine	아프리카경제공동체
CFA	Chartered Financial Analyst	공인증권애널리스트
CFO	Chief Financial Officer	[미] 최고재무책임자
CFP	Colonies Françaises du Pacifique	태평양 프랑스식민지
CFP	certified financial planner	공인파이낸셜 플래너

약어표시	정식 표시	약어 의미
CFPB	Consumer Financial Protection Bureau	[미] 소비자금융보호국(局)
CFTC	Commodity Futures Trading Commission	[미] 상품선물거래위원회
ChFC	Chartered Financial Consultant	공인재무컨설턴트
CHIPS	Clearing House Interbank Payment System	어음교환소은행간 결제시스템
C&I	cost & insurance	보험료포함가격조건
CIC	Chartered Investment Counsel	공인투자자문사
CIF	central information file	(은행의) 집중정보파일
CIF	corporate income fund	코포릿 인컴펀드
CIF	customer information file	고객정보파일
CIF	cost, insurance and freight	운임·보험료포함 가격(조건)
CIN	CUSIP International Number	커십 인터내셔널넘버
CL	Claims Loss	보험청구손실
CLN	construction loan note	건설지방채
CLN	credit linked note	신용연계증권
CLOB	central limit order book	집중지정가격주문시스템
CLU	Chartered Life Underwriter	공인생명보험설계사
CME	Chicago Mercantile Exchange	시카고상업거래소
CMO	collateralized mortgage obligations	모기지담보 채무증서
CNS	continuous net settlement	계속차액청산방식
COBRA	Consolidated Omnibus Budget Reconciliation Act	포괄예산조정강화법
COD	collect on delivery	현금결제인도
COD	cash on delivery	대금상환인도
COFI	cost-of-funds index	자금코스트지수(指數)
COLA	cost-of-living adjustment	생계비조정
COLTS	Contiuously Offered Longer-term Securities	장기증권의 계속적 제공
COMEX	Commodity Exchange of New York	뉴욕상품거래소
COMSAT	Communication Satellite Corporation	콤사트
COO	chief operating officer	[미] 최고경영집행자
CP	contracting party	체약국
CP	commercial paper	커머셜페이퍼, 기업어음

약어표시	정식 표시	약어 의미
CPA	certified public accountant	[미] 공인회계사
CPI	consumer price index	소비자물가지수
CPI	central processing unit	중앙연산처리장치
CPM	critical path method	최장경로방식
CPT	carriage (pre)paid to	[영] 운임선급조건
CQ Plan	Consolidated Quotation Plan	통합시세계획
CQS	Consolidated Quotation System	종합강세치표시시스템
CR	concentration ratio	집중도비율
Cr.	creditor; credit	채권자, 대여자; 대변(貸邊)
CRD	Central Registration Depository	중앙등기보관기관
CSR	corporate social responsibility	기업의 사회적 책임
CSV	Creating Shared Value	공유가치경영
CSVLI	cash surrender value of life insurance	생명보험해약환급금
CTA	Consolidated Tape Association	통합테이프협회
CT Plan	Consolidated Tape Plan	통합테이프계획
CUSIP	Committee on Uniform Securities Identification Procedures	커십, 통일증권식별절차위원회
CV	convertibles	전환사채
CV	convertible security	전환사채
CVD	countervailing duty [tariff]	상계관세
CXE	Chicago Stock Exchange	시카고증권거래소
D/A	documents against acceptance	인수인도조건
D/A	days after acceptance	인수후 …출급
DATS	Direct Access Trading System	직접거래시스템
DAX	Deutsche Aktienindexe	독일주식지수(닥스)
D&B	Dun and Bradstreet	던앤드 브랫스트리트(흥신소)
DBA	doing business as	비즈니스명칭
D/D	demand draft	요구출급환, 송금수표
DDB	double-declining-balance depreciation method	배액정률감가상각법
DEWKS	dual-employed, with kids	어린애가 딸린 공동근로자부부
DIF	Deposit Insurance Fund	예금보험기금

약어표시	정식 표시	약어 의미
DINKS	dual-income, no kids	어린애가 딸리지 않는 맞벌이부부
DIP	debtor in possession	점유계속채무자
DJIA	Dow-Jones industrial average	다우존스공업주평균
DJSI	Dow-Jones Sustainability Index	다우존스 지속가능경영지수
DLS	derivative linked securities	파생결합증권
DMA	direct market access	직접시장접근방식
D/N	debit note	차변전표
DNI	do not increase	매수주식수의 증가를 금지하는 지시
DNR	do not reduce	지정가의 인하를 금지하는 지시
D/O	delivery order	하물인도지시서
DOT	designated order turnaround	소량주문집행시스템
D/P	documents against payment	지급인도
DPC	derivative product company	파생상품회사
DPO	direct public offering	직접공개모집
DR	depositary receipt	(예금의) 예탁증서
Dr., dr.	debtor	차입자; 차변(借邊)
DRAM	Dynamic Random-Access Memory	디램(컴퓨터메모리)
DRP	dividend reinvestment plan	배당금재투자제도
DRT	disregard tape	주가테이프를 무시해 주십시오
DTC	Depository Trust Company	예탁신탁회사
DTCC	Depository Trust and Clearing Corporation	미증권보관대체기관
DTI	debt to income	총부채상환비율
EAFE	Europe and Australasia, Far East Equity index	유럽·오스트랄레이셔 극동주식지수
EBITDA	earning before interest, taxes, depreciation, and amortization	에비트다
EBRD	European Bank for Reconstruction and Development	유럽부흥개발은행
EBS	electronic blue sheet	전자거래보고포맷
EC	European Community	유럽공동체
ECB	European Central Bank	유럽중앙은행
ECD	Euro certificate of deposit	유로양도성정기예탁증서
ECI	Employment Cost Index	고용코스트지수

약어표시	정식 표시	약어 의미
ECM	emerging company marketplace	성장기업시장
ECN	electronic communication network	전자증권거래네트워크
ECP	EURO commercial paper	유로상업어음
ECSC	European Coal and Steel Community	유럽석탄철강공동체
ECU	European currency unit	유럽통화단위
EDF	European Development Fund	유럽개발은행
EDGAR	electronic data gathering analysis	전자데이터의 수집, 분석 및 검색하는 시스템
EDI	electronic data interchange	전자정보상호교환
EDR	European depositary receipt	유럽예탁증서
EDS	equity default swap	주식디폴트스왑
EEA	European Economic Area	유럽경제지역
EEC	European Economic Community	유럽경제공동체
EEP	exchange for physical	현물교환
EESA	Emergency Economic Stabilization Act of 2008	2008년의 긴급경제안정화법
EFT	electronic funds transfer	전자자금이체
EFTA	European Free Trade Association	유럽자유무역연합
EGTRRA	Economic Growth and Tax Relief Reconciliation Act of 2001	2001년 경제성장을 위한 감세조정법
EIB	European Investment Bank	유럽투자은행
EIS	enhanced income security	인핸스트인컴 시큐리티
ELOB	electronic limit order book	전자지정가주문장
ELS	equity linked securities	주가연계증권
ELW	equity linked warrant	주식워런트증권
EMA	European Monetary Agreement	유럽통화협정
EMCOF	European Monetary Cooperation Fund	유럽통화협력기금
EMF Index	Emerging Markets Free (EMF) Index	이머징마켓 프리지수
EMF	European Monetary Fund	유럽통화기금
EMI	European Monetary Institute	유럽통화기구
EMS	European Monetary System	유럽통화제도
EMTA	Emerging Markets Traders Association	엠타(신흥시장트레이더 협회)
EMTN	Euro Medium-term Note	유로중기채(債)

약어표시	정식 표시	약어 의미
EMU	European Monetary Union	유럽통화동맹
ENC	electronic communication network	전자통신네트워크
E.O.E.	errors and omissions excepted	오류탈루는 제외함
EOM dating	end of month dating	이오엠지급
EONIA	EURO Overnight Index Average	유로오버나잇 인덱스 애버리지
EOQ	economic order quantity	경제적 발주량
EPS	earnings per share	주당순이익
ERISA	Employee Retirement Income Security Act	종업원퇴직소득보장법
ERM	enterprise risk management	기업위험관리
ERM	exchange rate mechanism	환율메커니즘
ERTA	Economic Recovery Tax Act of 1981	1981년의 경제재건세법
ESOP	employee stock ownership plan	종업원지주제도
ESP	exchange stock portfolio	거래소주식포트폴리오
ESPP	employee stock purchase plan	종업원주식구입제도
ETF	exchange-traded fund	상장지수펀드
ETM	escrowed to maturity	상환목적 제3자예탁금
EU	European Union	유럽연합
EUC	European Currency Unit	유럽통화단위
EURCO; Eurco	European Composite Unit	유럽복합단위
EURIBOR	European Inter-Bank Offered Rate	유리보(유럽은행간 자금운용금리)
EVA	economic value added	경제적 부가가치
EXIM; EX-IM; Eximbank	Export-Import Bank	수출입은행
ExpV	expected value	기대치(値)
EXW	ex works	익스워크 인도조건
FACTA	Fair and Accurate Credit Transactions Act of 2003	2003년 공정・정확한 신용거래를 위한 법률
Fannie Mae	Federal National Mortgage Association	연방모기지협회가 관리하는 패니메이채(債)
FAS; f.a.s.	free alongside ship	선측인도(가격)조건
FASB	Financial Accounting Standards Board	재무회계기준심의회
FAST	fully automated securities trading	완전한 자동화증권매매 시스템
FCBA	Fair Credit Billing Act	공정신용지급청구법

약어표시	정식 표시	약어 의미
FCM	futures commission merchant	선물거래업자
FCRA	Fair Credit Reporting Act	공정신용보고법
FDA	Food and Drug Administration	[미] 식약청
FDI	foreign direct investment	대외직접투자
FDIA	Federal Deposit Insurance Act	[미] 미연방예금보험법
FDIC	Federal Deposit Insurance Corporation	미연방예금보험공사
Fed	Federal Reserve Board	미연방준비제도이사회
FERC	Federal Energy Regulatory Committee	미연방에너지규제위원회
FFB	Federal Financing Bank	미연방금융은행
FHA	Farmer's Home Administration	농업주택청
FHA	Federal Housing Administration	연방주택청
FHA	Federal Housing Authority	연방주택당국
FHFA	Federal Housing Finance Agency	연방주택금융기관
FHFB	Federal Housing Finance Board	연방주택금융이사회
FHLB	Federal Home Loan Bank	연방주택대출은행
FICA	Federal Insurance Contributions Act	연방보험연금법
FICO	Financing Corporation	연방조달공사
FIFO; fifo	first in, first out	선입선출법
FIGS	Future Income and Growth Securities	피그스
FINRA	Financial Industry Regulatory Authority	금융업규제기구
FIRREA	Financial Institutions Reform, Recovery and Enforcement Act of 1989	1989년 금융기관개혁 회복시행법
529 plan	qualified tuition program	529플랜
FIX protocol	financial information exchange protocol	금융정보교환의정서
FLEX	flexible exchange rate	변동환율
FMAN	February, May, August, November	2월, 5월, 8월, 11월
FMLMC	Federal Home Loan Mortgage Corporation	연방주택금융모기지공사
FNMA	Fannie Mae; Fanny Mae	패니메이채(債)
FNMA	Federal National Mortgage Association	연방모기지협회
FOB	free on board	본선도(本船渡)
FOCUS report	Financial and Operational Combined Uniform Single report	포커스보고서, 재무영업겸용 단일양식
FOI Act	Federal Freedom of Information Act	연방정보자유법

약어표시	정식 표시	약어 의미
FOK	fill or kill	즉시일괄집행주문
FOMC	Federal Open Market Committee	연방공개시장위원회
FOOTSIE	Financial Times FT-SE 100 Index FT 100	파이낸셜 타임즈의 FT100 종목 종합지수
FOREX; FX	foreign exchange	외국환
FPA	free of particular average	단독해손부담보
FPSO	floating production storage & offloading unit	부유식 원유생산저장 하역설비
FRA	forward rate agreement	금리선도거래
FRB	Federal Reserve Bank	[미] 연방준비은행
FRCD	floating rate certificate of deposit	변동이자부 예탁증서
Freddie MAC	Federal Home Loan Mortgage Corporation	연방주택금융모기지공사
FREIT	finite life real estate investment trust	기한부 부동산투자신탁
FRN	capped floating rate note	상한변동금리부 채권
FRN	floating rate note	변동금리부 채권
FRS	Federal Reserve System	연방준비제도
FSA	Financial Service Authority	[영] 금융서비스기관
FSAs	Flexible Spending Accounts	선택적 지출계좌
FSC	Financial Service Commission	금융위원회
FSLIC	Federal Savings and Loan Insurance Corporation	연방저축대출보험공사
FSOC	Financial Stability Oversight Council	[미] 금융안정감시위원회
FSS	Financial Supervisory Service	금융감독원
FT	Financial Times	[영] 파이낸셜 타임즈
FT Index	Financial Times Stock Exchange 30 Index	파이낸셜 타임즈 주식거래소 30종목인덱스
FT-30 Index	Financial Times Stock Exchange 30 Index	파이낸셜 타임즈 주식거래소 30종목지수
FTC	Federal Trade Commission	연방거래위원회
FTSE	Financial Times Stock Exchange 100 Index	파이낸셜 타임즈 주식거래소 100종목인덱스
FTSE 100	Financial Times Stock Exchange 100 Index	파이낸셜 타임즈 주식거래소 100종목지수
FTZ	free trade zone	자유무역지역
FUTA	Federal Unemployment Tax Act	연방실업보험세법
FV	futures value	장래가치
FVO	for valuation only	가격평가사항만을 위하여

약어표시	정식 표시	약어 의미
FWB	Frankfurt Stock Exchange	프랑크푸르트증권거래소
FX	foreign exchange	외국환
FY	fiscal year	회계연도
FYI	for your information	참고사항, 정보목적을 위하여
G-8	Group of Eight	주요 8개국 재무장관회의
G-5	Group of Five	주요 5개 공업국가
G-7	Group of Seven	7개국 그룹
G-10	Group of Ten	10개국 그룹
G-20	Group of Twenty	주요 20개국 그룹
G&A	general and administrative expenses	영업경비, 일반관리비
GAAP	Generally Accepted Accounting Principles	[미] 일반적으로 공정타당하다고 인정된 회계규칙
GAAS	generally accepted auditing standards	일반감사원칙
GAINS	Growth and Income Securities	게인즈
GARP	growth at a reasonable price	성장기업에 적정한 주가 수준에서의 투자
GATT	General Agreement on Tariffs and Trade	관세 및 무역에 관한 일반협정
GC	general collateral	일반담보
GDP	gross domestic product	국내총생산
GDR	global depositary receipt	글로벌예탁증서
GEM	growing equity mortgage	원금상환체증형 주택론
GIC	guaranteed investment contract	보증투자계약
GICS	Global Industry Classification Standard	세계산업분류기준
GIPS	Global Investment Performance Standards	글로벌투자퍼포먼스기준
GM	gross margin	매상총이익
GmbH	Gesellschaft mit beschränkter Haftung	[독] 유한회사
GMO	Generally Modified Organism	유전자변형농산물
GMRA	global master repurchase agreement	글로벌 기본적 환매조건부 거래
GMT	good-this-month order	당월내(當月內) 유효주문
GNMA	Government National Mortgage Association	미국주택모기지협회
GNP	gross national product	국민총생산
GO	general obligation	일반재원채

약어표시	정식 표시	약어 의미
GP	gross profit	총이익
GP	gross premium	영업보험료
GPM	graduated payment mortgage	누진적 원리금지급모기지
GRIT	Grantor Retained Income Trust	재산양여자수입유보신탁
GSCC	Government Securities Clearing Corporation	미국정부증권결제기관
GSE	Government-sponsored enterprise	정부지원기업
GTC	good-till-canceled order	취소까지의 유효주문
GTM	good-this-month-order	당월내 유효주문
GTW	good-this-week-order	주간내 유효주문
GULP	group universal life policy	단체유니버설보험
HAWB	house air waybill	자기항공화물운송장
HECM	home equity conversion mortgage	리버스모기지
HIBOR	Hong Kong Inter-bank Offer Rate	홍콩은행간 자금운용[대출] 금리
HICP	harmonized index of consumer prices	통합물가지수
HKEx	Hong Kong Exchanges and Clearing Limited	홍콩증권거래소
HLT	highly leveraged transaction	고부채비율 기업대출
HMDA	Home Mortgage Disclosure Act	주택모기지대출개시법
HMI	housing market index	주택시장지수
HMO	Health Maintenance Organization	건강의료단체
HO	home owner	주택소유자
HOLDERs	holding company depositary receipts	지주회사예탁증서
HP	hire purchase	[영] 분할지급구입
HRM	human resources management	인력관리
HRR	historical rate rollover	연장원환율에서의 환예약의 연장
HSA	Health Saving Account	의료저축계좌
HUD	Housing and Urban Development	주택도시개발부
IAEA	International Atomic Energy Agency	국제원자력기구
IAS	International Accounting Standards	국제회계기준
IASB	International Accounting Standards Board	국제회계기준심의회
IATA	International Air Transportation Association	국제항공운송협회
IB	interest bill	이자부 환어음

약어표시	정식 표시	약어 의미
I/B/E/S	institutional broker estimate system	인스티투셔널브로커 예측시스템
IBF	International Banking Facilities	국제금융업무제도
IBN	incurred but not reported	[영] 기발생이나 미보고의 손해
I-Bonds	inflation-indexed savings bonds	인플레이션지수연동국채
IBRD	International Bank for Reconstruction and Development	국제부흥개발은행
IC	integrated circuit	집적회로
ICAA	Investment Counsel Association of America	미국투자고문협회
ICAAP	internal adequacy assessment process	내부자본충실평가 프로세스
ICC	Interstate Commerce Commission	(미국의) 주제간 통상위원회
ICC	International Chamber of Commerce	국제상업회의소
ICE	Intercontinental Exchange	인터콘티넨탈거래소
ICEX	Iceland Stock Exchange	아이슬란드증권거래소
ICI	Investment Company Institute	미국투자회사협회
ICSID	International Centre for Settlement of Investment Disputes	국제투자분쟁해결센터
ID	identification	신분확인(서)
IDB	industrial development bond	산업개발채(債)
IDB	Inter-American Development Bank	미주(美洲)개발은행
IDB	inter-dealer broker	딜러간(間) 브로커
IDEM	Italian derivatives market	이탈리아증권거래소 파생상품시장
IDR	international depositary receipt	국제예탁증서
IDS	income deposit security	수익배당형 예탁증권
i. e.	id est	(L) 즉, 이를테면
IFRS	International Financial Reporting Standards	국제재무보고기준
ILS	insurance-linked security	보험연계증권
IMF'	International Monetary Fund	국제통화기금
IMM	International Monetary Market	국제금융시장
Incoterms	International Rules for the Interpretation of Trade Terms	인코텀즈, 거래조건의 해석에 관한 국제규칙
Ins.	insurance	보험
INSTINET	Institutional Networks Corporation	컴퓨터가입자서비스기관

약어표시	정식 표시	약어 의미
Inv.	invoice	송장(送狀)
I/O	input-output	입출력
IOSCO	International Organization of Securities Commissions	증권감독자국제기구
IOU	I owe you	차용증서
IPE	International Petroleum Exchange	국제석유거래소
IPO	initial public offering	신규주식공모
IPS	income participating security	수익배당형 증권
IPS	income preferred securities	수익배당형 우선증권
IR	investor relations	투자자용의 정보
IRA	individual retirement arrangement (or account)	[미] 개인퇴직제도(계좌)
IRB approach	internal ratings-based approach	내부등급에 기초한 방법
IRB	industrial revenue bond	산업세입담보채(債)
IRR	internal rate of return	내부수익률
IRS	Internal Revenue Service	[미] 미국세입청
ISD	Investor-state Dispute Settlement	투자자·국가분쟁타결제도
ISDA	International Swaps and Derivatives Association	[영] 국제스왑파생상품협회
ISE	International Stock Exchange of the United Kingdom and the Republic of Ireland	연합왕국 및 아일랜드 공화국 증권거래소
ISE	Italian Stock Exchange	이탈리아증권거래소
ISE	Irish Stock Exchange	아일랜드증권거래소
ISIN	International Securities Identification Number	국제증권식별번호
ISIS	Intermarket Trading System	시장간거래시스템
ISIS	Intermarket Surveillance Information System	시장간감시정보시스템
ISM	Institute for Supply Management	미국공급자관리협회
ISMA	International Securities Market Association	[영] 국제증권시장협회
ISO	incentive stock option	자사주저가격구입권
ISO	Intenational Standard Organization	국제표준기구
ISRO	International Securities Regulatory Organization	인터내셔널시큐리티 레규레이토리기구
ISS	Institutional Shareholder Services	기관투자자 주주서비스
ITS	Intermarket Trading System	시장간거래시스템
ITS/CAES	Intermarket Trading System/ Computer Assisted Execution System	시장간거래시스템/ 자동거래딜링시스템

약어표시	정식 표시	약어 의미
ITSA	Insider Trading Sactions Act of 1984	1984년의 내부자거래규제법
JAJO	January, April, July, October	1월, 4월, 7월, 10월
JBIC	Japan Bank for International Corporation	일본국제협력은행
JET	JSE Equities Trading	JSE주식전자거래시스템
JGB	Japanese government bond	일본국채(債)
JSE	Johannesburg Stock Exchange	요하네스버그증권거래소
JTWROS	joint tenancy with right of survivorship	생존자권부 공동부동산권
KAB	Korea Appraisal Board	한국감정원
KAI	Korea Accounting Institute	한국회계연구원
KAIST	Korea Advanced Institute of Science and Technology	한국과학기술원
KAMKO	Korea Asset Management Corporation	한국자산관리공사
KASB	Korea Accounting Standards Board	한국회계기준위원회
KCBT	Kansas City Board of Trade	캔자스시티상품거래소
KCGF	Korea Credit Guarantee Fund	신용보증기금
KDB	Korea Development Bank	한국산업은행
KE	Korea Exchange	한국거래소
KEB	Korea Exchange Bank	한국외환은행
KERI	Korea Economic Research Institute	한국경제연구원
KIBOR	Kuwait inter Bank Offered	쿠웨이트은행간 자금운용금리
KID	Korea Development Institute	한국개발연구원
KIKO	knock-in, knock-out	키코
KISS	Kurs Information Service System	유통정보서비스제도
KITA	Korea International Trade Association	한국무역협회
KLCA	Korea Listed Companies Association	한국상장회사협의회
KMA	Korea Management Association	한국능률협회
KMB	Korea Money Broker Corp.	한국자금중개(주)
KNIA	Korea Non-bank Financing Association	한국여신금융협회
KONEX	Korea New Exchange	코넥스
KOSDAQ	Korea Association of Security Dealers Automated Quotations	코스닥
KOSPI	Korea Composite Stock Price Index	코스피(종합주가지수)

약어표시	정식 표시	약어 의미
KOTRA	Korea Trade-Investment Promotion Agency	코트라(대한무역진흥공사)
KR	Korea Ratings	한국기업평가(주)
KRX	Korea Exchange	한국거래소
KSD	Korea Securities Depository	한국예탁결제원
L.S.	locus sigilli	(L) (문서 · 등본의) 날인 개소(個所)
LAE	Loss Adjustment Expense	손해사정비
LBMA	London Bullion Market Association	런던금은시장협회
LBO	leveraged buyout	차입에 의한 기업매수
L/C	letter of credit	신용장
LCE	London Commodities Exchange	런던상품거래소
LCM	lower of cost or market	저가법(低價法)
LDC	less developed countries	발전도상국
LDC	(non-oil) lesser developed countries	(석유비생산) 후진국
LDDC	lesser developed among developing countries	후발개발도상국
LDR	London depository [depositary] receipt	영국예탁증서
LEAPS	Long-Term Equity Anticipation Securities	장기주식기대증권
LEGAL		뉴욕증권거래소회원이력
LEPO	low exercise price option	저가행사가격옵션
LESOP	leveraged employee stock ownership plan	레버리지드 종업원 지주제도
L/G	letter of guarantee	보증장
LIBID	London Interbank Bid	런던은행간 자금조달금리
LIBOR	London Interbank Offered Rate	런던은행간 자금운용금리
LIFFE	London International Financial Futures and Options Exchange	런던국제금융선물옵션거래소
LIFO	last in, first out	후입선출법
LIMEAN	London Interbank Mean Rate	런던은행간 중간금리
LLC	limited liability company	유한책임회사
LLDC	least less developed countries	후발발전도상국
LME	London Metal Exchange	런던금속거래소
LMM	Lead Market Maker	리드마켓메이커
LNG	liquefied natural gas	액화천연가스

약어표시	정식 표시	약어 의미
London FOX	London Futures and Options Exchange	런던선물옵션거래소
LPG	liquefied petroleum gas	액화석유가스
LSE	Lisbon Stock Exchange	리스본증권거래소
LSE	London Stock Exchange	런던증권거래소
LTE	Long Term Evolution	롱텀에볼루션
LTPR	long-term prime rate	장기프라임레이트
LTV	loan-to-value ratio	(융자에 대한) 담보의 비율
LYONS	Liquid Yield Option Notes	리퀴드일드옵션노트
M	money	돈, 화폐, 통화
M&A	merger and acquisition	기업의 합병 · 매수
MACD	moving average convergency/divergence	이동평균수속확산법
MACRS	Modified Accelerated Cost Recovery System	수정가속상각제도
MAGI	modified adjustable gross income	수정후 신고총소득
MBC	mortgage-backed certificate	모기지 담보증서
MBIA	Municipal Bond Investor's Assurance	미국지방채보증회사
MBS	mortgage-backed security	모기지담보증권
MBSCC	MBS Clearing Corporation	모기지담보증권청산회사
MERC	nickname for the Chicago Mercantile Exchange	시카코상업거래소의 애칭
MGEX	Minneapolis Grain Exchange	미니애폴리스곡물거래소
MICEX	Moscow Interbank Currency Exchange	모스크바은행간 통화거래소
MICR	Magnetic Ink Character Recognition [Reader]	자기잉크문자인식(장치)
MIDS	monthly income debt securities	월지급수익배당형 채무증권
MIFID	Markets in Financial Instruments Directive	금융증권시장지침
MIKT	Mexico, Indonesia, Korea, Turkey	믹트
MIO	million	밀리온(million)의 생략형
MIP	monthly investment plan	정액투자제도
MIS	management information system	경영정보시스템
MIT	market if touched order	조건부 성립가주문
MIT	municipal investment trust	지방채투자신탁
MITI	Ministry of International Trade and Industry	통상산업부
MITTS	market index target term securities	시장지수연동 중기증권

약어표시	정식 표시	약어 의미
MJSD	March, June, September, December	3월, 6월, 9월, 12월
MLP	master limited partnership	마스터리미티드 파트너십
MLR	minimum lending rate	최저대출금리
MMC	money market certificate	혼합시장증서
MMDA	money market deposit(ory) account	시장금리연동형 정기예금
MMF	money market fund	시장금리연동형 투자신탁, 머니마켓펀드
MMM	money market mutual fund	머니마켓뮤추얼펀드
M.O.	money order	머니오더, 송금환
MOB spread	municipal-over-bonds spread	모브스프레드
MOC	market oversight committee	시장감시위원회
MOC order	market-on-close order	종가주문
MOF	Ministry of Finance	(일본의) 대장성(大藏省)
MOF	multiple option facility	[영] 다수옵션제도
MOS	mutual offset system	[영] 상호상계제도
MOU	memorandum of understanding	양해각서
MPC	Market Performance Committee	시장동향위원회
MPT	modern portfolio theory	현대 포트폴리오이론
M/R	mate's receipt	본선수취증
MRO	maintenance repair operation	소모성 자재구매대행
MSA	Medical Savings Account	의료저축계좌
MSCI	Morgan Stanley Capital International	모건스탠리 인터내셔널
MSCI Index	Morgan Stanley Capital International World Index	모건스탠리 인터내셔널 인덱스
MSRB	Municipal Securities Rulemaking Board	지방채규칙제정위원회
MTN	medium-term note	[영] 중기채(債)
MUD	municipal utility district	지방공공사업체
MX	Montreal Exchange	몬트리올증권거래소
N.A.	No Advice	[부도문언] 발행통지없음
N/A	No Account	[부도사유] 거래없음
NAFTA	North American Free Trade Agreement	북미무역협정(나프타)
NAHB	National Association of Home Builders	전미주택건축업자협회
NAIC	National Association of Investors Corporation	전미투자자협회

약어표시	정식 표시	약어 의미
NAICS	North American Industrial Classification System	북미산업분류시스템
NAPM	National Association of Purchasing Management	전미구매관리협회
NAR	National Association of Realtors	전미부동산업협회
NAREIT	National Association of Real Investment Trust	전미부동산투자신탁협회
NASAA	North American Securities Administration Association	북미증권감독자협회
NASD	National Association of Securities Dealers	전국증권딜러협회
NASDAQ	National Association of Security Dealers Automated Quotations	나스닥시스템
NAV	net asset value	순자산가치
NBBO	national best bid and offer	전국최대호가
NBER	National Bureau of Economic Research	전국경제조사국
NBI	narrow-based index	업종별 주가지수
NCD	negotiable certificate of deposit	양도성예탁증서
NCUA	National Credit Union Administration	전미신용조합관리기구
NDF	non-deliverable forward	NDF거래, 논딜리버러블 포워드
N/E	No Effects	[부도문언] 예금없음
NEO	nonequity options	비주식옵션
N/F	No Funds	[부도문언] 자금부족
NFA	National Futures Association	전미선물협회
NFCC	National Foundation for Credit Counseling	전미소비자금융재단
NGO	nongovernmental organization	비정부기구, 민간공익단체
NH	not held	재량권부 성립가주문
NIBOR	New York Interbank Offered Rate	뉴욕은행간 자금운용금리
NIC	net interest cost	실질발행자지급 총코스트
NICS	newly industrialized countries	신흥공업국가
NIES	newly industrializing economies	신흥공업경제지역
NIF	note issuance facility	채권발행보증서비스
NINA	no income, no asset	무소득, 무자산
NIRI	National Investor Relations Institute	전미투자자관계기관
NL	no-load fund	무부하(無負荷) 펀드
NMS	National Market System	전미시장시스템

약어표시	정식 표시	약어 의미
NMS	normal market size	[영] 통상거래규모
N.N.	No Name	[부도문언] 서명없음
NOL	net operating loss	순영업손실
NOPAT	net operating profit after tax	조세후 순영업이익
NOW	negotiable order of withdrawal	양도가능환급지시서
NP	no protest	지급거절작성면제
N.P.F.	Not Provided For	[부도문언] 자금부족
NPV	net present value	순수현재가치
NR	not rated	무신용등급
NRSRO	nationally recognized statistical rating organization	전국적으로 인정받는 통계적인 등급기관
N/S	no [not] sufficient	[부도사유] 자금없음
NSCC	National Securities Clearing Corporation	전미증권결제기구
NSE	National Stock Exchange of India	인도국립증권거래소
NSF	not sufficient funds	잔액부족
NSTS	National Securities Trading System	전미증권거래시스템
NSX	National Stock Exchange	내셔널증권거래소
NSX	National Stock Exchange of Australia	오스트레일리아 국립증권거래소
NTBs	nontariff barriers	비관세장벽
NV	naamloze vennootschap	[네덜란드] 주식회사
NY CHIPS	New York Clearing House Interbank Payment System	뉴욕어음교환은행간 지급방식
NYMEX	New York Mercantile Exchange	뉴욕상품거래소
NYSE	New York Stock Exchange	뉴욕증권거래소
NZX	New Zealand Exchange Limited	뉴질랜드증권거래소
OA	Office Automation	오피스오토메이션
OAS	option-adjusted spread	옵션수정스프레드
OB	or better	지정가격이상
OBL	ocean bill of lading	해양선하증권
OBU	offshore banking unit	오프쇼어 은행계정
OCC	Options Clearing Corporation	옵션청산회사
O/D	overdraft	당좌대월, 잔액부족
ODA	Official Development Assistance	정부개발원조

약어표시	정식 표시	약어 의미
OECD	Organization for Economic Cooperation and Development	경제협력개발기구
OEM	Original Equipment Manufacturer	주문자상표부착생산자
OEX	스탠더드앤드푸어스 100종목 주가지수를 의미하는 월스트리트를 간략하게 표기하는 말. 오이엑스	
OID	original issue discount	발행시 할인
OIS	overnight index swap	[영] 익일물지수스왑
OJT	on-the-job training	직장내 교육[훈련]
OM	operating margin	영업마진
OMB	Office of Management and Budget	행정관리예산실
OMLX	London Securities and Derivatives Exchange	런던증권파생상품거래소
OMX		북유럽최대의 통합된 증권거래소
O/N	overnight transaction	오버나이트 거래
O-NITE	overnight transaction	오버나이트 거래
OPC	Overseas Private Investment Corporation	[영] 해외민간투자공사
OPD		주식시세의 부호
OPEC	Organization of Petroleum Exporting Countries	석유수출국기구
OPIC	Overseas Private Investment Corporation	[영] 해외민간투자공사
OPM	other people's money	타인의 돈, 차입금
OPM	options pricing model	옵션가격모형
OR	operations research	오퍼레이션즈 리서치
OSE	Oslo Stock Exchange	오슬로증권거래소
OSE	Osaka Stock Exchange	오사카증권거래소
OTC	over-the-counter	장외거래
OTCBB	OTC bulletin board	장외거래 게시판
ÖTOB	Österreichische Termin- und Optionsbörse	오스트리아선물 · 옵션거래소
OTS	Office of Thrift Supervision	저축금융기관감독청
our a/c	our account	당행계정(當行計定)
p.a.	per annum	1년씩, 1년마다
P/A	pay on application	[송금] 청구출금
PAC bond	planned amortization class bond	팩본드
PAL	passive activity loss	수동적 사업손실

약어표시	정식 표시	약어 의미
PAN	primary account number	본원적 계좌번호
PAYE	pay-as-you-earn	[영] 원천과세 (withholding tax)
PB	private brand	자체 상표
PB	private banker	프라이빗뱅커
PBGC	Pension Benefit Guaranty Corporation	연금급여보증공사
PBO	projected benefit obligation	퇴직급여채무
PBOC	People's Bank of China	[영] 중국인민은행
PBOT	Philadelphia Board of Trade	필라델피아상품거래소
PBR	price book value ratio	주가순자산비율
PBR	plowback ratio	[영] 재투자비율
PC	participation certificate	참가증서
PCAOB	public company accounting oversight board	공개회사감시위원회
PCC	pure car carrier	승용차 전용선
PCTC	pure car and truck carrier	승용차 · 트럭 전용선
PCX	Pacific Exchange	퍼시픽거래소
P/E	price/earnings	주가수익
P/E ratio	price-earnings ratio	주가수익률
PEF	private equity fund	사모펀드
PEG Ratio	prospective earnings growth ratio	페그레이쇼, 예상수익
PER	price earnings ratio	주가수익비율
per pro	per procurationem	(L) 퍼 프로(본인을 대리하여)
PERCS	preferred equity – redemption cumulative stock	퍽스
PERFAN	BARRA's performance analysis	배러퍼포먼스분석
PERLS	principal exchange-rate-linked securities	원금환 링크증권
PETS	preferred equity traded bonds	우선주거래채권(債券)
PF	project financing	프로젝트파이낸싱
PHLX	Philadelphia Stock Exchange	필라델피아증권거래소
P&I	principal and interest on bond or mortgage-backed securities	피앤드아이
PIBOR	Paris Inter-Bank Offered Rate	파리은행간 자금운용금리 (대출자금운용금리)
PIG	passive income generator	수동적 소득원(所得源)

약어표시	정식 표시	약어 의미
PII	professional indemnity insurance	전문직업책임보험
PIK securities	payment in kind securities	[영] 현물지급유가증권
P&L	profit and loss statement	손익계산서
PIN	personal identification number	(은행카드의) 개인식별번호
PIPES	private investment in public equity securities	공개기업의 사모증자
PITI	principal, interest, taxes and insurance	원리금 · 세금 · 보험포함 상환액
PLC	public limited company	공개유한책임회사
PMI	private mortgage insurance	주택론(loan)보험
PMV	private market value	프라이빗마켓밸류
PO	payment order	지급지시서
PO strip	principal-only strip	[영] 원금만의 스트립채(債)
P.O.	postal order; Post Office	우편환; 우체국
POP	premium-only plan	보험료공제플랜
POS	point-of-sale	판매촉진
PPI	producer price index	[미] 생산자물가지수
PPIP	public private investment program	공사(公私)투자계획
PPP	purchasing power parity	구매력평가
Pr	premium (net)	보험료
PRIME	Prescribed Rights to Income and Maximum Equity	프라임
P/S ratio	price/sales ratio	주가매출액비율
PSE	Philippine Stock Exchange	필리핀증권거래소
PSLRA	Private Securities Litigation Reform Act of 1995	1995년의 사모증권소송개혁법
Pty.	proprietary company	[영] 비공개회사
PV	present value	현재가치, 현가(現價)
QFII	qualified foreign institutional investor	[영] 적격외국기관투자자
QPRT	Qualified Personal Residence Trust	적격개인주택신탁
QQQQ	Qubes	큐비즈
QT	questioned trade	의문이 있는 거래
QUICS	Quarterly Income Capital Securities	4분기지급수익배당
QUIDS	Quarterly Income Debt Securities	4분기지급수익배당형 채무증권

약어표시	정식 표시	약어 의미
QUIPS	Quarterly Income Preferred Securities	큅스, 4분기지급우선증권
RAM	reverse annuity mortgage	역(逆)연금 모기지
RAN	revenue anticipation note	예정세수재원채권
RCS	Rich Communication Suite	통합커뮤니케이션서비스
R&D	research and development	연구개발
R/D	refer to drawer	[부도문언] 발행인조회
R.E.O.	real estate owned	법적으로 소유한 부동산
REDS	refunding escrow deposits	차환(借換)에스크로예금
REFCORP	Resolution Funding Corporation	정리자금조달공사
REIT	real estate investment trust	부동산투자신탁
REMIC	real mortgage investment conduit	부동산모기지 투자도관체(導管體)
Repo; RP	repurchase agreement	레포, 환매특약
Rev	revenues	총수입
RG	Refund Guarantee	선수금 환급보증
RIA	Registered Investment Adviser	등록투자자문업자
RICO Act	Racketeer Influenced and Corrupt Organization Act	부정부패방지법
RM	relationship management	리레이션십 매니지먼트
ROA	return on assets	총자산이익률
ROE	return on equity [capital]	주주자본이익률
ROI	return on investment	투자수익률
ROL	reduction-option loan	금리경감선택론(loan)
RORO ship	roll on roll off ship	로로선(船)
Roth IRA	Roth Individual Retirement Arrangements	로쓰 개인퇴직계좌
RP	repurchase agreement	환매특약
RRSP	registered retirement savings plan	등록퇴직금저축제도
RTC	Resolution Trust Corporation	정리신탁공사
RTS	Russian Trading System Stock Exchange	러시아증권거래소시스템
RUF	revolving underwriting facility	중장기자금조달방식
RWA	risk-weighted assets	[영] 위험가중자산
sa	seasonally adjusted	계절조정치(季節調整値)
s.a.	semi-annual	연 2회의

약어표시	정식 표시	약어 의미
S.A	société anonyme	[프] 주식회사
S.A.	sociedad anonima	[스페인] 주식회사
SAAP	Statements of Standard Account Practice	[영] 회계원칙스테이트먼트
SAFEX	South Africa Futures Exchange	남아프리카선물시장
SAIF	Savings Association Insurance Fund	저축금융기관보험기금
SAM	shared appreciation mortgage	가격상승익공유 모기지대출
SARSEP	salary reduction simplified employee pension plan	급여공제간이종업원 연금제도
SAYE	save-as-you earn	[영] 급료공제저금(법)
SBA	Small Business Administration	중소기업청
SBIC	small business investment companies	중소기업투자자
SCOR	Small Corporate Offering Registration	소규모회사증권 발행등록
SCORE	Special Claim on Residual Equity	잔여지분특별청구권
SDFS	same-day funds settlement	동일일(同一日)자금결제
SDR	Special Drawing Right	특별인출권
SEA	Securities Exchange Act	증권거래소법
SEAQ	Stock Exchange Automatic Quotation	증권거래소자동시황, 증권거래소 종목시세자동정보시스템
SEATS	Stock Exchange Alternative Trading Service	[영] 증권거래소대체거래업무
SEC	Securities and Exchange Commission	미증권거래위원회
SENAF	electronic trading platform for Spanish public debt bonds	금융자산거래전자제도
SEP Plan	Simplified Employee Pension Plan	간이종업원연금제도
SEPON	Stock Exchange Pool Nominees	세폰
SET	Stock Exchange of Thailand	타일랜드증권거래소
SETS	Stock Exchange Trading System	[영] 증권거래소거래시스템
SETS	Stock Exchange Electronic Trading Service	증권거래소전자거래서비스
SFA	Securities and Futures Authority	[영] 영국증권선물협회
SG&A expenses	selling, general, and administrative expenses	일반관리판매비
SGX	Singapore Exchange Limited	싱가포르증권거래소
SHSE	Shanghai Stock Exchange	상하이증권거래소
SIA	Securities Industry Association	[미] 증권업협회
SIAC	Securities Industry Automation Corporation	증권업자동화공사

약어표시	정식 표시	약어 의미
SIC	Securities Information Center	증권정보센터
SIC System	Standard Industrial Classification System	표준산업분류시스템
SICA	Securities Industry Committee on Arbitration	증권업중재협회
SIFI	Systematically Important Financial Institution	[미] 시스템상으로 중요한 금융회사
SIFMA	Securities Industry and Financial Markets Association	전미증권업 및 금융시장협회
SIMPLE	savings incentive match program for Employees	간이퇴직연금플랜
SIPC	Securities Investor Protection Corporation	증권투자자보호공사
SIV	structured investment vehicle	구조투자사업체
SL	sold	팔렸다는 생략어
S&L	Savings and Loan Association	[미] 저축대출조합
SLM	Student Loan Marketing Corporation	미국장학금융자공사
SLOB	secured lease obligation bond	리스자산담보채권(債券)
SMA	separately managed account	전용자산운용관리계좌
SMA	special miscellaneous account	신용거래특별각서계좌
SME	small and medium enterprise loan	[영] 중소기업대출
SMP	special multiperil policy	특별다수위험보험증권
SNS	Social Network Service	소셜네트워크서비스
S/O	shipping order	선적지시서
SOES	small order entry (or execution) system	소액주문처리시스템
SOFFEX	Swiss Options and Financial Futures Exchange	스위스옵션금융선물거래소
SONIA	Sterling Overnight Index Average	영파운드오버나잇 인덱스 애버리지
SOR	smart order router	스마트오더 루터
SOX	Sarbanes-Oxley Act of 2002	2002년의 사베인-옥슬리법
SOYD	sum-of-the-years'-digits method	연수합계법(年數合計法)
S&P	Standard & Poor's	스탠더드앤드푸어스
SPAC	Special Purpose Acquisition Company	스팩
SPC	Special Purpose Company	특수목적법인
SPDA	single-premium deferred annuity	일시지급과세순연연금보험
SPDR	Standard & Poor's Depositary Receipt	스탠더드앤드푸어스 예탁증권
SPE	special-purpose entity	특별목적사업체

약어표시	정식 표시	약어 의미
SPINS	Standard & Poor's 500 Index Subordinated Notes	스탠더드앤드푸어스 500 종목지수 열후주(劣後株)
SPR	special-purpose reinsurer	특수목적의 재보험업자
SPV	special purpose vehicle	특별목적법인
SR&CC	strikes, riots, and civil commotions clause	[해상보험] 파업, 폭동 및 내란조항
SREP	supervisory review and evaluation process	[영] 감독심사평가과정
SRI	social responsibility investing	사회적 책임투자
SrL	societa a responsabilita limitata	[이탈리아] 유한책임회사
SRO	self-regulatory organization	자율규제기구
SSAP	Statement of Standard Account Practice	[영] 회계원칙스테이트먼트
SSC	small savers certificate	소액예금자 정기예금증서
SSE	Bolsa de Commercio de Santiago	산티아고증권거래소
SSF	single stock future	개별주식선물
SSM	Super Super-Market	기업형 슈퍼마켓
STAGS	Sterling Transferable Accruing Government Securities	스택스
STRIPS	Separate Trading of Registered Interest and Principal of Securities	등록된 증권의 이자·원금의 분리거래
SWIFT	Society for Worldwide Interbank Financial Telecommunications	스위프트, 국제은행간 통신협회
SZSE	Shenzhen Stock Exchange	심천(深圳)증권거래소
TAB	tax anticipation bill	납세준비증권
TAC bonds	targeted amortization class bonds	태크본드
TACT	Tel Aviv Continuous Trading	텔아비브증권거래소의 전자거래시스템
TALF program	term asset-backed securities loan facility program	정기자산담보증권론 퍼실리티프로그램
TALISMAN	Transfer Accounting, Lodgement for Investors, Stock Management for Jobbers	이체회계, 투자자를 위한 예탁, 저버를 위한 주식관리제도
TAN	tax anticipation note	조세선행증권
TAPOSs	traded average price options	거래후 평균가격옵션
TARP	Troubled Assets Relief Program	불량자산구제프로그램
TASE	Tel-Aviv Stock Exchange	텔아비브증권거래소
TBE	tenancy by the entirety	부부공유의 연대소유부동산권
T-Bill	Treasury Bill	미재무부 단기증권
T-bond	Treasury bond	(기간 30년물의) 미재무부 장기증권

약어표시	정식 표시	약어 의미
T/C	traveler's check	여행자수표
TED spread	Treasury-Eurodollar spread	미재무부-유로달러 스프레드
TEFRA	Tax Equity and Fiscal Responsibility Act of 1982	1982년의 조세공평재정 책임법
TGE	Tokyo Grain Exchange	도쿄곡물거래소
TIBOR	Tokyo InterBank Offered Rate	도쿄외환시장에서 은행간 자금운용금리
TIC	tenancy in common	공유부동산권
TIGER	Treasury Investors Growth Receipt	타이거
TIPS	Treasury inflation protected securities	미재무부 인플레이션연동 채권
TIPS	Toronto Index Participation Securities	토론토인덱스 파티시페이션증권
TLO	total loss only	전손담보
TN	Treasury note	(기간 1~10년의) 미국재무부 중기증권
TNC	transnational corporation	초국가기업
TOB	takeover bid	(주식의) 공개매수, 테이크오버비드
TOCOM	Tokyo Commodity Exchange	도쿄상품거래소
TOPIX	Tokyo Stock Exchange Price Index	도쿄증권거래소 주가지수
TQC	total quality control	전면적 품질관리
T/R	trust receipt	수입담보하물보관증
TRF	target redemption forward	타겟 리뎀프션 포워드
TSE	Tokyo Stock Exchange	도쿄증권거래소
TSEC	Taiwan Stock Exchange Corporation	타이완증권거래소
TSS	time sharing system	시분할(時分割)처리시스템
TSX	Toronto Stock Exchange	토론토증권거래소
TT	telegraphic transfer	전신송금, [영] 전신환
TTB	telegraphic transfer buying (rate)	전신매입률
TTS	telegraphic transfer selling (rate)	전신매도율
TXF	Tokyo Financial Exchange	도쿄금융거래소
UCC	Uniform Commercial Code	미국통일상법전
UCITS	Underwritings for Collective Investment in Transferable Securities	양도가능증권집단투자인수
UCP	Uniform Customs and Practice for Documentary Credit	[통칭] 신용장통일규칙

약어표시	정식 표시	약어 의미
UGMA	Uniform Gifts to Minors Act	미성년자에의 증여에 관한 통일주법
UIT	unit investment trust	[미] 단위형 투자신탁, [영] 계약형 투자신탁
ULCC	Ultra Large Crude oil Carrier	초대형 유조선
UMA	unified managed account	유엠에이, 유니파이드 매니지드 어카운트
UN	United Nations	국제연합
UNCITRAL	United Nations Commission on International Trade Law	국제연합국제거래법위원회
UNCTAD	United Nations Conference on Trade and Development	유엔무역개발회의
UNESCO	United Nations Educational, Scientific, and Cultural Organization	유엔교육과학문화기구
UNL	ultimate net loss	최종순손실
USDX	United States dollar index	미국달러 인덱스
USIT	unit share investment trust	유닛쉐어 인베스트먼트 트러스트
USM	Unlisted Securities Market	[영] 비상장증권시장
USTR	U.S. Trade Representative	미국통상대표부
UTMA	Uniform Transfers to Minors Act	미성년자에의 재산이전에 관한 통일주법
UTP	Unlisted Trading Privileges	미상장주 거래특권
VA	Veteran Administration	퇴역군인처
VA	Veterans Affairs	퇴역군인사업
VAR	value-at-risk	[영] 밸류앳리스크
VAT	value-added tax	부가가치세
VELDA SUE	Venture Enhancement & Loan Development Administration for Smaller Undercapitalized Enterprises	과소자본소기업 사업강화 융자개발청
ViDX	Vienna Dynamic Index	비엔나 다이내믹인덱스
VIFER	Vanguard Index Participation Receipts	바이퍼
VIX	volatility index	[영] 가격변동성지수
VLCC	very large crude oil carrier	초대형 유조선(油槽船)
VRCD	variable rate certificat of deposit	변동금리부 예탁증서
VRM	variable rate mortgage	변동금리주택론
VSX	Vienna Stock Exchange	비엔나증권거래소
VWAP	volume-weighted average price	거래량 가중평균가격

약어표시	정식 표시	약어 의미
WA	with (particular) average	단독해손담보
WAC	weighted average coupon	가중평균쿠폰
WARSET	Warsaw Stock Exchange Trading system	와르소증권거래소 거래시스템
WBI	Wiener Börse Index	비엔나거래소지수
WebCRD	Web Central Registration Depository	중앙등기보관기관
WEBS	World Equity Benchmark Shares	웨브스, 세계주식지표종목
WLB	Work-Life Balance	일과 삶의 균형근무제
WPA	with particular average	분손담보
WR	Warehouse Receipt	창고증권
WSE	Warsaw Stock Exchange	와르소증권거래소
WSJ	Wall Street Journal	월스트리트 저널
WT	warrant	워런트
WTO	World Trade Organization	세계무역기구
x.a.	ex all	전권리락(全權利落)
XAX	AMEX Composite Index	아멕스종합지수
XD	ex dividend	배당락
XMI	AMEX Major Market Index	아멕스 메이저 마켓 인덱스지수
XOL	excess of loss	손실초과액
YPT	yield to put	풋수익률, 보장수익률(保障收益率)
YTD	year-to-date	연초부터 보고일까지의 기간
YTM	yield to maturity	만기수익률, 최종수익률
ZBB	zero-based budgeting	제로베이스예산작성

참고문헌

- David L. Scott, Ph.D., *The American Heritage Dictionary of Business Terms*, Houghton Mifflin Harcourt, 2009.
- Douglas Downing, Ph.D., Michael Covington, Ph.D. and Melody Mauldin Covington, *Dictionary of Computer and Internet Terms*, 10th ed. Barron's Educational Series, Inc., 2009.
- Erik Banks, *Dictionary of Finance, Investment and Banking*, Palgrave Macmillan, 2010.
- Harvey W. Rubin, Ph.D. *Dictionary of Insurance Terms*, 5th ed. Barron's Educational Series, Inc., 2008.
- Jack P. Friedman, Ph.D. CPA, General Editor, *Dictionary of Business Terms*, 4th ed. Barron's Educational Series, Inc., 2007.
- Jack P. Friedman, Ph.D., Jack C. Harris, Ph.D., J. Bruce Lindeman, Ph.D., *Dictionary of Real Estate Terms*, 7th ed. Barron's Educational Series, Inc., 2008.
- Jae K. Shim, Ph.D. and Joel G. Siegel, Ph.D., CPA, *Dictionary of Accounting Terms*, 5th ed. Barron's Educational Series, Inc., 2010.
- Jane Imber and Betsy-Ann Toffler, *Dictionary of Marketing Terms*, 4th ed. Barron's Educational Series, Inc., 2008.
- John Downes, A.B. and Jordan Elliot Goodman, A.B., M.A., *Dictionary of Finance and Investment Terms*, 8th ed. Barron's Educational Series, Inc., 2010.
- John J. Capela and Stephen W. Hartman, Ph.D., *Dictionary of International Business Terms*, 3rd ed. Barron's Educational Series, Inc., 2004.
- John O. E. Clark, *Dictionary of International Investment and Finance Terms*, Financial World Publishing, 2001.
- Judy Pearsall, *The New Oxford Dictionary of English*, Oxford University Press, 2001.
- *Merriam-Webster's Collegiate Thesaurus*, A Merriam-Webster, 1993.
- Oxford Dictionary of Finance and Banking. 4th ed. Oxford University Press, 2008.
- *The American Heritage College Dictionary*, 4th ed. Houghton Mifflin Company, 2007.
- Thomas P. Fitch, *Dictionary of Banking Terms*, Fifth Edition, 5th ed. Barron's Educational Series, Inc., 2006.

- 강병호, 금융시장론 [개정판], 博英社, 2000.
- 金世元, 銀行法務要論, 進明文化社, 1964.
- 류근관, 통계학 [제3판], 法文社, 2014.
- 박진우, 파생상품론 [제2판], 명경사, 2014.
- 방영민, 금융의 이해, 法文社, 2014.
- 孫正植, 新貨幣金融論 [全訂版], 法文社, 1993.

- 신태곤 · 최성철, 통계학 [제6판], 法文社, 2009.
- 염후권, 손에 잡히는 최신금융증권용어, 중앙경제평론사, 2009.
- 윤정문, 한영 · 영한 금융용어사전, 더난출판, 2008.
- 이강남, 국제금융론 [제4전정수정판], 法文社, 2008.
- 이균성, 新해상법대계, 한국해양수산개발원, 2010.
- 이동욱, 영어증권금융용어사전, (주)신원문화사, 2000.
- 이필상 외, 현대투자론, 法文社, 2013.
- 이희종, 장외파생상품의 투자자보호에 관한 고찰, 漢陽法學, 제23권 제1집(통권 제37집), 373-399면.
- 주상철, 주식의 첫걸음 주식용어사전, 청림출판, 2009.
- 韓國保險學會編, 保險辭典, 韓國司法行政學會, 1974.

- 株式會社, アイ・エス・エス編, 英和和英 金融・證券・保險用語辭典[第3版], 2007.
- 橋本光憲, 經濟英語 英和活用辭典, 日本經濟新聞社, 1991.
- 橋本光憲 編, 英和 金融用語辭典, 株式會社 ジジヤバン タイムズ, 1995.
- John Downs, Jordan Elliot Goodman, バロンズ金融用語辭典 第7版, 日經BP. 2009.
- 可兒 滋. デリバティブ 用語辭典, トキわ總合サービス株式會社, 2001.
- 所 倉藏編, 保險用語英和辭典 – 保險・海運・貿易・金融 – [補訂版], 文雅堂銀行研究所, 1988.
- 樋口健三, 新訂 海運實務事典, (株) 成山堂書店, 1983.
- 編輯代表 小林壽夫, 現代和英英和會計・稅務・法律用語辭典, Pacific Management Consultants, Inc., 1983.
- 山根眞文, 國際金融法務, – 貸付・保證・擔保, 有斐閣, 1994.
- 山下章太, 金融マンのための實踐デリバティブ 講座, 中央經濟社, 2010.
- 田中誠二, 新版銀行取引法 [三全訂版], 經濟法令硏究會, 1984.
- 木內宜彥, 金融法(現代法律學全集41), 靑林書院, 1989.
- 後藤紀一, Matthias Voth, ドイツ金融法辭典, 信山社, 1993.
- 西尾信一, 銀行取引の法理と實際, 日本評論社, 1998.
- 西尾信一 編, 金融取引法 [第2版], 法律文化社, 2004.
- 管原雅晴, 國際金融法務の基礎知識, 金融財政事情硏究會, 1995.
- 德山二郎監修, 國際ビジネス用語事典, 日本英語教育協會, 1983.
- 澤田壽夫編, 國際取引ハンドブック, 有斐閣, 1884.
- 澤田壽夫編, 新國際取引ハンドブック, 有斐閣, 1990.

색 인

[ㄱ]

[ㄷ]

[ㅁ]

[ㅅ]

[ㅈ]

[ㅊ]

[ㅍ]

[편자 약력]

서울대학교 법과대학 졸업
법학박사(서울대학교)
독일 Bonn대학 국제사법 · 비교법연구소에서 2년간 상법연구
성균관대학교 법과대학 교수
현재 성균관대학교 명예교수

[저 서]
무역거래법 (1972, 정림사)
외국환관리법 (1974, 삼영사)
관세법 (공저, 1975, 삼영사)
수출무역계약의 법리(Clive M. Schmitthoff, Legal Aspects of Export Sales) (번역, 1976, 삼영사)
무역신용장 (1981, 삼영사)
상법총칙 (1986, 법문사)
상행위법 (1989, 법문사)
국제물품매매계약에 관한 UN협약상의 제문제 (공편, 1991, 삼지원)
체계 상법판례집 회사편 4권 (공편, 1993, 성대 법학연구소)
체계 상법판례집 어음 · 수표법 10권 (공편, 1998, 법문사)
회사법 (2000, 법문사)
상법 [총칙 · 상행위] (2001, 법문사)
법률영어사전 (공편, 2007, 법문사)
법률한영사전 (2010, 법문사)
한국상법전 50년사 (2013, 법문사)

금융 · 투자영어사전
Rhim's Dictionary of Finance and Investment

2015년 2월 20일 초판 인쇄
2015년 2월 25일 초판 1쇄발행

편저자 임 홍 근
발행인 배 효 선
발행처 도서출판 法 文 社
주소 413-120 경기도 파주시 회동길 37-29
등록 1957. 12. 12. / 제2-76호 (윤)
전화 (031)955-6500~6 팩스 (031)955-6525
e-mail(영업) : bms@bobmunsa.co.kr
(편집) : edit66@bobmunsa.co.kr
홈페이지 http: //www.bobmunsa.co.kr
조 판 대 경 문 화 사

정가 46,000원 ISBN 978-89-18-12257-1

증권거래소 소재 주요도시

뉴델리 1	뉴욕 2	도쿄 3	두바이 4	런던 5
로마 6	마닐라 7	마드리드 8	멕시코시티 9	모스크바 10
밀라노 11	바르샤바 12	바젤 13	부에노스아이레스 14	브라질리아 15
상하이 16	서울 17	선전 18	시카고 19	싱가포르 20
오사카 21	요하네스버그 22	토론토 23	파리 24	프랑크푸르트 25
홍콩 26				